A LA RECHERCHE DU
TEMPS PERDU

追忆似水年华

第七卷

重现的时光

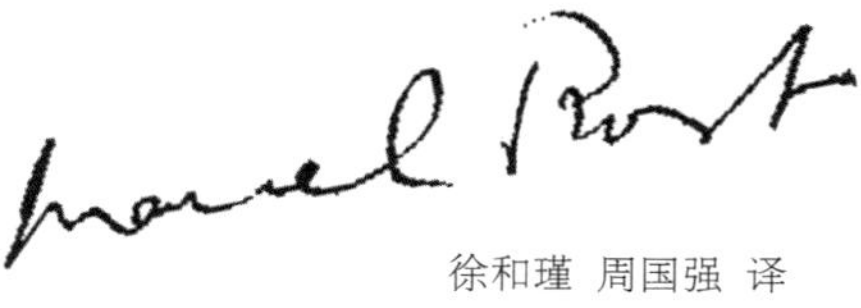

徐和瑾 周国强 译

译林出版社

图书在版编目（CIP）数据

追忆似水年华. 第7卷，重现的时光/（法）普鲁斯特（Proust, M.）著；徐和瑾，周国强译. —南京：译林出版社，2012.6（2026.2重印）
ISBN 978-7-5447-1623-9

Ⅰ.①追… Ⅱ.①普… ②徐… ③周… Ⅲ.①长篇小说－法国－现代 Ⅳ.①I565.45

中国版本图书馆 CIP 数据核字（2011）第 002321 号

追忆似水年华（7）重现的时光 ［法国］马塞尔·普鲁斯特 / 著 徐和瑾 周国强 / 译

责任编辑 唐洋洋
特约编辑 张媛媛
责任印制 颜 亮

原文出版 Gallimard, 1984
出版发行 译林出版社
地 址 南京市湖南路 1 号 A 楼
邮 箱 yilin@yilin.com
网 址 www.yilin.com
市场热线 025-86633278
排 版 南京展望文化发展有限公司
印 刷 徐州绪权印刷有限公司
开 本 880 毫米 × 1230 毫米 1/32
印 张 96.375
插 页 28
版 次 2012 年 6 月第 1 版
印 次 2026 年 2 月第 43 次印刷
书 号 ISBN 978-7-5447-1623-9
定 价 328.00 元（全七卷）

目　录

我这次在贡布雷附近逗留，也许是我一生中最少想到贡布雷的时候，如果这次逗留没有首先证实——至少是暂时的证实——我对盖尔芒特那边的一些看法，以及证实我对梅塞格利丝那边的另一些看法，我就不会来谈论这次逗留。每天晚上，我从另一个方向来重温我们在贡布雷时每天下午在梅塞格利丝那边所作的散步。现在当松维尔吃晚饭的时候，过去在贡布雷的人们早已上床睡觉。由于当时正值夏天，又因为希尔贝特每天下午在城堡的小教堂里画画，所以在晚饭前两小时左右才去散步。过去，散步归来时看到紫红色的天空映衬着耶稣受难像或是沐浴在维福纳河之中是一种乐趣，现在，在夜幕降临之时出去散步，在村里只看到形状如移动着的不规则三角形的淡蓝色的牧归羊群，也感到十分愉快。在一半田地上，夕阳的余晖已经消失，而在另一半田地上，则已升起了月亮，月亮很快普照整个田地。有时希尔贝特让我一个人去散步，我往前走着，尾随着自己的影子，犹如一条小船，在迷人的河流上航行；但她经常陪我一起散步。我们这样散步，往往同我过去在童年时散步一样，然而，我对盖尔芒特那边的感觉为何并不比过去那种无法描述的感觉更为强烈？此外，当我发现自己对贡布雷兴致索然，我就感到我的想象和敏感已经衰退。我感到扫兴的是，我很少回忆起过去的岁月。我感到纤道边上的维福纳河既狭窄又难看。这并不是因为我看出这条河与我回忆中的河流有很多具体的差别，而是因为我已离开我在过一种不同的生活时所经过的地方，所以在这些地方和我之间，已经不存在那种能在不知不觉中使人欣喜的回忆在片刻之中发生的类同。我不大清楚它的性质是什么，但我伤心地想，我的感觉和想象的能力想必已经减弱，所以我不能在这些散步中感到更多的乐趣。希尔贝特对我的理解还不如我自己，她同我一样惊讶，这更增添了我的伤心。她对我说："怎么，您走这条过去常走的斜坡小路，竟然毫无感受？"她本人的变化也很大，我不再觉得她美，她一点也不美。在我们散步的时候，我发现这个地方变了，先要爬上一些山坡，然后才是下坡路。我们交谈着，我感到和希尔贝特谈话十分愉快，但是也并非轻而易举。人有各种层次，这些层次各不相同，有她父亲的性格，有她母亲的性格；人们穿过一个层次，然后穿过另一个层次。但到第二天，迭复的次序颠倒过来。最后，人们不知道谁将会区分出各个部分，在评论它们时可以相信谁。希尔贝特就像这些地方一样，人们不敢和它们结成亲家。因为这些地方易主的次数过于频繁。但实际上这种看法是错误的。对连续出现的次数最多的人的记忆，使他的心中建立起一种同一性，并使他不愿意违背自己记得的那些诺言，即使他并没有对此签字画押。说到聪明，希尔贝特是很聪明的，不过具有她母亲的某些荒唐。但是，这与它固有的价值无关。我记得我们在散步时进行的那些谈话中，有好几次她使我感到十分惊讶。有一次，也是第一次，她对我说："要是您不是很饿，时间不是这么晚，我们走左边这条路，然后往右拐，不到一刻钟就能走到盖尔芒特。"这犹如她在对我说："您往左走，然后右手拐弯，您就会触及无法触及的东西，您就可以到达无法到达的地方，在地球上人们只知道这些地方的方向——我过去认为我能够对盖尔芒特了解的东西只有这点，也许从某种意义上说我当时并没有错——就是这条'路'。"我还感到惊讶的地方之一，就是看到了"维福纳河的源头"，我过去认为它像地狱的入口那样，是地球之外的某种东西，而实际上它只是像一个涌出水泡的方形洗衣槽。

第三次是希尔贝特对我说:“如果您愿意的话,我们可以在一天下午出来,我们就可以经过梅塞格利丝来到盖尔芒特,这是最好的走法。”这句话打乱了我童年时代的一切想法,使我认识到这两条路并不像我过去认为的那样无法调和。然而,最使我感到惊讶的是,在这次逗留期间我很少回忆起过去的岁月,不大想重游贡布雷,感到维福纳河即狭窄又难看。但是,她为我证实我过去对梅塞格利丝那边的一些想法,则是在一次散步的时候,这些散步虽说是在晚饭前进行的,却总是夜晚的散步,原因是她很晚才吃晚饭!当我们走进一个月光覆盖的美妙深谷,处于神秘的环境之中,我们就停留片刻,犹如两只昆虫,即将钻进青色的花萼之中。希尔贝特也许只是出于女主人的恩惠,对您即将动身感到惋惜,见您好像欣赏这个地方,就觉得应该尽地主之谊,她这位社交界的女士,善于在表达感情时使用沉默、爽直和朴实无华的方法,这时说出一番话来,巧妙地使您相信,您在她的生活中占有一种任何人都无法占有的地位。我突然向她倾吐我因吸入芬芳的空气和微风而充满的柔情,对她说:“您有一天曾谈起斜坡小路。我那时多爱您!”她对我回答道:“您那时为什么不对我说呢?我一点也没有觉察到。那时我也爱您。我甚至讨好过您两次。”——“是在什么时候?”——“第一次在当松维尔,您当时和家里的人一起散步,我是在回家的途中,我那时还从未看到过您这样漂亮的男孩。”这时她显出茫然而又腼腆的神色,补充道:“我当时有个习惯,就是和一些男孩一起在鲁森维尔城堡主塔的废墟里玩耍。您一定会对我说我当时缺乏教养,因为在那里有各种各样的女孩和男孩,他们趁着黑暗玩乐。贡布雷教堂的侍童戴奥多尔,应该说他很温柔(他真好!),但后来变得非常难看(他现在是梅塞格利丝的药剂师),他当时和附近所有的农村小姑娘在那儿玩乐。由于家里允许我单独外出,所以我一有机会溜出来就跑到那儿去。我无法对您说,我当时是多么希望看到您去那儿;我现在还记得很清楚,我当时只有一分钟的时间来使您明白我所希望的是什么,就冒着被您的父母和我的父母看到的危险，用十分露骨的方式向您指了指那个地方，我现在想起来还感到害羞。但是，您凶狠地瞪了我一眼，使我明白您不愿意这样做。”

突然间，我心里想，真正的希尔贝特，真正的阿尔贝蒂娜，也许是在初次见面时用眼神来委身于人的女子，一个是在玫瑰花篱之前，另一个则是在海滩上。而我却没能理解这点，只是到后来才回忆起来，也就是在相隔一段时间之后，在这段时间里通过我的谈话，一种不是极端的想法使她不致像第一次那样坦率，所以说是我因自己的笨拙而把事情全弄糟了。我完全“放过了”她们——虽然说实在的，在她们面前的相对失败并没有那样荒谬——原因和圣卢、拉谢尔相同。

希尔贝特接着说：“第二次，那是在好几年之后，我在您家门口遇到您，就是我在舅妈奥丽阿娜家里见到您那天的前一天；那时我没有立刻认出您，或者确切地说我认出了您但自己却并不知道，因为我当时的愿望和在当松维尔时相同。”——“在这段时间里，在香榭丽舍大街上也见过面。”——“是的，不过在那时，您对我的爱太过分了，我感到您在调查我所做的一切。”我不想问她，在我去看她的那天，和她一起沿着香榭丽舍大街走的小伙子是谁。那天我也许可以和她重归于好，因为当时还来得及，如果我没有看到这两个身影在黄昏中肩并肩地朝前走，那天可能会改变我的整个生活。我要是问了她，她也许会对我说出真相，就像阿尔贝蒂娜那样，如果阿尔贝蒂娜死而复生的话。确实，你在几年后再遇到你不再喜爱的女人，在她们和你之间相隔的难道不就是死亡，犹如她们已不在人世一般，因为我们的爱情不再存在这一事实，使当时的她们或当时的我们变成了死人。也许她没有回想起来，或者是她在说谎。不管怎样，我对此已毫无兴趣，我不想去了解它，因为我的心发生的变化，比希尔贝特的脸发生的变化还要大。她的脸已不再为我喜爱，但主要是我已不再感到不幸，我要是再回想起这件事，就无法想象我见到希尔贝特在一个小伙子身边慢慢地走着会感到如此不幸，心里会想：“这事到此为止，我不愿再见到她。”

在这遥远的年代，这种思想状态对我来说曾是一种长久的折磨，现在却已荡然无存。因为在这个一切都会耗尽、消失的世界里，同美相比，有一样东西会倒塌，毁坏得更加彻底，同时又留下更少的痕迹，那就是悲伤。

然而，如果说我对自己没有问她当时和谁一起沿着香榭丽舍大街往前走感到惊讶——这种因时过境迁而不爱追根究底的例子我已经见得太多了，那么，我对自己没有把那天我遇到希尔贝特之前卖掉一个中国古瓷花瓶以便给她买花这件事告诉她感到有点惊讶。① 这确实是在随之而来的十分悲伤的年代里，我当时唯一的安慰是在想，有朝一日我会毫不担心地把这种温情脉脉的意愿向她诉说。一年之后，如果我看到一辆汽车将要撞到我的汽车，我不想死的唯一愿望，是因为可以把这件事告诉希尔贝特。我当时安慰自己，心里想道："咱们别着急，我还有整个一生可以来做这件事。"由于这件事，我希望自己不要失去生命。现在，我感到把这件事说出来并不是愉快的，几乎是可笑的，也不是"诱人的"。希尔贝特继续说道："另外，即使是我在您家门口遇到您的那天，您还是像在贡布雷时一模一样，您要是知道，您的变化多小啊！"我又回忆起往日的希尔贝特。我简直可以画出太阳照在山楂花下的四边形光线，小姑娘拿在手里的铲子，以及在远处盯着我看的目光。只是伴随着这目光的粗野手势，使我以为这是一种蔑视的目光，因为在我看来，我所希望的事是那些姑娘不知道的某种事情，这种事情只有在我的想象中她们才会去做，就是在我单独一人向往的时候。我更不能相信的是，这些小姑娘中的一个，竟敢在我祖父的眼皮底下，轻而易举、十分迅速地想出这种事来。

我没有问她，在我卖掉花瓶的那天晚上，她跟谁一起在香榭丽舍大街上散步。在当时的表象下发生的真实情况，对我来说已变得完全无关紧

---

① 我后来问了她。那是女扮男装的莱娅。她知道莱娅认识阿尔贝蒂娜，但详细情况就说不上了。由此可见，某些人在我们的生活中总会重逢，以便为我们的欢乐和痛苦作准备。——作者注

要。然而,有多少日日夜夜我在痛苦地想那人是谁,我作出了巨大的努力,以便克制我心脏的剧烈跳动,也许要比过去在这同一个贡布雷不去对妈妈说声晚安而作出的努力更大。人们说,我们的神经系统在衰老,这正是某些神经方面的情感逐渐衰退的原因。不过对我们永久的自我来说并非如此,因为永久的自我会在我们整个一生中持续下去,但对我们所有连续的自我来说确实如此,连续的自我都是永久的自我的组成部分。

因此,在相隔这么多年之后,我必须对我脑海中清晰可见的一个形象进行修改,这件事使我感到相当高兴,因为它向我表明,我过去认为在我和某种金发小姑娘之间所存在的不可逾越的鸿沟,同帕斯卡尔的鸿沟一样是想象出来的,我还认为这件事富有诗意,因为完成它需要漫长的岁月。我想到鲁森维尔的地道,不禁因欲望和遗憾而惊跳起来。然而,我高兴地想,我当时全力以赴却又无法如愿以偿的这种幸福,也许存在于别处,而不是在我的思想之中,实际上它又离我这么近,在这个我经常谈起的鲁森维尔,我可以从散发鸢尾香味的书房里看到它。可我却一无所知!总之,她概括了我在散步中向往的一切,直至我迟迟不想回去的原因,我那时却以为自己看到树林微微裂开,活了起来。我过去热切地希望得到的东西,要是我能够理解和找到,她当时就能使我从少年时代起尝到它的滋味。在那个时候,希尔贝特确实是完全属于梅塞格利丝那边的,而我过去却并不这样想。

虽说她不是奥士维尔的小姐,就是罗贝在妓院里认识的那位小姐(真有意思,我要求对此作出解释的人恰恰是她未来的丈夫!),即使是我在家门口见到她的那天,我也没有完全弄错她目光的含义,没有弄错她是哪一种女人,她现在已向我承认她过去是这种女人。她对我说:“这一切都已十分遥远,我自从和罗贝订婚以来,心里只想着他。您看,我对自己责备得最多的,甚至不是小时候的这些心血来潮……”

整整一天,待在这个乡村味有点过浓的住宅里,住宅的外表像散步中休息或避雨的午睡处。在这种住宅里，每个客厅犹如花园中的凉棚，而在房间的墙布上，来找你做伴的是园中的玫瑰或树上的小鸟，它们与世隔绝——因为墙布太旧，上面的每朵玫瑰之间都相距甚远，要是真的就可以采摘下来，每只小鸟则可关进笼子驯养。墙上丝毫没有今天那些房间里的豪华装饰，就是在银色的背景上，诺曼第地区的苹果树都以日本的风格表现出来，使你在床上度过的几小时中幻觉联翩——整整一天，我在自己的房间里度过，从房间里可以看到花园的青葱可爱和园门口的丁香，河边大树的绿叶在阳光下闪闪发光，以及梅塞格利丝的森林。我望着这一派景色感到愉快，只是因为我心里在想："我房间的窗口一片青翠，真美。"直到在广阔的绿色画面上，我看到了贡布雷教堂的钟楼，这钟楼漆成深蓝色，和画面的颜色不同，只是因为它距离较远的缘故。这不是这座钟楼的一种形象表现，而是这座钟楼本身，它把地点的距离和年代的间隔展示在我的眼前，并在闪闪发光的青翠之中，以一种完全不同的色调，呈现在我的正方形窗框之中，那色调非常深暗，仿佛是画在上面一般。我要是走出房间片刻，就会在走廊的尽头看到一个小客厅的墙布，因为走廊的走向不同，犹如一条鲜红的带子，墙布只是一块平纹细布，但颜色是红的，一道阳光射在上面，仿佛立刻会燃烧起来。

在这些散步中，希尔贝特和我谈起了罗贝，听起来好像他要离开她，以便到其他女人的身边去。确实，他生活中有许多碍手碍脚的东西，就像某些男子的友情对于那些喜爱女人的男人一样，还有那种无益的防范、徒劳地强占位置的性格，犹如大多数家庭中那些毫无用处的物件所占据的位置。

我在当松维尔时，他好几次来过那儿。他和我过去认识的他已大不相同。他的生活并没有使他的身材变粗、行动迟缓，就像德·夏吕斯先生那样，而是恰恰相反，在他身上发生相反的变化，使他具有一位骑兵军官的潇洒外表——虽然他已在结婚时辞去军职，这种外表是他从未有过的。德·夏吕斯先生的体重逐渐增加，罗贝（也许他要年轻无数倍，但人们感到，随着年龄的增加，他只会和这个理想越来越接近）却犹如某些妇女一样，为了身材而坚决牺牲自己的容貌，从某一时刻起无法离开玛丽亚温泉（既然无法同时保持好几种青春的特点，还是选择青春的身材为好，因为它最能代表其他各种青春的特点），他的身材变得更为修长，动作更为敏捷，这是同一种恶习所产生的相反结果。另外，这种敏捷还有各种心理上的原因，如害怕被人看见，不想显出这种害怕的愿望，以及对自己不满和无聊所产生的焦躁不安。他常去某些烟花巷鬼混，由于不愿被人看到自己进出这些场所，他就一头钻到人群之中，使自己的身体以尽可能少的表面呈现在设想中的过路人不怀好意的目光之下，犹如士兵在冲锋时一样。他那一阵风似的行走速度依然如故。这种行走速度可能也概括了一个人显而易见的勇敢，这个人想显示自己无所畏惧，不愿花时间进行考虑。为了使他的形象完整无缺，还须提到一点，那就是他年纪越老，就越想显得年轻。他还有那些一直感到无聊、厌倦的男人的急躁，这些人过于聪明，不能过他们所过的无所事事的生活，他们的才能也无法在这种生活中得到施展。也许这些人无所事事的本身可以表现为无精打采。但是，自从体育运动受到青睐之后，无所事事就具有一种体育运动的形式，即使在进行体育运动的时间之外也是如此，无所事事就不再表现为无精打采，而是表现为生气勃勃，使得无聊的情绪没有蔓延的时间和地点。①

---

① 我的记忆，即无意识记忆本身，已经忘记了对阿尔贝蒂娜的爱情。但是，看来还存在着一种四肢的无意识记忆，这种记忆是对另一种记忆的大为逊色、毫无结果的模仿，但它的寿命更长，犹如某些无智慧的动物或植物的寿命比人更长一样。双腿和双臂充满了麻木的回忆。

有一次，我相当早就和希尔贝特分手，半夜里在当松维尔的房间里醒来，睡眼惺忪地叫“阿尔贝蒂娜”。这不是因为我在想念她，不是因为我梦见了她，也不是因为我把她当作希尔贝特；这是因为我手臂里产生的模糊回忆让我去找我背后的铃，就像在我巴黎的房间里一样。我没有找到铃，就叫“阿尔贝蒂娜”，以为我已故的女友睡在我身旁，就像过去那样，她晚上常常睡在我这儿，我们一起睡着醒来时就计算弗朗索瓦丝走到我的房间所需要的时间，以便让阿尔贝蒂娜可以从容不迫地摇响我无法找到的铃。——作者注他变得消瘦多了——至少在这令人烦恼的时期是如此,对自己的朋友们,例如对我,他几乎不再表现出任何同情心。相反,他对希尔贝特装出多愁善感的样子,像是在故作滑稽,却惹人讨厌。这并不是因为希尔贝特对他来说真的是无足轻重。不,罗贝爱她。但是,他总是对她说谎;他那双重的思想,即使不是他谎言的本质,却总是被人发觉;于是,他觉得要获得成功,就只能把他使希尔贝特感到难过的真正悲伤夸大到可笑的地步。他说,他这次来到当松维尔,但必须在第二天上午离开,因为他要跟当地的一位先生谈一件事,据说这位先生在巴黎等候他,但正巧有人在贡布雷附近的晚会上遇到这位先生,这位先生说他来此休息一个月,在此期间他不回巴黎,这个谎话也就不拆自穿,因为罗贝在编造谎言时没有和这位先生通过气。罗贝脸红了,他看到希尔贝特忧郁而狡黠的微笑,就把传话人骂了一通之后离开,在妻子以前回家,并托人给她捎个绝望的信,说他撒这个谎是为了不使她难过,她看到他又要走了,走的原因又不能告诉她,所以他就撒个谎,这样她就不会认为他不爱她(所有这些,虽说他把它写成谎言,却是千真万确的),然后派人去问,他是否能去她的房间,这下可是一半是真的悲伤,一半是对这种生活感到难以忍受,还有一天比一天大胆的装疯卖傻,他抽抽噎噎地哭泣,泪流满面,说他将要死去,有时突然倒在地板上,就像身体不舒服一样。希尔贝特不知道应该对他相信到何种程度,认为他每件事都在说谎,但她知道,总的说来他是爱她的,所以对这种将要死去的预感表示担心,认为他也许身患一种她不知道的疾病,因此不敢惹他生气,不敢要求他放弃旅行。另外,我尤其不能理解的,是他为什么要这样做,就是在巴黎和当松维尔,在圣卢家族居住的所有地方,使莫雷尔和贝戈特一样,受到这个家族子女一般的接待。

弗朗索瓦丝早已发现德·夏吕斯先生为絮比安所做的一切,以及罗贝·德·圣卢为莫雷尔所做的一切,但她没有从中得出结论,认为这是盖尔芒特家族几代人中相传的一个特点,她这个人很讲道德,又是满脑子的偏见，却最终认为——就像勒格朗丹大力相助戴奥多尔一样——这是她所拥有的各种知识认为值得尊重的一种习惯。她谈起莫雷尔或戴奥多尔，总是说这是个年轻人：“他找到了一位先生，这位先生一直关心他，帮了他很多忙。”在这种情况下，保护者总是那些爱恋、痛苦和宽恕的人，在这些人和被他们引入歧途的未成年人之间，弗朗索瓦丝毫不犹豫地把美的角色赋予前者，认为他们“心肠好”。她毫不犹豫地指责戴奥多尔对勒格朗丹要了许多花招，然而她仿佛对他们之间的关系的性质不存在任何疑问，因为她补充道：“这时，小伙子懂了，觉得应该出点力，就说：‘您把我带去吧，我会喜欢您的，我会好好的奉承您。’真的，那位先生心肠真好，戴奥多尔在他身边得到的东西，可能会比他应该得到的要多得多，一定会这样，因为他头脑发热，可那位先生真好，我常常对霞内特（戴奥多尔的未婚妻）说：孩子，您什么时候要是有困难，就去找那位先生。他会自己睡到地上，把床让给您睡。他太喜欢那小子（戴奥多尔）了，不会把他赶出去的。当然，他永远不会抛弃他的。”①

同样，她对圣卢的评价高于莫雷尔，她认为，尽管小伙子（莫雷尔）要了所有这些花招，侯爵却决不会让他生活在困苦之中，因为侯爵本人遭到了很大的挫折。

他坚持要我留在当松维尔，有一次甚至脱口而出，说我来这儿对他的妻子来说是一种快乐，就是她现在所有的那种快乐，他这样说显然不是为了使我高兴，他说这是她在一天晚上亲口对他说的，那天晚上她一直欣喜若狂，可开始时她感到十分伤心，我不期而至，使她奇迹般地从绝望中摆脱出来。“也许是从最坏的情况之中摆脱出来。”他补充道。他请我想方设法使她相信他爱她，并对我说，他还爱着一个女人，但他爱这个女人不

---

① 戴奥多尔现在住在法国南方，出于礼貌，我问他姐姐他姓什么。当知道他姓萨尼隆时，我就大声说道：“那时因为我给《费加罗报》写的文章，他给我写了信！”——作者注

如爱自己的妻子，很快就要和她一刀两断。他这时自鸣得意，需要吐露隐情，我有时甚至觉得夏利这个名字会在罗贝嘴里脱口而出，就像一次开奖的号码一样。他补充道："然而，我可以引以为豪。这个女人无数次向我证实了她的爱情，可我却将为希尔贝特而牺牲她，她从未注意过一个男人，她也认为自己是不会爱上男人的。我是第一个这样的男人。我知道，她对所有的男人都严词拒绝，所以当我收到她的情书，看到她在信中对我说，她只有和我在一起时才感到幸福，我就不能再离开她了。显然，要不是想到这可怜的小希尔贝特痛哭流涕我就心软，我真会感到得意忘形呢。你不觉得她有点像拉谢尔？"他对我说。确实，我感到惊讶的是，要是将就一点，她们之间确实有一种模糊的相似。也许这与脸部某些轮廓真正相像有关（例如与希伯来人的血统相关的轮廓，这种血统在希尔贝特身上却极不明显），由于这种相像，当罗贝的家里要他结婚时，他在门当户对的条件下感到自己更倾向于希尔贝特。这还和下面的情况有关：希尔贝特一次偶然看到她不知姓名的拉谢尔的一些照片，她为了讨好罗贝，就竭力模仿这位女演员喜欢的某些习惯，例如头发上总是戴红蝴蝶结，手臂上扎一条黑丝绒带，并把头发染成棕色。后来，她觉得他因内心抑郁而脸色难看，就试图妙手回春。但她有时做得实在过分。有一天，罗贝要来当松维尔逗留二十四个小时，我感到惊讶的是，我看到她在入席时已十分奇怪地判若两人，她不仅和过去不同，而且和平时也不相同，我惊讶得愣住了，仿佛我的面前坐着一位女演员，一位狄奥多拉。[①] 我感到我不由自主地盯着她看，好奇地想知道她什么地方变了。这种好奇心很快得到了满足，就是在她擤鼻涕的时候，尽管她异常小心，手帕上还是留下各种颜色，犹如一块色彩丰富的调色板，我由此看出她脸上涂满了脂粉。正因为如此，她的

① 狄奥多拉（约 500—548），拜占庭皇后，查士丁尼一世皇帝（527—565 在位）之妻。她从小就当演员，查士丁尼爱其美貌聪明，纳为情妇。

嘴唇才变得血红，还竭力使嘴上露出笑容，以为这样才会使他满意，而这时，火车到站的时刻即将来临，希尔贝特却不知道她的丈夫是否真的会来，或者会发来一份电报，这种电报的模式，就像德·盖尔芒特先生曾风趣地确定过的那样："不能来，就撒谎。"这就使她双颊苍白，眼圈发黑，面颊上流着带紫色眼膏的汗水。

他脸上装出温柔的样子，这和他过去自然的温柔形成鲜明的对照。说话的声音像酒鬼，但又有演员的抑扬顿挫。他对我说："啊！你看，只要希尔贝特幸福，我什么都可以牺牲。她为我做了这么多的事。这点你是无法知道的。"这其中最令人生气的，仍然是自尊心，因为他对自己被希尔贝特所爱而洋洋得意，但又不敢说他爱的是夏利，就对自以为小提琴手对他所具有的爱情，加上各种各样的细节，虽说这些细节并非纯属虚构，却也被善于夸大其词的圣卢添枝加叶，而夏利向他要的钱一天多似一天。他把希尔贝特托付给我之后就回到巴黎。此外，我曾有机会（我把以后的事提前叙说，因为我当时还在当松维尔）在巴黎的社交界见到他一次，是在远处见到的，在那里，他的话虽说生动、迷人，却使我想起了过去；我感到惊讶，他的变化真大。他越来越像他的母亲；母亲的高傲、轻盈的风度，在她自己身上是十全十美的，但传到了他的身上，由于他受过完美无缺的教育，这种风度就变得夸大、僵硬；盖尔芒特家族特有的深邃目光，使他仿佛在仔细察看他经过的所有地方，不过这几乎是以一种无意识的方式进行的，是出于一种习惯和动物的特性。他那个性突出的外表是盖尔芒特家族所有成员都没有的，他即使在不动的时候，也如同凝固的黄金那样，是阳光灿烂的白昼，这样他就仿佛披上一身奇特的羽毛，变成一个稀有的品种，使鸟类收藏家们都想占为己有；但是，当这种化作鸟的阳光开始运动、行动之时，譬如当我看到罗贝·德·圣卢进入我所在的一个晚会之时，他昂起了头，头发如羽冠一般显得喜悦而又自豪，金色的冠毛有点脱落，脖子转动时的灵活、自豪和卖弄风情是人类所没有的，他使你产生的好奇和赞赏，一半与社交界有关，一半与动物学有关，你不禁会想自己是在圣日耳曼区还是在植物园，你是在端详穿过大厅的一位大贵族还是在观赏笼子里跳跃的一只小鸟。只要稍加想象，这个图像中不但会出现羽毛，还会出现树枝。他开始说出一席话来，他认为这些话具有伟大的世纪[①]的风格，并以此来模仿盖尔芒特的风度。但是，有一种微不足道却又无法捉摸的东西，使这种风度变成了德·夏吕斯先生的风度。

在那次晚会上，德·马桑特夫人离我们较远，他就对我说："我离开你一会儿。我去奉承一下我的母亲。"至于他不断和我谈起的爱情，并不是对夏利的那种爱情，虽说他重视的只有那种爱情。一个男人不管怀有何种爱情，人们总是会弄错同他发生关系的人的数目，因为人们错误地把友谊当作恋情，这是一种加法的错误，而且还因为人们认为一个已被证实的恋情会排除另一个恋情，这就又产生另一种类型的错误。两个人可以说："X的情妇，我认识。"并说出两个不同的名字，但这两个人都没有弄错。爱一个女人往往不能满足我们的全部需要，我们就交结一个我们并不喜欢的女人来欺骗她。至于德·夏吕斯先生传给圣卢的那种爱情，一个丈夫有了那种爱情一般会使妻子幸福。这是一条普遍规律，但盖尔芒特一家却找到使这条规律产生例外的方法，因为有这种癖好的男人们希望别人相信，他们喜欢的是女人。他们和某个女人一起招摇过市，使他们自己的女人悲痛欲绝。这种手法，古弗瓦西埃一家用得更为巧妙。年轻的古弗瓦西埃子爵认为自己举世无双，自创世以来就受到某个男性的诱惑。他认为他的这个癖好来自魔鬼，就同它进行了斗争，娶了一个非常漂亮的女人，让她生了几个孩子。后来，他的一个堂兄弟告诉他，这种癖好相当普遍，还亲自把他带到那些能满足他这种癖好的场所去。德·古弗瓦西埃先生从此只喜欢自己的妻子，以加倍的热情来生儿育女，她和他被列为巴黎

---

① 指十七世纪。

的最佳夫妇。人们对圣卢夫妇的评价就并非如此,因为罗贝不但性欲倒错,而且还使妻子嫉妒得要死,原因是他毫无乐趣地供养着几个情妇。

可能是因为莫雷尔长得极黑,符合圣卢的需要,就像阳光需要阴影一样。在这个如此古老的家庭里,一位头发金黄、聪明的大贵族具有一切魅力,心底里却埋藏着一种无人知晓的对黑人的秘密癖好,这是十分容易想象的。

另外,罗贝从不让人在谈话中涉及他那类爱情。要是我说上一句,他就会回答道:“啊!我不知道。”神情冷漠得让自己的单片眼镜掉落下来。“我并不怀疑有这种事情。如果你想了解这方面的情况,**我亲爱的**,我建议你到别处去问。我是一个士兵,就是这样。我对这些事毫无兴趣,对巴尔干战争却兴趣盎然。过去,战役的词源学曾使你感到兴趣。我当时对你说,即使是在完全不同的情况下,人们也会看到典型的战役,例如侧翼包围的伟大尝试,乌尔姆战役。嗳!不管这些巴尔干战争如何特殊,鲁莱-布加斯仍然是乌尔姆,侧翼包围。这就是你可以和我谈论的话题。至于你所暗示的那种事,我是一窍不通,就像对梵语一样。”

罗贝不屑一谈的那些话题,希尔贝特在他走后却很乐意和我谈起。当然不是谈她的丈夫,因为她对此一无所知,或是装作一无所知,但是,她大谈特谈这些事涉及的是别人,这也许是因为她从中看到一种对罗贝的间接辩白,也许是因为罗贝同舅舅一样,既对这些话题讳莫如深,又有一种倾听和恶言中伤的需要,使她了解到许多情况。在所有的人中,德·夏吕斯先生并没有得到她的宽容,这也许是因为罗贝虽然没有和希尔贝特谈起夏利,却禁不住要以某种方式对她反复叙说小提琴手告诉他的事情:他一直憎恨过去的恩人。希尔贝特很喜欢这种谈话,这样我就可以问她,阿尔贝蒂娜趣味相同,是否也有这类癖好,因为阿尔贝蒂娜的名字我第一次是从她那儿听到的,那时她们是同学。希尔贝特无法向我提供这方面的情况。另外,我也早已对此不感兴趣。但是,我继续机械地打听这方面的情况，犹如一个记忆力衰退的老人，不时打听他失去的儿子的消息。

奇怪的是，以及我无法加以发挥的是，阿尔贝蒂娜喜欢的所有女人，就是所有那些可能让她做她们所希望的那种事的女人，在那时由于得不到我的友谊，在何种程度上要求、恳求——我不敢说乞求——和我发生某种关系。如果遇到邦当夫人，不需要给她钱她就会把阿尔贝蒂娜给我送回来。这种起死回生在毫无用处之时发生，使我感到十分伤心，这并不是因为阿尔贝蒂娜，要是她不是从都兰，而是从另一个世界返回我的身边，我就会毫无乐趣地接待她，而是因为一个我所喜爱却又无法去看望的年轻妇女。我心里想，如果她死了，或者我不再爱她了，所有那些可能使我和她接近的人，就会在我的脚下消失。而现在，我徒劳地试图去影响他们，原因是我的心病没有被经历治愈，这种经历本应使我明白——它过去曾使我明白某些事，爱是一种坏运，就像童话里的那些人一样，只要魔法没有解除，别人就无能为力。

她对我说："我手里的这本书，就是谈论这些事的。这是巴尔扎克的一本老书，名叫《金眼女郎》，我仔细阅读这本书，是为了能了解我的那些叔叔。但是，这是荒唐而难以置信的，是个美丽的噩梦。另外，一个女人也许会这样受到另一个女人的监视，但决不会被一个男人监视。"——"您错了，我过去认识一个女人，一个喜欢她的男人简直是把她监禁起来；她不能去看望任何人，外出时只能由忠实的男仆跟随着。"——"啊！这一定会使您这样的善良的人感到厌恶。是啊，我们曾经和罗贝谈起过，您应该结婚。您的妻子会使您恢复健康，您则会使她幸福。"——"不，我的脾气太坏。"——"这是什么想法！"——"我可以向您担保。另外，我订过婚，但我不能……"

我回到楼上的卧室时忧虑地想，我一次也没有去看过贡布雷的教堂，这座教堂仿佛是在淡紫色窗子里的绿树丛中等待着我。我心里想道："算了，改年再去吧，要是我没死的话。"除了我的死亡，我没有看到其他的障碍，也没有想到教堂的死亡，我感到教堂应该在我死后长期存在下去，就像它在我出生之前曾长期存在一样。

但在有一天，我对希尔贝特谈起阿尔贝蒂娜，我问她阿尔贝蒂娜是否爱女人。“哦！一点不爱。”——“但是您过去说过，她有不良的嗜好。”——“我说过这种话？您一定听错了。不管怎样，即使我说过，您也弄错了，我是说她和一些小伙子谈情说爱过。另外，在这样的年纪，恐怕也不会在这方面走得很远。”阿尔贝蒂娜曾对我说过，希尔贝特也喜欢女人，曾向阿尔贝蒂娜求过爱，现在希尔贝特这样说，是否为了对我隐瞒这个情况？或者是（因为其他人对我们生活的了解往往比我们认为的要多）她知道我过去喜爱、妒忌阿尔贝蒂娜（其他人对我们的实际情况的了解，可能比我们认为的要多，但由于过多的猜想，他们也会进行不着边际的发挥并产生错误，而我们则由于不进行任何猜想，希望他们产生错误），并认为我现在还是这样，就出于好心用布蒙住我的眼睛，这种布，人们时刻为妒忌的男人准备着。不管怎样，希尔贝特的话从过去的“不良嗜好”到今天她为正派生活和社会风气做的表率，同阿尔贝蒂娜说的恰恰相反，因为阿尔贝蒂娜到最后几乎承认她和希尔贝特保持同性恋的关系。在这点上，阿尔贝蒂娜曾使我感到惊讶，就像对安德烈告诉我的事感到惊讶一样，因为对于这一小群姑娘，我在认识她们之前先是认为她们反常，后来认识到自己的猜想是错误的，就像往往会发生的那种事一样，人们发现一位正派的姑娘，她对爱情的现实几乎是一无所知，但所处的环境却是人们错误地认为伤风败俗的环境。后来，我又走了回头路，认为自己最初的猜想是正确的。但是，阿尔贝蒂娜把这件事告诉我，也许是为了显示她的经验要比她看上去更为丰富，为了用反常的魅力在巴黎迷住我，犹如初次相识时她用贞洁的魅力在巴尔贝克迷住我一样；当我跟她谈起喜欢女人的女人时，只是为了不显出不知道这是怎么一回事的样子，就像在一次谈话中，如果谈到傅立叶或托博尔斯克[1]人们虽说对此一无所知，却会装出在行的样子。她也许曾经生活在凡德伊小姐的或安德烈的女友隔壁，和她们隔开一道厚实的隔墙，但她们认为她"并非如此"，她后来获悉了这些情况——就像嫁给作家的女人竭力想提高自己的文化水平一样，但只是为了讨好我，为了能回答我的问题，直至有一天她才明白，她们这样做是出于妒忌，于是她就开了倒车。除非是希尔贝特对我撒谎。我这时想到，罗贝在一次以他感兴趣的方式进行的调情中，得知希尔贝特不讨厌其他女人，就娶了她，希望得到他想必没有在家里得到过的乐趣，因为他在别处得到这种乐趣。这些假设中的任何一种都不是荒谬的，因为像奥黛特的女儿那样的妇女或是那一小群姑娘，兴趣十分多样，各种兴趣即使不是同时存在，也会交替出现，她们会轻易地从对一个女人的爱恋转到对一个男人的热恋，因此要确定她们真正的主要兴趣仍然是困难的。[2]

既然希尔贝特在读《金眼女郎》，我就不想向她借阅这本书。但是，在这最后一个晚上，当我去她那儿时，她借给我一本书，让我在睡觉前阅读，这本书使我产生的印象相当强烈而又混杂，不过并不持久。这就是龚古尔兄弟未曾发表的日记。

我在熄掉蜡烛之前读了抄录如下的那一段。我对文学缺乏才能，过去在盖尔芒特那边已经预感到，在这次逗留期间又得到了证实——那天晚上是这次逗留的最后一个晚上，在动身前夕挑灯夜读的那个晚上，由于习惯即将废除，麻木随之消失，就试图对自己作出评价——这时却使我感到这并不是值得如此惋惜的事，仿佛文学不能揭示深刻的真理；同时，使

---

① 托博尔斯克是位于俄罗斯秋明州的一座城市，建于1587年，是俄国早期西伯利亚殖民开发的重要中心。

② 为了使我决定娶她（而她本人也拒绝了这件事，原因是我的性格优柔寡断、令人厌烦），确实，我就是以这种过于简单的形式来评论我和阿尔贝蒂娜的艳史，因为现在我只是从外部来观察这段艳史。——作者注

我感到伤心的是,文学不像我过去所认为的那样。另一方面,如果书中所说的那些美好的事物并不比我看到过的东西更为美好,那么我就感到会使我住进疗养院的多病身体也不值得如此惋惜。但是,现在这本书谈到了这些事物,有一种奇怪的矛盾使我想要看到它们。下面就是我在因疲劳而闭上眼睛之前所读的那几页:

> "前天,维尔迪兰为了带我去他家吃晚饭,突然来到这里,他是《杂志》①过去的评论员,是惠斯勒论著的作者,在这部论著中,这个独特的美国人的风格和艺术色彩,常常由酷爱被描写的事物的各种精细和**妩媚**的维尔迪兰十分细腻地表达出来。我在跟他走之前更衣的时候,他讲起了故事,有时像受惊时在做忏悔,一个字一个字地说出来,说他在和弗罗芒丹的'马德莱娜'结婚之后立刻放弃写作,放弃写作的原因是有服用吗啡的习惯,据维尔迪兰说,这样做的结果是,他妻子的沙龙里的大多数常客都不知道女主人的丈夫曾经进行写作,所以在谈论夏尔·布朗、圣维克多、圣伯夫和比蒂时,认为这些人肯定比他高明。'哦,您龚古尔,您十分清楚,戈蒂耶以前也知道,我的《沙龙》和那本蹩脚的《昔日的大师》②不可同日而语,但在我妻子的娘家,那本书却被捧为杰作。'然后,在一个傍晚,在特罗卡德罗宫的那些塔楼附近,仿佛有一个微光在最后一次发亮,使塔楼变得像过去糕点铺里涂上醋栗冻的塔形蛋糕。那天傍晚,谈话在马车里继续进行,马车将把我们送到孔蒂河滨路,即他们公馆的所在地,主

---

① 即《两世界杂志》。

② 《昔日的大师》(1876)是欧仁·弗罗芒丹的著作,对荷兰的绘画大师进行评述。

人认为这座公馆就是威尼斯大使过去的公馆，里面据说有一个吸烟室，维尔迪兰对我说，吸烟室是按照《一千零一夜》的方式，从一座我忘了名字的著名 palazzo[①] 里原封不动地搬来的，这座宫殿里有一个石井栏，表示圣母马利亚的花冠，维尔迪兰确信这必定是桑索维诺[②]最美的作品，据说是给他们的客人们弹烟灰用的。确实，当我们到达的时候，漫射的月光呈海蓝色，真像是威尼斯传统中墙粉的颜色，在这种底色之上，法兰西研究院圆屋顶的轮廓，使我想起瓜尔第的绘画中的保健女神像，此情此景，不由得使我产生一点幻觉，仿佛自己是在大运河之畔。这种幻觉得以保存下来，是因为这座从二楼看不到河滨路的公馆的结构，也是因为公馆主人那番能唤起回忆的话，他肯定地说，渡轮街的街名——见鬼，我从未想到过这点——来自过去的修女乘坐的渡轮，米拉米翁修会[③]的那些修女是去做圣母弥撒的。我在姑妈古蒙夫人居住的街区闲散地度过了童年时代，现在重又看到几乎与维尔迪兰公馆毗连的'小敦刻尔克'的招牌，开始**重新喜爱**[④]这个街区，'小敦刻尔克'是幸存的少数几家店铺之一，这些店铺用加布里埃尔·德·圣多班[⑤]的铅笔画和水彩画作为装饰，这些十八世纪的珍品把当时的无所事事固定下来，画中讨价还价的是法国和外国的漂亮物品，以及'艺术创造的一切最新

---

① 意大利语，意思是“宫殿”。

② 桑索维诺（1486—1570），意大利雕刻家及建筑师。他把文艺复兴盛期的风格引进威尼斯。

③ 米拉米翁修会于 1665 年由米拉米翁夫人（1626—1696）创立，主要从事教育工作，救济病人和穷人。

④ 原文为 raimer，系作者自创的新词。

⑤ 圣多班（1724—1780），法国画家、雕刻家。

的东西’，就像这家‘小敦刻尔克’的一张发票上所写的那样，依我看，唯有维尔迪兰和我拥有这种可称为散页装饰纸杰作的发票，发票上有一个象征路易十五统治的人在记账，笺头上印有载着几条大船的波涛汹涌的海洋，犹如包税人版本中‘牡蛎和诉讼者’①的插图。公馆的女主人请我坐在她的身边，她亲切地对我说，她装饰自己的桌子只用日本菊花，但插菊花的花瓶是罕见的珍品，其中一只用青铜制成，花瓶上淡红色的铜花瓣仿佛刚从花上摘下来。在那里做客的有戈达尔大夫及妻子、波兰雕刻家维拉多贝茨基、收藏家斯万、一位俄国贵夫人和一位我只记得姓名中有 of 的王妃。戈达尔在我耳边悄悄地说，他这个人会用枪口顶着古奥地利大公罗道尔夫射击，又说在他看来，我会在加利西亚②和波兰的整个北部处于极为有利的地位，因为一个姑娘如果不知道自己的未婚夫是否是《拉福斯坦》③的欣赏者，就决不会同意嫁给他。‘你们这些西欧人是不会理解这点的。’王妃最后说，她给我的印象是具有十分高超的才智，‘即一位作家对女人内心的洞察力。’有一个男人下巴和嘴唇下的胡子剃得精光，但蓄着司厨长般的颊髯，他讲话滔滔不绝，以一种屈尊俯就的语调开着玩笑，就像在圣查理节④和班里的优秀生一起谈笑风生的二年级⑤教师，此人就是大学教师布里肖。他虽然听到维

---

① “牡蛎和诉讼者”是拉封丹的寓言诗。

② 加利西亚是东欧的一个地区，原属波兰。第二次世界大战初期，苏联将东加利西亚并入乌克兰共和国，西加利西亚则归波兰。

③ 《拉福斯坦》(1882)是法国作家埃德蒙·德·龚古尔的小说，描写一位女演员为情人而牺牲自己的职业。

④ 圣查理节是法国过去中小学的节日，每年 1 月 28 日庆祝，内容为表彰优秀生。

⑤ 相当于我国高中一年级。

尔迪兰说出我的名字,但他说的话中没有一句表明他知道我们写的书,这使我产生一种带有愤怒的失望,其起因是巴黎大学策划这种反对我们的阴谋,它用故意的沉默,把矛盾和敌意一直带到这所我受到款待的可爱住宅。我们入席就餐,于是,盘子就不同凡响地来往不绝,这些盘子确实是瓷器艺术的杰作,在品尝精美菜肴的过程中,一位艺术品收藏家感到舒服时的注意力,会极其乐意地用来倾听这种艺术高超的喋喋不休;盘子中有雍正时代的瓷盘,盘的边缘呈金黄色,盘体为青色,盘边如鼓起的花瓣,像黄蝴蝶花,盘底为装饰画,画的是翠鸟和鹤在晨曦中飞翔,那晨曦的色彩,和我每天早晨醒来时在蒙莫朗西大街上隐约看到的完全一样;有萨克森瓷盘,风格优雅但比较娇弱,盘上变成紫色的玫瑰呈沉睡状态,毫无生气,有缺口的边缘为郁金香般的紫红色,犹如石竹或勿忘草那样的洛可可风格;还有塞夫勒瓷盘,盘的边缘是精美的格状饰纹,凹槽为白色,突齿为金色,或者在奶油色的底色上优雅地系上一条凸出的金带;最后是一套银餐具,上面散布着卢夫西恩①的香桃木,迪巴里夫人②一眼就可以辨认出来。而同样罕见的,也许还有盘中佳肴的质量,这是一顿精心烹调的饭菜,做得十分讲究,可以毫无愧色地说,巴黎人在最盛大的晚宴中也从未品尝过这种菜肴,这使我想起让·德·厄尔城堡的某些手艺高超的女厨师。甚至连肥鹅肝也同平时称之为鹅肝被端上饭桌的那种淡而无味的鹅肝酱判若二物。据我所知,简单的土豆冷盘做得这样好的地方不

---

① 卢夫西恩位于伊夫林省,迪巴里夫人于1793年被捕时在此地居住。

② 迪巴里夫人(1743—1793),路易十五的最后一个情妇。

多,土豆像日本的象牙纽扣那样结实,像中国渔妇用来在刚捕到的鱼上浇水的小象牙勺那样油光。在我面前的威尼斯玻璃杯中,红葡萄酒的珠光宝气,是蒙达利维先生那儿买来的一种出色的莱奥维尔酒①所赋予的;平时端到最豪华的餐桌上的菱鲆并不新鲜,鱼背上的骨头因长途运输而突出,现在看到端上一条与此毫无相像之处的菱鲆,这对于眼睛的想象来说是一种乐趣,我敢说,对于过去称为嘴巴的想象来说也是一种乐趣;这种菱鲆不是像名门望族的许多厨师长那样用称为白沙司的淀粉糊来烧的,而是用五法郎一斤的黄油制成的真正的白沙司烧的;这条菱鲆盛在一只成化时代的美妙盘子里,盘子中间有一条条紫红色的横线穿过,犹如海上日落时有一群龙虾滑稽可笑地游过,龙虾的硬壳凹凸不平,画得极为出色,仿佛龙虾长在活的甲壳之中,盘子的边口上画着一个中国小孩钓上一条鱼,银灰色的鱼肚使珠色变得神奇迷人。我对维尔迪兰说,用这套餐具吃这种精美的菜肴,对他来说想必是一种高尚的乐趣,因为现在任何亲王的餐具橱里都没有这种餐具。女主人听到后忧郁地对我说:'看来您对他并不了解。'于是她对我谈起自己的丈夫,说他是个怪人,对所有这些美好的事物都无动于衷,'一个怪人,'她重复道,'是的,正是如此,这个怪人宁愿去喝一个诺曼第农庄新酿制的一瓶大众化的苹果酒。'这个可爱的女人所说的话,表明她对一个地区的特色确实喜爱,她以无限的深情和我们谈论他们曾经居住过的诺曼第,说诺曼第将成为英国式的大花

① 莱奥维尔酒是波尔多产的一种名葡萄酒。

园，有劳伦斯①式的高大树木的芳香，有草如柳杉叶、像天鹅绒般柔软的天然草坪，草坪的四周是玫瑰红的绣球花，犹如瓷器的边缘，还有揉皱的黄玫瑰花，玫瑰花散落在农民的门口，门前两棵梨树的枝叶互相缠绕，镶嵌在门上，如同一块装饰华丽的招牌，那落花使人想起古基埃尔的青铜镶饰上一个花枝的自由掉落。她还说诺曼第将使去度假的巴黎人感到十分意外，它受到每个**园地**的栅栏保护，维尔迪兰夫妇对我说，他们可以进入所有的栅栏。在一天结束时，所有的色彩都在睡意中消失，唯一的亮光来自几乎是凝结的大海，带有脱脂牛奶的蓝色（'不，同您所知道的大海毫无相同之处。'我邻座的夫人激烈反对道，以作为对我的回答，我当时说，福楼拜曾把我们兄弟俩带到特鲁维尔，'毫无相同之处，应该和我一起去，否则您就永远不会知道。'），这时他们才回家去，穿过像玫瑰红绢花一般的杜鹃花的真正树林，完全被罐装沙丁鱼加工厂的气味所陶醉，这种气味会使丈夫的哮喘发得十分厉害。——'是的，'她强调说，'就是这样，真正的哮喘发作。'接着，到第二年的夏天，他们又回来了，把一大群艺术家安顿在一幢美妙的中世纪住宅里，那住宅过去是隐修院，是他们租来的，价钱十分便宜。这个女人在如此真正高雅的环境中生活过，说话时却保存着一点平民妇女说话的粗俗，这种话能用您在想象中看到的色彩来展现事物。说真的，听到这个女人说话，听到她向我叙述她在那里过的生活，我简直垂涎三尺。在那里，每个人在自己的修士小室里工作，午饭前，所有的人都到宽敞的装有两个壁炉的客厅里来进行十分

① 劳伦斯（1769—1830），英国肖像画家，作品笔触流利，色彩绚丽。

高超的谈话，谈话中夹杂着智力游戏，这使我想起狄德罗在其名著《致伏朗小姐的书简》中所提到的谈话。然后，在午饭后，大家都来到户外，即使暴雨、烈日也是如此，那阵雨的亮光，即它过滤的亮光，在一排壮丽的百年山毛榉的结节上划出道道直线，它们把十八世纪钟爱的**漂亮**的植物置于栅栏之前，还有那些小灌木，雨水悬挂在灌木的枝杈上，犹如花蕾。人们止步倾听一只喜欢凉快的灰雀轻柔的扑水声，灰雀在一朵白玫瑰的花冠中沐浴，犹如在尼姆芬堡府邸①娇小可爱的浴缸里洗澡。我对维尔迪兰夫人说，埃尔斯蒂尔曾将那里的景色和花卉细腻地表现在彩色粉画上，她听了气愤地抬起头来说：'所有这一切，是我使他知道的，一切，您要听清楚，是一切，有趣的地方，粉画的所有主题，当他离开我们时，我就是当面对他这样说的，是不是，奥古斯特？他画的粉画的所有主题。这些东西，他过去也知道，对此说话要公正，应该承认这点，但是那些花卉，他从未见到过，他不能把蜀葵和一丈红②区分开来。是我教会他辨认，您一定不相信我的话，辨认茉莉花的。'这就是说，被今天的艺术爱好者们视作首屈一指，甚至超过方丹-拉都③的花卉画家，如果没有眼前的这位夫人，也许就永远无法画出茉莉花。应该承认，这种想法有点奇特。'是的，我发誓，是茉莉花；他画所有的玫瑰，是在我的家里，或者是我把那些玫瑰带给他的。在我们家里，人们

① 尼姆芬堡府邸是原巴伐利亚统治家族——维特尔斯巴赫家族的夏季别墅，位于慕尼黑城外，为后期巴罗克式建筑。

② 一丈红（passe-rose）是蜀葵（althaea）的俗称。

③ 方丹-拉都（1836—1904），法国油画家、版画家、插图家，以画静物、花卉和法国知名文艺家肖像而著名。

称他为比施先生；请您问戈达尔、布里肖和所有其他的人，在这儿人们是否把他当作大人物看待。他本人也会对此感到好笑的。我当时教他插花；开始时，他插不好。他老是不能把花束好。他没有天赋的鉴赏力，不能作出选择，我必须对他说：'不，别画那个，那个不值得画，要画这个。''啊！要是他在安排生活时也像在安排花卉时那样听我们的话，要是他不结这个讨厌的婚，那就好了！'突然，她因全神贯注地思念过去而两眼激动，手指节和短上衣袖子的缨子也狂热地伸长，显出神经质的不安，她那痛苦姿势的轮廓，在我看来犹如一幅从未有过的美妙的画，从中可以看出被压抑的全部愤慨，在这个轮廓中，包含着女人的情感和羞耻心上受到侮辱的一位女友的全部狂怒。接着，她对我们谈起埃尔斯蒂尔为她所作的一幅美妙的肖像画，即戈达尔家的肖像画，她和画家闹翻后把这幅画送给了卢森堡公爵，她说，是她使画家决定让男的穿上礼服，使衣服上显出波涛般的美丽皱纹，又给女的选择了天鹅绒的裙子，裙子成为画中央的支点，使地毯上像蝴蝶般飘动的片片薄云、花卉、水果以及女孩们穿的像舞蹈女演员短裙一般的薄纱裙显得四平八稳。据说，使画家产生把女人画成在梳头的想法也是她，但随后又把这个想法归功于画家，简单地说，这种想法在于不把女人画成摆好架子的样子，而是画她在日常生活中不为人知的一个姿势。我对他说：'女人在梳头、擦脸、暖脚时，如果认为自己没有被别人看到，就会有许多有趣的动作，这些动作完全是达·芬奇画中的优雅！'但在这时，维尔迪兰用一个示意动作指出，这种愤怒的重新产生对他妻子这样神经过敏的女人来说是有害于健康的，斯万见了就让我去欣赏女主人佩戴的黑珍珠项链，那珍珠项链是德·拉法耶特夫人的一个后裔卖掉的，据说是英格兰的亨利埃特送给德·拉法耶特夫人的，在她买下的时候珍珠是雪白的，后来因一场火灾而烧黑了，火灾烧毁了维尔迪兰一家居住的部分房屋，当时他们住在一条街上，街名我已经想不起来了，在那场火灾后找到了放置这些珍珠的首饰匣，但珍珠已变得乌黑。'我见过德·拉法耶特夫人佩戴这些珍珠的肖像，是的，确实是它们的肖像，'斯万强调地说，他面前的宾客们惊讶得叫出声来，'它们真正的肖像，是盖尔芒特公爵收藏的。'据斯万宣称，这是举世无双的藏品，我应该去看看，这个藏品是著名的公爵从他姑母德·博泽让夫人那里继承的遗产，因为公爵是德·博泽让夫人最喜欢的侄子，德·博泽让夫人则是从德·维尔巴里西斯侯爵夫人和汉诺威亲王夫人的妹妹德·阿丝费尔德夫人那里得到这件藏品的，过去我弟弟和我在德·阿丝费尔德夫人家里很喜欢名叫巴赞的可爱孩子的面庞，而巴赞正是公爵的名字。这时，戈达尔大夫机灵地重谈珍珠的故事，这种机灵表明他是高雅之士，他告诉我们，这种灾祸会使人脑变质，同人们在无生命物质中看到的变质完全相同，并以一种比许多医生更富有哲理的方式，列举了维尔迪兰夫人的随身男仆，男仆在这场可怕的火灾中险些丧生，火灾后他判若两人，连笔迹也完全变了，他写信给当时在诺曼第的主人，向他们禀报这件事，主人收到他写的第一封信，还以为是爱开玩笑的人设下的圈套。不仅是笔迹完全变了，据戈达尔说，男仆过去很少喝酒，现在却喝得烂醉，令人厌恶，所以维尔迪兰夫人只得把他辞退。在女主人优雅的示意下，这种有启发性的论述从餐厅转入威尼斯式的吸烟室，在吸烟室里，戈达尔对我们说，他曾经亲眼看到真正的双重人格，并对我们列举了他的一个病人的病例，他友好地表示愿把这个病人带到我的家里，并说他只要触及病人的太阳穴，就可以唤起病人的第二种生活，病人在第二种生活中记不起第一种生活中的任何事情，他在第二种生活中是一个十分正派的人，在第一种生活中却多次因偷窃而被捕，完全是一个令人厌恶的坏蛋。这时，维尔迪兰夫人敏锐地指出，医学可以为戏剧提供更为真实的题材，戏剧中复杂情节的滑稽可笑，可以建立在病理学方面误解的基础上，这样谈来谈去，就引出了戈达尔夫人的话，她说，有一个完全相同的题材，曾被一个故事员所利用，这个故事员是他的孩子们在夜晚最喜欢的人，就是苏格兰人斯蒂文森，这个姓使斯万的嘴里作出不容置辩的肯定：'斯蒂文森可是个十足的大作家，我敢向您担保，德·龚古尔先生，一位十分伟大的作家，可以和那些最伟大的作家相提并论。'在我们抽烟的大厅里，我对来自贝尔尼尼①建造的老宫殿的用盾形纹章装饰的藻井平顶赞叹不已，但同时又对有一个浅口盆被我们的哈瓦那雪茄烟烟灰逐渐熏黑感到遗憾，斯万听后说，那些曾属于拿破仑一世的书籍上也有类似的污迹，虽说公爵持反波拿巴主义的观点。这时，戈达尔显示出他对任何事物都有真知灼见，他说，这些污迹完全不是来自这个——'这个，完全不是，'他权威般地强调道——而是来自他手里总是拿着甘草片的习惯，即使在战场上也是如此，他吃甘草片是为了止住肝痛。'因为他有肝病，他就是因肝病而去世的。'医生总

① 贝尔尼尼(1598—1680)，十七世纪意大利雕刻家、建筑设计家、画家，创立巴罗克雕刻艺术风格并加以充分发挥。

结道。”

我就读到这里，因为我第二天就要起程，另外，这时已是另一个主人召唤我的时刻，我们每天都用一半的时间来为这个主人效劳。他强加于我们的任务，我们是闭着眼睛去完成的。每天早晨，他把我们交还给我们另一个主人，因为他知道，不这样做我们就不会很好地完成他的任务。当我们的灵魂重新睁开眼睛的时候，极想知道我们在主人那儿干了些什么，但主人先让自己的奴隶们躺下，然后吩咐他们迅速干活，那些最机灵的奴隶刚干完活，就想要偷偷摸摸地观看。但是，睡意赶在他们的前头，使他们想要看到的东西痕迹全无。这么多世纪以来，我们对此还知之甚少。

因此，我就把《龚古尔兄弟日记》合上。文学的魅力！我真想再次见到戈达尔夫妇，向他们询问关于埃尔斯蒂尔的许多细节，去观看小敦刻尔克商店，如果这家商店还在的话，请求获准参观我曾进过晚餐的维尔迪兰公馆。但是，我模糊地感到心烦意乱。当然，我从未对自己隐瞒这点，就是我不善于倾听，也不善于在别人在场的情况下观察。一位老妇人没有把任何珍珠项链展现在我的眼前，别人谈论项链的话也没有钻进我的双耳。然而，这些人是我在日常生活中认识的，我经常同他们一起共进晚餐，这些人就是维尔迪兰夫妇、盖尔芒特公爵、戈达尔夫妇，他们中的每个人都使我感到平庸，就像这个巴赞使我外婆感到平庸一样，她并不知道巴赞是德·博泽让夫人最喜欢的侄子，是令人快乐的青年英雄，他们中的每个人都使我觉得乏味；我不觉回忆起他们每个人都充满无数的俗气……

但愿这一切变成夜空中的一个星宿！

我在离开当松维尔前夕所读的那几页龚古尔兄弟日记，使我对文学产生了异议，但我决定把这些异议暂时搁在一边。这个回忆录作者作为个人所显示的天真迹象是明显的，即使把这一迹象搁置不顾，从各种观点来看我也可以感到心安理得。首先，从我个人这方面来说，上面引述的日记使我十分痛苦地看到我对观察和倾听的无能，但这种无能并非整体性的。在我身上存在着一个比较善于观察的人物，但这是个间歇性的人物，只有当好几种物共有的某种普遍本质表现出来时，这个人物才恢复生命，因为这种本质是他的食粮和快乐。于是，这个人物就观察和倾听，但只是在一定的深度上，因此就观察不到任何东西。几何学家抽去了事物中可感知的性质，就只看到它们的线性基质，同样，人们叙述的事被我遗忘，因为使我感到兴趣的不是他们想说的事，而是他们叙述这些事的方式，因为它能显示他们的性格或他们的可笑之处，或者确切地说，它是一种客体，一直是我寻求的主要目标，因为一个人和另一个人的共同点，赋予我一种特有的乐趣。只有当我看到它时，我的灵魂——在此以前，灵魂在沉睡，即使是处于我谈话的表面活动之下也是如此，而生气勃勃的谈话使其他人无法看到精神的完全麻木——突然开始进行愉快的追逐，但是，它追逐的东西，例如维尔迪兰沙龙在各个地点和时间中的同一性，位于深度一半的地方，即在超越表层的地方，在一个稍许凹进去一点的地带。因此，人们表面的、可以模仿的魅力被我遗忘，是因为我无权注意它，犹如一个外科医生，会在妇女光滑的腹部下面，看到正在体内折磨她的病痛。我到城里去赴晚宴是枉费工夫，我看不见那些宾客，因为当我自以为看到他们的时候，我就给他们拍 X 光照片。由此可见，当我把我在一次晚宴中能提出的对宾客们的看法汇集起来的时候，我用线条画出的图表现了一组心理学的规律，而宾客说话时所引起的兴趣，在这些规律中几乎不占任何地位。但是，既然我不认为那些肖像是这样的，这是否会使我的肖像失去任何价值？如果一幅肖像在绘画方面显示出某些与体积、光线、运动有关的真相，这是否会使它必然比另一幅肖像逊色？这幅肖像画的是同一个人，但和第一幅肖像毫无相同之处，在第一幅肖像里省略的无数细节，在第二幅肖像里细致入微地表现了出来，看了这幅肖像人们会得出结论，说模特儿是迷人的，而人们却会认为第一幅肖像的模特儿是丑陋的，这点可能具有文献上的乃至历史上的重要性，却不一定是艺术真谛。另外，一旦我不再独自一人时，我因轻浮而产生取悦别人的愿望，希望在闲谈时逗乐别人，而不是在倾听别人谈话时学到东西，除非我去社交界是为了询问某个艺术问题或是曾在我脑中萦绕的某个因嫉妒而生的猜疑。但是，我无法看到某种阅读未在我身上唤起对其欲望的东西，无法看到我事先没有画出其草图，事后又想使其与实物进行对照的东西。有多少次，我清楚地知道这点，即使龚古尔的那段日记没有把这点告诉我，我仍然无法把注意力集中到事物或人们身上，而在事后，一位艺术家在我独自一人时一旦把事物或人们的形象呈现在我的眼前，我就会不远千里，冒着生命危险把这些事物或人们找回！于是，我的想象出发了，并且开始描绘。在前一年我看到后会打呵欠的东西，我现在却事先欣赏，希望得到它，并焦虑地想道："将来是否真的不能看到它？为此我愿付出任何代价！"当读到描写人们的文章时，即使这些人是社交界人士，被看作是"一个不再存在任何见证的社会的最后代表"，读者也一定会大声说道："真想不到对一个如此微不足道的人，会谈得这么多，会如此颂扬！如果我只看报刊杂志，如果我没有看到他本人，我也会对没有经历此事而感到遗憾！"但是我在报上读到这样的文章时只是在心里想："真倒霉，我当时关心的只是找到希尔贝特或阿尔贝蒂娜，所以没有对这位先生多加注意！我把他看作是一个在社交界惹人厌烦的人，一个普通的配角，可他却是一个人物！"我读的那几页龚古尔日记，使我对这种倾向感到遗憾。因为我或许能从这几页日记中得出结论，认为生活教导我们要降低阅读的价值，认为生活向我们表明，作家对我们吹嘘的东西没有很大的价值；但是，我也可以从中得出结论，认为与此相反，阅读教导我们要提高生活的价值，这种价值我们过去未能予以重视，现在只是通过书籍才知道它有很大的价值。在必要时，我们就不会对自己不大喜欢一个凡德伊、一个贝戈特的社交圈子而感到难过。凡德伊过于腼腆的布尔乔亚主义，贝戈特无法忍受的缺点，乃至初期的埃尔斯蒂尔自命不凡的庸俗，①都不能作出任何证明来否定他们，因为他们的天才是由他们的作品来显示的。当他们把魅力赋予自己的社交圈子，即我们不喜欢的社交圈子时，对他们来说，是回忆录弄错还是我们弄错，都是一个无关紧要的问题，因为即使是回忆录的作者弄错了，也不能作出任何证明来否定产生这种天才的生活的价值。

这些稀奇古怪的趣闻，是龚古尔日记取之不尽的素材，也是读者独自一人度过夜晚的消遣；我看到的这些趣闻是龚古尔的宾客们讲给他听的，作为另一种完全不同的体验，我们真想透过日记的书页去和他们结识，但对我来说，他们并没有给我留下一点有趣的回忆，这并非完全无法解释。龚古尔因这些趣闻引人注意而得出结论，认为趣闻的叙述者可能十分高雅，这种看法未免幼稚，因为平庸的人们也可能在生活中看到或听到别人叙述有趣的事情，然后由他们来讲述。龚古尔善于倾听，就像他善于观察一样，而我却不善于这样做。另外，所有这些也需要一个一个地加以鉴定。德·盖尔芒特先生当然没有给我留下青春优雅的典范这样的印象。就是我外婆生前非常想看到的典范，她当时向我推荐这种典范，并说德·博泽让夫人在回忆录中认为这是无法仿效的典范。但是，必须看到，巴赞当时才七岁，回忆录的作者又是他的姑妈，而那些将在几个月后离婚的丈夫，也会在你的面前对自己的妻子大为夸奖。圣伯夫最美的诗篇之一，是

① 因为《龚古尔兄弟日记》使我发现，他就是那位曾在维尔迪兰夫妇家中对斯万说出令人如此生气的话的“比施先生”。但是，哪一个有天才的人，在具有高雅的情趣之前（就像埃尔斯蒂尔过去经历的那样，但这种事现在十分罕见），没有采用过他那帮艺术家惹人生气的说话方式呢？例如，在巴尔扎克的书信里，不是充满了那种斯万情愿死去一千遍也不愿使用的粗俗词语？然而，像斯万那样的高雅之士，没有任何令人讨厌的笑柄，却可能写不出《贝姨》和《都尔的本堂神甫》。——作者注

描写一座喷泉前出现了才气横溢、婀娜多姿的小姑娘德·尚普拉特勒小姐，她当时还不满十岁。[①] 尽管天才的诗人德·诺阿耶伯爵夫人对娘家姓尚普拉特勒的婆婆诺阿耶公爵夫人怀有温柔的崇敬，但如果要她来描写公爵夫人，她的描写可能会同五十年前圣伯夫的描写形成十分鲜明的对照。

更令人不安的，也许是介于这两者之间的部分，就是那么一些人，对他们的传说同对一则趣闻的记忆相比，含义更为丰富，另外人们也不会像对凡德伊、贝戈特这类人一样，用他们的作品来评论他们，因为他们没有写过作品：他们只是——使我们这些以为他们碌碌无为的人们非常惊讶的是——给了作品以启示。博物馆里的大厅能因文艺复兴时期的伟大绘画而使人对优美留下极为深刻的印象，现在这个大厅变成了滑稽可笑的小资产阶级的客厅，是可以被人接受的，我要是不了解小资产阶级，也许还会在绘画前对它进行想象，因为这样我就可以接近现实，并指望从它那儿了解到画家的艺术中最珍贵的奥秘，这点他的画没有告诉我，但他笔下华丽而长得拖在地上的丝绒和花边，是可以和提香最美的画媲美的绘画局部。如果我过去就意识到他不是才华横溢、知识渊博、交际广泛的人，而是善于像镜子那样来反映自己那种即使是平庸的生活的人，是成为贝戈特那样的人（即使同时代的人们认为贝戈特的才智不如斯万，博学不如布雷奥代），人们就更可以对艺术家的那些模特儿作出同样的评价。能描绘一切的艺术家在展示美的时候，模特儿是由一些比他稍为富裕的人们充当的，而画家的才能尚被埋没，他的画以五十法郎一张的价格出售，他在这些人家里所看到的是他在自己画室里看不到的东西：一个用家具陈设的客厅，家具上盖有古老的丝织品，客厅里装有许多灯，还有漂亮的花卉、漂亮的水果、漂亮的裙子——这些人比较低微，或者说在真正高贵的

---

① 德·尚普拉特勒小姐于1897年当上安娜·德·诺阿耶的婆婆。她曾启示圣伯夫写过一首诗，题为《布瓦洛的喷泉，致莫莱伯爵夫人的书简》，载《八月思想录》。

人们看来显得低微(高贵的人们甚至不知道他们的存在),但是正因为如此,这些人比那些贵族更能了解默默无闻的艺术家,赏识他,邀请他,购买他的画,而贵族们则让那些学院派画家来为他们画像,例如教皇和国家元首们就是这样。对于后世来说,我们时代的一个优美的家庭和优美的服饰的诗意,与其说是在贝戈特为萨冈亲王夫人或夏普兰为拉罗什富科伯爵夫人画的肖像之中,不如说是在雷诺所画的出版商夏邦基埃的客厅之中,向我们展示了优美的伟大图像的艺术家们,在一些人那儿收集到素材,这些人往往不是他们时代中最为风雅的人,而最为风雅的人也往往不请一个陌生的画家来画肖像,原因是他们无法在他的画上看出他展示的美,这种美被掩盖起来是由于一种具有过时的优美的公式化作品插在中间,这种作品在公众眼中浮动,犹如病人以为眼前确实存在的那种主观幻觉。但是,我过去认识的这些平庸的模特儿还对某些使我喜出望外的布局有过启示,提过建议,他们之中的一个在画中存在,不光是一个模特儿的存在,而且是人们愿意使他在自己画中出现的一个朋友的存在,这就使我们自忖,我们是否对没能结识所有这些人而感到遗憾,因为巴尔扎克在书中描绘了他们,或因欣赏他们而把自己的书题献给他们,而圣伯夫或波德莱尔则用最美的诗来歌颂他们,特别是所有这些雷加米埃、蓬帕杜尔在我看来都不是微不足道的人物,这或者是因为我天生有病,我于是对自己有病而不能再去看望所有这些我过去不大重视的人而感到狂怒,或者是因为她们只是依靠文学的虚幻魔法才享有盛誉,这就迫使人们在阅读时更换辞典,并使我不再感到痛苦,我由于病情加重,不得不随时断绝与社会的联系,取消旅行和参观博物馆,以便去疗养院进行治疗。

这些想法有的会减少有的则增加我对自己没有文学才能的惋惜,但是在漫长的岁月中,它们从未在我的脑中出现,在那些年里,我完全放弃了写作的计划,一心在远离巴黎的一所疗养院里治疗,直至一九一六年初这所疗养院无法找到医务人员为止。我于是回到巴黎，这时的巴黎和我第一次回来时的巴黎相比已大不一样，这点读者马上就会看到，那是在一九一四年八月，我来巴黎是为了检查病情，然后返回疗养院。

一九一六年我重返巴黎后头几天的一个晚上，我想听别人谈论唯一使我感到兴趣的事——战争，就在晚饭后出去看望维尔迪兰夫人，因为她和邦当夫人一样，是战争时期巴黎的王后之一，这战争时期令人想起督政府时期。就像接种了少量酵母后在表面上自然发生那样，一些年轻的妇女整天戴着高高的圆柱形的头巾，就像和达利安夫人①同时代的女人那样，她们出于公民的爱国心身穿十分短的裙子，外罩埃及人穿的、十分"战争"的深色直统长袍；她们脚穿用皮带系的靴子，使人想起达尔马所说的古希腊、古罗马的悲剧演员穿的厚底靴，或是高高的护腿套，使人想起我们亲爱的战士们的护腿套；她们说，这是因为她们没有忘记自己应该使这些战士一饱眼福，她们不但穿着宽松的衣裙，而且戴着首饰，用它们的装饰题材使人想起军队，虽说它们的材料不是来自军队，也并非在军队里加工；不是使人想起出征埃及的埃及装饰品，而是用炮弹碎片或七五炮的炮弹导带制成的戒指或手镯，用两个英国铜板制成的打火机，一个军人待在防空壕里使铜板上生了漂亮的铜绿，上面的维多利亚女王侧面像仿佛是皮萨内罗雕刻的；她们说，因为她们不断想到这些，当一个军人倒下了，她们就为他戴轻孝，说他"带有豪气"，这样她们就戴上白色的英国纱帽（白纱帽给人留下极为优雅的印象，使人"产生各种各样的希望"，对最后胜利具有不可动摇的信念），用缎子和平纹丝绸来代替过去的开司米，甚至保留她们的珍珠项链，"同时保持无须提请法国妇女注意的分寸和端庄"。

卢浮宫和所有的博物馆都已关闭，所以当人们看到报上一篇文章的标题是："一个引起轰动的展览会"时，人们就可以确信这不是一个绘画展

① 达利安夫人（1773—1835），督政府时期巴黎最著名的妇女之一，曾提倡复古的时装。

览会，而是一个裙装展览会，而且展览的裙子是为了满足“那些高尚的艺术情趣，即巴黎妇女过早失去的艺术情趣”。这样，优雅和情趣重新复兴，优雅没有艺术，就竭力为自己辩护，如同一七九三年的艺术那样，在那一年，在革命沙龙参展的艺术家们宣布，“当同盟国的欧洲包围自由的国土时，我们却在搞艺术，一些严肃的共和主义者”将会错误地感到“奇怪”。一九一六年的妇女时装店老板就是这样做的，他们还以自豪的艺术家的良心承认，“寻找新鲜的东西，排斥平庸的东西，显示一种个性，为胜利作好准备，根据战争的要求为世世代代指出一种美的新格式，这就是使他们感到苦恼的雄心壮志，这就是他们梦寐以求的理想，当人们前来参观他们美妙地设立在……街头的沙龙时，人们就会看到这点，用鲜艳的色彩来消除当时沉闷的忧郁，看来是那些沙龙的口号，不过带有当时的形势所强加的审慎。”确实，“如果我们没有这么多令人思索的勇敢和耐劳的高尚榜样，当时的忧郁就可能战胜妇女的毅力。我们的战士在战壕里希望留在家里的心上人更加舒适、更加妩媚，因此，当我们想到这些战士时，我们不就是在设计符合当时要求的裙子这项工作中不断进行越来越多的探求”？可以理解，“时髦的式样主要由英国的商店创造，即协约国的商店创造，人们在今年酷爱酒桶裙，裙子自然、漂亮，使我们妇女都具有罕见优雅的有趣的小小特点。这场可悲的战争最令人满意的后果之一，迷人的专栏作者补充道（人们以为他会说：是夺回失去的省份，民族感情的觉醒），这场可悲的战争最令人满意的后果之一，将是在时装方面取得可喜的成果，这种时装上不乱加质次的装饰物，显得十分简洁，就是用极少的东西创造出妩媚的风采。人们现在所喜欢的，不是大服装店制作成一式几件的那种裙子，而是自己在家里制作的裙子，因为这些裙子能显示每个人的个人思想、嗜好和倾向。”至于说到慈善，当她们想到因入侵而产生的一切苦难，想到这么多的残废者时，慈善自然会变得“更加灵活”，这使她们不得不坐在桥牌桌旁，在“茶会”里度过黄昏的时光，一面评论“前线”的新闻，在大门口则停着她们的汽车，汽车的座位上坐着一个漂亮的军人，在和贵族的跟班以及戴高头巾的女士们闲聊。另外，新鲜的不光是用古怪的圆柱形使脸部变长的头巾，而且还有脸部本身。戴新帽子的女士是一些不知从哪里来的青年妇女，她们成为优雅的花朵，有的已有半年，有的已有两年，有的已有四年。这些差别对于她们的重要性，如同我初入社交界时，盖尔芒特和拉罗什富科这两个家族对证实家族的历史有三个世纪或四个世纪的重要性一样。从一九一四年起就结识盖尔芒特家族的女士，把一九一六年被介绍给这个家庭的女士看作是暴发户，向她问好时活像一个享有亡夫遗产的寡妇，用单柄眼镜盯着她看，并撅嘴表示，人们甚至还不能确切地知道这位女士是否已经结婚。“这一切都相当令人恶心。”一九一四年结识盖尔芒特家族的女士总结道，她真希望盖尔芒特家族结识新友的周期在她之后告一段落。这些新友在年轻人看来已十分陈旧，而对某些不仅仅出入上流社会的老人来说，这些人似曾相识，并非新友；这些人不仅为社交界提供在知己之间进行政治方面和音乐方面的谈话这种社交界所允许的消遣，而且还必须由这些人来提供这种消遣，因为如果这些人是旧友——即使是新友也一样，要使事物显得新奇，就必须要有新的名称，在艺术上是如此，在医学上、社交上也是如此。（另外，在某些事物上名称确实是新的。例如，维尔迪兰夫人在战争时期去了威尼斯，但是，犹如那些想对忧愁和感情避而不谈的人一样，当她说这好极了的时候，她赞赏的既不是威尼斯、圣马可教堂，也不是那些宫殿，那些曾使我十分喜欢的一切，她都不屑一顾，她赞赏的是探照灯在空中产生的效果，她对这些探照灯提供了以数字为依据的情况，这样一代一代下去，在对至今仍被欣赏的艺术作出反对的反应时，重新产生了一种现实主义。）圣德费尔特的沙龙是一个变得陈旧的标签，使用这个标签，即使有最伟大的艺术家和最有势大的部长在场，也不会吸引任何人。相反，人们为了倾听这些艺术家的秘书或这些部长的办公室副主任说一句话，却会跑到戴头巾的新女士们的家里，她们叽叽喳喳，蜂拥般飞到巴黎。第一督政府的那些女士中有一位年轻、美貌的王后，名叫达利安夫人。第二督政府的那些女士中有两位年老、丑陋的王后，名叫维尔迪兰夫人和邦当夫人。邦当夫人的丈夫在德雷福斯案件中起了被《巴黎回声报》激烈批评的作用，谁还会对她毫不宽容呢？由于整个议会在一个时期中都主张修改宪法，主张维护社会秩序、容许宗教活动和进行军事准备的党派，就必定要在过去主张修改宪法的人们和过去的社会党人中间发展自己的成员。要是在过去，人们会憎恨邦当先生，因为在那时，不爱国的名字叫作德雷福斯派。但是，这个名字很快被人遗忘，并被“三年服役法①的反对派”这个名字所取代。相反，邦当先生却是这个法案的制定者之一，因此他是个爱国者。在社交界（这个社会现象也只是对一个更为普遍的心理法案的实施），新鲜事物不管是否应受谴责，只有在未被理解、不具有令人放心的成分时才会引起恐惧，德雷福斯主义是如此，圣卢和奥黛特的女儿的婚姻也是如此，这个婚姻在起初曾使人们发出惊叫。现在，人们在圣卢夫妇的家里可以见到“人们认识的”所有人，希尔贝特即使有奥黛特那样的生活作风，人们也会到那儿“去”，并赞成她像老太太那样来指责未被理解的新道德。德雷福斯主义现在已被纳入一系列体面而又习惯的事物。至于它本身的价值，是没有人会去考虑的，现在赞成它时是这样，过去指责它时也是这样。它已不再shocking②。这就是必须做的一切。人们几乎想不起自己曾经是这样的人，就像过了一段时间之后，人们不再知道一个姑娘的父亲是否当过小偷。在必要时，人们可以说：“不，您说的是连襟，或者是一个名字相同的人。但是，对他这个人，别人从未说过任何坏话。”同样，过去一定有两种不同的德雷福斯主义，去蒙莫朗西公爵夫人家做客并使三年服役法获得

---

① 三年服役法由普安卡雷内阁提出，于1913年4月7日获得通过。

② 英语，意为“令人震惊”。

通过的人也不可能是坏人。不管怎样，对任何罪孽都要宽恕，既然对德雷福斯主义已经忘却，对德雷福斯派就**更有理由**忘却。另外，政治已荡然无存，因为人们想要站在政府一边，一时间都成了德雷福斯派，即使是那些曾反对过德雷福斯主义这种令人反感的新事物的人也是如此，他们当时（那时圣卢走上歧途）认为德雷福斯主义代表的是不爱国、不信教、无政府主义等等。因此，邦当先生的德雷福斯主义隐蔽而又合法，就像所有政治家的德雷福斯主义一样，犹如皮下的骨头隐而不见。任何人都不会记得他曾是德雷福斯派，因为社交界人士漫不经心、十分健忘，还因为现在离此事已有相当长的时间，这些人还假装把这段时间看得比实际上更长，认为把战前和战争时期相隔的时间说成是一段同地质时期一样深、一样长的时期，是最为时髦的想法之一，因此布里肖这个民族主义者每当影射德雷福斯案件时就说："在这些史前时期。"（说实在的，战争引起的这种深刻变化，是同触及的思想的价值成反比的，至少从某种程度起是如此。在下层，那些十足的傻瓜，那些只想寻欢作乐的人们对战争并不关心。但在上层，内心十分丰富的人们也很少考虑那些事件的重要性。对他们来说，深刻改变思想次序的，正是某种本身仿佛毫不重要的东西，这种东西使他们生活在另一个时代之中，从而颠倒了他们的时间次序。人们可以从受到它启示的优美篇章中切实理解这点：蒙布瓦西埃公园中的鸟鸣，或是带有木樨草气味的微风，显然没有法国大革命和法兰西第一帝国时期的重大事件影响大，但它们却启示了夏多布里昂，使他在《墓外回忆录》中写下价值要大无数倍的篇章。）同样一些人说，德雷福斯派和反德雷福斯派这两个词已不再具有意义，但如果有人对他们说，在几个世纪之后，也许在更短的时间里，德国佬这个词可能会像无套裤汉、朱安党人或蓝制服[1]这些词一样，只有使人感到好奇的价值，他们就会感到惊讶和愤慨。

---

① 蓝制服是第一次世界大战时法国士兵所穿的制服。

邦当先生希望看到德国四分五裂,就像中世纪时霍亨索伦王朝①宣布绝嗣后那样,也希望看到威廉②被军法处决身中十二颗子弹,在此之前,他不愿听到别人谈论和平。总之,他被布里肖称之为“打到底主义者”,他可以获得公民责任感的最佳证书。在前三天,邦当夫人在那些曾要求维尔迪兰夫人把她介绍给他们的人中间也许有点不自在,她对维尔迪兰夫人说:“这正是您刚才给我介绍的奥松维尔公爵。”维尔迪兰夫人则用有点刺耳的语调回答道:“是伯爵,亲爱的。”这也许是因为她对奥松维尔这个姓和某个爵位之间的组合一无所知,也许恰恰相反,是因为她精于此道,善于和“公爵党”③进行观念联想,有人曾对她说德·奥松维尔先生在法兰西学院里是这个党的成员之一。从第四天起,她开始在圣日耳曼区牢牢地扎下根。有时,人们可以在她周围看到社交界的一些陌生人,人们不认识这些人,也不对他们感到惊讶,就像看到小鸡周围的蛋壳碎片一样,因为人们知道邦当夫人是从哪个蛋里孵出来的。但是,从第十五天起,她使他们感到震惊,在第一个月的月底之前,当她说“我要到莱维家去”时,大家就明白了,她不必明确指出她说的是莱维-米尔布瓦,每一位公爵夫人临睡前都要从邦当夫人或维尔迪兰夫人那儿获悉,至少是从电话里获悉,晚上的战报有什么内容,省略了什么消息,和希腊的战况如何,在准备发动什么进攻,总之,是公众将在第二天或第二天之后才知道的新闻,这样,她仿佛是在进行彩排前的最后一次排演。在谈话中,维尔迪兰夫人为了传播新闻,在谈到法国时称“我们”。“事情是这样的:我们要求希腊国王撤

---

① 霍亨索伦王朝是欧洲历史上著名的王朝,为勃兰登堡-普鲁士及德意志帝国的主要统治家族。王朝的始祖是布尔夏德一世,他的后裔自第三、四代开始形成两个家系,一为索伦-霍亨贝格,于1486年前后绝嗣。

② 即威廉二世(1859—1941),发动第一次世界大战的德国皇帝。

③ 公爵党当时包括法兰西血统的贵族院士,以斯达尔夫人的曾孙奥松维尔伯爵的沙龙为中心。

出伯罗奔尼撒，等等，我们向他发出，等等。”在她的所有叙述中总是要提到总司令部（“我曾打电话给总司令部”），她说这个缩写词[①]的乐趣，就像过去那些并不认识阿格里让特亲王的妇女那样，她们听到别人说起亲王时，为了表明她们对亲王并不陌生，就微笑地问道：“是格里格里？”在比较太平的时期，这种乐趣只有社交界人士才有，而在现在这种大动乱的时期，连老百姓也有这种乐趣。例如，当人们谈论希腊国王时，我们的管家由于经常看报，会用威廉二世的口吻说：“是丁诺[②]？”而在此以前，他和国王们亲热得更为随便，这种亲热是他臆造的，当他谈到西班牙国王时，他说：“方方斯[③]。”另外，人们可以发现，随着主动接近维尔迪兰夫人的杰出人物的数目增加，她称之为“令人厌倦的”人们的数目就减少。通过一种魔法，前来拜访她或要求得到她邀请的所有“令人厌倦的人”，突然变成某种令人愉快的聪明人。总之，一年之后，令人厌倦的人们的数目大大减少，以致过去在谈话中占有极重要的位置并在维尔迪兰夫人的生活中起过极大作用的“对感到厌倦的害怕和无能为力”，几乎消失得无影无踪。到了晚年，这种对感到厌倦的无能为力（她过去曾肯定地说，她在少年时代未曾有过这种感觉），使她受到的痛苦减少，就像某些偏头痛、某些神经性哮喘那样，在人们年老时就不再发作。如果维尔迪兰夫人没有从过去的信徒中抽出少数人来取代不再令人厌倦的人们，在无人可厌倦的情况下，对感到厌倦的害怕也许已完全和维尔迪兰夫人无缘。

此外，我们再来谈谈那些现在常去维尔迪兰夫人家做客的公爵夫人，她们在不知不觉中到那里去寻求的东西，正是德雷福斯派过去寻求的东西，即社交界的一种乐趣，这种乐趣的形成方式是，对它的品尝可以满足

---

① 即总司令部的缩写词 G. Q. G. 。

② 即希腊国王康斯坦丁一世（1868—1923）。

③ 即西班牙国王阿方索十三世（1886—1941）。

政治上的好奇心，可以满足在她们之间评论从报上读到的各种事件的需要。维尔迪兰夫人说："请你们到五点钟来谈论战争。"就像过去说"谈论德雷福斯案件"一样，同时还说："请你们来听听莫雷尔谈话。"

然而，莫雷尔是不应该在这里的，原因是他还没有退役。只是他没有返回部队，开了小差，但无人知道此事。

这个沙龙的明星之一是"落泊者"，他虽说爱好体育，却设法退了役。对于我来说，他已经成为一部我经常思念的美妙作品的作者，所以当我在两组回忆之间建立一种横向联系时，我在偶然间想到他就是使阿尔贝蒂娜离开我家出走的那个人。在这些涉及阿尔贝蒂娜的珍贵回忆方面，这种横向联系引向一条道路，道路通到好几年之后，在一片荒野中绝迹，因为我从此不再想念她了。这是我从此不再走的一条回忆的道路，一条路线。然而，"落泊者"的那些作品是最近问世的，我的思想也一直在走，一直在使用这条回忆的路线。

我应该说，认识安德烈的丈夫并非十分容易，也并非十分愉快，人们对他怀有友情，但得到的却是许多失望。在这时，他确实已病得很重，所以不想使自己劳累。除非是那些在他看来也许能给他带来乐趣的劳累，然而，他认为只有和他不认识的人们见面才会给他带来乐趣，他那热情奔放的想象也许使他把这种见面看作一次机会，认为这些陌生人会和其他人不同。但是，对于他已经认识的人们，他极为清楚地知道他们现在是怎样的人，将来会是怎样的人，他觉得不值得为他们作一次对他来说是危险的，也许是致命的劳累。总之，他是一位很坏的朋友。他对新朋友的偏爱，也许再现了他过去某种狂热的大胆，在巴尔贝克时，他对体育运动、赌博和无节制的饮食就是如此。

至于维尔迪兰夫人，她每次都想让我和安德烈认识，因为她对我已认识安德烈这件事感到无法接受。不过，安德烈也很少和她丈夫一起来。她对我来说是一位令人赞赏的挚友，她忠于自己那位批评俄国芭蕾舞的丈夫的审美观，在谈到波利尼亚克侯爵时说："他的房子是由巴克斯特[①]装饰的，这种房子怎么能睡呢！我更喜欢迪比夫[②]。"此外，由于唯美主义的必然进步，维尔迪兰夫妇最终改变了自己的看法，他们说无法忍受现代风格（再说这是慕尼黑的风格）和白色的套间，只喜欢法国的老式家具配上深色的室内环境。[③] 在这个时期，维尔迪兰夫人可以把自己想请的客人请到自己家里，所以人们看到她用间接的方式去主动接近一个她早已完全不放在眼里的人——奥黛特——时，感到十分惊讶。人们认为，此人不会给这个过去只有一小群人，现在变得耀眼夺目的社交界增添任何光彩。但是，长期的分离会平息宿怨，有时也会同时唤起友情。另外，这种现象不但会使垂死的人嘴里只说过去熟悉的名字，而且会使老人耽于童年回忆，这种现象在社会上也有其相同的东西。为了使奥黛特重新来她家做客这件事获得成功，维尔迪兰夫人当然没有使用"极端保皇派"，而是使用忠实程度较差的常客，这些人仍到其他沙龙去做客。她对他们说："我不知道为什么在这里再也看不到她了。她也许在怄气，我可没有；总之，我哪点得罪了她？她是在我的家里认识她的两个丈夫的。如果她愿意再来玩，就请告诉她，我的大门对她是敞开的。"这些话如果不是女主人的想象力让她说出来的，一定会使骄傲的女主人难以启口。这些话给传了过去，但没有成功。维尔迪兰夫人等待着奥黛特，但没有看到她来。直至后面将要谈到的一些事件发生，

---

① 巴克斯特（1866—1924），俄国艺术家，主要从事舞台布景和戏装的设计。

② 迪比夫祖孙三代均从事绘画，祖父名叫克洛德（1790—1864），父亲是爱德华（1820—1383），孙子为纪尧姆（1853—1909）。这里是指室内装饰家纪尧姆·迪比夫。

③ 在这段时期我经常见到安德烈。我们都不知道该说些什么。有一次我想到絮利安这个名字，是在对阿尔贝蒂娜的遥远回忆中想到的，犹如一朵神秘的花。在当时是神秘的，但现在却不能再激发起任何东西，我谈论许多无关紧要的话题。但对这个话题却默无一言，这不是因为比另一个话题更加无关紧要，而是因为过去对这些事物考虑过多，所以现在产生一种厌倦的感觉。我过去一个时期把这件事看得非常神秘，这个时期也许是真正有意思的时期。但是，由于这些时期不会永远持续下去，我们就不应该牺牲自己的健康和财富，去探索有朝一日将不会再使我们感到兴趣的秘密。——作者注

这些事件出于完全不同的原因,导致无情无义的人们组成的热情使团无法完成的事得以实现。轻而易举的成功固然少,完完全全的失败也不多见。

发生的事情一模一样,人们自然会想起过去的一句话:“不是思想正统,就是思想不正统。”但当事情显得并不相同时,由于过去的巴黎公社社员曾经反对修正德雷福斯案件,所以最坚决的德雷福斯派希望把所有的人统统枪毙,并且得到将军们的支持,就像将军们在德雷福斯案件审理期间反对加利费①那样。在这些聚会中,维尔迪兰夫人邀请了几位认识不久的女士,这些女士因其作品而出名,她们在前几次来的时候打扮得光彩夺目,戴着豪华的珍珠项链,奥黛特也有一条漂亮的珍珠项链,她以前曾过分炫耀这条项链,现在她模仿圣日尔曼区的那些女士,穿上了“战争服”,就对时髦的服饰持严厉态度。但是,女士们善于适应环境。三四次之后她们就看到,她们认为时髦的服饰,正是那些时髦的人所废弃的,她们就把绣金的衣裙搁置一边,心甘情愿地穿上朴实的服装。

维尔迪兰先生说:“真扫兴,我要给邦当打电话,让邦当为明天作必要的准备,人们还**删去**了诺布瓦文章的全部结尾部分,只是因为他在文中暗示贝森**被免职**了。”因为司空见惯的愚昧使每个人通过使用常用的表达法来炫耀自己,并自以为可以表明现在时兴这种说法,犹如一个资产阶级的妇女在听到别人谈起德·布雷奥代先生、德·阿格里让特先生或德·夏吕斯先生时说:“谁?布雷奥代家的拔拔尔、格里格里、夏吕斯家的麦麦?”不过,公爵夫人们也照此办理,她们在说“免职”时有同样的乐趣,因为对于公爵夫人们来说——对于有点诗意的平民来说也是如此——显示区别的是名称,但她们按照自己所属的思想等级来表达思想,在这个等级里也

---

① 加利费(1830—1909),法国将军,曾残酷镇压巴黎公社起义,一八九九年出任陆军部长,由于极不适合搞政治,不到一年便被迫辞职。

有许多资产者。思想上的阶级划分不考虑出身。

维尔迪兰夫人的所有这些电话也并非没有弊病。我们忘了提及，维尔迪兰“沙龙”如果说在思想上和现实中继续存在的话，已经暂时搬到巴黎最大的公馆之一，原因是威尼斯使节们过去的住宅十分潮湿，加上缺煤和缺电，使维尔迪兰夫妇在那里会客更为困难。另外，新客厅也不是没有可爱之处。正如在威尼斯因水多而面积有限的广场规定了各个宫殿的外形，正如巴黎城内的一个小花园比外省的一座公园更能使人心旷神怡，维尔迪兰夫人在这座公馆里的狭窄餐室，构成一个四壁白得发亮的菱形，犹如一个银幕，每逢星期三，几乎是每天，这幅银幕上就会出现巴黎各种各样最引人注目的男人和最时髦的女人，他们都乐意分享维尔迪兰夫妇的豪华，因为在这个时期，最富裕的人们由于无法得到收入而紧缩开支，可是维尔迪兰夫妇的豪华却因他们的财产而与日俱增。招待客人的形式有了改变，但布里肖却仍然感到十分快乐，随着维尔迪兰夫妇的交往不断扩大，他也从中找到在一个小小的空间里积累起来的新乐趣，犹如圣诞节时在一只鞋中发现意想不到的礼物。有几天，来赴晚宴的客人特别多，使这个私人住宅的餐室显得过于狭窄，于是就在楼下的大餐厅里设下晚宴，那些常客虚伪地装出在楼上时的那种亲密无间，而在心里却暗暗高兴——他们几个人离开众人待在一边，就像过去乘小火车时一样，希望自己成为邻座观看和羡慕的对象。在平常的和平时期，悄悄地寄给《费加罗报》或《高卢人报》的一则社交消息，会使没能去雄伟旅馆的餐厅赴宴的人们获悉，布里肖曾和迪拉斯公爵夫人共进晚餐。但是，自从战争爆发以来，社交新闻的专栏记者取消了这类消息（他们用刊登葬礼、嘉奖和法美宴会的消息来进行弥补），要做广告就只能用一种影响有限的幼稚的办法，这种办法出现于古腾堡[1]的发明之前，只适用于史前时代，这就是在维尔迪兰

---

① 古腾堡（约1400前—1468），德国工匠和发明家。

夫人的餐桌旁露面。晚饭后，客人们来到楼上女主人的客厅，接着就开始打电话。然而，在这个时期，许多大公馆的客人里都混杂着间谍，他们记下了邦当在电话里传达的秘密消息，可喜的是他的消息并不确切，总是被事态所否定，因此他的泄密才没有造成损失。

在下午的茶会结束之前，即在日暮之时，天空还很亮，人们可以看到远处的棕色小斑点，要是在蓝色的夜空中，人们会以为是小飞虫或小鸟。就像人们看到远处的一座山时，会以为是一朵云。但是，人们内心激动，因为知道这朵云很大，是固体，而且很结实。因此，我内心也十分激动，因为天上的棕色斑点既不是小飞虫，也不是鸟，而是一架飞机，这架飞机由几个在对巴黎进行监视的人驾驶（我和阿尔贝蒂娜在凡尔赛附近作最后一次散步时，曾见到过这种飞机，但这个回忆与我现在的激动毫无关系，因为对这次散步的回忆在我看来已无关紧要）。

吃晚饭的时候，饭店全部客满；如果我在街上行走，看到一个可怜的休假军人在灯光照亮的橱窗前把目光停留片刻，我就会感到难过，因为他只是在六天中逃脱随时会死亡的危险，并准备重返战壕，这种难过我过去在巴尔贝克旅馆也曾有过，就是在渔夫们看着我们吃饭的时候，但我现在更加难过，因为我知道，相比之下，士兵的不幸要比穷人的不幸来得大，而且更加感人，因为这种不幸更加顺从、更加高尚，他在准备重返前线时看到后方工作的军人们在预订餐桌时挤来挤去，只是达观地、毫不厌恶地摇了一下头说："这儿看不出是在打仗。"然后，到九点半，还没有一个人吃完晚饭，但根据警察局的命令，所有的灯一下子都熄灭了，九点三十五分，后方工作的军人们又开始挤来挤去，从饭店的服务员手里夺过他们的大衣，我曾在圣卢休假的一个晚上和他一起在这家饭店里吃晚饭，这时饭店里半明半暗，显得神秘莫测，就像放映幻灯的暗室，又像电影院里放映电影的大厅，那些吃完晚饭的男男女女急忙赶到电影院去。

但在这个时间之后，对于那些在我所说的那天晚上像我那样在家里吃完晚饭，然后去看望朋友的人来说，巴黎的夜晚要比我童年时代的贡布雷更为黑暗，至少在某些街区是如此；人们进行的互访，犹如乡下邻居间的互访。啊！要是阿尔贝蒂娜还活着，我晚上到城里去吃晚饭时约她在拱廊下幽会，将会多么甜蜜！开始时，我什么也不会看到，我会内心激动，以为她未能赴约，但突然间，我会看到黑墙上显现出她喜欢的一条灰色裙子，以及已经看到我的那双微笑的眼睛，于是我们就可以搂在一起散步，而不会被别人发现，我们走了一会儿，然后就回家。唉，我现在却是孤身一人，我仿佛是在拜访乡下的邻居，就像过去斯万在晚饭后来拜访我们一样，他在当松维尔的黑夜中不会再遇到行人，走的是拉纤的小道，一直走到圣灵街，我现在从圣克洛蒂尔德走到波拿马特街，走在那些已变成弯弯曲曲的乡村道路的街上，也没有遇到行人。另外，由于现在这个时间使我游历的这些景色片断，不再受一个变得无法看到的环境的制约，在那些刮风后冰冷的暴雨随即停止的夜晚，我感到自己仿佛是在过去曾朝思暮想的骇浪滔天的海边，而没有以前在巴尔贝克时的感觉；其他一些巴黎过去并不存在的自然环境，甚至会使我感到我刚下火车，来到乡村度假，例如晚上月光下在身旁的地上的明暗对比就是如此。月光所产生的现象，是城里看不到的，即使在隆冬也是如此；奥斯曼大街上的积雪已无人会去扫除，月光洒在大街的雪上，就像洒在阿尔卑斯山的一条冰川之上。树木的侧影映照在这个有点发蓝的金色雪地上，显得清晰、洁净，同时又十分柔和，犹如某些日本画中或拉斐尔某些画的背景中的树木侧影；这些侧影展现在树木根部的地面上，在大自然中太阳落山时往往可以看到这种景色，这时，太阳沐浴着草原，把草原照得如镜子一般反光，草原上的树木一棵棵距离相等。但是，美妙的柔和达到登峰造极的程度时，展现这些轻如灵魂的树影的草地，犹如天堂里的草地一般，那颜色不是绿的，而是被洒在玉石般雪上的月光照成晶莹的白色，草地仿佛全都由梨花的花瓣织成。在广场上，公共水池的那些神祇，手持冰柱，仿佛是用双重材料制成的雕像，为了制作这些雕像，艺术家特意把青铜和晶体融合在一起。在这些特殊的日子里，所有的屋子都是漆黑一片。但到了春天却与此相反，有时会有违反警察局规定的现象，一座公馆，或者只是公馆的一层楼，或者一层楼中只有一个房间，由于没有关上百叶窗，看上去有如在投射光线，有如忽隐忽现的幻影，独自浮现在伸手不见五指的黑暗之上。人们高高地抬起眼睛在这半明半暗的金光中见到的女人，在这个人们消失其中、她也仿佛与世隔绝的黑夜之中，呈现出东方景色神秘而含蓄的魅力。然后我走了过去，在黑暗中只听到有益于健康而又单调的粗俗脚步声。

我心里在想，我已经好久没有看到书中所提到的那些人，而且一个也没有看到。只有在一九一四年，我在巴黎度过的两个月中，我见到过德·夏吕斯先生以及布洛克和圣卢，而圣卢我只见到过两次。第二次见到他时，一定是他表现最出色的时候；他已经消除了他在当松维尔逗留期间给我留下的所有令人不快的不真挚的印象，这种印象我已在上文中说过，我在他身上重又发现他过去的一切美德。我第一次见到他是在宣战之后，即宣战后的那个星期之初，当时布洛克表达了沙文主义十足的感情，圣卢等布洛克离开我们以后，立刻责备自己没有再次入伍，我对他语气的粗暴几乎觉得反感。[①] “不，”他愉快而有力地大声说道，“所有那些不去打仗的人，不管提出什么理由，都是因为他们不愿被人杀死，都是出于**害怕**。”他用同样肯定的手势，但比强调指出其他人的害怕时的手势更为有力，补充

① 圣卢是从巴尔贝克回来的。我后来才间接地获悉，他曾徒劳地勾引饭店经理。饭店经理有现在的地位，是因为继承了尼西姆·贝尔纳先生的遗产。实际上，他就是布洛克的伯父过去“保护”的那个青年侍者。但是，富裕给他带来了美德。因此，圣卢勾引他是白费力气。这样，当那些有道德的青年到了一定的年龄会沉湎于他们终于意识到的情感，作为补偿，轻浮的少年变成了有道德的男人，夏吕斯那样的人因相信过去的故事而来找他们，但已为时过晚，只会自讨没趣，碰一鼻子的灰。一切都取决于时间。——作者注

道:“而我,如果说我没有再次入伍,老实说就是因为**害怕!**”我已经在各种各样的人身上发现,装出值得称赞的感情并不是坏人们的唯一掩护,而且还发现,一种更新的掩护是这些坏人炫耀自己,以便使别人至少不显出避开他们的样子。另外,在圣卢的身上,这种倾向因他的习惯而得到加强,就是当他泄露了秘密,干了一件蠢事,别人可能会来责备他时,他就把这种事公开披露出来,并说是故意干的。我觉得,他的这种习惯想必来自军校的某个教师,他过去和这个教师过从甚密,并公开表示对此人十分欣赏。因此,我毫不困难地把这种心血来潮解释为对一种感情的口头认可,由于这种感情支配了圣卢的行为,使他对刚爆发的战争持不介入的态度,所以他更喜欢表露这种感情。他在离开我时问我:“你是否听说我的舅妈奥丽阿娜要离婚?就我个人而言,我对此一无所知。这件事不时有人说起,我经常听到别人说,就信以为真。我补充一点,这件事将是十分容易理解的;我的舅舅和蔼可亲,不仅在社交界是如此,而且对他的朋友、对他的父母也是如此。从某个方面来看,他的心肠甚至要比我舅妈好得多,我舅妈是个圣人,但她使他可怕地感到这点。不过他是个可怕的丈夫,一直欺骗自己的妻子,侮辱她,粗暴地对待她,不给她钱。她要离开他将是十分自然的事情,是此事不假的一个原因,但也是此事不真的一个原因,所以人们会想到并说出这件事。另外,她已经对他容忍了这么久!现在我清楚地知道,有许多事情人们说错了又否定,但后来却弄假成真。”听到这里,我就想到问他,过去传说他要娶德·盖尔芒特小姐,是否有这么回事。他听了大吃一惊,对我肯定地说没有这么回事,说这只是社交界流传的一个谣言,这种谣言不时产生,也不知是怎么产生的,然后就不戳自穿,但谣言的不可靠不会使那些相信过谣言的人变得更加谨慎,一旦产生一个结婚、离婚的谣言或一个政治谣言,他们就会立刻信以为真,并且广为传播。

四十八个小时还没有过去,我了解到的某些事实就已向我证明,我完全错误地理解了罗贝的话:“这些人不上前线,都是因为他们害怕。”圣卢说这句话是为了在谈话中出风头，是为了显示他心里想的与众不同，因为他完全不能肯定他的立场会被别人接受。但是，他在这段时间里千方百计地使自己的立场被别人接受，他这样做倒没有与众不同，就是从他觉得应该赋予这个词的意义来看没有与众不同，但从本质上看更加接近圣安德烈教堂的法国人，更加符合当时圣安德烈教堂的法国人的一切优良品质，这些法国人是领主、自由民和农奴，农奴对领主或是毕恭毕敬，或是起来造反反对领主，这两类都是法国的，它们同属一个科，分为弗朗索瓦丝亚门和莫雷尔亚门，然后两个箭头重又合而为一，指向同一个方面，即边境。布洛克曾十分高兴地听到一个民族主义者（其实此人的民族主义十分罕见）吐露自己的怯懦，而当圣卢问他是否将亲赴前线时，他就显出大祭司的神色回答道："我眼睛近视。"但是几天之后，布洛克完全改变了对战争的看法，他来看我时十分慌乱。他虽然"眼睛近视，但被认为可以入伍。"我送他回家时遇到了圣卢，圣卢为托人把自己引见给陆军部的一位上校，和一位过去的军官有约会，据他对我说是"德·康布尔梅先生"。"啊！不错，我对你说的是一位老相识，你和我一样熟悉冈冈。"我对他回答说，我确实认识此人，也认识此人的妻子，我对他们并不十分赞赏。但是，自从我第一次见到他们之后，我总是认为那个女的仍然值得注意，因为她对叔本华了如指掌，可以出入于她那粗俗的丈夫无法进入的知识界，所以我听到圣卢对我的回答立刻感到惊讶，圣卢说："他的妻子是傻瓜，我把她交给你了。但他是个出色的人物，有才能，又一直十分讨人喜欢。"圣卢说那女的是"傻瓜"，大概是指她经常出入上流社会的强烈欲望，对此上流社会持极为严厉的态度；至于说她丈夫的那些优点，这也许是他侄女认为他是家庭中最好的人时所看到的他那些优点中的某个部分。他至少不去关心那些公爵夫人，但是说实在的，这是一种"聪明"，这种聪明同思想家们特有的聪明的区别，就像公众认为某个富翁"善于发财"的聪明同思想家们的聪明的区别一样大。但是，圣卢的话并没有使我感到不快，因为他的话提请人们注意,奢望和愚蠢相差无几,而朴实的情趣虽说并不明显,却能讨人喜欢。不错,我不曾有机会欣赏德·康布尔梅先生的朴实。但是,正是这点才使一个人变成许多不同的人,原因是有许多人在评论他,此外在评论上也有各种各样的差别。对于德·康布尔梅先生的情况,我所了解的只是皮毛而已。他的风趣已由其他人向我证实,但我对此一无所知。布洛克在他家门口离开了我们,严厉地抨击了圣卢,并对他说,他们那些军装上带杠杠的“女婿”在参谋部里炫耀自己,又不必冒任何危险,他这个普通的二等兵也不想“为了威廉”让自己的“皮肉穿孔”。“看来威廉皇帝病得很重。”圣卢回答道。就像所有那些和交易所关系密切的人一样,布洛克特别容易接受耸人听闻的消息,他补充道:“许多传说甚至说他已经死了。”交易所里认为,任何有病的君主,不管是爱德华七世还是威廉二世,都已经死了,任何即将被包围的城市都已被攻占。“隐瞒这件事,”他补充道,“只是为了不使德国佬那儿的舆论沮丧。他是在昨天夜里死的。我父亲是从最可靠的来源得到这个消息的。”最可靠的消息来源是老布洛克先生重视的唯一消息来源。这也许是因为他依靠“上层的关系”,有幸和这些消息来源取得联系,并从中得到更加秘密的消息,说对外银行的股票即将上涨,或是比尔的股票即将下跌。另外,即使在某一个时候比尔的股票上涨或“抛出”对外银行的股票,即使前一种股票的市场“坚挺”、“积极”,后一种股票的市场“犹豫”、“疲软”,最可靠的消息来源仍然是最可靠的消息来源。正因为如此,布洛克在对我们宣布德国皇帝去世时,样子深奥莫测、神气活现,同时又怒气冲天。他特别气愤的是听到罗贝说“威廉皇帝”。我认为,即使在断头台的铡刀之下,圣卢和德·盖尔芒特先生也是会这样说的。社交界的两位先生如果单独生活在一个孤岛上,不需要向任何人显示高雅的举止,也会从这些教养的痕迹中看出对方的身份,就像两位拉丁语学者会正确地引述维吉尔的语录一样。圣卢即使被德国人严刑拷打,也只会说“威廉皇帝”。不管怎样,这种礼貌是思想上有很大约束的标志。不能抛弃这种约束的人仍然是社交界人士。另外，同布洛克那种怯懦而又自吹的庸俗相比，这种风雅的平庸是美妙的，特别是因其带有与此相连的一切隐蔽的宽厚和没有表露的英雄主义。布洛克对圣卢喊道："你难道不能对威廉直呼其名？是的，你害怕了，你在这里已经对他卑躬屈膝！这样，我们的边境上就会出现勇敢的士兵，他们会去拍德国佬的马屁。你们的军装上有杠杠，你们只会在旋转木马上显威风。就是这样。"

当我们离开这位同伴后，圣卢微笑着对我说："这个可怜的布洛克一定要我大显威风。"我清楚地感到，显威风完全不是罗贝所希望的，虽然我在当时并不像后来那样确切地知道他的意图，当时，骑兵部队仍然无所事事，他就获准当步兵军官，后任轻步兵，最后就是下文中将要谈到的结果。对于罗贝的爱国主义，布洛克并不了解，这只是因为罗贝没有用语言表达出来。布洛克只要被认为"适合入伍"，就会对我们发表恶毒攻击军国主义的政治言论，但当他以为自己会因眼睛近视而退役时，他也许会发表沙文主义十足的声明。但是，这种声明，圣卢却不会发表，这首先是由于精神的高尚，使他不能表达过于深邃、但别人却认为十分自然的感情。过去，我母亲不仅会毫不犹豫地去为外婆而死，而且还会因别人阻止她这样做而痛苦万分。然而，我却无法想象她过去会从嘴里说出这样一句话："我会为母亲献出自己的生命。"罗贝对法国的爱也不是挂在嘴上的，这时，我觉得他非常像圣卢家的人（就像我回忆中的他的父亲），而不像盖尔芒特家的人。他不会表达这种感情，也是因为他的智慧具有某种道德品质。聪明的、真正可靠的劳动者，对那些把自己干的事说得十分漂亮并大加赞扬的人，有一种厌恶的感觉。当然，我们不是本能地偏爱戈达尔或布里肖那样的人，但我们毕竟对精通希腊文或医学的人们怀有某种敬意，这些人并不因此而允许自己招摇撞骗。我曾说过，即使妈妈过去的一切行动都建立在她愿为母亲献出自己生命这种感情的基础上，她也从未对自己说过这种感情，不管怎样，把这种感情说给别人听，她不仅会感到无益、可笑，而且会感到刺耳、羞愧。同样，我也无法想象圣卢会亲口对我谈论他的装备，他要走的行程，我们胜利的可能性，俄国军队无足轻重，英国将会采取的行动，我也无法想象他嘴里会说出最动听的话，就是最讨人喜欢的部长对站着的热情议员所说的话。这个消极的方面使他不能表达他所感受到的美好感情，然而我却不能说，在这一方面不存在"盖尔芒特家族的思想"的作用，就像人们曾在斯万身上看到这种作用的无数例子一样。因为即使我认为他更像圣卢家的人，他同时仍然像盖尔芒特家的人，正因为如此，在激励他勇敢的许多动机之中，有一些动机并不和他在东锡埃尔的那些朋友的动机一样，这些热爱自己职业的年轻人曾每天晚上和我一起吃晚饭，他们中的许多人带领自己的士兵在马恩河战役或其他地方战死沙场。

当我在东锡埃尔时，那里可能有年轻的社会党人，但我不认识他们，因为他们和圣卢生活的圈子没有经常的来往；这些社会党人已经看出，这个圈子的军官们并非是盛气凌人、声色犬马的"贵人"，即"平民"、行伍出身的军官和共济会会员对这种人起的绰号。同样，贵族出身的军官也在社会党人的身上充分地看到了这种爱国主义；我在东锡埃尔时，正值德雷福斯案件轰动全国，我曾听到有人指责社会党人，说他们"无祖国"。军人们的爱国主义是如此真诚，如此深厚，带有一种确定的形式，他们认为这种形式是不可改变的，并会气愤地看到使其蒙受"耻辱"，而那些激进的社会党人，从某种程度上说是不自觉的、不受束缚的爱国者，没有确定的爱国信仰，他们无法理解，哪一种深刻的现实存在于他们所说的充满仇恨的格言之中。

圣卢也许像他们一样，已经习惯于把自身中进行的研究和设想看作他自身中最真实的部分，他研究和设想的是最好的用兵方法，以便在战略和战术上取得最大的成功，因此，对他来说如同对他们来说一样，他肉体的生命是某种相当不重要的东西，可以轻易地为这个内心的部分——他们身上真正的生命核——作出牺牲，因为在这个生命核的周围，个人的存在只是作为一种保护性的表面才有价值。在圣卢的勇敢中，有一些特征更加明显的成分，人们很容易从中看出在开始时曾是我们友谊的魅力的慷慨大方，也可看到其后在他身上表露出来的遗传恶习，这种恶习与他没有超越的某种智力水平相结合，使他不仅欣赏勇敢，而且把厌恶女人发展到陶醉于同男子进行接触的程度。他有一种也许是纯洁无瑕的看法，即把同随时准备牺牲自己生命的塞内加尔人一起露宿看作是一种精神上的快感，快感中包含着对那些“洒过麝香香水的矮小先生”的蔑视，这种快感同他在当松维尔时大量使用可卡因给他带来的快感相比，虽然使他感到南辕北辙，但两者的区别却并非如此之大，而勇敢——正如一种药可以作为另一种药的补充一样——使他克服了这种恶习。在他的勇敢中，首先存在着礼貌的双重习惯，这种习惯一方面使他过分赞扬别人，而自己却做了好事闭口不谈——这同布洛克完全不同，布洛克在遇到我们时对他说：“您自然会给椅子装上藤座的。”自己却什么事也不干——另一方面又使他把属于自己的财产、地位乃至生命看得微不足道，并奉献给别人。总之，这说明他本性确实高贵。

“我们会不会长期打下去？”我问圣卢说。“不会，我认为这是一场短暂的战争。”他对我回答道。但对这个问题，就像跟往常一样，他的论据是以本本为根据。“你在考虑毛奇的预言时，要重新读一下一九一三年十月二十八日颁布的关于指挥大部队的法令，”他对我说，仿佛我已经读过这个法令，“这样你就会看到，更换和平时期预备队的工作没有进行，甚至没有被考虑过，如果战争要长期打下去，这一工作是不会不做的。”我感到，不能把上述法令看作是战争打不长的证明，而应把战争打不长看作是缺乏先见之明，看作是制定法令的人们没有预料到战争的长短，这些人既没有考虑到一场持续的战争中各种物资的惊人消耗，也没有想到各个战区的牢不可破。

除了同性恋之外，在那些生来就最为反对同性恋的人之中，还存在着某种传统的阳刚理想，即使同性恋者并不是一个高超的人，这种理想也由他来支配，以便让他将其变性。这种理想——某些军人、某些外交官的理想——特别惹人生气。它以最低微的形式出现时，只是一颗善良的心所表现的粗鲁，它不想露出激动的样子，但在同一位也许会即将被杀死的朋友分离时，心里就有一种无人会发觉的哭泣的愿望，因为它在离别时掩盖这种愿望，使用的是一种越来越大的愤怒，并最终爆发出来："喂，天杀的！你这头蠢驴，来和我拥抱一下。这钱我用不着，你拿去吧，傻瓜。"外交官、军官、男人感到唯有民族的伟大事业重要，但他仍然曾经喜爱过这个在公使团工作或在军队里当兵，后来死于疟疾或枪弹的"小子"，他同样爱好阳刚之气，不过表现的形式更为灵活、更为巧妙，但其实也同样令人憎恶。他不愿哀悼这"小子"，他知道人们很快就会忘掉此人，就像心肠好的外科医生那样，在一个患传染病的小女孩去世那天晚上，心里也很悲伤，只是没有表现出来。外交官只要变为作家，并叙述她的去世，就决不会说他曾悲伤过；不会说的，首先是因为"男子的羞耻心"，其次是因为艺术的机灵，这种机灵在掩盖激情的同时产生激情。他和自己的一位同事将会整夜守护垂死者。他们在任何时候也不会说自己心里悲伤。他们将会谈论公使团或军队里的公务，甚至谈得比平时还要确切。

"B 对我说：'请您别忘记，明天将军来视察，您让手下的士兵尽量搞好军容。'他平时十分温和，这时说话的声音却比平时生硬，我发现他尽量不朝我看，我自己也感到烦躁。"读者可以理解，这生硬的声音，就是那些不愿显出悲伤样子的人的悲伤，这样做简直可笑，但也同样使人难受和讨厌，因为这是一些人悲伤的方式，这些人认为悲伤无足轻重，认为生活比离别更为重要等等，所以他们使人对死亡产生一种虚幻、虚无的印象，就像在元旦时一位先生使人产生的印象，这位先生给你送来冰糖栗子时说："我祝您新年快乐。"一面说一面冷笑，不过还是把这话说了出来。

我们来结束这个守夜的军官或外交官的故事，垂死者头上戴着帽子，因为人们曾在户外运送过这个伤员，到某一时刻，一切都完了："我当时想:必须回去准备东西来擦武器;但是，我确实不知道，当大夫松开病人的脉时，站在床前的B和我为什么会不约而同地脱下我们的军帽，那时烈日当空，也许是我们热了。"读者会清楚地感到，这两个具有男子气概的人脱下帽子，并不是因为炎热和烈日，而是由于在死亡的威严面前感到激动，可他们从未说过温柔或悲伤这样的词。

像圣卢那样的同性恋者的阳刚理想并不相同，但却同样是约定的和虚假的。他们的虚假在于这样一个事实，即不愿了解肉体的欲望是感情的基础，他们认为感情起源于别的东西。过去，德·夏吕斯先生厌恶女子的阴柔。现在，圣卢欣赏小伙子的勇敢，骑兵部队冲锋时的陶醉，男人之间纯洁无瑕的友谊在智力上和道德上的崇高，有了这样的友谊，他们可以为朋友牺牲自己的生命。战争爆发后，那些首都里剩下的只有女人，这就使同性恋者感到绝望，但实际上却与此相反，使同性恋者经历充满激情的奇遇，只要他们生性聪明，善于异想天开，而不是把这些事看得太穿，看出它们的根源，并对自己作出评价。因此，当某些青年只是本着在体育运动中仿效别人的精神而入伍，就像有一年大家都来玩"扯铃"那样，在圣卢看来，战争不止是他在想象中追求的理想，他追求理想的欲望要具体得多，但夹杂着意识形态，这种理想是和他喜欢的人们一起提出来的，是在一种纯男性的骑士会中，在远离妇女的地方，在那儿，他可以冒着生命的危险去救自己的勤务兵，可以用自己的死去唤起士兵们狂热的爱。这样，在他的勇敢中虽说还有许多其他的成分，他是大贵族这一事实却在其中显现出来，同时又以一种难以辨认、理想化的形式显示出德·夏吕斯先生的想法，即一个男人的本质是没有任何阴柔的女子气。此外，就像在哲学上或艺术上那样，两种类似的想法只会因其阐述的方式而显示自己的价值，并会因它们由色诺芬[①]或柏拉图提出而具有很大的差别；同样，我虽然知道圣卢和德·夏吕斯先生在做这件事时十分相似，但我极为欣赏的是要求到最危险的地方去的圣卢，而不是不愿戴浅色领带的德·夏吕斯先生。

我和圣卢谈起我那位任巴尔贝克大旅社经理的朋友，据这位朋友说，在战争初期，法国的某些团里有背叛行为，他称之为“缺陷”，他指责唆使背叛行为的人，称他为“普鲁士军国主义者”；他在某一时刻甚至认为日本人、德国人和哥萨克人会在里夫贝尔登陆，威胁巴尔贝克，并说只有“溜之大吉”。[②] 这个敌视德国的人在谈论自己兄弟时笑着说：“他在战壕里，在离德国鬼子二十五米的地方！”他说得那么起劲，别人要是知道他自己也是这样，准会把他送到集中营去。“说到巴尔贝克，你是否记得旅社里过去的电梯司机！”圣卢在和我分手时对我说，说话的声调好像不大知道说的人是谁，并指望我来弄清此人的情况。“他参了军，并写信给我，以便让他回到空军。”电梯司机也许不愿在禁锢别人的电梯井道中上升，大旅社楼梯的高度不再能使他感到满足。他将“晋升”，但和看门人不同，因为我们的命运并非总是像我们想象的那样。“我一定支持他的要求。”圣卢对我说。“今天上午我还对希尔贝特说过，我们永远不会有足够的飞机。知道了这点，我们就会看到对方在作什么准备。这将会使对方丧失一次进攻的最大优点，即出其不意的优点，最好的军队也许就是眼睛最好的军队。那么，可怜的弗朗索瓦丝，她让侄子复员的事是否办成了？”不过，弗朗索瓦丝早就竭尽全力使侄子复员，但当有人建议她通过盖尔芒特家族去找德·圣约瑟夫将军帮忙时，她以绝望的声音回答道：“哦！不，这不会有任何用处，找这位老先生不会有任何办法，最糟糕的只有一点，就是他

---

① 色诺芬（前431—前350以前），希腊历史学家。由于对苏格拉底的崇拜和对诡辩哲学家的憎恶，他写了三部著作为苏格拉底申辩，他的看法与同时代人柏拉图迥然不同。

② 他认为当局迁往波尔多有点仓促，并说当局这样快“溜之大吉”是错误的。——作者注

爱国。"只要谈到战争，不管弗朗索瓦丝对此感到多么痛苦，她仍认为人们不应抛弃"可怜的俄国人"，因为大家都是"协约国"①。管家深信战争只会持续十天，并将以法国的辉煌胜利告终，但因害怕自己的看法会被发生的事件否定，就没有胆量，甚至没有足够的想象去预言一场长期的、胜负难分的战争。但是，这种完全而又迅速的胜利，他至少竭力预先从中提取所有能使弗朗索瓦丝感到痛苦的成分。"事情可能会很糟，因为看来里面有很多人都不想走，那些十六岁的小伙子在哭。"他这样对她说，是为了用不愉快的事情使她"恼火"，他称之为"给她找麻烦，训她一顿，同她玩文字游戏"。"十六岁的，圣母马利亚！"弗朗索瓦丝说，过一会儿她又不大相信："他们不是说过了二十岁才要吗？那些可还是孩子。"——"当然喽，报纸都接到命令不准提这件事。另外，往前冲的都是年轻人，可回来的却不多。一方面，就会有好处，死了许多人，有时也有用，可以使生意兴隆。啊！天哪！要是有的孩子心太软，犹豫不决，就会立即被枪射中，身中十二颗子弹，乒！另一方面，也必须这样。另外，那些军官，这对他们又会怎样呢？他们拿他们的钱，他们要的也就是这个。"每次进行这样的谈话，弗朗索瓦丝就脸色发白，让人看了真担心管家会使她心脏病发作死去。

她并未因此而失去自己的缺点。当一位姑娘来看我时，这个年老的女用人不管腿多疼，在我有时走出自己的房间时，我就会在楼梯上看到她，只见她在挂衣服的小间里，据她说，是在寻找我的一件短大衣，看看上面是不是生了蛀虫，但实际上，她是在听我们谈话。虽然我老是批评她，她还是在提问题时使用自己狡诈的方法，她提问用间接的方式，从某个时间起开始使用"因为也许"这样的话。她不敢问我："这位夫人是不是有个公馆？"就像一条好狗那样，腼腆地抬起眼睛，并对我说："因为也许这位夫人有自己的公馆……"这样就避免了露骨的询问，不是为了彬彬有礼，而

① 原文为 alliance，是弗朗索瓦丝生造的词。

是为了不显得好奇，最后，由于我们最喜爱的用人们——特别是如果他们几乎不再为我们效劳，失去了使用价值——仍然是用人，当他们自以为深入到我们社会等级的核心时，他们却更为明显地划出了（我们想要消除的）他们社会等级的界线，所以弗朗索瓦丝常常对我说些（管家会说是“为了刺激我”）奇怪的话，这种话社交界人士是不会说的：怀着一种隐匿而又深沉的喜悦，犹如得了重病，我感到热，额头上——我可没注意到——沁出了汗珠。“您浑身是汗。”她惊讶地对我说，犹如看到一种奇怪的现象，还略带微笑，微笑中含有因某种有失体统的事而产生的蔑视（“您现在出去，但您忘了戴上领带。”），但她说话的声音忧心忡忡，可以使别人对自己的身体感到担心。她这样说，仿佛世界上只有我一个人浑身是汗。总之，她说话不再像以前那样好。因为她谦卑，她对那些远不及她的人们怀有温情的赞赏，所以她采用了他们粗俗的言语。她的女儿在我面前埋怨她，并对我说（我不知道她是从谁那儿学到这种言语的）：“她总是有话要说，说我没有把门关好，唠唠叨叨，啰啰唆唆。”弗朗索瓦丝也许认为，她受到的教育不完整，使她至今仍不能正确使用语言。在她的嘴唇上，我过去曾看到最纯洁的法语如鲜花盛开，现在却一天要听到好几次这样的话：“唠唠叨叨，啰啰唆唆。”此外，奇怪的是，在同一个人身上，不仅词语的变化很少，而且思想的变化也很少。管家养成了习惯，总是说普恩加来先生意图不良，不是为了钱，而是因为他一定要打仗，这话他一天要说上七八遍，总是对同样的听众说，这些听众又总是那样感兴趣。一个词也没有改变，一个手势、一个语调也没变。虽然只持续两分钟，但总是一成不变，就像演出一样。他的法语错误使弗朗索瓦丝的言语变质，她女儿的法语错误也是如此。他认为，德·朗比托先生有一天听到盖尔芒特公爵把一种建筑物称为“朗比托公共厕所”感到生气，这种建筑物应该叫作小便池①。也许他在童年时代

① 原文为 pistières。管家因不会发 o 这个音，把 pissotières（小便池）错念成 pistières。

没有听到过这个音，他就保持了这个习惯。因此，他对这个词的发音不正确，而且老是这样。弗朗索瓦丝开始时听了不舒服，后来也跟着这样说了，还抱怨说，女人不像男人，没有这种东西。但是，她的谦卑和她对管家的赞赏，使她从来不说 pissotières，而是对习惯作出微小的让步，说 pissetières。

她从此不睡也不吃，让管家给她念那些公报，她对那些公报一窍不通，管家也不比她高明多少，管家折磨弗朗索瓦丝的愿望，往往被一种爱国主义的喜悦所支配；他在谈论德国人时，带着讨人喜欢的笑容说："情况严重，我们的老霞飞在彗星上订计划——无法实现。"弗朗索瓦丝不知道他说的是什么彗星，但却更加感到这句话是一种讨人喜欢、别出心裁的荒唐话，一个有教养的人出于礼貌，应该心情愉快地加以回答，所以她就愉快地耸耸肩，似乎是在说："他老是那样。"她用微笑来抑制自己的眼泪。她至少感到高兴，肉店新来的那个小伙子，虽说干这一行，却相当胆小（他最初在屠宰场工作），现在还没有到达去打仗的年龄。不然的话，她准会去找陆军部长，让那个小伙子复员。

管家决不会想到，这些公报并不出色，我军并未接近柏林，因为他读道："我们击退了敌军，敌人损失惨重，等等。"他把这些行动当作新的胜利来庆贺。但是，我感到害怕的是，这些胜利的地点迅速接近巴黎，我甚至感到惊讶，管家在一份公报里看到有一次行动是在朗斯附近发生的，他在第二天的报纸上看到，这次行动的结果已在周围地区牢牢掌握在我军手里的舒子爵市转为对我方有利，他并不感到不安。然而，管家对舒子爵市这个地名十分熟悉，该市离贡布雷不是十分遥远。但是，人们阅读报纸就像在谈恋爱一样，眼睛上蒙着布条，对事情就看不清楚。人们不想去理解那些事实。人们倾听总编辑温柔的话语，就像倾听情妇的话语那样。人们吃了败仗却感到满意，因为人们认为自己不是吃了败仗，而是打了胜仗。

再说，我没有在巴黎久留，我很快就回到了我的疗养院。虽说医生基本上采用隔离的方法进行治疗，那儿的人还是在两个不同的时候把希尔贝特的一封信和罗贝的一封信交给了我。希尔贝特给我写道(大约是在一九一四年九月),她本想留在巴黎,为的是更容易得到罗贝的消息,但**鸽子号飞机**总是空袭巴黎,使她感到十分恐惧,她的小女儿更是万分害怕,所以她就乘上开往贡布雷的最后一班火车逃离巴黎,火车甚至没有开到贡布雷,她只好乘上农民的大车,经过十个小时难以忍受的路程,才到达当松维尔!“在那儿,请您想一想,等待着您的老朋友的是什么。”希尔贝特最后对我写道。“我离开巴黎是为了逃避德国飞机,我想在当松维尔就可以免受任何袭击,安然无恙。两天来我却并非如此,您也决不会想到这儿发生的事情:德国人在拉费尔附近击败我军之后,侵占了这一地区,一个德军参谋部,然后是一个团,驻扎在当松维尔的大门口,我就只好接待他们,又无法逃跑,因为再也没有一列火车,什么也没有。”德军参谋部是否真的表现良好,还是应该在希尔贝特的信中看到盖尔芒特家族精神感染的效力,这个家族起源于巴伐利亚,同德国最高级的贵族有亲缘关系,但希尔贝特不断叙说参谋部的人员受过完美的教育,甚至连士兵也是如此,他们只是请求她“准许采摘长在池塘边的勿忘草”,她把这种良好的教育,同法国逃兵无纪律的暴力行为进行对照,在德国将军们来到之前,这些逃兵经过花园住宅,就抢劫一空。不管怎样,如果说希尔贝特的信在某些方面充满了盖尔芒特家族的精神——有些人会说是犹太国际主义,这也许并不正确,就像人们将会看到的那样,那么我在好几个月之后收到的罗贝的来信,圣卢的味道要比盖尔芒特的味道重得多,另外也反映了他所具有的一切自由主义的教养,总之,这种教养完全能讨人喜欢。可惜他没有对我谈起战略问题,就像他在东锡埃尔的谈话那样,也没有对我说他认为战争在何种程度上证实了或否定了他当时对我叙述的那些原则。他最多只是对我说,自从一九一四年以来,实际上连续发生了好几次战争,每次战争的教训都影响到下一次战争的指挥。例如,突破的理论已被这种论点所充实,即在突破之前,必须用炮火轰遍敌人占领的阵地。但后来人们又看到,这种炮轰反过来又使步兵和炮兵无法前进,因为阵地上打出了几千个炮弹坑,构成了几千个障碍。他对我说:“战争没有违反我们的老黑格尔的规律。它一直处于变化之中。”这同我希望知道的事相比,真是少得可怜。但是,更使我感到生气的,是他无权对我列举将军们的名字。另外,报纸告诉我的少量消息说明,这些并不是我在东锡埃尔时想到的将军,当时我非常想知道,他们中的哪些人将在一次战争中表现出最大的才能,哪些将军在指挥这场战争。谢斯兰·德·勃良第、加利费和内格里埃已经去世。博离开现役几乎是在战争初期。霞飞、福煦、卡斯特尔诺和贝当,我们从未谈到过。“我亲爱的。”罗贝对我写道,“我承认,‘他们决不会通过’或者‘他们会被打败’这样的话不会令人高兴;这些话曾长期使我感到牙痛,就像‘长毛的兵’①和其他话那样,当然,使用比语法错误或风格错误更糟的词语来创作史诗会使人厌烦,这些词语就是自相矛盾、难以忍受的东西,是一种装模作样,一种我们极为厌恶的庸俗奢望,犹如那些认为把‘可卡因’说成‘可可’是风趣的表现的人们一样。但是,如果你看到所有这些人,特别是那些老百姓、工人、小商人,看到他们没有察觉自己身上蕴藏的英雄主义,他们将在自己床上死去却又没有想过这点,看到他们在枪林弹雨下奔跑,为的是抢救一个战友,为的是运走一个受伤的长官,当他们自己被子弹击中之后,他们在弥留之际露出了微笑,因为主任医生告诉他们,战壕已从德国人手里夺了回来,我可以向你保证,我亲爱的,这使人对法国人产生一种良好的看法,使人能理解我们在课堂上曾感到有点离奇的那些历史时期。史诗是那样美,你会和我一样,感到词语已无法表达。罗丹和马约尔②可以用一种人们无法辨认的丑陋材料创造出杰作。

---

① 原文为 poilu,是第一次世界大战时法国兵的绰号。

② 马约尔(1861—1944),法国画家、版画家、二十世纪最重要的雕刻家之一,其作品为现代抽象雕刻各流派的实验铺平了道路。

在接触这样伟大的东西时，‘长毛的兵’在我看来就变成某种东西，如果它首先能包含一种暗示或玩笑，我从它那儿得到的感觉，并不比我们在读到‘朱安党人’时来得多。但是，我感到‘长毛的兵’已经为大诗人作好准备，就像洪水、基督或蛮族这些词在被雨果、维尼或其他人使用之前已经充满了伟大。我说人民、工人是最好的人，但所有的人都很好。可怜的小福古贝，即大使的儿子，在被打死之前曾七次负伤，他每次打仗回来没有遭殃，就显出道歉的样子，仿佛在说这不是他的过错。他十分可爱。我们交情很好，可怜的父母获准来参加葬礼，条件是不戴孝，又因轰炸只能待五分钟。他母亲是个身材高大的女人，你可能认识她，她想必非常悲伤，可别人什么也看不出来。但是，他父亲处于这样一种状况，我可以肯定地对你说，我最终变得完全无动于衷，原因是我对这种景象已习以为常，如看到正在和我说话的战友的脑袋突然被炸弹擦伤，甚至和躯干分家，但当我看到可怜的福古贝神情颓丧，看到他像瘫痪一般时，我无法控制自己的感情。将军对他说，这是为了法国，说他儿子表现得像个英雄，但这是白费力气，只能使可怜的父亲哭得更加厉害，他无法松开儿子的遗体。总之，正是为了这点，才必须习惯于‘他们决不会通过’这样的话，所有这些人，如我可怜的随身男仆，如福古贝，他们阻止了德国人通过。你也许认为，我们前进得不多，但这种事不应该用推理的方法来思考，一支军队感到自己胜利是通过一种内心的感受，犹如一个垂死的人感到自己无法医治一样。然而，我们知道，我们一定会取得胜利，我们想取得胜利是为了使大家接受一种公正的和平，我想说不仅对我们来说是公正的，而且是真正的公正，对法国人来说是公正的，对德国人来说也是公正的。”

当然，“灾祸”并未使圣卢的智慧提高到超越自身的地步。那些才智一般和平庸的英雄，在病后康复期间写诗，他们处于这样的地位来描写战争，不是从本身毫无意义的那些事件的高度来写，而是从平庸的美学的高度来写，他们在此以前一直遵循着这种美学原则，就像他们在十年前会说的那样来谈论“血红色的晨曦”、“胜利的颤动飞跃”等等；同样，圣卢要聪明得多，艺术鉴赏力要高得多，他现在仍然是聪明和有艺术鉴赏力的，当他停留在一个沼泽森林的边缘时，他饶有趣味地为我记下了一些景色，但仿佛是去打野鸭那样。为了使我理解明暗的某些对照，即“他的早晨的魅力”，他对我列举了我们过去都喜欢的某些画事，也不怕暗示罗曼·罗兰作品的片段，甚至尼采作品的片段，他具有前方将士的那种无拘无束，他们不像后方的人们那样害怕说出一个德国人的名字，他甚至还有点卖弄风情，列举一个敌人的名字，例如迪·巴蒂·德·克拉姆上校做置于左拉案件的证人室中的敌人，他在他并不认识的、最激烈的德雷福斯派诗人比埃尔·吉亚西面前走过时，朗诵他象征性的正剧的诗句：《断手女郎》。圣卢对我谈起舒曼的一个旋律时，只是用德语说出它的标题。他丝毫也没有转弯抹角，而是直截了当地对我说，当他在黎明时分在这个森林的边缘首次听到鸟儿啁啾鸣叫，他感到非常兴奋，仿佛鸟儿在对他谈论这“雄伟壮丽的《西格弗里德》”，他真希望能在战后听到这部歌剧。

现在，当我第二次回到巴黎时，我在到达的第二天，又收到希尔贝特的一封信，她大概已经忘了我带回来的那封信，至少是对那封信已经没有印象，因为她对一九一四年年底离开巴黎这件事又在信中作了回顾，不过是以相当不同的方式进行的。“您也许不知道，我亲爱的朋友，”她对我说，“我到当松维尔快两年了。我是和德国人同时到达这儿的。当时大家都想阻止我离开。人们把我当作疯子。人们对我说：‘怎么，您在巴黎十分安全，可您却要到占领区去，而且正是在大家都想逃离这些地区的时候。’我并不否认这种推理有它正确的地方。但是，我有什么办法呢？我只有一个长处，我不胆怯，或者说我很忠诚，如果您更喜欢这样说的话，当我知道我亲爱的当松维尔受到威胁时，我不愿意让我们年老的财产代管人一个人待在那儿保护它。我感到我的位置在他的身边。另外，正是因为我作了这个决定，我才基本上拯救了城堡——当时附近的其他所有城堡都被它们慌乱的主人所抛弃，几乎全都被彻底摧毁，拯救的不仅是城堡，而且还有我亲爱的爸爸十分珍惜的珍贵收藏品。”总之，希尔贝特现在确信，她去当松维尔，就像她在一九一四年时对我写的那样，不是为了躲避德国人，使自己处于安全的地方，而是恰恰相反，是为了遇到德国人，使自己的城堡不受德国人骚扰。另外，德国人并没有留在当松维尔，但她的家里不断有军人来往，这种来往大大超过在贡布雷的街上使弗朗索瓦丝流泪的那种来往，她像自己所说的那样，这次可是千真万确，过着前线的生活。因此，人们在报上竭力颂扬她那值得钦佩的表现，还谈到要给她授勋。她来信的结尾部分完全正确。“您对这场战争的情况没有概念，对一条公路、一座桥、一个高地在战争中的重要性也没有概念。有多少次我想到了您，想到了那些散步，散步由于您而变得美妙，当时我们一起在这个地方到处散步，可现在这地方已变成废墟，同时，大规模的战斗正在进行，为的是占领您过去喜爱的某条小道、某个小丘，我们曾多少次一起到那儿去！也许您和我一样，您也不能想象默默无闻的鲁森维尔和令人厌倦的梅塞格利丝将成为著名的地方。过去，人们曾从那儿把我们的信件带给我们，当您身体不舒服时，又曾派人去那儿请医生。嗳，我亲爱的朋友，它们从此载入荣誉之册，如同奥斯特利茨或瓦尔米一样。梅塞格利丝战役持续了八个多月，德军在那儿损失了六十多万人，他们摧毁了梅塞格利丝，但没能占领它。您过去十分喜欢的那条小道，就是我们称之为山楂花斜坡小路的这条，您在小道上说您在童年时代曾爱上了我，而我却对您肯定地说是我爱上了您，我无法对您说，这条小道是多么重要。广阔的麦田是小道的终点，也就是著名的三〇七高地，您想必在公报中经常看到它的名字。法国人炸掉了维福纳河上的小桥，您当时说，它并不像您原来希望的那样，使您回忆起自己的童年，德国人则建造了另一些桥；在一年半的时间里，他们占领了半个贡布雷，法国人则占领了另外半个。”

我收到这封信的第二天，就是在那天的前两天——在那天，我在黑暗中慢慢行走时，听到自己的脚步声，同时又在反复回想所有这些往事——圣卢从前线回来，即将回去，就来对我进行只有几秒钟的拜访，我一听到他来访的通报，就感到极其激动。弗朗索瓦丝想朝他奔过去，希望他能够让那个当屠夫的腼腆小伙子复员，一年以后，和他同年应征入伍的士兵将要去打仗。但是，她自己也感到这种尝试毫无用处，所以就没有这样做，因为这个腼腆的牲畜屠夫早已换了肉店。也许是我们的肉店担心失去我们的顾客，也许是它出于诚意，店里对弗朗索瓦丝说，不知道这个永远当不了好屠夫的小伙子被哪里雇用了，弗朗索瓦丝则到处进行仔细的寻找。但是，巴黎地方很大，肉店又很多，她徒劳无益地走进大量肉店，但没能找到这个身上带血迹的腼腆青年。

当圣卢进入我的房间时，我走到他的身旁，怀着腼腆的感情，带着超自然的感觉，其实所有休假的军人都会使人产生这种感觉，当你被带到一个得了致命的病却还能起身、穿衣和散步的人身边时，也会产生这种感觉。看来（特别在开始时是这样，因为对于一个像我这样没有在远离巴黎的地方生活过的人来说，习惯已经养成，这种习惯使我们看到过好几次的事物失去了给人以深刻印象并使人产生想法的根子，而这种根子能赋予它们以真正的意义），看来几乎是这样，即在给予战士们的这些休假中，存在着某种冷酷的东西。在首批休假时，人们心里在想：“他们不愿再回去，他们要开小差。”确实，他们不仅仅来自那些使我们感到不现实的地方，因为我们只是从报上听到别人谈论这些地方，无法想象人们参加了这些异乎寻常的战斗之后，带回来的只有肩上的挫伤；这些地方是死亡之岸，他们即将回到那儿去，他们来到我们中间只有片刻的时间，难以为我们所理解，使我们充满了温柔、恐惧和一种神秘的感情，犹如我们追念的那些死者，在我们眼前显现的时间只有一秒钟，我们又不能去询问他们，另外他们最多只会对我们回答道：“你们是无法想象的。”因为奇怪的是，在那些在前线死里逃生的休假军人身上，在那些被一个通灵者催眠或召回亡灵的生者或死者身上，同奥义进行接触的唯一结果，是在可能的情况下使话语更加微不足道。我这时接触到的罗贝就是如此，他在前线还得了个伤疤，对我来说，这个伤疤比一个巨人在地上留下的脚印更令人敬畏，更加神秘。我不敢对他提出问题，他也只对我说些一般的话。这些话同战前可能说的话区别极小，仿佛虽然发生了战争，人们还是同过去一样；谈话的语调仍然相同，不同的只有谈话的内容，说不定连这点不同也没有！

我觉得自己已经明白，他在军队里找到了一些办法，使他逐渐忘掉莫雷尔过去对他和他舅舅态度不好。可是，他对此人保持着一种深厚的友谊，并突然希望再次见到此人，不过他不断推迟见面的时间。我认为要体贴希尔贝特，就不能对罗贝说，他只要去维尔迪兰夫人家，就能找到莫雷尔。

我谦恭地对罗贝说，人们在巴黎不大感到是在打仗。他对我说，即使在巴黎，有时也“相当奇特”。他指的是前一天齐柏林飞艇进行的一次空袭，他问我当时是否看清楚了，不过就像他过去和我谈起某一次从美学角度来看十分精彩的演出一样。因此，在前线的人们知道，说“真妙，多好的玫瑰！还有这淡绿色！”是一种卖弄风情，因为在这个时候，人们随时会被打死，但这点在圣卢的身上并不存在，是他在巴黎谈论一次微不足道的空袭的时候，这次空袭可以从我们的阳台上看到，发生在一个宁静的夜晚，这个夜晚突然变成**真正的**节日，放射出有效的、起保护作用的火箭，吹响了集合的号角，这一切并非只是为了检阅，等等。我同他谈起夜空中升起的飞机的美。“也许降落的飞机更美。”他对我说。“我承认，飞机升起的时刻，即它们将要**成为星斗**的时刻，是非常美的，在这方面，它们遵循的规律同支配星体的规律一样准确，因为你感到精彩的场面，是空军中队的集合，指挥部对它们下达命令，它们去进行出击，等等。但是，在最终变得像星星一样之后，它们又分离开来，以便去进行出击，或是在军号吹响之后返回，这就是它们**制造世界末日**的时刻，连星星也不再保留自己的位置；相比之下，你是否不喜欢这样的时刻？还有那些警报声；瓦格纳的味道不是相当足吗,不过为了迎接德国人的光临,这是十分自然的事。威廉二世的皇太子和王妃们坐在皇家包厢里,Wacht am Rhein① 就成为国歌味十足的曲调;这就会使人思忖,那些升到天空的是否真是飞行员,而不是女武神瓦尔屈里。"他仿佛乐于把飞行员和瓦尔屈里相提并论,还用纯音乐的理由来作出解释:"当然喽,这是因为警报的音乐是一种**骑行**②!一定要德国人来了以后,才能在巴黎听到瓦格纳的乐曲。"用某些观点来看,这个比喻并没有错。城市仿佛是一个黑洞,突然走出深处和黑暗,来到光明和天空之中,在那里,飞行员在凄厉的警报声召唤下,一个接着一个地冲过去,不过速度比较缓慢,但更为狡诈,更令人不安,因为这种目光使人想起它正在寻找的目标,这目标还看不见,但也许已近在眼前,探照灯不断转动,探察着敌机,将它擒获。一个空军中队接着另一个空军中队,每个飞行员就这样从现在被搬到天上的城市中冲出去,犹如一位女武神。然后,地上的一些角落,在贴近房屋的地方被照亮了,我就对圣卢说,前一天他如果在家里,就能在欣赏天上的世界末日的同时,看到地上(如同在格列柯的《奥尔加斯伯爵下葬》③中那样,画中两个景是平行的)有一出真正的滑稽舞剧,由一些穿着长睡衣的人物演出,这些人因自己出了名,完全可以被派到这位费拉里的某个接班人那里去,费拉里写的那些关于社交生活的短文,曾经常使圣卢和我感到高兴,我们为了取乐,也来创作这样的短文。那天我们又在做这样的事,仿佛战争并不存在,虽说题材的"战争"味很浓,即对齐柏林飞艇的惧怕:"不容置辩,美妙的盖尔芒特公爵夫人穿着长

① 德语,意思是"守卫在莱茵河畔",指瓦格纳的歌剧《尼伯龙根的指环》中三女神守卫着莱茵河底的黄金。

② 指瓦格纳的歌剧中女武神们的骑行。

③ 格列柯(1541—1614),西班牙画家。他的代表作《奥尔加斯伯爵下葬》(1586—1588)明确分为天国和人间两部分,传说中的圣徒奥古斯丁和斯提反显灵出现在伯爵葬礼上,送死者入墓穴,作为他为建造教堂慷慨捐助的报答。

睡衣,滑稽可笑的盖尔芒特公爵穿着粉红色的睡衣和浴衣,等等。”

他对我说:“我可以肯定,在所有的大旅馆里,人们应该看到那些穿衬衫的美国犹太女人,珍珠项链紧贴在她们衰老的胸脯上,使她们能嫁给一位破产的公爵。在这些夜晚,里茨饭店应该同自由贸易大厦相仿。”

我对他说:“你记得我们在东锡埃尔的那些谈话。”——“啊!那时可是大好时光。一条鸿沟把我们和那个时候分隔开来。这些美好的日子是否将会重现?

它们从我们无法探测的深渊中显现,
犹如天上升起的那些太阳恢复青春,
是在深深的海洋中洗涤以后。”

我对他说:“咱们去想那些谈话,只是为了回忆其中的甘甜。我过去想从中找到某种真理。现在的战争把一切都打乱了,特别是像你对我说的那样,打乱了对战争的看法;你当时对我说的有关那些战役的话,譬如说有关拿破仑的那些战役,说它们会在将来的战争中被模仿,现在的战争是否已使这些话变得无效?”——“一点也不!”他对我说,“拿破仑的战役总会再现,特别是因为在这次战争中,兴登堡充满了拿破仑的精神。他迅速调动部队,他声东击西,他或是在一支敌军之前只留下一小股部队,以便把所有其他部队集合起来攻击另一支敌军(一八一四年的拿破仑),或是完全钳制住敌人,迫使敌人将自己的部队驻扎在并非是主要的战线上(兴登堡在华沙城下就是这样声东击西的,受骗上当的俄国人在那里进行抵抗,并在马祖里湖吃了败仗),他的撤退同奥斯特利茨、阿尔科和埃克米尔战役开始时的撤退相同,他身上的一切都是拿破仑式的,可这些还不是全貌。我再补充一点,如果你在远离我的地方,陆陆续续地解释这次战争中的那些事件,不是单单相信兴登堡的这种特殊方式,以便从中找到他正在做的事情的意义,他即将做的事情的关键。一位将军就像一位作家,想写一部剧本、一本书,而这本书本身,由于在这里显示了出乎意料的力量,在那里展示了绝境,使作者大大偏离了预定的计划。譬如说,牵制攻击只应在一个本身相当重要的据点上进行,你可以设想一下,如果牵制攻击的成功超出了任何期望,而主要的战役却以失败告终。这时,牵制攻击就可能成为主要的战役。我预料兴登堡会采取拿破仑战役的一种类型,即把英国人和我们这两个敌人分而击之。”

然而,必须指出,如果说战争并没有提高圣卢的智力,那么这种智力受到一种遗传起很大作用的演变的支配,已具有一种我从未在他身上见到的光辉。过去是被时髦女人追求或希望被时髦女人追求的金发青年,现在是不断玩弄词句、喜欢高谈阔论的空谈家,这两者之间的差距有多大!他处于另一代之中,长在另一枝茎上,就像一位演员,重演过去由布雷桑或德洛内扮演的角色,犹如德·夏吕斯先生的一个接班人,脸色红润,头发金黄,而另一位的头发一半漆黑一半雪白。他徒然和自己的舅舅在战争上意见不合,站在把法国放在首位的那部分贵族一边,而德·夏吕斯先生实际上是失败主义者;他可以向那位没有看到“角色的第一个扮演者”的先生表明,人们如何能在争辩者这个角色中出类拔萃。“看来,兴登堡是一种启示。”我对他说。——“一种旧启示,”他针锋相对地回答我,“或者是一种未来的革命。未来应该做的事不是宽容敌人,而是让芒香自由行动,是打败奥地利和德国,使土耳其欧洲化,而不是让法国门的内哥罗①化。”——“但是,我们将得到美利坚合众国的帮助。”我对他说。——“目前,我在这里只看到美利坚合众国的景象。为什么因害怕法国抛弃基督教信仰而不对意大利作出更大的让步?”——“要是你舅舅夏吕斯听到你的话才好呢!”我对他说。“实际上,要是人们再触犯一点教皇,你是不

① 门的内哥罗为黑山的旧称,是南斯拉夫南部的联邦共和国。

会感到不高兴的，而他却绝望地想到人们可能会有损于弗兰茨-约瑟夫的帝位。另外，他在这方面的想法合乎塔列朗和维也纳会议的传统。”——“维也纳会议的时代已经结束。”他对我回答道。“对于秘密外交，必须用具体外交来加以抗衡。我舅舅其实是个不知悔改的君主主义者，人们可以让他吞下鲤鱼，就像莫莱太太那样，或是吞下内壕墙，就像阿蒂尔·梅耶那样，只要鲤鱼和内壕墙是用尚博尔的方法烧的。我认为，他由于憎恨三色旗，宁愿站在**红色无檐帽**[①]的破布之下，并会诚心诚意地把它当作白旗。”当然，这不过是空口说白话，圣卢远没有他舅舅有时具有的独特的深邃。但是，他性格和蔼可亲，而他舅舅则疑神疑鬼。他仍然像在巴尔贝克时那样可爱、红润，还有一头金发。他舅舅无法超越他的，只有圣日耳曼区的精神状态，具有这种精神状态的人们认为自己同圣日耳曼区的关系最为疏远，而这种精神状态既赋予他们对天生并不聪明的人们的尊重（这种尊重确实只盛行于贵族之中，并使那些革命显得如此不公道），又在其中掺杂了一种毫无意义的自满。通过谦卑和骄傲的混杂，后天获得的思想好奇和天生的威严的混杂，德·夏吕斯先生和圣卢经历不同的道路，具有不同的观点，又相隔一代人的时间，却成为任何新思想都会使其感兴趣的知识分子，又都是那样健谈，任何人都不能使他们刹车。因此，一个有点平庸的人，会根据自己当时的情绪，认为他们俩都十分迷人或都惹人讨厌。

我一面这样回忆圣卢的来访，一面走着，绕了个过于长的弯路，几乎走到残老军人院桥边。灯光（因哥达式轰炸机）相当稀少，点亮的时间也有点过早。因为“时间的改变”进行得有点过早，而当时天还黑得相当快，这种改变在整个气候宜人的季节都保持不变（犹如暖气设备从某个日期起开启和关闭一样）；在夜晚灯光照亮的城市上空，在天空的整整一部分

① 红色无檐帽是法国大革命时期最激进分子的服饰。

中——这个天空不知道有夏令时间和冬令时间的区别,也不愿知道八点半已经变成九点半,在这近于蓝色的天空的整整一部分中,还仍然有点亮光。在特罗卡德罗的那些塔楼俯视的那部分城区中,天空都呈现为青绿色的辽阔海洋,退潮的海水已经使黑色的岩礁露出一条淡淡的线条,也许只是渔夫撒下的张张渔网,排列成一条直线,实际上这些是小片云彩。此刻是青绿色的云海,在不知不觉中席卷了参加地上巨大革命的人们,人们在地上相当疯狂,继续进行着他们那些革命和他们那些徒劳无益的战争,就像目前这场使法国流血的战争。此外,天空觉得不值得改变自己的时间差,就在灯火点点的城市上空,以这些近于蓝色的色调,无精打采地延长着迟迟不走的白昼;不断望着死气沉沉和过于美的天空,就感到头晕目眩:这不再是广阔的海洋,而是在垂直的方向颜色由浓变淡的冰川。特罗卡德罗的那些塔楼,看起来同青绿色的台阶如此接近,实际上却极为遥远,犹如瑞士某些城市中的两座塔楼,人们以为是在远处,实际上就在山顶斜坡的近旁。

我半途折回,但刚离开残老军人院桥,天上就不再发亮,城里也几乎没有灯光,我的脚到处踢到那些垃圾箱,把一条小路错当成另一条小路,我机械地在阴暗的街道构成的迷宫里行走,不知不觉地来到了环城路。在那儿,我刚才产生的东方的感觉又重新出现,另一方面,在回忆了督政府时期的巴黎之后,又回忆起一八一五年的巴黎。就像在一八一五年那样,协约国部队的军装以极不协调的色彩鱼贯而行,其中有穿着红色短裙裤的非洲人,有头裹白缠巾的印度人,这些人足以使我把我漫步的巴黎当作一个想象中具有异国情调的东方城市,不但服饰和脸色同东方一模一样,而且连周围的环境也同随意想象出来的相仿,犹如卡帕契奥①把自己

① 卡帕契奥(约1460—1525/1526),意大利文艺复兴早期威尼斯画派最伟大的叙事体画家。

生活的城市变为耶路撒冷或君士坦丁堡，方法是在其中加入一群人，这群人穿着奇妙的五颜六色的衣服，但颜色并不比现在这群人更为鲜艳。我走在两个朱阿夫兵[①]的后面，看到一个高大、肥胖的男人，两个兵好像并没有注意这个男人，只见他头戴软毡帽，身穿宽袖长外套，看到他淡紫色的脸，我感到犹豫，不知是否应该给他加上一个演员或一个画家的名字，这个演员或画家都因无数次鸡奸的丑闻而出名。不管怎样，我确信自己不认识这个散步者。因此，当他的目光和我的目光相遇之时，我十分惊讶地看到他神情尴尬，故意停住脚步，朝我走来，犹如一个男人想要表明，你决不会发现他正在干一件他希望不要声张的事情。一瞬间我心里在想，是谁在向我问好：原来是德·夏吕斯先生。人们可以说，在他看来，他疾病的发展或他恶习的剧变处于极端的状态，在这一状态中，个人原先最基本的人格和他祖先的品质，完全被随之而来的一般缺陷或疾病所掩盖。德·夏吕斯先生来源于自我中尽可能远的地方，或者确切地说，他本人已被他目前变成的这种形象完全掩盖起来，这种形象不属于他一个人，而属于其他许多性欲倒错者，因此，当他在环城路上行走，走在这些朱阿夫兵的后面时，我一开始把他当作朱阿夫兵中的一员，当作另一个朱阿夫兵，而不是看作德·夏吕斯先生，不是看作一位大贵族，不是看作一个想象力丰富、风趣幽默的人，此人和男爵的相像之处，只有这种众人共有的神态，现在，他身上的这种神态掩盖了一切，至少在全神贯注地对他进行观察之前是如此。

这样，我本想去维尔迪兰夫人家里，却遇上了德·夏吕斯先生。当然，我并非像过去那样在她家里遇到他；他们的不和越发加深，维尔迪兰夫人甚至利用目前发生的事件，使他更加威信扫地。她早就说过，她觉得他已经衰退、完蛋，认为他那些所谓的勇敢，比最为因袭守旧的作家还要

① 朱阿夫兵是法国轻步兵，原由阿尔及利亚人组成，1841 年起全部由法国人组成。

陈腐，她现在对这种抨击进行概括，并厌恶他的一切想象，说他是“战前的”货色。在她的小圈子看来，战争用一条鸿沟把他和现在分割开来，使他退到死水一潭的过去之中。此外——这主要是对消息不太灵通的政界说的，她把他描述成“不伦不类”、“旁门左道”，在社交界的地位是如此，在智力上的才能也是如此。“他不去看望任何人，任何人也不接待他。”她对邦当先生说，并轻而易举地使邦当先生相信她的话。不过，在这些话中也有真实的成分。德·夏吕斯先生的地位已经发生变化。他对社交界的关心越来越少，又因性格桀骜不驯，同作为社会精华的大部分人闹翻，并因意识到自己的社会地位，不愿同这些人重归于好，因此，他过着相当孤独的生活，这种孤独并不是因为贵族阶级的排斥，就像德·维尔巴里西斯夫人去世时的孤独，但在公众的眼中却显得更加糟糕，其原因有两个。德·夏吕斯先生的坏名声现已众所周知，这就使那些不明情况的人认为，大家是因此而不同他经常来往的，他也就自动拒绝和大家来往。因此，他易怒的性格所产生的印象，是他对人们发怒而蔑视他们。另外，德·维尔巴里西斯夫人有一道很大的屏障：家庭。而德·夏吕斯先生却在家庭和他之间增添了许多不和。再说，家庭好像并未使他感到兴趣，特别是在老区那边，即古弗瓦西埃那边。他与古弗瓦西埃家族相反，对艺术作过十分大胆的嘲讽，但他没有觉察，一位贝戈特最能使他感到兴趣的，是他同所有这个老区的亲戚关系，是向他描述他那些堂姐妹从骑子街到波旁宫广场和茜草田街所过的几乎像外省一般的生活。

此外，维尔迪兰夫人持有一种并非居高临下，即更讲求实际的观点，她假装认为他不是法国人。“他到底是什么国籍，他是不是奥地利人？”维尔迪兰夫人并无恶意地问道。——“不，完全不是。”莫莱伯爵夫人回答道，她本能的反应服从于情理，而不是仇恨。——“不，他是普鲁士人。”女主人说。“不过我只是对您说说，我知道这事，他对我们说过好几次，他曾是普鲁士上议院的世袭议员，被称为 Durchlaucht①。”——“然而，那不勒斯王后曾对我说……”——“您知道，她是个可怕的女间谍。”维尔迪兰夫人大声说道，她没有忘记这位退位的王后一天晚上在她家里所持的态度。“我知道这事，而且十分确切，她就是靠这个生活的。如果我们有一个强有力的政府，这些家伙都应该关到一个集中营去。就得这样！不管怎样，您最好还是别去接待这群漂亮的人，因为我知道内政部长在监视他们，您的公馆会受到监视。任何事都不会使我消除这种想法，即夏吕斯在两年之中不断在我家进行间谍活动。”维尔迪兰夫人也许在想，人们可能会产生怀疑，极为详细地报告这个小圈子的组织，是否会引起德国政府的兴趣，但她知道，她如果不提高嗓门，她说话的价值只会显得更高，所以她带着温柔而敏锐的神色说：“我从第一天起就会对您说，我和丈夫说过：这个人被带到我家的方式，我不满意。这有点鬼鬼祟祟。我们在一个小海湾里面，在一个很高的地方，曾拥有一座花园住宅。德国人一定使那个地方变了样，在那里建造一个潜艇基地。有些事在当时曾使我感到惊讶，可现在我都明白了。开始时，他不愿同我的其他客人一起乘火车来。我很客气地请他住在城堡的一个房间里。可他不要，情愿住在东锡埃尔，那里有许多部队。所有这些都使人清楚地闻到间谍活动的味道。”

对于针对夏吕斯男爵的第一个指责，即指责他已经过时，社交界人士会轻而易举地认为维尔迪兰夫人说得对。其实，这些人是忘恩负义之徒，因为德·夏吕斯先生可以说是他们的诗人，曾从周围的社交活动中提取一种诗意，其中有历史、美、秀丽、诙谐和浅薄的优雅。但是，社交界人士无法理解这种诗意，所以在生活中也看不到任何诗意，就在别处寻找，并把那些比德·夏吕斯先生差无数倍的人，捧得比他高一千倍，那些人蔑视万物，却鼓吹社会学和政治经济学的一些理论。德·夏吕斯先生十分乐意

① 德语，意思是“殿下”。

讲述一些在无意中变成典型的词语，并描写蒙莫朗西公爵夫人优雅得十分巧妙的服饰，把她看成美妙的妇女，这就使社交界的一些妇女把他当作傻瓜，因为这些女人认为蒙莫朗西公爵夫人是个无人注意的蠢女人，认为那些裙子做出来可以穿，但别人一点不会显出注意它们的样子，她们认为自己更加聪明，会跑到巴黎大学去听课，或是到众议院去听德沙涅尔①演讲。

总之，社交界的人们对德·夏吕斯先生感到厌烦，并非因为对他罕见的智力才能了解过深，而是因为从未对此进行了解。人们认为他是“战前的”货色，是过时货，因为这些最不善于评论长处的人，正是在给长处进行分类时最会采取时兴的等级的那些人；他们未曾骚扰，甚至没有触动过去一代人中有才能的人们，现在却要抨击所有这些人，因为这是新一代的标记，人们不会对这一代人有更多的了解。

至于第二个指责，即指责他日耳曼化，社交界人士的中庸思想会使他们拒绝这种指责，但这种指责找到了莫雷尔这位坚持不懈并特别残酷的代言人，莫雷尔善于在报界乃至社交界保持自己的地位，而这种地位却是德·夏吕斯先生两次费了同样大的力气才使他得到的，后来也没有使他失去这种地位，但莫雷尔一直憎恨男爵，不管他曾和男爵保持过何种关系，由于他知道男爵心地善良却又向许多人加以隐瞒，他的憎恨就更应受到谴责。德·夏吕斯先生对小提琴师非常慷慨，十分体贴，对他显示出从不食言的认真态度，所以夏利同他分手时对他的印象，并不是一个有恶习的人（他最多把男爵的恶习看作一种疾病），而是一个他从未见到过的高尚思想最多的人，一个极富有同情心的人，具有一种圣人的风度。莫雷尔对此很少否认，即使在同他闹翻之后，还由衷地对亲戚说：“你们可以把自

① 德沙涅尔（1855—1922），法国政治家，曾两次出任众议院议长（1898—1902，1912—1920），1920年当选共和国总统。

己的儿子托付给他,他只会对你们的儿子产生最好的影响。”因此,当他竭力用文章来折磨男爵时,他在思想上对男爵嘲讽的对象并不是恶习,而是美德。战前不久,报上的专栏短文对熟悉内情者来说是一目了然的,这些短文开始对德·夏吕斯先生进行最严厉的中伤。有篇短文的标题为:《名字以 us 结尾、享有亡夫遗产的寡妇的不幸遭遇,男爵夫人过去的时日》,维尔迪兰夫人买了五十份刊登这篇文章的报纸,以便把文章借给熟悉的人们看,而维尔迪兰先生则表示,连伏尔泰也没有写得这样好,并大声朗读这篇文章。自从战争爆发以来,调子发生了变化。抨击的并非只是男爵的性欲倒错,而且还有他所谓的德国国籍:“Frau Bosch”,“Frau von den Bosch”[①]是德·夏吕斯先生通常的绰号。一篇具有诗意的文章从贝多芬的某些舞曲中借用了这个标题:《一个德国女人》。最后是两条消息:《美洲叔叔和法兰克福姑妈》和《后方男子汉》,其校样在小圈子内阅读时曾使布里肖本人感到高兴,他大声说道:“但愿十分高超、权势很大的阿纳斯达齐女士别对我们的文章进行删节![②]”

莫雷尔的法国血液在血管里沸腾,犹如贡布雷的葡萄汁发酵起泡一样,他身在报社的办公室,却认为战争时期待在办公室里没有出息,所以最终投笔从戎,虽然维尔迪兰夫人竭尽全力说服他留在巴黎。当然,她感到气愤的是,德·康布尔梅先生在他这样年纪仍留在参谋部里,她在谈到

---

① 德语,意思是:“德国佬太太”,“冯·德国佬太太”。

② 那些文章本身要比滑稽可笑的题目更加微妙。它们的风格来自贝戈特但是以一种也许只有我一个人才感觉到的方式来写的,原因如下:贝戈特的作品根本没有对莫雷尔产生过影响。多产现象是以一种十分特殊而又罕见的方式产生的,正因为如此,我才在这里提及此事。我曾在恰当的时候提出,贝戈特说话时选择和说出词语的方式十分特别。莫雷尔曾长期在圣卢家里遇到他,对他进行了“模仿”,莫雷尔惟妙惟肖地模仿他的声音,使用他也会使用的词语。然而现在,莫雷尔为了写作,把贝戈特式的谈话记录下来,但并未对谈话进行修改,就像贝戈特会做的那样。同贝戈特谈过话的人不多,所以人们无法辨认谈话的调子,这种调子与风格不同。这种口头多产的现象十分罕见,所以我想在此指出这点。这种现象只会产生不结果实的花朵。——作者注

任何不去她家的人时说:“这个人是在什么地方想出办法躲起来的?”要是有人断言这个人从第一天起就在第一线,她会毫无顾忌地回答说撒谎,或者也许是她没有弄错的习惯:“完全不是,他没有离开过巴黎,他正在做一件事,这件事几乎和陪一位部长散步一样危险,这话是我对您说的,我对您打包票,我是通过一个看到他的人知道这件事的。”但是,对待那些常客却并非如此,她不愿让他们上前线,认为战争非常“使人烦恼”,会使他们疏远。因此,她进行一切活动使他们留下来,因为这样她将会得到双重的乐趣,一是同他们共进晚餐,二是当他们尚未到达或已经出发之时,使他们对无所事事感到沮丧。不过必须使她的常客同意这种圈套式的安排,她看到莫雷尔硬要这样做感到遗憾,同他谈了很久,但白费力气:“不,您是在这个办公室里出力,而且比在前线用处更大。需要的是有用处,真正成为战争的一部分,并参加进去。有些人参加了进去,另一些人则是远离火线工作的军人。而您呢,您参加了进去,请您放心,大家都知道,没有人会谴责您。”她在不同的情况下就是这样,不过男人并非如此罕见,她也不必像现在那样以女客为主,如果有一个男人失去了母亲,她就会毫不犹豫地使他相信,他可以继续出席她的招待会而不会有任何不便。“悲伤要放在心里。您如果想去参加舞会(她是不举办舞会的),我会第一个劝您不要去,但在这里,在我星期三的小聚会中或者在一个楼下包厢里,无人会对此感到惊讶。人们十分清楚,您感到悲伤……”现在,男人更加罕见,丧事更加频繁,甚至无须阻止他们出入社交界,战争就足以说明问题。维尔迪兰夫人拼命拉住留下的那些男人。她想要使他们相信,他们留在巴黎对法国更有用处,就像过去她会对他们肯定地说,死者要是看到他们在娱乐会感到更加高兴。不管怎样,她的男客很少;也许她有时后悔自己同德·夏吕斯先生关系破裂,而且已无法重归于好。

但是,如果说德·夏吕斯先生和维尔迪兰夫人不再进行互访,维尔迪兰夫人却继续接待客人,而德·夏吕斯先生则继续寻欢作乐,仿佛一切都没有改变，只是有几个无关紧要的小小区别。例如，在维尔迪兰夫人家里，戈达尔现在参加招待会时身穿《梦幻岛》中的上校军装，相当像一位海地海军上将的军装，呢料上有一条天蓝色的宽绶带，使人想起“马利亚的子女们”的绶带；德·夏吕斯先生过去喜爱成年男子，由于他现在所在的城市中成年男子都已销声匿迹，他就像某些法国人一样，那些人喜欢在法国的女人，并住在殖民地里：他迫不得已，先是养成了玩男孩的习惯，后来开始喜欢男孩。

不过，这些特点中的第一个特点相当迅速地消失了，因为据报上说，戈达尔不久便“面对敌人”而死，虽说他没有离开过巴黎，实际上是因年老过于劳累，不久以后维尔迪兰先生也随之而去，他的死只使一个人感到悲伤，据说此人就是埃尔斯蒂尔。我曾以一种可以说完美无缺的观点研究过他的作品。但是，随着年事渐高，他迷信地把自己的作品和曾经为他提供模特儿的社会联系起来；通过印象的炼金术，社会在他的笔下变成了艺术作品，为他提供了公众和观众。他越来越像唯物主义者那样相信，美的显著部分存在于事物之中，所以他先是把埃尔斯蒂尔太太看作他曾在自己的绘画中和一些挂毯中追求过、喜欢过的有点粗俗的美的典型，而维尔迪兰先生的去世，使他看到社会背景，即行将消失的背景——同作为该背景组成部分的时装式样的过时一样迅速——的最后一批残余中的一种随之消失，这种残余可以扶植一种艺术，证明其可靠性，犹如法国大革命在摧毁十八世纪的优雅时，可以使一位游乐图的画家感到难过，或是蒙马特高地和烘饼磨坊的消失，会使雷诺阿感到伤心；但是，维尔迪兰先生的去世，尤其使他看到一双眼睛和一个头脑的消失，它们曾对他的绘画作过最为中肯的评价，他的绘画可以说是以令人喜欢的回忆这种状态存在于它们之中。也许已经出现一些同样喜爱绘画的年轻人，但他们喜爱的是另一种绘画，他们不像斯万那样，不像维尔迪兰先生那样，得到过惠斯勒有关情趣的忠告，得到过莫奈有关真实的建议，这些忠告和建议能使他们正确评价埃尔斯蒂尔。因此，听到维尔迪兰先生的噩耗，埃尔斯蒂尔感到更加孤独，虽说多年来他和维尔迪兰先生并不和睦，对他来说，这犹如他作品中的一点美，随着宇宙中存在的一点对这种美的意识的消失而黯然失色。

至于德·夏吕斯先生在寻欢作乐方面的变化，则仍然是断断续续的：他同“前线”保持着大量通信，因此并不缺少相当成熟的休假军人。

我过去相信别人说的话，当听到德国、保加利亚和希腊依次声明自己的和平意愿时，我真想相信这些话。但是，自从同阿尔贝蒂娜和弗朗索瓦丝一起生活以来，我已习惯于猜测她们没有明言的想法和计划，所以我不让威廉二世、保加利亚的费迪南和希腊的康斯坦丁用任何冠冕堂皇的话来欺骗我的本能，我的本能可以猜到他们中任何一个策划的阴谋。我同弗朗索瓦丝和阿尔贝蒂娜的争吵，当然只是私人间的争吵，只会涉及一个人这样的小小精神细胞的生活。但是，存在着动物的躯体和人类的躯体，即细胞的组合，每个组合对于一个细胞来说犹如勃朗峰那样高大；同样，也存在着个人的有组织的巨大集合体，称之为民族；集合体的生活只是在扩大作为组合成分的细胞的同时重复细胞的生活；谁不能理解细胞生活的秘密、反应和规律，谁在谈论民族之间的斗争时就只能空话连篇。但是，如果有人掌握这些个人的心理状态，那么，这些由个人聚集起来的巨大群体在发生冲突时就会在他的眼里呈现出一种美，这种美要比只是由两个性格刚强的人进行冲突而产生的斗争更为强烈；他将以这样的比例看到它们，如同一群纤毛虫看到一个身材高大的男人躯干，而装满一个放在旁边的一立方毫米的容器，需要的纤毛虫多达一万多条。这就是近来法国的伟大形象和德国的形象，法国的形象连四周都充满几百万个各式各样的小多边形，德国的形象则充满更多的多边形，这两个形象之间具有这些争吵中的两种。因此，从这个观点来看，德国的躯干和法国的躯干、协约国的躯干和敌人的躯干的表现，在某种程度上如同个人一般。但是，它们相互进行的打击，是受一种不可胜数的拳击的支配，圣卢曾对我阐述这种拳击的原则；因为即使把它们看作人，它们仍然是个人的巨大集合体，所以争吵就具有广泛而壮丽的形式，犹如波涛万千的海洋在翻腾，试图冲垮一排百年的悬崖峭壁，犹如巨大的冰川，企图以毁灭性的缓慢移动，摧毁与它们邻接的山坡。尽管如此，对于在这个故事中出现过的许多人来说，生活仍以几乎相同的面貌继续，对于德·夏吕斯先生和维尔迪兰夫妇来说尤其如此，仿佛德国人并没有离他们这样近，正如一直威胁着的危险，虽说现在未被消除，但我们如果不去想它，就会完全对此无动于衷。通常，人们去寻欢作乐时决不会想到，如果使其孱弱、减少活力的作用一旦中止，纤毛虫的繁殖就会达到顶点，即在几天之内激增到几百万，从一立方毫米增大到一个比太阳大一百万倍的体积，同时摧毁了我们赖以生存的所有氧气和物质，这样就不再有人类，不再有动物，不再有地球，或者没有想到，一种无法弥补、十分可能发生的灾难，在太空中将由不断进行的激烈活动来决定，这种活动被太阳表面的不变性所掩盖：他们忙于自己的事情，无暇考虑这两种世界，一种世界太小，另一种世界又太大，所以他们没有看到因他们而笼罩在我们周围的宇宙危险。

就这样，维尔迪兰夫妇举办晚宴（不久之后由维尔迪兰夫人一人举办，因为维尔迪兰先生在不久后去世），德·夏吕斯先生则寻欢作乐，并没有想到德国人——德国人确实因一道不断更新的血的屏障而留在原地——离巴黎只有一小时汽车的路程。然而，后来有人说，维尔迪兰夫妇想到了这点，因为他们有一个政治沙龙，每天晚上在沙龙讨论形势，不仅讨论陆军的形势，而且讨论海军的形势。他们确实想到那些一个团一个团被歼、旅客随之遭殃的大屠杀；但是，一个相反的运算大量增加与我们福利有关的事物，又用一个极大的数字来除以与我们福利无关的事物，以致几百万无名氏的死亡几乎没有使我们受到触动，即使有所触动，也不像穿堂风那样令人不快。维尔迪兰夫人患偏头痛，因不再有羊角面包可以浸泡在她的牛奶咖啡里而感到难受，她终于让戈达尔开了处方，使她能在我们曾谈到过的某家饭店里买到羊角面包。从当局那儿得到这种处方，几乎同一位将军的任命一样困难。早晨她又拿起第一只羊角面包，只见报上叙述卢西塔尼亚号①沉没的经过。她一面把羊角面包浸泡在牛奶咖啡里，一面用手指轻轻弹着她的报纸，使报纸能全部打开，又不必移动那只浸泡面包的手。她说："多可怕！这比最可怕的悲剧还要可怕。"但是，所有这些溺水者的死亡，在她眼里想必已缩小到原来的十亿分之一，因为她嘴里塞满面包在发表悲痛的感想，脸部却浮现出心满意足的表情，这种表情也许是因治偏头痛的良药羊角面包的味道而产生的。

至于德·夏吕斯先生，他的情况有点不同，但更加糟糕，他不但不热情希望法国取得胜利，而且走得更远，暗中希望德国即使不取得胜利，也至少不要像大家希望的那样被打垮。其原因是，在这些争端中，称之为民族的个人大群体的表现，在某种程度上同个人一样。指导它们的推理方式是内心型的，并不断受到激情的改造，犹如卷入爱情纠纷或家庭纠纷的人们的推理方式一样。例如儿子和父亲争吵，女厨师和女主人争吵，妻子和丈夫争吵。有错的民族却认为自己有理——就像对德国这个情况那样，而有理的民族往往理所当然地提出一些论据，它认为这些论据无可辩驳，只是因为它们符合这个民族的情感。在这些个人的争吵中，要理所当然地相信两方中的任何一方，最好的办法是属于这一方，一个旁观者决不会完全赞成一方。然而，在那些民族中，个人如真正属于民族，就是民族一个人的一个细胞。洗脑子只是一句毫无意义的空话。如果有人对法国人说他们即将被打败，任何法国人都不会像听到别人说他即将被贝尔塔

① 卢西塔尼亚号是英国班轮，1915 年 5 月被德国潜艇击沉，间接促使美国参加第一次世界大战。

远射程炮打死那样感到绝望。真正的洗脑子，是用希望对自己洗脑子，如果人们真是一个民族活的成员，洗脑子就是保存这个民族本能的一种方法。为了对德国一个人的事业的非正义性视而不见，对一个德国人来说，最好的办法不是缺乏判断力；为了随时看到法国一个人的事业的正义性，对一个法国人来说，最好的办法不是具有判断力；对这两者来说，最好的办法是爱国主义。德·夏吕斯先生具有罕见的道德品质，他富有同情心，慷慨大方，对人友爱、忠诚，然而，由于各种原因——其中之一是他的母亲是巴伐利亚州的公爵夫人，这点可能会起作用——他没有爱国主义。因此，他既属于法国躯干，又属于德国躯干。如果我缺乏爱国主义，不感到自己是法国躯干的一个细胞，我评价争端的方式看来不可能像过去那样。在我的少年时代，我完全相信别人对我说的话，我要是在当时听到德国政府表明自己的诚意，一定会不加怀疑；但我早已知道，我们的思想并非总是和我们所说的话一致；有一天，我在楼梯的窗口里发现夏吕斯不像我过去想象的那样，不仅如此，更重要的是我在弗朗索瓦丝身上，后来又在阿尔贝蒂娜身上，看到一些观点和计划的形成，这些观点和计划同她们所说的话截然不同，因此，我即使作为普通的旁观者，也不会让德国皇帝和保加利亚国王任何冠冕堂皇的话来欺骗我的本能，我的本能会像识破阿尔贝蒂娜那样，来识破他们秘密策划的阴谋。但说到底，我只能设想，如果我不是当事人，如果我不是法国这个当事人的一部分，我会做出什么事来，犹如我在同阿尔贝蒂娜争吵时，我忧郁的目光或我透不过气来的喉咙是我个人的一部分，我个人则与我事业休戚相关：我无法漠不关心。德·夏吕斯先生的漠不关心是彻头彻尾的。然而，自从他只当一名旁观者之时起，一切都应使他成为亲德派，从此他虽然生活在法国，却不是真正的法国人。他十分灵敏，但在任何国家里，绝大多数人都是傻瓜；毫无疑问，他要是生活在德国，愚蠢而热情地捍卫一种非正义事业的德国傻瓜们并不会使他生气；但是，他生活在法国，愚蠢而热情地捍卫一种正义事业的法国傻瓜们却使他生气。激情的推理方式，即使服务于凛然大义，对缺乏激情的人来说也决非无可辩驳。德·夏吕斯先生灵敏地指出爱国者们每一个错误的推理。充分的理由以及对成功确信无疑，使一个傻瓜感到满意，却会使你特别恼火。德·夏吕斯先生恼火是因为人们对胜利抱乐观主义，这些人不像他那样了解德国及其力量，每个月都认为德国会在下个月被打垮，一年以后，他们仍然相信新的预测，仿佛他们未曾以同样的自信作出同样错误的预测，不过他们已经忘掉那些预测，如果有人对他们提起此事，他们就说情况并不相同。

最后，德·夏吕斯先生富有同情心，他想到战败者就感到难受，他总是站在弱者一边，他不看报上的司法专栏，原因是他不想使自己因死囚焦急不安和无法杀死法官、刽子手以及高兴地看到“正义已经伸张”的人群而感到难受。不管怎样，他确信法国不可能再被打败，然而，他也知道德国人正受饥荒之苦，总有一天会被迫俯首投降。这一想法使他感到更加难受，原因是他生活在法国。他对德国的回忆不管怎么说已经遥远，而那些以一种使他感到不快的高兴谈论德国被打垮的法国人，是一些缺点为他熟知、面目令人讨厌的人。在这些情况下，我们同情的是自己不认识的人们，是自己想象中的人们，而不是在我们身旁、在日常生活中十分熟悉的人们，除非那些人就是我们自己，我们同他们血肉相连；爱国主义创造了这一奇迹，人们拥护自己的国家，犹如人们在爱情纠葛中拥护自己一样。因此，对于德·夏吕斯先生来说，战争是一种特别能产生仇恨的作物，在他身上，这些仇恨只在片刻中产生，持续的时间也很短，但在这段时间里，他会做出各种粗暴的事情。他在读报时看到了专栏作者的胜利神色，他们每天报道德国已被打败，是“走投无路、束手无策的野兽”，而千真万确的事实却恰恰相反，他们这种愉快而又残酷的胡说八道，使他勃然大怒。在当时，报上的部分文章是由一些名人撰写的，他们在报上找到了“重新服役”的一种方式，例如布里肖和诺布瓦这样的人，还有莫雷尔和勒格朗丹。德·夏吕斯先生渴望见到这些人,并对他们竭尽讽刺、挖苦之能事。他一直对性方面的恶习特别了解,知道某些人有这种恶习,而这些人以为他们这种恶习不为人知,就热衷于揭露"肉食帝国"的君主们和瓦格纳等人有这种恶习。他渴望当面见到他们,当众揭出他们的丑事,让那些侮辱一个战败者的人名声扫地、气急败坏。

其实,德·夏吕斯先生当亲德派还有更加特殊的理由。其中之一是他作为社交界人士,曾长期生活在社交界人士、令人尊敬的人们和重视荣誉的人们中间,这些人决不会同一个坏蛋握手:他知道他们敏感而又冷酷,知道他们把一个男人赶出一个圈子或者拒绝和一个男人决斗时,对他的眼泪会无动于衷,即使他们这种"道德上干净"的行动会使害群之马的母亲死去也在所不惜。虽然他十分欣赏英国,欣赏英国参战的美妙方式,他仍然不由自主地感到,这个无可指摘、不会撒谎、不让小麦和牛奶运入德国的英国,有点像由重视荣誉的人、公认的证人和决斗中的裁判组成的民族;同时他又知道,一些有恶习的人,一些坏蛋,如陀思妥耶夫斯基的某些人物,可能更好些,因此我一直无法理解,为什么作者把这些人比作德国人,靠欺骗和诡计不能预见到一颗善良的心,而德国人看来也没有表现出这种善心。

德·夏吕斯先生的亲德还有最后一个特点:通过一种十分奇怪的反应,他亲德的原因是他的"夏吕斯主义"。他认为德国人十分丑陋,这也许是因为他们同他的血缘有点过于接近;他狂热地迷恋摩洛哥人,但特别迷恋盎格鲁-撒克逊人,把他们看作菲迪阿斯①的活雕像。然而,他身上的乐趣带有某种残酷的想法,我当时还不知道这种想法的全部力量:他喜欢的男人在他看来犹如美妙的刽子手。他要是表示反对德国人,就会感到自

① 菲迪阿斯(活动时期约公元前490—前430),希腊雅典雕刻家,成名作是雅典卫城的三座雅典娜纪念像和奥林匹亚宙斯神庙的巨大宙斯坐像,是理想主义的古典风格的创始人。

己采取了一种只有在肉体上得到快感时才会采取的行动，就是说违背他可怜的本性，也就是为了让恶引诱和压倒贞洁的丑陋而充满激情。在谋杀拉斯普丁①时仍是如此，人们看到谋杀发生在陀思妥耶夫斯基式的夜宵中，俄国色彩的印记又这么深，感到十分意外（如果公众了解到所有这些事情中德·夏吕斯先生知道得十分清楚的细节，这种印象还会深刻得多），因为生活使我们非常失望，使我们最终认为，文学同生活毫无关系，并使我们极其惊讶地看到，书籍向我们指出的那些珍贵思想，无偿而又自然地展现在日常生活之中，没有损坏的危险，例如一顿夜宵、一次谋杀这类俄国事件，有着某种俄国的东西。

战争无限期地持续下去，有些人曾在好几年前根据可靠消息宣布和平谈判业已开始，并列举了和约的条款，现在这些人同你交谈时，不会耗费精神请你原谅他们不确实的消息。他们已经忘掉那些消息，并准备真心实意地传播另一些消息，这些消息他们将会同样迅速地忘掉。在这个时代，哥达式轰炸机经常来进行轰炸，所以空中一直有法国飞机警惕而响亮的嗡嗡声。但有时会听到警报声，犹如女武神②——这是战争爆发以来唯一能听到的德国音乐——的刺耳呼唤，直至消防队员宣布警报解除为止，而在他们身边，军号声犹如一个看不见的调皮男孩，定时评论好的消息，并高兴地叫得震天响。

德·夏吕斯先生惊奇地看到，像布里肖这样的人在战前是军国主义者，主要指责法国不够军国主义，这时不满足于指责德国过于军国主义，甚至指责它过于欣赏军队。只要是涉及减慢反德战争的步伐，他们一定会改变看法，并用正当的理由谴责和平主义者。但是，譬如说布里肖，虽

---

① 拉斯普丁（1864/1865—1916），沙皇尼古拉二世的宠臣，以具有治病的非凡本领闻名，1916 年 12 月底，他在尤苏波夫亲王家吃夜宵时被毒死。

② 《女武神》是瓦格纳歌剧《尼伯龙根的指环》四联剧之一。

然视力不佳,还是答应去作讲座,对中立出版社出版的某些作品进行分析。他赞扬一位瑞典作家的长篇小说,小说嘲笑两个孩子看到一条龙后作了象征性的赞赏而倒下,并把他们看作军国主义的种子。这种嘲笑使德·夏吕斯先生感到不快还有其他原因,因为他认为龙可能是某种十分美的东西。但是,他尤其不能理解布里肖的赞扬,如果说赞扬不是针对这本男爵没有读过的书,至少是针对它的思想,这种思想和布里肖战前的思想大相径庭。当时,一个军人的所作所为都是好的,即使是德·布瓦德弗尔将军的不法行为,迪·巴蒂·德·克拉姆上校的男扮女装和阴谋诡计,亨利中校的伪造文书也不例外。这是何种异乎寻常的大转变(这种转变实际上只是军国主义者同一种十分高尚的热情的另一侧面,在反对德雷福斯时,它必须是爱国主义热情,因为德雷福斯主义的倾向是反军国主义,现在它反对的是超军国主义的日耳曼,所以就几乎变成反军国主义的了)?只见布里肖大声说道:“哦,这场面令人赞叹不已,值得引起这一充满暴行的世纪中的青年注意,因为他们只知道崇拜暴力:龙!我们可以认为,这将是一代人的大兵生活,这代人是在对这些暴力表现的崇拜中培养出来的。”因此,斯比特莱①想用这种大转变来和军刀高于一切的丑恶思想进行对照,就象征性地把这个人物独自一人放逐到树林深处,对这个被他称之为疯狂的大学生的爱幻想的人物进行嘲笑和中伤,而作者却用动人的方式使这个人物成为温柔的化身,但可惜的是温柔已经过时,我们可以说,如果老神灵的残酷统治不被推翻,和平时期的美妙温柔很快就会被人遗忘。

“瞧,”德·夏吕斯先生对我说,“您是了解戈达尔和康布尔梅的。我每次看到他们,他们就对我说德国特别缺乏直觉。我们之间说说,您是否

---

① 斯比特莱(1845—1924),瑞士德语诗人、小说家,赞成英法协约,龙和疯狂的大学生引自他的中篇小说《少女的仇敌》(1907)。

认为他们过去对直觉十分关心，他们现在又是否能表现出这种关心？不过您要相信，我不会夸大其词。当谈到最伟大的德国人，谈到尼采、歌德时，您将会听到戈达尔说：‘带有条顿民族的典型特点，即通常缺乏直觉。’当然，在战争中有些事使我更为难过，但您得承认，这叫人难以忍受。诺布瓦比较敏锐，这点我承认，虽说他从战争开始起就不断出错。但是，那些文章煽动全世界的狂热，是什么意思？亲爱的先生，对布里肖的才能，您同我一样清楚，虽说我很喜欢他这个人，即使在教会分裂之后也是如此，教会分裂使我同他所属的小教派分离，我见到他的次数也因此而大大减少。尽管如此，我对这位中学教师有某种敬意，他能说会道，受过很好的教育，另外在他这样年纪，工资又这样低，因为几年以来他的工资降低得十分明显，他像自己所说的那样，重新开始‘服役’，这是十分令人感动的。但话要说回来，良好的愿望是一回事，才能是另一回事，而布里肖从未有过才能。我承认自己同他一样，对目前战争的某些伟大之处表示赞赏。但一个像布里肖那样盲目崇拜古代文化的人，不去讽刺挖苦认为工人家庭和煤矿比历史上的一切宫殿更有诗意的左拉，或是把狄德罗捧得高于荷马、把华托捧得高于拉斐尔的龚古尔，而是不断对我们重复说，温泉关①乃至奥斯特利茨都不能和沃夸②相提并论，这至少有点奇怪。再说这一次，曾抵制过文艺现代主义者的公众，现在却追随战争现代主义者，因为这样的思想方法是一种时髦，另外还因为缺乏才智的人们不是被美所压倒，而是被行动的巨大规模所压倒。人们从此把 colossal（巨大的）中的 c 写成 k，而实际上，人们膜拜的东西也确实巨大。说到布里肖③您是否

① 温泉关是希腊中部东海岸卡利兹罗蒙山和马利亚科斯湾之间的狭窄通道。公元前 480 年 8 月，希腊人和波斯人在此进行激战。希腊军队在关口狙击南下的波斯军达三天之久，但波斯人绕过山间的另一个关口，从侧面进攻，结果取得胜利。

② 沃夸是法国默兹省的市镇，在第一次世界大战中曾多次发生激战。

③ 布里肖是夏吕斯和莫雷尔决裂的见证者。

见到过莫雷尔？有人对我说他想见我。只要他跨出第一步就行了，我年纪最大，这一步不应该由我来走。”

不幸的是就在第二天——我们先说这件事——德·夏吕斯先生在街上面对面地碰到莫雷尔。莫雷尔为了让他挽留自己，就挽着他的手，对他讲述多少有点真实的故事。德·夏吕斯先生果然听得十分高兴，想让莫雷尔当天晚上留在自己身边，不要离开，但在这时，莫雷尔看到一位朋友，就向德·夏吕斯先生告辞，而德·夏吕斯先生想用威胁来留住莫雷尔，当然这种威胁是不会付诸实施的，他对莫雷尔说：“你要当心，我会报复的。”莫雷尔则笑着走了，一面拍拍那位感到惊奇的朋友的脖子，并搂住他的腰。

德·夏吕斯先生对我说的那些关于莫雷尔的话，也许可以证明，爱情——男爵的爱情必须经久不变——会使人（在变得极其富有想象力、极为敏感的同时）变得极其轻信、毫无自尊。但是，德·夏吕斯先生补充道：“这个小伙子迷上了女人，心里想的就是这个。”他说的这句话比他心里想的还要实际。他说这话是出于自尊，出于爱情，以便使别人都能认为，莫雷尔对他爱恋之后，从未有过其他同类的爱恋。当然，我对他的话全然不信，因为我曾看到莫雷尔为了五十法郎而同盖尔芒特亲王过夜，德·夏吕斯先生一直不知道这件事。看到德·夏吕斯先生走过时，如果说坐在咖啡馆露天座上的莫雷尔（除了在有些日子，他出于忏悔的需要，故意遇到男爵，以便有机会对男爵伤心地说：“唔！对不起！我承认我过去对您态度恶劣。”）同那帮朋友一起低声叫喊，对男爵指指点点，并发出那种用来嘲笑老同性恋的格格笑声，我确信这是为了掩盖他的把戏；这些公开的揭发者要是被男爵单独找去谈，都会去做男爵要求他们做的一切。我弄错了。如果说一种独特的感情曾使像圣卢那样最厌恶此行的人们性欲倒错——这在一切阶级中都是如此——一种相反的感情则促使惯于此行的人们不去做这种事。某些人的转变是由于后来对信仰的宗教有所顾忌，在发生某些丑闻时思想上受到震动，或是害怕染上那些并不存在的疾病，一些往往是门房或随身男仆的亲戚真心实意地使他们相信有这些疾病，而一些嫉妒的男情人则假心假意地使他们相信这点，并认为可以用这种方法来独占一个小伙子，而实际上他们已经使这个小伙子脱离自己和他人。因此，巴尔贝克过去的电梯司机再也不会为金银财物而接受这种建议，现在他们认为，这种建议如同敌人提出来的一样严重。至于莫雷尔，他毫无例外地拒绝所有人——德·夏吕斯先生曾背着他说出这种拒绝的真相，这既为他的幻想辩解，又将他们的希望摧毁——是由于他在离开德·夏吕斯先生两年之后，爱上了一个女人，这个女人同他住在一起又比他厉害，把他管得百依百顺。过去，德·夏吕斯先生给了莫雷尔很多钱，莫雷尔可以为五十法郎同盖尔芒特亲王过夜，现在莫雷尔决不会接受同一个人或其他任何人的任何东西，即使给他五十法郎也不会接受。他的"女人"给他灌输的如果不是荣誉和无私，就是人的某种自重，这种自重并不排斥假充好汉和炫耀自己，如果有人要把世界上所有的钱都送给他，只要附加某些条件，他就会不屑一顾。这样，各种不同的心理规律的作用得到了协调，以便调整人类繁荣的一切因素，这些因素能从一个方面或另一个方面，即用过剩或不足的方法，导致人类毁灭。花卉也是如此，达尔文阐明着同一种适度调整着授粉的方式，同时又使其依次互相对照。

"再说，这是件奇怪的事情，"德·夏吕斯先生用他有时使用的刺耳尖嗓音低声说道，"有些人喝着美妙的鸡尾酒，样子整天都是乐呵呵的，我听到这些人说，他们无法活到战争结束，他们的心脏将会受不了，说他们现在不能去想其他事情，他们将会突然死去。最奇怪的是这种事确实在发生。这真有意思！这是不是饮食问题？是不是因为他们现在只能吃烹调粗糙的食物，或是因为他们为了证明自己的热情，去从事那些徒劳无益，但完全改变他们过去的饮食制度的工作？不管怎样，我记下了数目惊人的奇特早夭，这种早夭至少是符合死者意愿的。我记不得我对您说了什么,是说诺布瓦欣赏这场战争,而且又是用如此奇特的方式来谈论这场战争。首先,您是否发现新的表达方式充斥其中? 这些表达方式因每天使用——因为诺布瓦确实不知疲倦,我看是我婶母维尔巴里西斯的去世使他恢复了青春——而最终变成陈词滥调,并立即被其他陈词滥调所代替。过去,我记得您把记载那些出现、保存、然后消失的表达法作为消遣:'玩火者必自焚。''任凭群犬乱吠,商队依然前进。'路易男爵[①]说:'你出好的政策,我就能搞好财政。''这里有些迹象,虽不能看得过于严重,但也要认真对待。''为普鲁士国王而工作。'(这种说法倒是死而复生,这点十分可靠)唉,可惜的是从此之后,我看到多少说法销声匿迹!我们曾说过'破纸片','食肉帝国','旨在屠杀手无寸铁的妇女和儿童的出色文化','正如日本人所说,胜利属于能比别人多忍受一刻钟痛苦的人','日耳曼-土兰人','科学的野蛮','用劳埃德·乔治先生有力的话来说,如果我们想赢得战争',这种话不计其数,还有'部队的锐气','部队的胆量'。出色的诺布瓦连句法也因战争而发生深刻的变化,就像面包的生产或运输的速度一样。这位出色的人物一心想把自己的愿望说成即将实现的事实,却又不敢使用纯粹的将来时,怕这种将来时会同发生的事件互相矛盾,就采用动词 savoir 来作为这种时态的标志,[②]这点您是否发现?"我对德·夏吕斯先生承认,我不大清楚他这番话的意思。

我必须在此指出,盖尔芒特公爵完全不同意他弟弟的悲观主义。其次,他亲英的程度和德·夏吕斯先生反英的程度相同。最后,他把加约先生[③]看作叛徒,要枪毙一千次才能解恨。当他弟弟要他拿出加约先生叛国

① 路易男爵(1755—1837),曾任路易十八和路易—菲利浦的财政大臣。他的这个名句也许并不可靠,由基佐在《回忆录》(1858)中援引。

② 指使用动词 savoir(会,可能)的条件式来代替简单将来时。

③ 约瑟夫·加约(1863—1944),由于首创征收直接税(1906—1909),所以在富裕的阶层中树敌甚多。他曾同德国谈判摩洛哥问题,在第一次世界大战中被怀疑通敌。

的证据时，德·盖尔芒特先生回答说，如果只能给那些在一张声称“我叛国”的纸上签名画押的人定罪，叛国罪就永远得不到惩罚。但是，我在没有机会重提此事的情况下也将会指出，两年以后，具有最纯粹的反加约主义的盖尔芒特公爵遇到了一位英国军事专员及其妻子，并同这对学问渊博的夫妇交了朋友，就像在德雷福斯案件时期同三位可爱的夫人交上朋友一样。从第一天起，在谈到加约时，他就感到极为惊讶，因为他认为加约肯定会被判罪，其罪行是不容置疑的，而这对有学问而又可爱的夫妇则说：“但是他也许会被宣告无罪，目前没有任何证据可以给他定罪。”德·盖尔芒特先生试图援引别人的话，指出德·诺布瓦先生在证人陈述时曾看着吓得发呆的加约说：“您是法国的乔利蒂[①]，对，加约先生，您是法国的乔利蒂。”但这对有学问而又可爱的夫妇只是微微一笑，把德·诺布瓦先生当作笑柄，并列举他年老糊涂的证据，最后说他“在吓得发呆的加约先生面前”说这番话是在《费加罗报》上登的，实际上加约先生也许只是在冷嘲热讽。德·盖尔芒特先生立刻改变了自己的看法。把这个变化归功于一个英国女人的影响，也并非异乎寻常，这就像在一九一九年，当英国人把德国人称为匈奴并要求严惩战犯的时候，就已预卜先知这一变化一样。这时，英国人的看法也已发生变化，他们赞成的任何决定，都会使法国感到伤心，都会助德国一臂之力。

我们再来谈德·夏吕斯先生。“应该懂，”他听到我承认听不懂他的话，就回答道，“应该懂：在诺布瓦的文章里，动词 savoir 是将来的标志，即诺布瓦愿望的标志，另外也是我们愿望的标志。”他补充道。他的话也许并非完全出于真心。“您十分清楚，如果 savoir 没有成为将来的唯一标志，人们在必要时就能认为，这个动词的主语可以是一个国家。例如，每当诺布瓦说‘美国不会对这种不断违反法律的行为熟视无睹’，‘双头君主国不

① 乔凡尼·乔利蒂（1842—1928），意大利政治家，其命运同约瑟夫·加约相仿。

会不悔过自新’的时候，这种话明显地表达了诺布瓦的愿望（就像我的愿望，就像您的愿望那样），但不管怎样，这个动词还是会保留过去的全部含义，因为一个国家会 savoir（知道），美国会 savoir，‘双头’君主国本身也会 savoir（尽管总是‘缺乏直觉’）。但是，当诺布瓦写出‘这些系统性的破坏不会使中立国相信’，‘湖泊地区不会不在短期内落到协约国手中’，‘中立国的这些选举结果不会反映国内的大部分舆论’的时候，就不再有提出疑问的可能了。只这些破坏，这些地区和这些选举结果，肯定是不会 savoir（知道）的无生命的东西。通过这个用语，诺布瓦只是对中立国发出命令（我遗憾地看到，中立国似乎并不听从这一命令），命令它们脱离中立，或是命令湖泊地区不再从属于‘德国佬’（德·夏吕斯先生在说‘德国佬’这个词时十分大胆，就像过去在巴尔贝克的有轨电车上谈论兴趣不在女人身上的男人一样）。另外，您是否发现，从一九一四年起，诺布瓦总是以何等的计谋来开始他写对中立国的文章？他在文章的开头声明，法国当然无须干涉意大利（或罗马尼亚或保加利亚等）的政策。这些国家要根据自己的民族利益，独立自主地决定它们是否应该脱离中立。但是，如果说文章开头的这些声明（这在过去称之为开场白）是非常公正的话，那么文章的接续部分就远非如此了。‘尽管如此，’诺布瓦接着写时大体上是这样说的，‘十分明显，从这场斗争中取得物质利益的，只能是那些站在公正和正义一边的民族。人们只能期待协约国来报答那些因执行以逸待劳政策而没有用自己的剑效力协约国的民族，并把几世纪以来它们受压迫的兄弟一直在上面呻吟的土地给予它们。’这建议干涉的第一步跨出以后，诺布瓦就无所顾忌，不仅谈到干涉的原则。而且还谈干涉的时间，所提的建议也越来越不加掩饰。‘当然’，他说，并自诩为‘正人君子’，‘这要由意大利和罗马尼亚自己来决定干涉的适当时间和适当形式。但它们不会不知道，犹豫的时间过长，它们就有失去良机的危险。俄国骑兵的铁蹄已经使日耳曼颤抖，感到一种无法形容的恐怖。十分明显，那些只会在胜利——

胜利的灿烂曙光已经可以看见——时跑去援助的民族,将无权得到这种报答,但要是它们现在能迅速行动,还为时未晚,等等。’这就像有人在剧院里说:‘迟到者注意:最后剩下的那些座位将会很快被人搬走。’这种说教诺布瓦每隔半年作一次,所以就显得更加荒谬。他定期对罗马尼亚说:‘罗马尼亚是否愿意实现自己的民族愿望,作出决定的时刻已经来到。如果还想等待,就可能为时过晚。’然而,他这话说了三年,不仅这‘为时过晚’的时刻并未来到,而且对罗马尼亚的开价不断提高。同样,他请法国等国作为保护国在希腊进行干涉,因为希腊和塞尔维亚签订的条约没有得到履行。但是,说真心话,如果法国没有参战,不希望希腊的援助或善意的中立,它是否会想到以保护国的身份进行干涉,是否会因希腊没有对塞尔维亚履约而在道义上感到愤慨?当谈到罗马尼亚和意大利明目张胆地违约,即像希腊那样——我认为是有道理的——没有履行德国盟国的义务——这些义务不像人们所说的那样必须履行,范围也没有这么广泛——时,他不是立刻闭口不谈了吗?事实上,人们通过自己看的报纸来了解一切,他们本人并不了解报上谈的那些人物和事件,怎么可能有其他看法呢?说来也怪,德雷福斯案件曾使您很感兴趣,在那个时候,我们可以说如同相隔几个世纪一般,因为战争的哲学家们使人相信,同过去的任何联系都已断绝,我当时看不惯我家里的一些人对当过公社社员的反教权主义者十分尊重,因为他们的报纸把这些人说成是反德雷福斯主义者,同时又使一位将军蒙受耻辱,这位将军出身名门,又是天主教徒,但赞成修改德雷福斯案件的判决。我现在同样看不惯过去曾尊敬弗兰茨-约瑟夫皇帝的所有法国人憎恨陛下,我可以对您说,他们过去这样做是有道理的,我对陛下很了解,他也很想把我当作堂兄弟。啊!自从战争爆发以来,我没有给他写过信。”他补充道,犹如在大胆承认一个他知道不会受人责备的过错。“不,在第一年写过,但只写过一次。但是,我有什么办法呢?这丝毫不会改变我对他的敬意,不过我在这里有许多年轻的亲戚,他们在我们的前线打仗，我知道，要是我和一个同我们交战的国家的元首保持不间断的通信往来，他们会觉得非常不好。我有什么办法呢？不管是谁想来批判我，”他补充道，犹如勇敢地让我来进行指责，“我也不愿让一封署名为夏吕斯的信件在此刻寄到维也纳。我要对这位老皇帝所作的最大批评，就是像他这样地位的贵族，欧洲最古老、最著名的家族之一的首领，竟听任一个土豪的摆布，威廉·德·霍亨索伦这个土豪确实十分聪明，但说到底只是个暴发户而已。这是这次战争中最令人反感的反常现象之一。”在德·夏吕斯先生心中，贵族的观点主宰一切，当他用贵族的观点来看待问题时，他立即会显出奇特的稚气，他说话的语气，就像他对我谈起马恩河战役或凡尔登战役那样，他对我说，有些事情重要而又十分有趣，如果有人要写这场战争的历史，就不应该把这些事遗漏。“例如，”他对我说，“所有的人都不了解情况，以致无人指出这件十分突出的事：马耳他骑士团大爷是个纯粹的德国佬，却仍然生活在罗马，并以我们骑士团大爷的身份在那里享受治外法特权。真有意思。”他补充道，那样子像是对我说：“您看，您遇到了我，这个晚上没有白白浪费。”我对他表示感谢，他则显出谦虚的样子，就像不要报酬的人那样。“我刚才在对您说什么？噢，对了，是说人们看了他们的报纸，在恨弗兰茨-约瑟夫。对于希腊国王康斯坦丁和保加利亚沙皇，公众曾多次在反感和同情之间徘徊，因为报上一会儿说他们站在协约国一边，一会儿又像布里肖那样称他们为中央帝国。这犹如布里肖老是对我们说的那样：‘韦尼泽洛斯[1]的末日即将来临。’我不怀疑韦尼泽洛斯先生是一位很有才能的政治家，但是谁对我们说希腊人如此渴望韦尼泽洛斯当权呢？有人对我们说，他曾希望希腊对塞尔维亚履约。但是必须知道这是些怎样的协定，它们是否超出意大利和罗马尼亚

---

① 韦尼泽洛斯(1864—1936)，希腊首相，因扩大了希腊的版图，被许多人认为是现代希腊最伟大的政治家。

认为可以违反的范围。我们对希腊执行条约和遵守宪法的方式表示担心，但要是这事不涉及我们的利益，我们肯定不会有这种担心。如果战争没有爆发，您是否认为那些担保国会去注意议会的解散？我只是看到，有人在一个一个地收回对希腊国王的支持，以便在国王没有军队能保护自己之时，把他驱逐出境或禁闭起来。我刚才对您说，公众只是根据报纸来评论希腊国王和保加利亚国王。公众既然不了解这两位国王，对他们的看法怎么会和报纸不同呢？我曾多次看到他们，希腊国王康斯坦丁当王太子时，我同他非常熟悉，他简直是个奇才。我一直认为，尼古拉皇帝对他有过深厚的感情。当然喽，我这话是诚心诚意的。克利斯蒂昂公主曾公开谈论这点，不过她现在恶言伤人。至于保加利亚沙皇，简直像淫妇一样，是一张活广告，但十分聪明，是个出色的人。他很喜欢我。"

德·夏吕斯先生可以十分讨人喜欢，但一涉及这些话题，就变得令人讨厌。他对此感到满意，但这种满意犹如一个病人老是对你吹嘘自己的身体如何之好一样，已经使人感到厌烦。我经常在想，在巴尔贝克的小火车里，那些曾非常希望听他用吐露真情来掩饰自己的常客，现在也许无法忍受他的炫耀，这种炫耀是一种癖好，使人感到拘束，犹如在病房里一样沉闷，或者像看到吸毒者在你面前拔出注射器一样难受，因为得让他们把他们认为动听的知心话讲完。此外，听到别人指责所有的人也感到厌烦，况且这种指责往往毫无根据，指责者又把自己排除在这种特殊的类型之外，但听者知道他自己就属于这类人，而他却非常乐意把其他所有人都归入此类。最后，他这个极其聪明的人就为此创造了一种狭隘的小哲学（其基础也许是斯万在"生活"中找到的一种微不足道的收藏品），用这些特殊的原因来解释一切，而这种哲学，犹如每当人们完全赞同他的缺点时那样，不仅使他贬低自己，而且使他对自己特别满意。这样，他这个如此严肃、如此高贵的人，却用最傻的傻笑来结束下面这句话："由于存在着像费迪南·德·科布格对威廉皇帝那样的妄自尊大，这就可能是沙皇费迪南站到‘食肉帝国’一边的原因。其实,这是非常容易理解的,人们对妹妹宽宏大量,什么东西都会给她。我认为,用这点来解释保加利亚和德国结盟的原因,真是太棒了。”对这种愚蠢的解释,德·夏吕斯先生笑了很长时间,仿佛他真的认为解释得十分巧妙:这种解释即使有确实的事实作为依据,也显得十分幼稚,就像德·夏吕斯先生以封建主的身份或以耶路撒冷圣约翰骑士的身份来谈对战争的看法那样。他在结束时的看法倒比较正确。“使人感到惊讶的是,”他说,“公众只根据报纸来评论战争中的人和事,却确信是用自己的头脑在进行评论。”

这一点,德·夏吕斯先生倒是说对了。有人对我说,必须看到德·福什维尔夫人沉默和犹豫的时刻,这些时刻不仅对个人看法的陈述是必要的,而且对个人看法的形成也是必要的,然后她才用一种亲密无间的语调说“不,我不认为他们会占领华沙”;“我不感到再会过第二个冬天”;“我所不希望的,是一种不稳定的和平”;“如果您希望我告诉您,我感到害怕的是什么,那就是议会”;“不,我还是认为我们能够突破”。说这些话时,奥黛特显出娇滴滴的神态,这种神态达到登峰造极的地步,是在她说出下面这句话的时候:“这不是说德军打不好仗,而是说他们缺少人们所说的胆量。”为了说出“胆量”这个词(即使只是为了说得“刻薄”),她用手做出揉面的姿势,而眼睛呢,用一个画室的术语来说,就像 rapin(拙劣的画师)那样眯着。她的言语中对英国人欣赏的痕迹,比过去更为明显,她不必再像过去那样,把英国人称之为“外芒什的邻居”,或者最多是“我们的英国朋友”,而是把他们称为“我们忠实的盟友”。不用说,她不管谈论什么,都不会错过引用 fairplay(公平的比赛)的机会,以便指出英国人把德国人看作不按规则进行比赛的对手,所以“必须做的事是赢得战争,就像我们正直的盟友所说的那样”。她最多相当笨拙地把她女婿的名字和涉及英国士兵的一切联系起来,说他同澳大利亚人以及苏格兰人、新西兰人和加拿大人亲密无间地生活在一起感到十分高兴。“现在,我女婿圣卢知道所有正直的 tommies（英国兵）的切口，他能和来自最遥远的 dominions（英联邦自治领）的英国兵友好相处，和他亲如兄弟的既有统帅基层的将军，又有地位最低的 private（普通士兵）。”

我在这里附带说了些关于德·福什维尔夫人的离题话，当我同德·夏吕斯先生肩并肩地顺着环城路往下走的时候，我再来说一段谈论维尔迪兰夫人和布里肖的关系的离题话，这段话更长，但对描写那个时代不无裨益。确实，可怜的布里肖被德·夏吕斯先生毫不宽容地进行评论（因为德·夏吕斯先生更加敏锐，同时又或多或少地在无意中亲德），但他受到维尔迪兰夫妇的冷遇还要厉害得多。维尔迪兰夫妇当然是沙文主义者，这点本应使他们喜欢布里肖的文章，再说他的文章也不比维尔迪兰夫人喜欢的许多文章写得差。但是，首先，人们也许记得，在拉斯普利埃的时候布里肖在维尔迪兰夫妇眼中，已经不是过去的大人物了，如果说还没有像萨尼埃特那样成为测力器上挨打的土耳其人脑袋，那么至少已是他们不加掩饰地冷嘲热讽的对象。当时，他至少仍然是常客中的一名，这就使他能得到一部分好处，这些好处是小圈子的章程以默认的方式赋予所有创始人或合作者的。但是，也许是因为战争的关系，或是由于一种如此长期推迟的优雅迅速结晶，这种优雅的一切必要的、仍然看不见的成分早已充满了维尔迪兰夫妇的沙龙，这时沙龙已对新的人物开放，沙龙的常客在开始时作为新人物的诱饵，到后来受到的邀请越来越少，布里肖也出现类似的现象。尽管他在巴黎大学和法兰西研究院任职，他在战前的名望没有超越维尔迪兰沙龙的范围。但是，自从他几乎每天写那些华而不实——人们常常看到他为那些有钱的常客不吝啬地使用华而不实的词藻——的文章时起，“上流社会”简直感到光彩夺目。另外，他有时也确实学识渊博，作为货真价实的巴黎大学教授，他不想掩盖这种渊博，尽管他使其具有某些有趣的外形。社交界再次去宠爱一个远非庸才的人，此人可以其多产的智慧和丰富的记忆引人注目。当三位公爵夫人在维尔迪兰夫人家里度过夜晚时，另外三位公爵夫人争着要请这位大人物到自己家里吃晚饭，他接受了一位公爵夫人的邀请，感到无拘无束，因为维尔迪兰夫人对他的文章在圣日耳曼区受到欢迎感到恼火，所以每当她请一位他还不认识，急于同他交结的名流来家里做客时，就决不同时邀请布里肖。要是没有维尔迪兰夫人的话，新闻工作（在这一工作中，布里肖只是到很晚的时候才得到可观的收入，并体面地献出他整个一生毫无报酬、隐姓埋名地在维尔迪兰夫妇的沙龙里浪费的才能，因为他健谈而又博学，所以他在写文章时消耗的精力并不比在谈话时多）可能会而且仿佛已经给布里肖带来无可争辩的荣誉……当然，布里肖的文章还远不如社交界人士认为的那样出色。他为人的庸俗不时以文人的学究气这种形式表现出来。除了毫无意义的形象（"德国人不能再正视贝多芬的塑像；席勒想必在坟墓中颤抖；在比利时的中立上画押的墨迹未干；列宁在说话，但全都让大草原的风吹走了"）之外，则是一些平淡无奇的话，如"两万俘虏，是一个数目，我们的指挥部将会睁大眼睛；我们想取得胜利，就是这样"。不过，跟这些混杂在一起的，是如此多的知识，如此多的智慧和如此正确的推理！但是，维尔迪兰夫人在开始看布里肖的一篇文章之前，总是预先带有满意的感觉，因为她认为将能从中找到一些笑料，她看的时候全神贯注，确信它们不会溜掉。然而，不幸的是，笑料在文章里确实有几个。人们甚至不会想到它们已被找到。最幸运的引语属于一位知名度确实不高的作者，至少布里肖引用的那部作品是如此，这条引语被指责为最难以忍受的学究气的证明，维尔迪兰夫人则焦急地等待晚餐的时刻来到，以便让她的客人们哈哈大笑。"嗳，你们对今晚的布里肖谈了些什么？我在读到居维埃①的引语时想到了你们。我发誓，我觉得他疯了。"——"我还没有看过他的文章。"戈达尔说。——"怎么，您还没有看过？那您就不知道您错过

① 居维埃（1769—1832），法国动物学家，创建了比较解剖学和古生物学。

的是什么乐趣。就是说这滑稽得可以笑死人。”可是她心里非常得意,居然有人没有看过布里肖的文章,这样她就可以乘此机会亲自阐明其中的笑料。维尔迪兰夫人吩咐管家,把《时代报》拿来,亲自大声朗读那篇文章,并夸张地读出那些最为简单的句子。晚饭之后的整个晚上,这个反布里肖运动继续开展,但带有虚假的克制。“这事我不想说得声音太响,因为我怕那边,”她说着指了指莫莱伯爵夫人,“怕有人不大欣赏。”她说话的声音相当高,竭力想让莫莱夫人听到,但同时又压低声音,企图向莫莱夫人表示她不想让夫人听到自己的话。莫莱夫人胆小怕事,背叛了布里肖,说她实际上把布里肖和米什莱一视同仁。她认为维尔迪兰夫人说得有理,为了用维尔迪兰夫人感到无可辩驳的话作为结尾,她就说:“无法使他收回的是白纸上的黑字。”——“您认为这文章写得好?”维尔迪兰夫人说,“而我认为这像是一头猪写的。”这种大胆的说法使社交界人士哈哈大笑,特别是因为维尔迪兰夫人仿佛自己也害怕说出猪这个字,就说得很轻,说时用手捂住嘴唇。她对布里肖猛烈攻击的主要原因,是因为布里肖幼稚地炫耀自己受到欢迎,并对此感到满意,虽说书报检查使他恼火,每当他像在说话时那样习惯地使用新词,以便表明他的学究气不是太足时,书报检察官就“用墨水涂去”文章中的一个部分。在他的面前,维尔迪兰夫人不过多地表示她看不起布里肖写的文章,除非是在她不高兴的时候,但灵敏度高一点的男人会从她的脸色中看出。她只有一次批评他的文章中“我”字写得太多。而他也确实有不断写这个字的习惯,这首先是出于教授的习惯,他经常使用一些习惯用语,诸如“我承认”,甚至把“je veux bien que”(“我同意”)说成“je veux que”(“我希望”):“我希望,战线的大大扩展必然导致,等等”,但尤其是因为过去是反德雷福斯主义的战士,在战争爆发前早已预感到德国在进行备战,所以就经常写道:“我在一八九七年就已揭露。”“我在一九〇一年指出。”“我曾在如今已十分罕见的小册子中提请注意(habent sua fata libelli[①])。”然后他保留了这种习惯。他听到维尔迪兰夫人批评后满面通红,因为批评的调子十分尖锐。“您说得对,夫人。法朗士是我们美妙的怀疑论的温和大师,要是我没有弄错的话,在洪水泛滥之前……他曾是我们的敌人。有的人尽管没有读过阿纳托尔·法朗士的前言,却既不喜欢耶稣会会士,也不喜欢孔布[②]先生,此人曾说,自我总是可憎的。”从此刻起,布里肖就用人们来代替**我**,但**人们**并不能防止读者看出作者在谈自己,却能使作者不断地谈论自己,评论自己最短的句子,用一篇文章来论述一个否定,并且一直在**人们**的掩护之下。例如,布里肖曾经说过,即使是在另一篇文章中,他说德军已失去自己的一些价值,他在开头是这样写的:“人们不想在此掩盖真相。人们曾说过,德军已失去自己的一些价值。人们并没有说德军已不再有很大的价值。人们更不会写,德军已不再有任何价值。人们也不会说,优势取得以后,如果它不是,等等。”总之,只要写出他不会说的一切,重提他曾在几年前说过的一切,以及克劳茨维兹[③]、若米尼[④]、奥维德[⑤]和蒂阿纳的阿波隆纽斯[⑥]等人在或多或少个世纪以前说的话,布里肖就可以轻而易举地收集到一部巨作的材料。遗憾的是,他没有把它们发表出来。因为这些内容如此丰富

---

① 拉丁文,意思是:“书籍有自己的命运。”

② 孔布(1835—1921),法国政治家。青年时代曾学神学,但在任圣职前离开教会。出任总理期间(1902—1905)同意通过法律,把几乎一切教团逐出法国,并取消教会在某些重要方面(尤其在教育方面)的公共职能。

③ 克劳茨维兹(1783—1810),普鲁士将领、军事战略理论家。他在《战争论》中提出总体战概念,对现代战略思想具有深刻影响。

④ 若米尼(1779—1869),法国将领、军事评论家、军事史学家,由于系统阐述战争原理而被尊为现代军事思想奠基人之一。

⑤ 奥维德(公元前43—公元18),古罗马最伟大的诗人之一,其杰作《变形记》达到史诗的高度。

⑥ 蒂阿纳的阿波隆纽斯(活动时期1世纪),属新毕达哥拉斯学派,罗马帝国时期成为神话式英雄。

的文章至今已无法找到。圣日耳曼区在维尔迪兰夫人的叱责下，先是在她家里嘲笑布里肖，但一旦走出这个小圈子的范围，就开始赞赏布里肖。后来，嘲笑他成为一种时髦的风气，就像过去欣赏他一样，即使是那些在读他的文章时继续在暗中对他感到兴趣的女人，也不再赞赏他，她们只要和别人在一起，就进行嘲笑，以便显得和别人一样机灵。在小圈子内，人们对布里肖的议论从未像那个时候这样多，不过是用嘲笑的口气议论。任何新来的客人是否聪明的标准，就是他对布里肖的文章看法如何；如果第一次回答得不好，人们就一定会教他，从什么地方可以看出这些人的聪明。

“最后，我可怜的朋友，这一切都骇人听闻，我们感到可悲的不光是那些令人厌倦的文章。人们在谈论破坏文物，谈论被毁坏的塑像。但是，那么多美妙的年轻人就是无与伦比的彩色塑像，他们的毁灭不也是破坏文物？一座城市如果失去了漂亮的人，不等于是一座所有的塑像都被毁灭的城市？当我去饭店吃晚饭的时候，如果来接待我的不是头戴圆锥形女帽，使我感到仿佛走进迪瓦尔饮食店的女招待，就是像迪东神甫[①]那样仿佛浑身长满青苔的小丑，我会有什么乐趣呢？很好，我亲爱的，我认为我有权说这样的话，因为美在活的物质中毕竟还是美。如果接待你的是佝偻病患者，戴着夹鼻眼镜，从脸上就看得出享有免服兵役的权利，那真是巨大的乐趣！同过去一直发生的事情不同的是，如果你想在一家饭店里找到一个漂亮的人，就不应该在接待顾客的堂倌中去找，而要在吃饭的顾客中去找。不过，人们会再次见到一个堂倌，虽说他们常常调动工作，但你要去了解一下那个英国中尉是谁，什么时候会再来，他也许是第一次来

① 迪东神甫，即亨利·迪东（1840—1900），多明我会传教士，以其在玛德莱娜教堂的讲道而著称。

这儿，也许明天就会被打死！正如《圣克莱尔修会修女》[①]的美妙作者、可爱的莫朗所叙述的那样，波兰的奥古斯都用一个团的军队去换取一套中国瓷器大花瓶，依我看他做了一笔亏本的交易。您想想，那些身高两米，站在我们最漂亮的女友们的楼梯边作为装饰的高大跟班都被打死。他们中的大部分是应征入伍的，因为人们反复对他们说，战争将持续两个月。啊！他们和我不一样，不知道德国的力量，普鲁士民族的勇敢。”他忘乎所以地说道。后来，他发觉他过多地暴露自己的观点，就说：“我为法国担心的不光是德国，还有战争本身。在后方的人们的想象之中，战争只是一场巨大的拳击赛，他们通过报纸在远处观看这场比赛。这可是毫不相干的。这是一场疾病，在一点上仿佛已经治好，在另一点上却再次恶化。今天努瓦荣[②]将要解放；明天，人们既没有面包也没有巧克力；后天，认为自己十分安宁，在必要时可以被一颗他意想不到的子弹打中的那个人，将会惊恐万分，因为他将从报上看到，和他在同一年应征服役的那批人将被重新征召入伍。至于那些古建筑，一座像兰斯[③]那样在质量上独一无二的杰作，遭到毁灭也不会使我感到惊恐异常，使我感到惊恐的倒是看到这么多活的群体毁灭，因为他们能使法国最小的村庄变成优美的楷模。”

我立刻想到了贡布雷，但我在过去认为，承认我的家庭在贡布雷地位低下，就会在德·盖尔芒特夫人的眼中贬低自己。我心里在想，勒格朗丹、斯万、圣卢或莫雷尔是否没有把我家的情况告诉盖尔芒特夫妇和德·夏吕斯先生，但是，对我来说，过去的事不说出来要比说出来好受些。我只是希望德·夏吕斯先生不要谈论贡布雷。

---

① 《圣克莱尔修会修女》是法国作家保罗·莫朗的《温柔的储备》(1922)中的一个中篇小说，普鲁斯特曾为该书作序。

② 努瓦荣是瓦兹省区的首府，1914 年 9 月至 1917 年 3 月和 1918 年 3 月至 8 月曾被德军占领。

③ 指兰斯大教堂，1914 年 9 月曾发生火灾，在第一次世界大战期间不断遭到轰炸。

“我不想说美国人的坏话，先生，”他继续说道，“看来他们的慷慨是取之不尽的，由于这场战争中没有总指挥，每个国家都在另一个国家之后很久才进入舞池，而美国人又是在我们几乎完蛋的时候才开始参战，所以他们士气旺盛，而我们打了四年的仗，已经没有这样的士气。即使在战前，他们也喜欢我们的国家、我们的艺术，他们出高价买进我们的杰作，现在有许多在他们那儿。但是，这种背井离乡的艺术，如同巴雷斯先生会说的那样，却正是法国不讨人喜欢的原因。古堡可以说明教堂，由于教堂曾经是朝圣的地方，所以教堂可以说明武功歌。我无须对我家族和姻亲的名声作过高的评价，另外这里涉及的也不是这点。但在最近，虽说家里和我的关系有点冷淡，我为了解决一个股权问题，还是去看望我那个住在贡布雷的外甥女圣卢。贡布雷在过去只是个小城，就像现在的许多小城一样。但是，那里教堂的有些彩绘玻璃窗上，我们的祖先被画成捐赠者，在另一彩绘玻璃窗上，则画有我们的纹章。我们在那儿有我们的教堂，有我们的坟墓。这座教堂被法国人和英国人摧毁了，因为它被德国人用作瞭望台。残存的历史和艺术的这种混合体代表着法国，现在却被摧毁，而这种事还没有结束。当然，我不会出于家族的原因，令人可笑地把贡布雷教堂被毁和兰斯大教堂被毁相提并论，因为兰斯大教堂犹如哥特式教堂中的一个奇迹，它自然地再现了古代雕塑艺术或亚眠雕塑艺术的纯真。我不知道圣菲尔曼[①]高举的手臂如今是否断裂。如果是的话，那么信仰和毅力的最高证明就已从这个世界消失。”——“消失的是它的象征，先生。”我对他回答道。“我同您一样，非常喜欢某些象征。但是，为了象征而牺牲它所象征的现实是荒谬的。教堂应该受人喜爱，直至为了保护它们不得不放弃它们所教导的真理的那天。圣菲尔曼高举手臂，样子活像指挥官发号施令，仿佛在说：‘为了荣誉，我们可以粉身碎骨。’不要为那些石雕而牺牲活

① 根据传说，菲尔曼是亚眠的第一位主教。

人，石雕的美是因为在片刻中把人类的真实固定下来。”——“我理解您说的意思，”德·夏吕斯先生对我回答道，“巴雷斯先生虽说让我们对斯特拉斯堡的塑像和戴鲁莱德先生[1]之墓进行过多的朝拜，但他写出了兰斯大教堂本身对我们来说不如我们步兵的生命宝贵这句话，却令人感动而又亲切。在那儿指挥的德国将军曾说，兰斯大教堂对他来说不如一个德国兵的生命宝贵，因此巴雷斯的话使我们那些对德国将军大发雷霆的报纸显得可笑。再说，令人恼火而又痛心的是，每个国家都说出同样的话。德国的工业联合会宣布必须占有贝尔福地区，以免使他们的国家受到我们复仇思想的侵袭，其理由同巴雷斯为使我们不受德寇入侵愿望的影响而要求得到美因兹的理由一模一样。为什么在法国看来，收回阿尔萨斯和洛林地区不是进行战争的一条充分理由，不是继续进行战争、每年宣战一次的一条充分理由呢？您似乎认为，胜利从此属于法国，我衷心希望如此，您对此毫不怀疑。但是，自从协约国不管是否有理，认为自己稳操胜券（从我来说，我当然对这样的结局感到高兴，但我主要看到许多胜利停留在纸上，还有许多则是皮洛士式的胜利[2]，付出的代价没有告诉我们），而德寇则不再认为自己稳操胜券以来，人们看到德国试图尽快媾和，法国则试图延长战争；法国是正义的法国，有权使人听到正义的声音，但法国也是温和的法国，应该听到可怜的声音，即使只是为了它自己的子女，为了每当春天来临之际，开放的鲜花能使墓外之物增添光彩。您要说实话，我亲爱的朋友，您曾经对我讲过一种理论，说万物的存在全靠一种不断重新开始的创造。您对我说，世界的创造并非一次完成，而必然是每天都在进行。那么，如果您是真心诚意的话，您就不能把这场战争排除在这种理论

---

① 戴鲁莱德（1846—1914），法国作家、政治家。普法战争时入伍参军。他的爱国诗歌《士兵之歌》（1872）曾流行一时。1882 年创立爱国者同盟，旨在为法国败于普鲁士报仇雪耻。

② 皮洛士（前 319—前 272），伊庇鲁斯国王，曾不惜惨重牺牲而取得对马其顿和罗马的军事胜利。“皮洛士的胜利”一语由此而来。

之外。我们出色的诺布瓦废话连篇地写道（同时拿出一件修辞道具，对他来说，这件道具同‘胜利的曙光’和‘严冬将军’一样珍贵）：‘现在德国要打仗，骰子掷出，大局已定。’而事实是每天早晨都在重新宣战。因此，想继续进行战争的人同发动战争的人同样应受谴责，也许，更加应受谴责，因为后者可能没有预见到战争中的一切惨状。然而，毫无迹象表明，一场如此持久的战争，即使会有胜利的结局，也并非毫无危险。很难谈论尚无先例的事情，以及对于人们首次尝试的行动的机制的影响。确实，一般来说，人们感到不安的新事物都进展得十分顺利。那些最聪明的共和政体拥护者曾认为政教分离是荒谬的行为。但政教分离却像把信扔进邮局的信筒里那样轻而易举。德雷福斯恢复了名誉，比卡尔当上陆军部长，也没有人喊一声‘喔唷’。然而，对于一场连续几年的战争所带来的那种劳累过度，令人担心的事却多的是！士兵们回去后将干什么？疲劳是否会使他们浑身无力或神魂颠倒？所有这些都可能朝坏的方向转化，如果说不涉及法国，至少涉及政府，甚至可能涉及政府的形式。您曾让我看莫拉斯①那篇美妙的《埃梅·德·瓜尼》。埃梅·德·瓜尼如果不从共和国进行的战争的进展中期待她在一八一二年从帝国进行的战争中期待到的东西，我将会感到十分惊讶。如果现在埃梅还活着，她的期望是否将会实现？我不希望如此。我们再回过来谈战争，那首先发动战争的人是否是威廉皇帝？我对此十分怀疑。如果是他的话，他不是做了同拿破仑一样的事吗？这种事我认为十分可恶，但我惊奇地看到，如此的恐怖却会给拿破仑的阿谀奉承之徒带来灵感，这种人在战争爆发之日像博将军那样大声说道：‘我等待这一天已有四十年了。这是我一生中最美好的日子。’当社会上把不相称的地位赋予民族主义者和军人时，当任何艺术之友都被

---

① 莫拉斯（1868—1952），法国作家，拥护君主政体，曾在《法兰西报》上评述埃梅·德·瓜尼的回忆录（发表于1902年）。埃梅·德·瓜尼曾促使塔列朗背叛拿破仑。

指责为从事给祖国带来严重损害的事时，一切并非尚武的文明都是有害的，天晓得有谁曾提出比我更有力的抗议！几乎没有一个真正的社交界人士能同一位将军相提并论。一个狂热的女人差点把我介绍给西夫东先生。您一定会对我说，我当时竭力维护的只是社交界的准则。但是，从表面上看它们虽然毫无价值，它们却也许可以阻止许多过火的事情发生。我一贯尊重捍卫语法或逻辑的人们。人们在五十年之后会知道，他们曾消除巨大的灾祸。然而，我们那些民族主义者对德国最为敌视，是最顽固的打到底主义者。但在十五年之后，他们的哲学已经完全改变。实际上，他们大力促使战争继续下去，不过只是为了消灭一个尚武的民族，只是出于对和平的热爱。因为尚武的文明，即他们在十五年前认为很美的东西，现在却使他们感到厌恶；他们不仅指责普鲁士把国家的军事力量放在主导地位，而且始终认为军事文明曾摧毁他们现在珍视的一切，不仅是艺术，而且甚至是献殷勤。他们的批评者中的一个只要改信民族主义，就可以同时成为和平之友。他确信，在所有尚武的文明中，妇女的地位屈辱、低下。人们不敢对他回答说，中世纪骑士的‘夫人’和但丁的贝雅特里齐，也许曾坐在同贝克先生①的女主人公们一样高的宝座上。我预计这几天中的某一天能在一位俄国革命者之后坐到餐桌旁边。或者只是在我们的一位将军之后，他们进行战争是出于对战争的厌恶，是为了惩罚一个民族培养一种理想，他们在十五年前认为这种理想是唯一的强壮剂。可怜的沙皇在几个月前还受到尊重，因为他召开了海牙会议。但是，现在人们向自由的俄国致敬，就忘记了曾使他受到颂扬的称号。世界的车轮就是这样转的。然而，德国使用同法国一样的词句是那么多，以致使人认为德国在引用法国的话，德国不厌其烦地说，它‘在为生存而斗争’。当我读到：

① 贝克（1837—1899），法国剧作家，他剧中描写的妇女格调不高，如《巴黎女人》（1885）描写一个有夫之妇同时有两个情人。

‘我们为反对残忍的死敌而斗争，直至我们取得保障我们将来不受任何侵略的和平，以便使我们英勇的士兵的血不致白流时，我不知道这句话是威廉皇帝说的还是普恩加来先生说的，因为他们曾以几乎相同的说法，把这句话说了二十遍，虽然说实在话，我应该公开承认，这一次皇帝是共和国总统的仿效者。如果法国依然弱小，它也许就不会这样希望延长战争，但特别是如果德国依然强大，它也许就不会如此急于结束战争。就是说依然如此强大，因为说到强大，您会看到，它现在仍然强大。”

他已经养成在说话时大声叫嚷的习惯，原因是感到烦躁，需要——由于从未研究过说话的技巧——为摆脱自己的印象而寻找出路，犹如飞行员摆脱自己的炸弹一样，即使是在田野上空，在他的话语不会触及任何人的地方，特别是在社交界，他更是信口开河，别人则因故作风雅而倾听他的谈话，对他的话信以为真，而他对听众们却极为专制，听他说话可以说是迫不得已，甚至是出于敬畏。在环城路上，这种高谈阔论也是对行人蔑视的一种标志，他对行人既不压低嗓门，也不让出道路。但是，他的声音在路上走了调，使行人感到惊讶，特别是使转过头来的人们听清一些话，这些话可以使人们把我们误认为失败主义者。我向德·夏吕斯先生指出了这点，但只是引得他发笑。“您得承认，这可能十分可笑。”他说。“总之，”他补充道，“人们永远无法知道，我们每个人都有可能在每天晚上成为第二天的社会新闻。再说，我为什么不会在万森树林的沟渠里被人枪杀呢？我的舅公当甘公爵①就出了这种事，对贵族的血如饥似渴，会使某些群氓发狂，他们在这方面显得比狮子还要精明。您知道，对这些野兽来说，只要维尔迪兰夫人的鼻子上擦破一点皮，它们就会朝她扑去。这种情况，在我年轻时人们称之为大鼻子！”他说完就放声大笑，仿佛我们俩单独

① 当甘公爵（1772—1804），法国波旁公爵的独生子，法国大革命后逃亡国外。1804 年，第一执政官拿破仑获悉当甘公爵阴谋推翻他，就将公爵关入万森监狱，并就地处决。

在一个大厅里一样。

有时，在德·夏吕斯先生经过时，一些形迹相当可疑的人从阴暗处出来，并在离他有一段距离的地方聚集在一起，看到这种情况，我心里就想，我是离开他好还是不离开他好。就像一个人遇到一位癫痫经常发作的老人，并从步履蹒跚中看出老人可能即将发病，心里就想，老人是希望他陪伴，以便有所依靠，还是不希望他陪伴，以便在发病时不让人看到，也许只要有人在身边就会加速癫痫的发作，而一个人心神安定反倒可能不会发病。但是，在病人身上，人们不知道是否应避开的发病的可能性，通过病人像喝醉的人那样所走的弯弯曲曲的路线显露出来；这些不同的位置，是可能发生一个意外事件的征兆，我不知道德·夏吕斯先生希望还是不希望我的在场能阻止事件的发生，对他来说，这些位置仿佛经过巧妙的导演，不是由笔直往前走的男爵本人来占据，而是由一批群众演员来占据。不管怎样，我现在还是认为，他当时不想遇到熟人，因为他把我带到一条抄近道的街，这条街比环城路阴暗，在街上他不断使各兵种和各国的士兵让路，在他们向他拥来时当然例外，年轻人的这种冲动对德·夏吕斯先生来说是一种补偿和安慰，使他不再对所有的军人重返前线感到难过，而在动员入伍的初期，前线曾使巴黎像抽出气的轮胎那样显得空荡荡的。德·夏吕斯先生不时赞赏从我们面前掠过的华丽军装，这些军装使巴黎成为一座同港口一样具有国际性，同画家笔下的背景一样实在的城市，画家画上几座建筑物只是一种借口，以便把各式各样、绚丽多彩的服装汇集在一起。他对被指责为失败主义者的贵妇们仍然十分敬爱，犹如过去对被指责为德雷福斯派的贵妇们那样。他感到遗憾的，只是她们降低身份来谈论政治，却引起“记者们的论战”。他对她们的态度丝毫没有改变。因为他的轻浮始终不变，所以贵族出身同美和其他魅力结合在一起，也是持久的东西，而战争就像德雷福斯案件那样，是平凡而短暂的时髦。即使人们把盖尔芒特公爵夫人枪决，以便同奥地利单独媾和，他也会一如既往地把她看作高贵的女人，而不会把她看得像被判处斩首的玛丽-安托瓦内特那样卑微。德·夏吕斯先生犹如圣法利埃或圣梅格兰①那样高贵，他说话时身体笔挺、一本正经，说话严肃，在片刻间丝毫没有显出他那种人的举止。然而，在这些人中为什么不能有一个具有完全合调的声音呢？即使在此刻，即声音最接近严肃之时，它也仍然不合调，需要调音师来调整。另外，德·夏吕斯先生简直不知道做什么好，他常常抬起头来，对没带望远镜感到遗憾，但即使有望远镜也不管用，原因是齐柏林飞艇曾在前天晚上进行空袭，引起了当局的警惕，所以同平时相比，军人的数目增加到最大的程度，连天上都有军人。几小时前我看到的飞机就像昆虫那样，在晚上的蓝天中呈现棕色的斑点，现在这些飞机已进入黑夜，犹如明亮的火船，而路灯部分熄灭，使黑夜更加深沉。这些人造流星使我们感受到的最大的美的印象，也许是使人凝视平时很少注目的天空。一九一四年，我看到巴黎的美几乎是毫无防御地等待着敌人的威胁临近，在这样的巴黎，现在和当时一样，当然都有明朗得令人痛苦而又神秘的月亮那种不变的古老光华，在尚未受到破坏的古建筑物上投下其无用的优美；但是，如同一九一四年那样，甚至胜过一九一四年，还有另外一种东西，有各种各样的光线，有断断续续的灯光，它们或者来自这些飞机，或者来自埃菲尔铁塔上的探照灯，人们知道控制这些光线的是一种聪明的意志，是一种友好的警惕，这种警惕能产生我曾在圣卢的房间里，在军队内院的单人房间里感受到的激动，能激起我曾在这种环境里体会到的感激和宁静，有多少颗热情而遵守纪律的心曾在那里经受锻炼，然后，他们正当年轻力壮之时，毫不犹豫地在某一天作出牺牲。

---

① 圣法利埃是亨利二世的情妇迪安娜·德·普瓦提埃的父亲，出现在维克多·雨果的历史剧《国王寻乐》(1832)中；圣梅格兰是大仲马的历史剧《亨利三世及其宫廷》(1829)中的人物，在剧中诱奸吉斯公爵夫人。

前天晚上空袭时,天空中比地面上更为动荡,空袭之后,天空平静下来,就像风浪平静后的大海一样。但是,犹如风浪平静后的大海,天空尚未恢复绝对的平静。几架飞机仍然飞到天上,就像火箭那样去同星星会合,而探照灯则在分割成块的天空中慢慢扫射,犹如天体和移动的银河中的苍白星星。但是,那些飞机镶嵌在星星中间,看到这些“新星”,人们感到仿佛置身于另半个天球之中。德·夏吕斯先生对我说他欣赏这些飞行员,他一面否认自己亲德和其他习性,一面却情不自禁地在这两个方面大肆发挥:“另外,我要补充一点,就是我同样欣赏哥达式轰炸机的驾驶和德国人。而驾驶齐柏林飞艇,又需要怎样的勇敢!他们是不折不扣的英雄。炮台朝他们开火,但要是民用飞机那可怎么办呢?您是否害怕哥达式轰炸机的大炮?”我坦率地说不怕,也许我错了。也许是因为我生性懒惰,养成了习惯,总是把自己的工作一天又一天地拖到明天,所以在我的想象之中死亡也是如此。既然你相信大炮不会在这一天打中你,你怎么会害怕它呢?再说,扔下炸弹、可能死亡这些想法是分别形成的,没有给我对德国飞行器经过的印象增添任何悲惨的色彩,以至于有一天晚上,我看到其中的一架摇摇晃晃,在动荡的天空一团团薄雾中时隐时现,朝我们扔下一颗炸弹,虽说我知道这架飞机是用来杀人的,我却只是把它想象成天上的恒星。因为一种危险的最初现实,只有在这种新事物中才会被发现,这种新事物不能复原为人们已知的事物,被称之为一种印象,而且往往像上述情况那样,被概述成一行文字,这行文字能写出一种愿望,并包含着完成时会变形的潜力;而在协和桥上,在那架既进行威胁又受到围捕的飞机周围,香榭丽舍大街、协和广场和杜伊勒里公园的喷水池仿佛映照在云端,探照灯射出的一条条明亮水柱在空中拐折,这一行行也充满愿望,充满着远见和保护的愿望,愿望来自聪明的权贵,对这种权贵,就像在东锡埃尔兵营里的一个夜晚中那样,我感谢他们的权势,以这种如此优美的准确性煞费苦心地守护着我们。

夜像一九一四年时一样美，犹如巴黎像那时一样受到威胁。月光仿佛是一种柔和、持续的镁光，使人们最后一次摄取旺多姆广场、协和广场等优美建筑群的夜景，我对那些也许会立即将它们摧毁的炮弹的恐惧，同它们尚未遭到破坏的优美形成对照，反而使它们显得更加风采，仿佛它们朝前伸展自己的身子，听任它们不设防的建筑物遭受打击。“您不害怕吗?”德·夏吕斯先生重复道。“巴黎人没有这种体会。有人对我说，维尔迪兰夫人每天在家聚会。这事我只是听别人说的，我对他们一无所知，我已经完全和他们断绝往来。”他补充道。他不仅垂下眼睛，仿佛来了个送电报的，而且垂下脑袋和肩膀，然后举起手臂，那动作的意思，如果不是“我已经洗手不干”，至少是“我对您无可奉告”（虽说我什么也没有问他）。“我知道莫雷尔去的次数一直很多。”他对我说（这是他第一次对我重提此事）。“人们认为他非常留恋过去，希望同我重归于好。”他补充道。他一方面显得在同圣日耳曼区的男人说“人们谈论得很多，说法国同德国进行的对话比过去任何时候都多，还说谈判甚至已经开始”时一样轻信，另一方面又显得是最无礼的拒绝都无法使其相信的情人。“不管怎样，如果他愿意这样做，只要说出来就行了，我比他老，不能由我来采取主动。”这种话也许不用说，事情太明显了。另外，这话也并不诚恳，正因为如此，德·夏吕斯先生叫人十分为难，因为人们感到，他在说不能由他来采取主动这句话时，恰恰已经走出了第一步，并期待由我来提出和负责这种重归于好。

当然，我了解有些人的这种幼稚的或虚假的轻信，这些人喜爱某个人，或者只是得不到某个人的邀请，就把即使在令人厌烦的请求下此人也没有表现出来的愿望强加给这个人。但是，听到德·夏吕斯先生突然用颤抖的声音一个字一个字地说出这些话，看到他那在眼睛深处犹豫不定的模糊目光，我感到这不是一般的要求。我当时并没有弄错，我将立即说出两个事实，来证明我过去的这种感觉（第二个事实发生在德·夏吕斯先生去世之后，我提前许多年来讲此事。然而，他是在很久之后才去世的，我们将有好多次机会再见到他，他同我们过去所了解的将有很大区别，特别是在最后一次，当他完全忘掉莫雷尔的时候）。说到第一个事实，只是发生在那天晚上之后的两至三年，那天晚上，我就这样同德·夏吕斯先生一起沿着环城路往下走。因此，大约在那天晚上之后的两年，我遇到了莫雷尔。我马上想到德·夏吕斯先生，想到他再次见到小提琴手会十分高兴，就再三请求莫雷尔去看他，即使去一次也好。“他过去对您好，”我对莫雷尔说，“他年纪已老，可能会去世，要消除旧的纠纷，抹掉不和的痕迹。”对于希望缓和关系这点，莫雷尔看来完全同意我的意见，但他还是断然拒绝去看望德·夏吕斯先生，即使是一次也不去。“您这样做不对。”我对他说。“是因为固执，没空，是怀有敌意，出于不必要的自尊心，出于道德（您放心，它不会受到抨击），还是摆架子？”这时，小提琴手扭歪着脸，才说出看来使他极为难受的实话。只见他战栗地对我回答道：“不，这不是因为所有这些中的任何一点；道德，我才不在乎呢；怀有敌意？恰恰相反，我已经开始可怜他了；不是摆架子，这无济于事；不是没空，有几天我整天无所事事。不，这不是因为所有这些中的任何一点。这是，您可千万别对任何人说。我把这点告诉您可真是疯了。这是，这是……这是……因为害怕！”他说完就开始手脚发抖。我坦率地对他说，我对此不理解。“不，您别问我，咱们别再谈了，您不像我那样了解他，我可以说您完全不了解他。”——“但是，他会对您有什么损害呢？另外，既然你们之间不会再有怨恨，他就更加不会伤害您。再说您心里也清楚，他人很好。”——“当然喽！我知道他人真好！还有体贴和正直。不过您走吧，别再对我说了，我求求您，这说出来难为情，我害怕！”

第二件事发生在德·夏吕斯先生去世之后，有人把他留给我的几件纪念品和一封连套三个信封的信交给我，这封信至少是在他去世前十年写的。但是，他当时得了重病，就作了善后的安排，接着他恢复了健康，后来又陷入一种状况，我们将在盖尔芒特亲王夫人府的那个下午聚会上看到他处于这种状况；而这封信就同他准备遗赠给几位朋友的物品一起放在一个保险箱里，在那里放了七年，在这七年中，他完全忘掉了莫雷尔。信上的字体纤细而又雄健，信是这样写的：

“我亲爱的朋友，上帝走的道路是不为人知的。有时，他利用一个庸人的**缺点**来阻止一位正义之士的出类拔萃，使之变为泡影。您了解莫雷尔，知道他的出身，知道我想使他达到怎样高的地位，可以说是要他和我平起平坐。您知道，他宁愿重返的地方，不是任何男子，即真正的凤凰可以再生的灰烬，而是蛇蝎爬行的污泥。他自甘堕落，却使我免于名誉扫地。您知道，我的纹章上刻有耶稣基督的座右铭：Inculcabis super leonem et aspidem①，并画有一个男人，脚底下踩着一只狮子和一条蛇，作为纹章两旁的支撑形图案。然而，我能把我自己这只狮子这样踩在脚下，靠的全是那条蛇和它的谨慎，刚才我过于轻率地把谨慎称之为一种缺点，因为福音书的深刻智慧将它变成一种美德，至少对他人来说是一种美德。我们的蛇过去有一位施展魔力的诱惑者——他本人也受魔力诱惑，所以它发出的咝咝的叫声十分悦耳，它不仅是叫声悦耳的爬行动物，而且具有谨慎这一美德，在必要时可以变得怯懦，我现在把这种美德奉为神明。这种神明般的谨慎，使他抵制了我让人转达的请他来看望我的要求，而我只有对您吐露此事，才能在人间得到安宁，才能在阴间得到宽恕。在这件事上，他被天主的智慧当作工具使用，因为我既然使他拿定了主意，他就不会活着走出我的家门。必须让我们两人中的一个死去。我曾决定把他杀死。天主劝他谨慎，以便使我免犯杀人之罪。我现在相信，我的主保圣人、大天使米歇尔的说情，在这件事上起了很大的作用，我请求他原谅我在这么多

① 拉丁文，意思是“你脚踩狮子和蛇”。

年中对他如此忽视，并以如此差的方式来报答他为我做的无数善事，特别是在我同恶所进行的斗争中。我应该感激天主的这位信徒，我怀着充分的信仰和智慧说，是天主示意莫雷尔不要来。因此，现在是我死去。您忠实的，Semper idem①。

P. G. 夏吕斯"

这时我才明白莫雷尔为什么害怕；当然，这封信显得十分傲慢，又有不切实际的虚文。但它吐露的却是真情。莫雷尔比我更加清楚，德·盖尔芒特夫人发现她的小叔子"近于疯狂的一面"，并非像我在此之前所认为的那样，只是那种在片刻间显露出来的肤浅而无效的狂怒。

但是，我们得回到刚才所说的地方。我同德·夏吕斯先生一起沿着环城路往下走，这位先生刚才把我当作打开他和莫雷尔的和解大门的中间人。看到我没有回答他，他就说："另外，我不知道他为什么不演奏，人们借口打仗就不再演奏，但人们还跳舞，还在市里设晚宴，妇女们为自己的皮肤创造了琥珀色。如果德国人还要向前推进，那些欢乐的晚会也许将会充斥我们的庞培城的末日。这将把它从轻浮中挽救出来。只要某个德国维苏威火山（他们海军的炮火同一座火山一样厉害）的熔岩在她们梳妆打扮的时候突然袭击她们，中断她们的动作，并使其永远保存下来，以后的孩子们就能在有插图的课本中看到莫莱夫人在去嫂子家赴晚宴之前即将抹上最后一层脂粉，或是索斯坦娜·德·盖尔芒特刚画完她的眉毛，并从中得到教益；这将是未来的布里肖上课的内容；一个时代的轻浮，在经历了十个世纪之后，就是最严肃的研究课题的内容，特别是当它通过火山爆发或炮弹射击的同熔岩相似的物质而完整无缺地保存下来。同维苏威火山喷发出来的气体相似的窒息瓦斯，像曾经埋没庞培城的崩塌那样

① 拉丁文，意思是"永远如此"。

的崩塌，如能完整无缺地保存所有那些尚未将其绘画和雕塑运往巴约纳[①]的最冒失的女人，对未来的历史来说将是多么珍贵的资料！况且，一年以来，不是已经部分地变为庞培城？每天晚上，这些人钻到地窖里去，不是为了从里面拿出一瓶穆通·罗特希尔德或圣泰米利昂陈酒[②]，而是为了把他们最珍贵的东西和他们自己一起藏起来，就像赫拉克勒诺姆[③]的那些神甫，在搬走圣器时突然死去。对物的依恋总是给占有者带来死亡。巴黎并非如赫拉克勒诺姆那样，是由赫拉克勒斯创建的。但却如此相似！我们有这种清醒的认识，并不意味着在我们的时代，每个女人都已具有这种认识。如果我们现在认为，我们明天的命运可能和维苏威火山附近的那些城市相同，那么这些城市在当时也已感到自己正受到《圣经》中被诅咒的两个城市的命运的威胁。有人在庞培城一幢房子的墙上发现具有启示性的题词：**索多姆、戈摩尔**。我不知道是否是索多姆这个地名以及它所唤起的想法，或者是对炮击的想法，使德·夏吕斯先生在片刻间抬头凝视天空，但他很快又低头注视地面。“我欣赏这场战争中的所有英雄。”他说。“啊，我亲爱的，那些英国兵，在战争开始时我对他们的看法有点轻率，把他们看作普通的足球运动员，却相当自负，以为自己能同职业队进行较量，而且又是怎样的职业队啊！然而，光从美学的角度来看，他们只是希腊的竞技者，是希腊的，我亲爱的，他们是柏拉图笔下的年轻人，或者不如说是斯巴达人。我有个朋友去了鲁昂，在那里有他们的营房，我的朋友看到了奇迹，人们想象不到的真正奇迹。鲁昂变了样，变成了另一个城市。自然也有鲁昂的古城，有大教堂中消瘦的圣徒。当然喽，这也很美，但这是另一回事。而我们那些长毛的兵！我无法对您说我觉得我们长毛的

① 法国西南部大西洋-比利牛斯省专区政府所在地。

② 穆通·罗特希尔德和圣泰米利昂均为法国波尔多的名葡萄酒。

③ 意大利南部坎帕尼亚区的古城，被公元79年维苏威火山爆发所摧毁，后在火山爆发的熔岩上建立雷西纳城，现名为埃尔科拉诺。

兵、那些小巴黎人有怎样的味道,您瞧,就像那边过去的那个,天不怕地不怕的样子,机灵而又滑稽的神态。我常常叫住他们,跟他们谈上几句,是多么灵敏,多么通情达理!而外省的小伙子,用舌尖颤动发 r 音,说话时带方言的切口,又是那么有趣、可爱!我过去总是在乡下住上很长时间,在那些农庄里过夜,所以我现在能同他们谈话;然而,我们对法国人表示欣赏,不应使我们因此而贬低我们的敌人,否则就等于是贬低我们自己。您不知道德国兵是怎样的兵,因为您不像我那样看到过德国兵检阅时走的步伐,走的鹅步,unter den linden①。"接着,他又重提他曾在巴尔贝克对我概述的阳刚典型,随着时间的推移,他的这种典型具有一种哲理性更强的形式,他还使用荒谬的推理,有时,虽说他刚才还显得才智过人,但这种推理却使人感到摆出的理由过于牵强,是出自普通的社交界人士之口,虽然这位社交界人士聪明。"您看,"他对我说,"德国兵是极好的小伙子,有强健的体魄,心里只想到自己的国家伟大。Deutschland überalles②,这并不是那么蠢,而我们呢——当他们在作阳刚的训练时——我们却沉溺于艺术爱好。"对于德·夏吕斯先生来说,艺术爱好这个词的意思也许同文学相近,他可能想到我喜欢文学,并曾经有过从事文学的愿望,所以立刻拍了拍我的肩膀(他在拍的时候乘机倚靠在我的肩膀上,把我压得很疼,就像我过去服兵役时,七六式步枪的枪托反冲到肩胛骨上一样疼),仿佛为了缓和他的指责,并对我说:"是的,我们沉溺于艺术爱好,我们都是这样,您也一样,您记得吗?您可以同我一样犯您的 mea culpa③,我们过去太爱好艺术了。"我对他的指责感到突然,但又不能进行敏捷的答辩,由于我尊重对话者,对他友好的善意表示感谢,就对他作了回答,仿佛像他对我要求

① 德语,意思是"菩提树下",是柏林的一条大街。
② 德语,意思是"德国高于一切"。
③ 拉丁文,意思是"我的过错"。

的那样，我也要拍打自己的胸脯，这样做实在荒唐，因为我丝毫不需要责备自己爱好艺术。“好吧，”他对我说，“我在这儿同您分手（在远处伴送我们的那群人终于离开了我们），我去睡觉了，就像一位年纪很老的先生那样，何况战争看来改变了我们所有的习惯，这是诺布瓦喜欢使用的愚蠢格言之一。”我也知道，回到家里之后，德・夏吕斯先生会因此而一直待在士兵中间，因为他已把自己的府邸变为军医院，依我看，他这样做不是服从于他想象丰富的需要，而是服从于他心地善良的需要。

那天夜里月光明媚，没有一丝微风；在我的想象中，塞纳河在那些拱桥之间流着，应该同博斯普鲁斯海峡相像，而那些桥则由它们的平台和河的反光构成。月亮或者象征着德・夏吕斯先生的失败主义所预言的入侵，或者象征着我们的穆斯林兄弟同法国军队的合作，那月亮又狭又弯，犹如一枚西昆[①]，仿佛将巴黎的天空置于东方的新月符号之下。

然而，他在同我告别时，一时间把我的手握得像要握伤一般，这是感觉像男爵一样的人们的一种德国特点，他这样紧紧地握着我的手有几秒钟之久，戈达尔看到了会说是在按摩，仿佛德・夏吕斯先生想使我的关节恢复尚未失去的柔软。某些瞎子的触觉可以在一定程度上代替视觉。我不太知道这时的触觉可代替何种感觉，他也许只是觉得在握我的手，就像他也许觉得只是看到一个塞内加尔人走到阴暗的地方，而没有发觉是在欣赏此人。但是，在这两种情况下，男爵都错了，他犯了握得过紧和看得过多的过错。“德刚、费罗芒丹、安格尔和德拉克洛瓦笔下的全部东方不就在其中？”他对我说，仍然因塞内加尔人走过而一动不动。“您知道，我只是从画家和哲学家的角度对事物和人发生兴趣。再说我年纪也太老了。我们俩没有一个是土耳其皇帝的姬妾，不能作为画面的补充，多遗憾呀！”

---

① 古代威尼斯金币。

男爵离开我之后，在我想象中开始萦绕的不是德刚乃至德拉克洛瓦笔下的东方，而是我曾十分喜爱的《一千零一夜》中的古老东方；我渐渐走进这些网状的黑暗街道，不由得想起在巴格达的偏僻街区寻找艳遇的哈里发哈伦·赖世德。另外，天气的炎热和行走后的炎热使我感到口渴，但所有的酒吧早已关门，而由于汽油匮乏，我所遇到的由东方国家的人或黑人驾驶的出租汽车，甚至对我叫车的手势不予理睬。我唯一能喝点东西、恢复体力以便回家的地方是旅馆。但是，我所在的街离市中心相当远，自从哥达式轰炸机对巴黎扔下炸弹以来，这条街上的旅馆都已停业。所有的商店也是如此，老板由于缺少店员或感到害怕而逃到乡下，在店门上贴了一张用手写的普通启事，宣布商店将在一个遥远的日期重新开业，但是否能兑现却很成问题。其他尚未停业的单位以同样的方式宣布，每星期只开门两次。人们可以感受到，贫困、遗弃和害怕笼罩着整个街区。因此，我感到十分惊讶的，是看到这些被人遗弃的房屋之间有一幢房子恰恰相反，屋内的生命仿佛战胜了恐惧和倒闭，保持着活跃和富裕。从每扇窗户关闭的百叶窗后面，透出因警察条例而变得柔和的灯光，但却显示出完全不把节约放在心上。大门不时打开，以便让某个新的客人进去或出来。这是一座旅馆（由于其产业主赚得到钱），应该激起所有邻近的商人嫉妒，同时也引起了我的好奇，因为我在这时看到，在离我十五米远的地方，从旅馆里迅速走出一名军官，由于离我太远，我无法在黑夜中看得清楚。

然而，有某种东西使我感到惊讶，我惊讶的不是他的脸，因为我没有看到，也不是他的军装，因为军装外罩着一件宽袖长外套，而是有两点极不相称，一是他身体经过的各个点的数目是如此之多，二是他出来所用的秒的数目是如此之少，而他之所以出来，看来是被困在里面的一个人的意思。因此我认为，如果我不是从外形上——我甚至也不会说从圣卢的模样、苗条、步履和敏捷上——认出他的话，那么是从一种他所特有的分身术上认出他。能在如此少的时间里占有空间中如此多位置的军人，已经消失在一条横马路里，他没有发现我，而我仍然在想是否应该进入这家旅馆，旅馆简朴的外表使我十分怀疑刚才从里面出来的人是圣卢。我不由得回想起圣卢曾受到冤枉，卷入一桩间谍案，原因是在从一名德国军官身上搜查出来的信件里发现了他的名字。后来军事当局为他彻底平了反。但是，我仍然不由自主地把这件往事和我现在看到的事联系起来。这家旅馆是否被间谍用作接头地点？

军官走后过了一会儿，我看到好几个兵种的普通士兵走了进去，这就更增加了我假设的分量。另外我当时口渴到了极点。也许我能在这里找到喝的，我就趁此机会来满足自己的好奇心，虽说其中也掺杂着不安。因此，我现在并不认为当时是由于那次相遇产生的好奇心才决定登上只有几个台阶的阶梯，阶梯上面是前厅，厅门开着，想必是因为天热。我起初以为我这种好奇心是无法得到满足的，因为我站在阶梯的阴暗处时，看到有好几个人来订房间，得到的回答都是全部客满。然而，这些人订不到房间，显然只是因为他们不是间谍窝中的一员，因为过了一会儿，一个普通的水手来要房间，服务台急忙把二十八号房间给了他。我在阴暗处可以不被别人发现，却能看到几个军人和两个工人在一个闷热的小屋里平静地谈话，小屋用杂志和画报上剪下来的彩色女人肖像作为装饰，显得矫揉造作。

这些人平静地谈着话，正在阐述爱国主义思想："你要我怎么办呢？得像战友们那样去干。"其中一个说。"啊！我当然希望不要被人打死。"另一个说。他是在回答一个我没有听到的祝愿，我听出他第二天要重返一个危险的哨所。"啊！二十二岁的人，只干了六个月，真叫人难以相信，"他叫道，叫声中不仅有活得长久的愿望，而且更重要的是还有伦理正确的意识，仿佛只有二十二岁这个事实能赋予他更多的不被人打死的机会，仿佛他被打死是一件不可能的事。"在巴黎真棒，"另一个说，"看不出是在打仗。那你呢，絮洛，你还是当兵？"——"我当然当兵喽，我想把所有那些该死的德国佬通通打一顿。”——“但是，霞飞是个跟所有部长的老婆睡觉的男人，他没做过什么好事。”——“听到这样的事真扫兴。”一个年纪稍大的飞行员说，并朝工人转过身来，因为那工人提出如下劝告：“我不希望你们在前线这样说话，长毛兵很快就会把你杀掉。”这些谈话十分平常，所以我不想再听下去；我要么再听下去，要么就走下阶梯，但正在这时，我听到下面那些话，非但不再感到无动于衷，而且感到颤抖：“太好了，老板还不回来，天哪，这么晚了，我真不知道他能从哪里弄到链条。”——“那人不是已经绑起来了？”——“他绑起来了，当然喽，他绑起来了，但又没有绑起来，我要是这样绑起来，就可以给自己松绑。”——“那挂锁不是锁上了？”——“当然锁上了，但锁上了还是可以打开的。问题是链条不够长。你别对我解释这是怎么回事，我昨天打了整整一夜，两只手都打出了血。”——“今晚是你打？”——“不，不是我。是莫理斯。但星期天是我，老板答应过我。”我现在才明白，他们为什么需要水手的结实手臂。如果他们让安静的资产者远离这儿，那么这个旅馆就不是一个间谍窝。要是人们不能及时赶到，以便发现凶杀并逮捕罪犯，一桩残酷的凶杀案就即将在此发生。但是，在这表面平静却又受到威胁的夜晚，这一切却呈现一种梦幻和童话的色彩，因此，我既带有证实的自豪，又怀着诗人的快感，断然地进入旅馆。

我用手轻轻地碰了碰我的帽子，在场的人们虽说没有离开座位，但都以不同的程度有礼貌地对我还了礼。“你们是否能告诉我，我应该找谁？我想要一间房间，并让人给我送点喝的来。”——“请您等一会儿，老板出去了。”——“头儿不是在上面？”其中一个谈话者暗示道。——“不过你很清楚，不能去打扰他。”——“您是否认为会给我一间房间？”——“我想会的。”——“四十三号房间应该空着。”那个相信因为自己二十二岁而不会被打死的青年说。他说完在长沙发上稍微挪动了一下，以便给我空出位置。“要是打开些窗子就好了，这儿都是烟！”飞行员说。确实，在座的每个人都在抽烟斗或香烟。“是啊,可是,得先关上百叶窗,你们很清楚,由于齐柏林飞艇,所以禁止开灯。”——“齐柏林飞艇不会再来了。报上甚至暗示,它们都给打下来了。”——“不会再来了,不会再来了,你知道什么?等你像我一样在前线待上十五个月,打下你的第五架德国佬飞机,你才能谈这个。不要相信报纸。昨天它们飞到贡比涅去了,打死一个家庭主妇和她的两个孩子。”——“一个家庭主妇和她的两个孩子!”那个不想被打死的青年说。他的眼睛里闪现出怒火,脸上露出十分同情的神色。他的脸精神饱满、宽广开阔、非常讨人喜欢。——“人们没有大絮洛的消息。他的教母已有一个星期没有收到他的信了,他这么长时间不给她写信还是第一次。”——“他的教母是谁?”——“就是那个管公共厕所的女人,她的厕所比奥林匹斯山稍微低一点。”——“他们在一起睡觉?”——“你在说什么呀?她是有夫之妇,最稳重不过的了。她每个星期给他寄钱,是因为她心地好。啊!她是个穿着漂亮的女人。”——“那么,你认识大絮洛?”——“我当然认识!”二十二岁的青年热情地答道,“他是我最亲密的朋友之一。像他那样我尊重的朋友不是很多。他又是个好伙伴,总是准备帮别人的忙。啊!他要是出了什么事,可真是天大的不幸。”有人提议玩一盘骰子,二十二岁的青年急忙兴奋地倒出骰子,叫出掷的结果,两眼直瞪瞪地盯着,不难看出,他具有赌徒的性格。我不大理解有个人后来对他说的话,只听见他以深为同情的口吻大声说道:“絮洛,靠女人卖娼的杈杆!就是说他说自己是个杈杆。不过他当不了这种人。我看到他把钱付给自己的女人,对,把钱付给她。就是说,我并不是说阿尔及利亚姑娘霞娜没给他什么,而是她给他的钱不超过五个法郎!而这个女人每天在妓院里赚的钱超过五十法郎。只拿到五个法郎!只有蠢得出奇的男人才会这样。现在她在前线,日子过得很苦,当然喽,她要多少就赚多少,不过,她一个子儿也不寄给他。啊!絮洛是个杈杆?按这种说法,许多人都可以把自己称为杈杆。他不仅不是杈杆,而且依我看,简直是个笨蛋。”这帮人中年纪最老的人，也许由于他年纪大，老板允许他穿得比较整洁，他当时去上厕所了，所以只听到谈话的结尾。但是，他不禁朝我看了一眼，并对他的穿着给我的印象表示明显的不快。二十二岁的青年刚讲完他对卖淫的理论性看法。年纪最老的人没有专门指这个青年，而只是笼统地说道："你们谈得太多而且太响，窗子开着，有些人在这时已经睡觉。你们很清楚，老板要是回来，听到你们这样在谈话，他会不高兴的。"

正在这时，听到大门打开，大家都默不作声，以为是老板来了，但来的只是个外国汽车司机，大家都对他热情接待。但是，二十二岁的青年看到司机的外套上露出一条漂亮的表链，就用询问和带笑的目光对他看了一眼，接着皱了皱眉头，并朝我这边严肃地眨了眨眼。我心里明白，第一个目光的意思是："这是什么，是你偷的？我表示祝贺。"第二个目光是说："你什么也别说，因为这家伙我们不认识。"突然，老板走了进来，手里拿着好几米长的粗铁链，可以拴好几个苦役犯。他满头是汗，说："我拿这么重的东西，要是你们不是这样懒，我也不用自己去了。"我对他说，我想要一个房间。"只要几个小时，我没叫到汽车，有点不舒服。但是，我希望能给我拿点喝的来。"——"比埃罗，到地窖去拿黑茶藨子酒，并且叫人把四十三号房间整理好。七号房间还在按铃。他们说不舒服。不舒服，去你的，这些人是要吸可卡因，他们的样子像是吸到一半，得把他们赶出去。二十二号房间里是否铺了两条床单？好！瞧，七号房间在按铃，你跑去看看，来吧，莫理斯，你在那儿干吗？你很清楚，有人在等你，到上面的十四号乙去。再快点。"莫理斯跟着老板走出前厅。老板见我看到他的铁链，感到有点不安，就把铁链拿走。"你怎么这么晚才来？"二十二岁的青年问那个司机。——"怎么，这么晚，我可早到了一个小时。不过走路太热。我约好是半夜十二点来的。"——"那你是为谁而来的？"——"为巫婆帕梅拉。"东方国家的司机笑着说，笑时露出漂亮的白牙齿。"啊！"二十二岁的青年说。

我很快被领到楼上四十三号房间，但是房间里的空气使人感到很不舒服，我的好奇心又非常大，所以我喝完我的“黑茶藨子酒”后，就走下楼梯，这时又产生另一种想法，就又走上楼梯，但我走过了四十三号房间的那层，一直走到最高一层。突然，从走廊一端一间偏僻的房间里，传出沉闷的呻吟声。我迅速走到那里，把耳朵贴在门上。“我求求您，饶了我，饶了我，可怜可怜，给我松绑，别把我打得这么重，”一个声音说，“我吻您的脚，对您卑躬屈膝，我下次不干了。请您可怜可怜。”——“不，混蛋，”另一个声音回答说，“既然你大声嚷嚷，跪在地上，就把你捆在床上，决不可怜。”我听到掸衣鞭的劈啪声，鞭子上也许有尖刺，因为接着就传来疼痛的叫声。这时，我发现这个房间的侧面有个小圆窗，上面的窗帘没有拉上；我悄悄地走到阴暗处，一直走到小圆窗旁，我从窗上看到，有个人被链条捆在床上，犹如普罗米修斯被捆在悬崖上，并挨着掸衣鞭的抽打，那鞭上确实有尖刺，打他的人是莫理斯，我看到那人已经浑身是血，身上全是瘀斑，说明受这样的酷刑并非首次，我看到的那个人就是德·夏吕斯先生。

突然，房门打开，有个人走了进去，幸好没有看到我，此人是絮比安。他走到男爵身旁，带着尊敬的神色和机灵的微笑问道：“嗨，您不需要我？”男爵请絮比安让莫理斯出去片刻。絮比安毫不客气地叫他出去。“不会有人听到我们说话？”男爵问絮比安。絮比安说肯定不会。男爵知道，絮比安像作家一样聪明，毫不讲求实际，跟当事人讲话时总是使用无人会误解的暗示和众所周知的绰号。

“等一会儿。”絮比安打断了话头，因为他听到三号房间按铃的声音。这是自由行动党①的一位议员要外出。絮比安不需要看旅客牌，因为他听得出议员的铃声，议员每天都是午饭后来的。那天，议员不得不改变时

---

① 自由行动党是雅克·皮乌创立的具有天主教倾向的政治组织，于1919年并入国民联盟。

间，因为他女儿中午在夏约街心花园的圣彼得教堂举行婚礼，因此他晚上才来，但很早就想走了，因为他要是晚回家，妻子很快就会感到担心，特别是这些天飞机要来轰炸。絮比安一定要送他出门，以表示对议员的尊敬，而不是出于任何个人利益。这位议员放弃了《法兰西行动》[1]的夸张言词（另外，他也无法理解夏尔·莫拉斯或莱翁·都德的片言只字），虽说他和部长们关系很好，部长们也乐于应邀参加他的狩猎，但是絮比安同警察局发生纠纷时，决不敢请他帮半点忙。絮比安知道，他对这位鸿运高照、胆小怕事的议员谈起这件事是在冒险，如果谈起这种事，他就不可避免地要受到最为无害的"搜查"，但也会立刻失去最为慷慨的顾客。议员把帽子拉到眼睛上，把领子翻上来，觉得把自己的脸遮住了，走到门口就迅速溜走，就像他在进行竞选时那样。絮比安把议员送到门口，就上楼回到德·夏吕斯先生身边，并对他说："那是欧仁先生。"在絮比安的旅馆里，就像在疗养院里那样，对顾客称呼只叫他们的名字，而为了满足常客的好奇心，或是提高疗养院的声誉，就又在耳边悄悄说出他们的姓。但有时，絮比安不知道他那些顾客的真实身份，就凭想象说这是交易所的某个顾客，这是某个贵族，这是某个艺术家，由于这种暂时的错误对于那些被叫错名字的人来说是令人高兴的事，所以絮比安最终仍然无法知道谁是维克多先生。为了取悦于男爵，絮比安就养成了习惯，不按某些聚会中流行的做法行事。"我要向您介绍勒布伦先生"（在耳边则说："他让别人叫他勒布伦先生，但实际上他是俄罗斯大公。"）相反，絮比安感到，把一个送牛奶的小伙子介绍给德·夏吕斯先生还不够，他眨了眨眼睛，低声对他说："他是送牛奶的小伙子，但实际上却是贝尔维尔最危险的流氓之一。"（必须看到絮比安在说"流氓"时用了放肆的语调。）这些介绍仿佛还不足够，他就竭力补

[1] 法兰西行动是二十世纪前四十年中法国一个有影响的右翼反共和组织，成立于1899年，其首领莫拉斯提出一整套民族主义理论，要求恢复君主制度，日报与该组织同名。

充几条“语录”:“他曾多次因偷窃和在别墅进行盗窃被判刑,他曾去弗雷纳进行斗殴(也是放肆的调子),把一些过路人几乎打成残废,他曾在非洲营服役。他打死了自己的中士。”

男爵甚至有点抱怨絮比安,因为这幢房子是他让管家替絮比安买下的,并叫一个下属进行管理,他知道,由于德·奥洛龙小姐的舅舅笨拙,这幢房子里所有的人都多少了解他的个性和名字(许多人认为这只是个绰号,絮比安发音不准,把名字说得走了样,因此,是他们自己的愚蠢保护了男爵,而不是絮比安的谨慎)。但是他认为,让自己放心,最简单的办法莫过于自信,并对别人不会听到他们的谈话感到放心,就对絮比安说:“这个小伙子十分可爱,尽了自己的力,不过我不想在他面前说话。但是,我并不认为他十分粗鲁。他的脸讨我喜欢,但他说我下流,仿佛有人教过他一样。”——“哦!不,任何人也没有对他说过任何事情。”絮比安回答道,没有发现这种说法难以置信。“另外,他曾在维莱特的一个女门房凶杀案中受到牵连。”——“啊!这相当有意思。”男爵面带微笑说。——“不过我这里正好有个宰牛的,是在屠宰场做的,跟那个人很像,他是偶然过来的。您想试试吗?”——“是的,很想试试。”我看到屠宰场的人走了进去,此人确实有点像“莫理斯”,但是,更为奇怪的是,他们俩都具有一类人的某种特点,我个人从未明确看出这种特点,但我十分清楚地感到它存在于莫雷尔的面孔之中,他们俩若是不和我看到的莫雷尔有一定的相像之处,至少和某种脸型有一定的相像之处,这种脸型可以由一双看到的莫雷尔同我不一样的眼睛根据他的容貌勾勒出来的。我用回忆所取得的莫雷尔的相貌,在内心中勾画出他对另一个人可能呈现的形象,我立刻发现,他们虽说一个是珠宝店伙计,一个是旅馆职工,但两人都隐隐约约是莫雷尔的替身。是否应该从中得出下面的结论呢?就是说德·夏吕斯先生至少在他爱情的某种形式中对同一种类型的人是始终不渝的,而使他接连选择这两个小伙子的欲望,和使他在东锡埃尔火车站的月台上把莫雷尔叫住的欲望是相同的。这三个人都有些像古希腊的青年男子,其外形凹雕在德·夏吕斯先生的眼睛这颗蓝宝石上,使他的目光具有某种十分特殊的光彩,我到巴尔贝克的第一天曾因此而感到害怕。或是他对莫雷尔的爱情改变了他过去寻找的类型,为了不因失去莫雷尔而感到痛苦,他就寻找同莫雷尔相像的小伙子?我也作了一种假设,就是尽管有那些表面现象,在莫雷尔和他之间也许只存在友谊关系,而德·夏吕斯先生让一些酷似莫雷尔的青年到絮比安的旅馆里来,是为了在同他们的相处中能产生一种错觉,仿佛同莫雷尔在一起时那样快乐。确实,想到德·夏吕斯先生为莫雷尔所做的一切,这种假设就会显得不大可能,如果人们不知道爱情不仅会使我们为我们所爱的人作出最大的牺牲,而且有时还会使我们牺牲自己的欲望,而由于我们所爱的人感到我们爱得更深,这种欲望就更不容易如愿以偿。也会使这样的假设去掉乍一看来它似乎具有的不可靠性(虽然它也许并不符合实际)的因素,存在于德·夏吕斯先生神经过敏的气质之中,存在于他那热情深藏的性格之中,他的性格在这方面同圣卢的性格相似,它在他和莫雷尔发生关系的初期所起的作用,同他的侄子和拉谢尔发生关系的初期所起的作用相同,只是还有体面和消极的一面。同所爱的女人(这也可以扩展到对一个男青年的爱情)保持精神恋爱的关系,可以出于另一种原因,而不是因为女人贞节或她激起的爱情不具有肉欲的性质。这种原因可以是因为恋爱的男子爱得过深而过于急躁,不会装出无动于衷的样子,以等待他将得到他希望得到的东西的时刻来到。他总是不断进攻,不断写信给他所爱的女人,他总是想见到她,而她则对他加以拒绝,他就感到绝望。从此以后她就知道,如果她同意和他做伴,和他友好相处,原以为已经失去这些幸福的他就会感到心满意足,她就可以不必再给予更多的东西,因为他见不到她就感到无法忍受,希望不惜一切代价来结束这场战争,她就可以利用这样的机会,把一种和平强加于他,而这种和平的首要条件,就是他们之间的关系应具有精神恋爱的性质。此外，在签署这个和约之间的所有时间里，恋爱的男子总是忧心忡忡，不断期待着一封回信、一个目光，所以就不再去想肉体上的占有，这种占有的欲望在开始时折磨着他，但以后却在期待中衰退，并被另一种需要所代替，这种需要如果得不到满足，就会变得更加痛苦。于是，曾在第一天期望的抚摸的愉悦，人们在后来得到时却已改变了性质，变成友好的话语和见面的许诺，而在捉摸不定产生效果之后，有时只是在看了一眼之后，因为这种目光充满着冷淡的迷雾，把爱恋的男子拒之于千里之外，使他认为再也见不到她了，在这时，话语和许诺就会带来精神上美妙的轻松。女人们都能猜到所有这些，并知道可以得到一种乐趣，就是永不委身于那些她们感到对她们有一种无法消除的欲望的男子，如果他们在最初几天里过于激动，没有对她们掩盖这种欲望的话。女人感到极为满意，因为她不付出任何代价，却得到比她平时委身于别人时多得多的东西。这样，那些神经极其过敏的男子就相信他们崇拜的女人是贞节的。他们在女人头部周围所画的光轮，是他们爱得过分的一种产物，但正如大家看到的那样，这种产物是十分间接的。在女人中就存在着那种以无意识的状态存在于药物中的物质，这些药物在不知不觉中进行欺骗，就像催眠药、吗啡那样。对于它们给予睡眠的乐趣或一种真正的舒适的人们来说，它们并非是绝对必需的；用极高的价格来购买它们，用病人所拥有的一切来换取它们的并不是这些人，而是另一些病人（他们也许是同样的病人，但在几年以后变成了另一种人），那些人服了药后并不能入睡，也不能得到任何快感，但是只要他们没有药，他们就会感到烦躁不安，并希望用一切代价来消除这种折磨，即使自杀也在所不惜。

总之，德·夏吕斯先生的情况虽说因性别相同而具有这种微小的差别，却也归属于爱情的普遍规律。对于他来说，他虽然出身于一个比卡佩家族还要古老的家族，虽然有钱，虽然是上流社会徒劳地寻求的对象，却无济于事，而莫雷尔在社会上毫无地位，他要是对莫雷尔说"我是亲王，我是为您好”也是白说，就像他对我说过的那样，因为如果莫雷尔不愿意来，占上风的就是莫雷尔了。再说也许只要莫雷尔感到自己受人爱恋，就足以使他不愿意来。大人物对竭力想同他们交结的故作风雅之徒感到厌恶，阳刚的男子对性欲倒错之徒感到厌恶，女人则对任何爱恋过深的男子感到厌恶。德·夏吕斯先生不仅拥有一切优越的条件，而且一定会把其中的许多条件转让给莫雷尔。但是，这一切很可能被一种意志所摧毁。德·夏吕斯先生的情况可能是这样，德国人的情况也是如此，而从血统来说，他属于德国人，而在这时进行的战争中，正如男爵有点过于乐意地反复叙说的那样，德国人是各条战线上的胜利者。但是，既然在每次胜利之后，协约国更加坚决地拒绝德国人希望得到的唯一东西，即和平与和解，那么他们的胜利对他们来说又有什么用处呢？拿破仑就是这样进入俄国，并宽宏大量地请当局派人来见他。但是任何人也没有来。

我下楼回到那小小的前厅，只见莫理斯正在那里和一个同伴打扑克，他不知道是否会把他叫去，絮比安也叫他等着，以防万一。他们对地上捡到的一枚十字军功章感到十分不安，不知道是谁遗失的，应该交还给谁，以免使军功章的主人受到处分。接着，他们谈到一位军官的善良，军官为了救勤务兵的性命，自己被人打死。“在有钱人中间还是有好人。为了这样的人，我情愿被人打死。”莫理斯说。显然，他狠狠地鞭打男爵，只是出于一种机械的习惯，是教育不良的结果，是由于需要钱，并希望用一种比工作更为轻松的方法来赚到钱，也许用这种方法赚到的钱更多。但是，正如德·夏吕斯先生担心的那样，他也许是个心地十分善良的人，看来是个非常勇敢的小伙子。他在谈到那位军官之死时，眼睛里几乎要流出泪来，二十二岁的青年也一样激动。“啊！是啊，这些人真棒。像我们这样的穷光蛋，没什么东西可丢的，但一位仆人成群的先生，每天六点可以喝上开胃酒，这才妙呢！开玩笑怎么开都行，但看到这样的人死了，确实不好受。善良的上帝不应该让这样的有钱人去死，首先，他们对工人的用处太大了。光是因为像这样的死亡，就该把德国佬统统杀掉，杀得一个也不剩。还有他们在卢万①干的事，把小孩的手腕砍断！不，我可不知道，我并不比别人好，但是，我情愿去吃几颗子弹，也不愿服从于这种野蛮人，因为他们不是人，而是真正的野蛮人，你也决不会对我说出相反的话。”总之，这些小伙子都是爱国者。只有一个，就是手臂受了轻伤的那个，爱国心没有其他人那样强，因为他很快就要重返前线。他说：“当然喽，我受的不是好伤。”（指能使军人提前退役的伤）正如斯万夫人过去所说的那样：“我找到了能得讨厌的流行性感冒的方法。”

大门打开了，到外面去散了一会儿步的司机走了进来。“怎么，已经结束了？时间可不长。”他看到莫理斯后说。他以为莫理斯还在打那个绰号叫“戴上锁链的人”，这个绰号影射当时出版的一份报纸②。——“你出去散步了，对你来说时间是不长。”莫理斯回答道。他感到不快的是，有人看出他在楼上不讨人喜欢。“但要是你也像我那样，在这样热的天气，不得不用力抽打的话，那可就不同啦！要不是他给这五十个法郎……”——“另外，这个人谈吐不凡，可以感到他有教养。他说这很快就会结束？”——“他说我们不能打败他们，还说结果是没有人能占上风。”——“真他妈的，他难道是个德国佬……”——“我已经对你们说过，你们说话的声音太响。”年纪最老的人看到了我，就对其他人说。“您已经把房间用完了？”——“啊！住嘴，你不是这里的当家。”——“是的，我用完了，我是来付钱的。”——“您最好把钱付给老板。莫理斯，你去把老板叫来。”——“但是，我不想麻烦您。”——“这事不麻烦。”莫理斯上了楼，回来时对我说：“老板就下来。”我给了他两个法郎作为酬谢，他高兴得脸都红了。“啊！谢谢。我把这钱寄给我兄弟，他当了俘虏。不，他并不苦。这主要

---

① 卢万是比利时布拉班特省的城市。
② 指克雷孟梭创办的《自由人报》，1914 年 8 月起改名为《戴上锁链的人》。

得看俘虏营。”

这时，两位十分优雅的顾客出现在门口。他们身穿礼服，戴着白色的领带，外面套着大衣，我从他们轻微的口音中感到，这是两个俄国人。他们在商量是否要进来。看来他们是第一次来这儿，想必是有人把地点告诉了他们，他们仿佛在欲望、诱惑和极其害怕之间犹豫不决。两人中的一个，是个漂亮的年轻人，他每隔两分钟就带着一种一半是询问一半是说服的微笑对另一位重复道：“怎么！总之，咱们不在乎？”但是，他徒劳地想以此来说出这样的意思：总之，咱们对后果不在乎。可能他对此并非这样不在乎，因为在这句话之后没有任何进门的动作，而只是对另一位再看一眼，接着是同样的微笑和同样的**总之，咱们不在乎**。这个**总之，咱们不在乎**，是一种美妙的言语一千例中的一例，这种言语和我们平常说的言语不大相同，在这种言语中，激动使我们想说的意思发生偏差，并在原来的位置上充分展现出一个完全不同的句子，这个句子是从一个短语丛生的陌生的湖里冒出来的，这些短语同思想毫无关系，并因此而揭示思想。我记得有一次，阿尔贝蒂娜和我没有听到弗朗索瓦丝进来，她进来时，我的女友正好一丝不挂地和我抱在一起，阿尔贝蒂娜想告诉我，就不由自主地说：“瞧，漂亮的弗朗索瓦丝来了。”弗朗索瓦丝的眼睛已经看不大清楚，当时也只是在离我们相当远的地方穿过房间，本来可能什么也不会发现。但是，“漂亮的弗朗索瓦丝”这样反常的话，阿尔贝蒂娜以前从未说过，这话本身就表明了它们的根源；她感到这话是因激动而偶然捡来的，不需要看任何东西就明白了一切，于是用她的方言低声说道“poutana”①这个词走了出去。另一次，是在很久之后，那时布洛克已经成为一家之主，把一个女儿嫁给一个天主教徒，有一位不大礼貌的先生对她说，他好像听别人说过她是犹太人的女儿，并问她姓什么。这位少妇在娘家是布洛克小姐，就

① 即 putain（婊子）。

回答说姓“Bloch”，但按照德语的发音说出来，犹如盖尔芒特公爵那样（不是把 ch 这个音发成 c 或 k，而是把它发成德语的 ch）。

我们再回过头来看旅馆的情景（两个俄国人已决定进入旅馆：“总之，咱们不在乎。”）老板还没有来，絮比安已经进来抱怨说他们讲得太响，说邻居们会埋怨的。但是，当他看到我时，就惊讶地停住了。“你们全给我滚到楼梯平台上去。”当他们都已站起来时，我对他说：“最简单的办法是让这些年轻人留在这儿，我和您一起出去一会儿。”他跟我走了出来，神色十分尴尬。我对他解释我为什么会来。人们可以听到有一些顾客在问老板，是否能给他们介绍一个跟班、一个侍童、一个黑人司机。所有的职员都会使这些老疯子发生兴趣，在部队里则是各个兵种，以及各国的盟友。有些人特别需要加拿大人，也许是在不知不觉之中受到微弱的口音的诱惑，不知道这是古老的法国口音还是英国口音。苏格兰人大受欢迎，是由于他们穿着衬裙，是因为对湖泊的某些幻想往往同这种欲望结合在一起。由于任何怪癖都因环境不同而具有一些特点，甚至会变本加厉，所以一个老人的好奇心如果都已得到满足，他就会再三询问，是否能给他介绍一个残废者。人们听到楼梯上有缓慢的脚步声，絮比安生性不能守口如瓶，忍不住对我说是男爵下楼来了，并说无论如何也不能让他见到我，但是如果我愿意到与那些年轻人所在的前厅邻接的房间里去，他就去打开气窗。这个办法是他想出来的，可以使男爵看到和听到别人，却不会被别人发现。他对我说，他将让我来监视男爵。“只是您别动。”他把我推到黑暗的房间里之后就走了。另外，他也没有别的房间可以给我，虽说在打仗，他的旅馆还是全部客满。我刚离开的那个房间被古弗瓦西埃子爵租去了，子爵可以离开某某红十字会两天时，就到巴黎来休息一个小时，然后回古弗瓦西埃城堡去见子爵夫人，并对她说，他没能乘上准点的火车。他没有料到德·夏吕斯先生会在离他几米远的地方，德·夏吕斯先生也没有料到这点，因为男爵从未在絮比安的旅馆里遇到过这位堂弟，絮比安也不了解子爵精心隐瞒的个性。

确实，男爵很快就走了进来，由于鞭伤走起路来相当困难，不过他对自己被打伤想必习以为常。虽说他的欢乐已经结束，他进来也只是为了把他欠莫理斯的钱付清，他还是用温柔和好奇的目光环顾所有这些聚集在一起的年轻人，并十分希望能有向每个人问好的乐趣，这种问好是精神恋爱式的，但带有爱情的延伸。他在这群差点儿使他惊慌失措的男宠面前表现出一种活泼的轻浮，从所有这种轻浮之中，我再次在他身上看到上半身和脑袋的那种晃动，看到他初次进入拉斯普利埃时曾使我感到惊讶的高雅目光，这种高雅是我不认识的某个祖母遗传下来的，在日常生活中，它被脸上更为阳刚的表情所掩盖，但在某些情况下，当他一心想取悦于一个低级的阶层时，摆出贵妇人派头的欲望会使它以卖弄风情的方式在脸上充分展现。

絮比安早已把他们介绍给和蔼可亲的男爵，并对他发誓，说他们都是贝尔维尔的"杈杆儿"，为了一个金路易可以给自己的亲姐妹拉生意。另外，絮比安既在说谎又没有说谎。这些人比他对男爵说的更好，更富有同情心，他们并不是一群野蛮人。但是，那些认为他们野蛮的人，在对他们说话时还是怀有十分的善意，仿佛这些可怕的人也应该具有同样的善意。性虐待狂者不管怎样认为自己是和杀人凶手在一起，他那性虐待狂的纯洁灵魂还是并未因此而改变，他对这些人的谎话感到十分惊讶，他们完全不是杀人凶手，但希望能轻而易举地赚到一个五法郎的银币，他们的父亲、母亲或姐妹会死而复生，又会重新死去，因为他们想尽量取悦于顾客，所以在同顾客进行谈话时自相矛盾。幼稚的顾客目瞪口呆，因为他认为小白脸犯有许多凶杀案还自鸣得意，既然他对小白脸有这种武断的看法，就会对谈话中发现的矛盾和谎言感到惊愕。

所有的人似乎都认识他，只见德·夏吕斯先生在每个人的面前都停留很长时间，并用他认为是他们的语言来和他们说话，这既出于一种带有地方色彩的极不自然的爱情，也出于一种参与荒淫无耻生活的性虐待狂的乐趣。“你真叫人恶心，我在奥林匹亚音乐厅前面看到你同两个男人约会，是为了挣钱。你就这么来骗我。”听到这句话的人算是运气，因为他来不及声明他决不会接受一个女人的钱，这样倒会减弱德·夏吕斯先生的兴奋，只见他把自己的异议留在句子的末尾，并且说：“哦！不，我没有骗您。”这句话使德·夏吕斯先生产生一种强烈的乐趣；但由于同他的意愿相反，那种智慧，当然是他的那种，是通过他所喜欢的小伙子产生的，所以他就朝絮比安转过身来：“他真好，对我说了这话。他说得真好！这简直就像真的。总之，他既然让我相信了这点，是真是假又有什么关系呢？他两只小眼睛多漂亮！喂，小伙子，为了这个我要好好地亲你两个嘴。你在战壕里将会想到我的。那里不太苦吧？”——“啊！怎么不苦！有几天，当一颗手榴弹扔到你身边时……”这个青年接着就开始模仿手榴弹的爆炸声，飞机的声音等等。“但是，还得和其他人一样地干，您可以确信无疑，咱们一定打到底。”——“打到底！要是能知道打到怎样的底就好喽！”男爵忧郁地说，因为他是“悲观主义者”。——“您没有看到萨拉·贝尔纳[①]在报上说过这话：‘法国，一定会打到底。法国人，宁愿打到最后一个人。’”——“我毫不怀疑法国人会英勇地打到最后一个人。”德·夏吕斯先生说，仿佛这是世界上最简单的事，虽说他本人不想做任何事，但希望以此来纠正他在忘乎所以时给人留下的和平主义者的印象。“我对此并不怀疑，但我在想，萨拉·贝尔纳**夫人**在何种程度上有权代表法国讲话……但是，我感到，我不认识这位可爱的，这位美妙的青年。”他在发现另一个青年时补充道。他不认识这个青年，或者说他从未见过这个青年。他对

① 萨拉·贝尔纳（1844—1923），法国女演员，因主演伏尔泰的《扎伊尔》、拉辛的《淮德拉》和雨果的《爱尔那尼》而名声大振。第一次世界大战时虽已截去右下肢，仍赴前线慰问士兵。

青年行了礼，犹如他在凡尔赛时对一位亲王行礼那样，并乘机多得到一个不花钱的乐趣——就像在我小的时候，我母亲在布瓦西埃那儿或古阿施那儿①刚订完货，账台上的一位太太给我一粒糖，我就拿了，糖是在一只玻璃瓶里拿出来的，那些太太就端坐在几只玻璃瓶之间。他握住这个可爱的青年的手，并且久久地握着，用普鲁士的方式握着，两眼微笑地注视着青年，时间长得毫无止境，就像以前的摄影师在光线暗淡时让你摆姿势的时间一样长："先生，我很高兴，我非常高兴认识您。""他头发漂亮。"他转向絮比安时说。然后，他走到莫理斯跟前，以便把五十法郎交给他，但是首先搂住莫理斯的腰："你从未对我说过，你用刀子捅过贝尔维尔的一个女门房。"说着，德·夏吕斯先生激动得喘起气来，并把自己的脸贴近莫理斯的脸。"哦！男爵先生，"由于别人忘了同他打招呼，小白脸就说，"您会相信这样的事吗？"也许这件事确实不是真的，也许事情倒是真的，但做这件事的人觉得事情干得可恶，必须加以否认："我会去伤害同我一样的人？去伤害一个德国佬，那是可以的，因为在打仗，但伤害一个妇女，而且是老年妇女！"这种道德标准式的声明给男爵的印象，犹如当头泼了一盆冷水一般，只见男爵冷冷地离开了莫理斯，但还是把钱交给了他，不过脸上显出扫兴的神色，仿佛是被人诈骗后不愿惹事就付了钱，但心里很不痛快。男爵的坏印象还因受惠者向他表示感谢的方式而增加，因为此人说："我将把这钱寄给我年老的父母，还要给我兄弟留一点，他在前线。"这些动人的感情使德·夏吕斯先生失望的程度，几乎同表达这种感情的话使他不快的程度相差无几，这些话略带传统的农民意识。絮比安有时告诉他们，要显得更为反常。于是，有个人带着承认干过某件坏事的神态，大胆地说："喂，男爵，您是不会相信我的，我小的时候，曾在锁孔里看我的父母拥

---

① 布瓦西埃和古阿施是两家糖果店，前者位于嘉布遣会修女大街，后者位于马德莱娜大街。

抱接吻。这样不好，是吗？您好像认为这是骗人，不，我可以向您起誓，我对您说的是真话。"对于这种假装反常的努力，德·夏吕斯先生既感到失望又感到恼火，因为这种反常的结果只是揭示出如此的愚蠢和无知。即使是最为果敢的小偷和杀人犯，他也不会感到满意，因为他们不会谈自己的罪行。另外，在性虐待狂者——不管他如何善良，不管他如何之好——身上，都有一种对恶的渴望，这种渴望是那些为了其他目的而作恶的人无法满足的。

这个青年明白自己的错误为时已晚，他说自己不喜欢警察，甚至斗胆对男爵说："你给我约个地方。"但都无济于事，因为魅力已经消失。人们感到他装腔作势，就像那些竭力想说切口的作者所写的书那样。青年徒劳地列举他和老婆干的所有"肮脏事"，德·夏吕斯先生只是感到惊讶，这些肮脏事怎么如此之少。另外，这不光是不真诚的问题。任何事都不像肉体的快感和性欲倒错那样有局限性。从这个意义上看，如果改变话的含义，人们确实可以说，人们总是在进行性欲倒错的恶性循环。

如果说人们以为德·夏吕斯先生是亲王，那么与此相反，旅馆里的人们都对有个顾客去世感到惋惜，这个顾客的小白脸们说："我不知道他的名字，他好像是个男爵。"此人不是别人，正是富瓦亲王（圣卢的男友的父亲）。他在妻子那儿说，他的许多时间是在俱乐部里度过的，但实际上，他好几个小时都在絮比安那儿闲谈，在一些二流子面前讲述社交界的故事。他是个高大的美男子，就像他儿子一样。奇怪的是德·夏吕斯先生不知道他和自己有相同的嗜好，这也许是因为男爵都是在社交界看到他的。人们甚至说，他把那些小白脸捧得比自己的亲生儿子还高，他儿子当时还是初中生（圣卢的男友），不过这可能不是事实。恰恰相反，由于他十分了解许多人一无所知的习俗，所以他对儿子来往的朋友非常注意。有一天，一个出身低下的男子跟随小富瓦亲王一直走到他父亲的府邸，小亲王在府邸里把一封情书从窗口扔了出去，被他父亲捡到了。但是，跟随其后的男人,虽说不是和大富瓦亲王一样属于贵族阶级,但从另一个角度来看却像是贵族的一员。他毫不费力地在一些双方共同的同谋中找到一个调解人,调解人把德·富瓦先生说得哑口无言,因为此人向亲王证明,怂恿一个年龄大的男子作出这种大胆举动的正是小亲王本人。这是可能的。因为富瓦亲王要使儿子不交上坏朋友,可以通过自己的外力,但不能通过遗传的内因。另外,小富瓦亲王同父亲一样,他那个圈子里的人对这方面的事一无所知,虽说他同另一个圈子的人们所干的事,比任何人都要厉害。

"他多么平易近人!任何时候都看不出他是男爵。"几个常客在夏吕斯男爵出去后说。絮比安一直把男爵送到下面,男爵则不断对絮比安抱怨这个青年的道德。絮比安想必事先对这个青年进行过训练,从他不满的神色中可以看出,他将把这个假杀人犯狠狠地训一顿。"这跟你对我说的完全相反。"男爵补充道,以便使絮比安能在下次吸取教训。"他像是生性善良,对自己的家庭表达了敬意。"——"但是,他和父亲的关系并不好,"絮比安反驳道,"他们住在一起,却不在同一个酒吧间喝酒。"这同凶杀相比,显然是微不足道的罪孽,不过絮比安确实是措手不及。男爵再也没说什么,因为他虽说想要别人为他的欢娱作好准备,却又要使自己产生一种幻觉,仿佛他的欢娱并没有准备好。"他真是个强盗,他对您说这些话是要骗您,您也太幼稚了。"絮比安补充道,以便替自己辩护,但他的话只能刺伤德·夏吕斯先生的自尊心。

"看来他每天要花掉一百万。"二十二岁的青年说,但他的这种说法连自己也感到无法相信。不久人们听到汽车行驶的声音,汽车是来接德·夏吕斯先生的。这时,我看到有个人走了进来,那人步履缓慢,身边有个军人,那军人显然是和此人一起从隔壁房间里出来的,我感到那人是一位年纪相当大的夫人,穿着黑色的裙子。但我很快发现自己看错了,那人是个神甫。神甫品行不端,是罕见的事,在法国更是绝无仅有。显然,军人正在嘲笑自己的同伴,说他的行为很不符合他的服装,因为神甫正神态严肃地把神学博士的手指举向丑陋的面孔,并用说教的口吻说道:“您要我怎么样呢? 我又不是(我以为他会说‘圣徒’)女天使。”另外,他需要的只是离开这儿,就同絮比安告辞,絮比安送走男爵后刚从楼上下来,但品行不端的神甫由于健忘而忘了付自己的房钱。絮比安的头脑从不糊涂,他平时把每个顾客的捐助放在一只箱子里,这时就摇动箱子,把箱子摇得直响,并说:“礼拜的捐款,神甫先生!”这个淫乱的人连忙表示道歉,付了钱就走了。

絮比安到这个漆黑的地方来找我,而我在里面一动也不敢动。“请到我那些年轻人坐着的前厅去坐一会儿,我上去把房间的门关好,您是顾客,这样十分自然。”老板在那儿,我就把钱付给了他。这时,一个身穿无尾常礼服的青年走进门来,并威风凛凛地向老板问道:“我明天中午在城里吃饭,明天上午我要莱翁的时间不是原定的十一点,而是改在十一点差一刻,行吗?”——“这要看,”老板回答说,“神甫留他多少时间。”这个回答看来并未使身穿无尾常礼服的青年感到满意,他好像已经准备对神甫破口大骂,但当他看到我后,他的怒气就改变了方向,直接出到老板身上:“他是谁? 这是什么意思!”他低声说道,声音虽低,却怒气冲冲。老板心里十分烦恼,但还是作了解释,说我在场没有关系,说我是一个顾客。身穿无尾常礼服的青年看来丝毫没有因这一解释而平息下来。他不断重复道:“这叫人极不愉快,这种事是不该发生的,您知道我非常讨厌这点,您这样干我就再也不踏进这儿的门。”但是,这一威胁看来并没有立即付诸实施,因为他走的时候虽然怒气冲冲,但还是要求莱翁尽量在十一点缺一刻时腾出身来,如有可能则在十点半。絮比安下楼来找我,同我一起走到街上。

“我不希望您对我有不好的看法,”他对我说,“这幢房子给我赚到的钱,并不像您认为的那样多,我尽量接待正派的顾客,当然喽,要是只接待这种顾客，就会亏本。这里同加尔默罗会①完全相反，美德是依靠恶习而生存的。不，我买下这幢房子，或者确切地说，是您刚才看到的代理人买下这幢房子，唯一的目的是替男爵效劳。让他愉快地度过晚年。”絮比安不想把谈话局限在我所看到的那种性虐待狂的场景和男爵的恶习付诸实施的场景。即使是为了谈话，为了和他作陪，为了打扑克，男爵也只喜欢和搜刮他的平民在一起。也许下等人的故作风雅也和上等人的故作风雅一样会被人理解。再说这些人互相轮换，已长期聚集在男爵周围，而德·夏吕斯先生则找不到一个相当优雅的男子来进行社交界的交往，也找不到一个流氓气十足的人来进行其他方面的交往。“我厌恶中间的类型，”他说，“资产阶级的喜剧显得浮夸，我需要的要么是古典悲剧中的公主，要么是粗俗的闹剧。不要中间道路，要么是《淮德拉》，要么是《街头卖艺人》②。但到最后，这两种故作风雅之间的平衡被打破了。也许是因为老人的厌倦，也许是因为肉欲扩展到最为平庸的交往，男爵就只同“下级”生活在一起，并不由自主地成了他某个老祖宗的接班人。拉罗什富科公爵、阿古尔亲王和贝里公爵，在圣西门的笔下是同自己的仆人们一起生活的，而仆人们则从他们身上刮到一大笔钱，他们同仆人们一起打牌，那些大贵族去拜访他们时，看到他们同仆人们亲密无间地坐在一起打牌或喝酒，感到十分尴尬。絮比安补充道：“这主要是为了使他避免麻烦，因为正如您看到的那样，男爵是个大孩子。现在他在这里想要什么就有什么，即使这样，他有时还要淘气。像他这样慷慨，在现在这时候往往会出事。有一天，男爵答应把许多钱送给一个旅馆服务员，不过要他到男爵家里去，不就把他吓得要死（到男爵家里，多不谨慎！）！这小伙子喜欢的只是女人，当他

① 加尔默罗会是中世纪天主教四大托钵修会之一。该会靠募款为生，戒律严格，鼓励圣母崇拜。

② 《街头卖艺人》是（1831）法国作家泰奥菲尔·迪梅桑（1780—1849）的三幕喜剧。

了解要他干的事时，才放下心来。他听到答应给他这么多钱，还以为男爵是间谍。但当他知道要他出卖的不是自己的祖国，而是自己的肉体时，他才感到松了口气，这件事也许不大道德，但风险却比较小，而且干起来更加容易。"我听着絮比安的话，心里在想："德·夏吕斯先生不是小说家或诗人，多可惜呀！不是为了描写他将会看到的事，而是描写一个夏吕斯对性欲的态度，会使他周围的人议论纷纷，迫使他严肃地对待生活，并把感情置于快感之中，使他不会停止、固定在一种对事物讽刺和外在的看法之中，并在他身上不断接通痛苦的电流。当他作出爱情的表示时，即使没有进监狱的危险，也几乎每次都要受到当众侮辱。"打耳光不光是教育孩子的方法，而且是教育诗人的方法。絮比安为男爵安排的这幢房子，大大减少了风险，至少是（因为总得担心警察的搜查）对于某个个人所冒的风险，而要是在街上，男爵对这个个人的情绪就会心中无数。如果德·夏吕斯先生是小说家，这幢房子对他来说将会是一种不幸。但是，德·夏吕斯先生在艺术上只是个业余爱好者，并没有想到要进行写作，也不具备写作的才能。

"另外，我是否要向您承认，"絮比安接着说，"我对于得到这类收入并没有很大的顾忌。人们在这儿干的事，我不能再对您隐瞒我是喜欢的，是我生活中的爱好。然而，干人们并不认为有罪的事而得到收入，难道是要禁止的？您读的书比我多，您也许会对我说，苏格拉底认为不能用教书来赚钱。但是，在我们的时代，哲学教师们并不是这样认为的，那些医生、画家、剧作家和剧院经理也不是这样认为的。您别以为干这行接触的只是些流氓。当然，这种机构的经理就像只大母鸡那样，只接待男人，但接待的是各种各样杰出的男人，在社会地位相同的情况下，这些人一般属于他们这行中最敏锐、最富有同情心、最和蔼可亲的男人。我可以肯定地对您说：'这幢房子很快就会变成一个思想事务所和一个新闻社。'"但是，我亲眼看到的德·夏吕斯先生挨打的情景，仍然萦回在我的脑海之中。

老实说，如果真正了解德·夏吕斯先生，了解他的自豪，他对社交界乐趣的厌烦，他那种十分容易变成对最下等、最坏的男人的恣意纵情的任性，人们就会十分清楚地知道，一个暴发户得到一大笔财产感到心花怒放，是因为有可能把自己的女儿嫁给一位公爵，并邀请几位殿下同自己一起打猎，而德·夏吕斯先生拥有这么多财产感到心满意足，则是因为他可以控制一个乃至好几个机构，其中经常有一些他喜欢与之厮混的男青年。为此他也许并不需要有恶习。他是这么多大贵族的继承人，他们是王族成员或公爵，圣西门告诉我们，他们不同任何"有称号的"人交往，而是把时间花在和仆人们打扑克上，并且把大笔大笔的钱送给仆人！

"在目前，"我对絮比安说，"这幢房子并非如此，它比疯人院还要疯，因为关在疯人院里的疯子发疯就像演戏那样，是真实的再现，是显而易见的事，而它简直是个魔窟。我过去像《一千零一夜》里的哈里发那样，认为可以及时赶到去救一个挨打的人，而我现在亲眼看到的，却是另一个《一千零一夜》的故事变为现实，在这个故事里，一个女人变成了一条母狗，就自愿叫别人打她，以便恢复原形。"絮比安听了我的话，显得非常局促不安，因为他知道我看到了男爵挨打的情景。他一时间默不作声，而我叫住了一辆路过的出租马车；然后，他突然灵机一动，他在恢复本相时所具有的这种机灵，常常使我感到惊讶，这时他就像在我们那幢房子的院子里碰到弗朗索瓦丝或我时那样，说出一番极为美妙的话来："您谈到《一千零一夜》中的许多故事，"他对我说，"但是，我知道其中的一个故事，这个故事同一本书的书名并非没有关系，那本书我好像是在男爵那儿看到的（他指的是拉斯金的《芝麻与百合》的一个译本，译本是我寄给德·夏吕斯先生的）。如果您什么时候有兴趣，譬如在某一天晚上，想要看的话，我不说有四十个，但有十来个小偷，您只要来这儿就行了；要想知道我是否在这儿，您只要看一下上面的窗子，我把自己的那扇小窗开着，里面点着灯，就说明我已经回来，可以进来了，这就是我的芝麻。我说的只是芝麻。因为关于百合，如果您想要的是百合，那就到别处去找。”他像海盗那样指挥着贵族顾客和一帮青年，所以有点不拘礼节，这时他相当放肆地对我行了礼，准备同我告别，只听到一声巨响，但炸弹爆炸前并没有发过警报，于是他建议我暂时和他留在一起。不久就开始了拦阻射击，射击是如此猛烈，使人感到德国飞机就在旁边，就在我们的头顶上。

片刻之间，街道变得一片漆黑。只是在有时，一架飞得相当低的敌机照亮了它想扔炸弹的那个点。我无法再找到自己的路。我想起了那一天，就是我去拉斯普利埃的时候，我碰上了一架飞机，如同遇到了一位使我的马匹直立起来的天神。我心里在想，要是现在碰上的话就会不一样，恶的天神就会把我杀死。我加快步伐，以便避开它，犹如被怒潮追逐的旅客，我在那些漆黑的广场中兜圈子，再也无法从里面走出来。最后，一片火光照亮了我的路，我终于找到了自己的路，然而炮声仍在不断地劈啪作响。但是，我的思想已经转向另一个物体。我在想絮比安的房子，它现在也许已化为灰烬，因为当我刚走出那幢房子时，一颗炸弹落在离我很近的地方，对于那幢房子，德·夏吕斯先生原可以预卜先知地写出《索多玛》，就像以同样的预卜先知，或者在火山爆发、已经酿成灾害的初期，庞培城那个不知名的居民所写的那样。但是，对于前来寻欢作乐的人们来说，警报和哥达式轰炸机又有什么关系？我们爱情的社会环境和自然环境，我们几乎不去想它。海上惊涛骇浪，船只在前后左右颠簸，被风刮得弯弯曲曲的水流从天上直泻而来，但我们最多对这一望无际的环境赋予片刻的注意，以便避开风浪给我们带来的不便，在这个环境中，我们和我们试图接近的肉体都显得微不足道。预告轰炸的警报声并没有使絮比安的那些常客感到不安，就像一座冰山的存在不会使他们感到不安一样。更有甚者，威胁肉体的危险反而使他们解除了长期来像疾病那样纠缠着他们的担心。然而，认为担心的大小同他们感到的危险的大小相符是错误的。人们可能会担心睡不着觉，但决不会担心一场认真的决斗、一只老鼠，也不会担心一头狮子。在几个小时之中，那些警察只会去关心居民生活这样的小事，所以没有使他们败坏名声的危险。好多人不仅恢复了放荡不羁的本性，而且受到街上突然出现的黑暗的诱惑。天火已经朝庞培城居民的身上纷纷落下，他们之中有几个钻到了像地下墓穴一样暗的地铁走廊里。他们确实知道里面还有别人。然而，作为一种新的环境而笼罩任何事物的黑暗，会产生一种对某些人来说无法抗拒的诱惑，其结果是取消了快感的第一阶段，使我们直接进入抚摸的领域，而在平时，人们要过一段时间才能进入这一领域。如果觊觎的对象确实是一个女人或一个男人，即使必要的前提是容易接近，又无须像在沙龙里那样进行没完没了的调情（至少在白天），在晚上（甚至是在一条灯光昏暗的街上）至少也有一个前奏，这时只有一双眼睛在寅吃卯粮，而被追求者对过路人的担心，使追求者只能用眼睛看用嘴巴说，而不能做其他事情。在黑暗中，这老一套的把戏全都可以废除，手、嘴唇和身体可以首先进入角色。如果对方不接受，就可以推托是黑暗的关系，以及因黑暗而引起的错误。如果对方接受，身体就会立即作出回答，不是往后退缩，而是向前靠拢，这就使我们对自己在沉默中进行交际的女人（或男人）产生一种看法，觉得她毫无偏见、充满恶习，不由得使幸福锦上添花，因为能吃到果子，又不需先用眼睛觊觎，也不需征得对方的同意，已经是一种幸福。但是，黑暗仍在持续；沉浸在这新的环境之中，絮比安的常客们感到自己经过了旅行，来观察一种自然现象，例如潮汐或是日食，他们来享受的不是准备就绪、固定不变的乐趣，而是在未知的事物中萍水相逢的乐趣，他们在火山爆发般的炸弹轰鸣声中，在庞培城般藏垢纳污场所的旁边，在地下墓穴的黑暗之中来举行秘密的仪式。

在同一个大厅里，许多不愿躲避的男子聚集在一起。他们互不相识，但可以看出，他们几乎全都属于有钱阶层和贵族阶层。每个人的外貌中都有某种令人厌恶的东西，想必是对有损名誉的欢乐采取的不抵抗主义。有一位身体庞大，脸上全是红斑，像个酒鬼。我得知他起初并不是酒鬼，只是叫一些青年来喝酒取乐。但是，他一想到自己会被应征入伍就感到害怕（虽说他看来已年过半百），由于他十分肥胖，他就开始不断地喝酒，竭力使自己的体重超过一百公斤，因为体重超过一百公斤者免服兵役。现在，这种心计已变成嗜好，不管人们在哪里同他分手，不管人们如何对他进行监视，人们总可以在一个酒店里再次见到他。但是，他一开始讲话，我就看出，他虽然智力平平，却具有很多知识，受过很多教育，是个很有教养的人。这时又进来一个人，此人是社交界人士，十分年轻，外表极为高雅。说实在的，在他的外表上还没有留下恶习的任何痕迹，但令人不安的是他的内心有恶习的痕迹。他身材十分高大，面孔讨人喜欢，他说话时显露的智慧，同他旁边的酒鬼完全不同，可以毫不夸张地说，这种智慧确实出色。但是，他每说一句话，都要显出一种表情，不过这种表情应该和一句与此不同的话对应。他虽然掌握人类脸部表情的全部宝库，却仿佛曾在另一个世界中生活，他用不该采用的次序来排列这些表情，他露出的微笑和目光仿佛是偶然采摘而来，和他听到的话毫无关系。我对他的看法是，如果他还活着，这当然是确定无疑的，他过去所受的折磨并不是长期的疾病，而是短期的吸毒。如果向所有这些人索取名片，人们也许会惊讶地发现，他们全都属于上流社会。但是，某种恶习，而且是最大的恶习，即缺乏意志，使他们无法抗拒任何恶习，就聚集在这儿，当然是在单独的房间里，有人对我说是在每天晚上，这样一来，虽然他们的名字为社交界女士们熟悉，这些女士却渐渐看不到他们的面孔，并且再也没有机会接待他们的来访。他们仍然接受邀请，但习惯使他们回到鱼龙混杂、藏污纳垢的场所。另外，他们并不隐瞒此事，相反，隐瞒此事的却是供他们寻欢作乐的小服务员、工人等等。除了人们能猜到的许多原因之外，这可以用下列原因来解释：对于工厂的雇员和仆人来说，到那儿去像被人认为是正派的女人到妓院里去一样；某些承认去过那儿的人，则否认自己后来又去过那里；絮比安本人也不说实话，以便保护他们的名誉，或者避免竞争，只见他肯定地说："哦！不，他不来我这儿，他不想来**这儿**。"对于社交界的先生来说，问题没有这么严重，更何况不去那儿的社交界青年们也不知道那是什么地方，所以不去关心我们的生活。而在一个航空公司里，如果某些装配工去过**那儿**，他们的同事就监视他们的行动，并且无论如何也不愿去**那儿**，原因是害怕被人发现。

我一面走近自己的住所，一面心里在想，意识停止和我们的习惯进行合作是如此之迅速，它让我们的习惯自由和发展，但不再去关心它们，从此之后我们会感到多么惊讶，如果我们只是从外部看到男人们的行动，并没想个人已全部投入到这些行动中去，这些人在道德上和智力上的才能可以不受约束地朝完全不同的方向发展。这当然是教育上的一种缺陷，或者说是缺乏任何教育，再加上他们惯常的赚钱方式即使不算最为轻松（因为许多工作更加舒服，但是譬如说病人，虽然他认为正在和他斗争的疾病往往只是微恙，但由于怪癖、忌口和服药，不正在为自己创造一种比疾病难受得多的生活），至少是尽量少花力气，这种方式使这些"年轻人"为了微薄的收入，可以说是无知地在干一些不给他们带来任何乐趣的事情，这种事在开始时甚至使他们感到十分厌恶。① 根据这点，人们原可以

---

① 絮比安的房子被描写成庞培城，使人回想起法国大革命的末期，所以这种描写非常符合同督政府时期十分相似的时期，这一时期即将开始。新的舞会已在到处组织，而且是通宵达旦地跳舞，仿佛和平已提前实现，但这些舞会仍在暗中进行，以便不过于公开地违反警察局的规定。除此之外，某些艺术观点的反德倾向没有战争初期那样强烈，这些观点得到了充分的发展，使被窒息的思想喘过气来，但是，必须具备公民爱国证书，才有胆量介绍这些观点。一位教授写了本关于席勒的出色论著，报上对此作了报道。但是，在谈论该书作者之前，先写他参加过马恩河战役、凡尔登战役，曾两次受到嘉奖，两个儿子又阵亡，仿佛是为了取得出版许可证。然后才赞扬他关于席勒的著作清晰、深邃，并说这本书可以被称为伟大的著作，只要在书中不说"这个伟大的德国人"，而说"这个伟大的德国佬"。这是文章的口令，于是就立即放行。——作者注

认为他们非常坏，但是他们不仅在战争中曾是出色的士兵、无与伦比的“勇士”，而且在平民生活中往往心地善良，即使不能说完全正派。他们对自己所过的生活道德还是不道德，早已失去了概念，因为他们周围的人过的就是这种生活。这样，当我们研究过去历史的某些阶段时，我们惊奇地发现一些个性善良的人肆无忌惮地参加大屠杀和献祭活人，对他们来说这也许是十分自然的事情。在两千年后阅读我们时代的历史的人，也许将会感到某些温柔和纯洁的心灵同样沉浸在一种生死攸关的环境之中，而这些心灵感到习以为常的环境，将会显得像魔鬼一样有害。另一方面，在我认识的人中，很少有人，我甚至可以说没有人，在智慧或敏感方面具有絮比安这样的天赋；因为构成他谈话的精神脉络的这种美妙“知识”，并非来自任何中学的教育，也不是来自任何大学的教育，他要是受到这些教育，就可以成为出类拔萃的人物，而社交界的许多青年却没有从这些教育中得到任何好处。这只是他天生的感觉、自然的见解，他不过是在空闲的时间里，在无人指导的情况下，偶然阅读少量书籍，却能说出如此正确的话来，他的话显示了语言的全部对称，展现了它们的美。然而，他干的职业虽然理所当然地被认为是最有利可图的行当之一，但也是最为低劣的行当。至于德·夏吕斯先生，他那贵族的自豪本应使他对“别人的闲话”有某种蔑视，某种自爱感和自尊感怎么不能迫使他的淫荡放弃某些看来只有完全痴呆才能得到原谅的满足呢？但在他身上，就像在絮比安身上那样，把道德和各种行为分开的习惯（另外，这也应该存在在许多职务之中，有时在法官的职务中，有时在政治家的职务中，以及其他许多职务之中）应该早就养成，因此习惯（从不向道德感征求意见）越来越加深，直至这赞同普罗米修斯让人用力量钉在纯物质的岩石上之日为止。

当然，我清楚地感到，这是德·夏吕斯先生疾病的一个新阶段，自从我发现他患病之后，根据我亲眼看到的各个阶段来看，他的病以越来越快的速度继续发展。现在，可怜的男爵离结局和死亡已不是十分遥远，即使并非像维尔迪兰夫人预言和希望的那样在死亡前受到监禁，在他这样的年龄，监禁也只会加速死亡。不过，也许我说得不对：纯物质的岩石。在这个纯物质中，可能还会浮现出一点精神。不管怎样，这个疯子清楚地知道，他是一种疯狂的猎物，他在这样的时刻仍在玩耍，因为他十分清楚，打他的人并不比在打仗的游戏中抽签抽到当"普鲁士人"的小男孩更加凶恶，在这种游戏中，大伙儿都带着真正的爱国主义热情和假装的愤怒之情朝小男孩冲去。一种疯狂的猎物，这种疯狂还是带有德·夏吕斯先生的一点个性。即使在这些反常的行为中，人性（正如它在我们的爱情和我们的旅行中所做的那样）仍用真实的要求来表露信仰的需要。我曾对弗朗索瓦丝谈到米兰——这座城市她也许永远不会去——的一所教堂或兰斯大教堂——即使是谈到阿拉斯[1]大教堂！——这些教堂她不会看到，因为它们已在不同程度上被摧毁。当我谈起这些教堂时，弗朗索瓦丝就羡慕有钱人能看到这样的珍宝，并带着一种思乡的忧愁说道："啊！这该有多美！"她住在巴黎这么多年，却从未有兴趣去看看巴黎圣母院。这是因为巴黎圣母院正是巴黎的组成部分，是弗朗索瓦丝的日常生活进行的城市的组成部分，因此在这个城市里，我们的老女仆很难——如果对建筑的研究没有在某些方面纠正我身上的贡布雷本能的话，我也很难——确定她梦想的客体。在我们喜爱的人们身上，存在着他们固有的某种梦想，这种梦想我们不能始终看出，却在继续追求。我相信贝戈特和斯万，就爱上了希尔贝特，我相信坏家伙希尔贝，就爱上了德·盖尔芒特夫人。而在我对阿尔贝蒂娜的最痛苦，最嫉妒，看来是最具个性的爱情中，又蕴藏着多么广阔的海洋！另外，正是由于人们所热衷的这种个性，对这些人的爱情已经有点反常的味道（肉体的疾病，至少是那些与神经系统关系较密切的疾病，难道不就是我们的器官和我们的关节染上的一些特殊爱好或特殊恐

① 法国北部加来海峡省省会，最初由高卢-罗马人建立。

惧？它们对某些气候产生一种无法解释和难以改变的恐惧，就像某些男人对戴单片眼镜的女人或对精通马术的女人的偏爱一样无法解释和难以改变。这种欲望，在每次看到一个精通马术的女人时都会被唤起，谁又能说它同哪一种持久的、无意识的梦想联系在一起？这种欲望是无意识的，又是神秘的，就像某一个城市对一个终生患哮喘病的人一样神秘，这个城市在外表上同其他城市相似，却能使他第一次自由地呼吸。

然而，反常行为就像爱情一样，其中病态的缺陷已将一切覆盖，已将一切感染。爱情甚至和最疯狂的反常行为也有相同之处。德·夏吕斯先生坚持要别人把他的手脚用牢固可靠的链条捆起来，要求戴上镣铐，据絮比安对我说，男爵还要一些残酷的刑具，这些刑具即使请水手帮忙也极难搞到——因为它们用于酷刑，而酷刑在惩戒最严的船上也已废除——这一切归根结蒂，是德·夏吕斯先生身上有着阳刚的全部梦想，这种梦想在必要时可用粗暴的行为加以证实，他内心还有一种我们看不到的彩色装饰，他用这种方式来发出彩色装饰的某些映像，有正义的十字，有封建的酷刑，都用他那中世纪的想象来加以装饰。每当他来到时，他就带着同样的感情对絮比安说："今晚至少不会有警报，因为我从这里看到自己被这种天火煅烧，就像索多姆的居民那样。"他装作害怕哥达式轰炸机，并不是因为他对这种飞机有丝毫的害怕，而是为了等警报一响，就能以此为借口冲到地下铁道的防空洞里，希望在里面得到在黑暗中摩肩接踵的某种乐趣，并带有中世纪的地道和 in pace① 的模糊梦想。总之，他被人用链子系住和挨打的欲望，以丑陋的形式表露出一种诗意的梦想，这种梦想同其他人去威尼斯或供养舞蹈女演员的欲望一样富有诗意。德·夏吕斯先生非常希望这种梦想能使自己产生真实的错觉，所以絮比安只得卖掉四十三号房间中的木床，并用一张更适合链条捆绑的铁床来代替。

---

① 拉丁文，意思是修道院中监禁终身禁锢者的地牢。

当我回到家里时，军号声终于响了。消防队员的声音受到一个男孩的议论。我看到弗朗索瓦丝正和管家一起从地窖里出来。她以为我已经死了。她对我说，圣卢来过，一面表示抱歉，一面想看看他上午来看我时是否把他的十字军功章掉在这儿。因为他刚发现自己的十字军功章丢了，而他第二天上午要回部队，所以想碰碰运气，看看是否在我这儿。他和弗朗索瓦丝到处都找遍了，但什么也没有找到。弗朗索瓦丝认为他可能是在来看我之前丢失的，因为据他说，她感到她可以发誓，她在看到他时他没有戴十字军功章。这点她弄错了。这就是证词和回忆的价值！不过，这并不十分重要。圣卢既受到军官们的器重，又受到士兵们的爱戴，所以这件事很容易得到解决。另外，我见他们谈论他时热情不高，就立即感到，圣卢给弗朗索瓦丝和管家留下的印象不大好。也许是因为管家的儿子和弗朗索瓦丝的侄子作了一切努力，以便远离火线去做没有危险的工作，而圣卢却成功地作出相反的努力，以便去冒生命的危险。但是，弗朗索瓦丝和管家根据自己的判断，却不能相信这点。他们相信的是，有钱人总是躲在安全的地方。另外，即使他们知道罗贝英勇的真实情况，也不会受到感动。他没有说"德国佬"，而是对他们赞扬德国人的勇敢，他也没有把我们从第一天起就没能打胜仗的原因归咎于叛国。然而，这正是他们希望听到的话，这正是他们所认为的勇敢的标志。因此，虽然他们在继续寻找十字军功章，我仍感到他们对谈论罗贝显得冷淡。我猜到这枚十字军功章遗忘在何处①，就让弗朗索瓦丝和管家去睡觉。但是，自从管家依靠战争而找到一种比驱逐修女和德雷福斯案件更为有效的折磨弗朗索瓦丝的方法以来，他从不急于离开她。那天晚上，以及我在去另一家疗养

---

① 但是，那天晚上圣卢之所以漫不经心到这种地步，只是因为他在等待，原因是他又渴望再次见到莫雷尔，就使用了他在军队里的一切关系，来打听莫雷尔在哪个部队，以便能去看望，但他至此只收到一些互相矛盾的答复。——作者注

院以前在巴黎逗留的几天里，每当我来到他们的身旁，我就听到管家对惊恐失色的弗朗索瓦丝说："当然喽，他们是不会着急的，他们在等待时机成熟，但到那一天，他们将拿下巴黎，而在那一天是不发慈悲的！"——"主啊，圣母马利亚！"弗朗索瓦丝大声说道，"他们征服了可怜的比利时还不满足。它可受苦了，这个比利时，在入浸①的时候。"——"这个比利时，弗朗索瓦丝，但相比之下，人们在比利时干的事算不了什么！"战争在老百姓谈话这个市场上抛出了大量术语，老百姓只是通过眼睛和阅读报纸来熟悉这些术语，因此不知道它们的发音。只见管家补充道："我不能理解，世界怎么会这样疯狂……您将会看到这点，弗朗索瓦丝，他们正在准备一个比其他所有的进攻规幕②更大的新的进攻。"我忍不住出来打抱不平，如果说不是因为可怜弗朗索瓦丝和顾及战略常识，至少是为了语法的缘故，我说应该说"规模"，但得到的结果只是在我每次进入厨房时让弗朗索瓦丝把这个可怕的句子再说一遍，因为管家一方面以吓唬自己的同伴为乐趣，另一方面几乎以同样的乐趣向主人表示，他虽说是贡布雷的老园丁和总管家，按照圣安德烈教堂的教规却依然是法国良民，他根据人权宣言有权不受任何约束说成"规幕"，也有权在一个不属于他服务范围的问题上不听从别人的指挥，因此，在这个问题上，自从大革命以来，任何人也不能对他说三道四，因为他和我一律平等。

因此，我忧郁地听到他和弗朗索瓦丝谈论一次大"规幕"的战役，他坚持要这样说是为了向我证明，这样发音并非是由于无知，而是出于一种深思熟虑的意愿。他用同样的令人困惑的"人们"，把政府和各种报纸混为一谈。他说："**人们**对我们说德国佬的损失，人们不对我们说我们的损失，看来我们的损失是他们的十倍。人们对我们说，他们已精疲力竭，他们已

① 原文为 envahition，是弗朗索瓦丝生造的词，应为 envahissement（入侵）。
② 原文为 enverjure，是管家的发音错误，应为 envergure（规模）。

没有吃的东西，依我看，他们吃的东西是我们的一百倍。总不该来哄骗我们。如果他们没有吃的东西，他们就不会这样打仗，那天我们不到二十岁的小伙子给他们杀了十万人。”他就这样不时夸大德国人的胜利，就像他过去夸大激进派的胜利那样；同时，他也叙述他们的残酷，让这些胜利使弗朗索瓦丝感到更加难受，弗朗索瓦丝则不断地说：“啊！天使的圣母！啊！天主之母马利亚！”有时，为了以另一种方式使她感到难受，他就说：“另外，我们也并不比他们好，我们正在希腊干的事并不比他们在比利时干过的事漂亮。您会看到，我们将会让所有的人来反对我们，我们将被迫同所有的国家打仗。”而实际情况恰恰相反。在捷报频传的日子里，他就进行报复，对弗朗索瓦丝肯定地说，战争将要持续三十五年，而在预料可能的和平时则说，和平的时间不会超过几个月，接下来还要打仗，相比之下，现在打的仗如同儿戏一般，而将来的仗打完之后，法国将荡然无存。

看来，协约国的胜利如果不是即将来临，至少是基本肯定，不幸的是必须承认，管家对此感到遗憾。由于他把“世界性”的战争同所有其他事物一样缩小为他同弗朗索瓦丝进行的秘密战争（尽管如此，他喜欢她，就像人们可以喜欢一个人，同时却在玩多米诺骨牌时让这个人输掉，高兴地把这个人弄得每天都勃然大怒），所以在他眼里，胜利的实现就像在第一种谈话时那样，在这种谈话中，他会痛苦地听到弗朗索瓦丝对他说：“总算结束了，他们给我们应该比七〇年我们给他们的要多。”另外他也一直认为，“这命中注定的日子是会来到的，因为一种无意识的爱国主义使他相信，就像所有和我患病以来一样成为同一种幻想的牺牲品的法国人那样，胜利——犹如我康复一样——在第二天就会实现。他抢先对弗朗索瓦丝宣布，这个胜利也许会来到，但他的心会因此而流血，因为革命会紧接而来，然后是外国入侵。啊！这场该死的战争，只有德国佬会很快恢复过来，弗朗索瓦丝，他们在战争中已经赚到几千亿法郎。但是，要他们吐给我们一个铜板，简直是开玩笑！这种事也许会登在报上，”他补充这点是出于谨慎，以防万一，“以便安慰老百姓，就像说战争将在第二天结束已说了三年一样。”弗朗索瓦丝过去相信的是那些乐天派而不是管家，她听了这些话感到更加不安，是因为她确实看到，她以为尽管有“入侵可怜的比利时”也会在两星期内结束的战争，却一直持续着，也不能取得进展，这种前线固定的现象，她不大理解其中的含义，再加上她那些不计其数的“教子”中的一个对她说，有人隐瞒了这样的事、那样的事，她在我们家挣到的钱全都给了那个教子。“所有这些都将由工人来承担。”管家总结道。“有人会把您的田拿去，弗朗索瓦丝。”——“啊！老天爷！”但是，他喜欢的不是这些遥远的不幸，而是更为临近的不幸，因此他贪婪地阅读各种报纸，希望能向弗朗索瓦丝宣布一个战败的消息。他等待坏消息就像等待复活节彩蛋一样，希望情况不妙得足以吓唬弗朗索瓦丝，但不足以使他自己确实感到难受。这样，齐柏林飞艇的空袭可以使他看到弗朗索瓦丝躲到地窖里去而欣喜若狂，因为他相信，在像巴黎那样大的城市里，炸弹不会恰巧落到我们的屋顶上。

另外，弗朗索瓦丝开始不时恢复她在贡布雷时的和平主义。她几乎怀疑“德国的残酷”。“战争开始时，人们对我们说，这些德国人是杀人犯、土匪、真正的强盗、德德德国鬼子……”（她说**德国鬼子**这个词时说了好几个**德**，是因为她觉得把德国人说成杀人犯还是可以接受的，但说成德国鬼子就骇人听闻，几乎难以置信。只是很难理解，既然这是在战争开始时，弗朗索瓦丝赋予“德国鬼子”这个词以何种神秘可怕的含义，而她说出这个词时又带有怀疑的神色。因为怀疑德国人是罪犯可能确实没有道理，但从逻辑的观点来看，这种怀疑并不包含着矛盾。但是，既然德国鬼子这个词在大众语言中的意思正是德国人，怎么能怀疑他们是德国鬼子呢？也许她只是用间接引语来复述她当时听到的过火的话，这些话特别强调了**德国鬼子**这个词。）“我相信了所有这些，”她说，“但我刚才在想，我们是不是和他们一样也是坏蛋。”这种亵渎神明的想法是管家阴险地给弗朗索瓦丝培养出来的，但看到自己的女伴对希腊国王康斯坦丁有某种偏爱，就不断对她说，在国王作出让步之前，我们一直不给国王吃东西。因此，国王逊位使弗朗索瓦丝十分激动，她甚至说："我们并不比他们好。要是我们在德国，我们也会做出同样的事。"

不过，在这几天中，我很少见到她，因为她常去表兄弟家。有一天，妈妈在对我谈起她的那些表兄弟时说："你要知道，他们比你还要有钱。"然而，人们已经看到，这种如此美好的事那个时代在全国是如此常见，如果有一个历史学家使这种事永远流传下来，那么它就会证明法国的伟大、它的伟大精神和它符合圣安德烈教堂的伟大，展现这种伟大的既有后方这么多幸免于死的老百姓，也有在马恩河战役中阵亡的士兵。弗朗索瓦丝的一个侄子在渡船贝里村①被打死，这个侄子也是弗朗索瓦丝那些百万富翁表兄弟的侄子，她的表兄弟过去是大咖啡馆的老板，发财后早已退隐。可这个没有财产的小咖啡馆的老板被打死，他在二十五岁时应征入伍，留下他年轻的妻子独自管理小咖啡馆，而他还以为过几个月就会回来的。他被打死了。于是，人们看到了下面的事。弗朗索瓦丝那些百万富翁表兄弟，同这个年轻的妇女，即他们侄子的寡妇，是毫不相干的，但他们离开了退隐已有十年的乡村，在咖啡馆重操旧业，却又不要赚一个子儿；每天上午六点，百万富翁的妻子，一位真正的夫人，穿得同"她的吧女"一模一样，准备帮助自己的侄媳妇和表弟媳妇。将近三年以来，她们就这样洗杯子、端饮料，从早上一直干到晚上九点半，连一天也不休息。在这本书中，没有一件事不是虚构的，没有一个人物是"真实的"，全是由我根据论证的需要而臆造的，但我应该在赞扬我的国家时说，只有弗朗索瓦丝那些为帮助无依无靠的侄媳妇而离开退隐地的百万富翁表兄弟，只有那些人才是实际存在的人。我确信他们的谦虚不会因此而受到损害，也因为他们决

① 1917 年 4 月 16 日，法军在该村附近首次使用坦克作战。

不会读到这本书，既然不能列举其他许多想必作出同样的事情并使法国得以幸存的人的姓名，我就怀着孩提般的喜悦和深深的激情，在此写出他们真实的姓：他们的姓是十分法国化的，叫作拉里维埃。曾经有过几个远离火线工作的卑鄙军人，就像我在絮比安那儿看到的那个穿无尾常礼服的蛮横青年，他们唯一关心的事是能否在十点半得到莱翁，“因为他在市里吃午饭”，如果有过这样的人，那么他们已被圣安德烈不可胜数的全体法国人赎救，已被我认为能同那些拉里维埃媲美的所有崇高的士兵赎救。

管家为了煽风点火，增加弗朗索瓦丝的不安，就把他找到的一些老掉牙的《大众读物》拿给她看，在这些刊物（是战前出的几期）的封面上画着“德国皇室”。“这就是我们明天的主子”，管家指着“威廉”对弗朗索瓦丝说。她睁大眼睛，然后指着威廉旁边的那个女人说：“这是女威廉！”

我离开巴黎的时间因一则消息而推迟，这消息使我感到悲伤，我因此在一段时间里无法启程。我获悉的是罗贝·德·圣卢的噩耗，他是在返回前线的第三天，在掩护他的士兵们撤退时被打死的。从未有人像他那样没有老百姓的那种仇恨（至于皇帝，他出于特殊的、也许是错误的原因认为，威廉二世与其说想发动战争，不如说想阻止战争的爆发）。他也不恨德语的特有表达方式：六天前，我听到他嘴里说出的最后几个词，是舒曼一个歌曲开头的几个词，他在我的楼梯上用德语对我哼着这些词，以致我因为邻居的缘故不让他哼。他因极其良好的教育而习惯于他的行为中清除任何赞扬、任何斥骂和任何空话，因此他在敌人面前，犹如在应征入伍时那样，没有说出本来可以保住他性命的话，而是在他人面前抹去自己，其象征是他的所有举止，乃至他关上我马车车门的举止，每当我走出他的家门，他就不戴帽子送我出来。好几天，我都关在房间里想念他。我想起他第一次来到巴尔贝克的情景，他当时身穿泛白的毛衣，暗绿色的眼睛如大海一样变动，他穿过大厅，大厅同玻璃朝向大海的大餐厅相连。我想起这个我当时感到与众不同的人，想起这个我曾十分希望结交的朋友。

这个希望的实现，超出了我所能想象的程度，但当时几乎没有使我产生任何乐趣，而到后来，我才了解到隐藏在这种优雅外表后面的所有大的优点以及其他的东西。所有这些，好的东西和坏的东西一样，他每天都毫不吝惜地献出，而最后一件东西是在进攻一条战壕时献出的，这是因为他慷慨，能用自己拥有的一切来为他人效劳，就像有一天晚上他奔向餐厅的长沙发，为的是不打扰我。总的来说我看到他的次数是那么少，又是在各式各样的地方，在各种不同的情况下，每次的间隔时间又是如此之长，如在巴尔贝克的那个大厅里，在里夫贝尔咖啡馆里，在骑兵营地和在东锡埃尔的军人晚餐时，在他打了一个记者耳光的剧院里以及在盖尔芒特亲王夫人的府邸，但这只会使我对他的生产生更加强烈、更加清晰的印象，对他的死感到更加清醒的悲伤，我们对爱得很深的人们也往往没有如此的印象和悲伤，这些人和我们一直有来往，所以我们在头脑中保存的他们的形象，只是无数差别难以察觉的形象的一种模糊的平均值，而我们已得到满足的友情，就不会像我们只是在并非由于他们和我们的缘故而没有进行到底的会见中见到过片刻的人们那样，对可能产生更加亲密的友情抱有幻想，得不到这种友情只是因为没有机遇。① 我那天看到他戴着单片眼镜在巴尔贝克的那个大厅里跑，在我的想象中他十分高傲，在那天之后没过几天，我在巴尔贝克海滩上第一次看到另一个栩栩如生的形象，这个形象现在也只是存在于回忆的状态之中，这就是阿尔贝蒂娜，她在这第一个晚上脚踩沙滩，对众人都漠不关心，她在海边犹如一只海鸥。我很快就爱上了她，为了每天都能和她一起外出，我从未去看过在巴尔贝克的圣卢。但是，我同他交往的历史，也为我有一段时间不再喜爱阿尔贝蒂娜提供了证明，我去东锡埃尔在罗贝身边住了一段时间，是因为我忧郁地看到我对

---

① 至于弗朗索瓦丝，她对德国人极其仇恨；这种仇恨只会因我们那些部长使她产生的仇恨而减弱。因此我不知道她更加希望兴登堡死还是克雷孟梭死。——作者注

德·盖尔芒特夫人的感情没有得到回报。他的一生和阿尔贝蒂娜的一生,这么晚才为我熟知,而且都是在巴尔贝克,又是这么快就结束了,这两种生活差一点交织在一起;是他,当他看到年华的灵巧梭子在初看起来最不受束缚的我们回忆的经纱之间编织着纬纱时,我反复在想,是他,在阿尔贝蒂娜离开我之后,被我派去见邦当夫人的。后来发现,他们两个人的生活都有一种我没有怀疑到的类似秘密。圣卢的秘密也许比阿尔贝蒂娜的秘密给我带来更多的悲伤,因为她的生活已同我毫不相干。但是,我无法消除痛苦的是,她的一生和圣卢的一生会如此短暂。她和他都因关心我而经常对我说:"您有病。"可现在他们死了,他们在战壕前和河流中的最后形象,与他们最初形象的间隔时间是如此短暂,所以我可以将这两种形象进行对照,而即使是阿尔贝蒂娜的最初形象,也只有在同海上日落的形象结合在一起时对我才有价值。

弗朗索瓦丝对他的死比对阿尔贝蒂娜的死更为同情。她立刻扮演起她那哭丧妇的角色,用哀号和悲痛欲绝的挽歌来悼念死者。她显示自己的悲伤,只有当我不由自主地露出悲伤的神色时,她才转过头去不哭,想装出没有看到我悲伤的样子。因为正如许多神经过敏的人那样,别人的神经过敏也许同她过于相像,就会使她恼火。她现在喜欢让人发现她最轻微的脖子酸痛,她头昏眼花,以及她给碰了一下。但是,如果我谈到自己的一个病痛,她就重又变得淡漠、严肃,装出没有听到的样子。"可怜的侯爵。"她说,虽然她不禁会想,他本来可以设法不上前线,即使在应征入伍之后,也可以设法避开危险。"可怜的夫人,"她想到德·马桑特夫人时说,"她知道自己的孩子死了,大概哭了!要是她能再见到他就好了,不过也许最好还是见不到,因为他的鼻子已经断成两截,他已面目全非。"弗朗索瓦丝的眼睛充满了泪水,但透过泪水可以看出这个农妇的残酷好奇心。也许弗朗索瓦丝是真心实意地同情德·马桑特夫人的痛苦,但她感到遗憾的是不知道这种痛苦以何种形式出现,也不能看到这种痛苦并为之伤心。由于她很想哭泣,很想让我看到她哭,她就练习着说:“真叫我感动!”在我身上,她也渴望地观察着悲伤的痕迹,这种渴望使我在谈论罗贝时装出几分冷漠。更确切地说也许是出于模仿心,同时也因为她曾听人说过这话——在政府机关和文艺社团中都有一些口头禅——她不断地说,并且多少带有一个穷人的满足:“他所有的财产没能使他不像别人一样死去,这些财产对他再也没有用了。”管家则乘机对弗朗索瓦丝说,这当然是件伤心事,但同政府竭力隐瞒的每天阵亡几百万士兵的事实相比,这就算不了什么了。但在这次,管家没能像他预期的那样增加弗朗索瓦丝的痛苦,因为她对他回答道:“确实,他们也是为法国而死的,但这些人是陌生人,认识的**入门**①总是更有意思。”在哭泣中得到乐趣的弗朗索瓦丝还补充道:“要是报上谈到侯爵的死,可得注意告诉我一声。”

在战争爆发前很久,罗贝常常悲伤地对我说:“哦!我的生命,咱们别谈它,它是个提前被判死刑的人。”他是否在暗示他在此之前瞒过众人但他自己了如指掌的恶习?他也许夸大了这种恶习的危险性,就像第一次做爱或在此以前独自寻找这种乐趣的孩子们,把自己想象成撒出花粉之后就会立刻死去的植物。对于圣卢和孩子们来说,这种夸大的原因,也许就像想到尚未熟悉的罪孽那样,是由于一种全新的感觉有一种几乎是可怕的,接着又逐渐减少的力量;或者说他在必要时用他那相当年轻就被夺去生命的父亲的死来加以证实,预感到自己的早夭?也许这种预感看来并不可能。然而,死亡显然服从于某些规律。例如,人们往往会说,父母去世得很晚或很早,他们的子女也几乎必然会在同样的年龄死去,父母带着忧郁和不治之症一直活到一百岁,他们的子女虽然生活幸福、身体健康,都在一个不可避免而又过早的日期,被一种病痛夺去生命,这种病痛来得非常及时又十分意外(不管它在体质中有何种深刻的根源),仿佛它只是

① 原文为genss,是弗朗索瓦丝的发音错误,应为gens(人们)。

使死亡变为现实的必要形式。难道不可以说，意外的死亡——就像圣卢之死，他的死同他性格有联系的原因也许更多，所以我认为不必一一列举——本身也已被预先记录下来？这种死亡只为神祇知晓，凡人是看不出来的，但通过一种一半是无意识，一半是有意识的悲伤显示出来（在后一种情况下，甚至完全真诚地向他人表达出来，人们通常用这种真诚来宣布他们在内心深处认为已经避开，但将确实发生的不幸），这种悲伤是带有悲伤而又不断在自身中像看到一个座右铭、一个致命的日期那样看到悲伤的人所特有的。

他在那最后的时刻想必十分美。在这一生之中，他即使是坐着，即使是在一个客厅里走路，也仿佛总是怀着冲锋的激情，并用微笑来掩盖他那三角形头脑中百折不回的毅力，最后他进行了冲锋。封建领主古堡的墙角塔，里面的书被搬走之后，又用来打仗。这位盖尔芒特死去时更像他自己，或者确切地说更像他家族的成员，他曾同这个家族融为一体，在这个家族中他只是一位盖尔芒特，就像在贡布雷的圣伊莱尔教堂中为他举行的葬礼中象征性地看到的那样，教堂里全都张挂着黑幔，而在闭合的花圈下，没有名字和爵位的开头字母，只有盖尔芒特的 G 以红色显现出来，因为他通过死又变为盖尔芒特。

这个葬礼并没有立即举行，但葬礼之前，我就写信给希尔贝特。我也许应该给盖尔芒特公爵夫人写封信，但我心里在想，她对罗贝之死会无动于衷，就像我看到她对其他许多看来同她的生活有着十分密切联系的人的死表现出无动于衷一样，我又想，她具有盖尔芒特家族的性格，也许甚至会竭力表明，她并不迷信血统关系。我当时过于难过，所以不能写信给所有的人。我过去认为，她和罗贝在相爱，即社交界人士所说的那种相爱，也就是说，他们相互倾诉他们当时感到的柔情蜜意。但是在远离她时，他就毫不犹豫地说她愚蠢，如果说她有时感到一种想见到他的自私乐趣的话，我却看到她无法使出最小的劲儿，无法稍微使用自己的一点影响来帮他一个忙，甚至使他免遭不幸。罗贝重返摩洛哥时，她不愿把他推荐给德·圣约瑟夫将军，她对他表现的这种恶意证明，她在他结婚时表示的效忠，只是一种不花她一点力气的报答。因此，我十分惊讶地获悉，由于罗贝被打死时她身体不适，人们认为不得不在好几天时间里，以最最虚假的理由作为借口，把那些可能使她获悉这一噩耗的报纸通通藏起来，以便使她不至于因此受到打击。但是，我更加惊讶的是，我获悉在人们最终只得向她说出真相之后，公爵夫人哭了一整天，又病倒了，并且花了很长时间——有一个多星期，这在她来说是很长的时间——才得以恢复。当我得知这种痛苦时，我被感动了。这种痛苦使所有的人都会说，我也会肯定地说，在他们之间曾有过深厚的友谊。但是，当我想起这种友谊包含着这么多恶言中伤，为朋友帮忙又如此缺乏诚意时，我心里就想，社交界的这种深厚友谊实在算不了什么。

此外，在不久之后，在一个历史上更为重要的情况下，不过这种情况并不能使我的心更受感动，德·盖尔芒特夫人的表现更能博得别人的好感。大家还记得，她在当姑娘时，曾对俄国皇室说过许多大胆放肆的话，在出嫁之后，也一直毫无拘束地同他们谈话，这种无拘无束，有时被人指责为不知轻重。在俄国革命之后，也许只有她一人对那些大公夫人和大公表现出无限的忠心。她在战争爆发前的那一年，曾使符拉季米尔大公夫人非常恼火，因为她总是把保罗大公平民出身的妻子霍亨费尔森伯爵夫人称为“保罗大公夫人”。尽管俄国革命没有真正爆发，我们在彼得堡的大使巴莱奥洛格先生（在外交界是“巴莱奥”，外交界和社交界一样，有着自以为风趣的缩略语），还是不断收到盖尔芒特公爵夫人发来的电报，因为公爵夫人想得到玛丽·帕夫洛芙娜女大公的消息。在很长时间里，这位公主不断得到的同情和尊敬的唯一表示，只是来自德·盖尔芒特夫人一人。

圣卢如果说不是因为他的死，至少是由于他去世前的几个星期里所做的事，引起的悲伤比公爵夫人的悲伤还要大。其实，在我看到他的那个晚上的第二天，即男爵对莫雷尔说“我是要报仇的”之后过了两天，圣卢为找到莫雷尔而进行的活动有了结果，就是说他活动的结果是莫雷尔应该服役的那个部队的将军得知莫雷尔是逃兵，就派人寻找并逮捕了莫雷尔，将军为了对圣卢感兴趣的人即将受到的处罚向圣卢表示歉意，就写信给圣卢以便把这件事告诉他。莫雷尔相信他被捕的原因是德·夏吕斯先生怀恨在心。他想起了“我是要报仇的”这句话，认为这就是报仇，就表示希望揭出真相。他说：“我是开了小差。但我走上了邪路，这难道全是我的错？”他叙述了有关德·夏吕斯先生以及和他同样闹翻的德·阿尔让古尔先生的一些故事，老实说这些故事和他并没有直接的关系，但是这两人是通过情人和性欲倒错者的双重媒介对他叙说的，这就使德·夏吕斯先生和德·阿尔让古尔先生都被逮捕。这一逮捕给他们俩带来的痛苦，也许要小于他们各自得知对方是自己的情敌这个一直不知道的事实时的痛苦，预审结果表明，他们有大量默默无闻、平平常常和街上找来的情人。不过他们很快就被释放。莫雷尔也是如此，因为将军写给圣卢的信退了回来，上面批了“已去世，死于战场”。将军想为死者做些事，就只是把莫雷尔送到前线，莫雷尔在那里表现勇敢，逃脱了所有的危险，战争结束后戴着十字军功章回来，为了这枚十字军功章，德·夏吕斯先生以前曾徒劳地为他求情，圣卢则间接地为此付出了生命。从此之后，当我回想起那枚丢失在絮比安那儿的十字军功章时，我经常在想，要是圣卢还活着，他一定会轻而易举地在战后举行的选举中被选为议员。战争留下了愚蠢的泡沫和荣誉的光辉，如果消除几个世纪的偏见，在战争中失去一个手指的人可以通过出色的婚姻进入一个贵族家庭。如果十字军功章是在参谋部的处室里获得的，就足以使人通过胜利的选举进入众议院，甚至法兰西学院。圣卢由于有“神圣的”家族，他的当选就会使阿蒂尔·梅耶先生的眼泪和墨水如泉水一般涌出。但是，也许他对人民的爱过于真挚，不会去夺取人民的选票，而人民也一定会因贵族居住区的利益而原谅他的民主思想。当然，那些英雄是会理解他的，几位罕见的商人也是如此。但是，由于国民联盟的幼稚轻信，政界的那些老混蛋也被找了回来，并且总是再次当选。那些未能进入飞行员议院的老混蛋，至少得进入法兰西学院，就哀求元帅们、共和国总统、众议院议长等人的选票。那些老混蛋是不会赞成圣卢的，但他们赞成絮比安的另一位常客，即自由行动党的众议员，此人在无竞争对手的情况下再次当选。虽然战争早已结束，他却仍然穿着本土保卫军军官的军装。对他的当选表示高兴的有一致提他的名的所有报纸，有贵族夫人和富裕的女士，她们只穿破旧的衣服是出于礼节和害怕捐税，而交易所人士则不断购买钻石，这并不是为了他们的妻子，而是因为他们失去了对任何人民的信任，就把这种摸得着的财产当作自己的避难所，这样就使戴比尔斯股票上涨了一千法郎。这么多的蠢事使人感到有点不快，但人们对国民联盟的抱怨反而减少，因为人们突然看到了布尔什维主义的牺牲品，一些大公夫人衣衫褴褛，她们的丈夫被杀死在两轮车里，她们的儿子没有吃的，还要挨别人扔来的石块，他们在嘲骂声中被迫劳动，被人扔到井里，因为人们认为他们染上了鼠疫，会传染给别人。那些得以逃脱的人突然重新露面……

我新住进的那家疗养院给我治病的疗效，并不比第一家疗养院好，过了许多年之后我才离开这家疗养院。我在乘火车回巴黎的途中，想到自己没有文学才能，我过去在盖尔芒特那边曾以为发现自己有这种才能，但我在天黑前好多时间，在回当松维尔吃晚饭之前，每天同希尔贝特一起散步时，更加伤心地认识到没有文学才能，在离开这块领地的前夕，我在阅读龚古尔兄弟的几页日记时，几乎把这种想法同虚荣心和文学的欺骗性等同起来，这种想法也许不大痛苦，但更为忧郁，如果我赋予它的客体不是我自身的病弱，而是我曾相信的理想并不存在，这种想法已有很久没有在我的脑中再现，现在却重又使我激动，而且带有一种从未有过的悲哀的力量。我记得那是在火车停在乡下的时候。阳光一直照到铁道沿线一排树木的树干一半的地方。我想：“树木，你们已无话可对我说，我心灰意懒再也不会听到你们说话。但是，我在这里是在大自然之中，那么，我的眼睛是冷漠而又无聊地看到你们发亮的前额和你们阴暗的躯干之间的分界线。如果说我曾以为自己是诗人，那么我现在知道自己不是诗人。在我的生命即将开始但已枯竭的新的部分之中，人们也许会赋予我大自然不再给予我的启示。然而，我也许能对大自然进行讴歌的那些年代已经一去不复返了。”但是，我虽然用可能对人进行的观察取代不可能得到的启示这点来安慰自己，却知道自己寻求的是给自己一种安慰，而我自己也知道这种安慰毫无价值。如果我真的有艺术家的灵魂，在这排被落日照亮的树木面前，在边坡上几乎一直长到车厢踏板高度的那些小花面前，我将会感到何种乐趣？我可以数出这些小花的花瓣数，但我不想描绘它们的颜色，而许多文章写得好的人却会这样去做，因为人们是否能指望把读者没有感觉到的乐趣转达给读者呢？不久之后，我又以同样的冷漠看到一幢房子的窗户上有金色和橙色的玻璃；最后，由于时间已晚，我看到另一幢房子仿佛是用一种相当奇特的玫瑰红材料建造的。但是，我作出这些不同的发现都极其冷漠，就像在一个花园里同一位女士一起散步时我看到一个玻璃片，在稍远处又看到一个同大理石相仿的一种物质构成的物体，它那不同寻常的颜色决不会使我摆脱最为无精打采的烦恼，但是出于对这位女士的礼貌，为了说些话，也为了表示我已发现这种颜色，我就在路过时指了指那片有色玻璃和那块仿大理石的毛粉饰。同样，为了问心无愧，我对自己就像对某个可能会陪伴我并从中得到比我更多的乐趣的人那样，指出了玻璃窗上火一般的反光和房子被抹上透明的玫瑰红色。但是，通过我而发现这些奇特景象的同伴，生性也许不像许多看到这种景象会欣喜若狂的心情愉快的人们那样热情，因为他看到这些颜色时没有任何喜悦。

我长期不在巴黎，但由于我的名字留在老朋友们的名单上，所以他们仍然忠心耿耿地给我寄来请帖，我回来时看到这些请帖，其中一份是拉贝玛为女儿和女婿举办的茶点，另一份是第二天在盖尔芒特亲王府举行的下午聚会。我在火车上进行的悲伤的思考，并不是促使我去参加聚会的微不足道的原因之一。我心里想，放弃社交界人士的生活确实没有必要，因为长期以来我每天都希望在第二天开始的这件了不起的“工作”，我不适合去做，或者说不再适合去做，也许这个工作不符合任何现实。老实说，这个理由完全是消极的，只是使那些可能使我不去参加这个社交界音乐会的理由失去价值。但是，促使我去参加聚会的原因是盖尔芒特这个姓，在相当长的时期以来，它一直在我的脑海之外，所以当我在请帖上看到它时，它对我来说重新具有我在贡布雷时发现的魅力和意义，当时我在回家途中路过鸟街，从外面看到像一个深颜色的漆器那样画有坏家伙希尔贝即盖尔芒特老爷的彩绘玻璃窗。一时间，盖尔芒特家族的成员又使我感到和社交界人士完全不同，和他们无法比拟，和任何活着的人都无法比拟，即使是君主也是如此；这些人出自我度过童年的阴郁城市贡布雷中带酸味的流通空气，出自人们在城市小街的彩绘玻璃窗上看到的过去。我想要前往盖尔芒特府邸，仿佛这应该使我接近我的童年和我在其中看到童年的记忆深处。于是我继续重读请帖，直至那些组成这个如此熟悉、如此神秘的姓的字母起来造反，并同贡布雷这个名称一样，重新取得自己的独立性，在我疲倦的眼睛前显现时犹如一个我不知道的名称。①

我乘上一辆车，以便前往盖尔芒特亲王府，亲王住的已不是过去的府邸，而是他在布洛尼街建造的一座豪华府邸。社交界人士的一个错误，就

① 妈妈正好去萨士拉夫人家吃茶点，她事先就知道这个聚会十分乏味，所以我就可以毫无顾忌地前往盖尔芒特亲王夫人的府邸。——作者注

是不懂得他们要我们相信他们，首先得相信自己，至少得尊重我们信仰的基本要素。在我相信——即使我知道事实恰恰相反——盖尔芒特家族根据继承权住在某个宫殿里的时候，进入巫师或仙女的宫殿，让那些不念咒语无法打开的大门在我面前打开，对我来说仿佛和获准同巫师或仙女谈话一样困难。对我来说，没有什么事比别人使我相信更加容易，如相信前一天雇来的或由博代尔及夏博食品杂货店提供的老仆人是在大革命前早就服侍这个家族的那些仆人的儿子、孙子或后代，所以我怀着无限的诚意把上一个月在小贝内姆那儿买来的肖像画称之为祖先们的肖像画。但是，魅力不能转让，回忆不能分割，现在盖尔芒特亲王搬到布洛尼街居住，就自己打破了我信仰的幻想，所以亲王已变得无关紧要。当仆人通报了我的姓名之后我担心会塌下来的天花板，下面本应还会对我呈现出许多昔日的魅力和敬畏，现在却庇护着我不感兴趣的一个美国女人的夜晚。当然，事物本身并无能力，既然这种能力是我们赋予它们的，某个年轻的资产阶级出身的中学生此刻站在布洛尼街的这座公馆前面，想必会有我过去在盖尔芒特亲王旧公馆前面时那样的感觉。这是因为他还处于信仰的年龄，而我已超过这个年龄，所以我失去了这种特权，犹如过了少年时代就失去了儿童把吸入的牛奶离解成易消化的成分的能力，因此成年人为了谨慎起见，只吃少量的牛奶，而儿童却可以一口气吸入无限量的牛奶。盖尔芒特亲王府易地对我来说至少有这个好处：来接我送我去的车，即我在里面产生这些想法的车，必须穿过那些通往香榭丽舍大街的街道。当时，这些街的路面很差。但我一进入这些街道，我还是因一种特别温柔的感觉而摆脱自己的想法，产生这种感觉，一般是在车突然开得不费力、缓慢和没有声音的时候，犹如花园的栅栏门打开之后，人们走到铺满细沙或枯叶的小径上面；事实上并非如此，但我突然感到外面的障碍都已消失，因为对我来说再也没有适应或注意的努力，就是我们在不知不觉之中在新事实面前所做的努力：我这时经过的街道，就是我过去和弗朗索瓦丝一起去香榭丽舍大街时走过的街道，这些街道早已被我遗忘。地面本能地知道应该通向何处，它的阻力也就被克服。我就像一个在此之前一直在地面费力地滑行的飞行员突然“起飞”，慢慢地上升到回忆的宁静高空。在巴黎，这些街道将永远用一种和其他街道不同的材料清楚地展现在我的心中。我来到王家街的街角，这里过去有个露天商贩在卖弗朗索瓦丝喜欢的照片；这时，我感到车被几百个古代的活动攻城塔拉着，只能在原地转动。我穿过的不是和那天在外面散步的人们一样的街道，而是一个平滑、悲伤和温柔的过去。另外，这个过去又由如此多不同的过去组成，我由于伤感难以看清，这种伤感是因为迎着希尔贝特来的方向走去，又怕她不来，是因为走近某一幢房子，在那里我曾听说阿尔贝蒂娜已和安德烈一起走了，还是因为一条道路仿佛具有哲理空虚的含义，这条路人们已去过一千次，并怀着一种不会再维持下去，也没有得到结果的热情，就像我曾在午饭后走过的那条路，我当时如此匆忙、如此兴奋地奔跑，是为了去看糨糊未干的《淮德拉》和《戴风帽的黑色长袍》[①]的海报。来到香榭丽舍大街之后，由于我对盖尔芒特府举行的音乐会不大想从头听到尾，所以我就让车停了下来，我正准备下车走几步，却惊奇地看到有一辆车也正在停下来。一个男人两眼发呆，驼背，说他在车里坐着倒不如说是放在里面，他为了立直身子所做的努力，就像人们要孩子听话时孩子所做的努力一样。但是，他的草帽下露出完全发白、难以制服的竖起的头发；他下巴上长出的白胡子就像雪在公园河里的雕像上增添的胡子。只见絮比安在他身边忙个不停，而此人就是德·夏吕斯先生，他中风之后正在康复，但我不知道他得过中风（我只是听说他眼睛瞎了，然而这只是暂时的视觉障碍，因为他现在又能看得十分清楚），除非他在此之前染发，除非有人禁止

① 《戴风帽的黑色长袍》（1837）是法国作曲家埃斯普里·奥贝（1782—1871）的三幕喜歌剧，也是他最成功的歌剧之一。

他继续热衷染发，这中风犹如产生一种化学沉淀，使得现在由纯银构成的一绺绺头发和胡子，如同一个个间歇热喷泉那样，射出业已饱和的金属，并使所有这些金属变得显而易见、光彩夺目，而且还强行把莎士比亚戏剧中李尔王的威严，赋予这位失势的老亲王。眼睛并未处于头部的这种全局性的动乱和冶金质变之外，但由于一种反向的现象，它们已失去全部的光彩。但是，最令人激动的是，人们感到这种失去的光彩是精神上的自豪，正因为如此，德·夏吕斯先生的物质生活乃至精神生活能在贵族的自豪感消失后继续存在，人们在一时间曾认为这种自豪感和他的物质生活及精神生活融为一体。这时，德·圣德费尔特夫人乘四轮敞篷马车经过，她可能也是去盖尔芒特亲王府，男爵曾认为这位夫人对他来说不够漂亮。絮比安像照顾小孩一样照顾他，这时在他耳边低声说这是个熟人，是德·圣德费尔特夫人。德·夏吕斯先生像一个希望显示自己能完成对他来说还是困难的所有动作的病人那样，立即极其艰难但又十分认真地脱帽鞠躬，向德·圣德费尔特夫人致意，其尊敬的程度就像她是法国王后一般。在德·夏吕斯先生作这种致意的艰难之中，也许在他看来包含着作出此事的原因，他知道自己这种行为更能感动别人，因为这种对病人来说痛苦的行为可以两面讨好，行为的发出者令人赞叹，行为的接受者感到高兴，可见病人们对礼节的夸张如同国王们一样。在男爵的动作中也许还有那种因脊髓和大脑的障碍而引起的运动失调，所以他的动作超越了他的意图。对我来说，我从中看到的不如说是一种近于肉体的温柔，一种对生活现实的超脱，这种温柔和超脱在那些已经在死亡的阴影下徘徊过的人身上出现是非常激动人心的。头发中银矿的裸露所显示的变化，没有社交界无意识的谦卑那样深刻，这种谦卑颠倒了一切社会关系，在德·圣德费尔特夫人面前，也会在最卑贱的美国女人（她最终也会使用男爵的那种礼节，即她在此以前无法使用的礼节）面前，使看起来最为豪放的故作风雅变得谦卑，男爵一直在生活，一直在思考，所以他的智力未受影响。男爵对德·圣德费尔特夫人殷勤而又谦卑的致意，要比索福克勒斯的某个合唱队可能对奥狄浦斯被压抑的骄傲所作的评论，要比死亡本身和对死亡的任何悼词，更能说明对世上荣华富贵的喜爱和人类的一切骄傲是何等脆弱和无法持久。德·夏吕斯先生在此之前不会同意和德·圣德费尔特夫人共进晚餐，现在却对她一鞠到底[①]。接受德·夏吕斯先生的敬意，对她来说全是故作风雅，就像男爵过去拒绝向她表示敬意也全是故作风雅一样。然而，德·夏吕斯先生得以使德·圣德费尔特夫人这位对他来说重要的人物相信的这种无法理解而又珍贵的本性，却被他用竭力装出的羞怯和他脱帽时提心吊胆的热情一下子化为乌有，而在他出于恭敬并以博叙埃[②]般的说服力不戴帽子的全部时间里，他银发的洪流从帽子底下涌现出来。当絮比安扶着男爵下了车，我对男爵行过礼之后，他对我说话的速度很快，声音又是那么细微，以致我听不清他对我说的话，当我第三次请他重复时，他不由得做出不耐烦的手势，但使我感到惊讶的是，他的脸在开始时毫无表情，这也许是因为他还有一点瘫痪的症状。但是，当我终于习惯这种喃喃而语的最低音时，我发现这位病人完整无损地保存着自己的智力。另外，至少存在着两个德·夏吕斯先生。在这两个人之中，理智的那位一直在抱怨他会得失语症，他老是把一个词、一个字母当作另一个词或字母说出来。但是，当他确实这样做时，另一个潜意识的德·夏吕斯先生立即出现，这位先生非常想使我羡慕，就像第一位非常想使人怜悯一样，并有着第一位不屑一顾的殷勤。这时，这位先生犹如一个乐师们不

① 他这样鞠躬也许是因为不知道他鞠躬的人的身份（社会法典的条文就像记忆的其他任何部分一样会因发病而消失），也许是因为动作失调，这种失调用表面的谦卑来表达他对这位路过的女士的身份的疑虑，没有表面的谦卑，这种疑虑就会变得高傲。他对她鞠躬，犹如被母亲叫来害羞地向大人们问好的孩子们那样彬彬有礼。而他现在所变的，是一个失去了孩子们自豪感的孩子。——作者注

② 博叙埃（1627—1704），法国天主教教士、演说家，支持法王路易十四，鼓吹绝对君权论。

知所措的乐队中的指挥，马上停止说出已开始的句子，并极为巧妙地把接下来的话和已经说出的词连接在一起，这个已经说出的词实际上是当作另一个词来说的，但现在却像是他有意选择的一样。甚至他的记忆也完整无损，因此他还要献献殷勤，但并非没有显出最为专心致志时的疲劳，他的殷勤就是回忆过去的某一件事，这件事并不重要，但同我有关，并会向我表明，他保存着或已恢复头脑的完全清醒。他的脑袋和眼睛保持不动，也不用改变音调来改变自己的语速，他对我说出这样的话，例如："这是一根柱子，上面贴了一张广告，同我第一次看到您时您在看的那张广告相似，那是在阿弗朗什，不，我弄错了，是在巴尔贝克。"而这确实是一张介绍同一种产品的广告。

在开始时我几乎听不清他说的话，就像人们在一个窗帘全部拉上的房间里开始时看不清楚东西一样。但是，如同在昏暗中的眼睛一样，我的耳朵很快习惯于这种最低音。我也认为，男爵说话时声音逐渐提高，也许他声音低的部分原因是神经性的惧怕，这种惧怕在他被第三者分心而不再想到它时就会消失，也许恰恰相反，他声音低符合他的实际情况，而他在谈话时说话暂时有力，是由于一种假装的、短暂的乃至致命的兴奋，这种兴奋会使外人说："他已经好点了，不该让他去想自己的病。"但他那会立刻复发的病也可能反而会更加严重。不管怎样，男爵在此刻（甚至考虑到让我适应）抛出的话语更加有力，犹如潮汐在天气恶劣的日子抛出弯弯的小浪花。他最近中风发作的后遗症，使人在他话语的深处听到一种卵石的声音。另外，他继续对我谈论过去，也许是为了向我清楚地表明他没有失去记忆，他回忆过去是以举行葬礼的方式，但没有悲伤。他不断列举他家族中或他阶层中所有那些已经去世的人，看来他与其说因他们不在人世而感到悲伤，不如说对自己比他们活得长久感到满意。他在回忆他们的去世时看来更加意识到自己在恢复健康。他以一种几乎是凯旋而归的冷酷无情，用微微结巴，带有坟墓般沉闷回声的千篇一律的声音重复道："汉尼拔·德·布雷奥代，死了！安托万·德·穆西，死了！夏尔·斯万，死了！阿达尔贝·德·蒙莫朗西，死了！博宗·德·塔列朗，死了！索斯泰纳·德·杜多维尔，死了！"每一次，"死了"这个词落到这些死人身上，犹如想把他们在坟墓里埋得更深的掘墓人扔出的一铲更加沉重的泥土。

莱杜维尔公爵夫人不去参加盖尔芒特亲王夫人府的聚会，因为她久病初愈。这时，她步行从我们身边经过，看到了男爵，但不知道他最近发过中风，就停下脚步向他问好。但是，她不久前患过的病，并不能使她更加理解他人的疾病，却使她对他人的疾病更不耐烦，而且产生一种神经质的恶劣情绪，这种情绪里也许带有许多怜悯。她听到男爵有几个词的发音困难、错误，手臂活动吃力，就把目光依次投向絮比安和我，仿佛要我们对一个如此令人不快的现象作出解释。由于我们什么也没有对她说，她就对德·夏吕斯先生投射出长久的目光，这目光充满悲伤，但也充满责备。她的样子像是对他表示不满，责备他同她一起在外面的姿态和平时如此不同，就像他外出时不戴领带或不穿皮鞋那样。听到男爵又有个发音错误，公爵夫人的痛苦和愤怒就同时增大，她对男爵说"巴拉麦德！"带有询问和恼怒的声调，就像那些过于神经质的人连等上一分钟也受不了那样，要是你让他们立刻进去，并抱歉地说刚梳洗完毕，他们就会挖苦地对你说："那么，是我打扰了您！"这不是为了自责，而是为了责怪你，仿佛被打扰的人犯了罪一样。最后，她带着一种越来越伤心的神情离开了我们，并对男爵说："您最好还是回家。"

他要求在一把扶手椅上坐下来休息，絮比安和我则一起走几步路，只见他吃力地从口袋里掏出一本书，我感到这是本作祷告的书。我从絮比安那儿得知男爵健康状况的许多细节，并不感到厌烦。"我很高兴同您谈话，先生，"絮比安对我说，"但我们只能走到圆形广场。谢天谢地，现在男爵身体好了，但我不敢让他一个人待得很久，他还是那样，他心肠太好了，会把自己所有的东西都送给别人；另外还不止这点，他还像年轻人那样好色，我只好处处留心。——特别是因为他视力已经恢复。”我回答道：“我听说他丧失了视力，感到非常难过。”——“他确实曾风瘫到这种地步，他当时完全看不见了。您想想，在治疗期间，他的视力有好几个月就像先天性盲人一样，不过治疗对他很有好处。”——“这样您至少不必一直留心他了？”——“完全不是这样，他刚到一个旅馆，就问我某个服务员怎样。我对他说都长得难看。但他清楚地感到不会到处都一样，感到我有时会撒谎。您瞧，这个小顽童！另外，他有一种嗅觉，也许是根据说话的声音，我可不知道。于是，他作好安排，派我去进行急需的采购。有一天——请您原谅我对您说这事，但您既然偶然来到下流的殿堂，我就什么也不必向您隐瞒（另外，他展示自己掌握的秘密，总是有一种相当不讨人喜欢的满意感）——我进行了这种急需的采购之后回来，因为我知道这是故意安排的，所以很快就回来了，当我走近男爵的房间时，我听到一个声音在说：‘什么？’——‘怎么，’男爵回答说，‘这难道是第一次？’我没敲门就走了进去，我真害怕极了！因为说话的声音确实比这种年龄的人通常的说话声音要响，所以男爵弄错了（当时男爵完全瞎了），他过去喜欢成年人，现在却和一个不到十岁的男孩在一起。”

有人对我说，在那个时候，他几乎每天都要发抑郁症，其特点不是真正的胡言乱语，而是在一些第三者面前大声地吐露真情，他此刻忘记了他们在场或他们的严厉，他吐露的又是自己平时隐瞒的看法，如他的亲德。在战争结束后，他长期埋怨德国人的失败，因为他把自己看作德国人的一员，并自豪地说：“然而，我们不进行报复是不可能的，因为我们已经证明，最能吃苦耐劳的是我们，组织得最好的也是我们。”或者他吐露真情带有另一种基调，他就狂怒地大声说道：“X 勋爵或某某亲王别来重复他们昨天说过的话，因为我竭力克制自己，不会对他们回答道：‘你们十分清楚，你们的处境至少不比我好。’”这里无须补充，当德·夏吕斯先生在人们所说的思想不大集中的时刻，吐露出亲德言论或其他真情时，在场的熟人，不管是絮比安还是盖尔芒特公爵夫人，通常都会打断那些轻率的话语，并在那些比较疏远、口风又不紧的第三者面前，对这些话作出牵强而又体面的解释。“啊，天哪！”絮比安大声说道，“我不想让我们分开很有道理，你看，他已经设法和一个当园丁的小伙子谈上了。再见，先生，我最好还是离开您，一刻也不让我的病人独自待在那儿，他现在可是个大孩子。”

我在离盖尔芒特亲王夫人府不远的地方又下了车，再次开始想起前一天我在以法国最美的农村之一著称的地方，试图把树木上明暗之间的分界线记录下来的那种厌倦和烦恼。当然，我从中得出的有关智力的结论今天并没有使我感到同样的痛苦。这些结论依然不变，但是，每当我不得不改变自己的习惯，在另一个时间外出，到一个新的地方，我就会感到一种强烈的乐趣。我今天感到，这种乐趣纯粹是一种无聊的乐趣，即去德·盖尔芒特夫人宅邸参加下午聚会的乐趣。但是，既然我现在知道自己只能得到无聊的乐趣，又何必把它们拒之门外呢？我心里又想，我在试图作出这种描写时，对虽不是有才能的唯一标准，却是有才能的首要标准的热情，丝毫也没有感觉到。我现在试图从我的记忆中取出其他的“快镜照片”，特别是它在威尼斯摄取的快镜照片，但只是这个词把它变得像摄影展览会那样乏味；我现在要描写我过去看到的东西，我昨天也以细腻而忧郁的目光观察事物，并想在当时就把它们描绘出来，但我感到我的鉴赏力和才能同昨天相比并没有增长。片刻之后，我好久没有看到过的许多朋友也许会要求我不再这样离群索居，和他们一起消磨时光。我没有任何理由拒绝他们的要求，因为我现在有证据表明，我不再有任何用处，文学也不能再给我带来任何乐趣，这也许是我的过错，因为我才能太少，也许是它的过错，如果它带有的实在性确实比我过去认为的要少的话。

我想到贝戈特曾对我说：“您有病，但人们不必可怜您，因为您有灵魂的乐趣。”他对我的看法是多么错误！在这种不出成果的清醒之中，乐趣又是如此之少！我甚至要补充说，如果说我有时有一些（并非是智力的）乐趣，我总是为一个不同的女人来耗费它们；因此如果命运让我多活一百年，而且不带残疾，它也只是在一个纵向的生命中增添连续延长的部分，而人们甚至看不出再延长这种生命有何意义，更何况还要延长其存在的时间。至于"智力的乐趣"，我是否能这样来称呼我敏锐的目光或我正确的推理毫无任何乐趣地得到的，仍然是不出成果的那些冷漠的观察呢？

然而有时，恰恰就在我们感到山穷水尽的时候，一线生机豁然出现；我们敲遍一扇扇并不通往任何地方的门扉，唯一可以进身的那扇门，找上一百年都可能徒劳无功，却被我们于无意间撞上，打开了。我怀着刚才说的绵绵愁思，走进盖尔芒特公馆的大院，由于我心不在焉，竟没有看到迎面驶来的车辆，电车司机一声吼叫，我刚来得及急急让过一边，我连连后退，以致止不住撞到那些凿得粗糙不平的铺路石板上，石板后面是一个车库。然而，就在我恢复平静的时候，我的脚踩在一块比前面那块略低的铺路石板上，我沮丧的心情溘然而逝，在那种至福的感觉前烟消云散，就像在我生命的各个不同阶段，当我乘着车环绕着巴尔贝克兜风，看到那些我以为认出了的树木、看到马丹维尔的幢幢钟楼的时候，当我尝到浸泡在茶汤里的小马德莱娜点心的滋味，以及出现我提到过的其他许许多多感觉，仿佛凡德伊在最近的作品中加以综合的许多感觉的时候我所感受到的那种至福。如同我在品尝马德莱娜点心的时候那样，对命运的惴惴不安，心头的疑云统统被驱散了。刚才还在纠缠不清的关于我在文学上究竟有多少天分的问题，甚至关于文学的实在性问题全都神奇地撤走了。我还没有进行任何新的推理，找到点滴具有决定意义的论据，刚才还不可解决的难题已全然失去了它们的重要性。可是，这一回，我下定决心，绝不不求甚解，像那天品味茶泡马德莱娜点心时那样甘于不知其所以然。我刚感受到的至福实际上正是那次我吃马德莱娜点心时的感觉，那时我没有当即寻根刨底。纯属物质的不同之处存在于它们所唤起的形象之中。一片深邃的苍穹使我眼花缭乱，清新而光彩艳艳的印象在我身前身后回旋飞舞。只是在品味马德莱娜点心的时候，为了攫住它们，我再也不敢挪动一下，致力于使它在我心中唤起的东西直至传达到我身上，这一次却继续颠簸着，一只脚踩在高的那块石板上，另一只脚踩着低的那块，顾不得引起那一大群司机的哂笑了。每当我只是物质地重复踩出这一步的时候，它对我依然一无裨益。可是，倘若我能在忘却盖尔芒特府的下午聚会的同时，像这样踩着双脚找回我已曾有过体验的那种感觉的话，这种炫目而朦胧的幻象便重又在我身边轻轻飘拂，它仿佛在对我说："如果你还有劲儿，那就趁我经过把我抓住，并且努力解开我奉上的幸福之谜吧。"于是，我几乎立即把它认了出来，那是威尼斯，我为了描写它而花费的精力和那些所谓由我的记忆摄下的快镜从来就没有对我说明过任何问题，而我从前在圣马可圣洗堂两块高低不平的石板上所经受到的感觉却把威尼斯还给了我，与这种感觉汇合一起的还有那天的其他各种不同的感觉，它们伫留在自己的位置上，伫留在一系列被遗忘的日子中，等待着，一次突如其来的巧合不容置辩地使它们脱颖而出。犹如小马德莱娜点心使我回忆起贡布雷。然而，为什么贡布雷和威尼斯的形象竟能在此时或彼时给予我如同某种确实性那样的欢乐，足以使我在没有其他证据的情况下对死亡都无动于衷呢？

我一边思考着这个问题并且下决心今天要弄它个水落石出，一边步入盖尔芒特公馆，因为我总是把我们外表上在扮演的角色置于我们内心所需完成的工作之前，而那天，我的角色是宾客。但是当我来到二楼的时候，一位膳食总管让我进一个毗邻餐厅的小书房客厅里稍候，要我等到那首正在演奏的乐曲告终，乐曲演奏的时候亲王夫人不允许任何人开门进去。也就在这个时候，第二个提示出现了，它前来加强那一高一低两块铺路石板给予我的启迪，激励我继续坚持自己的探索。其实是一个仆人把汤匙敲在碟子上了，他竭力不要发出声响却又总是做不到，与高低石板所给予我的同一类型的至福油然产生。那些感觉仍来自酷热,但迥然不同,热气中混合着烟味,它已被森林环境中清新的气息所冲淡。我发现,使我感到如此赏心悦目的仍然是那行树木,那行因为我要观察和描绘而令我厌烦的树木,我曾在那行树木前打开我带在车厢里的一小瓶啤酒;刚才,一时间迷迷糊糊,那实在是汤匙敲击在碟子上的声音使我产生错觉,在未及清醒之前,我还以为那是当初我们在那片小树林边停车的时候铁路员工用锤子捶打车轮调整什么东西的声音。这一天,当使我摆脱气馁、恢复文学信念的好兆头,真可以说是一心一意地纷来沓至。一位在盖尔芒特亲王府帮佣多年的膳食总管认出了我,他给我端来各式精美的小花式蛋糕,送到我所在的那个书房,免得我到餐厅里去。我用他给我的餐巾擦了擦嘴巴,立即在我眼前呈现出又一个太虚幻境,犹如《一千零一夜》中的那位人物,无意中正好做完那种神秘仪式,于是一名只有他才能够看见的驯顺的精灵显身现形,随时准备把他送往遥远的地方。然而这片苍穹纯净、蕴含盐分,它高高鼓起像一个个蔚蓝色的乳房,这种印象是那么地强烈,使我觉得那曾经经历的时刻就是即时即刻。那天我怀疑盖尔芒特亲王夫人是否真的会接待我,会不会功亏一篑,今天我更愚钝。我依稀觉得仆人刚才打开了朝向海滩的窗户,天地万物召唤我下去沿防洪堤散步,我拿来擦拭嘴巴的餐巾恰恰又上了浆,那么硬,就像我刚到巴尔贝克那天在窗前用过的,老擦也擦不干的那条。而现在,面对着盖尔芒特亲王府的这间书房,它在每一个角、第一条褶口上像孔雀尾巴般地展开大海洋的绿莹莹、蓝莹莹的羽翎。我不只感到这种色泽上的享受,而是享有我生命的整整一个瞬间,它无疑曾是对那些色泽的向往,也许是某种倦怠或忧伤的感觉妨碍了我在巴尔贝克就享有它们。而现在,它已摆脱外界感知中的不足,纯净飘逸而无物质之累赘,使我的内心充满喜悦。

那首正在演奏的乐曲随时都可能终止,我随时都可能不得不走进客厅。所以,我力求尽快地看清在刚才几分钟内三番感受到的同一欢悦的生质，继而理出我应该吸取的教益。我并不停留在我们对某事物的真实印象和我们在竭力回忆这一事物时所产生的赝造印象之间的极其巨大的差异上。斯万在谈到他过去被人所爱的日子时真不能算是无动于衷，因为在那句话下面他看到那些日子之外的东西，而凡德伊的三言两语在使他复得与以前同样感受的那些日子的同时，突如其来地给他造成痛苦。我多少次回忆起此情此景，因而我也太理解踩在一高一低的石板上的感觉、餐巾的浆硬感和小马德莱娜点心的味道在我心中唤醒的东西，它与我经常借助单一的记忆力求回忆起来的威尼斯、巴尔贝克、贡布雷之间毫无关系；我还理解生活尽管在某些时刻显得花好月圆，是能够被称作平淡乏味的，我们之所以作出这样的判断和诋毁是因为所依据的完全是生活本身之外的东西，依据了丝毫没有保留下生活痕迹的形象。最多我附带地注意到存在于各个真实感受之间的差异——说明生活的某种单一描绘之所以不可能与生活相像的种种差异——恐怕就取决于这个原因，在我们生活中的某个时期说过的片言只语、做过的最无关痛痒的动作均处于包围之中，其本身带着逻辑上与之并无关联的事物的反射光，这些事物之间间隔着才智，才智根本就用不着靠它们来满足推理的种种需要，然而在它们中间——这里是乡村饭店的花卉墙，夜晚在墙上反射出来的玫瑰色光彩，饥饿的感觉，对女人的欲望、奢华的乐趣；那里是晨曦中大海的蓝色烟波，遮掩着若隐若现的水妖肩膀般的悦耳的语句——那个动作、那个最简单的行为依然被封闭着，仿佛被装进无数只盖得严严实实的瓶子里，而每只瓶子都将被装满东西，各只瓶子所装的东西其颜色、气味、温度截然不同、更何况这些瓶子被高高地搁置在我们的年岁之上，在这年年岁岁间我们在不断地变化，哪怕只是变换着梦幻和思想，这些瓶子所处的高度是很不一致的，并且给予我们极其不同的氛围的感觉。确实，我们是在不知不觉中完成那些变化的；但是，在蓦然而至的回忆和我们的现状之间，就像在不同年月、不同地点、不同时刻的两个回忆之间一样存在着很大的距离，其距离之大即便剔除某件特有的怪事也足以使它们变得互相不可比拟。是的，如果说多亏了遗忘，使回忆没能够在它和现时之间建立任何联系、设置任何环节，如果它依然停留在它的位置、它的日期上，如果它在谷底峰巅保持它的距离、它的孤独，那么，它会使我们突然呼吸到一种新鲜空气，因为这正是我们从前曾被呼吸的空气；这种比诗人们枉费心机力图使之充斥天堂的更纯净的空气只有在已曾经呼吸过的情况下才可能给予那种深刻的更新感，因为，真正的天堂是我们失去了的天堂。

随之，我还注意到，在我虽尚未有意识地下定决心、却感到自己已准备着手进行的艺术作品的创作中将会遭遇巨大的困难。因为我将不得不使用适合于构成早晨的海滨或午后的威尼斯的回忆迥然不同的素材制作作品的各个连续部分，倘若我想描绘在里夫贝尔度过的那些夜晚，描绘在门窗朝花园打开的餐厅里，暑热开始解体、衰退、离去，淡淡的余晖尚映照着饭店墙上的玫瑰，天边还能看到日光最后的几抹水彩的话，我将使用清晰新颖的，具有一定的透明度、特有的响亮度、厚实、醒人耳目和玫瑰色的素材。

我在这一切上匆匆而过，因为我更迫切地需要寻找这种至福的起因，使这种至福势在必行的可靠特性的来源，这是从前未及进行的探索。而这个起因，我在用那些最令人愉快的感受进行比较的时候猜测到了它，那些感受正具有这一共同之点，我在即刻和某个遥远的时刻同时感受到它们，直至使过去和现在部分地重叠，使我捉摸不定，不知道此身是在过去还是在现在之中。确实，此时在我身上品味这种感受的生命，品味的正是这种感受在过去的某一天和现在中所具有的共同点，品味着它所拥有的超乎时间之外的东西，一个只有借助于现在和过去的那些相同处之一到达它能够生存的唯一界域、享有那些事物的精华后才显现的生命，也即在与时间无关的时候才显现的生命。这便说明了为什么在我无意间辨别出小马德莱娜点心的滋味时我对自身死亡的忧虑竟不复存在的原因，因为此时，这个曾是我本人的生命是超乎时间的，他对未来的兴败当然无所挂虑。这个生命只是在与行动无关，与即时的享受无关，当神奇的类似使我逃脱了现在的时候才显现，才来到我面前。只有它有本事使我找回过去的日子，找回似水年华，找回我的记忆和才智始终没有找到过的东西。

而刚才，如果说我觉得贝戈特在谈到精神生活的欢乐时说的话不对，那也许是因为我当时把与“精神生活”、与此时存在于我身上的东西并没有关系的逻辑推理称作为“精神生活”——完全就像当初我竟觉得社交界和生活令人厌倦那样，因为我对它们妄加断语的依据是那些缺乏真实性的回忆，而现在我生的欲望如此强烈，以致刚才，过去的某个真实的时刻在我心中三次复苏。

仅仅是过去的某个时刻吗？也许还远远不止。某个东西，它同时为过去和现在所共有，比过去和现在都本质得多。在我生命的历程中，现实曾多少次地使我失望，因为即在我感知它的时候，我的想象力，这唯一使我得以享用美的手段无法与之适应。我们只能想象不在眼前的事物，这是一条不可回避的法则。而现在，这条严峻的法则因为自然使出的一个绝招而失去和中止了它的效力。这个绝招使某种感觉——餐叉或铁锤敲打的声音、相同的书名等等——同时在过去和现在发出诱人的光彩。它既使我的想象力领略到这种感觉，又使我的感官因为声音，因为布料的接触等等而产生确实的震动，为想象的梦幻补充了它们通常所缺少的东西，存在的意识，而且，幸亏有这一手，使我的生命在瞬息之间能够取得、分离出和固定它从未体会的东西：一段处于纯净状态的时光。当我带着幸福的如此激烈的战栗，听到汤匙碰撞餐碟和铁锤敲打车轮所共有的声音，在德·盖尔芒特亲王府的大院里和圣马可教堂洗礼感到脚下一高一低的铺路石板等等，此时复苏的那个生命只从事物的本质汲取养料，也唯有在事物的本质中他才能获得自己的养分、他的欢乐。他在现时的观察中日趋衰弱，现时的感官不可能为他提供本质；他在对过去的思考中日趋衰弱，理智挤干了这个过去的水分；他在未来的期待中日趋衰弱，主观意愿用现在和过去的片断拼凑成这个未来，它还抽去其中部分真实，只保留其中符合于功利主义的结局，狭隘的人的结局，意愿为它们指定的结局。然而，通常隐蔽的和永远存在的事物本质一旦获释，我们真正的我，有时仿佛久已死亡实际上却并非全然死去的我，在收受到为他奉献的绝世养料时，苏醒、活力渐增，曾经听到过的某个声音或者闻到过的一股气味立即会被重新听到或闻到，既存在于现在，又存在于过去，现实而非现时，理想而不抽象。逾越时间序列的一分钟为了使我们感觉到这一分钟，在我们身上重新铸就越出时间序列的人。而这个人，我们知道他对自己的欢乐是有信心的，即使一块马德莱娜点心的普普通通的滋味逻辑上似乎并不包含着这种欢乐的全部理由，我们理解“死亡”这个词对他是没有意义的；既然已处于时间之外，前途中又有什么能使他感到害怕的呢？

然而，这个把与现在不可调和的过去的一刻放置在我身边的假象是不会持久的。当然，我们可以延续有意识的记忆中的场景，它并不比浏览一部画册更需要我们费劲。从前，比如我第一次到德·盖尔芒特亲王夫人府去的那天就是这样，从我巴黎寓所的阳光灿烂的院落，我百无聊赖地随意观望，时而看一看贡布雷的教堂广场，或者巴尔贝克的海滩，仿佛翻阅一部在我去过的各个地方写下的水彩画册便能阐明眼下的这一天。而且，我还带着收藏家的自私的乐趣，一边将自己记忆的插图如此这般地分门别类，一边对自己说：“我这辈子毕竟还看到过美的事物。”这时我的记忆无疑在肯定感觉的差异，但它所做的无非是组合同质因素。我刚才进行的三次回忆，其情况已不复如此，它们不是使我对自我有比较快慰的看法，恰恰相反，我几乎怀疑起这个自我在当前的实在性了。正如我把马德莱娜点心浸泡在热茶汤里的那天，在我所在的那个地方，不管这个地方是哪儿，例如那天，在我巴黎的卧室里，或如今天，此时此刻，在德·盖尔芒特亲王的书房，前不久，在亲王府的大院里，我体验到一种感觉（浸泡后马德莱娜点心的滋味,金属撞击声、脚下的感觉),它在我周围辐射出一个小小的区域,这个感觉对我所在的地方和另一个地方(奥克达夫姨妈的房间,火车车厢,圣马可教堂付洗所)是共有的。而就在我如此思索的时候,水管子发出刺耳的声响,这种与夏夜有时从巴尔贝克附近海面传来的游船的鸣叫完全一样的声音使我感受到(就像有一次在巴黎一家大餐馆里,盛暑下豪华餐厅座席半空的景象曾使我感到过的那样)比仅仅只是在巴尔贝克傍晚时分的感觉内容丰富得多,那时,一张张餐桌全部已铺上了桌布,摆上了银餐具,宽阔的玻璃门窗朝海堤大大敞开着,没有一点间隔,只有一片"完全敞亮"的玻璃或石头,太阳正缓缓沉落海上,游船开始鸣叫,我只要迈过比脚踝稍高的木门槛便能同在大堤上散步的阿尔贝蒂娜和她的女友们相聚,为了旅馆通风,所有的玻璃全都一块并一块地滑动到门框的连结处。然而,曾与阿尔贝蒂娜欢爱的痛苦回忆并不掺杂到这感觉中去。只有对已作古的人们的痛苦回忆。即对死者的回忆也迅速泯灭,只剩下他们坟茔周围大自然的美色,静寂纯净的空气。况且,刚才水管子的声响使我感觉到的不仅仅是过去某种感觉的反响、复制品,而是这种感觉本身。与前几次一样,这一次共有的感觉也曾力求在它周围重建旧时的场所,但顶替它位置的现时场所竭尽全部抗力反对迁入诺曼海滩或铁路道坡边的某家巴黎旅馆。巴尔贝克的海滨餐厅曾企图用它为了接受夕阳余晖而浆洗得像准备铺在祭台上的缎纹桌布,力求撼动固若金汤的德·盖尔芒特亲王府,撞开它的门扉,它曾一度使我周围的长沙发摇摇晃晃,有一天它也曾使巴黎餐馆的餐桌摇晃过。在那几次复活中,在共有感觉周围产生的年代遥远的场所总有一时同现时场所相匹敌,像一名角斗士。胜者总是现时场所,但我总觉得败者更美,美得使我在一高一低的铺路石板上或面对一杯茶水神不守舍,在它显现的时候力图保留住它,在它离我而去的时候又力图使它再现,这个贡布雷,这个威尼斯,这个巴尔贝克,它们好侵入我的心扉又被压抑在我的心底,它们飞扬而起,从而把我抛弃在这些新的，然而能被过去所渗透的场所。而倘若现时场所没有立即成为胜者，那么，我相信我会失去意识；因为，那些复活了的过去，在它们所持续的一瞬间是那么地完整，致使它们不只是迫使我们的眼睛看不见近在咫尺的房间，而去观望夹在树木间的道路或者上涨的海潮；它们还强迫我们的鼻子去呼吸时隔久远的场所的空气，强迫我们的意愿在这些场所向我们提议的种种计划中作出抉择，强迫我们全身心地相信自己处于它们的包围之中，或者至少相信自己蹒跚在它们与现时场所之间，因为难以断定而晕头转向，宛如有时行将入睡前出现难以名状的幻觉的时候所感到的那样迷惘。

所以，三番四次在我身上复苏的那个生命刚才体味到的也许正是逃脱了时间制约的存在片断，只是这种静观虽说向来就有，却转瞬即逝。然而，我感到在我的生活中，它难得给予我们的欢乐却是唯一丰富和真实的。其他种种欢乐的不现实征兆表现不充足，它们或者显得不可能使我们得到满足，例如社交界的欢乐，至多导致由于摄入粗制滥造的食物而引起的不适，友谊是一种虚与应酬，艺术家为了同朋友交谈一小时而抛下一小时工作，这么做不管是出于何种道义上的理由，他知道自己是在为某种并不存在的东西（在生命流程中，只有处于这种温柔的疯狂时朋友才成其为朋友，我们容受这种疯狂行径，而在我们的心灵深处却很清楚只有疯子才会误认为家具有生命并对它们喋喋不休）牺牲某个现实，或者表现为随着它们的满足而来的忧伤，就像我被介绍给阿尔贝蒂娜的那天所曾感受到的那样，因为我为了获得某事物——结识那位少女——作出了努力，然而是颇不足道的努力，这一事物之所以微小，是因为我已经获得了它吗？即使是一种更为深刻的欢乐，例如我在热恋阿尔贝蒂娜的时候应能够感受到的那种，实际上也只是相反地通过她不在的时候我心中的焦虑不安才有所感知的，因为在我确知她即将来到时，例如她从特罗卡德罗博物馆回来的那天，除了隐隐约约的烦恼，我仿佛不曾有过其他感觉，然而，我怀着就我而言不断增长的喜悦逐渐深化餐刀撞击声，或是逐渐深化使莱奥妮姨妈的房间以及随之而来的整个贡布雷和它两侧的建筑进入我寝居的泡茶味道的意义，与此同时，我也变得越来越兴奋。所以，这种事物本质的静观，我现在决心全力以赴地进行，我决心把它固定下来，然而，如何固定下来呢？通过怎样的手段？即在浆硬的餐巾还我巴尔贝克的时候，它无疑有过一时使我的想象力感到满意，这并不仅仅是因为看到像那天早晨那样的大海，还因为有房间的气味、风的速度、午餐的欲求以及在各种各样散步间的犹豫不决，这一切全都同餐巾中的感觉相连结，仿佛天使们无数的翅膀——也许，即在两块高低不平的铺路石板从各个方向，在各个维数上延伸了威尼斯和圣马可在我心中干涸和单薄的形象的同时，还有我在那里体验过的种种感觉，连接广场和教堂、码头和广场、运河和码头以及肉眼看到的一切和只有灵魂能够看到的欲念世界的种种感觉，我真恨不得，由于季节的缘故，即使不能重游对我说来尤其春光明媚的威尼斯水乡，至少也要重返巴尔贝克。但我没有在这种想法上停留片刻。这不只是因为我知道那些地方并不像它们的名字给我描绘的那样美，而现在也只有在睡觉的时候，在梦中才难得地在我面前展现出由我们所见、所触摸的共有事物的十分清晰纯净的物质构成的某个地方，我回忆起这些地方时构成它们的物质。然而，即使是关于这些尚属于另一类型的形象，回忆中的形象，我也知道，巴尔贝克的美色，在我身处其中的时候，我并没有意识到，甚至它给我留下的美感已不再是我再度小住巴尔贝克时所重新获得的。我不可能在现实中达到自己心灵深处的境地，这样的体验我太多了。我十分清楚地知道，已经不是在圣马可广场，不是在重游巴尔贝克或重返当松维尔的时候能看到希尔贝特，重现似水年华的了，而旅行也只能再一次地给予我幻觉，使我以为旧时的那些印象存在于我自身之外、存在于某广场的一隅，旅行不可能是我所寻找的手段。我也不愿意再一次地上当碰壁，因为对我说来问题是要弄清楚自己最终是否真的可能达到我以前以为不可能实现的目的,因为一旦到了那些地方,面对着那些人,我始终是大失所望的(尽管有一次,凡德伊的奏鸣曲似乎反驳了我这种观点)。因此,我不会再到那条我早就知道的绝径上去作无益的尝试。我所力求固定的印象一碰上没有本事使它们产生的直接享乐只能是烟消云散。能够使我们更充分地品味它们的方法唯有尽可能比较完整地认识它们,在它们所在的地方,即在我的心中,尽量使它们明朗化,直到它们的深处都变得清晰可见。我在巴尔贝克时身在乐中不知乐,也没有认识到与阿尔贝蒂娜共同生活的幸福,事后我才对此有所觉悟。而我对自己既已成为过去的生活的一次次失望的回顾、使我认为其现实应存在于行动之外的一次次失望作的回顾,并不以纯属偶然的方式和按我生活所处的各个境遇与各个各自不同的失望进行对照。我清楚地感觉到,对旅行的失望和对爱情的失望之间并没有什么不同,它们只有外表的变化,是我们在物质享受和实际行动中无法实现自我的这种无能随着与之相应的现实而采取的变化的外表。而回头再想到这种或者由汤匙的撞击声,或者由小马德莱娜点心的滋味引起的超越时间的欢乐时,我对自己说:"它是否就是奏鸣曲的那个短乐句,像错误地把它和爱情的欢乐视作同类、不善于在艺术创造中获得它的斯万提示的那种幸福?它是否就是那首七重奏的神秘的红色召唤使我预感到的似乎比奏鸣曲的短乐句更超脱尘世的那种幸福?斯万未能领略到这种召唤,因为他死了,像许许多多人那样,在为他们而产生的真谛未及向他们揭晓前便死去了。再者,这个真谛也未必一定能为他所用,因为这个乐句尽可以象征一声召唤,却不可能产生力量和使不是作家的斯万变成作家。"

然而,过了一会儿,在我想到记忆的那几次起死回生之后,我发觉有时,并且已曾在盖尔芒特那边的贡布雷出现过这样的情况,某些模模糊糊的印象曾以另一种方式撩拨我的思绪。它们似隐约的回忆,但并不隐藏往昔的某个感觉,而是一条新的真理,一个我力求揭露的可贵形象。我想着我们为回忆起什么东西而作的那种努力，似乎我们那些最美的想法像一首首乐曲，即使从来没有听到过的也会油然而生，我们努力聆听，力求把它们破译出来。我心情愉快地进行回忆，因为这说明我此时已是当初的那个人，说明它在恢复我本性中的一个基本特征；然而当我想到自那以来我一直没有进步，想到即在贡布雷我就已经小心翼翼地在脑海中固定我被迫正视的形象，一片云，一个三角形，一座钟楼，一朵花，一块砾石，感到在这些迹象下也许还隐藏着什么与我应该力求发现的截然不同的东西时，一种思想，它们以象形文字的方式表达的某种思想，我们原以为它们只是代表着一些具体的东西，现在想到此我又不免悲哀。要把它们破译出来当然很难，但也只有如此才能让我们读到什么真理。因为，由智慧直接地从充满光照的世界留有空隙地攫住的真理不如生活借助某个印象迫使我们获得的真理更深刻和必要，这个印象是物质的，因为它通过我们的感官进入我们心中，然而我们却能从中释放出精神。总之，不管是在什么情况下，不管是涉及如马丹维尔诸多钟楼的景致给予我的那种印象，还是如两级踏步高低不平的感觉或马德莱娜点心的滋味给我留下的模糊回忆，我都必须努力思考，也就是说使我所感觉到的东西走出半明不明的境地，把它变换成一种精神的等同物，从而把那种种感觉解释成那么多的法则和思想的征兆。而这种在我看来是独一无二的方法，除了制作一部艺术作品外还能是什么呢？此时，种种推论已经涌上我的脑海，因为不管是模糊的回忆，诸如餐叉的碰击声或者马德莱娜点心的滋味，或者借助我力求探索其含义的那些外形，在我的头脑里组成一部绚丽复杂的天书的钟楼、野草之类的外形书写下的那条条真理，它们的首要特性都是我没有选择它们的自由，它们全部以本来面目呈现在我眼前。而我感到这大概就是它们确实性的戳记。我没有到那个大院里去寻找那两块绊过我脚的高低不平的铺路石板。然而，使我们不可避免地遭遇这种感觉的偶然方式恰恰检验着由它使之起死回生的过去和被它展开的一幅幅图像的真实性，因为我们感觉到它向光明上溯的努力，感觉到重新找到现实的欢乐。这种感觉还是由同时代的印象构成的整幅画面的真实性的检验，这些同时代的印象是它以记忆或有意识的观察永远都不可能得知的，它们按光明和阴影、突出与疏漏、回忆与遗忘间的那种绝不会错的比例随它之后再现。

至于内心书本上的那些不认识的符号（似乎是一些被强调的符号，我的注意力在勘探我的无意识中会如测探中的潜水员那样寻找、碰撞、回避的符号），谁都无法用任何规则帮助我去辨认它们，这种阅读即是一次创作行动，谁也不能越俎代庖，甚至不可能与我们合写。所以，有多少人对撰写这样的作品退避三舍！每次事件，不管是德雷福斯案，还是战争，都为作家不去辨读这部书提供托辞；他们要保证正义取得胜利，重建全民族的思想一致，所以没有时间考虑文学。但这无非是些托辞，因为他们没有，或已经没有了才情，也就是说本能。本能要求我们恪尽职责，智慧却提供推卸职责的借口。只是在艺术中，托辞没有任何地位，意向则无足轻重，任何时候，艺术家都应听从他的本能，这样，艺术才成为最最真实的东西，成为生活最严格的学校，和真正的最后审判。所有书籍中最难辨读的这部书，也是唯一的由现实授意我们撰写的书，由现实本身给我们留下“印象”的唯一的一部书。不管生活给我们留下的是怎样的概念，它的物质外形，它给我们留下的印象痕迹，依然是它必不可少的真实性的保证。由纯粹的智慧造就的那些概念只具有某种逻辑的真实，可能的真实性，它们的选定是任意的。并不由我们涂写出来的形象文字的书却是我们唯一的书。那倒不是因为我们使之成形的那些概念逻辑上不可能是正确的，而是我们不知道它们是否真实。唯有印象，尽管构成它的材料显得那么单薄，它的踪迹又是那么不可捕捉，它才是真实性的选拔结果，因此，也只有它配受心灵的感知。心灵倘若能从中释出真实，真实便能使心灵臻于更大的完善，并为它带来一种纯洁的欢乐。印象之于作家犹如实验之于学者，区别在于，智慧上的工作对学者来说在前，对作家来说则在后，用不着我们个人费劲辨读和阐明的东西，在我们之前便已清清楚楚的东西不属于我们所有。唯有我们从自身的阴暗角落，不为人知的阴暗处提取出来的东西才来自我们自身。①

这样，我已能得到结论，即我们在艺术作品面前无丝毫自由，我们不能随心所欲地进行创作。然而，鉴于它先我们而存在，还因为它既是必须的又是隐蔽的，所以我们得去发现它，就像为发现一条自然法则那样去做。然而，艺术能够使我们做到的这个发现，实际上不正是对我们最应珍贵的东西的发现吗?这种东西在通常情况下是我们永远都不会认识的，我们真正的生活，如我们已感觉到了那样的现实，它同我们所以为的差别如此之大，以致当一次巧合给我们带来真正的回忆时，我们心里会充满如此巨大的幸福感。即是所谓的现实主义艺术的虚假使我对以上看法深信不疑，要不是我们在生活中养成习惯，总爱给自己所感觉到的东西一个如此不达意的习语，并且时隔不久还把这个习语即当作现实本身的话，这种所谓的现实主义艺术还不会是那么谎话连篇。我感到自己大可不必拘泥于曾有一时使我心烦意乱的各种文学理论——尤其是在德雷福斯案件那段时期的评论界得到发展、战争期间卷土重来、主张“使艺术家走出象牙塔”、论述既非无意义又不多愁善感的主题的那些理论，它们要艺术家描绘宏大的工人运动，并且，在缺少人群的情况下，至少别去写那些毫无可取之处的浪子(布洛克说:“说实话，描写那些废物的作品不大引起我的兴趣”)，而要写崇高的知识分子，或者英雄。况且，即在就这些理论的逻辑内

① 夕阳的一抹斜照即时使我回想到以往我还从未想到过的一个时期。那时我还年幼，莱奥妮姨妈发烧，贝斯比埃医生怕她得的是伤寒，所以他们让我到教堂广场欧拉莉的小房间去暂住一星期。那个房间只有就地铺了一领草席，窗户上挂着薄纱窗帘，在阳光里老是飒飒作响，叫我好不习惯。看到对旧时女仆的那个小房间的回忆陡然为我过去的生活增添了和余者如此不同、如此美妙的广阔疆域，对比之下，我想到，在最最阔绰的豪门府邸中度过的最最奢华的喜庆佳节在我们的生活中留下的印象的微不足道。欧拉莉的那个房间其唯一的不足之处是毗邻旱桥，晚上听得到猫头鹰叫般的火车嘶鸣。不过，由于我知道这吼声是整治得好好的机车发出来的，所以我并不感到惧怕，不像害怕史前某个时期像猛犸这样的野兽横冲直撞中发出的吼叫那样。——作者注

涵进行探讨之前，我就已经觉得能在它们的拥护者身上找到说明它们低劣的证据，就像一个确实有良好教养的孩子被派去一家人家做客吃午饭，听到那家人家的人说“我们毫不隐讳，我们心直口快”时觉得这种思想品德实在不如什么都不说才是不折不扣的德行。真正的艺术用不着那么多的声明，它在默默中完成。再者，这些理论的倡导者运用完全现成的习熟语，特像他们所贬斥的低能儿使用的习熟语。而且也许，从美学类型进行估计还不如从言语优劣去判断智力和精神的成就达到了什么程度为好。可是理论家们却相反地认为大可不必为这种言语的优劣而费心，[1]那些赞赏理论家的人则轻松地认为言语的优劣并不能说明作品具有重大的智力价值，为了鉴别真伪，他们需要看到这种价值被直接地表示出来，他们并不从形象的美进行归纳，撰写智力作品对作家的诱惑力便明显地来自于此。不堪粗俗。一部写有理论条条的作品就像一件保留着标价牌的物品。每当我们没有力量强制自己使某个印象通过最终导向它的固定和表现的各个连续状态的时候，我们便进行推理，也就是思维的游弋。我现在明白了，需要表现的现实并不存在于主体的外表，而在于与这个外表关系不大的一定深度，就如那汤匙碰击在碟子上的声音、餐巾浆硬的触感所象征的，对我精神上的更新而言，它们比那么多次的人道主义、爱国主义、国际主义和形而上学的交谈还要珍贵。当时我听到有人说：“不再要文笔，不再要文学，要生活！”可以想象，自大战以来，就连诺布瓦先生反对“笛子演奏者”那样简单的论说都得以东山再起，如此兴旺发达，因为，所有缺乏艺术感，也就是不知道服从内心现实的人都可以具有对艺术没完没了地进行推理的能力。而且，只要他们稍稍沾点外交官或金融家的边，介入了现时

---

① 研究性格法则也一样，用严肃的或者毫无价值的主题都能够进行，就像解剖实验室助手在低能儿的尸体或天才尸体上都能研究解剖规律、重大的精神法则或者血液循环规律、肾排泄规律一样，并不因为各个个人的智力价值而产生多大的区别。——作者注

的“实际”，他们便乐于认为文学是一种将逐渐趋于淘汰的精神游戏。有的人希望小说是事物的一种电影式的展示，这种观点是荒谬的，再也没有比这样的电影式的视界更会离我们所感知的现实而远去的东西了。

正好，由于我在走进这个书房的时候，想起龚古尔兄弟说过的，这个书房里有一些精美的初版图书，我想正可趁被关在这里的时候一饱眼福。我一边继续自己的思索，一边把那些珍本一一抽出来，其实并不太注意它们，就在我漫不经心地打开其中一本：乔治·桑的《弃儿弗朗沙》的时候，我颇不痛快地产生仿佛受到某种与我当前的种种想法太不和谐的印象打击的感觉，直至我激动得都快泪水涟涟地意识到这个印象与那些想法何其合拍。就像在灵堂里，正当殡仪工准备搬走灵柩，曾为国效力的死者的儿子在和鱼贯而行的最后几位朋友握手，窗下突然响起铜管乐，他感到愤慨，以为这是有人在嘲弄他的哀恸；然而他尚能自制，直至弄明白自己听到的是一个团队的军乐，他们前来吊唁，向他父亲的遗体告别，这时，他再也控制不住自己的眼泪。我刚才意识到在德·盖尔芒特亲王的书房里看到那本书的书名时所感受到的痛苦的印象和我当前的想法是那么协调一致，其过程就是这样。这个书名使我想到文学确实给予我们这个我在它身上再也找不到了的神秘世界。而这还不是一部十分了不起的杰作，这是《弃儿弗朗沙》。可是这个名字，就像盖尔芒特家庭的姓氏，对我说来不同于我自那以来所结识的那些姓名。妈妈给我念过乔治·桑的这部作品，《弃儿弗朗沙》这个书名唤醒了我的回忆，使我记起这部书的主题中我当时觉得不可解释的内容（就像盖尔芒特家族这个姓氏，当我好久没见到盖尔芒特一家的时候，它对我说来会蕴含着那么多封建主义的内容那样，《弃儿弗朗沙》这个书名蕴含着那部小说的实质），这个回忆一时间取代了对乔治·桑的那些贝里小说的极其普通的看法。在一次晚餐中，当这种想法始终浮于表面的时候，我无疑还能谈到《弃儿弗朗沙》和盖尔芒特家庭，尽管他们谁都不是贡布雷人。可当我一人独处，像现在这样的时候，我潜入的便是更深的地方了。当时，想到我在社交界结识的某某女士是德·盖尔芒特夫人这么一位神灯人物的表姊妹时我会觉得不可理解，同样，想把我读过的那些最美的图书与那部不同凡响的《弃儿弗朗沙》说成不相上下——我不说它们写得更好，尽管实际上它们是更好些——也是不可思议的。这是很久很久前留下的印象，其中亲切地掺和着童年和家庭的回忆，我竟没有立即意识到。初时我还恼怒地寻思是哪个外人跑来伤害我。那个外人正是我自己，是那部小说刚在我心中唤起的孩童时代的我，因为在我这一生中，它只认识那个孩童的我，它当即叫唤的正是那个孩童，因为它只愿为他的目所睹，为他的心所爱，它只愿对他说话。所以，母亲在贡布雷几乎通宵达旦给我诵读的这部小说为我保留着那个夜晚的全部魅力。当然，乔治·桑的“笔”，用老爱说书是用“警人之笔”写成的布里肖的话来说，她的“笔”在我看来绝非如母亲以前一直认为的那样是一支神笔，母亲的文学情趣后来也随我而产生了潜移默化。然而，那却是我无意中使之带上电流的笔，就像中学生闹着玩儿常做的那样，而现在，贡布雷的那些鸡毛蒜皮的小事儿，我很久以来已不再注意到的数不清的小事全都轻轻松松地自己跳将出来，一件件一桩桩首尾相接没完没了地连成一气，吊在磁化的笔尖上，还带着回忆的战栗。

某些喜爱神秘的人愿意相信在各种物品上保留着观望过它们的目光中的什么东西，呈现在我们面前的纪念碑和图画无不带着情感的帷幕，这是几个世纪中无数崇拜者用爱和瞻仰的目光织成的。如果他们把这个奇谈怪想搬移到各人唯一现实的范畴、自身感觉的范畴中去的话，那它就会变成真实的了。是的，在这个方面，也只有在这个方面（然而它大得多），一件我们从前观望过的东西，如果我们再次看到它，会把我们从前注视过它的目光连同当时把它装得满满的所有形象送还我们。那是因为事物——一部红封面的书或别的任何东西——即在我们看到它们的时候就变成某种非物质的东西留在我们心中，与这一时期我们各种各样的挂虑或感觉性质相同,并与它们不可离析地掺杂在一起。从前在一部书里读到的某个名字,在它的音节间包藏着我们阅读这部书的时候刮过的疾风和灿灿的阳光,以致满足于"描写事物"、满足于只是可怜巴巴地给一些事物的线条和外表作些记录的文学,虽则自称为现实主义,却离现实最远,它最能使我们变得贫乏、可悲,因为它突兀切断现时的我与过去、未来的一切联系,而过去的事物保持有本质,未来,它们又将促使我们去重新品味这种本质。正是这种本质才是配称作艺术的艺术所应该表现的内容,而且,如果它表现失败,我们还能从它的虚弱无能中引出教训(在现实主义的成就中却丝毫都汲取不到),须知这个本质部分地是主观的和不可言传的。

更有甚者,我们在某个时期看到的一样东西,读过的一本书并不永远只和我们周围的事物相结合,它还同当时的那个我们忠实地相结合,只有通过感觉,通过当时的那个我们,它才可能被再度回顾;假如在书房里我重又拿起,哪怕只是想这么做,拿起《弃儿弗朗沙》,在我心里立即便会有一个孩子站出来,取代我的位置,只有他才有权读出这部书的书名:《弃儿弗朗沙》,他还像当年那样读出这个书名,同样带着当年花园里的天气留下的影响,带着他当时对各地情况和生活的遐思梦想,带着对明天的焦虑不安。要是我见到的是另一时期的另一事物,挺身而出的又会是一名年轻人。而今天的我只剩下一片被废弃的采石场,它以为自己蕴藏的全都是差不多的东西,单调无奇,然而,每一个回忆都像一名希腊雕塑家,从这片采石场采出无数雕塑像。我之所以说我们重又见到的每样东西,是因为书籍在此所起的作用与那些东西是一样的:书脊散开的方式,纸张的纹理与书中的语句本身一样,能保留下同样强烈的回忆,像我当时想象威尼斯和想去威尼斯的愿望一样强烈。甚至更为强烈,因为有时语句会造成约束,它们就像某人的那些照片,望着那些照片还不如只靠思念能把他回忆得更清楚。当然,对我童年时代的许多书是如此,唉,即对贝戈特此人的某些书也是如此,有时,夜晚我感到疲倦,于是我拿起它们,然而那无非就如我去搭乘火车，借变换的景色和呼吸往日的空气求得休憩。可有时，这种难得的浮现会因为某部书阅读时间的延续反而遭受障碍。贝戈特有一部书就使我出现过这种情况（在亲王书房里的那部书上还写有一段极尽阿谀奉承之能事的题铭）。有一年，一个冬日，我没办法去看望希尔贝特，那天我读了这部书，可这次，我怎么也找不到那些我特别喜爱的句子。有些词看似相识，似乎就是那些句子，可那是不可能的。它们过去使我领略到的美在哪儿？我读这本书的那天覆盖着的香榭丽舍的皑皑白雪还是那么厚厚地没有化掉，旧景依然历历在目。

正因为这个缘故，倘若我想当一个像德·盖尔芒特亲王那样的珍本收藏家的话，我一定会以特殊的方式行事，但也不会忽略属图书簿籍本身价值的那种独立无羁的美，对业余藏书家来说，这种美来源于对书籍所经过的那些书房的了解，产生于知晓这本书是哪位君王在哪样的时机下赏赐给哪位名人的。这种可以说是书籍的历史的美对我说来也不会失落。但是，我更愿它是我自身生命的历史，也就是说，我不只是作为一般的猎奇者去释出这种美。我一般不会把这种美连结在具体某个版本上，而是像这部《弃儿弗朗沙》，连结在作品上，在我第一次读得废寝忘食的作品上，在贡布雷我的小房间里，那也许是我一生中最恬适、最忧伤的夜晚，唉！（那时，我觉得神秘莫测的盖尔芒特一家实在难以接近）那晚，我第一次使我父母弃权让位，从他们的这次让位，我能标出我的健康状况开始恶化、我的意志力开始削弱的日期，我日益失去完成艰巨使命的信念。今天，恰恰是在盖尔芒特家的书房，在这最晴朗和美的日子里，我重又见到这部作品，从而不仅使我以往摸索中的思想豁见光明，还照亮了我生活的目标，也许还是艺术的目标。况且，就这一册册书的本身而言，在目前使用的意义上，我还是能对它们发生兴趣的。我觉得作品的第一版比其他各版珍贵，可我更愿把第一版理解为我第一次读到的版本。我会去寻觅初版本，我所指的是这部作品给我留下最原始印象的版本。在小说方面，我会去寻觅旧时的装帧，我刚开始阅读小说时的那种装帧的版本，它们多少次听到过爸爸对我说："别歪着身子。"就像我们第一次看到一个女人时她穿的裙子，它们将帮助我找回我当年的爱，找回美，被我在上面重叠起那么多使我愈来愈不喜欢的形象的美，以找回最初的美，我已不是当年看到它时的那个我了，如果我要召唤我当初认识的那件事物，我就应让位给当初的那个我，因为今天的这个我根本就不认识它。

我像这样为自己组建起来的书库，其价值甚至还会更大；因为我过去在贡布雷、威尼斯阅读的书，现今得到我记忆的充实，着上代表圣希勒里教堂、代表停泊在圣乔治大教堂脚下的画舫、代表闪烁着蓝宝石光芒的大运河的浩淼色彩，那些书会变得堪称"影像书"、绣像经典，它们是时光之作，收藏者打开这些书绝不会是为了阅读书中的文章，而是为了再一次为有富盖那样的富翁在书里添加的色彩而欣喜，正是这些色彩构成作品的全部价值。然而，哪怕只是为了看一眼以前阅读的时候还没有插入的影像而打开这些书都让我感到十分危险，以致即使在这个我唯一能够理解的意义上，我都可能会失去当珍本收藏家的愿望。我太清楚了，心灵留下的那些影像那么易于被心灵抹去。新的影像取代旧的，不再具有那种起死回生的能力。如果那晚母亲从外祖母将在我过生日时送给我的那包书里抽出来的那本《弃儿弗朗沙》还在，我绝不会看一看它，因为我会非常害怕，太怕书中渐渐掺入我今天的印象，望着它就此变成一件现时的物品，以致当我希望它复活那个在贡布雷的小房间里辨读它的书名的孩子时，孩子认不出它的口音，不再答应它的呼唤，从而永远埋没在遗忘之中。

民众艺术的概念和爱国艺术的概念一样，即使不曾有过危害，也让我感到它滑稽可笑。如果是为了使它能为民众所接受而牺牲形式上的"适于有闲者"的精雕细琢，那就错了。我和上流社会的人们交往颇多，我知道他们才是十足的无知无识，而不是电气工人。就此而言，所谓的民众艺术在形式方面倒像是去为赛马俱乐部的成员们服务，而不是给总工会会员们的。至于内容，老百姓觉得通俗小说挺无聊，就像孩子们对专为他们写的书感到厌倦。人们在阅读中寻求脱离自己的处境，工人渴望了解王公贵族们怎样生活，王公贵族对工人的情况也有同样的好奇心。战争刚开始的时候巴雷斯先生就曾说过，艺术家（提香型的）首先应该为祖国的荣誉服务。可是他只有成为艺术家才能为祖国的荣誉服务，也就是说在他研究那些法则、进行那些探索和作出与科学发明同样精妙的发现的时候，除了在他面前的真理他绝不能想到别的事物——即使是祖国也不行。不要仿效那些革命党，他们出于“公民责任感”，即便不能说摧毁，也是在蔑视华托和拉都的作品，而这两位画家为法国带来的荣誉胜过所有大革命中的人物。温柔多情的人如果能选择的话，他大概不会选择解剖。这不是他正直的心灵之所愿，他的愿望十分博大，正是这种愿望使肖德洛·德·拉克洛写出了《危险的关系》；这也不是他对大小资产者的兴趣，使福楼拜选定《包法利夫人》和《情感教育》的主题的那种兴趣。有人说，一个赶得匆忙的时代，它的艺术的寿命也长不了，好像战前预言这仗打不长久的人们。因此铁路将结束静观，缅怀驿车时代也是枉然，然而汽车担负起驿车的职司，重又把游客载至被废弃的教堂。

那时，生活呈现的一幅图像实际上给我们带来多种不同的感觉。例如，在一部已经读过的书的封面上、标题字母之间，视觉编织进了很久以前某个夏夜的皓月流光。早晨牛奶咖啡的味道使我们产生那种对大好天气的朦胧希望，从前，当我们用凝脂般打着皱褶的白瓷碗喝牛奶咖啡的时候，盈实的白昼还完好无缺，当时这种朦胧的希望曾有那么多次在晨曦明确的不可预料中向我们绽开笑靥。一个小时并不只是一个小时，它是一只玉瓶金尊，装满芳香、声音、各种各样的计划和雨雪阴晴，被我们称作现实的东西正是同时围绕着我们的那些感觉和回忆间的某种关系——一个普通的电影式影像便能摧毁的关系，电影影像自称不超越真实，实际上它正因此而离真实更远——作家应重新发现的唯一关系，他应用它把那两个词语永远地串连在自己的句子里。我们可以让出现在被描写地点的各个事物没完没了地相互连接在一篇描写中，只是在作家取出两个不同的东西，明确提出它们的关系，类似科学界因果法则的唯一的艺术世界里的那个关系，并把它们摄入优美的文笔所必不可少的环节之中，只是在这个时候才开始有真实的存在。它甚至像生活一样，在用两种感觉所共有的性质进行对照中，把这两种感觉汇合起来，用一个隐喻使它们摆脱时间的种种偶然，以引出它们共同的本质。就这个观点而言，自然并没有把我放上艺术的道路，它本身不就是艺术的开始吗？它往往要我在另一事物中才让我认识到某事物的美，在贡布雷的钟声中才让我认识它的中午，在我们的水暖设备的嗝儿声中才让我认识东锡埃尔的早晨。这种比较关系可能不那么有趣，事物可能平庸无奇，文笔可能拙劣，然而，只要没有它，那就什么都没有了。

然而还不止于此。如果现实便是这种经验的残屑，对谁都差不多是一样的，就像当我们说一种坏天气、一场战争、一个汽车站、一家灯火辉煌的餐馆、一座鲜花盛开的花园的时候，谁都知道我们所指的是什么；如果现实就是这个，那么，无疑，有这些事物的某种电影胶卷也就足够了，而离开了一般主题的"文笔"，"文学"也便成了人为的附加部分。但是，这真的就是现实吗？如果我在某事物给我们留下一定印象的时候力图弄清究竟发生了什么事情，例如那天走过维福纳桥，一朵白云投在水波上的阴影使我高兴地跳着叫道："见它的鬼！"；又如我听着贝戈特说某句话，我印象中所见的，"实在奇妙"这句话并不与他特别适合，或如为某个恶劣行为激怒的布洛克竟说出与俗不可耐的意外事件大相径庭的言语："让他们这么做吧，我觉得这毕竟异想天开。"或如盖尔芒特家的盛情款待使我受宠若惊，而且他家的酒已使我喝得微带醉意，在离开他们的时候我禁不住独自低语道:“这些人真算得上礼贤下士,能同他们一起过一辈子定是很愉快的。”那么,我发现这部最重要的书,真正独一无二的书,就通常意义而言,一位大作家并不需要杜撰,既然它已经存在于我们每个人的身上,他只要把它转译出来。作家的职责和使命也就是笔译者的职责和使命。

然而倘若,当问题涉及的比如说是自尊心的不确切用语的时候,对扭曲的内心语言(它离最初的中心印象正越来越远)的矫正,直至能与应发自印象的直线混淆一气的内心语言的矫正,如果说这种矫正恰是我们的惰性不乐意干的令人不舒服的事情,那么,还存在着另外一些情况,例如在爱情问题上同是这种矫正便成为痛苦的事情了。我们假装的种种无动于衷的表现,我们对他撒得那么自然的谎言、与我们自己撒的如出一辙的谎言所感到的全部愤慨,简言之,每当我们感到不幸或被人抛弃的时候,我们仍不断地对心爱的人诉说的一切,不仅对心爱的人,而且在见到他之前没完没了地对我们自己诉说的一切,有时还会高声说出来,打破房里的宁静:“不,真的,这样的行为实在叫人受不了。”或者:“我曾想最后接待你一次,并且我将不否认这件事使我挺难受。”把这一切引回到所感受到的已离得那么远的真实上来,这是对我们最珍惜的一切的毁灭,这在我们同自我单独相处的时候,在写信或采取行动的疯狂计划中,造成了我们同自我的炽烈的交谈。

即便在人们正是为了获得艺术创作的欢乐所给予的印象而悉意追求的这种欢乐之中,我们仍然会尽可能快地设法把恰恰是这种印象本身的内容视作不可言传的东西而放过一边,并致力于能够让我们不求甚解地感受到它的乐趣和相信能用它感染别的可与之对话的有兴趣者的行为,因为我们将对他们讲一件对他们和对我们具有同样意义的东西,既然我们自身印象的为个人所有的根被砍去了。即使是在我们对自然、社会、爱情和艺术作最无动于衷的旁观的时候，由于任何印象都是双重的，一半包裹在客体之中，另一半延伸到我们身上，只有我们自己能够了解，我们急急忙忙地把这一半忽略了，也就是忽略了我们本来应该挖掘的唯一的东西，却只考虑另一半，我们没想到那另一半是不能予以深挖的，因为它暴露在外，用不着我们花吹灰之力，而一棵山楂树或一座教堂的景象在我们心中耕过的小小犁沟，这条犁沟我们会觉得很不容易看出来。但是我们却在重新演奏那首交响乐，回头重游那座教堂，直至——在这远离我们不敢正视的自身生活并美其名曰博学的逃逸中——我们依法炮制，做到与颇有造诣的音乐爱好者或考古爱好者一样内行。由此可见，从自己的印象里什么也不提取的人对此是多么重视了，他们就像艺术的单身汉在不满足中虚度年华！他们怀着童贞女和懒汉的忧愁，只有生儿育女或工作能使他们得到解脱。他们对待艺术作品比真正的艺术家还兴奋，因为他们的兴奋不是由一场艰苦深入的耕耘引起的，它流露在外，刺激他们的交谈，使他们脸红脖子粗。他们以为扯直嗓门尖叫便是在完成业绩，演完一曲他们喜爱的作品便听到他们大声嚷嚷："好哇，好哇！"而如此表现之后并不一定需要他们陈明自己喜爱的性质，他们也并不清楚性质之所在。这种未被用上的爱甚至潮涌进他们最平心静气的谈话，使得他们只要一谈到艺术便指手画脚、眉飞色舞、摇头晃脑。"我去听了一场音乐会，他们演奏了一段乐曲，老实说，我不敢恭维。开始是四重奏。嗯哪，哎呀呀！它变了（此时音乐爱好者脸上显出惶惶不安的表情，他大概在想："我可看到了火星，闻到了煳味儿，着火了。"）天杀的，那玩意儿真叫我听了生气，写得很糟糕，可又乖乖了不起，可不是一部随哪个都写得出来的作品。"然而，不管有多么可笑，他们毕竟还有不容轻视的地方。他们是想要进行造就艺术家的自然的初次尝试，他们就像先于现有各类动物的原生动物一样没有定型、生命力不强，生来不能持久。这些有愿望没有行动、有花无果的业余爱好者仍当令我们感动。他们就像最初建造的飞机，离不开地面，还不成其为尚待开发的、神秘的手段，但已包藏着飞翔的欲望。那位业余爱好者挽住你的手臂补充说："老兄，我已经第八次去听这部作品了，而且我向您发誓，这绝不是最后一次。"实际上，由于他们并没有吸收艺术中真有滋养的物质，且食欲过盛，肚子永远都填不饱，所以他们每时每刻都需要艺术创作的欢乐。于是，在很长一段时期他们连续不断地去为同一作品捧场，还以为他们的到场就是完成了一种职责、一项业绩，就像人家参加一次办公会议或一场葬礼那样。接着出现别的，甚至与此相悖的作品，不管是文学上的、美术上的，或是音乐上的。因为，提出概念、体系，尤其是把它们化为己有，具有这种能力的人总比具有真正鉴赏力的人多得多，即使在自己也搞创作的人中间也是如此。然而这种能力获得较可观发展却在文学杂志和报刊大幅度增长以后（作家和艺术家故作多情的天命说也随之增多）。因而，青年中最优秀、最聪明和最超凡脱俗的这部分从此只喜爱在伦理道德、社会学，甚至宗教方面具有重大意义的作品。他们以为那便是衡量作品的价值标准，从而重蹈大卫们、谢纳法们、布吕纳蒂埃们的覆辙。贝戈特笔下那些脍炙人口的句子实际需要深刻得多的反躬自省才写得出来，可人们不喜欢他的作品，却喜欢一些正因为艺术水平较低才显得比较深刻的作家，他文字上的故弄玄虚无非为了迎合凡夫俗子们的口味，就像民主党人把芸芸众生捧得天花乱坠一样。然而，一旦爱问个究竟的智者愿意着手评一评艺术作品的价值时，那里面一点值得肯定、经得住推敲的东西都没有了：你想怎么说它，就能怎么说它。而真正的才华却是一宗经天纬地的财富，后天获得的万能的品质，我们首先应该明确它存在于思想和文笔的表面状态下，评论界便依据这些表面状态评定作者。它把一个并不带有新启示的作家捧为先知，因为他口气专横，并对在他之前的流派表示明显的轻蔑。评论界的这种谬误是那么顽固，致使作家大概会更愿意接受广大读者的评判（如果读者能够理解艺术家，包括后者在他们不熟悉的研究范畴作出的努力）。因为在读者公众的本能生活和一位大作家才华之间存在着更多的类似之处，作家的才华无非是一种在强加于他人头上的沉默中得以宗教式地听从的本能，一种臻于完善和得到理解的本能，加上肤浅的空话和头衔显赫的鉴赏家们多变的标准。他们连篇累牍的空话每十年更新一番（因为这架万花筒并不只是由世俗人众组成，而是由社会、政治、宗教的思想观点汇综而成的，它们由于自身在广大民众中的折射得到暂时的广度，然而，尽管如此，它们毕竟还是受思想观点生命短促的局限，观点的新颖只能吸引一些对证据是否确凿要求不高的人）。党派和学派就是这样生生灭灭的，致使那些有识之士老在对它们进行攻讦，总是那么几个比较聪明的人，他们终身刻板，这是那些比较谨慎多虑，而实际上对证据的要求却很苛刻的智者所自戒的。不幸的恰恰是其他那些人均属半瓶子醋，他们需要用行动加以充实，他们比优秀的有识之士更需要这么做，把人们吸引在自己周围，不仅借此造成名不符实的声誉和毫无根据的轻蔑，还挑起内战和外战，稍微有点儿保守意识的自我批评精神，这种事儿也就能够避免了。

至于一位大师的杰出思想能给予一名完全公正的智者、一颗真正有生命力的心灵的享受无疑是十分健康的，只是真正能够消受这种享乐的人是那么罕见（二十年间有过几个这样的人?），这种享乐毕竟要他们沦落到全盘接受另一个人的意识的地步。如果某人为了得到一个只会给他带来不幸的女人的爱什么都做了，可他，尽管数年如一日反复努力，连同这个女人的一次约会都没有得到，他没有寻求诉说他的痛苦和陈述他逃过了的危险，却洋洋洒洒地为她写了“百万言”，在记下自己生活中这些最感人肺腑的忆念的同时，不断反复品味拉布吕耶尔的这个见解：“男人常常想爱，却又总达不到目的，他们寻求自己的失败，却总遭遇不上，如果我冒昧这么说的话，他们是无可奈何地处于不受约束之中。”对于写下这句话的人来说，我们且不管他这种见解是否包含着这方面意思（若要使它包含这个意思，最好得用“被爱”代替“爱”，这样就更美了），可以肯定的是那位多愁善感的文人使这一见解在自己身上活学活用，他使它充满含义，满得几乎要炸裂了，他每重说一遍便喜不自禁，他觉得这种见解千真万确和高明卓绝，然而，不管怎样，他不曾加入丝毫新的内容，那仍然只是拉布吕耶尔的见解。

笔记文学怎样才能具有某种价值呢？既然它所记录的都是琐碎小事，现实便如它所指出的蕴含在这些小事里（在远处的飞机轰鸣声中和圣勒里钟楼的线条中的伟大，在马德莱娜点心的滋味中的往昔等等），而倘若我们不把这些现实清理出来的话，那些小事本身则并无意义。逐渐保留在记忆中的是那些不确切的词语的连接系列，我们的真实感受荡然无存，这些感受才构成我们的思想、我们的生活和对我们而言的现实。而正是那种谎言一味复制所谓“情节真实”的艺术，它同生活一样简单平淡，没有美，我们的眼睛所见和我们的才智所确认的东西被令人生厌和徒劳无功地一用再用，不禁让人纳闷，从事这种使用的人在什么地方找到的欢乐和原动力的火花，使他精神抖擞地推进自己的工作。相反，真正的艺术，诺布瓦先生会称之为文学爱好者的游戏的艺术，其伟大便在于重新找到、重新把握现实，在于使我们认识这个离我们的所见所闻远远的现实，也随着我们用来取代它的世俗认识变得越来越稠厚，越来越不可渗透，而离我们越来越远的那个现实。这个我们很可能至死都不得认识的现实其实正是我们的生活。真正的生活，最终得以揭露和见天日的生活，从而是唯一真正经历的生活，这也就是文学。这种生活就某种意义而言同样地每时每刻地存在于艺术家和每个人的身上。只是人们没有察觉它而已，因为人们并不想把它弄个水落石出。他们的过去就这样堆积着无数的照相底片，一直没有利用。因为才智没有把它们“冲洗”出来。我们的生活是这样，别人的生活也是这样；其实，文笔之于作家犹如颜色之于画师，不是技巧问题，而是视觉问题。它揭示出世界呈现在我们眼前时所采用的方式中的性质的不同，这是用直接的和有意识的方式所做不到的，如果没有艺术，这种不同将成为各人永恒的秘密。只有借助艺术，我们才能走出自我，了解别人在这个世界，与我们不同的世界里看到些什么，否则，那个世界上的景象会像月亮上有些什么一样为我们所不知晓。幸亏有了艺术，才使我们不只看到一个世界，我们的世界，才使我们看到世界倍增，而且，有多少个敢于标新立异的艺术家，我们就能拥有多少个世界，它们之间的区别比已进入无限的那些世界间的区别更大，不管这个发光源叫伦勃朗还是叫弗美尔，它虽然已熄灭了多少个世纪，它们却依然在给我们发送它们特有的光芒。

艺术家的这项在物质、经验、词汇下努力挖掘某种不同事物的工作，与当我们违心地生活的时候，自尊、偏见、才智以及习惯每时每刻在我们身上完成的工作恰恰相反，后者在我们的真实印象上积聚起各类术语，积聚起被我们误称为生活的实用目标，以完全掩盖我们的真实印象。总之，这种复杂如斯的艺术正是唯一生气勃勃的艺术。只有它能向人表述我们的生活，也使我们看到自己的生活，即无法“观察”到的、对我们所看到的它的表象需要加以翻译和往往需要逆向阅读和极难辨识的那种生活。我们的自尊、偏见、模拟力、抽象的才智和习惯所做的那项工程正是艺术要拆除的，它将使我们逆向行进、返回隐藏着确实存在过却又为我们所不知的事物的深处。重建真正的生活、恢复印象的青春，这无疑是一大诱惑。但它也需要有形形色色的勇气，甚至感情上的勇气。因为那首先要否定自己最珍贵的幻觉，不再相信自己所制定的东西的客观性，并且，与其一百次地用这样的话哄骗自己说“她真可爱”，不如直截了当地说“我喜欢亲吻她”。当然，在爱的时刻里我所感受到的东西，别人也同样感受得到。我们感受，然而我们所感受到的却像一些负片，不把它们凑近灯光看便只见一抹黑，而且它们还得反过来看，不把它们凑近才智，就不知道上面是些什么玩意。因此只有当才智把它照亮了，使它理智化了，我们才有可能十分艰难地辨认出所感事物的面貌。

然而我还发现，最初我因希尔贝特而领略过的那种痛苦，意识到我们的爱情并不属于激起爱情的人的痛苦，这种痛苦作为解决问题的辅助手段却不无补益（因为，虽说我们的生命如白驹过隙，却只有在痛苦的时候，我们的，可以说是颠簸在永恒不断的变化和起伏曲折之中的思想才能像在一场风暴中那样，把那整个地受法规调节的无限浮升起来，达到一定高度，让我们能看到它，这是我们停留在角度不佳的窗户前所不曾看到的，因为幸福的宁静使它平淡无奇和地势过低；这种起伏，也许只对某些伟大的大才才始终存在，对他们来说不需要痛苦的颠簸；然而，当我们欣赏他们欢快的作品的宽广而有规律的发展时，我们是不会那么肯定地倾向于根据作品的欢乐去推测生活的欢乐，恐怕相反，生活往往是痛苦的——然而，主要原因在于，如果说我爱的不只是某个希尔贝特（我们因此而痛苦异常），那不是因为我们还爱某个阿尔贝蒂娜，而是因为爱是我们灵魂的一部分，它比我们身上那些先后泯灭的、自私地希望挽留这个爱的自我更加经久不衰，而且，不管这样做会给我们造成多大的痛苦（其实是有益的痛苦），它必得脱离具体的人以便从中逸出一般性并把这种爱、对这种爱的理解给予每一个人，给普遍的人，而不是给某个，接着又是某个；我们先后作为某个，接着又是某个男人希望与之结合的女人。

出现在我周围的最细微的迹象（盖尔芒特家庭、阿尔贝蒂娜、希尔贝特、圣卢、巴尔贝克，等等），我必须把习惯使我忽略了的含义还给它们。而在我们达到现实之后，为了表述现实，保住现实，我们将撇开与现实相异的东西，撇开习惯所获得的速度不断地给我们带来的东西。首先我将摈弃那些说来容易却并不是心灵选中的话语，摈弃那些插科打诨，如我们用在交谈中的那种语言，继与人长谈之后继续矫揉造作地对自己说下去，使我们的思想充斥谎言，那些纯属物质的、在堕落到就是写写话的作家那里伴随着浅笑和皱眉蹙额搔首弄姿的话语，它们无时不在篡改例如圣伯夫这样的人说过的话。真正的著作不应是光天化日和夸夸其谈的产物，而是黑暗与沉默结下的果实。而由于艺术严格地重新组合生活，我们在自己身上已经达到的真实周围便会始终漂浮着诗的气氛，洋溢着某种神秘带来的恬适，那无非是我们不得不从中穿过的冥冥的残痕，像高度表一样正确标出的作品的深度指示（这个深度并不属某些主题所固有，如一些唯心主义的唯灵论小说家所以为的那样，既然他们不可能深入到表象世界的下面去。而且，就像那些不愿作些许善行的善士常作的道德文章，他们所有崇高的意向也不应妨碍我们注意到他们连摆脱产生于模仿的形式上的种种平庸之处的意志力都没有）。

至于才智——即使是最卓越的才智——所稀疏采撷的真情实话，在它面前，昭然若揭，它们的意义可能十分重大；但是它们的轮廓不大柔和，它们比较平坦，由于要达到这些真实不用逾越什么深度，由于它们并不是再创造出来的，所以，它们没有深度。有些作家到了一定的年龄后，心中不再产生那种神秘的真实，从此时起，他们往往就凭借越来越有力的才智进行写作，鉴于这个原因，他们成熟时期的作品比他们年轻时的作品更苍劲有力，然而它们失去了往日的甘美。

不过，我觉得也不能对那些由才智从现实中直接引出的真实科以全盘否定，因为它们仍能利用虽不那么纯，却依然浸透了精神的材料，镶嵌过去和现时的感觉所共有的要素不受时限地给我们带来的那些印象。只是，由于这些印象比较珍贵，也十分稀少，致使艺术作品不可能全部由它们构成。既然它们能被利用于此，于是乎我感到这些与情感①、性格、习俗有关的真实纷纷涌上心头，感知它们给予我欢乐。然而我依稀记得它们中间有不止一个是我在痛苦中发现的，另有一些则发现于勉强的欢娱之中。在这种情况下，它们无疑不如使我意识到艺术作品是找回似水年华

① 每个曾使我们痛苦的人都有可能被我们奉若神明，而他们其实只是神性的部分反映，最高阶段；神性（理念），静观之就能即刻赐予我们欢乐，而不是我们承受过的痛苦。生活的全部艺术在于把造成我们痛苦的人只当成能让我们进入他们的神明外形的台阶，从而愉快地使我们的生活充满各种神性。——作者注

的唯一手段的那个真实灿烂辉煌，我心中升起又一股光焰。我大悟，文学作品的所有这些素材，那便是我以往的生活；我大悟，它们在浮浅的欢悦中、在慵懒中、在柔情中、在痛苦中来到，被我积存起来，未及预期它们的归宿，甚至不知道它们竟能幸存，没想到种子内储存着将促使植物成长的各种养料。我就像那种子，一旦植物发育成长，我便会死去，而且我觉得自己无意中就是为它而生存的，没有想到我的生命有一天会同我欲撰写的那些书籍发生关系，过去，当我在书案前坐下时，我竟想不出写些什么好。因此，我的生活既能又不能归结为这个命题:感召。它不能这么归结，因为文学在我的生活中并没起到过任何作用。它能这么归结则是在于这个生活、它的伤心事、它的快事的回忆构成了类似胚乳的储存，留在花木的胚珠中，胚珠从中汲取营养以变成种子，植物胚胎便在我们尚一无所知的这段时间里发育起来了，而这个胚胎却是发生化学反应和秘密但又十分活跃的呼吸现象的地方。我的生活就是像这样与它的成熟所导致的变化相适应的。

在这个问题上，同样的对照，如果以它们为出发点，则它们是错误的，如果以它们为终止，则它们是真实的。文士墨客艳羡画师，也想去画画速写，搞搞写生，他如果这样做了，那就会一败涂地。可当他写作的时候，他笔下人物的动作、癖好、口音，无不是他的记忆授意于他的灵感的。在一个虚构人物的名字下，没有不能放上六十个他见到过的人物的名字，他们有的做出一副怪相，有的献出一只单片眼镜，某人是怒气冲冲的模样，某人又只剩下自命不凡的手势等等。此时，作家发觉，他那当画师的梦想是不可能有意识地如愿以偿的，但是，这个夙愿却已经实现了，作家在不知不觉中也完成了他的速写本。因为，在他自身具有的本能的推动下，作家，远在他自信有朝一日能成为作家之前就已经在有规律地疏漏那么多为别人所注意的东西，致使别人责备他心不在焉，而他也以为自己既不善于听，又不善于观察，然而却正是在这段时间里，他授意自己的眼睛、耳朵永远地抓住那些在别人看来实属无谓的琐碎小事，某时某人讲某句话时所用的语调、脸上的神色以及耸肩动作，此人其他方面的情况他可能一无所知，如此行事已有多年，而这是因为种种语调他早已听到过了，或者预感到他还会再听到，觉得这是一种可更新的、能持久的东西。因为他只是在其他那些人那么愚蠢或者那么疯癫地鹦鹉学舌、重复与他们品性相似的人的话语，从而甚至使自己成为先知鸟、成为一条心理法则的代言人的时候，他才听取他们说的话。他只记住一般的东西。别人的生活便是以诸如此类的语调、诸如此类的表情动作再现在他心中的，尽管那是他遥远的童年时代的所见所闻，而后来，当他写作的时候，别人的那种生活便会前来协作行动，以一个为许多人所共有的，像解剖者记入工作手册的内容一样真实的肩部动作进入他的作品，只是在这里要表达的是某个心理真实，并且在他肩上装接着另一个人的颈部动作，各人摆出自己的瞬间姿势。①

最愚笨的人在他们的动作、言语和无意间流露出来的情感中表现出某些规律，这些规律他们自己并未觉察，然而它们却被艺术家抓住了。凡夫俗子认为作家的这种观察可恶，他们错怪了作家。因为在一个滑稽可笑的人身上，艺术家看到的是一种完美的概括，他并不把错误归咎于这个被观察的人，就像外科医生并不蔑视相当常见的循环紊乱病人一样。所以，他并不比谁更瞧不起那些笑话篓子。可惜，他的不幸更胜于他的可恶，当事情牵涉到他自个儿的情感时，虽说他也一样地清楚这些情感的概括性，要超脱它们所造成的痛苦就不那么容易了。当一个蛮横无礼的人侮辱我们，无疑，我们更愿意他称赞我们，尤其是当我们心爱的女人背离

---

① 在文学作品的创作过程中，并不能肯定想象力和敏感性是两种不可互换的资质，并不能说后者就不能无甚重大弊端地取代前者，像胃不行的人让他们的肠道承担消化功能那样。一个生性敏感却缺乏想象力的人同样能写出令人拍案称好的小说。别人给他造成的痛苦、他为防止这种痛苦而作出的努力，他与残酷的第二个人物所制造的冲突，这一切经智慧的巧妙阐述完全能成为一部作品的素材，这部作品不仅不会比它如是想象杜撰的逊色，而且如果它能听任自身的发展，同样能越出作者的梦幻和妙趣横生，同样会像想象力不可捉摸的任性波澜起伏，出乎自己的意外。——作者注

我们的时候，我们为求得另一种结局什么代价不愿意付出呢！然而，此时此刻受侮辱的感觉、被抛弃的痛苦会成为我们从来都不曾涉足的土壤，它的发现对别人是那么痛苦，对艺术家却变得难能可贵。恶毒和忘恩负义的人会由不得他，也由不得他们自己出现在他的作品里，抨击文章作者非本意地把他痛斥的卑劣小人和他的荣誉联系起来。在任何一部作品中我们均能辨认出艺术家最憎恶的人，呜呼，同样也有他曾热恋的女人。对艺术家而言，她们也只是在违背他的意愿、使他痛苦万分的那一刻里摆了个姿势。即在我恋着阿尔贝蒂娜的时候我就清楚地知道她并不爱我，我曾不得不甘心领受她让我领略的唯一的东西，即什么是感觉痛苦，什么是体验爱，甚至，在开始的时候还有幸福是什么。

而当我们力求从自己的忧伤中萃取概要，加以述写的时候，我也许还会因为一条与我在这里列举的不同的理由而得到些许慰藉，那就是，一般地思考和述写对作家而言是正当的和必要的职责，恪尽职责使我快乐，就像训练、汗水、沐浴之于运动员一样。说实在的，我对此还略作抗拒。我空自以为生活的至上真谛存在于艺术之中，另一方面，虽然我已没有能力或为爱恋阿尔贝蒂娜或为痛哭的外祖母作出回忆所需的努力，我却还在考虑一部他们不可能知道的艺术作品对于他们，对这两位已然作古的可怜女性的命运是否也能算是一种完成。我曾无动于衷袖手旁观在我身边弥留和咽气的外祖母啊！在我这部作品完成之后，我这已受了无可救药的创伤、众叛亲离的人，在死去之前但愿能经受住长期痛苦以补赎罪孽吧！再者，我甚至还十分可怜那些不怎么亲密，甚至没什么交往的人，怜悯那么多人，我的思想在力求理解他们的命运时，总之曾经利用他们的痛苦的人，或者仅仅是那些滑稽可笑的人。所有这些曾为我揭示真谛的已经不在世间的人，我仿佛觉得他们只是为了给我带来利益而生存过，并且仿佛是为我而死的。想到被我看得这么重的我的爱情，在我的作品里将那么轻快超脱，并且被各种各样的读者实施在他们对其他女人的感受中，于我实属可悲,然而我该为这身后的不忠大发愤慨吗?我须为某人或某人可能用一些不认得的女人作为我这种情感的对象而大发愤慨吗?这种不忠,这种在好几个人之间的爱的瓜分是我生前,甚至是在我撰写此书之前就已经开始的呀!我曾一个接一个地为希尔贝特、德·盖尔芒特夫人、阿尔贝蒂娜而深深地痛苦过。我又一个接一个地把她们抛置脑后,唯有我奉献给各种各样的人的爱经久不衰。我的那些回忆之一将遭到某些陌生读者的亵渎,其实在他们之前我就已经把这个回忆糟蹋了。我都已经快使自己感到可憎恶了,就像某个国家主义政党,以它的名义继续着敌对行为,为它的利益而进行一场战争,那么多高贵的受害者在这场战争中经受磨难和尸填沟壑,连争斗的结局都不知道(对我的外祖母来说这至少可以算是某种补偿),这个政党或许也会憎恶自己。而对于她不知道我终于着手创作我唯一的慰藉便在于(这就是属于死者的份额),如果说她已不能为我的进步而高兴,她却早已不再认为我无所事事,早已相信我不会虚度一生,我的无为和虚度年华曾造成她那么巨大的痛苦。当然那里不会只有我的外祖母和阿尔贝蒂娜,还有许多我只吸收了一句话、一道目光的人,只是作为个体的人我已记不起来了。一部作品便是一片广阔的墓地,大多数墓碑上的名字已被磨去,无法再辨认。有时相反,名字倒记得很清楚,却不知道这个人是否有什么存活在书页中。那位眼窝深陷的姑娘,说话慢条斯理,她在不在这里呢?倘若她确实安息在这里,那又在哪一部分呢?我已经不知道了,人在花丛底下,怎么找得到?然而,既然我们远远地离开那些个体的人而生活,既然我们最强烈的感情,诸如我对外祖母的爱、对阿尔贝蒂娜的爱经过几年后我们已不再有所感受,既然它们已经只是我们一个不理解的词,既然在我们所爱的一切已经死去的时候,我们还能对世人,还乐于到他们家去和他们讲讲那些故人,那么,如果还有什么能使我们学会理解那些被遗忘的词的方法,这个方法我们不该把它用起来吗?需不需要为此而先把它们译写成通用的,至少将是持久的语言,能使逝去的人们在他们最真实的本质上变成所有人的永恒获得物的语言呢？甚至，那条使这些词变得不可理解的变化法则，如果我们能做到把它解释清楚的话，我们的短处不又变成一种新的力量了吗？

况且，忧伤协助我们写下的作品还能被理解为是我们未来的痛苦的凶象和慰藉的喜兆。事实上，如果说爱情和忧伤曾为诗人效力，曾帮助他营造自己的作品，如果说那些连最起码的都没料到的陌生女人，或出于恶意，或为了嘲弄，每人都曾为这她们不会见到的宏伟建筑物的营造添上自己的砖石，人们却没有充分地考虑到作家的生活并不随着他作品的完成而结束，那曾使他经受了巨大的，已写入他作品中的痛苦磨难的天性，在他完成作品之后继续存在，使他有可能在相同境遇中爱上别的女子，如果时间在环境、主体本身，在他的爱的欲念和对痛苦的抗力上引起的种种变异并没有导致这种境遇出现些微偏差的话。从这第一个观点来看，作品应被视作一次不幸的爱情，它必然是其他几次爱情的预兆，它将使生活与作品相仿，使诗人几乎用不着再写作，在他已经写下的东西里他完全能找到未来事件的先期形象。犹如我对阿尔贝蒂娜的爱，区别再大也早已记入我对希尔贝特的恋情之中，在那些幸福的日子里，当我第一次听到她姨母说出阿尔贝蒂娜的名字和描绘她的容颜，那天，我并没有料到这微不足道的萌芽有朝一日竟会发展和延续到我整个的一生。

然而从另一角度来看，作品是幸福的朕兆，因为它告诉我们，在任何一次爱情中，即在特殊旁边存在着一般，并且通过把忧伤的起因略过不管，为深化其本质加强对忧伤的抵抗力的锻炼，完成从特殊到一般的过渡。事实上，就像我后来所体验到的那样，即使在爱的时刻、痛苦的时刻，如果感召终于在我们的工作中变成现实，此时，我们会十分清楚地感到心爱的人溶化在更加广阔的现实中，竟至使我们不时把他忘却，我们在工作的时候不再为爱情感到痛苦，似乎那只是某种纯属肉体的疼痛，与我们心爱的人完全不搭界，好像是一种心脏疾患。确实这是个瞬息即逝的问题，如果工作开始得更迟一些的话，后果似乎更加是相反的。因为那些人出自他们的恶，出自他们的毫无价值，置我们的反对于不顾，破坏了我们的幻觉，自己也化为乌有，并且脱离了我们为自己铸造的爱的幻想，如果此时我们着手进行工作，我们的心灵，出于我们自我剖析的需要，会重新把他们抬得高高的，抬到有可能爱我们的地位上，在这种情况下，摆脱了爱的幻觉重新开始工作的文学便会给某些已不复存在的感情以某种死亡后的继续存在。当然，我们会不得不以医生在自己身上再一次注射有害针剂的勇气去重新领略那种特有的痛苦。然而，与此同时，我们还必须对它进行某种一般形式下的思考，这在某种程度上能使我们逃过它的压抑，使所有的人都来分担我们的痛苦，甚至还能给予一定的欢乐。生活在什么地方筑起围墙，智慧便在那里凿开一个出口。因为如果说不存在医治单相思的药物，人们却能从确认痛苦中逸出，哪怕只是从中引出它包含有的后果。智慧并不考虑没有出路的生活的那些封闭局面。

所以，我必须接受这样的观念，即使是最亲密的人，也只能给作家摆个姿势，就像在画室里那样，因为任何东西只有在变成一般和灵魂弃绝自我后才能够持久。

有时，当一个痛苦的片断尚处于毛坯状态的时候，一段新的柔情、新的苦痛已然萌生，使我们能够完成和充实那个片断。至于那些有用的深切哀伤，我们还不能太抱怨，因为它们不会失误，也不会让我们久久等待[①]。只是得赶快利用，因为它们不会持续很长时间。我们或者会自我安慰，当它们太强大，而如果我们的心脏已不很强健，承受不了，那我们就会

---

① 在爱情中，我们幸运的对手，或者可以说我们的敌人也是我们的恩公。他当即在一个只是激起我们微不足道的肉欲的人身上，添加了一种极大的价值，与她不相干，却又被我们混为一谈的价值。如果我们没有情敌，寻欢作乐便不会变成爱情，如果我们没有，或者如果我们不相信有情敌的话。因为实际上并不一定需要他们存在。足以对我们有所裨益的是那种幻觉生活，我们对并不存在的情敌产生的猜疑和忌妒导致的幻觉生活。——作者注

死去。因为只有幸福才有益于肉体的健康，而忧伤却是培养精神的力量。况且，它不是每次都要给我们揭示出一条法则吗？这也是使我们一次次返回真理，拔去习惯、怀疑、轻率、冷漠的杂草，迫使我们认真对待事物所不可或缺的呀！确实，这条真理难以与幸福、健康兼容并存，也并不总是与生活同在。忧伤过度必致殒命。每当新的苦难过于深重，我们便会感到又有一条血管鼓了起来，顺着一侧太阳穴，弯弯曲曲延伸到我们的眼睛底下。大家对老年伦勃朗、老年贝多芬不以为然，他们那憔悴不堪的可怕面容就是这样逐渐逐渐形成的。倘若没有心灵的痛楚，那眼囊和额头皱纹根本就算不了什么。但是，既然一些力可以转化为另一些力，既然持续的热能会变成光、霹雳中的电可用来照相，既然我们心灵的钝痛能于自身之上建立起每出现新的忧伤便像楼台般显见的形象的永久稳定，那么，就让我们接受它赐予的肉体的痛苦以获取它带来的心灵的认识吧！让我们的肉体去分崩离析，既然这一回脱落下来的每一小块都熠熠放光，一清二楚，以其他天分较高的人所不需要的痛苦磨难为代价来补充作品的不足，它们被加进我们的作品，随着种种激情碾碎我们的生命而使它更加坚实。思想是忧伤的替代物，就在一次次的忧伤变成一个个观念的同时，它们部分地丧失了对我们心灵有害的作用，刚开始的时候，转化本身甚至会骤然释出欢乐。况且，它们仅仅是时间范畴内的替代物，因为，第一要素似乎该是观念，忧伤只是某些观念首先进入我们心灵所采用的方式。然而在这观念群里又存在着好几种类别，有些类别的观念即刻便成欢乐。

上述种种思考使我获得对自己经常有所预感的真理的更强烈和更确切的意识，尤其是当康布尔梅夫人在寻思着我怎么能够为了阿尔贝蒂娜而去冷落埃尔斯蒂尔这样一位杰出人物的时候，即便从理智的观点去看我也感到她错了，可我又不清楚低估了什么：我们就是带着种种教训开始学当文人的。艺术的客观价值于此微乎其微。需要使之水落石出，真相大白的是我们的感觉、我们的激情，也就是每个人的感觉和激情。一个我们需要的，使我们备受折磨的女人引起我们心中阵阵喜怒哀乐，这与我们的利害相关的上司可能引起的喜怒哀乐别样地深切、别样地生命攸关。尚需弄明白的是，按照我们生活的面，我们是否觉得，一个使我们感到痛苦的女人的离弃与这种离弃为我们揭示的真理相比之下是微不足道的，这些真理对于因为给人造成痛苦而喜滋滋的女人是不大能理解的。不管怎样，这种背叛都不为少见。作家可以着手他的宏篇巨制，不必担忧。让才智开始他的作品，进行过程中自会有足够的忧伤负责把它完成。至于幸福，它几乎只有一个用途，使不幸变得可能。我们应当在幸福中铸就十分甜美、十分有力的信赖和眷恋关系，以便使这种关系的中断足以导致被称作不幸的那么珍贵的痛苦。如果你不曾有过幸福，哪怕是憧憬中的幸福，那么，不幸便谈不上残酷，从而也结不出果实。

而这对作家犹胜于对画家，为了获得容量和浓度，获得概括性和文学现实，就像画家需要见到过许多教堂才能画出一座那样，作家也需要接触许多人才能描述出一种感觉。因为，如果说艺术长存生命短促，那么相反我们却可以说，如果灵感短促，它应该描绘的那些感觉也不会持续多久。①当灵感重新出现，当我们又能够进行工作的时候，曾为某种感觉在我们面前摆出姿态的女子已不再使我们体会到这种感觉。要继续描绘出这种感觉就得依据另一个女子，而如果说这是对前者的背叛，那么，从文学角度来看，则正是由于我们情感间的相似性，使一部作品既是我们对旧爱的忆念，又是我们对新欢的预期的相似性，这样的替代倒并没有什么大不了的不妥。有的人在研究作品中总想猜度作者说的是谁，那么那便是导致这种研究徒劳无功的原因之一。因为，一部作品，即使是直言不讳的忏悔录至少也是被夹在作者好几件生活小事之间，在前的曾给作品以启迪，在后

① 为作品勾勒轮廓的是我们的激情，把它们撰写出来的是两次激情间的宁息。——作者注

的少不得与作品相仿，后来的爱情是前几次爱情的翻版。因为我们对爱之至深的人并不像对自己那样地忠贞不渝，或迟或早我们会忘掉她们——既然这是我们的特点之一——好再去爱别人。我们爱得那么深的女人最多也只是为这次恋情添加一种特殊的形式，使我们即便在不忠之中依然忠实于她。对于后来的女人我们也会需要作同样的早晨漫步，或同样的夜晚陪送，或给她出百倍的金钱（这种金钱的流转实属一大怪事，我们把钱给女人，她们因此使我们不幸，也就是说使我们能够写出书来，我们竟可以说，作品就像自流井，痛苦把我们的心挖掘得越深，作品的内容就越丰富）。这些替代给作品增添了某种不偏不倚，使之更具普遍意义的东西，它还是一个严肃的忠告，告诫我们应该致力的不是那些人，不是那些实际存在，因而也易于表述的人，而是观念。而且还得加快速度，使在身边有这些模特儿可供支配的时候不致坐失良机。因为那些为我们摆出幸福姿态的人一般不会表演多次，而为我们摆出痛苦姿态的人，那痛苦也是稍纵即逝的。况且，即使她在给我们揭开痛苦的真面目的时候并没有为我们提供写作素材，对我们的写作她仍是有促进作用的。想象、思考，其本身便可以成为绝妙的工具，但它们也可能失去活力。此时，痛苦便来启动它们。而那些为我们摆出痛苦姿态的人则在只有这种时期才去我们的画室、我们内心的画室里为我们作出重复过那么多次的表演！这些时期仿佛是一幅图片，画着我们生活中各种各样的痛苦。因为，它们也包含着形形色色的痛苦，并且就在我们以为事情已经平息的时候，新的痛苦又冒了出来。就各种意义而言的新痛苦：也许是因为不可逆料的处境迫使我们进入与自我的更深层的接触。爱情不时使我们陷入的窘境教育我们，一而再，再而三地为我们揭示构成我们的是什么材料。所以，当弗朗索瓦丝看到阿尔贝蒂娜随时随地都能走进我家，像条狗一样到处乱跑、把什么都弄得乱糟糟的，把我毁了，还把我弄得那么伤心的时候对我说（因为那时我已经写过几篇文章，译过一些东西）：“啊！先生要是不接待这个女人，而是用一个教养有素的小秘书，帮助先生整理整理这些文稿有多好！”我也许不该觉得她说话明哲有理。阿尔贝蒂娜使我浪费了时间，使我伤心，可她也许比能帮助我整理文稿的小秘书更有助于我，即使是从文学角度考虑。不过，一个人的形体再丑陋（而在常理上，这个人可能是男人），也不可能爱而没有痛苦，也得经受磨难才能得知真理，这种人的生活最后必会变得令人厌烦不堪。幸福的岁月即是虚度的年华，我们等待痛苦，以便进行工作。先决痛苦的概念与工作的概念联在一起，当我们想到要构思一部作品首先得备受痛楚，我们就会害怕每一部新作。而由于我们明白了痛苦是我们在生活中能遇上的最美好的东西，我们就会毫不畏惧地想到死，简直就像想到一种解脱。

然而，如果说我对此有些反感，那么，还必须注意的是我们往往把生活看得过于严肃，没有为著书立说把人们利用起来，而是完全相反。唉！我的情况可不同于维特，那么崇高。我没有一分一秒相信过阿尔贝蒂娜的爱，却二十次地愿为她奉献生命，为她丢弃家产，为她毁了健康。当问题涉及到写作的时候，我们十分谨慎，细细观察、剔除一切非真实的东西，可一旦只涉及生活，我们便为虚妄的谎言去破产、生病和自杀。确实，我们只能从谎言粗糙的外表中去提炼出一点儿真理（如果当诗人的年龄已过）。忧伤哀愁是卑微和被憎恶的仆佣，我们向它们作斗争，在它们的钳制下我们每况愈下。它们是凶狠残忍的仆佣，却又无法替代，它们引导我们穿过地道走向真理和死亡。在遇上死亡前先遇上真理的人是幸运儿，真理的钟声先死亡的钟声为他们敲响，哪怕它们间隔的时间是那么短！

从我过去的生活中我还意识到，即使是那些鸡毛蒜皮的琐碎小事也都曾为给予我今天将利用的理想主义的教诲而通力协作。例如，我同夏吕斯男爵的几次邂逅，即便是在他给我这种教训的亲德行为之前，就已经使我信服材料无足轻重到何等程度，通过思维什么都能用上，那几次邂逅的作用甚至胜过我对盖尔芒特夫人或阿尔贝蒂娜的爱，胜过圣卢对拉谢尔的爱。性欲倒错现象如此不为理解，遭到那么多劳而无功的指责，实际情况是这种现象的扩大竟更胜于已了如指掌的爱情现象。爱情现象为我们揭示出美色在我们不再眷恋的女人身上转瞬即逝，它又去驻定在一张别人会觉得是最丑陋的脸上，这张脸本应有朝一日必然会使我们自己也感到讨厌。然而，更令人震惊的是看到她在获得一位大贵族毅然抛开美丽的公主而奉献给她的全部敬意的时候，她竟然跑到一个公共汽车查票员的大盖帽底下去了。每当我在香榭丽舍，在街上，在海滨再次见到希尔贝特、盖尔芒特夫人、阿尔贝蒂娜的面孔，我的惊讶不正证明回忆只会朝着与印象不同的方向延伸吗？它先与印象相吻合，继而离它越来越远。

作家不应因为性欲倒错者给他笔下的女主角装上副男性面孔而感到气恼。这种有点畸变的特殊情况只能使性欲倒错者继而得以把自己的全部概括性给予他读到的内容。拉辛还曾有一时把古代的淮德拉塑造成冉森派教徒，以便使她充分地获得普遍意义。同样，倘若夏吕斯先生不给缪塞的《十月之夜》和《回忆》中使他伤心落泪的那个“不忠实的女人”戴上莫雷尔的面模，他既不会哭泣，也不会理解，他实在是通过这条狭窄曲折的唯一道路进入爱的真谛的。作家只是沿袭惯例用写序言和题献的那种言不由衷的语言说了个“我的读者”。实际上，读者在阅读的时候全都只是自我的读者。作品只是作家为读者提供的一种光学仪器，使读者得以识别没有这部作品便可能无法认清的自身上的那些东西。读者能从书本所云中做到自身的识别证明这本书说的是真话，反之亦然，两篇文章间的不同，至少在某种程度上，往往不能归咎于作者，而应归咎于读者。再者，对于头脑简单的读者，作品还可能太深奥、太晦涩，就像推给他一块模糊的玻璃，读者无法用它来阅读。然而，另外有些特殊情况（例如倒错）可能造成读者需要用某种方式才能读懂：作者不应为此气恼，而是相反，给读者留有最大的回旋余地，对他说：“您自个儿瞧吧，用这块镜片是不是能看得清楚些，或者这一块，要不那一块。”

如果说我对人们在睡眠中所得的梦总是那么感兴趣，难道不正是因为它们以强度补偿时间的短促，能够帮助你更好地理解某一事物，如爱情中属于主观的内容吗？它们通过简单的事情——却以惊人的速度——完成俗称“谈对象”的行为，甚至在仅仅几分钟的一场春梦中使我们如胶似漆地爱上一名丑女，这在现实生活中往往需要数年的习惯、数年的姘居——而且，它们好像是哪一位神医发明的针剂，可以静脉注射爱情，同样可以静脉注射痛苦。它们反复向我们作出的爱的启示又以同样的速度烟消云散，有时，不仅夜梦中的秋水伊人因为重又变成熟知的丑女不复引起我们的情愫，而且某种更可贵的东西也荡然无存，如缱绻柔情、快感、朦胧隐掩的惋惜组成的整幅良辰美景、驶往情浓意蜜的西泰尔岛①的全部准备、还有我们还想记下它那美妙真实的细微色调，以备不眠之虞，而它却像一幅色泽褪失、无法修复的图画也泯灭殆尽。梦之所以曾把我慑服或许还因为它与时间联手发出的高招。我不是常常在一个夜晚、某个夜晚的某一分钟见到已经遥远的各个年代吗？这些年代被搁置在那里，隔着万水千山，我们已辨味不出当时体验过的喜怒哀乐，此时，它们却向我们全速扑来，它们的光芒照得我们眼花缭乱，好像它们是一群大型飞机，而不是我们原来以为已经淡没的星辰，使我们重又见到它们对我们而言所蕴含的全部内容，从而给予我们激情、冲击和近在咫尺的它们发出的光芒——一旦我们从梦中苏醒，那些年代便重又回到它们一度神奇地飞越的万水千山之外，直至使我们以为，其实是错误地以为，这些梦是复得似水年华的方式之一。

我发现，唯有粗浅的、似是而非的感知才寄一切于客体中，其实它们

① 神话中的岛屿，维纳斯曾在那里有过一段恋情，如同我国的巫山。

此时全存在于心灵间。我真正失去我的外祖母是在她去世后好几个月，我见到过一些人，他们随着我和另一些人对他们的看法变换面貌，仅仅一个人，有多少人望着他，他就成了多少人(例如初时的斯万，对第一主席而言的卢森堡亲王夫人)，即便对一个人而言，随着岁月推移也会有变化(对我而言的盖尔芒特这个姓氏，不同的斯万)。我看到过爱情把只有在正恋爱着的人身上才有的东西放到某人身上。当我把客观现实与爱情之间的距离延展到最大限度的时候，我对此的了解更深了(拉谢尔之对圣卢和我，阿尔贝蒂娜之对我和圣卢，莫雷尔或公共汽车司机之对夏吕斯或对其他人，尽管如此还有夏吕斯对缪塞的诗篇的偏爱，等等)。最后，在一定程度上，夏吕斯先生的亲德观念、圣卢看阿尔贝蒂娜的相片时的目光，即便没有助我摆脱自己对德国的敌视，却至少有过一时帮助我挣脱自己对仇德观念的纯粹客观性的信念束缚，使我想到，也许爱和恨一样都是客观的，即在此时，在法国对它认为丧尽人性的德国抱有极度仇恨之中，首先便存在着感情的客观化问题，就如那种使拉谢尔和阿尔贝蒂娜，前者对圣卢、后者对我而言显得如此宝贵的感情那样。实际上，那种邪恶并不完全是德国所固有的本质，所以能够这么说是因为，这与个人的情况是一样的，我曾接二连三地有过几次爱情，这几次爱情结束之后，我觉得爱的对象没什么价值。我在法国已经看到过接二连三的仇恨，它们导致一些法奸的出现，他们把法国出卖给德国人，他们比德国人坏一千倍；它们也导致产生一批像雷纳克那样的德雷福斯派，今天爱国者们与雷纳克通力合作，反对一个全然由撒谎者、衣冠禽兽和笨伯蠢货组成的国家，除了那些与法国同仇敌忾的德国人，像罗马尼亚国王、比利时国王和俄国女皇这样的人。诚然，反德雷福斯派们会反驳我说："这不是一码事。"确实，这从来就不是一码事，而且也不是同一个人：要不然，在同一现象前受它之骗的人便只有责怪自己的主观状况欠佳了，也只能认为或优或劣皆在客体之中。以此差异为基础，智者不费吹灰之力便能创立一种理论(按照激进党人的观点修会成员反对自然天性的教育，犹太人种民族化的不可能性，德意志民族对拉丁民族的世代冤仇，地位得到恢复的黄种人)。况且这种主观方面的作用还明显地表现在中立者的交谈中，例如当有人对亲德派述及德国人在比利时的暴行时，亲德派有本事停止一时的理解，甚至听觉功能(可那些暴行却千真万确：不管是在仇恨或是在观点本身中我所注意到的主观意识都不妨碍客体可能具有实在的长处或缺憾，并且丝毫都不会使现实泯灭在纯粹的相对主义之中)。而如果说，那么多岁月流逝了，那么多时间丢失了，我才感觉到这个最重要的影响，直至它在国际关系中的表现，那么，在我生活的开始阶段，当我在贡布雷的花园里阅读贝戈特的那种小说的时候，对此我是否已有所揣测呢？纵然是今天，如果我浏览了那已被遗忘的几页，看到书上恶棍的阴谋诡计，我仍然会跳过一百页，直至在快要结尾的地方得以肯定那个恶人必然落得可悲的下场，恶贯满盈，终于明白他那些阴险的计谋已彻底失败，这才掩卷。因为，我已经记不清楚那些人物的遭遇，这便使他们与今天下午出现在盖尔芒特夫人家的那些人分不清楚了，这里的客人们中间至少有好几个，他们过去的生活经历我已模糊不清，就好像是我在一部忘了一半的小说中读到的。阿格里让特亲王最后是否娶了 X 小姐？或者应该说 X 小姐的兄弟是否娶了阿格里让特亲王的妹妹？或许是我把它与过去读过的一部作品或者最近做过的一场梦混淆在一起了？

梦还是我生活中的那些事件之一，它总在给予我最强烈的震动，它最有效地使我认识到现实的纯属心态的性质，它的帮助是我在作品的撰写过程中不容掉以轻心的。当我稍稍不那么冷漠地为一次爱情而生活的时候，梦会奇特地使这次爱情越过似水年华构成的万水千山，使我与我的外祖母、阿尔贝蒂娜靠拢；我重又爱起阿尔贝蒂娜来了，因为她在我的睡梦中为我提供了关于那个洗衣女工的情事的一种解说法，而且是缓解的说法。我想，有时它们就像这样使我接近真实、接近印象，这些真实和印象单凭我的努力，或者甚至是大自然的机遇都不可能使我看到，他们会唤醒我心中的欲念，使我为某些不存在的东西抱憾，这便是工作的条件，摆脱习俗、摆脱具体事物的条件。我不会轻慢这第二位缪斯，这位有时取另一位而代之的黑夜的缪斯。

我看到过一些名门贵胄，当他们的灵魂像盖尔芒特公爵的那样鄙俗时，他们自己也变得庸庸碌碌（戈达尔大夫就可能会说："您不觉得局促不安"）。我在德雷福斯案中和战时都看到过有以为某种事实就是真理的，他们认为部长们就拥有真理，只要毋需解释的一个是或不是，便能使当权者**知道**德雷福斯是不是有罪，**知道**萨拉伊有没有办法与俄国人同时进军（不必为此派罗克去现场调查）。①

总之，细细想来，我的经验的素材，也即我后来的作品的素材来自于斯万，这不仅通过有关他本人和希尔贝特的一切，而且正是他从贡布雷时代起就给了我前往巴尔贝克的欲望，如非如此，我父母是绝不会产生要我去巴尔贝克的念头的，我也就不会结识阿尔贝蒂娜，同样还有盖尔芒特家族，因为我外祖母没有再见到过德·维尔巴里西斯夫人，我也不会认识圣卢和德·夏吕斯先生，从而不可能认识德·盖尔芒特公爵夫人以及她的内侄女。因此正是斯万导致我此时此刻来到盖尔芒特亲王府，并且刚才，

---

① 当然，我肯定会把自己要写的某些东西与那张脸连接起来，仍像我在海滨第一次瞥见的那副模样。从某种意义上说，我把她与那些东西连在一起是有道理的，因为，倘若那天我没有上堤，倘若我不曾认识她，那么，这种种想法便发展不起来（除非它们已凭借另一个女人得到了发展）。我也有错，因为我们须在女人漂亮的脸蛋上找到的这种旨在生儿育女的乐趣，回过头来想一想，均来自于我们自己的感官：实际上，我后来写下的那些篇章，可以肯定，阿尔贝蒂娜，尤其是当时的阿尔贝蒂娜是理解不了的。然而恰恰是因为这个（而这也向我们指出了不能生活在太理智的氛围中），因为她与我是那么地不同，才使她能用忧伤使我充实起来，甚至开始只是通过为想象与自己的不同之处而作的一般性努力。这些篇章，如果她能够理解，那么，即由此可见，写作这些篇章的灵感并非由她所得。——作者注

就在这里,突然产生我作品的设想(所以多亏了斯万使我不仅有了题材,而且有了决心)。用以支撑我整个生命的幅度的这枝茎也许还稍嫌羸弱(在这个意义上,“盖尔芒特家那边”便起源于“斯万家那边”)。然而,为我们的生活制造这种种外表的那个人往往是个比斯万低劣得多的平庸不过的凡夫俗子。只要有哪个伙计告诉我可以到巴尔贝克去赢得某位佳丽(很可能我在那里碰不上),不就足以使我到那里去了吗?事情往往如此,我们邂逅一位不尽如人意的朋友,无奈与之握一握手,然而如果有一天细细回想起来,那只是他对我们说过的一句无稽之谈,一句“您真该作巴尔贝克一行”,于是我们的全部生活和作品便脱颖而出。我们并不为此对他感恩戴德,这也并不能证明我们忘恩负义。因为言者无心,他绝不会想到这句话将对我们产生至关紧要的后果。是我们的感觉和才智因势利导,而这种势态,一旦获得第一个推动力便连绵不绝地环环相生,他绝不会预见到同阿尔贝蒂娜的同居,以及在盖尔芒特府上的化装晚会。他的推动力无疑是不可或缺的,因而我们生活的外部形式、作品的素材本身均依他而定,没有斯万,我父母绝不会想到派我到巴尔贝克去(况且,对间接地因他而给我铸成的痛苦他并不负有责任,痛苦是由我的软弱引起的;他的软弱已经使他自己因奥黛特而回肠百转)。然而,即在如此这般确定我们的生活道路的同时,他从而也把我们本可能经历的其他生活道路统统排斥在外。如果斯万没跟我说起巴尔贝克,我就不会认得阿尔贝蒂娜,不会到那座府邸的餐厅,也不会认识盖尔芒特家的人。但是,我会到别的地方去,认识另外一些人,我的记忆和作品将充斥着完全不同的,我都难以逆料的场景,它们的新奇,我所未能感受的新奇,诱惑我,令我抱憾怎不奔它而去;而阿尔贝蒂娜、巴尔贝克的海滩还有里夫贝尔,还有盖尔芒特家族,我不会永远无缘结识的。

嫉妒是一位尽职的招募人,当我们的画面上出现空白的时候,它便会在街上为我们寻找所需的美人，她已没有了姣好的风姿，由于我们嫉妒她，她重又花容月貌，她将填补那个空白。一旦我们寿终正寝，这幅如此补全的图画便不再给我们欢乐。但是这种想法丝毫也不令人丧气。因为我们感到生活比我们说的更复杂一些，势态也一样。指出这种复杂性是迫在眉睫的需要。如此管用的嫉妒肯定不是产生于一脉秋波，或者一段故事，或者一番内心的反省，我们可能在一本年鉴中发现它正对我们剑拔弩张，这种书在巴黎叫《巴黎一览》，在乡下叫《城堡年鉴》。我们听到那位变得爱理不理的美人说起过她得到敦刻尔克附近的加来海峡去几天，去看望她的姐姐，我们没有在意。我们还漫不经心地想到，以前，那个很可能对这位美人大献过殷勤的 E 先生，她同他永远也不会见面了，因为她不再到他们从前见面的那个酒吧间去了。她姐姐是干什么的？好像是当女佣的吧？出于谨慎我们没有问起过她。接着，就在我们随手翻开《城堡年鉴》的当儿，我们发现 E 先生的城堡便在敦刻尔克附近的加来海峡。再也没有什么可怀疑的了，他为了讨那位美人的欢心，把她姐姐收为贴身女仆，如果说姑娘不再到酒吧间去与他会面，那是因为他让她上他家去，他一年到头都住在巴黎，然而即使只是在加来海峡住上那么几天他也少不了她。蘸满了恼怒和爱的画笔描绘着，描绘着。然而，如果不是那么一回事呢？如果 E 先生并没有再见到过那位美人，而只是出于一片热心把她姐姐介绍给他长年住在加来海峡的兄弟呢？以致她也许同样是出于偶然在 E 先生不在加来的时候去那里看看姐姐，因为他们也已不再把对方放在心上。甚至，如果那位姐姐并非在城堡或其他地方当女佣，而是在加来海峡有亲戚呢？后面的那几种假设平息了嫉妒，初时的痛苦消失了。但是，这有什么关系？隐匿在《城堡年鉴》字里行间的嫉妒来得正是时候，使画布上的那个空缺现在被填满了。而幸亏有那个我们已不再嫉妒、不再眷恋的美人，有因她而起的嫉妒所造成的存在，才使这幅画的格局十分协调。

此时，总管来对我说，第一个节目已经演完，我可以离开书房到客厅里去了。这才使我又回想起了自己在什么地方。然而，我刚刚开始的推理丝毫也没有被一场社交聚会这个事实所搅乱，社交聚会、回归社会为我提供了我在孤独中不可能找到的走向新生活的起点。这一事实并没有什么可以奇怪的，因为能使我心中永恒的人复苏的印象同孤独的关联并不一定就比它同社会的关联更多（就像我过去曾以为的那样，就像它过去可能已曾对我有过的那样，就像它本来还应该如此，如果我发展得很协调，并不曾有过那段看似终止的长久停顿的话）。因为，当偶然给予我一个现时的感觉，哪怕它有多么微不足道，我心中便会自发地重现一种类似的感觉，使那种现时的感觉延伸扩展，同时涵盖她几个时期，并充满我的心灵，由于我仅仅只找到那个美的印象，而那些特殊的感觉还在那里留下巨大的空白，实际上，一般没有理由不许我接受诸如此类的感觉，不管是在自然界，还是在社交界，既然它们系偶然所赐，而且这种偶然还有特殊的冲动相助，在我们处于生活的激流之外的日子里，这种冲动能导致甚至是最普通的东西都重新给予我们某些感觉，**习惯**使我们的神经系统积存下来的感觉。恐怕恰恰只有这类感觉才会导向艺术作品，我这就继续我在书房里没有停止过的环环相扣的思绪，努力寻找它的客观理由，因为我感到现在在我身上，精神生活已经有力地开始了，完全能够像独自在书房里那样在客厅、宾客们中间继续进行思考。在这一点上，我觉得即使有那么多人在场，我仍能保住自己的孤独。因为，就像一些重大事件并不能从外界影响我们精神力量的强弱，一名平庸的作家即使生活在惊心动魄的时代依然只能是一名平庸的作家，出于同样的理由，世上危险的是人们所作的社交安排。然而就它本身而言，它并不能使你变得平庸，就像一场可歌可泣的战争不会把一个蹩脚诗人变得超凡出众一样。总之，不管它在理论上是否有用，艺术作品便是这样构成的，而就在我完成这个问题的考察，像我马上要做的那样之前，我不能否认，就我个人而言，一些真正的美学印象都是随着这类感觉之后才在我身上产生的。在我这一辈子中，它们确实也相当罕见，然而它们却左右着我这一生，我能从往昔里重新找到那些高峰中的某几座，我曾错误地把它们忽略了（我希望今后不要再出现这样的忽略）。而且我已经能够说，如果那是在我家里，因为它带上了独有的重要性，一个属我个人所有的特点的话，那么，当我发现它与某些作家身上的一些虽不那么显见，却还能够识别的特点，实际上还挺相似的特点互为昆仲的时候，我放心了。《墓外回忆录》中最美的部分不正是中止在一种与马德莱娜小点心相类似的感觉上的？“昨晚我正独自散步……一只栖息在桦树枝杈顶端的斑鸫啁啾鸣叫，把我从沉思中唤醒。这富于魔力的啼声当即使我眼前重现父亲的封邑。我忘掉了不久前目击的一场场劫难，被突兀带回旧时，重又见到我听惯了斑鸫啁啾的田野。”而在这部回忆录最美的两三句中有一句不正是：“从一小方块蚕豆花盛开的田里，散发出天芥菜甜丝丝的香味；给我们送来芳馨的不是故国的微风，而是纽芬兰狂野的风，与谪居的作物没有关系，没有令人喜悦的淡淡的回忆和快感。在这没有经过美呼吸的、没有在美的胸臆中纯化的、没有散布在美的痕迹上的芳菲中，在这满负着晨曦、文化和人世的芳菲中，栖止着所有悔恨、离别和青春的伤感。”法国文学的杰作之一，热拉尔·德·奈伐尔的《茜尔薇》与和贡堡有关的那部《墓外回忆录》完全一样，拥有似马德莱娜小点心的味道和“斑鸫的啁啾鸣叫”一类的感觉。最后，在波德莱尔的作品中，这种淡淡的回忆数量更多，它们显然不再那么偶发，因而，依我看来，也就具有决定性意义。这是诗人本身占有更多的选择余地、带着更多的怠惰，有意识地在一个女人的例如头发、乳房的气息中觅寻给人灵感的类比，启迪他写出“广袤而浑圆的穹苍”和“火焰旗和樯桅济济的港埠”。我恰待竭力回忆起波德莱尔的那些诗篇，作为上述那种被搬移的感觉之基础的诗篇，以便最终把自己归入如此高贵的师承关系之中，从而获得信念，确信我不再踌躇、积极撰写的作品值得我将为之花费气力，我已从书房下楼，来到楼梯底下。一下子已身临大客厅，在一片欢庆中，我很快感到这次聚会与我从前参加过的大不相同，它将对我带上特殊的色调，具有崭新的含义。确实，我一走进大客厅，尽管我心中一直那么毫不动摇地坚持我刚制定的计划，却出现了一次戏剧性的变化，对我所致力的事业提出最严重的异议。无疑我将击败这种异议，然而，就在我继续斟酌自己身上创作这部作品的条件的时候，它却以重复百遍的例子，道出最善于使我犹豫不决的考虑，不时打断我的思路。

刚开始的时候，我不懂自己为什么迟疑不敢认出这家的主人和宾客，我不懂为什么他们全都仿佛“化了妆”，那普遍地扑了粉的脑袋使他们的模样全变了。亲王在接待客人的时候仍然像我第一次见到他时所感到的那样，带着童话国王那种傻愣愣的善良样子，但是这一回，他不只要求来宾带上这种标签，自己也依法炮制，他给自己装上了一部白色的胡子，[1]双脚似乎穿着沉重的铅鞋步履缓慢，仿佛承担起了表现某个“人生时期”的任务。说实在的，我是靠着一番推理，从他在某些部位尚存的旧时模样推断本人正身，才把他认出来的。我不知道小弗桑萨克往自己脸上抹了些什么玩意，可就在别人有的把胡子一半染成白色，有的则只是把唇髭染成白色的时候，他却不受这些颜料的约束，居然找到法子使自己脸上堆满了皱纹，眉毛一根根竖起。况且，这一切同他全然不相称，结果他的脸仿佛变得饱经沧桑，黑黝黝的，一本正经。这使他显得老气横秋，叫人一点都看不出他是个年轻人。更使我感到惊讶的是，即在此时，我听到有人叫一个蓄着银白色的外交官唇髭的小老头夏特勒罗公爵。在这个小老头身上，唯有目光中残余的那点依然如旧的神色使我得以认出我在维尔巴里

---

① 他的上髭也是白色的，仿佛在上髭后面仍然是小拇指的故事中冰冻的森林。它似乎使变僵硬了的嘴唇不便开合，而一旦效果产生，他大概该把它摘下来。——作者注

西斯夫人家做客时见过一面的那个年轻人。像这样，尽力撇开乔装改扮的内容，凭借记忆的努力补充残存的本来面目，我终于鉴别出了第一个人；对他，我的第一个想法，也许只是在不到一秒钟时间里出现过的想法是向他表示祝贺，祝贺他那么活龙活现地化装成老人，使我在认出他之前先犹豫了一下，那些大艺术家，扮演与他们本人迥然不同的角色登上舞台、出现在观众面前的时候，观众尽管已经从节目单上得知真情，在爆发出掌声之前，仍然会感到犹豫，惊讶一阵子。

就这一点而言，所有那些人中最不同凡响的是我个人的对头，阿让库尔先生，这次午后演出会上货真价实的顶儿尖儿。他不仅装上了一部不同凡响的白得不像真实的胡子，取代了他那刚刚花白的胡子，而且（有许多细微而具体的变化能把一个人变得瘦小或魁伟，更能改变其外表特征、品性），这个人竟成了个老叫花子，再也没有丝毫令人尊敬之处，他往日的一本正经、死板生硬的样子我记忆犹新，使他那老糊涂的角色显得那么真实的，还有他的四肢在微微地颤抖，平昔高傲的脸上肌肤松弛，还不时傻乎乎地露出至福的憨笑。事情做到这种地步，化装艺术已超出了原来的限度，成了人格的彻底改变。实际上，某些微不足道的细节枉自向我肯定他就是阿让库尔，是他让人观赏到这滑稽可笑的画中景象，我若要找回自己熟悉的那个阿让库尔的面容，就得穿透一张脸上连续多少个变化，但他还是只拥有他自己的那具躯体，可脸部已与他本人迥然不同！这显然已是他在不毁坏自身的情况下可能引导它到达的极限；最自负的面孔、最挺拔的身躯只剩下抖抖索索的稀巴烂布片。回想起从前在阿让库尔脸上偶尔露出的，一时冲淡他那高傲神态的笑容，我们才得以在真正的阿让库尔身上勉强找到我曾看到过那么多次的形象，我们才可能勉强弄明白这位智力衰退的老旧衣商的微笑曾存在于以前那个衣冠楚楚的绅士脸上。然而，假定阿让库尔所以微笑的意向是一致的，由于他的脸相发生了不可思议的变化，他目光中用以表达这个意向的材料是如此地不同。结果表达出来的意思完全不同，甚至竟像是另一个人的表情。面对这副惟妙惟肖的老糊涂相，我发出一阵狂笑，他对自己友善的丑化与夏吕斯先生遭了雷劈还彬彬有礼的悲壮方式如出一辙，使他俩都得到了软化。化身为滑稽的垂死者的阿让库尔先生仿佛是个被拉比什夸张了的勒尼亚[①]，同正经八百地向所有给他打招呼的不值一提的人脱帽答礼的李尔王夏吕斯先生一样平易近人、和蔼可亲。然而，我并不想对他呈现的离奇幻影说出我的赞赏。并不是积怨阻止我这么做，因为他竟变得与本人的差异那么大，使我产生了幻觉，觉得在我面前的是另一个人，他慈眉善目、忠厚老实、与人为善，而往日的阿让库尔目空一切、誓不两立、鹰视狼步。他完全变成了另一个人，变化之大使我一看到这难以表于言辞的怪相、滑稽可笑的白色人物，堆成返老还童的杜拉吉纳将军模样的雪人儿，一看到这就觉得人能像某些昆虫那样进行脱胎换骨的蜕变。我仿佛正透过自然博物馆富有教益的玻璃橱窗，观看最敏捷，对自己的外形最有信心的昆虫能变成什么样子。面对着这只与其说是蠕动，不如说在颤动的软体蛹，我已无法唤起我心中历来感受到的对阿让库尔先生的那种情感了。然而我缄口不语，我并不称道阿让库尔先生让我们看到这样一种景象，它仿佛拓宽了允许人体转换变态的界限。

而在后台，或在化装舞会上，人们夸大辨认乔装改扮者的难度，甚至一口咬定认不出来，这么做不如说是出于礼貌。这儿则相反，某种本能告诉我必须尽可能地把这种感觉掩饰起来。我感到不管是艰难还是不可能于对方均起不到任何奉承的作用，都因为形貌变化并非出于自愿。而且这种变态最终地使我发现在走进这大客厅的时候不曾想到的东西，那便是，任何聚会，哪怕它再简单，当它是在我们很久没有涉足社交的情况下

① 让-弗朗索瓦·勒尼亚(1655—1709)，法国诗人，曾把一笔丰厚的遗产用于旅行，这里普鲁斯特把他与佩里雄·德·拉比什相比。

举行的，只要它汇集了几个我们以前认识的人，便会给我们化装聚会的感觉，觉得它是所有聚会中最成功的一次，是使我们由衷地为别人感到“惊奇”的聚会，可是，一旦聚会散去，他们长久以来非由自主形成的那副嘴脸却不可能通过卸妆而消失。使我们感到惊奇了吗？唉，我们也在让别人感到惊奇呢！因为，我在寻求给那一张张面孔安上它们应有的名字时所遭遇的困难，仿佛也是大家看到我这副嘴脸时所感到的。他们或者就像从来不曾见到过那样对它不再留意，或者竭力想从目前的外貌中离析出一个不同的回忆。

如果说阿让库尔先生刚才表演了这个不可思议的“节目”，它在我的记忆中留下的无疑将是他的诙谐所呈献的最惊人的异象的话，那么，这却像是一个演员在大幕完全降落前的一片笑声中最后一次登上舞台了。而如果说我已不再怨恨他了，那是因为在重新获得童稚纯真的他身上，已不复存在他对我可能有过的蔑视性质的任何回忆，他一点都不记得还曾看到过夏吕斯先生突然松开我的手臂，这或者是因为他心里已经一点儿都没有了这类感觉，或者是因为，这种感觉要想传达到我们身上必须通过具体物质的折射，一次次折射使它们走样走得那么厉害，以致它们在传递过程中完全丧失了原有的含义，而且阿让库尔先生，由于无法具体地说明他依然那么坏，也无法抑制他永远吸引人的快活，他仿佛是个善良人。说他是个演员实在言过其实，掀开他所有的意识和情感，他倒像是一只颤动不止的玩具娃娃，装着一部白羊毛胡子，晃晃悠悠地在客厅里溜达，好像这里是木偶戏剧场，既科学、又富有哲理的木偶戏剧场，他被用在一篇悼词中或巴黎大学的一堂课上，用以唤醒人们对一切事物的虚荣心的认识或用作博物学的范例。

这些玩具娃娃，然而，当我们面对着这些木偶般的老人，想把他们与我们从前认识的那个人联结在一体中的时候，我们还得同时在木偶背后的好几个平面上进行观察，这些平面给予它们以深度和迫使我们进行一番心灵的探索，因为我们在观望它们的时候，不得不同时用眼睛和记忆。浸泡在岁月非物质色彩中的玩具娃娃，是使时光显形外露的玩具娃娃。通常，不可见的时光，为了变成可见，而去寻找物体，不管在什么地方，物体只要被它碰上便会被它攫住，在它们身上打出它的幻灯。就像过去在贡布雷我房门把手上的戈洛①一样地非物质，这个新的、如此难以辨认的阿让库尔在此仿佛是他使之部分可见的时光的启示。在构成阿让库尔的脸面和他这人物的新因素中，我们能读出某个年岁数，辨认出生命的象征外貌，不是像它平常显现在我们面前的那个面貌，即往常的面貌，而是真实的面貌，如此多变的氛围，致使夜晚，自负的老爷也把自己漫画化了，像一个旧衣商。

况且，这种变化，这种真正的异化在另一些人身上仿佛正在越出博物学的界限，当我们听到一个名字，我们感到惊讶，同一个人居然能表现出不是像阿让库尔先生那样的新的不同类型的特性，而是另一种品性的外部面貌。这便是时光从某位姑娘身上得出的意想不到的可能性，就像它对阿让库尔先生那样，但这种可能性虽说尽属相面术或体表上的，却似乎具有某种精神上的内容。如果五官在变化，以另一种方式排列，如果它们以惯常式地比较缓慢地获得布局平衡，它们便会以另一种外表带上不同的含义。以致会有这样的情况，有一女子，当初我们认识她的时候，身材干瘪，在她身上出现了变化，诸如脸变得认不出来了，长圆了，鼻子出乎意料地长出了鹰钩，这些变化令人感到惊讶，甚至惊喜，它往往就像我们听到她说出某个我们绝不会想象会出自她之口的敏感而富有深刻含义的词，或者看到她做出我们绝不会期待她能做出来的某个勇敢而高尚的行动时所感到的那种惊喜。就在这只鼻子，这只新鼻子的周围，展现出我们

① 幻灯中的人物。

都不敢抱有奢望的境域。善良、温柔,过去不可能的,随着这些日子的到来变成可能的了。面对着这张脸,我们会说出对从前的那张脸连想都想不到的话语。新的脸部轮廓蕴含着另一种性格特征;冷酷瘦削的女儿家变成了怜老惜贫的厚道太太。这已不再是在某种动物学的意义上,像对阿让库尔先生来说的那样,而是在某种社会的、道德的意义上,我们可以说这是另一个人了。

从所有这些方面来看,像我今天所在的这种下午聚会便是某种比过去的形象珍贵得多的东西,它仿佛在我面前连续不断地展现出一个个形象,我从来没有看到过的一切形象,它们分隔现在和过去,更有意思的是离析出现在与过去之间的关系。它便是我们过去所称作的那种视界,然而是岁月的视界,不是一时的视界,不是一个身在**时间**的能导致变形的透视中的人所拥有的视界。

至于阿让库尔先生曾经眷恋的那个女人,**如果考虑到似水流逝的年华,**她的变化可谓不大,也就是说,她的脸还没有完全衰萎,不像一个被抛入深渊之中随着坎坷的身世也变形走样的人,这种深渊,我们还只能通过同样劳而无功的比较才能表示出它的方向,因为我们只能在空间世界进行这些比较,而不管我们把比较的方向定在高度、长度或深度上,它们所能给的唯一的好处是使我们感觉到这种难以想象,却又不可忽视的尺度的存在。要想给那些面孔一个名字,就必须实实在在地回溯岁月之河,继而,这种必要性迫使我作为反馈,给这些我不曾想到的岁月以现实的位置,使它们重新得到安定。就这方面而言,也为了免得受空间表面一致之骗,一个像阿让库尔先生这样的人的全新面貌对我是个深刻的启示,启迪我认明铸造年份的现实,它通常对我们是抽象的,而现在就像有些矮小树木或高大的猴面包树,它们的出现告诉我们经度将有变更。

所以,生活在我们看来竟像童话仙境,一幕一幕地让我们看到婴儿变成了少年,成人,弯腰弓背走向坟墓。而仿佛就是通过一些永恒的变化,我们才感觉到在那些每隔相当时距抽取的人样之间存着那么大的差异，感到自己与他们一样，也遵循着这条法则。他们仍然是他们，但已不再像他们，因为他们的变化那么大，而正因为他们仍然是他们，才不再像我们从前看到过的他们了。

我以前认识的一位少妇，现在白发苍苍、拱肩缩背成了个凶狠相的小老太婆，她仿佛指出，人到了一出戏最后的嬉游曲时必然会被乔装打扮得让人认不出来。可她的兄弟身板依然那么挺拔；与他原来没有什么不同，令人惊讶的是他那高雅的唇髭，在他年轻的脸上居然变成了白色。迄今全黑的胡子上的几片花白使这场聚会上的人物景象变得郁郁寡欢，它们就像出现在树木上的最初几片黄叶，我们还在满打满算指望过一个长长的夏季，但还没有开始利用，便已发现秋天降临了。而我自童年时代以来，由于接受了某种既来自我自身又来自其他人的决定性的影响，一直是做一天和尚撞一天钟，以致从所有那些人身上发生的变化上，我第一次发现时光的流逝，从对他们而言的时光流逝联想到我的似水年华，我不禁大惊失色。而他们的本身并无好恶的衰老却在告诉我老之将至，令我大为伤感。而且，老之将至还在通过话语一次又一次地向我宣告，它们每隔几分钟对我来一番棒喝，就像**终判**的号角。第一个说出这话的是德·盖尔芒特公爵夫人，我刚看到她从两行好奇的人群中走过。她并没有注意到自己高贵的服饰和卓绝的美容手段正对他们那些人产生作用，在这颗棕发头颅前，在这黑色花边衣翼中显露出一点裹金缠宝的鲑肉色躯体前，他们激动，望着那带着世代相传的起伏线条的胴体，就像望着一条年岁久远的神圣的鱼，鱼身上堆满宝石，是盖尔芒特家族守护神的化身。这位夫人对我说："啊！我最老的老朋友，见到您真高兴！"出于我作为贡布雷年轻人的自尊，我任何时候都没把自己算作她的朋友，真正地介入盖尔芒特府所过的神秘的生活，她的朋友，如同那些已经作古的人，像布雷奥代先生、福雷斯代尔先生，像斯万那样，我真该感到受宠若惊，可我首先感到的是不幸。我自忖："最老的老朋友，她言过其实了吧。也许算得上最老的之一，可我难道真的……"这时，亲王的一位侄儿来到我面前，对我说："您是老巴黎了。"过了一会儿，有人交给我一张字条。我到这里的时候曾碰到一位叫莱杜维尔的青年，我已记不清楚他与公爵夫人是什么亲戚关系了，但他有点认得我。他刚从圣西尔军校毕业，相信他将能成为我的稔友，像从前的圣卢那样，他将能给我谈谈军中情况，有什么变化，我对他说过待会儿再找他，我们可以约个时间一起用晚餐，他为此很感谢了我一番。可我在书房里遐想，待得太久，他留下的短简是要告诉我他不能等我了。并且给我留下了他的地址。这位我渴望得到的朋友在信的结尾是这样写的："顺致敬意，您的小朋友莱托维尔。""小朋友！"我过去不就是这样给比我大三十几岁的人们写信的，例如勒格朗丹。什么！这个少尉，我把他当成圣卢那样的朋友，他却对我自称小朋友。可这毕竟不会是自那以来军旅中的做法发生了变化呀，其实我对莱托维尔先生而言已不是个朋友，而是一位老先生了。我想象自己已进入莱托维尔先生的连队，就像我自以为的那样，成了他的一个哥们，岂知我与他之间隔着无形的双脚规的间距，我没料到，它把我放在离这位年轻少尉那么远的地方。对这自称为我的"小朋友"的人而言，我真的那么遥远，真的成为一名老朽了吗？

几乎紧接着有人谈到布洛克之后，我问是小布洛克还是他父亲（我不知道他父亲已在战时过世了，据说是因为看到法国遭到入侵忧愤而死的）。亲王说："我不知道他还有孩子，我甚至都不知道他已经结婚了。不过，很明显，我们说的当然是老布洛克。"他笑着补充说，"因为他一点儿都不像个年轻人。他可能有几个儿子，他的儿子现在都已经长大成人了吧。"而我明白他指的是我的同学，再者，没过一会儿布洛克便走进来了。确实我已在他脸上看到重叠着那张既无能又固执的面容，那很快便找到制动卡槽的轻微的摇头动作，如果说在另一面我没能认出站在自己面前的朋友,如果说我的回忆没有能够用源源不断的青春活力赋予似乎已被剥夺了活力的他的生命的话,那我也该从中辨认出慈爱的老人们的那种博学的疲乏。我在刚步入生活的时候就认识了他,一直不断地看到他。对我来说,他是我的同窗,一个少年人,我是用无意识地给予自己的青春——从那时起便以为自己还不曾过完的青春去测定他的青春的。我听说他挺显老,我惊讶地注意到他脸上那种不如说是衰老的人们才有的迹象,我明白了,那是因为他实际上已经衰老,而老翁正是生活用持续多年的青少年制成的。

就像有人听说我身体不舒服,便问我是不是担心得了现时正流行的感冒,另一位好心人则安慰我说:“不会的,容易得感冒的大多数是年纪还轻的人。您这种年龄的人不会再有多大的危险。”他们还肯定说全体医务人员都把我认出来了,他们低声传说我的名字,甚至,一个妇人胡言道是“用他们自己的用语说的”,她听到他们说:“这就是父亲。”(这个词后面接着我的姓);然而,由于我没有孩子,她便只好求助于年龄来解释了。

“怎么,问我认不认识元帅?”公爵夫人对我说,“我认识的人体面得多呢,加利拉公爵夫人呀,波莉娜·德·贝里戈尔呀,迪邦卢大人呀。”听她这么一说,我幼稚地抱憾没有结识被她称作老军团的残部。我本应想到她也只知道那个被称作老军团的结局。就这样,我们在地平线上隐隐瞥见的那点残余变得神秘而伟大,并且仿佛已关上大门,封闭了那个我们再也见不到的世界。然而我们也在前进,并且很快,我们自己也走到了对下面几代来说是地平线的地方。地平线在后移,那个似是结束的世界周而复始。“在我当小姑娘的时候,”德·盖尔芒特夫人补充说,“我甚至还见到了狄努公爵夫人。老天爷!您知道我已经不是二十五岁了。”最后那句话让我听了恼火:“她不该说这话,这种话让个老太婆去说才是。”然而,我立刻想到她本来就已经是个老太婆了。“至于您,”她又说,“您总还是那个样子。是的，”她对我说，“您让人惊讶，您总是显得那么年轻。”多么令人伤感的话呀，因为它只是在我们实际上，而不是表面上衰老的时候才有意义。她给我最后一击，补充说：“我一直在惋惜您为什么不结婚。话说回来，谁又知道，也许这样更幸福。本来，在您这个年龄战时就能有几个儿子了，如果他们被杀死，像那可怜的罗贝（我还常常念叨着他呢），那么，像您这么多愁善感，您是不会在他们之后再活下来的。”我还能够在那些同我一样、自以为还年轻的老人眼里看到我自己，那就像我有生以来未遇上的第一面真实的镜子，当我把自己作为衰老的例子举出来，希望听到他们说一声“否”的时候，在他们望着我的目光里并没有显示出他们对待自己的态度，只有我看待他们的那种神色，单一的肯定。因为我们看不到自己的外貌、年龄，然而我们却又像一面背对着自己的镜子，照着别人，看到别人的外貌。发现自己老了，对不少人来讲也许不会像我这么伤心。然而，首先，对待衰老犹如对待死亡，有的人对这种事淡然处之，那并不是因为他们比别人勇敢，而是因为他们的想象力较差。其次，一个从童年时代起便盯住同一理想不变的人，他的怠惰本身，甚至他的健康状况在使他不断推迟理想的实现的同时，也使他每晚都要意识到自己白白地丢了一天，这种意识那么清楚，致使疾病在加速他肉体的衰老的同时，却延缓了他心灵的衰萎，这个人，当他发现自己一直生活在时间之中，发现自身生活很少的人也是按照日历调节的，他不可能一下子觉察到日逐一日点滴积累的全部年岁的时候，他会感到更加诧异，更加震惊。然而，造成我苦恼还有一条更为严重的原由，那便是即在我打算把我艺术作品中超时间的现实写清楚，使它们理智化的时候，我发现了时间的这种破坏作用。

我不在的时候，在某些人身上连续不断地完成的每个细胞的更替已导致那么完整的变化和那么彻底的变态，使我可以在一个餐馆里坐在他们对面用餐一百次，却想不到我还曾认识过他们，就像揣测不出一位微行君主的权势或者一个陌生人的罪行。在我们听到他们的名字的情况下，这个比喻甚至有不足之处，因为，你可以相信坐在你对面的陌生人是罪犯或者国王，而他们，我认识他们，或不如说我认识叫那个名字的人，他们前后区别那么大，使我无法相信这竟是同一些人。然而，就像我想到权势或者罪恶的时候会作出的反应那样，这种想法很快便会给你的陌生人一副新的面貌，对这个人，当我们还不知其底细的时候，我们往往愚蠢地显现出倨傲简慢或殷勤奉承的态度，而同是在这副嘴脸上，我们现在却识别出了似是高贵或可疑的神色；就是这样，在这个女人，这个完全陌生的女人脸上，我力图寻找出什么能使我相信她是萨士拉夫人的迹象，最后我确认从前见到过这张脸，然而，这种认识对于我来说，已千真万确地异化了，那完全是对另一个人的认识，失去了我所认识的人的一切属性，就像一个人重又变成了猿猴那样，若不是名字和身份把我送上求解的道路，解了这个实属难解的问题的话。不过，有的时候，过去的形象也相当清晰地重新出现，使我得以努力作一番对照，然后像一个与被告当堂对质的证人，我虽然见过他，却不得不说："不……我认不出来了。"差别是那么巨大。

希尔贝特·德·圣卢对我说："我俩单独去餐馆吃晚饭好吗？"由于我回答说："只要您不觉得同一个年轻人一起单独用餐对您的名声有什么妨碍的话。"我听到周围那些人全都笑了，我急忙补上一句："或者不如说跟一个老年人一起吧。"我感到，刚才引得大家发笑的那种话只有我的母亲在提到我的时候才能这么说，因为只有在我母亲那里我才永远是个孩子。而我却是站在她的角度上来判断自己的。如果我最终能够像她那样，录下我从牙牙学语以来完成的某些变化，那么这些变化现在也都已十分陈旧。因此我依然待在那个人的地位上，他曾有一时使旁人超乎事实之前说："他现在差不多是个大小伙子了。"我仍然这么以为，但是这一次却大大地落后于事实，我并不觉得自己有多大的变化。可是事实上，刚才他们哈哈大笑，他们又发现什么变化了？我没一根银丝，我的唇髭是黑色的。

我真希望能够问问他们那件可怕的东西明显表现在什么地方。

无疑①,我刚才发现的那个残酷无情的东西只能在关于我作品的素材本身方面给予我帮助,既然我已决定素材不能单由真正充实的印象、与时间无关的印象构成,在我打算用来镶嵌那些印象的真实中,与时间有关的,与人们、社会、民族在其中浸沉,在其中变易的时间有关的真实将占有重要的地位。我不会只注意给人们外表上的那些变异一个位置,我每时每刻都能举出新例的变异,因为,即在考虑我的作品的同时,虽说一开始撰写便已相当明确它中途不会因短暂的分心而辍笔,我却继续在向熟人问好,同他们交谈。况且,衰老的表现并非人人都一样。我碰到过有人问我姓什么,人家对我说那是康布尔梅先生。这时,他为了表示已经把我认出来了,问我说:“您还总感到气闷吗?”当我作出肯定的回答时,他又对我说:“您瞧,这并不影响长寿。”就好像我已经是百岁老人了。我同他说着话,两眼紧盯着他脸上,望着那两三处特征,希望通过思维把它们归入被我称作他本人的那个记忆合成中去,这个合成其实与之迥然不同。然而有一阵子他把脸侧过去,此时我看到他脸上多了个硕大无朋的红色囊肿,这个囊肿使他的脸变得认不出来了,它使他的嘴巴、眼睛都无法完全睁开,样子那么怪,令我目瞪口呆,不敢看那痈一样的东西。我觉得让他自己先提起这个痈更为合适。然而他就像一位勇敢的患者,笑呵呵的,对此

---

① 现在我才明白衰老是什么东西了——衰老,在所有的现实中,它的纯抽象概念也许是我们这辈子保留得最久的一个,望着日历,给信件署上日期,看到朋友们结婚,朋友的孩子们结婚,或者出于恐惧,或者出于怠惰,不明白这意味着什么,直至有一天我们瞥见一个陌生的身影,像阿让库尔先生那样的身影,它告诉我们现在已经生活在一个新的世界里了;直到有一天,我们的一位女朋友的孙子,这个我们本能地愿以志同道合相待的年轻小伙子朝我们莞尔一笑,以为我们在嘲弄他,因为我们看上去倒像他的祖父时为止;这时我才明白死亡、爱情、心灵的欢乐、痛苦的效益、感召等等意味着什么。因为,倘若那些姓名对我来说已丧失它们的个性,词语却为我们揭示出它们的全部含义。形象的美驻留在事物的后部,观念的美则在前部。以致当我们达到形象的时候,它们的美已不可能再引起我们的赞叹,然而我们又只能在超越观念之后才能理解观念的美。——作者注

矢口不提，反使我不知所措，不问问他似乎缺乏感情，问他是怎么回事则有失分寸。他却继续大谈气闷，他问我道："随着年龄的增长，气闷的时候是不是少了一些？"我对他说依然如故。他又对我说："啊！不对头，我妹妹气闷的时候比过去明显减少了。"那辩驳的口吻就像我的病情还非得同他妹妹的一样不可，仿佛年龄也是那种药物之一，那类药物既然对戈古夫人曾有裨益，就应有助于我的健康，否则他就是可忍孰不可忍了。随着康布尔梅-勒格朗丹夫人越来越近地朝我走来，我越来越担心因为没有对我已经注意到她丈夫脸上的那玩意儿表示怜恤而显得缺乏感情，可我不敢首先提到它。她对我说："您很高兴见到他，是吗？"我用不肯定的口吻回答说："他身体还可以吗？""老天爷，就像您看到的这个样，不算太坏吧。"她没有发现那揽住我视线的痈疾，它不是别的什么东西，而是**时间**的标志之一，是**时间**打在侯爵脸上的印记，它是渐渐长大的，是那么渐次累进长大的，竟使侯爵夫人丝毫没觉察到。直至康布尔梅问完我有关气闷的问题之后，才轮到我低声向旁人打听侯爵的母亲是否还健在。实际上，在对似水年华的衡定中，也就是第一步难以迈出。首先我们会感到很难想象已经过去了那么多时间，然后又很难相信时间没有过去得更多一些。我们从不曾想来到十三世纪已是那么遥远，后来又很难相信十三世纪的教堂居然保存下来，这种教堂在法国却是数不胜数。这种在别人身上进行得比较缓慢的工程，在我身上不一会儿就完成了，他们很难理解自己认识的年轻人怎么变成了花甲老人，十五年后，当他们得知这个人还活着，而且还只有七十五岁，他们更不能理解了。我向康布尔梅先生问起他母亲近来可好。他对我说："她还是那么硬朗。"这个形容词的使用说明他与那帮子对待自己年迈的双亲冷酷无情的家伙有天壤之分，它符合这么一类家庭的情况，在这类家庭中，老人最具体的官能的使用，如听觉良好、能步行去望弥撒、能泰然承受服丧的哀恸，在儿女们看来，全都带有不同寻常的心灵美的印记。①

另有一些人，他们的面容完好如旧，仿佛只是走路困难。开始我们还以为他们的双脚患有痼疾，只是后来才恍然大悟，原来是高龄给它们系上了铅铸的鞋子。高龄还使有些人变美，例如阿格里让特亲王。在这位目光呆滞、头发似乎永远都得是那种暗红色的细高个儿身上发生了与昆虫一般的变态，变成了一位白发老翁，②那一头让人久看生厌的红发像用的次数太多的桌毯被换掉了。他的胸膛长得前所未有的饱满、强壮，像个武士，我所知的那个脆弱的蛹壳肯定需要经历过一次真正的爆裂。他的两眼流露出富有自我意识的庄重的神色，略带前所未有的慈和，俯视每一个人。而由于在眼前的这个身体强健的亲王和保留在我记忆中的形象之间，不管怎样总存在着一定的相似之处，我赞叹**时间**别出心裁地更新万物的力量，它竟能在完全尊重此人前后的一致性和生命法则的同时，像这样改变装饰和把大胆的对比引入同一个人的前后两个外表。因为有很多这样的人，他们立即就能被辨认出来，可他们却像集中挂在陈列室里的一些

① 如果说有些女人既搽胭脂抹粉，也不讳言自己年事已高，那么相反某些男子却因为不化一下妆而老态毕露，我从来没有特地注意男人脸上搽的脂粉，然而，自从他们不再抱有取悦于人的奢望，因而不再使用化妆品以来，我还是觉得他们变化甚大。勒格朗丹便是其中之一。他的嘴唇和脸颊上原有的粉红色消退殆尽，我从来没有怀疑过这种粉色系人工所施。去掉化妆后的脸变得灰黯阴沉，并且像石刻般地棱角分明。他不仅失去了自我粉墨的勇气，还失去了微笑、使自己的双眸熠熠闪光和作侃侃之谈的热忱。人们看到他那么苍白，那么沮丧，少言寡语，而且那些言语就像出自应召而来的亡灵之口般地没有意义而感到惊讶。人们弄不懂是什么原因妨碍他生气勃勃、能言善辩和富于魅力，就像人们面对一位生前十分能干的人的毫无可取之处的“亡灵附着者”时所感到的那样困惑不解，对召魂巫师提出的那些问题他本来尽可大加发挥，作出令人拍案叫绝的答复。人们还想到，苍白可悲的鬼魂取代面色红润、思辩敏捷的勒格朗丹的原因便是衰老。

② 有些人甚至头发都没有白。盖尔芒特的贴身老仆来向他主人禀报的时候就是这样被我认出来的。粗细不匀的须毛根根竖起在他的脸颊上、头顶上，依然是红棕色的，近乎玫瑰红色的，而毋庸置疑，他不会像德·盖尔芒特公爵夫人那样给头发染个色。但他也并不因此而显得年轻一些。我们只是觉得，就像在植物界存在有青苔、地衣及其他那么多种类草木，它们并不因冬天将至而有什么变化。在人类中也存在着这种情况。——作者注

画得相当蹩脚的肖像，他们自己的肖像，一位手笔不准又心怀叵测的艺术家在绘制肖像的时候，把这个人的轮廓线条画僵直了，去掉了那个女子肤色上的红润或体态上的轻盈，还把目光画得阴郁黯淡，在这些形象与我记忆中历历在目的形象相比之下，我不喜欢的还是最近看到的。就像我们拒绝一位朋友让我们在许多照片中挑选的那张，往往觉得那张照得差一些，对每一个人，在他把自己的形象呈现在我面前的时候，我真想对他说："不，不要这个形象，这上面的您差一些，这不是您。"但我不会冒昧地补充说："您的鼻子笔挺，很漂亮，可它被弄成像您父亲那样的鹰钩鼻，我可从来没见到过您是这模样的。"实际上，这个新鼻子是他家祖传的。简而言之，**时间**这位艺术家"描绘出"所有这些模式，以便使它们全都变得能够辨认。然而这些模式不尽相同这并非因为它把它们画美了，而是因为它使它们衰老了。再者，这位艺术家的工作速度极慢。那张酷似奥黛特的脸就是这样形成的，我第一次见到贝戈特那天曾在希尔贝特脸上隐隐瞥见它刚刚起笔勾勒轮廓，**时间**像那些久久保留着某件作品，年复一年予以补全的画家，终于把它推进到完美无瑕的相似。

在好些人身上，我最终认出来的不只是他们本身，而且还有他们从前的样子，例如莰基，其变化并不比枯萎的一朵花或干瘪的一只果更大些。他是一次未完成的试验，证明了我关于艺术的理论（他挽住我的手臂说："这我已听过八次了。"等等）。另有一些人压根儿就不是这方面的爱好者，他们是社交界人士。但高龄也没有使他们成熟，而且，即使额头长出了第一圈皱纹，两鬓开始花白，他们的脸还是那副娃娃相，保持着十八岁时的活泼样子。他们不是老头儿，而是憔悴至极的十八岁的小伙子。稍微一点小事便足以抹去这种生活摧残的烙印，而死亡不用费大的劲就能使那张脸恢复青春，就像洗清仅有些许积垢使之失去往日芳菲的肖像。从而，我又想到当我们听人谈起一位有名望的老人便预先信赖他的仁慈、公正和生性宽厚的时候，那种使我们上当受骗的幻象；因为我感觉到，早四十年他们曾是令人头痛的年轻人，没有任何理由相信现在他们已经抛开虚荣、伪善、傲慢和狡诈。

然而，我还同另一些与他们截然不同的男人和女人交谈过，我很惊讶，这些人过去叫人难以容忍，现在，也许是生活辜负或者满足了他们的欲望，从而去除了他们的自负或辛辣，已经改掉了差不多所有的缺点。与有钱人联姻使你再也没有必要去争斗或卖弄，妻子本身的影响，以及渐渐获得的不是浅薄青年专一信奉的那种价值意识，使他们得以舒展个性和显示优点。这些人随着衰老的到来仿佛拥有迥异的人格，就像那些树木，秋天改变它们的颜色，仿佛也改变了它们的本质。衰老的本质在他们身上真正地表现出来了，然而是作为精神上的事物表现出来的，在另一些人身上它更多地表现在物质方面，它使他们完全变了样（如阿巴雄夫人），使我仿佛感到又生疏又熟识。之所以生疏，是因为对于那就是她我不可能怀疑，可我又不由自主地，在答礼的时候流露出心里在活动，这种活动使我在三四个人（阿巴雄夫人不在其中）之间犹豫不决，要知道我该向哪一位答礼，再者，我表现出十分热情，这大概也会使对方感到惊讶，因为我心中怀疑，所以害怕如果对方曾是一位知己女友，我的态度会显得过分冷淡，我用热情的握手和微笑来补偿目光中的踌躇。可是，在另一方面，她的新外表又并不使我感到陌生。在我这一生中，我常常在一些上了年纪的胖妇人身上见识过这个外表，只是当时我没有想到她们在许多年以前曾经像阿巴雄夫人这样。这个外表和我以前认识她的那个形象之间存在着那么大的区别，竟可以说她像童话国中的人物，早已被判定首先以少女的形象出现，接着是婚后发福的胖女人，很快还无疑将变成颤颤巍巍的驼背老太婆重新显身。她仿佛就像一名笨拙的游泳者，远远地已经看到陆地，艰难地划动着正把她淹没的时间的波涛。然而，渐渐地，我仗着凝望她那神色犹豫的面容、像记不住往昔形象的不忠实的记忆那样变幻不定的面容，使出一些诸如去掉岁月加在她脸上的四方形、六角形之类的小手段，终于在这张脸上重又找到某种东西。况且混合在女人脸上的并非只有几何图形。在德·盖尔芒特公爵夫人虽说依然那么相像，却已如牛轧糖那样拼凑而成的脸上，我认出的却是一片铜锈痕迹、一小块玫瑰色的碎贝壳，一个难以说清楚的肿块，比一只槲寄生球小，没有一颗玻璃珠子透明。

有些男人走路一瘸一拐，我们很清楚那不是由一场车祸造成的，是他们遭到衰老的初次打击，就像俗话说的，他们一只脚已经跨进了坟墓。有些女人已处于半瘫痪状态，仿佛她们的裙裾已挂住在墓穴石上，再也不可能从坟墓半开半合的缝隙中完全抽出来了，她们低垂着脑袋，佝偻着身子，已经挺不起来，那弯成弓形的身子在最后倒下之前仿佛还占据着介于生死之间的位置。没有任何力量能够抵御住这条带着她们离去的抛物线的运动，而一旦她们想站起身来，她们便颤抖，她们那双手什么都抓不住。

有些人的脸在他们风帽型的白发底下已经僵硬，眼皮像快死的人那样胶合在一起，他们的嘴皮还不住地哆哆嗦嗦，仿佛临终者在喃喃地作着祈祷。一张线条没什么变化的脸，只要白发取代了黑发、金发，便足以使它变成了另一张脸。剧团服装师们就知道，只要有一顶扑上粉的假发便能绰绰有余地伪装一个人，使他变得认不出来。德·盖尔芒特夫人在她表姊妹的楼下包厢里的那天，我曾在康布尔梅夫人的包厢里见到过当时还是中尉的青年侯爵博泽让。这位爵爷的五官始终还是端正得无懈可击，比端正还端正，动脉硬化症的生理僵直更夸大了这位花花公子脸相上毫无表情的直线感，并且赋予这脸部轮廓以纹丝不动导致的几近怪诞的极大的明晰度，在曼坦那①或米开朗琪罗的作品习作中才有的那种明晰度。他的脸色，过去是轻佻的红润，现在是威严的苍白。银白色的须发，微微丰腴的身躯，督治的庄重丰采，直至昏昏欲睡的倦容，这一切通力协作，

① 安德烈·曼坦那（1431—1506），意大利画家、雕刻家。

给人以预示着将位极人臣的新的印象。原来呈矩形的金黄色胡子被同样大小的矩形白胡子所取代，使他产生了如此完美的变化，以致我在看到这位我认识的过去的少尉已经有五条杠杠的时候，首先想到要向他祝贺的不是他已晋升为上校，而是他确实有上校风度，仿佛他为了化妆成上校，从他当过高级军官的老父那里借来了军服和严肃、忧郁的神色。在另一个人身上，虽说金黄色的胡子也被白胡子所取代，由于面容依然红润、年轻、挂着可掬的微笑，这只能使他显得更加红光满面，更加积极活泼，使两眼增添光彩，给这位童颜鹤发的社交界绅士以才高八斗的神态。白发和其他一些因素所完成的改造，尤其是在女性身上完成的改造，如果只是颜色的变化，对我的吸引力绝不会有那么大，那无非是看上去悦目罢了，令我心灵上不安的是人的变化。实际上，“认出”某人，甚至就是在没能把他认出来后对他的鉴别，这是对同一个名称下的两件矛盾的东西进行思索，这是要我们承认曾经在这里的、我们记起来的那个人已不复存在，而现在在这里的是一个我们并不认识的人；这是需要我们去思索一个与死亡之谜几乎同样地令人心神不安的奥秘，而且它还仿佛是死亡的序曲和通报人。因为这些变化，我知道它们意味着什么，它们是什么的前奏。所以，在妇女身上，这种头发的白色和其他那么多的变化联结在一起会给人以深刻的印象。有人对我提到一个名字，我愣住了，因为我想到这个名字既指我以前认识的那位跳华尔兹舞的金发女郎，又指步履沉沓地从我身边走过的这位臃肿的白发妇人。除了她脸上那点儿玫瑰红色，这个名字恐怕是在这两个女人之间仅剩的共同之处了，她们（我记忆中的她和在这次盖尔芒特府的下午聚会上的她）之间的差别比一出戏中的天真少女和老太太之间的差别还要大。生活要做到给华尔兹女郎这具粗劣的躯体，要做到像调节节拍器一样减缓她多有不便的行动，就做到靠那么一小块也许是唯一的共有领地。就靠这张肯定变得更宽大，但从年轻时代起就已长着点点红斑的脸颊，要做到用那大腹便便的老元帅取代体态轻盈的金发女郎，生活必须完成的破坏和重建更多于用一个圆拱顶代替箭顶，因为诸如此类的工程不是实施在没有生命的物质上，而是在只能难以觉察地变化着的肌肤肉体上，存在于现时呈现在我眼前的这个形象和我记忆中的那个人之间的惊人对比把记忆中的那个人推向比遥远还遥远的过去，使他几乎成了假的一般上面。我们难以把这两个外形合而为一，也难以想象用同一个名字命名两个不同的人；就像难以想象一个死人曾经活过，或者一个曾活龙活现的人今天死了一样，这同想象一个曾年轻的女人成了老太婆几乎一样地困难，属同一类型的困难（因为青春的毁灭、一个充满活力和体态轻盈的人的摧残已经是第一次死亡）。因为这个与少女的形象既相并列，又似拼命排斥的老太婆的形象甚至会使你觉得那就像一场梦，老太婆，少女，接着又是老太婆轮番出现在梦中，我们难以相信这一个竟曾经是那一个，而构成那一个的物质还是她自己，她没有躲避到别的地方去，全亏时间灵巧的操作，那一个变成了这一个，这是同一种物质，没有离开同一具躯体。如不是有这同一个名字的标志，如非朋友们作出肯定的证明的话（而为这个证明依据的唯有一个似确有之的外表，过去狭窄地挤在金色发绺之间，现在展示在白雪覆盖下的艳如桃花的双颊），我们是不会相信的。

再者，也就像白雪之对于山峰那样，头发的灰白深浅基本上就是已经历岁月的一个深度信号，那些山峰，看上去虽说似在同一条线上，却在峰巅积雪的白色深浅上反映出它们的海拔高度。不过这也并非对谁都百试百验的，尤其对妇女。例如德·盖尔芒特亲王夫人的发绺，当它们是灰色的时候，它们闪烁着丝绸般的光泽，像银子箍着她凸出的前额，随着它们变成白色，它们变得像羊毛和麻脚那样地暗浊，仿佛由于这个缘故，它们成了灰色的被弄脏的雪，失去了它的光泽。

至于脸部轮廓已经变了的老头，他们则竭力保留被视作瞬息姿态的短暂易逝的表情，让它常驻在自己脸上，他们凭借这类表情，或者尽量利用外表上的优势,或者竭力掩饰某个缺陷,他们看上去就像最终地变成了暂时不变的自身。

所有这些人全都用了那么多时间来完成他们的乔装改扮,致使与他们生活在一起的人们往往看不出他们的变化。甚至他们往往还能获得一个特许的期限,在这相当长的期限里能依然故我不变。但期限一过,被推迟的变化会进行得比较快。总之,这种乔装打扮不可避免。我以前一直没有发现过在X夫人和她母亲之间有丝毫相像之处,我认识她母亲时老人家已属高龄,弯腰驼背看上去像个小个子土耳其人。而X夫人我早就认识了,她长得妩媚迷人,亭亭玉立,而且她一直是这么姣好,很久很久,太久太久了,因为,她好像是个不应该在夜幕降临前忘了穿上土耳其妇女服饰的人,她行动得太迟了,于是她急急忙忙,几乎是在转瞬之间变得弯腰驼背,忠实地复制出从前由她母亲拥有的土耳其婆婆的形象。

我在那里碰上的一位老同学,从前,曾有十年时间我俩几乎天天见面。有人愿意给我们重新作一番介绍。于是我朝他走去,他对我说:"那么多年过去了,我真感到高兴。"我却感到十分惊讶!我十分清楚地听出了他的嗓音,可这个声音却像是从一架改装的留声机里发出来的,因为,如果说那确是我朋友的声音,它却出自一个花白头发的胖子之口,我不认识他。因此从这时起,我便觉得那肯定是人为地通过机械手段把我老同学的声音装到了这个貌不惊人的胖老头儿身上。然而,我很清楚他就是我那老同学:给久违的我俩引见的那个人一点也不像个爱开玩笑的骗子。老同学说我老样子没怎么变,我明白他言下之意是他也没变。这时,我更细细地端详他。总而言之,除了他长胖了许多,在不少地方他还是那副模样。然而我不能理解,那怎么会是他。于是我竭力回忆。他年轻的时候有一双湛蓝湛蓝的眼睛,眼神总带着笑意。永远变幻不定,仿佛是在寻找某样我不曾想到的东西,肯定是十分客观的东西,也许就是**真实**,还带点儿嬉闹，带着对他家的朋友们游移不定的尊敬，在永恒的不肯定中追求的真实。而在成为有影响、有能力、专横独断的政治家后，这双其实并没有找到它们寻觅的东西的蓝眼睛固定不动了，这便赋予它们一种尖锐的目光，眉头总是紧锁着。从而，欢快、随和、天真无邪的表情变成了一副奸诈圆滑的神态。我觉得，这肯定是另一个人了，恰在此时，我突然听到他因为我说到某一事物而发出一阵大笑，他从前的那种狂笑，与永远快乐的变幻不定的目光同时出现的那种笑。音乐迷们觉得，Z的乐曲经X改编成管弦乐后，味儿截然不同了。这是一般人体察不出的细微区别，然而，在虽说有些歪斜、却削得尖尖的蓝铅笔似的天穹下，孩子克制着的狂笑比改编管弦乐的不同的含义更多。笑声戛然而止。我真想辨认出我的朋友，然而，像在《奥德赛》里扑向他死去的母亲的尤利西斯，像力求获得能证明幽灵存在的答复而徒劳无功的招魂巫师，像电气展览会上的参观者，难以相信留声机里放出来的没有变质的声音还是由某个人自发地发出来的，我不再费劲去辨认我的朋友了。

然而，我们还应作出这种保留，对某些人来说，时间本身的节拍可以加快或者减缓。那是在四五年以前，我曾在街上偶尔遇见圣菲亚克尔子爵夫人（盖尔芒特的朋友的儿媳）。她那美如雕像的容貌仿佛是她青春永驻的保证。况且，她还正当妙龄。可我也认不出她来了，尽管她频频含笑，一再问候，她成了个容颜破残不堪的妇人，脸部线条已无法修复。那是因为三年来她服用可卡因和麻醉品所致。她的双眸深深地陷在一圈黑影里，带着几近于惊慌不安的神色。她的嘴巴怪模怪样地绽裂着，挂着一丝强笑。有人对我说，她成年累月不离开她的床或躺椅，只是为了参加这次聚会才起身。就这样，**时间**也有快车和专列，它们迅速驰往早熟的衰老。然而，在与此平行的道上还行驶着回头列车，开得几乎一样地快。我把古希福先生当成了他的儿子，因为他看上去很年轻（他大概已年过半百，却像个不到三十岁的人）。他遇上了一位聪明的医生，禁绝了酒和盐；他回到了三十岁，那天看上去连三十岁都不到。那是因为，即在那天早上他去理了发。

奇怪的是，衰老在它的种种表现方式中似乎还考虑某些社会习俗。有些大领主，他们老穿着最普通的羊毛织物，戴着旧草帽，这是连小资产者都不愿穿戴的衣物，他们与生活在他们周围的园丁、农夫以同样的方式衰老。褐色的斑点爬上他们的脸颊，他们的面容泛黄，像一本书似的颜色越来越深。

我还想到所有没来这里的人，因为他们来不了，他们的秘书意图造成他们尚且活着的假象，不时给亲王夫人，给几年来不再起床的苟延残喘的病人们发一封表示歉意的电报。那些垂危的人，不再移动半步，就算是处于带着旅游者的好奇或朝圣者的虔信而来的客人们无聊的陪伴下，他们依旧闭着眼睛，捏着念珠，微微掀起已经成了殓尸布的被单，就像死者卧像，横陈在他们的墓石上，病痛镂刻着大理石般惨白僵硬的躯体，力透膏肓。

况且，那些特性，我能认为它们也在消亡吗？在时间长河中的某个特定时刻，我总把我们的个人视作珊瑚骨，上面的眼睛，虽说与其他器官相协同，却又有它的独立性，如果吹过一粒灰尘，不用理智的指挥它就会眯起来，更有甚者，带着寄生虫隐患的肠子，它在理智不知道的情况下感染发炎，然而，在生命的持续过程中，我还把这个人视作是一连串的我，它们并列但又各有千秋，它们一批接一批地死亡，或者互相交替轮换，就像在贡布雷，当夜晚来临的时候一个接一个轮番出现在我眼前的那些人，然而，我也发现那些道德品性细胞，它们组成一个人，又比这个人更能持久。我看到盖尔芒特家族的缺点和勇气再现在圣卢身上，就像圣卢自己的怪癖和性格上的短处，就像斯万犹太化的特性。我还能在布洛克身上看到这一点。他丧父已有数年，当时我给他去信，他一开始没有答复我，因为除了存在于一般犹太人家庭里的深重的柔情外，他还认为他父亲远远地凌驾于旁人之上，这种想法使他的孝心带上迷信崇拜的形式。他承受不了丧父之痛，不得不住进一家疗养院，待了将近一年。他对我的唁慰作答时，那口气由衷地真挚，又近乎高傲，他认定我值得人们羡慕，因为我曾接近过那位高人，他真愿意把那位高人的二马力汽车献给哪家博物馆。而当年在他家的饭桌旁激起老布洛克对尼西姆·贝尔纳的愤怒，也就是现在激起小布洛克对他岳丈的愤怒。他也一样，会在吃饭的时候拂袖而起。犹如在听人议论戈达尔·布里肖和那么多其他人的时候我所曾感到的，通过文化和习俗在整个空间跨度中传播的只有一个波动，同样的说话、思维方式，在整个时间从头至尾的持续过程中，就像海底涌浪，从各种年龄的深度，穿过重叠的数代人，掀起同样的愤怒，同样的悲哀、同样的勇气、同样的怪癖，从同一组好几个人身上截取的每个剖面都显现出像同一幅图画的重复，仿佛投射在先后相连的屏幕上的影子，尽管它往往比使布洛克和他岳丈、老布洛克和尼西姆·贝尔纳和另一些我不认识的人以同样方式争斗吵闹的图画含义更丰富些。

有些人，我虽然知道他们与另一些人有亲缘关系，却从来没去想过他们之间会有什么共同特点。在欣赏变成白发隐士的勒格朗丹时，我恍然大悟，可以说我怀着动物学家般满意的心情，在他扁平的脸颊上发现他年轻的外甥莱奥诺尔·德·康布尔梅的面颊结构，外甥的模样看上去其实一点都不像舅舅。在这第一个共同特点上我又增添了第二个，我在莱奥诺尔·德·康布尔梅身上以前没有注意到的，接着又是几点。它们全都不是我平日在他年轻的综合体上看到的，就这样我很快便获得了他的一幅更为真实，更为深刻的漫画像，而且活脱脱地像他。现在，倒是他的舅父反而像是出于好玩装扮成老头的小康布尔梅，实际上有朝一日他真会变成这样的老头，所以他已不尽然是过去的年轻人所变来的，而且还是今日的年轻人将要变成的模样，这一点十分有力地给予我**时间**的感觉。

当即使青春已逝，至少还余留秀色的容貌从女子身上消失后，她们也曾寻求是否能用现剩的面容构成一个新人。她们移动自己脸上即便不是重心、至少也是透视中心的位置，围绕这个中心按另一种特色组成面部轮廓，从五十岁开始她们具有另一种丰韵，好似有人到了晚年还改行更业，或者像一块不能再生产葡萄而种上甜菜的土地。就在这新的容颜上焕发出又一次青春。唯有绝色或奇丑无比的女子不适于这种变化。前者如大理石已最终地雕琢定型，我们没有办法改变大理石，她们会像雕塑一般碎为细片，香消玉殒。后者，脸上有些畸变的女子倒比美女人略胜一筹。首先，只有她们才能一下子就被我们认出来，我们知道全巴黎再也找不到长成这模样的嘴巴了，就在这次我已谁都认不出来的聚会上，那张嘴巴使我认出了她们。其次，她们看上去似乎并不见老。衰老是某种属于人类所有的东西，她们是怪物，仿佛不会比鲸有更大的"变化"。

有些男女似乎并没有衰老，他们的身材还是那么苗条，他们的脸相还是那么年轻。然而，如果我们为了好同他们说话与那张皮肤光滑、轮廓细腻的脸凑得近近的，这时它就会原形毕露，就像把一片腐殖土、一滴水或一滴血放在显微镜下以后所出现的情况那样。这时，我会在我原来以为光滑洁净的皮肤上看到许许多多脂肪斑，令人恶心。脸部线条也经不起这么放大了细看。鼻梁线近看是断了的，变得成了圆形，同面颊一样受到脂肪性圆斑的侵蚀。两眼近看时可见它们陷进肿起的眼囊里，破坏了目前的面容和我们以为辨认出来了的从前的面容之间的相像之处。因此，对这些客人而言，他们远看年轻，他们的年龄随着脸庞的放大和使用不同距离的镜头进行观察的可能性而递增。它依然取决于旁观者，他需要站好观察那些脸面的位置，需要运用那种用于远看，像眼镜商为老视患者选择的镜片那样能缩小物体的目光进行观察。对这些脸面而言，衰老犹如纤毛虫在水滴中的存在，在观察者看来，它与其说是由年岁的累进，不如说是由刻度等级的递增带来的。

妇女们竭力希望保住与她们的魅力中最富有个性的东西的联系，然而，构成她们面貌的新物质却不再与之适应。[①] 想到在一张脸的山丘起伏中完成如此彻底的革命之前流逝的那几个时期，看到沿着鼻梁出现了何等程度的侵蚀，在脸颊的边沿形成何等厚实的冲积层，用它们不透明的耐热块垒围起整个脸部，我们害怕了。

有些妇女无疑还是很可以辨认的，相貌几乎还是以前那个样子，她们仿佛就是为了适当地与节气协调一致才戴上了灰色头发，这是她们秋季的饰物。但是对另外一些女人，同样也是对某些男人来说，变化是那么彻头彻尾，身份已无法查明——例如在我们记忆中的一个皮肤黝黑、生活放荡的人和我们眼前的这个老修道士之间——以致这种不可思议的变化令人想到的东西竟至比演员的演技，仍以弗雷戈里为代表的某些绝妙的哑剧演技令人想到的还多。当老妇人明白赋予她魅力的那种难以形容的忧郁的淡淡一笑已不可能再辐射到衰老敷贴在她脸上的石膏面模上的时候，她真想大哭一场。接着，她蓦然丧失取悦于人的勇气，觉得比较聪明的办法还是降心相从，她把它用作戏剧面具，以博取一笑。然而，几乎所有的妇女都在努力不懈地向年龄作斗争，把她们容颜的宝鉴伸向夕阳般离去的娟娟风致，极想保住那最后的几抹余晖。为了做到这一点，有些妇女力求使面容平整，扩大白色的表面，放弃使用遭受威胁的动人的酒窝和

---

① 而那些金发舞女，戴上白色的假发套以后，往往不只是把她们从前并不认识的公爵夫人的友谊据为己有。然而，由于她们以前除了跳舞什么都不干，艺术也便把她们改动成优雅的化身，并且就像十七世纪的名媛淑女出家修道成风，她们居住的套房则挂满立体派的绘画作品，一位立体派画家只为她们作画，而她们也只是为他而生活。——作者注

已失去一半魅力的淘气的嫣然一笑。至于另有一些女人，当她们发觉花容月貌已最终消殒，并且不得不像演员借助朗诵艺术补偿嗓音的损失那样，借用表情来抵挡一阵的时候，她们便死抱住噘嘴、憨态、迷惘的眼神、有时还有浅浅一笑不放，这种笑由于肌肉已不再听话，不能相配合，使她们看上去却似在哭泣。

况且，即使是在只出现了轻微变化，如胡髭白了等等的男子的身上，我们感到，这种变化也不能肯定就是物质的，那就像在我们与他们之间隔着有色雾障，使他们的面部外表发生变化的彩绘玻璃，尤其是在玻璃里搀入了能使图像模糊不清的材料，这种玻璃说明，它使我们得以看到的“与实物一般大小的”形象实际上在离我们很远很远的地方，这种距离，当然，不同于空间距离，但是，我们感到，他们，从另一头，仿佛从大海的彼岸，他们也很难认出我们，就像我们认不出他们一样，也许只有福什维尔夫人，身子里仿佛注射了某种液体或石蜡，既使她的皮肤鼓了起来，又使她变化不得，看上去就像以前的一只鸡婆，被永久地“制成了标本”。

我们从人们还会是老样子没变的概念出发会觉得他们老了。然而，一旦作为我们出发点的概念是他们老了，当我们重逢的时候，我们就不会觉得他们的情况如此不妙了。对奥黛特来说，事情还不止于此；人们一旦知道她的年龄便会预期这是个老婆子了，可她的外貌却像是对时间法则的一个挑战，比镭的贮存对自然法则的挑战更显得神奇，如果说一开始我没有认出她来，那倒不是她变了，而是因为她没有变化。一个小时以来，我了解到时间会在人们身上添加什么新的东西，以及如果想按我从前认识的那个样子认出他们，应该从他们身上去掉些什么东西。现在，我就在急急进行着这种计算。我在原来的奥黛特身上添加流逝的岁月数，我得到的结果不可能是站在我面前的这个女人，这恰恰是因为眼前的这个与从前的那个十分相像，脂粉和染料起了多大的作用呢？她看上去就像是一八七八年博览会（她肯定曾是当时那个博览会上最不可思议的奇观，尤其是如果当时她已有了今天这么大的年龄的话)，机动胖娃娃有点蓬松的发髻下一张永远惊讶的玩具娃娃脸，平直的金发上压一顶也是扁平的草帽，她是到一场年终歌舞汇演上来演播她的一八七八年博览会的歌曲，然而是由一位不老的徐娘为代表的一八七八年的博览会。

在我们身旁还过去一位布朗热时代之前的部长，现在他又重新从政。他一边走一边远远地向妇女们投去抖抖颤颤的微笑。然而，就像被禁锢在无数过去的锁链之中，就像被一只无形的手拨动的小小的幽灵，他的个头矮了，内涵发生了变化，看上去像是用浮石雕琢的他本人的缩小像。这位在圣日耳曼区得到善遇的原议长曾是刑事诉究的对象，为上流社会和平民所不齿。然而，幸亏组成上流社会和平民的个人有所更新，以及在继续存在的个人心中，好恶，甚至记忆也都有所更新，他这件事已经没人知道，他得到了赞誉。可见，并不存在多大的、我们不能轻松地熬过去的屈辱，因为我们知道，几年以后，我们被埋葬的错误将成为一种看不见的尘埃，尘埃上将有笑容可掬的和平在微笑，开满大自然的鲜花。暂时沾上污点的个人，通过时间的平衡作用，被固定在两个新的社会阶层之间，这两个阶层的人们对他将只有尊重和钦佩，他尽可懒洋洋地躺在他们上头。只是这项工作须由时间来完成。而在他遇到麻烦的时候，什么也不能给予他安慰，当初他走上囚车的时候，对面的那位年轻的送奶女工就听到朝他挥舞拳头的人群骂他“贪官污吏”，她不会从时间的角度看待事物，不知道晨报顶礼膜拜的人们还曾有过被贬得一文不值的时候，她不知道此时快进大牢的那个人也许由于想到了她才不会说那些能低三下四、赢取同情的话语。有一天，这个人将得到新闻界的颂扬，被公爵夫人们奉为上宾。时间同样也使家庭争执变成遥远的事情。在德·盖尔芒特亲王夫人那里人们看到一对伉俪，这夫妻俩有两位叔伯辈亲人现在已经过世，生前闹得互相打嘴巴还嫌不过瘾，这一个为了进一步羞辱那一个，把自己的看门人和膳食总管作为决斗证人派到对方那里去，认为请上流社会的人出面太抬举了他。然而这些啰嗦事沉睡在三十年前的报纸里，现在已经没人知道了。而德·盖尔芒特亲王夫人的客厅就像这样鲜花满堂、灯火辉煌、健忘得像一座平静的坟墓。时间不仅在那里化解旧时人物，使干戈有可能化为玉帛，还在那里建立起了新的组合。

我们回头再来看看那个政界要人，尽管他的体质与他在民众中表现出来的道德观念一样发生了深刻的变化，一句话，尽管他自出任议长之后已过去了那么多年，他还是又当上了新内阁的成员，内阁总理给了他一个部长的官职。这有点儿像那些剧院经理，总还是相信他们从前的女朋友，让她出来担任角色，尽管她退隐已久，他们仍然认为她比年轻姑娘们更能细腻地扮演好这个角色，况且他们知道她眼下经济状况欠佳。而她，都快八十岁的人了，却能向观众展现出她几乎完好无损的才气，以及生命在继续，而后令人感到惊诧，竟能看到生命在死亡前几天的这种继续。

德·福什维尔夫人的情况则相反，那是何等样的奇迹，甚至用越活越年轻这句话都不足以说明问题，而应说她带着胭脂红，带着雀斑二度开花。她甚至于可被看作一八七八年博览会的化身，即使放在今天的花木展览上，她也堪称珍品和尤物。此外，对我而言，她并不像在说："我是一八七八年博览会。"倒像是在说："我是一八九二年的槐树路。"仿佛她仍然走在那条路上。况且，恰恰因为她没什么变化，竟至她不大像在生活着。她看起来像一朵只开花不结籽的玫瑰。我向她问好，她在我脸上寻找了一阵子我的名字，好像学生想在考官脸上寻找他本该更容易地在自己脑子里找到的答案。我自报家门，当即，似乎就因为这具有咒语魔力的姓氏，我失去了无疑是年龄赋予的野草莓树或袋鼠的外表。她认出了我，开始用她那十分特别的嗓门对我说话，那些曾在小剧院为她鼓掌捧场的人，当他们收到梦寐以求的邀请，与她"去城里"共进午餐的时候，在整个谈话中，他们因为她的每句话里重又听到这个嗓音而神魂颠倒了。这嗓音还是那么娓娓动听，无谓地热情洋溢，还带点英国腔。然而，和她那双似是从遥远的海岸边望着我的眼睛一样，她的声音还显得凄凉，几近哀怨，像《奥德赛》里死者的呼唤。奥黛特真可以再登台演出。我恭维她年轻。她对我说："您真好，my dear①，谢谢。"而由于她哪怕是一番真情实意，都难免带着为她所以为的优雅风度而忧郁的神情，她一而再，再而三地说："多谢，多谢。"而我，过去就为了能看上她一眼，从那么远的地方赶去森林公园，第一次在她家听到她吐出口的词句乐得如闻天籁，我现在竟觉得在她身边度过的每一分钟都没完没了地难熬，因为我实在不知道该对她说些什么。我一边离去，一边想到希尔贝特说的"您把我当成我的母亲了"，这句话不仅千真万确，而且，它只会使当女儿的感到愉快。

况且，并不只是在这个女儿身上才出现至今在她脸上还看不出来的遗传外貌，就像藏匿在一粒种子内的那些部分，我们还难以揣测它们有朝一日破壳而出的时候会是什么样子。就这样，母亲的鹰钩鼻要到这个或那个女儿年近半百时才在她脸上表现出来，改变迄今尚笔挺的完美的鼻子形状。在另一个银行家的女儿身上，那女花匠般红扑扑的脸色变成红棕色、铜色，带上她父亲摆弄很多的黄金的色泽。有些人甚至到最后变得像他们居住的地段，在他们身上带有如拱廊街、林园大道、香榭丽舍大街的映像类的东西。然而，他们首先再现的还是他们父母的外貌轮廓。

唉，她不会总是这副样子的。不到三年以后，我在希尔贝特主持的一次晚会上又见到了她，她还没成个老糊涂，只是有些衰弱，变得已经不会用固定不动的面具掩饰自己的思想（说思想已言过其实）、自己的感受，她晃着脑袋，闭着嘴唇，每感觉到些什么便摇动肩膀，像个醉汉、孩子，或者像有些诗人，全不顾周围是什么情况，一旦灵感上来便在人群中构思起来，一边挽着一位感到诧异的夫人走向餐桌，一边皱眉蹙额，噘起嘴巴。

① 英语：我亲爱的。

福什维尔夫人的那些感觉——除了其中之一正是使她身临这次聚会的对她爱女的慈母之心，为女儿能组织起这么一次热闹的晚会所感到的自豪，对自己已不能有所作为的哀怨也冲不掉的当母亲的自豪——她的那些感觉并不愉快，它们只是在指挥一场防守，孩子般胆小怕事的防守，经久不懈地抵御人们横加到她头上的凌辱。人们就听到这样的话："不知道福什维尔夫人还能不能认出我来，也许我还得请人帮我介绍一下。""啊！这您倒是大可不必的，"答话的人扯直嗓门嚷嚷，并不考虑（或者并不担心）希尔贝特的母亲听得一清二楚："认出来也没什么意思。还想她能给您带来什么乐趣！让她靠边儿待着吧。再说她也有点儿老糊涂了。"福什维尔夫人用她那双美丽不减当年的眼睛朝那二位出言不逊的客人瞟去，接着马上又收回这道目光，唯恐有失礼之处，然而，这种无礼冒犯毕竟使她心烦意乱，她压抑下微弱无力的怒火，只见她摇着头，胸脯一起一伏，她朝另一个同样也不大礼貌的来客投去一瞥，并不感到大惊小怪。其实，几天以来她一直感到自己的身体很不舒服，她曾隐晦地暗示她女儿希望推迟举行这次聚会，可她女儿反对。福什维尔夫人并不因此就不喜欢这次聚会，每进来一位公爵夫人，对新府邸的众口赞誉之词，都使她的心洋溢着欢乐，而当德·萨布朗侯爵夫人到来的时候，这位当时最高社会阶层都那么难以请到的贵妇能亲临使福什维尔夫人感到自己是个有远见卓识的好母亲，感到自己当母亲的责任已经尽到。又有一些喜欢挖苦的客人引得她往那儿瞧和自言自语，如果说借手势表达的无声语言也算是在说话的话，她依然那么美，还变得极其怜恤他人，这是她从来都不曾有过的，这个曾负过斯万和众人的女子，现在是天下人负她了；而她则变得那么软弱，甚至都已不敢抵御众人的攻讦，各人的角色颠倒了。不久，她还将抵御不住死亡的袭击。不过，这是后话，让我们且回到三年前，也就是上面述及的德·盖尔芒特亲王夫人府的这次下午聚会上去吧。

我好不容易才认出我的老同学布洛克，况且，他现在不仅用了化名，而且用上了雅克·迪·罗西埃这个名字，还真得拥有我外祖父的嗅觉才能辨认出其中希布伦“缓缓的谷地”和被我这位朋友最终地砍断了的“以色列的山脉”。潇洒的英国风度确实完全彻底地改变了他的面容，铲平了能被去掉的一切。过去拳曲的头发被梳得直直的，中间开一条头路，油光可鉴。他的鼻子仍然那么又红又大，倒像是长期患感冒形成的肿胀，足以说明他慢条斯理地说出那些话来的时候带有浓重鼻音的原因，就像他找到了适合他的肤色的发型，他也找到了与他的发音相适应的嗓门，从前的齆鼻声说话时带着傲视天下的调门儿，与他红得发亮的鼻翼相得益彰。幸亏有这种发型，幸亏剃去了唇髭，还有这典型的优雅风度和毅力，那只犹太鼻子消失不见了，就像一个驼子经妥善打扮身子后仿佛都挺直了。然而，布洛克一出现，他面部表情的含义首先因为那硕大无朋的单片眼镜发生了变化。单片眼镜给他的面容带来的那部分机械组合免去了它一张人的脸皮不得不承受的全部艰难职责，让人觉得美，向人表示才智、与人为善和尽心尽力的职责。仅仅是这架单片眼镜在布洛克脸上的存在先就免去了对它漂不漂亮的考虑，就像在商店里，面对着被售货员说成“这是新潮英国货”的时候你再也不敢怀疑它是不是称你的心意一样。另一方面，他稳稳地举着那单片眼镜，摆出一副高傲、冷漠和舒坦的架势，好像那镜片是豪华型汽车的车窗玻璃，为了使他的面容与那平直的头发、单片眼镜协调一致，他的五官永远也不会再作出任何表情了。

布洛克要我把他介绍给德·盖尔芒特亲王，我觉得这毫无难处，不像第一次在他家参加晚会时我还碰了壁，虽说当时碰壁也挺自然，现在我却觉得这易如反掌，不就是给他介绍一位客人吗。即使我出乎意外地给他带去，给他介绍一位未经他邀请的客人，我觉得也没有什么了不起的。那是不是因为即从那遥远的年代起，我就已经变成了一位“常客”，虽说有相当一段时期我被这个当时我还是个新人的上流社会所“遗忘”呢？或者相反，正因为我不是真正的上流社会人士，一旦抛去胆怯，使他们难以办到的一切对我已不复存在了呢？是不是因为那些人渐渐地在我面前抛弃他们矫揉造作的第一外表（常常还有他们的第二外表、第三外表）之后，我感觉到了在亲王盛气凌人的高傲掩盖下，那种想结交朋友，甚至结交他表面装出不屑一顾的人的富有人情味的深切渴望呢？是不是还因为亲王变了？就像所有那些在青年和中年时期曾蛮横无礼的人，老年给他们带来了谦和（更何况那些他们陌生的思想、他们不愿就此服输的初出茅庐之辈，他们早已见过，也知道该如何在身边接待他们），尤其是倘使还有某种美德或缺陷做他们暮年的添加剂，使他们希望扩大交往，或希望导致政治观点改变的革命，如使亲王转变为德雷福斯派的那种革命。

布洛克找我询问一些情况，就像当年我初进社交界时那样。我现在还常常打听某些人的信息，他们是我当时在这里认识的，现在已变得遥隔千里，与世无涉，例如在贡布雷的那些人，我常常希望毫发不爽地“确定其所处境遇”的那些人。然而，对我来说，贡布雷具有与众不同的形式，不可能与众相混淆的形式，像一种拼板游戏，使我永远都无法把它拼入法国版图。布洛克问我：“那么，德·盖尔芒特亲王是不可能对我讲点儿有关斯万或夏吕斯先生的情况的了？”我曾有很长一段时期模仿他的讲话方式，而现在他又常常模仿我的讲话方式。“毫无可能。”“可他们间的区别又在于什么地方呢？”“真该让您同他们谈一谈才好，但这已经不可能了，斯万已经作古，夏吕斯先生的情况也好不到哪儿去。不过，不同之处是很大的。”当布洛克因为想到那些卓越人物可能是什么样子的而目光炯炯的时候，我却在想我夸大了与他们在一起给我的乐趣，欢乐的感觉从来就只有在我孤身一人的时候才会油然而生，真正不同的印象也只存在于我的想象之中。布洛克觉察到这一点了吗？他对我说：“你也许把它给我描述得太好了一些，就像这地方的女主人，德·盖尔芒特亲王夫人，我知道她已不年轻了，可你，反正在还不那么久以前，你还对我说过她天香国色，绝代无双。当然，我承认她雍容大方，那双眼睛也确如你所说的顾盼迷人，可说到底，我觉得她并不美得像你所说的那样惊人了。显然她出身名门，可毕竟……”我不得不告诉他我们说的不是同一个人。德·盖尔芒特亲王夫人实际已经亡故，因为德国的失败而破了产的亲王另娶了前维尔迪兰夫人续弦。“你弄错了，我在今年的《哥达》上查过，”布洛克天真地向我供认，“我查到了住在我们目前所在的这座府邸的德·盖尔芒特亲王的有关介绍，说他以当今最隆重的仪式，你等一等，让我想想，在西多尼亚与出身博家的德·杜拉斯公爵夫人结秦晋之好。”实际上，维尔迪兰夫人在她丈夫去世后不久就改嫁破了产的杜拉斯老公爵，这样她便成了德·盖尔芒特亲王的表亲，老公爵在婚后两年就死了。这对维尔迪兰夫人是一个十分重要的过渡，而现在，她又通过第三次婚姻成了德·盖尔芒特亲王夫人，从而在圣日耳曼区地位显赫，使贡布雷的那些人大吃一惊。近年来，在维尔迪兰夫人当上德·盖尔芒特亲王夫人之前，鸟街的名妇，古比尔夫人的女儿和萨士拉夫人的干女儿冷嘲热讽地称她为“德·杜拉斯公爵夫人”，好像这是维尔迪兰夫人在舞台上扮演的一个角色。社会等级原则甚至愿她作为维尔迪兰夫人死去，这个诰封，大家认为不可能给予她任何具有上流社会新权益的诰封，不如说正造成恶劣效果。“引起对她的非议”，这种说法在各个阶层都被用在一个偷情女子的身上，在圣日耳曼区还可以用来指那些发表著作的妇女，在贡布雷的有产阶级中则指“不相称”地琵琶别抱的女人，从各种意义上解释的“不相称”。当她嫁给德·盖尔芒特亲王后，有人大概以为那是个假盖尔芒特，是个骗子。至于我，明知诰封和姓氏都不假，它造成了又一位德·盖尔芒特夫人的存在，这位夫人与曾使我神魂颠倒、现已不在的那位亲王夫人毫无干系，她已经是毫无自卫能力、任人偷窃的死人，想到此，我感到某种痛苦，就像看到属赫德维奇亲王夫人所有的东西，如她的城堡，如所有曾为她所拥有的东西现在却在被另一个女人所享用。姓氏的继承，其他各种继承，像各种产业的侵占一样令人伤感。这个姓氏绵延不绝地往下衍续，仿佛有一大群新的德·盖尔芒特亲王夫人，或者不如说就是一个德·盖尔芒特亲王夫人，她不知道死亡，对改变和伤害我们情感的一切全然无动于衷，千年来由各种不同的女子一代又一代地取代她的职位，而在这些不时消失的女子身上，这个姓氏一再封闭它自远古以来始终如一的平静。

当然，即使是在我认得的面容上出现的这种变化，也只是日复一日实现的某种内部变化的反映。也许这些人还继续完成了同样的事物，但是他们对这些事物，对经常交往的人们所形成的概念，开始时有些偏离正道，几年后，虽说称呼依旧，他们所爱的却已是另一些事物和另一些人了，既然他们已经成了另一种人，他们的脸不显得陌生那才是令人可奇怪的呢。

然而，还有一些人，我认不出他们是因为我本来就不认识他们，因为，就像对人们那样，在这个客厅里，时间使社交界也出现了神秘的变化。①这个中心，以为它招来全欧洲所有王公显贵的某些姻亲关系所限定的特性和疏远一切非贵族因素的排斥力，使我觉得它就像盖尔芒特这个姓氏的一个具体的庇护所，为这个姓氏提供它最后的实在性，这个中心，在它本身我曾以为是稳定的内涵成分上，遭受到深刻的蚀变。有些我曾在一些截然不同的社交界见到过的人，他们的在场已然使我感到惊讶，他们被

① 在到场的客人中有一位值得注意的人，他刚为一场著名官司出庭作证，证词唯一的价值在于它高度的道义性，使全体法官和律师一致为之折服，从而得以给两个人定罪。因而，在他进来的时候，全场出现了一阵子好奇和尊敬的骚动。他便是莫雷尔。我也许是唯一知道他是曾靠圣卢和圣卢的一位朋友供养的人。尽管有这些往事，他虽说不无保留，还是愉快地向我问了好。他回忆起我们在巴尔贝克相遇的时代。而这些往事的回忆对他说来富有诗意和青年时期的伤感。——作者注

直呼其名、受到亲密无间的接待更令我大惑不解。从前，一整套贵族的偏见和冒充高雅的浅薄之见自然而然地把盖尔芒特这个姓氏和与之不相谐调的一切分隔天壤，现在，它们已不再发挥作用。① 拒绝入境的机械因为弹簧或松或断已不再运行，许许多多陌生的躯体在往里挤，褫尽它清一色的同质性，它的风采和色调。圣日耳曼区像一名痴愚的老寡妇，对闯进她的沙龙、啜饮她的橘汁还向她介绍自己的情妇的粗俗无礼的仆佣们，她只会报之以胆怯的微笑。然而，这个结构紧密的整体（从前的盖尔芒特沙龙便是）的崩溃所给予我的对时光流逝和我的一小部分过去的消失的感觉并不比由无数理由和多种色调的毁灭本身所引起的这种感觉更强烈，其结果是认为某个现在还出现在这里的人天生适合在这里，并且得体，另一个在那里擦肩而过的人则显得诡谲地新奇。这不仅是对上流社会的无知，而且是对政治、对一切的无知。因为，在个人身上记忆持续的时间短于生命，再者，这些个人从来没去记年龄很小很小时的事情，这部分记忆消失在旁人身上，现在构成社会的一部分，而且是合情合理的部分，即从贵族方面来说，既然开端被遗忘或已不清楚了，他们攫住正处于上升或坠落之际的人们，还以为事情本来如此，以为斯万夫人、德·盖尔芒特亲王夫人和布洛克的地位历来都这么显赫，而克雷孟梭和维维安尼历来就是保守党，就像有些事实持续的时间较长，德雷福斯案可憎可恼的回忆会因

---

① 当初我刚踏进社交界的时候，有的人大摆盛宴，但是他们只接待德·盖尔芒特亲王夫人、德·盖尔芒特公爵夫人、帕尔马公主，而在这些命妇家里他们也被待为上宾，他们被视作是当时社交界地位最稳固的人，或者能够被这么看，这些人消失了，没留下任何痕迹。他们是负有外交使命的异国人已返回故国？也许是什么丑闻、自杀、劫持使他们不得再出现在社交界，或者他们是德国人。然而他们的姓氏之所以灼灼放光，纯粹是因为他们当时的地位。现在已经没有人再姓这些姓了，甚至，如果我提起他们，人家会不知所云，我要是一个字母一个字母地拼出这些姓氏，人家会以为那是些来路不明的外国阔佬。

使我大为愕然的是按原先的社交惯例不该在这里出现的人们居然能把令人仰慕的贵人引为知己密友，他们之所以到德·盖尔芒特亲王夫人这里来自寻烦恼也完全是因为他们的新朋友的缘故。因为，最能说明这个社交界的特点是它惊人的失去社会地位的才干。——作者注

为曾听他们的父亲说起过而模模糊糊地留存在他们心间，如果我们告诉他们克雷孟梭曾是德雷福斯派的，他们会说："不可能，您搞混了，他恰恰是另一边的。"有些贪官污吏被当成了廉洁奉公的楷模，还硬要给从前的婊子树立贞节牌坊。有人问一位望族出身的年轻人，关于希尔贝特的母亲他是不是知道些什么情况，这位少爷回答说，其实，她在人生的第一阶段曾经嫁给一个名字叫斯万的冒险家，不过，后来她又嫁给了社交界最知名的人物之一，福什维尔伯爵。在这个沙龙里，也许还会有人，如德·盖尔芒特公爵夫人，会对这种说法付之一笑（如此否定斯万的风雅使我觉得太骇人听闻了，就我本人所知，从前在贡布雷的时候，我和姑祖母都认为，斯万堪与"公主们"来往），除德·盖尔芒特夫人外还有一些女人也会这样做，她们本来应能在这里，只是现在很少出门，如蒙莫朗西、穆西、萨冈三位公爵夫人，她们曾是斯万的知己好友，在她们尚出入社交界的时代，她们从来没见到过那个福什维尔，此人当时在社交界是得不到接待的。然而，恰恰是当时的这个社交界，除了在数目日渐减少的人们头脑里，已不复存在，犹如今日已改的朱颜，被银丝取代了的金发。布洛克在战争时期曾"足不出户"，他停止出入过去的那些老社交圈子，本来他在那些地方并不露脸。相反，他却在不停地发表著作，那些我今天为了不受其诡辩之阻而在竭力摧毁其荒诞不经的诡辩术的著作，作品并没什么独到见地，却给上流社会的年轻人和许多妇女造成才高八斗、不同凡响的印象，一种天才的印象。所以那是在他新旧社交活动完全决裂之后，他才以伟人的形象出现在一个重新建立的社交圈子里，开始他一生中辉煌灿烂、受人尊敬的新阶段的。年轻人当然不知道他到这种年龄才在社交界有起色，更因为他在同圣卢的交往中记住的寥寥几个姓氏使他得以给自己当前的威望以某种模糊的鉴赏距离。总之，他俨然成了上流社会里那种任何时代都红得发紫的才子之一，殊不知他竟从没在别的地方出过风头。

我刚同盖尔芒特亲王说完话，布洛克便一把抓住我，把我介绍给一位少妇。这位少妇听盖尔芒特夫人谈了许多关于我的情况,[1]她是那天最漂亮的女人之一。然而她的姓氏对我却完全陌生,而她对盖尔芒特家族各不同支系的姓氏肯定也不是很熟悉,因为她在问一位美国女人,圣卢夫人凭什么身份与在场诸位最杰出的上流社会人士的关系显得那么密切。由于这位美国女人已嫁法西伯爵,法西与福什维尔家又远远地有点沾亲带故,对法西而言,福什维尔是当今社会最高贵的姓氏,所以,她非常自然地便回答道:“那还不是因为她出身于福什维尔家族。这是再高贵不过的了。”法西夫人在天真地以为福什维尔这个姓氏高于圣卢的同时,至少也该知道圣卢意味着什么吧。然而,布洛克和德·盖尔芒特公爵夫人的这位俏丽迷人的朋友却绝对地无知,此女相当轻信,所以,当一位少女问她圣卢夫人与这家主人德·盖尔芒特亲王如何成为亲戚的时候,她便真诚地回答说:“通过福什维尔家族的关系吧。”姑娘就把这个情况通给了她的一位女友,说得就像她本来就知道的一样,这位女友脾气暴躁,很容易冲

---

① 如果说晚辈后生们觉得德·盖尔芒特公爵夫人并不怎么样,她无非就是认得几位女演员云云,这个家族中如今已成了老媪的命妇们却始终把她看作是一位了不起的人物,这一方面是因为她们确切地知道她的出身、她的纹章的至上地位、她与被福什维尔夫人称作“王族世胄”的人们的亲密关系,而且还因为她不屑光临她们家中,到她们那里会感到厌倦,她们知道对她从不能作这种奢望。她与戏剧界和政界的关系其实大家也并不清楚,这种关系只是使她更不同寻常,从而更提高了她的声望。然而,在政界和艺术界,人们却又把她视作捉摸不定的女人,像是从圣日耳曼区谪降的仙子,同次长们、明星们相交往。以致,即在这个圣日耳曼区,倘使有人要举办一次隆重的晚会,人们会说:“究竟有没有必要邀请一下奥丽阿娜?她不会来的,反正做个样子吧,可不能作什么指望。”而如果,到十点半钟左右,奥丽阿娜穿戴着鲜艳的服饰出现了,在进门的时候还带着威严而轻蔑的神态停一停,用冷峻的目光俯视与她沾亲带故的夫人们,如果她能待上一小时,这对于举办这次晚会的老诰命真是盛大的节日了,更胜过从前萨拉·贝尔纳之于剧场经理,他含糊地答应给予合作,人们对此并不抱什么希望,但他来了,并且纯粹出于无限的好意,不只朗诵了他允诺的篇章,另外还朗诵了二十篇。这位奥丽阿娜,部长办公室主任们同她说话态度傲慢,而她却并不因此不继续结识更多的主任(才智引导社交),她刚才的到场把老诰命组织的这次晚会——本来就尽是衣着极其奢华的妇女们参加的晚会提到新的高度,超乎同一时期(福什维尔夫人又会把它说成同一“季节”)其他命妇举办的、奥丽阿娜却没有移动大驾光临的那些晚会之外和之上。——作者注

动,所以当一位先生第一次对她说希尔贝特与盖尔芒特家族的亲缘关系并不是靠福什维尔家的时候,她恼得脸红脖子粗,像只公鸡,以致那位先生还以为是自己弄错了,接受了谬误,并且很快便把这情况传布出去。社交聚会和晚餐对那位美国女人是一次学习的机会。她听到那些姓氏,在了解它们的价值和确切的含义之前重复这些姓氏。有人问起希尔贝特的当松维尔是不是从她父亲德·福什维尔那里得来的,有人解释说当松维尔根本就不是从她父亲那里得来的,这本是她夫家的一块土地,它就在德·盖尔芒特邻近,差不多是作为抵押归属德·马桑特夫人所有,希尔贝特把它赎了回来,当作她的嫁妆。最后,有一位帝国时期的老兵提到了萨冈家和莫西家的朋友斯万,当布洛克的那位美国女友问起我是怎么认识斯万的时候,那位老兵硬说我是在德·盖尔芒特夫人家里认识他的,没料到我们是乡邻,在我心目中他是我外祖父的忘年交。在整个保守派社会中被视作特别严肃和最了不起的人物也难免犯诸如此类的错误。圣西门为了说明路易十四"几番使他当众出丑陷于最明显的荒谬之中"的无知,只举了有关这个无知的两个例子,那就是国王竟不知道勒内尔是克莱蒙-加勒朗德家族的,也不知道圣代朗是蒙莫兰家族的,把他们全当成了无足轻重的人物。在圣代朗问题上,我们至少可以自慰的是知道国王并没有死于谬误之中,因为,"很久以后",德·拉罗什富科先生指出了他的错误。圣西门用带点怜悯的口吻补充说:"而且还得给他讲解有哪些世家是从它们的姓氏上看不出的。"

这种不可救药的遗忘,那么迅捷便涵盖了最近发生的事情的遗忘,这种强夺人意的无知,相反地,却使一门小小的学问,因为传播甚少越益显得珍贵。这门学问用于了解人们的家系和真正的地位,了解他们是出于爱情、金钱或其他什么理由与某个家族联姻、或屈尊俯就。它在由保守精神左右的任何社交团体中均能赢得赏识,在关于贡布雷和巴黎有产阶级方面,我外祖父所拥有的这门学问已达到登峰造极的程度,圣西门对这门学问十分重视，即在他称赞德·孔蒂亲王多才多艺的时候，他都把这门学问放在其他科学之前，或者不如说他把这门学问说成是科学中的第一门。他赞誉德·孔蒂亲王是“一位饱学之士，他卓见远识、守正不挠、毫厘不爽、学贯古今、博览群书，他博闻强记、熟知家系，它们的奢望和现实，善以不同礼节对待级别不等、贤愚不等的人，归还王族应该归还而不再归还的一切。他甚至对此，对所以会发生的他们的僭越作了解释。书籍和谈话中的历史为他提供对出身、职位等等作出尽可能不开罪于人的安排的依据。”我外祖父没有这么杰出，但凡是与贡布雷和巴黎有产阶级有关的情况，他知道得同样一清二楚，品味起来也一样地兴致勃勃。这样的美食家，这样的有心人，知道希尔贝特不出身于福什维尔，德·康布尔梅夫人不出身于梅塞格利丝家族，而那位最年轻的也不是瓦朗蒂努瓦家的女儿，这样的人已经为数不多了。不仅为数不多，而且其新成员甚至都非出身于贵族的最高等级（笃信宗教的人，或者天主教徒并不一定就是最熟知《圣徒传》或十三世纪教堂彩绘大玻璃窗的人），而往往来自二等贵族，他们对自己所难得接近者兴致更高，由于来往较少也就更有闲工夫研究。他们高高兴兴地相逢，互相认识，举办丰盛的行会晚餐，如珍本收藏家协会或兰斯朋友会，晚餐上，他们品味家系家谱。这种聚餐会女人是不得参加的，但她们的丈夫回家后会对她们说：“我今晚出席了一次挺有意思的晚餐会。有位拉拉斯伯利埃先生真把我们给吸引住了，他给我们讲清楚了为什么那位有个漂亮千金的圣卢夫人压根儿就不是福什维尔家出身的，真可谓闻所未闻。”

布洛克和德·盖尔芒特公爵夫人的朋友不仅风姿如玉、花容迷人，而且秀外慧中，同她交谈实是一大乐事，可我又觉得谈话难以进行下去，这不仅因为我这位交谈对象的姓氏对我来说是陌生的，而且因为她对我提及的许多姓氏对我也是新的，而今正是他们组成了社交界的基本队伍。另一方面，确实，虽说她愿意听我说古道今，我向她提到的许多姓氏对她也绝对地毫无价值，它们早已被忘记得一干二净，至少那些当时只因个人的功业而熠熠闪光的姓氏，不是某个名门贵胄家族共有的永恒的姓氏（少妇给她在一次晚餐上听颠倒的某个姓胡乱安上个错误的出身，她很少知道这种名门贵胄确切的爵位），大多数姓氏是她从来都不曾听说过的（不只因为她还年轻，还因为她不久前才来到法国定居，而且还不是马上就得到接纳），她在我退隐数年后才步入社交界，不知怎么的，我脱口说出勒鲁瓦夫人的姓名，而我的交谈对象幸亏有德·盖尔芒特夫人的一位老朋友向她献殷勤才听到说起过她。然而知道得不尽确切，我从这位故作高雅的少妇答话时那不屑一顾的神态中看出了这一点。她说："知道，我知道勒鲁瓦夫人何许人也，贝戈特的一位老朋友嘛。"那口气就像是说"这是个我绝不愿意让她到家来的人"。我很清楚，德·盖尔芒特夫人的那位老朋友作为完美无缺的上流社会人士，满脑子都是盖尔芒特精神，其特色之一是不要流露出挺重视贵族交往的样子，他一定是觉得说"勒鲁瓦夫人与所有的公主殿下、所有的公爵夫人都有交往"显得太愚昧、太违背了盖尔芒特精神，他宁肯说："她挺滑稽。有一天她这么回答贝戈特的话。"只是，对于不了解的人来说，从交谈中获得的这种情况却相当于平头百姓从报上看来的新闻，他们以自己订阅的报纸为准绳，一会儿认为卢贝先生和雷纳克先生是盗贼，一会儿又把他们捧成伟大的公民。对于我的交谈者来说，勒鲁瓦夫人是前一种类型维尔迪兰夫人式的人物，名气不那么响，她那小圈子的范围也只限于贝戈特一个人。况且，这位少妇还是出于纯粹的偶然性听到勒鲁瓦夫人这个名字的最后一批女人之一。今天已经没有谁知道勒鲁瓦夫人是什么人了，这再说也是十分合理的。勒鲁瓦夫人曾引起维尔巴里西斯夫人那么巨大的关注，然而，她的名字甚至都没有出现在后者的《身后回忆录》的附录里。其实，侯爵夫人之所以没有提及勒鲁瓦夫人，并非只因为这一位生前对她颇不客气，更因为在她死后，谁都无法对她产生兴趣，而这种只字不提的做法虽有出于女人社交上的积怨之处，更多却出于作家文学创作的取材所需。同布洛克的这位佳丽朋友交谈令我陶醉,因为这位少妇聪颖过人,可是,存在于我俩的用语之间的这种差异却使谈话变得不易理解和富有教益。我们明明知道岁月流逝,衰老取代了青春,最牢靠的巨产和宝座在分崩离析,名望是过眼烟云,我们认识这个由**时间**导引的活动世界的方式,也就是我们从这个世界摄取的相片却相反地把它给固定死了。结果,我们以前认识的年轻人总是被我们看成是年轻人,而我们以前认识的老年人也总被我们想成是过去的那种样子,说得他具有老年人的种种美德。我们从推理而得知要毫无保留地相信一位大富豪的信誉,相信一位君王的支持,却不相信实际上他们明天可能丧失权柄而成为逃亡者。在一个比较狭小的、纯属社交的范围里,如同在一个比较简单,然而能把人们引向解决虽说比较复杂,却属同一系列的困难的道路上去的问题里一样,在我和那位少妇的交谈中,由我们所生活的这个上流社会间隔二十五年所形成的这种互不理解使我颇有感慨,它有可能加强我的历史意识。

再者,必须指出,这种对真实境况的无知每隔十年便导致一批中选者以他们现时的表象出现,仿佛过去的那些事情并不存在。这种无知使初来乍到的美国女人意识不到夏吕斯先生曾是巴黎地位最显赫的人,当时的布洛克还是无名小卒,而为邦当先生出了那么大力气的斯万曾是大家最喜欢的人,这种无知不仅新来者有之,那些一贯出入邻近几个社交中心的人身上也有之,而这种或那种人的无知也是**时间**作用的结果(但这次作用是实施在个人而不是在那个社会阶层上)。无疑,我们变换环境、变换生活方式也是徒劳无益,我们的记忆,既抓住了我们同一本性这条线,便会给这同一的本性,给先后各个时期维系上对我们所经历的社交生活的回忆,哪怕已是四十年前的事情。即在盖尔芒特亲王府,布洛克仍然十分清楚地知道他十八岁时生活过的那个低贱的犹太人中心。而斯万,当他不再爱斯万夫人而到斯万夫人曾一度以为像去王家街喝茶一样光彩的科伦宾茶室去，恋上了那里的上茶侍女的时候，他也十分清楚自己在上流社会的价值，他记得忒维肯哈姆，对自己宁肯去科伦宾而不去德·布洛伊公爵夫人那里的原由明白无疑，也完全知道自己去科伦宾茶室或里茨饭店只会一千倍地更不“光彩”，而不会增加一丝一毫，因为只要付钱，那种地方谁都可以去。布洛克或斯万的朋友们无疑也记得那个地位低下的犹太社交中心或在忒维肯哈姆的约请，所以，像斯万和布洛克的这些不那么高贵的“我”一样的朋友，在他们的记忆中并不把今日衣冠楚楚的布洛克和当初捉襟见肘的布洛克视作二人，并不把在最后那些日子里光顾科伦宾茶室的斯万和出入白金汉宫的斯万视作二人。然而，这些朋友在生活中可以说是斯万的邻里，他们的生活就展开在附近的一条线上，致使他的形象几乎满满地充斥着他们的记忆，但在另外一些与斯万较生疏，同他不仅在社会关系上，而且在密切程度上都存在着较大距离的人身上，这种距离造成当初的认识比较肤浅，相见的时候又比较少，为数不那么多的往事的回忆使概念漂浮不定。而在这一类陌生人心里，历经三十年后，已再也记不起能在往昔中延伸发展和在现时中改变此人价值的东西了。在斯万生前最后的那几年里，我曾听到过有些甚至是社交界人士，当别人同他们谈起斯万的时候，他们竟说：“您是指科伦宾茶室的那个斯万吗?”好像这便是斯万的名号。现在我又听到有些应是了解情况的人在提到布洛克的时候说：“布洛克-盖尔芒特吗？盖尔芒特家的老熟人吗?”这些把一个人的生活分割成块的错误，在孤立现时中把我们谈到的这个人变成另一个人，一个被改头换面的人、昨天的创造物和只是他现有习惯的凝聚的人（实际上身上却带着把他与过去相连结的生命的继续），这种错误当然他也依存于**时间**，但它们不属于社会现象，而是一种记忆现象。即在眼下，我便有一个例子，关于对我们变动别人外貌的那种遗忘的例子，它虽说属于一种颇不相同的类型，却因此给人以更强烈的印象。德·盖尔芒特夫人的侄儿，维尔芒杜瓦小侯爵从前对我是顽固不化地蛮横无礼，致使我对他也采取了不近人情的态度，以示投桃报李，结果我俩心照不宣地成了仇敌。正当我在思考时间在这场德·盖尔芒特亲王府举办的聚会上的反映时，他请人为他引荐，说他相信我已经从他亲戚那里认识了他，说他曾拜读过我的几篇大作，并希望同我认识或重新认识。说真的，随着年龄的增长，和许多人一样，他也变得正儿八经地无礼，但已不再像从前那样的狂妄自大，另一方面，在他常去的那个社交中心却又有人因为那几篇拙作提到过我。然而，这些使他热情、使他主动接近的理由全都是次要的。主要原因，或至少是能够让人接受的原因是他的记忆力比我还差，或者他早已不把我从前对他的攻讦所作的回击放在心上，因为那时候，我对于他不像他对于我，只是个小人物，他把我们之间的敌意忘了个一干二净。我的姓氏最多使他想起，他在哪个姑娘姨母那儿大概还曾见到过我，或者见到过我的某位亲属。由于吃不准是该作自我介绍，还是重新作自我介绍，我急急忙忙地便把话题转到他那位姑母身上，他认定就是在他那位姑母家碰到我的，因为他记得大家在那边常常议论我，而不是议论我俩的争吵。一个姓，这往往就是别人给我们留下的全部内容，甚至不是在他死后，只能在他生前。而这个人在我们心中的概念是那么模糊，或是那么怪诞，同我们在他心中的概念甚不相符，我们早已把自己差一点找他决斗的事抛置脑后，却记着他小时候在香榭丽舍套着黄色护腿的奇特模样，相反，他却压根儿不记得曾同我们一起嬉戏，尽管我们对他肯定说确有此事。

布洛克像条鬣狗般跳将进来。我在想："他来到了一些沙龙，这些沙龙二十年前他是进不了门的。"然而他的年龄也增长了二十岁。他离死亡更近了。这对他有什么好处呢？在一张神态暧昧的脸上，远看或者在光线较差的情况下，我看到的只是欢乐的青春（或者那张脸上继续存在青春，或者是我把它召唤回来了），近看，这张脸总显得惶惶不安，那么吓人，像后台的老夏洛克，化妆已毕，等候上场，口里已喃喃地念着第一句台词。十年后，他当上了"大师"，拄着拐杖走进那些因为不景气而不得不劳他大驾光临的沙龙，他会觉得被迫去拉特雷默伊耶府实在是一桩苦差使。这对他会有什么好处呢？

正因为这些变化发生在社交界，使我更能从中提炼出重要的、堪以充实我一部分作品的真理，这些变化并不是我们这个时代所特有，像我刚开始的时候恨不信其为是的那样。即在我刚成为新贵，比今天的布洛克更新的新贵，走进盖尔芒特家族的社交圈时，我就是俨然以这个社交圈成员的身份审视一些不久前被接纳的成员的，他们在老成员看来显得格外地新，与老成员截然不同，而我却区分不出新老，而那些老成员与一向是圣日耳曼区的成员、当时的公爵们相比之下又都显得是生手，他们或他们的父辈、或他们的祖父辈则又曾当过那里的新贵。所以，使这个社交圈光彩夺目的并不是上流社会人士的贵胄身份，而是上流社会人士多多少少地被这个社交圈完全同化的事实，它使这些人过五十年后全都大同而小异。为了充分说明盖尔芒特这个姓氏的高贵，我不妨把它往后推移，即在路易十四时期，这个盖尔芒特家族的地位就同王室几乎不相上下了，它比今天的地位更显赫，然而，即在那个时候，同是我眼下注意到的现象就已产生。例如，我们不是知道当时他们与柯尔柏家联姻一事吗？今天我们确实觉得这个家族是很高贵的，也为娶柯尔柏家的千金为妻的德·拉罗什富科家的公子带来很大的好处。然而，盖尔芒特家与柯尔柏家结为秦晋并不因为后者是贵族，当时的柯尔柏家族还是平民有产者，正是因为盖尔芒特家族与他们联姻才使他们跃身贵族。如果说奥松维尔这个姓随着当前这个支派的代表一起泯灭，它却或许将能以自己是斯达尔夫人的后裔为荣。而在大革命前，王国一等贵胄之一的奥松维尔先生却曾对布洛伊先生自夸，理由是自己不认识斯达尔夫人的父亲，同布洛伊先生本人一样不可能为他引见，始料不及有一天，自己的两个儿子竟会一个娶《柯林娜》的作者之女为妻，另一个娶这位作者的孙女。按德·盖尔芒特公爵夫人的说法，我知道自己尽可以在这个上流社会当一名没有爵位的风雅之士，可我们总爱想入非非，企求加入贵族的行列，像从前斯万做过的那样，像比斯万更早的勒布伦先生、安培先生和德·布洛伊公爵夫人所有的那些朋友，连同公爵夫人本人那样，刚开始的时候地位也都挺寒微。我头几次在盖尔芒特公爵府用晚餐的时候肯定曾使博泽弗耶先生这样的人感到多么地不痛快，这不只因为我的在场，更因为我发表的那些意见，它们恰证明我对构成他的过去和使他用他的方式想象社交界的那些回忆一无所知！有朝一日，布洛克也会变得老态龙钟，此时呈现在他眼前的盖尔芒特沙龙会在他心里留下相当陈旧的记忆，那时，面对着某种僭越、某种无知，他也会感到同样的惊奇，产生同样的恶劣情绪。而另一方面，他也许同样会变得审慎而知分寸，这种我认为像诺布瓦先生这样的人才特有的品质，并且影响他周围的人，这种品质在看似与之水火不相容的人身上成形和体现出来。况且，我觉得，出现在我面前的得为盖尔芒特社交圈所接纳的机遇实在是件出格的事情。然而，如果撇开我个人和与我直接相关的圈子再来看这一社会现象，我发现它并不像我开始时以为的那么独特，它就像在我出生之地贡布雷的盆地里数量颇大的喷泉，它们与我成对称地从地下喷涌而出，为它们提供水源的是同一水团。当然，各人有各人的特殊内容和个人特点，当勒格朗丹进入这个社交圈子的时候，他的方式（通过他侄儿的奇特的婚事）完全不同于奥黛特嫁女，不同于斯万本人以及最后还有我的进入这个社交圈。对我这个曾杜门不出、从里向外观察生活的人来说，我仿佛觉得勒格朗丹的生活与我毫无关系，它走的是相反的道路，就像深谷里的小河，看不见另一条分岔的小河，然而，尽管河道间存在着距离，它们却注入同一条大江。然而，直截了当地，像把导致死亡的感情原因或可以避免的过失略过一边，只统计每年的死亡人数的统计学家那样，我们发现，有好几个从本故事开始时描述过的那个社交圈离去的人进了另一个完全不同的社交圈，而很可能，即从有教养和富裕的有产者们全然不同的社交圈里也会产生一批比例几乎相等的人，如斯万，如勒格朗丹，如我和布洛克，人们发现我们正投身于“上流社会”的海洋，好像巴黎每年都要举行一定数量的婚礼那样。况且，他们互相之间也认了出来。因为，如果说青年伯爵康布尔梅以他高贵、优雅的气质和朴实无华的风度赢得众口一致的赞誉的话，我却在他的气质、他的风度，同时还在他的炯炯的眼神和强烈的发迹欲望中，认出早先构成他姨父勒格朗丹主要特点的内容，勒格朗丹是我父母亲的老朋友，他外表尽管像个贵族，却市侩气十足。

一般人成熟后，他当初比布洛克还尖酸刻薄的本性都会因善良而变温和，善良的表现与正义感一样，这种正义感使我们相信，只要我们的诉讼正当有理，何须害怕法官不是朋友或抱有偏见。布洛克的孙儿辈几乎从出生之日起就将是善良和审慎的。布洛克也许还没能达到这个程度。但我发现，过去他装出认为自己不得不坐两小时火车去拜访某人的样子，此人却并不那么盼着他的光临；现在，他不仅收到那么多午餐晚宴的邀请，而且还有请他去这儿住上半个月、那儿住上两星期的，他还谢绝了那么多邀请却对此只字不提，从没听到他吹嘘接受了谁的、拒绝了谁的。审慎，行动上和语言上的审慎随着社会地位的提高和年龄的增长来到他身上，如果可以这么说的话，随着某种阅历年龄的增长来到他身上。无疑，布洛克过去嘴巴不紧，也没能力做到与人为善和给人忠告。然而，有些优缺点从社会的观点来看，与其说属此人或那人所有，不如说与人生的某个阶段相关联。这些优缺点在个人身上几乎只是外表的东西，它们预先已普遍存在，到一定时候，就像到了某个节气，便不可避免地进入自己的表现阶段。想要了解某种药物会减少或增加胃酸、加快或减少胃酸分泌的医生获得不同的结果，他们并不是根据提取少量胃液的胃进行判断，而是根据摄入药物后或多或少间隔一段时间后从这个胃里取得的胃液情况。

被视作为它所接纳的和在它周围的姓氏之总和的盖尔芒特这个姓，就这样每时每刻都在吐故纳新，就像在花园里，含苞欲放的随时都准备取代已经枯萎的花草，它们混迹在看来差不多的花丛中，只有那些并不经常看到新来者的人,记忆中还确切保留着杳然黄鹤的形象的人才能看出其中的差异。

由这次聚会聚集起来的,或借这次聚会轮番呈现在我眼前的外表,乘机从中脱颖而出在我面前的那些先后不同的、相悖的情势唤起我记忆中的人,他们中不止一个烘托出我各个不同的生活侧面,视角的差别,犹如地面的起伏,山丘或城堡,有时出现在右,有时出现在左,初时凌驾于森林之上,继而突出于峡谷之外,以此提醒旅行者前进路上的方向变化和地势高低。我进而往上追溯,最终找到同一个人被很长很长的时间间隔开的几个形象,由几个颇是不同的"我"保留下来的形象,各个形象就其本身的含义之间又存着巨大的差别,致使我在以为对自己过去与这些形象之间的关系的演变过程一览无余的时候,总是把它们给忽略了,我甚至不再想到它们就是我从前所认识的,使我必须通过偶然的刹那间的注意,才能像寻找到某个词的词源那样,把它们与它们对我而言的那个原义重新联结起来。斯万小姐隔着刺玫瑰篱向我送来秋波,我早该想到其真实含义是欲念。贡布雷传闻中斯万夫人的那位情人也曾在那堵篱笆后面冷眼睃睨过我,其含义也不是我当时所思及的,况且,此后他的变化那么大,以致后来在巴尔贝克,我一点都没从那个站在娱乐场边读海报的先生身上认出他来,而且,每隔十年,当我想到他那时的情景,我总要对自己说:"那就是德·夏吕斯先生呀,已经变成这副模样了,真怪!"贝斯比埃大夫婚礼上的德·盖尔芒特夫人,在我叔祖父家穿粉红裙子的斯万夫人,勒格朗丹的妹妹德·康布尔梅夫人。她那么漂亮,使勒格朗丹提心吊胆地怕我们求他把我们介绍给她,还有那么多与斯万、圣卢等等有关的人物,他们犹如一幅幅人物图像,有时,当它们在我脑海里浮现的时候,我闹着玩儿把它们像书籍扉页的绣像放在我与各种人物的关系的起步上,然而,它们在我看来确确实实地也只剩下一幅图像了,而且这幅图像还不是由其本人放在我心上的,与他再也没有任何关联。事情还不仅仅在于有的人记忆力强,有的人记忆力差(还不至于差得像土耳其大使夫人们和某些人那样,在不断的遗忘中过日子,这便使他们的脑子里总是留有位置接纳别人告诉他们的相反的信息,因为前一条才一个星期便销声匿迹,或者后一条具有排斥前一条的能力)。即便记忆力旗鼓相当,两个人所记得的也不是同一些事情。甲对某事耿耿于怀,乙却并不把这件事很放在心上,相反却把前者一句几乎是未经思考脱口说出的话揪住不放,把它当成表示好感的特别信号。当别人发出假信号的时候,正确理解有利于缩短对这个信号的缅怀时间和能迅速得以肯定对方其实没有这种意思。最后,更为深刻、更加公正的意义还在于记忆的多样化,它使诗人把大家对他提起的那些事几乎忘得一干二净,却记住了瞬息间的印象。这一切导致我们在二十年没有露面后遇到的不是料想中的积怨,而是不由自主的、无意识的原宥,不是莫名其妙的深仇大恨(因为我们忘了自己也给人留下了恶劣的印象),而是理智。即使是事关我们最熟悉的人们,我们也会忘了事情发生的日期。由于德·盖尔芒特夫人第一次见到布洛克的时间至少是在二十年前,她会赌咒发誓地一口咬定他出生在她这个上流社会,说他两岁的时候,德·夏特勒公爵夫人还曾把他抱在膝盖上轻轻摇晃。

这些人一生中有多少次来到我面前,他们或顺或逆的处境展现的仿佛仍是同一些人,只是形式有变、结局不同罢了!在我这一生中,与那些人的生命线相交的那些点差异甚多,结果,那些貌似最远的线纠缠在一起,就像生活拥有的线条有限,只能用这几条线绘制差距极大的图画,例如在我过去的各个不同阶段中,我对外叔祖父阿道夫的一次次拜访,元帅的表亲德·维尔巴里西斯夫人的侄儿,勒格朗丹和他的妹妹,弗朗索瓦丝的做背心裁缝出身、现在法庭工作的朋友,还有比他们的变化更大的吗?而今天,所有这些不同的线条全都集中到了一起,交织成网线版,这儿是圣卢夫妇的,那边属于小康布尔梅夫妇,且不说莫雷尔和其他许多曾以他们的连结协助形成某种情势的人,我觉得情势才是完整的统一体,人物仅仅是构成成分。我有足够的阅历，尽可在我回忆中相反的区域里找到另一个人来补充生活为我提供的不止一人的不足。甚至对我眼前的这位埃尔斯蒂尔，他在这里占有一席之地，这是他荣誉的标记，我也能给他加上最早的维尔迪兰夫妇的回忆，加上戈达尔夫妇和在里夫贝尔餐馆里的交谈，加上我结识阿尔贝蒂娜的那场聚会，以及其他那么多人。就像一位艺术爱好者，别人给他看一块祭台侧板，他便能回忆起在哪座教堂、哪个陈列馆、哪位私人的收藏品中也有这么一块，余下的均已散失（他还可以查一查商品一览表或者多跑几家古董店，最后找到与他拥有的一模一样的物品，与它配成一双）；他能够在头脑里恢复祭台装饰屏下部图案的原状，想象出整个祭台的模样。就像一只顺绞车升起的桶，几次三番碰到绞索，而在相反的方向上既没有人，连曾在我生活中占有一定位置、轮番起过不同作用的物都没有。一个简单的社交关系，甚至就是具体的某件物品，倘若几年后我仍能把它记起来的话，我会发现，生活已经在它周围没完没了地缠上各种各样的线，终于用年岁这种绝妙无比的毡绒包裹严实，就像在那些古老的公园里用绿宝石鞘包裹普通水管子的人。

这些人之所以令我觉得像在梦幻之中倒不是因为他们的外貌。对他们而言，青年时代和恋爱中的生活就已是浑浑噩噩，这种生活越来越变得像是一场春梦。他们把什么都忘了，直至积怨和仇恨，为了肯定他们与眼前的这个人确实有十年不说话了，他们还得查一查心灵的记录，然而这份记录也已模糊得像一场梦，梦中受人侮辱，却再也记不得侮辱他的是谁。所有这些幻梦构成政治生活的互为矛盾的表象，我们可以看到曾互相控告对方谋杀或通敌的人们在同一个部里。而在有些老人身上，这种幻梦在他们做了爱以后的那几天里变得像死亡一样地浓重，在这样的日子里，人们是不可能向总统提出任何请求的，他把什么都忘了。过后，如果让他休息几天，他会重新记起公务，偶然得像记起一场梦。

有时，这个人不只以一种形象显现，他同我以前认识的那个人差别那么大。曾有几年时间，我觉得贝戈特是一位非凡的慈祥的老人，我看到斯万的灰色帽子，看到他妻子的紫色大衣，面对着他那追随着德·盖尔芒特公爵夫人的世系姓氏的神秘感，就会像看到幽灵显现般地感到浑身发软，甚至在一个沙龙里。几近传奇的发端，继而却变得索然无味的交往的迷人的神话，它们在往昔中延伸的时候却像广阔天宇彗星喷射出来的彗尾，发出璀璨夺目的光芒。即使并非始于神秘，例如我与苏夫雷夫人的交往，今天显得如此枯燥乏味、纯属社交应酬，当初却保留着它原始的微笑，更加恬适、更加温柔、无比甜蜜地镌刻在海滨丰富多彩的下午和巴黎春日盈盈的傍晚，车马随从喧喧嚷嚷，尘土飞扬，阳光像流水般晃动的巴黎的黄昏，也许，如果我们把苏夫雷夫人从这个背景中分离出来的话，她便没有什么价值了，就像那些纪念性的雕塑像，如威尼斯的保健女神像，它们本身并不很美，只是在那个地方恰到好处。苏夫雷夫人已经构成我认为具有某种"平均"价值的回忆部分，我并不考虑她这个人在这里出现确切的价值是多少。

在所有这些人身上，有一样东西比他们所经受的肉体的和社会的变异更使我感到震惊，那便是与人们互相之间所持的不同看法相关联的变化。勒格朗丹瞧不起布洛克，从来不跟他说话。他变得对他非常客气。这绝不是因为布洛克的地位提高了，如果是属于这种情况的话，那就不值一提，因为，社会的变化必然地导致经受这种变化的人们之间相应的身份变化。不。那是因为人们——也就是对我们而言所意味的那样的人们，在我们的记忆中并不具有的一幅图画的均一性。他们随着遗忘而演变。有时，我们甚至会把他们与另一些人相混淆："布洛克，就是以前常到贡布雷来的那个人。"他嘴巴上说的是布洛克，心里所指的却是我。相反，萨士拉夫人则一口咬定关于菲利浦二世的那篇史论是我写的（实际上是布洛克的大作）。且不说这些张冠李戴的事儿，我们总爱忘记某人对你使过的卑劣伎俩，忘了他的不足之处，忘了他上一次没有握手道别便扬长而去，相反却记得早些时候一度情投意合。勒格朗丹与布洛克投桃报李友善相待，他的姿态正是对从前的那一时所作，这或许是因为他失去了对某一段往事的记忆，或许认为应该这么做，其中兼有原谅、遗忘与何足道哉的成分，而这仍然属于时间的效应。何况，我们互相之间记得关于对方的事情也不一样，即使是在恋情之中。我曾发现阿尔贝蒂娜把我们最初的几次见面时我对她说过的话记得清清楚楚，而我却已把这些话忘得精光。对于另一件像石块一样永远深深地沉入我脑海之中的事情她却记不得了。我们平行发展的生活恰似那些小径，每隔一定的距离便对称地放置着一盆盆鲜花，它们对称却并不正面相对。更何况是对某些我们不甚了解的人，只记得他们是谁，或者只记得他们别的事情，甚至是最初的别的事情，以及人们从前对他们的看法，某种受旁人暗示形成的东西（我们在这些人中间与他们重逢，这些人认识他们不久，这时的他们身份高贵，占有他们过去所没有的，却一下子为健忘者所接受的位置），对于他们而言，这更是可以理解了。

生活在把这些人几次三番地放在我命途上的时候，往往是在特定的环境中把他们介绍给我们的，这种环境从四面八方把他们围得严严实实，从而缩小了我们观察他的视角，使我无法认清他们的本质。即使是盖尔芒特夫妇，他们曾是我梦寐以求的认识对象，当我最初接近他们的时候，他们呈现在我面前的表象，一个是我外祖母的老朋友，另一个是曾在中午时分的娱乐场花园里，以令人不快的目光望着我的先生（因为在我们和他人之间存在着一条偶然事件的纽带，就像我在贡布雷阅读某些书籍时所领会的，有一条感知的带子，它阻止现实与灵魂进入完全的接触）。以致，总要到事后，因为某个姓氏而想起他们的时候，我对他们的认识才变成了我对盖尔芒特家族的认识。然而，也许正是因为想到那长着一双炯炯有神的眸子、一个尖尖的鹰钩鼻的难以接近的世系，那金色的、玫瑰色的神秘世系，出于种种不分青红皂白的境遇，那么经常地、自然而然地出现在我面前，任我交往，甚至成为知己密友，正是因为这一点才使我觉得生活富有诗意，竟至当我想认识斯代马里亚小姐或者给阿尔贝蒂娜去做几条连衣裙的时候，我找盖尔芒特家的人帮忙，就像找最乐于为我效力的哥们。的确，我讨厌上他们家去，那就像我不愿意到后来结识的其他上流社会人士家里去是一回事。甚至，对贝戈特家的青年贵族是如此，对德·盖尔芒特公爵夫人也是如此，我只有在与她相隔一段距离的时候才能感知她的魅力。一旦来到她身边，这种魅力便烟消云散，因为它存在于我的记忆和想象之中。然而，不管怎么样，盖尔芒特家族，就像希尔贝特一样，毕竟因为扎根于我较早的往昔生活之中，当时我的幻梦更多，更相信个别人，所以他们不同于上流社会的其他人，此时，在同这个或那个的交谈中使我感到烦恼的是自己至少还保留有童年时代想象中的她们，我曾认为是最美的和最难以接近的她们，并且像个理不清一笔糊涂账的商人，把拥有她们的价值和自己想开的价格搅混一气，以此自慰。

然而，对另一些人而言，我以往同他们的关系充满了在绝望中形成的更为热切的梦幻，那里，丰富多彩地绽开我当时的生活，毫无保留地奉献给他们的生活，我真弄不明白，他们的如愿以偿竟是那条又窄又薄、黯淡无光的饰带，无足轻重、不屑一顾的亲密关系的饰带，从中我已不可能再找到任何曾构成他们的神秘、狂热和甜蜜的东西了。

“德·阿巴雄侯爵夫人近来怎么样了?”德·康布尔梅夫人问道。“她已经去世了呀。”布洛克答道。“您把她同德·阿巴雄伯爵夫人搞混了，伯爵夫人是去年作古的。”德·阿格里让特亲王夫人介入了他们的对话。这位年轻的孀妇从她的老头前夫那继承了巨万家资和名门大姓，向她求婚的不乏人在，使她变得自信不疑。“德·阿巴雄侯爵夫人也死了有将近一年了。”“啊！一年，肯定不是那么回事儿，”德·康布尔梅夫人答道，“不到一年以前我还曾在她家参加了一次音乐晚会呢。”争论中，布洛克并不比社交界的那些“面首”更能说出些有分量的话，因为那些逝去的高龄人与他们之间距离太大，这或者是由于年岁上的巨大差别，或者是由于他们（如布洛克）新近才走完迂回曲折的道路，靠拢和步入这个不同的社交圈，正值衰败、处于夕照余晖中的社交圈，他们并不熟悉它的历史，往事回忆也不可能给予他们启迪。死亡对于同一阶层的同龄人已经失去了它怪诞的含义。况且，每天都听到有那么多人行将就木的消息，有人霍然康复，有人溘然长逝，我们也已经记不清楚自己更有幸拜识的某公，是摆脱了他胸口的肿疼还是已经仙逝。死亡人数倍增，而且在高龄区更变得捉摸不定。在这两代人和两个社交圈的交叉点上，鉴于各种各样的原因而没有能力识别死亡的两个社交圈几乎在混淆死与生，死被世俗化，变成了一次小事故，它虽说或多或少确定某人的性质，从谈起这桩事故时所用的口气来看似乎它并不意味着这个人的一切便随之完结了。人们说“可您忘了，某人已经去世”的时候，就像是说“他获得了勋章”，“他现在是院士”，或者说“他到南方过冬去了”，“医生嘱咐他到山里去生活一段时期”，而说到底这全是一码事。因为，反正他是不可能来参加庆贺活动了。对某些名人而言，他们死去时留下的东西尚能帮助我们意识到他们的生命已经终止。可是对一般已属耄耋之年的社交人物，我们就弄不清楚他们究竟是死了还是没有死。这不仅仅因为我们不大认识他们，或者忘了他们的过去，而且还因为他们不管在哪个方面，与未来都毫无干系。而分清社交界的老人是病、是不在、是退隐乡居还是寿终正寝的困难使大家像接受优柔寡断者的无动于衷一样认可死者的无足轻重。

“要是她真的还活着，那怎么就再也见不到她的人影儿，也见不到她丈夫了呢？”一个喜欢卖弄小聪明的老姑娘问道。“这我不妨告诉你，”她母亲说，“那是因为他们老了，人到了这种年龄就不再出门了。”这位当母亲的虽说已年过半百，却从来都不错过每一次欢乐聚会。照她这么说，老年人在进坟墓之前还该有整整的一个与世隔绝的阶段，在淡淡的雾霭中伴着长明的孤灯。德·圣德费尔特夫人结束这场争论说，德·阿巴雄伯爵夫人因久病不愈，于一年前去世了。可是没过多久，德·阿巴雄侯爵夫人也一命呜呼了，“死得毫无道理”(因此而显得与所有那些人的生相仿的死亡，借此而说明它不为人所注意的理由的死亡)，这样的死，为那些分不清张三李四的人作了辩白。听说德·阿巴雄夫人真的已过世，那位老姑娘神情紧张地朝她母亲瞄了一眼，因为她怕她母亲得知“同时代人”去世的消息后会“感到震动”。她仿佛已经听到别人是怎样议论她母亲的死和用怎样的理由加以说明的：“德·阿巴雄夫人去世曾经使她感到非常地**震动**。”然而这位老姑娘的母亲却相反，每当有一位同龄人“逝世”的时候，她便觉得自己在又一场角逐中获得了胜利。而且对手全都是名将。他们的死是使她尚能愉快地意识到自己的生的唯一手段。老姑娘发觉她母亲在提到德·阿巴雄夫人已退隐山林、隐居在疲惫不堪的老人很少能从那里出来的地方时，并没有露出不愉快的神色，而当她听说侯爵夫人已进入下一个人们只能到那里去不能从那里回的居处时，更看不出她有什么不悦的表示。看到她母亲对此事淡然处之满不在乎，老姑娘尖刻的心理满足了。为了逗她的女友们一笑，她编了一个，她自以为是轻松愉快地编了个令人喷饭的故事，结果使她的母亲搓着双手说出了：“老天爷，那可怜的德·阿巴雄夫人居然真的死了。”即使对那些并不需要她的死来庆幸自己活着的人，这个死同样使他们感到欣慰。因为任何人的死都能给旁人的生活带来某种简化，省去了需表示感恩戴德的顾忌和拜谒的义务。埃尔斯蒂尔却不是这样对待维尔迪兰先生之死的。

一位贵妇人要走了，她还要出席别的下午聚会，还要与两位王后一起用茶点。她便是我以前认识的那位高个子交际花，德·纳索亲王夫人，若不是她的身形变瘦小了(由于她的个头比以前矮多了，她的模样看上去就像人们平常说的“一只脚已进了坟墓”)，我们简直都不能说她显老了。她依然活脱一个玛丽-安托瓦内特，奥地利的鼻子，富有情趣的目光，无数化妆用品十分协调的配合使她的容颜不老，像丁香花，香气袭人。在她脸上泛浮着那种羞涩和温柔的神情，仿佛在说她不得不离去，她一定会再来，希望能不引人注意地悄悄溜走，与大量等待着她光临的精英聚会相关联的神情。她几乎就会出生在王位的台阶上，结过三次婚，长期地由一些大银行家奢华地供养着，且不说还需要满足她那么多突发的奇想，她穿着与她那双顾盼生情的杏眼和化了妆的脸一样淡紫色的连衣裙，连衣裙下还有那数不胜数的往事留下的有点说不清、理不清的纪念物。就在她从我面前走过，打算溜之大吉的时候，我向她行了个礼。她认出了我，她握了握我的手，那双淡紫色的明眸盯着我，仿佛在说："我们有那么久没见面了！下一次我们定要叙叙别情。"她使劲握住我的手，已经记不清楚，是不是哪天晚上，她把我从德·盖尔芒特公爵夫人家带出来的时候，在车上，我俩还曾有过一段转瞬即逝的风流韵事。她试着暗示这件并不曾有过的事情，这是一种对她来说并不感到为难的事情，既然她能对着一只草莓塔做出温情脉脉的样子，而如果说她不得不在乐曲结束前动身离去的话，她看上去却像在忍痛割爱，而这种割舍却不会是最终的。况且，由于她吃不准自己与我是不是有过那段艳事，她与我匆匆握别的时间并不延续，而且一个字都没向我说。她只是像我说过的那样凝望我，那意思是"那么久了啊！"在这个"久"字里包含着她的三位丈夫、曾供养她的男人们、两场战争，而那双星眸，像修凿在乳白石上的天文钟，依次标出在已经那么遥远的往昔中的每一个庄严肃穆的时刻，每当她想对你道一声从来可以用作托辞的问候时都能再现的往昔。接着，同我分手后，她朝门口小跑而去，免得再打搅别人，也为了向我表明，她没有同我一谈是因为她时间紧迫，她要追回因为与我握手而失去的那一分钟，以便准时到达西班牙王后那里，她将与王后单独在一起用点心。我甚至相信她到门口后还会奔跑起来。实际上，她在奔向她的坟墓。

一位胖妇人向我问好，就在这声好的短促瞬间，具有云泥之别的各种想法涌上我的心头。我先是犹豫了一下,不敢答礼,生怕她由于比我更不善于认人,错把我当成了另一个人,接着,她那坚定的神态又反过来使我由于怀疑这一位可能与我有过十分密切的关系,夸大我可掬的笑容,与此同时,我的目光继续在她的外貌上搜索,搜寻我还没有想起来的姓氏。就像参加业士会考的中学生,目光盯在考官的脸上枉费心机地希望在那上面找到他还不如到自己的记忆中去搜索的答案,就这样,我朝这位胖妇人微笑着,凝望着她的脸。我觉得这张脸像斯万夫人,所以我的微笑中也略略带上些尊敬的色调。我正待结束迟疑不决,才过一秒钟,我听到那位胖妇人对我说:"您把我当成妈妈了,确实,我开始变得同她挺像的。"就这样,我认出了希尔贝特。

我们谈了许多有关罗贝的情况,希尔贝特用尊敬的口气讲着他,好像那是一位上层人士,她执意要向我表示自己对他的钦佩和理解。我们互相提醒,回忆起他从前阐述的那些关于战争艺术的思想观点(因为他后来在当松维尔时常同她谈起他在东锡埃尔对我叙述过的那些主题),它们往往,总之,在许多方面得到最近这场战争的证实。

"我很难向您说清楚他在东锡埃尔对我讲过的那些细枝末节现在和在战时给过我何等强烈的感受。当我们分手的时候(自那以后我们也没有晤面),我从他那儿听到的最后几句话是说,他预料,兴登堡这位拿破仑式的将军将进行一场拿破仑式的战役,其目标是隔开他的两个对手,他补充说,这两个对手很可能就是我们和英国人了。而罗贝去世才一年,一位他挺赏识的,在军事观念上显然曾深刻地受到过他的影响的评论家昂利·比杜先生说,一九一八年三月的兴登堡攻势是一个集中兵力的敌人向两个拉开战线的对手展开的分隔战役,是一七九六年,皇帝在亚平宁山脉完成过,一八一五年在比利时失误过的军事行动。在这之前不久,罗贝曾把那些战役和某些剧本给我作了比较,我们并不总是那么容易地从那些剧本里看出作者的意图,即使他自己在创作过程中也会改变计划。而对一九一八年的这次德国攻势，罗贝作出这种解释的同时，无疑是不会同意比杜的观点的。然而，另外一些评论家则认为，正是兴登堡在亚眠方向上取得的成功和接下来又被迫停止前进，他在佛兰德取得的成功和后来的又是停顿，导致，总之是出乎预料地导致从亚眠，然后从布洛涅出现一些他事先没有确定的目标。就像人人都能按照自己的方式改写剧本那样，有人从这场攻势看到向巴黎闪电式进军的征兆，另一些人则认为会有一些错落不齐的猛烈攻击以摧毁英国军队。而即使元首下达的命令与某种设想背道而驰，评论家们也有充裕的时间发表高论，就像当戈克兰肯定地对穆内-絮利说《厌世者》并不是他想要演的那种悲剧、正剧（因为，根据同时代人的见证，莫里哀也曾用喜剧手法演出这个剧本，演得令人发笑）的时候，穆内-絮利说：‘那么，是莫里哀搞错了。’

“至于飞机，您记得他那时说的话吗？他用的语句是那么美：每一支军队都必须是一个‘百目’阿耳戈斯①，唉！可惜他没能看到自己的话得到了证实。”我回答说：“不，他看到了，在索姆战役中，他清楚地知道，双方都从挖掉敌人的眼睛，即摧毁飞机和系留气球使敌人失去判断能力开始的。”“哦！是，真的。”自从她一心钻研高深的学术，她的言谈举止都带上了点儿书呆子气：“他还硬说人们重又在使用以前的战术，您知道吗？在这场战争中，那几次远征美索不达米亚②（当时，她肯定是在布里肖的文章里读到有这么一回事）令人随时、千篇一律地想起色诺芬的撤退③，而为了

---

① 希腊神话中的亚哥斯王子，长有一百只眼睛，其中总有五十只睁着，被杀后，女神赫拉把他的眼睛撒在孔雀尾巴上。

② 美索不达米亚指幼发拉底河和底格里斯河之间的地区，北到巴格达，南到巴比伦尼亚，人类在此活动有五千年的历史，第一次世界大战期间，英国-印度远征军于 1914 年 12 月占领巴士拉，1917 年英国又占领巴格达，1918 年取得摩苏尔。这里所指即此。

③ 色诺芬（公元前 431—公元前 350 以前），希腊历史学家，曾出任希腊万人军司令官，率军在陌生的库尔德斯坦和亚美尼亚冲杀，公元前 400 年初撤回希腊，并以此为素材著《远征记》。

从底格里斯河前进到幼发拉底河，英国统帅部用上了独木舟，一种又窄又长的小船，当地的平底轻舟，远古时期的迦勒底人就曾经使用过的。”这些话使我清楚地感到往事的那种停滞，它借助某种特有的重量无限期地停止在某些地方，致使人们重新见到它们的时候，它们还是原来那个样子。然而，坦白地说，由于我在巴尔贝克离罗贝不远的地方读到过的那些文章，我的印象更深刻，就像在法国农村找到塞维尼夫人笔下的林间小径，就像在东方，在关于库特阿玛拉的位置问题（贡布雷的本堂神甫如果把他对词源研究的嗜好扩大到东方语言的话，还会说，库特阿玛拉，库特酋长，“就像我们说峡谷子爵和百洛主教。”）上，看到与《一千零一夜》关系那么密切的巴士拉这个名字重又回到巴格达的旁边，远在汤森德将军和戈林格将军之前的哈里发时代，水手辛巴德每次离开巴格达以后或回到巴格达之前，上船或下船前后都要经过的巴士拉。

我对她说：“战争有一个方面的问题，我觉得，是他开始意识到了的，那就是它有人情味，看上去就像一种爱，或者一种恨，尽可以把它叙述得像一部小说，因此，如果有人唠唠叨叨说战略是一门科学，这对他理解战争毫无裨益，因为战争不是战略的，敌人不知道我们的计划，就像我们不知道自己喜爱的女人所追逐的目标是什么一样，而且，也许连我们自己都不知道这些计划。在一九一八年的三月攻势中，德国人知道他们的目标是夺取亚眠的吗？我们一无所知，也许连他们自己都不知道，是变化，是他们在西部朝亚眠方向的推进最后定下了他们的方案。假若战争是符合科学规律的，那也得从另一面，像埃尔斯蒂尔画海那样去描绘它，并且像陀思妥耶夫斯基叙述一个人的遭遇那样，以逐渐得到纠正的幻觉、信仰为出发点。况且，战争绝不是战略的，这一点太肯定了，倒不如说它是医学的，包含着种种意料不到的偶然事故，临床医生可以谋求避免的事故，如俄国革命。”

在这场谈话的全部过程中，希尔贝特一直谦卑恭谨地对我讲述罗贝，那口气更似议论我的故友，而不是她的亡夫。她仿佛在对我说："我知道您对他佩服得五体投地。请您相信，我是善于理解这位才智超群的人的。"然而，她肯定已不再感到对他的回忆的爱可能依然是远远地在影响她现时生活的特色的原因。所以，安德烈现在是希尔贝特形影不离的女友。虽说安德烈首先借助于她丈夫的才华和她自己的聪颖，已经开始进入虽说还不是盖尔芒特社交圈，却也比她从前交往的人们风雅得多的阶层，圣卢侯爵夫人屈尊成为她最要好的密友仍然令人惊讶。这件事仿佛是一种朕兆，说明希尔贝特对她所认为的艺术家的生活方式的爱好，说明她的社会地位真正下降的倾向。这也许是真实不假的原由。但我心中又想到了另一种解释方法，我总是那么深深地相信，我们所看到的集中于某地的形象虽然一般地与第二组的形象对称，却相距极远，它只是颇不相同的第一组形象的反映，或是它在一般情况下的效果。我在想，如果说人们每天晚上都注意到安德烈、她丈夫和希尔贝特在一起，那也许是因为在很多年以前，人们已经看到过安德烈的这位未来的丈夫同拉谢尔在一起生活，后来他离开拉谢尔，找上了安德烈。当时的希尔贝特很可能由于生活的层次相距太远、地位太高，对此一无所知。但她后来应该能够了解到这一点，后来，当安德烈的地位上升，而她的地位则下降到她们能够互相瞥见的时候，此时，曾使那个男人离开拉谢尔的这个女人肯定对她产生了强大的吸引力，而那个男人大概对她也有一定的魅力，使她对他的倾慕更胜于对罗贝的爱。①

---

① 我们听到德·盖尔芒特亲王夫人用她那一口假牙造成的支离破碎的嗓音慷慨激昂地一再说道："是的，正是如此，我们将建立宗派！我们将建立宗派！啊！您是多么了不起的音学（乐）家啊！"她把她那大单片眼镜竖起在圆睁的眼睛前，目光中流露出既被逗乐，又有表示歉意的神色，为她不能把这种欣喜维持得更长久一些而抱歉，但她已下定决心"积极参与建立宗派"，直至最后。——作者注

因此，看到安德烈也许还能使希尔贝特想起她青年时代的罗曼史，想起她对罗贝的恋情，不由得希尔贝特不对安德烈肃然起敬，希尔贝特觉得，圣卢爱拉谢尔更胜于爱她本人，而拉谢尔深深钟情的那个男人竟一头拜倒在安德烈的石榴裙下。也许相反，在希尔贝特对这对艺术家伉俪的偏爱中，这些回忆并不曾起到过任何作用，在这一事实中应该看到的，像许多人所做的那样，仅仅就是通常的社交界妇女所固有的对学习的兴味和求堕落的情致。希尔贝特也许早已把罗贝抛置脑后，就像我忘掉了阿尔贝蒂娜一样，就算她知道艺术家是为了安德烈而离开拉谢尔的，在见到他俩的时候她也绝没有想到这个事实，这个并不曾在她对他俩的偏爱中起过任何作用的事实。我们只有靠有关人士的见证，才有可能判定我的第一种解释不只可以成立，而且真实不假，在这种情况下，这是唯一尚存的手段。只要有关人士能够带点洞察力和真诚对待自己的隐私，虽然，在对待自己的隐私时，洞察力已属罕见，真诚是绝对没有的。不管怎样，见到今天已经成为名角儿的拉谢尔，对希尔贝特不会是一件愉快的事情。因此，当有人宣布她将在这次下午聚会上朗诵诗歌，朗诵缪塞的《回忆》[①]和拉封丹的寓言诗时，我心里感到不安。

“可您怎么能出席那么多次聚会?”希尔贝特问我，“您这是遭人谋财害命哇，我可没有想到您会是这样的。当然，我不只希望在我舅母的阔绰排场中见到您，而且在其他地方都能见到您，”她狡黠地加了一句，“因为这里有我舅母。”她成为圣卢夫人的时间比维尔迪兰夫人进入这个家族的时间还早一些，所以，她从来就以盖尔芒特家族的一员自居，并且认为她的舅舅使她受到了损害，因为他有失身份娶维尔迪兰夫人为妻，确实，她在家里也真的曾千百次听到大家当着她的面嘲笑这桩婚事，当然，大家也议论过圣卢降低身份同她结婚，只是她不在场的时候。她还因此越加做

① 著于 1841 年，是他与乔治·桑恋情的总结。

出瞧不起这位出身寒微的舅母的样子，而德·盖尔芒特亲王夫人则出于类似使聪明人避开习俗时髦的逆反心理和老人对回忆的需要，为了尽可能给自己高贵的新貌一个往昔，在提到希尔贝特的时候她总爱说："我告诉你们，我跟她的关系可是源远流长，我十分了解这孩子的母亲，喏，她母亲是我表姊妹马桑特的好朋友。她就是在我家里认识希尔贝特的父亲的，至于可怜的圣卢，我先就认识了他那一家子，他的亲叔叔，从前在拉斯普利埃，是我的至交。"听德·盖尔芒特亲王夫人这么一介绍，有人便对我说："您瞧见了，维尔迪兰家族可绝不会是波希米亚流浪部落，他们与圣卢夫人那家子是世交。"我也许是唯一从我外祖父那里得知维尔迪兰家族不是波希米亚流浪部落的人，然而那恰恰不是因为他们认识奥黛特，可见人们随心所欲处理不再有人了解的过去的故事，就像讲述在谁都没有到过的地方所作的旅行。"总之，"希尔贝特下结论说，"既然您有时也从象牙塔里出来一下，那么，不妨到我家去，我邀上几位可畅叙衷曲的才智之士举行个别知己密友的小型聚会，这对您不更加合适吗？像这里的这种庞杂玩意儿可不会对您的脾胃的。我看到您同敝舅母奥丽阿娜谈话，她要怎么好有怎么好，可要说她并不属于具有远见卓识的人物，却也并不冤屈了她。"

我不可能把我一个小时以来的想法告诉希尔贝特，但我相信要是纯然从消遣考虑，她将能帮助我得到乐趣，这种乐趣，我觉得，也就是谈谈文学，同德·盖尔芒特公爵夫人谈未必就能比同德·圣卢夫人谈得多一些。当然，从明天起，我希望重新开始过与世隔绝的生活，虽说这一回带着目标。即使在我家，我工作的时候，我也不会让人进来看我，完成作品的职责比讲究礼貌，或者甚至让人满意都更重要。很久没有见到我的人们也许会坚持要进来，他们已经见到我，肯定我的身体已经复元，当辛勤工作或艰苦生活的一天结束或中断的时候，他们需要我，就像当初我需要圣卢那样。还因为，像我在贡布雷的时候就发现的那样，我刚瞒着父母二老作出其实是很值得称道的决定便遭到他们训斥，因为我内心中分属各人的时钟刻度盘并不全都调节在同一时刻：有的到了该休息的时候，另一只标出的却是工作时间，当罪犯的刻度盘上标着早已悔过和立意修善的时刻，另一只却才敲响法官惩处罪孽的钟声。不过，我会鼓起勇气告诉前来看望我或让人来找找我的人说，我需要尽快地了解一些最基本的东西，我与自己有一次十分重要的紧急约会。然而，尽管我们真正的自我和另一个我之间关系不大，由于异义而同形，也由于它们共有一个肉体，使你牺牲比较容易完成的职责，甚至牺牲自己的乐趣的克己行为会被旁人视作利己主义。

更何况我还不正是因为忙于完成与那些抱怨见不到我的人有关的事情才远离他们，过着索然的生活？我还不是为了能更深入一步关心他们？这种事与他们在一起是做不成的，我正力求使他们了解自己的情况，力求清楚地认识他们。就为了淡而无味的社交接触的乐趣，排斥任何渗透的泛泛接触的乐趣，把一个个夜晚付诸东流，悄悄然用我同样空洞无物的话语声与他们轻喘弱息般的话语声相呼应，这样的生活再过上几年又有何益处？他们做的那些动作，他们说的那些话，他们的生活，他们的气质，我努力描绘出它们发展的曲线并从中演绎出法则，这样做不是更有意义吗？不幸的是我还得同那些设身处地为他人一想的习惯作斗争，如果说那种习惯有益于作品的构思，它却会推迟作品形诸笔墨。因为它通过繁文缛礼不仅迫使我们为他人牺牲自己的欢乐，而且还得牺牲自己的职责，当我们设身处地为他人着想的时候，这种职责，不管是怎么样的职责，哪怕是对一个在前线起不到任何作用而留在他尚能派上用场的后方的人来说，这种职责也会似是而非地显得仿佛是我们的欢乐。

我远不像那些伟人有时候所以为的那样，因为这种没有朋友、无人可与交谈的生活而认为自己不幸，我发现，消耗在友谊中的激奋的力量是一种悬伸物，它以一种不会有任何结果的、背离现实的特殊交情为目标，这种力量本来应能把我们导向这个真实的。然而，说实在的，当休息和社交活动的间隙变成我不可或缺的东西时，我感到，与其进行社交界人士所以为的对作家有利的学术交谈，不如同如花似玉的少女两情缱绻，这种轻松愉快的恋情将是我到迫不得已的时候，允许我那像只能饲之以玫瑰花朵的骐骥般的想象可以选择的粮秣。我在突然间重又萌生的希望，正是当初在巴尔贝克，当我看到阿尔贝蒂娜、安德烈和她们的女友们从海滨走过的时候所曾有过的梦幻，当时我还不认识她们。可是，唉？我却已经不可能再寻求找回此时此刻恰恰是我十分强烈地希望见到的她们了，使我今天见到的所有的人，也包括希尔贝特在内的所有的人改头换面的时间的作用，肯定已经使她们中还活着的，变成与我记忆中的有云泥之别的女人了，阿尔贝蒂娜如果没有夭亡也定然如此。我因为不得不伤及过去的她们而感到痛苦，因为，使人们发生变化的时间并不改变他们保存在我们心中的形象。当我们领悟了那么新鲜地贮藏在我们记忆中的东西在生活中已不可能再拥有的时候，当我们发觉在我们的内心中显得那么美好的东西再也不可能在外界接近它，再也不可能接近激起我们的欲望，某种完全属于个人的欲望，希望在一个同龄人，也就是在另一个人身上寻找和再见到这美好的东西的时候，再也没有比存在于人的衰变和回忆的不变之间的那种对比更令人痛苦的了。正如我常常已能有所揣测的那样，那是由于被我们认为只有在我们想要的人身上才有的东西其实并不属于这个人。然而，在这一点上，似水年华为我提供了更完整的证明，因为，二十年后，我本能地想要寻找的并不是我从前认识的那些姑娘，而是现在拥有当时属她们所有的青春活力的姑娘（其实，这不尽然是由于忽略已逝的时光而与现实大相径庭的肉欲的复苏。有时，我还会希望出现奇迹，使我的外祖母、阿尔贝蒂娜与我所以为的相反，依然活在人间，来到我的身旁。我以为看到了她们，我的心向她们扑去。我只是忽略了一个问题，那就是，如果她们真的还活着，那么，阿尔贝蒂娜现在的模样该同当初我曾在巴尔贝克见到过的戈达尔夫人的样子差不多了。而我的外祖母，过了九十五岁高龄，我也绝不可能再看到她平静慈祥的笑颜，我现在想象中的笑颜，我想象中的武断就像在给天主上帝装上一部胡子，或者像十七世纪，人们在表演荷马笔下的英雄时给他们穿上贵族的奇异服饰，全然不管他们是古代人物）。

我望着希尔贝特，心里却并不想："我真希望再见到她。"然而我却对她说，倘使她能在邀请我的同时，还邀上一些年轻姑娘，我是很乐意的，可能的话，最好是家境贫寒的姑娘，让我用一些小小的礼品就能使她们高兴，其实我对她们也一无所求，只愿她们能唤起我心中的幻想，使往日的哀愁死而复生，也许，不大可能地会有一天，得到一个纯洁无邪的亲吻。希尔贝特莞尔一笑，接着显出认真思索的神态。

就像埃尔斯蒂尔喜欢看到妻子在自己面前成为他在作品中经常描绘的威尼斯美色的具体体现那样，我给自己寻找的借口是，我受到了某种美学的自私心理所吸引，把我引向能造成我痛苦的姣好女性。而且，对我可能还会见到的未来的希尔贝特们、未来的德·盖尔芒特公爵夫人们和未来的阿尔贝蒂娜们，我怀有一种类似偶像崇拜的感情，就像漫步在美不胜收的古代大理石雕塑群中的雕塑家，我觉得，她们将会给予我灵感。然而，我还应该想到，在接触到她们每一个人之前，先应有我对包围着她们的那种神秘的感知，因此，与其请希尔贝特帮我介绍几位少女，还不如我自己到那些在我与她们之间并不存在任何连结的地方去，使我们感到在我们与她们之间存在着某种不可逾越的东西，或者在海滨，去游泳的路上，到我们感到她们虽然近在咫尺，却似远隔天涯的地方去。我的神秘感就是这样被先后援用在希尔贝特、德·盖尔芒特公爵夫人、阿尔贝蒂娜和许多别的女人身上的。无疑，不认识的和几乎是不可认识的变成了认识的、熟悉的、无关痛痒的或者痛苦的，然而却从其往昔保留下了某种魅力的。说真的，就像在邮差为了讨些年赏而给我们送来的那些日历里，没有哪一年能在它的封面或某一天的插页中见到我希望在那里见到的女子的图像。图像上的女子，例如，普特布斯夫人的贴身女仆、奥士维尔小姐或者某个我在报上的社交报道中看到过的姓氏，属于那种“大批可爱的华尔兹舞伴”的少女，由于有时是我从来都没见到过的女子，使图像往往更显出它的任意性。我推测她是天生丽质，钟情于她，并为她拼凑起一具理想的胴体，亭亭玉立在她家地产所在省份的景物中，这是我从《城堡年鉴》上看来的。至于对我认识的女子而言，这种背景至少是双重的。她们各个不同地矗立在我生命进程的不同点上，矗立在那里像当地的佑护女神。她们所处的背景首先是梦幻的，景物并行的线条把我的生活划成方格，我便在那里潜心于她的想象。其次是从回忆的角度所看到的，她被包围在我以前认识她的时候所处的景物中，她现在使我回想起来，她依然被固定在那些地方，因为，如果说我们的生活漂泊不定，我们的记忆却深居简出，我们不停地冲刺也徒劳无益，我们的回忆被牢牢地铆住在我们早已离开的那些地方，并且继续在那里组合它们与世无涉的生活，就像旅行者到了一座城市，在那里交上一些临时的朋友，在离开这座城市的时候，他不得不抛下他们，因为他们走不了，他们得留在那里，在教堂前、港口边、庭院里的树木下结束他们的长昼、他们的生命，就像他仍然在那里一样。所以，希尔贝特的影子不仅投射在法兰西岛的某一座教堂前，这是我想象中的她，而且还投射在梅塞格利丝那边一座公园的花径上，德·盖尔芒特夫人的身影则投在一条潮湿的路上，那里爬满一串串纺锤状姹紫嫣红的花果，或者在巴黎街头金色的朝霞中。而这第二个身影，不是产生于欲念，而是来自于回忆的身影，对她们每一个人都不是独一无二的。因为她们每一个人都是我在各个不同时刻多次认识的，在这种时刻，她们对于我已是另一个女人，而我自己也已不是原来的我，正沉浸在另一种颜色的梦里。现在在当初每年的梦周围集结起了对我认识的某个女子的回忆，而支配这些梦的法则是：所有与某人，如我童年时代的德·盖尔芒特公爵夫人有关的，借助某种吸引力集中在贡布雷周围，而与即将邀我共进午餐的德·盖尔芒特公爵夫人有关的一切则集中在一个截然不同的动辄生气的人周围。德·盖尔芒特公爵夫人有好几个，就像从穿粉红裙子的妇人算起有好几个斯万夫人一样，岁月惨淡无色的空间把她们一个个分隔开，我已不可能从一个跳跃到另一个，除非我有本事离开一个星球去到中间隔着太空的另一个星球。这个星球不仅被隔开，而且还不同，装点着我在区别极大的时期做过的各种梦，就像一个特殊的植物区，里面的奇花异葩在另一个星球上是见不到的。以致在我打算既不到德·福什维尔夫人家去，也不到德·盖尔芒特夫人那里去吃午饭，因为这会把我带到一个何其不同的世界，即作了这样的打算以后，我仍然不能对自己说，她俩一个是热纳维埃夫·德·布拉邦特的后裔、与德·盖尔芒特公爵夫人是同一个人，另一个也就是那个穿粉红裙子的妇人，因为我心中一位有教养的人在这么肯定，其权威性就像一位学者对我说星云银河是由同一颗星星分裂形成的那么可靠。例如希尔贝特，我不加考虑地便请求她让我拥有一些像过去的她那样的朋友，因为她对我已经只是德·圣卢夫人了，在见到她的时候，我不再想到她在我过去的爱情中曾担任的角色，她也把这个角色忘了。贝戈特对我而言重又变成了仅仅是他那些书的作者，我对他的赞赏并没有使我想起（只是在罕见的、完全隔断的回忆中才有过）自己当初被介绍给这个人时的兴奋，以及在穿着白裘皮服装的人们中间，在那么多各式各样的托架和蜗脚桌上那么早就送来了那么多灯的客厅里，在堆满紫罗兰的客厅里，与他交谈使我感到失望和惊诧。所有构成第一个斯万小姐的回忆实际上已经从目前的这个希尔贝特身上切割下来，由另一个天地的引力把它们吸引得远远的，吸引到贝戈特说过的一句话的周围，同这句话结合成一体，沉浸在英国山楂的芳馨之中。

今天的这个希尔贝特的残余面带笑容听完了我的请求。接着她露出严肃的神色思考起这个请求来。我为此感到心情轻松，因为这样她便不会注意到另一群人，她看到了一定会感到不痛快的那群人。① 我发现，德·盖尔芒特公爵夫人正同一个十分丑陋的老婆子高谈阔论，我望着她，压根儿就猜不出她是谁：我对她绝对地一无所知，实际上，此时在与希尔贝特的舅母、德·盖尔芒特夫人讲话的是拉谢尔，也就是那位红得发紫的女伶，在这次聚会上她将朗诵维克多·雨果和拉封丹的诗篇。公爵夫人由于意识到自己在巴黎历来占有头等重要的地位（她并不知道这种地位只存在于相信有这么一回事的人们的头脑中，许多新人物，倘使他们哪儿都没见到过她，倘使他们从没在哪场高雅聚庆的报告中看到过她的姓名，还会以为她其实没有什么了不起），只是在尽可能少、间隔时间尽可能长的访问中才打着呵欠到她说的、让她厌烦得要命的圣日耳曼区来露个脸儿。相反，她却会突发异想地同她认为有意思的这个或那个女伶共进午餐。她经常出入一些新建的社交中心，在那里，她比自己所以为的更加我行我素，她仍然认为容易厌倦是智力优势的表现，然而她是用某种粗暴的态度，使她的嗓音变得有些沙哑的粗暴来显示这种优势的，当我同她谈到布里肖的时候，她说："他让我整整厌烦了二十年。"而当康布尔梅夫人说"请重读叔本华关于音乐的论述"的时候，她态度粗暴地说："**重读**这话真算得上是金科玉律了！啊！不行，我们恰恰就是不该这么做。"从而提醒

① 我对德·盖尔芒特夫人说，我碰到过夏吕斯先生。她觉得他实际上变得更"衰退"了。社交界的人们在区分智力高低的时候，不仅对智力相差无几的不同人士作这种区分，对同一个人一生中的各个时期也区别对待。接着她补充说："他生来活脱活现地像我婆婆，而现在更惊人地酷肖她了。"这种相像并没有什么异乎寻常之处。我们知道，有些女人几乎可以说是以最大的精确性将自己的形貌投射在另一个人的身上，唯一的谬误在于性别不同。这是一种不能被称作 felix culpa（拉丁语，幸运的差错）的阴错阳差，因为性别反过来又影响一个人的个性，男子身上被女性化了的东西便成了矫揉造作、敏感的矜持，等等。尽管脸上胡子拉碴，颊髯遮去了通红的面颊，那里总有一些能与母亲的外貌相叠合的线条。夏吕斯家的人难得有老而不衰的，而在他的衰老中，人们总能惊异地辨认出臃肿的脂肪和搽脸香粉下一位永远年轻的佳丽的残片。就在此时，莫雷尔走了进来。公爵夫人对他热络得令我有点张皇失措。"啊！我不介入家庭纠纷，"她说，"您不觉得家庭纠纷令人讨厌吗？"——作者注

我们注意这句话。老阿尔邦笑了,他认出了盖尔芒特精神的表现形式之一。希尔贝特比较现代派,她保持不动声色。她尽管是斯万的女儿,却像母鸡孵出来的鸭子,比较超脱,她说:“我觉得这还是有它动人之处。它具有一种令人可喜的敏感。”

因为,如果说在这二十年间的那几个阶段中,小集团群按新星的引力大小而解体改组,而且新星本身也必然地会远去,然后又重现,那么在人们的头脑里则进行了凝聚,然后是分裂,然后又是凝聚。如果德·盖尔芒特夫人对我而言曾是好几个人,那么,对德·盖尔芒特夫人、或者对斯万夫人等等而言,某人也可以是几个人合成的,他在德雷福斯案之前的某个阶段可以是一个红人,从发生德雷福斯案起则成了盲信者,或者傻瓜蛋,对他们而言,此案改变了人的价值并另行分派,而自此以后,派别还在分化改组。其中起到强有力的作用和添加它对纯然智力亲和的影响的则是已逝的时间,它使我们忘记了自己的反感,蔑视,甚至导致反感、蔑视的原由。如果我们分析一下小康布尔梅夫人的优雅风姿,我们就会发现她是我们商行的买卖人絮比安的女儿,而使一个买卖人的女儿能引人瞩目的原因是她父亲为夏吕斯先生弄到一些人手。然而,所有这一切加在一起只产生了些许明明灭灭的效果,那些已经遥远的起因,不仅不为许多人所知,就连那些知道的人也已把它们遗忘了,他们更多地看到的是目前的光辉,而不是往日的耻辱,因为人们总是以目前的含义去理解某个姓氏的。这些沙龙的变化,其意义也便在于它们是已逝去年华的一个效果和记忆的一种奇观。

公爵夫人还在犹豫,她怕德·盖尔芒特先生当着她欣赏的巴尔蒂和米斯丹盖的面与她闹上一场,但她肯定有拉谢尔当她的朋友。晚辈后生们便因此断定她徒有虚名,她德·盖尔芒特公爵夫人大概是那种有点像河狸式的人物，从来就没有整个儿地属于上流社会过。确实也有两位贵妇与她争夺某些君主的青睐，她还得费一番力才能把他们请来吃饭。然而，一方面因为他们很少来，他们还认识一些毫无可取之处的人，另一方面出于盖尔芒特家族对老式社交礼仪的迷信（她既讨厌那些颇有教养的人，又坚持要良好的教育），公爵夫人让人写上："陛下曾谕示德·盖尔芒特公爵夫人曾垂顾……"新阶层的人们对这类用语一无所知，于是更断定德·盖尔芒特夫人地位低下。在德·盖尔芒特夫人看来，同拉谢尔的这种亲密关系正可以说明，我们认为她斥责风雅是故作姿态、假话骗人，其实错怪了她，我们认为她拒绝去德·圣德费尔特夫人家的行为不是顾及才智，而是为了冒充高雅，其实又错怪了她，她觉得侯爵夫人愚蠢，只是因为侯爵夫人还没有达到目的便让人看出她在冒充高雅。然而同拉谢尔的这种亲密关系还能说明，公爵夫人本身实在是才智平庸的人，至迟暮之年，当她厌倦了社交生活的时候，由于对真正实在的才智一无所知和出于那种随心所欲的一点妄想，她不满足于已取得的，希望获得新的成就。这种随心所欲会使有些十分体面的妇人认为以实在令人头疼的方式结束夜晚"是多么地有趣"，她们闹恶作剧，半夜三更去叫醒某人，披着晚大衣到那个人床边待上一段时间，最后都找不出话说了，这才发现时间实在太晚了，才去睡觉。

还应该补充说一说的是，最近以来，朝秦暮楚的公爵夫人对希尔贝特的反感使她得以从接待拉谢尔中获得某种欢乐，而且使她得以发扬光大盖尔芒特家族的一条格言，那便是站在某些人一边（几乎是死心塌地地）帮助争吵的大有人在，人们不得不对夏吕斯先生采取的策略加强了"我用不着做"的独立性。如果你追随夏吕斯先生，他会使你同大家闹得不亦乐乎。

至于拉谢尔，如果说她为了结交上德·盖尔芒特公爵夫人确实煞费苦心（德·盖尔芒特公爵夫人没能从伪装的矜持和刻意的冷淡下辨别出这番苦心,她的矜持和冷淡反激公爵夫人,使她高度评价女伶的不落俗套),那么,一般地说来这大概也因为从某个时期起,上流社会人物对不肯回头的浪子的吸引力,同时还有那些过惯自由放纵生活的浪子对上流社会人物的吸引力,双重回流,与政治范畴中相互间的好奇心和打过仗的民族间缔结同盟的愿望是差不多的东西。然而,拉谢尔产生这种欲望恐怕还有其比较特殊的理由。过去,正是在德·盖尔芒特夫人家,正是这位德·盖尔芒特夫人使她当众蒙受奇耻大辱。拉谢尔并没有随着时间的流逝把这件事抛诸脑后,也没有原谅她,然而,公爵夫人因此而获得的在她心目中的威望永远都不会消失。我正想把希尔贝特的注意力从公爵夫人与拉谢尔的谈话上转移开去,她们的谈话被打断了,因为女主人在寻找拉谢尔,该由她朗诵了,她与公爵夫人分手后很快出现在台上。

然而,就在此时,在巴黎的另一头却完全是另一种景象。我已经说过,拉贝玛也邀请了一些人去喝茶,为她的儿子、媳妇庆贺。她的客人们却迟迟不来赴会。当她得知拉谢尔在德·盖尔芒特亲王夫人那里朗诵诗歌的时候(这使拉贝玛这位大演员十分恼火,对她说来拉谢尔仍是个无名小辈,大家让她在由她拉贝玛领衔主演的戏里露个脸儿,是因为圣卢给她买了登台演出的服饰,更使她恼怒的是,巴黎流传着一条新闻说,这次邀请虽说是以德·盖尔芒特亲王夫人的名义发出的,实际上在亲王府接待来客的却是拉谢尔),拉贝玛硬是给一些忠实可靠的朋友写了信,邀请他们务必光临共进茶点,因为她知道他们也是德·盖尔芒特亲王夫人的朋友,亲王夫人还是维尔迪兰夫人的时候他们就认识了。然而,时间过了,还是没有人到拉贝玛家。有人曾经问布洛克想不想去,他毫不隐讳地回答说:“我不去,我更想去德·盖尔芒特亲王夫人那里。”唉!实际上,这正是大家所决定的。拉贝玛得了绝症,她因此不得不很少出入社交界,她已经知道自己的病情日渐恶化,但是为了满足她女儿奢侈生活的需要,她那既有病又懒惰的女婿无法给予满足的需要，她重又登台演出了。她知道这样做会缩短自己的有生之日，但她给女儿女婿带回丰厚的酬金，她要让女儿高高兴兴，她讨厌她女婿，可又在拍他的马屁，因为她知道女儿十分爱他，她怕要是自己得罪了他，他会恶劣地让她再也见不着自己的女儿。拉贝玛的女儿暗中为给她丈夫治病的医生所爱，她自欺欺人地认为那一次次《淮德拉》的演出对母亲的生命无碍大事。她几乎可以说强逼着医生对她这么说，从医生给她的答复和她全然不顾的那些病历报告中，她也只记住了这一点。实际上，医生是说过他觉得演出对拉贝玛并没有很大的不妥。他这么说是因为他觉得这么做可以讨他心爱的少妇的欢心，也许还出于愚昧无知，因为，不管怎么样他也知道这是不治之症，当结果会缩短病人的受苦时间的事情对我们本人有利的时候，我们也便心甘情愿地听任它去缩短了，也许还愚蠢地以为这还使拉贝玛高兴，从而对她也有益，这种愚蠢的想法就在他从拉贝玛的孩子们那里得到一个包厢，并且为了看戏丢下他所有的病人的时候，他仿佛觉得还得到了证实是对的，他觉得她在舞台上生气勃勃与她在城市生活中的奄奄一息一样地异乎寻常。确实，我们的习惯使我们在很大程度上能够完成乍看上去是不可能做到的事情，甚至使我们的机体适应这种生活。谁曾看到过一位患有心脏病的马术大师表演各种绝技？真叫我们不敢相信他的心脏居然经受住了这绝技表演的一分钟。拉贝玛也是一位久经舞台生涯的老将了，她的机体器官已完全适应舞台要求，她能在卖力中偷巧，做到令观众看不出破绽，令人以为她身体很好，只是有些纯属神经性的和臆想的疼痛。在向希波吕托斯表白心迹的那场戏以后，拉贝玛徒自感到自己将熬过这令人恐惧的夜晚，她的戏迷们拼命为她鼓掌，宣称她空前地美丽。她在极度疼痛中回家，心里却很高兴，因为能给她女儿带回那些蓝色的钞票，出于老年人代代相传的顽皮童心，她惯于把钞票紧紧地塞在长统袜里，然后得意洋洋地把它们抽出来，希望博得一笑，换来一个亲吻，不幸的是这些钱只够女婿女儿给他们的府邸增加一些新的装饰品，他们的府邸就在他们母亲所住公馆的隔壁，里面不断传出敲敲打打的声音，扰乱了著名悲剧坤伶何其需要的睡眠。他们按照时尚的变化和适应他们希望能接待的 X 或 Y 先生的需要改装他们的每个房间。而拉贝玛感到唯一能平息疼痛的睡意已逃之夭夭，她只好不睡，心中却不免蔑视那些加快她死亡的到来和使她剩下的最后这些日子变得十分难受的漂亮玩意儿。无疑，或多或少地正是由于这个原因她鄙视它们，这是对伤害我们，而我们却又无力阻止的东西合情合理的报复。然而，这还因为，她清楚地意识到了自己身上的才华，从年纪很轻的时候起她就知道所有这些时尚的抉择的微不足道，所以她本人始终忠于她素来尊重的传统，她是这个传统的化身，这个传统使她仍如三十前那样判断人事，例如，并不把拉谢尔看成今日事实上已名噪一时的坤伶，而仍是她当年所认识的小粉头。其实，拉贝玛并不比她女儿好，正是从她身上，通过遗传和出于十分自然的钦佩而变得更为有效的榜样的感染，她女儿摄取了她的自私、冷酷无情的嘲弄和自己意识不到的残忍。只是，拉贝玛把这一切传给她女儿后，她自己得到了解脱。况且，拉贝玛的女儿即使并不经常地有工人在家里敲敲打打，她照样会骚扰她的母亲，因为年轻人残酷、轻率的吸引力总使老人、病人感到体力不支，使他们为了跟上步伐而疲于奔命。他们每天都换上一批人来用午餐，而拉贝玛如果不露面，人家就会觉得她自私自利，扫她女儿的兴，人家指望靠这位著名的母亲在场勉为其难地吸引住某些新近建立的不肯轻易光顾的关系。他们还对这些关系“许下诺言”，举办一次有她参加的户外活动，表示庆礼。这位可怜的母亲本来为了对付盘踞在她膏肓间的死亡已忙得不可开交，现在还不得不一大早就起床，就出门去。更有甚者，由于当时，才艺出众、红得发紫的雷雅那在国外演出获得巨大成功，女婿觉得拉贝玛不该就此销声匿迹，他希望这个家也能捞上那么多荣誉，于是强迫拉贝玛轮回演出，拉贝玛不得不注射吗啡，这可能导致她因肾脏衰竭而死亡。同是这种风雅、社会声誉和生的诱惑，在节庆之日的德·盖尔芒特亲王夫人那里起了吸入泵的作用，以抽气机的强力，把拉贝玛家最忠实的常客全都吸到那里去了，而在拉贝玛家的情况则相反，也因此故，只剩下绝对的空白和死。有个年轻人，由于吃不准拉贝玛家的喜庆是不是也一样热闹，跑来了。当拉贝玛看到时间已过，知道大家已把她抛弃了的时候，她让人上点心，他们围着桌子坐下，然而那气氛却像是吃丧葬饭。有一年四旬斋第三个星期的星期四（狂欢日）夜晚，拉贝玛照片上的形象曾使我心猿意马，而现在的这张脸上能使我想起当年风韵的东西已荡然无存。就像老百姓说的，拉贝玛脸上已挂着死亡。这一回她看上去才真像雅典阿克罗波利斯的埃雷克泰永神庙中的大理石雕像了。她硬化的动脉快变成了化石，看上去像绕着面颊刻出的长长的绦带，没有生命的僵硬，那双神采全无的眼睛与那尪羸得可怕的面孔相比之下还算活着，闪烁着微弱的光像酣睡石块间的蛇。那位出于礼貌留下用茶的年轻人不断地看着钟点，心里牵挂着赶快去盖尔芒特府参加热热闹闹的欢庆活动。拉贝玛没说一句责备弃她而去的朋友们的话，那些朋友们还在天真地希望她不知道他们去了盖尔芒特府。她只是嗫嚅地说："让一个像拉谢尔这样的人在德·盖尔芒特亲王府举办庆祝会，只有在巴黎才碰得上这码事儿。"她默默地、庄严缓慢地吃着禁止她吃的糕点，活脱脱一副按丧葬规矩办事的样子。使"茶点"的气氛更加抑郁的是姑爷大发雷霆，因为与他们伉俪如此熟稔的拉谢尔居然没有邀请他们。更使她伤心的是那位应邀而来的年轻人对他说，他与拉谢尔相当熟悉，如果他现在就到盖尔芒特府去的话，他也许还来得及让她邀请这对轻佻的夫妇。然而，拉贝玛的女儿太了解拉谢尔在母亲心中的地位是何等低微，请求从前的粉头赏脸邀请无疑是用绝望杀了她母亲。因而，她对那位年轻人和她丈夫说这是不可能的事。然而，在这次用茶点过程中，她脸上不时露出想去乐一乐的神色，耍小性儿，以示对剥夺他们这一乐趣的老不死的母亲的报复。老太太只装作没看到女儿噘起的嘴巴，不时对年轻人有气无力地说句把客套话，这是唯一应邀而来的贵宾，然而，把什么都一古脑卷往盖尔芒特府，连我自己也被吸引到那儿去的那台抽气机力大无比，贵宾起身走了，留下淮德拉或女尸，人们已不怎么清楚她是这两个中的哪一个，留下她，还有她的女儿、女婿，去吃完这顿丧葬饭。

女演员刚刚扬起的嗓音打断了我们的谈话，她运用的手法挺巧妙，这种手法是把演员正在朗诵的诗假设为开口朗诵前就已存在的整体，我们听到的只是这个整体中的某个片段，好像艺术家正走在一条路上，有一时她走到我们能听到她朗诵的地方。

要朗诵的那几首诗差不多全是大家所熟悉的，一宣布便把大家逗乐了。可是当大家看到女演员在开始前先用迷惘的目光四下搜寻，带着哀求的神情举起双手，呻吟般地吐出每个词的时候，每个人都为这种情感的卖弄感到不自在，甚至产生反感。谁也没料到诗歌朗诵竟能是这样的玩意儿，渐渐地大家习惯了，也就是说大家忘了最初的不舒服，品出了其中的韵味儿，心下比较着几种朗诵方法，最后对自己说：这样比较好，这里处理得差一些。然而，第一次，谁都不敢瞄旁人一眼，就像在一场普通诉讼中看到律师举起垂着宽大袍袖的手臂，朝前走去，用咄咄逼人的口气开始辩护时那样，因为，大家觉得这样朗诵挺怪，也许应该说是极妙，等待着心里有个肯定的看法。

然而，看到这个女人还没有发出一声，先自屈膝，展开双臂，仿佛摇晃着一个看不见的人，然后变成膝盖外翻，突然用哀怨的语调就为了读几句为人熟知的诗，听众无不愕然。人们我看你，你看我，不知是该哭还是该笑。有些缺乏教养的年轻人克制住没有放声大笑。各人向自己的邻座偷偷瞅上一眼，就像在高雅的宴席上，面前放着一件新餐具，螯虾叉、砂糖锉之类的，我们不知道它的用途和使用方法，于是望着一位较有权威的客人时采用的那种目光，盼着他先使用这种餐具，让大家有可能仿效。当有人引用一句我们不知道，却又要佯装知道的诗时，我们也这么做，好像在一道门前退后一步，把说出这句诗何人所作的乐趣，特别照顾般地让给一位文化修养较高的人。就这样，大家一边聆听着女演员的朗诵，一边低垂着脑瓜，用审视的目光瞄着，等待别人率先发出笑声或批评或哭泣或鼓掌。德·福什维尔夫人正巧从盖尔芒特回来，公爵夫人几乎是让人从那块领地上逐出来的，她带上一副专心致志的紧张样子，几乎让人不折不扣地感到不痛快，这或者是为了表示她是行家里手，不同于芸芸众生，或者是出于对不大精通文学之道、有可能对她谈谈其他事情的人的敌意，或许她正聚精会神，以便弄清楚自己是“喜欢”，还是不喜欢，或许是因为她既觉得这“挺有意思”，却又并不“喜欢”，至少不“喜欢”用这种方法朗诵某些诗。这种态度本来仿佛该由德·盖尔芒特亲王夫人来采取才是。可由于这是在她家里，而且她越是有钱就变得越小气，她打定主意只给拉谢尔五朵玫瑰花，所以她只捧场了事。她不时发出声声兴奋的叫喊，施加影响、刺激情绪。只是在此时，她恢复了维尔迪兰的面目，因为她看上去是为自己的乐趣听诗，那样子就像要人家为她一个人朗诵，不期然还有五百个人，她的朋友，他们是她允许来的，仿佛是让他们偷偷地来看她高兴。

与此同时，我发现女演员在朝我送秋波，我并没有因此感到丝毫自尊心上的满足，因为她又老又丑，况且那神情也带着一定的保留。在整个朗诵过程中，她让双眸闪烁着一种既克制又给人强烈感受的微笑，仿佛是她极欲从我这里得到某种允诺的诱饵。然而，有几位不大惯于听诗朗诵的老妇人在对她们身旁的人说：“您看到了吗？”暗指女演员庄严、悲剧性的手势，她们不知道是该褒还是该贬。德·盖尔芒特公爵夫人感到这种微弱的浮动，诗刚朗诵到一半，便大喊一声作了成功的判决：“妙哇！”她大概以为已经朗诵完了。此时，不止一位客人偏要以赞许的目光和颔首来为这一声断喝助威。也许，与其说是为了表示他们对朗诵者的理解，不如说是为了显示他们与公爵夫人的关系。诗念完以后，由于我们就在女演员的一边，我听到她谢过德·盖尔芒特夫人，旋即利用我就在公爵夫人身旁的机会，她朝我转过身来，和蔼可亲地向我问了个好。这时我才明白这是一位我应该认识的人，我才明白，与我把福古贝先生之子的热忱目光当成人家认错人的问候相反，女伶被我当成欲望的目光只是一种克制的怂恿，希望我认出她来，向她致敬。我含笑答礼。“我肯定他认不出我了。”朗诵者对公爵夫人说。“不，”我信心十足地说，“我完全认得出您来。”“那好，我是谁呢?”我对此决然一无所知，我的处境变得很微妙。幸亏，如果说这个女人在十分自信地朗诵拉封丹那些美妙绝伦的诗句时，心中出于善意、愚昧或者不安只是在想难以同我打招呼的话，即在她朗诵这些美好的诗句时，布洛克出于错误的责任感或一出风头的欲望，却在一心一意地作着准备，等到诗一念完，他便像被围困的人试图突围那样一跃而起，即便不是从邻座身上，也是从他们脚上踩过去，去祝贺朗诵者。他在我耳边说：“在这儿见到拉谢尔，真奇怪!”这个神奇的名字立即破除了使圣卢的情妇变成这个污浊不堪的陌生老婆子的魔法，即在人家告诉我她是谁的同时，我也完全认出她来了。布洛克对拉谢尔说：“朗诵得真好。”就这么简简单单一句话，说完，他就心满意足地走了，再一次费了那么大的劲，再一次弄出那么大的声音回到他的座位上去，而拉谢尔则还要等五分多钟朗诵第二首诗。当她把那首《两只鸽子》又朗诵完了的时候，德·莫里安瓦尔夫人走近德·圣卢夫人，她知道德·圣卢夫人文学造诣颇高，却有点忘了她还像她父亲那样才思敏锐，好挖苦人。她问德·圣卢夫人道：“这就是拉封丹的寓言诗，是吗?”她以为自己听出了这首诗是谁的，却又不能完全肯定，她对拉封丹的寓言诗知道得很少，再者，她认为那是些儿童读物，不登大雅之堂。善良的女人在想，女艺人之所以能获得这么大的成功，大概是因为她模仿了拉封丹寓言的风格吧。希尔贝特无意间又加深了她的这种看法，因为她不喜欢拉谢尔，她原想说像这样的朗诵法使寓言诗的味儿一点都没有了，她十分巧妙地表达出这种想法，用的正是她父亲的方式。使天真的人们吃不准究竟是什么意思：“四分之一是表演者自己的创造，四分之一是疯狂，四分之一毫无意义，剩下的四分之一才是拉封丹的”，这便使德·莫里安瓦尔夫人得以肯定刚才听到的不是拉封丹的《两只鸽子》，而是一篇改编处理过的东西，其中最多只有四分之一是拉封丹的，这种看法没有引起任何人的惊讶。因为听众也是异乎寻常地无知。

然而，布洛克的一位朋友来迟了，反而使布洛克能够洋洋得意地问他可曾听到过拉谢尔的朗诵，把她的朗诵不同凡响地描绘一番，他夸大其词，并在向别人叙述、揭示这现代主义的朗诵中突然获得他在听的时候一点都没有感受过的奇特的乐趣。接着，布洛克带着夸张的热情细声细气地祝贺拉谢尔，并给她介绍他的朋友，这位朋友声称，他对谁都还没有像对她这么赞扬过。至于拉谢尔，她现在已经认得了一些上流社会的贵妇人，并且不自觉地在模仿她们，她答道：“啊！您太过誉了！实在不敢当。”布洛克的朋友问起她对拉贝玛的看法。“可怜的女人，她好像不幸至极。她以前倒可谓不是没有才华，因为说穿了，那也不能是真正的才华，她尽爱些可怕的东西，不过，当然啰，她毕竟还起了点作用。她演得比别人都逼真，而且此人正直宽厚，她为别人破了产。而由于她很久以来已经赚不到一个铜子儿了，因为公众早就一点儿都不喜欢她演的东西了，所以……”她笑着补充说，“再者，我该对您说，当时我还太年轻，不可能有所体会，很自然，我的年龄使我不能完全理解她，直至最近一段时间。”“她以前不大善于朗诵诗吧？”布洛克的朋友为了吹捧拉谢尔，试探着说。拉谢尔答道：“啊！她从来就没有好好朗诵过一首诗，那是散文，莫名其妙的玩意儿，大杂烩，什么都有，就是没有诗。”

然而，我却发现逝去的时间并不一定带来艺术上的进步。就像十七世纪的一位作家，虽然他没有经历过法国大革命，不知道科学上的发明创造，没有遭遇世界大战，却可能比今天的某一位作家高明，法贡就可能是一位与布尔邦一样伟大的医生（这里天分之高抵消了学识的不足），同样，像大家所说的，拉贝玛就比拉谢尔高明一百倍，而时间在使她与埃尔斯蒂尔一起当上明星的同时，过高地评价了一个庸才和树立了一位天才。

圣卢的旧情妇诽谤拉贝玛，这并不值得大惊小怪。她年轻的时候就可能这么做过。即使当时她没有诽谤，现在她也会这么做的。一名最聪颖、最善良的社交界妇女当上了演员，在这种对她说来崭新的职业中施展天赋资质，一帆风顺地获得成功，时隔很久以后如果遇上她，我们会惊讶地听到她讲的不是她自己的语言，而是女伶们的语言，她们特有的恶毒攻击同行姐妹的语言，这便是她们有了"三十年舞台经历"后在人身上新增的东西。拉谢尔已有三十年舞台生涯了，她也不能与众不同。

"我们有什么说什么，这令人赞叹，"公爵夫人说，"它有线条，有特色，处理得很巧妙，从来还没有谁像这样朗诵诗歌的。"她担心希尔贝特进行攻讦。希尔贝特为了避免与她舅母发生冲突，朝另一群人走去。德·盖尔芒特夫人虽已到了暮年，却感到自己在萌生新的好奇心。社交界已经没有什么东西可供她学的了。她在社交界占有第一把交椅的观念像蓝天比大地高一样清楚。她认为已经用不着巩固一个她认为是不可动摇的地位。相反，越是读书、上剧院，越使她希望延长这种阅读和看戏的时间。就像从前，在狭窄的小花园里，人们啜饮着橘汁，上流社会最精美的一切，在阵阵馥郁的晚风和花粉雾中，不拘形式地前来维持橘汁中上流社会的味道，现在另一种欲望在驱使她希图了解某些文学论战的原因，认识作者，见一见女演员，她疲惫的灵魂需要有新的养分。为了认识作者和演员，她接近某些妇女，过去，她甚至连与她们交换名片都不愿意，她们炫耀自己与某杂志主编的密切关系，以赢得公爵夫人的垂青。第一个得到邀请的女伶以为自己是唯一来到这个不同寻常之处的演员，第二位看到比她先来的那位也在那里，便感到这种地方并没有什么了不起。公爵夫人还以为自己的地位并没有什么变化，因为有时晚上她还接待几位君主。实际上，她是唯一血液里没掺杂其他成分的贵胄后裔，由于出生于盖尔芒特家族，当她不签署德·盖尔芒特公爵夫人的时候，她可以签署盖尔芒特·德·盖尔芒特，她甚至仿佛比她的妯娌们更为高贵，就像尼罗河里逃生的摩西，亡命埃及的基督，跑出圣殿禁锢的路易十七，这位纯之又纯的贵胄后裔，现在无疑在迁就曾造成德·维尔巴里西斯夫人的社会地位下落的那种遗传的对精神食粮的需要中，变成了又一个德·维尔巴里西斯夫人，爱面子的女人怕在她家遇上某个男人或女人，年轻人看到既成事实，却不了解在这之前发生的事情，他们以为她是出身较低微的盖尔芒特后裔，不是好年景的盖尔芒特，而是失势落魄的盖尔芒特。

可是，既然最优秀的作家到了老年，或写下太多的作品后往往会才气罄尽，那么，上流社会的妇女到一定时期不再那么才智横溢便完全是可以理解的了。在德·盖尔芒特公爵夫人冷酷无情的灵魂里斯万无法再找到年轻的洛姆亲王夫人的"融合"。暮年的德·盖尔芒特公爵夫人稍作一些努力便感到疲乏，她说尽了傻话。当然，她随时，即在这次下午聚会的整个过程中就有好几次重又变成我从前认识的那个女人，风趣地谈说社交界发生的事情。但是，除此以外，那种在美目顾盼下发表的远见卓识，那么多年以来一直使巴黎俊彦拜服在她智慧的权杖下的那种远见卓识，虽说有时还在闪闪发光，却可以说是徒有外表了。到该插话的时候，她还像从前那样，停上几秒钟，仿佛在斟酌，在创造，然而她随之说出口来的话却空洞无物。不过，有几个人注意到这一点了！方法上的连贯性使人们以为智慧继续存在，就像有时那些迷信糕点牌子的人，他们让同一厂家继续给他们送花色糕点，却并不注意糕点的质量已变得糟透了。即在战时，德·盖尔芒特公爵夫人身上就已经出现了这种衰退的征兆。如果有人说了文化这个词，她便打断他的话，嫣然一笑燃起美目中的光焰，并且说："文文文文化。"把朋友们逗笑了，他们以为于此重又看到了盖尔芒特家族的风趣。确实，这也正是当年使贝戈特感到不胜喜欢的那种模式、那种语调、那种微笑，再说，它依然保持着它那种断句的方法、它的感叹词、它的省略号、它的修饰语，然而却毫无内容。不过，它使新来者感到惊讶，觉得自己是不是来得正巧，碰上她这一天滑稽，并且"身心健康"，有时，他们会说："她真是愚昧！"

其实，公爵夫人总设法把她的堕落集中在一个方向上，不让它影响到自己家族中给予她贵族荣誉的那些人。如果，在剧场里她为了起到艺术保护人的作用而邀请上一位部长或画家，而这位部长或画家天真地问她，她的小姑或丈夫是不是在这个大厅里，行事小心的公爵夫人会端起大胆傲慢的架子咄咄逼人地回答他说："我对此一无所知，一旦我出了家门，就再也不知道家里在干些什么了。对所有的政治家、艺术家来说，我是个寡妇。"这样，她便使过分热心的新贵免得去碰德·马桑特夫人和德·巴赞的钉子，也避免了为自己招惹斥责。

"见到您我说不出有多高兴。老天爷，上次我是在什么时候见到您来着？……""在德·阿格里让特夫人家做客的时候，我在那里常见到您。""当然，我以前经常上她那儿去，我可怜的孩子，那时巴赞是多么地爱她。大家在他这位情人家里见到我的时候最多，因为他曾吩咐我说：'别忘了去看看她。'说实在的，我还觉得这样做有些不妥，他每去吃过一次饭就让我去进行这种'感谢赏饭的礼节性访问'。不过没多久，我对此也习以为常了，而最讨厌的是在他断绝了那些交往后我却不得不把某些关系仍然保留下来，这使我老想起维克多·雨果的那句诗：

你带走幸福却给我留下烦恼。

“就像在同一首诗里所说的那样，我还是面带笑容走了进去，可这确确实实是不公正的，他本来也应该给我留下对他的情妇们见异思迁的权利，因为，把他那一个个不想要的人累积起来，我最后再也没有哪个下午归自己所有了。其实，我觉得那段时期与现时相比之下还是愉快的。老天爷，我还愿意他再来欺骗我，这只能使我感到得意，因为这使我变年轻了。不过我更喜欢他从前的方式。怎么不！他已经很久很久没有欺骗我了，他再也不记得施展骗术的方式！啊，可我们在一起还是不错的，我们讲讲话，甚至我们还挺相爱的呢。”公爵夫人怕我没听懂他们已完全分手，就像提到某个已病入膏肓的人那样对我说：“可他说话还挺清楚，今天早上，我给他念了一小时书。”她又加了一句说：“我去告诉他您在这儿，他会希望见见您的。”说着，她走到公爵身旁，公爵坐在一张长沙发上，正同一位贵妇人谈话。我赞叹他几乎还是老样子；还是那么威严，那么有风度，只是头发更白了一些，然而，看到他妻子走来想同他说话，他显出怒气冲冲的神态，使她只好抽身退下。“他正忙着呢，我不知道他在干什么，您待会儿瞅着办吧。”德·盖尔芒特夫人对我说，她以为最好还是让我自己设法解决问题了。布洛克来到我们面前，代他那位美国女人打听那边那位年轻的公爵夫人是谁。我回答他说那是布雷奥代先生的侄女，布洛克对这个姓氏的情况一无所知，他请求对此再作些说明。“啊！布雷奥代吗？”德·盖尔芒特夫人对我嚷嚷说：“这您该记得的呀，这个姓氏那么古老，那么久远！而且，他是个赶时髦的人。他们住在我婆婆家附近。布洛克先生，您不会对此感到兴趣的。可这小家伙却感到这挺有趣儿的。”德·盖尔芒特夫人指着我补充说：“这些事情是他和我在从前同一时期一起了解到的。”她千方百计地借这些话语向我说明，似水年华已流逝很多很多了。德·盖尔芒特夫人的友情、观点发生了那么多次的更新，以致当她追溯以往的时候，把她的风度翩翩的拔拔尔当成一个赶时髦的人了。另一方面，他不只是在时间的长河中后退了，而且，这是我初涉社交界时不了解的事儿，他还是我当时认定的巴黎最重要的名士之一。这位名士将永远地与他的社交史拴在一起，就像柯尔伯离不开路易十四朝的历史一样，他也有他外省的印记，他是老公爵夫人在乡下的邻居，洛姆亲王夫人就像那样与他结下了友谊。这位被追魂夺魄的布雷奥代被搁置在由他标定的那么遥远的年代（这便证明此后的他已完全为公爵夫人所遗忘）和盖尔芒特附近了。然而，第一个夜晚，在喜歌剧院，我决然想不到这位被我视若幽居海上洞府的海神竟是联系我和公爵夫人的纽带，因为她想起了我认得他，所以我也就成了她的朋友，虽说我并非出生于她那个阶层，与她出入同一社交界的时间却比在场许多人早得多。她记起来了，但却颇多缺憾，甚至已忘掉了某些在我看来属相当要紧的细节。她忘了，那时，我只是贡布雷的一个小有产者，我不到盖尔芒特去，就在她现身喜歌剧院的翌年，她去望贝斯比埃小姐的婚礼弥撒的时候，她还不顾圣卢一次次的请求，不愿邀我。这件事我觉得对我说来十分重要，因为恰恰就在那段时期，我把德·盖尔芒特公爵夫人的生活看成是我实难进入的天堂。然而对她而言，那无非就是她日常过惯的平淡乏味的生活，而且，既然从某个时期开始我经常上她家用晚餐，况且，即在此之前我就已经是她姑母和外甥的朋友，她也便有理由再也说不清楚我们的亲近究竟始于何年何月了，而且她对自己由于把这一交情开始的时间往前移了几年而铸下的重大年代错误莫名其妙。因为它使我认识了那位不可认识的盖尔芒特姓氏的德·盖尔芒特夫人，使我得以借这金光闪闪的字母拼成的姓氏受到圣日耳曼区的接纳。而这一切仅仅是因为我到一位夫人家去用了晚餐，一位对我说来早已与别的夫人没什么两样的夫人，她有时邀请我，不是请我深入涅瑞伊得斯们①的海底王国，而是到她表姊妹的正厅包厢里去观看夜场戏文。“您要是想知道布雷奥代的详细情况，这其实并没有多大的必要，”她对布洛克

① 希腊神话中的海仙女。

补充说，“您可以问问这孩子（他倒是一百倍地更值得您了解的）：他俩到我家吃饭总不下五十来次了。您不就是在我家认识他的吗？不管怎么说，您是在我家认识斯万的呀。”我感到奇怪的是她居然会以为我有可能在别的地方认识布雷奥代先生，而不是在她家里，所以也便在认识她之前就已经进了她那个社交圈，我同样还感到奇怪的是她竟认为我是在她家认识斯万的。希尔贝特在说到布雷奥代时吹牛说：“他是乡下的一位老邻居，我挺愿意同他谈谈当松维尔。”而从前，在当松维尔，他却并不与她们常来常往，她的牛皮可谓大矣，照她这样，我竟可以说，斯万“是乡里乡亲，他晚上常常来看我们。”实际上，斯万令我回想起来的事情与盖尔芒特家族风马牛不相及。“这我可同您说不清楚了。他是个一讲到殿下便一倾为快的人。他能讲一大堆相当有趣的故事，是关于盖尔芒特家族的人们，关于我婆婆，关于去德·帕尔马公主身边以前的德·法朗邦夫人的故事，可今天谁还知道德·法朗邦夫人何许人也？可这孩子，那些事儿他全知道，是的，那些事儿全都一了百了了，连那些人的姓名都已不再存在，而那些人也既不值得留芳，又不值得遗臭。”我还发现，尽管有像社交界这么一种事物，尽管在社交界里各种社会关系确确实实达到了最高度的集中，一切在那里交流交际，由于那里还保留着一些外省的风气，或至少**时间**造成了这些东西，它们改换了名称，变得对外形发生变化后才到来的人已不可理解。“那是一位善良的夫人，她说过一些闻所未闻的蠢话。”公爵夫人接着又说。由于她对作为时间效应的不理解所含的那种诗意漠然没有感觉，什么事情到她那里便都只剩下了那滑稽的因素，梅拉克型的文学、盖尔芒特家族的精神能够吸收的成分。“有一段时期，她不时吞服糖锭上了瘾，那时，这种糖锭是用来止咳的，它叫谢罗代尔片。”说着，她自己也因为用了一个这么专门的名词笑了，这个曾是妇孺皆知的名词，今天对听她讲述的这些人是如此陌生：“我婆婆对她说：‘德·法朗邦夫人，您这么时不时吃谢罗代尔片会闹肚子的。’德·法朗邦夫人回答说：‘公爵夫人，这个药是进到气管里去的，它怎么会吃坏肚子呢？'"接着是她说的："公爵夫人有一头很漂亮的奶牛，漂亮得老被人当成种公马。"德·盖尔芒特夫人真愿意继续讲讲德·法朗邦夫人的故事，这种故事我们知道的有好几百个，可是，我们清楚地感觉到，在布洛克一穷二白的记忆中，这个姓氏唤不起有血有肉的东西，而对我们，只要一提到德·法朗邦夫人，德·布雷奥代先生，德·阿格里让特亲王，这种形象便会油然而生，而正因为这个原因，这个姓氏也许还会在他心中激起某种幻觉，我知道被夸大了的，但我觉得是可以理解的幻觉，这并非因为我本人也有过这种感受，我们自己的舛误，我们自己闹的笑话，即使是在我们已清楚地意识到了以后，仍很少会导致我们对别人的差错和笑料宽宏大量的后果。

属于那个遥远年代的现实，再说也是毫无意义的现实已丢失殆尽，以致当有人在离我不远的地方问起，希尔贝特在当松维尔的那块地产是不是她父亲德·福什维尔先生传给她的时候，有人回答说："不是！那是她婆家给的。这一切全都是盖尔芒特家那边的事。当松维尔就在盖尔芒特附近。它原来归德·马桑特夫人、德·圣卢侯爵的母亲所有。只是它久已被抵押出去，所以它是赠予未婚新郎的财产，由德·福什维尔小姐把它赎了回来。"又有一次，为了向某人说明那个时代的才子是怎么一回事，我向他提起斯万，他却对我说："噢！对了，德·盖尔芒特公爵夫人对我说起过几句关于他的话，他是您在公爵夫人家里认识的一位老先生，是不是？"

往事在公爵夫人头脑里产生了偌大的变化（或者存在于我心里的那些界线在她头脑里始终是那么似有若无，我所认为的大事她却视若罔闻），竟然会使她以为我在她家里认识斯万，在别的地方认识德·布雷奥代先生，如此这般给我炮制出一个被她甚至推延到过于久远的年代的社交界人士的过去。因为，我刚才获得的那个关于似水年华的概念，公爵夫人同样也是有的。甚至由于某种与我曾有过的把这段时间看得较短的概念相悖的幻觉，她把它看得太长，把它上溯到很久很久以前，尤其是对那条分隔两个不同时期的无穷尽的界线毫不在乎，需知前一时期她对我来说只知其名不识其人，继而又成了我所爱的对象，后一时期她对我说来无非是社交界一名普通女子。而我也就是在这后一时期才上她家去的，她对我来说已是另一个人了。然而，这些差异却从她自己的眼皮底下溜掉，由于她不知道自己已是另一个人，改换了门庭，不像我那样强烈地感到她这个人出现过间断，我到她家去的时间就这样被提前了两年，她居然没有感到奇怪。

我对她说："这使我想起第一次到德·盖尔芒特亲王夫人家去那晚的情景，那天，我以为自己没有接到邀请，他们会把我赶出大门。您那天穿着一条大红连衣裙和一双红鞋。"德·盖尔芒特公爵夫人说："老天爷，这都是哪个朝代的事儿了！"就这样，她给我加强了似水年华的印象。她神色忧郁地凝望远方，然而却特别强调了她那条红色的连衣裙。我请求她给我说一说那条裙子的式样，这也正是她津津乐道的。"现在根本就没人再穿这种衣服了。这是那个时代的人穿的连衣裙。"我对她说："难道它不漂亮吗？"她总怕说漏了嘴，怕说出贬低自己的话来，使对她不利的方面占了优势。"不是的，我可觉得它挺漂亮。现在不穿是因为这种式样已不再流行。可它会被重新穿起来的，任何式样都有重新流行的时候，连衣裙、音乐、绘画全都如此。"她斩钉截铁地补充说，因为她认为这条哲理有其独到之处。然而，衰老的悲哀又使她露出倦容，她微微一笑试图加以掩饰："您能够肯定我穿的是红皮鞋吗？我以为仿佛是一双金色的皮鞋。"我肯定地说这一切犹历历在目，并没提起使我能如此肯定的情和景。"您真好，您还记得这些。"她脉脉含情地对我说。女人把记得她们姣美的人当作好人，犹如艺术家把欣赏他们作品的人引为知己一样。况且，对一位像公爵夫人那么有头脑的女人，过去了的事情再遥远，还是有可能没有被忘却的。为了答谢我记得她的连衣裙和鞋子，她对我说："您记不记得我和巴赞送您回家的事儿吗？午夜后有一位姑娘要去看您。巴赞想到竟有人在这种时刻拜访您打心眼儿里笑了。”确实,那晚,德·盖尔芒特亲王夫人的晚会之后,阿尔贝蒂娜来看过我,我和公爵夫人记得一样清楚。现在即使德·盖尔芒特公爵夫人知道了那位使我因此而没能进他们家去的姑娘就是阿尔贝蒂娜,那么这个阿尔贝蒂娜对她和对我一样都已是无关痛痒的了。这是因为那些可怜的亡人从我们心中消失之后,有很长一段时间,他们的尘埃随遇而安,继续用作掺杂成分,掺和在往日的情景中。有时,在提到一个房间、一条花径或大道的时候,尽管我们已不再爱他们,由于他们于某个时刻曾经在那个地方,为了充实那个曾为他们所占有的地方,我们不得不暗暗带到他们,即便并不悼念他们,甚至提都不提他们的名字,也不让人家加以考证(德·盖尔芒特公爵夫人就不去考证那晚要来的姑娘是哪一位,她一直不知道她是谁,并且也只是由于时间和情况的奇特才提到她)。这便是遗留痕迹之最后的和令人不敢想象的形式。

如果说公爵夫人给拉谢尔下的评语其本身并不高明,它们却引起了我的兴趣。因为它们在刻度盘上也标着一个新的时刻,同拉谢尔一样,公爵夫人也没有完全忘记拉谢尔在她家度过的第一个晚会,而且,这段回忆丝毫也没有经受变动。她对我说:“我告诉您,正因为是我把她给挖掘出来,赏识她,为她捧场吹嘘,迫使一个没人了解她、没人瞧得起她的时代接受她,我才更愿意看她的演出和听大家对她的喝彩声。是的,孩子,您会为此感到惊讶,可她第一次公开演出确实是在我家里呀!是的,就在所有像我这位新嫂子那样的人,”她嘲弄地指着对她奥丽阿娜来说依然是维尔迪兰夫人的德·盖尔芒特亲王夫人说:“就在所有像她那样自诩为先锋派的人不屑一听她的朗诵、任凭她饿死街头的时候,我觉得她值得关注,我让人给她个演出机会,让她来我家,当着我们作为上流社会尽可能做到的一切表演,说句不该说的自负话,是我大力推荐了她,因为说到底天才不需要他人的帮助。当然,她也不需要我的帮助。”我匆匆做了个表示不同意的手势，我发现，德·盖尔芒特夫人正一心一意等待着接受与她相悖的观点："不是吗？您认为一个天才还要三个帮？说实话您也许在理。真怪，您说的正是以前仲马跟我说的话。真要这样，那我就太得意了，当然不是在天才方面，而是在这样的一位艺术家的成名道路上，我还算起到了一点作用，哪怕是一丁点儿。"德·盖尔芒特夫人情愿放弃她那天才能自个儿脱颖而出，像脓包自个儿会戳破的高见，因为后面的说法更令她喜欢，但是还因为一段时期以来，她接待新来的人们，感到疲倦，她询问别人，听取他们的意见以形成她自己的观点，她变得虚怀若谷。"用不着我对您说，"她继续道，"这个被称作上流社会的聪明的公众对什么都一窍不通。他们拒不承认，他们嘻嘻哈哈。我白费口舌对他们说：'这挺怪，挺有意思，从来还没有谁做出过这样的东西。'他们不相信我，好像从来都没谁相信过我什么似的。这就像她当时表演的内容，那是梅特林克的作品，现在他的作品蜚声文坛，但在那个时代谁都不买他的账，而我却觉得它们美不胜收。有时候我想到这些事甚至会感到诧异，一个像我这样的农家妇女，只受过外省姑娘受的教育，居然一眼就看上了这种东西。自然，我说不出个所以然来，但我喜欢它们，那使我感动。喏，巴赞，他绝不是个容易动情的人，他就曾经因为那些东西对我产生的影响而感到震动。他对我说过：'我希望您别再听那些荒诞不经的玩意儿了，那东西使您不正常。'他说的是真话，因为，人们把我看成是个冷若冰霜的女人，实际上，我却极易冲动。"

这时发生了一件出人意料的事情。一名跟班跑来对拉谢尔说，拉贝玛的女儿和女婿要求同她谈谈。我们已经知道拉贝玛的女儿抵制了她丈夫想求人找拉谢尔邀请他们一次的欲望。可是，当那位应邀而来的年轻人走后，留在母亲身边的小夫妻俩那个烦恼劲儿越来越大，想到别人正在玩乐的念头折磨着他们，且简而言之，就在拉贝玛吐了几口血回房去之后，他们抓住时机急急穿上最华丽的服装，让人叫了辆车，未得到邀请就跑到德·盖尔芒特亲王府来了。拉谢尔大略料到是怎么一回事，暗地里感到得意。她用盛气凌人的口气对跟班说她正忙着呢，不能分身，让他们留个条儿，说明自己这不寻常的行动目的何在。跟班拿着张名片回来，拉贝玛的女儿在名片上草草写道，她和她丈夫抵御不住想聆听拉谢尔朗诵的愿望，请她放他们进来。拉谢尔露出了微笑，笑他们笨拙的借口和她自己的胜利。她让人去回答说，她很不安，她已经朗诵完毕。小夫妇俩在前厅伫候的时间已拖得够长了，跟班们开始对这两位吃了闭门羹的央求者公然加以嘲弄。当众受辱的羞愧感，拉谢尔在她母亲面前只是无名小辈的记忆促使拉贝玛的女儿下决心把一个本来只是受乐一乐的需要所驱使而贸然采取的行动进行到底。她让人去请求拉谢尔，即使聆听不到她的朗诵，就算请她帮个忙吧，允许自己握一握她的手。拉谢尔正在同一位意大利亲王谈话，这位亲王据说被她的万贯家财吸引住了，上流社会的某些关系对这份家产的来历总有些遮遮掩掩。她权衡了形势的逆转，现在正是这逆转的形势使盛名显赫的拉贝玛的儿女拜倒在她的脚下。她轻松愉快地向大家陈述了这个变故，然后让人去叫那小夫妇俩进来，小夫妇俩求之不得，一蹴之间他们便摧垮了拉贝玛的社会地位，就像他们已经毁了她的健康那样。拉谢尔理解他们，而她那副屈尊俯就的友好态度将为她带来比她拒不接见更好的名声，人们会更加觉得她善良，更加觉得小夫妇俩的卑微。所以她张开双臂热情地接待他们，摆出名望显赫而又能平易近人的保护人的姿态："可我深信不疑，这是件乐事。亲王夫人一定会很高兴的。"在这个剧场里，大家认为邀不邀请什么人是由她决定的，拉谢尔不知道人家怎么认为，她也许怕拒不让拉贝玛的孩子们进来会引起人们的怀疑，倒不是怀疑她的心地善良，善不善良对他们是一码事，而是怀疑她的影响力。德·盖尔芒特公爵夫人本能地走开了，因为，一个人随着他越来越暴露出对上流社会的追逐，他在公爵夫人心目中的地位也便越来越下降。此时此刻在她心中只剩下她对拉谢尔的善良的尊敬，而如果有谁前来给她介绍拉贝玛的孩子，她会扭身不理睬他们。此时的拉谢尔却已经在动脑筋组织妙语佳句，明天，在后台，她要用这话镇一镇拉贝玛："我心里难受和不安，让您女儿在前厅等候接见。我要是早弄懂她的来意就好了！她一叠叠给我送名片。"能像这样给拉贝玛一次打击，她得意极了。可如果她知道这一击会要了拉贝玛的命，也许她会作些让步。人们喜欢害人但也不可致受害者于死地，免得使自己反而陷入错误的泥淖。其实，错又在哪儿呢？几天后，她会笑着说："这确是有些过分了，我原是想对她的儿女好一些，比她从前一贯对我的态度好一些，就差那么一点儿别人便会责备是我杀害了她。我请公爵夫人为我作证。"演员们的卑劣情感和舞台生涯的矫揉造作似乎全都传到了他们儿女的身上，顽强地进行的工作都不能像对他们的母亲那样给他们造成偏移；著名悲剧坤伶们往往丧生于周围勾结一气的家庭阴谋，成为萧墙之祸的牺牲品，就像在她们参演的戏剧中经历过如许次的结局那样。

其实，公爵夫人的生活仍不失为十分不幸，其中有一条理由，而这条理由的后果是，它从另一方面同时也在降低德·盖尔芒特公爵经常出入的那个社交圈的等级。早已过了耄耋之年而太平下来的德·盖尔芒特先生，尽管身子骨还健壮，已不再欺骗德·盖尔芒特夫人，却钟情于德·福什维尔夫人，这层关系是怎么开的头，谁也不知道。① 然而这种关系的发展却使老头儿在这最后一次恋情中模仿他前几次爱恋的方式，把他的情妇软禁起来，竟至，如果说我对阿尔贝蒂娜的爱曾带着巨大的变异重复了

① 从德·福什维尔夫人现时的年龄来考虑，这种关系仿佛是异乎寻常的。然而，也许她从年纪很轻的时候就开始了交际花生活。再说，有的女人每隔十年换一副新面貌出现，拥有新的恋情，别人有时还以为她早已人老珠黄，却令一位因为她而被丈夫抛弃的少妇感到望尘莫及。——作者注

斯万对奥黛特的爱的话，那么，盖尔芒特先生的恋情则令人联想到我对阿尔贝蒂娜的恋情。她得同他一起用午餐、用晚餐，他老待在她家。她以此而在朋友们面前自炫，没有她，他们永远也休想与德·盖尔芒特公爵来往，他们上这里来就是盼着结识公爵，这有点像人们到一个轻佻女人家去，就是为了认识她的情人、某位君王那样。当然，德·福什维尔夫人早就是上流社会妇女了。然而，迟暮之年重又得到一位如此不可一世的老情人，在她家毕竟算得上一位要人的供养后，她自贬自弃，一心只追求能讨他喜欢的晨衣，给他弄他爱吃的菜肴，奉承他的朋友们，说她对公爵提到过他们，就像她对我外叔祖父说她向大公提到过他，大公给他送来了卷烟。一句话，她不顾自己在上流社会已获得的地位，希望借助新境遇的力量，恢复我童年时代看到过的一身粉红裙子的夫人的面貌。当然我外叔祖父阿道夫多年前就已作古。但是，在我们周围，新人取代故人能阻止我们重新开始同样的生活吗？这种新境遇，她之所以能够忍受，恐怕是出于贪婪，还因为当她还有一个女儿待在闺中的时候，她曾深受上流社会的欢迎，一旦希尔贝特嫁给了圣卢，人们便把她给冷落了，她感到，愿为她赴汤蹈火的德·盖尔芒特公爵也许能给她吸引来一批公爵夫人，她们会乐于作弄作弄她们的朋友奥丽阿娜。最后或许还出于对德·盖尔芒特公爵夫人的不满，赌气要与之比个高低，女性情敌的感觉使她因为占了上风而高兴。[①] 圣卢至死不渝，带着妻子上她家去。他们俩不同时都是德·盖尔芒特先生和奥黛特的继承人吗？况且，希尔贝特还是公爵的主要继承人。

---

① 与德·福什维尔夫人的这种关系虽说无非是他以往各次关系的翻版，却使德·盖尔芒特公爵最近第二次失去荣升赛马俱乐部主席的机会和美术学院自由院士的席位，就像德·夏吕斯先生，他与絮比安在生活上公开结合使他错过了出任联合会和老巴黎之友协会主席的机会，喜好不同的哥俩就这样因为同样的怠惰，同样的缺乏意志力，最终失去人望。这种缺乏意志力在其祖、法兰西学士院院士德·盖尔芒特公爵身上也显而易见，但讨人喜欢，而在两个孙儿身上却使一种合情合理的喜好和另一种被视作不合情理的喜好成了把他们撇出社交界的理由。——作者注

其实，连十分疙瘩的侄辈古弗瓦西埃们，德·马桑特夫人，德·特拉尼亚公主也都抱着继承遗产的希望上那儿去，也不顾这样做可能给德·盖尔芒特夫人带来痛苦，使奥黛特出于蔑视而说他们的坏话。

老盖尔芒特公爵不再出门，因为他白天黑夜都同她厮守在一起。然而，今天，为了看看拉谢尔，他来了一会儿，虽说他讨厌遇上他妻子。我没有见到他，要不是别人明确地把他指给我看，我恐怕都认不出他来了。他形容枯槁，只剩一把老骨头，甚至比枯骨还枯，这浪漫美好的事，竟似屹立在暴风雨中的一堵峭壁悬崖。他那张石崖般风化破碎的脸经受着从四面八方向它扑来的痛苦、忍受痛苦的愤怒和死神前哨浪涛的拍打，却依然保存着我素来欣赏的风格和棱角，它遭受侵蚀；像古代的雕塑头像破损不堪，但有它装饰我们的工作室那就太幸福了。它仿佛只属于一个比过去还古老的时代，这不仅是因为它的表现方式显得生硬和十分疲劳，不如从前引人瞩目，而且由于疾病，一种不自觉的、无意识的表情，向死亡搏击、抗争、艰于生存的表情取代了往日细腻、活泼的神采。完全失去弹性的血管使从前容光焕发的脸庞变得棱角分明地冷峻。公爵还没有觉察到，他暴露在外的颈背、面颊、额头的样子，在惨烈的狂风中摇摇欲坠的生命仿佛不得不下死劲拼命抓住每分每秒，已经不再浓密漂亮的头发落下几绺拳曲的银丝，用它们白色的末梢打着他脸部消蚀的骨突。而且，我发现，就像那唯有风暴欲来、一切都将沉没时才反射在迄至此时一直是另一种颜色的岩石上的奇特和无与伦比的光泽那样，呆板、憔悴的脸颊上的铅灰色，如白沫般卷起的发绺的灰白色，残存在混浊不清的眼睛里的微弱光芒，这些色泽不是不现实，相反却是太现实了，只是它们离奇古怪，是取自人生晚途的调色板和死亡临界的回光的色泽，无法模拟地带着一片片具有预言性的可怕的黑色。

公爵只待了一会儿，但已足以使我明白，一心与比较年轻的求爱者们周旋的奥黛特并不把他放在眼里。然而，奇怪的是，过去当他摆出戏文中国王的架子时，那模样儿几乎滑稽可笑，而现在他真的变得十分威严，有点像他的兄弟，迟暮之年在使他摆脱开种种俗务的同时也使他们变得相像了。并且，过去，尽管是以另一种方式，像他兄弟一样目无下尘的他，现在也一样变得几乎是低声下气，尽管还是以另一种方式。由于他没有遭受到像他兄弟那样的失势，他只好像一个健忘的病人那样礼多不怪地向他以往厌恶的人们躬身致敬。但他已衰老透了，当他想走出房门下楼梯出去的时候，这种人类最可悲状的衰老，把人们像希腊悲剧中的国王那样从他们的顶峰抛将下去的衰老迫使他在这条耶稣受难路上，像遭到危险威胁的残废人的生活那样在艰难的命途上停下，拭擦汗涔涔的前额探索着，用目光搜寻着脚下时隐时现的踏步，这时，由于步履恍惚、目光迷糊，他真需要有个支撑，这种需要使他不自觉地、怯生生地露出柔意恳求旁人扶他一把的神色，衰老使他变得更有求于人，哀怜多于威严。

德·盖尔芒特公爵少不了奥黛特，他在她家里时总坐在同一张软靠椅上，衰老和痛风使他起身艰难。公爵听由她接待朋友，朋友们很高兴能够被介绍给公爵，请他讲话，听他讲从前的社交界，讲德·维尔巴里西斯侯爵夫人，讲德·夏特勒公爵。

就这样，在圣日耳曼区，德·盖尔芒特公爵和公爵夫人，以及德·夏吕斯男爵貌似攻不破的地位早已失去了它们的不可侵犯性，就像在这个世界上，由于我们没有想到的某种内涵原因的作用万物都在变化一样，这种内涵原因在德·夏吕斯先生身上是使他甘受维尔迪兰家驱使的对夏利的爱情，继而是衰弱；在德·盖尔芒特夫人身上是她对新鲜事物和艺术的偏好；在德·盖尔芒特先生身上是一次排他的恋情，像他在这一辈子中已经经历过的那几次一样，只是由于年龄的劣势他变得更加专横，公爵夫人风格严谨的沙龙对他的风流韵事已不再讳言，也不再进行社交上的赎救，公爵已不大在那里露面，那个沙龙的活动也已不多。这个世界上的事物便是如此改头换面。权势的中心、产业的记载册以及社会地位的宪章，所有仿佛已成定论的东西也都在如此不间断地更动，只有用过来人的目光才能静观这即在他以为最不可能的地方发生的最为彻底的变化。

有时，面对着斯万收集起来的那些古画，在用这位如此"王政复辟式"的公爵和那位这般"第二帝国味"的交际花的肖像，把这一景观陈旧过时的特点表现得淋漓尽致的以"收藏家"的方式布置安排的古画下，玫瑰夫人穿着公爵喜爱的晨衣叽里呱啦打断他的讲话，他会倏然顿住，用恶狠狠的目光盯住她。也许，他发现她与公爵夫人一样，有时也会放一通厥词。或者，老年人的幻觉使他误以为这是德·盖尔芒特夫人一句不合时宜的俏皮话打断了他，以为自己是在德·盖尔芒特公爵府，就像那些用链子锁住的猛兽，一时间想象自己还自由自在地生活在非洲沙漠。并且还突然昂起脑袋，从一双又小又圆的昏黄的眼里射出那种猛兽眼里的精光，他用这种目光盯着她，有时在德·盖尔芒特夫人那里，当公爵夫人话说多了的时候，我就看到过这种使我不寒而栗的目光。就这样，公爵凝视片刻放肆的玫瑰夫人。然而这一位也不甘示弱，目光与他对峙着。过了对旁观者来说仿佛已有很久的一会儿，被驯服的老狮子记起了自己不是在公爵府邸，不是自由自在地在那个大门口平台铺有擦鞋垫的撒哈拉大沙漠，而是在德·福什维尔夫人家，在植物园的樊笼里。他缩起脑袋，那一头垂落的鬣毛还很浓密，但很难看出它们是金色还是银色，然后继续他的叙述。他似乎没有听懂德·福什维尔夫人想说什么，况且她的话也没有多大的意思。他允许她请几位朋友与他共进晚餐，但出于从过去几次爱情留下的某种怪癖，他要求那些客人早早告辞回家，好让他最后一个向奥黛特作别。奥黛特并不因这种怪癖感到惊讶。她早就习以为常，斯万也是这么做的，然而这种怪癖却触动了我的心弦，它使我想起了与阿尔贝蒂娜在一起的日子。公爵一走，她便又和另一些人聚在一起，这就不消说的了。可公爵没有料到，或者宁肯做出对此毫无察觉的样子，老人们视力减退，耳朵也失聪了，洞察力越来越差，疲劳就会使他们丧失警惕。朱庇特上了年纪都不可避免地会变成莫里哀笔下的人物，甚至不是作为阿尔克墨涅的奥林匹斯山的情人，而是滑稽可笑的谢龙特。况且奥黛特欺骗德·盖尔芒特先生，她也照料他，既不妩媚，也不高贵。她扮演什么角色都不过尔尔。倒不是因为生活难得分派给她美好的角色，而是因为她不会演。

实际上，每次当我想见见她的时候，结果总是见不到她，因为德·盖尔芒特先生竭力把养生之道必须做到的和他出于嫉妒产生的苛求混为一谈，只让她参加白天举行的欢庆聚会，而且还不得是舞会。她曾向我承认这种不得不为之的遁世匿迹，之所以这么坦率，理由不一而足。最主要的是她把我看成著名作家，尽管我只写了几篇文章，发表了一些论著。她甚至还由此回忆起当初我为了一睹她的芳姿而到槐树路去等候她路过、后来又登门求见的往事，天真地说道："啊！我要是早料到这人有朝一日将成为大作家该多好！"由于她听说作家喜欢找女人收集素材，喜欢听她们讲述恋爱故事，为了逗起我的兴趣，她现在和我在一起的时候重又变成了普通的交际花。她对我讲述着："喏，有一次，有个男人迷上了我，我也疯狂地爱着他。我们过着妙不可言的生活。他要到美洲去作一次旅行，我得跟着一块儿去。动身的前一天，我觉得一场不可能永远保持这么炽烈的爱最好也不要任它减温。我们一起度过最后的夜晚，他还确信我会跟他走。那是个销魂的夜晚，我在他身边得到无限的欢乐，也因为感到我不会再见到他了而绝望。那天早上，我还去把我的票给一位不认识的旅客。他希望至少也应是从我手里把这张票买下来。我回答他说：'不，您把票拿去就是帮了我一个大忙，我不想要票钱。'"接着是另一个故事："有一天，我在香榭丽舍，德·布雷奥代先生愣愣地盯着我看，在这以前我只见到过他一次。我站住，责问他怎么敢这样瞅我。他回答我说：'我瞅您，因为您戴了顶可笑的帽子。'他说的是老实话。那是顶有蝴蝶花的小帽子，那个年代流行的式样难看得要死。可我还是勃然大怒，我对他说：'我不许您像这样跟我说话。’天下起雨来了。我对他说：‘我绝不原谅您，除非您有车。’‘嗳，我正好有辆车呢，我送您回府上吧！’‘不，您的车我要了，您我可不要。’我上了车，他就在雨中行走。可是晚上他到我家里来了。我们有过两年疯狂的爱情生活。您哪天上我那儿去喝茶，我给您讲讲认识德·福什维尔先生的经过，”她神色抑郁地说，“我这一辈子过着幽居隐修的生活，因为我深爱的那些男人全都对我疑虑重重。我这不是说德·福什维尔先生，这个人说穿了挺平庸，我真正心爱的从来就只能是些饱学之士。可您知道，斯万先生就同这位可怜的公爵一样多疑多忌。为了这一位，我把什么都丢开了，因为我知道他在自己家里不幸福。我也这样为斯万先生做了，那是因为我对他一片痴情，我觉得，为一个爱我们的人，为了使他高兴，或者仅仅是为了免除他的忧虑，我们完全可以牺牲跳舞、社交界和其他的一切。可怜的夏尔，他那么聪明，那么迷人，正是我喜爱的那类人。”这也许是真的。曾经有过一段时期斯万挺讨她的喜欢，然而恰恰也是在这段时期，她却不是斯万喜欢的那种类型的女人。说实在的，即使在后来她也一直不是“他的类型”。但在那时，他却曾那么深沉、那么痛苦地爱过她。这种矛盾后来使他感到惊讶。其实，这不应当成为一种矛盾，如果我们意识到在男子的生活中，“不是他们的类型”的那种女人给造成的痛苦所占的比重是何等地大。这是由好些原由造成的。首先，因为她们不属“您的类型”，您先是听任人爱而自己并不爱，从而您也听任人家按您的生活方式养成某种习惯，这在一个属于“我们的类型”的女人身上是不会发生的，后面这种女人感到自己为人所欲得时，让人去求去争，只应允寥寥几次的约会，她不会在我们的生活、我们的每时每刻中安营扎寨，到后来，如果产生了爱情，而她却因为一次不和、一次旅行而杳无音讯，她会给我们留下无限的思念，她扯断的联系不是一种，而是千种。其次，那种习惯是感情上的，因为在它的基础部分并没有强烈的肉体欲求，而倘若产生了爱情，则大脑的工作要多得多，因为它是一种传奇而不是一种需要。我们并不警惕不属于“我们的类型”的女人，我们随她们去爱着我们，但如果后来我们爱上了她们，我们会比别人多一百倍地去爱她们，即使在她们身上得不到欲望满足后的称心如意。基于这些和其他种种理由，与不是“我们的类型”的女人在一起的时候我们会感到十分抑郁，这种情况并不起因于命运的那番嘲弄，即以我们最不情愿的方式给予我们的幸福以客观的实在性。一个属于“我们的类型”的女人很少带有危险性，由于她不想要我们，一旦使我们满意，旋即离我们而去，并不在我们的生活中伫留。爱情中危险的和繁衍痛苦的不是女人本身，而是她每日不断的到场，她每时每刻都要表现出来的好奇。她不是女人，她是习惯。

我不该怯懦地说她为人厚道，品格高尚，其实我十分清楚这是假话，知道在她的直率中夹带着谎言。随着她给我讲述一桩桩的艳史奇遇，我惴惴不安地想象着斯万不知道的这一切，这些事会使他痛苦到什么程度，因为他把自己的喜怒哀乐全都系在这个女人身上了，还因为他仅仅只是依据她看一个讨她喜欢的陌生男人或女人的目光便断定可以对她放心。其实，她这样做无非是为了向我提供她以为的小说题材。她弄错了，倒不是因为她没有为我的想象随时提供大量的储备源，而是因为她不是以一种不自觉得多的方式，通过来自我本身的行为，不为她所知地从中引出她的生活法则的行为，来为我提供素材的。

德·盖尔芒特先生把他的雷霆之火统统保留下来，用来对付公爵夫人，德·福什维尔夫人也不错过时机，把德·盖尔芒特先生愤怒的矛头引到公爵夫人的随意来往上去。所以，公爵夫人挺背时。有一次，我同德·夏吕斯先生谈到过这种看法。其实，德·夏吕斯先生断言说，开始的时候错并不在他兄弟方面，公爵夫人纯洁无瑕的说法实际上是由巧妙掩盖起来的无数次风流韵事拼凑成的。我从来没听到过这样的说法。对于差不多是所有的人来说，德·盖尔芒特夫人完全是另外一种女人，她在大家心巨中是无可指摘的。在这两种看法中，我无法确定哪一种更切合实际，切合那种往往为四分之三的人所不了解的实际。我清清楚楚地记得，在贡布雷教堂中殿；德·盖尔芒特公爵夫人某种左右顾盼的蓝色的目光，可是这并不能说明这两种看法中有哪一种是错的，两种看法全都能给它以不同的和说得过去的含义。幼稚的我还曾有一时想入非非，以为那是向我投来的爱的目光。从那以后我懂了，一位郡主就像教堂的彩画玻璃，看她臣仆时用的目光只能是宽厚仁慈的。那么，是否就该认为我的前一种看法是对的呢？是不是就该认为，后来，如果说公爵夫人从来不同我谈论爱情问题，那是因为她怕影响自己的名声，因为我不只是她在贡布雷的圣希勒里邂逅相遇的陌生孩子，更是她姨母和外甥的朋友呢？

公爵夫人可能有一时感到高兴，因为自己的往昔有我参与而变得更加厚实可靠。然而当我向她提出几个关系到德·布雷奥代先生的土财主味的问题时，她重又捡起她社交妇女的观点，即傲视世俗的观点，那时候，我还不大能把德·布雷奥代先生与德·萨冈先生或德·盖尔芒特先生区别开来。公爵夫人一边和我讲话，一边陪我参观府邸。我们在几间较小的客厅里见到三五成群的知己密友，他们宁肯离群独处，听听音乐。在一间拿破仑时代式样的小客厅里，一张长沙发上坐着几位难得见到的穿黑礼服的来宾，成直线还摆着一张长椅，椅子内曲像只摇篮，上面躺着一位少妇，长椅旁一面活动穿衣镜，由密涅瓦托着。这位少妇连公爵夫人进去都没能让她改变一下慵懒的身姿，她那拿破仑时代式样的珠光缎长裙鲜艳之极，使一品红吊钟海棠都黯然失色，服色的鲜艳与身姿的慵懒恰成对照。珠光缎上一些徽号和花纹的痕迹印得深深的，它们压在衣服上的时间似乎已有很久。她朝公爵夫人略微点了点那一头棕发环绕的娟秀的脸，算是打了招呼。她为了能更加聚精会神地听音乐，尽管是在大白天，却让人拉上落地窗帘，人们只好点起三脚架上的油灯，免得走路扭伤了脚，油灯散发出微弱的红光。德·盖尔芒特公爵夫人回答我的询问说她是德·圣德费尔特夫人。于是我又想知道她与我认识的老德·圣德费尔特夫人是什么关系。德·盖尔芒特夫人说少妇是老夫人的侄孙的妻子,她想到这位侄孙媳出身于拉罗什富科家显得心里不痛快,但她否认自己认识圣德费尔特一家。我提到她这位洛姆亲王夫人与斯万重逢那晚的情况(说实在的,我也只是道听途说来的)。德·盖尔芒特夫人肯定说她绝对没有参加那次晚会,公爵夫人历来爱撒点谎,现在更变本加厉。对她说来,德·圣德费尔特夫人是她希望否认的一个沙龙,况且随着时光的流逝这个沙龙的地位下降颇多。我并不坚持。"不,您可能已经在我家见到过他了,因为他有才气,他是您说的那个女人的丈夫,我跟他并没有联系。""可她并没有丈夫呀。""您之所以这么想,是因为他们分居了,不过他比她可爱多了。"我终于弄清楚了有个身材魁梧、极其高大、极其强壮、满头白发的老人,一个我到处都见到,却一直不知道他姓甚名谁的老人,他就是德·圣德费尔特夫人的丈夫。他去年已经作古。至于这位侄孙媳,我不知道她是否由于有胃病、神经系统疾病、静脉炎,不久将要生产、最近刚坐的褥还是流了产的原因,使她躺着听音乐,见谁都不挪动一下娇躯。最有可能的是,她为自己这一身漂亮的红色绸缎感到骄傲,希望在长椅上造成雷加米埃①式的效果。她并没意识到,她给了我重新评说圣德费尔特这个姓氏的开端,经过了如此长远的间隔,她标志出时间的距离和连续性。在她轻轻摇动的这只吊篮里的是**时间**,里面绽放着圣德费尔特这个姓氏和以红色吊钟海棠体现的拿破仑时代的风格。德·盖尔芒特夫人声称她对这种拿破仑时代的风格素来感到腻味。也就是说,她现在仍然嫌恶它,这倒是真的,因为,或迟或早,她总在赶时髦。在谈到大卫②的时候,她知道

① 又译作勒甘美夫人,传有她的肖像,法兰哥斯·车拿所作。她是斯达尔夫人和夏多布里昂的好友,于王政复辟时期主持过这一著名沙龙。

② 大卫(1748—1825),法国画家,新古典主义领袖,曾获罗马奖。从1785年至去世主持法国画坛,作品有《马拉之死》和大量肖像画等。

得不多，问题没有复杂化，她还很年轻的时候曾认为安格尔先生[①]是搞公式化创作中最令人讨厌的，接着他一下子又成为最有情趣的新艺术大师了，直到使她憎恶起德拉克洛瓦[②]来。从崇拜到斥责，中间经过哪些阶段并不重要，既然这里有艺术评论家在上层妇女们的谈话前十年就已反映出来的审美兴味的细微区别。批评过第一帝国时代的风格后，她表示抱歉，对我讲像圣德费尔特家族那样微不足道的人物和像布雷奥代的乡土气那样无聊的玩意，她也远没想到我为什么对此感兴趣，就像德·圣德费尔特-拉罗什富科夫人想使她的胃舒服些或想追求安格尔效果的时候，远没臆测到她的姓氏，她夫家的姓氏，不是她娘家那个更有名望的姓氏使我心醉神迷，而且在这充满象征的房间里，我把她的职司看成为抚慰时光。

“可我怎么能对您说这种蠢话呢？这怎么可能引起您的兴趣呢？”公爵夫人嚷嚷道。她压低嗓门说出这句话，谁也不可能听清她说些什么。然而，有个年轻人（他后来因为他的姓氏引起了我的兴趣，一个我以往比对圣德费尔特还要熟悉的姓氏）怒容满面地站起身来，走到远一些的地方去，以便能集中注意力听音乐。因为此时正在演奏《致克鲁采奏鸣曲》[③]，只是他搞错了节目，以为那是拉威尔[④]的作品，听人说美得像巴勒斯特里纳[⑤]的东西，但却十分难懂。在改变位置的紧急行动中，由于光线太暗，他撞在一张橱式写字台上，这自然又引得许多人转过脸来，这个如此简单的回眸动作稍稍中断了对他们说来是“虔诚恭谨地”聆听《致克鲁采奏鸣曲》的折磨。而我和德·盖尔芒特夫人则是这场小动乱的罪魁，我们急忙改

① 安格尔（1780—1867），法国画家，大卫的学生，后成为古典画派的领袖。作有不少肖像画。

② 德拉克洛瓦（1798—1863），法国画家，浪漫主义画派领袖，以善于运用色彩著称。

③ 这首奏鸣曲是贝多芬写给法国小提琴演奏家和作曲家克鲁采（1766—1831）的。

④ 拉威尔（1875—1937），法国作曲家。

⑤ 巴勒斯特里纳（1525—1594），意大利作曲家，复调音乐大师之一。

换门庭。“是的，这些无赖怎么可能引起您这样的贤士的兴趣呢？就像刚才，我看到您与希尔贝特·德·圣卢交谈。这与您的身份不相称。对我来说那女人就是个无耻之徒，连女人都不是，在这个世界上我再没见到过比她更虚情假意，更俗不可耐的了（因为即使在她捍卫理智的时候，公爵夫人也都掺杂着贵族的偏见）。况且，您该不该到这里这样的家庭里来呢？今天我还能理解，因为有拉谢尔的朗诵，您可能对这个感兴趣。可是朗诵得再好也不能朗诵给这群人听。我将单独请您来和她共进午餐。让您看清她是怎样一个人。她可胜过这里所有的人一百倍。午餐过后，她将给您朗诵魏尔仑①的诗作，然后您告诉我您对她的看法。② 可在这里，这样的大场面里……不，您到这种地方来叫我心里不好受。除非您带有研究的目的……”她露出怀疑的神色猜测说。她不敢作过多的冒险，因为她并不很确切地知道自己暗示的这种不大可能的行动有些什么样的内涵。

“您不认为，”我对公爵夫人说，“圣卢夫人像刚才那样听她丈夫的旧情人表演味道不好受吗？”我看到德·盖尔芒特夫人脸上泛起一抹红色，它借助推理联结起她刚才听到的话和一些不那么令人愉快的想法。还有些没有表达出来的推理，是的，可也并不是所有我们说出来的疑难问题都能得到口头或文字上的答复的。只有笨伯才一连十来次劳而无功地请求给予他们不该写的、不合时宜的信一个答复。因为对诸如此类的信函从来就只能用行动回答，您认为没有准时给您回信的女士在碰到您的时候，她不是直呼您的名字，而是称您先生。我影射圣卢和拉谢尔的暧昧关系

---

① 魏尔仑（1844—1896），法国象征派诗歌大师，作品有强烈的音乐感。

② 她特别向我吹嘘了一番午餐后的活动，每天都有某某和某某参加。因为，最终她也形成了从前被她嗤之以鼻的“沙龙”妇女们的观念（尽管她今天否认这一点），认为巨大的优势、胜者的标志便是“所有的男子”全都在她们家，我如果告诉她说某一位“沙龙”贵妇在世的时候没说德·霍朗德夫人一句好话，公爵夫人会对我的天真无知哈哈大笑说：“那当然，所有的男人全都到那一位家里去了，她竭力设法要把他们吸引过来呢。”——作者注

的问题还没严重到这个程度，它只能使德·盖尔芒特夫人感到刹那间的不快，提醒她我曾经是罗贝的朋友，在公爵夫人家的晚会给拉谢尔带来失望一事上，我也许还算得上是他的密友。然而公爵夫人没有继续往下想，脸上那一抹乌云消散了，她回答我关于圣卢夫人的问题说："我告诉您，我认为，正是由于希尔贝特从来没爱过她丈夫，所以她对此并不在乎。这一劣迹不值得大惊小怪。她爱地位，想要那个姓氏，愿意当我的外甥媳妇，脱离她的泥淖，此后，她也没有别的办法，只好回到她来的地方去了。我跟您说，就为了可怜的罗贝，这事儿曾使我挺不好受，因为他白白地为此丢了远大前程，对此，对许多事他看得很清楚。我不该说这事，因为她不管怎样毕竟是我外甥媳妇，我也没有确凿证据，能证明她欺骗了他，可不愉快的事情确有一大堆。我跟您说，一点不假，我知道这件事，罗贝曾想找梅塞格利丝的一名军官决斗。罗贝正是为了这一切才应征入伍的，战争对他说来就像是摆脱家庭痛苦的手段。您如果想了解我的看法，那就是他不是被杀的，他是自己去找死的。她一点也没露出伤心的样子，甚至，使我惊讶的是她那罕见的厚颜无耻，她装出满不在乎的模样，真叫我难受，因为我很爱可怜的罗贝。您因此也许会感到惊奇，因为大家不了解我，可我有时确实还想到他，我谁都没忘记。他从来就啥都不告诉我，可他心里知道我全都料到了。可不是，她哪怕还稍微有一点儿爱她男人的心，能这么若无其事地同他疯狂地爱过那么多年的女人待在同一个沙龙里吗？何止多年，竟可以说是至死不渝，因为我敢肯定他一直没有中止过他的爱，即使在战火中。她该扑上去扼住她的脖子才是！"公爵夫人嚷嚷道，她忘了正是自己让人家请来了拉谢尔，给了她认为如果希尔贝特曾经爱过罗贝的话，不可避免地就会出现的场面以可能性，她的行为正可能是残酷的。"不，"她下结论说，"您瞧见了，这是头猪！"这种话居然出自德·盖尔芒特夫人之口是因为她已经从与人为善的盖尔芒特家族这个阶层滑落到女伶社会，还因为她把这看作她认为还充满生命力的十八世纪的风度,最后还因为她自以为可以为所欲为。不过这句话是在她对希尔贝特的憎恨驱使下说出来的,出于鞭笞她的需要,打不到她本人,打在她的模拟像上。同时,公爵夫人还想借此解释她在社交界、在家族中对希尔贝特,或不如说反对希尔贝特的行为,甚至她对利益和对罗贝继承的态度。

然而,犹如我们所作的判断有时会因为不了解和不可能料及而得到表面上的证明,希尔贝特,她无疑有些像她母亲直系尊亲属(当我请求她帮我介绍几位小姑娘的时候,我不知不觉中所指望的正是这种品性上的随和),经过一番思考,大概是为了不致让肥水流出家门,为我所作的请求找到比我能设想到的都要大胆的解决办法,她对我说:“如果您允许的话,我去把我女儿给您找来,把她介绍给您。她就在那儿,正和小莫特马尔和一些没啥意思的小家伙聊天。我敢肯定她会成为您的可爱的朋友。”我问她,罗贝对自己有了女儿是不是高兴。“啊!他可为这个女儿感到得意呢。不过当然,”希尔贝特天真地说,“我还是认为,要按他的心思,他更愿有个男孩。”这位姑娘,她的门第和财产使她母亲能够指望她嫁给一位王太子,为斯万夫妇双方的家族光宗耀祖,可她后来却选择了一位默默无闻的文人做她的夫君,因为她丝毫没有好出风头之心,从而使她出身的这个家族降落到更低的地位上,这时再想让一代代的新人相信这对默默无闻的夫妇俩的父母曾地位显赫就更难于上青天了。斯万和奥黛特·德·克雷西的姓哪怕奇迹般地复苏也只能使人家告诉你说你弄错了,说他们作为家族并没有什么超凡出众之处。

即在圣卢夫人朝另一间客厅走去的时候,她那些话使我感到的惊讶和欢乐很快便为那似水年华的观念所取代,就连尚未见过面的德·圣卢小姐都在以她的方式给予我这个观念。况且,她不也像大多数人那样,仿佛是森林中交叉路口的“星星”?好几条道路会合到这些交叉路口,就像对我们的生活而言的某些差别迥然的交点。通过德·圣卢小姐并以她为中心向四周辐射的道路对我来说为数甚多。而通向她的首先便是那两个庞大的“那边”，我曾作过多少次漫步、多少个梦的“那边”——经由她父亲罗贝·德·圣卢所在的盖尔芒特家族那边和经由她母亲希尔贝特所在的梅塞格利丝那边，即在“斯万家那边”。一条道路经过少女的母亲和香榭丽舍，引导我直至斯万，直至我在贡布雷度过的那一个个夜晚，直至梅塞格利丝那边；另一条路经过她的父亲通往我在巴尔贝克度过的下午，在那里，在我一再见到他的阳光灿烂的海边。在这两条通衢大道之间已建起横向叉路。例如那个巴尔贝克，我在那里结识了圣卢，它之所以现实有很大一部分原因是斯万对我讲到了教堂，尤其是那座波斯教堂，才使我那么想上那儿去，而另一方面，通过德·盖尔芒特公爵夫人的外甥罗贝·德·圣卢，我又在贡布雷与盖尔芒特家族那边相逢。然而，圣卢小姐还通向我人生道路上的许多交点，通向我在外叔祖父家见到过的她的外祖母，那位穿一身玫瑰色服装的夫人。这里是一条新的横向叉道，因为，这位叔祖父的贴身男仆，那天把我引进去，后来又通过照片的赠予使我得以确认穿玫瑰色服装的夫人是谁的那个男仆正是这位年轻人的父亲，不仅德·夏吕斯先生喜欢这个年轻人，连德·圣卢小姐的父亲也喜欢过这个年轻人，就为了这个年轻人他曾使自己的母亲很不幸。而且不正是德·圣卢小姐的外祖父斯万，像希尔贝特第一个对我谈到阿尔贝蒂娜那样，第一个对我提到凡德伊的音乐的吗？而正是在对阿尔贝蒂娜谈到凡德伊的音乐时我发现她们是老朋友，并且从此与她开始那把她引向死亡和给我万般痛苦的生活。再者，还是德·圣卢小姐的父亲动身去寻找阿尔贝蒂娜，竭力要让她回来。甚至我全部的社交生活，不管在巴黎，在斯万家的沙龙还是在盖尔芒特家的沙龙里，或者反之在维尔迪兰家也都如此，把贡布雷和香榭丽舍连结在拉斯普利埃华丽的露天座两侧，连成一条线。况且，我们认识的人们，在谈到他们与我们的友谊的时候，谁又不是在强迫我们，接二连三地把我们放在生活道路中那些迥然不同的位置上呢？我所描绘的圣卢的某种生活将在各种各样的背景里展开，影响到我全部的生活，甚至在这生活中与他完全无关的那几部分，如我的外祖母，如阿尔贝蒂娜。再说，维尔迪兰夫妇不管有多么地背道而驰，他们总因奥黛特的过去与奥黛特相连，总通过夏利与罗贝·德·圣卢相连；而在他们家，凡德伊的音乐什么样的作用没有起到过！最后，斯万曾爱过勒格朗丹的妹妹，勒格朗丹认识德·夏吕斯先生，小康布尔梅则娶了由他监护的姑娘。当然，凡事如果只涉及我们的感情，那么，诗人说被生活粉碎的"神秘的线"便不无道理。然而更为真实的是生活在人与人之间、事件与事件之间不断地用这种线进行编织，穿梭交叉，重重叠叠，把它编得越来越厚，致使在我们过去的任何一个交点与其他交点之间形成了一张密密麻麻的回忆网，只需要我们作出联络上的选择。

如果我努力去做的不是无意识地使用，而是回忆这网状结构的本来面目，那么，我们可以说眼下能为我们所用的那些事物中没有一件不曾是充满活力的东西，并且为我们富有个性地存在着，继而又应我们之需求变成简单的智力素材。把我介绍给德·圣卢小姐一事将在维尔迪兰夫人家中进行；我重又想到与阿尔贝蒂娜一起作的那一次次旅行，心里美滋滋的，我将请求德·圣卢小姐当那个阿尔贝蒂娜的替身。我这样想着，在驰往多维尔的小有轨电车里，去维尔迪兰夫人家的路上，正是这位维尔迪兰夫人，在我对阿尔贝蒂娜萌生爱情之前就已曾联结继而打破德·圣卢小姐的外祖父和外祖母的爱情。在我们周围挂着曾把我介绍给阿尔贝蒂娜的那位埃尔斯蒂尔的绘画作品。为了使我所有的往事变得更加融汇贯通，维尔迪兰夫人像希尔贝特一样嫁给了盖尔芒特家的后裔。

不把我们生活道路上那些差距极大的景地联成一气，我们是不可能叙述自己与一个甚至都不甚了解的人之间的关系的。因此，每个个人——而我也是这些个人之一——均以他们不仅在自己周围，而且在他人周围完成的回旋，尤其是他们对我而言先后占有的方位确定时值。而自刚才在这场欢庆活动中我重又抓住**时间**以来，这个**时间**一方面使我想到在一部准备用来叙述一个人的生活的作品中，与通常使用的平面上的心理分析相反，应当充分使用某种空间中的心理分析，另一方面，它还根据所有那些不同的平面安排我的生活。只要我继续在书房里独自冥想，这些不同的平面无疑为我的记忆施行的那一次次起死回生增添新的美色，因为记忆在把过去不加变动地，像当初它尚且在进行的时候那样把它引入现在的时候，它所抹掉的恰恰正是那个**时间**的巨大维数，就是生命据此得以发展的巨大维数。

我看到希尔贝特朝前走来。我惊讶地发现她身边走着一位妙龄少女，因为，我仿佛觉得圣卢的婚姻就是昨天的事情，当年盘踞在我心头的思绪今天早晨依然在我心头没有什么变化，姑娘高挑的身材标出了这段我一直视而不见的间隔。无色无臭、不可攫住的时间，可以说是为了使我能够看到它、触摸到它，物质化在她的身上，把她塑造成美的杰作，与此同时在我身上，唉！却只是完成它的例行公事。此时，德・圣卢小姐已来到我的面前。她两眼深凹、熠熠有神，那娇秀的鼻梁呈鹰钩状微微隆起，这只鼻子，虽说一点也不像斯万的鼻子，却很像圣卢。① 这位盖尔芒特的灵魂已然泯灭，可他那颗长有一双飞禽般炯炯眸子的秀美头颅却降落在德・圣卢小姐的肩上，致使曾认识她父亲的人们浮想联翩。我觉得她很美，因为她还充满希望、来日方长、喜气洋洋，即由我失去的那些年头造就的她仿佛就是我的青春。

最后，这种时间的观念对我来说还有一种重要的价值，它是一根刺棒，它告诉我，如果我想达到在我的生命历程中，有时，在短促的瞬间，在

① 我很惊讶，她那似是仿照她母亲和她外祖母的样子制作的鼻子恰好终止在她鼻下那条完全水平的线上，尽管略见大，却十分精巧。一个如此独特的特征足以让人把一尊雕像从一千尊中辨认出来，只要认准了这个特征。我赞叹大自然这位独具匠心的雕塑大师像给母亲、外祖母做过的那样，不失时机地又给这外孙女刻下这强劲有力的决定性的一刀。——作者注

盖尔芒特家那边，在我和德·维尔巴里西斯夫人坐车出去散步的时候产生过的、使我认为这日子还值得一过的感受的话，那么现在该是开始的时候了。现在我觉得这种生活值得一过，因为我觉得有可能阐明它，阐明这种我们在黑暗中看到的、不断遭到歪曲的生活，还它真实的本来面目，总之，实现在一部作品中！我想，但愿能写出这样一部作品的人能得到幸福，他要做的工作是多么艰巨啊！这里且略示一斑，他必须做到使他的作品能与最高雅、最不同的艺术相媲美，况且，这位作家还将使每个特点都显现出它各个相反的方面，以说明他的兼容并蓄，他必须条分缕析地酝酿他的作品，无休止地反复集结力量，仿佛展开一场攻坚战，像 忍受疲劳那样忍受之，接受戒律那样接受之，建造教堂那样建造之，遵守规章那样遵守之，克服障碍那样克服之，赢取友情那样赢取之，喂养幼儿那样给予充分的营养，创造一个世界那样创造它，绝不把那些可能只有在别的世界里才能找到解释的奥秘，我们预感在生活中、艺术中最能令人感动的奥秘放过一边。而在这些鸿篇巨制里，有些部分还只来得及拟出提纲，因为由于建筑师计划之宏大也许永远都不可能完工，有多少大教堂仍处于未完成状态啊！我们给这部作品以养料，加强它的薄弱部分，保护它，然而接下去的却应是它自己成长，它指定我们的坟墓，保护它免遭物议，有时也使它免被后人遗忘。不过回过头来说我自己，我对自己的作品实不敢抱任何奢望，要说考虑到将阅读我这部作品的人们、我的读者那更是言过其实。因为，我觉得，他们不是我的读者，而是他们自己的读者，我的书无非是像那种放大镜一类的东西，贡布雷的眼镜商递给顾客的那种玻璃镜片；因为有了我的书，我才能为读者提供阅读自我的方法。所以，我不要求他们给我赞誉或对我诋毁，只请他们告诉我事情是不是就是这样的，他们在自己身上所读到的是不是就是我写下的那些话（再说，在这一方面可能出现的分歧也并不一定纯然是由我的差错而引起的，有时还可能是由于读者的眼睛还不适应于用我的书观察自我）。为了更有效、更具体地想象我将投身其中的工作，我每时每刻不断地变换比较的角度，我想，我在我那张白木大方桌边工作，弗朗索瓦丝在我身旁望着我，她就像那些默默无语的生活在我们周围的不卑不亢的人，一定程度地直觉到我们的使命（我把阿尔贝蒂娜忘记得差不多了，以致我会原谅弗朗索瓦丝可能做出的反对她的事情），我在她身边工作，几乎也像她那样地工作（至少像她过去那样，因为她现在已经老得什么也看不清楚了）；因为，在这里别上一页增补，我将粗粗地勾出我这部书的概貌，我不敢狂妄地说它像一座教堂，只求它像一条连衣长裙。当我手头没有我所有的那些被弗朗索瓦丝称作烂纸片儿的东西，当我缺少的正是我需要的东西时，弗朗索瓦丝能理解我的冲动，她总是说，如果没有她需要的那号纱线和扣子，她是缝不成衣服的。还因为她按我的生活起居，她对文学工作已经形成了一种本能的理解，比许多聪明人还正确的理解，更不用说那些笨人了。例如当初我给《费加罗报》写我那篇文章时，老膳食总管真心实意地同情作家们说："这种事情真是难上加难。"他们总有点儿夸大一项自己并不进行，甚至连想都没想到的工作的艰难之处，表示诸如此类的怜悯，甚至夸大一种人家并没有的习惯，就像有的人对你说："像这样打喷嚏会把您累成什么样儿了。"此时的弗朗索瓦丝却完全相反，她揣度着我的幸福感并且尊重我的工作。只是，她对我把自己的文章给布洛克讲述一遍时发脾气，怕他赶到我前面去了，说："您对这些人总少个防人之心，他们全都是抄袭大师。"而布洛克呢，每当我给他大致叙述一篇他觉得不错的文字后，他确实也在给自己留着后路，他对我说："嘿！挺怪的，我也写了一篇差不多的东西，我以后也得给您念一念。"（后来他还是没有能念给我听，但那天晚上他却就去写这篇大作了）。

由于我那些被弗朗索瓦丝称作烂纸片儿的稿笺是一张张贴起来的，它们不是这里撕了就是那里破了。即使需要，弗朗索瓦丝也无法帮我修补，这不像她给自己的连衣裙磨损的地方加补丁，也不是厨房窗户，哪块玻璃碎了，在玻璃匠（好比我是印刷者）到来之前，她可以在破碎的地方糊上张报纸的，她帮得了我的忙吗？①

况且，由于个性（人类的或不是人类的）在一部作品里是用大量的印象塑造起来的，它们取自许多少女、许多教堂、许多奏鸣曲，用于构成一位少女、一座教堂、一首奏鸣曲，我写这本书的时候，是不是能像弗朗索瓦丝做那盘得到诺布瓦先生高度评价的胡萝卜焖牛肉那样，加上那么多精选的肉块就可以使肉冻内容丰富了呢？我终将实现当初在盖尔芒特家那边散步时认为不可能实现的夙愿了，当初认为不可能就像认为我绝不可能习惯于没有吻过母亲就上床睡觉那样，或者后来认为我不可能习惯阿尔贝蒂娜喜欢女人的想法那样，那种想法最后竟使我生活在对她的存在视而不见之中。因为我们最大的恐惧和我们最大的希望一样，再大也不会超出我们的力量，我们最后总能战胜恐惧和实现希望。

是的，我刚刚形成的这个关于时间的观念告诉我说该是着手撰写这部作品的时候了。应该赶紧动手。然而现在才动手还来得及吗？还有，我有力量胜任吗？这正证明了刚才，我走进客厅，那一张张沟壑纵横的面孔给予我年华如逝水的概念的时候，我心里感到惶恐不安是有道理的。心灵有它自己的景物，然而让它静观这些景物的时间却有一定限度。我以前的日子过得像一名画师，他顺着一条突出在湖面上的道路往上行走，陡壁悬崖和树木组成屏障遮住了他的视线。他先从一道缺口瞥见了湖水，接着湖泊整个儿地呈现在他眼前，他举起画笔。可此时夜色已经降临，他再也画不成了，而且白天也不会回来。首先，既然什么都还没有开始，我便可能焦躁不安，虽说我相信自己年岁还不算大，还有几年好活，我最后的时刻毕竟也有可能即在眼前。实际上，看问题得从我拥有一具肉体出

① 弗朗索瓦丝会指着我那像长了虫子的木头般遭到损蚀的本本说："这全叫虫蛀了，瞧，真糟糕，这一页都成花边了。"她像个裁缝似的打量着这页纸："我怕没法子让它还原呢，这可丢了。真遗憾，那也许是您最美好的见解。就像贡布雷那边的人说的，最精明的皮货商也没蛀虫内行。它们总钻在最好的料子里。"——作者注

发，也就是说我始终不断地受到双重危险的威胁，外部的和内部的。而且我这么说还只是出于言语表达的方便。因为，内部的危险，例如脑溢血，同时又是外部的危险，因为那是肉体的危险。而拥有一具肉体对精神、对能思维的人类生命是巨大的威胁，我们无疑应当尽量地不要把能思维的人类生命说成是物质的动物生命的神奇改善，还不如说它是精神生活构成中的一种不完善，而且还是像珊瑚骨形成的原生动物的共同生存那样，像鲸的身体等等那样的退化的不完善。肉体把精神禁锢在一座要塞里，要塞很快便被团团包围，水泄不通，最后精神只好缴械投降。

然而，我姑且如此区别威胁精神的两类不同危险，就从外部的危险说起，我记得，在我这一生中已有很多次遇上这样的情况，当时我处于精神亢奋之中，某种境遇使我暂时停止一切肉体活动。例如，当我带着醉意坐车离开里夫贝尔餐厅，前往附近的某个娱乐场，此时，我十分清楚地感到心中有我的思维的现时对象，并且知道它只是由一次偶然引起的，知道这个对象非但还没有进入我心中，而且还会同我的肉体一起化为乌有。我当时对此并不很在意。我的喜悦使我处事马虎、无忧无虑。就算这种喜悦顷刻间便告结束、烟消云散，我也满不在乎。现在却已经不一样了。这是因为我所感受到的幸福并不来自于把我们与往昔隔开的纯粹主观的神经紧张状态，而是相反，来自于我精神的舒展，即在这种舒展上，往昔重新成形，化为现实，并且给予我（只可惜是短暂地！）一个永恒的价值。我真愿把我永恒的价值遗赠那些有可能用我的财宝富足起来的人。当然，我在书房里所感到和力求加以保护的情感仍然是愉悦，但已不是个人主义的愉悦，或者至少这种个人主义可为他人所用（因为，自然三界中所有能结出累累硕果的利他主义均按某种个人主义的模式发展。人类的不是个人主义的利他主义结不出果实，这便是作家的利他主义，使他放下创作去接待一位不幸的朋友，接受一项公职，写几篇宣传文章）。我已经再也没有从里夫贝尔回来时感到的那种不在乎了，我感到自己由于身怀着这部巨著而变得崇高(仿佛这是件易碎的珍贵物品,别人把它托付给了我,我真希望能完好无损地把它交到收件人手中,而不是留在我这里)。现在,由于感觉到自己是一部作品的负责者,可能导致死亡的意外事故对我说来变得更加可怕,甚至荒谬(只要我觉得这部作品是必要的和能够经久不衰的),它与我的愿望相矛盾,带着我思维的冲动,它的可能性却并不因为我不愿意而小一些,因为事故产生于物质原因,完全可能发生在它们一无所知地加以摧毁的差异甚大的使它们变得可憎的时候。我很清楚,我的大脑是蕴含丰富的矿床,那里有大面积品种繁多的珍贵矿脉。然而,我还来得及把它们开发出来吗?我是唯一能够开发这些矿藏的人。理由有二:随着我的死亡,不仅能够开采这些矿藏的唯一的工人不复存在,连那矿脉本身也将不复存在。而待一会儿,在回家的路上,只要我乘坐的汽车碰撞上另外一辆便足以导致我肉体的摧毁,而我的精神,自生命从肉体退出后,会被迫永远地放弃那些新的想法,那些它此时此刻由于来不及把它们比较保险地放进一部著作而惴惴不安地用它战栗的、虽能起保护作用却又是十分脆弱的精髓紧紧包裹着的新思想。这种建立在推理基础上的对危险的恐惧感在我心中产生,然而出于奇怪的巧合,即在前不久,我还曾对死亡的概念变得满不在乎。对于我不再是我的恐惧,以前也曾使我厌恶,厌恶我每次感受到的新的爱情(我对希尔贝特的爱,对阿尔贝蒂娜的爱),因为想到爱她们的人有朝一日将不复存在我就受不了,这将好似一种死亡。然而,这种恐惧感随着它自身不断地更新,自然而然地变成了自信的平静。

甚至连脑部的偶发症状都可以不要。我通过大脑里出现的一个空白和对一些事物的遗忘感到了它的症候,我已经只能借助于偶然记起那些事物了,就像在整理东西的时候会找到一件已被忘记的、甚至要找而没有找到的东西,那些症候使我变得像一个爱攒钱的人,他那破裂的银箱渐渐地让财富全流失了。曾有一时存在过一个为那些财富的流失怨天尤人的我,但我很快便感到,随着记忆的衰退这个我也被带走了。

如果说在那段时间里，死亡的念头如人们所感到的那样使我的爱情黯然失色，那么，已有很久以来，对爱情的缅怀却又帮助我克服对死亡的惧怕。因为我懂了死亡不是什么新奇的东西，恰恰相反，从我童年以来我已经死过好几回了。以最近这段时期来说，我不是曾把阿尔贝蒂娜看得比自己的生命更重要吗？那时，我能想象自己在失去了对她的爱情后还苟且偷生吗？可我不再爱她了，我不再是那个爱她的人了，我变成了另一个不爱她的人，变成了另一个人后我中止了对她的爱。而且我也没有因为自己变成了这另一个人而感到痛苦，没有因为不再爱阿尔贝蒂娜而痛苦。当然，有朝一日我不再有自己这副皮囊，这无论如何也不是一件比从前有一天我不再爱阿尔贝蒂娜更痛苦的事情。可是现在，不再爱她对我已是那样地无关痛痒！那一次又一次本该摧毁我的死亡曾使那个我感到如此地惧怕，然而一旦死亡完成，当那个惧怕它们的我不再在感觉到它们的那个地方。它们又是那么地无足轻重，那么地柔和，一段时间以来，它们已使我觉悟到害怕死亡会是多么地不明智。然而，不久前刚变得对死亡满不在乎的我现在重又开始惧怕起它来了，是的，是以另一种方式，不是为了我，而是为了我的著作，在那么多危险威胁之下的这条命对于它的诞生至少在一段时期内是不可或缺的。维克多·雨果说：

青草应该生长，孩子们必须死去。

我就说过严酷的艺术法则是生灵死亡，我们自己也在吃尽千辛万苦中死去，以便让青草生长，茂密的青草般的多产作品不是产生于遗忘，而是产生于永恒的生命，一代又一代的人们踏着青草，毫不顾忌长眠于青草下的人们，欢快地前来用他们的“草地上的午餐”。

我说了来自外部的危险。来自内部的危险也一样。如果我对来自外界的意外防护得好好的，谁又能料到我是不是会因为一次突然出现在我内部的意外,因为某种内部的灾祸,即在为撰写这部作品所需的好几个月过去之前使我不得不放弃利用这个恩惠呢?

过一会儿,当我经过香榭丽舍,走在回家的路上,谁又能对我保证说我不会遭受有一天下午落到我外祖母头上的那种灾难呢?那天下午,也是在香榭丽舍,她带我出来散步,没想到那竟是她最后的一次散步,在这种一无所知中,我们的一无所知中,时针指到了她不知道的这个点上,当即,脱钩的发条就敲响了丧钟。也许当第一记钟声已在酝酿之中的时候,对于这记钟声敲响前那一分钟已快走完的恐惧,也许对将在我大脑里启动的这一击的恐惧(这种恐惧就是对即将发生之事模模糊糊的感知),就像动脉血管抵御不住前处于不稳定状态的意识中的大脑的一种反应,有些受伤者,尽管医生和生存的欲望都在竭力欺瞒他们,仍然有可能清醒地意识到死亡的降临,接受死亡,说:“我要死了,我已经作好了准备。”并且写下给他们的妻子的诀别。

而这确实也是件怪事儿,它以一种我绝对想不到的形式,发生在我开始撰写我这部著作之前。有一天晚上我出门去,人们觉得我脸色比从前还好,因为看到我居然还完美地保留着我那一头黑发而感到惊讶。然而在下楼时,我有三次差点儿摔倒在地。那次出门总共不过两小时,可当我回来的时候,我感到自己不再有记忆、思维、力量,已失去任何存在。人们就算来看我,奉我为王或者抓住我,逮捕我,我都会一声不吭地听之任之,眼睛也不睁开,就像坐船横渡里海,晕船晕得昏天黑地的人,你就是对他们说要把他们抛进大海,他们也不会稍稍表示一下反抗。严格地说我并没有病,可我觉得自己什么事都干不成了,就像有些老年人会碰上的,前一天动作还挺灵活,自从大腿骨折或拉了次肚子后还能在床上过一段时期,可是这段时期或长或短已经只能是从此势如破竹的死亡的准备阶段了。以前,我曾去参加那种被称作野蛮人宴会的城里的午餐,在这些宴会上男子们穿一身白,女士们则半裸着身子,戴着羽饰,对他们而言种种价值全都被推翻了，如果有人答应而没来吃饭，或者直至上烤肉的时候才姗姗来到，那他就像是犯了科作了案。罪孽比大家吃饭时轻声谈到的例如新近作古者的伤风败俗之举还严重。唯一可以不来的理由是死亡或沉疴不起，但要及时通知说人已奄奄一息，以便邀请第十四位来宾，这个我还在我身上保留着他的重重顾忌，但已失去了他的记忆。相反，另一个我，那个构思了他的作品的我却在回忆着。我曾接到莫莱夫人的一份邀请并得知萨士拉夫人的儿子死了。我决定从这段时间中抽出一个小时向莫莱夫人表示歉意和向萨士拉夫人表示慰唁。过了这段时间我会再也说不出一句话，舌头僵硬得像我临终时的老外婆，牛奶都吞不下去。可是才过了片刻，我便忘了我自己该做什么。忘得好，因为我著作的记忆正警戒着，它将利用转归于我的残存时间奠定我刚着手的基础。不幸的是，我刚拿起稿本准备写作的时候，莫莱夫人的请柬掉出来，落在我面前。当即，那个健忘的，然而对这一个具有压倒优势的我，像参加城里午餐的所有那些谨小慎微的野蛮人都会做的那样，推开稿本，给莫莱夫人写信（再者，如果莫莱夫人得知我把答复她的邀请看得重于我创造者的工作，她还会十分器重我的）。我复函中有一个词使我蓦然记起萨士拉夫人失去了她的儿子，我给她也写了封信，就这样，为了显得礼貌周全和顾重情义这种矫作的义务而牺牲了现实的职责之后，我精疲力竭地倒下了，我合上双眼，只好浑浑噩噩地再过它一个星期。如果说我的这种劳而无功的义务——我准备为此牺牲真正职责的那些义务才几分钟就统统从我的脑海里冒将出来的话，我有所建树的想法却一刻也没离开过我的心头。我不知道那会不会成为一座教堂，让信徒们能在教堂里渐渐地学习真谛和发现和谐、大全景，或者那会是永远不可能进出的地方，像建造在海岛顶巅的德落伊教[①]祭司的纪念碑。然而我已决定为此奉献出那些仿佛在依依不舍地离

① 古代凯尔特人的宗教团体。

我而去的力量,依依不舍仿佛就为了让我有时间在修完周围的通道后关上“墓门”。不用多久我就能拿出几幅草图来了。这些草图谁看了都莫名其妙。即便是那些对我的真理感知、对我希望过后能镌刻在神庙里的真理感知抱有好感的人都看不懂,他们祝贺我用“显微镜”发现了那些真理,其实恰恰相反,我用了一台天文望远镜才隐隐瞥见一些实在很小的东西,之所以小是因为它们距此遥远,它们每一个都是一个世界。就是在我求索伟大法则的地方人们称我是细枝末叶的搜集者。况且,我做这种事情何苦来着?我有这份才干,年轻的时候,贝戈特就曾觉得我那几篇中学生的作文“无懈可击”。可我没有好好干,而是生活在懒散之中,沉溺在寻欢作乐里,在疾病、治疗和怪癖间熬日子,到死之将至才着手我的工作,对自己的职业还一点都不会干。我感到自己已经无力应付我对那些人的义务,也没有精力恪尽对我的思想和我的作品应尽的职责。更没有精力既照顾到这个又不放过那个了。对前面的那种义务而言,忘了该写的信云云,稍微简省了我的事务。可是,联想在过了一个月后的今天倏然间唤起了我内疚的记忆,我因自己的无能感到心情沉重。我惊讶的是自己对此居然还能像若无其事似的,然而,正是从我在下楼的时候觉得自己的两条腿直打战的那天起,我变得对什么都能泰然处之了,我一心想要休息,等待着总将到来的安息。那不是因为我把我以为人们对我的作品应有的赞誉推迟到我身后,不是因为我对大家推举当代精英无动于衷。在我死后出现的杰出人物可以认为我对他们想要得到的东西并不考虑得多一些。倘使说我想到了自己的著作,却把该答复的信函忘得一干二净的话,这已不再是像我懒懒散散的时期,继而在我工作时期,直到我不得不抓着扶手下楼的那天那样,由于我把这两件事情一件看得很重要,另一件看得无所谓的缘故了。我的记忆力和挂虑是按我的著作的需要组织的,或许是因为,就在我当即忘掉收到的那些信件的同时,我的著作的念头都一直在我的脑子里,始终是那个念头没变,正转化成永恒。可是这个念头也开始令我讨厌了。对我说来它就像个不孝之子,即在濒临死亡的母亲拔去针头和按上吸杯之间的空隙中还得不辞辛劳地照料他。也许她仍然爱着这个儿子,但她已经只会通过尽使她疲惫不堪的照料他的职责来爱他了。在我身上,作家的精力已难以满足作品自私的苛求。自我下楼的那天以来,世上已经没有哪种东西、哪种幸福,不管是来自朋友的情谊,还是由于著作的进展或荣誉的希望,在照到我身上的时候不像个苍白之极的大太阳了,它已经没有力量使我感到温暖,让我生存和给予我些微欲望。然而,不管它多么苍白,对于我这双情愿合上的眼睛它还是太亮了,于是我把脸转向墙壁。当一位夫人给我写信道:"我感到**十分奇怪**,居然没有收到您的回信。"我只是感到自己的嘴唇牵动了一下便以为大概是我下垂的嘴角露出了一丝笑意。然而这却使我记起了她的来信,于是我便给她写回信。为了别让人家有可能认为我这个人薄情,我要尽力做到使自己目前显出的情意能同别人曾向我表示的盛情旗鼓相当。给我奄奄一息的生命强加上超乎常人忍受力的困顿使我不堪重负。在一次次地裁减我的社会义务中,记忆的丧失助了我一臂之力,我的著作取代了这些义务。

这种死亡的概念像爱情之所为。最终地在我心中安顿下来,这并非因为我喜爱死亡,而是因为我憎恶它。然而,无疑是由于我们不时地像想到一个我们还没有爱上的女人那样想到它,致使眼下,它的概念紧紧地附着在我大脑的最深处,那么完全地附着在上面,以致任何事情不首先穿透死亡的概念便不可能得到我的关注,哪怕我什么都不管,处于彻底的休息之中,死亡的概念仍然像自我的概念那样一刻不停地陪伴着我。我并不认为,我变得半死不活的那一天应该发生能说明它的性质的意外事故,例如不可能下楼梯了,一个姓名记不起来了,站不起来了等等,这些变成不可能的事情通过甚至是无意识的推理而引起死亡概念:即我已经是个快死的人了,倒不如说那是一起降临的,那面心灵的宝鉴不可避免地反映出一个新的现实。然而我不明白,人们怎么无声无息地便从我这样的病痛进而成为完全的死亡。但是此时我想到其他人，我们也并不觉得介于他们的疾病和死亡之间的中断有什么异乎寻常的。我甚至认为，只是由于我从内部观察到这些病痛（而且被希望所蒙蔽），所以我觉得有些不适孤立起来看并不是致命的，虽说我相信自己快死了，就像那些对自己的死期已然降临深信不疑的人那样，我们也很容易便相信，如果说有些词说不出来了，那与疾病的发作，与失语症等等毫不相干，而是由于舌头累了，或者处于类似引起口吃的那种神经紧张状态，或者是拉肚子后的精力衰竭造成的。

自我是我要写的另一样东西，其内容更丰富，而且是对不止一人而言的自我。写来话长。白天我最多也只能做到尽量睡个觉。我要干活那也是在晚上。而我需要许许多多个晚上，也许成百，也许上千。我将生活在提心吊胆之中，早晨，当我搁笔中断我的叙述时，我不知道我命运的主宰，比谢里阿苏丹更严酷的主宰是否乐意延缓我的死亡判决，允许我在下一个夜晚继续写下去。这倒不是因为我希图写出《一千零一夜》那样的书，或者写出也是用夜晚写成的圣西门的《回忆录》，或者我在童年时代喜爱的那种书，像那几次爱情一样使我迷恋得神魂颠倒的那种书，虽说我不能没有反感地想象它将是一部与它们都不同的作品。然而，犹如埃尔斯蒂尔·夏尔丹所说，只有抛开我们所爱的东西，才能把它重新做出来。① 这也许将是一部与《一千零一夜》一样长的书，但内容全然不同。当我们爱一部书爱得手不释卷时，我们无疑会希望写出些完全一样的东西来，然而我们必须牺牲当前的这种爱，不考虑我们的兴味所在，而去揣摩用不着我

① 像我的肉身一样，我的著作最终有一天会死去。然而，对待死亡唯有逆来顺受。我们愿意接受这样的想法，我们自己十年后与世长辞，我们的作品百年后寿终正寝。万寿无疆对人和对作品都是不可能的。——作者注

们的偏好并禁止我们考虑这些偏好的某个真实。我们只有遵循这个真实，才有机会遭遇被我们所抛开的东西，在忘掉它们的同时写下另一时代的《阿拉伯故事》或圣西门的《回忆录》。只是，我还来得及吗？会不会太迟了？

我不仅想到了“还来得及吗？”还想到了“我还行不行？”疾病像一位严厉的神师，使社交界的我死去的同时给我帮了个忙（“因为，要是麦种被播下后没有死去，那它将只是一个，如果死了，它将结出累累硕果”），也许，继懒散帮助我免得流于肤浅之后，疾病将防止我堕入懒散，疾病耗尽了我的精力，而且如我长久以来，尤其是从我不再爱阿尔贝蒂娜以来所发现的那样，它耗尽了我记忆的力量。而借助继而需要深化、阐明、转换成才智的相当物的印象记忆进行的再创造，不正是我刚才在书房里构思的艺术作品的创作条件之一，甚至竟是它的基本要素吗？啊！我要是还拥有刚才看到《弃儿弗朗沙》时所想到的那晚那么充沛的精力该有多好啊！正是从我母亲放弃那一吻的那晚开始，随着我外祖母缓缓的死去，我的意志和健康走上了下坡路。要我等到第二天才能把我的唇吻贴在母亲脸上我受不了，一切便于此时明朗化，我下决心，起床，穿着睡衣跑去伫立在月光下的窗前，直至听到斯万先生动身离去。我父母亲送他出来，我听到花园大门打开，响铃，重又关上的声音。

此时，我突然想到自己是不是还有精力完成这部作品，这次下午聚会——如同过去在贡布雷曾对我产生过影响的某些日子——即在今天，同时赋予我作品的构思和完成不了作品的忧虑的这次下午聚会肯定将在这部作品中首先标出我当初在贡布雷教堂里有所预感的形式，通常不为我们所见的**时间**的形式。

当然，我们的感官还有很多别的谬误，这些谬误扭曲了这个世界呈现在我们面前的真实面貌，我们已经看到，在这篇叙述文字中有不少片段为我证实了这一点。然而，必要的时候，在我尽量做到比较确切的描摹中，我还可以不改变声音的位置，克制自己，不把它们与它们的起因分开，与这个起因相比，智力是事后确定这些声音的位置的，虽然说让我们在房间里听淅淅沥沥的雨声和让它在院子里滂沱，药茶的沸腾，总之不会像画家们经常做的事更令人困惑不解（画家们在离我们很近或很远的地方作画，按照透视法则、颜色强度和目光的第一错觉使物体显现的情况，绘出继而被推理作了有时是极大的距离移动的一张风帆或一道山峰）。我还能像人们所做的那样，尽管谬误会更加严重，继续在一位过路女人的面容上勾画线条，只是在该画鼻子、脸颊和下巴的地方应当留着空白，好让我们欲望的反映在这片空白上一显身手。即使我没有时间为同一张脸准备一百个适合它戴的面具（做这件重要得多的事情），哪怕只是依据这双看到这张脸的眼睛，依据它们看到这副面容时的感觉，以及，对这双眼睛而言，哪怕只是依据三十年间掩盖着年龄变化的或希望、或恐惧、或相反的爱情和习惯来做这一百个面具；甚至（这是我和阿尔贝蒂娜的关系便足以为我说明了的，没有它则一切都是假的和骗人的），即使我不着手进行，不是从我们的外表而是从我们的内心，从某些人的一举一动便能掀起置我们于死地的轩然大波的地方去描绘她们，并且也不去根据我们不同的感觉压力，或者当普普通通的一丝险情扰乱了我们平静的信念，把一个在宁静中是那么微不足道的东西数倍数倍地扩大的时候改变精神天国的光线；如果说在描摹一个需要完全重绘的世界中我不可能道尽这些和其他许多变化的话（其必要性，倘使我们想要描绘现实的话，在这篇叙述文字里说得算是够清楚了），那么，至少我不会错过描写人，不是写他的个子高矮，而是写他的年岁长短，描写他在移动位置时不得不随身拖曳着的年岁，它仿佛是越来越沉重的担子，最终将把他压垮。

况且，我们在时间中占有一个不断扩大的位置，这是大家普遍感觉到的，这种普遍性也只能使我庆幸不已，因为这是每个人都怀疑的真实，也正是我将努力阐明的真实。大家不仅都感觉到我们在时间中占有一个位置，而且，这个位置，连头脑最简单的人也能大概测出它的大小，就像人能测出我们在空间中占有的位置大小一样；缺乏特别的洞察力的人在看到两个他们素不相识的人的时候，即使这两个人都长着黑胡子或胡子剃得光光的，他们也能说出这个二十岁，那个四十岁。人们在估计年龄大小的时候也许会常常搞错，可是，既然我们认为能够估计，则说明我们已经把年龄视作某种能够测定的东西了。多二十年时间确确实实地被加到第二个留黑胡子的人身上。

如果说这就是那个突然烟消云散的时间的概念，那么，没有从我们身上剥离的年华，我现在想使它突出到这种程度的年华，它就是此时此刻在德·盖尔芒特亲王府里响起的我父母送斯万先生出去的脚步声，宣布斯万先生终于走了、妈妈很快就能上楼来了的小铃铛尖厉、清脆、丁丁冬冬连绵不绝的金铁声，这些声音依然萦绕在我耳畔，它们虽然在过去那么遥远的位置上，我却听到了它们。所有那些事件，它们的位置肯定全都在我当初听到那些声音的那一刻和今天盖尔芒特府的下午聚会之间，想到那一桩桩一件件，我惊恐不安地发现正是这只铃铛依然在我心中丁冬作响，由于我已记不清楚它是怎么消失的，致使我丝毫改变不了那尖厉的铃声，为了重现这铃声，为了清楚地倾听这铃声，我还得尽量不把我周围面具们的交谈声听进去。为了尽量把这铃声听清楚，我不得不深入反省。真的就是那串丁冬声在那里绵绵不绝，还有在它与现时之间无定限地展开的全部往昔——我不知道自己驮着这个往昔。当那只铃儿发出丁冬响声的时候，我已经存在，而自那以来，为了能永远听到这铃声便不许有中断的时候，而我没有一刻停止过生存、思维和自我意识，既然这过去的一刻依然连接在我身上，既然只要我较深入地自我反省，我就仍能一直返回到它。而那是因为它们就像这样蕴含着过去的时刻，人的肉体能给爱它们的人带来那么多的痛苦，因为它们蕴含着那么多已为他们而抹去的欢乐和欲念的回忆，然而对于按时间的次序注视和延续渴望得到的心爱肉体的人,它们又是那么地残酷,他渴望得直至企盼它的毁灭。因为一旦死去,时间也便退出这具肉体,而对已经作古的她的回忆,那么淡漠,那么黯然无光的回忆也消失了,并将很快变成对它们仍在折磨的他的回忆,然而在他身上,当对一具有生命的肉体的欲念不再供养它们的时候,它们也将以扑灭告终。

当我意识到有整整这么长一段时间已经被我没有间歇地活过来了,想过来了,分泌出来了,这便是我的生活,这便是我自己,不仅如此,而且还意识到我每时每刻都得保持它与我相联,让它支撑着我,而我刚栖息在它令人头晕目眩的顶巅,不搬动它我自己就无法移动一下,想到此我感到困乏和恐惧。贡布雷花园的铃声,那么遥远然而又在我的心里,我谛听这铃声的日子在我并不知晓为我所有的那个广阔领地里是一个基准点。看到在我脚下,其实即在我身上有那么多年年岁岁,我感到天旋地转,好像我是在成千上万米的高空中。

坐在椅子上的德·盖尔芒特公爵,我望着他,钦羡过他,尽管他的年龄比我大那么多,却并不见他老多少,我刚弄明白这是什么原因了。一旦他站起身来,想要站住的时候,他便颤颤巍巍,两腿直打哆嗦,像那些老迈年高的大主教的腿脚,年轻力壮的修道院修士向他们大献殷勤时,在他们身上只有那个金属十字架仍是牢固的。当他要往前走,走在八十四岁崎岖难行的峰巅上,他非颤抖得像一片树叶不可,就像踩着不断增高的活高跷,有时高过钟楼,最终使他们的步履艰难而多险,并且一下子从那么高摔落下来。[1] 我想我脚下的高跷恐怕也已经有那么高了,我似乎觉得自己已经没有力气把拉得那么远的过去继续久久地连结在自己身上。如果这

---

① 是不是就因为这些上了一定年纪的人踩在那么高的高跷上,才使他们的脸在一无所知者的眼里与一个年轻人的脸截然地不可能相混淆,而且这张脸只有穿透云障雾遮般的严肃才能显露出来呢?——作者注

份力气还让我有足够多的时间完成我的作品，那么，至少我误不了在作品中首先要描绘那些人（哪怕把他们写得像怪物），写出他们占有那么巨大的地盘，相比之下在空间中为他们保留的位置是那么狭隘，相反，他们却占有一个无限度延续的位置，因为他们像潜入似水年华的巨人，同时触及间隔甚远的几个时代，而在时代与时代之间被安置上了那么多的日子——那就是在**时间**之中。

A LA RECHERCHE DU
TEMPS PERDU

追忆似水年华

第六卷

女逃亡者

刘方 陆秉慧 译

译林出版社

图书在版编目（CIP）数据

追忆似水年华. 第6卷，女逃亡者/（法）普鲁斯特（Proust, M.）著；刘方，陆秉慧译. —南京：译林出版社，2012.6（2026.2重印）
ISBN 978-7-5447-1623-9

Ⅰ.①追… Ⅱ.①普… ②刘… ③陆… Ⅲ.①长篇小说－法国－现代 Ⅳ.①I565.45

中国版本图书馆 CIP 数据核字（2011）第 002336 号

追忆似水年华（6）女逃亡者［法国］马塞尔·普鲁斯特／著 刘 方 陆秉慧／译

责任编辑 唐洋洋
特约编辑 张媛媛
责任印制 颜 亮

原文出版 Gallimard，1984
出版发行 译林出版社
地　　址 南京市湖南路 1 号 A 楼
邮　　箱 yilin@yilin.com
网　　址 www.yilin.com
市场热线 025-86633278
排　　版 南京展望文化发展有限公司
印　　刷 徐州绪权印刷有限公司
开　　本 880 毫米 × 1230 毫米 1/32
印　　张 96.375
插　　页 28
版　　次 2012 年 6 月第 1 版
印　　次 2026 年 2 月第 43 次印刷
书　　号 ISBN 978-7-5447-1623-9
定　　价 328.00 元（全七卷）

目 录

“阿尔贝蒂娜小姐走了!”心理上的痛苦怎样地超越了心理学本身!片刻之前,在作自我剖析时,我还以为这次不再重逢的分离正是我所企望的,我在把阿尔贝蒂娜给予我的平平淡淡的快乐同她使我未能实现的绚丽多彩的欲求加以比较时(我对她长住我家的坚信不疑,即我的精神大气压,使这种欲求占据了我灵魂的首位,然而,乍一听到阿尔贝蒂娜出走的消息时,这种欲求便再也无法与之抗衡,因为它已在瞬息之间消失得无影无踪了),我满以为自己明察秋毫,我断定我再也不愿见到她,我已经不爱她了。然而“阿尔贝蒂娜小姐走了”这几个字适才却在我心里引起了那样大的痛苦,我感到我再也挺不住了;必须立即终止这种痛苦;我这时对我自己真是体贴入微,俨如我的母亲体贴行将做古的外祖母,我怀着不让所爱者痛楚的善心对自己说:“耐心等一会吧,总会替你找到补救办法的,放心,大家不会让你这样痛苦下去的。”于是我胡思乱想起来,刚才,我还没有按门铃时,我对阿尔贝蒂娜的出走之所以感到无所谓,甚至求之不得,那是因为我不相信她会走,正是这样的思路使我的自卫本能起而寻求最起码的镇痛药以抚慰我裂开的创伤:“这一切都无关宏旨,因为我会让她立即回来。我这就考虑办法,她无论如何总会在今晚回到这里。所以不必烦恼。”我不仅对自己说“这一切都无关宏旨”,还竭力使弗朗索瓦丝得到这样的印象,办法是不在她面前流露我的苦痛,因为,甚至在我感到撕心裂肺的痛苦时,我也没有忘记我的爱情必须显得是幸福的爱，是相濡以沫的爱，尤其在弗朗索瓦丝眼前，因为她不喜欢阿尔贝蒂娜，而且总是对她的真诚表示怀疑。

是的，片刻之前，在弗朗索瓦丝还没有来我这里时，我曾以为我再也不爱阿尔贝蒂娜了，我相信我这个准确无误的心理分析家并没有忽略任何一个方面；我认为我对自己的内心最深处也了如指掌。然而我们的智慧无论多么敏锐，我们却无法窥见组成人心的要素，这些要素通常处于倏忽即逝的状态，只要那能够使其脱离这种状态的现象未能使其经受起码的凝固作用，这些要素就是不可臆测的。我原以为我看清了自己的内心，那是在欺骗自己。不过，恐怕连最精微的理性认识能力也无从赋予我的这种认识，适才却因为骤然的痛苦反应而使我获得了它，它坚实，鲜明而奇特，宛若一颗晶莹的盐粒。阿尔贝蒂娜待在我的身边已成了我的习惯，而我却突然看见了“习惯”的另一副面孔。在此之前，我总把习惯看作一种摧毁力，它毁灭独创性乃至毁灭感知的意识；如今我却把这种习惯视为令人畏惧的神力。它如此紧密地和我们连在一起，它那不起眼的容貌那么牢固地嵌刻在我们的心间，可是这种几乎看不真切的神力一旦脱离开来，一旦离开了我们，我们便会遭受最最可怕的痛苦，到那时，习惯便会像死亡一般残酷。

既然我想设法让她回来，读她的信便成为最紧迫的事了。我感到我已经胸有成竹，因为未来仅仅存在于我们的思想里，通过我们意志力的最后干预，这未来似乎还可以改变。不过我同时又想到，我曾见过其他的力量作用于这个未来，而对于这种力量，即使给予我更多的时间，我也无从与之对抗。倘若我们对即将发生的事无能为力，那么即使发生的时刻尚未到来，这又有什么用呢？阿尔贝蒂娜在家时，我确曾下决心保持和她分手的主动权。后来她却走了。我拆开她的信，信是这样写的：

我的朋友，原谅我没敢亲口对您说出下面的话，我是那样胆怯,在您面前我总感到害怕,因此,即使强迫我自己,我也没有勇气把话说出口。我本该向您说的是:我们已经不可能共同生活下去了,那天晚上您在盛怒之下斥责我时,您也看见了,我们的关系已发生了某种变化。那天夜里可以调解的事,几天之后就可能变得无法挽回。因此,我们既有幸已经和解,还是好朋友一般分手的好。我亲爱的,这就是我寄给您这封信的原因,如果我使您有些悲伤,我求您想想我未来的无限忧愁,从而宽容地原谅我。我亲爱的大哥,我并不想成为您的敌人,您对我的爱情逐步而且很迅速地冷淡下去,这已够使我感到痛苦了,因此我既然决心已定,不可更改,在请弗朗索瓦丝转交这封书信之前,我得先向她索要我的箱子。别了,我给您留下我个人最美好的。阿尔贝蒂娜。

我对自己说,这一切并不意味着什么,甚至比我意料的还要好些,因为这些话根本不是她的真实思想,她写这些显然是为了给我猛然一击,以引起我的恐惧。我现在必须考虑最最紧迫的事,那就是让阿尔贝蒂娜今晚就回家。邦当家都是些不正派的人,他们会利用外甥女向我勒索钱财,想到这点是令人难过的。但这又何妨?为了阿尔贝蒂娜今晚回到这里,即使把我的一半财产送给邦当夫人,剩下的也还够我和阿尔贝蒂娜舒适地生活下去。与此同时,我还在琢磨我今天上午是否有时间去订购她希望得到的游艇和劳斯莱斯汽车,一切犹豫既已烟消云散,我甚至不再去考虑以往我曾认为给她这些东西是不明智的。如果邦当夫人的干预还不够,如果阿尔贝蒂娜不愿意听她的话,而且提出她今后只能在完全独立行动的条件下才回来,好吧!无论这会使我多么伤心,我也要同意她这样独立行动;她想出门就可以独自出去;为了自己最执着追求的事,必须善于作出牺牲,无论这种牺牲有多么痛苦,而我所执着追求的正是让阿尔贝蒂娜在我这里生活,尽管今天清晨按我准确而荒谬的推理我不这么看。此外，我难道能说，给她这种自由于我真是一种不折不扣的痛苦吗？这样说我才是在撒谎哩。我已经不止一次感觉到，让她远远离开我去外面做坏事，这种痛苦也许比意识到她一待在我身边、一待我家里便感到厌倦的悲哀还轻微些呢。倘若她请求出门去某个地方，我同意她去而同时却想到有人在那里组织了狂欢的酒筵歌舞，我无疑会感到这太难以忍受。不过，对她说“乘我们的船或乘火车去某个我不熟悉的地方过一个月吧，您在那里做什么事我都会一无所知”时，我往往又感到高兴，因为我想，相比之下，她远远离开我时也许会更喜欢我，等她回家时她恐怕就感到幸福了。再说她本人也一定愿意如此，她自己并没有要求得到这种自由，而且我如果每天都让她得到新的享乐，日复一日，我还很容易对这种自由作出某种限制。不，阿尔贝蒂娜所企望的，是我和她在一起时别再使她难堪，而且压倒一切的是——正如昔日奥黛特和斯万之间发生过的那样——希望我下决心娶她。一旦嫁给了我，她就不会再坚持要求独立了；我俩会双双留在这里，那该多么幸福！当然，这意味着放弃威尼斯。然而，当我们的心同另一颗心连在一起，而这种联系又使我们痛楚到相互无法分离时，我们最向往的那些城市——还有比威尼斯重要得多的德·盖尔芒特公爵夫人，剧院——变得多么平淡，多么无足轻重，多么死气沉沉！何况在结婚问题上阿尔贝蒂娜是完全有理的。妈妈自己就认为这种拖延十分滑稽。娶她，这是我早就应该做的事，也是我必须做的事，正是这点促使她写下了她连想也没有想到过的书信，正是为了促成我们的婚姻，她才暂且放弃了她也许愿意做也是我希望她做的事：回到这里。是的，她企望的正是这个，这正是她这次行动的意图，我那富于同情心的理智对我这么说；然而我感到，我的理智在对我作如是说时，它总是从它一开始就提出的那个假设出发。不过我又确实感到另外一种假设在不停地被证实。当然，这第二种假设恐怕永远也不敢于明确提出阿尔贝蒂娜可能与凡德伊小姐和她的女友保持着联系。但当那可怕的新闻扰得我不能自拔时，我们一进入安加维尔车站，却是第二种假设得到了证实。不过这个假设后来并没有去构想阿尔贝蒂娜会主动离开我，而且是以那样一种方式，既没有事先通知我，也没有留下余地使我来得及阻止她。然而，如果说在生活刚让我作了那次可观的新飞跃之后，摆在我面前的现实像物理学家的发明、预审法官对一桩罪行底细的调查或历史学家对一次革命内幕的新发现向我们揭示的现实一样使我感到新奇的话，这现实本身却超出了我那第二种假设所作的粗略预见，不过它倒也在使这种预见不断得到完善。这第二种假设并不是基于理解力的假设，而且那天晚上阿尔贝蒂娜没有吻我时我感到的惊恐，那天夜里听见窗户响动时我感到的恐惧也都是经不起推敲的。然而——正如大量的次要情节已经表明的那样，下面的情节也可以进一步说明这点——理解力并不是捕捉真实情况的最灵敏，最有力，最合适的手段，这一点只能提供多一层理由说明我在开始是从理解而不是从无意识的直觉或从相信现成的预感着手去捕捉真实情况的。是生活通过一桩桩的事情使我们逐步认识到，对心灵或思想至关重要的东西并非通过推理而是通过别样的潜能学来的。正是理解力本身认识到了这种潜能的优越性并且通过推理在这种潜能面前认输，同意成为它们的合作者和奴仆。这就是试验性的信任。我正在与之搏斗的未曾逆料的不幸对我来说（如同阿尔贝蒂娜和两个搞同性恋的女子的友情）也似曾相识，因为有那么多的迹象促使我去认识它（尽管我的理智根据阿尔贝蒂娜自己的话断定不是这么回事），我从这些迹象看出她对那种奴隶式的生活多么厌倦，多么憎恶；有多少次我确信这些迹象仿佛由看不见的墨水写在她那忧伤而顺从的眼睛背后，写在她那突然莫名其妙地红得发烫的面颊上，写在猛然打开窗户的响声里！对这些迹象我无疑不敢去深究，也没敢得出她会骤然出走的明确概念。阿尔贝蒂娜在我身边时我心情平稳，我只想着由我来安排她离开，不过离开的日子并不确定，也就是说离开的时间还不存在；因此考虑她离开的事只不过是我的幻觉，正如身体健康的人想到死亡时总想象自己不怕死，其实他们只是在把一种纯然否定的想法引入这种好的健康状态，因为死神的临近一定会改变这种状态。此外，即使我曾千百次地想到阿尔贝蒂娜自己希望出走，而且想得极为清楚，极为真切，我也不会更深一层去揣测这事对我会怎样，说透了，也就是这次出走会多么离奇，多么残酷，多么突然，是怎样一件前所未闻的坏事。假如我曾预料到这次出走，这些年来我会不停地去考虑它，而不至于在弗朗索瓦丝对我说出“阿尔贝蒂娜小姐走了”这句话从而揭开难以想象的地狱的纱幕时使我那些想法连在一起，也与这个地狱不仅关系毫不紧密而且几乎毫无相似之处。想象力总借助一些业已熟悉的材料来想象某种不熟悉的情状，正因为如此，它也就想象不出这种情状。然而感觉甚至最纯粹的体肤感觉却会打上新情况的最原始的而且长时期难以磨灭的标记，如同闪电的光纹。我几乎不敢对自己说，即使我早已预料到这次出走，我恐怕也无法想象这次出走如何可怕，即使阿尔贝蒂娜向我通报了她的出走，而我对她又威胁又哀求，我恐怕也无从阻止她出走。此时此刻去威尼斯的愿望离我多么遥远！当年在贡布雷，每逢我一个心眼只想着妈妈来我的房间时，想认识德·盖尔芒特夫人的愿望也离我这么遥远。原来我从幼年起体验过的全部焦急不安现在又前来给我新的忧虑火上浇油了，两种忧虑结合成了性质相同的混合体，使我窒息。

的确，这样的分离打击了我的身心，这一击通过肉体的极大的载入能力使痛苦变成了某种与我们饱经忧患的生活的各个时期同步的东西——的确，那个希望我的悔恨达到最尖锐程度的女人也许对我心灵承受的这一击寄托了某种希望（人们很少考虑别人的痛苦），她也许假装出走，只想以此要求较好的生活条件，也许永远出走——永远！——以此惩罚我，报复我或继续被我所爱，或者（为了我将来对她保持美好的记忆）猛力打破她感到正在她周围编织的厌倦和冷漠的网络——的确，我们曾经相许避免互相对心灵进行这样的打击，我们曾经相约友好地分手。然而友好分手实属罕见,因为如果相处甚笃就不会分手。此外,一个遭到万分冷落的女人总该隐约意识到,男人尽管对她已感到厌倦,共同的习惯却使他对她越来越依恋,而且她也应该想到,友好分手的基本要素之一是出走时通知对方。然而她害怕在通知对方时受到阻挡。任何女人都会意识到,她对男人的影响力愈大,她离开他的办法便只能是逃走。因自己是主宰者而逃匿,情况正是如此。当然,在她前不久引起的厌倦感和因她的出走而产生的重新得到她的狂热要求之间存在的距离之大的确是闻所未闻的。除去在写作这个作品时阐述的原因和另外一些即将阐述的原因之外,还存在着别的原因。首先,出走往往发生在冷漠——确实存在的或自己认为存在的——发展到极端,就像钟摆摆到极限一样的时刻。女人想:"不,再也不能这样继续下去了。"男人口口声声说要离开她,或正在考虑离开她;倒是她先离开了。于是,钟又摆到了另一个极端,距离也大到了极限。可是转瞬间钟摆又回到了原处;从而再一次超越了业已阐述的原因,这该多么自然!心在跳;而且出走的女人已不再是离家前那个女人了。她在我们身边已经过惯了,却猛然发现别样的生活渗进了她的生活,而且她不可避免地要参与这样的生活,也许正是为了参与这种生活她才离开我们的。这一来,出走的女人那全新的丰富多彩的生活又回过头来影响还留在我们身边的女人,也许还在策划这个女人的出走。我们可以推测的一系列心理现象与她和我们的共同生活密不可分,与我们毫不隐讳的对她的厌倦情绪和我们的嫉妒心也联系紧密(这种嫉妒心使曾被好几个女人抛弃的男人几乎每次都以同样的方式被抛弃,因为他们的性格和反应都相同,这一点是可以估计到的:人人都有自己受骗的方式,正如人人都有自己感冒的方式),这一系列我们认为并不神秘的心理现象有可能与我们并不清楚的一系列事实相符。她在某一段时间可能和某个男人或某个女人保持着联系,笔头的或口头的,或通过信使。如果她已和某某先生约定,在她去见某某先生的头一天由这位先生先来看我,她就可能正在等待某种信号,而我说“某某先生昨天来看过我”就在无意间给了这个信号。有多少可能成立的假设啊!也仅仅是可能罢了。我惯于构思事实,当然只在可能的范围之内,以至发生过这样一件事:某天我误拆了一封别人写给我的某个情妇的信,信是用约定好的口气写的:“继续等着招呼我去圣卢侯爵家,请在明天来电话通知。”于是我据此又架构起某个出逃计划来;圣卢侯爵的名字只是说明另外一件事的记号,因为我这个情妇并不认识他,不过曾听我说起过他,再说信上的签名是个什么绰号与语言形式毫不相干。事实上这封信并不是写给我的情妇而是写给家里另一个人的,上面的名字和我情妇的名字不一样,送信的人看错了。这信并非用互相约定的暗号而是用很糟糕的法文写的,因为写信的是个美国女人,的确是圣卢的一个女友,他告诉过我。这个美国女人写信的奇特方式使一个完全真实然而陌生的名字看上去像个绰号,因此我在这天的猜测是彻头彻尾地错了。然而我在脑海里把这些纯属虚构的情况串联起来的思维框架本身却极其正确而且不折不扣地合乎实际,因此,三个月之后,当我的情妇(她当时是准备做我的终身伴侣的)离开我时,她出走的方式和我最初想象的出走方式竟一模一样。来了一封信,信的特点和我错误地赋予前述那封信的特点如出一辙,只是这封信的确具有暗号的意思,云云。

这是我平生最大的不幸。不过,无论如何,这不幸引起的痛苦也许会被探究不幸根由的好奇心所超越:阿尔贝蒂娜所渴求的,她重新找到的人是谁呢?不过这一桩桩大事的根由好比大河的源头,我们走遍天涯也属枉然,源头是找不到的。阿尔贝蒂娜是否早就在如此这般地预谋出逃了?我还没有说(因为当时我觉得那一切纯属装腔作势或情绪不佳,弗朗索瓦丝认为那叫“赌气”)从她不再拥抱我的那一天起,她的神气就像埋死鬼入土一般,直挺挺的,呆呆的,连最简单的事情她说起来声音都是悲悲切切的,动作也十分缓慢,而且再也不微笑了。我不能说有什么事实足以证明她与外面串通一气。弗朗索瓦丝后来倒是对我说过阿尔贝蒂娜出走的前两天她曾去过姑娘的房间，房里空无一人，窗帘放下来了，但房里的气味和响声说明窗户是开着的。原来阿尔贝蒂娜在阳台上。但是看不出她可能从阳台上同谁联系，而且放下窗帘打开窗户的原因可能是因为她知道我害怕穿堂风，即使窗帘对我帮助不大，它们总可以防止弗朗索瓦丝从走廊里看见百叶窗开得如此之早。不，我什么也看不出来，除去一个小小的情况，不过这情况也仅仅能证明她头一天就知道她要出走罢了。就在那头一天的晚上，她趁我不注意从我房里拿走了大量的纸和包装用的布，而且一整夜都用这些东西包扎着她那些数不清的浴衣和梳妆衣以便早晨出走。就这一个情况，仅此而已。这天晚上她几乎是强迫我收下了她还我的一千法郎欠款，我没有重视这件事，这没有什么特别的地方，因为在钱的事情上她是极为认真的。

是的，她在头天晚上拿走了包装纸，但她知道自己要走却并非从那晚开始！因为她的出走并非出于伤感而是源于决心，她为准备出走而下决心放弃她曾经梦寐以求的生活，正是这种决心使她看起来那样黯然神伤。带着这样的伤感她在我面前几乎是一本正经的，冷冰冰的，只有最后一个晚上例外，这天晚上她在我身边待的时间比她希望的要长些——她老愿意延长，这使我感到吃惊——回去时她在房门口说："别了，小宝贝，别了，小宝贝。"不过我在那一刻并没有警觉。弗朗索瓦丝告诉我，第二天早晨阿尔贝蒂娜对她说她要离开时（但这也可以解释为疲劳所致，因为她一直没有脱衣服而且整夜都在包装她的东西，包装除了她需要向弗朗索瓦丝索要的不在她房里和盥洗间里的东西之外的所有东西），她仍旧那么悲悲戚戚，而且比前些日子还要僵直，还要呆板，因此在她说"别了，弗朗索瓦丝"时，弗朗索瓦丝以为她快要倒下去了。一个人在了解了这些情况之后便会懂得，他眼下如此不喜欢某个女人，不喜欢的程度甚至超过所有那些在最平常的散步场合邂逅相遇的女人，而且为因她而牺牲那些邂逅相遇的女人大生其气，正是这个女人倒反而可能是他百倍千倍中意的女人。因为这已经不再是某一种乐趣——这种乐趣由于习惯，也许由于寻乐对象的平庸而变得毫无价值——和别样的乐趣,即诱人的,令人陶醉的乐趣之间的问题,而是这种诱人的,令人陶醉的乐趣与另一种更为强烈的东西,即对痛苦的怜悯之间的问题。

我一面指望阿尔贝蒂娜今晚回到这里,一面忙不迭去做最紧迫的事,同时又用新的信念去医治失掉与我共同生活至今的人引起的心灵创伤。我保存自身的本能反应无论多快,在听到弗朗索瓦丝谈及此事时,我仍然在瞬间感到孤立无援,而且我此刻知道阿尔贝蒂娜今晚即将返回也无济于事,我在尚未告诉自己她将返回的那一刻感觉到的痛苦(就是刚听到:"阿尔贝蒂娜小姐要回了她的箱子,阿尔贝蒂娜小姐走了"的那一刻)又自动在我心里复苏了,痛苦的情状和过去的相同,换句话说,就仿佛我对阿尔贝蒂娜即将返回还一无所知似的。她也的确应该回来,不过得由她自己主动回来。不管可能发生什么情况,让她看出我在命人采取措施,在企求她回来,这都会事与愿违。的确,要放弃她,我再也没有像放弃希尔贝特时那样的力量了。我所希望的是结束这种肉体的痛楚,我那远不如从前健康的心灵再也不能忍受这种痛楚了,这一点甚至比重见阿尔贝蒂娜更为重要。而且,无论是工作还是别的事情,由于我总是使自己习惯于不抱任何奢望,我变得更为软弱了。不过这种痛楚剧烈的程度之所以使别种痛苦望尘莫及,原因是多方面的,其中最重要的恐怕还不是因为我和德·盖尔芒特夫人以及希尔贝特都没有共同享受过肉体的快乐,而是因为我并没有天天或时时刻刻见到她们,没有可能因而也没有这种需要,在我对她们的爱情里缺少"习惯"这个巨大的力量。我的心既已无力奢望什么,也不乐意忍受痛苦,它能够觅得的唯一可能的解决办法也许只能是不惜代价让阿尔贝蒂娜回家,既然如此,倘若昔日在处理和希尔贝特的关系时我没有选择与此相反的途径(自愿放弃或逐渐忍受),我也许会认为这相反的途径简直就是小说里的解决办法,在生活里这种办法是不可能存在的。我从而明白这另外一种解决途径也是可以接受的,而且可以被同一个人接受,因为现在的我几乎还是过去的我。然而时光也起了作用,时光已经使我衰老,时光也曾促使阿尔贝蒂娜在我俩的共同生活中长久不懈地伴随在我身边。我虽然不愿意放弃她,我和希尔贝特相处时保留下来的起码的自豪感却促使我不愿因命人求阿尔贝蒂娜回来而成为令她嫌恶的玩物,我想让她回来而又不显出我一心盼她回来的样子。于是我连忙起床省得浪费时间,但痛苦又使我停了下来:我这还是第一次在她离家之后起床呢。不过我还是得赶快穿上衣服以便去阿尔贝蒂娜住处的门房那里打听消息。

痛苦,是人承受精神打击的延续,痛苦渴求着改变形式;人们总希望通过做计划,打听消息而使痛苦化为乌有;也愿意它生发出不计其数的变形,这比保持原封不动的痛苦要求的勇气要少一些,带着苦恼躺在床上,这床显得好狭窄,好硬,好冷。我又站了起来,在屋里我每动一步都得无比小心,我坐下时总是设法避免看见阿尔贝蒂娜的椅子和那架钢琴,她总是把她那双金色的高跟拖鞋踏在钢琴的踏板上,这是唯一一件她用旧了的东西,她用过的东西仿佛全都想以我的回忆教给它们的特殊语言用不同的表达方式向我转述,再一次向我通报她出走的消息。我不去看,却看见了这些东西;我浑身无力,我跌坐在一把蓝绸缎安乐椅上,一个钟头之前,就在这间卧室里,一缕阳光使周围变得朦胧迷离,在半明半暗之中,椅子上淡淡的蓝色曾使我沉入梦乡,我当时那么热切留恋的梦景此刻却离我如此遥远。唉!在这一刹那之前,一向只有阿尔贝蒂娜在我身边时我才会坐在这里。所以我此刻再也不能留在这里了,我站了起来;这一来,每时每刻都有一个组成无数个微不足道的“我”中的成员还不知道阿尔贝蒂娜已经出走了,必须将这事通报他;必须——如果他们都是陌生人而又不具备我那种对痛苦的敏感,这种通报就不会那么残酷——宣告这个不幸适才已降临到所有这些人,所有这些还不知道此事的“我”头上了;必须让他们之中的每一个人都第一次听到这几个字:“阿尔贝蒂娜要回了她的箱子”(我在巴尔贝克曾看见人们装这些棺材形状的箱子,这些箱子正好放在我母亲的箱子旁边),“阿尔贝蒂娜走了”。我有必要向每一个人通报我的悲伤,这种悲伤绝不是从那些令人沮丧的总的情况里任意得出的悲观的结论,而是一种特殊印象的断断续续的不由自主的复苏,这种印象自外而来而且不是由我们自己选择的。在这些“我”中,有几个我已经好长时间没有见到了。例如(我没有想到今天是我理发的日子),理发时的“我”。我早已把这个“我”置诸脑后了,这个“我”的到来引起了我一阵呜咽,有如一个早已退休的仆人来到刚死去的主人的葬礼上。我随即猛然回想起,一星期以来,我有时突然惊恐万状,而我对自己却不承认这种恐惧。每逢这样的时刻,我又和自己争辩说:“预先假设她会突然出走不是徒劳吗!这是荒谬的。假如我把她托付给一个明白事理的聪明人(如果我的嫉妒心没有妨碍我吐露真情,我也许真会这样行动以求得心境的安宁),这个受托的人一定会说:‘您简直发疯了。这绝不可能。’(的确,我们之间从没有发生过口角。)一个人出走总有他的动机。他会说出这个动机。他也会给你回答的权利。人不会像这样走掉的。不,这是幼稚之举。这才是独一无二的荒谬绝伦的假设呢。”但是每天早上我打铃时只要看见她还在那里,我却会宽慰地叹一口长气。弗朗索瓦丝把阿尔贝蒂娜的信一交给我,我立即相信这一定是那件不可能的事,是她的出走,应该说几天前我就察觉到这次出走了,尽管我有多种合乎逻辑的理由使自己感到放心。我一直在琢磨这件事,而且在绝望中几乎有一种对先见之明的满足,有如一个谋杀犯明知自己不可能被发现却仍旧忧心忡忡,这时他突然在召见他的预审法官那里看见他的受害者的名字写在案卷的开头……

我一心希望阿尔贝蒂娜是去土兰她姨母家了,在那里她起码可以受到足够的监督,从而在我去把她领回来之前不至于出什么大的纰漏。我最怕她留在巴黎,也怕她去了阿姆斯特丹或蒙舒凡,也就是怕她逃走以后一头钻到某个我连初步情况都没有掌握的男女私通的鬼把戏里去。不过说实在的,我口头说出巴黎、阿姆斯特丹、蒙舒凡这许多地方,我心里想的却是一些她真正可能去的地方；因此，当阿尔贝蒂娜的门房回答说她已去了土兰时，这个我自以为希望她去的住处倒似乎变得比所有的地方都更可憎了。原因是她去那里已确实成了事实，在对现实确信不疑和对未来毫无把握的双重煎熬下，我第一次想象阿尔贝蒂娜已开始了她梦寐以求的独立于我的生活，也许会长期，也许永远，在这样的生活里她也许会变成一个未知数，从前我老是被这个未知数弄得心绪不宁，而同时我又有幸占有和抚摸属于这未知数的外形的东西，也就是那难以捉摸的被我得到的温柔面庞。① 正是这未知数构成了我爱情的基础。至于阿尔贝蒂娜本人，她只有挂了她的姓名才可能在我身上生根，除了睡眠之后苏醒那罕有的休息时刻，这个姓名什么时候都铭刻在我头脑里而且永不停息。倘若我出声地思索，我会不停地念叨这个名字，我的絮语很可能会单调而愚蠢到仿佛我变成了一只鸟，一只寓言中的鸟，它无休无止地叫着它作为人时曾经爱过的女人的名字。你一个人在心里念叨这个名字，没有念出声，因此你仿佛在自己心上刻写这个名字，而且仿佛让名字留在了自己的脑海里，末了，你的脑海就像一堵被人乱画过的墙一样布满了写过上千遍的所爱者的名字。你时时刻刻都在思想里写着这个名字，幸福的时候写，不幸的时候写得更勤。在重复叨念着这个除了已知的内容并没有什么新意的名字时，你会感到一种不断产生的需求，不过时间一长你也会感到疲倦。我此刻甚至没有去想肉体的快感；在我头脑里我甚至没有看见阿尔贝蒂娜本人的形象（可她却是使我内心如此烦乱不安的人），连她的肉体我都

---

① 在阿尔贝蒂娜住处的门前我发现有一个穷人家的小女孩瞧着我，她的神气那么可爱，使我不禁问她是否愿意去我家里，我若遇到一只眼神十分忠实的狗也可能会这么做。她似乎很高兴。到家后我把她放在膝头摇了一阵，可是她使我过分强烈地意识到阿尔贝蒂娜的失踪，因此她待在这里很快就让我感到无法忍受了。于是我给她一张五百法郎的钞票之后便让她走了。然而过不多久我又想，如果有另外某个小女孩待在我身边，我便再也不会感到孤单，也不会感到没有纯洁无邪的伴侣支持，这唯一的梦想竟支撑我忍受了也许阿尔贝蒂娜得有一阵子回不来的想法。——作者注

没有看见。如果我愿意分别探讨与我的痛苦紧密相联的想法——总是会有这类想法的——我很可能交替着去探讨,一方面猜测她是在什么样的心境里出走的,她有没有返回的意思;一方面考虑接她回来的办法。尽管我们认为和我们的苦恼有关联的人在我们的苦恼里仅仅占据微不足道的位置,也许正是在这微不足道的地方就存在某种标志和真相。事实上她个人在这种苦恼里也的确算不了什么;某些偶然因素使我们想到她时便感到激动和苦恼,而习惯又把这种激动和苦恼与她紧紧地联系起来,这激动和苦恼的过程本身才几乎是压倒一切的。可以证明这一点的是(比在幸福中感到厌倦更足以证明),当我们认为问题(这问题那么无聊,我们简直不准备再提它了)都出在她本人身上时——激动和苦恼的过程这时都已被遗忘,起码是由她引起的激动和苦恼的过程已被遗忘,因为这种感情过程已经重新发展并转移到另一个人身上——见不见这个人,是否得到她的尊重,是否能支配她,这一切在我们眼里都显得无关紧要了。在此之前,当这种激动和苦恼还附着在她身上时,我们满以为我们的幸福取决于她:这幸福其实只取决于我们的苦恼是否已经终结。到那时,我们的无意识便会比我们本人还要高明,因为在这出连我们的生命本身都可能取决于是否找到她以免再等待她的可怕的悲剧里,这无意识会把被爱的女人的形象,把那个可能已被我们遗忘,也可能不为我们所了解或被我们认为很平庸的形象变得极其渺小。女人形象变得渺小乃是爱情发展方式的合乎逻辑而又必然的效应,也是对这份爱情的主观性的鲜明讽喻。

她出走的意图无疑很像百姓们以组织示威为手段从而达到谈判目的的意图。她之所以出走可能只是为了从我这里得到更优裕的生活条件,更多的自由和奢侈品。果真如此,我们两人中稳操胜券者必定是我,只要我有力量等待,等待这样的时刻到来,那时,她眼见一无所获便会自动回归。如果说在只重打赢的牌桌上或战争里人们还能顶住虚张声势,那么既有爱情也有嫉妒和痛苦的情况却不能与之同日而语。为了等待,为了"维持",我可以让阿尔贝蒂娜远离我生活好几天,也许好几个星期,可是这一来我却在破坏我一年多来抱定的目标——不让她自由一个钟头。如果我给她提供时间,提供方便,使她能随心所欲地欺骗我,我所采取的全部预防措施也就变得徒劳了;即使她最终让步了我却再也忘不了她单身生活的那段时间,而且就算我终于占了上风,但过去那段时间仍无可挽回,即是说我还是失败者。

至于接回阿尔贝蒂娜的办法,我曾假设她之所以出走无非是为了得到更优裕的生活条件之后再回来,这种假设显得越有道理,这些办法就越具有成功的机会。那些认为阿尔贝蒂娜不真诚的人,比如弗朗索瓦丝,他们一定会认为这种假设很有道理。然而在我了解情况之前,我的理智已把她的某些恶劣情绪和某些姿态理解为她在计划出走,而且会一去不复返,如今出走既已成为事实,我在理智上也就很难相信这是装出来的了。我说的是我的理智而非我本人。我之所以格外需要这种认为她装作出走的假设,是因为这种假设的可能性更小些,而且尽管这种假设在可能性上略逊一筹,它在力量上却可以稳操胜券。一个人眼见自己已到了深渊的边沿而上帝又似乎抛弃了他时,他会毫不迟疑地去等待上帝赐予奇迹。①

---

① 我承认,面对这一切,尽管我比谁都痛苦,我却是一个最麻木不仁的侦探。然而阿尔贝蒂娜出走也没有促使我重新获得我因习惯请别人监视她而业已失去的侦探才能。现在我思考的只有一件事:委托另一个人去寻找她。这另一个人便是圣卢。他同意了。许多天来的焦虑转给了别人,这时我感到喜悦,我开始走动了,成功的把握使我的手突然变得和往日一般干燥,再也不像我听见弗朗索瓦丝说"阿尔贝蒂娜小姐走了"时那样汗湿了。

人们总还记得,我当时决心和阿尔贝蒂娜同居甚至决定娶她是为了留住她,了解她在干什么,是为了阻止她重犯和凡德伊小姐之间的老毛病。这是一件我无论设想得多糟也没有勇气想象的事(这简直令人吃惊,就像嫉妒心成天做着各种莫名其妙的虚假揣测,一旦让它去发现真实情况它却又缺乏想象力了):在巴尔贝克时她向我泄露了使我锥心泣血的秘密,她谈起来却仿佛这是一件极为自然的事;尽管这是我一生中经历过的最悲痛的事,我总算也装出了认为这事极为自然的样子。不过这种爱情既然主要产生于阻止阿尔贝蒂娜干坏事的需要,它后来也就保留了这最初根由的痕迹。同她一起生活于我并不重要,只要能阻拦这个"可能的潜逃者"到处乱跑就满足了。为了阻止她乱跑,我依靠那一伙与她同行不离她左右的人的眼睛,只要这些人晚上给我打一个令我放心的小报告,我的忧虑便会烟消云散,情绪也会好起来。——作者注我自己认定，无论我做什么，阿尔贝蒂娜都会在今天晚上回到我家，因此我暂时节制了弗朗索瓦丝对我说阿尔贝蒂娜出走时引起的痛苦(因为当时我毫无思想准备，一时间竟相信这是一次永不返回的出走)。然而隔了一会之后，这最初的痛苦又以独立不羁的架势自动向我袭来，而且仍旧那么令我难以忍受，因为我刚听到她走了时还没有自我安慰地许愿当晚就把她接回来。这句话本来可以缓解我的悲痛，但当时我的悲痛对这句话还一无所知。为了实施促她返回的办法，我势必再一次装出似乎我不爱她的样子，对她的出走也似乎并不感到痛心，而且还势必继续对她撒谎。这样做当然不是因为我这些姿态向来很成功，而是因为自我爱上阿尔贝蒂娜以后我一直在如此行事。我个人愈是佯装出已经放弃她的神气，我在采取促她返回的措施时便愈能做到果断有力。我准备给阿尔贝蒂娜写一封告别信，在信中我要把她的出走看作是最后的分手，与此同时我要派圣卢以背着我的方式去向邦当夫人施加最粗暴的压力迫使阿尔贝蒂娜尽快回家。不错，我在希尔贝特身上曾做过这种危险的试验，信上的冷淡在最初是装出来的，最后却弄假成真了。这个经验本来应当阻止我给阿尔贝蒂娜写与那些信件同样性质的信。然而所谓经验，无非是在我们自己眼前揭露我们自己性格的特点，这特点自然会一而再再而三地出现而且出现得格外明显，因为我们已经为自己揭示过一次了，这一来第一次引导过我们的自发动作就会在记忆的各种形式的启示下得到加强。人类最难逃避的抄袭行为，对个人(甚至对坚持错误而且不断加重错误的百姓)来说，那便是对自己的抄袭。

我知道圣卢在巴黎，一听我召唤，他即刻来到了我家，他还是像在东锡埃尔时那么麻利，高效率，而且他同意马上动身去土兰。我把下面的考虑告诉了他。他应当先去夏特勒罗请人指点邦当夫人的住址，去那里时得先等阿尔贝蒂娜出门，因为她有可能认出他来。“你说的这个姑娘难道认识我?”他问我。我对他说恐怕不认识。这个行动计划使我满心欢喜，不过这个步骤和我的初衷是绝对矛盾的：我最初是想设法不露出准备派人寻找阿尔贝蒂娜的神气；而此举却不可避免地会显出这种神气。不过和“本应做的事”相比，这次行动有不可估量的优越性，它使我有可能对自己说我派去的人即将看见阿尔贝蒂娜，而且一定会把她带回来。倘若我一开始就把我内心的活动看得很透彻，我也许早就考虑到了这藏在暗处的被我认为糟糕透顶的解决办法将会优先于忍耐解决办法，我之所以决定采取此法，是因为我缺乏忍耐的毅力。一个姑娘整个冬天住在我家而我竟对他只字未提，圣卢对此已露出了吃惊的神情，另一方面他过去常对我提起巴尔贝克的年轻姑娘而我却从未回答他说：“她就在这里。”因此他很可能因为我对他缺乏信任而感到不悦。其实邦当夫人很可能对他谈起巴尔贝克。然而我是那样急不可耐地希望他动身，希望他到达那里，因而根本不去想，也无法考虑这次旅行可能产生的后果。至于他是否会认出阿尔贝蒂娜（他当时在东锡埃尔和她邂逅时总是执拗地避免注视她），都说她变化很大而且长胖了，所以这不大可能。他问我有没有阿尔贝蒂娜的肖像，我开始说没有，以免他有暇根据我在巴尔贝克那段时期前后拍的一张照片认出阿尔贝蒂娜来，不过那时他只是在火车车厢里隐隐约约见到过她。可是我又想，那张照片上的阿尔贝蒂娜既不同于巴尔贝克的阿尔贝蒂娜也不同于现实的充满活力的阿尔贝蒂娜，他既不可能从照片上认出她也不可能在现实生活里认出她。在我替他寻找照片的当儿，他用手轻轻摸了摸我的额头表示安慰。他猜出我很痛苦而为我难受，这使我十分感动。首先，尽管他和拉谢尔分手了，他当时的感受却远没有消逝，因此他对这类性质的痛苦抱有一种同情，一种特殊的怜悯，有如人们同病相怜分外亲切。再说他是那么心疼我，一想到我的苦恼他就无法忍受。因此他对给我招致苦难的人怀着一种又怨恨又赞赏的复杂感情。在他的想象里我是如此高傲的人，要想使我屈服于另一个人，这个人必定在各方面都不同凡响。我的确想过他可能认为阿尔贝蒂娜的相片漂亮，然而由于我毕竟想象不出她会使他产生像海伦使特洛伊老人们产生的那种印象，我在寻找照片时便谦逊地说："噢！您瞧，你可别胡思乱想，首先，照片很糟糕，其次，她并不出众，不是什么美人，她主要是人很可爱。""喔！不，她一定与众不同。"他带着天真而真诚的热情说，同时竭力想象着这个能使我如此绝望、如此激动的人是什么样子。"我怨她使你难过，不过这也是始料所及的，像你这样一个周身都是艺术细胞的人，万事万物都得首先爱它的美而且爱得那么执着，你要是在一个女人身上发现了美，你注定会比谁都痛苦。"我总算找到相片了。"她肯定很出色。"罗贝继续说这话时还没有看见我递给他的照片。他突然瞥见了，他拿着照片看了片刻。他的脸部表情由诧异一直发展到惊得目瞪口呆。"怎么，这就是你爱的姑娘？"他终于说出了这句话，由于害怕惹我不快，他克制了语气里吃惊的感情。他没有作任何评论，只露出通情达理和谨慎的神气，当然不可避免地有那么点轻蔑，一种面对病人而产生的轻蔑——即使这个病人在生病之前一直是个很出众的人而且是您的朋友——不过病人同这一切已经毫不相干了，因为他得了躁狂型精神病，他向您谈到出现在面前的天上来客，而且继续盯着一个地方看这个天上来客时，您这个健康的人却只会看见那儿是一床鸭绒被。我立即明白了罗贝为什么吃惊，这正是我看见他的情妇时感受过的惊异，唯一不同的是我发现他的情妇是我早已认识的女人，而他却以为自己从未见过阿尔贝蒂娜。不过我和他在同一个人身上看见的东西无疑也有很大的差异。当初在巴尔贝克，我在注视阿尔贝蒂娜时确曾贱兮兮地把我的味觉、嗅觉和触觉掺进对她的视觉里，这已是遥远的往事了。自那以后，又掺进了更深沉、更甜蜜、更难以形容的感觉，随后便是痛楚感。总之，有如一块被雪包裹的石头，阿尔贝蒂娜乃是我内心里构想的一个巨大工程的中心发电机。罗贝的视力是达不到这种感觉层次的，他能看见的只是糟粕，而这种层次的感觉又反而妨碍我去察觉这些糟粕。罗贝在看见阿尔贝蒂娜的照片时，使他发窘的并不是特洛伊老头

们看见海伦走过而且说

"我们的损失怎及她秋波一转"

时那样的激动,而恰恰是相反的激动,这种激动心情使他说出:"怎么,就为这个他竟如此烦恼,如此伤心,竟干出这许多傻事!"的确应该承认,当一个人引起我们所爱之人痛苦,毁了他的生活,有时还给他招致死亡的可能时,看见这样的人而作出这种反应是远比特洛伊老头们的反应更常见的,一句话归总,这是惯例。这不仅因为爱情是个人的事,也不是因为我们没有感受爱就自然而然认为可以避免爱情而且对别人狂热的爱说长道短。不,那是因为,当爱情达到能引起这种痛苦的程度时,介乎女人的面庞和情人的眼睛(这个像雪覆盖清泉一样包藏和隐匿爱情的巨大的痛苦之卵)之间的感觉工程已经推进得相当遥远,远到情人的眼光停留的位置,他领略欢乐和痛苦的位置与别人能够看见这爱情的位置之间的距离等于太阳本身的位置和太阳强光使人能看见天上的太阳所在的位置之间的距离。此外,在这段时间,忧伤和柔情使情人对对方最坏的变化也视而不见,而在这忧伤和柔情蜜意的蛹壳里,对方的面庞已逐渐衰老,逐渐变化。因此,如果说情人初次邂逅时见到的容貌和他在后来的恋爱的痛苦中看见的容貌距离甚大,从相反的意义上说,这容貌和不相干的人此刻看到的容貌同样大相径庭。(如果罗贝在照片上看到的不是一个年轻姑娘而是一个老态龙钟的情妇,情况又会如何呢?)甚至不必和这个使男人如此神魂颠倒的女人有一面之缘,只要见到她的照片我们也同样会大吃一惊。我们了解她往往像我的叔祖父阿道夫了解奥黛特一样。看法上的差异不仅涉及体型面貌,而且涉及性格,涉及个人的重要性。使热爱她的男人痛苦的女人完全可能和不关心她的人相处甚笃,比如奥黛特,在斯万眼里她是那么冷酷无情,而我的叔祖父阿道夫却认为她是殷勤的"穿粉红袍子的女人”，或者说一个女人完全可能让爱她的男人像怕神一样战战兢兢地估摸再三才敢作出有关她的决定，而这个女人在不爱她的男人眼里简直就是个无足轻重的女人，男人让她干什么她都乐意干，就像圣卢的情妇之于我一样，我在她身上只看见了别人对我多次推荐过的“从上帝身边来的拉谢尔”，我还记得，我第一次见到这个女人和圣卢在一起时，想到有人会因为不知道这样一个女人某个晚上干了些什么，她和某人谈了些什么悄悄话，她为什么会有绝交的念头而内心受煎熬，我感到万分惊诧。与此同时，我又感到一切往事，这里指阿尔贝蒂娜的往事，也就是使我的心灵，使我的生命带着令人震颤而又十分笨拙的苦痛趋而附之的往事，在圣卢看来恐怕也是无足轻重的，也许有一天在我自己眼里也会变得毫无意义；我感到我在今后考虑阿尔贝蒂娜的往事是重要还是毫无价值时，我此刻的思想状态也许会逐渐朝圣卢现在的思想状态过渡，因为对圣卢究竟可能怎么想，对情人以外的所有人会怎么想我都不抱幻想。而且我不会为此过分伤心。我们就别管毫无想象力的男人怎么评价俊俏女人了。我还记得有一幅天才的肖像画对众多的生活现象所作的悲剧性的阐释，这幅肖像并不如埃尔斯蒂尔为奥黛特画的肖像那么逼真，说它是情人的肖像还不如说它是使人扭曲的爱情的写照。这幅肖像唯一的缺陷——而许多肖像画都没有这个缺陷——是它的作者既不是伟大的画家又不是情人（据说埃尔斯蒂尔就是奥黛特的肖像画的作者和情人）。这种不逼真已被一个情人的一生所证实，被一个谁也不理解其狂热爱情的情人的一生，被斯万的一生所证实。然而只要情人像埃尔斯蒂尔那样同时又是画家，谜底就揭示出来了，您终于在这个女人身上看见了凡夫俗子从未见过的双唇，谁也不熟悉的鼻子和您意想不到的仪容。这幅肖像说：“我爱过的，让我苦恼的，我时刻见到的正是这个。”我曾在思想上试图把圣卢已经补充给拉谢尔的他自己的东西再充实到她身上，我现在却想以逆反的动作从构成阿尔贝蒂娜的成分里剔除我的心灵和精神对她的贡献，同时想象着她在圣卢面前会是个什么样子，就像回想拉谢尔在我面前是个什么样子一样。可是这又有什么重要性呢？就算我们看见了种种区别，我们会相信它们吗？从前在巴尔贝克时，阿尔贝蒂娜常常在安加维尔的拱廊下等候我，我一到她便跳进我的车里，那时她不仅没有"发胖"，由于过度的锻炼她还消瘦得过了头；她那么瘦削，一顶蹩脚的帽子使她显得丑陋，帽子下面只露出一小段难看的鼻子，只能从侧面看见她白白的双颊，活像白色的虫子。我在她身上发现不了多少她自己的东西，但还是可以从她往我车上那一跳里得知这是她，她准时赴约了，并没有去别的地方；而这些也就足够了；人总是太眷恋过去，太执着于共同度过的逝去的岁月，因而也就不需要这女人的全部了；他只希望肯定这是她，没有搞错身份，在热恋着的人们眼里这一点比美貌重要得多；面颊可以深陷下去，身体也可以变得干瘦，甚至对那些起初被认为以征服美人而不可一世的人来说，那一小段鼻子，那集中体现了女人永恒人格的标志，那代数的精粹，那个常数，那一切已足够使一个受到最高层社交界欢迎而本人又爱社交的男人支配不了自己的任何一个夜晚了，因为他得把时间都花在给他所爱的女人反复梳妆打扮上，直到他睡着为止，或者干脆只为待在她身边而和她在一起，或者只为她和自己在一起，只为她不和别的人在一起。

"你可以肯定，"他对我说，"我能如此这般地把三万法郎通过这女人捐给她丈夫的竞选委员会吗？她竟会缺德到这种程度？你如果没有搞错，三千法郎足够了。""不，我求求你，为了办好这件让我那么揪心的事情你就别省钱了。你应该这么对她说，而且这也有部分的真实性：'我的朋友向一位亲戚要了这三万法郎捐给他未婚妻的姨父。亲戚是因为这次订婚才给他这笔钱的。他请我把这笔款子捎给您以免阿尔贝蒂娜得知此事。现在阿尔贝蒂娜离开他了，他真不知如何是好。如果他不娶阿尔贝蒂娜，他就不得不将这三万法郎退回去，如果他娶她，哪怕为了形式她也应该立即回去，因为出走时间拖下去会产生不良后果。'你以为这是故意编造的吗?”“不。”圣卢回答我,出于好意,出于谨慎,也因为他明白情况往往比人们想象的更令人费解。

无论如何,正如我对他说过的,这三万法郎的事绝不可能没有很大的真实性。这是可能的,但却并非现实,而这部分真实性恰恰是谎言。不过我和罗贝互相撒谎也和所有这类交谈里人们互相撒谎一样,在这样的交谈里,一个朋友总是真诚希望帮助陷入失恋痛苦的朋友。作为顾问、支持者、安慰者的朋友同情友人的不幸但并不去感受这种不幸,他越乐于帮助友人便越撒谎。朋友向他谈出了需要些什么才能得到帮助,然而,也许正是为了得到帮助他才隐瞒许多事情。真正幸福的毕竟还是不辞辛苦出门跑腿的人,还是在外完成任务的人,这种人是没有内心痛苦的。此刻我充当了罗贝在东锡埃尔充当过的角色,当时他认为拉谢尔离开了他。“归根结底,还是得照你的意思办;我如果当众受到侮辱,为了你我也先认了。再说,我本人认为这笔毫不隐讳的交易有些滑稽也无妨,我很清楚,社交界里一些公爵夫人,甚至最笃信宗教的公爵夫人,为三万法郎也可能作出比叫外甥女别待在土兰更麻烦的事。总之,能为你效劳我感到格外高兴,因为只有这样你才会同意来看我。如果我结婚了,”他补充说,“我们难道就不能多见面啦,难道你就不把我的家当成你的家了? ……”他突然停下不说了,我猜想,也许因为他想到如果我也结了婚,阿尔贝蒂娜恐怕不能和他的妻子建立亲密的关系。这时我才忆起康布尔梅家的人对我说过的话,他可能和德·盖尔芒特亲王的女儿结婚。

看了火车时刻表,他只能在晚上动身。弗朗索瓦丝问我:“要不要从书房撤走阿尔贝蒂娜小姐的床?”“正相反,”我说,“得给她铺床。”我希望阿尔贝蒂娜随时随刻都能回来,我甚至不愿让弗朗索瓦丝怀疑这点。必须让人感到阿尔贝蒂娜的出门似乎是我们之间商定的,她这次出门丝毫不意味她不那么爱我了。然而弗朗索瓦丝却用即使并非不相信起码也是疑惑的神情注视着我。她也有她的两种假设。她张开鼻孔嗅出了我们之间的龃龉,她也许早就感觉到了。她之所以还没有对我们的不和深信不疑,也许只是因为她像我一样难以完全相信可能使自己非常快活的事。

圣卢刚上火车我就在候见厅碰见了布洛克,可是我并没有听见他按门铃,这一来我又不得不接待他一会。前不久他曾遇见过我和阿尔贝蒂娜(他在巴尔贝克就认识她)在一起,那天她情绪很不好。“我和邦当先生共进过晚餐,”他对我说,“考虑到我对他还有些影响,我对他说他外甥女对你不那么好了,这使我感到难过,他应该在这方面对她提出些要求。”我气愤极了:他这些要求和埋怨破坏了圣卢行动的一切效果,而且在阿尔贝蒂娜那里直接把我放在了被告席上,就好像我在恳求她似的。最倒霉的是弗朗索瓦丝还待在前厅,她一定听见了这一切。我把布洛克责备得体无完肤,我对他说我丝毫没有托他办这件事的意思,而且事实经过也并非如此。从这一刻起布洛克再也没有停止过微笑,我认为这微笑与其说是出于快乐不如说是出于因惹恼我而感到不安。他笑着,同时对他竟引起我这样的狂怒感到诧异。他说这些话也许是想在我面前消除他那不谨慎的尝试的影响,也许因为他生性卑怯,躺在谎言里懒洋洋地得其所哉,活像水面上的水母,也许因为,即使他属于另外一类人,这类人由于永远不可能和我们观点一致,也同样无法理解他们偶然说出的话会使我们受到多么严重的伤害。我刚把他赶出门,还没有想出任何办法足以弥补他干下的事就又听见了按门铃的声音,弗朗索瓦丝递给我一张保安局头头的召见条。由我带回家待了一个钟头的那个小女孩的父母认为我犯了诱骗未成年人罪,想对我起诉。生活里有这样的时刻,某种类型的美产生于袭扰我们的数不清的烦恼,这些烦恼像瓦格纳派音乐的主题一般互相交织在一起;这种美也产生于一种刚形成的概念:智慧把一面可怜巴巴的小镜子捧在面前,它把这面小镜子叫作未来,而发生的事件并没有被置于这面小镜子涂了色的全部反光里,这些事件停在外面,它们总是突然冒出来,有如某人突然前来为一件现行犯罪案作证一般。在我们任凭某一件事情自己去发展时,这事本身已经在起着变化,或是失败将其扩大了,或是满意将其缩小了。不过事情是很少孤立发生的。每个事变激起的感情都在互相冲撞,在某种程度上,正如我去保安局局长那里时体会到的,恐惧是一种减轻悲伤感情的疏导剂,起码是暂时的但又相当有效的疏导剂。

我在保安局看见了那小姑娘的父母,他们一边辱骂我一边把五百法郎还给我说:“我们不吃这一套。”我不想收回这些钱,保安局局长自告奋勇以“巧于答辩”的刑事法庭庭长的辩才为难于模仿的范例,从我说出的每一句话里抽出一个字用以构成他才智横溢的令人难以招架的答辩。问题甚至不在于我在行为上是无辜的,因为唯有这个假设谁也不肯须臾接受。不过指控毕竟难于成立,我因此得到了解脱,但女孩的双亲在场,我仍然挨了一顿臭骂。一等他们离开,保安局局长便改了口气,原来他很喜好小姑娘,他像对同伙一般责备我说:“下一次得机灵些。天哪,发面可不能这么猛,要不就得搞糟。再说您去哪里都能找到比那一个好的小姑娘,而且钱也花不了那么多。这笔钱也多得太离谱了。”我充分意识到,即使我对他说明真相他也不可能理解我,我便趁他允许我离开时一声不吭地抽身了。在回家的路上,我觉得过路的人似乎全是受托窥视我的行为和动作的监察。不过这个主题也像我对布洛克的气愤一样逐渐弱化下去,最后便完全让位给阿尔贝蒂娜出走的主题了。

这个主题又开始了,不过自圣卢动身以后主题的调式几乎变得欢快了。自我委托圣卢去看望邦当夫人以来,这件事的负担已经从我那过于疲劳的思想里转移到他那里去了。在他动身的那一刻,一种欢悦之情甚至使我感到振奋,因为我已作出了决定:“我作了针锋相对的回答。”我的痛苦也就烟消云散了。我相信这是因为我已尽力而为,我真心实意地这么相信,原因是人从来也不清楚他心灵里藏着些什么。其实,使我高兴的并不是我把自己的优柔寡断像我自己认为的那样推给了圣卢。而且我绝对没有弄错,弥补一桩不幸事变的特效药(四分之三的事变都是不幸的)

乃是决断，因为决断可以迅猛地推倒我们的各种思想，从而中止由过去的事件产生而又使事件余波继续震颤的奔涌的思潮；决断还会以来自外部，来自未来的逆反思潮的反向奔涌去摧毁这奔涌的思潮。当这种新的思想（此刻萦绕在我脑际的正是这种新思想）给我们带来的是未来的本质所具有的希望时，这新思想对我们尤有裨益。其实真正使我高兴的是这种秘密的信念，即圣卢的使命不可能失败，因此阿尔贝蒂娜少不了会回来。我明白这一点，因为在第一天没有得到圣卢的回音时，我又开始难受起来了，看来我的决断，我对他的全权委托都不是我快乐的根由，没有这些，我的快乐也许还持久些呢，我快乐的根由是我在说“不管发生什么事”时心里想的是“准保成功”。可是圣卢的迟迟未归又使我想到完全可能发生成功以外的别的事，这想法使我如此恼火，我的快乐即刻消失了。其实是我们对好事的预测和希冀使我们满心欢喜，而我们却把这种喜悦归之于别的原因，当我们对希望的实现不再有十足的把握时这种喜悦便停止了，我们又会重新陷入悲伤。总有一种隐隐约约的信念支撑着我们感觉世界的大厦，没有这种信念，大厦便摇摇欲坠。我们已经看出信念决定我们认识生命的有无价值，决定我们热爱人的生命或对它们感到厌倦。信念也使我们有可能忍受悲哀，我们之所以认为这种悲哀没有什么了不起，无非是因为我们确信这种悲哀很快便会结束，信念还使我们有可能忍受突然变得深广的悲哀，直到某种存在与我们的生命具有同等的价值，有时甚至超过我们生命的价值为止。

此外，有一件事又使我内心的痛苦变得像最初时刻那么尖锐，应当承认这痛苦本来已经不那么尖锐了。这件事就是重读阿尔贝蒂娜写给我的信里的一句话。我们尽管热爱着一些人，一旦我们在孤独中只能经受失去他们的苦痛而我们的思想又在某种程度上按照自己的愿望塑造着这种苦痛时，这种苦痛就变得可以忍受了，而且这种痛苦也不同于另一种更没有人情味的与我们更格格不入的苦痛——这样的苦痛与精神世界和内心领域里的事故一样出人意料，一样奇特——这样的苦痛其直接原因与其说是被爱的人们本身毋宁说是我们得知再也见不到他们的方式。阿尔贝蒂娜，我可以轻轻哭着想念她，可以答应今晚也像昨天那样见不到她；然而重读“我既然决心已定不可更改”，这就是另一回事了，这便如服了一剂引起心脏病发作而致人于死地的危险药品。一切事物，一切变故和绝交信都具有一种特殊的危险，这种危险可以放大而且歪曲人们可能给我们造成的苦恼本身。不过这种苦恼是不大可能持久的。无论如何我对机灵的圣卢取得成功还是坚信不疑的，我对阿尔贝蒂娜的返回也信心十足，因此我倒要问我自己只说希望她返回是否有道理。不过我仍然庆幸我抱着这种希望。倒霉的是，正当我以为保安局事件已经结束时，弗朗索瓦丝却来通报我说一个便衣警察曾前来打听我是否习惯于留一些年轻姑娘在我家里，门房以为他指的是阿尔贝蒂娜，便回答说是的，从那一刻起房子似乎被监视起来了。从今以后我再也不可能在悲伤时刻叫一个小姑娘来安慰我了，当然也不再会因为突然出现警察而让小姑娘把我看成坏人从而使我在她面前感到羞愧。我同时也明白，人们为某些梦想而生活的程度远比他们认为的要大，也不可能因为抚爱小女孩这件事仿佛永远取消了我生活的价值，我还明白，人们一方面轻易地拒绝发财而且甘冒死亡的危险，另一方面又想象这个世界是由私利和怕死之心支配着的，这完全可以理解。如果我早想到连一个不认识的小姑娘看见警察来我家就以为我很可耻，我真宁愿去自杀！根本不可能将这两种痛苦加以比较。可是在生活里人们从来不会去想他们奉送过银钱的人，他们以死威胁过的人还会有一个情妇，或者干脆说还会有一个伙伴，而且他们还一心想得到情妇或伙伴的尊重，即使这份尊重并非属于她们本人。然而突然间，出于我自己也未曾意识到的羞愧之情（我的确没有去想已成年的阿尔贝蒂娜可以住在我家，甚至成为我的情妇），我认为似乎也可以就阿尔贝蒂娜住我家的事指控我诱骗未成年姑娘。于是我感到生活仿佛在四面八方都遇到了障碍。一想到我和她同居时并非一尘不染,我便从我抚爱不认识的女孩因而受到处罚这件事里发现了某种关联,这种关联几乎在每次惩罚人时都存在着,而且使正确的判决和法庭的差错几乎永远都不存在,只存在法官对无辜行为的不合实情的想法和他对犯罪事实一无所知之间的某种一致性。可是这么一来,一想到阿尔贝蒂娜的回归可能使我受到侮辱性的判决,而这判决又会使我在她面前失去尊严或许还会对她本人不利从而使我得不到她的谅解,一想及此我再也不盼望她归来了,我甚至害怕她回到这里。我真想给她拍个电报让她别回来。可是刹那间,盼她回归的热望又以压倒性的优势攫住了我。正是在考虑了叫她别回来的可能性和离她独居的可能性之后的须臾之间,我反而突然感到为了叫她回来我准备牺牲所有的旅行,所有的寻欢作乐,牺牲我所有的工作!

啊!我原以为我对希尔贝特的爱情可以帮助我预见我对阿尔贝蒂娜的爱情的命运,然而后者的发展和前者对比之下是怎样地不同呀!自个儿待着却看不见她,这让我多么难以忍受!而我的每一个动作,甚至最无足轻重的动作又都使我忆起阿尔贝蒂娜在身旁的欢乐气氛,为此我每次都得重新尝试分居的生活,付出新的代价,领略同样的痛苦。接下去是别种形式的生活前来争妍斗艳,使这种新的苦痛黯然失色,在这初春的日子里,我在等圣卢见邦当夫人的同时甚至想到过威尼斯和不认识的美丽女人,从而有过愉快宁静的时刻。我一发现这点便感到心惊肉跳。我适才领略的这种宁静,意味着初次出现了一种断断续续的强大力量,这种力量在我身上即将与痛苦和爱情展开搏斗,而且最终会战胜痛苦和爱情。这种我已预先尝到滋味而且得知其征兆的东西暂时还只是一闪念,今后却会成为我经常的心态,成为一种生活,在这样的生活里我再也不会为阿尔贝蒂娜去折磨自己,我再也不会爱她了。我的爱情刚认出可能战胜它的唯一的敌人——遗忘,便簌簌地战栗起来,有如一头关在笼里的雄狮猛然发现一条蟒蛇即将一口把它吞掉。

我时时刻刻都在想念阿尔贝蒂娜，弗朗索瓦丝走进我房间时却从不迅速地对我说“没有信”以便缩短我的焦虑。不过我仍旧不时地硬把某些思绪插进我的忧伤之情里从而使我心田里的污浊空气得以稍事流通和更新。然而到晚上，我好不容易睡着了，似乎又是对阿尔贝蒂娜的回忆像药剂一样使我睡着的，药效一停我兴许就会醒过来。我在睡梦里也没有一刻不思念阿尔贝蒂娜。她给我的睡眠是很特别的，而且在这样的睡眠里我根本不可能像白天一样随意去想别的事。睡眠和对睡眠的回忆是两种互相交织的事物，要想睡着就得同时求助于它们俩。此外，醒着时我的痛苦不但不能减轻反而日甚一日。倒不是因为遗忘没有发挥作用，而是在醒着时遗忘很有利于使被想念的形象理想化，并以此促使我原有的苦恼和另外的类似的痛苦融合从而得到加强。这理想化了的形象还算可以忍受。但只要我猛然想到她的房间，想到那人去床空的房间，想到她的钢琴，她的汽车，我便会浑身无力，双目紧闭，头歪在左肩上，活像即将昏厥过去的人。开门的声音也几乎使我同样难受，因为开门的人并不是阿尔贝蒂娜。在可能有圣卢的电报时，我也不敢问一句：“有电报吗?”末了总算来了一份电报，不过电文却只是把一切都推迟而已：“女士们外出三天。”

我之所以能熬过她走后的四个昼夜，当然是因为我老对自己说：“这只是时间问题，周末以前她准回来。”不过理由尽管如此，无论对我的心灵抑或对我的肉体来说，需要做的事仍旧是一样的：没有她而生活下去，回到家里却见不到她，在她的卧室门口（我还没有勇气打开这间房子）走过却明白她不在里面，没有向她道晚安便上床睡觉，这些便是我应该全面地不折不扣地用心灵去完成的事，就好像我根本就不应该再看见阿尔贝蒂娜似的。不过既然我已经完成了四次，这说明目前我还能够继续用心灵去完成。也许我很快就不再需要支撑我继续这样生活下去的理由——阿尔贝蒂娜即将归来——（我可能会一边想：“她永远也不会回来了。”一边却仍然像前四天那样生活下去）有如受伤的人重新习惯走路以后可以扔掉丁字拐杖一样。晚上回家我无疑还能寻觅到一连串无尽无休的回忆，对阿尔贝蒂娜等待我的每个夜晚的回忆，它们使我透不过气，孤寂引起的空虚感令我窒息；然而我同时也已经开始了对昨天，对前天的回忆，对前天以前的两个夜晚的回忆，即对阿尔贝蒂娜出走后逝去的四个夜晚的回忆，在这四个夜晚我一人独处，没有她的陪伴，我总算生活过来了，四个夜晚已经形成了一串回忆，它比那一连串无尽无休的回忆当然单薄许多，但即将逝去的每个日子都可能将它们充实起来。

我不想谈我此刻收到的德·盖尔芒特夫人的侄女寄来的求爱信，这个姑娘是巴黎遐迩闻名的最漂亮的美人，我也不想说德·盖尔芒特公爵替姑娘的父母在我身上所作的努力，她的父母为了女儿的幸福只得接受不般配的择婿对象和有辱门庭的联姻。这样的事对自尊心也许是够刺激的，但对正在恋爱的人来说却是一种痛苦。有人可能愿意有这样的事，却不一定会鄙俗到拿这些事去告诉对他评价不那么高的女人，再说这女人即使得知他可能成为地位迥然不同的人追逐的对象，对他的评价也不一定会改变。公爵的侄女写给我的信只能使阿尔贝蒂娜烦躁。

自我醒来的那一刻起，自我重新沉浸在我入梦之前须臾不离的忧伤之情那一刻起，我的全部感觉有如一本合上片刻之后在入夜之前再也不离我左右的书，无论来自外部抑或来自内心都只能和有关阿尔贝蒂娜的思想结合在一起。有人打铃：是她的信来了，也许是她本人！倘若我自我感觉良好，并不过分难受，倘若我已不再嫉妒，也不再怨恨她，我也许愿意即刻前去见她，去拥抱她，去和她愉快地度过一生。我感到给她拍个电报："赶快回来"似乎是一件极简单的事，仿佛我这新的情绪不仅改变了我的心境，也改变了我身外的事物，使事情变得容易了。如果我心情抑郁，我对她的愤懑便会复苏，我再也不想拥抱她，我会感到不可能因为有了她而变得幸福，我会一心想着去损害她而且不让她再属于别人。然而这两种迥异的心情其结果都是一样的，那就是必须让她尽早回来。不过她的回归无论会立即给我多么大的快乐，我也感到同样的困难会很快出现，而且想在满足精神欲求中寻求幸福与想步行到天涯海角同样天真。欲求越大，越难做到真正的占有。因此如果说一个人可以找到幸福，或至少能做到无痛苦，那他必须去寻找的也不应该是满足，而是逐渐缩小并最后消除欲求。想见到自己所爱的，就应当设法不看见它，唯有遗忘最终能导致消除欲求。我想如果一个作家传布这类真理，他可能会把包含这些真理的书题赠给一个女人并乐于以此来接近这个女人，他会对她这么说：“这本书是你的。”这一来，他在书中说的是真话。他在题赠时却可能是在撒谎，因为他一心要这本书属于这个女人与他珍惜这女人身上的宝石一样，只有他爱这个女人时他才会感到这宝石珍贵。一个人和我们之间的联系只存在于我们的思想里。逐渐衰退的记忆力会把这种联系淡忘，尽管我们自愿接受幻想的欺骗，而且为了爱情，为了友谊，为了礼貌，为了尊重人，为了尽责我们又拿幻想去欺骗别人，我们在生活里还是只有自己。人是不能跳出自身圈子的生物，他也只能在自己身上才能认识别人，如果他说并非如此，那他是在撒谎。倘若有人真能如此行事，真能取消我对她的需求，取消我对她的爱情，我会吓得相信这爱情对我一生都是宝贵的。如果我能不疼不痒地去听开往土兰的火车报站名，我会以为这说明我自己正在衰退（其实无非是因为这可能会证明我对阿尔贝蒂娜已变得漠不关心了）。我想，在我不停地问自己她在做什么，在想什么，她每时每刻都在希冀什么，她是否打算回来，是否就要回来时，我最好把爱情在我身上建造的通道大门敞开，而且去感受另一个女人的生活通过已打开的闸门把那不愿意再变成死水的水库湮没。

圣卢杳无音信的时间越拖越长，一种次要的忧虑——等待他的电报或电话——便很快掩盖了首要的忧虑，即挂念他此行的结果和想得知阿尔贝蒂娜是否回来的忧虑。为等电报而密切注意所有的响声，这使我感到那样难以忍受，我竟相信此刻最使我揪心的这份电报无论内容如何，只要到来就能解除我的痛苦。我终于收到了罗贝的电报而且得知他已见到了邦当夫人，可是尽管他十分小心，却仍然被阿尔贝蒂娜瞧见了，因而一切告吹，这时我倒又无法控制自己的狂怒和绝望了，因为这正是我希望首先避免的事。圣卢此行一被阿尔贝蒂娜知道便使我显得非常依恋她，这只能妨碍她归来，而且这结果还使我极为反感，因为我从对希尔贝特的爱情里保持下来的骄傲为此已丧失殆尽了。我诅咒罗贝，随后又想，这个办法失败了，我还要采取别的办法。人既然能够影响外部世界，我发挥策略，智慧，利益，情感的作用怎么就不能避免失掉阿尔贝蒂娜这件难以忍受的事呢？人们相信自己可以按照自己的意愿改变周围的事物，他们之所以如此相信，是因为非此即无任何有利的解决办法。他们并没有去考虑最为常见而且同样有利的办法：我们无法按照我们的意愿去改变事物，但是我们的意愿本身却在逐渐起着变化。我们曾因为忍受不了某种局面而希望去改变它，可现在这局面已变得与我们毫不相干了。我们未能像我们非常希望的那样去消除障碍，而生活却使我们绕过了这个障碍，使我们超越了它，当我们再回顾那遥远的过去时，我们几乎再也看不见那个障碍了，它已经变得难以觉察了。

我听见楼上一位女邻在演奏《曼侬》。我把我熟悉的歌词与阿尔贝蒂娜，与我自己联系起来，这使我百感交集，我哭了。歌词是这样的：

> 唉，鸟儿以为受束缚而躲开了，
> 　　它总在夜里
> 带着绝望飞回来扑打门窗。

还有曼侬之死：

> 曼侬，我心中唯一的爱，你回答我呀，

时至今日我才明白你心地多么善良。

曼依既然回到了德·格里欧身边，我仿佛觉得我也成了阿尔贝蒂娜生活里唯一的爱。唉，即使她此刻也听见了这支曲子，她心爱的德·格里欧也不一定是我，而且她只要这么一想，她在听这段乐曲时就会因为想起我而受不到音乐的感动，这支曲子比其他乐曲写得更好更细腻，仍旧可以归到她喜爱的乐曲里去。

我自己可没有勇气去温柔之乡里自我陶醉，去幻想阿尔贝蒂娜叫我“我心中唯一的爱”，而且承认她“以为受束缚”是一种误解。我明白，人在看小说时不可能不把自己心爱的女人的特点和女主人公联系起来。然而即使小说的结局是圆满的，我们自己的爱情却并没有进展，等我们把书合上，我们所爱的而且在小说里终于朝我们走过来的人在生活里却并没有更热爱我们。

我气冲冲地打电报给圣卢让他尽快赶回巴黎，这至少可以不显得我们在进一步坚持我渴望掩盖起来的尝试。然而在圣卢按我的指示回来之前，我竟收到了阿尔贝蒂娜本人拍来的电报：

“我的朋友，您派您的朋友圣卢来我姨母家，这简直是发疯。亲爱的朋友，如果您需要我，为什么不直接给我写信呢？我会很高兴回来的；别再采取这样荒谬的举动了。”

“我会很高兴回来的！”她这么说是因为她为她的出走后悔了，她只想找一个借口回来。因此我只须照她说的去做，给她写信说我需要她，她便会回来。这么说我又要见到她了，见到她这个巴尔贝克的阿尔贝蒂娜了（因为，自她出走以后，对我来说她又成了巴尔贝克的阿尔贝蒂娜；这就像一只贝壳，你一直把它放在五斗橱上就不会再去注意它，可是一旦你将它送了人或把它遗失了，一离开它你就想念它，而且再也不那样行事了，她就像这样一只贝壳，因为她使我忆起了大海的碧波万顷的宜人美景）。而且不仅她个人变成了想象中的人，也就是令我渴念的人，连我与她共同的生活都变成了想象中的生活（即摆脱了一切困境的生活），因此我想，“我们会多么幸福！”不过，我既然有把握让她回来，就不应该显得急不可耐，倒反而应当消除圣卢的尝试所产生的恶劣印象，以后我仍然可以否认此事，我要说这是圣卢自己去干的，因为他一直赞成我们结婚。

可是再读她的来信时，我对信里太缺乏她个人的东西仍然感到失望。字迹当然表达我们的思想，我们的面部表情也如此；我们总是和某种思想并存的。然而一个人的思想毕竟得先传布到他那睡莲一般快活的花冠式的脸庞然后才呈现在我们眼前。这当然会使思想改变许多。这种永恒的差距使我们在等待我们理想中的爱人时，在每次约会里见到的实实在在的人都和我们的理想大相径庭，也许这正是我们在爱情上永远感到失望的原因之一吧。此外，在我们想向这个人要求点什么时，我们得到的却是一封反映她个人的东西少而又少的信，有如在代数的字母里算术的确切数字已荡然无存，而算术数字本身已经不包含加多少水果或鲜花这类实质性的东西了。然而，“爱情”，“被爱”以及她的信件，也许这一切仍然是对同一种现实的说明（尽管一一审视它们时感到如此不满意），因为我们只是在念信时才感到似乎不满足，而在信还未寄到时，我们却感到痛苦难熬，也因为这封信毕竟可以使我们的忧虑得到缓解，即便它不能用它黑色的符号满足我们的希望，何况在怀抱希望时我们也意识到信件毕竟只相当于话语、微笑、吻，却不是这些东西本身。

我给阿尔贝蒂娜写了信：

“我的朋友，我正好要给您写信，我感谢您对我说，倘若我需要您，您会赶回来；您能站得这么高来理解对老朋友的忠诚，这很好，这只会使我更加尊重您。不，我没有请求您回来，将来也不会这样做；至少在今后相当长的时间里，我们的重逢也许不一定会使您感到难受，硬心肠的姑娘。而这样的重逢却会使我，使您认为有时显得那么冷漠的我非常难受。生活使我们分手了。我认为您作了极明智的决定，而且这个决定作得也正是时候，有非常了不起的预见性，因为您正是在我母亲同意我向您求婚的第二天出走的。我收到她的信（同时也收到了您的信！）之后本来想在睡醒后告诉您的。也许您是害怕这之后再走会使我难过。我们也许会把我们的生命联系在一起，这对我俩来说，谁知道呢，也可能会是一种不幸。果真如此，您还是为您的明智庆幸吧。我们如果再见面，也许会前功尽弃。并不是再见您于我已没有诱惑力，而是我没有能耐去抵制这种诱惑。您明白我是个不坚定的人，而且我多么健忘。因此没有必要同情我。您常对我说，我是格外容易受习惯支配的人。我已在开始培养没有您而生活的习惯了，不过这习惯还不够牢固。我和您一起生活的习惯尽管已被您的出走打乱，这些习惯在目前显然还是最牢固的。当然它们并不可能长久地维持下去。出于这个原因，我甚至想到了要利用这最后的几天，在这几天里我们见面于我还不至于像半个月或更短的时间以后那样成为一种……（原谅我的坦率）一种麻烦——我想在彻底遗忘之前利用这几天和您一起处理一些小小的具体问题，在处理这些问题时，您这位可爱而好心的朋友是可以为那个曾有五分钟自以为是您的未婚夫的人帮帮忙的。我不怀疑母亲会同意我，另方面我也希望我俩都拥有自由，这种自由您过去出于好心为我牺牲得太多了，这种牺牲如果单为几个礼拜的共同生活还可以接受，然而如果我们必须白头偕老（在信上告诉您我曾想到这件事再有几秒钟就可能成为事实，这几乎使我感到难过），这种牺牲就变得令您和我都十分憎恶了，因此我曾考虑按尽可能独立的方式安排我们的生活，作为这种共同生活的开端，我曾希望您拥有那条游艇，您可以乘坐这条游艇出门旅行，与此同时，无限忧伤的我会去港口等待您；我知道您佩服埃尔斯蒂尔的鉴赏力,我已写信向他请教。陆上交通方面,我曾希望您拥有汽车,只属于您自己的汽车,您可以乘坐这辆汽车随心所欲地外出,旅行。游艇已基本造好,根据您在巴尔贝克表示的意愿,给它命名为“天鹅号”。我记得您最喜欢劳斯莱斯汽车,我已订购了一辆。不过,既然我俩已永远不再见面,我也就不想请您收下这已变成废物的船只和汽车了,对我来说它们已毫无用处。因此我考虑——我是以您的名头通过中间人订购的——也许您可以通过退订使我避免购买这些无用的东西。不过,这件事,还有别的许多事都需要当面谈谈。我又想,在我还有可能再爱您的这段时间,当然这段时间不会持续太长,为一条帆船和一辆劳斯莱斯而见面,而拿您一生的幸福冒险——因为您认为您的幸福就在于远离我而生活——这简直是发疯。不,我宁肯留下劳斯莱斯,甚至留下那条游艇。我既然不用它们了,而它们又有幸一个无帆无桨地系在港口,一个待在车棚里,我准备请人在游艇……(我的上帝,我不敢用一个不准确的字称呼那个部位从而犯异端的错误,使您反感)上刻上您喜欢的马拉美的诗句……您还记得,这首诗是这样开始的:“圣洁的,生机盎然而美丽的今天。”唉,今天已不再是圣洁的,美丽的了。而那些和我一样明白他们会迅速用今天创造出可以忍受的“明天”的人却令人难以忍受。至于劳斯莱斯,值得在它上面刻上同一个诗人的这些您认为难于理解的诗句:

轮毂发出轰鸣飞出的红色火星
告诉我我是否喜欢
看那火光划破的长空

燃烧的火花飞溅
也看那车轮在火红中消失
我车上那唯一残留的车轮

永别了，我的小阿尔贝蒂娜，谢谢您在我们分别的前一天还同我作了一次令人愉快的散步。这次散步给我留下了美好的回忆。

附言——关于您认为的圣卢向您姨母所作的建议（我怎么也不相信圣卢在土兰）我不作回答。这是福尔摩斯那一套。您把我看成什么人啦？

正如我从前对阿尔贝蒂娜说"我不爱您"以博得她的爱；说"我看不见谁我就忘记谁"好让她经常来看望我；说"我决定离开您"以防止一切分手的念头——眼下，当然是因为我切盼她一周之内返回我才说"永别了"；因为我想再看见她我才对她说"与您见面我会感到很危险"；由于和她分居于我仿佛比死还糟我才在信上对她说"您说得对，我们在一起可能会很不幸"。唉，在写这样一封假惺惺的书信以显示我并不依恋她（这是我从往日对希尔贝特的爱情里保留下来并转到我对阿尔贝蒂娜的爱情里的唯一的骄傲），并自我陶醉地说一些只能感动自己而不能感动她的话时，我本该首先预见到这封信的效果可能适得其反，即可能使她认可我所说的话而弄假成真，因为即使阿尔贝蒂娜不如她表现出来的那么聪明，她也不会有一刻怀疑我所说的话是假的。且不说我在信中不打自招的意图，即使我不是紧接着圣卢的尝试给她写这封信，我写信这个事实本身也足以向她表明我在盼望她回来，也足以劝示她听任我作茧自缚愈陷愈深。再说，我既然已经预见到结果可能适得其反，我就应当进一步预见到她的答复很可能骤然使我对她的爱发展到最强烈的程度。而且我应当在发信之前就考虑到，一旦她用同样的口气给我回信表示她不愿意回来，我是否有足够的力量控制我自己的痛苦，强迫自己保持沉默，不给她发"回来"的电报或不再派去替我受过的另外的什么人，如不然，在我已经给她写信说明我们不再见面之后，这就会再明显不过地向她表明我少不了她，而且可能导致她更为有力地拒绝我，也可能使我在忍受不了忧虑的情况下动身去她那里，谁知道呢？也许还得不到她的接待。这恐怕是三项笨拙之至的举动之后最糟糕的蠢事，这之后我也只得在她家门前自杀了。然而构成心理—病理世界的灾难性的方式又决定了蠢举，这种必须不顾一切加以避免的蠢举恰恰是使人得到安慰的举动，这举动在我们明白它的后果之前给我们展示出新的充满希望的前景，以此帮助我们暂时摆脱像那样的拒绝会给我们造成的难以忍受的痛苦。因此，当痛苦实在太剧烈时，我们便忙不迭去干蠢事，诸如写信，让人代为求情，前去看望，表明自己离不开所爱的人之类。

然而对这一切我却全无预见。我以为写这封信的结果似乎反而会是促使阿尔贝蒂娜尽快回来。因此写信时一想到这样的结果我就乐滋滋的。但同时我又边写信边哭泣；首先，这有些像我假装分手那天的情形，因为信上的话尽管希望达到相反的目的（是假惺惺地说出来的，为的是出于傲气而否认我在恋爱），它们毕竟向我提醒了它们代表的思想，所以这些话语仍透着悲凉，其次，因为我感到这思想也确有某些真实性。

我既认为此信的结果似乎已肯定无疑，便因发了此信而感到后悔了。因为正当我把阿尔贝蒂娜的回归想象得轻而易举的时候，断定我和她的婚姻于我极不合适的所有理由突然倾全力回到了我的脑海。我希望她拒绝回来。按我的盘算，我的自由，我生命中未来的一切都取决于她这次拒绝回来；我给她写信简直是在发疯；我最好去把可惜已经发出去的信再追回来，这时，弗朗索瓦丝正好把刚从楼下拿上来的报纸交给我，她同时把这封信也带回来了，原来她弄不清应该贴多少钱的邮票。可是我又立即改变了主意：我希望阿尔贝蒂娜别回来，但我又愿意由她自己作出这个决定以结束我的忧虑，于是我又想把信再交给弗朗索瓦丝。我打开报纸。报上有拉贝玛去世的讣告。我当即回忆起过去听《维德拉》的两种截然不同的理解方式，现在我是在以第三种方式回想那表白爱情的场面。我从前经常自个儿背诵的和我在剧院里听到的似乎都是对一些规律的阐述，我还应当到生活里去体会这些规律。在我们心灵里有些东西我们自己并不清楚我们多么依恋它们。或者说,我们生活里之所以没有它们,是因为出于害怕失败或害怕痛苦,我们一天一天地推迟占有它们。当我自以为我已放弃了希尔贝特时,情况正是如此。在我们完全脱离这些东西之前,也就是在我们自认为已经脱离了它们之后,比如姑娘订了婚,我们会发狂,我们再也不能忍受那种显得无比惆怅而又冷清的生活。也有这样的情况,我们已经占有了那样东西,我们却又把它看作负担而甘心情愿摆脱它;这就是我与阿尔贝蒂娜之间发生的事。然而我们并不关心的人一出走不就从我们的生活里隐退了吗,可是我们却又因此感到活不下去。《维德拉》的剧情不是把这两种情况都结合起来了吗?希波吕托斯即将出行了。维德拉在此之前一直故意惹他憎恨自己,据她说(不如说是诗人让她说)是出于顾忌,其实是因为她看不到前景而且感到希波吕托斯并不爱她,此时她忍不住了。她来向他表白爱情了,这一场正是我经常背诵的:

> 据说您即将动身远离我们。

希波吕托斯远走高飞的这个理由比起忒修斯之死无疑是次要的,这一点可想而知。跳过几行诗,写维德拉一时间装作没有被理解而说:

> ……难道我会不顾荣誉,

同样可以认为这是由于希波吕托斯拒绝了她表白的爱情:

> 夫人,您难道忘了
> 忒修斯是我的父亲,是您的丈夫?

然而如果希波吕托斯没有发怒,维德拉在已经得到幸福时也许同样会感到这幸福算不了什么。不过她发现自己并没有得到幸福，而希波吕托斯又以为理解错了从而向她道了歉，这时，正如我刚把书信还给弗朗索瓦丝时所想到的，维德拉便希望由他自己来拒绝，她想彻底试试自己的运气：

> 啊！无情无义的人，你太明白我的意思了。

许多东西甚至韧性，如别人向我谈到过的斯万对奥黛特的韧性或我自己对阿尔贝蒂娜的韧性在这场戏里也有所表现，这种韧性用一种新的，充满怜悯和同情的爱，用希望倾诉衷情的爱取代了过去的爱情，这种新的爱只会使昔日的爱更加丰富多彩：

> 你越恨我，我越爱你。
> 你的不幸为你增添了新的魅力。

倘若维德拉此刻没有得知希波吕托斯爱着阿里西，她会原谅希波吕托斯而且从奥依娜出的主意的束缚中摆脱出来，这说明“顾忌荣誉”并不是维德拉最坚持的事。因此嫉妒，这种在爱情里意味着失掉全部幸福的感情是比失掉荣誉更容易使人激动的。就在这时她才听任奥依娜（她无非是维德拉身上最恶劣部分的名称）诬蔑希波吕托斯，并没有去“挺身保护他”，她把这个不愿意要她的男人发落了，而她造成的希波吕托斯不幸的命运也并没有使她得到安慰，因为希波吕托斯一死，她紧接着心甘情愿地死去了。这场戏可以说是对我个人生活里那些恋爱插曲的预测，正如贝戈特所指出的，这场戏淡化了拉辛为减轻维德拉的罪责而加诸她的“冉森教徒式”的顾忌，至少我是这样理解的。这些思考却也并没有改变我的决心，于是我把信交给了弗朗索瓦丝，让她还是把信交到邮局，我也就在阿尔贝蒂娜那里实施了这种尝试，而当时我得知还没有进行这种尝试时，我感到仿佛不尝试就不行似的。认为实现我们的愿望不算一回事,这无疑是错误的,因为只要我们认为这愿望可能实现不了,我们就会重新去重视它,而且只是在有把握实现它时我们才会认为不必继续去实现。不过认为不算一回事的人也有道理。因为虽说实现愿望和幸福都只是在有把握时才显得不算一回事,这种实现和幸福本身却都是某种不稳定的东西,它们只能使人感到伤心。愿望实现得越全面,伤心便越剧烈,幸福如违反自然规律延续下去而且得到习惯的认可,伤心就会变得更加难于忍受。从另外的角度看,这两种倾向,如我一心想发信,当我以为信已发出时,我又一味地后悔,这两种倾向本身都有它们的道理。就第一种而言,我们追求幸福是完全可以理解的——追求不幸也如此——我们同时又希望以即刻显示结果的新的行动进行安排,使我们等待而又不至于毫无希望,简言之,我们设法使我们的苦痛采取另外一些我们想象不那么残酷的形式,这也是完全可以理解的。不过第二种倾向的重要性也并不比第一种差,因为这种倾向是以相信我们的行动能够成功为基础的,它干脆就是我们圆满实现愿望时可能会立即感到的幻灭的开始,过早的开始,也就是我们在排除其他形式而为自己确定这种幸福形式时所感到的后悔之情。

我把信还给弗朗索瓦丝要她赶快交到邮局去。我的信一走,我重又去想象阿尔贝蒂娜会立即回来的事了。一想到她回来我脑海里便出现了亲切的形象,这些形象以它们的妙趣略为冲淡了我在她这次回归里看到的危险。这种久违了的同她朝夕相处的妙趣使我陶醉了。

时光流逝,人们在谎言里谈到过的都逐渐变成事实,在和希尔贝特相处时我对此体会太深了;我在呜咽不已时佯装的冷漠终于成了现实;我当时对希尔贝特谎话连篇的那一套在事后回想起来也确实弄假成了真,生活逐渐把我们分开了。我还记得那时的情景,于是我对自己说:“假如阿尔贝蒂娜还像这样过上几个月,我的谎言一定会变成现实。目前最难熬的时间既然已经过去，不是可望她再这样继续过完这一个月吧？如果她回来，我便会放弃真正的生活，当然我目前还未能领略这种生活，但这种生活一定会逐步向我展示它的魅力，与此同时我对阿尔贝蒂娜的印象却会越来越淡薄。①

阿尔贝蒂娜出走之后，我以为别人似乎不可能看见过我哭泣，所以我老是拉铃叫来弗朗索瓦丝而且告诉她："得看看阿尔贝蒂娜小姐有没有忘了什么东西。别忘了打扫她的房间，以便她回来时房里整整齐齐的。"或者干脆说："正好，就是那天，阿尔贝蒂娜小姐还对我说，噢，就在她动身的前一天……"我是想让弗朗索瓦丝隐约预感到阿尔贝蒂娜出走的时间是短暂的，使她为这次出走而幸灾乐祸的心情收敛收敛；我还想让弗朗索瓦丝明白我并不害怕谈起这次出走，我要让这次出走显得像是我乐意的——就像某些将领把被迫退却称作符合预定计划的战略撤退一样——仿佛只是我暂时隐瞒了真实意义的一个插曲，而绝不是我和阿尔贝蒂娜之间友谊的结束。我不停地提起她的名字，是想让她身上的某种东西像少许的空气一样回到这间人去楼空的房里，我在这里真透不过气了。此外，人在设法减轻自己痛苦的程度时总是在吩咐送衣服或命人开饭时像口头禅一样老提起这种痛苦。

在整理阿尔贝蒂娜的房间时，好奇的弗朗索瓦丝把那张香木小桌的抽屉打开了，我的女友过去在睡觉时总爱把一些私人小物件放在这个抽屉里。"噢，先生，阿尔贝蒂娜小姐忘了戴她的戒指，戒指都留在抽屉里了。"我的第一个反应是说："得给她寄回去。"然而这样一说便显得我对她

---

① 我并不是说我还没有开始遗忘。然而遗忘的结果之一恰恰是使我再也忆不起阿尔贝蒂娜那许多令人不快的方面，再也忆不起我和她共同度过的令人烦恼的时光，因此也就不再是我希望她不在这里的理由，就像她还在这里时我希望的那样。遗忘还给我提供了她的素描式的形象，即被我对其他人的爱意美化了的形象。遗忘尽管促使我习惯了分居的生活，它在上述特殊的形式下却让阿尔贝蒂娜显得更温柔，更美丽，反倒使我更盼她回归了。——作者注

的回归缺乏信心。"好吧，"我沉默一会后又回答说，"她出门时间不长，不用麻烦了。给我吧，我瞧着办。"弗朗索瓦丝递给我戒指时显出不怎么相信的神气。她厌恶阿尔贝蒂娜，然而她以她之心度我之腹，便以为阿尔贝蒂娜所写的每一封信只要交到我手里怕都会被我拆看。我把戒指取过来。"先生小心点，可别丢了，"弗朗索瓦丝又说，"这些戒指可算得上漂亮了！不知是谁送给她的，是先生送的呢，还是另外的男人送的，不过有一点我很清楚，送戒指的人准有钱，而且有鉴赏力！""不是我送的，"我回答弗朗索瓦丝，"再说这两只戒指并不是同一个人送的。一只是她姨母给的，另一只是她自己买的。""不是同一个人送的！"弗朗索瓦丝嚷道，"先生是在开玩笑吧，两只戒指一模一样，只不过有一只上面加了一粒红宝石，两只上面都刻了鹰，戒指里边都有同样的姓名开头字母……"我不知道弗朗索瓦丝是否感觉到了她的话给我带来的痛苦，她此刻竟露出了笑意，而且这微笑再也没有离开过她的嘴唇。"怎么，同样的鹰？您疯了。没有红宝石的这只的确有鹰，可是另外那只上面刻的却是人头一类的东西。""人头？先生在哪儿看见人头啦？我拿长柄眼镜一看便看出这是鹰的翅膀；先生用放大镜看就会看见另一个翅膀在另一边，头和嘴在中间。每根羽毛都看得见呢。哦！做工可真漂亮。"我忧心如焚地想弄明白阿尔贝蒂娜是否欺骗了我，这种需求竟使我忘记了我应该在弗朗索瓦丝面前保持尊严，忘了我应该把她那邪恶的快活劲儿碰回去，这种快活即使不为折磨我，起码也是为了损害我的女友。弗朗索瓦丝去取我的放大镜时我激动得直喘粗气，我拿过放大镜，要她把红宝石戒指上的鹰指给我看，她毫不费力地让我认出了鹰的翅膀，勾勒翅膀的装饰性线条和另一只戒指上的完全一样，我还看出了立体感很强的每一根羽毛和鹰的头部。她还提醒我注意相同的题词，真的，红宝石戒指上的题词和这一只的题词正相搭配。两只戒指内边都有阿尔贝蒂娜姓名第一个字母组成的图案。"先生非得看了这一切才认出戒指是一模一样的，这真使我吃惊，"弗朗索瓦丝对我说,“即使不去仔细察看也能感觉出金子折弯的方式方法全一个样,形状也相同。瞥一眼我就敢起誓两只戒指出于同一个地方。这就像优秀女厨师做的菜一般一目了然。”果然,她那仆人特有的好奇心,那由仇恨激起的习惯于以令人胆寒的精确性、注意细节的好奇心和她的鉴赏力相得益彰,的确有助于她所作的鉴定,她也确曾在烹调里显示过同样的鉴赏力,这种鉴赏力也许由于她的善于卖弄而更显得旺盛了,我去巴尔贝克时从她穿着的方式里也已注意到了这点,原来她也是曾经标致过,曾经见识过别人的首饰和穿着打扮的女人呢。即使在某一天我取错了药,我感到喝茶太多需要服巴比妥却取了同样数量的咖啡因片,我那时心跳的程度也不会像此刻这样剧烈。我要弗朗索瓦丝离开房间。我真想立即见到阿尔贝蒂娜。我对她撒谎的憎恨,对不认识的男人的嫉妒同我眼见她如此这般接受别人的礼物而感到的痛楚交织起来了。不错,我本人送给她的礼物更多,然而只要我们不知道我们供养的女人也被别人供养着,这女人在我们眼里就不是情夫养活的女人。既然我一直不停地为她大量破费,我便不去管她道德如何低下,只一味地抓住她不放,是我使这种道德低下在她身上持续存在下来的,也许是我使它发展下去,也许就是我使她道德低下的。而且就像人生来善于编造神话故事以抚慰自己的痛苦,就像我们在饿得要死时总能让自己相信一个陌生人即将给我们留下一亿巨款一样,我竟胡乱想象阿尔贝蒂娜正在我的怀里向我作解释,说是她自己因为看见两只戒指做工一样才买下第二只的,也是她自己命人刻上她名字的第一个字母的。不过这种解释完全可能不攻自破,也还没有来得及使它的恩泽在我心里扎下根,因此我的痛苦也就不可能很迅速地平静下来。我琢磨许多男人在对别人说他的情妇很体贴时也在忍受着我受到的这种折磨。这说明他们是在对别人撒谎同时也在对自己撒谎。他们也不完全是在说谎;他们和情妇确曾享受过美好的时光;然而这些女人在情夫的朋友面前表现出来的使情夫为之自豪的亲切体贴,她们单独与情夫相处时使情夫对她们赞不绝口的亲切体贴，这一切都掩盖了某些无人知晓的时辰，在这些时刻情夫忍受过痛苦，怀疑过，也曾劳而无功地到处探寻过实情！正是这样的痛苦交织着恋爱的乐趣，交织着为女人的毫无意义的话而心醉神迷的乐趣，明知那些话毫无意义，但仍然要加进她的气味使它们香气扑鼻。不过此时此刻我却再也无法透过回忆而沉醉在阿尔贝蒂娜的香味里了。我手上拿着这两只戒指，两眼呆呆地注视着戒指上这只无情的鹰，鹰的嘴喙像烙铁一般折磨着我的心，那一对羽毛突出的翅膀带走了我对女友保持的信任，在鹰爪下，我那受到伤害的心灵一刻也不能回避对这个陌生男人的情况提出的一连串的疑问，这只鹰无疑是此人姓名的象征，只不过我无法认出来罢了，她从前一定爱过此人而且不久前一定见过他，因为我初次见到这第二只戒指正是我们在森林里一起散步的那一天，那是多么甜蜜多么富有家庭情趣的一天呀，这只戒指上的鹰看上去仿佛正在把它的嘴喙浸进红宝石里那一大片清澈的血水里。

此外，我从早到晚不停地为阿尔贝蒂娜的出走而苦恼也并不意味着我只想念她一个人。一方面，她的魅力早就越来越接近某些东西了，这些东西最终会远远抛弃她的魅力，但是她在我身上引起过的那种激情还会照样使这些东西冲动起来，如果有什么事物使我想到安加维尔，想到维尔迪兰一家或想到莱娅扮演的什么新角色，痛苦仍会像潮涌一般前来袭击我。另一方面，我自己所谓的想念阿尔贝蒂娜，是指想办法让她回来，和她重聚，是指设法知道她在做些什么。因此，在这段我无休无止地备受煎熬的时间里，如果有什么图表能够描绘出我的痛苦的图像，人们也许会看见奥赛火车站，看见送给邦当夫人的钞票，看见圣卢俯身在电报局斜面小桌上拟写发给我的电报的情景，却永远也不会看到阿尔贝蒂娜本人的图像。在我们生命的长河里，由于自私自利我们每时每刻都只看得见眼前的对我们这个“我”十分珍贵的目标，却从不去看那不停地注视着这些目标的“我”自己，正如指引着我们行动的愿望总是屈尊趋附于行动，却不再回升到愿望本身，或因为这愿望过分注重功利，便迫不及待地投入行动而蔑视认识，或因这愿望正在寻求未来以纠正令人失望的当前，或因思想的懒惰促使这愿望顺着想象的轻松自在的斜坡往下滑行而不肯沿着内省的崎岖陡坡往上攀登。事实上，在我们置生命于不顾的危急时刻，随着这生命所系的人儿愈益显示她在我们生活中所占的广阔位置和她震撼一切的力量，这个人儿的形象便相应地逐渐缩小直到再也无法察觉。由于我们的感情作用我们在万事万物里都能发现这个人儿存在时留下的影响；而这人儿本身，这影响的来源，却哪儿也找不到了。在这些日子里我怎么也回忆不起阿尔贝蒂娜的形象，我简直以为我再也不爱她了，这就像我母亲，她在绝望的时刻无法回忆我外祖母的形象时（她在梦中和外祖母邂逅那一次例外。她当时感到那样的重逢多么难得，尽管是在睡梦中，她仍然豁出全部力气使那次重逢延续下去），便可能而且也的确谴责过自己不为母亲的死而感到惋惜，她母亲的死使她痛不欲生，然而她在回忆里却总是捕捉不到她母亲的轮廓。①

---

① 我准备在买汽车的同时也买下迄今最漂亮的那艘游艇。有人要卖这艘船，但要价太高没有找到买主。而且一旦买了船，就算我们只作四个月的水上旅行，每年的游艇保养费也得花二十万法郎。这就要求我们在年收入超过五十万法郎的基础上生活。这样的基础我能支撑七年或八年吗？不过那又何妨？一旦我每年只有五万法郎的年金收入，我可以把这笔钱留给阿尔贝蒂娜然后去自杀。这就是我作出的决定。这决定倒使我想起了“我”。而这个“我”在生活中却不停息地想着一大堆事情，他无非是琢磨这些事情的思想活动，当他偶然间失去了这些事情的思路而突然想到了自己时，他却只找到了一架空空如也的仪器，一种他并不熟悉的东西，为了使这些东西具备一定的现实感，他又加进了在镜中瞥见的对某个面庞的回忆。那滑稽的微笑，那不整齐的胡须，就是这些东西即将在地面上消失。五年以后我一自杀便不可能再琢磨这些事情了，而这些事情目前却不停地展现在我的脑际。我将从地面上消失而且永远不返回，我的思想也将永远停止活动。看见“我”仿佛已经成了不存在的东西，我便感到这个“我”似乎更加虚无缥缈了。为我们朝思暮想的女人（我们所爱的女人）而牺牲我们从来不想的人：我们自己，这难道会有什么困难吗？为此我仿佛觉得我死亡的念头就像关于我本人的概念一样古怪；不过这念头却并不使我反感。猛然间我又感到这死亡的念头可悲得无以复加了；因为在我琢磨到我之所以不能掌握更多的钱财是由于我的双亲还在世时，我突然想起了我的母亲。而一想到我死后母亲的痛苦我便受不了。——作者注

我怎么会相信阿尔贝蒂娜不喜爱女人？是因为她说过，尤其是前不久说过她不喜爱女人；然而我们的生活难道不是建立在永恒的谎言之上的吗？她没有一次问过我："我为什么不能随便出门？您为什么问别人我干了些什么？"可是生活实在太奇特，所以她自己果真不明白其原因时一定会向我提出这个问题。她对自己恒久不衰的情欲，对自己数不胜数的回忆，对自己不胜枚举的欲望和愿望永远保持沉默正好与我对她被幽禁的原因保持沉默是不谋而合的，这不是可以理解的吗？在听见我暗示说阿尔贝蒂娜即将回归时弗朗索瓦丝看上去是知道我在说谎的。她这种看法的依据似乎稍强于指导仆人行为的通常道理，即主人不喜欢在仆人面前受到屈辱，主人要仆人知道的真实情况只限于适合保持尊严的，离美化了的虚构情节不太远的东西。弗朗索瓦丝这一次作如是看法似乎还另有依据，仿佛倒是她自己在阿尔贝蒂娜的心里引起了猜疑并使这种猜疑持续下去，而且激起了她的愤怒，总之是她促使阿尔贝蒂娜发展到这样的地步，以至她弗朗索瓦丝原本就可以预言这次出走是不可避免的。果真如此，我那些所谓我的女友是暂时出走、我知道而且同意她出走之类的说法也就只能遭到弗朗索瓦丝的不信任了。然而她关于阿尔贝蒂娜在本质上谋求私利的想法，以及她出于仇恨认为阿尔贝蒂娜从我这里大获"好处"的夸张说法又可能在某种程度上挫败她自己肯定我在说谎的自信。因此当我在她面前像提一件最自然不过的事那样暗示阿尔贝蒂娜即将回来时，她注视着我的脸（膳食总管为了惹她不快，在替她念报念到某些时政消息如关闭教堂放逐神甫之类的事情时总爱偷换几个字眼，这使她大犯嘀咕；于是，尽管她站在厨房尽头而且大字不识，她也会本能而贪婪地盯着报纸看，她此刻注视我的姿势和她看报的姿势一模一样），仿佛她看得出我所说的是否在我脸上真有所显露，我是否正在胡编乱造。

不过她一见我写了一封长信之后又在寻找邦当夫人的确切地址，她那至今还很模糊的唯恐阿尔贝蒂娜返回的害怕之情便又重在她心里滋生起来了。这种害怕之情在翌日清晨竟发展成了真正的又惊又怕，原来她从准备交给我的一封书信的信封上认出了阿尔贝蒂娜的字迹。她在嘀咕阿尔贝蒂娜的出走是否只是一出喜剧，这个假设使她备感伤心，似乎这已经最终确定了阿尔贝蒂娜将来要在这个家里生活下去，似乎这已经构成了我的屈辱，我被阿尔贝蒂娜要弄的屈辱，而对我的侮辱就是对她本人的侮辱，因为我是她的主人。无论我多么急于阅读阿尔贝蒂娜的来信，我仍旧禁不住观察了一会弗朗索瓦丝的眼睛，她的全部希望都从这双眼睛里消失了，我从这个征兆里得出了阿尔贝蒂娜会立即回来的结论，正如冬季运动的爱好者看见燕子远走高飞便高兴地推断出寒冷季节即将来临一样。弗朗索瓦丝此刻总算离开了房间，在肯定她已关上了房门之后，为了不显得忧心如焚，我不声不响地拆开了来信：

"我的朋友，谢谢您对我讲过的那些令人愉快的事，我一定遵命去退掉劳斯莱斯汽车，如果您认为我能在这方面做点什么的话，而对此我也并不怀疑。您只要把中间人的姓名写给我就行了。您恐怕会受这些人的欺骗，他们求之不得的只有一件事，那就是卖货；您从来不出门，要一辆汽车做什么呢？您对我们最后一次散步还保留着美好的回忆，我很感动。请相信，我也不会忘记那次格外黯然神伤的散步（因为当时已暮色苍茫而我们又即将离别），那次散步只有在我满目漆黑时才会从我脑海里消失。"

我清楚地感到最后一句话无非是一句话而已，阿尔贝蒂娜根本不可能对那次散步保持如此甜蜜的回忆，更不可能保持到她离开人世的时候，她当时肯定感到散步索然寡味因为她那时正急不可耐地盼望着离开我。不过我也很欣赏巴尔贝克那个骑自行车打高尔夫球的姑娘，尽管她在认识我之前只读过《爱丝苔尔》，她却天生聪慧而且我有非常充足的理由认为她在我家又培养了新的素质，这些素质使她与众不同而且更为完美。

我在巴尔贝克对她说过这样一句话:“我认为我的友谊对您是宝贵的,我正是能够给您带来您缺少的东西的人。”——我在一张照片上写下了这样的题词:“自信天生保护人”——这句话,我虽然说了却并没有相信,而当时说这话的唯一目的只是让她感到来看望我大有好处,同时使她克服她可能会感觉到的厌倦情绪,这句话事实上却是千真万确的;这就像我告诉她我不愿意见到她是因为我害怕我会爱上她一样。我之所以说这话是因为我明白,她来得勤时我对她的爱情反而会逐渐减弱,而分离倒可能激励这份爱情;然而事实上她勤来看我倒使我产生了比在巴尔贝克初期的爱情强烈得多的对她的渴求,这一来我那句话又变成真实的了。

不过总的来说阿尔贝蒂娜的信并没有使事情有所进展。她只对我说了准备给中间人写信。必须使目前的局面有所突破,必须赶紧了结这一切,于是我有了下面这个主意。我立即命人给安德烈送去一封书信,我在信中说阿尔贝蒂娜住在她姨母家,我感到很孤独,如果她能来我这里小住几天我会感到无比快乐,而且我一点不想使这件事神秘化,所以我请她将此事通知阿尔贝蒂娜。与此同时我又装作没有收到阿尔贝蒂娜的信而给她写了下面这封信:

“我的朋友,请原谅您一定会十分理解的这件事,我非常憎恶把事情神秘化所以我愿意她和我一道来通知您。您在我身边时生活那么甜蜜,因此我养成了无法独自生活的坏习惯。既然我俩已商定您不回来了,我便考虑了代替您的最合适的人,而最能使我少作改变也最能引起我对您的回忆的人非安德烈莫属,所以我已请求她到我这里来。为了使一切不显得那么突然,我对她说只小住几天,但就我们私下说吧,我相信这次是永久性的。您不认为我说得有理吗?她知道你们巴尔贝克那一伙姑娘永远是对我最具诱惑力的小小的社会团体,我曾最幸运地取得了这个团体的认可证。这个团体的诱惑力无疑还在我身上起着作用。既然我俩的性格和生活的厄运注定了小阿尔贝蒂娜不可能成为我的妻子，我想我无论如何总该在安德烈身上得到一个妻子——不如您迷人，但性格的更大共同点也许能使她和我在一起时感到更幸福。”

然而信一发出，我心里又突然升起了疑云，阿尔贝蒂娜曾写信告诉我说：“如果您直接写信给我，我会很高兴回来”，她对我这么说无非是因为我并没有直接给她写信，如果我真给她写了信，她恐怕还是不会回来的，在得知安德烈来我家而且随后会成为我的妻子时她一定感到十分欣慰，只要她阿尔贝蒂娜获得自由就成，她出走一周以来终于可以毫无顾忌地堕落下去，我半年来在巴黎每时每刻精心采取的预防措施也就付诸东流了，因为在这一周里她可能已经干下了我分分秒秒刻意阻止她做的事，那些预防措施已经毫无用处。我琢磨她在那边一定胡乱享用了她的自由，当然，我自己构想出来的这个念头似乎使我感到伤心，但这种伤心也只是一般性的，没有什么特别，而且这念头虽然促使我设想她可能有无数的女性情人，我却不能肯定其中的任何一个，因此这念头虽然使我的思想进入了一种不无痛苦的永恒的运动，但由于缺乏具体人的形象，这种痛苦倒还可以忍受。然而圣卢一到这种痛苦就不再是可以忍受的了，它变成了难以忍受的苦难。

在说明为什么圣卢对我说的话使我如此难受之前，我应该叙述一件他临来访时发生的事，后来想起这件事我的心情竟纷乱到虽不说冲淡了与他谈话使我产生的痛苦印象，起码也降低了这次谈话的实际重要性。这件事是这样的：由于我急不可耐地想见到圣卢，我便在楼梯上等他（如果我母亲在家我一定不会这么做，因为她除了讨厌“传话”外，最厌恶的就是这种举动），这时我听到了这样一段对话：“怎么！您不会让人打发掉您不喜欢的人？这可不难。您只要，比如说，把他应该送的东西藏起来；他的东家急着要东西时一叫他，他什么也找不到便会急得团团转，我舅母准气冲冲地背着他对您说:‘他在干什么呀?’他只要一迟到,所有的人都会气冲冲的,这一来他再也得不到需要的东西了。这样干它四五次,您就可以十拿九稳瞧着他被辞退。您如果故意悄悄把他该送的干净东西弄脏,加上诸如此类的事情您就更有把握了。”我惊得目瞪口呆说不出一句话,这些毫无信义冷酷无情的话语竟会出自圣卢之口!而我原来却一直把他看成一个多么善良,对不幸的人多么富于同情心的人,他这一席话简直使我相信他是在朗诵撒旦的台词;这不可能是以他自己的名义说的话。“可是谁都需要挣钱养活自己呢。”和他对话的人说道,我这时才看见说话人是德·盖尔芒特公爵夫人的一个听差。“那又关您什么事呢?您自己舒服就成了,”圣卢恶狠狠地回答他,“而且您还多了一个出气筒,这岂不快活。您完全可以趁他给盛大晚宴上菜时把墨水瓶打翻在他的制服上,总之,弄得他一刻儿也不安生,让他最后自愿离开。再说,我还可以帮您一把,我要告诉我的舅母说我赞赏您竟有耐心和这样一个呆头呆脑而且穿得很糟的家伙一起干活。”我露面了,圣卢朝我走了过来,可是我在听见他说了那些与我了解的他如此不相称的话之后我对他的信任已经动摇了。而且我在考虑,一个对不幸者能够如此冷酷无情的人是否可能在去邦当夫人处替我办事时对我背信弃义。等他一走这个考虑便格外有力地促使我不把他此行的失败看成是我不能成功的依据,不过当他还在我身边时,我想到的仍旧是过去的圣卢,而且是刚离开邦当夫人的朋友。他首先对我说:“你认为我本来应该多给你打几次电话,可是这边老说你没有空。”不过我的痛苦变得无法忍受是在我听到他说下面这些话的时候:“我就从我给你发来最后一份电报以后说起吧,我穿过一间库房一类的房子后便进了她家的大门,等我又走了一个长廊他们才让我进了客厅。”一听见库房,走廊,客厅,甚至这些词还没有说完,我的心便比触了电更急速地翻腾起来,因为在一秒钟之内绕地球次数最多的力量并不是电,而是痛苦。圣卢走后我重复说了多少遍库房,走廊,客厅这几个词呀!我这是在故意一二再再而三地冲击自己。在库房里，阿尔贝蒂娜完全可能和某个女友躲藏起来。而在客厅里，又有谁知道她姨母不在时她在干些什么？怎么？我这不是在想象阿尔贝蒂娜住的房子既不能有库房也不能有客厅吗？不，这一点也没有这么想，或者说我过去只把这房子想成了一个并不确切的地方。当她待的地方成了一个特定的具体地理名词时，当我得知她不是在两三个可能的地方而是在土兰时，我第一次感了痛苦。她的门房说的话在我心里也在地图上终于标明了使我难过的地方。然而在我适应了“她在土兰的某个住宅里”这个想法时，我并没有见过这个住宅；关于客厅，库房，走廊的可怕概念也就从来没有进入过我的想象；如今，这几个处所却仿佛正在我的对面，在看见过它们的圣卢的视网膜里，阿尔贝蒂娜在那里走来走去，在那里生活，这些处所是特定的而不是不着边际互相推翻的可能的地方。库房、走廊、客厅这些字眼使我清楚意识到我让阿尔贝蒂娜在这个可诅咒的地方待一星期实在是发疯了，这地方的“存在”（而并不只是可能存在）已在我面前暴露无遗了。唉！圣卢还谈到他在客厅里听见隔壁房间里有人在扯开喉咙唱歌而且那唱歌的正是阿尔贝蒂娜，听到这里我终于在绝望中明白了，阿尔贝蒂娜摆脱我之后竟生活得很幸福！她已重新赢得了自由。而我却在想她会即刻回来取代安德烈！我由痛苦转而冲圣卢大发雷霆了。“我对你的唯一要求是避免她知道你去了那里。”“你以为这很容易吗！都对我保证说她不在那里。噢！我明白你对我不满意，我从你那些电报里已经感觉到了。可能你并不公正，能做的我都做了。”她重新挣脱了羁绊，离开了我家这个牢笼，而在这个牢笼里我过去又成天价不叫她到我房里来，对我来说，她这是恢复了她全部的价值，她又变成了众星捧月式的人物，变成了从前那只妙不可言的小鸟。“长话短说吧。钱的问题，我真不知道该怎么对你说，对一位看上去那么敏感的女人说钱的事我还怕冒犯她呢。不过听我谈及此事时她倒没有哼一声。过不多久她甚至对我说她见我和她互相那么理解，她十分感动。可是她后来谈的话又那么正派，那么高雅，我简直就无法想象她说‘我们互相那么理解’是在谈我送钱给她的事，其实我的所作所为是很没有教养的。”“也许她并没有理解，也许她并没有听清楚，你当时应该重复说几遍，因为只有这样才有把握使事情成功。”“可是她怎么可能没有听清楚呢？我就像刚才跟你说的那样对她说的，她既不是聋子，也不是疯子。”“而她却一点也没有考虑？”“一点没有。”“你该对她再说一遍。”“你怎么能让我再说一遍呢？我一进门就看见了她的神色，我当时心想，你弄错了，你这是在让我做一件蠢而又蠢的事，如此这般给她送钱真是难于登天。不过，为了服从你的命令我还是干了，我还以为她会命人把我赶出门去呢。”“但她并没有如此行事。这说明，或许她并没听清楚，所以应该再说一遍，或许你们还可以就这个问题继续谈下去。”“你说‘她没听清楚’是因为你在这里，可是我对你再说一遍，你要是参加了我们的谈话你就会明白，当时那里鸦雀无声，我是粗声粗气对她说话的，她不可能没有听懂。”“可她是否相信我始终希望娶她的外甥女呢？”“不，这个嘛，如果你愿意听我的意见，她根本不相信你打算娶亲。她对我说，你亲口告诉她的外甥女你想离开她。我到现在也不知道她是否相信你想娶亲。”

这些话使我稍微放心了些，这说明我还不算太受侮辱，因此更大的可能是我还在被爱着，这说明我还有采取决定性措施的更大余地。不过我仍旧十分苦恼。“看见你不满意我很烦恼。”“不对，我很感动，我感谢你对我的盛情，不过我觉得你好像能够……”“我已尽了最大的努力。换另外的人也不可能做得更多，甚至还做不到我做过的那些事呢。你找别人试试。”“这明摆着不可能，早知如此我就不派你去了，不过你这一招流产可妨碍了我采取另外的步骤。”我责备了他：他确曾设法为我效劳，但没有成功。圣卢在离开那里时曾和几个正在进门的少女交错而过。我早就不止一次猜想到阿尔贝蒂娜在当地认识一些姑娘，我这是第一次为此感到难过。确实应该相信，大自然在让我们的头脑分泌天然的解毒剂以消除我们不停顿而且毫无危险地作出的各种假想；然而什么药物也不可能免除圣卢遇到的这些姑娘对我产生的毒害。可是他讲过的这些细节中每一个有关阿尔贝蒂娜的不都是我曾设法打听过的吗？不正是为了更确切地了解这些情况我才让当时被上校召回的圣卢不惜一切代价前来我家的吗？不正是我，是我自个儿企求得到这些细节，或者不如说，不是我的痛苦在饥不择食地渴求增长，在贪婪地盼望得到这些细节作为养料的吗？圣卢最后告诉我他在那幢住宅的附近喜出望外地遇到了唯一的一个熟人，而这个人又使他想起了过去，他邂逅的是拉谢尔过去的一个女友，一个漂亮的女演员，她正在附近度假。一听到这个女演员的名字我就琢磨起来："也许就是和这个女人。"光想到这点我就仿佛看见阿尔贝蒂娜在一个我不认识的女人的怀里微笑，快活得脸蛋发红。而实际上又何尝不是如此呢？自我认识阿尔贝蒂娜以来我想女人还想得少吗？我第一次去德·盖尔芒特公爵夫人府上拜访回来的那天晚上，我想圣卢谈到的那个常去妓院的姑娘和普特布斯太太的女仆不是比我想德·盖尔芒特夫人还勤得多吗？不正是为了这个普特布斯太太的女仆我才又返回巴尔贝克的吗？说近一点，我不也曾经渴望去威尼斯吗，那为什么阿尔贝蒂娜就不能有去土兰的愿望呢？其实我到现在才意识到，我当时本来就不会离开她，也不会去威尼斯。即使我打心底想："我很快就要离开她了。"我也明白我再也不会离开她，这就像我明知我再也不会工作，也不会去过一种有益于健康的生活，总之什么都不会去干，而我却每日都要给明天许下这些宏愿。不过，无论我内心深处怎么想，我当时的确认为比较聪明的办法是让她在生活中感到无限期的分离在威胁着她。而出于我那可憎的聪明，我无疑让她过分相信这点了。如今，这一切无论如何也不能再这样继续下去了，我不能听任她在土兰和这些女孩子待在一起，不能听任她和这个女演员待在一起；一想到她避开我过的这种生活我就无法忍受。我要等她的回信：如果她是在干坏事，唉！多一天少一天又有什么要紧呢（我这样说也许是因为，我既然已经不再像习惯的那样让她向我报告她如何度过她的每一分钟，而且也不再为她有一分钟的自由而恐惧万状，我的嫉妒心也就不再像过去那样以分秒来计算时间了）。不过在收到她的回信之后，一旦知道她不准备回来我还会立即跑去找她；不管她愿不愿意我都会硬把她从她的女友们身边拉走。再说既然我已发现在此之前我从未怀疑过的圣卢的恶劣行为，我亲自去一趟不是更好些吗？谁知道他是否有意谋划让我和阿尔贝蒂娜分手呢？

是否由于我自己已经起了变化，是否由于当时我不可能设想某些自然的原因也可能在某一天导致这种不寻常的分手局面呢，总之，如果我现在给她写信像在巴黎对她说的那样希望她别出什么事故，我是怎样地在撒谎啊！噢！如果她真的出了事故，我的生活不但永远也不会再被我那无休无止的嫉妒心毒化，我还会很快找到即使不是幸福，起码也是免除痛苦之后的宁静。

免除痛苦？我难道真相信过，相信过死亡只消除存在的东西却让其余的东西保持原状？我难道真相信过死亡能够免除认为死者的存在是他痛苦的源泉的人内心的痛苦，而且死亡只解除痛苦却不用别的东西去代替痛苦？免除痛苦！我读遍了报纸上的社会新闻，可惜却没有勇气去构想斯万怀抱的那种愿望。如果阿尔贝蒂娜真的遭到了什么事故，她如果活着，我可以借故追随她左右；她如果死了，我也可以像斯万说的那样重新获得生活的自由。我是这样看的吗？他的确这样看过，这自以为了解自己的机灵人。人们对自己的内心实在是知之甚少！如果斯万还活着，稍晚些时候我真该去告诉他，他那无异于犯罪的希望是荒谬的，他所爱之人的死绝不会使他得到任何的解脱！

我在阿尔贝蒂娜面前丢掉了一切傲气，我给她拍了一份充满绝望之情的电报请求她回来，无论提什么条件都可以，她可以做她愿意做的一切，我只要求在她睡前拥抱她一分钟，一个礼拜三次。她即使说：只拥抱一次,我也会同意就一次。

她再也没有回来。我给她的电报刚发出就收到了一份电报。是邦当夫人拍来的。对我们每一个人来说世界都并不是一劳永逸地创造出来的。在生活的流程里还会有我们无法猜测的事加入其中。唉！这份电报的头两行并没有在我身上产生免除痛苦的效果:“可怜的朋友,我们的小阿尔贝蒂娜去世了,原谅我向您,向那么爱她的您通报这件可怕的事。在一次出游时,她的马把她甩下来撞到一棵树上。我们竭尽全力也未能使她苏醒过来。我怎么没有替她去死呀!”不,不是免除痛苦,而是一种从未领略过的痛苦,是明白她再也回不来了的痛苦。我不是多次对自己说过她也许不会回来了吗？我的确说过,然而此刻我才发现我没有一刻相信过这点。由于我需要她待在我这里,需要她用亲吻来支持我忍受由我的猜忌引起的苦恼,我从巴尔贝克起就已习惯时时刻刻和她形影相随。甚至在她出门留下我一人独处时,我仍旧在拥抱她。她去土兰以后我还在继续这么做。和她的忠实相比我更需要的是她的回归。如果说我的理智有时任意怀疑这一点,我的想象力却自始至终再现着她回归的情景。我本能地用手摸摸我的脖颈,我的嘴唇,自她走后,我的颈项和嘴唇似乎还在接受她的亲吻,可是从今以后它们再也得不到这种亲吻了。我又把手放在我的脖子和嘴唇上,俨如外祖母离开人世时妈妈抚摸着我说:“我可怜的孩子,那么爱你的外祖母再也不能亲吻你了。”我未来的全部生活都从我心灵里给挖出去了。我未来的生活？我难道没有偶尔想到过缺了阿尔贝蒂娜未来该怎样生活？没有！这么说长期以来我一直在把我生命中的分分秒秒都奉献给她直到我死去为止啰？那当然！这种与她分不开的未来,我往日从没有去注意过,可如今这未来却拆开来了,我意识到了它在我裂开的心灵上占据的位置。一无所知的弗朗索瓦丝走进了我的房间;我怒气冲冲地对她吼道:“怎么啦?”(有时几个字就会使我们身边的现实被另一种完全不同的现实所替代,这几个字能像眩晕一般使人神智不清)她这才说:“先生不必显得那么不快,恰恰相反,他马上就会感到满意了。这是阿尔贝蒂娜小姐寄来的两封信。”

我随即意识到我的眼睛大约像精神失去平衡的人的眼睛。我竟既不感到幸福也不表示怀疑。我好像一个看见自己的房间里同一个位置上又是长沙发又是洞穴的人。他眼前再也没有什么东西是真实的了,他倒在地上了。这两封信大概是阿尔贝蒂娜在置她于死地的溜达之前不久写下的。第一封信上说:

“我的朋友,我感激您信任地把您想让安德烈去您那里的意图告诉我。我确信她会高兴地接受邀请而且我相信这于她是件很幸运的事。她天资聪颖,一定会很好地利用同您这样的人做伴的机会去接受您擅长发挥的令人钦佩的影响。我认为您这个主意对她对您都会有好处。因此,如果她对此有丝毫的异议(我不相信她会这样做),拍个电报给我,我负责敦促她接受。”

第二封信的日期晚一天。实际上她在写了第一封信之后可能很快又写了第二封,也许是同时写好再倒填上第一封的日期的。我时时刻刻都在胡乱猜测她的意图,其实她的意图无非是想回到我的身边,对她的意图,任何一个与此事毫不相干的人,一个毫无想象力的人,一个和平条约的谈判者或正在考虑交易事宜的生意人恐怕都会比我判断得更正确。这封信只有这些话:

“我回到您的身边是否为时已经太晚?如果您还没有写信给安德烈,您会同意再要我吗?我一定服从您的决定,我恳求您不要迟迟不告诉我,您知道我多么急切地在等待您的决定呀。假如您决定让我回来,我立即去乘火车。全心全意属于您,阿尔贝蒂娜。”

要想阿尔贝蒂娜之死解除我的痛苦，恐怕得让这次碰撞不仅在土兰置她于死地，而且在我心上也把她置于死地。而她在我心上却显得从未有过地生龙活虎。一个活人想进入我们的心灵必须有形，必须受时间框架的制约；由于他只是一分钟一分钟地在我们面前接连出现，他永远只能给我们同时提供他本人的一个方面，提供一张单一的相片。一个人只是简单的时间积累，这无疑是很大的弱点，但也是强大力量的体现；他属于记忆，一小会儿的记忆对此后发生的事并非全都了如指掌；而记忆记录下来的那一小会儿却会持续下去，它会长存着，在这一小会儿里出现的那个人的轮廓也会和这一小会儿共同长存。这种零碎的记忆不仅会使死者长存，而且会使她越变越多。我若想使自己得到安慰，我应该忘却的就不只是一个阿尔贝蒂娜，而是无数的阿尔贝蒂娜。在我终于能够忍受失去这个阿尔贝蒂娜的悲伤时，我还得去忍受失去另外一个，另外一百个阿尔贝蒂娜的悲伤。

于是我的生活彻底改变了。过去使我感到生活的温馨的，并不是阿尔贝蒂娜本身，而是当我独处时，在想到她的同时，那些与过去相类似的时刻勾起的对过去的时刻无休无止的回顾。雨声使我忆起贡布雷丁香花的香味；阳台上变幻不定的阳光使我想起香榭丽舍大街的鸽子；炎热的清晨震耳欲聋的喧哗勾起我对新鲜樱桃的回忆；风声和复活节的到来唤起我对布列塔尼或威尼斯的渴望。夏季到来时，白昼漫长，气候炎热。正是师生一大早去公园树荫下为期末考试做准备的时候，他们在那里采撷自天而降的些微凉爽，这时的天空虽不像炽热的中午那样燃烧一般烤人，却已同样的万里无云了。在黑暗的房间里，我那和过去相比毫不逊色的联想力如今只能给我带来痛苦，正是这种联想力使我感觉到外面的空气重浊，西沉的夕阳给一幢幢垂直的楼房和教堂抹上了一层黄褐色。弗朗索瓦丝进来时无意间扰动了大窗帘的褶子，看见阳光在我身上碎成一片一片，我强忍着才没有叫出声来，这阳光过去曾使修葺一新的“骄傲的布利克维尔”的门面显得格外美观，当时阿尔贝蒂娜对我说：“它已重修过了。”我不知如何向弗朗索瓦丝解释我叹气的原因，便对她说：“噢！我渴了。”她走出去，又走回来，可是我猛地转过身去，因为一件往事突然向我袭来使我痛苦不堪，成千上万的这类看不见的往事每时每刻都会在我周围的暗处冷不防呈现出来：我看见她给我拿来的是苹果酒和樱桃，在巴尔贝克时，一个农家伙计送到我们车上的正是这种苹果酒和樱桃，过去，在这两样东西的作用下，在大热天我也能完全适应黑暗的餐厅里五颜六色的光线。于是我第一次想到了埃戈尔农庄，我对自己说，在巴尔贝克时，有些天阿尔贝蒂娜老对我说她没有空，她必须同她姨母一道出门，她当时也许是要和她的某个女友去一个她知道我不常去的农庄吧，当我偶尔在玛丽-安托瓦内特滞留而那里又有人对我说“我们今天没有看见她”时，她也许正在那个农庄对她的女友说我俩相偕出游时她也对我说过的那句话：“他不会想到来这里找我们，因此咱们不会受干扰。”我要弗朗索瓦丝把窗帘拉上，我再也不愿看那一片阳光了。然而阳光仍旧那么火辣辣地渗进了我的记忆。“我不喜欢这家饭店，虽然它修复了，后天我们还是去圣马丁，在……”明天，后天，这意味着共同生活的前景，也许是永恒的，它已经开始了，我的心已朝这样一个前景扑过去，然而，它不复存在了，阿尔贝蒂娜死了。

我问弗朗索瓦丝几点了。六点。谢天谢地，闷热总算快过去了，我和阿尔贝蒂娜以往也曾一起抱怨过这样闷热的天气，但我们又很喜欢这种闷热。白昼正在结束。可是我在这一天得到了什么呢？傍晚的凉爽逐渐升腾起来，太阳正在西沉；还记得在我和她一同回家取道的那条路的尽头，我远远瞥见最后一个村庄后面仿佛有一座孤零零的车站，当天晚上我们准备一道在巴尔贝克停留，所以不可能到达那个车站。那时我们在一道，此刻却必须在这同一个黑黑的无底洞前突然停下，因为她已经死去了。拉上窗帘已经不够了，我竭力蒙住自己记忆的眼睛和耳朵，使我再也看不见那一缕橘黄色的夕阳，再也听不见在我四周的树枝上互相呼应的看不见的鸟儿们的啁啾，当时带着那样的柔情拥抱着我的她如今却已溘然长逝了。在夜间，我竭力避开潮湿的树叶以及骑上驴背在公路上走来走去时在我身上引起的感觉。然而这些感觉已经拉住了我，将我从当前的时刻带向遥远，让“阿尔贝蒂娜已长眠”这样的概念像潮落潮涌一般周而复始地冲击着我。啊！我永远也不进森林了，我再也不去林间散步了。可是难道一马平川就不那么令我难受吗？有多少次，为了寻找阿尔贝蒂娜，我穿过了克利克维尔平原，有多少次我和她一道走回来时又再一次取道那里，如遇大雾天，溟濛的雾霭使我俩产生身临浩瀚水泊的幻觉；如遇天清气爽的夜晚，皓月当空，大地变成虚无缥缈的幻境，咫尺之间恍如天上；白昼间大地却仅仅呈现出遥远的身影，它把已被日光融入苍穹的田野和森林糅进多么纯净透明的玛瑙般的蔚蓝！

弗朗索瓦丝想必在为阿尔贝蒂娜之死感到高兴，不过也应该对她进行正确的评价，出于某种礼貌和分寸感她并没有装出悲哀的样子。然而她的古老法典的不成文的律法和中世纪农妇特有的手舞足蹈唱着哭丧的传统毕竟比她对阿尔贝蒂娜、甚至比她对欧拉莉的仇恨更为古老。因此近几天里的一个傍晚，由于我没有来得及掩盖我的痛苦，她瞥见了我的眼泪，这又勾起了她那小农的本能，这种本能曾使她抓获并折磨过牲畜，使她在掐死母鸡活煎螯虾时只感到无比快活，在我生病时她也曾带着同样的快活劲观察我糟糕的脸色，那神气同她观察伤在她手下的猫头鹰一模一样，紧接着她便像预言大祸似的阴郁地宣告我脸色不好。不过她在贡布雷养成的习惯法规使她从不轻易洒泪或伤感，她认为这类感情像拿走她的法兰绒衣服或勉强吃东西一样是令人沮丧的。“啊！不，先生，不能这么哭，这样哭对您可不好！”瞧她想阻止我流泪时那副焦虑的样子，俨然是把流泪当成血流如注了。可惜我表情冷淡，这就扼制了她想抒发感情的愿望,而她想抒发的感情倒很可能是诚挚的。阿尔贝蒂娜于她也许和欧拉莉于她没有什么两样,既然阿尔贝蒂娜再也不可能从我这里获取好处了,她弗朗索瓦丝也就不再怨恨她了。不过她仍然执意向我表明她非常清楚我是在哭泣,而且我正在步家里人极为有害的后尘,不愿意“让别人看见”。“没有必要哭,先生。”她这次对我说话的口气平静了些,而且与其说她是在向我表示怜悯不如说她是想显示她的洞察力。她补充说:“也是该得如此,她福气过了头,可怜的人儿,她根本不了解自己的幸福。”

在这漫长得无以复加的夏日黄昏里阳光消逝得多么缓慢啊!对面的房舍像惨白的幽灵一般继续在天幕上无休无止地涂抹着它经久不变的白色。黑夜总算在我这个套间里降临了,我碰了前厅的家具,然而在我认为已经一片漆黑的楼道上,楼梯门镶了玻璃的部分还透着蓝光,那是花一般的蓝色,昆虫翅膀一般的蓝色,倘若我不曾感到这是最后一线反光,是阳光以不知疲倦的残酷劲儿像利刃一般对准我的最后一刺,我或许会认为这蓝色十分绚丽。

漆黑的夜幕终于降下来了,然而一看到斜挂在院子里树梢上的一颗星我便忆起了我俩晚餐后驱车漫游月光如水的尚特比森林的情景。甚至在街头,我有时也会在巴黎的非天然的万家灯火中分辨并采撷那游移在长椅背上的一束月光的天然清辉,在我的想象里,这月光使巴黎须臾之间回到了大自然,四周是无限静谧的田野,这时整个巴黎似乎都充满着我和阿尔贝蒂娜相偕漫步的令我痛心的往事。啊!长夜何时有尽头呢?黎明前的凉意使我簌簌地颤抖起来,因为这凉意使我忆起了一个甜蜜的夏天,那时我和她一次一次地互相送别,从巴尔贝克送到安加维尔,再从安加维尔送到巴尔贝克,直到破晓。我此刻对未来只抱着一个希望——一个比恐惧更令人心碎的希望——那就是忘掉阿尔贝蒂娜。我明白我总有一天会忘掉她的,我确曾忘掉过希尔贝特,忘掉过德·盖尔芒特夫人,我也确曾忘掉过我的外祖母。忘却得如此彻底,忘却得如此平静,就像把墓地忘得一干二净一样，通过这样的忘却我们摆脱了我们已经不爱的人，而且隐约意识到这样的忘却对我们还在爱恋的人似乎也是不可避免的，这样的忘却正是对我们最公正最残酷的惩罚。老实说，我很清楚这种忘却是一种毫不痛苦的状态，一种无动于衷的状态。然而我不能同时想我现在和我未来是什么样子，我便绝望地追忆着我们抚爱、亲吻和友爱地共枕这一系列我用不了多久就不得不永远失掉的表面现象。这满含柔情的回忆的冲动与“她已逝去”的概念互相冲撞起来碎成一片一片，这两股互相对立的思绪的互相冲击竟使我气闷到再也无法待着不动了；我站起身，可是我又蓦地停住发起愣来；我离开阿尔贝蒂娜，满心喜悦地带着她的热吻走出来时看见的正是这样的曙光，眼下这缕曙光正在窗帘的上端抽出它那已变得不祥的利刃，利刃上发白的，厚密而无情的寒光仿佛正朝着我一刀刺了过来。

街上很快就会喧闹起来，从闹声的声质表上可以看出在闹声回荡中不断提高的炎热程度。几小时之后，炎热的空气将浸润着樱桃的香味，然而就在这样炎热的氛围里我寻找到的（有如在一剂药里换了其中的一味就会使这剂药由安舒和兴奋剂变成使人消沉的药）已经不再是对女人的渴求而是对阿尔贝蒂娜逝去的极度的忧虑。而且我回忆中的每次性的欲求都和性的满足一样渗透着她也渗透着痛苦。我当时以为阿尔贝蒂娜去威尼斯可能会使我感到腻烦（无疑是因为我模糊感到我在那里也需要她），现在她去世了。我倒宁可不去那里了。往日我似乎把阿尔贝蒂娜看成插在我和一切物品之间的障碍物，因为对我来说她就是容纳这些物品的器皿，通过她，就像通过一只花瓶一样，我才能接受这些物品。现在这只花瓶既已毁坏，我感到再也没有勇气去抓住这些物品了，而且已没有一件东西不使我颓丧地背过身去，我真宁愿不去品尝这些东西。由此可见我与她的分离并没有给我开辟一个可能享乐的新天地，而我过去却一直认为是她的存在使这个天地向我关闭了大门。她的存在也许的确是我出门旅行和享受生活的障碍，但是这个障碍却像经常发生的那样掩盖了别的障碍，这些障碍在她这个障碍消失之后便完好无缺地再现出来了。过去的情况也是如此，某个可爱的人儿来访妨碍了我的工作，可是第二天即使我独自在家我也并没有做更多的事。如果疾病、决斗、烈马使我们看到死亡在逼近我们，我们也许会阔绰地去享受生活，去尽情快活，去观赏陌生的国家，因为我们即将被剥夺享受这些东西的可能。一旦危险过去，我们再得到的仍是那千篇一律的毫无生气的生活，而且在这样的生活里那一切享受都不复存在了。

如此短促的夜无疑不能持久。冬日会重新降临，到那里我便再也不怕回忆同她彻夜散步直到匆匆而至的黎明这类往事了。然而最初的霜冻难道不会把储藏在它冰层下的我曾经萌发过的最初的欲念带回给我吗？我最初的欲念是在子夜时分我命人去接她，而在她按门铃之前我又深感长夜难熬之时萌发的，从今以后我可以永远徒劳地等待她按门铃了。那最初的霜冻难道不会把我因两次以为她不来而萌生的最初的忧虑带回给我吗？在那段时间我很少看见她，她总是隔几周来访一次，她每次来访都使她从一种我并不试图了解的陌生的生活里突现出来，她来访之间的间隙倒能阻止我那不住地中断的轻如游丝的嫉妒之情在我心中凝聚成形从而确保我的宁静。这些间隙在当时可能使我安宁，而此刻回想起来，它们却充满了痛苦，因为到后来我再也不认为她在这些间隙里干了些什么我不了解的事都与我无关了，尤其在她永远也不会再来访问我的今天；因此她常来访的元月份的那些晚上，那些因她的来访而变得那么甜蜜的晚上，此刻却可能借着凛冽的北风向我吹来我当时并没有感受过的忧虑，而且给我带来保存在霜冻下面的我的爱情的胚芽，不过这胚芽已变得十分有害了。我想到寒冷的季节又要开始了，自从希尔贝特和我在香榭丽舍大道玩了那几场游戏之后，我感到寒冷的气候老显得那么悲凉，一想到寒冷的夜晚又将来临我便忆起一个大雪纷飞的晚上，我在那晚白白等待阿尔贝蒂娜直到深夜，这么一想，正如一个病人从身体的角度考虑自己的胸肺，我，从精神的角度，从我的感伤，从我的心考虑，我认为最使我不寒而栗的还是严寒天气的重新来临，一想及此我便对自己说，最难苦熬的恐怕还是冬季。

冬季和其他季节都有所联系，因此要想从我的记忆里抹去阿尔贝蒂娜，我也许应该忘掉所有的季节，甚至不惜在今后像患过偏瘫的老人重新学习阅读那样再从头开始去熟悉这些季节；我也许应该和整个宇宙都断绝联系。我想，也许只有我本人真正的死亡才能（然而没有这种可能性）使我不再为她的死亡而痛苦。我并不认为一个人的死是不可能的，是异常的，人的死亡是不知不觉造成的，有时甚至会出乎人的意愿，而且每天都可能发生。我恐怕会对日子千差万别却周而复始这点感到苦恼，不仅大自然，连人为的环境甚至某种更为因袭保守的秩序都可能把这些日子引进某一个季节。我夏天前往巴尔贝克的周年日即将来临，我那还没有同嫉妒心结下不解之缘的爱情，那尚未为阿尔贝蒂娜成天做些什么而忧心忡忡的爱情在后来经历了那么大的变化，最后终于变成了与初期迥然不同的爱情，致使阿尔贝蒂娜的命运始而变化终而结束的最后这一年显得既充实，多样化，又像一个世纪那样漫长。接着便是对后来那些日子的回忆了，不过还是前些年的事，礼拜天天气不好大家照旧出门，午后百无聊赖时，风声雨声也会促使我冒充一番“屋檐下的哲学家”；我后来怎样焦灼地眼巴巴瞧着阿尔贝蒂娜来看我的时刻越来越近呀，那天，不期而至的她第一次抚爱了我，不过被送灯进来的弗朗索瓦丝打断了，在那样死气沉沉的时节，是阿尔贝蒂娜表现了对我的兴趣，因此我当时对她的爱情本来是大有希望的！在某个提前来临的季节，在那些不寻常的夜晚，像小教堂一般半开着大门的讲经堂和寄宿学校笼罩在金黄色的尘埃里，从那里出来的仙女般的姑娘使街道也为之生辉，她们在离我们不远的地方和她们的女伴聊着天，激起了我想深入她们那神话般的生活的热望，就是这样的情景也只能使我想到阿尔贝蒂娜的柔情，她只要待在我身边就能阻止我接近这些姑娘。

此外，即使回忆到那些极其平常的时刻也一定会有内心世界的图景加入其间从而使这些时刻变为独一无二的东西。后来，在天气转晴的一天，天空像意大利的天空一般晴朗，我听见牧羊人的牛角猎号声，就是这样的日子也把它的阳光一会儿同我的忧虑联系在一起，我的忧虑是因为我知道阿尔贝蒂娜在特罗卡德罗博物馆，可能和莱娅以及那两个少女在一起；一会儿又和家庭日常生活的甜蜜联系起来，那种甜蜜俨然来自使我感到难堪的妻子，而弗朗索瓦丝很快就会把这个妻子给我带回来。弗朗索瓦丝在打给我的电话里转达了和她一道回来的阿尔贝蒂娜毕恭毕敬的致意，我原以为她的电话转达会使我感到十分得意呢。我错了。我之所以自我陶醉，是因为这个电话使我感到我爱的人已的的确确属于我，她只为我而生活，即使远离在外，我也没有必要去管她，她把我已看成她的丈夫，她的主人，只要我有所表示，她就会回到我的身边。这样，这来自远方的电话传言便是来自特罗卡德罗街区的一滴幸福的甘霖，那里有我的幸福之源，缓解痛苦慰藉心灵的因素会从那里源源不断地移向我这里，最后把无比甘美的精神自由还给我，从此以后我只须——在毫无牵挂地习研瓦格纳的音乐的同时——放心等候阿尔贝蒂娜到来，不需要过分激动，更不必带着毫无幸福滋味可言的急不可耐的心情。而这种"她回来，她对我毕恭毕敬，她属于我"的幸福感来自爱情却并非来自骄傲。此刻即使有五十个女人对我唯命是从一召即来，哪怕她们不是来自特罗卡德罗而是来自印度，我也会感到毫不在乎。然而，在那天，正当我独自一人在房里弹奏乐曲时，我感觉到阿尔贝蒂娜温顺地朝我走来，我呼吸到了一种像阳光下的浮尘一般分散的物质，正如别的物质有益于身体健康，这类物质对心灵大有裨益。过了半小时，阿尔贝蒂娜果真来到了，我随即和她一起去散步，我原以为她的到来和与她相偕散步都是使人厌倦的，因为对我来说伴随这两件事的是一种可靠感，哪知正因为这种可靠感，从弗朗索瓦丝用电话通知我说她已把阿尔贝蒂娜带来那一刻起，她的到来和与她相偕散步便给后来的钟点注进了金子般可贵的宁静，使这一天变成了与前一天截然不同的日子，因为这另一种日子已具有与众不同的精神基础，这种精神基础使这样的日子变得十分独特，这种独特性刚好和我一向度过的日子的多样性结合起来，不过这种独特的日子是我从来没有想象过的——犹如我们想象不出如何在夏日里休息一天，倘若这样的休息日从来不曾在我们以往的生活里存在过的话；我还不能绝对肯定说我已想起了这样的一天；因为我此刻在宁静中感到了一种我当时未曾感受过的痛苦。然而，很久以后，当我逐渐回溯到我热爱阿尔贝蒂娜之前度过的那段时间，当我内心的创伤业已愈合从而可以不感痛苦地脱离死去的阿尔贝蒂娜时，当我终于能够毫不难过地回忆起阿尔贝蒂娜不留在特罗卡德罗而和弗朗索瓦丝上街买东西的那个日子时，我便很乐意地回顾了属于我以往从未经历过的精神时期的这一天；我终于准确地忆起了这一天，不仅没有增加痛苦，而且相反，我回忆它就像人们想起过了之后才感到十分炎热的夏天的某些日子一样，就像人们仅仅在事后才在没有合金的条件下分析出固定的纯金和牢固的天蓝石的成色一样。

因此这几个年头尽管因为我老想到阿尔贝蒂娜而变得痛苦不堪，却不仅给我对她的回忆增添了连续不断的缤纷色彩，各异其趣的行为方式，增添了每个季节每个时辰留下的痕迹，从仲夏六月的黄昏到冬日的夜晚，从海上的月光到回家时黎明的曙光，从巴黎的雪到圣克鲁的枯叶，而且还加进了我对阿尔贝蒂娜不间断地作出的特殊分析，每时每刻在我脑海里再现的她的外形，我在那个时期见到她的次数的多少，间隔的长短，为等她而引起的焦虑，某个时刻我对她所具有的魅力，我所抱的希望和随之而来的失望；以上这一切都改变了我回顾过去时伤感的性质，也改变了我对与她紧密相联的光和香味的印象，充实了我对生活过的每一个太阳年，这些年辰的春季、秋季和冬季由于与她的往事无从分割已经够凄凉的了,何况它们同时又是情感年,情感年的钟点并不由太阳的位置而是由等待幽会的情况确定;一天的长短或气温的增加与否由我的希望是否勃发、我们亲密的程度是否有所提高来衡量,由她的脸庞的逐渐变化、她的旅行、她不在时给我写信的多寡和书信的风格、她见我回家时扑过来的动作缓急来衡量。总之,如果说这些变化着的时间,这些千差万别的日子每一个都把另一个阿尔贝蒂娜奉还给了我,这可不仅仅是因为我追忆了与这些时日大同小异的时刻。记得每次在我恋爱之前对方就已使我变成了另一个人,这另一个人之所以怀着不同的愿望,是因为他的感受每每有所不同,我头一天还尽幻想着海上风暴和海岸峭壁,可一旦春天的阳光在反射到我半睡半醒中关得并不严实的窗栅时悄悄带进了玫瑰的香味,我醒来后却启程去了意大利。甚至在我恋爱的当中,我的精神大气的多变状态,我的信仰程度的不断改变不也是今天把我自己爱情的能见度缩小,明天又把这种能见度无限地扩大,今天把它美化成一抹微笑,明天又把它冷缩成一场风暴的吗?人们仅仅凭自己占有的东西而存在,人们又只占有确实存在于眼前的东西,而我们的记忆,我们的情绪,我们的思想却又如此大量地远离我们自身出外遨游,使我们的视线捕捉不到它们的踪影!这一来我们便再也无法把它们包括在我们自身这一整体里了。不过它们仍然可以通过秘密通道重新回到我们身上。于是在某些夜晚,我入睡时几乎已不再想念阿尔贝蒂娜了——人只能想念他能够忆起来的东西——醒来时我却找回来了一长串往事,它们来到我最清醒的意识里游弋,使我把它们看得一清二楚。于是我为我看得如此真切的东西而哭泣,而就在昨天这些东西对我来说还是子虚乌有呢。阿尔贝蒂娜的姓名和她的死亡都改变了意义;她的背叛也突然变得严重起来了。

我现在一想到她眼前浮现的仍旧是她活着时我经常看见的她的这个或那个倩影,我又怎能认为她已经长眠了呢?她一会儿风驰电掣一会儿斜倚在她的自行车上，有如骑着神车在雨天飞跑，有几次，我们在晚间带上点香槟酒去尚特比森林，她的声音忽然起了变化，带着挑逗的意味，热烈的情绪使她脸色发白，两颊却抹上了一层红晕，车内太黑暗我看不清她，便让她把脸靠近月光，此时此刻，在无边无际的黑暗中我试图追忆她那发红的颧颊却枉费力气，我再也看不见了。由此可见我应该在我心里消除的并不是一个，而是无数的阿尔贝蒂娜。每一个阿尔贝蒂娜都附着于某一天的某一个时辰，我在重见那个阿尔贝蒂娜时便重新置身于那个日子了。而过去的那些时刻也并不是固定不变的；在我们的记忆里它们总是朝未来运动着——朝那本身也变成了过去的未来——而且把我们自己也带进这个未来。下雨天，阿尔贝蒂娜披上橡胶雨衣时我从不抚爱她，我真想请她脱掉这副铠甲，否则这就成了与她共同体验军营之爱和旅伴友情了。然而这一切都已是不可能的事了，她已经死了。有些晚上她仿佛自我献身请我做爱，由于害怕她变坏我一直装作不理解她的要求，没有我的响应，她恐怕也就不会去要求别人了，而此刻这个要求却激起了我疯狂的性欲，在别的女人身上我也许根本不可能体验到同样的做爱的快活，然而能贡献给我这种快活的女人，我即使走遍天涯也再难以邂逅了，因为阿尔贝蒂娜已经辞世了。我似乎应该在两种情况之间进行抉择，决定哪一种是真实的，因为阿尔贝蒂娜之死——这个情况来自我并不了解的现实，也就是她在土兰的生活——和我对她的全部想法，和我的欲求，我的悔恨，我的动情，我的迷恋与嫉妒是那样地互相矛盾。那些从她全部的生活引出的极其丰富的往事，那些能够说明和代表她一生的极为充沛的感情似乎难以令人相信她已经离开人世了。我说她的感情充沛是因为保留在我记忆里的我对她的柔情衬托出了她感情的丰富多彩。不光阿尔贝蒂娜一个人只是一连串的时间概念，我自己也是如此。我对她的爱情并不简单：对未知事物的好奇夹杂着肉欲，类似居家的甜蜜感情忽而与冷漠相融合，忽而又伴之以疯狂的嫉妒。我不是一个单一的男人，而是一支由热恋者、冷漠的人和嫉妒的人混合组成的大军——这些嫉妒者中没有一个只为同一个女人而嫉妒。无疑正由于此,我虽不情愿,总有一天我的心会痊愈的。在一个群体里,各个组成分子可以不知不觉地一个被一个代替,代替者还会被淘汰,因此到最后会发生变化,但如果不是群体而是单一体,这种变化是难以设想的。我的爱情和我本身的复杂性使我的痛苦成倍增长而且变得五花八门。不过这些痛苦总还是可以排列成两组,两组之间的交替便构成了我对阿尔贝蒂娜全部的爱情史,我对她的爱情不是耽于自信就是流于猜忌。

如果说我很难想象阿尔贝蒂娜,在我心里那么生气勃勃的阿尔贝蒂娜(我背负着当前和往昔的双重马鞍)已经死了,那么下面这种现象恐怕也同样互相矛盾:我对阿尔贝蒂娜过失的怀疑——当然,她曾在这些过失里得到过享受的肉体和她曾向往过这种过失的心灵如今都已不复存在了,所以她已不可能再犯这些过失,也不再对这些过失承担责任——在我身上激起了巨大的痛楚,但我如果能在痛苦里见到这个物质上已不复存在的人的实际精神状态的证据,而非她以往留给我的印象的注定要消失的反光,我又会感谢这痛苦的恩德。只要我这份爱情能够了结,那再也不能和别的人共享欢乐的女人应该说已激不起我的嫉妒之情了。然而这恰恰是不可能的事,因为我的嫉妒只能在往事里,在对栩栩如生的阿尔贝蒂娜的往事的回忆里找到它的对象即阿尔贝蒂娜本人。既然我一想到她就会使她复活,她的背叛便永远不可能是死人的背叛,因为她背叛的时刻不仅于她,而且于倏忽之间从众多的“我”中引出来的我,于正在注视她的我也变成了当前的时刻。因此任何年月的差异都永远不会把这不可分的一对分开,这一对中有一个人新犯了过失便立即会有一个可怜巴巴的而且是现时现刻的嫉妒者前来与他配对。最近这几个月我曾把阿尔贝蒂娜关在我的寓所里。然而现在想起来,她当时还是自由的;她胡乱使用了这种自由,她不是和这几个女人淫乱就是和那几个女人淫乱。以往我总是不停地考虑展现在我面前的毫无把握的未来,我曾试图看出个究竟。如今展现在我面前的像复制品一样的未来(与真正的未来同样使人忧虑,因为它同样地毫无把握,同样难于了解,同样神秘,但更为无情,因为我不可能或不幻想去影响它,像对真正的未来一样去影响它;也因为它一伸展开来便与我的生命本身共久长,可是我的女伴又不可能前来抚慰它所引起的痛苦)再也不是阿尔贝蒂娜的"未来",而是她的"过去"。她的"过去"?这话说得不确切,因为嫉妒心既没有过去也没有未来,嫉妒心想象的事永远属于"当前"。

气候环境的变化会引起人们内心的变化,会唤醒业已忘怀的那些"我",也会阻挠麻木不仁的习惯,给某些回忆,某种苦痛注入新的力量。如果此刻的天气使我忆起了在巴尔贝克时某一天的天气,上述的情况就更明显了,比如那天,大雨将临,天知道为什么阿尔贝蒂娜竟准备穿上她那条贴在身上的橡胶防雨裤去远足! 如果她还活着,像今天这样的天气,她在土兰无疑会去作同样的郊游。她既然已不可能这样做了,我就不应该再为这个念头去苦恼;然而,好比截去肢体的人,任何气候的变化都会使截肢的地方格外疼痛。

一件我长期没有去想过的往事猛然间在我的记忆里凝结起来,在此之前它一直待在我那捉摸不定而又隐蔽的记忆长河之下。几年以前,有人当着阿尔贝蒂娜的面谈到她的淋浴衣,她的脸当即红了起来。那年月我对她还没有产生嫉妒心。此后我曾想问她是否还记得那次谈话,要她告诉我为什么她当时脸红了。这件事之所以使我格外挂心不只是因为有人告诉我莱娅的两个女朋友常去旅馆的海水浴场,而且,据说她们不光是为淋浴才去的。不知是害怕惹恼阿尔贝蒂娜呢,还是想等待一个更合适的时机,我总是一味地推迟谈及此事,后来也就不再想它了。可是在阿尔贝蒂娜死后不久我突然又想起了这件往事而且察觉了此事既令人生气又十分庄严的特色,这些特色是那些因解谜人已死而永远解不开的谜所独具的。我难道不能哪怕只设法了解一下在海水浴场阿尔贝蒂娜是否从未做过任何坏事,或者只是有做坏事的嫌疑?我如果派一个人去巴尔贝克也许能弄个明白。她如果活着,我无疑是什么也打听不出来的。然而当人们再也不怕犯过失的人记仇时,他们的舌头便奇异地松开了。他们会毫不困难地叙说此人的过失,由于人的想象力的结构尚处于初级的过分简单的阶段(它们还没有经过大量的改造,而这种改造可以使人类发明的雏形臻于完善,无论是气压计,是气球,还是电话等等,得到改善后再与雏形相比便面目全非了),这样一种结构的想象力仅仅容许我们同时看见极少的事情,因此关于海水浴场的回忆就占据了我内心里全部的视野。

在睡眠的一条条黑暗的长街上,我有时会碰上一个噩梦,这类噩梦倒并不十分严重,首先因为它们引起的悲哀只能在睡醒以后继续一个小时,有如不自然的睡眠方式引起的不适;其次还因为人们很少遇上这样的噩梦,两三年一次而已,而且是否真遇上了还不能肯定——也不能肯定错觉和对噩梦的一再分割(有没有使这些噩梦显出一种似曾见过的样子说一分为二是不够的)。我既然对阿尔贝蒂娜的生活和死亡有所怀疑,我当然早就应该进行调查了。然而阿尔贝蒂娜在世时使我屈服于她的那种疲劳和软弱又不允许我在见不到她时着手进行此事。不过,有时从长年累月的软弱里可能会猛然冒出闪电般的强大力量。我决定进行调查,起码是部分的调查。

可以说阿尔贝蒂娜一生中并没有发生过什么别的事。不过我还是在考虑我能派谁去巴尔贝克作一次实地调查。埃梅似乎是合适的人选。他不仅对当地了如指掌,他还属于那种十分操心自己的利益,对主人又很忠心,而且对无论哪种道德都漠不关心的普通百姓(如果我们给他们报酬丰厚,他们在按我们的意志办事方面会表现得谨言慎行,不怠惰不贪赃枉法同时又不择手段),我们谈到这类人时总是说:“是些好样的人。”我们对这类人是可以绝对信赖的。埃梅一动身,我便琢磨我现在如能问阿尔贝蒂娜本人关于埃梅准备去那边打听的事,那不知会强多少。于是我宁愿亲自问她而且似乎已准备亲自问她的念头立即把阿尔贝蒂娜带到了我的身边,这倒不是依靠起死回生的努力而似乎是靠了某次偶然的邂逅,如同不"摆姿势"的照相,快镜头照出的人像总是更生动,我在想象我们的交谈时,我同时又意识到这交谈根本不可能;我刚从新的角度去重新考虑阿尔贝蒂娜已经死了这件事,这阿尔贝蒂娜便引起了我对业已消失的人的一片柔情,看不见她们当然也无从修改他们被美化了的形象;这阿尔贝蒂娜同时也引起了我的哀伤,她永远消失了,那可怜的小家伙永远被剥夺了生活的乐趣。于是倏忽之间,我从嫉妒心对我的折磨里骤然转移到离别的绝望中去了。

此刻充溢着我心灵的并不是充满仇恨的猜疑,而是对和妹妹共同度过的洋溢着爱和信任的时刻的使我感动的回忆,死神的确已经使我失去了这样一个妹妹,因为我的悲伤并非与阿尔贝蒂娜曾经是我的什么人有关,而是与我的心逐渐使我相信她是什么人有关,因为我的心总渴望着领略最一般的爱的激动;于是我明白了那使我如此厌倦的生活(至少我认为如此)其实是趣味无穷的;我如今才感到,甚至就一些无关宏旨的话题同她闲聊的那些时刻也曾使我精神得到极大的满足,我在当时的确没有觉察到这种精神上的满足,但如今它已促使我始终不懈地去追忆这样的时刻而且排除其他的时刻了;我能追忆的最微不足道的事,在汽车里,她坐在我身边做出的某个动作,或在她房间里她在我对面坐到饭桌上的动作,都在我心里激起了甜蜜而悲哀的波浪,这波浪越涌越近最后便淹没了我整个的心灵。

我从来没有认为我们用餐的这个房间很美观,我对阿尔贝蒂娜说它美观是为了让她生活在其中感到满意。如今,这里的窗帘、椅子、书籍都不再是我漠不关心的东西了。并非只有艺术才能给最微不足道的事物抹上一层富有魅力的神秘色彩;艺术固有的这种使魅力和神秘性与人们水乳交融的能力也会转移给痛苦。当时我从不去注意我和她从森林回来到我去维尔迪兰家之间这段时间共同享用的晚餐，而如今我的泪眼却在寻找晚餐时刻的美妙而庄严的温馨。爱情的感受和生活中的其他感受是不能同日而语的，但也并非只有沉迷于生活的感受才能体会爱情。在尘世，在市街的喧嚣和周围鳞次栉比的房舍的杂乱中，你不可能估量一座教堂的独一无二又经久不变的正确的高度，只有远离尘嚣，从邻近的山坡遥望过去，城市失去了踪影或只在地平线上呈现出模糊的一团，只有这时你才可能在黄昏的寂静里沉思默想，从而估量出教堂的高度。我竭力用我的泪眼鸟瞰阿尔贝蒂娜的全貌，同时回想着那晚她所说的全部严肃而正确的话语。

一天清晨，我仿佛在雾霭里看见一座小山的椭圆形身影，感觉到一杯巧克力的温热，与此同时一件往事的回忆却使我的心难受得紧缩起来。阿尔贝蒂娜在一个下午来我家看望我，我第一次拥抱了她，原来我突然听见了刚点燃的热水暖气发出的格格响声。我气冲冲地把弗朗索瓦丝交给我的维尔迪兰夫人的邀请信扔到地上。阿尔贝蒂娜这么年轻就死了；而布里肖还继续去维尔迪兰家赴宴，维尔迪兰夫人家也继续高朋满座而且也许还会高朋满座若干年，我初次去拉普利埃晚餐时的感受便以更大的力量逼我相信死神并不袭击同一岁数的所有的人！布里肖的名字立即勾起了一件往事，在一次晚会结束时布里肖把我送了出来，我当时在楼下看见了阿尔贝蒂娜房间里的灯光。我后来曾反复回想过她房间里的那一缕灯光，但却从来没有从现在这样的角度去回忆过。因为我们的回忆虽然的确属于我们自己，我们拥有这些回忆却好比我们拥有花园式住宅，住宅的一些小小的暗门往往为我们所不知，可能会是邻近的某个人前来替我们打开这些暗门，因此在这之前我们虽然回到了家里，但起码有一个方面我们还不大清楚。一想到我回家时人去楼空的景象，一想到我在楼下再也看不见阿尔贝蒂娜的房间而那间房里的灯光也永远熄灭，我才明白那天晚上离开布里肖时我以为自己因不能出去散步也不能去别处做爱而感到烦躁、懊恼,那是怎样的错觉。只因为我自以为很有把握全部占有那个宝贝,那个把光芒从上至下反射到我身上的宝贝,因而对估量它的价值便毫不在意,这样一来我便必然认为这宝贝还比不上寻欢作乐,这种寻欢作乐无论多么微不足道,我在竭力想象它们时起码对它们作了估价。我明白了,在巴黎时我在我家也就是在她家过的那种生活正好使我实现了一种深沉的宁静,而在巴尔贝克大饭店,那天晚上我同她睡在同一屋檐下时,我梦想过这种宁静,但以为那是不可能得到的。

在去参加维尔迪兰家最后一次晚会之前——即使这次晚会没有举行我也不会为此感到宽慰——我们从森林回来时我和阿尔贝蒂娜之间进行过一次谈话,那次谈话使阿尔贝蒂娜和我的精神生活有所融合,而且在某些领域使我们互相同化了。因为如果说我带着柔情回味她的聪慧和她对我的体贴,这无疑不是由于她的聪慧和她对我的体贴超过了我认识的其他人;在巴尔贝克时德·康布尔梅夫人不是对我说过:"怎么!您完全可以和埃尔斯蒂尔这样一个天才一道度过这些日子,而您却和您的表妹在一起!"我之所以喜欢阿尔贝蒂娜的聪慧,是因为她的聪慧使我联想到她身上的某种东西,我把这种东西叫作甜美,正如我们把仅仅是上腭的某种感觉叫作水果的甜味一样。事实上,我在想到阿尔贝蒂娜的聪慧时,我的嘴唇会本能地伸出去进行回味,我真宁愿我回味的东西实际存在于我之外,宁愿它是一个人客观的优越之处。我当然认识一些比她更聪明的人。然而爱情的毫无止境,或者说爱情的自私自利使我们对我们所爱的人的精神和道德面貌最难做出客观的判断,我们总是随着我们的愿望和畏惧不断地修饰我们之所爱,我们总不把所爱的人和我们自己分别开来,她们仅仅是一个广阔无垠的处所,是我们表露爱情的处所。总有数不胜数的苦和乐永不停息地汇集到我们的身体里,因此我们对自己的身体总不能像对一棵树,一幢房舍,一个行人一样具有清晰的概略看法。我没有千方百计从阿尔贝蒂娜本身更多地去了解她，这也许是我的错误。同她相处这么长的时间我只不过认识到就她的魅力而论她在我的记忆里所占的地位随着年代而有所不同，所以在看到她自发地起了许多好的变化而这些变化又绝不仅仅因为她的前途已可能有所不同时我还感到吃惊呢，同样，我本应该像了解任何一个人的个性一样去设法了解她的个性，这样做我也许可以弄明白为什么她一味坚持对我隐瞒她的秘密，从而避免使这种奇怪的顽固态度与我从不变通的预感之间的冲突延续下去，而这种冲突却导致了阿尔贝蒂娜的死亡。这样一想，我在深切怜悯她的同时便感到在她死后继续生活下去乃是一种耻辱。的确，在我的痛苦达到最缓和的程度时，我甚至感到我在某种程度上似乎正在享受她死亡的好处，因为如果一个女人在我们的生活里并不是幸福的因素而是悲伤的工具，这个女人对我们的生活便大有用处，占有任何女人本身都不如占有她使我们痛苦时为我们揭示出的真理那么宝贵。在这样的时刻，我总把我外祖母之死和阿尔贝蒂娜之死联系起来，我感到我的一生似乎被我犯下的双重谋杀罪玷污了，只有世上最卑劣的人才会原谅我。我曾梦想被她理解，梦想别让她低估我，我以为被理解和不被低估乃是人生最大的幸福，其实更能理解我和估价我的人又何其多也。希望被理解是因为希望被爱，希望被爱是因为正在爱。其他人的理解是无关紧要的，而且这些人的爱是令人厌恶的。我在获得阿尔贝蒂娜一丁点理解和爱情时感到的欢乐并非来自她的理解和爱情本身固有的价值，而是由于这种获得，我又往全部占有阿尔贝蒂娜的目标迈出了一步，这种全面占有是我在第一次见到她的那一天就已确定的目标和抱定的幻想。我们在谈到女人的“可爱”时，我们也许只是在让我们见到她们时感到的快乐从我们身上迸发出来，就像儿童说“我亲爱的床，亲爱的枕头，我亲爱的山楂树”一样。这就从另一方面说明，男人从来不这样谈论并不欺骗他们的女人：“她真可爱。”他们说这句话时往往是在谈欺骗过他们的女人。

德·康布尔梅夫人有理由认为埃尔斯蒂尔的精神魅力更大些。然而我们并不能以同样的方式去判断一个和别人一样在我们自身以外而且只在我们思想的边缘着了色的人的精神魅力以及另外一种人的精神魅力，这种人在某些事故之后定错了位置，最后竟顽强地固定在我们自己的体内，致使我们自问此人在过去的某一天是否在某个海边小火车的走廊里注视过一个女人，而且在这样自问时我们体会到的痛苦与外科医生在我们心脏里取子弹时感到的痛苦如出一辙。一个普通的羊角面包，只要我们吃它，它就比路易十五吃的雪鹀、小兔和山鹑更使我们感到快活，我们躺在山上时，离我们几厘米远的眼前的一根簌簌颤动的小草的草尖可以遮住几里以外的山峰的令人眩晕的尖顶。

此外我们的错误并不在于我们高度评价我们所爱的女人的聪慧和可爱，无论这种聪慧和可爱是多么微不足道。我们的错误在于我们对别人的聪慧和可爱无动于衷。谎言只有在来自我们所爱的女人时才会引起它永远应当在我们身上引起的愤怒，善心只有在来自我们所爱的女人时才会引起它永远应当在我们身上引起的感激之情，肉欲具有恢复智慧和为精神生活打下牢固基础的不可思议的能力。我再也找不到这种神奇的东西了：一个能使我与之无话不谈的人，一个我能够信赖的人。信赖？别的人不是比阿尔贝蒂娜更信赖我吗？我同别的人谈话的话题不是更广泛？问题在于，信赖或谈话这些极平常的事只要融进了爱情，那独一无二的神圣的爱情，它们是否很理想这又有什么相干呢？我又看见阿尔贝蒂娜坐到她的自动牌钢琴前面去了，她头发漆黑，双颊微红：尽管她想推开我的双唇，我的嘴唇却似乎感觉到了她的舌头，她那母性的，滋补而又不能食用的圣洁的舌头，阿尔贝蒂娜即使只让她的舌头轻轻拂过我的脖颈，我的胸腹，她舌头上神秘的火焰和露珠也会使我认为这种表面的抚爱出自她肌肤的深层，这深层显露出来有如一块布料翻出它的底面，因此这种抚爱哪怕是最表层的触摸，也仿佛具有沁人心脾的神秘的温馨。

我还不能说我在失去那些永不复返的甜蜜时刻时所感受到的是绝望。绝望意味着还必须维持这万劫不复的生活。在巴尔贝克时我一见旭日东升便意识到我再也不会过一天舒心的日子,那时我已经绝望了。从那时起我一直坚持我的利己主义,然而这个我如今十分依恋的"我",这个调动自卫本能的生机盎然的"我",这个"我"在生活中已不复存在了;我在想到我的力量,想到我强大的生命力,想到我拥有的最美好的东西时,我想起了我已经占有过的一个宝贝(只有我一个人占有过它,因为其他人并不确切知道它在我身上引起的,隐蔽在我身上的感情),谁也夺不去这个宝贝了,因为我已不再占有它。说真的,我过去占有它只是因为我愿意想象我占有了它。不过我在用嘴唇注视阿尔贝蒂娜时,我在把这宝贝放进我的心间时,我不仅犯下了让她在我全身心的深层生活的不谨慎的错误,而且犯下了使手足之情和肌肤之爱交融起来的另一种不谨慎的错误。我也曾愿意使自己相信我和她的关系是爱情关系,我们互相都在实行那叫作恋爱的关系,因为她顺从地吻我而且我也吻她。由于习惯于相信这点,我不仅失去了我挚爱的女人,也失掉了爱我的女人,我的妹妹,我的孩子,我温柔的情妇。总之,我的幸福我的不幸都是斯万没有经历过的,因为恰巧在他爱恋奥黛特并为她妒性大发的时候他几乎见不到她,而且每当她在某个约会的最后时刻取消约会时,他去她家又那么困难。可是这之后他却得到了她,她成了他的妻子,直到他离开人世。而我却相反,我在为阿尔贝蒂娜而妒火中烧时,我比斯万幸福,因为她当时住在我家,我已经得到了她。我已经在事实上实现了斯万当时梦寐以求的事,而他切切实实地实现自己的愿望时他对此已经无所谓了。不过,我究竟没有像他留住奥黛特那样留住阿尔贝蒂娜。她逃走了,她死了。任何事物都不可能一成不变地重复出现,那些最相似的生活方式,那些由于性格的接近和环境的近似而可以被人们选作和谐典范的生活方式在许多方面仍旧是互相对立的。当然,最主要的对立(艺术)尚未显现出来。

丢了命我也算不得损失严重；我无非丢了一个一无所有的外壳，一部杰作的毫无内容的框架。我将今后究竟还能把什么东西引进这个框架完全置之度外，然而一想到这框架业已包含的内容我又感到幸福和自豪，我赖以生存的正是对那些甜蜜时刻的回忆，这个精神支柱传递给我的幸福恐怕连死之将至也难以摧毁吧，在巴尔贝克时每当她为了讨我喜欢在头发上洒香水因而耽误了时间，我总命人去寻她，她当时是怎样飞跑过来看我的呀！我百看不厌的巴尔贝克和巴黎的图景正是她短暂的一生中翻得那么迅速而又历历在目的篇章。这一切对我来说只不过是回忆而已，对她来说却曾经是她的行动，是她像悲剧情节发展一般急匆匆走向死亡的行动。人的成长一方面表现在我们自身，另一方面却表现在我们自身之外（我对此深有所感。正是在有些晚上，当时我注意到了阿尔贝蒂娜身上不断增长的优点，而这种增长又并不完全取决于我本人的记忆力），这两方面的成长又不免互相影响。我在千方百计了解阿尔贝蒂娜并试图全部占有她时，我只顾凭经验把一切人和一切地方的奥秘都简单化成全部和我们本身的素质貌似的东西，其实想象力总是使这些人和地方在我们面前显得千差万别，我只顾把我每一次由衷的快乐都推向快乐本身的毁灭：因为我要做到这些不影响阿尔贝蒂娜的生活是不可能的。也许我的财产和我俩喜结良缘的光辉前景曾经吸引过她；我的嫉妒心也曾留住过她；她的善良或她的聪慧，她的犯罪感或她施展计谋的灵活性也曾使她接受过囚禁般的生活，并促使我越来越把这种囚禁强化到令人难以忍受的地步，这种纯粹由我的内心活动发展造成的囚禁又反过来冲击着阿尔贝蒂娜的生活，这种冲击本身又反过来提出一些使我内心越来越感到痛苦的新问题，因为她已从我的牢狱里逃走并且在马背上夭亡，而没有我，她又根本不可能拥有这匹马，她甚至在死了之后也给我留下了不少疑团，如果我去核实这些疑窦，这种核实本身就会比我在巴尔贝克发现她认识凡德伊小姐更为残酷，因为她如今已不可能在我身边安慰我了。由此可见一个自认为过着封闭式生活的人心灵里的长吁短叹的抱怨只在表面上表现为独白,因为现实的回声会使这种抱怨偏离正道,而且这种封闭式的生活好比自发进行的主观心理实验,这种实验在一定的距离之外给另一种生活构成的纯现实主义的小说提供它的“情节”,而小说跌宕起伏的情节又会反过来使心理实验的曲线弯曲而且改变心理实验的方向。情节是多么复杂而紧凑,爱情的发展又多么迅猛,好比巴尔扎克的短篇小说或舒曼的叙事曲,尽管开端有些许迟缓,间断和犹豫,那结局又是多么神速!应该把我们那一段柔情似水的美满生活摆在最后一个年头,对我来说这个年头真好比一个世纪——因为在我思想上,从巴尔贝克到她离开巴黎,阿尔贝蒂娜的地位已经发生了变化,同时她本身也在独立于我之外的情况下而且常在我不知不觉间起了很大的变化——这柔情似水的美满生活虽然并不持久却使我感到它似乎非常充实,几乎无所不包,这种生活永远也不可能再出现了,然而它又是我不可或缺的。也许它本身并非不可或缺,它起初只不过是某种带必然性的东西,因为如果我没有在一篇考古论文里读到描写巴尔贝克教堂的段落;如果斯万在对我谈到这座堪称波斯式的教堂时没有把我的兴趣引向拜占庭时期的诺曼第方言;如果一家豪华旅馆建筑公司在巴尔贝克修建的那家舒适卫生的宾馆没有促使我的父母下决心满足我的愿望让我去巴尔贝克,我根本就不可能认识阿尔贝蒂娜。诚然,在我向往已久的巴尔贝克,我既没有发现我梦寐以求的波斯式教堂,也没有找到那永恒的雾霭。那一点三十五分的漂亮火车本身也并不符合我的想象。然而,为了补偿我们为之神往而且枉自苦苦追求寻觅却未得到的东西,生活往往会给予我们某种我们完全没有想象过的东西。在贡布雷,每当我愁苦万状地等待母亲向我道晚安时,谁又会对我说我那时的忧虑可以消除,随后在某一天又会复苏,不过不是为我的母亲而是为一个少女复苏呢?这个少女开始无非是海天连接处的一朵花,一朵我的眼睛每天都希冀着去观赏的花,一朵有思维能力的花,我多么孩子气地热望在这朵花的心灵里占据一个显要的位置，当她不知道我认识德·维尔巴里西斯夫人时，我又是多么痛苦。是的，几年以后正是为一个陌生姑娘的一声晚安，一个吻，我像孩提时等不到母亲前来看望我那样痛苦不堪。我那么需要这个阿尔贝蒂娜，如今她的爱几乎成了我心灵的独一无二的存在依据，可是倘若斯万不曾对我谈到巴尔贝克，我也许永远也不会认识她。她也许会活得更长，我也不至于终身为她的死而备受折磨。唯其如此我才感到是我出于十足利己主义的爱而听任阿尔贝蒂娜长辞人世，这似乎和我谋杀我的外祖母并没有什么两样。就算我后来在巴尔克认识了她，我也完全可以不去爱她，而我后来却爱上了她。我在放弃希尔贝特而且知道我总有一天会爱上另一个女人的当儿我还差点没敢怀疑我是否至少在过去只可能爱希尔贝特一个人。然而对阿尔贝蒂娜我竟没有任何怀疑而且完全相信我爱的人不一定是她，很可能是另外一个女人。只要那天晚上斯代马里亚夫人不取消我和她在森林岛上共进晚餐的约会就可以做到这点。当时还正是时候，也许我的想象力就是为斯代马里亚夫人而活跃起来的，这种想象力可以让我们从某一个女人身上得出一种个别的概念，似乎她本人是独一无二的而且对我们来说她又是命中注定必不可少的。从生理学的观点出发，我最多可以说我可能专一地爱另外一个女人，但并不是爱任何一个另外的女人。身材肥胖的阿尔贝蒂娜头发是棕褐色的，她不像红棕头发、身材苗条的希尔贝特，然而她俩的体质都一样，她俩都有肉感的双颊，双颊上都长着一对难以捉摸的眼睛。这样的女人是有些男人不屑一顾的，而这些男人又可能疯狂地爱上别的我"毫无兴趣"的女人。我几乎可以相信希尔贝特那喜好淫乐的倔强的个性已经移植到阿尔贝蒂娜的体内，她俩的形体确实有所不同，然而我事后琢磨起来又觉得它们都呈现出了根深蒂固的相似之处。人几乎永远以相同的方式感冒、生病，也就是说他之所以如此必定有情况的巧合；当他堕入情网时，那恋爱对象自然是某种类型的女人，而且类型还十分广泛。阿尔贝蒂娜最初引起我浮想连翩的眼神和希尔贝特最初的眼神并没有绝对的不同。我几乎可以相信希尔贝特那令人难以捉摸的为人,她的喜好淫乐和她那倔强而诡诈的天性这次又回来通过阿尔贝蒂娜的形体重新诱惑我了,她俩的形体当然各不相同,但也并非没有相似之处。就阿尔贝蒂娜而言,由于我们在一起而又过着截然不同的生活,在这样的生活里我们整个的思想活动又自始至终都有一种令人痛苦的忧患感维持着经久不衰的内聚力,这样的生活也就不可能产生自我消遣和遗忘的裂缝,因此她在世时的形体就没有一天像希尔贝特的形体一样失去我在事后才意识到的(别人也许不会意识到)女性的魅力。然而她却去世了。我很可能会把她遗忘。谁知道某一天是否会有一个气质同样多姿多彩、躁动不安而又富于幻想的人前来打破我的宁静呢?不过我并不能预见这些气质又会以什么样的女性形式体现出来。就凭希尔贝特我很难想象出阿尔贝蒂娜的形象,也想不到我会爱上她,犹如对凡德伊奏鸣曲的回忆并无助于我想象她的七重唱一样。此外,即使在我最初几次看见阿尔贝蒂娜时,我也认为我即将爱恋的会是别的姑娘。再说,如果我早一年认识她,我很可能会感到她像黎明前灰蒙蒙的天空那么毫无生气。如果说我对她的态度有了变化,那是因为她自己也起了变化,我给德·斯代马里亚夫人写信那天,走近我床前的少女再也不是我在巴尔贝克认识的那个姑娘了,这或许只是性成熟期妇女的突变现象,或许是我永远也弄不清楚的某些情况造成的。无论如何,即使我在某一天可能会爱上的女人在某种程度上与她相似,即是说万一我不能完全自由地选择妻子,我那种也许是必然性的选择,在比选一个具体的人更广阔的范围,在选择某一类型的女人方面,应该说还是自由的,而且在排除我对阿尔贝蒂娜的爱情的一切必然性时,那种并非完全自由的选择也符合我的愿望。一个女人的脸庞比光线本身更经常地出现在我们眼前,因为我们即使双眼紧闭也没有一刻不在珍爱她美丽的眼睛、动人的鼻子,也没有一刻不在想方设法看到它们,这样的女人的确是天下无双的,然而我们都明白，如果我们生活在曾经遇见过她的那个城市以外的某个城市，如果我们在别的街区漫步，如果我们经常光顾的是别的沙龙，对我们来说就不会是她而可能是另一个女人天下无双。天下无双，我们难道真相信？像她这样的人是数不胜数的。然而在我们那热爱她的眼睛里，她是结实而不可摧毁的，多长的时间也无法为别人所代替。因为这女人通过各种神奇的召唤一味地调动着存在于我们身上的千百个爱情的零碎基因并把这些基因结合起来，统一起来，消除它们之间的空隙，我们自己则为勾画所爱之人的面庞而提供全部翔实可靠的材料。这样一来，即使我们在她眼里仅仅是芸芸众生之一员，也许还是最差的一员，她在我们眼里却是天下无双的，而且我们终身都会拜倒在她的石榴裙下。的确，我甚至已经非常清楚地感到这种爱情并不是必然的，不仅因为这种爱情有可能在德·斯代马里亚夫人和我之间形成，而且也因为即使不是这样，我也对这种爱情本身有了认识，发现了它和我过去对别的女人的爱情有着过分相似的地方，而且感到这种爱情远比阿尔贝蒂娜本人博大，它不了解她却又包围了她，宛若海潮包围了一片小小的浪花。然而，由于我和阿尔贝蒂娜在一起生活，渐渐地，我再也无法挣脱我给自己铸造的锁链了；而把阿尔贝蒂娜本人和并非由她引起的感情联系起来的习惯又使我相信这种感情非她莫属，正如某个哲学流派所认为的，习惯总是把因果律的虚幻的力量和必然性强加给两种现象之间的简单联想。我曾以为我的社会关系和我的财富足以使我免除痛苦，而且这也许非常奏效，因为这些社会关系和财富已经使我失去了感觉、爱恋和想象的能力；我很羡慕可怜的乡下姑娘，由于没有与人交往，甚至没有电报，她在不可能人为地缓解自己的伤感时可以进行长时间的遐想。我如今才明白，如果说我已看清德·盖尔芒特夫人拥有的一切虽然足以使我和她之间的距离变得无限之大，但这种距离已突然被下面这种主张消除了：社会地位的优越并没有什么积极的意义而且它是可以变动的；那么，在相反的意义上以此类推，我的社会关系，我的财富，我的地位与当今的文明提供给我享用的全部物质手段也只不过推迟了我和阿尔贝蒂娜倔强的逆反意志之间的肉搏时间而已，阿尔贝蒂娜是不受任何压力影响的，正如在现代战争里准备齐全的炮火以及大炮了不起的射程只不过推迟了士兵之间肉搏的时刻，在这样的时刻占上风的乃是意志力最坚强的人。我无疑是可以同圣卢保持电报和电话联系的，也可以和图尔的办公室保持联系，然而他们为此不是在白白等待而且毫无结果吗？毫无社会优越地位、毫无社会关系的乡下姑娘或文明趋于完善之前的人类由于欲求较小，由于不像我们那样为明知得不到的、因此也是不现实的东西而惋惜，他们不是更少受痛苦吗？一个人总是对即将委身于他的人欲求更大，他在占有之前总抱着希望；所以惋惜是欲求的放大器。德·斯代马里亚夫人拒绝去森林的岛上晚餐，她的拒绝促使我爱上了她之外的另一个人。这种拒绝同样也可能促使我爱上她，如果我后来又及时见到了她的话，我刚得知她不来时便作出了似是而非的假设——而这个假设却兑了现——我以为有人为她而妒性大发因而老把她从别人那里支开，我也许永远见不到她了，于是我苦恼不堪，真愿意为见到她而付出一切，这件事简直成了最令我揪心的事情之一了，幸好圣卢到来总算使这件揪心的事平息下来。人到了一定的年龄，他的爱情、他的情妇都会成为忧虑的副产品，我们的过去和记录着这过去的体内的损伤又决定着我们的未来。对阿尔贝蒂娜来说尤其如此，我爱的人不一定必须是她这一点，即使不存在类似的爱情也已记录在我对她的爱情史里了，即是说已记录在我对她和她那些女朋友的爱情史里。因为这种爱情与我对希尔贝特的爱并不相同，它是建立在好几个少女平分秋色的基础之上的。我之所以和她的女友们相处甚笃，可能是因为有了她，也可能因为我感到她那些女友和她有些相似之处。总而言之，长期以来我完全可能是在她们当中犹豫不决，我从这位选到那位，当我自以为偏爱这一位时，只要那一位让我在约会中久候，拒绝和我见面，我必定会对那一位产生爱情。有好多次都可能出现这样的情况，安德烈要去巴尔贝克看望我，如果说为了不显得我依恋她我事前已准备好对她撒谎说：“唉！您如果早几天来该多好！如今我已爱上了另一个姑娘，不过这不要紧，您还是能使我得到安慰的。”那是因为在安德烈来看我之前，阿尔贝蒂娜已经对我失了信，我的心跳个不停，我以为我永远也不会看见她了，这说明我爱的是阿尔贝蒂娜。安德烈来到时，我确实对她说了这些（在得知阿尔贝蒂娜认识凡德伊小姐时，我在巴黎也对她说过），她可能以为这是故意说出来的毫不真诚的话，如果我前一天和阿尔贝蒂娜过得很幸福，我倒也的确可能用她所说的那种不真诚的口气对她说：“唉！您早点来该多好，如今我已爱上另一个姑娘了。”当我得知阿尔贝蒂娜认识凡德伊小姐时，阿尔贝蒂娜便取代了安德烈这时的位置。爱情总是交替发生的，因此，在同一时间里无论如何也只能爱一个人。不过以往也曾经发生过我几乎同时和那些少女中的两位闹翻的情况。首先采取主动的姑娘会使我恢复平静，而另一位如果继续与我不和，我爱的倒可能是她，但这并不意味着我最终与之结合的人就不是前面那一位采取主动的姑娘，因为她能够抚慰我——尽管不是有效地——遭受的后面这位姑娘的无情对待，这无情的姑娘如果再不回到我的身边，我最终是会把她遗忘的。然而也发生过这样的情况，我满以为她俩起码有一位会回到我的身边，可是在一段时间里却没有一个人回来。我为此备受忧虑的煎熬，我的爱也成倍地增长了，我准备一有机会便终止对可能回到我身边的姑娘的爱，可是我又同时为这两个少女而痛苦万分。到了一定年纪的人就是这种命，而且这种命运很可能早期降临，那时比起你被抛弃来，一个活生生的人倒更可能促使你减少痴情，因为在你被遗弃时，对方已面目不清，此人的灵魂也已不存在了，到头来关于此人你便只知道一件事，那就是你近期对他的莫名其妙的偏爱：为了不再痛苦你很可能需要此人让你说：“您接待我吗？”弗朗索瓦丝告诉我“阿尔贝蒂娜小姐走了”那天，我和阿尔贝蒂娜的分离仿佛成了我那么多次和别人分离的淡化了的象征。因为往往必须在分离的日子到来时我们才可能发现我们是在相爱,甚至才可能真变得在相爱。

在一次白白的等待或一声拒绝便可以决定选择的情况下,被苦痛激发起来的想象力发挥得如此神速,它以极为迅猛的速度促成那刚产生而尚未成形的爱情,这爱情几个月来一直处在萌芽状态,因此赶不上心灵活动的智力便不时出来惊呼:“你真是疯了,什么样的新念头能让你生活得这么痛苦呢?这一切都并不是真正的生活呀。”的确,此刻那不忠实的姑娘如果没有重新去纠缠你,某些使你身心平静的消遣就完全可能使这份爱情流产。无论如何,和阿尔贝蒂娜的共同生活尽管本质上并非必然,它对我却已变得不可或缺了。我在爱上德·盖尔芒特夫人时曾害怕得发抖,因为我心里明白她那不仅是姿色而且是地位和财富的诱惑力实在太大了,她有太多的自由去属于别的太多的人,因此我对她的影响力实在太微不足道了。阿尔贝蒂娜却家境贫穷,地位卑微,她一定非常希望嫁给我。然而我却并没有做到独自占有她。无论你社会地位如何,你的预见如何明智,事实上你是不可能去左右另一个人的生活的。

为什么她不告诉我“有这种嗜好”?我也许会让步,也许会允许她去满足这种嗜好。我读过的一本小说里有一个女人,爱她的男人无论怎样要求都无法使她开口说话。我读小说时认为这种局面是荒唐的;我想,换了我,我一定会先强迫这个女人说话,这之后我们之间便会互相理解。何必去寻那许多毫无意义的烦恼呢?到如今我才看出来我们并不能随心所欲地想不寻烦恼就不寻烦恼,我们个人的意志再坚强也属枉然,别人并不去服从我们的意志。

而那些支配着我们又使我们盲目相信的实情,那些令人痛苦而又无法逃避的实情,我们感情的真相,命运的真相,有多少次我们不知不觉而又不情愿地用我们自以为是谎言的话语将它们说了出来,然而事变的结局又在事后证明了这些话具有预言的价值。我清楚地记得我们俩说过的一些话，当时我们并不清楚它们内涵的真实性，我们在说话时甚至相信自己在演戏，与话语所包容的我们并不清楚的内涵相比，话语的虚假性并不重要，也引不起人们的兴趣，它仅仅局限在我们那可怜的不真诚的范围之内。谎言和谬误都存在于我们看不见的深刻的现实之下，而真相却在其上，有我们性格中的真相，这种我们无法把握其本质规律的真相需要“时间”方能得到揭示，我们命运的真相也是如此。在巴尔贝克，我对她说：“我看见您次数越多，我就越爱您（而正是时刻耳鬓厮磨的亲密感以嫉妒的形式促使我如此依恋于她的），我觉得我可能对您的头脑有所裨益。”我在巴黎说：“尽量小心些。您想想，万一您出了事故，我会受不了的（而她却说：“我可能会出事”）。”我说这些话时满以为自己在说谎。在巴黎时，一天晚上我装出想离开她的样子对她说：“让我再看看您，因为要不了多久我再也看不见您了，而且永远也看不见了。”她呢，就在这天晚上她看看自己周围说：“真难想象我再也看不见这个房间了，还有这些书，这架钢琴，这住宅里的一切，我真无法相信，但这却是事实。”末了是她最近写的那几封信，她写道（也许一边写一边自言自语“我这是在装假”）：“我给您留下我个人最美好的。”（如今她的聪慧、她的善良和美貌不是果然交给了我忠实有力的可惜又是不牢靠的记忆了吗？）还有：“这一刻，这因暮色苍茫和我们即将离别而显得格外黯然神伤的一刻，只有在我的脑海已被深深的夜色笼罩时才会从我的脑海里消失。”（这句话写在她的脑海果然被深深的夜色笼罩的前夕，那天，在她脑海里倏忽即逝但又被忧虑分割到无限小的闪光里，她也许清楚地看到了我们最后那次散步，人在一切都抛弃了他时会给自己建立一种信念，有如无神论者在战场上变成了基督徒，她当时也许在向那位她经常诅咒而又十分尊敬的朋友求救，这位朋友自己——因为所有的宗教都大同小异——也残酷地盼望她有认识自己的一天，盼望她临终时向他敞开胸怀，向他忏悔，在他心上死去）

即使她当时来得及认识自己，我俩也只能在幸福已不可能实现或者正因为幸福已不可能实现时才会双双明白我们幸福之所在，明白我们应当作些什么，而且明白这一切我们都做不到了，之所以做不到，或因为我们在可能做这些事情时把事情延误了，或由于这些事情只有被投进想象中的空泛理想而且从有生命的环境的淹没中挣脱出来，从那使一切变得累赘而丑陋的淹没中挣脱出来时才可能获得强大的魅力并且显得容易实现，既然如此，那又何必为之呢？人会死的想法比死更为残酷，但这种想法又不如知道另一个人已死的想法那么残酷，人会死的想法也不如这样的事实残酷：一个活生生的人被现实吞没之后，现实的一切复归于平静，甚至在吞没处见不到一丝波动，而那被吞没的人却已被排除在这现实之外了，在这样的现实里希望已不复存在，知觉也已泯灭，而且很难从这个现实再回溯到“被吞没的人曾经生活过”这样的概念，而在回顾他生前历历在目的往事时，也同样难于想象这样的人竟会和毫无实感的形象相联系，会和人们读过的小说人物的往事相联系。

她在去世前给我写的信，尤其是她发来的最后一份电报向我证实了如果她还活着她完全可能已回到了我的身边，我至少可以为此而感到高兴。我觉得这不仅显得更柔和，而且显得更美好，没有这份电报事情会不那么完善，会缺乏艺术和命运的象征意味。事实上，这个事件即使以别的方式发生也会具有那样的象征意味；因为任何事件都像一个特殊形状的模子，无论是什么样的事件，只要它们的发生中断了一连串的行为同时似乎为这些行为作出了结论，它们就一定会给这些行为勾画出轮廓，而且我们还会认为这是唯一可能的轮廓，因为我们并不知道还会有什么别的轮廓可能代替这样的轮廓。

她为什么不告诉我“有这种嗜好”？我也许会让步，会允许她去满足这种嗜好，而且此刻我还会拥抱她。不得不去回顾她离开我的前三天还赌咒发誓地对我撒谎说她和凡德伊小姐的女友没有那种关系而她脸上的红晕却在对这种关系进行忏悔，这多么令我伤感！可怜的小家伙，她不愿起誓说她那天想去维尔迪兰家的愿望与重见凡德伊小姐和她的女友的乐趣无关这一点起码还是诚实的。她为什么又不彻底承认呢？她这样无视我一而再再而三的请求而矢口否认，根本不愿对我说“我有这种嗜好”，我可能也有些错误。我之所以可能有些错误，是因为在巴尔贝克时，有一天从德·康布尔梅夫人家做客回来，我首次要求阿尔贝蒂娜作出解释，当时我无论如何也很难相信除了她与安德烈过分热烈的友情之外她怎么可能还有别的什么，我当时过分粗暴地表示了我对这类不良习惯的厌恶，我谴责的方式也过于斩钉截铁。我现在已想不起来在我天真地宣称我对这类事深恶痛绝时阿尔贝蒂娜的脸是否发红了，我之所以想不起来，是因为往往在事后很久我们才会想到去探究某个人在我们一点不注意他的时候采取了什么态度，当我们后来又想起这次谈话时，也许正是他当时的态度可能澄清某个使人心碎的难题。然而我们的记忆却总有空白，我们便因此而寻不到事情的蛛丝马迹。甚至有些在当时已经显露出重要性的事情都常常引不起我们足够的重视，我们没有认真听某一句话，没有去注意某一个手势，或者把它们抛在了脑后。过些时候，当我们如饥似渴地希望发现什么真相时，我们回顾推断，推断回顾，像翻阅回忆录似的去翻阅我们的记忆，即使翻到了这句话这个手势的地方也还是想不起来，于是我们便重起炉灶，沿着同一个轨迹再翻它二十遍，还是徒劳，而且再也翻不下去了。她当时脸红了吗？我不知道她是否脸红了，但她不可能没有听见我的话，后来在她正准备向我坦白的当儿，也许正是因为回想起了我说过的那些斩钉截铁的话她才裹足不前的。现在她已经踪迹全无，我即使从地球的南极走到北极也不可能再遇见她了；已在她身上锁闭起来的现实又已变得平淡无奇，使沉没了的人消失得无影无踪了。她只剩下了一个名字，就像那位德·夏吕斯夫人一样，认识她的人谈到她时也只不过不疼不痒地说说“她真是妙不可言”而已。然而我却一刻也不能设想会存在阿尔贝蒂娜意识不到的现实，因为她在我身上的存在太牢固了，我的全部感情，全部思想都和她的生命息息相关。倘若她了解这一点，她看见男友对她如此不能忘怀也许会受到感动，因为如今她的生命既已完结，她也许倒会对她昔日漠不关心的事情感受格外深刻。然而正如人们由于害怕所爱之人不忠实而自愿摒弃自己哪怕最秘密的不忠之举一样，我一想到如果死者的生命在某处犹存，我外祖母了解我对她的遗忘与阿尔贝蒂娜了解我对她的追忆一定会同样清楚，一想到此我就感到不寒而栗。总的说来，甚至就同一个死者而言，难道你就可以肯定得知她了解某些事情而感到的欢乐足以抵消以为她什么“全”知道的恐惧吗？某些时候，无论我们可能作出多么残酷的牺牲，我们也会在我们的挚友死后放弃把他们继续作为朋友来纪念，原因是我们害怕他们死后也同样对我们加以评判，不是吗？

我那想探究阿尔贝蒂娜做过些什么的妒性十足的好奇心是无边无际的。我收买过好多女人，她们却没有向我提供任何消息。这种好奇心之所以如此恒久不衰，是因为对我们来说人并不可能倏忽死去，他仍旧沐浴在某种生命的光晕里，这和真正的永生毫不相干，但这种光晕却会使死者继续占据我们的思想，就像他在世时一样，他仿佛出门旅行了。这是一种无神论式的生命不灭。与此相反，爱情如果已经停止了，在引起好奇心的人离开人世之前这种好奇心就会泯灭。因此我从没有设法去打听某个晚上希尔贝特究竟和谁在香榭丽舍大道散步。不过我清楚感到这类好奇心都是一个模式，它们本身并没有什么价值，也不可能维持很久。然而我仍旧甘愿牺牲一切以令我痛苦的方式去满足这些昙花一现的好奇心，尽管我事先已经明白，阿尔贝蒂娜之死逼使我与她分离同我和希尔贝特甘心情愿分离一样，最终会使我把她淡忘。正是这些考虑促使我派埃梅去了巴尔贝克，因为我感觉到他可以实地调查出许多事情来。

倘若阿尔贝蒂娜知道随后发生的事，她也许会留在我的身边。不过这就等于说一旦她能看见她自己离开人世，她一定更愿意留在我的身边继续活下去。就凭这种假设所包含的矛盾本身，提出这种假设就是荒谬的。而且这种假设也并非毫无害处,因为一想象阿尔贝蒂娜如果知道这一切,如果在她反思时她明白了这一切她会多么高兴回到我的身边,我就仿佛看见了她,我就想拥抱她,可惜这已不可能了,她永远也不会回来了,她死了。

我在想象里前往天上去寻觅阿尔贝蒂娜,像这样的夜晚我从前也和她共同遥望过同样的天空;我竭力使我的爱升腾到她喜爱的月光那边,升腾到她的身边,给不能继续生存下去的她带去安慰,向如此遥远的人儿奉献的爱就好比宗教,我的相思也像祈祷一般朝她飞升而去。人的愿望是非常强烈的,愿望又会产生信仰,我曾相信阿尔贝蒂娜不会出走,因为这是我的愿望;我希望她不死,便相信她没有死;我阅读起转桌上的书籍来,我开始相信灵魂不灭是可能的。然而光灵魂不灭并不能使我满足。我还必须在我死后寻找到有形有灵的她,就好像永恒已变成了和生命相似的东西似的。我说“和生命相似”是什么意思?我的要求更高。我希望死神永远也别剥夺我的欢乐,然而并不只是死神在剥夺我们的欢乐。没有死神这些欢乐也会逐渐减弱。在往日的习惯和新的好奇心作用下,这些欢乐已在开始减弱了。而且在生活中,阿尔贝蒂娜即使在身体方面也可能会逐渐发生变化,我也会日复一日地去适应这些变化。然而我现在还只能回忆起她的某些瞬间,因此我非常希望能在回忆中重新看见她即使在世也不可能复得的样子;我希望在回忆中看见的其实是一种奇迹,因为这奇迹能够补偿记忆力的天然而专横的局限,这种奇迹是不可能来自过去的。不过我是以古代神学家的天真去想象这栩栩如生的女人的,我想象她对我作出了解释,不是她可能作出的解释,而是新近的矛盾使她在生前总是拒绝对我作出的解释。这样,她的死既然是某种梦幻一般的东西,我对她的爱也就仿佛成了她意想不到的幸福;对她的死亡我只考虑那是合适而理想的结局,这结局可以使一切变得简单而且得到妥善的解决。

有时我想象我们聚会的地点并不很远，并不是在另一个世界。当年我认识希尔贝特只为了和她去香榭丽舍游玩，晚上在家时我曾想象我即将收到她的信，她在信中会向我表白爱情，我还曾想象她即将走进我的家，如今一种同样强烈的愿望也和那次一样不顾妨碍它的物质规律（那次是和希尔贝特，我的愿望归根结底还是没有错，因为最后还是它胜利了），又使我想象我即将收到阿尔贝蒂娜的短简，她在短简里会告诉我她骑马时的确出过一次事故，不过出于某些浪漫的原因（总之，一些被认为早已死了的人也曾遇到过这类情况），她不愿意让我知道她已康复，如今她后悔了，要求回来同我一起生活而且同我白头偕老。我还——我同时在让自己明白一些似乎很通情达理的人也会干出些什么样甜蜜蜜的蠢事——感到对她死亡的深信不疑和对看见她走进来所抱的从未泯灭的希望同时在我身上并存着。

我还没有得到埃梅的消息，他恐怕已经到达巴尔贝克了。我的调查内容无疑是次要的而且内容的选择也有很大的随意性。如果阿尔贝蒂娜过去的生活的确应该受到谴责，这样的生活一定会有格外重要的内容，只不过出于偶然的原因我没有能像那次抓住有关晨衣的谈话和阿尔贝蒂娜脸红的迹象一样去琢磨这些内容罢了。准确地说这些事于我并不存在，因为我并没有亲眼看见过。我特别强调那一天而且几年以后又竭力回顾那一天，这纯粹是随心所欲的做法。如果说阿尔贝蒂娜喜好女人，那么她一生中这天以外的好几千个日子如何度过我既然都不知道，对我来说了解这些日子也应该是饶有兴趣的；我就应该打发埃梅去巴尔贝克别的许多地方，去巴尔贝克以外的许多城市。然而正因为我并不清楚她如何度过了这些日子，这些日子也就不曾在我的想象里再现过，它们在我的想象里根本就不存在。对我来说所有的人和事只有个别存在于我的想象里才算存在。如果还有千万个相同的人和事，在我眼里这个别存在的就变成很有代表性的了。如果说在对阿尔贝蒂娜的怀疑方面我早就想知道淋浴是怎么回事,同样在她对女人的性欲方面,尽管我知道有大量的少女和女仆与她们大同小异而且我也完全可能无意间听到别人议论她们,我还是愿意了解曾个别存在于我想象中的那两个——因为圣卢向我谈到的是她们——即去过妓院的姑娘和普特布斯夫人的女仆。正如圣卢所说,我的健康情况,我的犹豫不决,我的拖拉作风使我难于实现任何该做的事,使我日复一日,月复一月,年复一年地推迟澄清某些疑虑而且推迟实现某些愿望。不过这些事情仍旧存留在我的记忆里,我给自己许愿一定要了解其中的真相,因为只有这些事萦绕在我的心间(其他的事在我印象里是无形的,不存在的),还因为我从现实中偶然选中这些事情,这本身就构成一种保证,即正是通过这些事情我可以接触到一点事实,接触到一点令人垂涎三尺的真实生活情景。再说,只要有一个精心挑选的事实不就可以使实验者得出一条普遍性的规律以揭示千百个类似事实的真相了吗?阿尔贝蒂娜尽管还留在我的记忆里,由于她在世时只是一次一次出现在我的生活里,她在我记忆里便只留下了零零碎碎的时间概念,但这丝毫不妨碍我恢复她的统一的形象,使她成为一个活生生的人,我希望作出总的判断的正是对这活生生的人,我想知道她是否对我说过谎,她是否爱好女色,是否为了更自由地和她们会面她才离开了我。那淋浴场女侍说的话也许会使我一劳永逸地了结对阿尔贝蒂娜不良习惯的怀疑。

我的怀疑!唉,我原以为看不见阿尔贝蒂娜于我是一件无所谓乃至惬意的事,直到她出走时我才发现自己的错误。直到她去世时我才明白我以为自己有时盼望她死而且设想她的死会使我得到解脱那是怎样的错觉。同样,我在收到埃梅的信时才明白,我之所以一直没有为怀疑阿尔贝蒂娜的德行而痛苦万分,是因为实际上那根本算不上是怀疑。我的幸福,我的生活要求阿尔贝蒂娜贞洁娴淑,于是我就说一不二地肯定她是贞洁娴淑的。带着这种预防性的信念,我就可以毫无危险地听任我的思想去和各种假设瞎折腾了,在我的思想里这些假设有鼻子有眼但我并不相信它们。我对自己说“她也许爱好女色”，就像人们说“我今晚可能会死去”一样；他们说是说了，但自己都不相信，他们还在为明天盘算呢。我错误地认为自己对阿尔贝蒂娜是否爱好女色毫无把握，因此算在她账上的错误事实除了我自己经常预料到的都不可能带给我别的什么，这说明为什么在看到埃梅的信里提到的那些画面，那些对别人来说毫无意义的画面时，我感到一种始料未及的痛苦，一种我迄今未曾感受过的最酷烈的痛苦，这种痛苦结合那些画面，结合，唉！阿尔贝蒂娜本人的形象，形成了一种化学里叫作沉淀的现象，其中一切都是不可分的，我用纯属习惯的方式从其中分离出来的埃梅的信却又不能使我得到任何概念，因为信中的每一个字一出现便立即被它引起的苦痛改变了，永远染上了信件引起的苦痛的色彩。

“先生，

“我没有早一些给先生写信，请先生原谅。先生委托我看望的人有两天不在，我希望回报先生对我的信任，所以不愿意空手而归，我刚才终于和这个人交谈了，她还清楚记得（阿小姐）①

“据她说先生猜想的事完全是确实的。首先每次阿尔贝蒂娜小姐去浴池时都是这个女侍照顾的。阿小姐经常和一个比她年纪大的高个儿女人一起去淋浴，这高个儿女人总是穿一身灰色衣服，淋浴场女侍并不知道她的名字，只因常见她去那里找一些少女所以认识她。不过自从她认识（阿小姐）后她再也不去注意其他的姑娘了。这个女人和阿小姐总是把洗澡间的门关上，在里面待很久，而且穿灰衣服的女人起码给和我说话的这

---

① 埃梅初通文墨，他想把阿小姐写成斜体或加上引号。然而他想写引号时却画了个括号，他想加括号时又画上了引号。弗朗索瓦丝也是这样把某人在我们那条街住下来说成停下来，又把停一会说成待下来，老百姓的错误在于经常把一些说法互换——法语也是这样——这些说法在几个世纪以来早已互相调换过位置了。——作者注

个女人十法郎小费。就像这个女人对我说的,‘您想如果她们只是随便瞎浪费时间准不会给我十法郎小费。阿小姐有时还和一个黑皮肤的女人一道来,这个女人有一副长柄眼镜。不过和(阿小姐)一道来得最多的是一些比她年轻的姑娘,尤其是一个有一头红棕色头发的姑娘。除了穿灰衣服的太太,阿小姐惯常带来的人并不是来自巴尔贝克,恐怕常常是从远方来的。她们从不一道走进来,不过阿小姐进来时总叫我把淋浴室的门开着,说她在等一个朋友。’可是和我说话的这个人明白这是什么意思。这个人无法对我说得更详细了,因为她已记不大清楚,‘过了这么长时间这很容易理解。’再说这人也没有设法去了解,因为她很谨慎,而且那样对她有利,因为阿小姐让她赚了很多钱。得知她死了时这人打心眼里受到了触动。这么年轻就夭折的确对她和她的亲属都是很大的不幸。我等着先生的命令,不知我是否能离开巴尔贝克,我想我在那里也得不到更多的东西了。我还要感谢先生让我作这样一次旅行,这次短促的旅行遇上的天气再好不过了,所以格外愉快。今年海水浴季节可能很不错。大家都希望先生在今年夏天来这里小住。

‘我再也没有什么有趣的事奉告了,’云云。

要想明白这些话使我震动到什么程度,就必须回过头想想我提出的有关阿尔贝蒂娜的问题并非次要的,无所谓的问题,并非鸡毛蒜皮的问题,并非我们实际上经常互相询问的有关我们以外的所有的问题,像这样互相询问我们可以在思想不受影响的情况下去痛苦、谎言、罪恶和死亡当中漫步。不,那是有关阿尔贝蒂娜的最本质的问题:她究竟是什么人?她想了些什么?她爱好什么?她对我撒过谎吗?我与她的共同生活是否和斯万与奥黛特的共同生活同样可悲?埃梅的回答尽管不是一般性的而是对个别问题的回答——正因为如此——这回答所触及的才真正是阿尔贝蒂娜和我内心最深处的东西。

透过出现在我眼前的阿尔贝蒂娜偕灰衣女人经过小巷去淋浴场的情景，我终于对她过去这段经历有了一鳞半爪的了解，这段经历比起我在我记忆里或在阿尔贝蒂娜的眼神里看到的令我觳觫的经历，其神秘和可怕的程度似乎毫不逊色。换了我以外的任何人恐怕都会认为这些零碎的情节毫无意义，阿尔贝蒂娜既然死了，我也就不可能让她亲自驳回这些情节，而这种无能为力几乎就等于某种可能性了。不过这些情节即使确凿无误，即使她自己也已供认不讳，阿尔贝蒂娜的错误（无论她出于良知认为那些事无辜抑或应当受到谴责，也无论她出于淫欲认为那些事趣味无穷抑或平淡乏味）恐怕很可能不会使她像我一样感到无法表达的极度憎恶。我自己呢，借助我和女人的恋爱经历，尽管这些女人对阿尔贝蒂娜来说不一定是一回事，我也能够多少猜出一些她的感受。的确，一想到她像我过去那样欲壑难填，像我过去对她说谎那样对我谎话连篇，一想到她为这个或那个少女忧心忡忡，像我为斯代马里亚夫人破费，为另外许多人破费，为我在郊野遇到的农家女破费一样为那些少女破费，一想到这些我已开始感到苦恼了。是的，我以往的欲念在一定程度上能够帮助我理解她的欲念；这种欲念越强烈，它们引发的苦痛便越酷烈，想到这点已经是一种巨大的痛楚了；就好比这些欲念以相同的系数在感觉的代数式里重新出现，不过不是加号而是减号。然而就阿尔贝蒂娜而言，根据我本人所能作出的判断，她无论以多大的毅力对我隐瞒她的错误——我以此猜测她一定自以为有过失或者害怕使我难受——由于她是在闪烁着欲念的想象力的亮光里任意铸成她的错误的，这些错误便顺理成章地成了和生活里其他的东西同样性质的东西了，成了她没有勇气拒绝的乐趣，成了她竭力隐瞒以避免在我这里引起的苦痛，然而乐趣也好苦痛也好它们都可以列入生活里其他的乐趣和苦痛之中。不过对我来说，阿尔贝蒂娜去淋浴场而且准备给小费①的画面是在我毫无防备的情况下,在我自己无法构思这样的画面的情况下自外而来的,我是从埃梅的信里得知的。

阿尔贝蒂娜和灰衣女人有意地悄悄去淋浴场这件事无疑使我看出了她们定下的约会以及她们去淋浴场某个单间里做爱的习惯,这种经历意味着堕落,意味着一种巧加掩盖妥为安排的双重生活,这些画面给我带来了阿尔贝蒂娜有过失的可怕消息,因此立即引起了我肉体上的痛苦,而且从此以后这些画面与我的痛苦再也分不开了。然而我的苦痛又会立即反过来影响这些画面;一个客观事实,一个图景总是根据接触它的人的内心状态而有所不同。苦痛可以像酩酊大醉一样强有力地改变现实。灰衣女人、小费、淋浴、阿尔贝蒂娜与灰衣女人有意前去的那条小巷,这些画面一经与苦痛结合便立即被苦痛改变成与它们可能给别的人留下的印象截然不同的东西:管窥某种充满谎言和过失的生活的手段,而我过去却从来未想到会有这样的生活;我的痛苦立即使这些画面变质了,我在普照人间景象的亮光里是看不见这些画面的,这是另一个世界的画面片段,它们属于一个陌生而可诅咒的世界,它们是"地狱"的景观。"地狱"就是整个巴尔贝克,整个邻近巴尔贝克的地方,埃梅的信上说,阿尔贝蒂娜常从那些地方把比她年幼的小姑娘带到淋浴场。从前我曾想象巴尔贝克有一个谜,等我去那里生活时这个谜便消失了,在我认识了阿尔贝蒂娜之后,我又曾希望重新把握这个谜,因为当我看见她走过海滩时,当我发疯似的唯愿她不是一个贞洁的少女时,我想她也许能够体现这个谜,如今这个谜又怎样令人憎恶地渗透了与巴尔贝克有关的一切啊！车站的名字,阿波隆维尔……当年我在晚间从维尔迪兰家回去时,一听见这些名字我就感到它

① 如今我毕竟更爱她了,她是那么遥远;一个人在场时总是把我们和唯一的现实,和我们在思考的现实分开,所以我们的痛苦可以得到缓解;而他不在场时,我们的痛苦又会因为爱而死灰复燃。——作者注

们是那么亲切，那么使人安心；如今一想到阿尔贝蒂娜曾停留在某个车站，曾从一个站漫步到另一个站，而且可能常常骑车到第三个站，这些站名便使我产生极大的忧虑，这种忧虑比我第一次看见这些车站时感到的忧虑更为强烈，那次我同外祖母在到达我还没有去过的巴尔贝克之前，我看见这些车站就像地方投资的小铁路那样乱作一团。

发现外界的现实和内心的感情都是怎样一种能引起万千猜测的陌生事物，这是嫉妒心的能耐之一。我们总以为我们对事物和对人的思想都了如指掌，唯一的理由是我们并不关心这些事。然而当我们像那些好嫉妒的人一样产生了解它们的愿望时，便会发现一个什么都无法看清的令人眩晕的万花筒，阿尔贝蒂娜是否欺骗了我。和谁，在哪幢住宅，在哪一天，哪天她对我说了什么事，哪天我记起来我日间说了这件事或那件事，这一切我都一无所知。她对我的感情如何，这些感情是出自对物质利益的考虑抑或出自爱，对此我更是不甚了了。我会猛然忆起某一件无足轻重的事，比如，阿尔贝蒂娜想去圣马丁，说她对这个地名感兴趣，也许无非是因为她认识那里的某个农家女。不过埃梅把淋浴场女侍告诉他的这件事通报我也无妨，因为阿尔贝蒂娜永远也不会知道他通报了我，在我对她的爱情里，我什么都想知道的需求总是被我想向她显示我什么都知道的需求所压倒；这虽然消除了我俩不同的幻觉之间的分界线，却从没有取得她更爱我的结果，倒是恰恰相反。然而自她去世以后，第二种需求和第一种需求所取得的结果合二为一了：我以同样快的速度想象出一场我希望向她通报我所了解之事的谈话和一场我想向她打听我不了解之事的谈话；即是说我看见她待在我身边，听见她亲切地回答我，看见她的双颊又变得丰满了，眼睛也失去了狡黠的光而变得哀伤了，也就是说我还爱着她而且在孤独和绝望中我已忘记了我疯狂的嫉妒之情。永远也不可能告诉她我所了解的事而且永远不可能把我们的关系建立在我刚发现的真相的基础之上（我之所以能发现恐怕只是因为她已经死了），这令人痛心的不可能之谜以它的哀伤取代了阿尔贝蒂娜的行为的更令人痛心的谜。怎么？我那么希望阿尔贝蒂娜知道我已了解淋浴场的故事，这阿尔贝蒂娜却不复存在了！我们需要思考死时，却除了生以外什么也不可能去考虑，这又是我们面临的不可能性的结果之一。阿尔贝蒂娜没了；然而对我来说，她仍旧是向我隐瞒她在巴尔贝克和一些女人幽会的人，仍旧是自以为已成功地让我对那些事一无所知的人。当我们在思考我们死后发生的事情时，我们此时的错觉不是仍然会使我们想到活着的我们自己吗？说来说去为一个去世的女人不知道我们已了解她六年前的所作所为而遗憾，这是不是比我们希望一个世纪以后我们死了还受到公众好评滑稽得多呢？即使第二种假设比第一种有更多的实际依据，我这马后炮式的嫉妒心引起的遗憾却仍然和那些热衷于身后荣耀的人的错误看法如出一辙。不过如果从我和阿尔贝蒂娜的分离中得出的庄严的最后印象暂时取代了我对她那些错误的考虑，这印象也只能赋予这些错误以无法挽回的性质从而使它们变得更加严重。我看见自己在生活中那样不知所措就好像我独自站在无边无际的海滩上，无论我走向何方都永远不能与她相遇。

幸好我及时在我的记忆里找到了——因为在一片杂乱无章里事物总是五花八门的，这几样危险，那几样有益，其中连回忆也只能一个一个地现出清晰的轮廓——发现了我外祖母的一句话，有如工人发现了有助于他要做的活计的物件。在谈到淋浴场女侍告诉德·维尔巴里西斯夫人的一个不太可能的故事时，外祖母对我说："这个女人恐怕得了撒谎症。"这件往事大大帮助了我。淋浴场女侍告诉埃梅的事有什么意义呢？更重要的是她当时根本什么也没有看见。谁都可能和一些女友一道去淋浴却什么坏念头都没有。那个女侍把小费说多些也许是为了吹牛。有一次我就亲耳听见弗朗索瓦丝认定莱奥妮姨妈当着她弗朗索瓦丝的面说她"每月可以吃上一百万"那样的疯话；还有一次她说看见我莱奥妮姨妈给了欧拉莉四张一千法郎的钞票，而我认为一张折成四叠的五十法郎的钞票都不大可能是真的。我就如此这般地探索下去，而且逐渐摆脱了我经过那么多周折获取到的令我痛苦万分的确切消息，因为我总是处在渴望了解而又惧怕痛苦的矛盾之中。这一来我的爱应该可以复苏了，然后随着我的爱情的复苏，与阿尔贝蒂娜离别的忧伤也紧接着复苏了，处在这忧伤的时刻我也许比前不久备受嫉妒心折磨时更为不幸。可是每当我想到巴尔贝克这种嫉妒心又会突然出现，原因是我仿佛突然重见了巴尔贝克饭厅的图景（在此之前这图景从来没有使我难受过，我甚至认为这是我记忆中最不使我痛心的画面之一），每天晚上，玻璃窗外总有一大群人挤在阴影里，就像挤在水族馆里明亮的玻璃隔板前似的，他们瞧着里面稀奇古怪的人们在亮光里走来走去，可是拥挤又使渔妇和平民姑娘摩肩接踵地碰撞着（我从未想到过这点）小有产者的小姐们，这些小姐对里面的豪华十分嫉羡，那种在巴尔贝克还很新奇的奢侈，即使不是家境差起码也是吝啬的习惯和旧的传统使她们的父母未敢效法，在这些小有产者小姐里几乎每天晚上都肯定有阿尔贝蒂娜，当时我还不认识的她恐怕已经在那里搜罗小女孩了，也许过一会便会找到一个女孩而且同她一起乘夜色去到沙滩或峭壁下某个荒废的浴场更衣室。忧伤又紧接着攫住了我，我像听见判决我流放似的听见了电梯的响声，电梯没有在我这一层停下，直开到楼上去了。我望穿秋水却永远也见不到我那唯一的客人来访了，她已经死了。尽管如此，每逢电梯停在我这一层时我的心仍然会狂跳起来，有一阵我曾想：这一切果然是梦该多好！这也许是她，她快按铃了，她回来了，弗朗索瓦丝就要来通报我："先生恐怕一辈子也猜不出谁来了。"说她怒发冲冠不如说她胆战心惊，因为她的迷信超过了她的报复心，她害怕活的阿尔贝蒂娜也许远不如她害怕她所谓的阿尔贝蒂娜的鬼魂。我试着什么也不去想，便拿起一张报纸。然而阅读那些没有感受过真正痛苦的人写的文章简直让我受不了。一个人在谈到一首不值一提的歌时说："真是催人泪下。"可是如果阿尔贝蒂娜还活在人世我倒会兴高采烈地听这首歌。另一个人,还是个大作家呢,在下火车时受到欢呼便宣称这样的表示是“令人难忘”的,换了我,倘若我此刻也看见这种表示,我恐怕一刻也不会想到是“令人难忘”的。第三个人保证说,如果政局不那么糟糕,巴黎的生活会“美妙无比”,然而我完全清楚,即使没有政治这儿的生活也只能使我感到难以忍受,如果我找回了阿尔贝蒂娜,即使政局糟糕,生活于我也是美滋滋的。狩猎专栏的编辑说(时值五月):“这段时间对真正的猎人来说实在令人头疼,说得更确切些,真是灾难性的,没有什么,绝对没有什么可猎。”“展览”栏的编辑宣称:“这样组织展览会使人感到万分扫兴,令人愁煞苦煞……”如果说由于我自己感觉敏锐,那些从未经历真正幸福或不幸的人说的话便显得既虚假又苍白无力,与此相反,那些最无关紧要的一行一行,无论多么风马牛不相及,只要能和诺曼第或尼斯挂上钩,只要能和温泉浴场或伯尔玛,和德·盖尔芒特公主或爱情,或失踪,或不忠实这些概念沾上边,都会在我来不及转过头去的瞬间突然使阿尔贝蒂娜的形象出现在我的面前,于是我又会潸然泪下。而且我通常是无法去阅读这些报纸的,因为翻开报纸这个简单的动作本身就会使我同时想起阿尔贝蒂娜在世时我的类似的动作,而且想起她已离开人世;我根本没有力量把这份报纸全部翻完便又把它扔下了。每一个印象都会引起同样的然而又是伤痕累累的印象,因为阿尔贝蒂娜已经从这些印象里消失了,因为我永远没有勇气坚持度过这些支离破碎的令我伤心的分分秒秒。甚至在她的身影逐渐停止出现在我的脑际却又强有力地萦绕在我的心间时,如果我需要像她在世时一样走进她的房间里去点灯,去坐在钢琴前面,我也会突然心酸难忍。她仿佛分成了若干小小的家神,久久停留在蜡烛的火焰里、门的把手上、椅背上以及别的更无形的领域,这就像我在不眠之夜的感觉,或我喜欢的女人初次来访时引起的躁动不安。尽管如此,我在一天里过目的或尚能忆起的寥寥几句读过的话仍然常常引起我强烈的嫉妒。这寥寥几句毋须对我提供女人伤风败俗的充分论据,只要重新唤起与阿尔贝蒂娜的生活密切相关的我旧有的印象便能达到目的。阿尔贝蒂娜的过失一旦移运到某些早已遗忘的时刻,由于我回顾她还活着的时刻的习惯并没有衰退,她的过失便增添了某种更贴近,更揪心,更残酷的意味。于是我再一次问自己那海滨浴场女侍揭露的事是否真会是假的。要想知道实情,最好打发埃梅去一趟尼斯,让他去邦当夫人的别墅附近住上几天。倘若阿尔贝蒂娜热衷于女色,倘若她离开我是因为不愿意更长久地被剥夺这种乐趣,她一旦得到自由,便一定会立即去那里设法故伎重演而且会取得成功,假如她不认为去她熟悉的那个地方比在我家更方便,她肯定不会选择去那里躲避起来。阿尔贝蒂娜之死使我忧虑的心境改变如此之微小,这无疑是不足为怪的。一个人在他的情妇健在时,构成他所谓的爱情的相思大多来源于她不在身边的时刻。因此人们老习惯于以不在身边的人作为遐想的对象,尽管这个人只有几小时不在,这不在场的人在这几小时里也只属于回忆。由此可见死亡并不会使事物有什么大的改变。埃梅一回来,我就请他动身去了尼斯,这一来不仅根据我的思想活动,我的悲哀,我因联想到某个远而又远的人的名字而产生的躁动不安,而且根据我全部的行动,我进行的调查,我为了解阿尔贝蒂娜的行动而花费的钱财,我可以说这一年里我的整个生活都充溢着爱,充溢着我和她之间实际存在的恋情。而这一切活动的对象却是一个死人。人们有时说,倘若某个人是一位艺术家而且往作品里注入了一部分自己,这个人身上的某些东西便可以在他死后犹存。从一种生物体内抽取出来又嫁接到另一种生物体内部的东西还能继续维持生命,尽管被抽取生物的母体业已死亡,这也许出于同一个道理。

埃梅去尼斯住在邦当夫人的别墅附近;他认识了一个女仆和一个阿尔贝蒂娜常去租一整天汽车的汽车租赁人。这些人什么也不曾注意。在第二封信里,埃梅告诉我他已从一个城里的洗衣女那里打听到在她给阿尔贝蒂娜送衣服时阿尔贝蒂娜捏她手臂的方式很特别。“不过,”信上说,

“这位小姐并没有对她做别的事。”我把埃梅的旅费寄去，这笔钱也算付了他的信引起的痛苦的费用，与此同时我却在竭尽努力医治我的苦恼，我对自己说那个动作不过是一种亲热的表示，并不能证明有什么邪恶的欲念，这时我又收到埃梅的一封电报：**“打听到最值得注意的情况。给先生弄到大量消息。信即到。”**第二天我果然收到了一封信，光看信封我就簌簌地颤抖起来；我认出那是埃梅的信，因为每个人，甚至地位最卑微的人都管辖着一些熟悉的小生物，它们是活生生的但又仿佛发僵地躺在纸上，那就是每个人特有的字体。

“起初那小洗衣女什么也不愿对我说，她保证说阿尔贝蒂娜小姐除了捏她的手臂没干过别的。为了让她说出来我带她去吃晚饭，请她喝了酒。于是她对我讲了阿尔贝蒂娜小姐去洗海水澡时常在海边碰见她的事；阿尔贝蒂娜小姐习惯一大早起床就去洗澡，而且照惯例总在海边的一个去处把她找到，那里树木茂密谁也瞧不见谁，再说在这样的时刻谁也不会去看谁。后来洗衣姑娘把她的女朋友们也带到那里去洗澡，后来，那里天气已经变得很热了，甚至在树荫下太阳也很烤人，她们便去草丛里互相擦干身子，相互抚摸，挑逗，玩耍。洗衣小姑娘承认她很喜欢和她的年轻女友们逗乐，她见阿尔贝蒂娜小姐贴着她的身体搓揉时还穿着浴衣便要她把浴衣脱了，洗衣女便用舌头沿着她的脖子和手臂舔呀舔，她甚至舔了阿尔贝蒂娜小姐伸过去的脚掌。洗衣女也把衣服脱了，她们还在水里追逐嬉戏；这天晚上她就对我讲了这些。不过为了忠实执行您的命令，为了不惜一切使您高兴，我还把小洗衣女带回去和我睡了觉。她问我想不想让她再做一遍阿尔贝蒂娜小姐脱了浴衣后她做过的事。她还对我说：‘您真该看看她怎样地动来动去，这位千金小姐，她对我说：(啊！您简直让我快活疯了！)她浑身酥软，禁不住啃起我来。’我还看见了这洗衣姑娘手臂上的痕迹。我也能体会阿尔贝蒂娜小姐的快活，因为这小家伙实在太乖巧了。”

阿尔贝蒂娜在巴尔贝克告诉我她对凡德伊小姐的友情时我确曾苦恼不堪。然而那时还有阿尔贝蒂娜在我跟前安慰我。后来由于我过于渴求了解阿尔贝蒂娜的行为,我达到了让她离开我家的目的,当弗朗索瓦丝通报我她已离去而只剩下我自己独处时,我却经受了更剧烈的痛苦。不过,当时我热爱的阿尔贝蒂娜起码还留在我的心里。如今,我在她身上——这是对我过分好奇的惩罚,出乎我的预料,连她的死也未能使这种好奇心泯灭——看到的已是一个截然不同的少女了,前一个阿尔贝蒂娜是那样柔情似水地使我安心并向我保证说她从未领略过这种快乐,这一个阿尔贝蒂娜却谎话连篇百般欺瞒,在她重新获得自由的狂喜中竟去品尝这种快乐甚至达到痴狂的程度,她竟在日出时去卢瓦尔河边与那洗衣女幽会而且啃着她说:“你简直让我快活疯了。”的确是一个截然不同的阿尔贝蒂娜,截然不同这个词不仅指我们所理解的关系到别人的那种含义。[①] 如果别人与我们原来认为的截然不同,由于这种不同没有深深触动我们,而且直觉的钟摆所能造成的外向振荡又仅仅与它的内向振荡相等,因此我们看到的这种截然不同只是这些人的表面现象。从前我在得知一个女人喜好女色时,我并没有感觉她因此就成了另一个女人,成了特殊类型的女人。然而在这件事牵涉到你所爱的女人时,为了摆脱一想及此种可能性便感到的痛苦,你会千方百计去了解她的所作所为,而且想知道她干这些事情时有什么感觉,她对这些行为有什么想法;于是,你会越跌越深,痛苦至深时你便会触到事情的神秘之处,触到问题的实质。我为我的好奇心

① 在德·夏吕斯先生也跟我一样悲伤的时候,我们说着同样的话。然而尽管我们的精神状态相同,我们却无法互相安慰。因为伤心是自私的,它不能从与它无关的事物里得到解脱;即使德·夏吕斯先生的痛苦也由女人引起,他的痛苦与我的痛苦却仍然相距甚远,除非我的痛苦不是由阿尔贝蒂娜所造成。——作者注

已苦恼到至深之处，已痛苦到五内俱焚的程度，这痛苦已大大超过了由惧怕丧失生命而感到的苦恼，而我这种好奇心又是靠我全部的智慧和无意识的力量来支撑的；因此我如今将我打听到的有关阿尔贝蒂娜的全部情况都投射到她自己的心灵深处去了。而她有邪恶行为这个事实带给我的深入骨髓的巨大痛苦又在后来为我做了最后一件好事。与我使外祖母受到的伤害一样，阿尔贝蒂娜对我的伤害也成了我与她之间最后的联系，这种联系甚至在我对她的记忆消失之后还存在，因为有了物质的东西所具有的那种能量守恒规律，痛苦甚至可以不需要记忆的忠告：比如一个人已经忘记了在月光下的森林度过的美好夜晚，却还在为月夜里患下的感冒而感到难受。

被她否认但她又确实有过的这种嗜好，我并非通过冷静的推理发现的，而是在读到"你简直让我快活疯了"这句话时感到的火一般灼人的痛苦中发现的，而这火一般灼人的苦痛又使这句话显出了某种特质，这种嗜好丰富了阿尔贝蒂娜本人的形象，有如拖在身后的新贝壳给寄居蟹添色一般，不仅如此，这种嗜好还像一粒盐接触另一粒盐一样改变了另一粒盐的颜色，而且还通过某种沉淀作用改变了这另一粒盐的物质。那年轻的洗衣女一定对她的女友们说过："你们想想，我真无法相信，唉，那位小姐也和咱们一样呢。"对我来说这不仅仅是她们始料未及却在阿尔贝蒂娜身上看到的邪恶，而且是我对阿尔贝蒂娜的新发现，我发现她原来是另一个人，一个和这些洗衣女一样的人，和她们说一样的话，这一切使她变成了别人的同类，却使我感到她更加陌生，这说明我所占有的，我捧在心上的，只是她身上很小的一部分，而其余的部分却在尽量扩展，一直扩展到不仅成了异常神秘而重要的东西，即个人的欲念，而且成了她和其他人共有的东西，这一部分她却总对我隐瞒起来，使我沾不了边，有如一个女人向我隐瞒她属于敌对的国度而且她是间谍，甚至比间谍包藏更大的祸心，因为间谍无非谎报国籍，而阿尔贝蒂娜却在最深刻的人性上进行欺骗，她隐瞒了她不属于一般人的范畴，她属于混杂于人类的一个奇异的人种，这人种隐藏在人类之中却又从不与之融合。我正好在埃尔斯蒂尔的两幅画里看见过灌木丛中的几个裸体女人。在其中的一幅画里，一个姑娘抬起一只脚就像阿尔贝蒂娜将一只脚伸给洗衣女时的动作一样。在另一幅画里这姑娘将另一个年轻女子往水里推而被推的姑娘又快活地反抗着，她抬起大腿，她的脚刚刚浸进蓝色的水里。我现在回忆起来这姑娘抬起大腿从膝部往下弯曲而形成的天鹅脖颈一般的曲线和阿尔贝蒂娜睡在我身边时大腿下部弯成的曲线一模一样，我当时常常想告诉她她使我想起了这两幅画，然而为了避免使她想起裸体女人的形象我并没有告诉她。这时我又仿佛看见她待在洗衣女和她那些女朋友身边，再一次组成了我在巴尔贝克坐在阿尔贝蒂娜的女友当中时百看不厌的那幅女儿图。倘若我是专门喜好此种美色的人，我会承认阿尔贝蒂娜组成的画面比前述那一幅画动人千百倍，因为组成那幅画的是些裸体的女仙塑像，它们就像雕塑大师们分散在凡尔赛宫的树林或水池里的雕塑，任凭水波抚摸洗涤磨光。这时，我看见她还是一个在海边坐在洗衣女身边的少女，这形象远比她在巴尔贝克给我留下的印象更深：她们像大理石雕像般光着身子，在一团团的热气里，在草木丛中像水上浅浮雕一般浸泡在水里。在回想她躺在我床上的姿态时，我觉得我看见了她那弯曲的大腿，我看见这大腿了，那俨然是一只天鹅脖子，它在寻找旁边那个少女的嘴唇。这时我连大腿也看不见了，眼前只有那只天鹅放肆的脖子，酷似一幅使人震撼的习作里的天鹅，它正在寻找一个处于女性欢乐的特殊激奋状态中的勒达[①]的嘴，因为画上只有一只天鹅，她显得更孤单了，这就像人们在电话里发现对方的声

---

① 勒达，一译丽达，系希腊宗教故事中斯巴达王廷达瑞俄斯之妻，美人海伦的母亲。据神话传说，在她少女时期，一次在河里洗澡，宙斯化作一只天鹅与之交配，生下二卵，其中一卵孵出海伦。

音有变化但又听不清楚，因为不能从声音分辨出他的脸孔，而人的脸孔是可以体现感情的。在这幅习作里，欢乐并没有体现在引起画家灵感却没有在画上出现的女人身上，这女人已被一只一动不动的天鹅代替了，欢乐集中在感到欢乐的那一个女人身上。有时我的心会和我的记忆中断联系。阿尔贝蒂娜和洗衣女的所作所为几乎以代数的方式在我心里缩减到再也没有什么意义的程度；然而这切断的记忆之流又会以每小时成百次的速度重新恢复起来，于是我的心又被地狱之火毫不怜惜地烧灼开了，这时我便看见我的嫉妒心使阿尔贝蒂娜复活了，重又变得栩栩如生的她在洗衣少女的爱抚下显得不大自然，她对小姑娘说："你简直让我快活疯了。"

她在犯过失的当儿还活在人世，也就是说我自己当时也还在，因此我光了解她犯了什么过失就很不够了，我还想让她知道我已了解了一切。由此可见，我在为今生无从再见到她而感到遗憾的时刻，这种遗憾也带着我的嫉妒的痕迹，当然这种遗憾和我热爱她时的撕心裂肺的遗憾完全不同，现在感到的无非是意识到再也不可能对她说这几句话的遗憾："你以为我永远不会知道你离开我以后的所作所为，瞧，我全知道了，在卢瓦尔河边你对洗衣女说：你简直让我快活疯了，我已看见你啃她的痕迹。"我当然也对自己这么说："何必自寻烦恼？和洗衣女寻欢作乐的人已经没了，她的行为再也没有任何价值。她不会想到我了解那些事。可是她也不会想到我不了解，因为她什么也不想了。"然而对我来说这种推理远不如那寻欢作乐的画面更有说服力，因为这画面总把我引到她乐在其中的时刻。对我们来说只有感觉到的东西才存在，因此我们可以把它置于过去或未来，并不受死亡这虚构的壁垒所阻拦。我那时为她的死亡而感到的遗憾既然能受到嫉妒心的影响而且表现得如此奇特，这种影响自然会波及我对神秘术和永不死亡的幻想，只不过这些幻想是为千方百计实现我之所求而作的努力罢了。即使那时我能像贝戈特深信不疑的那样一转桌子就能召回她的亡灵，抑或像某某教士设想的那样在来世再遇上她，我希望看见她也不过是为了对她说："洗衣女的事我知道了。你当时说：你简直让我快活疯了；我已看见你啃她的痕迹。"

前来助我抵制洗衣女的形象的，还是——当然这形象得持久一些才行——这形象本身，因为我们真正认识的只能是全新的事物，是猛然使我们感到变化突兀令人震惊的事物，是习惯还没有以它毫无生气的复制品去加以代替的事物。不过阿尔贝蒂娜只有首先分割成许多部分，分割成无数的阿尔贝蒂娜才可能在我身上存在下去。她或善良，或聪慧，或严肃，甚至连爱好也只有体育运动的时刻便重现出来了。这样的分割使我内心深处得以平静，这不是很有道理吗？因为就算这种分割本身并没有什么真实性，就算这种分割仅仅来源于她在我面前出现过的那些时刻的接二连三的形态，也就是留在我记忆里的形态，就像我的神灯的弧形投影来源于彩色玻璃的弯曲部分一样，这种分割本身不也按它自己的方式体现了这样一个真理，一个客观真理吗：我们每个人都并非一个人，每个人都包涵了道德价值各异的许多人，有邪恶的阿尔贝蒂娜存在，这并不妨碍存在别样的阿尔贝蒂娜，比如喜欢在她房里同我议论圣西蒙的阿尔贝蒂娜；我在晚上告诉她我们必须分手时，悲伤地说出这一席话的阿尔贝蒂娜："这自动牌钢琴，这间屋子，想想看，我再也见不到这一切了。"还有，在看见我最终被自己的谎言所激动时，带着真诚的怜悯惊呼"啊！不，什么都比让您难受强，说定了，我一定不去设法再见您"的阿尔贝蒂娜。于是，我不再是孤身一人了；我感到分开我们的隔板消失了。这善良的阿尔贝蒂娜一旦回到我的记忆里，我便找回了我可以索要解毒剂的唯一的人，我索要解毒剂是为了消除另一个阿尔贝蒂娜引起的痛苦。我当然仍旧想对她谈洗衣女的事，但这已不再是以得胜者的残酷姿态去向她恶狠狠地显示我已了解此事。我要像她在世时那样行事，我要用柔和的语气问她洗衣女的事是否属实。她会对我发誓说并没有此事，埃梅不大诚实，为了显示他够格赚下我给他的那笔钱,他不愿空手而归,便让洗衣女按他的要求说出了那些话。阿尔贝蒂娜无疑是在继续对我说谎。然而在她话语的矛盾起伏之中我感到出现了某种进步,而这进步又归功于我。她起初是否对我吐露过真情(的确,也许是不由自主地在某一句话里说漏了嘴)我不敢肯定:我记不清了。再说她称呼某些事情的方式那么奇特,可以意味这个也可以不意味这个。不过她对我的妒性的感受后来又促使她厌恶地收回了她起初好意向我承认的事。再说阿尔贝蒂娜甚至没有必要对我说这些话。我只要一拥抱她就满可以相信她无罪了,如今分开我们的隔板既已倒塌,我已能做到这点了,那隔板就像恋人发生龃龉之后竖起来的既摸不着又很坚实的隔板,恋人的热吻碰到它也会粉碎的。不,她没有必要对我说什么。她愿做什么就做什么吧,可怜的小家伙,有些感情存在于分离我们的东西之上,我们完全可以靠这种感情结合起来。如果这件事的确存在,阿尔贝蒂娜向我隐瞒嗜好也是为了不让我伤心。听见我自己对这个阿尔贝蒂娜说出这番话我心里甜滋滋的。再说,我难道还认识另一个阿尔贝蒂娜吗?一个人在同另一个人的关系中出错的两个最大的原因,一是自己的好心,一是爱上了这另一个人。一莞尔,一顾盼,一抚肩,就这样爱上的。这就足够了;就这样,在长时间的希冀或忧伤中你可以塑造一个人,构想一个人的性格。当你后来再与你所爱的女人交往时,无论你遇到多么残酷的现实,他也不可能排除与你顾盼抚肩的人儿那善良的性格和热爱你的女人那天生的品质,正如你再见到你在她年轻时认识而现在变得老态龙钟的人时,你无法排除她那些善良的性格和天生的品质。我追忆着这个阿尔贝蒂娜那美丽善良而又楚楚动人的眼神,她那丰腴的面庞,她那皮肤粗糙的脖颈。那是死人的形象,然而这死人还活着,因此我很容易立即做到她活在我身边时我肯定会做的事(倘若我在来世能找到她我也会这么做),我原谅了她。

我在这个阿尔贝蒂娜身边度过的时光于我是这样宝贵,我真愿意一刻也不放过。有时,就像人们零零碎碎地找回了散失的钱财一样,我又找回了似乎已经失去了的时光:我把围脖结打在脖子后面而不打在前面时,我忆起了一次从不曾回想过的散步,为了冷空气不迎面吹进我的喉咙,阿尔贝蒂娜拥抱我之后便以那样的方式为我理好了围脖。通过如此微不足道的动作而在我记忆里复原的这次简单的散步给予我的乐趣就像我们见到老女仆送来的属于亲爱的死者的私人物品,对我们来说这些东西是太宝贵了;我的悲伤因此而增添了内容,尤其是这条围脖,因为我在此之前还从来没有想到过它。就像憧憬未来一样,我们不是一劳永逸地而是一点一滴地品味我们的过去。

而且我的悲伤有时会五花八门到连我自己都认不出来;我盼望伟大的爱情,我愿意找一个人来我身边生活,我原以为这是我不再爱阿尔贝蒂娜的征兆,其实这迹象正说明我一直爱着她;因为我对体味伟大爱情的需要和我想亲阿尔贝蒂娜丰腴的双颊的愿望一样,只是我思念之情的一个部分。实际上我却很庆幸没有爱上另一个女人;我明白我对阿尔贝蒂娜持续的热恋就好比我过去对她的感情的影子,它再现着这种感情的各个部分,而且照样服从于主宰真实感情的法则,而真实感情又由这种持续的热恋超越死亡而反映出来。因为我充分感到,如果我能把某种间隔加进我对阿尔贝蒂娜的相思里,这间隔过大我就不会再爱她了;这间隔会使她变成与我毫不相干的人,就像我外祖母如今与我毫不相干一样。太长的时间不思念她我记忆的连续性便会中断,而这种连续性正是生活的原则,只不过这种连续性在一定的时间间隙之后又可能重新恢复罢了。阿尔贝蒂娜在世时我对她的爱情不就是这样的吗?我不是在好长时间不想她之后又和她重归于好的吗?然而我的记忆也必须服从同样的法则,也不可能容忍更长时期的间隔,因为这记忆好比一缕北极光,只是在阿尔贝蒂娜死后才反映出我过去对她的爱,我的记忆真像我爱情的影子。恐怕只有在我已将她遗忘时我才可能体会到没有爱情的生活更加明智,更为幸福。

因此我对阿尔贝蒂娜的思念一旦使我产生了对妹妹似的某个姑娘的需要,这种需要就会变得难以餍足。我对妹妹的需要无非是我对阿尔贝蒂娜的一种无意识的思念形式,随着我对她的思念的逐渐减弱,这种需要也就变得不那么迫切了。不过我的爱情的这两种尾声并不是以同样的速度减弱的。有些时候我对她的思念暂时全面隐去,而我对妹妹似的姑娘的需要却保持了强大的力量,这时我便决定结婚。相反,这之后我对她珍贵的记忆虽然已经减弱了,我对她的柔情有时却又会突然闯进我的心田,这时,一想到我对别的女人的爱,我就对自己说她一定会理解这种爱,赞同这种爱,于是她的恶癖倒似乎成了我现在的爱情的起因了。有时我的嫉妒之情在我不再思念阿尔贝蒂娜的当儿复苏,尽管引起我嫉妒的正是她。这段时间有人对我讲起安德烈不寻常的爱情故事,我竟以为我为她也产生了嫉妒心。不过安德烈对我来说只是一个替代品,一条起衔接作用的道路,一个使我和阿尔贝蒂娜间接联在一起的电源插座。人就像这样在梦里总给一个他熟知其真正身份的人加上另一副面孔,另一个姓氏。总之,在这种特殊的情况下尽管普遍的法则一而再再而三地受到冲击,阿尔贝蒂娜给我留下的感情却仍旧比我对这些感情来源的回忆更加难于消亡。不光感情,甚至感觉也如此。我和斯万不一样,他一开始不爱奥黛特便连重新去感觉过去的爱情也做不到,而我却总感到自己还生活在过去而这过去也无非是另一个过去的历史而已;这个“我”可以说只有一半,而“我”的上端已经变硬变冷了,每当一点火星使昔日的电流重新经过“我”的底部时“我”又会从底部燃烧起来,甚至在我早已停止思念阿尔贝蒂娜时也是如此。等到我剧烈的心跳已并非由她的形象引起,我的眼泪也只是由像巴尔贝克那些已经变得粉红的苹果树间沙沙吹过的冷风刺激出来的时,我才想到应该考虑我的痛苦复苏是否出于病理上的原因,我是否把初期的心脏病当成往事的再现和最晚期的爱情了。

病人过分倾向于把某些情感领域里发生的非主流的偶然事故混淆成

疾病本身,这些偶发事故一停止他才吃惊地发现自己离痊愈更近了,这是他始料未及的。埃梅关于淋浴场和洗衣女的来信引起的痛苦——带来的"并发症"——就属于这种情况。不过如果某个心病医生前来给我看病,他准会发现就其他方面而言,我的悲伤本身已经好转了。由于我是男人,属于同时沉湎于过去又热衷于当今现实的双重性类型的人,在我身上自然会始终存在着明知阿尔贝蒂娜已死却又保留着她栩栩如生的印象的矛盾。不过这个矛盾如今可以说又和它的过去背道而驰了。阿尔贝蒂娜已死的概念最初以如此凌厉的气势冲击我认为她还活着的想法,使我不得不像儿童逃避浪涛一样去躲避这个概念,而这个概念又不断向我发起冲锋,最后终于夺得了适才还被她活着的想法占据的位置。我也弄不清为什么,如今是阿尔贝蒂娜已死的概念——而不再是对她活着时的回忆——占压倒优势地构成了我无意识的遐想的基调,因此如果我突然中断这些遐想而将我自己考虑一番,使我吃惊的便不再是起初的,即认为在我心里如此生气勃勃的阿尔贝蒂娜怎么可能离开人世,怎么可能死去的想法,而是认为已经不在人世,已经死去的阿尔贝蒂娜怎么可能在我心里还如此生气勃勃的想法。我在黑色隧道里冥想的时间太长,所以再也不对它加以提防,如今这黑色隧道已被一个紧接一个的回忆堵塞,而渗进来的一缕阳光又冷不防使隧道中断了,于是远远地隐约映出一个笑盈盈的蓝色天地,而阿尔贝蒂娜在那里也只是一抹充满魅力的淡淡的回忆。我问自己,那是真正的她,抑或我在长期包围我的黑暗中漂泊时视为唯一现实的人才是真正的她?前不久我还是个活着只为了永远等待阿尔贝蒂娜回来道晚安回来热吻的人;我个人的某种分身现象使我显得像这样一个人物,他似乎是我个人的一小部分,被半剥光了的一部分,而且我像一朵半开的花似的领略到了剥落过程的使人焕发青春的清新。而且这短暂的感悟也许只会使我进一步意识到我对阿尔贝蒂娜的爱,正如一切特别确切的想法必须在对立中才能肯定自己一样。比如,在一八七〇年的战争时期生活过的人说战争意识之所以终于使他们觉得似乎合情合理，并不是因为他们考虑战争还不够，而是因为他们老想着战争。为了使他们明了战争是何等奇特而值得注意的事，必须有什么东西使这些人摆脱始终困扰着他们的念头，从而使他们暂时忘记正在进行的战争，使他们又回到和平时期的样子，直到这残酷的现实骤然间又从那短暂的空白里清晰地突现出来，而过去他们除了这个残酷的现实看不到别的，所以早就不去注视它了。

必须在我对阿尔贝蒂娜的各种回忆不是逐步而是同时在我心上消退时，必须在我对她的背叛的回忆同对她的柔情的回忆一股脑儿从我的记忆里同时全线撤退时，遗忘也许才能给我带来宁静。而情况却并非如此。好比我身在海滩而海水的退潮又极不正常，当我突然受到某种猜疑的袭击和伤害时，她的柔美形象已经退得太远无法前来补救了。

我对她的背叛是痛心疾首的，因为无论它们发生在怎样遥远的年代，对我来说它们都并非过去；它们果真成为过去时，即是说当我不那么激动地追忆它们时，我就不会那么痛苦了，因为与逝去的日子实际的距离相比，一件事情的远近更容易同视觉记忆的强度相适应，正如人们在回忆昨日的梦境时，由于梦里什么都模糊不清，梦景便显得比几年前发生的事更为遥远。不过，尽管对阿尔贝蒂娜已死的想法在我心里已有了进展，认为她还活着的感觉却仍然会回潮，这种回潮即使不阻挡那些进展，也会抵制它而且妨碍它成为有规律的进展。我如今才明白在那个时期（无疑因为忘记了她被禁闭在我家的时日，这些时日消除了我为她的过失而感到的痛苦，因为我知道她没有犯这些错误，所以这些错误便似乎与我不大相干了，于是这些时日就变成了她清白无辜的证据），我老受到一个新想法的折磨，这想法和阿尔贝蒂娜已死的概念（直到那时我思想的出发点都是她还活着）同样新奇，我原以为我恐怕同样不可能接受这新的想法，可是在我不知不觉间这想法倒逐渐构成了我意识的基本内容，从而代替了认为阿尔贝蒂娜清白无辜的考虑，这新的想法便是：阿尔贝蒂娜有过失。我自以为我在怀疑她时,我反而是在相信她;同样我想象我在对她的罪过抱怀疑态度时,我其他思想的出发点全都是相信她有罪,这种信念和与之相反的思想一样又往往被推翻。那段时间我无疑是非常苦恼的,不过我现在已明白事情原本应该如此。只有充分体验了痛苦才可能解除痛苦。我当时禁止阿尔贝蒂娜接触任何人,我幻想她清白无辜,和我后来又以她还活着作为推理的基础,这一切都只能延缓解除痛苦的时间,因为我这是在推迟早就应该忍受的必要而漫长的痛苦时日。然而习惯会起作用的,它会根据已经在我生活过程中受到过检验的规律让我适应阿尔贝蒂娜有过失的想法。正如德·盖尔芒特的姓氏已经不再意味道旁睡莲盛开的公路和魔鬼希尔贝特教堂的彩色玻璃窗的魅力,阿尔贝蒂娜的存在也不再意味那起伏的蓝色大海的魅力,斯万的姓氏,电梯和德·盖尔芒特公爵夫人以及其他许多事情对我来说也都失去了原有的意义和魅力,这种意义和魅力只给我留下了一个既简单而又被它们认为大到足以独自存在下去的字眼,好比一个人到来是为了鼓动仆人干活,等仆人知道这点之后过几个礼拜他又抽身走了;与上述情况相同,习惯也会把阿尔贝蒂娜有过失的令我痛心的想法从我心里驱除出去。而且从现在到那时,好比从两翼同时进行的打击,在“习惯”的行动过程中两支同盟军一定会互相支持。阿尔贝蒂娜有过失的想法会变得更具可能性,更使我感到习惯,因此也会变得不那么令我痛心。然而另一方面,正因为它可能变得不那么令我痛心,对她有过失的信念提出的异议就可能一个接一个地被推倒,这些异议在我思想里产生也是受了我不过多受痛苦的愿望的启发;一个行动加速另一个行动,我相当迅速地从相信阿尔贝蒂娜无辜过渡到了相信她有过失。我只有在生活里接受阿尔贝蒂娜已死,阿尔贝蒂娜有过失的概念,这些概念才可能成为习以为常的事,即是说我才可能忘记这些概念而且最终忘记阿尔贝蒂娜本人。

我还没有达到这一步。有时我的记忆受到心智活动的刺激变得格外清晰——比如在我阅读时——从而勾起了我的伤心事;有些时候反而又是我的伤感受到担心暴风雨天气这类心态的引发,使我爱情史里的某些往事变得格外突出,格外明朗。

对死去的阿尔贝蒂娜的爱也可能在某段时间的间隙之后重新恢复,在这段间隙时间里我由于注意力的它属而变得对她漠不关心,比如在巴尔贝克她拒绝亲吻之后就有过这样一段空隙,在这段时间我更关心的是德·盖尔芒特夫人,是安德烈和德·斯代马里亚夫人,不过在我重又经常看见她时我对她的爱便恢复了。然而,甚至在此刻,我对其他人的操心也可能导致分离——这次是同一个死人分离——在这样分离时她变得与我更加无关痛痒了。发生这一切只有一个缘由,那就是我仍然把她当作活人。即使在后来的日子里我不那么爱她了,这一点仍旧是我的一个愿望,这类愿望很容易使人感到厌倦,但抛开它一段时间之后它们又会重新找上门来。我追逐一个有生命的女人,接着是另一个,这之后我又回到我那死去的女人身边了。我在失去了对阿尔贝蒂娜明确的概念之后,某个姓名经常会不期然地闯进我内心里最模糊的区域去激起我痛苦的反应,我原来还以为这种反应不可能出现了呢,这就像你往一个头脑已不能思考的死人身上插进一根针去时他的某个肢体还会痉挛一样。长期以来,这种刺激是那么吝于光顾我,以至我在无意中竟主动去寻找机会使自己悲伤,使自己妒性发作,借此重新和往昔发生联系,以便更清晰地追忆她。原因是,对一个女人的相思其实就是复苏了的爱情,而这种复苏的爱情又同样受到爱情法则的制约,因此我的相思力增强的原因也就和阿尔贝蒂娜在世时我对她的爱情加深的原因同出一辙了,而嫉妒和苦恼又列在这些原因的首位。然而最经常发生的是这些情况——因为一种疾病或一场战争延续的时间可能比最聪明最有远见的人估算的要长得多——总在我不知不觉间产生,而且它们对我的冲击如此之剧烈,使我只能考虑如何保护自己不致过分悲痛,反倒无暇顾及从中讨得某件可以回忆的往事了。

此外一个词甚至不必像“朔蒙”这个词一样和某种猜测①发生联系就能引起猜测，就会成为口令，成为打开通向往昔的大门的神奇“芝麻”，由于看够了这个往昔，你原已不再去考虑它，因此严格说来你也就不再占有它了；你个人已去除了往昔这个部分，由于这种切除你以为你个人的人格也改变了原样，正如一个图形，失去了一角就等于失去了一边；比如有些句子里出现了某条街某条公路的名字而阿尔贝蒂娜又可能去那些地方，这些句子就足以体现一种潜在的但并不存在的猜疑心，让它去寻觅实体，寻觅处所，寻觅某种具体的固定办法，某种特定的实现方式。

有时这种“重新恢复”，这种梦景的“重新演奏”干脆趁我睡觉时到记忆这本书里一举翻过许多页，于是一页一页的日历将我带到，使我倒退到痛苦的但已很久远的印象里去，这些早就让位给别种印象的印象又变得历历在目了。这印象通常总是和一切笨拙而激动人心的演出同时出现，这演出给我以假象，使我耳闻目睹从此以这一夜为起点的一切。而且在爱情史里，在爱情与遗忘作斗争的历程里，梦所占的位置比醒着更为重要，梦从不考虑时间上的极细微的划分，它取消所有的过渡状态，使巨大的反差变成对立，它在刹那间打乱我们在白天缓慢完成的安慰性的工作，在夜里安排我们和那一不见面就可能忘怀的人儿幽会，不是吗？因为，无论怎么说，我们在梦里总可以得出一切皆真的印象。只有从我们白天的感受里找出的原因才能说明这一切是不可能的，而这种感受在做梦时又是我们看不到的。因此这种不可能的生活在我们眼里似乎就成了真实的。但有时由于使演出归于失败的内部照明不足的毛病，我那成功地搬上舞台的回忆便使我产生了真实生活的幻觉，我真以为我曾经约过阿尔贝蒂娜幽会，以为我找到了她；可是我又感觉到不可能向她走过去，不能

① 甚至两个不同名词共有的相同音节就足以使我的记忆——就像电工只需要最少的优质导体一样——重新建立阿尔贝蒂娜和我的内心之间的联系。——作者注

出声地把我准备向她说的话说出来，也不能为看清她而重新点燃那已经熄灭的小火把：这种不可能性在我的梦里无非是睡眠者的动弹不得，说不出话，看不见物，就像你猛然看见幻灯里出现了大片的阴影把舞台人物抹去，这阴影本来是应该被遮住的，这片阴影就是幻灯本身的影子，或者是操作人员的影子。有时，阿尔贝蒂娜出现在我的梦里，她又想离开我，这次她的决心却没有能触动我的心。原因是一缕令人警觉的光可能已从我的记忆透进了黑暗的睡梦里，这种光一经停留在阿尔贝蒂娜身上便使她未来的行动，使她宣布的出走失去了全部的重要性，这光就是她已经死了的概念。然而阿尔贝蒂娜已死的记忆往往在更清晰的情况下甚至也会和她还活着的感觉相结合而并不推翻这种感觉。我同她谈话，在我谈话时外祖母在房间尽头走来走去。她的下颏已有一部分碎成碎片掉在地上，俨如一尊已经毁损的雕像，而我却丝毫不觉得这其中有什么异常之处。我对阿尔贝蒂娜说我有问题要问她，是关于巴尔贝克淋浴场和土兰的某个洗衣女的事，不过我把这事放在以后再谈，因为我们有的是时间，没有必要着急。她保证说她没有干坏事，只不过昨天吻过凡德伊小姐的嘴唇。"怎么？她在这里？""是的，而且这会儿我就该离开您了，因为我一会儿就得去看她。"阿尔贝蒂娜死后我一直没有像她在世的最后一段时间那样把她禁闭在我家里，所以她看望凡德伊小姐的事使我有些担心。我又不想让她看出我的担心。她告诉我她只不过吻过凡德伊小姐，可是她也许又在撒谎，就像她过去对一切都矢口否认一样。过一会她恐怕就不会只满足于吻一吻凡德伊小姐了。当然，按照某种观点我如此烦恼是没有道理的，因为据说死人什么也感觉不到，什么也不能做。大家尽管这么说，我的外祖母死后却还是继续生活了好几年，而且此刻还正在房里走来走去。当然，我一旦醒来，这死人继续活着的想法会变得让我既无法理解也无法解释。然而我这种想法在做梦的荒唐的短暂时刻却出现了那么多次，我终于和它熟悉了；如果梦境反复出现，对梦境的记忆就可能变得持久。我想，一个疯人今天即使已经痊愈而且恢复了理智，他恐怕也比别的人更容易理解他在自己精神生活的某个已过去的时期想说的话，他当时想对参观精神病院的人解释说，不管大夫如何看他，他个人并非失去理智的人，他把自己健康的精神状态和每个精神病人的疯狂的异想天开加以对比，结论说："因此，瞧这人的神气和大家一样，你们一定以为他不是疯子，好！他就是疯子，他以为自己是耶稣基督，这不可能，因为我才是耶稣基督！"我的梦结束很久以后，我还在为阿尔贝蒂娜谈到的给凡德伊小姐的吻而苦恼，她的话仿佛还在我的耳际回响。这些话倒真的可能在我耳际回响过，因为这些话是从我自己口里说出来的。我一整天都在和阿尔贝蒂娜交谈，我询问她，谅解她，我向她谈那些在她生前我一直想对她说的事以弥补我对这些事情的遗忘。我突然害怕地想到我在回忆中提到过的人，我与之说了那一席话的人再也没有任何现实感了，那张面孔的各个不同的部分都毁灭了，原来也只是不断迸发的生的意志使这个面孔和人的脸孔相一致，如今这生的意志已经无影无踪了。

还有几次，我并没有做梦，一醒来我就感觉到我心中的风转向了，刮个不停的冷风是从另一个方向，从往昔的深处吹来的，它向我传来了遥远时刻的钟声，传来了我不常听见的启程的汽笛声。我试着抓起一本书。我再翻开我特别喜爱的贝戈特的小说。我觉得书里的人物挺讨人喜欢，我很快就入迷了，我开始像企盼自己的乐事似的盼望书中那个坏女人受到惩罚；当那一对未婚夫妻的幸福有了保障时我的眼睛都湿了。"那么，"我绝望地大声说道，"我那么重视阿尔贝蒂娜可能做出的事却不能从中得出结论说她个人是不可消除的真实存在，说我总有一天会在天上再看到与她在世时一样的她，而我却带着那么多的祝愿呼唤，那样急切地等待，而且带着眼泪欢迎一个只在贝戈特的想象里存在的人的成功，一个我并没有见过的，我可以随心所欲地想象其面孔的人的成功！"小说里也还有些迷人的少女，有情书，有寂静无人的供人幽会的花园小径，这一切都在提醒我说人是可以秘密谈情说爱的，于是我的嫉妒心重又被唤醒了，就好像阿尔贝蒂娜还可能去幽径散步似的。书中还描写了一个男人在五十年后重见了他在青年时代爱过的女人，他认不出她了，他在她身边感到厌倦。这又提醒我爱情是不可能天长地久的，这使我感到震惊，仿佛我命中注定必须和阿尔贝蒂娜分手而到晚年再见她时又必然会冷漠无情似的。倘若我瞥见一幅法国地图，我惊恐的眼睛一定会设法避开土兰以免生出嫉妒心，为了避免不幸，我的眼睛也会躲开起码有巴尔贝克和东锡埃尔标志的诺曼第，我和阿尔贝蒂娜相偕走过好多次的道路就在这两地之间。其他的法国城市名称无非是可以看见可以听见的一些地名，在这些地名当中，比如说，图尔这个名字的构成似乎就和别的地名有所不同，它不是由非物质的形象而是由有毒的物质构成的，而这些物质又直接对我的心脏起着作用，加快它的跳动并且使这种跳动十分痛苦。如果说这种作用力可以扩展到另外一些名字上面，这些名字因而变得与别的名字有所不同，那么在我进一步考虑我自己的事而且只限于考虑阿尔贝蒂娜本人时，这作用于我的，任何女人都可能促其产生的不可抗拒的力量是梦境、欲念、习惯、柔情受到此起彼伏的痛苦和欢乐的必然干扰之后又互相接触互相糅合的结果，对这一点我怎能感到吃惊呢？这一切继续处于死亡状态，因为光记忆就足够支撑实际的生活，即精神的生活了。我想起阿尔贝蒂娜从火车车厢下来时曾说她想去圣马丁，这之前我还看见她把马球帽一直拉到她的脸颊；我又有了获得幸福的可能性，我向这种可能性冲过去，嘴里说："我们可以一道走，直走到甘贝莱，直走到阿方桥。"没有一个靠近巴尔贝克的车站不让我重新看见她，因此这片土地就好像保存下来的神话之乡，它使我感到那最古老，最动人而且被我后来的爱情消除得最彻底的神话变得又生动又令我感到痛楚。啊！如果将来某一天我还得睡到巴尔贝克的那张床上，那该是怎样难受的事，我的生活就像围绕一根不动的支轴，一根固定的棍子一样围绕着铜床架转动，演变，接连不断地给这张床嵌上诸如和外祖母欢快的交谈、外祖母死亡的恐怖、阿尔贝蒂娜柔情似水的抚爱、对她恶癖的发现等情节，如今又嵌上了一种新的生活，看见书柜玻璃上映出的大海我才明白阿尔贝蒂娜永远也不会走进这新的生活里来了。巴尔贝克的饭店不是很像外省剧院独特的住宅布景吗？多年来在这布景里演出过各种截然不同的戏剧，这布景曾为喜剧所用，为第一出悲剧所用，为第二出悲剧，为纯诗剧所用，巴尔贝克的这座饭店在我过去的生活里已有相当长的历史了，我生命中一个一个的新时期又总是在它的墙壁之间更迭着。墙壁、书柜、镜子这些仅存的部分还保持着原样，这使我更清楚地感到，总的说来，是这些东西以外的，是我自己发生了变化，这一点使我得出一种印象，而那些自以为悲观的乐观主义的孩子是不会有这种印象的：生活、爱情、死亡的秘密很谨慎，这些秘密并不去参与生活，爱情和死亡，人们会既骄傲而又苦痛地发现，年复一年它们本身已和他们自己的生活融为一体了。

我试着拿起报纸。

我憎恶读报，而且读报也并不是不伤人的。事实上，从我们的每一个念头都会像从林中的岔道口一样生出许多不同的道路，因此每当我毫无思想准备的时候我都会面临新的回忆。福雷的乐曲名《秘密》使我忆起布洛伊亲王的《国王的秘密》，布洛伊的姓氏又使我想起朔蒙。耶稣受难日几个字使我想到“各各他”，从“各各他”①又想到这个字的词源，这个词似乎和“卡尔维蒙”同义，法文就是“朔蒙”。不过无论经过哪条路到达朔蒙，此时此刻我受到的打击仍旧是那么难以忍受，所以此后我想得更多的是避开痛苦而不是向朔蒙索取往事。这次打击之后不久，我的心智活动像雷

① 各各他是 Golgotha 的音译，卡尔维蒙是各各他的意译即“髑髅地”。此地位于耶路撒冷西北不远的一座小山上，传说耶稣被钉十字架死于此地。

声一样放慢了步伐，使我恢复了理智。朔蒙使我想到布特朔蒙①，邦当夫人曾对我说，安德烈经常偕阿尔贝蒂娜去到那里，而阿尔贝蒂娜却说她从未见过布特朔蒙。人到一定的年龄往事就在记忆里互相扰作一团，你想的事，你读的书几乎没有什么意义了。你到处插手，一切都硕果累累，一切又都险象环生，你可以在肥皂广告里像在帕斯卡尔的《思想录》②里一样发现许多珍贵的新东西。

像布特朔蒙这样的事我在当时自然认为无关宏旨，这事实本身对阿尔贝蒂娜不利，但与淋浴场女侍或洗衣女事件相比却远没有那么严重那样关键。然而首先，一件往事不期然地前来光顾我们时会在我们身上发现一种完整无缺的强大想象力，即是说在心情难受的情况下我们自己尽管有意开动脑筋回忆往事，我们却只是部分地运用了我们的强大想象力。再说这后一部分往事（淋浴场女侍和洗衣女）尽管在我记忆里已经模糊不清却自始至终都没有消逝，好比走廊里的家具，尽管周围光线昏暗人们什么也看不清，他们却总是避免碰到这些家具，我对这部分往事的回忆早已习以为常了。与此相反，长期以来我从不去想布特朔蒙，也不去想诸如巴尔贝克娱乐场里那面镜子照出的阿尔贝蒂娜的眼神，或在德·盖尔芒特家晚会后的夜里我那样久等她而她迟到了却不作解释的事，我现在倒愿意去了解她生活中所有这些游离在我心田之外的部分，使它们和我的心水乳交融起来，在我心里与我真正占有过的心上人阿尔贝蒂娜留下的更为甜蜜的往事结合在一起。这些回忆撩开习惯的沉重面纱的一角（那使人愚钝的习惯在我们生活的全过程中几乎对我们掩盖了整个宇宙而且在深沉的夜里挂着亘古不变的标签，用一种不产生任何乐趣的不疼

---

① 朔蒙，地名，位于法国上马恩省，在马恩河和绥策河之间。布特朔蒙是巴黎一个公园和风景区的名称。

② 布莱兹·帕斯卡尔（1623—1662），法国著名的数学家，物理学家，哲学家和文学家。《思想录》集中反映了他的神学和哲学思想，在西方思想史上产生重要影响。

不痒的东西去替换生活中最危险或最使人沉醉的毒药)，像最初那样带着季节转换时的沁人心脾的清新气息，带着改变当今陋规的沁人心脾的清新气息回到我的脑海，这些回忆在我们领略乐趣方面也是如此，如果我们在初春的艳阳天里坐上汽车或者在旭日东升时走出家门，这些回忆会使我们兴奋而清醒地注意我们自己那些没有什么意义的行动，这样的兴奋和清醒会使这激越的一瞬远远胜过这之前的全部日子。我现在又处在从德·盖尔芒特公爵夫人家的晚会出来的那一刻了，我等待着阿尔贝蒂娜的到来。往昔的日子逐渐掩盖了它们之前的日子，而这些日子本身又被后来的日子淹没。然而每个过去的日子都会在我们身上积淀起来，就像储存在一个无比宽敞的图书馆里一样，在图书馆最古老的藏书里，总有一本是永远无人问津的。然而这过去的一天穿过后来的半透明的各个时代又会浮到表面，而且在我们身上伸展开去并覆盖我们全身，于是，一时间，姓氏恢复了原有的意义，人恢复了原有的面孔，我们也找到了我们当时的心灵，于是我们便带着隐约的但已变得可以忍受的悲哀，带着不可能持久的悲哀去感受长期未能解决而当时又使我们那么忧虑的问题。我们这个“我”是由我们一个接一个的状态叠合而成的。然而这种叠合又不像山的层叠一样永恒不变。无休无止的上升运动会使古老的地层露出表面。我又从德·盖尔芒特公爵夫人的晚会出来等待阿尔贝蒂娜了。那一夜她都做了些什么呢？她欺骗了我吗？同谁？即使我接受了埃梅揭露的情况，这也丝毫减少不了我对这个未能逆料的问题的忧憾参半的兴趣，就仿佛每个不同的阿尔贝蒂娜，每个新的回忆都会提出一个由特殊的嫉妒心引起的问题似的，解决其他问题的办法都不适合解决这些问题。

不过我希望了解的不仅是她和什么女人度过了这一夜，而且是她体会到那其中有什么样的特殊乐趣，那一刻她心里有什么样的感受。在巴尔贝克时，弗朗索瓦丝有时去寻找她，回来时她对我说她发现阿尔贝蒂娜靠在窗前,看上去忧心忡忡,东张西望,似乎是在等待什么人。就算我已得知被等的人是安德烈,那么阿尔贝蒂娜等待她时的思想情况,隐藏在她那忧心忡忡东张西望的眼神背后的思想情况又如何呢?对阿尔贝蒂娜来说这嗜好有什么样的重要性,这嗜好在她操心的事里究竟占据什么样的位置呢?唉!我想起了我自己每次见到一个讨我喜欢的姑娘时感到的激动,有时只听见有人说起她而并没有看见她我就操心如何打扮得漂亮些,如何突出我的优点而且冷汗淋漓了,因此我只需想象阿尔贝蒂娜也和我一样领略过充满快感的激动不安就够我苦恼不已了,这样做就好比借助仪器的神力,我的莱奥妮姨妈在医生来看了她的病而且对这种病是否存在表示怀疑时就曾希望发明这样一个仪器,使医生亲自体会病人全部的病痛以便更了解病人的痛苦。而这么一想我已经受到了相当大的折磨,我想,比起这些来,我和她之间关于斯汤达和维克多·雨果的严肃谈话对她来说恐怕倒是一文不值的,我感到她的心已被别人吸引了,已经脱离了我的心归附到别处去了。然而她对这种欲念的重视和围绕这种欲念所作的谨慎的安排都未能使我明了这欲念究竟属于什么性质,进一步说,她自己在考虑这欲念时又认为它是什么性质。在身体的病痛方面我们起码不必去选择自己的痛苦。疾病先决定这种痛苦然后才强加给我们。然而在嫉妒方面我们却必须首先以某种方式去尝试各种各样的大小不等的痛苦,然后才能选择可能对我们合适的痛苦。轮到这后一种痛苦时,我们感觉到我们所爱的人同我们之外的人相处更快活,这些人给她的感受是我们不可能给她的,或者起码这些人的轮廓、形象、举止向她展现了与我们截然不同的东西,我们这时的尴尬处境变得何等严峻!啊!阿尔贝蒂娜怎么没有爱圣卢!真爱了,我恐怕还不至于这么苦恼呢!

我们当然并不清楚每个人的特殊感觉,但出于习惯我们甚至不明白我们不清楚,因为别人的这种特殊感觉与我们毫不相干。至于阿尔贝蒂娜,她的这种感觉如何却能决定我是不幸或是幸福;我清楚知道她这种感觉是我所不熟悉的事，而这不熟悉本身就已经使我苦恼了。阿尔贝蒂娜感受的这种我所不熟悉的欲念和乐趣，我有一次产生幻觉以为看见它们了，在另一次幻觉里又以为听见它们了。阿尔贝蒂娜死后那段时间安德烈来过我家，我当时就看见了这些欲念和乐趣。她第一次来我家时我觉得她似乎挺美，我想她那一头几乎是天生的短短的鬈发，她那双带黑眼圈的忧郁的眼睛，这无疑是阿尔贝蒂娜心爱的东西，是她情思昏昏时瞩目的东西在我面前的显形，是她那么急切地想从巴尔贝克赶回来那天她用自己充满欲念的带预感的眼睛看见的东西的显形。我好像看见了一朵不知名的黑色的花，一朵从某个人的坟墓那边给我送来的花，而我在那边是发现不了这朵花的，我像看见意想不到地挖掘出来的珍贵圣物似的看见了由安德烈来我面前为我体现出来的阿尔贝蒂娜的"欲念"，就像维纳斯体现朱庇特的欲念一样。安德烈悼念阿尔贝蒂娜，但我立即感到她并不想念她的亡友。死神迫使她离开了女友，她似乎很轻松地拿定主意和女友彻底分手了，阿尔贝蒂娜在世时我可不敢向她提出这种彻底分手的要求，因为我害怕安德烈会不同意。她现在似乎反倒轻而易举地接受了放弃女友的要求，而这种放弃恰恰又是在对我没有什么好处的时候作出的。安德烈为我抛弃了阿尔贝蒂娜，可惜是亡故的，对我来说她不仅失去了生命而且事后回想起来她还失去了她过去存在的某些真实性，因为我看清了她于安德烈并不是不可或缺的，独一无二的，安德烈可以让别的人代替她。

阿尔贝蒂娜在世时我可不敢要求安德烈对我披露隐情谈她和阿尔贝蒂娜之间以及她们和凡德伊小姐的女友之间友谊的性质，因为我不敢肯定到头来安德烈是否会把我的话告诉阿尔贝蒂娜。如今这样的询问即使毫无结果，起码也不会有危险了。我向安德烈谈到，不是以询问的口气而是以我似乎向来就知道，也许是通过阿尔贝蒂娜而知道的口气谈到安德烈自己对女色的嗜好以及她同凡德伊小姐的个人关系。她毫无难色地承认了一切，而且笑盈盈的。从她的承认里我可以得出令我苦恼的结论；首先,安德烈在巴尔贝克对不少姑娘那么亲切那么卖弄风情可能没有引起任何人怀疑,而她自己却毫不否认她有那些习惯,以此类推,我在重新认识这个安德烈的同时也满可以想到阿尔贝蒂娜同样可能轻而易举地向我之外的任何人,任何她感到正在嫉妒的人坦白承认她自己的那些习惯。另一方面,安德烈曾经是阿尔贝蒂娜最好的朋友,而且也许正是为了她阿尔贝蒂娜才特意从巴尔贝克赶回来,既然现在安德烈已经承认了她的嗜好,我思想上必然得出结论认为安德烈和阿尔贝蒂娜总是同时在一起发生这类关系的。当然,就像在外人面前人们总是不敢看这个人为他带来的礼物是什么,他得在馈赠者走了之后才去揭开盖子,因此只要安德烈还在这里,我就不会在自省中去审视她带给我的痛苦,我明显感到这种痛苦已经在我的神经和心脏这些服务器官里引起了严重的纷乱,只是因为我受过良好的教育,我才能装作没有发现这些混乱,反倒和这个少女最亲切不过地聊天,我把她当作客人,所以没有把注意力从她身上转移到我内心的意外变化上去。听见安德烈谈到阿尔贝蒂娜时说出的这句话我感到格外难受:“噢,是的,她喜欢我们一道去舍夫勒斯山谷散步。”我仿佛觉得是安德烈事后在她和阿尔贝蒂娜散过步的那模糊而且似乎不存在的天地恶狠狠地造出一个令人诅咒的山谷加进了上帝的创造里。我感到安德烈即将向我和盘托出她和阿尔贝蒂娜的所作所为,而出于礼貌,出于狡猾,出于自尊,也许出于感激,我又竭力使自己显得越来越亲切,与此同时我能给阿尔贝蒂娜无辜这个概念让出的空间却越来越缩小了,我似乎发现我无论作出多大的努力,我仍旧显出了即将被抓获的动物特有的那种发呆的状态,而在这只动物的周围,令它慑服的鸟已缓缓地缩小了它回旋飞翔的圈子,它从容不迫是因为它有把握在必要时追上它的牺牲品而且这牺牲品再也不可能逃出它的爪子了。不过我仍旧注视着安德烈,而且带着残存的诙谐、自然和信心十足的神气,这种神气正是那些想装出不怕别人盯着他们使他们入迷的人特有的,我插进这么一席话:“我怕惹您生气所以从没有对您说过这些，不过现在我们既然轻松地谈到了她，我也就可以对您说我早知道了您和阿尔贝蒂娜这种性质的关系，再说尽管您已经知道，告诉您这事仍旧会使您高兴：阿尔贝蒂娜非常爱慕您。”我告诉安德烈如果她愿意让我看看她（哪怕只看看她们怎样抚爱，在我面前做这个动作恐怕不会使她太为难），同阿尔贝蒂娜那些有此嗜好的女友们如何动作，那一定颇富奇趣，我点了罗斯蒙德、贝特以及所有阿尔贝蒂娜的女友的名，以便从中弄个明白。“我不但绝不在您面前做您说的那种事，”安德烈回答我说，“而且我也不相信您说的那些姑娘有这种嗜好。”我情不自禁地靠近吸引我的魔鬼，回答说：“怎么！您总不至于想让我相信在你们那一伙里您只和阿尔贝蒂娜一个人干过这事吧！”“可我同阿尔贝蒂娜也从没有干过。”“瞧您，小安德烈，干吗否认我起码在三年前就已经知道的事呢？我并不认为这有什么坏处，恰恰相反。对了，那天晚上她那么想第二天和您一道去维尔迪兰夫人家，您也许还记得……”我还没有把话说完便看见安德烈的眼睛里掠过一丝忧虑，忧虑使这双眼睛棱角毕露，俨如珠宝工人也难于利用的满是棱角的宝石，这就好比那些享有特权的人在演出开始之前撩开一角帷幕随即闪身躲开以免被人瞅见。这忧虑的目光一消失，一切又复归正常，然而此刻我已经意识到我再看见的一切都只可能是对我假装出来的了。这时我从镜子里看见了我自己；我吃惊地发现我和安德烈之间有某种相似之处。如果我不是早就停止刮胡须了，如果我只留下一丁点胡茬，这种相似真算得上是毫无二致了。在巴尔贝克时，阿尔贝蒂娜也许正是看见了我刚长出来的胡子才突然急不可耐地渴望回到巴黎的。“可是总不能只因为您不认为这有什么坏处我就承认并不存在的事吧。我向您起誓我和阿尔贝蒂娜什么也没有干过，而且我相信她厌恶这种事。告诉您这件事的人是在骗您，也许是为了什么私利。”她带着询问和不信任的神气说。“那好吧，既然您不想对我说。”我答道，宁可作出不想提供任何证据的样子，再说我也并没有掌握什么证据。不过为了碰碰运气我还是含糊地说出了布特朔蒙这个地名。“我可能和阿尔贝蒂娜去过布特朔蒙,难道那是一个特别糟糕的去处不成?”我问她能不能和希塞尔谈谈这事,因为此人有一段时间和阿尔贝蒂娜特别熟。然而安德烈宣称希塞尔刚刚对她做了一件极无耻的事,去求此人帮忙是她永远不会为我效劳的唯一的事。“您如见到她,”她补充说,“别把我对她的议论告诉她,没有必要树敌。她很清楚我对她的看法,但我还是宁愿避免和她闹得太僵,闹僵了倒反而只能和解了。而且她是会伤人的。您会明白,只要看了我一周前收到的那封信,看她在信里怎样背信弃义地撒谎,世上无论什么东西,连最漂亮的行为也抹不掉这件事留下的记忆。”总之,如果说安德烈的这种嗜好强烈到不加掩饰的程度,而阿尔贝蒂娜对她又怀着那么热切的爱,她也的确怀着那样的爱,尽管如此,安德烈却并没有和阿尔贝蒂娜发生过肉体关系而且不知道阿尔贝蒂娜有这类嗜好,那准是因为阿尔贝蒂娜根本没有这种嗜好,也没有和任何人发生过这种关系,她即使想和女人发生关系,她也一定宁愿和安德烈而不愿和别的女人,因此安德烈一走,我就发现她那斩钉截铁的断言已经使我平静了下来。可是她这样做也许是受责任感的驱使,因为她还没有忘记阿尔贝蒂娜,她认为不让别人相信阿尔贝蒂娜在世时无疑曾要求她否认的事是她对死者义不容辞的责任。

我在凝视安德烈时曾一度相信自己看见了我一而再再而三地变着法儿臆造出来的阿尔贝蒂娜的那种乐趣,还有一次我竟以为我不是用眼睛看,而是用耳朵听见了她在寻乐。在一家妓院我命人叫来两个洗衣女,她们都住在阿尔贝蒂娜经常光顾的那个街区。她们一个抚摸着另一个,另一个突然发出一种我乍一听根本分不清是什么样的声音,因为我们永远也不会确切理解出自我们从没有体验过的某种感受的奇特而又极富表现力的声音的涵义。如果你在隔壁听见一种声音而又什么也没有看见,你可能会把给病人施行无麻醉手术时病人疼极而发出的声音当成狂笑;如果告诉一位母亲说她的孩子刚死了,她发出的声音也会被不知底细的人认为像禽兽或竖琴发出的声音一样很难用人类的语言加以说明。需要一段时间才可能理解，从我们自己的性质不同的体会加以类推，这两种声音所表达的东西我们都称作痛苦，我同样也需要时间才可能理解，同样从我个人截然不同的亲身体会加以类推，我可以管前述那姑娘发出的声音叫快乐；而这种快乐一定得非常非常强烈才可能使领略这种快乐的人激动到如此程度，才可能引出别人不懂的那种语言，那种语言仿佛在指明和评论那年轻女人经历的趣味无穷的事情的每个阶段，不过一幅永远拉下的帷幕在我眼前已把这趣味无穷的事全部遮住了，除她以外所有的人都不会知道每个轻佻女人神秘的内心世界里所发生的一切。而且这两个小姑娘什么也谈不出来，她们根本不知道阿尔贝蒂娜是谁。

小说家们经常在小说前言里声称他们在某个国家旅行时遇到了某个人，此人向他们讲述了某个人的一生。于是他们让这位邂逅相遇的朋友出来说话，这个人向他们讲的故事正好就是他们的小说。比如法布利斯·代·唐戈的生平是巴杜的一个司铎对斯汤达讲述的。写我们堕入情网时，即是说当另一个人的生活让我们感到神秘莫测时，我们多么希望能找到这样一个熟知内情的讲述人啊！而且肯定有这样的人。我们自己不也常常不痛不痒地向朋友或向外人讲述某个女人的生平而听讲的人尽管对这女人的爱情一无所知不也听得津津有味吗？我对布洛克讲德·盖尔芒特公爵夫人，讲斯万夫人时，我是作为男人讲的，能够对我讲阿尔贝蒂娜的男人也有，这样的人永远存在……然而我却始终见不到他。我觉得如果我能找到认识她的女人，我也许能打听到我不知道的一切。不过，局外人似乎会以为谁也不可能像我那样了解她的一生。我不是连她最好的朋友安德烈都很熟悉吗？因此，人们以为部长的朋友一定会知道某些事件的真相或者他一定不会被牵连到某个案子里去。而这个朋友也只是在把部长磨得精疲力竭时才终于明白，每次他和部长谈论政治时部长都只泛泛地议论一番，最多说一些报纸上的东西，有时，这朋友遇到了麻烦，他一而再再而三地走部长的门路，而每次得到的回答也只是“这不是我权限以内的事”，朋友自己对此也无能为力。我想：“我要是认识某些见证人该多好！”如果我真认识这些人，我从他们那里得到的情况也不会比安德烈提供的多，她本人才是秘密的知情人呢，只不过她不愿意披露罢了。在这方面我又和斯万有所不同，他一旦停止嫉妒，便对奥黛特同福什维尔的所作所为毫无兴趣了，而我甚至在我的嫉妒心已经湮灭时还认为世上最具魅力的事仍旧是认识阿尔贝蒂娜的洗衣女和她所在街区的其他姑娘，仍旧是去她们那里重新恢复她的生活情景和与她们之间的暧昧关系。由于欲求总是来源于先期的幻觉，而我对希尔贝特，对德·盖尔芒特公爵夫人的欲求也是如此，因此在阿尔贝蒂娜曾经生活过的街区，我要寻找的仍旧是和她的身份相同的人，我希望插手此事的人只可能是她们。即使她们并不能向我提供任何情况，我觉得正在吸引我的这些女人反正是阿尔贝蒂娜认识的或可能认识的，是和她同等身份的人或她喜欢的圈子里的人，总之是让我产生幻觉认为与阿尔贝蒂娜相似或阿尔贝蒂娜可能喜欢的那类女人。在她可能喜欢的那一类女人中首推平民阶层的姑娘，原因是她们的生活与我熟悉的生活是那样大异其趣。我们无疑只有通过思维活动才能占有一些东西，并不能说一幅画因为挂在你的饭厅，即使你并不理解它你也占有了它，也不能说因为你住在一个地方，你即使没有看过它一眼它也属于你。不过我从前倒真有过幻觉，以为既然阿尔贝蒂娜来巴黎看望我而且我也把她抱在了怀里，我就重新获得了巴尔贝克；同样，我拥抱了一个女工我就以为我和阿尔贝蒂娜的生活取得了联系，尽管是有限的偷偷摸摸的联系，就以为我接触了作坊的气氛，听见了柜台前的闲聊，了解了又脏又乱的房间的生命力之所在。安德烈，还有其他那些女人，她们比之于阿尔贝蒂娜——有如阿尔贝蒂娜本人和巴尔贝克相比——都是互相代替而且不断减弱的乐趣的代用品，它可以使我们放弃再也得不到的乐趣，如去巴尔贝克旅行或阿尔贝蒂娜的爱，也可以使我们放弃另一些乐趣(如去卢浮宫欣赏提香①的肖像以安慰去不成威尼斯的遗憾),这些乐趣又分成极细微的不同层次,使我们的生活变得像是一系列的区域,这些有向心力的,互相毗连,互相协调又逐渐失去光彩的区域的中心有一个最初的欲念,这欲念定下了色调,排除了与它不相融合的东西,表现了主色(我也有过这种经历,比如和德·盖尔芒特公爵夫人以及希尔贝特)。安德烈也好,这些女人也好,对我明知不能实现的愿望,即身边有阿尔贝蒂娜的愿望来说,就好比有一天晚上——那时我只见到阿尔贝蒂娜面熟但还不认识她——我认为永远不可能实现让一串葡萄上起伏而凉爽的阳光移到我身边的愿望一样。因此无论我追忆的是阿尔贝蒂娜本人或者是她无疑十分偏爱的那类人,这些女人都会引起我一种难以忍受的嫉妒或懊恼之情,这以后,当我悲伤的心情平静下来时,这种感情就变成了不无魅力的好奇心。

过去阿尔贝蒂娜的体貌和社会地位方面的特点并没有妨碍我去爱她,如今她的这些独特之处和我的爱情回忆联系在一起,反而把我的欲念引向它以前最不可能自发选择的姑娘,即出身小资产阶层的褐发女郎。诚然,有一种东西又在我心中开始部分复苏,那是一种在我对阿尔贝蒂娜的爱情中没能得到满足的强烈渴求,一种想了解生活的强烈渴求,这种渴求,以前不管是在巴尔贝克的公路上,还是在巴黎的街道上,我都感受到过,而且当我猜想阿尔贝蒂娜心中也怀有同样的渴求,因而千方百计要让她无法和别人只能和我一起去满足时,它曾经使我那么痛苦。现在我已经能够忍受阿尔贝蒂娜也有欲念这一想法了,而且我自己每生欲念这个想法便随之而来,两人的欲念互相吻合,于是我想我们俩要是能一道寻欢作乐该多好。有时我对自己说“这个姑娘也许会招她喜欢”,思路这么猛

---

① 提香(1477—1576),意大利画家,初期受其师乔治的影响,最后成为享有国际声誉的大师。他曾为教皇,为弗朗索瓦一世、查理五世、菲利普二世工作。晚年,他的艺术有如浪漫抒情诗,技巧臻于完美。

然一转我便想到她，想到她的死，顿时悲从中来，再也无心继续考虑我的欲念了。过去我对乡村的喜爱是基于我对梅塞格利丝一带和盖尔芒特一带风光的欣赏，倘若一个地方没有古老的教堂，没有矢车菊和毛茛花，我便不会觉得它有什么特别迷人之处；同样，对阿尔贝蒂娜的爱情之所以会引导我专门寻求某种类型的女人，正是因为这爱情在我心中把她们和一种富有魅力的过去联系在一起；我重又像爱上阿尔贝蒂娜之前那样，需要她的"谐音"来代替我回忆中的她，这种回忆的排他性已逐渐弱化了。现在我大概不会喜欢与一位高傲的金发公爵夫人为伴，因为这类女人不可能在我身上引发阿尔贝蒂娜能激起的那种心灵的悸动，也不能引发我对阿尔贝蒂娜的欲望，对她另有所爱的妒忌，以及对她的死所感到的悲哀。我们的感觉要想强烈就必须激发某种与其相异的东西，一种情愫，这种情愫不以肉体的欢愉为满足，却又使肉欲增长、膨胀，达到与肉体的欢愉难分难解的程度。阿尔贝蒂娜对某些女人可能有过的恋情渐渐不再令我痛苦，同时逐渐成为这些女人和我的过去之间的纽带，赋予她们某种更真实的东西，正如对贡布雷的回忆使毛茛花、山楂花比其他后来看到的花儿在我心目中更具真实感。甚至对待安德烈也是如此，我不再恨恨地想："阿尔贝蒂娜爱过她！"相反，为了替自己的情欲辩解，我还充满柔情地想："阿尔贝蒂娜不也爱她吗?"现在我才理解那些鳏夫，人们以为他们娶上小姨子便得到了安慰，其实他们恰恰以此证明他们的心是无法慰藉的。

我与阿尔贝蒂娜的爱情既然正在结束，我似乎可以另求新欢了，而阿尔贝蒂娜则替我的新欢增颜添色，一如蓬巴杜夫人为路易十五的新宠梳妆打扮，有些女人就是这样，她们原先凭着自身的力量长时期受到钟爱，后来感到情人对她们的兴趣渐渐淡薄，便满足于充当中间人的角色，以此来保持自己的影响。早先，我的时间分成若干阶段，在这一阶段喜欢这个女人，在另一阶段又喜欢另一个女人。从一个女人那里得到的强烈快乐平息后，我便想从另一个女人那里得到一种如水的纯情，待到需要更为老练的爱抚时我又重新渴望第一个女人。如今,这种交替往复已经结束,至少其中的一个阶段正在无限期延长。现在我所期望的是,新的女友能住在我家,每天晚上离开我之前给我一个姐妹式的吻。若不是我已体验过另一个女人待在我身边是多么令人难受,我会以为自己留恋的是一个亲吻而不是某种嘴唇,是肉体的快乐而不是爱情,是一种习惯而不是某一个女人。我还期望新的女友能像阿尔贝蒂娜一样为我弹奏凡德伊的曲子,像她一样和我谈论埃尔斯蒂尔。然而这都是不可能的事了。于是我想,她们的爱都抵不上阿尔贝蒂娜的爱;也许是因为,当一种爱情附带许多插曲,诸如一道参观博物馆,一道听音乐会,总之当它构成全部错综复杂的生活,为通信和谈话提供了内容,当两人的关系以调情为开端,后来又发展成为庄重的友谊,这种爱情自然比那种只会奉献身体的女人的爱情丰富得多,正如一支乐队的表现力要比一架钢琴的表现力丰富得多;更深一层的原因也许是,我需要阿尔贝蒂娜给予我的那种温情,也就是一个既有相当文化素养又像妹妹一样的姑娘给予的温情——正如我需要与阿尔贝蒂娜有着相同的社会出身的姑娘一样——只不过是我对阿尔贝蒂娜本人以及对我俩爱情的缅怀。于是我再一次感到,首先,回忆是没有创造力的,它所向往的不可能比我们曾经拥有过的更多,甚至也不可能更好;其次,回忆是一种精神活动,现实不可能为它提供它所寻求的状态;最后,当回忆源于某个死去的人时,它是死者在我们心中复活的体现,人们以为它意味着我们重新渴望爱,其实它更意味着我们重新渴望那离我们而去的人。因此,甚至我所选择的女人与阿尔贝蒂娜之间的相似,她对我的温情与阿尔贝蒂娜的温情之间的相似,(如果有可能相似的话)也只会使我更深切地感到,我不自觉地寻觅过的东西,我的幸福的再次降临所不可或缺的东西,也就是说阿尔贝蒂娜本人,我们在一起生活的那段时光,我一直不自觉地寻找着的过去,这一切已经不复存在了。

是的,在晴朗的日子里巴黎街上那数不清的少女使城市看上去如花团锦簇，她们并不是我想要的姑娘，但她们与阿尔贝蒂娜的难以了解的欲望和她远离我而度过的那些夜晚有着根深蒂固的关系。她们中间有阿尔贝蒂娜早先对我还不存戒心时提到过的某一位："真迷人，这个小姑娘，她的头发多漂亮！"过去我和阿尔贝蒂娜还只是面熟时对她的生活就曾抱有很大的好奇心，另一方面，我自己对生活也怀有种种欲望，现在，这二者合成唯一的好奇心，那就是想知道阿尔贝蒂娜是如何感受快乐的，想看见她和别的女人在一起的情形，也许因为这样，等那些女人一走，她身边就剩下我一个人，我便成了她最后的情人同时也是她的主宰。看到她犹豫不定不知是否值得和这个或那个女人共度夜晚，看到她在那个女人走后的餍足或是失望，也许我能更好地理解我对她的嫉妒，并能把这种感情控制在适当的分寸以内，因为我既已看到她如何感受快乐，便能估量出她快乐的程度，也能发现她快乐的限度。

我常想，由于阿尔贝蒂娜始终矢口否认自己的趣味，她使我们失去了多少快乐和多么美妙的生活啊！我又一次寻思她如此固执的原因，突然忆起了一天在巴尔贝克她给我一支铅笔时我对她说过的一句话。我责怪她没让我吻她，并说我认为我吻她是最自然不过的事，正如我认为两个女人之间产生爱情关系是最下流不过的事。唉，也许她记住这句话了。

我把一些过去我最不可能喜欢的姑娘带回家来，我抚平那像圣母一样向两边分梳的头发，欣赏那线条优美的小鼻子，或西班牙女人似的苍白肤色。是的，我早就感到，即使对巴尔贝克公路上或者巴黎街道上我仅仅偶然瞥见的女人，我的欲望也是极富个性的，如果希图以另一个对象来满足这种欲望，那就是对它的歪曲。但是生活又让我逐步发现我们对爱的需要是不会终止的，从而告诉我失掉了所爱的人就只得以另一个人填补，我以为我希望从阿尔贝蒂娜那儿得到的东西，也许另一个女人，比如德·斯代马里亚夫人，也能给我。然而阿尔贝蒂娜毕竟是阿尔贝蒂娜；我对温情的需要的满足和她的肉体的特点之间已织成了错综复杂的回忆之网，再也无法理清，以至每当我需要温情时，对阿尔贝蒂娜肉体的回忆便如附丽之物相随而至，难以分开。只有她才能给我这种幸福。认为她是独一无二的看法和过去我对过路女人的看法不一样，它不是从阿尔贝蒂娜的个人特点得出的形而上学的先验之谈，而是一种经验之谈，是由那些偶然地却又不可分离地交织在一起的回忆构成的。我不能不在渴望爱抚时也渴望她，并因失去了她而难过。所以，连我选择的女人以及我想得到的温情与我体验过的幸福之间的相似之处也只能使我更深切地感到，前者总缺少点什么，故而我的幸福是不可失而复得的了。自阿尔贝蒂娜走后我一直因人去楼空而怅然，也曾以为怀里拥着其他女人就能填补这种空虚，然而我在她们身上得到的还是空虚。她们从不跟我谈凡德伊的音乐，也不谈圣西门的回忆录，她们来看我时身上没洒那种香味过分浓郁的香水，她们也不拿自己的睫毛和我的睫毛相厮磨来取乐，而这些都是重要的事，因为它们似乎能激发与性行为本身有关的遐想，从而产生爱的幻觉，实际上因为它们是我对阿尔贝蒂娜回忆的一部分，因为我希望找到的是她。阿尔贝蒂娜具有的东西这些女人也有，这只能使我更痛切地感到阿尔贝蒂娜具有而这些女人所缺乏的东西，也就是说一切的一切，而这一切的一切将永远不复存在，因为阿尔贝蒂娜已经死了。这样，我对阿尔贝蒂娜的爱把我引向这些女人，随后又使我对她们失掉兴趣，我对阿尔贝蒂娜的怀恋，我那经久不减的妒忌心，这些感情持续的时间之长已超过了原先最悲观的估计，但是如果它们的存在脱离了我生活的其他部分，仅仅受我那些回忆的支配，受这种适用于静止状态的心理学所谓的作用与反作用的影响，而没有被牵进一个更广阔的系统，在这个系统里心灵可以在时间的长河里活动，犹如物体可以在空间运动一样，那么，这两种感情大约永远不会如此变幻无穷。

正如空间有几何学，时间也有心理学，把平面心理学的计算用于时间心理学，计算就可能不准确，因为不会考虑时间这一因素，也不会考虑时间的表现形式之一：遗忘；我开始感到遗忘的力量，它是我们适应现实的一种强有力的手段，因为它慢慢摧毁尚活在我们心中并经常与现实相冲突的过去。其实我早该料到，总有一天我会不再爱阿尔贝蒂娜。她本人以及她的行为对于我是举足轻重，而对于别人并非如此，从这两者的差别中我悟出了一点：我的爱情与其说是对她的爱，不如说是我心中固有的一种感情，我本可以从我的爱情的这种主观性推断出种种后果；我应当知道，这种爱既是一种精神状态，当然可以在被爱的人死后很久仍然存在，但是，我也应当知道，爱情由于和被爱的人不再有任何真正的联系，由于在自身以外没有任何支柱，它也和任何精神状态甚至和最持久的精神状态一样，总有一天会成为无用之物，会被“替代”，到那时，把我和我对阿尔贝蒂娜的回忆那么甜蜜、那么牢固地维系在一起的一切对我来说就不复存在了。人们在我们头脑里只是一套套极易磨损的版画，这是人们的一大不幸。正因为如此，我们对他们抱有很多打算，其炽烈的程度不亚于思念的炽烈。然而思念会疲乏，回忆会消亡，于是总有一天，我会心甘情愿把阿尔贝蒂娜的房间让随便哪个女人住，正像我曾经把希尔贝特送给我的玛瑙弹子或其他礼物送给了阿尔贝蒂娜而丝毫未感到伤心一样。

这并不是说我不爱阿尔贝蒂娜了，不过已不是后期的那种爱法；而是早期的那种爱法，早期，一切与她有关的，不论是地点还是人物，都使我好奇，这种好奇包含的魅力大于痛苦。确实，我现在深深感到，要完全忘掉她，要回到原先我与她毫不相干时的状况，像旅行者由原路回到出发点那样，我就得先经过达到热恋之前所经历过的各个感情阶段，只是运动方向与原来相反。然而这些阶段，这些过去的时刻并不是凝固不动的，它们保留了人们对未来尚一无所知因而充满希望时的幸福之感，以及希望所蕴含的了不起的力量，这希望在当时奔向未来的某一时刻，如今这时刻已成过去，可是回顾往事时，幻觉会使我们在一瞬间把它当成未来。比如我读一封阿尔贝蒂娜的信，信中说她晚上来看我，于是我刹那间感到了有所期待的快乐。人们由原路从一个今后不会再去的地方返回时，往往对去时经过的每一站的站名、面貌都记得一清二楚，于是可能发生下面这种情况：我们在某一站停下，突然会产生一种错觉，仿佛自己重又朝着去时的方向出发了。虽然错觉倏忽即逝，但在那一瞬间，我们感到自己被重新带回那个地方，这就是回忆的残酷之处。

然而，如果说人们在回复到起初的漠然状态之前，免不了要以终点为起点逆向走完爱情之路的全程，但所走的路程、路线却不一定与去时完全一样。两条路线的共同点在于它们都不是直线，因为爱情与遗忘的进展都无一定之规。但它们不一定取同样的路，我的回程在接近终点时分四个阶段，我记得特别清楚，大概是因为在这几个阶段我发现了一些游离于我对阿尔贝蒂娜的爱情之外的东西，或者，至少可以说，她果这些东西和我的爱情之间有某种关系，那只是因为在一次难忘的爱情诞生之前，我们心灵里已存在着某种东西，它们与爱情发生联系，或是滋养爱情，或是抗拒爱情，或者在我们惯于思考的理性看来它们是爱情的反衬或写照。

第一个阶段开始于初冬一个晴朗的星期天，那天是诸圣瞻礼节，我出去散步。我一面走近布洛涅树林，一面忧伤地重温阿尔贝蒂娜回到巴黎后从特罗卡德罗来找我的情景，因为那天也是一个晴朗的日子，只是这天阿尔贝蒂娜已不在我身边。我的回忆是忧伤的，但也并非没有乐趣，因为我好似在用凄凉的小调重新奏出逝去的时日的主题曲，没有弗朗索瓦丝的电话，没有阿尔贝蒂娜前来陪伴，连这也不是什么不利的事，只不过我必须把回忆中的有关内容从现实中抽掉，结果反而给这一天涂上了某种伤感的色彩，使它比平淡而普通的一天更美好，因为那不复存在的部分，那被抽掉的部分印压在上面宛如凹形花纹。我轻轻哼着凡德伊奏鸣曲中的几个乐句，而且想到阿尔贝蒂娜曾多次为我弹奏过这个曲子时也不太悲伤，因为所有我对她的回忆几乎都已进入第二化学状态，不再给心灵造成令人忧虑的压迫感，而是带来一丝温馨。有些乐段是她弹奏得最多的，而且每弹奏到这里总要发些我当时认为挺有意思的感叹，或者暗示某件往事。如今我哼着这些乐段时便会想："可怜的孩子。"但并无伤感之情，只是给这些乐段增添了一种价值，可以说是历史价值和收藏价值，就像范·狄克①所作的查理一世画像，画儿本身已经很美，后来杜·巴里夫人②想让国王吃惊，下令把这幅画列为国家收藏品，于是它的价值就更高了。那个小小的乐句在完全消失之前分散为一个个不同的小节，飘飘袅袅，过了一会儿才余音散尽，这时对我来说，消失的并不是阿尔贝蒂娜的使者，但对于斯万，意义就不一样。小乐句在我心中和在斯万心中所唤起的联想不尽相同。使我更为动心的是乐句的构思、尝试、反复开始，总之是一个乐句在整个奏鸣曲中的形成和"发展过程"，一如我对阿尔贝蒂娜的爱情是在我的一生中形成的。现在我已明白我的爱情的组成部分在怎样一天天消失，先是嫉妒心方面，接着是另外某一方面，最后化成模糊的记忆，回到最初那不牢固的开端，因此，听着小乐句渐渐飘散，就好像看到我的爱情在眼前逐步瓦解。

我沿着被灌木丛隔开的一条条小径漫步，铺满小径的薄纱般的小草已日渐稀疏，我忆起有一回乘车兜风，阿尔贝蒂娜坐在我身旁，之后又和我一道回家，我感到她如同氛围笼罩着我的整个生活，对那次散步的回忆此刻仿佛在我四周飘荡，融在树枝间似有若无的雾霭里，落日的余晖透过这些颜色变深的树枝，把宛若横悬在半空中的疏疏落落的金色树叶照得灿亮，③我不满足于用记忆的眼睛看这些小径，它们使我发生兴趣，使我感动，就像那些纯粹的景物描写章节，艺术家在其中穿插了一个虚构的情

---

① 范·狄克(1599—1641)，弗朗德勒画家。

② 杜·巴里夫人，路易十五宠幸的情妇。

③ 而且我时不时地浑身一颤，就像所有那些为某个女人魂牵梦萦的男子，他们看到站在一条小径拐角处的任何女人都觉得她像自己思念的人，甚至可能就是她。"也许是她！"他们不断回头张望，但车子继续往前开，并不返回来。——作者注

节，甚至一整个离奇的故事，为的是使描写更完美；于是这自然景物便独具一种震撼我的心腑的忧伤之美。当时我以为，这景色之所以对我有这样的魅力是因为我始终深深地爱着阿尔贝蒂娜，其实恰恰相反，真正的原因是我正在进一步把她忘掉，是我对阿尔贝蒂娜的回忆已经不再令我痛苦，也就是说，回忆的性质已经起了变化；然而有时我们虽然弄清了自己的感觉，比如那天我以为看清了自己忧伤的原因，但要追根溯源找到这种感觉更深远的含意却无能为力：正如医生听着病人向他诉说自己的不适，并且根据这些症候顺藤摸瓜，找出内在的、病人自己也不清楚的原因，同样，我们的感觉，我们的想法也只能起征兆的作用。我的嫉妒心被美的感受和淡淡的哀愁排斥在一边，于是肉欲便苏醒了。对女性的爱又一次在我身上抬头，就像当初我停止和希尔贝特会面后的情况一样；这种爱欲并不和某个我曾经爱过的女人有任何单一的联系，而是像从毁灭后的物质中释放出来的元素那样飘飘荡荡，在春天的空气中浮游，只等和另一个造物结合。任何地方都不如墓地萌发的花儿多，哪怕是“毋忘我”也是在墓地最繁茂。我观赏着繁花似的少女们，晴朗的日子在她们的装点下显得更明媚，过去坐在德·维尔巴里西斯夫人车里，或者，也是一个星期天，和阿尔贝蒂娜一起乘车散步时，我从车内大概也这么观赏过姑娘们。我投在她们之中某一位身上的目光立即与我想象中阿尔贝蒂娜向她们偷偷投去的好奇、迅速、大胆、反映出捉摸不透的思想的目光结合在一起，那目光如同神秘的、迅捷的蓝灰色翅膀，与我的目光成双配对，于是那原本意趣天然的小径上便掠过陌生的欲念微波，而我自己的欲念如果孤立存在是不足以使这些小径如此变样的，因为对我自己的欲念我是很熟悉的。

有时一本令人伤感的小说会突然把我带回到过去，确实，某些小说就像重大而短暂的悲痛，能一扫习惯的障碍，把我们重新和现实生活联系起来，不过时间不长，只有几个小时，跟一场噩梦一样，因为习惯的力量很大，它产生忘却，带回欢乐，而头脑无力与它抗争，也无力恢复真实，习惯的力量远远超过一本好书的近乎催眠术的暗示力量，后者和所有的暗示一样，只有短期效果。

再说，当初在巴尔贝克我第一次想结识阿尔贝蒂娜时，不正是因为在我看来她能代表所有那些街道上、公路上常常使我为之驻足的少女，并能概括所有这些少女的生活吗？过去她们凝聚在我对阿尔贝蒂娜的爱情里，如今这颗正在陨落的爱情之星重又化为散开的粉末般的星云不是很自然的事吗？我觉得这些姑娘全都是阿尔贝蒂娜，我心中印着她的形象，于是处处看到她的倩影。有一次，在一条甬道的转弯处，一位正在上汽车的姑娘是那么像她，身材和她一样的丰腴，一时间我竟至于自问，我适才看到的是否就是她，人们向我讲述她的死时是否在骗我。就这样，在甬道转弯处，或者在巴尔贝克，阿尔贝蒂娜常在我眼前再现，上车的方式和过去一样，那时她对生活是多么充满信心啊。刚才这位姑娘上车的动作，我并不是用眼睛在看，就像看散步中经常出现的一种表面现象那样，不，对我来说，它成了一种持久性的动作，通过适才赋予它的这一层意义，它似乎还延伸到过去，正是这一点打动了我的心，使我又快意又忧伤。

然而姑娘已经不见了。离我稍远一些的地方有三个姑娘走在一起，年龄比那一位稍稍大些，也许是少妇，她们那优雅而有力的步态与我第一次瞥见阿尔贝蒂娜和她的女友们时为之着迷的那种风度有极大的相同之处，我身不由己跟在那三位姑娘后面，她们叫了一辆车，我也不顾一切地四下找车，后来找到一辆，但已经太晚了。姑娘们早没影儿了。过了几天，在回家的路上，我又远远望见我在树林尾随过的三个姑娘，她们正从我们公寓的拱门下走出来。完全是那种社交界的姑娘，尤其是褐色头发的那两个，只是年龄大些，过去我从窗口看见这样的姑娘，或是在街上与她们交臂而过，脑袋里便会打千百个主意，她们使我热爱生活，可是我没能认识她们。金色头发的那一位看样子更娇弱些，几乎是病恹恹的，我不太喜欢。然而正是她使我不能只看她们一眼就满足，我的脚仿佛在地上生了根，我的目光凝然前视，无法让它转移，它像在解一道数学题时那么专注，好像意识到必须透过所看的事物探寻出更深远的意义。我本来也许会让她们就这么从我视线中消失，像对很多其他姑娘一样，可是她们打我面前经过时，金发姑娘——也许是因为我过分注意地凝视她们了？——偷偷向我投来一瞥，接着，在走过去之后，她回过头来又瞟了我一眼，这一眼可把我的心点燃起来了。不过，见她不再管我只顾和她的女友们又谈起话来，我的热情可能最终会跌落下去，可是下面这件事却使它百倍高涨。我去问门房那三位姑娘是谁，门房说："她们想见公爵夫人。我想她们三人中只有一位认识公爵夫人，其他两位只是陪她到门口。这是那位姑娘的名字，我不知道是不是写对了。"只见写的是德博什维尔小姐，我很快把它复原为德·埃博什维尔，也就是说，据我的记忆所及，这是，或者至少差不多是一个出身极好的姑娘的姓，而且和盖尔芒特家族沾点什么亲，罗贝曾经对我说起过她，因为他在一家妓院遇见过她，还和她有过一段私情。现在我明白她那目光的含意，以及她为什么背着伙伴们回头看我。我曾经多少次想到她，并根据罗贝告诉我的名字想象过她的容貌啊！而我刚刚看见的就是她，她和她的女友们毫无不同之处，除了那含而不露的目光，这目光把我秘密带进了她生活中某些显然连她的女友们也不知道的阶段，我因而觉得她比较容易接近——几乎已一半属于我了——也比一般的贵族女子更温和。在她的思想上，我们之间早就存在着共有的东西，那就是我们可能在一起度过的时光，当然，如果她可以随便跟我约会的话。这不就是她的目光想对我表达的吗？然而那丰富的表情只有我一个人清楚。我的心猛烈地跳着，要问我德·埃博什维尔小姐究竟长得怎样，我也许不能准确描述，我只是又依稀看到一位金发女郎的侧面轮廓，然而我已经疯狂地爱上她了。突然我发觉，我这样推理就好像德·埃博什维尔准是三人中那个回过头来并看了我两眼的金发姑娘似的。而门房并没有这样说呀。于是我又回到门口，再一次盘问门房，他说对这一点他无可奉告，因为那几位姑娘是第一次来，而且他当时又不在场。不过他这就去问他妻子，她见过她们一次。她此刻正在打扫后楼梯。谁一生中没有体验过和上述情况多少有点相似，而且是耐人寻味的猜疑不定的心情呢？比如您将您在舞会上见到的一位姑娘向您的朋友描写了一番，这位好心的朋友据此得出结论说，姑娘大概是他的女友，并且他向您和她一齐发出邀请。但是在那么多女子中间，而且仅仅根据一番口头描绘就断定是谁，不会弄错吗？您即将与之相见的姑娘会不会是另一位，而不是您倾慕的那一位呢？或者相反，即将微笑着向您伸出手来的姑娘会不会正是您希望她是的那一位呢？后一种可能性是相当常见的，这得归功于某种直觉，有时幸运之风也促成好事，虽然这种可能性并不总能用德·埃博什维尔小姐这件事的令人信服的推理来解释。于是当您见到她时，您会在心里说："正是她。"我记得，我曾经在海边散步的一群姑娘中一下就猜出谁叫阿尔贝蒂娜·西蒙内。这段回忆引起我内心一阵尖锐的痛苦，但为时并不长，在门房去找他妻子的当儿，我考虑的主要是——因为我想着德·埃博什维尔小姐，而在这种等待的时刻，你原先没来由地安在一张面孔上的一个名字，或一种情况，便会处于游离状态，在好几张脸之间飘荡，如果它附着到一张新的面孔上，那么为您提供过有关情况的原先那张面孔就随即变得和先前一样陌生，不相干，不可捉摸——门房也许会告诉我，德·埃博什维尔小姐不是那位金发姑娘，而是两位褐发姑娘中的一位。在这种情况下，那个姑娘，那个金发的、诡秘的德·埃博什维尔小姐（我相信她的存在，我已经爱上她，并且一心只想得到她）就会消失，门房的决定命运的回答将把她分离成两个互不相关的成分，而我曾经凭着主观臆断把这两个成分结合在一起，有如小说家把从现实生活中取来的各种素材熔于一炉，然后塑造出一个假想的人物，而每一个素材孤立起来看——那时姓名不再能证实目光的意图——便失掉任何意义。在那种情况下，我的论据将不攻自破，可是事实相反，门房回来说，德·埃博什维尔小姐正是那位金发姑娘，顿时，我的论据就变得坚不可摧了！

从此以后，我不再相信什么同音字。如果三个姑娘中有一个叫德·埃博什维尔小姐，回过头来用那种神态甚至几乎是微笑着看我的又正好是她（我的假设初步得到局部验证），而她却不是去妓院的那个德·埃博什维尔，那么，这种偶然性也未免太离奇了。

于是极度忙乱的一天开始了。两天后我将去拜望德·盖尔芒特夫人，在她家里，我将见到一位容易接近的姑娘，并和她约会（我能想到办法和她在客厅的一角单独交谈），为了在那天给人一个更好的印象，我必须外出购买所有我认为适合的东西把自己打扮一番，在这以前，为了做到万无一失，我先去给罗贝发了个电报，询问姑娘的确切姓名和长相，希望在两天内得到回音，门房说过，姑娘两天后会来看望德·盖尔芒特夫人；我要在同一个时间去拜访公爵夫人（此刻我没有一秒钟想其他事，连阿尔贝蒂娜也不想），不管这期间会发生什么事，哪怕我病了，也必须让人用轿子把我抬下去。我打电报给圣卢，并不是因为我对姑娘的身份还有什么怀疑，也不是因为我以为我见到的那个姑娘和他跟我谈过的那个姑娘是不同的两个人。我根本不怀疑她们是同一个人。只是在我不耐烦地等待两天后的那个日子时，能收到一封有关她的详细情况的电报，这在我是一件美妙的事，就好像我已经对她拥有一种秘而不宣的权力。在电报局，我一面因满怀希望而情绪兴奋，劲头十足地拟着电文，一面注意到，我现在对德·埃博什维尔小姐已远非童年时对希尔贝特那样束手无策了。我只费心拟了电文，这以后邮局工作人员就只需把电文拿去，极其迅速的电讯网就只需负责传送，于是法国大陆和地中海，以及致力于查清我前不久遇到的姑娘姓名的罗贝那整个花天酒地的过去，这一切都将为我刚刚开始的浪漫史效力，我甚至无需再费脑筋想它，上述那些人会负责在二十四小时内把事情弄个水落石出，不管结果是好还是坏。可是从前呢，我被弗朗索瓦丝从香榭丽舍大街带回来，只能独个儿在家酝酿自己无力实现的欲望，不能运用当代文明提供的种种便利，我恋爱的方式像未开化的野人，甚至只能说是像花儿，因为我没有行动的自由。电报发出以后，我便在焦躁不安中挨着时光；父亲偏又要我和他一起离开巴黎两天，这样，去公爵夫人家拜访的事可能给误掉，我心急如焚，一筹莫展，以致母亲不得不出面干预，最后父亲同意我留在巴黎。可是在那几个钟头里，我的怒气无法平息，与此同时我对德·埃博什维尔小姐的渴念却因为有人在我们之间设置了障碍，因为我一度害怕对德·盖尔芒特夫人的拜访不能成行而高涨了百倍，而我无时无刻不预先为这次拜访感到满心欢喜，就像想到一件必将属于我、谁也无法从我手中夺走的财宝。有些哲学家认为，外部世界并不存在，我们生活的进程是在我们自身完成的。不管怎样，爱情，即便在它微不足道的开端，就是一个有力的例证，它说明外界现实的作用对我们是微乎其微的。若是要我凭记忆画一幅德·埃博什维尔的肖像，要我描写她的体貌特征，那是不可能的事，甚至要我在路上认出她也是不可能的。我只从侧面瞥见过她，她正在走动，她给我的感觉是好看、朴实无华、身材颀长、一头金发，关于她，我说不出更多的情况了。然而欲望、焦虑、怕被父亲带走而见不到她时精神上所受的致命打击，凡此种种都作用于心灵，再加上姑娘在我脑海中的一幅形象，这形象，说到底我并不熟悉，但我知道它赏心悦目就够了，以上这一切便已构成爱情。我高兴得一夜未能成眠，到了第二天早晨，终于收到圣卢的回电："德·奥士维尔，'德'贵族姓氏前之介词，'奥士'如裸麦，禾本科植物，'维尔'同城市，①小巧、褐发、丰满，现在瑞士。"原来不是她。

过了一会儿，母亲拿着信件走进我的房间，漫不经心地将信件放在我床上，脸上摆出在想其他事的神情，她随即又走开了，好让我一个人待着。

---

① 德·奥士维尔的原文是 De Orgeville，前部分"orge"与法文"裸麦"（orge）相同，后部分"ville"与城市（ville）相同。

而我呢，我熟悉亲爱的妈妈的心计，并且知道任何人都能准确无误地从她脸上猜出她的心思，只要掌握一把钥匙，那就是懂得她总想让别人高兴，于是我微微一笑，心想："信件里面一定有什么让我感兴趣的事，妈妈装出这副若无其事、心不在焉的样子是为了给我一个完全的意想不到，而不像有些人，他们先就把事情告诉了你，使你兴味大减。她没待在我这里是因为怕我出于自尊心掩盖自己的高兴，从而不能强烈地感受到那种乐趣。"母亲走到门口正要出去时，迎面碰到正走进我房间的弗朗索瓦丝，母亲便硬让她退回去，并把她拽到房外，弄得弗朗索瓦丝莫名其妙，大为不快，因为她认为她的差事包含一项特权，那就是她可以随时走进我的房间，并且，如果她乐意的话，可以待在这里。但是，转眼间她脸上惊讶、气愤的表情已被一个阴郁而黏糊糊的微笑所掩盖，这微笑带着超越一切的怜悯和哲理的嘲讽，是受伤的自尊心分泌出来医治自己伤口的黏液。为了不感到自己被瞧不起，她便反过来瞧不起我们。因为她知道，我们是主子，主子都是任性的人，他们引人注目不是靠聪明才智，他们的乐趣在于依仗别人对他们的畏惧，硬要聪明人和仆人去做一些荒诞不经的事，以充分显示他们的主子地位，比如在传染病流行期间命人把水煮沸，规定打扫房间要用湿抹布，人家想进房间的时候偏要他出去。我母亲匆忙中带走了蜡烛。我发现她把邮件放在紧靠我的地方，为的是引起我注意。不过我感觉出那都是报纸。也许报上有某个我喜爱的作家写的文章，由于他现在很少写作，这文章对我来说就是一件意想不到的事。我走向窗口，拉开厚厚的窗帘。在灰白的雾蒙蒙的日光之上是粉红色的天空，红得像厨房里在这种时刻点燃的炉灶，它使我充满希望，又使我心中漾起一个欲念：去我在那儿遇见过一个脸颊红扑扑的卖牛奶姑娘的山区小站过夜，并在那儿醒来。

我翻开《费加罗》报。多么无聊！第一篇文章的标题和我寄到报社而没被刊登的文章标题正好一字不差。而且不仅标题相同，下面几个词句也完全一样。这，这太不像话了。我要寄一份抗议书去。①咦，不只是几个词句相同，而且是整篇文章，还有我的署名……原来我那篇文章终于发表了！可是，也许在那个时期我的思想已经开始有点老化，有点疲乏了，它仍继续按原来的路子思考，好像还没明白这就是我那篇文章，如同老人必定要做完已经开始的动作，哪怕这动作已没有必要了，哪怕前面出现一个未曾料到的障碍，必须退却，否则就有危险。接着我便端详这精神食粮——报纸，由于刚从印刷机里出来，又带着晨雾，这报纸还是热乎乎潮润润的，它在晨曦微露时就被分送到女佣们手中，女佣们把它和加牛奶的咖啡一起拿给她们的主人，它在同一个时间进入千家万户，既多得数不清而每人拿到的又是同一份。

我手中拿着的不是某一份报，而是一万份报中的任意一份；这文章不只是我写的文章，它是我写的而且被所有人阅读的文章。为了正确估计此刻在别人家里发生的现象，我必须不以作者的身份而以报纸的一个读者的身份来读这篇文章，这不仅是我写的东西，在众多人的思想里，这是作者的代表和象征。因此，我必须暂时不作为作者而作为报纸的任意一位读者来读它。然而首先就遇到一个令人担忧的问题：不知道报上有这篇文章的读者会读到它吗？我漫不经心地展开报纸，仿佛自己就是这样一位读者，脸上甚至做出一副不知道今天报上有些什么，并急于要看看社会新闻或政治消息的神情。我的目光故意避开那篇文章（为了做得逼真，也为了不偏袒自己，就像有的人在等待时数数故意数得特别慢），可是文章特别长，我的目光扫过时免不了挂住一段。不过，看到头版文章的人，乃至阅读它的人，很多并不看署名。我自己就很可能说不出昨天报上头版的文章是谁写的。此时我便下决心，今后凡是头版的文章都要读，还要

① 这时我听到弗朗索瓦丝在嘟嘟哝哝，她一向认为自己可以大摇大摆进我的房间，这次被赶出来很是愤愤不平："你说这让不让人难受，他是我眼看着生下来的孩子。当然，他妈妈生他时我没看到。不过，说得实在点，我第一次看见他时，他还不满五岁哩！"——作者注

看一看作者的名字;然而正像妒忌的情人不欺骗情妇是为了相信情妇对他也是忠实的,我伤心地想,今后我对别人的文章的关心并不一定能,事实上也没有能强使别人对我的文章回报以关心。再说还有外出打猎的人,以及一大早就离开了家的人,话说回来,总还有几个人会读它。于是我学着这些人的样子,开始阅读了。尽管我知道很多读这篇文章的人都会认为它令人厌烦,但是我却觉得,我阅读时在每个字里看到的东西都跃然纸上,我不能相信,别人睁开眼不会直接看到我所看到的形象,因为我以为作者的思想能直接被读者领会,其实,后者头脑里形成的是另一种思想,所以我的想法和那些以为他们讲的话将一毫不差地沿着电话线传过去的人一样天真;就在我想作为任意一个读者时,我的思想却按作者的方式重复着我的文章的读者们将要做的工作。如果说德·盖尔芒特先生不理解布洛克喜欢的某个句子,他却可能玩味被布洛克轻忽的某一感想。同样,前一个读者弃而不读的部分可能会有另一个读者去拜读,这样,整篇文章就会被一大群人捧上天,使我不得不对自己产生怀疑,而且也不再需要为自己的文章辩护了。实际上,不管多么出色的文章,其价值就像议会报告中的某些词句一样,部长说的"我们走着瞧"这几个字不过是下面这句话的一部分,也许是最不重要的一部分,这句话应该是:参议院主席,内务和宗教部长说"我们走着瞧吧。"(极左派热烈欢呼。中间派和左派席位上有几个人喊"很好! 很好!"句子的结尾比句子中间部分美,与开头亦很相称)新闻文学的美一部分在于它对读者所产生的影响,这是这类文学的先天性缺陷,名气很大的《星期一》周刊也未能幸免。文章好比集体创造的一尊维纳斯雕像,如果你囿于作者的思想,你就等于只看到一只残缺的胳臂,因为文章的完整思想是在读者头脑中实现和完成的。但由于人群,不管多么优秀的人群,不可能是艺术家,所以他们给文章打上的最后印记总有点平庸的意味。比如每星期一,圣伯夫可能想象德·布瓦尼夫人躺在她那带有高大圆柱的床上读他发表在《立宪报》上的文章,并且很赏识某个漂亮句子,这个句子他自己也为之得意了很久,但若不是他认为要扩大他的专栏文章的影响就必须往文章里塞进很多这样的句子,那么也许这句话永远也写不出来。荣誉勋位管理会总管大概也在看这篇文章,而且稍后去拜访他的挚友时会跟她谈起。身着灰色长裤的德·诺阿耶公爵晚上用车来接他时会告诉他社交界对此文的看法,除非在这以前他已从德·阿布维尔夫人的短简中了解到这些看法。既然我对自己的怀疑建立在一万个人对我的赞同和支持上,因此,此刻我阅读那篇文章时便感到了自己的力量和在才华方面的希望,其程度与我仅为自己阅读而写这篇文章时对自己的不信任相同。我似乎看到,此时此刻对很多人来说,我的思想——或者,对那些不能懂得我的思想的人们来说,甚至不是我的思想,而仅仅是我的名字的一再出现,以及对我这个人的联想,并且是美化了的联想——在他们头上闪耀,把他们的思想染成了曙色,这曙色比此刻在各家窗户上同时升起的粉红曙光更使我浑身充满力量和得胜的喜悦。① 因此,这令人鼓舞的阅读一结束,原来没有勇气把自己的手稿重看

① 就在我尽量作为任意一名读者的时候,我看到布洛克、德·盖尔芒特夫妇、勒格朗丹、安德烈,还有某某先生从每句话里找出它们包含的形象,于是我又以作者的眼光读这篇文章。但是为了使我竭力扮演的那个不可能存在的人兼有一切对我最为有利的对立面,我虽然以作者的身份读它,却以读者的身份来评判自己,因而我没有任何作者在把自己想表达的完美境界与实际文章相对照时会有的那些苛求。在我写那些文章时,它们和我的思想相比是那么苍白,和我对事物和谐而明晰的看法相比显得那么复杂和晦涩,而且充满我不知如何填补的空白,因此,当时读这些文字对我来说简直是一种痛苦,只能使我更深切地感到自己的无能和无可救药地缺乏才华。但是现在,由于我竭力把自己作为读者,就把评判自己这一痛苦责任推卸给了别人,至少在读我写下的东西时,能够将我原来想表达的东西一笔勾销。我一面读,一面尽量使自己相信这是另外一个人写的。于是文章中所有的形象、所有的感想、所有的形容词——只看其本身,不去想它们与我原来想写的相比是一个失败——都以它们的光彩、它们的新颖、它们的深邃使我陶醉。当我感觉到某处是明显的败笔时,我就躲避到对文章赞叹不已的任意读者这一身份后面,并对自己说:"算了!一个读者怎么能觉察这个欠缺呢?不错,这儿可能缺了点什么,可是,要是他们不满意那真叫见鬼了!就现在这样,妙语连珠之处已经够多的了,比他们通常读到的要多。"——作者注

一遍的我，竟想立即把文竟再读一遍，但并不像人们对自己过去写的一篇文章，认为“既然看了一遍，就可以看第二遍”。我决定叫弗朗索瓦丝再去买若干份，就说是为了送给朋友们，其实是为了亲手触摸一下我的思想千百倍增生这一神奇现象，同时可以假设自己是某一位先生，他刚打开《费加罗》，这样我就可以在另一份报纸上读到同样的句子。正好我已有很久没去看望德·盖尔芒特夫妇了，我将去拜访他们，借此机会通过他们了解人们对我的文章的看法。

我想到某位女读者，我是那么希望进入她的闺房，报纸即便不会给她带去我的思想（因为她不能理解它），至少也能带去我的名字，如同人们在她面前对我的一声赞扬。然而你不爱的东西受到赞扬不能牵动你的心，正如你不理解的思想不能吸引你的思想。而我其余的朋友呢？我对自己说，如果我的健康状况继续恶化，如果我不能去看他们，那么不妨继续写作，通过我的文章去接近他们，在字里行间与他们交谈，让他们按我的意向思考，让他们喜欢我，并接受我进入他们的心灵，这对我将是一件愉快的事。我这么想是因为社交关系迄今为止在我的日常生活中占据一席位置，缺少这种关系的未来日子使我害怕；还因为在我身体恢复到能重新去看望朋友们之前，写作这一权宜之计能使我得到他们的关注，也许还能激起他们的赞赏，这对我是一个慰藉；我虽这么想，但我却感觉到这是不现实的，不错，我喜欢把朋友们的关心想象成我的乐趣之所在，然而这是一种内在的、精神的、主动的乐趣，这种乐趣不是他们所能给我的，也不是我跟他们交谈时所能得到的，而恰恰是在远离他们写作时我才能得到；如果开始写作是为了间接与他们见面，为了让他们对我有一个更好的看法，为了替自己在社交界取得一个更好的地位作准备，那么，日后也许写作会使我不再想见他们，而文学为我在社交界取得的地位，我也许不再想去享用它，因为那时我的乐趣就不是在社交活动中而是在文学创作之中了。

因此，午饭后我去德·盖尔芒特夫人家时，主要不是为了见德·埃博什维尔小姐，圣卢的一封电报已经使她这个人失去了最精彩的东西，而是为了在公爵夫人身上看到我的文章的女读者之一，从而想象公众，也就是《费加罗》的订户和买主们，对我那篇文章可能持有的看法。况且，我去德·盖尔芒特夫人家也并非没有乐趣。尽管我对自己说，对于我，这个沙龙与其他沙龙的差别在于它在我想象中已存在了很久，我虽明白这一差别的原因，却不能取消这一差别。而且在我心目中存在着好几个盖尔芒特姓氏。印在我记忆中的那个盖尔芒特，就像印在通讯地址录上的一样不能引起任何诗意的联想，但追溯到更早时期，即我不认识德·盖尔芒特夫人那个时期的几个盖尔芒特是能够在我心中恢复其诗意形象的，尤其当我好久没见她，当姓氏的神秘之光没有被凡夫俗子之身的刺目光亮遮没的时候。于是我就像遐想某种超脱于现实之外的东西一样又思念起德·盖尔芒特夫人的府邸来，正如我重又思念起早先我梦中的雾濛濛的巴尔贝克，好像自那以后我就再也没去过似的，或是重又想起一点五十分的那次列车，仿佛我没乘过这趟车似的。我知道这一切都不存在，只是我一时把这一点给忘了，正如有时我们想念一个亲爱的人，却一时忘了他（她）已经不在人间。后来，我走进公爵夫人的前厅时才恢复了对现实的概念。不过我安慰自己说，不管如何，她对于我是现实和梦幻之间的千真万确的交点。

一进客厅我便看见了那位金发姑娘，我曾在二十四小时中把她误当成圣卢和我谈起过的那位。她主动要公爵夫人把我重新介绍给她。的确，从走进客厅那一刻起，我也有一种和她早已熟识的感觉，但一听到公爵夫人说："啊！您和德·福什维尔小组见过面？"这感觉当即烟消云散了。其实，我敢肯定自己从未被介绍给任何一位叫这名字的姑娘，否则，一定会留有深刻的印象，因为我听过关于奥黛特的爱情及斯万的妒忌心的史话，自那以后，德·福什维尔这名字在我记忆中简直太熟悉了。我两次弄错姓氏，一次是把"德·奥什维尔"误忆为"德·埃博什维尔"，一次是把“福什维尔”的误写纠正为“埃博什维尔”，这双重谬误本身并没有什么了不起。我们错就错在向别人介绍事物是按照它们本来的面目，介绍姓名是按它们原来的写法，介绍某人则按相片和心理学所给的一成不变的概念，而实际上我们感知到的通常远非如此。我们七颠八倒地看世界、听世界、设想世界。我们按自己听到的去重复一个名字，直到经验纠正我们的谬误，而且谬误并不总能得到纠正。在贡布雷，大家跟弗朗索瓦丝谈到萨士拉夫人有二十五年之久，而弗朗索瓦丝继续说“萨士兰”夫人，她这样做并非出于骄傲，有意坚持错误，虽然这是她的老脾气，而且往往因我们唱反调而变本加厉，这是她对一七八九年平等原则照耀下的法国圣-安德雷-德乡地区所作的全部贡献①（她只要求一项公民权利，那就是不跟我们一样发音，并且坚持认为 hoôtel，été，air 是阴性名词）②，而是因为事实上她听到的始终是“萨士兰”。这种永存的谬误恰恰就是“生活”，其千变万化的形式不仅表现在听觉世界和视觉世界，还表现在社交世界、感情世界和历史世界等等。在第一主席夫人的眼里，卢森堡公主只不过是个轻佻女人，这倒没什么严重后果；斯万认为，奥黛特是个不易相处的女人，那后果就比较严重了，因为他依据这一看法，构想了整个爱情故事，而后来他明白自己的错误时，只能更增加他的痛苦；在德国人看来，法国人梦寐以求的就是报复，这事的后果就更严重了。我们对万物只有一个未定形的、片面的看法，而后用一些主观的联想去补充，就是这些联想造成危险的暗示。因此，听到福什维尔这个姓，我本没什么可惊讶的（而且我已经在思忖，她是不是我以前常听人谈论的那个福什维尔的亲戚），可是金发姑娘大概想巧妙地防止别人提出一些可能是不愉快的问题，便先发制人地对我说：“您过去和您的朋友希尔贝特来我家时常看到我，您不记得了。我

① 弗朗索瓦丝是圣-安德雷-德乡人。
② hoôtel（旅馆），été（夏天），air（空气）均为阳性名词。

看出您认不出我了。我可是一下子就认出了您。”（她说这话好像她是在客厅里一下子认出我的，事实是她在街上就认出了我，还跟我打了招呼，而且德·盖尔芒特夫人后来对我说，德·福什维尔小姐曾当一件很滑稽、很不寻常的事向她叙述，我曾经如何把她当成轻佻女人尾随她，从她身旁擦过。）她走后我才知道为什么她叫德·福什维尔小姐。原来，斯万去世后，奥黛特（她表现出那么深沉、持久、真心的悲痛，令所有的人惊讶不已）顿时成了一位十分富有的寡妇。福什维尔娶了她，当然，在这以前他花了很长时间到各个庄园转了一趟，确信他家族的人会接待他的妻子。（这个家族起先刁难了一番，后来考虑到一个穷亲戚就要由近乎贫困的处境转为富足，今后用不着他们再接济了，就作了让步。）不久以后，斯万的一位叔父去世了，这位叔父生前从陆续仙逝的好几位亲戚那里得到一大笔遗产，现在全部财产留给了希尔贝特，这样希尔贝特便成了法国最有钱的女继承人之一。然而这时在德雷福斯事件的影响下，一个反犹太人的运动应运而生，与此同时，却有更多的犹太人进入上流社会。政治家们认为司法错误的披露将给反犹太主义一个打击，他们的估计是正确的。但社交界的反犹太思潮却有增无减，日趋激化，至少暂时如此。福什维尔像任何稍有点身份的贵族子弟一样，从家族成员的谈话中得到一个信念，那就是他的姓氏比拉罗什富科这个姓氏还要古老，因此他认为，娶一个犹太人的遗孀为妻是做了一件善事，无异于一位百分富翁收留一个流落街头的妓女，把她从贫困和泥淖中拯救出来。他甚至准备把善心扩大到希尔贝特身上，这姑娘的百万家产虽然有助于她嫁个好人家，但斯万这个荒唐的姓氏却是个妨碍。于是他宣称收她为养女。众所周知，斯万结婚后，德·盖尔芒特夫人曾拒不接待他的妻子和女儿，这使她周围的人大为惊讶——再说她也有引起别人惊讶的爱好和习惯。表面看来这种态度对斯万来说尤其残酷，因为在很长一段时间内，他和奥黛特结婚的前景对于他恰恰意味着能把女儿介绍给德·盖尔芒特夫人。他这样一个阅历很广的人也许本该知道,由于种种原因,人们为自己设想的图景是永远不会成为现实的,可是这种种原因之中,有一个原因使他对未能介绍女儿感到遗憾。这个原因可以这样来解释:人们构想出各种生活画面,小至在日落中品尝鲈鱼,为此一个深居简出的人会决心乘一趟火车,大至渴望某个晚上乘坐一辆豪华马车停在一个高傲的女出纳面前让她大吃一惊,为此一个不择手段的人会谋财害命,或者巴不得亲人死掉好独吞遗产,这要看他是胆大包天还是懒惰成性,是不达目的决不罢休还是停留在酝酿计划的第一步,总之,不管构想什么样的画面,为了实现这一画面所采取的行动——旅行、结婚、犯罪等等,会使我们起深刻的变化,以至我们对自己成为旅客、丈夫、罪犯、孤独者(后者为获得荣誉而开始工作,但工作又使他对荣誉的渴望变得淡泊)之前构想的画面不再重现,也许连想也不去想了。再说,纵然我们下定决心不肯徒劳无益,也有可能日落景象未达到预想的效果,或者到那时我们因感到寒冷宁愿在火炉边喝汤而不想在露天品鲈鱼,也可能我们的马车丝毫未打动女出纳的心,她出于别种原因本来对我们十分敬重,而我们陡然摆阔反倒引起了她的猜疑。简而言之,我们发现婚后的斯万特别重视妻子和女儿与邦当夫人之间的关系,等等。

公爵夫人拒不让人向她引见斯万夫人和小姐有多种缘由,都出自于她对社交生活的盖尔芒特式的理解,在这些理由之外还可补充一点,那就是未堕入情网的人们常以轻松愉快的心情冷眼旁观恋人们身上被他们认为荒唐的东西,其实这些东西可以用爱情来解释。“哦,我才不去管这闲事呢;如果可怜的斯万有这份兴致来干蠢事,毁掉自己的一生,那是他的事,可是要把我拉进去那可不行,这事不会有好结果,我瞧他们怎么办。”当斯万早已不再钟情于奥黛特,也不再留恋维尔迪兰的小帮派时,他自己也劝我对维尔迪兰夫妇采取幸灾乐祸的态度。第三者对自己未被卷入的激情和这些激情造成的难以理解的行为之所以能做到旁观者清,原因全在于此。

德·盖尔芒特夫人排斥斯万夫人和小姐时那种坚持不懈的精神令人颇为吃惊。当莫莱夫人和德·马桑特夫人已经开始和斯万夫人交往,并把很多上流社会的太太小姐带到她家时,德·盖尔芒特夫人不仅依然毫不妥协,而且还设法破釜沉舟,要她的堂妹德·盖尔芒特亲王夫人也效法她。一天,那是在鲁维埃内阁时期,是德法两国危机最深重的时候。人们以为德法之间就要爆发一场战争了,我一个人和德·布雷奥代先生在德·盖尔芒特夫人家吃晚饭,我觉得公爵夫人一副心事重重的样子。由于她是个喜欢过问政治的人,我还以为她的神情表明她担心爆发战争,就像有一天,她来吃饭时也是愁容满面,勉强用单音节的字回答别人的问话,有人怯生生地问她为什么事发愁,她神情严肃地说:“中国让我不安。”然而,过了一会儿,德·盖尔芒特夫人主动解释她为何心事重重(我曾把它归之于担心德法两国宣战),她对德·布雷奥代先生说:“据说玛丽-埃那尔想给斯万一家一席地位,我明天上午无论如何得去拜访玛丽-希尔贝,要她帮我阻止这件事,否则,还成什么社会。德雷福斯事件是很有意思,可这一来,街拐角的杂货铺老板娘只需自称是民族主义者就可以要我们接待她了。”这一席话与我期待的回答相比是那么无聊,因此我的惊奇不亚于一个读者在《费加罗》惯常的版面上寻找有关日俄战争的最新消息时,不料却看到给德·莫特马尔小姐赠送结婚礼物者的名单,贵族婚礼竟重要到把一场两国间的海陆之战挤到了报尾的程度。公爵夫人终于在她那过了分寸的坚持不懈的立场中满足了自己的孤傲,而且不放过任何表露这种心情的机会。“拔拔尔①认为,”她说,“我们俩是巴黎最风雅的人,因为只有我和他不理斯万太太和斯万小姐。他断言风雅就是不认识斯万太太。”说着公爵夫人纵情笑起来。

然而,斯万一去世,德·盖尔芒特夫人便再也不能从拒绝接待他女儿

---

① 即布雷奥代先生。

的决定中得到她本来可以得到的傲气、独立自主和迫害欲方面的满足了。斯万在世时,她美滋滋地感到自己能抵制他,而他却不能叫她收回成命,现在斯万不在了,她的心满意足之感也就此告终。于是公爵夫人开始发布新决定,这些决定在活着的人身上实施,能使她感到自己可以随心所欲,为所欲为。公爵夫人并不是想着斯万小姐,只是当别人向她谈起这位姑娘时,一种好奇心油然而生,好像人们谈的是一个她从未涉足过的地方,而且她不再因为必须抵制斯万的奢望而对自己掩盖这种好奇心,另外,一种感情里往往混有很多别的感情,所以也说不清她对斯万姑娘的兴趣里是否含有某种对斯万的情意。也许——因为在社会的各个层次,无聊的名利场的生活麻痹了人们的同情心,使人们失去了让死者在自己心中复活的能力——公爵夫人属于那种女人,她们需要某人的存在(而作为名副其实的盖尔芒特家族的一员,她最善于延长这种存在)才能真正爱他或恨他(后一种情况比较罕见)。因此她对人们怀有的善良感情往往在他们活着时由于他们的某些行为触怒了她而被中断,一俟他们去世,这些美好的感情便重新恢复。在这种情况下,她几乎产生一种弥补过去的愿望,因为这时他们在她的想象中,当然是极为模糊的想象,就只有优点,而没有他们活着时令她生气的那些小小的满足,小小的奢望。因而她的为人虽然浅薄,但有时她的行为却有某种高贵之处——其中也不乏卑劣的成分。确实,绝大部分人都只奉承活人而毫不考虑死者,她却往往在那些活着时被她亏待的人去世以后做一些他们生前希望的事。

至于希尔贝特,所有爱她并且稍稍维护她的自尊心的人恐怕都不会因为公爵夫人改变了对她的态度而高兴,除非他们以为希尔贝特如果轻蔑地拒绝公爵夫人的主动接近,就能一洗二十五年来所受的侮辱。可惜,心理的反应与情理的想象并不总是一致的。比如某人不恰当地辱骂了一个对他至关重要的人,便以为在他身旁实现雄心的希望从此成为泡影,不料恰恰相反,这一骂反而使他的雄心得以实现。希尔贝特对善待她的人相当冷淡，对傲慢无礼的德·盖尔芒特夫人却一直怀着崇拜之情，还琢磨为什么她如此傲慢无礼；有一次她甚至想写信给公爵夫人，问问她和一个从未冒犯过她的姑娘有什么过不去的地方，她要是真这样做会叫所有对她有点好感的人为她羞死。盖尔芒特家族在她眼里具有其贵族身份也不可能赋予他们的宏大气势。她不仅把他们置于整个贵族阶层之上，而且把他们看得比所有的皇亲国戚还高。

斯万的生前女友们很关心希尔贝特。贵族阶层得知她不久前又得到一笔遗产，人们于是开始注意到她是多么有教养，她将会成为一个多么讨人喜欢的女人。有人声称，德·盖尔芒特夫人的一位表妹，德·尼埃弗尔公主有意让儿子娶她。德·盖尔芒特夫人把德·尼埃弗尔夫人恨得牙痒痒的。她到处扬言，这样的联姻将是一桩丑闻。德·尼埃弗尔夫人吓坏了，忙保证说她从未想过此事。一天午饭后，天气晴朗，德·盖尔芒特先生要和太太外出，德·盖尔芒特夫人对着穿衣镜整理头上的帽子，一双蓝眼睛端详着镜子里自己的眼睛和那依然金灿灿的头发，贴身女仆手里拿着各色遮阳的小伞让女主人从中挑选一把。阳光从窗户大量照进来，于是夫妇俩决定趁这好天气去圣克鲁游览参观。德·盖尔芒特先生已穿戴停当，手上是珠灰色手套，头上是一顶大礼帽，他心想："奥丽阿娜确实仍然很出众，我觉得她迷人极了。"这时他见妻子心情很好，便说："对了，德·维尔莱夫人托我跟您讲件事。她希望您星期一去歌剧院。但是因为她带着斯万小姐，所以不敢跟您说，就请我试探试探。我不发表任何意见，只是向您转达而已。说真的，我觉得我们似乎可以……"他又闪烁其词地补充了一句，因为他们俩对某个人的看法总是共同的，在各自的头脑里产生时就是一致的，他心里明白妻子对斯万小姐的敌意已经平息，而且很想认识她。德·盖尔芒特夫人整理完面纱，挑了一把阳伞，说："您看着办吧，我无所谓。我看认识一下这个姑娘没什么不合适的地方。您很清楚，我从来没和她有什么**过不去**，只不过以前我不愿意让人觉得我们接待朋友中间的姘居男女。如此而已。”“您做得完全对，”公爵回答说，“您是明智的化身，夫人，而且，您戴着这顶帽子很漂亮。”“您太好了。”德·盖尔芒特夫人对丈夫微笑着说，一面向门口走去。但是在上车之前，她觉得有必要再向他解释几句：“眼下有不少人去看望她母亲，母亲也聪明，一年中倒有大半年生病在家。据说姑娘很讨人喜欢。大家都知道，斯万在世时我们对他很好，所以会觉得这件事顺理成章的。”随后他们就出发一起去圣克鲁了。

一个月以后，斯万姑娘（她当时还不叫福什维尔小姐）来盖尔芒特家吃午饭。大家谈天说地；席终，希尔贝特怯生生地说：“我想你们以前跟我父亲很熟。”“可不是吗。”德·盖尔芒特夫人用伤感的语气说，表明她很理解斯万女儿的悲伤，但那语气有意过分夸张，使人觉得她想掩饰她其实已记不太清楚斯万其人了。“我们跟他**很熟**，我完全记得他。”（她的确能记起他，二十五年里他几乎每天来看她）“我很了解他是个什么样的人，我这就跟您说说，”她又说，好像她要跟女儿解释父亲是何许人，要向女儿提供一些有关父亲的情况似的，“他是我婆母的好朋友，和我的小叔子帕拉墨德斯交情也很深。”“他也到这儿来，甚至常在这儿吃午饭。”德·盖尔芒特先生补充道，为了炫耀自己是多么谦虚，多么注重事实的准确性。“您记得的，奥丽阿娜。噢，您父亲是个多好的人哪！大家完全能感觉到他多半出生于一个正派人家！而且过去我见过他的父亲和母亲。他和他的父母都是多么好的人啊！”

人们会觉得，倘若斯万和他的双亲还在人世，德·盖尔芒特公爵会毫不犹豫地举荐他们当一名花匠，圣日尔曼郊区便是如此对任何资产者谈论其他资产者的，也许是为了让对方高兴，因为在交谈的当儿，他（她）被看作一个例外；也许，更确切地说，是为了羞辱对方，或者两种意图兼而有之。比如一个反犹太分子在非常和蔼可亲地对待某个犹太人的同时，却对他大讲犹太人的坏话，不过用的是泛指的方式，这样既可伤害对方又不显得粗暴无礼。

德·盖尔芒特夫人是瞬时的主宰,在某个时刻,她确实能做到对您好得无以复加,简直下不了决心让您离去;然而她又是瞬时的奴隶。过去在谈兴正酣时,斯万曾有几次使公爵夫人产生一种错觉,以为自己对他有点好感,现在他再也不能做到这一点了。“他很讨人喜欢。”公爵夫人带着忧郁的微笑说,同时用温柔的目光看着希尔贝特,如果碰巧姑娘很敏感,那么这目光便是向她表示得到了理解,还表示倘若她们俩是单独在一起,倘若当时的情况许可,德·盖尔芒特夫人真想向她袒露她那无限深厚的同情心。而德·盖尔芒特先生呢,也许他觉得客观情况正好不允许如此流露感情,也许他认为所有感情的夸张都是女人的事,男人无须过问,正如无须过问女人的其他权限,除了烹调和美酒(他把这两项权限划归自己,因为在这两方面他比公爵夫人更有学问),因此他虽然参加谈话,却认为最好不要为谈话添薪加柴,他是带着显而易见的不耐烦情绪听这场谈话的。德·盖尔芒特夫人在一阵同情心发作过后,便以社交界的无聊对希尔贝特说:“喏,我来告诉您,他是我的小叔子夏吕斯的很好很好的朋友,也很熟悉富瓦丝农(德·盖尔芒特亲王的庄园)。”她说这话就好像对斯万来说认识德·夏吕斯先生和亲王是一件偶然的事,好像公爵夫人的小叔子和堂兄弟是斯万在某种情况下偶然结交的两个人,其实斯万跟这一阶层所有的人都有来往,又仿佛她想让希尔贝特明白她父亲大体上是何许人,并通过某一特征替她父亲确定位置,正像人们为了解释怎么会跟一个本来不一定会认识的人有了来往,或者为了突出自己的叙述,便援引某个人给予的特殊保护。至于希尔贝特,她正好一直在设法改变话题,因此,见谈话终于结束心里特别高兴,她继承了父亲那种细腻的识时务知分寸的直觉,又聪明可爱,公爵和公爵夫人都看出了这一点,并且大为赏识,她们请希尔贝特不久以后再去。此外,他们像所有缺乏生活目标的人一样对细枝末节观察入微,有时在与他们交往的人身上发现一些其实是极普通的优点，他们会大呼小叫赞叹不已，那份天真就像城里人在乡下发现了一根小草；有时他们又用显微镜看别人的细微缺点，将其无限扩大，深恶痛绝，评论个没完，而且常常是对同一个人这样时褒时贬。在希尔贝特身上，闲得无聊的德·盖尔芒特先生和夫人那洞察秋毫的眼光首先注意到的是她的可爱之处。“您注意到她吐某些字的方式没有，”公爵夫人在希尔贝特走后问丈夫说，“完全是斯万的风格，我简直以为是他在讲话呢。”“我正要发表同样的看法，奥丽阿娜。”“她很风趣，完全是她父亲的气质。”“我甚至觉得她胜过她父亲。您记得她讲海水浴的事讲得多精彩吗？她有一种斯万所没有的生动活泼。”“噢！他也是很幽默的。”“我不是说他不幽默，我是说他缺乏生动活泼。”德·盖尔芒特先生用呻吟般的声调说，因为痛风病使他心烦，当他不能向其他人表明自己烦躁时，总是冲着公爵夫人发脾气。但他自己也不甚明白其中的原因，于是就做出一副不被人理解的样子。

公爵和公爵夫人既已对她有好感，其他人有必要时也会对她说一声“您去世的父亲”，不过这已无济于事了，因为大约在同一时期，福什维尔先生已收她为养女。她称福什维尔“我的父亲”，她的彬彬有礼、高雅脱俗的言谈举止深得寡居的老夫人们的欢心，大家一致公认，福什维尔固然待她很好，但姑娘也很有良心，懂得感恩图报。也许因为她希望显得洒脱自如，有时也确能做到洒脱自如，她对我讲了她是谁，并且在我面前谈起她的亲生父亲。但这只是一次例外，平时人们不敢在她面前提起斯万的名字。

刚才走进客厅时，我碰巧注意到两幅埃尔斯蒂尔的素描，过去这两幅素描一直被束之高阁，放在楼上一间书房里，我也是偶然见过。如今埃尔斯蒂尔时兴了。德·盖尔芒特夫人曾把这位画家的那么多作品给了她的堂妹，现在心里懊恼不已，倒不是因为这些画时兴了，而是因为她现在欣赏它们了。其实所谓时髦乃是一群人的热衷造成的，而德·盖尔芒特夫妇则是这类人的代表人物。但她无意再买几幅这位画家的其他作品，因为那些画的价格上升得惊人地高，她想至少客厅里总得摆点什么埃尔斯蒂尔的东西，于是命人把这两幅素描从楼上搬下来，并且宣称她"喜欢他的素描甚于他的油画"。希尔贝特认出了画家的笔法。"好像是埃尔斯蒂尔的作品。"她说。"正是，"公爵夫人冒冒失失地答道，"这正是您的……这是几位朋友建议我们买的。真是妙极了。依我看，比他的油画更高一筹。"我呢，没听见她们之间的这段对话，只顾走过去观赏素描，"咦，这两幅埃尔斯蒂尔的素描是……"这时我看见德·盖尔芒特夫人拼命向我示意。"啊，对了，这两幅埃尔斯蒂尔的素描是我在楼上常常欣赏的。挂在这儿比挂在楼道里更合适。说到埃尔斯蒂尔，昨天我在《费加罗》写的一篇文章里提到他。您看过那篇文章了吗？""您在《费加罗》报上写了文章？"德·盖尔芒特先生惊呼道，其惊奇程度就仿佛他在喊："咦，这不是我的表妹吗！""是的，昨天。""在《费加罗》报，您肯定？这不太可能，因为我们俩各人都订有一份《费加罗》，即使一个人没注意到您的文章，另一个人也会看到的。是不是，奥丽阿娜？报上根本没有。"公爵命人拿《费加罗》来，见是真的才相信了，好像在这以前，更可能是我弄错自己在什么报上写文章的了。"什么？我不明白，这么说您在《费加罗》上写了篇文章？"公爵夫人对我说，看来要谈一件她不感兴趣的事很费力气。"好了，巴赞，您以后再读吧。""让他读吧，公爵的大胡子垂在报纸上的样子很有派头。"希尔贝特说。"我回家后立即看这篇文章。""是啊，现在大家都把胡子剃了，他反倒留起胡子来了，"公爵夫人说，"他从来不跟任何人雷同，我们结婚以后，他不仅剃掉了胡须，连唇髭也不留了。那些不认识他的农民都不相信他是法国人。那时他的称号是德·洛姆亲王。""现在还有德·洛姆亲王吗？"希尔贝特问，一切与那些很长时期里不愿和她打招呼的人们有关的事都使她感兴趣。"不，没有了。"公爵夫人回答，目光带着忧郁和抚爱的神情。"那么好听的封号！法国最雅的封号之一！"希尔贝特说，因为有时有些聪明人也会说出某一类的平庸之辞，这是不可避免的，正如时钟到点就要鸣响一样。“可不是吗，我也惋惜。巴赞希望由他妹妹的儿子恢复封号，不过这就不是一码事了；说到底也可以是一码事，因为不一定非得长子继承封号，可以由长子转给次子。刚才我讲到巴赞当时把胡须刮得精光；有一天，正是朝圣的日子，您记得吗，我的小伙子，”她对丈夫说，“是去帕赖-勒-莫尼亚勒[1]朝圣，我的小叔子夏吕斯颇喜欢和农民聊天，他不时问问这个，又问问那个：‘你是哪儿人，你？’而且他很慷慨，总要赏给他们点什么，还带他们去喝酒。没有一个人能像麦麦那样既高傲又平易近人。他可能不屑于向一位公爵夫人行礼，因为觉得她不配当公爵夫人；但他可能待一个管猎狗的仆人好得无以复加。于是，我对巴赞说，‘瞧，巴赞，您也跟他们聊聊嘛。’我丈夫并不总是富有创新精神的……”“承蒙嘉许，奥丽阿娜，”公爵说，并继续专心致志地阅读我的文章。“他一眼瞧见一个农民，便一字不差地重复他兄弟的问话：‘你呢，你是哪儿人？’‘我是洛姆人。’‘你是洛姆人？那么我是你的亲王。’农民看看巴赞刮得发青的脸，回答说：‘不可能。您，您是个英国人。’”就这样，在公爵夫人的简短叙述里，常会突然冒出像德·洛姆亲王这样高贵而杰出的封号，他们恢复了应有的位置、原来的状况和地方色彩，就像在某些祈祷书里，人们能在当时的一大片尖塔中认出布尔日教堂的尖塔。

有人把听差刚放下的名片拿了过来。“我不明白他是怎么了，我并不认识她。这得感谢您，巴赞。可是结交这一类关系并不是您之所长，我可怜的朋友，”随后她又转过身对希尔贝特说，“我甚至无法向您解释她是谁，您肯定不认识她，她叫鲁弗斯·伊斯拉埃尔夫人。”希尔贝特的脸顿时绯红：“我不认识她，”她说（这是撒谎，因为伊斯拉埃尔夫人在斯万去世前

---

① 帕赖-勒-莫尼亚勒：在法国索恩-卢瓦尔省，当地有一座建于十一世纪的教堂，甚为有名。

两年与他重归于好，并且对希尔贝特始终直呼其名)，“不过我从别人那里知道您说的这个人是谁。”

我听说有位姑娘不知是出于恶意还是出于笨拙，问她的父亲——不是养父而是亲生父亲——姓什么，她因心情纷乱，同时也是有意让说出来的话走样，竟然把父亲的姓发成斯凡而不是斯万，后来她意识到这一音变产生了贬义，因为把原来英国人的姓变成了德国人的姓。她甚至还补充说：“关于我的出身众说不一，我呢，还是一概不予理会为好。”她说这话像在贬低自己，实为抬高自己的身价。在想到父母时(因为斯万太太在女儿心目中是个好母亲，事实上也的确如此)，希尔贝特尽管有时也会为自己对待生活的这种态度感到十分羞愧，但不幸的是应该承认，她的生活观中的某些成分无疑来自她的父母，须知，我们本身不是七拼八凑起来的。母亲身上的利己主义与父亲家族固有的另一种利己主义加在了一起，不过，这并不意味着简单地相加，甚至也不是简单地互为倍数，而是构成一种新的利己主义，它比前两种要强大、可怕无数倍。自有世界以来，自家族间联姻以来，一个家族的某一缺点与另一家族的形式不同的同一缺点也互相结合，从而在孩子身上形成这一缺点的登峰造极、可憎之至的变种，这样聚积起来的利己主义(这里仅以利己主义为例)的威力之大足以摧毁整个人类，幸亏从祸害本身产生出天然的限制物，将其控制在适当的范围之内，就像纤毛虫的天敌阻止它无止境地增殖，使地球不致被纤毛虫毁灭，单性受粉使植物免于灭绝等等。有时，一种好品德与利己主义组成一种新的、无私的力量。这真可谓精神化学，它通过化合作用把变得过分危险的成分固定下来，并使其成为无害成分。化合形式是无穷的，它们可以使家族史丰富多彩得令人目眩神迷。再说，与积聚的利己主义(希尔贝特身上大约就有)同时存在的还有从父母那儿继承来的这种或那种讨人喜欢的品德；这种品德会单独来一段小小的插曲，真心诚意地扮演一会儿动人的角色。希尔贝特有时向别人暗示她可能是某位大人物的私生女，也许她并不总做得这样出格；但她一般都掩盖自己的出身。或许她只是觉得承认自己的出身太难堪了，宁愿人们从别人嘴里知道。或许她真以为能瞒得住，这是一种没有把握的信念，但又不等于怀疑，它为我们的企望保留了一点实现的可能性，缪塞所说的对上帝的希望就是这类信念的一个例子。

“我本人不认识她。”希尔贝特又说。她让别人称呼她德·福什维尔小姐时，是否希望人家不知道她是斯万的女儿？也许这是对某些人而言，不过她希望，随着时间的推移，某些人扩大到近乎所有的人。至于这些人目前的数目有多少，她对此大概不抱太大的幻想，而且她兴许也知道不少人会在她背后窃窃私语：“这是斯万的女儿。”然而她知道这一点犹如我们知道就在我们赴舞会的时候有人因穷困而自尽，也就是说那是一种遥远而模糊的认识，而且我们并不用从直接印象中得来的明确认识来代替它。正像事物离我们越远就显得越小，越不清晰，危险性也减弱，希尔贝特希望，当有些人发现她生下来姓斯万时，她最好不在这些人旁边。[①] 我们往往觉得自己想象得出的人就离我们近，而我们能想象人们在读他们的报纸，于是希尔贝特希望报纸上最好称她德·福什维尔小姐。诚然，在她必需承担责任的文字如信件上，她的签名是G. S. 福什维尔，以便有一段时间的过渡。在这个签名里，“Gil-berte”一字被省掉的字母比Swann多，这正是虚伪之所在。因为，通过把无辜的名字缩减为G，德·福什维尔小姐似乎在向她的朋友们暗示，她砍掉Swann的后面几个字母也是出于缩写的动机，她甚至给S一种特殊的重要性，把S的下面一勾拉得长长的，像一条尾巴，一直甩到G字上，不过人们可以感觉到，这个尾巴也是过渡性的，注

---

① 希尔贝特属于——或者至少在那几年属于——那种最常见的人类中的鸵鸟，他们把头埋在希望之中，并不是希望不被看见，因为这是不大可能的，而是希望不看见自己被人看见；这对他们来说已经很不错了。至于其余的事，那就靠碰运气了。——作者注

定要消失的,正像猴子还有长长的尾巴,人就没有了。

尽管如此,希尔贝特的附庸风雅里包含一点斯万的聪慧的好奇心。我记得那天下午她问德·盖尔芒特夫人可认识迪洛先生,公爵夫人回答说迪洛先生身体不好,常年足不出户,希尔贝特又问他是怎样一个人,因为她常听到人们谈起他,她补充这句话时脸微微一红。(的确,迪洛侯爵在斯万结婚前曾是斯万的一位知交,希尔贝特甚至可能看见过他,不过那时她对这个圈子里的人还不感兴趣。)“他是不是类似德·布雷奥代先生或者德·阿格里让特亲王那种人?”她问。“噢,一点不像,”德·盖尔芒特夫人大声说,她对外省之间的差异极为敏感,而且常用她那甜蜜而沙哑的嗓音,简单几句话就色彩鲜明地勾勒出某些人物的音容笑貌,这种时候她那双紫色的眼睛总闪出柔和的光。“不,一点不像。迪洛是贝里戈尔的乡绅,很可爱,他那个省份的文雅举止和不拘小节他全兼而有之。和迪洛交情很深的英格兰王驾临盖尔芒特庄园时每次打猎回来后都要用午茶;这时迪洛总喜欢脱掉半统靴,换上粗笨的毛线鞋。嘿,他并不因为爱德华陛下和那么多大公在场而感到丝毫的拘束,照旧穿着毛线鞋来到楼下大客厅。他认为他是阿勒芒斯的迪洛侯爵,无需为英格兰王约束自己。他和那个可爱的加西莫多·德·布勒德耶是我最喜欢的两个人。而且他们也是……(她差点说‘您父亲的好朋友’,但立即打住了。)不,他同格里-格里和布雷奥代都没有任何相同之处。他是地地道道的贝里戈尔大乡绅。麦麦引用过圣西门描写一位阿勒芒斯侯爵的一段文字,真是活脱脱一个迪洛。”我于是引了那段文字的头几句:“德·阿勒芒斯先生是贝里戈尔贵族中的出众人物,不仅由于他出身高贵,也由于他有大才大德,贝里戈尔所有的人都把他视为全体的仲裁人,每个人有事都求助于他,因为他廉正、能干、待人温和,他们还把他视为外省的公鸡……”“是的,是有那么点味儿,”德·盖尔芒特夫人说,“尤其是他的脸总是红得像公鸡。”“是的,我记得听到过这段描绘。”希尔贝特说,并不进一步明确是听到她父亲引用过,她父亲生前确实对圣西门佩服得五体投地。

她也喜欢谈谈德·阿格里让特亲王和德·布雷奥代先生，但那是出于另一种原因。德·阿格里让特亲王的封号是从阿拉贡家族[1]继承得来的，但他们的领地在普瓦图省[2]，至于他的庄园，至少是当时他居住的庄园，那并不是他家的产业，而属于他母亲的前夫家，这个庄园坐落在马丹维尔和盖尔芒特之间，与两地的距离几乎相等。所以希尔贝特谈到他和德·布雷奥代先生就像谈乡下邻居，他们使她想起从前在那儿生活过的外省。实际上她的话里有一部分与事实不符，因为她是在巴黎通过莫莱伯爵夫人才认识布雷奥代先生的，虽然这位先生是她父亲的老友。至于谈论当松维尔近郊时给她的乐趣，那倒可能是她真正感受到的。对某些人来说，赶时髦好比美味饮料再加上点有益于健康的物质。比如希尔贝特对某位高雅的夫人感兴趣，因为这位夫人有吸引人的藏书和纳基埃[3]的画，而我这位旧时女友是不会到国立图书馆和卢浮宫去看这些画的。我想象得出，在希尔贝特眼里，当松维尔对德·阿格里让特先生产生的吸引力比对萨士拉夫人或古比尔夫人产生的吸引力更大，尽管这两位夫人离当松维尔更近。

"啊！可怜的拔拔尔，可怜的格里-格里，"德·盖尔芒特夫人说，"他们俩的健康状况比迪洛还要糟得多，只怕两人都活不了多久了。"

德·盖尔芒特先生读完我的文章后，把我恭维了一番，不过恭维中带有保留。他说文章的美中不足之处是文笔稍嫌陈旧刻板，"用了些夸张和隐喻，颇像夏多布里昂的过了时的散文"，但他对我能"找点事干干"倍加称赞："我主张人们都用自己的双手干点什么。我不喜欢无用之人，他们

① 阿拉贡家族：阿拉贡是西班牙北部的一个省，公元十世纪成为一个独立王国。

② 普瓦图：法国西部旧省名。

③ 纳基埃（1685—1766），法国画家。

都是自高自大之辈，或是烦躁症患者。愚蠢的败类！”

希尔贝特对上流社会的一套言谈举止学得极快，她宣称能告诉别人自己是一位作家的朋友她将感到多么自豪。“您想，我怎么能不说我很高兴**有幸**认识了您呢。”

“您明天不想和我们一起去喜歌剧院吗？”公爵夫人问我，我想我大概就是在那个楼下包厢里第一次见到她的，当时我觉得那个包厢就像涅瑞依德斯①的海底王国一样不可企及。然而我用忧伤的声音回答说：“不，我不去看戏，我挚爱的一位女友去世了。”说这话时我眼里几乎含着泪水，而心里却又体味到某种快意，说到她的死时有这种感觉这是第一次，自那以后，我开始写信告诉大家我不久前遇到了令人悲伤的事，而同时却开始不再感到悲伤了。

希尔贝特走后，德·盖尔芒特夫人对我说：“您没有明白我的示意，我是叫您不要提起斯万。”见我连连抱歉，她又说：“不过我完全谅解您；我自己也差点说出他的名字，刚刚来得及挽回，真叫人提心吊胆，幸亏我及时打住了，您知道，巴赞，这叫人很不自在。”她对丈夫说，想以此来减轻一点我的过失，似乎认为我是受了一种人所共有而又难以抗拒的天生癖好的影响才失口的。“我有什么办法？”公爵说，“既然这几张素描让您想起斯万，您吩咐人把它放回楼上去不就得了。如果您不想到斯万，您就不会提起他。”

次日，我收到两封贺信，使我大为惊讶，一封是古比尔夫人写来的，这位住在贡布雷的夫人，我已有多年没见了，而且即便在贡布雷时，我和她说话也不到三次。原来，某个阅览室给她寄了《费加罗》报。事情往往是这样，当我们生活中发生了某件能引起一点反响的事，我们就会得到一些人的消息，这些人与我们的关系极为疏远，给我们留下的回忆也已经很陈

① 涅瑞依德斯：希腊神话中海神涅瑞的女儿。

旧，因此他们距离我们似乎十分遥远，尤其是从感情的深度来讲。一位被您遗忘的中学同窗（虽然他有很多机会在您脑海中出现）突然给您音信，当然并不是不图报偿的。布洛克没有给我写信，我本来很希望知道他对我的文章的看法。他其实是读过这篇文章的，而且后来向我承认他读过，不过是由于一种反作用效应。事情是这样的：几年以后他自己也在《费加罗》上写了文章，并立即想向我通报这件大事。过去被他视为特权的事现在降临到他自己头上，原先驱使他佯装不知道我发表了文章的嫉妒心随之烟消云散，仿佛压在心头的重物被掀去了，于是他跟我谈起我的文章，我想他是不会希望听到我用同样的方式谈他那篇文章的。“我知道你也写过一篇文章，”他说，“不过当时我认为还是不和你提起为好，深怕引起你不快，因为一个人不应该和朋友谈他们遇到的丢面子的事，而在一种被称为刺刀和圣水刷、five o'clock① 以及圣水缸的报纸上写文章当然是一件不光彩的事。”他的性格没变，文章倒不像以前那般矫揉造作了，正如有些作家，由写象征派的诗转为写连载小说后便脱离了浮华矫饰的风格。

为了排遣布洛克的沉默给我带来的惆怅，我又读了一遍古比尔夫人的信；信很平淡。虽说贵族们的信函少不了某些应酬客套但是在开头的“先生”和结尾的“致以崇高的敬意”这类套语之间，还能迸发出几声欢叫，几声赞叹，犹如几束花儿逾过栅栏送出浓郁的香气。而资产阶级的习俗使书信连正文也越不出“您理应取得的成功”或至多是“您光辉的成就”之类的套子。那些忠实遵循所受教导的姑嫂们，一本正经地束在她们的胸衣里，一个个矜持而含蓄，要是在您不幸或高兴的时刻给您写了句“我最深切的思念”，她们便认为自己已披肝沥胆了。“代母亲致意”是最高级的问候用语，你很少能得到这种厚爱。除了古比尔夫人的信我还收到一封，

① 刺刀和圣水刷指军队和教会，five o'clock（英语“五点钟”）是用午茶的时间。这里指《费加罗》报是为军队和教会服务，及提供茶余饭后谈资的无聊报纸。

署名萨尼隆，这名字于我是陌生的。字迹大众化，语言颇有情趣。我无法弄清是谁写来的，心里很感遗憾。

第三天早晨我心里充满喜悦，因为贝戈特十分赞赏我的文章，他读这篇文章时不无羡慕之意。然而不一会儿我的喜悦便化为乌有。事实上贝戈特根本没给我写片言只语，我只是问过自己，他会不会喜欢我的文章，心里怕他不喜欢。我给自己提出的这个问题，德·福什维尔太太作了回答，她说贝戈特对我的文章无比欣赏，认为它堪称名家手笔。但她说这话时我正在睡觉：原来是一场梦。我们给自己提出的问题，人们总是用复杂的话来回答，而且安排好几个人物在场，但这些回答是没有结果的。

至于德·福什维尔小姐，我每想到她就禁不住心里难过。什么？她是斯万的女儿？斯万生前多么希望看到她在盖尔芒特家里，然而他们拒绝接待她，后来他们又主动找她，因为时间的流逝使一切在我们眼前面目一新，它根据别人对他们的谈论，往我们长久没见的人身上注入新的人格，而这期间我们自己也有了脱胎换骨的变化，我们的喜好已与往日大不相同。斯万有时把女儿搂在胸前，一面亲她一面对她说："亲爱的孩子，有你这么个女儿真福气；哪天我不在人世了，要是还有人提到你可怜的爸爸，那一定只是跟你提起，而且只是因为你的缘故。"斯万怯生生地，忧心忡忡地希望自己能虽死犹生，他把这希望寄托在女儿身上，他想错了，好比一个年迈的银行家，这位银行家为他供养的一个年轻而举止端方的舞蹈演员立一份遗嘱时心想：他只是她的一个好朋友但她会一直记着他。她举止端方，可是却和老银行家的朋友之中被她看上的人暗地里调情，当然都是背着人干，表面上无可指责，那个善良的老人死后她会为他戴孝，心里却觉得摆脱了他一身轻松，她不仅花他的现钱，还享用他的产业，以及他留给她的汽车，她会叫人把原主人姓名的首字母从所有地方抹掉，因为这名字让她感到一丝羞愧。在享用遗赠的时候她从不连带怀念馈赠者。父爱的幻想也许并不比那位银行家的幻想稍稍实际些；很多女儿仅仅把父亲看成能留给她们产业的老人。希尔贝特在一个沙龙露面非但不能引起人们再谈谈她父亲，反而使人们失去谈他的机会，而这种机会本来就愈来愈少了。甚至在谈到他说过的字句，他赠送的礼品时，人们也渐渐习惯于不提他的名字，这样，那个本该使他死后的形象恢复年轻甚至永世长存的姑娘，不料却加速并完成了死亡和遗忘的业绩。

希尔贝特一天天完成着遗忘的业绩，这不仅就斯万而言：她也加快了我对阿尔贝蒂娜的忘却。在我误把她当成另一位姑娘的那几个钟头里，她激起了我的情欲，从而也激起了我对幸福的渴望，而在情欲的作用下，一些不久之前还萦绕在我脑际的悲伤和痛苦的思绪便从我脑中逃遁而去，并带走了一连串关于阿尔贝蒂娜的回忆，这些回忆可能本来早已支离破碎、朝不保夕了。如果说，不少与她相关联的回忆使我一直痛惜她的死，那么这种痛惜又反过来稳固了我对她的回忆。我的心态的变化大概是由忘却的不断瓦解作用在暗中一天天酝酿起来的，但其完成却是陡然的、整体的，因此这一变化给我一种感觉，我记得那天我第一次有这种感觉，即感到空虚，感到我心中一整片联想变成了空白，一个脑动脉早已劳损，一天突然破裂以至部分记忆力丧失或瘫痪的人就会有这种感受。

我的痛苦以及伴随它的一切其他感情消失以后，我整个人似乎缩小了，就像在我们生活中原本占很大位置的疾病突然痊愈后我们常有的感觉。爱情之所以不可能永恒，大约正因为回忆不可能始终真实，因为生命就是细胞的不断更新。不过对于回忆来说，这种更新被我们的注意力所推迟，注意力在一段时间里把应该变化的事物截住、固定住了。忧伤就像对女人的欲望，愈去想它愈会把它夸大，而忙个不停和清心寡欲能使忘却变得容易些。

时间的流逝逐渐导致忘却（虽然在我身上是注意力的分散——指我对德·埃博什维尔小姐的相思——使忘却突然变得真实而明显），而由于反作用的缘故，忘却也不会不使我们的时间概念发生深刻的变化。空间上存在视觉误差，时间上也存在视觉误差。比如我心中久已有一个愿望，想工作，想弥补失去的时间，想改变生活，或者更确切地说想开始生活，这个微弱的愿望在我心中一直存在，以致使我产生一个错觉，以为自己始终还那么年轻；但另一方面，回忆阿尔贝蒂娜逝去前的几个月我生活中陆续发生的事情——以及我心灵中陆续发生的事情，因为当一个人起了很大变化便会以为自己度过了很长时间——曾经使我觉得这几个月比一年还要长得多，而现在那么多东西被遗忘，仿佛若干空白把我和新近发生的事隔开，以至这些事就像是很久以前发生的，既然我已有人们称为的"时间"去忘记它们。我的记忆中插入了片断的、不规则的遗忘——犹如海洋上笼罩的浓雾隐没了周围事物的标识——它搅乱、破坏了我对时间距离的感觉，有些地方缩短了，有些地方又拉长了，使我与事物之间的时间距离在感觉上要比实际上时而近得多，时而远得多。由于在我尚未经历、尚未认识的未来时间里将不再会有我对阿尔贝蒂娜的爱情的痕迹，正如在我刚刚度过的、业已逝去的时间里，看不到我对外祖母的爱的痕迹，这就形成一个个连续的阶段，相隔一定的时间以后，前一阶段赖以存在的东西在后一阶段竟荡然无存，因此，我觉得我的生活是一种空洞的东西，它是那么缺少一个能作为支柱的统一而连续的自我，它的过去是那么漫长，它的未来是那么多余，死亡可以在此时或彼时将它了结而不对它作结论，犹如修辞班的法国历史课，可以随便在某一阶段结束，可以到一八三〇年革命为止，也可到一八四八年革命或第二帝国灭亡为止，全根据教学大纲或教授的心血来潮而定。

也许，当时我感到疲倦和忧伤并不完全因为我徒然爱过我已在忘却的人，而是因为我开始乐于和新交，和十足的社交界人士以及和盖尔芒特家的一班朋友厮混，而这些人本身是那么乏味。我发现曾几何时我热爱过的姑娘已仅仅成为一个苍白的回忆，我还发现自己重又泡在无谓的社交活动中虚度时光，让一群生命力顽强的寄生虫占据了我的生活，这些人死后也会化为乌有，他们现在就已经与我们的经历和体验毫不相干，而我们由于衰老期的唠叨、忧郁和好献殷勤却竭力去取悦于他们，相比之下也许前一个发现倒更能使我聊以自慰。那个能并不为难地过一种没有阿尔贝蒂娜的生活的新人已在我身上出现，既然我在德·盖尔芒特夫人家谈到她时言辞悲切而内心深处并不十分痛苦。这些新我应该和前一个我有不同的姓名，它们对我之所爱无动于衷，因此我一直害怕它们的到来：从前在谈到希尔贝特时害怕过，那时她父亲说如果我去大洋洲我会不愿再回来；最近又害怕过，那是在读了一部回忆录以后，我感到揪心地难过，作者其实很平庸，他写自己年轻时热恋过一个女人，但生活把他们分开了，待到他老了又与这个女人邂逅时，竟未感到重逢的喜悦，也没有再见她的欲望。然而这个新人在带给我忘却的同时，反而消除了我几乎全部的痛苦，使我有可能得到安乐，这位如此可怕又如此乐善好施的人不是别人，正是命运为我们准备供替换用的许多个“我”中的一个，命运像一位英明而果断的医生——唯其英明才更果断——它不听我们的恳求，不顾我们的反对，将伤得实在太厉害的“我”通过手术适时地换下来，换上一个新“我”。这一替换工作，命运之神每隔一段时间进行一次，好像将用旧的织物翻新，只不过我们不注意，除非旧“我”原有一颗痛苦的心，一个陌生而且粗暴的躯体，一天我们惊奇地发现这个旧“我”已经不存在，我们还惊喜地发现自己已变成了另一个人，在这个人眼里，其前身的痛苦就像是别人的痛苦，可以怀着怜悯之情来谈论，因为自己感受不到。甚至我们过去的苦难历程也显得无关紧要了，因为我们只依稀记得受过那些苦。同样，我们夜里做的噩梦可能极其恐怖，但早晨醒来时我们是另一个人，我们几乎不再理会前一夜的我们曾在刺客面前吓得狂奔。

新我无疑和旧我还保持着某种联系，犹如一个丧妻者的朋友，他对这一不幸并不感到悲痛，可是和在场的人谈论这一不幸时还是表现出恰如其分的悲哀，并且不时回到托他代为接待亲朋的鳏夫房间里，后者继续在那里呜咽抽泣。当我自己暂时又变成阿尔贝蒂娜的生前好友时,我还这么哭过。不过我正逐渐地整个儿进入一个新的角色。我们对别人的感情逐渐淡薄,这并不是因为他们死了,而是因为我们自己在逐渐死亡。阿尔贝蒂娜对她的朋友没什么可责怪的。窃取了她朋友的名字的人只不过是她朋友的继承人。人们只能对自己记得的人保持忠实,而人们又只能对自己了解的人保留着回忆。新我在旧我的荫庇下逐渐成长时,常常听到旧我谈起阿尔贝蒂娜;通过旧我,通过从他那儿搜集到的叙述,新我自以为了解了阿尔贝蒂娜,对她有了好感,爱上了她;然而这只不过是一种间接的温情。

那个时期关于阿尔贝蒂娜,忘却还在另一个人身上也许更迅速地进行着它的工作,而且,由于连锁反应,也使我不久后意识到忘却的作用在我身上有了新的进展(这就是我回忆中的第二阶段,亦即最终忘却前的那个阶段),这个人便是安德烈。在我转述过的她和我的那次谈话后约莫半年,我们俩有过另一次谈话,确实我不能不把对阿尔贝蒂娜的忘却看作这次谈话的原因,即便不是唯一的或主要的原因,至少也是决定性的、必要的原因,这次谈话中她对我说的话与第一次迥然不同。记得那是在我房间里,那时我喜欢和她发生半肉体关系,因为我对这群少女的爱情开始曾带有集体性,这时又恢复了这种特性,在很长时间里她们一直共享我的爱,只在很短时间,就是在阿尔贝蒂娜死前和死后的几个月里,它才仅仅和阿尔贝蒂娜一个人结合在一起。

我们在我房间里谈话还有另一个原因,这另一个原因使我能极其准确地确定这次谈话的时间。这原因就是除了我的房间我不可能待在公寓的其他地方,因为那天是妈妈的会客日,妈妈先是对去不去萨士拉夫人家有些犹豫不决。不过,由于这位夫人惯会在邀请您的同时还邀请一些索然无味的客人,即使在贡布雷也不例外,妈妈肯定自己在那儿不会玩得痛快,所以她盘算可以早点回家而不会错过任何有趣的事。她果然准时回来了，而且毫不后悔，她在萨士拉夫人家遇到的尽是些讨厌得要命的人，加上萨士拉夫人的声音本已令她们拘束发怵，这位夫人每有客人便用这种特别的声音讲话，妈妈称之为“星期三之声”。除此之外，妈妈倒挺喜欢她，并同情她的不幸遭遇——她的不幸是她那被某公爵夫人弄得倾家荡产的父亲一系列荒唐行径造成的，家境衰败迫使她几乎长年蛰居贡布雷，有时去巴黎她表妹处住几个星期，每十年才作一次“娱乐性旅行”。

我记得前一天母亲去拜访帕尔马公主了，一则禁不住我几个月来的一再请求，再则公主一直要她去，公主是从不访亲走友的，通常是人家预约去拜访她。既然碍于社交礼仪她尊驾不便光临舍下，她便执意要我母亲去看她。母亲回家后满脸不高兴：“我依了你的话真是失策，”她对我说，“帕尔马公主只勉强跟我打了个招呼，随即又继续和那些夫人聊天去了，全然不理会我，过了十分钟，我见她不和我说话便起身走了，她竟没和我握手。我心里很不痛快；不过我出来时在门口倒遇见了德·盖尔芒特公爵夫人，她很和蔼可亲，对我谈了你很久。你怎么想得出在她面前说起阿尔贝蒂娜呢！她告诉我，你对她说这姑娘的死叫你悲痛欲绝（我确实对公爵夫人说过这话，不过简直不记得了，而且我说此话时并未十分在意。然而最漫不经心的人往往特别留心我们无意中说出的话，这些话于我们很自然，却激起他们极大的好奇）。我可再也不去帕尔马公主家了，你叫我干了件蠢事。”

第二天，也就是妈妈的会客日，安德烈来看我。她时间不多，因为还要去约希塞尔，她很想跟希塞尔一道吃晚饭。“我知道她有不少缺点，不过她毕竟是我最要好的朋友，也是我最喜欢的人。”她对我说。她甚至好像有点惶惶不安，唯恐我提出要跟她们俩共进晚餐。她总是贪婪地想把朋友占为己有，像我这样一个过分了解她的第三者在场会妨碍她推心置腹，从而妨碍她体味与朋友在一起时的完美乐趣。

她来时我确实不在房间里；她等着我，我正要穿过小客厅去会她，听到有人说话的声音，便知道还有别的来客。我因急于去见我房间里的安德烈，又不知道另一位来访者是谁（此人显然不认识安德烈，因为仆人把他安排在另一间屋子），便在小客厅门外听了一会儿；我的客人在说话，他不是单独一个人；他在对一个女人讲话：**“呵！我亲爱的，那是在我心田里！”**他低吟道，引的是阿尔芒·西尔费斯特的诗句。“是的，你永远是我的亲爱的，尽管你曾那样对待我：

如同死者在大地的怀抱中安眠，
熄灭的感情该深深埋葬在心田，
心儿珍藏的纪念也有它的骨灰，
别用手去触摸那些神圣的遗骸。

这有点老一套，可是写得多好！还有下面这首，本来第一天见到你就该念给你听的：

你会让他们哭泣，美丽可爱的孩子……

怎么，你没读过这首诗？

……所有的顽皮小伙子，未来的堂堂男子汉，
已将自己青春的幻想，
挂在你那明眸娇媚的睫毛上。

啊！我一度曾经以为可以这样说：

他来这里的第一个夜晚，

我将傲气抛到九霄云外，
我对他说：‘你会爱我，
爱我直到地久天长。’
在他怀抱里我才睡得香。”

我十分好奇，想知道这滔滔不绝的诗句是奉献给哪位女子的，于是顾不得与安德烈的紧急会面可能给推迟片刻，我推开了门。原来是德·夏吕斯先生在向一位军人朗诵这些诗句，我一眼便认出那位军人是莫雷尔，他正要去接受服役前的十三天训练。其时他与德·夏吕斯先生已不似过去那样打得火热，但间或还因有事相求来看看他。德·夏吕斯先生在爱情上一向表现得颇富阳刚气概，可也有缠缠绵绵的时候。况且早在童年时，为了真正理解和体味诗人的作品，他必须假想那些诗句不是写给一个朝三暮四的美人而是写给一个青年男子的。我尽快走开了，虽然我感觉到对德·夏吕斯来说与莫雷尔相会是一种极大的满足，因为这能暂时给他再度结婚的错觉。而且在他身上皇后们的附庸风雅与下人们的赶时髦兼而有之。

我对阿尔贝蒂娜的回忆已变得如此支离破碎，它再也不会引起我伤感，只能成为我过渡到新的欲念的桥梁，如同为乐章的变换作准备的一声和弦。而且因为我仍然忠实于阿尔贝蒂娜，一切逢场作戏的肉欲之念已被排除在外，因为我甚至认为即使奇迹降临，阿尔贝蒂娜重新回到我身边，我也不会像现在与安德烈在一起这么幸福。安德烈能对我讲很多有关阿尔贝蒂娜的事，比过去她本人对我讲的还要多。我在精神上和肉体上对阿尔贝蒂娜的温情虽已消逝，她这个人在我脑中却仍然是个谜。想了解她的一生与想要她待在身旁这两个愿望相比，现在是前者比后者强烈，因为前者从未有过稍减。另一方面，她可能曾和一个女人有过爱情关系这一想法现在只能使我也想和那个女人发生关系。我一面抚摸着安德烈，一面把这种心情告诉了她。她似笑非笑地说："哦！是吗？但您是男人，所以我们两人在一起不可能做我和阿尔贝蒂娜在一起做的那些事。"此时她一点也没考虑如何把这番话和她几个月之前说的话一致起来。接着，也许她是想刺激我的情欲（以前，为了套出她的心里话我曾对她说过，我很想和一个与阿尔贝蒂娜有过关系的女人发生关系）或增加我的悲伤，也许是以为这样能打消我在她面前的优越感，她可能以为我有这种优越感，因为我自认为是唯一和阿尔贝蒂娜有这种关系的人，她又说："啊！我们俩在一起度过了很多美好的时刻，她是那么温存，又那么富于激情。再说她也不是只喜欢跟我一个人取乐。她曾在维尔迪兰家遇到一个名叫莫雷尔的漂亮小伙子，两个人立即互相心领神会。他负责——当然，在她的允许下，他自己也可从中取乐，他专喜欢找那种不通世事的年轻姑娘，而且一旦把她们引入歧途，就丢下她们不管了——他负责勾引远处海滩上的渔家姑娘，还有年轻的洗衣女工，因为这些姑娘可以迷上一个小伙子，却不会答应一个姑娘主动亲近她们。等上钩的姑娘完全受他控制后，他就把她带到一个非常稳妥的地方，交给阿尔贝蒂娜。因为怕失去莫雷尔，再说莫雷尔也参与好事，姑娘总是听凭摆布，不过她终究还是失掉他，因为他一则害怕事情引起的后果，二则觉得玩一两次就够了，往往留下个假地址就溜之大吉。我相信，住在您家的那段时期她抑制了这种情欲，把这类寻欢作乐的事一天天往后推。再说她对您一往情深，不能不有所顾忌。毫无疑问，一旦离开了您，她会故态复萌。不过我想她离开您以后虽然重又恢复了这种疯狂的情欲，事后却百倍地悔恨。她指望您拯救她，娶她。其实她也感到这是一种罪恶的疯狂行为，我常常想，她是不是因为她的行为导致了一个家庭的一起自杀事件，自己才寻死的。应当坦白告诉您，她刚住到您家时，并没有完全放弃和我的玩乐。有些日子这简直成了她的一种需要，这种需要是那么强烈，有一次，就在您家里，她竟然要我先在她身边睡一会儿然后才肯和我分手。那次我们的运气不佳，差点被逮住。

她趁弗朗索瓦丝下楼买东西，而您也不在家的机会。她把所有的灯全灭了，这样您回来用钥匙开门时要费点时间才能找到电灯按钮，她没关自己的房门。我们听见您上楼来着，我刚来得及理好衣服下楼。其实完全不用着急，因为想不到事有凑巧，您忘了带钥匙，不得不按门铃。不过我们仍然吓昏了头，为了掩饰窘态，两人不约而同地装着害怕山梅花的气味，其实正相反，我们非常喜欢这种花的香味。您当时带回一枝长长的山梅，我乘机扭过头去，不让您看到我的慌乱，可我还是笨拙而又荒唐地对您说，弗朗索瓦丝可能已经回楼上去了，她本可以给您开门，而一秒钟前我还谎称我们刚刚散步回来，并说我们到家时弗朗索瓦丝还没下楼（这倒是真的）。倒霉的是我们熄了灯——我们原以为您有钥匙——又怕您上楼时看见我们开灯，至少，我们迟疑得太久了。为这事阿尔贝蒂娜三夜没能合眼，时时刻刻怕您起疑心，怕您问弗朗索瓦丝为什么走前不开灯。应当承认，阿尔贝蒂娜非常惧怕您，有时她认为您狡猾，凶狠，骨子里恨她。三天后她见您始终很平静，知道您并没问弗朗索瓦丝任何话，这才睡得着觉。但从此她再也没跟我发生过关系，也许是出于害怕，也许是出于悔恨，因为她自认为深深地爱着您，要不就是她爱着别的什么人。不管怎样，自那以后只要别人在她面前提起山梅花她就会面红耳赤，并且用手摸摸脸，设法不让人看到她脸红。”

有些不幸也和某些幸福一样降临得太晚，因而在我们心中失去了它们原来可能有的重要性。安德烈吐露的可怕实情给我带来的不幸就属于此类情况。即使坏消息本来会使我们伤心，但在有问有答的谈话消遣中，这些消息会在我们面前一掠而过毫不停留，而我们自己也来不及接受它们，因为我们一心忙于应答，或是因为我们想取悦于在场的人而改变了原来的自我，成了另一个人，或是在新的循环中我们短时间内不受温情和痛苦的折磨，然而这短暂的魔力一旦被打破，我们为进入这一新循环而摆脱掉的爱情和痛苦又会卷土重来。如果这些情感的力量压倒了一切，那么我们只能是心不在焉地进入那个长久不了的新天地，而且在那里也不会变成另一个人，因为我们太忠实于自己的痛苦；于是谈话会立即与我们并未置身事外的心灵相沟通。不过，近来牵涉到阿尔贝蒂娜的话语就像挥发了的毒药，不再具有毒性了。我与她的距离已经太遥远；如同一个散步者傍晚看见天空挂着一弯朦胧的月牙时对自己说，其大无比的月亮就是这样的吗？我也对自己说："怎么！我如此孜孜以求而又如此害怕知晓的事情真相，就是在一次谈话中说出来的这么几句话吗！我甚至无法加以全面思考，因为我不是独自一个人！"再说，我对此实在没有精神准备，我和安德烈在一起已身心交瘁。说实在的，这样一个事实真相，我本希望有更充沛的精力去面对它；现在它对于我仍然是外在的，因为我还没为它在我心中找到一个位置。人们总希望真相通过新的信号披露在我们面前，而不是通过一句话，一句类似我们对自己重复过无数遍的话。思维习惯有时会妨碍我们体验现实，使我们对现实产生"免疫力"，使这现实显得仍然是思想。没有一种想法不包含着对自身的驳斥，没有一个词不包含着自身的反义词。

不管怎样，如果安德烈说的是实话，那么这就是有关我的情妇的全部毫无用处的真相，她已不在人世，此刻却从神秘莫测的冥冥中浮升起来，在我们不再需要真相的时候却真相大白。于是(兴许想到自己现在爱着的人，想到在她身上也会发生同样的事，因为那个已被忘却的人，我们是不会再把她放在心上的)，我们感到悲凉。我们对自己说："但愿活着的这一位能理解这一切，但愿她能明白，一旦她死了我会弄清楚所有她瞒着我的事！"然而这不是成了循环论证吗！如果我能让阿尔贝蒂娜死而复生，那么同时我就是让安德烈什么也不对我透露。这与那句千古不变的话"当我不再爱您的时候您会明白的"几乎是同一回事，这句话是那么中肯又那么荒谬，因为确实，当人们不再爱的时候就能得到很多，不过那时得到多少对我们已无关紧要了。这两者甚至完全是一回事。当您与一个您已不爱的女人重逢时，如果她把一切都告诉您，那是因为她其实已不是原来的她，或者您已不是往日的您：恋爱着的人已不复存在。在这方面死亡也留下了痕迹，它使一切变得容易，使一切变得多余。我的这番思考是以下面的假设为出发点的，即假设安德烈是诚实的——这并非不可能——而且，她对我以诚相见是因为她现在和我保持着关系（即阿尔贝蒂娜早期和我在圣安德烈教堂有过的那种关系）。她对我说真话还由于她现在不用惧怕阿尔贝蒂娜了，因为对于我们，人死后不久其真实性也随之消逝，几年后，他们就像被废黜的宗教的神灵，人们可以毫无畏惧地触犯这些神灵，因为大家不再相信它们的存在。然而安德烈不再相信阿尔贝蒂娜的真实性也可能产生另一种后果，那就是她可以毫无顾忌地编造谎言污蔑自己过去的所谓同谋（一如她毫无顾忌地泄露她曾答应保守秘密的事实真相）。倘若由于某种原因，她以为我现在生活得心满意足，趾高气扬，便有心让我难受，那么这种畏惧的消失究竟是促使她向我说出实情呢还是促使她对我撒谎呢？或许她对我心怀恼怒（这种恼怒在她看到我遭到不幸，得不到安慰时曾暂时消除），因为我和阿尔贝蒂娜有过关系，因为她可能羡妒我——以为我以此而自诩比她得宠——享有一种她未曾得到，甚至未敢企望的优待。出于同样的嫉妒心，她对气色很好并且自知气色好的人总是感到恼怒，我常见她对这些人说他们看上去像得了重病，并且为了气他们，她还说自己身体很好，即使在她病得极其厉害时也始终这样宣称，真到临死前她变得超然物外，才不再因幸福的人们身体好自己却不久于人世而心烦了。但这是很久以后的事，也许她是莫名其妙地恼我，就像从前她恨过一位年轻人，此人在体育方面无事不懂，对其他事则一窍不通，我们是在巴尔贝克遇到他的，后来他和拉谢尔同居，安德烈对他竭尽造谣中伤之能事，甚至巴不得自己被指控犯了诬告罪，那样她就可以在众人面前一口咬定他父亲干过许多见不得人的事，而他却无法证明这是捏造。也许她对我的恼恨在她看到我那么忧伤时曾一度平息，现在只是重新抬头罢了。的确,即使是她恨之入骨的人——她两眼喷着怒火发誓要让他们名誉扫地,要杀死他们,要让他们下大狱,哪怕提供假证词也在所不惜——只要她得知这些人心情悲伤,受到侮辱,她就不再对他们存丝毫恶意,反而准备为他们排忧解难。因为她本质上并不坏,如果说她深一层的而不是表面的性格与人们起初根据她的体贴入微而作的判断相反,并不是殷勤和善,而是嫉妒、骄傲,那么她的第三重也是更深一层的性格则倾向于善良和对他人的爱,这是她真正的本性,不过没有得到充分的体现而已。人们处于某一种状况时都渴望改善这种状况,但由于新的状况还只是一种意愿,她们不明白首要的条件是与前一种状况决裂——就像神经衰弱症患者或嗜吗啡者很想治好病,却又不愿除掉嗜好或戒掉吗啡;又像那些留恋社交生活的笃信宗教者或酷爱艺术的人,他们希望清静,却又以为清静并不意味着完全放弃他们先前的生活——同样,安德烈愿意爱所有的人,但条件是先要能做到不把人们想象成得意扬扬的样子,为此她就必须先轻侮他们。她不懂得,即使对自高自大的人也应该去爱,要用仁爱之心去克服他们的傲气,而不是用更厉害的傲气。这是因为她像有些病人,这些人想用来治好疾病的办法其实正是拖长疾病的办法。他们喜欢这些办法,但一旦抛弃了这些办法,便立即不再喜欢了。人就是这样,想学游泳,却又想留一只脚在岸上。

关于我在巴尔贝克两度小住时遇到的那个喜爱体育的年轻人,维尔迪兰夫妇的侄子,这里必须提前附带谈一谈。在安德烈来访后不久(过一会儿我还要谈到这次来访),发生了几件给人印象颇深的事。首先是这位年轻人与安德烈订了婚并娶了她(也许是出于对阿尔贝蒂娜的怀念,我当时不知道他曾经爱过阿尔贝蒂娜),拉谢尔为此悲痛欲绝,他却毫不理会。其时(亦即在我前面谈到的那次造访后几个月)安德烈已不再说他是一个无耻之徒了,后来我发觉她以前之所以称他无耻之徒正是因为她发疯似的爱上了他,但又以为他不愿意要她。还有一件事更令人震惊。这位青年推出了几个独幕喜剧，布景和服装都是他设计的，这些短剧在当代艺术领域里引起的一场革命至少可以与俄罗斯芭蕾完成的革命相提并论。简而言之，最有权威的评论家都认为他的作品了不起，堪称天才之作，我现在也这么认为，这就证实了拉谢尔从前对他的看法，着实令我吃惊。在巴尔贝克认识他的人都以为他只注意与他交往的人衣服剪裁是否高雅，以为他把全部时间都用来玩纸牌、看赛马、打高尔夫球或马球，他们还知道他在班上一直是个又懒又笨的学生，甚至读中学时还被校方开除过（为了给父母找麻烦，他去一家大妓院住了两个月，就是德·夏吕斯先生以为在那儿见到过莫雷尔的那家妓院），他们想他的作品也许出自安德烈之手，是安德烈出于对他的爱把荣誉让给了他，或者更大的可能是他出钱让某个有才华而又贫困潦倒的职业作家替他写作，反正他腰缠万贯，以往的大肆挥霍只是九牛拔一毛而已（这群阔人——他们并未因为和贵族交往而变得文雅些，对何谓艺术家毫无概念，在他们眼里艺术家就是在小姐的订婚仪式上被叫来背几段独白，演完后立即在隔壁客厅里悄悄得几个赏钱的那种演员，或是一名画师，他们把刚结婚还没生孩子的女儿带到这种画师家里摆姿势，让他画像，因为这时她还显得很好看——往往以为上流社会那些写书、作曲或绘画的人都花钱让别人为他们代劳，为的是得一个作者的名声，就像有些人花钱为自己谋一个议员的席位）。但是所有这些估计都错了；那个年轻人确实是这些令人赞叹的剧作的作者。我得知此事后，不得不在各种猜想之间犹豫不定。要么在很长一段时间里，他确实像看上去那样是个迟钝的粗鲁之人，尔后某个生理上的突变唤醒了他身上处于混沌状态的天才，就像林中的睡美人突然苏醒了一样；要么当他还在修辞班捣蛋闹事，当他中学会考屡屡受挫，当他在巴尔贝克赌博损失惨重，当他害怕和维尔迪兰姑妈那个小圈子的忠实成员一道上“有轨”，因为他们的衣着太难看时，他已经是个天资不凡的人，只不过他漫不经心把天才消耗在沸腾的青春激情里，或者甚至也可能那时他已经意识到自己的才能，而他之所以是班上最后一名，是因为当老师重复着关于西塞罗的陈词滥调时，他却在读兰波或歌德的作品。诚然，我在巴尔贝克遇见他时，没有任何迹象能让人想到后一种假设，当时在我看来他唯一关心的是套车的马是否像样，以及鸡尾酒会准备得如何。但这一不同看法并不是不可驳斥的。他可能很爱虚荣，这与天才并非不能相容，他力图用他知道在他生活的那个社会最能令人倾倒的方式来显示他的才智，而这最好的方式绝不是向人们证明他对《亲和力》①有精辟的了解，而恰恰是会驾驭四匹马套的车。再说我不能肯定，即使在他成了那些独树一帜的艺术精品的作者以后，他会很愿意在他扬名的剧院以外的场所与那些未着无尾常礼服的人，比如早先小圈子的忠实成员们打招呼，这并不说明他愚蠢，而是说明他有虚荣心，甚至有一定的务实头脑，一定的洞察力，善于使自己的虚荣心适应蠢人的思想方法，因为他需要得到这些人的敬重，而在这些人眼里，一套常礼服要比一个思想家的目光更有光彩。谁知道，从外表看，一个有才华的人，或者一个并无才华却喜爱精神产品的人，比如我，给某个在里夫贝尔，在巴尔贝克旅馆，或是在巴尔贝克海堤上碰到他的人留下的印象会不会也像个十足的狂妄自大的笨蛋呢？何况对奥克达夫来说，艺术大概是某种内在的、存在于他自己心灵深处的东西，因此他大概根本没想到和别人谈论它，不像圣卢，艺术在其心目中的地位相当于套车的马在奥克达夫心目中的地位。奥克达夫是有可能热衷于赌博，而且据说一直保留着这个嗜好。不过，尽管对凡德伊那部不知名的作品的崇拜——这种崇拜使这部作品得以再生——来自蒙舒凡一个十分暧昧的阶层，但想到那些可能是我们时代最超凡脱俗的作品不是出自中学优等生会考的参加者之手，也不是出自受过典范的、经院式的、布洛依②家族式的教育的

---

① 《亲和力》，歌德的长篇小说。

② 布洛依，法国一古老的名门望族。

人之手，而是一个出入于赛马骑师过磅处和大酒吧的人所著，我仍然感到震惊。不管怎样，那时在巴尔贝克，驱使我想认识那个年轻人的原因和驱使阿尔贝蒂娜及其女友们阻止我结识他的原因都与这个年轻人本人的价值无关，这原因只能揭示“知识界人士”（以我为代表）与社交界人物（以那群少女为代表）之间在对一个交际场人物（那个年轻的高尔夫球手）的评价问题上永存的误解。我丝毫未预感到他有才华，他在我眼里的地位——类似过去布拉当夫人所具有的地位——在于他是我的女友们的朋友，不管她们嘴上怎么说，而且他比我更属于他们那一伙。另一方面，从阿尔贝蒂娜和安德烈身上可以看出社交界没有能力对精神产品作出正确的评价，她们在这方面素来喜欢注重假象，因此她们俩不仅有可能认为我愚蠢，竟对这么个笨蛋感兴趣，而且尤其会惊奇地想，高尔夫球手就高尔夫球手吧，我怎么偏偏选中这个最最不可取的人。要是我愿意结交希尔贝·德·贝勒弗尔倒也情有可原，这个小伙子除了会打高尔夫球还很健谈，而且得过一张中学优等生会考奖状，诗也写得不坏（其实他比谁都蠢）。如果我的目的是为“写一本书”而“练习人物描写”，那么居伊·索穆瓦（此人完全是个疯子，曾诱拐两名少女）至少是个古怪的人，可以引起我的“兴趣”。这两位，人家可能“允许”我与之交朋友，可那一位，在他身上我能找到什么吸引人的地方？他是“粗鲁之辈”、“愚笨之辈”的典型。

再回到安德烈的那次来访。她向我披露了她和阿尔贝蒂娜的关系后又说，阿尔贝蒂娜离开我的主要原因是顾忌她那一伙女友以及别的姑娘看见她住在一个未和她结婚的青年男子家里会怎么想：“我很清楚她是住在您母亲家里。不过这也一样。您不了解姑娘们的天地里是怎么回事，她们互相隐瞒些什么，她们多么害怕别人的议论。有些姑娘和青年男子在一起时不苟言笑，就因为这些男人认识她们的女友，她们生怕有些事情被传出去，可就是这些姑娘，我在偶然的机会发现她们完全是另一副样子，当然她们很不情愿人家看到这一点。”安德烈对这伙姑娘的一言一行的动机似乎了如指掌，若是在几个月前她的这套学问对于我可能是世界上最宝贵的东西。她的话也许足以说明为什么阿尔贝蒂娜后来在巴黎委身于我，而在巴尔贝克却执意不从，就因为在巴尔贝克我常见到她的女友们，当时我还荒唐地以为这是我和她亲近的有利条件。也许她见我对安德烈有过某些信任的表示，或是我失之鲁莽，把阿尔贝蒂娜去大旅社过夜的事告诉了安德烈，使得一小时之前还准备让我求欢，并把我的求欢看得再自然不过的阿尔贝蒂娜一下子改变了态度，扬言要拉铃喊人来。然而她跟别的很多人大概很随便。这个想法又燃起了我的妒火。于是我对安德烈说有一件事我想问问她。“你们是在您祖母那幢不住人的房子里干这种事的吗？”“噢！不是，从来没有，在那儿我们会被打扰的。”“是吗，可我还以为，似乎……”“再说，阿尔贝蒂娜特别喜欢在野外干这种事。”“在哪里？”“早先，她没时间去很远的地方时，我们常去朔蒙高地，她知道那儿有一座小屋，有时在树底下，反正没人；有时在小特里亚农①的石洞里。”“您瞧，叫人怎么相信您呢？不到一年以前，您对我发誓说在朔蒙高地什么也没干。”“那时我怕您难过。”我在前面说过，我认为（不过是很久以后），倒是第二次，也就是她对我坦白的那天，安德烈才是有心让我难受。假如我还像从前那么爱阿尔贝蒂娜，那么在安德烈讲这番话的时候，我就该立刻想到这一点，因为我会有这种需要。然而当时安德烈的话引起我痛苦的程度还不足以使我感到必须立刻把这些话看成是谎言。说到底，如果安德烈说的是真话（起先我对此也不怀疑），那么在见过那么多形形色色的阿尔贝蒂娜的表象以后，我所发现的真正的阿尔贝蒂娜与第一天出现在巴尔贝克海堤上的阿尔贝蒂娜并没有多大区别，当时我就看出她是个喜欢吃喝玩乐的姑娘，后来她让我陆续看到了她的多种侧面，正如当

① 特里亚农，造在凡尔赛公园内的两座花园，大特里亚农建于1670年，小特里亚农建于1762至1768年。

我们逐渐走近一城市时，它的建筑物的布局在我们眼前不断变化，以至后来在远处唯一能看到的宏伟的主建筑反显得矮小、逊色了，待到我们熟悉这座城市并能正确评价它时，就会发现，它的真正比例正是我们第一眼看到的远景所呈现的比例，至于我们走过的其余部分，只不过是一切存在物为抵御我们的视觉而建造的一道又一道的防线，我们必须忍着极大的痛苦，越过这一道道防线才能到达核心。再说，如果我不需要绝对相信阿尔贝蒂娜的清白是因为我的痛苦已经减弱，那么反之亦然，我不为安德烈透露的真情过分痛苦，是因为近来，我原先苦心树立起来的认为阿尔贝蒂娜白璧无瑕的信念已渐渐地、不知不觉地被一直存在于我头脑中的、认为阿尔贝蒂娜有过失的信念所代替。我不再相信阿尔贝蒂娜纯洁清白，是因为我不再有这个需要，也不再有强烈的愿望去相信。然而正是愿望产生信念，我们通常意识不到这一点，因为大部分产生信念的愿望都与我们自身共存，只有到我们生命终止时才结束——但促使我相信阿尔贝蒂娜清白无瑕的愿望要作别论。那么多证据证实了我的最初看法，我却不信，宁愿傻里傻气地相信阿尔贝蒂娜的几句话。为什么相信她了呢？因为谎言是人类必不可少的东西，在人的生活中它起的作用与人类对享乐的追求所起的作用也许同等重要，而且前者受后者支配。人们说谎是为了保护自己的享乐，或自己的荣誉，如果享乐被张扬出去会损害荣誉的话。人们一辈子都在撒谎，甚至对爱自己的人，尤其对爱自己的人，也许仅仅对爱自己的人撒谎。因为唯有这些人让我们为自己的享乐担惊受怕，而且我们也只希望得到这些人的敬重。我起先认为阿尔贝蒂娜有罪过，后来只因我的愿望调动了我的智力去怀疑这一信念，才把我引入了歧途。我们生活在电和地震的征象中间，也许必须竭诚尽力加以解释才能了解那些符号的真实意义。毋庸讳言，不管安德烈的话多么使我悲伤，我仍然觉得，现实最终与我的本能最初的感觉相吻合，要比现实与后来因我的怯懦而在我身上占上风的盲目乐观相吻合更好些。我宁愿生活跟上我的直觉。何况，我在海滩上的第一天就凭直觉认为那群少女是狂乱的肉欲和道德败坏的化身，还有，当我看到阿尔贝蒂娜的女教师把这个狂热的姑娘带回小别墅，如同人们把一头野兽推进笼子，而这头野兽，不管表面现象如何，日后将谁也不能驯服，那天晚上看到这一幕时我也有一些直觉，我的这些直觉与布洛克向我指出大地上欲望普遍存在（这使大地在我眼前显得无比绚丽，使我在每次散步、每次邂逅时都禁不住心灵震颤）时所说的话不正相一致吗？这些最初的直觉，我现在才再度与它们相逢，并发现它们已得到证实，不管如何，这样也许对我更为有利，而在我爱恋着阿尔贝蒂娜的时候，它们却会引起我过分的凄楚。值得庆幸的是这些直觉只留存下一点痕迹，那就是我对一些我看不见但却不断在我身边发生的事情的恒久揣测，也许还留下了别一种痕迹，它先于前一种，也比前一种更博大，那就是**我的爱情本身**。事实上，我不顾理智的否定，选择了阿尔贝蒂娜，爱她，难道这不意味着了解她，连同她的所有丑恶之处吗？而且即便在猜疑心偃旗息鼓的时刻，难道爱情不是猜疑的持续和它的一种转换形式吗？既然欲望总是把我们引向与我们最为对立的东西，迫使我们去爱那给我们带来痛苦的东西，那么爱情难道不是恋人的洞察力的一种证明，连恋人自己也难以理解的一种证明吗？一个人的魅力里，他（她）的眼睛、嘴巴、身段里必然含有令我们感到陌生、并能使我们极其不幸的一些成分，当我们感到被这个人吸引并开始爱他（她）时，就意味着不管我们把他（她）说得如何纯洁无邪，我们已经看出他（她）身上以另一种形式表现出来的背信弃义和种种过失了。

就这样，为了吸引我，某个人身上有害的、危险的、置人于死地的成分体现为魅力，也许，这魅力与隐秘的毒素之间的因果关系比毒花的繁茂诱人与它的毒性汁液之间存在的因果关系更为直接？我常对自己说，也许正是阿尔贝蒂娜的同性恋行为——我日后痛苦的根源——使她具有那种和善而直率的举止，这举止让人产生一种错觉，仿佛和她可以像和男人一样保持忠实而无拘无束的同伴关系，同样，类似的毛病使德·夏吕斯先生变得像女性那样敏感和聪颖。恋人在最盲目的时候仍有洞察力，其表现形式正是偏爱和柔情，所以在爱情上无所谓选择不当，因为一旦进行了选择，选择总是不当的。“您到我家来约她的那个时期，你们去朔蒙高地散步吗？”我问安德烈。“噢！不，自打她跟您从巴尔贝克回来以后，除了我告诉您的那一回，她再没和我干过任何那种事。她甚至不准我再对她谈起这种事。”“可是，我的小安德烈，干吗还要撒谎呢？我通过一次十分偶然的机会（因为我从不想去打听什么），知道而且极其详细地知道阿尔贝蒂娜又干过这类事，我可以明确地告诉您是在河边，跟一个洗衣女工，就在她出事之前几天。”“哦！也许是在离开您以后，这我就不清楚了。她感到自己没有能，也永远不可能重新得到您的信任。”最后这句话使我心情沉重。接着我重又想到山梅花那晚的事，我记得大约半个月后，由于我妒忌的对象不断改变，我曾问阿尔贝蒂娜她和安德烈是否发生过关系，她回答说：“噢！从来没有，不错，我很喜欢安德烈；我对她怀着深厚的感情，但是就像对自己的姐姐一样，而且即使我有您怀疑的那种癖好，我可能找任何人也不会想到找她。我可以指任何东西向您发誓，指我姨妈，指我去世的母亲的坟墓向您发誓。”我相信了她。她过去吞吞吐吐对我供认过一些事，后来见我对这些事并非无所谓便又矢口否认，然而即使这种前后矛盾没有引起我的疑心，那么我也该记得斯万曾坚信德·夏吕斯先生的友情是柏拉图式的，而且就在我看到男爵和裁缝在院子里的那一幕的那天晚上，他还对我重申这一点；我本该想到人间有两个世界，一个在前面，另一个则隐藏在后面，前面那个世界由最正派、最诚实的人们所说的话构成，藏在它后面的那个世界则由这些人所做的事构成，因此，当您听到一个有夫之妇在谈到一个年轻男子时对您说：“哦！我和他很要好，这事千真万确，不过我们的友情是很清白、很纯洁的，我可以拿我死去的双亲发誓。”您应该毫不犹豫地对自己肯定说，这位太太很可能刚从盥洗间出来，她每次和那个年轻人幽会后便匆忙跑进去冲洗，以免怀上孩子。山梅花的事使我伤心得要命，而且正如阿尔贝蒂娜所认为、所说的那样，我变得阴险了，开始恨她了；尤其是她那些出人意料的、令我思想上无法接受的谎言。一天她告诉我说她去过一个航空兵营，她是飞行员的朋友（大概是为了转移我对女人的怀疑，她以为我对男人会妒忌得轻些），她还说那位飞行员以及他对她表现的那份毕恭毕敬使安德烈如此心驰神往，以至安德烈希望飞行员带她乘飞机兜兜风，当时的情景真有趣。然而这完全是七拼八凑编出来的故事，安德烈从来没去过那个航空兵营。这类谎话，不胜枚举。

安德烈走后，已是晚饭时分。"你无论如何猜不到谁在这里待了至少三小时，"母亲向我说，"我估计三小时，其实也许更长些，她和第一位客人戈达尔太太差不多同时到，她看着我的客人——今天有三十多位——一个个来了又走了，她却安坐不动，直到一刻钟前才告辞。要不是你的朋友安德烈在这儿，我就会让人叫你了。""到底是谁来了？""一个从来不访亲拜友的人。""帕尔马公主？""没说的，我的儿子比我想象的要聪明，叫你猜人名真没意思，你一猜就准。""她没为昨天怠慢了你向你表示歉意吗？""没有，那样做就愚蠢了，她的来访本身就是道歉；你去世的外婆会认为这样做很得体。据说帕尔马公主大约在两点钟时派了一名跟班的来打听我有没有接待日，下人回答说就是今天，她就上楼来了。"我的第一个想法没敢告诉母亲，我想前一天帕尔马公主周围准是一群很出色的人，她和他们交情很深，喜欢跟他们谈天说地，见我母亲去了她感到有点不快，而且并不想掩饰她的不快。这种目无下尘的傲慢态度，她以为能用细心周到的殷勤来补偿，这完全是德国贵妇人的作风，盖尔芒特家族大概在很大程度上也吸取了这种作风。可是母亲却认为（我后来也这么认为）原因很简单，是帕尔马公主没认出她来，因而没想到应该对她表示关注，待到母亲走后帕尔马公主才得知她是谁，也许是从德·盖尔芒特公爵夫人那儿知道的，因为公爵夫人在楼下遇见我母亲了，也许是从来拜访的夫人小姐的名单上看到的，门房在她们进府前都要询问姓名，以便登记入册。她觉得由别人或者她本人对我母亲说："我没认出您。"这不太客气，而且认为作一次拜访——这在公主殿下是一次破例，尤其是一次长达几小时的拜访——无异于间接而又同样有说服力地对我母亲作了解释，她果然这样做了，其实这种做法也和我的第一种解释一样，是符合德国朝廷的礼节与盖尔芒特家族的家风的。

但我并没有长时间待在那儿让母亲对我讲帕尔马公主来访的经过，因为我适才想起好几件有关阿尔贝蒂娜的事，本想问安德烈，却忘了问她。再说，阿尔贝蒂娜的身世我现在知道得多么少啊！将来也不会知道得更多！然而这是唯一使我特别感兴趣的故事，至少在某些时候它又开始使我感兴趣了。人是一种没有固定年龄的生物，他具有在几秒钟内突然年轻好多岁的功能，他被围在他经历过的时间所筑成的四壁之内，并在其间漂浮，如同漂浮在一只水池里，池里的水位会不断变化，一会儿把他托到这个时代，一会儿又把他托到另一个时代。我写信请安德烈再来。她过了一星期才又来访。我几乎是一见她就问："既然您声称阿尔贝蒂娜住在我这里的时候没干那种事，那么，按您的意思，她是为了自由自在地干那种事才离开我的？她去找哪个女朋友了呢？""当然不是，她绝不是为这事离开您的。""那么是因为我太让她讨厌啰？""不，我想不是。我想是她姨妈逼着她离开您的，她姨妈替她物色了那个坏蛋，您知道的，就是您称之为'落魄者'先生的那个年轻人，他爱阿尔贝蒂娜，向她求过婚。她姨父母见您不准备娶阿尔贝蒂娜，担心她要是继续在您家里住下去而引起大家的反感，那个年轻人会不肯娶她。而且年轻人不断让人对邦当夫人施加影响，因此邦当夫人就把阿尔贝蒂娜叫回去了。事实上阿尔贝蒂娜也需要她的姨父母，当他们要她作出抉择时，她就离开了您。"我被妒忌心所苦，过去从来没想到阿尔贝蒂娜离开我还有这层理由，我只想到她对女人的欲念以及我对她的监视，却忘记了还有邦当太太，对我母亲一开始就看不惯的事她不久以后可能也觉得有点离经叛道了。至少她担心这会得罪那位有可能成为阿尔贝蒂娜的未婚夫的年轻人,她留着这人好在我不娶阿尔贝蒂娜的情况下给她作后路。确实,与安德烈的母亲过去的想法相反,阿尔贝蒂娜总算找到一个出身资产阶级的好对象。当她想去看维尔迪兰太太,当她和她秘密谈话,当她因我事先不通知她便去赴维尔迪兰家的晚会而对我大发脾气时,那时她和维尔迪兰太太之间策划的内容并非是安排她会见凡德伊小姐,而是会见维尔迪兰太太的侄子,此人爱阿尔贝蒂娜,而维尔迪兰太太对这门亲事也很满意,她并不十分希望他能结一门阔亲。某些家庭决定的某些婚姻确实令人诧异,我们无法完全深入了解他们的心理状况。可我后来就再没想过这位侄子了,他可能当了阿尔贝蒂娜的开导者,多亏他我才得到阿尔贝蒂娜的第一个吻。这样看来,我过去对阿尔贝蒂娜的心事的整套设想应该为另一套设想所代替,或与它重合,因为后者不一定排斥前者,因为喜欢女人这一癖好并不妨碍她结婚。这桩婚事真是阿尔贝蒂娜离去的原因吗?而她是出于自尊心,不愿让人以为她依赖她姨妈,或者以为她要迫使我娶她,所以没有肯把这事说出来吗?我开始懂得,一个单一行为的多种原因只不过是从不同的角度看这个行为时它所呈现的各个方面的一种人为的、主观的体现,阿尔贝蒂娜在和女友的交往中就是搞这一套手法的行家,她有本领让她们每一个人都以为她是为她而来。阿尔贝蒂娜在我家的暧昧处境会使她姨妈不快,我以前竟从未想到这点,我为此感到吃惊和某种羞愧,这种吃惊,我已不是第一次,也不是最后一次体会到。有多少次我绞尽脑汁想弄明白某两个人之间的关系以及这种关系产生的危机,却突然听到第三者按自己的观点跟我谈起他俩的事,原来这第三者与他俩中的一个有着更密切的关系,而他(她)的观点可能就是引起这一危机的根源!既然人的行为是如此靠不住,那么人本身怎能靠得住呢?有些人说阿尔贝蒂娜是个工于心计的女人,她设法叫某人娶她,听到这些话就不难推测说此话的人会如何评判她在我家的生活。然而我却认为她是个牺牲品，一个可能不太纯洁的牺牲品，即使如此，她也是由于其他原因而有过错，是由于道德败坏，而人们对此却只字不提。

但下面这一点我们应该特别考虑：一方面，撒谎往往是个性格问题；另一方面，对于那些并非天性爱撒谎的女人，谎言是一种本能的防卫手段，起先是应急的办法，后来编排得越来越严密，用来抵御那突然降临的，可能毁掉她们一生的危险：爱情。另外，有知识而又生性敏感的人总是把自己交给冷漠的下等女人，而且哪怕事实已经证明他们并不为她所爱，也丝毫不能打消他们为把那个女人留在身边而牺牲一切的念头，他们仍然舍不得离开她，这种情况并非出于偶然。我说上述这些人有一种受苦的需要，这话道出了千真万确的事实，我说此话时排除了作为先决条件的其他事实，因为它们使这种受苦的需要——在某种意义上说是不自觉的——成了这些事实的完全可以理解的结果。再说，十全十美的性格是不多见的，大凡十分有知识而又十分敏感的人都缺乏意志力，容易被习惯力量和对即将来临的痛苦的恐惧所控制，而这种恐惧使你注定要终身受苦，在这种情况下，他绝不肯放弃那个不爱她的女人。人们会奇怪，他怎么满足于如此微不足道的爱，其实最好想象一下爱情给他带来的痛苦。不过我们不必过分为这种痛苦怜悯他，因为爱情的挫折、情人的出走或去世在我们精神上引起的可怕震动亦如瘫痪病的突然发作，一开始把我们击垮，但是渐渐的我们的肌肉又会恢复弹性和生命力。何况，这种痛苦并非没有补偿。有知识而敏感的人一般生性不大爱撒谎。谎言使他们措手不及，尤其因为他们即使很聪明也是生活在由可能性构成的世界里，他们很少反抗，应该说他们总是生活在某个女人刚刚给他造成的痛苦之中，而不是生活在对这个女人想要什么，她在做什么，她爱什么的清醒认识之中，这种认识是那些意志坚强的人所特有的，他们需要这种认识，为的是防备将来而不是哀叹过去。所以敏感的知识分子感到自己受了骗，却又不太清楚怎么受的骗。由此而论,一个平庸的女人(人们奇怪他们竟会爱上这种女人)远比一个聪颖的女人更能丰富他们的世界。在她的每句话后面,他们觉察到一个谎言;在她自称去过的每幢房子后面,他们看到另一幢房子;在她的每个行为,她结交的每个人后面,他们看到另一个行为,另一个人。他们可能说不清楚在后面的究竟是什么,他们没有精力,甚至也许没有可能去查个水落石出。一个爱说谎的女人只需要弄一个极其简单的伎俩,而且用不着费心加以变换,便能蒙骗众多的人,甚至更可悲的是蒙骗同一个人,而此人本应将它识破。这一切在敏感的知识分子面前创造了一个深邃幽秘的世界,他的妒忌心想去探测这个世界,他的智慧也不得不对它发生兴趣。我虽然不一定就是这类敏感的知识分子,但是,阿尔贝蒂娜既已去世,我大概即将弄清她生活的秘密了。然而只在一个人的尘世生活告终后才发生的泄露其隐私的行为,归根结底不是证明谁也不相信有所谓来世吗?否则,如果泄露的情况属实,那么泄露者会害怕被揭露者的怨恨,不仅在她活着的时候害怕,因为那时人们自认为应该替她保守秘密,而且为有朝一日将在天国与她见面而害怕。如果泄露的情况纯属捏造和虚构,以为她反正已不在人世不能加以澄清,那么泄露者该会加倍害怕死者的愤怒,如果他相信真有在天之灵的话。然而谁也不信。

这样看来阿尔贝蒂娜的心里在去还是留的问题上可能进行过一段长时间的痛苦斗争,而最终离开我大概是由于她的姨妈或那个青年,而不是由于某些女人,她也许从未想到过这些女人。对于我,最严重的事是安德烈(关于阿尔贝蒂娜的生活作风她再没有什么可对我隐瞒的了)向我发誓说阿尔贝蒂娜与凡德伊小姐及其女友之间没发生过任何这一类的事(阿尔贝蒂娜在认识她们俩的时候她本人还不清楚自己有这种趣味,而这两位害怕弄错别人的意向,不料害怕与欲念能导致同样多的错误,这就使她们把她看成是反对干这种事的人。很可能后来她们得知她和她俩有着同样的趣味,然而那时她们已经太了解阿尔贝蒂娜,阿尔贝蒂娜也太了解她们，所以双方连想也不会去想在一起干这种勾当了）。

总之我始终没有能进一步弄清阿尔贝蒂娜为什么离开我。如果说女人的面孔对于不能适应这一活动着的平面的眼睛，对于嘴唇，尤其对于记忆是难以捕捉的，如果说女人的社会地位和人们置身的高度如同一层云雾，它的变幻改变着女人的面孔，那我们所看到的女人的行动和她的动机之间又隔着一层比云雾更要厚多少的帷幕啊！动机藏在我们看不到的更深的层面上，它还产生着我们了解的行为以外的其他行为，而且两者往往绝对地互相矛盾。哪个时代没有这样一种社会活动家，他们被朋友们奉若圣人，尔后又被揭露伪造过文书，盗窃过国家资财，出卖过祖国？一个领主每年有多少次被他一手提拔起来的管事骗取钱财，而他还发誓说总管是个正派人，也许后者确实也是个正派人！而遮住他人行为动机的那层帷幕，当这个“他人”是我们所爱的人时，这层帷幕又会变得多么厚不可透啊！因为爱情不仅模糊了我们的判断，还遮掩了我们所爱者的行为，她因深知自己被爱，便突然不再珍视那原先对她可能是有价值的东西，譬如财产。也许爱情也多少促使她佯装藐视财产，以图通过使对方痛苦而得到更多。这种讨价还价的行径也可能掺杂在其他事情里；甚至掺杂在她生活中毋庸置疑的事实里，比如她与某人的爱情关系，也没告诉过任何人，唯恐人家透露给我们，其实尽管如此，很多人仍然可能知晓，只要他们有和我们同样强烈的了解那件事的愿望，而他们却保留着更多的任思想驰骋的余地，他们能避免引起当事人太大的怀疑，那桩爱情关系，某些人并不是不知道，只是我们不认识这些人，而且不知道在哪儿能找到他们。当一个人对我们采取一种难以解释的态度时，在种种原因里我们应当考虑到性格上的古怪，诸如对自身利益的忽视，仇恨，对自由的酷爱，一时愤怒的冲动，对某些人说三道四的恐惧，凡此种种都能促使他做出与我们的估计相悖的事。此外还有社会环境、所受教育等差异，人们不愿相信这些差异的存在，因为两人在交谈时，它们消失在言语中，可是当我们独处时，它们重又出现，并从截然相反的出发点引导每个人的行为，以至心灵的真正会合是不可能的。

"可是，我的小安德烈，您还在撒谎。您记得吗（您自己也承认，前一天我给您打过电话，您记得吗）？阿尔贝蒂娜那么想去凡德伊小姐也会去的维尔迪兰家的午后聚会，可是又瞒着我，好像这是件我不应该知道的事。""是的，可是阿尔贝蒂娜绝对不知道凡德伊小姐会去。""什么？您自己跟我说过，她几天前和维尔迪兰太太会过面。再说，安德烈，我们不必再互相欺骗了。一天早晨，在阿尔贝蒂娜的卧室里，我发现一张纸，是维尔迪兰太太给她的一个字条，力劝她去赴午后聚会。"说着我把那字条拿出来给她看，事实是阿尔贝蒂娜走的前几天，弗朗索瓦丝设法把这张字条放在阿尔贝蒂娜的衣物上面好让我一眼便看到，而且我担心，是她故意丢在那儿，让阿尔贝蒂娜误以为我翻过她的东西，总之让她知道我看见字条了。此后我常思忖：弗朗索瓦丝耍的这一诡计是否在很大程度上造成了阿尔贝蒂娜的出走，因为她明白她再也无法对我隐瞒任何事了，她感到心灰意冷，一蹶不振。我给安德烈看字条，上面写的是：**我毫不愧疚，因为我已得到亲人般感情的谅解**……"您很清楚，安德烈，阿尔贝蒂娜总说凡德伊小姐的女友对她确实有如母亲，姐妹。""但您把这张字条理解错了。维尔迪兰太太要让她在自己家会见的人根本不是凡德伊小姐的女友，而是那个未婚夫，那位'落魄者'先生，亲人的感情是指维尔迪兰太太对这个无耻之徒的感情，他是她的侄子。不过我想阿尔贝蒂娜后来是知道凡德伊小姐会来的，维尔迪兰太太可能顺便告诉过她。毫无疑问，她想到又将看到自己的朋友心里当然高兴，这使她回忆起过去的一段愉快时光，假如您要去一个地方，并知道埃尔斯蒂尔正在那儿，仅此一点，甚至无需这么完美，您也会很高兴的。阿尔贝蒂娜不愿对您说她为什么想去维尔迪兰太太家，是因为那里举行了一场排练，维尔迪兰太太只召集了很少几个人参加，其中有她的侄子，您在巴尔贝克遇见过他，邦当太太想叫阿尔贝蒂娜嫁给他，那天阿尔贝蒂娜想跟他谈谈。这个坏小子长得挺俊……再说也用不着找这么多理由，”安德烈补充道，“上帝知道我是多么喜欢阿尔贝蒂娜，她是个多好的姑娘。可是特别在她得过伤寒以后（在您认识我们这一伙的前一年得的病），她成了个十足的头脑发热、顾前不顾后的人。她会突然对自己手头的事感到厌恶，于是就得变换，而且刻不容缓，她自己大概也不清楚这是为什么。您记得您来巴尔贝克的第一年，就是认识我们的那一年吗？一天她突然让人给她发了份电报，叫她回巴黎，我们几乎来不及给她收拾行装。而她没有任何理由走。所有的借口都不能成立，那个季节巴黎会叫她受不了。我们大家都还在巴尔贝克，高尔夫球场还没关闭，甚至锦标赛还没结束，而她是那么想得冠军！而且冠军确实也非她莫属。离比赛结束只剩一周了，可她倒快马加鞭地走了。后来我还常跟她提起这事。她说她本人也不知道为什么走的，说是犯了思乡病（家乡，是指巴黎，您想这怎么可能），说她不喜欢待在巴尔贝克，还说她觉得那儿有人嘲笑她。”安德烈的话里有一点是真的：如果说人们精神上的差异能说明为什么同一部作品在不同的人身上会产生不同的印象，如果说感情上的差异能说明为什么您不能说服一个不爱您的人，那么同样，人们的性格也存在着差异，这就是性格特点，这些性格特点也是行为的动机。但我随后便不再考虑这一解释，我对自己说，要了解生活中的真情委实太难了！

我早就注意到阿尔贝蒂娜想去维尔迪兰太太家但又掩饰这种愿望，我没看错。然而这么一来，当我们如此这般地掌握了一桩事实，我们只了解其表面现象的其他事实却逃过了我们的眼睛，我们只看见闪过一些平面侧影便对自己说：是这个，是那个；是因为她，或因为另一个女人。凡德伊小姐也将赴午后聚会的事被揭穿后，我以为一切都已昭然，何况阿尔贝蒂娜为了先发制人自己也曾对我说起过。后来她不是无论如何不肯向我发誓说凡德伊小姐在场丝毫不使她感到高兴吗？提起那个年轻人，我倒想起一件被忘掉的事。不久前，那时阿尔贝蒂娜还住在我这里，我遇见过他，他一反在巴尔贝克时的态度，对我十分客气，甚至很亲热，恳求我让他常来看我，由于多种原因我拒绝了他的要求。现在我明白了，很简单，他知道阿尔贝蒂娜住在我家，就想跟我套近乎，以便于和阿尔贝蒂娜相会，并从我这儿把她夺走，我因此断定他是个卑鄙小人。然而事隔不久，这个年轻人的头几部剧作上演了，当然我仍旧认为他是为了阿尔贝蒂娜才那么想来我家的，我一方面觉得他这样做很不道德，可同时我也不禁回想起从前我去东锡埃尔看望圣卢，其实是因为我爱上了德·盖尔芒特夫人。固然情况不完全相同：圣卢不爱德·盖尔芒特夫人，因此我的感情虽然也许有点表里不一，却无半点背信弃义之嫌。尔后我又想，我们对拥有我们所希冀的财宝的人怀有温情，但如果我们喜欢这个财宝的拥有者本人，我们也会怀有同样的温情的。当然那时就必须抵御那种必然会直接导致背信弃义行为的友谊。我想我始终是这样做的。但有些人没有力量抵御它，我们不能说他们对财宝拥有者的友情纯粹是一种手段，不，他们的友情是真诚的，正因为如此，他们的友情表现得特别热烈，以至一旦铸成背叛行为，那个受骗的丈夫或情人就有理由气得目瞪口呆地说："您要是听见这个无耻之徒曾经多少次对我作友谊的保证就好了！一个人偷别人的财宝，我尚能理解。可是在偷之前还狠毒地必定要先向他表示友谊，卑鄙、奸诈至于此真令人难以想象。"然而，非也，这不是以奸诈为乐事，甚至也不是完全有意识的欺骗。

阿尔贝蒂娜的假未婚夫那天对我表示的这类情谊远不只是他对阿尔贝蒂娜的爱情的衍生物，它还有另一个更复杂的理由。原来他只是近来才知道，才承认，并愿意被宣称自己是个知识分子。他有生以来第一次感到世上除了体育和吃喝玩乐还存在其他有价值的事。由于我得到埃尔斯蒂尔和贝戈特的敬重，由于阿尔贝蒂娜可能跟他谈起过我如何评论作家，以及她想象我本人如何写作，于是我在他（终于发现了自我的新的他）心目中陡然成了一个有趣的人，一个他乐意与之交往的人，他愿意与之倾谈自己的计划，也许还要请他把自己介绍给贝戈特，因此提出要来我家并对我表示好感是出自真心，他对我的好感中既有理智的原因也有阿尔贝蒂娜的影响，故而有真挚的成分。当然他不并**不是为此才那么想来**我家，也不会**为此**而放弃其他一切。这最后一个理由只不过加强了前两个理由，使它们达到某种狂热的顶峰，而且也许并未被他本人所认识，而其他两个理由则确实存在，正如阿尔贝蒂娜想去维尔迪兰家看下午的排练时，她预想的乐趣也可能是确实存在的，那是十分光明正大的乐趣，因为她将与童年的女友重逢，她们在她眼里亦如她在她们眼里都不是伤风败俗的人，她将与她们畅谈，并以自己出现在维尔迪兰家这一事实向她们表明，她们往昔认识的那个可怜兮兮的小女孩如今已成了一个显要沙龙的座上客，此外她可能还将体味到听凡德伊乐曲的乐趣。如果这一切都是真的，那么在我提到凡德伊小姐时她脸上泛起红晕是因为我是在谈起那次午后的聚会时提到凡德伊小姐的，而她正想对我隐瞒那次午后聚会，因为我不便知道那个婚姻计划。阿尔贝蒂娜拒绝向我发誓说她对在聚会上能与凡德伊小姐重逢不感到任何乐趣，这在当时增添了我的苦恼，加重了我的疑心，然而事后回想起来，这说明阿尔贝蒂娜一心要对我以诚相见，哪怕在无可指责的事情上，也许正因为这是件无可指责的事，可是还剩下安德烈所讲的有关她和阿尔贝蒂娜之间的关系问题。也许虽然我不一定要心宽到认为这完全是安德烈为了不让我称心如意，为了打消我的优越感而编造出来的谎言，但我还是可以揣测她有点夸大了她和阿尔贝蒂娜干的事，而阿尔贝蒂娜出于思想上的保留则缩小了她和安德烈之间的事，她狡狯地利用了我在这方面所下的某些愚蠢的定义，认为她和安德烈的关系不属于应向我交待的范围，因此她可以否认而不担欺骗之名。然而为什么偏偏认为是她在撒谎而不是安德烈在撒谎呢？事实和生活真是太艰深了，说到底我对它们还不了解，但在它们留给我的印象里厌倦也许仍然超过忧伤。

我记得我第三次意识到自己对阿尔贝蒂娜已接近彻底的冷漠（这一

次我甚至感到自己已完全达到了冷漠)，那是在安德烈最近一次来访很久以后的某一天，在威尼斯。

母亲带我去威尼斯过了几星期。由于稀世珍宝和平凡之物都各有其美妙之处，我在威尼斯得到的印象与我过去在贡布雷常有的感受颇为相似，不过如以乐曲相比，前者是后者在完全不同的调式上的搬移，同时也比后者更为丰富。当早晨十点钟侍者为我打开窗户遮板时，在我眼前熠熠发光的不是圣依莱尔的亮得像黑大理石似的石板瓦，而是圣马可教堂钟楼上的金色天使。它在太阳照耀下流光溢彩使人无法定睛注视，它张开的双臂仿佛在向我许诺，半小时后我在小广场上将领略到无上快乐，这一许诺比它从前向虔诚的人们所作的许诺更为切实可靠。我躺在床上能看到的只有这尊天使，然而世界不过是一面硕大无朋的日晷盘，我们能从盘上的一个日射刻度来测定时间，同样，在威尼斯的第一个早晨便使我想起贡布雷教堂前面广场的店铺，每个礼拜天我去望弥撒时这些店铺已在准备打烊，而集市的稻草在热烘烘的太阳下正散发出浓烈的气味。但是第二天早晨我一醒来便想到的事，那催我起床的事(因为在我的记忆和愿望中，它已代替了我对贡布雷的回忆)，则是我在威尼斯的第一次出游留给我的印象，这里的日常生活对于我就像贡布雷一样看得见摸得着：像在贡布雷一样星期天早晨人们喜欢走到节日般热闹的街市上，不过这里的街是蓝宝石似的水道，阵阵和风吹来，河水分外清凉，水色蓝湛湛的，蓝得仿佛具有了一定的强度，我可以将目光倚于其上以放松我疲倦的双眼而不必担心水面会弯曲。像贡布雷鸟儿街的人们一样。我刚到的这座城市的居民也从一间紧挨一间排列整齐的房子里来到大街上；不过在墙根处投下一抹阴影的房子在这里被一座座用碧玉岩和花斑岩建成的宫殿所代替，宫殿物的拱门上方都雕有一尊美髯天神的头像(稍稍超出建筑物的边线，和贡布雷房屋大门上的门环一样)，头像不是在地上投下影子使地面变成深棕色，而是在水中反射出倒影使水的湛蓝色更加幽深。在贡布雷的教堂广场上，时新服饰用品店的布篷和理发店的招牌会展开它们放大的影子，而在圣马可广场上，一座文艺复兴时期的建筑物正面的浮雕在沐浴着阳光的空旷的石板地上撒下蓝色碎花图形，这并不是说烈日当空时在威尼斯和在贡布雷都不必放下篷帘，即使水道边也不例外。不过篷帘都撑在哥特式窗户的四叶形饰物和涡形饰物之间。我们下榻的旅馆的窗户也是如此，母亲就站在窗户的栏杆前，她一面凝望着水道，一面耐心等着我，过去在贡布雷她也许不会表现出这份耐心，那时，她在我身上寄托了种种希望，后来都未实现，所以她不愿让我看出她是多么疼爱我。现在她深深感到故作冷漠已无济于事，便对我不再吝惜她的慈爱，好似人们对被确认患了不治之症的人开禁，准许他们吃原来被禁止的食物。诚然，使得莱奥妮姨妈那幢坐落在鸟儿街的房子的窗户与众不同的那些细微特点，诸如与左右两扇邻窗的距离不等而产生的不对称感、过分高的木窗台、便于开百叶窗板的弧形栏杆、用束带分系于两边的蓝色哑光缎子窗帘，这一切也都能在威尼斯这家旅馆看到，在这里我听到那种十分独特、十分动人的话语，根据这话语我们远远便能认出那就是我们要回到那里用午餐的住所，而且日后它们将留在我们的记忆里，好像一种见证，证明在某一段时间这儿曾是我们的住所；不过在贡布雷，正像在差不多所有其他地方，向我们说这些话语的是最平常、乃至最丑陋的东西，而在威尼斯这一任务却由旅馆半阿拉伯式的尖形拱肋来承担，这尖拱被作为中世纪家用住房建筑艺术的一大杰作陈列在所有的造型博物馆里，印在所有带插图的艺术书刊上；我从老远的地方，甚至刚过圣乔治大教堂便能看到我早先见过的尖拱，它像一个表示欢迎的微笑，而那一条条高耸的尖拱折线却像高傲的、近乎孤芳自赏的目光，给它增添了一种尊贵气派。妈妈坐在色彩斑斓的大理石栏杆后边，一面看书一面等我，她的整个脸庞笼在白色绢网的短面纱里，面纱的白色和她头发的白色都同样使我心碎，因为我深知母亲暗自流着眼泪在草帽上加上了这副白纱，并不是为了在旅馆的侍者们面前显得“穿着讲究”，而是为了让我觉得她不是那么身戴重孝，也不是那么悲哀，她心头的创伤几乎已经平复；母亲没有立即认出我，所以一听到我从轻舟上唤她，便向我送来发自心底的爱，这份爱不需要任何物质来载托，只由母亲那富于情感的目光载着它，母亲将它的目光尽量与我靠近，并微微撮起嘴唇，把她的目光升华为一个仿佛在亲吻我的微笑，母亲就坐在那尖拱形窗框下，沐浴着正午的阳光的尖拱宛若一个更为含蓄的微笑，成了上面这幅画面的背景——正因为这样，这扇窗户在我的记忆里便具有某些事物的温馨，这些事物与我们同时而且就在我们近旁在某个时刻中占据一席位置，这个时刻既是我们的也是它们的，因此不管这扇窗有多少多彩多姿的中梃，不管它多么闻名遐迩，对我来说它却像某位和我同在一个度假胜地待过一个月并跟我结下一段友情的天才人物那么知己，而自那以后，每当我在博物馆看到这扇窗的铸型就不得不强忍住泪水，原因就在于它在对我说一句最能打动我心弦的话：“我还很清楚地记得您母亲呢。”

我去找已经不在窗下的母亲，一离开户外的炎热，便立即感到一阵清凉，这是过去在贡布雷我回楼上自己的房间时感到的那种清凉；不过在威尼斯这股凉气是由海风吹来的，不是吹到踏级很密的狭小木楼梯里，而是吹到庄严典雅的大理石台阶上，台阶的表面每时每刻都迸射出一线海蓝色阳光，台阶的建筑艺术既吸收夏尔丹①的有益教导，又糅进了维罗内塞②的风格特点。在威尼斯给我们留下生活的亲切印象的是艺术作品，是那些华美的东西，因此，借口威尼斯城举世闻名的部分在某些画家笔下只有一种冷漠的美（马克西姆·德托马斯的精美习作除外），便反其道而行之

① 夏尔丹（1699—1779），法国画家，擅长风俗画和静物画，注重构图的和谐及对象的色调和质感。风格朴实简练。

② 维罗内塞（1528—1588），意大利威尼斯画派重要画家。其装饰风格与明朗的银色调子为意大利十八世纪装饰壁画所取法。

一味表现威尼斯的贫困面貌，即表现见不到它的辉煌壮美的那些地方，或者借口要使威尼斯显得更亲切、更真实，便把它画得有点像奥贝维里埃①，这样做实在是抹煞了这座城市的特点。不少名画家，出于对蹩脚画师笔下那个人工造就的威尼斯的一种自然的逆反心理，专门致力于描绘威尼斯平凡的郊野和被废弃的小水道，认为这才是现实生活中的威尼斯，他们真是大错特错了。

下午倘若我不和母亲外出，我也常去探索这个威尼斯，因为在这里更容易见到下层社会的女人，比如做火柴的、穿珍珠的、制作玻璃器皿或编织花边的女人、还有围着带流苏的黑色大披肩的年轻女工，没有任何东西能阻挡我去爱她们，因为我已基本上忘掉了阿尔贝蒂娜，同时她们又比别的女人更能激起我的情欲，因为我对阿尔贝蒂娜还留有一点回忆。况且谁说得清，在我对威尼斯姑娘如饥似渴的追求中，她们本人占多少成分，阿尔贝蒂娜占多少成分，我对昔日威尼斯之行的留恋又占多少成分呢？他们的任何欲念虽然像一个和弦似的单一，但却包含了构成我们生活的基础的音符，有时假如我们取消其中的一个音符，虽然我们听不到，意识不到，而且它与我们追求的对象没有任何关联，然而我们会发现我们对这个对象的欲念也随之化为乌有。我在追逐威尼斯姑娘时感到的兴奋与激动，这种心态里包含的许多东西我并没试图去剖析。

我乘坐的轻舟顺着小运河行驶；仿佛有一只神秘的精灵之手指引着我在这座东方城市的弯弯曲曲的水道中前行。随着小船向前行驶，水道好像为我在城区中心开出一条路，城区被这些水道分割成若干小块，一座座带着摩尔式窗户的高大房屋之间有一条任意开凿出来的细小水路把它们隔开；船儿所经之处，前方水面上总闪耀着一线阳光，顺着河道为它开的路向前移动，好像是那位神奇的向导手执一支蜡烛在为我照明。可以

① 奥贝维里埃：巴黎北边的一座小城。

想象，那些被小水道隔开的贫寒房舍本来可能连成密集的一片，房屋之间没有留下任何空余的地方。这样，教堂的钟楼或花园的葡萄架便垂直地突出在河上，宛如被水淹没后的城市景象。但是由于小运河起着和大运河一样的替代作用，所以不管是对教堂还是对花园来说，海水都极为合适地负担了大街小巷等各种交通线的职能，小运河两岸一座座教堂耸立于水上，水面成了人口稠密的贫困老城区，就像那些微贱而热闹的教区，身上带着贫穷和与众多下层人接触留下的印记；水道穿过的花园里，树叶或裂开的果实一直拖到水中，在房屋突起的边缘上（这些边缘的沙岩劈得很粗糙，至今依然凸凹不平，像是刚才被匆忙锯下来似的），坐着一群神情惊讶的野孩子，他们让双腿笔直下垂，稳稳地保持着平衡，如同端坐在活动甲板上的水手，甲板刚刚分成两半，好让海水从中间通过。有时一座颇为精美的古迹映入眼帘，它出现在这里令人感到意外，好像我们在刚打开的盒子里发现的一件意想不到的礼物，比如一座带考林辛式柱子，正面饰有寓意雕像的小象牙寺庙，它像散落在日常用品中的一件艺术精品，显得有点迷惘落寞的样子，因为尽管人们给它留出了一席之地，它那露在水面外的列柱廊还是有点像为菜农建造的登岸码头。我有一种感觉，而我的欲念则加强了这种感觉，我觉得自己不是置身于屋外，而是在渐渐深入到某个秘密的处所，我每时每刻都在我的左边或右边发现一点新东西，一座小型纪念性建筑物啦，或是一座意想不到的广场啦，它们都带着人们第一次见到的美丽事物的新奇意味，但它们存在的目的和用途尚不为人所知。我穿街走巷步行回旅馆，有时拦住一些平民女子，阿尔贝蒂娜可能也这样做过，我真希望此刻她能和我在一起。然而她们不可能是当时的那些姑娘；阿尔贝蒂娜在威尼斯的时候，她们可能还是些孩子。然而既然我追求的是相似的对象，而不是同一个对象，因为我不指望能重新找到它，那么从根本意义上说，我出于懦弱过去已经背弃了我的每一个被视为独一无二的愿望，现在我则执拗地专门寻找阿尔贝蒂娜不曾认识她们本人的那些女人,我甚至不再追求我从前渴望得到的女人。不错,我常常会怀着前所未有的强烈欲念想起梅塞格利丝或巴黎的某位小姑娘,想起在第一次去巴尔贝克的旅途中,一个清晨,我在一个小山丘脚下看到的那个卖牛奶的姑娘,然而可叹的是,我回忆中的她们是当时的模样,也就是说她们现在必定不再是的那个模样。因而如果说从前当我找一个相似的女寄宿生来代替一个我再也见不着的女寄宿生时,我已被迫在欲念的唯一性上作了让步,那么现在,为了重新找到曾经扰乱过我或阿尔贝蒂娜少年时期的那些姑娘,我就必须进而违背欲念的个体性原则:我应该寻找的不是当时才十六岁的姑娘,而是现在年方二八的妙龄少女,因为既然个人身上最特别的东西已寻觅不到,它已经从我身边消失,那么现在我所爱的应该是青春。我知道我从前认识的那些姑娘的青春如今只留在我火热的回忆里,我也知道不管她们在我的记忆里再现时我是多么想得到她们,但如果我真想收获当年的青春和鲜花,我应该采摘的就不是她们。

我去小广场找母亲时太阳还高悬在天上。我们叫了一只小船。"你那过世的外祖母会多么喜欢这如此朴实的雄伟气派呵!"母亲指着公爵府说,公爵府怀着建筑师寄托给它的思想注视着大海,它忠实地守着这种思想默默地等待着逝去的总督们。"她甚至会喜欢这柔和的粉红色,因为这颜色不做作。唉,你外祖母会多么喜欢威尼斯呵!她会觉得所有这些美好的建筑是多么亲切,亲切得可以和大自然的风光媲美,而它们的内涵又那么丰富,以至不需作任何布置,只需以它们的本色出现,这圆锥形的公爵府,这些圆柱,你说是希律王府的圆柱,就这么随便竖在小广场的中间,还有圣约翰—达克尔教堂的柱石,更是没有刻意安排的痕迹,好像没有其他地方可搁才造在那儿似的,还有圣马可教堂楼厅的群马雕塑。你外祖母会带着观看山上日落的那份兴致来欣赏总督府的日落的。"母亲的话确实有点道理,当小船沿着大运河逆流而上把我们载回住所时,我们的小船在排列成行的宫殿之间穿行,只见这些宫殿的粉红色侧壁反射出日光和时光，并随着光线的变化和时光的推移而呈现出不同的景观，但并不像私人府邸或著名的古迹，倒像吸引人们傍晚荡着轻舟去它脚下观看日落的连绵起伏的大理石峭壁。这样，航道两边的屋宇使人想起大自然的景点，不过这个大自然以人类的想象力创造了它的作品。但与此同时（因为威尼斯仍然给人一座都市的印象，尽管它几乎就建造在海上，建造在波涛上，我们可以感觉到波涛每日两度涨落，涨潮时那些宫殿的华美的露天楼梯被淹没，退潮时又显露出来），正像在巴黎的马路上、在香榭丽舍的大街上、在布洛涅树林里、或在任何时髦的林荫大道上可能发生的那样，我们在照出浮尘的落日余晖中与一些雍容华贵的夫人小姐交臂而过，她们几乎都是外国人，慵懒地倚在“漂浮的马车”靠垫上，她们的船排成一队，有时在一座住着她们要拜访的女友的宫殿前面停下来，她们派人打听女友是否在家，然后一面等回音一面准备万一女友不在家时要留的名片，就好像她们是在盖尔芒特府门前似的，同时她们还在自己的导游指南上查找这座宫殿建于哪个时代，属于何种风格，这时晶莹的海水被夹挤在跳荡的小船和发出巨响的宫殿大理石之间，像受惊的马儿一个劲往上蹿，她们的小船被漩流激烈地摇晃着，仿佛被抛在蓝色波浪的浪尖上。这样，在威尼斯的外出散步，哪怕只是为了访亲会友和递交名片，也是独具一格的，它有三重意义，既是一般的社交往来，又具有参观一座博物馆和在海上溜达的形式和情趣。

大运河两岸的宫殿有好几座改成了旅馆，不知是因为我们喜欢变换口味还是为了对萨士拉夫人表示热情——人们每次出外旅行都可能遇见预想不到的、来得不合时宜的熟人，我们与萨士拉夫人不期而遇，母亲邀请了她——一天晚上，我们想尝试一下不在我们自己的旅馆而到另一家旅馆吃晚饭的滋味，据称那家的饭菜做得更好些。在母亲付钱给船夫，而后和萨士拉夫人走进她预订的小餐室的当儿，我想看一看旅馆的大餐厅，这个餐厅有着漂亮的大理石柱子，过去四面墙上绘有大幅壁画，至今这些壁画还未好好修复。两名侍者在用意大利语交谈，我翻译如下：

“老头老太是不是在他们房间里吃饭？他们从来不通知一声。真伤脑筋，non so se besogna conserva loro la tavola①。管他呢，要是他们下楼来发现桌子被人占了那就算他们倒霉！我不明白这么气派的旅馆怎么接待这种外地人，他们根本不配做我们这地方的顾客。”

尽管侍者对这种人不屑一顾，他还是需要知道有关餐桌的事怎么决定，他正要让人差电梯司机去楼上询问，但还没来得及，答案却已摆在他面前：他看见老妇正走进餐厅。我毫不费力地认出，这位头戴无边软帽，身穿一件W裁缝制作的，但在不识货者眼里与老看门女人的衣服毫无二致的黑色上衣的老太太是德·维尔巴里西斯侯爵夫人，虽然在岁月的重压下她显得又忧郁又疲乏，虽然她脸上布满了像湿疹或麻风似的红色斑点。事有凑巧，我站在那儿审视一幅壁画残迹的地方，恰好在德·维尔巴里西斯侯爵夫人刚刚就座的那张桌子后面，靠着漂亮的大理石墙壁。

“看来德·维尔巴里西斯先生很快就会下楼来了。他们住在这儿一个月了，只有一次不在一起吃饭。”侍者说。

我正在思忖，跟她一起旅行，被侍者称为德·维尔巴里西斯先生的人究竟是她的哪位亲戚呢？不一会儿只见她的老相好德·诺布瓦先生朝她的桌子走来，并在她身旁坐下。

他年事已高，声音已不及以前洪亮，但过去他言谈十分含蓄，现在却锋芒毕露。究其原因也许是他感到满怀抱负已没有时间去实现，故而把全部激越的火热之情都倾注在言辞中；也许他急于重返政治舞台却被排斥在政事之外，因此他天真地想通过对政敌进行辛辣的批评逼他们下台，以便自己取而代之。我们常听到一些政客断言他们不在其中任职的内阁维持不了三天。不过，倘若以为德·诺布瓦先生已完全丢掉了他惯用的

① 意大利文，即：我从来不知道是不是要为他们保留餐桌。

一套外交辞令那也未免失之夸张。只要一谈起“重大事件”，他便重新成为我们了解的那个德·诺布瓦，这一点大家以后会看到，而在其余时候他则以老年人的狂暴不是对这个人就是对那个人发泄怒气，某些八旬老人便是以这种狂暴扑向女人，但他们对女人已不可能有多大的伤害了。

德·维尔巴里西斯夫人保持了几分钟的沉默，当衰老和疲惫使一个老妇人难以从往昔的回忆里回到眼前的现实中来时就会有这种沉默。随后他们谈起那些非常实际的问题，从中可以看到他们至今继续相爱的痕迹。

“您去过萨菲阿蒂家了吗？”

“去过了。”

“他们明天寄出吗？”

“我亲自把杯子带回来了。晚饭后我拿给您看。我们看看菜单吧。”

“您把我的苏伊士运河证券委托书拿出来没有？”

“没有，目前交易所的注意力放在石油证券上。但是不用着急，股票市场形势很好。菜单来了。头道菜有鲂鮄。我们要一点好吗？”

“我要一点，可您，医生不让您吃的。还是要点意大利煨饭吧。不过他们做不好。”

“没关系。喂，伙计，先给夫人来点鲂鮄，再给我来一份煨饭。”

又是一阵长时间的沉默。

“瞧，我给您拿来几份报纸，corriere della sera①，la Gazzetta del popolo②，等等。您知道吗，现在报上正在大谈特谈一场外交活动，首当其冲的替罪羊可能是巴莱奥洛格，他在塞尔维亚不称职是众所周知的。洛塞可能替代他，那么君士坦丁堡的空缺职位就得派人去顶。不过，”德·诺布瓦先生忙又尖刻地说，“这可是个重要的使馆，很明显在那里任何情

---

① 意大利文，意即晚邮报。

② 意大利文，意即民众报。

况下都是英国人在谈判桌上占首席位置，因此为谨慎起见，最好是找有经验、有办法的人去任职，才能对付得了我们英国盟友的敌人设下的圈套，而不能派一些初出茅庐的外交人员，他们会一下子就上当受骗的。”最后这几句话，德·诺布瓦先生说得又快又急，怒气冲冲，因为各报纸没有按他的嘱托提他的大名，而把一位年轻的全权公使提出来作为“一号种子选手”。“天晓得，如今老年人都被人通过不知什么拐弯抹角的阴谋撇在了一边，不让他们代替那些程度不同的无能新手！我见过不少凭经验办事的所谓外交家，他们把全部希望寄托在一个试探性气球上，但气球往往很快就被我戳穿。如果政府不明智地把国家的领导权交到一些毛毛糙糙的人手里，毫无疑问，只要一声召唤，每个应征入伍的人都会回答：到。不过谁知道（然而德·诺布瓦先生似乎很知道他指的是谁），倘若派一个学识渊博、机智灵活的老将，情况是否也会一样？依我之见（每个人都可以有自己的看法），君士坦丁堡的职位只有在我们和德国之间悬而未决的纠纷解决后才能接受。我们不欠谁什么，不能容许人家每半年就用欺诈手段要我们违背自己的意愿交出莫名其妙的什么清账单，而且总是由御用的新闻界提出来。这种情况应当结束了，当然一个有本领、经受过考验的人，一个，如果可以这么说的话，一个能让皇上听得进他的话的人，比任何人都更有权威了结这一纠纷。”

一位正要吃完晚饭的先生向德·诺布瓦先生打招呼。

“噢！这不是福格希亲王吗？”侯爵说。

“噢！我可不太清楚您指的是谁。”德·维尔巴里西斯夫人叹息说。

“可不是他吗。是奥东亲王，是您的表姐杜多维尔公爵夫人的亲妹夫。您还记得我跟他一起在博内塔布尔打过猎吗？”

“哦！奥东，就是以前绘画的那个？”

“不，不是，是娶了N大公爵的妹妹的那个……”

德·诺布瓦先生说这些话时语气颇为不快，好像一个不满意自己的学生的老师，而且他那双蓝眼睛死死盯着德·维尔巴里西斯夫人。

一俟亲王喝完咖啡离开餐桌，德·诺布瓦先生便站起身，殷勤地向他走去，然后以庄严的动作自己站到一边，侧转身体，把亲王介绍给德·维尔巴里西斯夫人。在亲王站在他们旁边的那几分钟里，德·诺布瓦先生用他的蓝眼珠始终紧盯着德·维尔巴里西斯夫人，一刻也不离开，这是出于老情人的讨好或严厉，尤其是因为担心她运用那种他曾经很欣赏而眼下却害怕的不规范的语言。每当她对亲王说了什么不准确的话，他立刻加以纠正，并且盯住疲惫而温顺的侯爵夫人的眼睛，他那种持续的高度紧张的样子很像一个正在施行动物磁疗法的催眠师。

一名侍者过来对我说我母亲在等我，我回到母亲那儿，向萨士拉夫人表示了歉意，并说我看见德·维尔巴里西斯夫人了，很有意思。听到这个名字，萨士拉夫人顿时脸色发白，似乎快要晕倒了。她一面竭力控制自己一面说：

"德·维尔巴里西斯夫人，就是德·布永小姐？"

"是的。"

"我能不能远远望她一眼？这是我一生的梦想。"

"那就别太耽误时间了，夫人，她就要吃完晚饭了。可是她怎么会引起您这么大的兴趣呢？"

"德·维尔巴里西斯夫人第一次结婚后成了德·阿芙雷伯爵夫人，她美得像天使，坏得像魔鬼，她使我父亲为她发疯，弄得他倾家荡产，随后又抛弃了他。是啊，虽然她的行为像一个最最为人不齿的窑姐儿，虽然是她害得我和我的亲人们在贡布雷过着拮据的生活，可是现在父亲既已去世，使我感到安慰的是他爱过当时最美丽的女人，而我却从未见过她，不管怎样，我会好受些，如果……"

我把激动得直打颤的萨士拉夫人一直领到餐厅，并且指给她看谁是德·维尔巴里西斯夫人。

但萨士拉夫人就像那些盲人，总不把眼睛转向应该看的地方，她的视线不是停在德·维尔巴里西斯夫人正用餐的那张桌子上，而是往餐厅的另一个地方搜寻：

"她大概已经走了，在您说的地方我看不到她。"

她一直在搜寻、追捕着她既憎恨又爱慕而且那么长时间以来一直占据着她的想象的那个幻影。

"怎么不在，在第二张桌子。"

"可能我们不是从同一张桌子数起的。按我的数法，第二张桌子那里，在一位老先生旁边，只坐着一个矮个儿驼背女人，脸红红的，丑得吓人。"

"正是她！"

与此同时，德·维尔巴里西斯夫人让德·诺布瓦先生请福格希亲王坐下后，三人之间开始了一场愉快的谈话，他们谈论政治，亲王宣称他对内阁的命运问题并不关心，并说他在威尼斯还要待一个多星期。他希望等他回去时内阁危机已经避免。福格希亲王起初以为德·诺布瓦先生对这些政治问题不感兴趣，因为这位在此之前曾如此激烈地表明自己的政见的先生，突然沉默得几乎像天使，倘若他重新发出声音，那沉默似乎只可能化为门德尔松[①]或塞扎尔·弗朗克[②]的纯洁而忧伤的乐曲。亲王还以为这种沉默是出于一个法国人不愿在意大利人面前谈论意大利的事的审慎态度。亲王的猜想完全错了。在德·诺布瓦先生身上，沉默和冷漠的神情不是审慎的标志而通常是他对重大事件进行干预的前奏。我们已经看到，侯爵觊觎的正是君士坦丁堡的职位，条件是德国问题必须先行解决，为此他打算对罗马内阁施加压力。侯爵认为，只有一个出自于他的具有国际影响的行动才不愧为他的外交生涯的圆满结束，甚至可能是新的

① 门德尔松（1809—1847），德国作曲家。

② 塞扎尔·弗朗克（1822—1890），法国作曲家和管风琴演奏家。

荣誉和他从不想放弃的艰难职务的开始。因为衰老首先从我们身上夺走的是行动的能力而不是欲望。只是到了第三阶段,那些活到很老的人才不得不像放弃了行动一样放弃了欲望。他们甚至不再参加无聊的竞选,比如竞选共和国总统,而早先他们却曾不止一次地力图取胜。如今他们只满足于外出、吃饭、看报,他们人还活着,但原来的自我已经死了。

为了让侯爵不感到拘束,并表明自己把他视为同胞,亲王跟他谈起现时内阁会议主席的几个可能的接班人,这些接班人的任务将是艰巨的。福格希亲王举了二十多个在他看来可以当部长的人名,而那位往日的大使则一动不动地听着,眼皮半耷拉在蓝色的眼珠上,最后他突然打破沉默说出一句话,这句话将成为二十年里所有大使馆的谈资,乃至后来当人们已经把它忘了的时候,还被某个署名为"一个知情人"或"见证人"或"马基雅维里"①的人物在某个报纸上旧事重提,而且正因为原来已被遗忘,才有重新引起轰动的效果。话说福格希亲王刚刚在这位像聋子一般一声不吭一动不动的大使面前提了二十多个名字,突然德·诺布瓦先生微微抬起头,用他以往那些最有影响的外交谈话的形式,只是这次更大胆,也不像以往那么简短,他狡黠地问:"难道没有一个人提乔利蒂②的名吗?"一听这话福格希亲王顿时明白自己原来的判断错了;他听见了来自天堂的低语。随后德·诺布瓦先生便天南海北地谈起来,也不怕吵了别人,正像当巴赫的一首美妙绝伦的咏叹调最后一个音符一奏完,听众就开始毫无顾忌地高声说话,或去存衣间取出自己的衣服。使他这种前后判若两人的表现更为突出的是,他还请求亲王如有机会谒见国王和王后陛下,一定要代他恭致敬意,这是人们动身前说的一句话,相当于一场音乐会结束时有人大

① 马基雅维里(1469—1527),意大利政治家,后泛指一切为达到政治目的而不择手段的人。

② 乔利蒂(1842—1928),意大利政治家,1908—1914 年曾连续担任内阁会议主席。

声喊“贝卢瓦路的马车夫奥古斯特”。我们不清楚福格希亲王当时的确切感想是什么。他听到“乔利蒂呢,没有一个人提他的名吗?”这句名言后一定无比高兴。因为德·诺布瓦先生身上最闪光的优点虽然因年迈而变得黯淡和紊乱,但他的“大无畏气概”却随着年龄而日臻完美,一如某些老年音乐家,其他方面都走下坡路,但到生命结束时却在室内音乐的演奏技巧上达到前所未有的炉火纯青的地步。

总之,本来打算在威尼斯待半个月的福格希亲王当天就回了罗马,并且几天后为产业的事受到国王的接见,我想前面已经说过,就是亲王在西西里拥有的产业。内阁苟延的时间比人们想象的要长些。内阁倒台后,皇上就为给新内阁物色一个合适的首脑多方征求了国务活动家们的意见。然后他召来乔利蒂先生,后者同意出任内阁总理。三个月后,一家报纸记叙了福格希亲王和德·诺布瓦先生的会晤。报上转述的两人之间的谈话与我们转述的一样,不同之处在于报上写的是“他带着人们熟悉的那种狡黠而优雅的微笑说”,而不是“德·诺布瓦先生狡黠地问”。德·诺布瓦先生认为对一个外交家来说“狡黠地”这个词已经够有爆炸力的了,而这种添油加酱的做法起码是不合时宜。他曾请求法国外交部予以正式否认,然而外交部也穷于应付。因为自从那次会晤被披露报端以后,巴雷尔先生每小时向巴黎打好几次电报,抱怨在奎里纳莱[①]有一个非官方的法国大使,并报告此事在整个欧洲引起的不满。这种不满情绪其实并不存在,但各国大使出于礼貌不便在巴雷尔先生声称大家对此事反感时否定他的说法。一向只按自己的想法行事的巴雷尔先生把这种礼节性的缄默当成了同意。于是他立即打电报给巴黎:“本人与维斯孔蒂-韦诺斯塔晤谈了一小时,云云。”他的秘书们忙得不可开交。

不过德·诺布瓦先生有一家历史悠久的法国报纸为他效忠,早在一

① 奎里纳莱:最早是罗马教皇夏天的居所,1870 年开始成为意大利国王的王宫。

八七〇年，当他在某个德语国家任法国公使时，这家报纸就曾为他帮过大忙。该报的文章（尤其是头版头篇不署名的文章）写得非常精彩。可是当这头版头篇文章（在遥远的过去被称为“巴黎开篇”，现在不知为什么称为“社论”）写得拙劣了，老是没完没了重复同一些字眼时，人们对它的兴趣反倒比以前增强了百倍。当时每个人都激动地感到那篇文章是“受启发”而写的，也许是受德·诺布瓦先生的启发，也许是另一位当代伟人。为了使读者对意大利发生的事件预先有个概念，让我们看看德·诺布瓦先生在一八七〇年是如何利用这家报纸来为他服务的吧，大家也许会觉得他此举徒劳无益，因为战争终究还是爆发了；德·诺布瓦先生自己却认为此举卓有成效，因为他认为万事首先要做好舆论准备乃是一条公理。他那些字斟句酌的文章颇像对一个病人的乐观的估计，而紧接着病人却一命呜呼了。举例说吧，一八七〇年宣战前久，当战争总动员已接近完成时，德·诺布瓦先生（自然是躲在暗处）认为有必要给那家有名的报纸寄去下面这篇社论：

“在权威人士中间，占上风的意见似乎认为，自昨天下午三四点钟以来，局势可以被看作是严重的，就某些方面而言，甚至可以被认为是危急的，当然，还未到令人惊慌的程度。德·诺布瓦侯爵先生可能已与普鲁士公使进行了多次晤谈，以便本着坚定而和解的精神，极其具体地研究现存摩擦——倘若可以这么讲——的种种原因。遗憾的是在本文付印时，我们尚未得到两位公使就寻求一个可作为外交文本基础的形式达成协议的消息。”

最新消息：“消息灵通人士满意地获悉，普法关系似乎稍有缓和，德·诺布瓦先生可能在‘菩提树下’①会见了英国公使，并与之晤谈了二十分钟左右，人们对此事会予以特别重视，并认为这是一个令人满意的消息。”（在“令人满意的”一词后面加了个括号，括号中是相应的德语词：befriedigend。）然而次日社论写道：“尽管德·诺布瓦先生行事灵活，而且公众一

① 东柏林市区的一条林荫大道。

致赞誉他善于巧妙而有力地维护法国不受时效约束的权利，但两国关系的破裂可以说已不能避免。”

在这样一篇社论后面报纸不能不附几则评论，不用说，这些评论也是德·诺布瓦先生寄去的。大家可能已经从前面几页里注意到，“条件式”①是这位大使在外交文字里特别喜欢使用的语法形式。（不写“据说人们特别重视”而写“人们可能特别重视”。）但他也同样喜欢用直陈式现在时，但不是用这一语法形式通常的意义，而是用它在古法语中的祈愿式意义。社论下面的评论是这样写的：

“公众从未表现出如此令人感佩的镇静。（德·诺布瓦先生很希望这是真的，但又怕事实正好与此相反。）公众厌倦了徒劳无益的骚动，而且满意地得知皇上的政府将根据可能发生的多种情况担负起自己的责任。公众别无他求（祈愿式）。这种崇高的镇静本身已经是一种胜利的征象。除此以外，我们还想补充一条消息，它可以，如果有此必要的话，进一步安定人心。此间肯定，由于健康原因早已准备回巴黎接受一次短期治疗的德·诺布瓦先生可能已离开柏林，他认为自己留在那里已失去意义。

最新消息：“皇帝陛下今晨离开贡比涅回巴黎，以便与德·诺布瓦侯爵、国防部长以及深得公众信任的巴泽纳元帅共商国家大事，皇帝陛下取消了为款待其嫂德·阿尔贝公爵夫人而准备举行的晚宴。这一措施一经为公众获悉立即普遍产生极为良好的反响。皇上检阅了部队，部队热情之高笔墨难以形容。皇上到巴黎后即发出动员令，有几支部队接到动员令后准备一有情况便向莱茵河方向开拔。”

有几次黄昏时分在返回旅馆的路上，我感到过去的阿尔贝蒂娜，虽然我自己看不见，却给关在我心灵的深处，就像关在威尼斯内城的“污水槽”

---

① 法语动词的一种语式，表达不肯定或婉转语气。

里，有时一件小事使水槽的变得牢固的盖子滑开，给我打开一个通向过去的洞口。

比如一天晚上，我的场外证券经纪人的一封来信在一瞬间重新为我打开了关着阿尔贝蒂娜的牢笼的大门，在我心中的这个牢笼里她是活生生的，然而离我又是那么远，那么深，因此还是无法接近。早先为了能有更多的钱花在她身上我曾经做过金融投机，她死后我就不再管那些事了。然而时代变了；上几个世纪的一些至理名言被这个世纪否定了，梯也尔先生就遇到过这种情况，他曾说铁路永远不会成功；德·诺布瓦先生谈到公债时曾对我们说“公债的收益也许不很高，但至少本金永远不会贬值”，但这些公债往往正是跌价跌得最惨的。这样，仅仅在英国长期公债和塞依[①]制糖厂这两项上，我就必须付给场外证券经纪人几笔数目极为可观的差额，同时还要付利息和延期交割贴费，以致我一气之下决定把这些债券全卖了，这一来我从外祖母那儿继承来的财产顿时就只剩下不到五分之一，而阿尔贝蒂娜活着时这笔遗产还全数在我手中呢。我们家留在贡布雷的亲戚朋友知道了这件事，由于他们还知道我和圣卢侯爵及盖尔芒特一家交往甚密，于是就有人说：“这就是想干一番大事的结果。”如果贡布雷的人们得知我搞投机是为阿尔贝蒂娜这样一个出身低微的姑娘，一个可以说是受我外祖母以往的钢琴教师保护的姑娘，他们一定会惊奇万分。在贡布雷，人们按他们了解的每个人的收入情况把他永远地归入一个等级，就像归入一个印度的种姓一样，在这样的生活环境里，人们无法想象盖尔芒特们的天地里的充分自由，这里，人们对财产毫不重视，人们可能也认为贫穷是一种不愉快的处境，但却认为它并不能降低一个人的人格，不能影响一个人的社会地位，正像胃病不能影响一个人的社会地位一样。贡布雷的人兴许反而以为圣卢和德·盖尔芒特先生是些破落贵族，他们的

① 塞依（1774—1840），法国经济学家，在南特领导一家制糖厂，著有《各国财富研究》等。

庄园被抵押，是我借了钱给他们，其实，如果我真的破产了，他们会是首先主动向我伸出援助之手的人，不过我不会接受罢了。至于我的相对破产，这事确实使我烦恼，因为我对威尼斯女人的兴趣近来集中在一个年轻的卖玻璃制品的姑娘身上，这姑娘花朵般鲜艳娇嫩的皮肤透出由浅入深、韵致万千的橙色，令人看了心弛神往，我每天都想再见到她，但我知道母亲和我不久即将离开威尼斯，因此我下决心设法在巴黎为她谋个差事儿，好让我们俩不分离。她妙龄十七的青春美色是那么高雅脱俗，光彩照人，不啻是一幅提香的真迹，我在走之前无论如何要弄到手。然而，我仅存的那点财产对她是否有足够的吸引力，能让她离乡背井为我一个人来巴黎生活呢？

我正要读完场外债券经纪人的信，信中有句话“我将照管您的延期交割贴费”突然使我忆起另一句同样虚伪的职业性套语，就是巴尔贝克的海滨浴场女侍对埃梅谈起阿尔贝蒂娜时用的那句话：“当时是我照管她的。”她说。以前从未在我脑海中再现的这几个字此时有如“芝麻开门”，突然令囚室的门开启了。但不一会儿牢门重又在被囚禁者面前关上——我不想去和她团聚，这不是我的过错，因为我再也看不见她，再也想不起她的样子了，而对我们来说，人们是通过我们对他们的看法才存在的——但她的被遗弃一时却使我觉得她分外楚楚动人，只是她自己却不知道她已被遗弃：我在一闪念之间竟羡慕起那段已经很遥远的时光来，那时我日日夜夜被对她的回忆所萦绕而痛苦。还有一次，那是在斯基亚沃尼的圣乔治教堂，十二使徒之一的旁边有一只用单线勾勒的鹰，使我蓦地想起了那两只戒指，并且几乎重新勾起了它们给我带来的痛苦，弗朗索瓦丝曾发现这两只戒指一模一样，而我一直没弄清这两只戒指是谁送给阿尔贝蒂娜的。

然而有一天晚上，发生了一件奇异的事，它似乎本应该使我对阿尔贝蒂娜的爱情死灰复燃。当我们的游船在旅馆门前的石级下停住时，看门人交给我一封电报，为了这封电报，电报局职员已经来过三回了，因为收报人的姓名写得不准确（我还是能从意大利报务员译走了样的名字上认出是我的名字），要我给一个收据，证明这份电报确是拍给我的。一回到房间，我立即拆开电报，扫了一眼电文，电文有很多传送错误，不过我还是能读出如下的话："我的朋友，您以为我死了，请原谅我，我好端端地活着，我想见您，跟您谈结婚的事，您何时返回？温柔地爱着您。阿尔贝蒂娜。"于是发生了与外祖母相同的情况，只是过程相反：我得知外祖母去世时，起初未感到丝毫的悲伤。只是在对她的不自觉的回忆使她变得栩栩如生后我才真正为她的死而难过。现在阿尔贝蒂娜在我思想中已经死去，因此她还活着的消息并没给我带来预想的快乐。对于我，阿尔贝蒂娜只是一束思念，只要这些思念还活在我心中，她便能肉体虽死精神犹生；但是现在这些思念已经消逝，因而她不能随着肉体的复活而在我心中复活。当我发现，她还活着这个消息并不使我快乐，当我发现我已不再爱她，我本应为此感到震惊，而且震惊的程度应该甚过这样一个人，这个人外出旅行几个月或病了几个月以后，照照镜子，发现自己有了不少白头发，和一副成年人或老年人的陌生面容。这确实使人震惊，因为这意味着：过去的"我"，那个金发青年已不存在，"我"变成了另一个人。然而与白发下这张布满皱纹的脸代替了原来的脸孔相比，我的变化不是同样深刻，旧我不是消逝得同样无影无踪，同样彻底地被新我替代了吗？但是人们既不因自己随着时光的流逝、按照日月更替的次序变成了另一个人而苦恼，也不因自己在同一时期竟会是每天性格互相矛盾的人——今天凶狠明天心软、今天体贴明天粗野、今天公正无私明天野心勃勃——而苦恼。不苦恼的原因是相同的，那就是旧我已经消隐——在后一种情况下是暂时的、性格方面的消隐，在前一种情况下是永久的、情欲方面的消隐——不可能悲叹另一个我，而这另一个我在当时当刻，或从此以后，则是整个儿我；粗野者为其粗野而得意因为他是粗野者，健忘者不为其缺乏记忆力而伤心正因为他已经遗忘。

我是没有能力使阿尔贝蒂娜复活的，因为我没有能力复活我自己，复活当年的我。生活的规律就是这样,它通过极其细微而又从不间断的工程改变着世界的面貌,按照这一规律,生活并没有在阿尔贝蒂娜死去的第二天对我说:“变成另一个人吧。”然而,通过无数微小得使我难以觉察的变化,生活几乎把我整个儿更新了,因此当我的思想发现它的主人变了时,它已经适应这个新主人——我的新“我”;它依附的是这个新主人。大家已经看到,我对阿尔贝蒂娜的温情,我的妒忌,来自于某些甜蜜的或痛苦的核心印象通过联想向四面八方的辐射,来自于对蒙舒凡的凡德伊小姐的回忆,来自于阿尔贝蒂娜晚间在我颈脖上印下的温柔的吻。但是随着这些印象的逐渐淡化,被它们染上令人忧虑的或令人愉快的色调的广阔印象便恢复了中性色彩。一旦遗忘占领了痛苦或欢乐的几个主要据点,我的爱情的抗争便被击败了,我便不再爱阿尔贝蒂娜了。我试图想起她。早在她出走后两天,我就曾经为自己居然能离开她生活四十八小时而惊恐万分,那时我就有个预感,看来这个预感是正确的。正像从前我给希尔贝特的信中所说以及我对自己所说的:如果这种局面持续两年,我就不再爱她了。当斯万要我再去看希尔贝特时,我觉得这就像要我接待一个死去的人一样不合适。死亡——或者我以为的死亡——在阿尔贝蒂娜身上所做的工作与长期的关系破裂在希尔贝特身上所做的工作是相同的。死亡只不过起了分离的作用罢了。我的爱情一想到它的出现便不寒而栗的那个恶魔——遗忘,终于真如我所料把我的爱情吞食了。阿尔贝蒂娜还活着的消息不仅没有唤起我的爱情,不仅使我看到我返回到漠然状态的旅程即将走完,而且还在一瞬间促使这种返回加快速度,加快得如此之猛以致我事后不禁自问,过去那个相反的消息,即阿尔贝蒂娜死亡的消息,是否在完成她的出走所做的工作的同时,反过来激励了我的爱情,推迟了爱情的衰退。是的,现在知道她还活着,知道我可以和她重新聚首,反倒顿然使她在我心中失去了价值,我因此不禁自问是否是弗朗索瓦丝的暗示,是阿尔贝蒂娜的出走本身,乃至她的死(假想的,却信以为真)

延长了我的爱情，因为当第三者甚至命运力图把我们和一个女人分开时，他们的阻挠只能使我们更依恋那个女人。眼下发生的事恰恰相反。我试着回想阿尔贝蒂娜的音容笑貌，然而也许因为我只需对她作出表示便能得到她，在我回忆中出现的是一个已经相当肥胖、有点男性化的姑娘，她那张憔悴的脸上，如同种子就要破土发芽一样，已经凸现出邦当太太的侧影。她与安德烈或其他姑娘可能干的事已不再使我感兴趣？我在很长时期里以为无法治愈的苦恼已不再使我痛苦，而这一切说到底我本来应该能预见到。诚然，对情妇的怀恋，尚未熄灭的妒火也和结核或白血病一样是肉体的疾病。不过，在肉体的痛苦中间，有必要区别由纯粹肉体上的因素引起的痛苦和以心智为媒介作用于肉体的痛苦。尤其当作为传送纽带的这一部分心智是记忆的时候——也就是说如果引起痛苦的原因已经被消除或者已经很遥远——那么不管痛苦有多么残酷，不管给机体带来的混乱有多么深广，由于思想有一种自我更新的能力，或者更确切地说，它缺乏机体组织具有的自我保存的能力，因而预后不好的情况是极少的。一个患癌症的病人过一段时间以后可能会死，而一个遭到无法慰藉的不幸的鳏夫或父亲，经过同样长的时间以后，却很少有心灵的创伤得不到愈合的。我的创伤也已愈合。此刻我在想象中看到的阿尔贝蒂娜是那么虚胖，她必定像她爱过的那些姑娘一样已经人老珠黄，难道为了她我必须放弃那个明丽照人的威尼斯少女，我昨日的回忆，明日的希望吗（如果我娶阿尔贝蒂娜，我将再也不可能给那位姑娘以及其他任何姑娘一文钱了）？难道为了她我必须放弃这位"新的阿尔贝蒂娜"，"不是那个到过乌七八糟的地方的阿尔贝蒂娜，而是忠贞的、高傲的，甚至有点野性的阿尔贝蒂娜？"现在这位威尼斯少女就是从前的阿尔贝蒂娜：我对阿尔贝蒂娜的爱不过是我崇慕青春的一种短暂的形式。我们以为自己爱一个姑娘，其实，唉，我们爱的是曙光，因为她们的脸庞昙花一现地映出曙光的绯色。一夜过去，第二天早晨，我把那份电报还给看门人，说是搞错了，电报不是发给我的。看门人说电报已经拆开，他很难处理，还是由我保存为好；我把电报放回口袋但决定不去管它就像没收到过似的。我已经彻底地不再爱阿尔贝蒂娜了。因此这段爱情在远远背离了我以与希尔贝特的爱情史为依据对它所作的预测以后，在让我绕了一个又长又痛苦的大圈子以后，最终（虽然一度曾是例外）也像我对希尔贝特的爱情一样，归入了被遗忘这一普遍规律。

于是我想：过去我依恋阿尔贝蒂娜甚于依恋我自己；我现在不再依恋她是因为在相当长一段时期里我已没有看到她。我不想让死亡把我和自己分开，我希望死后能复生，这一愿望和我想与阿尔贝蒂娜永不分离的愿望不一样，它还在延续。这是因为我把自己看得比她更珍贵吗？是因为我在爱着阿尔贝蒂娜的时候更深地爱着自己吗？不是，而是因为我看不见她了也就不再爱她了，而我一直还爱着自己因为我与自己的日常联系没有中断过，我与阿尔贝蒂娜的联系却已经断了。那么如果我和我的躯体，和我自己的联系也断了呢？情况肯定是同样的。我们对生命的眷恋只不过像一种年深日久的摆脱不掉的爱情关系。它的力量在于它的持续不断。一旦死亡来割断这种关系，我们想长生不死的愿望也将消除。

午饭后，倘若我不独自在威尼斯城里游荡，我便准备和母亲一道外出，为了做点我正在进行的有关拉斯金①的研究札记，我到楼上房间去拿本子。墙壁突兀的拐弯使房间的墙角凹进去，从这里我感到海给威尼斯带来的限制和人们在土地利用方面的精打细算。我下楼和等着我的母亲会合时，正是在贡布雷人们关上百叶窗在幽暗中惬意地享受身边的阳光的时刻，而在这里，从大理石楼梯走下来时（这楼梯就像在一幅文艺复兴时期的画里一样，你看不出它是建在一座宫殿里还是建在一条双桨战船

---

① 拉斯金（1819—1900），英国艺术评论家和社会学家。著有六卷全集阐述其美学观点，认为艺术与人类在其他领域的活动是互相依存的。普鲁斯特深受其思想影响。

上），人们可以领略到同样的清凉和户外的灿烂阳光，这得归功于那些顶篷，它们在永远开着的窗户前面晃动着，通过这些窗户，暖烘烘的阴影和蓝绿色的阳光随着源源不断的气流流动，就像流动在一个飘浮的平面上，使人联想到邻近动荡不息的波涛和那闪烁着变幻不定的色彩的粼粼波光。我最经常去的地方是圣马可教堂，而且每次都兴趣盎然，因为要去那儿先得乘游艇，因为对我来说这座教堂不只是一处古迹，而且是在春天的海上所作的一段旅程的终点，教堂与海水在我眼里构成一个不可分割的、生气勃勃的整体。母亲和我走进圣洗堂，我们脚下是大理石和彩色玻璃镶嵌的拼花地面，眼前是宽大的拱廊，拱廊的喇叭口形的粉红色壁面因年深日久而微微弯倾，这样，在没有因年代悠久而失去其鲜艳色泽的地方，教堂看上去像是用类似巨大蜂房里的蜂蜡那样一种柔软而有韧性的物质造成的；相反，在岁月的侵蚀使材料发硬的地方，以及被艺术家雕空或用金色烘托的地方，教堂就像用科尔都①出产的皮革制作的精装本封面，而威尼斯则像一本其大无比的圣经。母亲见我要在几幅表现耶稣浸礼的镶嵌画前待很久，而且她感到了圣洗堂沁人肌肤的凉气，便将一条披肩搭在我肩上。我和阿尔贝蒂娜在巴尔贝克时，她对我谈到如果能和我一道观赏某幅画会有怎样的乐趣——在我看来她想象的这种乐趣毫无根据——当时我认为她的话揭示了一种虚无缥缈的幻想，不少思想混乱的人头脑里往往装满了这类幻想。今天我至少可以肯定，和某人一起观赏或至少一起看过一件美丽的东西的乐趣是确实存在的。我有过这样的时刻，即当我回想起圣洗堂，回想起我面对着圣约翰将耶稣浸入其中的约旦河的波涛，而游艇正在小广场前等候我们，这时我便不能不动情地想到，在凉爽的半明半暗中，在我身旁，有一位身着孝服的妇人，她脸上带着卡帕契奥的《圣于絮尔》中那位老妇人的毕恭毕敬而又热情洋溢的虔诚表情，而

① 科尔都，西班牙西南部城市，以出产皮革著称。

这位脸颊红润、眼神忧伤、罩着黑面网的妇人就是我的母亲，对我来说，从此没有任何东西能把她和圣马可教堂那光线柔和的殿堂分开，我确信总能在殿堂里再找到她，因为她在那儿就像在一幅拼花图案中一样占有一个专门的、固定不变的位置。

我刚刚提到卡帕契奥，在我不去圣马可教堂进行我的研究时，他便是我们最喜欢“拜访”的画家，有一天他几乎重新燃起我对阿尔贝蒂娜的爱情之火。那是我第一次看到《慈悲族长为中魔者驱邪》那幅画。我欣赏着那美妙的肉红色和淡紫色天空，天幕上衬托出高高的镶嵌式烟囱，烟囱的喇叭口形状和它的红色像一朵朵盛开的郁金香，使人想到惠斯勒①笔下千姿百态的威尼斯。接着我的目光从古老的里亚托木桥移向十五世纪的维契奥桥，移向那一座座装饰着镀金柱头的大理石宫殿，随后又回到大运河，在河上划船的是一些身穿粉红色上衣，头戴饰有羽毛的窄边软帽的少年，他们酷似塞尔、凯斯勒和斯特劳斯那幅光彩夺目的《约瑟夫的传说》中那个使人想起卡帕契奥的人。最后，在离开那幅画之前，我的目光又回到河岸，这里密密麻麻地呈现出当时威尼斯的生活场景。我看到理发师在擦拭剃须刀，黑人扛着木桶，伊斯兰教徒在聊天，还有身穿锦缎和花缎宽大长袍，头戴樱桃红丝绒窄边软帽的威尼斯贵族老爷。突然我的心好像被蜇了一下。我认出，一个编织行会会员（这可以从他们的领口和袖口上用珍珠和金线绣成的他们所属的这个快乐行会的会徽识别出来）身上披的斗篷就是阿尔贝蒂娜和我乘敞篷车去凡尔赛那天穿的那种斗篷，那天晚上我无论如何没想到仅仅十五个小时以后阿尔贝蒂娜将离开我家。那个凄凉的日子，她在最后一封信里把它称为“格外晦暗的日子，因为当时已暮色苍茫，而我们又即将离别”，当我叫她出发时，随时准备应付各种情况的她，披上了一件福迪尼设计的斗篷，第二天就带着这件斗篷走了，自

① 惠斯勒（1834—1903），美国画家。

那以后我在回忆中再也没看到过这件斗篷。然而福迪尼，威尼斯的天才儿子，正是从卡帕契奥的这幅画里吸取了斗篷的式样，把它从编织行会会员的肩上取下来披到了众多巴黎女子的肩上，当然她们像我在此以前一样不知道这种斗篷的式样古已有之，人们能在威尼斯艺术学院的一间大厅里，在那幅题为《慈悲族长》的画上，在处于画的近景的一群贵族老爷身上看到它的原型。我认出了所有这一切，而且那件被忘却的斗篷为了让我更好地审视它，把那晚和阿尔贝蒂娜出发去凡尔赛的人的眼睛和心灵还给了我，于是在片刻间，我感到一种无法表述的欲望和忧伤涌上心头，但很快就消散了。

还有些日子我和母亲不满足于参观威尼斯博物馆和教堂，于是趁有一次天气特别晴朗，我们一直推进到帕多瓦①，为的是再一次欣赏那几幅《善》《恶》图，斯万先生曾送给我这些画的复制品，至今可能仍挂在贡布雷老宅的自修室里；我在骄阳下穿过阿雷娜花园，走进由乔托的画装饰的小教堂，只见教堂的整个拱穹以及巨幅壁画的底色一片碧蓝，仿佛灿烂的白日也同游客一起跨进了门槛，把它那万里无云的蓝天带到荫凉处小憩，纯净的蓝天卸去了金灿灿的阳光的服饰，那蓝色只稍微加深了一点，就像最晴朗的天也会有短暂的间断，这时天空并无一丝云，但太阳似乎把它的明眸转向别处一小会儿，于是天空的湛蓝就变暗了一些，但也更加柔和了。现在蓝幽幽的青石壁像移进来的蓝天，天空飞着几个小天使，我还是第一次看到这些小天使，因为斯万先生送我的仅是《善》《恶》图的复制品，而不是描绘圣母和圣子的故事的整幅壁画。天使的飞翔动作与《慈悲》或《贪欲》的动作一样都给我一种惟妙惟肖栩栩如生的感觉。天使们把小手合拢，显出对天国的万分虔诚，或者至少是孩子的认真和乖巧，阿雷娜壁画

---

① 帕多瓦：意大利北部城市，有名的圣安东尼方形大教堂内有圣安东尼之墓，市内阿雷娜广场上的小教堂饰有十三世纪意大利画家乔托绘的巨幅壁画。

上的这些小天使让人觉得世界上真存在过这类特别的有翅膀的生物，圣经和福音时代的博物学大概会提到它们。圣徒们散步时少不了会有这些小人儿在他们前面飞来飞去；也总会有几个降临在他们的头顶上方，由于这是些真正存在而且确实会飞的造物，我们可以看到它们向上升腾时画出各种弧线，极其轻松自如地在空中“翻筋斗”，或是头朝下向地面俯冲，一面还起劲地扑腾翅膀，以便使自己保持从重力法则来看是完全不可能的姿态，它们更像某种业已绝迹的鸟类，或者像在练习滑翔的加罗①的青年学生，而不像文艺复兴时期以及后来的各个时期的绘画艺术中表现的那些天使，那些天使的翅膀只不过是天使的标志，它们的姿态通常和不长翅膀的天国人物毫无二致。

回到旅馆时我看见一群年轻女子，她们大部分是从奥地利来威尼斯享受这明媚的、花儿尚未开放的早春时光的。她们中间有一位使我产生了好感，她的五官虽然不像阿尔贝蒂娜，但却有着同样娇艳的脸色，同样笑盈盈的轻佻目光。不久我便觉察到我已开始对她说一些我在初期对阿尔贝蒂娜讲过的话，当她告诉我第二天我将见不到她因为她要去维罗纳②时，我对她掩饰同样的痛苦，并且立刻也想去维罗纳。然而好景不长，她就要回奥地利，我永远也不会再见到她，但是我已经隐隐约约感到妒忌，就像刚堕入情网的人那样，我望着她可爱的谜一般的脸庞不禁自问她是否也喜欢女人，她和阿尔贝蒂娜的相同之处，那鲜亮的脸色和明亮的目光，那令所有人倾倒的和蔼而坦率的神情（她有这副神情主要是由于她不想去了解与她无关的人们的所作所为，而不是由于她能向别人公开自己的所作所为，恰恰相反，她用幼稚可笑的谎言来掩盖自己的行为），这一切是否正是喜欢女人的女人固有的体貌特征。我自问，但理性上又弄不明

① 加罗（1888—1918），法国飞行员，是第一个飞越地中海的人。

② 维罗纳，意大利东北部城市，其风光仅次于威尼斯。

白,是否正是她身上的这一点对我具有吸引力。是否正是这一点在引起我的不安(这也许是我容易被叫人痛苦的东西所吸引的更深刻的原因),而且当我看见她时,是否正是这一点给我带来那么大的快乐和忧伤,就像那些磁性物质,我们的眼睛看不见,但它们存在于某个地区的空气中时便能使我们感到种种不适。可惜这个问题我永远也弄不清。有时我试图从她脸上了解她的内心世界,我真想对她说:“您应当告诉我,我对这事感兴趣,它也许能帮助我认识人类博物学的一条规律。”然而她永远也不会告诉我;她声称对这一类恶习深恶痛绝,而且她和女友们保持一种冷漠的关系。也许这恰恰证明她有不可告人的事要隐瞒,也许她正是为这种事在被人笑话和羞辱,也许她为避免别人以为她有这类恶习才装出这种表情,就像动物对打过它的人保持一种不言自明的疏远。至于要打听她的生活,那是办不到的事;即使对阿尔贝蒂娜,我也是花了多少时间才了解到她一星半点的情况呵!她的行动是那么小心谨慎,和这位年轻女人一个样,以至等她死后人们才敢谈起她!何况,即使是关于阿尔贝蒂娜,难道我能肯定我了解什么情况吗?此外,正如我们所爱的某个女人会使我们不自觉地追求某种生活条件,因为有了这种物质条件我们就能生活在她身边,就能最大限度地取得她的欢心,而一旦我们不再爱这个女人,我们原先梦寐以求的生活条件对于我们就变得无所谓了,精神上的某些兴趣也一样。我想知道在那花瓣似的粉颊下面,在那双宛如日出前的晨曦似的淡灰色明眸里,在那些从未讲给人听过的时日里,究竟隐藏着一种什么样的欲望,我赋予我的好奇心一种科学意义,然而当我一点也不爱阿尔贝蒂娜了,或者当我一点也不爱这位年轻女人了,这种科学意义大概也会消失。

傍晚我独个儿步出旅馆,在这座迷人的城市里徜徉,有时置身于一些我未到过的街区,好像《一千零一夜》中的某个人物。在我信步漫游的路上,常常会发现一个我不知其名的宽阔广场,没有一个游客也没有一本旅游指南向我提到过它。我进入纵横交错的小街织成的网络。高高的喇叭口形的烟囱被夕阳抹上了无比鲜艳的玫瑰色和明亮夺目的红色，于是屋顶上成了一个百花盛开的花园，花的颜色是那么富于层次，你会以为是代尔夫特或哈勒姆[①]的某个郁金香花迷的花园搬到了威尼斯城的上空。此外，这里的房屋挨得十分近，因而每个窗口都好像一个画框，框中是一个厨娘在胡思乱想，眼睛从窗口向外望着，或是一个少女坐着，正让一个老妇梳理头发，老妇的脸隐在暗处，但可以依稀辨出那是一张巫婆的脸——一座座简陋而静寂的房舍在狭窄的街道旁紧挨着，一眼望去如同一百幅荷兰油画并排陈列在那儿展览。那些街道一条挤一条，像齿槽似的将环礁湖与运河之间的那块威尼斯横七竖八切成无数块，仿佛这块城区已在这些数不清的纤细而精微的模子里凝结了。突然，在一条小街的尽头，凝固的物质里有一处仿佛发生了膨胀。原来是一个宽阔华美的广场伸展在我面前，广场四周耸立着赏心悦目的宫殿，月光在广场上撒下一片苍白的清辉，我真没想到在这样稠密的街道网里，还能有地方摆下那么大一个广场。这是一个建筑群，若是在别的城市，各条街道往往都通向这样的建筑群，好把人们引向那里，或向人们指明它的所在。但是在威尼斯，它好像故意藏在小街纵横交织的网里，犹如东方童话里的宫殿，某个人物夜里被人领到宫殿里，天亮前又被送回来，他后来再也找不到这个神奇的处所，最后还以为这不过是他梦中去过的地方。

第二天我去寻找我夜间发现的美丽广场，我走过一条又一条的街，它们都很相似，但没有一条能给我提供一点有关那个广场的情况，只有使我更加晕头转向。有几次我以为认出了一个什么标记，便估计那个美丽而偏远的广场，那个被幽禁的、孤寂的广场很快就会出现在我眼前。这时某个鬼精灵变成的一条我从未走过的小街，引得我身不由己地往回走。不

---

① 代尔夫特和哈勒姆，荷兰的两个城市。荷兰是郁金香之国。

久我突然发现自己重新被带回到了大运河。而由于对现实的回忆与对梦境的回忆之间没有多大的区别，到后来我不禁自问，是否在我的睡梦中，在一块幽暗的威尼斯的凝固体里产生了一个奇异的浮动面，它给久久沉思的月光奉献上一个宽阔的、被迷人的宫殿所环绕的广场。

但是在威尼斯，不愿永远失去某些女人比不愿永远失去某些广场更能使我的心情始终处于骚动不安的状态，到了我母亲决定离开威尼斯的那天傍晚，那时我们的行装已经由小船运往车站，我突然在旅馆准备接待的外国旅客登记簿上看到："普特布斯男爵夫人及其随从。"这时我的骚动不安达到了狂躁的程度。一想到我和母亲这一走我将错过多少享受肉体欢愉的佳辰良宵，我体内处于慢性病状态的欲望立即上升为一种情感，欲望被一种忧郁和迷惘的心情所淹没；我向母亲提出推迟几天再走；母亲好像一分钟也不愿意考虑我的请求，甚至根本不把它当回事，我的神经已被威尼斯的春天刺激得很兴奋，因而母亲的神情一下子唤醒了在我神经里存在已久的反抗欲，那就是抵制我臆想中父母策划来对付我的阴谋，他们总以为我最终不得不服从，过去正是这种抗争的决心驱使我把自己的意志粗暴地强加给我最爱的人，哪怕在成功地迫使他们让步以后我仍旧按他们的意愿行事。于是我对母亲说我不走了，而她呢，以为做出不把我的话当真的样子是巧妙的办法，因此她甚至不予回答。我说她马上就会看到这是不是真的。这时看门人拿来三封信，两封是母亲的，一封是我的，我把信放进皮夹，和其他信混在一起，连信封都没看一眼。待到母亲动身去车站，后面跟着我所有的物件时，我则命人拿了一杯饮料到平台上去，我在平台上坐定，面对着运河，看着落日西沉，而停泊在旅馆对面的一条船上一位乐师正弹唱着"Sole mio①"。

太阳继续落下去。母亲现在离车站大概不会很远了。她很快就会不

① 意大利文："我的太阳"。

在这儿了，而我将孤身一人留在威尼斯，孤身一人为惹得母亲伤心而难过，却没有她在身旁抚慰我。开车的时刻越来越近，我的无可挽回的孤寂也即将来临，我甚至觉得我已经开始尝味这彻底的孤寂了。确实我感到孤独，周围的事物变得陌生了，我已经有足够的平静去摆脱心脏的猛烈跳动，去给周围的事物注入一点安定。我面前的这座城市已不再是威尼斯。它的特点，它的名字对于我如同骗人的虚构，我再没有勇气把这些虚构刻印在石头上了。宫殿在我眼里只不过是一个个建筑物和一大堆与其他石头没有什么不同的大理石，水也只不过是氮氢化合物①，一种永恒的、没有灵性的物质，威尼斯存在以前就有，威尼斯以外的地方也有，它不知总督和透纳②为何人。然而这个普普通通的地方又很奇特，它像这样一种地方，你刚到那儿，它还不认识你，你走了它也已经把你忘掉。我再不能向它吐露任何心事，再不能在它身上寄托自己的任何思想与情愫，它使我收缩成一团，我现在只不过是一颗还在跳动的心，是一种正忧虑地关注着"Sole mio"如何展开的注意力。我徒然拼命把我的思想放在里亚托桥那独特的优美曲线上，然而在我眼里它仍是如此明显地平庸，不仅不是一件上乘之作，而且与我从前对它的评价毫无关系，就像一个演员，虽然戴着金色假发，穿着黑色衣服，但我们知道他实质上不是哈姆雷特。与宫殿的情况一样，大运河和里亚托桥一旦剥去了构成它们个性特征的那层思想外衣，就化为一堆普通的物质材料。但同时这极其平常的地方又似乎并不那么遥远。比如在军舰修造厂的锚地，由于纬度这一科学因素，事物就有一种特别之处，它们即使表面上与我们国家的东西一模一样，但总让人觉得陌生，终归是流落在异域的东西；那水天相接之处离我很近，我只需乘一小时船就能到达，但我感到这段地平线的弧度与法国的完全不一样，

---

① 应该是氢氧化合物，可能是作者的笔误。

② 透纳（1775—1851），英国画家和木刻家。

它本来很遥远，只是通过旅行的妙法才突然离我很近，但它只能使我更深地体会到我是远在他乡；因而看着那既微不足道又遥远的军舰修造厂锚地，我心中充满了一种厌恶而又惊恐的复杂感情，我第一次体验这种感情是在我很小的时候，那一天我陪妈妈去德里尼温泉浴场，这是个怪诞的地方，水色幽暗，不见天空和阳光，四周是一个个小房间，在这儿你感到自己与看不见的挤满人体的深水相通，我曾纳闷地想，用一些木板房遮住不让人从街上看到的深水处是否就是由此处开始的并把极地包括在内的冰洋的入口，这狭窄的空间是否是极地冰洋可通行的部分；眼前的景色显得寥寂、不真实、冷漠，我对它已没有好感，这儿即将剩下我孤单一人，“Sole mio”的歌声悠悠升起，仿佛在哀叹我原先认识的威尼斯，又仿佛在以我的不幸证明那个威尼斯已不存在。毫无疑问，如果我还想赶上母亲，和她一起乘火车，我就应该停止听下去；我就应该立即下决心动身，一秒钟也不再耽搁。然而这正是我做不到的事；我仍旧一动不动地待着，不仅站不起身来，而且连下决心站起来的力量都没有。为了避免考虑下这个决心，我的思想整个儿在关心“Sole mio”如何一句接一句的展开，并且跟着歌者默唱，预料下一句即将高昂起来，并跟着它高上去，再跟着它低下来。毫无疑问，我对这支听过上百遍的无关紧要的歌根本不感兴趣。我这样认真地像完成一项义务似的把它从头听到尾并不使任何人高兴甚至也不使我自己高兴。再说，我预先就知道的那些歌词里，没有一句能给我提供我所需要的那个决定；不仅如此，每个歌句，在轮到唱它的时候，还成了我有效地作出这一决定的障碍，或者更确切地说，它迫使我作出相反的决定，亦即留下不走的决定，因为它使我让时间分分秒秒地溜过去，因此我此时听唱“Sole mio”这件事本身不仅毫无乐趣可言，而且还包含着一种深沉的甚至是绝望的悲伤。我清楚地感到，由于我待在那儿不动，实际上我作出的决定是留下不走；对自己说“我不走了”这种直截了当的形式是不可能的，而另一种形式“我再听一句‘Sole mio’”却是可能的，然而这另一种形式也更痛苦千百倍，因为这一转义语的实际意义我并非不知道，我在对自己说“归根到底我不过是再多听一句罢了”的同时，我知道这就意味着：“我将一个人留在威尼斯。”也许正是这种像使人麻木的寒冷一样的悲伤构成了这支歌的魅力，那种绝望而又慑服人的魅力。歌者的声音用几乎是肌肉的力量和炫耀掷出的每一个音符都是对我的当胸一击。当一个句子在低音处唱完，乐曲似乎已经结束时，唱歌的人还不满足，又由高音处重新开始，好像他需要再一次宣告我的孤独和绝望。而我出于关注他的歌这一愚蠢的礼貌，对自己说：“我现在还下不了决心；先要把高音这一句再默唱一遍。”然而这个歌句却在扩大我的孤独，它在我的孤独中落下并使我的孤独随着分分秒秒的过去而愈来愈完整，不久将无可挽回。

母亲离车站大概已经不远。很快她就不在这儿了。伸展在我面前的已经是我孤零零留在那里没有母亲相伴的威尼斯。这座城市不仅已不再包含我母亲，而且由于我再没有足够的宁静让我的思想停止在我面前的景物上，这些景物实际上也已不包含我的任何一部分；更有甚者，它们已不再是威尼斯；就仿佛是我一个人给宫殿的石头和运河的水注入了灵魂似的。

我就这样木然呆坐着，意志涣散，表面上不知何去何从；其实这时我们的决心无疑业已下定：我们的朋友往往能预料到这个决定。但我们自己看不到，否则我们可以免受多少痛苦呵。

终于，从比人们预言彗星升起的地方还更难以捉摸的神秘深处——幸亏根深蒂固的习惯有一种想象不到的自卫力量，幸亏人体内蕴藏着储备的能量，在突然冲动下习惯会在最后时刻把它们投入激战——突然涌出了我的行动：我拔腿飞跑，到达车站时火车门都已关闭，不过我还来得及找到母亲，她正急得满脸通红，克制着自己不要哭出来，她以为我不会来了。“你知道，”她说，“你去世的外祖母生前常说：真奇怪，这孩子，没有比他更让人受不了也没有比他更讨喜的了。”在火车行进的路线上，我们看到帕多瓦然后是维罗内迎着火车扑过来，几乎是一直到车站来和我们告别，当我们渐渐远去时，它们俩一个回到自己的田野，一个回到自己的山丘，因为它们不走，它们将重新开始自己的生活。

时间一小时一小时地过去。母亲并不急着看那两封仅仅拆开的信，并且尽力让我也不马上抽出皮夹，从里面拿门房交给我的那封信。她总怕我觉得旅途太长，太累人，所以尽量晚一点打开装着煮鸡蛋的盒子，尽量晚一点递给我报纸和拆开她没告诉我她买了的那包书，好让我在旅途的最后几个小时里有事可干。我先看看母亲，她正带着惊奇的表情读那封信，尔后她抬起头，目光像是轮流停在一些彼此不同的、互不相容的往事上，而她无法使它们接近。与此同时，我在我那封信的信封上认出了希尔贝特的笔迹，我拆开信。希尔贝特向我宣布她将和罗贝·德·圣卢结婚。她说有关此事她曾往威尼斯给我发了个电报，但没收到回电。我记起有人对我说过威尼斯电报局的服务如何之差。我从未收到过她的电报。她也许会不相信。突然我感到原先以回忆的形式存放在我头脑里的一件事实离开了它的位置，并让另一件事实取代了它。我不久前收到的那份我以为是阿尔贝蒂娜发来的电报，原来是希尔贝特发来的。希尔贝特的笔迹有一个相当作作的特点，就是当她写一行字时，喜欢把字母 t 的一横写到上一行去，她像给上一行的字画上加重线，或是把字母 i 上的那一点写到上一行去，好像把上一行的句子断开，同时又把上一行字母的下伸笔划和曲线插到下一行字中间，因此电报局职员把上一行的 s 或 y 的拐弯加在 Gilberte 的末尾读成 ine 是很自然的事。Gilberte 一字中 i 上的一点升到上一行成了省略号。至于 G 则像哥特字体的 A。除此以外再有两三个字没看清，一些字搅在另一些字里（我也曾觉得某些字费解），这就足够说明我的谬误的细节了，甚至无需这么多因素。一个心不在焉的人，尤其是一个先入为主的人，在认定一封信是某个人写来的以后能读一个词里的几个字母，一个句子里的几个词呢？他一面读一面猜，外加创造；一切都始于最初的错误，其后的错误（不仅在读信和电报时，不仅在作任何阅读时）不管在持不同出发点的人看来显得多么荒诞不经，其实都是合乎情理的。我们固执而诚心诚意相信的事，乃至最终的结论，大部分都是如此，都是一开始就把前提弄错了。

“噢！真是闻所未闻，”母亲对我说，“你瞧，人到我这把年纪已经没什么可惊讶的了，可是我还是要向你肯定，没有什么比这封信向我宣布的消息更出人意料的了。”——“你听好，”我回答说，“我不知道你要说的是哪件事，但不管它多么令人吃惊，也及不上这封信告诉我的消息。这是件婚事。罗贝·德·圣卢娶希尔贝特·斯万。”——“哦！”母亲说，“那么另一封信，我还没拆开的那一封要告诉我的大概就是这件事，我认出你朋友的笔迹了。”于是母亲略带激动地向我微微一笑，自她丧母以后，不管是多么细小的事，只要关系到也有痛苦、也有回忆、也失去过亲人的人，对她来说都具有一点使人激动的意味。因此母亲对我微笑并柔声说话，好似深怕轻描淡写地谈论这件婚事就会看不出它在斯万的女儿和遗孀心里，在准备与儿子分开生活的罗贝的母亲心里所能引起的忧伤感觉，而且由于这些人待我好，母亲还出于好心和同情把自己作为女儿、妻子和母亲的那份感触加在这忧伤里。“我说对了吧，你不会遇到比这更令人吃惊的事了。”我说。——“嗯，不对！”她轻声回答说，“我手里的消息才是最离奇的，我不说是最伟大的、最渺小的，因为塞维尼夫人的这句话被所有只知道她这句话的人引用过，让你外祖母大倒胃口，就像‘美哉，花的凋零’一样。我们才不拾人牙慧用大家用滥的这句话呢。这封信告诉我小康布尔梅结婚的事。”——“哦！”我冷淡地说，“跟谁？反正不管如何，未婚夫的人品已经使这桩婚事无任何轰动性可言了。”——“除非未婚妻的人品使它成为轰动事件。”——“未婚妻是谁呢？”——“哈！要是我立即告诉你就没价值了，来，猜猜看。”母亲说，她见我们还没到都灵，便想留点事给我做做，像俗话所说，留个梨到口渴时吃。“我怎么猜得到呢？是不是和一个门第显赫的人？如果勒格朗丹和他妹妹满意，那准保是门体面的婚姻。”——“勒格朗丹是否满意我不知道,但向我宣布这个消息的人说康布尔梅夫人满心欢喜。我不知道你会不会把这称为体面的婚姻。我呢,我觉得这有点像国王娶牧羊女那个时代的事,何况这个牧羊女还够不上牧羊女,话说回来,人倒是挺可爱的。要是你外祖母还活着,这桩婚事会叫她大吃一惊,但不会使她不高兴。”——“未婚妻到底是谁呢?”——“是德·奥洛龙小姐。”——“依我看,够气派的,一点不是什么牧羊女,不过我不明白是哪个奥洛龙,奥洛龙是盖尔芒特家族过去的一个封号。”——“正是,但是德·夏吕斯先生在收养絮比安的侄女时把这个封号给了她。就是她嫁给小康布尔梅。”——“絮比安的侄女!这不可能!”——“这是对好品德的报偿。是乔治·桑夫人的小说结局式的婚姻。”母亲说。而我却想:“这是对道德败坏的惩罚,是巴尔扎克小说结局式的婚姻。”“说到底,”我对母亲说,“仔细想想,这是挺自然的事。从此康布尔梅一家就在盖尔芒特家族的圈子里扎根了,以前他们可不敢奢望能挤进盖尔芒特家族的圈子;再说,姑娘被德·夏吕斯先生收为养女后就会有很多钱,这对已经倾家荡产的康布尔梅家是必不可少的;她终究是一个被他们视为王亲的人的养女,而且据康布尔梅家的人说,她很可能是他的亲生女儿,也就是说,私生女。和一个可以说是王室的私生子结婚,这在法国和外国的贵族眼里一直是一种高攀。甚至不用追溯到离我们很远的吕森士家族,就在半年前,你记得吗,罗贝的朋友和那个姑娘结婚的事,这门亲事唯一的社会原因就是人们猜测,不知有根据没根据,那姑娘是某位国君的私生女。”我的母亲尽管保持着贡布雷的社会等级观念,按照这种观念,外祖母本应对这门亲事感到气愤,但由于她特别想显示她母亲了不起的判断力,所以她补充说:“何况姑娘人品极好,你亲爱的外祖母即使不是那么善良,那么宽容,也不会批评小康布尔梅所作的选择。你还记得,很久以前,有一天她走进裁缝铺让人把她的裙子重新缝一下,后来她是如何盛赞这位姑娘高雅脱俗的吗?当时这位姑娘还是个孩子。现在她虽然大大超过了结婚年龄,是个老姑娘，但她长成一个完全不同的女人，更加完美百倍了。可你外祖母那时一眼就看出来了。她早就认为裁缝的侄女比德·盖尔芒特公爵更‘贵族’。”但称颂外祖母还不够，我母亲还必须感到，为外祖母着想她老人家不在人世反倒好些，似乎这样就能使外祖母免受最后的痛苦似的，而这正是她的赤子之情的至高无上的目标。“不过，你想，”我母亲对我说，“毕竟斯万老先生——你没见过他，这倒是真的——怎么能想到，有朝一日在他的曾外孙或曾外孙女的血管里，那个把‘您好，先生’说成‘李浩，先森’的莫塞大妈的血和德·吉斯公爵的血会流在一起呢！”——“可是，妈妈，这事远比你说的更令人吃惊。斯万老先生一家是很体面的人，凭他们的儿子的地位，如果他娶一位好人家的姑娘，他的女儿希尔贝特本来可以结一门很好的亲事。可是现在一切得从头开始，因为他娶了个名声不好的女人。”——“噢，名声不好的女人，你知道吗，我们以前可能太狠了点，我始终没有完全相信那些流言蜚语。”——“当然是个名声不好的女人，我甚至哪天可以向你透露点……家庭情况。”母亲沉浸在她的遐想中，她说：“一个你父亲绝对不允许我和她打招呼的女人的女儿，和德·维尔巴里西斯夫人的侄儿结婚！而德·维尔巴里西斯夫人，你父亲开始也不允许我去看她，因为觉得她所属的阶层对于我来说太显赫。”接着又说：“勒格朗丹过去那么怕把我们引荐给康布尔梅夫人，因为他觉得我们不够气派，而现在这位夫人的儿子要娶一个只敢从后楼梯进我们家门的人的侄女！……毕竟你外祖母是对的，你记得吗，她在世时常说豪门贵族做的事有的会让小市民看不惯，还说玛丽-阿梅丽王后的形象在她心目中给破坏了，因为王后主动接近孔代亲王的情妇，为的是让她叫亲王立一份有利于奥马尔公爵的遗嘱。再有，几百年来，格拉蒙家族的小姐们，这些真正的圣女，为了纪念一位先祖与亨利四世的私情，竟一直用戈里桑德这个姓，你外祖母对此也很反感，你记得吗？这类事情在资产阶级家庭也可能发生，不过他们隐瞒得更严密。你以为你去世的外祖母会觉得这事有趣吗!”母亲忧郁地说,因为,外祖母被令人遗憾地排除在外再也体验不到的那些快乐都是生活中最普通的快乐,诸如一则消息,一出戏,甚至哪怕是一种“模仿”,都会使她觉得津津有味。“你以为她会为此大吃一惊吗!我敢肯定这类婚事会使她反感,会使她不好受,我认为她不知道反倒好些。”母亲又说。因为遇上任何一件事她都爱这么想:外祖母对此会有完全独特的感受,这种感受来自她那美好而又与众不同的天性,而且具有非同寻常的意义。遇到任何过去预料不到的伤心事,比如我们家的世交中有谁倒霉或破产,或是发生了什么公共灾难、流行病、战争、革命,母亲便对自己说外祖母没看到这些事也许倒好些,否则她会太难过,也许会受不了。倘若是像上面谈到的这类令人反感的事,那些坏心眼的人会喜孜孜地猜想,他们不喜欢的人所受的个中之苦比人们想象的还要深,而我母亲的心理活动却与这些人相反,她出于对外祖母的亲情,不能容许任何不幸的事或任何降低人格的事降临到她头上。她把外祖母想象成不受任何不该发生的坏事伤害的人。她想外祖母的死归根结底也许是件好事,免得这个天性如此高尚的人目睹她不能忍受的现代社会的丑恶现象。乐观主义是往昔的哲学。在所有可能发生的事情里,我们只了解已经发生的事,因而我们把这些事造成的恶果看成是不可避免的,而把它们不得不同时带来的微小好处归功于这些事件,以为没有这些事件也就不会有这些好处。与此同时母亲还竭力猜想外祖母若是得知这些消息会有什么样的感受,而同时又认为我们这些不如外祖母有头脑的人是不可能猜到的。“你想!”母亲先对我说,“你外祖母要是还活着会多么吃惊!”我感觉到母亲为不能把这事告诉她而伤心,为外祖母不能知道这件事而遗憾,此外,她觉得不公正的是,生活给当今带来了一些外祖母想象不到的事情,结果回过头来看,外祖母带到另一个世界去的对人和对社会的认识成了错误的或者不全面的,比如絮比安姑娘和勒格朗丹的外甥结婚的事,其性质足以改变外祖母所有的总体观念,还有,人们已能解决航空和无线电问题——要是我母亲能让外祖母知道这事就好了——而这问题过去外祖母认为是解决不了的。然而大家即将看到，要让外祖母分享当今科学带给人类的好处这一愿望不久在我母亲看来还显得太自私了。①

他们俩的订婚在社会各界引起了热烈的评论。

母亲的好几位女友曾在我们家见到过圣卢，她们在母亲的“接待日”纷纷来打听未婚夫是否就是我的那位朋友。关于另一桩婚事，有些人竟至于认为不是康布尔梅-勒格朗丹家的事。这消息来源可靠，因为出身于勒格朗丹家的侯爵夫人就在两家发布订婚消息的前一天还否认这门亲事。我却纳闷为什么德·夏吕斯先生和圣卢两人对我都只字不提订婚的事，他们不久前都曾有机会给我写过信，还如此亲切地谈到一起旅游的计划，而实现旅游计划就不可能举行订婚仪式。我因此得出结论，我与他们的朋友关系并不如我以为的那么亲密，这一点就圣卢而言尤其使我伤心，我没想一想人们对这类事总是保密到底的。其实既然我早已注意到贵族阶级的和蔼可亲、平易近人、平等相待都不过是做戏，那么，我又何必为自

---

① 我得悉的是——我当时在威尼斯没有能目睹这一切——原先向德·福什维尔小姐求婚的是德·夏特勒罗公爵和德·锡利斯特拉亲王，而圣卢则千方百计想娶德·卢森堡公爵的女儿德·昂特拉格小姐。事情的经过是这样的：由于德·福什维尔小姐有一亿财产，德·马桑特夫人便认为这对她的儿子倒是门理想的亲事。然而她不该说姑娘讨人喜欢，说她压根儿不知道也不想知道她是穷还是富，还说即便姑娘没有嫁妆，天底下哪怕是最挑剔的年轻男子要是能娶上这样一个妻子也算是莫大的幸运。对一个仅仅觊觎这一财产而闭眼不看其他东西的女人来说，讲这种话是很冒险的。人们立刻明白她在为她儿子考虑这门亲事了。于是德·锡利斯特拉王妃四处张扬表示反对，大谈圣卢的高贵，并大呼如果圣卢娶奥黛特和一个犹太人生的女儿，圣日耳曼区就不成其为圣日耳曼区了。这一来，不管德·马桑特夫人一向如何自信，她也不敢有进一步的行动，只能在德·锡利斯特拉王妃的呼声前打退堂鼓，德·锡利斯特拉王妃随即让人替她自己的儿子提亲。原来她大喊大叫只是为了把希尔贝特留给自己的儿子，德·马桑特夫人不甘心失败，立刻把目标转向德·卢森堡公爵的女儿德·昂特拉格小姐。这位小姐只有二千万财产，当然不那么合她的意，但她逢人便说圣卢这样的人不能娶斯万小姐这样的姑娘（甚至连德·福什维尔这个姓也不提了）。过不多久，不知什么人冒冒失失说德·夏特勒罗公爵有意娶德·昂特拉格小姐，于是比谁都讲究等级的德·马桑特夫人摆出高姿态，改弦易辙，回过来请人替圣卢向希尔贝特求婚，订婚仪式很快就举行了。——作者注

己被排除在此事之外而大惊小怪呢？在德·夏吕斯先生撞见莫雷尔的那家妓院里——这儿越来越多地提供男人——女监管，一个《高卢人》报的热心读者和社交新闻的评论家，在和一位胖先生（这位先生常和一些年轻人来这儿没完没了地喝香槟酒，因为已经大腹便便的他想变得更肥胖臃肿，这样万一发生战争他就肯定不会被"抓"走）聊天时宣称："据说小圣卢是'那号人'，小康布尔梅也是。他们的妻子真可怜！不管怎样，如果您认识这两位未婚夫，一定要让他们到我们这儿来，在这儿他们要的应有尽有，我还能从他们身上捞很多钱。"胖先生自己虽然也是"那号人"，听了这话却愤愤然，这位颇爱赶时髦的人反驳说，他在阿尔东维叶的表兄弟处常遇到康布尔梅和圣卢，他们是女人的热心追求者，而完全不是"那号人"。"是这样！"女监管最后说，声音里透着怀疑，但她又不掌握任何证据，何况她也深信当今世上飞短流长恶言中伤的荒唐程度不下于道德的腐败程度。某些我并未谋面的人给我来信，问我对这两桩婚事"有何见解"，完全像在对剧场里女人戴的帽子的高度或是对心理小说开展调查。我可没有勇气回复这些信件。对这两门婚姻我没有任何想法，我只是感到一种巨大的悲哀，你往昔生活的两大部分原先系在你身边，你也许渐渐在它们身上懒懒地寄托了某种秘而不宣的希望，当这两部分生活，像两艘战舰，带着火苗的欢快噼啪声，向着陌生的目的地永远离你而去，你就会感到这种悲哀。至于当事者本人，他们对自己的婚姻大事的看法是不言而喻的，因为这是他们的事而不是别人的事。为了这两门建立在不可告人的缺陷上的"伟大婚姻"，再多的冷嘲热讽他们也在所不顾。就连出身于那么古老的贵族世家而要求并不高的康布尔梅一家，本来也会率先忘掉絮比安其人，而仅仅记住奥洛龙门庭的闻所未闻的荣耀，只是这一家出了个例外，就是那个本应为这门亲事额手称庆的人，康布尔梅-勒格朗丹侯爵夫人。她生性恶毒，竟把侮辱亲人的乐趣看得比为这门亲事自豪的乐趣还重要。她不爱自己的儿子，对未来的儿媳自然也一看就厌恶，因此她说康布尔梅家的人娶一个不知到底是谁生的而且牙齿长得如此参差不齐的姑娘真是家门之不幸。至于小康布尔梅，他向来喜欢和贝戈特乃至布洛克这样的文人来往，人们认为这门给他添光增彩的亲事并没有使他变得更附庸风雅，不过他现在意识到自己是有奥洛龙爵位、报上称为"王侯"的继承人，他对自己的高贵地位有足够的自信，可以和任何人交往。在不去奉承那些亲王殿下的时日，他便丢下小贵族去找聪明的资产阶级。报上这些评语，尤其是有关圣卢的评语，以及对他的王室祖先的一一列举，给我的朋友增添了另一种气派，然而这种气派只能使我伤心，仿佛他变成了另一个人，成了大力士罗贝的后裔，而不是从前为了让我在车子后排坐得更舒服自己便坐极少坐的折叠座席的那位朋友；我预先没料到他会和希尔贝特结婚，他们结婚的消息那么突然地出现在给我的信里，与我前一天对他们俩的看法又如此大相径庭，就像化学沉淀一样出人意外，因而使我感到痛苦，其实我应该想到他当时有很多事要办，再说上流社会的婚姻常常是突如其来，以便代替另一种没有成功的组合。由于这两桩婚事定得突然，而且偏巧又撞在一起，它们给我带来的悲哀，那种像迁居一样沮丧，像妒忌一样苦涩的悲哀是极其深沉的，以至后来人们在和我旧事重提时，竟荒唐地认为这是一种我可以引以为荣的感情，其实那完全不是我当时体验的那种感情，也就是说一种双重的，甚至三重或四重的预感。

社交界过去对希尔贝特不屑一顾的人士此时纷纷做出煞有介事的关心神情对我说："啊！原来是她嫁给圣卢侯爵。"并向她投去关注的目光，那些不仅贪婪地搜罗巴黎生活中发生的事件，而且千方百计四处打听，并相信自己的目光很深邃的好事者常用这种目光看人。另一方面原先只认识希尔贝特的人则以极大的注意力打量圣卢，他们（往往是和我不太熟识的人）要我把他们介绍给未婚夫，介绍过后他们脸上挂着过节似的快活表情回来对我说："他真是一表人才。"希尔贝特深信德·圣卢侯爵的姓氏比奥尔良公爵的姓氏还要高贵千百倍，然而她毕竟首先属于有才情的一代，她不愿意在幽默感方面显得比别人逊色，因此津津乐道 mater semita[①]，而且为了显得非常之风趣她还补充说："对我来说是我的pater。"[②]

"听说小康布尔梅的婚姻是帕尔马公主促成的。"妈妈对我说。这倒不假。帕尔马公主早就通过勒格朗丹的作品认识了他，并认为他是一个高雅的人，另一方面她也认识德·康布尔梅夫人，这位夫人，当公主问她是不是勒格朗丹的妹妹时就改换话题。公主知道德·康布尔梅夫人遗憾自己始终未能跨进上层贵族社会的大门，因为上层贵族社会里谁也不接待她。有一次，自告奋勇为德·奥洛龙小姐物色对象的帕尔马公主问德·夏吕斯是否知道一个和蔼可亲而又很有见识，名叫勒格朗丹·德·梅塞格利丝的人是谁（现在人们就是这样称呼勒格朗丹的），男爵先回答不知道，接着猛然想起一天夜里他在车厢里认识的一位旅客，这位旅客曾给他留下自己的名片。他漫不经心地笑了笑，心想："也许是同一个人。"当他得知说的是勒格朗丹妹妹的儿子时，他说："咦，这真奇了！"如果他像舅父，那倒没什么可叫我害怕的，我一直说他们是最理想的丈夫。"他们是谁？"帕尔马公主问。"呵！夫人，如果我们见面的次数更多些我一定给您解释。跟您是有话可谈的。公主殿下那么聪明。"夏吕斯说，他突然感到一种推心置腹的需要，但那一次并未谈得很深。他对康布尔梅这个姓颇有好感，虽然他不喜欢这家的二老，但他知道他们拥有布列塔尼的四大男爵领地之一，也是他能为他的养女找到的最好归宿；康布尔梅是个古老的、受人尊敬的家族，在布列塔尼省有牢固的联姻关系网。为养女找一个亲王是不可能的，而且也并不令人向往。小康布尔梅再合适不过。随后公主请来勒格朗丹。近来勒格朗丹在外貌上起了相当大的对他颇为有利的变化。正像妇女们为了保持身材的轻盈苗条宁可咬咬牙牺牲面容，并

① 拉丁文：母亲的门路。

② 拉丁文：父亲。

且为此长年不肯离开玛里亚温泉市①,勒格朗丹变得像骑兵军官那样潇洒。就在德·夏吕斯先生身体日渐笨重、举止日渐迟缓的时候,他却比以前颀长和灵敏。这是同一个原因产生的相反效果。他的轻捷还有心理上的缘故。他习惯去某些不光彩的地方却又不愿意别人看见他出入于那种场所,因此总是一阵风似的冲进去。帕尔马公主和他谈起盖尔芒特们,谈起圣卢,他声称早就认识他们,他把听说过盖尔芒特庄园主的**名字**与在我姨妈家会见过斯万,未来的德·圣卢夫人的父亲本人混为一谈了,就是这位斯万,想当初在贡布雷,勒格朗丹既不愿和他的妻子也不愿和他的女儿来往。"不久前我甚至还和德·盖尔芒特公爵的兄弟,德·夏吕斯先生一道旅行过哩。他主动和我攀谈,这总是好兆头,说明他既不是愚蠢的假正经一类的人,也不是妄自尊大之辈。嗯,我知道人家都说他些什么。可我从来不相信有这等事,再说别人的私生活与我无关。他给我的印象是富有感情,很有才智。"于是帕尔马公主讲到德·奥洛龙小姐。盖尔芒特圈子里的人都被德·夏吕斯的高尚心地所感动,他一向心眼好,现在正为一个贫寒但很可爱的姑娘谋幸福,为弟弟名声不好而难堪的德·盖尔芒特公爵暗示,这事不管做得多漂亮,却是极自然的。"我不知道我的意思说清楚没有,这件事里一切都是顺乎自然的。"他说,殊不知反而弄巧成拙。但他的目的在于表明姑娘是他兄弟的孩子,而且也得到他的承认。这一来连带开脱了絮比安。帕尔马公主引入这番解释是为了向勒格朗丹指出,归根结蒂小康布尔梅将娶一位类似德·南特小姐那样的姑娘,德·南特小姐是路易十四的几个私生女之一,这些私生女既未被奥尔良公爵鄙弃,也未被孔蒂亲王鄙弃。

我和母亲在回巴黎的火车上谈论的这两件婚姻,对到目前为止在这个故事里出现的人物中的某些人产生了引人注目的影响。首先是对勒格

---

① 玛里亚温泉市在捷克-斯洛伐克。

朗丹;不用说他像飓风一样冲进德·夏吕斯先生的府邸,好像他是走进一个声名狼藉的、不能被人看到的地方,他这样做既为了表现他的大胆也为了遮盖他的年龄——我们的习惯总是伴随着我们,即使在我们不再需要它的地方——几乎没有一个人注意到,德·夏吕斯先生在向他问好时露出一个难以觉察更难以理解其含意的微笑;这个微笑表面上像——实质上完全相反——两个经常在上流社会见面的男人一天偶然在一个藏污纳垢的场所相遇时交换的那种微笑(譬如弗罗贝维尔将军过去常在爱丽舍遇到斯万,当他瞥见斯万时就投去心照不宣的嘲弄目光,就像洛姆公主家的两位常客又在格雷维先生家沆瀣一气时一样)。但尤其引人注意的是他本质上确实变好了。很久以来(从我很小的时候去贡布雷度假开始),勒格朗丹便在暗暗培养他与贵族人士之间的交情,不过以前这种交情充其量只能使他得到一次去某个度假胜地的单独邀请,没有其他收获。现在他外甥的婚姻突然把这一段段相隔甚远的关系连接起来了。勒格朗丹在社交界有了一定的地位,而他和从前只与他私下里亲密来往的那些人的老关系又回过头来在某种程度上巩固了他在社交界的地位。当某人自以为在把勒格朗丹介绍给一些贵妇人时,这些夫人却说二十年来他不时去她们的乡下别墅住半个月,还说家里小客厅的那只精致的晴雨表就是他送的。他也曾偶然被安排在有几位公爵成员的"组"里,现在这些公爵竟和他成了亲戚。然而他一旦在上流社会站住脚以后,倒反而不再利用这种地位了。这不仅是因为他被上流社会接纳既已人所共知,因而受到邀请对他已无多大乐趣,还因为长期来争相占据他的身心的那两种毛病中,最不顺乎自然的那一种,也就是附庸风雅的毛病,正让位给另一种比较不做作的毛病,因为后者至少标志着回归本性。即使是以迂回的方式。当然这两种毛病并不是互不相容的。在离开一位公爵夫人的交际晚会以后还可以接着去郊区寻花问柳。但年龄的增长起了降温的作用,他不再同时兼享那么多的乐趣,不再无节制地外出,饮食男女上也偏向柏拉图式，着重于友谊、交谈，这些活动要花时间，因而他的全部时间几乎都用于和一般人交往，只把很少一部分留给社交生活。德·康布尔梅夫人现在对德·盖尔芒特公爵夫人的友善相待也看得无所谓了。公爵夫人出于礼仪常去侯爵夫人家，正像我们跟别人相处的时间一长就迟早会发现他们的优点，习惯他们的缺点一样，她发觉德·康布尔梅夫人是个智力和文化素养方面都很出色的女人（但鄙人并不十分赏识）。她于是常在向晚时分去拜访德·康布尔梅夫人，而且一坐就是很久。可是这位太太一看到公爵夫人常来找她，原先心目中想象的公爵夫人的神奇魅力便烟消云散了。从此她接待她只是出于礼貌而并不感到乐趣。

希尔贝特身上出现的变化更加令人震惊，她的变化与斯万结婚后的变化完全不同而又恰成对应。诚然，最初几个月希尔贝特很高兴接待那些上层社会的精粹。她也请她母亲离不开的几个知己朋友，那多半只是出于对财产继承的考虑，而且只在某些特定的日子邀请，光请他们不请别人，让他们自成一统，远离那些高贵的人，仿佛邦当夫人或是戈达尔夫人与德·盖尔芒特公爵或德·帕尔马公主一接触，就会像两种不稳定的化学粉末相接触一样，会发生无法弥补的灾难似的，戈达尔夫妇、邦当夫妇以及其他人看到总是他们这帮人在一起晚宴虽然不免失望，但还是感到脸上有光，因为能对别人说："我们在德·圣卢侯爵夫人家吃晚饭来着。"何况希尔贝特为有利于将来继承遗产，有时还斗胆把德·马桑特夫人也一起请来，这位夫人手执一把玳瑁骨子的羽扇，确实有一副贵妇人的气派。只是希尔贝特有意不时称赞一番那些只在向他们表示邀请时才来的识趣者，这称赞既是一种提醒，也是对戈达尔、邦当这样的明白人表示最高雅而又最傲慢的问候的一种方式。我倒宁愿与这批人为伍，这也许是因为"我的巴尔贝克女友"和她的姨妈的缘故，我希望她姨妈看见我置身于他们中间。可是在希尔贝特看来，我现在主要是她丈夫和盖尔芒特家的朋友（很可能早在贡布雷，当我的父母亲不和她母亲交往时——在那个年龄我们不仅给事物凭添这种或那种优越性而且还将它们分门别类——她就已经赋予我一种地位，这地位后来一直伴随着我），故而她认为那些晚会与我的身份不相称，她在辞别时对我说："我很高兴见到您，不过您最好后天来，您会见到盖尔芒特伯母和德·普瓦夫人；今天请的是我妈妈的朋友，为了让她高兴。"然而，这种情况只持续了几个月，很快一切都彻底变了样。是不是因为希尔贝特和她父亲的社交生活注定会表现出同样的反差呢？总之，虽然希尔贝特成为圣卢侯爵夫人还只是前不久的事（人们会看到，她很快将成为德·盖尔芒特公爵夫人），但她已实现了最光辉、最难以到达的目标，她认为从此盖尔芒特的姓氏附着在她身上就像一层金褐色的釉一样牢固，不管她和谁来往，她在众人眼里永远是德·盖尔芒特公爵夫人（此念大谬不然，因为贵族封号与股票一样，人家向你要时价值就上升，你主动提供时价值则下跌）①，简而言之她的观点与某个轻歌剧中的人物相同，那个人大言不惭地说："我想，我的名字已足以说明问题，不用我多费口舌。"因此她开始对她曾经梦寐以求的东西表示公然的蔑视，宣称圣日耳曼区的人都是愚蠢之辈，结交不得，后来更将此话付诸行动，干脆停止与他们来往。那些在这段时期以后才认识她、并且借助她而步入社交界的人，听到这位德·盖尔芒特公爵夫人对她不费吹灰之力便能

① 一切在我们看来是不朽的东西终将毁灭，一个人在交际场的地位也和其他事物一样，并不是一经造成便能一劳永逸的，而是像一个帝国的威势，必须每时每刻通过永远不断的创造进行重建，这就说明了半个世纪中政治和社交历史上一些明显的不正常现象的原因。世界的创造不是在人类之初已经完成，而是每天每日都在进行着。德·圣卢侯爵夫人想："我是德·圣卢侯爵夫人。"她知道她前一天已经拒绝了公爵夫人们的三个晚宴邀请。然而如果说她的姓氏在某种程度上抬高了受到她接待的那个没有半点贵族气味的阶层的身价，那么通过一种逆向运动，受到侯爵夫人接待的那个阶层却降低了她的姓氏的身价。没有任何东西能抵挡这种运动，连最高贵的豪门贵族也会因此而最终垮掉。斯万认识的一位法国王室的公主不是因为什么人都接待，她的沙龙名声便一落千丈了吗？一天洛姆公主出于礼节去那位公主殿下府，遇到的尽是些社会地位低下的人，接着她又去勒鲁瓦夫人家，一进门她就对斯万和德·莫代纳侯爵说："我在德·×伯爵夫人家没见到三张熟人面孔。"——作者注

唔面的上流社会的达官贵人竭尽嘲笑挖苦之能事，看到她拒不接待这个社会的任何人，而且倘若有谁，即便是最显赫的人，冒险去她府上，她便公然冲着来访者打呵欠，他们回想以前自己竟然觉得上流社会颇有魅力，都不禁为之脸红，而且可能永远不敢向那个女人吐露自己过去的弱点中这一丢脸的秘密，因为他们以为这个女人天性高贵，永远不能理解他们的这些弱点。他们听到她如此淋漓尽致地讥讽那些公爵，更意味深长的是，还看到她的实际行动与口头上的嘲笑如此完全一致！他们无疑并未想到去探究使她由斯万小姐一跃而成德·福什维尔小姐，又由德·福什维尔小妇一跃而成德·圣卢侯爵夫人，尔后又成了德·盖尔芒特公爵夫人的偶然事件的原因。他们可能也未想到这偶然事件的原因和结果同样都能用来解释希尔贝特后来的态度：平民对人际交往的理解与斯万小姐不尽相同，也与一位被大家称为“公爵夫人”，被令她讨厌的公爵夫人们称为“我的表妹”的贵妇不尽相同。人们通常轻视一个没有能达到或已经最终达到的目的。当这种轻视表现在我们还不了解的人身上时，我们以为这是他们的品格固有的一部分，而如果我们能追溯到早年，也许我们会发现他们曾比任何人都更狂躁地为这些同样的缺点所苦恼，只不过他们已经完全掩盖或彻底克服了这些缺点，以致我们以为他们不仅自身从来不可能染上这些缺点，而且也不能原谅别人有这些缺点，因为这些缺点在他们是无法理解的。荣升不久的德·圣卢侯爵夫人的沙龙很快便定了型（至少在社交方面，因为大家会看到在其他方面她的沙龙是多么暧昧不清）。然而这个沙龙的面貌颇令人惊讶。人们还记得，巴黎排场最大、格调最高、可与德·盖尔芒特的招待会相媲美的要数圣卢的母亲德·马桑特夫人举办的招待会。此外，还有后期奥黛特的沙龙，虽然档次要低得多，但其豪华与风雅也同样令人赞叹。然而现在圣卢依靠妻子的丰厚财产可以得到他希冀的一切物质享受，他已心满意足，便只想在用过一顿精美的、有乐师为他演奏优美音乐的晚餐后，安安心心待在家里。而且这位一度显得那么自命不凡、那么野心勃勃的年轻人现在竟邀请一些他母亲绝不肯接待的伙伴来分享他的荣华富贵。希尔贝特则实施斯万身前的妙论："我不在乎质量,就怕数量多。"圣卢对妻子是百依百顺,他爱她,又全亏了她才能有这等穷奢极侈,故而不想违拗她的喜好,何况她的喜好与自己的又如此相同。这样一来,德·马桑特夫人和德·福什维尔夫人多年来,尤其是为了子女能体面地成家而举办的盛大招待会,到了德·圣卢夫妇这一代便没有下文了。他们拥有世上最漂亮的马供他们一起乘骑,有世上最漂亮的游艇供他们游逛,然而他们往往只带上两位客人。在巴黎他们每晚请来共进晚餐的朋友从来不超过三四位;这样,双方母亲原先像宽敞热闹的大鸟栏似的沙龙便意想不到的、但又自然而然地逐渐衰退,最后被一个安静的小鸟窝所代替。

在这两门联姻中得利最少的要算德·奥洛龙小姐,她在宗教婚礼那天已经得了伤寒,艰难地拖着病体去了教堂,几个星期后便溘然长逝。人们在她死后不久的讣告上看到絮比安这等人的姓名与欧洲几乎所有最高贵的姓名,如德·蒙莫朗西子爵与子爵夫人,德·波旁-斯瓦松伯爵殿下夫人,德·莫代纳-埃斯特亲王,德·埃迪梅子爵夫人,埃塞克斯夫人等赫然并列。当然,即使那些知道死者就是絮比安的侄女的人,见这么多名门望族与她有姻亲关系也不会惊讶。的确,一切都在于攀一门好亲。再加上 casus foederis① 的作用,于是这个平民小女子的死竟让欧洲所有的侯门爵府都戴了孝。可是不少新一代的年轻人不了解真实情况,他们读了讣告不仅会把玛丽-安托万内特·德·奥洛龙,即德·康布尔梅侯爵夫人当成一位出身极为高贵的贵妇,而且还会犯很多其他的错。比如他们通过周游法国对贡布雷这个地方稍有了解,又看到勒·德·梅塞格利丝夫人和德·梅塞格利丝伯爵的名字排在发讣告者名单的前列,并且紧挨着

① 拉丁文,此处意为"姻亲"。

德·盖尔芒特公爵，他们可能毫不感到奇怪：梅塞格利丝一边与盖尔芒特一边原就互相毗连。他们会想："他们都是同一个地区的古老的贵族之家，也许世代有联姻关系。谁知道呢？也许是盖尔芒特家族的一个旁支用了梅塞格利丝伯爵的姓。"其实德·梅塞格利丝伯爵与盖尔芒特家族毫无关系，他甚至不是以盖尔芒特这边的身份，而是以康布尔梅那边的身份发讣告的，因为德·梅塞格利丝伯爵就是我们的老朋友勒格朗丹，他升得快，成为勒格朗丹·德·梅塞格利丝才两年。假封号倒也罢了，但也许很少有像这个假封号那样使盖尔芒特家族不快的。他们过去曾与名副其实的德·梅塞格利丝伯爵家族有姻亲关系，然而这个家族现在只剩下一个女人，是默默无闻、家境败落的人的女儿，她本人又嫁给了我姨母的一个发了迹的大佃户，这个佃户买下了我姨母在米鲁格兰一处的田庄，他原姓梅纳谢，现在便自称梅纳谢·德·米鲁格兰，因此当人家说他妻子出身于梅塞格利丝家族时，这些人心里却在想，不如说她是生在梅塞格利丝这个地方，她的德·梅塞格利丝封号与她丈夫的德·米鲁格兰封号来源如出一辙。

任何其他假封号都不会使盖尔芒特家族如此烦恼。不过既然关系到一门不管从何种角度来看都是有益的亲事，那么贵族阶级便能承受这些烦恼，以及其他种种烦恼。在德·盖尔芒特公爵的掩护下，在这一代的部分人眼里(到下一代将是在所有人眼里)勒格朗丹是真正的德·梅塞格利丝伯爵。

任何不太了解情况的年轻读者会犯的另一个错误是可能以为德·福什维尔男爵和夫人是作为德·圣卢侯爵的亲戚和岳父母，亦即作为盖尔芒特这边的人来发讣告的。其实他们不能被列在盖尔芒特这一边，因为罗贝是盖尔芒特家族的亲戚，希尔贝特却不是。不，那只是表面现象，事实上德·福什维尔男爵和男爵夫人是新娘那边的人，而不是康布尔梅这边的人，而且他们发讣告不是由于盖尔芒特家族的关系，而是由于絮比安的关系，因为，了解点底细的读者会知道，奥黛特是絮比安的嫡亲表妹。

养女结婚后，德・夏吕斯先生把他全部的厚爱都转到了年轻的德・康布尔梅侯爵身上；这位年轻人有和男爵相同的爱好，既然这种爱好没有妨碍男爵选他作为德・奥洛龙小姐的丈夫，那么在他成了鳏夫后，这种爱好当然只能使男爵格外赏识他。这并不是因为侯爵先生没有其他长处可以让他成为德・夏吕斯先生的一位可爱伙伴。但是一个把他作为亲密知己的人，即使此人是位优秀人物，是不会忽视他的这一优点的，加之他又会玩惠斯特牌，这就使男爵更觉得他可心合意。年轻的侯爵聪慧过人，而且完全是他"祖母那边的人"，他像祖母一样热情，一样有音乐天赋，这一点，费代纳的人们早就说过，当时他还是个孩子。他身上还表现了祖母的其他一些独特之处，但那主要是模仿的结果，和全家人一样，而不是由于隔代遗传。比如在他妻子死后不久，我接到一封署名莱奥诺尔的信，我并不记得这是他的名字，但是当我读到结尾的套语："请相信我真诚的同情"时，我才明白这信是谁写的。这"恰到好处"的**真诚**一词仿佛给莱奥诺尔这个名字加上了康布尔梅这个姓。

火车已进巴黎车站，我和母亲还在谈论这两则消息，为了使旅途不显得太长，母亲本想把它们留到行程的第二阶段，所以待火车过了米兰她才让我知道这些消息。母亲很快回到在她看来是唯一正确的观点，亦即外祖母的观点上。起先她想外祖母会非常惊讶，然后又想她会难过，其实这不过是认为外祖母会很高兴知道如此惊人的消息的一种说法，但母亲不能容许外祖母被剥夺掉这一乐趣，所以她宁愿认为一切都再好不过，因为这消息只能使外祖母伤心。可是我们刚刚回到家，母亲又觉得仅仅为不能让外祖母参加到生活带来的种种意料之外的事件中去而遗憾，这还太自私。她更愿意猜想它们对外祖母来说不算是意料之外的事，而只是对她的预见的一种认可。母亲爱把这些事件看成是对外祖母的预言性的见解的一种证实，一个证据，证明外祖母的思想比我们认为的还更深邃、更敏锐、更正确。因此母亲为了最终归结到她对外祖母毫无保留的钦佩，紧接着便补充说："不过，谁能说你逝去的外祖母会不赞成呢？她是那么宽厚。而且你知道，对于她，社会地位无关紧要，重要的是天性高贵。你回想一下，回想一下，很奇怪，两位姑娘都得到她的赞赏。你还记得吗，她第一次去拜访德·维尔巴里西斯夫人，回来后对我们说她觉得德·盖尔芒特先生是何等平庸，相反她又是何等称赞絮比安一家人啊。我可怜的母亲，你记得吗？谈到絮比安先生时她说：如果我还有一个女儿，我就把她许配给他，而他侄女比他更胜一筹。还有斯万小姐！她说：'我认为她非常可爱，你们瞧着吧，她将来准能嫁个好人家。'可怜的母亲，她要是能看到这一切就好了，她预见得多么准确呵！直到最后，甚至当她已经不在人世，她还在教导我们如何明察事理，如何为人善良，如何正确评价事物。"而由于我们难受地看到外祖母被剥夺的乐趣都是生活中平凡而微小的乐趣，诸如一个演员饶有趣味的语调、她爱吃的一个菜、她最喜欢的作家新出的一本小说等，所以妈妈说："她会多么惊讶，她会觉得多么有趣啊！她会写一封多么妙不可言的回信啊！"母亲又说："你想，可怜的斯万生前那么盼望希尔贝特受到盖尔芒特家族的接待，要是他能看到他女儿成了盖尔芒特家族的一员，他会多么幸福！"——"不姓他的姓，而姓另一个人的姓，以德·福什维尔小姐的身份被领到神坛前？你以为他为此会感到很幸福吗？"——"嗯！这倒是真的，我没想到这一层。"——"正因为这个缘故，我不能为这匹'驽马'高兴；想想看，她竟然狠心地抛弃了待她那么好的生身父亲的姓。"——"是的，你说得对，归根结底，也许他还是不知道这件事为好。"唉，对死人对活人都一样，我们真不知道一件事给他们带来的痛苦多还是欢乐多！" 据说圣卢夫妇将来住在当松维尔。以前斯万老爹那么想让你外祖父看看他的池塘，他怎么能想到今后德·盖尔芒特公爵会常常看到这个池塘呢，尤其是如果他知道他儿子结了那门丢脸的亲？你以前常和圣卢谈到当松维尔的刺玫瑰，丁香和蓝蝴蝶花，他对你的话将体会得更深。因为这一切将归他所有。”就这样我和母亲在餐室的灯光下侃侃而谈，这类谈话总有灯光相伴，在这种灯下漫话中，家族的而不是民族的睿智往往抓住死亡、订婚、继承、破产等某个事件，将它置于回忆这面放大镜下，使它更突出，然后将在未经历过这个事件的人看来是混杂在同一个平面上的东西——亡故者的姓名，先后居住过的地址，家财的来源和变迁，产业所有权的转移——一一分解，与它们拉开距离，将它们远远地放在时空的各个点上进行评述。这种睿智来源于缪斯，人们如果想保持一点新鲜感受和创造功能，那么他们最好尽量推迟认识这位缪斯，然而即使是一直不知道它的人，到了生命的暮年也会在外省古老教堂的大殿里和它相遇，当他们突然感到触动他们心灵的并不完全是神坛上的雕刻所表现的永恒美，而主要是想到那些雕刻经历过的种种遭际——它们起初列在某个著名的个人收藏品中，放在小教堂里，然后进了博物馆，最后又回到教堂；或者当他们走路时感到踩在脚下的地面几乎是有思想的，是用阿尔诺[1]或帕斯卡尔的遗灰铺成的；或者仅仅是当他们在木制跪凳的铜片上辨识乡绅或显贵的女儿们的名字，一面还可能想象着一位纯真的外省姑娘的容貌，这种时刻他们便与这位缪斯相遇了，这位缪斯搜集一切被艺术和哲学的更高一级缪斯摈弃的东西，一切并不确实有根据的东西，一切仅仅是偶然的但却能揭示另一些规律的东西，这位缪斯就是历史。

母亲过去的一些朋友，一些多少和贡布雷有关系的朋友，这时都来看望她，和她谈论希尔贝特的婚姻，她们丝毫不赞赏这桩婚姻。“您知道德·福什维尔小姐是何许人，就是斯万小姐。证婚人呢，是德·夏吕斯‘男爵’，他让别人这么称呼他，就是这个老头子从前供养过希尔贝特的母亲，而且斯万不是不知道，但他从中得到好处。”——“您这是什么话？”母

① 阿尔诺（1612—1694），法国十七世纪神学家，亦是研究语言的逻辑及哲学的理论家。

亲反驳道,“首先,斯万是极有钱的。”——“他既然需要别人的钱,说明他自己并不那么有钱。您说说看,这女人究竟存的什么心,要把她以前的情夫们这么牢牢抓在手里?她有本事先让第一个情夫娶了她,后来又让第三个情夫娶了她,她还把半截子已经入土的第二个情夫拉出来给她和第一个情夫生的女儿当证婚人,也可能是她和另一个人生的,她的相好那么多,怎么弄得清楚?连她自己都搞不清!我说第三个情夫,其实应该说第三百个。况且您知道,如果说希尔贝特和您和我一样不姓福什维尔,这与她丈夫的身份倒很般配,因为他当然也不是什么贵族子弟。您也知道,只有冒险家才会娶这个姑娘。据说他不过是个普普通通的无名之辈。要不是贡布雷由一个见了神甫都不打招呼的激进派市长掌了权,我准能知道事情的底细。因为,您也清楚,发布结婚预告的时候总得报真名实姓吧。是啊,对报纸或代发喜帖的文具商自称德·圣卢侯爵是很神气的。这对任何人都没坏处,如果那些人高兴这么干,也无须我来横挑鼻子竖挑眼,这碍我什么事?反正我以后不会和那个被人说三道四的女人的闺女来往,她尽可以在仆人面前神气活现地摆侯爵夫人的架子。可是在身份证件上就不是一码事了。哼!假如我的表兄萨士拉还是第一副市长,我就会给他写信,他准能告诉我让她在结婚公告上用什么姓。”

那段时期我常见到希尔贝特,我们俩重又恢复了来往:我们生命的长短不是按我们与别人的友谊的长短来计算的。过了一段时间,同一些人之间中断了好多年的友谊关系又会恢复,而且双方都很乐意恢复(就像在政界被取消的部重又组建,剧院里被打入冷宫的戏重又上演)。原先一方为何过分执着地爱,而另一方为何不能忍受那过分苛求的专横,那些理由十年后都不复存在了。唯有社会礼仪依然有效。希尔贝特过去可能拒绝给我的东西,现在她会轻易应允,无疑因为我已不再想要了。她总是随时准备到我身边来,从来不急着离开我,这在过去对她来说是不能容忍也无法做到的事,但我们之间从未挑明这一变化的原因;其实这是因为我们之间的障碍已经消除，这障碍就是我对她的爱情。

此后不久我去当松维尔小住了几日，①因为我得知希尔贝特很不幸，罗贝对她不忠实，并不是用大家以为的，也许希尔贝特自己至今仍认为的，至少是她说的那种方式。然而由于自尊心，由于想欺骗别人也欺骗自己，还由于对背弃行为的了解不全面(凡是被欺骗的人都不能全面了解那些欺骗行为)，尤其因为罗贝不愧是德·夏吕斯先生的外甥，他和被他败坏了名声的女人招摇过市，大家都认为，反正希尔贝特认为，这些女人是他的情妇……上流社会甚至认为他不够检点，公然在一些社交晚会上与某个女人寸步不离，然后伴送她回家，让圣卢夫人自己想办法回府，谁要是说被他这样连累的女人实际上并非他的情妇，这个人便会被视为头脑简单、在事实面前说瞎话。然而不幸的是，从絮比安嘴里漏出来的几句话引导我了解了事实真相，那令我万分痛心的事实真相。我动身去当松维尔的前几个月，一天我去探问德·夏吕斯先生的健康情况，他的心脏功能出现了障碍，不能不令人担忧。我看到絮比安一个人在，便和他说起一封署名波贝特的寄给罗贝的情书，这封情书被圣卢夫人截获，我从男爵原先的管家那里得知，那个署名波贝特的不是别人，就是我们曾经谈论过的那

---

① 这次离家外出使我相当为难，因为我在巴黎有一个姑娘，她住在我租的临时寓所里。有些人需要森林的芳香或潮水的低语，我晚上需要这个姑娘睡在我身边，白天坐车时也需要有她在身旁。一次恋爱可能被遗忘，但它能决定下一次恋爱的形式。在前一次爱情中某些平日的习惯已经存在，只是我们自己也记不起这些习惯从何而来；正是第一天的焦虑使我们热切希望每次用车把我们所爱的人一直送回她的住所，或者要求她住在我们家里，希望她每次外出都有我们自己或我们信任的人陪伴在她左右，后来这些做法被我们采用并固定下来，如同人们已经忘记其意义的一些风俗习惯？所有这些习惯都像一条条千篇一律的通衢大道，我们的爱情每天打那里经过，而从前它们被熔化在火山烈焰般的火热冲动里。这些习惯在我们所爱的女人死后，甚至在对她的怀念已经消失后仍然存在。它们变成我们的爱情的形式，即使不是所有的，至少是某些互相交替的爱情形式。比如作为对已被遗忘的阿尔贝蒂娜的回忆，我需要我现在的情妇待在我的住所里，我把她藏着不让来访者看到，但她像过去的阿尔贝蒂娜一样充实了我的生活。为了去当松维尔，我不得不求她答应让我的一个不好女色的朋友代我守护她几天。——作者注

个小提琴手兼专栏编辑！此人在德·夏吕斯先生的生活中起过相当大的作用。絮比安一说起这事便气愤填膺："这小子当然可以想怎么干就怎么干，这是他的自由。但是如果说还有什么人他不该在他身上打主意，那就是男爵的外甥。尤其因为男爵疼这个外甥就像疼自己的儿子一样；这小子千方百计拆散人家夫妻，真可耻。而且为此不惜采取阴险毒辣的手段，因为谁也不像德·圣卢侯爵那样天性反对这种事。他过去为自己的情妇挥霍得还少吗！从前这个该死的乐师那么卑鄙地离开了男爵，人家可以说这是他的事。可是他竟然转过来引诱男爵的外甥！不，有些事是干不得的。"絮比安的愤怒是发自内心的；所谓不道德的人们在道德问题上有着与别人同样强烈的义愤，只是针对的目标稍有不同。此外，没有被直接卷入感情纠葛的人总是评论哪些男女私情应该避免，哪些是不合适的婚姻，好像人可以自由选择恋爱对象似的，他们没有考虑到爱情能产生海市蜃楼般的美妙幻景，把我们所爱的人单独地、整个儿地笼罩起来，以至一个男人会干出和厨娘或与挚友的情妇结婚这等"傻事"，然而这"傻事"却往往是他一生中完成的唯一富有诗意的举动。

我得知罗贝和妻子险些分居（而希尔贝特尚未完全清楚事情的真相），多亏德·马桑特夫人这位爱子之心拳拳、巴望儿子出人头地的明智冷静的母亲从中调解，强使他们言归于好。她属于那种阶层，在那里不同血统的不断交叉混合、祖传家产的日渐贫乏使得情欲和物质利益方面的世代恶习与因循苟且有随时抬头的可能。她曾经强有力地支持过斯万夫人，支持过絮比安的婚姻，后来又以同样的劲头一手安排了儿子和希尔贝特的亲事，就这样她怀着痛苦的忍让精神不仅为自己运用祖传的睿智，而且让整个圣日耳曼区从中得益匪浅。也许当初她之所以草草决定罗贝和希尔贝特的婚事（当然这件事让她耗费的心血和眼泪比过去叫罗贝和拉谢尔断绝关系而费的心血和眼泪要少），只是因为害怕他又和另一个坏女人姘居——或者就和原来那个女人，因为罗贝对拉谢尔久久不能忘情——殊不知若是那样他也许倒得救了。现在我明白罗贝在德·盖尔芒特王妃家对我说的话是什么意思了,他说:“真遗憾,您那位巴尔贝克的女朋友没有我母亲要求的那笔财产,否则我想我和她会很投契。”他的意思是说她是戈摩尔人,正如他是索多姆人,或者,如果他尚未成为索多姆人,他也只喜欢那些他能够以某种方式去爱而且和别的女人一起去爱的女人。看来希尔贝特也可以向我提供阿尔贝蒂娜的情况。若不是我已经失掉想知道有关我女朋友的事的好奇心,除了偶尔故态复萌,我本可以不仅向希尔贝特而且向罗贝去打听。说到底,使罗贝和我产生娶阿尔贝蒂娜的欲望的是同样一个事实,即她爱恋女人。不过两人的欲望原因完全不同,目的也完全相反。我是出于得知这一事实后的绝望,罗贝则是出于满意;我是为了通过每时每刻的监视阻止她沉湎于这种喜好,罗贝则为了培养她的这一喜好,而且给她充分自由好让她为他带来女朋友。

这样,絮比安把罗贝在肉欲兴趣方面出现的与原先截然不同的新动向看成是不久以前发生的事,然而我从和埃梅的一次使我十分伤心的谈话中得知,这位巴尔贝克旅馆侍应部前领班把罗贝性欲上的这种偏离和倒错回溯得更远。

我因去巴尔贝克小住了几天,才有机会和埃梅作了那次谈话,那几天,正在享受一次较长休假的圣卢本人也偕妻子来到巴尔贝克,在这新婚燕尔的阶段,罗贝陪伴夫人是寸步不离。当时我注意到在罗贝身上仍能感到拉谢尔对他的深刻影响,并对这种影响颇为赞赏。只有和情妇生活过很长一段时间的年轻丈夫才会在走进餐厅之前帮妻子脱掉大衣,才会对妻子表现出应有的关心体贴。他在和情妇生活期间受到了一个好丈夫应受的训练。离他不远并与我相邻的一张桌子上坐着布洛克,他在一群自命不凡的年轻的大学生中间,做出一副虚假的轻松自如的样子,他一面炫耀地将菜单递给一位朋友,动作夸张得打翻了桌上两瓶水,一面对他喊道:“不,不,我亲爱的朋友,还是您点菜吧!我这一辈子从来不会制定一份菜单,从来不会点菜!”他带着不太真诚的高傲重复道,同时立即同意要一瓶香槟酒,说是喜欢在聊天时有香槟作“象征意味十足”的点缀,这给口腹之欲涂上一点文学色彩。圣卢是很会点菜的。他坐在已经怀孕的希尔贝特旁边(后来他不停地让她生孩子),正如夜里在旅馆的双人床上睡在她身边一样。他只跟妻子讲话,好像旅馆里的其他一切都不存在似的,然而当一名侍应生来取点菜单,站在他近旁时,他突然迅速抬起明亮的眼睛,向侍应生投去一瞥,这一瞥的时间不超过两秒钟,但那清澈而敏锐的目光里却表露了一种好奇和探究,其性质与任何一位顾客注视(哪怕是长时间地注视)一名旅馆服务员或伙计以便得出一些幽默的感想并把它告诉自己的朋友时目光中包含的好奇和探究完全不同。这倏忽即逝的,看似无意的一瞥表明侍应生本人引起了他的兴趣,此时谁若是观察罗贝,就可从这一瞥里看出,这位好丈夫,昔日拉谢尔的狂热的情人,他的生活里有另一面,这一面远远比他出于义务而行动的那一面更使他感兴趣。然而人们看到的是前一个罗贝。他的目光已然回到了希尔贝特身上,这位妻子什么也没觉察到。罗贝顺便向她介绍了一位朋友,就陪她出去散步了。不过埃梅当时对我说起的是更久以前的事,即我通过德·维尔巴里西斯夫人结识圣卢的那个时候,也是在巴尔贝克。

“一点不假,先生,”埃梅说,“这事无人不知无人不晓,我是早就知道的。先生第一年去巴尔贝克时,侯爵把自己和我手下的电梯司机关在房间里,借口为先生的外祖母放大照片。年轻人想告他,我们费了九牛二虎之力才把事情暗暗了结。喏,先生大概还记得侯爵和他的情妇来餐厅用午餐那一天吧,侯爵是拿他情妇当屏障呢。先生大概还记得侯爵借发脾气走开了。当然我并不是说那位太太有理。她让他吃够了苦头。可是那天我总觉得侯爵的怒气是假装的,他需要支开先生和这位太太,谁也无法让我消除这种看法。”关于那天的事,我倒知道埃梅若不是有意瞎编,就是完完全全看错了。罗贝当时的情状以及他给记者的那记耳光我记得太清楚了。巴尔贝克的事也一样:要么电梯司机撒了谎,要么是埃梅在撒谎。至少我这么认为;是否确实,我不能肯定:人们永远只能看到事情的一面,对我来说,电梯司机去圣卢那里跑一趟是替我给他送信并取他的回信的方便办法,而对圣卢来说则是认识某个他喜欢的人的好机会,若不是这件事使我如此痛苦,我会觉得其中有某种美妙之处。确实,世上的事物起码是双重性的。别人可能在我们的一个最微不足道的行为上添枝加叶地安上一连串完全不相干的行为。毫无疑问,在我看来圣卢和电梯司机之间如果真发生过什么风流韵事,那么它与为我送信这件平常小事没有关系,正如只听过瓦格纳的《洛亨格林》①二重唱的人不可能预见《特里斯坦和依索尔德》②的前奏曲。诚然,由于人的感觉官能的贫乏,他们只能在事物的无数属性中认识有限的几种。物体是有色彩的因为我们长着眼睛去看;如果我们有几百种官能,那么该有多少形容语去修饰事物呢?生活中的任何一件事,哪怕是一件无足轻重的事,你只了解其中一部分却以为那就是全部,另一个人则从另一方面看待这件事,就像从开在房屋另一面的窗口望出去看到另一个景观一样,由这一点去想,事物会呈现不同的方面就比较容易理解了。如果埃梅没有看错,那么罗贝在布洛克对他说起电梯司机时脸上突然绯红,其原因可能就不仅仅在于布洛克把“电梯”说成“顶梯”。不过我深信圣卢生理上的演变不是在那个时候开始的,他当时还只爱女人。回想起来,在巴尔贝克他对我的友谊便是明辨此事的最好迹象。只有他爱女人的时候他才真正能对男人产生友谊。此后,至少在一段时期里,他对与他无直接关系的男人一律表现出冷漠,我想这种冷漠一部分是由衷的,因为他态度变得很生硬,但也有夸张的成分,为的是让别人相

① 《洛亨格林》是瓦格纳根据德国古代民间传说创作的一部歌剧。

② 《特里斯坦和依索尔德》是瓦格纳根据中世纪凯尔特民间故事《特里斯坦和依索尔德》改编的一部歌剧。

信他只注意女人。不过我总还记得有一天在东锡埃尔,我正要去维尔迪兰家吃饭,他对夏利注视良久后对我说:“真奇怪,这小伙子,他有些地方像拉谢尔。你不感到吃惊吗?我觉得他们有不少相同之处。不过反正这与我无关。”然而接着他的眼睛却久久迷惘地看着远方,好似一个人在重新开始一局牌或在出外吃饭之前想到一次遥远的旅行,想到今后永远不会作这种旅行,便感到一瞬间的怀恋。罗贝在夏利身上看到拉谢尔的影子,希尔贝特呢,则竭力仿效拉谢尔以取悦丈夫,她像拉谢尔一样头发上戴着朱红、粉红或黄色丝绸结,也梳一样的发型,因为她相信丈夫仍然爱着拉谢尔,她妒忌她。罗贝的爱情有时介乎男人对女人的爱和男人对男人的爱之间,这是可能的。总之他对拉谢尔的怀念在这方面只起一种审美作用。它甚至也不可能起别的作用。曾经有一天,罗贝叫她打扮成男子,要她让一绺头发垂下来,不过他只是看看她,好像不太满意。他对她却仍然很依恋,准时按数——虽然不是心甘情愿——付给她那笔他许诺的年金,但这并不妨碍拉谢尔后来对他施展卑劣的手段。如果希尔贝特知道他对拉谢尔的这种慷慨只不过是不得已地实践一个诺言而并不牵涉到任何爱情,那么她是不会为此而痛苦的。然而罗贝偏偏装作对拉谢尔旧情依依。同性恋男子倘若不装模作样钟情于女人,他们倒可能是最理想的丈夫。再说希尔贝特也毫无怨言。当初正由于她以为罗贝被拉谢尔所爱,而且爱得那么长久,她才想得到罗贝,并且为他拒绝了不少更合适的择偶对象;他娶她似乎对她作了某种让步。确实,一开始,在这两个女人之间作一番比较(虽然她们在魅力和容貌方面是如此悬殊),对甜美的希尔贝特是颇为不利的。但后来希尔贝特愈来愈得到她丈夫的敬重,而拉谢尔的地位却日见降低。

另一个前后不一致的人物是斯万夫人。如果说在希尔贝特眼里,婚前的罗贝头上已环绕着双圈光轮,一圈是从德·马桑特夫人的哀叹里不断透露出来的他和拉谢尔的同居生活造成的,另一圈是盖尔芒特家族在她父亲心目中始终享有的并在她心中得到延续的威望造成的;那么德·福什维尔夫人则不同,她原企望女儿能攀一门更光彩的婚姻,也许嫁一位王子或亲王什么的(有些王室亲戚不富裕,他们会接受这笔嫁资——已经远远低于原先许诺的八千万——何况福什维尔这个姓氏已经使这笔钱脱尽了俗气),她企望她的女儿不像圣卢那样因远离社交界生活而降低了地位,然而她终究拗不过希尔贝特,于是她逢人便抱怨,痛斥她的女婿,可是忽然有一天,一切都变了,女婿成了天使,她即便挖苦他也是偷偷地。原来,随着年岁的增长,斯万夫人(现在成了德·福什维尔夫人)虽然仍旧保留着让男人供养的习惯,却失掉了让他们供养的手段,她的崇拜者都一一弃她而去。她每天都想得到一串新项链,一件缀着钻石的新裙子,一辆更豪华的小轿车,然而她的财产有限,福什维尔几乎把家产都吃光了;她有一个可爱的女儿,但女儿吝啬得可怕——犹太人的哪一种影响在驾驭着希尔贝特?——她对丈夫尚且锱铢必较,对母亲当然更加如此。可是奥黛特突然预感到罗贝可以做她的供养人,而且后来他果真成了她的供养人。她已经不很年轻,但在一个不爱女色的女婿眼里这无关紧要。他只要求岳母平息他和希尔贝特之间发生的这样或那样的争执,能让希尔贝特同意他和莫雷尔一道作一次旅行。奥黛特全力以赴完成了使命后,就立即得到一颗精美的红宝石作为酬谢。然而为此必须让希尔贝特对丈夫更慷慨些。奥黛特规劝女儿要如此行事,而且规劝得极其热心,因为从希尔贝特的慷慨中得到好处的将是她本人。这样,多亏罗贝,年届五十的奥黛特(有人说是六十)每次赴晚宴或参加晚会时,仍能以华丽得出奇的打扮令举座惊叹,却又不必像过去那样需要一位“男友”,再说即便有“男友”,他现在也不会出钱,甚至不会上钩。因此她虽进入了而且似乎永远进入了最后的贞洁时期,她的穿着打扮却从未如此漂亮。

夏利不仅仅是出于坏心眼,出于原先的穷人对让他发了财但又始终让他感到(这一点表现在德·夏吕斯先生的性格里,而尤其表现在他的语汇里）两人地位差异的主人的怀恨，才转向圣卢以便叫男爵加倍痛苦的。他可能也为了贪利。我的印象是罗贝大概给他很多钱。我动身去贡布雷之前在一个晚会上遇见罗贝，他堂而皇之地伴着一位雍容华贵的女人，人们都以为这女人是他的情妇，他寸步不离她的左右，与她两位一体，仿佛当众裹在她的裙裾里，那种情状令我想到那是他家祖传动作的一种不自觉的重复，不过带着某种更神经质、更惊悸的意味，我曾经在德·夏吕斯先生身上观察到同样的动作，那时他好像裹在莫勒夫人的裙子里，莫勒夫人是他表现亲近女人的一面旗帜，其实亲近女人不是他的目的，但是他喜欢打着这面旗帜，虽然他没有权利这样做，也许他觉得它能起保护作用，或者是认为它有审美价值。回家的路上我发现罗贝在远不如现在富有的时候曾是那么慷慨，而现在却变得如此节俭，这使我非常吃惊。人们只珍惜自己拥有的东西，或者一个人钱不多时能挥金如土，而富足后却守财如命，这都是相当普遍的现象，但我觉得这现象在罗贝身上表现得有点特别。圣卢不肯乘马车，而且我看见他保留了一张有轨电车转车票。在理财方面他无疑发挥了他与拉谢尔同居期间获得的才能，不过为着不同的目的。一个已与女人生活过很长一段时间的年轻人不似结婚前从未有过女人的童男那样缺乏经验。罗贝不常常带妻子上餐馆，但每次只要看他如何灵活而又毕恭毕敬地取下她的衣物，如何熟练地点菜和差遣侍应生，如何在希尔贝特穿上紧腰上衣之前细心地理平她的衣袖，就能知道他在成为这个女人的丈夫之前长期当过另一个女人的情夫。同样，过去他曾不得不照料拉谢尔的家，直至细枝末节，一则因为拉谢尔于此一窍不通，二则因为他受妒忌心的驱使想自己指挥仆役。因此后来在管理希尔贝特的财产和料理家政时，他才能继续发挥巧妙而内行的本领，也许连希尔贝特也望尘莫及，于是乐得把担子丢给他。不过圣卢这样做无疑主要是为了让夏利从他的铢积寸累中得益，要做到既能阔绰地供养他又不让希尔贝特觉察，也不让她的生活受影响。也许他以为这位小提琴手也像“所有的艺术家”一样爱乱花钱(夏利不太自信也不太自豪地自命为艺术家,以此为自己不回信以及其他一大堆缺点辩解,他认为这些缺点是公认的艺术家心理特征的一部分)。我个人认为从道德观点来说,从男人那里抑或从女人那里得到乐趣,这无关紧要,人们到能获得乐趣的地方寻找乐趣是再理所当然、合乎人情不过的事。假如罗贝没有结婚,那么他和夏利之间的关系就不应该引起我丝毫的悲伤。然而我又清楚地意识到如果罗贝仍然是单身汉,我的悲伤会同样强烈。这种事若是出在别人身上,我会漠然置之。但是想到我过去对另一个圣卢,一个与现在的他判若两人的圣卢曾怀有那么深厚的情谊,而且我从他那冷漠的、支支吾吾的态度感觉到,自从男人有可能激起他的情欲以后,他与男人之间已不可能存在友谊,因而他也不可能回报我以友谊,想到这些我禁不住流泪了。这种事怎么会发生在这个小伙子身上?他曾经那么钟爱女人,当“从上帝身边来的拉谢尔”要离开他时,我看见他那么绝望以致害怕他会自杀。难道夏利与拉谢尔之间的相像——我并未觉察出——是罗贝从他父亲的爱好过渡到他舅舅的爱好以便完成生理上的演变的跳板吗?其实即使在他舅舅身上,这一演变也开始得相当晚。有时埃梅的话又来困扰我;我回忆起那年在巴尔贝克的罗贝;他对电梯司机讲话时着意不看他,那样子很使我想起德·夏吕斯先生对某些男人讲话时的神情。这一点,罗贝很可能得之于德·夏吕斯先生,不过是得之于盖尔芒特家族的某种高傲的气质和体态,而不是得之于男爵特有的癖好。比如德·盖尔芒特公爵,他完全没有这种癖好,但他转动起手腕来和德·夏吕斯先生一样有力,仿佛是在绕着手腕抽紧一条花边袖口,还有嗓音里那种尖锐和做作的调子,以及其他种种举止,这些举止若是出自于德·夏吕斯先生,人们就会赋予它们另一种含意,而他自己赋予的则是另一种,因为个人总是借助一些非个人的和返祖的特征来表达自身的独特之处,而且它们也许只不过是古远的特点固定在动作和声音里罢了。这一假设已涉及博物学了,按这一假设推论,应该被称为有缺陷，并部分借助盖尔芒特家族的特点来表现这一缺陷的盖尔芒特成员就不是德·夏吕斯先生，而是德·盖尔芒特公爵，因为公爵在这个生理反常的家族里是个例外，他丝毫没有沾染上祖传的毛病，而它在他身上留下的外部烙印也就失掉了任何意义。我还记得第一天在巴尔贝克看到圣卢，金黄的头发，整个人仿佛是用稀有的珍贵材料做成的，手拿着单片眼镜在面前挥动，我总觉得他有点女人气，这当然不是我现在得知的他的癖好产生的结果。而是盖尔芒特家族特有的温文尔雅给人的感觉，宛若精致的萨克斯瓷器，德·盖尔芒特公爵夫人也是用这种质地的材料塑就的。我也记得他对我的情谊以及他表达这种情谊的温柔而多愁善感的方式，这也许会使别人得出错误的想法，可我心里思量，这同样不意味着我现在得知的事情，在当时这意味着别的，甚至完全相反的东西。那么他的癖好始于何时呢？如果始于我重返巴尔贝克的那一年，那么他为何一次也没来看过电梯司机，而且从未和我谈起过他呢？至于第一年，他当时是那么狂热地迷恋着拉谢尔，怎么可能注意电梯司机呢？那年我觉得圣卢像所有道地的盖尔芒特那样与众不同。不料他比我以为的还要特别。然而我们未能直接感觉到的东西，我们仅仅从别人那儿获悉的东西，我们再也无法让我们的心灵接受，因为时机已经过去，心灵与现实的通道已经关闭；因而我们也不可能享受我们的发现，因为为时已经太晚。何况，上述的发现太使我痛苦，我精神上无论如何不可能享受它。自从听了德·夏吕斯先生在巴黎维尔迪兰家对我讲的那番话以后，我也许已经不再怀疑罗贝的情况是很多正派的人甚至是最聪明、最善良的人中的一例，无论从谁那儿得知他的情况对于我都一样，无论从谁那儿，除了从罗贝那儿。埃梅的话给我留下的疑云使我和罗贝在巴尔贝克和东锡埃尔结下的友谊变得晦黯无光，而我虽然并不相信友谊，而且对罗贝从未真正产生过友谊，但是回想起电梯司机的事，回想起我与罗贝及拉谢尔在餐馆用午餐时发生的事，我就不得不克制自己，以免流下眼泪。

A LA RECHERCHE DU
TEMPS PERDU

追忆似水年华

第五卷

女囚

周克希 张小鲁 张寅德 译

译林出版社

图书在版编目（CIP）数据

追忆似水年华．第5卷，女囚／（法）普鲁斯特（Proust, M.）著；周克希，张小鲁，张寅德译．—南京：译林出版社，2012.6（2026.2重印）
ISBN 978-7-5447-1623-9

Ⅰ.追…　Ⅱ.①普…②周…③张…④张…　Ⅲ.长篇小说－法国－现代　Ⅳ.I565.45

中国版本图书馆 CIP 数据核字（2011）第 002324 号

追忆似水年华（5）女囚［法国］马塞尔·普鲁斯特／著　周克希　张小鲁　张寅德／译

责任编辑　唐洋洋
特约编辑　张媛媛
责任印制　颜　亮

原文出版　Gallimard，1984
出版发行　译林出版社
地　　址　南京市湖南路 1 号 A 楼
邮　　箱　yilin@yilin.com
网　　址　www.yilin.com
市场热线　025-86633278
排　　版　南京展望文化发展有限公司
印　　刷　徐州绪权印刷有限公司
开　　本　880 毫米 × 1230 毫米　1/32
印　　张　96.375
插　　页　28
版　　次　2012 年 6 月第 1 版
印　　次　2026 年 2 月第 43 次印刷
书　　号　ISBN 978-7-5447-1623-9
定　　价　328.00 元（全七卷）

目 录

每天清早，我脸对着墙，还没转过身去看一眼窗帘顶上那条阳光的颜色深浅，就已经知道当天的天气如何了。街上初起的喧闹，有时越过潮湿凝重的空气传来，变得喑哑而岔了声，有时又如响箭在寥廓、料峭、澄净的清晨掠过空旷的林场，显得激越而嘹亮；正是这些声音，给我带来了天气的讯息。第一辆电车驶过，我就听得出车轮的隆隆声是滞涩在淅沥的细雨中了，还是行将驰向湛蓝的晴空。但也许还在我听到这些声音之前，已经有一种更敏捷、更强烈的，不断弥漫开来的东西，悄悄地从我的睡梦中掠过，或是给朦胧的睡意罩上一层忧郁的色彩，预兆冬雪的即将来临，或是让某个时隐时现的小精灵一首接一首地唱起礼赞太阳光辉的颂歌，直到我开始在睡梦中绽出笑脸，闭紧眼睑准备承受耀眼的光亮，终于在一片热闹的音乐声中醒来。说起来，我在这段时期里简直是足不出户，只在这间卧室里感受着外界的生活。我知道布洛克曾经说过，他在傍晚来看我时，总听见有说话的声音；既然我母亲远在贡布雷，而他在我房间里又从没发现有旁人，所以他认定我是在自言自语。过了好久，等他知道阿尔贝蒂娜当时跟我住在一起，而且我把她藏起来，不让她见任何人以后，他就声称他总算明白了，我在那段时间里为什么从来不肯出门。他错了。但他又是情有可原的，因为每件事情，即便从情理上来说是势所必至的，我们也没法在一开始就把它的本来面目看得一清二楚；而有些人，往往爱抓住别人生活中某个确有其事的细节，就忙不迭地引出全然不是那么回事的结论，或者根据刚刚发现的一丁点儿事实，就立时作出根本风马牛不相及的解释。

此刻我在想着，我这位女友跟了我从巴尔贝克回来以后，就丢开了乘船旅行的念头，在巴黎和我住在同一幢房子里，她的房间跟我相隔不过二十步路，就在走廊尽头，在父亲的那间装饰着挂毯的书房里。每当夜深我俩分手的时候，她总要把舌头伸进我的嘴里，仿佛这就是我每天的食粮和营养品，世上有着那么些肉体，我们为之所受的痛苦，最终会使我们享受到一种精神上的愉悦，她的舌头就有这么一种近乎神圣的品质。作为比较，我马上联想起的并不是承蒙博罗迪诺队长允许让我在兵营度过的那个夜晚，他的好意所能治愈的毕竟只是一种短暂的苦恼，我想起的是父亲让妈妈来睡在我旁边的小床上的那个夜晚。每当生活又一次要将我们从看来无法逃避的痛苦中解脱出来的时候，它往往是在种种不同的，甚至完全相反的情况下这么做的，以致我们在看清它所赐予的恩宠的那会儿，不免感到其中似乎有一种渎圣的意味！

阿尔贝蒂娜从弗朗索瓦丝那儿听说，我把窗帘拉得紧紧的待在黑黝黝的房间里，但是并没有睡觉，她就放心大胆地洗澡，不怎么怕在她那间盥洗室里弄出声音来了。这样一来，我也常常不再多等一会，就提前进我那间跟她毗连的舒适的浴室去洗澡。从前有过一位剧院经理，花费了好几十万法郎，用真的绿宝石星星点点地镶嵌在红角儿扮演皇后坐的宝座上。俄国人的芭蕾舞却教会了我们，只要灯光打得恰到好处，单凭光线的闪烁就能变幻出同样奢华夺目，然而更绚丽多姿的奇珍异宝来。这种相对来说已经是非物质的装饰虽则美妙，但是当早晨八点钟的阳光倾泻进来，使一个要睡到中午才起床的人所见到的日常的一切顿时熠熠生辉的时候，那景观却显得美妙得多。两间浴室的窗子，用的都不是光玻璃，而是一种老式的磨砂玻璃，为的是让人从外面瞧不见里面。阳光骤然照亮了蒙着薄纱似的玻璃，给它们抹上一层金黄色，沐浴在这舒适的阳光中的，仿佛不再是长久以来被雷同的生活节奏所湮没的我，而是一个更年轻的我，我陶醉在回忆之中，宛如置身于空旷的大自然，面对染成一片金黄的树丛，甚至耳边还依稀有一只鸟儿在鸣啭。这是因为我听见阿尔贝蒂娜在反复不停地哼着一支歌：

> 心中的忧伤本就疯疯癫癫，
> 谁听它倾诉，谁就更加疯癫。①

我太爱她了，对她的这种糟糕的音乐趣味，我只是挺快活地笑了笑。这支歌，去年夏天曾经叫邦当夫人喜欢得不得了，但没过多久她就听说这是首愚蠢无聊的歌曲，从那以后她逢到有客人来的时候，就不叫阿尔贝蒂娜唱这支歌，而让她唱：

> 一支告别歌从骚乱的心间涌出……②

它后来也变成了“这个女孩让咱们听得耳朵起趼子的一首马斯内的老曲子”。

一片乌云掠过天际，掩蔽了阳光，我看着那遮羞的压花磨砂玻璃黯淡下去，融进一片灰暗之中。两间盥洗室的隔板很薄（阿尔贝蒂娜的那间完全一样，也是一间浴室，以前妈妈在时，因为怕有声音吵我，从来不使用，

---

① 法国通俗作曲家泰奥多尔·博特雷尔（1868—1925）的《风笛》中的叠句。
② 法国作曲家朱尔·马斯内（1842—1912）的《爱情诗篇》中的一个乐句。

好在她在我们的套间的另一头还有一间），我俩在各自的盥洗室里洗澡时，可以彼此交谈，除了水声，不会有别的声音打断我们的谈话，这种亲昵的感觉，住旅馆时由于住所狭小而又贴得很近，常常可以体味到，但在巴黎就很难得了。

有些个早上，我就这么躺在床上，尽着性子做我的白日梦，因为我吩咐过，我没打铃谁也别进我的房间，而装在床上方的拉线开关又装得很不方便，总是要找好半天才能找到，往往我找着找着就不耐烦了，宁可一个人在床上躺着，这一来就几乎又要睡上一觉。这并不是说我对阿尔贝蒂娜住在这儿漠不关心。她跟那些女友的分手，使我的心得以免受新的痛苦，让它能在一种假寐中得到休憩，来愈合它的创伤。然而，她带给我的这种宁静，却并不是欢乐，而只是一种减轻痛苦的抚慰。这样说，并不意味着我没有从这宁静中重尝我曾因过于强烈的悲痛而与之绝缘的许多欢乐，但那决非阿尔贝蒂娜给我带来的，而且，我不再觉得她有什么漂亮可言，我对她已经感到厌烦了，我清楚地感觉到我并不爱她，相反地，那些欢乐恰恰是阿尔贝蒂娜不在我身边时我才尝到的。所以，一早醒来，尤其是在天好的日子，我并不马上让人去把她叫来。我觉得前面说起过的那个在身体里面唱歌的小精灵，比她更让我高兴，我就先那么待着，再躺上一会儿，听它独个儿对我唱那礼赞太阳的颂歌。我们每个人都是由一些小精灵组成的，其中最重要的并不就是那些最外露的。在我，等它们一个接一个地被病魔击倒以后，大概还会剩下两三个生命力特别顽强的精灵，其中少不了有那么个哲学家，他只有在两件艺术品，在两种感觉之间找出共同之处以后，才会感到快乐。不过，这最后的一位，我有时暗自在想，不知是否很像贡布雷的眼镜商放在橱窗里预报天气的那个小矮人儿，每逢晴天他就掀开风帽，碰上雨天就又戴上。这个小矮人儿，我是领教过它的自私的：天快下雨时我总会闷得透不过气来，这阵发作要等雨下来了才会缓解，而这个小矮人儿根本不管这些，当我渴盼已久的雨点终于落下来的时候，他就收起了那副快活的模样，怒气冲冲地把帽兜砰地盖上。反过来说，我相信在我弥留之际，当我身上所有其他的那些“我”都已经结束生命，我也只存最后一息的那会儿，倘若有一绺阳光从天际洒下，这个气压计小人儿也准会怡然自得地掀开风帽欢唱：“哦！终于放晴喽。”

我按铃唤弗朗索瓦丝。我打开了《费加罗报》。浏览一遍以后，知道报上没登我寄给报社的文章，或者说所谓的文章吧，那还是很久以前当我坐在佩尔斯皮埃医生的马车里，凝望马坦维尔的钟楼时写的，最近找出来以后，只是稍稍作些改动就寄出了。接下来，我读妈妈的来信。一个年轻姑娘单独和我住在一起，使她感到不可思议，大为反感。离开巴尔贝克的那天，正当她瞧着我神情沮丧，觉得让我独自一人待在巴黎很放心不下的时候，她听说阿尔贝蒂娜也和我们一起，而且看着人家把阿尔贝蒂娜的箱子也装上小火车，这时她也许是挺高兴的，那几只又窄又长的黑箱子，就挨在我们自己的箱子（就是在巴尔贝克旅馆让我在它们旁边哭了一宵的那些箱子）的边上，我只觉得它们样子挺像棺材，但并不知道它们将给家里带来的是生命还是死亡。不过我当时甚至都没往这上头去想，因为在唯恐羁留巴尔贝克的担惊受怕过后，能在那么个阳光明媚的早晨携着阿尔贝蒂娜同行，在我已经是喜出望外了。但对这安排，如果说一开始妈妈并没有什么敌意（她对我这位女友说话的态度非常客气，就像一个儿子刚受了重伤的母亲在对尽心竭力照顾他的那位年轻情妇表示感激之情），那么当她看到这个安排全部兑现，这位姑娘在我们家愈待愈久，而且没有其他家庭成员在家的时候，她的态度就完全改变了。然而我得说，这种敌意，她从来没有在任何场合向我表示出来过，正像过去她已经不敢责备我的浮躁和疏懒一样，现在她顾虑重重——这一点也许我当时并没有完全看出来，或者说不愿意看出来——生怕对这位我说过将来要做我妻子的姑娘说长道短，会给我的生活投下阴影，削弱我今后对妻子的恩爱之情，还说不定就此在我心里撒下内疚的种子，使我在母亲离开人世时，会因为自己娶了阿尔贝蒂娜让她感到过不快而追悔莫及。对一项她自知已无法让我改变的抉择，她宁愿做出赞成的姿态。可是，所有在那段日子里见过妈妈的人都对我说，她除了因为外婆去世而显得很悲伤以外，还总有一种终日忧心忡忡的神情。这种无法排遣的思虑，这种内心波澜的起伏，使妈妈感到太阳穴发胀发烫，她整天都把窗子开着，想让自己凉爽些。但她始终没能作出决断，她害怕会给我不好的"影响"，破坏她所认为的我的幸福。她甚至下不了决心不准我先让阿尔贝蒂娜暂时留在家里。妈妈不想显得比邦当夫人更苛刻，这事儿先是这位夫人担着干系，可她倒是一点儿没觉得有什么不合适的，这真叫妈妈大为吃惊。但无论如何，她在动身去贡布雷那会儿，总觉着把我和阿尔贝蒂娜两人这么撂下，还真有些懊悔，因为我姨祖母日夜都需要她照料，所以她在那儿可能要待上（事实上是确实待了）好几个月。可她到了贡布雷以后，却叨惠于勒格朗丹的高情雅意和一片至诚，简直没什么事要干的，那位先生不辞劳苦地把大小事儿都包揽下来，一星期一星期地推迟返回巴黎的行期，其实他跟我姨祖母并不很熟，他这么做，只是因为首先她是他母亲的一位朋友，其次他觉得这位行将弃世的病人喜欢由他照料，离不开他。附庸风雅是一种大可诟病的心态，可是它不会蔓延，不致损伤整个心灵。我的想法跟妈妈正相反，对她去贡布雷我心里大为高兴，因为不然的话我就得担心（因为我不能对阿尔贝蒂娜明说，让她别露口风）妈妈早晚会发现阿尔贝蒂娜和凡德伊小姐交情很好。在母亲而言，这不仅是对一桩她要求我先别对阿尔贝蒂娜把话说死，而我自己也愈来愈觉着难以忍受的婚事，同时也是对阿尔贝蒂娜获准待在这个家里这件事本身的一个不可逾越的障碍。除了这个至关重要而妈妈却毫不知情的原因之外，妈妈的态度还受到两方面的影响，一方面，由于外婆很崇拜乔治·桑，主张美德在于心地高尚，而妈妈又以外婆为楷模，因而受了这种富有教益、豁达大度的思想观念的影响，另一方面我的一些有伤风化的所作所为也使她受到影响，在这双重影响之下，她现在对女性的言行举止是颇为宽容的，换了从前，或者即便是今天，但换了属于她在巴黎或贡布雷的中产阶级圈子里的女友，她是会显得很严厉的，可是现在有我在她面前极力称颂这些女性心地高尚，而她又那么爱我，所以有好些地方她也就原谅她们了。

不过，就算撇开合适不合适的问题不说，我相信阿尔贝蒂娜还是有很多地方使妈妈觉得难以忍受的。从贡布雷，从莱奥妮姨妈，从所有的亲戚那儿，妈妈保留了做事有板有眼、讲究条理的习惯，而在我这位女友的头脑里，是根本没有这种概念的。她进房间从来不知道关门，而要是房门开着，她也会毫无顾忌地直闯进去，就跟一条狗、一只猫没什么两样。她那有点不很知趣的妩媚，这会儿就使她在这家里简直不像一位年轻姑娘，而像一只养家的小猫小狗，就那么在房间里进进出出，冷不丁地出现在每个你没想要她来的地方，有时还走来跳上床跟我并排躺着——这在我倒是一种极好的休息——就像为自己做了个窝儿，一动不动地待着，全然不来惹我；换了是人的话，可就不会这样了。但后来，她终于还是向我的睡眠制度屈服了，非但不再贸然闯进我的房间，而且在我按铃之前再也不弄出声音来了。叫她不敢对这些规矩掉以轻心的，是弗朗索瓦丝。她是贡布雷那些忠心耿耿的女仆中的一个，她们知道自己主人的地位，她们所能做的最起码的事就是让他不折不扣地得到她们认定他该得到的一切。当一位生客告辞，想要给弗朗索瓦丝一些赏钱，让她跟帮厨的年青女仆去分的时候，往往还没等这位先生来得及把钱放进弗朗索瓦丝的手里，她已经在对那个跑来道谢的女仆发话了，说出的话既快当，又板实，不容对方不听，直到那女仆照她吩咐的那样，不是忸忸怩怩的，而是大大方方的道了谢才算完事，贡布雷的本堂神甫并不是一位天才，但他也清楚有哪些事是自己该做的。由于他的劝引，萨士拉夫人的一位信新教的表兄弟的女儿改宗皈依了天主教，而且结下了一段在他看来完美无缺的姻缘。这桩婚事的对方是梅塞格利丝的一位贵族。年轻人的父母写了一封信，原意是想了解些情况，但口气相当倨傲，对女方原宗新教颇有微词。贡布雷本堂神甫写了封措词强硬的回信，结果那位梅塞格利丝贵族马上回了封口气迥然不同的信，谦恭卑顺之至地恳求能有跟年轻姑娘结合的殊荣。

弗朗索瓦丝毕竟没有本领做到让阿尔贝蒂娜对我的睡眠抱有敬意。但在她身上，真可以说浑身上下渗透了传统的乳汁。对于阿尔贝蒂娜全然出于无心地提出要进我房间或让我给她要件什么东西的诸如此类的要求，她不是三缄其口，就是断然回绝，阿尔贝蒂娜在惊愕之余，终于明白了自己是置身于一个奇怪的地方，这儿时行一套陌生的习俗，举手投足都得受一些不容她违抗的规矩的管束。她在巴尔贝克时对此已有预感，而到了巴黎，就干脆打消了抗拒的念头，每天早上耐心地等听见我的铃声以后才敢弄出响声。

再说，弗朗索瓦丝对阿尔贝蒂娜的训导，对这位老女仆本身也有好处，她从巴尔贝克回来后整日价不停地长吁短叹，现在渐渐地听不见了。当初临上火车那会儿，她忽然想起忘记跟旅馆的“管家”告别了，那个照看各个楼面的长唇髭的女人，几乎都不认识弗朗索瓦丝，只是见面时对她颇为客气。但弗朗索瓦丝执意要下火车赶回去，到旅馆去对这位女管家说声再见，等第二天再动身。我出于理智，更出于骤然产生的对巴尔贝克的惧怕，没有同意她去实现这份心意，她却因此怏怏不乐，终日处于一种病态的、焦躁不安的恶劣情绪之中，即便事过境迁，情况依然不见好转，她把这种情绪一直带到了巴黎。因为，按照弗朗索瓦丝心目中的法典，正如她从圣安德烈教堂的浮雕画上看来的那样，盼着一个敌人早点死掉，甚至亲手去致他于死地，都是可以允许的，但倘若没有把自己该做的事做好，没有向人还礼，像个不折不扣的粗人那样，没有在动身前向一位楼面总管告别，那可就是大逆不道了。在整个旅途中，没有向那个女人道别的追忆，无时无刻不会重现在弗朗索瓦丝的眼前，使她的双颊升上一片样子很吓人的鲜红颜色。一路上直到巴黎，她不吃一点东西，不喝一口水，这与其说是为了惩罚我们，或许不如说是因为那段回忆压在她的胃里，真的把“胃袋”弄得“沉甸甸”了（每个阶层有它的病理学）。

妈妈每天有一封信给我，每封信里必定有德·塞维尼夫人书简的摘句，这么做的原因是多方面的，其中也含有对外婆怀念的因素。妈妈在信上写道：“萨士拉夫人请我们去吃了一顿她独擅胜场的早餐，要是你可怜的外婆还在，她又该摘引德·塞维尼夫人的话说，这早餐让我们不邀客人来家而得以排遣孤寂了。”我一开头回信时，傻乎乎地说了句：“从这些摘句，你的母亲一眼就看得出是你摘的。”这一下，三天以后我就读到了：“可怜的孩子，如果你是为了对我说声我的母亲，那么你找德·塞维尼夫人帮忙可是找错门了。她会像她回答德·格里尼昂夫人那样对你说：‘她对您就那么不算回事吗？我还以为你们是一家子的呢。’”

这会儿，我听见了我的心上人在她的房间里进进出出的脚步声。我按了铃，因为已经是安德烈带司机来接阿尔贝蒂娜出去的时间了，这个司机是莫雷尔的朋友，是从维尔迪兰家借来的。我曾经对阿尔贝蒂娜说起过我俩结婚的颇为渺茫的可能性；可我从没对她很正式地谈过这事；她呢，出于矜持，每当我说到“我不知道，不过也许是有可能的”，她总是带着忧郁的微笑摇摇头，像是在说：“不，不会的。”那意思也就是说：“我太可怜了。”于是，我在跟她说我俩的将来“什么都说不准”的同时，眼前就尽量让她开心些，日子过得舒坦些，也许我还下意识地想通过这样做来使她希望嫁给我。对这种奢靡的生活，她抱着一种取笑的态度。“安德烈的母亲瞧我成了像她一样的阔太太，一位照她的说法‘有车有马有画儿’的夫人，一准要对我板起脸来了。怎么？我从没告诉过您她是这么说的？哦，她是个怪人！让我吃惊的，是她居然还把画儿抬到能跟轻车骏马相提并论的地位。”

下面我们就会看到，尽管阿尔贝蒂娜说话傻里傻气的习惯还没改掉，但确实已经有了令人惊异的长进。可这跟我全然不相干，对一个女人在智力上的优点，我一向看得很淡漠。也许，能让我感到有趣的，只有塞莱斯特那种另有一功的语言天才。比如说，当她瞧准阿尔贝蒂娜不在，抽空子跑来跟我攀谈的时候，我总禁不住要轻轻地笑一阵子，她称我是："在床上休憩的天使！"我说："瞧您说的，塞莱斯特，怎么是'天使'呢？""哦，要是您以为您跟那些在咱们这块卑微的土地上游荡的凡夫俗子有什么共同之处，那您就大错特错了！""那怎么又是在床上'休憩'呢？您明明瞧见我是在躺着睡觉。""您可不是在躺着睡觉呵，难道您见过有谁是这样躺着睡觉的吗？您只是在这儿休憩一下。这会儿，您穿着这件白睡衣，再加上这么摆动脖子的姿势，看上去就像只白鸽儿。"

阿尔贝蒂娜，即使是在一些最琐屑不过的事情上，也跟不多几年以前在巴尔贝克的那个小姑娘判若两人了。在说到一桩她很反感的政治事件的时候，她居然也会说什么"这可真是太妙了"，我不知道是不是也就在这个时候，她学会了对一本她认为写得很糟的书这么说："这本书还挺有趣的，不过话得说回来，写这本书的**倒像是头猪**。"

我的房间在我按铃以前禁止入内，这使她觉得挺逗的。由于她得了我们家寻章摘句的家传，她就从她在修道院演过，而我又告诉过她我很喜欢的那几出悲剧中引经据典，一个劲儿地把我比作亚哈随鲁[①]：

未经召见擅自进见
就是胆大妄为罪不容诛。

不论官爵，不问男女，
厄运概莫能逃，令人胆虚。

---

① 法国剧作家拉辛的悲剧《以斯帖》中的人物，波斯国王。该剧取材于圣经故事，下面引用的是第一幕第三场中王后以斯帖的台词。

就连我……

亦为律条所囿，与其他女子无异，

为和他说话，若非静等驾幸

至少亦得候他召见。

她的外貌也起了变化。那双细细长长的蓝眼睛——现在更细更长了——有点变了模样；颜色依旧没变，但看上去就像是一汪清水。以致当她闭上眼睛时，你会觉得就像是合上了一道帘幕，遮蔽了你凝望大海的视线。在我脑子里留下最深印象的，大概就是她脸上的这个部位——当然这只是指每晚跟她分手时而言。因为，比如说吧，等到了第二天早晨，那头波浪起伏的秀发又会使我同样地感到惊叹不已，就像我瞧见的是一件从没见过的东西似的。不过，在一位年轻姑娘笑吟吟的目光之上，又有什么东西还能比紫黑光亮的华冠也似的一头秀发更美的呢？笑容平添了几分情意，而浓密秀发的末梢上的那些澄莹的小发卷，却更接近可爱的肌体，仿佛这就是从那儿传来的乍起的涟漪，叫人看得心旌飘摇。

她一走进我的房间，就纵身跳到床上，有时候还会一本正经地向我解释我这人有哪些地方怎么怎么聪明，以一种真诚的激情向我起誓，她宁愿死去也不愿离开我：那些日子我都在刮好脸以后才叫她来的。她属于那种不会找出自己产生某种感觉的原因的女人。一张胡子刮得很干净的脸使她们引起的愉悦，会被解释成一个在她们眼里将为她们的未来奉献幸福的男子在道德品行上的优点，但这种幸福却又会随着胡子的生长而变得黯然失色，成为莫须有的东西。

我问她要去哪儿。“我想安德烈要带我到比特-肖蒙公园去，我从没去过那儿。”当然，我没法从那么些其他的话中间判断出她这句话是不是在说谎。再说，我相信安德烈会把阿尔贝蒂娜和她一起去过的地方都告诉我的。在巴尔贝克，我对阿尔贝蒂娜感到极其厌烦的那会儿，曾经半真半假地对安德烈说过："我的小安德烈，要是我早些碰到您有多好！那样我就会爱上您的。可现在我的心已经给押在别的地方了。不过我们还是可以经常见见面，因为对另一个女人的爱情使我感到无限忧伤，只有您能帮助我，给我以安慰。"谁料这几句戏言，时隔三星期之后却当了真。安德烈在巴尔贝克那会儿想必是以为我在说谎，我其实爱的是她，这会儿在巴黎，也许她也仍然是这么想的。因为对我们每个人来说，事情的真相到底如何，实在是变幻莫测，所以旁人是简直没法领会其中奥妙的。而由于我知道她会把她跟阿尔贝蒂娜一块儿做些什么，一五一十地都告诉我的，所以我就请她上这儿来，她也接受了邀请，几乎天天来找阿尔贝蒂娜。这样一来，我就可以放心地待在家里了。安德烈曾是那伙姑娘中的一员，凭这一点，我就相信她是会从阿尔贝蒂娜身上得到所有我想知道的东西的。说实话，我现在可以真心诚意地对她说，唯有她能慰藉我的心灵，使它得到宁静。另一方面，我之所以挑选安德烈（她正好改变主意，不回巴尔贝克，留在巴黎了）跟阿尔贝蒂娜做伴，跟阿尔贝蒂娜告诉我的话也有关系，她告诉我说，在巴尔贝克那会儿，她的这位女友对我很有情意，可我一直以为安德烈那时挺讨厌我，如果我当初知道是这么回事，也许我爱上的就是她了。"怎么，您对这事一点都不知道？"阿尔贝蒂娜对我说，"我们可是常拿这事开玩笑呢。再说，难道您从没注意到她说话想事都在学您的样子吗？每逢她刚从您那儿回来，事情就更是显而易见了。用不着她告诉我们她有没有跟您见过面。她这么一到，只要是刚从您那儿来的，那么从她脸上一眼就看得出来。我们几个人你瞧我我瞧你的，笑得个不亦乐乎。她就像个烧炭佬，浑身从头黑到脚，却要人家相信他不是烧炭的主儿。磨坊伙计不用告诉人家他是干什么的，别人一瞧他那一身面粉，还有肩上那扛包的印儿，就全明白了。安德烈也是这样，她跟您一个模样地皱着眉头，过后又把长长的颈脖这么一扭，还有好些我说不上来的名堂。要是我从您房间拿了一本书，哪怕我走到外面去看，人家也知道书是从您这儿拿的，因为这书上有股子熏药的怪味儿。还有些事，说起来都是琐屑不起眼的小事，可是骨子里还真是些挺够意思的事儿。每当有人说到您怎么怎么好，看样子对您挺看重的，安德烈就会欢喜得出神。”

不过，我担心阿尔贝蒂娜会趁我不在跟前要些花样，所以还是劝她这天别去比特-肖蒙公园，换个别的地方，比如圣克鲁去玩玩。

当然这压根儿不是因为我还爱着阿尔贝蒂娜，这我自己也清楚。爱情，也许无非就是一阵激动过后，那些搅得你的心翻腾颠动的旋流的余波而已。阿尔贝蒂娜在巴尔贝克对我说起凡德伊小姐的那会儿，的确有过这样的旋流搅得我的心上下翻腾过，可是它们现在平息了。我不再爱阿尔贝蒂娜了，因为此刻在我心中，当我在巴尔贝克的火车上了解到阿尔贝蒂娜的少女时代，知道她或许还是蒙舒凡的常客时我所感到的那种痛楚，确实已经不复存在了。所有这一切，我已经翻来覆去地想够了，痛楚已经平复了。但是，阿尔贝蒂娜说起话来的某些样子，不时还会让我揣测——我也不知道为什么——在她那尚且如此短暂的人生历程上，她一定接受过许许多多恭维和求爱的表示，而且是满心欢喜地，也就是说是以一种狎昵风骚的姿态去接受的。因而她对什么事都爱说：“是吗？真的吗？”当然，要是她就像奥黛特那样地说什么：“瞧他吹的，是真的吗？”我是不会多生这份心的，因为这种话本身就够可笑的，让人听了只会觉得这个女人头脑简单，有点傻气。可是阿尔贝蒂娜说“是吗？”的那种探询的神气，一方面给人一种很奇怪的印象，觉得这是一位自己没法作出判断的女同胞在求助于你的证实，而她则像是不具备与你同等的能力似的（人家对她说：“咱们出来一个钟头了”或者“下雨了”，她也问：“是吗？”），另一方面，遗憾的是这种无法对外界现象作出判断的能力上的缺陷，又不可能是她说“是吗？真的吗？”的真正原因。看来倒不如说，从她长成妙龄少女之日起，这些话就是用来应付诸如“您知道，我从没见过像您这样漂亮的人儿。”“您知道我有多么爱您,我爱您都爱得要发疯了”之类的话的。这些“是吗？真的吗?”就是在卖弄风情地应承的同时,故作端庄地给那些话一个回答,而自从阿尔贝蒂娜和我在一起以后,它们对她只剩一个用处,就是用一个问句来回答一句无须回答的话,比如说:“您睡了一个多钟头了。”“是吗?”

我觉得我对阿尔贝蒂娜已经没有任何爱情可言,回忆往日的欢乐时我从不会去想起我俩在一起度过的那段时光,但对她每日的行止,我始终在暗中挂着心;当然,我逃离巴尔贝克,为的就是让她再也没法去跟这个那个的朋友会面,我一直对她的这帮朋友提心吊胆的,生怕她跟她们混在一起会为了逗个乐儿,说不定还是为了拿我逗个乐儿,就干出些伤风败俗的事来,因此我当机立断决定离开那儿,意在一劳永逸地斩断所有这一切对她有害的联系。阿尔贝蒂娜有一种不同一般的惰性,一种把什么事情都忘在脑后、随遇而安的本领,以致那些联系一旦切断之后,纠缠我多时的恐惧症也就不治而愈了。但正像它所由缘起而又无以名状的邪气一样,这种恐惧也会以各种模样出现。在我的嫉妒还没有找到新的附体以前,我还能在痛苦已成过去之际,得到一段时间的安宁。可是,些许细微的诱因,就能引起一种慢性病的复发,同样,对激起这种嫉妒的人的邪恶而言,一点小小的机缘就能触发它(在一段贞洁的间歇过后)再度施威于不同的对象。我可以把阿尔贝蒂娜和她的同伙分开,从而驱走邪魔似的缠绕着我的幻觉;但是,即使我能够让她忘掉那伙人,切断她和她们的联系,她的寻欢作乐的欲望却是根深蒂固,而且也许正等待时机随时准备宣泄出来的。而巴黎和巴尔贝克同样地为这种宣泄提供着机会。无论在哪个城市都是一样的,她根本无须去寻找,因为邪恶不仅存在于阿尔贝蒂娜身上,而且存在于别人身上,任何寻欢作乐的机会都是那些人所求之不得的。只消一个心领神会的眼神,就能把两个如饥似渴的人撮合在一起。对一个机灵的女人来说,先装出什么也没瞧见的样子,过五分钟再朝那个已经心领神会、兀自等在一条小马路上的人走去，三言两语就安排好一次幽会，这真是再容易不过的事了。有谁能看出半点破绽来呢？对于阿尔贝蒂娜，事情更加简单，她若想把那种暧昧关系保持下去，只用对我说她挺喜欢巴黎的某处近郊，很想再去一次就行了。所以，只要她回来得太晚，或是出去兜风的时间长得难以解释（尽管结果也许还是让她轻而易举地给解释了过去，而且其中绝无半点与情欲有涉的理由），就足以让我旧病复发，这回它可是跟我想象中的一幕幕背景并非巴尔贝克的场景缠在了一起，而我则极力想把这些场景连同以前的印象一并抹去，仿佛排除一次转瞬即逝的诱因，就能消弭一场先天疾病的病因似的。我没有意识到，我之所以能这么做，靠的正是阿尔贝蒂娜多变的性格，正是她那种对不久前还是情之所钟的对象说忘就忘，甚至立时生出厌恨来的本领，我这样做，不时会使某个我不认识、但曾给她以乐趣的对象蒙受深切的痛苦，我更没有意识到，我把痛苦加在这一个个对象身上，其实也是枉然的，因为这些对象都将相继被抛弃、替补，在被她轻率抛弃的旧人横陈沿途的这条通道之侧，还有一条平行的小路展示在我面前，那是一条只容我偶尔停步匆匆喘口气的无情的畏途；如果当时能仔细想一想，我该明白只有在阿尔贝蒂娜和我两人中有一个已经走到生命尽头的那个时刻，我的痛苦才会休止。还在我们刚回到巴黎的那会儿，我就对安德烈和司机关于陪阿尔贝蒂娜外出兜风的报告不满意，当时我就感觉到，巴黎的近郊和巴尔贝克的近郊同样的使我不放心，有好几天，我亲自陪阿尔贝蒂娜出游，可是不管上哪儿，我照样摸不透她到底在干些什么，她照样尽可以背着我做小动作，我一个人监视她，困难更多，最后我干脆带她回了巴黎。说实话，离开巴尔贝克那会儿，我还以为就此带着阿尔贝蒂娜离开了戈摩尔呢；唉！戈摩尔在这世上真是无所不在。我一半出于嫉妒，一半出于对这种兴趣（非常难得遇到的情形）的懵懂无知，无意间安排下了一场捉迷藏的游戏，而阿尔贝蒂娜在这中间始终没让我逮住过。我会冷不丁地向她发问："喔！

顺便问一句，阿尔贝蒂娜，不知是我瞎想还是您真对我说过，您认识希尔贝特·斯万？”“是嘛，我说过她在课堂里老爱跟我说话，因为她有一套法国历史的笔记；她还挺客气的，把这些笔记借给我，我看完以后就带回教室去还她，我俩只在课堂上见面。”“您看她是不是属于那种我所不喜欢的姑娘？”“哦！完全不是，正好相反哪。”

不过，除了一味作这种类似审讯的聊天以外，我更经常地是把待在家里节省下来的这点精力，全部花在想象阿尔贝蒂娜出游的情景上，我用一种热切的口吻跟她谈到咱俩一起出游的计划，无从兑现的计划使这种热切显得那么无可指摘。我表示了去巴黎圣礼拜堂①重睹彩绘玻璃风采的强烈欲望，并为无法单独陪她成行深感遗憾，她瞧着我那种热切的模样，就温柔地对我说：“哦，我的小乖乖，既然您看来这么想去，那么就上点劲儿，和我们一块儿去呗。只要您愿意，我们等多久都行，等到您准备好为止。另外，要是您觉得单独和我在一起更有趣的话，我只消打发安德烈回家，让她下回再来就是了。”然而这些邀我出游的话，却正增强了我的安全感，使我更安心地待在家里了。

我没想到，把看守阿尔贝蒂娜以平息我内心骚乱的任务，如此这般地托付给安德烈和司机，让他俩去费神监视阿尔贝蒂娜之后，我却就此变得愈来愈迟钝，那种绞尽脑汁驰骋想象的冲动给遏制下去了，那些由揣度、阻止别人要做的事的意愿所激发的灵感也不复出现了。更危险的是，就我的个性而言，可能性所构成的世界总要比日常生活的现实世界更让我觉得容易明白些。这固然有助于去了解人的心灵，但也容易受人欺骗。我的嫉妒由想象而生，是一种精神上的自我折磨，而与可能性并不相干。然而，人们乃至整个民族（因而我也包括在内），在其生命史上都可能会有那么一天，感到自己身上需要有一个警长，一个明察秋毫的外交官，一个

① 位于巴黎市中心的古教堂，其中建造于十三世纪的彩绘大玻璃窗极为壮观。

安全部门的首脑，这些人物从不根据可能性去作八面来风的臆测，而是进行准确的推理，暗自在算计着：“倘若德国如此这般宣称，那么它必是另有企图，那决非某种泛泛而谈的企图，而是极其明确的某事某事，而且可能已在付诸实施。”“如果此人已经逃跑，他一定不是逃往目的地a，b，d，而是逃往目的地c，必须在该地组织搜捕，具体方案如下……”天哪，这方面的本领我生来就欠缺，现在我又习惯了让别人去代我操那份监视阿尔贝蒂娜的心，自己图个清静，所以干脆听任那点微弱的本能麻木、萎缩乃至消亡。

至于我想待在家里的原因，我是很不愿意向阿尔贝蒂娜讲穿的。我告诉她说，医生嘱咐我卧床。这不是真话。即便是真话，当初这道医嘱也并没能阻止我陪阿尔贝蒂娜出游。我请她允许我不跟她和安德烈一起出去，在此我只想说其中的一个原因，一个出于明智的考虑的原因。每次我和阿尔贝蒂娜出去，只要她稍稍离开我一会儿，我就会惴惴不安：我揣想她也许是在和什么人说话，或者是在拿眼风瞧什么人。要是她情绪不佳，我又会想，大概我把她的约会给搅了或是耽误了她的时间。真实，从来就只是一种把我们引向未知世界的诱饵，而我们在探索这未知世界的道路上，是没法走得很远的。最好的办法是尽量不去知道，尽量不去多想，不为嫉妒提供任何具体的细节。遗憾的是，即使与外界生活隔绝，内心世界也会滋生种种事端；即使我不陪阿尔贝蒂娜出去，独自在家遐想，纷沓的思绪中时而也会冒出一鳞半爪真实得不能再真实的东西，它们就像一块磁铁那样，把未知世界的某些蛛丝马迹牢牢地吸住，从此成了痛苦的渊薮。哪怕我们生活在密封舱里，意念的联想和回忆，仍然在起作用。但这些内心的撞击并不一定是即刻产生的。阿尔贝蒂娜刚出门，孤独所具有的那种启人心智的效能，俄顷之间就使我恢复了生气；我也要在这刚开始的一天享受自己的乐趣。可要是当天的天气不仅不能唤起我对往昔的想象，而且也不能向我展示眼前的真实世界，展示这个对任何没有为一些不起眼(因而不足道)的情况所迫,非得待在家里不可的人来说都是一目了然的真实世界,那么光凭享受一番乐趣的一厢情愿的愿望——这种任性的、纯粹出于本能的愿望——是还不足以给我带来这些乐趣的。有些个晴天,寒意袭人,街上的声音异常清晰地传到耳际,与我之间的沟通显得那么畅达,仿佛房子四周的墙壁都给拆了似的,每逢电车驶过,它那叮叮当当的铃声就宛如一把银刀在敲击玻璃的房子。更美妙的,是我在心里听到的那把潜在的小提琴奏出的令人陶醉的新的旋律。随着温度和外界光线的变化,琴弦变得时而紧张,时而放松。在我们体内,这潜在的乐器在日复一日单调划一的生活节奏中保持着沉默,让它奏出如歌旋律的正是差异和变化音乐的那个源泉:有些日子里,天气的变化会使我们即刻从一种音乐氛围转换到另一种氛围。我们会回忆起一支久已忘怀的曲调,歌的旋律会以数学般的精确浮现在记忆中,甚至都来不及去辨认这到底是哪支歌,便会信口唱了出来。唯有这些内在的变化(尽管它们也是受外界影响产生的),才会引起我对外部世界印象的改变。脑海中那扇久久关闭的交流沟通之门开启了。小城生活的片段,欢愉郊游的场景,都在意识中浮现出来了。随着琴弦的颤动,我全身都震颤了起来,我相信,为了能再有一次如此奇妙的体验,我会愿意付出业已逝去和行将到来的全部生命作为代价——这些生命所留下的痕迹,早晚是要给习惯这块橡皮拂拭殆尽的。

虽然我没有陪阿尔贝蒂娜去作长途的郊游,但是我的心神却比她的行踪更加飘忽不定,我拒绝了用我的感官去领略这个美好的早晨,但我在自己的想象中欣赏着所有那些与之相似的早晨,那些已经有过和还会再有的早晨,更确切地说,我在欣赏的是某一个典型的早晨,所有跟它相似的早晨都只是它时断时续的再现,我一眼就能认出它们;因为清冽的风儿吹过,就会把当天的福音书掀到一页页合适的位置,稳稳当当地齐着我的视线,让我躺在床上就能清楚地看到它们。这个理想的早晨,以酷肖所有类似的早晨的永恒的真实，充实我的心灵，给我带来一种不因体质孱弱而兴味稍减的欢乐：幸福舒畅的感觉，往往并不是从健全的体魄，而是从不曾消耗的盈余精力中产生的，我们不必靠充实精力，只须靠缩减活动，就能同样地获得这种感觉。我在病床上积累的充盈精力，使我全身震颤，心头突突地跳个不停，犹如一部不能移动的机器兀自在原地运转。

弗朗索瓦丝来生火，往炉膛里扔了些小树枝引火。一个夏天下来已被遗忘的那股气味，氤氲在炉膛四周，生成一个魔幻般的氛围，我在其中依稀觉得自己正在看书，一会儿在贡布雷，一会儿又在东锡埃尔，我感到快活极了，尽管人还在巴黎的房间里，却仿佛正要动身沿梅塞格利丝的方向去散步，要不就是去找圣卢和他的那些在军营的朋友。常常有这样的情况，我们回想积聚在记忆中的往事所感受到的乐趣，在有些人身上，例如在那些身受病痛折磨而又时刻怀着康复希望的人身上，会表现得格外强烈，难支的病体和怀抱的希望，一方面使他们不可能到大自然中去寻找跟回忆吻合的图景，另一方面又使他们有足够的自信，以为自己很快就能那么去做，因而面对这些回忆仍会显得充满渴念、无限神往，面前的这一切，在他们已不仅仅是回忆或图景。然而，即使它们对我来说永远只是些回忆而已，即使我在回想起它们时仅仅是看见一些图景而已，有时冷不丁的，由于一种感觉同一效应，它们会使我整个儿的变成那个当初见到它们的孩子或少年。不仅户外的天气起了变化，室内的气味有了异样，而且在我身上年龄倒了回去，人也变了模样。清冷的空气中透出的树枝气味，宛如一段逝去的岁月，一块从往昔的冬日漂来的见不到底的浮冰，闯进了我这间不时留有这种香味或那种亮光痕迹的屋子，这些痕迹犹如岁月流逝留下的印痕，甚至还在我怀着契阔已久的希望的喜悦辨认出它们以前，我就已经置身其间，整个儿沐浴在它们当中了。阳光照在我的床上，穿过我瘦弱躯体的透明遮挡，温暖着我，使我有如水晶玻璃似的变得通体灼热。这会儿，我就像一个连医生还禁止他吃的菜肴也照吃不误的饿慌了的恢复期病人，又想起了阿尔贝蒂娜，心想跟她结婚势必会弄糟我的生活，既然我得承受把自己奉献给别人这么一个对我来说过于沉重的负担，而且由于她无时无刻不在我眼前，我势必得过一种丧失自我的生活，再也没法享受到那种悠然独处的乐趣。

问题还不止于此。即便我们所要求于生活的只是它能给予我们的种种愿望，其中也总有一些——那些不是由物，而是由人激起的愿望——会有它们独特的禀性。所以，倘若我从床上起来，撩开一会儿窗帘，那可并不仅仅是像音乐家打开一会儿琴盖那样，也不仅仅是为了证实一下阳台和街上的阳光是不是完全和我的回忆合得上辙，我那样做，也是想瞧一眼那个挎着筐衣裳的洗衣女工和穿着件蓝罩衫的面包铺女掌柜，或者是那个用弯弯的扁担挑着牛奶罐、穿着围裙翻出白帆布袖口的送奶女人，再不就是想瞧瞧那个跟在家庭女教师后面、满脸娇气的金发小姑娘，总之，我想瞧的是这样一幅图景，它跟其他图景在外表上看似微不足道的差别，已足以使它跟那些图景之间，用音乐的语言来说，有如两个不同的音符那样迥然相异，而我只要有哪一天见不到它，这一天就会因其无法为我追求幸福的愿望提供对象而显得苍白贫乏。不过，见到这些事先想象不到的女性，虽然给我带来了愈来愈多的欢愉，使这街道，这城市，这世界都变得更令我向往，更值得我去探索，但因此也使我急不可耐地渴望恢复健康，走到外面去，没有阿尔贝蒂娜在身边，做个自由自在的人。有多少次，当那个将把遐想留给我的陌生女人或是步行，或是把车子开得飞快地从屋前经过的时候，我总为自己的病体没法跟上目光而感到痛苦，我的目光追随着那个女人，犹如火枪的枪子儿从窗洞里射出去似的落在她身上，不让她的脸容从我的眼里消失，因为我在这张脸上期待着幸福——一个幽居如我的人从未尝到过的幸福——的赐予！

至于阿尔贝蒂娜，我对她的情况已经不感什么兴趣。她一天比一天变得难看。只有当我听说她怎么撩拨起别的男人的欲念的那会儿，我才重又感到痛苦，想把她从他们那儿夺回来，让她当着我的面给高高地吊在桅杆上。她能使我痛苦，但决不会使我快乐。正是这种痛苦，维系着我和她之间的这种乏味腻人的关系。一旦这种痛苦得以解脱，减轻痛苦的努力——它有如一种让人备受折磨的游戏，逼得我付出全部精力——也随之变得全无需要之后，我就觉得她对我已经变得毫无意义，而我对她想必亦是如此。使我感到沮丧的是这种状况还会持续下去，我有时甚至希望听到她干下了什么骇人听闻的丑事，能让我在病体康复之前跟她吵一场，然后好让我俩重归于好，让那根把两人拴在一起的链子换个样儿，变得柔软些。

与此同时，我又利用许许多多个场合，许许多多次作乐的机会，在两人的交往中给她制造了一种幸福的幻想，而这种幸福我自问是无法真正给她的。我一旦身体恢复，就要去威尼斯；可是，倘若我娶了阿尔贝蒂娜，我怎么能成行呢？我对她百般猜疑，哪怕就在巴黎，当我决定要走动一下的时候，也总要带着她一块儿出去。即便我整个下午都待在家里，我的思绪还是一路跟随着她，我眼前会浮现出一幅蓝濛濛的幽远的场景，以我为中心绵延生成一片朦胧空廓、飘移不定的地带。"要是阿尔贝蒂娜，"我对自己说，"在哪回兜风的时候，想到我不再跟她提起结婚的事儿，下个狠心就此不回来，干脆上她姨妈家去，也不要我对她说声再会，那她就会省掉我不少事，免得我为两人的分手去那么担心了！"我的心，自从它的伤口愈合以后，开始跟我的这位女友分道扬镳了；我可以在想象中毫不费力地把她挪开，让她离得我远远的。没有了我，十有八九会有别人娶她的，而她，有了自由，也许就会去干出那种种叫我胆战心惊的荒唐冒险的事儿。可是，这会儿的天气这么好，我拿准她晚上就得回来，所以即使她可能干下傻事的念头在我脑子里冒了头，我还是能很洒脱地把它甩在一边，让它在头脑里的哪个旮旯里无声无息地待着，就像那是某个想象中的人物干的坏事，跟我的现实生活毫不相干似的；我的脑子轻松自如地运转着，觉得自己具有一种既是生理上的、又是心理上的力量，它好似一种肌肉的活动，一种精神的亢奋，使我超越始终羁绊着我的忧心忡忡的状态，开始在自由自在的氛围中活动，而一旦进入这种氛围，就觉得不论是死命地去阻止阿尔贝蒂娜跟别人结婚，还是想方设法不让她跟别的女人相好，它们在我自己眼里，就跟在一个不认识她的陌生人眼里同样的显得有悖情理。

然而，嫉妒又属于那种诱发因素变化莫测、无从控制的间发症，这些诱发因素往往在这个病人身上是一个样儿，在另一个病人身上完全是另一个样儿。有的哮喘病人发病时，非得打开窗户，站在风口里呼吸从冈峦拂来的新鲜空气，病情才能缓解，而有的哮喘病人却得待在城里，躲在烟雾缭绕的房间里才行。但既然生的同是嫉妒病，他们又会都有对某些事可以循例不究的脾气。有的人并不在乎受骗上当，只要别人把事情告诉他，让他知道真相就行，有的人却但愿别人能把事情瞒着他，其实这两种人同样可笑，因为，如果说后一种人由于别人对他隐瞒了真相而更称得上真正受了骗，那么前一种人要知道真相则无非是要让烦恼滋生、延续、周而复始。

而且，嫉妒的这两种不同的偏执表现，对隐情恳请告知也好，拒不与闻也好，常常都会走到偏执狂的地步。我们看到，有些受了情妇疏慢的嫉妒的男子，依然允许她委身于别的男人，只要事情得到过他的许可，而且就在近边，即使不在他眼皮底下，至少也是在他的屋顶底下进行。在那些上了些年岁，而情妇还很年轻的男人中间，这种情形是屡见不鲜的。这种男人感觉到自己已经难以讨得情妇的欢心，有时甚至已经无法满足她的要求，于是，与其让她欺骗自己，倒不如把一个能使她开心、却不会给她出坏主意的男人，引进家里的一间邻室。对另一些人，情况截然相反：在一个他所熟识的城市里，他决不允许情妇离开自己半步，完完全全把她当奴隶一般看待，但他又可以同意她跑开一个月，到一个他完全陌生的、无从想象她在那儿会怎样生活的国家去。我对阿尔贝蒂娜，就同时有着这两种以偏执求安宁的心态。如果她是在我的附近寻欢作乐,而且是由我纵容她这么做的,我就能监视她的一举一动,不用担心会受她的骗,所以也就不会嫉妒;如果她去了一个我完全陌生的遥远的国度,叫我无从想象,不能也不想再去了解她是怎样行事的,那我或许也不会嫉妒。在这两种情形下,或是由于了如指掌,或是由于一无所知,都无从产生疑窦。

夕阳吐着余晖,回忆把我带进了一种久远而清新的氛围,我感受着这种氛围,犹如俄耳甫斯呼吸到人间不曾有过的、来自天堂的美妙气息那般的欣喜。可是暮色终于降临,将我沉浸在忧郁之中,我下意识地望望挂钟,看阿尔贝蒂娜还有多久才能回来,我发觉还来得及穿好衣服下楼去,就某些衣着打扮的问题,请教一下房东德·盖尔芒特夫人,因为我正打算买些东西给阿尔贝蒂娜。有时候,我在院子里碰到公爵夫人徒步出门去买东西,而且即便天气不好,她也总戴着女便帽,穿着皮大衣。我心里很清楚,在好些聪明人的眼里,这位太太根本算不了什么,既然现在已经没有公爵领地或亲王封邑,那么德·盖尔芒特公爵夫人这个名头也就全无意义了;可是我对公爵亲王也好,城堡封地也好,都有另一种不同的看法。这位不分晴雨都穿着皮大衣的太太,当年她作为公爵夫人、亲王夫人、女子爵所拥有过的那些城堡采地,在我眼里似乎仍在她手里,就如建筑物巨石门楣上镌刻着的那些人物擎着他们所建造的大教堂或者他们所保护的城市。不过这些城堡、森林,只有我心灵的眼睛才能看见它们擎在这位穿皮大衣、戴手套的太太,这位国王表妹的手上。我的肉眼,在天色阴沉的日子所能看见的仅仅是公爵夫人敢于用来武装自己的一把雨伞。“天有不测风云,还是带着保险些,要不万一我走得挺远,汽车讨的价钱又太贵,我可怎么办哪。”“太贵”呀,“我可付不起”呀,这些话都是公爵夫人整天挂在嘴上的,还有一句是:“我可太穷啦。”让人分不清她这么说,是因为她觉得作为一个有钱人,说说自己很穷挺有趣,还是因为她觉得作为一个贵族(尽管装得像一个乡下女人似的)不像那些有了几个钱就看不起穷人的暴发户似的视财如命，自有一种潇洒的意味。但也可能这只不过是她在某个生活阶段的一种习惯，她挺富有，但相对于支撑这个场面的开销来说又不够富有，总难免感到钱不够用，而她又不愿意让人觉得她想瞒着人家，于是就干脆自己放在嘴上说了。一个人用开玩笑的口吻说的事儿，往往正是使他感到心烦意乱的事儿，只是他不愿意显出烦恼的样子，而且暗地里也许还怀有一种侥幸心理，指望谈话的对方听出自己开玩笑的口吻，也就以为这事儿不能当真了。

不过在晚上的这个时候，我知道公爵夫人一般总是在家的，对此我感到挺高兴，因为这样我就可以更方便地向她详细请教阿尔贝蒂娜用得着的种种知识了。我下楼去的时候，几乎根本没去想一想这事儿说起来有多奇怪：这位让我在童年时代感到那么神秘的德·盖尔芒特夫人，这会儿我上她家里去仅仅是出于实用的目的，想派她个用场，就像是在打个电话似的，当年电话曾是个不可思议的东西，它的奇迹曾让我们感到神乎其神，惊叹不已，可是时至今日，逢到要约裁缝来或者招呼店家送冰淇淋来的时候，我们拿起电话就打，脑子里压根儿就没想着电话这回事。

阿尔贝蒂娜对各种各样的小玩意儿都有强烈的爱好。我也禁不住每天都要给她买点新鲜玩意儿。每当她眉飞色舞地对我说起她那双一眼就能看出某件衣物是否风雅的眼睛隔着窗户或是在院子里瞧见德·盖尔芒特夫人围在颈脖里、披在肩膀上或是拿在手里的长围巾、皮披肩或阳伞的时候，我心里很明白，这位小姐的口味生来难弄（跟埃尔斯蒂尔交谈，受了他的趣味的影响之后，越发变得考究了），别说一件只不过是看上去还过得去的东西，就算它确实很漂亮，在一般人眼里已经是很雅致的了，但只要实际上并非全然如此，它就决不会合她的口味；我悄悄地跑去请教公爵夫人，阿尔贝蒂娜喜欢的那件衣裳是在哪儿定做，怎么定做，照什么样子定做的，我要怎样才能一模一样地也弄到这么一件，还包括制作者的秘密，他的特色（阿尔贝蒂娜把这叫作“风度”、“派头”），确切的名称——名头响亮也至关重要——以及我得让人选用的料子的质地。

刚到巴尔贝克那会儿，我就告诉阿尔贝蒂娜说德·盖尔芒特公爵夫人跟我们在同一幢楼里，就住我们对面，她听见这个显赫的头衔和姓氏时的那副神气，说它是冷漠、敌对、蔑视都还嫌轻，那是一个生性高傲、感情炽烈的人在无力实现自己愿望时的一种情绪流露。尽管阿尔贝蒂娜的性格可能自有它了不起的地方，但它所包含的那些优点却只能在我们的爱好这个框框里面，在我们对自己不得不放弃的那些爱好（对阿尔贝蒂娜来说就是冒充高雅）的哀悼——这就是平时所说的反感——中间，去求得发展。阿尔贝蒂娜对社交圈子里的人的这种反感，仅仅是她性格中很小的一个部分，但它作为其中最具有革命精神的一个侧面，使我感到兴趣——那就是对贵族的一种饱含怨懑的眷恋——这恰好跟德·盖尔芒特夫人的贵族气质所表现出来的法兰西性格形成一个有趣的对照。对那种贵族气质，阿尔贝蒂娜因其无法企及，也许倒并不怎么放在心上，但她记得埃尔斯蒂尔曾对她说过公爵夫人是巴黎穿着最讲究的女人，所以在我这位女友身上，对一个公爵夫人所表现的具有共和色彩的蔑视让位给了对一位装束优雅的女人的强烈兴趣。她常常向我打听德·盖尔芒特夫人的情况，而且怂恿我上公爵夫人那儿去征询有关她的衣着打扮的意见。这些事其实我可以去向斯万夫人讨教，出于这一目的我也确实给她去过一封信，不过我觉得德·盖尔芒特夫人在穿着艺术上似乎更胜一筹。如果我在拿准她没出门，而且关照好等阿尔贝蒂娜一回家就通知我以后，我下楼去瞧见公爵夫人穿着一袭薄雾也似的灰色中国绉纱长裙，一派飘飘欲仙的样子，我就会觉得她之所以像这样子出现在我眼前，是出于一些很复杂的原因，而且是应该这样而不可能是别的样子的，我听凭自己浸润在这种恬适的氛围里，有如置身于某些雾气濛濛、笼罩在珠灰色调中的宁谧的下午；如果反过来，她穿的是一件缀满朵朵黄的、红的火苗的中国睡袍，那我就会出神地望着它，犹如望着一轮耀眼的落日；这些衣着，并非一种无所谓的、可以随便更换的装饰，而是一种确定的、带有诗意的现实，如同一天的天气，如同这一天中某个时刻特定的光线。

在德·盖尔芒特夫人的所有这些长裙和睡袍中间，最能反映一种明确倾向、具有一种特殊意义的，要算是福迪尼仿照威尼斯古图案制作的那些长裙。也不知是由于它们的这种历史渊源，还是由于它们中间的每一件都是独一无二的缘故，这些长裙被赋予了一种非常特殊的性质，使穿着这些长裙等你前去或是跟你接谈的这个女人，变得异乎寻常地重要起来，仿佛这装束是长时期深思熟虑的成果，仿佛这谈话是超脱于日常生活之上，有如小说中的场景似的。在巴尔扎克的小说中，我们见过其中的女主角在接待某位来客的日子特意穿上这件或那件装束。如今的服饰已经不像这般的具有个性了，但福迪尼的长裙算得上是个例外。写小说的人在描写这些长裙时，不会有任何含糊之处，因为这些长裙是确实存在的，它上面的最细微的图案，也像一件艺术品的真迹那样可以让你细细端详。面对两件决非大致上差不多，而是每件都有鲜明个性，甚至可以分别给它们取个名儿的长裙，究竟是穿这件，还是穿那件，这位夫人的确是得作一番选择的。

不过，说了长裙，我还得再说说这位夫人。我觉得这会儿的德·盖尔芒特夫人，甚至比当初我恋慕着她的时候更可爱了。因为我在她身上已无所期待（我去她那儿已不是出于看望她的目的），所以当我把脚搁在壁炉柴架上听她说话，仿佛在读一本用往昔的语体写作的书的时候，我几乎是像独自一人待在那儿似的无拘无束，心境平和而宁静。我的精神境界是超脱的，因而我能够细细地品味她的谈吐中那种法国式的典雅，其韵味的纯正，在今天的口头和书面语言中都已是不可复得了。我听着她娓娓而谈，犹如聆听一首风味纯正的可爱的法兰西民歌，甚至觉着依稀能在其中听出她对梅特林克有所微词（不过，鉴于女人缺乏主见，易为文学界的时尚所左右，如今她或许已经受了姗姗来迟的褒誉的影响，对这位比利时剧作家赞赏不已了),正如我能觉着梅里美对波德莱尔,司汤达对巴尔扎克,保尔-路易·古里埃对维克多·雨果,梅拉克对马拉美都有过微词一样。我知道,这些嘲贬别人者就思想而言都比他们嘲贬的对象有更大的局限性,然而他们的语汇却是更纯正的。德·盖尔芒特夫人的语汇几乎跟圣卢的母亲不相上下,简直到了一种令人赞叹的境界。今天的那些爱说"实则"(而不说"其实")、"更有甚者"(而不说"尤其")、"大惊失色"(而不说"大吃一惊")等等等等的作家,我可不是从他们的苍白乏味的语汇中,而是从跟一个叫德·盖尔芒特夫人或者叫弗朗索瓦丝的女人的交谈中学到古风的语体和一个个词儿的真正读音的,我在五岁那年就从弗朗索瓦丝那儿知道,大家是不说塔尔纳,而说塔尔,不说贝阿尔纳,而说贝阿尔的。所以我在二十岁进社交圈子时,就用不着再让人教我不该像邦当夫人那样说"德·贝阿尔纳夫人"了。

如果我说公爵夫人并没意识到自己身上的这种乡土味和半拉子的村妇气,或者她在表现这种味儿时没有某种矫情之处,那我就是在说诳话了。不过在她而言,这与其说是贵妇人学乡下人的样子故作天真,与其说是对藐视不相识的农妇的富婆嗤之以鼻的公爵夫人的骄傲,倒不如说是一位清楚自己的魅力所在,而且不愿让它给摩登的粉饰糟蹋掉的女人的颇带几分艺术家气质的审美趣味。有个例子跟这很相像,我们大家都知道在迪弗有个诺曼第人店主,就是那家"征服者威廉"的老板,他执意不肯让自己的小客栈沾上现代化宾馆的奢侈习气,虽说他已是百万富翁,他的说话、穿衣仍保持着诺曼第农民的做派,而且就像在乡下农舍一样,让顾客跑进厨房来看他亲自掌勺烹制一顿决不比最豪华的大饭店逊色,但价钱也贵得多的晚餐。

但凡古老的贵族世家,单有那点本乡本土的生命力是不够的,家族中还必须降生一位聪明恰到好处的成员,才能不至于鄙薄这种生命力,不至于让它湮没在世俗的粉饰下面。德·盖尔芒特夫人,可惜才情太高,巴黎味儿也太足，当我认识她时，她除了口音以外已经没有半点儿外省气了，但她至少在描述自己当年轻姑娘那会儿的生活时，找到了一种（在似乎过于俚俗的外省人的声腔和矫揉造作的文绉绉的谈吐之间）折中的谈话方式，这种风格的语言，正是使乔治·桑的《小法岱特》以及夏多布里昂在《墓畔回忆录》中讲述的某些传说显得那么可爱的语言。我最喜欢的事就是听德·盖尔芒特夫人讲那些有农民和她一起出场的故事。古老的名字，悠远的习俗，使这些城堡映衬下的村落别有一种诱人的情趣。

她的那种发音方式，如果其中没有任何做作之处，没有任何创造一套语汇的意图，真称得上是一座用谈话作展品的法兰西历史博物馆。"我的叔祖菲特-雅姆"不会使人感到吃惊，因为我们知道菲兹-詹姆士①家族是会很愿意申明他们作为法兰西的名门望族，不想听到人家用英国腔来念他们的名字。不过有些人，他们原先一直以为得尽力按照语法拼读规则来念某些名字，后来却突然听见德·盖尔芒特夫人不是这么念的，于是又尽力照这种他们闻所未闻的念法来念那些名字，这些人驯顺到如此可怜的地步，倒是实在令人吃惊。比如说，公爵夫人有一位曾祖父当过德·尚博尔伯爵的侍从，为了跟后来当了奥尔良党人的丈夫开个玩笑，她总喜欢说："我们这些弗罗施多夫的旧族"。那些原先一直以为该念"弗罗斯多夫"的客人当即改换门庭，满嘴"弗罗施多夫"的说个不停。

有一回我问德·盖尔芒特夫人，她给介绍说是她侄儿，但我没听清他名字的那位风度翩翩的年轻人是谁，因为公爵夫人说这个名字时，尽管用她那低沉的喉音说得很响，但发音含混得很，我只听见"这位是……翁，罗贝……兄弟。他认定他的头盖骨跟远古时代的威尔士人是一模一样的。"后来我才明白她是说"这位是小莱翁（莱翁亲王，其实是罗贝·德·圣卢的

---

① 菲兹-詹姆士（1670—1734），英国贵族、元帅；1710年被法国国王路易十四册封为法国公爵。"菲特-雅姆"是这个英国名字按法文读音习惯的念法。

内弟)”。“诚然,他是不是真有这样的头盖骨,”她接着说,“这我可说不上来,不过他在穿着上的高雅情趣,可把那鬼地方给甩远了。我和罗昂一家在若斯兰①那会儿,有一天我们去做礼拜,碰到好些从布列塔尼各地来的农民。有个高大的乡下汉子,莱翁家的一个佃户,大惊小怪地瞅着罗贝内弟的那条浅色长裤。‘你这么瞧着我干吗?我敢打赌说,你还不知道我是谁哪,’莱翁对他说。然后,因为那乡下佬说他不知道,莱翁就接着说:‘听着,我就是你的亲王。’‘噢!’那乡下佬一边忙不迭地脱帽致歉,一边回答说,‘我把您当作英国佬了。’”如果我趁此机会,怂恿德·盖尔芒特夫人再讲讲罗昂家的事(她的家族跟他们家时有联姻的情况),她的叙述就会充满一种矜悯的伤感情调,而且,就像那位真正的诗人邦比耶也许会说的那样,“有股子在荆豆萁火上煎出来的荞麦薄饼的呛人味儿”。

关于那位迪洛侯爵(我们都知道这位侯爵晚年境况很凄凉,他失聪后常让人把他带到失明的 H 夫人家去),公爵夫人跟我讲当他的境况还稍好些时,他怎么在盖尔芒特围猎之余随随便便地穿着便鞋跟英国国王一起喝午茶,并不觉着这位国王比自己就特别尊贵些,而且显而易见的是,他在这位国王面前半点儿也不感到拘束。她把这一切描绘得惟妙惟肖,甚至还让侯爵像自命不凡的佩里戈乡绅那样戴了顶带翎饰的火枪手便帽。

而且,即使在判断某人的乡籍这类小事情上,德·盖尔芒特夫人也流露出很浓的乡土气息——这正是她的魅力所在——能够说出人家出身在某省某地,从小生长在巴黎的女人是无论如何也做不到这一点的,在她从一幅颇有圣西门②韵味的肖像画谈到外省风光时,也常会如数家珍地报出安茹、普瓦图、佩里戈这些地名。

---

① 若斯兰是位于布列塔尼地区莫尔比昂省内的小镇,以建于十二至十四世纪的教堂、城堡著称。

② 圣西门(1675—1755),法国贵族,撰有反映路易十四宫廷生活的《回忆录》二十一卷,其中对人物的刻画相当生动活泼。

咱们再回过来说德·盖尔芒特夫人的发音和语汇吧。所谓贵族气质，那正是在这方面表现出它们真正的保守性的。这里的保守二字，是在这个词儿的那种有点稚气，有点危险，那种对一切发展变化都深闭固拒，但同时又对艺术家颇有吸引力的全部涵义上来说的。我颇想知道从前人们是怎样拼写 Jean 这个名字的。收到德·维尔巴里西斯夫人的侄儿给我的一封信后，我就明白了这一点，他的签名是——因为他是在哥达①受的洗礼，又在那儿颇有名望——Jehan（约翰）·德·维尔巴里西斯，多了一个漂亮而累赘的、纹章学意义上的 H，正如我们在祈祷书或彩绘玻璃上看到用朱红或群青颜色画着的那个令人赞美的字母一样。

可惜我没法坐在那儿没完没了地听她说话，因为我得尽量赶在阿尔贝蒂娜之前回到家里。不过，我也只能一点一滴地从德·盖尔芒特夫人那儿获得我所需要的有关衣着的有用的指点，以便让人尽着年轻姑娘合适的范围，给阿尔贝蒂娜裁剪同样款式的衣装。

“比如说，夫人，上回您先在圣德费尔特府上吃晚饭，然后去德·盖尔芒特亲王夫人府邸的时候，穿一身红色的长裙，配一双红鞋子，那真是绝了，看上去就像是一朵嫣红嫣红的花儿，一颗火红透亮的宝石，那是叫什么料子来着？年轻姑娘也能穿吗？”

公爵夫人布满倦意的脸，顿时变得容光焕发了，这种表情正是以前斯万恭维洛姆亲王夫人时那位亲王夫人脸上有过的表情；她笑出了眼泪，用一种揶揄、探询、欣喜的眼神瞧着德·布雷奥代先生，那位每逢这种场合必到的先生，此刻从单片眼镜后面漾起一阵笑意，好像是对于在他看来全然由年轻人强自克制住的感官上的狂热所引起的这种理智上的昏乱表示宽容。公爵夫人的神气则像是在说：“他这是怎么啦？他准是疯了。”随后，她转过脸来温存地对我说：“我不知道我那天到底是像颗宝石，还是像

① 哥达，德国东部城市。刊载欧洲名流家谱的《哥达年鉴》即在该地编纂出版。

朵花儿，不过我倒还记得，我是有件红裙子：是用适合那个季节穿的红色绸缎料子做的。年轻姑娘如果真要穿，也未尝不可，不过您告诉过我，您的那位姑娘晚上从不出门。可这长裙是晚礼服，平时白天出客是不能穿的。”

最奇怪的是，虽说那个夜晚并不是很久以前的事，可是德·盖尔芒特夫人除了她穿的裙子以外，已经把有一桩（我们下面就会看到）她原本该牢记心头的事情都给忘了。看来，对这些活动家（社交场上的人物都是些小而又小、不足道焉的活动家，但毕竟还是活动家）来说，他们的精神由于始终集中在一小时之后会发生什么事情之类的问题上，因而几乎无法再在记忆中存储多少内容了。比如说，常有这样的情况，当有人对德·诺布瓦先生提起他前不久预言要跟德国签订和约，结果却并无此事的这个茬儿时，他就会说出下面一大通话来，而其用意倒也并非转移目标或为自己开脱：“您准是听错了，我根本不记得我说过这样的话，再说这话也不像是我说的，因为在这种谈话中，我总是出言非常谨慎的，对于那种往往只是出于一时冲动，最终通常会酿成暴力行为的所谓惊人之举，我是不可能去预言它会成功的。毫无疑问，在相当长久的未来，法德两国关系将会变得密切起来，这对两国都有好处，在这笔交易中间，我想法国也是不会吃亏的，可是这个看法我还从没说过，因为我觉得时机还不够成熟，如果您要问我对跟当年的老对头正儿八经地结盟作何看法，我的回答是那将是一步败着，我们会因此蒙受重大的损失。”德·诺布瓦先生说这番话的时候，他并没有在说谎，他只不过是太健忘了而已。再说，凡是没有经过深思熟虑的事情，凡是你通过模仿而得到，或者由于旁人的怂恿而接受的东西，忘记起来总是特别快的。它们会起变化，而我们的记忆也会随之改变。比起外交官来，那些政客就是有过之无不及了，他们对自己在某个场合所持的观点可以忘记得干干净净，在有些情况下，他们的出尔反尔，并非有什么野心勃勃的目的，而确实只是健忘所致。至于社交场上的人物，他们向来就记不住什么东西。

德·盖尔芒特夫人对我肯定说，她穿红裙子的那天晚上，她不记得德·肖斯比埃尔夫人也在场，一定是我弄错了。可是，天晓得从此以后，公爵，甚至公爵夫人的脑子里是不是整天尽想着肖斯比埃尔夫妇呢！事情是这样的。骑马俱乐部的主席去世后，德·盖尔芒特先生是资格最老的副主席。俱乐部里有一批人，他们本人没有多少身价，却以对不请他们吃饭的人投反对票为唯一的乐趣，这时他们结成一伙来反对德·盖尔芒特公爵了，公爵本人则自以为稳操胜券，而且又并不怎么把这个相对于他的社会地位来说几乎无足轻重的主席位置看在眼里，所以按兵不动。那伙人到处放风，说公爵夫人是德雷福斯派（德雷福斯案件早已结案了，不过即使过二十年以后人们还会提起它，何况当时才不过是两年以后），接待过罗特希尔德，还说人们长期以来太让像德·盖尔芒特公爵这样有一半德国血统的半外国佬的权贵占便宜了。这伙人处于很有利的地位，因为俱乐部的其他成员也对这些过于显眼的角色妒火中烧，对他们的巨大家产恨得牙痒痒的。肖斯比埃尔的家产不可谓不大，却没使人感到不快：他从不乱花一个子儿，夫妻俩住一套简朴的公寓，做妻子的穿黑呢衣服出门。肖斯比埃尔夫人酷爱音乐，常在家里举办一些小型音乐会，邀请的女歌手远比盖尔芒特府上要多。可是平时谁也想不到提起这些音乐会，因为参加的人连清凉饮料也喝不到一杯，而且做丈夫的也不到场，整个演出是在椅子街那个不起眼的角落里进行的。在歌剧院里，德·肖斯比埃尔夫人来去从不引人注目，和她在一起的人并非等闲之辈，他们的名字会使人想起查理十世近臣中那些最极端的保皇党人，但是他们都很谦逊，从不招摇。到了选举那天，出乎众人的意料之外，显赫不可一世的居然败了北，灰溜溜不起眼的却得了胜，第二副主席肖斯比埃尔当选骑师俱乐部主席，德·盖尔芒特公爵却名落孙山，也就是说，跌在了第一副主席的位置上没能爬上去。当然，当个俱乐部主席对于像盖尔芒特夫妇这样权势炙手可热的显贵来说，本来是算不了什么的。可是明明该是他的缺却没能顶上的这个主席位置,眼看着让一个叫肖斯比埃尔的家伙捞了去,这却让公爵感到难堪,要知道,这家伙的老婆,奥丽阿娜在两年前非但不屑于去跟她打招呼,而且对这个不知打哪儿冒出来的三等货色居然敢跟自己打招呼都觉得忿忿然的呢。他声称他根本不把这次失败放在眼里,并且认定这事的根子是在他和斯万的交往太深。骨子里,他余怒难消。有件事说起来挺奇怪的,以前从没人听德·盖尔芒特公爵说过"**压根儿**"这么个颇为俗气的字眼儿;可自从俱乐部选举过后,只要有人提起德雷福斯案件,即刻就有"压根儿"冒出来了:"德雷福斯事件,德雷福斯事件,说得倒轻巧,可这说法本身就措词不当;这又不是宗教事件,这**压根儿**是个政治案件。"如果说在这以后的五年当中没人再说起德雷福斯案件,那么你耳边可以不再听见" 压根儿"这三个字,但倘使过了五年以后,德雷福斯这个名字又让人提起了,那么"压根儿"这三个字也会即刻冒出来。公爵简直无法容忍任何人提到这个案件,"就是它,"他说,"造成了那么多的不幸。"虽然实际上真正触动了他的无非就是他在俱乐部竞选主席败北的这桩事情。

结果在我刚才说到的那个下午,也就是我对德·盖尔芒特夫人说起她在她妯娌家穿过红裙子的那次聚会上,德·布雷奥代先生颇有些不受欢迎,原因就是他脑子里不知有了一种什么秘而不宣的联想,还非想说出来不可,于是翕动母鸡屁股似的嘴唇开了腔:"说到德雷福斯案件……"(他干吗要说什么德雷福斯案件呢?刚才那会儿不是还在说红裙子吗,当然这个可怜的布雷奥代,他想的只是让大家逗个乐儿,说这话绝无恶意,然而单单是德雷福斯这个名字,就已经让德·盖尔芒特那两道朱庇特式的威严的眉毛蹙紧了)"……有人告诉我,咱们的朋友卡地亚曾经说过一句绝妙的话,真是妙不可言,(我得提醒读者注意,这位卡地亚是德·维尔弗朗什夫人的兄弟,跟同名的那位珠宝商并无丝毫关系!)不过这并没叫我吃惊,因为他本来就绝顶聪明。""哦!"奥丽阿娜插断他的话说,"我可不欣赏他的聪明。我简直没法对您说,您那位卡地亚叫我有多**讨厌**,我每回去拉特雷默伊耶府上总要碰见他，我真不明白夏尔·拉特雷默伊耶和他夫人干吗对这么个讨厌家伙会感到那么趣味无穷。”“我竟(亲)爱的公阙(爵)夫人，”布雷奥代回答说，他发C这个音有困难，“我觉得您对卡地亚太严厉了。没错，他也许往拉特雷默伊耶府上是跑得太勤了些，可这毕竟是对雅(夏)尔的一种，怎么说呢，一种忠诚的表示吧，眼下这样的人也是不多见的了。言归正传吧，人家告诉我的话是这样的。卡地亚似乎是说，如果左拉先生要想卷进一桩诉讼案而且让自己给判刑的话，那他无非是想获得一种他还不曾有过的体验——坐牢的体验。”“所以他在被逮着以前就溜了，”奥丽阿娜接着说，“这种话可站不住脚。何况，即使情况真是这样，我也认为这句话说得再蠢也没有了。可您居然觉得它绝顶聪明!”“天哪，我竟(亲)爱的奥丽阿娜，”布雷奥代看见公爵夫人表示异议，就开始退缩了，“这话可不是我说的，我只是怎么听到就怎么说哪，咱们别管它得了。可不是，就为这，卡地亚先生还让那位出色的拉特雷默伊耶狠狠地给剋了一通呢，因为他有一百个理由不愿听到有人在他的客厅里谈论那些——怎么说好呢？——那些眼下正在风头上的案件吧，尤其是因为有阿尔方斯·罗特希尔德夫人在场，他就更加不高兴了。卡地亚挨拉特雷默伊耶这顿臭骂也是活该。”“当然啰，”公爵情绪极坏地说，“阿尔方斯·罗特希尔德夫妇虽说小心翼翼，绝口不提这桩讨厌的事件，可是他们心底里，就跟所有的犹太人一样，都是德雷福斯派。这确实是一种 ad hominem①(公爵有些乱用了 ad hominem 这个词儿)的论据，以前被忽略了没拿来用做犹太人不可信的一个证明。如果一个法国人偷了东西、杀了人，我想我不会因为那个人像我一样是法国人而认为他是无罪的。可是那些犹太人，哪怕他们心里知道得一清二楚，也从来不会承认他们的某个同胞是卖国贼，而且根

① 拉丁文，从字面直译为“针对此人”，公爵即按此义理解，但它的实际含义是“仅从个人爱好或偏见出发”。

本不去考虑他们中间一个人所犯的罪行，会产生多么严重的后果（公爵自然是想到了肖斯比埃尔和那该死的选举）……嗳，奥丽阿娜，您不会认为就凭这还不足以断定犹太人都会庇护一个卖国贼吧。您也不会对我说就因为他们是犹太人所以不能这么断定吧。”“当然会喽，”奥丽阿娜回答说（她心里暗暗有些恼火，只想要对这个声若洪钟的朱庇特抬个杠、顶个嘴，从而把“理智”置于德雷福斯案件之上），“也许正因为他们是犹太人并且了解自己的同胞，所以他们知道一个犹太人不一定就是卖国贼，不一定就是反法分子，好像德吕蒙先生就是这么说的吧。当然，要是他是个基督徒，那些犹太人是不会对他感兴趣的，可是他们这么做了，因为他们很清楚，如果他不是犹太人，人家就不会这么轻易地把他当作天生的卖国贼，我的侄儿罗贝敢情就会这么说吧。”“女人懂什么政治呢，”公爵目不转睛地望着公爵夫人喊道，“这桩耸人听闻的罪行，并不单单是个犹太人的案子，而**压根儿**是起重大的民族事件，它会给法国带来最可怕的后果，凭这一点就该把那些犹太人统统驱逐出境，虽说我也承认，直到目前为止所采取的惩罚措施全都（以一种亟需匡正的卑鄙的方式）并非针对他们，而是针对站在他们对面的那些最卓越的人，那些跟他们给我们可怜的国家所造成的不幸毫不相干的地位最显赫的人。”

我觉着再这么下去事情快要不对头了，所以赶忙又拾起裙子的话题。

“您还记得，夫人，”我说，“我有幸第一回见到您……”“他有幸有一回见到我。”她笑吟吟地瞧着德·布雷奥代先生说，这位先生的鼻尖变得玲珑了，脸上的微笑也由于对德·盖尔芒特夫人的礼貌而变得柔和了，但那刀子放在磨刀石上磨也似的嗓音，让人听到的只是些含糊的尖溜溜的声音。“……您穿一件黑色大花头的黄裙子。”“我的孩子，那也一样，也是晚礼服。”“还有您那顶矢车菊颜色的帽子，我觉得好看极了！不过这些都是旧话了。我想给我提到过的那位姑娘定做一件皮大衣，就像您昨天早上穿的那件一样。不知道我能不能再看一下您那件大衣？”“那可不行，阿尼巴尔马上就得走了。您来我家吧，我的贴身女仆会都让您看的。就是有一点，我的孩子，您想要的我都可以借给您，不过要是您找那些小裁缝去定做加洛、杜塞、巴甘的款式，那就非得走样不可。”“我根本没想过去找小裁缝哪，我知道那非走样不可，不过我还是挺感兴趣想弄弄明白，究竟为什么会走样的呢。”“您也知道我向来不善于解释任何事情，我呀，笨嘴拙舌的，就像个乡下婆子。不过这里面有个手工和式样的问题；要说做皮大衣，我至少还可以写个便条给我做皮装的裁缝，别让他敲您竹杠。不过您知道，就这样您也还得花八九千法郎呢。”“您在另一个晚上穿的那件有股挺特别的味儿的睡袍，就是毛茸茸的有碎花点和金色条纹，像个蝴蝶翅膀的那件呢？”“哦！那件呀，是在福迪尼的店里做的。您的那位姑娘在家里穿那件挺合适的。我有好几件呢，回头我让您瞧瞧，要是您喜欢，我可以给您一两件。可是我很想让您看看我表妹塔列朗的那件。我得写信去向她借一下。”“您那些鞋子也漂亮极了，那也是在福迪尼店里做的吗？”“不是，我知道您说的是哪双鞋，您是说那双金面山羊皮的鞋子，那是当初孔絮洛·德·曼彻斯特陪我在伦敦采购时买到的。那可真是绝了。我总也不明白，这皮子是怎么染色的，看上去倒像这山羊长的就是金皮。在当中再配上那么一小粒钻石，简直就没治了。可怜的德·曼彻斯特公爵夫人已经死了，不过要是您愿意，我可以写信给德·沃里克夫人或者马尔勃罗夫人，让她们设法去一模一样的觅一双。我在想，说不定我还有些这种山羊皮呢。您也许在这儿也可以定做。我今晚就去瞧瞧，找到了会让人通知您的。”

我因为想尽可能赶在阿尔贝蒂娜回家前离开公爵夫人，结果就常常在走出德·盖尔芒特夫人的府邸时，正巧在院子里碰上德·夏吕斯先生和莫雷尔，他俩是上男爵最爱光顾的絮比安裁缝铺去喝茶。我并没有天天都碰到他俩，不过他俩可是每天必去的。说起来，有件事颇值得注意，那就是一种习惯的持续程度往往是跟它的荒谬程度成正比的。惊人之举，一般只能偶尔为之。然而，一个有怪癖的人非要拒欢乐于门外、非要去蒙受最大的不幸的荒谬生活，却是日复一日，从不间断的。倘若有谁出于好奇，连续观察上十年，那他就会发现这十年来，那个可怜虫在他本该享受一下生活乐趣的当口却闷头睡觉，而在什么事也干不了，上街去只能白白让人捅上一刀的时候，偏又出门上街去，这个可怜虫整年害着感冒，可一觉得热又非喝冰镇饮料不可。其实只消有那么一天，发一下兴，就能一劳永逸地改变这种状况。可是这种生活又偏有个德性，就是让你发不起这个兴。这种单调生活的另一个侧面就是堕落，因为任何表达意志的行为，都能使这种生活变得不至于那么令人难以忍受。当德·夏吕斯先生天天带着莫雷尔上絮比安的铺子去喝茶时，我们同时可以看到生活的这两个侧面。德·夏吕斯有一次发的脾气，就表明了这种日常习惯是怎么回事。那个专做背心的小裁缝的侄女，有一天对莫雷尔说："这么着，明儿你们来，我请你们喝茶。"男爵颇为有理地认为，这话出自一个他几乎看作未来媳妇的女孩之口，实在太粗俗了；而由于男爵生来肝火旺，不发发脾气过不了瘾似的，所以他并不是简简单单地告诉莫雷尔让他教那姑娘要懂礼貌些，而是在回家的路上骂骂咧咧地嚷个不停。他用最蛮横无礼、最傲慢不逊的口气喊道："我说嘛，会拨弄琴弦未见得就是'触觉'好啊，这不，您整天摆弄小提琴，结果就阻碍了您嗅觉的正常发展，要不您怎么会居然对请客喝茶，我想那才不过是十五个生丁的事吧，这种俗不可耐的说法听之任之，让它的恶臭来玷污我高贵的鼻孔呢？当您拉完一曲小提琴独奏，难道您在我家里看见过有谁不是拼命对您拍手，或者意味深长地保持静默，而是对着您放个屁吗？他们之所以保持静默，是因为他们已经被您的琴声感动得如痴如醉，生怕会忍不住哭出声来（可不像您的未婚妻对着您一把眼泪一把鼻涕的那样）。"

要是一个职员让上司这么劈头盖脸地训斥了一顿，第二天他准得给解雇。可是莫雷尔的情况是不同的，对德·夏吕斯来说再没有比辞退莫雷尔更让他感到可怕的事了，他甚至担心自己方才已经说过头了，于是开始絮絮叨叨地说了一大通对年轻姑娘的恭维话，他自以为说得大方得体，却不料无意中又漏出不少唐突无礼之词。“她挺可爱的。既然您是个音乐家，我想她准是靠嗓子勾上您的，她在高音区的声音很美，听上去够得到您拉的升 B 音。她的低音我不大喜欢，那想必是跟她的脖子有关系，她的脖子长得很细，样子挺怪的，一波三折，像是就要到头了，却突地又冒出一截；不过尽管有这么些不足之处，她的侧影还是挺中我的意。既然她是裁缝，想必剪刀使得很好，您得让她剪一张她本人的侧影像给我。”

夏利对于人家称赞他未婚妻的可爱之处，一向不怎么放在心上，因而对男爵的这番恭维话就更当耳边风了。不过他回答德·夏吕斯先生说：“那当然，我的老弟，我会给她一块肥皂，让她别再这么说话的。”莫雷尔像这样对德·夏吕斯先生说“我的老弟”，可并不是因为这位出色的提琴师糊涂到不明白他的年龄刚够得到男爵的三分之一 。他这么说，也跟絮比安说这话不同，在他，这么说无非是对某些交往抱一种天真的想法，认为在表示亲热（在他莫雷尔，是装出来的亲热，在别人则是真心实意的亲热）之前，必须先心照不宣地取消年龄上的差别。就这么着，那一阵子德·夏吕斯先生还收到过这样一封信：“我亲爱的巴拉麦德，什么时候才能再见到你呢？你不在，我真闷死了，老是想着你，等等等等。你的皮埃尔。”德·夏吕斯先生绞尽脑汁也想不出这位居然用如此亲昵的口气给他写信的皮埃尔到底是谁，看来一定是跟他很熟稔的朋友，但虽说是熟朋友，这位皮埃尔又不过是粗通文墨而已。凡是能在哥达年鉴里占一席之地的亲王显贵的名字，一连几天在德·夏吕斯先生的脑子里打着转。终于，信封背面的一个地址让他豁然开了窍：原来此信的作者是德·夏吕斯先生有时去玩玩的一家俱乐部的听差。这个听差并不觉得用这种口气给德·夏吕斯先生写信有什么失礼之处，其实在他眼里，德·夏吕斯先生还确是个地位显赫的贵人哩。但他心想对一位曾不止一次地拥抱过他，并且通过这种拥抱——以他的天真，他是这么想的——来表达自己感情的先生，要是不以“你”相称，未免就显得生分了。其实，德·夏吕斯先生就打心眼里头喜欢这种忒熟的劲儿。有一次他甚至就为了能让这封信在德·福古贝先生面前露个脸，特地陪着这位先生兜了一上午风。可谁都知道，德·夏吕斯先生最讨厌跟德·福古贝先生一块儿出去了。因为那位戴单片眼镜的先生总爱评头品足地上下打量路上的年轻人，更叫人受不了的是，那位先生每当和德·夏吕斯先生在一起时，总爱肆无忌惮地使用一种让男爵讨厌之至的语言。他把所有男人的名字都加以女性化，而且，因为他天生是个蠢货，他还以为这种玩笑开得很聪明，拉开嗓门笑个不停。但他又是对自己的外交官职位看得很重的家伙，所以只要在街上看见有上流社会人士走过——见到公务员更其如此——就会即刻刹车，收敛起那种拙劣可笑的行径。“那个送电报的小个子女人，”他用臂肘碰碰阴沉着脸的男爵，“我认识她，可她却躲着我们，这个骚货！喔！那不是拉法耶特商场发货的老兄吗，敢情他也在呀！老天爷，刚才走过的是商务部的次长哟。但愿他没瞧见我指手画脚的样子才好！要不他会去告诉大臣，大臣会把我列进退职人员名册去的，因为他自己也得退呢。”德·夏吕斯先生听得满肚子的火没处发。临末了，为了让这次叫他感到恼火的散步早点结束，他决定把那封信拿出来给这位大使先生看一遍，但他特别叮嘱对方别声张出去，因为照他的说法，夏利会为了表明自己的多情而吃醋的。“所以哪，”他用一种极其可笑的好好先生的口气说，“事情总得防患于未然才是。”

在回过头来说絮比安的裁缝铺以前，作者想先声明一下，如果这些离奇古怪的事情使读者感到了不快，那他真是万分遗憾。从一个方面（而这是问题的一个次要的侧面）来说，读者也许会感到，本卷中对贵族阶层世风日下的指摘相对于其他社会阶层而言显得多了。如果情况真是这样，那也不足为奇。那些最古老的望族，到头来也只能靠一只鼻结很大的红鼻子，靠一张歪里歪气的大下巴来显示某些让人赞叹的“血统”特征了。然而在这些代代相承、每况愈下的脸相容貌之间，还有两样看不见的东西，这就是秉性和趣味。倘若有人说，所有这些都跟我们不相干，我们应该从近在身边的事实中找出它的诗意来，那么尽管他说得有理，他所表示的也毕竟是一种更为严重的反对意见了。诚然，从我们最熟悉的现实中抽象出来的艺术确实是存在的，而且它们的领域可能是最为广阔的。但是同样确实的是，一样强烈的兴趣——有时它就是美感——也可能来自某种气质导致的活动，它们跟我们所能感觉和相信的东西实在相去太远，以致我们根本无法理解它们，以致当我们看到它们展示在面前时只觉得那是一种无端凭空而来的场景。薛西斯，那位大流士①之子，命令用笞鞭去抽打吞噬了他的船队的大海，难道还有比这更气势磅礴的诗篇吗？

莫雷尔准是已经利用他的魅力所赋予他的对那年轻姑娘的权威，把男爵的评语当作自己的意见告诉了她，因为"请客吃茶"就此从那家裁缝铺里消失得无影无踪，就好比一个天天都上你家来的熟人，为了这个那个缘故，或者是你跟他吵翻了，或者是你不想让人在家里瞧见他，只愿跟他在外面碰头了，总之，他就此从你的客厅里消失了。德·夏吕斯先生对此感到很满意，他从中看到的是自己具有足以左右莫雷尔的影响的一个证明，是那年轻姑娘拭去了那点白璧微瑕。总之，就跟所有像他这般的人一样，真心作为莫雷尔和他的准未婚妻的朋友，作为他俩结合的最热心的支持者，男爵虽说喜欢有那么点权柄，高兴时随便说些好歹还算是无伤大雅的过头话，但除此之外他对莫雷尔始终就像兄长那样保持着奥林匹亚神祇的威严。莫雷尔对德·夏吕斯先生说过，他爱絮比安的侄女，想娶她为妻，男爵很高兴陪这位年轻朋友一起去拜访那家裁缝铺，他在其中扮演的

---

① 大流士一世（约公元前558—公元前486），古波斯帝国国王，曾两次率军大规模入侵希腊，皆受挫。公元前480年，其子薛西斯率舰队经德摩比利入侵希腊亚提加半岛，旋即在萨拉米海战中大败。薛西斯亦译泽尔士一世，在历史上以刚愎暴虐著称。

是宽容而审慎的未来公公的角色。这真让他再开心不过了。

我个人的看法是,“请客喝茶”还是莫雷尔自己先说出来的,年轻的裁缝姑娘只是出于爱情的盲目,学用了心上人的一种说法而已,这种说法的粗俗实在是跟她平日谈吐的文雅格格不入的。她平素的谈吐温文尔雅,这就跟她有德·夏吕斯先生这么个靠山相得益彰,使得她的好些主顾对她优渥有加,邀请她去吃晚饭,把她引荐给她们的朋友,而姑娘总得先征得男爵的允许,才在他以为合适的场合去赴宴。“一个当裁缝的姑娘敢情也能踏进上流社会?”有人会说,“真是愈说愈离谱了!”但他怎么不想想,当初阿尔贝蒂娜半夜三更来看我,现在又跟我就这么住在一起,这些难道不更离谱吗。对一个别的姑娘,也许不妨说离谱云云,但对阿尔贝蒂娜,这两个字是根本用不上的,她从小没爹没妈的,生活放任无羁,以致在巴尔贝克那会儿,我起先还以为她是一个赛车手的情妇呢,她最近的亲戚就是邦当夫人,这位太太在斯万夫人家里曾对外甥女的没有教养啧有烦言,可现在却闭上眼睛,巴不得能就此把她打发出去,攀上门阔亲家,她这当姨妈的多少也能得些好处。(在最上层的社交圈子里,那些出身高贵而钱囊羞涩的母亲,给儿子物色到阔绰的亲家后,会接受小两口的孝敬,收受那位她并不喜欢但还是引荐给朋友们的儿媳妇所馈赠的皮衣、汽车和金钱。)

或许将来会有那么一天,当裁缝的姑娘们都能踏进上层社会,对此我是不会感到惊讶的。可惜絮比安的侄女只是一个孤立的例子,还不足以让我们预见那个前景,独燕不成春嘛。不过,虽说絮比安侄女的这些无伤大雅的举措已经使某些人感到有些悻悻然,莫雷尔却并非如此,因为从某种意义上说,他真是愚蠢得无以复加,他不仅认为这位远比他聪明一千倍的姑娘“傻里傻气的”(也许她就在爱他这一点上是有些傻),而且还把那些乐于接待她(而她并没因此就飘飘然)的体面人家的夫人都看作是冒险家,是装扮成贵妇人的裁缝铺娘们。自然,盖尔芒特府上的不在此列,甚至凡是跟盖尔芒特府上有些交往的也都可以除外,他所指的是那些手面阔绰、举止文雅的布尔乔亚女子,她们的脑筋真是自由新派得很,居然以为接待一个女裁缝并不会降低她们自己的身份,她们的脑筋又真是盲从因循得很,居然会因为厚待了一位德·夏吕斯男爵殿下每天都诚心诚意去看望的年轻姑娘而感到某种满足。

男爵想起这门亲事就满心欢喜,他觉得这样一来就没人会把莫雷尔从他身边夺走了;就像絮比安的侄女在她差不多还是个孩子的那会儿,犯了桩"过错"似的。德·夏吕斯先生虽说也在莫雷尔面前说些恭维她的话,但倘若有机会把这桩秘密在莫雷尔面前抖搂出来,让他火冒三丈,弄得小两口反目,那在男爵真可说是何乐而不为了。其实,虽说德·夏吕斯先生用心歹毒,但他也跟许许多多的好人并无两样,他们通过恭维某个男人或女人来表明自己的慷慨大度,但对任何能给对方带来和睦安宁的肺腑之言,却是火烛小心,绝口不说的。尽管如此,男爵却从不说含沙射影的话;其中有两个原因。"要是我告诉他,"男爵暗自这么思忖,"他的未婚妻并不是洁白无瑕的,准会伤害他的自尊心,他就会怨恨我。再说,我怎么知道他没真的爱上她呢?要是我什么也不说,这蓬草秸的火很快就会烧完,我就能随着我的心意来控制这两口子的关系,我要他对自己的未婚妻爱到什么分寸,他就会爱到什么分寸。要是我对他说了他未婚妻以前犯下的过失,谁保得定我的夏利不会依然对她一往情深,反倒吃起我的醋来呢?这样一来,由于我自己的失着,我就把一段本来可以捏在手里的逢场作戏的调情,变成我难以驾驭的真正的爱情了。"就为这两个缘故,德·夏吕斯先生三缄其口,表面上看去审慎之极,不过从另一个角度来说,这也确是很值得称道的了,因为在他这种类型的人,能做到三缄其口已属非常难能可贵。

何况,那年轻姑娘也确实很可爱,无论从哪个方面她都满足了德·夏吕斯先生对女性所能具有的审美趣味,她就是给男爵一百张她的照片,他也不会嫌多的。德·夏吕斯先生不像莫雷尔那么笨,听说有那么些他凭自己的社交嗅觉一嗅就能嗅出颇有身份的夫人邀请这姑娘去做客,他觉得挺高兴。但在这一点上,他也对莫雷尔保持缄默(以便保持绝对的控制权),而莫雷尔碰到这种事真是傻瓜一个,他仍然一个心眼地认定,除了"提琴界"和维尔迪兰府上,就只有盖尔芒特府上和男爵说起过的那几个差不多算得上王族的府邸,所有其他的人都只是些"渣滓"和"群氓"。夏利这是一字不差地在搬用德·夏吕斯先生的用词。

让那么些大使和公爵夫人终年翘首以待却不肯赏光的德·夏吕斯先生,就为人家请德·克罗瓦亲王走在他头里,当场拂袖而去不肯跟亲王同桌进食的德·夏吕斯先生,居然把他回避这些名流贵妇的所有时间,全都花在一个裁缝的侄女那儿了!首要的原因是莫雷尔在那儿。大概只有饭店的侍者才会以为,一位腰缠万贯的富翁必定天天穿一身鲜亮的新衣服,而一位风流倜傥的先生自然会请六十位宾客一同入席,出进则必定以车代步。他们想错了。常见的情形是腰缠万贯的富翁一年到头穿着件磨损露线的旧上装,风流倜傥的先生在饭店里只跟店堂的伙计攀攀话,回到家里也就跟自己的跟班玩玩牌。就这样,他照样可以拒绝走在缪拉亲王后面入席。

德·夏吕斯先生喜欢两个年轻人的这桩婚事,其中还有个原因是这样一来絮比安的侄女就成了莫雷尔本人,因而同时也是男爵对他所拥有的权力和所具有的了解,在某种意义上的延伸。要说"欺骗"(就夫妻关系的意义而言)提琴师未来的妻子,德·夏吕斯先生从没往这上面想过,所以也不曾感到过良心的不安。可是,有了一对"年轻夫妇"要指导,感觉到自己成了莫雷尔的老婆(她将对男爵视若神明,从而证明亲爱的莫雷尔对她灌输过这种想法,她身上也因而会含有某些莫雷尔的东西)尊崇敬畏的、无所不能的保护神,却使德·夏吕斯先生的统治方式有了新的变化,从他的"小东西"莫雷尔身上派生出了另一个存在,一个配偶,这就是说又有另外一个新鲜好玩的小东西可以让他来宠爱了。这种统治，现在甚至可能是比以往任何时候都更强有力了。因为在莫雷尔只是一个人，或者说赤条条无所牵挂的那会儿，他还会在拿得准事情不至于没法收场的情况下顶撞顶撞男爵，但一旦结了婚，有了个家，有了房子，有了小两口的打算，他就不会再敢那么行事，德·夏吕斯先生就可以更方便、更牢靠地把他捏在手里。所有这些，再加上必要时，也就是说当他在哪个晚上觉得无聊时，还可以去撩拨那两口子吵上一架（男爵对干仗吵架是百看不厌的），都让德·夏吕斯先生感到美滋滋的。但比起想到小两口对他的依赖所感觉的得意来，这些也就算不得什么了。德·夏吕斯对莫雷尔的宠爱，每当他转到下面这个念头时，就会有一种妙不可言的新意："不光他属于我，他老婆也是属于我的；他俩的一举一动都得考虑到别让我生气，而我再怎么使性子耍脾气，他俩还是会百依百顺，所以这就成了一个我几乎已经忘怀但对我又是如此珍贵的事实的（至今我还不曾注意到的）标志，表明对全世界，对每个将要看见我给他俩保护、给他俩房子的人，还有对我自己来说，莫雷尔都是属于我的。"能有这么个在别人眼里也好，在他自己眼里也好都是明明白白的证据，德·夏吕斯先生没有比这更高兴的事了。因为，一个人对他所钟爱的对象的占有，是比对它的钟爱更强烈的一种快乐。通常，那些生怕这种占有为人所知的人，他们之所以那么讳莫如深，无非是害怕会失去那个弥足珍贵的对象罢了。而他们的乐趣，也由于这种三缄其口的审慎而变得逊色不少。

读者可能还记得，莫雷尔曾经告诉过男爵他打的如意算盘，他的主意是先把一个姑娘，特别是眼下的这位勾到手，为了能得手兴许还要许愿跟她结婚，但等占到了姑娘的便宜，就来个"金蝉脱壳"，逃之夭夭。可是这番话，德·夏吕斯先生在莫雷尔跑来告诉他怎样对絮比安的侄女求爱的当口，早已忘到九霄云外去了。何况，莫雷尔自己也不见得还记得。莫雷尔的秉性——就像他恬不知耻地承认过，或许还颇为精明地夸张过的那样——离他真正为这种秉性所左右的时候，这中间敢情还有着段空隙呢。跟那姑娘接触多了以后，他觉得挺喜欢她，爱上了她，而因为他实在缺乏自知之明，所以他还以为大概自己一向就是这么爱她的。当然，起初打的那些主意，那个邪恶的计划，并没从此消遁匿迹，但是一重重的感情之网编织交叠，把它给严严实实地遮蔽在下面了，所以，如果这位提琴师声称那个邪念并非他行动的真实动机，那么谁也不能说他这话不诚恳。况且还有过一段为时很短的期间，他虽说连对自己都不肯明确地承认，但还是觉着这桩婚事看来是对他非常必要的。那段期间莫雷尔的手常抽筋，他觉得自己已经面临放弃拉琴的可能选择。而他这人除音乐之外，简直疏懒得叫人不可思议，因此他感到必须有别人来照顾自己；而与其让德·夏吕斯先生，他宁可让絮比安的侄女来承担这个义务，因为他与她的结合将会给他带来更多的自由，而且还能提供在一大群各式各样的女人中间进行挑选的机会，从他可以让絮比安的侄女去帮他勾到手的常换常新的裁缝铺女学徒，到他可以撺弄她去跟她们苟合的那些漂亮的夫人。至于未来的妻子会不会乖谬悖理到拒绝接受他的这份美意，他可是想也不曾去想过。再说，既然抽筋已经止住，这些算计现在也就让位给纯真的爱情了。凭他的这把琴，再有德·夏吕斯先生给的那份薪水，也就够了，而一旦他莫雷尔和那姑娘结了婚，这位德·夏吕斯先生自然也就不能再得寸进尺了呗。这桩婚事刻不容缓——为爱情，也为自由。他去向絮比安请求娶他的侄女为妻，做舅舅的去征求侄女的意见。其实这纯属多余。那姑娘全身心都洋溢着对提琴师的爱，那披拂在肩头的秀发，那欢欣地顾盼的眼神，无不透露着同一个消息。至于莫雷尔，几乎每件使他感到愉快、感到有好处的东西，都会唤起他发自内心的激情，引出他发自内心的话头，有时甚至让他流下眼泪。所以，虽说他对絮比安的侄女一个劲地说的这些多愁善感的话（好些游手好闲惯了的纨绔子弟在追逐布尔乔亚阔佬的可爱女儿时，用的也是这种多愁善感的腔调），其热烈的程度正可以跟当初他在德·夏吕斯先生面前大言不惭地陈述勾引、占有姑娘的计划时的下流粗俗比美，但这些话毕竟还是真诚的——如果对他也用得上这两个字的话。只不过，对一个使他有好感的女人的这种合乎道德的热情，以及他和她之间的庄严的婚约，在莫雷尔身上都是有其对立面共存着的。一旦这个女人不再使他感到愉快，或者甚而至于，比方说，这种订婚的约束使他感到不痛快了，她就立刻会成为对莫雷尔而言的一种似乎理由很充分的厌恶的对象，在一阵神经质的心绪不宁过后，这种厌恶能使他在神经系统刚一健全就对自己证实说，即使纯粹从道德的角度来考虑问题，他也是不受任何约束的。

他在离开巴尔贝克前的那阵子，不知怎么搞的，把身边的钱全给丢了，可又不敢告诉德·夏吕斯先生，于是想找个人借点钱。他父亲曾经教过他（不过这位父亲也告诫过儿子千万别做“寄生虫”），碰到这种情况有个办法，就是写信给一位你想说你“有事跟他相商”的先生，请他“约个时间面谈”。这条锦囊妙计使莫雷尔非常着迷，我相信他即便是单单为了尝尝请人家约个时间“面谈”的有趣滋味，也会情愿把钱掉了的。但后来，他看到这条妙计并不如想象的那么灵验。他发现自己久疏笺候的那些先生，收到他“有事相商”的去信以后并不是在五分钟内就作复的。如果莫雷尔等了一下午还没收到回信，他就尽想些诸如此类的理由，或者他找的这位先生还没回家啦，或者人家兴许还有些别的信得先写啦，要不就是出远门或者生病了，等等等等，反正是一个劲地往好里想。倘若侥幸收到封回信约他第二天上午见面，他到时候总有这几句开场白：“我是在想，怎么就不见您的回音呢，我寻思着别是出什么事了吧；得，这么看来您身体挺好呀？”等等等等。因此在巴尔贝克那会儿，他甚至都没跟我说他要“有事相商”，就要我把他介绍给一星期前在火车上让他那么讨厌的这个布洛克。布洛克挺爽快地借给他——或者不如说让尼西姆·贝尔纳先生借给他——五千法郎。从那以后，莫雷尔对布洛克赞不绝口。他热泪盈眶地问自己，怎样才能报答这么一位救命恩人。后来，我就每月代莫雷尔去向德·夏吕斯要一千法郎，要莫雷尔一拿到就马上还给布洛克，好让布洛克觉得他钱还得挺快的。第一个月，莫雷尔满脑子还是布洛克的好处，二话不说就把一千法郎还了；但过后他想必是觉得那剩下的四千法郎要是派派别的用场准会更惬意些，因为他开始说布洛克这也不好那也不是了。瞧见布洛克他就觉着不舒服，而布洛克呢，因为已经忘了借给莫雷尔的钱的确切数目，所以开口向他讨还三千五百而不是四千法郎，这下子提琴师就能净赚五百法郎了，可他竟然回答说，对于这么一笔无稽之谈的借款，他非但不会拿出一个子儿，而且那位债主还该额手称庆才是，因为他莫雷尔没去告他一状哩。说这话时，他的两眼发出炯炯的光芒。他先是说布洛克和尼西姆·贝尔纳先生没什么好怨他的，不一会又觉得不过瘾，就干脆说他没去怪罪他们是让他俩便宜了。原来，大概是这么回事，尼西姆·贝尔纳先生曾经公开说过蒂博拉琴不比莫雷尔差，于是莫雷尔认为自己得为这句有损他的职业荣誉的话向法庭起诉，后来，因为在法国，尤其是就反对犹太人而言，公理正义业已荡然无存（他向一个以色列人借五千法郎，正是他身上的反犹太人意识的自然流露呗），他凡要出门必得带好子弹上膛的手枪。

在莫雷尔对待裁缝侄女的态度上，柔肠百转的温情过后，随之而来的也是这种神经质的反应。诚然，德·夏吕斯先生也可能不自觉地对这种态度的变化起了某种影响，因为他经常把有些话挂在嘴上，说什么只要莫雷尔他俩一结婚，他就不去管他们，让他们靠自个儿的翅膀去飞啦，他这么说其实也是跟他俩逗着玩，根本是有口无心的。光凭这句话，当然还不足以把莫雷尔从那年轻姑娘身边拉开，不过，它一旦在莫雷尔的脑子里生了根，那么有朝一日它就会跟关于她的种种类似的想法掺和在一起，到头来足以成为造成关系破裂的一剂强力催化剂。

不过，我那会儿并不怎么经常碰见德·夏吕斯先生和莫雷尔。等我从公爵夫人那儿出来的时候，他们往往早就去了絮比安的铺子，这是因为跟公爵夫人谈话使我感到兴味盎然，不光忘却了等待阿尔贝蒂娜回家的那种焦急心情，而且把她回家的时间都给忘了。

在德·盖尔芒特夫人家待得很晚的这些日子里，有一天有个小小的插曲，这件事我当时完全没有放在心上，直到很久以后才意识到了它那令人痛苦的含意。这天下午，德·盖尔芒特夫人送给我一束从南方带来的山梅花，因为她知道我喜欢这种花。我从公爵夫人家出来，上楼回家，这时阿尔贝蒂娜已经先到家了；我在楼梯上碰到安德烈，她像是因为闻到了我手里这束花的浓郁香味，感到很不自在似的。

“怎么，您这就要回去了？”我对她说。“是正想走呢，阿尔贝蒂娜要写信，就打发我走了。”“您没觉着她有什么地方不对劲吧？”“没有，我想她是给她姨妈写信。不过，她可是不爱闻太浓的香味的哪，她准不会喜欢您的这些山梅花。”“哟，我干了件蠢事！待会儿我让弗朗索瓦丝拿去搁在后扶梯间里。”“您以为阿尔贝蒂娜不会从您身上闻出山梅花的香味吗？除了晚香玉，这可就是最叫人头晕的香味了。再说，我知道弗朗索瓦丝好像是出去买东西了。”“我今天身边没带钥匙，这可怎么进去呢？”“噢，您按铃就是了，阿尔贝蒂娜会给您开门的。再说这会儿弗朗索瓦丝恐怕也该回来了。”

我跟安德烈告别上楼。刚按了第一下门铃，阿尔贝蒂娜就跑来给我开门，但她很费了些周折，因为弗朗索瓦丝不在家，她不知道电灯的开关在哪儿。好不容易她总算让我进了屋，但山梅花的气味马上又把她吓跑了。我把花放在厨房里，这一来，我这位女友搁下信不写（我不知道为什么），刚好有时间跑进我的房间从那儿叫我，而且躺在了我的床上。就到这会儿，我仍然毫无察觉，还以为这一切都很自然，至多只是觉着有点儿尴尬，但那也算不得什么的。①

除了这个插曲而外，每次我从公爵夫人家回来而阿尔贝蒂娜已经先到家的时候，一切情况都很正常；因为阿尔贝蒂娜没法知道我是否要在晚饭后带她出去，所以我总看见她把自己的帽子、大衣和阳伞放在门厅里以备不时之需。我一进门就瞧见它们，顿时一种家庭的气氛扑面而来。我并不觉得这屋里供氧不足，反倒觉得这里充溢着幸福。我从忧郁中解脱了出来，瞧着这些无关紧要的小物体，我就感到阿尔贝蒂娜是属于我的，我朝着她奔去。

有些日子我不下楼到德·盖尔芒特夫人那儿去，为了排遣阿尔贝蒂娜回家前的这段时光，我就随手翻翻埃尔斯蒂尔的画册、贝戈特的书或者凡德伊的奏鸣曲谱。于是——由于看上去仅仅诉诸视觉和听觉的艺术作品，实际上要求我们在欣赏它们时必须把被唤醒的思维活动跟那两种感官感觉密切配合——我会不由自主地回忆起认识阿尔贝蒂娜以前她在我身上激起的美丽的梦，这些梦，被以后的日常生活磨去了它们的光彩。我把这些梦，犹如加进一口坩埚似的加进乐句和画面中去，用它们来润泽正在读着的书。自然，我觉得这本书变得更生动了。但阿尔贝蒂娜因此也获益不浅，她从容地往来于我们能够通往、能够将同一对象依次置放其间的那两个世界之间，摆脱了物质的重负，在思维的流动空间中遨游嬉戏。刹那间我陡然感到，我是能够体验对这位令人乏味的姑娘的炽烈感情的。这时候的她，似乎就是埃尔斯蒂尔或贝戈特的一首作品，想象和艺术使我对她看得更真切，使我对她产生了一种瞬息间的激情。

过了不一会儿，仆人来通报，说她刚回来；我吩咐过，当我不是独自一

---

① 她险些儿让我当场看见她跟安德烈在一起，好在她还有一点时间可以把灯都关掉跑到我房里，免得让我瞧见她床上凌乱的模样，而且装得正在写信似的。可是我是在后来才这么想的，所有这一切，我到今天还弄不明白到底是真是假。——作者注

人，比如说当我跟布洛克在一起，并且硬要留他再待一会儿，免得让他碰上我那位女友的时候，谁也不许提到她的名字。因为我没告诉任何朋友她住在这儿，就连我在家里见过她这一点，都是讳莫如深的，我生怕我的哪个朋友会迷恋上她，会在外面等她，要不就是她会趁在过道或前厅碰到他的机会，对他做手势，定约会时间。随后，我听见阿尔贝蒂娜的裙子窸窸窣窣地响着，朝她的房间而去，她一则是出于谨慎，二则大概是出于跟以前在拉斯普利埃饭店吃饭时同样的考虑，所以知道我有朋友在场时从不上我的房间去，以免引起我的猜忌。但我突然间意识到，原因还不止于此。我在记忆中追寻着：我当初认识的是第一个阿尔贝蒂娜，后来骤然间她变成了另一个阿尔贝蒂娜，现在的这个阿尔贝蒂娜。这个变化，只能由我自己来承担责任。当我俩只是好朋友的那会儿，她对我起初是口没遮拦，想到随口就说，后来也是好多事都愿意告诉我的，但自从她认为我爱上了她，或者也没想到爱这个字眼，而只是猜到了我身上有一种什么事都得知道（知道了又感到痛苦不堪）、什么事都得刨根问底的叫人难以忍受的脾性以后，话匣子就关上了。从那时起她就样样事情瞒着我。只要她以为我有朋友在，其实那常常并不是女朋友，而是男朋友，她就会过我房门而不入；而在以前，当我说起哪个姑娘时，她的眼睛就会发亮："您一定得让她来呀，我挺想见见她。""可她，照您的说法是风度欠佳的呢。""对，那才更有趣嘛。"那时候，她或许还是会对我说实话的。即使她在小游乐场从安德烈怀里挣出身子的那回，我想她也并不是因为有我在场，而是因为戈达尔在场，她大概以为这位大夫会张扬出去有损她的脸面。但就在那时候，她已经开始跟我保持一种距离了，从她嘴里听不见可心的悄悄话了，她的一举一动也变得矜持起来。在这以后，凡是有可能引起我感情波动的话或事，她都避免去说去做。关于她生活中那段我不了解的经历，她只让我留下一个清白无邪的印象，由于我的一无所知，就更加深了这种印象。而现在，转变已经完成，我不是单独待着时，她就径直上自己房间去，这不仅仅是为了不打扰我，而且也是为了向我表明，她对谁跟我在一起根本不感兴趣。有一件事，她是再也不会做了，那就是无所保留地把实情都告诉我，除非将来有一天我也许对它无动于衷了，她才会再这么做，而且那时候她光为这点理由就会毫不犹豫地去做。从此以后，我就像个法官一样，只能靠她无意中漏出的片言只语而妄自定案了，这些片言只语，倘若不是我欲加之罪，其实也未必是不能自圆其说的。而阿尔贝蒂娜，也总觉着我又嫉妒又好当法官。

我俩的婚约无异于一堂庭审，使她像罪人一般感到羞愧。现在，每当谈话涉及某人，不论是男是女，只要不是老人，她就会把话题岔开。我真该在她还没疑心我对她妒心有这么重的时候，就把想知道的事都盘问出来才是。真可惜错过了那机会。当时，咱们这位朋友不止肯对我说她怎么寻欢作乐，而且把她怎么瞒过别人的办法也都告诉了我。现在她不肯再像在巴尔贝克那会儿一样地对我无话不说了，当时她那么做，一半是出自无心，一半也是为了没能对我表现得更亲热些向我表示歉意，因为我那时已经使她感到有点厌倦了，她从我对她的殷勤态度中看出，她对我不必像对别人那样亲热，就能得到比别人更多的回报——现在她不会再像当时那样对我说这种话了："我觉得让人看出你爱谁，是最蠢的了，我跟人家不一样：我喜欢谁，就做出根本不去注意他的样子。这一来就把旁人都蒙在了鼓里。"怎么！对我说过这话的，难道就是今天的这个阿尔贝蒂娜，这个自命坦率，自以为对一切都漠然处之的阿尔贝蒂娜吗！现在她是绝口不跟我提她的这一招了！只是在和我说话提到某个可能惹我生疑的人时，她会略施一下故伎："哎！我可不知道，这么个不起眼的角色，我都没瞧过他。"有时候，打量有些事我可能会听说，就抢在头里先把话告诉我，不过光凭她那声气，不用等我真弄明白她在搪塞、辩解的这事实情究竟如何，我就已经觉出那全是谎话了。

我侧耳听着阿尔贝蒂娜的脚步声，颇为欣慰地暗自思忖她今晚上不会再出去了，想到这位从前我以为无缘相识的姑娘，如今说她每天回家，其实说的就是回我的家，我觉着真是妙不可言。她在巴尔贝克跑来睡在旅馆里的那晚上，我曾经匆匆领略过的那种神秘和肉感夹杂参半的乐趣，变得完整而稳定了，我这向来空落落的住所如今经常充盈着一种家庭生活乃至夫妻生活的甜美气氛，连走廊也变得熠熠生辉，我所有的感官，有时是确确实实地，有时，当我独自一人等她回来时，则是在想象中静静地尽情享受着这种甜美的气氛。听到阿尔贝蒂娜走进房间关门的声音，如果我还有客人，就赶紧打发他走，直到确信他已经下了楼才放心，有时我甚至宁可亲自陪他走下几级楼梯。

在过道里我迎面碰见阿尔贝蒂娜。“喔，趁我去换衣服的这会儿，我让安德烈上您屋里去，她是特地上来跟您说声晚上好的。”说着，连我在巴尔贝克送她的那顶栗鼠皮帽上挂下来的灰色大面纱都没撩起，她就抽身回自己房里去了，仿佛她是寻思着安德烈，这位我派去监视她的朋友，准要把一天的情况原原本本向我报告，把她俩怎么碰到一个熟人的前前后后的经过都告诉我，好让我对她们今儿一整天外出散步的行程中那些我因无从想象而存疑的片段有所了解。

安德烈的缺点渐渐暴露出来，她不再像我刚认识她时那样可爱了。现在她身上有一股显而易见的酸涩的味儿，而且只要我说了句使阿尔贝蒂娜和我自己感到开心的话，这股涩味儿立时就会凝聚起来，犹如海面上的雾气凝聚成暴雨一般。即便如此，她对我的态度却越发来得亲热，越发显得多情——我随时可以举出佐证——而且比起任何一个没有这股涩味的朋友来都是有过之无不及的。但是，只消我稍有半点高兴的样子，而这种情绪又不是她引起的，她就会感到一种神经上的不舒服，就像是听见有人砰地一声把门关得很重似的。她可以允许我难受，只要那不是她的干系，但容不得我高兴；如果看见我病了，她会感到忧伤，会怜悯我，会照料我。但如果我有些许满意的表示，比如说当我刚放下一本书，带着心满意足的神气伸着懒腰说："嗨！这两个钟头的书看得可真带劲。真是本好书！"这句话要让我母亲、阿尔贝蒂娜或者圣卢听见，他们都会觉得高兴的，可安德烈听了就会觉着反感，或者干脆说会觉着神经上的不舒服。我的称心如意会使她感到一种无法掩饰的愠恼。她的缺点还有更严重的：有一天我提起在巴尔贝克跟安德烈的那帮女友一起碰到过的那个年轻人，他对赛马、赌博、玩高尔夫球样样在行，而除此以外却一窍不通，安德烈听着听着冷笑起来："您知道，他的老子偷过东西，差点儿给送上法庭判刑。他们现在牛皮愈吹愈凶了，可我倒想把事情全都张扬出去。我巴不得他们来告我诬告罪。我要出庭作证揭揭他的底！"她的眼睛炯炯发光。然而，我知道那人的父亲并没做过什么见不得人的事，安德烈也跟别人一样清楚地知道这一点。可是她自以为受了做儿子的冷落，就想找个茬叫他难堪，让他出丑，于是编出了这通臆想中的出庭作证的鬼话，而且因为翻来覆去说得次数多了，也许连她自己都弄不清是真是假了。照说，按她现在这样子（且不说那种动辄记恨的疯劲儿），恶意的无端猜疑已经像一道冰冷扎手的箍儿箍住了她那热情可爱得多的本性，光凭这一层缘故，我就不会愿意去跟她见面的。但是关于我那位女友的种种消息，又只有她一人能向我提供，我实在心里放不下，不愿错过得悉这些消息的极其难得的机会。安德烈走进屋来，随手把门带上；她俩今天遇见过一位女友；而阿尔贝蒂娜从没对我说起过这女人。"她们说了些什么？""我不知道，因为我趁阿尔贝蒂娜有人陪着的空儿去买毛线了。""买毛线？""没错，是阿尔贝蒂娜叫我去买的。""那就更不该去了，她说不定正是想支开您呢。""可她是在碰到那位朋友以前叫我买的呀。""噢！"我总算松了口气。不一会儿工夫，疑团又冒了上来："可是谁知道她是不是事先就跟那个女人约好，而且想好这个借口到时候来支开安德烈的呢？"再说，难道我能肯定先前的假设（安德烈对我说的都是真话）就一定是对的吗？安德烈没准也是跟阿尔贝蒂娜串通一气的呢。

爱情这东西，我在巴尔贝克那会儿常这么想，无非就是我们对某位一举一动都似乎会引起我们嫉妒的女士的感情。我总觉着，如果对方能把事情都对你和盘托出，讲个明白，也许是不费什么力就能把你的相思病给治好的。而受难的这一位，无论他怎样巧妙地想把心头的妒意瞒过别人，发难的那一位总会很快就一目了然，而且反过来玩得更巧妙。她故意把我们引向会遭遇不幸的歧路，这在她是轻而易举的，因为这一位本来就毫无提防，又怎么能从小小的一句话里听出其中包藏的弥天大谎来呢？我们根本听不出这句话跟别的话有什么不同：说的人悬着颗心，听的人却没在意。事过之后，当我们独自静思，回想起这句话的时候，会觉着这句话似乎跟事实不大对得上头。然而，到那时我们还记得清这句话到底是怎么说的吗？思绪转到这上头，而又牵涉到记忆的准确性的当口，脑子里往往会不由自主地冒出一种类似于记不清门有没有关好的疑窦，碰到有些神经过敏的场合，我们是会记不起有没有把门关好的，即便回头看过五十次了，照样还是这样。你甚至可以一而再、再而三地重复某个动作，却始终无法形成一个确切而洒脱的记忆。要说关门，至少我们还可以再去关第五十一次，可是那句叫人不放心的话，却已属于过去，听觉上存留的疑窦，并非我们自己所能消释的。于是，我们打起精神再去想她还说过些什么，结果又发觉那都是些无伤大雅的话；唯一的药方——可我们又不愿意服这帖药——就是什么都不去追究，打消弄个水落石出的念头。

嫉妒之情一旦被发现之后，作为其目标的那位女士就认为那是对她的不信任，因而她骗别人就是理所当然、顺理成章的事了。何况，当我们执意想知道一桩事情的时候，也是我们自己起的头去撒谎骗人的。安德烈和埃梅答应过我什么都不说的，结果怎么样呢？布洛克，他自然没什么好答应的，因为他什么也不知道；而阿尔贝蒂娜，她只要跟这三位中间任何一位聊会儿天，照圣卢的说法就是取得一点“旁证”，就会发现我说的不过问她的行动以及根本不可能让人去监视她云云，全是些谎话。于是，在我惯常的关于阿尔贝蒂娜的那种无休无止的疑虑——这些疑虑过于飘忽不定,所以并不使我真的感到痛苦,它们之于嫉妒犹如忘却之于忧伤,当一个人开始忘却时,无形之中就觉得好过些了——之后接踵而至的,就是从安德烈方才向我报告的某个片段中又冒出的那些新问题;跋涉于这片在我周围绵延伸展的广漠区域,我的所获只不过是把那不可知的东西推得更远些罢了,而对我们来说,当我力求要对那不可知的对象形成一个明确的概念时,我们会依稀感觉到那就是另一个人的真实生活。阿尔贝蒂娜一则出于谨慎,二则似乎是要让我有充裕的时间(她自己意识到这一点吗?)来了解情况,所以待在自己房间里磨磨蹭蹭地换了好半天的衣服,我就趁这工夫继续询问安德烈。

"我想阿尔贝蒂娜的姨夫和姨妈都挺喜欢我。"我冒冒失失地对安德烈说了这么一句,忘了考虑她的性格。顿时只见她那凝脂似的脸蛋变了样,就像一瓶糖浆给搅过似的;满脸的阴云仿佛再也不会消散。嘴角也挂了下来。我初到巴尔贝克那年,她不顾自己的虚弱,也像那帮女友一样向我展示的那种神采飞扬的青春欢乐气息,现在(说实在的,安德烈从那以后也长了好几岁)居然那么迅速地从她身上消失,变得荡然无存了。但我在安德烈就要回家吃晚饭前无意间说的一句话,却又使它重现了光彩。"今天有人在我面前一个劲儿地夸您呢。"我对她说。顿时她的目光变得神采奕奕、充满欢乐了,从她的神情可以看出她确实很爱我。她避开我的目光,睁大两只霎时间变得异常明亮的眼睛,笑容可掬地望着一个什么地方。"是谁?"她带着率真而急切的表情问道。我告诉了她这人的名字,不管这人是谁,她都感到欣喜万分。

到该回家吃晚饭的时候了,她跟我分了手。阿尔贝蒂娜走进我的屋里;她已经换好衣服,穿了一件漂亮的睡袍,关于这种中国双绉长裙或日本睡袍,我曾向德·盖尔芒特夫人咨询过,其中某些进一步的细节还承斯万夫人来信指点过，信是这么开头的："睽违多时，顷接见询 tea-gown① 来信，大有恍如隔世之感。"阿尔贝蒂娜脚上穿一双饰有钻石的黑鞋子，这双被火冒三丈的弗朗索瓦丝斥之为木拖鞋的便鞋，就是阿尔贝蒂娜隔着窗户瞧见德·盖尔芒特夫人晚上在家穿的那种，稍过些时候，阿尔贝蒂娜又穿上了高跟拖鞋，有几双是山羊皮烫金面的，另几双是栗鼠皮面的，瞧着这些鞋子，我觉得心里暖乎乎的，因为它们是一种标志（别的鞋子就并非如此了），表明她是住在我的家里。有些东西，比如说那只挺漂亮的金戒指不是我给她买的。我很欣赏那上面刻着的一头展开翅膀的鹰。"这是姨妈送我的，"她对我说，"不管怎么说，她有时候还是挺和气的。瞧着它我就觉得自己老了，因为这还是我二十岁那年她送的。"

对所有这些华美的衣着，阿尔贝蒂娜具有一种远远胜过公爵夫人的强烈爱好，因为正如你想要拥有某件东西时所遇到的阻碍（在我就是这病，它让我没法出远门，可又那么渴望去旅行）一样，贫穷——它比富裕更慷慨——会给予这些女人比她们无力买下的那件衣服更好的东西：那就是对这件衣服的向往，也即对它真切、详尽、深入的了解。阿尔贝蒂娜和我，她因为自己买不起这些衣服，我因为在订制这些衣服时想讨她喜欢，我俩就像两个渴望上德累斯顿或维也纳去亲眼看看博物馆里那些熟悉的名画的大学生。而那些置身于成堆的帽子和裙子中间的有钱的夫人，她们就像事先并无任何兴趣的参观者，在博物馆转来转去只会使她们感到头晕目眩，又疲乏又无聊。对阿尔贝蒂娜和我来说，哪怕一顶帽子，一件貂皮大衣，一袭袖口有粉红翻边的浴衣，都会有某种分外重要的意义，某种非常吸引人的魅力，在阿尔贝蒂娜，是因为她一见这些东西，就一心一意想得到它们，而又由于这种向往会使人变得执拗和细心，所以她在想象中把它们置于一个更能显出衬里或腰带可爱之处的背景跟前的同时，早

① 英文：宽松女袍。

已对它们上上下下、里里外外全都了然于心——在我,则是因为曾经去德·盖尔芒特夫人家打听过这件衣裳为什么这么优雅,这么与众不同,这么卓然超群,而那位裁剪大师的独创性又体现在哪儿——这种意义和魅力,对于未吃先饱的公爵夫人来说是不存在的,即便对于我,倘若是在几年前我百无聊赖地陪着这位或那位风雅的女士出入于裁缝店的那会儿,情况也会跟公爵夫人一样的。

阿尔贝蒂娜渐渐成了一个风雅的女人。因为虽说我这么给她订制的每件衣服都是同类款式中最美的,而且都经过德·盖尔芒特夫人或斯万夫人的审定,但这样的衣服她也已经要多得穿不完了。不过这也没关系,既然她见一件爱一件,对它们没一件不喜欢的。当我们喜欢上了某个画家,而后又喜欢上了另一个画家,到头来我们就会对整个博物馆有一种好感,这种好感是由衷的,因为它是由连续不断的热情构成的,每次热情都有其具体的对象,但最后它们联结成了一个协调的整体。

但她并不是浅薄无聊的女人,独自一人时书看得很多,跟我在一起时也爱念书给我听。她变得非常聪明。她对我说(其实她没说对):“每当我想到要不是您,我到现在还是个傻丫头的时候,我就感到后怕。您别说不字,是您让我看到了一个我连想都没想到过的世界,无论我将来会变成怎样的人,我知道我的一切都是您给的。”

我们知道,关于我对安德烈的影响,她也说过类似的话。难道阿尔贝蒂娜和安德烈,她俩都钟情于我吗?那么,她俩之间又是什么关系呢?为了把事情弄个明白,我得先让你俩不动,并且从对你俩永恒的期盼中超脱出来,因为你俩永远在这种期盼中变幻着形象;我得暂停对你们的爱恋,以便脱出身来看着你们,我得暂时不去理会你们那些没完没了的、行色总是那么仓皇的来访,哦,年轻的姑娘,哦,当我在令人眩晕的飞速旋转的光影中瞥见你们那变得几乎让我认不出来的倩影时,我的心是多么激动地怦怦直跳啊。倘若不是一种性感的诱惑在把我们引向你们,引向你们这些永远比我们的期望更美的、永远不会相同的金滴，我们也许根本不会领会到那些飞速旋转的光影，还会以为一切都是停滞不动的呢。一位年轻姑娘，我们每回看见她，总会发觉她跟上回见到时又大为变样了（我们保存在记忆中的印象，以及原先想要满足的欲望，在一见之下就都荡然无存了），以致我们平日所说的她性格稳定云云，都成了讲讲而已的汗漫之词。人家对我们说，某位漂亮的姑娘如何温柔、可爱，如何充满种种最细腻的感情。我们的想象接受了这些赞词，当我们第一次瞧见金黄色鬈发中露出的那张玫瑰色的脸庞时，我们就在心里对自己说，这位让我们感到自惭形秽的玉洁冰清的少女，我们居然还想当她的情人，那岂不是痴心妄想。退一步说，即便跟她亲近了，我们又是怎样从一开始就对这颗高贵的心灵抱有无限的信任，和她一起编织过多少美妙的希望啊！可是没过几天，我们就为自己的轻信后悔了，因为这位玫瑰似的姑娘在第二次见面时，就像一个淫荡的厄里尼厄斯①那样满口脏话了。在延续几天的一个脉动过后，重又相继呈露在玫瑰色光线中的那些脸容，让你甚至都说不清，一种外界的 movimentum② 作用在这些姑娘身上，究竟有没有使她们改变模样，我在巴尔贝克的那帮姑娘，说不定也是这种情形呢。有人会在你面前吹嘘，一个处女是如何如何温柔，如何如何纯洁。可是说过以后他又觉着还是来点热辣辣的东西会让你更中意些，于是他就去劝她举止大胆泼辣些。至于她自己，心里是不是也想大胆些呢？也许并不，可是在令人眩晕的生活旋流中间，有成千上百个机会让她改变初衷。对于另一位魅力就在于冷峭（而我们指望要按自己的意思去改变这种态度）的姑娘，譬如说，对于巴尔贝克那位从吓得目瞪口呆的老先生们头上一掠而过的可怕的跳高女

① 希腊神话中复仇三女神的总称，她们眼中流血，头发由许多毒蛇盘结而成，一手执火炬，一手执由蝮蛇扭成的鞭子。

② 拉丁文：动量。

将，当我们回味着她那冷峻的风致，对她说着些充满深情的话时，不料兀地听见这位姑娘神情腼腆地告诉我们说，她生性怕羞，见到生人不知该怎么说话，所以挺害怕的，还说她跟我们见面以后，过了两星期才能从从容容地和我们谈话，等等等等，听到这么一番话，我们有多扫兴啊！铁块变成了棉团，我们已经无坚可摧了，既然她自个儿先就软成这副模样。事情是在她自己身上，但兴许也跟我们的做法不当有关，因为我们在恭维她的强项时尽说些软绵绵的话，说不定正让她觉着——尽管她并不一定怎么意识到——自己也得软些才是。（这种改变使我们感到遗憾，但也不能完全说是弄巧成拙，因为面对这般柔软的态度，我们说不定会为自己居然能把一个铁女人调教得柔情如许而分外欣喜呢。）

我并不是说不会有那么一天，到那时，即便对这些金光耀眼的少女，我们也能把她们的性格说个明白，但这是因为那时候我们已经对她们不再钟情了，当见到她们出现在我们面前，跟我们的心所期待的形象很不相同的时候，我们的心不会再为这新的模样久久不能平静了。到那时，她们的模样将会固定下来，那是我们的一种诉诸理性判断的漠然态度的结果。然而，理性的判断亦未必更明确，因为在理性判定一个姑娘身上有某种缺点，而另一个姑娘身上很幸运地没有这种缺点之后，它又会发现与这个缺点同在的却是一个弥足珍贵的优点。于是，从这种所谓理智的判断（它仅在我们对她们不再感兴趣时才会出现），只能看到年轻姑娘性格上一些恒定的特征；当我们的那些女友，以我们的期望所具有的令人眩晕的速度，每天、每星期变着模样出现在我们面前，而我们没法让它们在旋流中停下来，把它们分类、排序的时候，那些天天见着，但每回见着都让我们惊异的脸容固然并没有告诉我们多少信息，而理智的判断也并不见得让我们知道得更多些。对于我们的感情而言，关于这一点我们已经说得够多，无须再絮叨了，在很多情况下，爱情就不过是一位姑娘（对这位姑娘，我们要不是因为有着这么一种感情，也许早就觉得不堪忍受了）的脸蛋加上我们自己怦然的心跳，而且这种心跳总是跟无穷无尽的等待，跟这位小姐对我们爽约、让我们变傻联系在一起的。这些话，并不仅仅对那些在善变的姑娘面前想象力丰富的小伙子才适用。咱们的故事到这会儿，看来（不过我是过后才看出来的）絮比安的侄女已经对莫雷尔和德·夏吕斯先生改变了看法。先前，我的司机为了撺掇她跟莫雷尔相好，在她面前大大吹嘘，把提琴师说成个绝顶温柔体贴的人儿，这些话她听着正中下怀。与此同时，莫雷尔不停地向她诉苦，说德·夏吕斯先生待他就像个混世魔王，她听了就认定这位先生心眼很坏，根本没料到其中有层情爱的缘故。况且，她自然也不能不注意到，每回她和莫雷尔碰头，总有德·夏吕斯先生专横地插进一脚。而且她还听见社交圈子里的女客们谈论过男爵暴戾的坏脾气，这就更证实了他的罪名。但是，近来她的看法完全改变了。她发现莫雷尔身上有着（不过她并不因此而不爱他）居心叵测的坏心眼，而且不讲信义，但又每每有一种柔情，一种真实的感情，抵偿了这些坏处，而德·夏吕斯先生则有着一种不容怀疑的博大善良的胸怀，和她没有见到的那副铁石心肠并存在他身上。于是，她对提琴师以及对自己的保护人的判断，就不见得比我对我毕竟天天见到的安德烈以及对与我共同生活的阿尔贝蒂娜的判断更明确了。

有些晚上，阿尔贝蒂娜不想给我念书，便给我弹点琴或者和我玩几盘跳棋，要不就陪我聊天，无论哪种情形，都会因为我吻她而被打断。我们之间的关系非常单纯，因而也就使我感到非常恬适。正因为她的生活很无聊，她对我要求她做的事便分外热心而且百依百顺。在这个姑娘后面，正如在巴尔贝克从我屋里窗帘下面透进来的红彤彤的光影（其时乐师们吹奏正酣）后面，摇曳着大海蓝莹莹的波光。难道她（她在心里习惯了把我看作非常亲近的人，以致除了她姨妈以外，我也许就是她认为最不必分彼此的人了）不就是我在巴尔贝克初次遇见时那个戴着马球帽，眼睛含着执拗的笑意，倩影映衬在大海的背景上显得那么轻盈的陌生姑娘吗？往日的影像清晰地留存在记忆里，每当我们想起它们时，总会为它们跟我们所认识的人如此不同而感到诧异；我们开始懂得了，日复一日的生活竟能如此奇妙地重塑一个人的形象。阿尔贝蒂娜在巴黎，在我屋里的壁炉边上，会让我看得那么心旌飘摇，是因为海滩上的那群心高气傲、光彩照人的姑娘在我心间激起的欲念还在那儿荡漾，正像拉谢尔在圣卢眼里，即使在他让她离开舞台以后，永远保留着舞台生涯的魅力一样，在远离我带着她匆匆而别的巴尔贝克，幽居在我家中的阿尔贝蒂娜身上，我依然可以看到她在海滨生活的那种既兴奋又激动，与人交往显得慌乱不安的模样，依然可以觉到她那种永无餍足的虚荣心和变动不居的欲念。如今她深居简出，有些晚上我甚至都不让人去唤她离开自己的房间来我房里，而当初的她，是人人追逐的对象，那回她骑着自行车疾驶而过，我跟在后面赶得上气不接下气的也没跟上她，就连开电梯的小伙子也没法帮我追上她，我心想这下子甭指望她能来了，可还是整夜都在等她。她在旅馆门前的那片灼热的海滩上走过，犹如一位大明星在这大自然的舞台上亮个相，甚至不用开口说一句话，就把这大自然的剧场中的常客们弄得神魂颠倒，就让其他的姑娘们显得相形见绌，凡她所到之处，总有妒羡的目光跟在后面；如今这位令人垂涎的明星，叫我给从舞台上弄了下来，关在家里，让那些徒然寻踪芳迹的家伙离得远远的，每天她不是在我的房间里，就是在她自己的房间里描画镂纸，我有时不免要寻思，这个阿尔贝蒂娜，真就是那个阿尔贝蒂娜吗？

现在想起来，阿尔贝蒂娜头一回待在巴尔贝克的那段日子里，她的生活环境跟我不大相同，但已渐渐在趋近（当我住在埃尔斯蒂尔家时），尔后，随着我和她先在巴尔贝克，后在巴黎，然后又在巴尔贝克的关系的日渐亲密，两人的生活环境就一致起来了。另外，我前后两次去巴尔贝克，印象中所留下的这些海滨小城的图景，虽然都是由同样的大海，同样的海滨别墅，同样的从别墅去海滩的姑娘们构成的，但这前后两幅图景之间，差别是何等的明显啊！第二次去巴尔贝克时，我对阿尔贝蒂娜周围的那些姑娘已经非常熟悉，她们的优缺点就像写在脸上似的让我看得一清二楚，而在当初，这些清新、神秘的陌生少女，每当她们笑着嚷着冲进那座瑞士山区木屋式样的别墅，在过道里把柽柳碰得簌簌作响的时候，我的心总会怦然而动，难道我第二次在那儿时，还能从这些姑娘身上，辨认出那些少女吗？她们那一双双圆圆的大眼睛不像以前那样明亮了，一则当然是因为她们不再是孩子了，二则也许是因为那些可爱的陌生少女，那些当年充满浪漫情调的演员（从那以后我就不曾中断过对她们情况的调查了解），对我已不复有任何神秘之处了。她们对我的任性已经很迁就，她们在我眼里就不过是些花儿似的少女，我为自己能从中采撷到最美的那朵玫瑰而颇有些感到骄傲。

在这两幕迥然不同的巴尔贝克场景中间，有着一段地点在巴黎、时间长达数年的间隔，其间点缀着阿尔贝蒂娜一次又一次的来访。我是在一生中的两个不同的时期，它们对我来说意味着一生中两个不同的阶段见到阿尔贝蒂娜，因而我感觉到，那些见不到她的日子，那段漫长的时间，实在是很美妙的，我面前的这位玫瑰似的人儿，在时间的透明背景上塑造着她那带着神秘影子的、立体感很强的形象。这种立体感，不仅是由阿尔贝蒂娜在我脑海里的一幅幅不同的影像，而且也是由她在智力和心灵上的众多优点以及性格上的某些缺点，叠合在一起而形成的，这些优缺点，是我事先不曾知道的，是阿尔贝蒂娜把它们作为一种胚芽，一种自我繁殖的苗，一种肉质丰厚的深暗色株体，加进一个先前几乎并不存在，如今却已深不可测的个性中去的。因为任何人物，即使是令我们梦萦魂绕，在我们眼中有如画中的人儿，有如本诺佐·戈佐里①画在深绿色背景上的人儿那样，对她们，我们一心以为只要自己待着不动，保持相同的距离，只要光线

① 戈佐里（1420—1497），意大利文艺复兴早期的著名画家。

不变，她们就永远是这个样儿的，其实一旦她们和我们的关系起了变化，她们本身也就变了；从前仅仅是映在大海背景上的那个倩影，现在变得丰满、结实，形体也变大了。

跟我心目中的阿尔贝蒂娜联系在一起的，并不只是薄暮时分的大海，有时，那是在皎洁月光下梦幻般地流连在沙滩上的大海。可不是吗，有时候我起身到父亲的书房里去找本书，阿尔贝蒂娜便要我让她趁这会儿躺一下；她整个上午和下午都在外面游玩，实在是累了，虽说我离开才一会儿工夫，但回屋一看，她已经睡着了，这时我也就不去叫醒她。她从头到脚舒展开来，躺在我的床上，那姿势真是浑然天成，任哪个画家都想象不出来的，我觉得她就像是一株长着蓓蕾的修长的树苗，让谁给摆在了那儿；事情也确实如此：那种只有她不在时我才会有的幻想的能力，在她身边的这一瞬间，重新又回到了我的身上，仿佛她在这样睡着的时候，变成了一株植物。这样，她的睡眠在某种程度上使恋爱的可能性得到了实现：独自一人时，我可以想着她，但她不在眼前，我没有占有她；有她在场时，我跟她说着话儿，但真正的自我已所剩无几，失去了思想的能力。而她睡着的时候，我用不着说话，我知道她不再看着我，我也不需要再生活在自我的表层上了。

合上眼睛，意识朦胧之际，阿尔贝蒂娜一层又一层地蜕去了人类性格的外衣，这些性格，从我跟她认识之时起，便已使我感到失望。她身上只剩下了植物的、树木的无意识生命，这是一种跟我的生命大为不同的陌生的生命，但它却是更实在地属于我的。她的自我，不再像跟我聊天时那样，随时通过隐蔽的思想和眼神散逸出去。她把散逸出去的一切，都召回到了自身里面；她把自己隐藏、封闭、凝聚在肉体之中。当我端详、抚摸这肉体的时候，我觉得自己占有了在她醒着时从没得到过的整个儿的她。她的生命已经交付给我，正在向我呼出它轻盈的气息呢。

我倾听着这神秘而轻柔的声音，温馨如海上的和风，缥缈如月光的清辉——那就是她朦胧的睡意。只要这睡意还在持续，我就可以在心里尽情地想她，同时凝视着她，而当这睡意变得愈来愈深沉时，我就抚摸她，吻她。我此时感受到的，是一种纯洁的、超物质的、神秘的爱，一如我面对的是体现大自然的美的那些没有生命的造物。其实，当她睡得更熟一些以后，她就不再只是先前的那棵植物了；我在她睡意的边缘，怀着一种清新的快感陷入了沉思，这种快感我永远也不会厌倦，但愿能无穷无尽地享受下去；她的睡意，对我来说是一片风光旖旎的沃土。她的睡意在我身边留下了一些那么宁静悠远，那么肉感怡人的东西，就像巴尔贝克那些月光如水的夜晚，那时树枝几乎停止了摇曳，仰卧在沙滩上时时可以听见落潮碎成点点浪花的声音。

我回屋时，先是站在门口，生怕弄出半点响声，屏息静听着均匀连绵地从嘴唇间呼出的气息，它很像海边的落潮，但更安谧，更柔和。聆听着这美妙的声息，我觉得眼前躺着的这个可爱的女囚，她整个儿的人，整个儿的生命，都凝聚在这声息中了。街上来往的车辆传来嘈杂的声响，但她的前额依然是这般舒展，这般纯净，她的呼吸依然是这般轻柔，仿佛轻柔到了只存一丝脉息。然后，我看到自己并不会打扰她的睡眠，就小心翼翼地走进房间，先坐在床边的椅子上，再坐在床上。

我跟阿尔贝蒂娜一起聊天、玩牌，共度过不少美好的夜晚，但从没哪个夜晚，有像我瞧着她睡觉这般温馨可爱的。她在聊天、玩牌时纵有演员模仿不像的洒脱自然的神气，但总不如在睡梦中那种更为深沉的、在一个更高层次上的洒脱自然的意味更令我神往。长长的秀发沿娇艳的脸庞垂下，洒在床上，不时有一绺头发直直地竖在那儿，看上去使人想起埃尔斯蒂尔那些拉斐尔风格的油画，那些画面深处亭亭玉立在朦胧月光下的纤细苍白的小树。虽然阿尔贝蒂娜闭着嘴，但她的眼睑，从我的位置望去，仿佛并没有合拢，我几乎要疑心她是不是真睡着了。不过，下垂的眼睑已经给这张脸定下了一个和谐的基调，即使眼睛没合拢，也不致破坏这种和谐的完美。有些人的脸，只消稍稍把目光一收敛，就自有一种不同寻常的丰美和威仪。

我细细端详着躺在我脚跟前的阿尔贝蒂娜。不时，她会突如其来地轻轻动弹一下，就像一阵不期而至的微风拂过林梢，一时间把树叶吹得簌簌地颤动起来。她伸手捋了捋头发，然后，由于没能称自己的心意理好头发，又一次伸起手来，动作那么连贯而从容，我心想她这是要醒了。其实不然；她睡意正浓，又安静下来不动了。而且此后她一直没再动弹。她那只手搁在胸前，胳臂孩子气地垂在肋间，瞧着这模样，我差点儿笑出声来，这种一本正经的、天真无邪的可爱神气，是我们在年幼的孩子身上常能见到的。

我在一个阿尔贝蒂娜身上可以同时看到好几个阿尔贝蒂娜，所以此时仿佛觉得看到其他那些阿尔贝蒂娜也睡在我身旁。这眉毛弯弯的样子，我却似乎从没见过，只见这两条眉毛把半球形的眼睑围在中间，看上去像两只柔软的翠鸟窝。她的脸庞上，留下了种族和返祖性的印记，也留下了行为不检的痕迹。她每回把头移动一下位置，就变成了一个新的，往往颇使我意想不到的姑娘。我觉着自己占有的不是这么一个，而是许许多多个年轻姑娘。她的呼吸渐渐变得更深沉了，胸脯很有节奏地起伏着，交叉搁在胸前的双手和那串珍珠项链，也随着这同一节奏以不同的方式律动着，宛如在波涛漂卷拍击下晃动着的小船和缆绳。这会儿，我知道她睡意正酣，我不会碰在此刻淹没在酣睡的海水下面的意识的暗礁上，于是放开胆子悄没声儿地爬上床去，挨着她躺下，一手搂住她的腰，吻她的脸和心口，然后又吻遍全身的每个地方，空着的那只手跟那串珍珠一样，随着熟睡的姑娘的呼吸一起一伏；我和着她那均匀的节奏轻轻地晃动：我的小舟颠簸在阿尔贝蒂娜的睡意上。

有时候，我也从中品味到一种不如这么清纯的乐趣。这在我真是举腿之劳，我把一条腿轻轻搁在她的腿上，就像听任一支船桨浮荡在水面上，不时感觉到从它传来轻微的晃动，宛如天际飞过一行恍如入睡的鸟儿，停停歇歇地拍打着翅膀。我选了这个角度来观察她，看到的这张脸是从未有人见过的，美极了。我想有件事还是不难理解的，就是同一个人写给你的信总是大致相仿的，它们勾勒出一个跟你认识的此人大不相同的形象，以致让你看到了此人的第二天性。但是，一个女人居然会——如同罗西达和多迪加[①]那样——和另一个女人（她的另一种美暗示着另一种个性）如此弥合无间地连结在一起，为了看清其中的这一位，你得从侧面去看，对另一位就得从正面去看，这可有多奇怪啊。阿尔贝蒂娜的呼吸声变得更重了，听上去使人觉得像是快乐达到高潮时气喘吁吁的声响，当我的呼吸也变得愈来愈短促时，我抱她吻她都没有弄醒她。我觉得，在这一时刻我终于更完全地占有了她，一如占有了沉默的大自然中一件无知无觉、任人摆布的东西。我并不在意她有时在睡梦中喊出声来的那些话，因为我根本不懂其中的意思，何况，就算那是在喊某个我不认识的人，那又怎么样呢，当她的手时而掠过一阵微颤，下意识地搐动时，不还是按在我的手上和脸颊上吗。我怀着一种超然、恬静的爱，兴味盎然地欣赏着她的睡眠，犹如久久流连在海边倾听汹涌澎湃的波涛声。

也许我们是得要让别人给自己吃那么些苦，才能在得到解脱之时，感受到有如大自然给予的那种怡然恬淡的宁静。此刻我无须像在交谈时那样去答话，在交谈中即便她说话时我可以不开口，但在听她说话的同时，我毕竟没法这么深入地看到她的内心里去。我继续不时地谛听、收受着那缕若有若无的微风似的呼吸声，一个全然生理学意义上的生命，从她那纯洁的气息中呈现在我面前，那是属于我的；就像当初在明亮的月光下一连几个钟头仰卧在海滩上一样，我要久久地待在她身旁看着她，听着她的声音。有时人家告诉我，海面起浪了，海湾的风预兆着大海的风暴，而我

---

① 暹罗一对著名的姐妹歌舞演员。

仍然依偎在大海身边，倾听着它隆隆作响的鼾声。

有时候阿尔贝蒂娜觉得很热，在快要入睡时脱下和服式的睡袍扔在扶手椅上。等到看她睡着了，我在心里盘算，她的信敢情都在这件睡袍的内袋里放着呢，因为她常把信放在那儿。一个信末的签名，一张幽会的字条，就足以让我揭穿她的谎话或是消释我的疑团。我觉着阿尔贝蒂娜已经睡熟了，就从我待在上面悄悄地看了她这么半天的床脚跟溜下地来，满怀热切的好奇心，往前跨了一步，只觉得扶手椅上有一个生命正可怜兮兮地、全无半点反抗能力地听凭我去刺探它的秘密。我这么走开，或许也因为老是一动不动地瞧她睡觉，终究感到累乏了。于是，我轻轻地朝扶手椅走去，边走还边回头看她有没有醒来。走到椅子跟前，我立定了，久久地凝视着那件睡衣，仿佛这就是在久久地凝视着阿尔贝蒂娜。可是（也许我这是错了）我到底没有去碰它，没有去摸里面的口袋，更没有去看那些信。临末了，我知道自己是下不了决心了，就蹑手蹑脚地走回阿尔贝蒂娜跟前，重又端详起睡梦中的她来——尽管她什么也不会告诉我，而那张扶手椅上的睡袍兴许倒是会告诉我好些事情的。

正像那些就为呼吸一下大海的新鲜空气，心甘情愿地每天花上百法郎在巴尔贝克旅馆租下一个房间的人一样，我觉得在阿尔贝蒂娜身上花费更多的钱是很自然的事情，既然我能在脸颊上，能在微微张开跟她的双唇相对、感觉得到她的生命流经我舌尖的嘴上，感受到她那温馨的气息。

看她睡觉所尝到的乐趣，如同感到她生命的律动一般甜美，然而它会被另一种乐趣打断、取代，那就是看她醒来的乐趣。那是在一种更深刻、更神秘的意义上的乐趣——意识到她和我住在同一屋檐下的乐趣。诚然，当她在下午走下马车，朝我的屋子走进来时，我已经感觉到了这种温馨和甜美。但当她在睡乡中登上梦的最后几级阶梯，终于在我房里醒来，一时弄不明白"我这是在哪儿？"而在环顾四周的摆设，瞅见柔和地照着她惺忪的睡眼的台灯以后，这才明白这是在我家里醒来，于是再自然不过地对自己说，哦，她是在自己家里呢，这时候的我会加倍地感受到这种温馨甜美的况味。在她睡意未消的这个最初的美妙时刻，我觉得自己重又更完全地占有了她，因为她外出归来时，不是回到她的房间，而是回到我的房间，而且当她醒来认出这个行将把她囿禁在内的房间时，眼睛里并无半点不安的神情，就像没睡过这一觉那样地安然自若。从她的缄默不语流露出来的睡意未消的迷茫神情，在她的眼睛里是全然不见流露的。

她终于能开口了，她称呼我“我的——”或“我亲爱的——”后面是我的教名，我让叙述者取了个跟本书作者一样的名字，所以这称呼是“我的马塞尔”或“我亲爱的马塞尔”。从此以后，我不许家里别人也叫我“亲爱的”，阿尔贝蒂娜口里说出来的这几个可爱的字眼，是不该让旁人给玷污的。她微微撅起嘴说出这几个字以后，经常就势给我一个吻。她刚才那会儿睡着得有多快，这会儿醒得就有多快。

阿尔贝蒂娜体态的丰腴、个性的发展，都并不比时光流逝在我身上引起的变化，也不比我在灯光下瞧着坐在身旁的一位年轻姑娘，而这灯光跟姑娘当初沿着海滩漫步时照在她身上的阳光颇为不同的这个事实，更能成为我现在看她和起初在巴尔贝克那会儿看她的方式迥然不同的主要原因。这两个形象之间，哪怕相隔的年岁更久远些，也未必会产生如此完全的变化；这一变化，是在我得知阿尔贝蒂娜几乎由凡德伊小姐的女友一手带大的消息的刹那间，从根本上一下子完成的。如果说过去我常为从阿尔贝蒂娜眼里看出秘密而欣喜，那么现在只有当我从这双眼睛里，乃至从跟这双眼睛同样传情，这会儿还那么温柔，一转眼却会满是愠色的脸颊上，都能看出没有什么秘密的时候，才会感到高兴。我所寻觅的那个形象，那个使我感到恬适，使我愿意傍着她死去的形象，并不是有着一段陌生经历的那个阿尔贝蒂娜，而是一个尽可能让我感到熟悉的阿尔贝蒂娜（正因如此，这爱情势必只能跟不幸联系在一起了，因为它从本质上不满足神秘的这一条要求),一个并不是作为某个远处世界的表征,而是——确实也有过一些时候,情况好像就是这样——除了和我在一起、和我一模一样,再也不要任何东西的阿尔贝蒂娜,一个作为确确实实属于我的东西的体现,而不是未知世界的化身的阿尔贝蒂娜。

如果爱情就是这样在一个女人让你感到忧心如焚的时刻,在你担心能不能留住她别让她跑掉的心理状态下萌生的,这种爱情就会带上使它得以诞生的骚乱的印记,就会难以使我们回想起在这以前每当想到这个女人时我们心里所见到的影像。在海滨初次见到阿尔贝蒂娜时的印象,在我对她的爱情中或许也占了小小的一席之地;但说实在的,这些往日的印象在这样一种爱情中只能占一个微不足道的位置,不论是在我们卷进激情的漩涡或陷入痛苦的折磨的时候,还是在这爱情感到需要温情,需要向那些宁静温馨的回忆,那些可以让我们沉浸其中,不去过问我们所爱的这个女人的事情(哪怕那是些我们应该知道的可憎的事情)的回忆去寻求庇护的时候,它们都只占一个很小很小的位置——即使我们保存着那些往昔的印象,这种爱情却是由一些不相干的内容构成的!

有时候,我在她进屋以前就把灯熄了。她在黑暗中,凭借一根火柴的微光,走过来挨着我躺下。我的眼睛,那双常常生怕看见她又变模样的眼睛,看不见她的身形,但我的双手和脸颊能感到她的存在。托这种盲目的爱情的福,她或许觉着自己承受的爱抚比平日温柔得多呢。

我脱下外衣躺在床上,阿尔贝蒂娜坐在床沿上,我俩继续刚才让接吻打断的下棋或聊天;而当我们处在唯一能使我们对另一个人的存在及其性格感兴趣的欲望的支配下的时候,我们自己的性格总会充分地表现出来(即使我们已经相继抛弃了好些曾经爱过的不同对象),所以有一次,我抱住阿尔贝蒂娜吻她,叫她"我的小姑娘"时,在镜子里瞧见自己脸上那种忧郁而激动的表情,就像我吻那早已被我忘怀的希尔贝特,或者将来有一天吻另一个姑娘时——如果我早晚得把阿尔贝蒂娜也忘掉——的表情一模一样，它使我想到，我这是超然于个人的考虑之上（本能总是让我们把眼前的对象看作唯一真实的对象），在一种作为祭礼奉献给青春和女性美的、热诚而痛苦的虔敬的遣使下，履行我的职责。然而，在我想就此让阿尔贝蒂娜每晚都能留在我身边的初心中，给青春以"ex voto[①]"荣耀的愿望，以及关于巴尔贝克的回忆，都掺杂着一种对我来说很新鲜的感觉，一种即使不能说是我有生以来从未体验到的，也至少是我在爱情生活中不曾品尝过的感觉。那是一种心灵得到抚慰的感觉，自从母亲在贡布雷的床前俯身吻我送我入睡的那些遥远的夜晚以来，我从未再领略过如此美妙的感觉。在那会儿如果有人对我说，我并不是那么纯洁无邪，甚至说我会去剥夺别人的幸福，我准会十分惊讶。那时候的我，看来是太缺乏自知之明了，因为我这不让阿尔贝蒂娜离开我的乐趣，实在算不得怎样正大光明，那其实是把这位含苞欲放的少女从那个人人都能亲近的世界里拽出来，让她即便不能给我以许多欢乐，至少也不能去给别人。野心和成功，使我变得冷漠了。我甚至都失去了怨恨的感觉。然而在我，肉欲意义上的爱情，毕竟意味着品尝击败众多竞争对手的欢乐。对它我永远不会嫌多，它是一种无与伦比的镇静剂。

尽管在阿尔贝蒂娜回家以前我对她疑虑重重，百般揣度她在蒙舒凡的房间里的一举一动：但一等到她穿着浴衣跟我相对而坐，或者更经常地是我躺在床上，而她坐在我脚跟的床沿上，我就不由得会怀着信徒祈祷时的虔诚，把满脸疑团和盘托出，只指望她帮我卸下这些精神上的负担，消释这些刚在脑海里冒头的疑窦。她整个晚上淘气地蜷缩在我床上，像只胖乎乎的大猫似的跟我要着玩；卖弄风情的眼神，给她添上了一种在有些小胖子的脸上常能见到的狡狯神气，粉红小巧的鼻子，似乎也显得更加玲

① 拉丁文：还愿的奉献物。

珑了，而这鼻子的格局，又使整张脸显得顽皮而倔犟；她有时微微闭起眼睛，松弛地垂下双臂，听凭一绺长长的黑发耷拉在玫瑰色的粉腮上，那模样仿佛在对我说："你爱怎么着就怎么着吧"；晚上临走前，她凑过脸来跟我吻别，这种庶几完全是家庭意味的温情，使我情不自禁地在她结实的颈脖两侧吻了又吻，这时我只觉得这颈脖晒得还不够黑，日光斑晒得还不够多，仿佛这些可靠的标记是跟阿尔贝蒂娜身上某种忠诚的美德维系在一起的。

"明天您跟我们一起出去吗，我的大坏蛋？"临分手时她问我。"你们上哪儿呀？""那得看天气好坏，还得看您高兴哪。不过，您今天有没有写点东西出来哪，小乖乖？没有？哦，那还是别去的好。对啦，我问您句话，我进屋那会儿，您听见我的脚步声，马上就猜到是我了吗？""那还用说。难道我还会弄错吗？哪怕有一千只小山鹬，难道我还会听不出我那只小家伙蹦跶的声音？我只想她允许我在她睡到床上以前给她脱下鞋子，这会使我感到不胜荣幸。这些雪白的花边把您衬托得有多可爱、多娇艳啊。"

我就是这么回答她的；在这些带有肉欲意味的话语之间，您或许又能嗅出些我母亲和外祖母的气味。因为，我渐渐变得愈来愈像我所有的那些亲人，像我的父亲——不过他大概还是跟我很有些不同，因为旧事即便重现，也是变着样儿来的——那样对天气百般关心，而且跟莱奥妮姨妈也愈来愈像。要不然，我早该把阿尔贝蒂娜当作我出门的理由了，那不就是为的别让她单独一人，脱离我的控制嘛。我耽于种种乐趣，莱奥妮姨妈却信仰诚笃，从来不会享乐，整天只知道数念珠做祈祷，我一心想在文学上有所成就，老为这在折磨自己，莱奥妮姨妈却是家族中绝无仅有的一位，居然不明白看书并非打发时间和"消遣"，结果弄得复活节那一阵，星期天虽说不许干正经事儿以便专心致志做祷告，却是允许看书的，我和这样一位姨妈之间，从外表看真是风马牛不相及，我甚至会发誓说我跟她绝无半点共同之处。然而，虽说我每天都能找出个理由说哪儿不舒服，但我老这么待在床上，却还是为了一个人的缘故，这人不是阿尔贝蒂娜，也不是一个我所爱的人，而是一个比我所爱的人更强悍的人，这人的专横使我甚至不敢流露充满妒意的猜疑，或者至少不敢亲自去证实这些猜疑有无根据，这人就是莱奥妮姨妈。我对天气的关心，比起父亲来可以说是有过之无不及，他只是看看晴雨表，我却自己成了活的晴雨表；我听莱奥妮姨妈的话乖乖地待着看天气如何，而且是待在房间里，甚至待在床上看，这难道还不算有过之无不及吗？现在我跟阿尔贝蒂娜说起话来，就像当年在贡布雷还是孩子的那会儿跟母亲说话，要不就是像外祖母在跟我说话一样。我们每个人到了一定的年龄以后，我们曾经是过的那个孩童的灵魂，以及我们经由他们而来到世上的那些逝者的灵魂，都会把它们的财富和厄运一古脑儿地给予我们，要求和我们所体验到的新的感觉交汇在一起，让我们在这些感觉中抹去他们旧日的影像，为他们重铸一个全新的形象。于是，童年时代遥远的往事，乃至亲人们的陈年往事，都在我对阿尔贝蒂娜算不得纯洁的爱情中沁入了一种既是儿子对母亲的，又是母亲对儿子的温情的甘美。到了生命的某个时刻，我们就得准备迎接所有这些从遥远的地方团聚到我们身边的亲人了。

在阿尔贝蒂娜答应我为她脱鞋以前，我已经解开了她衬衣的扣子。她那两只耸得高高的小小的乳房，那种圆鼓鼓的样子，看上去不像身体的一个部分，倒像两只成熟的果子；腹部往下收去，遮住了那换在男人身上便很丑陋的部位（就像一根铁钩子插在走下壁龛的塑像身上似的），在与大腿交接的地方，形成有如落日收尽余晖时的地平线那般宁静，那般恬适，那般幽邃的一条曲线的两个弯瓣。她脱掉鞋子，在我身旁躺了下来。

喔，想想创世之时那对身上还带着黏土的潮气，在混沌中懵懵懂懂地寻求结合的男女的模样吧，造物主用一团泥巴分成了他俩，夏娃在亚当身边醒来时，惊愕而顺从，正像他还是茕独一人的那会儿，在创造他的上帝面前一样。阿尔贝蒂娜伸起两条胳臂枕在黑色的秀发下面，髋部鼓起，腿的线条有如天鹅的颈项一般柔软地弯下，延伸，重又回向曲线的起点。当她完全侧身而睡时，她的脸（正面是那么和蔼，那么秀美的脸）却有一种神态使我心里发怵，莱奥纳尔某些漫画里的那种鹰钩鼻，透着邪恶、贪婪和间谍的狡诈，在家里瞥见这张脸，令我恐怖，它这么侧过去仿佛是卸下了面罩。我赶紧双手捧住阿尔贝蒂娜的脸，把她转过来。

"您可得听话，答应我明天要是不出门，在家里得好好写。"阿尔贝蒂娜边说边穿衬衣。"行，不过您先别穿晨衣哪。"有时候，我就在她身边睡着了。房间变得冷起来，得添些柴火。我伸手往上在墙上摸，想找到拉铃的杆子，但没找到，摸来摸去都是些别的铜杆，看到阿尔贝蒂娜因为怕让弗朗索瓦丝瞧见我俩并排躺在床上，要赶紧从床上起身，我就对她说："别忙，再睡会儿，我找不到铃。"

看上去，这是些温馨、欣悦、纯洁的时刻，但其中已经蕴含着灾难的可能性：这灾难将使我们的爱情生活充满危险，在最欢乐的时刻过后会有硫磺和熔浆的火山雨出其不意地袭来，随后，我们由于没有勇气从灾难中吸取教训，马上又在只能喷发出灾难的火山口边上重新安顿下来。我就像那些总以为自己的幸福会天长地久的人一样地掉以轻心。正因为这种温馨对于孕育痛苦而言是必需的——而且它以后还会不时来抚慰缓解这种痛苦——所以男人在吹嘘一个女人对他有怎么怎么好的时候，他对别人，甚至对自己都可能是诚恳的，不过总的来说，他和情人的关系中间，始终潜伏着一股令人痛苦的焦虑不安的暗流，它以一种隐秘的方式流动着，不为旁人所知，或者至多通过一些问题和探询无意中稍有流露。然而，这种焦虑不安必定又以温馨甜蜜作为前奏；即使在这股暗流形成以后，为了让痛苦变得可以忍受，为了避免破裂，不时也需要有些温馨甜蜜的时刻点缀其间；把自己跟这个女人共同生活中不可与人言的痛苦隐藏起来，甚至把这种关系说成非常甜蜜地炫耀一番，这表明了一种真实的观点，一种带有普遍意义的因果关系，一种使痛苦的产物变得可以承受的模式。

阿尔贝蒂娜就在我家里，明天要不是跟我一起，就是在安德烈的监护下出去，这在我已经毫无值得惊奇之处了。这种格局，为我的生活圈定了粗粗的轮廓线，除阿尔贝蒂娜之外谁也无法涉足其中，另外（在我尚不知晓的未来的生活图景上，犹如在建筑师为很久以后才能耸立起来的大厦画的蓝图上）远远的还有好些与之平行、幅度更宽的线条，在（有如一座孤寂冷僻的小屋的）我的心间描划了未来爱情生活多少有些刻板、单调的程式；而所有这一切，实际上都是在巴尔贝克的那个晚上画下的，那个晚上阿尔贝蒂娜在小火车上向我吐露了她从小由谁带大的真情，我听后就想，无论如何不能让她再受某些影响，说什么也不能让她在以后几天离开我的身边。光阴荏苒，这种生活模式成了习焉不察的例行公事，但正如历史学家企图从古代仪式中找出微言大义一样，我可以（但并不很想）回答那些问我这种甚至不再涉足剧院的隐居生活有何意义的人说，它的起源乃是某个晚上的忧虑以及在这以后感到的一种需要，也就是说我感到需要向自己证明，我业已了解她不幸的童年生活的这个女人，即使她自己愿意，也不会再有受到同样的诱惑的可能性了。对这种可能性，我已很少去考虑，但它毕竟还影影绰绰地存在于我的意识之中。看到自己一天天地在摧毁它——或者说尽力在摧毁它——这大概正是我在吻这并不比许多别的姑娘更娇嫩的脸颊时，心里会格外感到乐滋滋的缘故；凡在达到相当程度的肉欲的诱惑背后，必定潜伏着某种贯串始终的危险。

我答应阿尔贝蒂娜，要是不出门一定好好工作。可是第二天，仿佛这屋子趁我睡熟时，奇迹般地飘浮了开去，我一觉醒来，天气变了，时令也不对头了。一个人在出于无奈的情况下登上一片陌生的国土，这时他是不会有心思着手工作的。然而每个新的一天，对我都是一个新的国度。就说我的懒散吧，它一旦换了新的花样，你说叫我怎么还认得出它呢？有些日子，人人都说天气糟透了，逢到这种时候，静静地待在家里，听到屋外淅淅沥沥下个没完的雨声，才能体会航行在海上的那种平静滑行的况味，感受到那种宁谧的乐趣；有时天空响晴，这时候一动不动地待在床上，瞧着光影绕着自己慢慢地转过去，就像瞧着一株大树的影子在转动。也有时候，邻近的修道院刚敲响稀落如同清晨去祈祷的信徒的头遍钟声，半天里纷纷扬扬洒下的雪花，在熏风吹拂下溶化、飘散，而天空依然灰蒙蒙的不见透出亮色，但我已经能够辨认出这一天是会风雨交加，还是变幻不定，抑或是个晴朗的好天气，屋顶被骤雨打湿过后，阵阵和风拂过，缕缕阳光照临，它就又在收干，只听得屋檐滴滴答答地在滴水，仿佛这屋顶是趁风儿重新刮起之前，让自己尽情地承受不时从云层探出脸来的太阳的抚爱，青灰色的石板瓦闪耀着美丽的虹彩；这样的日子，风风雨雨的，一天里充满着天气、氛围的变化，懒人因此倒也自得其乐，不觉得这一天是白过了，因为他正兴味盎然地关注着在他不介入的情形下，周围的环境从某种意义上说代他作出的种种表现；这样的日子好比那些发生动乱或者革命的日子，那些日子对于不再去上学的小学生并不是毫无意义的，因为当他在司法大厦四周转悠或是念着报纸的时候，虽说他没做自己的功课，他却会觉着从正在发生的事件中发现了一种对他确有教益，同时也使他对自己的闲散感到心安理得的东西；这样的日子，还好比我们一生中碰上某些特殊的危急关头的日子，这时候，一个向来无所事事的人会这么想，只要这个难关能顺利地渡过，他就会从此养成勤勉的习惯：比如说，那是在一天早晨他出门去赴一场条件特别苛刻的决斗的时候；于是，在这个生命也许行将逝去的当口，他仿佛骤然意识到了生命的价值，这生命他本来是可以用来做一番事业，或者至少好好享受一下人生乐趣的，而他却什么也没干。“要是我能活着回来，”他对自己说，“我一定要马上坐下来工作，还要玩个痛快！”原来，生活突然在他眼里变得那么珍贵了，因为他看到的已经是他以为生活所能给予他的一切美好的东西，而不是日复一日从生活中真正得到的那点可怜的东西。他是按照自己的愿望，而不是根据生活经验所能告诉他的模样，也就是说那种平庸无聊的模样，来看待生活的。此刻，生活中充满着工作，旅行，登山和一切美好的事物，而所有这一切，他对自己说，都将随着这场决斗的悲惨结局化为乌有，他没有想到其实早在有这场决斗以前，由于那种即便没有决斗也会长此以往的坏习惯，它们就已经是这样了。他安然无恙地从决斗场回了家。但是他重又觉得阻碍重重，没法去玩儿，去兜风，去旅行，去做那些他一度认为可能将被死亡剥夺的事情；单单生活本身，就已经足以剥夺这些可能了。至于工作——特殊的环境会在一个人身上激发出先前已存在于他身上的秉性，在勤勉的人身上激发出勤勉，在懒散的人身上激发出懒散——他给自己放了假。

我就像这人一样，自从下决心从事写作以来始终依然故我，下这决心已是很久以前的事，但又好像才是昨日的事，因为我把一天天都放了过去，仿佛它们并不曾存在过似的。上面提到的这一天，我也是这么给打发掉的，我无所事事地瞧着它风疏雨骤，瞧着它雨过天晴，心想明天再开始工作吧。可是当湛蓝的天空上没有一丝云彩的时候，我已不复是昨天的我了；教堂大钟金光灿灿的音色里，不仅像蜂蜜一样有着光亮，而且有这光亮的感觉（还有果酱的味道，因为在贡布雷时，这钟声经常在我们刚吃好饭要吃甜食的当口，像只胡蜂似的姗姗来迟）。在这么个阳光耀眼的日子里，整天都那么闭上眼睛躺着，真可以说是桩可以允许的、已成习惯的、有益于健康的、合乎时令特点的赏心乐事，这就跟放下百叶窗挡住强烈的阳光是一个道理。我第二回去巴尔贝克时，头几天就是在这种天气里，听见乐队的提琴声伴着涨潮时蓝莹莹的海水飘卷而来的。然而今天，我是多么完全地占有了阿尔贝蒂娜啊！那些日子里，有时教堂报时的钟声，会让那不断扩散的声波面捎来具体入微的潮湿或明亮的感觉，仿佛它是在把美妙的雨水或阳光转译成盲人的语言，或者不如说，转译成音乐的语言。这时，闭着双眼躺在床上的我，不由得在心里对自己说，瞧，一切都是可以转换的，一个仅靠听觉的世界也是可以跟另一个世界同样地丰富多彩的。日复一日，仿佛乘着一叶小舟缓缓地溯流而上，但见眼前闪过一幅幅不停变换着的欢乐往事的图景，这些图景不是由我挑选的，片刻之前它们都还是无法看见的，现在它们接二连三地、不容我选择地呈现在我的记忆里，我在这片匀和的空间上方，悠悠然地徜徉在阳光之中。

巴尔贝克的这些晨间音乐会并不是遥远的往事。可是，在这些相对来说还是前不久的往日，我却很少想到阿尔贝蒂娜。刚到巴尔贝克的那几天，我甚至都不知道她在那儿。那么，是谁告诉我的呢？喔！对，是埃梅。那天也是像这样的一个阳光明媚的晴天。我的好埃梅！他见到我高兴极了。可是他不喜欢阿尔贝蒂娜。她并不是个能让人人都喜欢的姑娘。没错，是他告诉我阿尔贝蒂娜在巴尔贝克的。那他又是怎么知道的呢？喔！他碰到过她，他觉得她风度欠佳。当我这么想着埃梅告诉我的事儿，而且碰巧是从一个跟我当时听他讲的那会儿不同的角度去考虑，我那在这以前一直在无忧无虑的海面上惬意飘荡的思绪，冷不丁地乱了套，就像是突然碰上了一颗暗暗埋在记忆中的这个地点而我又没法看见的危险的地雷。埃梅对我说他遇见过她，觉得她风度欠佳。他说风度欠佳是什么意思呢？我当时以为他的意思是说举止俗气，因为我想先发制人，说过她举止优雅之类的话。可是，且慢，没准他的意思是指那种戈摩尔风度呢。她是跟另一个姑娘在一起，没准两人还彼此搂着腰，一起打量着别的女人，没准她们表现的，确实是有我在场时从没在阿尔贝蒂娜身上见过的一种“风度”呢。那另一个姑娘是谁？埃梅是在哪儿碰上这么个叫人讨厌的阿尔贝蒂娜的？我竭力回忆埃梅对我到底是怎么说的，想弄明白他指的究竟是我揣度的那回事，还是就不过是个普通的风度问题。可是我再怎么问自己也是枉然，因为提出问题的人，和能够提供回忆的人，唉，都是同一个人，就是在下呗，一时间我有了两重真身，可是一点也没变得高大些。不管我怎么提问，总是我自己来回答，毫无新的结果。我已经不去想凡德伊小姐了。由一种新的猜疑引起的骤然发作的嫉妒，使我感到痛苦不堪，它也是一种新的嫉妒，或者说是那种新的猜疑的持续和延伸；场景的地点是相同的，不再是蒙舒凡，而是埃梅碰到阿尔贝蒂娜的那条街；作为对象的，是阿尔贝蒂娜的那几个女友，其中某一个或许就是那天和她在一起的那位。那可能是某个伊丽莎白，或者就是上回在游乐场里阿尔贝蒂娜装出不经意的样子从镜子里偷看的那两个姑娘。她大概跟她们，而且跟布洛克的那位表妹爱丝苔尔，都有那种关系。她们的那种关系，倘若是由某个第三者向我透露的，准会把我气个半死，但现在因为是我自己在揣度，所以就小心设法蒙上了一层足以缓解痛苦的不确定的色彩。我们可以用猜疑的形式，一天又一天地大剂量吞服我们受了骗的这同一个念头，而倘若这药剂是用一句揪心的话这支针筒扎在我们身上，那么一丁点儿的剂量就足以致命。大概就为这缘故，也许还出于一种残存的自卫本能，那个妒意发作的男人往往会单凭人家给他看的一点所谓证据，就无视明明白白的事实，立时三刻想入非非地胡乱猜疑起来。况且，爱情本来就是一种无可救药的顽症，正如有些先天性体质不好的人，一旦风湿病稍有缓解，继之而来的就是癫痫性的偏头痛。一旦充满妒意的猜疑平静下来，我就会埋怨阿尔贝蒂娜对我缺乏温情，说不定还和着安德烈在奚落我。我不胜惊恐地想道，要是安德烈把我俩的谈话一五一十地告诉了她，她准会这么做的，我只觉得前景不堪设想。这种忧郁的情绪始终困扰着我，直到一种新的充满妒意的猜疑驱使我去作新的寻索，或者反过来，阿尔贝蒂娜对我表现得温情脉脉，让我觉着我的幸福都变得无足轻重了。那另一个姑娘到底是谁呢？我真得写信去问问埃梅，或者设法去见他一次，然后我就可以拿他的证词跟阿尔贝蒂娜对质，让她招认。但现在，我认定了她是布洛克的表妹，所以就写信给懵懵然一无所知的布洛克，要他给我一张她的照片，要不，能安排我跟她见个面更好。

有多少人，多少城市，多少道路，是妒火中烧的我们迫不及待地想要了解的啊！这是一种洞察内情的渴望，凭着它，我们可以从零零碎碎的迹象中，一件件一桩桩地搜罗到几乎所有的信息，但唯独得不到我们所想知道的消息。猜疑是说来就来，谁也没法预料的，因为，冷不丁的，我们会想起某句话意思有些暧昧，某个托词想必背后有文章。可是这会儿人已不在眼前，这是一种事后的，分手以后才滋生出来的嫉妒，一种马后炮。我有个习惯，爱在心里保存好些愿望，我向往得到一位好人家的姑娘，就像我见到由家庭教师伴着从窗下走过的那些少女似的，但圣卢（他是寻花问柳的老手）对我说起过的那位姑娘却格外叫我动心，我向往那些俊俏的侍女，尤其是普特布斯夫人身边的那个妞儿，我向往在早春天气到乡间再去看看英国山楂树和花朵满枝的苹果树，再去领略一下海边的风暴，我向往威尼斯，向往坐下来工作，向往能和别人一样地生活——在心里不知餍足地存储这些愿望，而且对自己许诺说我不会忘记，将来总有一天要让它们实现——也许，这个因循的旧习，这个拖宕永无尽期，被德·夏吕斯先生斥为惰性的习惯，我因久久浸润其中，故而那些充满妒意的猜疑也濡染了它的余泽，尽管我在心里对自己说，可别忘了哪天得让阿尔贝蒂娜把埃梅遇见的那位姑娘（也可能是那几位姑娘，这桩公案在我的记忆里变得有点模模糊糊、含混不清，或者说难以捉摸了）的事解释清楚，但又总是习惯成自然地一天拖一天。总之，这天晚上我没对阿尔贝蒂娜提起这个茬儿，怕让她觉着我妒心重，惹她生气。

可是到第二天，一等布洛克把他表妹爱丝苔尔的照片寄来，我就赶忙寄去给埃梅。与此同时，我记起了早上阿尔贝蒂娜没肯跟我亲热一番，因为那恐怕确实会使她很累。那么她莫非是想留点精力，也许在下午，给某个别人吗？给谁呢？嫉妒心就是这样地纠缠不休，因为即便我们所爱的人，譬如说已经死了，不能再用自己的行为来激起我们的妒意了，也还可能有这种情况，就是事后的种种回忆，蓦然间在我们的脑海里浮现出来，就像那些事情本身那样，而这些回忆，直到那时还并没让我们参透它们的含义，显得无关紧要似的，但只要我们静心细想，用不着任何外来的启发，就能赋予它们一种新的可怕的含义。你根本用不到跟情妇待在一起，只要单独待在她房里细细想想，就能参透她欺骗你的那些新招，即便她已死了也一样。因此，在爱情生活中，不能像在日常生活中那样，先为未来担心，而得同时也为常常要到未来都已成了过去以后才能看清的往事操一份心，这儿所说的不仅仅是在事后才知晓的那些往事，而且是我们久久留存在记忆中，然后突然间明白了其中含义的那些往事。

但不管怎么说，眼看下午就要过去，又可以跟阿尔贝蒂娜待在一起，从中求得我所需要的慰藉了，我心里感到很高兴。可惜的是，这个夜晚恰恰是个没能给我带来这种慰藉的夜晚，阿尔贝蒂娜在跟我分手时给我的那个不同寻常的吻，并不能如同当年临睡前母亲在对我生气，我不敢去叫她来，但又觉得自己睡不着的那些夜晚所终于得到的母亲的吻那样使我的心得到宁静。这种夜晚，现在成了阿尔贝蒂娜已经想好第二天的计划，但又不愿让我知道的夜晚。其实，如果她把自己的计划告诉我，我是会以一种只有她才能在我身上激起的热情，尽力去促成其实现的。可是她什么也没告诉我，而且根本没觉着有必要告诉我；她一回到家，刚在我的房门口露出身影，连那顶宽边帽或软便帽都没摘下，我就看出她正在心里盘算着那种执拗，顽梗，一意孤行，而且不为我所知的念头。而这些夜晚，往往又正是我怀着万般柔情等她回家，盼望着能充满爱怜地搂住她脖子把她紧紧抱住的夜晚。唉，尽管以前跟父母也常有这种情形，我满怀爱心地跑上去吻他们，却发现他们冷冰冰的，在生我的气，但是那点芥蒂，比起情人间的隔阂来，又算得了什么呢。此中的痛苦远非那么表面，而要难以承受得多，它驻留在心灵更深的层次。

这天晚上，阿尔贝蒂娜还是把心里盘算的那个主意，对我露了口风；我马上明白了她是想第二天去拜访维尔迪兰夫人，这个主意本身，并没任何叫我不高兴的地方。不过事情明摆着，她上那儿去是要跟什么人碰头，准备干那种好事。要不然她是不会对这次趋访如此看重的。我的意思是说，要不然她是不会一再对我说这次出访没什么要紧的。我素来奉行一条原则，跟那些非要等到认定书写文字只是一套符号之后才想到用表音文字的人们背道而驰；多年来，我完全是在别人不受拘束地直接对我讲的那些话里，来寻觅他们真实的生活、思想的线索，结果事情到了这种地步，只有那些并非对事实作出理性的、分析的表述的证据，我才认为它们是有意义的；话语本身，只有当它们通过一个受窘的人涨得通红的脸，或者通过更能说明问题的突然缄默不语得到诠释时，才会对我有所启发。一个小小的字眼(譬如说，当德·康布尔梅先生知道了我是“作家”，尽管他还从没跟我说过话，在谈到有一回他去维尔迪兰府上拜访时，却转过身来对我说：“**您**瞧，博雷利[①]也在那儿。”)会由于交谈双方都没有明说，但我**可以**通过适当的分析或者说电解的方法从中提炼出来的两种思想却在无意间、有时甚至很危险地发生了撞击，而在芜杂的话语中蓦然闪耀出光亮来，它告诉我的内容，胜过一席洋洋洒洒的长篇大论。阿尔贝蒂娜谈话间，不时会有诸如此类的珍贵的杂拌儿，我总是听在耳里当下就赶紧“处理”，以便使之转换成明晰的思想。

虽说具体的细节——那是要在对众多的可能情况进行试探、侦查之后才能知道的——如此难以发见，事情的真相却是那么容易看穿，或者说那么容易猜到，这对一双恋人来说可真是件大煞风景的事。在巴尔贝克那会儿，我常发现阿尔贝蒂娜出神地望着某几位向她遽然投来缠绵目光的姑娘，这种目光的交流，就像肉体的接触，过后，如果我认识那几位姑娘，阿尔贝蒂娜就对我说：“咱们叫她们来怎么样？我挺想骂她们几句。”但打那以后，也就是自从她大概摸透了我的性格以后，她就从没提过要请

① 博雷利子爵是十九世纪末贵族诗人，经常出入上流社会。

某人来，闭着嘴，目光也变得散漫而黯淡，有点目不斜视的样子，再加上脸上那种茫然失神的表情，却就跟当初磁铁也似的目光同样的令人起疑。然而我既不能责怪她，也不能对那些按她的说法是小事一桩，不值一提，而我却似乎偏要拿来过过“吹毛求疵”的瘾的事情问长问短。问“干吗您老瞧对面那姑娘？”已经是够难的，问“干吗您不瞧她啦？”就更难了。不过，如果说我本来就没打算相信阿尔贝蒂娜的表白，那么对这目光中所包含、所表明的全部内容，我还是明白，或者说至少是应该明白的，正像我明白她说话中自相矛盾之处的含义一样，这些往往是在离开她很久以后才看出来的自相矛盾之处，让我整夜不能成眠，但又不敢对她提起，它们还不时周期性地光临我的记忆。在巴尔贝克海滩或者巴黎街头的那会儿，有时只是瞧见她偷眼看了人家一眼，我就禁不住会暗自思忖，不知那人只是个她临时属意的对象呢，还是个老相识，抑或是她也只听人家对她说起过，而我曾对这种介绍大为吃惊的某个姑娘——她跟我想象中阿尔贝蒂娜可能结识的姑娘真是相差何止十万八千里。然而当代的戈摩尔犹如一幅扑朔迷离的拼板图，拼上去的每个小块都是从最意想不到的地方拣来的。这不，我在里夫贝尔的一次晚宴上碰到十位女宾，碰巧我都认识，或者至少都叫得出名字，这十位女士真是要说有多不一样就有多不一样，可她们却处得和睦极了，我简直还从没见过气氛这么融洽的宴会呢——虽说这么混杂。

回过来再说路上遇见的那些姑娘吧，阿尔贝蒂娜对随便哪个老太婆或老爷子，可从没用这么直勾勾的，或者反过来说，这么谨慎克制，仿佛什么也没瞧见的目光去注视过哪。不知情的受骗丈夫，其实什么都知道。但必须等到有更加确凿详尽的证据，嫉妒才能出台。况且，虽说嫉妒能帮助我们发现所爱的女人身上的某种爱撒谎的倾向，但这女人一旦发现了我们的妒意，她的这种倾向就会变本加厉，一发不可收拾。她撒谎（达到前所未有的程度），或是出于怜悯、害怕，或是出于本能以一种巧妙的隐遁躲避我们的探究。当然,也有这样的爱情,一个轻佻女子在爱她的男子眼里自始至终就是美德的化身。但在极大多数情形下,爱情可以分为两个截然不同的阶段!第一阶段,那位女士以极其自然的态度(只在口气上略加注意,使之显得弛缓些)谈到她对肉欲的兴趣,谈到和他在一起有多么快活,而所有这些,一旦她感觉到对方在嫉妒她,监视她以后,她将会竭尽全力来对这同一个男子加以否认。他会怀念当初这段亲密无间的美好时光,但这回忆刺痛着他的心。如果要这女人仍然对他这么无话不说,那就差不多是要她把这男子日复一日枉费心机在刺探的秘密拱手相送,授人以柄了。然而,当初这亲密无间毕竟包含着倾心相予,包含着几多信任和情谊!如果说现在她在自己的生活中已经无法不欺骗他,那么她至少是作为一个朋友那样地在欺骗他,她会把自己所得到的乐趣告诉他,把他引为一个同伙。他不胜怅惘地回想起两人刚相爱时依稀展露在眼前的美满生活的图景,它已经成了泡影,事态的发展使爱情变成了一场痛苦的折磨,而且还将因具体情况的不同,使这场爱情或则以离异而告终,或则虽欲罢而不能。

我从中破译阿尔贝蒂娜的谎话的那些文字,有时只要反过来念就意义自明了;就说这天晚上吧,她用一种漫不经心的口吻,尽量做得轻描淡写地对我说了句:"明天我可能要上维尔迪兰家去,可我实在说不准到底去不去,我并不怎么想去。"这句话反过来说就是:"我明天要去维尔迪兰家,雷打不动,因为这对我至关重要。"闪烁其词的迟疑态度,实际上正表明一种无可改变的意向,之所以要这么说,目的在于让我听着不至于意识到这次趋访的重要性。阿尔贝蒂娜惯于用困惑犹豫的语调来表达义无反顾的决心。我的情况也差不多:我就是要让她去不成维尔迪兰小姐家。嫉妒往往就表现为一种欲望,心神不安地只想在爱情生活中采取一种专横的态度。我想必是从父亲身上继承了这种粗鲁的专横,非要使我最亲爱的那些怀着希望的人们感到害怕不可,他们心安理得地用这些希望欺骗着自己，而我却偏要向他们揭穿这种安全感的不可信；眼看阿尔贝蒂娜瞒着我，自说自话地盘算好了这么个出门计划，虽说这计划她只要事先告诉我，我一准会极力促成其实现，尽量使她感到轻松愉快，但此刻我却偏生不想让她自在，于是我做得心不在焉地回答她说，明天我也要出门。

我开始向阿尔贝蒂娜建议去一些使她去不成维尔迪兰家的地方，口气之间透出一种装出来的冷漠，我想用这种态度来掩饰自己的神经紧张。可是她一眼就给看穿了。我的紧张在阿尔贝蒂娜身上遇到一种反向的电力作用，一下子给弹了回来；在她的眼睛里，我瞅见的是迸射而出的点点火星。可是到这会儿再来注意她的这双眼睛，还管什么用呢？长久以来，我怎么会没有注意到，阿尔贝蒂娜的这双眼睛属于那类（即使在一个极其普通的人身上也有这种情形）像万花筒一样由许许多多小片拼成，其成分视当天此人想去哪些地方——以及对其中哪些地方秘而不宣——而定的眼睛呢？这双眼睛，平时由于说谎而一直软绵绵的没有一点光彩，可是赶上要去赴约，要去赴一个她决计要去的幽会，这双眼睛顿时会变得神采奕奕，从中可以测量得出路程的米数或公里数，这双眼睛，固然会对着诱惑它们的快乐而漾起笑意，但也更会由于赴约可能受阻而布上忧伤沮丧的黑圈。这种女人，即使你把她捏在手心里，她也会逃脱的。要想弄明白为什么这种女人能够，而别的好些甚至更美丽的女人却不能在你心里激起波澜，就必须考虑到她们并非静止不动，而是始终处于运动之中的，从而她们赋予了自己的外表一种堪与物理上表示速度的符号相当的标记。

倘若您影响了她们的日程安排，她们就会把原先想瞒着不告诉您的那桩好事向您摊牌："我可真想五点钟能跟某某我最要好的朋友一起喝茶点！"可是您瞧着吧，等半年过后，您认识了那位某某，这时您就会明白，您影响了她的安排的这位姑娘，是为了让您别缠住她，才布下这个迷魂阵，告诉您她是跟一个要好朋友每天在您见不到她的某个时间一起去喝茶的，您还会知道，那位某某的府上，她压根儿就没去过，她们两人从来也没有在一起喝过茶，因为她对那位某某说，她整天都抽不出空，而陪的不是别人，正是您。这就是说，她告诉您说她要去共进茶点、央求您让她去共进茶点的那个人，这个临时应急的托词，并不是那位某某，其中还有另一个人，还有另一件事！另一件事，可那是什么事呢？另一个人，又是谁呢？

唉，这双魂牵远方、忧郁难消的万花筒般千变万化的眼睛啊，它或许能帮我们测量距离，却没法为我们指示方向。无边无垠的可能性的原野展现在我们面前，即使我们碰巧瞅见真实性就在眼前，也会以为它还远在可能性的旷野之外，结果反会一头撞在这堵突兀冒出的墙上，猛地一阵眩晕，仰面摔个大跟斗。对这种运动，这种逃逸，我们甚至都不用去寻踪循迹，只要定神想想就能了然于心。她答应过给我们写信，于是我们安下心，从爱河中一骨碌爬了起来。可是信没来，邮班等了一班又一班，还是不见信来，"出什么事啦？"忧虑一起，又坠入了爱河。令我们感到悲痛的，往往就是这些激起我们爱情的人儿。因为每当我们为她们体验一次新的忧虑，她们的人品就会在我们眼里失去一层光彩。我们对痛苦逆来顺受，认定爱已是身外之物，我们发觉爱情和忧伤休戚相关，爱情也许就是忧伤，它的对象只是在一种很次要的意义上才是那个黑发姑娘。可是不管怎么说，毕竟是她们激发了我们的爱情。

在极大多数情况下，爱情只有在融进一种唯恐失去它或是担心不能得到它的情绪时，才会以形体作为对象。而这种忧虑又跟形体有着不解之缘。它给形体添上了一层甚至比美貌更为吸引人的光彩，我们平时看见有的男子置美貌的女子于不顾，发疯似的去爱那些在我们看来很丑的女子，其中的一个原因就在于此。这些女人，这些逃逸的女人，她们自己的品性以及我们的忧虑不安都给她们安上了翅膀。即使她们就在我们身边，她们的目光似乎也在告诉我们，她们是要飞走的。这种由翅膀添加上去的甚于美貌的光彩，其证据就是，同一个人在我们眼里常常会时而是有翅膀的，时而又是没有的。我们愈是害怕失去她，就愈是忘记还有别的女人的存在。但等到我们确信她是我们的了，我们就会把她和别的女人相比，而且立刻就会觉得人家更可爱。由于忧虑的情绪和确信的感觉是可以每隔一个星期就交替一次的，所以一个女人这星期可以让我们为她不惜牺牲一切，下星期却可能会自己成为牺牲品，而且循环往复，长此以往。要能理解这一点，就要懂得（以每个男人在他一生中至少有过一次的不再去爱一个女人、忘记这个女人的体验中去懂得）一个女人在她已不再能拨动我们心弦的时候，就如她还不曾拨动过我们心弦的那会儿一样，几乎是不值什么的。如果明白了这层道理，那么我们就逃逸的女人所说的这些意思，对被隔在藩篱后面、我们以为永远得不到她们的那些女囚，也同样是适用的。因而，男人通常嫌恶拉皮条的女人，因为这种女人方便了逃逸，增强了诱惑，但是反过来说，倘若他们爱上了一个被幽禁的女人，他们又会去求助这种女人帮他的意中人逃脱樊笼，把她带到他们的身边。和被我们诱拐的女子的结合，总是好景不常的，原因就在于我们对她们全部的爱，无非就是生怕得不到她们和唯恐她们逃走，而一旦她们被从丈夫身边骗了出来，从剧院的舞台拽了下来，从离我们而去的诱惑中拉了回来，总之，从我们的不论哪一种不安情绪中分离了开来以后，她们就仅仅是她们自己，也就是说几乎什么也不是了，于是，被那个男人垂涎已久的她，很快就会被曾经那么害怕被她抛弃的那个男人所抛弃。

我问自己："我以前怎么就没想到这些呢？"可是，难道我真的没从到巴尔贝克的第一天就想到这些吗？难道我真的没猜度过阿尔贝蒂娜是这样一种姑娘，在她们肉体的躯壳里面，有比在——我不是说比在纸牌尚未抽出的牌盒中，或是比在人们还没入内的教堂和剧场中，而是说比在一望无际、川流不息的人群中更多的隐蔽的生命在搏动着。不光是有这么些生命，而且每个生命都有着自己的需要，自己充满肉感的回忆和焦虑不安的探求。在巴尔贝克那会儿，我的心情不曾感到纷乱，因为我根本没想到过有一天我会去追寻那些甚至会把人引向歧途的踪迹。即便这样，阿尔贝蒂娜在我眼里已经是由所有这些生命，以及这些生命的一切需要、一切肉感的回忆叠合而成的一个完整的生命。既然有一天她对我提到了“凡德伊小姐”，我心里巴望的自然就不是扯下她的衣裙来瞧她的身体，而是透过她的身体去看清写着她的回忆、写着今后那些热情的幽会日期的记事簿的每一页。

一些似乎微不足道的小事，当一个我们所爱的人（或者一个就缺那份让我们去爱的狡黠的人）对我们隐瞒了它们以后，竟会陡然间变得那么意味深长！痛苦本身并不一定会激发我们对引起这痛苦的人的爱憎：对一个引起我们疼痛的外科医生，我们是无所谓爱憎的。可是一个女人，如果她长久以来一直在对我们说，我们就是她的一切（并非她是我们的一切），而我们也喜欢瞧她、吻她、抱她坐在膝上，那么我们只要从她那儿遭到一次意外的推拒，因而觉着了我们并不是想怎么着就能怎么着的，就会感到大为震惊。这时，失望会在我们心里不时勾起对久已忘却的痛苦往事的回忆，然而我们又知道，唤醒这些回忆的并不是这一个女人，而是曾经用她们的无情无义在我们的记忆中留下道道瘢痕的别的一些女人。当爱情全然要由谎言煽起，而其内容乃是冀求看到自己的痛苦能由制造这痛苦的人来抚平，这时在这个世界上我们怎么会有活下去的勇气，又怎么能采取行动去抵御死亡呢？要想从发现这种欺骗和推拒后的沮丧中解脱出来，有一副烈性药就是求助于那些让我们觉得在她的生活中比我们关系更密切的人，尽量跟这个推拒我们、欺骗我们的女人对着干，对她耍手腕，让她怨恨我们。可是，这种爱情的折磨又是那样一种折磨，它能叫受害者无一幸免地耽于幻想，以为只要变变姿势就会得到那种悬空的舒适。唉！我们这样做还嫌做得不够吗？在这种爱情中，恐惧全然是由不安引起的，它的根子，就是我们在自己的樊笼里翻来覆去不停忖量着的那些毫无意义的话语；况且，我们的恐惧因她们而起的那些女人，也极少能使我们的肉体在完满的意义上感到愉悦，因为我们借以选择这一时机的，并非那种无法遏制的强烈需要，而是某个不期而至的极度不安的瞬间（这个瞬间，会由于我们性格的懦弱而无限延长，它每晚重复着它的尝试，最终都只是变成了镇静剂而已）。

我对阿尔贝蒂娜的爱情，无疑还不是由于意志薄弱而变得兴致索然的种种爱情中最乏味的那种，因为它还不是完全柏拉图式的；她给了我肉体上的满足，而且她还挺聪明。但这一切又都是多余的，不相干的。我脑子里经常想到的，并不是她会说些什么聪明话，而是这句那句使我对她的行为起疑心的话；我回想她是否说过这句或那句话，用的是什么口气，在什么场合，回答的是我的哪句话，我竭力想起她跟我说话时的整个场景，想起她是在什么场合表示要去维尔迪兰府上做客，而我又是说了哪句话使她脸有愠色的。而那桩最要紧的事，我却并没花费这么多心思去寻根问底，去探究当时确切的气氛和情调。也许这些忧虑不安到了某种使我们不堪承受的地步以后，我们有时反倒会把它们撇在一边，安安生生地睡上一夜。我们所爱的姑娘要去参加一个宴会，而对这种聚会的真实性质，我们已经在心里掂量过好些时日，我们也受到了邀请，在宴会上那姑娘目光始终没有离开过我们，除了我们也不跟任何人交谈，我们把她送回家，这时只感到平日里的焦虑不安都已烟消云散，此刻享受的是一种充分的休憩，如同长途跋涉过后的一场酣睡那般大补元气。一次这样的休憩，无疑值得我们为它付出高昂的代价。但是，若是当初能做到不去给自己买下那份要价甚至更高的烦恼，事情岂不更简单？况且我们知道得很清楚，尽管这种暂时的休憩可以很充分很深沉，忧虑和不安毕竟是无法排遣的。这种忧虑不安，甚至往往还是由一句本意在让我们得到休憩的话给勾起的。妒意的乖张，轻信的盲目，都要比我们钟爱的这个女人所能想象的程度强烈得多。她主动对我们赌咒发誓地说某人只是她的一个朋友，我们暗中却不由得吃了一惊，因为我们这才知道——先前简直就没想到过——那个男子居然会是她的朋友。她为了表白自己的诚意，还一五一十地讲给我们听，当天下午他俩是怎样一起喝茶的，听着听着，我们原先没法看到的场景、没法猜到的情状，仿佛都在眼前显现了出来。她承认说，那人要她当他的情妇，使我们感到揪心的是她居然若无其事地听着他说这种话。她说她拒绝了。可是这会儿，当我们回想起她告诉我们的这番话的时候，我们不禁要忖度一下这种拒绝是否真诚，因为在她絮絮叨叨讲给我们听的事情中间，缺乏一种必要的、逻辑的联系，而这种联系恰恰是比一个人所说的许许多多话更能表明它们的真实性的。随后她又用一种鄙夷不屑的口气说："我挺干脆，对他说这事没门儿。"无论哪个社会阶层的女人，每当她要说谎时，往往都是用的这种口气。可我们还得感谢她拒绝了那人，还得用我们的诚意鼓励她今后继续向我们作这种残酷的表白。我们至多添上这么一句："不过，既然他已经提了这种建议，您怎么还能跟他一块儿喝茶呢？""我不想让他记恨我，说我不够朋友。"我们不敢对她说，她要是拒绝跟他一起喝茶，或许就对我们更够朋友些。

另外，使我大为吃惊的是阿尔贝蒂娜还告诉我，她觉得我说不是她的情人（我这么说是为了顾全她的面子）说得很对，因为，她补上一句，"事情明摆着，您不是嘛。"诚然，我也许算不上一个百分之百的情人，可是我不免要想，莫非我俩一起干过的所有那些事儿，她跟每个她赌咒发誓不是人家情妇的男人都干过不成？我情愿出任何代价来弄明白阿尔贝蒂娜到底在想些什么，她去看的是些谁，她爱上的又是些谁——说来也奇怪，当初对希尔贝特，我已经体验过同样的愿望，不顾一切地想知道那些今天看来根本不值得介意的名字和事情，现在竟然还会不顾一切地想这么做！其实我也知道，阿尔贝蒂娜的所作所为，就其本身而言并不见得会更值得介意些。但事情就是这么怪，如果说初恋以它在我们心间留下的脆嫩的创痕，为以后的恋爱提供了通道，我们都甭指望因为看到的是相同的症状和病情，就能从初恋中找出治愈新伤的办法。再说，难道真有必要去了解一桩桩的事实吗？难道我们不是从一种普遍的意义上，一眼就已经能看出这些有事瞒着我们的女人干吗要说谎或沉默吗？这中间难道还会有错不成？我们一心要让她们开口的时候，她们却表现出三缄其口的美德。但我们仍能在心里感觉得到，她们一准对那些男人信誓旦旦地说过："我决不会说的。谁也甭想从我嘴里问出半句话来，我会守口如瓶。"

一个人把自己的幸福、自己的生命，都交托给了另一个女人，然而他清楚地知道，不消十年，他就早晚有一天会拒绝再给她这份幸福，他会宁愿保留自己的生命。因为到那时，这女人已经离我们而去，剩下我们孤零零的，一无所有。把我们和这些女人维系在一起的，是千丝万缕的根须，是对昨夜的回忆和对明早的憧憬联成的数不胜数的游丝；使我们陷于其中无法脱身的，就是这张由日复一日的生活所张成的连绵不断的网。正如有的吝啬鬼是通过慷慨在攒钱一样，我们这些浪荡子是通过吝啬在挥霍，与其说我们是为了那个女人，倒不如说我们是为了她每日每时都能从我们身上取去维系在她周围的所有那一切，在奉献我们的生命；跟她得到的所有那一切相比，我们尚未生活过的、相对来说还属于未来的那个生命，就显得那么遥远而冷漠，显得那么生疏，那么不像是属于我们所有的。这些网远比她的人重要，我们该做的事就是从中挣脱出来，然而它们却有种效能，会使我们身上产生出一种对她的暂时的责任感，这种责任感使我们不敢离开她，生怕遭到她的贬责，而事过以后，我们或许是会敢于这么做的，因为她离开了我们就不会再是我们自己，而我们其实是只有对我们自己才会产生责任感的（哪怕当这种责任感，从表面上看似乎很矛盾，会导致自杀时，亦是如此）。

倘若我不爱阿尔贝蒂娜（这一点我不能说得很肯定），那么她在我的生活中所占的地位是极为寻常的：我们与之一起生活的并不是我们所爱恋的对象，我们与之一起生活，只是为了扼杀那不堪忍受的爱，不论那是对一个女人，一个地方，抑或是对一个使人想起某个地方的女人的爱。但倘若我们连这个对象也得分离，我们是不会有勇气重新去爱的。对于阿尔贝蒂娜,我却还没到这种程度。她的谎话,她的供认,都给我留下了探明真相的任务:她说谎说得这么多,是因为她不仅仅像那些自以为被人爱上的女人那样喜欢说说谎,而是生来(跟那不相干地)就是个爱说谎的女人(而且极端变化无常,甚至连在对我讲真话,比如讲她对人家的看法时,也每次都讲得跟前回不一样);她的供认,因为非常难得,而且三言两语就没有下文了,所以凡是涉及过去的,其中总会有大片大片的空白,留待我去补缀——为此当然首先要了解——她的生活经历。

至于眼下的情形,我从弗朗索瓦丝那种女巫预言般的话里听出的意思是这样的,阿尔贝蒂娜不是在个别的事情上,而是归总整个儿地在对我说谎,并且我“早晚有一天”也会知道所有那一切的,瞧弗朗索瓦丝的样子,她是已经知道所有那一切的,但她不肯告诉我,而我也不敢去问她。弗朗索瓦丝想必是出于当初嫉妒欧拉莉的同样的动机,所以才尽说些听上去荒诞无稽的话头,影影绰绰地让我觉着她是在很荒唐地暗示那可怜的女囚(她尽爱恋些女人们)想跟一位看来并非是我的某人结婚。如果真有此事,那么除非弗朗索瓦丝有心灵遥感的本领,否则她怎么能够得知呢?当然,阿尔贝蒂娜对我说的话并不能使我真的释然于怀,因为那些话一天一个样,就像一个转到看上去像是不动的陀螺,颜色时时在变。不过,看来弗朗索瓦丝很可能是由于嫉恨才这么说的。她每天都要说下面这样一通话,在我母亲不在的情况下只好由我恭听了:“您待我好,那是没说的,我永远忘不了感激您的恩惠(这么说大概是让我有个由头对她表示感激),可如今这府上给弄得乌烟瘴气,因为善良把奸诈让进了这屋里,智慧成了我所见过的最蠢的婆娘的保护伞,任凭您有一百个优雅、礼貌、才情、体面,有一位王子那样的外秀内慧,可您听任她把规矩撇在一旁,要花招,设圈套,我在府上干了四十年了,而今瞧着这种伤风败俗,最粗俗、最低贱的丑事儿,都觉得丢尽了脸。”

弗朗索瓦丝对阿尔贝蒂娜最耿耿于怀的,就是她居然得听这个府上的外人的使唤，这样活儿就加了码，把咱们这个老女仆的身子给累垮了（尽管如此，这一位却不肯让人帮她干掉点活儿，因为她不是一个“废物”）。她的神经紧张，她的恨意难消的忿忿不平，由此都可得到解释。当然，她巴不得阿尔贝蒂娜-爱丝苔尔能滚蛋。这是弗朗索瓦丝的一大心愿。它给这位老女仆以安慰，使她的情绪得以平静下来。不过照我看来，问题还不止于此。如此难消的恨意，只能是出自一个劳累过度的血肉之躯。弗朗索瓦丝比尊重更需要的是睡眠。

趁阿尔贝蒂娜去换衣服的当儿，我想尽快把事情弄明白，于是抓起了电话听筒；我向无情的女神赔着小心，可还是激怒了她们，这怒气传到我耳朵里就是两个字：“占线。”安德烈在跟人家聊天哩。我一边等着她打完这个电话，一边在心里想，既然很多画家都对十八世纪的女性肖像画那么感兴趣——那些画上，精心设计的场景是一种假托，是用来表示等待、赌气、关注和沉思的，那么为什么没有一位当代的布歇或者弗拉戈纳尔①，一如《信》、《羽管键琴》那般，画下这么个可以称作《电话机前》的场景，将握着听筒的女子唇上那抹唯其因为知道没人看见才这么真实自然的笑容表现出来呢？电话总算通了，安德烈可以听见我说的话了：“您明天来接阿尔贝蒂娜出去吗?”当我说出阿尔贝蒂娜这名字的时候，我想起了那次在德·盖尔芒特亲王夫人府的晚会上，斯万对我说“请来看看奥黛特”的当儿在我身上激起的那种妒羡，当时我想，不管怎么说，在一个名字里必定蕴含着某种很要紧的东西，而它，在旁人眼里也好，在奥黛特眼里也好，都只有在斯万嘴里才会具有它那绝对占有的意义。对整个儿一个存在的这样一种——概括在一个词儿里的——占有，每当我坠入爱河时，总让我感

① 布歇（1703—1770），法国画家，洛可可风格的主要代表。弗拉戈纳尔（1732—1809），法国画家，布歇的学生。这两位画家的作品大多以贵族生活为题材。

到一定是非常甜蜜的！可是，事实上，当我们能说出这名字的时候，要不是它已经使我们感到漠然不相干似的，就是习惯虽然还没把温情销蚀殆尽，却已把它的甜蜜变成了痛苦。我知道只有我才能用这种口吻对安德烈说“阿尔贝蒂娜”。可是我觉着，无论是对阿尔贝蒂娜，对安德烈，还是对我自己，我又都是那么无足轻重。我意识到爱情是撞在不可能性这堵墙上了。我们以为爱情的目标就是这么一个存在，它安睡在我们面前，寓于一个躯体之中。可是，唉！爱情却是这个存在向它在空间和时间中曾经占据或将要占据的所有那些地点和瞬间的扩张。如果我们没有掌握它与这个或那个地点、这个或那个时刻的联系，我们就没有占有它。然而我们是不可能触摸到所有这些地点和瞬间的，倘若这些地点和瞬间都是一一指明的，或许我们还能设法去摸到它们。可是，我们只是四下瞎摸，结果一无所获。这就发出了怀疑、嫉妒和痛苦的困扰。我们把宝贵的时间浪费在荒诞无稽的线索上，与事情的真相擦肩而过却懵然不知。

可是那些拥有行动神速令人咋舌的奴仆的、爱发脾气的女神，她们中间有一位已经在不高兴了，倒并不是因为我在说话，而是因为我没在说话。“听着，线空着呢！我已经给您接通好半天了，现在我要拉线了。”不过她没真这么做；正如一位接线员经常会是位大诗人那样，她让我感觉到安德烈就在我跟前，在她四周充盈着家庭的，地区的，以及作为阿尔贝蒂娜的朋友所特有的那种生活的气氛。“是您吗？”安德烈对我说，那位有神力能让声音跑得比闪电还快的女神，把安德烈的声音以一种不可思议的速度向我掷来。“您听着，”我回答说，“你们爱去哪儿都行，可千万别去维尔迪兰家。明天您说什么也不能让阿尔贝蒂娜上那儿去。”“可她说了明天要上那儿去的呀。”“啊！”

说到这儿我不得不打住话头，还做了些吓唬人的动作，因为虽说弗朗索瓦丝依然——仿佛这是件像种牛痘一样恼人，或者像坐飞机一样危险的事情似的——不肯学会听电话，所以碰上那些即便让她听见也不妨的电话，她倒确是不来管我们的，可是反过来，如果我是在打一个不想让人知道，特别是不想让她听见的电话，每次她总会即刻出现在我的屋里。好不容易才见她磨磨蹭蹭地捧着一包杂物走出房间，这些东西从昨晚起就在这屋里了，而且就是再放上一个钟头也不会碍任何事的；临走前她还往壁炉里添了块柴，其实她的闯入已经让我憋了一肚子火，再加上我生怕接线员小姐真的“拉线”，所以浑身燥热，根本不用她来添什么火。“对不起，”我对安德烈说，“刚才有事给打断了。那她明天是非上维尔迪兰家去不可了？”“非去不可，不过我可以对她说您不喜欢她去。”“不，不用这么说；说不定我还会跟你们一起去呢。”“啊！”安德烈的这声“啊”好像很不高兴而且被我这种硬撑到底的厚颜无耻给吓着了似的。“好了，我要挂了，请原谅我为这么点小事来打扰您。”“哪儿的话，”安德烈说着还（因为现在电话的使用已很普遍，于是就像过去有喝茶时的客套话一样，电话也有了一套专门的客套话）加了一句，“能听到您的声音，我感到不胜荣幸。”

我也能这么说，而且比安德烈更真心诚意，因为刚才她的声音深深地打动了我的心，我还从来没有注意到她的声音跟别人有这么大的区别。于是，我回想起许多别人的声音，尤其是女人的声音，她们有的在想说明白一个问题或者集中注意力时会变慢下来，有的说得激动时，滔滔汩汩的话语会让她们气喘吁吁，甚至说不上话来；我逐一回忆我在巴尔贝克认识的每位姑娘的声音，又回忆起希尔贝特的，然后再是外祖母和德·盖尔芒特夫人的；我发现它们都是不一样的，每人的声音都是用自己特有的语言模子模压出来的，都是用不同的乐器吹奏出来的，我在心里对自己说，当我看见几十、几百、几千个人的所有这些**声音**唱起颂歌，和谐悦耳、音色丰满的歌声冉冉升起，飞向天主的时候，旧日画家笔下由三四个音乐天使在天堂演奏的音乐会该是多么黯然失色啊。我挂电话前没忘记向那位握有传声速度大权的小姐诚惶诚恐地说了些表示感谢的话，谢谢她以自己的神力将我卑微的话语变得比雷鸣快过百倍。可是除了线路被切断，我的感恩没收到任何其他的回答。

阿尔贝蒂娜回我屋里来时，穿着一条黑色缎子长裙，更显得面色潦白，就像个由于缺乏新鲜空气，由于到处都是人群的氛围，或许还由于不够检点的生活习惯而变得苍白、热情、孱弱的巴黎女人，那双眼睛因为没有了脸颊上红晕的辉映，看上去更显得忧虑不安了。"您猜，"我对她说，"我刚才给谁打电话了：安德烈。""安德烈？"阿尔贝蒂娜的这声尖叫显得吃惊而激动，按说这么个再普通不过的消息是不至于让她这么激动的。"我想她大概没忘记告诉您我们那天碰到维尔迪兰夫人的事吧？""维尔迪兰夫人？我不记得她提起过呀。"我装作在想旁的事情的样子回答她说，这同时也是为了显得对她们的相遇并不在意，以及为了不至于出卖安德烈，把她告诉我阿尔贝蒂娜要去哪儿的这件事漏出口风来。但是谁能知道安德烈自己会不会出卖我，明天会不会把我要她无论如何别让阿尔贝蒂娜去维尔迪兰家的这回事告诉阿尔贝蒂娜，或者会不会早就把我几次让她干的类似的事都透露给阿尔贝蒂娜听了呢？她对我信誓旦旦地说过她从没说过，可是在我心底里有一种印象在跟它抗衡，那就是不知从什么时候起，阿尔贝蒂娜脸上没有了那种很久以来一直对我表露的信任的表情。

在恋爱中，痛苦偶尔也会消停一下，但那是为了换一种新的形式再来出现。我们流着泪，眼看自己心爱的女人对我们已经没有当初那种充满爱怜的冲动和含情脉脉的亲昵，更使我们感到痛苦的是，从我们这儿消失的这一切，她们却都拿去给了别人；然后，一种更使人肝肠寸断的新的悲怆攫住了我们，令我们暂时忘却了适才的痛苦，因为我们怀疑她所说的昨晚的经过是一派谎话，她必定有什么事情在瞒着我们；而后这种怀疑也消歇了，她对我们表示的情意使我们平静了下来；然而正当此时，一句原来已经忘却了的话在脑海中跳了出来：有人对我们说过，她在交欢时是充满激情的，而我们见到的她总是那么冷静；我们没法想象她跟别人的那种癫狂的样子，感觉到自己在她眼里是那么的无足轻重，我们想起每当我们说话时，她的脸上总有一种厌倦、抑郁、忧愁的神态，我们注意到她跟我们在一起时总穿着满天乌云也似的黑睡裙，而那些当初她用来取悦于我们的漂亮衣裙，现在是专门留着在别人面前才穿的。如果情况正相反，她对我们显得温情脉脉，那一时刻该是多么快活啊！可是，瞧着这条纤巧的舌头伸出来像是邀人吻它似的，我们不由得会想，它准是伸给那些姑娘伸惯了，所以即便是和我在一起，即便她也许根本没想到她们，也仍然会这么伸出来，因为这是一种长期养成的习惯，一个下意识的标记。随后，那种感觉又冒了出来，我们觉得自己是使她感到厌倦了。但是，骤然间这种痛苦又变得无足轻重了，我们想到了她的生活中那段不为我们所知的阴暗的往事，想到了那些我们无从知晓的地方，她曾经在那儿生活过，也许现在当我们不在身边时也还去那儿——即使她并不打算真的就在那儿生活下去，她在那儿远离我们，不属于我们，比跟我们在一起时更快活。嫉妒的走马灯就是这样的转个不停。

嫉妒还是一个祛除不去的魔鬼，它随时都会以新的化身重新出现。即便我们能把心爱的姑娘永远留在自己身旁，邪恶的精灵也会摇身一变，变成一种更其令人绝望的痛苦，那就是一种只有靠强梁才能得到她的忠贞的悲哀，一种不被人爱的悲哀。

有些夜晚阿尔贝蒂娜仍是很温柔的，但她再也没有当初在巴尔贝克冲着我说“可您对我真好！”时的那种意兴勃发的激情了，而且，尽管她现在心里对我有股怨气，但因为她认为它们是无法消弭也无法忘却的，所以她并不把这种怨意对我流露出来，看上去仍使我觉着她的内心并没保留半点怨意地在向我靠拢，然而这种未经挑明的怨尤，毕竟仍然在她和我中间留下了痕迹，那就是她说话时意味深长的谨慎态度，以及那种令人既尴尬又无奈的沉默。

“可以让我知道您为什么要打电话给安德烈吗？”“我想问问她，要是我明天跟你们一块儿去，是不是会妨碍她，我在拉斯普利埃那会儿，就答应过要去维尔迪兰府上拜访的。”“那当然随您便啰。可是我得提醒您，今儿晚上有浓雾，到明儿还散不了。我说这话是不想让您受凉生病。您知道，我当然最希望您能跟我们一块儿去了。不过，”她若有所思地接着说，“我根本还不知道明儿去不去维尔迪兰家呢。他们家待我这么好，我实在是受之有愧。除了您，他们就是待我最好的人了，可是他们家有些地方让我挺不受用的。反正明儿我一准得去‘好商佳’或是三区商店买条白颜色的披巾，要不那条黑裙子颜色太暗了。”

让阿尔贝蒂娜独自上一家人群摩肩接踵的大商场，那儿出口又特别多，一个女人事后总可以说她出了门没能找到停在远处等她的那辆汽车，我打定主意不同意她这么做，而我的心绪不由得也变得黯然了。然而，我并没有想到，其实我也许在很久以前早就不曾看见阿尔贝蒂娜了，因为她是在这么个可悲的时期进入我的生活的，其间，一个女人被像粒种子似的撒进空间和时间以后，在我们眼前已不复是一个女人，而是一连串我们无法弄清真相的事件，一连串我们无法解决的问题，以及一片我们可笑地想如薛西斯那样鞭笞它、惩罚它的吞噬了一切的大海。一旦这个时期开始了，我们就注定是要被征服的。那些及早识得其中三昧的人是有福了，他们不会苦苦地去进行一场被想象的极限所团团围死的徒劳无益、精疲力竭的争斗，嫉妒在这场争斗中可怜地挣扎着，就好比一个可怜的男子，当初他只要看见那个总在他身旁的女人把目光在别人身上停留片刻，就会想象出一幕私通的场景，就会感到痛苦万分，后来却终于也出于无奈，不单是允许她单独出门，有时还让她跟着那个他明知是她情人的家伙出去——与其不明不白地被蒙在鼓里，他宁可受这份自己至少还能明白的折磨！这是一个定下某种节奏的问题，以后，习惯就会让你随着这节奏亦步亦趋。神经官能症患者绝不肯从任何一次晚宴离席而去，尽管他过后总得好生静养，睡多久也睡不够似的；不久前还举止很轻佻的女人，从这以后就忏悔度日了。嫉妒的恋人为了监视心爱的女人，曾经缩减自己睡眠、休息的时间，却感觉到她的欲望从空间上说是那么广漠而神秘，从时间上说则比他们更强，于是他就让她独自出门，让她去旅游，最后和她分手。就这样，嫉妒由于缺乏养料而枯竭了，它只有在不断得到给养补充时才能长盛不衰。而我，离这种情形还差得远呢。

没错，我现在是自由得很，多会想要跟阿尔贝蒂娜一起出去兜兜风，就能说走就走。由于近来在巴黎近郊修了一些机场——它们之于飞机，就如港口之于航船——因而自从有一天在拉斯普利埃附近颇有些神话色彩地碰上那位驾机掠过惊了我的马的飞行员，而我就此把这次奇遇看作一种特许的标志以后，我就常常喜欢把一天出游的终点站定在——阿尔贝蒂娜对此也挺乐意，因为她对所有的体育活动都倾心爱好——其中的某个机场。我和阿尔贝蒂娜来到那儿，心醉神迷地望着飞机升起降落的一派忙碌景象，这种景象对热爱大海的人来说，会使海堤的漫步或沙滩的休憩变得分外迷人，而对热爱天空的人来说，则会为飞行中心近旁的溜达带来可爱的魅力。不时可以看到在一群静静地待着，仿佛下了锚似的飞机中间，有好些机械师在费劲地拉动一架飞机，就像在沙滩拖动一艘游客租去在海上兜风的帆船。随后引擎响了，飞机在跑道上鼓足劲儿往前奔去，然后陡然间，靠着水平速度骤然转换而成的巨大的竖直升力，它以垂直的姿势慢慢地上升了，那样子笨拙而艰难，看上去竟像没有在动似的。阿尔贝蒂娜喜形于色地向机械师问这问那，这时飞机已经上天，他们都陆续走回机棚来了。而这时，那位天际游客已经飞出几公里开外了；我们凝望着那艘庞大的轻舟，眼看它在碧蓝的天际渐渐地变成一个几乎望不见的黑点，不过，在我俩的散步结束以前，它还会飞回来，它的身形会渐渐变长、变大，质感也会愈来愈清晰。驾驶员跳下地面时，阿尔贝蒂娜和我妒羡地望着这位天际游客，他刚刚逍遥自在地遨游了寂远的天际，享受了傍晚时分的宁静和澄莹。然后，我们从飞机场，或是从刚参观过的某个博物馆或教堂一起回家共进晚餐。可是我的心情却不像在巴尔贝克时那样平静，当时我俩一起外出的机会要少些，但我不仅满心欢喜地看到出游持续了整整一个下午，而且过后不时还会瞥见它花团锦簇般地从阿尔贝蒂娜的生活里凸现出来，犹如当我们摒弃一切思虑，望着天空怡然出神时，瞥见它从寥廓的天空中凸现出来一样。阿尔贝蒂娜的时间，从数量上来说，当时并不像今天这么充裕地归我所有。但我觉得当时她的时间更真正地属于我所有，因为我只想着——我的爱情也为之兴奋激动，好像受到一种恩惠的赐予——那些她和我一起度过的时光；而现在呢——我的嫉妒焦躁不安地在其中寻觅行为不端的蛛丝马迹——尽是她不和我在一起的那些时间。

可是昨天，她准会想要有些这样的时光。我必须作出选择，或者中止痛苦，或者中止爱情。因为，爱情就像它起初由欲念所形成那样，它后来唯有靠痛苦的焦虑才能维持生存。我感觉到阿尔贝蒂娜的一部分生活正在从我面前逃逸。爱情，处在痛苦的焦虑中就如处在幸福的渴求中一样，是非要整个儿得到才罢休的。只有当有些部分还没被征服时，爱情才会产生和持续。我们所爱的总是我们还没有全部占有的东西。阿尔贝蒂娜对我说谎，说她可能不去看维尔迪兰一家子，就像我对她说谎说我想上他们家去一样。她无非是想别让我跟她一起出去，而我，这么突如其来地宣布一个我从没想过要实行的计划，则是为了触到她身上我猜想最敏感的痛处，追踪她藏在心里的那个欲望，逼得她承认明天有我在她身边是会妨碍她如愿以偿的。其实，她突然表示不想去维尔迪兰家，也就是承认了这一点。

"要是您不想上维尔迪兰家去，"我对她说，"在特罗卡德罗广场倒有场很精彩的募捐演出。"她依了我的话，但带着一副愁眉苦脸的样子。我对她又开始像在巴尔贝克我第一次感到嫉妒时那样，变得很严厉了。她脸上露出失望的表情，我就用我小时候父母经常用来教训我的，对我那未曾被人理解的童年显得既不明智又很残酷的那些道理，来训斥阿尔贝蒂娜。“不，您做出这副苦相也没用，”我对她说，“我不会因此就怜悯您的；要是您病了，要是您遭到了什么不幸，要是您死了哪个亲戚，我会怜悯您；可您对这些也许倒无所谓，因为您已经把廉价的伤感情绪都滥用在毫无意义的事情上了。再说，我也不欣赏有些人的多愁善感，她们装得很爱我们，却连一点点小事情也不能为我们做一下，她们想到我们时是那么心不在焉，以致会忘了把托付给她们的那封跟我们前途攸关的信给发出去。”

这些话——我们说的话中间，有一大部分无非就是背诵记忆中的话语——我以前听母亲说过不知多少次了，我母亲（她动辄向我解释说，不该把真情实感和多愁善感混为一谈，“这两个词儿，”她说，“在德文里叫Empfindung和Empfindelei。”德文是她大为赞赏的一种语言，尽管我父亲对这个国家非常反感）有一次在我哭的时候，甚而至于对我说什么尼禄也许很神经质，而且就为这才那么坏。说真的，就像那些生长过程中分蘖成两枝的植物一样，在当年的我那个敏感的孩子旁边，现在并排地出现了一个另一种类型的男子，他有健全的理智，对别人病态的多愁善感持严厉的态度，就像当年父母对我那样。也许，正因为每人都必须让先人的生命在自己身上延续下去，所以先前在我身上并不存在的那个沉着冷静、冷嘲热讽的男子，跟那个敏感的孩子合为一体了，而轮到我像我父母曾经对我的那样对待别人，也就很自然了。何况，这个新我形成之际，我发现一套套的用语就在这个新我的记忆里现成地贮存着呢，有冷嘲热讽的，也有训斥骂人的，那都是人家曾经对我说过的，现在我只要拿来去对别人用就是了，这些话非常自然地从我嘴里说出来，或许是我凭模仿和联想从记忆中找到了它们，或许是由于生殖能力美妙而神秘的魅力不知不觉地在我身上，就如在植物的叶片上一样，留下了我的先人所有过的同样的语调、手势、姿态的痕迹。再说，难道我母亲（无意识的潜流从我身上每个细小的地方流过，使我变得跟父母愈来愈像了，就连手指最细微的动作亦然如此）不曾因为我跟父亲敲门那么相像，而在我进门时把我当成父亲吗。

另一方面，截然相反的东西成双结对则是生活的律法，繁殖的根源，也是无数不幸的起因，正如人们后来看到的那样。通常，我们憎恶与自己相似的人，要是从外面看到我们自身的缺陷，我们往往恼羞成怒。有的人过了表现天真无邪的年龄，比方遇到棘手无比的时候，便摆出一副冰冷的面孔，对他们来说，要是在一个更加年轻，天真，或愚蠢的人身上暴露出他们的那些缺陷，那他们就会倍加气恼，且憎恨这些缺陷。有一些敏感的人，对他们来说，从其他人眼里看见自己强忍住的泪水是件恼火的事情。过分的相似使家庭濒于破裂，尽管还有感情存在，而且有时感情越深便越是如此。

也许在我身上，在许多人身上都是这样，我所变成的这第二个人仅仅只有第一个人的面孔，狂热兴奋，对自身敏感，对其他人则是贤达的良师益友。若从他们与我的关系或对他们本身进行衡量，我的父母也许就是如此。就我的外祖母和我的母亲而言，她们对我严加管束显然是有意的，她们甚至为此付出了代价，然而，在我父亲身上，那种冷漠也许只是他敏感的一种外在表象。因为这也许是内心生活和社会关系这双重方面的人性真实，人们用以表述这种真实的字眼，我过去总觉得内容上荒谬虚假，形式上平庸不堪，他们在提及我父亲时就说："在他冷若冰霜的冷漠底下，蕴藏着一种异乎寻常的敏感；这主要是他羞于表现出来。"在那无休无止但却隐秘的骚动中，难道他不正是掩藏着这种镇定自若吗？为了给人造成在敏感方面表现笨拙的印象，他必要时不惜借助带有教训人味道的沉思，甚至嘲讽。我父亲就是这样的，如今，当我在大庭广众之下，尤其在某些场合，当我面对阿尔贝蒂娜，我往往装出这副镇静的模样。

我确实以为我将在这一天决定我们分手的事，并且动身前往威尼斯。使我与她重新建立关系的原因在于诺曼第，这当然不是因为她有意表示要去那个我曾经嫉妒过她的地方（我很幸运，因为她的种种计划从来没有触及到我记忆的痛处），而是因为我当时说："好像我跟您提到过您姨妈在安弗尔维尔的那位女友。"她愤愤然地回答我，可愤怒中又含着快乐，就好似有人跟别人争论，希望自己有尽可能多的论据向我表明我是错的，她是对的："我的姨妈从来不认识住在安弗尔维尔的任何人，我自己也没有去过那里。"她忘了一天晚上谈到那位不知是否确实存在的夫人时她对我撒的谎，她说她无论如何要去这位夫人家喝茶，哪怕她去那里看这位夫人要失去我的友谊并且为此献出生命也在所不惜。我没有提醒她注意她的谎言。但是，这种谎言却使我难以忍受。我又把分手推迟到下一次。为了被爱，谎言不必真诚甚至机智。在此，我将爱情称为一种相互的折磨。

这天晚上，我像我的外祖母那样对她说话，我觉得这样做无可指摘，完美无缺的外祖母曾经这样对我说话，我对她说，我可以陪她去维尔迪兰家，我继承了我父亲的那种粗暴方式，这种方式对我们来说从不意味着一种决定，只是这种方式可能导致我们产生在这种程度上与这种决定本身不相称的最大骚动，我觉得这也是无可指摘的。所以，为了区区小事而显得如此遗憾，我们自感荒唐，能感受到这一点不无裨益，这种遗憾实际上与该事给我们带来的震动是相吻合的。即使——正如我外祖母无法扭转的才智那样——我父亲的这些随心所欲的优柔寡断完善了我身上这种敏感的天性，然而，它们在长时期里与我敏感的天性一直格格不入，在我整个童年时期使我备受折磨，所以如今，我的这种敏感的天性向它们准确无误地指点了它们应该追求且有可能达到的目标：一个做过小偷的人，或者一个战败民族的成员，那是最好的耳目了。在某些撒谎成性的家族，一个兄弟前来看望自己的兄弟，无需任何表面上的借口，离去时他站在门槛上，顺便向他的兄弟打听一件事，甚至没有装作在听的样子，可这已经足以让他的兄弟明白，打听这件事就是他拜访的目的，因为他的兄弟非常熟悉这些若无其事的神情，深谙这些临走时顺带说的话，因为他自己就经常这样做的。不过，也有一些反常的家族，具有血缘上的敏感和手足之间的禀赋，十分精通这种心照不宣的共同语言，在家里，无须明言，相互间就可心领神会。同样，又有谁能比一个神经质的人更加恼人呢？再者，我的行为在这些情况下也许具有一种更加普遍，更加深刻的根源。那是因为，在这些短暂而又不可避免的时刻，当人们憎恶自己喜爱的某个人时——如果是与自己不喜爱的人打交道，这种时刻有时会延续整整一生——人们不想为了不受抱怨而显得和善，然而却想尽可能显得恶毒和幸福，目的在于使您的幸福令人憎恶，并刺伤那个一时的或者长期的敌人的灵魂。我遭受别人莫须有的侮辱已经够多了，这仅仅是我的“成就”在他们看来是多么不道德，从而激怒了他们！我们应该遵循的，是相反的道路，那就是应该毫不自负地表明自己具备这些优良的感情，而不是竭力去掩饰这些感情。如果人们懂得不再憎恨，永远相爱，事情就会变得容易。因为，假使您只说那些使其他人幸福、动情的话语，您自己也会感到莫大的幸福，您会因此受到别人的爱戴！

当然，我为自己如此怒气冲冲地对待阿尔贝蒂娜感到有些内疚，我心里思忖：“假如我不爱她，她也许会更加感激我，因为这样一来，我对她就不会这么恶毒；噢不，这是相应的，因为我也就不会那么殷勤了。”为了开脱自己，我可以对她说我爱她。但是承认这种爱情，这非但难以让阿尔贝蒂娜明白任何东西，而且在我看来，也许比铁石心肠和欺瞒狡诈更使她心寒，而爱情恰恰是铁石心肠和欺瞒狡诈的唯一借口。对所爱的人铁石心肠和欺瞒狡诈是那样的自然！如果说我们对其他人抱有兴趣，但并不会因此而阻碍我们跟他们和睦相处，对他们的欲望百依百顺，那是因为这种兴趣是虚假的。我们对于外人往往是无动于衷的，而无动于衷不会导致恶毒。

晚会结束了，在阿尔贝蒂娜去睡觉之前，假使我们打算讲和，重新开始互相拥抱的话，那就没有很多时间可以浪费了。我们俩谁都不曾采取主动。

我感到她确实是在生气，于是我便趁机跟她提起埃斯代·莱维。“布洛克对我说（这不是实话）您很熟悉她的表姊妹爱丝苔尔。”——“我可能都认不出她。”阿尔贝蒂娜心不在焉地说。“我见过她的照片，”我气愤地补充道。我在说这话时没有打量阿尔贝蒂娜，所以我没有看见她的表情，那大概是她唯一的回答，因为她一言不发。

那些夜晚，我在阿尔贝蒂娜身边感受到的不再是我母亲在贡布雷的吻带来的那种宁静，相反，我只感受到我母亲因为生我的气或者被客人留住时勉强向我道晚安，甚至不到楼上我的房间里来的那些夜晚带来的那种焦虑。这种焦虑——并非移置在爱情中的那种焦虑——不，就是这种一时间专注于爱情的焦虑，当感情破裂势在必行；仅仅影响到分配时，这种焦虑如今似乎再度呈现在所有的感情面前，重又变得不可瓜分，正如在我的童年时期那样，仿佛我的全部感情全都开始集中和统一到可能比冬天的一个白昼更加短暂，在我的生活中过早来临的那个夜晚，我的全部感情因为不能把阿尔贝蒂娜当作一个情妇，一个姐妹，一个女儿，一个每天晚上道晚安的母亲滞留在我的床边而颤抖，我重又开始感到童年时期对母亲的那种需要。然而，我之所以感受到我童年的焦虑，那是因为使我感到焦虑的人发生的变化，那人使我产生的感情差异，我的性格转变本身使我不可能如同从前向我母亲那样向阿尔贝蒂娜索取这种宁静。我再也不会说：我感到悲伤。我心如死灰地仅仅讲一些不相干的，使我在朝向幸福的结局上毫无进展的话。我在令人痛心的平庸中原地踏步。一个毫无意义的事实，只要它与我们的爱情沾上那么一点边，就会令我们对发现这个事实的人肃然起敬，也许那人是偶然发现的，就像用纸牌算命的女人向我们预告了一件平常的事情，后来果真应验了那样，带着这种理智上的利己主义，我几乎相信弗朗索瓦丝要比贝戈特和埃尔斯蒂尔来得高明，因为她曾经在巴尔贝克对我说：“这个姑娘只会给您带来忧愁。”

阿尔贝蒂娜道晚安的时刻一分钟一分钟地逼近，她终于向我道了晚安。然而，她本人不在，她没有碰到我的这个夜晚，她的吻使我变得如此急躁，我的心怦怦直跳，目送着她一直走到门口，心想：“如果我想找一个借口叫住她，把她留住，跟她讲和，我就必须抓紧时间，她再走几步就要离开卧室了，还有两步，还有一步，她扭动门把，拉开门，太晚了，她关上了门!”也许现在仍然不晚。就像从前在贡布雷我母亲没有用她的吻安慰我就离开我时那样,我想冲出去追上阿尔贝蒂娜,我感到自己在重新见到她之前心里不会安宁,而这种重逢即将成为至此为止尚未有过的某种重大事件,还有,如果我不能独自排遣这种忧伤的话,我也许会养成那种到阿尔贝蒂娜身边乞讨的可耻习惯;当她已经进入她的卧室里时,我从床上跳下来,我在走廊里来回踱步,希望她能出来,呼唤我;我呆呆地站在她的门前,为的是不错过一声轻微的呼唤,我一时回到我的卧室,看看我的女友是否幸好丢下一块手帕,一只手提袋,或某种我可以装作唯恐她缺其不可,让我有借口去她那里的东西。没有,什么也没有。我重又回到她的卧室门口守候,但是门缝里没有一丝光线。阿尔贝蒂娜熄了灯,她已经躺下,我呆呆地伫立在那里,期待着某种不为人知也不会再来的机遇;过了很久,我浑身冰凉地回到自己的卧室,钻进自己的被窝,伤心了整整一夜。

有时,在这样的夜晚,我要一个花招让阿尔贝蒂娜吻我。明明知道她一躺下很快就会入睡(她自己也清楚这一点,因为她一躺下就本能地脱掉我送给她的高跟拖鞋,把她的戒指摘下来放在自己身边,就像她在自己的卧室临睡之前所做的那样),明明知道她睡得很沉,醒来很慢,我借口去找某样东西,让她躺在我的床上。当我回来时,她已经睡着,我打量着眼前的这个女人,当她正面完全对着我的时候,她变成了另一个女人。然而她很快改变了个性,因为我躺在了她的身边,重又看到了她的侧面。我可以抱起她的头,把它抬起来贴在我的嘴唇上,让她的手臂搂住我的脖颈,她还在睡觉,仿佛是一只不停顿的钟表,一株攀援植物,在人们提供的任何支撑物上繁衍枝蔓的牵牛花。只有她的呼吸随着我的每一次触摸略有改变,好像她是我拨弄的一件乐器,我在拨动这件乐器的这根弦那根弦产生出不同的音符时,让乐器演奏转调,我的嫉妒逐渐平息下去,因为我感到阿尔贝蒂娜变成了一个正在呼吸的有生物体,她不是别的什么东西,就如有规律的呼吸所显示的那样,这就说明,这种处于流动变幻之中,没有言语和沉默深度的纯粹生理功能对任何恶一无所知，从一根空心的芦苇中而不是从一个人体中透出气息，那是天使纯洁的歌，在这些时刻感受到阿尔贝蒂娜不仅仅在物质上，而且在精神上不受任何干扰，这对我来说确实犹如置身天堂一般。然而在这种呼吸当中，我突然想到，记忆带来的许多人名也许会起作用。

有时，这种音乐甚至还伴有人的声音。阿尔贝蒂娜咕哝了几个词。我真想弄清楚这些词的意思！她嘴里吐出的，有时是一个我们谈到过的人名，这个名字引起了我的妒忌，却没有使我变得不幸，因为把她引向那里的似乎只是对她与我就这个主题谈话的回忆。然而，一天晚上，她闭着眼睛，半睡半醒，温情脉脉地对着我说："安德烈。"我掩饰住自己的激动心情。"你在做梦呢，我不是安德烈，"我笑着对她说。她也微微一笑："噢不，我是想问你，安德烈刚才对你说什么来着。"——"我还以为你像这样睡在她的身边呢。"——"噢不，从来没有过。"她对我说。只是在这样回答我之前，她一时用手掩住自己的脸。她的沉默只是烟幕而已，她外表的温柔只是保留了她内心深处千万个使我撕心裂肺的回忆，她的生活中充满了这样的事情：带有嘲讽意味的故事，可笑的传闻组成了我们关于其他人，关于不相干的人的日常闲聊，但是在我们看来，只要有一个人贸贸然地误入我们的心中，这些人就是对她的一生作出的一个非常宝贵的说明，所以为了熟悉这个深邃的世界，我们宁可献出我们的生命。于是她的安睡仿佛向我展示了一个美妙而又神奇的世界，从那个几乎半透明的成分深处不时地冒出人们不了解的一个秘密。然而，一般来说，阿尔贝蒂娜睡着时似乎恢复了她的纯真。平时，我教给她的那种姿势，她在睡眠中很快化为己有，在这一姿态中，她仿佛向我和盘托出。她的脸上失去了一切狡诈或平庸的表情，在她与我之间，她向我伸出她的胳膊，把手搭在我身上，似乎其中包含着一种彻底的放松，一种不可分离的依恋。再说，她的安睡并没有把我同她分开，反而把我们的温情这个概念留存在她的心间；并起到了消除其余一切东西的作用；我亲了亲她，对她说我要出去走走，她半睁开眼睛，用一种惊讶的神情对我说——确实，当时夜已经深了——："你这个样子要去哪里，亲爱的？"（同时还喊了声我的名字）说罢，很快又睡着了。她的睡眠只是对余生的一种抹煞，一种平淡无奇的沉默，温情洋溢的亲热话语不时地从上面掠过。若将这些话语彼此联在一起，人们便可编织出不掺杂质的谈话，纯洁爱情的秘密私生活。如此安详的睡眠使我心醉神迷，我就像一位母亲看着自己的孩子熟睡那样高兴，母亲往往将孩子的安睡视为一种良好的资质。她睡得确实就像一个孩子。她的醒来也显得那么自然，那么温柔，无需弄清自己置身于何处，有时我惊恐不安地问自己，来我这儿生活之前，她是否有这样的习惯，从不单独睡觉，当她醒来睁开眼睛时总是有人在她身边。然而她那稚气的雅韵占了上风。我还是像一位母亲那样，对她心情始终如此欢悦地醒来赞叹不已。过了一会儿，她完全清醒了，嘴里说出一些前言不搭后语而又讨人喜欢的话，那仅仅是些吱吱喳喳的声音。她那通常不太引人注目，现在却由于某种位置的交叉移动而变得几乎过分美丽的脖颈显得如此突出，她那由于瞌睡而闭拢的眼睛因此相形失色，她的眼睛是我平常的对话者，她的眼皮一耷拉下来，我就再也不能与之对话了。正如闭拢的眼睛使面部产生一种天真优雅的美，同时驱除了目光表述得过多的一切那样，在阿尔贝蒂娜醒来时不无意义却又被沉默打断的话语中，有一种纯洁的，不像谈话那样时刻都被口语习惯，陈词滥调，露出蛛丝马迹的缺陷所玷污的美。再者，当我下决心叫醒阿尔贝蒂娜时，我可以毫无畏惧地唤醒她，我知道她每次醒来与我们刚刚度过的晚会绝无关系，就如同清晨出自夜晚一样自然。她笑吟吟地半睁开眼睛，把自己的嘴伸向我，虽然一句话还没说，我就已经从中尝到了令人快慰，仿佛来自天亮前仍然一片宁静的花园中的那种清新气息。

那个晚会，阿尔贝蒂娜对我说她也许会去维尔迪兰家参加的，然而她却没有去，翌日，我很早就醒了，半睡半醒之中，我的喜悦就告诉我，隆冬里夹杂着一个春天的日子。屋外，当不同的乐器精心编制的通俗旋律，从瓷器修理工的号角，给椅子填塞稻草的人的小号，直到在晴朗的白天里犹如一个西西里牧羊人的那支长笛，这些旋律轻松地把早晨的曲调改编成一首“节日的序曲”。听觉，这种美妙的感官使街道与我们为伴，向我们描述那里的各种线条，勾勒出经过街道的所有东西的形状，同时还向我们展现出它们的色彩。面包商、乳品商铁制的“门面”昨天晚上还对妇女幸福的所有可能性降下帷幕，现在却向年轻女职员的梦想微微拉开，宛如一艘轮船轻盈的滑轮，那轮船已经作好准备，即将启航，去穿越透明的大海。人们升起铁制门面的声音也许是我在一个不同的街区中唯一的乐趣。然而，在这种街区中，还有其他上百种东西给我带来欢乐，我不愿因为睡得太久而失去其中的任何一种。旁边古老的贵族街区变得平民化，真是奇妙的景观。正如教堂正门不远的地方，常常就有这样的街区（有些教堂正门甚至保留了这样的名字，比如鲁昂教堂的正门就被称为“书市”，因为书商们把自己的商品摆在靠近正门的露天），各种不同的，而且是流动的手工艺工匠从高贵的盖尔芒特府邸前面走过，这种情景不时令人想起从前教士一统天下的法兰西。因为他们向附近小屋发出的那种逗人发笑的吆喝声，除了极少数以外，与歌声没有丝毫相似之处。同样，这种吆喝声与《鲍里斯·戈东诺夫》和《贝莱亚斯》的变奏曲也相去甚远——他们的变奏曲难得带有无法觉察的变化色调；然而另一方面，这种吆喝声却让人联想起一个神甫作弥撒时唱圣诗的情景，街市上的这些场面不过是纯朴的、富有集市气息的、又半是礼拜仪式的翻版。自从阿尔贝蒂娜跟我同居之后，我从来没有从中得到过如此多的乐趣；这些场面在我看来恰似她醒来的一种令人喜悦的信号，在我对外界生活感兴趣的同时，这些场面使我进一步地感受到一种宝贵的出现带来的那种令人宁静的功效，这种功效可以像我期待的那样恒定不变。尽管我个人讨厌街上叫卖的某些食物，这些食物却很配阿尔贝蒂娜的胃口，因此，弗朗索瓦丝派她年轻的仆人前去购买这些食物，那仆人也许有点不齿于混迹在平民百姓之中。在这个如此安静的街区(那里的声音对弗朗索瓦丝来说不再是一种悲伤的主题，对我来说已是一种甜美的甘霖)，这些平民唱出的宣叙调，就好比《鲍里斯》一剧中那极为通俗的音乐，十分清晰地传入了我的耳鼓，他们每个人都有各自不同的音乐，在这样的通俗音乐中，一个音符朝另一个音符下滑的转调稍稍改变了开头的声调，大众音乐与其说是一种音乐，倒不如说是一种言语。“哎，卖滨螺啰，两个苏买一个滨螺。”这吆喝声使人们争先恐后地走向号角响起的地方，那里有卖这些可怜的小贝壳类动物，假使阿尔贝蒂娜不在这里，我会厌恶这些小贝壳类动物，还有蜗牛，我在同一时辰听到了叫卖蜗牛的声音。在这里，小商贩令人想起的，正是莫索尔斯基那略带抒情色彩的夸张的吟唱，但又不仅限于此。因为刚刚喊出“蜗牛，新鲜的蜗牛，多漂亮的蜗牛”之后，蜗牛商贩遂带着梅特林克的那种忧伤和迷惘，配上德彪西的音乐，在这些悲怆的最后部分——《贝莱亚斯》的作者在这一点上同拉莫是相似的：“即使我理应被人战胜，可战胜我的，难道就是你?”——用一种如歌的忧郁补充道：“六个苏买一打……”

我始终难以理解，为什么这些十分明快的词语会被人用一种如此不恰当的语调如怨如诉地吟诵出来，神秘得就好像那是让大家在梅莉桑德没能带来欢乐的古老宫殿中神情凄戚的一个秘密，深奥得就好像那是试图用十分简单的字眼宣扬一切智慧和命运的阿凯尔老人的一种思想。在这些音符之上，甚至响起了老国王阿勒蒙德或戈洛越来越甜美的声音，那声音说：“不知道这里发生了什么。这看似奇怪。也许并不存在纯属枉然的事件，”或者：“你不必惊恐……那是一个神秘的小可怜儿，跟大家一样，”这些声符被蜗牛商重新用做一种不着边际的歌唱性旋律：“六个苏买一打……”但是，这种抽象的哀叹还没有来得及消失殆尽，就被一声嘹亮的小号所打断。这一回，跟吃的东西毫不相干，那歌词是：“给狗剪毛啦，阉猫儿啦，修尾巴耳朵啦。”

当然,每个男的或女的商贩的想象和创造经常把一些变调引进我在床上听到的所有这些音乐言语之中。然而,在一个词中间加进一个惯常使用的休止符,特别是在重复两遍的时候,这个休止符往往勾起人们对古老教堂的回忆。旧衣商坐在一辆母驴拉的小车里,他把车停在每幢房子前面以便走进院子,他手握鞭子,念念有词:“旧衣服,旧衣商,旧衣……服”,在衣服这最后两个音节中间作一同样的停顿,仿佛是在吟唱单旋律圣歌:“Per omniasaecula saeculo…rum”①或者“Requiescar in pa…ce”②。尽管他不一定相信他的旧衣服会千古留传,更不会把这些旧衣服当作最后安息时用的寿衣奉献出来。同样,从清晨的这一时辰起,各种吆喝声便开始交织在一起,一个叫卖瓜果蔬菜的女贩推着她的小车子,吟唱着格里哥利切分的单旋律老调:

> 鲜嫩鲜嫩,青翠碧绿
> 朝鲜蓟啦,又嫩又美
> 朝鲜蓟。

尽管她对这种对经唱谱可能一无所知,也不知道这七音其中四音象征着中世纪的四学科(算术、几何、音乐、天文),另外三音象征着三艺(语法、修辞、逻辑)。

一个男子身穿工装,手持一条牛筋鞭子,头戴一顶巴斯克贝雷帽,用一支笛子,一只风笛,吹出法国南方他故乡的曲调,在他的家乡,那阳光与晴朗的天气是如此协调。他在一座座房屋前停下脚步。这是一个牧羊人,带着两条狗,他的羊群就在他的前面。由于他来自远方,他很晚才经

---

① 拉丁语,即世世代代。
② 拉丁语,即让他安息吧。

过我们的街区；妇女们端着一只碗跑出去盛羊奶，据说羊奶会使她们的孩子长力气。然而这个行善的牧人的比利牛斯曲调中已经掺进了磨刀人的铃声，他叫嚷着："磨菜刀、剪刀、剃刀。"磨锯条的人无法同磨刀人匹敌，因为磨锯条的人没有乐器，他只能吆喝道："锯条磨吗，磨锯的来了。"而心情更加愉快的锡匠，吆喝了小锅、平底锅和他可修补的一切之后，念叨着这样的老调子：

当当当，
我是个焊锡匠，
哪怕是碎石路也能焊，
我走南闯北把底修，
世上的破洞都能补，
补洞，补洞，补洞。

还有一些意大利孩子，拿着漆成红色的大铁罐，里面标着输赢的号码，他们摇动着一只木铃，央求道："玩玩吧，太太们，好玩着呢。"

弗朗索瓦丝给我拿来了《费加罗报》。我只瞟了一眼，心里就明白了，我的文章还是没有登出来。她告诉我说，阿尔贝蒂娜问，她能否来我这里，并且让人转告我，不管怎么说，她已经放弃去维尔迪兰家拜访，她打算听从我的建议，跟安德烈一起去骑马散步一会儿之后，去特罗卡德罗观看"无与伦比"的日场演出——即人们如今所谓的盛大活动，不过这种盛大活动已经并不那么重要。既然我已知道她已经放弃了她那也许是邪恶的欲念，不再去看望维尔迪兰夫人，我便笑着说道："让她来吧！"心里却在想，她想去什么地方都可以，这对我来说无所谓。我知道，在下午即将结束，黄昏来临之际，我说不定会变成另外一个人，忧郁，对阿尔贝蒂娜最微不足道的行踪去向无比重视，而在上午的这个时辰，当天气如此晴好的时候，她的行踪并不重要。因为我的无忧无虑自有其明确的原因，但是却没有因此发生变化。“弗朗索瓦丝肯定地告诉我您已经醒来，说我不会打扰您的，”阿尔贝蒂娜一进门就对我说。不过，正如她最怕在一个很不适当的时刻打开她的窗户让我着凉那样，阿尔贝蒂娜最怕在我醒来的时候走进我的卧室，“但愿我没有做错，”她补充道，“我真怕您会对我说：

‘哪个蛮横无礼的亡命之徒前来找死？’”

说罢，她大笑了起来，这笑声往往搅得我心慌意乱。我以同样开玩笑的口吻回敬她说：

“这道如此严厉的命令难道是对着您的？”

我唯恐她有朝一日触犯这道命令，便补充说：“尽管您闹醒我会使我感到恼怒。”——“我知道，我知道，您别担心。”阿尔贝蒂娜对我说。我继续跟她玩《爱丝苔尔》的游戏，而街上跟我们的对话声混杂在一起的叫喊声也在继续，为了缓和一下气氛，我补充说：

“只有在您身上我感受到说不出的优雅

这优雅永远使我着迷从来不让我厌倦。”

（可我心里却在想：“不，她常常使我厌倦”）我回想起她前一天说过的话，与此同时我夸大其辞地感谢她放弃去维尔迪兰家，目的是要她再一次服从我去做这样或那样的事情，我对她说：“阿尔贝蒂娜，您怀疑爱您的我，却信任那些不爱您的人。”（仿佛怀疑那些虽然爱您，可为了了解情况，设置障碍而对您撒谎的人是不合乎情理似的）我还补充了这些谎话：“您内心并不相信我爱您，这真怪。确实，我对您的并不是**敬爱**。”轮到她撒谎了，她说她只信任我，接着又真诚地断定她很清楚我是爱她的。但是这种断言似乎并不意味着她不相信我在骗人并且窥伺她。她似乎原谅了我，好像她从中看到一种伟大的爱情带来的那种无法忍受的后果，或者她本人也觉得自己并不那么出色。

“我求您，我的小宝贝。不要像那天那样想入非非。您想，阿尔贝蒂娜，万一您遭到不测会怎么样！”我当然不希望她出现任何差错。然而，假使她产生了这样一个绝妙的念头：骑着她的那些马去我不知道的、令她愉快的地方，而且不再回到这幢住宅，那该多美！这样一来，如果她在别处生活幸福的话，一切都会变得简单，我甚至不想知道她去哪里！“噢！我很清楚，您不会比我多活四十八个小时，您会自杀的。”我们就这样交换着谎言。不过，一个比我们在真诚的时候说出的事实更加深刻的事实有时可能是用真诚之外的另一种途径表述出来的。

“外面所有的这些声音不妨碍您吧？”她问我，“我嘛，喜欢这些声音。您怎么样，您睡觉时是那样地容易惊醒？”相反，有时我睡得很熟（上面我已经说过，但是接下来即将发生的事情却迫使我再次提醒注意这一点），尤其是在早晨我睡着的时候。由于像这样的一种沉睡效率——平均——要高四倍，对刚刚睡着的那个人来说睡觉的时间也要长四倍，而沉睡的时间实际上却短了四倍。十六倍地递增是一个美妙的错误，这个错误赋予醒来以无数的美感，并且将一种名副其实的更新引进生活，犹如音乐中节奏上的那些巨大变化在一段行板中使一个八分音符包含的绵延等同于一段急板中的二分音符，这些变化对清醒的状态来说是陌生的。在这种状态中，生活几乎始终如一，其中也有旅行带来的失望。好像梦幻有时是用生活中最粗俗的材料编织而成的，但是这种材料却在梦幻中经过了“处理”和搅拌，所以——由于任何清醒状态的时间限制都无法阻止它朝闻所未闻的高度如丝如缕地飘散开去的一种延伸——人们认不出这种材料。早晨，当这笔财富突然落到我的身上，睡意一下子抹去了我头脑中犹如清楚地写在一块黑板上的那些日常事物标记的时候，我必须让我的记忆复活；人们可以凭借意志重新获得由于昏昏欲睡或者由于一种打击而忘却的东西，它们随着眼睛睁开或者麻木消失而逐渐复苏。我曾经在几分钟当中度过了无数个小时，由于我想对弗朗索瓦丝用一种被我称之为符合现实，根据时辰调整的语言，我不得不借助我的一切内心强制能力，才没有说出口:“好吧,弗朗索瓦丝,现在已经晚上五点了,我从昨天下午开始就没有见过您。”为了驱逐我的梦,跟这些梦背道而驰,我在对自己说谎的同时厚颜无耻地说出违心的话,而且竭尽全力使自己保持沉默:“弗朗索瓦丝,都十点了!”我甚至不说上午十点,而仅仅说十点,为的是让这些如此不可思议的“十点”说出来的语调听上去更加自然。但是,说出这些话,而不是我这个处于刚刚醒来状态的睡眠者正在继续思考的那些话,这样做要求我拿出平衡的力量,就像有人从一列行进的火车上跳下来,沿途跑上一段时间,最终得以站稳,没有跌倒。他奔跑一段时间是因为他离开的是一个高速运动的环境,与静止的地面截然不同,他的脚一时难以适应。

梦的世界不属于清醒的世界,但并不能因此得出清醒的世界不怎么真实的结论;恰恰相反。在睡眠的世界中,我们感官的负担如此之重,每种感官都因为徒劳无益地超载和堵塞它的一种交叉重叠而变得迟钝,以致我们甚至无法区分在醒来的迷蒙状态中发生的事情:是弗朗索瓦丝来了呢,还是懒得叫唤她的我在朝她走去?这一时刻的沉默是不作任何泄露的唯一办法,正如人们被一个法官抓住时那样,这个法官知道与您有关的情况,但是人们并不了解这些情况的内幕。弗朗索瓦丝来过吗,我叫唤过她吗?在睡觉的难道不是弗朗索瓦丝,刚刚叫醒她的难道不是我?还有,弗朗索瓦丝不是就囚禁在我的胸中吗,在这个幽暗的世界里,各种人物相互影响,难以辨认,几乎并不存在,在这里,现实的东西就像一头豪猪体内的东西一样,是不太透明的,那差不多没用的感官也许会令人联想到某些动物的感官?再者,哪怕是在这些更为深沉的睡眠之前的那种清醒的狂热之中,如果明智的残片还在闪闪发光地飘荡,如果泰纳、乔治·艾略特的名字在那里还没有被遗忘,那么清醒的世界里也仍会留下这种每天早晨而不是每天晚上有可能继续做梦的优越。但是,也许还存在着比清醒的世界还更加真实的世界。我们还看到,艺术中的每次革命对清醒世界的改变大大超过了同一时期使一个艺术家有别于一个白痴的那种天赋或文化程度对它的改变。

多余的一小时睡眠往往是一种麻木的发作，在此之后必须重新运用自己的四肢，重新学习说话。意志在这里难以获得胜利。人们睡得太多，人们便不复存在。觉醒可以机械地不知不觉地被人勉强感受到，正如人们从一根管道中可以感觉到关水龙头那样。比水母还更没有生气的生命在延续，这样的生活让人真的觉得自己是从海底下浮上来的，或者来自苦役犯监狱，假使人们能够思考某种东西的话。但是记忆女神却从高高的天上俯下身子，以"索取牛奶咖啡的习惯"这一形式，赋予我们以复活的希望。① 女神并不立即赶来；人们以为揿过铃了，实际上却没有揿，人们情绪激烈地说一些精神错乱的话。唯有运动能够产生思想，人们只有在确实揿过床边梨形开关时才能慢慢地，然而又是清楚地说："确实已经十点了。弗朗索瓦丝，把我的牛奶咖啡给我送来。"

啊，奇迹！弗朗索瓦丝居然没有猜测出我全身心沉湎其中的那个不真实的海洋，我有能力让我那奇怪的问题穿越这个海洋。她果然回答我说："已经十点十分了。"这就赋予我一种理性的表象，而且使别人无法觉察出无止无休地侵扰我的那些古怪的谈话（在那些并不是一座虚无缥缈的山峰夺走我的生活的日子里）。我凭借毅力重新介入现实。我仍然玩味着睡眠的碎片，这就是唯一的创造，唯一存在于叙述材料之中的更新，所有处于清醒状态的叙述都被文学所美化，不包含这些神秘的差异，而美就是从这些差异派生出来的。谈论鸦片创造的美轻而易举。但是，对一个习惯于仅仅依靠毒品入睡的人来说，出乎意料自然睡着的一个小时会使他发现，一种同样神秘而且更加清新的清晨景象是多么宽阔。在更替

① 记忆突如其来的禀赋不总是那么简单的。人们在听凭自己醒来的最初几分钟里，往往觉得自己身边会有各种不同的现实可以选择的就像打牌那样。那是星期五早晨，我们散步回来，或者是在海边喝茶的时辰。往往在最后，您才意识到自己在睡觉，身上还穿着睡衣。——作者注

时辰的同时，在人们睡觉的地方，用一种人为的方式催眠，或者相反，有朝一日回到自然睡眠上来——对任何一个习惯于用安眠药入睡的人来说，这是所有的事情当中最稀奇古怪的一种——人们终于得到了比花匠培植出的各种石竹或玫瑰还要多上千百倍的各种睡眠。花匠们得到的花，有些是美妙的梦，有些也像是噩梦。当我用某种方式入睡时，我打着寒战醒来，以为自己在出麻疹，或者以为发生了更伤心的事情，比如我的外祖母（我现在不再想她了）在痛苦中煎熬，因为我嘲笑过她，那一天，在巴尔贝克，她以为自己快要死了，她想让我拥有一张她的照片。尽管我已经清醒，可我还是想去向她解释说她没有弄懂我的意思。然而，我已经重新暖和过来。麻疹的症状已经消失，我的外祖母也远远地离我而去，不再让我心里痛苦。有时，一种黑暗突然朝这些不同的睡眠猛扑过来。沿着一条漆黑无光的林荫大道散步使我感到害怕，我听到游荡的人在那里走过的声音。突然间，传来一个警察与一个经常以赶车为业的妇女的争吵，远远看去，这类女人像是年轻的男车夫。在她那笼罩着黑暗的座椅上，我看不见她的人影，可是她在说话，从她的声音中，我辨认出了她那张尽善尽美的脸庞和她那青春勃发的肉体。我在黑暗中朝她走去，想在她重新离开之前登上她的双座四轮轿式马车。车子距离很远。幸好与警察的争吵还在继续。我赶上了仍然停在那里的马车。林荫大道的这一部分亮着路灯。女车夫清晰可见。那确实是一位妇女，不过她已经上了年纪，身材高大而且强壮，大盖帽底下露出白花花的头发，她的脸上有一块红斑。我走开了，心里在想："女人的青春难道就是这个样子？我们遇到的，且期望再次见到的女人怎么突然衰老了？人们渴望重逢的年轻女人难道就像由于对角色缺乏创造力而不得不让位于一些新星的演员？然而这绝不是一码事。"

继而，一种忧伤涌上我的心头。我们就这样在我们的睡眠中生出无数的怜悯，正如文艺复兴时期"哀痛耶稣之死的圣母画像"那样，不过我们的怜悯不是表现在大理石上，相反那是无法凝固成形的怜悯。这些怜悯自有它们的用处，那就是让我们回想起某种更加动人、更有人情味的景象，而人们在清醒的时候却千方百计地将之遗忘在有时是充满敌意、冷若冰霜的良知当中。这就令我回忆起我在巴尔贝克许下的永远怜悯弗朗索瓦丝的诺言。至少在整整一个上午，我尽量不让自己为弗朗索瓦丝与膳食总管的争吵而恼火，尽量对弗朗索瓦丝和和气气的，而其他人却对弗朗索瓦丝实在太不和善了。虽然只有这个上午，但我却必须试着为自己制订一个比较稳固的准则；因为，正如人民不会长时期处于一种纯粹凭感情操纵的政治统治之下那样，人们也不会长时期地让他们对梦的回忆统治自己。这种回忆已经开始消逝。我试图回想这种回忆以便描述它，然而却加速了它的消失。我的眼睑不再牢牢地粘住我的眼睛。要是我想竭力重现我的梦，我的眼睑便会完全睁开。必须随时在健康明智与精神享受这两者之间作出选择。而我总是怯于选择前者。再有，我所放弃的那种危险的能量比人们想象的更加危险。怜悯、梦幻并没有单独消逝。像这样改变人们睡眠的环境，消散许多天，有时是好几年的岂止是梦幻，还有不仅做梦而且入睡的能力。睡眠是神奇的，但却不太稳定；最轻微的碰撞也会使之转瞬即逝。睡眠是习惯的朋友，比睡眠更加稳固的习惯每天晚上都把睡眠带往它的圣地，习惯使睡眠免遭任何撞击；然而，如果人们移动了睡眠的位置，如果睡眠没有被固定下来，睡眠就会像一缕青烟那样飘逝而去。睡眠犹如青春和爱情，失去便无法再找回来。

在这些不同的睡眠之中，仍如在音乐中那样，创造美的是音程的上升或降低。我玩味着这种美，但是在这种尽管短暂的睡眠中，我却失去了使我们感受到巴黎手工业和食品业流动的生命的大部分吆喝声。平常（可惜没有预见到像这样姗姗来迟的苏醒和我的那些像拉辛笔下的阿絮埃吕斯那样苛刻的波斯法则很快就会把这一幕呈现在我面前），我尽量一大早醒来，为的是不错过这些吆喝声。我知道阿尔贝蒂娜对这些声音感兴趣，而我自己身在床榻心在外，这都不失为一种乐趣，除此之外，我把他们的吆喝声看作外界气氛，危险动荡的生活的象征，在这种生活中，我只让她在我的监护的范围内进行活动，虽然可延伸到外面，但仍在关押中，使我能够在我愿意的时候把她拉回来，让她回到我的身边。

因此，我尽可能真诚地回答阿尔贝蒂娜："正相反，我对这些吆喝声感兴趣是因为我知道您喜欢这些吆喝。"——"船上卖牡蛎啦，船上。"——"噢，牡蛎，真让我嘴馋！"幸好半是无常半是温顺的阿尔贝蒂娜很快忘记了她想要的东西，还没来得及在我告诉她普吕尼埃家有更好的牡蛎，便传来了鱼贩子的吆喝，她一听到叫卖什么，就跟着想要什么："卖虾啰，多好的虾，活蹦乱跳的鳐鱼，活蹦乱跳。"——"油煎的鳕鱼，油煎的。"——"鲭鱼来了，新鲜的鲭鱼，刚到的鲭鱼。买鲭鱼吧。太太，多漂亮的鲭鱼。"——"新鲜美味的淡菜，卖淡菜啦！""鲭鱼来了"的叫卖声使我不由自主地颤抖起来。但是由于这种叫卖在我看来，对我们的司机并不会起作用，我便一门心思地只想着我讨厌的鱼，我的不安没有持续下去。"啊！淡菜，"阿尔贝蒂娜说，"我太喜欢吃淡菜了。"——"亲爱的！在巴尔贝克吃淡菜倒是不错，在这里淡菜分文不值；此外，我提请您回想一下戈达尔跟您说过的有关淡菜的话。"但是，我的意见很不合时宜，因为接下来的那个瓜果蔬菜女贩叫嚷的某种东西戈达尔更加忌讳：

直立莴苣，直立莴苣！
卖是不卖，只是摆摆。

然而，阿尔贝蒂娜答应我牺牲直立莴苣，条件是我允诺她在几天后让人去那个吆喝"我有阿让特伊芦笋，我有上好的芦笋"的女贩那里采购。一个神秘的声音在暗示着什么，人们期待着那人更加奇妙的叫卖："桶呃，桶呃！"然而，人们不得不以失望而告终，听到的仅仅是桶而已，因为这个词几乎完全被覆盖了，只听得："玻璃，修玻璃，修门窗玻璃，修玻璃，修玻璃的来了。”这种格里哥利式的单旋律老调令我联想起礼拜仪式，但更让我联想起这一点的，是破布贩子的吆喝声，它在不知不觉之中复现了祈祷中那种重音突然中断的情景，这在教堂的仪式中十分常见：“Praeceptis salutaribus moniti et divina institutione formati，audemus dicere①”，神甫在“dicere”②上急促地打住。就像中世纪虔诚的平民在教堂前的广场上演出闹剧和傻剧那样，破布贩子令人联想起的正是“dicere”这个词，他拖着长音吆喝一阵之后，那最后一个音节说得如此急促，就像是出自七世纪大教皇嘴中的加重语气：“破布，废铜烂铁（这一切是慢慢地吟诵出来的，接下来的两个音节也同样如此，而最后一个音节却结束得比“dicere”还要急促），兔子皮。”“巴伦西亚橙，漂亮的巴伦西亚橙，新鲜的橘子。”不起眼的韭葱（“多好看的韭葱”）和玉葱（“我的玉葱卖八个苏”）在翻腾，对我来说就像是激浪的回荡，阿尔贝蒂娜可以自由自在地消失在激浪之中，并且因此像Suave mari magno③ 的情景那样甜美温柔。

瞧瞧胡萝卜
两个铜板一捆。

“啊！”阿尔贝蒂娜叫嚷道，“卷心菜、胡萝卜、橘子，都是我想吃的东西。快叫弗朗索瓦丝去买呀。她可以做奶油胡萝卜。再说，要是大家一起吃这些东西那该多好。我们听到的所有这些声音就可以真的变成一顿美餐了。”——“活蹦乱跳的鲦鱼，活蹦乱跳的！”——“噢！我求求您，至少让弗朗索瓦丝做一道黑奶油鳐鱼。那太好吃了！”——“就这么说定了，我的小

---

① 拉丁语，意为：由健康原则引导，神事机构培养，让我们倾听吧。
② 拉丁语，意为：听。
③ 拉丁语，意为：多么美呀，在宽广的海面上。

宝贝。别停下;不然的话,水果蔬菜女贩会推来您要的一切。”——“说定了,我就走,可我们以后的晚餐,我只想吃我们听到叫卖的东西。这太有趣了。哎,我们还要等上两个月才能听到:‘青豆,鲜嫩的青豆,瞧瞧青豆。’说得多好:鲜嫩的青豆!您知道,我想要细嫩细嫩的青豆,再淋上酸醋沙司;简直不像是吃的青豆,新鲜得好似露水。可惜呀!这道菜就像奶油小菜心那样遥远:‘上好的奶酪,上好的奶酪,好吃的奶酪!’还有枫丹白露的夏斯拉白葡萄:‘我有漂亮的白葡萄。’”而我却心怀恐惧地想着我将与她相处直到收获夏斯拉白葡萄为止的整整这段时期。“听着,我说过我只想要我们听到叫卖的任何东西,不过我自然可以破例。我去勒巴代那里为我们俩订一份冰淇淋也许不是根本不可能的事情。您会对我说,这不合时令,可我真想吃!”去勒巴代那里的计划使人心神不宁,然而对我来说,“也许不是根本不可能的事情”这些字眼却使得这一计划变得更令人确信,也更加让人怀疑。那是维尔迪兰家会客的日子,自从斯万告诉他们那是最好的店家之后,他们一直就在勒巴代那里订做冰淇淋和花式糕点。“订做冰淇淋我没有任何异议,我亲爱的阿尔贝蒂娜,不过还是让我来为您订吧,我也说不定,不知道是去普瓦雷-布朗施那里,勒巴代那里,还是里茨那儿,总之我看着办吧。”——“您要出门?”她用一种疑惑的神色对我说。她总是口口声声地说,要是我多出门走走,她会很高兴,然而,一旦我的哪句话有能够让人想到我不准备待在家的意思,她便显出不安的神情,令人想起她看到我不断外出的那份喜悦也许并非发自真心。“我可能出去,也可能不出去,您很清楚我这人事先从来没有计划。不管怎么说,冰淇淋不是人们在街上推出来叫卖的东西,您为什么要呢?”她马上回答了我,她的那番话确实向我显示出,自从离开巴尔贝克之后,她身上突然增长了多少聪明才智和潜在的情趣,总是说,这类话完全归功于我的影响,归功于经常跟我同居,然而我却从来不会说这些话,就好像有个陌生人禁止我在谈话中运用文学形式。也许,阿尔贝蒂娜的未来与我的未来截然不同。看见她在说话时总是急于使用一些完全是书面的，在我看来似乎适用于另一种更加正规的场合，而且是我至今一无所知的比喻，我差不多便预感到了这一点，她对我说（尽管如此我仍然深受感动，因为我想：我当然不会像她那样说话，但是不管怎么说，没有我她就不会这样说话，她深受我的影响，可见她不会不爱我，她是我的杰作）："在叫卖的食品当中，我所喜欢的，是那种东西听上去就像是吟诵的古希腊史诗，可一到了餐桌便改变了性质，作用于我的味觉器官上了。说到冰淇淋（因为我真希望您只为我订做一些用各种各样建筑形状的老式糕点模具制作的冰淇淋），我每次吃，都有庙宇、教堂、方尖碑、悬岩，我首先看到的好似是一种秀丽的风景，然后我才把这些覆盆子或者香子兰建筑物化作我喉间的一份凉爽。"我觉得这话美得有点过了头，但是她却觉得我以为她的话恰到好处，于是，她停顿片刻，如同她每次比喻成功之后，大笑起来，对我来说，她的这种笑声是多么残忍，因为她的笑是那样淫荡："我的上帝，在里茨饭店，我真担心您找不到旺多姆圆柱型的巧克力或覆盆子冰淇淋，可要想在纪念凉爽的幽径上竖起如同还愿的圆柱或塔门，得有很多这样的冰淇淋才行。他们也制作一些覆盆子方尖碑，这些逐个树立在我那焦渴的滚烫沙漠之中的覆盆子方尖碑被我用来融化我喉咙里面的粉红色花岗岩，它们比沙漠绿洲更加解渴（话音刚落，响起了深不可测的笑声，也许是为说得如此巧妙而感到满意，也许是嘲笑自己用如此连贯的形象比喻进行表述，也许是凭借肉体快感觉察到自己身上具有某种如此优美，如此清新，导致她产生相当于一种享受的东西，真可惜！）。里茨的那些冰山有时像是罗塞山，而且如果是柠檬冰淇淋，我不会因为它没有建筑形状而讨厌它，哪怕它像埃尔斯蒂尔笔下的山峰那样参差、陡峭。冰淇淋不应当过分的白，应该带点黄色，就像埃尔斯蒂尔笔下的山峰那种脏脏的、灰白颜色的雪。冰淇淋不大也无妨，要是半块也没关系，因为这些柠檬冰淇淋是按等量缩小的山峰，想象可以恢复其比例，就像那些日本矮态树木，在人们的感觉中，仍然是正常的雪松、橡树、芒齐涅拉树，所以，如果在我的卧室中摆上几株沿着小沟生长的矮树，我就会拥有一片沿河伸展的广阔的森林，孩子们会在这片森林中迷失方向。同样，在我那半块黄兮兮的柠檬冰淇淋底部，我清楚地看到了一些驿站马车夫，旅行者，驿站的椅子，我的舌头正在那上面舔着，以引起冰的坍塌，将他们和椅子吞没。”（她说话时夹带的那种残忍的性感引起了我的嫉妒）“同样，”她补充道，“我正在用我的嘴唇一层一层地摧毁这些用草莓做斑岩的维也纳教堂，让我可能避开的东西砸落在那些信徒身上。是啊，所有这些建筑从它们石头做的地方来到我的胸中，它们融化时带来的凉爽已经在我的胸中激荡。要知道，没有冰淇淋，就没有任何刺激，一切就不会像像温泉广告那样引起干渴。在蒙舒凡，凡德伊小姐家附近没有好的制作冰淇淋的师傅，但是我们在花园里玩我们的环法国自行车赛，每天喝一种矿泉汽水，这种汽水很像维希矿泉水，矿泉汽水往杯里一倒，就从杯子底部升腾起一股白烟，如果不马上喝的话，白烟就会消散，化为乌有。”然而听到她提起蒙舒凡，我简直难以忍受，我打断了她。“我打扰您了，再见，亲爱的。”自从离开巴尔贝克以来，变化多大啊！在巴尔贝克，我曾经对埃尔斯蒂尔表示怀疑，他竟然在阿尔贝蒂娜身上隐隐约约地看到了那丰富的诗意，那是一种不如塞莱斯特·阿尔巴莱奇特，较少个性的诗意。阿尔贝蒂娜永远料想不到塞莱斯特对我说的话；但是爱情，甚至是似乎行将告终的爱情也是片面的。我更喜欢果汁冰淇淋的秀丽风光，它们那十分浅显的美雅在我看来，似乎就是爱阿尔贝蒂娜的一条理由，是我有能力支配她，她也爱我的一个明证。

阿尔贝蒂娜刚刚离开，我就感到这种活动和生活无止无休、难以满足的出现对我来说多么疲倦，她用自己的种种活动打扰我的睡眠，她留下的一扇扇敞开的门使我生活在一种永无尽头的寒冷之中，迫使我——一方面是为了寻找正当的理由不去陪伴她，可我并不因此显出病得太重的样子，另一方面也是为了让别人来陪伴她——每天施展出比在《一千零一夜》中更多的妙计。不幸的是，如果那位讲故事的波斯女人用同样的妙计推迟了她的死亡，那么我则是在加速自己的死亡。生活中就是有某些不全是杜撰捏造的情况，比如这种由于恋爱的嫉妒和无法分享一个活跃而又年轻的人的生活的一种虚弱身体造成的生活，然而这种生活仍然从一种几乎是医学的角度提出了一个继续同居生活或者回到从前的分居生活的问题：在大脑与心灵的宁静两者之间，应该过哪一种生活呢（是继续为日常生活过度操劳，还是回到离别的焦虑中去）？

总而言之，我很高兴安德烈能够陪伴阿尔贝蒂娜去特罗卡德罗，因为在我看来，最近发生的，而且是微不足道的事件使得她的警惕性，或者至少是她警觉的敏锐程度已经不完全像从前那么高了，当然她仍旧相信司机是诚实的，因此，我在最近让阿尔贝蒂娜单独跟他前往凡尔赛之后，阿尔贝蒂娜对我说曾经在里舍伏瓦餐厅吃过午饭；由于司机对我说是瓦泰尔餐馆，在我注意到这个矛盾的那一天，我借口下楼跟司机说话（始终是我们在巴尔贝克见过的那个人），当时阿尔贝蒂娜正在更衣。"您对我说你们是在瓦泰尔吃的午饭，阿尔贝蒂娜小姐却对我说是在里舍伏瓦餐厅。这是怎么回事？"司机回答我说："啊！我，是说我在瓦泰尔吃午饭来着，可我无法知道小姐是在哪里吃的午餐。她一到凡尔赛就离开我，乘上了一辆出租马车，要是不为赶路，她喜欢乘马车。"一想到她曾经单独一人，我就火冒三丈，可说到底，不过是用顿午餐的时间。我一副客气的样子说（因为我不想让人看出我确实在派人监视阿尔贝蒂娜，要是这样，这对我是个耻辱，而且是双重的耻辱，因为这还意味着她向我隐瞒了她的所作所为）："你们可以，我不是说同她一起，在同一个餐馆吃午饭嘛。"——"可是，她要我晚上六点才到检阅场去。我不能在她吃罢午饭出来时就去接她。"——"啊！"我试图掩盖自己的沮丧。我重又上楼。这么说来，阿尔贝蒂娜单独一人，自由自在的时间长达七小时之久。我很清楚，出租马车确实不单单是一种摆脱司机监视的权宜之计。阿尔贝蒂娜喜欢在城里坐出租马车闲逛，她说这样看得更清楚，气氛也更加松弛。尽管如此，我对她度过的七个小时永远一无所知。而且我不敢想象她打发这七个小时的方式。我觉得司机十分笨拙，但是我从此对他完全信任放心。因为假使他与阿尔贝蒂娜有丝毫的串通，那他就决不会向我承认他曾经让阿尔贝蒂娜从上午十一点至晚上六点逍遥自在。司机的这个招供看来只有另一种而且是荒唐的解释。那就是他与阿尔贝蒂娜的不和使他产生了这样的欲望，向我作一个小小的告发，从此向我的女友证明，他是个可以说话的男人，要是这第一次十分客气的警告之后，她还是不按照他的意愿行事，那他就会把什么事都捅出来。然而这种解释是荒唐的，首先必须假设，阿尔贝蒂娜与他之间并不存在什么不和，再者这个始终显得如此和蔼，如此天真快活的美男子司机必须具备一种敲诈勒索的天性。况且，两天之后，我便发现他很善于对阿尔贝蒂娜进行一种隐蔽而又敏锐的监视，而在我那近乎疯狂的猜疑之中，我也没有一刻以为事情会是这样。我得到了机会，把他拉到了一边，跟他谈起他对我说过的在凡尔赛发生的事情，我用一种友好而又超脱的口气对他说："您前天对我说起那次在凡尔赛的散步，这样做很好，您始终无懈可击。但是我要指出一点，不过这无关紧要，自从邦当夫人把她的外甥女置于我的监护之下以后，我责任重大，深恐发生意外，深深地责备自己没有陪伴她，我宁可让您开车带着阿尔贝蒂娜去各处，因为您是那样的可靠，那样的灵活，您不可能发生意外。这样一来，我就什么也不怕了。"像使徒那般可爱的司机微微一笑，一只手搭在他那祝圣十字架形状的车轮上。然后，他对我说了如下这番话（赶走了我心中的不安，这些不安立即化作了喜悦），我听了真想跳上去搂住他的脖子："您别害怕，"他对我说，"她不会出任何事情，即使我的车不带她散步，我的眼睛也到处跟着她。在凡尔赛，我可以说是一直跟着她参观，虽然丝毫没有显出跟着她参观的样子。她从里舍伏瓦餐厅逛到城堡，又从城堡逛到特里亚农，我始终跟着她，却又装作没有看见她的样子，更带劲的是，她居然没有看见我。噢，要是她看见了我，那也没有什么了不起的。我整整一天没事可干，去参观一下城堡，那是很自然的事。更何况小姐肯定不会不知道我很有学问，对所有的名胜古迹都感兴趣（这倒千真万确，假如我知道他是莫雷尔的朋友的话，我甚至会大吃一惊，他的敏感和情趣都超过了小提琴手）。但是她终究没有看到我。”——“她可能遇到了一些女友，因为她在凡尔赛有好几个女友。”——“不，她始终是一个人。”——“人们也许会注视她，一个明艳照人的少女，又是单身一人！”——“肯定有人注视她，不过她对此几乎一无所知；她的眼睛一直盯着她的旅游指南，然后抬起眼睛看看油画。”司机的叙述在我看来是准确的，因为阿尔贝蒂娜在她散步的那一天确实给我寄过一张介绍城堡的“游览图”，另一张是介绍特里亚农的。可爱的司机步步紧随的那种一丝不苟令我深受感动。我怎么会假设这种调整——作为对她前天晚上说的话的极大补充——原因在于这两天为司机对我讲过话而感到惊慌的阿尔贝蒂娜屈服了，跟司机讲和了呢？我甚至没有闪现过这种猜疑。显然，司机的这番叙述在让我消除阿尔贝蒂娜欺骗过我的任何恐惧的同时，自然而然地使我对我的女友感到扫兴，并且使我对她在凡尔赛度过的那个白天兴味索然。但是我却以为司机的解释在为阿尔贝蒂娜开脱的同时使我对她更加厌倦，这些解释也许还不足以使我心头得到宁静。几天之中，我的女友前额上的两颗小疱也许更能改变我心中的感情。偶然遇到的希尔贝特的贴身女仆向我透露了隐情，为此我的感情最终与她更加隔膜了（以至于我在看见她时不再想到她的存在）。我了解到，当我每天去希尔贝特家时，她正爱着一个小伙子；她经常去看望他，比看我要勤多了。当时，我也一时有过怀疑，我甚至询问过这个贴身女仆。但是，由于她知道我正迷恋着希尔贝特，她便否认，并且信誓旦旦地一口咬定斯万小姐从未见过这个年轻人。然而现在，她知道我的爱情很久以前就已死灭，几年来我对她的所有信函一概不予理睬——也许还因为她不再服侍那位少女的缘故——她一五一十地向我讲述了我不知晓的这段关于小姐本人的恋爱插曲。对她来说这是十分自然的。回想起她当初的誓言，我还真以为她不了解内情呢。事情却绝非如此，正是她秉承斯万夫人的旨意，在我热恋的女人独自一人时，便前去通知那个年轻人。我当时爱得多深……然而我却问自己，我以前的爱情是否像我想象的那样已经死灭，因为这段故事使我感到极为难过。由于我不相信嫉妒会唤起一种业已死灭的爱情，我猜想我那伤心的感觉至少部分归结于我那遭受挫伤的自尊心，因为有好几个我不喜欢的人在当时，甚至在晚些时候——从此之后发生了很大的变化——对我流露出一种轻蔑的态度，他们肯定知道我在热恋希尔贝特的同时受着蒙骗。我甚至为此在回顾往事的同时扪心自问，我对希尔贝特的爱情中是否没有自尊心的容身之地，因为我现在十分痛心地看到，所有这些使我如此幸福的温存时刻被我不喜欢的那些人当作我的女友为我设置的一个名副其实的骗局。总而言之，爱心也好，自尊心也好，希尔贝特几乎已经在我心中死去，但是她并没有完全消逝，而这种厌倦最终使我无法过多地牵挂阿尔贝蒂娜，况且她在我心中的位置又是那样的狭小。还是回头再谈她（在一大段题外话之后）以及她在凡尔赛的散步吧，凡尔赛的明信片（人们是否能够像这样把一颗受伤的心用在两种彼此交织在一起各自涉及到一个不同的人的嫉妒之上呢？）使我产生了一种不太愉快的感觉，每次整理纸张时，我的眼睛总要落到这些明信片上面。我想，如果司机不是一个如此诚实的人，那他的第二次叙述与阿尔贝蒂娜的“明信片”相吻合就不会有太大的意义，因为她从凡尔赛首先寄给您的不是城堡和特里亚农的明信片，那她又该寄什么呢？除非明信片是由某个热爱某尊雕像的文人雅士，或者某个错把横跨街头的有轨电车站或工场车站当作景观欣赏的蠢货挑选出来的。而且我也不该说蠢货，因为买这样的明信片，当作游览凡尔赛宫纪念的人，也不总是哪个蠢货。近两年来，聪明的人、艺术家觉得西埃纳、威尼斯、格林纳达是老一套，他们却称道最微不足道的公共汽车，所有的火车车厢:“这才是美的。”后来,这种情趣就像其他情趣那样很快消失了。我甚至都说不明白,“如此摧毁过去的高贵事物”,是不是“亵渎”。不管怎么说,一节头等车厢不再被先验地看作比威尼斯圣马克教堂更美的东西。不过,有人说:“这才是生命所在,倒退是一种人为的东西。”然而人们却得不出明确的结论。不管怎样,在完全信任司机的同时,为了让阿尔贝蒂娜无法甩掉他,除非是他唯恐被当成密探而敢于拒绝跟随她,我只让她在安德烈的守护下外出,而在一段时间里,司机对我来说就足够了。我当时甚至让她(从此之后我再也不敢这样做了)离开三天,孤身一人跟司机一起,并且让他们去巴尔贝克附近,因为她很想坐在简朴的车子里飞快地在公路上奔驰。在这三天当中,我心里十分宁静,尽管她寄给我的一大把明信片我未及时收到,这要归罪于布列塔尼的那些邮局运转情况糟糕透顶(夏季运转良好,但是冬季显然混乱不堪),阿尔贝蒂娜和司机回来一礼拜之后,他们仍然那样的勇敢,就在他们回来的当天早晨,他们竟若无其事地继续他们的日常散步,好像什么事情也没有发生。阿尔贝蒂娜今天要去特罗卡德罗,而且是去参加这次“非同寻常”的日场演出,我对此感到欣喜,然而我尤其为她有安德烈这样一个女伴而感到放心。

我中断了这些回忆,阿尔贝蒂娜也已出门,于是,我来到窗口待了片刻。先是一阵沉寂,牛羊肠肚商贩的哨子声和有轨电车的鸣笛声在空中回荡出一些不同的八度音,犹如一位调音师在盲目地调试钢琴。继而,逐渐变得明朗,互相交融的主题中又增添了新的主题。还有一种新的哨子声,那是一个商贩在叫卖,我怎么也没弄清他到底是卖什么的,哨子声恰恰就像有轨电车的鸣笛声,由于这种声音尚未被快速带走,人们因此以为那是一辆孤零零没有开动或者是出了故障停滞不前的有轨电车发出的,这辆电车不时发出鸣笛声,仿佛是一头垂死的动物。在我看来,假使我有朝一日要离开这个贵族街区——除非是去一个完全平民化的街区——市中心的街道和林荫大道(那里的果品、鱼类等等被放置在大食品店里,这就使得那些商贩的叫卖声没有用武之地，再说，他们的叫卖声也无法让人听见）在我看来就会显得十分忧郁沉闷，根本无法居住，因为它们缺乏所有这些小贩和食品流动商贩的老调子，没有一清早就令我陶醉的这支乐队。人行道上走过一个毫无风韵（或者屈从于一种丑陋的时髦）的女人，身穿一件过分耀眼的山羊毛皮宽腰身大衣；噢不，那不是一位妇女，而是全身裹在他的母山羊皮里面的一个司机，正步行前往他的车库。不同肤色、负责跑腿的服务员步伐轻快地从大饭店里走出来，骑上他们的自行车前往火车站，去迎接那些乘坐早班火车的旅客。类似小提琴的那种声音有时来自一辆路过的公共汽车，有时是因为我没有在电水壶中加进足够的水。这支交响乐中响彻着一种过时的不协调"乐曲"：卖玩具的取代了通常用一只木铃作为伴奏的糖果女贩，只见他芦笛上挂着一个木偶，让它四面转动，牵带着他的木偶玩具走街串巷，他将大格利高利①的规范化朗诵，巴勒斯特里纳②经过改编的朗诵，还有现代的抒情朗诵全置于脑后，他放声吟唱，就像纯正的旋律姗姗来迟的拥戴者：

来吧爸爸，来吧妈妈，
　　满足你们的孩子吧；
木偶我来做，木偶我来卖，
　　给我来点钱呀。
　　当啷。当啷啷啷当，
　　当啷啷啷啷啷啷。
　　来吧，孩子们！

① 大格利高利，即格利高利一世（540—604），曾任六十四任主教，他简化了礼拜仪式。
② 巴勒斯特里纳（1525—1594），意大利作曲家，曾任红衣主教的音乐指挥。

一些头戴贝雷帽的意大利孩子不打算跟这种 aria vivace① 竞争,更何况他们兜售的是小雕像。正在这时,一支小小的短笛迫使玩具商贩走得远远的,并使他的歌唱得更加含混,尽管他用的是急板:“来吧爸爸,来吧妈妈。”这支小小的短笛难道就是早晨我在东锡埃尔听到某个龙骑兵演奏的那种短笛吗?不,因为继之而来的是这样的话:“修彩陶和瓷—器的来了。修玻璃、大理石、水晶、骨制品、象牙和古董喽。修瓷器的来了。”在一家肉铺,左面是太阳的光晕,右面是整只被吊起来的牛,一个很高很瘦、金黄头发、从天蓝色衣领中露出脖颈的年轻屠夫正以一种令人眼花缭乱的速度和虔诚,认真专注地把精美的牛里脊剔在一边,把低档的臀部肉剔在另一边,然后将这些肉放在几架亮得耀眼的磅秤上,磅秤上部都成一个十字,一些漂亮的小链条从十字上垂落下来,而他——尽管他接着只是把牛腰、腓里牛排、牛排骨肉陈列在货架上——实际上却更让人觉得他像一位漂亮天使,这位天使将在最后审判的那一天,为上帝做准备工作,根据各人的品质区分好人与坏人,把灵魂掂斤过两。尖细而悠扬的短笛声再度荡漾在天空中,这笛声不再预示着弗朗索瓦丝在每有骑兵团列队走过时便担心的那些破坏,而是预示着一个头脑简单或者爱开玩笑的“古董商”所许诺的“修补”,这个总而言之是无所不会而又毫无专长的人把各种不同材料的物品都当作他施展其技艺的对象。送面包的年轻女工匆匆忙忙地把用于“盛大午餐”的细长形小面包接二连三地装进她们的篮子,而送奶女工则飞快地把牛奶瓶挂在她们的吊钩上。看到这些姑娘勾起了我的怀旧之情,但我能够相信这种景象是确凿真切的吗?我从高高的窗口望下去只能看到在店铺里忙活或者正在赶路的这些姑娘,假使我能让她们之中的一位在我身边停留片刻,她会不会变成另外一种样子呢。为了估算隐居给我造成的损失,即白昼给我带来的财富,就必须在活动横栏的漫长

① 意即轻快活泼的咏叹调。

伸展中截住某个拿着内衣或者牛奶的小姑娘，让她在我的门框里待一段时间，仿佛是两个撑架之间的一个活动背景的影子，并将她留在我的脑皮底下，从她身上获得某种信息，使我有朝一日重新找到与现在毫无两样的她，正如鸟类学家或鱼类学家在放掉鸟或鱼之前，在它们的肚子底下系上体貌特征卡，以此来了解鸟类和鱼类的迁移。

因此我便对弗朗索瓦丝说，我想让人去采购点东西，如果那些常来取走或送回内衣、奶瓶或送面包的小姑娘中有谁来了的话，就叫她来我这里，弗朗索瓦丝是经常看这些姑娘办一些事情的。在这一点上我跟埃尔斯蒂尔相似，他不得不把自己关在工作室里，春天，他知道树林里开满了蝴蝶花，有几天，他真想去看一看，于是他就派自己的女门房为他买一束蝴蝶花，他把这一小束植物样品摆在桌子上，这样，他眼前看到的就不是桌子，而是一整片覆盖丛林地面的植被，他从前在树林中见过成千上万条蜿蜒伸展的藤蔓从它们的蓝色尖顶弯曲而下，被花朵的引人遐想的清香包围的地方仿佛成了他工作室里的一块想象之地。

不要指望一个洗衣女工星期天会上这里来。至于那个送面包的女工，不巧的是她恰好在弗朗索瓦丝不在时摁响了门铃，她把细长形小面包留在楼梯平台上的篮子里就走掉了。水果女贩要很晚才来。有一回，我走进一家乳品店订购一块奶酪，我在那群年轻的女雇员中发现了一个真正不同凡响的女孩，她头发金黄，身材高挑，虽然还未成年，她置身于其他送面包女工之中，似乎正带着一种十分高傲的姿态在幻想。我只是从远处看见过她，而且我匆匆而过，所以说不出她长的什么模样，只觉得她可能长得太快了，还有，她那一头羊毛般浓密的头发不大像人的毛发，倒更像一种脱离了平行晶冰的回纹或雕塑装饰。这就是我所发现的一切，还有瘦瘦的脸庞中间，那只线条极其突出的鼻子（这在一个孩子身上是罕见的）令人联想起小秃鹫的喙。再说，她的同伴们围在她的身边并不是妨碍我仔细打量她的唯一原因，还因为我拿不准初次见面以及随后我会在她身上引起什么样的情感，是不合群的高傲或嘲讽，还是她不久后会在她的女友们面前表示的轻蔑。我在一秒钟内所作的关于她的这些轮番假设加重了她周遭的难以捉摸的气氛，她便隐蔽在这种气氛里，就像天神隐蔽在被雷电震得颤动的雨云里。因为精神上的犹豫不定比眼睛的生理缺陷更能给准确的视觉印象造成困难。在这个过分瘦弱、过分引人注目的少女身上，也许会被另一个人称为魅力的那种过分之处恰恰就是使我不快的东西，然而这种过分之处带来的后果仍然是妨碍我去发现乳品店其他少女的任何东西，当然更妨碍我回想起她们的任何东西，她的鹰钩鼻子，她那沉思、有个性、仿佛在判断的目光——竟然如此令人不快——就像一道使周围的景物变得阴沉的金色闪电，将其他年轻的乳品女工陷于黑夜之中。因此，关于我去乳品店订购一块奶酪的那一次造访，我只记得（如果可以用“记得”这个词的话，因为在一张看得如此不清楚以至近乎乌有的脸上，可以无数次地安一个不同的鼻子），我只记得这个使我感到不快的小女孩。这就足以成为一次恋爱的开端。然而我也可能忘记这个不同凡响的金发少女，而且不期望再次看见她，假使弗朗索瓦丝没有对我说，这个小女孩尽管十分顽皮却乖巧伶俐，她即将离开她的女主人，因为她太爱打扮，在街区欠了债。据说美是幸福的一种许诺。反过来，可能得到的乐趣也可以是美的一种开端。

我开始看妈妈的来信。透过她援引的德·赛维尼夫人的那几段话（“我的思念在贡布雷即使不完全悲观无望，它们至少蒙上了阴郁的色彩；我时时刻刻思念你；我祝福你；黄昏时分你有没有想过，你的健康，你的事务，你的远离，这一切会怎么样？”），我觉得我母亲讨厌看到阿尔贝蒂娜继续在我家住下去，讨厌看到我与她结婚的意图愈来愈坚定，尽管这意图当时还没向未婚妻透露。她没有更加直截了当地把她的这种想法告诉我，因为她唯恐我把她的来信到处乱放。还有，她在来信中责备我每收到她的信没有立即通知她，尽管这些指责十分含蓄：“你很清楚，德·塞维尼夫人说过：'当人们远隔千里时，人们不再嘲笑以"我收到您的来信"开头的信函'。"此外还有最使她不安的事，她声称对我的巨大开支感到恼火："你所有的钱是怎么用的？你像查理·德·塞维尼那样不知道自己要什么，并且'集二三人于一身'，这已经够让我烦恼的了，但是你至少尽量不要像他那样花钱，别让我说你：他有本事花钱不露痕迹，不赌不玩却输得精光，付了钱而未偿清债务。"我刚刚看完妈妈的短信，弗朗索瓦丝就走回来对我说，她跟我提到过的那个有点过分大胆的送牛奶小姑娘正在她那里。"她完全可以替先生送信，买东西，如果路程不太远的话。先生就会看到，她看上去就像小红帽[①]。"弗朗索瓦丝找她去了，我听见领着小女孩的弗朗索瓦丝对她说："好了，你害怕是因为有条走廊，傻丫头，我还以为你不那么拘谨呢。要我拉着你的手吗？"弗朗索瓦丝正像那种希望别人像她自己一样敬重她的主人的能干而又诚实的女用人那样，摆出一副威严的神情，名画师作品里的拉皮条的女人就有这种使她们显得高贵的威严神情，在这些女人旁边，情妇与情夫几乎变得微不足道。

埃尔斯蒂尔在打量那些蝴蝶花时，根本不必关心蝴蝶花的用途。送牛奶小女孩一进来就扰乱了我这个沉思者的平静，我一心只想让派她送信的谎言变得真实可信，我开始飞快地写了起来，几乎不敢正视她，以免露出为了看她而请她进来的马脚。她带有陌生人的那种魅力，在我看来，这种魅力是那种人们在妓院里能找到的，等待着您的漂亮姑娘所没有的。她既没有赤身裸体，也没有浓妆艳抹，然而是一位真正的送奶女工，是那种由于您没有时间接近而被您想象成十分美丽的姑娘；她有点属于那种永恒的欲望，永恒的生活遗憾，这股双重的潮流最终改变了方向，被引导到我们的身边。之所以说双重，那是因为虽然这关系到一个陌生人，在我们想象中，根据她的身高、她的匀称身材、她无动于衷的目光、她高傲的宁

① 小红帽：法国童话《小红帽》中的女孩，常戴一顶红帽子。

静，这应该是一个超凡的造物，另一方面，人们却希望这个女人有一技之长，使我们能够躲进她的那个世界，而一件独特的外衣使我们浪漫地认为那个世界与我们的不同。再者，如果我们试图用一个公式来概括我们的恋爱好奇心的规律，那么我们必须从一个只被我们瞥了一眼的女人与一个被我们亲近过、爱抚过的女人之间最大限度的差异中去寻找。从前所谓的青楼女子，和交际花本身（条件是我们知道她们是交际花）对我们的吸引力之所以如此之小，并非因为她们不如其他女人漂亮，而是因为她们唾手可得；她们把我们正想争取的东西已经拱手奉献给我们；因为她们不是被征服的。这里面的差异微乎其微。一个娼妓已经在街上朝我们微笑，她在我们身边也会这样做。我们是雕塑家。我们希望从一个女人身上得到一尊与我们面前的她截然不同的雕像。我们在海边看见一位无动于衷、傲慢不逊的少女，我们看见一位严肃的、在柜台上忙个不停的女售货员，她生硬地回答我们的提问，哪怕仅仅是为了避免成为她的同伴们的笑柄，或者一个水果女贩勉强地回答了我们。这一来，我们便不肯就此罢休，除非我们能够亲身体验一下，海边傲慢的少女、十分计较人言的女售货员，心不在焉的水果女贩，经过我们巧施妙计之后，是否能改变她们僵硬的态度，用拿水果的手搂抱我们的脖颈，带着默许的微笑将原先那冰冷或漫不经心的眼睛俯向我们的嘴唇——噢，那双工作时严肃的眼睛多么美，那时女工唯恐她的女伴对她恶意诽谤，那双眼睛逃避我们纠缠不休的目光，而现在我们单独面对面地注视她了，在我们谈到要做爱时，那双眼睛却在充满阳光的笑声重压下低垂下来！在女售货员、专心熨衣的洗衣女工、水果女贩、送牛奶女工之间——这个小女孩本人即将成为我们的情妇，存在着最大限度的、乃至趋向极端的差异，这种差异随着职业的习惯性动作而发生变化，在劳作时这些习惯动作使手臂成了某种与每天晚上缠绕住我们的颈脖（嘴巴却随时准备接吻）的柔软纽带完全不同的东西，正像阿拉伯图案一样。因此，我们才会在对严肃的姑娘作不断更新的、惶惑不安的尝试中度过自己的一生,她们的职业使她们似乎与我们远隔千里。一旦落入我们的怀抱,她们就不再是原来的她们,我们梦想跨越的这段距离也就消失了。但是我们又同其他女人重新开始,我们在这些事情上投入了自己的全部时间、全部金钱、全部精力,我们对赶车太慢的车夫大发雷霆,因为他也许会使我们错过第一次约会,我们正处于狂热之中。尽管我们明明知道,这第一次约会将是一种幻想的破灭。这无关紧要:只要幻觉还存在,人们总想看看是否能将它变成现实,于是我们便想起洗衣女工,我们已经注意到她的冷淡态度。恋爱的好奇心犹如地名在我们身上唤起的好奇心:永远失望,而后又再度复苏,并且永远无法满足。

可惜!一旦来到我的身旁,这个有着一条条发绺的送牛奶金发小姑娘显得拘谨畏缩,她打消了在我身上唤醒的无数想象和欲望。我的种种假设构成的颤动的云雾不再把她包围在神秘莫测的气氛里。她神情十分窘迫,因为她只有一只鼻子(而不是先后在我回忆中出现而又无法确定的那十只、二十只鼻子),那鼻子比我想象的更圆,令人联想到愚蠢,总之她的鼻子已失去了增殖的能力。这种被截住,被歼灭,被击溃,无法为她那可怜的现实增添任何东西的翻飞已得不到我的想象力的合作。跌落在静止不动的现实当中的我又跃跃欲试;在小店中未曾注意的脸颊现在看来是那样的俏丽,我甚至为此惶恐不安,为了掩饰我的窘态,我对送奶小姑娘说:“劳驾您把那里的《费加罗报》递给我,我要看一看我想让您去的地名。”她拿报纸时,就露出一直捋到肘关节的紧腰上衣的红袖子,她用一个灵巧而又可爱的动作把那份观点保守的报纸递给了我,她那熟练迅速而看上去又柔美的动作以及鲜红的色彩使我赏心悦目。我打开《费加罗报》时,想找点话说说,我眼睛也不抬地问那个小女孩:“您穿的这件红毛衣叫什么?真漂亮。”她回答我说:“这是我的高尔夫球衫。”由于各种时尚通常都会衰退,几年前似乎还属于阿尔贝蒂娜女友们的那个比较风雅的世界那些服装和这些词,现在却成了女工们的所有物。“这样做真的不太妨碍您吗，”我装作在《费加罗报》中寻找的样子说道，“假使派您到远一点的地方？”一旦我似乎认为，她替我买一趟东西是件苦差事时，她立即也开始觉得让她办这事不方便。“是这么回事：我马上要去骑车散步。当然啰，我们只有星期天才有空。”——“您这样光着脑袋难道不冷吗？”——“啊！我不会光着脑袋，我会戴上我的马球帽，再说我的头发这么多，我也可以不戴帽子。”我抬起眼睛打量她那金黄色的一绺绺鬈发，我感到发绺掀起的旋风把心儿怦怦直跳的我带到光明和美的狂飙之中。我继续看报。尽管这只是为了掩饰我的窘态，以及为自己争取时间，在装作看报的同时，我仍然理解我眼前那些词的意思，下面这些字眼使我大吃一惊：“关于今天下午即将在特罗卡德罗的节日大厅中公演的日场节目，我们已经作过报道，节目单上必须加上莱娅小姐的名字，她同意参加《内丽娜的诡计》的演出。当然，她将扮演内丽娜一角，她在这个角色中融入了惊人的激情和让人着魔的轻松愉快。”仿佛有人突然抽掉了包扎我心头创伤的裹伤布，这伤口自打我从巴尔贝克回来之后才开始结痂。我那滚滚而来的焦虑汇成了洪水激流一泻而出。喜剧女演员莱娅是阿尔贝蒂娜一天下午在娱乐场的镜子中看到的两个少女的演员朋友，当时，她装作没有看见她们的样子。阿尔贝蒂娜在巴尔贝克提到莱娅时，的确曾用一种特别一本正经的口吻对我们说过：“噢！不，她绝不是这样一个女人，她是一位十分出色的女人。”看上去她对人们竟然怀疑这样一个贤惠的女人几乎很生气。不幸的是，在我看来，当阿尔贝蒂娜表达这类肯定的意思时，这通常只是不同的肯定的第一阶段。第一阶段刚刚过去，第二阶段便接踵而至：“我不认识她。”第三阶段：当阿尔贝蒂娜跟我提起某个“不容怀疑的”而且是（第二阶段）“她不认识”的人时，她渐渐地忘记了她先前说过她不认识这个人，继而，在她不知不觉地“自相矛盾”的一句话中，又说她认识这个人。在第一次遗忘完成以及新的肯定表述之后，又开始了第二次遗忘，即忘记这个人是不容怀疑的。“难道某某，”我问道，“没有某种某种品行吗？”——“那自然啰,这是众所周知的嘛!”她立即重新操起这种一本正经的语调加以肯定,这种肯定是对第一次肯定的十分微弱的模糊反应:“应该说,跟我在一起的时候,她总是礼仪周全无懈可击。自然了,她知道我会让她碰钉子,而且是彬彬有礼地让她碰钉子。然而这也没什么要紧。我不得不感激她始终对我表示真诚的尊重。显而易见,她明白自己在跟什么人打交道。”人们之所以回想起事实真相,那是因为这个事实真相有一个名称,有一些古老的根源,然而一个即兴编造的谎言很快就会被遗忘。阿尔贝蒂娜忘记了这最后一个,也就是第四个谎言。一天,当她想用一些隐私换取我的信任时,她随口提到她不认识,而原先又是很正派的这同一个人:“她曾一度钟情于我。有三四次,她要我陪她去她家,要我进去看望她。大白天在室外当着众人陪伴她,我不觉得有什么不便。但是到了她家门口,我总是找一个借口,我从来没有进去过。”过了一会儿,阿尔贝蒂娜又暗示在这位夫人家里看到的物品之美。毫无疑问,人们终于逐渐使她说出了事实真相,这事实的真相也许不如我想象的那样严重,因为容易跟女人相处的阿尔贝蒂娜也许宁可喜欢一个情夫,现在既然我就是她的情夫,她也许不再思念莱娅。总而言之,关于莱娅我仍然只停留在第一种肯定上,我不知道阿尔贝蒂娜是否认识她。①

这倒无关紧要,反正是一回事。必须不惜代价阻止她在特罗卡德罗

① 总而言之,关于许多女人,我只需在我的女友面前把她自相矛盾的种种肯定集中起来作一个综合,就能够向她证实她的谬误(这些谬误如同天文学中的种种定律,它们更容易从推理中得到,而不是来自观察以及现实中的偶然发现)。但是,她却更喜欢说她是在表述这些肯定之一时撒过谎,而不是承认她一开始讲述的这一切只不过是一连串由谎言编织的故事,这样她的退缩彻底摧毁了我的整个体系。《一千零一夜》中也有类似的故事,而且它们让我们入迷。这些由谎言编织的故事使我们为自己所爱的人感到难过,正因为如此,这些故事才使我们能够进一步深入地认识人类的本性而不是满足于在人类本性的表面上游戏。忧虑渗透到我们身上,并且用痛苦的好奇心迫使我们去深入了解。我们感到没有权利隐瞒的种种事实真相即由此而来,因而一个发现了事实真相的处于弥留之际的无神论者,虽然相信虚无,对荣誉毫不在意,却用自己生命的最后时刻试图让人们了解这些事实真相。——作者注

重新找到这个熟人或者认识这个陌生女人。我说我不知道她是否认识莱娅；其实我很可能在巴尔贝克早已从阿尔贝蒂娜本人那里了解了这一点。因为遗忘在我身上也和在阿尔贝蒂娜身上一样摧毁了她向我肯定的大部分东西。因为记忆不是始终摆在我们眼前的我们生活中的杂闻轶事的复本，而是一种虚无，有时，当前发生的某件与过去相似的事使我们从这虚无中去提取一些死而复生的回忆；但是仍然有成千上万的小事没有进入这种潜在的记忆，并且永远无法被我们控制。凡是我们不知道它与我们热爱的人的现实生活有关的事，我们对之毫不注意，我们立即忘记了她（他）对我们说的关于我们不熟悉的某件事或某些人的话，忘记了她（他）跟我们说话时的表情。待到后来那些人激起了我们的妒忌心，为了知道有没有弄错嫉妒的对象，为了弄清我们的情妇某次匆匆外出是否与那些人有关，我们某次过早回家时禁止她外出她是怎样的不满是否与那些人有关，于是我们的嫉妒心搜寻过去以便从中归纳出什么东西时，却什么也找不到了；这种始终回顾往事的嫉妒就像一位准备撰写史书而又缺乏任何资料的历史学家；这种始终迟到的嫉妒就像一头乱冲的发怒的公牛，高傲而勇敢的斗牛士戳它以便激怒它，残忍的观众欣赏他的精彩动作和计谋，而它却冲向斗牛士不在的地方。嫉妒在虚无中搏斗，茫然无措，就像我们在某些梦中那样：我们在那座空空如也的房子中找不到我们在生活中十分熟悉的一个人，然而这个人在这里也许是另外一个人，只不过借用了那个人的种种特征，我们为此感到难过；或者就像我们醒来之后试图证实我们梦中这样或那样的细节时那样茫然无措，只是后者程度更甚。我们的女友在对我们说这话时带着怎样的表情呢？她不快活吗，她没有吹口哨吗？她只有在怀有某种爱意以及我们的出现让她心烦和恼火时才吹口哨的。她难道没有告诉我们某件事，而这件事跟她现在向我们肯定的事是相互矛盾的，比方说她认识或者不认识某个人？我们对此一无所知，我们也许永远不会知道；我们热衷于寻找一个梦的不牢靠的残片，在此期间，我们跟自己情妇的共同生活还在继续，在那些我们不知道对我们是至关重要的事情面前漫不经心，却关注那些也许是无关紧要的事，像在噩梦中似的被那些与我们并无现实关系的人所纠缠，充满遗忘、空缺和枉然的焦虑，这就是我们的生活，我们的生活恍如一个梦。

我发觉送牛奶的小姑娘始终待在那里。我对她说那个地方显然太远，我不需要她。于是她也觉得这太使她为难了："一场精彩的比赛马上就要开始了，我不想错过。"我觉得她可能说过喜欢体育，几年后她还会说"过自己的生活"。我对她说我显然不需要她，我给了她五法郎。她几乎没有料到事情会是这样，她心想，什么也没干就得到了五法郎，要是为我买一趟东西准会得到更多的报酬，她开始觉得她要看的比赛无关紧要。"我完全可以替您买东西。一切总是可以安排的。"然而我却将她推向门口，我需要独自一人；必须不惜一切代价阻止阿尔贝蒂娜在特罗卡德罗与莱娅的女友重逢。必须这样做，必须做成功；说真的，我还不知道该怎么去做，在这些最初的时刻，我摊开自己的双手打量着，把手指关节拉得格格作响，也许因为思想无法找到它所寻求的东西时，便懒洋洋地让自己休憩片刻，这时最无足轻重的事物也显得十分清晰，就像火车停在一望无际的田野时，人们从车厢里看到那些土坡上在风中晃动的草尖那样一目了然（这种静止并不总比一头被捕获的野兽因为恐惧而动弹不得或者呆住，一动不动地望着前面时的那种静止更富有成果），也许因为我全身都做好了一切准备——其中包括我内在的智慧，以及智慧中包含的对付这个或那个人的行动方式——好像我的身体只是一种武器，从中将射出能把阿尔贝蒂娜与莱娅以及她的两位女友分开的子弹。诚然，当弗朗索瓦丝早晨前来对我说阿尔贝蒂娜要去特罗卡德罗时，我曾经对自己说："阿尔贝蒂娜完全可以做她想做的事情。"我以为由于天气如此美好，她的行为对我来说直到晚上都不会有显著的意义。然而使我变得如此无忧无愁的并不如我所想仅仅是早晨的太阳；而是因为我在迫使阿尔贝蒂娜放弃她在维尔迪兰家可能抛出甚至实现的种种计划以后，在迫使她去观看一次由我亲自挑选，为此她不可能有任何准备的日场演出之后，我明白她的所作所为肯定会是清清白白的。同样，阿尔贝蒂娜之所以在不久之后说："如果我自杀的话，我也无所谓。"那是因为她深信自己不会自杀。今天早晨在我面前，在阿尔贝蒂娜面前，横陈着一种介质（它远比阳光灿烂的天气更有影响），我们看不见它，但是通过这种半透明而变化着的中介，我看到了她的行为，她看到了自己生活的重要性，也就是一些信仰，我们觉察不到它们，但是它们正如包围着我们的空气一样不能与一种纯粹的虚无等同，这些信仰在我们周围形成一种可变的，有时是绝妙的，经常是令人窒息的气氛，人们应该把这种信仰像气温、气压、季节一样仔细地注意并记录下来，因为我们的时日具有自身的生理和心理特征。今天早晨没有被我注意到，但在我重新打开《费加罗报》之前一直包围着我的这种信仰，即相信阿尔贝蒂娜不会做任何坏事，这种信仰刚刚消失。我不复生活在晴朗的白昼之中，而是生活在由担心的情绪在这晴朗的白昼中构成的另一个白昼里，我担心阿尔贝蒂娜与莱娅重逢，而且更容易与那两个少女重逢，假如这两个少女去特罗卡德罗为女演员捧场的话，依我看这是可能的，她们在幕间休息的时候找到阿尔贝蒂娜并非难事。我不再去想凡德伊小姐；莱娅这个名字令我再次看见了阿尔贝蒂娜在娱乐场身边围着两个少女的形象，因而引起我的嫉妒。因为我的记忆中只有阿尔贝蒂娜彼此分开、不完整的、侧面的、暂时的系列形象；所以我的嫉妒对象也仅仅是某种不连贯的，转瞬即逝而又固定不变的表情，以及给阿尔贝蒂娜脸上带来这种表情的那些人。我回想起她在巴尔贝克被那两个少女或者这类女人看了又看时的表情；我回想起我看到那些目光在这张脸上不停地扫视，就像一个准备速写的画师的目光时我感到的那种痛苦，这张脸完全被那些目光所覆盖，毫无疑问，由于我的在场，这张脸带着一种也许暗地里充满快感的被动，装作对此没有察觉的样子去接受这种触摸。在阿尔贝蒂娜恢复镇定对我开口说话之前，她有一秒钟没有动弹，她漫无目标地笑着，带着一副装出来的自然表情，掩饰着心里的喜悦，就像人们正在给她拍照，或者是为了在镜头前选择一个更为潇洒的姿势时那样——我们在东锡埃尔跟圣卢一起散步时她摆过这种姿势：面带微笑，舌头舔着嘴唇，她装出逗狗的样子。当然，在这些时刻，她根本不像是对过往的少女感兴趣时的那个她。在后一种情况下，她那狭隘而稠浓的目光则死死地盯住过路的少女，那样的具有黏性和腐蚀性，好像那目光在移开时会揭起一层皮肤。但是此时此刻，这种至少赋予她某种严肃的东西，甚至使她显得痛苦的目光与她在两位少女身边时显得既迟钝又幸福的目光相比，倒使我感到温存些，我宁愿看到她也许是体验到欲望时的那种阴郁的表情，而不愿看到她引起别人的欲望时那种笑眯眯的表情。她试图掩饰她意识到这一点也是枉然，这种朦胧快感的意识沐浴着她，包围着她，使她那张脸像玫瑰花一般绯红。然而，这些时刻阿尔贝蒂娜身上悬置的这一切，在她四周辐射出来并使我痛苦不堪的这一切，当我不在的时候，谁知道她是否会继续让其不露声色，她是否对两个少女的主动接近（既然我已经不在那里），不会作出大胆的回答呢？当然，这些回忆在我身上引起了一种极大的痛楚，这些回忆就像阿尔贝蒂娜的趣味的一种彻底的昭示，是她的不忠实的一种整个的忏悔，在它们面前，阿尔贝蒂娜的那些个别的、我愿意相信的誓言，我的不全面的调查得出的那些否定结果，以及安德烈也许与阿尔贝蒂娜串通一气所做的那些保证都无法匹敌。阿尔贝蒂娜可以向我否认她的种种个别的背叛；然而通过她脱口而出的比她那些彼此互相矛盾的声明更加有力的话语，通过那些独一无二的目光，她招认出她想隐瞒的东西，远比某些个别事实更需隐瞒的东西，她招认了她宁可让人杀死也不愿承认的东西：她的爱好。因为任何人都不愿开启自己的心灵。

尽管这些回忆给我造成了痛苦，我是否能够否认正是特罗卡德罗的日场演出节目唤起了我对阿尔贝蒂娜的需要呢？她属于这样的女人，她们的过错必要时可以成为魅力，而且由于她们的善良紧跟着她们的过错接踵而来，并且把温情带给我们，跟她们在一起，我们犹如一个从来没有连续好转两天的病人，不得不去重新获取这种温情。况且，除了我们在热恋她们的同时她们犯的过错，还有在我们认识她们之前她们就有的过错，而最早的过错就是：她们的天性。那样的恋爱之所以变得痛苦，实际上是因为这些恋爱中先就存在着一种女人的原罪，一种使我们爱上她们的原罪，所以，当我们忘却这一点时，我们就不太需要女人，为了重新开始恋爱，就必须重新开始经受磨难。此时此刻，但愿她没有找到那两位少女以及想知道她是否认识莱娅是我最关心的事情，尽管人们不应该对个别的事件感兴趣，除非这些事件具有普遍意义，尽管我们分散好奇心去注意我们始终不了解的残酷现实汇成的看不见的洪流中那些偶然在我们思想上结晶的东西是幼稚可笑的，比旅行和一心想追求女人更幼稚可笑。再说，即使我们摧毁了这种东西，它又将立刻被另一种东西所取代。昨天，我担心阿尔贝蒂娜去维尔迪兰夫人家。现在，我却只为莱娅操心。蒙住双眼的嫉妒心不仅根本无法在包围它的黑暗中发现任何东西，而且还是一种磨难，它的任务就在于不断地重新开始，正如达那伊得斯姊妹的任务和伊克塞翁的任务那样。即使两位少女不在那里，装扮得更光艳动人的莱娅和她的辉煌成就又会使她产生怎样的印象！她会给阿尔贝蒂娜留下怎样的梦幻！会引发她什么样的欲望！这些欲望在我家里即使得到抑制，仍会使她厌倦一种她无法满足这些欲望的生活！

况且，又有谁能说她并不认识莱娅，她不会去莱娅的化妆室看望她？即使莱娅不认识她，又有谁能够向我保证，尽管她在巴尔贝克遇到过阿尔贝蒂娜，可是她不会认出后者，而且莱娅不会从舞台上示意阿尔贝蒂娜，准许她打开后台的门呢？当一种危险已经消除便显得很容易避免。而上述的危险还未消除，我担心它不可能消除，正因为如此这种危险在我看来才格外可怕。我对阿尔贝蒂娜的爱，当我试图使这种爱变为现实时我感到它几乎正在消逝；而此时此刻我的剧烈痛苦却似乎在某种程度上向我证实了我对她的爱。我不再为任何其他事情操心，我一心只想着阻止她留在特罗卡德罗的种种办法，我可以拿出任何数目的钱塞给莱娅，要她别去那里。假如人们是通过自己的所作所为而不是自己形成的想法来证实自己的偏爱的话，那么我是爱阿尔贝蒂娜的。但是我的痛苦的这种反复并不能使阿尔贝蒂娜的形象在我心中更实在些。她犹如一位隐而不见的女神引起了我的种种苦恼。我在作成千上万个猜测的同时试图躲避我的痛苦，但并没有因此使我的爱变成现实。

首先必须肯定莱娅确实去过特罗卡德罗。我用两个法郎打发了那个送牛奶的小女孩，然后我打电话给布洛克，向他打听莱娅的情况，他与莱娅也有交情。他对此一无所知，我会对此感兴趣似乎使他感到惊奇。我想我必须抓紧时间，弗朗索瓦丝已经穿戴好了，而我还没有更衣，在我起床的时候，我让她乘上一辆车；她应该去特罗卡德罗买一张戏票，在大厅里四处寻找阿尔贝蒂娜，把我的一个字条转交给她。在这个字条里我告诉她，我刚才收到一位夫人的来信，使我感到震惊，正是由于这位夫人，我在巴尔贝克的一个夜晚曾是那样的不幸，这事她是知道的。我提请她回想一下翌日她指责我没有叫她的情形。因此我冒昧地请求她为我牺牲她的日场演出，回来跟我一起去呼吸一点新鲜空气，好让我重新振作起来。但是，由于我需要很长时间才能更衣准备完毕，她可以利用弗朗索瓦丝在场的机会去三区商店（与“好商佳”相比，这家店更小，因而不那么让我担心）购买她需要的白色珠罗纱无袖胸衣，我会为此感到高兴的。

我的字条大概不是没用的。说真的，我根本不知道阿尔贝蒂娜在我认识她以后和之前做了什么。然而在她的谈话中（如果我对阿尔贝蒂娜提到这一点，她会说我听错了），某些前后矛盾之处，某些修正在我看来就像现行犯罪那样明白无误，但是用这些东西对付阿尔贝蒂娜却行不通，她经常像一个孩子那样进行欺诈，运用这种策略作突然纠正，每每使我的残忍攻击付诸东流，并且平息了事态。这些攻击对我来说是残忍的。她不是由于处心积虑，而是为了弥补她的冒失才使用这些有点像语法学家称之为错格或者我不知其名的句法上的突然变化。在谈论女人时，她信口说道："我记得我最近。"突然间，在一个"十六分休止符"之后，"我"变成了"她"，这是她作为一个清白的漫步者发觉到而又根本没有付诸实施的东西。行动的主人并不是她。我真想准确地回忆句子的开头，以便让我自己来结束这句话，既然她退缩了。然而，由于我在期待句子结束，所以我很难记得句子的开头，也许是我那饶有兴趣的神情使她偏离了原意，我仍然焦虑地期待着她的真实思想，和她的真实记忆。不幸的是，我们情妇的一个谎言的开头就像我们自己的爱情或者一种志向的开头。这些开头正在形成、凝聚，而并没有被我们所注意。当人们想回忆自己是以何种方式开始爱上一个女人时，人们却已经在恋爱了；关于先前的梦，人们不会对自己说：那是一种恋爱的前奏，注意：这些梦惊人地向前推进，我们对此几乎没有觉察。同样，除了一些相对来说十分罕见的情况，这仅仅是为了叙述方便起见我才经常在这里把阿尔贝蒂娜的谎话与她（有关同一主题）最初的说法加以对比。这最初的说法，往往因为我看不到结尾，而且推测不出以后会有哪种前后矛盾的断言与其对应，故而它不知不觉地消失了，我的耳朵当然听到过，但是我没有将它从阿尔贝蒂娜的一连串话语中单独抽出来。后来，当我面对明显的谎言，或当我产生了某种惶惶不安的疑虑而打算进行回忆时；却是枉费心机，我的记忆没有及时得到通知；记忆以为保存副本是没有必要的。

我嘱咐弗朗索瓦丝在她让阿尔贝蒂娜离开大厅时打电话通知我，并且把阿尔贝蒂娜带回来，不管她是否乐意。"她要是不乐意回来见先生，那真做绝了。"弗朗索瓦丝回答。——"可我不知道她是否喜欢见我。"——"那她未免太忘恩负义了。"弗朗索瓦丝又说。对阿尔贝蒂娜的嫉羡折磨着她，正像多年前对我姨妈身边的欧拉莉的嫉羡折磨过她一样。

弗朗索瓦丝不知道阿尔贝蒂娜在我身边的这种地位不是她寻求的，而是我一手造成的（出于自尊心，也为了激怒弗朗索瓦丝，我宁可对她保密），她对阿尔贝蒂娜的机灵既欣赏又厌恶，她对其他用人谈到阿尔贝蒂娜时称她为随心所欲地摆布我的“女戏子”、“女骗子”。她还不敢向阿尔贝蒂娜开战，只是对她和颜悦色，在我面前炫耀她在阿尔贝蒂娜与我的关系中为她出的力，心里却想对我说什么也无济于事，她什么目的也达不到，只有窥伺机会；一旦她在阿尔贝蒂娜的处境中发现一个破绽，她定会加以扩大，并且把我们彻底分开。“忘恩负义？噢不，弗朗索瓦丝，我觉得忘恩负义的是我，您不知道她对我有多好。（装作被爱对我来说是那样的甜蜜！）快走吧。”——“我要跑了，马上跑。”

她女儿的影响开始稍微改变着弗朗索瓦丝的词汇。所有的语言就是由于增添了新的语汇而失去其纯洁性的。弗朗索瓦丝这种言语上的堕落（我熟悉她言语上的全盛时期），我对此也负有间接的责任。假如弗朗索瓦丝的女儿仅仅同她的母亲讲方言，那么她大概还不会使她母亲的传统语言蜕变为最低贱的行话，女儿从来没有摈弃这种方言，当她们俩在我身边时，如果她们之间有悄悄话要说，她们就在我的卧室中用方言讲，而不是关在厨房里交谈，讲方言是比关紧的门扉更不可逾越的一道屏障。我仅仅猜到母亲与女儿并不总是生活得很融洽，这一点我可以通过我能分辨的唯一一个词：“m'esasperate①”的频繁出现加以判断（除非这个令她们恼怒的家伙是我）。不幸的是，最不熟悉的语言最终也能学会，如果人们总听这种语言的话。我很遗憾这是方言，我终于懂得了这种方言，如果弗朗索瓦丝习惯于用波斯语表述的话，我大概也会学得同样好。当弗朗索瓦丝发现我的进步时，她加快了讲话的速度，她的女儿也一样，但是这无济于事。弗朗索瓦丝先是为我懂得方言而发愁，继而又为听到我讲方言

① 方言中“令我恼怒”的意思。

而高兴。其实，这种高兴是一种嘲讽，因为尽管我的发音最终几乎和她一样，她仍然从我们俩的发音中找到了令她开心的巨大差别，她开始为自己再也没有看到故乡的人而感到遗憾，而许多年来，她从未想到过他们，据她说，她的乡亲们要是听到我讲一口如此蹩脚的方言定会捧腹大笑，她真想听听这笑声。仅仅这个念头就使她充满快乐和遗憾，她一一列举出这个或那个会笑出眼泪的农民。然而不管如何，任何喜悦都未能调和我懂得她们的方言而引起的悲哀，尽管我方言讲得很糟。当人们试图阻拦的那个人可以使用一把万能钥匙或者一把撬门铁棒时，钥匙就变得毫无用处了。既然方言变成了一道毫无价值的屏障，她便开始跟她的女儿讲法语，这种法语很快变成了近代法语。

我已经穿戴完毕，弗朗索瓦丝还没有打来电话；不等电话就动身吗？然而谁知道她有没有找到阿尔贝蒂娜？谁知道阿尔贝蒂娜会不会在后台？还有，即使碰到弗朗索瓦丝，阿尔贝蒂娜是否愿意跟她回来？半个小时之后，电话铃响了，我的心中交织着希望与恐惧。那是一位电话员接过来的，一连串即刻飞来的声音给我送来了女接线员而不是弗朗索瓦丝的讲话，因为面对她父辈未见过的东西而感到的一种祖传的腼腆和忧伤使她宁可拜访传染病人也不去接近电话听筒。她在戏院后座的过道上找到了孤身一人的阿尔贝蒂娜，后者仅仅去通知安德烈说她不留下了，随即很快回到了弗朗索瓦丝那里。“她没有生气吗？噢！对不起！请您问一下这位夫人，那位小姐有没有生气……”——“这位夫人让我转告您，她没有生气，一点没有生气，恰恰相反，总而言之，即使她不高兴也看不出来。她们现在要去三区商店，两点钟回来。”我心里明白，两点钟意味着三点钟，因为现在已经两点多了。但是弗朗索瓦丝身上具有这些独特的、一贯的、无可救药的，被我们称为病症的缺点，其中之一就是永远无法看出并且说出准确的时辰。当弗朗索瓦丝看见她的手表指在两点钟而她却说：现在一点钟，或者现在三点钟时，我永远无法理解，这种现象的产生是源于弗朗索瓦丝的视力，她的思想还是源于她的语言；可以肯定的是，这种现象始终存在。人类太古老了。遗传、交配为恶劣的习惯、荒谬的反应增添了一种不可战胜的力量。一个人之所以打喷嚏和嘶嘶喘气是因为他经过一株玫瑰旁边的缘故；另一个人则因为闻到刚刷的油漆味道而出现皮疹；许多人因为必须去旅行而感到腹痛，小偷的孙子即使成了百万富翁而且慷慨大方，他们仍然忍不住要偷我们五十法郎。至于弗朗索瓦丝为什么不可能准确地说出钟点，她从来没有在这方面为我提供任何线索。因为尽管这些不准确的回答通常使我发怒，然而弗朗索瓦丝既不打算为自己的错误道歉，也没有对此作出解释。她默默无语，仿佛没有听到我的话，这终于使我火冒三丈。我真想听到一句辩解的话，哪怕只是为了在她身上打开一个缺口；但是除了无动于衷的沉默之外什么也没有。总而言之，今天的事毫无疑问，阿尔贝蒂娜将在三点钟与弗朗索瓦丝一起回来，阿尔贝蒂娜不会看见莱娅和她的女友们。阿尔贝蒂娜与她们重新接上关系这一危险一旦得以避免，马上就在我眼前丧失其重要性，看到这种危险那么容易避免，我十分吃惊我竟然以为自己无法避免这种危险。我对阿尔贝蒂娜产生了一种强烈的感激之情，正如我看到的那样，她并不是为了莱娅的女友们而去特罗卡德罗的，她用离开日场演出，被我招之即来的举动向我表明她是属于我的，甚至将来也属于我，这一切超过了我的想象。当一个骑车人给我带来她的一张便条时，我对她的感激之情又增加了许多，她让我耐心，其中还有这些她习以为常的客套话："我亲爱的，亲爱的马塞尔，我要比这个骑车人晚到，我真想骑上自行车尽快赶到您的身边。您怎么能以为我会生气，有什么比跟您在一起更使我愉快呢？两个人一起出去该有多好，永远两个人一起出去就更好了。您产生了什么念头？这个马塞尔！这个马塞尔！全心全意属于您，你的阿尔贝蒂娜。"

我为她买的连衫裙，我对她提到过的游艇，福迪尼制的晨衣，这一切不是对阿尔贝蒂娜的这种顺从的回报而是这种顺从的补充，因而这一切在我看来就像我所享受的种种特权；因为一个主人的义务和责任也是他统治的部分内容，这些义务和责任就像他的权利那样明确和证实了他的统治。而她承认我拥有的这些权利恰恰赋予我的责任以其名副其实的特征：我有一个属于我的女人，她一见我即兴给她的字条便立即郑重其事地让人打电话告诉我她马上回来，让人把她带回来。我比自己想象得更像主人。更像主人意味着更像奴隶。我不再是迫不及待地想看到阿尔贝蒂娜。我确信她正在与弗朗索瓦丝一起采购，她将同弗朗索瓦丝一起在一个临近的时刻回来，我简直想推迟这一时刻，这种确信就像一颗绚丽而又祥和的星辰闪耀着眼前这段时间，我觉得若是让我单独一人度过这段光阴也许会有更大的乐趣。我对阿尔贝蒂娜的爱使我从床上起来准备出去，但是这种爱又使我无法从我的外出中得到享受。我想，在这样的一个星期天，一些年轻的女工，时装店女店员，轻佻的女人大概会去树林散步。而凭着时装店女店员、年轻的女工这些词（我看到一个专有名词或在一篇报道一次舞会概况的文章中看到一个少女的名字时也常会这样），凭着一件白色女上衣，或一条短裙的形象（因为在这些词语和形象背后我放上了一个可能会爱上我的陌生女人），我独自一人杜撰出一些令人向往的女人，我对自己说："她们该是多么令人喜爱啊！"然而，既然我不会一个人出去，即使她们令人喜爱，这对我又有什么用呢？我利用自己仍然单独一个人的机会，半掩上窗帘以免阳光妨碍我看乐谱，我坐到钢琴前，随手翻开摊在那里的凡德伊奏鸣曲，开始弹奏起来；因为阿尔贝蒂娜还要等一段时间才能回来，但是她肯定会回来，我既有时间，又有精神上的安宁。我沉浸在对她与弗朗索瓦丝一起回来的那种充满安全感的期待以及对她的温顺的信任之中，仿佛沉浸在跟屋外的阳光同样温暖的内心阳光的无上幸福之中，我可以支配我的思想，使之与阿尔贝蒂娜暂时分离，专心致志于奏鸣曲。我甚至没有去致力发现奏鸣曲中快感的主题与焦虑的主题的组合现在是多么切合我对阿尔贝蒂娜的爱，这种爱里曾长久不存在嫉妒以至我曾私下里对斯万说我对嫉妒这种感情一无所知。不,我现在从另一个角度来看这首奏鸣曲,将它视为一个伟大艺术家的作品,流泻的音响将我带回到贡布雷的那些日子——我不是指在蒙舒凡和梅塞格利丝那边的那些日子,而是在盖尔芒特一带的那些散步——那时我曾经希望自己成为一个艺术家。其实,在放弃这个雄心的同时,我是否也放弃了某种现实的东西呢?生活能否用艺术给我安慰呢?在艺术中是否有一种更加深刻的现实呢?在这种现实中,我们的真实个性得到了一种表现,而生活的行为却没有使我们的个性得到表现。实际上,每个伟大的艺术家与其他人是如此截然不同,他使我们那么强烈地感觉到个性,这在我们的日常生活中是寻找不到的!就在我想到这里的同时,奏鸣曲的一个节拍使我感到震惊,而这个节拍我是相当熟悉的,但是专心致志有时会使长期以来就熟悉的东西闪耀出不同的光彩,我们从中发现了我们在熟悉的东西中从未见过的东西。在演奏这个节拍时,尽管凡德伊正在那里表述一个与瓦格纳完全无关的梦,我却情不自禁地低声咕哝了一声:《特里斯坦》,并且微笑了,就像一个家族的朋友从未见过其祖父的孙子的一个语调,一个动作中重又见到其祖父的某种东西时那样微笑。正如人们打量一幅能够使人确证相似之处的照片那样,我在谱架上,在凡德伊奏鸣曲上面摆上《特里斯坦》的乐谱,这天下午,在拉穆勒的音乐会上恰好要演奏这首乐曲的片断。我欣赏拜罗伊特①的大师时丝毫不带某些人的顾虑,那些人和尼采一样,责任命令他们在艺术和生活中逃避那诱惑他们的美,他们要摆脱《特里斯坦》正如他们否认《帕西发尔》②,他们通过精神上的禁欲,逐渐的苦苦修行,沿着最血腥的苦难之路,终于升到对《隆朱莫的驿站马车夫》的彻底认识和完全欣赏。我意识到瓦格纳的作品中存在的一切现实的东西,我再

---

① 拜罗伊特是瓦格纳的出生地。

② 《帕西发尔》是瓦格纳作的一部三幕歌剧。

次看见在一段乐曲中出现的执着而又短暂的主旋律，它们消失后又卷土重来，它们有时遥远，缓和，几乎断裂，而在其他时刻，在始终模糊不清的同时却又是那样的急促，那样的迫近，那样的内在，那样的有机，那样的发自肺腑，人们会说，这不像是一种主旋律的反复，倒更像是一种神经痛的发作。

音乐在这一点上与阿尔贝蒂娜那一伙相去甚远，音乐帮助我自我反省，从中发掘新的东西：那就是我在生活中、旅行中枉然寻找的多样性，而让它那阳光照耀的波浪逐渐在我身旁减弱的音响之波涛则勾起了我对这种多样性的憧憬。双重的多样性。正如光谱向我们显示了光的组合，瓦格纳的和弦，埃尔斯蒂尔的色彩使我们认识另一个人的感觉中质的要素，而对另一个人的爱却无法使我们深入这种要素。还有作品本身内在的多样性，通过真正成为多样性的唯一方法：集中多种个性。当一个平庸的音乐家声称自己在刻画一个骑士侍从、一个骑士时，他其实在让他们唱同样的乐曲，相反，瓦格纳却在每个名称底下放进了一种不同的现实，每当他的骑士侍从出现时，那是一个独特的、既复杂又简单的形象，这个形象带着喜悦与封建的两种线条的相互冲突，记载在广阔的音响之中。因而是由许多音乐充实而成的那种音乐是丰满的，其中的每一种音乐都是一个生命。一个生命，或者说是大自然的一种瞬间景观给人的印象。即便是大自然中那些与大自然给我们的感触最不相关的事物，也保持了其外部的、完全确定的现实；一只小鸟的啼唱，一个猎人的号角声，一个牧人用芦管吹出的曲调都在天边勾勒出自己的音响形象。当然，瓦格纳会接近和把握这种音响形象，将它写进一首管弦乐，使之服从于最高的音乐意念，同时又仍然尊重这种音响形象的原来特征，正如一个做木箱的木匠会考虑他要加工的木头的纤维和独特的木质那样。

在这些作品中，在行动的旁边，在不仅仅是一些人物名字的那些个体旁边，对大自然的沉思拥有自己的一席之地，然而尽管这些作品极其丰富，我想他的作品仍然多么明显地——即使是极为巧妙地——具有永远不完整的特征，这就是十九世纪所有伟大作品的特征；在十九世纪，最伟大的作家都没有把他们的著作写好，但是他们在工作时仿佛自己既是工人又是法官，他们从这种自我观照中抽出外在于作品而又高于作品的一种新的美，又回溯既往地给予作品一种它原先所没有的统一性和宏大气魄。既使不停留在事后从自己的小说中看到一出《人间喜剧》的那个人身上，也不停留在把互不协调的诗歌或散文称为《历代传说》和《人类圣经》的那些人身上，然而难道不能说，这后一本书如此精彩地体现了十九世纪，以致米什莱最伟大的美不应该从他的作品本身去寻找，而应该从他对自己作品的态度中去寻找，不应该从他的《法国史》或者《大革命史》中去寻找，而应该从他为这两本书所作的序言中去寻找吗？序言就是写在作品之后的那些篇章，他在序言中审视这些作品，在序言中还必须在这里或那里加上通常以“我要把这一点说出来吗？”开头的句子，那不是学者的谨慎，而是音乐家的一段华采。另一个音乐家，即此时此刻使我陶醉的瓦格纳，从他的抽屉里取出一个美妙的片断，把它作为事后看来是很必要的主旋律放进一部作品，而他在写作这个片段时并没有想到这部作品，接着，他写出了第一出神话歌剧，继而是第二部，然后又是其他作品，当他突然发觉他刚刚写完一部四部曲时，他大概有点感受到巴尔扎克用一个陌生人和一个父亲的目光打量他的作品时体验到的那种陶醉，巴尔扎克在这部作品中发现了拉斐尔的纯洁，在另一部作品中发现了福音书的简朴，当他给他所有的作品投去回照的光芒时猛然发现，如果这些作品组成一个系列效果会更好，在这个系列中相同的人物可以重新出现，为了衔接这些作品，他给自己的作品增添了最后的，也是最出色的一笔。这个整体是后来形成的，但并非是仿造的，否则就会像平庸作家们的无数体系那样化为齑粉，这些作家用上大量的标题和副标题便自以为是在追求一个统一的卓越超群的构思。并非是仿造的，也许正因为它是后来形成的，是诞生于一个充满热情的时刻的整体所以它才更加真实，在这个时刻，整体是从只需重新聚合的片断中被发现的；整体对自身一无所知，所以它是内在的、非逻辑的，整体没有摈弃多样性，没有把制作搁置一边。整体（然而这次适用于全部）犹如另外组成的、诞生于一种灵感的片断，而不是出于一个论题人为发展的需要，尔后再与其余的东西融合成一体的片断。在依索尔德归来之前的一大段管弦乐章前面，是作品本身吸引了几乎被一个牧人遗忘的芦管曲调。而且毫无疑问，当乐队把握了芦管的音符，对它们加以改造，使它们与自身的陶醉水乳交融，打乱它们的节奏，让它们的声调焕发出光彩，加速它们的运动，增加它们的器乐性时，乐队就越是靠近大殿，毫无疑问，当瓦格纳在他的记忆中发现了牧人的曲调，将它收入他的作品，使之产生其全部意义时，瓦格纳本人就越是高兴。而且这种欢乐始终伴随着他。他的身上尽管有诗人的忧伤，但是制作者的轻松愉快却安慰和超越了——不幸的是也稍微摧毁了——这种忧伤。然而，我既被我刚才在凡德伊与瓦格纳的乐句之中发现的相同之处，也被这种火山爆发式的灵巧扰得心绪不宁。难道就是这种灵巧使人以为大艺术家的作品具有一种固有的、不可制服的独特性，表面上像是一种超人的现实的反映，其实却是精心制作的产物？如果艺术只是这种东西，那么艺术并不比生活更加真实，而我也就不必有这么多的遗憾了。我继续演奏《特里斯坦》。尽管音响的屏障把我与瓦格纳隔开，我还是听见了他狂喜并邀请我分享他的欢乐的声音，我听见那永远年轻的笑声和西格弗里德①的锤击声愈益加强；此外，最令人惊奇的是那些乐句，艺术创造者的灵巧技艺只是使这些乐句更加自如地离开地里，这些飞鸟不像洛亨格林②中的天鹅而更像飞机，我在巴尔贝克看见这种飞机把自己的能量化作飞升，在波涛上翱翔，然后消失在天空当中。也许，正像飞得最高最快的鸟类拥有最强壮的翅

① 西格弗里德是瓦格纳的歌剧，四部联剧中的一部。

② 洛亨格林是瓦格纳的歌剧。

膀一样，人们也需要这些粗笨的机器去探索无限，需要标志着神秘的一百二十马力，然而不管飞得多高，强大的马达轰鸣声多少会妨碍人们去体味天空的沉寂。

我不知道为什么我那至此一直追溯着音乐回忆的梦幻流程突然转向我们这个时代最优秀的演奏者，并且有点评价过高地把莫雷尔列入其中。紧接着，我的思绪作了一个急转弯，我开始想到莫雷尔的性格，他性格上的某些独特之处。此外——这一点可以与折磨他的神经衰弱相关联而不是相混淆——莫雷尔习惯讲述他的生活，但是他把他的生活描述得如此晦暗以至别人很难分辨出任何东西。比方说，他完全听凭德·夏吕斯先生差遣，条件是他晚上必须自由，因为他想在晚饭后去上一堂代数课。德·夏吕斯先生表示同意，但是要求在上完课后看见莫雷尔。“这不可能，那是一幅古老的意大利油画（这个玩笑搬到这里毫无意义；但是德·夏吕斯先生曾经让莫雷尔阅读《情感教育》，在倒数第二章中弗里德里克·莫罗说过这句话，莫雷尔在开玩笑时总是在‘不可能’后面加上：‘那是一幅古老的意大利油画’），这堂课经常上到很晚，而这对教授已经是一个很大的麻烦，他当然会生气的……”——“根本不需要上什么课嘛，代数既不是游泳也不是英语。完全可以从一本书中自学。”德·夏吕斯先生反驳道，他立即从代数课猜测出人们根本无法弄清的景象之一。也许莫雷尔是去跟一个女人同床共枕，也许是莫雷尔打算用不正当的手段挣钱，参加了秘密警察，同保安警察一起出去执行任务，谁知道呢？更糟的是在一家妓院里等待人们可能需要的某个小白脸。“从一本书中学甚至更加容易，”莫雷尔回答德·夏吕斯先生说，“因为代数课上什么也听不懂。”——“那你为什么不在我家学代数，你在这里不是更加舒服吗？”德·夏吕斯可以这样回答，但是他没有说出口，心里却明白，只要能够确保晚上的时间，假想的代数课马上会变成一堂必不可少的舞蹈课或者绘画课。在这一点上，德·夏吕斯先生大概发觉他弄错了，至少是错了一部分：莫雷尔经常在男爵家解方程式。德·夏吕斯先生提出异议，认为代数对一个小提琴家毫无用处。莫雷尔则反驳道，代数是消磨时间和对付神经衰弱的一种消遣。毫无疑问，德·夏吕斯先生可以试着去打听和了解这些神秘而又必要的，只在夜间才教授的代数课的真相。但是德·夏吕斯先生过深地陷于社交事务，没有精力去弄清楚莫雷尔究竟在忙些什么。接待客人或者出门拜访，在社交圈里打发时间，在城里用晚餐，去戏院看夜戏，这一切使他无法去想这件事，也无法去想莫雷尔既粗暴又阴险的恶意，据说，莫雷尔在他去过的各界和不同城市里对自己的这种恶意又是张扬又是隐瞒，在这些地方，人们只是带着一种恐惧的战栗压低声音谈论他，而又不敢讲述任何事情。

不幸的是，他今天让我领教了这种恶毒的神经质的一次发作，当时我离开了钢琴，下楼来到院子里，为的是赶在尚未到来的阿尔贝蒂娜之前。在我经过絮比安的店铺前面时，莫雷尔和我以为即将成为他妻子的女人正单独在那里，莫雷尔声嘶力竭地大声喊叫，发出一种农民般的、通常受到抑制，而且是十分古怪的声音，我不知道他会有这种声音。他说的话也同样古怪，从法语的角度来看有不少错，不过他对一切都懂得不透彻。“您给我出去，荡妇，荡妇，荡妇。”他向那个可怜的姑娘反复嚷道，她一开始显然不明白他想说什么，接着她浑身颤抖而又高傲地待在他面前一动不动。“我叫您出去，荡妇，荡妇；去找您的舅舅来，我要对他说您是什么货色，婊子。”正在这时，院子里响起了跟一位朋友一路聊天回家的絮比安的声音，我知道莫雷尔十分懦弱，所以我觉得没有必要把我的力量与絮比安和他的朋友的力量加在一起，他们再过片刻就要进店铺了，我重新上楼，以免遇到莫雷尔，尽管（可能是为了用一种也许莫须有的讹诈去吓唬和镇住小姑娘）他很想叫来絮比安，但是在院子里一听见絮比安的声音，莫雷尔就赶紧溜掉了。刚才的这些话算不了什么，它们不能说明我重新上楼时心跳的原因。我们在生活中目击的这些场景从军人们在进攻上称为突然袭击的那种优势中找到了一种不可估量的力量因素，我从阿尔贝蒂娜不留在特罗卡德罗，而即将回到我身边这件事中感到无限恬静的快意也无济于事，我的耳朵里仍然回响着重复过十遍、使我心神不安的词语："荡妇，荡妇。"

我的骚动渐渐得到平息。阿尔贝蒂娜即将回来。再过一会儿，我将听到她按门铃的声音。我感到我的生活不再像应有的那个样子，我有一个女人，当她即将归来时，我自然应该跟她一起出去，我身上的力量和活力即将逐渐朝着美化她的方向变化，这种生活使我变成了一根不断壮大，然而又被吸取了它积聚的所有养分的丰满果实压得沉甸甸的树枝。与我一个小时之前还有的焦虑相比，阿尔贝蒂娜的归来给我带来的宁静远远超过了早晨她离开前我感受到的宁静。展望未来，我女友的温顺使我几乎成为更有能耐的主人，好像由于她迫在眉睫，令人腻烦，不可避免而又甜美愉快的出现而变得充实和稳定，那种宁静（它使我们不必从自己身上寻找幸福）来自一种家庭的感情和一种驯服的幸福。家庭和驯服：这种感情在我等待阿尔贝蒂娜时曾给我带来了这么多的安宁，接着我在与她一起散步时又感受到了这种感情。她一度摘下她的手套，也许是为了触摸我的手，也许是为了向我炫耀，让我看看她的小手指上在邦当夫人赠送的一枚戒指旁边的另一枚戒指，戒指上镶嵌着一大块晶莹透亮的浅色红宝石叶瓣："又是一枚新戒指，阿尔贝蒂娜。您的姨妈真慷慨！"——"不，这不是我姨妈的。"她笑着对我说。"这枚戒指是我买的，多亏了您，我才能攒下一大笔钱。我甚至不知道这枚戒指以前是谁的。一个没有钱用的旅客把戒指留给一家旅馆的老板，我去勒芒时就住在这家旅馆。他不知道怎么处置这枚戒指，他打算把戒指低价出售。但是当时这枚戒指对我来说仍然太昂贵了。现在，多亏了您，我变成了一位漂亮的太太，我让人去问他戒指是否还在。戒指就在这里。"——"这样就有好多戒指了，阿尔贝蒂娜。您打算把我要送给您的戒指戴在哪里？总之，这枚戒指很漂亮；我分辨不出红宝石周围的雕镂花纹，看上去像是一个扮鬼脸的男人脑袋。不过我的视力不太好。”——“您的视力即便再好些也帮不了您多大的忙，我也辨认不清呢。”

从前，我在阅读一些《回忆录》和一部小说时看到，一个男人始终与一个女人一起出去，跟她一起吃茶点，我经常希望自己也能这样做。有时，我以为我已经做到了，我带着圣卢的情妇一起出去吃晚饭就是其中一例。然而，尽管我自以为当时我出色地扮演了我在小说中向往的人物，这种想法使我坚信我在拉谢尔身边应该得到乐趣，而她却没有给我这种乐趣。那是因为，每当我们打算模仿某种确实是真实的东西时，我们忘记了这某种东西并非产生于模仿的意愿，而是产生于一种无意识的而且也是真实的力量；但是，我希望跟拉谢尔一起散步时能感到一种微妙的快意，这一欲望没有能给我带来特殊的印象，而现在我却在根本没有找寻它时感受到了这种特殊印象，然而那是出于完全不同的其他真实而又深刻的原因；举一个例子，原因之一就是我的嫉妒心使我无法远离阿尔贝蒂娜，而当我能够出去的时候，我不让她在没有我陪伴的情况下出去散步。我直到现在才感觉到这一点，因为认识不是人们要观察的某些外在之物，而是一些不自觉的感受；因为过去虽然一个女人跟我一起坐在同一辆车中，但只要我还没有每时每刻感到我像需要阿尔贝蒂娜那样需要她，只要我的目光对她的不断爱抚还没有经常把这些需要不断更新的色彩归还给她，只要虽已经平息然而又在回忆的感官还没有把味觉和质感置于这些颜色之下，只要与感官和刺激感官的想象融汇在一起的嫉妒还没有用一种如同万有引力法则那样强有力的代偿吸引力使这个女人在我们身边保持平衡，那么实际上这个女人并没有在我身边。我们的车迅速地驶过大马路和林荫道，两旁林立的旅馆像太阳与寒冷的粉红色结晶，它们令我回想起我在斯万夫人家拜访等待掌灯时菊花雅照的情景。

我刚好来得及看到一个年轻的水果女贩，一个送牛奶女郎站在自己的门前，晴朗的天气使她容光焕发，就像我不熟悉的小说开端时的女主角，我的欲望足以使她进入妙趣横生的曲折情节，而眼下我在车窗后面与她们的距离就像我在卧室的窗户后面与她们的距离一样的遥远。因为我不能要求阿尔贝蒂娜停车，而这些少妇已经看不见了，我的眼睛适才仅仅分辨出她们的轮廓，并在笼罩着她们的金色雾霭中爱慕地注视她们的清新容貌。我发觉酒商的女儿站在柜台后面或者一个洗衣女工在街上谈话时所感到的激动不亚于人们认出女神时的那种激动。自从奥林匹斯山不复存在之后，山上的居民们就生活在尘世上。当画家为了描绘一幅神话图，把一些从事最平庸的职业的平民女子请来摆姿势，装成维纳斯或塞雷斯时，他们并没有亵渎圣人而只是给这些姑娘奉还和增添了她们所缺少的神的品质和属性。"您觉得特罗卡德罗怎么样，小疯子？"——"离开那里回来跟您在一起我非常满意。我想那是达菲乌设计的。"——"我的小阿尔贝蒂娜真有学问！确实是达菲乌设计的，可我忘了这一点。"——"您睡觉的时候，我就看您的书，大懒虫。作为建筑，它太丑陋了，不是吗？"——"小宝贝，瞧您变得有多快，您变得那样的聪明（这倒千真万确，再者，她能满意地——既然没有其他事令她满意——对自己说在我家度过的时光对她来说至少不完全是浪费，我对此并不感到恼火），所以必要时我会对您说说一般被看作是谬误的，但与我寻求的真理却是一致的某些东西。您知道印象主义是什么吗？"——"知道。"——"那好，您明白我想说的意思：您还记得骄傲者马库维尔教堂吗？埃尔斯蒂尔不喜欢这座教堂，因为那是新的。他这样把建筑物从包罗它们的总体印象中抽出来看，使建筑物离开它们融于其中的光线，并且像一个考古学家那样审视它们的内在价值，这与他自己的印象主义不是有点相互矛盾吗？当他绘画时，难道一家医院，一所学校，一张墙上的招贴不是跟旁边的一座无法估价的教堂具有同样的价值，构成一幅不可分割的图景吗？您再回想一下，阳光是如何焙烤着教堂的正面，马库维尔这些圣人的雕像如何浮现在光线之中。一座崭新的建筑看上去古老或者不古老又有何妨？古老的街区蕴含的那种诗意已经被榨干了，但是在新的街区里，用新近开凿出来的白得过分的石块为富有的小资产阶级新建的某些房屋不是用一声樱桃味一般尖酸的喊叫划破七月正午酷热的暑气吗？这时，商人们回郊区吃午饭，这喊叫是等待午餐在昏暗的餐厅里准备就绪时发出的喊叫，餐厅里摆刀具时玻璃棱柱反射出五颜六色的光彩如同夏尔特尔大教堂的彩画玻璃一样绚丽。”——“您太好了！如果我有朝一日变得聪明的话，那也是您的功劳。”——“在一个晴朗的白天，为什么把视线从拥有长颈形塔楼的特罗卡德罗移开呢？那些塔楼令人想到帕维的修道院。”——“这座修道院坐落在高地上居高临下，也令我联想起您收藏的一幅曼坦那的仿制品，我想那就是《圣塞巴斯蒂安》，画面的远景上有一座梯形的城市，人们可以肯定那城市里有特罗卡德罗。”——“您瞧，可不是吗！不过您是怎么看到曼坦那的仿制品的呢？您真让人震惊。”我们来到最有平民气息的街区，每个柜台后面站立着一个女仆维纳斯，把柜台变成了一个市郊的祭坛，我真想在这个祭坛脚下度过我的一生。

正像人们在过早地死去之前会做的那样，我估算着阿尔贝蒂娜彻底结束我的自由后我被剥夺的种种乐趣。在帕西，就在车行道上，因为交通堵塞，一些互相搂着腰的少女以她们的微笑使我赞叹。我没有时间细加分辨，但不可能是我对她们美化了；因为在任何人群中，在任何一群少女当中，总不难遇到一个外形高贵的头像。因此节日里嘈杂拥挤的平民人群对于沉湎声色之辈来说是可贵的。就像能从中发掘出古代纪念章的一片乱七八糟的荒地之于考古学家那样。我们来到树林。我想，假如阿尔贝蒂娜没有随我一起出来，我在这个时候可能会去香榭丽舍大街的马戏场聆听瓦格纳的狂风骤雨似的交响乐，它使管弦乐队所有的乐弦震颤，犹如席卷一堆轻盈的泡沫那样把我刚才演奏的芦笛调融汇其中，使之飞扬、成形、变样、分隔，卷入一股逐渐增强的旋风。我至少希望我们的散步时间短暂些，希望我们早早回去，因为我已经决定晚上去维尔迪兰家，我没有把这个决定告诉阿尔贝蒂娜。他们新近寄给我的一份请柬被我连同其他的请柬一道扔进了字纸篓。然而今晚我改变了主意，因为我想知道阿尔贝蒂娜下午在他们家希望遇到的是哪些人。说真的，我同阿尔贝蒂娜的关系已经到了这样一个时刻（假使一切照此继续下去，假使事事正常的话），这时一个女人所起的作用只是帮我们过渡到另一个女人。她依然占有我们的心，不过这种占有极少；我们每天晚上都急于寻找陌生女人，尤其是认识她的陌生女人，这些女人会向我们讲述她的生活。因为，她本人，我们已经掌握并且穷尽了她同意给予我们的她自己的一切。她的生活，也还是她自己，却恰恰属于我们不熟悉的那个部分，我们枉费心机地向她打听的那些事情，我们可以从新结识的人的口中探听到。

如果说我与阿尔贝蒂娜的共同生活使我无法去威尼斯和旅行，刚才假使我是独自一人的话，我本来至少可以结识一下这个晴朗的星期天沐浴在阳光中三三两两的年轻女工，我把她们的美大部分归之于她们的不为我所知的生活。她们的眼睛不是渗透着一种目光吗？人们不了解这种目光所蕴含的种种形象、回忆、期待和轻蔑，又无法将这一切与目光分开。这种生活，即从我们面前走过的人的生活，不是按照其面貌赋予眉头的颦蹙和鼻孔的扩张一种变化不定的涵义吗？阿尔贝蒂娜在场使我无法走向她们，也许因此使我不能停止她们抱有欲望。希望自己保持继续生活的欲望，对某种比通常的事物更美妙的东西抱有信仰的人出去散步，因为街上、林荫大道上有许多女神。然而女神们却不让别人靠近她们。在这里或那里，在树木之间，在某家咖啡馆门口，一位女招待就像山林水泽的仙女守候在圣林边缘。而尽里面三名少女则坐在她们身旁的自行车巨大的弧圈旁边，犹如腾云驾雾或者乘坐神马进行她们神话般的旅行的女神。我发现，每当阿尔贝蒂娜全神贯注地打量所有这些少女片刻后，她立即朝我转过身来。但是，我并没有过多地被这种静观的紧张性及其在紧张中得到补偿的短暂性所折磨；因为，说到这种紧张的静观，阿尔贝蒂娜往往就这样在一种沉思之中审度我的父亲或者弗朗索瓦丝，也许是因为疲劳，也许那是一个专心的人观察时的独特方式；至于她朝我转过身来的速度之快，可能是基于这样的理由：阿尔贝蒂娜了解我的疑虑，她大概不打算给这些尽管尚未得到证实的疑虑留下把柄。再者，当阿尔贝蒂娜这样专心凝视时，在我看来似乎是有罪的（即使关注的对象是年轻男人），而我自己就这样关注着所有的年轻女工，却没有一刻认为自己有罪——与此同时，我几乎觉得阿尔贝蒂娜的在场妨碍我凝视她们，走向她们，因此她是有罪的。人们觉得有欲望是无辜的，他人也有欲望则是残忍的。这种涉及到我们或者我们爱恋的女人之间的反差不仅关系到欲望，而且还关系到谎言。比方说，掩饰日趋衰弱的健康状况，还想让外界以为自己身体强壮，隐瞒一样瑕疵，或者在不伤害别人的情况下去获得自己喜爱的东西，有什么比这类谎言更为常见的呢？那是保存自身最必要和最常用的工具。然而我们却试图把谎言排斥在我们爱恋的女人的生活之外，它正是我们到处窥伺、侦察和憎恶的东西。它使我们心烦意乱，足以导致一种决裂，在我们看来它似乎隐瞒了最严重的缺陷，除非它隐瞒得极其巧妙使我们没有任何怀疑。我们正处于这样古怪的境地：我们对一种病原是那样的敏感，这种病原到处迅速而又大量的繁殖使它对于其他人变成无害的，而对不再有免疫力的不幸之人却变得十分危险！

这些漂亮少女的生活——由于长期隐居的缘故，我难得遇见这样的姑娘——在我以及在唾手可得的成功没有减弱想象能力的所有人看来，是某种与我熟悉的东西完全不同而又令人向往的东西，就像旅行会给我们展示的最美妙的城市一样。

在我认识的女人身边或者在我去过的城市里感受到的失望并没有使我不受新闻诱惑力的欺骗，不相信这些新闻的真实性。因此，正如看威尼斯——春天这个季节使我憧憬威尼斯，而跟阿尔贝蒂娜结婚将使我无法了解这座城市——看威尼斯的全景图（茨基也许会说其色调比真正的威尼斯更美），根本无法代替我的威尼斯之行，这段确定的旅程长度在我看来是必须逾越的，虽然这与我毫无关系；同样，一个拉皮条的女人人为地为我弄来的轻佻女人，无论她多么漂亮，对我来说却根本无法代替那个身段呆板、这时正笑嘻嘻地跟一位女友从树底下走过的女人。我从一家妓院中找到的女人即使更加漂亮，也不是一码事，因为我们不能像打量一小块蛋白石或玛瑙那样打量我们不认识的一位姑娘的眼睛。我们知道，使这双眼睛呈虹色的一小束光线或者使它们闪闪发光的晶亮颗粒，这就是我们能看到的一切，却看不到它表达的思想、意志以及记忆，那里面有着我们不熟悉的家族以及我们羡慕的挚友。能够把握这一切是那样的困难，那样的艰巨，这一点比目光本身的实际美更能赋予那目光以其自身的价值（由此大概可以说明，一个年轻男人在一个听说他是威尔士亲王的妇女的想象中能激发起一连串奇想，当她得知自己认错人的时候她就不再注意那个男人了）。在妓院中得到个轻佻女人，这意味着得到一个被抽掉了渗透她的，而且我们渴望与她一起拥有的陌生生活的女人，这意味着我们在接近实际上已变成纯粹宝石的一双眼睛，接近一个像朵皱起的花朵那样毫无意义地皱起的鼻子。不，我与阿尔贝蒂娜的共同生活使我丧失掉的，恰恰就是这个正经过那里的陌生女郎，假使我想继续相信她是真实的，我就必须忍受她的抵抗，并据此改变我的行动方向，我就必须迎战一次侮辱，然后卷土重来，争取得到一次约会，在工场的出口处等待她，逐步了解组成这个小姑娘的生活的一个个细节，吃透我所寻找的乐趣对她包含的蕴意，跨过由于她的不同习惯和她的独特生活而造成的我与我想得到的她的关注和青睐之间的距离，正如假使我想相信比萨是真实的，我就必须坐火车长途跋涉，这样，我就会看到它，它对于我也将不只是一种世界性的景观展览。然而欲望和旅行之间的这些相似性本身使我下决心总有一天要进一步把握这种不可见的而又与信仰或者与物理中的气压同样强烈的力量的性质，这种力量把我不认识的都市、女人托举得如此之高，而当我已接近她们以后，这种力量便抽身逃遁，让她们立即坠落到最最平庸的现实底层。稍远处，另一个小女孩跪在她正摆弄的自行车旁边。自行车一修好，年轻的女骑手就登上她的自行车，然而她不是像男人那样跨上去的。自行车颠簸了一会儿，女孩的身上仿佛扬起了风帆，插上了巨大的翅膀；不久我们就看到这个半是凡人半是飞人，半是天使半是谪仙的年轻女子飞快地远离而去，继续她的旅程。

这恰恰是阿尔贝蒂娜在场时我与阿尔贝蒂娜的生活从我这里剥夺掉的东西。是她从我这里剥夺掉的吗？难道我不该想相反是她满足了我吗？如果阿尔贝蒂娜没有与我一起生活，如果她是自由的，那么我就会把所有这些女人想象成她的欲望和她的乐趣可能的，很有可能的对象，而且我有理由这样做。在我眼里，她们就像这些舞女，在一出恶魔出没的芭蕾舞剧中，她们有时代表对一个人的诱惑，有时又把自己的箭射向另一个人的心窝。轻佻的女工，年轻的姑娘、女演员，但愿我能憎恨她们！作为憎恶的对象，在我看来，她们本该被排斥在天地万物的美之外。阿尔贝蒂娜的顺从在使我不再因她们感到痛苦的同时又把尘世的美归还给她们。拔掉了心中的嫉妒这根刺，这些女人对于我已毫无伤害，我就有闲情逸致欣赏她们，爱慕地注视她们，以后也许是以更亲密的方式。在幽禁阿尔贝蒂娜的同时，我便把所有这些在散步中，在舞会上，在剧院里微微作响的绚丽多彩的翅膀还给了宇宙，但它们对我来说重新变得具有诱惑力。因为她，阿尔贝蒂娜，再也不会受到它们的诱惑了。这些闪光的翅膀构成了尘世的美。它们从前也构成了阿尔贝蒂娜的美。正因为我将她看作一只神秘的小鸟，继而是海滩上令人想望，也许是已经到手的大演员我才觉得她美妙绝伦。某天晚上我看见那只小鸟在堤岸上踱步，周围是一群不知来自何方的海鸥似的其他少女，这只小鸟一旦被捉在我家中，阿尔贝蒂娜就失去了她所有的光彩，连同别人拥有她的一切可能性。她逐渐失去了她的美。我想象她在散步时没有我做伴，而由这个女人或那个年轻男子陪同，必须有这样的散步，我才能再次看到她沐浴在海滩的绚丽色彩之中，尽管我的嫉妒与我的想象乐趣的减退不能等同视之。但是，尽管有这些突如其来的振奋，在这种时刻由于她被别人垂涎，她在我眼里重新变得很美，我仍然完全可以把她在我家逗留的那段时间划分为两个阶段：在第一个阶段，她依然是海滩上那个光彩照人的女演员，尽管其光彩日渐黯淡；在第二个阶段，她变成了一个忧郁的囚犯，沦落到平庸乏味、暗淡无光的地步，只有在我对过去的重新回忆的闪电中，她才重新恢复自己的光彩。

有时，在我对她最冷淡的那些时辰，我勾起了对很久以前的回忆，那是在海滩上，当时我还不认识她，我对离我不远的那位夫人极为反感，我现在几乎可以肯定她跟这个女人有过来往，她放声大笑，同时肆无忌惮地打量着我。光滑平展的蓝色大海在四周拍击出轻微的响声。在海滩的阳光下，置身于女友之中的阿尔贝蒂娜是最美的一个。那是一位花容月貌的少女，在辽阔大海的这个习惯的背景下，她，受到欣赏她的那位夫人珍视的她，就这样冒犯了我。这个举动具有决定意义，因为那位夫人也许回到了巴尔贝克，她也许注意到阿尔贝蒂娜已经从发亮而又嘈杂的海滩上消失了；但是她不知道这个少女住在我家，唯我独尊。蔚蓝色的汪洋大海，忘记她对这位少女的偏爱以及转而偏爱其他人，沉溺于阿尔贝蒂娜对我的当众凌辱，把她禁闭在一个令人眼花缭乱而又牢不可破的首饰盒中。于是，对这个女人的仇恨咬啮着我的心；对阿尔贝蒂娜我也同样仇恨，然而仇恨中却夹杂着对这个备受赞赏、秀发迷人的美丽少女的倾慕，她在海滩上放声大笑就是一种冒犯。羞耻、嫉妒、对最初的欲望以及闪亮的背景的再度回忆重新赋予阿尔贝蒂娜以她昔日的美，她从前的价值。就这样，我在她身边感受到的有点沉重的烦恼与一种令人战栗、充满奇妙的形象和怀恋的欲望交替出现，这要看她是在我卧室中待在我身旁还是重又自由地待在我的记忆里，在海堤上，穿着色彩鲜艳的沙滩服装，置身于大海的音乐演奏之中:阿尔贝蒂娜时而像是魔鬼缠身似的退出这个环境,而且并没有多大价值,时而重又置身其间,逃离到一个我无法知道的过去之中躲避我,在那位夫人、她的女友身边冒犯我,喷溅的波涛或者炫目的阳光,阿尔贝蒂娜就像某种具有两栖特性的爱人,或者置身于海滩或者回到我的卧室。

在另一处,一大群人正在玩球。所有这些少女都想充分享受阳光,因为二月的白昼尽管如此明媚,却持续不久,白日的光辉终将衰退。在夜幕降临之前,我们还有黄昏这段时光,因为在径直来到塞纳河之后,我们下车走了很久,阿尔贝蒂娜欣赏的是塞纳河冬天湛蓝的水面上闪耀的红色帆船,远方明亮的地平线上犹如孤零零一朵丽春花那样缩成一团的一幢瓦房,在更远的地方,圣克鲁仿佛是零零星星、容易破碎和并行排列的化石,她的在场却使我无法欣赏这些景致。甚至有时我还把自己的手臂伸给她,我觉得她的手臂勾住我的手臂形成的这个连环把我们两个人联成了一体,并且把我们两个人的命运结合在一起。

我们平行的,继而是靠近和并拢的影子在我们脚下勾勒出一幅令人陶醉的图景。毫无疑问,在家里,阿尔贝蒂娜与我同居,是她躺在我的床上,这已经使我觉得妙不可言。然而,在我如此喜爱的布洛尼湖前,在树林下,恰恰有她的身影,她的大腿和她的上身完美而又简洁的影子,在我的身影旁边,太阳用水彩笔在小径的沙砾上画下了她的身影,这就好比是把我们俩在家的情景朝外输出,朝大自然中输出。我在我们俩影子的交融中感到一种魅力,它也许不如我们俩肉体的接近和交融那样实际,但却同样亲昵。然后,我们重新上车。汽车在蜿蜒曲折的小径中往回开,一路上披挂着常春藤和荆棘的冬季树木像废墟,仿佛通向一位魔术师的住宅。刚刚走出阴森森的树林,一离开森林,我们重又见到了天日,天色尚早,我想晚饭前我还有时间干我想干的一切,然而才过了一会儿,当我们的汽车接近凯旋门时,我突然间在巴黎上方惊奇而又恐惧地看到一轮过早露面的满月,犹如一只停止不动、使我们觉得已经迟到的时钟的圆盘。我们对车夫说我们回家。对她来说，也就是回到我家。无论多么惹人喜爱的女人都必须离开我们回家去，她们的在场不可能让我们感到坐在汽车尽里面，在我身边的阿尔贝蒂娜给我的那种安详，这种在场不是把我们引向人们彼此隔开的空虚时辰，而是把我们引向更为牢固的结合，更好地禁闭在我的家中，那也是她的家，这是我占有她的具体标志。当然，为了占有就必须有欲望。我们只有在心怀爱意的情况下才会占有一根线条、一个平面、一个立体。但是，在我们散步的时候，阿尔贝蒂娜对我来说不像从前的拉谢尔，她不是一种由肉体和衣料组成的浮灰。在巴尔贝克，我的眼睛、我的嘴唇，我的双手凭借想象扎扎实实地构筑着她的肉体，温情脉脉地润色着她的肉体，所以现在，我在这辆车中不用贴近阿尔贝蒂娜也能触摸和控制这个肉体，我甚至用不着看见她，我只要听见她说话就足够了，假使她不言语的话，我只要知道她在我的身边就足够了；我的感官编织在一起完全包围了她，来到住宅前面，她理所当然下了车，我停顿了片刻，告诉司机让他回来接我，但是我的目光却仍然包围着她，她在我的前面走进拱门，看着她这样举止笨重、满脸红光，体态丰腴，囚犯般十分自然地跟我一起回家，犹如我自己的妻子，看着她在墙壁的护卫下消失在我们的住宅之中，我总是体会到那份懒懒的居家的安宁。不幸的是，她似乎觉得自己置身于监狱，并且同意德·拉罗什富科夫人的观点，当人们问这位夫人待在像利扬库尔那样漂亮的住宅里她是否感到满足时，她回答说："世上没有漂亮的监狱。"我可以从那天晚上我们在她的卧室里两个人单独吃晚餐时她的那种忧虑而又倦怠的神情中看出这一点。我对此先是毫无觉察；我还懊丧地想，如果没有阿尔贝蒂娜（因为在一家旅馆中她会整天与许多人接触，跟她在一起我会饱尝嫉妒的痛苦），我这时可能在威尼斯的一家小餐厅吃晚饭，这些小餐厅低矮得就像船上的货舱，从那里可以透过四周装饰着摩尔式线脚的拱形小玻璃窗看见大运河。

我必须补充一点，阿尔贝蒂娜很欣赏我家的那尊巨大的巴布迪安纳青铜像,布洛克有无数理由认为铜像丑陋无比。但他奇怪我为什么保留这尊青铜像时也许就不那么有理由了。我从未像他那样追求室内的艺术装饰和布置,我实在懒得去管这种事,我对眼前习以为常的一切都无动于衷。既然我的情趣不在那里,我就有权不让室内装饰细腻别致。尽管如此,我也许应该拿掉铜像。但是,丑陋而又豪华的东西却很有用处,因为这些东西摆在那些不理解我们、与我们的情趣格格不入而又可能被我们爱上的人旁边会产生一种威严,而这种威严是一种美的,而又没有显露出自身的美的东西所缺乏的。然而不理解我们的那些人恰恰就是我们必须施用某种威严的对象,而我们的智慧则足以保证我们在那些上等人身边拥有这种威严。尽管阿尔贝蒂娜已开始有鉴赏力,她仍然对这尊青铜像有某种崇拜,这种崇拜投射在我的身上就变成了一种敬意,这种来自阿尔贝蒂娜的敬意对我至关重要(远比保留一尊有点不太体面的青铜像更加重要),因为我爱阿尔贝蒂娜。

然而,我受到束缚这种想法突然间不再使我感到难堪,我希望这种束缚持续下去,因为我仿佛觉得阿尔贝蒂娜痛切地感到她也在受束缚。毫无疑问,每当我问她待在我家她是否愉快,她总是回答我说她不知道在哪里还会比在这儿更加幸福。但是这些话却往往与她那种忧郁和烦躁的神情不相吻合。

显然,如果她真有我以为她有的那些情趣,那么这些情趣的满足受到阻碍就会令她恼火而使我宽慰,如此宽慰以至我觉得我不公正地谴责了她这一假设十分可能,即使按这种假设我很难解释她的苦心刻意的行径:阿尔贝蒂娜设法从来不独自一人自由行动,她回家时不在门前停留片刻,每当她去打电话时总是让某个能够向我重复她的话的人,比如弗朗索瓦丝或安德烈陪伴她,当她和安德烈一起出去过,事后她总让我单独和安德烈在一起,却又不露出有意为之的痕迹,好让我得到关于她们外出的详尽报告。某些很快克制住的不耐烦的冲动与这种奇迹般的驯服形成了鲜明的反差，这些冲动使我自问，阿尔贝蒂娜是否打算挣脱她的枷锁。一些次要的事件佐证了我的设想。有一天，我单独外出时在帕西附近遇见了希塞尔，我们天南海北地聊开了。我立即对她说我经常看见阿尔贝蒂娜，我为自己能够把这个消息告诉她而非常得意。希塞尔问我她在哪里可以找到她，因为她**刚好**有什么事要告诉她。“什么事？”——“跟她的女伴有关的一些事。”——“什么样的女伴？我也许可以向您提供点情况，这不影响您见她。”——“噢，是些从前的女伴，我不记得她们叫什么名字。”希塞尔含糊其辞地回答道，连忙抽身告退。她离开了我，自以为她的话谨慎得足以让我明白一切。然而谎言终究经不起任何追究，一点点东西就能将它拆穿！如果关系到她甚至不知道姓名的从前的女伴，为什么她“刚好”需要对阿尔贝蒂娜谈谈她们的事呢？“刚好”与戈达尔夫人心爱的口头禅“真凑巧”如出一辙，这个副词只能适用于一种非同寻常、恰到好处，也许是十万火急，与确指的人物有关的东西。此外，她张张嘴，就像人们打呵欠时那样，含糊其辞地对我说（同时身体几乎也往后退，正如她在我们谈话的这一刻开倒车那样），“啊！我不知道，我不记得她们的姓名。”她张嘴说这话的样子使她一脸撒谎相，她的声调与脸是合拍的，而她先前说“我刚好”的那种截然不同、紧张活跃的神情说明了一个事实。我没有盘问希塞尔。即使盘问她对我来说又有什么用呢？当然，她撒谎的方式跟阿尔贝蒂娜不同。当然，阿尔贝蒂娜的谎言更令我痛心。但是首先，她们之间有一个共同点：就是她们在撒谎这个事实本身，而撒谎在某些场合是显而易见的。并不是真相显而易见，因为真相隐藏在谎言底下。众所周知，每个杀人犯都自以为已经把一切筹划得滴水不漏，不致被人逮住；到头来，杀人犯几乎总要被逮住。相反，撒谎的人却极少被人发觉，特别是其中被人喜爱的撒谎女人。没有人知道她去了哪里，她在那里做了什么。但是在她说话的时候，在她说到的另一件事，而这件事后面有她没有道出的东西的时候，谎言即刻就被发现，嫉妒之心油然而起，因为人们意识到那是谎言却又无法了解真相。在阿尔贝蒂娜身上,谎言是从人们在这段叙述中已经看到的许多特点中让人感觉到的,主要是通过下面这个特点:当她说谎时,她的叙述便或是贫乏、疏忽、不真实,或者相反,充满过多的旨在使叙述显得真实的细枝末节。无论说谎的人怎么想,显得真实根本不等于真实。人们想听某种真实的东西,却听到仅仅是显得真实的东西,它也许比真实更加真实,也许过分真实,有点音乐欣赏能力的耳朵感觉到事实并非如此,正如听见一行错误的诗句,或者听到高声把一个词读成另一个词。耳朵对此有所感觉,如果是一个正在恋爱的人,他心里便会惊慌不安。当人们因为不知道一个女人是经过贝里街还是经过华盛顿街,而改变了自己的生活时,他们为什么不想一想,只要我们明智地持续几年不见这个女人,那么这几米的差距以及那个女人本身将缩小到一亿分之一(也就是缩小到我们无法觉察的数量),那时比格列佛还要大得多的人将会变成任何显微镜——至少是心灵的显微镜,因为无动于衷的记忆显微镜倍数更高而且不那么易碎——都看不见的小矮人!不管怎样,虽然阿尔贝蒂娜的谎言与希塞尔的谎言有一个共同点——即撒谎本身——希塞尔撒谎的方式却不同于阿尔贝蒂娜,也不同于安德烈,然而她们各自的谎言彼此之间却配合默契、丝丝入扣,同时又千变万化,以至这个小小的帮派具有某些商行,比如出版社或者新闻机构的那种不可渗透的严密性,尽管它们的组成人员多种多样,不幸的作者却根本无法知道他是否受到欺诈。报纸或者杂志的主编撒起谎来态度特别真诚、郑重,因为他在许多场合需要欺瞒如下事实,即当他高举起真诚的旗帜对付其他的报纸主编或者戏剧导演以及其他的出版商时,他恰恰在做他所鞭笞过的事情,运用同样唯利是图的手段。公然宣称(正如一个政党的领袖那样,正如任何事物那样)撒谎是可怕的,这样做往往迫使人们在不摘掉庄严的面具,不放下真诚这顶桂冠的情况下比其他人撒谎更多。"真诚的人"的协会会员撒起谎来截然不同,而且样子更加天真。他欺骗他的作者犹如欺骗自己的妻子,使用了滑稽笑剧中的一些噱头。编辑部秘书，一个诚实而又粗俗的人撒起谎来直截了当，就像是向您许诺您的房屋将在房屋尚未开始营造之时竣工的一位建筑师。拥有一颗天使般心灵的主编在其他三个人中间周旋，即使不知道究竟是怎么回事，他也会出于兄弟般情谊的考虑及温柔的同舟共济之情用一句不容置疑的话给他们以可贵的帮助。这四个人生活在永恒的纠纷之中，作者的到来终止了这些纠纷。他们超越个人之间争吵，人人都记得前去援救受到威胁的“部队”这一伟大的军人职责。很久以来，我一直在这个“小帮派”面前扮演着作者的角色，而自己却没有意识到。如果希塞尔说“刚好”的时候想到了阿尔贝蒂娜的某个女伴，这个女伴一俟我的女友以这样或那样的借口离开我，便准备跟她一起去旅行，如果她想通知阿尔贝蒂娜的时机已经或者即将成熟，那么希塞尔即使粉身碎骨也不会把这些事告诉我的，所以向她提问毫无用处。

像遇见希塞尔这样的一些相会并不是加深我的疑虑的唯一原因。比方说，我欣赏阿尔贝蒂娜的绘画。而阿尔贝蒂娜的绘画，女囚的这些令人动容的消遣，使我深受感动，我为此向她表示祝贺。“不，画得很糟，我可从来没有上过一堂绘画课。”——“有一天晚上，在巴尔贝克，您可是派人告诉我说您留下来上绘画课。”我提请她回忆那个日子，并且对她说我当时即刻就明白，人们不在这个时辰上绘画课。阿尔贝蒂娜满脸通红。“确实如此，”她说，“我没有上绘画课，我一开始对您撒了许多谎，这一点我承认。但是我不再对您撒谎了。”我真想知道一开始的谎言究竟是哪些！然而我心里预先就清楚，她的招认会是新的谎言。因此我只是拥抱她。我只要她讲出其中的一个谎言。她回答道：“那好吧！比如，我以前说大海的气息让我感到难受。”面对这种恶意，我就不再坚持了。

为了让她觉得她的枷锁不那么沉重，对我来说最妙的莫过于让她相信我将亲手砸碎她的枷锁。无论如何，我不能在这个时候把这个骗人的计划向她和盘托出，她刚刚带着过分的殷勤从特罗卡德罗回来；我所能做的，绝不是用与她决裂的威胁折磨她，而充其量是闭口不谈我那颗感激的心正在编织的与她永远共同生活的梦想。在打量她的时候，我很难克制自己不向她泄露这些梦，也许她也觉察了这一点。不幸的是，梦的表述没有感染力。一个矫揉造作的老夫人的情形，正如德·夏吕斯先生那样，由于他在自己的想象当中只看得见一个骄傲的年轻男子，于是便以为自己也变成了骄傲的年轻男子，正因为如此他变得更加矫揉造作、更加滑稽可笑，这种情形更为普遍，一个热恋之中的情夫的不幸就在于他没有意识到当他看到自己面前的漂亮容貌时，他的情妇却看到了他那张原有的脸，这张脸并没有因美的视觉产生的快意而变得漂亮些，恰恰相反。爱情甚至不能说明所有这些普遍情形；我们看不见我们的身体，其他人却看见了，我们"追随着"我们的思想，对其他人来说那是不可见的；而这是摆在我们面前的东西。艺术家有时将这种东西显示在他的作品中。因此，作者会使欣赏其作品的人感到失望，因为这种内在的美不完全反映在作者的脸上。

一切被爱的人，在某种程度上说甚至是一切人，在我们眼里都是雅努斯，如果这人离开我们，他向我们显露的就是令我们欣喜的那一面，如果我们知道这人永远受我们支配，他向我们展露的就是阴郁的那一面。对阿尔贝蒂娜来说，与她长期共存的社会具有另一种我在这段叙述中无法言表的难以忍受之处。另一个人的生活与她的生活捆绑在一起，就像捆绑着一枚炸弹，丢下炸弹就必定犯罪，这是多么可怕的事。曲折、坎坷、危险、担忧，想到虚假和貌似真实的事以后会被信以为真而自己又无法解释时的恐惧，假使人们的贴心知己中有个疯子的话，就会体验到这些感情，请以这些感情作比较。比如，我对德·夏吕斯先生与莫雷尔生活在一起表示同情（对那天下午情景的回忆立即使我感到我的左胸远比右胸胀大）；姑且不论他们之间是否有关系，德·夏吕斯先生一开始大概不知道莫雷尔是疯子。莫雷尔的美，他的平庸，他的高傲大概使男爵不想去深究，直至凄凉的日子来临，在那些日子里，莫雷尔指责德·夏吕斯先生忧郁，而又无法作出解释，莫雷尔借助荒谬而又极为微妙的推理攻击他的多疑，用绝望的决定威胁他，在这些决定中始终起作用的是对最直接的利益的最奸诈的考虑。这一切只不过是比较。阿尔贝蒂娜不是疯子。

我心里明白，这一天贝戈特的死使我非常难过。众所周知，他的病拖了很久。当然不是指他起初得的病，那是自然产生的疾病。自然产生的疾病似乎只可能很短暂。但是医学却把握了延长疾病的艺术。药物和药物提供的暂时的缓解及药物中断后又产生的身体不适形成了一种患病的假象，病人的习惯最终会使这种假象稳定下来，而且使它一直照原样继续下去，就像孩子们患百日咳痊愈很久之后还一阵一阵咳嗽那样。接着，药物不太起作用了，人们就增加剂量，药物不再生效，反而由于长期使用不当开始产生危害。药物的天然属性恐怕不会让它们持久发挥作用。几乎可以与这种自然属性匹敌的医学却能够迫使人们卧床，迫使他们继续服药，否则便会死亡，这真是一大奇迹。这一来，人为的疾病扎下了根，变成一种次要而又真实的疾病，区别仅仅在于自然产生的疾病会痊愈，而医学制造的疾病却永远不会痊愈，因为医学不懂得痊愈的奥秘。

几年以前，贝戈特已经足不出户了。再说，他也从不喜欢社交界，或者说他曾经喜欢过一天，那仅仅是为了蔑视它，正如他蔑视其他的一切那样，而且是以他自己的方式蔑视，即是说并非因为得不到而蔑视，而是刚得到便加以蔑视。他的生活如此简朴，人们猜不出他究竟富有到什么程度，即使知道也可能出错，因为大家认为他非常吝啬，然而从来没有人像他那样慷慨。他跟女人，确切地说跟少女在一起时尤其慷慨，她们为自己付出太少而得到太多感到惭愧。在他自己看来他是可以原谅的，因为他知道，只有在感到自己爱着别人的气氛里他才能更好地创作。爱情，这未免言过其实，微微渗入肌肤的快感有助于文学工作，因为这种乐趣压倒了其他乐趣，比如社交的乐趣，以及普遍认可的乐趣。即使这种爱情带来幻灭,它至少可以用同样的方式触动心灵的表层,否则心灵会变得毫无生气。因此,为了使作家先与别的人既疏远又适应,随后再让一架超过了一定年限,有停顿趋向的思想机器开动起来,欲望对作家来说不无裨益。人无法幸福,然而人却能指出妨碍幸福的原因,假使没有失望这类突然的缺口,这些原因对我们来说仍然是不可见的。梦想是无法实现的,这一点我们明白;如果没有欲望,我们也许就不会梦想,梦想是有益的,为此人们可以看见梦想的破灭,梦想的破灭具有教育意义。贝戈特也在思忖:"我为少女花费的钱比百万富翁花费的钱还多,但是她们给我带来的乐趣或者失望使我写出一本给我带来钱财的书。"从经济角度来看,这种推论是荒谬的,然而他在这样把黄金转化为爱抚,把爱抚转化为黄金的过程中无疑得到了某种乐趣。当我外祖母故世的时候,我们看到,精疲力竭的晚年喜欢憩息。然而在社交界中却只有谈话。她对谈话反应迟钝,但是她有权赶走那些不过是问题和答案化身的女人。出了社交界,女人们重新变成凝视的对象,这使精疲力竭的老人感到那样舒适。总而言之,这一切现在已经不再有问题。我说过贝戈特已足不出户,他在他的卧室起床一个小时浑身就得裹上披巾和花格毛毯,穿着人们在大冷天外出或者坐火车时穿的一切。他只让极少数朋友在他身边出入,在这些朋友面前为了替自己辩解,他指着他身上的花格披巾和毛毯愉快地说:"您还想怎么样,亲爱的,阿纳格萨戈尔说过,人生就是一种旅行。"就这样,他慢慢感到越来越冷,就像一个小星宿预示着地球这个大星宿的景象:温暖逐渐离开地球,生命随即消逝。因此人类靠作品复活是不可能了,因为在将来,人类的作品要想光照后世,首先必须有人类存在。如果某些种类的动物能更长久地抵御严寒的侵袭,那么当人类不复存在的时候,即使贝戈特的荣耀还能持续到那个时候,这种荣耀顷刻之间也会永远消失。能够阅读他作品的并不是最后仅存的那些动物,因为它们不大可能像过五旬节的使徒那样无师自通地学会人类的各种语言。

在去世前的几个月里，贝戈特遭受到失眠的折磨，更糟的是，他刚刚睡着就噩梦缠身，要是他醒了这些噩梦也会促使他避免重新入睡。很久以来，他一直喜欢做梦，甚至喜欢不祥的梦，由于这些梦，和这些梦与人们在清醒状态中面对的现实互相矛盾，最迟在醒来时我们就会因做梦而深深感到我们曾经睡着过。但是，贝戈特的噩梦并非如此。当他谈到噩梦时，以前，他老听到一些不愉快事情经过他的脑海。而现在，梦仿佛来自他的身外，他感到一个凶恶的女人手上拿着一块湿抹布从他脸上擦过，竭力把他弄醒；臀部的搔痒难熬；车夫的狂怒——因为贝戈特在睡梦中曾经低声抱怨他驾驶技术糟糕——那个疯狂暴怒的车夫向作家扑过来，咬他的手指，锯他的手指。最后，当他在睡眠中光线很暗时，大自然便进行了一次不穿服装、用中风夺走他的生命的排练：贝戈特乘坐轿车进入斯万家新别墅的门廊，他想下车。一阵闪电般的眩晕使他呆坐在车座上，看门人试图帮助他下车，他仍然坐着，不能起身挪动他的双腿。他想紧紧抓住他面前的石柱，但是没有足够的力量支撑他站起来。

他看过一些医生，这些被召请的人受宠若惊，诊断出他的不适是由于他过分勤勉（他已经二十年没有做任何事了），由于他过度操劳。他们劝他不要看恐怖小说（他从来不看书），多晒“对生命必不可少的”太阳（他有几年稍感舒服全靠他在家幽居），增加饮食（这使他逐渐消瘦，倒为他的噩梦提供了营养）。他的一个医生擅长于自相矛盾和戏弄人，在没有其他人在场的时候，为了不伤害他，贝戈特一看见他就把别人对他的忠告作为自己的意见转告他，那医生矢口否认，以为贝戈特想让他开出他喜欢的某种药方，便立刻禁用这种药，为了达到目的，他经常用即刻编造的一些理由，在贝戈特用以具体反驳他的明显的事实面前，医生不能自圆其说，不得不在同一句话里自相矛盾，然而他又用新的理由强调同样的禁令。贝戈特回头去找第一批医生当中的一位，这人以头脑灵活而自鸣得意，尤其在一位文人面前，如果贝戈特委婉地说：“我觉得某医生好像对我说过——当然是从前——那会使我的肾脏和大脑充血……”那人就会露出狡黠的笑容，举起手指说道：“我是说使用，而不是滥用。当然，任何药物，夸张地说，都是一种同时具有利和弊两个方面的武器。”我们的身体具有某种有益于我们健康的本能，正如我们的心灵具有道德责任感，这是医学博士或神学博士的任何准许都无法代替的。我们知道冷水浴会使我们害病，我们仍旧喜欢洗冷水澡；我们总能找到医生来建议我们洗冷水澡，而不是来防止洗冷水澡的害处。贝戈特明智地遵从每个医生几年来下的禁令。几个星期之后，从前的意外再度出现，新的意外更加严重。每分钟都痛得死去活来，再加上被短促的噩梦打断的失眠，贝戈特不再请医生了，他试着服用各种麻醉药，卓有成效但剂量过多，他信任地看着每种麻醉药附带的简介，简介上都说明睡眠的必要性，但是又含蓄指出，所有催人入睡的药品（除了说明书介绍的瓶内装的产品，这种产品从无毒副作用的）都有毒性，而且因此产生的副作用比病痛更糟。贝戈特试过各种麻醉药。某些麻醉药与我们常用的，由比如戊基和乙基制成的麻醉药类别迥异。人们只能怀着对未知事物的美妙期待吞咽成分完全不同的新药。心跳得就像赴第一次约会。新的药物即将把我们引向哪些鲜为人知的睡眠和梦幻呢？药物现在已经进入我们的身体、左右着我们的思想。我们将以何种方式入睡？一旦我们睡着了，这种全能的主宰会让我们通过哪些古怪的途径，到达哪些巅峰，哪些无法测量的深渊呢？我们在这种旅行中会有哪一类新的感受呢？新药会使我们不舒服？心情恬淡快活？死亡？贝戈特的死发生在他把自己如此这般地托付给这些朋友（朋友还是敌人？）当中最厉害的一个之后的第二天。他是在这样的情况下去世的：尿毒症的轻微发作是人们建议他休息的原因。但是一位批评家在文章里谈到过的弗美尔的《德尔夫特小景》（从海牙美术馆借来举办一次荷兰画展的画）中一小块黄色的墙面（贝戈特不记得了）画得如此美妙，单独把它抽出来看，就好像是一件珍贵的中国艺术作品，具有一种自身的美，贝戈特十分欣赏并且自以为非常熟悉这幅画，因此他吃了几只土豆，离开家门去参观画展。刚一踏上台阶，他就感到头晕目眩。他从几幅画前面走过，感到如此虚假的艺术实在枯燥无味而且毫无用处，还比不上威尼斯的宫殿或者海边简朴的房屋的新鲜空气和阳光。最后，他来到弗美尔的画前，他记得这幅画比他熟悉的其他画更有光彩、更不一般，然而，由于批评家的文章，他第一次注意到一些穿蓝衣服的小人物，沙子是玫瑰红的，最后是那一小块黄色墙面的珍贵材料。他头晕得更加厉害；他目不转睛地紧盯住这一小块珍贵的黄色墙面，犹如小孩盯住他想捉住的一只黄蝴蝶看。"我也该这样写，"他说，"我最后几本书太枯燥了，应该涂上几层色彩，好让我的句子本身变得珍贵，就像这一小块黄色的墙面。"这时，严重的眩晕并没有过去。在天国的磅秤上一端的秤盘盛着他自己的一生，另一端则装着被如此优美地画成黄色的一小块墙面。他感到自己不小心把前一个天平托盘误认为后一个了。他心想："我可不愿让晚报把我当成这次画展的杂闻来谈。"

他重复再三："带挡雨披檐的一小块黄色墙面，一小块黄色墙面。"与此同时，他跌坐在一张环形沙发上；刹那间他不再想他有生命危险，他重又乐观起来，心想："这仅仅是没有熟透的那些土豆引起的消化不良，毫无关系。"又一阵眩晕向他袭来，他从沙发滚到地上，所有的参观者和守卫都朝他跑去。他死了。永远死了？谁能说得准呢？当然，招魂术试验和宗教信条都不能证明人死后灵魂还存在。人们只能说，今生今世发生的一切就仿佛我们是带着前世承诺的沉重义务进入今世似的。在我们现世的生活条件下，我们没有任何理由以为我们有必要行善、体贴，甚至礼貌，不信神的艺术家也没有任何理由以为自己有必要把一个片断重画二十遍，他由此引起的赞叹对他那被蛆虫啃咬的身体来说无关紧要，正如一个永远不为人知，仅仅以弗美尔的名字出现的艺术家运用许多技巧和经过反复推敲才画出来的黄色墙面那样。所有这些在现时生活中没有得到认可的义务似乎属于一个不同的，建筑在仁慈、认真、奉献之上的世界，一个与当今世界截然不同的世界，我们从这个不同的世界出来再出生到当今的世界，也许在回到那个世界之前，还会在那些陌生的律法影响下生活，我们服从那些律法，因为我们的心还受着它们的熏陶，但并不知道谁创立了这些律法——深刻的智力活动使人接近这些律法，而只有——说不定还不止呢！——愚蠢的人才看不到它们。因此，贝戈特并没有永远死去这种想法是真实可信的。

人们埋葬了他，但是在丧礼的整个夜晚，在灯火通明的玻璃橱窗里，他的那些三本一叠的书犹如展开翅膀的天使在守夜，对于已经不在人世的他来说，那仿佛是他复活的象征。

我曾经说过，我知道贝戈特是在那一天去世的。我对那些说他是前一天去世的报纸——彼此都重复着同一个调子——的这种不准确十分欣赏。就在前一天，阿尔贝蒂娜遇到过他，她当天晚上就对我讲述了这件事，她甚至因此迟到了一会儿，因为贝戈特跟她聊了很久。毫无疑问，贝戈特是与阿尔贝蒂娜进行最后一次谈话的。她是通过我认识贝戈特的，我已经很久没有看见他了，她出于好奇想要拜见他，我便在一年前写信给这位年迈的大师，把她引荐给他。他同意了我的请求，我想他心里有点不舒服，因为我重新见他只是为了让另一个人高兴，这证实了我对他的冷漠。这些情况经常发生：有时，人们不是为了享受重新跟他交谈的乐趣，而是为了第三者而恳求他或者她，他或者她的断然拒绝使被我们监护的女人以为我们在炫耀自己拥有一种莫须有的能力；更多的则是，天才或者著名的美人同意了，然而由于他们的荣誉受到了侮辱，他们的情感受到了挫伤，他们对我们只怀有一种已经淡薄了的、忧伤而又带点轻蔑的感情。在错误地指责报纸不准确之后，我猜测了很久，因为那一天，阿尔贝蒂娜根本没有遇到贝戈特，但是，当时我却一刻也不曾怀疑过她，因为她向我讲述这件事时神态自然，而且我在很久以后才了解她那坦然撒谎的迷人技巧。她所说的、她所招认的与事实如此不谋而合——我们无可辩驳地看到并了解到这点——所以她就这样在她的生活间隙当中散布了另一种生活的种种插曲,当时我没有怀疑这另一种生活是虚假的,只是在很久以后我才觉察到了这一点。我曾补充说,"当她招认的时候",下面谈谈为什么。有的时候,一些奇特的比较使我对她产生过嫉妒和怀疑,在这种怀疑里,在过去,或者很遗憾在将来,有另外一个人。为了对我掌握的事实显得有把握,我说出了姓名,阿尔贝蒂娜对我说:"是啊,一礼拜前我在离家几步远的地方遇见过她。我出于礼貌向她还礼。我跟她一起走了两步。但是我们之间没有过任何事情,从来也不会有任何事情。"而阿尔贝蒂娜却根本没有遇到过这个人,最充分的理由就是那人已有十个月没去巴黎。但是我的女友觉得完全否认不足为信。因此她虚构了这次短暂的相会,她说得那么实在,我仿佛看到那位夫人停下脚步,向她问好,跟她一起走了几步。假如我这时在外面,我的感官也许会向我证实,那位夫人没有跟阿尔贝蒂娜走过几步。然而即使我知道事实恰好相反,那也是得之于一系列推理中的一个环节(我们信任的那些人的话语环环紧扣),而不是感官的实证。为了引用感官的这种实证,我必须恰好在外面,而事实并非如此。不过人们可以想象,这样一个假设也不是难以置信的:我有可能在阿尔贝蒂娜那天晚上(她没有看见我)对我说她跟那位夫人一起走了几步的那个时辰外出并且来到街上,那样我就会知道阿尔贝蒂娜在撒谎。这是否确凿?一片该死的阴霾占据了我的头脑,我可能会怀疑我看到过她独自一人,只要我设法了解由于哪种视觉幻象我才没有看见那位夫人,我就不会因为自己的误会大吃一惊了,因为天体世界也并不比人类,尤其是我们热爱的人的真实活动更难认识,这些人为了对付我们的怀疑,会用一些保护他们自己的谎言使他们更加理直气壮。他们可以让我们麻木不仁的爱情相信,我们热爱的女人在国外有并不存在的姐妹,兄弟,嫂子,这种情形又能持续多少年呢?

感官的实证本身也是一种思想活动，在这个活动中自信造就了事实。我们好多次都看到，有时听觉给弗朗索瓦丝带来的不是人们说出的那句话，而是她自己信以为真的那句话，这就足以使她听不进一种更加优美的发音对她的暗中纠正。我们的膳食总管也是如此。德·夏吕斯先生这时穿着——因为他变化多端——颜色很浅、在千万个人当中一眼便能认出的裤子。不过，我们的膳食总管以为“公共小便池”（pissotière）①一词（这个词指德·盖尔芒特公爵所谓的朗比托小厕所，听到这样的称呼，德·朗比托先生火冒三丈）就是“pistière”，他一生中从来没听到任何人说过“公共小便池”，尽管人们经常在他面前提到这个词。但是，谬误要比信任更加顽固，而且谬误从不对自己的自信加以反省。膳食总管经常说：“德·夏吕斯男爵先生长时间待在小便池里（pistière）肯定是因为他得了一种病。这就是一个老色鬼的下场。他还穿着长裤。今天早晨，夫人派我去纳伊买东西。在勃艮第街，我看见德·夏吕斯男爵先生走进了公共小便处。一个多小时之后，当我从纳伊回来时，我在同一个小便处，在老地方又看见了他的黄裤子，他总是待在中间好让别人看不见他。”我认识的人当中没有谁比德·盖尔芒特夫人的一位侄女更漂亮、更高贵、更年轻。然而我却听见我有时去去的那家餐厅的守门人在她经过的时候说：“瞧瞧这个自命不凡的老妇人，像什么样子！少说也有八十岁。”关于年龄，我看他对自己的话也难以相信。但是，每当她经过饭店前去看望她那两个离这里不远的可爱的姑婆德·弗桑萨克夫人和德·巴尔鲁尔夫人时，聚集在他身边的那些跑堂的人都要嘲笑一番，他们以为这个小美人的脸看上去有八十岁，守门人形容“自命不凡的老妇人”的八十高龄被用到了她的身上，这也许是开玩笑，也许不是。要是有人对他们说，她比饭店里两个女出纳之中的一个更出色，他们可能会笑破肚子，而那个患着湿疹、肥胖得可笑的女

① pissotière 比 pistière 多一个音节，而后者是不存在的。

出纳在他们眼里居然是个美妇人。也许只有性欲才能阻止他们产生这样的谬误,假使性欲在所谓自命不凡的老妇人经过时发生作用,那些跑堂的也突然对这位年轻的女神起了馋心。然而,由于一些不为人知的,可能是社会方面的原因,这种欲望并没有起作用。况且其中还有许多值得商榷的地方。对我们大家来说,世界是真实的,在每个人看来世界又是不同的。为了叙述的顺序,如果我们不必局限于一些无聊的理由,有多少更重大的理由使我们能够指出这卷书的开头,有多么肤浅多么骗人,在那一卷里我说我在自己的床上听见世界忽而在这种天气忽而在那种天气里苏醒了!是啊,我被迫使事物变得浅薄,成为撒谎的人,然而每天早晨醒来的不是一个世界,而是成千上万个,几乎与人类的眼珠和智慧一样多的世界。

提到阿尔贝蒂娜,我从来不知道哪些妇女在使谎言形象生动、染上生活本身的色彩这一点上比她更具有独到的天赋,除非是她的一位女友——我那些如花似玉的少女当中的一位,她也像阿尔贝蒂娜那样娇艳,但是她那凸凹不平的侧影就像一串串玫瑰花,花串又长又弯曲,我忘记了这种玫瑰的名字。从说谎的角度来看,这个少女比阿尔贝蒂娜更胜一筹,因为她说谎时没有一刻显得痛苦,也没有因恼怒而省去什么不说,而这些现象在我的女友那里比比皆是。然而我说过,她在编造一个滴水不漏的故事时迷人可爱,因为听她说话的人在自己面前看到了她说的——却又是想象出来的——那些东西,把她的话当作自己亲眼目睹的了。激励阿尔贝蒂娜的只有貌似的逼真,而根本没有使我产生嫉妒的欲望。因为也许并不引人关注的阿尔贝蒂娜喜欢得到别人的奉承。不过,在这部作品当中,即使我有过而且可以有许多机会表现嫉妒怎样增强了爱情,我也是站在情人的立场这样做的。但是,哪怕这个人的傲气几乎已荡然无存,哪怕他会因为别离而死去,他也不会用奉承去响应假想的不忠,他会自己走开,或者并不远远离去,而强迫自己装出冷漠的样子。因此,他的情妇使他备受折磨痛苦,这对情妇来说倒纯粹是一种损失。相反,她可以用一句巧妙的话，用温情脉脉的爱抚去驱除折磨他的种种疑虑，尽管他自以为对此无动于衷，情夫也许并没有体会到由嫉妒引起的爱情的猛烈增长，但他突然不再痛苦，他感到幸福、动情、放松，犹如人们在一场风暴过后大雨降临时感到的那样，当人们还在大栗树底下感受到挂在树上的水珠间隔很久才一滴一滴垂落下来的时候，色彩绚丽的太阳已经重新出现了，他不知道该如何表达他对治愈自己的那个女人的感激之情。阿尔贝蒂娜知道我喜欢报答她对我的盛情，这也许正说明她是为了开脱自己才杜撰出那些故事，承认得那么自然的，我并不怀疑她的故事，其中的一个就是遇到贝戈特，而他当时已经死了。直到现在，我只知道阿尔贝蒂娜这些谎言，比如，弗朗索瓦丝在巴尔贝克向我报告的，我忘记说了，尽管这些谎言使我受到了莫大的伤害："因为她不愿来，她就对我说：'您难道不能对先生说您没有找到我，说我已经出去了？'"然而热爱我们的"下人们"，正如热爱我的弗朗索瓦丝，他们喜欢刺伤我们的自尊心。

晚饭后，我对阿尔贝蒂娜说我想趁着我已经起床的机会去看望一些朋友，比如德·维尔巴里西斯夫人、德·盖尔芒特夫人、康布尔梅一家，我不太清楚，总之是我在他们家里能够找到的那些人。但是我没有说出我准备去看望的维尔迪兰一家的姓。我问她是否愿意跟我一起去。她借口没有裙袍。"再说，我的头发也梳理得太不像样子。您是否坚持要我继续保持这种发型呢？"她突然伸出一只手向我告别，她摊开胳膊，耸起肩膀，就像从前她在巴尔贝克海滩上那样，此后她再没有过这样的动作。这个被人遗忘的动作使阿尔贝蒂娜的身体获得了活力，她变成还不大了解我时的那个阿尔贝蒂娜了。这种举动使外表唐突、拘泥虚礼的阿尔贝蒂娜恢复了她原来的新鲜感，她的陌生感，甚至使她回到了她自己的天地。我看到了这个少女背后的大海，自从我不再去海边以后，我从来也没有看到大海像这样向我招手。"我的姨妈觉得这发型会使我显老。"她神情阴郁地补充道。我心想:“但愿她姨妈说得对!”让娃娃脸的阿尔贝蒂娜使邦当夫人显得更年轻,这正是她姨妈最大的追求,还有,最好阿尔贝蒂娜在嫁给我之前别花她的钱,而且从我们结婚那天起她还会有所收益。但是我希望的恰好相反,我愿意阿尔贝蒂娜别显得那么年轻、那么漂亮,少在街上让人回首顾盼,何况无论是讨厌的老妪还是被爱恋的女人衰老的面容都不能使一个嫉妒的情夫感到放心,不过让我感到痛心的是,我要求阿尔贝蒂娜采纳的那种发型在她看来竟然是又一重幽禁。哪怕我远离阿尔贝蒂娜,不断地把我与她联系在一起的还是这种新的居家的亲切感。

我对阿尔贝蒂娜说让她陪我去盖尔芒特和康布尔梅家,我不太清楚我究竟想去哪里,她对我说她没心思去,我便去了维尔迪兰家。正当我动身去维尔迪兰家的时候,我到那里听音乐会的念头使我联想起下午的情景:“荡妇、荡妇”——失恋的情景,也许是妒火中烧的情景,然而又是兽性大发的情景,除了言语之外,其兽性和一头爱上女人(如果可以这么说)的大猴对这女人干得出来的一模一样——正当我在街上打算叫一辆出租马车的时候,我听到了一个男人的抽泣声,他坐在一块界石上试图克制住自己的情绪。我走上前去:那人双手捧着脑袋,看上去像个年轻男子;从他大衣里露出的白颜色判断,他似乎穿着套装,系着白色领带。听到我的声音,他才发现自己的脸上挂满泪水,但是他立即认出是我,并且掉转脸去。那是莫雷尔。他知道我已经认出了他,便竭力止住泪水,他对我说,他因为心里难受在这里停停。他对我说:“就在今天,我粗暴地侮辱了一个女人,我对她曾经一往情深。卑鄙的家伙才会这么干,因为她爱我。”——“时间长了她也许会忘记。”我回答说,我没有想到这样说话会显得我好像耳闻目睹了下午的情景似的。然而他一个劲地伤心去了,根本没有想到我会知道点什么。“她也许会忘记,”他对我说,“但是我却无法忘记。我为自己感到羞愧,我讨厌自己!不过归根到底,既然已经说了也没有办法,再怎么做也无济于事。当我被激怒时,我不知道自己在干什么。而这对我的健康非常不利,我的神经完全错乱了。"正如所有的神经衰弱患者那样,他对自己的身体十分担心。如果下午我看到的是一头猛兽的爱情怒火,那么今天晚上,几个小时之间恍若过去了几个世纪,一种新的感情,一种羞愧、后悔、忧伤的感情则表明:野兽向人类转变的演化过程中一个冗长的阶段已经过去。尽管如此,我却始终听到"荡妇"的喊声,我唯恐下一轮再循环到野蛮状态。况且我也很难理解所发生的一切,这点再自然不过,因为德·夏吕斯先生本人也完全不知道几天来,尤其是今天,甚至在那段与小提琴手的精神状态并无直接关系的不体面插曲之前,莫雷尔的神经衰弱已经又犯了。实际上他在上个月就飞快地勾搭上了絮比安的侄女,而勾搭的速度却比他原先的期望要慢得多,他可以像未婚夫那样随心所欲地带她出去。然而,当他在准备强奸的勾当中陷得深了些时,尤其是当他对自己的未婚妻说要她跟别的少女交朋友并把她们提供给他时,他遭到了抵制,这激怒了他。这一下(她过于贞洁也好,相反她自愿失身也罢),他的欲望一落千丈。他决定断绝关系,不过他觉得男爵这个人虽然邪恶却也十分仗义,他害怕断绝关系之后德·夏吕斯先生会赶他出门。所以,他半个月前就下决心不再去见那个少女,让德·夏吕斯先生和絮比安在他俩之间去解决(他使用了一个更加康布尔梅式的动词),并且打算在宣布断绝关系之前,"溜"到一个不为人知的地方去。

爱情的结局使他有点伤心,因此,尽管他与絮比安侄女的行为在微不足道的细节上恰恰可以同他与男爵在圣马尔斯吃晚餐时他当着男爵的面论说的行为相吻合,这两种行为可能还是截然不同的,而他在自己论说过的行为中没有料到的一些不太恶劣的感情可能美化了他的真实行为并且使之情感化。相反,现实比计划更糟的唯一地方倒在于计划中他觉得在这样一种背弃之后似乎不可能留在巴黎。现在,对他来说,为了一桩如此简单的事情"溜走"未免太过分了。这意味着离开无疑会发怒的男爵,破坏自己的地位。还会失去男爵给他的一切钱财。一想到这一切在所难免，他便心烦意乱，他一连几个小时伤心落泪，为了不去想这些，他用了吗啡，是小心翼翼用的。然后，他的头脑中突然转过一个念头，毫无疑问，这种想法在头脑中逐渐产生成形已有一段时间了，那就是：在断绝关系与完全跟德·夏吕斯先生闹翻之间的选择也许并非两者必居其一。失去男爵供给的一切钱财损失太大了。莫雷尔犹豫不决，他有好几天都在发愁，就像他见了布洛克时发愁一样，然后他得出结论，絮比安和他的侄女试图让他落入一个圈套，他们大概在为这桩占便宜的交易而感到庆幸。他觉得总之是那个少女自己不好，她笨拙得简直不知道怎样用肉欲去缠住他。对他来说，牺牲他在德·夏吕斯先生家的地位不仅荒唐，而且他们订婚以来他请少女吃过的那些昂贵的晚餐也很可惜，他也许可以报账，就像那个每月都把自己的"账本"交给我舅舅的随身男仆的儿子那样，因为账本的单数对一般人来说意味着印成铅字的著作，而对"殿下"们和随身仆役来说便失去了这层意思。对仆役来说这个词意味着账本；对"殿下"们意味着人们记事的本子（在巴尔贝克，一天，卢森堡公主对我说她没有带书，我正想把《冰岛渔夫》和《达拉斯贡城的达达兰》借给她时才明白她想说的意思；并非她日子过得不太愉快，而是因为她没带本子，我要给她留名字就难一些）。

尽管莫雷尔对他行为的后果看法老变，尽管两个月之前当他狂热地爱上絮比安的侄女时，他也许会认为这种行为十分可憎，尽管半个月来他一再重申这种行为本身是自然的、值得称道的，这种行为却仍然使他的神经质状态更加严重，刚才他就是在这样的状态中申明断绝关系的。他已经做好了"出气"的充分准备，即使（除非是在瞬间的冲动中）不拿这个少女出气，残存的爱情使他对少女还心有余悸，也就是说对她还残存一丝爱意，至少也要拿男爵出气。不过，他在晚饭前对男爵守口如瓶，因为他把他本人专业上的精湛技艺看得高于一切，当他要演奏高难度作品的时候（比如今天晚上在维尔迪兰家），他就避免（尽量避免，而这比下午的情景更够他受的）一切可能使他的演奏动作不连贯的东西。就像一个热衷于赛车运动的外科大夫在他要动手术的时候不再开车。因此，他在对我说话的同时轻轻地逐个活动他的手指，看看手指是否恢复了它们的灵活。他皱皱眉头，那意思好像是还有一点神经质的僵硬。然而，为了不让手指更僵硬，他放松面部，正如人们在没有睡着觉或者没有轻易占有一个女人时不让自己激动恼火那样，因为他生怕恐惧症本身会进一步耽搁他睡眠或者享乐的时间。所以，他希望重新恢复心灵的宁静，以便像往常一样专心致志地在维尔迪兰家演奏，他还希望让我证实他的痛苦，因为我后来看出了这一点，为此在他看来，最简单的莫过于恳求我立即离开。他的恳求是多余的，因为离开他对我是一种解脱。当我们往同一幢住宅走去，在离住宅还有几分钟的路程时，我真害怕他要求我开车带他同往，我对下午的情景印象太深，所以这段路如果让莫雷尔在我身边我不能不感到有点厌恶。莫雷尔对絮比安侄女的爱情，后来的冷漠或者说憎恶很可能发自真心。不幸的是，他已经不是第一次（也不会是最后一次）如此行事，突然“贴上”一个少女，向她发誓永远爱她，甚至向她出示他随身携带的手枪，说假使他卑鄙残忍到抛弃她，他就叫自己脑袋开花。后来他还是抛弃了她，并且感到某种怨恨而不是悔疚。他已经不是第一次如此行事，这也不可能是最后一次，所以许多少女——忘不了他却被他忘怀的少女——感到痛苦——比如絮比安的侄女，她仍然痛苦了很久，她在继续爱着莫雷尔的同时又很蔑视他——她们痛苦，而且准备在内心苦痛难熬时发泄出来，因为莫雷尔那张坚硬犹如大理石，俊美犹如古代艺术品的面容就像一尊希腊雕像的碎片那样充塞在她们当中的每一个人的脑海之中，还有他那漂亮的头发，机智的眼睛，挺直的鼻子——嵌进不该接受它们的头颅便形成肿块，而这肿块又无法开刀。然而，久而久之，这些如此坚硬的碎片终于滑落到一个地方，在这里它们已引不起太大的痛苦，也不动弹；人们再也感觉不到它们的存在，那就是遗忘，或者说无足轻重的记忆。

我在白天有两个收获。一方面，由于阿尔贝蒂娜的温顺给我带来了宁静，我有可能，从而也下了决心跟她断绝关系。另一方面，我坐在我的钢琴前等待她的那段时间里反思的结果产生了这样的想法，我想争取把自己重新得到的自由奉献给艺术，而艺术并不是某种值得人们为它作奉献的东西，而是某种生命之外的东西，它与人生虚浮的荣誉和一事无成都毫不相干，从作品中获得真正的个性这种表象仅仅来自技巧上的逼真。如果说我度过的下午在我身上留下了其他的，也许是更加深刻的东西，那么这些东西是在很久之后才被我了解的。至于我明确地权衡过的这两个收获，它们不会持续很久；因为从那天晚上开始，我关于艺术的看法便在那天下午的感受逐渐减弱时重新占据上风，相反，我说的宁静以及由此而来的我能够献身艺术的自由倒会重新弃我而去。

我的车沿着堤岸驶近维尔迪兰家，我让司机停车。其实我刚刚看见布里肖在波拿巴特街的拐角从有轨电车里走下来，他用一张旧报纸擦拭自己的皮鞋，戴上银灰色手套。我朝他走去。一段时间以来，他的眼疾逐渐恶化，所以他佩戴了一副——犹如实验室一般阔气的——新眼镜，就像天文望远镜那样功率大而且复杂，眼镜仿佛用螺丝拧在他的眼睛上；他把眼镜的焦距对准我，并且认出是我。眼镜的状况良好。但是，透过眼镜，我却觉察到待在这种大功率的设备底下的是一缕细微的、淡淡的、痉挛的、垂死的漠然目光，正如在那些对人们干的活报酬太多的实验室里，有人把一只微不足道、濒临死亡的小动物置于最精密的仪器之下那样。我把自己的胳膊伸给这个半瞎的人，好让他放心走路。“这一次，我们不是在大舍尔堡附近，”他对我说，“而是在小敦刻尔克旁边碰面了。”我觉得他的话实在无聊，因为我不明白这句话的意思；可是我又不敢问布里肖那是什么意思，与其害怕他的轻蔑，我倒更怕他的解释。我回答他说，我很想看看从前斯万每天晚上与奥黛特会面的那间客厅。“怎么，您熟悉这些古老的故事？”他对我说，“不过，诗人完全有理由称之为：grande spatium mortalisaevi。”①

在当时，斯万的逝世使我大为震惊。斯万死了！斯万在这个句子中并不只是一个简单的所有格的作用。我从此领会了独特的死亡，由命运派遣为斯万服务的死亡。因为我们说死是为了简化，然而有多少人就几乎有同样多的死亡。有些感官我们并不具备，这种官能使我们能够看见朝四面八方疾速奔跑的死神，命运之神把活跃的死神往这个人或那个人引过去。这些死神往往只有在两三年之后才能完全从自己的工作中解放出来。飞奔的死神把癌症放入斯万的胁部，然后又跑开去干别的活，直到外科大夫动完手术时再重新回来，以便把癌症再次放进去。继而，人们从《高卢人报》中看到，斯万的健康令人不安，但是他不适的身体正在有效地恢复。于是，在咽气之前的几分钟，死神就像一个不会毁灭您而会照料您的修女前来陪伴您度过最后的时刻，用最后的光环为这个心脏已经停止跳动、身体永远冰凉的人加冕。正是死神的多样性，它们来回走动的神秘性，它们身上致命的披肩的色彩使报纸的字里行间具有某种引起如此强烈感受的东西："我们非常遗憾地获悉，查理·斯万先生因患某种痛苦的疾病的后遗症于昨日在巴黎寓所逝世。作为巴黎人，他的思想备受重视，他在有选择的人际关系中始终忠诚可靠，为此也深孚众望，艺术文学界将一致对他的逝世表示哀悼，他对文学艺术高超精微的鉴赏力使他深受喜爱和欢迎。赛马俱乐部全体国人也对这位成员的逝世表示惋惜，他在俱乐部不仅资深而且驯马有方。他还是同盟联谊会和农业联谊会会员。前不久，他递交了王家街联谊会成员的辞呈。他的精神风貌以及他引人注目的声望却仍然在音乐绘画的大型活动中，尤其在艺术预展或开幕式上引起公众的兴趣，他甚至在极少出户的最后那几年仍旧是这些领域忠实的常客。丧礼即将举行，云云。"

① 拉丁语，意为：死而复活的巨大空间。

从这一点来看，如果不是“有身份的人”没有名望，头衔会使尸体腐烂更快。毫无疑问，没有突出个性的人只能默默无闻，即使那人是于塞斯公爵。然而公爵这顶桂冠还会把各种因素聚集起来并保持一段时间，有如阿尔贝蒂娜喜欢吃的冰糕暂时保持好看的形状，而那些热衷于上流社会生活的资产阶级人士一俟死去，他们的名字立即就会解体，“脱模”融化。我们看到，德·盖尔芒特夫人谈到卡地亚时把他当作德拉特雷穆瓦伊公爵的好朋友，当作一个在贵族圈子中备受推崇的人。对下一代人来说，卡地亚变成了那么不定型的东西，以至把他归到于首饰商卡地亚一类人还算抬高了他的身价，他可能会嘲笑那些无知的人竟然把他跟首饰商混淆起来！相反，斯万却是个具有出色的文化艺术个性的人；尽管他没有任何“作品”，他却有幸存留了一点时间。然而，亲爱的查理·斯万，我在年轻时对您了解甚少，而在您离坟墓不远时，因为那个也许被您看作小傻瓜的人已经把您作为他的一部小说的主人公，人们已经又开始谈论您了，也许您因此还会活下去。在迪索描绘王家街联谊会的阳台这幅画中，您在加里费、埃德蒙·德·波利尼亚克和圣莫里斯中间，人们在谈这幅画时之所以经常谈到您，那是因为人们看到，在斯万这个人物身上有您的某些特征。

再谈谈更普遍的事实，我曾经在德·盖尔芒特公爵夫人家里听见斯万本人谈到他的这种预期之中而又出乎意料的死，是在公爵夫人侄女举行宴会的那天晚上。一天晚上我浏览报纸时，他的讣告就像不合时宜地插进来的几行神秘的文字顿时吸引了我，我当时又重新体会到了同样的死亡独特而又扣人心弦的怪异性。这几行文字足以使一个活生生的人变成只能用姓名，用见诸文字的姓名，而且是突然间从阳世转到阴间的姓名来应答别人的人。正是这几行字使我仍然渴望进一步了解维尔迪兰从前居住过的地方，斯万当时还不光见诸于报纸上的几行文字，他那时经常和奥黛特在那个地方共进晚餐。还应该补充说（这使我为斯万之死悲哀的时间比为另一个人之死悲哀的时间更长，尽管去了解的动机与**他的**死亡的个别怪异性无关），我没有去看望希尔贝特，而我在德·盖尔芒特亲王夫人家却答应过斯万去看她，他没有把这条"别的理由"告诉我；在那天晚上，他暗示过这条理由，为此他还选择我作他与亲王交谈的知情人；上千个问题又涌现在我面前（犹如水泡从水底冒上来那样），我想就最不相干的主题问他：关于弗美尔，关于德·穆西先生，关于他本人，关于布歇的一张壁毯，关于贡布雷，毫无疑问，这些问题并不迫切，因为我已经把这些问题搁置再三，然而自从他封住了牙关不可能再答复之后，这些问题在我看来便显得至关重要了。

"噢，不，"布里肖又说，"斯万不是在这里遇到他未来的妻子的，至少他只是在最后的时刻，在局部摧毁了维尔迪兰夫人的第一个住处的那场灾难之后才来这里的。"

不幸的是，我唯恐在布里肖眼前展示在我看来似乎不合适的奢侈，因为这位大学教师没有奢侈的份儿，我急急忙忙走下小汽车，司机不明白我为了在布里肖发现我之前躲远点而飞快地对他说的话。结果是司机又走过来与我们攀谈，他问我是否要来接我；我赶忙对他说好吧，并为此对乘坐公共汽车到来的大学教师表示倍加尊重。

"啊！您是坐小汽车来的。"他郑重其事地对我说。——"我的上帝，这是最偶然不过的事；我从来不乘小汽车。我总是乘坐公共汽车或者步行。不过，如果您答应我坐进这辆破车，今天晚上陪您回家对我来说也许是莫大的荣幸；我们会有点挤。但您总是对我那么宽厚。"唉，我心想，向他提出这样的建议对我毫无损失，既然因为阿尔贝蒂娜的缘故我得老回家。她在任何人都不能前来见她的那个时辰待在我家，这就使我能够像下午那样自由地支配自己的时间，下午我知道她即将从特罗卡德罗回来，我又并不急于再见她。然而，归根到底，也像下午那样，我感觉到我有一个女人，我在回家时就不会经历孤独引起的有益于健康的兴奋。"我乐意接受。"布里肖回答我说。"在您提到过的那个时期，我们的朋友住在蒙达利维街一个宽敞的带夹层的一楼，夹层对着花园，房屋当然不算豪华，但比起威尼斯大使的住宅我更喜欢这房子。”布里肖告诉我，“今天晚上，‘孔蒂码头’（自从维尔迪兰迁到那里之后，他的老常客谈起他的沙龙便这样称呼）有德·夏吕斯先生组织的盛大音乐‘招待会’。”他还说，在我刚才谈到过的从前那些日子，小核心是另一番景象，基调也截然不同，这不仅仅因为常客们更年轻的缘故。他向我讲了埃尔斯蒂尔的一些恶作剧（他称之为“纯粹的瞎胡闹”），比如有一天，他在最后一刻装作走掉的样子，然后装扮成临时加班的司厨长走进来，他在递盘子的同时凑到假装正经的普特布斯男爵夫人耳边说了一些放荡的话，男爵夫人又怕又气，满脸通红；接着，在晚饭结束前他消失了，他让人把一个盛满水的浴缸抬进客厅，当人们离开饭桌时，他赤条条一丝不挂地走出浴缸，嘴里骂骂咧咧；还有，有几次大家穿着纸做的，由埃尔斯蒂尔设计、裁剪、绘制的服装前来夜宵，那是他的杰作，有一次布里肖穿了查理七世宫廷中一个贵族大老爷的服装，脚上穿的是尖长的翘头鞋，另一次他穿着拿破仑一世的服装，埃尔斯蒂尔用封信的火漆给这套服装制作了一条荣誉军团饰带。简而言之，布里肖正在他的头脑中重温当时的客厅，客厅里的大窗户，那些被正午的太阳晒糟了、需要更换的矮脚长沙发。他声称，与今天的客厅相比，他更喜欢往日的客厅。当然，我很清楚布里肖所理解的“客厅”——就像教堂这个词不仅指宗教建筑，而且还指信徒的团体——不仅指那个夹层，而且还指常去那里光顾的人，他们去那里寻求的特殊的乐趣，在他的记忆中是这些长沙发使那些人和事变得更清晰了，当时有人下午前来拜会维尔迪兰夫人时就坐在这些长沙发上等待她准备就绪，当时外面栗树上的粉红色花朵，壁炉上花瓶里的石竹仿佛是在用它们的粉红颜色笑意盈盈地向来访者亲切致意，表示它们聚精会神地期待着姗姗来迟的女主人。然而，这个“客厅”在他看来之所以比现在的客厅更胜一筹，那也许是因为我们的思想就像老普罗透斯①,对什么样的形式都无法屈从,甚至在社交生活里,我们的思想也会突然脱离一个艰难而缓慢地臻于完善的客厅,而去喜欢一个不太出色的客厅,正如奥黛特让奥多拍摄的那些"经过整修"的照片,照片中她身穿公主的宽大裙袍,朗代里克为她卷发,比起这些照片来,斯万更喜欢照相簿上那张在尼斯拍摄的小照,在这张小照上,她头戴呢绒遮阳阔边女软帽,散乱的头发从绣着蝴蝶花、黑丝绒打结的草帽中露出来(照片越旧,女人们一般看上去也就越老),风姿绰约使她看上去年轻了二十岁,就像一个可能比实际年龄大二十岁的小丫环。也许他还热衷于向我吹嘘我所不知道的事,告诉我他曾经品尝过我不可能领略的种种乐趣。况且,只要指出这两三个不复存在的人,用他自己的谈话方式赋予这些人的魅力以某种神秘的东西,他也就做到了这一点;我觉得人们向我讲述的关于维尔迪兰家的一切都过于粗浅;就连我从前认识的斯万,我也责备自己没有对他加以足够的注意,对他的注意也没有做到大公无私,在他一面接待我一面等候他的妻子回来吃午饭时我也没有认真听他说话,他给我看一些精品时我也没有认真听他解说,因为我现在明白了,他堪与从前最出色的健谈者相媲美。

来到维尔迪兰夫人家的时候,我发现德·夏吕斯先生正挺着他那大腹便便的肚子朝我们走来,还无可奈何地让一个流氓乞丐之类的人跟在他身后,现在他经过哪怕表面看去无人问津的角落,这类人也会从那里冒出来,因为这大块头丑八怪总是身不由己地让这类人跟着他,哪怕隔一段距离呢,就像鲨鱼总由它的向导护送一般,这与第一年在巴尔贝克见到的那个外貌冷峻、装出具有男子气概而又高傲的陌生人形成了那么鲜明的对照,我觉得好像发现了一个处于不同公转周期的天体,旁边还有一个卫星,而且这天体只有变圆了才能被人看见,或者说发现了一个病人,这病

① 他是一个海神,能占卜凶吉,随时变化形状。

人现在染上的疾病在几年前只是一个小肿块，当时他很容易掩盖这肿块，所以没有被人察觉它的严重性。尽管布里肖动过的一次手术使他以为即将永远丧失的视力恢复了一点点，我却不知道他是否发觉了不离男爵左右的那个流氓。再说这也无关紧要，因为在拉斯普利埃之后，而且尽管大学教师跟他有交情，德·夏吕斯先生的出现仍然引起了他某种不快。毫无疑问，对每个人来说，别人的生命都在暗地里通过各种途径延伸，谁也猜不出是怎样的途径。谎言，尽管经常骗人，而且人们所有的交谈都少不了谎言，谎言却不能圆满地掩饰恶感或关心的感情，或一次装作没有进行过的拜访，或和情妇溜出去玩过的一天，而他又不愿意妻子知道——即使不让猜出他的坏品行，就是好名声也不能使妻子蒙在鼓里对此一无所知。这些坏品行可以在一生当中不被察觉；夜晚在河堤上的一次相会都会偶然暴露这些不道德行为；况且这通常很难理解，必须有一个知情的第三者向您提供无人知晓的难以得到的内情。然而，这些坏品行一旦为人所知，就会把人吓一跳，因为人们感觉到这事荒唐之至远不止出于道德观念，德·絮希-勒迪克夫人的道德观念最弱了，她的儿子们用利益去贬低和解释任何事物她都可能加以认可，利益对所有的人来说是可以理解的。然而，当她得知她的儿子们每次去德·夏吕斯先生家拜访，他都仿佛命里注定，必然按时拧他们的下巴，而且彼此互相拧下巴时，她就禁止他们继续去他家。她感受到对生理奥秘的不安，这种感情使她心里琢磨与自己保持着良好关系的邻居是否染上了吃人肉的毛病，男爵再三问她："我最近难道见不到这些年轻人了？"对此她回答说，他们正忙于自己的功课，忙于准备一次旅行，等等，心里却对自己十分窝火。不负责任使错误甚至罪恶罪加一等，无论人们对此怎么说。如果朗德吕（就算他确实杀死过一些女人）这样做是出于私利，对私利，人是可以抵制的，那他还有可能得到特赦，然而如果是出于一种无法抗拒的性虐待狂，他就等不到特赦了。

布里肖在与男爵的友谊刚刚开始的时候，在他家讲一些粗俗的玩笑话，当他讲的话已不再是老生常谈而是表示理解时，那些玩笑就被一种愉快掩盖下的痛苦感情代替了。他在朗诵柏拉图作品的片段、维吉尔的诗行时感到心安理得，因为他这个在头脑方面也是瞎子的人并不明白，在当时爱恋一个年轻男子等于今天（与柏拉图的理论相比，苏格拉底的玩笑对此的揭示更加出色）供养一个舞女，然后同她订婚。德·夏吕斯先生本人可能也不明白这一点，他把自己的怪癖与友谊相混淆，而友谊与怪癖却是两码事，他还把伯拉克西特列斯的竞技者与温顺的拳击手混淆起来。他不想看到，自从十九世纪以来（拉布吕耶尔说过，"虔诚王子手下的虔诚朝臣可能是无神论王子手下的无神论者"），任何习惯上的同性恋——柏拉图的年轻人的同性恋和维吉尔的牧羊人的同性恋都一样——已经消失，残存下来并且日益繁多的只有人们向其他人秘而不宣以及自我扭曲的那种不自愿而又神经质的同性恋。而德·夏吕斯先生的过错也许在于他没有坚决否认异教的家谱。怎样的道德优势才能换取一点点形体美呀！忒奥克里托斯笔下那个牧羊人爱慕一个少年，日后他也并没有理由非得比为阿玛里利斯吹笛子的牧羊人心肠更软，思想更细腻不可。因为前者并不是沾染了什么病而是服从了当时的风尚。只有这种克服了重重障碍而残存下来、可耻而又缺乏生气的同性恋才是唯一真实的、唯一能够在同一个人身上与道德品质的完美相称的东西。当人们在思考纯肉欲小小的转移，和感官的轻微瑕疵时，一想到肉体竟可能与美德发生关系便会吓得哆嗦，这些美德说明，诗人和音乐家们的天地在德·盖尔芒特公爵眼里如此难以理解，它对德·夏吕斯先生来说却比较能够理解。德·夏吕斯先生内心有家庭小摆设式的情趣，这倒不令人惊讶；可是，竟让他通过狭窄的缝隙借光理解了贝多芬和委罗内塞！然而，这并不能使健康的人遇到这种情况不感到害怕；一个写出一首好诗的疯子用最正当的理由向健康的人解释，他被关起来是错误的，是因为他的妻子太坏，他请求他们去疯人院院长那里进行干预，他还对人们强迫他和别人挤在一起连声抱怨，并且因此得出这样的结论:“瞧瞧,这人就要到院子里来同我说话了,我不得不勉强和他接触,这人以为他就是耶稣基督。然而,这正好向我证明我和什么样的疯子关在一起;他不可能是耶稣基督,因为耶稣基督是我!”而就在片刻之前人们还准备去向精神病医生指出他的错误呢。听到上面那些话,即使人们想到这同一个人每天推敲的那首令人赞叹的诗,人们也会远远走开,正如德·絮希夫人的儿子远离德·夏吕斯先生,倒不是因为他对他们有什么伤害,而是因为邀请次数过多而且邀请的结果是拧他们的下巴。诗人值得同情,他必须在没有任何维吉尔引导的情况下穿越由硫磺和沥青组成的地狱的那些圆圈,投身于从天而降的大火中,为的是从天上带回索多姆①的几个居民。他的作品没有任何魅力;他的生活与那些还俗的人一样刻板严肃,这些人遵循最清白的单身汉的守则,以便人们只能将他们脱下教士长袍归咎于丧失信仰,而不能归咎于其他。作家的情况就不尽相同了。有什么样的疯病医生经常接触疯子而自己却不会发疯呢?他如能肯定促使他照料疯子的并不是他先天的和潜在的疯病,那倒是幸运的事。精神病医生的研究对象经常反作用于他。但是在此之前,促使他选择这个对象的又是哪种模糊不清的癖好,哪种令人慑服的恐惧呢?

男爵装作没有看见这个紧跟在他身后、形迹可疑的人(当男爵在林荫大道碰运气或者穿越圣拉萨尔车站的大厅时,这些追随者有几打之多,他们抱着得到一枚五法郎银币的希望对他穷追不舍),生怕那家伙斗胆向他开口,他假惺惺低下他那与扑过粉的脸蛋形成鲜明对比的染黑的眼睫毛,使他活像格雷戈描绘的一个宗教裁判所的大法官。然而这个神甫却令人生畏,看上去像个被停止职权的神甫,练习他的嗜好和保护这种嗜好的秘诀的必要性强迫他作出各种妥协,结果恰好把男爵试图掩饰的东西暴露在脸孔的表面,这东西就是被说成道德败坏的放荡生活,实际上,无论出

① 巴勒斯坦一古城。《圣经》说,因其堕落而毁于天火。

于什么原因，这种道德败坏都能一望而知，因为它迟早要具体地表现出来，扩散到容貌上，尤其在面颊和眼睛四周，正如在生理上黄赭增多是一种肝病的表现，令人厌恶的红斑是一种皮肤病的表现那样。此外，从前被德·夏吕斯先生埋藏在他自己最隐秘的内心深处的邪恶如今却像油脂一样，不仅浮现在这张搽粉的面孔的双颊，确切地说，下垂的脸颊上，在他那自由放纵而且已开始肥胖的躯体的丰满的胸脯、滚圆的臀部上，而且现在已溢露于他的言谈之间了。

“布里肖，难道您晚上就是这样跟漂亮小伙子一起散步的吗？”他说着走近我们。流氓一时不知所措，趁此走开了。“太好了！我们可要把这事告诉您那批索邦大学的年轻学生，原来您才不是一个那么正经的人。话得说回来，和年轻人在一起，对您确实有好处；教授先生，您娇嫩得就像一朵小玫瑰。恕我打扰了你们，瞧你们当时高兴的神情，简直像两个发疯的姑娘。你们当然不需要我这样一个老婆婆来扫你们的兴。既然你们差不多都招了，我就不要特意为这件事去作忏悔了。[①]”

---

① “今晚我们有幸见到您的表妹吗？哦！她人真漂亮。如果她能进一步讲究穿着艺术，那就更加完美了；懂得这门艺术的人真是屈指可数，可她则是天生就拥有这门艺术的。”我在此必须说明，德·夏吕斯先生与我迥然不同。他“天生拥有”洞悉入微的秉赋。他能将某人的穿着打扮观察得仔仔细细，看一幅画，能把任何细部记得一丝不漏。说到衣裙帽饰，有些刻薄的人或专断的理论家一定会说，一个男子如果为男性的魅力所吸引，那么反之他天生就会对女子的服饰发生兴趣，会对此加以考察，精于此道。有时候这种观点还真能灵验。男性们仿佛将夏吕斯之类的人的肉欲和温情都吸引到自己这一方，而女性们从夏吕斯之类的人那里所能获得的满足只能是“柏拉图式的”（此形容词毫不恰当）趣味，甚至简单地说，就是一种趣味；不过这种趣味保你无比讲究，精不厌细。后来有人给德·夏吕斯先生起过一个别号，戏称他“女裁缝”，看来这个别号是非常贴切的。但是它的趣味和他的观察力涉及面很广。上文说过，那天晚上我在德·盖尔芒特公爵夫人家里用过晚餐后前去拜访他，借着他的指点，我才发现，他府邸上珍藏着数件精品。别人不加注意的东西，包括对艺术品和晚餐菜肴（从绘画到饮食，无所不包）他都能一眼看出个中精华。我总是替德·夏吕斯先生惋惜，他不该把自己的艺术天赋局限起来，仅仅满足于画几幅扇面馈赠嫂子（上文说过，德·盖尔芒特公爵夫人拿在手里并不是为了搧风，而是为了炫耀，借以向人显示巴拉麦德对她的友情），或者满足于弹一手钢琴，以便在为莫雷尔小提琴伴奏时不出差错。我说，我总是替德·夏吕斯先生可惜，现在还是如此，因为他从未撰写过什么东西。当然，我这话并不是说，因为他说话写信不乏才气，因此就能断言

他有可能成为一名才华横溢的作家。有些才能是不能混为一谈的。我们见过,有些出言平平的人能写出惊人之作,而那些口若悬河的人一旦提笔,竟不及一名庸才。总之我可以断定,如果德·夏吕斯愿意试笔,先从他熟谙的艺术题材入手,那么就会火焰喷射、光芒万丈,社交能手定能变成大师级作家。我经常对他这么说,可是他就是从来不肯提笔。也许这仅仅出于懒惰,或者是那些辉煌的晚会和鄙俗不堪的娱乐活动吞噬了他的所有时间;在盖尔芒特家,听凭他们的需要,海阔天空起来没完没了。我为他惋惜,更是因为他只要与人交谈,其机智就从不能摆脱其性格,即便是在他谈锋极健、光彩夺人时,其情况也是如此,一边是妙语连珠,一边却玩世不恭。他在沙龙里的时候充满智慧,敏锐好奇,但同时,他却欺凌弱者,对并未侮辱过他的人也要施以报复,甚至卑鄙地设法离间朋友。如果他不学沙龙闲人,对书籍既崇拜又憎恨,而是真正著书立说的话,我们得到的将是他洗净恶素以后独有的精神价值。这样没有任何东西会妨碍我们对他大加崇拜,他的许多优点还会使友谊绽开花朵。

当然,他在寸方的纸上究竟能实现什么,我在此所作的估计可能发生错误,但只要他提笔写作,那他就已经做了一件罕见的好事,因为他不仅凡物都能识别,而且所识之物,他能都道出名来。诚然,跟他交谈,即便我没有学会怎么观察事物(我总是走神,感情总是飘向别处),我至少也看出了一些事物;没有他,我对这些事物就会始终视而不见。但是这些事物的名称本来可以帮助我回忆起事物形象和色彩,我却总是听过便忘,无法记住。如果他写在书上,即便是劣等的书——我不信他写出的书会是劣作——那将是一本多么美妙的词典,一类取之不竭的词汇大全啊!不过谁能预料?也许他真的不会发挥自己的聪明才智,却甘受那在我们的命运前面屡设障碍的妖魔的驱使,去写那些味同嚼蜡的连载小说以及那些无人问津的游记和历险记。

“是的,她很注意衣着,更确切地说,很注意穿着打扮。”夏吕斯先生接着谈论阿尔贝蒂娜。“我有一丝疑虑,即不知她是否真的做到按照自己天生的丽质来穿着梳妆。此事我也有一定的责任,有时出主意没有经过深思熟虑。我去拉斯普利埃庄园时,常常给您表妹一些指点,可是那些话也许较多地出于当时当地以及附近海滨的特殊环境,而没有考虑到她固有的性格特点,结果使她的举止打扮有些偏于轻佻。我承认,我见过她穿一身漂亮的塔兰丹布妆服,戴着迷人的薄纱围巾和玫瑰红无边小帽;即便上面插了一根玫瑰红的羽饰,也无损于它的美观。不过我深信,她那真实无假的美貌,需要比这些可爱的破布烂絮更好的衣饰来装点。无边小帽怎配得上这一头茂发,换一俄罗斯冠冕不是更能显出其价值?适于穿古式戏裙的女子不多。但是我们这位已具妇人风姿的姑娘就属例外;她要穿上热那亚天鹅绒的古装裙(我由此想到埃尔斯蒂尔和福迪尼产制的连衣裙)就正合她的体态,如果裙子上再镶挂一些旧时的珍奇珠宝(这是最令人们叹为观止的),如橄榄石、白铁矿和稀世的拉长石岩,我绝不怕这会显得累赘啰唆。她跟体态丰腴的美貌女子一样,身体本身就需要得到一种重量上的平衡。她到拉斯普利埃庄园吃饭去的时候,漂亮的大包小包就随身沉甸甸地背着,这您一定还记忆犹新吧。待到她将来在农庄举行婚礼的时候,除了涂脂抹粉、化妆一番以外,还可以在一个淡蓝的青金石盒里备一些白珍珠和红宝石碾成的脂粉;我想那不会是充假的,因为她可能是和一个富人结婚。”

“够了,男爵!”布里肖打断了他的话。他是担心这最后一句话会刺伤我的心,因为他对我和阿尔贝蒂娜两人的关系是否纯洁、是否真的属于表亲将信将疑。“您就是这样来关心小姐们的!”

“在这孩子面前您最好还是住嘴,烂皮癣。”德·夏吕斯先生奚落道。他的手顺势一挥,样子是要逼布里肖不要多嘴,可那只手却落在我的肩上。——作者注絮比安觉得，先不用着急把事情告诉德·夏吕斯先生，保护他侄女不受反击才是当务之急。为此，德·夏吕斯先生对下午发生的事情还蒙在鼓里，对成婚一事深信不疑，心情十分愉快。这些伟大的单身汉仿佛是在用一种虚幻的父性来给自己悲凉的独身生活添加一分温存，寻找某种安慰。“布里肖，说句真话，”他笑着向我们转过身来补充道，“看见您和别人在一起如此风流，我有点顾虑。你们手挽着手，看起来就像一对情侣似的。嗨，布里肖，您倒是什么也不在乎！”他说这番话，是否是他思想衰老造成的自然结果？如今他的思想不如以往了，没有足够的自控能力，有时候说话会言不由衷，深藏四十余载的隐私会不慎说漏出来。他说这番话或者是不是对平民观点的鄙夷？总而言之，盖尔芒特家的人自己就都是平民之见，连德·夏吕斯的长兄，德·盖尔芒特公爵也不例外，他只是表现形式不同而已。有一次，我母亲亲眼目睹，公爵敞着睡衣，毫无顾忌地站在窗口刮胡子。德·夏吕斯先生往后摘下草帽，透开宽阔的前额，利用片刻时间松掉绷在脸上的面具。他是否是在东锡埃尔到多维尔炎热的途中染上了这无拘无束的危险习惯？凡是了解莫雷尔已经不爱德·夏吕斯的人，看见他俩还亲如夫妻，都会感到惊奇。德·夏吕斯先生的情况是，淫乱只带给他千篇一律的肉体快感，对此他早已感到腻味，他本能地去寻求和创造新的成绩。对萍水相逢的陌路人厌倦了之后，他便返回另一极端，重新热衷于自以为将永世诅咒的东西，比如模仿起“夫妻生活”或“慈父恩泽”。有时候，对这样一套他犹感不足，还要搞些新花样。他就像一个正常男子一样，平生完全可能愿意与一个小伙子一起过夜，然后又去和一个女人同枕共眠，这完全出于与前番相似的好奇心，只是倒错而已。不过这两种好奇心都是不健康的。男爵由于夏利的缘故，始终以“常客”的身份出入于小圈子。所以，尽管他为了伪装自己，进行了长期努力，其结果恰如有些欧洲人那样，一去殖民地探险或者小住，就不像去法国，忘记了应有的行为准则。但是，内心的革命，较之在维尔迪兰小圈子内消磨的时间，更有效地使德·夏吕斯先生摆脱了最后的社会约束：他起初对自身的异常现象一无所知，日后刚认识到这种异常现象时惊恐万状，过后也就习以为常了，竟至忘了，自己终于不觉羞愧，能够认可的事情，向别人坦然承认却不能没有危险。南极也好，勃朗峰也罢，事实上都不如淫乱的内心，即与众不同的思想，能为我们提供一块长期离群索居的地方。夏吕斯先生从前就是如此形容淫乱的。如今他又给它添上了一层可亲的形象，把它看成一个人所难免的瑕疵，犹如懒惰、闲散或贪食一样，甚至可以说讨人喜欢，十分有趣。夏吕斯先生不仅意识到自己的特殊性格激发着那种好奇心，而且尽力满足，增加刺激，维持不息，以此寻找某种乐趣。有位犹太记者，每天都在捍卫天主教，也许他并不是指望别人对他刮目相待，而是为了不至于使那些好心的取笑者大失所望；德·夏吕斯先生就和这位记者一样，在小圈子里对那些伤风败俗的事情大加指责，似乎不用别人邀请，他都会乐意模仿英国腔或者穆内-絮利[①]来说话一样。同时他又在众人面前炫耀其艺术鉴赏家的才能，还慷慨解囊，将分摊到自己头上的那份钱毫不犹豫就掏了出来。所以，德·夏吕斯先生威胁布里肖，说要到索邦大学告他与小伙子一起散步，这与受过割礼的专栏编辑大谈“教会的长女”[②]和“耶稣的圣心”是一样的道理，也就是说虽然没有假仁假义之嫌，但也难免有哗众取宠之弊。不过，我们不仅应该注意到德·夏吕斯先生的语言内容正在发生变化——现在的话与他从前敢说的话大相径庭——而且还应该注意到他的语调和举止也正在发生变化——他现在的语调、举止和以前受他严厉指责的有些人的语调举止竟十分相似。我们应该从这双重的变化中寻找原因，这才有意味。他现在偶尔会发出几下轻叫声。

---

① 法兰西喜剧演员（1841—1916），最著名的角色为《安德洛玛克》中的奥雷斯特，还演过哈姆雷特和俄底浦斯王。

② 指法国。

于他,这是无意的,因为这声音十分低沉;然而那些性欲倒错的人这么叫出声来则是故意的。他们互相见面致意一律用“我亲爱的”。对这种忸怩作态,德·夏吕斯先生素来持反对态度。然而,犹如一个全身瘫痪或体内失调的人最终总要显出某种症状一样,德·夏吕斯这类人,恶习发展到一定程度必要作出这种媚态,别人仿佛只是故意进行一种天才而又忠实的模仿而已。其实不然。虽然我曾经见过德·夏吕斯先生身着黑色西服,留一头平发,不苟言笑,而那些年轻人却涂脂抹粉,缀满首饰,但那种纯粹的心理做作告诉我们,他们之间只是表面不同而已。正如一个是烦躁型的人,说话时急迫不安,不停摇晃;另一个是神经病人,说话慢条斯理,始终平平静静,但在医生看来,前一位同样患了精神衰弱症。医生知道,这两个都在忧心忡忡,内心都备受痛苦的煎熬。此外,我们还发现,德·夏吕斯先生已显出各种衰老的迹象,谈话中有些用语从前就大量使用,现在则发展到了出奇膨胀、脱口而出的地步(例如:“一系列情况”)。男爵句句不离这些用语,似乎必不可少地要求助于保护人一样。“夏利已经来了吗?”我们正要走到宅邸前去按门铃,布里肖问德·夏吕斯先生。“哦!我不知道。”男爵手在空中一挥,半眯着眼睛说,样子就像怕别人说他守口不严似的。也许男爵因为说漏了有些话,已经遭到了莫雷尔的责备(莫雷尔既是懦夫,又爱虚荣,高兴时借德·夏吕斯先生来点缀自己,不高兴则六亲不认;他把那些无关紧要的话也看得比什么都严重)。“您知道,他干些什么,我全然不知。”如果说两个互有直接关系的人在交谈中互相撒谎的话,那么,一位第三者在和一个情人谈到这位情人的心上人时,那自然更是谎言连篇,不管此人的性别如何。

“您是好久以前见到他的吗?”我问德·夏吕斯先生。我装出一副既不怕跟他谈论莫雷尔,也不轻信他和莫雷尔朝夕相处的样子。“他今天早晨刚巧来过,才待了五分钟。我还没有睡醒,他坐在我的床边,像要强奸我似的。”我立刻想到,德·夏吕斯先生一定是在一小时前刚见过夏利,因为如果我们问一个情妇，她是什么时候见到她那位情夫的——大家都知道那是她的情夫，她也猜测到大家是这么认为的——是否和他一起用了午后点心，她必定回答说："我在午饭前一会儿见到他的。"这两个事实之间唯一的区别是，一个是骗人的，另一个是真实的。不过，两个同样是无辜的，或者毋宁说，同样也是有罪的。这些答语是由一定的因素决定的。回答人自己并不知道，决定因素很多，事实的比重却很小，两相不成比例，以至回答人借此就不顾事实如何了。不了解这一点，我们就无法明白为什么情妇（此处为德·夏吕斯先生）总是选择骗人的事实。但是物理学家认为，即便再小的木球在空间仍然总有它的一席地位，其原因就在于制约着比它大得多的物体的引力定律跟斥力定律之间存在着冲突或者平衡。备忘起见，暂举几例。譬如：那种故意要显出自然洒脱的欲望，那种明有幽会还遮遮掩掩的本能性动作（这是一种害羞与炫耀的混合心理），那种把自己觉得十分愉快的事情透露给别人，并向人显示出自己正爱人所爱的需要（这是对对方内心活动无言的洞察，这种洞察力超过对方的洞察力，致使对对方作出过低的估计，或者这种洞察力低于对方的洞察力，结果对对方作出过高的估计），那种自然的纵火欲以及起火后丢车保帅的意愿，这种种规律都在互相矛盾中发生着作用，更为普遍地制约着关于各种各样问题的回答。譬如，有一个人我们明明是晚上看见他的，却硬说成是早晨看见的。那么，我们与此人的关系是属于纯洁的、"柏拉图式的精神恋爱"，还是相反，是一种肉体的联系，这就值得探讨。总的来说，尽管德·夏吕斯先生的淫邪有增无减，不时地暗暗流露出来，有时甚至直接发明出一些有害于他自己的事情，但是在这一段生活中，他仍在设法表明夏利和他夏吕斯不是同一类人，他们之间的关系只是一种友谊。但他不妨（有时他的话也许是真的）有时又会露出破绽（譬如他矢口最后见到他是在早晨）。也许他是忘乎所以，不慎道出了真情，也许他是为了吹嘘一番，或者出于多愁善感，甚至觉得如能迷惑听者，便能显出自己才智超人，因此他不惜编织弥天大谎。“您知道，他对于我来说，”男爵接着说，“只是一个志同道合的年轻朋友，我对他感情最为深挚，我敢肯定他对我也抱有同样的感情（看来他对这一点是拿不准的，不然他为什么觉得有必要当众声明，他敢肯定呢？），但是我们俩之间没有任何其他关系，没有那种事情，您可听清楚，根本没有那种事情。”男爵说话的口气十分自然，如同是在谈论一个女人。“是的，他早晨来拉拉我的脚。他明明知道我讨厌别人看见我在睡觉。您不讨厌吗？噢！真难看极了，让人讨厌，丑得让人害怕。我知道我已不是一个二十五岁的人了，我并不是还要装出一副天真少女的样子，但是人保持一点小小的俊俏还是必要的。”

男爵说莫雷尔只是他一个志同道合的年轻朋友，此话也许不假。“他干些什么事，我根本不知道，我对他的生活起居，一概不知。”他说这话时以为自己是在说谎，其实也许说的确是实话。且说（趁德·夏吕斯先生、布里肖和我朝维尔迪兰夫人的公馆走去的当儿，我们插一段后话，将几星期后的故事提前到这里来叙说；这段后话说完之后，我们再立刻接着原来的故事讲下去），且说，这次晚会以后过了不久，男爵无意之中打开了一封别人写给莫雷尔的信，为之震惊不已，陷入深深的痛苦。这封信反过来大概也引起了我强烈的悲伤。此信出自于女演员莱娅之手。该演员只对女人发生兴趣，素来以此闻名。她给莫雷尔的信（德·夏吕斯先生做梦也没想到他会认识她）字里行间充满了情欲，其下流程度使我们在此不能全文加以援引。但是我们只需举一个例子，比如莱娅和他说话，通篇都用阴性，什么：“邋遢姑娘，走开！”，“我亲爱的美人”，“你，你起码也是这种人”，等等，不一而足。信中还提及其他好几位女子，她们跟莫雷尔和莱娅似乎保持着同样亲密的友情。此外，莱娅对供养她的军官奚落起来，犹如莫雷尔对德·夏吕斯先生进行嘲讽那样，每每尖酸刻薄。她说：“他在信中竟劝我老实听话！你听听，我的小白猫。”对于德·夏吕斯先生来说，这些话泄露的天机，其所料不及，也绝不亚于莫雷尔和莱娅之间如此特殊的关系。然而,尤其使男爵感到震惊的是那些关于“也是这种人”之类的话。他起先还蒙在鼓里,久而久之,他终于明白自己“也是那种人”。不过眼下他对业已获得的这一概念重又发生了疑问。原先当他发现自己“也是这种人”的时候,他以为从此事情非常明白,自己的兴趣,如圣西门所说,不在女人身上。然而现在通过莫雷尔的事情,“也是这种人”的说法又加上了德·夏吕斯先生闻所未闻的引申义,而且引申范围之广,足以使我们从这封信中看出,莫雷尔之属于“这种人”,在于他甚至还具有女人对女人的那种兴趣。从此,德·夏吕斯先生的嫉妒再也没有理由仅仅局限于莫雷尔所认识的男人,而必须扩及到他所认识的女人们身上。如此而言,所谓“也是这种人”的人,不仅是指他心目中原有的那些人,而且是指全球一大部分人,其中包括男男女女,而男的又是指男女均喜爱的男人。一个如此熟悉的字眼居然又出现这么一个新的意义,男爵的理智和心灵难免焦灼不安,备受折磨。他陷入一个双重奥秘,不明白为什么一方面他的嫉妒心在与日俱增,另一方面一个词的原义突然变得贫乏不足。

日常生活中,德·夏吕斯先生素来只是一个艺术爱好者。由此可见,上述这类事情对他毫无益处。此事给他的痛苦感受,他只是化作一番雄辩,或者一场阴谋诡计而已。然而这类事情要是落在贝戈特这类德操高尚的人身上,倒是弥足珍贵的。这甚至于可以部分地告诉我们(既然我们的行动是盲目的,但我们像虫兽一样,总是挑选有利于我们的花木),为什么贝戈特一类的人通常都和趣味低级、虚情假意和凶狠毒辣的人相依生活。作家那些同伴美于其表,虽然充实他的想象,激发他的善心,但却丝毫无法改变他们固有的本质。我们不时地发现,这批人在远离地表以下数千米的深处生活着,干着令人难以置信的种种勾当,编织的谎言出乎于人们的想象,甚至与人们的想象完全背道而驰。他们到处撒谎。不论是关于我们认识的人,我们与这些人之间的关系,还是表现在我们以各种方式完成的行为中的动机,他们都要撒谎。此外,对于我们的人品,我们的心上人，我们对某些人的感情，比如对那些爱我们、并且由于每日亲吻我们就认定已把我们按其模式改塑一新的人的感情，也不免要撒谎。其实这些谎言是一种人间珍品，它能打开我们的眼界，揭开新的未知世界，唤醒我们沉睡着的感觉，使我们静观这个世界；没有这些谎言我们永远无法认识这一世界。至于德·夏吕斯先生，应该说，莫雷尔有些事精心地瞒过了他。他得知事情真相时惊愕不已，这是不足为怪的。但他由此断言，跟下等人打交道本是一大错误，那他不免有些小题大做了。因为我们在本书末卷中将会看到，德·夏吕斯先生干出的事情叫他的亲友更不知要惊愕几倍呢，相比之下，莱娅泄露的生活私情真是望尘莫及了。

现在该回头再来写男爵了。男爵、布里肖和我正朝着维尔迪兰家门走去。“我们在多维尔见到过的您那位年轻的希伯来朋友，”他转过脸来又对我说道，“他的近况如何？我想过，如果您乐意的话，我们也许可以挑一个晚上请他一下。”德·夏吕斯先生就像一个丈夫或情人一样，雇用了一家侦探代理行，对莫雷尔的一举一动、出出进进都进行无耻的监视。对于其他年轻人他甚至于还不满足于此，还要亲自不断地加以注意。他派一名老仆人去让侦探代理行暗中监视莫雷尔，可是这事情做得太不谨慎，以至于跟班们都以为受到了盯梢，害得一名女仆也胆战心惊，连街上也不敢去，就怕身后有密探盯着。老仆人说：“她想干什么，随她干呗！这么跟踪她，既浪费时间又浪费钱！好像她的行为跟我们有什么相干似的！”老仆人高声嚷嚷，借机冷嘲热讽一句。尽管他达不到主人那份雅趣，但他因为对主人感情之深，为主人的兴趣如此尽忠效命，到末了他谈起主人的兴趣来竟如同是自己的兴趣一样。“他是正直人的典范。”德·夏吕斯先生对老仆人作了高度的评价，因为最受赏识的人莫过于那些既具备崇高的操行又能无私地用其来为我们的邪癖服务的那种人。况且，涉及到莫雷尔的事，德·夏吕斯先生所要嫉妒的只能是男人，女人们根本不会燃起他的妒火。这几乎是适用于夏吕斯一类人物的普遍规律。如果他们心爱的男子对某一女人发生爱情，那毫不碍事，这仿佛是异类动物之间发生了这种事（狮子从不干预老虎的事），他们觉得不仅无伤大雅，而且心里更加踏实。当然，对那些把性欲倒错视为神圣职业的人来说，有时候这种爱情不能不叫他们感到恶心。于是他们责怪朋友不应该坠入这种爱情，这不是怪朋友喜新厌旧，而是怪他意志不够坚强。要不是男爵德·夏吕斯，换一个另外的夏吕斯，如果发现莫雷尔与一个女人发生关系，那就像在广告上看见他这个演奏巴赫和亨德尔的人，竟要去演奏普契尼一样，一定会大发雷霆，因此，那些年轻人出于利害关系，屈尊俯就夏吕斯这类人的爱情，向他们发誓男女之欢只能引起他们的恶心，这正如他们对医生发誓一样，他们从来滴酒不沾，就喜欢喝矿泉水。不过，德·夏吕斯先生有些与众不同，他对莫雷尔的一切都十分崇拜。莫雷尔在女人身上的成功非但没有在他心灵上蒙盖阴影，反而像他在音乐会或在纸牌游戏上获得成功一样，给他带来了欢乐。“可是我亲爱的，您知道吗，他在搞女人哪。”他说这话的神情就像刚发现什么秘密似的，充满了愤慨，不过其中也许又夹带几分嫉羡，甚至是钦佩。“他真了不起，”他又说道，“他所到之处，那些风流名妓也都得把他放在眼里。他每到一处，就引人注目，地铁里也好，剧场里也罢，他都逃不过众人的眼睛。这真叫人讨厌！跟他一起上餐馆，每次伙计都免不了至少要递给他三份女人的情书，而且每次都是些美人儿。不过，这也不奇怪。我昨天看看他，我便理解她们了。他成了一个美男子，那神态绝不亚于布隆契诺①画中的人。他真令人倾倒！”德·夏吕斯先生喜欢这样炫耀，他爱莫雷尔；他要借题发挥，一直说到让人相信，也许说到让自己相信，他也为莫雷尔所爱。尽管这位小伙子对男爵的社交生活也许会带来不利，但男爵依然终日把他当作自尊心一样紧紧守在身边。他目前的情况是（这种情况举不胜举：那些道貌岸然、谈吐高雅的人，纯粹出于

① 布隆契诺（1503—1572），佛罗伦萨画家，画过许多年轻人的肖像。

虚荣心，断绝一切交往，独为能够和那么一个半上流、半下流的情妇厮守一起，到处去抛头露面。即便别人不再邀请这种女人了，他们仍然为能和这种女人保持联系而洋洋得意)，自尊心要求他将已经达到的目的全力摧毁一尽。这一点，我们也许是受到了爱情的影响，我们觉得——只有我们自己觉得，将我们与我们所爱之物的关系公开出来，这将产生一种魅力。另外也许因为我们在社交生活方面的抱负业已实现，所以这方面的热情现在开始消退，好奇心开始转到仆人身上，而且由于这种好奇心带有柏拉图式恋爱的性质，因此更使人专心致志，以至于它不仅达到了，甚而还超过了其他好奇心尚还难以维持的水平。

至于其他小伙子，德·夏吕斯先生以己度人地觉得，莫雷尔的存在对他们并没有什么妨碍。作为小提琴演奏家，莫雷尔已经闻名遐迩，作为作曲家和记者，他也已初露头角。在某种程度上，这对那些小伙子来说甚至还具有强烈的吸引力。偶尔有人向男爵引荐一位格调欢快的作曲家，男爵顿时觉得这可能是发挥莫雷尔才能的天赐良机，他寻找机会向新来的作曲家彬彬有礼地说："您应该给我带一些作品来，可以让莫雷尔拿到音乐会上演奏，也可以拿出去巡回演奏。漂亮的小提琴曲子为数太少了！有新的曲子问世，那是意外收获。外国人就非常欣赏小提琴曲。甚至有些外省小乐队的人也喜爱小提琴曲，那种激情和才智实在令人钦佩。"由于布洛克曾经对男爵说过他"偶尔"也作作诗——男爵讥笑地转述道；每当他找不到妙言隽语的时候，他总是用这种笑声来掩盖语言的平庸——因此夏吕斯不多加诚意地(因为所有这些只不过是充当钓饵之用，莫雷尔极少会乐意付诸实现)对我说："既然这位犹太人是写诗的，您就对他说，他完全应该替我带些来给莫雷尔。作曲家需要漂亮的歌词来进行谱曲，但是暗礁丛生，总是感到难找。我们甚至可以想象用他的诗词来作歌剧剧本。这件事绝不会徒劳无益的，因为诗人受到我的保护，本人又才华横溢，再加上一系列因素的帮助，这事一定能获得某种价值。当然在那些因素中,莫雷尔的才能占首要地位。他目前不仅作曲丰盛,而且还勤于写作,写的东西十分漂亮,这一点我过后还要向您介绍。至于他的演奏技能(这您知道,他已经完全是一名大师了),您今晚就会听到,这孩子拉凡德伊的曲子,拉得是何等的出色。他令我折服。这个年龄,对音乐却已具有如此深刻的理解,然而又还是那么孩子气,那么学生气,真令人不可思议!噢!今晚不过是一次小小的排练。盛大演出将在几天以后举行。但是今天的试演要高雅得多。因此您能光临,我们万分荣幸。"他说——他使用**我们**这个词,无疑是因为国王就这么说的:我们希望。"鉴于节目精彩,我建议维尔迪兰夫人组织两次晚会,一次放在几天以后,届时她可以邀请她所有的亲朋好友欢聚一堂;另一次就是今天晚上,这一次用法律语言来说,女主人被剥夺了权力。请柬是我亲自发的,我请了几位其他圈子里的人,他们为人和善,对夏利也许有用,当然介绍给维尔迪兰夫妇认识认识那也是一件愉快的事。请最伟大的艺术家来演奏最美丽的乐曲,这自然是件好事,可是如果听众都是些对门的针线商或本街的杂货铺老板,这气氛一定会像捂在棉花里那样压抑,这话在理不在理?您了解我对上流人士文化水平的看法。当然他们也可以起到某种相当重要的作用,诸如报刊在发生社会重要事件时所起的作用,即传播的作用。您明白我的意思吧。比如我邀请我的嫂子奥丽阿娜。她来不来,这还不一定,她绝对什么也听不懂。不过我并不要勉为其难要求她听懂,而是要她说话,这恰恰是晚会所需要的,这一点她会干得非常出色。结果是:一到明天,莫特马尔家里不会是针线商和杂货铺老板的鸦雀无声,而会出现一片热闹的谈话声,奥丽阿娜述说着她听到了绝妙的音乐,听到了一位名叫莫雷尔的演奏,等等。未受邀请的人便会气得无法形容,说:"巴拉麦德肯定认为我们是不够资格;话说回来,这晚会在这种人家里举行,那都是哪号人参加呀?这一串反话跟奥丽阿娜的赞词同样有益,因为莫雷尔的名字反复出现,最后就像一篇连诵十遍的课文,牢牢地印刻在众人的记忆之中。对于艺术家和女主人来说,这一切便构成一系列弥足珍贵的环境因素,形成一个扬声器,将一次演出的声音一直传送到远处听众的耳朵里。真的值得光顾:您会看到他取得了何等的进步。而且我们新发现他还有一个才能,亲爱的,他写东西真跟天使一般,我跟您打赌,真跟天使一般。”德·夏吕斯先生不屑于告诉我,近期以来,他跟十七世纪的贵族老爷一样,自己不屑于签署或撰写攻击文章,却唆使莫雷尔起草卑鄙的短文,诽谤莫莱伯爵夫人。读到这些文章的旁观者且都已觉得那尽是些无礼不逊之词,更何况对少妇本人来说,那是多么残酷的打击!除了她自己谁也不会发现,文章中巧妙地引用了她的亲笔书信,书信内容一字不差,可是引用时断章取义,足以像一场残酷之极的复仇,逼得她发疯。结果少妇真的死在这些文字刀下。巴尔扎克会说,巴黎每天都在发行一份口传日报,这要比印刷的报纸厉害多倍。我们日后将会看到,由于这份唇舌之报,夏吕斯风流扫尽,到后来再也没有回天之力,而莫雷尔虽然以前抵不上保护人的百万分之一,此时却借机崭露头角,并且远远超过了他。这种文化生活风尚至少是幼稚的,它虔诚地相信,天才的夏吕斯是索然无味的,而愚蠢的莫雷尔竟具有无可争议的征服力。不过男爵无情的复仇说明他不那么清高无邪。也许他口中挖苦别人的毒液正是由此分泌出来的。每当他怒火中烧,口中便会溢满毒汁,两颊立刻出现黄疸。

“我曾考虑过,您既然认识贝戈特,您也许可以提醒他,让他注意一下这位年轻人的散文。总之您可以跟我合作,帮助我创造一系列机会,促进这位集音乐家与作家于一身的双重人才迅速成长。有朝一日他的声誉也许会与柏辽兹齐名。向贝戈特说些什么,您应该明白。您知道,名流显贵经常有别的事情需要考虑,他们受人阿谀奉承惯了,最后几乎只对自己发生兴趣。可是贝戈特这人却非常朴实善良,为人热心,他一定会向《高卢人报》或其他什么报刊推荐发表莫雷尔那些纪实小品的。这些短文熔幽默家之风与音乐家之才于一炉,文笔可谓熠熠生辉。夏利能为他的小提琴加上这一小支安格尔的羽笔①，我实在为他高兴。我知道我这人一说到他就容易言过其实，就跟所有那些带着自己宝贝孩子上音乐学院来的妈妈一样。怎么，亲爱的，这一点您不知道？那说明您对我容易盲目崇拜的性格还不甚了解。我在考场门口引颈翘首，一站就是几个小时。我快活得像一位皇后。回过来说贝戈特，他十分肯定地对我说过，莫雷尔的文章写得确实非常好。”

德·夏吕斯先生认识贝戈特，是通过斯万介绍的，这事已有好久了。夏吕斯确实去见过贝戈特，请求他为莫雷尔找一家报纸，在上面发表一些半幽默的音乐报道。不过走在路上，德·夏吕斯先生有一些内疚，因为他感觉到，作为贝戈特的一名崇拜者，他从来没有为了看望他本人而去拜访过他，每次都是仗着贝戈特对自己的学识和社会地位各掺一半的敬意，为了取悦于莫雷尔、莫莱夫人或者某某别人才登门造访的。眼下德·夏吕斯先生除此目的与人不相往来，对此他已变得心安理得。不过事关贝戈特，他觉得这有所不妥，因为他感到贝戈特不是社交界那种只图实利的人，应该待之有别。问题只是夏吕斯的生活忙得不可开交。没有燃眉之急，比如涉及到莫雷尔的事情，他绝对不会有分秒空闲。况且，他自己聪颖过人，并不在乎要跟某某聪明人打交道。尤其是像贝戈特这类人，按他的趣味，文人气就太足了一点，更何况又是圈外的人，看问题跟他也不是持同样的观点。至于贝戈特，他对德·夏吕斯先生造访的功利性意图却看得十分真切，但他并不表示责怪。因为他这人，叫他每日施善，他无法胜任。但他愿意让别人高兴，善于体谅别人，而绝不会以教训别人取乐。对于德·夏吕斯先生的陋习，他丝毫不加恭维，但他觉得这是人物身上的一种色彩，是艺术家身上神圣和罪薮的双重特性。这一点不从道德实例，

① 安格尔（1780—1867），法国画家。法文中原有“安格尔的小提琴”一说，因安格尔本为画家，偶也玩弄小提琴，故谓某人的业余爱好。此为成语倒用。

而从柏拉图或索多马①的回忆中可见一斑。“我多么希望他今天晚上能来，他可以听到夏利演奏他的拿手曲子。但是我猜他是足不出户的，他不愿意别人纠缠他，他的想法完全有理。可是您呢，漂亮的小伙子，贡第河滨很少见您露面，您去得不多啊。”我回答说我经常跟我表妹出去。“瞧您说的！跟他表妹一起出去，真够纯洁的！”德·夏吕斯先生对着布里肖说，然后又转过来对我说，“您干些什么事情，我们并不是要您一一交待，我的**孩子**。您爱干什么，这完全是您的自由。只是我们被甩在一边，这未免有点可惜。不过您很有眼力，您的表妹长得十分妩媚。您问问布里肖，在多维尔他被弄得怎样神魂颠倒。今晚她不来，十分遗憾。不过您不带她来，这么做或许也是对的。凡德伊的曲子，真是妙不可言！可是今天早晨我听夏利说，作曲家的女儿和她的朋友可能也来。这两个人声名狼藉。一个姑娘背上那种名声该是够麻烦的。想到我邀请的客人，这事也使我有点难堪。不过，他们差不多都是上了年纪的人，所以这事对他们影响不大。这两位小姐会光临的，除非她们来不了，因为一下午她们大概都在维尔迪兰夫人家排练。请到她家里去的都是些讨厌的家伙，那些人士今晚一个都不应该在此出现。刚才晚餐以前夏利告诉我，两位我们称呼为凡德伊小姐的姑娘估计一定会来的，可是到现在都没有来。”我突然想到，阿尔贝蒂娜刚才要求跟我一起来（正如结果先知，原因过后才被发现），我便把这事同凡德伊小姐及其女友要来的消息（我原先不知道）联系起来了，为之心里十分痛苦。尽管如此，我内心仍然十分清楚地意识到，德·夏吕斯先生几分钟前还对我们说过，他从早晨到现在还没有见到过夏利一面，可无意中却泄露出晚饭前他就见到了他。不过我的痛苦越来越明显。“您怎么啦，”男爵问我，“您脸色发白。来，我们进去吧，您受凉了，脸色非常不好。”我对阿尔贝蒂娜的操行发生怀疑已经不是第一次了。刚才德·

① 索多马（1477—1549），意大利画家，以壁画著称。

夏吕斯先生的一番话又唤起了我的疑心。早已有许多别的疑点钻入我的心肺。每次出现一个新的疑点，我们总是认为怀疑已经到了饱和程度，再也无法容纳新的疑点，可是过后我们依然为它找到了空位。这些新的疑点一旦进入我们的生命中心，便立刻遇上竞争对手。我们多么希望信任别人，制造种种理由忘却那些怀疑，以至于很快就对疑点习以为常，终于不再继续理会那些疑点。疑心便像一种仅仅半愈的病痛，一种单纯的痛苦阴影滞留下来。较之于欲望，疑心是属于同一范畴的，两者都占据在我们的心念中间，在其间辐射出无限遥远的微妙的忧愁之波；疑心和欲望一样，一旦有什么事情与我们对心上人的思恋结合在一起，不知何处立刻就有一股愉悦之感喷涌而出。但是每当一种新的完整的怀疑进入我们的内心，痛苦便会苏醒。我们几乎立即可以对自己说："我能克服，我会找出一套抑制痛苦的系统，那些怀疑是没有根据的。"可是这么自我劝慰是徒劳无益的，因为这和我们信教一样，在一瞬间我们已经感受到了痛苦。如果我们光长着上下四肢，生活将十分容易忍受。可悲的是，我们体内有那么一个小小的器官，即我们称之为心脏的东西，很容易患病。病发期间，它对涉及到某人生活的一切事情都无限敏感易受震惊；如果这人撒了谎——无论是我们自己还是他人制造的谎言，我们生活在其间都是那么愉快，因此谎言本身是毫无毒害的——便会叫这颗只需外科手术也许就能摘除的小小的心脏引发无可忍受的急症。无需提我们的头脑，一旦病发我们的思想不必再进行无尽的逻辑推理，它无法改变病状，正如牙痛发作时我们聚神凝思又于事何济。诚然，此人对我们撒谎，她是有罪的，因为她对我们发过誓，要对我们永远保持坦诚。但是我们平心揣度一下自己，事情就明白了，这种海誓山盟对于别人又有多大价值。我们明知道她想方设法要对我们撒谎，而且我们看中她的也不是她的品德，然而我们偏偏要去听信她的振振誓言，为的只是这是她发下的誓言。当然，日后她再也不需要对我们撒谎了——正是人心对谎言已经漠然置之的时候——因为我们对她的生活已经失去了兴趣。这一点我们十分清楚,然而尽管如此,我们还是心甘情愿地奉献出我们自己的生活。我们为此人毁了自身,或者杀了她自己便被判处死刑,更或因为她几年内弄得倾家荡产,一贫如洗,最后不得不自杀身亡。另一方面,我们在热恋之中,哪怕再自以为心绪安定,内心的爱情也总是处于一种不稳定的平衡状态。一件小事足以将心灵置于幸福的位置,我们心里一时充满了阳光,把一片温情不是直接献给我们所爱的人,而是献给在她眼里突出了我们的价值,使她始终拒绝任何阴险诱惑的人。我们自以为心绪泰然,然而只要听到一句:"希尔贝特不来了。""凡德伊小姐受到邀请。"我们预期前去拥抱的全部幸福均会倒塌,阳光立刻藏到云后,罗盘顿时改变标向,内心瞬时风云突变,有朝一日我们会对之失去抵抗能力。到了那一天,心灵变得为此脆弱,崇敬我们的一些朋友会痛苦不解,这类微不足道的事情,这些区区小事怎么居然能使我们如此痛苦,竟导致我们走向死亡。可是他们又怎奈何?如果一位诗人得了传染性肺炎,病入膏肓,我们难道可以想象他的朋友对肺炎球菌解释说这位诗人才华横溢,应该让他病除复愈吗?我对凡德伊小姐的怀疑由来已久,不是新近才产生的。不过,由于下午莱娅和她的朋友激起了我的嫉妒,所以把这怀疑给消除了。特罗加德罗的危险一旦避免了,我便感到以为因此获得了永久的安宁。对我来说,新疑点的真正出现,是在有一次和安德烈一起散步,她对我说:"我们到处走了走,谁也没有碰到。"事实恰恰相反,凡德伊小姐显而易见跟阿尔贝蒂娜约好了在维尔迪兰夫人家见面。现在我宁愿让阿尔贝蒂娜一个人出门,她可以随意去哪儿,只要我能够在什么地方牵制住凡德伊小姐和她的朋友,肯定阿尔贝蒂娜无法和她们见面就行。因为一般来说嫉妒是局部的、断续受控的;也有可能因为嫉妒是某种焦虑性痛苦的延续——这种焦虑有时产生于某人,或可能受我们的朋友心爱的另一个人——再不就是因为我们思想狭隘,唯有对能想象的事情才能理解,其余的均一片迷糊,相对而言无法为之痛苦。

正当我们要跨入公馆庭院的时候，萨尼埃特从后面赶上来。他一开始没有认出我们。“可是我们已经打量你们一阵子了。”他气喘吁吁地对我们说。“我竟会犹豫，奇怪否？”在他看来，“奇怪不奇怪”是一种错误的说法，偏喜欢用这古词，结果让人听了有一种恼人的亲热劲。“可是你们是可以结为朋友的人。”他消沉的脸色犹如风雨将临昏暗的天空投下的光影。乃至今年夏天，只有当维尔迪兰先生“臭骂”他，他才会开始气喘，可是眼下居然也在喘个不停。“我知道，凡德伊一部未发表的曲子将由一批杰出的艺术家来演奏，其中首推莫雷尔。”“为什么说首推？”男爵问道，因为他从这个字眼中听出了非难的话外音。“我们的朋友萨尼埃特，”扮演翻译角色的布里肖赶紧打圆场说，“是位杰出的文人，喜欢使用古语，古时的‘首推’相等于我们今天所说的‘首先要数’。”

走进维尔迪兰夫人公馆前厅的时候，德·夏吕斯先生问起我是否有工作，我回答说没有，但我现在对旧银器和瓷器很感兴趣，他对我说维尔迪兰夫妇家的银器是最为漂亮的，无处可觅，又说，而且我在拉斯普里埃见到过，因为维尔迪兰夫妇借口说器什也是朋友，所以走到哪儿发疯似的把什么都带到哪儿。他还说，一个晚上单为我把什么都取出来，也许不太方便，然而他会请他们把我要看的东西拿出来给我看。我请求他什么也别麻烦。德·夏吕斯先生解开大衣扣子，摘下帽子。我看见他的头顶上已有几处染上了银色。犹如一株珍贵的灌木，不仅秋天替它染上了颜色，而且人们为了保护它的树叶，还要替它包上棉花或者涂上石灰。德·夏吕斯先生的脸上本来已抹了油彩，现在头顶上那几根白发只是替他增添了几分色彩而已。他尽力掩饰，涂脂抹粉，表情丰富，但这无济于事。他几乎在所有人面前继续掩盖他的隐秘，但在我看来，这是欲盖弥彰。看到他的眼睛我就有些窘迫，因为我怕他突然发现我从他的眼睛里公然破译他的秘密；听到他的声音我也感到难堪，因为我觉得各种声调在不知疲倦、不拘礼节地重复着他的秘密。有人通过此人或彼人，如通过维尔迪兰夫妇,了解到了事实的真相。他们虽然相信事实,但是他们与德·夏吕斯先生素不相识。夏吕斯的面容非但不是扩散而且还驱散了不善的传闻。这是因为我们的某些实体变成了一种巨大的概念,以至于我们无法将这一概念与某个熟人的面容对号入座。此外我们对邪癖陋习往往难以置信,犹如有人昨日还和我们一起前去欣赏歌剧,今天突然听说他是个天才,不敢让人相信一样。

德·夏吕斯先生把大衣递给侍从寄存,未看清伸手接衣的是一个年轻的新手,就加了几句熟客式的嘱咐。夏吕斯现在经常头脑不清,可谓不分东南西北,已觉不出什么事情可行,什么事情不可行。原先在巴尔贝克他有一种令人赞赏的愿望,为了表明有些话题并不能吓倒他,他就大胆地当众说某某人"是一个漂亮的小伙子",总之敢说一些与他非同类的人敢于说出口的事;现在为了表达这个愿望,连与他非同类的人也绝对说不出口的事他都居然敢说出口来。这些事情萦绕着他的心思,以至于他忘了,这些事情通常不是大家都感兴趣的。这当儿,男爵瞧着新来的侍从,朝空中举起食指,威吓着说:"您,我禁止您对我这么暗送秋波。"他以为这是开了一个极其漂亮的玩笑。说完转过身去又对布里肖说:"这孩子长得真奇怪,鼻子很逗人。"不知是为了充实一下他的玩笑,拟或让步于某种欲望,他的食指横划了一下,犹豫片刻,随后,再也按捺不住,不可遏制地径直伸向侍从,点在他的鼻尖上,说:"鼻子。"说完走进了客厅。布里肖、我和萨尼埃特随着他走了进去。萨尼埃特告诉我们,谢巴多夫亲王夫人六点钟去世了。"这人真怪!"侍从心想。他问同伴,男爵是恶作剧还是神经不正常。"他这人就是这个样子,"领班回答说(领班觉得他有些"疯疯癫癫"),"不过这是我始终最为钦佩的一位夫人的朋友,这人心地很好。"

"您今年打算再去安加维尔吗?"布里肖问我。"我想,我们的老板娘重又租定了拉斯普里埃别墅,尽管她跟别墅的主人发生了一些纠纷。这些事无伤大雅,只不过是一片暂时的乌云,现在已经云消雾散了。"他补充这句话时乐观的口气和报纸的语调如出一辙,“错误确实犯了一些,这不可否认,但是孰人无错?”我是带着如何痛苦的心境离开巴尔贝克的,我至今还记忆犹新,我丝毫没有重返那地方的愿望。同阿尔贝蒂娜的计划我一拖再拖地搁着。“他当然要去,我们要他去,我们不能少了他。”德·夏吕斯先生带着出于个人利益的殷勤,专横地、不顾他人意愿地宣布说。

就谢巴多夫的逝世,我们向维尔迪兰先生表示我们的悼念之情。维尔迪兰先生对我们说:“是的,我知道她现在身体很不好。”“不,她已于六时去世了。”萨尼埃特大声说。“您,您说话总是言过其实。”维尔迪兰先生冲着萨尼埃特怒斥道。晚会既然没有取消,他宁可作出她只是卧病的假设,无意之中在仿效德·盖尔芒特公爵的行为。外道门不时地打开,萨尼埃特不是不怕着凉,可是他还是忍耐着,等别人取走他的衣物。“您这是干什么,像狗一样趴在那儿?”维尔迪兰先生问他。“我在等待监管衣物的人来取走我的大衣,再给我一个牌号。”“您说什么?”维尔迪兰先生厉声问道。“‘监管衣服的人?’您是变糊涂啦?我们只说:‘保管衣服的人。’您是不是应该像那些神经受过刺激的人那样重新再学学法语!”“监管衣物才是正确的说法。”萨尼埃特嘟哝道。“勒巴德神甫……您,您真叫我讨厌。”维尔迪兰先生用可怕的声音叫道。“瞧您喘得多厉害!您难道刚爬了六层楼梯不成?”维尔迪兰先生的粗暴产生了效果,衣帽室的人让别的来客在萨尼埃特前面先过,每当萨尼埃特把衣物递过来时,他们就回绝说:“挨个来,先生,请别这么着急。”“这些才是有条有理的人,有工作能力,干得很好,我的朋友。”维尔迪兰先生微笑着赞道,以此鼓励他们将萨尼埃特挤到所有人的后面。“来,”他对我们说:“这个畜生想必是要让我们在他那亲爱的穿堂风中冻死。我们到客厅去暖和暖和。监管衣服!”我们到客厅里后他还在说。“真是傻瓜!”“他只是喜欢玩弄辞藻,小伙子人倒不坏。”布里肖说。“我没有说他是个坏小伙子,我说他是一个傻瓜。”维尔迪兰先生尖刻地回驳道。

这工夫，维尔迪兰夫人跟戈达尔和茨基正谈得十分投机。莫雷尔刚刚谢绝了一些朋友的邀请（原因是夏吕斯不能同去），可是她却已经在向那些朋友保证，提琴手会赏光前去的。莫雷尔拒绝到维尔迪兰夫妇朋友组织的晚会上去演奏，这自有他的道理——我们过一会儿将会看到这里面还有更重要的缘故——他之所以强调这个道理，主要是受启发于有闲阶层固有的，而小圈子特有的一种习惯。诚然，如果维尔迪兰夫人暗中听到一位新客和一位熟客低声互道一句什么，估计他们互相认识或者有互相结为朋友的愿望（“那么，星期五在某人家见。”或者：“您哪一天到画室来都行，我一直待到五点钟才走，您能来我真是高兴。”），老板娘便会坐立不安，揣摩起如何给新客创造一个“机会”，以便使他成为小圈子一名灿烂夺目的新成员。她装出什么也没有听见的样子，同时，她那对因常听德彪西的作品而不是多服可卡因而产生黑圈的美丽的眼睛保持着唯有音乐的陶醉才会引起的疲倦神态，可是在她那由于负载着超量的四重奏和累年的偏头痛而明显前突的美丽的额头下却翻腾着并非纯复调的思想。她一分钟也无法忍耐，她要见缝插针。她立刻扑向两位正在交谈的人，把他们拉到一边，指着忠实的常客，对新来的客人说：“您不愿意和**他**一起来吃晚饭吗？比如星期六，或者您自己挑一天，来吃饭的人都很好。不要过于声张，因为我不准备把这伙人都请来（这伙人一词在五分钟之内用以特指小圈子里的人，为了表示对新客人寄予厚望，有必要暂时怠慢一下小圈子的成员）。”

但是这种迷恋新客乃至制造亲近关系的迫切需要也有它消极的一面。维尔迪兰夫妇的圈子里每周三的例行聚会在成员之间产生了一种对立的情绪，即挑拨离间的欲望。在拉斯普里埃的几个月当中，大家朝夕相处，这种不和的欲望有增无减变本加厉了。维尔迪兰先生巧妙地抓住某人的把柄，张开蜘蛛网，像网住无辜的苍蝇那样网住他的伙伴。如果没有事情可以指责，那么无事生非，出人洋相也好。一个圈内的常客只要出去走半个小时，他就对着大家公开地奚落他，装出吃惊的样子说，大家怎么没有发现他的牙齿总是那么脏，或者反过来说，他刷牙成癖，每天要刷二十次之多。若要有人胆敢打开窗户，这种缺乏教养的举止就会使夫妇俩老交换愤怒的眼色。过不了片刻，维尔迪兰夫人便会要人给她一块披巾，维尔迪兰先生便借此厉声说道："噢不，我要把窗户关上，我弄不明白，是谁自作主张把它打开的。"说得开窗的人如犯重罪，满脸通红，一直红到耳根。酒喝得多了一些，也会给你招来指桑骂槐。"您不觉得难受吗？一个工人多喝酒确有好处。"两个常客如果事先没有征得老板娘允准，擅自一起散步，尽管这散步毫无不良动机，结果也会引来无休无止的非议。德·夏吕斯先生和莫雷尔的散步属于例外。纯粹是因为莫雷尔住宿军营，男爵没有客居拉斯普里埃的关系，对男爵的厌恶和唾弃才得以推迟了。但是这一时刻已即将来临。

维尔迪兰夫人动怒了，决定叫莫雷尔"分辨清楚"，德·夏吕斯先生让他扮演的角色是多么可笑而又可恶。"我补充一句，"维尔迪兰夫人继续说（她感到自己对某人的感激之情成了一种压在身上的沉重义务，杀了这人又于心不忍；这时候她就把这人的某一严重缺点公诸于众，于是她用诚实的手段免除了向该人感恩致谢的义务），"我补充一句，他在我这儿摆出的有些架势，我不太喜欢。"维尔迪兰夫人对德·夏吕斯先生耿耿于怀，除了莫雷尔拒绝参加她朋友的晚会以外，其实还有一个更加重要的原因。德·夏吕斯先生一心一意想着要为维尔迪兰夫人争光，给老板娘贡蒂河滨的沙龙带了一批人来。要是原初按照她的意愿，把她的朋友都邀请来的话，那么这批人一听说被邀人的名字，就绝对不会来了。德·夏吕斯先生用坚决的口气，不容分说地否决了维尔迪兰夫人提出的名单，否定的口吻中掺杂着贵族大老爷那种耿耿于怀和任性傲慢的气质以及节庆活动专家那种艺术憨直精神。他宁可收回棋子，拒绝出力，也绝不愿意屈就让步。据他看来，那会糟蹋整体效果。德·夏吕斯先生只允许森蒂纳赴会，仅此一项已充满了保留意见。德·盖尔芒特夫人为了摆脱森蒂纳妻子的缠绕，对森蒂纳从开始每日亲热会面，发展到最后完全断绝交往。但是德·夏吕斯先生觉得森蒂纳头脑聪明，仍不断地与他见面。在与小贵族杂交的资产者阶层中，所有人都非常富有，而且都与大贵族不曾相识的贵族攀了亲。森蒂纳这朵昔日盖尔芒特家族圈子中的奇葩，就是到这个阶层中来寻找发迹途径的，而且他自以为在此找到了根据地。但是，维尔迪兰夫人自以为知道森蒂纳妻子的贵族背景，对其丈夫的地位却未加注意（因为镇住我们的高度往往是几乎仅仅高出我们一头，而不是那些高不可见、耸入云霄的东西）。她认为有必要邀请森蒂纳，理由是他“娶了某某小姐为妻”，交往一定很广。这个想法恰恰与事实背道而驰，说明维尔迪兰夫人是多么孤陋寡闻，把男爵抹了口红的嘴唇引得笑开了花，散发出宽容的鄙夷和豁达的理解。他不屑于正面作答。然而他热衷于构筑社交理论。以展示他充裕的智慧、傲然的气度，因此他带着遗传性的轻浮，倾吐了他的心思。“森蒂纳结婚前应该征求我的意见才是。”他说。“既有生理优生学，就必有社会优生学，而这一领域我也许是独一无二的大夫。森蒂纳的病例是无可争辩的。显而易见，结了这门姻缘，是给自己背上了一个包袱，爱情的火焰从此熄灭。他的社会生命从此告终。我向他解释清楚，他也了解了我的用意，因为他非常聪明。另一方面，有那么一个人，具备了一切条件，本来完全可以有一个高贵万能、凌驾一切的地位，只是因为有一条可恶的绳索把她牵制在地面上。我半推半拉帮助她砍断了缆绳。现在他怀着胜利的喜悦获得了我给予她的自由和全能。这里需要用一些意志，但是她将得到的报偿却是何等巨大！因此谁只要善于听从我的劝告，谁就成为自身命运的助产士。”显而易见，德·夏吕斯先生在处理自身命运的时候，没有采取妥善的行动。行动不同于语言，尽管你能言善辩；行动也不同于思想，尽管你才思横溢。“但是就我而言，我是一个哲人，我只是用好奇的眼光旁观着我刚才提及的社会动向，而绝不助长这种动向。

因此我继续和森蒂纳保持交往,他对我始终表示适度的尊敬和热忱。我甚至还去了他的新居吃过晚饭。这新宅第虽然富丽堂皇,却叫人无聊厌倦,倒不如他生活拮据时,把挚友们都请来聚集在一个小阁楼里那样来得欢乐。反正您可以邀请他,我允许。但您提出的其他的人,我一概否决。您会因此而感激我的,因为如果说我是婚姻问题的行家,那么,在夜庆活动方面我更不逊色。我知道哪些人士能够扩大一次晚会的影响,使它能够腾飞,升高;我同样也清楚哪些人会把晚会搞得默默无闻,一败涂地。”德·夏吕斯先生这些排除客人名字的主张并不是一直基于痴人的积怨或者艺术家的挑剔,而是基于演员的灵巧。当他就某人或某事演了一段曲子大获成功时,他便希望能使尽可能多的人听到这首曲子。但是请第二批听众,必须把第一批听众全部排除干净,不然他们会发现演奏的曲子没有改变,还是老调重弹。他调换演出场地,正是因为他没有更换广告。当他在交谈中获得成功,他还需要组织到外省巡回演出。无论这些排除客人的动机是多么复杂,夏吕斯这么做使维尔迪兰夫人感到她老板娘的权威受到了折损,使她的心灵受到了伤害,甚至使她的社交生涯受到严重挫折。这有两方面原因。首先,德·夏吕斯先生比絮比安更易动怒,莫名其妙地跟维尔迪兰夫人的最佳朋友人选个个都闹得反目。很自然,可以给他们的惩罚首先便是不请他们参加他在维尔迪兰夫人家组织的晚会。这些被排斥在外的人往往是所谓的社会显贵。可是在德·夏吕斯先生的眼里,从他跟他们翻脸之日起,他们就自动失去了显贵的地位。他富有奇妙的想象,一旦这些人不再是他的朋友,与其说对他们吹毛求疵,不如叫他们名声扫地。如果罪魁祸首出身于某个名门世家,但其公爵领地仅仅受封于十九世纪,比如蒙代斯吉乌家族,那么,对于德·夏吕斯先生来说,重要的是看公爵领地受封的年代,而朝夕之间家世渊源变得无足轻重。“他们连公爵都不是,”他嚷道,“是蒙代斯吉乌神甫的头衔张冠李戴加到了一个亲戚身上造成的,这事距今还不满八十个年头。如今的公爵,如果确有公爵可言的话，也仅仅是第三代公爵。说说于塞斯、拉特雷莫依勒、吕依纳这些人，他们都是第十代、第十四代公爵，我的胞兄就是盖尔芒特家族第十二代公爵和贡栋家族第十七代亲王。即便能够证明蒙代斯吉乌是望族世家的后裔，它又能说明什么呢？七传八传到他这一代还不早就成了败家孽障？如果换一种情况，跟他不睦的贵族久有一块封地，婚姻堂而皇之，跟王室沾亲带故，只是这份荣耀来得很快，并非列祖列宗所传，比如像吕依纳一类的人，那么事情又完全变了，唯有家世才是头等重要的。”“我倒想请教一下，阿尔贝蒂先生只是在路易十三时代才洗清污垢，变得斯文起来的！靠着王家公主的恩宠他才得以聚敛封地，在原先他们是根本无权问津的。这又有什么稀罕！”与德·夏吕斯先生打交道，失宠跟着得宠接踵而来，这是盖尔芒特家族人的天性决定的。盖尔芒特家的人要求社交闲谈能结出友谊的果子——这是社交闲谈无能为力的——并且还要能引发恐惧症，使人人害怕自己成为恶语中伤的对象。得宠越甚，失宠越烈。男爵以往对莫莱特夫人的垂青，众人有目共睹，而又望尘莫及。但是不知何日开始，突然出现了冷漠的迹象，表明她不配享受这种恩典。伯爵夫人自己总是说她始终没有能够发现个中的奥秘。反正一提到她的名字，男爵便怒火冲天，激起他雄辩至极因而致人重伤的抨击。维尔迪兰夫人觉得莫莱伯爵夫人为人很好。我们将会看到，维尔迪兰夫人将巨大的希望寄托在伯爵夫人身上。老板娘想，伯爵夫人将在她家里见到自己所谓的“法国四方”最高贵的人士，为此，非常高兴，当下建议邀请“莫莱夫人”。“啊！我的天，天地悠悠，人各有志。”德·夏吕斯先生回答说。“夫人，如果您有雅兴请比普莱夫人、希布夫人和约瑟夫·普吕多姆夫人前来一叙，我求之不得。不过，那样的话，最好是放在一个我不在的晚上。刚说几句，我就听出，我们说的不是同一种语言，因为我提及的都是贵族大姓，可是您给我援引的均是一些不见经传的法官，诡计多端、说长道短、居心不良的市井小人。还有那些小家夫人，梦想效尤我嫂子盖尔芒特的仪态风度，但恰如松鹤模仿孔雀，低了八度音。可是，她们还自命为艺术保护者。我要补充一句，有一个人我经过斟酌，决定断绝同她的亲密关系，如果把她引入我非常希望在维尔迪兰夫人家举行的晚会，那将有失体统。这是一个自命不凡的蠢女人，出身本不高贵，又缺乏诚实和才智，居然认定自己能够替演德·盖尔芒特公爵夫人和德·盖尔芒特亲王夫人。企图集两个角色于一身，这本身就是一种愚蠢的想法，因为德·盖尔芒特公爵夫人和德·盖尔芒特亲王夫人，这正好是两个截然相反的人。这就好比有人想同时兼做海森伯格①和萨拉·贝尔纳②。总之，即使这不相矛盾，那也是极其可笑的。我有权对一位的言过其实付之一笑，对另一位的孤陋寡闻深感不幸。可是这位小资产者像青蛙胀破肚子一样妄想去跟这两位伟大的夫人争比高低，这岂不所谓引得母鸡都要发笑了，因为这两位夫人始终表现出本家族无与伦比的高贵气质。莫莱！这就是一个不应该念出口来的名字，您要请她，我就不得不告退了。”他含笑附加了一句，那口气如同一位医生为了病人的利益，却不顾病人本人的意愿，决意不屈从于顺势疗法医生的合作。此外，德·夏吕斯先生还将另一批人归为可以忽视不请之类。对夏吕斯来说这些人确实可以忽视一边，但对维尔迪兰夫人来说，情况未必如此。德·夏吕斯先生自恃出身名门，登天的豪门望族，他或许也无所相求，可是这些名流要聚到维尔迪兰夫人的沙龙里，就有可能将它变为巴黎的一等沙龙。维尔迪兰夫人开始发现，她已经多次坐失良机，这还不算社交界对德雷福斯事件的误解给她造成的社交耽误。其实这一件事也未尝不是成全了她。“我不知道是否对您说起过没有，德·盖尔芒特公爵夫人看见她社交圈里的有些人，心里有多么不快。他们干什么都以德雷福斯事件为上，为了争论重审与反重审的问题，居然把高贵

① 苏珊·海森伯格（1853—1924），法兰西喜剧院演员，专演天真少女的角色。

② 萨拉·贝尔纳（1844—1923），法国著名悲剧演员。

的妇女排斥在外，却把那些低俗的女人迎进门来，连公爵夫人也受到了这些妇人的抨击，说她缺乏热情，思想不正，把祖国的利益置于社交名片之下。”我不知能否问问读者，犹如问一位朋友，跟他交谈了那么多次，但是记不清是否想到过或者找到过机会已把某件事情告诉了他。无论我交待过没有，那时候德·盖尔芒特公爵夫人的态度是可想而知的，而且我们接下去看看后来的一个时期，从社交的观点出发，她的态度甚至似乎是完全正确的。德·康布梅尔先生认为，德雷福斯事件是外国人一手制造的阴谋，目的在于摧毁情报机构，破坏军纪，削弱部队战斗力，离间法国人民，伺机入侵法国。除了几首拉封丹寓言以外，侯爵与文学绝不沾边。于是他委托妻子设法加以证实，作为残酷的观察者的文学，不仅制造了互不尊敬的社会气氛，而且还制造了如此严重的社会混乱。“雷纳克[①]先生和埃尔维厄[②]先生是串通一气的同谋。”她说。人们大概不至于会控诉德雷福斯事件用心险恶，策划阴谋来反对上流社会吧。不过她这番话无疑是打破了框框。上流人士不愿让政治渗入上流社会，恰如军人不愿让政治渗入军队一样，这一点是极为明智的。上流社会的事情跟性趣味相仿，我们一旦听凭审美理性来对性选择发号施令，那么我们不知会发展到什么反常的行为上去。基于那些妇人都是民族主义者这个道理，圣日耳曼区养成了接待别的社交圈妇人的习惯。随着民族主义的出现，道理遁然消失，习惯却沉淀下来。维尔迪兰夫人随波逐流，顺应德雷福斯运动，把有价值的作家吸引到自己身边。尽管他们是德雷福斯派，对她的社交活动一时没有任何用处，但是政治热情和其他热情一样，是不会延续持久的。新一代的人来到时，不再会理解这种热情；即便是表现过这些政治热情的同一

---

① 约瑟夫·雷纳克（1856—1921），法国政治家和作家。最初德雷福斯支持者，后来态度改变。

② 保尔·埃尔维厄（1857—1915），法国剧作家，德雷福斯反对者。

代人也会改弦易辙，转而表现出与先前的政治热情并不相仿的政治热情。随着排他原因的改变，他们会恢复一部分原先拒之门外的人的地位。在德雷福斯事件发生过程中，君主主义者再也不是忧心忡忡，整日担心某人如果是反犹主义者或民族主义者，就可能是共和党人、激进派，甚至是反教会分子。万一有朝一日战争爆发，爱国主义也会采取另外一种形态，即便是一个沙文主义作家，人们也不会再去关心他曾经是不是一名德雷福斯派。就这样，维尔迪兰夫人利用一次又一次的政治危机，一场又一场的艺术革新，犹如燕子筑窝一样，接连不断地把碎片捡回家来。这些碎片暂时没有用处，但有朝一日就会组成她的沙龙。德雷福斯事件过去了，阿纳托尔·法朗士却留下了。维尔迪兰夫人的力量表现在她对艺术的真诚的爱，对忠实的圈内成员的一片苦心，以及她不请社交人士而专门酬劳圈内成员的美餐。在她家里，每个人都像贝戈特在斯万夫人那里一样，受到敬重。当这个社团中的某一门客有一天成了杰出人物，众人希望来拜见他，那么在这位维尔迪兰夫人家里，他决不会像博代尔及夏博[①]烹制的官方宴席或圣查理曼菜肴那样，弄虚作假，而是一位美味芬芳的普通人，一位如同世界空净无人一样完美无缺的人。维尔迪兰夫人手下的演出班子阵容整齐，训练有素，拿出的节目堪称一流，缺的只是观众。自从观众的兴趣离开了某位贝戈特鼓吹的法兰西型的理性艺术，迷上了充满异国情调的音乐以后，维尔迪兰夫人成为一名外国艺术家常派巴黎的特约通讯员，在美丽动人的尤贝尔季也夫公主[②]身边为俄罗斯舞蹈家当起了加拉布斯仙女[③]，虽然老态龙钟，但是法力无边。这批英俊美丽的舞蹈家进驻巴黎，只有那些缺乏艺术趣味的评论家才对她们诱人的魅力提出异议。我们知

---

① 巴黎当时最著名的熟食商。

② 俄罗斯芭蕾的保护人。

③ 传说中加拉布斯仙女是行恶仙女，老态龙钟，曲背驼腰。

道，她们给巴黎带来了狂热的好奇，与德雷福斯事件相比，这狂热不太粗犷激烈，却更富有纯粹的审美情趣，而且也许同样的活泼热烈。维尔迪兰夫人借此又走到了前列，不过其社交效果与以往截然不同。正如我们在重罪法庭开庭期间，看到她总是和左拉夫人并肩坐在法官席下面一样，当一批为俄罗斯芭蕾热情欢呼的新观众纷纷拥向歌剧院的时候，我们总是看见她戴着从未见过的羽饰，和尤贝尔季也夫公主并肩端坐在头等包厢中。在司法大厦一阵激动之后，晚上大家相聚在维尔迪兰夫人家里，从近处端详比卡尔①和拉博里②，尤其是借此打听最新消息，设法了解，从楚林登③、卢贝④和儒奥斯特上校⑤那里可以获得什么希望。与此相仿，经过《天方夜谭》⑥或者《伊戈尔王》⑦的舞剧所引起的兴奋之后，大家都无意就寝歇息，便来到维尔迪兰夫人家里。在尤贝尔季也夫公主和老板娘的支持下，每天晚上鲜美可口的夜宵把大家汇聚在一起。有为了舞步更加轻捷而未进食的舞蹈家，有他们的经理和美工，还有伟大的作曲家伊戈尔·斯特拉文斯基⑧和理查·斯特劳斯⑨，大家欢聚一堂，形成一个经久不变的小核心。这里犹如爱尔维修斯夫妇⑩的夜宵，巴黎最为高贵的女士以及外国殿下均乐意垂顾。那些上流人士，自称很有艺术欣赏力，对俄罗斯芭蕾

---

① 乔治-玛丽·比卡尔（1854—1914），德雷福斯事件时任中校，后为将军和战争部长。

② 费尔南·拉博里，德雷福斯和左拉的律师。

③ 埃弥尔·楚林登（1837—1929），1898 年战争部长，不太相信德雷福斯无罪。

④ 埃弥尔·卢贝（1838—1929），曾任法国总统，坚定的德雷福斯支持者。

⑤ 儒奥斯特上校，1899 年雷恩军事法庭的审判长。

⑥ 俄罗斯作曲家里姆斯基-柯萨科夫（1844—1908）所创作的组曲，由俄罗斯芭蕾舞团于 1910 年演于巴黎歌剧院。

⑦ 原为鲍罗丁的歌剧，1909 年由俄罗斯芭蕾舞团改编为芭蕾。

⑧ 伊戈尔·斯特拉文斯基（1882—1971），法籍，后转美籍的俄罗斯作曲家。

⑨ 德国作曲家和指挥家（1864—1949）。

⑩ 爱尔维修斯（1715—1771），法国哲学家，和他妻子在巴黎近郊奥特依举办沙龙，常有哲学家聚会。

硬作无谓的区分，认为《仙女》[1]的导演较之《天方夜谭》更为“细腻”，不难在《天方夜谭》中找到黑人艺术的影响；尽管如此，他们仍然十分高兴，高兴能亲眼看到这些艺术趣味和戏剧的伟大革新者，看到他们的艺术虽然比绘画略多一些做作，但是引起的革命却和印象派一样深刻。

回头再说德·夏吕斯先生。如果他仅把邦当夫人排在名册之外，那么维尔迪兰夫人也许不至于那么痛苦。维尔迪兰夫人在奥黛特家里发现她酷爱艺术，德雷福斯事件期间，她和丈夫到维尔迪兰夫人家里来吃过几次饭。维尔迪兰夫人称她丈夫是个温吞水，因为他并不主张重新审理德雷福斯案件。他极为聪明伶俐，得意地和所有党派都串通关系。和拉博里共进晚餐时他欢乐地表明他的独立态度。他对拉博里只是洗耳恭听，不利的话一句也不说，但在关键之处悄悄插一句，赞扬饶勒斯为人诚实正直。这是任何党派都一致公认的。不过德·夏吕斯先生还除掉了一些贵族夫人的名字，她们是维尔迪兰夫人近时在隆重的募捐、赈济音乐会上新建立的关系；不管德·夏吕斯先生对她们作如何感想，她们远远胜他一筹；她们是维尔迪兰夫人家新核心的构建因素，而且是贵族核心的基本分子。维尔迪兰夫人把希望寄托在这次晚会上，指望德·夏吕斯先生给她带些贵族夫人来，她另外加上一些她的新朋友。为此她事先就十分庆幸地想到，男爵请来的人可能是她新朋友的亲朋好友，要是她们在贡蒂河滨不期相遇，一定会喜出望外。他的禁令使她大失所望，愤懑不平。她觉得，按照这样的条件，举办晚会是有益还是有害，还值得考虑。如果德·夏吕斯先生请来的客人对维尔迪兰夫人起码都表现出极度的热情，那么损失还不至于太重，因为她们将会成为她的朋友。如果这样，还不算亏本。德·夏吕斯先生拼命想把上流社会这两部分人始终拆成两半。可是，不

---

① 原为肖邦钢琴曲，改编为芭蕾舞剧，1909 年俄罗斯芭蕾舞团在巴黎演出时，斯特拉文斯基担任指挥。

久有一日开晚会，有人自会把她们重新聚在一起，只是没让他来参加而已。维尔迪兰夫人怀着激动的心情等待着男爵邀请的客人。她不久就会知道那些人是带着何种精神状态前来赴邀的，终于知道了能够和她们建立何种关系。眼下，维尔迪兰夫人正在和忠诚的门客们进行磋商，看见夏吕斯、布里肖和我一同走进来，立时收住了话头。

当布里肖对维尔迪兰夫人说，他得知她的挚友身体如此欠佳，他深表悲伤，她大出我们所料，回答说："听着，我不得不承认，悲伤我是一点儿也没有感到。自己没有的感情硬要装出来，这是无济于事的……"她无疑是精神不佳才这么说的，一想到整个晚会上她都要装出一副愁容，就已经觉得疲劳了；她这也是出于傲慢，她不想让人觉得自己由于没有取消这次晚会在寻找歉词；不过她又是出于对人性的尊重和深于世故，因为她的缺乏悲痛，如果归之于对亲王夫人突然公开化的个人厌恶，那么总比众人事不关己的态度要高尚、不失气节，因为面对一种无可置疑的诚实，人们容易失去武装：如果维尔迪兰夫人对亲王夫人的故世不是真的无动于衷，难道她会给自己背上一个比这严重得多的罪名来为自己继续接待客人的做法开脱吗？人们忘了，维尔迪兰夫人本来可以承认，她确实非常悲痛，但是她没有勇气放弃一次欢聚的机会。但是，朋友的冷酷无情虽然是一件较为令人震惊、较为缺乏道德的事情，却又不是一件过于丢人的事情，因此比家庭主妇那种轻佻浅薄较为容易承认。从犯罪学的观点来讲，罪犯觉得哪里有危险，就避之不及朝有利的方向坦白；在免受惩治的错误面前，是自尊心决定坦白的内容。有些人为了不让忧伤中断他们欢乐的生活，便反复不休地说，内心的悲哀靠外在的服丧来表现是毫无意义的，也许维尔迪兰夫人觉得这种遁词已经是路人皆知的旧玩意了，因此她宁可仿效那些聪明的罪犯，弃绝老一套的无辜表白，为自己辩解——不知不觉作了一半坦白——的时候就说，凡是众人指责的事情，自己反而会毫不犹豫地去做；可是不巧得很，自己迄今没有机会身体力行。也许维尔迪兰夫人在解释自己行为的时候，采用了无动于衷的论点，她觉得自己既然已经踏上了怨恨的滑坡，不如把怨恨的心情表达出来，这样至少也有几分独特。把这种心情理清头绪，已不失为一种罕见的敏锐；把它公开表白出来，那就更能显示出某种“胆识”。因此，她故意强调自己毫无伤感，内心充满了荒唐的心理学家和鲁莽的戏剧家所有的那种骄傲与满足。“是的，这事很奇怪，”她说，“我一点感觉都没有。我的天，我不能说我不希望她活着，她不是一个坏人。”“她就是一个坏人。”维尔迪兰先生打断说。“啊！他不喜欢她，是因为他觉得我请她做客，有损于我。他为这件事情失去了理智。”“请承认我是正确的，”维尔迪兰先生说，“你们相互来往，我从来没有赞成过。我一直说，她的名声不好。”“可是我从来没有听说过。”萨尼埃特回驳说。“什么？”维尔迪兰夫人嚷道，“这是众所周知的；不是不好，而是可耻，丢人。不，不是出于这个原因。我自己也无法说明自己的感情。我对她并不厌恨，可是她对我们却那么冷漠，以至于当我们得悉她身体严重患病时，连我丈夫都大为惊奇地对我说：‘你对这事好像毫无感触似的。’这不，今天晚上他建议我取消晚会，我恰恰相反偏要举行，因为没有悲伤硬要装出悲伤，我会觉得是在演戏。”她说这番话是因为她觉得这奇怪得像“自由剧”，而且非常方便。因为冷漠无情或者坦白了的缺德跟肤浅的道德一样，都使生活变得简单了。她把应该受到惩罚的行为变成了一项诚实的义务，为之人们不需要再去寻找开脱的借口。底下的信徒们聆听着维尔迪兰夫人的话语，心头交织着钦佩和不适之感，犹如以前某些以残酷现实和痛苦观察为题材的戏剧所引起的感觉一样。许多人一边赞叹地看到，老板娘的正直坦诚和落拓不羁又变换了新的形式，一边不禁联想到自己的死亡，虽然他们心想，归根结底这不是一回事，但是他们还是在考虑，有朝一日自己突然死去，别人会是悲恸哀哭呢还是会在贡蒂河滨举行欢庆。“为了我的客人，晚会没有取消，我非常高兴。”德·夏吕斯先生说，他没有发现，他如此表达谢意，恰恰刺伤了维尔迪兰夫人。

这工夫，我跟那天晚上每个走近维尔迪兰夫人的人一样，闻到一股不太好受的诸美果耳利鼻油的气味，深有感触。事情的原因，就在这里。我们知道，维尔迪兰夫人表达她的艺术感情，从来不是使用心灵的途径，而是使用身体的途径，目的是使这种感情显得更加势在必行，更加深刻动人。如果有人跟她谈起凡德伊的音乐，即她最喜爱的音乐，她会一直毫无反应，仿佛她根本不指望凡德伊的音乐能够使她激动起来似的。她的眼神一动不动，几乎是心不在焉；这样停了几分钟以后，她却开始用准确、实在、近乎失礼的口气来回答你的话，仿佛在对你说："您抽烟，我不在乎。我为的是地毯；地毯很漂亮——这我就更不在乎了——只是它很容易着火，我很怕火，我可不愿意因为您把一个没熄灭的烟头掉在地上，而把你们全都烧着了。"对于凡德伊也是这样。如果有人谈到他，她从不吐露半句钦佩之言，可是过了一阵，她却神情冷漠地对那晚演奏凡德伊的作品开始表示遗憾："我对凡德伊毫无异议。据我看，他是本世纪最伟大的音乐家，只是我听那些作品，一刻都不能停止哭泣（她说'哭泣'时毫无悲伤的神态，自然的样子倒像是在说'睡觉'。有些恶言恶语的人甚至还认为这后一个动词也许更为确切。其实谁也说不准，因为她听那些乐曲的时候，头蒙在手里，有些鼾声，说到底也有可能那是抽泣）。哭一哭与我倒没有害处，哭多久都行，只是过后这会给我添上要命的鼻炎，鼻膜充血，两天以后，我那样子简直就像一个老酒鬼了。要使我的声带恢复功能，我必须连续吸氧几天才行。总之，戈达尔大夫有个学生……""嘿！说到他，我还没有向您表示哀悼呢。他去得真快，可怜的教授！""是啊，又有什么办法，他死了，跟其余人一样。他杀死的人够多的，这回是该轮到他举刀自戮了。嗯，我刚才对您说他有一个学生，一个十分有趣的人。给我治过这毛病。他有一句相当独特的警句：'治病不如防病'。所以他趁音乐开始之前，就给我的鼻子上药。这玩意儿特别管用。我现在可以像无数失去孩儿的母亲那样放声痛哭，也不会再闹半点鼻炎。现在只是偶尔闹点结膜炎，仅此而已。药效绝对可靠。没有这帖药,我根本不可能继续欣赏凡德伊的音乐,还不是要一次接一次地患支气管炎。”

我再也按捺不住,终于要提一下凡德伊小姐。“作曲家的女儿是不是没有来?”我问维尔迪兰夫人。“还有她的一个朋友也没有来吗?”“没有,我刚刚接到她们一封快信。”维尔迪兰夫人支支吾吾地对我说。“她们不得不待在乡下。”我心中一时升起了一线希望,也许她们从来就没有说过要来。维尔迪兰夫人通告说,作曲家派这两个代表来,只是为了给乐队和听众一个良好的印象。“怎么? 难道她们连刚才的排练也没有来吗?”男爵假装惊奇地问道,以便让人觉得他没有见到过夏利。夏利走过来向我道安。我凑近他耳边问他凡德伊小姐为什么不来的事。他好像对这件事一点也不了解。我示意他不要大声说话,并且告诉他我们过后再聊。他谦恭地答应说他将不胜荣幸地听凭我的吩咐。我发现他比以前有礼貌多了,恭顺多了。我当着德·夏吕斯先生的面赞扬了他——赞扬他是因为他可能有助于我解开我的疑团。德·夏吕斯先生回答我说:“他仅仅做了他应该做的事,他跟贵人们在一起,行为举止如果还那么粗俗,那还有什么意思。”文雅的举止,按德·夏吕斯先生的看法,是法国人的传统举止,不带英国式的呆板。正因如此,当夏利从外省巡回演出归来,一身旅装回到男爵家中时,如果没有过多的人在场,男爵就会无拘无束地亲吻一下他的两颊。他如此炫耀他的温存,也许是想靠这个办法来消除别人脑中认为这种温存是有罪的想法;也许是为了接受一种乐趣,但更主要的,也许是想用文学的方式来维护和弘扬古老的法国礼仪,犹如他会用曾祖母的旧椅子来反对慕尼黑风格或者摩登款式,用见到儿子时毫不掩饰内心喜悦的十八世纪型温和慈祥的父亲形象与不列颠式的冷漠沉静相抗衡。不过这慈父般的恩爱是否蕴含着一丝乱伦的色彩? 更有可能的是,德·夏吕斯先生自从丧偶以后,感情生活就一直十分空虚,他的行为方式虽然能满足他的恶习——关于这一点我们将得到一些事实证明——但却不能满足他的感情需要。总之他曾多次考虑过重新结婚的问题，现在脑子又在打着主意，一定要继养一个孩子；周围一些人担心，这欲望别是冲着夏利来的。这事并不稀罕。只有阅读两性人文学才能引起共鸣，手捧着缪塞的《夜》，心里却想着男人，这样一个性欲倒错的人，同样需要担任正常男人的所有社会职能，像舞蹈演员的情人和歌剧院的老听众一样，负起供养的责任，只跟一个情人过规矩生活，跟他结婚或者姘居，做一个父亲。

夏吕斯跟莫雷尔借口要商讨一下待会的演奏，俩人一起离开了众客。当夏利拿出乐谱给夏吕斯过目时，夏吕斯得以公开展示他俩的秘密关系，心中充满了甜蜜。这段工夫我可被迷住了。尽管小圈子里姑娘不多，然而遇到举行大型晚会的日子，不少姑娘都被邀请来了作为补偿。我认识其中好几位，都长得十分漂亮。她们远远地向我送来欢迎的微笑。空气中不时闪烁着姑娘妩媚的笑容。这就是晚会，甚至白天五彩缤纷的装饰。我们之所以能够回忆起某时某刻的某种气氛，就是因为姑娘们在这气氛中微笑过。

谁要是记下这次晚会上德·夏吕斯先生和多位重要人物偷偷交谈的话，一定会大吃一惊。人物中有两位公爵，一位杰出的将军，一位伟大的作家，一位著名的医生，一位大律师。那些话是这样的："说到这件事。您是否认识那个侍从，不，我是说登上汽车的那个小伙子……""嗳，您堂妹盖尔芒特家，您不知道发生了什么事吗？""目前不知道。""您给说说，大门前面有一个金发小伙子，穿着短套裤，我觉得他非常客气。他叫来了我的车子，十分殷勤，我很想再跟他聊聊。""是的，可是我觉得他不太可爱，有些忸怩作态。您办事喜欢急于成功，您会恶心的。何况我知道这事不好办，我有一个朋友试过。""太可惜了，我觉得他身材苗条，头发别致。""您真的觉得那么好吗？我觉得如果您凑近一些看，您就会失望了。不，两个月以前，在一次冷餐会上您本来可以看到一个真正的奇物，一个两米高的壮小伙子，一身理想的皮肤，而且喜欢这事。可是到波兰去了。""啊！这地方有些远。”“谁说得准？也许还会回来。人一辈子总有重逢的机会。”如果我们善于沉入一定的深度，截取一个断面，那么所有大型社交晚会都大同小异：仿佛医生把病人请了来，病人说话很有理智，举止也十分文雅；如果病人不是用手指着一位走过的老先生，套着你的耳朵说：“这是圣女贞德。”你绝对看不出他们是疯子。

“我认为，我们有义务把话说明白，”维尔迪兰夫人对布里肖说，“我所做的，不是要反对夏吕斯，恰恰相反。他为人和善，至于他的名声，我对您说，这类名声于我又有何害！出于我们小圈子的利益，为了我们的聚餐，我反对男女调情，讨厌那些男人正经有趣的事情不谈，却躲到一边跟女人说些不三不四的话。夏吕斯就不同，我不用害怕，我跟斯万、埃尔斯蒂尔以及其他许多人所发生的事情，跟他绝对不会发生，跟他在一起我十分放心。他出席我的晚餐，任凭有多少上流女子在场，我们都可以肯定，桌面上的谈话不会为调情戏谑、窃窃私语所搅乱。夏吕斯与众不同，犹如一名神甫，对他我们十分放心。只是他不能自以为是，对来这里的小伙子发号施令，否则他就连两性人都不如。”维尔迪兰夫人宣布，她对夏吕斯主义的宽容是真心实意的。维尔迪兰夫人如教权在握一般，出现一点不正习气并没有大惊小怪；严重的是在她的小教会中出现了那些可能削弱权威原则、有害于正统观念、企图改变既有信条的东西。“不然，我就要给他一点厉害瞧瞧。就是这样一位先生，因为自己没有受到邀请，便阻止夏利也前来参加排练。为此，他要受到一次严正警告，我希望这对他来说够了，再不，他只有自请尊便。他把夏利锁在屋里，我说的是真话。”她接着又说，“现在我们每次见到他，他身边都要有这丑恶的莽汉，保镖似的跟着。”她说这番话，恰恰没有跳出常人的表达方式，因为有些不太常用的说法，遇到某一特殊话题，某一特定场合几乎势必要涌上说话人的记忆；说话人以为是在自由地表达自己的思想，实则只是在机械地重复普世训诫。维尔迪兰先生佯称有事要问问夏利，提议把他引开一会儿，跟他说说。维尔迪兰夫人却担心他受到惊扰，接下去演奏失常。“还是等到他演完以后再对他挑明为好，甚至改日再谈也不着急。”维尔迪兰夫人如果知道丈夫在隔壁房间向夏利说明事实真相，她要想舒舒服服激动一下，那就纯系枉然了。她害怕弄得不巧，夏利一生气，会把16号①的事撇下不管。

那天晚上叫夏吕斯先生一败涂地的，是他自己邀请而陆续到来的客人们那缺乏教养的言行——在这上流社会，这是司空见惯不足为奇的现象。公爵夫人们来此，一是出于对德·夏吕斯先生的友谊，再是怀着好奇心跻身进来看看。每位宾客一到，都径直走向男爵，仿佛他是主人负责接待似的。这些人还近在离维尔迪兰夫人一步远的地方问我：“告诉我，维尔迪兰妈妈在哪儿。您认为有必要叫人介绍我认识她吗？我至少希望她别在明天的报上刊登我的名字，这会叫全家人跟我闹翻的。什么？就是这个白发女人？她的模样不是还可以嘛。”这些话一字不漏地钻进了维尔迪兰夫人的耳膜。凡德伊小姐不在，听到谈起她，好几个人都说：“啊！奏鸣曲的女儿吗？带过来让我瞧瞧。”她们在此遇到了许多老朋友，一下便三五成群围成一堆，闪烁着好奇与嘲讽的目光，窥视着走进门来的维尔迪兰夫人圈内的门客。她们老老实实，最多只是用手指指点点，表示某人的发型有些奇特——若干年以后，这种发型便在一等的上流社会中蔚然成风了。总之，她们十分遗憾地发现，这个沙龙与她们熟悉和想象中的沙龙没有什么不同，为此不禁大失所望。就像有些上流人士到布吕昂②夜总会去，本来满怀希望，能被歌唱家痛骂一顿，不料进门时受到的却是礼貌的致意，而不是预想中的迭唱：“啊！瞧这嘴脸，瞧这丑相。啊！瞧她这副嘴脸。”

德·夏吕斯先生在巴尔贝克的时候，曾经当着我的面，敏锐地批评过

---

① 可能是维尔迪兰夫妇贡蒂河滨公馆的门号，也有可能是莫雷尔第二次音乐会举行的日期。

② 阿里斯蒂德·布吕昂(1851—1921)，法国通俗歌曲作者与演唱者。在蒙马特高地自办米里通夜总会，以通俗、口语化歌曲讽刺社会。

德·福古贝夫人，说她尽管聪颖超人，但是意外的发迹升迁，却酿成她丈夫彻底的失宠。德·福古贝先生被委派在狄奥多西国王和欧多克西王后的国度里任外交使节。两位君王再度来到巴黎，不过这一次逗留时间较长，因此每日要为他们举行宴庆。王后与德·福古贝夫人早已结识，十年来在自己首都常与她见面，而且在此既不认识总统夫人也不认识部长夫人，所以跟大使夫人结了缘。大使夫人认为德·福古贝先生是狄奥多西王国和法国两国关系的开创者，觉得自己地位稳固，不会受到任何损害。从此，仗着王后对她的偏爱，有恃无恐，得意忘形，丝毫没有担心会有危险临头。结果几个月以后，这一危险演化成重大事件，德·福古贝先生突然被宣布退休离职。夫妇俩先前过于自信，错误地认为这事绝对不可能发生。德·夏吕斯先生在"小火车"里评论着他儿提时代朋友的倒台，惊奇地认为，这样一个聪明女子在当时的情况下竟没有利用她对君王的影响，说服国王和王后，设法让别人觉得她对国王和王后没有任何影响，教国王和王后把情谊转到共和国总统夫人和部长夫人们身上。当这些夫人以为这份情谊是出自国王和王后本人而不是福古贝夫妇一手操纵的话，她们就会无比得意，也就是说，欣喜之余，对福古贝夫妇充满感激之情。但是凡是发现别人错误的人，只要稍遇时机，春风得意，便会重蹈覆辙。客人们拨开一条通道前来向德·夏吕斯先生恭贺道谢，把他当作主人看待，这时他就没有想到应该劝他们去跟维尔迪兰夫人寒暄几句。只有与伊丽莎白皇后和德·阿朗松公爵夫人具有同样高贵血统的那不勒斯王后①一人跟维尔迪兰夫人聊起天来。她仿佛是专程前来拜访维尔迪兰夫人的，而不是为了来欣赏音乐和看望德·夏吕斯先生。她对老板娘畅叙衷肠，滔滔不绝地说她久已盼望能够跟她拜识，对她的公馆竭尽恭维，然后又像正

① 玛丽-索菲-阿美丽(1841—1925)，奥地利皇后和阿朗松公爵夫人的妹妹，于1859年嫁与弗朗索瓦二世，即双西西里王国的末代国王。

式访问一样，跟她交换了许多话题。她说，她非常遗憾，本来多么希望把她的侄女伊丽莎白（不久前跟比利时阿尔贝王子①结婚的那个）也带来。看到乐师们坐到了台上，她收住了话语，叫人指给她看，哪位是莫雷尔。德·夏吕斯先生希望别人对这位演技精湛的小伙子给予如此巨大的荣誉，对其真正动机，她大概不会有什么错觉。但是这位君主体内流淌着有史以来最高贵、最富有阅历、凝聚着怀疑与傲慢的血液：她那君王特有的古老智慧使她把表亲夏吕斯（两人均为巴伐利亚一位公爵夫人的后裔）这类她爱不胜爱的人的缺陷仅仅看作是一种不幸。夏吕斯一类人的这种不幸在她这里得到的支持弥足珍贵，因而她也尤为乐意向他们提供援助。她知道，连这样的场合，她都屈驾亲临，他会双倍感动的。只是，这位妇人目下的心地善良，正如她以往的勇猛顽强。她是一位勇士王后，曾经亲手向加埃特②的城墙射击过③，至今充满着骑士精神，一见到弱者被欺，便准备拔刀相助。她现在看到的是维尔迪兰夫人孤单一人、受人冷落，殊不知是维尔迪兰夫人本人未敢离开王后一步。她拼命摆出样子，向来客显示，对她——那不勒斯王后来说，这次晚会的中心以及吸引她光顾的引力中心是维尔迪兰夫人。她不停地表示歉意，说她不能待到晚会结束，还要有另一个晚会需要光顾——尽管她足不出户。她特别强调，她告辞的时候，请在座的千万不要为她送行，这样，可以免了叫大家向她表示敬意。其实，维尔迪兰夫人根本没有想到这一点。

但是有一点需要为德·夏吕斯先生辩护。虽然他把维尔迪兰夫人忘得一干二净，并且听凭他邀请来的“他的圈子”里的人把她忘得叫她出了

① 比利时的阿尔贝（1875—1934），自1909至死为比利时国王。1900年娶巴伐利亚的伊丽莎白为妻。

② 意大利一港口，位于地中海边上。

③ 那不勒斯王后确实于1861年参加过围攻加埃特的战役。加埃特的陷落宣布了双西西里王国的寿终正寝。

丑,可是他却明白,他不能听任这批人用对老板娘同样的恶劣态度来对待“音乐演出”。莫雷尔早已登上演台,艺术家们也已聚拢,可是交谈声甚至于笑声仍不绝于耳,还有那些“据说必须是内行才能听懂”的话在嗡嗡作响。德·夏吕斯先生立刻挺起胸膛,仰起脖子,跟我刚才他来维尔迪兰夫人家时看到的他那疲沓的样子相比,他似乎换了一个身躯。他摆出一副先知的样子,环顾四周,那严肃的神情似乎在说,现在不该再是说说笑笑的时候了。一时只见许多客人的脸突然发红,犹如当堂受到老师训斥的学生一样。在我看来,尽管德·夏吕斯先生神态十分高贵,但是难免带有几分滑稽。因为他时而双目喷火,对客人大发雷霆,时而又现身说法,把戴着白手套的手举到漂亮的额前,显出肃穆庄重,乃至出神入化的样子(大家都必须照此模仿)。他借此像一本随身携带的规则手册一样,向来客指出,必须严格遵守宗教般的静默,抛弃一切社交杂念。为此,姗姗来迟者向他致意,他一律不予理睬:这些人太失礼了,一点儿都不明白,此时此刻,时间已完全属于伟大的艺术。在场所有的人都像被施了催眠术那样全都入了迷,不敢挪动椅子,发出丁点声响。一批虽无修养,但衣冠楚楚的人,受到巴拉麦德名望的感化,对音乐肃然起敬。

我看见,在演台上排开阵势的,不仅有莫雷尔和一名钢琴师,而且还有其他乐师。我想他们一定先演奏其他音乐家的作品,而不是凡德伊的作品。我先前以为,晚会仅仅演奏凡德伊的钢琴小提琴奏鸣曲。

维尔迪兰夫人独坐一隅,白皙而略施脂粉的前额呈半圆形,奇异地凸起,头发分两边梳理,一半是为了仿效十八世纪肖像,一半是为狂热的人醒脑之用——这种人羞于公开表达内心状态。她离群独坐,宛如一位主掌音乐盛会的天女,一位专司瓦格纳音乐体系以及偏头痛的女神。看着艺术守护神沦入这批讨厌鬼中间,不免使人想起某种近乎悲怆的诺纳①。

① 诺纳:为斯堪德那维亚神话中掌管人间命运的女神。

听到的音乐，她比他们更要熟悉，她自然比平时更不屑于表露她的感受。音乐会开始了。我听不出演奏的是什么曲子，我身临一片陌土。这是何方？我在哪位作曲家的作品之中，我十分希望知道。我身边没有任何人可以求问，我真想化作我爱不释手的《天方夜谭》中的一个人物。书中，每逢你不知所措，就会冒出一位仙人或者一位美貌绝伦的少女。别人看不见她，而身陷困境的主人公却看得真切。她告诉他的事情，恰恰就是他渴望知道的。此时此刻，我恰恰遇到了类似的显灵，获得了帮助。我们有时到达的一个地方，以为是陌生之地，其实我们是绕过了一条路，从陌生的一头朝熟悉之地行走。突然我们发现，我们已经走到另外一条路上，这里一草一木都是熟悉的，只是我们没有习惯从那陌生的一头走过来。这时我们突然会想："这条小路是通我朋友家花园大门的，我离他们家只有两分钟之遥。"而且就在这时，朋友家的女儿已经顺道迎来向你问好。同样，我听着是全新的音乐，忽然发现自己正在听的是凡德伊的奏鸣曲。那小乐句比少女更为出奇动人。她身披银装，全身闪闪发光，发出的声音涓涓流淌，又如披肩一般，轻盈柔和。她款款向我走来，崭新的首饰衣束依稀可辨。我看出，她心里十分喜悦，这喜悦，随着她情深意长、展喉高亢的歌曲在逐级增长，这歌曲如此令人折服，如此纯朴，但并没有因此阻止她身上闪光的美姿放射异彩。不过这一次她的用意仅仅在于向我指点新道，一条与奏鸣曲不同的新道，因为她指点的是凡德伊另一部尚未公开演奏过的作品。在眼下这部作品中，凡德伊只是作了一个暗示——节目单上有一句话，我们应该看到，提到过这一暗示——小乐句只是稍纵即逝地闪现了一下，似乎仅仅在于引逗取乐似的。这小乐句刚刚重现了一下，就遁失了，我再度身临一片陌生世界。我开始明白——一切都在不断地证实我的想法——这个世界就是凡德伊所创造的世界。但我简直不敢相信。我觉得奏鸣曲已是一个枯竭无源的世界，我对之已经产生了厌倦。于是我尽力想象一些与奏鸣曲同样美丽，但面貌又不相同的世界。这时，我的做法与一些诗人的做法没有什么区别，因为诗人在自己诗歌的天堂里点缀一些草原花木，山川河流，这无疑是下界俗世的翻版。我眼下聆听的音乐，在我心里唤起的喜悦心情与我首次听到奏鸣曲时的喜悦心情是完全不同的。现在这段音乐之美，就在于它创造了一个全新的世界。一般的奏鸣曲入曲，是一片百合花般洁白、充满田园气息的晨曦，圣洁羞涩的晨花轻轻绽开，悬挂在乡间乃冬和天竺葵错落交织、结实难解的绿棚上。然而这部作品一开始出现的是拂晓，平静酣睡的海面沉浸在一片沉闷的寂静和无限的空旷之中。狂风骤起，先是死寂和黑夜，然后是一片玫瑰色的曙光，进而整整一个世界从中脱颖而出，在我面前渐渐升腾起来。这片红色如此新奇，如此罕见于温柔抒情、圣洁天真的奏鸣曲，一如朝霞，给天穹染上了一片神秘的希望之光。一首优美的乐曲已经划破天空。乐曲虽然是由七个音符构成，却是闻所未闻，与我想象中的一切都截然不同，既妙不可言，又尖锐刺耳。这已不再是奏鸣曲中鸽子的低咕，而是撕裂长空的高鸣；它跟曲首沉浸的鲜红色一样强烈，如公鸡报晓一般神秘，它乃是永恒的晨曦不可言表但又振聋发聩的呼唤。寒冷、雨洗和带电的空气——与奏鸣曲相比，这空气的质极其不同，气压迥然相异，它离纯洁天真、草木丛生的奏鸣曲相去甚远——时刻都在改变甚至消除通红的、希望的曙光。然而到了正午，顿时出现了炽热的太阳，空气似乎化成一种凝重的、村镇般的、近乎于乡野的欢乐。震天而响、疯狂飞打的大钟（这种与把贡布雷教堂灼得火热的大钟相仿，凡德伊大概经常听到那钟声；如同画板上唾手可得的颜料，凡德伊当时轻取一下，就在记忆中找到了这钟声），似乎把最厚实的幸福变成了现实。如实而言，从审美角度来说，这欢乐的动机我并不喜欢。我甚至觉得很丑，那节奏如此步履维艰，拖地而行；从某种程度来说，光用杂音，甚至光用小棒击打桌子，就能模仿其主要节奏。我觉得凡德伊在此缺乏灵感，所以我在此也缺乏了一些注意力。

我瞧瞧老板娘，她倔犟地一动不动，似乎在对圣日耳曼区贵族夫人们和着节拍摇晃无知的脑袋表示抗议。维尔迪兰夫人没有说："你们明白，这支曲子我可熟悉，而且还不只是熟悉一点而已！如果要我把我的全部感受都倾吐出来，你们就压根别想有完！"她没有这么说。但是她那正襟危坐的姿势、若无表情的眼神、难以捉摸的发绺却道出了她的心声，也表达了她的胆略。她似乎在说，音乐家们只要有种，尽可以演下去，不用照顾她的神经；行板不能使她怯阵，快板不会叫她呼救。我又瞧瞧音乐家们，中提琴手双膝紧紧夹住提琴，脑袋往下冲着，线条鄙俗，做作起来的时候，不由得流露出令人作呕的样子，他身子下倾去摸低音，那份耐心恰如仆人拣菜一般。他旁边是弹竖琴的姑娘，一脸稚气，穿着短裙，全身框在金光闪闪的四边形中。这竖琴的边框犹如古代巫魔屋中一贯象征太空的金框一样，而姑娘恰如寓意画上的小女神，站立在金栅围隔的天穹之前，采撷颗颗银星一样，在竖琴上上下远近，按照规定之点，求索着美妙的音符。再看莫雷尔，一撮头发先前一直混杂在头发里面，这时却脱离出来，在额前卷成一圈……

我悄悄回过头去观察一下听众，借机了解一下德·夏吕斯先生对这绺头发作何感想。可是我的视觉仅仅遇到维尔迪兰夫人的脸，不如说仅仅遇到她的一双手，因为她的脸全部埋在手里。老板娘采用这种定坐的姿势，究竟是想表明，她仿佛正在教堂静思冥想，觉得这音乐与最崇高的祈祷并无两样呢，还是如同有些人进教堂一样，试图躲避不知趣的目光，或者出于廉耻之心，借以掩盖其假冒的虔诚呢？要不她这就是出于对他人的尊重，藏匿其罪恶深重的走神或者说无法驱逐的睡意。我一度认为这后一种假设是正确的，因为有一种并非音乐的声音不断传出。不过我继而发现，这声音虽然是由打鼾造成的，但这不是维尔迪兰夫人，而是她的母狗的鼾声。很快地，铜铃的辉煌动机结束，被其他动机驱散了，我又为这支乐曲所吸引。我觉察到，这首七重奏中的不同乐思相继呈现，最终汇成一体。凡德伊的奏鸣曲以及——正如我日后得悉的——其他作品，较之我眼下发现的完美成功的杰作,都仅仅是一些腼腆的尝试而已。那些初试作品虽然同样脍炙人口,但毕竟还非常稚弱。一经比较,我立刻回忆起,以前每当我想到凡德伊创造的其他音乐世界,就不免要想到我每一次恋爱所构成的封闭世界;现在一经比较,又出现了同样的情况。我必须承认,我最后一次恋爱——和阿尔贝蒂娜的恋爱——包含着我和她的初恋时的彷徨(最初是在巴尔贝克,继而是打抽白鼬牌,她在旅馆过夜,后来是一个星期日在大雾迷漫的巴黎,盖尔芒特家的晚会,巴尔贝克的重逢,最后又是巴黎,我的生活跟她紧密地连在一起),因此,如果现在不是单单回顾我对阿尔贝蒂娜的爱情,而是回顾我的全部生活,那么,我的其他恋爱经历就同样是一些微弱和腼腆的尝试,是对那更为宽阔的爱情——对阿尔贝蒂娜的爱情——所作的一种准备和呼唤。我不再听音乐,而是再度思忖道——犹如我们内心的痛苦因一时的闲乐而暂时遗忘,现在重又发作一样——不知阿尔贝蒂娜近日是否见过凡德伊小姐。阿尔贝蒂娜在我的内心发生着潜在的影响作用。凡是我们熟识的人,都有一个复影。但是这个复影通常只是处在我们的想象和回忆的边际,所以相对来说它只是留在我们的身外,它所做出的或所能做出的事情,就像一个离我们远远摆放着的物体一样,不会具有什么致害成分,只能引起我们无痛的视觉。涉及到这些人的事情,我们也只是用静观的方式来感知而已。我们可能用适当的语言对他们表示同情,使别人感到我们心地善良,可是我们的内心深处却不关痛痒。但是自从我在巴尔贝克受到打击之后,阿尔贝蒂娜的复影就进入了我的心里,沉淀到相当的深度,使我难以摆脱。我从她身上发现了一些东西,心灵受到了伤害,这就好比一个人得了病,感觉器官受到恼人的损伤,视觉中出现的明明是一幅五彩图画。可是在他心里引起的感觉却如身体剜肉一般。幸亏我们没有屈从诱惑,再度与阿尔贝蒂娜断绝关系。待会儿我回家的时候,还需要重新见到她,把她看成一个备受爱恋的女子,这事有些令人烦恼;但是换个情况,如果我只是对她有点怀疑，她却还没来得及对我表示无动于衷，这时就需要跟她分手，那我又会焦虑万分。所以相形之下，这点烦恼算不得什么。我想象着，她在家里等候我，觉得时间漫长，也许已经去卧室入睡片时。我这么想着，七重奏一句温柔的乐句偶尔来轻拂我一下，充满了家常式的亲昵。我们内心生活的一切都盘根错节，叠床架屋；这句乐句凡德伊也许就是从他女儿——他的女儿目前是引起我一切烦恼的祸源——的睡眠中获得灵感的，因为在那些宁静的夜晚，这睡眠为音乐家的工作披上了一层温馨。这句乐句使我心绪安宁，它蕴含的那种静谧柔美的景色能使舒曼的某些梦幻得以平静：在这些梦幻中，即令"诗人在说话"，我们也能猜出"孩子在睡觉"①。今晚只要我高兴回家，无论她是已经进入梦乡还是醒着，我今晚就能跟她——阿尔贝蒂娜，我的小宝贝——重逢。可是，我思忖着，这部作品开始的时候，其拂晓的最初几声啼鸣似乎预示了某样比阿尔贝蒂娜的爱情更为神秘的东西。我努力排除对我朋友的思念，一心想着音乐家。于是，音乐家仿佛就在我眼前。作曲家似乎是不朽的，他能在其音乐中获得永生。我们感觉得到，他选择某一音色，给它配上其他音色，这时他的心情是何等快乐。因为，除了一些更为深藏的天赋以外，凡德伊还具备另一种才能，那是一般音乐家，甚至一般画家都望尘莫及的，他使用的色彩不仅如此稳定，而且如此富有个性，以至于它能永远保持新鲜，不为时间所销蚀。即令后生步发明者后尘，模仿他的色彩，又有大师比他更胜一筹，这些都无法使这些色彩的独创性失去光辉。这些个性色彩的问世实现了一场革命，其成果不会无声无息地为后继的时代所融化。每当人们重新演奏这位与世永存的创新者的作品，革命就会重新爆发，震天动地。每一个音色都是匠心独运，令世上任何通晓乐理、博才多学的音乐家都无法模拟。因此凡德伊尽管登峰造极，确立了自己在音乐发展史中的地位，

① 暗指舒曼的《儿时情景曲集》中的最末两首歌曲，最后一首的曲名正是《孩子入睡》。

已经到了激流勇退的时候，但一旦有人演奏他的某一作品，他总是重返乐坛，领导潮流。他的作品之所以不为时人所淘汰，仍能绽开新花，这应当归之于那种看似矛盾，实又欺人的特性，即永恒的标新。凡德伊每谱一首交响曲，都是先有钢琴曲为基础的，配了器以后再听，其效果就像夏日的阳光经过窗户的折射和分解以后才照进幽暗的餐室，就如同打开《天方夜谭》的所有宝藏以后，出乎我们的意料，眼前仍是一片琳琅满目的珠光宝气。但是这一成不变、令人目眩的光耀如何能跟那生命，那永恒的欢乐运动等量齐观？我所了解的这位凡德伊曾经是如此腼腆，如此忧愁，但当他需要选择某一音色并配以另一音色的时候，则浑身是胆，而且无论如何理解，他都非常快乐，这一点，他的每一部作品都令人深信不疑。某某音质引起他的快乐，快乐的心情又给他增添了力量，促使他去寻找其他音质，这就把观众从一个发现引向另一个发现，确切地说，是创新者亲自引导着观众，从这个发现走向另一个发现。他一经发现新的音品，便欣喜若狂，充满信心；新的音品又召唤着更新的音品，于是他全力以赴，又去作新的发现。铜管相遇，产生雄壮的音响，他就仿佛火花迸溅，浑身打颤，喜不自胜。他绘制巨幅音乐壁画，气喘吁吁，如痴如醉，动作之快，令人头晕目眩，恰如米开朗琪罗身子缚住梯子，仰身往西斯廷教堂天花板猛烈挥舞画笔一般。凡德伊去世已有多年。但是，他曾有幸用无限的时间，至少将部分生活泡在他所喜爱的乐器中间。他度过的是否仅仅是他人生的一部分？如果艺术真的仅仅是生命的一种延续，那是否还值得为它作出什么牺牲呢？难道生命本身不也是不真实的吗？仔细听这七重奏，我就不能这么认为。诚然，粉红色的七重奏与白色的奏鸣曲是截然不同的；乐句所回答的那种胆怯的探问跟旨在使奇特的希望——这个希望如此尖锐，如此超凡，如此短促，但是却震撼了静寂粉红的海上晨空——获得实现而提出的那种急切的恳求，这两者也是迥然相异的。但是，这些如此相异的乐句是由同一些成分构成的。有些世界需要我们由零看整。我们从某建筑上，某博物馆中，东西各处、一鳞半爪，能看出一个世界。埃尔斯蒂尔的世界就是如此，这是他眼中、生活中的世界。相反，有些世界需要我们由整看零。凡德伊的作品通过一音一符、一拍一调把一个出人意料的世界，一种闻所未闻、不可估价的色彩展示出来。但是由于听众欣赏他的作品，时间上前后是有错落的，这个世界就出现了空隙，造成了间距。这两种探索的方法如此不同，致使奏鸣曲和七重奏的行进节奏也如此不同。一个使用短促的呼唤，将一根纯净延绵的长线切成碎段，另一个则将散乱的残音重新融入同一隐形的调号。一个是如此沉静腼腆，近乎于分弓拉奏，又如哲学玄思，而另一个则是如此急促焦虑，苦苦哀求。然而这是同一种祈祷，内心一旦出现不同的朝霞，它就喷溢而出。那些年间，他希望创新，这祈祷便仅仅表现为思想新异、艺术探索的折光。祈祷和企冀说到底并无二致。它们在凡德伊的作品中无论怎样乔装打扮，都能一眼辨认出来；这也正是凡德伊作品的特点。听那些乐句，音乐理论家们自然可以发现，它们与其他伟大音乐家具有一脉相承的关系，但那只是吹毛求疵，是通过巧妙推理而不是通过直接印象发现的外表的雷同。凡德伊的乐句给人的印象与别人的乐句毫无相似之处，仿佛尽管科学对某些规律似乎早已作过定论，可是个体现象依然存在一样。然而正是在个体致力于标新的时候，我们才透过一部作品的表面区别，看出其深层的相似和故意的雷同。凡德伊多次重复一句乐句，翻弄花样，变换节奏。然后又恢复乐句的原状，此刻的相似性是故意的，是巧思的结果，它必定带有人工斧凿的痕迹，永远不可能跟那些隐蔽的、无意的、在两部不同的杰作之间焕发不同光彩的相似性一样引人注目。因为在后一种情况下，凡德伊致力于标新，反躬自问，用他自己的全部创造能量来达到自身的本质，而且达到了相当可观的深度，无论别人向他提出什么问题，他的本质总是用同一种重音，即他自身独有的重音来作回答。一种重音，这是凡德伊的重音，它与别的音乐家的重音是互不相仿的。这是由于他们之间有一种区别，它比我们在两个人的声音中，甚至于两种动物的叫声中听出来的区别要大得多。这是一种真正的区别，是某位音乐家的思想跟凡德伊的永恒性探索之间所具有的区别。他使用千万种方式反躬自问，他习惯于纯思辨。但他那种思辨仿佛是在天使国里进行似的，完全摆脱了推理所具有的分析形式，以至于我们可以测量其深度，但是我们无法将其迻译成人类语言。这跟脱离肉体的灵魂具有相同的道理。当通灵者召唤亡灵，向亡灵询问死亡的奥秘时，亡灵也无法用人类的语言来转译。说它是一种重音，它毕竟是一种重音；看一看下午使我为之震惊的那后天获得的独创性，再看一看那音乐理论家能够发现的音乐家之间的承袭关系，它毕竟还是一种独一无二的重音。伟大的歌唱家，即独特的音乐家们，不由自主返回到这一重音上来，朝着这重音的高度攀登。这重音表明，完全个体性质的灵魂确实是存在的。凡德伊试图做到更加宏伟庄严，或者创造出强烈活跃的作品，将他感觉到的、反映在观众心灵中的美的东西写出来，却不知不觉将这一切沉没在海底涌浪之下，使他的歌曲永恒不衰，一眼可辨。这别于他人、同于自己的歌曲，凡德伊是从哪里学来、哪里听来的呢？艺术家如同一个异国的公民，他身处这个国家，却对它毫无所知，不放在心上，但是他又不同于刚刚远航到岸，登上这片国土的另外一位艺术家。凡德伊最后几部作品所接近的，似乎最多也就是这样一个国度。这些作品的气氛与奏鸣曲的气氛已大相径庭，疑问式的乐句变得更为急促，更为焦虑，回答也更加深不可测。晨曦和黄昏的空气甚至似乎湿润了琴弦。莫雷尔的演奏再为出色，也于事无补，我觉得他那小提琴发出的声音特别尖锐，甚至近乎于刺耳。这刺耳的声音叫人听着入耳，它跟有些人的嗓音一样，我们一听便能觉出某种崇高的道德和思想品质。但是这也会叫人吃惊。宇宙观一旦发生变化，得到净化，与内心国土的回忆更加合拍，音乐家自然就会使用大幅度的变音将其转译出来，犹如画家是使用色彩的变幻将其转译出来一样。尽管聪明的听众没有弄错，日后把凡德伊的最后几部曲子称为最深刻的作品，但是却没有一个标题和主题可供人们对其作品作出思想评价。于是人们纷纷猜疑，这会不会是思想深度在声响领域的移植。

这失却的故国，音乐家们统统遗忘干净，无从回忆，然而他们无意识中始终跟它保持某种程度的共鸣。音乐家按照故国的声调而演唱，歌声便充满了喜悦，而有时候他追慕虚荣，就会背叛故国。沽名钓誉，结果是丧失荣誉，而鄙视荣誉，却荣誉加身。即时，音乐家唱起那独特的歌曲，单调的旋律——无论他处理的是什么主题，他与自身始终保持统一——证明了他灵魂的构成因素是永恒不变的。由此说来，这些因素就是那确实不变的沉淀物吗？这是一种无以言传的东西，我们只能专为自己保存着，而无法转达给别人，师友之间和情人之间交谈却无以透露；这各人自身的沉淀物使个人之间的感受产生质的区别，它被迫留在乐句的门外，因为每个人进入乐句，与他人进行交流，都只能严格遵守大家共有的、毫无意义的外在符号。但是艺术却非如此。凡德伊之艺术和埃尔斯蒂尔之艺术将这隐形的东西呈现出来，将这内心世界的构造外化于五颜六色之中。这内心世界就是我们所谓的个体，离开了艺术我们难道还能认识个体吗？虽然翅膀这种特殊的呼吸器官能使我们穿越茫茫宇宙，但却于我们毫无用处，因为纵然我们飞抵火星或者金星，只要感觉器官不变，那么我们在火星和金星中所见之物仍无异于地球之物。唯一的真正旅行，唯一的青春之路，不是去观赏新的景物，而是获得新的目光，用另一个人，另外成千上百人的眼睛来观察宇宙，来观察成千上百人眼中的成千上百个宇宙，成千上百人所体现的成千上百个宇宙。正是有了埃尔斯蒂尔，有了凡德伊，这一点才成了可能；跟这样的人相处，我们才得以在宇宙星际真正展翅翱翔。

行板刚刚结束。临终的乐句充满了温情，听得我心驰神往。下一个乐章没有立即开始；演奏者放下乐器，稍事休息。听众纷纷谈论起来，交换各自的感受。有一位公爵为了表明自己是一个行家，煞有其事地说：

"这段曲子不容易拉呀。"一些人较为客气,过来跟我闲聊了片刻。可是,我刚刚跟那超凡越圣的乐句作过交谈,相形之下,他们的言谈还算得了什么?那只能跟人间一切外在语言一样,叫我无动于衷。我像一位天使,被逐出令人陶醉的天堂,而堕落到最无意义的现实之中。我在想如果没有语言的发明、文字的诞生和思想的分析,音乐也许就是所谓心灵交流的唯一实例,犹如有些人就是自然所淘汰的某种生命形式的最后见证一样。音乐仿佛原是一种种子,没有开花结果。结果是人类走上了别的道路,即口语和笔语的道路。因而音乐永远是对混沌初始、非分析状态的回归,一进入这一天堂就令人心迷神醉,出了这个天堂,无论跟聪明与否的人接触,我都觉得索然无味。在音乐进行过程中,我回想起一些人,把他们同音乐糅合在一起;或者更确切地说,我融入音乐的,几乎只有对一个人的思念,即阿尔贝蒂娜。最末一句行板是如此辉煌,我不禁想到,阿尔贝蒂娜被同化于如此伟大的东西,这是何等的荣誉!她不知道这一点,知道了也不会理解。她之所以有感人的嗓音,我们之所以连结在一起,都是出于这如此伟大的音乐。音乐一停,在场的人个个显得淡然无味。有人端来了一些饮料。德·夏吕斯先生不时高声地问某个仆人:"您好吗?您收到我气压传递寄给您的信吗?您来不来?"这样的问话也许含有显贵平易近人的气度,因为他认为这样就是在抬举别人,比资产者更接近民众;但这些问话同时也包含着罪人的狡诈,因为他以为:公开炫耀的事情,顾名思义就是光明正大的事情。他用德·维尔巴里西斯夫人具有的盖尔芒特家人的口吻又说:"这是一个正直的小伙子,这是一个好人,我家里经常用他。"可是男爵的巧言巧语对自己却并不一定有利,因为别人听后觉得他跟仆人如此亲善,还寄气压传递信件,这里面定有一些原因。何况仆人们听到男爵的话也并不为伙伴骄傲,而是为他们感到羞耻。

这当儿,七重奏重又开始;朝着终曲进行。奏鸣曲乐句反复重现,但多彩多姿,节奏和配器都富有变化,如同生活中重复发生的事情一样,既保持着原样，又带着新貌。有些乐句，我们一时分辨不出，不知它们与某音乐家过去的作品具有何种亲缘关系。这些乐句把这位音乐家的作品当作唯一的住所，不断地出现于其中，成了乐曲中的女仙、山林之卫和亲切的神明。这样的乐句我在七重奏中先听出两三句；它们使我想到的是奏鸣曲。过了一会儿，我又发现了奏鸣曲的另一个乐句。那是在凡德伊作品的最后一个乐段中，这句乐句沉浸在一片紫色的雾霾之中。尽管凡德伊在一些地方插进一段舞曲，但这句乐句仍然被乳白色的烟雾包围着。它如此地遥远，我勉强能够辨认出它。它踌躇着走近来，似乎怀着愤怒消失了，继而重新返回，跟其他乐句——我后来才知道；这些乐句来自其他作品——交织在一起，又呼唤着其他乐句。其他乐句一旦得到驯服以后，也立即变得引人入胜，进入全音符，充满了说服力。这超群绝伦的全音符，大多数听众无法看见，因为他们的眼前隔着一层朦胧的网纱，挡住了他们的视线。他们听着乐曲感到无聊，甚至觉得会无聊至死，但仍然盲目欣赏，为这乐曲打着节拍。慢慢地其他乐句远离而去，只剩下一句，重复地出现五至六次，我都没有看清它的容貌。但那乐句如此温柔，也许像小乐句之于斯万一样，任何女人所能激化的欲望绝对不能与之同日而语。它用温柔的声音给了我一种真正的幸福。我不懂它的语言，但又完全能够理解。它有可能就是那隐形物，就是我平生遇见的唯一的陌生人。接着，这句乐句又四处弥漫，变幻形态，和奏鸣曲中的小乐句一样，化成曲首那神秘的呼唤。有句显示着痛苦的乐句，跟这呼唤形成了对应。这句深沉的乐句模模糊糊，几乎是发自肺腑、带有器质性的内心呼声，它每次重现，我们都不知道它究竟是某一主题的表现还是神经痛的表现。不一会儿，两个动机展开了肉搏战。一方被打得片甲不留，但我们立即发现，另一方也只剩下残肢断臂。但说实话，这只是两股锐气在短兵相接。说锐气，是因为这互相交锋的生命双方都已经脱离了自己的身体、外表和名称。遇到了我这样一个内在的听众——我对名称和个别物也是毫不在乎的——我对它们非物质的、充满活力的争斗充满兴趣，津津有味地注视着跌宕起伏的声响变化，也是因为我是一个内在型的听众，对名称和个体都毫不在乎。最后快乐的动机占据上风。这已不再是苍天后面传出的焦急的呼声，而是似乎来自天国的无以形容的快乐。但这快乐与奏鸣曲的快乐完全不同，犹如蒙塔尼亚①画中一身猩红、吹奏号角的大天使迥然异于贝利尼②画中手抱双弦诗琴、温柔庄重两者双兼的天使一样。有关喜悦的这一新的微妙区别，这向着超尘脱世的喜悦的召唤，我是难以忘怀的。但是对我来说这喜悦最终可能实现吗？这个问题，我觉得至关重要，因为这句乐句也许最能够体现——恰恰跟我其余的生活和可见世界形成鲜明的对照——我生活中的一系列感受：马丹维尔教堂钟楼以及巴尔贝克海滨近处的树木在我内心激起无限感受。我把这些感受视为构筑真正生活的基准和开端。但是重新回顾这乐句独特的重音，我奇怪地发现，与世俗生活最不相同的感受，向上界乐园最大胆的挺进恰恰不是体现在别人身上，而是体现在圣母同贡布雷所遇见的那位拘于礼节、俗不可耐的小市民身上！对这闻所未闻的喜悦的发现，我一生最为奇特的发现，我怎么可能受之于他？据说，他死后只留下一部奏鸣曲，其余的只是一些毫无价值、无法辨读的记号。别人无法译读，唯有一个人例外。此人曾经在凡德伊身边生活过相当长一段时间，谙熟他的创作方法，能够猜读他的配器记号。此人依靠耐心、智慧和敬佩之意终于破译了凡德伊的手稿。这人就是凡德伊小姐的女友。大作曲家在世时，她就深受其女儿对其父亲崇敬的影响。但物极必反，正是出于这种崇拜之情，两位姑娘对他的画像进行疯狂糟蹋，以此取乐。前文对此已有交待（对父亲的崇拜是女儿亵渎行为的固有条件）。毫无疑问，她们本来对这亵渎行为的情感，是应该将其拒之门

① 蒙塔尼亚（1450—1523），意大利画家。

② 贝利尼（1429—1516），意大利画家。

外，但是这快感并不能充分表达那些糟践的言行。但是这种肉体的和病态的关系，这种暧昧不清的炽烈感情渐渐让位于一团高尚纯洁的友谊之火，那些亵渎行为也就日趋减少，直至彻底消除了。凡德伊小姐的女友有时自寻烦恼，认为也许是她加速了凡德伊的死亡。然而她历经多年，整理了他的遗稿，把那些天书变成了可靠的曲谱。她至少可以聊以自慰，虽然她给作曲家的晚年蒙上了阴影，但是她保证了他的英名永世流芳，仅此已补偿了自己的过失。从法律未予认可的关系生发出的亲属关系较之婚姻衍生的亲属关系不仅一样纷繁复杂，而且更加牢固。这种如此特殊的关系姑且不论，单举我们司空见惯的通奸为例，如果通奸奠基于真诚的爱情，岂不是非但没有动摇，而且是更加激发了家庭感情和亲属义务吗？通奸在婚后经常变为一纸空文的婚姻契约里加入了实质性内容。一个好姑娘如果纯粹出于礼仪，为母亲的第二位丈夫服丧，那么就不会有充足的泪水来哀悼她母亲百里挑一选中的情人。况且，凡德伊小姐当时的行为仅仅是出于施虐。这当然并不能为她开脱，但过后我想到这一点，便安心得多。我想她跟女友一起糟践她父亲的相片时，一定意识到，这一切仅仅是病态，是疯狂，而不是她真心希望的以恶取乐。想到这只是恶行的一种仿制，这便扫了她的兴。这种想法以后又有抬头，正如它扫了她的兴一样，它大概同时也减轻了她的痛苦。“这不是我，”她一定会想，“我是身不由己的。我，我还可以为我父亲祈祷，对他的善心仍抱希望。”问题是，这一想法出现在她的脑中每每都带着快乐的形态，却从未带有痛苦的形态。我曾希望能将痛苦输入她的脑中。我敢肯定我那样做一定得益匪浅，她和她对父亲的怀念之间一定会恢复一种相当甜蜜的交流。

正如一位天才的化学家不知死神已经降临，把研究发现记录在笔记本上，但是记录无法辨认，很有可能就将永世埋没一样，凡德伊小姐的女友从一些比纸莎草纸上更难以辨认的楔形文字的稿纸中发掘出这富有永恒的事实、千古丰盛的新奇的喜悦形式，发掘出晨曦天使般鲜红的神秘希望。她今晚重新勾起我对阿尔贝蒂娜的嫉妒。对凡德伊来说她只不过曾经是,可是对我来说她曾经是,今晚是,将来更是如许痛苦的根源;但是她也作了抵消。全都亏了她,那奇特的召唤才得以传入我的耳中。我将永不停止地听到这召唤声,把它看作希望:虽然我在一切欢乐之中甚至于在爱情之中遇到的全是虚幻,但是世上还有其他东西存在——毫无疑问只有艺术才能使之实现。虽然我的生活在我看来如此空幻,但至少它还没有完全实现。

人们通过她的辛勤劳动所认识的凡德伊,说实话是凡德伊的全部作品。与这部七重奏相比较,听众唯一熟悉的奏鸣曲的某些乐句便显得极其平凡,以至于我们无法明白,这些乐句如何会引起如此普遍的赞赏。我们惊奇地看到,多年当中,诸如"星空颂"、"伊丽莎白的祈祷"①等那样毫无价值的唱段在音乐会上居然引起乐迷的狂热,为之鼓掌鼓得精疲力竭,只要听过《特里斯坦》、《莱茵黄金》和《名歌手》②就会发现,上述唱段只不过是味同嚼蜡的破烂货,可是听众却狂呼乱叫"再来一遍"。但是应当想到,那些唱段的旋律虽然缺乏个性,然而包含着惊世之作的某些独到之处。尽管其量微乎其微——也许正因为如此,才不容易被人发现——但当我们回顾起来,这类杰作都是独具风采的;然而如果当时它们就已炉火纯青,听众的理解就会发生困难。那些尚还缺乏个性的旋律就为听众日后理解那些惊世杰作铺平了道路。话得说回来,虽然那些旋律使人隐约预感到未来之作的绚丽多姿,但是未来之作毕竟还只是一个彻底的未知数。凡德伊属于这种情况。如果他临死的时候留下的仅仅是他的完成之作——奏鸣曲的某些部分除外——那么我们对他的认识,对他实际的宏伟业绩的认识,就将只是沧海一粟,这就好比雨果如果在写了《约翰亚保

① 瓦格纳歌剧《汤豪塞》(1845)第三幕中的两个唱段。

② 均为瓦格纳的歌剧。

卫要道的比武演习》、《鼓手的未婚妻》、《浴女撒拉》[1]以后便溘然辞世，而根本未及写下《历代传说》和《静观集》一样。果真如此，他的真正作品就可能始终是一部潜而不发之作，永不问世，犹如我们的感知无法企及，我们永远无法认识的宇宙之谜。

天才的内涵（包括才华、甚至德行）和邪恶的外表，两者之间初看反差强烈，实则是相辅相成。正如凡德伊身上所体现的，才华常常被包容和保留在邪恶的外套之中。音乐一结束，我置身于宾客之中。客人的云集，其本身就犹如一张通俗寓意画，透视出天才的内涵和邪恶的外表之间的这种关系。这种聚会大同小异，尽管这一次举行了维尔迪兰夫人沙龙，但与其他许多沙龙的聚会并无什么区别。大部分人并不知道入药的都是些什么成分。消息灵通、达观明理的记者们把这些沙龙称作为巴黎沙龙、巴拿马丑闻沙龙，或者德雷福斯沙龙，但是他们万万没有想到这些沙龙在彼得堡、柏林、马德里到处可见，而且任何时代都大量存在。有一位负责艺术的副国务秘书——是位真懂艺术、富有修养、风度翩翩的人——几位公爵夫人、三位偕同夫人的大使一齐光临维尔迪兰夫人的公馆，他们之所以选择同时露面，其直接原因就在于德·夏吕斯先生和莫雷尔之间存在的关系。这层关系促使男爵希望给他年轻偶像的艺术成就竭力制造反响，替他争取荣誉军团勋章。这次晚会得以举行的另一个次要原因，是一位跟凡德伊小姐保持着类似夏利跟男爵关系的姑娘发掘整理出一系列天才的作品，此发现之重大以至于国民教育部刻不容缓，亲自出面主持募捐，筹措资金为凡德伊竖立一尊塑像。况且，男爵跟夏利的关系，如凡德伊小姐跟其女友的关系一样，对这些作品是有百利而无一害的。他们之间的关系是一条捷径。世人凭借着这条道路，即可径直跟这些作品相汇合，而避免多走弯路。这虽然不是说世人将对作品一直迷惑不解，但至少多年之

① 前两篇见于《颂歌集》，后一篇为《东方集》的第二十篇。

间，他们将是一无所知。每当发生了能为达观明理的记者那平庸心理的理解的事件——通常是政治事件——时，达观明理的记者深信不疑地认为，法国必定发生了什么重大变化，从此这类晚会行将销声匿迹，人们再也欣赏不到易卜生、勒南、陀思妥也夫斯基、邓南遮、托尔斯泰、瓦格纳、斯特劳斯。达观明理的记者认为，官方举办的艺术活动都有可疑的内幕，他们以此为据，认定官方颂扬的艺术总有某种颓废的意味，然而一本正经的往往正是这种艺术。当然，德高望重的达观记者中间，没有一个人的大名能足以使人举办这类奇怪的晚会，尽管其奇怪的特性并不那么引人注目，甚至掩盖得天衣无缝。从另一个角度来说，这次晚会的鱼目混珠、成分混杂不免令我吃惊。我掌握了识别能力，比任何人都能更清楚地将他们区分开来。我主要区分的是这样一些人：一部分是与凡德伊小姐及其女友有关的人。这些人使我回想起贡布雷，也叫我想起阿尔贝蒂娜，也就是说想到巴尔贝克。正是由于我曾经在蒙舒凡见到过凡德伊小姐，又得知她女友跟阿尔贝蒂娜有亲密的关系，所以我过一会儿回到家里时，才不是孤独一人，而是见到阿尔贝蒂娜在等候我；另一部分是与莫雷尔和德·夏吕斯先生有关的人，他们使我想起巴尔贝克——我就是在巴尔贝克附近的东锡埃尔看见他们结成关系的——也使我想起贡布雷及其两边人家。因为德·夏吕斯先生是盖尔芒特家族——贡布雷诸伯爵——的一员，虽然在贡布雷没有宅邸，却在那里居住，犹如彩绘玻璃上的痞子吉尔贝一样，头顶青天，脚踩土地。而莫雷尔便是叫我认识粉红裙子的女士并在多年以后又使我认出她就是斯万夫人的那位老仆人的儿子。

“演奏得不错吧，嗯？”维尔迪兰先生问萨尼埃特。“我只怕，”萨尼埃特支吾着答道，“莫雷尔本人的精湛技艺别有些冲淡了作品的总体感觉。”“冲淡！您这话是什么意思？”维尔迪兰先生吼道。客人们都像一头头狮子，随时准备扑上前去把这被问得哑口无言的人吞噬掉。“噢！我并不是仅仅针对他……”“瞧，他真不知道在胡说些什么。针对什么？”“我……我应该再听……听一遍，才能下一个严谨的结论。”“严谨！他疯了！”维尔迪兰先生说话时两手捧着脑袋。“我们得把他带走。”“我的意思是说准确，您……您自己说……说过……严谨准确。我是说我不能作严谨的判断。”“我，我说，我要您走。”维尔迪兰气疯了，两眼喷火，手指着门对他叫道。“我不许有人在我家里这么说话！”萨尼埃特像个醉汉踉踉跄跄打着圈子走了。一些人以为，这么被撵出门外，那一定是个不速之客。有一位夫人在此之前一直跟他非常友好。前一天他还借给她一本珍贵的书籍，可是第二天她用一张纸草草包上这本书，叫总管在纸上干巴巴地写上萨尼埃特的地址，一句话不说就把书还给了他。她可不愿意对一个被赶出小圈子失了宠的人“欠下任何债务”。可是萨尼埃特夫人对这无礼的行为一直不得而知。因为维尔迪兰先生怒骂后未出五分钟，便有家仆前来禀报，萨尼埃特突然跌倒在公馆院子里。当时晚会还未结束。“叫人把他送回家里。这没有什么。”主人说。按照巴尔贝克旅馆经理的话说，维尔迪兰“公馆”就跟有些大旅馆一样，有人猝死，为了不使住客受惊，人们急忙遮掩其事，将死者暂时藏在食品贮存间里，无论他生前是如何才华出众、慷慨大度，此刻都只能屈尊秘密地从专供“潜水员”①和调味师之用的门出去。可是说到死，萨尼埃特还不至于。他还多活了几个星期，只是知觉没有一刻恢复。

音乐会结束，德·夏吕斯先生的客人纷纷起来向他告辞。这时候他又犯了客人到达时的错误。他没有请他们去向老板娘道别，请他们在向他表示谢意的同时，把她，她和她丈夫结合进去。告别队伍很长，但是长龙只是排在男爵一人面前。他对此却一点儿也没有觉察，因为几分钟后他是这么对我说的：“艺术活动形式后来出现了‘圣器室’般的有趣色彩。”大家甚至找出各种话题，延长致谢的时间，以便在男爵跟前多留片刻，结

① 谓洗碟盘的人。

果逼得那些跟在后面尚未向**他的**晚会的成功致以祝贺的人停滞不前、原地踏步。不止一个做丈夫的想就此离开，可是身为公爵夫人但也很懂时髦的妻子反对说："不、不，我们应该等候一小时，在这样的情况下，不应该对巴拉麦德不谢一声就离开。他真是呕心沥血，时下只有他能够常举办这样的晚会了。"没有一个人想到要跟维尔迪兰夫人结识。这情景就像是在戏院里，一位贵妇人为晚会带来一批显贵名流，谁也不会想到设法把自己介绍给引座的女郎。"表哥，您昨天是否在爱丽阿娜·德·蒙莫朗西的府上？"莫特马尔夫人问道，她想借此拖长谈话的时间。"嗯，没有。我非常喜欢爱丽阿娜；可是我不太理解她的请柬的含义。我也许有一点儿不太开窍。"他痛快地绽开笑脸说。莫特马尔夫人此时感到她将捷足先登，抢到"巴拉麦德的头条新闻"，如同她常在爱丽阿娜那里所获得的一样。"两个星期前我确实收到过可爱的爱丽阿娜的一份请柬。她在蒙莫朗西这个颇有争议的名字上方写着这样一句客气的邀请：'我的好友，望您施恩，请在下周五九点半想着我。'下面写着这样五个不太施恩的字：'捷克四重奏。'这一行字，字迹模糊，而且看不出跟上面的句子有什么联系。这犹如有些写信的人，开了一个头，'亲爱的朋友'，没有写下去，没有换信纸，反过来又写，结果背面的字透了出来。这可能出于粗心，也可能是为了节省信笺。我很喜欢爱丽阿娜，所以我并不责怪她。我只是不把'捷克四重奏'那几个奇怪而又不得体的字放在心上。我是一个井井有条的人，我把周五九点半想着蒙莫朗西夫人的请柬搁在壁炉上面。众所周知；尽管我的天性如布封对骆驼的评价，温顺守时（夏吕斯先生周围响起一片笑声。他知道，恰恰相反，别人把他看成一个最难相处的人），但是为了脱去白天的衣服我还是迟了几分钟。不过我没有过分内疚，心想说是九点半，权作十点钟吧。十点钟一敲，我便立即穿上高级睡服，脚蹬厚软的便鞋，端坐于炉火边，开始照爱丽阿娜的请求想她，强烈的思念一直到十点半才稍稍减退。烦请转告她，我严格服从了她大胆的请求。我想她会高兴的。”

莫特马尔夫人笑得前仰后合。德·夏吕斯先生也跟着仰天大笑。“那么明天，”她根本不考虑早已超过了别人可以让给她的时间，接着又说，“您去我们的族亲拉罗什富科家吗？”“啊，这，这我办不到。我看他们邀请您和我去参加的是一件最难想象和最难实现的事情。按请柬的说法，这事情称作‘茶舞会’。我年轻时可算是四肢灵巧了，可是现在不得不怀疑，让我一边跳舞一边饮茶，会不会有失体态。而且我从来不喜欢用不卫生的方式来吃东西和喝东西。您一定会说，如今我不一定要跳舞。可是，即便舒舒服服坐在那里饮茶——况且既然叫作舞茶，这茶的质量如何，我不敢恭维——我还是害怕，那些比我年轻，却没有我年轻时那么灵巧的客人，别把茶杯打翻在我的衣服上，这会扫了我的兴，结果连茶也喝不了。”德·夏吕斯先生海阔天空，无所不谈，但偏偏不谈维尔迪兰夫人（他津津乐道，大肆发挥，故意使他的朋友们无休止地“排队”站着，精疲力竭，耐心等着轮到他们，以满足他那残酷的取乐心理）。即便这样，他犹嫌不足，居然对维尔迪兰夫人负责的晚会部分开始了品头论足。“说到茶杯，那似碗非碗的东西；是什么怪玩意？倒有几分像我年轻时，布瓦雷·布朗什餐馆给我送冰冻果汁用的盛器。有人刚才对我说这是用来盛‘冰冻咖啡’的。可虽说是冰冻咖啡，我既没有见到咖啡，也没有见到冰。真是用途不明的奇物！”说这番话时，德·夏吕斯先生赶紧将戴着白手套的手捂住嘴巴，瞪圆眼睛，谨慎地暗示别人，仿佛怕被主人听见甚或看见似的。可这只不过是装装模样而已。没过几分钟，他已经开始对老板娘本人品头论足起来：“特别注意不要再用冰冻咖啡杯了！您希望哪位朋友的家变得丑一些，您就把它们送给哪位朋友。但是叫这位朋友特别注意不能把这些杯子放在客厅里，别让客人搞错，以为走错了房间。因为看着这些杯子实在是和便桶没有什么区别。”

“可是，我的表哥，”客人说话时压低嗓音，并带着疑惑的神情瞧着德·夏吕斯先生,这倒不是害怕惹维尔迪兰夫人生气,而是怕由于自己还未洞悉一切,会冲犯了德·夏吕斯先生。“我会教她的。”“啊!”客人笑道,“她找不到比您更好的老师!她真有运气!有您的指教,可以肯定不会出错。”“不管怎么说,音乐会至少没有出错。”“啊!那演得真是妙极了。那种喜悦叫人无法忘怀。说到这位天才的小提琴家,”她天真地以为德·夏吕斯先生感兴趣的是小提琴“自身”,接着说,“您认识另一位小提琴家吗?那一天我听他演奏了一首福雷的奏鸣曲,他的名字叫弗朗克……”“知道,那是什么破烂。”德·夏吕斯先生回道。他说话毫不留情,粗硬的回驳意味着他表妹毫无欣赏趣味。“论小提琴家,我劝您听听我这位就足够了。”德·夏吕斯先生和他表妹重新开始交换那低垂而又窥觑的眼色,德·莫特马尔夫人满脸通红。为了弥补她的蠢言,她热情地向德·夏吕斯先生建议举办一次晚会,专听莫雷尔演奏。不过对她来说,这次晚会的目的不在于奖掖人才——她会说这确实就是她的目的,实际上这倒是德·夏吕斯先生的真正目的——她只是觉得这是一次天赐良机,可以借此举办一次超高雅的晚会。为此她已经算计起来,应该邀请哪方人士,又该放弃哪方人士。这样筛选是晚会举办人(即上流报刊大胆地或者愚蠢地称作“精英”的人)首先关心的大事;与催眠师的暗示相比,这种筛选对记者的眼光甚至文字能够发生更加深刻的影响。德·莫特马尔夫人未及考虑莫雷尔将演奏什么乐曲(这件事被认为是次要问题。这样认为并不是没有道理。瞧瞧来客们,他们看在德·夏吕斯先生的分上,音乐会进行过程中,规规矩矩保持着安静,没有大声喧哗,然而真正想到要听音乐的却没有一人)。她首先决定把德·法古尔夫人排除出“入选者”之列。出于这一决定,她立刻露出一副策划阴谋者的神情,大有将那些不顾流长飞短的上流女子一扫而光的气势。“有没有什么办法,让我来举办一次晚会,听您的朋友演奏?”德·莫特马尔夫人低声问道。她虽然在跟德·夏吕斯先生单独说话,可是像着魔似的,禁不住向德·法古尔夫人(被排除者)瞥了一眼,为的是肯定德·法古尔夫人离她有足够的距离,无法听见她说些什么。“不,她不可能听清我在说些什么。”德·莫特马尔夫人瞥了一眼以后放心地下结论道。然而这一眼在德·法古尔夫人身上所产生的效果恰恰与它的目的背道而驰:“瞧,”德·法古尔夫人心想,“玛丽-泰雷兹跟巴拉麦德在商议什么,一定是没有我的份。”“您是指受我保护的人吧。”德·夏吕斯先生纠正道。他对表妹的语法知识和音乐天赋都丝毫不加恭维。他也不顾她赔着笑脸已在表示自歉,暗中求饶,继续大声说:“当然有办法……”他声音之大足以使全沙龙的人都听得一清二楚。“一个如此富有魅力的人才被放到这样的环境里是会遇到危险的,他的固有力量会遭到削弱。尽管如此,固有的力量需要适应环境才行。”德·莫特马尔夫人心想,她这么压低声音、小心谨慎地提问,看来全然是徒劳无益,因为回答都是从嘴漏斗里哗啦啦流出来的。德·法古尔夫人什么也没有听见,原因是她一句话也听不懂。德·莫特马尔夫人原先害怕自己的阴谋遭到挫败,害怕由于自己跟德·法古尔夫人关系过于密切,如果“事先”被她知道不请她有所不妥,请她又实在违心,现在她的担心减少了。如果她没有再度抬起眼皮,朝埃迪特方向看一眼——仿佛是为了居安思危。可是她迅速地重又低下眼皮,为的是别过早备战——她的担忧早就彻底烟消云散了。她计划举办晚会以后第二天给埃迪特写一封信,补充一下她刚才那意味深长的目光。有人以为这种信是巧妙的伪装,其实是直言不讳的不打自招。譬如:“亲爱的埃迪特,我跟您一样对这一切感到十分厌倦。昨天晚上我没有太指望您会来(埃迪特肯定会想她既然没有邀请我,怎么会指望我来?),因为我知道您对这类聚会不是十分喜欢,而且十分讨厌。假如您光临肯定使我感到十分荣幸(德·莫特马尔夫人在信中除了需要给谎言披上真心话的外衣以外,绝不轻易使用“荣幸”一词)。您知道,我永远欢迎您来我家做客。不过,您走得很对,因为这次完全没有搞好,靠两个小时临时拼凑起来的东西怎么会搞得好。”等等,不一而足。可是,德·莫特马尔夫人向埃迪特这新瞟去的一眼，已经足以使她明白，德·夏吕斯先生那转弯抹角的语言里究竟包藏的是什么东西。莫特马尔的目光是如此的强烈，以至于它先打击了德·法古尔夫人，现在它所蕴含的公开秘密以及故弄玄虚的意图转而波及到了一位秘鲁小伙子身上。其实，德·莫特马尔夫人倒是打算邀请他的。但是，他却以为看透了别人在搞鬼名堂，没有注意到这目光根本不是冲他而来的。他立时对德·莫特马尔夫人充满了仇恨，发誓要用成百上千次的恶作剧来回报她，比如在她闭门谢客的日子里，给她送去五十份冰咖啡，而在接待客人的日子里，到报上刊登启事，说聚会因故延期，并且还胡编乱造，谎称以后还有聚会，列举了一些名不见经传的人物，把他们渲染成远近闻名的达官显贵，并且谎称鉴于种种原因，主人不希望接待他们，甚至也不希望认识他们。德·莫特马尔夫人想为德·法古尔夫人担心实在是错了。德·夏吕斯先生将亲自挂帅，全面负责把这预计的聚会搞得面目全非，这是德·法古尔夫人的光临所万万不及的。“可是，我的表兄，”她瞬间的过敏感觉使她悟出了“环境”一词的含义，于是针对那句话回答说，“我们会避免任何麻烦的。我负责叫希尔贝照管一切。”“不，绝对别叫希尔贝，因为他本身就不在被邀请之列。一切都由我来操办。最重要的是要排除那些有耳无聪的人。”德·夏吕斯先生的表妹起初希望借莫雷尔的声誉，来举办一个晚会，以便可以吹嘘说，她跟那么多的亲戚都不一样，“她得到了巴拉麦德”。现在她的思绪突然离开了对德·夏吕斯先生名望的眷恋，想到如果由他插手操办，邀请哪位、排除哪位全来由他决定，那一定会有许多人跟她反目。一想到德·盖尔芒特亲王（她打算排除德·法古尔夫人一部分就是考虑到他的缘故，因为他不见德·法古尔夫人）将不被邀请，莫特马尔不由得惊慌失措，眼里露出忧虑的神色。“是不是灯光太亮，您有些受不了？”德·夏吕斯先生假装一本正经地问道，那骨子里的嘲讽丝毫未被领会。“不，一点儿也不。我是在想，如果希尔贝知道我举办了一次晚会，而没有邀请他，这也许会造成一些麻烦。这当然不会是指给我造成麻烦,而是指给我的家里人。他这人向来家里来四个猫太太也都非请我不可……”“恰恰如此,我们首先就去除那四只只会叫的猫。我想大概沙龙里的喧哗声使你没有听明白我的话,举办这样一次晚会不是要借此向人行礼致意,而是要按照庆祝活动正规的惯例行事。”此刻德·夏吕斯先生倒还没有觉得排在后面的一位已经等候多时,而是觉得她这人心里光顾着自己的邀请“名单”,而根本没有莫雷尔,给她过多的优惠是不合适的。德·夏吕斯先生于是就像一名觉得诊察了足够的时间的医生开始停止门诊,向她的表妹示意可以告退了。他没有向她说再见,而是把脸转过去,朝着接踵跟上前来的人。“晚上好,德·蒙代斯吉乌夫人。刚才的音乐会非常精彩吧?我没有看见埃蒙娜。请转告她,总不能放弃参加任何活动。哪怕这种放弃出于再高贵的理由,也总该视具体情况而定。今晚的晚会这样灿烂辉煌,遇到这种情况,就该有个例外。自命不凡,这并非坏事,但是能以高雅取胜而不以消极的非凡取长,岂不更好。您的妹妹对那些专请她去但与她身价不相称的活动一概**缺席**,对她这种态度我比任何人都加以赞赏。但是,像今天这样值得纪念的活动,她只要前来出席,得到的就是首席的荣誉。您妹妹本身已名声卓著,现在更会声名大噪。”他说完又转向第三位。这时候我看见了德·阿尔让古尔先生,感到非常惊奇。此人从前对德·夏吕斯先生非常冷酷无情,现在变得既和蔼可亲,又阿谀奉承。他请德·夏吕斯先生把自己介绍给夏利,并对他说,希望夏利来见自己。这人原来见到德·夏吕斯先生那类人非常害怕,可是现在他自己身边就生活着这么一批人。当然情况并不是说连他也已变成了德·夏吕斯先生的同类,而是一段时间以来,他几乎抛弃了自己的妻子,对一位上流女子发生了崇拜。这位女子极其聪颖,她要他跟她学,也对聪明人发生兴趣。她非常希望能把德·夏吕斯先生请到自己家中做客。但是德·阿尔让古尔先生嫉妒之心很强,同时却有些阳刚不足,觉得自己不太能够使被自己征服的人得到满足。他既希望她受到安全保护,又希望她能消遣解闷。要不出危险地做到这一点,唯一的办法就是在她身边安插一些于她无害的男人。这些男人就扮演了后宫警卫的角色。他们觉得他变得非常客气,说他要比他们想象当中聪明得多。他和情妇听了都不亦乐乎。

很快地,德·夏吕斯先生的客人都走了。许多人说:"我可不愿意去圣器室(指男爵把夏利拉在身边,接受别人祝贺的小客厅),可是应该让巴拉麦德看见我,让他知道我是一直坚持到结束才走的。"没有一个人搭理维尔迪兰夫人。还有好几个人甚至佯装跟她根本不认识,错去跟戈达尔夫人道别,指着戈达尔大夫的妻子对我说:"这就是维尔迪兰夫人吧?"德·阿巴雄夫人在老板娘听觉范围内问我:"首先得弄弄清楚,究竟有没有叫维尔迪兰先生的人,那还是一个问题呢。"公爵夫人们还待着没走。她们原先期待着这地方一定跟她们见识过的地方大不相同,可是居然什么特殊奇异的东西都没有发现。她们无可奈何,只好面对着埃尔斯蒂尔的画捧腹大笑,以弥补这一损失。她们没有想到,其余的东西跟她们见识过的如出一辙。于是她们对德·夏吕斯先生恭维道:"巴拉麦德真会布置!一经他的安排,车库和盥洗室都会变成仙境,发出夺人的光彩。"最高贵的要数那些向德·夏吕斯先生至诚恭贺晚会成功的夫人。举办这次晚会的真正动机,有些人不是不知道,然而却并没有为此感到难堪,因为在这个社会中肆无忌惮跟光大门楣已发展到了同样远的地步。也许这只是出于对某些历史时期的眷恋,那时候,她们的祖先已经完全寡廉鲜耻,并以此为荣。她们当中有好几位当即邀请夏利到她们的晚会上来演奏凡德伊的七重奏,可是竟无一人想到要邀请维尔迪兰夫人。维尔迪兰夫人已经恼羞成怒。可是德·夏吕斯先生此时腾云驾雾,非但对此毫无警觉,而且居然还请老板娘来分享他对晚会的喜悦之情。这位艺术聚会的正统理论家,这时候也许倒不是出于老气横秋,而是出于文学情趣,对维尔迪兰夫人说:"怎么样,您高兴吗?我想客人至少是高兴的。您瞧,凡是我来操办一次晚会，那就绝不会只是一半成功。我不知道您的纹章概念是否能使您准确地估计一下这次活动究竟有多大规模，我举托起多大的重量，又为您移走了多少空气容积。您见到了那不勒斯女王、巴伐利亚国王的兄妹以及三位元老重臣。凡德伊若是穆罕默德，我们便可以说，我以为他搬走了最难移动的大山。想一想，那不勒斯女王为了参加您的晚会，是专程从纳依赶来的，对她来说这要比离开双西西里还要难得多。”尽管他对女王充满了敬意，但是他说这话怀着一种险恶用心。“这是一次历史性的事件。想一想，自从加埃特沦陷以后，她也许一直深居简出。今后词典有可能将加埃特沦陷之日和维尔迪兰晚会并列定为两个辉煌灿烂的日子。她为了替凡德伊鼓掌而放下的扇子一定要比德·梅特涅克夫人因为有人起哄瓦格纳而折断的扇子更加著名。”“她连她的扇子也忘了带走了。”维尔迪兰夫人说道，并指着椅子上的扇子给德·夏吕斯先生看。回想起女王对她的客气，她一时气也消了。“噢！太激动人心了！”德·夏吕斯先生叫道，虔敬地走近圣物。“正是因为它样子丑陋才那么感人至深。那小紫罗兰真令人不可思议！”激动和嘲讽轮番地穿过他的周身，使他全身为之痉挛。“我的天哪，我不知道您对这些东西的感受是否跟我一样。斯万要是看到这玩意，我担保他会一蹶不振。女王如要拍卖这把扇子不管如何要价，我是买定了。我很清楚她肯定是要出售的，她已分文不名了。”他又补充道。在男爵这里，恶言恶语和赤诚崇拜始终相互掺杂，相互映照；尽管这两者源于两种截然相悖的天性，可是在他身上却获得了统一。

这两种相悖的天性甚至可以在同一件事情上得到轮番的表现。德·夏吕斯先生是一位富足安逸的人，他从心底里睥睨女王的贫困，但他又经常颂扬这种贫困。有人谈起缪拉公主，双西西里女王，他就回击道：“我不知道您想说的是谁。那不勒斯只有一位女王，就是那一位，她没有小轿车，但她是至高无上的。她坐在普通马车上，都能叫任何车马随从都黯然失色。她所到之处，平民百姓都在尘土飞扬中下跪迎候。”

“我要把扇子赠给一家博物馆。当务之急是先替她送回去，以免她再自己掏钱派人坐着马车前来寻找。鉴于这件物品的历史意义，最聪明的办法莫过于把它窃走。但是这样做，会使她难堪，因为她可能只剩下最后一把了，”他放声笑道，“总之，您瞧，她看在我的面上来了。我创造的还不止这一个奇迹。我请来的人我不相信时下还有谁有此能耐把他们请来。当然，每人都有自己一份功劳。夏利跟乐师们演得如此精湛，如天神一般。而且，我亲爱的老板娘，”他屈尊说道，“您本人在这次晚会中也起到了很大的作用。您的大名不会被轻易遗漏。史书上不也清楚地记载着贞德出征时那位替她披甲戴盔的侍从的名字嘛。总之，您起到了破折号的作用，您使凡德伊的音乐跟它天才的演奏者得以结合在一起。您深刻地明白了一系列环境因素具有绝对的重要性。有了这些因素，演奏者才得以受益于一位重要人物——如果不是我，我甚至于可以说是上帝派来的一位人物——的全部影响。您英明地请了这位人物来，确保了晚会的声誉，把原来一副副耳朵都直接系在最受人恭听的舌头上，现在您把它们带到了莫雷尔的小提琴前面。不、不，这不是无谓的细节。在一次圆满的成功中不存在无谓的细节。成功是一切因素促成的。那位迪拉斯表现十分出色。总之，一切都十分出色。正是由于这一点，”他好为人师地总结道，“我才反对您邀请那些人。他们是些充当除数的人，他们要是遇到我给您带来的那些举足轻重的人，就可能像在数字中加上了一个小数点，把别人都挤到小数点后面去了。在这些事情上我的感觉是非常可靠的。您明白吗；我们举办一次晚会要无愧于凡德伊、无愧于他天才的演奏者，无愧于您，我甚至敢说，无愧于我的晚会，为此必须杜绝一切容易引出丑闻的事情。您要请那个莫莱，那一切都会砸锅。别看这只是微水一滴，但它是不利物质，它会起中和作用，将一剂药的效力化为乌有。电灯会因此熄灭，小糕点会送不上来，橘子汁客人喝了会闹腹泻。这个人是万万不能请来的。只要说出她的名字，就会发生仙国里的事情，铜管就会立刻变成哑管，长笛和双簧管就会黯然失音。纵然莫雷尔本人还能拉出几个音来，但也一定会离弦走调，拉出的不再是凡德伊的七重奏，倒是贝克梅塞对凡德伊的戏仿①，不被哄下台才怪呢。我听到莫雷尔拉出的广板犹如一朵鲜花，自始至终盛开不败，愉快的终曲更使其鲜艳夺目。那不是一段普通的快板，其轻快的节奏是独一无二的。我从中清楚地感到，人的影响作用是很大的，莫莱不在，演奏家们就充满了灵感，连乐器都心花怒放。更何况，人们款待贵客的日子，当然是不请自己的门房的。”德·夏吕斯先生说起她都是“那个莫莱”（如同他把迪拉斯非常友好地称作“那个迪拉斯”一样），他这么称呼是为了对她讲公道。因为这类女子充其量只不过是社交场上的演员。外界传说莫莱伯爵夫人在此方面具有出众的才华，坦率地说，即使以此水平衡量，她都与这名不副实。她享有这种声誉，不禁使人想到有些劣等演员或文学家。这些演员和小说家一度被捧为天才，名声大噪，完全是由于他们的同仁水平低劣，没有一位艺术家出类拔萃，能够向人们显示，什么是真才实学，不然就是由于观众读者水平太低，其中虽然不乏杰出分子，但却没有一个具有欣赏能力。针对莫莱的情况，仅取第一种解释较为合适，甚至是完全正确的。上流社会既然是一个虚幻的王国，那么上流女子相互之间孰优孰劣，其差异是微乎其微的，德·夏吕斯先生只是出于积恨或想象，才将其作了疯狂的夸大。诚然，他刚才之所以要使用这种语言——艺术和社交珍奇的大杂烩——来说话，是因为他那老妪似的怒气和他的社交修养夹在一起，向他所向披靡的雄辩提供了一个毫无价值的话题。由于我们的感知将一切国度均划为第一，地球表面就并不存在一个互有差异的世界。因此“上流社会”之间就更无差异可言了。但是是否有地方存在差异呢？凡德伊的七重奏似乎告诉我是有差异的。但是差异又在何处呢？由于德·夏吕斯先生还喜欢搬弄是非、挑拨

① 瓦格纳《名歌手》中的人物。他反对灵感，以技巧取胜。

离间，所以他又说："您不邀请莫莱夫人，就使她失去了机会说：'我不明白这位维尔迪兰夫人为什么要请我去。我不知道那都是些什么人，我跟他们又不认识。'这纯粹是一个疯子，根本不用再请她。说到底，她又不是一个那么了不起的人。她们可以到您府上来，但她再也不可能给您制造麻烦，因为有我在。总之，"他总结道，"我觉得您可以感谢我了，从整个过程来看，晚会是完美无缺的。德·盖尔芒特公爵夫人没有来，我不敢说，但也许这样更好。我们不会责怪她，我们下一次仍然会想到她的。况且，我们也忘不了她，她的一对眼睛就在对我们说，别忘了我，因为那是两棵勿忘我草（我在想，公爵夫人跟我一样，也需要有多么坚强的盖尔芒特精神——决定去一地，而不去另一地——才能战胜对巴拉麦德的恐惧）。而对一次如此圆满的成功，我们不禁像贝尔纳丹·德·圣皮埃尔[①]一样，处处看见上帝之手。德·迪拉斯公爵夫人非常高兴。她还托我向您说明这一点。"德·夏吕斯先生一字一顿地说道，仿佛是要让维尔迪兰夫人把他的话看作对她足够的敬意。这敬意岂止是足够的，乃至是难以置信的，因为他觉得为了使人相信，就有必要说："真的。"其激动到了忘乎所以的程度，而其理智失常犹如被朱庇特逐出天国的人。"她已经跟莫雷尔说定，请他到她府上把这套节目重演一遍，我已想过，让她也邀请维尔迪兰先生。"德·夏吕斯先生对其丈夫一人表示敬意，万没有想到，这是对妻子最血腥的侮辱。维尔迪兰夫人按照在小圈子内实行的某种莫斯科法令[②]，认为演奏家未经自己特殊恩准，不得擅自外出演奏。她作好了决定，绝不让莫雷尔参加迪拉斯的晚会。

德·夏吕斯先生仅这一番饶舌，就激怒了维尔迪兰夫人。她不喜欢

---

① 贝尔纳丹·德·圣皮埃尔（1737—1814），法国作家，著有《保尔和维吉尼》。

② 莫斯科法令，指拿破仑一世于1812年10月15日在莫斯科签发的法令。这一法令后来成为法兰西喜剧院的章程，对剧院分红演员的行动具有严格规定。

别人在小圈子内另立山头。在拉斯普里埃的时候，当她听到男爵跟夏利一人喋喋不休，不是老老实实地和着圈内全体人员的节奏唱他的声部，她就指着男爵怒斥过："瞧他这张嘴，真是一张贫嘴！噢，说他是张贫嘴，真是名不虚传！"这事已屡有发生。可是这一回，情况更为糟糕。德·夏吕斯先生这么胡言乱语，殊不知他是在给维尔迪兰夫人规定角色，给她圈定了一个狭窄的疆域。这不能不激起她仇恨的感情，而她内心的这种感情仅仅是嫉妒的一种特殊形式，即嫉妒的一种社会形式而已。维尔迪兰夫人真心喜爱小圈子里的门客和信徒，她希望他们把一切都奉献给她老板娘。有些嫉妒心强烈的人，不是不允许别人欺骗他，而是要求在他自己家里，甚至于在他的眼皮下欺骗他，也就是说不欺骗他。她就属于这种人，她采取的是丢一保全的办法。她愿意作出让步，允许别人有情妇和情夫，条件是在她公馆之外不得造成任何社会后果，结缘、恋爱只能在每周例行聚会的严格庇护下进行。从前，奥黛特在斯万身边偷偷卖笑，已够钻她心窝的了，不料最近又出了个莫雷尔和男爵在那儿窃窃私语。她难忍忧伤，找到了一个聊以自慰的办法，即拆散别人的幸福。她再也无法眼看男爵沉浸在幸福之中，而自己长受煎熬。而男爵呢，自以为压低了老板娘在小圈子里的地位，正在自鸣得意，哪料到大难已经临头。她看得清楚，莫雷尔步入上流社会依靠的不是她，而是男爵的保护。补救的办法只有一个，就是让莫雷尔在男爵和她之间进行选择。她利用关系，编造谎言，真真假假为莫雷尔提供一些方便，创造条件让他本已深信不疑、后又亲眼所见的东西得到证实。同时她又张开罗网，让那些天真的人休想逃脱。这样，她得以向他显示，自己具有惊人的预见力，以此对他产生巨大影响，然后利用这巨大的影响，促使他选择她而放弃男爵。至于那些来参加晚会，然而没来见她的上流女子，待她弄明了她们为什么犹豫或者放肆以后，她立刻说："啊！我明白了这都是些什么东西，全是些老淫妇。我们不要这种人，这是她们最后一次看见这个沙龙。"她宁可去死也不会说，没想到别人对她不那么客气。

“啊！我亲爱的将军，”德·夏吕斯先生突然扔下维尔迪兰夫人叫道，原来他瞅见了共和国总统府的秘书德都尔将军。夏利要获得勋章，这人可能会起举足轻重的作用。将军向戈达尔请教完一个问题，匆匆忙忙正准备抽身。“晚安，亲爱而又迷人的朋友。怎么样，难道您不跟我道别就打算偷偷溜走吗？”男爵既笑容可掬，又傲气十足地说。他心里明白，别人总是乐意跟他多聊一会儿的。接着，仍处于激动状态中的夏吕斯，尖声尖气，一个人自问自答起来：“怎么样，您还满意吧？确实很美吧？您是说行板，是不是？从来没人写得那么感人至深。我料定听到曲终没有一个人不热泪盈眶。您能来真是太赏脸了。我说，今天早晨我收到弗罗贝维尔一封令人鼓舞的电报，他告诉我荣誉勋位管理会方面，照流行的说法，困难均已夷平。”德·夏吕斯先生嗓门还在提高。那声音极其刺耳，跟他平时的嗓音截然相异。听起来犹如律师辩护时那夸张激昂的论辩，完全离开了他通常的语速。这是过度激动和神经兴奋造成的声音放大现象。这同样的激动和兴奋也曾使盖尔芒特夫人在一次晚宴上，将声音升到极高的音域，目光也越抬越高。“我正在打算明天早晨派一名卫士给您送信去，把我的激动心情告诉您。我本来倒是希望能当面向您表示这种心情的，可是，瞧，那么多的人等着跟您说话！弗罗贝维尔的帮助当然是万万不能小看的，但是从我这方面来说，我已经得到了部长的许诺。”将军说。“啊！太好了。况且，您已亲眼看见，这样一位天才确实是受之无愧的。霍约斯①听了非常满意，可是我没有看见大使夫人。除了那些有耳无聪、生着舌头却不会说话的人以外，谁还会不为之欢欣鼓舞呢？”维尔迪兰夫人趁男爵走开去跟将军说话的机会，跟布里肖打了个手势。布里肖不知道维尔迪兰夫人会对他说些什么。不过他走近对老板娘说：“男爵看见凡

① 霍约斯伯爵，当时奥地利驻巴黎大使。

德伊小姐跟她的女友没有来，非常高兴。他对她们十分反感。他说了，她们的道德品行叫人害怕。您无法想象，男爵的德行是多么纯洁和严肃。”布里肖说这番话只想到要让老板娘高兴，也不顾我听了心里有多么痛苦。可是完全出乎他的预料，维尔迪兰夫人听了一点儿也没有高兴：“他是一个淫邪之徒。”她回答，“您去把那位夏吕斯拉过来，建议跟您一起抽支烟，设法别让他发现，我丈夫把他的杜尔西内带走了。”布里肖似乎有些犹豫不决。“我对您说，”维尔迪兰夫人为了消除布里肖最后一丝疑虑，又说，“我家里出现这类事情我有些不太放心。我了解，他有过那些肮脏的前科，警察的眼睛正盯着他哪。”维尔迪兰夫人一旦获得恶毒的灵感，立刻就会显示出即兴编造的天赋，她绝不肯只说两句就此罢休：“据说他还坐过监狱。真的，真的，这是消息非常灵通的人告诉我的。而且他的一个街坊还告诉我，真令人难以想象，他甚至还引狼入室，把强盗歹徒带进自己家里。”布里肖经常出入于男爵家，他不同意这种传言。见布里肖不信，维尔迪兰夫人越发激动起来，居然高声叫道：“既然我这么对您说，我就敢向您保证！”这是她信口雌黄以后竭力表明自己是言出有据时的惯用语，“他有朝一日也会遇到他同类一样的命运，遭人暗害。他甚至还不一定能活到那一天，他正落在那个叫絮比安的手里呢。他竟有脸把他送到我这儿来。这人原来是一个苦役犯。您知道吗？我可一清二楚，哼，我是经过调查的。他掌握着一些不堪入目、让人害怕的信件，以此把夏吕斯捏在手里。这是一个亲眼看到那些信件的人告诉我的：‘要是您读了那些话，您一定会病倒的。’那个絮比安用木棍赶着他走路，叫他把自己所需要的钱吐出来。放在我，情愿去死，也不要像夏吕斯那样苟且偷生。总而言之，如果莫雷尔的家人决定向他提出起诉，我可不想被指控为同谋。他要执迷不悟，那是他自己愿意铤而走险，我可做到了仁至义尽。有什么办法呢，并不是天天都有快乐的事情。”维尔迪兰夫人盼望着她丈夫快跟小提琴手交待，想到这里她非常兴奋地对我说：“您问问布里肖，我是不是一位打抱不平的朋友，我对伙伴是不是赤胆忠心、肝胆相照。”（这话暗指她及时挑动布里肖，先后跟他的洗衣妇和康布尔梅夫人闹翻。这阵反目以后，布里肖理智几乎丧失殆尽，而且据说还变成了一个吗啡瘾。）“您是一个无与伦比、眼光敏锐、见义勇为的朋友。”大学教授天真激动地附和道。“维尔迪兰夫人使我避免了一件天大的蠢事。”维尔迪兰夫人离开后布里肖对我说，“她毫不犹豫地采取了果断的措施。我的朋友戈达尔说过，她是一位干预别人事务的专家。我得承认，想到可怜的男爵还蒙在鼓里，不知道自己快要受到打击，我十分难过。他还狂热地迷恋着那小伙子呢。如果维尔迪兰夫人这一手成功的话，那这个男人就要倒霉了。当然她难保一定会成功。我只担心她只能在他俩中间挑起不和，到最后，不能把他们拆开，只能叫他们俩一起跟她反目。”维尔迪兰夫人跟门客们经常发生此类事情。显而易见，她需要维护自身跟门客之间的友谊，但在她身上这种需要日益为另一种需要所支配，即她需要她与门客之间的友谊永远不受门客们相互间友谊的约束。同性恋只要不涉及正统，她不会提出什么异议；一旦触及正统，她却跟教会一样，宁可牺牲一切，也不会作出半点让步。我有些害怕起来。她之所以对我耿耿于怀，别不是由于我不让阿尔贝蒂娜白天上她家里来的缘故。她不要像她丈夫在小提琴手面前拆夏吕斯的台那样，也在阿尔贝蒂娜身边着手或者已在从事着同样的工作，以此来离间我们俩人的关系。“去吧，快去把夏吕斯找来，找一个借口，是时候了，”维尔迪兰夫人说，“特别注意，我不派人去找您，尽量让他回来。噢，都成了什么晚会哟！”维尔迪兰夫人还在说，她气急败坏的真正原因昭然若揭。“给这帮蠢货演奏这样的杰作！我不是指那不勒斯女王，她是个聪明的人，是一个讨人喜欢的女人（请理解为：她对我很客气）。可是其余的人！噢！简直叫你发疯！有什么办法，我，我可不是一个二十岁的人了。年轻的时候，别人告诉我应该学会烦恼，我当时还能尽力而为。可是现在，噢！不！这是不由自主的，我已经到了随心所欲的年龄，生命太短暂了。要我自寻烦恼，跟蠢人交往，还要弄虚作假，假装觉得他们很聪明，噢！这我怎能办到。去吧，怎么啦，布里肖。我们可磨蹭不起。”“我这就去，夫人。这就去。”布里肖见德都尔将军已经走掉，终于答应说。不过大学教授先把我拉到一旁说：“道德责任，并不像我们的伦理学所教导的那样，清晰明了，具有绝对的必要性。尽管神智咖啡馆和康德啤酒店认为道德责任是必不可少的，我们却仍然十分可怜，连善的本质是什么都说不清楚。我本人就为我的学生讲解此位名叫埃马纽埃尔·康德的哲学，可不是自吹，也不是有什么偏见，关于目前面临的社交决疑论的情况，我在那本《实践理性批判》中没有发现任何明确的阐述。这位伟大的还俗者信奉柏拉图学说，是为了按照日耳曼的方式，建立一个具有史前情感和枢密院意志的德国，完全是出于某种波莫瑞神秘主义特有的实用目的。他讲的当然是《会饮篇》，但他是在哥尼斯堡讲课，使用的是那地方的特有方式。讲课内容虽然严肃庄重，但都难以消化，因为里面讨论的尽是腌酸菜，却避而不谈小白脸。①我们的女主人请求我助她一臂之力，遵照正规的传统道德，我不能拒绝她的请求。确实不应听人花言巧语，上当受骗，不然就会说出许多蠢话。可是也应该说回来，我们也应该毫不犹豫地承认，如果让母亲们获得选举权，可惜得很，那男爵在教授品德的评比中就有可能要名落孙山，他是带着一个放荡者的气质在从事教育家生涯的。请注意，我可没有说男爵的坏话。这位男子举止温文尔雅，可切起烤肉来谁也比不上他。他虽然具有诅咒的天才，但又拥有无边的善心。他倒像一名高级小丑，能引人发笑，可是我跟有些同仁——请别弄错，是学士院院士——在一起，如同色诺芬②所说的每小时花一百个德拉克马③，竟买一个无聊。但我担心的是

---

① 柏拉图《会饮篇》中讨论过各种爱情类型，其中论及成年女子对美少年的恋爱问题。

② 古希腊历史学家、作家（约公元前430—约公元前354）。

③ 古希腊银币名。

他有些超过了道德健康的要求，对莫雷尔施与了过多的善意。尽管我们不知道年轻的苦行僧对教理讲授人给他规定的特殊修行项目表现出何种程度的顺服或反抗，但是不必成为大主教我们也能断定，如果我们视而不见，放任自流，向他发放许可证，听其崇拜撒旦，那我们就如人们所说，对圣-西蒙和佩特罗尼乌斯①而传给我们的这蔷薇十字会②就犯了宽容的错误。然而，维尔迪兰夫人让我去牵制住夏吕斯。她是出于对这道德罪人的好意，并想试一试她的医治方法灵不灵。她要直言不讳地跟蒙在鼓里的小伙子挑明一切。这会夺去他所喜爱的一切，甚至还会给他以致命的打击。对此，我不能说无动于衷，我觉得我似乎在把他引入陷阱，似乎在向卑鄙的行为让步。"布里肖说得动听，可这卑鄙的行径，他毫不犹豫地就去做了。他挽住我的胳膊说："走，男爵，我们去抽一支烟怎么样。这位小伙子还没有领略公馆的全部奇观呢。"我托词说我得回家了。"再待一会儿吧。"布里肖说。"您知道您得带我回去，我可没有忘记您的应诺。""您真的不要我取出银器来看看吗？没有比这更方便了。"德·夏吕斯先生说。"您答应过我，对莫雷尔，一字别提他受勋的事情。我想过一会等人走空一些，再把这个消息告诉他，让他大吃一惊。尽管他说，艺术家对这套东西并不稀罕，倒是他叔叔希望他获得这个荣誉（我听了脸都红了，因为维尔迪兰夫妇从我祖父那里打听到了，究竟谁是莫雷尔的叔叔）。怎么样，您真是不要我把最漂亮的银器拿出来让您瞧瞧啦？"德·夏吕斯先生对我说，"不过您熟悉那套银器，您在拉斯普利埃见了都不下十次了。"我未敢对他说明，可能使我发生兴趣的，并不是那几件散发着布尔乔亚气息的劣等银餐具，即便是最为富丽堂皇、配套最为齐全的餐具，我也毫不在

---

① 拉丁作家，生活于公元前一世纪，著有淫秽故事。

② 十七世纪德国一种神秘主义的秘密结社。布里肖此处暗指一种文化艺术运动。运动倡导人受1880年左右的象征主义影响，重提十七世纪的这一结社。

乎，我感兴趣的是巴里夫人收藏的几件餐具样品，那纵然是印在一张美丽的木刻上，也一定赏心悦目。我的心事十分沉重——尽管这并不是由于发现了凡德伊小姐没来而引起的——在社交场合我总是心不在焉，坐立不安，难以把注意力集中在漂亮程度不同的玩物上。能使我聚精会神的唯有向我想象发出召唤的某种现实。比如我下午如此渴望见到威尼斯，要是能让我看上一眼今晚我就有可能达到聚精会神的境地。有些凡常的因素也具有这种功能。凡常因素与表面事物虽有许多相似之处，但却比表面事物更为真实。凡常因素总是唤醒我体内通常沉睡着的心灵；当心灵浮上意识的表层，我便感到莫大的喜悦。我随布里肖和德·夏吕斯先生走出称为剧场的客厅，又穿过其他的客厅。这时我发现一件件家具中夹杂着一些拉斯普利埃的气息，但我却从未加以注意。公馆的陈设和古堡的陈设之间透发着某种令人熟悉的格调，体现着一种长时不变的统一性。布里肖笑着对我说："瞧，您看见这客厅的布置了吧，现在您对二十五年前蒙塔利维街的情形至少有了一个大致的概念，纯属 grande mortalisaevi spatium。"①我对布里肖此番话略有所悟。布里肖微微一笑，将这笑献赠给业已逝去而又重见天日的沙龙。我明白了，布里肖自己也许并没有意识到，他喜欢旧沙龙之处，并不是那落地大窗，也不是主子及其门客活泼的青春气息，而是那部分非现实的东西（我自己从拉斯普利埃跟贡蒂河滨公馆之间的相似中看出了这部分非现实的东西）。沙龙如其他一切事物一样，其外表是现实的，众人都能觉察的部分，仅仅是那非现实部分的延伸而已。这非现实部分脱离了外在的世界，隐藏到我们灵魂之中，赋予我们的灵魂以一种剩余价值；与非现实的东西在我们灵魂深处与自己通常的实体融为一体，脱胎换骨——我们回忆起摧毁的房屋、旧时的人们、夜宵水果盘等等——嬗变为洁白如玉、晶莹透明的回忆。我们无法向人道明，

① 死而复活的巨大空间。

这回忆具有何种色彩。我们向别人谈及过去的事情,告诉别人,过去切切实实发生过的事情,别人对这些事情仍无法有清晰的概念,因为这跟他们的阅历毫无相似之处,然而我们自己内心想起这些事情的时候,不能不产生激动,因为我们想,往日之事之所以得以延长生命,熄灭的灯火之所以还能发出余光,枯败的千金榆之所以还能飘香,这全都是因为有我们的思恋存在。在布里肖眼里,由于有蒙塔利维街沙龙的影子存在,维尔迪兰夫妇如今的沙龙的魅力减低了。但是,另一方面教授又觉得,原来的沙龙又为目前的沙龙增添了某种新来的人无法发现的美感。这里放置了一些原沙龙的旧式家具,有时摆放的位置也保持着原样,连我都能发觉这是原封不动地照搬拉斯普利埃的样子。目前的沙龙掺进了一些旧日的气氛,有时竟能以假乱真,让人错以为是置身于旧时的沙龙;明明在一片现实的环境中,却不现实地以为自己身置别处,看到一片业已摧毁、残壁断垣的世界。从实实在在、崭新的坐椅之间,梦幻般冒出沙龙、玫瑰红丝绒面的小椅子以及挖花毯面的赌台。这赌台跟人一样有一段历史,有一段记忆。它曾被带到多维尔去过,每日里从花园这头,望着远处的深谷,等候戈达尔和小提琴手前来一起下注。尽管它现在身处孔蒂滨河街客厅寒冷的阴影之中,却仍然保持着从蒙塔利维街以及多维尔的落地窗门照射进来的炽热阳光(它跟维尔迪兰夫人一样,对日起日落的时间十分熟悉)。自此以后,这赌台便平步青云,荣升到与人的爵位相等的高度。再看一幅画着紫罗兰和蝴蝶花的水粉画。这是一位伟大的艺术家朋友馈赠的礼物,不久以后这位朋友就去世了。于是这幅画便成了一个不留痕迹、悄然逝去的生命所遗存下来的唯一残片。它蕴含着一位艺术家的杰出才华和一段长久的友谊,它令人想起艺术家作画时那专心而又温柔的眼神,那厚实而又漂亮的大手。另外还有一些门客馈赠的漂亮玩意儿,杂七杂八东堆西放着。主妇走到哪里,这些玩意就跟到哪里,与之朝夕相处形影不离,结果身上打上了某种性格和命数的烙印。最后还有大量的花束和整盒整盒的巧克力。所有这些东西,或此或彼都在按照一统的方式开花。它们千奇百怪,却毫无用处,只是莫名其妙地在积存成堆;它们总是带着从礼盒里刚刚取出的样子,而且终年不变,一直保持着新年礼物的样子。这些东西我们看不出跟其他东西有什么区别,但是在布里肖这位维尔迪兰公馆晚会的常客眼里,它们却具有古玩的色泽和光润,还有着一层灵魂色彩,因而具有某种深刻的意义。这一切杂乱无章的东西,犹如一排排响亮的琴键,对着他高声歌唱,在他内心唤醒了相似的爱物,勾起了他模糊的回忆。它们四处点缀着这完全现时的客厅,犹如晴天缕缕阳光筛选着空气一样,切割、划分着家具和地毯。它们从靠垫到小花瓶,从方凳到香水怪味,从点灯方式到色调安排,在其间追逐嬉戏;它们雕琢着,回想着,透发着灵性,栩栩如生地体现着维尔迪兰夫妇今昔住宅所固有的某种理想款式。"我们来试试,"布里肖凑近我耳边说,"叫男爵谈谈他喜欢的话题。谈到那些事情,他是非凡出众的。"一方面我很想从德·夏吕斯先生口中得到有关凡德伊小姐和她女友的确切消息。为了这消息,我先前还决定过离开阿尔贝蒂娜,可是另一方面,我不愿意让阿尔贝蒂娜一人待着时间过久了,这倒不是因为她会趁我不在,干出什么不好的事情(她难以知道我何时回家,何况这个时候有人来访,或者她自己出门都会过分引人注目),而是为了别让她觉得,我离开她时间太久了。想到此,我便对布里肖和德·夏吕斯先生说,我再跟他们待一会儿,但时间不会太久。"还是来吧。"男爵对我说。这时候他社交激情虽然已经降退,但还需要拉长谈话的时间。我在德·盖尔芒特公爵夫人府上和他家里都已发现过他这种需要。虽然这是盖尔芒特家族特有的需要,但更广泛地看,有些人跟他们也差不多;由于他们的智慧只表现于交谈的本领,即一种不完美的本领,所以尽管别人已经奉陪他们许多时辰,可他们犹感未足,谈兴仍浓,越发贪婪地缠住对方死死不放。对方已经精疲力竭,他们却因社交乐趣未能尽兴,居然错误地要求从对方这里获得满足。"来吧,"他又说,"是不是,客人们都走了，现在才是尽情欢乐的时刻。唐娜·莎尔[①]的时刻来到了。希望我们不要欢聚一场却落得那么凄惨的结局。可惜，您急着要走，您急着要去办的事情也许是您最好不要办的事情。急事人人都有，可是往往人们告辞的时候正是应该到达的时候。我们犹如古迪安[②]画中的哲人，现在该是回顾一下晚会的时候了，用军事语言来说，就是进行所谓的战况分析。我们请维尔迪兰夫人给我们送一份小小的夜宵来。不过我们得小心一点，不要把她也给请来。我们光请夏利——说说又回到了《艾那尼》[③]上——来专为我们再拉一遍那段柔板。这是不是很美，那段柔板够美的吧？可是这位年轻提琴家上哪儿去了？我还要向他祝贺呢。现在是表示激动和互相拥抱的时候了。布里肖，您得承认，他们演得真像天使一般，尤其是莫雷尔。一绺头发分开的时候，您注意到了吗？啊，真是！我亲爱的，那您算是什么都没有看到。那一声升 F 调，足以使埃内斯库[④]、加贝[⑤]和蒂博[⑥]嫉妒而死。我敢向您承认，我是强作镇静，还是徒劳无益，听到那一声，我的心都碎了，我简直要哭出声来了。全场人的呼吸都加剧了。布里肖，我亲爱的，"男爵猛地摇着大学教授的手大声说道，"真是盖世绝伦。只有年轻的夏利，犹如磐石，一动不动，我们甚至都看不出他在呼吸。他当时的表情正如泰奥多尔·卢梭[⑦]所说的，就像人间没有生命的东西，自己虽然没有思想，却能发人深省。"然而突然间，德·夏吕斯先生做了一个大幅度的动作，犹如在描绘一个戏剧性的转折一样，大声说道："这时

---

① 此处暗指雨果戏剧《艾那尼》的结局：女主人公唐娜·莎尔为三人所爱，最后与艾那尼结婚。但艾那尼对唐娜·莎尔之舅立下诺言，婚后即自杀身亡，唐娜·莎尔也随之殉情。

② 法国画家(1815—1879)，所作《没落的罗马人》一画，背景为两位哲人正在交谈。

③ 《艾那尼》中另一主人公唐·卡洛斯，其名在拉丁语中与夏利为同一词源。

④ 埃内斯库(1881—1955)，罗马尼亚著名小提琴家和作曲家。

⑤ 加贝(1873—1928)，法国著名小提琴家。

⑥ 蒂博(1880—1953)，法国著名小提琴家。

⑦ 卢梭(1812—1867)，法国画家。

候……一绺头发！这时候，他正拉到动人的小四组舞曲那活跃的快板。您知道，这绺头发甚至对于头脑最为迟钝的人来说，都是一个启示信号。塔奥米那公主至此为止耳朵一直聋着，因为没有比有耳不听的人更聋的了，但面对这奇迹般的发绺，她无法否认事实，立刻明白这是音乐，而不是扑克。啊！那真是庄严的一刻。”“对不起，先生，请允许我打断一下。”我对德·夏吕斯先生说，以便把他拉回到我感兴趣的话题上来。“您刚才对我说，作曲家的女儿本来该来的。对此我很感兴趣。您是否肯定，说好了她要来？”“啊，我不太清楚。”德·夏吕斯先生也许不由自主地也服从了人类普遍使用的指令，即不要向嫉妒者通告消息。他这么做也许是为了向挑起嫉妒的女士表示尊敬，尽管别人十分憎恨这位女士，他却荒唐地表明自己是个“够朋友”的人；他这么做也有可能倒是出于对这位女士的恶意，因为他以为一个人嫉妒了，反而会加倍地表示爱情。再不然，他就是要成心与人作对，对大多数人都讲真情，就是对嫉妒者守口如瓶，这样，嫉妒者因被蒙在鼓里而备受痛苦；在大多数人的想象中事情至少就是如此。为了折磨别人，大多数人都以己度人，拿自己以为最为痛苦的事情——也许那本来就是错觉——来折磨别人。您知道吗，这里有些像争比高低的场所，人都不错，可就是人人都喜欢从此发迹，出人头地。可是您的脸色有些不好，这间屋子如此潮湿，您会着凉的。”他边说边把一张椅子推到我的身边。“您既然身体不舒服，就应该小心为好。我去把您的外套拿来。不，您自己别去，您找不到，而且会着凉的。瞧瞧，真是太不谨慎了。可是您毕竟不是一个四岁的孩子了。您还真需要一个像我这样的老仆人来照料您才行。”“男爵，不用您劳驾，我去。”布里肖说着就离开了。布里肖也许没有发现，德·夏吕斯先生倒是真的为了向我表示友谊，他那狂妄自大、折磨别人的急性发作已经过去，眼下又恢复了平易近人、真诚相待的态度。布里肖还记着，维尔迪兰夫人把德·夏吕斯先生是当作囚犯那样交给他严加看管，就怕他别借口去取我的大衣，而偷偷去跟莫雷尔幽会，结果把老板娘的计划搞得全盘皆输。

我对德·夏吕斯先生说，我打扰了布里肖先生，我很遗憾。“噢不，他非常乐意，他很喜欢您，大家对您都十分喜欢。有一天大家都说，怎么老不见他的人影，他是把自己锁起来了还是怎么的，布里肖真是一个正直的好人。”德·夏吕斯先生只看见伦理教授跟他说话的样子和蔼可亲、坦诚相见，绝没有料想到，他会在背后肆无忌惮地讥讽他。“这是难能可贵的人，他知识渊博，却没有陷于迂腐，不像许多人那样变成一个书库里的老鼠，浑身散发着墨水气。他视野宽阔、胸怀豁达，在他的同人中纯属罕见。看他对生活能有那么深刻的理解，那么善于因人制宜，尊重每人的个性，有时候我们不禁纳闷，他不过是索邦大学一名普普通通的小教授，原来甚至只是个中学教师，究竟是从哪儿学到这一手本领的，连我都常常百思不解。”听到夏吕斯关于布里肖的这番赞赏，我比夏吕斯还要百思不解。就连德·盖尔芒特夫人圈子里最无修养的人都嫌布里肖笨拙迟钝，他怎么竟能取悦于德·夏吕斯先生这位最挑剔的人。取得这一成绩跟有些事情的影响是分不开的。且举一例，当然这事跟夏吕斯的事情并不一样。斯万与奥黛特热恋，在小圈子里度过无数美妙的时光。结婚以后，他又觉得邦当夫人非常客气，她佯装对斯万夫妇无比崇拜，不断来看望那女人，对有关丈夫的事情津津乐道，还用轻蔑的口吻谈论他们。这情况如同作家们把智慧的桂冠不是戴在最富有智慧的人头上，而是戴在寻欢作乐者的头上，原因是他们就某一男子对某一女子的情欲发表过大胆而又宽容的议论；作家和附庸风雅的情妇听了那种议论以后一致认为，到家里来的所有人中间，就数那漂亮的老头傻气最少，因为他在爱恋方面具有丰富的阅历。出于同样的道理，德·夏吕斯先生觉得布里肖比他的其他朋友都聪明，他不仅对莫雷尔非常客气，而且还到希腊哲学家、拉丁诗人、东方说书人中去采撷精品，用一种奇异迷人的诗意来装点男爵的情趣。德·夏吕斯先生现在年纪已经不轻，换了维克多·雨果，就喜欢身边有法克里跟莫里斯[①]这样的人簇拥着。无论是谁，只要能接受他的生活观，他就喜欢。“我经常见到他。”他继续说道。他说话声音囔囔，一字一顿，但是除了嘴唇以外，没有任何动作。脸上涂脂抹粉，如同一张假面具，铁板着一丝不动。教士般的眼皮故意低垂着。“我听他的课，拉丁区的气氛可以使我换换环境。那里有一批勤奋好学、善于思考的青年。年轻的布尔乔亚们，比起我那些另一社会阶层的同学要更加聪明，更有知识。他们完全不同，这一点您也许比我更加了解，这是一些年轻的**布尔乔亚**。”他一字一扣地咬着，先吐了好几下**布**字，然后才慢慢地将**布尔乔亚**完整地说出来。他按照演讲的习惯，在这个词上特别加重了语气。他这么咬文嚼字也许是因为他喜欢以此来表达其特有的细腻思维，也许是忍不住要在我面前恣意傲慢一下。德·夏吕斯先生的傲慢无礼，丝毫也没有削弱他在我心中（自从维尔迪兰夫人向我披露了他的用心以后）激起的巨大和深切的同情。我只觉得他的话是在跟我逗乐，即便我对他没有现在这么多好感，他的话也不会伤害我的心。我像我的外祖母，缺乏自尊心到了很容易丧失尊严的地步。固然，从中学开始，我就不断地听到一些我最仰慕的同学说，要是别人对他们无礼，他们不会在意，但要是别人玩弄手腕，那绝不能轻易饶恕。久而久之，我在言行中便不知不觉地表现出一种自尊自豪的第二天性，在别人眼里，我这种第二天性甚至于还有些过分，因为我无所畏惧，动辄就跟人决斗——不过连我自己后来也渐渐嘲笑决斗的举止，降低其道德声誉，不用我来说，别人更是觉得决斗是非常可笑的。但是被我们压抑着的天性，并未逐出体外，它依然久驻于我们身上。有时候当我们拜读某位天才的新作时，我们高兴地发现，书中有许多议论都是我们曾经不屑一顾的，书中有许多欢乐和凄凉，是我们曾经克制着不敢表露的，书中有整

---

① 法克里（1819—1895），法国作家。其兄为雨果之女婿；莫里斯（1820—1905），雨果的弟子和遗嘱执行人。

整一个感情世界曾为我们所不齿；这本书使我们恍然大悟，认识了这些感情的价值。正是如此，生活经历终于使我发现，别人对我进行嘲讽，我还不憎恨，而是报以微笑，那就有所不好了。从此缺乏自尊心和不会耿耿于怀的状况不再复有表现，我甚至几乎彻底忘了那种状况曾经在我身上存在过，但是那种状况毕竟是我原始的生存环境。我不会愤慨和凶狠，急了只会发怒。而且我对正义感是陌生的，甚至也不知道什么叫道德感。我在内心深处只是完全忠诚于那些最弱、最不幸的人。我对于莫雷尔和德·夏吕斯先生的关系在何种程度上牵涉到善与恶的问题发表不了任何意见，可是想到别人正在算计德·夏吕斯先生；要他受苦，我觉得这是难以容忍的。我真想告诉他，却又不知道如何启齿。“我这样一个老头子，看见这批孩子勤奋好学，打心里高兴。我跟他们不认识。”他抬起手来又加了一句，作出话有保留的样子，证明他是纯洁的，以免别人以为他是在自吹自擂，同时也避免别人将怀疑笼罩在纯洁的大学生身上。“这些孩子都很有礼貌，知道有我这位老态龙钟的先生，经常还替我留一个座。真的，我亲爱的。别不相信，我可是四十出头的人啦。”男爵说。其实他已六十出头了。“布里肖讲课的梯形教室有些闷，不过每堂课都有意思。”尽管男爵喜欢与学生为伍，心甘情愿受人拥挤，但是布里肖为了免得让他久等，有时候就让他跟着自己一起进教室。到了索邦大学，布里肖该说是回到自己家里，该拿出一点气度了，可还是无济于事。去教室，是负责开门的公务员走在前头，备受青年崇拜的大师却跟在后面，还控制不住某种腼腆的神情。尽管布里肖此刻感到身价百倍，希望借此良机向夏吕斯表示一下友好之情，但他仍感到有些为难。为了叫公务员让夏吕斯进去，布里肖装出忙不过来的样子，不真不假地对公务员说：“男爵，您跟着我，有人会给您安排座位的。”话一说完，就再也不顾夏吕斯，只管自己，摆好入场“架势”，矫健地步入了走道。年轻教师夹道向布里肖致意。他知道在这些年轻人面前他不用再装腔作势，在他们的心目中，他早已是一名权威，所以向他们频频点头，不断递去眼光，表示心意领了。由于他时刻保持着军人风度，所以他的举止带上了某种诚誓的鼓励和 sursum corda① 的色彩，仿佛是拿破仑时代的一位老兵在说："他妈的！我会好好打的。"他一进教室，学生座上便掌声四起。有时候，布里肖借夏吕斯前来听课的机会，对他加倍奉承，近乎是加倍还礼。他对有些家长，或者有些布尔乔亚朋友说："如果这事能够博得诸位的妻子或女儿的欢心，那我就向诸位宣布，德·夏吕斯男爵，阿格里让特亲王、孔代家族的直系后裔，要来听我讲课。对孩子们来说，能目睹一位我国正宗贵族的末代后裔，这是一种值得保留的记忆。孩子们来的话，一眼就能看到他，他将坐在我讲坛的旁边，讲坛旁只有他一位。他是个身材魁梧的人，白发黑鬓，身挂军章。""啊，我向您表示感谢！"有个做父亲的说。然后，尽管道谢人的妻子有了安排，但他为了不辜负布里肖的一片心意，硬逼着她去听课，而女儿呢，尽管被人群和热气包围着，颇感不适，却还用好奇的眼睛恨不得把孔代的后嗣一口吞下去；但见到他没有戴什么皱领，跟今人大同小异，不禁觉得有些蹊跷。然而他却顾不上看她一眼。不少大学生并不知道他是何人，只见他非常客气，十分奇怪，对他毫不尊敬，态度生硬。然而男爵走出教室，还沉浸在遐想和伤感之中。"对不起，我又扯到我刚才的话题上来了，"我听到布里肖的脚步声急忙对德·夏吕斯先生说，"您如果得知凡德伊小姐和她的女友要来巴黎，您能不能用气压传信预先通知我一下，告诉我她们究竟要逗留多长时间，但千万不要告诉任何人，我向您提出过这个请求，行吗？"我几乎不再相信她已来过，提这个请求是为了预防未来。"行，这事我会替您办的。首先因为我还欠您很大一份情。以前您没有接受我的建议，这对您是不利的，但却帮了我一个大忙，您把自由留给了我。当然，我又用另一种方式丢弃了这一自由。"他继续说道。忧伤的声音听得出他希望倾诉衷肠。

① 拉丁文，意为"加油啊"。

“我始终认为，这事包含着不可抗力。有一系列的机遇，您却错过了，没有利用。也许是命运之神在千钧一发之际告诫您，让您不要阻挡我的道路。因为说到底，‘忙碌者是人，支配者是上帝’①。谁能预料？我们一起从维尔巴里西斯家出来的那一天，要是您接受了我的建议，也许此后发生的许多事情就永远不可能发生了。”我听了这话十分窘迫，赶紧抓住德·维尔巴里西斯夫人的名字，说她的故世使我十分悲痛，想以此扯开话题。“啊！是嘛。”德·夏吕斯先生干巴巴地嘀咕了一句，其声调充满了傲慢不逊，听上去他注意到了我的悲哀，却丝毫看不出他相信我悲痛的心情是真实的。我还发现，谈到德·维尔巴里西斯夫人他毫无悲痛之心，我便想从这位十全十美的贵人这里了解一下，究竟为了什么缘故，德·维尔巴里西斯夫人受到贵族阶层排挤。他不仅对我这个社交方面的小问题不予解答，甚至还露出一副对此闻所未闻的神情。于是我明白了，德·维尔巴里西斯侯爵夫人的地位在她故世以后当然是越来越高，但生前，在愚昧无知的平民百姓眼里，她的地位已是高不可攀的，并且在社会的另一极，在德·维尔巴里西斯夫人的那个阶层，即盖尔芒特家看来，她的地位也已是十分显贵；她是他们的姑母，他们看重的是出身门第和姻亲关系以及祖宗对家族留下的影响。他们把这些看成是“家族问题”而不是“社交问题”。德·维尔巴里西斯夫人的家族比我想象得还要光彩夺目。我吃惊地得悉，维尔巴里西斯的名氏是虚构的。不过，贵妇人缔结了门不当户不对的婚姻以后，仍保持着显贵地位的，大概不乏其例。德·夏吕斯先生述说道，德·维尔巴里西斯夫人是某某有名的公爵夫人的侄女。这位公爵夫人是七月王朝时期大贵族中最有名望的人物，但她不愿意跟公民王及其家族有所来往，我是多么渴望聆听有关这位公爵夫人的故事啊！德·维尔巴里西斯夫人，善良的德·维尔巴里西斯夫人，长着布尔乔亚的脸颊，送我如许

① 美国哲学家、散文家爱莫森(1803—1882)之语。

礼物，我每天毫不费力就能见到的德·维尔巴里西斯夫人，居然是那位公爵夫人的侄女，居然是在她家里，在某某公馆由她亲自抚养成人的。德·夏吕斯先生告诉我："有一次某某公爵夫人问德·杜多维尔公爵：'三位姐妹中您最喜欢哪一位？'杜多维尔回答说：'德·维尔巴里西斯夫人。'某某公爵夫人回斥他道：'猪猡！'公爵夫人是个非常**风趣的人**。"夏吕斯说这句话时用盖尔芒特家的人惯用的发音方式对风趣一词作了强调。他觉得"风趣"一词本身就十分"风趣"，我对他这种想法并不感到惊奇，因为我在多种场合都注意过，有些人客观上有一种离心的倾向，他们仔细观察，认真记录他们自己不屑于创造的东西。一遇上他人饶有风趣，便欣赏不已，立刻放弃自己的严肃，把他人的风趣掠为己有。

"瞧他是怎么啦？他居然把我的大衣给拿来了。"夏吕斯见布里肖去了那么久，结果还错拿了他的大衣，便这么说道。"早知道还不如我自己去呢。算了，您先披上。您知道吗，亲爱的，这很不好，这就好比是两人拿同一个杯子喝东西。我知道您在想些什么。不不，不是这样，瞧，还是我来吧。"夏吕斯说着把他的短大衣接过来替我披在肩上，朝脖子前拉了一拉，又替我把领子翻起来。这时他的手在我的下巴上一掠而过，立刻向我表示了一下歉意。"他这样年纪的孩子，连被子都还不会盖呢，应该好好照顾他，管好他穿戴才是。我错过机会了。这本是我能干的事情我却没有干成。布里肖，还生来就是当保姆的料子。"我想借机告辞，可是德·夏吕斯先生表示想去找莫雷尔，结果布里肖硬把我们俩一起都留住了。此外，我想，待一会儿等我回到家里，肯定能见到阿尔贝蒂娜，这肯定的心情犹如我下午想到阿尔贝蒂娜会从特罗卡德罗回来一样。想到此，我就像同一天弗朗索瓦丝给我打了电话，我坐在钢琴前时一样，反而一点儿也不急于要见阿尔贝蒂娜了。正因为心绪平静，所以虽然谈话过程中我几度想起身告辞，但都经不住布里肖命令式的挽留，还是待着没走。布里肖怕我一走，他一人无法牵制住德·夏吕斯先生，无法一直等到维尔迪兰夫人遣人来叫唤我们了。“行了，”他对男爵说，“再跟我们待一会儿吧，您过一会儿再去跟他拥抱也不迟嘛。”布里肖补充道。他那无神的眼睛盯视着我。他的眼睛接受过多次手术，虽然尚存一丝生气，但要他狡黠地斜瞟一下，却谈何容易，它早已没有那必要的灵活性了。“什么拥抱，他这人真傻！”男爵兴奋地失声说，“我是说，他还以为自己是在领奖。他在梦想他那批小学生。我在想他会不会跟他们一起睡觉。”“您是想见凡德伊小姐吧。”布里肖对我说。显然，他听见了我们那段谈话。“她要来的话，我一定告诉您，我从维尔迪兰夫人那里便可以知道。”布里肖对我说这番话，可能是已经预料到男爵即将会被逐出小圈子。“怎么，您以为我跟维尔迪兰夫人的关系还不如您吗？”德·夏吕斯先生说，“这些声名狼藉的人来不来，难道还瞒得过我吗？您知道，那都是些臭名昭著的家伙。维尔迪兰让她们来是错了。这批人去走私集团也许是件好事，她们跟一伙恶徒是狐朋狗友，要聚会只能到可怕的地方去。”他每说一句，我的痛苦就增加一层，旧的痛苦又换了新的痛苦。我突然回想起，阿尔贝蒂娜曾有过某些焦躁不安的举动，但她都能迅速加以克制，不让其流露出来。我想，她也许在盘算着要离开我，这一想心里不禁产生了害怕，更觉得有必要将我们的共同生活延续下去，直到我恢复平静为止。然而，要让阿尔贝蒂娜打消念头——如果她有此念头的话——不让她在我决定一刀两断以前就有所行动，要设法维持我们的生活，使我们的感情纽带变得日益脆弱，直至我在执行决裂计划时不再有丝毫痛苦。我觉得，最精明的办法（也许我也受到了夏吕斯先生的感染，无意中回想起他喜欢演的戏），莫过于使阿尔贝蒂娜相信，是我自己决意要离开她的。待会儿回到家里，我就装出要跟她作最后道别，从此一刀两断。“当然不，我并没有认为自己跟维尔迪兰夫人的关系比您更好。”布里肖赶紧解释说，生怕因此引起男爵的疑心。布里肖见我要告退，又想出花样替我解闷，诱我留下别走。他说：“男爵谈到那两位夫人的名声时，似乎遗漏了一个问题。一个人可能声名狼藉，但有可能他背的是莫须有的罪名，众所周知的冤案错案不胜枚举。据记载，历史上一度谁搞鸡奸就要判刑，结果有些名人清白无辜，根本没有此行也身陷囹圄。直至最近人们才发现，米开朗琪罗曾经与一名女子发生过伟大的爱情。① 这一新的事实，使得莱翁十世②的这位朋友将终于有幸得到平反昭雪。我觉得米开朗琪罗这件事是富有现时意义的，它应该使追逐时流的人发生浓厚兴趣，它会把拉维莱特区③的人全部鼓动起来。可是眼下得等另一件事的风波过去以后才行，④现在是一片混乱，有些善良的艺术爱好者都把这件事当成了时髦，我们还不能指名道姓说出来是哪些人，不然又是一场争论。”布里肖一开始对男性的名声问题发表议论，德·夏吕斯先生的脸上就流露出一种特殊的焦躁不安的神情，仿佛是一位上流社会的外行面对着医学专家或军事专家在胡说八道，大谈什么医道或战术。“您说的这些事情，您都知道些什么。”他终于对布里肖说，“您给我举一例冤假错案，说出名字来给我听听。哼，我什么事情没您清楚?”布里肖怯生生地想打断夏吕斯的话，结果被夏吕斯严厉地驳了回来。“以前有些人干这种事是出于好奇，或是向一位已故朋友表示感情专一。另有一种人，害怕自己走得太远，如果您向他夸耀，某某男子长得如何英俊，他会回答说，对他来说，男子美貌问题像汉语那样难以理解，他一窍不通；正如机械不是他的本行，他说不出两部马达孰优孰劣一样，他根本无法区别两个男子谁俊谁丑。他这是纯属瞎扯。我的天，瞧瞧，我不是说有人背着莫须有的罪名（或者背着应该这么称呼的罪名）是完全不可能的事情。只是这种情况实属例外和罕见，可以说基本上是不存在的。不过，我是个好奇的人，

---

① 这里指罗曼·罗兰所著《米开朗琪罗》一书所披露的事实。

② 莱翁十世教皇（1475—1521）确实请米开朗琪罗负责设计过几项工程，尤其是处在佛罗伦萨的美第奇家族之墓。

③ 拉维莱特为巴黎北面的屠宰场，屠夫和流氓混杂在一起，风气败坏。

④ 可能仍指德雷福斯事件。

喜欢到处打听，我倒确实亲眼见到过这样的事情，那可不是神话传说。真的，我平生观察到（我是说科学地观察到，而不是凭空吹嘘）两起给人强加莫须有罪名的事情。一般来说，造成坏名声的原因经常是两个人的名字相仿，或者由于某种外部的迹象，比如有人多带了几个豪华的戒指，有些昏庸之徒就一定要想象一番，断定这就是您所说的那些事情的典型症状。他们的根据就是农夫说话必定是一句一个'我的天'，而英国人则是三句不离'该死的'。这都是林荫道戏剧的俗套。"

德·夏吕斯先生列举性欲倒错的人时，提到"女演员的男友"。这人我在巴尔贝克见过，他是"四友社"的头。夏吕斯提到他，我大为震惊。"那么这位女演员怎么样了呢？""她为他作屏风，再说他跟她也确实有关系，而且关系也许要比跟男人们更加密切。跟男人们他倒几乎没有什么来往。""他跟那三个男人有关系吗？""一点没有！他们交朋友可根本不是为了干那种事情。其中两人完全是要女人的。另一个虽然是那种人，可不一定就是跟他的朋友。总之，他们俩是相互隐瞒着。最叫你们吃惊的是，在平民百姓眼里，这些莫须有的罪名还都是有根有据的。布里肖，来这里的人，尽管您可以保证，此人或彼人德行高尚，但了解内情的人却说某某人早已臭名昭著。于是您也不得不人云亦云，对别人的说三道四将信将疑。众人以为，那人就是代表着那种趣味，其实他倒不是谁愿出两个苏他就肯干的。我说两个苏，是因为如果我们假设那价格是二十五个路易的话，那我们就会发现，那些假正经的人数就会缩减到零。否则的话，正经人的比例，如果您看这里面有正经可言的话，一般保持在十分之三至四左右。"布里肖是针对男性提出名声败坏问题的。可是我听了德·夏吕斯先生的话以后，心里想到的却是女性，是阿尔贝蒂娜。男爵的统计数字把我震住了，尽管我意识到他可能是随心所欲，在扩大数字，或者是在参照那些说三道四者的报告。我意识到，这些人也许是在说谎，在欺骗别人，总之是在受自身欲望的欺骗。他们的欲望跟男爵的欲望加在一起便构成了男爵的计算。“十分之三！”布里肖叫道，“如果比例颠倒的话，那犯罪人数岂不要成百倍地增长。男爵，如果您没有搞错，如果那人确是您所说的那种人，那我们得承认，您是一位罕见的先知先觉者，您预见到了一个别人近在身边都未发现的真理。巴雷斯就是这样的人，他对议会受贿腐败的披露，事后才得到证实；又如勒维里埃①关于海王星存在的假说，也是如此。维尔迪兰夫人十分喜欢援引一些人的名字，我在此还是不点名道姓为好。这些人猜测，情报局和参谋部出于爱国热情——我对此表示相信——干了一些秘密勾当，对此我始终难以想象。诸如同行业间的秘密关系。德国间谍机构、吗啡瘾等等，莱翁·都德每天都写一篇神奇的童话，其实写的都是事实。岂止十分之三！”布里肖惊诧不已地继续道。说实话，德·夏吕斯先生将同时代的大多数人都说成了性欲倒错，可就是把跟他有关系的男人都排除在外。因为他们的关系稍为带有一些小说色彩，因此他觉得情况比较复杂。这跟有些及时行乐者的态度相仿，他们根本不相信女子有所谓贞操可言，他们认为只有曾经做过自己情妇的人，才谈得上有那么一点贞操。事后又一本正经、非常神秘地反驳别人说：“不不，您搞错了，她才不是一位姑娘呢。”这些人说出这意想不到的看法，部分是听命于他们的自尊心，因为他们洋洋得意地想，情妇们把爱情专留给了他们；部分是听命于他们的天真幼稚，因为情妇们说什么，他们就相信什么；部分是听命于对生活的某种理解，因为当你接近活生生的人、活生生的事的时候，那些标签称号，那些分门归类都显得过于简单草率了。“十分之三！请您万万小心，可别像那些只有未来才予承认的历史学家那样乐观。男爵，如果您想把您说的那张统计表留给后世，那么后代们就会发现，这是一张错误百出的统计表。他们要找根据，因此需要检查您的资

① 勒维里埃(1811—1877)，法国天文学家。1846年曾根据天王星运行轨道的计算，得出海王星存在的假说。这一假说日后得到证实。

料来源。然而，由于那些当事人对这类集体现象极其关心，竭力使它无声无臭，销声匿迹，因此没有任何材料能够证实这类现象。届时好人们就会群起攻之，把您看成诽谤者或者弄臣。您虽然在风雅比赛中荣膺榜首，成为这块土地上的王子，但九泉之下却王冠落地，饱受忧伤。这又何苦呢。犹如我们的博叙埃所说，上帝饶恕我吧！”“我不是在搞历史，”德·夏吕斯先生说，“犹如可怜的斯万先生所说的，生活对我来说已经足够了，生活是饶有趣味的。”“怎么？男爵，您也认识斯万？我可不知道。他是不是也有那种趣味？”布里肖神情担忧地问道。“他这人真俗！您难道以为我认识的竟是那号人吗？不，我想大概不至于吧。”夏吕斯眼睛低垂地说。他设法在权衡利弊，心想，说到斯万，众所周知，他与那种倾向恰恰背道而驰。对那种说法半承认半否认，于所指者毫无损害，而别有用心者听了又以为说话者是有所影射，自然会觉得满意。“我并不是说过去在中学里偶然有过那么一次也不可能。”男爵似乎是不由自主脱口说出的。然后他又若有所思，继续说道：“可这事都快两百年了。您怎能要求我记得清楚，您真讨厌。”他笑着结束道。“总而言之，他并不漂亮，不漂亮！”布里肖说。他自己面目可憎，还自以为是，经常替别人挑刺，说人丑陋。“住嘴，”男爵说，“您不知道自己在胡说些什么。那时候，他脸如鲜桃，”他高八度地吐出每一个音节，补充道，“他犹如爱神那般漂亮。再说他后来一直都风度未减。女人们都疯狂地爱过他。”“可是您见到过他自己的妻子吗？”“瞧您说哪儿去了，他还是通过我才跟她认识的呢。有一天晚上我看到她扮演萨克里邦小姐，半身男装，[①]我觉得她楚楚动人。我跟俱乐部的伙伴们在一起，我们每人都带了一个女伴。尽管我对此不感兴趣，只想睡觉，可是那些尖嘴薄舌的人还是声称我曾经跟奥黛特睡过，人之可恶到了极点。不想奥黛

① 暗指《在少女们身旁》中的一节。在巴尔贝克，埃尔斯蒂尔的画室里，叙述者惊奇地看到一幅水彩画，表现一位半身男装的女演员，图画题名：萨克里邦小姐。

特偏偏利用别人的传言老是来跟我纠缠不清。于是我就把她介绍给了斯万,心想从此可以脱身了。谁想到从那一天起她越发缠个没完没了。她一个字也不会写。写信都要我来代笔,散步也要我来陪伴。我的孩子,这就是所谓的好名声,明白了吧,再说,这种美誉,我是徒有其名,并不完全名副其实,因为是她逼着我,把我拉进她那五六人的可怕的游戏圈的。”奥黛特相继有过多名情人,先后替换;德·夏吕斯先生列举这些情人的名字,就跟背诵法兰西历代国王那样,滚瓜烂熟。确实,嫉妒者就如当代人一样,离当代的事物太近了,结果什么也看不清楚;只有局外人才能判断有关某人私通的传闻是否具有历史准确性,才有可能开列一串名单。不过局外人所开的名单是没有感情色彩的。名单只有到了另一位嫉妒者的眼里,才会变得凄凉阴沉、令人忧伤。因为就像我一样,这另一个嫉妒者会情不自禁地拿自己的处境去跟他耳有所闻的那个嫉妒者进行比较,会不禁扪心自问,自己怀疑的那个女人会不会也有那么一张如此显赫的名单。然而他什么也不可能了解到。这就如同一场攻守同盟的阴谋,如同集体对新兵进行残酷捉弄一样。就是说,在他的女友相继跟别人发生关系的时候,他的眼睛被蒙上了一块黑布,尽管他竭力想把蒙布撕掉,但都无法做到,因为大家就是希望这个不幸的人两眼一抹黑。这么做的目的,好人是出于善心,坏人是出于恶意,粗俗之徒是因为喜欢搞恶作剧,谦谦君子则是因为出于礼貌和良好的教养。然而大家都在恪守一个公约,即所谓的原则。“可是斯万是不是知道您跟她有过关系?”“瞧您说的,多可怕!这事怎么能跟夏尔挑明!那非叫他怒发冲冠不可。我亲爱的,简单地说,他会把我杀掉的,他那嫉妒心就像老虎一样凶猛。对奥黛特我从来没有承认过……其实她对这事倒是毫不在乎的……算了,别叫我尽说些傻事了。最厉害的要数她朝他开枪的那件事了,连我都差一点儿中了弹。唉!别提了,跟这一对夫妻算什么趣事都给我碰到了。当然啰,后来还是我出庭作证,驳斥奥斯蒙;为了这事,他始终没有原谅我。奥斯蒙拐走了奥黛特，斯万为了安慰自己，就把奥黛特的妹妹做了自己的情妇，或者说假情妇。好了，您绝不能让我讲斯万的故事，要讲十年都讲不完，您明白吗？他的事我比谁都了如指掌。她凡是不愿意见夏尔的日子，都是由我陪她。我觉得这事很麻烦，更何况我还有一个近亲，名字叫克雷西，虽然他根本无权干涉此事，可是他知道了毕竟不高兴。那时候，别人都管她叫奥黛特·德·克雷西。她完全可以叫这个名字，原来有一个叫克雷西的人，她是他的妻子，后来只不过是离异了。那位克雷西非常正宗，是位很好的先生，她却刮尽了人家最后一个生丁。可是，瞧瞧，您这不是成心要我唠叨嘛，我在小火车上看见您跟他在一起的，在巴尔贝克时您还供应他吃饭了呢。可怜的人，他一定需要吃饭。他那时候靠斯万给他的一笔极小的供养费过活。自从我的朋友去世以后，这笔年金就一笔勾销了。我所难以理解的是，”德·夏吕斯先生对我说，“既然您经常出入夏尔家，刚才您怎么没跟我说，让我把您介绍给那不勒斯女王呢？总之，我看得出来，您对人不感兴趣，缺乏好奇心。一个认识过斯万的人这样，我总觉得不可思议。因为斯万这方面的兴趣是如此浓厚，以至于无法断定，在那方面我们俩究竟谁是谁的启蒙者。这就好比谁要是认识惠斯勒，却不知道什么叫艺术趣味，我同样会感到十分吃惊。我的天，认识她主要对莫雷尔很重要。再说他也非常渴望能够认识她，他这么渴望是极其聪明的。真可惜她走了。不过这不要紧，这几天我再来牵一下线。他一定会认识她。除非她明天就驾崩，这事绝对误不了。可以指望，驾崩这事还不至于发生。”布里肖因为德·夏吕斯先生向他透露了“十分之三”的比例数，受到了很大的震惊，尚未缓过劲来，还在不断地苦思冥想，推理论证。他突然神情阴郁地问德·夏吕斯先生：“茨基不是这样的人吗？”这突如其来的发问令人想起预审法官设置圈套，引诱被告招供的样子。其实，这只不过是教授想显示一下自己明察秋毫，但临到要提出如此严重的控告时，他又变得局促不安起来。为了使人信服他那所谓天生的直觉，他选择了茨基，心想既然只有十分之三的人是清白干净的，那么点出茨基的名字，失误率肯定微乎其微，因为布里肖觉得茨基有些奇怪，夜不成眠，还抹香水，总之有些反常。“**根本不是**。”男爵大声说道，那嘲讽的语气还夹杂着几分挖苦、专断和愠怒。“您的话说得有点走样，不合逻辑，没有说到点子上。要说有谁对此一窍不通，茨基正是一个。如果他真是那种人的话，他样子倒反而不会那么显露，那么像了。我说这话，对他没有丝毫批评的意思，他很有魅力，我觉得他甚至还有几分非常叫人迷恋的神态。”“那么，说几个名字给我们听听吧。”布里肖穷追不舍又道。夏吕斯起身傲慢地说：“噢！我亲爱的。您知道，我，我是生活在抽象之中的人。这一切只有从超验的角度来看，才使我发生兴趣。”他怀着他这类人固有的谨小慎微，带着他谈话特有的浮华做作回答道。“您明白吗，我呀只对普遍现象感兴趣，我跟您谈这些事感觉是在谈万有引力。”男爵竭力掩饰自己的真正生活。他作出如此谨慎的反应，只是很短的时间。相比之下，刚才连续几个小时，他都在步步为营，促使别人猜测他的生活。他又献殷勤，又挑逗，竭力显示自己的生活。在他身上，倾吐衷肠的需要远远胜过对泄露秘密的恐惧。“我想说的是，”他继续道，“虽然有些人背上了莫须有的恶名，也有成千上百的人是徒具美名。当然，看您是听信那些同类人的话还是其他人的话，徒具美名的人数也随之在变。说真的，其他非同类的人想嫁祸于人的可能性是有限的，他们虽然对恶习犹如对偷盗或谋杀那样深恶痛绝，然而他们对染有恶习的人的高雅情操和善良心地是有所了解的，所以他们只是对那种恶习不予置信而已。相反，同类人嫁祸于人的可能性要大得多。他们希望，取悦于他们的人是可以亲近的；另一些原来抱有同样希望，结果希望破灭的人，向他们提供了消息。他们都一概相信，更何况他们相互之间通常又一直存在着隔阂。我见过一个人，因为这一异癖而遭人鄙视，他说他估计某位上流人士也有同样的异癖，其唯一理由就是那位上流人士跟他非常客气。“根据推算出来的人数，”男爵天真地说，“完全有理由乐观。但是外行推算的数字跟内行推算的数字出现巨大差额,其真正的原因在于内行在自己的行为外面包了一层神秘的东西,以遮人耳目之用。别人根本没有办法打听,所以他们只要得悉四分之一的真相,便已惊得目瞪口呆。""那么我们的时代跟古希腊一样啰?"布里肖问。"什么?怎么跟古希腊一样?您难道以为古希腊以后就再也没有繁衍传代吗?请瞧瞧,路易十四时期的先生①、小韦芒杜瓦②、莫里哀、路易·德·巴登亲王③、布伦瑞克、夏罗莱④、布弗莱、孔代大人⑤、布里萨克公爵⑥。""我打断您了,我当然知道,我是从圣-西蒙那里读到关于先生和布里萨克的描写的,当然还有旺多姆⑦,还有其余许多人,我都知道。可是圣-西蒙这个该死的家伙写过许多孔代大人和路易·德·巴登亲王的事情,可是怎么就从来没有提到过这一点。""堂堂索邦大学的教授,竟要我来向他讲授历史,这未免有些太惨了吧。亲爱的老师,您怎么孤陋寡闻得像条鲤鱼?""您说话真刺人,男爵,不过也很有道理。来,这回我要叫您高兴高兴。现在我想起一首歌曲,唱的是当年孔代大人在其男友拉穆塞侯爵陪伴下共游罗纳河,突遇暴风雨的情景。歌词是用诙谐的拉丁文写的。孔代说:

Carus Amicus Mussaeus,
Ah! Deus bonus! quod tempus!
Landerirette,

① 法国王室自十六世纪起称国王的次弟为"先生",此处指路易十四之弟奥尔良公爵。
② 韦芒杜瓦伯爵(1667—1683),路易十四之子。
③ 巴登亲王(1655—1707),路易十四教子。
④ 夏罗莱伯爵(1700—1760),孔代大人之孙。
⑤ 孔代亲王(1621—1686),路易十四手下大将。
⑥ 布里萨克公爵(1645—1699),圣-西蒙之亲戚。
⑦ 旺多姆公爵(1654—1712),亨利四世曾孙。

Imbre sumus perituri.[1]

拉穆塞安慰他说：

Securae sunt nostrae vitae,

Sumus enim sodomitae,

Igne tantum perituri

Landeriri.[2]

“我收回我刚才说的话，”夏吕斯尖声尖气、忸怩作态地说，“您真不愧为学识渊博。您会给我写下来的，对不对，我想把它保存在家族档案里，因为我隔三代的曾祖母是亲王先生的妹妹。”“是的，可是，男爵，关于路易·德·巴登，我什么也看不出。况且，一般来说，我以为作战艺术……”“真傻！那个时代，旺多姆、维拉尔[3]、欧仁亲王[4]、孔蒂亲王[5]，要是我再加上东京和摩洛哥[6]的勇士——我是指真正的品行高尚、心地虔诚的人——以及‘新一代的人’，那我更是要叫您大吃一惊了。啊！我要把这告诉给正在对新一代进行调查研究的人。布歇[7]说，这一代人摈弃了前人无谓的纠纷。我那儿有一位小朋友，大家议论纷纷，都说他干了非常出色的事

---

① 拉丁文，意为：我的朋友拉穆塞，
老天在作什么孽，
唉呀呀
这雨要把我俩毁。

② 拉丁文，意为：我俩生命最安全，
就为我们是鸡奸，
要毁只有被火毁，
雨毁我们难上难。

③ 维拉尔公爵（1653—1734），法国元帅。

④ 欧仁亲王（1663—1736），军事家。

⑤ 孔蒂亲王（1664—1709），孔代大人的侄子。

⑥ 夏吕斯此处暗指 1883—1887 年东京之役，即指远征军；摩洛哥是指 1907 年的卡萨布兰卡登陆。

⑦ 布歇（1852—1935），法国文学批评家。

情……不过我不想说什么坏话，还是再说说十七世纪吧。圣-西蒙谈到过许多人，但您知道他是怎么描述于格塞尔元帅[①]的吗？圣-西蒙说他跟放浪形骸的古希腊人差不多，不屑于藏藏掖掖，不仅玩年轻漂亮的仆人，而且还抓住那些年轻军官不放，加以驯化；在军营里，在斯特拉斯堡，光天化日之下就那么干。他也许读过夫人[②]的书简，男人们都称他为'Putana'[③]。她描写得十分露骨。""她跟丈夫在一起，消息最为可靠，最掌握情况。""夫人真是一个妙趣横生的人物。"德·夏吕斯先生说。"根据她的描写，我们可以对'姨妈'[④]进行抒情性的综合，这首先是一个具有男子气的人。通常来说做姨妈妻子的人是男人，所以姨妈给他生儿育女是易如反掌的事。其次，夫人闭口不谈先生的恶习，而是以了解内情的人自居，大谈特谈别人身上的这种恶习。我们大家都有这种习惯，明明我们自己家里在犯这犯那毛病，但我们讳莫如深，偏喜欢说别人家也在犯这毛病，借此向自己证明，有这毛病并没有什么不正常、丢面子的地方。我刚才对您说过。这种事情始终都是如此。不过，我们这种事，从这个观点来看，又有一些与众不同的地方。尽管我援引了十七世纪的例子，如果我的祖上弗朗索瓦·德·拉什富科生活在我们这个时代，他一定会比生活在他们那个时代更据理力争地说，瞧，布里肖帮助我回忆一下：'恶习每个时代都有见闻，如果世人皆知的那种人都出生在纪元开初的年代，那我们如今还能侈谈埃利奥加巴尔[⑤]的卖淫吗？'**世人皆知**一句我尤为喜欢。我看得出我那见识卓越的远亲熟谙当时名人的'叫卖'，就好比我深知当今名人的叫卖

---

① 于格塞尔(1652—1730)，法国元帅。

② 法国王室自十六世纪起称国王次弟之妻为"夫人"，此处指路易十四之弟奥尔良公爵之妻。

③ 拉丁语，意为放荡女子、妓女。

④ 谓鸡奸者。

⑤ 埃利奥加巴尔 218 至 222 年为罗马帝王，其统治年代，荒淫无度。

一样。不过那种人，今天不仅仅是增多了，而且还添了一些特殊的东西。”我发现德·夏吕斯先生将要告诉我们，此类风尚是如何演变传袭的。然而，在夏吕斯和布里肖说话的过程中，我脑中不断闪现阿尔贝蒂娜在家等我的景象以及凡德伊乐曲抚慰亲切的动机，两者融为一体，时明时暗，但始终没有离开过我。我的思绪不断回到阿尔贝蒂娜身上，事实上我过一会儿必须真要回到她的身边。不管怎样，我重又给自己套上了一副脚镣，它使我不能离开巴黎。此时此刻，我从维尔迪兰的沙龙思及我的家，便实实在在地感觉到了这个家。这个家不是一个虽能激发个性但空荡凄凉的家，而仿佛是充实的——从这一点来说，有一点儿像某一晚上巴尔贝克旅馆的情景——有人存在着；这存在的人一步不离，在那里久久等待着我，我何时愿意，何时便能见到这个人。德·夏吕斯先生不断回到原来话题上来——而且，他那永远朝着一个方向发挥的智慧对这个题目具有某种敏锐的洞察力——那种固执具有某种难以说清的东西，令人难受。他如同一个除了自己专业其他一概漠视的学者，令人生厌，又像一个自恃了解隐秘又急于透露出去的人，令人恼火。他就像有些人那样，别人一说到他们的缺点，便乐不可支，殊不知这种态度多么令人反感。他是怪癖，说话言不由衷，他又如罪犯，不可自制，非要闹事。有时候这些特征变得像疯子像罪犯的特征那样明显突出，可是它们却给我带来了某种安慰。我对这些特征进行了必要的移位，把它们推演到阿尔贝蒂娜身上。我又回想起她对圣卢以及对我的态度。我心想，这些往事哪怕再为辛酸，再为凄凉，似乎毕竟还不至于像德·夏吕斯先生的谈话和人格那样透出如此明显的畸变和独一无二的特异。但可惜得很，德·夏吕斯先生匆忙地摧毁了我的希望，摧毁的方式正如他先前提供我希望时那样，即完全于不知不觉之中。“是的，”他说，“我再也不是一个二十五岁的人了，我发现，身边许多事情都已发生了变化，这个社会已经面目全非，栅栏已被推倒。那些不修边幅、不登大雅之堂的人居然把探戈舞乱哄哄一直跳到我家里来了。

现今的时装、政治、艺术、宗教，我一概都认不出来了。不过我承认，变化最大的，还要数德国人所谓的同性恋。我的天，我们那个时候，那些憎恶女人的男人和那些只喜欢女人、做事情只出于功利的男人哪儿轮得上号，唯有同性恋个个都称得上是好父亲，只是为了打掩护才偶有个情妇。如果我有女儿出嫁，如果我希望保证她不受苦受难，那我一定到同性恋中间去物色女婿。唉！世道变了。如今有的同性恋甚至都是最狂恋女人的人。我原以为自己嗅觉灵敏，心想，这事绝对不可能，我还以为自己不会看错。嘿！看来我只能认输了。我有一个朋友，干这事是出了名的。我嫂子奥丽阿娜给他找了一个马车夫，是贡布雷的一个小伙子，这人什么活都干过，纯粹是个色鬼，因此我敢发誓，他对那种事情是深恶痛绝的。在许多女人中，他对两个女人十分崇拜，一个是演员，一个是啤酒店老板的女儿，跟她们发生了关系，欺骗了自己的情妇，使她十分痛心。我的表兄德·盖尔芒特亲王，属于那种聪明得让人恼火、把什么都想象得十分容易的人。有一天他对我说：‘某某人为什么不跟车夫睡觉？谁说得准戴奥多尔（这是车夫的名字）一定不喜欢这事？他的主人不向他献殷勤，他难道也不生气？’我赶紧叫希尔贝快别这样说。我为他这种所谓的敏锐性感到恼火。不加区别，自作聪明，这等于缺乏敏锐。我为他恼火，因为他还使了一个破绽百出的坏心眼，企图把我的朋友某某人也拉到独木桥上冒险一试，逼他去干那种事情。”“德·盖尔芒特亲王难道也有这种癖好？”布里肖惊奇不安地问。“我的天哪，”德·夏吕斯先生兴奋地答道，“这事谁不知道，我想，我要是回答您说这事错不了，我绝对不会有失谨慎。是这样的，第二年我去巴尔贝克，有一个水手有时候带我去捕鱼，他告诉我一些事情。我那戴奥多尔，我顺便提一句，他的姐姐是维尔迪兰夫人的女友，德·普特布斯男爵夫人的女佣。总之，戴奥多尔每次来码头，不是带走这个水手，就是带走另一个，真不要脸，摇着船远远去转一圈，‘也干其他的事’。”这一回儿轮到我问夏吕斯了，那位老人，我认出来就是整天跟他情妇玩牌的那位先生,是否有点像德·盖尔芒特亲王。“瞧瞧,这是路人皆知的事,他从来也不打遮掩。”“可是他是跟情妇在一起哪。”“那又有什么关系。这些孩子,难道他们还那么天真?”他尖声地对我说,我正想着阿尔贝蒂娜,没想到从他话里提取到的只是苦汁。“他的情妇很动人。”“那么,他其他三位朋友也跟他一样吗?”“一点儿也不。”他捂住耳朵大声说,仿佛我的弹奏离弦走调似的。“现在他又走到另一个极端。照此推理,人们连交朋友的权利都不该有啰?唉!年轻人哪,就喜欢把什么都混为一谈。您应该重新接受教育,我的孩子。不过,”他又说道,“我经历过许多事情,可是这件事情太公开了,以至于我必须尽力保持头脑清醒,防止冒昧。这件事着实叫我十分尴尬。我也许是老朽了,我真弄不明白。”他说这番话,其口吻如同主张法国教会自由独立的人却在大谈教堂的权力至高无上,自由保皇派在大谈法兰西行动组织,或者克洛德·莫奈的弟子在大谈立体派。“我不是对那些创新者进行非难,我对他们倒是十分钦慕。我力图理解他们,但是我百思不得其解。如果他们真的如此喜爱女人,那么为什么他们还需要弄一个他们称为小家伙的人?更何况在这工人阶层,这种事情向来名声不好;他们出于自尊心,干起来都是躲躲闪闪的。看来这事情对他们来说还代表着其他意义。那究竟是什么呢?”“对阿尔贝蒂娜来说,女人还代表着其他什么东西呢?”我思忖着,正是这个问题在使我痛苦不堪。“一言为定,男爵,”布里肖说,“如果院系学术委员会建议开设同性恋课程,我一定首先推荐您。不,这还不好,一个什么特殊心理生理研究院之类的机构也许更能发挥您的特长。我看您尤其适合于在法兰西学院执教,您可以致力于个人研究,像泰米尔语或梵语教授那样,把研究成果讲授给对此感兴趣的人。不过听众人数很少,只有两名,另加一名公务员。我这么说,并不是对我们全体教务人员有什么怀疑,我认为他们是无可怀疑的。”“您一无所知,”男爵武断地回驳道,“您以为对这事感兴趣的人寥寥无几吗?您是大错特错了。事实恰恰相反。”他没有意识到,他谈话内容那不变的指向和他将要对别人所作的责备两者之间是有矛盾的，“相反，情况非常可怕，”他愤慨而又悔恨地对布里肖说，“现在这事都成了人们唯一的话题。这是可耻的现象，但倒过来证实了我对您说的话，我亲爱的！据说前天在德·阿伊安公爵夫人家中，整整两个小时，客人们没有谈别的事情。您想想，如果现在妇女们也参与进来谈论此事，那还成什么体统！最可恶的是，那些害人精、那些十足的恶棍把什么都告诉了她们，”他带着平时并不多见的怒火接着说，“譬如夏特勒罗那小子，谁都比不上他，他的事情真是一言难尽。总之这些人当着她们的面尽对别人说长道短。有人对我说，那小子说了我许多坏话，可是我毫不在乎。我想，一个打牌作弊被俱乐部逐出的人，想拿泥块和脏东西砸人，其结果只能掉在自己身上。我非常清楚，如果我是珍妮·德·阿伊安，我会相当珍重自己的沙龙，不允许别人谈论这类话题，不允许别人糟践自己的亲生父母。可是眼下什么社交呀、规矩呀、礼节呀，早都荡然无存，交谈跟服饰都一概不讲究这些东西了。噢！我亲爱的，世界末日来临了。每个人都变得如此凶恶。大家都在攀比，看谁说别人的坏话多。真令人发指！”

我童年在贡布雷就十分怯懦，为了不要看见别人赠送白兰地给我外祖父，不要看见我外祖母苦苦哀求他别再喝酒的情景，我就逃之夭夭。现在我只有一个念头，趁夏吕斯还未受罚，赶快离开维尔迪兰公馆。“我必须走了。”我对布里肖说。“我跟您一起走，”他对我说，“可是我们不能学英国人的样，不告而别。我们去跟维尔迪兰夫人道个别。”教授说完就径直朝客厅走去，像小孩下棋一样，看看“能不能悔棋”。

在我们聊天的时候，维尔迪兰先生遵照妻子的旨意，已把莫雷尔带走了。其实，维尔迪兰夫人经过深思熟虑，觉得暂且不向莫雷尔透露秘密似乎更为上策，可是她已欲罢不能。有些欲望，尽管你把它封在口腔里，但一旦任其膨胀，它就不顾后果如何，坚决要求得到满足。我们见到袒露的玉肩，不会久久地呆视着而不去吻一下，我们一定会像老鹰叼蛇那样，早把嘴唇怏怏送去;我们不会饥肠辘辘,蛋糕放在面前也不碰一下;我们更不会听到意外的话语而置若罔闻,无动于衷,心灵不激发起惊奇、迷惑、痛苦或喜悦。维尔迪兰夫人正是处于这种心境,沉醉于情节剧般的伤感情调之中,所以她不由自主地授意丈夫拉走莫雷尔,不惜任何代价要跟小提琴家谈谈清楚。小提琴家本来已在抱怨,那不勒斯女王怎么没等别人把他介绍给她就走了。德·夏吕斯先生曾经再三强调,她是伊丽莎白女王和德·阿朗松公爵夫人的胞妹。因此女王在他的眼里是个非凡的重要人物。可是主子对莫雷尔解释说,他不是来跟他谈那不勒斯女王的。维尔迪兰先生单刀直入,跟他谈了正经的事。"这样吧,"谈了一会儿以后他结束道,"这样吧,如果您不信,您可以去听听我妻子的意见。我发誓,我什么也没有告诉过她。我们一起去听听,她对这件事是怎么看的。我的看法也许有错误,但您知道她的见解是绝对正确的,再说她对您充满了无限的友谊。来吧,我们把是非交给她来评判。"这一边,维尔迪兰夫人已经等得坐立不安。她急于亲自跟高超的提琴家谈谈,品尝一下激动的滋味。然后等他走了以后,要丈夫详细汇报一下他们俩交谈的确切内容。她一边等着一边不停地说:"他们究竟在干什么?古斯塔夫把他拖了那么长时间,我希望他至少能够给他适当地加加工。"维尔迪兰先生跟莫雷尔一起走下楼来,莫雷尔看上去神情非常不安。"他向您请教一个问题。"维尔迪兰先生对他妻子说,那样子就像不知道自己的请求能否得到满足一般。维尔迪兰夫人正是激情满怀的时候,也顾不上回答维尔迪兰先生的话,直接对着莫雷尔就说开了:"我完全同意我丈夫的意见,我认为这件事情拖的时间够长的了,您不能再这么忍气吞声了!"她激愤地大声说道,至于她跟丈夫刚才商定,丈夫跟提琴家谈些什么她应该装作一概不知,这一点她早已抛到九霄云外。"怎么回事?什么忍气吞声?"维尔迪兰先生支支吾吾地问,竭力装出十分惊奇的样子。他尽管因乱了阵脚而显得有些笨拙,但仍在竭力维持骗局。"你对他说了些什么,我猜到了。"维尔迪兰夫人回答道。老板娘对能否自圆其说毫不在乎，也不顾小提琴家过后回想起此情此景，对她的诚实性会作何感想。“不，”维尔迪兰夫人继续道，“我觉得您再也不能含垢忍辱，跟这个早已枯朽的人物继续接触了。他已到处不受欢迎。”她也根本不顾这话不太真实，忘了自己就几乎每天都在接待他。“音乐学院的人都把您当成了笑柄。”她感到这是最有说服力的证据。“要再这么拖一个月，您的艺术前途就将成为泡影。没有夏吕斯，您每个月可以多挣十万多法郎。”“可是我怎么从来没有听说过什么，我非常吃惊。不过我非常感谢你们。”莫雷尔热泪盈眶喃喃道。他因为不得不还要装出惊讶的样子，掩饰羞耻，所以满脸通红，比他连续演奏贝多芬全套奏鸣曲还要满头大汗，眼眶里涌出了连波恩的音乐大师都肯定无法催落的泪水。雕刻家对这些泪水很感兴趣，他微笑着用眼角示意我注意看夏利激动的样子。“如果真要什么也没有听说过，那就数您一个人了。他早已是丑事干尽臭名昭著的人了。据我所知，警察正盯着他呢。其实真要落在警方手里，倒还算是他的福分，免得像他同类那样，临终都倒在流氓的暗刀之下。”维尔迪兰夫人又说。她心里想着夏吕斯，德·迪拉斯夫人的情景不由得浮上心头。她已如痴如醉，盛怒之下随意添油加醋，在夏利可怜的伤口上尽兴撒盐，同时也为自己今晚受到的侮辱解了恨，雪了耻。“再说，即便光是在物质上，他对您已毫无用处了。自从他被那帮家伙捏在手心里，对他敲诈勒索，他早已彻底破产，分文不名。连他们都已不能再从他这儿敲到什么，来支付自己的享乐，您就更别想得到报酬了，他的公馆、古堡，一切都给典押了。”莫雷尔十分轻易地听信了这番谎言，其主要原因是德·夏吕斯先生是喜欢把他当作知心人，把自己跟流氓们的关系都一五一十地告诉过他。他这个仆人的儿子，不管自己也荒淫无耻，但对那种人却厌恶至极，其厌恶的程度跟他对波拿巴主义的热情正好形成对照。

莫雷尔阴险的骨子里已经酝酿着一个类似十八世纪所谓盟友叛变的阴谋。他决定永远不向德·夏吕斯先生吐露此事，准备第二天晚上回到絮比安侄女的身边,一切都由他自己来亲手处置。可惜的是,他的计划有可能失败,因为夏吕斯已跟做背心的裁缝约好,当天晚上要见面。尽管发生了上述事情,莫雷尔还是未敢不去赴约。我们将会看到,继后莫雷尔又接二连三地遇到了一连串其他的事情。絮比安哭丧着脸向男爵诉说自己的不幸。男爵尽管自己也很不幸,但还是向他保证,被遗弃的小姑娘由他来继续供养;小姑娘会得到一个她所拥有的称号,很有可能就叫德·奥洛龙小姐;他会使她补上良好的教育,并给她富足的嫁资,让她成婚。听到这些许诺,絮比安十分高兴,可是他侄女却无动于衷,她依然爱着莫雷尔。莫雷尔趁絮比安不在,不知出于愚蠢还是厚颜无耻,闯进店铺,冷嘲热讽地说:“您怎么啦?眼睛怎么一圈都是黑的?是爱情的忧伤吗?夫人,年复一年,岁岁相异。说穿了,我们难道穿一双鞋试试的自由都没有?更何况是个女人,要是她不合您的脚……”他只发过这么一次怒,因为她哭了。他觉得她这么做是卑劣无耻的,是在耍弄手腕。我们有本事把别人的眼泪逼落下来,却不一定总能忍受这被自己逼落下来的眼泪。

不过我们把话扯得太后面去了,因为这一切是到维尔迪兰晚会以后才发生的。我们割断了晚会的情景,现在应当仍然回到刚才断掉的地方。“我压根也没有想到。”莫雷尔接过维尔迪兰夫人的话叹息道。“当然,别人才不会当着您的面说呢,但这并不能证明您不是音乐学院的笑料。”维尔迪兰夫人用心险恶地继续说,希望借此向莫雷尔挑明,事情并非仅仅牵涉到德·夏吕斯先生,而是直接关系到他自己的利益。“我完全相信,您是蒙在鼓里的,可是别人才不顾这些呢。您问问茨基,那天您走进包厢的时候,别人在谢费亚包厢里,就离开我们一步远,都说了些什么。换句话说,别人都在瞧不起您。我可以对您说,要是别人这么待我,我倒不在意。可是我觉得一个男子汉如此,那岂不出奇地可笑?他会一辈子都做众人笑柄的。”“我不知道如何感谢您才是。”他说这话的语调,就如被牙科医生折腾得痛不欲生却还不愿意流露出丝毫疼痛;这情景又像是一个爱打抱不平的人，能为一句无谓的话而拔刀相助，怂恿您去跟人决斗，对你说，"您决不能这么白白挨骂。"你听后感激不尽。"我认为您是个有个性的男子汉，"维尔迪兰夫人说道，"尽管他对众人吹嘘，是他撑着您，说您没有种，但您会扬眉吐气的。"夏利寻思着，如何借别人一份尊严来遮盖自身破败不堪的尊严。他突然想起不知在哪儿念到过或者听到过的，灵机一动，郑重宣布道："我不是靠这份面包长大成人的。从今晚开始，我就跟德·夏吕斯先生一刀两断……那不勒斯女王走了，是吗？否则，我应该先征求一下她的意见，然后再跟他一刀两断……""不一定要跟他彻底决裂，"维尔迪兰夫人生怕小圈子就此拆散，赶紧说道，"您在这里见见他没有什么害处，您在我们的圈里是受到好评的，没有人说您的坏话。但是您必须获得自由，另外要注意，不要让他把您拉到那些蠢女人家里去。那些人只是表面对您客气。我很想让您听听她们背后都说您些什么。再说，您有什么可后悔的，您这样倒清除了本来要留一辈子的污渍。从艺术的角度来看，受夏吕斯引荐就不是一件光彩的事，撇开这一点不说，光像您这样在伪上流社会上蹿下跳，也会被人看作是不务正业，落得一个业余琴手、沙龙小乐师的名声。在您这样的年纪，落得这个名声，可就没有救了。我明白，那些漂亮的夫人分文不花，把您请去，跟自己的朋友搞礼尚往来，轻而易举，她们何乐而不为？但是赔出去的是您艺术家的未来。我不是说去那么一家两家也不行。您刚才谈到的那不勒斯女王，她就是一个正直的好人。不瞒您说，我觉得她就不把夏吕斯放在眼里，她主要是看在我的分上才来的。是的，是的，我知道她早就想认识维尔迪兰先生和我了，她那儿倒是可以去演奏的地方。而且不瞒您说，我带着人去，这事情就完全不一样了。艺术家们都认识我，您知道，他们对我向来非常客气，有些人把我看作是他们的自己人，是他们的老板娘。不过您千万要小心，千万不要去德·迪拉斯夫人家！决不要去干这类蠢事。我认识一些艺术家，他们到我这儿来说到她，都跟我吐了知心话。您知道，他们明白，对我可以无话不说。"她善于这么突然采用温柔真诚的口吻说话，在脸上添一丝谦和的神色，在目光里加一丝恰如其分的妩媚。"他们就这样，来我这儿说说他们那些日常琐事。有几位，别人都说他们最沉默不语，可是跟我聊起来，一聊就是几个小时。我没办法告诉您，他们个个都多么有趣。可怜的夏布里埃老是说：'只有维尔迪兰夫人才能叫他们开口。'唉，您知道，每个到德·迪拉斯夫人家演奏过的人无一例外地都伤心不已。这不是单单因为她让手下仆人对他们进行侮辱，以此取乐，而是因为此后就再也没有请他们去演奏过。剧院经理说：'啊，对，就是那个到德·迪拉斯夫人家去演奏过的人。'一句话就完了。您大可不必这样断送了自己的前程。您知道，上流社会没有一个正经的人。这话说起来让人伤心，但事实就是如此。您哪怕再有本领，只要来个迪拉斯，就足以给您添上个业余琴手的美名。您知道，我，您明白吗，我对艺术家最了解，我跟他们打了四十年的交道，是我使他们扬名，是我对他们感兴趣，嗯，您知道，如果谁被他们说这是'一个业余的'，他们该说的话就都说了。而事实上已经有人开始在这么说您了。为这事，我已经不知道发过多少次火，我要确保不让您到这个可笑的沙龙去演奏。您知道别人是怎么回答我的吗？'可是他也由不得自己呀，夏吕斯又根本不用告诉他根本不用征求他的意见！'有人对他说：'我们非常欣赏您的朋友莫雷尔。'以为这样能够博得他的高兴。可是您知道他是怎么回答的吗：'您凭什么说他是我的朋友？我们不是一个阶层的人，应该说他是我的创造物，是在受我的保护'。"这时候，在音乐女神突兀的前额下躁动着一样无法抑制的东西，那是一句重复出来就变成既卑鄙又有失谨慎的话。但复述此话的欲望比谨慎守信的欲望更为强烈。老板娘抑郁的半圆形前额经过微微痉挛以后，终于向这欲望作了让步："甚至有人告诉我丈夫，他曾经说过：'我的仆人。'不过到底说过没有，我无法得到证实。"她补充道。德·夏吕斯先生自己曾经向莫雷尔发誓，谁也不会知道莫雷尔的身世和来历。可是他也是迫于这种吐露秘密的欲望，事隔不久便告诉维尔迪兰夫人:“他是一个家仆的儿子。”这句话一经脱口,就不胫而走了。现在每个人又出于这吐露秘密的欲望在到处传播这句话。此人传给彼人时都说这是秘密,听者答应绝对保密,却难保其密,于是听者又成为说者。这恰如传环游戏,这句话最后又回到了维尔迪兰夫人自己的嘴里,被说的人终于听到此话,结果俩人很可能闹得不和。对此她早有所料,可是这句话烫她舌头,她实在难以抑制。另外,她明明知道,说出“仆人”一词完全会刺伤莫雷尔,然而她还偏是说“仆人”。至于她补充说,她无法得到证实,她使用这颇有分寸的说法既是为了表明自己恰恰十分肯定,又是为了表明自己是公正的。她本来只是向别人表明,自己是不偏不倚的,没想到连自己也为自己的公正心所打动,以至于开始充满柔情地对夏利说:“您明白吗?我对他也不能过多指责。他确实是在把您拖下深渊,但这也难怪他,因为他自己就在往山下滚。”她大声地说。她为自己作了这一准确的形象比喻而赞叹不已。她未及注意,这形象比喻是脱口而出的,她赶紧追上去逮住它,准备再尽力发挥一下。“不,我对他的责备,”她像一个尚未成功而先已陶醉的女人一样,柔声柔气地说,“是他对您缺少体谅。有些事情是不能当众宣扬的。譬如,刚才他就跟我们打赌说,如果他向您宣布,您将得到荣誉十字勋章(当然那是扯皮,只要是他推荐,就足以叫您名落孙山),您一定会高兴得满脸通红。这也就罢了,尽管我从来就不太喜欢,”她露出煞有介事和神气十足的样子接着说,“我不太喜欢看见别人欺骗自己的朋友。您知道,有些事情看起来很小,可是我们看不过去,看了很痛心。譬如,他对我们说,您希望得到十字勋章,全是为了您的叔叔,而您的叔叔是个奴才,边说还边捧腹大笑。”“他对你们说过这话!”夏利吼道,听着这些巧妙转述的语言,他深信不疑,维尔迪兰夫人的话字字句句都是真话。维尔迪兰夫人全身沉浸在喜悦的海洋之中,如同一个老情妇,险些被年轻情夫所抛弃,节骨眼上居然使年轻情夫退了婚,化险为夷。老板娘先前确实没有精心设计过如何撒谎,她没有准备撒谎。她是在受一种更为本能的感情逻辑和神经反应的支配。她的目的只是为了活跃生活,维护幸福,在小圈子内“洗洗牌”。因此,她未及检验是否属实,便将那些虽不是绝对正确,却至少是极其富有教益的论点冲到嘴上。“他如果只对我俩说说,那倒无妨,”她接着说,“好在我们对他的话会作分析取舍的。再说职业也不分高低贵贱,您有您自身的价值,您就是您自己的价值。可是他却拿这话去跟博特凡夫人逗乐(维尔迪兰夫人故意举出德·博特凡夫人来,因为她知道夏利非常喜欢她),这事叫我们听了非常难受。我丈夫听到这话以后对我说:‘我宁可受人一巴掌,也不受这份气。’因为您知道,古斯塔夫(我们由此得知维尔迪兰先生就叫古斯塔夫)跟我一样喜欢您。其实他是一个很重感情的人。”“我从来没有对你说过我喜欢他。”维尔迪兰先生装出心地善良的粗汉子喃喃道。“喜欢他的是夏利。”“噢,不!现在我看出了人跟人的区别在哪儿,我被一个卑鄙的家伙出卖了,而你们,你们才是好人。”夏利诚恳地说。“不,不,”维尔迪兰夫人为了既稳保胜利(因为她感到她的每星期三聚会已经有救了)又不要胜利过头,便喃喃道,“说卑鄙倒是有些过分了。他干了坏事,很多坏事,但也不都是明知故犯的。您知道,荣誉军团勋位那件事一下也就过去了。倒是他对您家世所说的那些话,要我全说出来真是太为难了。”维尔迪兰夫人说。这事她早已说了,一点也没有感到为难。“噢,一下子过去了又能解决什么问题?这足够证明他就是一个背信弃义的人。”莫雷尔嚷道。正在这时候,我们走进了客厅。“啊!”德·夏吕斯先生见莫雷尔在那儿,叫了一声,并朝音乐家走去。那轻松愉快的步履仿佛有些男人为了跟一个女子私会,巧妙地组织了晚会,陶醉之余忘了自己给自己设下了陷阱,因为那女子的丈夫早已在晚会上安插好帮手,准备捉奸捉双,当众痛打一顿。“怎么样,看来时间不早了。光荣的年轻人,不久就是年轻的骑士勋章获得者了,高兴吗?不久您就可以佩上十字勋章给人瞧瞧了。”德·夏吕斯先生温情脉脉而又得意扬扬地问莫雷尔。可是,他这番授勋的话附录在维尔迪兰夫人的骗局之后，更使莫雷尔觉得夫人的话是毋庸置疑的真言。“走开，我禁止您靠近我！”莫雷尔对男爵嚷道，“您别想在我身上打主意。你想腐蚀的已不是我一个人了。”我想，我唯一能够自慰的是，我会看到，德·夏吕斯先生一定会把莫雷尔和维尔迪兰夫妇驳得体无完肤。我曾经为了比眼下小于几倍的事，受过夏吕斯疯狂的怒斥。他一旦发怒谁也阻挡不住，连国王都无法镇住他。可是眼下却发生了奇怪的现象。只见德·夏吕斯先生目瞪口呆，掂量着这不幸，却弄不明白祸从何降。他居然一时语塞，无以对答。他抬起目光，带着疑惑、愤怒而又恳求的神色，朝在场的每个人身上扫视了一遍。这似乎不是在问他们，究竟发生了什么事，而是在问他们他应该何以作答。他哑口无言，这里有种种原因。他也许当即感到了痛苦（他看见维尔迪兰先生和夫人避开他的目光，也没有任何人表示要上前来救他一把的样子），但他尤其产生了对将来痛苦的恐惧；也有可能他事先没有想象到这一步，没有早早地先燃好怒火，因此手中一时没有现成的愤怒（他是过于敏感、患有神经质和歇斯底里的人，是个真正的冲动型人物；但他却又是一个假充勇敢的人，甚至是个假充凶狠的人；这一点我始终以为如此，并因此对他抱有好感。他没有重视荣誉的人受到侮辱时通常所有的那种反应），别人趁他手无寸铁，出其不意向他发动进攻；甚至还有一种可能，这里不是他自己的圈子，他感到没有在圣日耳曼区那样挥洒自如、骁勇善辩。但是，无论是出于何种原因，这位贵族大老爷处在这平时为他睥睨的沙龙里，四肢瘫软，巧舌僵硬，惊恐万状，怒不可言，只会盲目地环顾四周，面对别人的粗暴疑惑不解，苦苦哀求（他的有些祖先，面对革命法庭恐慌不安，早就失去了在平民面前的优越感；此时我们也很难说，这种优越感是否在他本性中根深蒂固，不可动摇）。不过，德·夏吕斯先生并没有走投无路，智穷才尽。他不仅辩才出众，而且胆量过人。一旦他心中的怒涛翻腾已久，他便能用严厉至极的措词，驳得对方哑口无言，彻底失去招架之功。上流人士们常常目瞪口呆，料想不到，有人居然会这么厉害。碰到那种场合，德·夏吕斯先生就会急促不安，连连发起神经质的攻击，使众人战栗。但这必须是在那种由他采取主动的场合；由他主动出击，他就能巧舌如簧、口若悬河（正如布洛克最善于开犹太人的玩笑，可是碰到谁当着他的面道出那些犹太人的名字，他却立刻变得脸红耳赤）。他对眼前这些人恨之入骨。他恨他们，是因为他觉得自己受到了他们的轻蔑。他们如果客气一些，他才不会对他们满腔怒火，他会拥抱他们的。不过，面对一个如此残酷、出乎预料的情况，我们这位伟大的雄辩家只会支支吾吾地问："这是什么意思？怎么回事？"谁也没有听见他在说些什么。看来惊惶失措的哑剧是长演不衰的，永久不变的；我们这位在巴黎沙龙里遭遇不幸的老先生无意之中只是做了一个古时希腊雕塑家所表现的潘神追逐中的仙女们那惊呆了的动作。

大使失宠，办公室主任被迫退休，上流人士突遭冷遇，恋人求爱不成，有些人对这类不测的事件要一连研究数月才能明白，为什么自己的希望旦夕之间成了泡影。他们把这不幸的事情放在手中反复揣摩，如同揣摩一块不知从何飞来，或是由谁投来的陨石一般。他们十分希望探明，这块奇特的飞来物是由什么成分构成的，弄清里面究竟有些什么损人的花招。化学家有的是分析手段，病人不知病因可以请医生诊断，预审法官遇到无头公案迟早也能查个水落石出；唯有我们的同胞干出的那些事情令人大惑不解，很少能让人发现其真正动因。德·夏吕斯先生——且让我们把这次晚会以后几天内发生的事情先行在此交待一番，下文当然还要继续交待——对夏利的态度有些摸不着头脑。男爵认为，夏利曾经常常威胁他，要把他如何钟情于自己宣扬出去，现在夏利肯定以为自己"翅膀已硬"，可以独自飞翔了，所以真的把这话捅了出去；夏利一定是纯粹的忘恩负义，把什么都告诉了维尔迪兰夫人。可是她怎么就如此容易上当（男爵打定主意要矢口否认，所以坚决相信，别人对他那种感情的指责纯属凭空捏造）？也许是维尔迪兰夫人的朋友中有哪位自己喜欢夏利入了迷，所以才这么先声夺人。因此接下去几天内，夏吕斯向那些毫不知情的“门客”连连发信，弄得他们以为他疯了。然后，夏吕斯又去向维尔迪兰夫人情真意切、语重心长地叙述了一番。可是他那些动人的故事却丝毫没有获得预期的效果。维尔迪兰夫人不断地对男爵说：“您就不用再为他操心了，别把他放在眼里，这是个毛孩子。”男爵虽然渴望言归于好，但他想把夏利自以为稳已到手的东西一概取消，迫他言和。他请求维尔迪兰夫人不要再让他进门。这一点遭到了她的严正拒绝。结果德·夏吕斯先生义愤填膺，又写了一封冷嘲热讽的信回敬了她。德·夏吕斯先生东猜西测，却始终摸不清头脑。换而言之，他怎能料想得到，冷拳根本不是莫雷尔发出的。当然，他本可以找莫雷尔聊上几分钟，把事情问个明白；这诚然是个办法。但是这与他的自尊心和爱情观是背道而驰的。他受到了冒犯，得由别人主动上门向他道歉才是。在任何时候，虽然我们一方面想到，私谈一下也许可以澄清事实、消除误会，可是我们又有另一种想法，阻止我们去坦诚布公。大凡在二十次场合卑躬屈膝、低头哈腰的人，到了第二十一次，往往需要扬眉吐气一下。然而正是这一次最不应该唯我独尊、固执己见，而需要消除误解，因为不将谎言揭穿，对方的错觉就会日益加深。且说这件事发生以后，上流阶层到处传言，说德·夏吕斯先生要强奸一名年轻音乐家，企图未遂，被维尔迪兰夫妇逐出了门外。听了这个谣传，有人便说，怪不得，维尔迪兰家中怎么再也见不到德·夏吕斯先生的人影了。德·夏吕斯先生偶然在某一地方遇见一个曾经被他怀疑过并辱骂过的人，那人当然对他耿耿于怀，可是夏吕斯自己也不主动跟那人招呼致意；于是别人便觉得，原来一点不假，小圈子里对男爵都早已众叛亲离。

话说德·夏吕斯先生被莫雷尔刚才那番话以及老板娘的态度弄得哑口无言，只作出一个仙女惶恐受惊的样子，趁此机会维尔迪兰先生和夫人作出断绝外交关系的姿态，引退到第一个客厅，单独留下德·夏吕斯先生一个人，而莫雷尔在台上只顾自己忙着套小提琴。“你快给我们说说究竟发生了什么。”维尔迪兰夫人贪婪地问她丈夫。“我不知道您对他说了些什么，他脸色很激动，”茨基说，“两眼噙满了泪水。”维尔迪兰夫人装傻地说：“可我觉得，我说的话，他听了好像根本无动于衷。”她要这种花招不能骗过所有的人。她说这话的目的无非是为了催雕刻家再重复一遍，说夏利着实哭了。这眼泪使老板娘陶醉，心里充满了自豪。她怕的就是某某门客没有听清楚，以为夏利没有哭，她绝不愿意出现那样的危险。“不不，恰恰相反，我亲眼看见，他眼眶里闪烁着豆大的泪珠。”雕刻家压低嗓门，带着一副不怀好意的笑脸悄悄说；同时他又斜睨了一眼，看莫雷尔是否还在台上，直到肯定他没有听见他们的谈话，这才放下心来。可是有一个人听得真切，就是那不勒斯女王。谁要是早发现她在场，那立刻会使莫雷尔恢复已经失去的希冀。女王参加了另外一个晚会，离开时发现自己把扇子忘在维尔迪兰夫人处了，她觉得自己亲自来取一下比较好。她有些尴尬，悄悄走进来，等人一走空，准备道歉一番，寒暄几句即刻告辞。她进来时谁也没有发现，她正遇上这件事情。她立刻明白了这是怎么回事情，心中顿时燃起了怒火。“茨基说他眼含泪水，你看见了吗？我没有看见眼泪。噢！是的，是有眼泪，我记起来了。”她怕别人真信了她的话，赶紧改口说。“可是我们的夏吕斯，怎么那么局促不安，瞧他两腿在发抖，都快要站不住了。”她冷酷无情地数落道。这时候，莫雷尔朝她跑来：“这位夫人难道不正是那不勒斯女王吗？”女王正朝夏吕斯走去，莫雷尔用手指着女王（尽管他明知就是她），“唉！发生了刚才的事情，真可惜！这下我再也不能请男爵把我介绍给她了。”“等一等，我来给您介绍。”维尔迪兰夫人说，说着就朝正跟德·夏吕斯先生说话的女王走去，几个门客随后跟着。我和布里肖没有跟去，我们俩急于取出我们的衣物出来了。夏吕斯本要把莫雷尔介绍给那不勒斯女王，以为实现这一伟大愿望的唯一障碍，就是女王有可能突然驾崩。我们总是把未来想象成虚无空间对现实的一种折射，其实未来的出现是有原因的，只是大部分原因我们不了解而已。未来往往是即将要发生的事情的结果。不出一个小时以前，德·夏吕斯先生即便倾家荡产，也不会让莫雷尔认识女王。维尔迪兰夫人向女王行了个屈膝礼，见女王没有认出她来，便说："我是维尔迪兰夫人呀，陛下怎么认不出来了呢？""很好。"女王一边极其自然地跟德·夏吕斯先生聊着天，一边说。维尔迪兰夫人怀疑这一句"很好"究竟是否对着她说的，因为女王说这句话时神态完全心不在焉，声调彻底漫不经心。正处在失恋的痛苦之中的德·夏吕斯先生，听到这话，不由得拿出言行放肆专家和爱好者的样子，脸上露出一丝感激的微笑。莫雷尔在远处看清了介绍的准备过程已经就绪，赶紧走上前来。女王把手臂伸给了德·夏吕斯先生。她对德·夏吕斯先生不是没有怨怒，她责怪他对这类卑鄙的侮辱者怎么没有采取更加严厉的态度；维尔迪兰夫妇竟敢如此对待夏吕斯，她为他感到羞耻，满脸涨得通红。几小时前她不拘身份对夫妇俩表现出充分的同情和好感，而眼下却对他们盛气凌人、傲慢不逊。其实两种态度源于同一心态。女王是个心地极其善良的人，但她的善良首先表现为对自己喜爱的人感情忠贞不移。她爱亲友，爱本家族的所有王子，其中包括德·夏吕斯先生。谁善于尊敬她所爱的人，她就爱谁，不管他们是布尔乔亚，甚而是平民百姓，她都报以善良的情感。她对维尔迪兰夫人表示同情和好感就是出于如此的善良本能和天赋。毫无疑问，这是一种狭隘的、近乎托利党式的、日趋陈旧的善良观，但是这并不意味着她的善良是不够真诚和不够热情的。古人们本喜欢社会集团，为之效忠，因为社会集团并不超越城邦的范围；今人极其喜爱自己的祖国，而将来的人喜欢的可能是全球性的合众国。我只举离我最为亲近的母亲为例。德·康布尔梅夫人和德·盖尔芒特夫人就未能使我母亲下决心参加任何慈善事业或任何爱国工作，她从未做过售货员或女施主。我母亲把丰富的爱心和慷慨首先都留给了自己的家族、仆人和路遇的不幸者。我远不是说她这么做是有道理的。但我很清楚，她那丰富的爱心和慷慨之心，如同我外祖母的心一样，是永不枯竭的，远远超过了德·盖尔芒特或德·康布尔梅夫人的能力和作为。那不勒斯女王的情况跟德·康布尔梅和德·盖尔芒特夫人就完全不同。我们还必须承认，她对好人的评价，与陀思妥也夫斯基的小说——阿尔贝蒂娜在我书柜上取走后占为己有——也是根本不同的；对她来说，那些阿谀奉承的寄生虫和盗贼，那些时而卑躬屈膝、时而蛮横无礼的酒鬼以及一切荒淫无度者或者杀人犯都一概不能算在好人之列。可是事物的两极往往是相接的。女王出面保护的贵族和遭受凌辱的亲戚是德·夏吕斯先生，也就是说尽管夏吕斯出身望族，跟女王又是近亲，女王保护的毕竟是一个道德败坏、沾满恶习的人。“您脸色不好，我亲爱的表弟。”她对德·夏吕斯先生说，“请靠在我的手臂上。请相信，我的手臂一定能支撑住您。对付这种事情，它是很坚实的。”然后，她抬起头来，正视前方（茨基告诉我，当时她正面就是维尔迪兰夫人和莫雷尔），说：“您知道，从前在加埃特，我这手臂曾经叫流氓恶棍闻风丧胆，不敢轻举妄动；如今，它会为您竖起城墙，为您效劳。”就这样，伊丽莎白女王的妹妹手挽着男爵，未让人介绍莫雷尔，昂首阔步地走了出去。

按照德·夏吕斯先生那可怕的脾气，他六亲不认，说翻脸就翻脸，对人进行百般折磨，叫人望而生畏；人们想当然，这次晚会以后，他一定会大发雷霆，对维尔迪兰夫妇进行大肆报复。可是一点儿也没有。其主要原因大概是晚会过后几天他着了凉，得了当时常见的传染性肺结核，一连几个月医生和他自己都认为已病入膏肓，生死未决。在此以前，他患有神经官能症，盛怒之下不能自已，现在是否神经官能症为另一种疾病所代替？他的无声是否纯粹是由于出现了病体的转移？从社会观点来看，夏吕斯从来没有拿维尔迪兰夫妇当一回事，现在他更不能抬举他们，把他们当作具有同等地位的人来对待，对他们大加责难。这么解释未免过于简单。换一个角度，我们知道，大凡神经质的人喜欢凭空想象，把安分守己的人也想象成敌人，无缘无故地朝他们发怒。可是一旦遇到有人向他们主动攻击，他们却反而变得老老实实了。要神经质的人息怒，与其说劝告他们发怒是无济于事的，不如朝他们脸上猛泼冷水来得有效。这么解释，未免仍过于简单。德·夏吕斯先生为什么没有能怀恨在心的原因，也许不应该到病体转移之中而应该到疾病自身之中去寻找。疾病已经使男爵身心疲惫，以致他再也没有多少闲暇来顾及维尔迪兰夫妇。他已是半死不活的人。我们刚才谈到攻击，即令是没有效果的攻击，若要好好“来一下”，也需要消耗一部分精力。可德·夏吕斯先生已心有余而力不足，连准备攻击的精力也一丝不存。我们常常说不共戴天的死敌们到临终都睁着眼睛，虎视眈眈，然后幸福地闭上双目。这种情况是罕见的，除非我们生活得好好的，死亡猝然而至。当人们到了已经没有任何东西可以失去的时候，人们不会为了生命强盛之时都轻易对待的事，这时反而殚精竭虑起来。复仇之心是生命的组成部分。最常见的是——尽管有例外存在，我们将会看到，同一个人自身的性格也会充满矛盾，这是合乎人情的——当我们站在死亡门槛前的时候，复仇之心就离开了我们。德·夏吕斯先生想了一会儿维尔迪兰夫人，感到实在太累了，便面向墙壁，什么也不去想了。这并不是因为他的雄辩已经枯竭，而是因为他已不如从前精力充沛。尽管他说话仍然是滔滔不绝，但是事情已经发生了变化。他的口才已经离了原先如此常见的慷慨激昂，而变成一种只是由柔声细语和福音书比喻来装点装点的几近神秘的雄辩术，变成了一种对死亡的表面依顺。他只有在觉得生命有救的时日里才大展口才。病情复发，他便又缄口默言了。他的雄浑刚烈的气质里移植了基督徒式的温柔（正如《爱丝苔尔》所表现的天才精神与《安烈洛玛克》[①]是如此不同），获得他周围亲友的一致赞赏；他这种精神也许同样会获得维尔迪兰夫妇的赞赏。尽管他们对夏吕斯的缺陷曾经恨之入骨，但他们禁不住仍会对他崇拜不已。当然，他只

① 法国悲剧诗人拉辛（1639—1699）的两部悲剧。

是披着基督徒的外衣，旧有的思想依然存在，不时沉渣泛起。他乞求加布里埃尔大天使像报告先知那样，来告诉他，救世主将过多少时间才能来临。他痛苦而又温柔地微笑了一下，打断自己的思绪说："大天使可不能像对达尼埃尔所说的那样，叫我耐心等待'七个星期再加六十二个星期'①，我肯定活不到那一天就会死去的。"夏吕斯心里等待的人就是莫雷尔。因此他也请求拉斐尔大天使把小多比给他带来。然后，他又掺杂使用一些更打动人心的办法（正如病榻之中的教皇一边请人代做弥撒，另一边没有忘记遣人去唤自己的医生来），他对前来看望他的人暗示说，如果布里肖把他的小多比快速带来，那么拉斐尔大天使也许会对像多比的父亲那样，同意让小多比眼睛复明，或者让他去牺牲洗涤池。② 尽管出现一些合乎人情的反复，但德·夏吕斯先生语言的纯洁性和道德化已达到脍炙人口的程度。虚伪凶狠、恶言中伤，这一切都已消失殆尽。道德上，德·夏吕斯先生已经得到升华，远远超过了他以前的水平。他的道德改观感化了不少人，本可以使他的演说艺术蒙骗一下听众，可是由于他深受疾病折磨，改进了的道德也就随之消失了。德·夏吕斯先生重新走到了下坡路上，而且我们将渐渐看到，其滑坡的速度越来越快。不过维尔迪兰夫妇对他的所作所为已经成为一件渐渐远去的往事，有些触人发怒的近事使他对这件往事再也记不起来了。

我们再回过头来，说说维尔迪兰的晚会。那天晚上，当公馆只剩下老人以后，维尔迪兰先生对他妻子说："你知道戈达尔为什么没有来吗？他正在萨尼埃特身边呢。萨尼埃特在交易所想捞回本钱，玩了那一手，结果一败涂地。萨尼埃特知道自己已经分文不名，还背了一百万法郎的债，心

---

① 大天使加布里埃预言，七个星期，再加六十二个星期为耶路撒冷建城的期限。

② 据《圣经》记载，多比之子多比亚斯给其父带来一位陌生人，即拉斐尔大天使。他使多比双目复明。牺牲洗涤池指牺牲者临死之前沐浴净身之处。

里受了打击。”“可是他为什么还要玩那东西？真蠢，他哪有这号本事。比他狡猾钻营的人在那玩意上都输得精光呢，更何况他这种人，不被众人碾得粉碎才怪呢。”“那可不是，我们早就知道他是个蠢货了。”维尔迪兰先生说。“有何法子呢，覆水难收哇。这一下，他明天就会被老人赶出门去，一贫如洗了。他的父母又不喜欢他。别指望福什维尔会帮他什么忙。我想过了，我当然不愿意做什么叫你不高兴的事，可是我们也许可以给他一份小小的年金，别让他一天到晚感觉自己破产完蛋了，让他可以在家里好生养息养息。”“我完全同意你的意见，你想到这些非常好。可是你说‘在家里’，这蠢货占着那套房间太贵了，那不行，必须给他租一套两间式的房间才行。我想目前他住着的那套间准要六七千法郎。”“是六千五百法郎。可是他非常喜欢他的住所。总之他受了严重打击，活不了两三年了，三年之中最多也就为他花费一万法郎。我觉得，这一点我们是力所能及的。譬如，我们今年不再续租拉斯普利埃，可以租一个较为简单的地方。按我们的进款，一万法郎分三年支付不是办不到。”“就算如此，讨厌的是，这事儿会不胫而走。你能为他如此，就不得不对别人也一视同仁。”“你放心，这我已经考虑到了。只有明确说好条件，对这事绝对保密，我才能这么做。谢谢你的好意，我可没想要做全人类的大善人。别来慈善家那一套！我们可以这么办，即对他说这笔钱是谢巴多夫公主留给他的。”“可是他会相信吗？她为遗嘱的问题征询过戈达尔的意见。”“实在不行，我们可以把实情告诉戈达尔，他有保守秘密的职业习惯。他挣的钱很多，永远也不会像种半官方人士，迫使我们来掏腰包。他甚至还会主动承担此事，说公主就是请他做经纪人的。这样的话，我们甚至都不用亲自出面，可以免去致谢应酬，拉拢感情，应付那一套套烦人的东西。”维尔迪兰先生加了最后这个词。这个词暗指的自然是那些他们希望避免的感人场面和动人语言。但是犹如我们在家中在指某件事情，尤其是令人讨厌的事情的时候，为了把这件事情只向有关的人作个示意，而不让别人明白，我们就使用一个特别的词汇，维尔迪兰先生的那个词我就没有听清楚。一般来说，这类词汇是祖先留下来的后遗症。譬如，在一个犹太人家庭里，整个家族现在已经法兰西化了，那个词汇就是全家族熟悉的唯一的希伯莱语，就是一个改变了原意的惯用词；在一个外省气息浓郁的家庭里，那个词汇就是一个方言词，尽管这家人已经不说也不懂某一省的方言，但这个方言词还在使用；在一个来自南美但只会说法语的家庭里，那就是一个西班牙语词汇。在下一代人眼里，伴随那种词汇存在的只是童年的回忆。我们记忆犹新，父母在吃饭的时候悄悄说一个什么词，暗指正在伺候的仆人，但仆人听不明白，而孩子们更是彻底不知道这个词究竟指的是什么，也不知道是西班牙语、希伯莱语、德语还是土语，甚至怀疑这个词是否属于什么语言，怀疑这别是一个专有名词，或是完全生造出来的词。唯独我们如果幸有什么舅舅或太老伯健在，使用了这个词，那疑团才有可能解开。由于维尔迪兰夫妇家的亲属我一个也不认识，所以我未能确切地弄明维尔迪兰先生那个词究竟是什么意思。不管怎么说，维尔迪兰先生让夫人绽开了笑脸。因为这种语言比日常语言用得少，更富有心照不宣的特点，因此使懂得这种语言的人产生别人无法分享的自得其乐的感觉。快乐的时刻过去以后，维尔迪兰夫人反问道："可是如果戈达尔说出去怎么办？""他不会说的。"他说了，至少对我说了，几年以后，在萨尼埃特的葬礼上，我就是通过戈达尔了解到这件事情原委的。我很遗憾，没能更早地了解事情真相，否则，我的思想本会发生变化，即永远不要责怪别人，不要光凭别人的一件坏事，用对此事耿耿于怀的心情来评判别人。我们只看见了别人心灵的坏的一面，只凭这一次就断定此人的坏心还会故态复萌，殊不知人的心灵是极其丰富的，除了坏的一面，还会表现出其他许多形式，我们对心灵在其他时候所可能表现的真诚希望和可能实现的美好事情还不了解；我们不能因为看见了心灵丑恶的一面，便对其温柔美好的一面也视而不见，从我个人角度而言，戈达尔如果早日把这秘密告诉我，也许会驱散我关于维尔迪兰夫妇在我和阿尔贝蒂娜之间所扮演的角色的疑团。可是真要驱散了我的疑团，这事情也许却是错误的。维尔迪兰先生虽然积德行善，但是他同样喜欢戏弄别人，甚至残酷地迫害别人；他沉湎于在小圈子里发号施令、主宰一切，甚至不惜一切手段，造谣中伤、无事生非，门客们相互之间的关系本来就不是以加强小圈子的团结为唯一宗旨，经他这么一挑，更是纷纷反目为敌。维尔迪兰先生可能是个不藏私心、默默无闻、乐施善助的人，但这并不一定意味着他就是一个悲天悯人、谨慎行事、忠诚老实、永远善良的人。也许，在我了解这件事以前，维尔迪兰先生身上已经局部存在着善良的天性——在此我外祖母朋友家庭的遗风也许还依然存在——正如美洲或北极在哥伦布以前业已存在一样。然而我得知那件事以后，未曾料到，维尔迪兰先生的天性向我显露出一种崭新的面貌。我得出结论，无论是某人的性格、社会或者爱欲，想就其框出一幅固定不变的图画，都是难而复难的事，它们是在不断变化的。谁想就人的性格摄下一幅相对静止的照片，谁就会发现人的性格会相继呈现各种面貌（意味着），它不会保持不动，而是动个不停，致使镜头不知所措。

我看时辰已经不早，怕阿尔贝蒂娜已等得不耐烦，便离开了维尔迪兰公馆。我问布里肖，是不是愿意送我回家，然后再用我的车子送他。他对我这样直接回家表示赞同，并不知道家里有一位姑娘正等着我。我还庆幸，这样一次晚会这么早就结束了，其实，晚会的开场都被我耽误了。接着布里肖跟我谈起了德·夏吕斯先生。要是德·夏吕斯先生听到教授这么毫无顾虑地对他和他的生活品头论足，一定会大吃一惊。教授平时对夏吕斯总是客客气气，还总是说："我永远守口如瓶。"当德·夏吕斯先生对布里肖说："别人肯定地告诉我，您在背后说我坏话。"布里肖真诚地表示惊奇和愤怒。事实上布里肖对男爵是有好感的。他说男爵，绝不就事论事，而只是说一些大家都在议论的事情；他虽然参照大家的议论，但脑子里出现更多的是自己对男爵的好感。布里肖说:“我说您的时候,心里充满了友情。”他说这话,不相信自己是在撒谎,因为在他议论德·夏吕斯先生的时候,内心确实荡漾着某种友情。布里肖这位教授在上流社会首先需要的就是魅力。而德·夏吕斯先生恰恰具有这种魅力,他向教授提供了教授到处寻求的诗人创造力的实例。布里肖对维吉尔①牧歌的第二章已作了多年的讲解,却不敢肯定这部虚构之作是否真有现实依据,不想晚年跟德·夏吕斯先生神聊,居然尝到不少乐趣;他深知他的师辈梅里美先生和勒南②先生以及他的同仁马斯贝罗③在游历西班牙、巴勒斯坦、埃及的时候,发现当地的山水和居民就是自己书本研究中的古代历史的舞台背景和亘古不变的演员,他们尝到的就是类似的乐趣。“这么说他不是要得罪这位出身望族的勇士,”布里肖在送我们回家的时候,向我声明,“简单地说,当他像夏朗东疯人院的疯子那样,慷慨陈词,固执己见地讲解他那撒旦教义时,他真是非凡,我是说他就像西班牙的流亡贵族那样,如白垩粉一般天真洁白。我向您保证,他听任自己高贵人种的本能摆布,带着索多姆的赤诚之心,为了捍卫阿多尼斯④,向我们这个时代的异教徒发动十字军东征。但是,如果我说话用于尔斯特大主教⑤的语气,那么碰到那些接待这位封建主来访的日子,我就没有什么可怕了。”我听着布里肖讲话,但仿佛不是单独一个人跟他在一起。此刻我感到——无论这种感觉是多么模糊——我跟此刻待在卧室里的姑娘是连在一起的。我从家里出来到现在,这种心情一直没有停止过,即便是在维尔迪兰公馆里跟此人或彼人交谈,我也一直隐约感到她就在我的身边。我对她的感觉,就如我们

---

① 古罗马诗人(公元前70—公元前19年),著有牧歌十章。

② 勒南(1823—1892),法国作家。

③ 马斯贝罗(1846—1916),法国古埃及专家。

④ 阿多尼斯,希腊神话中富有女性魅力的美男子。

⑤ 于尔斯特大主教(1841—1896),曾任天主教学院院长。

对自身的四肢一样，是模糊不清的。我有时想到她，也像是我们在想自己的身体，但是感觉就像是个奴隶一样，被死死拴在这个身体上，毫无自由。“这位圣徒，”布里肖继续说道，“说的都是些什么闲言闲语，足够做《月曜日漫谈》①的续编了！我有一位令人尊敬的同仁，写了一本伦理学专著，我始终把它尊为当今时代的道德丰碑，可是您能想到吗，夏吕斯告诉我，我那某某可敬的同仁最初的构思居然得之于一个年轻的邮差。我们毫不犹豫就可以立即承认，我们这位杰出的朋友在论述过程中忘了向我们交待这位英俊小伙子的尊姓大名。从这一点来说，较之菲迪阿斯②他对人尊重较多，或者如果您愿意的话，感激较少，因为菲迪阿斯毕竟还把自己所喜爱的竞拔人的名字镌刻在他雕塑的奥林匹亚朱庇特的戒指上呢。原先男爵对这最后一段史实一无所知。但不用对您说，这段史实减弱了他的正统观念。您很容易想象，有一次我跟那位同仁就一篇博士论文展开讨论，我在他那已经玄而又玄的辩证法中，每每另又发现某种趣味。犹如圣勃夫觉得，夏多布里昂的作品中内心抒发的情味还不够浓，又将自己刺激性的发现当佐料加进去，增加鲜味；我那同仁的某种趣味就如同这增添的鲜味。送电报的小伙子先师从我们的同仁，但虽然其智慧如金子闪闪发光，可是拥有的钱财却寥寥无几，于是小伙子转到了男爵手里。“有多少钱财，受多少尊敬”（应该听清楚他说这话时的口吻）。我们这位撒旦是最乐于助人的，他为受自己保护的人在殖民地谋了一个职位。小伙子具有一颗报答之心，没有忘恩负义，不时从殖民地给他捎一些上品水果来。男爵收到后就分送给一些上流关系。最近一次，小伙子的菠萝出现在贡蒂河滨公馆的桌子上，维尔迪兰夫人没有开玩笑，一本正经地说：“德·夏吕斯先生，您收到这么好的菠萝，莫非您有舅舅或外孙在美洲吧！”我承认，我

① 法国文学批评家圣勃夫（1804—1869）的文学评论集。

② 菲迪阿斯（死于公元前431年），古希腊最伟大的雕刻家。

一边吃着，心里洋溢着某种喜悦之情，暗自背诵着狄德罗喜欢引用的贺拉斯一段颂歌的起首。总之，正如我的同仁布瓦西埃[①]尽兴漫游于帕拉丁和蒂布尔[②]，我从男爵的言谈中也对奥古斯丁时代的作家获得了更加生动、更加有趣的认识。我们姑且不谈罗马帝国末期的作家，也不用一直上溯到古希腊，尽管我有一次对这位杰出的德·夏吕斯说，和他在一起，我有一种柏拉图置身阿斯巴西雅[③]家中的感觉。说真的，我极度地扩大了两个人物的比例，犹如拉封丹所说，我的例子取自'更小的动物'。[④] 不管怎么说，我想您总不会以为，男爵的自尊心受了伤害吧。我从来没有见过他那么天真纯朴，痛快高兴。一种孩子般的狂醉，使他一反常态，抛弃了贵族固有的老成持重。'你们这些索邦大学的臭教授真会阿谀奉承!'他喜不自胜地嚷道。'想不到我得等到这把年纪才被比作阿斯巴西雅！我都人老珠黄了！噢，我的青春啊!'我真希望您能看到他说这话时的模样。这把年纪了还老是使劲地涂脂抹粉，像个花花公子，浑身洒满香水。不过，他对家族谱系的研究，称得上是个盖世无双的人才。出于这种种原因，今晚他们一刀两断，我感到很难受。倒是小伙子反叛的那种方式使我觉得奇怪。其实最近一段时间，他在男爵面前的一举一动都变得像个十足的心腹和忠臣，丝毫看不出有什么倒戈的迹象。不管发生什么情况，哪怕男爵不能再回贡蒂河滨了（Dii omen avertan）[⑤]，我也希望他们的分裂不要波及到我身上。我们俩相互切磋，取长补短，我用自己浅薄的知识，换取他的丰富阅历，实在是相得益彰（我们会看到，尽管德·夏吕斯先生对布里肖没有耿耿于怀、恨之入骨，但他对教授的好感基本上已完全消失，致使

---

① 布瓦西埃（1823—1908），法国历史学家。

② 帕拉丁为罗马城的一个山丘，蒂布尔在罗马城郊，贺拉斯多有赞颂。

③ 阿斯巴西雅，生活于公元前五世纪前半叶，据说许多古希腊哲学家都受到她的启示。

④ 见《拉封丹寓言》第十二篇《鸽子与蚂蚁》。

⑤ 拉丁散文家西塞罗的话，意为"但愿诸神改变这一预言"。

他对教授作了毫不宽容的评价)。而且我向您发誓,交流是极不相等的,完全是入大于出,男爵把生活的教义传授给我们以后,我再也不敢苟同西尔韦斯特·博纳尔①的观点,以为如今仍然是在图书馆里才能做出最美好的生命之梦。"

布里肖和我到达了我家门口。我从车上下来,把布里肖的地址告诉车夫。我从街沿望去,看见了阿尔贝蒂娜卧室的窗户。以往阿尔贝蒂娜不住在这幢屋子里的时候,这窗户一到晚上总是黑乎乎的。此刻室内的灯光被百叶窗的斜片切成一条条的,由上而下溢射出一道道金光。这是扇魔窗,我的眼睛看得十分清楚,它在我安宁的心扉勾勒出一幅清晰的图像;这图像近在咫尺,而且待会儿就要为我所有。可是待在车子里的布里肖什么也看不见,即便看见了,也看不出什么名堂。教授跟晚餐前阿尔贝蒂娜散步回来时前来看我的朋友们一样,根本不知道有一个完全属于我的姑娘在我隔壁房间等着我。车子开走了。我独自在街沿上滞留了片刻。我站在楼下,能一清二楚地看见这条条光亮,换一个人都会觉得完全子虚乌有;是我给了这光线完整无损坚不可摧的特性,这是因为我在其背后放置了全部的意义,那是一笔别人猜想不到的宝藏。金银财宝在那里,那里自然就射出了这一道道细横的光带。但是这笔宝藏的交换条件是我不能享受自由,独自一人,静思遐想,如果阿尔贝蒂娜不在楼上,或者如果我只希望肉体享乐一下,我可以去向一些陌生女子提出要求,也许是去威尼斯,或者至少去夜巴黎的哪个角落,寻找着插入她们的生活。可是现在,对我来说,缱绻亲热的时刻来到的时候,我必须做的,不是远出旅行,甚至不是出门散步,而是回家。回家不是为了独自一人,不是在外别人向你提供了思想食粮以后,回来至少逼着自己再从自身寻找一下思想食粮。

---

① 法国作家阿纳托尔·法朗士的小说《西尔韦斯特·博纳尔的罪行》(1881)中的主人公,整天生活于书堆中。

情况恰恰相反。回家以后反而不如在维尔迪兰家里感到单独安静了，因为我要受到一个人的接待，我将让位与她，把身心彻底地交给她，于是我再也没有一时一刻的闲暇来想我自己，甚至连她也不用费心去想，因为她就在我的身边。我在楼外，抬起头来朝我待会儿就要置身其间的房间窗户最后又瞧了一眼。我似乎看到，是我自己铸就了坚不可摧的金色栏杆，要划出一块永久性的地域，现在这金光闪闪的栅栏就要关闭，即将把我自己圈在里面。

阿尔贝蒂娜从未对我说起过，她猜疑我对她抱有嫉妒之心，对她做什么事情，都缺乏信任。关于嫉妒问题我们仅仅交换过一次意见。真的，那都已经是很久以前的事了。但那次交谈似乎证明情况恰恰相反。我记忆犹新，有一个夜晚，皓月当空——我们刚结识不久，最初有一次我用车送她回家，其实我宁可不送她，而是离开她再去追逐别的女子——我对她说："您知道，我之所以建议送您回家，这并不是出于嫉妒，如果您有什么事情要办，我可以悄悄地离开。"她回答我说："噢！我知道您没有嫉妒心，您对此毫不在乎，可是我没有别的事情要办，我只要跟您在一起。"另有一次，那是在拉斯普利埃，德·夏吕斯先生偷偷地朝莫雷尔瞥了一眼，然后公开向阿尔贝蒂娜大献殷勤。我对她说："怎么样，他盯得您非常紧吧。"接着我又半带讥讽地说："我可是受尽了嫉妒的折磨。"听了这话，阿尔贝蒂娜用属于她出身的阶层或属于她经常接触的低级阶层的粗俗语言说："您真会打哈哈！我知道您不是一个爱嫉妒的人。一则您对我说了，再则这也看得出，行了吧！"自此以后，她从来没有对我说过，她已改变看法了。但是关于这个问题，她内心一定已经产生许多新的想法。她虽然对我隐瞒着，但是一遇机会，她就可能言不由衷地流露出来。那天晚上，我一回家就到她的房间找她，把她带到我的房间里，对她说（我说时有些尴尬，自己也不明白为什么。我清楚地告诉过阿尔贝蒂娜，我要到上流社会去。

我对她说，我不知道上哪一家，也许是德·维尔巴利西斯夫人家，也许是德·盖尔芒特夫人家，也许是德·康布梅尔夫人家。但我偏偏没有提到维尔迪兰的名字）："你猜猜我去了谁家？去了维尔迪兰夫妇家。"我这句话尚未说完，阿尔贝蒂娜脸已变色，怒不可遏地爆出一句："我早料到了。""我并不知道我去维尔迪兰家会惹您不高兴。"（她确实没对我说，这事惹得她不高兴了，但她的生气是显而易见的。我也确实没有想到这事会惹她不高兴，然而，看一看她的雷霆大发，看一看那些用某种双重眼光回顾一下就知道是故态复萌的事情，我觉得我从来就不可能还指望会有别的结果。）"我不高兴？您以为这事跟我有什么相干？这对我反正还不一样！他们大概不会请凡德伊小姐吧？"听了这话我失去了自制："那天您遇见了她您可没有告诉我。"我对她这么说，是想向她表明，我可比她想象的更了解情况。可她还以为，我指责她遇见了却没有告诉我，说的是维尔迪兰夫人，而不是凡德伊小姐。"难道我见了她吗？"她若有所思地问道，那神色既像是在问自己，在搜寻记忆，回想往事，可又像是在问我，仿佛我告诉她什么似的。其实，她也许是为了引诱我把知道的事情说出来，也许同时为了拖延时间，然后再对这个困难的问题作出回答。但是，对凡德伊小姐的事我倒并没有怎么担心，而只是有一种恐惧感。以前就有恐惧感掠过我的心头，现在这种感觉越来越强烈地占据了我。不过我想，维尔迪兰夫人纯粹是出于虚荣心才佯称凡德伊小姐和她的女友来参加晚会的，我这么一想，回家的时候，心绪也就宁静了。只有阿尔贝蒂娜对我说："凡德伊小姐不会没去吧？"这句话证明我起初的怀疑是不错的。但是总而言之，以后在这种事上我可以放心了。因此我答应不再去维尔迪兰家，阿尔贝蒂娜也因此为我牺牲了凡德伊小姐。

"另外，"我气呼呼地对她说，"还有好多事情，您也瞒着我，甚至包括那些根本无关紧要的事，譬如我随便举个例子，您的巴尔贝克三日行。"我加"我随便举个例子"这一句，为的是在"甚至包括那些根本无关紧要的事"后面补充一句。这样,万一阿尔贝蒂娜对我说:"我去巴尔贝克旅行有什么错?"我便可以回答:"我已经记不清了,别人对我说的话在我脑子里都混作一团了,其实我对这事根本没有放在心上!"事实上,我虽然举了她跟司机一起到巴尔贝克——她从那里给我发来的明信片我很晚才收到——去了三天的例子,但我完全是随口道来的,而且我后悔自己选了这么一个不好的例子,因为说实在的,三天跑一个来回,时间是够紧的,不可能有时间去跟谁偷偷约会。可是阿尔贝蒂娜根据我刚才的话,猜测我对事情的底细已经一清二楚,就是不愿意告诉她。何况她近来深信不疑,我千方百计不择手段盯梢她,正如她上星期对安德烈说的,我对她的生活"比她本人还清楚"。阿尔贝蒂娜打断我的话头,对事情作了承认。但她这么坦白是毫无用处的。尽管我对她的话一概不予置信,但是听了她的话我的心情却十分沉重,因为一方面是经过说谎者乔装改扮过的真相,另一方面是爱着这位说谎者,通过说谎者的谎言,对这个真相所作的判断,两者之间的可能有巨大的差距。我几乎还未说完"您的巴尔贝克三日行,我是随便举个例子"这句话,阿尔贝蒂娜便打断了我,顺理成章似的对我宣称:"您是说我没有去成巴尔贝克?当然没有!而且我总是很纳闷,您为什么要那么相信这件事情,其实说出来对谁也没有害处。司机要用三天时间办他的私事。他不敢对您直说。出于对他的好意(我就是这样的人!而且这种事情总是该我碰上!),我就瞎编了所谓的巴尔贝克之行。他只不过把我带到奥特依圣母升天街我女友家。我在朋友家过了三天,无聊极了。您瞧,这事又有什么严重的,又有什么可大惊小怪的。当我发现,您因为晚了一个星期才收到明信片而笑起来的时候,我猜想您一定什么都知道了。我承认这事很可笑,真不该有什么明信片。可这不能怪我。我事先买了这些明信片,在司机把我送到奥特依以前已经交给了司机,不想这个笨蛋放在口袋里忘得一干二净,而没有按我的吩咐装进信封,寄给他一个在巴尔贝克附近的朋友,由他再转寄给您。我一直以为这些明信片早已寄出了。这个傻瓜过了五天才想起这件事。可是他没有告诉我，却把它们寄到巴尔贝克去了。当他把这件事告诉我的时候，我真想砸破他的脑袋，呸，给我滚。这个蠢驴，我自己整整关了三天，让他笃笃定定去办自己的家庭杂事，换取的报答却是叫您白白地担心了一场。我怕被人看见，躲在奥特依都不敢出门。我只出去过一次，还不得不乔装成男人，这无非是为了逗逗乐。可是运气偏偏跟我作对，别人没遇见，第一个就撞见了您的犹太朋友布洛克。不过我不相信，会是他告诉您我没有去巴尔贝克，因为看上去他似乎没有认出我来。”我不知说什么好，我不愿意显露出十分惊诧、被如许的谎言所压倒的样子。我产生一种厌恶感，但我并不希望赶走阿尔贝蒂娜，我只是在厌恶感上更添了一层极度想哭的欲望，我之所以想哭，其原因不在于谎言本身，也不是因为我曾经如此信以为真的东西，现在全化为泡影，以至于我觉得是身处于一座夷为平地、光秃秃无一建筑、仅有堆堆废墟的城市；我之所以想哭，原因在于内心忧伤。我想，阿尔贝蒂娜宁可在奥特依她女友家里极度无聊，空待三天，却一次也没有希望甚或想到要悄悄到我这里来过上一天，或者寄一份气压急件，请我到奥特依去见她。但我没有时间扎在这些想法里。我微微一笑，那种神色就像一个心中有数却秘而不宣的人：“我只举了一个例子。其实这类事情是举不胜举的。这不，今晚去维尔迪兰家我就发现，您对我说的关于凡德伊小姐的话……”阿尔贝蒂娜目不转睛地凝视着我，试图从我的目光里能看出来我究竟知道些什么。我知道的，和我将要告诉阿尔贝蒂娜的是凡德伊小姐其人。我了解她是怎样一个人，但那不是在维尔迪兰家，而是以前在蒙舒凡。由于我从未向阿尔贝蒂娜正式谈起过她，我可以装作是今晚才了解到的。我几近充满了喜悦——可是在此之前，在小有轨电车上我经历了内心这般的痛苦——因为这蒙舒凡的往事，只有我一人知道，这回忆属我一人所有。我虽然把这件往事的日期往后作了推移，但对阿尔贝蒂娜来说，这件事依然是一个无以抵赖的铁证，对她依然是一个沉重的打击。这一次我至少不用“装作知道”，“引诱”阿尔贝蒂娜“坦白出来”。我自己了解这件事。这件事是我曾经透过蒙舒凡亮着的窗户**亲眼目睹的**。阿尔贝蒂娜对我说，她跟凡德伊及其女友的关系是非常纯洁的，她这么说无济于事。我向她发誓(发誓说的是真话)，我对这两个女子的品行是了解的。她何以向我证明，她既然跟她们朝夕相处、亲密无间，称她们为“我的姐妹”，她怎么没有接受她们的建议，而既然她没有接受她们的建议，她们怎么仍然跟她保持亲密关系，而没有跟她一刀两断。不过我未及说出真相。跟巴尔贝克之行一样，阿尔贝蒂娜以为我对事情真相已一清二楚——如果凡德伊去维尔迪兰夫妇家的话，我有可能通过凡德伊小姐了解到；我也有可能直接通过维尔迪兰夫人，因为维尔迪兰夫人有可能向凡德伊小姐谈起过阿尔贝蒂娜——她未让我说话，自己就先作了承认。她们供认虽然与我原来的想象相反，但她自我供认的行为本身向我证明她从未停止过对我说谎，因此仍然使我十分痛苦(尤其是我不再像刚才所说的，对凡德伊小姐抱有嫉妒了)。总之，阿尔贝蒂娜先声夺人，说：“您言下之意是我声称我一半是由凡德伊小姐的女友抚养成人的，您今晚发现我这话向您撒了谎。这确实不错。可是我觉得您不把我放在眼里，您一心迷恋的是那位凡德伊的音乐，我便天真地以为，既然我有一个同学是凡德伊小姐的女友的女友——我向您发誓，这是真的——如果我编造说，我跟这些姑娘都很熟悉，这样我就比较能够引起您的兴趣。我感到，您讨厌我，把我看成是个蠢妇。我想，我如果对您说，我跟这些人有过交往，我可以向您提供与凡德伊作品有关的一切细节，我可以在您眼里提高一下自己的形象，可以借机接近您。谁想到，非要等到这倒霉的维尔迪兰晚会，您才了解真相，而且别人还可能歪曲了事实真相。我敢打赌，凡德伊小姐的女友肯定对您说，她根本不认识我。可是她在我同学家至少见到过我两次。不过这事也很自然，在这些成名的人看来，我还够不上格，所以他们宁可说从未见过我这个人。”可怜的阿尔贝蒂娜，她以为如果对我说，她与凡德伊小姐的女友曾经有过十分密切的关系，以此便能延迟她被“遗弃”的时间，便能更加接近我，她的这个想法达到了真理。只是，她为达到真理，不是走了一条她想走的路，而是另外一条道路。这种情况时有发生。那天晚上在小有轨电车上，她表现出对音乐十分懂行，而且精通的程度超出了我的想象，尽管如此，这仍然阻止不了我要跟她一刀两断。但是，为了表现她的音乐理解力，她说了一句话，就是这句话不仅使断绝关系成为不可能，而且还引起其他许多事情。她犯了一个解释性的错误，不是错在这句话应该产生的效果上，而是错在她借此应该制造这一效果的原因上。这一原因使我了解到的，不是她的音乐素养而是她的不良关系。致使我突然决定跟她接近，甚至跟她融为一体的，不是我对某种快乐产生了希冀——说快乐，这是言过其实，只能说某种轻微的消遣——而是因为我被某种痛苦紧紧地拥抱住了。

这一回，我仍不可能保持过多的沉默，那样会让她怀疑我是因为惊奇而感到语塞了。我听她把自己看得那么寒酸，在维尔迪兰圈子里被人那么瞧不起，我于心不忍，温柔地对她说：“可是，我亲爱的，这事我不是没有想到过，我非常乐意给您几百法郎，您喜欢去哪儿都行，您可以做一个漂亮的夫人，还可以邀请维尔迪兰夫妇，吃一顿美味的晚餐。”可惜，阿尔贝蒂娜是一个具有多重性格的人，其最为神秘、最为纯朴、最为残酷的一面，表现在她用厌恶的神情，并且说实在的，用我无法听清的话（连头上说什么我也听不清，因为她的话没有结束）来向我作回答。只有过一会儿，当我猜到她的所思所想以后，我才得以把她的话前后连起来。对于别人的话，我们都是先有所领悟，然后才听明白的。谢谢您的好意！为这帮老家伙破费，哼！我还不如去他妈的让人砸……①顷刻间，她满脸涨得通红，神

---

① 下文为“坛子”。“让人砸坛子”，谓跟人有不正常的性行为。在此及下文我们都采用直译。

色沮丧，用手捂住嘴巴，仿佛这样就能把她说到一半、我还没有听懂的话收回去似的。“您说什么，阿尔贝蒂娜？”“不，没什么，我都快睡着了。”“不，一点儿也没有睡着，您非常清醒。”“我想着请维尔迪兰吃饭的事，您心真好。”“不不，我是说您刚才说什么来着。”她百般地向我解释，可是这些解释不仅跟那些闪烁其词、模棱两可的话是充满矛盾的，而且跟那语塞本身以及伴随着语塞顿然出现的脸红，也是不相一致的。“得了，我亲爱的，您刚才想说的不是这意思吧，要不然怎么会停顿不说了呢？”“因为我觉得我的要求是不慎重的。”“什么要求？”“请一顿晚饭。”“不不，这无所谓，我们之间不存在慎重不慎重的问题。”“不，恰恰相反，这个问题是存在的，我们不应该对我们所爱的人提得寸进尺的要求。总之，我向您发誓，我说的就是这件事。”但我的理智对她的解释又不能满足，因此我仍紧追不舍地问。“不管怎么说，您至少应该有勇气把您刚才那句话说完吧，您刚才只说到砸……”“噢！别缠我了！”“为什么？”“因为这话粗俗得可怕，我当着您的面说出这话，真是羞死人了。我不知道自己在胡思乱想些什么。这些话，我不知道究竟是什么意思，是一天在街上偶然听见一些非常下流的人说的，我也不知道怎么的，莫名其妙顺口说出来了。这跟我、跟谁都没有关系，我的脑子太糊涂了。”我已感到，不能再从她嘴里掏出什么话来。她向我撒了谎，她刚才还直向我发誓，她收住话头，是因为怕有失上流社会的慎重，可是现在却变为是羞于在我面前说出过分粗俗的话。这显然已是第二个谎言。因为当我跟阿尔贝蒂娜在一起互相亲热的时候，再诲淫诲盗、粗俗不堪的话她都说得出口。总之，眼下多说了也是枉然。可是我的记忆被“砸”这个字所缠住不放。阿尔贝蒂娜经常说“朝某人砸木头，砸糖”或者干脆说“啊！我把他砸了个痛快！”以代替“我把他骂了个狗血喷头！”既然她在我面前经常说这类话，如果她刚才想说的的确是这类话，又何必突然住口呢？为什么她脸红耳赤，把手放在嘴前，整个重新换了一句话，发现我听清了“砸”这个字便虚假地道歉一番？不过，既然我不准备继续进行毫无效果的审问，还是装作不想此事为好。我想到阿尔贝蒂娜责备我去老板娘家的话，便用一种愚蠢的谦词极其笨拙地对她说："我原先想请您今晚一起去维尔迪兰夫妇的晚会。"这句话是蠢而又蠢，如果我真有诚意，又朝夕相处，为什么至今没有向她建议过？她被我的谎言激怒了，趁我怯懦，一反变得大胆起来。"您哪怕请我一千遍，"她对我说，"我也不会去。这批人总是跟我过不去，不择手段地欺弄我。在巴尔贝克我对维尔迪兰夫人要多热情有多热情，可现在却落得个恩将仇报。即令她寿终正寝，派人来请我，我也不会去。有些事情是不能原谅的。至于您，这是第一次对我要不老实。弗朗索瓦丝告诉我(哼！她告诉我这件事时，那神情多得意啊)您出门去了，我真希望别人不如把我劈成两爿。我竭力保持镇静，不让别人看出什么，可是我生平从未受过这等侮辱。"

她在跟我说话，可是我却已沉浸在极其活跃和富有创造性的无意识睡眠中(在这睡乡之中，有些一掠而过的事情在此留下了深深的印记，至此万般寻觅，一无所获的启门钥匙被沉睡的双手所抓住)，继续寻找她只说了前一半，我想知道后一半的那句话的含义。突然间，有两个我起先万万没有想到的字眼不期而现："坛子"①。我不能说这个字眼是突如其来的。有时候，我们长时间囿于一个不完整的回忆，尽管谨小慎微、步步为营地扩大这一回忆的范围，但毕竟畏缩在不完整的回忆里，与其相依为命，这时候，回忆里冒出一个字眼会有突如其来的感觉。不，我一反习惯的回忆方式采用了两条同时并进的寻觅道路。一条道路就是顺着阿尔贝蒂娜的那句话去找，而另一条道路就是回忆我建议出钱让她请人吃饭时她那厌烦的目光。这目光似乎在说："谢谢，我讨厌的事情您破费也没用，碰上我喜欢的事情，我不花一文也能办到！"也许正是回忆起了她流露出来的这一目光我才改变了方法，寻找到了她的后半句话。在此之前，我一

① 俗话：谓屁股。

直纠缠于最后一个“砸”字不放,她想说砸什么?砸木头?不。砸糖?也不。砸、砸、砸。我回想起,我建议她请客吃饭的时候,她那眼神,她那耸肩的动作,我立刻回返到她那句话的字眼里面去。于是我发现,她没有说“砸”,而是说“让人砸”。无耻!原来她的所好就是这个。无耻至极!再低等的妓女,即便同意干这种事或想干这种事,也不会对乐意干这种事的男人说出这等不堪入耳的话,她说出这话会受人糟践和鄙视。一个女的只有对另一个女的,并且爱另一个女的,才会说出这话,对自己先前委身于一个男人表现歉意。看来阿尔贝蒂娜说她已快睡着了,这话一点不假。她心不在焉,听凭感情驱使,忘了是跟我在一起。她耸耸肩开始说话,还以为是在跟哪个女人,也许是在跟哪一个簪花少女在说话。她突然头脑清醒,回到现实,于是满脸羞红,急忙将险些说出口的话收了回去。别无他法之中,她索性闭口,不吐一字。如果我想不让她发觉我的绝望,那我分秒不能延迟。可是我狂怒刚过,泪水却已涌上眼眶。如同那天晚上在巴尔贝克,她告诉我她跟凡德伊父女的友情时一样,我现在必须替自己的忧伤立即编造一个原因。这原因必须可信,并能深深打动阿尔贝蒂娜,这样我就可以给自己几天喘息,找时间再作计议。因此,当她对我说,她从未受过我出门这事给她带来的这般侮辱,她宁死不要听到弗朗索瓦丝说起这事时,我被她可笑的敏感性激怒了,想对她说,我出门一事哪里值得大惊小怪,这事于她毫无损害;同时这工夫,我对她“砸”字后想说的话,通过无意识的寻觅,获得了结果。我们突然发现致使我再也无法彻底掩盖自己的绝望心情,于是我将自我辩护改为自我控告:“我的小阿尔贝蒂娜,”我带着初涌而至的眼泪所造成的温柔口吻对她说,“我可以对您说您错了,我做的事情是无关重要的,但我这样说便是对您说谎。还是您说得对,您明白了事情原委。我可怜的小乖乖,放在半年、三个月以前,我对您充满了友情,那时候我绝对不会做这种事。这虽然是件区区小事,但是关系重大,我的心里已发生了巨大的变化,这件事就是一个迹象。我原希望向您掩饰这一变化，既然您已经猜出来了，那我不得不对您说：‘我的小阿尔贝蒂娜，’”我温柔而又忧愁地对她说，“您瞧，您在这里的生活是无聊的，我们还是分手的好。鉴于最美满的分手，是最迅速的分手，我请求您，为了减轻我将要产生的忧伤，今晚就跟我告别，明早趁我熟睡就离开，不要让我再看见您。”她显得十分惊异，对我的话难以置信，不过她立刻愁眉苦脸地说：“怎么，明天？您真愿意？”我把两人分手作为已经发生了的事情来谈，心中充满了痛苦。但尽管如此，也许部分地也由于这痛苦本身，我开始就阿尔贝蒂娜离开住所后需要办的事情，向她作了最仔细的建议。千叮嘱万吩咐，我很快便进入到一些细枝末节的问题上。“请您行行好，”我无限惆怅地说，“把在您姨母那儿的贝戈特的书寄还给我。这事一点儿也不着急，过三天，一星期，由您看着办，不过请别忘记，免得我遣人来催取，这样我会很不好受。我们一度十分幸福，现在我们感到我们将要十分难受。”“别说我们感到将要十分难受，”阿尔贝蒂娜打断我的话说，“不要说‘我们’，只有您自己这么觉得！”“对，反正，您或者我，出于这个原因或者那个原因，您爱怎么说就怎么说。可是现在都什么时候了，您该去睡了……我们决定了，我听从您的，因为我不想叫您难受。”“就算如此，是我决定的，可是对我来说，这同样是很痛苦的。我没有说这会长久痛苦下去，您知道我的头脑缺少长久记忆的功能，但是您走后的头几天，我肯定十分烦恼。所以我觉得不要用写信来重温旧梦，应该断得干脆。”“对，您说得在理。”她神色悲伤，加之夜深了，脸部表情疲顿而又慵困。“与其说伸出手来一个接一个地砍断手指，不如干脆直接伸出头来。”“我的天哪，一想到我待会儿要让您去睡觉，我就害怕，我简直是疯了。好在这是最后一晚。您一辈子睡觉有的是时间。”我对她说，我们总应该互相道一声晚安，我千方百计拖延时间，让她再晚一些跟我道别。“您要愿意，我叫布洛克把他表妹爱丝苔尔送到您将来住的地方去，陪您散散心？他会替我办这事的。”“我不明白您为什么要说这话（我说此话是为了设法引阿尔贝蒂娜自己招供出来)，我只要一个人，就是您。”阿尔贝蒂娜对我说。听了她的话我的心里充满了温馨。但是旋即她又使我陷入了痛苦。她说：“我记得十分清楚，我把我的相片给了这个爱丝苔尔，一方面是她缠着我要，另一方面我当时想给了她，她一定会很高兴，可是要说跟她发生过什么友情或者说我想见她，那从来没有这回事！”阿尔贝蒂娜的性格十分轻浮易变，随口又补充道：“如果她想见我，我也不反对，她人很好。不过我一点儿也不坚持一定要见她。”无怪乎，我曾经告诉阿尔贝蒂娜，布洛克把爱丝苔尔的照片寄给了我(我告诉她此事的时候，其实我还未收到照片)，阿尔贝蒂娜居然理解为布洛克把她给爱丝苔尔的一张照片给了我看。我作过最坏的设想，但我无论如何未曾想到阿尔贝蒂娜跟爱丝苔尔之间竟会有这等亲密的关系。我跟她说起相片一事，她无言以对。现在她以为我对事情已了如指掌——这完全是错觉——觉得还是主动承认为上策。我忍耐不住说：“阿尔贝蒂娜，我还有一件事要恳求您，永远也不要想办法见我。如果万一过一年、两年或者三年，我们在同一个城市不期相遇，请您避开我。”我见她对我的恳求未作肯定的答应，又说：“我的阿尔贝蒂娜，请您别那样，今生今世永远别再见我。这会给我造成太多的痛苦。我对您是怀有真诚友情的，这您知道。我知道，那天我告诉您，我想再见一面我们在巴尔贝克谈到过的那个女友，您以为事情已经安排妥当了。不，我向您保证我对这事是绝对无所谓的。您肯定深信不疑，我早已下定决心要离开您，我的脉脉温情只是演戏而已。”“哪里，您是疯了，我根本没有这么想。”她忧伤地说。“您这就对了。不应该这么想。我是真心爱您的。也许不是爱情，是很深极深的友爱，深得远远超出您的想象。”“这我相信。但您却胡思乱想，以为我，我不爱您！”“离开您，我非常痛苦。”“我呢，更比您痛苦一千倍。”阿尔贝蒂娜回答我说。已经有了一会儿，我感到我再也无法克制，泪水涌上了眼窝。这眼泪不是来自于我从前对吉尔贝特说“我们还是不见为好，生活把我们分开了”时那种忧伤，这是完全不同类型的泪水。

诚然，我给吉尔贝特的信中写这话，我是在想，我不再爱她，而去爱另外一个女子，这是一种过度的爱情，但这过度的爱情是为了减少把爱情过度地花在一个人身上；有两个人的时候，命中注定有相当数量的爱情可在其间进行调剂，这一方爱情拿得太多了，就应该抽出一些来给另一方；而爱情到了这一方，比如到了吉尔贝特这一方，我同样注定是要将爱情抽出来与她分道扬镳的。但是现在的情况截然不同，其原因多种多样，而首要的原因——由此又产生其他原因——是因为我缺乏意志。在贡布雷时我外祖母和我母亲就已经为我担心过，一个病人居然有如此的精力，来强迫别人接受他的意志匮乏，为之她们俩都相继投降了。而这缺乏意志的毛病日益加重，速度越来越快。当我感到，我的存在使吉尔贝特感到疲倦，这时候，我还有相当的力量拒绝见她。当我在阿尔贝蒂娜这里发现同一个事实时，我已精疲力竭，我只想到要强行挽留她。我对吉尔贝特说，我跟她一刀两断，我内心确实不再想见她；然而，我对阿尔贝蒂娜说这话，纯粹是在撒谎，倒过来是为了取得和解。我和阿尔贝蒂娜之间，相互显示的是一个与现实相距甚远的表象。毫无疑问当两个人对坐而视的时候，情况总是如此，因为双方对另一方的内心总有一部分是不了解的，即使了解，也有一部分不理解；双方表现出来的只是各自最少属于自己个人的东西。这种情况或许是由于人们自己也未理清什么是属于自己个人的隐私，对此不加注意，或许是因为人们对某些不属于自己个人的毫无意义的实利性东西倒看得很重，更加喜爱。另一方面，有些人们喜欢的东西，人们却没有。但为了不受别人轻视，人们没有，却装出样子，对那东西似乎不屑一顾，甚至厌恶至极。可是在爱情中，这种误会发展到了登峰造极的程度。除了天真的孩提时，我们通常都是尽力使自己的外表，不是去忠实地反映我们的思想，而是使其成为我们的思想认为最适宜于使我们获得自己希望获得的东西的样子。自我回家以后，在我看来最合适的外表，便是能够使阿尔贝蒂娜保持不变，跟以往一样顺从，别在气头上要求我给她更多的自由的样子。我希望有朝一日能给她更多的自由，但现在我怕她会心血来潮要求独立，这会使我嫉妒心大发。过了一定的年龄，出于自尊心和见识，越是我们向往的东西，我们越是看上去毫不在乎。但在爱情上，稍有见识——也许这并不是真正的明智——我们很快就会强迫自己接受这种双重特性。我孩提时，梦幻中最温柔的爱情，甚至爱情的本质，不外乎是面对我心爱的女子，倾诉我的温情，对她的善良表示感激，希望两人白头偕老。然而，我的亲身经历以及我亲朋好友的经历，使我再清楚不过地认识到，这类感情的表白是毫无感染作用的。类似德·夏吕斯先生那样的人，忸怩作态，简直像个老太婆了，可是他老是把自己想象成一个漂亮的小伙子，久而久之，以为自己真的便成了一个英俊青年。其实他那矫揉造作的阳刚气派，恰恰日益露出滑稽可笑的女人态来。夏吕斯的这种情况，属于这种规律，但这种规律的覆盖的范围完全超出夏吕斯类型的人，它的分布性之广，即令是爱情，也未必能完全取尽用竭。我们自己的身体，我们视而不见，别人却看得真切；我们"紧跟"我们的思想，因为这是处在我们眼前的物体，但别人却无法看见（有时候，作家在作品中使思想有型可见，由此，当作家的崇拜者们的思想偶尔为作者所征引时，他们每每大失所望，因为他们从作家的脸上发现，内心之美反映出来后，竟有如此缺憾）。一旦我们发现了这一点，我们就不再"听之任之"。今天下午我忍住没有告诉阿尔贝蒂娜，她没有留在特罗卡德罗，我是多么感激不尽。今天晚上，因为我害怕她离我而去，我却假装希望主动跟她分手。我这样作假是因为有了前几次爱情的教训，不让此次爱情重蹈覆辙。但我们过一会儿将会看到，我并非仅仅听从了这些教训。

我害怕阿尔贝蒂娜对我说："我希望一个人出去一下，需要离开两天。"我不知道她会向我提出哪一类自由的要求，我不打算给她的要求下定义，但它使我恐惧。这种恐惧在维尔迪兰晚会上曾有一刻掠过我的心头，但是现在已烟消云散了。另外，回想起阿尔贝蒂娜不断对我说，她待在家里如何如何希望幸福，这话与我的恐惧也格格不入。阿尔贝蒂娜想要离开我的内心意图，表现得十分隐晦，仅仅流露出一丝忧愁的目光，一阵烦躁的神色，一些前言不搭后语的话。但是如果我们再仔细推敲一下的话，我们只能将隐藏在她心底的东西解释为一种感情（我们甚至没有必要进行推敲，因为明白对这种表示强烈情感的语言，这些话普通百姓也能听懂，把它解释为虚荣、记仇和嫉妒。这些感情虽然不是直言表达出来的，但对话者若有直觉功能，即如笛卡尔称为“良知”的，“世上最为普遍的东西”的话，就一眼可识破）。阿尔贝蒂娜的内心感情有可能导致她制订计划，离开我另建生活。阿尔贝蒂娜要离开我的意图，在她的谈吐中表述得毫无逻辑，同样，我今晚对这意图的预感，在我心里始终是十分模糊的。我继续生活在这样的假设中，即承认阿尔贝蒂娜对我所说的一切都是真实的，但是也有可能，在这段时间内，有一个完全相反的、我并不愿意去想的假设在紧紧盯着我，这完全是有可能的。不然，我告诉阿尔贝蒂娜，我去了维尔迪兰家，根本不会为此感到难堪；不然，她的发怒为什么只引起一阵小小的惊奇？因此，在我内心也许活动着一个想法，有一个与我理智中的阿尔贝蒂娜，与她自己的描绘完全相左的阿尔贝蒂娜，存在于我内心。但这不是一个完全杜撰的阿尔贝蒂娜，因为她如同一面前置镜，反映着她内心产生的某些情绪，譬如我去维尔迪兰家后她的恶劣情绪。此外，长久以来我忧心忡忡，怕阿尔贝蒂娜说我爱她。所有这些正与另外一个假设相吻合。这个假设说明了许多事情，而且还有一点，如果我采用第一种假设，第二种假设就变得更有可能，因为我听任自己对阿尔贝蒂娜吐露温情，但从她那里得到的却只是一场愤怒（但她觉得这一愤怒出于另一个原因）。

我必须说，我觉得最为严重、使我印象最深、事先表明她将会驳回我的指控的迹象，是她对我说过：“我估计他们今晚会请凡德伊小姐。”我竭力残酷地回答道：“您没有对我说起过您遇见过维尔迪兰夫人。”每当我发现阿尔贝蒂娜不客气，我不是对她说我很伤心，而是反而变得凶狠起来。

根据这一点，根据与我感觉背道而驰、永恒不变的反驳体系来进行分析，我可以断定，那天晚上我之所以对她说要离开她，是由于——甚至在我意识到这一点以前——我害怕她希望得到自由（我说不清楚，这使我战栗的自由究竟是什么，总之，这是诸如她可能欺骗我的这类自由），我出于孤傲和狡诈，想向她表明，我对此毫无畏惧。在巴尔贝克的时候，我就曾要求她不要过低地估计我，稍后我又希望，她跟我在一起不要有分秒无聊。

末了，有人会对这第二个假设——尚未明确表达的假设——提出反诘，说阿尔贝蒂娜对我说的话，恰恰意味着她喜欢的生活，就是在我家里的这种生活，休憩，读书，喜欢清闲，厌恶萨福式的爱情，等等。为这种反驳花费笔墨是毫无意义的。如果阿尔贝蒂娜对我，跟我对她一样，以我对她所说的话为基准，来判断我的所思所想，那她得到的东西恰恰与事实相反，因为我向来只有在再也不能缺少她的情况下才向她表示，希望离开她，反之在巴尔贝克，我曾两度向她坦白，我爱着另一个女子，一次是爱上安德烈，另一次是爱上一个神秘的女子，然而两次坦白都是发生在嫉妒心使我回心转意，反过来爱阿尔贝蒂娜的时候。因此我的言表丝毫不能反映我的感情。如果读者对此只有相当淡薄的印象，那是因为我作为叙述者，在向读者表述我的感情，在不断重复我的言语的同时，也向读者交待了我的感情本身。如果我向读者隐瞒感情，仅仅让读者了解我的言谈，那我的行为跟我的言谈就关系甚少，读者就一定会经常感到，我十分奇怪，喜怒无常，一定会以为我是个疯子。然而这种推理方式并不比我所采用的方式有更多的错误，因为促使我行动的意象与我言谈中所描绘的意象是截然相反的，但在那时候，前一种意象还是非常模糊的。我对我行为所遵循的本性知之甚少。如今我对这一本性的主观事实认识得十分清楚。至于它的客观事实，即对这一本性的直觉是否比我的理性推断更能准确地抓住阿尔贝蒂娜的真正意图，我信赖于这种本性是否有理，或者相反，这种本性是不是虽然抓住了她的意图，却没有改变她的意图，这些是我难以断言的。

我在维尔迪兰家感到阿尔贝蒂娜会离开我而隐约产生的恐惧起初已经烟消云散。我回到家里的时候，心里的感觉不是见到了一名囚徒，而是自己成了一名囚徒。但是当我告诉阿尔贝蒂娜我去了维尔迪兰家，我见她的脸上增添了一层神秘莫测的愠色——这愠色已不是第一次掠过她的脸颊了——此时消除了的恐惧重新更加有力地攫住了我。我十分清楚，是她那些感情思想的肉体凝聚：她表现不满，是经过深思熟虑的，只是把真正的思想藏在心底，缄口不言而已。这愠色就是她内心想法的综合表现，它虽然明晰可见，却无法作理性说明。我们从心上人脸上采撷到蛛丝马迹；但不明白心上人内心所发生的事情，为此，我们试图对这综合表现进行分析，把它重新分解为理性成分。阿尔贝蒂娜的思想，对我来说就是一个未知数，为此我给它列了一个近似方程："我知道他在怀疑我，他肯定设法证实他的怀疑，为了避我耳目，他的一切工作都在暗地进行。"但是，如果阿尔贝蒂娜从不向我吐露，却真是带着这样的想法生活着，那她对现在的生活为什么还不厌恶，还苟且偷生着，不趁早一走了之呢？因为在现在的生活中，一方面，她光有一丝欲望，也被认为有罪，始终受我的猜疑和盯梢，我的嫉妒不消除，她就根本无法满足她的癖好。另一方面，即使她的意欲和行为都平白无辜、无可指责，她最近得到的仍是失望和泄气的权力，因为自从巴尔贝克以后，尽管她一直尽力避免跟安德烈单独接触，今日又拒绝去维尔迪兰家，留在特罗卡德罗，可是她却发现，她仍丝毫不能取得我的信任。另一点，说不出她的举止仪表有什么地方可受指责的。在巴尔贝克的时候，每当有人谈到作风不好的姑娘，她总是哈哈大笑，还扭扭身子，模仿那些姑娘的动作。我猜测得出，对她的女友们来说这些动作意味着什么，为此我心里备受折磨。但是自从她了解到我对这个问题的看法以后，凡有人稍稍提及这类事情，她便退出了谈话，不仅话语停断，而且脸部表情也中止了。她这样做，也许是因为别人对某某姑娘说长道短，她不愿助兴，也许完全出于别的缘故，总之当时最为惊人的是稍有触及这类话题，她那表情如此丰富的脸，既显出心不在焉的样子又一丝不变地保持着瞬时前的表情。这似表情非表情的定象犹如死寂一般凝重。我们说不出，这神色对那些事情究竟是表示谴责还是赞成，是了解还是无知。她的表情只是跟脸上各部分发生关系。鼻子、嘴巴、眼睛形成一个完美和谐的统一体，但跟脸外的世界是隔绝的。她只是一幅水彩画，别人刚才说些什么，她一点儿也没有听见，仿佛别人刚才是在对拉都①的肖像谈话。

我把布里肖的住址告诉车夫，看见窗户灯光，我当时感到自己如同处在奴隶受禁的境遇之中，但是过了一会儿，我发现阿尔贝蒂娜强烈地感到，她也处于这种境遇时，我先前的感觉便从我的心头释落了。为了不让她为这种境遇而过多地感到压抑，从而突生念头，自行打破这种境遇，我觉得最巧妙的办法莫过于给她造成一种印象，即这种境遇不是一成不变的，我本人就希望它早日结束。我看见自己的伪装获得了成功，本该值得十分庆幸。首先，我本来日夜担心的事情，即我原来估计阿尔贝蒂娜会下决心离去，现在这一可能已经排除。其次，撇开我力求达到的效果不谈，单就我伪装的成功这件事本身而言，就证明了我在阿尔贝蒂娜眼里还不完全是一个分文不值的情夫，一个样样花招均被戳穿、只配受人嘲笑的嫉妒者；这件事把某种贞德还给了我们的爱情。在我们的爱情生活中，诸如她在巴尔贝克时轻易相信我另有所爱的时代重新诞生了。当然她现在不再会相信我另有所爱，但是对我希望今晚两人就分手告别的假意则深信不疑。

---

① 拉都（1704—1788），法国画家。

她表示怀疑，不相信个中的原因出在维尔迪兰夫妇那里。我对她说，我遇见一位剧作家，叫布洛克，是莱娅的一位亲密朋友。什么千奇百怪的事情莱娅都告诉过他（我想用这番话诱她相信，我对布洛克表姐妹的事情了如指掌，只是心照不宣而已）。由于我佯装需要分手，弄得有些心烦意乱，出于稳定情绪的需要，我对她说："阿尔贝蒂娜，您能对我发誓，您从来没有对我说过谎吗？"她目光呆滞，望着空气回答道："能，也就是说不能。我错了，我不该对您说安德烈对布洛克一往情深，我们根本就没有见过他。""那您为什么要这么说呢？""因为我怕您会对她有另外一种想象，我说这话就为这个。"她依旧目光呆滞，说："我跟莱娅一起游玩过三个星期，我不该瞒着您，不告诉您。可那时候我跟您还那么不熟悉。""是在巴尔贝克以前吗？""是的，是在第二次去巴尔贝克以前。"今天早晨她还亲口对我说，她跟莱娅素不相识！我仿佛见到，我千万个小时呕心沥血写成的小说，突然间化成一场春梦，付诸东流。早知今日，何必当初？阿尔贝蒂娜把这两件事情透露给我，是因为她觉得我已经从莱娅那里间接地打听到了，而且她一定觉得谁也没有道理否认，这类事情多得举不胜举；我也明白，每当我盘问阿尔贝蒂娜，她的回答从不会有半句真话，而真话只有当一方面决意缄口隐瞒事实，另一方面坚信别人已经了解了这些事实，这两种心理在她身上突然发生混合作用的时候，她才会不由自主脱口吐露出来。"不就是两件事嘛，这又有多大关系，"我对阿尔贝蒂娜说，"不如痛痛快快说出四件事来听听，也好给我留下一个记忆。您能不能向我再透露几件事来？"她仍然木然地看着。她是要使自己的谎言适应于对未来生活的某一种信仰呢，还是要跟某些未及她想象得那么随和的神祇妥协呢？看来这大概都不尽容易，因为她已沉默和呆滞了好久。"不，没有什么别的事了。"她终于开口说。现在不论我如何追问，她都倔犟地紧咬牙关，一口咬定没有别的。弥天大谎！从她陷足于这类邪癖之日起，直到她被禁锢于我家，其间在多少个地方，在多少次散步中，她都已无数次满足了这邪欲！

戈摩尔人虽为数不多,却又不可胜计,不管是在什么地方,也不论是在人群之中,她们一眼就能认出对方,立刻就能沆瀣一气。

那年有一个晚上,发生了一件事,我每想起来就感到恶心,可当时我只是觉得有些奇怪。我有一位朋友,请我上饭馆吃饭,他带着自己的情妇,他另外一个朋友也带了自己的情妇。进饭馆没过多久,她们早已心领神会,都急不可待地要占有对方。刚上浓汤,俩人的脚就已开始相互寻找起来,经常找到我的脚上。不一会儿,腿都缠到一块儿去了。我的两位朋友什么也没有察觉,我却在受罪。其中一个女人再也克制不住,借口说有东西掉到地上,索性钻到桌子底下去了。接着一位说偏头痛发了,告辞要到盥洗室去一下,另一位猛然发现时间到了,该陪一位女友去看戏了。头痛女子从盥洗室出来,道歉先行退席,一人回家等候情夫,以便服一些阿斯匹林。此后她们成了亲密朋友,常常一起外出散步。一位喜欢身着男装,身边抚养着一批小女孩,时常把她们带到另一位家里,对她们进行教化。另一位身边有一个小男孩,假装对他很不满意,时常交给她的女友来管教,女友当然是责无旁贷、毫不留情。由此可见,她们这种人随时随地都可能干出那些最难以见人的事情,无所谓大庭广众,无惧于光天化日。

"可是在整个旅行过程中,莱娅在我面前始终都是规规矩矩的,"阿尔贝蒂娜对我说,"跟许多上流女子比,她要谨慎持重得多。""阿尔贝蒂娜,难道上流女子中也有人对您放肆吗?""从来没有。""那您这话是什么意思?""嗯,她说话不像那些上流女子那么随便。""举例说说。""她不像我们接待的许多女子,从来不用'讨厌'这个词,也不说'无所谓'那种话。"我觉得,我一部分原来未曾付之一炬的小说也终于化成了灰烬。本来的话,我的失望也许还会持续下去。每当我想到阿尔贝蒂娜的话,都会产生一股疯狂的怒火,可是这怒火总是碰到某种温柔,于是便降落下来。平心而论,我自己不也一样,我回到家里,宣布希望一刀两断,我不也在撒谎。况且,回过头来想一想,阿尔贝蒂娜在认识我以前过的是何等的纵乐生活,而现在则表现出囚人般的顺服，我不能不加倍珍惜，于是我不再责怪她了。

不过，我虽然是伪装，内心却涌上一股凄凉之情。本来非有真实的意图不会有这份伤感，可我为了装出忧伤，不得不想象一份忧伤出来。在我们共同生活的过程中，我一直不断地暗示阿尔贝蒂娜，我们这种生活只能是暂时的。我做这样的暗示，目的是让阿尔贝蒂娜继续感到我们的生活还有吸引力。可是今晚我走得更远，因为我怕，用含糊不清的暗示，对她进行一刀两断的威胁，已经不够有效，怕阿尔贝蒂娜心里产生念头与之抗衡，仍以为伟大的爱情使我产生了嫉妒心，似乎说是这爱情嫉妒心促使我去维尔迪兰家作明察暗访的。那天晚上我想，导致我突然决定演出断情戏的原因——对此我是后来才逐渐发觉的——中，有一个主要的原因，即我跟父亲有一个相仿的地方，有时会心血来潮，会对一个好好的平安无事的人进行威胁。为了不让人觉得这一威胁只是空头吓唬而已，我便在假戏真演的路上走得很远，一直到对手错以为我真的会说到做到，开始浑身战栗的时候，我才收兵落幕。

不过，我们清楚地感到，谎言之下必有实情。如果生活不给我们的爱情带来变化，我们自己就会想法创造或者伪造变化；我们之所以想谈分别，因为我们强烈地感到，爱情和万事万物一样，都迅速地朝着永别的方向演进。永别之时远未来临，我们已经希望先为它流淌眼泪。当然，这一回我演这场戏，有一个实际的原因。我突然坚持要挽留她，因为我感到她分心于其他的人，我无法阻止她跟那些人走到一起去。如果她拒绝一切人，永世专心于我，我也许会更加坚定，决心与她永不分离。嫉妒变分离为残酷，而感激化分离为不能。总之，我感到我发动了一场大战，我非胜则死。我本来可以在一小时之内便把拥有的一切拱手交给阿尔贝蒂娜。我心想：一切都取决于这场战役。但是这场战役与从前的战役有所不同，不是几个小时就能决出胜负，它更像一场当代战役，两天、三天，乃至两个星期都不见分晓。人们总以为这是最后一刻拼刺,所以不遗余力。然而一年过去了,却还没有"决出雌雄"。

当我害怕阿尔贝蒂娜离我而去,恐惧感占有了我的时候,我无意识中来到了夏吕斯身边,回想起他说谎的一些场景;恐惧感的上面又增添了一层无意识回忆。我曾经还听我母亲叙说过一件事情,我当时一无所知,但后来这件事使我相信,那种说谎场面的所有因素都是我自身内部一个隐蔽的遗传储存所提供的。正如有些烈性酒或咖啡一类的药物对我们潜在的精力会发生作用一样,某种感情冲动在此也会发生作用,会把这种遗传储存挖掘出来为我们所用:我的姨妈奥克达夫听欧拉莉报信说,弗朗索瓦丝自以为女主人永远不会再出门了,便暗中玩弄手脚,准备瞒着我姨妈擅自偷偷出门。于是,我姨妈在前一天佯装决定第二天要试着出去走走。她把这话对弗朗索瓦丝说了。弗朗索瓦丝起先还将信将疑。我姨妈让她事先将所需衣物全部备好,将那些锁在箱柜里过久的衣物都拿出来晾晒,不仅如此,而且还订好了汽车,快到正式出门的时候又把一天的日程安排都作了详细交待,吩咐妥当,直到弗朗索瓦丝对此深信不疑,或至少再也沉不住气终于不得不向我姨妈说了实话,说她预先已有安排,我姨妈这才放弃自己的计划,说为的是别妨碍了弗朗索瓦丝的安排。我的情况与此相仿。为了不让阿尔贝蒂娜以为我是在虚张声势,让她以为我们即将相互离别,并让她这个想法发展得越远越好,我必须自己对自己的分手建议作一番结论,于是我将翌日才将开始,然后将永远持续下去的时间,即我们分别以后的时间作了提前,向阿尔贝蒂娜千叮咛万嘱咐,仿佛我们过一会儿肯定不会再和解一般。正如将军们所言,要使佯攻能够蒙蔽对方,必须把佯攻变成真攻。我在装演之中投入的感情精力,就仿佛真有其事一样;这场离别的假戏结果演成真的生离死别一样,叫我充满了无限的忧伤。也许这是因为两名演员中的一名,阿尔贝蒂娜信以为真,反过来增加了另一名演员的幻觉。本来我们是得过且过,这样尽管很不舒服,但还能忍受，在习惯的负荷下，庸庸碌碌，相信明天的日子尽管残酷难熬，但毕竟仍有我们依恋的人留在身边。我这下发疯似的，整个毁了这沉重的生活。虽然我只是虚假地摧毁了它，但这足够使自己黯然神伤。因为即使我们是用谎言的形式说出了忧伤，但这语言自身便缠绵悱恻，那苦涩深深地注入我们的血液；因为我们知道，我们在扮演永别的时候，其实只是将日后注定的一个时刻提前道出而已。何况我们难以断定，我们刚才触发的就一定不是鸣响这一时刻的启动装置。我们尽管可以虚张声势，但是被欺骗一方将作何种反响，这里总含有一部分难以预料的因素，不管这些因素的比重是多么微弱。要是这场演剧变成一场真的离别怎么办！想到这种可能性——尽管这是不可能的可能性——我们忍不住有一阵心酸。现在我们产生了双重的忧虑。分别来临的时候，正是我们对分别已经无法忍受的时候，正是我们从女子那儿遭受了痛苦，她未及将您治愈，或至少减轻您的痛苦，就要离开您的时候。另外，我们平日即使是处在忧伤之中，但至少还可以依靠习惯的支撑借以休养生息，现在这一点我也将丧失殆尽。是我们自己自愿放弃这习惯支撑点的。我们把眼前的时日看得非凡的重要，把其余的时日全部抛开。我们的想象就如遇上了动身出发的日子，失去了根系，随波逐流。它不再为习惯所麻痹，整个苏醒过来。我们在自己日常的爱情中突然注入了一缕感情幻想。这幻想将日常爱情无限地扩大，偏偏把一个已经不能有所依靠的人变成一个不可或缺的人。毫无疑问，正是为了保证将来这样一个人能存在于我们身边，我们才展开了这场驱逐这人的游戏。我们咎由自取，自己陷进了这场游戏，受到百般捉弄。我们重新产生了痛苦，因为我们干了一件新的不同寻常的事情；这事情恰似某种创新疗法，日后定能治愈百病，但最初的疗效却是病上加痛。

我两眼噙满了泪水。犹如有些人独自关在卧室里，随着起伏不定、变幻莫测的幻想，想象着一个喜爱的人去世了，设想自己会多么痛苦，想得如此仔细，以至于最后竟痛不欲生了。我对阿尔贝蒂娜反复叮嘱，请她注意今后应该对我采取什么态度。我说这些话，觉得我们过一会儿大概不会再言和了，充满了忧伤。再则，难道就那么自信，一定能使阿尔贝蒂娜回心转意，恢复共同生活的愿望吗？即使我今晚成功了，用这场戏驱散了她从前的精神状态，难道她就一定不会故态复萌吗？我感觉到自己是未来的主人，但我又怀疑自己，因为我明白，我们这种感觉仅仅来自于尚未存在的东西，因此这种感受还未必不可避免，将我压垮。另外，我虽然是在撒谎，但谎话中的实话成分也许超过我的想象。刚才就有一例，我对阿尔贝蒂娜说，我很快就会将她忘却的。这是实话，跟吉尔贝特就是这样的情况，我现在摈弃旧念，不再去见她，倒不是怕痛苦，而是怕劳苦。当然，我写信告诉吉尔贝特我不再见她，痛苦一阵也就过去了，因为我当时只是偶尔才去吉尔贝特家。可是，阿尔贝蒂娜的每时每刻都属于我。在爱情上，放弃一种感情比失掉一种习惯更为容易。好在我之所以有力量说出这些两人分别的痛苦语言，是因为我知道那是一片谎言。相反，从阿尔贝蒂娜口中吐出的却是诚实之言。我听她大声说："啊！一言为定！我永远不再见您了。这总比看见您这么苦着脸好，我亲爱的。我不想让您伤心。既然有必要，我们可以从此不见。"这话由我口中说出不可能是诚实之言，但在阿尔贝蒂娜却是发自肺腑的，因为阿尔贝蒂娜对我有的是纯粹的友情，她答应不再相见，对她没有多大损失。另一则，我掉眼泪，在一个伟大的爱情中只是一件如此微不足道的事情，但是转移到她身处的友谊领域里，在她眼里就变成了非同寻常的事情，足以使她心慌意乱。按她刚才的那番话，她的友谊要大于我的友谊；之所以是按她刚才的说法，是因为在离别的时候，说温柔缱绻之语的，都是没有爱情之爱的人，而真的爱情，是无以直接言表的；之所以是按她刚才的说法——她的话也许并非完全没有道理——还因为，爱情具有成千上万的善行，有人能激发起别人的爱情，自己却感受不到爱情，爱情最终能在这种人身上唤起一种温情和感激之情。然而，跟激发起这两种感情的爱情相比，这两种感情本身没有那么自私；

在一对情人离别若干年之后,在原来的情夫那里,爱情早已不翼而飞,而情妇的心里却依然荡漾着温情和感激之情。

我今晚仅仅是对凡德伊小姐怀有妒意,对阿尔贝蒂娜的愤恨和硬要留住她的想法都仅仅持续了片刻时间。所以,想到特罗卡德罗的事情,我毫不在乎。首先,是我为了使她避开维尔迪兰夫妇,才把她送到那儿去的;其次,即便是在那儿遇见了莱娅,为了让阿尔贝蒂娜跟此人认识,我把阿尔贝蒂娜叫回来了,我现在说出莱娅的名字,也完全是出于无意。可是她却疑神疑鬼,以为也许有人告诉了我更多的事情,便先声夺人。她稍稍遮住脸,滔滔不绝地说:“我跟她很熟悉,去年我跟女友们一起去看过她的演出。散场以后我们到她化妆室去了,她就当着我们的面卸妆更衣,真有意思。”于是我的思绪不得不放弃凡德伊小姐,去作绝望努力,明知不可能再现真实场景,却偏要奔向深渊,却抓住女演员,抓住阿尔贝蒂娜走进化妆室的那个晚上。她用如此真切的口吻向我指天发誓,又如此彻底地牺牲了自己的自由,我怎么可能还加罪于她?然而,我的怀疑难道不是伸向事实真相的触角吗?她虽然为我牺牲了维尔迪兰夫妇,去了特罗卡德罗,但是维尔迪兰夫妇家原来毕竟要有凡德伊小姐;她虽然后来又为我牺牲了特罗卡德罗跟我到别处散步,但在特罗卡德罗毕竟又有那位莱娅——这是把她叫回来的原因。莱娅本来似乎并不叫我担心,然而有一件事我并没有问阿尔贝蒂娜,她自己说了出来,那件事说明她认识莱娅,认识的程度超出了我担心的程度。另外,阿尔贝蒂娜一定是在非常可疑的场合下认识莱娅的,不然谁有可能把她带到莱娅的化妆室去呢?我今天一天之间就碰到两个刽子手。我受苦于莱娅就再也不能受苦于凡德伊小姐,这一定是因为我的心灵残缺不全,无法同时想象过多的场景,或者是因为我神经质的激动相互发生了干扰——而我的嫉妒仅仅是其回声。为此我可以得出结论,我对莱娅和凡德伊小姐的嫉妒是一视同仁的,我不恨莱娅,只是因为我还在受着凡德伊小姐的苦。其实这是因为我的嫉妒心泯灭了——有时候会相继苏醒。但是反过来这也并不意味着每一次嫉妒心都是凭空而起，没有一个预感中的事实为根据。我说预感中的事实，这是因为我不能占有所有一切时空，也不会有什么灵性，发现此人与彼人之间存在着默契。阿尔贝蒂娜神出鬼没，一会儿和莱娅，一会儿跟巴尔贝克的姑娘，一会儿又跟与她曾擦肩而过的夫人的女友，再加上捅过她的网球姑娘，还有凡德伊小姐，等等，等等，我怎么可能某时某刻出其不意把她抓住呢。

"我的小阿尔贝蒂娜，您向我这么保证，您心地真好。至少在未来几年里，您去的地方，我就不去。您还不知道今年夏天去不去巴尔贝克，是吗？如果您要去的话，我就安排好不去。"我现在之所以这么向前推进，在我的谎言虚构中把时间大大提前，这既是为了吓唬阿尔贝蒂娜，也是为了自作自受。犹如一个人起先没有什么充分的理由发怒，可是自己嗓门响亮，渐渐兴奋起来，及至一发而不可收，最终发展到真的暴跳如雷起来。这不是出于对某事不满，而全是自身的怒火不断上升的结果。我顺着自我忧愁的坡道越来越快地往下滑，滑向越来越深的绝望之渊。犹如一个缺乏活力的人，遇到逼人的寒气，不是试图斗争，反而觉得瑟瑟发抖也有一番情趣。我希望，过一会，我能有力量恢复镇静，采取反应，停止下滑。但是，阿尔贝蒂娜待会儿跟我道晚安的时候，应该跟我吻别，给我以安慰。她今天就吻我一下，就会减轻我的忧伤——这绝对不是她如此冷淡地迎接我回家而给我造成的忧伤，而是我自己在想象中办理离别手续甚至看见离别的后果所感到的忧伤。但是，这一声晚安，不应该由她主动向我来说，这样会使我难以改变态度，不再向她建议说，放弃原来的想法，俩人不再分手。因此，我一再提醒她，互道晚安的时刻早已到了，这样我始终掌握着主动权，可以把这互道晚安的时间再拖延片刻。我在向阿尔贝蒂娜提问过程中，频频暗示，告诉她夜已这么深了，我们也疲倦了。"我不知道自己会去哪儿。"她忧心忡忡地回答我最后一个问题。"也许我会去都兰我姨母家。”她草拟的这第一个计划叫我的心已经凉了半截，仿佛它已开始真正实现我们的决裂。她瞧瞧房间，瞧瞧自动钢琴和蓝绣面的椅子。“一想到明天和后天，永远也见不到这一切了，我真接受不了。可怜的小卧室！我觉得这不可能。我脑子里装不进这种想法。”“您必须这么想。您在这儿不幸福。”“不，至此之前我没有什么不幸福，从现在开始我才会不幸福。”“不，我向您保证，这样对您更好。”“也许是对您自己更好！”我呆呆地看着，仿佛无限犹豫之中受着百般的折磨，挣扎着与一个浮现于我心头的念头进行着殊死的抗争。最后我突然说：“听着，阿尔贝蒂娜，您说您在这里更加幸福，走了以后您会不幸福的。”“那当然。”“这真叫我难办了。您愿不愿意我们先不分手，再试几个星期？谁说得准？一个星期接着一个星期，也许我们可以发展得很好。您知道，有些暂时的东西最后竟可能永久性地持续下去。”“嗯！那您心太好了！”“只是那样的话，我们这一连几个小时，不是在白白地自寻烦恼，在闹发疯吗？就好比忙了半天，准备出去旅行，结果又走不了一样。我是伤心透了。”我让她坐在我的膝盖上，取出她向往已久的贝戈特的手稿，在封面上写道：“赠与我的小阿尔贝蒂娜，续约纪念。”“现在，”我对她说，“去睡吧，一直睡到明天晚上，我亲爱的，因为您一定累极了。”“我不累，我是高兴极了。”“您爱我一些了吗？”“比以前要爱一百倍。”

我不应该为这场小戏的得胜而高兴。这场戏尽管没有发展到精心导演的程度，尽管两人分手的问题仅仅是纸上谈兵而已，但是事情已经够严重了。我们以为这只不过是说说罢了，而且又是随便说说，并非带有真正的动机——事实确实如此。殊不知，这样随便的谈话，虽然是低声的轰隆，却经常想不到这已是一场暴风雨的前奏。事实上，我们在谈话中表达的东西，与我们的欲望（我们的欲望是要跟所爱的女子永远生活在一起）是背道而驰的，但同时它正说明了共同生活是不可能的。这种不可能性造成了我们日常的痛苦。比起离别，我们情愿忍受这种痛苦，但是最终总由不得我们，痛苦总会致使我们分离的。通常而言，分离并非一下子就能实现。经常发生的情况是——我们将会发现，我跟阿尔贝蒂娜的情况属于例外——我们说了一些自己不予置信的话，若干时间以后，我们实行一次不定型的分离试验。这是一种自愿的、无痛苦的、暂时的分离。为了使女人过后跟我们一起生活能更加欢快，同时也为了我们自己能暂时逃避不断的忧愁和疲倦，我们请求她撇下我们，或者我们撇开她，单独去进行一趟若干天的旅行。几天之中，我们度日如年，觉得离开了她无法度日。几日以后她很快又回到了家里，恢复了她在家庭中的位置。问题只是，这次分别虽然短暂，然而却是实现了，它并不是我们想象的那样，是随意决定的，是一次性的，不会重演。忧愁重又开始，共同生活的困难重又不断加剧，唯有分离已成为一件不那么困难的事。我们开始谈论分离，然后客客气气地付诸实施。那都是一些我们没有认出的预兆。不久，暂时性的微笑式离别终于由我们自己在无意中酿成为残酷的永久性离别。

“过五分钟，请到我房间里来，我亲爱的小乖乖，我要看您一眼。您要对我非常的亲。不过我很快就会睡觉的，我已经像个死人儿了。”过后我走进她房间的时候看见她确实像个死人儿。她刚躺下就睡着了。床单包住她的身躯，如同裹尸布一般，漂亮的皱褶显出石雕般的硬度。这仿佛是中世纪一幅表现最后的审判的画，只见人的头露出坟墓，昏昏沉睡，等待着大天使吹响号角。由于睡意突然袭来，她头发蓬乱，脸仰翻着。我看着这躺卧在那里的、平凡之极的身躯，捉摸着这身躯究竟构成什么对数，为什么它所参与的一切行为——从推推肘臂到碰碰裙衫——竟至于在我心里引起如此的痛苦和焦虑。我的焦虑是无限伸展的，她的身躯在何时何地活动，我的焦虑就随之出现。我的焦虑还不时地会随着记忆而突然复发。其实我知道，我的焦虑是由她的情绪和欲望所决定的。但是如果换一个女子，即便是她本人，要是在五年以前或者五年以后，她的情绪和欲望就与我完全无关了。我知道这是自欺欺人的谎言。但是由于这一谎言,我已缺乏勇气去寻找其他的解决办法,唯有一死了之。我就这样,穿着从维尔迪兰家回来一直没有脱下的皮袄,呆呆地凝视着这歪扭的身躯,这尊寓意像。什么寓意?我的死亡,还是我的爱情?不一会儿,我听见她发出了均匀的呼吸声。我坐到她的床沿上,进行那微风静观式的镇静治疗。然后,我怕闹醒她就蹑手蹑脚退出了房间。

这时时间已经很晚,所以一清早我就嘱咐弗朗索瓦丝,如果她要从阿尔贝蒂娜房前经过,请她把脚步放轻一些。于是弗朗索瓦丝坚信,我们这一晚一定是在所谓的酒神节中度过的,便嘲讽地嘱咐其他仆人,不要"吵醒公主"。这正是我担心的一件事情。我怕弗朗索瓦丝有朝一日再也克制不住,对阿尔贝蒂娜蛮横无礼,这样会把我们的生活搞得更加复杂。弗朗索瓦丝此时已不像年轻的时候看着欧拉莉受我姨妈宠爱,还能忍气吞声。她现在已没有这么勇敢,能够忍受嫉妒心的折磨。嫉妒使我们这位女仆脸形歪扭瘫痪,其程度之严重,以至于有时候我不禁在想,我可别蒙在鼓里,她这么怒火发作之后,会不会小病一场。我请求别人不要破坏阿尔贝蒂娜的睡眠,可自己却找不到丝毫的睡意。我试图弄个明白,阿尔贝蒂娜究竟属于什么精神状态。在演了这幕悲喜剧以后,我是否真正绕过了险滩暗礁呢?尽管她口口声声说在这里十分幸福,但她有时候会不会仍有要求自由的想法呢?相反我是否应该相信她的话?两种假设,哪一种是成立的呢?如果说当我想弄明白一个政治事件的时候,我通常——我必须如此——将我昔日生活的一个事例提到历史的高度来看待,那么相反,我在那天早晨,不断地将前夕的这出戏的意义与当时发生的一个外交事件——两者具有天壤之别,此处只是为了弄明白这出戏的意义起见——作一等量齐观。

我也许有权进行这样的推理。因为我曾经多次看见德·夏吕斯先生精湛地扮演这类骗局,他的形象很有可能潜移默化地在我前夜这场戏中起到了引导作用。另外,从这场戏本身而言,它无意之中不正是将德意志种族的深刻倾向——狡诈和傲慢引起的挑动性，必要的情况下产生的好斗性——引入了私生活领域吗？

有不少人，包括摩纳哥王子，都向法国政府暗示过，如果法国政府不与德尔卡塞①先生分手，那么德国就会咄咄逼人，真的发动一场战争。于是外交部长被迫提出辞呈。法国政府接受了一个假设，即如果我们不作让步，别人就会向我们宣战。但是也有人认为，那纯属“虚张声势”，如果法国稳住阵脚，德国绝不敢轻易拔剑。毫无疑问，两个剧本，两套情节。阿尔贝蒂娜从未扬言，从未威胁过我要跟我一刀两断。但是正如法国政府对德国抱有疑心一样，一系列的印象又使我疑窦丛生，坚信她是想到过要威胁我的。但再说回来，如果德国有的倒是和平的意图，那么挑起法国政府产生多心，以为德国想发动战争，那就是危险的机智在作怪，必须加以反对。诚然，如果阿尔贝蒂娜是以为我永远下不了决心跟她彻底决裂，这才产生独立愿望的话，那我的举动是相当聪明机灵的了；但是，她得知我去了维尔迪兰家以后，这么火冒三丈，嚷着“我敢肯定”，最后又全部揭去面纱地说：“他们一定把凡德伊小姐也请到家里去了。”只要看看她的这种态度，说她没有以为我下不了决心，这岂不令人难以置信吗？她过着隐秘的生活，朝着满足自己异癖的方向发展，难道我们对此视而不见吗？安德烈给我透露过，阿尔贝蒂娜和维尔迪兰夫人会过面，这就证实了上述这一切。我尽力与自己的本能作抵抗。此时我想，她突然需要自由独立的愿望——假设这一愿望是存在的——也许源于，或最终会源于一个相反的想法，即我从来没有想过要娶她为妻，我无意识地暗示我们即将分离的时候，道出了真心话；无论如何，迟早有一天我会离开她的。我今晚扮演的这场戏只能加强了她的这个信念。她的心里最终可能酝酿出这样一个决

---

① 德尔卡塞(1852—1923)，1898 年至 1905 年任法国外交部长。在任期间主张与俄国结盟，与英国言好。由于法国和德国在摩洛哥问题上关系紧张，于 1905 年 6 月 6 日辞职。

心:“既然注定有朝一日会发生此事,不如趁早说断就断。”按照荒唐之至的格言所鼓吹的理论,要想和平,就得备战,但是这一理论的效果却适得其反。首先敌对双方都误以为是对方希望关系破裂;这一误解所导致的结果便是关系真正的破裂。关系破裂以后,双方又都以为这是对方的意图所造成的。所以威胁即便不是出于真心,只是虚张声势,但它一旦成功,便会怂恿人们愈演愈烈;而虚张声势究竟进行到哪一步才能获得成功,这是很难预言的事情。如果一方走得太远,另一方虽然一直退让,到后来也会发起反攻的。如果一方不知道改变战略,以为坚持装出不怕破裂的气概,就是避免破裂的最好方式(我今晚对阿尔贝蒂娜就采取了这一方式),同时又一味地傲视阔步,宁死不屈,坚持威胁下去,其结果会把双方都逼到绝路上面。虚张声势中也可能掺杂着真实的用意,两者交替轮换着,昨日是场游戏,翌日就会变为事实。最后,还有可能发生另一种情况,即敌对一方确实决心一战;阿尔贝蒂娜迟早就会想到,不要再这样生活下去了;也许她心里并未产生过这种想法,是我自己想入非非,胡编乱造。这就是那天早晨她睡着的时候,我作出的几种不同假设。说起最后这个假设,在这以后的一段时间里,我之所以吓唬阿尔贝蒂娜,说要跟她一刀两断,这纯粹是因为她所要求获得的是一种不好的自由,我是为了回敬她的这种想法才这么先声夺人的。她虽然没有直接挑明过她的想法,但我觉得某些暗中的不满,某些言谈举止却能充分说明问题。只有这种想法才能解释她为什么有那类言谈举止,而反过来她对自己的这些言谈举止从不作任何解释。而且在我暗示要分手以前,我已经常发现她有这些言谈举止。我当时希望这只不过是她一时情绪不好,过一天就会结束的。可是她恶劣的情绪有时会一连持续好几个星期,仿佛她知道在一个或远或近的地方有着奇趣乐事,她却被幽禁着,失去了前去共欢的可能;这些乐事不到结束,对她的影响就不会停止,正如哪怕在巴剌阿里群岛的远疆发生了气候变化,我们坐在炉边也能感受得到,我们的神经也难免受到影响。

那天早晨，趁阿尔贝蒂娜睡着，我竭力猜测她内心究竟藏着什么隐秘。这时我收到母亲一封来信，信中说我的决定她一无所知，表示十分担忧。她援引了塞维尼夫人的一句话："在我看来，我深信他不会结婚，他既然决定永远不娶这位姑娘，为什么还要把她的心搅乱？为什么要弄得她对别的求婚者冷眼相看，拒不相见？如此容易离开的姑娘，为什么不离开，而偏要去搅扰她的心灵？[①]"我母亲这封信把我带回了地面。我为什么一定要寻找一颗神秘的灵魂，解释一种脸部的表情，明明预感到身边有可疑之处，却又不敢深入追究？我扪心自问道。是我在胡思乱想，事情十分简单。我本来就是一个举棋不定的年轻人，眼下又牵涉到一桩需要若干时间才能弄清是否可行的婚姻大事；我和阿尔贝蒂娜的事情，毫不例外，也需要深思熟虑。想到此，我的神经为之一松。但是这种心情持续时间很短，我很快便又想："如果从社会外貌来看事情，我们确实可以把一切都归结为最普通的社会新闻。站在事情的外部，我也许就会这样看问题。但我很清楚，真实的东西，至少是真正的东西，乃是我自己的所思所想，是我自己在阿尔贝蒂娜眼中看出的神情，是折磨我的恐惧感，是我关于阿尔贝蒂娜向自己提出的一系列问题。"那些有关犹豫的未婚夫和告吹的婚姻等等故事就可能属于社会新闻一类，这就好比稍有头脑的专栏记者写戏剧报道的时候，都能将易卜生的戏说出个故事来一样。但是故事传说背后毕竟隐藏着别的东西。如果我们善于仔细观察，犹豫的未婚夫和拖拉的婚姻里面都可能包含着别的东西，因为日常生活完全有可能蕴藏着秘密。所以对有些人的生活秘密，我有可能身在局外，一无所知。但是阿尔贝蒂娜的生活和我自己的生活，我是从内部加以体验的。

---

① 这是塞维尼夫人1679年10月25日写给其女儿信中的一段话。作者的引文只是大意，并不准确。

那天晚上以后，阿尔贝蒂娜一如既往，没有对我说："我知道您对我不信任，我要尽力驱散您的疑团。"她从来没有明说过这个想法，不然的话，这一想法可以作为她某些行动的解释。她想方设法安排妥当，一刻也不让自己一人待着。这样即使我不相信她的自我声明，我也不能再说不知道她干了些什么。另外即使当她要打电话给安德烈，给车库，给驯马场，或给别的地方，她总是声称要她一个人待着打电话，等着小姐们慢慢给接通电话，那实在太无聊了，她就想方设法让我那时候待在她身边，要是我不在，她就拉上弗朗索瓦丝，她仿佛怕我怀疑她通电话秘订约会，怕受指责似的。

唉！这一切真不让我安心。埃梅把爱丝苔尔的相片寄还给了我，告诉我这不是她。难道还有别的人？是谁呢？我把相片寄回给布洛克。我想看的是阿尔贝蒂娜与爱丝苔尔的那张相片。她在相片上是什么模样？也许是袒胸露肩。谁知道她们有没有合过影？这事我不敢直接跟阿尔贝蒂娜谈，因为我会在她面前露馅，说明我没有见过那张照片；我也不敢跟布洛克谈及此事，因为我不愿意让他觉得我对阿尔贝蒂娜感兴趣。

凡是了解我的疑虑，了解阿尔贝蒂娜奴隶般的囚禁状况的人都会承认，这种生活对我和对她都是十分残酷的。然而，身在局外的弗朗索瓦丝却认为，这是一种寻欢作乐的生活，不应该有这种生活。照她的话来说，这个"女骗子"，这个"江湖女骗子"——她嫉妒的对象主要是女人，所以较多地使用阴性，而不是阳性——是在玩弄花招，想法叫人赐予自己这寻欢作乐的生活。更有甚者，弗朗索瓦丝在跟我的接触中，增加了不少新的词汇，但她按照自己的方式进行了加工改造。谈到阿尔贝蒂娜，她就说，她从未见过有那么"背信弃义性"的人，那么装腔作势，那么会演戏（弗朗索瓦丝很容易将特殊错混为一般，又将一般错混为特殊，而且对戏剧艺术的分类又只有相当模糊的概念，所以她把阿尔贝蒂娜会演戏叫作"会演哑戏"），千方百计"抠我的钱"。弗朗索瓦丝对阿尔贝蒂娜和我之间的真实生活产生误解，对此我本人应负部分责任，因为我跟弗朗索瓦丝交谈的时候，有时候是为了逗弄她一下，有时候是为了故意炫耀，表明自己即便不被阿尔贝蒂娜所爱，至少心情也是愉快的，所以我对一些事情故意半遮半露，并不否认，含糊其辞地表示默认。然而，我的嫉妒，我对阿尔贝蒂娜实行的监视（这些我是多么希望弗朗索瓦丝不要有所察觉），弗朗索瓦丝不久就猜出了几分。正如一个懂得招魂术的人蒙住双眼也能找到东西一样，弗朗索瓦丝也受着一种直觉的引导。我遇上什么事情可能心情不快，她都有一种直觉。无论我怎样迷惑她，对她谎话连篇，无论她自己怎样对阿尔贝蒂娜充满忌恨——弗朗索瓦丝一忌恨，不是把敌手想象得快活非凡、诡计多端、虚情假意，而是设法探明什么事情能够叫敌手甘拜下风、迅速完蛋——都无法使她的直觉随便偏离目标。

我说两人分手，只是恐吓而已，但是我怀疑，阿尔贝蒂娜如果感到自己在受监视，会不会把恐吓变成现实；由于我们的生活处在变化之中，我们能用无稽之谈和骗人的谎言来创造现实。我每听到开门的声音，就禁不住战栗一下，犹如我外祖母在弥留之际，我一按门铃，她就要颤抖一下一样。阿尔贝蒂娜不跟我说一声就会出门，这我不大相信，那只是我的无意识在猜测而已，犹如外祖母当时已经神志不清，门铃一响，只是无意识还在颤动一样。一日早晨，我突然一阵不安，怕她不仅出门了，而且出走了。我听到开门的声音，觉得很像是她卧室的门。我蹑手蹑脚一直走到她的卧室前，推门后停在门槛处。半明半暗之中，我发现床单鼓成一个半圆形，大概是阿尔贝蒂娜蜷着身子，头和脚对着墙睡着，又浓又黑的头发散在床沿边上。我放心了，她在，她没有开门，没有走动。我感到这半圆形的床单虽然一动不动，但却充满了活力，因为床单里面裹着一个完整的生命；这个生命是我唯一视若至宝的东西，我感到它在那儿，为我所控制和占有。

弗朗索瓦丝跟阿尔贝蒂娜肯定从来没有争吵过，但我领教过弗朗索瓦丝指桑骂槐的本领。她善于利用时机，策划导演出颇有意味的戏来。我不相信她每天都会那么老实，不设法让阿尔贝蒂娜明白，阿尔贝蒂娜在家里扮演的是怎样一个受尽屈辱的角色；她一定会绘声绘色、夸大其词地告诉我的女友，她过的生活其实是一种近乎软禁的生活。有一次，我发现弗朗索瓦丝戴了一副大眼镜，在我的稿纸中翻找什么，又把我记载着有关斯万以及他离不开奥黛特的故事的一张纸放回原处。她无意之中是否曾把这张纸随便放到阿尔贝蒂娜的房间里去过？虽然弗朗索瓦丝含沙射影起来话音很高——她只有在幕后策划不可告人的事情时才是窃窃私语、低声说话的——但是相比之下，维尔迪兰夫妇凭空诬陷、恶语中伤的嗓音大概要比她更高、更清楚、更咄咄逼人；他们发现阿尔贝蒂娜无意之中牵住了我，我又故意地牵制住她，以至于俩人都远离了小圈子，不由得怒火冲天。

至于我为阿尔贝蒂娜花钱的事，那是一点也别想瞒过弗朗索瓦丝，任何开支都逃不过她的眼睛。弗朗索瓦丝缺点不多，但是她却创造了为这些缺点服务的真才实学；可惜除了发挥她的缺点，她的真才实学经常得不到表现。她主要的缺点是，别人为她花钱她毫不在意，但一旦我们为别人花钱，她就会发生好奇。我如果要结清一笔账或者要支付一笔小费，想躲到一边避开她，那是白费心机，她总会找到一个盘子，来把它收好，发现一块餐巾，来把它取走，她总是寻找机会走近我的身边。我不给她时间停留，气愤地把她撵走。这个女人视力已经不行，算账也不熟练，可她却像一个裁缝，一看见您便本能地量起来，立刻算出您的衣服用料，甚至禁不住前来摸您一下；她又像一名画家，对某种色彩效果特别敏感。她受着类似裁缝画家嗜好的驱使，在一旁偷偷看着，我究竟付了多少，然后立刻核算起来。有时候，为了不让她告诉阿尔贝蒂娜，我在贿赂她的司机，我采取先发制人的办法，对自己给了小费表示道歉，说："我是想对司机客气一些，给了他十法郎。"弗朗索瓦丝是铁面无私的，而且她那半瞎的鹰眼投一瞥，对任何事情就会一目了然。她回答我说："不，先生给了他四十三法郎的小费。他对先生说车费是四十五法郎，先生给了他一百法郎，他只找还给先生十二法郎。"连我自己都还不知道，她却已经把小费看得一清二楚，并一分不差地算了出来。

如果阿尔贝蒂娜是希望我恢复平静，那她已经达到了一半目的。我的理智不断地要求我向自己证明，要说我对阿尔贝蒂娜用心不良，那只是一种错觉，正如要说她有邪恶的本能，那也可能是我对她的一种错觉。我的理智提供了论据，我希望这些论据是有说服力的。但是为了公正起见，为了有幸发现事实真相——除非从来只有通过预感和心灵感应我们才能认识事实真相——我难道不应该对自己说，虽然为了我的康复，我的理智在听凭我的欲望操纵，但是，一涉及到凡德伊小姐，涉及到阿尔贝蒂娜的异癖、她另立生活的意图以及她离我而去的计划——后两者是她异癖的必然结果——等等事情，我的本能却可能听任我的嫉妒把理智引入迷途，使我旧病复发。不过，阿尔贝蒂娜闭门不出——她自己想尽办法，巧妙地把闭门不出变成了自我囚禁——解除了我的痛苦，并渐渐消除了我的疑心。每当晚上我焦虑不安的时候，有阿尔贝蒂娜在，我的心绪就能恢复往日的宁静。她坐在我的床边，跟我说这件或那件头饰，这件或那件摆设；那都是我赠送给她的，我想尽力改善她的生活，使她的监狱变得更加美丽。但是，有时我又有些担心，怕她会同意拉罗什富科夫人的观点；有人问过拉罗什富科夫人，问她居住在利昂古尔这么漂亮的公馆里是不是高兴，拉罗什富科夫人回答说，她还没有见到过漂亮的监狱是什么样子。

我之所以要向德·夏吕斯先生打听法国银器的事情，是因为我们打算要购置一艘游艇——阿尔贝蒂娜认定这个计划是不可能实现的，我自己也认为这一计划可能会落空，因为虽然我一旦对她的德行不再怀疑，嫉妒心随之下降，有些欲望就会抑制不住地产生出来，但是这些排除了嫉妒心的欲望需要有钱才能得到满足——尽管她认为我们永远不会拥有游艇，我们还是去听取了埃尔斯蒂尔的意见。关于游艇的装饰，就像妇女的衣着一样，画家的趣味是细腻而挑剔的。他认为游艇里只能布置英式陈设和老式银器。阿尔贝蒂娜起初只对自身的服饰和室内的陈设表示关心，由此银器也使她发生了兴趣。我们从巴尔贝克一回来，她就开始阅读有关银器艺术和旧时雕镂匠专印的著作。老式银器有过两次回炉销毁，一次发生在乌德勒支协议[①]签订的时候，连国王都交出了自己的银餐具，大贵族们当然只能纷纷效仿；另一次发生在一七八九年。所以老式银器现在已成了稀世珍品。时下的银器都是银匠根据莱桥[②]的图案进行复制的，那都是白费工夫，埃尔斯蒂尔觉得这不老不新的东西，哪里配得上进入趣味高雅的女子住宅，哪怕是水上住宅。我知道阿尔贝蒂娜读过描写罗基埃[③]为巴里夫人所制作的珍奇首饰的书籍。如果这些首饰尚有几件传世，她一定渴望能够饱饱眼福，我却十分渴望能够奉赠给她。她已经开始收集了几件漂亮的东西，放在一个玻璃橱内，陈列的样子十分可爱。每看到这些东西，我心里的同情感和恐惧感就油然而生。因为她陈放的技艺充分反映了智慧和耐心，反映了怀旧的囚徒们特有的精湛技艺。

在服饰打扮方面，眼下最使她倾心的，是福迪尼[④]的一切制品。福迪尼设计的裙衣，我见德·盖尔芒特夫人穿过一次。埃尔斯蒂尔跟我们谈起过，卡帕契奥和提香时代的人衣着是如何精美绝伦，那时他就曾向我们预告，有一种款式不久就将问世，他指的就是这种裙衣。这种裙衣从灰烬中获得新生，卓越多姿；犹如圣马可教堂的拱门上写着的一样，犹如拜占庭式的大理石和碧玉柱头上刻着的、那同时象征着死亡和复活的壶罐汲

---

① 乌德勒支协议签订于1713—1715年，宣告了西班牙独立战争的结束。

② 莱桥，巴黎彩釉陶器作坊，建于十八世纪下半叶。

③ 法国路易十五时代王宫首饰匠。

④ 福迪尼（1871—1949），原籍西班牙。1907年在威尼斯创建布匹与地毯工场。他集艺人、工匠和技师于一身，创造了在绫罗绸缎及普通棉布上直接绘画的印染技术。

水鸟所宣布的一样，一切都将卷土重来。刚有人穿上这种裙衣，阿尔贝蒂娜就想起埃尔斯蒂尔的预言，立刻动了心，要去选购。这种裙衣毕竟不属于地道的古式裙衣，今天的女子穿在身上戏装的感觉太重，还不如作为收藏品保存起来更为漂亮（我也在为阿尔贝蒂娜收集此类东西）；但它却又缺乏仿古服装那种素淡的气质。这种裙衣很像塞尔、巴克斯特和伯努瓦[1]所绘制的布景；时下他们在俄罗斯芭蕾中，借助富有个性和特性的艺术作品，来展现最令人喜爱的各时代艺术风姿。福迪尼的裙衣就是如此，它忠实于古风古貌，但又富有坚定的个性；它婉如布景，但又比布景更富有表现力，因为布景毕竟还需要依靠现象；威尼斯女子穿着福迪尼裙衣，威尼斯的东方气息顿然而生，它胜于圣马可教堂内圣人遗骸盒中的圣骨，能显示太阳的异彩及其头帕似的光晕，能给威尼斯增添光怪陆离、神秘闪烁的色韵。那个时代的一切都已消泯，但是灿烂的景色和灰暗的生活交相辉映，督治夫人的衣着时隐时现；那个时代正在复苏，历历再现。关于这方面的问题，我曾有一两次想启齿请教盖尔芒特夫人，可是公爵夫人不喜欢戏装式的服饰，她向来只穿饰有钻石的黑天鹅绒，才略感雍容华贵。所以关于福迪尼一类的裙衣，她的指教未必实用。况且，我还有一些顾忌，我这么前去请她指点，她会不会觉得，我临时需要她了才想到去见她。很久以来，她每周要邀请我，但好几次我都回绝了。如此频繁的邀请，并不只有她一个人。其他不少女子和她一样，对我也都非常客气。我闭门谢客，足不出户，肯定十倍地增加了她们的殷勤好客。社交生活只是爱情生活的微弱折射，如要别人央求见您，最妙的办法莫过于闭门谢客。如果男士处心积虑，将自己引以为豪的优尊一展无余，并且勤换衣着，修饰仪表，以此来取悦于一个女子，他唯一能博得的便是那女子的不屑一顾。可是，如果他欺骗女子，尽管他在她眼里不修边幅，缺乏取悦女子的手段，他却能

---

① 此三位画家曾为俄罗斯芭蕾画过布景。

永远地拴住她。同样，如果有哪位人士觉得社交界对他有所冷落，那我不会劝他多去主动登门造访，多注意衣着服饰，出门要备更加豪华的车马随从；我要劝他谢绝一切邀请，蛰居卧室，不见一人，届时他的门前反而会排成长龙。我也许对他不加一句劝告，因为要保证别人来主动追求你，就如同保证别人来主动爱你一样，只有当你不是刻意追求这一目的，而是无意之中采用了这个方法的时候，这个方法才会灵验。譬如，你一直闭门不出，是因为你身染重病，或者是仅仅觉得自己身患疾病，或者把一个情妇关于家里，情愿守着情妇，也不愿意前去上流社会（或者三个原因同时并存），上流社会并不知道有这样一个女子存在，而仅仅以为是你自己不愿出入社交场合，就凭这一条，你就胜过了自己投上门去的人，上流社会就有充分的理由喜欢你，并对你依依不舍。

"说到卧室，我们应该赶紧办一下您的福迪尼睡裙的事。"我对阿尔贝蒂娜说。她对这些睡裙向往已久，她会跟我前去仔细地进行挑选。她不仅在衣柜里，而且在想象中已为这些睡裙腾好了空位。在决定选购以前，她一定会在众多的款式中了解每一个细节。阿尔贝蒂娜毕竟还不是柜中衣裙过剩，对此不屑一顾的奢华女子，购买睡裙的事毕竟不会使她无动于衷。但是，尽管她含着微笑，向我致谢说："您真好。"我仍发觉，她神情十分憔悴，甚至十分忧伤。

有几次，她所盼望的裙衣还未完工，我就租几件裙衣，先给她穿上，或者直接买了裙料来，替她披在身上。她在卧室里走来走去，颇像一位督察夫人和模特儿，气度非凡，雍荣华贵。不过我一看到这些睡裙，就想起威尼斯，于是我关在巴黎的处境越发令我难受。但是相比之下，阿尔贝蒂娜似乎更像一名囚女。这件事说起来也十分奇特，使人脱胎换骨的命运之神仿佛穿越了监狱的高墙，从本质上改变了阿尔贝蒂娜，把她从一个巴尔贝克的小姑娘变成了一个既令人讨厌，又温柔顺从的囚女。是的，监狱的厚墙未能阻挡命运女神的影响，甚至也许还是监狱厚墙本身产生了这种影响。阿尔贝蒂娜已经起了很大的变化，她已不像在巴尔贝克那样，动辄骑车逃跑，溜得无影无踪，到一处处小海滩去，跟女朋友们一起过夜；再加上她经常撒谎，就使她更加难以捉摸。现在她在我家里，独自一人，唯命是从，与巴尔贝克时相比，她已判若两人。那时候，即便我在海滩上找到了她，她也是出言谨慎，闪烁其词。她诡计多端，巧妙地掩饰了众多的约会。这些约会越叫人痛苦，越叫人对她喜欢。从她对人的冷漠以及她那平淡的回答中，我们可以感觉到她前一天或后一天都排满了约会，这些约会充满了对我的轻蔑和狡诈。现在海风不再鼓起她的衣服，我剪断了她的飞翼，她已不再是个胜利女神，而成了一个我难以忍受、很想摆脱的奴隶。

为了改变我的思绪，我没有请阿尔贝蒂娜跟我一起玩扑克或跳棋，而是请她来为我弹几段音乐，我躺在床上。她向房间尽头走去，走到夹在书柜两个撑架之间的钢琴前坐下。她选的曲子或是全新的，或是她从未替我弹奏过的，或者就是只弹奏过一两次的（应我的请求，她经常弹凡德伊的作品选段。自从我发现阿尔贝蒂娜根本不要求再见到凡德伊小姐及其女友，甚至在我们制定度假计划时还说贡布雷离蒙舒凡过近，主动提出要避开贡布雷，我就可以不受痛苦地欣赏凡德伊的作品了）。她对我开始有所了解，知道我喜欢挑选对自己来说尚处在黑暗之中的音乐，我能够随着连续的演奏，用渐增的、可惜歪曲原物特性的智力外光，将那起初掩埋在迷雾之中的巍巍音乐之楼照亮，将那支离破碎、断断续续的轮廓重新连为一体。阿尔贝蒂娜知道，而且我相信她也明白，最初几次我为这一团未成形状的云雾进行加工塑造，我的心灵是何等欣慰。她弹奏的时候，那浓密的头发形如心脏，光如蛋壳，两旁顺贴着耳朵，与委拉斯盖兹[①]画中公主头上的发结颇为相似。音乐天使的音量是由多重行程构成的——从我心中

① 委拉斯盖兹（1599—1660），西班牙肖像画家。

对他的不同回忆点到不同的符号，从视觉到帮助我深入到他内心存在去的我自身最深刻的内心感觉，同样，阿尔贝蒂娜所弹奏的音乐也有一个音量，这是由乐句不同的可见性所构成的；我的乐句里投入的智慧之光有多有少，因此那些几近全部淹没在迷雾之中的音乐之楼的轮廓连接起来的程度也有所不同。阿尔贝蒂娜知道，她向我推荐半明半暗和混沌无形的东西，让我的思想对它们进行塑造，我十分高兴。她猜到，一段音乐弹奏到第三第四遍，我的智慧便对各个部分有所企及，将各个部分置于同一视线。对这些部分，我已没有任何活动需要开展，只需将它们展开，并固定在同一个面上即可。然而，阿尔贝蒂娜并不急于改奏一段新的曲子。尽管她未必觉察得出我内心所展开的工作，但她清楚，每当我的智力工作驱散一部作品的神秘，完成了其艰苦的任务以后，作为补偿，它很少没有获得这样或那样有益的反省，及至哪一天阿尔贝蒂娜说："这简乐谱我们要交给弗朗索瓦丝，叫她替我们去换一个了。"对我来说，这经常意味着世界上少了一段乐曲，但多了一个真理。

我非常清楚地意识到，阿尔贝蒂娜丝毫没有要求重见凡德伊小姐及其女友，而且在我们一起制订的所有度假计划中，由于贡布雷离蒙舒凡太近，她主动提出避开贡布雷。既然如此，我再对她们表示嫉妒，就不免有些荒唐可笑了。所以我经常请阿尔贝蒂娜为我弹奏凡德伊的音乐，心里不再产生痛苦。只有一次，凡德伊的音乐成了产生我嫉妒之心的间接原因。阿尔贝蒂娜知道我在维尔迪兰家听过莫雷尔演奏凡德伊的作品。有一天晚上，她跟我谈起莫雷尔，向我表示要去听他演奏，并十分希望跟他认识。在此以前两天，我正好听说莱娅给莫雷尔写了一封信，无意中被德·夏吕斯先生截得。我便怀疑，是不是莱娅对阿尔贝蒂娜谈起了莫雷尔。"肮脏的女人"、"淫邪的女人"的话不由得浮上我的心头，使我恶心。这样，凡德伊的音乐与莱娅——而不是与凡德伊小姐及其女友——痛苦地联系在一起了。只有当莱娅所引起的痛苦消减了，我才可能没有痛苦地听凡德伊的音乐。一个痛苦治好了我，阻止了其他痛苦产生的可能性。在维尔迪兰夫人家里听到的音乐，当时听起来，有些乐句只是一些浑然模糊的幼体，很难分辨清楚，现在这些乐句却变成了雄伟辉煌的大殿；有些乐句当时我难以认清，认清了也觉得十分丑陋，现在却变成了女友。我万万没有想到，这些乐句会像有些人一样，初看十分令人讨厌，但一旦被我们所了解，就立刻变成了我们现在所发现的样子。两个状态之间，发生了一个真正的嬗变。另有一种情况，有些乐句本来十分清晰，我当时听不出来，现在听起来却一清二楚，听得出它们与其他作品的联系。譬如，在维尔迪兰夫人家里听到的七重奏中，有一句管风琴宗教变奏乐句，当时就未曾引起我的注意，然而，这句乐句犹如从天堂神宇拾级而下的圣女，来到音乐家熟悉的仙女中间，与她们融为一体。此外，我曾经觉得有些表现正午钟声欢腾快乐气氛的乐句，缺乏悦耳的音调，节奏过于机械，现在却成了我最喜欢的乐句。这不是因为我习惯了它的丑陋，就是因为我发现了它的美丽。我们对任何杰作，起初感到失望，后来作出相反的反应，究其原因，是因为起初的感受在弱化，或者因为我们为发掘真理作出了努力。这是适用于一切重要问题——艺术现实的问题、现实的问题以及灵魂永恒的问题——的两种假设。这两种假设，必须选择其一。就凡德伊的音乐而言，时刻都需要作这种选择，而且选择的表现形式是多种多样的。譬如，我之所以认为凡德伊的音乐是比任何名书更为真实的东西，我不时想，其原因就在于我们对生活的感受不是以思想的形式出现的。我们是靠文学转译，即精神转译才使人们对我们的生活感受产生意识，分析阐释的。但是文学转译还不能像音乐那样，对生活的感受进行重新组织，音乐似乎就是跟随我们变化、再现我们内心感受的最高音符，是赋予我们特殊陶醉的声音；有时候我们就处在这种特殊陶醉之中。当我们说“天气多好！阳光多么明媚”时，这种陶醉，旁边的人是绝对无法共享的。同一个太阳，同一种天气，在人们的心里激起的震颤是完全不同的。凡德伊的音乐中就有这样一些景象,这些景象是完全无以言传的,我们也无法凝视静观。我们在入睡的时候会受到这些奇观妙景的抚摸,但就在这个时刻,理智已经抛弃了我们,我们的眼睛已经闭上,还未及认识这不可言喻和不可视见的东西,我们已经进入了睡乡。我觉得,当我沉浸于艺术就是真实这一假设时,音乐所能提供的,不仅是晴朗之日或鸦片之夜所能激发的那种纯粹的神经愉悦,而是一种更加真实、更加丰富的陶醉。我的感觉至少如此。一件雕塑、一段乐曲,它们之所以能够激起高尚、纯洁、真实的感情,不可能没有任何精神现实为依据,否则生活就是毫无意义的。因此,任何东西都比不上凡德伊一个漂亮的乐句,都比不上它那样,能充分表现我生活中时而感到的那种特殊愉悦,也就是我面对马丹维尔钟楼,面对巴尔贝克路边树木,或者简单地说,本书开卷谈到的品茶时所感到的那种特殊愉悦。凡德伊的创作就犹如这一杯茶,她从音乐世界为我们送来了光怪陆离的感觉。明亮的喧哗、沸腾的色彩在我的想象前欢快地舞动着,挥动着——但速度之快,我的想象根本无法抓住——散发老鹳草芬芳的绫罗绸缎。虽然这种模糊不清的感觉在回忆中是不能深化的,但是时间场合特征能够告诉我们,为什么某种味觉会使我们回忆起光的感觉;根据时间场合特征,模糊的感觉至少可以得到澄清。然而,凡德伊作品引起的模糊感觉并非来自一种回忆,而是来自一种感受(如对马丹维尔钟楼的感受)。因此,从他音乐散发的老鹳草芬芳中,应该寻找的不是物质的原因,而是深层的原因。应该发现,这是世人不知的、五彩缤纷的欢庆(他的作品似乎就是这种欢庆的片断,是露出鲜红截面的片断),是他"听到"世界以后,把世界抛出体外的方式。任何音乐家都未向我们展示过这一独特世界,其特性鲜为人知。我对阿尔贝蒂娜说,最能证实真正天才的,正是这一世界的特性,而根本不是作品的本身。"难道文学也是如此吗?"阿尔贝蒂娜问我。"文学也是如此。"我反复回味着凡德伊作品单调重复的特点,向阿尔贝蒂娜解释说,大凡伟大的文学家,向来都是靠同一部作品震惊世界,确切地说,他们通过社会各界向世界折射出的是同一种美感。“我的小乖乖,如果时间不是那么晚了,”我对她说,“我可以拿您在我睡觉时阅读的所有作家来作例子,说明这一点。我可以向您说明,凡德伊作品就具有类似的同一性。我的小阿尔贝蒂娜,您跟我一样,现在也开始能够辨认那些典型的乐句了;这些典型乐句,在奏鸣曲中出现,在七重奏中出现,在其他作品中也出现。这些反复出现的都是同一些乐句。这就好比巴尔贝·多尔维利[①]的作品,总有一种隐蔽的、但露出蛛丝马迹的现实。这里有中魔女人[②]和埃梅·德·斯邦[③],有拉克劳特[④]的生理性脸红和《深红色窗帘》中的手[⑤],有传统的习惯,有昔日的风俗和古老的字眼,还有蕴含着**过去**的古老而奇特的手艺;我们从中可以看到当地牧人口授的故事,充满英国香气、美如苏格兰村镇的高贵的诺曼第旧城,以及诸如费利尼[⑥]、牧羊人[⑦],等等那些使人们束手无策的厄运预言者。无论是《老情妇》中妻子寻夫,还是《中魔女人》中丈夫跑遍沙漠,而中魔女人却刚做完弥撒走出教堂,字里行间总是弥漫着同一种焦虑不安的气氛。连托马斯·哈代[⑧]的小说中石匠凿出的几何形石块也依然可以跟凡德伊的典型乐句作同等看待。”

凡德伊的乐句使我想起了另外一个小乐句。我对阿尔贝蒂娜说,另外那个小乐句曾经仿佛是斯万和奥黛特两人爱情的圣歌。“我说的就是希尔贝特的父母。我想您一定认识希尔贝特。您告诉过我,她这人品行不端。她难道没有设法同您有点什么关系吗?她倒跟我说起过您。”“是

---

① 巴尔贝·多尔维利(1808—1889),法国作家。
② 为多尔维利同名小说中的主人公。
③ 为同一作者小说《击剑骑士》中的主人公。
④ 为《中魔女人》中的人物。
⑤ 指同名小说中女主人公阿尔贝特小姐在饭桌下偷偷拉住年轻军官的手。
⑥ 为同一作者小说《老情妇》中的主人公。
⑦ 《中魔女人》中的人物。
⑧ 哈代(1840—1928),英国作家。

的，有时候碰上天气不好，她父母就派车子到学校来接她。我想，有过一次她带我一起回去，还吻了我。”她隔了一会儿笑着说，仿佛这番秘密说出来十分有趣。“她有一次突然间问我是不是喜欢女人（如果她认为自己至多只能大致回忆起希尔贝特曾经用车带过她，她怎么又能那么准确无误地说出希尔贝特曾经向她提过这个蹊跷的问题?），我不知道当时为什么突然想要骗骗她，我便回答她说，喜欢。（阿尔贝蒂娜似乎担心希尔贝特已把这件事情告诉了我，不希望让我发现她是在撒谎。）可是我们什么也没有干（她们互相交换了内心秘密，而且照阿尔贝蒂娜自己的话说，在此之前，她们还接了吻，但又说她们什么也没干，这不免有些奇怪）。她就这样用车带过我四五次，也许更多，不过，仅此而已。”我不再提什么问题。我心里很难受，但我尽力克制自己，以表示自己对这一切毫不在乎，泰然处之。我重又回到托马斯·哈代笔下石匠的问题上。“您肯定还记得《无名的裘德》[1]吧，在《心爱的人儿》[2]中也有描写，父亲从岛上采了石头，用船运回，堆放在儿子的工作室里，那些石头就变成了雕像；在《一双湛蓝的秋波》[3]中，坟墓的排列是互相对称的，船舶的线条也是对称的，两个情人和女死者处在两个毗邻的车厢里。《心爱的人儿》描写的是一个男人爱三个女人，《一双湛蓝的秋波》描写的是一个女人爱三个男人。这些小说都是相互呼应，叠床架屋，犹如岛上石屋一样，垂直向上，层层相叠。靠这么一分钟的时间，跟您谈论伟大的作家，我实在无能为力，但您在斯汤达的作品中就可以看到，地势的高度，跟内心活动就有紧密的联系：于连·索雷尔是被囚禁在一个高地上；法布里斯[4]被关闭在一座塔楼顶端；布拉内

① 哈代的小说。
② 同上。
③ 同上。
④ 司汤达小说《巴马修道院》中的主人公。

斯教士[1]在钟楼上研究星相，法布里斯在钟楼上眺望美丽的景色。您说您看到过弗美尔的一些画，您一定发现，这些画只不过是同一个世界的不同断面。不管这一美感世界得到如何的创造，那始终是同一张桌子、同一块地毯和同一个女子。如果我们只是注意色彩的特殊效果，而不善于从主题上将这美感世界联系起来，那么这个美感世界对当今时代就是一个谜，任何东西都与之毫不相像，任何东西都无法对它作出解释。这种新的美感，在陀思妥耶夫斯基的所有作品里都具同一的特征：陀思妥耶夫斯基笔下的女子（跟伦勃朗笔下的女子特征一样明显）表情神秘莫测，可爱的美貌会风云突变，和蔼善良会骤然变成凶恶狰狞（尽管实质上她仍是一个好人）。但千变万化，他塑造的总是同一种女子。[2] 娜斯塔西娅·菲里帕夫娜先写信给阿格拉耶说，她喜欢她，继而又说十分恨她。在一次与此完全相同——另一次娜斯塔西娅·菲里帕夫娜辱骂笳纳父母与此也完全相同——的造访中，卡捷琳娜·伊凡诺芙娜虽然曾经觉得格鲁申卡非常凶恶，但格鲁申卡在卡捷琳娜家里却非常客气。可是格鲁申卡突然开口辱骂卡捷琳娜，露出一副凶狠的神态（尽管格鲁申卡心底仍然十分善良）。其实这些女子都有异曲同工之处。格鲁申卡也好，娜斯塔西娅也罢，她们的形象不仅跟卡帕契奥画中的宫女一样，而且跟伦勃朗画中的贝特萨贝一样，具有神秘莫测的特征。请注意，那阴阳两变、得意扬扬的脸，使女子显示出完全异于天性的样子（"你不是这样的。"拜访笳纳父母的时候，梅思金对娜斯塔西娅说；拜访卡捷琳娜·伊凡诺芙娜的时候，阿辽沙也可以对格鲁申卡这么说），对此陀思妥耶夫斯基倒是无意写来的。相反，当他刻意追求"画面效果"的时候，获得的却总是愚蠢的效果，描绘出来的画面

---

① 《巴马修道院》中的人物。

② 普鲁斯特在此引用的是陀思妥耶夫斯基的三部作品：《罪与罚》、《白痴》和《卡拉玛卓夫兄弟》。

至多只抵得上孟卡奇[①]画中某时某刻的死囚或某时某刻的圣母一类的水平。但我们再回过来看陀思妥耶夫斯基创造的新的美感世界，它跟弗美尔的画一样，这里不仅有灵魂的塑造，而且有衣着和地点色彩的描绘。在陀思妥耶夫斯基的作品里不仅对人物精心刻画，而且对人物的住宅也作了浓墨渲染。《罪与罚》中的看门人以及那凶杀之屋，《白痴》中罗果静杀死娜斯塔西娅·菲里帕夫娜的那宽高阴暗的凶杀之屋，两者的描写难道不一样妙不可言吗？这崭新的、可怕的住所美，这一崭新的、混合的女客美，这就是陀思妥耶夫斯基独创的世界。批评界将他与果戈里或和保尔·德·戈克[②]作比较，这是毫无意义的，因为这种比较根本无法揭示各人所有的秘密美感。另外，我这里对你[③]谈到的是，两部小说会出现同一种场景。如果一部小说篇幅很长，那么在同一部小说里，就会反复出现同一场景和同一些人物。我可以举《战争与和平》为例，很容易地向你说明这一点。有些车子里的场景……""我不想打断您，不过既然您刚说完陀思妥耶夫斯基，我是怕过后忘了。我的小宝贝，不知哪一天您对我说过：'这就好比塞维尼夫人也有陀思妥耶夫斯基的风格。'我向您承认，我没有理解您这句话的含义。在我眼里，两位作者是那么的不同。""我的小姑娘，过来，让我亲亲您，感谢您把我的话记得那么清楚，您过一会儿再过去弹钢琴。我承认，我说那番话是相当愚蠢的。不过我说那番话有两个原因。第一个原因十分特殊。塞维尼夫人有时和埃尔斯蒂尔和陀思妥耶夫斯基一样，陈述事情不是遵照逻辑顺序，即先说原因，后说结果，她是先交待结果，致使我们得到的是强烈的幻觉。陀思妥耶夫斯基表现人物就是如此。埃尔斯蒂尔表现海水，效果就如大海倒悬于天空一般；陀思妥耶夫

① 孟卡奇（1844—1900），画家，原籍匈牙利，久居巴黎。

② 戈克（1793—1871），法国作家。

③ 在此和下一句，叙述者破例地用"你"称呼阿尔贝蒂娜。

斯基笔下的人物也具有强烈的欺骗性。我们起初读到的是个老奸巨猾的人物，后来才发现，那其实是个杰出的好人，或者恰恰相反，结果个个大为惊奇。”“这您说得对。不过能不能举一个塞维尼夫人的例子。”“我承认，”我笑着回答她道，“塞维尼夫人的例子有些牵强附会。不过我能找到例子。”①

“不过，陀思妥耶夫斯基平生杀过人吗？我读过他的小说，全都可以取名为凶杀始末。凶杀在他的头脑里是个顽念，他反复写这题目，似乎有些不正常。”“我的小阿尔贝蒂娜，我不这么认为。我不太了解他的生平，但可以肯定，他跟众人一样，用不同形式，也许还用法律禁止的形式，犯过原罪。从这个意义上说，他和自己笔下的人物一样，大概有些罪过，不过那些人物也不是十恶不赦的，在判决的时候都得到了减刑。再说作者本人不一定有罪。我不是小说家，但我认为，艺术创造者确实受某些生活形式的吸引，力图表现它们，但他未必身体力行。如果按原先商定，您跟我一起去凡尔赛宫的话，我就给您看一幅肖德洛·德·拉克洛②的肖像，他是一个典型的仁人君子，公认的最佳丈夫，但他却写了一本诲淫诲盗的书。他的肖像对面，是让莉丝夫人③的肖像，她写过充满伦理道德的寓言故事，但是欺骗了奥尔良公爵夫人还不够，还要把她的孩子也拐走，以此来折磨她。当然我必须承认，陀思妥耶夫斯基对谋杀问题的关注是极其特殊的，这使我对他感到相当陌生。我听波德莱尔写道：

如果匕首、毒药、放火以及强奸……

---

① 普鲁斯特手稿中留有一张半空白的纸，准备举例所用。但例子没有用在此处，而是用在第二卷之中。

② 拉克洛(1741—1803)，法国作家。著有《危险的关系》，当时被认为淫秽之书。

③ 让莉丝夫人(1746—1830)，奥尔良公爵的情妇。著有《道德童话》等。

那是由于我们的心,唉,不够大胆。①

我已经目瞪口呆,不过我至少可以相信,波德莱尔说的不是真话。至于陀思妥耶夫斯基……他的这一切我觉得离我无限的遥远,除非我对自身的有些东西自己也不知道,因为我们的自我认识都是逐渐完成的。在陀思妥耶夫斯基的作品里,我发现确实有几口深不可测的井,但是,那几口井都是打在人类灵魂的几个孤立的点上。他毕竟是一个伟大的艺术创造者。首先,他描绘的世界,完全像是他独创的。那些反复出现的小丑,如列别捷夫、卡拉马卓夫、伊夫尔金、谢格列夫,这一系列人物是多么令人难以置信,这芸芸众生比起伦勃朗《夜巡》中的人物还要怪诞奇异。然而,这芸芸众生虽说怪诞,形式却没有什么特殊,他们也需要借助灯光和服装,说到底他们也十分平常。总之,陀思妥耶夫斯基的人物,深刻独特之中充满了真实。这些小丑,犹如古代喜剧中的有些人物,扮演着一种濒临绝迹的角色,但是他们却极其真实地反映了人类灵魂的某些侧面。可是,有人在评论陀思妥耶夫斯基的时候,笔调之严肃庄重,不能不令我咋舌。不知您注意到了没有,自尊心和傲慢在陀思妥耶夫斯基人物的身上起着重要的作用?对作者来说,爱情和深仇大恨,善良和背信弃义,腼腆和傲慢不逊,这些都不过是同一本性的两种表现。由于自尊心和傲慢,阿格拉耶、娜斯塔西娅、被米基亚扯胡须的老中校以及跟阿辽沙是敌人兼朋友的克拉索特金等等人物,都未能'如实'表现出各自的本质;还有其他许多人物也是如此。我对他的作品知之甚少。卡拉马卓夫的父亲致使可怜的白痴女人

① 此两句诗出自波德莱尔《恶之花》开卷的"致读者"中第七小节。全小节四句为:
如果匕首、毒药、放火以及强奸,
还没用它们那种有趣的构图,
装点我们可怜的命运的平凡画布,
那是由于我们的心,唉,不够大胆。

怀了孕。他的罪过犹如一个神秘莫测的动物性行动，它致使做母亲的，并不知道自己已经成为命运之神复仇的工具，暗中听从母亲的本能，怀着对施奸者的怨恨和肉体承认这双重感情，到卡拉马卓夫家去分娩。这难道不是一个无愧于古老艺术中那纯朴动人的雕塑主题吗？这段情节犹如奥维耶多①教堂雕塑上的女人形象，神秘伟大，令人肃穆。这是第一段情节，与之呼应的是第二段情节。二十余年以后，卡拉马卓夫父亲被白痴女人所生的那个儿子斯麦尔传科夫杀害，致使卡拉马卓夫一家名声扫地。但是接踵发生的一幕，跟白痴女人在卡拉马卓夫父亲花园里分娩一节一样，具有雕塑般神秘莫测的色彩，同样具有模糊的自然美。结果斯麦尔传科夫自缢身亡，至此他的罪行宣告彻底完成。我刚才要谈托尔斯泰，其实，不像您认为的那样，谈托尔斯泰就抛开了陀思妥耶夫斯基。其实，托尔斯泰对陀思妥耶夫斯基有很多模仿。在陀思妥耶夫斯基的作品里，有许多内容十分浓缩，是一种低声的埋怨，到了托尔斯泰的笔下，这些内容成了绽开的笑容。陀思妥耶夫斯基的作品有一种原始派作品的阴沉格调，后继的弟子驱散了云雾，带来了阳光。”“我的小宝贝。您这么懒惰真让人讨厌。您瞧，您对文学的见解不是比别人塞给我们的方法有意思多了嘛。别人教我们做《埃丝苔尔》的作业，开头总是一句老套：‘先生’曾记否。”她笑着对我说。她这并不是在讥讽她的老师或者在自嘲自讽，而是因为她在自己的记忆里，在我们共同的记忆里，寻找到一件已经略微久远的往事，因此感到十分高兴。

在她跟我说话的时候，我想到了凡德伊。于是，另一个假设，即有关虚无的唯物主义假设，再度在我的心灵出现，我重又发生怀疑。我心想，归根结蒂，凡德伊的乐句虽然似乎表达了类似我在品尝浸于茶中的玛德莱娜小点心时感受到的某种心灵状态，可是没有任何东西可以使我肯定，

① 地处意大利。

这种心灵状态的模糊性即标志着其深刻性；它仅仅标志着我们还不善于分析这些状态。所以这些心灵状态可能比其他任何心灵状态都具有更多的真实性。我品尝那杯茶，我在香榭丽舍大街上闻到古树的香味，那时候我产生的幸福感，那种肯定自己置身于幸福之中的感觉，那绝不是幻觉。我的怀疑精神告诉我，由于这些心灵状态投入了过多的我们还未意识到的力量，所以即令这些心灵状态在生活中比其他心灵状态更加深刻，但是其深刻性本身就证明它是无法分析的。这是因为这些心灵状态牵涉到的许多力量，我们都无法察觉。凡德伊的某些富有魅力的乐句使人想到这些心灵状态，因为它们也是无法分析的，但这并不能证明它们跟这些心灵状态具有同样的深度。纯音乐的乐句之所以美，之所以容易形象地显示我们的非智力感受，或类似的东西，那纯粹是因为音乐的乐句本身就是非智力的。那么，我们为什么要认为这些反复出现于凡德伊某些四重奏和这“合奏”中的神秘乐句是特别的深刻呢？

其实，阿尔贝蒂娜为我弹奏的，不仅仅是她的乐曲。钢琴对我们来说，有时候就像一盏科学的（历史的和地理的）魔灯。这间巴黎的卧室，比贡布雷的卧室富有更现代化的创造。阿尔贝蒂娜弹奏着拉摩或者鲍罗丁的作品。随着音乐的起伏，我在卧室的墙上时而看见缀满爱神的十八世纪玫瑰红壁毯，时而看见辽阔无垠、白雪皑皑、万籁俱寂的东方大草原。这些稍纵即逝的装饰就是我卧室的唯一点缀。我在继承莱奥妮姨妈遗产的时候，曾经立下誓言，要像斯万一样，致力收藏，购买书画雕塑，结果我却把所有的钱都用来替阿尔贝蒂娜买了车马、衣服和首饰。但是，我的房间不是拥有一件比任何东西都要珍贵的艺术品吗？那就是阿尔贝蒂娜本人。我瞧着她。一想到是她，我就觉得十分奇怪。曾有好长时间，我一直觉得要认识她真是难上加难，不想今天她却已成了驯服的野兽，成了需要我供给支柱、框架和靠墙的蔷薇，每天每日待在家里与我朝夕相处，背靠着我的书架，在钢琴前坐着。她的肩膀，当她描述高尔夫俱乐部的情景时，我看见它低垂着，很难让人看清，现在却依靠在我的书架上。她美丽的大腿，我第一天就很有道理地想象过，在她整个少年时代，她的腿脚一直操纵着自行车的脚蹬，而如今，它们却在钢琴踏板上轮流起落。阿尔贝蒂娜坐在钢琴前面，脚上蹬一双金色的皮鞋，显得绰约多姿。这时，我更觉得她是属于我的。她能神采焕然，都是我所给的；她的手指原来只与自行车车把有缘，现在却如圣-塞西尔①的纤指在琴键上飞快地舞动；她的颈项，坐在床上看过去，丰腴粗壮，在灯光的照耀下，泛着桃晕；她那斜侧的脸庞犹显得更加粉艳，我的眼光从我内心深处射发，满载着回忆，燃烧着欲望，给她的脸庞增加了一种光彩和活力。瞬间，阿尔贝蒂娜的脸似乎附着了魔力，其立体感不翼而飞了。犹如那一天在巴尔贝克旅馆，我很想吻她一下，我的视觉因这过于强烈的欲望而模糊了，她脸的每一个侧面都发生了延伸，越出了我的视觉范围。但是我的感觉却更加清楚。她眼皮半合着，蒙住了眼睛；头发垂落着，遮住了大部分脸颊。我能看到的虽然只是层层相叠的平面，但我却能感受到那藏于平面背后的立体感。她的眼睛就像乳白的矿石包含着的两块唯一的魔光片，它们比金属还要坚硬，比阳光还要灿烂，加在无光材料中间，宛如我们压在玻璃下面那两片淡紫色的蝴蝶薄翅。她回过头来问我弹奏什么曲子，那乌黑拳曲的头发立时显出丰富协调、独具一格的花样。它有时上尖下宽，形成一个羽毛丰盛的黑色三角形，很像一羽美丽的翅膀；有时候弯曲的发环隆成一堆，形成一片雄浑起伏的山脉，山脊、分水岭以及断崖峭壁尽收眼底。拳曲的环形多彩多姿，变幻无常，似乎早已超出了大自然通常所能实现的森罗万象，唯有雕塑家的愿望才能与之呼应——雕塑家善于施展精湛的技艺，讲究刚柔相济，奔放不失和谐，刀法要有力度：光如漆木、艳如桃红的脸庞，在乌发的一截一盖之中，更显出其生动旋转的曲线来。房间的这一角放着书架

① 圣-塞西尔，于公元232年殉教，主司音乐。

和钢琴——钢琴犹如管风琴的木壳，将她的身体遮掩了一半——它们跟她的窈窕多姿形成了鲜明的对照，但又十分协调，因为她善于使自己的姿态适应钢琴和书架的外形以及用途，与它们融为一体。于是，房间的这一角整个化为这位音乐天使的辉煌圣殿和诞生地，而这音乐天使又如一件珍贵的艺术品，片刻之后将听从温柔的魔法，脱离其栖身之所，把粉红的精髓赠予我的亲吻。但不，对我来说，阿尔贝蒂娜根本不是一件艺术品。我知道什么叫用艺术眼光来欣赏女子，我了解斯万。我不行，不管是什么女子，我都不会用艺术眼光来欣赏，我缺乏外部观察的精神，从来不知道自己看见的是什么东西。有一个女子，在我看来，根本不足称道，可是斯万一见，却立刻在她身上添加一层艺术尊严——他在她的面前大施殷勤，在我面前把她比作卢伊尼①的肖像，又说她的服饰打扮反映着乔尔乔涅画中人物的服饰——对他这套本领，我是五体投地，我丝毫没有这份天赋。从实而言，我一旦把阿尔贝蒂娜视为我有幸占有的古色古香的音乐天使，就立刻会对她失去兴趣，无动于衷，在一起不久就感到无聊了，不过无聊的日子为时不长。我们所喜欢的东西，仅仅是我们还未占有的东西，仅仅是因为这东西可资我们追求不可企及的东西。我很快又开始发现，我并未占有阿尔贝蒂娜。我从她的眼睛里看见，她时而对纵乐充满希冀，时而充满回忆，也许时而还充满怀念。我猜不透她的心思。她宁可不去纵乐，也不愿把这些心思告诉我。我从她的眸子中抓住的只是一柔微光，犹如那些被拒之场外，贴住门窗玻璃使劲瞅看，却一点也看不到舞台演出的观众一样，我也看不出什么名堂（所有欺骗我们的人，都是坚持说谎的人，我不知道她是否属于这种人。但是这事未免有些奇怪，犹如最不信教的人却铮铮表示，他们对善良具有坚定不移的信仰。如果我们对说谎者说，说谎比坦白更加使人痛苦，那是白费口舌。尽管他们对此是有认识的，但那

① 卢伊尼，十六世纪意大利画家。

无济于事，他们稍过片刻仍会撒谎。他们起初对我们说过，他们自己是什么人，我们在他们眼里又是什么人，说了这话以后他们不能出尔反尔，因此只能一骗到底。正因如此，有一个无神论者，别人都认为他十分正直勇敢，为了不打破别人对他的这种看法，他情愿抛弃对生活的眷恋，甘心殉身）。从她的目光和微笑中，从她的一撅嘴中，我有时候可以看出她的内心活动。尽管我被拒绝观看这些内心景致，但那些晚上我仍凝神静观。我发现她跟我有所不同，离我很远。“您在想什么，我亲爱的?”“没想什么。”有时候，我责备她不该什么都瞒着我。作为补救，她便告诉我一些众人所知的事情（犹如政治家们从来不会拿一些小道消息当什么正经的事情，而只会就前一天报上已经发表的重要消息大发议论），或者模棱两可，故作神秘地告诉我，在认识我的前一年，她曾骑车到巴尔贝克作过旅行。我根据她那神秘的微笑进行推理，得出结论，她是一个非常自由、能作长时郊游的姑娘。我的结论仿佛是正确的。她一回忆起那些远游，嘴角上便会掠过一丝我初到巴尔贝克海堤，那深深打动了我的微笑。她还向我叙述过，她跟女友们到荷兰乡村远足，晚上很晚才回阿姆斯特丹，马路和河边人群熙熙攘攘，充满了欢乐。她跟那些人几乎个个都熟悉。那些往事反映在她的眼睛里，就仿佛是我坐在疾驶的车辆里，隔着模糊的玻璃窗所看见的无数稍纵即逝的灯光。对阿尔贝蒂娜生活过的地方，对她某天晚上所能做的事情，对她施过的微笑和秋波，对她说过的言语，对她受过的吻，我一次又一次充满了痛苦的好奇。相比之下，所谓的审美好奇只配称作无动于衷！我对圣卢产生过一次嫉妒，尽管它久久留在我的心里，但它根本比不上阿尔贝蒂娜给我造成的这无限的忧伤。女子间的爱情实在过于神秘，我们无论如何也无法确切地想象出其乐趣和质量究竟是什么。想到阿尔贝蒂娜，我就好像站在剧院门口，一一点着数，放自己的一大批随从过去，让他们进入剧场。我未多加注意，其实阿尔贝蒂娜已把多少人和多少地方（尽管那些地方跟她没有直接关系，那只是一些她得以尝到乐趣的寻欢作乐之地,一些人群熙攘、比肩继踵之地)从我想象和回忆的门槛,引入了我的心房!如今,我对这些地方已经有了内在的、直接的、痉挛的和痛苦的认识。爱情,就是心灵可以感觉的时空。

如果我自己是忠贞不渝的,那我对水性杨花就无法设想,因此也就不会痛苦;我之所以想象着阿尔贝蒂娜做这做那,心灵备受折磨,正是因为我自己始终存在着喜新厌旧的欲望,喜欢取悦新的女子,起草新的小说。那一天我跟她一起去布洛尼林园,桌边坐着一批骑车姑娘,我禁不住瞟上一眼,这就得归结于这永恒的欲望。所谓认识,只有对自身的认识可言。我们几乎也可以说,所谓嫉妒,只有对自身的嫉妒可言;别人的行为是无足轻重的;我们只有从自身感到的快乐中才能引出智慧和痛苦。

有时候,阿尔贝蒂娜脸色突然起火,双目闪烁,我感到,仿佛有一道情热的闪电无声地划过她的回忆区。她的回忆在回忆区内不断发展,我却一无所知,要企及这一地区,简直要比登天还难。我想到,在巴尔贝克也好,在巴黎也罢,我认识阿尔贝蒂娜虽有多年,但直到最近我才发现,我的女友有一种特殊的美。她虽然发生了诸多的变化,但是已经流逝的时日却多少仍保存在她的身上。对我来说,这种美是一种令人心碎的东西。在这张泛着红晕的脸庞后面,我感到蕴藏着一个万丈深渊,蕴藏着我未认识阿尔贝蒂娜以前那些无止无境的夜晚。我虽然可以让阿尔贝蒂娜坐在自己的膝上,双手捧住她的脸,可以在她身上随意抚摸,但是,我手中仿佛在摆弄着一块含有太古海洋盐量的石块,或者是一颗天星的光亮。我感到,我触摸到的,只是一个生物体封闭的外壳,而生物在其壳内却可以四通八达。大自然只是创造了人体的分工,却没有想到使灵魂的相互渗透成为可能。由于大自然的疏忽,我们如今落到这种境地,我为之多么痛苦!我把阿尔贝蒂娜藏在家里,前来拜访我的人谁都想不到,在走道尽头的房间里居然有她这个人存在。我把她藏得如此严密,犹如那瞒着众人、将中国公主封藏在一个瓶里的人一样。我曾经以为,这样,阿尔贝蒂娜就成了一个美妙的女囚，从此能够充实我的住宅。我发现原来事实并非如此（她的身体虽然被控制在我的法力之下，但她的思想却逃脱了我的控制）。她不如说像一个时间女神，不由分说地敦促我去寻找过去。虽然我为她不得不损失了若干年时间，损失了我的财产——但愿我能对自己说，财产丝毫未受损失；可惜得很，这事未必肯定——对此，我无所惋惜。也许一人孤独地生活会更有价值，更加丰富，更少痛苦。尽管斯万建议过我搞搞收藏，德·夏吕斯先生也曾带着风趣和傲慢对我说："您家里真丑！"责备我一点不懂收藏，但是这又于事何济？我们四方寻觅雕塑和画幅，把它们占为己有；甚至不是出于什么功利，专作欣赏之用；我们的小伤口就此很快愈合了。但是我们一不注意，或是阿尔贝蒂娜，或是那些无动于衷的人，甚或是我们自己的思想无意中干出了蠢事，伤口就立刻会重新破裂。因此，有什么书画雕刻能够给我打开一个走出自身的出口，使我走上个人之间的交流之路，继而走向一条大道——这条路上通过的，是我们受其痛苦才能获得认识的东西，即他人的生活？

有时候皓月当空，十分美丽。阿尔贝蒂娜上床已近一个小时。但我还是走到她的床边，想叫她瞧瞧窗外的景色。我敢肯定，我这是真的为了让她赏月，而不是为了放不下心，看她在屋里好不好我才去她卧室的。她希望怎样装假，而且能够怎样装假来逃离卧室呢？她必须和弗朗索瓦丝串通好了，否则此事绝对不能成功。走进幽暗的房间，除了白色的枕头上有一圈薄薄的冠冕形黑发，我什么也看不见。但是我能听见阿尔贝蒂娜的呼吸声。她已睡得很熟，我十分犹豫。但我还是走到她的床前，在床沿上坐了下来。睡眠带着喃喃的低语继续流动着。她惊醒过来，无法言喻有多么快活；我刚吻她，推了她一下，她便醒了，一下子咯咯笑了起来，两臂缠住我的脖子，对我说："我正在想你会不会来呢。"说完笑得更加厉害，更加温柔了，仿佛她睡着的时候，那美丽动人的头颅里装进去的尽是快乐、温情和笑声。我唤醒她，犹如掰开了一只水果，只见那解渴的果汁喷溅而出。

这段时间，冬天已经过去，美丽的季节重又归来。阿尔贝蒂娜仅仅向我道安才来我的卧室。经常当我的房间窗帘以及上面的墙壁都还漆黑无光的时候，我听见隔壁修道院花园里，有一只不知名的鸟儿已经开始啁啾鸣唱，寂静之中那丰富细雅的乐调，犹如教堂风琴一般；鸟儿借着吕讴亚调式①，已经唱起了晨经，用丰富辉煌的音符，将它看见的太阳洒入我昏暗的卧室。

不久，夜就缩短了。按原来的时间推算，还没有到早晨我的窗帘上面已经透进了乳色的亮光，而且时间越来越提前了。尽管阿尔贝蒂娜矢口否认自己过着囚徒的生活，但我却有这种感觉。我之所以继续让她过这种生活，这仅仅是因为我每天都在想，第二天我肯定就可以起床出门，开始为迁居的事作些准备工作。我们要购置一处房产，在那里，阿尔贝蒂娜可以不用为我担心，更加自由地过一种乡村生活或海滨生活，划船狩猎，由她高兴。可是到了第二天，情况又发生了变化。阿尔贝蒂娜身上包蕴的昔日的时光，我有时喜欢，有时憎恶（换了是现今的时光，双方出于利益、礼貌或者怜悯，都在用被我们奉为事实的谎言，努力在时间和我们之间编织一道幕帘）。我原来以为，我对这过去的某些时日是了解的，可是突然间它向我呈现出一个崭新的面貌。她没有设法向我掩盖这种新的面貌，但跟以往出现在我眼前的面貌毕竟是截然不同的。我现在从她眼神背后看出的，不是以前那种善良的意图；我突然间发现的，是至此我从未预料的一种欲望。我原以为阿尔贝蒂娜与我同心同德，其实她与我是离心离德的。譬如，安德烈七月份离开巴尔贝克的时候，阿尔贝蒂娜不久就要同她见面；但她只字不提，我估计，她甚至比她想象的还要早，就已重新见到了她。由于我在巴尔贝克产生了巨大的悲伤，九月十四日那天晚上

---

① 中世纪宗教音乐调式。

她为我作出了牺牲，没有留在巴尔贝克，当即随我回了巴黎。十五日她到达巴黎以后，我就请求她去见安德烈，并问她："她见到了您高兴吗?"眼下，邦当夫人给阿尔贝蒂娜带来了一些东西。我注视了她片刻，对她说，阿尔贝蒂娜跟安德烈一起出去了："她们到郊外去散步了。""是的，"邦当夫人回答我说，"说到郊外，阿尔贝蒂娜不是个爱挑剔的人。譬如三年以前，她每天都免不了要去肖蒙岗。"我一听到肖蒙岗这地名，忽然想起阿尔贝蒂娜对我说过，她从未去过那地方，我的呼吸都快停止了。事实是最狡猾的敌人，它往往向我们心脏防备薄弱的部位发动突击。阿尔贝蒂娜对她姨母说，她每天都去肖蒙岗，是否是在对她姨母说谎，而此后对我说根本不认识那地方，是否又在对我说谎？"幸好，"邦当夫人补充道，"这可怜的安德烈不久就要动身去一个乡村了，去真正的乡村，她很需要，这对她的健康有好处，她脸色那么不好。今年整个夏天她都没有呼吸到她所需要的空气。想一想，她七月份离开巴尔贝克，本来以为九月份就能回来的，没料到她的兄弟摔脱了膝盖骨，结果就没能回来。"如此看来，阿尔贝蒂娜是在巴尔贝克等她，她却瞒了我！确实，建议我回去，这样显得比较客气。莫非……"对，我记得阿尔贝蒂娜跟我谈起过这事……(这不是真的)那么这意外的事故，是什么时候发生的？对这一切，我脑子里有些糊涂了。""从某种意义上说，这事发生的正是时候，因为迟了一天，别墅就开始租用了，那样安德烈的祖母就要白白多付一个月的租金。他的腿是九月十四日摔坏的，安德烈十五日早晨赶紧发电，告诉阿尔贝蒂娜，说她不来了，阿尔贝蒂娜赶紧通知租房介绍所。拖一天的话，房租就要付到十月十五日了。"原来是阿尔贝蒂娜改变了主意。她对我说："我们今晚就走吧。"她说这话，眼前其实已经出现了一个我不认识的套房，即安德烈祖母的套房。在巴尔贝克没有见到那位女友，现在一回去就能见到了。这一切我原来都蒙在鼓里。

她提出要跟我一起回来。提出如此客气的建议，与她前不久一味拒绝的态度相比，真是起了天大的变化。我曾经以为，她说话那么和蔼客气，说明她有了回心转意。其实，这些话恰恰反映出我们不知不觉中情况已发生了突变。这种情况的突变，正是不爱我们的女人特有的复杂品行的全部秘密所在。这种女人显得十分固执，对第二天的约会一口拒绝，说是她们疲倦了，再加上她们的祖父会强行留她们在家吃饭的。"那您可以吃完饭再来嘛。"我们坚持说。"他会把我留到很晚的，还会一直把我送到家里。"说到底，她们纯粹是已经跟喜欢的人订好了约会。不想某君临时改说有要事缠身，不能赴约。于是她们便来对我们说，怠慢了我们，她们感到非常遗憾，现在她们已设法打发了祖父，可以跟我们待在一起了，哪怕天塌地崩也不离开我们。离开巴尔贝克那天，阿尔贝蒂娜就对我使用过这套语言。对那套言辞我大概还有鉴别能力，当然要阐释这套语言，仅仅有鉴别能力还不够，还需要回顾一下阿尔贝蒂娜性格上的两大特点。

阿尔贝蒂娜的两大性格特点此刻浮上了我的心灵。我们在记忆中找到的东西是形形色色、纷繁复杂的。记忆就如药房和化学实验室，有时候我们侥幸将手放入一瓶镇静药水中，有时无意中放入了危险的有毒药水。因此，阿尔贝蒂娜的性格特点，一个对我起到了安慰的作用，另一个却使我沮丧不堪。阿尔贝蒂娜的第一个特点，是她做一件事情，习惯于要一举多得，让多人受益，使多人快活；这是阿尔贝蒂娜的典型特征。她要回巴黎（安德烈不回巴尔贝克，这件事虽然使她感到难受，但这并不意味她缺了安德烈就活不下去），她要借这趟旅行的机会，设法使她真心爱的两个人都受感动，这就完全是她的性格所决定的。她一方面使我相信，这次旅行是为了不撇下我一个人，她这是出于对我的忠诚，不愿让我痛苦。另一方面，她又让安德烈深信，她本来在巴尔贝克多留一段时间，纯粹是为了能够见到她，现在既然来不了巴尔贝克，她在那儿多待一分钟也毫无意义了，所以当机立断就赶回巴黎去见她。事实确实如此。阿尔贝蒂娜要跟我一起动身回巴黎，她是在我惆怅不堪，表示要回巴黎的愿望以后，同时是在收到安德烈的电报以后，才作出这一决定的。安德烈和我，我们俩人互不通气，她不知道我忧心如焚，我也不知道她发了电报。阿尔贝蒂娜的决定之突然，以至于安德烈和我都自然而然地以为，阿尔贝蒂娜的动身是出于我们俩各自有数的原因，而且动身这一结果离着原因又是只差几个小时，因此多么出人意料，喜出望外。所以，我一直到现在都可以认为，陪我同行这就是阿尔贝蒂娜的真实动机，但她一箭双雕，又向安德烈讨了头功，使她感激不尽。不幸的是，我随即又想起了阿尔贝蒂娜的另一个性格特点，那就是她一经快乐的诱惑，任何力量也阻挡不住她。我记忆犹新，她决定跟我一起起程，就立刻急于要去赶火车。当时神甫想挽留我们一会儿，她就怕神甫误了我们的火车，使劲地催促。坐上小火车以后，康布尔梅先生问我们，是否能够推迟一星期动身，她暗中向我耸肩，致使我深为感动。原来，她如此坐立不安、急于动身，就是迫不及待地想要见到那间空闲套房。那套房间我见过一次，它是安德烈祖母的财产，富丽堂皇；正午有一个老仆人看着，空旷、幽静，阳光犹如一层薄纱覆盖在沙发和卧室的椅子上。阿尔贝蒂娜和安德烈就嘱咐门卫，她们在卧室休息，别让任何人前来打扰；门卫或是天真无邪，或是狼狈为奸，总是唯命是从。现在这套房间时刻都在我眼前摇晃。它空关着。每当阿尔贝蒂娜心情烦躁，神情严肃，她便去那儿跟她女友会面。她的女友无疑比她先到一步，因为她要空闲得多。在此以前，我从未想到过这套房间，可是现在对于我来说，它带着一个可恶女人的影子。人类生活的秘密和大自然的秘密是相同的。每一次科学的发现对秘密的疆域只能是一次推移，而不是消除。一个嫉妒者把心爱的女子千万个小乐趣给剥夺了，自然是要把她激怒的。尽管嫉妒者有时才智超人，富有洞察力，又靠第三者提供最佳消息，但是那些乐趣已经成了女子生活的实质，所以她必将其深藏在他意想不到的地方，使他无处寻觅。归根结底，安德烈至少要走了。但是我不愿意因为我上了阿尔贝蒂娜和安德烈的当，因此受阿尔贝蒂娜的蔑视，有朝一日我会对她把话挑明，让她明白，她尽管可以把什么事情都瞒着我，但有些事我是了如指掌的。这样，我也许可以逼她说出些实话来。但是，我现在还不愿意把这件事抖出来。首先，她姨妈来访才不久，她一猜就能猜到，我的消息是从什么地方来的，她会断了我的这条消息源，而对没有来源的消息又毫无畏惧，其次，因为我还没有完全把握，愿留阿尔贝蒂娜多久就留多久，我不愿意冒险，过多地引她发怒，其后果只能促使她希望更早地离开我。如果我根据她的话语——她对我的计划总是表示赞成，表示十分喜欢这种生活，囚禁生活对她来说只剥夺了微乎其微的东西——来作推理，按此去寻找事实真相和预测未来，我可以毫不怀疑，她会永远地留在我的身边。为此，我甚至还感到十分为难。我感到，有许多生活天地我都还未体验过，而且再也体验不到了，因为我的生活已经作了交换，只能跟这么一个已毫无新鲜之处的女人一起生活，害得我现在连威尼斯也去不了，因为一到那里，我睡下以后心灵就会不得安宁，害怕她会被船夫、旅馆伙计和威尼斯姑娘勾引去。我这些想法也许不错。但是，如果我根据另一种假设，即不是根据阿尔贝蒂娜的话语，而是根据她的沉默和目光、她的汗颜和赌气，甚至于根据她的动怒——我可以毫不费力地告诉她，她只是在发无名之火，我只是置若罔闻而已——来进行一番相反的推理，那么我的想法是，这种生活在她是无法忍受的；她所喜爱的东西，每时每刻都受到剥夺，这样，她注定有朝一日要离我而去。如果她真要决定离开我，那我的唯一希望就是，能够选择一个有利时机让她走，也就是说，她走的时候，我已经不再太感痛苦，她走的那个季节也应当是我想象不出她能到什么地方去寻欢作乐，譬如，她不可能到阿姆斯特丹、安德烈家或凡德伊小姐家去。当然几个月以后，她还是见到了凡德伊小姐。可是，从此到几个月以后，我的心情会平静下来，对这一切会变得无动于衷。前后相距几个小时，阿尔贝蒂娜从决定不想离开巴尔贝克一变为决定立即离开，我发现了个中的原因，内心留下了小小的创伤。要想达到心绪平静、无动于衷的那一天，必须等到这创伤愈合以后才行。如果从此我不再受到什么新的打击，那么病症就会逐渐减轻，直至完全消失。现在已经可以看出，分手虽然不是迫在眉睫，但已是势在必行的事情。但是，由于我目前病症还未减退，现在就实行分手，必定要增加痛苦和困难，所以还是以“冷处理”为上策。时机的选择要由我来作主。如果在我决定分手之前，她抢先一步，宣布说她厌透了这一生活，一定要走，届时仍然来得及考虑如何击倒她。我可以给她更多的自由，向她许愿，保证让她立即得到她企盼已久的乐趣；如果只能靠打动她的心来获得援救，我还可以向她吐露我的内心惆怅。所以关于这一点，我心底泰然。其实在这一点上，我自己也常常缺乏逻辑，跟她说话，告诉她我的想法，从来不加注意，前后发生矛盾。基于这一假设，我猜想牵涉到分手的事情，她肯定会早早地提出她的理由来。这样我可以从容地驳回她的理由，说服她。

我感到，我跟阿尔贝蒂娜的生活，不嫉妒则是无聊，一嫉妒便是痛苦；即便是有幸福，也是不得长久。那天晚上，在德·康布尔梅夫人来访以后，尽管我们俩人心情都十分愉快，但我仍凭着巴尔贝克时的明智，决意离开她，因为我很清楚，发展下去，对我并不会有什么好处。只是我到现在都仍这么想象，我对她的思念将是我俩分别时刻所留下来的一个颤音；一个加了持续音的颤音。因此，我愿意选择一个甜蜜温柔的时刻，以后好让我内心继续震颤着这美好的时刻。不应该挑剔，左盼右顾，应该要明智。可是既然已经等了那么久，与其说眼看她像我从前一样，妈妈未再吻道晚安或者到火车站给我送别，我就一气之下走开，还不如耐心地再等几天，一直到出现一个可以接受的时刻，不然那就太没有理智了。我不顾一切，对她百献殷勤。买福迪尼长裙的事情，我们终于共同商定，还是用金蓝面料、玫瑰衬里订制一件，现在刚刚做好。我一共预购了五件，很遗憾，她都没要，单单喜欢那一件。春天来临，她姨妈对我说的话过了两个月，有一天晚上，我终于忍不住发了火。那天晚上，她就是穿着那件福迪尼长裙。裙子使我想到威尼斯,更使我想到我为她作出的牺牲,然而她却没有丝毫感激之情。我虽然从未见过威尼斯,但是自从我孩提时要去那儿度复活节假,甚至更早一些,自从在贡布雷时斯万送给我提香的版画和基多的摄影以后,我对威尼斯就一直日夜向往。阿尔贝蒂娜那晚穿上那件福迪尼长裙,就仿佛是那诱人的,却又隐而不见的威尼斯幽灵出现了。她浑身披满了阿拉伯首饰,使人想起威尼斯城,想起犹如苏丹脸上缀满珠宝的面纱和金碧辉煌的威尼斯宫殿,想起安布罗瓦兹图书馆①的精装图书,想起雕刻着东方鸟的石柱;这些象征着生死轮回的东方鸟,在绸光之中相互映辉,闪烁出深蓝的颜色,然而随着我目光的移动,深蓝色又变化为柔和的金色。这色彩的瞬息变化,犹如坐在威尼斯尖舟上,随着小船轻轻的划移,湛蓝的大运河瞬时会泛出火焰焰的金光一样。更别提那两袖里衬的樱红,那更是典型的威尼斯色调,也就是通常所谓的提耶波罗②玫瑰色。

那天白天,弗朗索瓦丝无意中说漏了嘴,告诉我,阿尔贝蒂娜对什么事都不称心;我让弗朗索瓦丝传话告诉她,建议她一起出去走走,或者告诉她我不出门,车子来接她;不管车子来接不来接,不管跟她说什么她几乎一概耸耸肩,爱理不理。那天晚上,我觉得出她脾气不好,又逢上天气第一次暴热,我心情烦躁,再也憋不住一肚子的火,终于指责她忘恩负义:"对,您可以去问问所有人,"我失去了控制,声嘶力竭地叫道,"您可以去问问弗朗索瓦丝。我这只不过是嚷嚷而已。"我这一嚷,立刻回想起阿尔贝蒂娜曾经对我说过,我发怒的时候,她觉得我的脸色有多么难看。她还给我引过一段《爱丝苔尔》③中的台词:

---

① 处于意大利米兰,拥有大量珍贵的古籍和手抄本。

② 提耶波罗(1696—1770),意大利画家。

③ 拉辛的悲剧。

瞧,这愤怒的前额冲着我,
我惊魂失魄知几多?
唉! 面对您眼中喷射的火,
试问哪颗勇敢的心不哆嗦?

我对自己的暴怒十分羞愧,我要对自己的所作所为表示后悔。但是,我不能甘拜下风、自认失败。我要向她显示,我的讲和是有武装的、具有威吓力的讲和;同时我觉得,要她去除一刀两断的念头,就有必要表示,我根本不怕一刀两断。于是我说:“原谅我,我的小阿尔贝蒂娜,我对自己这么发怒十分惭愧,后悔莫及。如果我们不再能和睦相处,如果我们必须分手,那也不应该这样,这不配我们。如果必要,我们可以分手,但最重要的是我真诚地请求您原谅我。”我思忖着,如何弥补这一切,保证她打算接下去再留一段时间,至少留到安德烈走了以后——过了三个星期安德烈走了——最好第二天就讨好她一下,给她找一些她曾经有过,但已有好久没再尝到过的乐趣。既然我要消除自己给她造成的烦恼,也许我应该趁此机会向她表明,我要比她想象的更要了解她的生活;到明天,她不愉快的心情将烟消云散,但是,我对她的警告会留在她的脑中:“是的,我的小阿尔贝蒂娜,我多么暴怒,请您原谅我。不过,我不是完全像您想象的那样,是个十恶不赦的人。有些坏人总是千方百计挑拨我们俩的关系。为了不让您遭受痛苦,我从未愿意把这些事情告诉您。有时我听到一些告发以后,简直要气疯了。”我想趁机向她表明,我对她去巴尔贝克一事了如指掌,便说:“比如说吧,您知道,那天下午您去特罗卡德罗,凡德伊小姐要到维尔迪兰夫人家来。”她一阵脸红。“是的,这事我知道。”“您能向我起誓吗? 这不是要跟她重拉关系吧。”“我当然能够向您起誓。可是为什么要说‘重拉关系’? 我跟她从来就没有过什么关系,我向您发誓。”听到阿尔贝蒂娜这么当面撒谎,我十分伤心。明明是事实,这脸红就是最彻底不过的坦白，可还偏偏矢口否认。她的不诚实叫我伤心。然而，这不诚实却还包含着一层纯洁心的抗议——我无意识中是准备相信她的纯洁的。相比之下，她的诚实对我的刺痛更大。我问她："您至少是否能够对我发誓，您想去维尔迪兰夫人家白日聚会跟您希望与凡德伊小姐重逢是毫无关系的？"她回答我说："不，这我不能对您发誓。我确实很希望再见到凡德伊小姐。"还在一分钟以前，我恨她至今还要掩盖与凡德伊小姐的关系，可是现在，她老老实实地承认，要能再见到凡德伊小姐她非常高兴，我听了又从头凉到脚。毫无疑问，当时我从维尔迪兰夫妇家回来，她问我："维尔迪兰夫妇是不是没有请到凡德伊小姐？"她为的是要向我表明，她知道凡德伊小姐要来，目的就是要我痛苦不堪。但是过后我大概形成了这样一个推理："她知道她要来，这对她来说并不是一件值得十分高兴的事。只是事后她意识到，如果明说出来，就等于让我发现，凡德伊小姐是个臭名昭著、在巴尔贝克如此使我绝望、差一点逼我自杀的人，她居然与此人认识，为此她对我闭口不谈此事。"现在可好，她觉得似乎有必要向我承认，凡德伊小姐来了她很高兴。其实，她当时想去维尔迪兰夫妇家那神秘的样子本来就足以为证，可是我对这一点没有足够的考虑。尽管我现在心想："她为什么只承认一半？这岂不可恶可鄙，更兼愚蠢？"可是我精神如此崩溃，以至于我再也没有勇气在这一点上再跟她争论不休，况且在这一问题上我缺乏证据，不占上风。为了恢复我的优势，我话锋急转，立刻提到安德烈，因为安德烈发急电一事是一重大秘密，它将帮助我彻底击垮阿尔贝蒂娜。"再说一件事，"我对她说，"现在有人折磨我，逼得我不得安宁，不断地告诉我您在外面的关系，不过说的是您跟安德烈的关系。""跟安德烈？"她叫道。由于怒气上升，脸上生火；又由于惊讶，或者故作惊讶，她的两眼直眨。"多……多动听！！能否请教一下，都是谁告诉了您这么些动人的事情？我能亲自跟这些人交谈一下吗？能请教一下，他们这么恶语伤人，有什么凭据？""我的小阿尔贝蒂娜，我没法告诉您，我收到的是一些匿名信，但写的人您也许很容易找到（我这么说目的是告诉她，我才不信她真会去找），这些人似乎对您十分了解。我得承认，最后一封信（我指的就是这一封，因为信中涉及的是区区小事，说出来毫不困难）确把我恼火了，我得向您承认。信中说，那一天我们离开巴尔贝克，您之所以先想留下，后又改变主意走了，就是因为在这当儿，您收到了安德烈一封信，告诉您她将来不了了。”“安德烈给我写信说她来不了，她甚至还给我发了电报，这事我很明白。我不能拿出来给您看，是因为我没有留着。但是信不是那一天来的。再说，即便是那一天，安德烈来不来巴尔贝克，这事跟我又有什么相干？”“这事跟我又有什么相干”是发怒的表示，证明这事就是“跟她有点相干”，但这并不一定证明阿尔贝蒂娜回来纯粹是为了见到安德烈。每当阿尔贝蒂娜发现，她向某人谎编一个行为动机，结果真正的行为动机被此人看穿了，她就会发怒，哪怕此人就是她实实在在替他做了那件事的人她也不管。阿尔贝蒂娜以为，有关她所作所为的这些情报，并不是那些人写匿名信主动告诉我的，而是我拼命向他们索取的，这一点从她接下去跟我说的一番话里丝毫听不出来，因为她那番话听起来似乎已经接受了我匿名信的说法；这一点只有从她冲着我的一脸怒气上可以看得出来。这怒火看来只能是她先前不快心情的总爆发了，就为此她认定，我从事的间谍活动，只能是我对她的行动进行监视而发展成为的结果，对此她早已深信不疑。她的怒火一直发到了安德烈的头上。她心里肯定在嘀咕，现在可好，她连跟安德烈一起出去我也不能忍受了。她说：“再说，安德烈也叫人恼火，叫人讨厌。她明天回来，我可再也不愿意跟她一起出去了。您可以把这一点告诉那些对您说我是冲着她才回巴黎的人。我确实对您说过我认识安德烈已有多年，可是要让我说她长得什么模样，我却说不上来，因为我见她也见得太少了！”可是第一年在巴尔贝克她却对我说：“安德烈长得真动人！”诚然，这句话并不意味着阿尔贝蒂娜跟她有什么爱情关系，而且每次我听到她谈起这类关系都是充满了愤怒。但是，难道没有另外一种可能性吗？由于她不认为跟一位女朋友搞那些游戏就等于是有不道德的关系，这种关系在别人身上打上了烙印，在她心里却相当模糊；这一点就可以证明她自己已经在无意之中起了变化。这种可能性还在于这一变化和对这一变化的无意识都反映于她跟我的关系之中。她在巴尔贝克时如此气愤地拒绝了吻我，然而后来每天都是自己主动来吻我；我希望她再这么长时间地吻我，待会儿就吻我。“可是，我亲爱的，您要我怎么去告诉他们，这些人我认也不认识。”我的回答如此坚定，本该可以消除凝聚在阿尔贝蒂娜眼中的异议和疑虑了，可是她的目光却一丝不动。我缄默不语，可是她仍然聚精会神地看着我，就像面对着一个话还没说完的人。我再一次向她道歉。她回答说我没有什么可向她道歉的。她重又变得十分温柔。但是我从她忧郁憔悴的脸上看出，她心中形成了一个秘密。我很清楚，她不可能不告而别，而且她也不可能作此希望（要过一个星期她才能试穿福迪尼新长裙），也不可能做到得体，因为我母亲和她姨妈周末都要回来。既然她立时不可能走掉，我为何还要跟她强调，我想送她一套威尼斯玻璃器皿，想第二天跟她一起出去看看，而听到她回答说就这么说定了，我又如释重负？她终于跟我道了晚安，我也吻了她，可是这时她却一反常态，转过了身去，没有还吻我；而恰恰就在一秒钟前我还在想念这巴尔贝克她拒绝了的，而后每天晚上她都给予我的吻。由于赌了气，她似乎不愿意向我表示温存，以免过后让我觉得这场不和只是假的；她似乎是在使自己的行动跟这场不和协调一致。然而，虽然她嘴上不说，虽然她与我断绝了肉体关系，但仍然希望有分寸地保持朋友关系。我又吻了她一次，把那大运河熠熠如镜的金蓝和成双成对的象征生死的鸟紧紧抱在心怀里。然而再一次地，她没有还吻我，而本能地带着预示死亡的凶兽那种不祥的顽固劲，抽开了身子。她身上反映出来的这死亡的预感似乎也侵袭了我，使我充满恐惧和焦虑，以至于当阿尔贝蒂娜走到门口的时候，我已没有勇气让她离开，又叫住了她。“阿尔贝蒂娜，”我对她说，

“我一点也没有睡意。如果您也不想睡觉，如果您愿意的话，您完全可以再待一会儿。不过我并不一定要您这样，我特别不想叫您累着。”我觉得，我要是能让她脱掉衣服，换上白睡衣，她就会显得较红，较刺激，更容易刺激我的感官，这样和解就会更加彻底。但是我有些犹豫，因为她的长裙的蓝边给她的脸容增加了一层美丽，一道光韵，一片天色，失去了这些，我就会觉得她比较冷酷。她款款地走回来，充满了无限的温存，但仍带着忧郁憔悴的表情对我说：“只要您愿意，我可以留下来，我没有睡意。”她的回答使我静下了心来。因为只要她人不走，我就觉得我可以考虑将来的事情。而且她的回答里也包含着友谊和顺从。不过这是带有某种特性的顺从，我觉得其界线就在于从这忧郁的目光后面透露出来的秘密，在于她改变了的举止仪态——她之所以改变，一半是出于不知不觉，一半是她事先就要使自己的举止与什么事情采取同步一致；而究竟是什么事情，我却不知道。尽管她人在，我还是觉得，她只有像在巴尔贝克时躺在床上，穿着白睡衣，露出颈项，我才有相当的胆量，使她不得不让步。“您既然如此客气，留下来安慰我，您应该把长裙脱了才是，穿着多热，又不随便，我都不敢碰您，怕把裙子碰皱了。把裙子脱了吧，我亲爱的。”“不，在这里脱裙子不太方便。我待会儿到自己屋里去脱。”“那么在我床边上坐一会儿总愿意吧？”“那当然愿意。”不过她离着我，坐在我的脚边上。我们谈着话，突然听见一声呻吟，节奏均匀，原来是鸽子在咕咕叫。“这说明天已经亮了。”阿尔贝蒂娜说。她几乎皱起眉头，似乎在我家里生活，错过了美丽季节的乐趣一样，对我说：“鸽子又出现了，春天来临了，才会这样。”鸽子的咕咕和公鸡的报晓，两者之间的相似既深刻又晦涩，犹如在凡德伊的七重奏里面，柔板的主题是建筑在第一段和结尾段的主旋律基础上的，自然相互间有相似之处，但是调性和节奏的变化已将它们变得大不相同；一个门外汉打开一本有关凡德伊的书，会惊奇地发现，这三个乐段同是以四个音符为基础，他在钢琴上用一个手指就能弹出这四个音符，然而却无法弹出这三段曲子。鸽子演奏的这段感伤曲就是一种小调鸡鸣，它不会扶摇直升，飞向天空，却像驴叫，平稳柔和，从一个鸽子叫到另一个鸽子，只作横线移动，从不升腾，不能将这平平的呻吟转换成序曲快板以及最后乐章反复出现的欢乐高亢。我知道，我说“死亡”这个字，仿佛阿尔贝蒂娜马上就会离开人世似的。看起来，事情本身其实要比事情发生的时候来得更加广泛，发生事情的这一时刻不能包容事情的全部广度。由于我们对事情保持记忆，所以事情能够延及到将来，这是毫无疑义的；但是事情在事情发生以前也要求有自己的一席地位。当然，有人会说，事情在将来是个什么模样，我们无法看见，但是事情在回忆当中不一样也变了模样？

我发现她不再主动吻我，心里已经明白，要她吻我纯属白费心机，然而只有从亲吻开始，才可能真正得到安静，于是我对她说“晚安，时候太晚了”，我这么说，可以叫她来亲吻我，然后我们还可以继续下去。但是，她跟前两次一模一样，说了一句“晚安，好好睡一觉”，只是在我脸颊上亲了一下。这一次我没敢再叫住她。可是我的心跳得非常厉害，没办法再躺下。我如同笼中小鸟，来回跳动，一会儿担心阿尔贝蒂娜会走，一会儿又相对平静了一些，左思右想，心绪不宁。我心情能有相对平静的时刻，是因为我每分钟都多次反复进行这样一种推理：“她不可能不告而别，她一点儿也没有跟我说起她要走。”这么一推理我心里基本上就好受一些了。但是我立刻又想到：“可是要是明天我发现她走了怎么办！我这么担心本身就说明是事出有因的。她为什么没有亲吻我？”这么一想，我的心又剧烈地疼痛起来。接下去我重又开始原来的推理，心疼方始得到减缓。可是这头脑运动如此频繁，如此机械，结果闹得我头昏脑胀。由此可见，有些心理状态，例如焦虑，只提供两项选择，结果就会像肉体痛苦那样，残酷地把您拴在方寸之地上。我无止无休地一会进行赞同我焦虑心情的推理，一会儿进行驳斥我焦虑心情，并给我以安慰的推理，其空间之狭窄，犹如病人靠内心运动不断地触摸那使其痛苦的器官，刚离开一会儿，片刻之后仍又回到了镇痛点上。万籁俱寂之中突然传来一阵声音,听起来没有什么特殊,但却叫我充满了惊恐。是阿尔贝蒂娜房间窗户猛然打开发出的响声。等一切恢复静寂以后,我扪心自问,为什么这响声叫我如此害怕?这响声本身毫无可惊之处,但我觉得它使我惊恐万状是出于两层意义。首先,我们俩人生活有一条公约,由于我怕风,晚上绝不开窗。这事阿尔贝蒂娜到这里来住时我跟她解释过;尽管她坚持认为这是我的一种怪癖,但仍然保证绝不违反这项禁令。因此对这类事情她都非常小心谨慎。她知道,哪怕她诅咒这些事情,我都要,我都敢肯定,她宁可让壁炉烟火味熏着睡觉,也不会打开窗户,就如早晨哪怕发生了天塌下来的大事,她也不敢让人把我叫醒。这只不过是我们生活的一项小小的公约。然而既然现在她可以不告一声,擅自违犯这项约定,那还不意味着她从此可以肆无忌惮,违犯其他一切公约了吗?其次,打开窗户这声音极其猛烈,几乎是缺乏教养,她打开窗户时似乎怒火满腔地在说:"这日子憋死我了,我管他呢,我需要透气!"我心里没有完全这么想,而是继续在想,阿尔贝蒂娜开窗的声音,似乎比猫头鹰的叫声还要神秘,还要令人毛骨悚然。自从斯万那天晚上到贡布雷来吃饭,至今我也许一直没有像现在这么焦躁不安过,我一晚就在过道里走来走去,想以此响动来引起阿尔贝蒂娜的注意,她也许会可怜我,叫唤我。可是她屋子里没有传出任何响声。在贡布雷的时候,我叫我母亲来。但跟我母亲在一起,我就怕她生气。我善于用向她表示我的感情的办法,来保持她对我的感情。这么想着,我就迟迟没有叫唤阿尔贝蒂娜。渐渐地我感到时辰太晚了,她大概已经睡着好久了。我也就回屋睡觉去了。早晨不管发生了什么事情,我不叫唤,别人绝不会到我房间来;第二天我一醒过来,我按铃叫唤弗朗索瓦丝。我在想:"我要告诉阿尔贝蒂娜,我要给她订造一艘游艇。"我接过信件,目光没有瞧着弗朗索瓦丝就对她说:"过一会儿我有话要对阿尔贝蒂娜说,她起身了吗?""起身了,起得很早。"一听这话,我顿时觉得,一阵狂风卷起千层焦虑之浪,在我心里翻腾不息；风急浪涌，击得我喘不过气来。“是吗？那现在她人在哪儿？”“大概在她自己屋里。”“啊！那好，那好。我待会儿见她。”风浪过了，我开始呼吸。阿尔贝蒂娜还在这儿，对此我几乎有点无动于衷，然而我又猜测她可能不在，这难道不几近荒唐？我睡着了。尽管我敢肯定她不会离开我，我还是睡得不深，不过不深也只是相对她而言。因为，院子里修理工程发出的声响，我睡眠中虽然隐约听到，但毫不影响我继续静静睡下去；然而，从她屋里发出任何细小的颤动，她出来进去再蹑手蹑脚，她按门铃再小心翼翼，都会使我惊醒，全身颤抖，心跳不止；哪怕我是在昏昏沉睡之中听到这声音也会这样。这就跟我外祖母一样，临终前几天，她早已一动不动，进入静止状态，医生们称之为休克；可是别人告诉我，当我按习惯按了三下门铃叫唤弗朗索瓦丝时，外祖母听到以后就像树叶似的开始颤抖起来；然而那个星期内，我为了不搅扰灵室的肃穆，按铃的时候比平时都轻。不过弗朗索瓦丝告诉我，我自己不知道，其实我按铃有特别之处，不可能跟别人的铃声混同起来。这么说，我是否也已进入垂暮之日，死亡已经渐渐逼近？

那一天以及继后一天，由于阿尔贝蒂娜不愿意跟安德烈一起出去，结果我们两个就一起出去了。我都没有跟她谈及游艇的事。一起散步使我的心情完全平静下来了。可是晚上她吻我时继续使用她那新的方式，为此我十分生气。我只能把这看作是她借此表明仍在跟我赌气，我向她赔了那么多的礼，对她那么客气，她还要那样，这未免有些不可思议。我从她身上再也得不到我需要的肉体满足，她心情不好我就更觉她丑陋。为此我更加强烈地感到，初晴之日，万欲萌动，为了她我却失去了众多女子和四方游兴。中学时和女子们在浓荫下的幽会，早已忘却了，现在又断断续续地回忆起来。也许是由于这些回忆，这春天的世界别有一番情趣。我们的住宅在旅途中穿越了一年三季，到达这春天的世界刚刚三天，只见这地方晴空万里，条条大路都一溜逃跑，去参加乡间野餐，划船嬉戏；在我眼里这既是花草绿荫的国度，也是翩翩女子的国度，到处充满欢声笑语，连我病后乏力的身子也有权去分享欢乐。然而，听从于每日的惰性，严守贞洁，只能跟一个并非我所爱的女子交欢，被迫囿于家中，不能出户远足，这一切在昨日的旧世界，在荒凉的冬天世界似乎还可能，而在这郁郁葱葱的新世界里则再也不可思议；我在这新世界里醒来，就像年轻的亚当，第一次遇到生存的问题，幸福的问题，没有以前消极方案的包袱。阿尔贝蒂娜却压着我；我瞧着她，一脸的冷漠和阴郁。我感觉到，我们没能一刀两断，实为一种不幸。我想去威尼斯，在此之前我想去卢浮宫看看威尼斯画，去卢森堡博物馆观赏埃尔斯蒂尔的两幅作品——据别人刚告诉我的消息，盖尔芒特刚将这两幅画卖给该博物馆；我在德·盖尔芒特公爵夫人家见到时曾欣赏不已：《舞之乐》和《某家庭肖像》。但我害怕，怕前一幅画上有些猥亵的姿势别挑起阿尔贝蒂娜对民间乐事的欲念和怀念，使她心想，有些生活她没有经历过，那焰火屏开下的生活，那郊外咖啡舞厅的生活，也许是很有味的。而且，埃尔斯蒂尔的画上，南方绿荫丛中还有裸体女性，尽管埃尔斯蒂尔本人只是将此看作一种雕塑美——但那岂不降低了作品的价值？说得更美一些，把那些生在绿荫丛中的女子裸体看作具有白玉雕像的美，那些裸体女子仍有可能叫阿尔贝蒂娜想到某种乐趣。因此，我不得不放弃这些计划，改为去凡尔赛。阿尔贝蒂娜不愿意跟安德烈出去，一人待在屋里，穿着福迪尼浴衣看书。我问她愿不愿意去凡尔赛。她这人就是这一点非常动人，干什么事非常痛快，也许她过去一半时间都生活在别人家里，因此早已养成这种习惯。决定跟我们来巴黎，她也只用了两分钟考虑。她对我说："如果我们不下车，我就可以跟您去。"她要披一件大衣，盖住她的睡衣，她在两件福迪尼大衣之间犹豫了一下，犹如她拿不定主意要带哪个朋友一起出去一样，最后挑了一件深蓝的，非常漂亮，然后又在帽上扎了一枚饰针。一分钟内她已穿戴完毕，我还是在她之后才披好外套的。然后我们就一起出发去了凡尔赛。她行动之迅速，态度之温顺，使我较为放心了，仿佛虽然我没有什么确切的理由要担心，却需要放心似的。去凡尔赛的路上，我思忖着："我毕竟没什么可担心的，尽管那一天晚上发出开窗的声音，我叫她做什么，她还是百依百顺的。我一说要出去，她二话没说就在浴衣外披上了蓝大衣跟我来了，如果是一个反抗的人，一个跟我闹翻的人，那是不会这么做的。"我们在凡尔赛待了很长时间。晴空万里，犹如闲步的人有时仰卧田野所能看见的天空，一片湛蓝，略透苍白，然而颜色是如此纯一，如此浓厚，让人觉得苍穹所用之蓝色不掺任何杂质，而又深不见底，无穷无尽，任凭你在其间纵深遨游，除了这蓝色，不可能发现任何一粒其他物质。我想到外祖母，不管是人类艺术，还是自然风光，她都喜欢宏伟壮观，她就喜欢看见圣蒂莱尔教堂的钟楼直刺这蔚蓝的天幕。突然我对失去的自由重又泛起一股怀念之情，因为我听到一种声音，虽然我一时还分辨不出是什么声音，但我外祖母听到，跟我一样，也会非常喜欢。这声音听起来如同胡蜂嗡嗡一般。"瞧，"阿尔贝蒂娜说，"有一架飞机，它飞得很高，非常高。"我朝上空环视了一下，但就像躺在田野上的闲步者那样，只见那一片纯质的蔚蓝，不见任何黑点。但我确实听见翅翼的震颤发出的嗡嗡声。突然那翅翼进入了我的视野。高空之处，一对小小的褐色翅翼，一闪一闪，在纯蓝不变的天幕上打了一个小褶。我终于找到了这嗡嗡声的来源，原来是这只小虫子在也许有两千米的高空上来回折腾。我看见了它在嗡嗡作响。以前长年之中，由于地面距离还未被今天的速度所缩短，两公里外传来的火车汽笛使我们激动不已。如今，并在今后一段时间内，使我们激动的是两千米上空飞机传来的嗡嗡轰鸣；两者具有同样的美感，因为纵向旅行所跨越的距离与地面距离是相等的；凌空中的度量之所以让人看来是超然另定的，这纯粹是由于我们觉得无法企及的缘故，其实两千公尺以外的飞机并不比两公里以外的火车更远，甚至还更近，因为飞机是飞行于更为纯净的空间，旅人并未切断与出发点的联系，犹如风和日丽的海面和平原，船只驶远或微风轻拂，便会在万顷海洋和无际的麦田上留下道道涟漪。我们很晚才踏上归途，路边一条红裤紧挨着一条短裙，让你不时发现一对对情侣。我们车子驶过马约门回去。巴黎的建筑失去了立体感，成了一幅线描画，犹如一座城市被毁之后，我们画此类画来勾勒其原有图景似的。然而，图景四周勾出一条极其柔和的蓝线，将图景烘托得更加美丽。我们的眼睛四处贪婪地搜寻，这吝啬而又美妙的色调从何而来，原来是一轮明月。阿尔贝蒂娜无限欣赏。我不敢对她说，我如果是单身一人，或者是在追逐陌生女子，这景色会使我更加心旷神怡。我给她吟诵了几段咏月诗和散文，告诉她从前的银月怎么到了夏多布里昂笔下和雨果的《埃维拉尼斯》以及《泰雷兹家的晚会》诗里变成了蓝色，又怎么通过波德莱尔及勒孔德·里尔复变为金黄色。然后，我向她回忆起《沉醒的博兹》末尾象征新月的意象，吟诵了整部诗篇。

每当我重忆旧事，我说不清她一生的欲望多么反复无定，时时充满矛盾，谎言无疑又使事情变得更为复杂，我记不确切当时我们谈话的内容了，只记得她对我说："噢！瞧这姑娘多漂亮，高尔夫球又打得那么好。"我问她姑娘叫什么名字，她立刻摆出一副若无其事而又傲不可驯的样子——这类撒谎者每次要避开一个问题，都千篇一律地采取这种姿态——回答说："啊！我不知道（无法奉告，实在遗憾），我从来不知道她的名字，我光看到她打高尔夫球，但从来就不知道她叫什么名字。"她明明就是知道。一个月以后，我对她说："阿尔贝蒂娜，你上次说到的那个姑娘，即那个高尔夫打得很漂亮的姑娘，你认识她吧。""啊，对！"她不假思索地回答道："说的是爱弥丽·达尔梯耶啊，真的，我都不知道她最近怎么样了。"撒谎犹如构筑野战防御工事，既然姓名守卫战失利了，就必须赶紧转移，寻找可能，守卫其他防线。"啊，我不知道，我从来不知道她住什么地方。我看不出有谁能告诉你她的住址。啊不！安德烈不认识她。她不是我们一小帮的，如今我们这帮人也各奔东西了。"另一些时候，谎言如同无赖:“唉！我要有三十万法郎的年金多好……”她咬紧嘴唇。“有了这些钱你想干什么呢?”“我就要请求您允准我留在你家里,”她吻着我说,“到哪儿我才会更加幸福呢?”但是即使将其谎言考虑在内,也叫人难以置信,她的生活是何等的水性杨花,她的欲望是何等的朝三暮四。她爱某人爱之发疯,可三天一过,她已不愿再接受此人的拜访;她要画画,两天之中表现得急不可耐,几乎是急出了眼泪——不过眼泪一流出来就干了——反正急得就像被人抢走了奶妈的孩子。可及至我真遣人替她去买颜料画布,她却一个小时也不能等待。她对人,对物,对事,对艺术,对国家,感情都是如此多变,其实她对万事万物都是如此性格,所以,如果她喜欢钱财的话——我对此有些不信——也不会比喜欢别的东西更为长久。当她说“啊！我要有三十万法郎年金多好”时,尽管她表达了一个不好的想法,但她绝不会抓住此念,紧紧不放,犹如她看了我外祖母手中的塞维尼夫人著作版本的插图,她就希望去参观罗歇,又好比她要寻找高尔夫朋友,要坐飞机,要去姨母家度圣诞,或要重握画笔,等等,她都是说过即忘。

“说真的,我们俩谁也不饿,不如到维尔迪兰夫妇家去,”她说道,“正好是今天,又是时候。”“可是您要也对她们有看法怎么办?”“噢！有好多关于他们的传言,可是说到底,他们也不至于那么坏,维尔迪兰夫人对我向来不错。再说,一个人也不能总是跟人人都闹翻吧。他们是有缺点,可是缺点谁还能没有?”“可是您没怎么打扮,该回去打扮一下,那样时间又晚了。”“对,还是您说得对,我们还是回家省事。”阿尔贝蒂娜回答道,那百依百顺的态度,每次都让我十分惊奇。

我们的车子开到一家点心店门前停下。这家店几乎坐落在城外面,当时颇有点名气,一位夫人行将出来,在向老板娘索取衣物。那位夫人一走,老板娘忙着收拾杯子、碟子和剩下的点心,因为时辰已经不早。阿尔贝蒂娜朝老板娘瞧了多次,仿佛是要引她注意似的。老板娘只是走到我的身边，问我要点什么。老板娘长得又高又大，此刻站着给我们上点心，阿尔贝蒂娜坐在我旁边。阿尔贝蒂娜为了吸引老板娘的注意，每每直线地将目光往上举，可是因为老板娘紧靠着我们，阿尔贝蒂娜不仅要尽可能高地抬起眼珠，而且目光还要直爬陡坡，没有倾斜一点的可能。她不能过高地抬头，只能将目光升到那不像样的高度，去够老板娘的眼睛。阿尔贝蒂娜出于对我的礼貌，迅速将目光降下来，老板娘未加注意，仍在忙她的。这样，阿尔贝蒂娜的目光作了一系列的上升运动，去企盼那望尘莫及的神。之后，老板娘开始收拾旁边一张大桌子。这下阿尔贝蒂娜的目光能运转自如了，偏偏老板娘的目光没有一次停留在我朋友的目光上。对此我并不惊奇。这种女人我认识一些，我知道她尽管结了婚，却仍还有着几个情人，但事情又瞒得滴水不漏，见她那愚不可及的样子，我对这一点大惑不解。我们吃完点心的时候，我看了这女人一眼。她全神贯注地收拾东西，我朋友如此反复地瞧她，她都未予正视一眼，我朋友的目光又没有什么不合适的地方，这未免有些失礼。她收拾了又收拾，手脚不停，毫不歇息。把小调匙和水果刀放回原处等等这些工作即便不是由漂亮的高个女人来干，而是节省人力，扔给机器去完成，那我们也就不会看见她对阿尔贝蒂娜的注意竟那么全然不放在眼里。可是，她眼睛并没有低下，并没有全神贯注于她的工作，而是任眼波四溢，任妩媚横流。确实，如果这个老板娘不是一个蠢而又蠢的女人（这不仅出自于她的名声，光凭我的经历，我也一目了然），这淡漠倒可能是一种极度的巧智。我很清楚，再愚蠢的人，事情一旦牵涉到他们的欲望和利益，尽管他们在愚蠢的一生中一事无成，在这种特殊的情况下，却能立刻适应最为错综复杂的形势。不过不管怎么说，对老板娘这样一个笨女人来说，这个假设未免过于复杂了一点。这种笨傻甚至还呈现出无礼的形态，这真是不可思议！她连一眼也不瞧阿尔贝蒂娜，然而又不可能不看见她。这对我的朋友确实有失敬意，但是我心底又暗自高兴，阿尔贝蒂娜也得到了一个教训，看到了对她不注意的女人毕竟大有人在。我们告别点心店，回到车上，已经踏上了归途，突然我后悔起来，由于我经常到店里订点心，老板娘一定知道我的姓名住址，我忘了顺便把她拉到旁边叮嘱她一句，请她别把我的姓名住址告诉我们来时遇到的刚出门来的那位太太。其实即使那位太太从点心店间接打听到阿尔贝蒂娜的住处，那也纯属枉然。我只是觉得走回头路太远了，而且为这区区小事专程赶回去，在愚蠢且爱说谎的老板娘看来，也未免有些小题大做。我只是想，一星期以后我得回这儿来吃点心，来补这嘱咐；我们每每把要说的话忘了一半，把十分简单的事情分好几次做，这很讨厌。

那天晚上，犹如寒暑表上升一度一样，晴暖的天气又跳了一级。春天的晨曦，催人早醒。我在床上听见电车穿行于馨香之中；空气中热量越聚越多，直至中午变得凝固起来。相反，我的屋子较为凉爽，稠密的空气渗进来以后，将盥洗室的气味、衣橱的气味和沙发的气味一道道隔得清清楚楚。昏暗的光线中泛着一层珠光，给窗帘和蓝缎沙发添了一道柔和的折射。在这半明半暗之中，道道气味并列直立着，互不混淆。不是异想天开，而是确属可能，我仅借着这清晰可辨的气味，就立刻觉得自己仿佛来到了郊外的一个新区——与巴尔贝克布洛克所住的街区相仿——我仿佛走在太阳灼烈的街道上，眼中看见的并不是乏味的肉铺和白色的方石，而是充满乡村野趣的餐室；待会儿我一经到达，果盘中的樱桃和杏子、苹果酒以及格律耶尔奶酪便散发出阵阵香味，馥郁缭绕，在若明若暗之中轻轻雕饰出玛瑙一般的钟乳纹，而棱镜玻璃的餐刀架却往昏暗中放射道道彩虹，或在桌布上撒下点点孔雀花斑。

犹如风在逐渐增大，楼下驶过一辆汽车，我听到异常高兴。我闻到了汽油味。善于挑剔的人会觉得，空气中飘荡着汽油味，是一大遗憾（他们是一些讲究实际的人，在他们看来，这气味把乡村的空气搞糟了）。另有一些思想家，也是一些讲究实际的人。当然他们有自己的方式，他们注重事实，认为如果人类的眼睛能看到更多的色彩，鼻孔能辨别更多的香味，那么人类就会更加幸福，就将富有更浓的诗意，这其实不过等于说，不穿僧袍，换上豪华套装，生活就会更加美丽，这不过是将天真无知套上哲学外衣而已。对于我来说，这汽油味却是另一回事（与此相仿，樟脑和香根草，其香型本身并不好闻，却能使我激动，它唤起我对到达巴尔贝克的当天那湛蓝的大海的回忆）。在我去古维尔的拉埃斯圣约翰教堂的日子里，这气味和着机器喷冒的黑烟，曾多少次消散于苍白的蓝空；多少个夏日的午后，阿尔贝蒂娜画画，是它伴随我出门溜达。现在我身卧暗室，这气味又在我身边吹开了矢车菊花、丽春花和车轴草。它如田野的芬芳，使我陶醉；它不像山楂树前的馥香，受其浓烈成分的牵制，固定在山楂树篱前的范围内，不能向远处飘发。它是四处飘扬的芳香，大路闻之奔驰，土地闻之改样，宫殿纷纷跑来迎客，天空大放晴朗；它使力量倍增，它是动力腾飞的象征；它唤起了我巴尔贝克的旧梦，登上钢筋水晶罩的双翼飞机，但此次并非携带过于熟悉的女子共访旧友，而是邀陌生女子同行，飞一处新地做爱。这气味时时伴随着汽车喇叭声，我就像为军营起床号那样为这喇叭声填词："巴黎人，起来吧！起来吧！到郊外去野餐；到河里去划桨！和漂亮姑娘去到那树荫下！起来吧！起来吧！"这翩翩浮想真让人感到心旷神怡，我连连庆幸自己订下了"严规"，非我叫唤，任何"胆怯者"，无论是弗朗索瓦丝，还是阿尔贝蒂娜，都不敢到"深宫内庭"来打搅我，真可谓：

君权严酷，把我禁锢，
难见吾民吾土①。

突然景致变了。回忆中出现的已不再是昔时的印象，而是旧日的欲望。近时金蓝的福迪尼裙衣唤醒了这一欲望。它在我眼前展现了另一种春天

① 见拉辛悲剧《爱丝苔尔》第一场第三幕。

的景色，不见嫩绿满枝，甚至不见花草绿荫，但见一个名字——威尼斯。此处的春天是经过提炼，只剩精华的春天，春时的绵延、趋暖和开花不是表现为一块浊土的萌发，而是一片净水的翻腾。这里的春天没有花冠。回答五月的呼唤，只能用流光倒影；五月拍打着春水，春水则闪烁着蓝宝石的幽光，赤裸着全身拥抱这五月。四季更替，海湾未曾开花，年复一年，城池仍一派哥特式风韵。我很清楚，我不能想象，或者说我偏要想象，正是这欲望，在我孩提时代，由于出发心切，结果反而摧毁了我出发的力量：威尼斯之梦给我一片遐想。大海犹如一条蜿蜒的河流，曲曲弯弯环抱着一个精心雕琢的城市文明。城池有一条湛蓝的纽带绕着全身，与世相隔，独立发展之中开创了独树一帜的绘画和建筑流派。它是一座神奇的花园，比比皆是彩色的水果和花鸟；它亭亭玉立于大海之中，海水拍击着柱子，为其爽身，而大海又像一对黑暗中永不闭息的蓝宝石的眼睛，投射在重雕的柱头上，使之永远五光十色，斑驳陆离。

是的，该是动身的时候了。自从阿尔贝蒂娜不再挂着跟我赌气的样子，我觉得她已不是我值得牺牲一切而占有的财富了（我们牺牲其他一切财富，也许是为了摆脱忧愁，摆脱焦虑，现在这些都已平息）。我们穿过了一度以为穿不过去的布圈；我们驱散了风暴，找回了晴天的微笑；莫不可测的无名的仇恨，或许说无底的仇恨，也烟消云散了。从此，原先暂时撇开的问题现在又回到了我们面前：我们知道，幸福是不可能的。现在我跟阿尔贝蒂娜共同生活重又成了可能，我感到我从中所能得到的只能是不幸，因为她并不爱我。趁她温顺地赞同——她的温柔我还可以用回忆来细加回味——这时离开比较好。是的，时机已到。我应该打听清楚，阿尔贝蒂娜何日离开巴黎，在邦当夫人这里采取果断的行动，以肯定阿尔贝蒂娜那时候既不能去荷兰，也不能去蒙舒凡。到那时候此次动身已看不出什么不便，就挑选一个像今天这样我对阿尔贝蒂娜毫无牵挂、心里充满无限欲望的晴天——晴天接下去有的是。应该不见她，让她出去以后我再起身，迅速梳洗完毕，给她留个条。既然她这时节要去的地方，一处也不可能叫我心烦意乱，我应该趁此机会，相信自己在旅途中心里不会去想她会做出什么不良行为——何况此刻我对此已完全无动于衷——不要再见她，赶紧去威尼斯。

我按铃叫唤弗朗索瓦丝，让她替我去买一本导游书和一份火车时刻表。跟我孩提时准备动身去威尼斯一样，此刻要实现的欲望跟当时一样强烈。我忘了，在此之前我实现过一次欲望，即巴尔贝克之行，那一次毫无乐趣可言；威尼斯既然也是一个可感知的现象，也许跟巴尔贝克所差无几，也未必能实现我无以言表的梦幻，即哥特式时代带来的梦幻。这时代伴随着一江春水，不时冲击着我的心灵，产生妩媚动人而神秘莫测的景幻。弗朗索瓦丝听到我的铃声走了进来："先生今天怎么这么晚才按铃，"她对我说，"我很着急。我不知道该怎么办才好。今天早晨八点钟，阿尔贝蒂娜小姐向我要箱子，我没敢不给。我又怕来叫醒先生，先生会骂我。我想先生很快会按铃的，就叫她再等一个小时，可是白搭。她没听我的，留了这封信给先生，九点钟的时候就走了。"听到这儿，我气已接不上来——我还深信自己对阿尔贝蒂娜已无动于衷，可见我们对自身是多么缺乏了解。我双手捂住胸口，双手突然汗湿，自从我朋友在小火车上告诉我有关凡德伊小姐女友的事情之后，我双手还是头一次这么出汗。"啊！很好，弗朗索瓦丝，谢谢！您没来叫醒我，当然做得很对。现在您让我一个人待一会儿，过一会儿我再按铃叫您。"我再也说不出别的话来。

A LA RECHERCHE DU
TEMPS PERDU

追忆似水年华

第四卷

索多姆和戈摩尔

许钧 杨松河 译

译林出版社

图书在版编目（CIP）数据

追忆似水年华．第4卷，索多姆和戈摩尔/（法）普鲁斯特（Proust, M.）著；许钧，杨松河译．—南京：译林出版社，2012.6（2026.2重印）

ISBN 978-7-5447-1623-9

Ⅰ.①追… Ⅱ.①普… ②许… ③杨… Ⅲ.长篇小说－法国－现代 Ⅳ.①I565.45

中国版本图书馆 CIP 数据核字（2011）第 002338 号

追忆似水年华（4）索多姆和戈摩尔 ［法国］马塞尔·普鲁斯特 / 著 许 钧 杨松河 / 译

责任编辑 唐洋洋
特约编辑 张媛媛
责任印制 颜 亮

原文出版 Gallimard, 1984
出版发行 译林出版社
地 址 南京市湖南路 1 号 A 楼
邮 箱 yilin@yilin.com
网 址 www.yilin.com
市场热线 025-86633278
排 版 南京展望文化发展有限公司
印 刷 徐州绪权印刷有限公司
开 本 880 毫米 × 1230 毫米 1/32
印 张 96.375
插 页 28
版 次 2012 年 6 月第 1 版
印 次 2026 年 2 月第 43 次印刷
书 号 ISBN 978-7-5447-1623-9
定 价 328.00 元（全七卷）

目 录

女人拥有戈摩尔城；
男人拥有索多姆城

阿尔弗雷德·德·维尼

第一部

前往拜访公爵夫妇的那天(盖尔芒特亲王夫人举行晚会的那天)的情况,我刚才已经作了介绍,诸位知道,早在这天前,我就窥视过公爵与夫人回府的情景,不料偷看时发现了一个秘密,虽然只与德·夏吕斯相关,但事情本身非同小可,以致我一直拖到现在,有了能如愿给它以应有的位置和篇幅的时刻,才作一叙述。在府邸的顶楼,我曾设置了一个极为舒坦美妙的观察点,从那儿望去,通往布雷吉尼府宅的坡道一览无遗,山坡起伏不平,被弗雷古侯爵家那幢翻新的公馆呈玫瑰色的装饰小塔装点得赏心悦目,一派意大利风格,可是,我上面已经说过,我却放弃了那个观察点。想到公爵夫妇即刻就要回府,我觉得倒不如守在楼梯上窥视更为方便。放弃那个高高在上的居留点,我真有点儿惋惜。不过,当时正值午餐过后,惋惜的心情倒减少了几分,因为若在上午,我准没机会看到布雷吉尼府邸的听差手执鸡毛掸,在透明闪亮的宽阔的云母石间穿行,慢悠悠地攀登陡坡,远远望去,一个个微缩成了油画上的人物,那云母石被红色的山梁分支衬托得格外悦目。虽然我缺少地质学家的观察力,可我至少能像植物学家那样静静观察,透过楼梯上方的百叶窗,凝望着公爵夫人那丛娇小的灌木和那株珍贵的花木,人们非把它们放在院子里不可,就像逼着即将成婚的年轻恋人赶紧出门。我暗自思忖会有哪只昆虫赶上机会,凑巧前来光顾这簇自我奉献却遭人遗弃的雌蕊。好奇心渐渐壮了我的胆子,我索性下楼来到底楼的窗户，窗扉大敞，窗叶半闭着。耳边清楚地传来了絮比安准备出门的响动，他肯定发现不了我，我藏在窗帘后，一动不动，直到后来担心被德·夏吕斯先生瞧见，才猛地侧闪过身子，只见德·夏吕斯先生大腹便便，头发花白，白昼里显得苍老多了，正慢吞吞地穿过院子，去德·维尔巴里西斯夫人家。夫人身体很不舒服（完全是挂念菲埃布瓦侯爵的病痛造成的，而德·夏吕斯与侯爵结怨甚深，成了冤家死对头），德·夏吕斯先生才开了先例，也许是平生第一次在这个时间去探望她。原因很明白，盖尔芒特家族的人与众不同，从不恪守社交生活的习俗，而是按照个人的习惯，随意加以改变（他们认为，这些习惯不是社交生活的习惯，在个人习惯面前，那种玩艺儿——社交毫无价值，比如德·马桑特夫人就是这样，没有什么会客日，每天上午十时至十二时都忙于接待她的女友）。这个时段，男爵总用来阅读书籍，找找古玩什么的，他从来都是在下午四时至六时出门造访。一到六点钟，他便去赛马场或去树林间散步。我在窗边待了片刻，又朝后退了一步，以免被絮比安发现；他很快就要出门做活，等到用晚餐时才会回家，近一个星期来，他侄女带着手下的那些女学徒到乡下的一位顾客家缝制一条衣裙去了，他甚至也不每晚都回府了。想到谁也不可能发现我，我于是决意不再东躲西藏，倘若奇迹真的发生，万一哪只昆虫能克服重重障碍，不怕山高路远，战胜困难与风险，作为使者从遥远的地方来探望那朵一等再等，尚未受粉的雌花，那我岂能错过这一千载难逢的时机。我知道雌花的这般苦苦等待并不比雄蕊花朵消极，雄蕊每每自动转移方向，以便昆虫能轻而易举地光顾，同样，这儿的这朵雌花，倘若昆虫光临，准会卖弄风情地弓起“花柱”，为了得其爱慕，会像一位虚伪但炽烈的妙龄女郎悄悄地向它靠近。植物世界的法则本身受到越来越高级的法则的控制。倘若昆虫的来访，亦即从另一朵花带来花粉，一般来说是异花传粉的必要条件，那是因为自花授粉，自我繁殖，会像一个家族内的连续近亲结婚一样，导致退化、不育，而昆虫授粉则会给同类的后代带来前辈所不具备的活力。不过，这种遗传变异的飞跃会过于迅猛，导致花类发展失控，于是某一特殊的自花授粉行为会适时发生，加以压抑，控制，使畸型发育的花朵趋于正常，犹如抗霉素防治疾病，甲状腺控制发胖，失败惩治骄傲，困倦压抑行乐，睡眠驱走疲乏。我思路如何发展，下面当再描述，不过，我已经从花朵明显的狡黠行为中对文学作品中意识不到的那一部分作出了一个结论，恰在这时，我看到了德·夏吕斯先生从侯爵夫人家走了出来。他进去才几分钟，莫非他从那位年迈的亲戚或哪位家仆那儿得知了德·维尔巴里西斯太太只不过稍有不适，现已大大好转，抑或已经彻底康复。此时，德·夏吕斯先生以为无人看着他，迎着阳光眯起眼睛，脸上因热烈的交谈和意志的力量而维持的那股紧张劲儿松弛了，那种强装的活力消失了。他脸色如同大理石般苍白，大大的鼻子，匀称的脸部轮廓再也不因故意的挑剔目光而显出异样的表情，并损害那雕像般的美。他仿佛不再仅仅是盖尔芒特的一员，而成了帕拉墨得斯①十五世，已经在贡布雷小教堂立了雕像。他整个家族的人的五官虽然普普通通，但一到德·夏吕斯先生的脸上，便显出了超凡脱俗的秀美，显得尤为温柔。我真为他遗憾，平时为什么总是装得那么粗暴，那么古怪，令人讨厌，为什么总是那样大吵大闹，冷酷无情，动辄发怒，不可一世，为什么总是披着野蛮的伪装，深藏起和蔼与善良，而刚才从德·维尔巴里西斯夫人家出来时，我明明看见他满脸和颜悦色，毫不矫揉造作。阳光下，他眨动着双眼，近乎眉开眼笑，从这副看似平静、自然的脸庞上，我发现了某种东西，它多么深情，多么温柔，我禁不住思忖，倘若他发现被人这样细细打量，该会多么生气。殊不知这位男子汉无比珍惜男子气魄，为自己的男子气概而无比骄傲，在他的眼里，所有男人似乎都有讨厌的女人气，然而他身上一时出现的神态、表情、微笑使我蓦然想到的，恰恰酷似一位女人。

---

① 希腊传说中的优波亚国王瑙普利俄斯的儿子，特洛伊战斗中的英雄。

为了不被他发现，我正要再挪个地方，可已经来不及，也没有必要了。我看到了什么事情哟！在这院子里，他们在这之前肯定从来未曾相遇过（德·夏吕斯先生都是在下午絮比安去做活的时候上盖尔芒特府），此时，男爵突然睁大半眯的眼睛，出神地迎面盯着站在自家店铺门槛上的那位昔日做背心的裁缝，絮比安猛地立在原地，一动不动地面对德·夏吕斯先生，像棵生了根的树，神色惊叹地打量着渐渐衰老的男爵那发福的身子。更为诧异的是，德·夏吕斯先生早已一改方才的神态，刹那间，絮比安也仿佛在奥秘的艺术规律的作用下，马上作出了与之和谐一致的姿态。男爵想方设法掩饰自己的激动表情，尽管他显得多么满不在乎，但似乎恋恋不舍，来回踱着步子，茫然地凝望着，自以为可以尽量显示出自己的明眸之美，好一副自命不凡，漫不经心而又滑稽可笑的神态。絮比安呢，我平素十分熟悉的那副谦逊、善良的样子瞬间荡然无存——与男爵完美对应——抬起了脑袋，给自己平添了一种自负的姿态，怪诞不经地握拳叉腰，翘起屁股，装腔作势，那副摆弄架子的模样，好似兰花卖俏，引诱碰巧飞来的熊蜂。我真不知道他竟会有这么一副令人生厌的面孔。可我也未曾想到，在这出两位哑巴扮演的哑剧中，他能临场胜任自己的角色（尽管他是平生第一次与德·夏吕斯先生迎面相遇），这场哑剧仿佛排练已久；那炉火纯青、自然娴熟的演技，只有身处异邦，与同胞相逢时，才能有这般何必曾相识的默契，借以传达情感的媒介完全一致，犹如事先安排妥当的一幕。

不过，这一幕并不真正滑稽可笑，其中还含有怪诞的成分，如果愿意，或者可以说其中含有真实自然的东西，自有美不胜收之处。德·夏吕斯先生纵然摆出满不在乎的神态，心不在焉地垂下眼帘，但他还是不时抬起眼睛，朝絮比安投去一束出神的目光。（也许他想到，在此种场合，这样一出哑剧不能无休止地演下去，或许出于某种下面就可明白的原因，或许是出于对世间万物转瞬即逝的感叹，促使人们希望弹无虚发，一举中的，致使一切爱恋的表演都变得无比动人心弦。）德·夏吕斯先生每瞅絮比安一眼，都要设法让自己的目光伴随着一声话语，与平常人们投向不太熟悉或素昧平生的人的目光迥异。他望着絮比安，那直勾勾的奇特的眼神分明在说："恕我冒昧，可您后背挂着一根长长的白线。"或对他说："我可能不会搞错，您大概也是苏黎世人吧，我好像在古玩商家常遇到您。"就这样，每过两分钟，德·夏吕斯先生的媚眼秋波好似强烈地向絮比安提出同一问题，犹如贝多芬探询的短句，按同一间隔，反复出现——配以过分华丽的前奏曲——用以引出新的动机、变调和"主题再现"曲。然而，与之恰恰相反，德·夏吕斯先生和絮比安的目光美就美在它们似乎并不意欲达到某种目的，至少暂时如此。我平生第一回看到男爵和絮比安表现出这种惊人之美。在彼此的眼睛里，浮现的不是苏黎世的蓝天，而是某一我尚不知其名的东方都市的熹微晨光。无论是哪一点有力地吸引住了德·夏吕斯先生和裁缝，他们似乎早已达成协议，那多余的对视不过是礼仪的前奏曲，就好比成婚前的订婚宴。更为接近自然的是——这一连串比拟本身就十分自然，何况会出现这样的情况，同一位男子，若细细打量他几分钟，他会先后变成一个普通人，一只人鸟，一条人鱼，一只人虫——眼前仿佛出现了两只鸟，一只雄的，一只雌的，雄鸟设法往前凑，可雌鸟——絮比安，他对此类把戏无动于衷，只顾梳理自己的羽毛，毫不惊奇地望着新朋友，目光发木，漫不经心，既然雄鸟先主动迈了几步，那么大概唯有这种目光最能奏效，更能勾魂。最后，絮比安觉得保持漠然之态已远远不够，从确信已征服对方到诱其追逐、爱慕，只有一步之远，絮比安当即决定立刻出门做活，走出了可通行车马的大门。不过，他扭头张望了两三次之后，才匆匆到了街上，男爵见失去了对方的行踪，气得浑身哆嗦（但仍然摆出自命不凡的神态，打着唿哨，没忘朝看门人喊声"再见"，门房已喝得半醉，正在厨房边的小屋里忙着招待来客，根本没有听见），顾不了许多，撒腿朝街上奔去，想赶上絮比安。正当德·夏吕斯先生活像一只大熊蜂，嗡嗡嗡地飞出大门，另一只真正的熊蜂飞进了院子。谁知是不是那朵兰花企盼已久的昆虫，给她送来了稀世花粉？如没有这花粉，她恐怕就要终身空守香闺了。不过，我没有专心致志细看昆虫寻花作乐，因为几分钟后，絮比安竟又折了回来，身后跟着男爵，越加吸引了我的注意力（也许德·夏吕斯先生突然出现，絮比安一时激动，或由于别的更自然的原因，忘了带走一包什么东西，才又折回来取）。男爵打定了主意，决定加速事情的进展，便开口问裁缝借火，可又马上抱歉道："瞧，我向您借火，可我发现自己忘了带烟。"热情好客的礼仪战胜了假献殷勤的客套。"请进屋，您需要什么，都能满足。"裁缝说道，一脸鄙夷神色骤变为满面欢笑。小铺的门在他们身后关上了，我再也听不清什么。那只熊蜂早已不知去向，不知它是否就是兰花迫切需要的昆虫，不过，一只十分难得的昆虫与一朵身不由己的鲜花终能奇迹般地结合，对此可能性，我已深信不疑。就说德·夏吕斯先生吧（权作一简单比较，仅是某种意外的巧合而已，但不管是何种巧合，把植物学的某些规律与人们有时妄称为同性恋的事情相提并论，并无冒充科学的企图），多少年来，他总是在絮比安在外时进这座府邸，可这次，恰逢德·维尔巴里西斯夫人凤体欠安，无意中碰到了裁缝，通过他，交上了本就属于男爵之类的红运，后面可以看到，世上有不少人可能远比絮比安年轻、英俊，但助男爵走上红运的却是这样一位男子，这是专为使男爵之流得以在尘世间享受自己那份淫乐而造就的人物：一个专爱老先生的男人。

刚刚说的这一切，连我自己过了数分钟后方才恍然大悟，无形存在的诸多特性与现实交织在一起，待出现某个机遇，才能从它们之中把现实理出个头绪来。反正眼下，我再也听不清裁缝和男爵到底说些什么，感到无比懊恼。恰在此时，我发现了那家出租的铺子，与絮比安家只隔着薄薄一堵墙。若要潜入那家铺子，只需上楼到我们家的套房，穿过厨房，顺家仆专用的楼梯进入地窖，通过地窖即可穿越整个院子，来到地下室的那个地方，数月前，木工曾在那儿堆放过细木护壁板，絮比安本来也打算在那儿存放木炭，接着，再登上几级台阶，便可进入铺子。这样，我的整条通道都是隐蔽的，任何人都发现不了我。这办法是再谨慎不过了。可是，我并未这样做，而是顺着围墙，露天绕过院子，尽量注意不被人瞧见。果然，谁也没有发现，不过我想，与其说我有多精明，不如说又碰了个巧。顺着地窖过去本来万无一失，可我偏偏作出那么不慎的决定，究其原因，也许有三条，假设至少有一条。首先是因为我迫不及待。其次大概是回想起在蒙舒凡藏在凡德伊小姐窗前经历的那一幕，心有余悸，隐约有些后怕。确实，我所经历的类似情景，发生时往往都具备极为不慎、难以置信的特征，虽然每次行动都很隐秘，但总是充满风险，对此类举动，仿佛后怕就是酬谢。第三个原因说来有些像儿戏，我简直羞于启齿，但我心里十分清楚，这一因素在下意识中起着关键性的决定作用。为了领会——也为了揭穿——圣卢的军事原则，我曾密切关注布尔人战争的情况，此后，我不知不觉地重温起古时探险、游历故事来。我读得如痴如醉，竟然在日常生活中模仿起来，给自己壮胆。每当发病，闹得我一连几天几夜不仅睡不着，而且躺不下，甚至不吃也不喝，全身衰竭，疼痛难忍，心想再也无望得救，这时我便会想起某个游客，错吃了毒草，瘫在沙滩上，裹着被海水浸得湿透的衣服，发着高烧，浑身哆嗦，可两天过后，竟然好转，继续盲目赶路，寻觅人迹，说不定会撞到食人族手里，他们给我树立了榜样，使我增添了勇气，获得了希望，为自己一时气馁感到羞愧。布尔人面对英国大军，毫不畏惧，需向前冲锋时绝不后退，冒着枪林弹雨，争夺矮林，在毫无防御工事的困境中，决一死战，一想起他们，我不由得思忖："我倒要看看自己怎么会这么怯懦，那战场不就是自家的这个院子嘛，德雷福斯事件那阵子，我几次参加决斗，都没有丝毫的畏惧，现在，我唯一担心的冷箭，只不过是邻居的目光，况且他们另有其事，无暇在院里乱瞧。"

进了小铺子，我尽量避免碰击地板发出吱吱声响，同时意识到，絮比安的铺子里一有动静，我这边就能听个一清二楚，心想絮比安和德·夏吕斯先生有多冒失，又多幸运！

我不敢动弹一下。盖尔芒特家的马夫乘主人外出，曾把一架梯子搬进我正躲着的这家铺子，紧挨工具间。若登上梯子，我准能打开气窗，一切都能听得清清楚楚，如同待在絮比安家。可我担心弄出声响。再说，也无此必要。虽然多花了几分钟才潜进这铺子，我也并不后悔。我开始从絮比安屋子听到的仅仅是些不连贯的声音，据此可作出判断，他们并没有多说话。那声音煞是可怖，若不是每次声响都伴着一声高八度的呻吟，我准会以为有人在隔壁杀人，事毕，凶手和复活的受害者齐力清洗犯罪痕迹。后来，我才知道，世间能像痛苦一样令人声嘶力竭乱喊乱叫的，那便是痛快，尤其是痛快中平添——比如平添某种恐惧，害怕怀上孩子，不过，《圣徒传》中有过类似不可信的例子，眼下决不可能有这回事——几分忧虑，唯恐弄出污秽。约莫半个小时后（此间，我蹑手蹑脚爬上梯子，透过我未打开的气窗往里瞧），双方开始了交谈。絮比安硬是不接德·夏吕斯意欲给他的钱。

又过了半个小时，德·夏吕斯先生走出门来。“您下巴怎么剃得这么光溜溜的？”絮比安以温存的口吻问男爵，“留着漂亮的小胡子，多美呀！”“呸！多恶心哪！”男爵回了一句。

不过，男爵站在门口迟迟不走，向絮比安打听居民区的情况。“您对面街头那个卖栗子的一点都不了解？不是左边的那位，那家伙讨厌死了，是右边的那个乐呵呵的黑大个。还有街对面的那个药店老板，雇了个骑车的，客客气气的，为他送药。”这一连串的提问，絮比安听了准有些不耐烦，只见他像个专爱卖弄风情的女人，被唾弃后满腹怨恨，挺起身子，答道：“我看您呀，总是朝三暮四。”这声责备带着痛苦、冷酷而又怪嗔的口气，无疑令德·夏吕斯先生动了心，为了消除因好奇打听造成的不良印象，他低声乞求絮比安，声音低得我无法听清他到底说了些什么，大概是希望他们再在铺子里待一会，裁缝为之感动，脸部的痛楚神情遂烟消云散，只见他细细端详着男爵满头灰发下那张丰腴、通红的脸，露出惊喜的神色，像是自尊心得到了深深的满足，拿定主意，准备答应德·夏吕斯先生向他提出的要求，不过，应允前还是说了几句有伤大雅的话："您呀，真会折腾！"他眉开眼笑，显得激动，傲慢而又充满感激之情，对男爵说，"行，走吧，大小子！"

"我之所以又打听有轨电车司机的事，"德·夏吕斯先生又固执地开口说道，"是因为不管怎样，这对我回家有些用处。我有时确实会屈尊俯就，遇到哪个体态使我感兴趣的难得可爱的人儿，就会跟在她后面跑，就像哈里发①混作一个普普通通的商贩，在巴格达城到处转悠。"对此，我对贝戈特持相同的看法。即使哪一天不得不出庭自辩，他说的话也不会用以说服法官，而仍然会凭自己特殊的文学气质的自然驱使，凭自己兴趣所至，满嘴贝戈特特有的言辞。德·夏吕斯先生与裁缝交谈，用的语言与他同上流圈子的人物打交道时用的一模一样，甚至其怪僻表现得更有过之而无不及，或许因为他本欲极力克服内心的怯懦，不料显得过分傲慢，抑或因为内心胆怯，难以自已（在不同一阶层的人面前往往会更发窘），致使他自我暴露，把自己的秉性暴露无遗，拿德·盖尔芒特夫人的话说，他确实生性傲慢，且带有几分疯狂。"为不失去她的踪迹，"他继续说道，"我就像个小教书的，又好比一位年轻英俊的大夫，跟着那位小人儿，跳上同一辆有轨电车。我们用'她'来称呼，不过是为了遵守惯例（比如人们谈起哪位王子，会问：殿下龙体安乎？）。若她换车，我马上就掏出那张叫作'转车票'的怪玩艺儿，签个号，也许票上布满了瘟疫的细菌，车票尽管还给我，可编号并不每次都是第1号！就这样，我有时要换三四次'车'。有时，到了深夜十一点，我一人搁在奥尔良车站，可怎么也得回府呀！只要离开奥

① 穆罕默德的继承者，伊斯兰国家的领袖。

尔良站就行！譬如有一回，由于一直没有搭上腔，我跟着来到了奥尔良，上了一节讨厌的车厢，在工艺三角，即所谓的‘行李网架’之间，贴着交通网内主要建筑艺术杰作的照片。车厢里只有一个空位，我对面的历史古迹，是奥尔良大教堂的‘一景’，这座教堂是法国最丑陋的一座了，可我迫不得已，看得煞是累眼睛，就好比有人强迫我两眼死死盯着一根根光学笔杆玻璃饰球的线条，弄得眼睛发炎。我在奥布莱跟我那位年轻的人儿下了车，可惜，她家人（我想象她一身缺点，可没料到竟有个家）在站台等候着！我一面等着可以把我带回巴黎的车子，满腹懊恼只有靠迪安娜·德·普瓦提埃之家来排遣。尽管此处曾吸引了我在王宫执事的一位祖宗，可我更喜欢的还是有血有肉的大美人。为消除孤独一人回家的厌倦滋味，我很想结识一位卧铺车厢的服务员或一位电车司机。不过，您不要反感，”男爵下结论道，“这不过是个趣味问题。如同大家所说的那样，就上流社会的年轻公子而言，我并不希望占有他们的肉体，可是，我非得触及他们方能心安，我不是说触及他们的肉体，而是触动他们的心弦。只要哪位年轻人不再对我的去信无动于衷，而是有信必回，那他就已完全被我的灵魂所占有，我内心也就获得了安宁，或者说，若不很快又被另一位搅得心绪不宁，我心底至少是平静的。这挺怪，是吗？噢，那些常来这儿的上流社会的公子哥儿，您不认识几位？”“不认识，我的宝贝。噢，不，有个棕头发的，个子很高，戴单片眼镜，总是笑眯眯的，为人多变。”“我不明白您想指哪一位。”絮比安补充描绘了一番，德·夏吕斯先生还是不知所云，他确实不知道这位裁缝见了不太熟悉的人，过后连头发什么颜色都记不清，这类贵人比人们想象的看来要多。不过，我了解絮比安的这一短处，他说的是棕发，可我想准是金发，看来那人的相貌与夏特勒罗公爵完全吻合。“还是谈谈那些并非平民百姓出身的公子哥吧，”男爵继续说道，“眼下，我的心思全用到了一位怪小子身上，那是个聪明伶俐的小布尔乔亚，待我无礼透顶。他根本意识不到我是个非同凡响的大人物，而他只是个微不足道的毛小子。反正，不管怎么说，那头小蠢驴可以冲着我这身尊严的主教袍，随心所欲地瞎嚷嚷。”“主教啊！”絮比安惊叫了一声。他根本没有听明白德·夏吕斯先生最后几句话，一听到“主教”两字，惊呆了。“跟宗教，可不是随便闹着玩的。”他喃喃地说。“我家出过三位教皇，”德·夏吕斯先生解释道，“有一个红衣主教的封号，所以我有权披红袍，因为我曾舅公是红衣主教，他侄女给我祖父带来了公爵封号，被替代继承下来了。我看您对这些暗示一窍不通，对法兰西历史无动于衷。此外，”他又添了一句，与其说是就此下结论，毋宁说是提醒对方，“那些年轻人对我很有诱惑力，可他们却躲着我，准是因为害怕，才敬而远之，不敢大声张扬对我的爱。他们的这种诱惑力，首先就要求他们具有显赫的社会地位。再说，他们假装冷漠，也许会适得其反，产生完全相反的效果。他们愚蠢得很，时间一长，就会倒我胃口。就从您较为熟悉的阶层举个例子，我家宅邸整修时，为了避免公爵夫人们争风吃醋，日后好荣幸地向我表示曾接待过我，我到大家所说的‘旅馆’去过了几天。有位楼层招待跟我熟了，我看上了他，让他当猎奇的小‘服务员’，负责为我关门帘，可他对我的建议一直置之不理。后来，我实在气极了，为了向他证明我的意图是纯洁的，便差人给他送去一笔高得出奇的款子，只求他上我房间来交谈五分钟。可我白白等了他半天。从此，我对他讨厌极了，连出门都走仆人专用道，不愿看到那小混蛋的丑面孔。后来，我才得知他从未收到我的信，信全给半道截走了，第一封被一位嫉妒他的楼层招待截去，第二封被值白班的那位秉性正直的门房拦截，第三封又被值夜班的门房取走了，这个门房爱那位服务员，当月亮女神狄安娜起来时，就跟他睡觉。可是，我对他的厌恶并未因此而减退，即使像托着银盘送野味那样把那个服务员奉献给我，我也会一手推开，恶心得要吐。噢，真不该，我们谈起正经事来了，关于我向往的事，我们之间现在算是了结了。不过，您可以助我一臂之力，可以做个中间人，噢，不，一想到这事，我就兴奋，我觉得，一切并未了结。”

这部剧刚一启幕，在我这双擦亮的眼睛看来，在德·夏吕斯身上便进行了一场彻底而迅猛的革命，仿佛他已被魔杖所触动。在此之前，我一直都不明白，也未曾目睹过。罪恶（为语言方便起见，众人都这么说）这精灵，只要无视它的存在，它就会在无形中悄悄地伴随着您，无一例外。仁慈、奸诈也好，名声、上流社会交往也罢，这一切从不随意暴露，人们总保持其隐秘性。连奥德修斯一开始也没有认出雅典娜。不过，神与神之间很快就可相互看穿，同类人彼此也可一眼识破，如德·夏吕斯先生就被絮比安一眼看透。迄今，面对德·夏吕斯先生，我就像个漫不经心的人，面前站着一位孕妇，却没注意她那笨重的身子，当她微微一笑，再次对他说“对，我现在有点儿累”，他还不知趣地刨根问底：“您到底哪儿不舒服？”一旦有人给他点破“她有身孕”，他才猛然发现她腆着肚子，两只眼睛便盯着不放。确实，理智打开眼睛，悟错增加眼力。

有些人不愿把德·夏吕斯先生之流当作实例来证明这一规律，都是熟人熟面，长期未曾加以怀疑，直至有一天，在一个与他人无异的家伙的平淡无奇的外表上，那用密写墨水书写的、至今不露真迹的古希腊人珍爱的性格谜底暴露出来了，他们只要回想在生活中，有多少次险些做出蠢事，就完全会明白，他们周围的世界，一开始就赤裸裸地暴露在眼前，把千百种伪装一一剥掉，而人愈有教养，便愈善于掩饰。比如有那么一个男人，在他那张毫无个性的脸上，人们根本就看不出他就是某女人的兄弟、未婚夫或者情人，正要张口骂“好一个蛮横的人！”时，万幸的是，旁边有人给他们咕噜了一句，他们咽回了已溜到嘴边的那个倒霉字眼。于是，就像粉墙上显现出 Mané，Thécel，Pharès① 的字样，立即出现这样的议论：他就

① 据《圣经》记载，巴比伦伽勒底国国王伯沙撒一日大宴群臣，饮酒时，忽见有人手指显现出来，在粉墙上书写了这几个词，经请预言家但以理解释，那文字讲巴比伦国末日已到，全国将分裂给玛代人和波斯人。

是那个女人的兄弟、未婚夫或情人什么的，不该当面说他“蛮横的人”。单就这一新的观念便会引起一系列的重新组合，过去对她家其他成员的看法有的会取消，有的会收回，从此得到全面的调整补充。德·夏吕斯先生身上尽管附着另一个人，使他与众不同，就像那个半人半马的神，那个与男爵合二为一的人，我却一直没有发现。现在，抽象的东西具体化了，他一旦被识破，便马上丧失了隐身能力，德·夏吕斯先生摇身一变，来了个脱胎换骨，面貌全非，以致不仅他那富于变化的音容，而且过去与我时起时伏的交往，总之，至此我一直闹不明白的一切，一下子全都被看得一清二楚，就好比有一行文字，若把字母拆开打乱，不能说明任何意思，可如按正常词序重新排列，便表达出某种思想，再也不易忘却。

此外，我现在终于明白了，刚才见德·夏吕斯先生从德·维尔巴里西斯夫人家出来时，我为何觉得他酷似女人：真是个十足的女人！他这类人，不像看上去那么矛盾，他们的理想是富有男子气概，原因就在于他们天生的女人气质，在生活中，他们只是在外表上与其他男子没有差别；每人的眸子平面都凹雕着一个身影，绝无例外，它铭刻在人们借以观察宇宙万物的眼睛里，可在他们那一类人的眼睛里，铭刻的不是仙女的倩影，而是美男的形象。他们这些人始终处于诅咒的重负之下，不得不靠自欺欺人和背信弃义过日子，因为他们也清楚，他们的那种欲望实在可耻，会受到惩罚，因此不可告人，然而正是这一矛盾给人创造了最为甜蜜的生活乐趣；他们不得不背弃自己的上帝，因为即使是基督徒，一旦他们出庭受审，便沦为被告，而面对着基督，且以基督的名义，他们必须为自己的一生几乎都受到诽谤而极力辩解；他们是失去母亲的孤儿，一生中，他们不得不对自己的母亲撒谎，甚至直到为母亲合上双眼的最后一刻；他们是无情无义的朋友，虽然他们的魅力往往得到普遍承认，触动了不少人的情感，虽然他们的心底常常是善良的，赢得了不少人的好感，然而，那种借助谎言得以苟延残喘的关系称得上为友情吗？一旦内心萌发出信赖与真诚的冲动，便会厌恶地唾弃这种关系，除非有幸碰上一个为人公道，甚至富于同情心的人，但是，这种人往往会被习惯心理引入歧途，甚至把公开的罪恶视作情爱，虽然这种情爱与他格格不入，就像有的法官，出于原罪和种族本性所造成的种种原因，比较容易怀疑、指控同性恋者杀人、犹太人叛逆。但是——我刚才概述了第一种观点，诸位可以看到，这一观点后面将得到修正，而且如果不为那些耽于幻想，凭想象看待一切的人揭穿其中的矛盾，这一观点定会令他们勃然大怒，至少根据这一观点看，情况如此——他们虽是情人，可情爱的可能性几乎拒他们在门外，爱恋的希望给他们以力量，担当形形色色的风险，忍受各式各样的孤寂，因为他们的情之所钟恰是个男人，而这个男人毫无女人的特征，不可能性欲倒错，因此也不可能对他们产生爱情。倘若他们用金钱买不来真正的男子汉，倘若他们不被幻想所驱使，把出卖肉体的同性恋者错当作真正的男子汉，那结果必然就是他们的欲望永远得不到满足。他们的名声岌岌可危，他们的自由烟云过眼，一旦罪恶暴露，便会一无所有，那风雨飘摇的地位，就好比一位诗人，前一天晚上还备受各家沙龙的青睐，博得伦敦各剧院的掌声，可第二天便被赶出寓所，飘零无寄，找不到睡枕垫头，像参孙①推着石磨，发出同样的感叹：

两性必将各自消亡

在遭受巨大不幸的日子里，受害者会受到大多数人的同情，就好比犹太人全都倒向德雷福斯，但一旦不再倒霉，他们甚至再也得不到一丝怜悯——有时被社会所不容——遂被同类所唾弃，暴露无遗的真实面目引起他人的厌恶，在明镜中原形毕露，镜子反照出的不再是美化他们真相的形象，

---

① 《圣经》中的人物，是位力大无比的勇士。

而是把他们打心眼里不愿看到的各种丑态和盘托出，最终使他们醒悟，他们所称其为“爱”的玩艺儿（他们玩弄字眼，在社会意义上把诗歌、绘画、音乐、马术、禁欲等一切可以扯上的东西全称其为自己所爱）并非产生于他们认定的美的理想，而是祸出于一种不治之症；他们酷似犹太人（唯有少数几位只愿与同种族的人结交，嘴边总是挂着通用的礼貌用语和习惯的戏谑之言），相互躲避，追逐与他们最势不两立，拒绝与他们为伍的人，宽恕这些人的无礼举动，被他们的殷勤讨好所陶醉；但是，一旦遭到排斥，蒙受耻辱，他们便会与同类结成一伙，经历了类似以色列遭受到的迫害之后，他们最终会形成同类所特有的体格与精神个性，这些个性偶尔也惹人高兴，但往往令人讨厌，他们在与同类的交往中精神得以松弛（有的人在性情上与敌对种族更为贴近，更有相通之处，相比较而言，表面看去最没有同性恋之嫌，尽管这种人尽情嘲讽在同性恋中越陷越深的人们），甚至从相互的存在中得到依赖，因而，他们一方面矢口否认同属一伙（该词本身就是莫大的侮辱），而另一方面，当有的人好不容易隐瞒了自己的本来面目，他们却主动揭开假面具，与其说是为了加害于人（这种行为为他们所憎恶），倒不如说是为了表示歉意，像大夫诊断阑尾炎那样刨根问底，追寻同性恋的历史，津津乐道于告诉别人苏格拉底是他们中的一员，就好比犹太人标榜耶稣为犹太人，却不想一想，如果连同性恋也是正常的事，那么世间也就不存在不正常的东西了，无异于基督降生之前，绝不存在反基督徒；他们也未曾想过，唯有耻辱酿成罪恶，正因为它只容许那些无视一切说教，无视一切典范，无视一切惩罚的人存在，依仗的是一种天生的德性，与他人格格不入（尽管也可能兼有某些高尚的道德品质），其令人作呕的程度远甚于某些罪恶，如偷盗、暴行、不义等，这些罪恶反而更能得到理解，因此便更容易得到普通人原谅；他们秘密结社，与共济会相比，其范围更广，效率更高，更不易受到怀疑，因其赖以支撑的基础是趣味、需求与习惯的一致，他们所面临的风险，最初的尝试，掌握的学识，进行的交易，乃至运用的语言都完全统一，在他们这个社会中，希望别相互结识的成员凭着对方一个自然的或习惯的，有意的或无意的动作，就可立即识别同类，告诉乞丐，他正为其关车门的是位大贵人；告诉做父亲的，那人正是他爱女的未婚夫；告诉想求医、忏悔或为自己辩护的人谁是医生，谁是牧师，谁又是他曾上门找过的律师；他们都不得不保守秘密，然而却都了解他人的某些隐私，而世上圈外的人对他们从无纤毫的狐疑，在他们看来，再难以置信的历险小说都真实可信；因为在这种不符合时代精神的传奇般的生活中，大使以苦役犯为友，而王子，虽然时而自然表现出贵族教育所养成的翩翩风度，非颤颤巍巍的小市民所能相比，但一旦迈出公爵夫人的府邸，便与流氓大盗密谋；这伙人为人类群体所不齿，但举足轻重，受怀疑时他们却不在场，不受猜疑时，他们则耀武扬威，肆无忌惮，受不到惩罚；他们到处都有同伙，无论在平民阶层，在军队，还是在神殿、监狱，甚至在御座，无一例外；他们，至少大多数都与非同类的人亲密相处，既甜蜜，又危险，挑逗对方，与他们笑谈自己的恶习，仿佛与己无关，由于他人的盲目或虚伪，这种游戏玩得轻而易举，且可持续多年，直至丑闻暴露，驯化者自食恶果，被人吞噬；在此之前，他们不得不矫饰自己的生活，欲注目不得不转移视线，欲转移视线却又不得不注目，言谈中不得不为许多形容对象易性，这种社会压力与他们承受的心灵压力相比，微不足道，确实，他们的恶习，或恶习一词难以达意的行为，迫使他们对自己，而不再是对他人，造成重大的心理压力，以便这种行为在自己的眼里不再构成什么恶习，然而，有的人更讲究实际，处事更性急，他们无暇去搞交易，顾不上简化生活，争取通过合作赢得时间，于是便分道扬镳，形成了两伙，第二伙完全由与他们清一色的人组成。

这对来自外省的穷人来说确实令人震惊，他们举目无亲，一无所有，唯奢望有朝一日当上名医、名律师，他们头脑还缺乏见解，人体尚欠缺风度，但希望尽快养成，以装点门面，就像他们为装饰自己在拉丁区的小房间购置家具摆设，效仿的是他们在一些“暴发户”府上看到的式样，这些“暴发户”从事的是有利可图而又正经的职业，他们多么希望跻身其间，一举成名；对这些人来说，他们无意中养成的特殊情趣，好比对绘画、音乐的盲目爱好，也许是他们唯一的独特之处，且根深蒂固，不容取代，使得他们在某晚错过了事关他们前程的有益聚会，而他们所要模仿的恰是聚会者的言谈举止，及其思维、穿戴、打扮方式。在他们的居住区，他们几乎只与同窗、师长或某个已功成名就、成为靠山的同乡交往，可他们很快发现另一些年轻人，共同的特殊情趣使他们彼此贴近了，犹如在一座小城镇，由于对室内乐和中世纪象牙艺术品有着共同爱好，助理教师与公证人结成了友谊；由于他们以同一的功利主义天性，以指导他们事业的共同职业思想看待消遣对象，于是在外行人禁止涉足的场合不期而遇，这里，聚集了古鼻烟盒、日本铜版画和奇花异卉的爱好者，因为这里有着相互学习的乐趣、互通有无的实惠，当然也有对竞争的恐惧，就像在邮票市场，行家之间的深深默契与收藏家之间的疯狂争夺兼而有之，再说，即使那些在咖啡馆设有专座的人，也不知道店里聚集的到底是谁，闹不清是钓鱼协会，还是编辑学会，抑或是安德尔子弟协会，他们一个个衣冠楚楚，神态持重冷漠，对数米之外那些竞相炫耀自己情妇的时髦的纨绔子弟，“花花公子”，只敢偷偷地瞅上一眼，有的人对这帮公子哥虽然仰慕不已，但却没有胆量抬头去看，待二十年后，当有的即将厕身某个学会，有的业已成为某个圈子的老前辈时，他们方才得知当初最富于魅力的那位就是如今大腹便便、满头白发的夏吕斯，他与他们如出一辙，只不过身处另一个社会，具有别样的外部标记，异样的外表特征，其独特之处使他们无法摸清他的底细。不过，如今的社团多少有所发展，比如“左派同盟”就不同于“社会主义联盟”，门德尔松音乐协会也有别于圣乐学院，因此，在晚上聚会时，有时会在另一张餐桌上聚集着一帮激进分子，他们衣袖下套着手镯，脖根处挂着项链，故意把眼睛瞪得鼓鼓的，嬉笑打闹，相互抚摸，迫使在场的中学生们赶紧躲开溜走，为他们服务的咖啡店招待虽然义愤填膺，但也只得以礼相待，其心情恰似在晚上招待德雷福斯分子，若无小费揣兜，早就主动去找警察了。

不受世俗之见约束的人正是把孤僻者的情趣与这些专业社团对立起来，从一方面看，其中并无多少奥妙，因为这些人结社只不过模仿了孤僻者的行为，孤僻者们认为，他们心目中不被理解的爱情与有组织的邪恶毫无共同之处；而从另一方面看，也确实有着某种奥妙，因为这些不同的阶层恰正符合各种不同的生理类型，同时也适应病理或仅仅社会演变的各个不同阶段。事实上，孤僻者们有朝一日总不免要融合到这些社团之中，有时纯粹是因为厌倦所致，有时则是为了图个方便（比如那些敢持敌对态度的人最终也不得不在家中安上电话，接待耶拿家族的人或去博丹商店购物）。一般来说，他们在这些社会中不太受欢迎，因为在他们较为清白的生活中，他们一方面缺乏经验，另一方面又过分耽于幻想而难以自拔，因而在他们身上烙上了更深刻的女性化的特殊性格印记，而那些行家里手却想尽办法消除这种种印记。必须承认，在这些新来乍到的人身上，那种女子气并不仅仅集中在内心深处，而是显而易见，令人厌恶，一有风吹草动，他们便胆战心惊，像歇斯底里大发作，听到一声尖笑，也会吓得手脚乱抽，不像人样，活像眼圈浓黑、目光忧郁、长着悬钩爪的猴子，然而他们却身穿无尾常礼服，系着黑色大领带；凡此种种，致使这些新成员反被那些远不如他们清白的家伙怀疑来路不明，难以接纳。不过，他们最终还是被接受了，于是享受到了种种便利，商业、大企业正是借此改变了个体人们的生活，使他们得以获取在此之前过分昂贵，甚至难以寻觅的物品，过去，他们独自在稠人广众之中难以发现的东西，现在却泛滥成灾，把他们淹没了。

然而，尽管摆脱困境的门道数不胜数，但是对有的人来说，社会压力还是太沉重了，这些人往往来自那些尚未为自己造成精神压力的人中，他们仍误以为他们的爱情方式颇为难得。这里，暂且不谈那些因其习性的特殊本质而自以为高女人一筹、鄙视她们、把同性恋视作伟大天才和光辉时代特有产物的人，当他们试图让自己的情趣得到赞许时，他们所寻求的目标并不是他们认为生就有此禀性者，如吗啡瘾者天生就爱吗啡，而是他们认为无愧于此情趣的人，那高涨的热情像是在布道，犹如别人鼓吹犹太复国主义，宣扬拒绝服兵役，宣传圣西门主义、素食主义或无政府主义。有的人入睡后，如果谁早晨突然闯进房里，那准会发现他们露着一个令人赞叹的女人脑袋，其神态极为说明问题，象征着全体女性，头发本身就给予证实，拳曲时多么富于女性化，展开时，又多么自然地形成发辫，披散在脸颊上，人们不禁为之惊叹，这位少妇，这个少女，加拉大①，她刚刚无意识地从囚禁自身的男体中苏醒过来，她未求教于任何人，全凭自己的机敏，多么善于利用牢笼的微小出口，获取其生命必需的一切。毫无疑问，这位容貌可人的年轻小伙子不会承认："我是个女人。"即使——出于种种可能因素——跟哪位女人一起生活，他也会对她矢口否认自己是个女性，向她发誓自己绝未跟男人发生过关系。可她只要看到我们方才显示的情景，见他身穿睡衣躺在床上，双臂裸露，乌发下露出脖颈，那么，那睡衣顿时会变成一件女人的内衣，那脑袋也活脱脱成了一位漂亮的西班牙女郎的脑袋。女主人定会为显现在她眼前的内情惊恐不已，这情景比话语、比行为本身更真实可信，即使从未有过表露，但行为本身不可能不很快予以证实，因为任何人都会按自己的爱欲行事，倘若此人尚不过分邪恶的话，定会到异性中去寻欢作乐。对同性恋者来说，邪恶并非始于结交（因为各种不同因素都可制约结交），而是始于他与众多女人作乐。我们方才试图描述的那位年轻小伙子是位女性，那是多么显而易见，以致曾经充满欲望凝望着他的女人（除非有特殊的情趣）无不大失所望，如同莎士比亚喜剧中

① 希腊神话中的海中女神，海神涅柔斯和他的姐妹多里斯生的女儿。

的女人被一位乔装打扮成英俊少年的年轻姑娘弄得心情沮丧。这同样也是欺骗行为，同性恋者对此也很清楚，他隐隐约约感觉到，自己的伪装一旦扒去，妻子将经受的是何等的失望，这一对性别的认识错误是幻想派诗歌多么丰富的创造源泉啊。再说，对那位要求苛刻的女主人，他纵然拒不承认（她如果不是一位戈摩尔女人）“我是个女人”，也无济于事，他体内那个虽无意识但显而易见的女人是多么狡猾，多么伶俐，又像攀援植物般多么执着地寻觅男性器官！只需看一看那披落在洁白的睡枕上的鬈发，就不难明白，如果这位年轻小伙子不顾父母的吩咐，情不自禁地悄悄溜出父母的掌心，那他绝不是去寻找女人。女主人可以惩罚他，把他关起来，可第二天，这位阴阳人照旧能有办法爱上一个男人，就像牵牛花总是把卷须伸到摆着铁镐或铁耙的地方。我们赞叹这位男子的脸上那令人动情的娇媚和男人们所不具备的丽姿以及那温柔的天性，然而，当我们得知这位小伙子去寻找的是拳击手时，我们何以会为之惋惜呢？这是同一个现实的不同方面。令我们厌恶的人也会是最为动人的人，其动人之处远甚于世间的千娇百媚，因为他代表着令人叹为观止的无意识的天性力量；尽管有着性的诱惑，但他自己对性的确认表现了他未明言的心迹，他向往的是由于社会最初造成的过错而使他难以企及的境地。对有的人来说，尤其是对那些在儿时极为羞怯的人来说，他们几乎从不考虑他们所获得的享受由何种肉体成分所组成，只要能把这种享受与男性的容貌联系起来即可。然而，另一种人则要给他们的肉体享受严格定位，其感觉无疑更为强烈，这类人也许会因其直言不讳而引起普通人反感。他们也许不同于前一类人，仅仅生活在土星的卫星之下，因为对他们来说，女人不像在前一类人眼里那样，被完全排斥在外，对前一类人，女人要是不闲聊，不卖弄风情，没有精神爱恋，就不称其为女人。可是，后一类人却追逐喜爱女色的女人，她们可为他们提供年轻的小伙子，激发他们与小伙子在一起所感受的乐趣；更有甚者，他们可以以同一种方式在她们身上获取从男人身上享受到的同样乐趣。由此而产生的结果便是，对那些钟爱前一类人的人来说，唯有与男人做爱所享受的乐趣方能激起其嫉妒心，仅此乐趣才能构成不忠行为，因为他们从不主动去爱女人，只是由于习俗的原因勉强为之，为的是给自己保留结婚的可能性，可他们很少想象男欢女爱所能带来的乐趣，因而容不得他们心爱的男人去品尝此种乐趣；后一类人却往往因与女人做爱而引起嫉妒。原因是在他们与女人的关系中，他们为爱女色的女人扮演了另一个女人的角色，而与此同时，女人也差不多给他们提供了他们从男人身上获得的乐趣，以致妒火中烧的男友，一想到他情之所钟的男子竟与在他看来活脱脱是个男人的女人结合，心中好不痛苦，他同时感到心爱的男友就要摆脱他，因为对那些女人来说，这男子有点味儿，有点女人的味儿，不过他自己却意识不到。我们暂且也不提那些疯狂少年，他们孩子气十足，故意戏弄朋友，冒犯父母，几近疯狂地热衷于选择裙袍之类的服装，抹口红，画眉黛；这些人姑且不提，因为末了遇到的往往是这种人，他们无论有多冷酷，却再也难以忍受自我作践带来的痛苦，于是便会一辈子规规矩矩，俨然成了新教徒，试图纠正过去一时中邪铸成的过错，但所作努力纯属枉然，就像圣日尔曼区的妙龄女郎走火入魔，过上了臭名远扬的可耻生活，与习俗决裂，嘲弄自己的家庭，直至一天，她们重又开始攀登人生之坡，虽然不屈不挠，却毫无结果，想当初走下坡路时，她们觉得多么有趣，或许她们当时已经无法控制下滑。最后，我们也暂且不谈那些与戈摩尔缔结了条约的人。待德·夏吕斯先生与他们结识时，我们再作介绍。总之，凡有机会粉墨登场的形形色色的人物，这里都免作交待，为结束此开场白，只谈谈我们方才已开始介绍的那些孤僻者。他们自以为特殊，少有恶习，可不知不觉中身上早已孕育着恶癖，只不过隐蔽的时间较之别人更长罢了，一旦发现自身的恶癖，他们便远离尘嚣，独自生活。确实，不管他们是诗人、雅士，还是恶棍，开始谁都不知道自己是同性恋者。好比某个中学生，读了爱情诗或看了诲淫画，不禁紧紧依偎着一位同窗,想象着通过同学宣泄他对女人的欲望。当他阅读德·拉法耶特夫人、拉辛、波德莱尔,瓦尔特·司各特等人的作品,虽然清楚地意识到了自己的感受的实质所在,但却少有能力自我观察,体味不到自己掺进的成分,感悟不到情感同一,但对象有别的道理,意识不到他渴望得到的是罗布-布依,而不是迪安娜·维尔农,处于这种阶段,他怎能觉得自己会与众不同呢?在众多人的家中,处于更为清醒的理智前哨的本能谨慎设防,卧室里的镜子和四壁都饰有彩石水印画,画中都是女演员;他们作诗曰:

> 世间,我只爱克洛埃,
> 她满头金发,仙女般美,
> 我的心儿漾溢着爱。

人生伊始,有必要为此而寄托情之所系吗?说不定若干年之后,在他们身上再也找不到一丝痕迹,就好比这些孩童,如今满头金发,以后说不定会长出一头典型的棕发。谁知道那些女人的照片是不是伪善的开始,且对另一些同性恋者来说,是不是恐惧的开始呢?然而,孤僻者正是这样的人,伪善让他们感到痛苦。也许取另一个移民地的犹太人作例子,还不足以解释清楚,教育对他们所起的作用是何等微不足道,他们又是如何巧妙地故伎重演,兴许还不至于再干类似自杀那种纯粹残忍的傻事(不管人们如何提防,疯鬼们总是会再度自杀,投河之后刚被人救起,又去服毒,弄一支手枪……),而是回到自己过去的生活中去,其中少不了乐趣,非同类的人们不仅理解不了,想象不到,甚至会感到憎恶,而且这种生活险情不断,屈辱终生,令人们感到恐怖。若要为他们画像,且不必把他们设想为未驯化的野兽,倒可联想一下所谓驯服的幼狮,虽已驯服,它们毕竟还是狮子,至少有必要联想一下那些黑人,他们对白人安逸的生活大失所望,因为他们更爱原始生活的风险及其不可思议的欢乐。一俟哪天发现后不能欺人，也不能自欺，他们便退避三舍，隐居乡间，因恐惧变态或害怕引诱而躲避同类（他们以为同类很少），又因羞耻而不敢见人。他们永远都无法真正成熟起来，陷入郁郁寡欢的境地，偶尔在某个星期六的月黑之夜，沿着一条小径独自漫步，不料在一个十字路口，住在附近城堡的一位孩提时代的朋友事先没有打声招呼，在等候着他们。于是，他们在茫茫黑夜，二话没说，便玩起旧时把戏。平日里，他们你来我往，谈天说地，从不触及过去发生的一切，仿佛他们过去什么事也没干过，也不应再干任何勾当，不同的是，在他们的相互交往中，增添了几分冷酷，几分嘲弄，几分懊恼和几分怨恨，时而也夹杂着几分仇恨。接着，邻居骑上马，牵上骡，踏上了艰险的旅程，攀登险峰，露宿雪地；他朋友把自己的恶习归咎于性格的软弱，深居简出，怯于结交，明白了行为放荡的友人现已置身于海拔数千米的山间，恶习再也不可能在他身上生存了。果然，对方结了婚。然而，被遗弃者并未根除恶习（尽管也可看到同性恋可治愈的例子）。早上，他要求在厨房亲自从送牛奶的小伙计手中接过新鲜奶油，晚间，欲火难忍，搅得他坐立不安。一时失去理智，竟然落到指点酒鬼走路，帮盲人整理衣衫的地步，不错，有的同性恋者生活有时会发生变化，他的恶习（人们都这么说）再也不会在其生活习性中表现出来；但是天地不灭，万物不失；隐藏的珠宝终究可以再发现。病人小便次数少了，无疑是因为他出汗多了，怎么也得排泄出去。一天，这位同性恋者失去了一位年轻的表兄弟，从他那难以慰藉的痛苦中，您就可明白他的欲望正是通过这份爱得到了宣泄，这份爱也许比较纯洁，只求精神上的器重，不求肉体上的占有，总之，这好比一项预算，总额分厘不变，但有的开支转划到其他项目中去了。出于同样道理，就像有的病人得了荨麻疹，平日的病痛反而一时消失了，同性恋者由于对一位年轻的亲戚产生了纯洁的情爱，感情得到转移，会暂时取代过去的某些习性，但秉性难移，终将有一天会旧病复发，重又染上一时被取代、治愈的恶习。

不过，孤僻者那位成婚的邻居又回来了；朋友不得不邀请他们夫妇前来一聚，面对年轻妻子的花容玉貌和丈夫对妻子的脉脉温情，他为过去感到耻辱。妻子已经有喜，不得不早早退席，留下丈夫；待丈夫该回家时，他请朋友送他一程，开始，朋友没起丝毫疑心，可到了十字路口，突然被那位就要做父亲的山人闷声不响地掀翻在地。于是，两人重又你来我往，直至有一天，少妇的一位表兄弟搬到了离他们不远的地方住下，从此，做丈夫的便天天与他一起散步。若被遗弃的那位前来看望，试图亲近他，他总是怒气冲冲，拒之门外，气对方竟然觉察不到自己已经令他讨厌。不过，有一天，一位陌生人受那位不忠的邻居的指派，找上门来，可被遗弃的那位忙得不可开交，无暇接待，事后才体味到这位外人找上门来的目的所在。

从此，孤僻者郁郁寡欢，意志消沉。他唯一的乐趣就是去附近的海滨浴场，向一位铁路职员打听情况。可是，这位职员得到了晋升，被任命到法国的另一端供职去了；孤僻者再也不能去向他打听列车时刻，了解一等车厢的票价，每次回到自己的小楼去想入非非之前，总像格里塞利迪斯①，在海滩迟迟不走，犹如古怪的安德洛墨达②，没有阿耳戈英雄③前来搭救，又似一个不育的水母，在沙滩慢慢枯死，或者，他在火车离站之前，无精打采地待在月台，不时向熙熙攘攘的旅客投去一瞥，这目光在非同类的人看来，好似冷淡、傲慢或漫不经心，然而，它如同某些昆虫为吸引同类闪烁的光亮，又像某些花卉为引诱昆虫授粉而奉献的花蜜，骗不了那耽于怪诞的乐趣、天下几乎难觅的爱好者，这乐趣正求之不得，现在竟主动送上门来，就像我们的专家寻到了同行，终可以讲一讲奇特的语言，对这种语言，月台上那个衣衫褴褛的家伙不过装出一点兴趣，旨在获得一点物质利益，好

① 卜伽丘《十日谈》中的人物，为忠贞、贤惠的妻子的象征。

②③ 均为希腊神话人物，传说埃塞俄比亚国王为免除王国祸难，将女儿安德洛墨达公主绑在海边岩石上，被阿耳戈英雄珀耳修斯救出，免遭海怪吞噬。

比有的人跑到法兰西公学院，尽管梵语先生授课的教室里没有一个听众，他们照样进去，为的是在里面暖暖身子。水母！兰花！当我顺乎自己的本能时，巴尔贝克的水母令我恶心；可倘若我像米什莱，善于用自然史和美学的眼光去观察，显现在我眼前的便是芳香四溢的蓝色花簇。它们浑身透明的柔绒宛如花瓣，它不就是淡紫色的海兰花？它与动物和植物世界的众多造物一样，与生产香料的香草并无差别，只是它身上的雄性器官被雌性器官的一层厚膜隔开，若没有蜂鸟或某些小蜜蜂在花间传带花粉，若不进行人工授精，它就永远不能生育，德·夏吕斯就是这样（这里的授精一词应取其精神意义，因为从物质意义看，男性与男性结合是不育的，但不容忽视的是，那唯一能感受到的乐趣，有人恰能得到，且“世间任何生命”都可以将“自己的声音、激情或芬芳”传给他人），他正是那种堪称异常的人物，因为尽管他们为数甚众，但性欲的满足对别人来说轻而易举，而对他们却取决于众多因素的巧合，机会实在太难得了。对德·夏吕斯先生之流来说（除了一时将就的情况，这种情况渐渐表露出来，人们已有所觉察，这是因为性欲强烈所致，不得不半推半就），相互之爱，除了普通人那里遇到的，有时是不可克服的困难外，又给他们增添了极为特殊的困难，以致对常人尚且难得的东西，到了他们这儿简直就不可能了，而且，倘若他们果真巧遇良缘，或天赐良缘，那么，他们的幸福就远非正常恋人的幸福可比拟，含有某种异乎寻常的，百里挑一的，如饥似渴的东西。一位裁缝师傅正准备规规矩矩去做活，不料大喜过望，撞见了一位大腹便便、年过半百的先生，在此之前，曾有过形形色色的障碍，种种特殊的排斥力，凯普莱特和蒙太古家族①的深仇大恨与此相比也微不足道，但障碍一个个克服了，排斥力也被异乎寻常的天赐偶合所抵消，最终而导致了爱；这位

① 莎士比亚名剧《罗密欧与朱丽叶》中维罗纳城两个世代为仇的家族。男女主角因家仇不能结合，终成悲剧。

罗密欧和这位朱丽叶完全有充分的理由认为，他们的爱情并非一时冲动的产物，而是他们气质的和谐所注定的前世姻缘，且不仅仅是他俩自己的气质，而且是他们前辈的气质，他们的始祖遗传的气质，因此，与他们结合的人早在降生之前就已属于他们，吸引了他们，其引力可与操纵大千世界的力量相比，在那里，我们度过了前世生活。德·夏吕斯先生分散了我的注意力，使我无法细细观察熊蜂是否带来了兰花盼望已久的花粉，多亏巧遇，兰花才有幸受粉，这种巧合多么偶然，可称其为一种神迹。可我方才目击的也是一种神迹，差不多属于一个类型，其神奇的成分毫不逊色。一旦我从这一视角观察这次奇遇，在我的眼里，一切便都似乎呈现出美。为迫使昆虫保证花卉授粉，大自然创造了令人叹为观止的花招，没有昆虫，花就无法授粉，因雄花与雌花相隔甚远；若风必须保证授粉，那么大自然的巧妙安排便使花粉可较为轻易地从雄蕊中飘散出来，使雌花可以不费吹灰之力，趁机获得花粉，从而免得分泌花蜜，这自然也再无必要，既然已经用不着引诱昆虫光顾，甚至也不必盛开花冠，吸引飞虫；大自然还巧妙设计，保证花朵只受其必需的花粉，唯它必需的花粉才能育花结果，促其分泌出对其他花粉有免疫功能的液体；这形形色色的花招在我看来并不比这一性恋附类的存在更为神奇，这一附类受命保证日渐衰老的同性恋者的性享受：他们并不会被所有的男人所吸引，而只被比他们年迈的男人吸引——由于某种感应或协调现象所致，此现象可与支配三体异柱花，如千屈花授粉的现象相比。絮比安刚刚为我提供了这一附类的一个范例，然而它却不如其他附类易于把握，其他附类，尽管甚为罕见，但任何人道的植物标本采集者，任何道德的植物学家都可观察得出，可是，这一附类展现在他们面前的却是一位孱弱的年轻男子，盼望着一位身强力壮、大腹便便的五旬汉子主动接近他，而对年轻人的亲近举动却无动于衷，恰似报春花科的短柱雄雌同株花，除非由同属短柱的报春花授粉，不然就不会结果，然而它们却兴高采烈地迎接长柱报春花粉的光顾。至于德·夏吕斯先生，我事后体会到，对他来说，有着种种不同的结合，其中某种结合次数之多，瞬时性之不明显，尤其是两位角色之间接触之少，使人们不禁想到花园里的花卉，它们由附近的花授粉，但却永远触碰不到附近的花。确实，对他来说，只要把有的人召到他府上来，让他们洗耳恭听他几个小时的讲话，他在某次偶遇中燃起的欲火就可熄灭。通过再简单不过的话语，轻而易举便达成了结合，就像纤毛虫纲随意就可聚合。类似我遇到的情况，他大概偶尔也有过经历，那天晚上，盖尔芒特府的晚宴散席后，我被男爵召去，男爵对来客迎面一顿猛烈的训斥，因此而心满意足，犹如有的花卉借助突发的力量，远距离把花蜜喷射到一只昆虫身上，昆虫一时失控，无意中成了同谋。德·夏吕斯先生由被统治者上升为统治者，感到心头的不安解除了，获得了宁静，于是打发走来客，来客很快失去了对他的吸引力。最后，同性恋的产生，原因在于男同性恋者与女人过分近似，无法与她发生有益的关系，由此而服从一条更为高级的规律，即自我交配不育规律，正是这一规律的存在，造成了多少雌雄同株花卉不得结果。确实，寻觅男性的同性恋者往往满足于和他们一样女子气十足的同性，只要他们不属于女性就行，他们身上虽然带有女性的胚胎，却无法使用，有多少雌雄同株的花卉，甚至某些雌雄同体的动物，如蜗牛，也不例外，它们无法自我授粉或授胎，但与另一些雌雄两性的动、植物结合却可成功。因此，同性恋者乐意把自己与古代东方或古希腊的黄金时代联系起来，他们甚至可以追溯到更为遥远的时代，追溯到雌雄异柱花卉和单性动物尚不存在的试验时代，追溯到雌雄同体的原始时代，女性人体中的某些男性器官痕迹和男性人体中的某些女性器官痕迹似乎还保留着原始的雌雄同体的特性。絮比安和德·夏吕斯先生的手势，我开始时理解不了，觉得有趣极了，就像那些称为菊科的花卉向昆虫作出引诱性的举动，据达尔文介绍，这些菊科花卉翘起头状花序上的半花叶，以便更远的地方都能发现，犹如某种异柱花倒转雄蕊，使其弯曲，为昆虫打开通道，或为昆虫奉上蜜雾，就像此时院中的鲜花正释放花蜜的芬芳，张开花冠，引诱昆虫。从这天开始，德·夏吕斯先生必定更改去拜访德·维尔巴里西斯夫人的时间，并非他无法在更适当的时间到别处看到絮比安，而是因为下午的太阳和小灌木丛中的花朵已经与他们的记忆结合在一起，正如他们已经深深印入我的脑海。再说，他并不只限于向德·维尔巴里西斯夫人、盖尔芒特公爵夫人以及众多声名显赫的主顾举荐絮比安店中的人，可这些主顾反倒更主张用年轻的绣花女，原因是有几位太太顶住不用絮比安或仅仅怠慢了他，男爵便对她们采取了可怖的报复手段，或许是向她们开刀，以儆效尤，或许是她们激怒了他，与他的统治分庭抗礼。他使絮比安所处的位置越来越有利可图，直到最后用他作了秘书，为他确立了地位，其地位到底如何，我们后面可以看到。“啊！絮比安这人真有福气。”弗朗索瓦丝常这样说，她往往根据某人对她还是对别人好，喜欢贬低或抬高他的善行。再说对这件事，她没有必要夸大其辞或感到嫉妒，因她真心实意喜欢絮比安。“啊！男爵真是个大善人！”她又添上一句，“他多好，心多诚，多得体！要是我有个女人待嫁，也是豪门出身，那准闭着眼睛把她嫁给男爵。”“可是，弗朗索瓦丝，”我母亲心平气和地说，“这个女儿啊，该会有多少丈夫哪。记得您已经把她许给了絮比安。”“啊！太太，”弗朗索瓦丝答道，“这是因为这又是一个好男人，可以让妻子生活美满。天下分成富人和穷人，其实是白搭，穷与富对人的天性没有影响。男爵和絮比安，是一个类型的人。”

不过，对这首次发现，我大大夸张了其择优取精、珠联璧合的选择性。诚然，任何一个类似德·夏吕斯先生的人都是个非凡的创造物，因为如果他不向生活的可能性妥协，便会倾其主要精力去追求非同类的男子，即爱女人的男子的爱情（但此男子必定不会爱他）；我刚才在院子里发现絮比安像兰花招惹的熊蜂，围着德·夏吕斯先生转，与我方才产生的看法相反，实际上，这些常被人们抱怨的异常人物为数众多，在本书中，诸位自可看到，其原因在本书结尾处方有交待，就连他们自己也抱怨为数过多，而不是太少。因为《创世记》说，两位天使奉命守卫在索多姆城门，以了解城中居民是否都干了那种勾当，那闹腾的声响曾经惊动了上帝，人们深感欣慰的是，上帝错选了两位天使，当初只要把任务交给一位索多姆人就行了。即使此人连连推托："我有六个孩子，两个情妇……"也决不可能感动上帝放下熠熠闪光的利剑，从轻处罚。上帝也许会驳回："对，如果这样，那你妻子必定深受嫉妒折磨。可要是这些女人没有在戈摩尔被你选中，你定会跟希布伦的某个牧男过夜。"说罢，上帝即刻令其返回那座将被硫磺火雨摧毁的城市。可事与愿违，所有可耻的索多姆人都被放跑了，哪怕他们像洛特的女人，一见年轻男子就扭头细看，也不会因此像那女人变成盐柱。其结果是他们后裔众多，且保留了习惯动作，好比那些浪女，装模作样，像是在观看橱窗里展出的鞋，可一有大学生走来，便向他扭过头去。索多姆城居民的这些后裔为数如此之多，以致可用《创世记》中的另一节文字加以描述："如果有人能数清尘埃的数量，那便可清点这些后裔的人数。"他们分散居住在地球各地，谋取了各种职位，轻而易举进入了最难以跻身的俱乐部。以致如有一位索多姆城的后裔未被接纳，那举黑球反对的肯定大多是索多姆城的后代，他们继承了使他们祖先得以逃离被诅咒的城市的谎言，不得不注意谴责同性恋。他们迟早有一天会返回索多姆，这很有可能。诚然，他们在世界各国都组织了素有修养、精通音乐又善于诽谤的东方式群体，集令人欣喜的品质与难以忍受的缺陷于一身。在本书的后面各章中，人们可以更为深入地观察他们，可眼下，众人都希望预防致命的差错，即避免有人像鼓励犹太复国主义那样，最终导致创建一个索多姆后裔运动，重建索多姆城。然而，索多姆后裔每每刚抵达一个城市，便急于离去，以免被看作该城的居民，他们娶妻成婚，到别的城市与情妇往来，并在那儿获得种种适当的娱乐。非得到了万不得已的时日，等他们的城市空无一人，饥饿将恶狼逼出树林的时刻，他们才会去索多姆城。这就是说，这里发生的一切，几乎与在伦敦，柏林，罗马，彼得格勒或巴黎发生的没有差别。

总而言之，那天在我去拜访公爵夫人前，我并未考虑得这么远，当时只顾集中精力注意絮比安与夏吕斯的结合，也许错过了目睹熊蜂为花授粉的情景，为此感到遗憾。

第二部

第一章

我说不准是否受到邀请,并不急于前往参加盖尔芒特府上的晚会,于是独自在外闲逛,可是,夏日的白昼似乎并不比我更着急离开。尽管已经九点多了,它还在协和广场流连忘返,给鲁克尔索方尖碑罩上一层玫瑰果仁糖的外表。接着,它又改变了方尖碑的色彩,将之转变为另一种物质,其金属感之强,致使方尖碑变得不仅更珍贵,而且显得更细薄,更柔软。人们想象着也许可把这一瑰宝扭弯,或许早已有人把它微微弯曲了。月亮已悬挂在空中,宛如一瓣小心剥净的橘子,尽管表面稍有点儿损伤。再过数小时,它也许就会变成一弯铮铮金钩。一颗可怜的小星星孤零零地蜷缩其后,独自陪伴这轮寂寞的冷月,然而,月亮更富于勇气,一面保护着自己的朋友,一面向前行进,仿佛手持势不可当的武器,高擎着东方的象征,挥动着自己那把奇妙的金钩大刀。

在盖尔芒特亲王夫人府邸门前,我遇到了夏特勒罗公爵;我不再记得,半小时前,自己还一直惶惶不安,担心——它不久又要困扰着我——不请自来。人们往往会有这类担心,可有时一时分心,把危险丢诸脑后,事后很久才回想起当时的惶恐心境。我向年轻的公爵道了安,钻进了府邸。可这里,我必须先交待一点情况,虽然微不足道,却有助于理解不久就要发生的事情。

这天晚上,有个人一如既往,深深思念着夏特勒罗公爵,可却不知公爵到底是何许人。此人就是德·盖尔芒特亲王夫人的门子（当时称“传呼”）。德·夏特勒罗先生远谈不上是亲王夫人的至爱亲朋——仅仅是一位表兄弟而已——他平生第一次受到她沙龙的接待。十年来，公爵的双亲与她一直不和，最近半个月才重归于好，这天晚上，他们有事不得不离开巴黎，所以派儿子代表他们夫妇赴会。可是，几天前，亲王夫人的门子在香榭丽舍大道与一个年轻人相遇，觉得他长相迷人，虽想方设法，却未能弄清其身份。这倒不是因为那位年轻公子不客气大方。门子挖空心思对这位年纪轻轻的先生阿谀逢迎，他反都一一领受了。但是，德·夏特勒罗先生既冒冒失失，也谨小慎微；他愈弄不清与他打交道的是谁，便愈不肯公开自己的身份；倘若他知道了对方的底细，也许会更害怕，尽管这种恐惧并无道理，他始终不露真相，只让对方把自己视作英国人，但他待门子如此大方，深得门子的欢心，门子渴望与他再次相会，满怀激情，追根问底，可公爵对他的种种提问，只答了一句话：“I do not speak French。”①就这样，两人一直走完了加布里埃尔大街。

虽然盖尔芒特公爵因为亲王夫人的表兄弟的母系之故，似乎在盖尔芒特-巴维埃尔亲王夫人的沙龙里找到了点古弗瓦西埃府的陈迹，但是，这个沙龙的安排，在社交圈里可谓独此一家，令人耳目一新，据此，大家普遍认为这位夫人具有独创精神，聪慧过人。晚宴后，不管随后进行的交际晚会场面多大，盖尔芒特亲王夫人的府上，座位安排总是别具一格，来宾被分成若干小圈子，需要时，自可转过身来。亲王夫人走去带头就座，仿佛有选择地坐入其中的一个小圈子，以显示此举的社会意义。而且，她大胆地指名道姓，把另一小圈子的成员吸引过来。比如，若要提醒德达伊先生注意——他自然高兴——另一圈子的德·维尔米夫人，她坐的位置正好让人看到她的后背，她的脖颈儿有多漂亮，亲王夫人便毫不犹豫地提高

---

① 英语，意为：我不会讲法语。

嗓门:“德·维尔米夫人,德达伊先生正在欣赏您的脖颈儿呢,他可是个大画家呀。”德·维尔米夫人心领神会,这分明是直接邀她参加交谈,便以其平素骑马养成的灵巧动作,丝毫不打扰身旁的宾客,慢悠悠地把座椅转动四分之三圈,几乎正对着亲王夫人。

“您不认识德达伊先生?”女主人问道。对她来说,对方听她招呼,灵巧而又难为情地转动座位还不够。“我不认识,可我熟悉他的作品。”德·维尔米夫人回答道,毕恭毕敬,姿态动人,显得十分得体,令众人羡慕不已,同时,她向那位打了招呼、但并未正式介绍给她的著名画家悄悄地致以敬意。“来,德达伊先生,”亲王夫人说,“我来把您介绍给德·维尔米夫人。”于是,德·维尔米夫人像方才向他转过身那样,动作灵敏地给《梦》的作者让座。这时,亲王夫人便将另一把座椅拉到自己面前;确实,她喊德·维尔米夫人不过是找个借口,以便离开第一个小圈子,她在此已度过十分钟的规定时间,接着再到第二个圈子露个面,同样赐给十分钟。只用三刻钟,所有小圈子便都受到她的光顾,每一次似乎都是即兴生情,欣然而至,可真正的目的则是想充分显示出“一位贵夫人”是多么自然地“善于待人接物”,可眼下,晚会的宾客才开始陆续到来,女主人坐在离入口不远的地方,上身笔直,神态傲然,近乎皇家气派,两只眼睛以其炽烈的光芒熠熠闪亮,身旁,一边是两位容貌并不俊俏的殿下,另一边是西班牙大使夫人。

我在几位比我早到一步的客人后排着队。对面就是亲王夫人,毫无疑问,她的花容玉貌并非是我对这次晚会记忆犹新的唯一因素,值得回忆的东西何其多。可女主人的这张脸庞是多么完美无瑕,仿佛是轧制而就的一枚纪念章,美丽绝伦,为我保留了永恒的纪念价值。若在晚会的前几天遇到她邀请的客人,亲王夫人通常总是说:“您一定来,是吧?”似乎她非常渴望与他们交谈。但恰恰相反,一旦客人来到她的面前,她对他们却无话可说,也不起身欢迎,只是一时中断与两位殿下及大使夫人的闲聊,表示感谢:“您来了,太好了。”这并不是她真的认为客人前来赴会是表示一番心意，而是为了进一步表现她的盛情；谢罢，就把来宾打发到客流中去，补充道：“德·盖尔芒特先生就在花园进口处，您去吧。”让来客自行参观，不再打搅她。对有的宾客，她甚至没有一句话，只给他们露出两只令人赞叹的缟玛瑙眼睛，仿佛他们只是来参观宝石展览似的。

在我前面第一个进府的是夏特勒罗公爵。

已在客厅的宾客对他笑脸相迎，竞相握手问候，公爵忙着一一还礼，却没有发现门子。但门子一眼便认出了他。此人的身份，门子曾多么渴望有所了解，过一会儿，他就要弄个一清二楚了。门子请问两天前遇到的“英国人”尊姓大名，以便禀报，内心感到的不仅是激动，而是怨恨自己冒昧、失礼。他似乎觉得自己就要向众人（然而人们却觉察不出异常）公开一个秘密，可如此唐突，要当众揭露，真是罪过。一听见来宾回答是“夏特勒罗公爵”，他感到骄傲极了，紧张得一时说不出话来。公爵看了看，认出了对方，但觉得丢尽了面子，可家奴却恢复了镇静，对他的徽章图案了解得八九不离十，急忙主动补充对方过分自谦的身份，大声通报：“夏特勒罗公爵殿下到！”声音中既有职业门子的铿锵有力，又有至爱亲朋的柔情蜜意。可现在，轮到通报我了。我只顾细细打量女主人，可她还没有看见我，我没有多考虑眼前这位门子的职权，对我来说，此人的职权着实可怕——尽管害怕的原因与德·夏特勒罗先生的不一样——门子全身披黑，活像个狱卒，身边簇拥着一帮奴仆，身着最为悦目的号衣，一个个身强力壮，时刻准备擒拿擅自闯入府邸的外人，把他轰出去。他问了我的姓名，我像个任人捆绑在木砧上的死刑犯，不由自主地告诉了他。他立刻威严地扬起脑袋，不等我开口央求他小声点儿——以便万一我真的未受邀请，可以保住面子，若是应邀而来，也不失盖尔芒特亲王夫人的体面——他早已用足以震塌屋顶的力量，唱出了那几个令人心悸的音节。

杰出的赫胥黎（其侄儿目前在英国文学界占有至尊的地位）说过这么一件事，他手下的一个女病人怎么也不敢再去上流社会，因为就在人们彬彬有礼请她入席的座位上,她往往发现已经坐着一位老先生。她心里清楚,不是那引她入席的动作,就是那席上坐着的老先生,两者必有一个是幻影,因为别人绝不可能指给她一个已被占用的席位。可是,为了治好她的病,赫胥黎硬要她再去参加晚会,她一时犹豫不决,觉得受不了,心里嘀咕开了,不知人们对她亲热的表示是否确有其事,或是自己受虚无的幻觉的指引,在众目睽睽之下坐到一位有血有肉的老先生膝上去。她一时拿不定主意,内心痛苦万分。但是,比起我此刻的苦恼,也许就逊色多了。一听到轰响起我的姓名,仿佛是一场灭顶之灾的先声,为了显出我内心笃定,没有半点犯疑,我不得不摆出一副坚定的神态,向亲王夫人走去。

当我行至距她几步之遥的地方,她便发现了我,这征兆使我的担心化为乌有,不再害怕自己是一次阴谋诡计的迫害对象,她不像见到其他宾客时那样,坐着一动不动,而是抬起身子,向我迎来。瞬息间,我终于像赫胥黎的病人,舒心地叹了口气,当她打定主意坐到座椅上去后,发现席位是空的,终于明白了那位老先生是个幻影。亲王夫人笑容可掬,上前与我握手。她一时站立着,赐我以殊荣,恰如马莱伯一节诗的最后一句所云:

> 天使起立,向他们示以敬意。

她为公爵夫人尚未抵达表示歉意,仿佛她不在场,我会感到无聊。为了向我道这声日安,她竟握着我的手,风度翩翩地围着我旋转一周,我顿时感到被她掀起的那股旋风裹挟而去。我简直以为,她当即要对我大开恩典,如同一位领舞女郎,赠我象牙头手杖或一只手表。可实际上,她什么也没有给我,仿佛她方才不像在跳波士顿舞,而像是听了贝多芬的一段至圣的四重奏,担心打乱了那雄壮的乐声,顿时停止了交谈,或不如说压根儿就没有开始谈过,看到我进来后仍然容光焕发,只告诉我亲王在什么地方。

我离开了她，再也不敢接近，感到她对我绝对无话可说，这位身材颀长、美貌绝伦的妇人像多少傲然走上断头台的贵夫人一样高尚，不敢献给我蜜里萨酒①，只是诚心诚意地对我重复已经对我说过两遍的话：“亲王就在花园，您去吧。”可是，若到亲王身边去，这就意味着内心的疑虑将以另一种方式重新困扰着我。

不管怎样，应该找人引荐我。耳边传来德·夏吕斯先生的滔滔不绝的高谈阔论，压倒了众人的交谈声，他正在与刚刚结识的西多尼亚公爵夸夸其谈。人们往往可从对方的公开主张摸透其心思，而德·夏吕斯先生和德·西多尼亚先生则从各自的恶习中很快嗅出了对方的怪癖，对他俩来说，一到交际场合，共同的癖好就是口若悬河，乃至不容对方插话。正如一首著名的十四行诗所云，他们很快判断出这毛病不可救药，于是拿定主意，当然不是偃旗息鼓，停止高论，而是各唱各的调，丝毫不理会对方说些什么。就这样，组成了这混乱的声响，像在莫里哀的剧中，几个人同时在讲述不同的事情，嘈杂一片。男爵嗓门洪亮，成竹在胸，肯定自己能占据上风，盖过德·西多尼亚有气无力的声音，可后者并不因此而气馁，一旦德·夏吕斯先生停下喘口气，这间歇马上便充斥了那位西班牙大贵人我行我素、呜噜噜持续不断的低声细语。我本来很想请求德·夏吕斯先生把我引荐给盖尔芒特亲王，可我担心（有诸多理由）他会生我的气。我对他的所作所为真太忘恩负义了，一来我再次使他的殷勤落空，二来自从那晚他亲亲热热送我回家以来，我对他一直没有丝毫表示。何况我并无先见之明，不能把下午我刚刚目击的絮比安与他之间发生的那个场面当作托词。我那时对此并无丝毫的怀疑。确实，前不久，我父母责备我手懒，迟迟没有动笔给德·夏吕斯先生写几句话，以表感激之情，我反倒大发雷霆，怪他们逼我接受有损体面的主张。不过，只是因为我怒不可遏，想说

① 一种药酒，对医治眩晕症有特效。

句最不中听的话，才报以如此谎言。事实上，我丝毫没有怀疑男爵大献殷勤会隐藏着任何肉欲的甚或情感的企图。我那样向父母撒谎完全是发疯。然而，有时未来就居留在我们身上，我们却不知道，我们原以为是撒谎的戏言切中了即将出现的现实。

我对德·夏吕斯先生缺少感激之情，他对此或许会宽大为怀。可令他恼火的，是我今晚竟出现在盖尔芒特夫人府上，犹如最近在他表姊妹家频频露面一样，我的出现似乎在无声地嘲弄他的庄严宣告："唯有通过我，方可跻身这些沙龙。"这是个严重的过失，也许还是个不可补赎的罪过，我竟不遵从等级制度。德·夏吕斯先生深知，他的雷鸣般的嗓门，专用以对付不对他言听计从，或他恨之入骨的人，可在许多人眼里，已经开始变作卡通片里的雷了，再也无力将任何人驱逐出任何地方。可是，也许他还以为，他的能量虽已减弱，仍不失其威力，在我这等涉世不深的青年眼里，雄风犹在。因此，选择他在这次盛会上为我帮忙，我觉得很不适宜，因为仅仅我在场似乎就构成了对他自命不凡的架势的讽刺与否定。

这时，我被一个相当俗气的人扯住了，此人就是 E 教授。他在盖尔芒特府中看见我，大为诧异。我见他在场，也很奇怪，亲王夫人府上竟见到他这类人物，可谓空前绝后。他不久前刚为亲王治愈了传染性肺炎，其实亲王早已用过药，出于对他的感激之情，德·盖尔芒特夫人打破惯例，邀请他赴会。他在沙龙里绝对不认识任何人，总不能像个死神的使者，孤零零地在客厅里游来荡去，所以一眼认出我之后，就平生第一次觉得有无数的事情要对我倾诉，这使他得以保持镇静，也正出于这一原因，才向我走来。此外，还有另一个原因。他这人特别注意任何时候都不得误诊。然而，他信函太多，致使他为一位病人初诊之后，弄不清病情是否按他诊断的方向发展。诸位也许还未忘记，当初我外祖母老毛病发作，当晚我就把她领到他家诊治，而他却正忙于为虚荣心而谋求社会关系。时过境迁，他再也记不清我们曾差人给他送过讣告。"您外祖母大人已不在人世，对吧?”他对我说,话中带有八九分的把握,也就不在乎尚存的一二分疑虑了。“啊!果然这样!想当初,从我见到她的第一分钟起,我对她的诊断就完全灰了心,我记得清清楚楚。”

就这样,E教授得知或再次得知了我外祖母谢世的消息,我也许应该为他歌功颂德,为整个医学界歌功颂德,然而,我却没有任何满意的表示,也许压根儿就没有满意的感觉。医生的过失屡见不鲜。他们往往对摄生疗法持乐观态度,但对最终的疗效则表示悲观,因而犯下过错。“葡萄酒吗?限量喝一点对您不会有什么坏处,这可以说是一种健身剂……房事吗?不管怎么说,这是人正常的欲望。我同意,但不能过分,请听清我的话。凡事物极必反,过分就是毛病。”这一下子,对病人是多大的诱惑!这诱惑着病人放弃两种起死回生之妙药:饮水和禁欲。然而,若病人心脏出了毛病,患了蛋白尿等病,那他的日子就屈指可数了。一旦出现严重障碍,尽管是功能性的,也往往单凭想象,将之归结为癌症了事。对于不治之症,再治疗也无济于事,自然没有必要继续给病人看病。于是,病人自己挣扎,为自己规定了严格的进食制度,身体渐渐康复了,总算活了下来,大夫原以为他早已进了拉雪兹神甫公墓,不料却在歌剧院大街相遇,对方向他脱帽致意,他却视之为大不敬的奚落行为,其愤慨程度比刑事法庭庭长有过之而无不及,两年前,他明明宣判了一位四处游荡的流浪汉死刑,那家伙似乎毫不惧怕,如今竟又在他鼻子底下溜达。医生们(当然不指全部,我们思想中并不排斥非凡的例外)自然会为自己的诊断得以证实感到欣喜,但一般来说,更为自己的判决宣布无效感到恼火,愤怒。正是由于这一原因,虽然E教授见自己没出差错,内心无疑感到满足,但不论他有多得意,他还很善于逢场作戏,显出一副悲伤的模样,跟我谈起我们所遭受的不幸。他并不打算敷衍几句了事,因为谈话给他提供了保持镇静的机会和继续待在客厅的理由。他跟我谈起近日天气炎热,尽管他素有文化修养,完全可以使用纯正的法语表达思想,可他却这样对我说:“这样高烧，您不难受吗？”究其原委，原来是自莫里哀时代以来，医学在其知识领域略有进步，可在术语方面却毫无起色。我的对话者紧接着添上一句：“眼下，必须避免发汗，这么个天，尤其在过热的客厅里更容易引起发汗。等您回家，想喝点什么，您可以以热攻热。”（这意思显然是说喝点热饮料。）

由于我外祖母死的方式有些特殊，我对这一问题颇感兴趣，最近，我在一位大学者的一部著作中读到，出汗对肾有害，因为正常情况下通过别的渠道分泌的却通过皮肤排掉了。我为这酷暑感到遗憾，我外祖母就是在热天病逝的，我几乎就要指控这鬼天气坑人了。可是，我并未跟E大夫谈起这些，倒是他主动对我说，“这种大热天，会出大量的汗，其好处就是肾可以同时减轻负担。”看来，医学不是准确的科学。

E教授死缠着我，唯一的要求就是不离开我。可我刚刚发现了福古贝侯爵，只见他朝后退了一步，向盖尔芒特亲王夫人毕恭毕敬，一左一右行了两个屈膝礼。德·诺布瓦先生最近才引见我与他结识，现在，我倒希望能通过他把我介绍给男主人。因本书篇幅有限，不允许我在此细细解释由于年轻时发生了何种事故，德·福古贝先生才与德·夏吕斯先生过从甚密，拿索多姆人的话说，他与德·夏吕斯先生是“心腹之交”，在上流社会，像德·福古贝先生这样的为数甚少（也许就独他一人）。不过，倘若说我们这位在戴奥多尔国王身边的公使也有着男爵身上某些同样的缺陷的话，那也只是小巫见大巫，相比之下，黯然失色。他对人往往一时怀有好感，一时又充满仇恨，其表现形式也只是情感上的，极其温和，也很笨拙，男爵正是钻其感情多变的空子，一会激起诱惑的欲望，一会又使之惶惶不安——也是想象的结果——不是害怕受到鄙视，至少也是担心暴露自己的企图。由于他心底纯洁，坚持“柏拉图式的精神恋爱”（他这人雄心勃勃，自达到参加会考的年龄之后，为雄心壮志牺牲了一切乐趣），尤其因为他智力低下，他此一时彼一时的多变性情，显得滑稽可笑且暴露无遗。可是，德·夏吕斯先生恭维起人来毫无节制，滔滔不绝，充分表现出其雄辩的才华，同时连讽刺带挖苦，手段妙不可言，语气刻薄至极，让人铭心刻骨，终身难忘；而德·福古贝先生却与他相反，表白好感时，那语气像是个末等社会的小人，又像是个上流社会的贵人，也像是位官场的老爷，总之平庸无奇；若是骂起人来（和男爵一样，往往是彻头彻尾的无事生非），则一副恶狠狠的模样，没完没了，毫无幽默感，与公使先生六个月前亲口所说的往往大相径庭，叫人格外生厌，可说不定过不了多久，他又会旧话重提：变化中不乏常规，倒给德·福古贝先生的不同生活阶段增添了一种天体运行的诗意，若无此诗意，他岂能胜人一筹，与天体试比高低。

他问候我的这声晚安就丝毫没有德·夏吕斯先生问好的韵味。举止百般造作，他却自以为是上流社会和外交场合的翩翩风度，此外，德·福古贝先生还伴以放肆、洒脱的姿态，笑容可掬，一方面为了显得生活如意——可他内心里却为自己得不到擢升、时刻受到革职退休威胁而有难言的苦衷——另一方面则为了显出年轻，充满男子气概，富于魅力，然而在镜中，他却看到自己那张多么希望保持迷人风采的脸庞四周已经刻上道道皱纹，甚至再也没有勇气去照一照。这并非他真的希望征服别人，只要往这方面想一想，他也会胆战心惊，因为流言蜚语、丑闻、讹诈着实令人可怕。本来，他几乎像个孩子似的放浪形骸，可自从他想到凯道赛，希望获得远大前程的那天起，便转而绝对禁欲，这一变，活像成了笼中困兽，总是东张西望，露出惊恐、贪婪而愚蠢的目光。他愚蠢至极，甚至都不想一想，他年轻时的那帮二流子早已不是小淘气包了，若有个报童冲他喊一声"卖报！"，他会吓得不由自主地浑身哆嗦，以为被对方认出，露出了马脚。

德·福古贝为忘恩负义的凯道赛牺牲了所有享受，可正因为缺少享受，他——也正因为这一点，他兴许还希望惹人喜欢——内心有时会突然冲动。天知道他一封接一封给外交部呈了多少信函，私下里要了多少阴谋诡计,动用了夫人多少信誉(由于德·福古贝夫人出身高贵,长得又膘肥体壮,一副男子相,更加上她丈夫平庸无能,人们都以为她具有杰出才能,是她在行使真正的公使职权了),不明不白地把一个一无长处的小伙子拉进了公使团成员之列。确实,数月或数年之后,尽管这位无足轻重的随员毫无坏心眼,但只要对上司哪怕有一点冷漠的表示,上司就以为受到蔑视或被出卖,再也不像过去那样对他关怀备至,而是歇斯底里地狠加惩治。上司闹得天翻地覆,要人把他召回去,于是,政务司司长每天都能收到这样一封来函:“您还等什么?还不赶快给我把这刁滑的家伙调走?为了他好,教训他一番吧。他需要的是过一过穷光蛋的日子。”由于这一原因,派驻到戴奥多尔国王身边的专员职务并不令人愉快。不过,在其他方面,因为他完全具备上流人士的常识,所以,德·福古贝先生仍是法国政府派驻国外的最优秀的外交人员之一。后来,一位所谓上层的无所不知的雅各宾党人取代了他,法国与国王统治的那个国家之间很快爆发了战争。

德·福古贝先生和德·夏吕斯先生有个共同之处,就是不喜欢先向人问好。他们宁可“还礼”,因为他们总是担心,自上次分手后,也许对方听到了别人对他们的闲话,不然,他们说不定早已主动向对方伸出手去。对我,德·福古贝先生不必费神顾虑这一问题,我很主动地向前向他致意,哪怕只是由于年龄差别的缘故。他向我回了礼,惊叹而又欣喜,两只眼睛继续转个不停,仿佛两旁长着禁食的嫩苜蓿。我暗自思忖,觉得在求他带我去见亲王之前,还是先请他把我介绍给德·福古贝夫人更合乎礼仪,至于见亲王的事,我准备等会儿再提。一听我想结识他夫人,他似乎为自己也为夫人感到欣喜,毫不迟疑地举步领我向侯爵夫人走去。到她面前后,他连手势加目光指着我,尽可能表示出敬意,然而却一声不吭,数秒钟后,仿佛坐立不安地独自离去了,撂下我一人与他夫人待在一起。她连忙向我伸出手来,可却不知这一亲切的举动的对象是谁,我这才恍然大悟，德·福古贝先生忘了我叫什么，甚或根本就没有认出我来，只不过出于礼貌，不想向我挑明，结果把引见演成了一出十足的哑剧。因此，我的行动并无更大的进展；怎能让一位连我的姓名都不知晓的妇人把我介绍给男主人呢？再说，我也不得不跟德·福古贝夫人交谈一会儿。这使我心烦，原因有二。其一，我并不打算在晚会待很长时间，因我已与阿尔贝蒂娜说妥（我给她订了一个包厢看《淮德拉》），让她在子夜前一点来看我。当然，我对她毫无依恋之情，我让她今晚来，只是顺应了一种纯粹的肉欲，尽管在这一年的三伏天，解放了的肉欲更乐于拜访味觉器官，尤其喜欢寻觅清凉。除了少女的吻，它还更渴望喝杯橘子饮料，游个泳，或者静静观赏那轮替天解渴的明月，月亮像只剥净的水果，鲜汁欲滴，不过，我想待在阿尔贝蒂娜身边——她使我想到了波浪的凉爽，却要把那许许多多迷人的脸蛋（因为亲王夫人举办的不仅仅是夫人的晚会，也是少女们的聚会）留在身后，不可避免地将令我惋惜。其二，威严的德·福古贝夫人长着波旁家人的嘴脸，郁郁寡欢，没有丝毫的魅力。

在外交部，人们并无恶意地说，这一家子是丈夫穿裙子，妻子穿短裤。不错，这话里的真实性超出了人们的想象。德·福古贝夫人，简直是个男子汉。她生就是这副样子，还是后天才变得如我看到的这副模样？这倒无关紧要，因为不管是先天所生还是后天所变，反正都是大自然创造的最动人心弦的奇迹之一，尤其是后天的变化，如此奇迹造成了人类与花卉彼此不分。倘若第一种假设——后来的德·福古贝夫人天生就是这副笨拙的男子相——能够成立，那么便是天性在耍花招，既慈悲，又狠毒，给少女披上一副假小子的伪装。不喜欢女色但又想改邪归正的少年欣然找到了一个未婚妻，壮实得像菜市场上的搬运工。倘若相反，这女人并非天生男人性格，那么便是她自己为讨夫君的欢心，甚或毫无意识地通过拟态，渐渐养成，就像有的花在拟态性作用下，给自己披上类似它意欲引诱的昆虫的外衣。她恨自己得不到爱，恨自己不是男人，于是便渐渐男性化了。除我们所关心的这一情况外，谁没发现有多少最正常不过的夫妻最终都变得性格相似，有时甚至互换了一副性格？从前有一位德国首相叫比洛夫亲王，他娶了一位意大利女人为妻。时间一长，在亲王身上，人们发现这位作为丈夫的日尔曼人渐渐养成了典型的意大利人的精明，而亲王夫人却慢慢染上了德国人的粗鲁。姑且不提我们所描绘的这些规律的特殊例子，谁都知道有那么一位杰出的法国外交官，他是在东方最享有盛誉的伟人之一，唯有其姓氏表明其籍贯所在。随着他日渐成熟，衰老，一个东方人竟在他身上脱颖而出，绝没有谁怀疑这位东方人，谁见到他，都会为他头上少戴了顶土耳其帽而遗憾。

还是言归正传，谈谈那位公使的陌生风尚吧，我们方才提及他那遗传变异而拙笨了的形象。不管是后天养成，还是先天造就，反正德·福古贝夫人成了一个典型的男人化身，其不朽形象就是巴拉蒂娜亲王夫人，她总是身着马服，不仅仅从丈夫身上汲取了男子气概，而且还从不爱女人的男子身上沾染了一些恶习，在一封封说三道四的信中，揭露路易十四宫廷中那些贵族大老爷之间的勾当。造成德·福古贝夫人一类女人身上出现男子气的另一个原因，就是她们遭受丈夫的遗弃，为此感到耻辱，致使身上所有的女性特征渐渐失却光泽。她们最终养成了丈夫所不具备的优点和毛病。随着丈夫日渐轻佻，愈来愈女子气，愈来愈不知趣，她们活像毫无魅力的雕像，变得男子气十足，而这种阳刚之气本应由丈夫来表现的。

耻辱、厌倦、愤懑的印记使德·福古贝夫人端端正正的脸庞黯然失色。糟糕，我感到她正饶有兴味且好奇地打量着我，简直像个讨德·福古贝先生欢心的年轻小伙子，既然渐渐衰老的丈夫如今更爱青春年少，她也就恨不得成为翩翩少年。她目不转睛地盯着我看，犹如外省人对着时新服饰用品商店的商品目录册，聚精会神地描着漂亮的画中人大小恰正合适的套头连衣裙（实际上，每一页画得都是同一个人，只不过由于变换服饰与姿态，造成错觉，看出像是许多各不相同的人）。花诱蜂的引力如此之大，推动着德·福古贝夫人向我靠近，她居然一把抓住我的胳膊，让我陪她去喝杯橘子饮料。可我连忙脱身，推托说我马上要走，可还没有见到男主人。

男主人正在花园门口与几位来客交谈，我离那儿并不太远。可这段距离令我生畏，简直比赴汤蹈火还要可怕。

花园里站着许多妇人，我觉得可通过她们引见一下，她们一个个装模作样，惊叹不已，实际上茫然不知所措。举办此类盛会，一般都是形式在前，待到第二天方能成为现实，因为第二天才引起未受邀请之人的关注。诸多文人都有一种愚蠢的虚荣心，一位名副其实的作家却无比虚荣，要是阅读一位对他向来推崇备至的批评家的文章，发现文中不见自己的名字，提的尽是些平平庸庸的作者，尽管文章可能不乏惊人之笔，他也不会有闲心再读下去，因为有作品需要他去创造。同样，一位上流社会的女人闲极无聊，无所事事，一旦在《费加罗报》上看到："昨日，盖尔芒特亲王夫妇举行了盛大晚会……"便会惊叫起来："怎么搞的！三天前我跟玛丽-希贝尔整整交谈了一个钟头，她竟然对我只字未提！"于是，她绞尽脑汁，想弄清自己到底有什么对不起盖尔芒特家。必须承认，亲王夫人的盛会有所不同，不仅引起未受邀请之人的惊讶，有时，受邀请的客人也同样觉得奇怪。因为她的晚会往往出人意外，爆出冷门，邀请一些被德·盖尔芒特夫人冷落了数年的客人。而几乎所有上流人士都是那么浅薄，每个人对待同类仅以亲疏论是非，请了的亲亲热热，不请的耿耿于怀。对这些人来说，尽管都是亲王夫人的朋友，若真的没有得到邀请，这往往是因为亲王夫人害怕引起"帕拉墨得斯"不满，因他早已把他们逐出教门。据此，我完全可以断定，她没有跟德·夏吕斯先生提起我，不然，我就不可能在场。德·夏吕斯先生正站在德国大使身旁，凭倚着花园门前通往宫邸的主楼梯的栏杆，尽管男爵身边围了三四个崇拜他的女人，几乎挡住了他，但来宾都得上前向他问好。他一一作答，直呼其姓。只听得一连串的问候声："晚上好，迪·阿塞先生，晚上好，德·拉都·迪品-维尔克洛兹夫人，晚上好，德·拉都·迪品-古维尔纳夫人，晚上好，菲利贝，晚上好，我亲爱的大使夫人……”不停的尖声问候不时被德·夏吕斯先生履行公务的嘱托与询问（他根本不听回答）所打断，这时，他的声音变得温和起来，假惺惺的，既表示冷漠，也稍带几分亲善：“注意小姑娘别受凉了，花园嘛，总有点儿潮气。晚上好，德·布朗特夫人。晚上好，德·梅克伦堡夫人。姑娘来了吗？她穿上那件迷人的玫瑰色连衣裙了吗？晚上好，圣谢朗。”当然，他这副姿态含着傲气。德·夏吕斯先生知道自己是盖尔芒特家族的一员，在这次盛会中举足轻重，比他人优越。但是，也不仅仅含有傲气，对具有审美情趣的人来说，倘若这盛会不是在上流人士府邸举行，而是出现在卡帕契奥①或委罗内塞②的油画中，那么，盛会这个词本身就会引起奢华感，好奇感。更有甚者，德·夏吕斯这位德国亲王可能会想象着这场盛会正在汤豪泽③的诗篇中举行，他俨然以玛格拉弗自居，站立在瓦尔堡的进口，降贵纡尊向每位来宾问候一声，来宾鱼贯进入城堡或花园，迎接他们的是百奏不厌的著名《进行曲》的长长的短句乐章。

可是，我怎么也得拿定主意。我清楚地认出了树下的几位女子，我跟她们多少有些交往，可她们仿佛个个变了模样，因为她们此时是在亲王府，而不是在她们的哪位表姊妹家，而且我也看到，她们此刻并不是面对萨克逊餐盘，而是坐在一棵栗树的树荫下。环境的优雅并不起任何作用。即使在“奥丽阿娜”府中环境逊色百倍，我心中照旧会混乱不堪。若在我们所处的客厅里，电灯突然熄灭，不得已换上油灯，那在我们眼里，一切便会变样。我被德·苏夫雷夫人引出了犹豫不决、进退两难的境地。“晚上

---

① 卡帕契奥（约1460—1525/1526），意大利文艺复兴早期威尼斯画派最伟大的叙事体画家。

② 委罗内塞（1528—1588），十六世纪威尼斯画派的主要画家和著名色彩大师。

③ 汤豪泽（约1200—约1270），德国抒情诗人。

好，”她边说边向我走来，“您是否很久没见到盖尔芒特公爵夫人了？”说此类话时，她尽量拿出一副腔调，表示并不像他人，纯粹是闲极无聊，无话找话，明明不知该谈些什么，却偏要提起两人都认识的哪位熟人，但往往又弄不清对方是谁，一而再，再而三，没完没了地跟您搭腔。与众不同的是，她的目光里延伸着一条细细的导线，分明在说：“别以为我没有认出您来。您这位年轻小伙子，我在盖尔芒特公爵夫人府上见过。我记忆犹新。”可是，这句话看似愚蠢但用心良苦，它在我头顶张开的保护网极不牢靠，我刚欲利用，它便倏然消失，荡然无存。若要到一位有权有势的人物面前为某人去求情，德·苏夫雷夫人往往表现不凡，在求情者的眼里，她像在抬举他，可在权贵看来，却又不像在抬举求情者，以致这一具有双重意义的姿态既能使后者对她感恩戴德，自己也不至于欠下前者的人情债。见这位夫人对我怀有好感，我斗胆求她把我介绍给德·盖尔芒特亲王，她利用男主人的目光尚未转向我们的当儿，慈母般地抓着我的双肩，虽然亲王脑袋扭了过去，根本看不着她，她还是对着他微微而笑，推着我向他走去，那动作说是在保护我，可却存心不成全，我还未及迈步，她就撂下我不管了。上流社会的人就是这样卑怯。

一位夫人直呼我的家姓，上前向我问候，显得更为卑怯。我一边与她搭腔，一边极力回忆她的姓名；我清清楚楚地记得曾和她共进过晚餐，她对我说过的话有些还没有遗忘。可是，尽管我把注意力伸向记忆残存的深处，却怎么也想不起她的芳名。然而，这姓名就存在于我的脑中。我的思想与它像玩起了游戏，企图先确定其范围，回想其起首的第一个字母，最后再整个儿弄个水落石出。然而枉费心机，我差不多感觉到它的存在与分量，可每当我想象它的形式，与蜷缩在我黑暗的记忆深潭中忧郁的囚犯对号入座时，便立即否认了自己：“这不对。”毋庸置疑，我的思维可创造出最难以记忆的姓名。可是，这里并不需要创造，而是要再现。倘若不受真实性所控制，任何思维活动都不费吹灰之力。而此处，我必须受其约束。可突然，整个姓氏出现了："德·阿巴雄夫人。"我不该说它出现了，因为我觉得它并非自动浮现在我的脑海。有关这位夫人，尚存许多模糊的记忆，我虽然不懈地求助于它们（比如激发自己的记忆，对自己这样说："噢，这位夫人就是德·苏夫雷夫人的好友，她对维克多·雨果佩服得五体投地，那么纯真幼稚，又那么诚惶诚恐"），可我也并不认为，这些在我和她的姓名之间跳跃不定的记忆，为驱使它的浮现起到了什么作用。当人们搜索枯肠，回忆某人的姓名，在记忆中大肆玩起"捉迷藏"游戏时，用不着采用一系列逐层近似估算法。开始，什么都模糊不清，可突然，准确的姓名出现了，与自以为猜准的姓名风马牛不相及。但并不是它自行出现在我们脑中。不，我还是认为，随着我们的生活一天天过去，我们度过的时光使我们渐渐远离了那姓名清晰可辨的区域，而通过激发自己的意志和注意力，增强了心灵透视的锐敏度，我才蓦然穿透了昏暗层，眼前豁然开朗。总而言之，即使在遗忘和记忆中间存在着过渡界线，这种过渡也是下意识的。因为在搜索到准确的名字之前，我们逐步猜想的名字其实都是错误的，弄得我们步步扑空。更有甚者，那些猜想的名字根本不成其为什么名字，往往只是几个简单的辅音，与搜索枯肠所得的姓名格格不入。不过，从虚无到真实的思维运动是多么神秘，也许不管怎么说，这些错误的辅音有可能就是探路的拐杖，笨拙地在前面摸索，帮助我们捕捉准确的名字。诸位读者也许会说："所有这些，与告诉我们这位夫人如何缺乏善心毫无关系嘛；既然您作了长篇大论，作者先生，请允许我再浪费您一分钟，我要告诉您，像您这样年纪轻轻（或者像您笔下的主人公那么年轻，如果主人公不是您本人的话），您就如此健忘，连一位极熟悉的女士的姓都记不起来，岂不令人恼火。"读者先生，这确实令人恼火。甚至比您想象的还更惨，待您感到，这样的时刻已经来临，姓名、词汇通通将从清晰的思维区消失，对自己最熟悉的人也最终喊不出姓名。这的确令人恼火，年纪轻轻，回忆熟人的名字，就得这么费劲。可反过来说，倘若只涉及一些颇为耳生、自然而然忘却的名字,一时记不起来,也不想费心去回忆,那这种缺陷倒不无好处。“什么好处,请您谈一谈。”哎,先生,须知唯有疾病本身才能教人去发现、了解并分析其机制,不然,永远都不可能打开它的奥秘。试想一个人像僵尸一样往床上一倒,迷迷糊糊睡到第二天才醒来,起床,他还会想到对睡眠进行重大探索,哪怕进行小小的一番思考吗?也许他都不太清楚自己是否在睡觉。稍微有点失眠,并非无益,它可品尝睡眠的滋味,在茫茫黑夜中放射出一点光芒。长盛不衰的记忆力并不是功率很强的推动研究记忆现象的继电器。“可德·阿巴雄夫人到底把您介绍给亲王没有?”没有,请安静,容我继续往下叙述。

德·阿巴雄夫人比德·苏夫雷夫人还更怯懦,但她的怯懦有情可原。她自知在社交上威信不高。她与盖尔芒特公爵曾经有过的那段私情使她本来就不高的声望大大降低,等到公爵把她一脚踢开,她干脆就名声扫地了。我请求她把我介绍给亲王,勾起了她的不快,造成她一时沉默不语,自以为这样沉默可以装作有听见我说的话,也未免太幼稚了吧。她恐怕都未察觉到自己气得紧皱眉头。也许恰恰相反,她已经有所察觉,对荒谬的请求不屑一顾,并据此给我上了一堂行事审慎课,却又不显得过分粗暴,我是说这是一堂无声的教训,并不比慷慨陈词缺乏说服力。

再说,德·阿巴雄夫人确实窝火:众多的目光不约而同地投向一个文艺复兴风格的阳台,阳台角上,并不见风行一时的纪念雕像,却探出了美貌非凡的德·絮希-勒迪克公爵夫人,其优美的丰姿并不比雕像有丝毫逊色,就是她不久前取代了德·阿巴雄夫人,成了巴赞·德·盖尔芒特的心上人。透过抵御夜寒的白色薄罗纱裙,可见她那胜似胜利女神的飘飘然柔美的身姿。

我只有求助于德·夏吕斯先生了,他已经走进底层的一个房间,可通往花园。此时,他装着在全神贯注地打一局模拟的惠斯特牌戏,这样他便可避免给人造成对他人视而不见的印象,我趁机尽情欣赏他那以简为美的燕尾，上面略有点缀，兴许唯有裁缝师傅才能识货，大有惠斯勒黑白《谐奏曲》一画的气派，其实不如说是黑、白、红的和谐，因为德·夏吕斯先生在一条宽宽的衣襟饰带上佩带着一枚马尔特宗教骑士团黑白红三色珐琅十字勋章。这时，男爵玩牌的把戏被德·拉加东夫人打断了，她领着侄子古弗瓦西埃子爵，青年人长着漂亮的脸蛋，一副放肆的模样。“我的好兄弟，”德·拉加东夫人说道，“请允许我向您介绍我侄儿阿达尔贝。阿达尔贝，你知道吧，这就是你常听说的赫赫有名的帕拉墨得斯叔叔。”“晚上好，德·加拉东夫人。”德·夏吕斯先生作答道。接着，他又添了一句“晚上好，先生”，眼睛看也没看年轻人一眼，态度粗暴，声音生硬得很不礼貌，在场的人不禁为之瞠目。也许，德·夏吕斯先生知道德·加拉东夫人对他的习性存有疑心，禁不住想含沙射影开开心，于是，他便干脆先堵住她的嘴，免得对她侄子接待亲热，会引起她添油加醋大肆渲染，同时，他也故作姿态，公然表示他对青年小伙子不感兴趣；也许他本来就不认为，那位阿达尔贝会毕恭毕敬地回报婶母的介绍；抑或他渴望日后能与这位如此令人愉快的朋友共闯深宫，不妨先来个下马威，就像君主们在采取外交行动之前，往往用军事行动来配合。

让德·夏吕斯接受我的请求，同意引见，这并不如我想象的那么难办。一方面，近二十年间，这位堂吉诃德曾与多少架风车（往往是他认为对他不敬的亲戚）激战，又多少次挡驾，把“不受欢迎的人”排斥在盖尔芒特家族这一家或那一家的大门之外，以致盖尔芒特家族的人都开始害怕会与他们所喜欢的朋友全闹翻，至死也不能与某些在他们感到好奇的新人交往，而这仅仅是为了迎合一位内弟或堂兄的毫无道理的深仇大恨，这位内弟或堂兄也许都恨不得大家为他而抛弃自己的妻子、兄弟、儿女。德·夏吕斯家族的其他人要更精明，发现人们对他排斥他人的苛求已经不放在心上，设想一下未来，真担心最终被抛弃的是他自己，于是开始作出部分牺牲，像俗话所说，开始“掉价”。另一方面倘若说他有能力，使得哪位讨厌的家伙一连几月，甚至几年过着单一的生活——谁要向这人发出邀请，他都绝不容忍，甚至会不自量力，敢像个搬运夫那样赤膊上阵，与王后作对，根本不在乎对方的身份对他不利——那么相反，因他动不动就大发雷霆，因此骂人的火药就不可能不四散无力。“蠢蛋，混账家伙！得教训教训他，把他扫到臭水沟里去，哎，这家伙，即使扫进了臭水沟，对城市卫生也会有害。”他常常这样破口大骂，甚至有时一人在家，读到自以为对他大不敬的来信或想起别人传给他的一句闲话，也会大骂一通。不过，一旦他对第二个混蛋发起火来，对第一个的怒气使就烟消云散，只要此人对他有所恭敬的表示，先前引起的危机还来不及怀恨结仇，便很快被忘得一干二净。因此，尽管他对我抱有怨气，我求他引我去见亲王，也许本来是可以成功的，可我偏偏出了一念之差，为了避免他以为我是冒冒失失撞进府来，求他说情，让我留下做客，我煞有介事地多说了一句：“您知道，我与他们很熟，亲王夫人对我十分客气。”“那好，既然您跟他们熟，还用得着我替您介绍吗？”他冷冷地回答我，立即转过身去，继续和教廷大使、德国大使及一位我素不相识的人物装着打惠斯特牌戏。

这时，从埃吉伊翁公爵昔日放养稀有动物的花园深处，透过敞开的大门，向我传来了一阵深呼吸的声音，仿佛恨不得一口气吸进满园春色。那声音渐渐靠近，我循声走去，不料耳边又响起了德·布雷奥代先生低低的一声“晚安”，这声音不像磨刀嚯嚯声，更不像糟蹋庄稼地的野猪崽的嗷嗷乱叫，而像是一位救星救急时的慰问。他不如德·苏夫雷夫人有权有势，但也不像她那样生性不乐于效劳，比起德·阿巴雄夫人，他和亲王的关系也要随便得多，也许，他对我在德·盖尔芒特家族所处的地位存有幻想，或许他比我自己还更了解我的地位举足轻重，可开始几秒钟，我难以吸引他的注意力，只见他鼻神经乳头不停抽搐，鼻孔大张，左顾右盼，单片眼镜后的那双眼睛瞪得滚圆，煞是好奇，仿佛面前有五百部奇观。不过，听清我的请求后，他欣然接受，领着我向亲王走去，一副美滋滋、郑重其事却又俗不可耐的样子，把我介绍给亲王，仿佛向他奉上一碟花式糕点，一边略加举荐。盖尔芒特公爵一高兴起来，待人有多和蔼、友好、随和、充满情谊，那么在我看来，亲王待人就有多刻板、正经、傲慢。他对我勉强一笑，严肃地叫了我一声："先生。"我常听公爵讥笑他表兄弟傲慢不逊。可是，亲王刚开始和我说了几句，那冷峻、严肃的语气与巴赞和蔼可亲的话语形成了极为强烈的对照，我马上便明白了，真正目中无人的正是一见面就与您"称兄道弟"的公爵，这两个表兄弟中，真正谦逊的倒是亲王。从他审慎的举止中，我看到了一种更为高尚的情感，我不是说平等相待，因为这对他是不可想象的，但至少是对下属应有的尊重，这就像在所有等级森严的圈子里，比如在法院、医学院，总检察长或"院长"深知自己身居要职，表面都显出一副传统的傲慢气派，可内心里比起那些佯装亲热的新派人物来，实际上要更真诚，若与他们相处熟了，就会觉得他们为人更善良，待人更友好。"您是否打算继承令尊先生的事业?"他问我，神态冷淡，但又不乏兴趣。我猜想他这样问我只是出于礼貌，于是我简明扼要给予回答，然后即离开了他，让他接待新到的来宾。

我一眼瞥见了斯万，想和他攀谈几句，可恰在这时，我发现盖尔芒特亲王没有站在原地接受奥黛特丈夫的问候，一见面，就像抽水泵那样有力，猛地把他拖到了花园深处，有人传说，甚至"要把他撵出门外"。

上流社会的人都是那么心不在焉，直到第三天，我才从报上得知一个捷克乐团两天前演了整整一个夜场，同时了解到孟加拉战火继续不断燃烧，眼下，我又集中了几分注意力，想去观赏一下著名的于贝尔·罗贝喷泉。

喷泉位于林间空地的一侧，周围树木环绕，树木美不胜收，不少树与喷泉一样古老。远远望去，喷泉细长的一股，静止不动，仿佛凝固了一般，微风吹拂，才见淡雅、摇曳的薄纱悠悠飘落，更为轻盈。十八世纪赋予了它尽善至美的纤纤身段，可喷泉的风格一旦固定，便似乎断绝了它的生命。从此处看去，人们感觉到的与其是水，毋宁说是艺术品。喷泉顶端永远氤氲着一团水雾，保持着当年的风采，一如凡尔赛宫上空经久不散的云雾。走近一看，才发现喷泉犹如古代宫殿的石建筑，严格遵循原先的设计，同时，不断更新的泉水喷射而出，本欲悉听建筑师的指挥，然而行动的结果恰似违背了他的意愿，只见千万股水柱纷纷喷溅，唯有在远处，才能给人以同一股水柱向上喷发的感觉。实际上，这一喷射的水柱常被纷乱的落水截断，然而若站在远处，我觉得那水柱永不弯曲，稠密无隙，连续不断。可稍靠近观望，这永不中断的水柱表面形成一股，可实为四处喷涌的水所保证，哪里有可能拦腰截断，哪里就有水接替而上，第一根水柱断了，旁边的水柱紧接着向上喷射，一俟第二根水柱升至更高处，再也无力向上时，便由第三根水柱接替上升。附近，无力的水珠从水柱上洒落下来，途中与喷涌而上的姊妹相遇，时而被撞个粉碎，卷入被永不停息的喷水搅乱了的空气涡流之中，在空中飘忽，最终翻落池中。犹犹豫豫、反向而行的水珠与坚挺有力的水柱形成鲜明对比，柔弱的水雾在水柱周围迷濛一片，水珠顶端一朵椭圆形的云彩，云彩由千万朵水花组成，可表面像镀了一层永不褪色的褐金，它升腾着，牢不可破地抱成一团，迅猛冲天而上，与行云打成一片。不幸的是，只要一阵风吹来，就足以把它倾倾斜斜地打回地面；有时，甚至会有一股不驯的小水柱闯到外面，若观众不敬而远之，保持适当距离，而是冒冒失失、看得入神，那准会被溅个浑身透湿。

这类意外的小插曲一般都在刮风时发生，其中有一次弄得相当不快。有人告诉德·阿巴雄夫人，说盖尔芒特公爵——实际上还未到——正和德·絮希夫人在玫瑰大理石画廊，去画廊，需经过耸立在喷池栏旁的双排空心列柱廊。德·阿巴雄夫人信以为真，可正当她要走进其中一个柱廊的时候，一股强烈的热风刮弯了水柱，把美丽的夫人浇得浑身湿透，水从袒露的低领流进了她的裙服，像被人投进水池一般。这时，离她不远的地方，响起节奏分明的哞叫声，这声音大得浩荡的大军都能听见，但却拉成一段段，似乎并不是向整个大军，而是依次向一支支小部队发出的；原来是符拉季米尔大公看见德·阿巴雄夫人被淋，正在纵声大笑，事后，他常说，这真是最开心的一件事，一辈子也看不够。几个好心人提醒这位莫斯科人，该说句表示抚慰的话，她听了准会高兴，可这位妇人虽然已经年满四旬，却不向任何人求救，她一边用披巾揩着身上的流水，顾不得那落水像恶作剧似的打湿了喷池的护栏，独自离去。大公心地还算善良，觉得确实应该抚慰一番，头一阵威震全军的大笑刚刚平息下来，便又响起比第一次更有过之而无不及的嚎叫声。“了不起，老太婆！”他像在剧院一样，击掌高喊。德·阿巴雄夫人不在乎别人牺牲她的青春以夸奖她的灵活。有人正在同她说话，却被喷泉的水声冲淡了，然而，大公大人的雷声又压倒了水声：“我以为亲王殿下跟您说了点什么。”“不！是跟德·苏夫雷夫人说的。”她应声答道。

我穿过花园，又登楼梯，由于亲王不在场，不知和斯万到哪儿去了，楼梯上围着德·夏吕斯的来宾越来越多，就像路易十四一旦不在凡尔赛宫，王弟殿下宫中的来客就多了起来。我上楼时被男爵喊住，而此时在我的身后，又有两位夫人和一位年轻公子挤过来想向他道安。

“在这儿见到您，真可爱！”他一边向我伸过手来，一边说，“晚上好，德·拉特雷默伊夫人，晚上好，我亲爱的埃米尼。”他无疑想起了刚刚以盖尔芒特府邸主人的身份与我说过话，于是又顿生一念，想摆出一点姿态，对本来令他不悦的事表露出几分满意，可他生就一副大老爷的放肆气派，闹腾起来简直像个歇斯底里病患者，话中不由自主地带上了过分挖苦的口气：“真可爱，”他继续说道，“可也特别滑稽。”说罢，他朗声大笑，似乎一方面表示他心情欢悦，而另一方面又表示人类语言难以传达其欢快心情。这时，有的人看透了这家伙，知道他难打交道，而且十分放肆，出口伤人，本来都好奇地和他套近乎，结果却几乎丢了体面，不由得抬腿就走。“噢，别生气了，”他轻轻地拍着我的肩膀对我说，“您知道，我很喜欢您。晚上好，昂迪奥施，晚上好，路易-勒内。您去看过喷泉了吧？”那口气与其是在询问，倒不如说是在证实。“很美，是吧？真是妙极了。本来还可以再好些，当然，有的玩艺儿要是去掉，那它在法国就无与伦比了。不过，就现在这样子，就已经属于最佳之列。布雷奥代肯定会对您说，不该挂上灯，这无非是想让人忘记当初出那馊主意的就是他自己。不过，总的说来，还好，被他弄得只稍微丑了点。要改造一件杰作比创造一件难多了。再说，我们心中多少都有点儿数，布雷奥代不如于贝尔·罗贝有能耐。”

我又加入了来宾行列，客人们正一一步入宫邸。“您和我那可爱的弟媳奥丽阿娜已经很久没见面了吧？”亲王夫人问我道，她刚刚离开了进口处那把座椅，我与她一起回到了客厅。“她今晚会来的，我今天下午见到了她，”女主人继续说道，“她答应我要来的。此外，我想星期四您要和我们俩一起去大使馆参加意大利王后的晚宴。到时能出场的王亲国戚都会赴宴，场面肯定很吓人。”任何王亲国戚都吓不倒盖尔芒特亲王夫人，她沙龙里聚集过的何其多。当她称呼“我的小科布格”，那简直就像在呼叫“我的小狗”。因此，盖尔芒特亲王夫人嘴上说“场面肯定很吓人”，那纯粹是蠢话，在上流社会的人身上，比起虚荣心来，愚蠢还是占上风。有关她的家谱，她自已知道的还不如一位普通的历史教师多。至于她所结识的人，她尽量显得连别人送给他们的绰号也掌握得一清二楚。亲王夫人问我下星期是否要去参加常被称为“波姆苹果”的德·拉波姆利埃侯爵夫人举办的晚宴，听我给以否定的回答，一时说不上话来。后来，无疑是情不自禁，想炫耀一番自己见多识广，结果反倒暴露了她平平庸庸，与常人无异，她又添了一句：“那只‘波姆苹果’，可是个相当令人愉快的女人！”

正在亲王夫人与我闲聊的当儿，盖尔芒特公爵和夫人走了进来。可我无法抽身上前迎接他们，因为土耳其大使夫人路上拉住了我，她向我指着刚刚离开的女主人，紧握着我的胳膊，连声赞叹：“啊！亲王夫人，多美的女人啊！盖世无双！我觉得，若我是个男人，”她带着几分东方式的粗俗和淫荡又添了一句，“我定将把自己的一生献给这位绝代佳人。”我回答说，她确实迷人，可我和她的弟媳公爵夫人更熟。“可这毫无关系，”大使夫人对我说，“奥丽阿娜是个上流社会风流女子，继承了麦麦和拔拔尔的性情，而玛丽-希尔贝，则是个‘人物’。”

我生就讨厌别人这样不由分说，教训我该对我的熟人持怎样的看法。再说，对盖尔芒特公爵夫人的价值，土耳其大使夫人的看法没有任何理由会比我的更可信。另一方面，我对大使夫人如此恼火，那是因为一个普通关系，乃至一位好友的恶习对我们来说简直就是货真价实的毒品，幸亏我们都“服了人工耐毒剂”。这里，用不着搬出任何科学比较的仪器，奢谈什么抗原过敏性，暂且这么说吧，在我们友好的或纯粹社交性的关系中，总存在着某种暂时治愈的敌意，可弄不好就会复发。平时，只要人还是“自然的”，那就很少受这些毒品之苦。土耳其大使夫人只要用“拔拔尔”、“麦麦”来指她不熟悉的人，便马上会使“人工耐毒剂”失效，可平时，全仗了这些玩艺儿，我才觉得她勉强可以容忍。她惹我生气，实际上这更不应该，因为她跟我那样说话，其目的并非想让人觉得她是“麦麦”的好友，而是因为学得太匆忙，以为这是当地习惯，居然用绰号称呼起贵族老爷来。她呀，不过只上了几个月的课，并没有循序渐进地学。

可我仔细想想，我不乐意待在大使夫人身旁，还有另一原因。不久前在“奥丽阿娜”府中，也是这位外交人物神情严肃、煞有介事地亲口对我说，盖尔芒特亲王夫人实在让她反感。我觉得还是不必细究她态度骤变的原因为好：只不过是今晚的盛会邀请了她的缘故。大使夫人赞不绝口，对我称道盖尔芒特亲王夫人是位绝代佳人，完全是肺腑之言。这是她一贯的想法。不过，在这之前，她从未受到邀请到亲王夫人府上做客，因此，她认为对这类不受邀请的冷落，原则上应表示故意的克制。既然如今受到了邀请，且从此可能成为惯例，她当然可以自由表达自己的好感了。要解释对他人的看法，有四分之三的原因根本无须从情场失意、政坛受挫这方面去寻找。品头论足本无定评:接受或拒绝邀请却可一锤定音。再说,按照正与我一道视察沙龙的盖尔芒特公爵夫人的说法,土耳其大使夫人“干得很出色”。尤其是她特别派得上用场。上流社会名副其实的明星已经倦于露面。渴望见其一面的人往往不得不漂洋过海,到另一个半球去,那些明星在那儿几乎孑然一身,无以相伴。然而,像土耳其大使夫人这样刚刚跻身于上流社会的女人,会不失时机到处大出风头。对此类称作晚会、交际会的社交场合,她们可派上用场,她们哪怕像个垂死的人似的在里面任人摆布,也不愿失去露面的良机。她们兴头十足,从不错过一个晚会,是任何人都可信赖的配角。那些愚蠢的公子哥不知这些假明星的底细,把她们奉为社交皇后,真该给他们上堂课,向他们解释解释为何远离上流社会、洁身自好、不为他们所知的斯当迪许夫人至少可与杜尔维尔公爵夫人媲美,也是一位贵妇人。

在平常的日子里,盖尔芒特公爵夫人的两只眼睛总是茫然若失,含有几分忧郁,只有当她不得已要向某个朋友问安,才闪现出一道机智的光芒,仿佛友人仅是一句妙语,一股魅力,一道无可挑剔的佳肴,品尝之后,行家的脸上顿时美滋滋地喜形于色。可是,在盛大晚会上,需要问安的人太多,她觉得每问候一次,机智的光亮便要熄灭一回,这未免太烦人。于是,就好比一位文艺鉴赏家,每次去剧院观看哪位戏剧大师的新作,为了表示肯定不会白过一个晚上,待他把衣帽交给女引座员后,便调整好嘴唇的部位,擦亮眼睛,时刻准备报以机敏的微笑,投之狡黠的赞许目光;公爵夫人正是这样,她一到,便为整个晚会生辉。她脱下礼服外套——一件提埃波洛①风格的华丽的红色大衣,露出红宝石项链,真像一副枷锁套在脖子上,然后,奥丽阿娜这位上流社会的女子,用女裁缝似的目光,迅速而又仔细地从头到脚看了自己的裙服一眼,继又检查一番,确保自己的双眸像

① 提埃波洛(1696—1770),意大利画家,十八世纪最优秀的大型装饰画家。

身上的其他珠宝一样熠熠闪光。几位“饶舌”之徒，比如德·儒维尔，冲上前去，试图挡住公爵，不让他进府：“难道您不知道可怜的玛玛已经生命垂危了？刚刚给他用了药。”“我知道，我知道。”德·盖尔芒特公爵边说边推开讨厌的家伙往里走。“临终圣体起了起死回生的妙用。”一想到亲王晚会后的舞会，他暗暗打定主意决不错过，不禁高兴得微微一笑，又补充了这么一句。“我们可不乐意别人知道我们已经回来了。”公爵夫人对我说。她万万没有料想到亲王夫人已经告诉过我，说她刚刚见了弟媳的面，弟媳答应她一定来，从而宣告了她说的这番话无效。公爵瞪起眼睛，盯了他妻子整整五分钟，叫她真受不了：“我已经把您的疑虑都告诉奥丽阿娜了。”既然现在她已经明白种种疑虑都不成立，更用不着采取什么步骤加以消除，于是，她便大谈特谈这些疑虑如何荒唐，取笑了我好一阵子。“总是疑心您没有受到邀请！可哪一次都请了！再说，还有我呢。您以为我没有能耐让人邀请您到我嫂子家做客吗？”我必须提一句，她后来确实经常为我做一些比这还要更棘手的事；不过，我当时只是把她这番话理解为我办事过分谨小慎微。我开始领悟到贵族表示亲热的有声或无声语言的真正价值，甜言蜜语的亲热给自感卑贱的人们一帖安慰剂，却又不彻底消除他们的自卑，因为一旦消除了他们的自卑感，也许就没有理由表示亲热了。“可您跟我是平等的，要不更强。”盖尔芒特家族的人以自己的所作所为，似乎这样宣告；而且他们好话说尽，令人难以想象，其目的完全是为了得到爱戴，得到赞美，并不是为了让人相信。倘若能识破这种亲热的虚假性质，那便是他们所称的素有修养；倘若信以为真，那便是教养不良。就在不久前，我在这方面有过一次教训，最终使我精确至极地学到了贵族表示亲热的某些形式及其适用范围和界限。那是在蒙莫朗西公爵夫人为英国女王举行的一次午后聚会上；去餐厅时，大家主动排起一个不长的行列，走在队首的是女王，胳膊挽着盖尔芒特公爵。我恰在这时赶到。公爵虽然离我至少有四十米，但仍然用那只空着的手对我极尽招呼与友好的表示，那样子像是在告诉我不必害怕，可以靠近一些，不会被人当作夹着柴郡干酪的三明治吃了。但是我，在宫廷语言方面已经开始老练起来，连一步也没有向前靠，就在距他四十米的地方深深鞠了一躬，但没有笑容，仿佛是面对一位似曾相识的人行礼，接着朝相反的方面继续走自己的路。对我的这一致意方式，盖尔芒特家族的人倍加赏识，即使我有能耐写出一部杰作，也未必得此殊荣。它不仅没有逃出公爵的眼睛——尽管这一天他不得不向五百余人还礼——而且也没有躲过公爵夫人的目光，她遇到我母亲后，把事情的经过一五一十全告诉了我母亲，但就是只字不提我那样行事不对，应该上跟前去。她对我母亲说，她丈夫对我这样致意赞叹不已，说再也没有比那更得体了。人们不停地为这一鞠躬寻找各种各样的优点，可就是无人提起明显是最为珍贵的一点，即举止审慎；人们也对我赞不绝口，我明白了这种种赞誉之词与其说是对过去的奖赏，毋宁说是对将来的一种引导，就像出自某一教育学校校长之口的微妙之辞："别忘了，我亲爱的孩子们，这些奖品是奖给你们的，但更是奖给你们父母的，为的是让他们在下一学年再送你们来上学。"德·马桑特夫人就是这样，当外社团的某个人踏入她的圈子，她每每要在此人面前大吹特吹那些举止审慎的人，说"需要找他们的时候，准能找到他们，不需要找他们的时候，他们让人放心"，这简直就像在间接地告诫一位浑身臭烘烘的家仆，洗澡对身体健康有百利而无一害。

就在德·盖尔芒特夫人离开门厅前，我与她闲聊时，我听到了一种嗓音，从此之后，这嗓音我怎么都能辨别清楚，决不可能出任何差错。这是德·福古贝先生和德·夏吕斯先生在特殊场合的窃窃私语声。一位临床医生根本用不着候诊的病人掀起衬衣，也无须听诊他的呼吸，只要听听其嗓音，就足可以确诊。后来，我在沙龙里曾多少次听到某个人的声调或笑声，往往为之感到诧异，他虽然极力模仿自己的职业语言或所在圈子里的人的举止风度，故作庄重高雅的姿态，或装出一副粗俗随便的模样，但凭我这双训练有素，像调音师的定音笛般灵敏的耳朵，从那虚假的声音中，足可分辨出“这是一个夏吕斯式的人物”！这时，一家使馆的全体人员走了过来，向德·夏吕斯先生致意。尽管我发现上面提及的此类病态仅仅是当天的事(当我发现德·夏吕斯先生和絮比安的时候)，但要作出诊断，也无须提问，无须听诊。不过，与德·夏吕斯先生交谈的德·福古贝先生显得捉摸不定。可是，经历了少年时代似懂非懂的阶段之后，他早该明白自己是在与什么打交道了。同性恋者往往以为世上唯有自己以这种方式作乐，可后来又误以为——又是一个极端——唯有正常人例外。但是，野心勃勃而又胆小怕事的德·福古贝先生沉湎于这种于他也许是种享受的乐趣，时间并不很久。外交生涯对他的生活产生了影响，使他规规矩矩。加之在政治科学学校寒窗苦读，从二十岁开始，他就不得不一直过着基督徒似的清白生活。殊不知任何感官一旦不用，就会失其功能和活力，渐渐萎缩，德·福古贝先生正是这样，如同文明人再也不能施展洞穴人的体力和敏锐的听力，他丧失了德·夏吕斯先生身上所具备的那种很少发生故障的特殊洞察力。在正式宴席上，无论在巴黎还是在外国，这位全权公使甚至再也不敢相信那些身着制服、衣冠楚楚的人物实际上与他同属一类。德·夏吕斯先生喜欢对他人指名道姓，可一旦有人抬举他的嗜好，他便怒气冲冲，他点了几个人的名字，使德·福古贝先生惊喜交集。这并非因为经历了漫长的岁月之后，他想入非非，试图利用天赐良机。而是这三言两语的指点，确实渐渐改变了某公使团或外交部某部门的面貌，想起来像耶路撒冷圣殿或苏萨的御殿一般神秘，恰似在拉辛的悲剧中，指点阿塔莉弄清了若亚斯与大卫是同一种族，告诉阿布纳“身居王后之位”的爱丝苔尔有“犹太种族”的血亲。见大使馆的年轻成员纷纷上前与德·夏吕斯先生握手，德·福古贝先生看样子感慨万千，犹如《爱丝苔尔》①一剧中的埃莉

① 拉辛的三幕悲剧。

丝在惊叹：

天哪！这么众多天真无邪的英姿佳丽，
四面八方蜂飞蝶舞在我眼前成群结队！
多么可爱的羞色在她们脸上尽情描绘！

接着，他渴望再了解一点“内情”，微笑着向德·夏吕斯先生投去狡黠的一瞥，既在探询，又充满欲念。“噢，瞧您，当然的事。”德·夏吕斯先生一副博学者无不通晓的神气，像是在对一个毫无学识的蠢货说话。可德·福古贝先生两只眼睛再也不离开那些年轻的秘书，使德·夏吕斯先生大为恼火，驻法某使馆的大使是位老手，这些秘书当然不是他随随便便挑来的。德·福古贝先生一声不吭，我只观察着他的目光。可我从小就习惯提供古典戏剧的语言，甚至可让无声之物说话，于是，我指使德·福古贝的眼睛说起话来，这是爱丝苔尔向埃莉丝解释马多谢出于对自己信仰的虔诚，坚持在王后身边只安排与他宗教信仰同一的姑娘的那段诗句：

然而他对我们民族的爱恋，
让锡永的姑娘云集在宫殿，
柔嫩的鲜花被命运之风摇曳，
像我一样被移栽头顶一天异色，
在一个与世俗隔绝的地方，
他（大使阁下）精心管教把她们培养。

德·福古贝先生终于不再用自己的目光，开口说话了。“谁知道，”他忧伤地说：“在我所驻的国度，是否也存在这种事？”“很可能。”德·夏吕斯先生回答道，“是从狄奥多西国王开的头，尽管我对他的实情毫无所知。”

“啊，绝对不可能！”“那么，他就不该摆出那么一副样子。他总是装模作样。‘嗲声嗲气’，我最讨厌那副样子。要我跟他上街，我都不敢。再说，您应该很了解他是个什么人，他可像只一身白毛的狼，赫然入目。”“您完全错看了他。不过，他确实挺有魅力。与法国签署协约那一天，国王还拥吻了我。我从来没有那么激动过。”“那正是时机，跟他倾诉一番您心中的欲望。”“啊！主啊，多可怕，要是他稍有疑心，那还了得！不过，我在这方面没什么害怕的。”我离得不太远，这些话听得一清二楚，不禁使我在心头默默地咏诵起来：

国王直至今日尚不知我是谁，
这一秘密始终紧锁着我的嘴。

这场半无声半有声的对话只持续了片刻，我与盖尔芒特公爵夫人在客厅也才走了几步，公爵夫人便被一位美貌绝伦、身材娇小的棕发夫人拦住了：“我很想见到您。邓南遮从一个包厢里瞧见了您，他给T亲王夫人写了一封信，说他从未见过如此美丽的尤物。只要能与您交谈十分钟，他死了也心甘。总之，即便您不能或不愿见面，那信就在我手中，您无论如何要给我确定个约会时间。有些秘密的事儿，我在这里不能说。我看得出您没有认出我来，”她朝我添了一句，“我是在帕尔马公主府中（可我从未去过）认识您的。俄国大帝希望您父亲能被派到彼得堡去。要是您星期二能来，伊斯沃尔斯基正好也在，他会跟您谈此事的。我有份礼物要赠送给您，亲爱的，”她又朝公爵夫人转过身子，继续说道，“这份礼物，除了您，我谁都不送。这是易卜生三部戏剧的手稿，是他让他的老看护给我送来的。我留下一部，另两部送给您。”

盖尔芒特公爵并没有对这份厚礼感到欣喜。他弄不清易卜生或邓南遮是死人还是活人，反正看到不少小说家、剧作家前来拜访他的夫人，把她写到各自的作品中去。上流社会人士总是喜欢把书看成一种立方体,揭开一面,让作家迫不及待地把认识的人“装进去”。这显然是不正当的,而且只不过是些小人而已。当然,“顺便”见见他们也并无不可,因为多亏他们,若有暇读书或看文章,就可以看清其中“底牌”,“揭开面具”。不管怎么说,最明智的还是与已经谢世的作家打交道。德·盖尔芒特先生认为,唯有《高卢人报》上专书悼亡的那位先生“最最得体”。若公爵报名参加葬礼,那位先生无论如何得把德·盖尔芒特先生的大名登在参加葬礼的“要人”名单的榜首,但仅此而已。如果公爵不大愿意列名,他也就不报名参加殡仪,只给死者亲属寄去一封唁函,请他们接受他最深切的哀悼。要是死者亲属在报上发表了“来信表示悼念的有盖尔芒特公爵等等”这一消息,那绝不是社会新闻栏编辑的过错,而是死者的儿女、兄弟、父亲的罪过,公爵称他们是些不择手段往上爬的家伙,下决心从此不再与他们来往(拿他的话说,不与他们“发生纠葛”,可见他没有掌握熟语的确切含义)。不过,一听到易卜生和邓南遮的名字,加之他们是死者还是活人还不清楚,不禁使公爵皱起眉头,他离我们并不太远,不可能没有听到蒂蒙莱昂·德·阿蒙古夫人五花八门的甜言蜜语。这是一位迷人的女子,才貌双全,动人魂魄,无论是才还是貌,择其之一就足以令人倾倒。可是,她并不是出身于她如今生活的这个圈子,想当初一心只向往文学沙龙,只与大作家结交,先后做过每一位大文豪的女友——绝不是情人,她品行极为端正——大文豪们都把自己的手稿赠送给她,为她著书立说,是偶然的机会把她引入圣日尔曼区,当然,这些文学方面的特权也为她提供了诸多方便。如今,她地位不凡,用不着去讨人喜欢,只要她一露面,就可博得青睐。可是,她已经习惯于周旋、要手腕,为人效劳,如今尽管已无必要,但仍然一如既往。她常有国家机密要向您透露,总有权贵要介绍您结识,不断有大手笔的水彩画要赠送给您。在所有这些毫无必要的诱惑之中,确有几分虚假,但却给她的一生书写成一部错综复杂、闪闪发光的喜剧,她确实有能耐促成众多省长和将军的任命。

盖尔芒特公爵夫人在我身边走着，一任她那天蓝色的目光在前方波动，但波光茫茫，以避开她不愿结交的人们，远远望去，她不时隐约地感到，他们兴许是充满危险的暗礁。我们俩在来宾的人墙中间向前走去，他们明知永远不可能结识“奥丽阿娜”，却如获至宝，无论如何要把她指给自己的妻子瞧瞧：“卮休尔，快，快，快来看德·盖尔芒特夫人，她正同那位年轻人谈话呢。”只觉得他们恨不得登上座椅，好看个清楚，仿佛在观看七月十四日的阅兵仪式或大奖颁发仪式。这并非因为盖尔芒特夫人的沙龙比她堂弟媳的更有贵族气派，而是因为前者的常客，后者从不愿邀请，尤其是她丈夫的缘故。德·拉特雷默伊耶夫人和德·萨冈夫人的知己阿尔方斯·德·罗特希尔德夫人，她就决不会接待，虽说奥丽阿娜自己常去德·萨冈府中。对希施男爵也是如此，威尔斯亲王常领他去公爵夫人府上，而不带他去见亲王夫人，因为他十有八九会让她不悦；还有几位波拿巴派，甚或共和派的名流，公爵夫人对他们很感兴趣，可亲王这位坚定的保皇党人就恪守原则，不愿接待他们。他的反犹太主义立场也是出于原则，再有盛名的名流雅士都休想使之屈服。他之所以接待斯万，而且一直视为朋友，盖尔芒特家族中也唯有他称之为斯万，而不叫查理，是因为他知道斯万的祖母原本是位新教徒，后嫁给了一位犹太人，曾是贝里公爵的情妇，这样一来，他常常说服自己相信斯万的父亲是亲王的私生子这一传说。倘若这一假设成立——实际上纯属无稽之谈——斯万身上就只有基督教徒的纯血统了，其父是天主教徒，而其父本身则是波旁王族的一位男人与一位女天主教徒所生。

“怎么，您没有见过这等富丽堂皇？”公爵夫人跟我谈起我们所在的府邸时这样问我。可大大赞美了一番她嫂子的“宫殿”之后，她又迫不及待地补充说，她宁愿待在“自己那个简陋的小窝里”，比这里要强千百倍。“这里‘参观参观’确实可观，可这卧室里，曾发生过多少历史悲剧，让我睡在里面，非抑郁致死不可。那情景就好似软禁在布卢瓦堡、枫丹白露或卢浮宫，被世人遗忘了，排忧解愁的唯一办法就是自言自语，庆幸自己住在莫纳代契惨遭暗杀的房间里。一杯甘菊茶，怎么能解忧伤。瞧，德·圣德费尔特夫人来了。我们刚刚在她府上用过晚餐。她明天要举办每年一次的盛大聚会，我以为她早上床休息了呢。她不肯错过一次晚会。若晚会在乡间举行，她也会登上马车赶去，而不愿错过机会。”

实际上，德·圣德费尔特夫人今晚赴宴，与其说是为了不错过他人府上举办的聚会，毋宁说是为了确保自己盛会的成功，搜罗最后一批志愿赴会者，同时也是以某种方式在最后时刻检阅一下次日将光临她游园会的人马。的确，不少年来，圣德费尔特家聚会的宾客早已今非昔比。想当年，盖尔芒特圈子里的显贵女人并不算多，但由于受到女主人的热情款待，她们渐渐领来了各自的女友。与此同时，德·圣德费尔特夫人府上朝相反的方向慢慢发展，风雅社会的朋友人数逐年减少。这一次，这位不见了，接着，另一位又不再露面。像“烤面包”一样，一批又一批走了，不消多长时间，这儿的聚会便无声无息了，可恰是多亏了这一点，可以放心邀请那些被排斥的圈外人来此共享欢乐，用不着费神去请体面的人士。他们又有什么可以抱怨的呢？在这儿，他们不是可以享受“Panemet Circenses”①花式糕点和优美的音乐节目吗？前后几乎形成鲜明对比，圣德费尔特沙龙当初开张时，是两位流亡的公爵夫人，犹如两根女像柱，支撑着摇摇欲坠的沙龙大梁，可最近几年，只见两位极不得体的人物混杂在上流社会中：年迈的德·康布尔梅夫人和一位建筑师的妻子，这位女子声音甜美，人们往往禁不住邀她歌唱几曲。她俩在圣德费尔特夫人府中再也没有一个熟人，为自己的女伴一个个不见踪影而悲戚，觉得自己碍手碍脚，看样子像两只未能及时迁徙的燕子，时刻可能冻死。来年，她们便没有受到邀

① 拉丁语，意为“面包与娱乐”。

请。德·弗朗克多夫人设法为她那位酷爱音乐的表姐求情。可她未能得到更为明确的答复,只有短短的这么一句回话:“要是您觉得音乐有趣,谁都可以进来听嘛,这又不犯罪!”德·康布尔梅夫人觉得这种邀请不够热切,也就作罢了。

德·圣德费尔特夫人苦心经营,把一个麻风病院般的沙龙变成了一个贵夫人的沙龙——最新时式,看去极为美妙——可人们也许感到奇怪,她第二天就要举办本季最引人瞩目的盛会,难道还有必要在前夕来向她的人马发出最高号令?原因是圣德费尔特沙龙的显赫地位只被一帮人所承认,他们从不参加任何聚会,唯一的交际生活就是阅读《高卢人报》或《费加罗报》上发表的白昼或晚间聚会的盛况报道。对这些仅通过报纸观看大千世界的“上流社会人士”来说,只要报上提一提英国、奥地利等国的大使,提一提于塞斯、拉特雷默耶公爵夫人等等,就会以为圣德费尔特沙龙为巴黎沙龙之最,而实际上它只不过是个末流沙龙。这并非因为报上发表的是欺世之言。上面列举的人士确实大多出席了聚会。不过,他们都是经过对方再三恳求,一再表示好意、提供方便后才参加聚会的,每个人都觉得自己的到来可为德·圣德费尔特夫人增添无限荣光。这类沙龙,不要说主动登门,就是躲还来不及呢,可以这么说,人们是不得已去帮个忙,它们只能蒙骗《社交新闻栏》的女读者,给她们造成假象。但一次真正的雅会却从她们眼皮底下溜过去,女主人本可以请来所有公爵夫人,而且她们也恨不能“被选中”,然而女主人却只择请两三位。更有甚者,这类女主人毫不了解或干脆蔑视今日的广告力量,不在报上刊登来宾的姓名,因此,她们在西班牙王后眼里风度优雅,可却鲜为众人所知,因为西班牙王后了解她们的身份,而大众并不知她们的底细。

德·圣德费尔特夫人不属于此类女主人,作为采蜜老手,她为第二天的聚会前来采摘、网罗宾客。德·夏吕斯先生不在采集之列,他一向拒绝登她的家门。不过,他闹翻的人不计其数,德·圣德费尔特夫人可以将他拒不赴会归咎于性格不合。

当然，倘若事关奥丽阿娜一人，德·圣德费尔特夫人很可能不会亲自出马，因为邀请之声切切，而接受者却故作姿态翩翩，在此类表演中，最为出色的首推那些院士，候选人走出他们府邸时总不免感激涕零，坚信可以得到他们的一票。可涉及的不仅仅是她一人。阿格里让特亲王会来吗？还有德·迪福夫人？为防不测风云，德·圣德费尔特夫人觉得还是亲自走一趟更为稳妥。对有的人，她来软的，好言相劝，对有的人则动硬的，厉声强求，但对其他所有人，她都隐言相告，等待着他们的将是难以想象的乐趣，机不可失，时不再来，并保证每一位都可以在她家遇到各自渴望或急需结识的人物。她一年一度——犹如古代社会的某些法官——行使的这种职权，作为第二天就要举办本时令最为瞩目的游园聚会的人物的这种职权，赋予她一种暂时的权威。她的名单已经拟定，封死，她慢步走遍了亲王夫人的每间客厅，先后凑近每位宾客的耳朵，往里灌一句："您明天不要忘了我。"与此同时，要是瞥见了哪位必须回避的丑八怪或乡绅，她就趾高气扬地扭过头去，但满脸却继续堆笑，这种乡绅往往是有人出于同窗之情，让他们进入"希尔贝"府中，然而为她的游园会却不会增添任何光彩。对这类人物，她喜欢暂不搭理，以便事后可以解释："我是口头邀请宾客的，可惜没有遇到您。"就这样，这位头脑简单的圣德费尔特用她那双四处搜寻的眼睛在参加亲王夫人晚会的成员中"挑三拣四"。她自以为这样一来，便成了一位名副其实的盖尔芒特公爵夫人。

必须交待一句，盖尔芒特公爵夫人也并非人们以为的那样，轻易向人问候，时时笑容可掬的。对部分人来说，当她拒绝问候，拒绝微笑，恐怕是存心的："她让我讨厌，"她常说，"难道非得白白浪费一小时，跟她唠叨她的那个晚会不成?"[1]可在许多人看来,是因为她生性胆怯,害怕惹丈夫大发脾气,因为他实在不愿让她接待搞艺术的(玛丽-希尔贝保护着众多艺术家,必须小心谨慎,切勿让某个著名的德国女歌唱家搭上腔);也是因为她恐惧民族主义,她像德·夏吕斯先生一样,满脑子盖尔芒特家族的思想,从上流社会的观点出发,对民族主义嗤之以鼻(为了吹捧参谋部,现在人们竟然让一个平民出身的将军走在某些公爵前面),但由于她深知自己思想并不正统,又往往对民族主义思想作出很大让步,弄得在这个反犹太主义的圈子里,担心不得已要向斯万伸出问候之手。不过,她得知亲王未让斯万进门,与他发生了"某种争执",便很快放下心来。她用不着冒险,在大庭广众之下违心与"可怜的查理"交谈,她喜欢的是在私下对他表示依恋之情。

"这个女人又是谁呀?"德·盖尔芒特夫人看见一位身材矮小的女士和她的丈夫彬彬有礼地向她致意,失声问道。这位夫人样子有点古怪,身着黑裙,简朴得像个穷人。德·盖尔芒特夫人没有认出对方来,傲慢地扬起脑袋,像被触犯了似的,瞪着眼睛,拒不回礼:"这位女人是谁,巴赞?"她神色惊恐地又问道。这时,德·盖尔芒特先生为了补救奥丽阿娜的失礼举止,连忙向那位夫人致意,与她丈夫握手,一边对妻子说道:"可这是德·肖斯比埃尔夫人呀,您太失礼了"。"我不知道什么肖斯比埃尔。""是尚利福老太太的侄儿。""我全不认识。这位夫人是谁,她为何要向我致

---

① 只见走过一位公爵夫人,长得黑乎乎的,又丑又笨,品行也不那么端正,虽没有被赶出上流社会,却已被几位风雅人士排斥在社交圈子之外。"啊!这儿竟接待这种玩艺儿!"德·盖尔芒特夫人低声道,那目光就像个行家,一眼看透了让她过目的珠宝是冒牌货。一见这位太太是个半残废,满脸尽是一撮一撮的黑毛,德·盖尔芒特夫人便断定这次晚会不很体面。她从前与这位太太倒是以礼相待,但后来断绝了一切往来;对方向她致意,她只点点头,再也冷淡不过,"我不明白,"她对我说,似乎在表示歉意,"玛丽-希尔贝怎么请我们跟这帮渣滓在一起。可以说,三教九流都全了。梅拉尼·布达莱斯家安排得也要强多了。若她乐意,她尽可召集东正教最高会议,开设拉托利会教堂,可她至少不会在这种日子让我们来。"——作者注

意？”“您呀，就知道问，这位是德·夏勒瓦尔夫人的女儿，亨利埃利·蒙莫朗西。”“噢！我与她母亲是老相识，她长得妩媚动人，机智风趣。她怎么嫁给了这帮子我根本不认识的人？您说她叫德·肖斯比埃尔夫人？”她说这个姓氏时，一副询问的神色，仿佛害怕搞错了似的。公爵狠狠瞪了她一眼。“叫肖斯比埃尔，这没有什么滑稽的，瞧您这副大惊小怪的样子！肖斯比埃尔老人是我刚才提到的德·夏勒瓦尔夫人、德·塞纳古夫人和梅勒罗子爵夫人的兄弟。都是体面人。”“噢！够了。”公爵夫人大声嚷道，像一位驯兽女郎，从来不愿露出惊恐的神色，让人以为被野兽凶残的目光吓破了胆。“巴赞，您真让我高兴。我真不知道您从哪儿翻出了这些姓氏，可我得向您表示恭贺。我虽然不知道肖斯比埃尔，可我读过巴尔扎克的书，世上并非就您一个人读过，我还读过拉比什的东西。我欣赏尚利福，也不厌恶夏勒瓦尔，可我承认杜·梅勒罗更响亮。再说，我们也得承认肖斯比埃尔这姓氏也不赖。您搜罗了这么些姓氏，真不可思议。若您想写一部书，”她对我说，“得记住夏勒瓦尔和杜·梅勒瓦这两个姓。您不可能找到更棒的。”“这样一来，他保准要吃官司，进监狱，亏您给他出这种馊主意，奥丽阿娜。”“要是他想请人帮他出馊主意，尤其想照坏点子去行事，我倒希望他手下有一帮更年轻的人。可他只想写部书，别无他图！”离我们相当远的地方，一位美妙、自豪的年轻女子冷不防脱颖而出，只见她身着洁白的裙袍，珠光宝气，罗纱生风。德·盖尔芒特公爵夫人看着她在说话，面前围着一群人，被她那磁铁一般的优雅风姿所吸引。

“您的妹妹走到哪里都是最漂亮的，她今晚可真是迷人。”公爵夫人一边往椅子上坐，一边对从身边走过的希梅亲王说。德·弗罗贝维尔上校（同姓的那位将军是他叔父）和德·布雷奥代先生来到我们身边坐下，而德·福古贝先生摇摇晃晃（他过分讲究礼貌，甚至在打网球时亦如此，击球前总要征求尊贵的对手同意，因此不可避免要输球），又转到了德·夏吕斯先生身旁（在这之前，他几乎被莫莱伯爵夫人宽大的裙子裹着走，在所有的女人中间，他唯独对她公开表示仰慕之情)，而恰在这时，又一个驻巴黎外交使团的许多成员前来向男爵致意。德·福古贝先生一眼看到了一位外貌尤为精明的年轻秘书，朝德·夏吕斯先生咧嘴一笑，笑中显然包含着那唯一的提问。德·夏吕斯先生或许会存心连累某人，然而突然感到自己受到了他人这一笑的连累，这一笑只能有一种含义，使他恼羞成怒。“我可什么都不知道，请您把您的好奇心留着自己用吧。您如此好奇，令我不寒而栗。再说，如果真遇到特殊情况，您岂不干出头号大蠢事。我觉得这位小伙子绝对不是那种人。”德·夏吕斯先生为被一位蠢货看透了心思而恼火，他的这番话中并无真言。倘若男爵说的是真话，那么这位秘书准是这一使馆中独一无二的人物。确实，使馆由形形色色的人物组成，有不少极为庸俗，以致人们一旦追究为何偏偏选中这批庸人的因由，便不会不发现同性恋这一因素。正是这一小小的索多姆外交王国，封了一个为首的大使，他偏偏不爱男色爱女色，像串演活报剧一样虚张声势，滑稽可笑，却指挥着手下这窝同性恋者按章办事，人们似乎是遵循相反相成的法则。尽管事情就发生在他眼皮底下，但他却不相信会有同性恋。他很快进行检验，把亲妹妹嫁给了一位代办，误以为此人是追逐女人的好手。这样一来，他就有点碍手碍脚了，不久便被取而代之，来了一位新的大使阁下，保证了全使馆人员的一致性。其他使馆企图与之比试高低，但怎么都无法夺走桂冠(就像在中学优等生会考中，夺魁的总是某一所中学)，直到十余年后，一些情趣相异的随员打入了这一协调一致的整体，另一个使馆才终于从它手中夺走了败坏名声之勋章，走在了最前头。

德·盖尔芒特夫人心中的石头落了地，知道再也不用担心要与斯万交谈，便对斯万与男主人之间发生争执一事产生了好奇心。“您知道是为了什么事情?”公爵向德·布雷奥代打听。“我听说是为作家贝戈特让人在他们府上演出一部独幕剧的事。”德·布雷奥代回答道，“那部剧本妙极了。可听说演员化装成希尔贝，贝戈特先生的本意确实也是想把希尔贝表现一番。”“嗬，要是看到希尔贝变形得面目全非，该多有趣啊。”公爵夫人微微一笑，想入非非地说。“正是因为这次演出的事，希尔贝要求斯万作出解释，”德·布雷奥代伸出那副啮齿动物似的尖下巴，继续说道，“斯万没有多加解释，回答的话大家都觉得很风趣：‘可是，那跟您丝毫不像，您要比那滑稽多了！’再说，据传那部短剧确实精彩。莫莱夫人去看过演出，看得乐极了。”“怎么，莫莱夫人也去了？”公爵夫人惊诧地问，“啊！准是麦麦一手策划的。遇到这等事，总少不了他。总有那么一天，众人都去了，就我坚持原则，自甘寂寞，独自待在自己的那方天地里。”打从德·布雷奥代先生跟他们谈及此事开始，盖尔芒特公爵夫人便明显有了新的看法（若不是与斯万的沙龙有关，至少与等一会儿与斯万见面的设想有关）。“您跟我们讲的这一切纯属捏造，”德·弗罗贝维尔上校对德·布雷奥代说，“我了解情况，原因就不说了。毫不夸张，亲王确实破口怒骂了斯万一顿，用我们父辈的话说，警告他从此不要再登他的家门，这纯粹是因为斯万固执己见的缘故。依我之见，我叔父希贝尔一点没错，不仅骂得在理，而且早在半年前就该与那位死心塌地的德雷福斯分子分道扬镳了。”

可怜的德·福古贝先生这一次不仅仅是位总慢半拍的网球手，而且简直成了只有气无力的网球，任人无情击打，被抛到了盖尔芒特公爵夫人面前，向她表示敬意。可他得到的却是相当无礼的对待，因为奥丽阿娜固执己见，总是以为她圈子里的所有外交官或政客都是些傻瓜。

最近一段时间来，上流社会对军人有些宠爱，德·弗罗贝维尔先生无疑沾了光。不幸的是，他娶的妻子虽然确确实实是盖尔芒特家族的亲戚，却穷得不能再穷了，且他自己也家境败落，无依无靠，遇到哪房亲戚的红白喜事，也往往是登不了大雅之堂，被人冷落在一边。他们于是沦落到了上流社会普通信徒的地步，好比名义上的天主教徒，一年只有一次挨近圣餐台。若不是德·圣德费尔特夫人一如既往，看在已故的德·弗罗贝维尔将军的情分上，给他们两个年幼的女儿送穿的、供玩的，尽力帮助这对夫妇,他们两口子的物质生活可就很悲惨了。上校虽被认为是个善良的小伙子,可却没有一副感恩戴德的好心肠。他羡慕恩人的荣华富贵,却嫉妒她奢侈无度,大摆阔气。一年一度的游园会对他、对他妻子和他们的孩子来说都是一件美妙无比的开心事,千金难买,无论如何也不愿错过,可一想到德·圣德费尔特夫人从中渔利而得意洋洋,一脸兴致顿时变酸发臭。各家报刊竞相宣布游园会的消息,不厌其烦地大作介绍之后,往往又卖关子,添上一句:“有关这一美妙的盛会,我们将陆续报道。”于是,接连几天,报纸上连篇累牍地对衣着服饰进行补充介绍,所有这一切,弗罗贝维尔一家看了实在不堪忍受,他们本来缺乏乐趣,也知道在游园会上可以尽情欢乐,但每年一到这个时候,竟然指望天不作美,把游园会搅黄了,死守着晴雨表,幸灾乐祸,恨不得暴风雨早点来临,好让盛会吹台。

“我不跟您讨论政治,弗罗贝维尔,”德·盖尔芒特公爵说,“可是关于斯万,我可以直言不讳地说他对我们的所作所为是卑劣的。他过去在上流社会,靠的是我们,是夏尔特尔公爵的保护,如今我听说他是个公开的德雷福斯分子。我未曾想到他竟是如此小人,我总以为他是一个精明的美食家,一个讲究实利的人,一个收藏家,一个古书迷,作为赛马俱乐部的会员,又是一个德高望重的人,一个地方通,给我们送来上品波特葡萄酒,可以喝个痛快,还以为他是个文学迷,是个一家之主。啊!我被骗得不浅。我不是说我自己,我反正已是老朽,别人怎么议论都没有什么,我差不多已是个老叫化子了,别的不说,单就为了奥丽阿娜,他也不该那样行事,而应该公开谴责犹太人和那位罪犯的忠实信徒们。”

“是呀,我妻子对他一直友好。”公爵继续说道,他显然以为,不管人们内心对德雷福斯是否有罪持何种看法,都应当判他叛国罪,这对他们在圣日尔曼区得到的款待是种回报。“他本该与他们势不两立的。不信,您问问奥丽阿娜,她对他真的十分友好。”公爵夫人觉得天真与平静的声调会给自己的话语平添几分悲剧和真切的效果,于是用小学生的口吻说道,仿佛嘴里吐出来的句句是真话，只是让两只眼睛露出几丝忧伤："可这是真的，我没有任何理由要隐瞒我对查理的一片真情！""瞧，不是我逼她说的吧。这还不算，他还如此忘恩负义，竟然成了德雷福斯分子！"

"说到德雷福斯分子，"我开口道，"据说冯亲王就是一位。""啊！您跟我提起了他，正好。"德·盖尔芒特先生大声道，"我差点忘了他请我星期一去用晚餐。不过，管他是不是德雷福斯分子，对我都是一码事，因为他是外国人。我对这才不在乎呢。但作为一个法国人来说，那就是另一回事了。斯万是个犹太人，这不假。可是，直到现在——请原谅我，弗罗贝维尔——我还是老毛病不改，认为一个犹太人也可以成为法国人，我是说一个令人尊敬的犹太人，一个上流社会的人。而斯万本来是当之无愧的。哎！他现在却逼得我承认我错了，因为他已经公然支持那个德雷福斯（不管他是否有罪，他根本就不是斯万圈子里的，斯万也许跟他都没有一面之交），那家伙恩将仇报，竟然反对收养过他、待他如亲人的社会。别提了，我们过去都是斯万的保护人，甚至可以担保他是爱国的，就像担保自己是爱国的一样。啊！太可恶了，他竟然这样回报我们。我承认未曾料到他会变成如此德性。我抬举他了。他富有才智（当然指的是他的那种才智）。我心里明白，当初他坚持那桩不体面的婚事，实际上已经丧失理智了。噢，您知道斯万的婚事让谁最伤心吗？让我妻子。奥丽阿娜如我所说的那样，虽然表面经常显得无动于衷，但在她的内心，感觉却异常强烈。"德·盖尔芒特夫人为自己的性格得到如此剖析感到欣喜，洗耳恭听，不插一句话，一方面是因为对溢美之辞受之有愧，但更主要的是怕打断他的话。德·盖尔芒特先生即使就此谈上一个钟头，她也会耐心听着，就是别人为她演奏音乐，她也没这么一动不动。"噢，我还记得，当她得知斯万的婚事，她生气了；她觉得，我们对他那么友好，可这人也太不像话了。她原本很爱斯万，心里十分难过。奥丽阿娜，是不是？"丈夫直截了当，一语道破，使德·盖尔芒特夫人得以不露声色地证实她的感觉，丈夫的溢美之辞已经穷尽，她觉得应该作出回答。她尽量摆出一副“真诚”的样子，因而显得更富有教养，声音腼腆而纯朴，温柔中又含着几分持重，说道：“是的，巴赞没有说错。”“不过，这又不是一码子事。您能怎么办？爱情就是爱情，虽然我以为，爱情应该有个界限。若对方是个年轻小伙子，是个不谙事理的毛孩子，那他如此想入非非，心血来潮，我尚能原谅。可斯万是个聪明人，老练，敏感，对绘画艺术十分内行，又是夏尔特尔公爵和希贝尔本人的常客！”说此番话时，德·盖尔芒特先生口气十分友善，丝毫没有他平素常常表露的俗气。他说得悲切而又略带愤懑，同时显得和蔼而又严肃，令人想起伦勃朗笔下的人物。如西克斯市长，具有大家气度，别有动人心弦的魅力。人们感觉到，对公爵来说，问题根本不在于斯万在此事中的所作所为是否道德，因为这是毋庸置疑的事；他内心感到痛苦，就像父亲看着自己的孩子辜负了他呕心沥血对他的一番培育，存心毁掉为他创造的美好前程，做出了家规族俗所不容的荒唐行径，败坏了受人敬重的家族的名声。当初得知圣卢是个德雷福斯分子时，德·盖尔芒特先生确实没有像现在这样表现得如此惊愕和痛苦。首先，是因为他看透了他的侄子是个误入歧途的年轻人，除非改邪归正，不然做出什么坏事都不足为怪，而斯万，拿德·盖尔芒特先生的话说，是个“持重的人，占有第一流的地位”。其次，从事发到如今，已经经过了相当长的一段时间，此间，如果用历史观点看，事件的发生似乎已经部分证明了德雷福斯分子观点正确的话，那么，反德雷福斯力量也倍加凶猛了，并从初期的纯政治力量发展成为一股社会力量。现在，已经是军国主义和爱国主义的斗争，社会中掀起的怒涛渐渐爆发出风暴乍起时所不具备的强大力量。

“您瞧，”德·盖尔芒特先生继续说，“即使按照他那些可爱的犹太人的观点，他不是绝对支持那些观点嘛，斯万也是干了一件后患无穷的蠢事。他证明了他们都是秘密结合的，几乎身不由己，不得不支持与他们同属一个人种的人，哪怕素昧平生。这是个社会公害。我们显然过分宽容了，正因为斯万受人尊敬，甚至普遍被人接受，差不多是大家唯一熟悉的一位犹太人，所以他干的蠢事反响就更大。大家会暗自思量：Ab uno disce omnes①。”在记忆中适时找到一句如此恰当的格言，由此产生的自我满足使痛心的老爷脸上掠过一丝骄傲的微笑，满脸的忧楚顿时烟消云散。

我十分渴望了解亲王和斯万之间到底发生了什么事，倘若斯万尚未离去，我真想在晚会上见他一面。我把内心的想法吐露给了公爵夫人，她回答我说："我告诉您吧，我倒不特别想见他，因为刚刚在德·圣德费尔特夫人家，有人对我说，他死前似乎有个心愿要了结，那就是他希望我认识一下他的妻子和女儿。我的主啊，要是他因此而病了，我该多么痛苦啊。不过，我首先希望事情不要严重到这个地步。再说，这也根本不成其为什么理由，因为这事轻而易举就可办到。一位毫无才华的作家岂不可以这样说：'投我进学士院的票吧，因为我妻子就要死了，我希望能给她这最后的快乐。'要是非得去认识所有垂死的人，那就再也不可能有什么沙龙了。我的马夫也许就会来求我：'我女儿病很重，请帮我一把，让帕尔马公主接见接见我吧。'我钟爱查理，若我拒绝他，我会十分难过，正是因为这一点，我更希望能避免他向我提出这一请求。我衷心希望他不至于像他自己说的那样，已经濒临死亡，但倘若果真死了，那对我来说，也绝不是去认识那两个女人的时候，她们在整整十五年间剥夺了我最可爱的朋友，而他很可能把她们留给我照顾，可我却无法因此而见上他一面，既然他说不定都已死了！"

德·布里奥代先生对德·弗罗贝维尔上校揭穿了他的老底耿耿于怀，一直在盘算着予以反击。

"我不怀疑您说的这一切的正确性，我亲爱的朋友，"他说道，"可我的消息源自可靠渠道。是拉都·德·奥弗涅亲王告诉我的。"

① 拉丁语，意为"知其一便知其百"。

“像您这样一位学识渊博的人，竟然还说什么拉都·德·奥弗涅，我感到奇怪。”德·盖尔芒特先生打断了他的话说，“您知道他根本不是什么亲王。这个家族唯独剩下一位成员，那就是奥丽阿娜的叔父，布永公爵。”

“就是德·维尔巴里西斯夫人的兄弟？”我想起这位夫人当姑娘时也姓德·布永，便开口问道。

“正是。奥丽阿娜，德·朗勃尔萨克夫人向您问好。”

果然，只见德·朗勃尔萨克公爵夫人不时莞尔一笑，向她认出的某个熟人致意，但紧接着笑脸便像流星一般倏然消逝。这一微笑并不明确表示某种确认，也不具体化成某种无声但明白易懂的语言，而是几乎瞬息即逝，陷入某种心醉神迷的理想佳境，似是而非，不置可否；与此同时，她的头轻轻一点，像是怡然自得地为人祝福，令人想起哪位有些软弱无力的主教大人向领圣体的人群微微点头的动作。但德·朗勃尔萨克夫人无论如何成不了主教。不过，对此种早已过时的特殊致意方式，我已有所领教。在贡布雷和巴黎，我外祖母的女友无一例外都习惯于这种致意方式，即使在社交场合，也好似在教堂举行举扬圣体或葬礼仪式时一样，与熟人相遇，也是一副天使般的庄严神态，有气无力地道一声日安，尾声化作祈祷声。这时，德·盖尔芒特先生开了口，完全证实了我刚才的提问。“可您已经见过布永公爵了。”德·盖尔芒特先生对我说，“今天下午您进我书房的时候，他正好出门，就是那位矮个子、一身白的先生。”原来，就是被我当作贡布雷小市民的那一位，现在细细回想起来，我发现他和德·维尔巴里西斯夫人确实相像。德·朗勃尔萨克夫人和我外祖母女友们的致意方式如出一辙，尽管渐趋消亡，我却开始对此发生了兴趣，因为它向我表明了在狭隘、封闭的圈子里，无论是小市民圈还是贵族圈，旧规矩顽固地存在着，使我们得以像考古学家那样发现阿兰古子爵和德·洛伊萨·比谢时代的教育状况及其反映的精神风貌。尤其是现在，布永公爵与贡布雷一位年龄相仿的小市民举止外观相似至极(记得以前在一张达格雷照片[1]上看到圣卢的外祖父拉罗什富科公爵,我大吃一惊,怎么他的服饰、神态和风度都与我的外叔公父如出一辙),令我领悟到,社会乃至个人的差异是相同时代,不同时期造成的。其实,服饰的入时和时代精神的表露在一个人的心目中占有极其重要的位置,甚至超过了自己的等级地位,等级地位只在当事人的自尊心和他人的想象中举足轻重罢了,人们无需看遍卢浮宫的画廊便可明白,路易·菲利浦时代的贵族与同时代的资产者之间的差别,比起路易·菲利浦时代与路易十五时代贵族与贵族之间的差别来,就是小巫见大巫了。

这时,受德·盖尔芒特亲王夫人保护的一位巴伐利亚长发乐师向奥丽阿娜致意。奥丽阿娜点了点头,表示还礼,此人形容古怪,公爵并不认识他,可认定此人声名狼藉,然而自己的妻子却问候这种人,不禁怒火中烧,猛地朝妻子转过身子,神色凌厉,似乎在发问:“这个野蛮家伙到底是什么人?”可怜的德·盖尔芒特夫人处境相当尴尬,倘若乐师对这位受丈夫虐待的妻子有所怜悯的话,那他早该尽快离去了。可是,周围尽是公爵小圈子的老朋友,说不定正是他们在场促使他默然点头致意呢,在他们中间,他也许不想过分计较公爵对他的公开侮辱,以证明他与德·盖尔芒特夫人并非素昧平生,向她致意合情合理;抑或在这本应服从理智的时刻,他为内心一股不可抵挡、难以名状的愚昧力量所驱使,一丝不苟地按礼仪常规行事,只见这位乐师向德·盖尔芒特夫人靠得更近,对她说道:“公爵夫人,我请求赏光将我介绍给公爵。”德·盖尔芒特夫人无地自容。可是,尽管她是蒙受欺骗的妻室,但毕竟还是德·盖尔芒特夫人,不能表露自己已被剥夺了向夫君介绍熟人的权利。“巴赞,”她说道,“请允许我向您介绍德·埃威克先生。”

---

① 按早期达格雷照相法摄成的照片。

“我不是向您打听您明天是否去德·圣德费尔特夫人府上。”德·弗罗贝维尔上校对德·盖尔芒特夫人说道，以消除德·埃威克先生不合时宜的请求造成的难堪氛围，“不过，全巴黎的头面人物都将赴会。”

然而，盖尔芒特公爵像死板一块，猛地一下向不知趣的乐师转过身子，迎面相对，俨然似个庞然大物，一声不吭，怒气冲冲，犹如电闪雷鸣的朱庇特，就这样一动不动地站立了数秒钟，双眼喷射出愤怒和惊诧的火焰，怒火像火山爆发，把头发都烧拳曲了。这副挑战的架势似乎向全体在场的人表明他不认识这位巴伐利亚乐师，但瞬刻之后，他仿佛内心突然一阵冲动，给了他足够的力量去履行向他提出的礼貌之举，只见他戴着白色手套的双手反剪背后，身子向前一倾，猛地向乐师鞠了一躬，腰弯得那么深，含着几多惊愕和愤懑，动作是那么突然而又猛烈，吓得乐师浑身战栗，遂弯腰向后退却，以免对方的脑袋狠狠地撞上自己的肚皮。

“可我明天恰巧不在巴黎，”公爵夫人回答德·弗罗贝维尔说，“我本不该说的，可我得老实告诉您，我活到现在这个岁数，还没有见过蒙福尔-拉莫利教堂的彩绘大玻璃。说来真不好意思，但事实如此。为了补救这一无知的罪过，我已打算明天去见识见识。”

德·布里奥代先生暗自好笑。他确已明白，如果公爵夫人活到如今还没有见过蒙福尔-拉莫利教堂的彩绘大玻璃，那么这次艺术参观就不具备“急救”行动的迫切性，既然可以推迟二十五载之久，那就完全可以再后延二十四小时，并无后顾之忧，不会有什么危险。公爵夫人所采取的这一计划岂不是以盖尔芒特家族的方式公开宣布，德·圣德费尔特沙龙绝不是一个正经的殿堂，邀请您不过是想利用您在《高卢人报》作报道时装个门面，似乎揭开了贴在这一个个或起码这一个殿堂(如果仅此一个的话)门上的“大雅”的印封，人们岂能在那里看到这样的“大雅”之堂。德·布里奥代先生感到妙不可言的开心，并和所有上流社会人士一样，看到德·盖尔芒特夫人做出了他们那不怎么显赫的地位无论如何不容他们效法的事情，倍添诗一般的畅快，就像束缚在自己土地上的农民，看到比他们更自由、更富有的人们从自己头顶上踩过去，不禁哑然失笑。不过，德·布里奥代先生内心的这种难言之乐与德·弗罗贝维尔油然而生的快乐劲头毫无关系，后者虽然也有所掩饰，但却到了欣喜若狂的地步。

德·弗罗贝维尔先生强压住自己的笑声，以免让人听见，结果憋得满脸通红，活像只公鸡，即便如此，他也没止住咯咯的嬉笑声，同时故作怜悯的口吻，断断续续地大声道："啊！可怜的圣德费尔特婶母，她准会伤心得病倒！不！可悲的妇人明天见不到公爵夫人，该是多大的打击啊！这不是要她的命嘛！"他笑得直不起腰来。在狂喜之中，他情不自禁地又跺脚又搓手。德·盖尔芒特夫人欣赏的是德·弗罗贝维尔和善的用心，而不是他那令人生厌的烦扰，她动用了一只眼睛和一只嘴角，朝他淡然一笑，最后决定立即离他而去。"听我说，我只好祝您晚安告辞了。"她一副迫不得已的忧郁神情，站起身子对他说道，仿佛这对她来说是件不幸的事。她那双蓝色的眼睛似乎念念有词，她那嗓音犹如音乐般甜美，令人想起哪位仙女诗一般的哀怨泣诉。"巴赞要我去看看玛丽。"

实际上，她已经听够了弗罗贝维尔的唠叨，他不厌其烦地怂恿她去蒙福尔-拉莫利，而她心里明白，他是第一次听说那儿的彩绘大玻璃，而且他无论如何也不会放弃圣德费尔特的游园会。"再会，可我才刚刚跟您谈了几句，上流社会就是这样，相互间谁也看不透谁，想说的不说；再说，生活中处处如此。但愿死后能安排得好一些。至少再也用不着去袒胸露肩了。可谁知道呢？也许有人会在盛宴上炫耀自己的骨肉和肠虫。为什么就不行呢？噢，瞧瞧朗比荣老太太，您觉得她这副样子与那具套着开口裙的骨架有什么大的区别吗？她拥有各种各样的权利，这不假，因为她至少已过百岁。我刚刚涉足上流社会的时候，她就已经老得像个丑八怪，令人恶心，我拒绝向这种人鞠躬。我以为她早就死了呢。她来这里，简直是让我们看她的热闹，不然，就没有别的解释了。真是壮观，简直像做礼拜。好一派'圣地景象'!"公爵夫人离开了弗罗贝维尔,他又挨了过去:"我想最后跟您说一句话。"她有些气恼,傲慢地问道:"还有什么话?"他担心她临行前突然改变主意,不去蒙福尔-拉莫利:"由于德·圣德费尔特的缘故,也为了不让她伤心,我才没有斗胆跟您提这件事,可既然您已经准备不去她府上,那我可以告诉您,我为您感到高兴,因她府上流行麻疹!""啊!我的主啊!"奥丽阿娜大声道,她平时就害怕得病,"可对我来说,这病根本没有关系,我已经得过一次了。一个人一生不可能出两次麻疹。""那是医生的话,可我见过有人甚至得过四次麻疹。反正,您现在已经知道内情。"至于他自己,别说这麻疹纯系捏造,就是真的染上此病,卧床不起,他也决不甘心错过等待已久的圣德费尔特盛会。他将为在盛会上看到众多风雅之士而欣喜!但更大的乐趣是亲眼看看游园会办糟的景况,尤其痛快的,是可以大大自我炫耀一番,吹嘘自己如何与上流雅士交往,同时又夸大其辞或者凭空捏造,哀叹游园会办得糟糕不堪。

我利用公爵夫人换座的机会,站起身子,想去吸烟室打听斯万的消息。"拔拔尔跟我讲的这些话,您一句也不要信。"她对我说,"小莫莱决不会去那儿凑热闹的。他们跟我们扯这些事,只不过是为了吸引我们。他们不接待任何来访,也从没有得到哪方邀请。连他自己也承认:'我们俩孤单地待在自己家中。'他老爱说'我们'①,不像国王称孤道寡,而是包括他的妻子,我不用多问。可我了解得一清二楚。"公爵夫人添了一句。我和她迎面遇到了两位年轻人,他们相貌英俊,但又不完全相像,可继承的却是同一位妇人的美。这是盖尔芒特公爵的新欢德·絮希夫人的两个儿子。他们身上都闪烁着母亲绝伦之美的光辉,但每个人继承的美却不相同。德·絮希夫人把自己庄重的丰姿遗传给了其中一位,富有男性气概的躯体,配以优美的线条,母子俩都长着大理石般光洁的双颊,白里透红

① 法语"nous"为第一人称复数,但表示谦称时则可取代第一人称单数。

的肌肤近乎橙红色，富有珍珠的光泽；而另一个则继承了希腊人的天庭、线条优美的鼻子、雕像般的脖颈和秋波无际的眼睛。就这样，由女神平分两份的礼物造成了他们俩迥异的堂堂仪表，发人深思畅想，究其美貌的原因，却在他们身外，据说是他们母亲的主要表征化成了两具不同的躯体：一具是她的身段和肤色，另一具是她的目光，就像玛尔斯和维纳斯只不过是朱庇特力量和美貌的化身。他们兄弟俩对德·盖尔芒特先生无比敬重，称他为“我们父母的一位好友”，不过，长兄还是认为不向公爵夫人致意为妥，他知道公爵夫人对他母亲抱有敌意，至于何种原因，也许并不清楚，因此一见我们，他便轻轻把头扭了过去。做弟弟的总是效法长兄的举止，因他生来愚笨，而且眼睛近视，不敢有个人主见，于是按照哥哥的扭头角度，纤毫不差地歪过头去，兄弟俩一前一后，悄然无声地向娱乐室溜去，活脱脱两个寓意画中的人物。

我刚走到娱乐室，便被西特里侯爵夫人拦住，她虽然风韵犹存，但已差不多是启齿露沫的人了。她出身相当高贵，东寻西觅终于如愿以偿，与德·西特里先生结成了引人注目的姻缘，西特里的曾祖母就是奥马尔-洛林。可是她生就一副容不得人的性格，心满意足没有多久，便讨厌起上流社会的人来，但又不绝对排斥交际生活。在晚会上，她不仅对所有人都冷嘲热讽，而且一奚落起人来总是那么粗野，连高声大笑也不足以解嘲，往往免不了从嗓子眼里发出嘘叫。“啊！”她指着德·盖尔芒特夫人对我说，德·盖尔芒特夫人刚刚离开我，但走得已经相当远，“她竟然会过着这种生活，令我感到震惊。”说这话的是位为异教徒不能自觉服从真理而震惊、愤慨的女圣人，还是一位巴不得杀人的无政府主义分子？反正这种斥责横竖都不在理。首先，德·盖尔芒特夫人“过的生活”与德·西特里夫人相差无几（除愤怒之外）。德·西特里夫人惊诧的是公爵夫人竟然能作出如此牺牲：参加玛丽-希尔贝的晚会。必须承认，在特殊场合，德·西特里夫人十分喜欢亲王夫人，再说亲王夫人也确实善良，她也善于讨亲王夫人的欢心，参加她的晚会。为了参加今天的晚会，她取消了一位女舞蹈演员的约会，她认为这位演员富有天赋，本来约好来向她传授俄罗斯舞蹈的奥秘的。德·西特里夫人看见奥丽阿娜向这位或那位宾客道安，肺都快气炸了，她这样并无道理，其另一原因是德·盖尔芒特夫人身上显出了同样摧残着德·西特里夫人的疾病的征兆，尽管病情要轻得多。再说，大家都知道她生来就落下了这种病根。最后，德·盖尔芒特夫人比德·西特里夫人更聪慧，本来更有权利表现这种不容他人的虚无主义（不仅仅限于上流社会），然而确实不假，人的有些品质往往有助于容忍他人的缺点，而不自视甚高，拿他人的缺陷作笑柄；一个真正大智大勇的人通常比一个傻瓜还更不注意他人蠢不蠢。对公爵夫人的才智，我们已经作了相当详细的描绘，大家足以相信，即使谈不上聪明过人，但至少可以说不乏才智，能灵活运用（像个翻译家）不同的句法形式。然而，德·西特里夫人似乎一无这方面的长处，毫无资格去鄙视与她素养相差无几的人们。她总觉得他人都蠢，但在她的言谈和书信中，与那些被她如此藐视的人相比，她反而显得才智低下了。此外，她具有无比强烈的破坏欲，在她几乎断绝与上流社会交往的那段时间，她自己寻觅的那种种乐趣无一例外地遭受到她那可怕力量的摧残，离开了晚会去参加音乐会，她马上就会说："您喜爱听这种玩艺儿，听这种音乐？啊！我的主，这要因时而论。可这该是多么烦人！啊！贝多芬，讨厌的老胡子！"对瓦格纳，弗朗克，德彪西，她甚至都不屑说一声"老胡子"，而只是像剃须匠，轻蔑地用手往脸上一刮，不屑一顾。顿时，讨厌一事成了讨厌一切。"漂亮的东西都是那么讨厌！啊！那些油画，简直让您发疯……您说的在理，写信是多么烦人啊！"末了，她会向您宣称，生活本身就是像刮胡子一样烦人的玩艺儿，真弄不清她从哪儿找来这种比喻。

娱乐室或吸烟室里，地面饰有彩色图案，摆着三脚座椅，神像和动物像凝视着您，司芬克斯静蹲在座椅扶手上，尤其是那张大理石或瓷釉桌面的大桌子饰满富有象征意义的符号,多少有点模仿伊特鲁立亚和埃及艺术的风格,我第一次去德·盖尔芒特公爵夫人府上用晚餐时,公爵夫人曾跟我谈起这间屋子,不知是否她那番话起了作用,反正这间屋子给我造成了巫术室的印象。靠近那张光芒闪烁的占卜桌旁的一把座椅上,端坐着德·夏吕斯先生,他不触摸任何牌,对周围发生的一切无动于衷,自然也没有发现我刚刚进了屋,看他那副神态,恰似一位巫师,正集中所有意志力量和一切推理能力在占卜。他不仅酷似阿波罗神殿里高坐在三脚座椅上的女祭司,两只眼睛几乎从脸上鼓了出来,而且他的神机妙算工程要求他停止一切最简单的动作,为了不受任何干扰,他(如同一位不解开难题誓不罢休的计算家)把刚刚叼在嘴上的雪茄烟搁在身旁,再也没有多余的心思去抽一口。看到他对面座椅扶手上静蹲着的两位神祇,人们也许会以为男爵正在试图解开司芬克斯之谜,要不就是在解一位年轻的奥狄浦之谜,这位活着的奥狄浦正坐在那把座椅上玩牌。不过,德·夏吕斯先生如此聚精会神试图解开的,实际上并不是人们平常钻研的摩尔几何图形,而是由年轻的絮希侯爵的脸部线条组合而成的图案。德·夏吕斯先生面对这个图案是多么专心致志,它简直像个菱形词,像个谜语,抑或像道代数难题,而他殚精竭虑,竭力争取解开谜底或列出公式。在他面前,雕刻在十戒板上的那些难解的符号和图案犹如一部巫书,即刻就要给老巫师以灵感,占卜出那位年轻人的命运向何方向发展。突然,他发现我正打量着他,便抬起脑袋仿佛从梦中醒来,对我微微一笑,满脸涨得通红。这时,德·絮希夫人的另一个儿子来到那位正在玩牌的兄弟身旁,看他打牌。当德·夏吕斯先生从我嘴里得知他俩是亲兄弟时,他对同一家庭却创造了如此辉煌、迥然而异的杰作赞叹不已,喜形于色,难以掩饰。倘若男爵获悉德·絮希-勒迪克夫人的这对儿子不仅同母,而且同父,他准会欣喜若狂。朱庇特的子女各不相似,这是因为他最先娶了墨提斯为妻,本该与她生育智子贤童,然而先后又与忒弥斯、欧律诺墨、涅摩辛涅和勒托结为夫妻,最后又与朱诺成婚。可是,德·絮希夫人的两个儿子却是同一位生父,又继承了母亲的美貌,但两人的美却各不相同。

我终于看到斯万走进了屋子,心中一阵高兴,屋子很大,所以他一开始并没有发现我。我欣喜中又交织着忧伤,也许别的宾客感受不到这种忧伤的滋味,但是在他们的内心深处一种类似惊愕的感觉油然而生,因死亡逼近而造成的种种料想不到的古怪模样把他们吓呆了,拿俗话说,死神已经在斯万的脸上出现。在场的人们惊惧得几乎到了失礼的地步,惊愕中又掺杂着好奇和残酷,既坦然又不安地反躬自省(同时含着 Suave mari magna ① 与 memen to quia pulvis②,罗贝也许会这么说),就这样,所有目光嚯地全都投向他的那张脸,只见他两颊被病魔折磨、摧残得深深凹陷下去,好似正在亏损的下弦月,除了某一角度——无疑是斯万自我审视的那一角度——之外,无论从哪个角度看,他的面颊都瘦得皮包骨头,唯因视觉之误才给人造成丰实的假象。也许是因为他双颊消失,再也不能缩小鼻子的比例,或许是因为动脉硬化症这一毒蛇像酗酒一样造成他鼻子通红,或像服吗啡后使之扭曲变形,反正斯万那只丑陋的鼻子在过去那张讨人喜欢的脸上还不怎么显眼,如今却显得奇大,鼓鼓的,红红的,看那鼻子,与其说是位好奇的瓦鲁尔人,毋宁说是个希伯莱老人。再说,也许在这弥留人世的最后日子里,种族的因素使他身上出现了更为明显的种族生理特征,同时也增强了与其他犹太人团结一致的道德感,斯万似乎在自己整整的一生中,忘却了这一团结精神,但是,致命的痼疾,德雷福斯事件,反犹太人宣传,接二连三的打击,最终唤醒了他的团结精神。有不少犹太人,虽然都很精明,而且也都是上流社会的贵人,但在他们身上却同时潜藏着两个人,一位是蛮者,一位是先知,如同生活在剧中,等待着适应

---

① 拉丁语，意为“即使你在风平浪静的海上”。

② 拉丁语，意为“别忘了你不过是尘埃”。

自己生活的某一特定时刻，适时亮相。斯万已经迈入先知之年。诚然，由于备受病魔的折磨，他脸上已经失去了整块整块的组织，好似一块正在融化的冰团，大块大块的碎冰跌落下来，他整个儿模样已经“大变”。但是，与我相比，他的变化确实太大了，令我不胜惊讶。这位堂堂的男子汉，不同凡响，且又素有教养，我过去与他相逢，绝对没有产生过丝毫的厌恶感，如今我怎么也不明白，当初为何会把他看得如此神秘，以致他在香榭丽舍大街一露面，我便紧张得心脏怦怦乱跳，不好意思挨近他那件丝绸内里的披风；每次来到他这位大人物生活的房间门口，举手叩门时，我内心都不可避免地感到极度混乱与恐惧。然而，所有这一切不仅从他的住所，而且也从他身上统统消失了，与他交谈的念头也许会令我欢悦或使我感到厌恶，但无论如何再也影响不了我的神经系统。

从这天下午——总共才过了几个钟头——我在盖尔芒特公爵的书房见到他之后，他的变化多么大啊！他莫非真的与亲王发生了争执，受了惊？这种疑问大可不必。对一个病情极为严重的病人来说，只要让他稍出点力，就会给他造成过分劳累。他本来就浑身无力，一遇到晚会上这么个闷热劲，他的面孔就变得不成样子，宛如熟透的梨子或开始变质的牛奶，用不了一天，颜色便发青。此外，斯万的头发已经稀落，拿德·盖尔芒特夫人的话说，该请皮毛加工师傅来整修一番，那头发看上去像用樟脑油浸过一般，而且浸得糟糕极了。我正要穿过吸烟室找斯万说话，可不巧，一只手恰在这时在我肩头拍了一下：“你好，我的小宝贝，我在巴黎逗留了四十八小时。我上你家去了，他们告诉我你在这儿，我舅母有幸看到我参加她的晚会，还多亏你呢。”原来是圣卢。我向他大大赞美了一番这座宫邸如何如何漂亮。“对，堪称历史名胜，可我觉得待在这里让人心烦。我们不要到我舅父帕拉墨得斯身旁去，不然，我们会被缠住的。莫莱夫人（眼下正得宠）刚刚走了，他现在肯定心神不宁。听说简直是一出好戏，他寸步不离，一直把她送上车，才与她分手。我并不埋怨我舅父，只不过觉得可笑，我的那帮子家庭监护顾问，平时对我严加管教，可说到制造爆炸性新闻，首屈一指的还是我舅父夏吕斯，他是我的监督监护人，可他玩起女人来可与唐璜比高低，到了这把年纪，还不罢休。有段时间他们议论要给我指定一位司法顾问。我寻思要是所有这帮老色鬼凑到一起讨论我的问题，让我聆听他们对我进行道德教育，责备我伤了母亲的心，那他们非相视而笑不可。你仔细注意一下这些当顾问的都是些什么人，好像专门挑了一群最会撩女人石榴裙的色鬼。”

德·夏吕斯先生如何，这暂且不论，不过在我看来，我朋友对他大惊小怪并没有更多的道理，但由于其他的原因，罗贝认为让过去荒唐、现在仍旧愚蠢的亲戚来给年轻后辈上道德课未免离奇，他这样想实在是大错特错了，况且我觉得那些原因以后准会不断变化。只要与返祖现象和家族遗传相关，那负责教训外甥的舅父十有八九与外甥有同样的毛病。舅父在这一点上实际上也并不虚伪，他和大家一样都犯有认识错误，一旦环境发生了新的变化，便认为“不是一回事了”，因而导致他们屡犯艺术、政治等错误，他们对某一绘画流派大加谴责，或自恃有理，对某一政治事件厌恶至极，可哪曾想到，十年前他们对这一画派或这一事件所持的观点被自己奉为真理，虽然一时改变了主张，但只要再稍加掩饰，他们便又认识不清，重又表示赞同。此外，即使舅父的毛病与外甥有别，遗传规律也仍然在一定程度上起到作用，殊不知后果未必都与前因一致，就像复制品并不都酷似原件，更有甚者，哪怕舅父的毛病更坏，他也有可能自认为没那么严重。

不久前，德·夏吕斯先生怒斥罗贝，那时，罗贝并不了解舅父的真正癖好，但即使当时男爵痛斥的也正是自己的恶癖，他教训罗贝也完全可能是诚心诚意的，并坚持上流社会人士的观点，认定罗贝比他自己要有罪得多。他舅父受命教训他时，罗贝不是险些被逐出他所在的圈子吗？他不是差一点被赶出赛马俱乐部吗？他不是因为挥霍无度，把钱花在一位下贱女人身上，因为与作家、演员、犹太人等那帮不属于上流社会的人交上朋友，因为他的观点与卖国贼的观点毫无二致，因为他造成了所有亲人的痛苦而成了众人的笑柄吗？他过的是这等可耻的生活，在哪方面与德·夏吕斯的生活能有可比之处呢？迄今为止，德·夏吕斯先生不仅善于维护，而且善于提高他在盖尔芒特家族的地位，在上流社会中绝对享有特权地位，深受欢迎，为最杰出的上流社会人士所称颂；他娶了一位金枝玉叶、波旁王族的公主为妻，善于使她幸福，在她的脑子里造成一种更虔诚、更一丝不苟的崇拜，这在上流社会里一般是做不到的，因而赢得了贤夫孝子的好名声。

“可你肯定德·夏吕斯先生有过那么多情妇？”我问道，这并非因为我居心不良，想把我无意中发现的秘密透露给罗贝，而是因为听他如此肯定而自信地坚持错误说法，我感到气恼。他准以为我的提问未免幼稚，只耸了耸肩，表示回答。“不过，我并不谴责他的此种行为，我觉得他完全在理。”接着，他向我吹起一套理论来，若在巴尔贝克，这套理论连他自己也会感到厌恶（在巴尔贝克，他痛斥色诱者还不足解心头之恨，在他看来，只有死刑才是对这种罪恶唯一合适的惩罚）。原因嘛，是他那时候自作多情，而且好嫉妒。他竟然向我颂扬起妓院来：“只有在那里，才能找到合脚的鞋，我们当兵那阵子，都管那叫合尺寸的鞋。”他再也不像过去在巴尔贝克，只要我暗示这种场所，他便感到反感，可现在听他这么一说，我便告诉他布洛克曾领我去那种地方开过眼界，没想到他回答我说，布洛克去的地方肯定“十分洁净，是穷人的天堂”。“这不一定，不管怎么说，那是什么场所？”我含糊其辞，因为我回想起罗贝倾心相爱的拉谢尔正是在那里卖身，一次一枚金路易。“我无论如何要让你去见识一下更高级的地方，那地方连美貌惊人的佳丽也常去。”我渴望他尽快领我去他熟悉的那些场所，那儿准比布洛克给我指点的妓院高级得多，听我口气如此迫切，他为这次不能满足我的欲望深表歉意，因为他第二天就要走。“下次我来，一定办到。”他说，“你到时瞧吧，甚至还有二八佳丽。”他神色诡秘地添了一句，“有一位可爱的姑娘，我记得姓德·奥士维尔，确切的名字，到时再告诉你，这姑娘的父母都很体面，她母亲多少有点贵族血统，反正都是上等人家，如果没错的话，甚至与我舅母奥丽阿娜还沾点亲呢。再说，只要见了那位姑娘，就可感觉到是位体面人家的闺女（我感到随着罗贝的话声，一时展现了德·盖尔芒特家族精灵的影子，宛若一团云彩在高空飘过，没有滞留）。我觉得是桩美事。她父母一直患病，无法照管她，天哪，那姑娘在找开心，我就指望你了，设法给这孩子排忧解闷吧。”“啊！你什么时候再来？”“不知道。如果你不是非要公爵夫人不可（对贵族来说，公爵夫人这一称号是代表极为显赫的地位的唯一称呼，就像平民百姓所说的公主），那倒有另一类型的女子，就是普特布斯太太的贴身女仆。”

这时，德·絮希夫人走进娱乐室找她儿子。一见她，德·夏吕斯先生便亲热地迎上前去，侯爵夫人原以为男爵对她一定冷若冰霜，这下更是受宠若惊了。男爵向来以奥丽阿娜的保护人自居，全家唯有他铁面无私，把兄弟的情妇拒之门外——由于遗产的继承问题，也出于对公爵夫人的嫉妒，他家往往对公爵过分迁就。男爵即使对她态度粗暴，德·絮希夫人也完全可以理解个中的原因，但她始料未及，相反受到了欢迎，对方到底是出于什么意图，她没有多加怀疑。男爵赞不绝口地跟她谈起了雅盖过去为她画的肖像。他愈说愈激动，最后竟到了狂热崇拜的地步，尽管他有几分意思，不让侯爵夫人离开他，以便“牵制她”，但或许是出于诚意，那样子就像罗贝谈及敌军时所说，要迫使敌军在某一据点继续交战。既然谁都兴味盎然，对她两个儿子身上表现出的王后般的丰姿和酷似母亲的那双眼睛赞不绝口，那么男爵便可以反其道而行之，为发现集中在儿子的母亲身上的种种魅力而欣喜，那种种魅力仿佛集中在一幅肖像上，肖像本身并激不起人们的欲望，但它所产生的美感，却孕育、激发起人们的种种欲念。这种种欲念又反过来赋予了雅盖亲自作的肖像一种富于肉感的诱惑力，此时此刻,男爵恨不得把这幅肖像弄到手,通过它对絮希家那两位公子的生理系谱进行一番研究。

“你看见了吧,我并没有夸大其辞。”罗贝对我说,“瞧瞧我舅父在德·絮希夫人身旁的那个殷勤劲儿。我真感到奇怪。要是奥丽阿娜知道了,准会恼羞成怒。说句实话,女人多着哩,何必只冲这么一位女人呢。”他又添了一句。世上的人并非都多情,所以他总以为别人都是经过深思熟虑,根据各种不同的品质与礼仪挑选各自的心上人。此外,罗贝不仅误以为舅父沉湎于女色,而且由于对德·夏吕斯先生耿耿于怀,谈起他来,出言往往过分轻率。当人家的外甥,不可能永远不受到影响。一种遗传性的习性迟早会通过中介因素遗传下来。人们完全可以建造一个人物画廊,就以德国的一部喜剧的名字为名:《舅父与外甥》,里面那位舅父虽然并不心甘情愿,但却小心看管,唯恐外甥最后不像自己。窃以为倘若不列上那些与外甥并无真正血统关系的舅父,即那些外甥媳妇的舅父,那么这一人物画廊就不完全。确实,德·夏吕斯这类先生自信至极,自以为是世上独一无二的真正的好丈夫,也唯有对他们女人才不嫉妒,以致在通常情况下,他们出于对外甥女的爱,也让她嫁给一位夏吕斯式的人物。有时,对外甥女的爱也掺杂着对她未婚夫的爱。此类婚姻并不罕见,而且还往往被人称之为美满姻缘。

“我们刚才讲什么来着?噢!说的是那位身材高大的金发女郎,普特布斯太太的贴身女仆。她也爱女人,可我想这对你没关系;我对你可以实话实说,我可从来没有见过那么漂亮的造物。”“我想她像乔尔乔涅[①]画中人吧?”“与乔尔乔涅画中美人像极了!啊!要是我有闲暇在巴黎逗留,有多少美妙的事情可以做呀!然后再换一个。你知道,爱情这玩艺儿简直

① 乔尔乔涅(约1477—1510),威尼斯画派的主要画家,擅长宗教画,描绘神话的画幅《入睡的维纳斯》是其典雅的理想美风格的代表作。

是开玩笑的事,我算是彻底醒悟了。”

我很快惊诧地发现,他对文学所持的否定态度也没有多少保留,可我上一次与他见面时,我觉得他看透的只是部分文人(“简直是一帮无赖、群氓。”他曾对我这么说),这一点,可由他对拉谢尔的某些好友的正当仇恨得到解释。那些朋友确曾说服拉谢尔,如果容忍“另一个种族的家伙”罗贝对她施加影响,那她决不可能表现出聪明才智,他们甚至与她沆瀣一气,在他为他们举行的晚宴上,当面奚落他。不过,罗贝对文学的爱好实际上也并不很深,也并非听任自己的真正天性使然,只不过是他对拉谢尔的爱产生的一种副产品,一旦他抹去了对拉谢尔的爱,那他对吃喝玩乐之徒的厌恶感以及对女性道德修行顶礼膜拜般的敬重之情也就随即荡然无存了。

“那两位年轻人的模样多怪啊!瞧他们玩得多带劲,侯爵夫人。”德·夏吕斯先生指着德·絮希夫人的两个儿子,对她说道,仿佛他根本不知他们是何许人。“可能是两个东方人,他们有些特殊的相貌特征,也许是土耳其人。”他又添了一句,旨在进一步证实他纯粹假装出来的无知,同时也为了显示出几分含混的反感的情绪,一旦事后由反感转而亲热,那这种反感情绪便可说明他之所以对他们表示亲热,是因为他们是德·絮希夫人之子,也可说明男爵得知他们是何许人后,才开始表现出亲切和蔼的态度。德·夏吕斯先生天生傲慢不逊,并乐于表现此种禀性,也许他假装不知该如何称呼那两位公子,并充分利用这一时机,拿德·絮希夫人开心,极尽习以为常的讽刺挖苦之能事,就像司卡潘抓住主人乔装打扮这一机会,狠狠地让他吃了一顿棍棒。

“他们是我的儿子。”德·絮希夫人满脸通红地说道,若她处事精明,城府更深,那她准会不动声色。她自然也就可看透,德·夏吕斯对年轻小伙子那副绝对无动于衷或大加奚落的样子并非出自真心,他表面上对女性的那股爱慕之情也同样不是真诚的表露。他可以对一位女性极尽吹捧之能事,可她要是发现他一边恭维她,一边瞟一个男人,可又装着没有看他,那她准会妒忌的。因为德·夏吕斯的这种目光与他射向女性的目光迥然不同;这是一种发自内心的特殊目光,即使在晚会上,也会不由自主,自然而然投向年轻小伙子,犹如一个裁缝师傅,看到服装就会目不转睛,把自己的职业暴露无遗。

“啊! 多怪啊。”德·夏吕斯先生不无傲慢地答道,装出一副样子,仿佛思想绕了一个大弯,好不容易才看清了现实,这现实与他开始故意认定的大相径庭。“可我与他们素昧平生。”他又补充了一句,担心反感情绪表现得太过分,从而打破了侯爵夫人有意介绍他与他俩结识的念头。“您是否允许我把他们介绍给您?”德·絮希夫人怯生生地问道。“噢,天啊! 那当然,当然允许,可我这人也许对他们这么年轻的人来说没有多少乐趣。”德·夏吕斯先生简直像在朗诵,神态犹豫而又冷漠,仿佛出于无奈才表示一点礼貌。

“阿尼勒夫,维克图尼安,快过来。”德·絮希夫人喊道。维克图尼安应声而起。阿尼勒夫眼睛只看着他哥哥,乖乖地跟随其后。

“这下轮到儿子了。”罗贝对我说,“真笑死人。他准会竭力讨好,不惜去当一只看家狗。我舅父向来讨厌爱打趣的人,这下就更滑稽可笑了。瞧他听他们说话时那副一本正经的模样。如果是我把他们介绍给他,他准会让我滚蛋。听我说,我得去向奥丽阿娜问个好才是。我在巴黎待的时间很短,我想在这儿该见的都见个面,不然,还得给他们寄明信片。”

“他俩外表多有教养,举止多么文雅。”德·夏吕斯先生正在说道。

“您觉得是吗?”德·絮希夫人欣喜地回问了一句。

斯万瞥见了我,走到圣卢和我身旁。他虽然不失犹太人的戏谑天性,但更表现出上流社会人士插科打诨时的机智风趣。“晚上好。”他向我们问候道,“我的天哪! 我们三人碰到了一起,别人以为我们是在开工会会议呢。人家就差没去找会计了!”他没有发现德·博泽弗耶就站在他的身后，他的戏言全灌进了将军的耳朵。将军不由得皱了皱眉头。德·夏吕斯先生离我们很近，我们听见他在说："怎么？您叫维克图尼安，与《古物陈列室》书中一个人的名字十分相似。"男爵岔开话题，想延长与两位年轻公子的交谈的时间。"对，是巴尔扎克的书。"絮希家的老大答道，他从未读过这位小说家的一行字，可不久前，他的老师告诉他，他的名字与埃斯格里尼翁的名字颇为近似。德·絮希夫人看到儿子才华出众，连德·夏吕斯先生都为他如此博学而倾倒，不禁心花怒放。

"据十分可靠的渠道，听说卢贝对我们完全赞同。"斯万对圣卢道，这一次声音轻了许多，以免被将军听到，自从德雷福斯事件成了斯万关心的重点以来，他妻子结识的那些共和派的关系愈益能派上用场了。"我跟您谈此事，是因为我知道您跟我们走的完全是一条道。"

"可还不至于到这么彻底的地步；您完全错了。"罗贝答道，"这件事搞得很糟糕，我为自己陷了进去感到十分遗憾。本来与我毫不相干。若再出此等事，我一定退避三舍。我是个当兵的，当然首先拥护军队。如果你还要与斯万先生待一会，我等会再来找你，我要到我舅母身边去一下。"

可是，我发现他走过去明明是与德·昂布勒萨克小姐交谈，一想到他以前矢口否认他俩有可能定亲，对我撒谎，我不禁感到气恼。可当我得知半小时前他才由德·马桑特夫人介绍给德·昂布勒萨克小姐，她希望促成这门婚事，因为昂布勒萨克家十分富有，我的气便全消了。

"我终于发现了一位素有文化修养的年轻人，"德·夏吕斯先生对德·絮希夫人说道，"他读过书，知道巴尔扎克为何许人。在我的同辈和'我们的亲友'中，像他这般富有学识的简直找不出一位，今日与他相遇，令我备感高兴。"他又补充道，特别强调了"我们的亲友"这几个字。尽管盖尔芒特家族的人表面上装得对所有人都一视同仁，在盛大场合与他们意欲奉承又可以奉承的"名门望族"，特别是与那些"出身"不甚高贵的人相聚一堂，但一有机会，德·夏吕斯先生便毫不犹豫地抖出家族老底。

“过去，”男爵继续道，“贵族指的是在智慧和品性方面都出类拔萃的人。可是，我今日才发现第一个知道维克图尼安·德·埃斯格里尼翁是谁的人。我不该说第一个。还有一位叫波利尼亚克和一位叫孟代斯吉乌的也知道。”德·夏吕斯先生又补充道，他知道把这两位与她儿子相提并论，只能叫侯爵夫人听了心醉神迷。“再说，令郎到底出身高贵，他们的外祖父收藏的一套十八世纪珍品闻名遐迩。若您愿意赏光，哪日来我家共进午餐，我把我珍藏的那一套给您看看。”他对年轻的维克图尼安说，“我让您看看《古物陈列室》的一个珍奇版本，上面有巴尔扎克修改的手迹。把两位维克图尼安当面作一比较，我将无比高兴。”

我怎么都狠不下心，撇下斯万。他衰弱到了这个程度，病体像只蒸馏甑，里面的化学反应可观察得一清二楚。他脸上布满铁青色的小斑点，看去不像是张活人的脸，散发出一股异味，就像在中学做罢“实验”后弥漫的那股气味，难闻极了，使人不愿在“科学实验室”再待下去。我问他是否与盖尔芒特亲王进行了一次长谈，是否愿意跟我谈谈他们之间到底说了些什么。

“好吧。”他回答我说，“不过，您先到德·夏吕斯先生和德·絮希夫人身边去待一会，我在这儿等您。”

原来，德·夏吕斯先生嫌屋子过分闷热，建议德·絮希夫人离开这儿，到另一间屋子去坐坐，可他没有请她的两个儿子随母亲一块去，而是向我发出了请求。这样一来，他造成了一种假象，似乎把那两位年轻人引上钩后，便再也不对他们抱有兴趣。由于德·絮希-勒迪克夫人相当不受欢迎，他便顺水推舟，借此给我送个人情。

不巧，我们在一个挤得没有一点空当的门洞刚刚坐了下来，圣德费尔特夫人，男爵嘲弄的目标，走了过来。或许为了掩饰她对德·夏吕斯先生的反感情绪，抑或为了公开表示对此不屑的一顾，甚或为了显示她与这位与他交谈如此随便的夫人关系亲密，圣德费尔特夫人既傲慢又讨好地向这位出名的美人道了声“日安”，美人马上还礼，面带讥笑，用眼角瞟了一眼德·夏吕斯先生。我们身后的德·圣德费尔特夫人想继续为第二天搜罗宾客，可门洞狭窄，她进退两难，难以脱身。德·夏吕斯先生渴望当着那两位年轻公子的母亲的面，显示一番他冷嘲热讽、放肆攻击的本领，这样宝贵的时机，他岂能轻易放过。我无意中向他提了一个愚蠢的问题，正好给他提供了大吹大擂、得意洋洋的机会，可怜的圣德费尔特夫人挤在我们身后，几乎动弹不得，只得一字不漏，听他大肆嘲弄。

“您信不信，这位冒失的年轻人，”他向德·絮希夫人指着我说，“他冒冒失失，竟问我是否要去德·圣德费尔特夫人家，一点也不注意，这类需要应该有所掩饰，我想，他这样岂不等于问我，是否要拉肚子。我呀，无论如何得设法找一个更舒服的地方去放松放松，反正得比去那一个人家强，如果我记忆力不错的话，我刚要出世，那人就庆祝百岁大寿了。坦率地说，我才不去她家呢。不过，听起来，谁能比她更有意思？多少历史回忆，耳闻目睹，亲身经历，有第一帝国的，也有复辟时期的，还有多少秘史隐私，自然没什么‘神圣’可言，倒可以说是‘青’得酸溜溜的，如果您相信百岁老人活蹦乱跳，大腿还轻巧着呢！我不去打听那些令人神往的时代，那是因为我嗅觉器官灵敏。老太太在身边一站就够了。我一下子想说：‘唷！我的天，谁砸了我的粪坑。’其实是侯爵夫人为了请客，刚把嘴巴打开的缘故。您明白吧，我上她家可就倒霉了，粪坑可就扩张成洋洋大观的排粪池子了。可是，她偏有一个神秘的姓氏，总引起我‘金婚’大喜般的联想，尽管她早就度过了‘金婚’喜庆，我联想起那首所谓‘堕落’的愚蠢的诗：‘啊！青青！那天我的灵魂多青青……’但我需要的是一种更有自己特色的青翠。有人告诉我，那位不知疲倦的女人四处奔波，要举办‘游园会’，我管它叫‘请到阴沟一游’。难道您要去溅上一身臭水？”他问德·絮希夫人，这一回，她实在尴尬。因为，当着男爵的面，她想装出不去的样子，但她心里明白，即使自己少活几天，也不可错过圣德费尔特游园会，于是她采取了折衷的办法,就是说,不置可否,以摆脱窘境。这种模棱两可的态度,形同愚不可及的艺术爱好者,又像专爱斤斤计较的裁缝,以至于德·夏吕斯先生虽然还想讨好她,但却毫无顾忌,不怕冒犯她,哈哈大笑起来,以便向她表明“我才不信呢”。

“我向来钦佩办事计划周到的人,”她说,“可我往往在临走时刻取消约会。为了一条夏季裙子的小事,我都可以改变主意。全凭我到时的兴致如何而定。”

就我而言,我对德·夏吕斯先生刚才那番可恶的嘲讽感到愤愤不平。我多想对那位举办游园会的妇人大加称颂。不幸的是,在上流社会如同在政界一样,受害者总是那么胆小怕事,对迫害他们的人不会耿耿于怀。德·圣德费尔特夫人终于挤出被我们挡住了进口的门洞,经过时,无意中轻轻碰了男爵一下,遂顺水推舟暗附风雅,顿时打消内心的一切愤懑,甚或指望能以此搭上腔,看来这也不是首次试验了:“啊!对不起,德·夏吕斯先生,但愿没有把您碰坏。”她大声连赔不是,仿佛跪倒在主人面前。可德·夏吕斯先生只是报以一阵含讥带讽的大笑,末了惠予一声“晚安”,然而那模样像是等侯爵夫人向他问候之后,才发现她在存在似的,因此,这声“晚安”不啻又是一种侮辱,最后,德·圣德费尔特夫人庸俗不堪地走到我的身旁,把我拉到一边,对我耳语道:“可是,我到底做了什么对不起德·夏吕斯的事?据说在他看来,他觉得我不太美。”她边说,边纵声大笑,我真为她感到痛苦。可是,我仍然保持一副严肃的神态。一方面,我觉得她总是摆出那副神气,自以为天下谁也不如她美,或总是设法让人觉得世上就数她美,这未免太蠢。另一方面,这明明并不可笑,可有些人对自己说的却总笑得那么开心,这样一来,哄笑的事情全由他们独自包揽了,自然也就省了我们去张嘴。

“另一些人说他生气是因为我不邀请他。可是,他很难让我能有这股勇气。他像是在和我赌气(我觉得这样说还太轻)。请您设法把事情弄个明白,明天来告诉我。如果他感到内疚,想陪您来的话,那就带他一道来。对任何罪恶都要不失仁慈之心。为这件事,德·絮希夫人很烦恼,要是他来,我还是相当高兴的。我把权交给您了。您对这类事情嗅觉最灵敏,我不想给人一副死皮赖脸乞求宾客上门的样子。不管怎么说,对您,我绝对放心。”

我想起斯万等我一定等累了。再说,由于阿尔贝蒂娜的事,我不想回家太晚,于是,我向德·絮希夫人和德·夏吕斯先生告辞,到娱乐室找到了我那位病夫。我询问他在花园里与亲王交谈的事情是否真的如德·布里奥代先生(可我没有把具体名字告诉他)对我们所说,与贝戈特的一部短剧有关。他朗声大笑起来:“没有一个字是真的,绝对没有,纯属凭空捏造,编造得也着实愚蠢。这一代年轻人,信口雌黄,真是出奇。我不问您是谁告诉您的,可在我们这么一个有限的范围内,一步步追根究底,弄清这到底是怎么编造出笼的,这恐怕挺有趣。亲王跟我说了些什么,怎么会使那么多人感兴趣呢?这些人真是好奇。可我从来都不好奇,除非动了真情或起了醋意。这事可让我眼界大开!您好嫉妒吗?”我告诉斯万,我从不感到嫉妒,甚至不知何为嫉妒,“那好!我恭喜您。稍有点妒心,还不算讨厌。原因有二:一是可让那些不爱打听闲事的人关心一下他人的生活,或至少关心一下另一个人的生活。二是一旦有了妒心,能较真切地感受到拥有一位女性,与她一道乘车,不让她孤身出门所带来的乐趣。不过,只有在妒心初发或可完全治愈的情况下,才可享用此等益处。一旦超越这一极限,便是最为可怕的折磨。再说,我虽然刚才跟您提起那两种乐趣,但应该告诉您,我本人也很少有过这种体会。就第一种乐趣而言,是我性情的过错,我生就不能深思熟虑;就第二种乐趣而言,是因为环境,因为女人的缘故,我指的是许多女人,我曾嫉妒过她们。可这无关紧要。过去爱过的东西,即使现在不再爱了,人们也绝不会对过去的爱恋无动于衷,因为这总有这样或那样的道理,只不过不为他人重视罢了。往昔那些情感的记忆，我们感到就在我们心中；我们也必须回到自己的心田，方能目睹这一记忆。请您不要嘲笑这句唯心主义者的行话，我想要说明的，是我过去酷爱生活，酷爱艺术。哎！如今我已相当疲倦，无法再与他人共同生活，我昔日有过的那些纯属我个人的情感，我觉得无比珍贵，所有收藏家都有此等癖好吧。我向自己敞开心扉，犹如打开橱窗看一看，一件件，有多少爱，别人是无论如何感受不到的。如今，我更珍惜这一珍藏的情感，别的东西就逊色多了，我与爱书如命的马扎兰颇有几分相似之处，我扪心自问，要是失去了这一切，将会多么烦恼。还是言归正传，谈谈与亲王交谈之事吧，此事我只告诉一个人，而这个人，就是您。”可是，我听他说话受到了干扰，德·夏吕斯先生又回到了娱乐室，正在离我们很近处喋喋不休地神吹海聊。“您也读书吗？您有什么爱好？”他问阿尼勒夫伯爵，可伯爵连巴尔扎克的名字也不知晓。然而，正因为在他那对近视眼里，一切都极为渺小，这反而使他造成假象，似乎看得很远，犹如一尊希腊神像，给人以罕见的诗情画意，两只眸子里仿佛星光闪烁，遥远而又神秘。

“我们去花园散散步好吗，先生？”我对斯万说，与此同时，阿尼勒夫伯爵舌头像短了一截似的，仿佛在表明至少他的智力还没有彻底发育成熟，正讨好而又幼稚地准确回答德·夏吕斯先生的提问：“噢！我呀，我倒喜欢高尔夫球、网球，我爱打球，爱跑步，尤其爱马球。”这恰似米涅瓦①，化身之后，便不再为城市的智慧女神，而把自己躯体的一部分化为纯体育，纯马术运动的保护神，成为“马术雅典娜”②。她还去圣莫利茨滑雪，因为帕拉斯③常登高山，追赶骑士。“哈！”德·夏吕斯先生报之一笑，俨然似一位博学的智者，露出超验的微笑，甚至不屑掩饰其讥讽的神情，且自以为

---

①②③ 米涅瓦，罗马神话中的智慧女神，即希腊神话中的雅典娜。雅典娜为雅典城的保护神。她无意中杀死了特里同的女儿帕拉斯，为纪念帕拉斯，雅典娜改名为帕拉斯，并自称帕拉斯·雅典娜。

远比他人聪慧，根本不把那些最不愚笨的人的才智放在眼里，只有当这些人以另一种方式还可能给他带来愉悦的时候，才勉强将他们与最愚蠢者区别开来。德·夏吕斯先生觉得自己与阿尼勒夫交谈，无疑赋予了他一种人人都该羡慕和承认的优越地位。“不，”斯万回答我说，“我太累了，走不动，我们还是到一边坐坐吧，我再也站不住了。”这是实情，可交谈刚一开始，便使他重新恢复了几分活力。这是因为对神经质的人来说，即使处在最真实的疲惫状态，也往往有一部分取决于注意力，仅仅存在于记忆之中。一旦害怕疲倦，他们马上便感到疲乏不堪，要想消除疲劳，只需将疲劳忘却。诚然，斯万并不完全是那种不倦的衰弱者，抵达时满脸倦容，精疲力竭，再也支撑不住，可一交谈起来，便宛若见了清水的鲜花，立即神采焕发，可以一连几个钟头侃侃而谈，从自己的话语中汲取力量，遗憾的是，却无法将此力量传输给倾听其说话的人们，随着说话者越来越觉得神清气爽，听话者则显得愈来愈疲惫不堪。可是斯万属于那坚强的犹太种族，具有强盛的生命力，虽然命运不济，似乎注定要灭亡，但却拼命抗争。正因为他们这个种族深受迫害，所以，他们每人都身染特殊的疾病，临终前一次又一次地进行可怕的挣扎，只见满脸先知般的乱胡子，只露出一只硕大的鼻子，翕动着吸进最后几口气，眼看着就要照例举行祈祷仪式，远房亲戚们准时开始列队，仿佛行走在亚述的起绒粗呢地毯上，动作机械地向前移动，然而，即使到了这种时刻，他们还能继续挣扎下去，拖延的时间之长令人难以置信。

我们去找座位，可离开德·夏吕斯先生、两位年轻的絮希公子和他俩的母亲组成的那个小圈子时，斯万不由自主地朝那位母亲的上身投去品味的目光，像行家似的睁大眼睛久久注视着，充满淫欲。他甚至拿起单柄眼镜，以便看得更加清楚，就这样，他一边跟我说话，一边不时地朝那位夫人的方向瞟去一眼。

“我下面说的一字不差，”待我们坐定，斯万对我说，“就是我和亲王的谈话，若您还记得我方才对您说的，您马上就可明白我为何要选择您为知己。当然，还有别的原因，您迟早有一天会弄清的。‘我亲爱的斯万’，盖尔芒特亲王对我说，‘如果您觉得我近来好像回避您的话，那请您原谅（因为我身体有病，自己也回避大家，所以对此毫无觉察）。首先，我听人说，我本人当然也早有预料，您对那桩使国家遭受分裂的不幸事件，持有与我完全对立的观点。若您当着我的面大加宣扬，准会使我痛苦不已。我神经极其过敏，两年前，夫人听她妹夫赫斯大公说德雷福斯是无辜的，她奋起反驳，但她怕惹我生气，始终没有跟我提起这件事。几乎在同一时期，瑞典亲王来巴黎，他可能对欧仁妮皇后是德雷福斯分子有所耳闻，可他把皇后与我夫人混淆了（竟然把我夫人这样尊贵的女子与那个西班牙女人弄混了，您说怪不怪，那个女人的出身远不如人们传说的那般高贵，也只不过嫁给了一个普普通通的波拿巴为妻），对我夫人说："亲王夫人，我见到您感到双重的高兴，因为我知道您对德雷福斯事件的观点与我的一致，对此，我并不觉得奇怪，因为殿下是巴伐利亚人。"此话给亲王招惹了如下的答复："老爷，我现在身为一位地地道道的法国亲王夫人，我的想法与我所有的同胞一致。"然而，我亲爱的斯万，约在一年半前，我与德·博泽弗耶将军交谈了一次，使我产生了疑虑，那桩案件虽然谈不上冤假错案，但处理之中确有过不公的做法’。"

我们的谈话（斯万不愿让他人听到他所讲的）被德·夏吕斯先生打断了，再说，德·夏吕斯先生根本不把我们放在眼里，他又领着德·絮希夫人转了过来，停下脚步，想方设法再挽留她一会，这或许是由于她两个儿子的缘故，抑或是因为盖尔芒特家族的人向来有那么一种欲望，不愿眼睁睁看着现时的分分秒秒白白流逝，这一欲望使他们陷入了一种骚动不安而又坐等时机的消极状态之中。不久后，斯万把与此有关的一件事透露给了我，使我消除了过去对絮希-勒迪克这一姓氏所产生的一切诗情画意的联想。絮希-勒迪克侯爵夫人与她的那位表兄，可怜巴巴地在封地里生活的絮希公爵相比，在上流社会的地位要高得多，所结交的关系要体面得多，但是，姓氏结尾的“勒迪克”[1]三个字并不具备我赋予它的那种渊源关系，过去，凭我想象，我一直把这三个字与“布尔拉贝”[2]、“布瓦勒鲁瓦”[3]等姓氏联系在一起。可实际上再也普通不过，只不过有一位称为絮希的伯爵在王朝复辟时期娶了一位工业巨富的千金为妻，此巨头叫勒迪克或勒·迪克先生，其父是一位化学产品制造商，法兰西的首富，身为法兰西贵族院议员。国王查理十世为这桩姻缘带来的孩子新封了德·絮希-勒迪克侯爵爵位，因为家族中已有德·絮希侯爵爵位。这一姓氏中虽然附有资产者的姓，但并没有阻碍这一拥有巨产豪富的家族支系与王国最为显赫的家族联姻。现在的这位絮希-勒迪克侯爵夫人出身高贵，本可获取第一流的地位。然而，恶魔把她引入歧途，诱使她对现成的地位不屑一顾，有意摆脱家庭生活，引起纷纷议论。想当初，她芳龄二十，拜倒在她脚下的上流社会受尽了她的蔑视，如今到了而立之年，上流社会却弃她而去，她感到极度痛苦，十年过去了，除了极少数几位忠实的女友，无人再向她致意，于是，她开始努力，一点一滴，艰苦地重新获取她一降生于世便拥有的一切（如此反复，不足为奇）。

对她的那些亲属大老爷，她过去是六亲不认，概不来往，如今轮到他们不认她的时候了，她本可通过向他们唤起童年的往事，诱使他们与她重归于好，可她却表示不愿以此获取欢乐。为了掩饰故作高雅的姿态，她如此表白时，也许是在撒谎，但并不像她自己想象的那样。在巴赞终于属于她的那个日子，她感慨万千：“巴赞，那可是我的全部青春年华！”此番感慨中确实含有几分真情。但是，她选中巴赞做情人，实在走错了一着。为了

① 法语原意为：公爵。

② 法语原意为：修道院院长之镇。

③ 法语原意为：国王之林。

这件事，盖尔芒特公爵的那帮女友一致支持公爵夫人，德·絮希夫人历尽艰辛，好不容易爬上高坡，再一次从上面滑了下来。“嗳!”德·夏吕斯先生想尽点子延长交谈时间，此时正对她说，“请代我向那幅美丽的肖像表示敬意。它怎么样了？有何变化吗?”“可是，”德·絮希夫人答道，“您知道它已不在我那里了:我丈夫一点也不喜欢。”“不喜欢！那可是一幅当代的杰作，可与纳基埃的《夏多卢公爵夫人》媲美，再说，就是纳基埃也并不想将一个逊色的杀人不见血的富丽女神定在画面上！啊！那小蓝领子！弗美尔可从来没有画出比这技艺更高的画，噢，我们声音别太高了，免得斯万听见又攻击我们，为他最喜爱的画师德·德勒弗复仇。”侯爵夫人转过身子，朝起身向她致意的斯万莞尔一笑，伸出手去。但是，或许上了年纪，对舆论无动于衷，使他丧失了道德意识，抑或欲望强烈，有助于掩饰内心欲望的力量被削弱，使他失去了自制的能力，斯万与侯爵夫人握手时贴得极近，从上往下看到了她的酥胸，便无所顾忌地向紧身胸衣深处投去专心、严肃、全神贯注，且又近乎焦躁不安的目光，被女性的芬芳所陶醉的鼻孔抽动起来，宛若一只粉蝶，刚发现一朵鲜花，正准备飞落上去。突然，他猛地从一时心醉神迷的状态中挣脱出来，而德·絮希夫人虽然感到尴尬，但欲望的感染力有时极为强烈，她也一时屏住了深深的呼吸。“画家一气之下，”她对德·夏吕斯先生说，“把画拿了回去。据说这幅肖像现在迪安娜·圣德费尔特府上。”男爵听罢回了一句:“一幅杰作竟会如此没味，我决不相信。”

“他在跟她吹她的那幅肖像，我完全可以跟夏吕斯吹得一样神乎其神。”斯万对我说，故意拿出慢条斯理的无赖腔调，目光须臾不离那远去的一男一女。“而这给我带来的乐趣肯定要比夏吕斯的多。”他又补充了一句。

我问斯万，人们对德·夏吕斯的纷纷议论是否确有其事，我这一问本身就是双重撒谎，因为如果说我不知道人们对他有何议论，那么相反，下午以来，我已完全明白，我欲一吐为快的那些事都是真实发生过的。斯万耸耸肩膀，仿佛我一派胡言乱语。

“换句话说，那是一个令人愉悦的朋友。可是，我有必要补充一句，他纯粹是柏拉图式的。他只不过较之别人更易动情，仅如此而已；不过，他对女人从不过分，这反倒给您意欲弄清的那些荒诞不经的飞长流短提供了某种口实。夏吕斯也许确实很爱他的那些男朋友，可请您相信，那种爱从来只保留在他的脑海和心田。噢，这下，我们恐怕可以安静两秒钟了。对了，盖尔芒特亲王后来又接着说：‘我得向您承认，您知道，我向来崇敬军队，正是为了这一点，一想到办案中有过不公行为，我感到痛苦极了；我后来又跟将军谈及此事，唉，如今我对此已无半点疑问。照实对您说吧，所有这一切，我甚至从未想过，一个清白无辜的人，竟会遭受极不光彩的辱刑。可办案中有过不公行为这一念头一直折磨着我，我开始研究我原来不想阅读的材料，这一回，不仅对“不公”产生疑问，而且对“无辜”也顿生疑团。我觉得不该把这种种疑团告诉夫人。上帝知道她已经成为像我一样地地道道的法国人，不管怎么说，自我娶她为妻的那天起，我就向她展现了我们法兰西的绚丽丰姿，向她展现了在我看来法兰西最辉煌的业绩——军队，我的心是多么殷诚，虽然内心的疑虑确只涉及几名军官，但要告诉夫人，我于心不忍，着实大为痛苦。可是，我出身军人世家，不愿相信军官会混淆是非。我再次向博泽弗耶谈了我内心的疑虑，他向我承认，确实有人暗中策划阴谋，应当受到谴责，那份情报也许不是德雷福斯提供的，但他有罪，证据确凿。所谓证据，就是亨利的人证。但几天后，得知他纯属伪证。从那时起，我就回避夫人，开始阅读《世纪报》、《震旦报》，一天不落；不久，我的疑团一个个解开了，我再也无法安睡。我向我们的好友，修道院院长普瓦雷倾吐了精神上的痛苦，我诧异地发现，他和我一样，确信德雷福斯清白无辜，我请求他为德雷福斯、为他不幸的妻子儿女做弥撒。此间，一天上午，我去夫人卧室，发现侍女手里有件东西，一见我便慌忙藏起来。我笑着问她是什么东西，她脸唰地涨得通红，不愿以实情相告。我对妻子向来无比信任，此事使我极为不安（妻子也肯定心绪不宁，她的侍女无疑将此事告诉了她），事后进午餐时，我亲爱的玛丽几乎没有和我说话。这天，我问普瓦雷院长能否在次日为我给德雷福斯做弥撒。’哎，好了！”斯万压低声音，惊叫起来，打住了话头。

我抬头一看，发现盖尔芒特公爵正向我们走来。“对不起，打扰你们了，我的孩子们。我的小宝贝，”他朝我说道，“我受奥丽阿娜之托前来找您。玛丽-希尔贝请她留下与他们一起吃点夜宵，总共就五六个人：赫斯亲王夫人、德·利尼夫人、德·塔兰托夫人、德·谢弗勒丝夫人，还有阿朗贝公爵夫人。可惜，我们不能留下来，因为我们还要去参加一个小小的宴会。”我洗耳恭听，可每当我们在一特定时刻有事需办时，便会委派我们心中某个惯于此类差役的小厮注意时间，及时向我们禀报。内心的这一仆人按我数小时前的吩咐，这时向我提醒，此刻在我脑海深处的阿尔贝蒂娜，看完戏该很快来我家了吧。我也谢绝留下吃夜宵。这并非我在盖尔芒特亲王夫人府中不开心。人们可以有多种乐趣。而真正的乐趣是为了它能牺牲另一种乐趣。但是，倘若这后一种乐趣显而易见，甚或唯独它惹人注目的话，那它便可能遮掩了前一种乐趣，让妒心十足的人内心趋于平静，摆脱其嫉妒之心，诱使上流社会作出错误评价。然而，几分幸福或几分痛苦就足以使我们为了一种乐趣而牺牲另一种乐趣。偶尔，还会潜藏第三种乐趣，它虽然更为深沉，但也必不可少，尽管在我们眼中还不存在，但已深藏在我们身上，偶露峥嵘，引起遗憾、气馁。然而，我们日后追求的正是这种乐趣。这里附带举个例子，在和平时期，一个军人会为爱情牺牲交际生活，但战争一爆发（甚至无须求助爱国之责任感），他便会转而为更加强烈的战斗热情而牺牲爱情。尽管斯万说他向我吐露了其遭遇，感到畅快，但我明显觉得，由于时间已晚，又因他身体极不舒服，与我交谈实际上是在受累，就像那些身体衰弱的人，他们心中完全清楚，若一再熬夜，劳累过度，简直是在玩命，因此回家时，每每感到绝望与悔恨，其心情恰似钱财挥霍一空而归的浪子，虽然悔恨不已，但却无法自控，第二天照旧把钱往窗外扔，大肆挥霍。无论年迈还是得病所致，反正只要身体衰弱到一定程度，任何不顾起居习惯，打乱生活规律，牺牲睡眠而获得的乐趣都会转而成为一种烦恼。这位谈锋极健之人出于礼貌，也因为兴致使然，继续侃侃而谈，但是，他心中清楚入眠的时刻已过，随之而来的失眠和疲惫会令他后悔不迭。再说，即使一时的乐趣得到了满足，但由于体力和精力消耗过分，虽然在对话者看来也是某种消遣，却无力欣然享受。这就好比有一天正要外出或者搬家，客人的来访成了负担，人坐在行李箱上接待来客，而两只眼睛却死盯着挂钟。

“终于又剩下我俩了。”斯万对我说，“我忘了讲到哪儿了。我刚才跟您讲到，亲王问普瓦雷院长能否为他给德雷福斯做场弥撒，是吧。‘“不行”，修道院长回答我说（“我跟您讲‘我’，”斯万对我说，“因为是亲王亲口对我说的，您明白吧？”），“因为明晨已经有人请我为他做弥撒。”“怎么”，我对他说，“还有一个天主教徒跟我一样确信他无罪？”“的确如此。”“可是，那位信徒确信他无罪的时间不如我久。”“可那位信徒已经让我为他做了好几场弥撒了，那时您还认为德雷福斯有罪呢。”“啊！我明白了，那人肯定不是我们圈子里的。”“恰恰相反！”“真的，我们中间真的有德雷福斯分子？您让我吃了一惊。我真希望与他交交心，要是我认识他，这只珍禽。”“您认识。”“他叫什么名字？”“盖尔芒特亲王夫人。”“我担心挫伤我爱妻的民族主义观点和法兰西民族信念，而她也害怕动摇我的宗教信仰和爱国情感。就她那方面来说，她的想法与我一致，尽管她考虑得比我还早。她侍女在她卧室藏掩的东西，正是侍女每天为她去买的《震旦报》。我亲爱的斯万，打从那时起，我就想我会让您高兴，告诉您我的思想在这一点上与您的是多么相似；请原谅我没有更早告诉您。倘若您想一想我对夫人所持的沉默态度，您就不会感到奇怪：正是与您的想法一致，我才回避您,若与您思想有别,兴许还不至于那样躲着您。因为要开口谈那件事,我无比痛苦。我越坚信这是一件冤假错案,其中甚至有过犯罪行为,我对军队的爱心便愈流血不止。前不久的一天,有人告诉我,您强烈谴责对军队的侮辱,坚决反对德雷福斯分子同意与侮辱军队的家伙结成同盟,那时,我本应该想到,即使您持有与我类似的看法,也决不会给您造成与我同样的痛苦。那件事促使我下了决心,我承认,向您倾吐我对某些军官的看法,这于我是种痛苦,幸亏这类军官为数不多,可从此我再也用不着回避您,尤其您从此彻底明白了,我当初之所以会坚持不同的看法,那是因为我当时对判决的依据没有纤毫的怀疑,这对我来说又是一种宽慰。我这人一旦有了疑问,所希望的便只是一件事:纠正错误。'我老实向您承认,盖尔芒特亲王的这席话使我深受感动。如果您与我一样,对他颇为了解,知道他下如此决心该要付出多大勇气,那您定会对他肃然起敬,他也受之无愧。再说,对他的思想观点,我并不大惊小怪,他那人的禀性是多么耿直!"

斯万忘了就在这天下午,他对我说过与之相反的话,他说对德雷福斯这一事件所持的观点通常受到传统意识的制约。只不过他认为聪明才智应另当别论,因为在圣卢身上,正是聪明才智战胜了传统意识,使他成了德雷福斯派的一员。然而他刚才已经看到这一胜利是短暂的,圣卢又转入了另一阵营。因此,他现在认为起作用的是心灵的正直,而不是他不久前以为的聪明才智。实际上,我们事后总会发现,我们的对手坚持自己的立场自有一定道理,并非因为他们那样行事可能正确,同样,有人之所以与我们持相同的观点,那是因为聪明才智或正直禀性起了推动作用,若他们品质低下,不足以起到作用,那便是聪明才智促动的结果,若他们缺乏洞察力,那便是正直的禀性起了作用。

现在,斯万不加任何区别,凡观点与他一致者,他一律都认为是聪明人,如他的老朋友盖尔芒特亲王和我的同窗布洛克,在此之前,他一直把布洛克撇在一边，如今居然又邀请他共进午餐。斯万把盖尔芒特亲王是德雷福斯一派的事透露给了布洛克，引起了他极大兴趣。“应该要求他在我们为比卡尔请愿的名单上签名；签上他那般显赫的姓氏，准会产生巨大影响。”但是，斯万的内心深处除了拥有犹太人特有的强烈信念之外，还掺有上流社会人士的圆滑与稳重，这在他身上已经根深蒂固，如今要摆脱为时已晚，他拒不允许布洛克给亲王寄请愿书，哪怕是装出自发寄去的。“他决不会签名的，切勿强人所难。”斯万重复道，“他绕了千万里，好不容易向我们靠拢，多可喜呀。他对我们可以大有用处。如果他在您的请愿书上签上名，那他在他的那帮亲朋好友中的信誉势必受到影响，会因我们受到惩罚，这样一来，他也许还会后悔吐露了真情，以后再也不说知心话了。”而且，斯万自己也拒绝签名，他认为这未免太希伯来化了，免不了会造成不良后果。再者，即使他支持案件重新审理的有关行动，他也绝不愿意参与反军国主义的运动。他胸佩在此之前从未戴过的勋章，这枚勋章是他在 1870 年作为血气方刚的国民别动队员荣获的，他还在遗嘱上追加了一条，与他先前的遗嘱条文相悖，要求逝世后向他的荣誉勋位团骑士勋位衔致以军礼。此举招来了一大群骑士勋位获得者，把贡布雷教堂的周围挤得水泄不通，想当初一想到战争的前景，弗朗索瓦丝每每为他们的前途伤心落泪。总而言之，斯万拒绝在布洛克的请愿书上签名，所以尽管许多人把他看作是一位狂热的德雷福斯分子，但我的同窗却认为他热情不高，受民族主义思想毒害甚深，是个民族主义分子。

斯万没跟我握手就走了，因为在客厅里，他的朋友太多了，不想一一握手告辞，可他对我说：“您该来看望一下您的女友希尔贝特。她真的长大了，变了，您兴许都认不出她了。她该会多么高兴啊！”我已经再也不爱希尔贝特了。对我来说，她犹如一位死者，对她久久哀悼之后，便把她遗忘了，即使她死而复生，也再不能在一个人生活中占有位置，因为这个人的生命已不再属于她了。我再无欲望去看望她，甚至再也不愿向她表明我并不是非要见她不可，想当初我爱她之时，我曾每日暗暗发誓，一旦不再爱她，就对她明言相告。

为此，对希尔贝特，我只得装模作样，似乎恨不能与她见面，只因意外情况，“不以我的意志为转移”，把我拖住了，确实，至少因为造成了某种后遗症的缘故吧，一旦我无意去摆脱意外情况，却偏偏出现意外，我非但没有对斯万的邀请持慎重态度，反而坚持让斯万应允把情况原原本本地向他女儿解释清楚，是因为意外情况缠住了我，使我无法脱身去看她，以后恐怕还不能去看望她。我执意强求，直到斯万答应后，才放他离去。“此外，我等会儿一回家就给她写信。”我补充说，“可您得向她讲明白，这封信准会让她大吃一惊，一两个月后，我就可腾出身来，到那时，她肯定会吓得浑身哆嗦，因为我要经常去您府上，甚至跟以前一样频繁。”

让斯万走之前，我又提醒他保重身体。“噢，不，还没有糟到这个程度。”他回答我说，“不过，正如我告诉您的，我已经相当疲乏，我已作好思想准备，一切听天由命。只是我得承认，若要死在德雷福斯案件了结之前，实在难以瞑目。那帮混账无赖个个诡计多端。我毫不怀疑，他们最终会被打败，可他们势力很强，处处有后台。事情往往会功败垂成啊。我多么想多活几天，看到德雷福斯恢复名誉，与比卡尔上校见上一面。”

斯万走后，我又回到大客厅，盖尔芒特亲王夫人就在里边，那时，我还真没意识到我有一天会与她如此难舍难分。开始，她对德·夏吕斯先生的爱恋之情尚未被我察觉。我只发现男爵对盖尔芒特亲王夫人不抱任何敌意（而他的敌意不足为怪），对她一如既往，也许比以往还更添几分亲热，可打从某个时期起，每当有人谈及亲王夫人，他总满脸阴云，显得闷闷不乐。在他希望一起聚餐的好友名单上，再也不提她的名字。

在此之前，我确实听上流社会一个心怀恶意之徒说过，亲王夫人与以前判若两人，爱上了德·夏吕斯先生，可我认为这纯属荒唐的诽谤，感到气愤。我诧异地发现，当我谈及和自己有关的事时，如果中间提到德·夏吕斯先生，亲王夫人的注意力便会绷得更紧，好比一位病人，听我们谈论自己的事时，自然心不在焉，无精打采，可突然听到提起他所患的那种疾病，就引起了他的兴趣，甚至听得兴致勃勃。亲王夫人就是这样，一旦我对她说“正好，德·夏吕斯先生告诉我……”，她便立即将放松了的注意力缰绳重新拉紧。有一次，我当着她的面说德·夏吕斯先生眼下对某某女性情意正浓，我惊奇不已，发现亲王夫人的眼里迸射出异样的光芒，在眸子里忽闪一下，瞬息即逝，仿佛划了一道精神突然失常的印迹，因为我们的谈话不知不觉打动了对方的心思，那秘而不宣的心绪不用言语加以表述，而是从被我们搅乱了的心灵之海底上升到瞬息即变的目光水面。倘若说我的话激起了亲王夫人的感情涟漪，可我的确没有考虑到起作用的是何种方式。

况且不久之后，她主动和我谈起德·夏吕斯先生，而且几乎毫不隐讳。她虽然也提到极个别人对男爵的风言风语，但被她一概视为无中生有，恶意中伤。不过，她还说：“我认为，一个女人，要是爱上了帕拉墨得斯那样的大才子，那需要有相当远大的目光，足够的献身精神，才能忍受，理解，顺其自然，尊重其自由、爱好，一心一意为他遣忧解难。”然而，德·盖尔芒特夫人尽管如此闪烁其词，却天机毕露，暴露了她极力粉饰的到底是什么，其手段与德·夏吕斯先生不时使用的伎俩如出一辙。眼下，有的人尚弄不清有关传闻对夏吕斯是否纯属污蔑，我曾多次听见夏吕斯向这些人表白：“我呀，一生坎坎坷坷，无论是盗贼还是国王，各种各样的人都见识过，形形色色的美，我也都追求过，应该承认，相比之下，我对盗贼还偏爱一些……”通过这番他自以为巧妙的话，对无人怀疑确曾流传过的风言风语予以否定（抑或出于兴趣，出于利弊的权衡，出于真实性的考虑，想为真理作出一份只有他认为微薄的贡献），他消除了一些人对他的最后几分怀疑，但也使另一些尚未产生怀疑的人对他打上了最初几个问号。殊不知窝藏罪中最为危险的莫过于罪犯思想中的窝藏过失本身。由于他心里总惦记着有这种过失，所以，他难以设想过失本身往往鲜为人知，难以设想纯粹的谣言多么容易被人轻信；反过来，他也难以明白，在他自以为无可指摘的讲话中，在他人看来，不打自招出何等程度的真相。再说，他若千方百计守口如瓶，那他不管怎样，都是大错特错了，因为在上流社会中，没有得不到支持、纵容的恶癖，曾有过这样的事：一旦知道两姊妹相爱并非出于姊妹之情，那城堡里就忙乱一番，重新安排，以便让两姊妹同床共枕。不过，使我突然察觉到亲王夫人私情的，是一桩特殊的小事，在此不想多说，因为此事与另一个传闻有关，听说，德·夏吕斯先生宁可得罪王后，也不肯失约于理发师，理发师得给他做头烫发，是给一位公共汽车检票员看的，在此人面前，德·夏吕斯先生乱了方寸，六神无主。不过，为了讲清亲王夫人的私情，还是谈一谈是哪桩心事打开了我的眼睛。那一天，我独自与亲王夫人坐在马车上。经过一家邮局时，她让车子停下。这天出门，她没有带贴身仆人。只见她半遮半掩地从手笼中掏出一封信，动身下车，想把信丢进信筒。我想阻拦她，可她微微躲闪了一下，这时，我们俩便马上全都明白了，她动身下车前的举动明显是在保护秘密，反倒泄露了天机，而我竟加以阻拦，有碍于她保守秘密，实在不太知趣。她首先恢复了镇静。但是，她还是满脸绯红，把信递给我，我不敢不接，可往信筒丢信时，无意中瞥见此信是写给德·夏吕斯先生的。

现在再回过头来，继续谈首次赴亲王夫人府上参加晚会时的情况。盖尔芒特公爵夫妇领着我，急于离去，我便去向亲王夫人告辞。不过，德·盖尔芒特公爵还是想亲自与兄弟告别。德·絮希夫人站在一扇门下，不失时机地告诉公爵，说德·夏吕斯先生对她和对她儿子和蔼可亲。兄弟如此亲热待人，实属平生第一回，这使巴赞深受感动，唤醒了那沉睡的难以持久的骨肉之情。我们向亲王夫人话别时，巴赞虽没有特意向德·夏吕斯先生致谢，但执意向他表露了内心的一片深情，或许是实在难以自已，抑或是希望男爵牢记，像此晚的这种姿态，兄弟自然不会熟视无睹，就好比有人用糖果奖赏用后腿直立逗人的小狗，让狗牢牢记住，只要用后腿直立，就可得到这种甜头。“嗳！小弟，”公爵拦住德·夏吕斯先生，深情地拥抱着他，说道，“从大哥面前走过，怎么也不打声招呼。我见不到你了嘛，麦麦，你不知道这让我多挂念。我翻看过去的一些家信，一下子就找到了可怜妈妈的信，那一封封信对你多么溺爱啊。”“谢谢，巴赞。”德·夏吕斯先生回答道，声音哽咽，只要提到母亲，他每每抑制不住内心的激动之情。“你该下决心，允许我在盖尔芒特为你置幢房屋。”公爵继续说。“看见兄弟俩这样亲热，真高兴。”亲王夫人对奥丽阿娜说。“啊！我觉得世上像这样的兄弟找不出几对。我日后一定邀请您和他来做客，”奥丽阿娜向我许诺道，“您和他相处不错吧？……唉，他们到底能有什么说不完的话。”她声音不安地添了一句，因为她实在听不清他们在说些什么。每看到德·盖尔芒特先生与兄弟谈论过去时的那份高兴劲头，她总不免产生几分醋意，原因是只要涉及往昔的事情，德·盖尔芒特先生往往有意避开妻子一点。她感到，当兄弟俩高高兴兴挨在一起，她再也难以抑制内心的好奇，迫不及待凑到他们身边去时，他们对她的到来并不满意。可这天夜晚，除了这一习惯产生的醋意之外，还平添了另一分妒心。原来，德·絮希夫人将实情告知了德·盖尔芒特先生，说他兄弟如何如何亲热，希望他向兄弟致谢，同时，盖尔芒特夫妇的忠实好友也认为应该把情况通报公爵夫人，说他们看见她丈夫的情妇与她丈夫的小弟单独待在一起，这使德·盖尔芒特夫人感到苦恼。“想一想过去我们在盖尔芒特是多么幸福，”公爵继续对德·夏吕斯先生说，“要是你夏季来玩，我们又可以像过去一样，快乐地生活。你还记得古弗老爹吗？”“帕斯卡尔为什么搅得人心慌意乱？因为他被搅得心……心慌……意乱，”德·夏吕斯先生背诵道，仿佛还在回答老师的提问，“那帕斯卡尔为什么被搅得心慌意乱？因为他搅得人心……心慌……意乱。”“‘很好，您肯定会通过，准能得到好评，公爵夫人还会奖给您一部《汉语词典》。’我还记得清清楚楚，我的小麦麦！我还记得埃尔费·德·圣当给你带回了一只古色古香的大瓷花瓶，那情景至今历历在目。你对中国是那么热爱，吓唬我们要到那个国度去生活一辈子；那时，你就已经喜欢出门闯荡。啊！你这人非同一般。可以说无论对什么东西，你的情趣向来与众不同……”公爵最后这几句话刚一出口，整个脸便顿时涨得像红彤彤的太阳，因为他对兄弟的德行，至少对兄弟的名声了若指掌。他过去从来没有对兄弟提及这方面的事，现在不慎失言，似乎还与兄弟的名声有关，就更感到尴尬了，而且愈是显得尴尬，也就真的更为尴尬了。沉默片刻之后，公爵为了抹去最后那几句话，说道：“谁知道，你过去也许爱着哪位中国女子，后来又爱上了一个个白皮肤女郎，惹她们喜欢，比如有那么一位夫人，你今晚与她一起交谈，让她满心喜悦。她对你心都醉了。”公爵本来打算不提德·絮希夫人，可刚才不慎说了不合时宜的话，弄得脑子混乱一片，慌忙中张口就拿近在眼前的女子为例，然而，不管她怎么让他动心，恰恰就不该在谈话中提她。德·夏吕斯先生察觉到兄长满脸通红。谁都知道，要是罪犯听到别人当面提及并不认为是他们所犯的罪行，他们总是力戒显出局促不安的样子，即使有可能引火烧身，也还是觉得继续交谈为妥。“我对此感到非常高兴。”德·夏吕斯先生回答公爵说，“可我还是想回过头来谈谈你方才说的那句话，我觉得你的话中肯极了。你说我的思想向来与众不同，说得何其正确啊！你说我情趣特殊……”“不对。”德·盖尔芒特否认道，他确实没有说过这几个字，或许也不相信弟弟会干出这几个字所意味的事情。抑或公爵自以为有权提一提男爵的古怪行为，让他心里不好受？不管怎么说，男爵的那些古怪行为尚相当隐秘，说不清楚，决不会危及他目前的显赫地位。再说，公爵感到弟弟的这一地位对他的情妇们也许有益，心想也该有所回报，表示几分宽容；即使现在已经洞悉弟弟某一“非同一般”的私情，但由于希望获得弟弟的支持，且这一希望又交织着对往昔虔诚的回忆，德·盖尔芒特先生也会熟视无睹，不予追究，需要时甚至会助一臂之力。“瞧您，巴赞；晚安，帕拉墨得斯。”公爵夫人又恼火，又好奇，实在再也憋不住了，开口说道，“要是您已经决定在此过夜，那我们最好还是留下吃夜宵。您都让玛丽和我整整站了半个小时了。”公爵意味深长地拥抱了弟弟之后，离开了他，我们三人一起走下亲王夫人宫邸宽大的台阶。

最上的几级台阶上，两侧立着一对对夫妇，等着马车前来迎接。公爵夫人身体笔直，独自站到台阶的左侧，身旁是她丈夫和我。她已经裹上提埃波洛式外套，领子紧扣着宝石扣环，周围的男男女女贪婪地盯着她看，企图出其不意，探察出她举止优雅、美妙的奥秘所在。在德·盖尔芒特夫人所处的同一级台阶的另一侧，德·拉加东夫人在等候着马车。她早已绝望，恐怕永远盼不到表妹主动来访，因此一见德·盖尔芒特夫人就转过身去，装着没有看见，以免留下笑柄，说表妹对她根本就不理睬。跟她站在一道的几位先生自以为是，觉得应该跟她谈谈奥丽阿娜，德·拉加东夫人好不恼火：“我一点也不愿见她。”她回答他们说，“况且，我刚才已经看见了她，她开始变老了；看样子她也无能为力。巴赞亲口这样说过。哎呀！我呀，对此完全理解，她人不聪明，坏得全身流脓，举止又粗俗不堪，她自己心里明白，一旦人老珠黄，就再也没有任何资本了。”

我早早把外套穿到了身上，由于当时天气较热，德·盖尔芒特先生担心等会儿天凉下来，与我一起下台阶时，好生教训了我一番。或多或少都受过迪邦卢大人教育的那一代王公贵族法语都讲得十分糟糕（卡斯特兰一家例外），公爵竟以这样的语言表达其思想：“外出前，最好别穿衣，至少，**一般论点如此。**”那天出门时的整个情景至今历历在目，我仿佛又看到了德·萨冈亲王，若无不可的话，我像是把他的肖像从画框中搬到了这个台阶上，那一回似乎是亲王的最后一次上流社会聚会，我又清楚地看到了他脱帽向公爵夫人致意的姿态，他手戴洁白的手套，与饰孔上装饰的栀子花相映成趣，只见他旋舞着手中的那顶大礼帽，动作十分夸张，旁人不胜惊讶，以为那准是一顶旧制度时流行的羽毛毡帽，在这位贵族的脸上，祖宗的容貌得到了恰如其分的再现。他在公爵夫人身旁虽然只停留了片刻，然而即使瞬息即逝，他的这番姿态也足以组成一幅活生生的画卷，犹如一个历史性的镜头。况且，他不久后就谢世了，在他生前，我就见过他这么一面，对我来说，他已经完完全全成了一位历史人物，至少是交际历史的人物，因此，有时想起我认识的那一女一男竟是他的妹妹和侄子，真感到有点儿惊讶。

我们下台阶时，一位妇人正往上面走，她一脸得体的倦态，看去只有四十来岁，尽管实际年龄要大些。此人是奥尔维里埃亲王夫人，传说是帕尔马公爵的私生女，她声音甜美，稍带刚劲有力的奥地利口音。她拾级而上，高大的身躯向前弯曲，只见她身着白底印花丝裙，颈挂沉甸甸的珠宝项链，任凭那撩人的胸脯疲乏无力地起伏晃荡。她活像一匹国王的良种牝马，摇着脑袋——也许是那串价值连城、重不堪负的珍珠项链像笼头一样套得她好不自在——左顾右盼，投去温馨、诱人的目光，那蓝蓝的色彩因渐渐变淡而愈显其柔美，每遇到离去的宾客，她差不多都友好地点头致意。“您来的可真是好时候，波莱特！”公爵夫人道。“哎，我遗憾极了！可实在没有办法脱身。”奥尔维里埃亲王夫人回答道，类似的答话，是她从盖尔芒特公爵夫人那儿学来的，不过说起来声音温柔，其中又含有一点铿锵的条顿口音，平添了几分自然的温文尔雅和真挚动人的神韵。她像是在暗示生活之错综复杂，一言难尽，而不是显得那么庸俗，张口便提晚会的事，尽管她此时刚刚连续赶了几场聚会。不过，她并非因为参加聚会而无法脱身，被迫姗姗来迟。多少年里，盖尔芒特亲王曾禁止夫人邀请奥尔维里埃夫人做客，禁令解除后，奥尔维里埃夫人处事审慎，对亲王府的邀请，只是差人送去名片，表示谢忱，以免给人造成迫不及待想去赴会的印象。以如此手段周旋了两三年后，她才亲自登门，但去得都很迟，像是刚刚看完戏才赶去赴会。这样一来，她给自己披上了伪装，似乎对晚会并不在乎，也不愿抛头露面，只不过来拜访一下亲王夫妇，而且仅仅出于好感，等到来客大都走后，才来看望他俩，她也由此“可以更好地享受与他俩相聚的乐趣”。“奥丽阿娜可真是堕落到了极点。”德·加尔东夫人嘟嘟囔囔抱怨道，“我简直不理解巴赞竟让她跟德·奥尔维里埃夫人搭腔。德·加拉东先生决不会允许我干这等事。”可是，我却认出了德·奥尔维里埃夫人，她就是那位女子，在盖尔芒特府邸附近向我投来迟缓、倦怠的目光，继而转过身去，在商店的玻璃橱窗前流连忘返。德·盖尔芒特夫人给我作了介绍，德·奥尔维里埃夫人妩媚动人，既不过分亲热，又不那么冷漠。她像对所有人一样，用那双温柔的眼睛看了看我……然而，日后若能与她重逢，我恐怕再也得不到她这种分明在主动接近的表示。一个年轻人绝对领会不了某些女子——也包括某些男士——那种表示已经认出你来的特殊目光，非得到与你熟悉了，知道你也是他结识之人的朋友时，才能有所领悟。

有人禀报马车已上前恭候。德·盖尔芒特夫人提起红裙，像是要下台阶去登车，可是，或许一时内疚，抑或想给人一点快乐，尤其是因为她意欲去做的那件事情很烦人，她想乘眼下这一实在无法拖延的短暂时刻敷衍一下，只见她看了看德·加拉东夫人；接着，仿佛像是刚刚发现她，灵机一动，下去前穿过了整级台阶，来到喜出望外的表姐面前，向她伸出手去。“多久没见面了！”公爵夫人向她感叹道，紧接着神色慌张地朝公爵扭过身去，以免进一步解释这声感喟中似乎包含的种种遗憾以及正当理由。公爵已经与我下了台阶，正向马车走去，却发现妻子朝德·加拉东夫人那边走，弄得其他马车无法正常往前靠，气得大发雷霆。“奥丽阿娜还是那么漂亮啊！”德·加拉东夫人道，“有人说我们俩关系疏远，我听了觉得可笑；出于某些我们没有必要让外人过问的原因，我们可以一连数年互不见面，可我们有着多少共同的记忆，永远不可能疏远，她心里完全清楚，她爱我远胜于爱那许许多多她天天见面，但毫无血缘关系的人。”德·加拉东夫人确实如同那些遭人蔑视的情郎，试图尽一切可能让人相信，他们获得的爱比那些受自己心上人疼爱的夫君要深。接着，德·加拉东夫人（她对盖尔芒特公爵夫人倍加称赞，却不想想与刚不久自己所说的话自相矛盾）含蓄地表明，盖尔芒特公爵夫人已经彻底掌握人之行为准则，这些准则将引导她成为一位尊贵风雅的女性，但是眼下，她那身令人惊叹的打扮虽然令人赞美，但也惹人妒羡，作为尊贵风雅的女性，确实应该善于表现，穿过整个台级，一步步平息他人的妒心。（天刚刚下过一场小雷阵雨）“至少得留点神，别湿了您的鞋。”公爵大声道，他等得好不耐烦，还在气头上。

回府的路上，由于轿式马车狭小，德·盖尔芒特夫人脚上穿的那双红鞋与我的脚必然挨得很近，她竟然担心碰上我的脚，对公爵说：“我记不得哪张漫画了，这位年轻人不得不像漫画那样提醒我：‘夫人，您就说您爱着我就是了，可千万别这样在我脚上踩。’”不过，此时此刻，我的思绪与德·盖尔芒特夫人相去甚远。自从圣卢跟我提起那位沦为娼妓的名门闺秀和普特布斯男爵夫人那位侍女以来，每天，我那被众多美女激起的欲望便整个儿集中在她俩身上，美女一般分属于两个阶层，一个是地位卑微，但容貌不凡、端庄秀丽的豪门侍女，她们往往神气十足，谈起公爵夫人来满口“我们，我们”；另一个是如花似玉的少女，即使没有目睹过她们坐车或徒步经过时的风采，但只要在哪个舞会消息上看到她们的芳名，就足以令我充满爱慕之情，在她们消夏避暑的城堡名册中认真查询一番之后（往往混淆了相似的城堡名），遂想入非非，漫游西部平原，北部沙丘，南部松林。但是，纵然融尽世间最为美妙的人体，我也难以按照圣卢向我描绘的理想，塑造成那位轻佻可爱的少女和普特布斯太太那位贴身女仆，只要我一天未睹她们的芳容，我这两位可以占有的佳丽就将一天缺少我至今尚不了解的东西：个性。在我对少女燃起欲火的日日月月里，我不得不绞尽脑汁，极力想象圣卢给我提起的那位姑娘容貌到底如何，她到底是何许人；每当我倾心于某个贴身女仆，我就一连数月，挖空心思，企图捕捉普特布斯太太的侍女的容貌与个性，然而，一切纯属枉然。我爱过的娇女何其多,然而她们如过眼云烟,我甚至都不知她们的姓名,说到底,要再见她们一面极为困难,要了解她们就难上加难,要征服她们也许断断不能,难平的欲火无休无止地折磨着我,而今,我终于从所有这些隐名埋姓、走马灯似的一闪而过的形形色色的美女中,选中了两个珍贵的典型,各自都拥有了体貌特征卡,我至少可以肯定,一旦需要,她们的特征卡唾手可得,这使我的心灵得到了莫大的平静！我如同推迟享受工作的乐趣,一再推延消受这一双重乐趣的时刻,而由于我胸有成竹,需要时,这种乐趣轻易可得,便几乎用不着我去享受了,就好比催眠药,只要伸手可及,也就没有必要服用,便可入睡。从此,在这大千世界中,我一心只想着那两位女子,虽然确实想象不出她们的容颜,但圣卢已把她们的芳名告诉了我,并保证她们一定百般柔顺。为此,圣卢刚才的那番话给我的想象力制造了难题,但反过来也使我的意志得到了愉悦的松弛,获得了长久的休息。

"哎!"公爵夫人对我说道,"除了舞会,我还能助您一臂之力吗？您是否找准了哪家沙龙,希望我给您引见一下?"我回答说就想去一家沙龙,但害怕她觉得这家沙龙太不风雅。"哪一家?"她声音单调、沙哑地问道,几乎没有张嘴。"普特布斯男爵夫人家。"这一下,她假装一副真动肝火的样子。"啊！不行,唉,我想您是在讥笑我吧。我甚至都不明白我怎么凑巧记住了那个悍妇的姓。那可是社会渣滓。您好比在要求我把您介绍给我的服饰女仆。噢,不,我的女仆还长得楚楚动人呢。您简直有点儿疯了,我可怜的小宝贝。不管怎么说,我求求您,与我介绍给您的人交往要有礼貌,先给他们送上名片,然后再登门拜访,不要向他们提起普特布斯男爵夫人,他们不知道她是何许人。"我问起德·奥尔维里埃夫人是否有点儿轻佻。"啊！一点也不轻佻,您准是搞错了,她倒是为人一本正经。是不是,巴赞?""是的,反正我不相信对她有任何可以说三道四的地方。"公爵回答道。

"您不愿意跟我们一道去参加化装舞会?"公爵问我道,"我可以借给您一件威尼斯外套，我知道这会让谁开心一场。首先当然是奥丽阿娜，这用不着说；我说的是帕尔马公主。她一直在夸您，总是用您来起誓。您运气真棒——因为她已经有点成熟了——碰到了她这位绝对有羞耻心的姑娘。不然，她准会把您用作'侍从骑士'，我年轻时人们都这么说，把您当作一个专门侍候她的骑士。”

我不想去化装舞会，无论如何不能和阿尔贝蒂娜失约。我谢绝了。马车停了下来，听差上前让人把院子的大门打开，几匹马好不耐烦地直蹬前蹄，直到大门敞开方才罢休。车子进了院子。“再会。”公爵向我道别。“我和玛丽呆在一起，弄得那么亲热，有时总感到后悔。”公爵夫人对我说，“因为，如果说我很喜欢她的话：我倒有那么点不乐意见到她。不过，我从来没有像今晚那么后悔与她在一起，因为这使我在您身边的时间太少了。”“噢，奥丽阿娜，别多说了。”公爵夫人本想让我到他们府上稍坐一会。可听说我不能去，有位年轻姑娘正要上我家来看我，公爵夫人大笑不止，公爵也跟着大笑。“您真是，找这么个怪时间接待客人。”她取笑我说。“噢，小宝贝，动作快点吧。”德·盖尔芒特先生对夫人道，“都已经十二点欠一刻了，我们还得化装呢。”他没有想到竟在自己的房门前碰了钉子，两位手持登山杖的太太冷冷地守住房门。她俩不怕天黑路陡，从山上赶来，以阻止一桩丑闻的发生。“巴赞，我们怎么也得事先跟您说一声，怕您在今晚的化装舞会上被人发现：可怜的阿马尼安一个小时前死了。”公爵一时慌了手脚。这两个可诅咒的山里人不早不晚，偏在这个节骨眼里把德·奥斯蒙先生去世的消息告诉他，他眼睁睁看着这场非同一般的化装舞会对他要化为泡影。不过，他很快恢复了镇静，朝他那两位堂妹大声道：“他死了！不，不，言过其实，言过其实！”这番话既表达了他绝不放弃乐趣的决心，也暴露了他实在没有正确运用法兰西语言特有的表达方式的能力。说罢，他再也不理会那两位手持铁头登山杖的亲戚，任她们连夜登山赶回家，自己则迫不及待地问随身男仆：“我的盔形大帽送来了吗？”

“送来了，公爵大人。”“上面是否有透气的小孔？我可不愿被活活憋死，哼！”“有，公爵大人。”“啊！真见鬼，今晚真多灾多难。奥丽阿娜，我忘了问拔拔尔这双翘头鞋您穿是否合适！”“别急，小宝贝，喜剧院的服装师不是在嘛，他会告诉我们的。不过，您这副马刺，我看不见得就合适。”“找服装师去，”公爵道，“等会见，我的小宝贝，不，我还是请您跟我们一道进屋为好，我们试衣的样子，可以让您好好开开心。不过，我们以后再细谈吧，就要到子夜了，我们无论如何不得迟到，以保证盛会能圆满进行。”

我也心急如焚，想尽快离开德·盖尔芒特夫妇。《淮德拉》约十一点半钟结束。加上路上的时间，阿尔贝蒂娜该已经到了。我径直向弗朗索瓦丝走去：“阿尔贝蒂娜小姐在吗？”“谁也没来过。”

我的天哪，这是否意味着谁也不会再来？我焦急不安，阿尔贝蒂娜是否来访愈说不准，我就愈希望她来。

弗朗索瓦丝也觉得倒霉，但起因完全不同。她刚刚把女儿在餐桌上安顿好，让她享用鲜美的夜宵。可听我回府，她要撤下菜肴，摆上针线，装模作样在做针线活，而不是准备吃夜宵，看来已经来不及了，于是对我说：“她刚喝了一口汤，我硬要她吃点骨头。”就这样，她把女儿吃的夜宵说得再也简单不过，仿佛丰盛一点是罪过似的。即使用午餐或晚餐时，若我不巧闯入厨房，弗朗索瓦丝也会装模作样，像是大家都已经用完餐，有时甚至辩白道，“我刚才想吃**一块**”或“吃**一口**”。不过，只要瞧一瞧满桌子杯盘狼藉的样子，也就不用担心她会饿肚子了，我突然闯进厨房，弗朗索瓦丝措手不及，自然来不及像罪犯似的把桌上的杯盘藏起来，再说她也不是什么坏人。接着，她又添了一句：“哎哟，你睡觉去吧，你今天干活已经够累了（言外之意是她女儿不仅用不着我们花费什么，节衣缩食，而且还拼命给我们做活）。你在厨房简直碍手碍脚，尤其碍先生的事，他在等候客人哩。快，上楼去。”她继续不停地说，仿佛不得不动用当妈妈的权威，撵女儿去睡觉，实际上，既然夜宵已经吃不成，她在这儿待着只不过是做个样子，要是我再留五分钟，她自己也会溜走的。弗朗索瓦丝朝我转过身子，用带有一点她特有的风格的漂亮俗语说道："先生没瞧见她困得脸都割下来了。"我暗自庆幸用不着与她女儿费口舌了。

我已作过介绍，弗朗索瓦丝出生在一个乡村小镇，离她母亲的故里很近，但无论是水土、庄稼，还是方言，两个地方都有不同，居民的某些风俗更是迥异。因此，"肉店老板娘"和弗朗索瓦丝的外甥女处得很不融洽，不过两人倒有一点共同之处，那就是每当她们出门买东西，总要上"姊妹"或"表姊妹"家串门，一耽搁就是几个钟头，只要一打开话匣子，就再也难以自已，连出门办何事都忘到了脑后，等她们回到家里，若先生问起来："喂，诺布瓦侯爵先生六点一刻是否接待客人？"她们甚至都不会拍拍脑门说一声"啊！我给忘了"，而是自我辩解道："啊！先生要我问的是这事，我没有听明白，我认为只是去向他问声好呢。"如果说对一个小时前吩咐的事，她们可以这样"没头没脑"的话，那么，姊妹或表姊妹跟她们说的话，只要听上一遍，就休想从她们脑袋瓜里抹掉。比如，肉店女老板听说英国人在1870年与普鲁士人同时向我们开战，尽管我多次解释这不是历史事实，但白费口舌，她每隔三个星期，就要在一次闲聊中对我啰嗦一遍："这完全是1870年英国人和普鲁士人同时跟我们打的那一仗造成的。""可我都跟您说过上百遍了，您弄错了。"可她回答说："不管怎样，这也不该成为怨恨他们的理由。1870年以来，桥下已经淌过了多少水……"这说明她确信无疑，观念毫未动摇。另有一次，她在宣扬与英国人打仗，我当面反对，她说："当然，最好还是别打仗；可既然不得不打，最好还是马上就上阵去打。正如姊妹刚才解释的那样，自从1870年英国人跟我们打了那一仗之后，签订的贸易协定把我们都给毁了。等把他们打败后，就再也不让一个英国佬到我们法国来，除非付三百法郎入境费，我们现在到英国去不就是这样嘛。"

这个乡村小镇居民不足五百，四周栗树成荫，柳树环绕，田野里种着土豆和甜菜，镇里的居民待人真挚自不待言，不过一说起话来，有一股子绝不容忍他人打断的固执劲儿，若有人打断他们二十次，他们会二十次旧话重提，最终竟使得他们讲话像巴赫的赋格曲一样不可置疑，颠扑不破，小镇居民的性格由此可见一斑。

弗朗索瓦丝的女儿恰恰相反，她自以为是当代妇女，已经走出了过分古老的乡野小道，张口尽是巴黎黑话，一有机会，便少不了逗乐打趣。听弗朗索瓦丝说我刚从一位亲王夫人府上回来，她马上打趣说："啊！亲王女人准是一个不中用的椰子蛋。"见我在等候客人，她故意把我的名字说成"夏尔"，我很幼稚，忙说不是，这恰又给她提供了逗乐的机会："啊！我以为呢！我还在思忖'夏尔在等'①客人呢。"这种玩笑的情趣实在不太高雅。见阿尔贝蒂娜迟迟不到，她对我说了一番似乎安慰的话："我想，您可以这样死死等着她。她不会再来的。啊！我们今天这帮子小白脸！"这话，我听了自然就不会那么无动于衷了。

就这样，她的话语与她母亲的迥然不同；可更为奇怪的是，她母亲说的话与她外祖母的又有区别，但她外祖母就出生在巴约勒-潘，离弗朗索瓦丝的家乡近在咫尺。然而，两地的风光略有差别，两地的方言也不尽相似。弗朗索瓦丝的老家顺山势而下，延至一山谷，柳树成荫。恰恰相反，法国境内离此地很远的一个小地方，那里的方言却与梅塞格利丝人讲的几乎完全相同。是我首先发现了这一情况，但发现的同时，我感到十分讨厌。事情是这样的：有一天，我看见弗朗索瓦丝跟家里的一位女仆聊得很痛快，这位女仆就是那地方的人，讲着一口地方话。她俩相互之间几乎全能听懂，可我却不知所云，一个字也听不明白，她们明明知道我听不懂，却仍然喋喋不休，以为两地相距虽然遥远，但觅到了乡音，不胜欢喜，总可以得到主人原谅，于是当着我的面叽里咕噜，不停地说着那外地的土话，仿

① 法语中，"夏尔在等"（charles attend）与"江湖骗子"（charlatan）同音。

佛存心不让人听懂似的。每个星期里，此类语言地理和女仆友情的生动研究在厨房间继续深入进行，可我从中却得不到任何乐趣。

每次院子的大门一开，女门房照例按动电钮，揿亮楼梯灯；院里居住的人们无一例外，也都早已回府，我很快离开厨房，回到候见厅坐下，一边窥视着门外。屋子里，由于门帘稍窄，没有完全遮住屋子的玻璃门，放进了一道垂直的微光，在楼梯口那若明若暗的光线作用下，昏幽幽的一片。如果这道微光突然变作金黄色，那说明阿尔贝蒂娜已从下面进来，两分钟后便可出现在我的身旁；夜已经这么深，别人决不可能来访。我等待着，两只眼睛怎么也离不开那道光线，可那条微光一成不变，总是暗暗的，我整个儿倾着身子，以保证看得清楚；然而，纵然我目不转睛也无济于事，若发现那道垂直、幽暗的光线骤然中了魔法，化作一条含意深远的金灿灿的光柱，我定会喜出望外，心荡神驰，可那道黑光全然不顾我强烈的欲望，不施予我这份欢悦。毫无疑问，这是对阿尔贝蒂娜的焦虑之情，然而在盖尔芒特的整个晚会上，我想念她的时间总共不到三分钟！普普通通的肉体享受有可能得不到满足，这激起了我昔日等待别的少女，尤其是迟迟不见人影的希贝尔特时体味到的那股翘首企盼的滋味，同时又造成了我精神上的莫大痛苦。

我无奈只得回到卧室去，弗朗索瓦丝随我进了门。她觉得我既然已从晚会归来，没有必要再保留上衣饰孔上插着的那朵玫瑰花，上前就要动手去取。她的这一举动向我暗示了阿尔贝蒂娜再也不可能到来，我也不得不承认，确实是为了她，我才希望把自己修饰得漂亮潇洒一点，弗朗索瓦丝这一伸手，惹得我好不气恼，我一抽身，把花整个儿给弄皱了，加上她又对我说"最好还是让我取下来，免得这样碰坏了"，我更是火上加火。再说，只要她开口，说什么我都会恼火。在等待时，人们为求之不得而痛苦不堪，岂能忍受他人插手。

弗朗索瓦丝走出卧室，我想，要知今日精心打扮，为的是向阿尔贝蒂娜大献殷勤，当初那些夜晚，当我让她来我府上，一再互表温存时，就不该那样对待她，想当初我曾多少次留着数日不修的胡子，脸也不刮就接待她。我感觉到她压根儿不把我放在心上，让我孤零零无人相伴。若阿尔贝蒂娜还来——这对我来说是最为美妙的事情之一——为了把房间布置得再优美一点，我多少年来第一次在靠近床榻的小桌上摆上了这个嵌着绿松石的小包，这是希尔贝特特意请人给我制作，专用来存放贝戈特的那枚小纪念章的，长久以来，当我睡觉时，我总执意把它和那只玛瑙弹子一起摆在枕边。阿尔贝蒂娜始终不见人影，此时她肯定待在一个她认为更为惬意的“地方”，可我却找不到，尽管不到一个小时前，我还对斯万表白过我这人不会嫉妒，但这回却弄得我不是滋味，痛苦的程度也许不亚于阿尔贝蒂娜本人给我造成的烦恼，要是比较经常看到我的女友，那难受的心情也许早就化作迫切的需要，非弄清她在何处与谁一起消磨时光不可。时间太晚了，我不敢差人去阿尔贝蒂娜的住处，可我心中尚存一线希望，也许她正在某家咖啡店与女友们吃夜宵，她会想起给我打电话的，于是我扭动交换机，接通我卧室的电话，切断了平日这个时候取邮处与门房相通的线路。倘若在弗朗索瓦丝房间对面的小过道上装部接话机，或许更为简单，也不那么碍事，但却可能于事无补。文明的进步使每个人都得以表现不容置疑的优良品质，在友人眼里显得更加可贵，然而也可能暴露出他们新的恶癖，使朋友对他们更加难以容忍。就是这样，爱迪生的发明致使弗朗索瓦丝又养成了一个毛病，就是事情不管有多迫切，有多紧急，她就是不使用电话。每当别人教她打电话，她总能像别人在种牛痘时那样，设法逃之夭夭。电话因此装到了我的房间，为了不打扰父母，电话铃改装成一个普通的转盘。我担心听不到转动声，于是身子一动也不动。我屏声静气，以致数月以来，我第一次注意到了挂钟的滴答滴答声。弗朗索瓦丝进门整理东西。她跟我聊天，可我讨厌与她交谈，随着平庸、单调的闲谈没完没了地继续下去，我的内心无时无刻不在变化，由担心转为不安，又由不安变得彻底绝望。我不得已，只好跟她说几句含糊不清、表示满意的话，但言不由衷，我感到自己脸上显得何其忧伤，我一方面装得无动于衷，另一方面又露出这般痛苦的神情，这两者是多么不协调，于是，我只得佯称风湿病又犯了，支吾搪塞过去；弗朗索瓦丝虽然轻声说话（并不是因为阿尔贝蒂娜的缘故，她认为阿尔贝蒂娜可能来访的时间早已过了），可我还是担心她说话声碍得了我的事，听不到那也许不会再响起的救星般的呼唤声。弗朗索瓦丝终于要去睡觉了；我软硬兼施把她送出门外，为的是她离去的声响别淹没了电话声。接着，我继续开始静候，开始经受折磨；在我们期待的时刻，从耳朵捕捉声音，到大脑作出选择与分析，再由心灵传达分析结果，这循环往复的运动是如此神速，我们几乎难以觉察到其时间的流逝，似乎感到我们是直接用心灵去倾听。

我备受折磨，惴惴不安地盼望迟迟不响的电话发出呼唤，但愈是渴望，愈是失望。正当我被绞在孤寂、焦虑的螺线中痛苦地旋转，到达极点的刹那间，人如潮涌的夜巴黎猛然与我贴近，在它的深处，在我书桌的附近，我突然听到了一记美妙的机械声，宛如《特里斯坦》中披巾的晃动声，或若牧童的芦笛声，这是电话的转盘声。我跃身扑去，正是阿尔贝蒂娜。“这个时候给您打电话不打扰您吧？”“噢，不……”我抑制住内心的欢乐回答道，她说时间不妥，无疑是想为等一刻到来表示歉意，尽管已经深更半夜，她并不会不来。“您来吗？”我用无所谓的口吻问道。“噢……如果您并不是非要我不可的话，就不来了。”

我身体的一部分已经属于阿尔贝蒂娜，另一部分迫切需要与它结成一体。无论如何得让她来，可我开始时并未明言相告；既然我们俩已经通上了电话，我心想总可以在最后时刻逼她就范，要么让她上我这儿来，要么让我到她家中去。“对，我这儿离家很近，”她说，“可离您的家太远了；我没有仔细读您的短笺。我刚看到，怕您等急了。”我感到她在撒谎，我现正在火头上，虽然想见她，但更想搅一搅她，怎么也得逼她跑一趟。可是，我一开始就拒绝了片刻之后可以尽量获取的东西。她到底在何处？她的话声中夹杂着其他声响：一个骑自行车人的按喇叭声，一位妇人的歌唱声，还有远处一个乐队的奏乐声，乐声与她那可爱的声音一样清晰可辨，仿佛向我表明，这确是阿尔贝蒂娜，她此时所处的地方离我很近，但她身不由己，就好比人们拔秧苗，连根带泥一块被带走了。我听到的那些嘈杂声同时干扰着她的耳朵，致使她难以集中注意力：这些真实细节虽与主旨无关，本身也毫无价值，但为我们弄清节外生枝的真相，尤为不可缺少；巴黎某街道数笔迷人的素描，一个无名晚会一针见血的冷隽勾画，皆是《淮德拉》散场之后，阿尔贝蒂娜不能来我家的原因所在。“我把话先跟您说清楚，我并不是非要您来，到这个时候，您来了只会给我造成很大不便……”我对她说，“我困死了。况且，说到底，事情千头万绪复杂得很。不过，我必须告诉您，我信中不可能有什么误会。您也回复说一言为定。若您没有看懂，那么，这话是什么意思？”“我是说过一言为定，只不过定下的事情，我记不太清楚了。可是，我看您生气了，使我很不安。我真后悔去看《淮德拉》。要是我当初知道会惹出这么多麻烦……”她又添了一句，就像那么一些人，明明做错了一件事，却故意以为别人责怪他们的是另一件事。“我生气，这与《淮德拉》毫无瓜葛，还不是我让您去看的戏嘛。”“哎，您责怪我吧，糟糕，今天夜里太晚了，不然我准到您那儿去，不过，为了请求原谅，我明后天一定去。”“噢！不，阿尔贝蒂娜，我求求您了，您让我整整浪费了一个晚上，在以后的日子里，至少得让我安宁一下。这两三个星期内，我没有空。听我说，要是我们老像这样怄气，这使您心感不安，而且实际上，您也许有理，那么，既然我已经等到您这个时候，您嘛，也还在外面，就算以疲劳换疲劳，我更希望您马上就到我这儿来，我这就去喝点咖啡，提提精神。”“推到明天再说，不行吗？因为有难处呀……”一听到她这番托辞，仿佛她不会来了，我感觉到又燃起了一种迥然不同的情感，它痛苦挣扎，试图与我心中的欲望交织在一起，我向往重新看到那张光滑的脸庞，想当初在巴尔贝克，这一欲望没有一天不驱动着我追求那一幸福的时刻：面前是九月淡紫色的大海，身旁是那朵玫瑰色的鲜花。这一迥然不同的情欲是对某个生命的极度需要，在贡布雷时，我已经从母亲身上有所体验，有所领悟，它如此强烈，以至于她若让弗朗索瓦丝告诉我她不能上楼来，我真恨不得去死。昔日的这一情感竭尽全力，试图与新近产生的另一情感溶合，结成统一体，然而，它所渴求的给人以快感的物体充其量不过是那色彩绚丽的海面和海滩之花那玫瑰红的色泽，且它努力的结果往往也只不过把这两者化合（纯化学意义）成一种新的物质，其存在的时间也仅在瞬刻之间。可是这天夜晚，这两种情感成分至少一直保持着分离状态，而且还能持续相当长一段时间。但是，从电话中一听到这最后数言，我恍然大悟，阿尔贝蒂娜的生命距离（无疑不是就物质意义而言）我之遥远，致使我不得不永不停息地进行耗人心血的探索，方能控制住它，况且它组织严密，俨如战斗堡垒，为更安全计，甚至伪装得如同后来大家习惯所称的“地堡”一般隐蔽。此外，阿尔贝蒂娜虽然身处上流社会的较高层，但却属于这么一种人，好比一位女门房满口答应您的送信人，等主人一回府，就差人把信交给她，直至有一天，您发现这人就是您在外相遇的并应允给她写信的那个女子，也就是那位女门房。她把她的住址——其实就住在门房——告诉您，而她确实也住在那里（再说，那是一个小小的低级妓院，女门房本人就是鸨母）。不过，有关她的生活情况，只草草写上五六行字，结果呢，等到想见她一面或对她有所了解，却怎么也摸不到她的家门，不是太靠左了，就是太靠右了，要么就是太靠前了，或太靠后了，纵然找上数月，甚或数年，也还是一无所获。对阿尔贝蒂娜，我感到将永远了解不清她的任何情况，众多的细节和事实交织在一起，真真假假，如同一堆乱麻，永远也理不出个头绪来。事情将永远如此继续下去，除非把她投进监狱（可还可能越狱），了却她的一生。这天夜晚，虽然这种可怕念头只不过在我心中引起了忧虑之感，但忧虑中我感到战栗，仿佛这是日后将长期经受煎熬的先兆。

“噢，不，”我回答说，“我已经跟您说过，这三个星期我没有空，明天不行，另找一天也不行。”“那好，那么……我这就赶紧过来……真恼人……我是在一位女友家里……（我感到她还没有确信我已经接受了她来我家的请求，可见这一请求不真诚，我想置之不理）”“您的女友跟我又有什么关系？来还是不来，这是您的事，又不是我求您的，是您自己提出来的。”“别生气，我立即叫一辆出租马车赶来，十分钟后就到您那里。”

就这样，从巴黎那夜幕笼罩的深处传来了无形的音讯，一直传至我的卧室，测定了一个遥远的生命的活动半径。这第一个信号预示之后，即刻就要显形、出现的，是阿尔贝蒂娜。想当初，我在巴尔贝克的天穹下与她结识，“大饭店”的男侍为客人摆上餐具，夕阳的余晖刺得他们眼睛发花；饭店的窗玻璃全都敞着，黄昏那细微的气息自由自在地从海滩进入宽畅的餐厅。海滩上，最后的漫游者们流连忘返，餐厅里，最先一批前来用餐的客人还没有就座，摆置在柜台后的镜子里，掠过船体红色的反光，回映着驰向里夫贝尔末班船排出的烟雾那灰不溜秋的颜色。我不再追究阿尔贝蒂娜姗姗来迟的原因，弗朗索瓦丝走进我的卧室向我禀报：“阿尔贝蒂娜来了。”“阿尔贝蒂娜小姐怎么来得这么晚？”如果说我连头都没有抬一下，那纯粹是为了装模作样。但是，当我朝弗朗索瓦丝抬起眼睛，仿佛出于好奇心，想捕捉她的反应，对我提问时那表面的诚意予以证实时，我猛然间钦佩而又愤懑地发现，弗朗索瓦丝艺术高超，可以让毫无生命的服饰生机盎然，叫五官的线条启齿说话，其技艺之高超堪与拉贝玛本人媲美，她深谙此道，善于摆弄她的紧身胸衣和头发，只见最白的几绺全都梳到了表面，仿佛当作出生证明书来出示，那脖颈由于劳累和恭顺而乖乖地弯曲着。这头发、这脖颈在为她鸣不平，她这么大年纪，深更半夜的，竟把她从睡眠中吵醒，从温暖的被窝里拖起来，逼得她没命似的匆匆穿上衣服，冒着染上胸部炎症的危险。我担心露出了对阿尔贝蒂娜的晚到表示抱歉的神色，忙说：“不管怎么说，她来了，真叫我高兴，这下好了。”说着，不由得心花怒放。但是，这一完美的喜悦心情没有持续多久，没料到弗朗索瓦丝竟那样回答我。她没有抱怨一声，甚至极力装出强忍咳嗽，身上只披着一条披巾，似乎感觉到寒冷，她首先一五一十地向我禀报她对阿尔贝蒂娜说的话，就连询问她舅母安好的话也没有漏掉。“我正是这么说的，先生恐怕担心小姐不会再来了，因为已经不是来访的时间，很快就要天亮了。她肯定在什么地方玩得很开心，因为她不仅仅对我说，让先生久等，她心里也不好受，而且还一副瞧不起人的神态回答我说：‘迟来总比不来强吧！’”说罢，弗朗索瓦丝又添了几句，让我听了好不伤心，“她这样说，不就把自己给卖了嘛。她兴许恨不能想找个地方藏起来呢，可是……”

我对此没有感到大惊小怪。我刚刚说过，在交给她办的事情中，弗朗索瓦丝很少说得清楚，连她自己说了些什么也讲不清，可却很喜欢添油加醋，更别提希望得到的回话了。但是，如果有那么一次例外，她向我们转达朋友的回话，那不管话有多简短，她往往想方设法，需要时不惜借助神态、声调，还口口声声保证他们说话时就是这副装腔作势的模样，总之必定要添加一点伤人的东西。有一次，我们让她到一个店家去，她蒙受了侮辱，算是勉强忍了，况且，这种侮辱十有八九是她自己想象的，既然她是我们的代表，以我们的名义讲话，就武断这番侮骂之辞虽说是冲着她，但转弯抹角骂的是我们。无奈只得回她一句，说她理解错了，得了被迫害妄想症，并非所有做买卖的都串通一气跟她作对。再说，那些商人感情如何对我无关紧要。而阿尔贝蒂娜的情感对我就非同小可了。弗朗索瓦丝对我又重复了一遍“迟来总比不来强”这句挖苦人的话，很快令我想到了与阿尔贝蒂娜聚会的那些朋友，在他们那个小圈子中间，阿尔贝蒂娜度过了一个美妙的夜晚，肯定比在我这儿过夜要开心。“她真滑稽，头上戴着一顶扁乎乎的小帽，两只眼睛大大的，显得怪模怪样，尤其是身上的那件外套，被虫子都蛀光了，早该送到‘破衣店’去补补了。我看她真好笑。”她补充说道，似乎在讥笑阿尔贝蒂娜，她很少赞同我的想法，但我觉得有必要亮一亮自己的看法。她这一笑分明是在蔑视与嘲弄，可我对此不屑一顾，连领会的样子也没有装一装；相反，我虽然并不知道她说的那顶小帽子，但对弗朗索瓦丝反唇相讥道，“您说的那顶‘扁乎乎的小帽’可是件货真价实的迷人东西……”“也就是说一文不值。”这一回，弗朗索瓦丝直言不讳，公开表示嗤之以鼻。这时，我冲她说了几句尖酸刻薄的话，但声调温和、舒缓，尽量显得我这番虚情假意句句见真情，而不是什么气话，同时避免白费唇舌，以免得阿尔贝蒂娜久等。“您真善良，”我甜言蜜语，对弗朗索瓦丝说，“您真可爱，您有百好千好，可您还是停留在您初到巴黎的那一天水平上，无论是您对服饰这类事情的懂行程度，还是对法语的发音的熟悉程度，如何避免联诵错误来说，都是如此。”这番责备着实愚蠢，殊不知我们以发音纯正而引以为自豪的法语词，实际上本身是高庐人的嘴巴误读拉丁语或撒克逊语造成的“误音词”，因为我们的整个语言也只不过是由其他几门语言不合标准的发音混合而成的。现阶段的语言特征，法语的未来与过去，也许就是这些问题引起了我对弗朗索瓦丝发音错误的兴趣。把“补衣店”说成“破衣店”，这难道不和远古时代幸存下来的动物，如鲸鱼、长颈鹿一样令人好奇吗？这些动物给我们展示了动物生命所经历的各个阶段。

“既然您这么多年来都没能学会，”我继续说道，“那您就永远学不会了。您完全可以放宽心，这并不妨碍您做一个十分正直善良的人，也不妨碍您做美味的冻汁牛肉和其他形形色色的事情。那一顶您以为普普通通的帽子是按照盖尔芒特亲王夫人的一顶帽子式样特意制作的，花费了五百法郎呢。再说，我还准备送一顶更漂亮的给阿尔贝蒂娜小姐。”我知道，最能惹弗朗索瓦丝恼火的，是我把钱花到她不喜欢的人身上。她抢白了我几句，突然，她喘起气来，嘴里到底说了些什么听不太清楚。后来，当我得知她犯有心脏病，真为自己总这样抢白她，从来不愿放弃这种残酷但无味的乐趣，感到无比内疚！此外，弗朗索瓦丝讨厌阿尔贝蒂娜，因为可怜的阿尔贝蒂娜并无助于提高我在弗朗索瓦丝眼里的那种优越地位。我每次受到德·维尔巴里西斯夫人的邀请，弗朗索瓦丝总是露出善意的笑脸。相反，她对阿尔贝蒂娜从不回请感到气愤。我不得不编造说阿尔贝蒂娜送了我什么什么礼物，而弗朗索瓦丝对到底是否真有什么礼物从不产生疑心。这种有去无回的无礼交往，使弗朗索瓦丝大为不快，尤其是涉及吃的方面。若我们没有收到邦当夫人的邀请（她有一半时间不在巴黎，因为她丈夫在部里呆够了，便像以往那样到处"兼职"），而阿尔贝蒂娜接受我妈妈的邀请来家里吃饭，她便觉得我女朋友俗不可耐，背起贡布雷流行的一段顺口溜，转弯抹角地大加侮辱：

吃我自己的面包，
我要吃个浑饱，
要我吃你的面包，
我肚子就不饿了。

我故意装出不得不动笔写信的样子。"您是在给谁写信？"阿尔贝蒂娜进门问道。"给我的一位漂亮的女友，希尔贝特·斯万。您不认识她吧？""不。"我放弃了原来的念头，没有追问阿尔贝蒂娜晚上的事，我感到若再责怪她，夜已经这么深，我们就没有足够的时间和解，然后接吻、爱抚了。况且打从第一分钟起，我就蠢蠢欲动。此外，倘若说我内心已经有几分宁静的话，那是因为我并不感到幸福。虽然期待中的人儿已经到来，但等待时刻那种特有的茫茫然不知东南西北的心情依然存在，搅得我们内心不得安宁，妨碍了我们品尝意中人到来的欢乐，唯在心情平静之时，我们才把这想象得多么幸福。阿尔贝蒂娜就在眼前，我的神经却不知所措，仍在继续紧张地活动，还在期待着她。"我想好好地亲一下，阿尔贝蒂娜。""随您怎么亲。"她十分亲切地对我说。我从来没有见过她这么美丽。"再来一个?"她问道。"您知道,这使我多么,多么幸福啊。""这对我来说,比您还高兴一千倍。"她回答我说。"啊! 您这儿一个小包真漂亮!""您拿着吧,我赠给您留作纪念。""您太可爱了……"

如果愿意,人们尽可彻底克服浪漫的习性,只要想想您心爱的女人,尽量体验一下日后不再钟爱她时您将面临的处境。希尔贝特送的小包、玛瑙弹子,所有这一切昔日之所以贵重,纯粹是由接受者当时的内心状态决定的,而现在对我来说,小包就是小包,弹子就是弹子。

我问阿尔贝蒂娜是否想喝点什么。"我似乎在这儿看到了橘子和水,这美妙极了。"她对我说。经她这么一说,我竟能从她的亲吻中品尝到了清凉,觉得比在盖尔芒特亲王夫人府上接吻更为凉爽。我喝着,那挤入水中的橘汁仿佛向我奉献出她那成熟的隐秘的生命,对人体的某种状态产生了妙不可言的作用,身体已归属于一个迥然不同的世界,弄得我浑身酥软失却了活力,不过反过来,为我提供了浇花灌草的戏法,通过这种种戏法,可以对身体有利,因为水果已经为我的感觉,而绝不是为我的理智揭开了百般奥秘。

阿尔贝蒂娜一走,我想起曾答应斯万给希尔贝特写信,觉得还是立即动笔为好。然而,我却毫无激情,像是写上烦人的课堂作业的最后一行字,在信封上写下了希尔贝特·斯万这一姓名,往日,我在练习本上涂满了她的芳名,想入非非,给自己制造与她书信来往的幻觉。究其原因,倘若说昔日书写这一姓名的是我本人,那么今日,这一任务已被习惯的力量移交给某位秘书,习惯的力量常为自身造就众多的秘书。它最近就在我的体内委派了一位,为我效劳,正因为此秘书与希尔贝特素昧平生,只听我提起过她,仅仅知道那是位我昔日曾经钟情的少女,无法将希尔贝特这几个字与具体现实联系起来,所以他提笔书写希尔贝特的姓名时,心底可以更为坦然平静。

我不能责怪她冷酷无情，如今正视希尔贝特的我，是了解她过去为人如何的精心挑选的“见证”。小包、玛瑙弹子转送给了阿尔贝蒂娜，它们在我心目中的分量就是当初在希尔贝特心目中的分量，只要不赋予它们内心情感火焰的反光，在任何人心目中大抵都会有这一分量。可是现在，我内心出现了新的混乱，削弱了事物与话语所拥有的真实的力量。阿尔贝蒂娜再次对我表示谢意：“我多么喜欢绿松石啊！”我当即回答她说：“千万别让它们死去！”就这样，把我们友情的美好前程像托付给了宝石一样，嘱托给了绿松石，然而却难以激起阿尔贝蒂娜的情感，就像它无法保留住昔日将我与希尔贝特维系在一起的情感一样。

在这一时期，发生了一桩怪事，值得一提，其原因是此类怪事在历史的各个重要阶段反复出现。就在我给希尔贝特写信的同时，德·盖尔芒特先生从化装舞会回府，脸上还戴着面具，他突然想起第二天将不得不正式服丧，于是决定提前一个星期去进行他本应接受的温泉疗养。三个星期后，等他从温泉回来（我提前说一说，现在我只不过刚刚给希尔贝特写完信），公爵的那些朋友当初明明看他作壁上观，继而眼看他成为狂热的反德雷福斯派，现在听了他的话（仿佛温泉不仅仅对膀胱起了治疗作用），不禁惊得哑口无言。“噢，案件必将重新审理，他必定宣告无罪。”公爵回答他们说，“岂能平白无故判一个人的罪。您见过弗罗贝维尔那样的老蠢货吗？一个逼着法国人去屠杀（是指战争）的丘八！怪年头！”在疗养期间，盖尔芒特公爵在温泉结识了三位迷人的女士（一位意大利公主和她的两个姑子）。公爵只听她们就自己所读的书和在娱乐场上演的一出戏议论了几句，便感到与他打交道的这几位女子才智超人，正如他自己所说，他根本不是她们的对手。正因为如此，公主请他去打桥牌，他备感幸福。可到她的下榻处不久，他首先笼而统之对她讲了几句对反德雷福斯派有利的话：“怎么！再也没有人跟我们提那个了不得的德雷福斯重新审判的事了吧。”没料到公主和她的两个姑子回答说：“此事已迫在眉睫。谁也不能把一个清白无辜的人总关在牢里。”他一听，惊得目瞪口呆。“啊？啊？”公爵一开始就张口结舌，仿佛发现了一个怪诞的绰号，在这府上专门用来取笑一位他至今还以为机智敏捷的人。就好像在府上常听到有人朝一位伟大的艺术家喊叫：“嗨！喂！儒儒特。”几天之后，由于怯懦和模仿的惰性使然，大家也都不明不白地跟着乱喊，情况就是这样，尽管公爵还很不习惯新的习俗，但已经改口说：“是呀，要是他真的无可指控！”三位迷人的女士觉得他转变还不甚快速，便对他稍加斥责：“说实在的，任何聪明人都不会认为他有什么罪。”后来，每当发生“无法招架”的事件，于德雷福斯不利，公爵便立即前来向她们宣布，满以为这下终可以改变那三位诱人的女士的观点，可她们听了却朗声大笑，以极其精辟的辩证观点，轻而易举地向他阐明了那类观点毫无价值，纯属无稽之谈。就这样，等公爵回到巴黎，他成了一位狂热的德雷福斯分子。诚然，我们不能断言三位可爱的女士在此事中没有起到真理传播者的作用。但应该看到，每过十年，总有那么一位充满真正的信念的男子，与一对智慧的夫妇偶尔相遇，或有一位娇媚动人的女子进入他的圈子，要不了几个月的时间，便可引导他持完全相反的观点。关于这一点，确有许多国家像这位真挚的男子一样行事，本来对某国人民充满敌意，可六个月后，一改旧的观点，推翻昔日的同盟。

有一段时间里，我一直没有再见阿尔贝蒂娜的面，加上德·盖尔芒特夫人也不能像从前那样与我的想象力对话，我便继续去看望其他一些天仙美人，去光顾她们的洞府，仙人与仙府不可分，犹如软体动物长出了珠贝或珐琅壳，或螺形贝壳塔，却又躲在里面，深居简出。我实在不知如何将这些太太归类，不过，这问题微不足道，且不说难以解决，而且也不值一提。说仙女之前，得先谈谈仙府。说来有那么一位夫人，每逢夏季，总在午餐后接待来访；骄阳似火，我往往不等抵达她的府中，便已被烤得放下马车的帘子，此番滋味不知不觉铭心刻骨，难以忘怀。我以为自己出门是去

“皇后林荫大道”[①]；然而却是参加聚会，对这种聚会，一个讲究实惠的人也许会不屑一顾，但实际上，还未参加聚会，我已心花怒放，犹如在周游意大利的途中，心旷神怡，那府邸从此便深深根植于我的记忆之中。此外，由于正值盛夏，且又在午时，天气炎热，那位夫人把沙龙的百叶窗全都关得严严实实的，她接待来客一般都在底楼那些宽敞的长方形客厅里。一踏进客厅，我开始时难以辨清女主人和她的仆佣，甚至连声音嘶哑、招呼我坐到她身旁去的盖尔芒特公爵夫人也看不清楚，她就坐在一把博韦产的安乐椅上，椅子上饰有“欧罗巴被劫持”的图案。接着，我渐渐看清了墙上那十八世纪的巨幅挂毯，一艘艘桅船，一朵朵蜀葵，赫然入目，我身处桅船之下，仿佛不是置身于塞纳河畔的宫邸，而是亲临茫茫海河之滨的海神殿，盖尔芒特公爵夫人宛如殿中的一位水神。与此有别的客厅不胜枚举，若要一一加以形容，恐怕难以止笔。这一例子足以表明，在我对上流社会的评判之中，往往掺入充满诗情画意的感觉因素，但在作总体估价时，却又绝对将其排斥在外，致使对某一沙龙的过人之处作出最终评价时，我打的分数没有一次做到准确无误。

诚然，导致评判失误的原因远不止于此，但在我出发去巴尔贝克之前（我不幸再次去巴尔贝克逗留，也是我最后一次去那儿了），我无暇动笔描绘上流社会的情景，不过后面自会有其位置。这里暂且作一说明，我给希尔贝特写信，这似乎表明了我重又爱上了斯万家的人，个中的原因，除了那一站不住脚的理由（我生活相当轻浮，令人想起上流社会的那种男欢女爱）之外，奥黛特也可以添上一条，但同样毫无依据。迄今为止，我只基于上流社会静止不变的假设来设想上流社会对同一个人的不同观点：同一位夫人，昔日与谁都不熟悉，如今到谁的府上都畅通无阻，另一位夫人，过去地位举足轻重，现在却遭众人冷落，这种大起大落，人们往往倾向于将

① 巴黎塞纳河畔的著名漫步胜地，自协和广场至加拿大广场。

之看成纯粹个人的升降沉浮，恰似交易所的投机不时导致同一圈子里的人或彻底破产，舆论哗然；或突然暴发，出人意外。然而，情况并非仅仅如此。从一定程度来说，上流社会的活动——与艺术活动、政治危机等左右公众情趣或思想的运动相比，要低级得多，公众的情趣一会被引向意象剧，一会又被导向印象主义绘画，继又转向错综复杂的德国音乐，进而又迷上简单明了的俄国音乐；公众的思想亦然，一会引向社会主义，一会又转向正义思潮，忽而是宗教力量的反响，忽而又是爱国主义的猛然觉醒——是艺术活动和政治危机等运动的反映，而这种反映是深远的、零碎的、非确定性的，它模糊不清，而且变幻莫测。其结果是，哪怕是沙龙，也难以用静止不变的观点进行描绘，尽管这种静止的观点迄今还一直适用于特征的研究，而实际上，种种特征本身也似乎卷入近乎历史的运动中去。追求新奇的情趣驱使着那些或多或少带有几分诚意，渴望了解思想变化的上流社会人士经常涉足可紧跟思想变化潮流的场所，促使他们自然而然地喜爱上某个迄今为止尚默默无闻的女主人，她体现了高级的精神风貌，是其崭新的希望的化身，而那些长期以来一直行使社交活动权力的女子给人的希望已经宛如枯萎不堪的花朵，十分陈旧。既然她们的长处短处已被他们摸得一清二楚，那么，她们自然也就不再适应他们的幻想天地。就这样，每一个时代都体现在一些新的女性身上，体现在一个新的女性群体之中，她们与激发新奇心理的东西紧密相连，似乎只在特定的时刻粉墨登场，仿佛是从最近一次洪水中降生于世的前所未有的品类，成为任何一个新的执政府，新的督政府的勾魂夺魄的美女。然而，这些新的女主人往往是些不为社交界所知的妇人，因为找不到更为合适的宾客，长期以来将就着接待几位"难得的知己"，犹如某些国务活动家，虽是开国元勋，但四十年来敲遍各家之门，却没有一家的大门为他们敞开。诚然，情形并非总是如此，当俄罗斯芭蕾舞轰动至极，蔚为奇观，巴克斯特、尼仁斯基、伯努瓦和斯特拉文斯基相继亮相之时，所有这些伟人的女护主尤贝尔季也夫亲王夫人露了面，头上戴着一顶硕大的羽饰帽，晃晃荡荡，巴黎的女子从未见过这种帽子，竞相效仿，看她那样子，人们都以为这个绝代美女像是俄罗斯舞蹈家们的稀世珍宝，随其不计其数的行装一起运来的；但是，每次“俄罗斯人”演出，我们都发现在她的包厢里，有一位真正的仙女伴随在她的身旁，这位仙女迄今尚不为贵族阶层所知，那就是维尔迪兰夫人，上流社会人士自然认为维尔迪兰夫人与贾吉列夫剧团一道，不久前才抵达，可我们可以告诉他们，这位太太其实早已存在，她经历过各个不同时期，经受过风风雨雨，不同的是，这次经历首次导致了转机，从此稳固而又愈来愈迅速地上升，最终迎来了成功，而这正是女主人久久等待但一直没有如愿的。至于斯万夫人，确实，她所体现的新奇并不具备同一特征。她的沙龙凝聚在一位男子，一位濒临死亡的男子周围，在其才华枯竭之时，他几乎突然间由默默无闻变得声名显赫。多少人迷上了贝戈特的作品。整个白天里，他都待在斯万夫人府上，被当作炫耀的对象。斯万夫人常在某某要人耳边嘀咕一句：“我跟他谈谈，他准会为您写篇文章。”再说，他确实富于这方面的才华，甚至还专为斯万夫人写过一部短剧。他离死神更近了，然而比起他前来询问我外祖母消息那阵子，病情却稍有好转。这是因为巨大的肉体痛苦迫使他对自己的饮食进行了严格控制。疾病是人们对之最俯首帖耳的良医：对于善心，对于学问，人们往往只许以诺言，而对于痛苦，人们却总是乖乖地受其摆布。

斯万夫人的沙龙稍许带有一点民族主义色彩，它首先以贝戈特为中心，更多的还是文学味，诚然，从目前看来，维尔迪兰的小圈子与斯万夫人的沙龙相比，具有更为现实的益处。这个小圈子事实上构成了左右那场激烈发展到了顶峰状态的长时间的政治危机的活动中心：德雷福斯派中心。但是，上流社会人士大都是反对案件重新审理的强硬分子，在他们眼里，一个德雷福斯派沙龙就像另一时期的巴黎公社沙龙一样，似乎根本没有市场。加普拉罗拉公主在她组织的一次大型展览会上与维尔迪兰夫人相识，此后亲自登门拜访，在维尔迪兰夫人府上逗留多时，希望引诱几位小圈子中令人瞩目的人物，把他们拉到自己的沙龙中去，然而在拜访之中，公主（对盖尔芒特家族的公爵夫人们耍了小动作）反而接受了对方的观点，公然宣称自己小圈子里的人根本是蠢货，据此，维尔迪兰夫人认定公主具有非凡的胆略。但是，她后来不该勇敢到那么一个程度：竟斗胆在那些民族主义派的太太烈焰般的目光下，向来巴尔贝克游览的维尔迪兰夫人致意。至于斯万夫人，反德雷福斯派的成员恰恰相反，对她"坚持正统观念"深表敬意，更何况她嫁的是一位犹太人，这使她赢得了双重的功德。不过，从未到她府上去过的人们总是想象，她接待的只有几位卑微无名的犹太人和贝戈特的数位弟子。人们就这样把一些比斯万夫人还更有地位的女性列为社会阶梯的最低一级，或许是她们出身的缘故，或许因为她们不爱城中的聚餐或晚会，人们从不见她们露面，便误以为她们未受邀请；或许她们从不提及自己在上流社会的朋友，仅仅谈论文学艺术；抑或人们去她们府上时总是掩人耳目，也可能因为她们不想冒犯他人，往往悄悄地接待来客，总而言之，出于种种原因，导致了她们中的这位或那位成了某些人的心目中不受欢迎的女人。奥黛特的遭遇就是这样。埃比诺瓦夫人一次意欲赞助《法兰西之国》，为此不得不去看看奥黛特，她简直就像是要踏进专门为她供应服饰用品的商人家，心想到奥黛特家见到的一定都是些陌生的面孔，不屑一顾，然而门一开，她惊得在原地一动不动，像钉了钉似的，那打开的并不是她设想的那种沙龙，而是一个神奇的殿堂，里面，只见一个个令人炫目的角色，有的半卧在长沙发上，有的闲坐在扶手椅里，亲切地招呼着女主人，仿佛多亏仙境的情景变幻，她终于认出了这原来都是些公主殿下，公爵夫人，连她埃比诺瓦公主本人也很难把她们引到自己宫中，此时，迪洛侯爵、路易·德·蒂雷纳伯爵、博盖士亲王和埃斯特雷公爵正在奥黛特亲切的目光下，充当宫廷面包总管和司酒官。埃比诺瓦公主无意中发现了这些人内心世界的社交品质，不得不改变对斯万夫人原有形象的看法，重又将她视作一位雍容大雅的女性。有的女子从不在报刊上披露自己的生活，由于人们对她们的真实生活不了解，这就给她们的某些境况（由此而有助于沙龙的多样化）笼罩上了一张神秘的网。就奥黛特而言，一开始，上流社会的几位男子好奇心十足，渴望结识贝戈特，于是到她府上做客，交往亲密。不久前，她学会了掌握分寸，对此也就没有多加张扬；在这里，他们亲密相处——也许是对小圈子的怀念，自分裂以来，奥黛特保持了小圈子的习俗……奥黛特领着他们和贝戈特一起看戏，正是那饶有兴味的首场演出，最终把贝戈特给拖垮了。他们跟圈内几位可能对如此新奇之事发生兴趣的女人谈起了奥黛特。她们认定奥黛特是贝戈特的知己，或多或少为他的作品创作出谋划策过，认为她比圣日尔曼区最为出色的女子要聪明千倍，出于同样道理，她们在政治上寄希望于几位忠心耿耿的共和党人，例如杜梅先生和德沙涅尔先生，她们明白，如果法兰西被交给君主主义分子，那必定坠入深渊，可是，她们却常在夏雷特、杜多维尔等人府上招待这些人用餐。奥黛特地位的变化是与她处事审慎分不开的，这使她的地位愈加稳固，上升也更为快速，但却不让《高庐人报》的读者有任何察觉，这些人往往习惯于凭该报的社交专栏，了解某某沙龙的兴衰。结果有一天，在一家典雅至极的剧场，为贝戈特的一部剧作举行义演性彩排，人们发现德·马桑特夫人和莫莱夫人走进对面的剧作家的包厢，坐到斯万夫人身旁，这时，剧院里出现了名副其实的戏剧性变化，殊不知莫莱伯爵夫人正渐渐取代盖尔芒特公爵夫人（她已厌倦荣华富贵，谁稍作努力，就可将她击垮），成为当时的女中豪杰与王后。“我们没有料到她已经开始上升，”人们纷纷议论奥黛特，“可在发现莫莱伯爵夫人踏进她包厢的那刻，她便越过了最后一个梯级。”

这样一来，斯万夫人有可能会认为我又与她女儿套近乎，纯粹是为了附庸风雅。

尽管身旁坐着两位闪光的女友，奥黛特仍然全神贯注，极为专心地听着戏,仿佛她在这儿只是为了听戏,就像昔日她在林间漫步,仅仅为了保健,为了锻炼身体。一些过去并不那么殷勤地围着她转的男人顾不得打扰他人,来到楼厅包厢,紧拉着她的手不放,企图接近以她为中心的那个威严的圈子。她嘴上挂着一丝微笑,带有三分揶揄,七分和蔼,耐心地回答他们的提问,显得比人们想象的还更为冷静,也许这副镇定自若的样子是真诚所致,因为这种公开的表情举止不过是平素亲密相处的写照,只是这一亲密的关系审慎地加以掩饰,迟迟没有公开罢了。在这三位吸引了众人目光的夫人身后,是贝戈特,他周围拥簇着阿格里让特亲王,路易·德·蒂雷纳伯爵和德·布雷奥代侯爵。人们不难理解,对那些处处受到款待,只有靠猎奇方能进一步抬高身价的男人来说,他们心甘情愿为一位聪慧过人的女主人所吸引,希冀在她身边与所有时髦的剧作家、小说家结识,坚信只有这样才能显示自身的价值,这种自我炫耀的方式比在盖尔芒特亲王夫人府上举行的晚会自然更刺激,更生动。那些晚会既无新鲜的内容,又无新奇的魅力,多少年来,晚会接二连三,频频举行,但与我们不厌其详描绘过的大同小异。在盖尔芒特家族这个上流社会里,人们对它的兴趣已经有所转移,新颖的精神生活方式没有体现在合乎他们形象的娱乐之中,不像贝戈特为斯万夫人所写的短小精悍的作品,也不像维尔迪兰夫人府上那种名副其实的公安委员会似的会晤(倘若人们能对德雷福斯事件发生兴趣的话),在那里,聚集着比卡尔、克雷蒙梭、左拉、雷纳克及拉博里等人。

希尔贝特也为提高母亲的地位效了力,因为斯万的一位叔父不久前给姑娘留下了近八千万的遗产,使得圣日尔曼区的人开始打起她的主意来。不过,凡事总有反面,不利的是斯万虽然已到风烛残年,却持有德雷福斯派的观点,但是,这也无害于他的夫人,反而给她效了犬马之劳。之所以说于她无害,因为人们常常这样议论:“他年老糊涂了,是个蠢家伙,谁也不理会他了,他府上只有夫人说话算数,她也真迷人。”斯万的德雷福斯派观点甚至给奥黛特帮了大忙。若由她放任自流，她也许会自然而然地主动接近那些时髦女郎，断送了自己。然而，在奥黛特夫妇去圣日尔曼区做客的那些晚上，斯万总是虎视眈眈地蜷在一角，每当发现奥黛特被人引见给某位民族主义派的太太，便毫不客气地高声训斥："瞧您，奥黛特，您疯了，请安静一会。让人把您介绍给仇视犹太人的家伙，岂不庸俗过分。我不许您干这等事。"人人追逐的那些上流社会人士怎么也无法习惯如此自命不凡、缺少教养的举动。他们平生第一次看见有人自视比他们"更高"。人们纷纷传说斯万的类似抱怨、斥责，于是折角请柬像雪片般飞到奥黛特府中，当她去德·阿巴雄夫人府上拜访时，简直掀起了一股热烈、友好的好奇之风。"我把她介绍给您，没有惹您讨厌吧，"德·阿巴雄夫人逢人就说，"她很可爱。是玛丽·德·马桑特介绍我与她结识的。""噢，恰恰相反，听说她聪慧过人，长得娇媚动人。我正想见她一面；请告诉我她住在何处。"德·阿巴雄夫人对斯万夫人说，两天前在她府上过得十分惬意，还说她非常高兴为了她而甩掉了德·圣德费尔特夫人。这确有其事，因为更喜爱斯万夫人，是聪明的一种表示，就像去音乐会而不去茶馆一样。但是，当德·圣德费尔特夫人与奥黛特同时光临德·阿巴雄府邸时，虽说德·圣德费尔特夫人极为时髦，且德·阿巴雄夫人虽然待她相当傲慢，但又十分看重她府上的盛会，却没有把奥黛特介绍给她，为的是不让她弄清奥黛特其人。侯爵夫人心想这可能是位深居简出的公主，才从未见过她的面，于是拖延拜访的时间，转弯抹角地跟奥黛特搭腔，可德·阿巴雄夫人死不松口。德·圣德费尔特夫人吃了败仗，待她离去后，女主人对奥黛特说："我之所以没有介绍您，是因为大家都很不乐意去她家做客，她逢人就请；要不您很可能摆脱不了纠缠。""噢，没关系。"奥黛特说道，虽然话中含有几分惋惜，但心里已经牢牢刻上了大家不爱去德·圣费尔特夫人家这一印象，这在一定程度上看确实不假，据此，她得出结论，自己所处的地位要比德·圣德费尔特夫人优越得多，尽管德·圣德费尔特夫人地位已经十分显赫，而她奥黛特尚未有任何地位可言。

然而，奥黛特对此却没有意识到，尽管德·盖尔芒特夫人的女友们与德·阿巴雄夫人都过从甚密，可当德·阿巴雄夫人向斯万夫人发出邀请时，奥黛特却一副顾虑重重的神态说道："我要是去德·阿巴雄夫人家，你们准会以为我是个过时的人物；由于德·盖尔芒特夫人（她其实并不认识）的缘故，要我去确实很违心。"尊贵的男士们心里想，斯万夫人与上流社会人士结识不多，其原因在于她恐怕是一位非凡女性，说不定是位大音乐家，若去她府上拜访，那简直是一种极其时髦的称号，就好比一位公爵被授予理学博士学位。一无长处的女人们被奥黛特所吸引则出于截然相反的原因；听说奥黛特常去科洛纳指挥的音乐会，自称为瓦格纳迷，她们便断定这可能是一位"轻浮女人"，于是心急如焚，迫不及待想与她结识。但是，她们自己的地位尚不稳固，担心显出与奥黛特有来往，在大庭广众之下危及自己的名声，倘若在某次义演性音乐会上瞥见斯万夫人，她们便扭过头去，认为断断不能在德·罗什舒阿夫人的眼皮子底下，向一位竟然能去拜罗伊特——亦即放荡不羁的女人致意。

任何一个人都会因拜访的主人不同而改换不同的面目，更不屑说在仙女洞府的万般奇妙变化了，德·布雷奥代先生一置身于斯万夫人的沙龙，便身价猛增，一是因为身边不再拥簇着平素那帮人，为置身于此而露出心满意足的神态，犹如平日没有外出参加盛会，戴上圆框眼镜，闭门阅读《两个世界评论》那般开心，二是因为自己亲自登门探望奥黛特，似乎完成了神秘的仪式，由于这种种原因，他自感焕然一新。我本可不惜笔墨，让诸位看一看蒙莫朗西-卢森堡公爵夫人在一个崭新的圈子里经受了哪般异样的变化。她属于那类任何时候都不得把奥黛特介绍给她的女人。可是，德·蒙特朗西夫人对待奥丽阿娜要比奥丽阿娜待她宽厚得多，有一次，她谈到德·盖尔芒特夫人时对我说了一番话，令我十分诧异，她说："她认识不少富有才智的人，大家都喜欢她；我觉得，如果她要再有点恒心，完全可以为自己搞个沙龙。问题是她对此毫不珍惜，她自有道理，这样，谁都找她，她倒过得自由自在。”倘若说连德·盖尔芒特夫人都没有一个“沙龙”，那到底何为沙龙？她这番话令我震惊，但是，当我告诉德·盖尔芒特夫人，我很想去德·蒙特朗西夫人府上，德·盖尔芒特夫人更是大吃一惊。奥丽阿娜简直认为德·蒙特朗西夫人是个老糊涂虫。“我就别提了，”奥丽阿娜说道，“我是迫不得已才去，那是我姑母；可您竟然要去！她甚至都不知道吸引令人愉悦的人。”德·盖尔芒特夫人有所不知，对那些令人愉悦的人，我向来无动于衷，她一提起“阿巴雄沙龙”，我眼前便浮现出一只黄色蝴蝶，若谈到“斯万沙龙”（在冬季，斯万夫人在六七点钟之间从来闭门不出），我看到的便是一只双翅粘满白雪的黑色蝴蝶。在她看来，连斯万沙龙也谈不上什么沙龙，尽管她自己不涉足，但她觉得那儿有一些“富有才智之士”，我去还算情有可原。而德·蒙莫朗西夫人何足挂齿！要是我业已“制造”了某件惹人注目的事情，她会断言也许才华之中掺杂了几分时髦。就这样，我让她失望至极；我对她直言不讳，告诉她我并没有去德·蒙莫朗西夫人府上“做笔记”，“搞研究”（而她却这样认为）。德·盖尔芒特夫人说来也没有弄错，就像那些时髦的小说家，对某个假充时髦或故作高雅之人的言谈举止，总是从外表进行冷酷无情的分析，但总不触及其内心，其时，在那想象的天地里，却是一个百花盛开的社交之春。至于我，当我试图体味出去德·蒙莫朗西夫人府上感受到的是何等欢乐时，总不免产生几分失望。她居住在圣日尔曼区一座古老的府宅里，里面亭台楼阁，间以小巧玲珑的花园。天穹下，耸立着一尊透剔的雕像，据说出自法贡内之手，象征着泉之神，神像确也终年潮气濛濛，渗水欲滴。稍远处，是女门房，两只眼睛总是红红的，不是因为心里多愁，就是因为神经衰弱，要不就是因为犯偏头疼，或者因为患了感冒，反正她从不答理您，只茫茫然给您打个手势，告诉您公爵夫人就在那边，继而从眼皮里挤出几滴泪水，朝一只小碗的方向落去，碗里积满了多少“勿忘我”。观赏那尊雕像，我感到欢悦，因为它使我想起了贡布雷一家花园里一尊小小的园丁石膏塑像，但是，那犹如古代某些浴室潮湿、宽阔、回声洪亮的台阶，那会客厅里栽着瓜叶菊的花坛——蓝上加蓝——那门铃当当悦耳的声响，更令我心旷神怡，相比之下，观赏雕像带来的乐趣微不足道，更何况那当当的声响恰是欧拉莉卧室的门铃声。那铃声令我欣喜至极，然而，在我看来似乎又过分微小，难以向德·蒙莫朗西夫人作一解释，结果，这位夫人总见我一副心醉神迷的样子，但永远猜不透个中的原因。

心脏搏动之间歇

我第二次抵达巴尔贝克与初次情况大不相同。经理亲临古勒夫桥迎候，一再表白他如何如何看重被封以爵位的主顾，这使我不禁担心，他如此给我大封爵位，恐怕非要我最终明白，在他那混沌一片的语法记忆中，“封以爵位”纯粹意味着“委以头衔”。再说，随着他不断学习新的语言，过去学的讲得越来越糟。他向我宣布，把我安置在旅馆的最高层。“我希望，”他说道，“希望您不要把这视作没有失礼，我为给了您一间您不配的客房而感到诚惶诚恐，不过，我将它与噪音作了权衡，因为这样，您头上就无人吵得您鼓膜（指耳膜）嗡嗡作响了。请放心，我定会吩咐人关严门窗，决不让它们乱晃。在这一点上，我是容忍不得的（此话没有表达出他的思想，他的意思是，在这方面，大家可能都觉得他很严厉，也许各楼层的仆佣就是这么想的）。”其实，那些房间就是我初次逗留时住过的。房间并未降格，但在经理看来，我身价却有了提高。如果乐意，我可差人生火（因遵医嘱，我过完复活节就出门了），不过他害怕天花板有“吸缝”。“千万要等第一把柴火用完（想说燃尽）后，再生第二把。因为至关重要的是要避免不要烧着了壁炉，更何况为了有所点缀，我让人在上面放了一大束古时中国用的假胡须，有可能会搞坏的。”

他不胜悲哀，将瑟堡首席律师去世的噩耗告诉我："那可是个一贯循规蹈矩的人。"他说道（十有八九是想说"刁钻奸猾的人"），并向我暗示了首席律师是因为生活中屡受挫折而过早谢世，所谓"屡受挫折"，分明是想说"放荡不羁"。"不久前，我就发现他一吃完晚饭，便在客厅里蹲着（无疑想指"昏昏入睡"）。最后那几天，他变化如此之大，若不知道那就是他本人，那见到他，他几乎认不出来（肯定想说"几乎认不出他来"）。"

万幸的补偿：冈城法院首席院长不久前刚刚荣膺了法国荣誉勋位三级"搜带"（想说"绶带"）。"他富有才华，这是肯定的，不用说的，但听说授他勋位，主要是因为他非常'无能'。"再说，对这次授勋，前一天的《巴黎回声报》作了报道，但经理还只读了"第一条"（想指"第一段"）。加约先生的政策在文章中被猛批了一顿。"我也觉得他们在理，"他说，"他总是让我们处在德国的配制（想说"控制"）之下，太过分了。"此类问题由一位旅馆经理加以论述，实在令我生厌，于是我干脆闭耳不听。我想起了促使我下决心再次来巴尔贝克的种种景观。它们与昔日的景象截然不同。往日的景象多么迷蒙，而我前来寻觅的景观却多么辉煌；然而，这些景观却无法因此而减轻我失望的感觉。由记忆选择的景象与想象力所创造及现实所粉碎的图景如出一辙，是任意的，有限的，不可捕捉的。没有理由非要在我们身外，有个实在的地方拥有记忆中的图景，而不是梦幻中的图景。再者，新的现实也许会使我们忘却，甚至厌恶促动我们外出的种种欲望。

促使我前来巴尔贝克的部分原因在于维尔迪兰家邀请了普特布斯夫人。维尔迪兰家（我从未利用过他们邀请之便，不过，我若去乡下，为在巴黎从未抽空拜访他们表示歉意，他们肯定会很高兴接待我）知道有数位"信徒"要来这一带海滨度假，因此为整个夏季租下了德·康布尔梅先生的一座城堡（拉斯普利埃），并邀请了普特布斯夫人前来做客。获悉这一消息的那天晚上（在巴黎），我像疯了似的，立即派我家的那位年轻跟班去打听那位夫人是否要把她侍女带到巴尔贝克去。已是晚上十一点钟了。门房磨蹭了好一阵子才打开了大门，但出乎意外，没有撵我那位探风的仆人，也没让人去喊警察，只是待他很不客气，但还是把需要的消息给了他。门房说夫人的贴身侍女确实要随女主人一起去，先去德国进行温泉疗养，然后去比亚里茨，最后一站是维尔迪兰家。这一下，我才放下心来，台板上放着这块面包，心里乐滋滋的。我可以不用再到街上追逐女子了，在街头与美女相遇，我就少这样的引荐书，如今书信在手，说不定与其女主人在维尔迪兰家用过晚餐的当晚，就可被引到那个"乔尔乔涅画中人"的身旁。再说，倘若她知道我不仅认识租住拉斯普利埃城堡的那些布尔乔亚，而且与主人也相识，尤其与圣卢很熟，她兴许对我的看法会更美妙些，圣卢自然不可能打那么老远把我推荐给那位贴身侍女（她不知道罗贝的名字），于是为我给康布尔梅夫妇写了封热情洋溢的推荐信。圣卢觉得他们家可为我提供种种方便，此外，德·康布尔梅夫人若与我交谈，准会引起我的兴趣，她是从勒格朗丹家娶来的媳妇。"那是一位聪慧的女子，"他向我保证说，"她不会跟你说一些一锤定音的事（在罗贝的语汇里，"一锤定音的"事取代的是"美妙的"事，他每过五六年就要改换一些他最喜欢用的词汇，同时保留下主要部分），但她生性质朴，富于个性，直觉灵敏，说起话来总是脱口而出，恰到好处。她不时也会惹人恼怒，抛出几句蠢话，附庸风雅，说来天下再也没有比康布尔梅家更不风雅的人啦，因此，那就显得更为滑稽，反正，她并不总是很'入时'，但归根结蒂，她还是属于那些可以交往、最可容忍之人的行列。"

一收到罗贝的推荐信，康布尔梅夫妇立即复了一封长信，请我住在他们家中，若我还喜欢行动更自由点，那他们可主动为我安排下榻处，这或许是附庸风雅，促使他们想间接地向圣卢表示友好，或许是对圣卢照顾他们在东锡埃尔的一位侄子深表谢忱，更可能是出于善意和热情好客的传统。当圣卢告诉他们我将下榻巴尔贝克"大旅馆"，他们回信说，希望我抵达后便到他们府上玩玩，这是最起码的了，若我迟迟不去，他们少不了要登门求我，敬请光临他们的游园会。

无疑，普特布斯夫人的贴身女侍与巴尔贝克地区之间并无任何本质的联系；对我来说，她在巴尔贝克不可能与那位村姑相提并论，当初我独自一人踯躅在梅塞格利丝的路上，曾多少次如饥似渴地拼命呼唤那位村姑，但枉费心机。不过，我早就放弃了像求未知数的平方根那样，煞费苦心去追求一个女人，尽管那陌生人的未知数并不经常抗拒普通的介绍。巴尔贝克，我已经久违了，至少在那里，由于那一地区与那位侍女之间缺乏必要的联系，我可以获得这样的益处，即对我来说，去巴尔贝克不会像在巴黎一样，因习惯的力量而使现实感荡然无存，在巴黎，无论在自己家中，还是在一间熟悉的房间，由于四周全是习以为常的东西，守在某位女子身边而产生的乐趣断然不能令我一时想入非非，幻想那乐趣正在给我打开通往新生活的道路。（因为习惯为第二天性，它阻止我们洞悉第一天性，它既无第一天性的残酷，也无第一天性的奇妙。）然而，在那块新的土地上，我脑中也许可以产生如此幻想，面对一线阳光，感觉会重新萌发，我渴望的那位女子也许最终将在那儿激发起我的感情：可是，诸位自可看到，由于情况有变，不仅致使那位女子没有来巴尔贝克，而且弄得我自己惶惶不可终日，最怕她来此地，结果，我这次旅行的主要目的没有达到，甚至都未去追求。

诚然，普特布斯夫人在温泉疗养季节不可能这么早就去维尔迪兰家；但是，倘若人们选择的这种种乐趣必定可得，且在期待之际，人们可乘这段时间一无所求，懒得去惹人喜欢，省得产生爱慕之情，那么，这种种乐趣就可能会显得遥遥无期。况且，我此次巴尔贝克之行，脑中并不像初次来时那样充满诗情画意；在纯想象力的天地里，私心总要比在记忆中少几分；而我也完全明白此行正是为了亲临陌生美女云集之处；一个海滨浴场展示的美女并不比一次舞会少；我的心儿早已先飞，在旅馆前，在海堤上漫游，此时悠悠的欢乐心境一如德·盖尔芒特夫人给我带来的快慰：她并不让人邀我参加引人注目的晚宴，而往往把我的名字提供给主办舞会的女主人，列在陪伴贵妇人的男士名单上。在巴尔贝克结识女性，这在昔日于我是那般艰难，如今却轻而易举，因为我现在已在此地拥有了诸多关系与支持者，而初次逗留时，我人地两疏，无依无靠。

经理的话声把我从遐想中惊醒，对他政治上的高谈阔论，我是听而不闻。他换了话题，告诉我首席院长得知我光临巴尔贝克，不胜高兴，想当晚来我房间看望。一想到他要来访，我内心感到百般恐惧，因我已感周身疲乏，为此央求经理设置障碍，阻止来访（他应允了我的请求），为更保险起见，我还请他在第一夜派手下的店员在我所在的楼层设岗。看来，他并不喜欢那帮店员。“我每时每刻，都不得不跟在他们身后催促，他们实在太富于惰性了。要是我不在，他们索性一动不动。我派值班的电梯司机守住您的房门吧。”我问此人到底是否当上了“服务员领班”。“他在旅馆里年纪还不算太大，”他回答我说，“年纪比他大的服务员有不少，要他当领班，别人该叫唤了。不管什么事物，都得有小的细粒为基础。我承认他开电梯的能力（是指“态度”）很强。但要他担任那一职位，还嫩了点。别人资历比他老得多，那样会太显眼。还缺那么一点稳劲，这可是最原始的素质（无疑是说首要的素质，至关重要的素质）。他翅膀（我的对话者想说“脑子里”）必须要沉住点气。再说，他只管相信我好了。对这种事，我是内行。在升任‘大旅馆’的经理职务之前，我在巴伊亚先生手下初试过刀枪（第一次工作）。”这一现身说法给我印象颇深，我对经理亲临古勒夫桥表示感谢。“噢！不值一提。这只不过费了我无边无际的（想说“微不足道”）一点时间。”况且，我们已经到了旅馆。

我心力交瘁，整个儿全乱了套。第一夜，便累得心脏病发作，我极力忍住疼痛，小心地慢慢弯腰去脱鞋。可刚一碰到高帮皮鞋的第一只扣子，我的胸膛便猛地鼓胀起来，一个神圣、陌生的人出现并充满了我的心田，我浑身一震，啜泣起来，眼泪像溪水一般夺眶而出。这位前来搭救我，助我摆脱精神干涸的人，就是数年前，在一个我处于同样孤寂、同样绝望的时刻，在一个我心中空空无我的时刻，潜入我的心扉，把我还给了我自己的那一位，因为这人就是我，但又超越了我（容器大于内容，又给我带来内容）。我在记忆中刚刚发现了外祖母那张不安、失望、慈祥的面庞，对我的疲惫倾尽疼爱，我来此的第一个夜晚，外祖母就是这副形象；这并不是我那位徒留其名的外祖母的面孔，我对她很少怀念，连自己也感到吃惊，并为此而责备自己；这是我那位名副其实的外祖母的脸庞，自从她在香榭丽舍大街病发以来，我第一次从一个无意但却完整的记忆中重又看到了外祖母活生生的现实形象。对我们来说，这种现实形象只有通过我们思维的再创造才可能存在（不然，凡在大规模战斗中沾过边的人个个都可成为伟大的史诗诗人）；就这样，我狂热地渴望投入她的怀抱，而只有在此刻——她安葬已经一年多了，原因在于年月确定有误，此类错误屡屡出现，致使事件日历与情感日历往往不一致——我才刚刚得知她已经离开了人世。打从这一时刻起，我常常谈起她，也常常念及她，但在我这个忘恩负义、自私自利、冷酷无情的年轻人的言语与思想中，过去从未有过任何与我外祖母相像的东西，因为我生性轻浮，贪图享乐，她生病，我竟视若家常便饭，心中对她过去保留的记忆仅处于潜在状态。无论在何时审视我们的心灵，它整个儿只有一种近乎虚假的价值，尽管它有洋洋大观的财富清单，因为时而这一些，时而那一些财富皆是无权处理——无论是实在的财富，还是想象的财富——就以我为例吧，盖尔芒特家族古老的姓氏也罢，对我外祖母的真实回忆也罢，两种财富概莫能外，而后一类财富要重要得多。因为心脏搏动的间歇是与记忆的混乱密切相关的。对我们来说，我们的躯体就像一个坛子，里面禁闭着我们的精神，无疑是我们躯体的存在才诱使我们作出如此假设，我们内心的财富，我们往昔的欢乐和我们的一切痛苦都永远归我们所有。如果认为这些财富消失了或重现了，这也许同样不准确。无论怎样，倘若说它们存在于我们体内，那么大部分时间则都隐藏在一个陌生的区域，对我们起不到任何作用，甚至最常用的财富也往往受性质不同的记忆所抑制，在意识中排斥了与它们同时产生的任何可能性。但是，如果存贮财富的感觉范围重新控制在手，那么它们自己也便拥有同样的能力，驱逐与它们水火不相容的一切，独自在我们身上安置下感受了它们存在的我。然而，正因为我方才骤然重现的那个“我”，打从我抵达巴尔贝克后外祖母为我脱衣的那个久远的夜晚以来，一直未曾存在，所以自然而然，刚才我介入的外祖母朝我俯身的那一分钟，不是发生在“我”不知晓的现实日子之后，而是——仿佛时间具有各不相同而又并行不悖的时刻——不经接续，紧接往昔的那第一个夜晚。当时的那个“我”，它早已失之天涯，如今却再一次近在咫尺，以致我似乎还清晰地听到了在此之前刚刚脱口，但倏然已经成梦的那番话语，犹如一位似醒非醒之人，仿佛听到了梦境的响声，而梦却已消逝。我只不过是这样一个人，试图躲进外祖母的怀抱，吻她，亲她，以此抚平她痛楚的伤痕，一段时间来，不同的“我”像走马灯似的在我心头显现，当我属于其中这个或那个“我”时，我曾迫切需要回想这个人物，然而谈何容易，犹如现在我白费心机，试图重新感受某个“我”的快意与欢乐，至少是一度吧，当然，我已经不再是那个“我”了。我渐渐记起，在外祖母身着晨衣，朝我的皮靴俯下身子的一个小时前，我在闷热的马路上游荡，在那位糕点师傅面前，我多么想亲亲我外祖母，心想这一小时她不在我身边，我无论如何也等不了。现在，同样的需要重又萌生，我知道我可以几小时又几小时地永久等下去，也知道她再也不可能依偎在我的身旁，而我只不过发现了这一需要，因为我平生第一次感觉到活生生的、真实的外祖母，她把我的心都要胀裂了，我终于又见到了她，然而，却在这时，我得知自己已经永远失去了她。永远失去了；我简直无法理解，于是，我试着承受这一矛盾带来的痛苦：一方面，正如我所感受到的那样，这是在我心中幸存的一个生命，一份慈爱，也就是说这是生就为我准备的，这是一份爱，在这份爱里，一切都在我心间臻于完善，达成目的，认准其始终不渝的方向，爱之所至简直无所不灵，以致在我外祖母看来，伟人们的天才，自创世以来可能存在的一切聪明才智，简直还不如我的一个小小的缺点；而另一方面，我一旦重温了像现在这样的至福，便确确实实感受到了它的来临，感到它像一种旧病复发的痛苦，从子虚乌有飞跃而出，虚无曾抹尽了我保留的这种慈爱的形象，摧毁了这一存在，在回首往事时，取消了我们相互注定的命运，在我仿佛在镜子里重新见到我的外祖母的时刻，将她变成一个普普通通的外人，只是一个偶然的原因，使她得以在我身边生活了若干年，就像这一切也可以在任何他人身边发生一样，但在这另外一个人看来，我过去不过是子虚，将来也只能是乌有。近来我享受过的欢乐烟消云散，此时此刻我唯一可以品尝的欢悦，似乎就是粉饰过去，减少我外祖母昔日经受的痛苦。然而，我回想起她，这不仅仅在于她穿着晨衣，这一特定的服装，几乎成了一种象征，象征着疲惫，无疑是身体不健康的疲惫，但她在我眼里却是和蔼可亲的疲惫；渐渐地，我回想起我抓住的一切机会，让她目睹我的苦痛，需要时不惜向她夸大事实，造成她内心的难过，想象着再用我的亲吻将它抹去，仿佛我的撒娇可以带来她的慈爱，我的幸福也可以引起她的欢乐；比这更糟的是，我，我现在已别无幸福可言，只能从我的回忆里，从这张脸庞因和颜悦色而突出、倾斜的各个部位上，重新觅回幸福，在昔日，我曾疯狂地极力从中搜刮幸福，甚至连蛛丝马迹的欢乐也不放过，比如在圣卢为我外祖母拍照的那天，外祖母头戴宽檐帽，在不明不暗、强弱适中的光线中，慢悠悠地摆出卖弄风情的姿态，显得幼稚，近乎可笑，我实在按捺不住，要向她挑明这一点，失口嘀咕了几句不耐烦且又伤人的话，从她脸上那一阵抽搐，我感觉到我说的话已经传至她的耳朵，伤害了她的心；其实，这些话撕碎的正是我自己，因为现在亲吻的抚慰是万万不可能了。

但是，我再也不可能抹去她脸上的那阵抽搐，再也无法忘却她内心，毋宁说我内心的痛苦;因为死者只存在于我们心中,当我们固执地一味回忆我们曾给予他们的种种打击时,我们不停鞭挞的正是我们自己。这痛苦,虽然撕心裂肺,我却紧紧抓住不放,因为我深切地感到它是我对外祖母怀念的作用所致,是这一怀念之情真正存在于我心头的具体证据。我感到真的只有通过痛苦才回想起她来,我多么希望那维系着对她怀念之情的钉子在我心间扎得更深,更牢。我并不试图通过对她的照片(圣卢为她拍摄的那一张,我一直带在身边)低语、祈祷而减轻痛苦,美化这种痛苦,自欺欺人,似乎外祖母只是出门在外,暂时不得见面而已,就像我们朝着一个远离我们的人儿低语、祈祷,他虽然孑然一身,但却熟悉我们,永远永远与我们融为一体。但是,我从未这样做过,因为我所坚持的不仅仅是忍受痛苦,而且要尊重我痛苦的独特面貌,尊重我无意中突然遭受的那种苦痛,每当与交织在我心头的存在与虚无格格不入的那阵抽搐重又浮现眼前,我便心甘情愿地遵循那一痛苦的规律,继续经受痛苦的煎熬。在那当时有着切肤之痛,如今却无法理解的感觉中,我确实并不知道日后哪一天会有可能悟出几分真情,但我知道,哪怕从中可以得出一分真情,那它也只能源出于那一感觉,那感觉是多么别具一格,多么自然而然地产生,它既没有由我的理智划定运行轨迹,也没有因为我的怯懦而减弱,而是死亡本身,死亡的突然发现,犹如雷击,按照一个超自然的、非人类的曲线图,在我心间铭刻下的标记,仿佛留下了一条双重神秘的印迹。(迄今,我一直处于对外祖母的遗忘状态,若要借此悟出真情,我连想也不曾想过;殊不知遗忘本身,说到底是一种否认,是思维能力的减弱,无法再现生活中的真实时刻,不得已用风马牛不相及的惯常形象取而代之。)然而,兴许自我防卫的本能,免受痛苦的机敏才智早已在黑烟未消的废墟奠定了其有益但也有害的事业的基石,我因此而过分地品尝了回忆心爱的人作出这样或那样的评价时所感受到的甜蜜,仿佛这份甜蜜能够带来种种评价,仿佛它始终存在,我为了它而继续生存。但是,一旦我入睡,在这一更为真实的时刻,我双眼紧闭,外界的万物一概不见,五脏六腑被神奇地照得彻亮,在这骤然间变得半透明的有机的内心深处,残存与虚无终于结成一体,睡眠的世界(在其门口,暂时瘫痪的智慧与意志再也不能与严酷的真情实感一起争夺我)便反映、折射出这一痛苦的混合体。在这个睡眠的世界里,为我们身体器官的紊乱所驾驭的内知觉加速了心脏或呼吸的节奏,因为同一程度的恐惧、悲切或悔恨,一旦注入我们的血管,便会以百倍的力量掀起狂澜;当我们被卷入自身血液的黑色波涛,犹如投入九泉之下蜿蜒曲折的忘河[1],踏遍内心秘城的大街小巷,一张张庄严、伟大的脸庞便立即浮现在我们眼前,向我们靠近,继而离我们而去,任我们泪水涟涟。我来到幽暗的大门下,迫不及待地寻觅外祖母的面孔,但白费气力;然而,我明明知道她依然活着,只不过生命力已经衰弱,像记忆中的她一样苍白;黑色愈来愈浓,风越刮越烈;父亲本应把我领到她身边去,可他却迟迟不见。突然,我透不过气来,感到心脏像凝固了一般,我这才想起已经好几个星期忘了给外祖母写信了。她该会对我怎么想呢?"我的主啊,"我心想,"她待在那间为她租用的小房间里该是多么凄惨,那房间就像以前女仆住的一样窄小,她孤零零的,身边只安排了一个人照看她,在房间里一步也不能挪动,因为她身子一直有点瘫痪,一次也不曾想起起床!她该会以为她死后,我早已把她忘得一干二净;她该会感到多么孤独,感到被人遗弃!啊!我必须赶紧跑去看望她;我不能再耽搁一分钟,不能等父亲来了再走;可是,她身在何方?我怎能忘了她的住址呢?但愿她还能认得我!我怎能几个月都没有想起她呢?天漆黑一团,我无处可寻,狂风吹得我迈不开步子;可我父亲不就在我面前徜徉嘛;我朝他高喊:'外婆在哪里?把她住址告诉我?她身体好吗?她肯定什么都不缺吗?'父亲回答我说:'啥也不缺,你完全可以放宽心。守护她的人办事有条有理。我们还不时给

---

① 地狱河流,亡灵饮其水,便忘却过去。

她汇去一小笔款子，给她购买生活必需品，生活用品她向来用得不多。有几次，她询问你在做些什么。大家连你准备写书的事都告诉她了。她脸上显出喜色，拭去了一滴泪水。'"此时，我似乎回想起，外祖母谢世不久，曾像一个被逐出门外的年迈女仆，像一个陌生的老太婆，神态卑贱地哭泣着对我说："一定允许我，以后怎么也得再见你几面，千万别一过就是多少年都不来看我。请你想想，你好赖做过我的外孙，做外婆的是不会忘了的。"再次看到她当时那副如此顺从、如此悲切、如此温柔的面孔，我恨不得立即跑上前去，向她倾吐我当时本该回答她的那番话语："外婆，你要想见我，一定会见到我，世间，我唯独只有你，我永远不再离开你。"多少个日月以来，她孤零零躺在那里，我却不在她的身旁，无声无息，这该让她多么难过，该会使她伤心泪落！她心里会怎么样呢？于是，我也呜咽着央求父亲："快，快告诉我她的住址，带我去吧。"没料到他回答说："噢，因为……因为我不知道你是否一定能见到她。再说，你也晓得，她身体十分虚弱，极其衰弱，她再也不是从前的她了，我想你见了她反而会很难过。我也记不得那条大街的确切门牌号码。""你还是告诉我吧，你知道，死去的人不便再活在人世，这不是真的。尽管众人都这么说，可总不是真的，因为外祖母分明还活着。"我父亲凄楚地一笑："啊！不懂事呀，你太不谙事理了。我以为你还是不去为好。她什么也不缺。一切都已给她安排妥帖。""可是，她不是孤零零一人吗？""是的，可这样对她反而更好些。她不想事，这更好，否则，只会给她增添不幸。想事往往是痛苦的，再则，你知道，她已经十分虚弱了。我把准确的方向告诉你，你可以去那儿；不过，我看不出你去那儿会有什么用处，我也不认为那位守护人会放你进去看望她。""然而，你完全清楚，我将永远生活在她身旁，鹿，鹿，弗朗西斯·詹姆斯，餐叉。"但是，我已经渡过幽暗曲折的忘河，浮到了水面，眼前展现了一个生者的世界：即使我仍然重复着"弗朗西斯·詹姆斯，鹿，鹿"这几个字，下面的话再也无法向我提供其清晰的含义，而就在刚才那一瞬间，其意义表达得何等自然，可现在我再也想不起来了。我甚至再也不明白父亲刚刚对我说的“Aias”一词怎么会直接表示：“当心别着凉”，这怎么可能呢。我忘了关上百叶窗，无疑是明亮的日光把我照醒了。但是，我无法忍受眼前的滚滚海涛，可昔日，外祖母却可以静静地观潮，一看就是几个小时，波浪泰然自若，这优美的新图景立即使我产生了这样的念头，外祖母是看不到这景象了；我多么想堵上耳朵，不再听那滚滚的涛声，因为此时此刻，海滩上金光耀眼，在我心间拓开了一片空虚；过去，我还是个孩子时，曾在一个公园里与外祖母走散了，此时，这儿的一切犹如那座公园的小径与草坪，仿佛都在对我说：“我们没有见到她。”在苍茫、神奇的穹窿下，我好像被罩在一只巨大的灰蓝色钟形罩里，感到透不过气来，钟形罩遮住了一角视野，我的外祖母已经不在了。一眼望去，四周皆空，我转头面壁，不幸的是，挡住我视野的正是昔日充当我们俩之间报晨使者的那堵墙壁，它宛若提琴一般乖巧，把一种情感精妙入微的色彩表达得淋漓尽致，把我内心的惧怕准确无误地传达给外祖母：我既害怕把她惊醒，而若她已经醒来，我又担心她没有听到，怕她不敢走动；紧接着，它像第二种乐器发出回声，向我通报她正走过来，请我尽量放心。这堵隔墙，我不敢向它靠近，仿佛这是一架钢琴，外祖母兴许弹奏过，至今余音不绝。我知道现在可以任我敲击，敲得再有劲些也无妨，再也不可能把她吵醒，我再也收不到任何回音，外祖母再也不会过来。倘若天堂真的存在，我别无它求，只请上帝能在这堵隔墙上轻轻地敲击三声，外祖母准会从千万种声响中立即辨清，回击三声，意思是说：“别焦急，小耗子，我明白你等不及了，可我这就过来。”然后，祈求上帝让我跟外祖母永生永世在一起，对我们俩来说，永生永世在一起，也不嫌长。

经理前来问我是否想下楼。不管怎么说，他为我在餐厅悉心安排了“座次”。由于没见我露面，他担心我气喘的老毛病又犯了。他希望这不过是种微不足道的“喉咙病”，并向我担保，听说可用一种被他叫作“咔里普图斯”的药，止住这种毛病。

他向我转交了阿尔贝蒂娜的一封短笺。今年，她本不打算来巴尔贝克，可改变了计划，三天前来到了附近的一个疗养胜地，虽然不是到巴尔贝克，但两地相距只有十分钟的火车路程。她怕我旅途劳顿，第一个晚上没敢登门打扰，只遣人前来询问我能否接待她。我问她本人是否亲临，倒不是想见她一面，恰恰相反，为的是设法避而不见。“她亲自来了，”经理回答我说，“她希望尽快见面，除非您有不到的理由。瞧，”他下结论道，“总而言之，这儿的人谁都渴望见您一面。”可是我呢，我谁都不愿见。

然而在前一天，我刚刚抵达，便感到自己重又为海浴疗养那怡然自得的生活魅力所诱惑。以前的那位电梯司机默默无声地启动了电梯，这一次并非出于蔑视，而是表示恭敬，只见他喜形于色，红光满面。我顺着立管徐徐上升，重又穿越了昔日被我视为陌生旅馆奥秘所在的中心。当一个无依无靠、默默无名的旅人初来乍到时，无论是回自己房间去的旅馆常客，下楼用餐的年轻姑娘，从饰有奇怪条纹的楼道经过的女仆，还是来自美洲、由女伴陪着下楼进餐的千金小姐，一个个朝他投去的都是清一色的目光，从中见不到人们所期待的任何神采。然而此次截然相反，我感受到了在一家熟悉的旅馆上楼时极为闲适畅快的心情，觉得就像在自己家里，再一次完成了这种周而复始的运动，这并非眨眼工夫那么短暂、轻易，它赋予事物以令我们感到亲切的灵魂，而不是令我们惊恐的幽灵。我没料到等待着我的，竟会是灵魂的突然变化，心中不由得思忖，现在莫非有必要换去别的旅馆下榻，在各家旅馆里，我将总是首次进餐；在各家旅馆，在各道楼层，面对各扇房门，习惯也许还没有把那凶神恶煞杀掉，他似乎正监视着一个快活的生命；在各家旅馆里，我也许有必要接近那些陌生女郎，豪华大饭店、娱乐场和海滩，以大珊瑚骨骼聚集的方式，让她们集结在一起，生活在一起。

令人生厌的首席院长如此迫不及待，急于见我，竟然也使我感受到了几分欢悦；第一天，我观望着滚滚波涛，有蔚蓝色的起伏山峦，有冰川，有瀑布，其高雅、庄严、逍遥的景观尽收眼底——我洗手时，一闻到“大旅馆”那芬芳浓烈的香皂的特殊气味，此情油然而生，许久以来，我第一次闻到这一特殊的香味——它仿佛既属于现在这一时刻，又属于往昔逗留的时光，宛如一种特殊生活的真正魅力，在现在与昔日之间飘忽，所谓特殊生活，就像人们回家只不过为了换一条领带那样随便。床单太细、太轻、太大、塞不紧、盖不实，裹在毯子外面，总是鼓鼓囊囊的，犹如游移不定的涡状物，若在昔日，准会使我黯然神伤。不过，这酷似船帆、总不舒坦、鼓鼓囊囊的床单晃动着第一个清晨充满希望的辉煌的太阳。但是，旭日尚未来得及升起。还在当天夜里，那一残忍而又神奇的影子似的人物便又复活了。我央求经理走开，请求任何人都别进屋。我告诉他，我将一直卧在床上，并谢绝他遣人去药店取那种万灵的麻醉剂。他见我一口谢绝，暗自庆幸，因为他害怕旅客闻到“咔里普图斯”的气味，感到不舒服。我有幸受到了称道：“您言之有意。”（他想说“言之有理”）并吩咐我道：“注意别在门上把您弄脏了，因门锁太紧，我差人在门上‘灌’了油；要是哪位服务员冒昧敲您房间，他定会受到‘滚打’。众人得牢牢记清，我向来不爱‘反复’（显然是指：我有事向来不喜欢说两遍）。不过，您是否想喝点陈酒提提精神？我楼下有满满一‘堂’（无疑说“满满一坛”）。我可不把酒放在银盘上，像托着伊奥纳当的脑袋似的端给您，我先跟您说明白，那不是拉菲特城堡酒，但也差不多模棱两可（想说“八九不离十”）。若量还太少，可以让人再给您做一条油炸‘小鳎芋’。”我一概谢绝，但感到惊诧的是，在一个一生中该点了不知多少遍这种菜肴的人嘴里，竟然“鱼”“芋”不分，把“鱼”说成“芋”。

尽管经理满口应承，片刻之后，有人还是给我送上了康布尔梅侯爵夫人的折角名片。这位年迈的夫人前来看望，差人打听我是否在此下榻，当她获悉我昨日才到，且身体不适，便未强求，坐进那辆套着两匹骏马、年代已久的四轮八簧敞篷马车，返回费代纳（十有八九在药店或服饰店门前停了停，跟班跳下车座，进店结帐或买东西）。在巴尔贝克和处于巴尔贝克与费代纳城之间的几个海滨小镇的街道上，人们常可听到这辆马车的滚动声，对那豪华的排场赞叹不已。到这家或那家小店稍停片刻，并非驱车出游的目的所在，而是某个乡绅或财主家中举行了什么点心聚餐会或游园会，对侯爵夫人来说，这些乡绅或财主本来是极不体面的。可是，尽管侯爵夫人出身尊贵，家赀巨万，远在附近的乡绅贵族之上，但她生性善良，为人纯朴，若有人邀她做客，唯恐让对方失望，因此，附近哪怕举行再微不足道的社交聚会，她也欣然赴会。诚然，一路风尘，赶到哪家令人窒息的小沙龙，在闷热之中听哪位通常没有才华的歌女歌唱，且她作为本地区的贵夫人和闻名遐迩的音乐家，听罢又不得不夸大其辞，表示祝贺，相比之下德·康布尔梅夫人更喜爱在费代纳花园漫步或静憩，花园下方，小海湾花影沉碧，风平浪静，风景优美如画。她知道，自己往往人未到，消息已被主人四下传开，无论主人家是梅恩维尔-拉-坦杜利埃尔或夏通古尔－洛戈约的贵族还是禀性豪爽的布尔乔亚。然而，倘若德·康布尔梅夫人这天出门，未去盛会露面，而来自海滨小浴场的这位或那位宾客有可能听到了侯爵夫人的马车声，见到了她的马车，那么，她无暇脱身离开费代纳的托辞便站不住脚了。此外，这些主人家经常看见德·康布尔梅夫人去参加某些人举办的音乐会，尽管认为那不是她应该出入的地方，在他们看来，侯爵夫人仁慈过分，这样做有损于她的地位，但是，一旦轮到他们接待侯爵夫人，便立即闭口不谈什么有失身份，他们一个个焦急不安，自问能否有幸请到她大驾光临点心聚餐会。如果主人家的千金或哪位正在此地度假的音乐爱好者刚刚唱完一曲，有来宾通报（侯爵夫人必定前来参加音乐会的先兆）亲眼看见拉着那辆著名马车的骏马停在钟表店或药店门前，那多少天来主人局促不安的心情便立即得到莫大的安慰！于是，在这些主人的眼里，德·康布尔梅夫人（她果然很快驾到，身后跟随着她的儿媳和当时在她府中的宾客，她请求允许把他们一起领来，主人欣然允诺）重又光彩照人。对他们来说，她终于大驾光临，使他们如愿以偿，也许这正是一个月前促致他们作出决定的不可明言的关键原因：不惜遭人议论，耗费钱财，举办一个日场音乐会。看见侯爵夫人光临，他们想到的便不再是她如何乐于参加他们认为很不体面的邻居家的聚会，而是夫人家族之古老城堡之豪华，以及侯爵夫人从勒格朗丹家娶来的儿媳举止之无礼，儿媳傲慢不逊，与她婆婆近乎乏味的谦恭平和形成鲜明对照。此时，他们仿佛已经在《高卢人报》的社交生活栏中读到了自家炮制的新闻：**在布列塔尼恬静之隅，众人纵情欢乐，日场音乐会之来宾悉经精心挑选；直至主人许诺音乐会不日将再次举办，宾客方才离去。**每一天，他们都在等候着报纸，为在报上尚未看到他们音乐会的消息而惶惶不可终日，唯恐请到了德·康布尔梅夫人只有来宾知道，而众多的读者却一无所知。幸福的日子终于来临：“今年的巴尔贝克，夏季格外迷人。午后的小型音乐会风靡一时……”感谢上帝，德·康布尔梅夫人的姓名白纸黑字，赫然入目，虽然“顺笔提及”，但确居首位。于是，又得扮出假象，对报纸之不慎，有可能引起与未被邀请之人的纠纷，显得忧心忡忡，并当着德·康布尔梅夫人的面，假惺惺地探听谁竟然心怀叵测，风传这种反应，然而，侯爵夫人不愧为贵夫人，往往和蔼可亲地说：“这造成您烦恼，我理解，但对我来说，众人皆知我去您府上做客，这只会让我感到非常幸福。”

送给我的请柬上，德·康布尔梅夫人草就一帖，说她后天午后举办一次音乐会。诚然，若在两天前，不管我对社交生活有多厌倦，但能欣赏一番移植到花园中举行的音乐会，对我来说确也是一种快事，费代纳阳光充足，花园里花红树翠，满目无花果树，棕榈树，遍地蔷薇花，一直延伸到海边，海面常常水波不兴，蔚蓝一色，宛如地中海的景观。主人家小巧玲珑的游艇在海上航行，盛会之前，驶往海湾彼岸的海滩，迎来最为尊贵的宾客；等客人到齐，游艇便迎着太阳张开遮篷，当作客人们用点心的餐厅；黄昏时分，再送走迎来的宾客。奢华的排场确实诱人，但开销极大，为了部分填补此项花费，德·康布尔梅夫人想方设法增加收入，尤其是生平第一次出租她家拥有的一处住宅：拉斯普利埃城堡，城堡的风格与费代纳迥然而异。真的，在一个崭新的环境举办这样一次音乐会，素昧平生的乡绅贵族济济一堂，若在两天前，也许我已经变换了巴黎"上流生活"的口味！然而现在，任何乐趣于我都毫无意义。我于是回复德·康布尔梅夫人，深表歉意，恰如一小时前，我让人打发走了阿尔贝蒂娜：悲戚之情使我内心产生欲望的可能性荡然无存，如同高烧不退，彻底伤了胃口……我母亲该于翌日抵达。我仿佛感到在她身边生活，已不像过去那样于心有愧了，我对她也更理解了，如今我已经告别了过去离奇、堕落的生活，取而代之的是不断涌现的回忆，往事令人心如刀割，为我和母亲的灵魂戴上了荆棘之冠，使我们的灵魂净化得更加高尚。我心里就是这么认为的；但实际上，有名副其实的悲伤，如妈妈的——一旦失去心爱的人，内心的悲哀便会彻底剥夺您长久的，有时甚至永久的生活乐趣——也有其他形式的悲伤，如我的，不管怎么说，此类悲切之情只是短暂的，来得迟，去得快，只能等事过许久之后，方才产生，因为需要"理解"事件本身，才能有所感受；这两种悲切之情有所差别；多少人真切感受到的悲哀与此时此刻折磨着我的悲哀，其差别只在于这种无意中往事突然涌现的方式。

至于像我母亲那样的揪心痛苦，我总有一天也会有亲身体会，诸位在后面的叙述中自可看到，但此时尚无体会，也不像我想象的那番滋味。正如一个陪同主角排练台词的演员，本该早早就位熟悉自己的角色，但直到最后一刻才匆匆赶到，需提的台词仅仅读过一遍，该他道尾白时，倒相当机灵，且善掩饰，任何人都看不出他姗姗来迟，正是这样，待我母亲到来时，我这种刚刚体味过的悲切之情反给我提供了机会，向母亲表白我心中如何悲伤。她只觉得准是我看到了与外祖母共同待过的地方（并非如此），触景生情，陡然悲哀。与母亲相比，我所感受到的悲痛微不足道，但却打开了我的眼睛,我平生第一次惶恐不安地体悟到了母亲所承受的巨大痛苦。我也第一次明白了为何外祖母去世后,母亲一直目光呆滞,没有一滴泪水(弗朗索瓦丝因此而很少向她抱怨),她的这种目光正是死死盯着回忆与虚无这对难解的矛盾。此外,尽管母亲总是不离黑面纱,但在这个新地方,她愈是这样穿戴,我愈是惊心动魄,惊诧于她内心发生的变化。说她失却了一切欢乐,这远不足于表达,她简直像彻底溶化了一般,铸成了一尊塑像,在苦苦哀乞,唯恐动作太猛,声音过响,冒犯了与她形影相吊的痛苦之人。但是,尤为令我吃惊的是,一见她全身披黑踏进屋来,我旋即发现——而在巴黎从未注意到——眼前不是母亲,而是外祖母。就像在王族里,王侯将相一死,王孙公子便因袭其位,于是奥尔良公爵,塔兰托亲王和洛姆亲王便分别成为法兰西国王,拉特雷默伊耶公爵和盖尔芒特公爵,而生者也往往通过性质不同,但原因更为深刻的继承方式,继死者的财产为已有,成为死者的后继替身,把业已中断的生命继续下去。对妈妈这样的闺女来说,母亲的去世造成的巨大悲痛也许只是提早咬破蛹壳,加速了心爱的人的变化和出现,倘若没有这一危机,加速发展进程,一下子跳越几个发展阶段,心爱的人的出现必将迟缓一些。在对故人的哀悼中,也许存在着某种启示,最终使我们的性格特征出现了相似之处,再说,它们就潜藏在我们身上;哀悼中,特别是我们的能动性一时中止——这种能动性主要是个人的(如我母亲的通情达理以及从她父亲身上继承下来的含讥带讽的快乐天性),只要心爱的人还活在世上,我们就不顾忌发挥自己的能动性,哪怕有损于心爱之人的利益,从而与我们从心爱之人身上继承下来的特殊性格互为抵消。一旦心爱的人不在人世,我们便会为与以前判若两人而顾虑重重,欣赏的将只是过去的她,只是业已成为历史,但却与其他事物交织在一起的自身,只是从今之后将保持完整的自我的自身。正是在这一意义上(绝非人们通常所指的那种极为含糊、虚假的意义),可以说死亡并非无益,人死后还仍然会给我们施加影响。死者起的作用甚至超过生者，其原因在于真正的现实唯有通过理智才能显示出来，是理智活动的客体，因此，我们对不得不通过思维再创造的一切，对每日生活向我们掩盖的一切，并不真正了解……总之，在对故人深切的悼念之中，我们对故人所热爱的一切无不视为崇拜的偶像。我母亲不仅舍不得我外祖母的手提包，这小包已变得比蓝宝石、比钻石还珍贵，舍不得我外祖母的袖套，舍不得所有那些使她俩外表显得格外相似的衣着服饰，而且我外祖母一直爱不释手的德·塞维尼夫人的几部作品，我母亲也怎么都舍不得拿去交换，哪怕与名作家的手稿交换。过去，她常取笑外祖母，说外祖母哪次给她写信都少不了要录上德·塞维尼夫人或德·博泽让夫人的一句话。而在母亲抵达巴尔贝克之前给我写的三封信中，每一封都针对我引用了德·塞维尼夫人的话，仿佛这书信不是她写给我，而是我外祖母写给她的。她执意要下堤坝去亲眼看看我外祖母信中每次都向她提起的那片海滩。我看着她手执她母亲的晴雨两用伞，全身披黑，迈着虔诚、怯生生的步履，从窗边向前走去，踏着在她之前亲人双脚踏过的细沙，那神态仿佛是在寻觅一位死去的亲人，那亲人也许会被海浪冲回岸边。为了避免她孤零零一人用餐，我不得不陪她一起下楼。法院首席院长和首席律师的遗孀一起介绍给了母亲。母亲对与我外祖母有关的一切都是那么饱含深情，以至于听了首席院长对她说的一席话，心情无比激动，并感激不尽，将永远铭刻心怀，而对首席律师的遗孀没有任何表示，未说一句悼念去世的外祖母的话，母亲又感到忿恨，痛心。一位言语激动，另一位沉默不语，尽管我母亲认为这两者相去甚远，但只不过是表达死者令我们产生的冷漠之情的方式不同而已。不过，我觉得，母亲往往从我无意中渗进几分痛楚的话语中获得些许温暖。正如保证我外祖母永远活在我们心间的所有一切东西，我的痛苦只会给妈妈带来幸福（尽管她对我百般抚爱），后来，我母亲每日都下楼去海滩上坐着，完全效仿她母亲的所作所为，阅读的也是她母亲最喜爱的两部书：德·博泽让夫人的《回忆录》和德·塞维尼夫人的《书简集》。她跟我们中的任何人都一样，绝对不能容忍别人称德·塞维尼夫人为“才智横溢的侯爵夫人”，正如不容称呼拉封丹“老好先生”一样。但是，当她在书简中读到“我的女儿”这几个字，每每觉得听到了她母亲对她的说话声。

在这朝圣般的活动期间，她本不愿受到任何打扰，可运气不佳，偏偏有一回在沙滩上遇到了从贡布雷来的一位太太，身后跟着她的几个女儿。我想她叫普桑夫人。可我们私下总是戏称她为“有你好瞧的”，因为她警告女儿们当心闯祸时，张口闭口总是这句话，比如她冲着一个总揉眼睛的女儿喊道：“等你眼睛发炎，有你好瞧的。”她从老远见到我妈妈，就声泪俱下，没完没了地问候起来，可看那派头，不像是表示慰问，而是像教训人。她生活在贡布雷的一座深宅大院里，几乎与世隔绝，觉得世上什么东西都不够温柔，甚至连法语词和人地名都要软化一番。她认为将斟饮料的银具叫作“居伊尔”过分生硬，于是便称“戈伊”；她唯恐直呼“费纳龙”而对《忒勒玛科斯》和蔼可亲的作者有所不恭——我自己也一样，心甘情愿地把最聪慧、最温和、最忠厚的贝特朗·德·费纳龙当作最亲爱的朋友，凡与他相识的人，都永远忘不了他——从来都称呼他“费内龙”，觉得“内”这个音增添了几分柔和。这位普桑夫人的女婿就不那么温和了，我忘了他叫什么名字，他原是贡布雷的一位证人，提着银箱一走了之，让我姨父损失了偌大一笔财产。但是，贡布雷的大部分居民与他家的其他成员相处还很和睦，并未因此造成关系紧张，大家倒对普桑夫人表示同情。她从不接待客人，但大家每次打从她家栅栏门前经过，都少不了留步驻足，对花园的浓荫翠绿欣赏一番，但却看不清里面别的东西。在巴尔贝克，她并不怎么碍我们的事，我也只遇到她一次，当时她正训斥在咬指甲的女儿：“等到你手指流脓，有你好瞧的。”

妈妈在海滩读书时，我便独自待在房间。我回想起外祖母一生中的最后时刻以及与之相关的一切，回想起她最后一次出外漫步，我们陪伴她一起走过的楼梯门，这扇门一直保持原样，始终大敞着。与此形成鲜明对照的是，世间的其他东西仿佛并不真实存在，我内心的痛苦像毒剂一般，将它们全都毒死了。后来，我母亲硬要我出门走走。当初的第一个夜晚，我等候着外祖母到来，曾独自沿街走到迪盖-特鲁安纪念碑，然而，如今在这条街上，我每次举步，娱乐场某一早已忘却的情景便像一阵难以阻拦的逆风，阻拦着我向前迈进；我垂下眼帘，不看任何东西。等我恢复了几分体力，便返身向旅馆走去，我心里清楚，不论我等待多久，从此再也不可能在旅馆与外祖母重逢，想当初我抵达的第一天夜里便与外祖母相见了。由于我到旅馆后才初次出门，有许多我尚未见过面的陌生仆人好奇地盯着我看。一位年轻的服务员站立在旅馆门口，摘下帽子向我致意，继而又很快戴到头上，动作灵巧利索。我想准是埃梅有过吩咐，拿他的话说，早已"下令"，对我要倍加敬重。可就在这同一时刻，我发现服务员又向另一位进门的客人脱帽致意。事实是，这位年轻小伙子在生活中只知脱帽，戴帽，动作无懈可击。一旦明白了自己别无能耐，唯在这方面出类拔萃，他每天便忠于职守，尽量多多脱帽，为此赢得了客人不便表露、但却普遍存在的好感，也引起了门房的特别喜欢，门房负有雇用服务员的重任，迄今为止，除了这位难得的小伙子，还未能找到一位适应的，谁来干不了一星期，准被撵走，埃梅对此大惑不解，吃惊地说："可是，干这等差使，只要让他们有礼貌就行，不该这么难呀。"经理也严格要求他们务必"到职到位"，意思是要他们必须待在岗位上，说不定是想要他们保持"堂堂仪表"，只是不会运用这一词语而已。旅馆后面那片开阔的草坪，旧貌已经改观，新修了几个花坛，鲜花盛开，但原先的一丛异域小灌木被移走了，连第一年守着草坪入口处的那位小厮也不见了踪影，他曾以柔如幼茎的身躯、颜色稀奇的秀发，在外观上为入口处增添了光彩。他终于效法两位哥哥和一位当打字员的姐姐，跟波兰的一个伯爵夫人走了，当了她的私人秘书，他哥哥和姐姐都是因为魅力不凡，在旅馆被来自不同国度的男女名流迷上后挖走的。他们走后，只有小弟弟孤单单一人留在旅馆，因为他斜眼，谁也不想要他。适逢那位波兰伯爵夫人和他两个哥哥的保护人来到巴尔贝克，在旅馆下榻，小住一段时间，他喜气洋洋。尽管他打心眼里嫉妒两位哥哥，但也爱着他俩，尽可好好利用这几个星期，培养培养骨肉之情。丰特弗洛尔特女修道院院长不是这样经常离开修女们，去分享路易十四对她胞妹莫特马尔的盛情招待吗？女修道院院长的胞妹是德·蒙代斯邦夫人，是路易十四的情妇。那时，小伙子到巴尔贝克才不到一年，对我尚不熟悉，可听到比他老一些的服务员招呼我时在先生两字之前加上我的姓氏，便立即模仿他们的样子，第一次称呼我时就一副心满意足的神态，或许是因为向一位他认定知名的人士显示了自己的学识，或许是因为遵循了五分钟前尚不知晓，但在他看来无论如何不得违反的惯用礼节。这家大旅馆对某些人可能会产生诱惑力，对此我完全明白。它就像是一个高高搭起的大舞台，众多的角色纷纷粉墨登场，甚至连布景处也热闹非凡。虽然旅客只不过是某种观众，但无时无刻不加入到表演中去，仿佛观众的生活展现在舞台豪华的场景中，而不像在剧院，只有演员在台上演戏。打网球的尽可身着白色法兰绒上装回旅馆，门房却非要穿上绣有银饰带的蓝色制服才能把信交给他。倘若这位打网球的不愿爬楼，那也仍然离不开演员，身边就有那么一位衣着同样华丽的司机开电梯。楼层的走廊掩护着贴身侍女与报信女仆，躲避纠缠，在海上时，她们就像雅典娜女神节舞台上的檐幕一般美丽，热衷于与漂亮的女仆厮混的人总是七弯八拐，神不知鬼不觉地摸到她们的小房间来，楼下，占统治地位的是男性，由于有那一帮子无所事事、年纪过小的男仆，整个旅馆活脱脱像一部已经成形、永远重复演出的犹太基督教悲剧。因此，一见到他们，我往往情不自禁地在心底默诵起拉辛的诗句，这一回，不再是在盖尔芒特亲王夫人府邸，德·福古贝盯着向德·夏吕斯先生致意的大使馆秘书时，浮现在我脑际的《爱丝苔尔》剧中那几句话，而是《阿达莉》剧中的诗行，因为一踏进在十七世纪被称为门厅的大厅，便见熙熙攘攘立着“一大群”年轻服务员，尤其在用点心的时刻，活像拉辛剧中合唱队的年轻的犹太人。当阿达莉问小王子“您到底做何事”时，如果若阿斯虽含糊其辞，但总算也作了回答的话，我可不相信这帮服务员中有谁能够作答，因为他们实在无所事事。若有人像年迈的王后询问他们中的任何一位：

“所有关闭在这个场所的人，
一个个到底在忙些什么事情？”

他最多只能回答：

“我在观看礼仪的豪华场面，
同时，我也在为此作点奉献。”

有时，年轻的演员中走出一位漂亮的小伙子，向更为重要的某个人物迎去，继又回到合唱队中，除非在静思松弛的时刻，不然，一个个无不在共同变换着各种姿态，显得毕恭毕敬，日复一日地在装扮门面，但纯属徒劳无益。除“假日”外，他们对“上流社会总是敬而远之”，从不踏入教堂广场一步，平时，过的是苦行僧般的日子，与《阿达莉》中的利末人别无二致。看着这“一群忠实的年轻人”披着华丽的毯子踢踏起舞，我不禁自问踏入的是巴尔贝克大旅馆还是所罗门殿堂。

我径自上楼回到房间。像往常一样，我的思绪从外祖母重病染身、弥留人间的日子，从我重新经受、不断加剧的痛苦中挣脱了出来。之所以说不断加剧，是因为当我们以为仅仅在再现一位亲人的痛苦时，实际上，我们的怜悯心已经夸大了这份痛苦；但是，也许真正可靠的正是这种恻隐之心，它比经受痛苦的人们对痛苦的意识更为可靠，因为他们一直被蒙在鼓里，看不见自己的生活之苦，而恻隐之心却看得一清二楚，为他们的凄苦而悲痛绝望。然而，如果我当时就清楚长时间来我一直不了解的一切，知道外祖母在临终前夕，神志完全清醒，确信我不在场的时刻，曾握住妈妈的手，贴上自己滚烫的双唇，对她说："永别了，我的女儿，永别了。"那么，一时冲动之下，我的怜悯之心准会超脱外祖母的悲痛。我母亲从不松懈，一直死死盯着不放的也许正是这段往事。于是，我脑中浮现出愉快的记忆。她是我外祖母，我是她外孙。她脸庞的神情仿佛用专为我创造的语言写成；她是我生活中的一切，任何他人只是与她相比较而存在，只是根据她传授给我的对他们的是非判断而存在；然而，不，我们的关系昙花一现，不可能不是偶然结成的。她再也认不出我了。我将永远见不到她。我们并不是相依为命，互为创造的，她是一个陌路人。我正在看圣卢为她这位陌路人拍摄的照片。妈妈与阿尔贝蒂娜见面后，坚持要我去看看她，因为阿尔贝蒂娜娓娓动听，跟她谈起了许多有关外祖母，有关我的往事。我与阿尔贝蒂娜约定了时间。我事先通知经理，让她在客厅等候。经理回答我说，他早就认识阿尔贝蒂娜及其女友，那时，她们还远远不足"贞洁的年岁"，对她们议论旅馆的闲言乱语，他至今耿耿于怀。她们除非"无闻"，才会如此恶言恶语。要么有谁恶意中伤了她们。我不难理解，"贞洁"指的是"青春期"。可是"无闻"两字，就让我大惑不解了。也许与"无文化"混淆了，而"无文化"又有可能与"有文化"混为一谈。我一边等着与阿尔贝蒂娜会面的时刻，一边目不转睛地看着圣卢拍的照片，似乎因为双眼直盯着不放，最后竟一点也看不见眼前的相片，正在这时，我猛又想到："这是我外祖母，我是她外孙。"犹如一位健忘症患者突然想起了自己的名字，又恰似一位病人倏然改变了性格。弗朗索瓦丝进屋向我禀报阿尔贝蒂娜已在楼下，她一眼看见了照片，说道："可怜的太太，就是她，连她脸颊上的美人痣都一模一样；侯爵给她拍照的那一天，她病得很重，有两次感到疼痛难忍。她吩咐我说：'弗朗索瓦丝，千万别让我外孙知道。'她一直瞒着大家，聚会时，总是乐呵呵的。只有我发现她头脑有时有点儿迟钝。可那一下就消失了。后来，她对我这样说：‘万一我出了什么事，怎么也得留下我一幅像。我还从来没有单独照过相呢。’说罢，她派我去找侯爵先生，问他能否给她照张相，并关照他千万不要告诉先生是她自己提出照相的。可是，等我回家禀报她可以拍照时，她却又死活不肯，因为她觉得自己脸色太难看了。她对我说：‘要是留不下影，就更糟了。’她本来就不笨，最后还是好好修饰了一番，戴上了一只大大的垂边帽，平时不遇到大晴天，那帽子一般是不戴的。她对自己的相片十分满意，她对我说，她不相信还能从巴尔贝克活着回去。尽管我对她直说：‘老太太，不该这样讲，我不喜欢听到老太太说**这种**话。’可白搭，她就是这个死念头。天哪！她连饭都吃不进了，一连就是好几天。正是这个原因，她才催促先生离得远远的，去跟侯爵先生一起用餐。她自己不上餐桌，装着在看书，可侯爵的马车一走，便上楼去睡觉。可后来，她害怕事前什么也没有跟太太说，会惊坏了她。‘还是让她跟丈夫待在一起为好，弗朗索瓦丝，对吧。’”弗朗索瓦丝看了看我，突然问我是否“不舒服”。我回答她说“不”，她连忙说：“您把我拴在这儿，尽跟您闲扯。拜访您的人也许早就到了。我得下楼去。那可不是个会待在这里的人。像她那样来去匆匆的，恐怕已经走了。她可不喜欢久等。啊！如今，阿尔贝蒂娜小姐可是个人物。”“弗朗索瓦丝，您错了，她相当好，好得这儿都不匹配了。您这就去通知她！我今天不能见她。”

要是弗朗索瓦丝看见我潸然泪下，说不定会引起她好一场怜悯、哀叹！我小心掩盖。不然，我会得到她的同情！可是，我却给她以同情。对这些可怜的侍女的好心，我们往往不怎么理会，她们总见不得我们落泪，仿佛落泪会伤了我们的身子；也许这对她们有害无益，记得我小时，弗朗索瓦丝常对我说：“别这样哭，我不喜欢见你这样哭。”我们不好夸夸其谈，不爱广征博引，这是我们的过错，我们因此而关闭了心扉，容纳不了感人的乡野之情，对因行窃而被解雇的可怜女仆传奇般的辩白无动于衷，也许她蒙受了不白之冤呢，苍白的脸色，倏然变得倍加谦卑，仿佛蒙受指责是个罪孽，表白父亲如何诚实，母亲如何规矩，祖母又如何教她为人。诚然，正是这些不忍心看见我们神伤落泪的仆人无所忌惮，害得我们染上肺炎，因为楼下那位侍女喜欢穿堂风，断绝风口未免失礼。因为，要说像弗朗索瓦丝这样本来有理的人做错了，除非把正义女神变成怪物。但是，女仆们哪怕再微不足道的乐趣也会引起主人的反对或奚落。原因是她们的娱乐虽然不足挂齿，但总是含有愚昧无知的感情因素，有害于身心健康。她们因此而有可能表示不满："怎么，我一年就提这么点要求，还不同意。"然而，主人们可能施予的却要多得多，这对她们来说并不是傻事，也没有害处——或许也是为了他们自己。当然，看到可怜的女侍浑身哆嗦，就要承认并未做过的错事，张口说"如果非要我走，那我今晚就走吧"，那副忍辱负重的可怜样，叫谁都不可能狠下心来。但是，如果碰上一位上了年纪的厨娘，神气活现，洋洋得意，手握扫把如执权杖，老娘天下第一，常常哭闹着甩手不干，干起来又威风凛凛，面对这种人，尽管她说起话来小题大做，咄咄逼人，尽管她自恃是母亲身边来的，也是"小圈子"的尊严，你也要善于对她作出反应，切勿无动于衷。这一天，我回想起，或者想象出类似的场景，一五一十全跟我们家那位上了年纪的女仆说了，打这之后，尽管她对阿尔贝蒂娜百般刁难，我对弗朗索瓦丝一直情深意切，虽然有起有伏，这不假，但却赋予最强烈的爱，是以恻隐之心为基础的爱。

我面对外祖母的照片，整整一天痛苦不堪。相片在折磨着我。但是，比起经理晚间的来访，却要轻些。我跟他谈起外祖母，他马上再次对我表示慰问，只听得他对我说（他喜欢使用他发不准音的词）："您外祖母大人晕雀（厥）的那一天，我本想告诉您的，可考虑到旅馆这些客人，对吧，也许这会损害了旅馆的利益。她当晚就离开最好不过了。可她求我不要声张，向我保证她再也不会晕雀过去，一旦再患，便马上离去。那一楼层的领班却向我报告说她后来又晕了一次。可是，噢，你们是老主顾了，我们想把你们照顾周全还来不及呢，既然谁也不抱怨……”我外祖母常常昏厥，却这样瞒着我。莫非那时候，我对她最不体贴，她虽然受痛苦的煎熬，却迫不得已，尽量注意显得心情愉快，免得惹我生气，也尽可能装出身体健康的样子，避免被赶出旅馆大门。我简直想象不出，昏厥一词竟会说成“晕雀”，若是涉及其他的事情，也许我会觉得滑稽可笑，然而它音响新奇而怪诞，犹如一个别具一格的不协和和音，久久回荡，足以勾起我心中最为痛楚的感觉。

翌日，为满足妈妈的要求，我到海滩上，毋宁说是在沙丘上躺了一会，身子隐藏在高低起伏的沙丘中间，心里想阿尔贝蒂娜及其女友再也不可能找到我。我低垂着眼帘，只透进一道光线，玫瑰般红艳，那是眼睛内壁的感光。接着，眼帘紧紧闭上了。这时，外祖母浮现在我的脑际，她静坐在一把扶手椅上。她身体那么虚弱，好像活着的是另一个人。然而，我却清楚地听到她在呼吸；时而出现某种迹象，表明她已明白父亲与我的谈话。但是，纵然我热烈拥抱，怎么也无法从她的双眼中激发出一束爱的光芒，无法使她的双颊露出几分色彩。她对自身毫无意识，对我也似乎丝毫不爱，仿佛与我素昧平生，也许根本就看不见我。她如此漠然、沮丧、幽愤，我再也摸不透个中奥秘之所在。我忙把父亲拉到一边。“你总也看到了吧，”我对他说，“不用说，世上的事情，她都已看得一清二楚。这完全是对生命的幻想。要是让你表兄来看看就好了，他不是断言死者没有生命吗！她去世已经一年多了，可说到底，她还一直活着。但是，她为何不愿亲我呀？”“瞧，她可怜的脑袋又垂下来了。”“那是她想马上去香榭丽舍。”“简直不可思议！”“你真的认为这会害了她，她会再死去吗？她再也不爱我，这不可能。我这样拥抱她，难道就没有用？难到她从此就再也不对我笑一笑？”“你要我怎么办，死人就是死人呗。”

几天后，圣卢拍的那幅照片在我眼里是何其美妙；它没有勾起弗朗索瓦丝对我说的那番话，因为对那番话的记忆再也没有在我脑海消失，我对它已经习以为常。但是，在那天，外祖母的身体状况在我看来是那么严重，那么痛苦，可由于她要了些小花招，头上戴了一顶帽子，稍稍地把脸遮去了一点，尽管我早已识破破绽，却照样成功地欺骗了我，相比较之下，拍摄出来的这幅相片上，我看她是这般优雅标致，这般无忧无虑，不如我想象的那么痛苦，又比我想象的要更健康。可是，她万万没有意识到，她的两只眼睛具有异样的神情，那是一种浑浊、惊恐的神情，就像一头已被挑定、末日来临的牲畜射出的目光，她那副惨样，像是个判了死刑的囚犯，无意中流露出阴郁的神色，惨不忍睹，虽然逃过了我的眼睛，却因此而使我母亲从不忍心瞅照片一眼，在她看来，这与其说是她母亲的照片，毋宁说是她母亲疾病的缩影，是病魔猛地给我外祖母一记耳光，在她脸上刻下的侮辱的印记。

接着有一天，我终于决定差人告诉阿尔贝蒂娜，近日要接待她。那是在一个炎热早临的上午，孩子们的玩耍嬉闹声，游泳的人的取笑逗乐声，卖报人的吆喝叫卖声，这千万种声音化作道道火花，簇簇火花，为我描绘出火热的海滩，海波涟涟，一排排冲刷着沙滩，送来阵阵清凉；这时，交响音乐会开始了，乐声中交织着哗哗的水声，琴声悠悠回荡，仿佛一大群蜜蜂迷失在海上，嗡嗡作响，我旋即充满欲望，渴望重新听到阿尔贝蒂娜的笑声，看到她的那些女友，那些少女清晰地显现在浪峰上，深深地印在我的记忆中，是与巴尔贝克不可分割的魅力所在，是巴尔贝克特有的花神；我打定了主意，要派弗朗索瓦丝给阿尔贝蒂娜捎信，约她下星期见面，与此同时，大海缓缓上涨，随着阵阵海潮涌起，晶莹的海水一次次淹没悦耳的旋律，一个个乐句显得断断续续，宛如一个个弦乐天使在意大利教堂顶部袅袅升起，在斑岩蓝或碧玉翠的屋顶间若隐若现。但是，阿尔贝蒂娜来访的那一天，天气重又变坏、转凉，再说，我也扫兴，听不到她的笑声；她情绪极为恶劣。“今年，巴尔贝克真叫人厌倦。”她对我说，“我尽量不要待得太长。您知道自复活节后我一直在这儿，已经一个多月了。一个人也见不着。您想这是不是没趣极了。”尽管刚刚下过雨，天气说变就变，我陪阿尔贝蒂娜一直到了埃普勒维尔，拿她自己的话说，她常在邦当太太别墅所在的小海滩与安加维尔之间“来往穿梭”，在安加维尔，她“寄住”在罗斯蒙德亲戚家中；到了埃普勒维尔后，我独自一个人朝大路方向信步而去，当初与外祖母一起出游时，德·维尔巴里西斯夫人的马车走的就是那条路；路面上坑坑洼洼，闪耀的太阳也未晒干坑内的积水，看去就像一块沼泽地，我想起了外祖母，昔日，她走不了两步，准就沾满了污泥。可是，我刚一踏上那条路，便眼花缭乱。八月间，我和外祖母看见那地方只有纷纷落叶，像是个苹果园，如今苹果树一眼望不到边，花儿盛开，色彩缤纷，蔚为奇观，我双脚陷在污泥中，身上穿着舞会盛装，顾不上小心照顾自己，一心只想到别弄污了这粉红色的花缎，红日下，花缎流光溢彩，奇妙至极，令人叹为观止；浩瀚的海面映衬着苹果树，宛如日本石印画的背景，倘若我举首仰望花间晴空，那把天空衬托得分外静谧，蓝得几乎呈现出紫罗兰色的花朵仿佛立即闪开，敞露出那天堂的深处。蓝天下，微风徐徐，但冷飕飕的，红艳的繁花轻轻摇曳。蓝色的山雀飞落在枝杈上，在花簇间跳跃，花儿任其纵情欢跳，仿佛是哪一位酷爱异国风光与色彩的能人巧夺天工，创造了这片生机勃勃的美丽景色。它拨动着人的心弦，令人热泪盈眶，不管它有多浓的雕琢的艺术效果，仍给人以自然天成的感觉，这些苹果树就生长在旷野上，就如农夫在法兰西的大道上行走。接着，阳光骤然消失，大雨倾泻；整个天际布满道道斑纹，排排苹果树被笼罩在昏暗之中。但是，尽管大雨淋漓，风也变得凛冽，苹果树仍然华美纷呈，粉红的花朵嫣然如故：这是早春的一天。

第二章

我担心这次独自漫游获得的乐趣减弱了我心中对外祖母的记忆，于是想方设法，通过回想外祖母经受的巨大精神痛苦，激发怀念之情。在我的召唤下，这一痛苦试图在我心中安营扎寨，竖起一根根巨大的柱石。无疑，我的心对它来说实在太窄小了，我无力承受如此巨大的痛苦，在痛苦全部复现的刹那间，我走了神，即将合拢的拱穹顷刻坍塌，犹如浪峰尚未尽善，大浪便一落千丈。然而，当我昏昏入睡时，只要通过睡梦，我就可得知外祖母去世给我造成的悲痛正在渐渐减弱，因为在梦境，她不像我对她的幻境想象的那样受尽压抑；我看她还是有病，但已在慢慢康复；我觉得她好些了。只要她一暗示她感到难受，我马上用亲吻堵上她的嘴巴，让她相信病已彻底痊愈。我多么想让悲观论者看到死亡确确实实是一种疾病，可以治愈。不过，我再也看不到外祖母像往日那样丰富的自发性。她的言语仅仅是一种衰弱、顺从的答话，几乎是我讲话的简单回声，充其量不过是我的思想的反映。

我仍然无法重新激起肉欲，但阿尔贝蒂娜却又开始唤起我似乎对幸福的向往。某些共享柔情的春梦总在我们脑际浮现，往往由于一种情投意合，自然而然地与对某个我们与之有过欢爱的女性的回忆（条件是这一回忆已变得模糊不清）联系在一起。这一情感令我回想起阿尔贝蒂娜脸蛋的模样，那模样较之有可能激起我肉欲的脸蛋多几分温柔，少几分愉悦，两者相去甚远；由于这一情感要求与肉体的欲望一样，并不迫切，我情愿等到冬日再去享受，在阿尔贝蒂娜离开巴尔贝克之前，不想再设法与她会面。但是，即使仍处在极度悲伤之际，肉欲也会死灰复燃。在人们让我每日久卧静养的床榻上，我渴望阿尔贝蒂娜前来旧戏重演。君不见在那间孩子夭折的卧室里，夫妻很快又搂抱在一起，给死去的婴儿再添个弟弟？我走到窗台，凝望着这天的大海，试图摆脱这一欲念。与初次来的那一年一样，大海变幻无穷，一天一个景象，少有雷同。再说，这大海与那年看到的相去甚远，或许，时值春季，经常风雨大作；或许，即使我与上次同期到达，但由于气候不同，更为多变，致使这一带海滨失去了懒洋洋、雾濛濛、弱不禁风的海面，炎夏之日，我曾目睹大海在沙滩上沉睡，微微搏动的灰蓝色胸脯一起一伏，几乎难以觉察；或许更因为我的双眼遵照埃尔斯蒂尔的教诲，捕捉住的恰正是往日我故意排斥的成分，久久地凝望着第一年不善欣赏的景观。我与德·维尔巴里西斯夫人一起漫游的乡野与附近那变幻无常、难以接近、神话般的永恒汪洋形成鲜明对照，这在当初曾令我那样惊诧，如今却已不复存在。有的日子里，大海一反常态，在我眼前似乎变成了广阔的原野。在难得的风和日丽的日子里，炎热的天气仿佛在田野上一样，在海面开辟了一条尘土飞扬的白色通道，一条渔船孤帆远影，宛如乡村钟楼在海路上脱颖而出；一艘拖轮，唯见其烟囱，在远处冒着青烟，犹如一座偏僻的工厂；而在天际，只见一个鼓起的白色四方体，无疑是一艘帆船的远影，但看去似乎结结实实，如同石灰岩，令人想起某座孤零零的建筑的向阳角，那或许是家医院，抑或是座学校。遇到刮风多云的日子，风起云涌，且不说会让人判断完全失误，至少让人第一眼会产生错觉，触发想象力的联想幻景。色彩对比鲜明的空间的交替出现，比如田野里因不同作物远近而呈现的分明色彩，高低不平，泛着黄色，仿佛布满污泥的海面，挡住视野中的某条小船，以及使得船上一队灵巧的水手看似在收获的堤坝与斜坡上，所有这一切在暴风雨大作的日子里，令海洋面目全非，变得如同昔日我迫不及待出游的那条可通行马车的泥路一般多变，结实，崎岖，拥挤。有一次，我再也无法抵挡自己的欲望，起床后没有再躺下，穿好衣服，出发去安加维尔找阿尔贝蒂娜。我打算求她一直陪我到多维尔，然后，我再从那儿去费代纳和拉斯普利埃分别拜访德·康布尔梅夫人和维尔迪兰夫人。在我拜访这段时间，阿尔贝蒂娜在海滩待着等我，待到夜里，我们俩再一起返回。我乘上了地方经营的小火车，我曾听过阿尔贝蒂娜及其女友介绍，对该地区小火车的所有绰号了如指掌：有叫它“弯道车”的，因为车道弯弯曲曲；有叫它“老爷车”的，因为车子慢吞吞不见朝前开；有的称它“横渡大西洋巨轮”，因为它鸣起汽笛来呜呜不停，紧催行人避开，令人胆战心惊；有的称它“缆索车”或“狭轨车”，实际上根本不是缆索车，只不过车子行驶在高高的悬崖峭壁间，说它是狭轨车也不确切，但车轨倒确实只有六十公分宽；也有的喊它“巴-昂-格”，因为火车自巴尔贝克经昂热维尔至格拉勒瓦斯特；还有的称它为“摩电车”和“诺南电气车”，因为这条铁道属诺曼第南部电气车线的一部分。我在一节车厢坐了下来，整节车厢就我一个人；烈日杲杲，车子里令人窒息；我拉下蓝色窗帘，只透进一线阳光。转瞬间，我又看到了外祖母，她还是那副模样，坐在我们离巴黎去巴尔贝克的那列火车上，当时，她见我喝起啤酒，很是生气，实在看不下去，索性闭上眼睛，假装睡觉。过去，外祖父饮白兰地酒，我外祖母就很痛心，我看了都于心不忍，可此刻，我自己却让她为我痛心，不仅当着她的面，接受他人邀请，喝起她认为对我致命的饮料来，而且还硬要她让我喝个痛快；更有甚者，我还借酒发火，借胸闷发作，非要她为我助兴不可，非让她为我劝酒不可，她那副无奈屈从的形象历历在目，只见她默不作声，悲观绝望，目不忍睹。这一痛苦的回忆犹如魔杖一挥，重又把近来正丧失的灵魂归还给我；当我极度渴望拥抱一位死者，双唇因此而颤抖的时刻，我能怎样对待罗斯蒙德呢？当我外祖母经受的痛苦时刻都可能出现在我的心头，我的心脏因此而如此猛烈跳动的时刻，我能对康布尔梅和维尔迪兰家的人说些什么呢？我不能再呆在这车厢里了。火车在梅恩维尔-拉-坦杜利埃尔刚停下来，我放弃了原计划，立即下了车。近来，梅恩维尔赢得了举足轻重的地位和非同一般的特殊名声，因为一位经营数家娱乐场、人称福利老板的经理在离梅恩维尔不远的地方，修建了一座情趣低下但装饰豪华、堪与大旅馆竞争的大楼，对这座大楼，下面还要介绍，实话说吧，它是有人在法兰西海岸修建的、旨在给雅士们提供玩乐的第一家妓院。也确实仅此一家，别无分店。当然，任何一座海港都有妓院，但光顾的只是海员和寻花问柳之徒，看起来煞是有趣，就在古教堂附近，鸨母老脸皮厚，却又令人肃然起敬，可与古教堂长满青苔的门面相比，只见她站在声名狼藉的庭院门前，翘首等待渔船归来。

尽管居民向市长提出抗议，但无济于事，那座令人眼花缭乱的"娱乐"楼高高耸立，不可一世，我避开它，回到悬崖间，沿着崎岖的小道，朝巴尔贝克方向走去。耳边响起山楂花的呼唤，我没有答应。山楂花与苹果花颇为相似，但不像苹果花那样花团锦簇，山楂花嫌苹果花过分沉甸，但也承认这些盛产苹果酒的大户那粉红色的花瓣宛如少女的肌肤般艳丽。山楂花深知自己没有似锦繁花，但也知道，人们却因此而更喜欢它们，那皱皱的一身白色，足以惹人怜爱。

回到旅馆时，门房交给我一封讣告，上面有戈纳维尔侯爵夫妇、昂弗勒维尔子爵夫妇、贝维纳尔伯爵夫妇、格兰古尔侯爵夫妇、阿默农古伯爵、梅恩维尔伯爵夫人、弗朗克多伯爵夫妇、埃格勒维家出生的夏费尼伯爵夫人等人的名字，等我认出了杜·麦斯尼尔·拉吉夏尔家出生的康布尔梅侯爵夫人和康布尔梅侯爵夫妇的姓名，看清了死者是康布尔梅家的一位堂姊妹，名叫埃莱奥诺-欧弗拉齐-昂贝尔蒂娜·德·康布尔梅的克里克多伯爵夫人，我才好不容易明白了为何寄给我这份讣告。在整个这一外省大家族中，列举的名字密密麻麻，那蝇头小字足足占了好几行，没有一个平民百姓，但也不见一个显赫的爵位，可是，整个地区大小贵族的姓氏——实为该地区所有引人注目的地名——无不以“维尔”、“古”等声音响亮的字眼结尾，偶尔也有声音较为沉浊的字眼（如“多”字）。他们的城堡铺上石板瓦，教堂涂上粗灰泥，摇摇晃晃的屋顶勉强高出建筑拱顶或主体一截，为的是饰上诺曼第灯笼式天窗或圆锥形墙筋柱顶塔，这一来，他们便自鸣得意，似乎向排列或分散在方圆五十古里地区的所有漂亮村舍吹响了集合号角，把它们组成密集的队形，不留任何空隙，不容外人介入，全部集中在标有黑框的贵族姓氏密密麻麻的长方形讣告盘上。

母亲上楼回到了她的房间，一直思考着德·塞维尼夫人的一句话“我看不透想为我解闷的任何一个人的心思；他们说话遮遮掩掩，为的是不让我想念您，这让我恼火”，之所以思考这句话，是因为法院首席院长劝她该解闷。首席院长对我低语道：“这是帕尔马公主。”等我看清法官指给我瞧的那位女子与公主殿下毫不相干，内心的恐惧便烟消云散了。由于公主曾预订了一个房间，准备从德·卢森堡夫人府上回来后在此过夜，消息传开，弄得许多人把新来乍到的女士都当作帕尔马公主——而我得到消息，则赶紧上楼躲进顶楼，闭门不出。

我本不想孤单单独自待在屋里。时间还不到四点。我打发弗朗索瓦丝去找阿尔贝蒂娜，让她上这儿来，与我共同消受黄昏后这段时间。

我以为，倘若说阿尔贝蒂娜已开始引起我永远无法打消的、痛苦的不信任感，尤其是这一怀疑已具有特殊的、特别是戈摩尔人的性质，那我是在撒谎。诚然，打从这天起——并非是第一天——当我等待时，心里总有一点儿焦虑不安。弗朗索瓦丝一走，耽搁的时间那么长，等得我顿时感到绝望。我没有把灯打开。天色已经不早了。风刮得娱乐场的旗帜呼呼飘响。大海在涨潮，沙滩上寂静无声，搁在旅馆前面的一架蛮族小管风琴奏着维也纳圆舞曲，在静谧中更显得有气无力，仿佛一个声音在表现、拓展这一躁动不安的非真实时刻刺激神经的空间。弗朗索瓦丝终于回来了，可就她一人。“我尽快赶回来，可她不愿马上来，因为她觉得头还没梳好。

要是她不用上一个钟头涂脂抹粉，那她不用五分钟就来了。这里呀，等会儿可就是一个名副其实的香料厂喽。她要来的，还在我后面，还在镜子前摆弄呢。我想她准还在照镜子。”又过了很长时间，阿尔贝蒂娜才姗姗到来。不过，她这一次表现得欢快，温柔，驱散了我内心的悲伤。她告诉我（与她前几天说的相反），她整个季节都将待在这里，问我能否像第一年那样天天见面。我回答她说，眼下，我心情过分悲哀，最好还像在巴黎那样，需要时，我会经常遣人去找她来的。“万一您感到难过，心里想见我，那别犹豫，”她对我说，“派人来找我好了，我一定很快赶来，要是您不怕会在旅馆引起议论，您愿意让我待多长时间，我都乐意。”弗朗索瓦丝把她领来时，喜形于色，每次她为我效了力，好不容易终于让我开了心，她总是这副高兴劲。可是，她高兴，阿尔贝蒂娜本身却沾不到一点边，一到第二天，弗朗索瓦丝准会对我说如下一番语重心长的话：“先生不该见那位小姐。她那种脾气，我看得透透的，只会使您伤心。”送阿尔贝蒂娜时，我透过灯光明亮的餐厅，看见了帕尔马公主。我只瞅了她一眼，而且尽量注意不被发现。可我承认，在王宫礼节中，我发现了几分崇高，而在盖尔芒特府中，礼节则常令我忍俊不禁。君主们在自己的领地上无处不是主人，这是一条定律，但繁文缛节使这条定律变成毫无价值的僵死习俗，比如这儿有一个习俗，王子驾到时，要求主人在自己的住所应手执礼帽，表示不在自己家中，而是王子宫中的客人。然而，这种观念，帕尔马公主也许没有公开流露，但在她脑中却是根深蒂固，以致她时刻随着场合的变化，自然而然地调整自己的言谈举止，表明了这一观念的存在。她用餐后起身时，把一份丰厚的小费赐给了埃梅，仿佛埃梅在此是专门侍候她的，也似乎她在离开城堡之际，酬谢特遣来为她效劳的领班。她并不只给小费，而且怡然一笑，对他说了一通母亲教给我的那种客套的恭维话。再客气一点，兴许还会说旅馆生意兴隆，诺曼第繁荣昌盛，在世界各国中，她最喜欢的是法兰西。又一块硬币从公主手中悄悄地递给了她差人唤来的饮料总管，她俨如一位刚刚检阅过部队的将军，坚持要对他表示满意。这时，电梯司机正过来回她的话；他照例也得到了一句好话，一个笑脸，一份小费，所有这一切都夹杂着口气谦卑、表示勉励的话，用以向他们表示她只不过是他们中间的一员。面对一个对他们笑容可掬的人，埃梅、饮料总管、电梯司机和其他人都觉得，如果不报之笑脸，把嘴一直咧到耳根，那就未免失礼了，这一来，她身边马上簇拥着一大群侍从，她与他们亲切交谈；因为在豪华的大旅馆，这种姿态不同寻常，打从广场上经过的人们，不知道她的大名，还以为他们见到的只是巴尔贝克的一位常客呢，这人不是出身卑贱，就是出于职业利益考虑（也许是位香槟酒推销员的妻子），才与仆人们不分什么界线，不像是真正风雅的顾客。可是，我却想到了帕尔马的宫殿，想到了给这位公主提出的半宗教、半政治性的种种建议，公主正在与平民百姓一起活动，仿佛不得不争取人民的支持，以便有朝一日登基执政；如果已经执政，那就更需要支持了。

我又上楼回到自己房间，可在里面，我并不孤独。我听到有人在柔和地弹奏舒曼的曲子。诚然，人们，甚至我们最心爱的人，偶尔会因为我们的缘故，心间充满悲哀或闷闷不乐。然而，世间却有一件东西拥有凡人永远不具备的加剧痛苦的能力：这就是钢琴。

阿尔贝蒂娜让我记下了她可能外出到女友家小住几天的具体日期，并让我录下了她们的住址，万一我哪天夜晚渴望见到她，她们住的都不甚远，可以去找。这样一来，为了找到她，从一个少女家到另一个少女家，自然而然就围绕着她连成一片鲜花芳草地。我有胆量招认，她女友中有好几位——我当时还不爱她——曾在这个或那个海滩上给了我欢乐的时光。我仿佛记得，这些好心肠的年轻女友为数不是很多。可最近，我又想起了她们，脑中浮现出她们的芳名。我数了数，仅在那季节，就有十二位向我作出了她们脆弱的爱的表示。接着，又回想起一个名字，总共有十三位。这时，我像个孩子，残忍地紧紧抓住这个数字不放。哎，我想起把第一位给忘了，那是阿尔贝蒂娜，她不再排行第一，而成了第十四号了。

还是继续按照叙述的脉络往下讲吧，我记下了阿尔贝蒂娜女友们的姓名与地址，当她不在安加维尔的时候，我可以在她这些女友家找到她，可我本想利用这些日子去维尔迪兰家。再说，对不同的女人，我们的欲望并不总是同样强烈。在某个夜晚，我们也许怎么也离不开某个女人，可事后一两个月时间里，她却很少能撩得我们心绪不宁。此外，极度的肉体疲乏过后，通常的交替因素（这里不便深入研究）往往导致这样的情形，有的女人虽然在我们短暂的衰弱时刻纠缠着我们不放，但她不过只值得我们亲亲她额头而已。至于阿尔贝蒂娜，我很少与她见面，即使见面也只是在晚间，间隔时间也相当长，可那些夜晚，则是我没有她便无法生活的时光。若我一时来了欲望，可她离巴尔贝克太远，弗朗索瓦丝去不了，我便请电梯司机早点把事做完，派他去埃格勒维尔，拉索尼或圣弗里舒。他走进我的房间，可却让房门大敞着，因为尽管他干起"活儿"来一丝不苟，但活计十分繁重，打从清晨五点钟开始，每日不知要清理多少次，累得实在下不了决心费点力气把门关上，要是向他指出门还敞着，他便会返回去，作出最大努力，轻轻地推一推门。他具有自由职业者所不具备的独特的民主自豪感，为数不甚多的律师、医生、作家等自由职业者只以"同行"相称，而他却以充分的理由，与我提及一位有一半工作日充当电梯司机的服务员时，用的是只限于极少数团体之间，如科学院人士之间的相互称谓："我去看看，让我的**同仁**来代一下班。"为了能提高他所称的"薪金"，他虽然具备这种自豪感，却不会因此而拉不下面子，谢绝跑差的酬劳，弗朗索瓦丝为酬劳的事对他极为反感："对，第一次见他，就看得出是个不知忏悔的伪君子，可后来有几天，他客气得简直令人作呕。这种人，全是贪小利的小人。"她以前张口闭口，常骂欧拉莉是此等小人，不知将来会骂出什么灾祸来，反正她已把阿尔贝蒂娜也归入此类，因她常见我向妈妈讨些小玩艺、小饰物，赠给我那位不怎么有钱的女友，对此，弗朗索瓦丝觉得不可饶恕，邦当太太不就有那么一位什么家务事都包下来的女仆嘛。电梯司机很快脱下他说的那身制服，可叫我说，那明明是身号衣，接着戴上草帽，拿起手杖，走路时注意昂首挺胸，因为他母亲经常嘱咐他，千万不要养成“工人”或“服务员”的举止。由于有了书籍，科学属于了每一个做工的，下班之后，工人便不再为工人，同样，多亏狭边草帽与手套，晚间停止运送客人的电梯司机因此而有可能摇身一变，风度翩翩，自以为像一位脱下白大褂的年轻外科大夫或换下军服的中士圣卢，成了地地道道的上流人士。再说，他也并非一无雄心，二无才干，开不了电梯，把您丢在两个楼层之间。但是，他的语言实在糟糕。他明明受门房管理，却称之为“我的门房”，就像在巴黎拥有服务员所说的“私人旅馆”的富翁唤看门人一模一样，听那口气，我真以为他雄心勃勃呢。至于电梯司机的常用语言，一个每天至少听见房客喊上五十次“电梯”的人，自己却偏说成“天梯”，实在莫名其妙。这个开电梯的，有的事真让人恼羞成怒：无论我对他说什么，他总是一口一个“当然如此”或“当然啰”打断我的话，仿佛我所讲的再也明白不过，路人皆知，抑或想显示他水平不凡，似乎是他引起了我在这方面的注意。我谈的事情，他明明毫未觉察，可平均两分钟就从嘴里冒出一个“当然如此”或“当然啰”，而且如此铿锵有力，气得我转而改口，提出完全相悖的论点，向他表明他一窍不通。可是，我的第二个论点与开始说的虽然绝不是一码事，他却仍会接过话茬，来个“当然如此”或“当然啰!”，仿佛这话非说不可。对他使用某些行话，我也难以原谅，正因为是行话，如果用的是本义，那肯定恰到好处，无懈可击，只是一旦涉及转义，便给它们添上一种相当愚蠢的主观意义，比如“踏”这个动词。他踏自行车外出办事，从来不用这一词。可要是徒步赶去办事，没有误点的话，他准会说：“您知道我踏得多快哟。”以表示他行走如何迅速。这位电梯司机应该说个子矮矮的，长得五短身材，相当丑。可每当有人跟他提及某个身体颀长、身姿矫健的小伙子，他总不免要说：“噢，对，我知道，那人的身材跟我正好一般高。”有一天，我正等着他回话，听到有人上了楼梯，脚步声渐渐靠近，我迫不及待打开自己的房门，发现一位服务员长得像恩底弥翁一般英俊，容貌不凡，来为一位我素不相识的夫人服务。等电梯司机来后，我对他说我多么焦急地等他回话，同时告诉他我刚才以为是他上楼呢，原来是诺曼第来的那位旅馆服务员。“噢！对，我知道，”他对我说，“这里就那么一位诺曼第人，小伙子个子跟我一般高。相貌长得也很像我，像得两个人会弄混，他呀，简直像我兄弟。”总之，从第一秒钟起，他就想显得全都已明白，这样一来，只要托他做什么事，他便回答：“对，对，对，对，我完全明白。”说得直截了当，听那口吻，真是机敏灵巧，有时弄得我也对他抱有幻想；可是，渐渐熟悉以后，人们往往就像一块金属，掉入了促使质变的混合物中，眼看着一点点失去优良品质（时而也改变其缺陷）。我把事情向他作了交待之后，发现他让门大敞着不关，遂提醒他注意，当心有人听到我们的谈话，他纡尊降贵，满足我的愿望，把大敞的房门稍稍关上一点，然后又转过身来。“这只是为了让您高兴高兴。这楼上，就我们俩，没有别人。”话音刚落，我就听见了一个人的声音，接着第二个，第三个。他如此冒昧，而且我看他根本不在乎，门外也一直有人来来往往，我感到气恼。“噢，是隔壁的女用人去取衣物什么的。噢，没关系，是饮料总管在重新装配钥匙。没啥，没什么关系，您只管讲好了，是我的同仁要值班了。”尽管他们每人走动各有原因，可我的不安心情丝毫没有减弱，仍然担心有人窃听了我们的谈话，直到我正式下了命令，他才又去关门，可还是没有把门关严，只是又推了推，要他把门关严，那简直是难乎其难，就像是一位一心想要“摩托车”的自行车手，无力再骑自行车了。“这样，我们就绝对放心了。”我们是放心了，可放心得竟然有位美国女人闯进门来，一边抱歉认错了房间，匆匆退去。“您去给我把那位年轻姑娘接来，”我竭尽全力，咣当一声，自己动手把门关严，对他说，“您记牢：她叫阿尔贝蒂娜·西莫内。这信封上也写着。您只要对她说是我叫送来的就行了。”为了给他打气，自己又不至于太掉价，我紧接着添了一句："她一定会很乐意来的。""当然如此！""噢，不，她肯定不会打心眼里情愿来。从贝纳维尔到这里，太不方便了。""我明白！""您让她跟您一起来。""对，对，对，对，我完全明白。"他回答道，口气还是那斩钉截铁，精明强干，可这早就不能给我什么"好印象"了，因为已给我看透，这差不多是个木头人在说话，直截了当的外表下掩盖了几多糊涂与愚蠢。"您什么时候能回到这里？""我甭会耽搁多久，"电梯司机答道，他简直把贝里兹规定的关于避免重复否定的规则运用到了极端的地步，一概用"甭"代替"不"。"我现在完全可以脱身走了。刚才，还取消了任何人外出呢，因为中午有个沙龙聚会，二十个人用餐。今天下午，本该轮到我外出的。可现在只能傍晚时出去一会。我骑自行车去。这样，来去就快了。"一个小时后，他回来向我禀报："先生等了很久吧，可那位小姐没跟我上来，她现在楼下。""啊！谢谢，门房不会生我的气吧？""保尔先生？他连我到哪儿去了就甭知道。掌门的头也都一声没吭。"可有一次，我关照他说："您无论如何要把她接来。"他微笑着对我答道："您知道，我没有找着她。她甭在那儿。我又甭能多耽搁时间；我害怕像我那位同仁一样，被旅馆'派走了'(envoyé)。"[实际上是指"辞去了"(renvoyé)，因为电梯司机说"回去了 "(rentrer)，实际上是指"进去了"(entrer)，说"我可要回班去了"，指的是初次上班，来回互补，若是涉及自己，则是为了粉饰，若是针对别人，恐怕就是含沙射影，别有用心了。"我知道他被'派走了'(envoyé)"，故意取消"r"，实际上是指被"辞去了"(renvoyé)。]他微笑并非出于恶意，而是由于不好意思。他以为开个玩笑，就可以减轻过错。出于同样原因，要是他说"**您知道**，我没有找着她"，他并不是他认为我真的已经知道。事实相反，他料定我还不知道，所以特别害怕。因此，他说"您知道"这话，为的只是避免他开口向我禀报时自己将经受的极度痛苦。对那些被我们抓住了过错便张嘴傻笑的人，谁也不会大动肝火。他们如此举动，并不是他们在嘲弄什么，而是担心我们不满意。让我们对所有那些傻笑的人大发慈悲，平心静气吧。电梯司机局促不安，好似真的疾病发作，不仅脸憋得通红，像中了风，而且说话也愈发糟糕，猝然变得俗不可耐。他最后终于开口，向我解释阿尔贝蒂娜不在埃格勒维尔，要到九点钟才回来，要是她"有时"（意思是说"万一"）早点回来的话，那可给她捎个口信，她无论如何会在凌晨一点之前赶到我房间。

应当承认，这天晚上，我那冷酷的疑心尚未彻底形成。噢，不，还是马上挑明了说吧，尽管事情几个星期后才发生，可戈达尔的一句话却引起了我满腹狐疑。那一天，阿尔贝蒂娜和她的女友本想拉我去安加维尔的娱乐场，说来也巧，电气火车恰在安加维尔出了故障，修复需要一段时间，我在那儿耽搁住了，要不，还不会在娱乐场与她们相遇呢（我本欲去拜访维尔迪兰夫人，她已多次邀请我）。我等着排除故障，不耐烦地来回踱步，突然迎面撞见了来安加维尔巡诊的戈达尔大夫。我一时犹豫，不愿启齿向他问候，因为我给他去过信，他从未回复过。不过，表示友好的方式，每个人不尽相同。戈达尔不受上流社会人士一成不变的处世之道的教育所束缚，心地很善良，但不为世人所知，尽遭非议，直到有一天机会来临，才得以表露。他深表歉意，说我的去信全已收悉，并把我来此地的消息告诉了维尔迪兰夫妇，他们十分渴望与我见面，同时，他也请我去他们家看看。他甚至当晚就想领我去，因他将乘地方经营的小火车到维尔迪兰家用晚餐。由于我一时拿不定主意，且需要相当时间故障才能排除，他也还要等一会才乘车，所以，我拉他进了一个小娱乐场，记得初次抵达此地的那个晚上，这些小娱乐场在我眼里显得多么凄凉，如今里面热闹非凡，因为男伴少，少女们干脆自己结伴而舞，正在纵情欢跳。安德烈滑步来到我的身边，我打算等会随戈达尔去维尔迪兰家，可我正要张口谢绝安德烈的邀请时，心间突然涌起极为强烈的欲望，想留下和阿尔贝蒂娜在一起。原因是我刚刚听到了她的朗笑声。这声朗笑旋即令人联想到粉红的双唇，芳香的口腔，从那里摩擦发出的笑声，散发出像老鹳草一样浓烈、性感、直露的香气,似乎带着若干个可掂出分量、富于刺激性的神秘粒子。

我素昧平生的少女中有一位弹奏起钢琴,安德烈请阿贝尔蒂娜与她跳舞。置身这个小巧玲珑的娱乐场,想到要留下与这些少女待在一起,心中乐滋滋的,我让戈达尔注意,看她们跳得多么优美翩跹。可是,他却从医生的特有观点出发,一副缺乏教养的模样,虽然肯定看见我问候了这些年轻姑娘,可根本不在乎我与她们是老相识,对我回答道:“是的,可做父母的让女儿们染上这种习惯,太轻率了。反正我决不会让自己的女儿涉足这等场所。她们一个个长得至少都漂亮吧?我看不清她们的容貌。噢,瞧,”他向我指着紧紧搂抱在一起,翩翩跳着华尔兹舞的阿尔贝蒂娜和安德烈,继续说道:“我忘了戴眼镜,看不太清楚,可她俩肯定兴致勃勃。人们都不太了解,女人们主要是通过乳房感受快乐的。瞧,她俩的乳房整个儿都碰在一起了。”果然,安德烈和阿尔贝蒂娜的乳房之间一直未停止接触。我不知她们是否听到了什么或揣摩出戈达尔的想法,只见她们彼此稍稍分开一点,但仍继续跳舞。这时,安德烈对阿尔贝蒂娜说了句话,阿尔贝蒂娜报以一笑,与我方才听到的那声朗笑同样强烈而又深沉。然而,这一次的笑声给我带来的纷乱思绪,于我是残酷的;阿尔贝蒂娜仿佛用这笑声向她表示并让她领略到其中某种淫荡而神秘的震颤。它仿佛一次盛况空前的聚会前奏或尾声的和弦,不绝于耳。我与戈达尔走开了,一路与他交谈,分散了自己的注意力,只是偶尔想起刚刚目睹的一幕。这并非因为戈达尔的谈话引人入胜。恰恰相反,此时此刻,他的话变得甚至有点儿刺耳,原来我们刚刚看见了杜布尔邦大夫,可他没有发现我们。杜布尔邦大夫是从巴尔贝克海湾彼岸来此逗留一段时日的,他在那一带,找他看病的人为数众多。然而,尽管戈达尔一贯声称假期不行医,可打心眼里希望在这片海滨招徕一批尊贵的顾客,而杜布尔邦对此是个障碍。当然,巴尔贝克的医生不可能碍戈达尔的事。只不过,这位大夫极为尽心尽责,无所不通,凡求医上门,哪怕为的是皮肤发痒之类的区区小病,他也必定不厌其烦，当即对症下药，嘱托您用药膏、洗剂还是搽剂。拿玛丽·希内斯特的漂亮话来说，他呀，都能使伤口、疮口"陶醉"。不过，他并无显赫名声。他也确实给戈达尔惹过一次小麻烦。自从决计用教授职位换取一个专事医疗的职位之后，戈达尔专攻毒剂科。毒剂，危险的医学发明，倒帮了药剂师的大忙，标签得以翻新，凡药品一概标以无毒，一反类似毒品的功效，甚至还标以解毒字样。时髦的广告而已；标签下方勉勉强强印上一行文字，劝君放心，药品业经仔细消毒，然而字迹模糊难辨，仿佛是原先的使用说明尚未抹净留下的微痕。毒剂还用于给病人吃定心丸，病人得知自己全身瘫痪只不过是中毒反应所致，岂不非常高兴。然而，有一位大公，来巴尔贝克过了几天，一只眼睛肿得不成了样子，他差人请来戈达尔。为了换取几张面值一百法郎的钞票（若是数量小，教授就不多费神了），戈达尔把炎症的原因归结于中毒，开了解毒药。眼睛却没有消肿，大公不得已找了巴尔贝克那位普通大夫，大夫没过五分钟，从他眼里取出了一粒砂粒。第二天，眼睛就全消肿了。还有一位更为危险的对手，此人专治神经的疾病，名声响当当。他脸膛红润，性格开朗，尽管常与神经不正常者打交道，但身心仍不失健康，他总是爽朗大笑，向病人道声"日安"或说声"再见"，以让病人放下心来，需要时也不惜动用那双强健有力的手臂，给病人强行套上紧身病服。然而，一旦在交际场合与他交谈，无论议论政治还是漫谈文学，他总是和蔼可亲，聚精会神地洗耳恭听，那神态仿佛在问："到底是怎么回事？"从不匆忙下结论，似乎是在诊病。但是，无论他医术有多高明，充其量不过是位专科医生。因此，戈达尔的气全都冲着杜布尔邦身上去撒。过了片刻，我想急着回去，便离开了维尔迪兰的教授朋友，答应下一次一定去看望他们。

他对阿尔贝蒂娜和安德烈的那番议论给我造成的痛苦是巨大的，但这极度的痛苦，我当时并未立即感受到，就像是毒品，要等到一定时间才会起作用。

电梯司机去找阿尔贝蒂娜的那天晚上，尽管他又是保证又是发誓，她还是没有来。诚然，在爱情方面，一个人的魅力所起的作用往往不及类似“不，今晚我没有空”这样的话。若与朋友打交道，谁也不在意这种话；整个晚会上，一直都高高兴兴的，某个影像早已丢诸脑后。可就在此刻，这张影像浸泡在必不可少的混合液里；一回家，便看到了底片，底片业已冲洗，极为清晰。于是，人们发现，今日的人生再也不同于昨夜，可白白弃绝，因为即使还像往日一样，死亡并不可怕，但离别却想也不敢再想。

再说，凌晨一点（电梯司机规定的时间）已过，从三点钟起，我再也不像往日那样，因感到她露面的可能性减少而痛苦。我确信她再也不会来了，这反倒给我心头带来了彻底的安宁，送来了凉爽；这一夜不过是普普通通的一夜，以往有过多少夜晚，我不是也没见她面嘛，我借以自我解脱的，正是这一想法。于是，第二天或别的日子再与她相见的念头清晰地显现在这一业被接受的虚无之上，变得温馨甜蜜。在那等待的夜晚，焦急的心情有时实际上是服下的某片药所起的作用造成的，然而，经受痛苦的人却误以为心绪不宁，是因为她迟迟不来所致。在这种情况下，情爱的萌生恰如某些神经疾病，往往由于对某人病痛的错误解释而造成。既然解释出了差距，纠正也无济于事，至少对爱情来说是如此，因为这一情感（不管什么原因）永远都是错误的。

翌日，阿尔贝蒂娜给我来信，说她刚回埃格勒维尔，自然没有及时看到我的便信，并说如我允许，晚上就来看我，可从她来信的字里行间，就像有一次她在电话中对我所说的话背后，我似乎感觉到隐藏着她的种种乐趣，藏匿着她爱之甚于爱我的人儿。我再一次充满痛苦的好奇心，心神不安，急于了解清楚她究竟干了些什么，同时，内心始终怀有的潜在的情爱扰得我心潮难平；我一时险些以为这一爱心将把我和阿尔贝蒂娜联结在一起，然而它只满足于在原地震荡，直到震荡彻底消失，尚未启动。

初次在巴尔贝克逗留期间，我看错了——也许安德烈和我一样——

阿尔贝蒂娜的性格。我以为她性格轻浮,可却不知纵然再三恳求,也难以挽留住她,让她放弃某次游园会、某次骑驴漫游或某次野餐。第二次来巴尔贝克后,我怀疑轻浮只是表象而已,游园会也不过是个借口,要不,纯属编造。形形色色的伪装后面,发生了下文将要叙述的事情(我耳闻了在玻璃窗这一边目睹的一切,可玻璃模糊不清,我怎么也弄不明白那边到底发生了什么)。阿尔贝蒂娜口口声声向我保证,说对我充满最为炽热的情爱。此时,她正看着时间,因为她该去拜访一位夫人了,据说这位夫人每天都于五点钟在安弗尔维尔接待来访。我受疑虑的折磨,再说身体也确实感到不舒服,于是要求、恳求阿尔贝蒂娜留在我身边。继续留下,这绝对不行(她甚至还只能待五分钟),因为这会惹那位夫人生气的,那位太太生来不太好客,容易动气,拿阿尔贝蒂娜的话说,还令人厌倦。“可是,错过一次拜访,完全可以嘛。”“不行,我姨母教我为人首先要讲究礼节。”“可我却常见您失礼。”“这呀,可不是一码事,那位太太会责怪我的,会弄得我和姨母闹别扭。我跟她的关系已经不那么和谐了。她坚持要我去看望那位太太一次。”“可她不是天天都接待客人嘛。”这一次,阿尔贝蒂娜感到自己“前言不搭后语”,马上改变了理由。“她每天接待,这不错。可今天,我约了一些女友上她家去。人多了不会感到怎么厌倦。”“阿尔贝蒂娜,为了避免单独去拜访会感到厌倦,您都忍心看着我生病、痛苦,把我孤零零一人抛下,既然如此,看来您喜欢的不是我,而是那位太太和您的女友?”“拜访厌烦不厌烦,我无所谓。可我是出于对她们的忠诚。我要用我的马车把她们接回来。不然,她们就没有别的交通工具了。”我提醒阿尔贝蒂娜,安弗尔维尔一直到晚上十点都有火车。“这是真的,可是,您知道,主人有可能会留我们吃晚饭。她十分好客。”“那您就谢绝好了。”“我这还会惹我姨母生气的。”“要不,您可以吃晚饭,可也误不了十点钟的火车。”“时间太赶了。”“照这么说,我绝对不可能到城里吃晚饭,然后再乘火车回来啰。噢,阿尔贝蒂娜,我们就简简单单,干脆两全其美:我觉得新鲜空气对我身体有益；您嘛又无论如何舍不下那位夫人，那我就陪您到安弗尔维尔。什么也别担心，我不会闯进**伊丽莎白塔**（那位夫人的别墅），我既不见那位夫人，也不见您的好友。”阿尔贝蒂娜脸色骤变，仿佛被狠狠揍了一下，说话结结巴巴。她说海水浴对她身体不起效果。“我陪您走一趟，让您烦吗？”“您怎么能说这种话呢，您完全清楚，跟您外出，是我莫大的快乐。”终于猛地来了个一百八十度的大转弯。“既然我们一起漫步，”她对我说，“为何不去巴尔贝克海湾的对岸走走呢，我们俩一起吃晚饭。那该多美呀！其实，那边海岸景色要优美得多。我对安弗尔维尔及其一切已经开始厌倦，这一个个偏僻的小地方，千篇一律，总是一片墨绿色。”“可要是您不去看望她，您姨母的那位朋友会生气的。”“嗳，她气总会消的。”“不，不该惹人生气。”“可是，她可能都意识不到，她天天接待来客；无论我明天去，后天去，还是一个星期后去，或半个月后去，都不碍事。”“那您的那些女友呢？”“她们甩我甩得够多了。这会轮到我了。”“可您建议我到对岸去，那边九点钟后就没有火车了。”“嗳，多了不起的困难哟！九点钟，正合适不过。再说，什么时候都不该让返回的问题挡住了。到时总会找到马车、自行车什么的，实在没有，还有两只脚呢。”“既然您去，肯定会找到的，阿尔贝蒂娜！安弗尔维尔这一带，小树林疗养地一片紧挨一片，真的。可那……那一带，就不是一回事了。”“即使到那一带去，我也保准能把您平平安安领回来。”我感觉到阿尔贝蒂娜为我而放弃了原先安排妥当的事，只是不愿对我明说而已，这准会造成某个人跟我刚才那般痛苦。眼看她本想做的事情无法如愿以偿，因为我坚持要陪着她，所以，她干脆放弃。她知道事情并非无可挽回。因为正如所有在生活中拥有多种现实的女人，她掌握着永不动摇的基础：疑心与嫉妒。诚然，她并不想方设法激起疑心与嫉妒，事实上，恰恰相反。可恋人往往那么多疑，很快嗅出了谎言。正因为如此，并不比别的女人更正派的阿尔贝蒂娜也凭经验知道（却毫未觉察到这是嫉妒心的功绩）准能再与某晚被她抛下的人重逢。她为了我而甩掉的人会因此而悲痛，也因此而会更加爱她（阿尔贝蒂娜并不知道是为此原因），而且为了避免继续经受痛苦，那人会像我一样，主动与她重修旧好。可是，我既不愿造成他人痛苦，也不愿自寻烦恼，更不愿踏上那条四处探听，不择手段，没完没了地监视他人的可怕道路。“不，阿尔贝蒂娜，我不愿扫您的兴，到安弗尔维尔您那位夫人那儿去吧，或者干脆到那个假借其名的人家里去，我都无所谓。我不与您一起去，其真正的原因，是您打心眼里不乐意我去，是您并非心甘情愿想跟我一起漫游，证据便是您说话自相矛盾，足有五次之多，却丝毫也没有意识到。”可怜的阿尔贝蒂娜担心她自己尚未觉察到的那些自相矛盾的话比较严重。她实在弄不清楚到底撒了什么谎：“我说话自相矛盾，这很可能。海风夺走了我的一切神志，我脑子糊里糊涂的。我总是混淆别人的名字，把这个人说成那个人。”此刻（这向我表明了她现在已无必要说些中听的话，以让我相信她），我听着这番自供词，感觉到某个伤口在作痛，实际上，她自供的那件事情我只不过略有猜测而已。“那好，得了，我走。”她声调凄惨地说，但并没有忘了看看表，以便弄清楚去看望那一位时间是否迟了，因为我现在已经给她提供了不留下与我共同消受夜晚时光的借口。“您太坏了。我改变了整个计划，为的是能和您度过一个美妙的夜晚，明明是您自己不乐意，却谴责我撒谎。我至今还从来没见过您这么心狠。大海会给我收尸的。我从今之后再也不见您了。（尽管我肯定她第二天会再来，而且她也确实来了，可听了这番话，我的心还是怦怦直跳。）我葬身大海，我投海去。”“像萨福一样。”“还侮辱我；您不仅怀疑我说的，而且对我做的也起疑心。”“可是，我的小宝贝，我不是存心的，我向您发誓，您知道萨福确实投过海。”“是存心的，肯定是，您对我一点也不信任。”她见座钟上离整点只差二十分钟了，担心误事，便选择了最为简短的告别方式（第二天来看我时，她对此表示歉意；这天，那人十有八九没有空暇），一边高喊着“永别了”，快步跑去，一副悲痛欲绝的神态。也许她真的感到悲痛呢。她尽管知道此时表演得比我出色，相比较而言，她对自己要比我对她更为严厉，同时也更宽容，但她说不定确实担心她以如此方式离我而去，我从今之后会再也不愿接待她。然而，我相信她依恋的是我，气得另一个人比我还更嫉妒。

几天后在巴尔贝克，我们正在娱乐场的舞厅，布洛克的妹妹和表妹走了进来，她俩都已出落得很漂亮，可由于我那些女友的关系，我跟她俩见面已经从不打招呼，其原因大家都知道，年纪较轻的那位表妹一直与在我初次逗留期间她结识的那位女演员一起生活。安德烈对此含沙射影，低声对我说："噢！关于这事呀，我与阿尔贝蒂娜看法一致，再也没有比这种事更让我们俩厌恶的了。"至于阿尔贝蒂娜，她当时与我坐在长沙发上，正要开口与我交谈，一见那两位伤风败俗的姑娘，马上扭过身去。可是，我却觉察到，在布洛克小姐与她表妹出现之时，当我的女友还未转身之前，她的双眼里闪过了那种猛烈而又深沉的关注的目光，这目光往往给爱恶作剧的少女脸上平添严肃、甚至凝重的神色，转而显得忧伤楚楚。不过，阿尔贝蒂娜旋即向我投来目光，那目光仍然直勾勾的，一片迷惘。布洛克小姐与她表妹咯咯大笑，继又不甚适宜地怪喊怪叫了一阵之后，终于离去了，我问阿尔贝蒂娜那位金发少女（女演员的朋友）是否前一天在花车赛中获奖的那一位。"啊！我不知道，"阿尔贝蒂娜回答道，"有一位头发是金色的？我告诉您吧，我对她们不太感兴趣，我从来就没看她俩一眼。真有一位头发是金色的？"她以探询而又超脱的神态问她的三位女友。阿尔贝蒂娜每天在海堤不管与何人相遇，总要细细打量一番，现在却如此无知，实在太过分，不可能不是装的。"她们好像也不多瞧我们。"我对阿尔贝蒂娜说。我说这话，也许是出于假设，不过当时并非有意识这样设想，如果阿尔贝蒂娜喜爱女人，那我的目的在于消除她的一切遗憾，向她指明她丝毫没有引起那两个女人的注意，因此按一般情理来说，即使是邪恶至极的女人，也不该打素不相识的年轻姑娘的主意。"她们也没瞧我们？"她漫不经心地反问道，"可她们是一个劲地瞧。""您不可能知道，"我对她说，

“您背着她们呢。”“嗳，还有这呢？”她回答我说，向我指了指嵌在我们对面墙上的一面大镜子，在这之前，我确实没有发现，通过这面镜子，我现在终于明白了我女友与我说话时，为何总是不停地凝起她那两只惶惑不安的漂亮眼睛。

自从戈达尔与我踏进安加维尔小娱乐场的那天起，尽管我并不赞同他发表的高见，可在我眼里，阿尔贝蒂娜再也不是从前的那个阿尔贝蒂娜了；我一看到她，心里就来火。我自己也完全变了样，就像她在我看来也已经变得判若两人。我不再真心实意希望她好；我当着她的面奚落她，出言不逊伤害她，即使她不在场，只要可能传到她的耳朵，我也不放过。不过，也有休战的时候。有一天，我获悉阿尔贝蒂娜和安德烈双双接受了埃尔斯蒂尔家的邀请。我出其不意，赶到埃尔斯蒂尔府上，可万万没有想到，她们是为了在返回的路上，可以像放学归来的学生那样，肆无忌惮地以作践行为不端的少女取乐，从中获得少女们那令我痛心、不可明言的乐趣，才事先没有跟我透风，生怕我碍了她们的事，剥夺了阿尔贝蒂娜指望得到的欢乐。在埃尔斯蒂尔家，我只找到了安德烈。原来阿尔贝蒂娜选定的是另一个日子，那一天，她姨母有可能也要去埃尔斯蒂尔府上。于是，我在琢磨，戈达尔十有八九错了；只有安德烈一人在场，女友并不在身边，这促使我产生了良好的印象，并不断加深，心中对阿尔贝蒂娜抱有较为温馨的情思。然而，好感并没有持续多久，就像身体娇弱的人，体质很虚，健康的日子长久不了，一有个头疼脑热，便又马上病倒。阿尔贝蒂娜总唆使安德烈去参加一些社交场中的游戏，虽然并不特别过分，但也许并非完全无伤大雅；我对此总是犯疑，心里感到痛苦，最后总算消除了疑心。可刚刚平静下来，疑心病遂又以另一种形式复发了。我刚发现安德烈以其独特的翩翩风姿，温情脉脉地把脑袋倚在阿尔贝蒂娜肩头，半闭着双眼，吻着她的颈脖；疑心病的复发，有时还因为她俩暗送秋波；或因为有人亲眼看见她俩双双去海上游泳，无意中说了句什么，这些说来都是鸡毛蒜皮的小事，就像平常在周围空气中飘忽的无数细菌，人们每天大都在吸收，可无害于健康，性情也不会因此而变坏，然而对天生易受感染的人来说，就是致病的因素，导致痛苦的渊薮。有时，哪怕我没有见到阿尔贝蒂娜，也无人跟我提及她，我记忆中也常常浮现出阿尔贝蒂娜倚靠在希塞尔身旁的姿态，那时，我觉得这姿态天真无邪；可现在，它足以扰乱我内心得以恢复的平静，我甚至再也没有必要到户外去呼吸有害的病菌，就可以像戈达尔所说，自我中毒。于是，我想起了我所听到的有关斯万对奥黛特的爱，以及他一生中如何一直被玩弄的种种情况。说实在的，如果说我心甘情愿回想这些事，那是因为回忆，因为单凭他人的介绍，我对斯万夫人的脾性形成的固执看法，造成了种种假设，使我渐渐地组合起阿尔贝蒂娜的整个性格，对我无法全部驾驭的那人的一生的各个阶段作出痛苦的解释。别人的种种传闻起了推波助澜的作用，致使我在以后的日子里，想象力总被假设占了上风，猜度阿尔贝蒂娜并不是个好姑娘，可能跟从前的娼妓没有区别，不讲道德，惯于欺骗，同时，我也常常设想万一我真的钟情于她，等待着我的命运将是何等痛苦。

一天，我们在大旅馆前面的海堤上聚会，我冲着阿尔贝蒂娜说了一通话，特别严厉，也特别伤人，罗斯蒙德听罢，马上说道："啊！您对她都变了，以前，一切全都是为了她，她牵着您走，可现在，她扔给狗吃都不配了。"当时，为了更加突出我对阿尔贝蒂娜的态度，我对安德烈百般讨好，千般殷勤，即使她也染有同一恶癖，那在我看来也比较容易宽恕一些，因为当我们发现两匹骏马拉着德·康布尔梅夫人的四轮马车，疾步出现在与我们所在的海堤拐弯处成直角的马路上时，安德烈的神情显得痛苦而又忧郁。此刻，法院首席院长正朝我们走来，可一认出马车，旋即跳闪开去，以免我们这圈子人看见他；接着，当他觉得侯爵夫人的目光差不多要与他相遇的瞬间，摘下了帽子，毕恭毕敬地鞠了一躬。可是，马车并不像开始那架势，继续朝"海街"行驶，而是消失在旅馆的大门后。足足过了十分钟，电梯司机气喘吁吁，赶来向我禀报：是卡芒贝尔[1]侯爵夫人来这里看望先生。我上楼到您房间，又到阅览室找，没有找着先生。幸亏我多了个心眼，朝海滩上瞧了瞧。”他话音刚落，侯爵夫人便朝我款款而来，身后跟着她儿媳和一位十分拘泥虚礼的先生，她十有八九是在附近观看了一场日戏或参加了某个茶会后顺便来看看，只见她弓着腰，虽是衰老的重负所致，更是身上压着数不胜数的奢华饰物的缘故，她自以为这样浑身琳琅满目，更显可爱，更符合自己身份，既然来看望人家，就要尽可能显得“穿戴”不凡。总之，康布尔梅家里的人往往这样“突如其来”，出现在旅馆，从前，我外祖母对此害怕极了，总执意不要让勒格朗丹知道我们可能要去巴尔贝克。妈妈每每嘲笑这种不必要的担心，认为不可能会出什么了不起的事。可是，偏偏出了麻烦，不过是通过其他途径，勒格朗丹与此毫无瓜葛。“要是我不打扰您的话，我能留下吗？”阿尔贝蒂娜问我道（由于我刚才冲她说了一通刻薄的话，她眼里还噙着几滴泪水，我却视而不见，但并非幸灾乐祸），“我有点事要跟您谈谈。”一只顶端别着蓝宝石饰针的羽毛帽随意顶在德·康布尔梅夫人的那头假发上，宛如一种象征，炫耀必不可少，但却显得自命不凡，至于放置什么地方，并不重要，总而言之，其风雅之举，纯系习俗要求，不过那顶帽子顶在那儿一动不动，也实在多此一举。尽管天气闷热，这位和蔼可亲的太太仍身披一件黑如煤玉的短斗篷，外加一条白鼬皮长披肩，这副装束似乎并不是与天气冷热相适应，而是为了合乎礼仪特征。德·康布尔梅夫人胸前还佩带着一枚男爵夫人纹章，连着一根饰链，垂挂着，看似胸前挂着十字架。那位先生是巴黎的一位名律师，出身于名门望族，来康布尔梅府上小住三日。他是这类人，职业上是行家里手，以致对自己的职业都有些瞧不起，比如他们会说：“我知道我辩护得很好，可正因为如此，我觉得辩护再也无味。”或者会说：“干这事，我

---

① 原文为 camembert，为一奶酪名，电梯司机发音极糟，与 cambremer（康布尔梅）相混淆。

已经毫无兴趣;我知道自己干得很好。”他们天生聪慧,**富有艺术鉴赏力,**正当年富力强,功成名就,腰缠万贯,看到自己浑身闪烁着“聪明”的天性和“艺术家”的气质,且得到同行的承认,这种天性与气质同时也赋予了他们一定的情趣和鉴赏力。他们酷爱绘画作品,但爱的并不是真正伟大的艺术家的杰作,而是众人瞩目的艺术家的作品,他们不惜花费从业所得的巨额收入,重金购买后者的画作。勒西达内就是康布尔梅的这位好友中意的艺术家,再说,此人也很让人愉悦。他谈起书来滔滔不绝,可谈的并非名副其实的大师名作,而是自封大师者的著作。这位爱书者唯有一个让人讨厌的缺陷,那就是常常运用某些现成的套话,如“就大多数而言”等等,这就给他意欲表达的事物造成大而不全的印象。德·康布尔梅夫人对我说,她是趁朋友们在巴尔贝克附近举办日场音乐会的机会来看望我的,以兑现给罗贝·德·圣卢许过的诺言。“您知道,他肯定很快就要来此地逗留数日。他舅舅夏吕斯现正在堂妹卢森堡公爵夫人府上度假,德·圣卢先生准会乘机去向姨母问个好,同时去看看他从前所在的部队,在团队时,他很受人喜爱,备受敬重。我们常常接待军官,他们跟我们谈起他时,总是赞不绝口。要是你们俩能来费代纳为我们助兴,那该多好呀。”我向她介绍了阿尔贝蒂娜和她的女友。德·康布尔梅夫人把我们的姓名一一告诉了她儿媳。小媳妇对费代纳周围那些不得不常打交道的小贵族们向来冷若冰霜,唯恐与他们在一起丢脸,但对我却一反常态,笑盈盈地朝我伸过手来,仿佛面对罗贝·德·圣卢的朋友,她就心里踏实,高兴;似乎精于社交之道但藏而不露的德·圣卢早已向她透露过,我与盖尔芒特家族的人过从甚密。就这样,德·康布尔梅夫人与她婆婆相反,为人有两套天地之别的礼仪。若通过她兄弟勒格朗丹与她结识,那对我持有前一种态度已经绰绰有余了,冷冰冰的,叫人无法忍受;可对盖尔芒特家族的亲朋好友,她唯恐微笑得还不够。旅馆里用于接待来访的场所,最合适的莫过于阅览室,这场所往日是那么可怕,如今,我每日出入有十次之多，来去自由，如主人一般，就像那些病情还不甚严重的疯人，在疯人院关得日子长了，久而久之，医生就把大门的钥匙交给了他们掌管。为此，我向德·康布尔梅夫人表示愿意领她到阅览室坐坐。由于这地方再也不会引起我的胆怯，所以对我来说，其魅力也已荡然无存，物换星移，如同人面多变，我向她提出这一建议时，可谓心安理得。可是，她一口谢绝了，宁愿待在外面，于是，我们全都露天坐在旅馆的平台上。我在平台上发现了一本德·塞维尼夫人的书，小心收了起来，这书，准是妈妈听说有人前来拜访我，便匆匆躲避，没有来得及拿走的。妈妈与我外祖母一样，对外人如此蜂拥而至感到惧怕，担心身陷重围，再也无法脱身，往往仓皇溜之大吉，逗得我父亲和我对她大加嘲笑。德·康布尔梅夫人手执阳伞把，伞把上挂着好几个绣花小包，一个是杂物袋，另一只是饰金钱包，垂挂着缕缕石榴红线，还有一块手绢。我觉得她还是把这些玩艺儿搁在椅子上更稳妥；可我又感到，若请她放弃进行乡村巡视和神圣的社交活动时随身携带的这些饰物，恐怕有失礼仪，也白费气力。我们凝望着平静的大海，海面上海鸥飞翔，密密麻麻的，宛如白色的花冠。由于社交闲谈和取悦于人的愿望把我们降低到普普通通的“中音区”水平，我们往往不是凭借我们自己意识不到的优秀品质让人喜欢，而是自以为应当受到身边人的赏识，以此讨人喜欢，就这样，我自然而然地与勒格朗丹家出生的德·康布尔梅夫人交谈起来，说话的方式可能与她兄弟如出一辙。我谈到海鸥时说：“它们一动不动，洁白洁白的，宛若睡莲。”确实，海鸥仿佛为涟涟海波提供了一个毫无生气的目标，任其摆布，以至于海波倒在连续不断的起伏中，与海鸥形成鲜明对照，似乎在某个意愿的推动下，获得了勃勃生机。享有亡夫遗产的侯爵夫人不知疲倦地赞美我们在巴尔贝克所享受的美丽的大海景观，对我羡慕不已，说她在拉斯普利埃（可她这一年并未在那儿居住），唯极目远眺，方才看得见海浪。她有两个与众不同的习惯，这既与她酷爱艺术（尤其对音乐）有关，也与她缺牙少齿有关。每当她谈起美学，她的唾液腺就像某些发情期的动物，遂进入分泌旺盛期，恰如没牙老太，长着微微细须的唇角边落下滴滴口水，实在不是地方。她很快长嘘一声，重又吞下唾液，像是在继续呼吸。如果谈及的是异常美妙的音乐，她会狂喜得举起双臂，大声评判几句，抑扬顿挫，铿锵有力，需要时不时借助于嗡嗡鼻音。然而，我做梦也未曾想到，平淡无奇的巴尔贝克海滩果真能提供一方"海景"，德·康布尔梅夫人普普通通几句话，竟改变了我对这方面的看法。我反过来对她说，我常听人赞叹拉斯普利埃那碧海尽收眼底的盖世无双的景观，拉斯普利埃城堡坐落在山顶，一个设有两座壁炉的宽敞的大沙龙里，透过整个一排玻璃窗，可见花园尽头绿枝掩映中的大海，极目远眺，连巴尔贝克海滩也尽收眼帘，而另一排窗玻璃则与山谷遥遥相望。"您过奖了，说得好极了：绿枝掩映中的大海。真迷人啊，看去……像一把扇子。"从她那目的在于吞下唾液、吸干唇须的深呼吸中，我感觉到她的恭维是由衷之言。可勒格朗丹家出生的侯爵夫人始终冷冷的，并不是对我所言表示蔑视，而是对她婆婆的话嗤之以鼻。再说，她不仅对她婆婆的精明予以鄙视，而且对她的殷勤表示遗憾，总是担心别人对康布尔梅家的人没有足够的认识。"地名多漂亮啊，"我说，"多希望了解所有这些地名的来龙去脉。""关于拉斯普利埃，我可以跟您说说，"老太温和地回答我道，"那是祖上的一座住宅，是我祖母阿拉施贝家的，她的家族并不显赫，但却是外省一个历史悠久、体面的家族。""怎么，并不显赫？"她的儿媳妇生硬地打断了她的话，"贝叶大教堂有一大块玻璃整个都绘着这个家族的族徽，阿弗朗什的中心教堂也陈列着他们的纪念物。要是您对这些古名感兴趣，"她接着说，"可惜您迟来了一年。尽管要改划一个教区困难重重，可我们还是争取在克利克多本堂区任命了一位教长，在那位教长的所在地区，我本人置有地产，那是在贡布雷，离此地很远，教长在克利克多待得神经都慢慢变得衰弱了。可惜，他年事已高，大海的空气起不到作用；他的神经衰弱症愈来愈严重，最后还是回到了贡布雷。不过，他当我们邻居的那段时间，他常去查阅古老契据、证书，无所不阅，自得其乐，后来就这一带地名的来龙去脉修了一本奇特的小册子。再说，这事让他着了迷，据说他最后几年专心致志，潜心撰写一部有关贡布雷及毗邻地区的巨著。有关费代纳地区的那本小册子，我回去就给您寄来。那可真是含辛茹苦、潜心钻研的成果。那上面，您可读到有关我们拉斯普利埃古宅的一些很有趣味的事情，我婆婆讲得太谦虚了。”“可不管怎么说，今年呀，”享有亡夫遗产的德·康布尔梅夫人回答道，“拉斯普利埃可不再是我们家的了，不属于我所有了。感觉得出来，您富有绘画天赋，您该画画，我是多么希望让您一睹费代纳的景色，它比拉斯普利埃美多了。”原因很清楚，自从康布尔梅家把拉斯普利埃租给维尔迪兰家之后，拉斯普利埃城堡居高临下的地势便骤然失去了在他们心目中多少年来所占有的位置，不再拥有当地绝无仅有的优势——大海、山谷同时尽收眼帘，突然间——出租后——反倒给他们造成了麻烦，要进出拉斯普利埃，总得上山下山，极为不便。简言之，似乎德·康布尔梅夫人出租拉斯普利埃不是为了增加收益，只是想让她的马儿歇歇脚。她忘了从前曾在费代纳住过两个月，常常感叹长久以来非得爬到山顶才能望见大海，而且看去像是活动画景似的，如今终于到了费代纳，大海近在眼边，可以尽情观赏，心里好不高兴。“我到这把年纪才发现了大海，”她常说，“心里多欢畅哟！这对我身体大有益处！为了迫使自己住在费代纳不走，我都愿意白白出租拉斯普利埃。”

“还是谈些有趣点的事吧，”勒格朗丹的妹妹接过话茬道，她开始来时叫老侯爵夫人“我婆婆”，可时间一长，对她的态度变得放肆起来，“您刚才提到睡莲：我想您肯定知道克洛德·莫奈画的睡莲。真是个天才！我对此格外感兴趣，因为在贡布雷附近，就是我刚才对您说过我置有地产的那个地方……”可她欲言又止，还是不多讲贡布雷为好。“啊！肯定是当代最伟大的画师埃尔斯蒂尔跟我们说过的那套画。”一直闭口未言的阿尔贝蒂娜惊叹道。德·康布尔梅夫人深深吸了一口气，又吞下了一口唾液，大声道:“啊！看得出,小姐酷爱艺术。”律师一副行家的神气,笑容可掬地说道:“小姐,与埃尔斯蒂尔相比较而言,请您允许我更偏爱勒西达内。”说罢,他似乎从前曾欣赏或见人赏识过埃尔斯蒂尔某些“大胆的尝试”,接着说道:“埃尔斯蒂尔富有天赋,他甚至可以说是先锋派的,可我委实不知他为何半途而废了,他呀,把一生都给糟蹋了。”关于埃尔斯蒂尔,德·康布尔梅夫人觉得律师言之有理,但她把莫奈与勒西达内相提并论,让她这位客人心里好不难过。说她愚蠢吧,实在不能;可她精明过分,我感到这对我来说根本用不着。此时,太阳西沉,海鸥浑身披着黄色,恰如莫奈同一套画中另一幅油画的睡莲。我说我对这幅画很熟悉(我继续模仿那位兄弟的语言,迄今我还不敢说出他的大名),并添了一句,说真不巧,她怎么前一天就没想到来这儿,不然在同一时辰,她准有幸欣赏到普桑笔下的光彩。倘若她面前站着的是个盖尔芒特家族根本不熟悉的诺曼第乡绅,且这位乡绅又明言相告,说她该在前一天来此,那德·康布尔梅-勒格朗丹夫人准会勃然大怒。可是,即使我再放肆,她也是甘甜如蜜,易溶可口;在这美妙的黄昏暖烘烘的氛围之中,我可以随心所欲,在德·康布尔梅夫人如此难得奉献的这块蜜汁大蛋糕中采集蜜糖,她这块糕点正好代替了我未曾想到送上招待来客的精制小蛋糕。然而,普桑这一名字虽然没有伤了这位上流女士的彬彬礼仪,可却激起了这位酷爱绘画艺术的夫人的抗议。一听到这一名字,她几乎一无间歇,用舌头顶着嘴唇连咂了六次,那咂嘴声本是专用于警告孩子的,一方面向孩子示意他正在做蠢事,另一方面表示她在指责孩子的所作所为,严禁再犯。“天哪,在莫奈这样堪称天才的绘画大师之列,可别提像普桑那类毫无才华的老古董。我对您毫不掩饰,我认为他是个俗不可耐的讨厌家伙。不管您怎么说,我反正不能把那玩艺儿叫作画。莫奈,德加,马奈,对,这些才是画家呢！真怪极了,”她继续说道,探询而又欣喜的目光直定定地盯着空中某一点,似乎在那儿瞥见了自己的思想,“真怪极了,过去,我更喜欢马奈。可现在,我虽然还欣赏马奈，这自然不错，可我觉得也许还更喜爱莫奈一些。啊！那大教堂啊！"她既毫无顾忌，又殷勤讨好地向我介绍了她情趣发展的过程。可以感觉得到，她审美情趣发展的几个过程的重要性，在她自己看来，并不亚于莫奈本人不同绘画风格的演变。不过，我并不因为她向我披露了她的赞赏对象而有什么可夸耀的，因为即使在一个头脑迟钝透顶的外省女人面前，她待不了五分钟，就会按捺不住内心的欲望，向对方和盘托出。阿弗朗什有位贵夫人，连莫扎特和瓦特纳都辨不清，当着德·康布尔梅夫人的面说："我们在巴黎逗留期间，没有遇到什么有趣的新鲜事，我们只到喜歌剧院去了一趟，演的是《普莱雅斯与梅莉桑德》，糟糕极了。"德·康布尔梅夫人一听，心里直冒火，憋不住大声嚷道："恰恰相反，那可是一部小小的杰作。"紧接着便"争论"开来。这也许是一种贡布雷的习惯，是从我外祖母姊妹们身上学来的，她们美其名曰，把这种举动叫作"为美好的事业而战斗"，她们还特别喜欢参加聚餐，因为她们知道在聚餐时，每个星期都少不了要为捍卫自己的上帝与毫无文艺修养的庸俗小人作斗争。德·康布尔梅夫人正是这样，好"激动"，常为艺术问题"争个面红耳赤"，就像别的人为政治问题争论不休。她要是为德彪西辩护起来，那劲头简直就像在为一位行为遭人指责的女朋友辩白。但是，她完全应该明白，话一出口："噢，不，那可是一部小小的杰作。"那在她为之恢复了名誉的女友家里，便无法再信口开河，大谈特谈艺术文化的整个发展过程，不然，她们俩根本用不着争论，便可对此达成一致意见。"必须让我去问问勒西达内，他对普桑持何种看法。"律师对我说，"那人性格内向，沉默寡言，可我准能巧妙地套出他的心里话。"

"此外，"德·康布尔梅夫人继续说，"我讨厌落日，那是浪漫玩艺儿，戏剧色彩太浓。正因为如此，我才厌恶我婆婆的住宅，讨厌那些南方的草木。您到时候瞧吧，那简直像是个蒙特卡洛的花园。也正因为如此，我才更喜欢您这边。这边比较幽暗，也比较真实；那边有一条小径，路上望不到大海。碰到下雨天，遍地泥泞，糟糕透了。就像在威尼斯，我不喜欢大运河；我觉得天下再也没有比小河流水更让人心醉的了。再说，这是个环境问题。”

“可是，”我感到恢复普桑在德·康布尔梅夫人心目中的地位，唯一的办法就是告诉她普桑又风行起来了，于是对她说，“德加先生断言世上再也没有见过比普桑·德·尚迪伊的画更美的了。”“是吗？我对德·尚迪伊的画不是内行，”德·康布尔梅夫人回答我说，她并不想持与德加相反的观点，“可我可以说他在卢浮宫展出的那些画，全是失败之作。”“对那些画，德加也极为赞赏。”“得让我再看看那些画。时间久了，脑子里印象不深了。”她沉默片刻后，回答我说，仿佛她不久肯定就要赞赏普桑，而此观点的改变不该取决于我刚刚告诉她的这一消息，而应该立足于她打算对卢浮宫收藏的普桑的画进行一番严格的、此次属于结论性的补充鉴别，以便最后有资格修正自己的看法。

虽然她尚未对普桑表示赞赏，但话题已被延至下次再讨论，可见这已是退缩的开端，我没有得寸进尺，为避免无休止地折磨她，我对她婆婆说人们总向我赞叹费代纳的花卉如何如何美。她口吻谦逊，谈起了她房后本堂神甫的那个小巧玲珑的花园，清晨，她身着晨衣，推门步入花园，给孔雀喂食，寻觅生下的蛋儿，采摘百日草花或玫瑰花，用来给奶油蛋或油炸菜肴的四周点缀成一道花栅，放置在狭长的桌布上，令人想起花园里的通幽曲径。“确实，我们有的是玫瑰花，”她对我说，“我们家的玫瑰花圃靠住宅都有点儿太近了，有些天，花熏得我脑袋发痛。在拉斯普利埃的露天平台上，比较惬意。随风飘来阵阵芳香，但不那么叫人头晕。”我朝她媳妇转过身子，为满足她现代派的情趣，对她说道：“真是一部名副其实的《普莱雅斯》，那玫瑰花香飘至楼座。乐曲中弥漫的芳香是那么浓烈，我本来就对花粉和玫瑰过敏，每当我听到这场戏，就呛得我直打喷嚏。”“《普莱雅斯》，多么伟大的杰作！”德·康布尔梅夫人高声赞叹，“我对它如痴如醉。”

说罢，她向我靠近，手舞足蹈，俨然一位野女人想对我大献媚态，舞弄着十指，想捕捉住臆想中的音符，并哼起什么玩艺儿来，我猜想恐怕就是她想象的普莱雅斯告别的那段唱吧，她一直往下唱，感情始终那么热烈奔放，仿佛此时此刻，德·康布尔梅夫人勾起了我对这场戏的回忆，这举足轻重，或许更是为了向我显示她对此记忆犹新。“我觉得这部剧比《巴西法尔》还更美，”她又添了一句，“因为《巴西法尔》中，极为精彩的美妙乐章交织着某种朦朦胧胧的旋律性短句，正因为是旋律性的，所以过时了。”我转而对老太太说：“我知道您是位伟大的音乐家，夫人，我多么希望听听您的高见。”德·康布尔梅-勒格朗丹夫人看着大海，故意避开对话。她认为婆婆喜爱的并非音乐，婆婆那受到普遍赞誉、事实上也出类拔萃的音乐才华，依她看只不过是所谓的才华而已，是毫无实际意义的卖弄技巧。确实，肖邦的弟子就她一人还活在人世了，她有充足的理由断言，通过她，大师的演奏技巧及“情感”只传达给了德·康布尔梅夫人；可是，对勒格朗丹的妹妹来说，演奏酷似肖邦，这远不成其为一种证据，因为她本人最蔑视的莫过于这位波兰音乐家了。“噢！它们飞起来了。”阿尔贝蒂娜向我指着海鸥，大声嚷叫，海鸥一时摆脱了它们花的隐蔽身份，一齐冲太阳飞去。“它们的巨翼阻碍了它们飞行。”德·康布尔梅夫人说道，显然把海鸥与信天翁混为一谈了。“我十分喜爱它们，我在阿姆斯特丹常见到海鸥。”阿尔贝蒂娜说，“它们对大海的气味感觉灵敏，甚至透过街上的路石都闻得出来。”“啊！您去过荷兰，您熟悉弗美尔家族吗？”德·康布尔梅夫人冲动地问道，那腔调仿佛在问：“您熟悉盖尔芒特家族吗？”因为附庸风雅，往往是换了对象而不换腔调。阿尔贝蒂娜说不认识：她准以为那些人还健在，可表面没有流露出来。“我要是为您弹奏音乐，将非常高兴。”德·康布尔梅夫人对我说，“可您知道，我弹奏的尽是你们这一代再也不感兴趣的东西。我上学时肖邦可受崇拜了。”说这句话时，她放低了声音，因为她害怕媳妇，知道儿媳认为肖邦算不上什么音乐家，所以其作品演奏得好坏都毫无意义。儿媳承认婆婆不乏演奏技巧，经过音群弹奏得均匀而清晰。“可永远别想从我嘴里说出她是一个音乐家。”德·康布尔梅-勒格朗丹夫人一锤定音道。原因是她自以为“先进”，而且（唯在艺术方面）“从不过左”，她不仅设想音乐在发展，而且觉得它只是顺着一条线发展，德彪西在某种意义上说是个“超瓦格纳”，比瓦格纳更先进一些。她意识不到，如果说德彪西并不像她几年后可能会认为的那样，独立于瓦格纳，因为不管怎样，人们总要利用已到手的武器，以最终摆脱暂时失败的境地，那么，当人们对那些无所不包、淋漓尽致的作品开始腻烦之后，他便会想方设法，以满足相反的需要。当然，有的理论暂时为这种反应提供依据，就像某些政治理论，以法律为依托，反对宗教团体，反对东方的战争（反自然教育、黄祸等等）。人们常说，简练的艺术适应于高速发展的时代，就好比人们常说，未来的战争不可能持续半个月，或者随着铁道的发展，靠公共马车沟通联系的穷乡僻壤将受冷落，需要汽车致力于这些地区的振兴云云。人们常常提醒，不要搞疲了听众的注意力，仿佛我们没有广泛的兴趣，全仰仗艺术家来启发最高度的注意力。殊不知有些人读一篇平庸的文章，不到十行就累得打呵欠，但每年却要去拜罗伊特，听四联剧。再说，迟早有一天人们会宣告，德彪西的地位与马斯内[①]一样岌岌可危，《梅莉桑特》引起的震动也将烟消云散，沦落到《曼侬》同样的地步。因为各种学派就像细菌与血球，自相残杀，以斗争来保证自己生命的持续。不过，这一天尚未到来。

犹如在证券交易所，上涨趋势一发生，所有持票人都想趁机捞一把，同样，部分受人蔑视的作者利用逆反心理，因祸得福，或许因为他们本来就不该受到歧视，抑或很简单，是他们存心招惹鄙视——宣扬这些人，可以说是一种新鲜事儿。人们甚至不惜在某段孤立的历史中，寻觅若干不

① 马斯内（1842—1912），法国著名歌剧作曲家，《曼侬》为其代表作。

循规蹈矩、富有才华的艺术家，现时的发展趋势对其声誉似乎不会有多少影响，但总有那么一位大师顺带提起他们的名字，表示赞许。遇到此类情形，十有八九是因为这位大师，不管他是何人，也不管他的学派如何唯我独尊，总是以自己独特的情感作出判断，唯才是爱，给予富有才智的人才以正确的评价，即使才气不足，只要他过去曾尝过甜头，与他青少年时代一段爱好有关，他也照样给予好评。此外，便是因为某些属于另一个时代的艺术家，在一首普通的乐曲中，道破了与大师不谋而合的某种极相似的东西，大师渐渐领悟到了。于是乎，大师便将古人视作先驱，来一个彻底的改头换面，喜欢在自己的作品中作出与前人一时一地亲如手足的努力。正因为如此，普桑的作品竟有透纳的手笔，孟德斯鸠的著作会有福楼拜的词句。偶尔，大师偏爱的议论是一种将错就错，人们弄不清此错源于何处，但却传播到学派中来了。被列举的名字因此挂上了这一学派的招牌，适时处于其保护伞之下，因为在选择大师方面，即使有某种自由的、真正的鉴赏力而言，但学派本身只接受理论的指导。正是这样，思维惯于按偏离方向发展，忽而转向一个方向，忽而又转向相反的方向，将上天的光芒洒向某一数量的作品，也许出于正确评价的需要，也可能为了标新立异，或许其审美情趣起了作用，也可能因为一时心血来潮，德彪西在这些作品中掺入了肖邦的成分。这些作品一旦受到绝对令人信赖的鉴赏家的推崇，赢得了《普莱雅斯》带来的普遍赞誉，便重放异彩，那些尚未重听的人，一个个多么渴望能喜欢上这些作品，以至于身不由己地再次去听，尽管给人以心甘情愿的假象。但是，德·康布尔梅-勒格朗丹夫人一年中有一部分时间待在外省。即使在巴黎，因身体有病，也往往闭门不出。确实，由此而造成了某些麻烦，明显表现在德·康布尔梅夫人选择用语上，她自认为自己说得很时髦，可实际上她所选择的用语更适合于书面运用，两者的细微差异，她体味不出，因为这些用语往往是她阅读偶得，而不是从交谈中学到的。不过，交谈对准确了解人们的主张和时兴的用语而言，其必要性并不相同。然而,《夜曲》异彩焕发,对此,评论界尚未公开宣告。其消息仅通过“年轻人”的闲谈传播开来。德·康布尔梅-勒格朗丹对此一无所知。我以向她传播消息为乐事,但却对着她婆婆说话,就像玩台球,要想击中球,得借助台边的弹力,为此,我告诉她婆婆,肖邦不仅远远没有过时,反而是德彪西宠爱的音乐家。“嗨,真有趣。”媳妇妙不可言地微微一笑,对我说道,仿佛这不过是《普莱雅斯》的作者推出的反常现象。不过,现在完全可以断定,从此之后,她对肖邦的作品将洗耳恭听,甚至满怀愉悦。因此,我刚才这番话为老太太吹响了解放的号角,在她的脸庞上重新反映出对我表示感激的表情,尤其是欣喜的神情。她的双眼闪闪发亮,犹如名为《拉迪德》或《三十五载囚徒生活》一剧中的拉迪德;她敞开胸脯,深深地呼吸大海的空气,好似在《菲德利奥》一剧中,当囚徒们终于呼吸到“富有生机的空气”的时刻,那胸脯扩张的形象,贝多芬表现得惟妙惟肖。我以为她就要把长有细须的嘴唇贴到我的脸颊上。“怎么,您喜欢肖邦?嗬,他喜欢肖邦,他喜欢肖邦。”她高声嚷叫起来,激动得鼻子齉齉作响,那语气就像在询问:“怎么,您也熟悉德·弗朗克多夫人?”所不同的是,我与德·弗朗克多夫人的关系对她来说可能毫不相干,可我对肖邦的了解却把她抛入如痴如狂的艺术境界。唾液的超量分泌也不足以表达。她甚至没有费心体会一下德彪西对肖邦的再创造所起的作用,只是感觉到我作出的是赞许的评价。音乐的激情左右了她。“埃洛迪!埃洛迪!他喜欢肖邦。”她胸脯高高鼓起,双臂在空中乱舞。“啊!我早就感觉到您富有音乐天赋。”她赞叹道,“我完全明白,像,像您这样一位艺术家,肯定喜爱音乐。多美妙啊!”她声音中仿佛夹杂着沙砾,沙沙作响,似乎为了效仿德谟斯梯尼,向我表达她对肖邦的强烈感情,不惜用满滩卵石填装自己的嘴巴。潮水一直冲到了她未及时保护的短面纱,面纱湿了,潮水也终于落了,侯爵夫人这才用绣花手绢揩净了白花花的唾沫,刚才由于回忆起肖邦,那唾沫浸透了她满唇浓密的汗毛。

"我的上帝,"德·康布尔梅-勒格朗丹夫人对我说,"我觉得我婆婆耽搁得太久了点,她忘了我们还要到我叔父德谢·努维尔家用晚餐呢。再说,康康不喜欢久等。"康康把我弄糊涂了,我还以为是只狗呢。可对德谢·努维尔的亲朋好友来说,自然不成问题。随着年龄的增大,年轻的侯爵夫人以如此音调称呼他们尊贵的姓氏的乐趣减少了。不过,当初正是为了品尝个中的乐趣,她才下决心成了这门婚事,在其他社交圈子里,若提及德·谢努维尔家族,习惯上往往(除非贵族姓氏的表示词"德"前面为元音结尾的词,因为在相反情况下,必须将重音落在"德"字上,语言中不允许不加停顿,出现类似德谢努梭夫人的称呼法)牺牲"德"字后面的停顿。人们常称呼:"德谢努维尔先生。"在康布尔梅家族,遵循的是相反的传统,但同样不可违反。被取消的是"德"与谢努维尔之间的停顿。无论姓氏前涉及的是我表兄还是我表妹的名字,也总是称德谢·努维尔,而从不叫德·谢努维尔。(对谢努维尔家族的长者,人们常称"我们的叔父",因为在费代纳,大家还没有时髦到像盖尔芒特家族那样称"叔子"的程度,盖尔芒特家族的人称呼别人时存心含糊不清,不是省了这个音,就是吃了这个音,外国人的姓名一律本国化,与古法语或现代方言一样令人莫名其妙。)凡进入这一家族的人,在德谢·努维尔这一称呼方式上,都马上会得到提醒,而勒格朗丹-康布尔梅小姐却用不着谁来提醒。有一天,她去做客,听到一位少女说"我姨娘德·于塞"、"我叔父德·罗安"什么的,当时没有很快明白过来这原来是些显赫的姓氏,平常,她把这两个姓的音习惯发成:于塞斯和罗昂。她为此感到惊诧,尴尬和羞辱,就好像有人发现面前的餐桌上摆着一件新发明的器具,不知如何使用,迟迟不敢动手用餐。可是,第二天夜里和后来的日子里,她便鹦鹉学舌,欣喜地喊叫"我姨妈德·于塞",把结尾的"斯"字给吃掉了,而这正是她在前一天感到惊诧不已的,可现在,若连这也不了解,那在她看来该又多俗气,以致当她的一位女友跟她谈及德·于塞斯公爵夫人的半身雕像时,勒格朗丹小姐马上沉下脸来，声调傲慢地冲着对方道：“您起码总可以把音发准吧：德·于塞夫人。”此后，她茅塞顿开，明白了无论是将实实在在的物质转化为愈来愈微妙的元素，还是她体体面面从父亲那儿继承下来的万贯家财，或是她在索邦刻苦攻读，在加罗的课上也好，从师布吕纳蒂埃也罢，在拉穆勒音乐会上也同样，始终勤奋治学，从而获得的全面教育，凡此种种，终将消失，在日后哪一天喊一声“我姨娘德·于塞”而感受到的乐趣中得到升华。她脑中始终缠绕着这个念头，至少在新婚燕尔的那段时光，决心要继续多与人交往，当然不是她喜欢的女友，不是她心甘情愿为之做出牺牲的女友，而是那些她不喜欢的人，她所希冀的仅仅是能对这些人说一声（既然这是她这桩婚事的目的所在）：“我这就把您引见给我姨娘德·于塞。”当她发现这一联姻难以实现时，便改口说：“我把您介绍给我姨娘德谢·努维尔”或“我一定设法安排您和于塞家族的人聚餐。”与德·康布尔梅结成夫妻，这给勒格朗丹小姐提供了夸口许诺的机会，但能夸口的仅仅是前半句，而后半句却未能如愿以偿，因她婆婆经常涉足的并非她本人当初想象、如今仍然幻想结交的上流圈子。为此，与我“道完”圣卢后（特意借用罗贝的用语，因为我与她交谈时，若借用勒格朗丹的惯用语，那她准会通过反向联想，用罗贝的土语与我对话，而她又不知道罗贝的土语恰是从拉谢尔那儿借用的），她拇指与食指一并，半阖起双眼，仿佛在凝视某件精巧无比的物品，好不容易终于将它捕抓在眼：“他的思想品质多可爱呀。”她对圣卢大唱赞歌，其炽热之情，不禁令人以为她在热恋着他（人们确也断言过去在东锡埃尔时，罗贝曾是她的情人），可实际上，只不过想让我接过她的话再重复一遍，以便给她机会最终说上一句：“您与盖尔芒特公爵夫人关系极为亲密，我有病在身，很少出门，我也知道她深居简出，活动只限于上等友人的圈子，我觉得这很好，可对她本人了解甚少，不过，我知道她是一个绝对出类拔萃的女性。”得知德·康布尔梅夫人与盖尔芒特公爵夫人几乎不认识，为显得我与她同样渺小，我对此话题一带而过，回答她说，我与她兄弟勒格朗丹先生更为熟悉。一听到这个姓氏，她也摆出避而不谈的神态，与我方才的姿态如出一辙，只不过其中掺杂了一种不快的神情，以为我口出此言，并非自谦的表示，而是存心对她的羞辱。莫非她为自己出生在勒格朗丹家而感到绝望、苦恼？至少她丈夫的姐妹、姑嫂们是这么认为的，这些外省的贵夫人什么人也不认识，什么事也不知晓，对德·康布尔梅的聪慧、教养、家财，甚至对她得病前的床笫之欢都深为嫉妒。"她一心只想这种事，就是这种事要了她的命。"这些恶毒的外省女人只要议论德·康布尔梅夫人，对谁都少不了说这句话，不过更乐意对平民百姓宣扬，因为如果对方自命不凡而又愚蠢透顶，那么，她们便借此断言平民百姓如何卑鄙龌龊，从而显示出她们对对方是多么和蔼可亲；若对方看似羞怯，但却工于心计，有话放在心里，那么，她们表面上便装出礼貌周全，而实际上却转弯抹角，对对方大肆嘲弄。但是，倘若这些太太自以为切中了她们这位亲戚的要害，那她们完全错了。德·康布尔梅夫人早就忘了自己是勒格朗丹家出生的，自然就更谈不上为自己的出身感到痛苦了。她为我勾起了她的回忆而恼火，一声不吭，仿佛没有明白我的话，觉得没必要加以补充或证实。

"我们来访仓促，主要原因并非我们要去看望亲眷。"德·康布尔梅老太太对我解释道，比起儿媳来，她对称呼"谢·努维尔"的乐趣无疑更为厌倦。"主要嘛，是为了免得这么多人打扰您，让您受累，先生都没有敢把妻儿一起带来。"她指着律师说，"母子俩现在都在沙滩上散步，还等着我们呢，他们也许都等得不耐烦了。"我让他们一一指给我看，紧接着跑去找他们娘俩。妻子圆圆的脸蛋，状若毛茛科的某些花卉，眼角带有甚为明显的植物状标志。人的性格特征代代相传，恰如植物一般，铭刻在母亲脸上的那一标记在儿子的眼角更为显目，有助于人们把他们分门别类。我对他妻儿的热情态度感动了律师。"您该有点儿身置异邦的感觉吧，这儿大多是外国人。"他两只眼睛看着我，一边对我说，他生来不喜欢外国人，尽管他的主顾中为数不少，为此，他想看看我对他的排外态度是否抱有敌意，倘若如此，他便可让步："当然，某太太……可能是位迷人的女性。这是个评判准则的问题。"由于我当时对外国人一无定见，所以对他的态度并未表示异议，但心里感到踏实了。最后，他甚至邀我择日去巴黎到他府上做客，见见他收藏的勒西达内的画，并请我与康布尔梅家人同行，他显然以为我与他们关系亲密。"我邀请勒西达内一起做客。"他对我说道，坚信我此后必将一心期待着这一幸福时日的到来。"您到时可以亲眼见到，那人多么风雅。他的绘画作品，您看了定会心醉神迷。当然，我不能与那些大收藏家相比，可我相信，他自己的爱作，我拥有的数量最多。更为令您产生兴趣的，是您刚刚在巴尔贝克度过假，而那些画都是海景，至少大部分是海景。"带有植物状标志的妻儿虔诚地静听着。人们感觉到，他们在巴黎的住宅仿佛是一座勒西达内的殿堂。这种殿堂并非多余。当神祇对自身产生怀疑时，这些献身于他创造的作品的人便适时提供毋庸置疑的证据，神祇便可借此轻松地填补上自我评价的裂缝。

见媳妇一示意，德·康布尔梅夫人马上就要起身，对我说道："既然您不愿去费代纳住，也就罢了，可您至少也该在这个星期找一天来吃顿午餐，比如明天，您不愿意吗？"说罢，她摆出一副和蔼可亲的神态，为了让我自己决定，又添上了一句："您到时**定能再见到**克里丝诺瓦伯爵。"此人我素不相识，根本谈不上再次见面。她正欲用别的欲望对我进行引诱，希望我的双眼闪现出欣喜的光芒，可却戛然而止。原来法院首席院长回府时得知她在旅馆，暗地到处寻找，接着又在家等着她上门，然后又装着与她碰巧相遇的样子，前来向她致意。我明白德·康布尔梅夫人不愿将方才向我发出的邀请扩展到他的头上。然而，他们结识的时间比我要久得多，多少年来，他一直是费代纳日场音乐会的常客，我初次到巴尔贝克逗留时，对这些常客曾经羡慕不已。可是，结识的时间长短对上流社会人士来说，并非决定一切的因素。他们往往更乐意邀请新朋友共进午餐，因为新朋友还能激起他们的好奇心，尤其在其露面之前，已经有人作了令人心动、热情洋溢的介绍，比如圣卢的举荐。德·康布尔梅夫人估计首席院长没有听到她对我说了些什么，但为了消除内疚的心情，对他甜言蜜语，亲切得再也不能亲切了。灿烂的阳光下，平日望不见的里夫贝尔海岸金灿灿一片，隐约地呈现在天边，耳边传来费代纳附近悠悠的三经钟声，小巧玲珑的经钟露出水面，与闪烁的蓝天几乎难解难分，有玫瑰色的，也有银白色的，难以细辨。“这景观就更像《普莱雅斯》了，”我提醒德·康布尔梅-勒格朗丹夫人说，“您知道我想指的是哪一场。”“我想我是知道的。”可是，她那与任何记忆都不相吻合的声音、脸庞和毫无依托的空泛的微笑却在宣布：“我一无所知。”老夫人久久沉醉在传至此处的悠悠钟声之中，一想到时间不早，这才站起身来。“确实，”我说道，“平日里从巴尔贝克望不见那边海岸，也听不见那边的钟声。除非时间发生了变更，天际也扩展了一倍，不然，那钟声就是专门前来寻找你们的，我听得出它们是在催促你们动身；对你们来说，这是用晚餐的钟声。”首席院长对钟声很不敏感，偷偷地扫了海堤几眼，看到今晚游人寥寥无几，不禁黯然神伤。“您真是一位诗人。”德·康布尔梅夫人对我说，“感觉得出您很敏锐，富有艺术天性；来吧，我一定给您演奏几曲肖邦。”她一副如痴如醉的神态，双臂伸向空中，又加了一句，声音沙哑，仿佛在挪动卵石发出的声响。紧接着，便是吞咽唾液，老太太自然而然地用手绢揩了揩美国人所谓的细毛刷子，那满嘴的浓密汗毛。首席院长无意中帮了我一个大忙，紧扶着侯爵夫人的胳膊，送她上车，换了别人，准会对承担此等义务犹豫不决。支配如此行动，需要有一定分量的媚俗、胆量，而且要爱出风头，而这在上流社会是极讨喜的。再说，这是他多少年来养成的习惯，比我要自然。我打心眼里感激他，可却没有胆量效法他，只是跟在德·康布尔梅-勒格朗丹夫人身边，她见我手中拿着一本书，想看看。一见德·塞维尼夫人的署名，她不禁撅了撅嘴，用了一个准是在某些“先锋派”报纸上看到的词，这词一经女性化，尤其是用以形容一位十七世纪的女作家，产生了奇特的效果，只听得她向我问道："您难道真的觉得她才华横溢吗？"侯爵夫人把一位糕点师傅的地址给了跟班的，老夫人要先到那儿走一趟，然后再启程回府，大路上晚尘飞扬，呈现出一片玫瑰色，层层悬崖在暮色苍茫中状若起伏的峰峦。她问老车夫那匹生就畏寒的马身子是否够暖和了，另一匹马的铁掌是否紧得它难受了。"我一定给您写信，把该定的事定妥。"她低声对我说道，"我看见您在与我儿媳谈论文学呢，她真惹人喜爱。"她又添上一句，尽管并非肺腑之言，可她早就养成——并因性善而保留着——这一习惯，以免给生人造成一种印象，似乎她儿子是贪财才结的婚。"再说，"她激动得难以自已，最后又结结巴巴地说了一句，"她是……是……那……那么……富有艺……艺术鉴……鉴赏力！"说罢，她登上马车，一边摇晃着脑袋，手执阳伞把，身着超重的圣职般的服饰，犹如一位巡回施坚振礼的年迈主教，又踏上巴尔贝克的街道。

"她邀请您去吃午餐了。"等马车远去，我和女友们回旅馆时，首席院长神情严肃地对我说，"我跟她关系正冷着呢。她觉得我冷落了她。嗳，我这人最容易相处。不管谁用着我，我总是应声而起：'到。'可是，他们硬要死死缠着我不放。啊！这样一来，"他一副微妙的神态，又添了一句，翘起手指，像是在分辨、推理，"我就不答应了。这是对我假日自由的侵犯。我不得不发出警告：'就此止步吧！'看来，您与她友情甚笃。等您到了我这个年纪，您将会明白，上流社会无足轻重，您终会为如此看重这些毫无意义的东西而遗憾。噢，吃晚饭前，我再去转转。再见了，孩子们。"他向众人大声喊道，仿佛已在五十步之外。

当我与罗斯蒙德和希塞尔告别时，她们俩发现阿尔贝蒂娜还待着，不随她们一起走，对此感到奇怪。"嗳，阿尔贝蒂娜，你还待着干啥，你知道几点钟了？""你们回去吧，"她以权威的口吻对她们说道，"我有事要跟他谈。"她一副乖顺的神态，指了指我，添上一句。罗斯蒙德和希塞尔看了看我，陡然对我增添了一分新的敬意。我心里乐滋滋的，感到至少在这一刹那间，在罗斯蒙德和希塞尔眼里，较之回家的时刻，较之她的女友，我要重要得多，而且与她之间有着重大秘密，他人不得介入。“今晚我们就不见面了？”“我不知道，这要看看今晚的情况。反正明天可以见。”“上我房间去吧。”等她女友走远，我对阿尔贝蒂娜说。我们进了电梯；她在电梯司机面前一直沉默不语。“雇员们”（电梯司机就这么称呼仆人）为了了解主子们，了解这些只顾自己交谈，从不与下人啰嗦的怪人的闲事，不得不依靠自己察言观色，演绎推理，慢慢养成了习惯，从而大大发展了他们的预见能力，为“老板们”所不及。人体器官往往根据人们对它们扩大或缩小的需要，或萎缩，或增强。自从有了铁道之后，免误火车的必要性使我们学会了重视每一分钟，而在古罗马时代，不仅天文知识很粗浅，而且生活也不那么紧张，人们不仅没有分的概念，甚至连固定的时的概念也不明确。因此，电梯司机看透了我们的心理，并准备讲给他的同事们听，说阿尔贝蒂娜和我忧心忡忡。可是，电梯司机却跟我们唠叨个不停，实在不知分寸。不过，我发现他脸上平时为我开电梯时显露的那种友好、欢乐的表情不见了，取而代之的是极为沮丧，惶惶不安的神态。我不知个中原因，尽管我更挂虑着阿尔贝蒂娜，可为了给他排忧解愁，我告诉他刚刚走的那位夫人叫康布尔梅侯爵夫人，而不是叫卡芒贝尔。这时，在我们正经过的楼层走廊上，我看见一位丑陋的女服务员，扛着一个长枕头，毕恭毕敬地向我致意，希望我行前给点小费。我真想弄个清楚，初次抵达巴尔贝克的那个夜晚，我万分渴望得到的是否就是她，可怎么也无法肯定。电梯司机带着做伪证的人那种真诚的语气，向我发誓，那位侯爵夫人让他通报的就是卡芒贝尔这个姓，可脸上那副绝望的神情始终没有消失。说实在的，他先入为主，听见的是他早已知道的名字，这是很自然的事。再说，有许多人，即使不是电梯司机，对贵族身份以及借以形成爵位的名称的性质认识模糊，似懂非懂，那么在他看来，卡芒贝尔这一姓氏是很有可能的，况且卡芒贝尔干酪举世闻名，借如此荣耀之声誉，赐侯爵爵位一个名称，这不足为怪，除非相反，是侯爵爵位的荣光使这一干酪得以名扬天下。不过，他见我不愿表示是自己错了，而且也深知主人即使为最微不足道的事一时心血来潮，也喜欢下人唯命是从，即使说的通篇是显而易见的谎言，也喜欢别人接受，于是，他像个忠实的仆人，答应我从此之后一定称呼康布尔梅。确实，无论在城内还是市郊，康布尔梅其人其名无人不知，任何一个城里的店主或郊区的农夫都绝对不可能犯电梯司机这种错误。可是，巴尔贝克大旅馆的服务人员没有一个是当地人。他们连同旅店的一切设施，统统来自比亚里茨、尼斯和蒙特卡洛等地。这些地方的人兵分三路，一路去了多维尔，另一路到了迪纳尔，剩下的一路来到了巴尔贝克。

但是，电梯司机焦躁不安的痛苦心情有增无减。平常，他总是满脸堆笑，对我显得忠心耿耿，可现在他连这也给忘了，准是发生了什么不幸。也许他被“派走”了。倘若果真如此，我答应一定设法让他留下做事，关于旅馆的人员问题，经理曾许诺在先，不管我有什么决定，他都照办不误。“您愿意怎么办，都随您的意，我事先认可了。”我刚步出电梯，才猛然醒悟到电梯司机为何一副绝望而又惊愕的神情。原来是因为阿尔贝蒂娜在场，我平常上电梯时都自然而然施给他一百个苏，可这次却没有给。这个傻瓜，他非但没有明白我是不愿当着第三者的面施予小费，反而认为这下算是彻底完了，我从此之后再也不会施舍他任何东西了，不由得浑身哆嗦起来。他想象我已经落到了“手头拮据”（像盖尔芒特公爵所说的那样）的地步，可如此设想远远没有激起他对我的任何恻隐之心，反而陡生了一种可怕的自私的失望心理。我暗中思忖，我并不像母亲认为的那么不理智，记得有一天，面对对方那种焦躁不安的等待心情，我不敢不又掏出一份过高的小费，就在前一天，我还过分地施舍过。在此之前，我一直没有纤毫的疑心，总把平常那种欢快的神情欣然视为忠诚的表示，如今在我看来，赋予如此意义，显然是自己辨别力不怎么可靠。眼看电梯司机就要在绝望之中准备投下五楼，看他那副样子，我扪心自问，如果爆发一场革命，我们的社会地位相互起了变化，电梯司机摇身一变成了资产者，不要说客客气气为我开电梯，只要不把我从电梯上推下去，就算万幸了；我心里揣摩，在某些平民百姓阶层，是否比上流社会还更伪善，确实，在上流社会，我们一旦不在场，就会有人说三道四，但要是我们真成了落难之人，还不至于再凌辱我们吧。

但是，万万不能据此断言，在巴尔贝克大旅馆，最计较个人得失的是电梯司机。就这点而言，服务人员可分为两类：一类是那些对顾客有所区分的人，相比之下，他们对一位年迈的贵族老爷（他竟能避开他们二十八天，把他们推给德·博特雷耶将军）合情合理施予的小费更为感激，而对来路不明的外国阔佬随意的慷慨赠予却不以为然，因为阔佬的这等举动正好暴露出一种失礼，只是当着阔佬的面，他们才道谢称善而已。而另一类人，在他们眼里，什么贵族身份，聪明才智，什么名望地位，风度举止，全都不存在，看得见的仅是数目的大小。对后一类人来说，唯有一个等级，这就是拥有多少金钱，或干脆能给多少。尽管埃梅自诩具备丰富的社交常识，因为他在很多旅馆当过差，但也许他本人就属于这后一类。比如谈起卢森堡公主，他会这样发问："这玩艺儿里钱多吗？"（打这个问号，为的是了解清楚或彻底查核他所获悉的内情，以便决定给某某顾客提供一位巴黎"高厨"，或保证安排一张处在进口左侧的雅座，可尽览巴尔贝克海景）进行类似的掂量时，他至多附上一种社会性的色彩，像是在了解对方家族的老底。尽管如此，虽然内心在斤斤计较，但他表面上却没有纤毫的显露，不像电梯司机那样愚笨，一脸绝望的神色。说来，电梯司机如此幼稚，也许事情还更简单些呢。一座大旅店，类似过去拉谢尔所在的妓院，其方便之处就在于无需借助任何中间人，尽管某位男雇员或哪位女服务员一直绷着冷冰冰的脸，但只要看见一张一百法郎的钞票，一千法郎当然更好，哪怕这一次是施予他人，也准会笑逐颜开，主动效劳。恰恰相反，在政治领域,或在情人的相互关系中,在金钱与顺从这两者之间,还有着形形色色的名堂。其名堂之多,致使那些说到底总是见钱眼开的小人却往往难以沿着通达他们心灵深处的路线发展,而是自以为更微妙,实际上也确实如此。再说,类似"我知道我还该做些什么,明天呀,就该到太平间找我去了"这种谈话,并不失礼貌,而且听得也清楚。正因为如此,在礼仪周全的上流社会,很少遇到小说家、诗人和所有那些不该说却偏偏要说的高尚的人。

我们身无旁人,刚步入走廊,阿尔贝蒂娜便迫不及待地问我:"您到底对我有什么过不去的?"我对她态度生硬,是否自食其果,给自己造成痛苦?莫非我这种生硬的态度仅仅是一种无意识的花招,目的在于迫使女朋友在我面前摆出一种恐惧和请求的姿态,我借此可以对她进行盘问,也许最终可以弄清我长期以来对她的两种假设到底哪一种是正确的。不管怎么说,听她这么一问,我顿时感到乐滋滋的,仿佛终于达到了某个企盼已久的目标。我没有马上回答,一直把她领到房门前。门打开了,涌进玫瑰色的阳光,照彻了整个房间,黄昏时分拉上的白色平纹细布窗帘由此变成了金黄色的锦缎。我走到窗前;海鸥又停息在浪尖,眼下浑身披着粉红的色彩。我让阿尔贝蒂娜细心观看。"别转移话题。"她冲着我说,"请跟我一样,开诚布公。"我撒了谎。我向她声明,她首先该好好听一听我的交待,近来,我对安德烈感情炽烈,向阿尔贝蒂娜作如此交待时,我直截了当,毫无隐讳,堪与舞台上的场面相比,但在实际生活中,要做到这一点,除非旧情已经忘却。在我初次逗留巴尔贝克之前,我对希尔贝特也曾这样撒谎,这次故伎重演,手法略有变换,目的在于使她倍加听信我的话,当我向她说明对她已经不爱时,我甚至和盘托出,说我过去差点爱上了她,但时过境迁,如今她对我来说只是一位好友,即使我愿意,再也不可能重又对她产生更为热烈的感情。所有过分怀疑自己,既不相信哪位女人会爱上他们,也不相信他们自己会真的爱上哪位女人的男人无一例外,他们在爱情上往往采取二拍节奏,而我当着阿尔贝蒂娜的面,故意对她冷酷无情,实际上——由于某个环境所致,并针对某个特殊的目的——恰恰突出了这种二拍节奏,表现得更为铿锵有力。这种男人颇有自知之明,他们了解自己,即使对那些趣味迥异的女人,也会燃起同样的希望,产生同样的焦虑,编造同样离奇的故事,倾吐同样动听的话语,以最终意识到自己的情感及行为与那位心爱的女性并无密切、必然的联系,只是从她身旁掠过,犹如冲击悬崖峭壁的潮水,溅她一身水,始终迷惑着她,与此同时,他们本身那摇摆不定的情感又陡添了满腹狐疑,疑心那位女人并不爱他们,而他们却是多么希望得到她的爱。既然是她在我们欲望迸发之时偶然出现在我们面前,那偶然的因素为何却会致使我们成了她泄欲的目标?我们一方面需要向她倾诉衷肠,这爱的感情是多么特殊,与邻人使我们产生的普通的人情味迥然不同,可我们刚刚迈出一步,向心爱的女子倾诉了衷肠,表白了希望,遂又忧心忡忡,担心惹她生厌,心里乱七八糟,觉得对她使用的语言没有特意为她加工过,只是我们在过去和将来与人交往时为我们服务的普通语言,感到若她不爱恋我们,就不可能理解我们,而同时又觉得自我表白时缺少情趣,像卖弄学问之徒那样厚颜无耻,不看对象,在愚昧无知者面前故弄玄虚。正是这种担心,这种耻辱感引起了反节奏,导致了逆流,而最终又产生了需要,哪怕开始时退却,猛地收回先前公开表露的好感,最终也还是需要重新发起进攻,重新赢得尊敬,获得统治;在同一种恋情的不同发展阶段,在与类似的恋情相关的各个时期,在所有那些自我解剖,颇有自知之明,从不自视甚高的人心间,这种双重节奏清晰可辨。倘若在我刚刚向阿尔贝蒂娜作的坦诚交待中,这一节奏比往常略有加重的话,那么,其目的仅仅在于使我得以更迅速、有力地转向那一截然相反的,由我的柔情所标明的节奏。

由于时隔已久,我再也不可能重新爱上她,对我这番话,似乎阿尔贝蒂娜肯定难以相信,于是,我用了诸多实例来证明被我称为性格古怪的东西,这些实例全都引自我所结交的女人,无论是她们的过错还是我自己的过错,反正我错过了爱上她们的时机,事后不管我有多渴望,再也难以重新获得那一时光。就这样,我既像是在对她表示歉意,仿佛请她原谅一种无礼举动,宽恕我无法重新开始爱她,同时又在想方设法,试图让她明白这一举动的心理原因,似乎它们是我特殊心理的产物。我如此自我表白,对希尔贝特这一实例大加发挥,确实,就希尔贝特而言,我说的全是实话,可一旦用以说明阿尔贝蒂娜,真实的成分却变得微乎其微,我无可奈何,只能尽量证明我的论点尚合情理,而表面又装出一副样子,自认为这些说法难以接受。我感觉到阿尔贝蒂娜已经认为我"开诚布公",对此表示赏识,并承认我推理清晰,明确,这时,我遂对自己直言不讳表示歉意,对她说,我清楚说实话会惹人不高兴,况且对我的这番实话,她可能会觉得莫名其妙。恰恰相反,她对我的坦诚表示谢意,并补充说,她对这种极为常见,非常自然的精神状态心领神会,十分理解。

对安德烈的所谓感情以及对阿尔贝蒂娜的冷漠态度,我向阿尔贝蒂娜作了一番交待之后,为了显示出这番话纯粹是肺腑之言,并未夸大事实,我还附带作了保证,让她对我的态度不要过分当真,这样一来,我便无需担心阿尔贝蒂娜会把此视作恋情,终于可以对她甜言蜜语,很久以来,我一直避免这样做,而现在我感到这是多么美妙。我差不多在抚爱我的知心女友;当我谈起我心里爱着的她的那位女友,我不禁热泪盈眶。可一涉及具体事实,我末了又对她说,她知道何为爱情,知道爱是敏感的,痛苦的;我并对她说,作为我过去的女朋友,她也许会心甘情愿,解除给我造成的巨大痛苦,如果我敢再重复一遍而不至于惹她生气,那么她既然已不为我所爱,自然就不可能直接地,而应该间接地采取伤害我对安德烈的爱这种方法,为我解除痛苦。我突然打住话头,望着一只孤独、匆忙的巨鸟,并指点阿尔贝蒂娜观看,那只巨鸟在遥远的前方,搏击长空,富有节奏地拍动着两片羽翼,在海滩上方飞速向前。海滩上,光斑点点,犹如撕碎的小红纸片，巨鸟没有放慢速度，没有分散注意力，也没有偏离自己的路线，径直飞过海滩，俨然似一位使者，肩负使命，要把一份紧急而又重要的书信送往远方。“它呀，至少是径直飞往目标！”阿尔贝蒂娜一副怪嗔的神态，对我说。“您对我这样说话，是因为您不了解我想说的心里话。多么难以启齿啊，我情愿不说。要是说出口，肯定会惹您生气；最终也只能导致这样的结果：一来与我心爱的人不可能有任何幸福而言，二来又要失去一位好朋友。”“可我不是向您发誓了吗，我决不会生气。”她的神情是多么温柔，顺从中含着几多悲切，仿佛期待从我身上获取她的幸福，我不禁难以自已，憋不住要去亲吻——简直就像亲吻我母亲那样高兴——这副新面孔，它不再是过去那张活泼、绯红的脸，像一只淘气、爱恶作剧的小猫咪，翘着玫瑰色的小鼻子，反而像满腔的悲伤浇铸在善良的模子里，熔开了，压扁了，垂下来了。撇开我的爱情不谈，就像不考虑与她毫不相干的持久的爱一样，设身处地为她想一想，面对这位诚实的姑娘，不禁动了怜悯之心，她向来只习惯于别人待她亲切、正直，满以为我是她的挚友，没想到几个星期来，我一直折磨着她，简直到了无可复加的地步。我之所以对阿尔贝蒂娜产生了深深的恻隐之心，是因为我站在纯粹人道的立场上，这种立场超脱于我们两者之外，我的嫉妒的爱心便因此而荡然无存，倘若我爱着她的话，也许还不至于对她深表同情。在这一由爱的表白到产生不和（要通过连续不断的逆向运动，打成一个无法松解的死结，把我们紧紧地系在某人身上，这种办法最可靠，最有效，也最危险）的有节奏的摇摆之中，在构成两个节奏要素之一的退缩运动之中，还有何必要区分人类同情心的逆流呢？这股股逆流与爱情主流，尽管在无意中有可能产生于同一的原因，但导致的岂不也是同样的效果？当事后回首一下对某位女子的所作所为，人们往往意识到，表露自己的爱，追求他人的爱以及争取获得垂青的种种欲望并不比因人道需要而产生的愿望占有更多的位置，人们常出于普普通通的道德义务，向自己倾心相爱的人赔礼道歉，似乎对她无爱情可言。“可我到底能怎么办呢?”阿尔贝蒂娜问我。有人敲门,是电梯司机。原来阿尔贝蒂娜的姨母从旅馆经过,顺便下车看看她是否在,以便接她回府。阿尔贝蒂娜差人回话,说她走不开,也拿不准何时回去,让他们先吃晚饭,别等她了。“可您姨母会生气的?”“哪儿的话!她一定会十分理解。”就这样——至少在眼下这一时刻,也许它永不再来——由于种种情况,在阿尔贝蒂娜的眼里,与我交谈终于变得举足轻重,而且如此显而易见,当务之急,必须首先办妥此事,我的女友无疑自然而然地参照了家庭的裁决惯例,在事关邦当先生的前程的情况下,当然不会计较一次出游,只要列举此情况,她坚信为这等大事而牺牲用晚餐的时间,姨母准会觉得再也自然不过了。她本要离开我,在遥远处与亲人消受这一时光,但阿尔贝蒂娜却让它悄然无声地流至我的身旁,并赠与了我;我尽可纵情享用。我终于壮了胆子,向她披露了别人对她的生活方式跟我说过的话,并对她说,尽管女人们也沾染了那种恶癖,让我极为厌恶,但我对别人说的还是没当一回事,以致别人都把我视作她的同谋,况且我目前又深深地爱着安德烈,她自然不难理解我对此会有多痛苦。如果再附加一句,说别人还跟我提及了其他女人,不过,我对她们根本无所谓,这样说也许还更巧妙。可是,戈达尔向我透露的那些突然发生而又可怕的事情一股脑儿全都涌进我的心田,撕裂了我的心,但与当时的情形相同,并未增添更多的痛苦。如果戈达尔没有提醒我注意她与安德烈跳舞的姿态,那我自己决不会设想阿尔贝蒂娜爱着安德烈,或至少与她卿卿我我,同样,我也决不可能从这一想法进而产生另一个相去甚远的念头,猜度阿尔贝蒂娜也许除了安德烈,与别的女人也有关系,而且这种关系不是借口友情就能解释清楚的。阿尔贝蒂娜与所有被告知对他们有如此议论的人一样,还不等向我赌咒这不是真的,便表示出愤怒与悲伤,至于对那位素昧平生的诽谤者,她怒不可遏,急切地想弄清到底是谁,恨不得立即与他对质,让他下不了台。不过,她让我放心,至少对我并不责怪。“如果确有其事,我早就向您招认了。可安德烈和我,我们俩对这等丑事都厌恶极了。我们都长这么大了,并不是没有见过您说的那种留着短头发,言谈举止一副男子相的女人,天下再也没有比那种人更让我们恶心了。”阿尔贝蒂娜给我的不过是一番空话,虽说得斩钉截铁,但没有佐以事实根据。然而,恰恰是这等空话最能让我冷静下来,最能抚慰我内心的嫉妒,这种妒心属疑心病科,有根有据的证明反比看似真实的断言更能引起狐疑。再说,怀疑一位心爱的女性总比去爱另一位女子要来得快,对女人矢口否认、自我辩解的话,也往往更容易相信,这种变得多疑、轻信的性情恰恰又是爱情的特征。去爱时须当心世上女子并非个个正派,亦即要做到心中有数;同时也应充满希望,也就是说要坚信世上确有正派女性。自寻痛苦,继而自我解脱本是人之常情。对可望获得成功的主张,我们往往轻易地信以为真,对有效的镇静剂,人们一般并不多加挑剔。此外,我们所爱的人不论有多复杂,但归根结蒂都可能向我们表现出两种基本性格,根据其表现而定,判定是我们的贴心人,还是另有新欢。第一种品性具有特殊的力量,阻碍着我们相信还会存在第二种品性,同时隐藏着特异的奥秘,可以缓解第二种品性给我们造成的痛苦。心爱之人既是痛苦的渊源,又是缓解痛苦或加深痛苦的药剂。可能斯万这个前车之鉴长期以来对我的想象力以及好激动的性格起着潜移默化的作用,我已形成习惯,往往把担心视为真实,而把希望当作空想。正因为如此,阿尔贝蒂娜斩钉截铁的答话带来的些许温馨,险些化为乌有,脑中即刻浮现出奥黛特的往事。可我暗自思忖,为了理解斯万的痛楚,我尽可能设身处地为他着想,把奥黛特视作天下最邪恶的女人,这也许合情合理,但如今事关自己,即使像事关他人那样企图弄清事实真相,也不应该对自己如此绝情,一味固执己见,硬要把某种猜测误看作比别的更为可靠,就像一位士兵,选择的不是最为有利的位置,而往往是危险最大的岗位,正因为这一点,我的猜测也是最痛苦的猜测。阿尔贝蒂娜出身于一个相当正直的资产者家庭,正值豆蔻年华,而奥黛特小时被母亲卖给他人，生性轻佻，她们俩之间难道就不隔着一条鸿沟吗？再说，阿尔贝蒂娜对我撒谎与奥黛特向斯万说假话，两者的利害关系也不一样。况且阿尔贝蒂娜刚刚矢口否认的，奥黛特对斯万却供认不讳。看来，我有可能犯了严重的推理错误——尽管是反推——仅仅因为某种假设与别的相比，不怎么令我痛苦，我便置事实存在的地位差别于不顾，听任自己的猜想习惯，仅凭对奥黛特实际生活的一点耳闻，想当然地编造阿尔贝蒂娜的生活真相。此时，我面临的是一个全新的阿尔贝蒂娜，确实，早在我初次来巴尔贝克逗留的最后几天，就多次隐隐约约地感觉到这是位坦诚、善良的姑娘，现在，她出于对我的爱，不仅对我的满腹狐疑表示宽恕，而且还想方设法消除我的疑心。她让我坐到床上，紧紧挨着她。我对她跟我说的一切表示感激，并请她放心，我们已经重归于好，从今以后，我再也不对她冷漠无情。我劝阿尔贝蒂娜怎么也得回去吃晚饭。可她反问我是否觉得两人这样待着没有意思。说罢，她搂过我的脑袋，温柔地抚摸着，至此之前，她还从未这样抚摸过我，我猜想也许是我们刚刚结束的这场争吵的缘故吧，然后，她把舌头轻轻地贴在我的双唇上，试图将我的双唇扒开。可开始时，我紧抿着死不松开。“您真是个大坏蛋！”她对我说道。

我本该在那天夜晚遽然离去，再也不与她相见。那时，我便预感到，在并非相互的爱情中——也就是说在爱情中，因为对许多人来说，并不存在相互之爱——人们所能品尝的幸福仅仅是一种虚假的幸福而已，它所给予我们的也正是幸福的假象，偶尔也有这样的时刻，某位女子出于善心，或一时心血来潮，或由于偶然的因素，造成极妙的巧合，将其一贯的言语和行为作用于我们的欲望，仿佛我们得到的是真正的爱。若聪明的话，那应该好奇地珍视这微乎其微的一点幸福，快快乐乐地享受一番，要是连这么丁点儿幸福都不存在，恐怕人生在世，连幸福对那些并不怎么挑剔或较为幸运的人到底意味着什么，也不甚了了；应该假设它正是无限而又永久的幸福的一部分，而仅仅在这一时刻，幸福才在我心中油然而生；同时，为了使这一虚假的幸福在第二天不至于原形毕露，还应该想方设法，从得益于偶然时刻的人为因素而产生的幸福中多索取一分恩惠。我本该离开巴尔贝克，离群索居，在孤独之中与我一时善于以假乱真的爱之余音保持和谐的共振，我别无他求，只求别对我多言；唯恐多说一句话会节外生枝，以不协和和音冲破感觉的休止符号，而正是在这一感觉的休止中，音犹未尽，福音才得以在我心头久久回荡。

向阿尔贝蒂娜道清原委之后，我心头获得了平静，于是我又尽可能多地在母亲身边生活。她总爱充满柔情地跟我谈起外祖母还年轻时的那段时光。在外祖母弥留之际，我曾给她的末日蒙上一层层悲切的阴影，母亲担心我为此而内疚，往往主动地回忆我上学时给外祖母带来的欢乐岁月，而在此之前，他们一直向我隐瞒这些欢悦的往事。我们又谈了贡布雷。母亲对我说，至少在贡布雷那段时间，我常常读书，并说在巴尔贝克，若我不工作，也该读书才是。我回答道，正是为了使自己脑中经常浮现出贡布雷的往事，让自己的身旁置放着美丽的彩绘小碟，我乐意重读《一千零一夜》。像当初在贡布雷时那样，我每次过生日，母亲总送书给我，但为了让我喜出望外，她往往悄悄地送上书来，这一次也一样，她秘密地给我弄来了《一千零一夜》的两个法译本，一个是加朗的，另一个出于马德吕斯之笔。母亲看了看两个版本，希望我多读加朗的，但又害怕影响了我，一来因为她向来尊重思想自由，担心弄巧成拙，干涉了我的思想活动，二来她总抱有这么一种想法，觉得作为一个女人，她既缺乏必要的文学修养，也不该单凭自己对某种读物的好恶臆断一位年轻人该阅读什么书。有时偶尔读到有的故事，主题伤风败俗，表达佶屈聱牙，会令她十分反感。但究其原委，主要原因在于她不仅把外祖母生前用过的首饰别针、晴雨两用伞、外套、德·塞维尼夫人的书等视为圣物，还把外祖母的思维方式和语言习惯当作圣物珍藏起来，不管遇到何种情况，她总要思索一番，想想我外祖母该会发表什么观点，看来，她毫不怀疑，外祖母准会对马德吕斯的译本加以谴责。她回想起在贡布雷，有次去梅塞格利丝那一边漫步之前，我在阅读奥古斯丁·梯也里的书，平常，外祖母无论对我散步，还是对我读书都甚为满意，可看到这本书名与“继而墨洛温统治”那半句诗有关，好不恼火，所谓墨洛温①（Mérovée），叫“墨洛维格”（merowig），她从不说“加洛林王朝人”（Carolingiens），而叫“加尔洛王朝人”（Carlovingiens），并坚持不渝。最后，我跟母亲谈起了外祖母对布洛克为荷马史诗中的神祇取的希腊名字持的种种看法，据勒贡特·德·利尔说，哪怕最普通不过的玩艺儿，布洛克也一律采用希腊语拼写，将之视作一项神圣的义务，并认为这是文学才华之体现。比如，若在一封书信中需要提及来宾在他府上饮的是名副其实的仙露（nectar），这“仙露”一词，他决不会按法文拼写，而准会把词中的“C”改成“K”，写作（nektar），并借机对拉马丁的姓名取笑一番。然而，既然对她来说，不见“奥德修斯”和“米涅瓦”原名的《奥德赛》不成其为《奥德赛》，那么，当她在《一千零一夜》的封面上看到书名已经面目全非，外祖母该会说些什么呢？译本的封面上，再也看不到与她习惯拼读一致的、永远为世人熟知的 Shérérazade（天方夜谭）和 Dinarzade（迪纳萨德）等字样，书中，一经更名，如果敢冒昧将“更名”一词用于穆斯林故事的话，富有魅力的哈里发（Calife）和强大的诸神（Genies）便几乎认不出其本来面目，因其原名分别为“Khalifat”与“Gennis”。不过，母亲还是把两个译本都给了我，我告诉她，等我累到懒得出门散步的时候，我就读这两本书。

但是，这样的日子并不多见。阿尔贝蒂娜及其女友常常与我“结帮”而行，像过去那样到悬崖顶或去玛丽-安托瓦内特庄园一起品尝点心。不过，阿尔贝蒂娜有时也给我莫大的乐趣，对我说：“今天，我想单独和您待一会儿，两人在一起一定更美。”遇到这种时刻，她每每表白她要做的事何其多，当然也无需一一汇报，并说那些朋友用不着老跟着我们，可以自己

---

① 墨洛温（？—458），撒利克法兰克人国王，墨洛温王朝因其而得名。

去漫游、聚餐，为避免她们再找着我们，我们俩可以像情人那样，双双去巴加代尔或欧朗十字架农庄，那伙人绝想不起到那儿去找我们，她们也从来不去那儿，准会死待在玛丽-安托瓦内特，希望我们出现。我记得当时天气闷热，农庄的小伙子们冒着太阳在劳作，额头上不时落下一颗晶莹的汗珠，犹如蓄水池中的滴水，而毗邻的"果园"里，熟透的果子也从树上往下掉，汗水在洒，果子也在落。这些日子隐藏着一位不曾露面的女子的奥秘，直至今日仍不失为我有幸获得的爱情中最为实在的一部分。那是一位别人跟我偶然提起，我万万没有想到的女子，她隐居在一家偏僻的农庄，我得去那儿见她，如果碰巧那个星期天气温暖，我定会打乱整个星期的约会，欣然前往，与她结识。我虽然知道如此的气候与约会并非她所安排，仅仅是诱饵而已，而且对我来说也不是什么新鲜玩艺，但我却心甘情愿上钩，而它也确实有足够的力量把我紧紧钩住。我深知，若在城里与这位女子相遇，且又碰上个冷飕飕的天气，我很可能渴望得到她，但却不会伴有浪漫的情思，不可能萌发恋情；可是，由于环境的变化，爱恋之情一旦占据了我的心，那它决不会失却其炽烈的成分——只是更令人心酸，就好似我们在生活中渐渐发现我们心爱的人占有的位置愈来愈小，那新的爱情，我们本希冀它能天长日久，但却随着我们生命本身的缩短而缩短，最终消失，这时，我们对她们的情感就会变得忧伤。

巴尔贝克游人还很稀少，年轻的姑娘寥寥无几。有时，我偶尔发现这位或那位少女在海滩上迟迟不归，但没有丝毫的吸引力，然而多少巧合的因素仿佛在证实，正是这位少女方才与女友们一起从骑马场或体操学校出来，我曾想接触，但很失望，未能接近她。倘若确实是同一位姑娘（我一直避免对阿尔贝蒂娜说），那么，那位我本以为令人心醉的少女根本就不存在。不过，我怎么都无法下定论，因为这些年轻姑娘的脸蛋儿在海滩上看得不怎么清楚，也未呈现出稳定不变的形状，而是随着我内心的期待，欲望的骚动或自足的安逸，根据她们穿戴的不同，行走的快慢或干脆静止不动，时而缩小，时而放大，变化无穷。可一到近处，有那么两三位少女，我看倒是挺可爱的。每当我见到这样的姑娘，我便不禁想领她去塔玛利大街，或领她去沙丘，或带她上海边的悬崖。但是，尽管与无动于衷相比较而言，这一欲望中已经渗入了勇气，即使是单方的，但总归已构成现实努力的第一步，可说到底，从欲望到行动，其间存在着整个一段"空白"，藏匿着无穷的畏缩与胆怯。于是，我孤身一人，独自钻进糕点饮料铺，一口气喝下七八杯波特葡萄酒。欲望与行动之间无法填补的空白旋即消失，酒精的作用开辟了一条路线，将两者连接了起来。犹豫或惧怕的位置不复存在。我仿佛感到年轻姑娘就要飘然而至，来到我的身旁。我向她走去，脱口说道："我想跟您一块散散步。您不愿去悬崖上一起走走吗？那边无人打扰，背靠小树林，林中的活动小屋现在无人居住，风也吹不着，全被小树林挡住了。"生活中的艰难险阻一扫而光，再也没有任何障碍可以阻挡我们两个躯体紧紧搂抱在一起。至少对我来说，已无障碍而言。因为，她没有喝酒，因此对她来说，困难未能变为气体，化为乌有。若她喝了酒，那么世界在她眼里就会丧失某种实在性，她长久以来一直珍藏在心田的梦幻在她看来突然间会显得可以实现，不过，她所梦寐以求的，也许完全不是扑进我的怀抱。

年轻的姑娘不仅为数甚少，而且眼下尚未到"海浴"季节，她们逗留的时间都极为短暂。我记得有一位姑娘，棕色的肌肤，碧绿的眼睛，绯红的两颊，嫩脸展开双翅，宛如带有翼瓣的树籽。我真不明白是哪阵风把她吹到巴尔贝克，又是哪股风把她刮走的。她来去匆匆，弄得我一连数天郁郁寡欢，当我最终明白了她早已远走高飞，一去不复返时，才壮了胆子，向阿尔贝蒂娜袒露了内心的痛楚。

必须承认，年轻姑娘中，有不少我素不相识，也有不少数年未见。与她们幽会之前，我往往先给她们写信。一旦从她们的回复中看到有爱的希望，那多开心啊！在向一位女子倾吐衷情的初期，哪怕此情也许最终难以如愿，但开始阶段收到的封封书信，怎么也舍不得搁置一旁。人们总乐意带在身边，犹如收到朵朵美丽的鲜花，依然那般艳丽，令人百看不厌，忍不住贴近去闻花的芳香时，才一时停止观赏。那熟记在心的话语，重读起来别有一番滋味，那并非字字照搬的语句，我多想从中分辨出如此表达蕴涵着几分柔情。她是否写了“您可爱的来信”这样的话？要是这样，那她表示的温馨中往往会带来几分失望，其原因不是来信读得太匆忙，就是姑娘的笔迹难以辨认。不，她并没有写“您亲爱的来信”，而是“看到您的来信”。除此之外，信中的一切是那么温情脉脉。啊！但愿明天还送上这样的鲜花！久而久之，这一切再也满足不了，书写的字句需要与目光、嗓音对质。于是便约会——她也许还未变化——根据他人的描绘或个人的回忆，本以为相会的是维维安娜仙女，可见到的却是只穿靴子的猫①。不管怎样，又约对方于翌日相见，因为对方总归是**她**，而人们渴望得到的，也正是她。然而，人们对一位女子梦寐以求，对她产生种种欲望，这并不绝对要求对方非要具备确切的花容玉貌不可。那仅仅是对人本身的欲望而已；它们就像芬芳一样虚无缥缈，好比安息香是普罗迪拉亚的欲望所在，藏红花香为太空所爱，赫拉喜欢一切植物性芳香，而没药香为云彩之芬芳，尼凯渴望樳甘露，大海则喜爱乳香。可是，俄耳甫斯圣歌所赞颂的这些芳香与其钟爱的神祇相比，为数甚少。没药既是云彩的芳香，又是普罗多戈诺斯，尼普顿，涅柔斯，勒托的芬芳；乳香为大海的芳香，又为美丽的狄刻，忒弥斯，喀耳刻，九缪斯；以及厄俄斯，摩涅莫绪涅，日神，迪加约絮内的芬芳。至于安息香，樳甘露和植物性香味，喜欢的神祇数不胜数，难以一一列举。昂非埃代斯除乳香之外，其他的香味无不酷爱，而该亚讨厌的仅仅是蚕豆花香与植物性芳香。我心中对年轻姑娘的欲望也是如此。与

① 出自贝洛童话。一位磨房主的儿子只继承了一只猫，多亏这只穿靴子的动物精心安排，磨房主之子当上了驸马。

少女的数量相比,我的欲望要少得多,于是转而变成种种失望与悲伤,彼此甚为相似。我向来不喜欢没药的香味。我把它专门留给了絮比安和盖尔芒特亲王夫人,因为没药香是"两性普罗多戈诺斯的欲望,含有公牛的吼叫,难忘,怪诞,自上而下,令人欢快,在一次次酒神节上,供女祭司祭献所用"。

海浴季节很快迎来高潮;每日都有新人来到,我平日着迷似的阅读《一千零一夜》,现在却突然频频外出漫步,其原因非但不包含任何享受的因素,反而破坏了所有乐趣。海滩上,年轻的姑娘比比皆是,戈达尔向我暗示的那一念头虽然没有引起我新的疑虑,但却使我在这方面变得敏感而脆弱,我小心翼翼,力戒在心头再形成此种想法,因此,一旦哪位年轻女子抵达巴尔贝克,我便浑身上下不自在,建议阿尔贝蒂娜外出游览,走得越远越好,以免她与新来的女子结识,如果有可能,甚至不让她看见新来乍到的姑娘。对那些看去行为不端或臭名远扬的女人,我自然怕上加怕。我表面上想方设法,企图说服女友,让她相信这所谓的臭名声毫无根据,纯属流言蜚语,可我却感到莫名的恐惧,也许还不敢承认这样的现实:她正要尽花招,企图与那位堕落的女人勾搭;也许我碍手碍脚,弄得她无法与之接近,她为此感到遗憾;甚或她根据不胜枚举的先例,认为这种恶癖司空见惯,何必横加谴责。为每个罪人开脱,我何不干脆一味认定,女子同性恋不存在。阿尔贝蒂娜利用我的这种不轻信的态度,为这位或那位女子的恶癖辩解:"不,我认为,这不过是她故意装模作样罢了,只是故作姿态而已。"这时,我简直后悔莫及,刚才真不该为无辜辩护,阿尔贝蒂娜过去那么正经,如今竟认为这种"模样"是一种相当讨人喜欢,甚至相当优越的东西,无此嗜好的女人往往故意给人这种假象,这实在惹我气恼。我恨不得再没有任何女人到巴尔贝克来;当时,普特布斯夫人差不多快到维尔迪兰家了,一想到圣卢对我毫不掩饰他对那位侍女的爱慕之情,而这位侍女很可能哪一天会到海滩游玩,若正碰巧我不在阿尔贝蒂娜身边,她准会企图腐化阿尔贝蒂娜，我禁不住浑身战栗。戈达尔曾向我透露，维尔迪兰一家十分看重我，拿他的话说，他们表面上虽然并不跟在我身边转，可实际上却不惜花大本钱，以便我能光临他们府上，既然如此，我不由得思忖，当初曾许下诺言，要把世间所有盖尔芒特家族的人都给他们领到巴黎去，那我何不找个借口，征得维尔迪兰夫人同意，让她通知普特布斯夫人，说无法再接待她，让她尽快走。

尽管脑中胡思乱想，但由于最令我惶惶不安的是安德烈的存在，所以阿尔贝蒂娜的那番话给我心头带来的宁静尚能持续一段时间；再说，我知道当大批游人拥来之际，安德烈，罗丝蒙斯以及希塞尔差不多就该走了，在阿尔贝蒂娜身边最多还能待个把两个星期，这样一来，不久以后，我也就不需要什么心头的平静了。不过在这段时间里，阿尔贝蒂娜仿佛在精心设计她的一言一行，为的是消除我的疑心，假如我内心尚存有狐疑的话，那她的目的便在于阻止其死灰复燃。她统筹安排，决不单独与安德烈待在一起，每当我们返回住处，她总坚持再三，让我一直陪她到房门；我们需要外出时，她也每每求我到她房间去找她。与此同时，安德烈也在作同样的努力，似乎在极力避免与阿尔贝蒂娜见面。她们之间这种显而易见的默契并非唯一的迹象，有种种迹象表明阿尔贝蒂娜有可能把我们俩交谈的情况透露给了她的女友，并请她行行好，帮助平息我那些荒唐的疑虑。

大约就在这一时期，巴尔贝克大旅店发生了一件丑闻，但并未因此而改变了我爱自我折磨的癖性。最近一段时间来，布洛克的妹妹与过去的一位女戏子一直保持着隐秘的关系，可不久以后，她们对这种关系总感到不过瘾。让众人都看个一清二楚，她们觉得这可增添几分邪恶的乐趣，于是顿生邪念，要在众目睽睽之下进行她们那种有伤风化的嬉戏勾当。开始时，只是限于在娱乐室的纸牌桌旁相互抚摸，不管怎么说，还可以将此举动归结于亲密无间的友情表示。可后来，她们胆子愈来愈大。最后，有一天夜晚，在一个大舞厅的一角，灯光并不怎么昏暗，可她们俩竟在一张长沙发上肆无忌惮地作乐，仿佛在自己的床上一样。当时，有两位军官及其夫人离她俩待的地方不远，见状向经理告了一状。人们原以为他们的抗议会起到什么作用。可他们却处于不利地位，因为他们家住纳特奥尔姆，只不过来巴尔贝克消受个把夜晚，因此对经理来说无利可图。而对布洛克小姐来说，无论经理对她如何指责，尼西姆·贝尔纳先生无形中一直在保护着她，尽管连她自己都不知道。这里必须交待一个有关原因。尼西姆·贝尔纳先生奉行家德。他每年都要为他侄女在巴尔贝克租一座豪华的别墅，不管到谁家做客，他非要回他自己的家用晚餐不可，实际上，这是他们叔侄两人的家。可是，他却从不回自己家吃午餐。每天中午，他都在大旅店。原来，有人偷养着巴黎歌剧院舞蹈班的某个年轻学员，他也如法炮制，供养了一位"伙计"，此人与我们上面介绍过的那种服务员颇为相似，往往令我们想起《爱丝苔尔》和《阿达莉》剧中年轻的犹太小伙子。说实在的，尼西姆·贝尔纳先生与那位年少的伙伴相差足足四十岁，这本可使其幸免于不太愉快的接触。可是，正如拉辛在同一的合唱曲中如此睿智地指出的那样：

我的上帝，但愿一种新生的道德
在危难四伏中蹒跚着脚步前进！
但愿有一个幽灵，寻找你而存心无邪
找到障碍，阻止其企图最终得逞！

年轻的伙计虽然身在巴尔贝克"殿堂—大旅馆"，远离"富有教养的上流社会"，可惜未听从若阿德的规劝：

万万不能把根基建立在财富和黄金之上。

他也许为自己寻找了理由，说什么“罪人遍地”。不管怎么说，尼西姆·贝尔纳先生大喜过望，没想到需要的时间如此之短，打从第一天便开始：

或许还心有余悸，或许对他表示抚爱，
他感到那纯洁的双臂把他紧搂在胸怀。

打从第二天以后，尼西姆·贝尔纳先生便领着伙计闲逛，“传染性的接触破坏了纯洁”。从此，少年的生活彻底改变了。尽管听从上司吩咐，还是照旧做送面包、送食盐的活计，但他满面春风，歌唱道：

从鲜花到鲜花，从欢娱到欢娱
让我们畅游所欲……
我们岁月的过客难说能有几年匆匆！
让我们今朝及时行乐享受人生！……
荣誉和职务
需付出盲从和温顺的代价。
谁愿大声说话
对待可怜的无辜？

从这天起，尼西姆·贝尔纳先生每日必定来此用午餐，从不间断（就好似某个供养着一位女配角的人，每场必到，这位女配角极具个性，只不过还期望她心目中的德加来扶植罢了）。尼西姆·贝尔纳先生兴致冲冲，在餐厅里注视着那位少年的一举一动，视线一直跟随着他射向远处的景象，那儿，棕榈树下，高高地端坐着女出纳。少年殷勤地忙上忙下，为众人效劳，但自从尼西姆·贝尔纳先生偷养他以来，他对尼西姆·贝尔纳先生反倒服侍得不那么亲热了，也许这位侍童认为，对一位他觉得已受到其充分爱慕的人，没有必要像对其他人一样大献殷勤，或许这种爱慕之情使他恼火，或许他担心事情一旦败露，会因此而丧失其他机会。但是，这种冷冰冰的态度倒赢得了尼西姆·贝尔纳的欢心，因为其中的蕴涵意味深长。可能由于希伯来人的祖传意识的作用，抑或由于对基督教情感的亵渎，他对拉辛剧中的宗教仪式，无论是犹太教还是天主教仪式，尤为酷爱。倘若经历的是《爱丝苔尔》或《阿达莉》的演出场面，他总后悔自己生不逢时，因相隔数个世纪，无法与作者让·拉辛结识，不能为他的宠儿谋得一个更为重要的角色。但是，任何一个作家的笔下都未出现过午餐仪式，他只得满足于与经理及埃梅亲密相处，以便那位"年轻的犹太人"能如愿以偿，得以荣升，当个半拉子领班，或当个真正的领班。他们给他封了个饮料总管的位子。可是贝尔纳先生却强迫他谢绝这个职位，因为他这一来，他就再也不能每天来看着这位小伙子在绿色餐厅奔忙，也不能被他当作外人侍候了。贝尔纳先生从中感受到的乐趣是那么浓烈，以致他每年必来巴尔贝克，且从来不在自己寓所用午餐。对于前一习惯，布洛克认为这只是因为他偏爱这带海岸，对它明媚的阳光，西沉的落日有着诗情画意般的情趣罢了，而后一种习惯，则是一位孤单老翁积习甚深的痼癖。

尼西姆·贝尔纳的亲朋好友们全错了，贝尔纳先生年年必到巴尔贝克，而且拿学究气十足的布洛克夫人的话说，他总爱出外野餐，对其中真正的原因，他们毫无觉察，但说实在的，他们的这种错误有着更为深刻的、但属于第二位的真实性。因为，尼西姆·贝尔纳先生自己也不知道他的留恋和怪癖会渗入什么名堂，他留恋巴尔贝克的海滨，留恋餐厅观海，又养成种种怪癖，以收养另一种类型的年轻舞蹈学员为乐趣，可这类学舞的小耗子，却缺一个德加式的角色，即少一个男仆，可惜侍者们，还都是些姑娘。巴尔贝克旅馆就是一座剧院，他与这座剧院的经理和导演兼舞台监督埃梅——在整个事态中，担任此类角色，职责并不十分明确——维持着极好的关系。他们总有一天要密谋，篡夺一个重要的角色，也许是一个侍应部领班的位置。此间，尽管尼西姆·贝尔纳先生的情趣那么富有诗情画意，尽管他那么沉着冷静地耽于冥想，但其中确有几分那种嗲里嗲气的男人所具有的特征，这种男人心中有数——比如昔日的斯万——一旦回到上流社会，必与情妇相会。尼西姆·贝尔纳刚一就座，就可看到意中人手端装着水果或雪茄的托盘，出现在舞台上。就这样，每天上午，他先是亲一亲侄女，询问一下我好友布洛克的创作情况，继而将糖放在手掌上，一块块喂给马儿吃，然后便迫不及待，心急如焚地赶至大旅店用那顿午餐。即使家中失火，侄女遭劫，他说不定也照走不误。为此，他生怕伤风感冒，就像怕瘟疫，担心因此卧床不起——因他患有疑病——不得不差人请埃梅在用餐之前，派那位年轻的朋友到他府上来。

再说，他也留恋巴尔贝克旅店中那胜似迷宫的甬道、密室、沙龙、衣帽间、食品储藏间和游廊。由于东方人祖传旧习的影响，他犹爱后宫，每近黄昏出旅馆时，总能发现他偷偷摸摸地把旅馆四周的角角落落探查个遍。

尼西姆·贝尔纳先生甚至不惜闯到地下室去探头探脑，并想尽种种办法，避免被人发现，引起丑闻，这种四处寻觅利未①小伙子的举动，不禁令人想起《犹太女人》中的诗句：

啊，我们父辈的上帝，
降临到我们的中间，
请保护我们的奥秘，
切勿被恶鬼们发现！

---

① 以色列人的一族。

此时，我却反其道而行之，上楼来到两姐妹的房间，她们俩是作为侍女，陪伴一位年迈的外国太太来巴尔贝克的。拿旅馆的行话说，她们叫使者，而弗朗索瓦丝满以为使者不外是干跑腿差使的，于是称她俩为“跑差”。旅馆的说法比较典型，还处于歌唱“这是外交使者”的时代。

尽管旅客与女使者之间相互登门拜访困难重重，可我还是很快与这两位年轻姑娘建立了友情，虽然十分纯洁，却也情意灼灼。她们俩一个叫玛丽·希内斯特小姐，另一个叫塞莱斯特·阿尔巴莱小姐，出生在法国中部，巍巍高山脚下，小溪湍流飞瀑（水流就从她们的住宅下穿过，那儿有一架水车常年转动，但因河水泛滥、曾多次被毁坏），仿佛造就了她们自然的天性。玛丽·希内斯特尤为突出，她性急，欠稳；塞莱斯特·阿尔巴莱胆怯，懒散，就像一泓湖水，但冲动起来，煞是可怖，那勃然大怒令人想起洪水，漩涡，卷走一切，摧毁一切。她们常常一清早，当我还躺在床上的时候来看望我。我还从未见过她们这种固执而又无知的人，她们在学校肯定未学到什么知识，但说起话来却带着那般浓重的文学味，若没有那副自然流露的近乎野蛮的腔调，人们准会误以为她们故意这么说话呢。她们言语粗俗，我在此不拟修饰，那话中似乎赞扬与批评兼而有之（并非赞扬我，而是赞颂塞莱斯特的奇才），虽然都不符合事实，但感情十分真挚，见我用牛奶泡羊角面包，塞莱斯特对我说：“啊！小黑魔王，满头松鸦毛似的头发，噢，多精明狡猾啊！我不知道您从娘胎里出来的时候，您母亲怎么想的，您呀，活脱脱一只鸟。瞧，玛丽，看他这样子，捋毛，扭脖，谁见了都会说他灵活透了！他动作那么轻盈，就像是在学飞翔。啊！您真有福气，造就了您的人把您生在了富人窝；不然，像您这样挥金如土，该会落到什么地步？瞧，这只羊角面包只碰了一下床，他就扔了。哎哟，他又把牛奶洒了，等一等，我来给您系块餐巾，您呀，连餐巾都不会用，我从未见过您这样又蠢又笨的人。”这时，往往会听到玛丽·希内斯特那较为正常的、湍急的激流声，她怒冲冲地训斥妹妹：“得了，塞莱斯特，还不闭嘴？跟先生这样说话，你疯了不是？”塞莱斯特报之一笑；而我向来讨厌别人给我系餐巾，没想到她竟说：“不，玛丽，瞧他这样，嗬，他身子都气直了，就像一条直立的蛇。一条毒蛇，我告诉你。”接着，她还乱用动物作比喻，照她说来，别人弄不清我何时睡觉，我彻夜像只蝴蝶，不停地飞；而到了白昼，我动作迅捷，像松鼠。“你知道，玛丽，就像我们家乡见到的，那么灵活，连眼睛都跟不上。”“可是，塞莱斯特，你明明知道他吃饭时不喜欢用餐巾。”“并不是他不喜欢，说穿了是别人不能改变他的意志。他是位老爷，他想摆摆老爷架子。要是需要，床单每天换上十次都可以，但要他让步可不行。昨天，床单一床接着一床地换，今天，床单刚刚才换上，可又得换了。啊！我说得不错，他生来就不是受苦的命。瞧，他气得头发都竖起来了，乱七八糟的，像只鸟的羽毛。可怜的**毛掸子！”**听到这话，不仅玛丽不乐意，连我也不答应了，因为我根本就不觉得自己是什么老爷。可是，我如此这般自谦，塞莱斯特从不相信是真诚实意，打断了我的话：“啊！滑头，啊！甜言蜜语，啊！阴险毒辣！狡猾透顶，恶毒至极！啊！莫里哀？”（她唯一就知道这个作家的名字，用到了我的头上，想借此来表示既会写戏又会演戏的人。）“塞莱斯特！”玛丽口气蛮横地喊了一声，她不知莫里哀的姓名，担心这又是什么侮辱人的话。塞莱斯特又淡然一笑：“你难道就没有看见抽屉里他那张小时的照片？他总想让我们相信他穿着一向普普通通。可照片上，他拿着一根小手杖，浑身毛皮、花边，连王子也望尘莫及。可与王子无比的尊严和温厚的仁慈相比，实在不足挂齿。”“噢，”激流般的玛丽大声斥责道，“你现在竟然翻起他的抽屉来了。”为了平息玛丽内心的恐慌，我问她对尼西姆·贝尔纳先生的所作所为有何看法。“啊！先生，以前，我根本就不信世上怎么会有那种事，直到来了这儿才明白。”说罢，她又将了塞莱斯特一下，说了一句更为高深莫测的话：“啊！先生，谁也弄不清一辈子会遇到什么事。”我又改换话题，跟她谈起了我父亲的生活，他一辈子总是没天没夜地做事。“啊！先生，这样生活，自己得不到任何东西，没有一分钟的闲暇，没有一丁点儿享受；所有一切都是为别人作出牺牲，真是白活一辈子……瞧，塞莱斯特，别的不说，就说把手放在桌布上，拿羊角面包的样子吧，多与众不同！即使最不起眼的小事，也会讲究出名堂来，好像他的一举一动，都在调动法兰西整个贵族派头，就连比利牛斯山区的高雅也不放过。”

我被勾画得如此走样，弄得我无地自容，竟说不出话来；塞莱斯特以为又是在耍什么花招：“啊！脑门看似那么纯洁，可脑袋壳里隐藏着多少东西，面孔和蔼又精神饱满，就好似一颗打开的巴旦杏，纤细柔滑的小手，毛茸茸的，指甲却像爪子一样锋利……瞧，玛丽，看他喝奶的那副神态，虔诚得让我忍不住想祈祷。多么严肃的神情啊！现在该给他拍张照片，他整个儿像是孩子。是因为像他们一样喝奶，您才得以保持像他们一样油光滑亮的肤色？啊！多年轻！啊！多美的皮肤！您永远不会老。您真有福气，从来用不着动手去指使人家，因为您的两只眼睛就善于强加自己的意志。瞧他又生起气来了。他站起来了，笔直笔直的，明摆着的嘛。”

弗朗索瓦丝一点也不喜欢这两个女人来跟我这样瞎聊，她管她俩叫女骗子。经理总是委派手下的店员监视店内发生的一切，他甚至严肃地向我指出，跟女使者闲谈，有损客人体面。可是，我觉得这两位“女骗子”比旅馆里所有的女客人都高一等，所以对经理只是嗤之以鼻，心想无论我怎么解释，他都明白不了。就这样，两姊妹经常来我处。“瞧，玛丽，他的线条多么清秀。啊，尽善至美的肖像细密画，比橱窗里见到的最珍贵的画还更美，因为他会动，会说，听他说话，几天几夜都听不够。”

竟有一位外国太太能把她俩带走，真是奇迹，她俩既不知道历史也不了解地理，凭着自信心，对英国人，德国人，俄国人，意大利人，总之对一切外国“虫”全都厌恶，喜欢的只是法国人，当然也有例外。她们的面孔完全保持着家乡河流中黏土的湿润，富有可塑性，每当人们谈及旅馆里的某位外国人，塞莱斯特和玛丽便模仿外国人的腔调，面孔、嘴巴和眼睛骤然一变，活脱脱一副外国人的嘴脸，一副副舞台面具相继出现，令人赞叹不已，真恨不能收藏起来。塞莱斯特甚至还假装重复经理或我哪位好友的谈话，但复述中掺入不少凭空捏造的话，极尽嘲弄之能事，将布洛克或首席院长的种种缺陷描绘一番，讲得煞有介事。她看似在汇报她乐于承担的某桩普通差使，可描绘出的却是一副难以描摹的画像。她俩从不读书看报。可是有一天，她们在我床头发现了一部书。这是圣莱热。莱热的一部诗集，诗歌美妙，但较玄奥难懂。塞莱斯特读了几页，对我说道："您肯定这是诗，而不更像是谜语吗？"对一个在孩童时代只读过《世间的丁香全已枯死》这一首诗的人来说，显然如此。其中缺少过渡。我觉得她们这种什么也不学的倔强性格在一定程度上归咎于她们家乡的愚昧。不过，她们不乏诗人的才华，且比较谦逊，而诗人们却往往没有自知之明。之所以这样说，是因为塞莱斯特有时妙语惊人，我一时又没记清，请她再说一遍，她却断然肯定她自己也忘了。她们存心永不读书，自然也绝无成书之美。

弗朗索瓦丝听说这两个如此普通的姐妹竟有两个不凡的兄弟，一个娶了图尔大主教的侄女，另一个与罗德兹主教的亲戚结了婚，心里相当激动。可对经理来说，这引不起他任何兴趣。塞莱斯特常常抱怨丈夫不理解她，可我倒感到纳闷，她丈夫竟能容忍她。有时，她发起火来，浑身发抖，碰到什么砸什么，让人好不厌恶。人们都说人体的血液是咸的液体，而这种液体只不过是原始海洋元素的内核残余。我也认为，塞莱斯特不仅在动怒的时刻，而且在郁郁寡欢的时刻，都保留了她故乡溪流的节奏。当她精疲力竭之时，表现出的也是河流干涸的状态，浑身真的没有一丝生机。每到这时，什么都无法让她恢复生机。可突然，在她那颀长、轻盈、优美的躯体内，循环运动又开始了。河水在她白皙、透明而又略显蓝色的肌肤中流淌。她迎着阳光微笑，全身愈来愈蓝。此时，她便成了名副其实的蓝天塞莱斯特①。

布洛克的家人尽管从不怀疑叔父决不在家用午餐的原因，打一开始便认定这不过是一位单身老翁的怪癖，或许是因为与哪位女戏子有私情，他不得不这么做，但是，对巴尔贝克旅店的经理来说，有关尼西姆·贝尔纳先生的一切均为“禁忌”，不得非议。正因为如此，经理甚至都没有把那位侄女的事跟她叔父提一下，他自己思虑再三也没敢责备她，只是关照她处事要小心谨慎才是。那位年轻姑娘及其女友开始几天以为会被大旅店的娱乐场逐出门外，可后来见一切均得到妥善解决，好不开心，遂向把她俩撇在一边的家长们炫耀，显示她们决不会受到任何制裁，完全可以为所欲为。毫无疑问，她们还不至于再在众目睽睽之下干那种事情，引起众人愤慨。可是，她们无意中又故态复萌。一天夜晚，我与阿尔贝蒂娜及我们遇见的布洛克一起走出灯光灭了大半的娱乐场，正好碰到她俩搂着腰走过来，她们俩不停地搂呀，亲呀，等走到我们身边时，又是咯咯怪叫，又是哈哈浪笑，声音下流。布洛克垂下眼睛，以免露出已经认出妹妹的神态，可我一想到这种不堪入耳的特殊语言有可能是冲着阿尔贝蒂娜的，心里痛苦极了。

另一件意外的小事更引起了我对戈摩尔那一边的忧虑。我在海滩上发现了一位年轻貌美的女子，她身段苗条，肤色白皙，双眼炯炯有神，从中心点向四周发出极为对称的光芒，面对她的目光，不禁令人想起星座。我暗自思忖，她比阿尔贝蒂娜漂亮得多，为她而放弃阿尔贝蒂娜，该是比较明智的做法。不过，这位漂亮的年轻女子，脸上经过荒淫无耻生活的无形削刮，留下了屡屡接受庸俗满足的印记，以致她的眼睛虽然比脸面的其他部位多几分庄重，但闪烁的恐怕只是贪婪的欲火。而恰恰就在第二天，我们在娱乐场，离我们很远处，站着这位年轻女郎，我发现她目光似火，一时

① 塞莱斯特原文为“Céleste”，意为“天上的，天堂的”。

交叉，一时旋转，不停地投在阿尔贝蒂娜身上。看那架势，仿佛她在借用一架信号机，向阿尔贝蒂娜频频发出信号。我忍受着痛苦，唯恐女友发现他人对她的如此关注，担心这不停闪烁的束束目光是约定的暗号，表示次日幽会。谁知道？也许这已不是第一次幽会。这位秋波横溢的年轻女郎有可能在哪年已经光顾过巴尔贝克。莫非阿尔贝蒂娜已经屈从于这位女人或她的哪位女友的欲望，她才胆敢向阿尔贝蒂娜频频发出信号。由此看来，这信号不仅仅要求现在搞点什么名堂，而且还要重温旧时美梦，温故而尝新吧。

若情况如此，那么此次约会恐怕就不是首次了，而是过去岁月中共同消受的聚会的继续。确实，那目光分明不是在探询："你乐意吗？"年轻女郎一瞥见阿尔贝蒂娜，立即整个儿转过头来，向她射出忆旧的目光，唯恐我女友回想不起来，阿尔贝蒂娜看得一清二楚，可表情漠然，无动于衷，直到对方像一位男子，发现昔日的情妇另有新欢，是跟新情人在一起时，便相机行事，不再看她一眼，不再对她有丝毫的理会，仿佛她不曾存在过。

几天后，我获得了证据，证明那位年轻女郎确有特殊癖好，而且她很可能早已与阿尔贝蒂娜结识。在娱乐场的大厅里，当两位姑娘渴望得到对方时，往往出现闪烁的奇观，一条长长的似磷光的光线由一个人射向另一个人。这里附带说几句，尽管这种物质化的光芒如何难以估量，但居民四散的戈摩尔城正是通过这些光束，通过映红整个一片太空的天体信号，试图在每一座城镇，每一个乡村，召回离散的成员，重建《圣经》中记载的城市，而与此同时，处处都有人在坚持不懈地做同样的努力，哪怕通过思乡的游子，虚伪的小人，有时甚至通过索多姆勇敢的流亡者，在断断续续地重建家园。

一次，我碰见了那位陌生女郎，阿尔贝蒂娜假装没有认出她来，当时，布洛克妹妹凑巧经过那儿。妙龄女郎的目光顿时若灿烂星光，可看得出，她并不认识这位犹太小姐。她俩是首次相遇，但她却欲望顿起，毫不躲闪，当然也不像对阿尔贝蒂娜那样死心塌地。她本来多么希望得到阿尔贝蒂娜的友情，万万没有想到阿尔贝蒂娜对她冷若冰霜，使她好不惊诧，就好似一位常来巴黎而不在巴黎寓居的外国人，当他光临巴黎准备再度数个星期，到他常去消受美妙夜晚的小剧院时，惊愕地发现小剧院已不复存在，原地修建了一家银行。

布洛克的表妹来到一张餐桌前坐下，读起画报来。不一会，妙龄女郎漫不经心似的坐到了她的身旁。可在桌底，人们也许很快就能目睹到她们双脚纠缠在一起的场面，紧接着，就可看到她们的双腿与双手紧紧地贴在一起，难解难分。话匣子打开了，交谈开始了，可那位少妇的幼稚的夫君四处在找她，没料到发现她正在与一位他素昧平生的少女策划晚间行动，不禁大吃一惊。妻子向夫君介绍了布洛克的表妹，说她是孩童时代的女友，可作介绍时，名字说得含混不清，因她忘了问女友的芳名。然而，丈夫在场，反倒促进了她俩的亲密关系，她们彼此以“你”相称，说两人是小时在修道院结识的。事后，她们谈起这件事时，忍俊不禁，对那位受骗的丈夫也是大加耻笑，那开心的劲儿又引发了一次相互亲热的良机。

至于阿尔贝蒂娜，我不能说她在娱乐场或在海滩的某个地方与哪位年轻姑娘有什么过分放肆的举动。我甚至觉得她举止行为过分冷漠，过分谨小慎微，显得不仅仅是一种良好的教养，而像是狡猾的伎俩，目的在于消除他人疑心。比如对某某少女，她会冷漠、敷衍而又不失分寸地扯大嗓门回答道：“对，我五点钟左右去打网球，明晨八点左右去洗海浴。”说罢，她会立即离少女而去——可她脸色非同寻常，故意声东击西，看样子像是约会，或者不如说低声约定之后，故意大声说上这么一句无关紧要的话，以“遮人耳目”。然而过不了多久，我便发现她骑上自行车，飞速行驶，令我顿生疑团，猜想她准是去与那位刚才几乎没有怎么搭理的姑娘幽会。

有时，当哪位年轻貌美的女子在海滩边下车，阿尔贝蒂娜最多也不过情不自禁地扭过头去。她往往紧接着作一番解释：“我在看浴场上方新插上的旗帜。他们该多破费一点。另一面旗已经够寒酸了。可我觉得这一面更失体面。”

一次，阿尔贝蒂娜打破界限，一改那副冷冰冰的神态，弄得我备感悲伤。她心里清楚，我之所以烦恼不安，是因为她要去会她姨母的一位女友，此人“行为不端”，时不时上邦当夫人家小住两三天。阿尔贝蒂娜很客气，曾向我保证再也不与她打招呼。可当这位女人来安加维尔时，阿尔贝蒂娜对我说：“噢，您知道她上这儿来了。是别人告诉您的？”仿佛是想向我表白她没有偷偷摸摸去见过她。有一天，她又跟我提起这件事，说罢补充道：“对，我在海滩上遇见了她，我经过时与她几乎擦肩而过，故意撞了她一下。”当阿尔贝蒂娜跟我说这些时，我脑中想起了邦当夫人的一句话，在这之前我从未曾想过，当时，邦当夫人当着斯万夫人的面，向我数落她外甥女阿尔贝蒂娜如何如何无礼，仿佛在赞颂一种优良品质似的，还告诉我，说阿尔贝蒂娜如何奚落我不知其姓名的官员的妻子，耻笑她父亲当过厨房小学徒。但是，我们心爱的女子的某一句话不可能永久地保持其纯洁无瑕的状态；它会渐渐变质，腐烂。一两个夜晚之后，我脑中又浮现出阿尔贝蒂娜的那句话，这次，在我看来，阿尔贝蒂娜的所作所为不再是我当初认为其中所表现出的不良教养，对此，阿尔贝蒂娜反而常引以为骄傲——这只能令我付之一笑——而是别的因素，甚或阿尔贝蒂娜压根儿就没有明确的目的，只是想刺激一下那位夫人的器官，或不怀好意，想提醒对方注意先前也许欣然接受过的某种主张，这才飞快地与那位夫人擦肩而过，也正因为是当众所为，阿尔贝蒂娜心想我或许已经有所耳闻，所以想抢先作个说明，以免引起不良的解释。

尽管如此，我的妒心将很快平息，那是阿尔贝蒂娜可能爱着的那些女人激起的嫉妒之心。

我和阿尔贝蒂娜来到了地方经营的巴尔贝克小火车站。因为天气恶劣，我们由旅馆的公共马车送至车站。离我们不远处，站着尼西姆·贝尔纳先生，他的一只眼睛又青又肿。近来，他瞒着“阿塔莉”合唱队的那位小子，偷偷与附近农庄的一个小伙子往来，这家农庄相当兴旺，叫作“**樱桃树之家**”。小伙子脸膛红红的，形容粗鲁，脑袋活像一只大番茄。他的孪生弟弟也长着一个一模一样的番茄脑袋。这对双胞胎长相酷似，难分你我，仿佛大自然一时实现了工业化，生产出了一样规格的产品，这对旁观者来说，确实不乏美妙之处。不幸的是，尼西姆·贝尔纳先生观点迥然不同，认为他俩只是外表相似而已。番茄二号专爱与太太们厮混淫乐，达到了疯狂的地步；而番茄一号则并不讨厌接受某些先生的情趣，尽管有失尊严。然而，每当贝尔纳先生回想起与番茄一号共度的美好时光，由于条件反射，心头便直痒痒的，忍不住又去“**樱桃树之家**”，但是这位犹太老人眼睛近视（不过并不因为近视就必然将两兄弟搞混），无意中竟扮演起安菲特律翁的角色，面对孪生弟弟，问道：“今晚相会好吗？”他总免不了狠狠地挨上“一顿揍”。甚至在当天同桌用餐时，又重演了他挨揍的场面，当时，他刚跟老大接上了活，可却错跟老二往下谈。由于动不动挨揍，久而久之联想作怪，他对番茄兄弟，甚至对可食用的番茄产生了极度的反感，以致每当他在大旅店听到身边有客人要番茄时，便小声对他说：“先生，我与您素昧平生，请原谅我冒昧与您说话。我刚才听到您点了番茄。今天番茄可全都是烂的。我告诉您，这是为了您好，反正与我无关，我从不吃番茄。”陌生客人激动地向身边这位仁慈、无私的先生道谢，喊来跑堂，装模作样，像是改变了主意：“不，说定了，不要番茄。”埃梅把这一幕看在眼里，暗自发笑，心想：“好一个老奸巨猾的贝尔纳先生，竟然使点子让人把订的菜换了。”贝尔纳先生在等着晚点的火车，由于眼睛被打得又青又肿，他故意避开，没有向阿尔贝蒂娜和我道安。我们俩正求之不得，避免跟他搭腔。然而，正当我们不可避免要打个招呼时，一辆自行车向我们飞冲而来。电梯司机跳下车子，上气不接下气。原来，我们刚刚离开旅馆不久，维尔迪兰夫人来了电话，邀我两天后去吃晚饭；其中的原因，下面自可看到。

电梯司机一五一十,将来电话的细枝末节全都如实说了一遍,然后离开了我们,那劲头就像某些民主“雇员”,装出一副样子,仿佛与资产者保持着相互独立的关系,但其实,他们中间建立了服从与被服从的原则,只听得电梯司机补充了一句:“因为我上司的关系,我得赶紧回去。”意思是说,若他迟迟不归,门房和车夫会不满意的。

阿尔贝蒂娜的女友们全都外出了,需要一段时间。我想让阿尔贝蒂娜开开心。即使可以假设,她会为独自与我在巴尔贝克共同度过每日下午的时光感到些许幸福,可我心里清楚,幸福是决不会任人全部占取的,而且阿尔贝蒂娜尚处于不谙世事的年龄(有的人永远跨越不了这个年龄),尚未领悟到,幸福难以十全十美,其原因并不取决于施予幸福的一方,而在于感受幸福的一方,因此,她有可能会令我产生新的欲念,再次探寻她失望的原因所在。相比较而言,我更乐意她把失望归咎于环境,归咎于经过我精心安排的环境,因为这种环境不容我们俩轻易单独相会,同时又妨碍她独自去娱乐场,去海堤。就说这天,我要去东锡埃尔见圣卢,请她陪我同行。可是,我却又劝她去作画,以前,她曾学过绘画,我出于同样的目的,不要让她闲着了。一忙起来,她就不会考虑她到底是幸福还是不幸福了。我也很乐意经常携她去维尔迪兰或康布尔梅家吃晚饭,这两家人也许也乐意接待我举荐的女友,可我每次领她去之前,都必须首先有把握普特布斯夫人肯定还未光临拉斯普利埃。我并非足不出户就可将情况掌握得一清二楚,因我事先获悉两天后阿尔贝蒂娜得陪姨母去郊外,于是抓紧机会给维尔迪兰夫人发了一封快信,问她能否在周三接待我。若普特布斯夫人在那儿,我将想方设法见一见她的侍女,弄清楚她是否有来巴尔贝克的危险,如果确有这种可能,就要弄清是什么时间,以便到那一天把阿尔贝蒂娜支得远远的。地方经营的小铁道建了回转线,当初与外祖母乘坐时,回转线还没有影子,可如今,铁道一直通到了东锡埃尔-拉古比尔,那是一个大站,许多重要的列车都从该站发车,其中特别值得一提的是巴黎来的那列快车，我当初来看望圣卢以及回家乘的就是这趟车。可是，由于天老爷作怪，大旅店的公共马车把我和阿尔贝蒂娜送到了“巴尔贝克—海滨”小火车站。

小火车尚未到站，可已见它在行进途中释放的缕缕青烟清闲自在地悠悠飘忽，接着像一朵几乎静止的云彩，全凭自身的力量，慢腾腾地攀登克利克多悬崖的绿色陡坡。由青烟开道并掌握垂直方向的小火车终于缓缓地开过来了。乘车的旅客纷纷向旁边退去，给火车让道，可一个个不紧不慢，知道与之打交道的是一位性格温厚，几乎通人性的行者，它受到司机强有力的控制，听从站长宽容的信号的指挥，就像一辆新手骑的自行车，不会冒险去撞人，人们想它在哪儿停，就会在那儿停。

正是因为我去了快信，维尔迪兰家才打来了电话，此信去得正巧，因为星期三（两天后便是星期三）是维尔迪兰夫人举办盛大晚宴的日子，无论在拉斯普利埃还是在巴黎都是如此，可我对此却不知道。维尔迪兰夫人举办的并非“晚宴”，而是“星期三”。星期三是艺术之作。维尔迪兰夫人深知世上任何地方都不存在与此相同的星期三，尽管如此，她还在自己的各个星期三之间输入细微的色彩差异。“这个星期三不如上一个，”她常说，“可我相信下一个星期三将是我有生以来办得最为精彩的一个。”有时，她也承认：“这个星期三我自愧不如以往的。不过，下个星期三我要让你们大吃一惊。”在巴黎居住季节的最后几个星期，女主人行将出发去乡村度假之前，动不动就宣布星期三要停办了。这成了她刺激忠实信徒们的良机：“只剩下三个星期三了，只剩下两个星期三了。”她宣布道，那语调就好比宣布世界末日就要来临。“您千万不要放弃下一个收场的星期三。”但是，收场是假，因为她又往往通告大家：“现在，再也没有正式的星期三了，这是本年度的最后一个。不过，星期三我还在这儿。我们大家一起欢度星期三；谁知道呢？知己之间小聚的星期三，也许是最愉快的。”在拉斯普利埃，星期三必然受到种种限制，由于有朋友路过，就得邀请他在这个或那个晚上来做客，所以几乎天天都过星期三。“我记不太清被邀的客人的姓名，可我知道有卡芒贝尔侯爵夫人。”电梯司机对我说。我们有关康布尔梅的解释并没有留下深刻的印象，彻底取代卡芒贝尔这一古老的名字在他记忆中的位置，每当他因回忆那个难记的姓氏感到为难时，卡芒贝尔一词那通俗而又意味深长的音节便前来搭救年轻的店员，并立即受到他的喜爱，被他重新采纳使用，而这并非由于他生性懒惰，就像成了老习惯，难以根除，而是因为这几个音节满足了逻辑和简明的要求。

我们加快步子，想占个空包厢，以便整个旅途中我可以拥吻阿尔贝蒂娜。可我们未能如愿以偿，无奈进了一间分隔的小车厢，里面已经坐了一位老太太，面孔又大又丑又老，一副男子相，可身上穿着花里胡哨的衣裳，正在阅读《两个世界评论》。尽管她俗不可耐，可一举一动，处处显得自命不凡，我揣摩着她有可能属于哪个社会阶层，聊以消遣。我很快作出结论，这女人十有八九是哪家大妓院的老板娘，是个外出为妓女拉客的鸨母。她的形容举止在高声地宣布这一点。我在此之前竟然还不知这些太太还读《两个世界评论》呢。阿尔贝蒂娜讪笑着向我指了指她，眼睛少不了眨动几下。那位太太神气活现，可我心里却一直挂念着第二天的事，我将应邀去小火车的终点站，到闻名遐迩的维尔迪兰夫人家做客，在其中的一站，罗贝·德-圣卢等着我，要是再走远一点，我还可以到费代纳小住数日，定会给德·康布尔梅夫人带去莫大的欢乐，一想到这些，我的双眼禁不住闪烁起讥讽的目光，打量着这位自视甚高的太太，她似乎以为，凭她那身考究的服饰，帽上饰着羽毛，以及那本《两个世界评论》，自然成了大人物，比我要更举足轻重。我希望这位太太在车上待的时间不要超过尼西姆·贝尔纳，起码在图丹维尔下车。但事与愿违。列车在埃格勒维尔停下，但她还坐着不动。列车过了蒙特马丁海滨站，巴维尔-拉班加尔站，又过了安加维尔站，她仍然坐着，当车子离开了东锡埃尔前一站圣费里舒时，我再也不管那位太太，开始跟阿尔贝蒂娜又搂又抱。在东锡埃尔，圣卢已在车站恭候。“没有比见您一面更难了。”他对我说，因他住在婶母家，我的电报刚刚才收悉，未能事先安排时间，所以只能给我一个小时。不幸的是，这一个小时对我来说实在太漫长了！原因是一下火车，阿尔贝蒂娜就只注意圣卢。她不跟我交谈，若我找她说话，她勉强作答，当我挨近她，她便把我推开。相反，她对罗贝总是笑眯眯，煞是诱人，跟他说起话来滔滔不绝，还与他带来身边的小狗玩耍，逗弄时，还故意触碰一下主人。我回想起阿尔贝蒂娜第一次让我拥吻时，我曾会心一笑，感激我这位素昧平生的色诱者引起了她心中如此深刻的变化，极大地简化了我的任务。但如今，我想到他就心怀恐惧。罗贝兴许意识到阿尔贝蒂娜对我来说并非无足轻重，因为尽管她极力挑逗，他并不理会，弄得阿尔贝蒂娜对我满肚子不高兴。再说，他跟我交谈时，仿佛身边就我一人似的，当阿尔贝蒂娜最终意识到了这一点，我便又赢得了她的敬重，罗贝问我是否想设法会一会还留在东锡埃尔的那些朋友，我在东锡埃尔逗留那段时日，他每天晚上都安排我和他的那帮朋友一起吃晚饭。可是，由于他表现出一副连他本人也经常谴责的自命不凡、惹人不快的神态，似乎在发问：“如果你现在都不乐意再见他们一面，当初又何必一味**取悦**于他们呢？”我谢绝了他的建议，一来因为我不愿冒险离开阿尔贝蒂娜，二来我与他们已经断绝往来。摆脱了他们，亦即超脱了自我。我们都热切希冀能拥有另一种生活，在这一生活中，我们能和尘世中的自我保持不变。可是，我们没有考虑到，即使并不期待另一种生活，但在尘世生活中，我们要不了几年，也会背叛了我们过去的自我，背叛了我们试图永远保持不变的形象。即使我们并不以为，与生命过程中发生的种种变化相比较而言，死亡更能使我们改变，但是，假如我们在另一种生活中与我们过去的“我”不期而遇，我们也许会对过去的自我不屑一顾，扭开头去，就像对待过去有过交往但久未见面的人——比如就像圣卢的那些朋友，过去每晚在“锦鸡”饭店与他们聚会，曾给我多少欢悦，可如今要与他们交谈，对我来说实在腻烦、难受。从这方面看,正因为我宁可不去那儿重新获得曾给我欢乐的一切,所以去东锡埃尔漫游一番,在我看来,倒像是有将进天堂的预兆。人人都十分梦想天堂,抑或梦想众多的、相继出现的天堂,但是,这些天堂,早在人们去世之前就一一失去,在这样的天堂里,谁都会有失落的感觉。

圣卢把我们留在车站。“你可能还要等个把小时。”他对我说,“要是你在此等候,一会兴许能见到我舅舅夏吕斯,他要换车去巴黎,那趟车比你的早十分钟。我已与他道过别,因为不等他的车到,我就得赶回去。我还没有来得及告诉他你来了呢,当时我还没有收到你的电报。”圣卢刚离开我们,我便埋怨起阿尔贝蒂娜来,可她回答我说,她之所以对我冷冰冰的,是担心刚才停车时,万一圣卢看见我倚在她身上,胳膊搂着她的腰,会产生什么想法,她这样做,正是想消除圣卢的想法。圣卢确实看到了我搂腰的模样(我没有发现这一点,不然我在阿尔贝蒂娜身边会放规矩些),方才还慢条斯理地对我附耳说道:“你跟我提过的那些一本正经,认为德·斯代马里亚小姐行为不端,不愿与她多来往的姑娘,就是这副样子?”在这之前,我从巴黎去东锡埃尔看他,两人谈及巴尔贝克时,我确实跟他说过对阿尔贝蒂娜无从下手,她简直就是美德的化身,而且我说得也很诚恳。可天长日久,我自己终于醒悟到这是假的,既然如此,我反更希望罗贝能信以为真。而这只需要我对他说一声,我爱着阿尔贝蒂娜。他这种人,为了免除朋友的痛苦,不惜牺牲自己的欢乐,总是把朋友的痛苦当作自己的痛苦。“对,她很孩子气。可你对她真的一无所知?”我忐忑不安地追问了一句。“什么都不知道,只看见你们俩搂着腰,像一对恋人。”

“您那种态度什么也没有消除。”等圣卢一离开我们,我便对阿尔贝蒂娜说。“不错。”她回答我说,“我表现笨拙,让您伤心了,我心里比您还难过。以后看吧,我决不对您这样了。请宽恕我吧。”她黯然神伤地向我递过手来,对我说。这时,从我们在座的候车室的深处,我发现德·夏吕斯先生慢悠悠地走过来,身后不远的地方跟着一个雇员,拎着他的旅行箱。

在巴黎，我只在晚会上与他相遇，他总是身着黑色服装，腰身裹得紧紧的，一动不动，加之他老是神气活现地昂首挺胸，热情洋溢地取悦他人，滔滔不绝地神吹海聊，整个躯体通常保持着垂直的架势，这次见面，我真想象不到他竟苍老得成了这副样子。此刻，他身着一件浅色旅行外套，显得比过去臃肿，走起路来东摇西摆，晃动着便便大腹和近乎成为象征的臀部，只见他两片嘴皮涂唇膏，鼻尖冷霜凝香粉，描画的胡子乌黑发亮，与斑白的头发适成鲜明对比，一切都想打扮得年轻活泼，光彩夺目，但在无情的光天化日之下，统统都走了样。

由于他正要上车的缘故，我跟他只聊了简短的几句，我边聊边看着阿尔贝蒂娜坐的车厢，向她示意我马上过去。当我向德·夏吕斯先生转过头，他开口请我帮个忙，去喊一喊铁道另一侧的一位军人（那人是他的一位亲戚，似乎夏吕斯先生要乘的正是我们这趟车，不过是朝相反的地方，即朝远离巴尔贝克的方向而去。）“他是团军乐队的。”德·夏吕斯先生向我解释道，“您有福气，相当年轻，我老了，过铁道不方便，您可以帮个忙，免得我受这份罪……”我权当作义务，向他指点的那位军人走去，果然发现他领章上绣着竖琴标志，真是位军乐队员。可是，正当我要转达口信时，我认出了那人原来是莫雷尔，此人是我外叔公的贴身男仆之子，多少往事顿时浮现在我脑海，他的出现令我好不惊诧，可以说给我带来了欢乐！我一下把德·夏吕斯先生托办的事丢到了脑后。“怎么，您在东锡埃尔？”“对，我被征入了军乐队，在炮兵部队服役。”可回话时，他口气生硬而又傲慢。他变得十分“装腔作势”，显然，我的出现令他想起了他父亲的职业，不会给他带来愉快的。突然，我发现德·夏吕斯先生朝我们飞奔而来。我迟迟没有返回，肯定让他等急了。“我今晚想听点音乐，”他劈头对莫雷尔说，“我为晚会出价五百法郎，若您在乐队有朋友，这恐怕对他有点实惠吧。”尽管我对德·夏吕斯先生的放肆早有了解，可他对他年轻的朋友竟然连声好都不问候，我感到惊愕。再说，男爵也没有给我细心琢磨的时间。他深情地向我递过手来，说道："再见，我亲爱的。"仿佛向我示意，让我赶紧走开。确实，我把亲爱的阿尔贝蒂娜孤单一人搁在那儿，时间也太长了。"您瞧，"我回到车厢对阿尔贝蒂娜说，"海浴生活和旅行生活使我恍然大悟，世界这个舞台拥有的布景不如演员多，而演员又不如'情节'多。""您跟我说这些，为的是哪门子事？""因为德·夏吕斯先生刚才请我给他喊一声他的一个朋友，可我恰正在车站的月台上认出了那人原来是我的一位家人。"我边说边琢磨着男爵何以觉察出社会地位的悬殊，而我对此连想都未想过。开始，我思忖肯定是受絮比安的影响吧，诸位还记得，絮比安的女儿似乎热恋上了小提琴手。然而，令我惊诧莫名的是，男爵在就要乘车去巴黎的最后五分钟，竟然提出要听音乐。当我记忆中浮现出絮比安女儿的形象，我开始觉得，倘若善于摸到真正的罗曼史的底细，那么"久别重逢，认出对方"，反而会揭示出生活的重要一部分，就在这时，我脑中蓦然一亮，醒悟到自己太幼稚可笑了。德·夏吕斯先生根本就不认识莫雷尔，莫雷尔与他也素不相识，只是德·夏吕斯先生为一位军人所诱惑，虽然军人佩带着竖琴标志，但也令他畏惧，激动之中，于是求我将军人给他引来，可万万想不到我竟认识此人。虽然他们两人在这之前毫无瓜葛，但不管怎样，那提供的五百法郎也许对莫雷尔来说能填补这方面的空白，我见他俩还在继续交谈，可他们没想到就站在我们的车旁。我回想起德·夏吕斯先生朝莫雷尔和我快步奔来的架势，突然发现这与他的某些亲戚在街头拈花惹草的举止何等相似，只不过瞄准的目标性别不同。人到一定年纪之后，即使身上完成了不同阶段的变化，但人的个性愈强，家族的特征就愈突出。殊不知大自然在和谐地编织自己的锦绣图景的同时，凭借它所截获的丰富多样的图案，打破了创造的单调。再说，从人们普遍接受的观点看，德·夏吕斯先生打量小提琴手的傲慢姿态是相对的。也许上流社会中四分之三的人都能识别这种自负的神态，并表现出顺从的意思，但几年后遣人监视德·夏吕斯先生的那位警察局长则不以为然。

“开往巴黎的车已经到了，先生。”拎行李的雇员提醒道。“我不乘这趟车了，把这些东西全存到行李寄存处去吧，该死的！”德·夏吕斯先生嚷道，边把二十法郎递给了雇员，雇员为他突然变卦感到奇怪，又被那份小费给迷住了。如此慷慨的施予立即招来了一位卖花女郎。“请买石竹花吧，瞧，这朵美丽的玫瑰，我的好先生，它会助您交上好运的。”德·夏吕斯先生好不耐烦，给了她四十个苏，卖花女郎报以祝福，并再次送上花。“天哪，她让我们安静一下就好了。”德·夏吕斯先生像个神经质的人，用讥讽中含着哀叹的口吻对莫雷尔说道，觉得求助于他，倒有几分温馨的感觉，“我们要谈的事就已经够复杂的了。”也许那位铁路雇员还没有走远，德·夏吕斯先生不愿让很多人闻见底细，或者以这番附带的话可以容他不失既含蓄又傲慢的神态，免得过分露骨地提出相会的请求。军乐队员毫不客气地朝卖花女郎转过身去，显得态度果断，不可抗拒，朝她抬起手掌，将她推开，向她表示他们不愿要她的花，让她尽快滚开。德·夏吕斯先生出神地目睹了这只纤美的手所完成的威严而又充满阳刚之气的动作，也许对这只手来说，这动作还太笨重，太粗暴，但它带着早熟的坚毅和灵巧，给这位嘴上还无毛的少年陡添了年轻的大卫的威风，堪与歌利亚①交锋。男爵在赞叹中无意伴着一丝微笑，我们感到好像在一位孩童的脸上发现了与其年龄很不相配的严肃神情。“我要的就是这样的人，我多么喜欢由他作为旅伴，帮我做事！他该会给我的生活带来多少便利！”德·夏吕斯先生暗自说道。

开往巴黎的车子（男爵未乘）离站了。我和阿尔贝蒂娜进了我们那趟列车，德·夏吕斯先生和莫雷尔后来到底忙了些什么，我不得而知。“我们永远不要再斗气了，我再次请求您宽恕。”阿尔贝蒂娜影射圣卢那段插曲时又对我说。“我们俩什么时候都该亲亲热热。”她满怀深情地对我说

① 《圣经》人物，身材高大，作战时所向无敌，后被大卫所杀。

道，“至于您朋友圣卢，如果您认为他会引起我什么兴趣，那您错了。他身上唯有一点惹我高兴，那就是他显得那么爱您。”“那是个好小伙子。”我尽量避免凭自己想象说罗贝身上具备多少优良品质，可要是换了别人，面对的不是阿尔贝蒂娜，我准免不了会出于友情，对他大加赞美：“那是个完美无瑕的人，直率，忠诚，正直，对他呀，什么都可以信任。”我说这番话时，妒心奋起阻挠，所以，只限于谈些圣卢的实际情况，再说，我讲的确也是实情。想当初我还没有认识罗贝时，曾想象他如何与众不同，如何傲慢不逊，心想：“大家都认为他好，那是因为他是位大老爷。”德·维尔巴里西斯夫人跟我谈起他的情况时，用的正是我刚才讲的那番话。后来，我在旅馆前看见了他，他当时正准备驾车离去，德·维尔巴里西斯夫人对我感叹了一句“他该是多么幸福”，我猜想他婶祖母说的纯粹是上流社会的客套话，目的在于奉承我。可事后，我想到了自己的兴趣所在，想到了自己的读书爱好，我意识到她说的是由衷之言，因为她知道圣卢喜爱的正是这一点，就像遇到有人想撰写自己的祖辈《箴言录》的作者拉罗什富科的历史，希望去请教罗贝时，我也会真心诚意地说上一句：“他该是多么幸福。”这是因为我认识他也有个过程，不过，我初次与他见面时，真不相信一个与我的颇为相似的精神世界，竟会拥有如此风雅、做作的外表。我仅凭他的外表，便判定他属于另一类人。可是现在，也许多少由于圣卢出于对我的善良，待阿尔贝蒂娜冷冰冰的缘故，反倒由阿尔贝蒂娜道出了我以前的想法：“哼！他会忠心耿耿到这个程度！我发现只要是圣日尔曼区的人，人们总会把他们说得十全十美。”然而，这些年来，我一次也未曾想过圣卢是圣日尔曼区的人，他渐渐剥去了威望所构成的外表，向我展现了他内心世界的美德，审视人的角度常会变化，这在普通的社会关系与友好交往之间引起的差别就已经比较明显，在爱情之中就更为惊人了。在爱情中，欲望将细微的冷淡的表示置于极大的比例尺上，扩大得显著至极，以致即使阿尔贝蒂娜不像圣卢初次见面时那样冷漠，我开始时也几乎觉得自己为她所蔑视，想象她的那些朋友都是些不可思议的薄情女郎，当埃尔斯蒂尔怀着德·维尔巴里西斯夫人感叹圣卢时的同样情感，对我说那一帮女子“是些好姑娘”时，我觉得他这样评价只是出于宽容，人们普遍把宽容当作美，视作某种风雅。然而，当我听到阿尔贝蒂娜说：“不管忠诚不忠诚，我反正希望再也别见到他的面，因为他造成了我们俩之间的不和。我们俩再也不该生气。这不好。”我不是也情不自禁地对她作出同样的评价吗？既然她似乎渴望着圣卢，那么我感到自己过去以为她爱着女人的想法一时几乎消除了，因为我认为这两者之间是不可调和的。阿尔贝蒂娜身着胶布雨衣，仿佛变成了另一个人，在雨天里不知疲倦地游荡，而那身雨衣此时紧紧地贴在她身上，富有弹性，看去灰不溜秋的，似乎不是在保护她的衣着免受雨淋，而被雨淋之后，那雨服好像紧粘着我的女朋友的躯体，仿佛要为一位雕塑家取下她体形的印模，面对这身雨服，见它令人嫉妒地紧紧贴着一个渴望已久的怀抱，我猛地将它扒了下来，一把将阿尔贝蒂娜朝我拉了过来，用双手捧着她的脑袋说道：

> 可你，麻木不仁的旅人，难道不愿
> 把额头倚在我的肩上做份甜梦？

同时，我让她细细观看窗外那辽阔的牧场，牧场水汪汪一片，静悄悄的，在夜色渐浓的黄昏中一直伸向天际，与远处高低起伏的黛色山峦连成一体。

两天后，是非同寻常的星期三，我刚从巴尔贝克乘坐了小火车，去拉斯普利埃去吃晚餐，我在车上盘算着千万不要在格朗古尔-圣瓦斯特错过与戈达尔见面的机会，维尔迪兰夫人在这之前曾又来电话，告诉我可在那儿与他见面。他该从格朗古尔-圣瓦斯特登上我这趟车，指点我该在哪一站下车，去乘坐从拉斯普利埃派出接站的马车。格朗古尔是东锡埃尔过后的第一站，由于停靠时间很短，我没有到站就提前立在车门口，多么担心看不见戈达尔或他发现不了我。担心纯粹多余！我确实未曾想到小圈子根据同一的类型，把所有“常客”塑造到何等相像的程度；他们都身着气派的晚礼服，在月台等车时，只要凭着他们的某种神态和目光，很快就可认出他们，他们一个个都带着某种自信、风雅和随意的神态，那目光穿过平民百姓的拥挤人群，犹如越过一片旷野，任何东西都不屑一顾，但却密切窥视着某个在前一站上车的常客的到来，为即将开始畅谈而闪闪发亮。一起聚餐的习惯在小团体成员的身上打下了这一选择的标记，唯有在他们人数众多、济济一堂时，这一标记在他们身上才不怎么突出，他们在旅人的群体中——布里肖称之为“群畜”——只不过组成了一个较为明亮的光点，在这些旅人阴沉沉的脸上，看不出与维尔迪兰家发生过任何关系的表示，也见不着想去拉斯普利埃参加晚宴的意思。再说，若有人在他们面前提起那些信徒的大名，这些平平庸庸的旅客也许比我还更不感兴趣。据我的耳闻，早在我降生之前，那时代已经相当遥远，也较难以确定，我不禁夸大事实，说那个年代已经十分久远，反正，早在那个时期，那些忠实信徒中间就已经有数位常去城里聚餐了，如今，他们一如既往，还继续参加聚餐，令我见了好不惊诧。这些人不仅生命还在继续，而且始终体魄强健，但又有多少友人精力耗尽，在此处，彼处相继去世，为我亲眼所见，这两者之间适成鲜明的对比，给我造成了一种感觉，当我们在报纸的《最新消息栏》读到的正是我们最料想不到的新闻时，感受到的正是这种感觉，比如某人突然夭折，我们甚觉意外，因其致死的原因我们始终一无所知。这种感觉，就像死亡给人们的打击并非是均衡的，而像一排刀片，悲剧性地向前推进，其中一片较为凸出，夺走了某个生命，而处在同一水平线上的其他生命却幸免于难，还能长时间安然无恙。而且，我们在后面还将看到，死神四处游荡，来无影去无踪，形形色色的死恰正是报上的讣告具有特殊的意外效果的原因所在。我继而发现，真正的天赋有可能与交谈中最可恶的庸俗气味相并存，但随着时间的推移，它们会渐渐露出峥嵘，令人敬服,不仅如此,连一些平庸之辈也会占据崇高地位,在我们儿时的想象中,如此崇高的地位只属于少数几位声名显赫的长者,想不到多少年过后,当这些长者的弟子成为师爷,像他们当年感受到的那样令人敬畏时,他们也会成为显赫的名人。但是,即使这些忠实信徒的大名不为“群畜”所知,他们的外表也可向平民百姓显示出自己的身份。哪怕在列车上(他们每天各自要做的事情把他们偶然汇集在一起),需在下一站接一位独行的同伴,他们全体乘坐的车厢也会远远地开花吐艳,有雕塑家茨基弯肘的标记,也有戈达尔《时代》杂志的装饰,如同一辆豪华轿车,在指定的车站接走姗姗来迟的朋友。唯一可能错过这些福地标志的只有布里肖,因为他眼睛几乎半瞎。但是,准会有哪位常客自告奋勇,为这位瞎子担当起观察哨的职责,一旦发现他的草帽,绿伞和蓝眼镜,就连忙轻轻地把他领向选定的车厢。因此迄今尚未有过先例,有哪位信徒在途中未能与其他信徒相会,要不准会引起他人极其严重的怀疑,怀疑那人是个矮小的畸形人,或者压根儿就没有“乘火车”来。偶尔也会发生相反的情况:某位信徒下午要去较远的地方,因此在小圈子的人汇合之前,不得不独自走一段路程;但是,即使他如此孤独,别无同类相伴,也往往少不了产生某种效应。他走向的**未来**使坐在对面座席上的旅客对他另眼相看,寻思“这恐怕是个人物”,而且通常会在戈达尔或雕塑家茨基的软帽四周发现一圈隐隐约约的光晕,因此,当下一站到达终点,一伙风雅之士在车门迎接这位信徒,簇拥着走向一辆已在恭候的马车,受到多维尔车站的雇员低声问候时,或在下一个中转站,一群雅士拥进车厢时,对面座位上的旅客就不那么大惊小怪了。停靠的列车就要离站,恰在这时,由戈达尔跑步率领的一伙人马朝我乘坐的车厢奔来,他刚从车窗发现了我的信号,由于好几位常客姗姗来迟,他们不得不快步奔跑。布里肖也在这批信徒之中,这些年来,不少人每次聚会必到的劲头渐渐低落,但他却有增无减。由于他视力不断减弱,即使在巴黎,他也不得不逐渐减少晚间的工作。再说,他对新索邦大学没有多少好感，那儿，德国式的追求科学准确性的思想已经开始压倒人文主义。现在，他仅限于授课和考试委员会的工作；这样一来，他用于社交活动的时间就更充裕了，所谓社交，就是参加维尔迪兰家的晚会或参加这位或那位信徒激动得浑身发颤地为维尔迪兰夫妇举办的晚会。确实，有过那么两次，爱情险些促成了研究工作难以办成的事：把布里肖拉出小圈子。但是，维尔迪兰夫人“时刻防备不测风云”，并为了她沙龙的利益养成了这种习惯，她精心筹划，最终从类似的悲剧和表演中获得了一种毫无利害关系的乐趣，不失时机地挑唆他与危险人物发生纠葛，拿她的话说，这种危险人物善于“把一切整治得秩序井然”，“用烧红的烙铁往伤口里戳”。最危险的人物中有一位普普通通，是布里肖的洗衣女佣，对付这种人，维尔迪兰夫人就更得心应手了。她经常光顾教授居住的六楼，每当她俯首拾级登楼时，总是洋洋自得，满面红光，她不费吹灰之力，便把那位无足轻重的女用人撵出了门外。“到底怎么回事，像我这样的女性来您府上是您的荣幸，可您却接待那种女人？”女护主责问布里肖。布里肖永远忘不了维尔迪兰夫人对他的帮助，使他的垂暮之年免于落个卑贱的结局，为此对她日渐情深，而与这种旧情复萌形成反差的是，很可能是他自己造成的，女护主对一个顺从有余，肯定会对她俯首帖耳的忠心男子开始感到厌倦。不过布里肖与维尔迪兰家过从甚密，从而满面生辉，在索邦的所有同事中显得引人瞩目。他常给同事们谈起晚宴的盛况，因为从未有人邀请他们参加过，所以他们一个个听得入迷，惊叹杂志中经常提到他的大名，赞叹某某作家或某某声名显赫的大画家为他写书作画，为他专作的画像在画展中展出，对画家的才华，连文学院其他系科的教授也给予高度评价，可却无望引起他的注意，这位时髦哲学家的优雅穿着也令同事们赞叹不已，开始，他们错把他的这种风雅视作衣冠不整，直到他们的这位同事后来善意点拨，对他们解释再三，说在一般造访中，高顶礼帽可随意放置在地上，可若参加乡村晚宴，不管晚宴有多风雅，戴高顶礼服也不适时宜，应换上一顶软帽，再配上无尾常礼服，那便大为增色。当小班人马钻入车厢之后，开始那几秒钟，我甚至都不能与戈达尔说话，因他透不过气来，这并非因为他快步奔跑以免错过火车的缘故，而主要是因为他惊叹自己竟如此恰巧地赶上火车。他从中感受到的不唯是成功的喜悦，而几乎像是经历了一场欢乐的闹剧那般快活。“啊！棒极了！”一俟透过气来，他说道，“就差一点点！哟，这才叫正赶巧呢！”他一眨眼睛，添了一句，这次眨眼睛并不是想询问用词是否准确，因为如今他已经自信有余，而是自鸣得意。最后，他终于能够开口，把我介绍给了小圈子的成员。见他们几乎全都一身被巴黎人称叫无尾常礼服的装束，我感到生厌。我忘了维尔迪兰夫妇正开始畏畏缩缩地向社交界靠近，曾因德雷福斯事件放缓了速度，又得益于“新”音乐加速了步子，而他们自己却矢口否认，看样子将继续否认，直至达到渐近的目的，就像那些军事目标，只有命中后，将军才会公布于众，以免万一错过目标，给人看到吃败仗的惨样。不过，就社交界这方面而言，已时刻准备向他们靠拢。目前在社交界看来，他们仍旧是那种虽无上流人士光顾，但却不引以为憾的人。维尔迪兰沙龙被公认为音乐殿堂。据说，正是在此殿堂，凡德伊才获得了灵感与鼓励。然而，如果说凡德伊的奏鸣曲完全不为人理解，几乎鲜为人知的话，那他的大名则是响当当的，就像当代最伟大的音乐家，拥有非凡的威望。巴黎市郊终于有了那么几个年轻人，意识到应像城里人那样富有教养，其中三位学过音乐，凡德伊的奏鸣曲在他们那儿享有巨大声誉。他们回到家中，跟督促他们读书学习的聪慧的母亲谈起了凡德伊的奏鸣曲。出于对儿子学业的关心，母亲们全都参加了音乐会，音乐会上，她们怀着某种敬意，看着坐在头等包厢观赏演奏的维尔迪兰夫人。迄今，维尔迪兰夫妇如此隐秘的社交生活唯在两件事上有所反映。其一，维尔迪兰夫人谈到加普拉罗拉公主时说：“啊！这个人聪明，是个令人愉快的女人。我受不了的是蠢蛋，碰到让我讨厌的人，简直会烦得我发疯。”只要有点聪明的脑瓜，谁都可以从中有所领悟，猜想出加普拉罗拉公主这个最上流社会的女人曾拜访过维尔迪兰夫人。斯万夫人的丈夫去世后，公主上门对斯万夫人表示慰问，当时还提到了维尔迪兰的名字，问斯万太太是否认识。“您说什么?”奥黛特黯然神伤地问。“维尔迪兰。”“啊！那我知道，”她伤心地继续说道，“我不认识，或者说我认识，但不熟悉，过去在朋友家见过他们的面，那是很久以前的事了，他们惹人喜欢。”加普拉罗拉公主一走，奥黛特恨不得当时说的全是实情。可是，那脱口而出的谎言并非她暗耍心计的结果，而是她内心恐惧与欲望的反映。她否认的不是机灵人理应否认的东西，而是恨不得它不存在的东西，哪怕一个小时之后，对方就可得知那东西事实上是存在的。片刻后，奥黛特恢复了镇静，甚至不问自答，以免显露出害怕他们的神态，说道：“维尔迪兰夫人，怎么了，我对她非常熟悉。”话中故意装出一种谦卑的口气，仿佛一位贵夫人在说自己乘过有轨电车。“近来，人们对维尔迪兰夫妇议论很多。”德·苏夫雷夫人说道。奥黛特露出十足公爵夫人派头的鄙夷的笑脸，说道：“可不是嘛，我确实觉得大家对他们议论很多。时不时总有些新人像这样踏入上流社会。”她压根儿没有想一想自己就是刚刚厕身其间的新人之一。“加普拉罗拉公主在那儿用了晚餐。”德·苏夫雷夫人继续说道。“啊!”奥黛特的笑脸又拉开了几分，答道，“我对此并不感到奇怪。这等事总是从加普拉罗拉公主那儿开始，然后再轮到另一位，比如莫莱伯爵夫人。”说这话的时候，奥黛特似乎对那两位习惯在新开张的沙龙丢人现眼的贵夫人表现出深深的鄙视。听她的口气，感觉得出她言下之意是说她奥黛特跟德·苏夫雷夫人一样，别人怎么都无法把她们拉进那种鬼地方。

除了维尔迪兰夫人亲口吐露加普拉罗拉公主如何聪慧之外，维尔迪兰夫妇意识到未来命运的第二个迹象，就是他们迫切希望（当然未明确提出）别人身着晚礼服上他们府上共进晚餐；如今，维尔迪兰先生也可以接受他那位陷入“困境”的表亲的敬意，而不感到屈辱了。

在格兰古尔站上车进入我所在车厢的人中，有萨尼埃特，以前，他曾被其表兄福什维尔挤出维尔迪兰家，如今又回到了他们中间。用社交生活的观点看，他的缺陷——尽管也有一些优良品质——跟戈达尔过去的缺点有点类似，胆小怕事，渴望讨人喜欢，但却劳而无功，一事无成。可是，生活却给戈达尔披上了冷峻、傲慢、严肃的外表（在维尔迪兰家则不然，当我们置身于熟悉的环境，往昔的时光每每给我们起到暗示的作用，由于该作用的缘故，他几乎依然故我，至少在他的病人中间，在医院值班，在医学科学院工作时如此），当他面对俯首帖耳的弟子，滔滔不绝大做文字游戏，这种外表格外突出，倘若说生活在今日的戈达尔和往昔的戈达尔之间挖掘了一条真正的鸿沟的话，那么恰恰相反，萨尼埃特身上的诸多缺点始终存在，他越想改正，缺点便越明显。他感觉到自己经常惹人生厌，谁也不听他说话，遇到这种情况，他不是像戈达尔那样采取对策，放缓说话速度，显示出尊严的神态，以吸引注意力，相反，他不仅拿出一副打趣的口吻，极力想让人原谅他言谈过分一本正经，而且还加速语流，可有可无的话一带而过，满嘴缩略词，以便在说正经事时显得不那么啰唆，而是更亲切些，然而，最终却弄得谁也不明白他说些什么，像是唠叨个没完没了。他的自信也与戈达尔的有别，戈达尔的自信往往使他的病人不寒而栗，若有人当那些病人的面吹嘘戈达尔在社交场合如何彬彬有礼，他们便会回击：“当他在诊所接待您，您处在亮处，他逆光瞪着两只刺人的眼睛时，那可不再是同一个人了。”这种自信蒙骗不了人，人们感觉得出它遮盖着过分的怯懦，不费吹灰之力，就足以使之消失。而萨尼埃特呢，朋友们总责备他过分怀疑自己，确实，他常以小人之心揣度他人，看见他们轻而易举便可获得成功，而他却始终被拒之门外，因此，每当他开口说什么事时，总免不了要嘲笑一番，说这件事如何荒诞不经，担心一本正经的神态无助于自吹自擂。有时，他摆出一副样子，坚信自己要说的东西肯定滑稽，别人要抬举他，都作不得声。可他说的却平淡无奇。偶尔，哪个好心肠的宾客报以称道的一笑，给萨尼埃特私下送去几近秘密的鼓励，并偷偷地将此番鼓励送至对方，而不引起众人的注意，就像有人悄悄地塞给您一张票子。可谁也不去承担责任，哈哈大笑，冒险公开表示赞许。故事讲完后毫无反响，萨尼埃特甚为遗憾，过了很久之后，他还独自待在那儿对自己发笑，仿佛在为自己品尝故事中的喜悦之情，并装模作样，似乎感到获得了足够的乐趣，而其他人却毫无感受。

至于雕塑家茨基，之所以这样称呼他，是因为他的波兰名字难叫，也因为自他在某个上流圈子生活后，便假扮出一副样子，似乎不愿意与他的那帮亲戚混为一谈，他的亲戚都很有身价，但有那么点儿令人讨厌，而且也太多了。如今，他年纪四十有五，相貌丑陋，但却仍然保留着过去的某种淘气劲头和想入非非的任性，在十岁之前，他一直是社交界最为迷人的神童，为贵夫人们所宠爱。维尔迪兰夫人认定他比埃尔斯蒂尔更富于艺术才华。再说，他与埃尔斯蒂尔纯粹只是外表相似而已。但正因为这样，埃尔斯蒂尔一见茨基的面，便对他深为反感，就好比遇到了与我们有着相似短处的人，他们身上暴露出了我们早已改正的短处与缺陷，令我们很不愉快地回忆起昔日的模样，在我们以如今这种形象出现之前，在某些人眼里我们很可能是另一副模样，与那些与我们迥异的人相比，这种相似的人往往更让我们反感。但是，维尔迪兰夫人认为茨基比埃尔斯蒂尔更具个性，因为无论对哪门艺术，茨基都可轻易入门，她坚信如果他不那么懒惰，那就可将此能力发展成才华。即使懒惰，这在女护主眼里也成了一种天赋，因为懒惰是勤劳的对立物，而她认为勤劳是毫无才气之人的品质。茨基作起画来随心所欲，如在袖扣或门头饰板上画画。他唱起歌来，用的是作曲家的嗓子，到轻奏的乐段处，他给人以管弦乐队在演奏的印象，倒不是因为他唱功精湛，而是因为他用假嗓子唱出低音，表示手指弹奏减弱，从而指明此处为短号吹奏，且用自己的嘴巴拟音模仿。他说话时专捡让人好奇的词语，好比他发出的“嘭”的一声，延长用力弹奏的和弦，以使人感觉出铜管乐器;他自以为聪明过人,可他的种种思想归纳起来,实际上只有两三条,而且都极端肤浅。他对自己古怪任性的名声感到烦恼,拿定主意,要显示出自己是一个实实在在、讲究实际的人,由此而自鸣得意地故作记忆准确,见多识广,但无不是虚假的,因为他没有记忆力,获悉的消息又总不确切,所以结果是糟上加糟。倘若他如今还只是九岁,满头棕色鬈发,开着花边高领,脚踏小红皮靴,那他摇头摆尾,伸脖投足,可能倒还可爱。他与戈达尔及布里肖到达格兰古尔车站后,时间还早,便让布里肖一人呆在候车室,外出转一转。戈达尔想回车站去,茨基回答说:“不急。今天不是地方小火车,是省里的火车。”见如此细微的准确性对戈达尔起到了作用,茨基高兴极了,随即自我表白,添上一句:“哎,因为茨基酷爱艺术,因为他搞泥塑,所以大家都以为他不实际。谁也不比我更了解这条线路的情况。”他们还是回头往车站走去,突然,戈达尔发现了正到站的小火车在冒烟,他“啊”的一声,叫嚷起来:“我们只得拼命跑了。”他们确实勉强才赶上,地方火车和省里火车的差别只不过存在于茨基的脑中。“公主不在火车里?”布里肖声音颤抖地问道,两片硕大的眼镜熠熠发光,像是喉科医生系在额头用以探照病人喉咙的反光镜,仿佛将自己的生命注入了教授的眼睛,也许是他极力协调视力与眼镜的缘故,哪怕在最微不足道的时刻,那两片眼镜似乎也极度聚精会神,坚持不懈地凝视着自身。再说,疾病渐渐夺去了布里肖的视力,从而向他展示了视觉的美,正如我们非得下决心扔掉某件物品,比如决意当作礼品赠与他人,方会好好看看这件物品,为之惋惜,赞叹。“不在,不在,公主送维尔迪兰夫人的客人到梅恩维尔去了,他们乘的是巴黎的火车。维尔迪兰夫人到圣马尔斯有事,也许就跟公主在一起,这并不是没有可能!要是她像这样跟我们一道走,大家在路上结伴同行,那该多诱人。到了梅恩维尔,可要留心,要好好注意!啊!这没关系,可以说我们险些没赶上火车。当我瞧见火车,都吓呆了。这就叫作在最适当瞬间赶到。要是我们错过了火车,您瞧会怎么样?要是发现接人回去的马车里没有我们，维尔迪兰夫人会怎么样？那场面！”激动得尚未静下心来的大夫又添了一句，“这可是一次非凡的游逛。哎，布里肖，您觉得我们刚才忙中偷闲，小游一番，怎么样？”大夫带着几分自豪感问道。“毫无疑问，”布里肖回答道，“若你们没赶上火车，那就会如已故的维尔曼所说，准是糟糕透顶，让人笑话！”开始几分钟，我被这些素未谋面的人分散了注意力，可突然间，我回想起了戈达尔在小娱乐场舞厅跟我说的那番话，仿佛一节无形的链环将某个器官和记忆中的形象连接在一起，阿尔贝蒂娜和安德烈乳房贴乳房的镜头刺得我心头剧疼。疼痛没有持续多久：自从前天我女友向圣卢主动献媚，在我心头激起新的嫉恨，忘却了先前的醋意之后，阿尔贝蒂娜可能与别的女人发生关系的想法在我看来似乎再也不可能存在了。我就像那些以为一种癖好必定排斥另一种癖好的人一样天真。在阿朗布维尔站，因车子拥挤不堪，一位身着蓝布衫、持三等车厢车票的农夫进了我们的包厢。大夫见已不可能让公主与自己同行，于是喊来了列车员，亮出一家大铁路公司的医生证，硬逼车站站长把农夫赶下车。萨尼埃特生来胆小怕事，这场面叫他不忍目睹，惊恐不安，以致刚见事情闹开，因站台上农民人多势众，他便担心事态发展，闹到扎克雷农民造反的地步，于是假装肚子疼，且为了避免他人可能谴责他在大夫的粗暴行径中负有部分责任，悄悄上了过道，佯装去找被戈达尔称为“les waters”①的地方。那地方没找着，他便在小火车的另一尽头独自观赏风景。“先生，若您在维尔迪兰夫人府上是初次露面，”布里肖对我说道，极力想对一个“新成员”显示其才华，“那您准会发现世上再也没有别的地方比在她那儿更能感受到如同某个新词创造家所说的‘生活的温馨’，那些新词创造家创造了许多以‘主义’结尾的词，如涉猎主义，不在乎主义等等，这在我们那些专赶时髦的人中间十分流行，我是想指塔列朗亲王先

① 英语，此处意为“厕所”。

生。”每当他提及过去的那些贵族大老爷，他觉得在他们的封号之后加上先生两字既风趣又独具“时代色彩”，于是便称呼什么拉罗什富科公爵先生，德·雷兹红衣主教先生，他时不时还称：“那个‘拼命鬼’[1]德·贡迪，那个‘布朗热分子’德·马西亚克。”当他说到孟德斯鸠，那他决不会忘了称呼他为“德·孟德斯鸠‘次席院长’先生”。一个风趣的上流人士本应对这种散发着学究气的卖弄感到恼火。但是，在上流人士完美无瑕的言谈举止之中，当谈及某个亲王时，恰也有某种卖弄，显示出另一种等级的存在，如在威廉的名字之后必加“皇帝”两字，对殿下说话需用第三人称。“啊！这一位，”谈到“塔列朗亲王先生”时，布里肖继续说道，“必须向他脱帽致敬。他是位先辈。”“那是个诱人的圈子。”戈达尔对我说道，“您可以一饱眼福，因为维尔迪兰夫人并不唯我独尊：那儿有像布里肖那样杰出的学者，有显赫的贵族，如谢巴多夫亲王夫人，她是一位俄国贵夫人，欧多克西大公夫人的好友，欧多克西大公夫人在不接待任何来访的时候，唯独接待她。”确实，谢巴多夫亲王夫人早已不受欢迎，欧多克西大公夫人不愿在府上有宾客的时候让她撞上门来，于是便允许她在大清早入门，此时，殿下身边没有别的朋友，不然，无论是她的朋友遇到亲王夫人，还是亲王夫人见到她的朋友，双方都可能会不愉快或尴尬。三年来，谢巴多夫夫人像个指甲修剪师傅，一离开大公夫人，便直奔维尔迪兰夫人府上，此时，维尔迪兰夫人醒后才不久，进了她家门，谢巴多夫夫人便再也不离她的左右，可以说亲王夫人的耿耿忠心远远超过布里肖，尽管布里肖每逢周三必到，从不间断，并自得其乐，以为自己在巴黎就像夏多布里昂在奥布瓦修道院，给自己造成一种印象，身置乡村，就好比“德·伏尔泰先生”（他称呼时总带着文人的狡黠与自得）生活在德·夏特莱夫人府上。

正因为谢巴多夫亲王夫人别无交往，所以近年来因此而得以向维尔

---

① 原文为不纯的英语“struggle for lifer”，此处意译。

迪兰夫妇表现出耿耿忠心，借此成为了一位非凡的“忠实信徒”，一位典型的理想的忠实信徒，维尔迪兰夫人在很长一段时间内曾以为这种理想难以企及，可是到了更年期，终于发现它在这位新成员身上得到了体现。不管女护主经受怎样的嫉恨和折磨，即使最勤快的信徒也少不了“撂手”。最深居简出的动了心，要出游；最不贪心的发了大财；最身强力壮的感染了流行性感冒；最游手好闲的忙得目不暇给，最冷漠无情的也去给他们垂死的母亲送终了。这时，维尔迪兰夫人便会俨然一副女皇的派头告诫他们，说她是将军，手下的人马只能听她指挥，她就好比是基督或皇帝，说什么要是有人像爱她一样爱自己的父母，不准备为了她而抛弃父母，那就不配她，还说什么他们最好还是待在她身边，免得卧床伤了身子或被哪个荡妇勾引了去，因为她是唯一有效的良药和独一无二的享受，可说归说，总是白费口舌。但是，命运往往乐于给长寿之人的晚年带来美满幸福，使维尔迪兰夫人有幸与谢巴多夫亲王夫人相遇。谢巴多夫亲王夫人与家人闹翻，离开故国，流落他乡，如今只认识普特布斯男爵夫人和欧多克西大公夫人，因为她不愿遇见前者的朋友，而后者又不希望让自己的友人与她相遇，所以她总是趁维尔迪兰夫人还在睡觉的时候，一大清早到她们府上去；自从她十二岁那年得了猩红热之后，她记不得有过闭门不出的日子，十二月三十一日那天，维尔迪兰夫人担心身边无人陪伴，问她是否会突然改变主意，待在家中睡觉，然而，尽管翌日便是新年，她还是回答维尔迪兰夫人说：“不管什么日子，有什么能阻止我登门呢？再说，这一天，合家团聚，您的家就是我的家。”她一直寄人篱下，如今改换门庭，维尔迪兰夫妇到哪里度假，她就跟随到那里，确实，亲王夫人为维尔迪兰夫人实现了维尼的那一诗句：

寻遍知己唯见你

该诗句体现得如此完美，以致小圈子的女主人渴望拥有一位死心塌地的“忠实信徒”，要求她务必做到，两人中后离世者一定葬到先去世的那位墓旁。当着外来人的面——外人中，任何时候都应包括自己，因为我们还是对自己撒谎撒得最多，我们最忍受不了的，也是自己瞧不起自己——谢巴多夫亲王夫人总是挖空心思，炫耀她仅有的那三个交情——大公夫人，维尔迪兰家和普特布斯男爵夫人——之所以仅有这三个交情，并非降临了不以她意志为转移的灭顶之灾，摧毁了世间的一切，唯留下这三户人家，而是她自由选择，择优入选的结果，且她有着某种情趣，自甘寂寞，性喜简朴，使她一直只限于与这三家交往。“除此之外，我不见**任何人**。”她说道，着力渲染其不可更变的性质，仿佛涉及的是必须强迫自己遵守的规矩，而不是万般无奈的处境。她又补上一句：“我只与三家往来。”就好像那些剧作家，担心自己的戏演不了四场，于是便宣布只演三场。不管维尔迪兰夫妇是否相信这一假象，反正他们助了亲王夫人一臂之力，将她的这一形象灌输到了信徒们的脑中。信徒们深信不疑，在千万个主动与她接近的关系中，亲王夫人只选择了维尔迪兰夫妇，同时，他们也坚信，不管上流贵族如何恳求，也无济于事，维尔迪兰夫妇只恩准特殊照顾亲王夫人，下不为例。

在他们看来，亲王夫人远远超越了她出身的环境，在那儿不可能不感到厌倦，她本来可有众多交往，可她觉得唯独维尔迪兰夫妇讨人喜欢，反之亦然，维尔迪兰夫妇对整个贵族阶层对他们的主动表示视而不见，听而不闻，只准许为比其同类要更聪慧的贵夫人谢巴多夫亲王夫人破例一次。

亲王夫人极为富有；每逢首演，剧场楼下都有她的大包厢，经维尔迪兰夫人首肯，她携信徒们前往，从不带别人参加。人们纷纷指点这位脸色苍白的谜一般的人物，她人已老，但头发却未发白，反而渐添红色，看似历时经久、干瘪起皱的野果子。人们赞叹她的能耐，也惊叹她的卑谦，因为她身边总是跟着科学院院士布里肖，声名显赫的博学者戈达尔，当代第一号钢琴家以及后来的德·夏吕斯先生，然而她故意挑选了一个最不起眼的包厢，藏身匿影，丝毫不关心剧场里的一切，专为小圈子而活着，每当演出临近结束时，小圈子的人便尾随这位女君主退场，女君主虽说古怪，但却不乏羞怯、迷惑、陈腐之美。然而，如果说谢巴多夫夫人无视满堂观众，隐身于昏暗之中，那是为了尽量忘却存在着一个她无比渴望但却难以厕身其间的活生生的世界；“包厢”里的“小圈子”对她来说起着某种作用，就好比某些动物面临危险，便假装已经死去，几乎像僵尸一样一动不动。不过，猎奇的癖性作用于上流人士，致使他们反倒更关注这位神秘的无名氏，而不去留心二楼包厢里那些人人都可登门拜访的显赫人物。人们想象她与他们的那些熟人迥然不同；以为她独具惊人的智慧，并有先知的品质，因此身边只留下这一个由杰出人物所组成的小圈子。若有人向亲王夫人提起或介绍什么人，她必定装出十分冷漠的神态，以维持她厌恶社交界的假象。然而，在戈达尔或维尔迪兰夫人的举荐下，有几位新成员得以成功地与她结识，而她往往为认识一位新人而陶醉，把自甘寂寞的神话丢诸脑后，疯了般地为新成员尽心尽力。如果这位新人是个平庸之辈，那谁都会感到惊讶。“真怪，亲王夫人谁也不愿结识，竟破例跟一个如此缺乏个性的人交往！”不过，这种成功的结识机会相当难得，亲王夫人不越雷池一步，只在信徒们中间生活。

戈达尔更是经常挂在嘴上：“等星期三到了维尔迪兰府上，我再看。”“等星期二到了科学院，我再看。”谈起周三的聚合，他简直像在谈论一种职业，举足轻重，不可推卸。再说，戈达尔属于不太受欢迎的人，若受到邀请，无异于受领了一道命令，如同接到军事号令或法庭传票，当作不可推卸的责任，前往赴约。非得有非同寻常的出诊任务，他才会“撂下”维尔迪兰府上星期三的聚会，至于出诊的重要性，是指病人的身份而言，而与病情的严重程度无关。尽管是个善心人，但戈达尔决不会为一个突然患病的工人放弃星期三的温馨，可为了某位部长的鼻炎，却可以忍痛割爱。即使遇到这种情况，他还要嘱托妻子："代我向维尔迪兰夫人表示歉意。告诉她我迟一会儿到。那位阁下完全可以另择日子感冒呀。"一个星期三，戈达尔的老厨娘把手臂的静脉割破了，这时，戈达尔已经穿上无尾常礼服，准备去维尔迪兰府上，当妻子怯生生地问他能否给受伤的厨娘包扎一下，他一耸肩膀。"我不行，莱翁蒂娜，"他哼哼哧哧地嚷叫道，"你明明看见我身上穿着白背心。"为了避免惹丈夫恼火，戈达尔夫人差人以最快速度把诊所主任叫来。诊所主任想尽快赶到，便开了车子，可当他的车子进院子时，送戈达尔去维尔迪兰家的车子碰巧往外走，于是，倒进，倒出，整整失去了五分钟。戈达尔夫人知道诊所主任已看见丈夫身穿晚礼服，感到很尴尬。兴许是由于懊恼的缘故，戈达尔为推迟了出门大发雷霆，走时情绪极为恶劣，非得享受到星期三的种种乐趣，方能消除。

若戈达尔的哪位病人问他："您有时是否遇到盖尔芒特家族的人?"那教授便会拿出上流社会最为真挚的诚意回答道："也许不仅仅盖尔芒特家族的人，我说不清楚。可在我朋友府上，我见的人何其多。您肯定听说过维尔迪兰夫妇。他们谁都认识。他们至少不是死要面子的人。他们有金钱作后盾。一般估计维尔迪兰夫人有三千五百万家资。天哪，三千五百万，那可是个大数目。她才不在乎什么呢。您跟我说盖尔芒特公爵夫人。那我这就告诉您两者的差别：维尔迪兰夫人是位伟大的贵妇人，而盖尔芒特公爵夫人则可能是个穷光蛋。您完全明白这之间的微妙差别，对吗?不管盖尔芒特家族的人是否去她府上，反正维尔迪兰夫人有宾客上门，这样反而更好，上门的有德·谢巴托夫夫妇，德·福什维尔夫妇，tuti quanti[①]，都是最上流社会的人，法兰西和纳瓦尔的贵族都包括在内，您可以看到，我跟他们说话完全是以平等的地位。再说，这类人巴不得与科学王子结交。"他添了一句，露出自尊心得以满足的笑容，并洋洋自得，咧开

① 意大利语，意为"之流"。

了嘴唇，他如此得意，不只是因为“科学王子”这一只专用于博丹、钱戈等人的词语如今用到他的头上正合适不过，而是因为经过长时间的钻研，他终于彻底领会，且能恰到好处地运用语法准许运用的那些词语了。在维尔迪兰夫人接待的客人中，戈达尔跟我提到了谢巴多夫亲王夫人，紧接着一眨眼睛，补充道：“您明白那家的派头吧，您理解我说的意思吧？”他是想说那一家雅致至极。然而，接待一位唯独结识欧多克西大公夫人的俄罗斯太太，那太微不足道了。但是，即使谢巴多夫亲王夫人不认识大公夫人，那也丝毫影响不了戈达尔关于维尔迪兰沙龙当属最雅的看法，也丝毫破坏不了他受此沙龙接待所感受到的欢悦心情。在我们眼里，凡跟我们结交的人，身上似乎都光彩四溢，但是，这种光彩并不比舞台人物的辉煌外表更富有内在价值，舞台人物的服饰，实在用不着让经理花费数十万法郎，购置货真价实的服装首饰，一位伟大的布景师只需将一道虚光照射在饰满玻璃珠的粗布紧身短上衣或硬纸外套上，便可给人以华丽千倍的感觉，相比之下，真正的服饰反而黯然失色。就好比有人一辈子生活在世上最尊贵之人的圈子里，在他看来，那些亲朋好友无不让人生厌，令人乏味，原因在于打从孩提时代起，他对这一切便已习以为常，致使他们在他眼里失却了任何尊严的外表。与之相反，由于偶然的机遇，无名鼠辈得以身价倍增，女流之辈被封以爵位，于是，数不胜数的戈达尔之流便会被迷住心窍，认为只有她们的沙龙才是贵族优雅之所在，然而，这些妇人甚至都不及从前的德·维尔巴里西斯夫人及其女友（全是些失势的贵妇人，多亏她们而得以起家的贵人们却与她们断绝了往来）；与这些妇人交往，曾是多少人的骄傲，倘若他们发表回忆录，列举这些妇人以及她们所接待的客人的名字，那恐怕谁也没有能耐弄清她们是否确有其人，哪怕德·康布尔梅夫人和德·盖尔芒特夫人亲自鉴别，也无济于事。可这无关紧要！戈达尔之流往往就是这样拥有了他的男爵夫人或侯爵夫人，对他来说，只有这位妇人才是“男爵夫人”或“侯爵夫人”，好比马里沃剧中的男爵夫人，从不提其姓名，弄不清楚她到底是否有名有姓。戈达尔更是认为他的这位妇人是贵族的化身——而贵族根本不知她为何许人——更何况，贵族封号愈是可疑，就愈是大肆粉饰，玻璃器皿上，银器上，信笺上，行李上，无不标上皇冠印记。无数的戈达尔，他们自以为生活在圣日尔曼中心区，鬼迷心窍，大做封建帝王之美梦，其迷恋程度也许超过真正在王公贵族之间生活过的人们，同样，一个小商贩有时在星期天去参观"古代"建筑，尽管这些建筑用的都是我们所处时代的石料，其拱穹也是被维奥莱-勒迪克的弟子漆成了蓝色，饰满了金星，可小商贩却往往从中获得对中世纪最强烈的感受。"亲王夫人准在梅恩维尔。她一定会跟我们一起旅行。可我不会马上介绍。还是由维尔迪兰夫人来介绍为好。除非我找到了适当时机。请相信我一有机会，定会抓住不放。""您在说什么呢？"萨尼埃特问道，假装走了神。"我在对先生说件事，"布里肖说道，"此事你们都很熟悉，与一个依我看来为'世纪精英'（应理解为十八世纪）之首的人物有关，此人为德·贝里戈尔修道院院长，名叫查理-莫里斯。他本来发誓一定要成为一名出色的记者。可是他阴差阳错，我是想说他最后却成了公使！生活就是这样充满不幸，他毕竟是个不择手段的政客，虽然以高贵的大老爷自居，盛气凌人，但却毫无顾忌，时刻准备为普鲁士国王效劳，这样说他恰正合适，死时，他又是一个左翼的中间派角色。"

在圣皮埃尔德伊夫站，上来了一位光彩照人的年轻姑娘，可惜她不是小圈子的成员。我两只眼睛怎么也离不开她那玉兰花般的肌肤，乌黑闪亮的眼睛和她那令人赞叹的高贵身段。片刻后，她意欲打开一扇车窗，因为包厢里确实有点热，她没有征求众人同意的意思，由于就我没有穿外套，她问我道："有点儿风您不会感到不舒服吧，先生？"声音轻快，凉爽，含着融融笑意。我真恨不得对她说："请您跟我们一起去维尔迪兰府吧。"或是“请告诉我您的芳名与地址。”可我回答道：“不，风不会让我不舒服，小姐。”接着，她坐在自己的座位上，身子也未抬一下，问道：“有烟不会让您的朋友讨厌吧？”说罢点燃了一支香烟。到了第三站，她轻轻一跳，下了车。翌日，我问阿尔贝蒂娜那姑娘会是谁呢。我好愚蠢，总认为一个人只能钟爱一件东西，见阿尔贝蒂娜对罗贝那副姿态，心里好不嫉妒，因此，提起女人，我倒很踏实。阿尔贝蒂娜告诉我她不知道，我认为她的回答还是十分真诚的。“我多么想再见到她！”我高声道。“放心吧，总会再碰到的。”阿尔贝蒂娜回答道。具体到这一特殊情况，阿尔贝蒂娜说得就不对了。我与那位年轻貌美的抽香烟姑娘既没有再次碰到，也未弄清她的身份。下面诸位自可看到，我为何不得不在很长一段时间内停止寻觅那位姑娘。但是我未曾忘却她。我经常一想起她，浑身便燃起疯狂的欲火。可是，这种欲望的反复出现，迫使我们静心思考，如果想要带着同样的欲望与姑娘相见，那就得回到十年前去，然而经历十度春秋，那位年轻姑娘花容早已憔悴。有时是可以与某人邂逅重逢，但间隔的时间却无法一笔勾销。直到后来，像寒夜般凄凉的日子突然降临，您再也不去寻觅那位年轻姑娘或别的姑娘，您甚至会为寻找她们感到恐惧。因为您再也不觉得自己尚有相当的魅力可以惹人喜爱，有足够的力量去爱了。当然，这并不是您已经到了那种本来意义上的无能程度。谈到爱，完全可以比以往任何时候爱得更深。但是，您感觉到自己所存的力量微乎其微，已经无力去从事那一伟大的爱的事业。长眠早已留下间隙，此间，您已无力出门，也已无力说话。能把脚踏在该落的台阶上，便是一种成功，就好比别人翻空心跟斗没有失手。若在这种状况下被哪位心爱的姑娘看见，哪怕您还保持着年轻时的容颜和满头棕发，该多难堪！您再也经受不起与年轻人同步行走所造成的疲惫。要是肉体的欲望非但不减，反而倍增，那活该！别人会领来一位他们无需再讨其欢心的女人，与您同床共枕一夜，然后终生不再相逢。

“也许一直没有小提琴家的音讯。”戈达尔说道。在小圈子里，当天的轰动事件，就是深得维尔迪兰夫人宠爱的小提琴家突然撂手。此人在东锡埃尔附近服役，平常每星期三都来拉斯普利埃用晚餐，因他获准可在半夜十二时归营。然而在前天，信徒们第一次怎么也没有在火车上找到他。大家猜想他错过了车子。维尔迪兰夫人先后又派马车去接第二班车以及末班车，可还是空车而归。“他肯定被关了禁闭，不然，他不见人影别无解释。啊！哎，你们知道，军队里，要对付这些放荡不羁的人，只要有个倔脾气的军士就足够了。”“要是他今晚再撂手，可要更丢维尔迪兰夫人的面子了，”布里肖说道，“因为我们可爱的女主人今晚恰好第一次接待把拉斯普利埃出租给她的近邻，康布尔梅侯爵夫妇。”“啊，今晚接待康布尔梅侯爵夫妇！”戈达尔惊叹道，“我可绝对不知道。当然，我和你们大家一样，知道他们总有一天会来的，可没料到来得这么快。嗳，”他朝我转过身来说道，“我跟您说过什么了：谢巴多夫亲王夫人，康布尔梅侯爵夫妇。”重复这些姓氏，犹如受到其旋律的摇荡，他对我说，“您看见了吧，咱们都运气不错。不管怎么说，您一矢中的，来了个开门红。相聚的将是无与伦比的杰出人物，可谓济济一堂。”他接着又朝布里肖转去身子，补充道：“女主人可能要生气了。我们早该到达助她一臂之力。”自从维尔迪兰夫人到拉斯普利埃之后，当着信徒们的面，她总是装模作样，似乎万般无奈，不得不邀请一次房主。这样，她来年就可占有较好的条件，她说，她这样做，纯粹是出于利益考虑。但是，她再三表示讨厌跟小圈子之外的人一起用晚餐，简直视之为猛兽，因此一推再推。如果说一方面，这次晚餐由于她宁愿不明言的某些附庸风雅的原因，令她欣喜的话，那另一方面，她夸大其辞，一再表白的那些理由确实让她有点儿恐惧。因此，她至少有一半诚意，她向来认为，这个小圈子独一无二，为稀世珍品，需要几个世纪的努力，才可能建立类似的团体,以致一想到小圈子里就要挤入外省人,不由得浑身发颤,那些外省人对四联剧,对“大师巨匠”一无所知,在普普通通的交谈中也无法担当自己的角色,他们如来维尔迪兰府上,岂不搅黄了非凡的星期三聚会,这星期三是无与伦比、极易损坏的杰作,宛若威尼斯的彩绘大玻璃,只要走个音,就足以将其震碎。“再说,他们很可能都是最为强硬的‘反派’,是些挂军衔佩饰带的家伙。”维尔迪兰先生说。“啊!这事呀,我才不在乎呢,人们议论这件事的时间已经够长的了。”维尔迪兰夫人回答道,她是一个诚心诚意的德雷福斯支持派,不过其目的是想在她这个德雷福斯支持派占优势的沙龙里得到某种社交生活的回报。然而,德雷福斯派在政治上获得了胜利,在社交生活方面则不然。对上流人士来说,拉普里、雷纳克、比卡尔和左拉仍是叛国贼,只能被排斥在小核心之外。因此,维尔迪兰夫人介入政治之后,一心想回到艺术中去。再说,丹第和德彪西在事件中不是“处境维艰”吗?“就事件而言,我们只需将他们置在布里肖一边。”她说道(在信徒中,这位大学教授是唯一拥护参谋部的,这使他在维尔迪兰夫人心目中的地位大大降低)。“没有必要非得没完没了地谈论德雷福斯事件。不,事实上,是康布尔梅夫妇让我感到厌烦。”至于信徒们,他们一方面受到内心那种不可明言的欲望的刺激,渴望结识康布尔梅夫妇,另一方面又被维尔迪兰夫人伪装厌烦的假象所蒙蔽,她口口声声说讨厌接待康布尔梅夫妇,因此,每天与夫人交谈,他们都要重新搬出夫人自己曾经提过的那些有助于发出邀请的卑劣理由,尽量使这些理由变得难以驳斥。“请您最后定夺吧,”戈达尔重复道,“这样您在租金方面就可得到让步,由他们负担花工的工钱,您尽可坐享草坪带来的欢乐。为了这一切,烦一个夜晚也很值得。我说这些是为了您好。”他补充道,尽管有一次,他乘坐维尔迪兰夫人的马车,曾在路上与老德·康布尔梅夫人的车子相遇,再加上在车站他待在侯爵身边,被当作铁路雇员,感到丢脸,心脏怦怦直跳。至于康布尔梅夫妇,由于他们的生活圈子距社交活动甚远,因此丝毫体味不到几位时髦女子谈及维尔迪兰夫人时往往带着某种敬意，以为维尔迪兰夫人就是这种只能跟放荡的女人结交的人，也许都没有合法结过婚，至于"出身高贵"的人，她这一辈子可能就见过他们夫妇俩。因此，他们纡尊降贵，去她那儿用晚餐，纯粹是为了与一位女房客处好关系，指望她在度假季节多来几次，尤其当他们在上个月获悉她刚刚继承了一笔数百万的遗产之后，更是打着如此算盘。他们默默地准备着这个不可避免的日子的到来，从未开过一句趣味低级的玩笑。然而，维尔迪兰夫人多少次当着信徒们的面定下日期，却一改再改，弄得他们毫无指望，以为这一天不再来临了。她装模作样，朝令夕改，其目的不仅仅在于公开显示这次晚宴给她造成的烦恼，而且还在于引起那些住在附近，有时意欲撂手的小圈子成员的担心。这并非因为女护主猜透了这一"伟大的日子"对他们来说就像对她一样，令人愉快，而是因为一旦使他们坚信这次晚宴对她是个最为可怕的苦差使，她便可唤起他们的耿耿忠心。"你们总不至于让我独自一人跟那些中国人在一起吧！相反，我们人应该多一点，聚在一起分担厌烦。自然，我们到时不可能谈我们感兴趣的东西。必定是一个糟糕的星期三，您有什么法子呢！"

"确实，"布里肖对着我回答道，"维尔迪兰夫人很聪明，为准备她的星期三倾注了巨大的热情，我认为她很不乐意接待那些出身高贵但毫无思想的乡绅。她实在下不了决心邀请那位享有亡夫遗产的侯爵夫人，但还是屈尊请了她儿子与儿媳。"

"啊，我们可见到康布尔梅侯爵夫人？"戈达尔说道，脸上露出一个微笑，尽管不知康布尔梅夫人是否漂亮，但自以为应在微笑中投入几分淫荡与些许故作风雅的殷勤。但是，侯爵夫人这一称号本身在他脑中激起了一个诱人、风流的形象。"啊！我认识她。"茨基说道，他有一次与维尔迪兰夫人一起漫步，曾与她路遇。"您说认识她，并不是《圣经》意义上的认识吧？"大夫说道，从长柄眼镜下方瞟出一眼，他这是在开一句他尤为喜爱的玩笑。“她聪明。”茨基对我说道。“当然，”他见我什么都不说，便微笑着加重每一个字的分量，继续说道，“她聪明又不聪明，她缺乏修养，肤浅，但生来对美的东西富有鉴赏力。她宁肯一声不吭，也决不说一句蠢话。再说，她俏丽，很有几分姿色。若要为她作幅肖像，说不定挺有趣。”他半眯着眼睛添了一句，仿佛她就端坐在他的面前，他正在细细打量。我的看法与茨基以如此微妙色彩所表达的恰恰相反，于是，我只告诉他，她是一位杰出的工程师勒格朗丹先生的妹妹。“呃，您瞧，您就要被介绍给一位漂亮的妇人。”布里肖对我说道，“谁也料不到会引起怎样的结果。克莉奥佩特拉连贵妇人都算不上，是个地位卑微的小女子，是我们的梅拉克笔下一个轻佻、可怕的小女子，可结果呢，不仅对那个傻瓜安东尼，而且对古代世界都产生了影响。”“我早已被介绍给德·康布尔梅夫人了。”我回答道。“啊！这样一来，您就是去老熟人的家乡了。”“我为将见到她感到格外高兴。”我答道，“因为她曾允诺给我一部出自贡布雷以前那位神甫之手的有关这一地区地名的书，我可以借机提醒她许过的诺言。我对那位神甫挺感兴趣，对词源也有兴趣。”“您别太信他提出的那些词源，”布里肖回答我说，“那部书在拉斯普利埃就有，我曾玩着浏览了一番，没有值得我感兴趣的东西，里面谬误百出。我这就给您举个例子。‘bricq’（布利克）一词在我们周围地区的地名构成中用得很多。那位勇敢的神职人员一时闪出一个稀奇古怪的念头，认为该词源于‘briga’（布利加），意为高地，防地。他在克尔特部落中已经考证出这一点，如 Latobriges（拉托布利克），Nemetobriges（纳梅托布利克）等等，甚至在 Briand（布利昂），Brion（布利翁）等一类词中也如此。言归正传，就我们有幸与您一起穿过的这个地区而言，Bricquebosc（布利克波斯克）意为高地树林，Bricqueville（布利克维尔）意为高地居处，我们在抵达梅恩维尔前一站要停靠的 Bricquebec（布利克贝克）意为溪边高地。然而，根本就不是这么回事，因为 bricq 是古斯堪的纳维亚语的一个古词，意思只是指：桥。同样，就 fleur（弗勒尔）一词而言，德·

康布尔梅夫人的宠儿煞费苦心，一会说它与斯堪的纳维亚语中的 floi，flo 两词有关，一会又说它源自爱尔兰语中的 ae，aer 两词，恰恰相反，该词无疑出自丹麦语的 fiord ，意为：港口。还有，那位仁慈的教士认为拉斯普利埃附近的 Saint – Martin – le – Vêtu（圣马丁勒维蒂）意为 Saint – Martin – le – Vieux（Vêtus）（圣马丁勒维厄，即老圣马丁）。可以肯定，Vieux 一词在这一地区的地名组合中起到了很大作用。Vieux 一般源自 Vadum，意为浅滩，如那个称作 Les Vieux 的地方。这正是英国人所说的“ford”（如 Oxford，Hereford）。但是，在个别情况中，Vieux 并非源自 Vetus，而是来自 Vastatus 一词，意思是荒芜，一毛不长的地方。附近就有个地方叫 Sottvast，即为 Vast de Setold；Brillevast 即为 Vast de Berold。我认定神甫考证错了，何况 Saint – Martin – le – Vieux 以前就叫作 Saint – Martin – du Gast，甚至还叫过 Saint – Martin – de Terregate。不过，这两个词中的字母‘v’和‘g’为同一个字母。大家说 dévaster（毁坏），也说 gacher（糟蹋）。Jachères（休闲地）与 gâtine（出自古德语的 wastinna ，贫瘠的沼泽地）意义同一。因此，Terregate，即指 terra vastata。至于 Saint – Mars，以前（持非正统观点者得受指责！）叫 Saint – Mard，即为 Saint – Medardus，有各种叫法，如 Saint – Medard ，Saint – Mard ，Saint – Marc，Cinq – Mars，甚至还叫过 Dammas。此外，不应忘记附近有一些地名也都带有 Mars 一词，明确地证明了源自异教（其神为 Mars），该词源在这一地区仍具有生命力，但那位圣人却拒不承认。奉献给神祇的高地尤其多，如朱庇特山（Jeumont）。你们的那位神甫如此置若罔闻，无论基督教在何处留下痕迹，都引不起他的注意。他甚至到 Loctudy 游历过，他说那是一个蛮族的地名，可实际上，该地名为 Locus Sancti Tudeni，他也未在 Sammarcoles 一词中看出 Sanctus Martialis 来。你们的那位神甫，”布里肖见我感兴趣，便继续说道，“他认为以 hon ，hom，holm 结尾的词盖出自 holl（hullus）一词，意为山丘，可该词实际上源于古斯堪的纳维亚语的 holm，意思是岛，该词您十分熟悉，如在 Stockholm（斯德哥尔摩）中，它在这个地区中广为流行，如 la Houlme，Engohomme，Tahoume，Robehomme，Néhomme，quettehom 等等。”这些地名使我回想起了那一天，阿尔贝蒂娜本来想去昂弗勒维尔-拉比古（布里肖告诉我该地名得之于该地先后几位领主中两位的名字），后来又建议我一起去罗布奥姆（Rebohomme）吃晚餐。“纳奥姆（Néhomme）离卡尔克蒂伊特和克利图尔普斯不近吧？”我问道。“完全对。Néhomme 就是 le holm，意思就是那位赫赫有名的子爵尼谢尔的岛或半岛，他的名字也尚在 Néville 这一地名中。您刚才跟我说卡尔克蒂伊特（Carquethuit）和克利图尔普斯（Clitourps），对德·康布尔梅夫人的宠儿来说，又是一个机会，谬误迭出。毫无疑问，他极为清楚地看出了 carque 之义为教堂，亦即德国人的 Kirche 。您熟悉 querqueville 吧，更不用提 Dunkerque 了。我们最好还是稍停片刻，谈谈 Dun 这个众所周知的词，对克尔特人来说，该词意为高处。这个词，法国各地都可找到。你们的那位神甫就在 Duneville 面前迷住了，在厄尔-卢瓦尔省境内，也有 Duneville 这个地名，他本来还可以在歇尔省找到 Chateaudun，Dunle-roi；在萨尔特省找到 Duneau；在阿里埃日省找到 Dun；在涅夫勒省找到 Dune-les places 等等地名。Dun 一词使他在考证 Douville（多维尔）这个地名时又犯了一个可笑的错误，我们等会儿就要在多维尔下车，维尔迪兰夫人舒适的马车正在那儿恭候。Douville，拉丁文中为 Douvilla，”他说道，“实际上，Douville 就坐落在高山下。你们的神甫无所不知，他总该意识到自己闹了一个差错。他确实在以前的一本教区清册中读到过 Domvilla 一词。于是，他便改变看法；依他之见，Douville 是圣米歇尔山神甫的一个世袭封地，即 domino abbati。他为此发现感到欣喜，可是，自克莱苏埃普特教士会议之后，圣米歇尔山的人们过的是一种丑闻百出的生活，只要考虑到这一史实，那他的发现就相当荒诞了，若要目睹到该海岸线的君主国丹麦国王在那一带大搞奥丁神祭礼，而很少祭祀基督的话，那就没有比这更离奇的了。此外，臆想 n 变成了 m，我对此并不感到奇怪，其要求的变化幅度远比不上 Lyon 一词正规演变的幅度大呢，Lyon 一词也是源于 Dun (Lugdunum)。但是,神甫最终还是搞错了。Douville 从未叫过 donville,而叫 Doville,即 Eudonis Villa ,意为 Eudes(欧德)的村寨。Douville 从前叫 Escalecliff,意思为陡坡之阶。大约在 1233 年，Escalecliff 的领主欧德·勒布代耶赴圣地;出发时,他把教堂交给了布朗施朗德修道院。于是有了礼尚往来:村寨改称为他的名字,几经演变,成了今日的 Douville 。不过,我补充一句,地名学,在这一领域我也极为无知,并不是一门真正的科学;倘若没有这一历史见证,那 Douville 也有可能源自 Ouville 一词,亦即泉水的意思。ai(如 Aigues-Mortes)的形式源自 aqua,通常演变为 eu 或 ou。然而在 Douville 附近,恰有一些闻名遐迩的泉水,如 Carquebut。您想象神甫一定会在那儿发现基督教的痕迹感到无比高兴,尽管在那一地区传教似乎很难,因有不少圣人不得已去那儿布道,先后有圣乌萨尔,圣戈弗鲁瓦,圣巴萨诺尔,圣洛朗·德·布雷夫当,后者最终与博贝克的修道士握手言和。但是,就 tuit 而言,作者错了,他将之视作 toft 这一形式,意思为破房子,如在 Criquetot,Ectot ,Yvetot 等地名中,而实际上是 thveit,意思指采伐地,开垦地,如在 Braquetuit ,le Thuit,Regnetuit 等词中。同样,如果说他承认 Clitourps 一词源自诺尔曼语的 thorp,意思为村寨,他却坚持认为该地名的前一部分由 Clivus 派生而来,意为山坡,可它实际上来自 Cliff,为悬崖的意思。不过,他闹出了最大的差错,并非因为他无知,而是因为他固执己见。作为一个法国人,不管他有多出色,可有必要否认明摆的事实,把圣洛朗-昂-布雷当作赫赫有名的罗马教士吗?然而,那涉及的是圣劳伦斯·奥图尔,都柏林的大主教。但是,您那位朋友的宗教偏见比爱国热情更为强烈,出了许多显而易见的错误。比如,离我们的主人居住的拉斯普利埃不远的地方,有两个 Montmartin,一个叫 Montmartin-surmer,另一个叫 Montmartin en Graignes。关于 Graignes 一词,仁慈的神甫未闹出差错,他清楚地看出了 Graignes 在拉丁文中为 Grania,在希腊文中为 crênê,意思为池塘,沼泽地;类似 Gresmays, Groen, Grenneville, Lengronne 等例子不胜枚举。可关于 Montmartin,您那位所谓的语言学家非认为这是以圣马丁命名的堂区。他以圣人是他们的主保为依据,但没有意识到那位圣人是后来才被奉为主保圣人的;或者毋宁说他因对异教怀着刻骨仇恨,而丧失了判断力;他不想明白,如果涉及的真是圣马丁,那何不像说 Mont Saint-Michel(圣米歇尔山)那样取名为 Mont-Saint Maitin 呢? 而 MontMartin 一词以带有浓重的异教痕迹的方式,专指祭祀 Mars 神(玛尔斯战神)的神殿,确实,我们迄今尚未掌握这些神殿的遗迹,但是,附近地区那些宽敞的罗马营地的存在无可置疑,证明那些神殿很有可能存在过,尽管考证不出 Montmartin 这一地名,以彻底消除疑问。您瞧,您到拉斯普利埃将得到的那本小册子,并不是写得最好的。"我提出异议,说在贡布雷时,神甫经常教给我们一些颇有趣味的词源。"他对自己的地盘很可能会熟悉些,诺曼第之行令他陷入迷惘境地。""也未治好他的病,"我添了一句,"他带着精神衰弱症来,又拖着风湿病去。""啊! 那是精神衰弱症造成的。正如我的恩师波克兰可能会说的那样,他是在文献学中患了精神衰弱症。哎,您说,戈达尔,您是否觉得精神衰弱症有可能会对文献学产生不良影响,文献学又可能会对精神衰弱症产生镇静作用,而精神衰弱症的治愈最终会有可能导致风湿病?""完全如此,风湿病和精神衰弱症是神经-关节病的两种替代形式。人有可能因为转移作用,由一种病症转化为另一种疾病。""杰出的教授说起话来,"布里肖说道,"请上帝宽恕我,用的法语也掺杂着拉丁语和希腊语,拥有莫里哀式记忆的浦尔贡先生本人也可能以如此方式说话! 允许我说一句,我的叔父,我是想谈我们民族的萨尔塞①……"他话未说完,教授惊跳起来,嚷叫道:"哎呀。"他终于以发音清晰的语言高声道:"我们已经过了梅恩维尔(哎! 哎?),连雷纳维尔也过了。"他刚刚发现火车停

① 萨尔塞(1827—1899),法国著名戏剧批评家。

靠在老圣马斯站，几乎所有旅客都下了车。“他们可不该跳站的。也许我们谈论康布尔梅夫妇时没注意。”“请听我说，茨基，等一等，我这就告诉您‘一件好事情’，”戈达尔故意拿出一副在某些医学圈常见的神态说道，“亲王夫人可能就在列车上，她也许没有见到我们，进了另一个包厢。我们去找找她。但愿这不会引起事端！”说罢，他便领着我们大家寻找谢巴多夫亲王夫人。他终于在一节空荡荡的车厢的一角发现了她，她正在阅读《两个世界评论》。在漫长的人生岁月中，她因害怕遭受非礼对待，渐渐养成了习惯，安于自己的落足之地，无论在生活中还是在列车上，总是待在自己的那个角落，等别人先向她道安再伸手还礼。当信徒们进了车厢，她还在继续看杂志。我马上认出了她；这位女子，尽管有可能丧失了自己的地位，但仍不失出身之高贵，无论怎么说，像在维尔迪兰夫人这样的沙龙里，准是颗珍珠，可是，她正是两天前我在同一趟列车上遇到的那位太太，我还以为她有可能是哪家妓院的老板娘呢。她的社会身份曾那么难以捉摸，一旦我得知她的姓名，一切便就水落石出了，就好比猜谜语，大伤了一番脑筋之后，最后得了谜底，模模糊糊的一切因此而变得一清二楚，就人而言，这个谜底就是姓名。坐在一位女子的身边，与之同车旅行，怎么也猜不透她的社会地位，可两天后，突然弄清了她为何许人，此中引起的惊诧，较之在新杂志中看到上期字谜的谜底而带来的惊喜，要有趣得多。大餐馆，娱乐场和“小火车”是揭开这些社会之谜的家族博物馆。“亲王夫人，我们在梅恩维尔错过了您！您允许我们在您的车厢就座吗？”“当然可以。”亲王夫人说道，她听见戈达尔对她说话，只从她那本杂志上抬了抬眼睛，那眼睛如同德·夏吕斯先生的一样，尽管相比较而言，更温柔一些，但明明看清了面前的人，却装着没有发现；戈达尔考虑到我与康布尔梅夫妇同时受到邀请，这对我来说本身就是具有相当分量的举荐，稍过片刻，他便作出决定，把我介绍给亲王夫人，亲王夫人彬彬有礼，弯了弯腰，可看她脸上显出的神色，好像是第一次听说我的姓名。“见鬼，”大夫嚷叫道，“我妻子忘了让人给我白背心换纽扣。啊！这些女人，什么都想不到。您永远都别结婚，明白了吧。”他对我说道。这是他见别人无话可说时常开的玩笑之一，自以为开得适时，不由得用眼角瞟了亲王夫人和其他信徒一眼，因他身为教授，又是科学院院士，他们都微微一笑，对他情绪愉快、毫无架子表示欣赏。亲王夫人告诉我们，那位年轻的小提琴家又找到了。他昨日因犯偏头痛困卧病榻，今晚一定到场，届时还将携来他父亲的一位好友，是他在东锡埃尔遇到的。亲王夫人是从维尔迪兰夫人处获悉了这些情况，早上，她与维尔迪兰夫人一起进了餐，亲王夫人对我们说，那声音快速，带有俄罗斯音调的小舌颤音 r 在喉咙眼里发得含糊而又轻微，仿佛不是 r，而是 l。“啊！您早上与她一起进餐！”戈达尔对亲王夫人说道，可眼睛却盯着我看，因为此番话的目的在于向我显示亲王夫人与女护主的关系亲密无间。“您，您可是一位忠实的信徒！”“对，我喜欢这个聪明的小圈子，它令人愉悦，毫无恶意，也不赶时髦，里面的人个个才智横溢。”“哎呀！我可能把车票弄丢了，怎么也找不着。”戈达尔嚷道，不过并未显露出过分的不安。他心里清楚，有两驾双篷四轮马车在多维尔迎候我们一行，即使无票，铁路雇员也会给他放行，甚至还会脱帽以表敬意，对自己的宽容作出解释，即他已清楚地认出戈达尔是维尔迪兰家的一位常客。“他们不会因此把我抓到警察室去。”大夫下结论道。“您刚才说，先生，”我问布里肖道，“这一带有闻名遐迩的泉水，您是怎么知道的？”“下一站的站名对此就是个证明，此外还有许多别的证据。下一站叫作 Fervaches（费尔瓦施）。”“我不明白他想说什么意思。”亲王夫人咕哝道，那声调像是对我表示客气，“他烦我们，是吗？”“可是，亲王夫人，Fervaches 的意思是温水，即 fervide aquoe……噢，提起那位年轻的小提琴家，”布里肖继续说，“戈达尔，我倒忘了告诉您一条大新闻。您知道原来那位深得维尔迪兰夫人恩宠的钢琴家，我们可怜的朋友德尚布尔不久前已经过世？可怕啊。”“他还年纪轻轻的，”戈达尔回答道，“也许肝脏出了问题，出了麻烦，前段时间他的脸色就难看得要命。”“他可并不怎么年轻，”布里肖道，“早在埃尔斯蒂尔和斯万去维尔迪尔夫人府上那段时间，德尚布尔就已经闻名京城，令人惊诧的是，他在国外竟未得到成功的洗礼。啊！据圣巴诺姆说，他生前可不是福音书的信徒，这个人。”“您搞混淆了，那个时候他不可能去维尔迪兰府上，他当时还是个吃奶的孩子呢。”“可是，除非我这只老脑袋瓜的记忆靠不住，我记得德尚布尔常为斯万弹奏凡德伊的奏鸣曲，当时那个圈子与贵族闹翻了，谁也料想不到斯万有朝一日竟会成为我们民族的奥黛特的夫君，成为资产阶级化了的女王之夫。”“那不可能，凡德伊的奏鸣曲在维尔迪兰夫人府上演奏时，斯万早就不再踏她的家门。”大夫说道，他就像有的人，忙得不亦乐乎，自以为记住了不少有用的东西，可却丢三拉四，末了倒赞叹那些无所事事的人有一副好记忆。“连您的熟人都记错了，您又没有得记忆衰退症。”大夫笑微微地说。布里肖承认自己有误。列车停靠了。是拉索尼（La Sogne）站。对该地名，我感到莫名其妙。“我多么希望弄清所有这些地名的意义所在。”我对戈达尔说。“您就请教一下布里肖，他兴许知道。”“La Sogne，意思就是鹳，学名 Siconia。”布里肖回答道。我非常渴望就别的一些地名求教于他。

谢巴多夫夫人忘了自己向来珍惜自己的“角落”，亲切和蔼地主动跟我换了位置，以便我跟布里肖交谈更方便些，我对别的一些词源颇感兴趣，希望讨教布里肖，亲王夫人说得很肯定，坐车旅行，无论正坐，反坐，还是站着，她都无所谓。因她对新成员的内心想法一无所知，所以仍处于戒备状态，不过当她认清了他们的善良用心之后，便想方设法讨大家的欢心。火车最后停在了多维尔-费代纳站，该站距费代纳与多维尔差不多远，鉴于这一特殊原因，便取这两个地名为站名。“见鬼，”当我们来到检票口的栅栏前，戈达尔大夫装出一副刚刚才发现的样子，嚷叫道，“我怎么也找不着我的票了，可能弄丢了。”可是铁路雇员立刻摘帽子，说没关系，还毕恭毕敬地微微一笑。亲王夫人（像是维尔迪兰夫人府的一位女官，正在细细吩咐马车夫。由于康布尔梅夫妇的缘故,维尔迪兰夫人未能来车站,平常,她也很少来车站)让我和布里肖与她同上一辆车。大夫、萨尼埃特和茨基上了另一辆车。

车夫尽管年纪轻轻,却是维尔迪兰府的头把式,唯他一人是名副其实的正式车夫;白天里,他领他们夫妇俩四处游逛,因为他熟悉这儿的大道小径,晚上,他负责去把信徒们接回府上。需要时,他身边带上个"临时佣工"(由他选择)。这是个善良的小伙子,朴实,机灵,不过一脸苦相,目光呆滞,说明他这人多愁善感。但是,眼下他心绪极佳,乐滋滋的,因他终于如愿以偿,为他兄弟在维尔迪兰府上谋了一个位置,他兄弟跟他一样,也是个善良的老好人。我们首先穿过了多维尔。绿草茂密的山丘顺势而下,延伸至海边,形成一片辽阔的牧场,空气湿润,饱含盐分,给牧场带来勃勃生机,绵延的牧草,长势茂盛,色彩纷呈,强烈而鲜艳。里夫贝尔小岛纵横,海岸犬牙交错,较之巴尔贝克,小岛之间贴得较近,在我看来,给这片海域增添了新的气象,看似立体镜头。我们经过了一座座小别墅,别墅为瑞士山区木屋形状,几乎全被画家们租用了;接着,我们上了一条小路,路上,几头无人看管的奶牛受惊不小,挡住了我们的去路,整整耽搁了十分钟,之后,我们才又继续循路沿峭壁而行。"可是,通过不朽之神,"布里肖突然说道,"我们还是再谈谈那个可怜的德尚布尔吧;您觉得维尔迪兰夫人是否已经**知道**消息?是否有人跟她**说过**?"维尔迪兰夫人与差不多所有的上流人士一样,正因为她需要与人交往,所以谁要是死了,不能再来参加星期三或星期六聚会,或来吃顿家庭晚餐,她便再也不把他们放在心上,一天也想不到他们。既然人一去世,便似未曾存在过,那自然也就不能说此小圈子中死人多于生者,就此而言,所有沙龙的形象与这个小圈子别无二致。但是,为了避免谈论死者带来的懊恼,甚或由于某人的丧事,导致晚餐中断,造成不快,这是女护主万万不能答应的,维尔迪兰先生往往装模作样,似乎信徒去世,令她妻子无比悲哀,为了她的健康着想,不该谈论此类事情。再说，他人之死在他看来不过是一场普普通通的意外事故，人生如斯，一了百了，所以，一想到自己的末日，便惊恐不已，凡是可能与之发生联系的想法，他一概避免。至于布里肖，他为人善良，被维尔迪兰先生有关妻子的那番话彻底蒙骗，真的担心女友获悉如此悲哀之事，伤心不已。“对，她今天上午**什么都知道了**。”亲王夫人说道，“大家**未能瞒住她**。”“啊！哎呀呀，”布里肖高声嚷道，“一个二十五年交情的朋友，打击该不小！我们中又一个离去了！”“当然！当然，您有什么法子呢。”戈达尔说道，“这种情况总是很痛苦的，可维尔迪兰夫人是个女强人，她善于控制自己的感情，并不那么多愁善感。”“我并不完全赞同大夫的看法。”亲王夫人说道，那快速的语流，低沉的音调，看样子既像生气，又像在开玩笑。“维尔迪兰夫人外表冷酷，可内心珍藏着丰富的感情。维尔迪兰先生告诉我，她非要去巴黎参加葬礼，他好不容易才拦住了她，不得不设法让她相信，葬礼是在乡下举行。”“啊！喔唷！她一心要去巴黎。我完全知道她是个好心肠的女人，也许太有心肠了。可怜的德尚布尔！不到两个月前，维尔迪兰夫人还在说：‘无论是普朗岱，巴德雷夫斯基，还是里斯莱，在他身边，简直无地自容。’那个自我炫耀的尼禄，竟想法子把德意志的科学界愚弄了一番，德尚布尔完全比他更有资格宣称：Qualis artifex pereo！① 可是，德尚布尔，他准是在司其神职之时，在贝多芬式的虔诚氛围中以身殉职；说老实话，我对此毫不怀疑；若公道，这位德意志音乐的主祭师完全有资格在主持大弥撒时谢世。但是，他毕竟是一位以颤音迎接死亡的勇士，作为巴黎化了的香槟人后裔，这位天才的演奏家经常可从自己的血统中发现王室卫队员的英勇与风雅。”

从我们所处的高度远远望去，大海一改巴尔贝克的景观，不再是高低起伏的山峦，而是别有洞天，险峰山路间，蓝灰色的冰川和耀眼夺目的平

---

① 拉丁语，意为：“多么伟大的艺术家与我同去了！”

原脱颖而出，仿佛处在很低的海拔高度。那儿，汹涌的海浪似乎凝固不动，构成了一个个永久不变的同心圈；海面不知不觉中变幻着色彩，海湾深处，那片似三角港的地方呈现出鲜奶般的蓝白色，一艘艘不见向前航行的小渡轮黑乎乎的，看似落入奶中的苍蝇。我仿佛觉得世上不可能目睹到比这更为宽广的景象。然而，每转一道弯，便添一方景色，待我们到达多维尔入市税征收处，迄今挡住了我们半边海湾的山嘴突然凹了进去，在我左侧，又一个港湾赫然入目，与方才展现在我眼前的那一海湾一般深远，但比例一变，美色倍增。处于如此海拔高度，空气变得新鲜而清纯，令我飘飘欲仙。我喜爱维尔迪兰夫妇；他们给我们派了一辆马车，在我看来，这是莫大的善行，令人感动不已。我恨不得拥抱亲王夫人。我跟她说，我从未见过这般美丽的景色。她声言世上再也没有任何地方比这地方更令她喜爱。但是，我清楚地感觉到，无论对她还是对维尔迪兰夫妇，重要的并非作为游客静静观赏这方天地，而是要在此处准备美味佳肴，招待惹他们喜欢的四方来客，并在此写信，读书，简言之，是要在此生活，态度消极地任此地的美色将他们浸润，而不是将之作为专心观赏的对象。

由于车子停靠的地方居高临下，距海面很远，从入市收费站极目远眺，犹如从山巅俯瞰，只见一个蓝灰色的深潭，几乎令人头晕目眩，我打开车窗玻璃；阵阵波涛，浪花四溅，其音清晰可辨，柔和与明晰中蕴含着某种崇高的东西。它就像一种测定标志，打破了我们的习惯感觉，向我们展示，垂直距离可与水平距离浑为一体，与我们大脑习惯表现的相去甚远；同时显示了这些距离一旦将天际与我们拉近，便不那么遥远了；而且对于穿越其间的声音，如细浪声，距离会更缩短，因它需穿越的环境更为清纯，难道不是吗？确实，若从入收费站仅仅后退两米之遥，便听不清那海浪声，然而那高达两百米的悬崖峭壁并未夺走那柔和、细微、美妙而清晰的声音。我暗自思忖，面对此景此情，外祖母定会赞叹不已，无论是自然的还是艺术的任何表现，都会激起她的赞美之情，从其平凡中发现伟大之处。我情绪振奋到了极点，将我周围的一切席卷而去。维尔迪兰夫妇派车到车站迎接我们，我为此而感动。我将自己的心情告诉了亲王夫人，可她觉得这不过是普通的礼节，我未免夸大了它的分量。我知道此后不久，她曾向戈达尔袒露心迹，说她觉得我为人十分热情；可戈达尔回答她说，我这人太爱激动，需要服镇静剂，打打毛线。我指点亲王夫人注意每一棵树木，每一座小屋，那屋子像要被圆花饰压塌似的；我让她欣赏着一切，也恨不得把她紧紧地贴在心口。她对我说，她发现我富有绘画天赋，说我应该绘画，而且很奇怪别人没有向我提出这一点。她承认这地方确实风光秀丽。我们穿过了小村昂格莱斯克维尔（布里肖告诉我们此村叫 Engleberti Villa），村子高高坐落在小山顶。"亲王夫人，您觉得尽管德尚布尔去世，今日的晚宴也一定会如期举行？"布里肖接着问道，也不想想派马车接站，我们又已坐在车里，这本身就是个答案。"是的，"亲王夫人回答道，"维尔迪兰先生之所以坚持这次晚宴决不后推，正是为了避免妻子'怀念'旧人。再说，多少年来，她星期三从未中断过接待来客，若这样突然改变她的习惯，岂不让她受到震动。这段日子，她心情极为烦躁。维尔迪兰先生为你们今晚前来共进晚餐感到特别高兴，因为他知道这可以让她好好散散心。"亲王夫人说道，忘了刚才还假装从未听过别人提起过我。"我认为你们在维尔迪兰夫人**面前**还是**什么都别说**为好。"亲王夫人又添了一句。"啊！您这样提醒我，做得对。"布里肖天真地说，"我定向戈达尔转达这一忠告。"车子稍停了片刻，接着继续前行，可经过小村时的咯咯车轮声消失了。原来，我们已经进入拉斯普利埃的迎宾道，维尔迪兰先生已在石阶上方恭候。"我穿上无尾常礼服是对的。"他说道，发现信徒们全都身着无尾常礼服，好不高兴。"我的客人都这么雅致。"可是，当我为身着西服上装表示歉意，他又说道："噢，这很好。这儿是在朋友之间，大家一起吃顿晚餐。我倒很乐意把我的无尾常礼服借给您一件，可也许不合身。"踏入拉斯普利埃的前厅，为对钢琴家的逝世表示悼念，布里肖充满激情地与男主人 shake hand①,却没有引起对方任何反应。我向主人表达了对这个地方的赞美之情。“啊！那好,您还什么都没见到呢,我们一定让您好好看看。您为何就不愿来这儿住几个星期？这儿空气好极了。”布里肖唯恐他的握手之意得不到理会。“哎！那个可怜的德尚布尔!”他说道,可声音极低,生怕维尔迪兰夫人就在不远处。“是可怕。”维尔迪兰先生答得很轻松。“年纪那么轻。”布里肖继续说道。维尔迪兰先生为谈论这类无关紧要的事情耽搁时间感到不快,于是给予反击,声调急促,伴着一声尖尖的呻吟,然而它表达的并非悲哀,而是恼怒与不耐烦:“哎,是呀,可您有什么法子呢,我们对此无能为力,凭我们几句话,并不能让他死而复活,不是吗?”说罢,他又和颜悦色,其中不乏快活的劲头:“哎哟,我的好友布里肖,赶紧把随身携带的物品放下来。我们熬了普鲁旺斯鱼汤,等不及了。尤其,以苍天的名义,千万不要跟夫人提起德尚布尔！您知道,她对自己的内心感受,大多加以掩饰,但她真的得了多愁善感的毛病。噢,不,我向您发誓,当她得知德尚布尔去世的消息,她都快哭了。”维尔迪兰先生含讥带讽地说道。听他的口气,仿佛只有得了精神错乱症,才会沉痛悼念一位有三十年交情的朋友,此外,大家也隐隐约约地感觉到,就他而言,在维尔迪兰夫妇的永久的结合中,丈夫动辄对妻子评头论足,妻子动不动惹丈夫生气,是难免的。“若您跟她提起,她准又会弄出毛病来。支气管炎好了才三个星期,真不幸。遇到这种情况,就得由我护理病人了。您明白,我刚不久才摆脱了那倒霉的差使。在您心底,您愿意怎么惋惜德尚布尔的命运都行。心里尽管去想,但不要说。我很喜欢德尚布尔,可您不能责怪我更爱自己的妻子。哟,戈达尔来了,您可以去问问他。”不错,戈达尔心中有数,一位家庭医生,自然善于提供诸多的小方便,比如劝告人们不该抑郁悲伤。

① 英语,意为“握手”。

言听计从的戈达尔大夫对女主人说："您像这样子闹腾下去，您明天非得给**我搞**到三十九度高烧不可。"就好像他对厨娘说："您明天非得给**我搞**到点儿牛肉不可。"医学，不用来治病救人，竟然管起改变动词和代词的词义来了。

维尔迪兰先生高兴地看到，萨尼埃特，尽管在前天晚上遭到无礼的对待，但并没有背弃小核心。的确，维尔迪兰夫人及其丈夫在闲极无聊之中养成了残忍的品性，但很少有大场合可以发泄，一旦逮住大好时机就发作个没够。他们尽可以挑拨奥黛特和斯万、布里肖和他的情妇的关系。他们对别人也可以再来这一套，这是肯定无疑的。但并不是每天都有空子可钻。而另一方面，由于萨尼埃特动不动爱激动，由于他胆小怕事却又容易恼羞成怒，他便成了他们日常的出气筒。但他们也怕他泄气不干，因此注意好言相劝，将他请回来，就好像在中学里，留级生哄骗新生，又像在部队里，老兵哄骗新兵，一把将其抓住，在其无法挣脱的情况下，对其极尽逗笑戏弄之能事。"千万注意，"戈达尔大夫没有听到维尔迪兰先生的话，提醒布里肖说，"在维尔迪兰夫人面前什么也不要说。""不要害怕嘛，戈达尔，您是在与一位圣贤打交道，正如忒奥克里托斯①所说。况且，维尔迪兰先生言之有理，我们何苦怨天尤人呢？"他补充道，他对维尔迪兰先生的言语形式和思想倒也能心领神会，但却缺乏精明细致，赞赏他话中最大胆的禁欲主义。"不管怎样，那是一个殒灭的大才子。""怎么，您还在谈论德尚布尔？"维尔迪兰先生说，他本来走在我们的前面，看我们没有跟着他，便往回走来了。"听我说，"他对布里肖说，"万事切勿言过其实。这并不成一个理由，因为他死了，就把他封为天才，可他并不是天才。他演奏得好，这没问题，他在这里得天独厚；要是挪到别的地方，他就完蛋了。我妻子迷恋上了他，才造成了他的名声。你们知道她这人怎么样。我还要说，就

---

① 忒奥克里托斯（约公元前310—前250年），古希腊诗人，西方田园诗派创始人。

是为他的名望着想，他死得正是好时候，赶点了，就像一只只卡昂的闺秀鹤，经邦比耶绝技的烧烤，味道恰到好处，但愿如此（除非您在这四面透风的宫堡里叫苦连天而永垂不朽）。您还不至于因为德尚布尔死了，就想把我们大家都气死吧，一年来，他在举办音乐会之前，不能不进行音阶练习，以便暂时，仅仅是暂时，恢复他的灵活性。何况，今晚您将会听到，至少可以遇见一个人，因为那家伙晚饭后动不动就撂下艺术去玩牌，此人是德尚布尔以外的又一位艺术家，我妻子发现的一位小艺术家（就像她发现了德尚布尔、巴德雷夫斯基和其他人那样）：莫雷尔。他还没有来，这个家伙。我不得不派一辆车子为他去接最后一班火车。他同他家的一个老朋友一块来，是他重新找到这位老友的，可那位老朋友死缠着他，无奈，为了不得罪父亲，只好同他在一起，否则就得留在东锡埃尔，与他做伴：那就是夏吕斯男爵。"老主顾们一一进来了。维尔迪兰先生同我留在后头，我正在脱衣服，他开玩笑地挽起我的胳膊，活像晚宴的主人没有女宾配您引路，便亲自出马一样。"您一路顺风吧？""是的，布里肖先生让我学到一些使我很感兴趣的东西。"我想起那些离奇古怪的词源不由得说道，而且我还听说维尔迪兰夫妇很赞赏布里肖。"他要是对您毫无教益，我倒要觉得奇怪了，"维尔迪兰先生对我说，"他是一个谦谦君子，知之甚多而言之甚少。"这样的恭维我都感到不公正。"他样子很迷人。"我说。"和颜悦色，优雅可人，不是见钱眼开的小人，也不异想天开，举止轻浮，我妻子钟爱他，我也钟爱他！"维尔迪兰先生回答说，口气夸张，如背书一般。此时我才明白，他对我谈及布里肖的话有讥讽之意。于是我寻思，许久以来，打我听说的时候起，维尔迪兰先生是否真的没有动摇过他妻子的管制。

雕刻家得知维尔迪兰夫妇同意接待德·夏吕斯先生，感到大为惊讶。当时，在圣日尔曼区，德·夏吕斯先生是极有名的，但人们绝不谈论他的德行（大多数人对他的德行不了解，而另一些人则对他的德行表示怀疑，他们多以为是狂热的友谊，但属柏拉图式的精神恋爱，不过是有失检点，但这种种不检点行为到底被那仅有的几个知情人精心加以掩饰,如果有个不怀好意的姓加拉东的女人稍加暗示,他们便耸耸肩膀以示不屑一理),这些个德行,几个至爱亲朋几乎一无所知,相反,在远离他生活的地方,却成天价日受到人们的诋毁,犹如有些炮弹爆炸,只有在静默区受到干扰后才能听得见。况且,在资产者阶层和艺术界,他被视为同性恋的化身,而其头面之大雅,出身之高贵,人们却全然不知,类似这样的现象无独有偶,在罗马尼亚人的心目中,龙萨之姓被看作是大贵族之姓已尽人皆知,而龙萨诗作却鲜为人知。更严重的是,龙萨在罗马尼亚的贵族地位原来是建立在一种谬误之上的。同样的道理,如果说在绘画界,在喜剧界,德·夏吕斯先生早已声名狼藉,追根究底,其源盖出于人们将他与勒布卢瓦·德·夏吕斯伯爵混为一谈的缘故,夏吕斯伯爵与夏吕斯男爵无亲无故,即使有瓜葛也是极久远的事了,前者在一次有名的警察大搜捕中被抓了起来,也许是误抓吧。总之,人们叙及德·夏吕斯先生的故事,件件都与假夏吕斯有关。许多专业行家断言与德·夏吕斯先生有过关系,并且出于真诚,以为假夏吕斯即是真夏吕斯,而假的也许有利,一半用以炫耀尊荣,一半用以掩饰恶习,真假混淆,对真的(我们所认识的男爵)来说,长时期都是有害无益的,但后来,随着他滑坡每况愈下,倒变得称心如意起来,因为这样真真假假也就允许他这么说:"这不是我。"眼下,的确不错,人家说的不是他。最终,这就导致了对一件真实的事实(男爵的嗜好)的种种评论错上加错,他原是一位作家亲密无间、纯洁无瑕的朋友,这位作家在戏剧界竟莫名其妙地得了这种名声,其实他压根儿就不配。当人们发现他们双双出席一次首演式时,便说:"您晓得吧。"犹如人们以为盖尔芒特公爵夫人与帕尔玛公主有不道德的关系,简直成了颠扑不破的神话,因为这种神话只有在两位贵夫人身边才会销声匿迹,但那些嚼舌之人实际上永远接近不了她们,顶多在剧院里瞟她们几眼,向邻座诽谤她们几句。雕刻家对德·夏吕斯先生的德行不假犹豫便得出了结论,男爵在上流社会的处境可能的确这般糟糕，因为他对德·夏吕斯先生所属的家族，对其头衔，对其姓氏，未曾掌握任何种类的情报。戈达尔大夫认为，众所周知，医学博士的头衔并没有什么了不起，住院的实习医生的头衔却管点儿用场，与戈达尔的看法如出一辙，上流社会的人们也是自欺欺人，自以为所有的人，对他们姓氏的社会重要性的概念，与对自身和本阶层的概念，一律等量齐观之。

阿格里让特亲王在小圈子里的一个跟班眼里，成了一个"黑道老爷"，因为亲王欠了他二十五个路易，亲王只有在圣日尔曼区才重抖威风，因为他在那里有三个姐妹皆是公爵夫人，大贵族发挥若干影响，并不在平民百姓身上，而在达官显贵身上，因为在平民百姓看来，大贵族没有多少可以指望，而达官显贵则对其来历了如指掌。况且，德·夏吕斯先生当天晚上就会明白，男主人对公爵名门望族的观念肤浅。雕刻家深信，维尔迪兰夫妇竟然让一个有污点的个人涉足他们的"精粹"沙龙，会一失足铸成千古恨，因此认为有必要把女主人叫到一边来。"您完完全全错了，何况，我对那些个事情压根儿就不相信，再说，假如这是真事儿，我可要告诉您，这对我也不会有多大损害！"维尔迪兰夫人气急败坏地回答说，因为，莫雷尔是星期三聚会的主要成分，她无论如何不能先使他扫兴。至于戈达尔，他不会发表自己的意见，因为他告辞一会儿上"圊溷"去"办一点小事"去了，而后在维尔迪兰先生房间里为一个病人写一封火急的信。

巴黎的一个大出版商登门造访，他原想人家会留他，但当他明白自己的风雅不足以受小圈子欢迎时，便一怒之下甩袖而去。这是一个高大强壮的汉子，面色棕褐，认真，有那么点干脆麻利的劲头儿。他的样子，就像是一把乌木裁纸刀。

维尔迪兰夫人，为了欢迎我们到她的大沙龙里，在里面摆好了当天采摘的禾本科植物、丽春花、野花，经过精心陈列，显得错落有致，构成双层双色图案，与两百年前一位格调高雅的艺术家的图画有异曲同工之妙，她正同一位老朋友在打牌，一时起身，请求允许在两分钟之内打完这轮牌，一边同我们聊着天。不过，我对她谈了我的印象，只有一半话她听得顺耳。首先，我感到气愤，看到她和她的丈夫每天在夕阳西沉时刻之前就早早回来了。都说这里的夕阳美妙极了，从这悬崖峭壁看去美不胜收，从拉斯普利埃的平台观赏就更是美不可言了，为了饱览这夕照胜景，我可以走它几十里地。“是的，的确无与伦比。”维尔迪兰夫人说得倒挺轻松，瞥了一眼作为玻璃门的落地大窗扇。“我们虽然天天都看，但还是百看不厌。”我把目光收回到她的牌上。哦，我的热情竟使我苛求他人。我埋怨从沙龙看不到达纳塔尔巉岩，埃尔斯蒂尔告诉过我，说此时此刻的巉岩美极了，折射出斑斓绚丽的色彩。“啊！您在这里是无法领略到的，得到公园的头上去，到‘海湾风光’上去。那里有一张板凳，从那里您可以把全景饱览无遗。但您不能单独去那里，您会迷路的。我给您带路吧，如果您乐意的话。”她懒洋洋地补充道。“那不行，哎，那天你吃的苦还不够多吧，是不是还想吃点新的苦头？他肯定还要来，改日再去看海湾风光吧。”我也就作罢了，心里明白，只要维尔迪兰夫妇知道就行了，那轮夕阳，挂在他们的沙龙或餐厅，多像一幅美妙的绘画，多像一件珍贵的日本瓷器，他们有理由高价租下家具齐备的拉斯普利埃，可他们却很少抬眼看一看夕阳；他们在这里的大事就是舒舒服服地生活，散散步，吃好的，聊聊天，接待讨人喜欢的朋友，让他们打几场有趣的台球，吃几顿美味佳肴，尝几样令人欢乐的点心。不过，后来我发现，他们有多么聪明，学会了认识这个地方的价值，让他们的客人们去作“见所未见”的游览，犹如让他们的客人去听“闻所未闻”的音乐。拉斯普利埃的鲜花，沿海的条条道路，古色古香的府第，鲜为人知的教堂，在维尔迪兰先生的生活中所起的作用太大了，以至于，那些在巴黎才看见他的人，以及那些以城市豪华取代海滨生活和乡间生活的人，是很难理解他自己对自己的生活所抱定的主意，简直难以理解他喜欢亲睹为快的重要性。这种重要性益发得到发挥，因为维尔迪兰夫妇以为，他们打算买下来的拉斯普利埃，是世界上独一无二的房地产。在他们看来，他们的自尊心驱使他们赋予拉斯普利埃的这种独占鳌头的优越性，说明我的热情不无道理，不然的话，我的热情就可能给他们造成些许的不快，因为我的热情中带着失望（就像过去听拉贝玛的演奏会令我失望那样），我对他们直言不讳地承认了自己大失所望的心情。

“我听到车子回来了。”女主人突然念叨起来。一言以蔽之，维尔迪兰夫人除了年龄不可避免的变化之外，也再不像当年斯万和奥黛特在她家听小乐章时她那副模样了。即使当人们演奏旧时的乐章，她也大可不必硬着头皮像过去那样装出欣赏得疲乏不堪的样子，因为她已满脸疲惫不堪了。在巴赫、瓦格纳、凡德伊、德彪西的音乐给她造成的数不清的神经痛的折磨之下，维尔迪兰夫人的前额大幅度开阔了，就像风湿病最终导致四肢变了形。她左右两个太阳穴，如同两个美丽的发烫的球面，疼痛难忍，形同双乳，里面翻滚着和声，分别从两边甩下几绺银发，不用女主人说话，就郑重为她声明：“我知道今晚等待我的是什么。”她已不必强颜欢笑以不断表示强烈的美的感受，因为她的颦笑本身在已经憔悴了的美貌里好像已有固定的表达方式了。甘心忍受痛苦，而下次的痛苦又总是由“美”强加的，刚听完最后一段奏鸣曲竟然下狠心匆忙去穿一件裙袍，这种态度使得维尔迪兰夫人即便在听最严酷的音乐，她的脸上总要保持住高傲的无动于衷的神色，暗地里却偷偷地吞咽两小匙阿斯匹林镇疼剂呢。

“啊！是的，他们来了。”维尔迪兰先生喊了起来，只见门开处，莫雷尔后面跟着德·夏吕斯先生，不觉松了一口气。德·夏吕斯先生呢，对他来说，在维尔迪兰夫妇家吃晚餐，根本就不是去上流社会，而是去一个下流的场所，他像一个中学生第一次涉足妓院，心里忐忑不安，对老板娘毕恭毕敬。德·夏吕斯先生平常有表现男子气概和冷漠的欲望（当他在门开处露面时），这种欲望也受到传统的礼貌观念所左右，一旦胆怯心理摧毁了矫揉造作的态度，并求救于无意识的才智，便顿时醒悟过来。在这样一个夏吕斯身上，姑且不论他是贵族还是资产者，一种这样的祖传感情、对陌生人的本能的礼貌感情竟然发生了作用，那就是，总有那么一个女性亲人的灵魂，活像一位女神或下凡的仙女化身那样行善助人，负责把他带进一个新沙龙里，并负责塑造他的态度，一直管到他来到女主人面前。就像一位被虔诚亲戚养大的青年画家，进来时歪着个颤抖的脑袋，眼睛朝天，双手紧紧地抓着一个无形的手笼，手笼的形状是凭想象回忆起来的，守护神仿佛就在眼前，定会护佑这位诚惶诚恐的艺术家消除恐惧症，跨越从候客室到小沙龙之间的万丈深渊。今天根据回忆引导他的那位虔诚的女亲戚，好几年前曾经来过，哀怨的表情令人寻思她是来宣布什么不幸的事吧，待她开口说话人们方才明白她不过是来作一次礼节性回访的，而画家现在也是这副模样。根据这一同样的法则，要求生活为尚未完成的行为着想，在蒙受长年累月的凌辱中，去支配、利用过去最为可敬、有时最为圣明、偶尔又最为清白的遗产，改变其天然性质，尽管生活因此酿成了一个全非的面目，倒像是戈达尔夫人的侄甥，女人气十足又常常光顾，使家里伤透了脑筋，他在门口一亮相，总是喜气洋洋，仿佛他会让您喜出望外，或者是来宣布让您继承一笔可观的遗产，闪耀着幸福的光芒，却大可不必动问他何以有此洪福的原因，其源盖出于他那无意识的继承权和性倒错。他踮着脚尖走路，无疑，连他自己都感到奇怪，手里竟然没拿着一本名片册，只见他张着撒娇的心形嘴巴，一边伸出手去，就像他看到他姨娘做出来的那副模样，他把唯一不安的目光投向镜子，虽然他光着头，却似乎想对镜检查一下他的帽子是否歪戴着，就像有一天戈达尔夫人问斯万她的帽子是否戴歪了那样。至于德·夏吕斯先生，在这关键的一分钟里，他所经历过的这个社会，向他提供了形形色色不同的范例，别有风味的殷勤的方式，直到在一定的场合，提供普普通通市民应当知道的，可以公诸于众的，用来为其风流雅致服务的行为准则，这种种风雅最为难能可贵，平常是深藏不露的，只见他扭扭捏捏，向维尔迪兰夫人走来，矫揉造作的幅度之大,简直可与女人撅高屁股穿衬裙却又受到衬裙束缚的姿态相媲美,一副得意洋洋、受宠若惊的神气,简直可以说,对他而言,被介绍到维尔迪兰夫人府上,可谓最高的宠幸了。只见他半前倾着脸,满足之情与文雅风度争风吃醋,硬是折出许多和颜悦色的细细皱纹来。大家似乎以为,眼看着走上前来的是德·马桑特夫人,一次阴差阳错将女胎投进男胎,长成了德·夏吕斯先生的体态,此时此刻,女性的特质又脱颖而出了。当然,这种阴差阳错,男爵煞费苦心加以掩饰,装出阳刚气质。可是,就在他勉强装出男子气派的同时,虽然保留着同样爱好,但那自我感觉是女人的习惯又使他露出了新的女性外表,这不是遗传基因所致,而是个人生活造成。久而久之,他终于达成女性思考,甚至对社会事物也不例外,而自己对此竟不曾觉察,因为不仅欺人太多,而且善于自欺,致使觉察不出是在自欺欺人,尽管他请求自己的身体极力表现出(在进维尔迪兰夫妇家门的当儿)大贵族的谦恭礼貌,但这身体早已明白德·夏吕斯先生之所勿欲,于是便使出浑身解数,施展贵夫人的全部魅力,以致男爵不愧"Lady - Like"(娘们)的外号。况且,人们怎么能完全将德·夏吕斯先生的外表与下面的事实分开呢?由于儿子不一定总像父亲,即使不是阴差阳错,但由于一味追求女人,他们在自己的脸上刻上了对自己母亲的亵渎。但这需要另写一章:受凌辱的母亲们,这里暂且按下不表。

尽管还有其他的原因在主宰着德·夏吕斯先生的这一变态,尽管是纯生理的因素让物质在他身上"劳作",让他的身体逐渐过渡到女人的范畴,然而,我们这里所提出的变化则是出自精神的病根。老以为自己有病,于是真的病了,瘦了,没力气起床,患上神经性肠绞痛。老多情地怀恋着男人,于是便变成了女人,一条想象出来的裙袍便束缚住自己的脚步。固定的意念可以在上述情况下改变性别(在其他情况下也可以改变健康)。莫雷尔跟着他,过来向我问好。打从此时此刻起,由于他身上发生了双重的变化,他给我(可惜!我不善于有先见之明)留下一个坏印象。

原因是这样的。我说过,莫雷尔自从摆脱他父亲的奴仆身份之后,每每热衷于倨傲地表示亲善。那一天,他给我带来照片,跟我说话,居然没有一次称呼我先生,他居高临下,对我态度傲慢。而在维尔迪兰夫人家里,我是多么惊讶,他居然当着我的面,而且只当着我的面,对我顶礼膜拜,只听他放着别的话不说,先来一套敬语,可谓毕恭毕敬——这些个敬语,我原以为无论如何不会出自他的笔下或嘴唇——居然是冲着我来的!我马上得出他有求于我的印象。过了一会儿,他把我叫到一边:"有劳先生大驾了,"他对我说,这次居然用第三人称与我说话,"千万不要对维尔迪兰夫人和她的客人们说出我父亲在您外叔公家究竟是从事什么职业的。最好是说,他在您家是大家大业的总管,这样可以使他与您父亲的亲属们平起平坐。"莫雷尔的要求使我极为反感,倒不在于他逼我抬高他父亲的地位,其高低贵贱于我都是一样的,而在于他逼我虚张了我家的财产,我感到这很可笑。可他的神色那样可怜,那样迫不及待,弄得我不好驳回。"不,吃晚饭前,"他低声下气地说,"先生随便找个借口就可以把维尔迪兰夫人叫到一边嘛。"我的确这样做了,千方百计抬高莫雷尔父亲的荣耀,而又没有过分夸张我父母的"阔气"和"荣华富贵"。此事就像上邮局寄一封信那样过去了,虽然维尔迪兰夫人感到奇怪,因为她对我外祖父多少有点印象,但由于她不分青红皂白,憎恨所有家族(这小核心的溶解剂),她说过,她过去曾瞧见我的外曾祖父,在同我谈起我外曾祖父时,仿佛在谈论一个对小核心一无所知的近乎白痴的人,按她的说法,叫"局外人",她说:"况且,太讨厌了,这家族那家族,大家恨不得离家出走。"她话锋一转,讲起有关我曾外祖父为我所不知的特点,虽然在家里我怀疑过(但我没见过他,但大家对他的议论颇多)他那出奇的吝啬(与我外叔公有点过分奢华的慷慨相反,我的外叔公是粉衣夫人的男朋友,又是莫雷尔父亲的老板):"既然您外叔公家有一个这么棒的管家,这就说明,在各个家族里,形形色色的人都有。您曾外祖父吝啬得要命,以至于,在快死的时候,几乎糊涂了——只在我们之间谈谈，他从来就没有精神过，您把那些都弥补上了——他舍不得花三个苏坐车。弄得人家不得不让他跟着，不得不另付车夫工钱，并让老守财奴相信，他的朋友德·贝西尼先生，国家部长，已获准让他不花钱坐车兜风。再说，我很高兴，**我们的**莫雷尔的父亲原来这么好。我原以为他是中学教师，这没什么关系，我听错了。但这无关紧要，我可要告诉您，这里，我们只看重自身的价值，个人的贡献，我管这叫参与。只要属于艺术圈子，一句话，只要属于团体，其余的就无关宏旨了。”莫雷尔现在的态度——尽我所能得知的——是，他爱女人也爱男人，从男人身上取得经验以取悦女人，又从女人身上取得经验去讨好男人；后面自有热闹看。但是，这里着重要说的是，一旦我承诺要在维尔迪兰夫人面前美言他几句，特别是我果然这么做了，说出的话再也无法收回了，莫雷尔对我的“尊敬”马上像施过魔法似的顿时不翼而飞了，一套一套的敬语也烟消云散了，甚至有好一阵子，他避不见我，故意显示对我不屑一理的神气，以至于，当维尔迪兰夫人请我对他说点儿什么事，请求他演奏某一段乐曲时，他竟然继续只顾与一位常客说话，接着又与另一个常客交谈，我若向他走去，他就索性换一个地方。人家不得不一而再、再而三地告诉他，我有话对他讲，他这才回答我，样子很勉强，三言两语应付了事，除非我们俩单独在一起谈。在单独的情况下，他的感情是外露的，友好的，因为他的性格自有动人之处。从那第一个晚会上，我少不了得出结论，他生性卑鄙，该退让时，他从不惜卑躬屈膝，但不知道感恩。在这方面，他倒像一般人。但由于我身上有点像我外祖母，我喜欢形形色色的人而对他们又毫无所求，或者说对他们不怀怨恨，我忽略了他的卑劣品性，却喜欢他的欢乐性格，当他表现出欢乐的时候；我甚至喜欢我原以为是出自他的真挚友谊的东西，当他环顾一圈他对人性的错误认识之后，他却发现（断断续续地，因为他不时地莫名其妙地恢复到原始的盲目的野蛮中去）我对他的温和是无私的，我的宽容并不是因为缺乏明察秋毫的眼力，而是出于他所谓的好意，特别是因为我喜欢他的艺术，其精湛的演技令人叹为观止，使我（从智力意义上讲，他并不是一个真正的音乐家）得以重温或见识到这么多美妙的音乐。况且一个经纪人（在德·夏吕斯先生身上我并没有发现这些个才能，尽管盖尔芒特夫人年轻时就看出他非同小可，说他曾为她组织演奏过一部奏鸣曲，画过一把扇子，云云），虽然就其真正的优势而言是一个寒酸的经纪人，但却是第一流水平的，善于用这手精湛的技艺为各色各样的艺术方向服务，五花八门，应有尽有。可以想象有某一个俄罗斯芭蕾舞艺术家，灵巧至极，经德·贾吉列夫先生指点，训练有素，修养丰富，在各个方面都得到了发展。

我刚把莫雷尔托我捎的话转告维尔迪兰夫人之后，便同德·夏吕斯先生谈起圣卢来了，就在此时，戈达尔走进沙龙，急匆匆的，报告康布尔梅夫妇来了。维尔迪兰夫人面对我们的新客人，像德·夏吕斯先生（戈达尔没有看见他）啦，像我啦，听到康布尔梅夫妇到了，故意不露声色，不以为然，不动身子，对这条消息的宣布不作出反应，只顾同大夫谈话，优雅地扇着扇子，操着法兰西剧院舞台上一个侯爵夫人假惺惺的腔调说道："男爵正是这么对我们说……"这对戈达尔来说太过分了！虽然他的言辞没有过去激越，因为研究和优越的职业减缓了他的语速，但却带着在维尔迪兰家失而复得的激动："一个男爵！在哪儿，一个男爵？"他失声叫了起来，东张西望寻找这个男爵，大惊小怪中露出怀疑。维尔迪兰夫人装出若无其事的样子，犹如一个家庭主妇对待一个当着客人的面打破贵重杯子的仆人，装出不在乎的姿态，又像音乐戏剧学院上演小仲马作品一等奖获得者那样拿腔拿调，用手中的扇子指着莫雷尔的保护人说："可不是，德·夏吕斯男爵呗，我正把您的大名介绍给他呢……戈达尔教授先生。"维尔迪兰夫人何乐而不为，趁机表演一番贵夫人角色。德·夏吕斯先生伸出两个指头，教授握住他的手指，露出"科学王子"尽义务的微笑。但他一看到康布尔梅夫妇进来，断然收敛笑容，而德·夏吕斯先生却把我拉到一个角落，用手碰碰我，有话对我说，这是德国人用的一种方式。德·康布尔梅先生一点也不像老侯爵夫人。他正如老侯爵夫人温情脉脉地说的那样，“完全是他爸爸的模样”。对于那些久仰他的大名，久闻他遒劲有力、精当得体的文采的人来说，他的相貌却令人不胜惊讶。当然，人们必须见怪不怪才行。只见他的鼻梁歪歪斜斜地来落脚于嘴巴之上，也许他父母有意在这张脸蛋上绘下许许多多其他的斜线，但他的鼻子在那么多斜线里，唯独挑选了这条斜线，使自己歪长在嘴巴之上，它是庸俗愚蠢的象征，再加上周围一片诺曼第苹果红相衬，就显得益发俗不可耐了。有这样的可能，德·康布尔梅先生的眼睛，在自己的眼皮中间，保存了一点科唐坦的蓝天，在阳光明媚的日子里，天气是那样暖和，散步之人在丽日蓝天下兴致勃勃地观赏着，路边数以百计的杨树落下团团阴影，但是，这沉重的眼皮长有眼屎，开阖别扭，有碍智慧之光自己通过。这样一来，由于受到蓝色浅薄目光的窘迫，人家便想起动用大歪鼻子来了。由于感觉上的阴差阳错，德·康布尔梅先生用歪鼻子看您。德·康布尔梅先生的鼻子并不丑，倒是有点儿美过头了，确实过头了，对自己的重要性自豪过度了。它形如鹰钩，抹得锃亮，闪闪发光，焕然一新，随时准备弥补目光中智力之不足；不幸的是，若说眼睛有时是智慧自我表现的器官，那么鼻子（尽管各种线条彼此抱成一团，亲密无间，前呼后应而心领神会）呢，鼻子一般来说则是愚蠢最容易自我炫耀的器官了。

德·康布尔梅先生老穿着深色服装，即便在大清早也不例外，服色虽然得体，却很难让路人心里踏实，因为他们被素不相识的海滨游客身上穿着的惹人注目、闪光怪异的服装弄得眼花缭乱、怒不可遏了，人们不能理解，法院首席院长的妻子竟然摆出一副明鉴与权威的神态，俨然以阿朗松上流社会世故自居，似乎比您更有经验，宣称在德·康布尔梅先生面前，即使人们还不知道他姓甚名谁，但人们会顿时感到，自己面对的是一位高官显贵，是一位一改巴尔贝克颓风的有崇高教养的贤士，是一位与之相处可轻松呼吸的人物。他之对于她，简直像一瓶味精盐花，熙熙攘攘的巴尔贝克旅游者并不了解她的世界，简直要把她闷死了。相反，我倒觉得，他属于这样一类人，若是被我外祖母看到了，她一眼就会看穿这人"很坏"，而且，由于她不会附庸风雅，倘若得知他最终把勒格朗丹小姐娶到了手，她一定会大惊失色的，勒格朗丹小姐可能很难崇高达雅，可她兄弟是"极好"的。谈到德·康布尔梅的平庸丑陋，人们顶多可以这么说，他的丑有点儿地方性，有些东西是历史悠久的乡土色彩；看到他的相貌有缺陷，人们恨不能为之矫正，不由得想起诺曼第小城镇的地名来，关于那些地名的词源，我的神甫常常弄错，因为农民们发音含混，要么就是望文生义，把标明城镇地名的诺曼第词汇或拉丁语词汇理解歪了，将错就错，像布里肖说的那样，以讹传讹，最终把错误的词义和发音固定在不规范的词语里，人们已经在教堂的档案文件里找到这些不规范的词语。不过，在这些小城镇里，生活可以过得舒舒服服，而且，德·康布尔梅先生自有优越之处，因为，虽说老侯爵夫人喜欢自己的儿子胜过自己的儿媳妇，可她却生了好几个孩子，其中至少有两个孩子是没有出息的，她每每声称，依她的看法，家族中最好的还是侯爵。他曾在军队里当过几天兵，他的战友们嫌康布尔梅太长说起来费事，便给他起了个外号叫"康康"，其实他对康康舞毫无建树。人家请他赴晚宴，上鱼(哪怕是臭鱼)或上第一道正菜的时候，他很会为晚宴添油加醋，说："咳，您瞧瞧，我觉得，真是一只漂亮的畜生。"而他的老婆呢，自从进入他家那天起，就千方百计使自己成为这个世界的一部分，合其潮流，将自己提高到丈夫的朋友们的水平上，甚至想方设法像情妇那样讨他的欢心，仿佛她过去早已同他的单身汉生活厮混在一起，她与一些军官谈到她丈夫时，每每不加掩饰地说："你们会见到康康。康康去巴尔贝克了，但他今晚一定会回来。"今晚她很生气，在维尔迪兰家里受到了牵连。她这样做，纯粹是应婆婆和丈夫的要求，为收租才来的。但是，她受到的教育不如他们高，不掩盖事情的动机，而且半个月来，她就跟女友们咬舌头根，大谈特谈这顿晚饭。“您晓得吧，我们要去我们租户家里吃晚饭。这等于增加了租金。实际上，他们究竟会把我们可怜的老拉斯普利埃糟踏成什么样子（好像她是在那里出生，可以在那里找到亲人们的所有回忆似的）。我们那看门老人告诉我说，那儿早已面目全非，无法辨认了。我不敢想象那里究竟发生了什么事。我觉得，在我们重新住进去之前，还是要里里外外消毒一遍为好。”她高傲地来了，而且闷闷不乐，那神气，犹如一个贵妇人，因为打仗，她的城堡被敌人霸占了，可她仍觉得是在自己家里，务必向战胜者表明，他们是入侵者。德·康布尔梅夫人开始看不到我，因为我在侧门门洞里，同德·夏吕斯先生在一起，他告诉我，他从莫雷尔口里得知，莫雷尔父亲曾在我家当过“管家”，他，夏吕斯，据此可以充分相信我的“聪明”和“宽宏”（他和斯万共同的字眼），可以使我拒绝那下流低级的淫乐，而一些下作小白痴（我已心中有数），倘若他们是我的话，兴许会趋之若鹜，并向我们的客人们细细披露出来，而我们的客人们也许会以为是小题大做呢。“我对他感兴趣，并把他纳入我的保护范围，仅这件事就非同小可，我把过去一笔勾销了。”男爵一锤定音。我洗耳恭听，许之以沉默，我本来就可以保持沉默，但并不希望以此换来聪明和宽宏的美名。我看了看德·康布尔梅夫人。我这才认出了这易溶可口的东西，不日前我曾在巴尔贝克平台上品尝过，那玩艺儿夹在诺曼第的硬饼里硬得像一个鹅卵石，维尔迪兰家的老客人一个个都下不了牙齿。她对丈夫从生母身上继承下来的十足憨气极为恼火，当人们向他一一介绍维尔迪兰家的老客人时，只见他憨态可掬，露出不胜荣幸的神色，不过，她愿意履行上流社会贵妇的职责，当人们向她指名道姓介绍布里肖时，她又乐意让他去认识自己的丈夫，因为她曾见过更高雅的女友们就是这么做的，但盛怒或高傲压倒了社交礼仪上的炫耀心理，她本应该这么说：“请允许我向您介绍我的丈夫。”可她却说：“我把您介绍给我丈夫。”这样，她虽高举起康布尔梅家的大旗，却无视康布尔梅家人自己，因为侯爵向布里肖鞠躬，头低得跟她预见的一样低。但德·康布尔梅夫人一见到德·夏吕斯先生，她这一套脾气说变就变，她一眼就把德·夏吕斯先生认出来了。她曾想方设法让人把他介绍给自己，但从不成功，即使在她与斯万有关系的时候也是如此。因为德·夏吕斯先生总是站在妇女一边，支持他的嫂子与德·盖尔芒特先生的情妇们作对，支持当时尚未结婚但却是斯万的老关系的奥黛特，与斯万的新关系们作对，作为家庭严正的卫道士和忠实的保护人，向奥黛特许诺——并说话算数——不让人家指名道姓把自己介绍给德·康布尔梅夫人。德·康布尔梅夫人当然未曾料到会是在维尔迪兰家里最终结识这个无法接近的男人。德·康布尔梅先生知道，这对她来说是大喜过望了，以致他自己也动了感情，看着他妻子，那表情似乎在说："您决定来高兴了吧，是不是？"不过，他说的极少，知道他娶了一个高级老婆。"鄙人，不配。"他无时无刻不这么说，也爱说一则拉·封丹的寓言和一则弗洛里安的寓言，感到这两则寓言正适合他的无知，另一方面，可以使他以种种倨傲的奉承形式，向不是小圈子里的学者们表明，他有能力涉猎而且读过寓言，不幸的是，他只知道这两则寓言。于是常常挂在嘴上。德·康布尔梅夫人并不笨，但她有种种习惯极令人讨厌。在她脑子里，对人名的曲解绝无任何贵人倨傲的意思。她可不像盖尔芒特公爵夫人（公爵夫人因家庭出身的原因应该比德·康布尔梅夫人更不乏这种滑稽可笑的手段），为了不露出知道不雅姓名的神色（而今这名字已成了一个最难得一见的女人的名字了），提到朱利安·德·蒙夏多时说："一个小太太……比克·德·拉米朗多尔。"不，当德·康布尔梅夫人说错一个姓名时，这完全是出于善意，是为了不露声色，与此同时，出于真心实意，就连她也供认不讳，以为一经她的剽窃，这名字也就掩盖住了。倘若，譬如说，她为一个女人辩护，她千方百计遮遮掩掩，同时对哀求她说出真相的人，却又不愿意撒谎，不直说某某夫人现在是西尔万·莱维先生的情妇，可她却说："不……我对她一无所知，我听说，有人指责她与一位先生调情，可我不知道这先生姓甚名谁，好像卡恩，科恩，库恩什么的；何况，我以为，这位先生早已去世了，他们之间从来没什么嘛。”这是类似撒谎者手法的手法——而且是反其道而行之——撒谎者对一个情妇或随便一个朋友讲自己的所作所为时，总是口是心非，乔装打扮，心想，情妇也罢，朋友也罢，是决不会一眼看出自己说出的话（诸如卡恩，科恩，库恩之类）是节外生枝的，是与谈话内容风马牛不相及的，是有双重谜底的。

维尔迪兰夫人附在她丈夫耳朵上问：“我是不是可以把胳膊伸给德·夏吕斯男爵？你右边将拥着德·康布尔梅夫人，大家本来可以礼尚往来嘛。”“不，”维尔迪兰先生说，“因为另一个人身份更高（他想说德·康布尔梅先生是侯爵），德·夏吕斯先生充其量也是他的下风。”“那好吧，我把他安排到亲王夫人身边。”于是，维尔迪兰夫人将谢巴多夫夫人介绍给德·夏吕斯先生；他们俩彼此欠身致意，一言不发，看样子他们彼此都知道底细，而且彼此许诺相互保密似的。维尔迪兰先生把我介绍给德·康布尔梅先生。他操着重嗓门，带有轻微的口吃，话尚未出口，他那魁伟的身材和满面的红光就摇摆波动起来，表现出一个长官的优柔寡断，长官想方设法让您放心并对您说：“有人对我说过，我们会作出安排的；我会让人取消对您的惩罚；我们又不是吸血鬼；一切都会好的。”然后，他握着我的手：“我以为您认识我母亲。”他对我说。况且，他觉得初次见面用动词“以为”为妥帖，但决非表示一种怀疑，因为他又补充道：“再说我有一封她的信要交给您。”德·康布尔梅先生旧地重游像孩子一般高兴，他曾在这里度过了漫长的岁月。“我又回来了，”他对维尔迪兰夫人说，说着，他的目光露出惊叹的神色，重新辨认出门上那一幅幅花卉图画和一尊尊高底座的大理石半身塑像。不过，他难免有人地生疏之感，因为维尔迪兰夫人带来了她拥有的大量美丽的古董。从这个观点看，在康布尔梅夫妇眼里，维尔迪兰夫人虽然把一切都弄得乱七八糟，但她并不是革命者，而是聪明的保守派，个中的意义他们并不明白。他们还错误地指责她糟践了老府邸，给府第丢了脸，放着富贵的长毛绒不用，却偏爱用普普通通的粗布作装饰，犹如一位无知的神甫责怪教区的建筑师将丢弃一边的古旧木雕重新修归原处，那教士自以为用圣絮尔皮斯广场上买回的装饰物取而代之还挺不错呢。在城堡前面，一个神甫花园到底开始取代了那一个个花坛，这些花坛不仅仅是康布尔梅一家的骄傲，而且也是他们园丁的骄傲。他们的园丁只把康布尔梅一家视作自己的主人，却在维尔迪兰一家的奴役下呻吟着，就好像土地暂时被一个入侵者及一帮土匪军占领着，他暗地里去向被剥夺了财产的女主人鸣冤叫屈那样，为他的南洋杉，为他的秋海棠，为他的长生草受到冷遇而感到愤愤不平，他们竟然敢让春黄菊、维纳斯秀发草之类的普通花卉闯入如此富丽的府邸里乱长一气。维尔迪兰夫人已感到这潜在的对头，已经横了心，如果她得以把拉斯普利埃长期租下来，或者索性买下来，那一定得提出条件，解雇掉这个园丁，然而老女主人却相反，非保住他不可。他曾在困难时期为她卖力而不图任何报酬，对她恭恭敬敬，但由于平民百姓的下人们闲言碎语作怪，最深刻的精神蔑视同最痴情的敬仰镶嵌在一起，而最痴情的敬仰又叠印在不可磨灭的旧恨上，说起德·康布尔梅老太，她，七十高龄，在东边拥有的一座城堡突然遭到入侵，不得不忍受了一个月同德国人打交道的痛苦，他常常这样说："人家最恨侯爵夫人的地方，就是在战争期间，站到普鲁士人一边去了，甚至让他们住进她的家里。要是换一个时候，我可以理解；但在战争期间，她就不应该了。这不好。"他对她可谓忠心耿耿，至死不渝，崇敬她的善良，但却使人相信，她因背叛而有罪。德·康布尔梅先生口口声声说他把拉斯普利埃旧貌全都认出来了，使维尔迪兰夫人很生气。"不过，您总该发现多少有点变化吧，"她回敬说，"首先，有高大的巴布迪安纳铜像，而那些长毛绒无赖小坐椅，我早就把它们打发到顶楼上去了，放在那上面还太便宜它们了。"对德·康布尔梅先生给予尖刻的回击之后，她才向他伸出胳膊让他挽着准备就席。他犹豫了片刻，心里嘀咕起来："我总不好抢在德·夏吕斯先生之前吧。”但，一想到德·夏吕斯先生是世交老友，此时他又没有贵宾席，便决定挽起伸过来的胳膊，对维尔迪兰夫人称，他是多么自豪，终于被接纳进了小团体（他就是这样叫小核心的，得知这一名堂颇为得意，不无一点好笑）。戈达尔呢，就坐在德·夏吕斯先生身边，只见他透过夹鼻眼镜看了看德·夏吕斯先生，想与他结识，也想打破冷场的僵局，不由得频频眨起眼睛，比以往眨得更为有劲，而不因羞怯而中断。他的目光一旦行动，微笑推波助澜，夹鼻眼镜容纳不下，只好四溢而出了。男爵呢，像这样的人他到处可见，肯定戈达尔也不例外，肯定戈达尔在跟他挤眉弄眼呢。顿时，他向教授显示了同性恋者们的冷酷性，一方面对喜欢自己的人冷眼相看，而对自己喜欢的人却热心急切。当然，尽管每个人都谎称被爱的甜美，但命运总是将被爱的甜美拒之门外，我们不爱此人，可此人偏爱我们，我们会觉得受不了，这是一条普遍的规律，但这条普遍的规律尚远未威镇夏吕斯一类人身上，其实也仅仅是这一类人而已。这种人，这样的女人，我们谈及她时，我们决不会说她爱我，而说她缠着我，我们不喜欢这种人，我们宁可与任何其他的人打交道，虽然没有她的妩媚，虽然没有她的可爱，虽然没有她的思想。只有当她停止爱我们的时候，她才在我们眼里重新变得妩媚，变得可爱，变得有思想。在这个意义上，人们也许只能看到这一普遍规则形式上的怪诞变异，一个同性恋者恼火了，因为有一个男人使他不快，可这个男人偏偏追求他，就益发恼羞成怒了。一般人往往在生气的同时，极力掩饰心中的恼怒，但同性恋者非让惹恼他的人感到恼火不可，就像他定然不会使一个女人感到恼火一样，比如说，德·夏吕斯先生肯定不会使盖尔芒特亲王夫人恼火的，亲王夫人的恋情令他讨厌，但却使他得意。但是，当他们看见另一个男人向他们表示一种特殊的兴趣时，那么这种特殊的兴趣往往就会被视为一种恶癖，或者是因为不理解他们的兴趣本来就是一路货色；或者是因为想起来就生气，这种被他们美化了的兴趣恰恰又是他们自己表现出来的；或者是希望在不费代价的情况下，堂而皇之地为自己恢复名誉；或者是出于一种恐惧，怕被人猜中隐秘，当欲望不再牵着他们的鼻子走，蒙上眼睛，草率行动时，他们顿时惧怕起来了；或者是不堪忍受因另外一个人的暧昧态度而受到的损害，但倘若他们喜欢这另外一个人，他们则出于他们自己的暧昧态度，也就不怕给他造成损害了，这并不妨碍他们跟踪一个年轻小伙子一追就是几法里，并不妨碍他们在剧场里眼睛老盯住小伙子看，即使年轻人同朋友在一起也照看不误，不怕因此年轻人与他们闹僵，只要有另一个人看他们一眼，而这另一个人又不讨他们喜欢，人们就可以听到说话了："先生，您把我当成什么人了？（那简单，因为，他们原来是什么人，就把他们当什么人）我不明白您是什么意思，再解释也没有用，您可做错了。"甚至要扇他几个耳光，面对认识这言行不慎家伙的人，会气冲冲地问道："怎么，您认识这讨厌的家伙？这家伙看您有一股嗲气！……成何体统！"德·夏吕斯先生还没走这么远，但他已气得板起面孔，冷若冰霜，那脸色，就像有些女人，看样子人们觉得她们轻佻，可她们实际上并不轻佻，如果她们果真轻佻，那么她们就更气歪了脸。况且，同性恋者遇见了一位同性恋者，他看到的不仅仅是自己的一种讨厌的形象，半死不活的样子，只会伤害自己的自尊心，而且，他还看到了另外一个他自己，活生生的，感同身受的，这样，也就可能使他在情爱上受罪。这样一来，出于本能的维护感，对于可能的竞争对手，他可就要讲坏话了，或者同那些可以损害可能的竞争对手的人去讲（除非1号同性恋者在如此这般攻击2号同性恋者时，旁观者却有自己的情报渠道掌握情况，因而1号担心露馅被人当作造谣者），或者同受他"抬举"的年轻人讲，这个年轻人很可能从他手里被人拐走，因此，务必使年轻人相信，虽然都是同样的事，同他一起干则大有好处，但如果他心甘情愿同另外一个人去干，那就可能造成一生的不幸。德·夏吕斯先生也许想到了危险（纯属想象），他误解了戈达尔的微笑，以为戈达尔的出现会危及莫雷尔，对德·夏吕斯先生来说，一个不讨他喜欢的同性恋者不仅仅是自己漫画式的形象，而且是一个注定的冤家对头。一个商人，经营的是稀罕买卖，所以才到省城来落脚谋生，倘若看到在同一个场地上，面对面，有一个竞争对手也做同样的生意，其狼狈程度，比起这样一个夏吕斯来，也是望尘莫及的，这样一个夏吕斯，正要到一个僻静地方去偷情窃爱，可是，就在他到达的当天，在那里发现了当地的那位绅士和理发师，他们的形容和举止不容他有丝毫不相信的地方。商人常常恨自己的竞争对手；这种憎恨有时蜕变为忧郁，而只要他有点病根子，人们在小城镇里便会看到商人开始气得发疯的情形，治他疯病唯一的办法就是狠心卖掉他的“老底”，一走了之。同性恋者的疯狂还要更讨厌。他心里明白，从第一秒钟开始，那绅士和理发师已经爱上了自己的年轻小伙子。他就是一天上百次来回规劝自己的年轻伙伴也无济于事，说什么理发师和绅士都是土匪，通匪会使他名败身裂，那模样活像吝啬鬼阿巴公①，念念不忘守护着自己的财富，夜里总要起来查看一下是否有人来偷他的财宝。这种心理，无疑比欲望，或者比共同习惯的舒适感有过之而无不及，几乎可以同这种亲身的体验相提并论，因为自己的体验是唯一真切的，正是因为这种心理，同性恋者得以迅速发现同性恋者的行踪，而且是十拿九稳，不出什么差错的。他可能一时受骗上当，但敏锐的直觉使他回到真相。因此，德·夏吕斯先生的错误历时很短。神妙的洞察力顿时向他表明，戈达尔不是他这路人，而且他不必害怕戈达尔的主动接近，既不害怕戈达尔主动接近自己（这本会激怒他自己），也不害怕戈达尔主动接近莫雷尔（这本来在他看来更严重）。他又恢复了冷静，好像他仍然在阴阳维纳斯两性转变的影响之下，有时对维尔迪兰夫妇莞尔一笑，嘴都懒得张一张，只不过扯平了一下一角唇边皱纹，顿时他的眼睛温存地亮了一下，他是多么迷恋男子汉气概，所作所为与他的嫂子盖尔芒特公爵夫人毫无二致。“您经常出去打猎吧，先生？”维尔迪兰夫人怀

① 阿巴公原是莫里哀喜剧《悭吝人》中的主角名，后成了守财奴的代名词。

着蔑视问德·康布尔梅先生。“茨基是否对您讲过,我们有过一次绝妙的狩猎?”戈达尔问女主人。“我最爱在尚特比[1]森林打猎。”德·康布尔梅先生回答。“不,我什么也没讲。”茨基说。“那森林名副其实吗?”布里肖用眼角瞟了我一眼,对康布尔梅先生说道,因为他已答应我谈词源,却同时要我对康布尔梅夫妇不表现出他对贡布雷神甫的词源的鄙视。“这是无疑的,我不能理解,但我没抓住您的问题。”德·康布尔梅先生说。“我是说:是不是有许多喜鹊在那里叽叽喳喳歌唱?”布里肖问道。戈达尔却很难受,维尔迪兰夫人竟不知道他差一点误了火车。“讲呀,瞧瞧,”戈达尔夫人鼓励丈夫说,“讲讲你的历险吧。”“的确,这段奥德赛非同寻常。”大夫说着,便又从头开始讲他的故事。“当我看见火车已经进了站时,不觉傻眼了。这一切都怪茨基弄错了。您的情报真见鬼了,我亲爱的!可布里肖还在站上等我们呢!”“我以为,”教授说,用余光瞄了四周一眼,薄唇含笑,“我以为,如果您在格兰古尔迟迟不来,那一定是您惹上了闲花野草了吧。”“您给我闭上嘴好不好?要是我妻子听到您的话就糟了!”教授说。“老子的老婆,他是阴性醋罐子。”[2]“啊!这个布里肖,”茨基欢叫了起来,布里肖轻薄的玩笑唤醒他内心传统的欢快,“他还是那个样子。”说实话,他未必知道教授曾几何时淘气过。为了给惯常的玩笑话配上习以为常的动作,他装着忍不住要捏他的大腿一把。“他没变,这家伙,”茨基接着说,并没想到教授有意无意在这几个词中道出了难言的可悲可笑,他又补充道:“老是用一只小眼睛看女人。”“瞧瞧,”德·康布尔梅先生说,“与学者相见就是不一样。我在尚特比森林里打猎已有十五个年头了,可我从来没思考过它的地名有什么讲究。”德·康布尔梅夫人对她丈夫狠狠瞪了一眼;她可不愿意他在布里肖面前这般卑躬屈膝。后来她就更不满意了,康

---

① 法语“Chantepie”(尚特比)可以拆成“Chante - pie”意为“唱歌的喜鹊”。

② 戈达尔故意阴差阳错,该用阴性的代词用阳性,该用阳性的形容词用阴性。

康每次用“现成”的惯用套话时，戈达尔竟对自认笨拙的侯爵表明，那些现成的套话没什么意思，因为他曾下工夫学过这些套话，知道其意义的强弱深浅：“为什么说笨得像白菜？您认为白菜比其他东西更笨吗？您说：同一件事重复了三十六遍。干吗偏偏要三十六遍？为什么说：睡得像一根木桩？为什么说：布雷斯特惊雷？为什么：放荡四百下？”可布里肖却挺身而出为德·康布尔梅先生辩护，对每一个熟语都讲它的来龙去脉。但德·康布尔梅夫人却主要忙于检查维尔迪兰夫人一家到底给拉斯普利埃带来了什么变化，想要从中找出差错加以批评，又想把另一些变化引进费代纳，或者也许来个全盘照搬。“我在寻思，这盏歪歪斜斜的吊灯是什么玩艺儿，我很难认出我那老拉斯普利埃的真面目了。”她补充道，露出亲切的贵族气派，好像她是在谈论一位侍者，她不太愿意指出侍者有多大年纪，却愿意说他亲眼看见她出生的。由于她说话有点儿书本气：“我还是觉得，”她小声补充道，“我要是住在别人家里，像这样弄得面目全非，我可没脸做出来。”“真糟糕，你们没有同他们一起来。”维尔迪兰夫人对德·夏吕斯先生和莫雷尔说，希望德·夏吕斯先生“后会有期”，并遵守大家同乘一次火车的约定。“您敢肯定，尚特比的意思是唱歌的喜鹊吗，肖肖特？”她接着说，以表明她是家里的大主妇，谁的谈话她同时都得兼顾到。“那么，请您跟我谈谈这位小提琴师吧，”德·康布尔梅夫人对我说，“他令我感兴趣，我酷爱音乐，我好像听人说起过他，替我打听打听。”她已经得知，莫雷尔是同德·夏吕斯先生一块来的，她想通过把前者请来，设法与后者联系上。可她又补充了一句：“布里肖先生也令我感兴趣。”目的是为了让我摸不着这个意图。因为她极有教养，就像有些肥胖型的人，尽管吃得极少、成天走路，却眼看着长膘，她也是如此，虽然想深化一种越来越玄奥难解的哲学，深化一种越来越高明的音乐，特别是在费代纳，但却是徒劳的，这类研究的结果只能是用来策划阴谋，这些阴谋诡计可以使她与青少年时代的资产阶级情谊“一刀两断”，重新结交一些关系，开始，她以为这些关系只不过是婆家社会的一部分，后来，她才发现，这些关系的地位要高得多，也要深远得多。有一位哲学家，在她看来并不十分现代派，叫莱布尼兹，他说过，心智的里程是漫长的。这心智的里程，德·康布尔梅夫人并不比她兄弟有能耐，量她也无能力跑完全程。她不是阅读拉施利埃的著作，就是阅读斯图亚特·穆勒的著作，随着她越来越不相信外部世界的真实性，她就益发用功从中寻求处世良方，至死不渝。她酷爱现实主义艺术，在她看来，没有任何对象会这么低三下四来充当画家或作家的模特儿。描写上流社会社交生活的一幅绘画或一部小说都可能引起她的恶心；托尔斯泰笔下帝俄时代的庄稼汉和米勒笔下的农民已经是社会的极限，她不允许艺术家越此雷池一步。但是，超越局限她自己社会关系的界限，平步青云去结交公爵夫人们，则是她拼命追求的目标，然而，研究杰作忍受精神治疗，却始终抵挡不住天生病态的附庸风雅的情结，这情结在她身上有愈演愈烈之势。附庸风雅的结果，可以治好某些贪财、通奸倾向，想当初她风华正茂，对此可是倾心向往的，在这上面，恰似处在奇特的却常有的病理状态，似乎得一病可免生其他的毛病。听她说话，极讲究表达方式，我可不禁要违心对她说公道话了。这是在特定的一个时代里，在同一知识水平上的人们常用的熟语套语，精辟的习语一出口，就好像可以根据弧线画整个圆周似的。这些惯用语还有这样的效应，使用者犹如熟人熟面，一下子就把我弄烦了，但却也抬高了他们的身价，顿时高人一等，往往作为尚未定评的名媛雅士被引荐到我身边来。“您不知道，夫人，森林地区的地名，往往用森林里出没的动物命名。在‘唱喜鹊’森林旁边，您晓得有‘唱王后’树林子吧。”“我不知道指的是哪个王后，但您没对王后献殷勤。”德·康布尔梅先生说。“抓住，肖肖特。”维尔迪兰夫人说。“除此之外，旅途愉快吧？”“我们遇到的尽是下里巴人，挤满了一火车。可我得回答德·康布尔梅先生的问题，这里的雷娜王后，不是指国王的老婆，而是指青蛙王后。这个美名，在当地已经历史悠久了，就像‘雷那维尔’站，本应写成‘雷娜维尔’站，可引以为证。”“我觉得，您做了一只漂亮的畜生。”德·康布尔梅先生指着一条鱼对维尔迪兰夫人说。这是他常用的一句恭维话，他以为说句这样的恭维话，就等于付了晚宴的份子钱，而且还了礼了。（“邀请他们没有用。”他对妻子谈起他们的朋友时，常常爱说这样的话。“他们能请到我们就很高兴了。是他们该感谢我们。”）“而且，我应当告诉您，多少年来，我几乎每天都去‘雷娜维尔’，可我看不到比别的地方有更多的青蛙。德·康布尔梅夫人曾经把一个教区的神甫请到这儿来，她在那个教区有很多财产，这位神甫跟您有不相上下的才智，看样子似乎是这样。他写了一部著作。”“我完全相信，我读过这本书，饶有趣味。”布里肖虚伪地答道。德·康布尔梅先生的虚荣心从这一回答中间接得到了满足，久笑不止。“啊！那好，作者，我怎么说呢，这部地理著作，这部方言词典的作者，对一个小地名穷源考证，它叫古勒夫尔蛇桥，我们过去曾是这小地方的老爷，如果可以这么说的话。显然，在这口科学井旁边，我不过是胸无点墨的庸才，但是，我到古勒夫尔蛇桥不下千次，而他只去过一次，我要是曾见过哪怕只有一条如此坏的蛇，那就是见鬼了，我说坏，尽管善良的拉封丹对它称赞不已（《人和蛇》是他知道的两则寓言中的一则）。”“您没看见恶蛇，您观察正确。”布里肖回答。“诚然，您说的那位作家鞭辟入里，他写了一部了不起的书。”“何止了不起！”德·康布尔梅夫人欢呼起来，“这部书，名不虚传，应该说是一部细针密缕的精品。”“当然，他查阅了几本教会清册（指的是收益的清单和每个主管教区的花名册），上面可能向他提供了世俗老板和教会权威的姓名。但有其他来源。我的最博学的朋友中，有一个追根溯源加以考证。他发现正是此地被命名为基勒夫尔桥。这古怪的地名激使他刨根究底，终于在一篇拉丁文中找到了这座桥叫 Pons cui aperit①，就是您的朋友以为受到了古勒夫尔蛇骚扰的那座桥。这是一座关闭的桥，

---

① 拉丁语，意为开放的桥。

付过合理的买路钱才开放通行。”“您谈到青蛙。我呢，置身于满腹珠玑的才子中间，简直成了名流学者面前的癞蛤蟆了（这是第二则寓言）。”康康说，每当他开这句玩笑，总要大笑一通，他以为通过这句玩笑，自己既谦恭，又机智，既表现自己谦虚若谷，又卖弄自己博学广见。至于戈达尔，被德·夏吕斯先生的沉默弄得没有动弹的余地，便极力装出另有他顾的样子，他转向我，向我提了一个问题，如果他碰巧说准了，这类问题就可以打动他的病人，表明他对病人的病情了如指掌；假如，与此相反，他弄错了，他也可以修正某些理论，发展原来的旧观点。“当您来到这些比较高的地势上来，就像此刻我们所在的此地，您是否发现，这增加了您气喘的倾向？”他问我说，肯定不是让人赞赏他的学识，就是要填补他学识的空白。德·康布尔梅先生听到了他提的问题，笑了。“我不好对您说，听说您有气喘病，我感到有趣。”他的话穿桌而过向我抛过来。他这样说并不是说这样使他高兴，尽管这也是毋庸置疑的。因为这位善良的人听到人家讲别人的不幸时，虽说难免有幸灾乐祸之感，但幸灾乐祸之后很快就动起恻隐之心来了。可他的话另有一层意思，他紧接着作了解释：“我感到很高兴，”他对我说，“因为我姐妹恰好也气喘。”总之，这使他高兴，就好像他听我提起一个经常出入他们家的人，就像这个人是我的一个朋友一样。“世界太小了。”这是他的内心思考，可我却看到这话刻画在他的笑脸上，就在戈达尔跟我谈起我的哮喘病的当儿。我的哮喘病，打从这顿晚宴之日开始，竟然成了某种共同的关系，德·康布尔梅先生总是不失时机地打听我哮喘的有关消息，哪怕这仅仅是为了转告他的姐妹。

在回答他妻子向我提出的有关莫雷尔的问题时，我顿时想起我和母亲在下午的一段谈话。是的，她并不劝阻我去维尔迪兰家，如果去那里可以让我散散心的话，不过她提醒我，那个地方，我外祖父肯定不喜欢，一提那地方非叫起来不可：“当心！”我母亲又说：“听我说，杜勒伊院长和他的妻子对我说过，他们曾与邦当夫人一起吃过午餐。人家没对我提出任何要求。但我心领神会，她姨妈可能做梦都想让阿尔贝蒂娜与你结婚。我想，真正的原因在于你对他们大家都十分热情。还有，他们以为你可以给她带来豪华，他们还或多或少知道我们的社会关系，我想这一切与这桩亲事不无关系，尽管是第二位的。我本不想同你说这事，因为我拿不准，但我料想人家迟早会对你谈开这件事，我还是有言在先为好。”“那你呢，你觉得她怎么样?”我问我母亲道。“我呀，又不是我要娶她做妻子。婚姻大事，你可以挑一个强千倍的对象。但我想，你外祖母要在的话，肯定不喜欢人家对你施加影响。眼下，我不能对你说阿尔贝蒂娜如何如何，我说不上来。我像德·塞维尼夫人那样告诉你：‘她有许多优点，至少我是这样认为的。但是，事情刚开始，我只会以贬来褒她。她一点也不是这样的人，她一点也没有雷恩的腔调。过一段时间，我也许会说：她是这样的人。’只要她能使你幸福，我永远都会觉得她好。”但就这几句话本身，要我自己把握自己，推迟决定我自己的终身大事，我母亲弄得我左右为难起来，我曾经有过这样的疑虑，那时，我父亲允许我去看《淮德拉》，最主要是允许我当文人，我顿时感到我责任过大，唯恐使父亲难过，再加上过去听话惯了，一下子不必言听计从，难免产生惆怅，想当初左一个嘱咐右一道命令，天长日久，使自己看不到前程，此时却明白，终于可以像一个大人那样，真正地去过像样的生活，由我们每个人自己去支配的别人无法替代的生活。

也许，还是再等一等为妙，得先看一看阿尔贝蒂娜，就像过去那样，以便尽可能弄清楚，我是不是真的爱她。我可以带她到维尔迪兰家里去，让她散散心，这下我想起来了，今晚我自己来维尔迪兰家的唯一目的就是想知道普特布斯夫人是否住在这里或即将来这里。但不管怎么说，吃晚宴时她不在。“关于您的朋友圣卢，”德·康布尔梅夫人对我说，用了一句套话，以表明她思路连贯，但说出的话却叫人难以相信这一点，因为，如果说她跟我谈的是音乐，可她想的却是盖尔芒特一家，“您知道 ，大家都在议论他与盖尔芒特亲王夫人的侄女的婚事。我要告诉您，我这个人，对社交界那些个飞短流长，我一丁点儿也不去管。”我感到后怕，竟当着罗贝的面，不怀好感地议论起那位故作奇特的年轻姑娘，其思想之平庸与脾性之暴烈简直可以等量齐观。我们听到的几乎没有一件新闻不使我们为自己说过的任何一句话感到懊悔。我回答德·康布尔梅夫人，这倒是一点不假的，我对此一无所知，而且我觉得他的未婚妻还很年轻。“也许正因为这样才没正式办呢；但不管怎么说，人们议论很多了。”“我得对您有言在先，”维尔迪兰夫人冷言冷语地对德·康布尔梅夫人说，因为她听到德·康布尔梅夫人对我谈到莫雷尔，而且，当德·康布尔梅夫人低声对我谈到圣卢订婚的事时，维尔迪兰夫人还以为她还在对我谈莫雷尔呢。“人家不是在这里哼一哼小调就算了。在艺术上，您晓得，我的星期三老客们，我管他们叫我的孩子，他们冒进得真叫人害怕，”她盛气凌人地补充道，“有时候，我对他们说：‘我的小乖乖，你们走得比你们的母亲还快，虽然母亲决不认为胆大就非得让人家害怕不可。’每年，总要有所长进；我看这一天很快就会到来，追求瓦格纳，追求丹第，他们就再也走不动喽。”“但进步是好事，进步没有足够的时候。”德·康布尔梅夫人说着，仔细观察餐厅的每个角落，极力辨认出她婆婆留下的东西，见识见识维尔迪兰夫人带来的东西，挖空心思要当场抓住维尔迪兰夫人在情趣上的差错。然而，她变着法子同我谈她最感兴趣的话题，就是德·夏吕斯先生。她觉得他保护一个小提琴师是很感人的。“看样子他很聪明。”“一个已经多少上了岁数的男人兴致未免过度了吧。”“上了岁数？可他看起来并不老，您瞧，头发丝还挺嫩呢。”（因为三四个月以来，“头发”一词一直使用单数形式，是一个无名氏开的头，这些个无名氏好标新立异推动文学新潮，于是乎像具有德·康布尔梅夫人那样活动半径的人都讲单数形式的“头发丝”，还要无可奈何地装出一丝干笑。现在人们还讲“头发丝”，但物极必反，单数用滥了必恢复复数。）“尤其是在德·夏吕斯先生身上，我特别感兴趣，”她接着说，“在他身上我感到了天赋。我要告诉您，我对学问可不看在眼里。我不感兴趣。”这些个话与德·康布尔梅夫人的特殊价值并不矛盾,这种特殊的价值正是模仿得来的。但正好有一件事情,人们此时此刻非知道不可,知识无足轻重,与独创性相比,还不如一根麦秆重。德·康布尔梅夫人倒也学有所得,知道什么也不要学。“正因为如此,”她对我说,“布里肖嘛,他虽然有奇特的一面(因为我才不怕饶有风趣的博学),不过,我对他的兴趣大减。”可布里肖呢,此时此刻,只担心一件事:一听到人家谈音乐,他就不寒而栗,唯恐一席话勾起维尔迪兰夫人想起德尚布尔之死。他想插点话岔开这伤心的回忆。德·康布尔梅夫人给他提供了时机,提了这样的问题:“那么,有树林的地方总是以动物命名喽?”“噢不。”布里肖回答道,在如此多的新交面前,他可乐意施展自己的博学,在这众多的新知之中,我告诉他无论如何会有一个对他感兴趣。“只要看一看,在人的姓名里头,就不乏树的名称,就像煤炭里藏着蕨类植物一样。我们有一位元老叫德·索尔斯·德·弗雷西内先生,如果没错的话,这名的意思是指种有索尔柳树和弗雷娜梣木的地方,学名为 salix et fraxinetum;他的侄子德·塞尔夫先生,他名字中集中的树就更多了,因为他叫塞尔夫,即热带雨林,学名 Sylva。”萨尼埃特看到交谈如此热烈,感到很高兴。既然布里肖讲个没完,他就可以一言不发,免得成为维尔迪兰夫妇的笑柄。他沉浸在解脱的喜悦之中,变得更为敏感,听到维尔迪兰先生不顾如此盛宴的隆重气氛,嘱咐饭店领班放一大瓶水到萨尼埃特身边,知道他除了水不喝别的饮料,感激之情油然而生。(将军要士兵卖命,就要让士兵吃好。)维尔迪兰夫人到底对萨尼埃特笑了一次。归根结蒂,他们都是些好人。他也许不会再遭折磨了。此时,一位宾客打断了晚宴,我忘了提这位客人,他是一位著名的挪威的哲学家,他的法语讲得很好,但很慢,出于两个原因,首先是因为刚学的法语,又不愿意讲错(可他还是出了几个差错),他说出的每个单词都仿佛查过内心辞典似的;其次,因为他作为玄学家,说话时总在思考他要讲什么,这样一来,即使是一个法国人,也会变得慢条斯理起来。而且,他是一位有趣的人，虽然看上去与其他人没什么两样，但有一点除外。此人说话极慢（每个单词之间有一段静默），但刚说了声告辞便拔腿就走，动作之快令人摸不着头脑。他那急不可耐的样子乍一看人家以为他吃坏了肚子，也许还有更迫不及待的事呢。

“我亲爱的——同仁，”他对布里肖说，经过再三斟酌“同仁”一词是否妥帖的用语方才说出口，“我有一种——愿望想知道是否有其他的树在——你们的美丽语言的专业术语里——法语的——拉丁语的——诺曼第语的。夫人（他想说维尔迪兰夫人，虽然不敢看她一眼）对我说过您无所不知。难道不正是时候吗？”“不，这是吃的时候。”维尔迪兰夫人眼看着晚宴没完没了地吃下去，便打断了他的话。“啊！那好，”斯堪的纳维亚人说着，就把头埋进盘子里，屈从地苦笑了一下。“但是，我得让夫人观察到，我是否可以作为这种施问者——对不起，这样的问答题——这是因为明天我得回巴黎，在银塔饭店或者在默里斯饭店那里吃晚宴。我的法国的——同仁——布特鲁先生，要在那里给我们讲几场招魂术——对不起，酒精招魂会由他掌握。”“银塔饭店，并不像人家说的那么好嘛，”维尔迪兰夫人气恼地说，“我在那里吃了几顿晚餐，简直糟糕透了。”“这么说难道我弄错了，难道在夫人家里吃的食品不是法国精美烹调之最？”“我的上帝，的的确确不坏，”维尔迪兰夫人答道，口气软了下来，“要是您下星期三再来，那就更好了。”“可我星期一出发去阿尔及尔，从那里我还要去海角。一旦到了好望角，我就再也见不到我的著名的同事——对不起，我就再也见不到我的同仁了。”作了这一串道歉之后，他便顺从地飞快地吃了起来。但布里肖得意忘形，得以向人家提供其他的植物词源，并回答问题，挪威人听得津津有味，以致再一次停下顾不得吃饭，却作了一个手势，表示可以撤掉他那满满的盘子，换下一道菜上来：“四十名院士中有一个姓乌塞伊的，意思是冬青地；”布里肖说，“一位外交老手叫德·奥默松，您发现他姓中有榆树的成分，榆树对维吉尔是宝贵的，于是他命名了乌尔姆榆树城；在其同僚的姓中，德·拉布莱先生，桦树；德·奥内先生，桤树；德·比西埃先生，黄杨；阿尔巴雷先生，边材角料（我决计将此告诉天主）；德·肖莱先生，白菜；还有苹果树长在德·拉波姆雷姓上，我们听他作过报告，萨尼埃特，您还记得那时候，善良的博雷尔被派到天涯海角去，到奥代奥尼亚去当行省总督吗？”当布里肖点到萨尼埃特的名时，维尔迪兰先生对他妻子和戈达尔使了一个嘲讽的眼色，打掉了怯生生的神色。“您刚才说肖莱一姓源于白菜，”我对布里肖说，“我到东锡埃尔，路经的前一站，叫圣弗里肖，是否它也源于白菜呢？”“不，圣弗里肖源于 Sanctus Fructuosus，就像 Sanctus Ferreolus 变成了圣法尔若一样，但这根本就不是诺曼第语。”“他知道的东西太多了，烦死我们了。”亲王夫人格格一笑道。“还有许许多多姓氏我感兴趣，但我不能一口气向您问个水落石出。”于是我转向戈达尔：“普特布斯夫人在这里吗？”我问他。“不，谢天谢地，”维尔迪兰夫人听到我的提问回答道，“我曾极力劝她改变方向到威尼斯去度假，今年我们就算摆脱了她。”“我自己也要拥有两种树的权利，”德·夏吕斯先生说，“因为我已经差不多得到了一幢小屋子，就在橡树圣马丁与紫杉圣皮埃尔之间。”“这么说离这儿近得很，我希望您常来，夏利·莫雷尔作陪。乘车的问题，您只要同我们小团体谈妥就行了，您离东锡埃尔才两步路。”维尔迪兰夫人说，她最讨厌人家不乘同一趟火车来，派车去接不到人。她很清楚，上拉斯普利埃是多么艰难，何况在费代纳之后还得七拐八弯，这就得推迟半个小时，她怕那些独自行动的客人找不到车来送他们，甚至他们实际上还待在家里没有动身，却可以借口在多维尔-费代纳找不到车子，托词徒步来走不动。面对维尔迪兰夫人的邀请，德·夏吕斯先生只是无言地欠了欠身。“想必他未必天天好说话。他脸绷起来了。”大夫对茨基附耳嗫嚅道，大夫虽表面上装出一层高傲，但实际上仍很朴实，他并不极力掩饰这样的事实：夏吕斯在他面前摆老爷架子。“他当然不知道，在所有的海滨城市里，甚至在巴黎诊所里，我自然是医生们的‘大领袖’，他们不胜荣幸之至，能将我介绍给在场的所有尊贵的客人，贵宾们见我一个个毕恭毕敬。这样一来，我每到一个海水浴疗养院小住，过得都很舒服，”他说得十分轻松，“甚至在东锡埃尔，团部的那位军医，他是负责为上校治病的，他邀请我同他一起共进午餐，他对我说，我可以同将军共进晚餐。而这位将军叫德·什么的，反正是德高望重的先生。我不知道他的贵族头衔比起这位男爵的头衔来，是资格老呢还是浅了。”“您算了吧，这头衔够可怜巴巴的了。”茨基半低嗓子回答道，接着又说了句什么，含糊不清，我只听到动词最后的几个音节是“燃烧”，因为我忙着听布里肖对德·夏吕斯先生的谈话。“不可能吧，我遗憾地告诉您，您只有唯一的一种树，如果说橡树圣马丁显然是 Sanctus Martinus Juxsta Quercum，那么正相反，紫杉‘if’一词，很可能不过是词根而已，什么‘ave’啦，‘eve’啦，都说的是潮湿的意思，像阿韦龙（Aveyron）啦，洛代夫（Lodeve）啦，伊韦特（Yvettc）啦，就是现在我们厨房‘下水沟’（éviers）一词，您也可以看到残存有潮湿（ev）的词根。在布列塔尼语里，‘斯特尔’（Ster）说的是‘水’，什么‘斯特尔玛丽娅’啦，‘斯特尔拉埃’啦，‘斯特尔布埃斯特’啦，‘德勒尚斯特尔’啦。”我没把话听完，因为，尽管我颇愿意听到“斯特尔玛丽娅”的名字，但我不由自主地听到戈达尔的讲话，我就坐在他的旁边，他悄悄地对茨基说道：“啊！可我不知道呀。那么说，这是一位知道生活的先生喽。怎么！他是同伙的！不过，他的眼睛又不是用火腿包起来的。我得当心点桌底下我的脚，他缠上我了不成。然而，我还是将信将疑。我看到好些个显贵洗淋浴，像亚当那样一丝不挂，他们多少是腐化堕落分子。我不同他们讲话，因为，我好歹是公职官员，若那样会坑害我的。但他们清楚我是什么人。”萨尼埃特，刚才被布里肖的招呼吓坏了，现在终于松了一口气，那副模样，就像有人怕打雷，可光看到闪电却老也没听到雷声，当他听到维尔迪兰先生询问他时，只见维尔迪兰先生的眼睛直盯住他看，那目光抓住倒霉的人就不肯放松，只要他敢说话就下不来台，只要他敢回嘴就脑子转不过弯来。“可您老瞒着我们，您经常去逛奥代翁剧院看日场戏，萨尼埃特？”就像新兵受到了老兵的刁难那样，萨尼埃特浑身哆嗦着，尽可能长话短说，这样也许有幸免得挨揍：“一次，在**拉谢谢兹**。”“他说什么？”维尔迪兰先生吼了起来，恼羞成怒，紧皱眉头，仿佛挖空心思都不足以理解百思不得其解的事情。“首先，人家听不懂您说的话，您嘴里含着什么东西？”维尔迪兰先生问，语气愈来愈激烈，影射萨尼埃特发音有缺陷。“可怜的萨尼埃特，我不愿意您惹得他不愉快。”维尔迪兰夫人说，用的是假惺惺的怜悯口气，以免任何人对她丈夫蛮横无理的计较留下丝毫的疑问。“我在拉施……，施……”“舍……舍……尽量讲清楚，”维尔迪兰先生说，“我简直听不见您说什么。”在座的常客们几乎个个忍俊不禁，而且，他们简直成了一帮吃人肉的土匪，在匪窝里，只要一个白人身上破了一道伤口，其嗜血之癖便忍无可忍。因为模仿的本能和勇气的缺乏控制着芸芸众生，也支配着上流社会。一人受嘲笑，人人皆笑之。即使十年后，他在圈子里受推崇，人人都敬他。这与人民赶走国王或欢呼国王如出一辙。“瞧，这又不是他的过错，”维尔迪兰夫人说，“那也不是我的错，话都说不清楚，就休想在城里吃晚宴。”“我是看法瓦的《精神的女探索者》①。”“什么？您所谓的拉谢谢兹就是《精神的女探索者》？啊！太妙了，我就是找来找去找一百年也休想找得到。”维尔迪兰先生嚷嚷道，不过，倘若他听人说出某某作品的全名时，他也许一下子就能断定，某某人不是文人，不是艺术家，“不够格”。比如应该说《病者》，《贵人》，可有人却补足全名《心病者》，《贵人迷》，这样就证明了他们不是“圈子里的人”，同样，在一间沙龙里，有人把德·孟德斯鸠先生说成德·孟德斯鸠-弗桑萨克，便表明他不是上流社会的人。“但这没那么了不得。”萨尼埃特说，激动得气都喘不过来，可他笑

① 法瓦（1710—1792），法国戏剧家和导演，法国喜歌剧创始人之一。主要剧作有：《三个苏丹后妃》，《精神的女探索者》，《巴斯蒂安与巴斯蒂安娜》。

了，尽管他并不想笑。维尔迪兰夫人炸开嗓子："哟！不，"她嚷了起来，皮笑肉不笑，"您要知道，世上没有人会想到，原来讲的是《精神的女探索者》。"维尔迪兰先生又开口了，语气温和，既对萨尼埃特，又对布里肖说："那是一出好戏，《精神的女探索者》。"这句普普通通的话，说出的腔调一本正经，人们找不出有恶语伤人的痕迹，既给了萨尼埃特好感，又让他觉得亲切，既激起了他的感激，又焕发了他的亲热。他一句话也说不出来，美滋滋的默不作声。布里肖却更为多嘴。"这倒是真的，"他回答维尔迪兰先生，"倘若把此剧看作是萨尔马特①或斯堪的纳维亚的某个作家的著作的话，人们也许可推荐《精神的女探索者》去填补杰作的空缺。但是，对尊贵的法瓦的亡灵不好说三道四，他没有易卜生的气质。（一想到挪威哲学家，顿时脸红到耳根，挪威哲学家面有难色，因为他无论如何弄不清楚黄杨到底是什么样的植物，布里肖刚才谈到比西埃其人时就提到此人的姓氏中有黄杨树。）何况，博雷尔省如今被一位托尔斯泰的忠实信徒所统治，那我们就有可能在奥代翁剧院里看《安娜 · 卡列尼娜》或《复活》。""你们说的法瓦，我知道他的肖像，"德 · 夏吕斯先生说，"在莫莱伯爵夫人家里，我看到一张她的照片，很漂亮。"莫莱伯爵夫人的名字给维尔迪兰夫人产生很深的印象。"啊！您去德 · 莫莱夫人家了。"她惊叫起来。她心里想，人们说"莫莱伯爵夫人"，简而化之为"莫莱夫人"，就像她听说的罗昂家族一样，或者出于轻蔑，像她自己说的那样：拉特雷莫伊尔夫人。她丝毫也不怀疑，莫莱伯爵夫人因为认识希腊女王和加普拉罗拉公主，不比任何人逊色，同样有权利拥有表示贵族身份的介词"德"（de），有一次，她决定将贵族介词赐予一个极光彩、对她又十分亲热的人。于是，为了充分显得她故意是这么说的，而且不同伯爵夫人讨价还价介词"德"，她又说：

① 萨尔马特：公元前四世纪至公元四世纪生活在俄国（欧洲部分）南部地区至巴尔干东部地区一带的民族。

"可我一点也不知道您认识德·莫莱夫人呀!"这样一来,就达成了双重非同小可了,一是德·夏吕斯先生认识这位太太,二是维尔迪兰夫人却不知道他认识她。不过,上流社会,抑或至少德·夏吕斯先生如此说,构成了比较清一色的封闭的整体。同样也就不难处理,在资产阶级畸形的广阔天地里,一位律师对某个认识他自己同行的一位志同道合者的人所说的话:"真是见鬼了,您怎么交上了那样的人?"相反,如果对法国人明白"寺庙"或"森林"的词义感到大惊小怪,那反倒没什么更可非同小可之处,莫如去赞叹德·夏吕斯先生与莫莱伯爵夫人竟能有缘巧遇更妙些。再者,即使他们这样互相认识并非完全顺乎上流社会交际的自然法则,倘若他们相识纯属偶然,那么维尔迪兰夫人不知道此事又有什么奇怪呢?既然她才第一次见到德·夏吕斯先生,既然事关德·夏吕斯先生,他与莫莱夫人的关系远非她所不知道的唯一事情,对他,老实说,她毫无所知。"什么东西扮演这个《精神的女探索者》呀,我的小萨尼埃特?"维尔埃特先生问。虽然我感到风暴已经过去,但老档案保管员迟迟不敢回答。"可你又这样吓唬他,"维尔迪兰夫人说,"他说什么你都嘲笑,可你又要他回答。哎,您说呀,谁演的这个?人家要给您点肉冻带回去。"维尔迪兰夫人说,含沙射影那破产的事,萨尼埃特想把一家友人从破产中拉出来,使他自己也陷入破产的境地。"我只记得是萨马里夫人扮演塞比娜。"萨尼埃特说。"塞比娜?这是什么玩艺儿?"维尔迪兰先生嚷道,仿佛火烧着屁股似的。"这是保留剧目的一个角色,去看看《弗拉卡斯上尉》,吹牛侃大山的人会说他像书呆子。""啊!书呆子,您就是书呆子。塞比娜!可他有点神经兮兮的。"维尔迪兰先生叫道。维尔迪兰夫人笑着看了看自己的宾客,好像是为了原谅萨尼埃特。"塞比娜,他以为大家马上就会明白这是什么意思。您跟德·隆比埃尔先生是一路货色,是我认识的头号笨蛋,有一天,他亲切地对我们说'巴纳',谁也弄不清他想说什么。最后,人们才明白,原来是指塞尔维亚的一个省。"对萨尼埃特的折磨该结束了,我看了比萨尼埃特还难受，我便问布里肖是否知道巴尔贝克是什么意思。“巴尔贝克很可能是达尔贝克蜕变而来的，”他对我说，“应该可以查一查英国历代国王的典章，诺曼第封建君主的宪章，因为巴尔贝克从属于杜弗尔男爵领地，正因为如此，人们经常说海外巴尔贝克，陆上巴尔贝克。但杜弗尔男爵领地本身又隶属于贝叶主教管辖区，尽管当时圣殿骑士团骑士们暂时对修道院拥有权力，从路易·德·阿尔古开始，他是耶路撒冷主教又是贝叶主教，正是这一教区的主教们对巴尔贝克的财产有权支配。这是杜维尔的元老这么对我解释的，此人秃头，雄辩，爱空想，而且讲究美食，生活在对布里亚-萨瓦兰的信奉之中，他用有些晦涩难懂的语言向我阐述了一丁点儿没有把握的教学法，一边请我吃可口极了的油炸土豆。”布里肖笑容满面，表现自己足智博学，可以熔风马牛为一炉，笑谈同条共贯之事，此时，萨尼埃特却搜索枯肠想道出一句妙语以挽回刚才的一败涂地。这句妙语就是所谓的“谐音游戏”，但形式已经变了，因为“谐音游戏”与文学体裁一样都在演变，旧风俗过时了，新时髦流行了，如此等等。过去，“谐音游戏”的形式是“登峰造极”。但这种形式已经过时了，谁也不再用了。只有戈达尔在玩“皮克牌”时不时冒出几句：“您晓得心不在焉登峰造极的事吗？就是把南特敕令当成一个英国女人①。”昔日“登峰造极”的游戏已经被别的绰号所取代。但实际上，还是那“谐音游戏”老一套，但由于叫绰号成了时髦，人们也就不以为然了。不幸的是，对萨尼埃特来说，如果他的那些个“谐音游戏”不是他自己编的，而且通常又是小核心所没听说过的，他怯生生地说了出来，虽然以笑带笑以表明文字游戏的幽默性，但没有一个人明白个中的奥妙。可是，如果反过来，谐音词是他编造的，一般都是跟一个老

① 法语“lédit”（敕令）一词，与英语“lady”（夫人、小姐）一词可以构成谐音，由于心不在焉，把南特敕令当作英国女人，自然就成了风马牛不相及的登峰造极的笑话。所谓“南特敕令”就是指1598年法国国王亨利四世在南特城颁布的宗教宽容的法令。

常客交谈时找到的，这位老常客搬弄多遍竟据为己有了，于是乎谜底也就尽人皆知，也就不像是萨尼埃特的创造了。同样，当他悄悄地说出自己编的文字游戏，但因为他是作者，人们反指控他剽窃了他人的作品。“那么，”布里肖接着说，“‘贝克’（bec）在诺曼第方言里是小河的意思；有贝克修道院；莫贝克（Mobec），沼泽小河之谓也（莫尔〔mor〕或梅尔〔mer〕意为沼泽，如在莫尔维尔〔Morville〕里，或在布里克梅尔〔Bricquemar〕，阿尔维梅尔〔Alvimare〕，康布尔梅尔〔Cambremer〕里）；布里克贝克（Bricquebec），高河之谓也，源于‘布里加’（briga），即加固之地，比如在布里克维尔（Bricqueville）里，在布里克博斯克（Bricquebosc），勒布里克（le Bric），布里扬（Briand）里，或者源于布里斯（brice），桥之谓也，如同德语的‘bruck’（Innsbruck），英语的‘bridge’，英语许多地名以此作后缀（Cambridge，等等）。在诺曼第，还有许多别的‘贝克’：科德贝克（Caudebec），博尔贝克（Bolbec），罗贝克（Robec），勒贝克-埃卢安（le Bec - Hellouin），贝克雷尔（Becquerel）。这是日尔曼语的诺曼第方言的形式，日尔曼语称‘贝克’为‘bach’，所谓‘Offenbach’，‘Anspach’云云；瓦拉格贝克（Varaguebec），源于古词盐田进水口‘varaigne’，相当于禁猎区，树林子，蓄水塘。至于达尔（dal），”布里肖又说，“是‘thal’的一种形式，即山谷的意思：什么达尔纳塔尔（Darnetal）啦，罗藏达尔（Rosendal）啦，甚至可以一直推广到卢维埃附近，贝克达尔（Becdal）。有贝克达尔芳名的那条河流况且也是富有魅力的。从悬崖上看（德语为 fels，甚至离此不远，在一个高地上，您看得到美丽的悬崖城），看上去它与教堂的钟楼塔楼尖近在咫尺，但实际上相去天涯，似乎将它们和盘衬托出来了。”“我总觉得，”我说，“这是埃尔斯蒂尔十分喜欢的效果。我在他家里看到过好几幅那样的画稿。”“埃尔斯蒂尔！您认得比施吗?”维尔迪兰夫人惊叫起来。“可您晓得，我最近情交深处才认清了他的真面目。老天保佑，我再也看不见他了。不，可您问戈达尔，问布里肖，我家餐桌上总摆着让他用的全套餐具，他过去每天都来。

可以说，他是一个无论如何也不会离开我们小核心的人。待会儿，我给你们看看他为我画的花；你们会看到，与他今天画的竟有天壤之别，他今天的画我一点也不喜欢，压根儿不喜欢！噢，当然！我曾让他画过一幅戈达尔的肖像，且不说他按我的意图所作的一切了。”“可他给教授画了一头淡紫色的头发。”戈达尔夫人说，忘了他丈夫甚至连大学教师资格都没有。“我不知道，先生，您是否发现，我丈夫长着淡紫色的头发。”“那没关系，”维尔迪兰夫人说着，抬起下巴，对戈达尔夫人表示蔑视，而对她谈论的人儿则表示赞赏，“这是一位了不起的善用色彩的画家，一位卓越的画家。同时，”她又跟我攀起话来，“自从他不来我家之后，他展出了一个个捏造出来的女妖精，一台台高大的机器，我不知道您是否把那些玩艺儿也称作绘画。要我说，我把这玩艺儿叫胡画，老一套，而且缺乏立体感，缺乏个性。里面无奇不有。”“他恢复了十八世纪的优雅，可又是现代派的，”萨尼埃特迫不及待地说，由于受到我亲切的鼓励，便重振旗鼓。“但我更喜欢埃勒。”“与埃勒风马牛不相及。”维尔迪兰夫人说。“不，这是狂热的十八世纪的东西。这是一台瓦托蒸汽机①，”他说着笑了起来。“噢！听说过，早就听说过，几年前，人家就对我提到过。”维尔迪兰先生说，的确不错，茨基曾经对他讲过这个谐音笑话，但好像是他自己编的似的。“真不巧，您就这一次说了一个让人听得懂的有趣的东西，可惜又不是您自己编的。”“这使我很难过，”维尔迪兰夫人又说，“因为那是个有天分的人，可他糟践了一个本来很不简单的画家个性。啊！如果他还留在这里的话，他完全有可能成为当代首屈一指的风景画家！都是那个女人害得他如此下作！然而，这并不令我惊讶，因为这男人很可爱，但也很庸俗。实际上，这是个平庸之人。我告诉您，我一开始就感到这一点。打心眼里说，他从来没有打

① 这又是一道谐音游戏。瓦托（Watteau）是法国18世纪的著名画家，与蒸汽机发明家瓦特（Watt）构成谐音。

动我的心。我很喜欢他，如此而已。首先，他很脏！你们喜欢这样是吗？你们，你们这些人从来就不洗一洗自己？”“我们吃的这东西色香味多美，是什么东西？”茨基问。“这叫草莓烘攒奶油。”维尔迪兰夫人说。“实在美——极——了。应该让人开几瓶马尔戈堡、拉菲特堡、波特酒才是。”“我不好对你们说他让我有多高兴，他光喝水。”维尔迪兰夫人说，谈笑风生中搪塞过去，如此暴饮挥霍令她咋舌。“可这又不是为了喝酒，”茨基又说，“您斟满了我们大家的酒杯，我们大家会给您带来鲜美的蜜桃、硕大的油桃：啊，面对西沉的夕阳，简直可与一幅美丽的委罗内塞的画比华丽。”“这也一样费钱。”维尔迪兰先生喃喃道。“把这些干酪撤下去吧，都不成颜色了。”他说着就去拉老板的碟子，但主人却竭尽全力来保卫自己的格律耶尔干酪。“您明白吧，我并不恨埃尔斯蒂尔，”维尔迪兰夫人对我说，“埃尔斯蒂尔可有天赋了。埃尔斯蒂尔就是勤奋的化身，他只要想绘画，干起来就不知疲倦。真是好学生，比赛用的马。茨基，他呀，只会心血来潮，您看好了，吃晚宴中间非抽支烟不可。”“可是，我弄不明白，您为什么不愿意接待他的妻子，”戈达尔说，“不然的话，他就会像往常一样来这儿了。”“瞧您说的，请您礼貌点好不好？我说的是您，我不接待的是荡妇，教授先生。”维尔迪兰夫人说，其实她正相反，曾想方设法把埃尔斯蒂尔请来，甚至带他老婆来也行。但在两口子结婚以前，她千方百计挑拨他们的关系，她曾对埃尔斯蒂尔说，他爱的女人又笨，又脏，又轻佻，偷过东西。但这一次没有挑拨成功。埃尔斯蒂尔反而与维尔迪兰沙龙决裂了；他庆幸因祸得福，犹如皈依的人们庆幸得病或遭受了挫折，是疾病和挫折把他们抛进隐修院，让他们看到了灵魂得救的道路。“无懈可击，教授，”她说，“还不如公开声明，我的沙龙是幽会之家。但似乎您不晓得埃尔斯蒂尔夫人是什么东西。我宁可接待正经姑娘中的丑八怪！啊！不，我才不吃这个臭面包。而且我要告诉您，既然丈夫已不再与我有牵连，我若把心思转到他妻子身上，那就未免太蠢了，时过境迁，何必旧话重提呢。”“一个男人有此才气着实非同寻常。”戈达尔说。“噢！不，”维尔迪兰夫人回答道，“即使当时他有才能，那无赖，他确实有才，才智过剩，但他身上可气的，也正是他一点也不开窍。”维尔迪兰夫人不等他们闹翻脸，不等自己对埃尔斯蒂尔的画失去兴趣，就匆匆对埃尔斯蒂尔下了这样的评判。这是因为，即使那时候，他还是小团体里的人，常有这样的事，埃尔斯蒂尔成天价与此等婆娘混在一起，姑且不论有理无理，维尔迪兰夫人总觉得这婆娘是“蠢妇”，这一点，在她看来，就不是一个聪明男人的行为。“不，”她一脸公正的神气说，“我看，他老婆和他走在一起，真是天生的一对。上帝晓得，我在世上从没见过比她更讨厌的造物了，要是让我同她一起待两小时，我非气疯不可。但据说，他觉得她聪明伶俐。的的确确必须承认，我们的**比施真是愚不可及了**！我看到他被一些人弄得惊慌失措，这些人您都想象不到，他被一些大傻瓜弄懵了，在我们的小圈子里绝不会要他们。嘿可好！他竟然给他们写信，他与他们讨论开了，他，埃尔斯蒂尔！这也不碍有迷人的方面，啊！迷人的，迷人的，而且自然也是荒唐透顶的。”因为维尔迪兰夫人相信，真正杰出的人物会干出千种蠢事。一念之差之中也有某种真理。当然，人们干“蠢事”是不能容忍的。但有一种精神失常，人们只有经过长时间的观察才能发现，它是一个人的脑海里开始了高深莫测的微妙变化的结果，人不是生来就能适应这种变化的精微奥妙，以致可爱的人们的古怪令人恼火，但是可爱的人们几乎没有一个不古怪的。“啊，我可以立刻让您看他画的花。”他对我说，因为她看到她丈夫向她暗示可以离席了。于是她又挽起德·康布尔梅先生的胳膊。维尔迪兰先生一离开德·康布尔梅夫人，就想请德·夏吕斯先生加以原谅，就想向他讲明原因，尤其愿意同一位有爵位的人物谈论上流社会交际的微妙所在，这个有贵族头衔的人，眼下比那些为其指定位置的人的身份低，但他们认定他有权占据他们给他指定的那个位置。但首先，他要向德·夏吕斯先生表明，他在精神上对德·夏吕斯先生推崇备至，想也不敢想他会注意这区区小事：“原谅我同您谈这些鸡毛蒜皮的事，”他开始讲开来了，“因为我猜想您对此不屑一顾。市侩小人才对此斤斤计较，但其他人，艺术家们，那些名副其实的**门内汉**却对此毫不在乎。然而我们才谈几句话，我就明白了，原来您就是**门内汉！**”德·夏吕斯先生呢，对这一熟语作了弦外之音的理解，不由得吓了一大跳。适才大夫的眼色，现在男主人带有侮辱性的坦率弄得他目瞪口呆。“别谦虚嘛，亲爱的先生，您是**门内汉**，就像青天白日明摆着的，”维尔迪兰先生说，“请注意，我不知道您是否习艺什么的，但这没有必要嘛。总也没有满足的时候。刚死的德尚布尔，演奏天衣无缝，技巧极其刚劲有力，但还不是**门内汉**，人家一听就觉得他不是**行家里手**。布里肖不是**行家里手**。莫雷尔可是**行家里手**，我的妻子很**内行**，我觉得您很**内行**嘛……”“您要告诉我什么意思呢？”德·夏吕斯先生打断了他的话，对维尔迪兰先生想表示的意思开始放心了，但他希望说这样的双关语千万别这么大声嚷嚷。“我们刚才只是把您安排到左边。”维尔迪兰先生说。德·夏吕斯先生脸上挂着一丝笑容，宽容体谅，慈眉善目地答道：“算啦，这没什么了不起，**在这里**嘛！”他微微一笑，这一笑是他的祖传秘方——也许是他的一个巴伐利亚或是洛林的祖母遗传下来的，而祖母又是从祖母那里原封不动地继承了下来，以致一代传一代，一成不变地传了几个世纪，照样在欧洲的古老宫廷内响亮如故，人们欣赏其美妙的音质，犹如欣赏某些罕世古乐器的音质一样。有一些时候，为了全面地描绘一个人，就得音容笑貌一起写，描写德·夏吕斯先生这样的人物，若不加上这一声极精细极轻薄的微笑，恐怕会有美中不足之嫌了，好比巴赫的某些作品，压根儿就未曾被准确地表现过，因为各家乐队都缺少这类奇音“小号”，而作曲家专为这类小号精心写了几段乐谱。“但是，”维尔迪兰先生挨了刺，连忙解释道，“那是有意安排的。我对贵族头衔毫不在意。”他补充道，轻蔑地笑了笑，这种笑我见多了，我认识多少人，在迎候我外祖母和我母亲的时候，凡见他们不拥有的东西就露出这样的微笑，就当着那些人的面，他们寻思，那些人绝不可能借光造成比自己更优越的地位。“但归根结底，既然德·康布尔梅先生正好在场，既然他是侯爵，而您只是男爵……”“请允许我说说，”德·夏吕斯先生露出一副高傲的神气，回敬维尔迪兰先生，弄得他惊恐不安起来，“我也是布拉邦特公爵，蒙达日小骑士，奥莱龙亲王，卡朗西亲王，维亚尔吉奥亲王，迪纳亲王。不过，这绝对没什么关系。别折磨自己了，”他补充道，又露出了他那精明的微笑，说到最后几个字，索性笑逐颜开：“我一下子就看出来了，您不习惯。”

维尔迪兰夫人来让我看埃尔斯蒂尔画的花，如果说我早就对此举大不以为然，那么进城赴晚宴则相反，竟令我如醉如痴，花样焕然一新，沿着海岸游览，乘车扶摇直上，高出大海二百米，痴情醉意到了拉斯普利埃尚余兴未消。“瞧，看我这个。”女主人对我说着，让我看埃尔斯蒂尔雍容大雅的玫瑰画，但由于插玫瑰的花坛油彩有点儿过重，玫瑰的鲜红煞白反黯然失色了。“您以为他还会有这一手吗？真够棒的！而且，颜料有多美，涂抹起来可真有意思。我不能告诉您看他画这些东西多有意思。人们感到他喜欢追求这样的效果。”女主人的目光茫然地停留在艺术家的这件赠礼上，这件礼物，不仅凝聚着他的伟大才华，而且凝结着他们长期的友谊，这种深情厚谊，除了他给她留下的这些纪念品外，都已荡然无存了；这一朵朵鲜花，是昔日他为她本人采摘的，在花的后面，她仿佛又看到了画花的那只妙手，时值清晨，花刚摘下来，花放在桌子上，人靠在餐厅的扶手椅上，人面鲜花，待女主人吃中饭时，玫瑰花依然鲜艳，玫瑰画也真容半露了。只是真容半露，是因为埃尔斯蒂尔先得把花移植到我们不得不老待在里面的内花园来，然后才能看花作画。在这幅水彩画里，他表现了他看到的，而且若没有他，别人绝看不到的玫瑰花的显圣；因而，可以说，这是一个新品种，这位画家，犹如一位精于创造的园艺家，用这一新品种丰富了玫瑰家族。“自从他离开小核心那天起，他这人就完蛋了。好像我的晚宴浪费了他的时间似的，好像我妨碍了他**才能**的发挥似的。”她用挖苦的口吻说。“似乎经常结交像我这样的女人不会对一个艺术家有益!”她自负地动了动嚷了起来。紧挨着我们的德·康布尔梅先生早已坐下来了,他看到德·夏吕斯先生站着,便略微做了一下起身的动作,以示给他让座。这样让座,在侯爵的思想里,也许谨表礼貌而已。但德·夏吕斯先生偏要赋予此举一种尽义务的含义,犹如一个普通的绅士知道自己对一位亲王负有这种义务,而且并不认为,要建立自己的在先权,最好莫过于谢绝让座。因而他嚷了起来:“可是怎么回事! 请别客气! 呀呀!”这种强烈而诡谲的抗议口气颇有“盖尔芒特”大家气派,加上命令式的、没有用的、亲切的动作,就更锋芒毕露了,而德·夏吕斯先生正是用的这套动作,把自己的双手搭在德·康布尔梅先生的肩上,好像强逼他重新坐下,其实他本来就没有站起来。“啊! 瞧瞧,我亲爱的,”男爵加重语气说,“就缺少这一套了! 没有道理嘛! 这年头,大家把这一套留给了血统亲王们去了。”对于他们的府邸,我没有表示多大的热情,所以既没有感动维尔迪兰夫人,也没有让康布尔梅夫妇激动。因为,面对他们向我指点的美妙之处,面对他们激发我隐约回忆的美好东西,我漠然无动于衷;甚至有几回,我向他们直言不讳,承认我感到失望,这里的地名曾引起我浮想联翩,可我却找不到名副其实的东西。我惹恼了德·康布尔梅夫人,因为我对她说,我觉得这儿倒更像是在乡下。相反,从门口吹来的穿堂风却令我驻足。“我看您喜欢气流。”他们对我说道。一块窗玻璃坏了,用一块绿色金丝光亮塔夫绸封上,我对这块布赞美了一番,可也没取得更大的成功。“多可恶!”侯爵夫人叫了起来。更糟糕的是,我说:“我最大的欢乐是刚来的那阵子。当我听到我的脚步在走廊里回响的时候,我弄不清是否进入村政府的哪个办公室,上面挂着边区地图,我以为到了僻静的乡下。”这一回,德·康布尔梅夫人断然转过脸去。“您并不觉得这一切安排得太糟吧?”她丈夫爱怜地问她,体贴关怀之情就好像是他得知妻子怎么受得了一次悲惨的对待。“有漂亮的东西嘛。”就好比说,您在别人家里受到人家的排挤，恶意顿生，当可靠的好恶定规框不住公平的界限，就会觉得人家家里人和房子一无是处："是的，但它们放的不是地方。而且，说得那么漂亮，原来就这样子呀？""您已经看到了，"德·康布尔梅先生说，伤心中含有几分坚定，"有几幅儒伊的画都露出了线头，还有沙龙里那些破烂的东西！""还有这块大玫瑰花布，就像乡下婆娘的盖脚布。"德·康布尔梅夫人说，她那完全用于装璜门面的文化堪称理想主义哲学，印象主义绘画和德彪西音乐。她不仅仅图奢华的美名，而且图情趣的雅号，她又说："他们竟挂上了小窗帘！风格乱了套！您有什么办法！这些人呀，他们不懂，他们是从哪儿学来的呀？可能是些歇业的大商人。这对他们已经不坏了。"那副烛台我看挺漂亮的。"侯爵说，人们却不知道为什么他把烛台排除在外，同样，每当人们谈到教堂，无论是沙尔特尔大教堂，雷姆斯大教堂，阿米安大教堂，抑或是巴尔贝克教堂，他总是不可避免地争着赞美的，也不外乎是"管风琴的外观、布道台和仁慈的事业"。"至于花园，就别提了，"德·康布尔梅夫人说，"太煞风景了。不过是些歪歪扭扭延伸的小道。"

我趁维尔迪兰夫人请咖啡之机，看了一眼德·康布尔梅先生交给我的那封信，信中他母亲请我去赴晚宴。寥寥数语，书法却颇有个性，此后我一看便能从别的字迹中将它辨认出来，大可不必求助于特别假设技术，就好比画家，用不着按秘方制造出来的稀有颜料来表现自己别出心裁的想象。即使是一个残疾人，因受过冲击而患了失写症，落得个看字如看画，读也读不懂的地步，他也会明白，德·康布尔梅夫人是属于一个古老家族的人，热心于文学和艺术的家族文化给贵族传统吹来了一点新鲜空气。他也可以猜想出侯爵夫人大致在哪个年头学会写字并同时学会演奏肖邦的作品。在那个时代，富有教养的人们都遵循讲客套的准则，遵循说话连用三个形容词的准则。一个赞美的形容词对她是不够用的，她又紧跟着用了第二个（破折号之后），然后再接第三个（破折号之后）。但是，与众不同的是，在德·康布尔梅的便笺中，接连三个修饰语不是层层渐强，而是层层“渐弱”。德·康布尔梅夫人在第一封信里对我说，她看到了圣卢，对他的“独一无二的——难能可贵的——实实在在的”品质从来没有如此推崇过，还说，他可能要同他的一个朋友（准确地说是爱上了儿媳的那位朋友）再来，又说，如果我愿意来费代纳吃晚饭，有他们没他们在场都行，她将感到“欢欣——高兴——满意”。也许是因为在她脑海里，想象的肥沃和词汇的丰富与好客之心不相称，这位贵夫人好一赞三叹，一次比一次无力，二叹三叹竟成了一叹渐弱的回音。只要再有第四个形容词，原来的好客之心恐怕就荡然无存了。末了，想来一个言简意赅，这就不可能不在家族里甚至在关系圈子内产生深刻的印象，德·康布尔梅夫人养成了一种习惯，好以“真正的”一词取代“真诚的”一语，因为真诚最终都有“假意”的样子。为了充分表达实际上是真诚的某种东西，她往往打破传统的词汇搭配，按照惯例，“真正的”本应放在名词之前，可她却大胆地放在名词之后。她的信每每这样收笔：“请相信我的友谊真正的。”“请相信我的热情真正的。”糟糕的是，如此这般弄成了固定的格式，以至于，这种故作坦率反给人以虚假礼貌的印象，比旧套语有过之而无不及，因为人们不再去抠旧套话的含义了。况且，我读信受到了干扰，传来模模糊糊的交谈声，其中德·夏吕斯先生的高嗓门威镇四座，他抓住自己的话题不放，对康布尔梅先生说：“您要让我坐到您的座位上，使我想起了一位先生，他今天早上寄来一封信，简直像贺信：‘德·夏吕斯男爵殿下启’，信的抬头是‘爵爷’。”“说实在的，您的通信人有点言过其实。”德·康布尔梅先生回答道，审慎地大笑一声。德·夏吕斯先生把他逗笑了；可却不与他分享笑声。“但实质上，我亲爱的，”德·夏吕斯先生说，“请您注意，从字面上看，正是他说了实话；我不涉及任何人的问题，您想对吧。我说这事，就好像涉及另外一个人似的。但您有什么办法，历史就是历史，我们对历史无可奈何，又不由我们来修改历史。我姑且不跟您提威廉皇帝他，在基尔，一个劲地封我为‘爵爷’。我听说，他对所有的法国公爵都这么称呼，这是过分了，但这也许很简单，是一种超越我们头上对准法兰西的微妙的关注。”“微妙而且多少是诚挚的。”德·康布尔梅先生说。“啊！我不同意您的看法。您注意到了吧，从我个人讲，一位最末位的贵族像这个霍亨索伦，而且又是个新教徒，他剥夺了我侄辈王汉诺威，像他这样是不会让我高兴的，”德·夏吕斯先生补充道，似乎在他心目中汉诺威比阿尔萨斯-洛林更重要，“但是，我相信这样的倾向，皇帝诚心实意想与我们亲善。傻瓜们才会对您说，他是一个逢场作戏的皇帝。相反，他聪明绝顶。他不懂绘画，强迫丘迪先生从国家博物馆中撤走埃尔斯蒂尔的作品。但路易十四不喜欢荷兰画师，却也爱好富丽堂皇，到底还是一位伟大的君主。还有威廉二世，从陆、海军方面看，他武装了自己的国家，可路易十四没这么干，我希望他的统治绝不会重蹈覆辙，如今俗称太阳王的那位君主的统治就因屡遭挫折而在末期黯然失色了。依我所见，共和国犯了一大过错，拒绝了霍亨索伦的好意，或只在礼尚往来上斤斤计较。他对此了若指掌，并以他特有的表达天才说道：‘朕之所欲，握手也，非举帽也。’作为人，他是卑鄙的；他抛弃、出卖、否认心腹密友，将他们打入冷宫，他自己不动声色，朋友们却有苦难言。”德·夏吕斯先生继续说道，口若悬河，舌尖一滑扯到奥伊伦堡事件①上来了，想起了一位居庙堂之高的被告人对他说过的一句话：“难道皇帝相信我们这样地精明，竟敢同意打这样一场官司吗！不过，再说，他相信我们的审慎态度却没有错。一旦上了断头台，我们也许都不张口了。”“况且，所有这些与我想说的意思毫不相干，我想说的是，在德国，我

① 德皇威廉二世身边有两个奥伊伦堡。一个是菲利浦·奥伊伦堡（1847—1921），德国外交家，威廉二世的密友和顾问。1890年俾斯麦下台后，他成为德皇最有影响的顾问。1894年拒绝就任首相，遂任驻维也纳大使。另一个是波托·奥伊伦堡（1831—1912），他担当普鲁士总理时与帝国首相卡普里维伯爵发生冲突，卡普里维伯爵试图放宽普鲁士选举权，而总理则要求帝国立法，反对社会民主党，并劝说威廉二世限制国会议员的普选制。1894年，德皇以突然将两人同时免职的办法来“解决”问题。

们这些附属国的亲王，只是杜希劳希特徒有虚名而已，而在法国，我们的'殿下'地位得到公开的承认。圣西门声称是我们滥用了这一头衔，这点他是大错特错了。他举的理由，说什么路易十四有令，禁止叫他虔诚基督王，命令我们称他国王就行了，这不过表明我们是从属于他的，而丝毫不证明，我们没有亲王的身份。如若不然，早就应否认洛林公爵和许许多多其他人的这一身份了！何况，我们许多头衔皆出自洛林家族，由我的曾祖母德雷丝·德·埃斯比诺瓦继承的，她是德·戈梅西少爷的女儿。"德·夏吕斯先生发觉莫雷尔在听他讲话，益发洋洋得意，索性借题发挥开来。"我让我兄弟注意，我们家族的小传不该列在《哥达》①的第三部分，而应该列在第二部分，且不说在第一部分。"他只管吹，却不晓得莫雷尔竟不知《哥达》是什么东西。"但这恰恰与他有关，他是我的长兄，既然他觉得这样蛮好，既然他置之不理，我只好闭上眼睛了。""布里肖先生很让我感兴趣。"我对正向我走来的维尔迪兰夫人说，连忙将德·康布尔梅夫人的信塞进了口袋。"他是一个学问家，又是一个大好人。"她冷冷地回答我说。"他显然缺乏创新精神和欣赏情趣，可他记忆力惊人。大家刚才谈到今晚在座诸位的'祖宗'，就是移民了，说他们什么也忘不了。但他们至少有托辞，"她说，借了斯万的一句话为她所用，"他们什么也没学到。可布里肖什么都知道，吃饭时劈头盖脸地向我们扔过来一摞一摞大辞典。我想，您再也不会一无所知某城某村的地名到底是什么意思了吧。"维尔迪兰夫人说话时，我正寻思我准备问她点什么事情，可一下子又记不起到底想说什么事。"我肯定您是在谈布里肖。嗯，唱喜鹊啦，弗雷西内啦，他可什么也没饶过您。我刚才看着您，我的小老板娘。""我早就看到您了，我差一点要喊起来。"我今天说不好维尔迪兰夫人那天晚上是如何穿着打扮的。也许，当时，我并无更多印象，因为我没有观察的头脑。但是，我感到

① 即《哥达年鉴》，列有欧洲名门望族的家谱。

她的衣着并非不讲究,我便对她说了一番客气话,少不了赞美几句。她同差不多所有的女人一样,以为人家对她们说的恭维话是千真万确的大实话,以为这是人家公正地必然会作出的一种裁决,就好像是在评论一件不属于任何人的艺术品似的。于是她向我提出了这样一个合情合理、自豪而天真的问题:"这您喜欢吗?"她问得一本正经,弄得我因虚伪而脸红。"你们在谈唱喜鹊吧,我打包票。"维尔迪兰先生说着,向我走来。我老想着我那绿色的丝光塔夫绸和一种木头的味道,我万万没有注意到,布里肖罗列的词源,反使他成了人们的笑柄。赋予事物价值的印象,在我看来颇为重要,但其他人或者不说出口,或者无意中搁到脑后,以为微不足道,因此,我即使能向别人表达这些印象,也不会被别人所理解,或者说很可能受到人们的冷落,这些印象我全然利用不得,弄得不好还会招致麻烦,在维尔迪兰夫人眼里我被看成了大傻瓜,她看我"器重"布里肖,就像我已经向德·盖尔芒特夫人表明过的那样,因为我在德·阿巴雄夫人家里感到惬意。然而,对布里肖来说,则有另一番道理。我不是小圈子里的人。而凡是小圈子里的,社交界的也好,政界的也罢,文学界也行,人们约定俗成,总是容易得出奇,可以在一次交谈中,在一篇正式讲话里,在一篇小说或在一首诗歌里,发现到诚实的读者根本无法想象能从中看出的种种名堂。多少回,我遇到这样的情况,读着一个善于用词、颇见老朽的院士写的一篇短篇小说,一时激动起来,情不自禁要对布洛克或德·盖尔芒特夫人说:"写得多精彩!"可我还来不及张嘴,他们便会异口同声地叫起来:"如果您想开心一阵子,您就读一读某某人的小说。人之愚蠢登峰造极了。"布洛克表示蔑视,主要是因为某些本来原有的颇佳的风格效果,却有点黯然失色了;而德·盖尔芒特夫人之所以蔑视,则是因为,小说要说明的似乎恰恰与作者的愿望背道而驰,实际上是她精心推理所致,我是万万想不到的。我又大吃一惊,看到维尔迪兰夫妇表面上对布里肖客客气气,却暗含着讽刺挖苦,就像几天前,在费代纳,我听到康布尔梅夫妇,冲着我对拉斯普利埃热情洋溢的赞美，向我大发感慨说道："他们搞成什么样子，您言不由衷吧。"的确，他们承认，餐具很漂亮。我反正没看见，刺眼的小窗帘更没看在眼里。"好了，现在，您如果回到巴尔贝克，您就知道巴尔贝克意味着什么。"维尔迪兰先生挖苦道。恰恰是布里肖教给我的东西我才感兴趣。至于他的所谓思想，纯粹是老调重弹，想当初在小圈子里，人们听得津津有味。他说起话来还是那样口若悬河，令人讨厌，他的言论再也难以打中目标，却必须克服一种敌视的沉默或讨厌的反响；发生了变化的东西，并不是他滔滔不绝散布的东西，而是沙龙的听觉和听众的情绪。"当心！"维尔迪兰夫人指着布里肖半压嗓门悄声说。而布里肖呢，其听力保养得比视力更敏锐，他瞟了女主人一眼，旋即转开，既是近视者又是哲学家的目光。若说他的肉眼欠佳，那他的神眼则甚妙，看事物每每投去更开阔的眼光。他从炎凉世事中看到了情如纸薄，而他也就逆来顺受了。当然，他为此感到痛苦。有时候会有这种情况，有这样的人，到一个他惯于讨喜的地方，哪怕只有一个晚上他感觉到人家觉得他太浅薄或太学究，抑或太拙笨甚至太放肆等等，回到家里会悻悻然不好受。往往因为一个观点上的问题，一个方式方法上的问题，他给别人留下荒谬或老一套的印象。他也往往心中有数得很，这些个其他人岂能同他等量齐观。他可以轻而易举地解剖诡辩术，人们正是利用这种诡辩术心照不宣地对他加以谴责，他要作一次登门拜访，写一封信，更明智的办法是自己不动声色，静候下星期别人来请他。也有时候，这种种失宠，并非一夕之间就能结束的，往往得持续数月之久。由于社交场合评头论足变幻不定，屡屡失宠便增加了这种不稳定性。因为，一旦某人知道 X 夫人瞧不起他，而又感到在 Y 夫人家里得到人们的尊重，便声称 Y 夫人至高无上，便投到 Y 夫人的沙龙里。再说，这里不是描绘这类人物的场合，他们高于社交生活之上，却又不善于在社交生活之外自我发展，受到接待就高兴，得不到赏识便扫兴，每年，他们总会发现，他们顶礼膜拜的女主人原来浑身都有毛病，而被他们贬低了价值的女主人却是才华横溢，其实第二个女主人也有瑕疵，待他们忍受不了时，便又不惜回到第一个女主人的身边，而原先女主人的毛病也就忘了些许了。人们可以通过这一次次短暂的失宠，想象到这次失宠给布里肖造成的苦恼有多大，他知道这次失宠是决定性的。他不会不知道，维尔迪兰夫人不时公开笑话他，甚至笑话他的弱点，他明知道人情薄如纸，但他只好忍气吞声，这样一来，他反一如既往把女主人看作是他的最好的女朋友。但是，维尔迪兰夫人从大学究涨红的脸上弄明白了他听到了她的讲话，于是想在今晚对他亲切一些。我忍不住对她说，她对萨尼埃特可没这么客气。“怎么，不客气！但是，他可喜欢我们了，难道您不晓得我们在他心目中是什么吗！我丈夫有时候被他的愚蠢弄得发点火——应当承认的确有些可气，但在那样的时刻，他干吗不再反抗一下，何必露出满脸走狗样呢？真不老实。我不喜欢这样。尽管如此，我还总是尽量劝我丈夫冷静些，因为，要是他走得太远，萨尼埃特很可能只好不来了；这样我可不愿意，因为我要告诉您，他身上连一个苏也没有了，他总得吃饭吧。但是，总之，如果他生气，叫他别回来好了，我可不管这份闲事，当他需要别人的时候，他最好不要这样愚蠢。”“奥马尔公国在进入法兰西王室领地之前，长期是我们家族的。”德·夏吕斯先生当着莫雷尔的面，向德·康布尔梅先生解释道，莫雷尔不胜惊讶，说实话，这篇宏论，即使不是直接说给莫雷尔听的，至少也是为他而发的。“我们压倒了所有外国亲王；我可以给您列举上百个例子。克罗瓦公主在王弟的葬礼上，想跟在我高祖母之后行跪礼，我高祖母叫人严厉对她指出，她没有用方垫的权利，当即请执勤官撤掉，并禀报了国王，圣上即传旨令德·克罗瓦夫人到德·盖尔芒特府上向夫人赔礼道歉。勃艮第公爵携带自己的传令官来到我们这里，一个个威风凛凛，我们得到圣上的恩准，煞了他们的威风。我知道谈自家人的美德有些不雅。但尽人皆知，我们家族的人在危险时刻总是一马当先。当我们放弃了布拉邦特众公爵的旗号后，我们的战斗口号是'一马当先'。这种处处优先的权利,虽然我们经过多少世纪的浴血奋战而求之不得,但后来终于在宫廷上得到了,而且也是相当合法的。当然喽,在宫廷里,当着我们的面,这种权利始终是得到承认的。我还可向您举巴登公主为例加以论证。由于她忘乎所以,竟想与盖尔芒特公爵夫人比高低,我刚才已经对您说过盖尔芒特公爵夫人的事,在晋见国王时,可能是我的老祖宗犹豫了一下(虽则根本就不应该有这回事),她竟然要先进入王殿,国王立即高喊道:'进来,进来,御表妹,德·巴登夫人明白她欠了您的情。'其实,她有像盖尔芒特公爵夫人那样的地位,她本身就出身十分高贵,因为从母系家谱算,她是波兰王后、匈牙利王后、巴拉丹选帝侯、萨瓦-卡里尼安亲王和汉诺威亲王、继而是英国国王的外甥女。""Macenas atavis edite regibus!"①布里肖致意德·夏吕斯先生说,德·夏吕斯先生微微点了点头以为答礼。"您说什么?"维尔迪兰夫人问布里肖,她真想设法修补她刚才对他说的一席言辞。"我是说,上帝饶恕我吧,我是说一个纨绔子弟,他是上流社会之花(维尔迪兰夫人紧蹙眉头),大约是奥古斯都时代(维尔迪兰夫人听说年代久远,放了心,露出更为安详的表情),说的是维吉尔和贺拉斯的一个朋友,他们溜须拍马,把他捧上了天,说他的出身比贵族、王族还更高贵,一句话,我说的是米西纳斯,说的是一个只会钻图书馆的书耗子,是贺拉斯、维吉尔、奥古斯都的朋友。我敢肯定,德·夏吕斯先生无论从哪方面都很清楚谁是米西纳斯。"他亲热地用眼角看了看维尔迪兰夫人,因为他听到她约莫雷尔第三天会面,又担心自己未被邀请:"我想,"德·夏吕斯先生说,"米西纳斯嘛,有点像古董维尔迪兰什么的。"维尔迪兰夫人乍一听喜笑颜开,猛一想敛笑莫及,只收了一半笑容。她向莫雷尔走去。"他很可爱,您的亲戚们的那位朋友,"她对他说,"可以看出,他是一个知书识礼、富有教养的人。他在我们小核心大有可为。他

① 拉丁语,意为皇族后裔的米西纳斯。

在巴黎家住何处?”莫雷尔傲然沉默了一会儿,只要求打一局牌。而维尔迪兰夫人硬是请他奏几段小提琴。令满座皆惊的是,德·夏吕斯先生过去从来不曾谈起他有奇才妙艺,竟然以最纯粹的风格,给福雷的钢琴伴奏小提琴奏鸣曲的最后乐章(不安,烦恼,舒曼式的,但到底在弗朗克奏鸣曲之前)伴奏。我觉得,莫雷尔先生虽然富有音乐才华,又有一手精湛的演奏技巧,但恰恰缺乏文化素养和风格修养,而德·夏吕斯先生正好弥补了莫雷尔的不足。但我好生奇怪地寻思,在同一个人身上,是什么东西能把一种生理的缺陷和一种精神的才智结合起来。德·夏吕斯先生与其兄盖尔芒特公爵并无很大区别。甚至,刚才(但这是罕见的),他说的法语与他兄弟一样糟糕。他责怪我(无疑是因为我热情洋溢地对维尔迪兰夫人谈起莫雷尔)从来没去看他,而我提出要慎重考虑考虑,他便回答我说:“不过,既然是我向您提出的这一请求,那只有我**才能不高兴**呀。”这话盖尔芒特公爵也可能说出来。说到底,德·夏吕斯先生不过是盖家之一员。但是,他天生神经系统阴差阳错,仅此就足以使他有别于公爵哥哥的所作所为,不是去喜欢一个女人,而却宁愿去喜欢一个维吉尔的牧童或柏拉图的学生,盖尔芒特公爵所未曾有的品性,每每与这种不平衡有关联,顿时使德·夏吕斯先生摇身变成一位美妙的钢琴家,一位不无情趣的业余画家,一位雄辩的演说家。德·夏吕斯先生演奏福雷奏鸣曲舒曼式乐段那急切、焦虑、迷人的风格,谁能看得出来,这种风格竟然有其内应——人们不敢道破天机——分布在德·夏吕斯先生若干纯属肉体的部位内,安插在他的神经缺陷之中?我们将在下面解释“精神缺陷”一语是什么意思,将解释因何道理一位苏格拉底时代的希腊人,一个奥古斯都时代的罗马人,能为今天人所共知,能作为绝对正常的人,而不是作为我们今天所看到的那种阴阳人。正如实际的艺术才能尚未枯源断流,德·夏吕斯先生比公爵有过之而无不及,爱他们的母亲,爱自己的妻子,甚至在若干年后,当有人对他提起她们时,便会泪眼汪汪,但却是做表面文章,就好像大胖子出虚汗，稍一动作，额头上就汗水涔涔了。不同的是，人们对流汗的人如此说："您太热了吧！"可人们看别人流眼泪，却像没看到似的。所谓人们，就是讲的上流社会；因为老百姓看到人家哭是很不安的，仿佛流泪比流血还严重。丧妻之后的悲哀，幸亏有了撒谎的习惯，并没有排斥德·夏吕斯先生与其身份不相符的生活。甚至后来，他不知廉耻，传闻在葬礼期间，他找到办法，向唱诗班的那个孩子打听其姓名和地址。而这可能确有其事。

一曲奏毕，我不揣冒昧，要求再奏弗兰克的曲子，这似乎令德·康布尔梅夫人如丧考妣，致使我只好作罢。"您不可能喜欢那玩艺儿。"她对我说。她换点了德彪西的《节日》，第一个音符才出弓，只听得一声喝彩："啊！真妙！"但莫雷尔已经意识到他只会第一小节，于是来了一个恶作剧，却毫无故弄玄虚之意，他马上开始奏梅耶比尔的一首进行曲。不幸的是，由于他转得天衣无缝，又没有事先打招呼，大家还以为他拉的还是德彪西的作品，于是人们继续喝彩："妙！"可莫雷尔却道破作曲家不是《佩利亚斯》①的作者，而是《恶魔罗贝》②的作者，致使大家有些不自在。德·康布尔梅夫人还来不及对此作出反应，因为她刚发现斯卡拉蒂的一个本子，正怀着歇斯底里的冲动一头扎在上面。"嚯！拉这个，奏下去，这个，真神。"她不住地叫好。然而，这位作曲家长期受到冷遇，不久前才时来运转身价百倍，她在兴奋不已的焦躁中挑选的这位作曲家的作品，恰恰是一段该死的曲子，这类可恶的曲子老是弄得您睡不好觉，一位女学生就在您隔壁的楼层房间里无情地、没完没了地重弹这支老调。但是，莫雷尔已拉够了音乐，由于他坚持想打牌，而德·夏吕斯先生也想一起打，主张打惠斯特。"他刚才对老板说他是亲王，"茨基对维尔迪兰夫人说，"然而这不是

---

① 《佩利亚斯》全名《佩利亚斯与梅丽桑德》，是德彪西唯一完成的歌剧作品，自称该剧深受埃德加·爱伦·坡恐怖故事的影响。

② 《恶魔罗贝》是德国歌剧作曲家梅耶比尔的一部杰作，1831 年上演，成为法国大歌剧的典范。

真的，他出身于普通市民，小建筑师家庭。”“我想知道您刚才对米西纳斯怎么看。我感兴趣。”维尔迪兰夫人对布里肖说，口气亲切，弄得布里肖飘飘然起来。既为了炫耀给女主人看，也可能炫耀给我看，他说道：“不过说老实话，夫人，米西纳斯令我感兴趣，主要是因为他是中国神第一尊贵的使徒，这一尊中国神今天在法兰西拥有的信徒超过了婆罗贺摩①，也超过了基督自己，法力无边的逍遥神。”在这样的情况下，维尔迪兰夫人不再只顾用手捂着头了。她冷不防失去平衡，像被称作蜉蝣的昆虫那样，猛地向谢巴多夫亲王夫人扑将过去；若谢巴多夫亲王夫人离她不远，女主人便死抓住亲王夫人的腋窝，指甲都嵌了进去，就像孩子躲迷藏似的，把头埋藏好一阵子。有这道保护墙掩饰，人家以为她笑出了眼泪，而她却可以因此不动任何心思，就像有的人做长时间的祈祷时，谨慎生智，用双手巧掩脸面。维尔迪兰夫人仿效这些祈祷者，听着贝多芬的四重奏就像郑重祈祷，却又不让人看出她在睡觉。“我说话极认真的。”布里肖说。“我看，今天这种人太多了，他们成天价以自我为中心，老子天下第一。论正理，我对涅槃无异议，我也弄不清哪家涅槃欲将我等灭度在大千世界（此界，犹如慕尼黑与牛津，比起阿尼埃尔或哥隆布森林，离巴黎要接近得多），但它不仅与法国良民无缘，而且也与欧洲良民无份，而日本人也许已经登临我拜占斯城门了，此时此刻，社团化了的反军国主义人士正板起面孔，争论自由诗的根本道德问题呢。”维尔迪兰夫人以为可以放开亲王夫人被她碰伤了的肩膀，重又露出粉面，不无装模作样地拭拭眼睛，重新喘了三两下气。可布里肖却要我大饱耳福，摆开论文答辩的架势，亲自出马主持，立论就是，人们绝不吹捧青年人，只能严加教训，晓以厉害，不惜被他们视作反动派：“我可不愿意亵渎青春神明。”他说着，偷偷地瞟我一眼，那目光，多像报告人偷偷瞟听众中的某人一眼，然后点他的名。“我可不愿意在马拉美

① 亦称“大梵天”，是印度教的创始之神。

的小教堂里被打成异教徒或回归异教徒而永世不得翻身，在他的教堂里，我们的新朋友，像我们的所有与他同龄的朋友一样，都得为秘密弥撒效劳，至少得像唱诗班的孩子那样，显得未老先衰，或者像蔷薇十字会[①]会员那样神秘莫测。但的确，这类酷爱带大写字母'A'的'艺术'(Art)的知识分子，我们见识得也太多了，他们把左拉当酒喝尚嫌不过瘾，便在自己身上打魏尔兰的麻醉剂。他们崇拜波德莱尔上了乙醚瘾，一旦祖国需要他们一展雄风时，他们兴许再也无能为力了，他们已经麻木不仁，得了严重的文学神经官能症，处在暖烘烘、懒洋洋、沉甸甸的乌烟瘴气里，象征主义的鸦片烟氛围之中。"对于布里肖这番荒谬杂乱的高谈阔论，我实在难以伪装出一丝的苟同，于是转向茨基，断然肯定他在德·夏吕斯先生门庭家族问题上绝对弄错了；他回答我说他断然没有错，并说我本人曾经告诉过他，他的真实家姓是冈丹，勒·冈丹。"我告诉过您，"我回答他说，"德·康布尔梅夫人是一位叫勒格朗丹先生的工程师的妹妹。我从来就没有对您谈起过德·夏吕斯先生。论亲戚关系，他与德·康布尔梅有瓜葛，就像老孔代与拉辛有牵连不相上下。""啊，我以为呢。"茨基悄声说道，还不肯大胆地承认自己的错误，几小时前，他弄错了，差一点使我们误了火车。"您是否打算在海滨多住一些时日？"维尔迪兰夫人问德·夏吕斯先生，她预感到他可以作为一名忠实的门客，眼看他过早地要回巴黎不禁恋恋不舍地哆嗦起来。"我的天，谁也说不准，"德·夏吕斯先生拖长着鼻音回答道。"我很想待到九月底。""您说得对，"维尔迪兰夫人道，"正是兴风作浪时节。""实话实说吧，并不是气候决定我的去留。最近以来，我对我的导师，圣米歇尔大天使过于怠慢了，我想报答他一下，一直待到他的节日，九月二十九日，在蒙山修道院。""您对此很感兴趣吗？那些个事儿？"维尔迪兰夫人问，要不是她觉得一次如此长途漫游会使小提琴手和男爵"放松"

① 17世纪德国一种神秘主义的秘密结社。

四十八个钟头，她兴许会成功地命令自己受了伤害的反教权主义感情保持沉默。“您可能有间歇耳聋的毛病吧，”德·夏吕斯先生盛气凌人地回答道，“我刚才对您说过，圣米歇尔是我的一个非凡的导师。”说着，露出迷人的和蔼可亲的微笑，眼睛则盯住远处看，激动地抬高了嗓门，我觉得，他的激动超出了审美的范畴，已经进入了宗教的领域：“献祭礼美极了，米歇尔站在祭台的旁边，身着大白袍，摇动着金香炉，团团清香，青云直上，飘飘然直到上帝跟前！”“大家可以结伴而行嘛。”维尔迪兰夫人建议道，尽管她讨厌教士的圆帽子。“此时此刻，祭礼一开始，”德·夏吕斯先生接着说，他虽另有原因，却与议会中杰出的报告人采取的方法如出一辙，绝不回答打断演讲的提问，听而不闻，“看我们的年轻朋友演奏巴勒斯特里纳的作品，乃至演奏一段巴赫的咏叹调，那该是多么令人陶醉的事。善良的修道院院长，他也会乐疯的，因为我向我的主保圣人报以最崇高的敬意，至少是公开的最崇高的敬意。这对信徒们是多大的感化！待会儿，我们要对年轻的安吉利科谈及此事，他像圣米歇尔一样，既是音乐天使，又是军事天使。”

萨尼埃特被叫来观阵，可他声称不会玩惠斯特。戈达尔眼看离火车开车时间不多了，便同莫雷尔赶紧玩一盘双人牌。维尔迪兰先生气急败坏地朝萨尼埃特走去：“您什么也不会玩！”他嚷嚷道，因三缺一打不成惠斯特而大动肝火，却为能找到痛骂老档案保管员的借口而心花怒放。萨尼埃特吓懵了，却露出幽默的神色：“不，我会玩钢琴。”他说。戈达尔与莫雷尔面对面坐着。“您先请吧。”戈达尔说。“我们往牌桌那边靠靠吧。”德·夏吕斯先生对德·康布尔梅先生说，看到小提琴手与戈达尔打在一起不禁着了急。“这就像那些标牌问题一样有趣，可现在，牌子已没多大意义了。给我们留下的国王，起码在法兰西是如此，只剩下牌中之王了，我看，国王们纷至沓来，正光临年轻的乐坛高手的手中。”他马上补上一句，对莫雷尔美言一番，对他玩牌的姿态也很欣赏，同时也是有意吹捧他一下,最终是为其向小提琴手肩上靠去的动作进行辩解。“俄毙了。”戈达尔操着外国佬的腔调说,孩子们听到这种腔调准会哈哈大笑,犹如医学大师来到一位重病号床边,一脸无动于衷的表情,却开了一个习惯性的玩笑,弄得身边的学生们和临床医生捧腹大笑。“我不太懂该怎么玩。”莫雷尔请教德·康布尔梅先生说。“随您的便吧,不管怎么说您败局已定,这样那样反正都一样。”“加利-马里埃?”大夫说着,瞅了德·康布尔梅先生一眼,目光讨好而且友善。“此乃我等所谓真正著名歌唱家是也,简直是美梦,一个再也见不着的卡门。这是旦角。我还想听听昂加莉的演唱呢。”“已婚马里埃?”侯爵站了起来,怀有出身名门望族之人常有的鄙视他人的鄙俗之气,但他们并不明白,他们侮辱了主人,因为他们露出了勉强的神色,对能否与主人的客人来往不置可否,往往以英国习惯致歉,用语不敬:“打牌的这位先生何许人也?他干的是何营生?他卖的什么货色?我很想知道我与何人同处,为的是不随便与人交往。不过,您刚才赏光将鄙人介绍给他时,我没听清其姓氏。”倘若维尔迪兰先生的的确确抓住这后面几句话,把德·康布尔梅先生介绍给自己的宾客,那么德·康布尔梅先生也会觉得维尔迪兰先生太不地道。但由于知道发生的情况正好相反,他觉得装出一副乖孩子的样子,做个谦谦君子,岂不亲和大度。大夫成了名教授之后,维尔迪兰先生从和戈达尔大夫的亲密交往中滋长起来的骄傲情绪与日俱增。但这种自豪感的表露形式不像过去那么幼稚了。想当初,戈达尔才初露头角,若有人对维尔迪兰先生谈起他妻子的面部神经痛,他便说:“有些人有幼稚的自尊心,往往以为他们知道的东西都是名牌,以为自己闺女的声乐教授一定家喻户晓名扬天下。如果给她看病的是一个二流医生,那倒可以另寻良方;但如果来的医生是戈达尔(他指名道姓时,仿佛是指布夏或钱戈大夫似的),那只好撤梯拉倒了。”维尔迪兰先生明知德·康布尔梅先生肯定听说过名教授戈达尔,便来个反其道而行之,露出天真之气。“他是我们的家庭医生,一个好心人,我们可喜欢他了。他为我们可以不惜五马分尸;这哪儿是医生,简直是好朋友,我想您不认识他,您也不知道他有多大名气;但无论如何,对我们来说,他是顶顶有名的大好人,赫赫有名的亲密朋友,戈达尔。”这姓,经他神态谦逊地喃喃一念,竟使德·康布尔梅先生弄迷糊了,他还以为是另外一个人呢。“戈达尔?您不是说戈达尔教授吧?”大家恰好听到所说教授的声音,他一时尴尬,抓着纸牌说:“雅典人在此受创。”“啊!可不是嘛,多巧,他正是教授,”维尔迪兰先生说。“什么!戈达尔教授!您没弄错吧,您很有把握,他就是那位住在巴克街的戈达尔教授!”“对呀,他住在巴克街43号。您认识他?”“可大家都知道戈达尔教授。这是个权威!这好比是,您问我是否认识布夫·德·圣布莱士,或者古杜瓦-絮菲。我一听他说话,就看出来了,这可不是一个寻常人物,正因为如此,我才冒昧问您。”“喂,该出什么?王牌?”戈达尔问。可转瞬之间,戈达尔俗气外冒,即使是在英勇壮烈的场合,这类粗俗之气也令人瞠目,一个战士在战场上可以用一句粗话表示视死如归,但在甩牌消遣没有危险的时刻,说这种粗话就未免倍加愚蠢了,戈达尔决心亮王牌,阴沉下脸来,“孤注一掷”,大有赴汤蹈火在所不辞的气概,玩牌如玩命,大喊一声:“豁出去了,老子不在乎!”他不该出这张牌,但精神上得到了安慰。在客厅中央,在一张宽大的扶手椅上,戈达尔夫人抵拦不住晚饭后在她身上产生的不可抗拒的效应,强打精神仍无济于事,屈服于茫茫飘飘的睡意,束手就擒了。她枉费心机,几次挺起身子,笑一笑,不是用以自嘲,就是提心吊胆,生怕有人对她客气地说话,自己却不答理人家,但她万般无奈,重又陷入无情而香甜的瞌睡病的魔掌。但她猛然悟醒,只不过一秒钟,倒不是被声音吵醒,而是被目光看醒(即使闭上双眼,她也温情脉脉地看到并预见到这种目光,因为每天晚上都要上演同样的戏,纠缠着她的睡梦,就像时钟打点该起床那样),教授老是用这种目光,告诉在场的人们,他夫人睡着了。开始时,他只是看看她,笑一笑,因为,如果说,作为医生,他反对晚饭后就打瞌睡(至少他先讲清科学道理后再生气，但他也没有把握是否在理，因为他对此也有不同的看法），但作为男子汉大丈夫，而且又好逗人，他喜欢嘲弄自己的妻子，开始只是催她半醒，以便让她再睡过去，然后再重新把她弄醒，以此为乐。

此时，戈达尔夫人已酣然入梦。“可以了！莱翁蒂娜，您睡着了。”教授大声对她叫道。“我听斯万夫人说话呢，我的朋友，”戈达尔夫人有气无力地回答道，又迷糊了过去。“荒唐，”戈达尔嚷嚷道，“待会儿她还会向我们宣称她没有睡。多像来看病的病人，他们硬说他们从来没睡着觉。”“他们也许自己是这么想的。”德·康布尔梅先生笑着说。但大夫既喜欢唱反调，也喜欢逗人玩，就是容不得一个门外汉敢在他面前谈医道。“人们不能想象自己不睡觉。”他以武断的口气发布他的论断。“啊！”侯爵毕恭毕敬地欠了欠身，颇似戈达尔过去的举止。“看清了吧，”戈达尔接着说，“您不曾像我那样下药，甚至用了两克‘trional’①仍达不到半睡眠状态。”“的确，的确，”侯爵神气自负地笑着说，“我从来没有用过 trional，也没有服用过任何诸如此类的麻醉品，这些玩艺儿一会儿就失效，反而把您的胃弄坏了。像我吧，人家整夜在尚特比森林里狩猎，我向您保证，人家无需用 trional 来安眠。”“无知的人才说这样的话。”教授回答道，“Letrional 有时可以有效地消除神经紧张。您说 trional，可您是否晓得这是什么东西吗？”“可……我听说是一种催眠药品。”“您没有回答我的问题。”教授以教训人的口吻接着说，他一星期三次在医学院里搞“考查”。“我没问您这是否会催眠，而是问您这是什么东西。您能告诉我它包含多少戊基和乙基的成分吗？”“不。”德·康布尔梅先生尴尬作答。“我宁可来一大杯白兰地，甚至来一大杯 345 波特酒也行。”“这酒毒性大十倍。”教授打断说。“关于 trional，”德·康布尔梅先生贸然说，“我妻子就习惯用那些玩艺儿，您最好同她说。”“她知道的恐怕与您不相上下。但不管怎么说，假如您的妻子服

① 药名，音译“台俄那”，那三乙眠砜，二乙砜。

用 taional 来安眠，那您可见，我的妻子就大可不必了。喂，莱翁蒂娜，挪动挪动，你迷糊过去了，你见我吃过晚饭就睡觉吗，我？现在就睡得像个老太婆那样，待到花甲之年，你该怎么办才好？你会发胖的，你会停止血液循环……她已经听不见我说话了。”“这样对健康有害，晚饭后就这样打瞌睡，是不是，大夫？”德·康布尔梅先生说，企图在戈达尔面前挽回点面子。“酒足饭饱之后，应当作点锻炼。”“奇谈怪论！”大夫回答道。“有人分别从一只静躺着的狗的胃里和一只奔跑过的狗的胃里提取等量的食物，发现静狗的消化更快。”“那么睡眠切断消化吗？”“这要看是食管消化，还是胃腔消化，或是肠腔消化；跟您解释也白搭，您反正不明白，既然您没学过医。喂，莱翁蒂娜，前进……奋勇前进！该走了！”但他说的不是实话，因为大夫非把这局牌打下去不可，他只希望这样冷不防地打断悄然无声的妻子的瞌睡，他刚才对她晓之以理，好言相劝，却没得到回答。或许，在戈达尔夫人脑子里，一种抵制睡觉的毅力仍在坚持抗争，即使在睡眠状态中也未曾松懈，或许是扶手椅未曾为她的头颅提供依托，她的脑袋机械地在空中忽左忽右忽高忽低地抛动着，仿若惯性运动的物体，只见戈达尔夫人摇头晃脑，忽而像听音乐，忽而进入垂死挣扎的最后阶段。凡是她丈夫愈益激越的告诫失败之处，便是她自己愚蠢的感情成功之时：“我的澡洗得真舒服热乎，”她喃喃道，“可词典的羽毛……”她嚷嚷着挺起身子。“噢！我的上帝，我多蠢！我说什么来着？我刚才想到了我的帽子，我可能说了一句蠢话，我差一点睡着了，这该死的火。”大家都笑了，因为身边并没有火。

“你们笑我吧，”戈达尔夫人自己说着也笑了，她用手抹去额上最后的睡痕，手姿轻捷，如给动物磁疗那样飘逸，像少妇梳理头发般灵活，“我要向亲爱的维尔迪兰夫人道歉，从她那里知道真相。”但她的笑容转眼变成了愁容，因为教授明知道他妻子千方百计讨他的喜欢，唯恐拍马屁拍不到点上，可他却对她嚷嚷道：“你去照照镜子吧，你脸红得像长了粉刺，乡下老太婆的模样。”

“你们晓得吧，他很可爱，”维尔迪兰夫人说，“他有好心挖苦人的妙着。再说，他把我丈夫从坟墓门口领了回来，当时全医院都说我丈夫没救了。他在我丈夫身边守了三夜，不曾睡觉。因此，戈达尔对于我，你们晓得吧，”她补充道，口气严厉，几乎近于威胁，同时把手举到优美的白发云鬓内，好像我们刚才要动手打大夫似的，“他是神圣的！他可以愿意要什么就要什么。而且，我不叫他戈达尔大夫，我叫他上帝大夫！我即使这样说也是诽谤他了，因为这个上帝还尽可能地补救一部分他人造成的不幸。”“出王牌。”德·夏吕斯先生和颜悦色地对莫雷尔说。“王牌，得看看。”小提琴手说。“先得亮出您的王牌，”德·夏吕斯先生说，“您心不在焉，可您打得很棒！”“我有王牌在手。”莫雷尔说。“真是个美男子。”教授回答道。“那玩艺儿是怎么回事，这么些小杠杠？”维尔迪兰夫人指着壁炉上雕刻精致的纹章问德·康布尔梅先生说。“这就是你们的**纹章**！”她补充道，带有一点奚落人的味道。“不，这不是我们的，”德·康布尔梅先生回答。“我们佩带对称堞口三横带金纹章，对着五个堞口，每口对嵌一朵金三叶花。不，那上边，是阿拉施贝家族的标志；不属于我们这一支家族，而是属于房主的，我们继承了他们的房产，我们家族的人始终不愿意动它。阿拉施贝家族（据说，昔日叫贝菲兰）佩带五堞口对五金尖桩纹章。他们同费代纳家族联姻后，盾形纹章就变了，不过仍保留二十枚小十字图饰，又用金桩小十字垫底，右边双翼银底黑纹。”“骗人。”德·康布尔梅夫人悄声说。“我的曾祖母是阿拉施贝家或拉施贝家的人，随您怎么说都行，因为两个姓在旧家谱上都有记载，”德·康布尔梅先生接着说，弄得满脸通红，因为只在此时此刻，他才想起是他妻子给他带来的荣耀，他生怕维尔迪兰夫人听了这番话多心，其实根本不是冲着她说的。“历史是这样的，在十一世纪，出现了第一个阿拉施贝人，叫马塞，号贝菲兰，在围城拔桩中表现得敏捷能干，遂得阿拉施贝拔桩能手的称号，他因此受封为贵族，您看到的那些个桩桩,也就在纹章中代代留传下来了。那些个木桩,是为了使城堡更加难以接近而安插的,请原谅我使用这种说法,一根根安插在城堡前的土地上,然后又把它们一根根连接起来,您刚才恰如其分地称为小杠杠的就是这些东西,它们与善良的拉封丹笔下的漂浮的小棍子毫无关系。因为人们以为,它们可以使地盘固若金汤。显然,有了现代炮兵后,这样的防线未免令人好笑。但应当记住,那是十一世纪的事。""这玩艺儿现在已不时兴了,"维尔迪兰夫人说,"不过,小钟楼倒别具一格。""您交上了……滴儿溜滴滴的好运气。"戈达尔说,这个拟笛声词儿他故意来回重复以避开莫里哀用的那个词。"您晓得为什么方块王[①]被废黜了吗?""我巴不得代他受过。"莫雷尔说,因为服兵役使他讨厌死了。"啊! 刁民也。"德·夏吕斯叫了起来,他忍不住掐了掐小提琴手的耳朵。"不,您不晓得为什么方块王被废黜了?"戈达尔又问,仍在开他的玩笑,"那是因为他只有一只眼睛。""您遇上了厉害的对手,大夫。"德·康布尔梅先生说,用以向戈达尔表明他知道他是何许人。"这个年轻人了不得,"德·夏吕斯先生指着莫雷尔天真地打断说,"他出牌如有神。"这话大夫听了大为不快,答道:"死不了,走着瞧。抓滑头,就得更滑头。""王后,阿斯[②]。"莫雷尔吉星高照,洋洋得意地宣告。大夫低下头,好像无法否认自己命运多舛,只好目瞪口呆地承认:"真漂亮。""同德·夏吕斯先生共进晚餐,我们过得十分愉快。"德·康布尔梅夫人对维尔迪兰夫人说。"您以前不认识他? 他够可爱的,他与众不同,他是属于过去**一个时代**的(难为她一语道破)。"维尔迪兰夫人答道,满意地笑着,是音乐爱好者、判官和主妇兼得的满足。德·康布尔梅夫人问我是否要同圣卢一起去费代纳。当我看到一轮明月,如同一盏橘黄灯笼,悬挂在城堡橡树林圆拱形树梢上时,情不自禁地欢呼起来。

---

① 即方块老 K。

② 王后即纸牌 Q,阿斯即 A。

“这还不算什么了不起；待会儿，等月亮升高一些，照在山谷里，那比现在美千百倍。这是您在费代纳看不到的！”她口气轻蔑地对德·康布尔梅夫人说，弄得德·康布尔梅夫人不知如何回答是好，她特别不愿意在房客面前贬低自己房地产的价值。“您还要在此地逗留一段时间吧，夫人？”德·康布尔梅先生问戈达尔夫人说，这话可以被看作有邀请她的含糊的意向，现在却不说死具体的约会时日。“噢！当然，先生，为孩子们着想，我们珍惜这一年一度的大流动。说什么也没有用，他们需要乡野的空气。学院想把我派到维希去；但那里太闷热了，等这些大小伙子再长大一点，我得注意自己的肚子了。还有，教授负责主考，总是忙得不亦乐乎。闷热把他累坏了。我觉得像他那样一年忙到头，也该彻底地轻松一下。无论如何，我们还要待足足一个月。”“啊！这么说我们后会有期。”“再说，我丈夫要去萨瓦巡诊，半个月后他才能回到这里的固定诊所，我只好留下来了。”“山谷边与海边相比，我更喜欢山谷边。”维尔迪兰夫人又说。“明媚的风光欢迎你们回来旧地重游。”“如果您非今晚回巴尔贝克不可，还得看马车是否备好了，”维尔迪兰先生对我说，“可我看没有这个必要。明天早上用车子送您回去就是了。肯定是个大晴天。沿路美不胜收。”我说那是不可能的。“但不管怎么说还不到时候。”女主人提出了异议。“让他们放心吧，他们还有时间。现在提前走就要提前一小时到达车站。他们在这里总比在车站强。那您呢，我的小莫扎特，”她对莫雷尔说，却不敢直接问德·夏吕斯先生，“您不想留下来？我们在海边有漂亮的住房。”“不过他不能。”德·夏吕斯先生替局中人回答，局中人正全神贯注地玩牌，没有听见女主人的问话。“他必须在午夜之前赶回去。他得回去睡觉，像一个听话的乖孩子。”他补充道，虽是开玩笑的口气，但装腔作势，不留余地，仿佛他使用这句纯洁的比喻可以得到些许施加性虐待的快感，同样，在涉及莫雷尔时顺便加重了口气，若不能动手动脚，便用近似触摸的挑逗语言去抚摸他，从而得到同样的享受。

从布里肖对我的喋喋不休的说教中，德·康布尔梅先生得出结论，我是德雷福斯分子。他十有八九是反德雷福斯派，但出于对一个宿敌的礼貌，他竟对我称赞起一位犹太上校来。这位上校对谢弗勒尼家的一个表兄弟很够意思，给予他当之无愧的提拔。“我的表兄弟处在截然对立的思想之中。”到底指什么思想，德·康布尔梅故意滑动其词，但我觉得这些思想跟他的面目一样陈旧，一样丑陋，是某些小城镇几个家族也许早就有的旧观念。“那好哇！您晓得吧，我感到这太美了！”德·康布尔梅下结论道。一点不错，他很少在美学意义上使用“美”一词，在审美意义上，对他母亲或妻子来说，它兴许是指形形色色的作品。不过是指艺术作品。德·康布尔梅先生好用这个形容词来赞美，比如说，赞美一个有点发福的妙人儿。“怎么，您在两个月之内长了三公斤？您晓得吧，这太美了！”清凉饮料、时鲜水果已经上桌。维尔迪兰夫人请先生们自己去选择自己爱喝的饮料。德·夏吕斯先生去喝了自己的一杯，连忙回到牌桌上，再也没动窝。维尔迪兰夫人问他：“您喝了我调的橘子水了？”只见德·夏吕斯先生优雅地一笑，用一种他罕有的清脆口气，又是撅嘴又是撇嘴，腰肢扭来扭去，回答道：“不，我偏爱旁边那种，来点小草莓，我觉得很可口。”真是怪事，某些秘密行为的性质竟通过言谈举止的方式方法披露出来，产生了外部的效果。一个先生信不信圣母的无玷始胎，信不信德雷福斯的清白无辜，信不信多元的世界，只要他守口如瓶，人们就休想从他的话音里或从他的举止上，找到任何可以让人发现他思想深处的东西。但当人们听到德·夏吕斯先生操着这尖尖的嗓音，推出这微微笑脸，打着这种种手势，说什么：“不，我偏爱旁边的那种，小草莓。”人家可就要说话了：“瞧，他喜欢雄性。”口气之肯定，犹如审判官在判决不肯坦白交待的罪犯，又如医生宣判一个全瘫病人为不治之症，病人也许不知道病痛，但因说不清话致使医生断定他活不过三年。也许，人们从他说那句话的腔调：“不，我偏爱旁边的那种，小草莓，”不难得出这是一种所谓的性倒错的结论，这并不需要太多的科学知识。当然,这是因为,这里,迹象与隐秘之间,有更直接的关系。即使不说一针见血,人们也总可以感到,这是一个和颜悦色的女士在答您的话,但她又显得矫揉造作,因为她故意装出男子汉模样,可人们看不惯男人这般忸怩作态。也许,这样想更雅观些吧,就是长久以来,有一定数量的天使女人投错了胎,混到男性行列中,她们拍打着翅膀逃亡,徒劳无益地向男人飞去,却从肉体上对男人产生反感,她们善于整理客厅,料理“内务”。德·夏吕斯先生心安理得让维尔迪兰夫人站着,自己仍然坐在扶手椅上,以便挨紧莫雷尔。“难道您不觉得,”维尔迪兰夫人对男爵说,“这岂不是一种罪过,那个人本来可以用他的小提琴为我们助兴,却厮守着双人牌桌。要是有人像他那样拉琴!”“他打牌很漂亮,他干什么都行,他极聪明。”德·夏吕斯先生说,一边看着牌,好替莫雷尔出谋划策。然而,他在维尔迪兰夫人面前竟然坐在扶手椅上不站起来,这并不是唯一的原因。他以其形形色色的社会观炒成一盘独特的大杂烩,贵族大老爷和艺术爱好者的风味兼而有之,不是像他所处的上流社会的男士那般彬彬有礼,而是效法圣西门自作种种活画;而此时此刻,他兴致勃勃地塑造出于格塞尔元帅,元帅之所以令他感兴趣,还有另外一方面的原因,他说起元帅时,说他面对宫廷中比他更尊贵者,根本不把他们看在眼里,甚至都懒得起身。“那么说,夏吕斯,”维尔迪兰夫人说,顿时亲热起来,“难道在您的那个区,找不到一个破落的老贵族来给我看门吗?”“当然可以……当然可以……”德·夏吕斯先生笑着说,像个老好人,“但我不把他推荐给您。”“为什么?”“我为您担心,衣冠楚楚的贵客们到了门口就不想往里走了。”这是他们之间第一次小冲突。维尔迪兰夫人对此几乎没有在意。不幸的是,他们在巴黎有可能发生过摩擦。德·夏吕斯先生还是没有离开座位。他不禁感到好笑,竟会如此轻而易举地使维尔迪兰夫人屈从了,他那套有利于贵族特权和资产者的格言得到了确认。女主人对男爵的态度一点儿也不见怪,她离开他,仅仅是因为她看到我又被德·康布尔梅先生死死缠住而感到不放心。但在这之前，她想弄清德·夏吕斯先生与莫莱伯爵夫人的关系。“您曾对我说过，您认识德·莫莱夫人。您去她家?”她问，赋予“去她家”以“在她家得到接待”，“得到她的允许去看她”的意义。德·夏吕斯先生的回答，则带着轻蔑的变调，言简意赅的矫揉造作，拿出唱圣诗的腔调说：“有那么几次。”这“几次”使维尔迪兰夫人顿生疑团，便问道：“您是否在她家见过盖尔芒特公爵?”“啊！我记不得了。”“啊!”维尔迪兰夫人感叹道，“您不认识盖尔芒特公爵?”“可我怎么会不认识他呢?”德·夏吕斯先生回答道，一丝微笑牵动着嘴唇起伏波动起来。这是冷嘲热讽的微笑；但由于男爵生怕被人看到嘴里的一颗金牙，讥诮尚未出嘴便被唇刀抿碎了，形成的蜿蜒曲折的笑纹变成了莞尔一笑。“您为什么说：我怎么会不认识他?”“可因为他是我的兄弟呀，”德·夏吕斯先生漫不经心地说，却使维尔迪兰夫人陷入惊愕和困惑，弄不准自己请来的客人是否在耻笑自己，弄不清德·夏吕斯先生是否私生子，或是偏房所生。她万万没有想到，盖尔芒特公爵的兄弟竟叫夏吕斯男爵。她朝我走了过来：“我刚听说，德·康布尔梅先生请您吃晚宴。我嘛，您晓得，这对我来说无关紧要。但是，为您着想，我还是希望您不去为好。首先，那儿尽是讨厌鬼。啊！要是您愿意与外省一些无人知晓的伯爵、侯爵们共进晚餐，您一定会吃得如愿以偿。”“我想，我不能不去应酬一两次。然而，我不太有空，因为我有一个年轻的表妹，我不能把她一个人撂下不管（我以为拉上亲戚关系可以使事情简单化，以便名正言顺地同阿尔贝蒂娜一起外出）。但对康布尔梅夫妇来讲，由于我已经在她们面前介绍过她……”“您愿意怎么办就怎么办。可我要告诉您的是，那里极不卫生；您一旦染上胸部炎症，或落下类似风湿痛之类好些个小毛病，您想后悔也来不及了吧?”“可不是说那地方很秀丽吗?”“湿、湿、湿乎乎的……可以这么说。我呀，说白了吧，我百般偏爱从这里饱览山谷的风光。首先，人家即使倒贴我们钱，我们也不会要那座房子，因为，海风对维尔迪兰先生是致命的。您的表妹只要稍有点过敏性怕风寒……不过，再说，您本来就对风寒过敏，我想……您有哮喘病。那好了！您瞧吧。您去一回试试，保管您八天睡不着觉，可这就不是我们的事了。”可她没考虑到自己的后语会与自己的前言自相矛盾：“如果您高兴看看房子，房子不坏，秀丽谈不上，但的确很好玩，有旧壕沟，有旧吊桥，我不得不履行一次义务，无论如何得到那里去吃一顿晚饭，那好吧！到那一天您一定去。我尽量把我的小圈子都带去。那就太好了。后天。我们要乘车去阿朗布维尔。那一路可美了。有美味的苹果酒。来吧。您，布里肖，您也来吧。还有您，茨基。反正这是我丈夫分内的事。他本来就该事先作出安排。我不太清楚他邀请了谁？德·夏吕斯先生，您是否在邀请之列？”男爵只听到最后这一句话，而且不知道人家说的是去阿朗布维尔游览之事，不禁跳了起来：“怪问题。”他以嘲讽的口气喃喃道，维尔迪兰夫人听了觉得不是滋味。“再说，”她对我说，“在康布尔梅家晚宴之前，何不把她带到这儿来，把您的表妹？她喜欢聊天，喜欢才子吗？她可爱吧？是的。那就好，很好，带她一起来吧。世上不只有康布尔梅一家。我明白，他们很高兴邀请她，可他们却请不到任何人，这里，她可以呼吸新鲜空气，始终有才情做伴。总之，我指望您不会使我泄气，下星期三。我听说，您曾同您的表妹，同德·夏吕斯先生，在里夫贝尔吃点心，还有谁我就不得而知了。您可以设法把这一帮人都挪到这儿来嘛，皆大欢喜，来那么一小帮子。联络是再容易不过的，大道小路美极了；如有必要，我会派人接你们。不过，我不知道是什么东西吸引你们到里夫贝尔，那地方外国阔佬们泛滥成灾。你们可能相信那地方烘饼有名气。我的厨师做饼更是拿手好戏。我一定请你们吃饼，我请客，诺曼第饼，地地道道，油酥饼，我只说这些。啊！您如果硬要吃里夫贝尔的肮脏饭菜，这，我可不干，我不暗算我的客人们，先生，而且，即使我想下手，我的厨师也不愿干那种难以启齿的卑鄙勾当，他宁可改换门庭。那地方的酥饼，弄不清是什么玩艺儿做的。我认识一个可怜的姑娘，就因为吃了这东西得了胸膜炎，三天之内就一命呜呼了。她年仅十七岁。她可怜的母亲有多伤心，”维尔迪兰夫人补充道，饱经沧桑与痛苦的两颊露出不胜忧虑的神色，“不过，说白了，要是您乐于被人敲竹杠，高兴把钱往窗外扔，那您不妨去里夫贝尔尝尝滋味。只是，有劳大驾，我要给您下一道信得过的使命：六点钟一响，您把您的全部人马带到我这儿来，千万不要让大家回家转，各奔东西。您可以随便带谁来。我并不是对所有的人都讲这样的话。但我放心，您的朋友们都是可爱的，我一眼就看得出来，我们彼此心心相印。除小核心成员外，星期三准还有可亲可爱的人来。您不认识可爱的德·隆邦太太？她长得美极了，而且才智横溢，但一点也不附庸风雅，您看吧，她会讨您喜欢的。她也会带一整帮朋友来。”维尔迪兰夫人补充道，目的是为了向我表明，这是好人相聚，举例来鼓励我。“大家会看到，到底什么东西最有影响，谁带来的人最多，是从巴布·德·隆邦那里带来的人多，还是从您那儿来人多，而且我认为，还得把贝戈特带来。”她补充道，看样子神色茫然，因为名人能否赏光大成问题，早上各家报纸发表了一条简讯，称这位大作家的健康状况令人深为不安。“您最终会看到，这将是我最成功的星期三聚会之一，我不要令人讨厌的女人。别因为今晚的这个星期三就下结论，今晚是一败涂地了。您别说了，您岂能比我更烦恼，我自己都觉得烦死人。哪会永远像今晚这样子，您知道！再说，我且不说康布尔梅两口子，他们真叫人受不了，可我认识一些上流社会的人，他们个个都是可亲可爱的，嘿！除了我的小核心，哪儿也找不着这样的人。我听您说过，您觉得斯万是聪明人。首先，我看这太言过其实了，姑且不论此人的个性，我总觉得他暗地里讨厌死了，阴险极了，星期三他常来我这里吃晚餐。好了，您可以问问别人，甚至可以与布里肖比一比，布里肖远不是才智出众鹤立鸡群，只不过是一个二流好教授，还是我把他拉进科学院的呢，斯万与布里肖相比，只好无地自容了。他属于平庸之辈！”但由于我发表了相反的意见，她便改口说：“是这样。我可不愿对您说任何他的坏话，既然他是您的朋友；何况，他很喜欢您，他对我提到您，说起来美滋滋的，不过，问问这些人好了，他在我们的晚宴上，有没有说过一点有意思的事情。这可是试金石呀。那好了！我不知道为什么，斯万呀，在我府上，既无所予，也毫无所得。他还有一点值得称道，他是在这里弄到的。”我肯定他很聪明。“不，您就相信这一点，那是因为您认识他的时间比我短的缘故。其实，人家很快就对他了若指掌。我呀，他烦死我了。（意为：他常去拉特雷默伊耶府上和盖尔芒特府上，他明知道我不去那儿。）我一切都能忍受，就是忍受不了心烦。啊！这个，不行！”恐烦症现在已经成了维尔迪兰夫人心头上赖以解释小核心组成的理由。她尚未接待公爵夫人们，因为她不能自寻烦恼，就像因为会晕船不敢到海上去旅行一样。我扪心自语，维尔迪兰夫人所说的并非全然没有道理，虽然盖尔芒特家声称布里肖是他们所见到的最愚蠢的男人，但我仍然说不清他事实上是否高于他人，即使不高于斯万本人，至少高于有盖尔芒特精神的人，那些人虽然因他那学究式的玩笑而脸红，但竟然没有羞耻心，我心里寻思着，仿佛聪慧的天性可以在某种程度上得到我自问自答的启明似的，其严肃的程度犹如一个受波尔罗亚尔隐修院影响的基督徒向自己提出圣恩的问题。“您瞧吧，”维尔迪兰夫人继续说，“如果有人接待上流社会的人，接待有真才实学的人，接待我们圈子里的人，那就应当到那儿去看一看，瞎子王国里最有才华的上流社会人士在这里只不过是一个独眼龙而已。更有甚者，他对别人冷若冰霜，别人一下子心就凉了。以致到了这种程度，我考虑是不是不要搞类似的活动，就是因为讨厌这些人，不要鱼龙混杂在一起，把一切都搞糟了，以便好生享用我的小核心。说定了：您一定带您的表妹来。一言为定。好。至少！在这里，你们俩有吃的。在费代纳，又是饥又是渴的。啊！相反，假如您喜欢吃耗子，那您赶紧去，您将如愿以偿。只要您愿意，人家留您多久都行。到头来，您非饿死不可。不过，我要是去，我动身之前得吃好晚饭。若要更热闹一点，您得来找我。我们好生尝一尝，回来时再吃个夜宵。您爱吃苹果塔吗？爱吃，太好了！爱吃，太好了！我们的大师傅做苹果塔与众不同。您看我说得对吧，您生来就适合在这里生活。那就来这里住吧。您晓得，我家的空床位看样子不多实际上不少。我不说就是了，免得招讨厌鬼来。您可以把您的表妹带来住。她会感到这里的空气与巴尔贝克大不相同。靠这里的空气，我断言我可以治好不治之症。我发誓，我真的治过，但不是现在。因为，过去我就住在附近，好不容易我才发现这点儿名堂，一片面包的代价就搞到手了，比他们的拉斯普利埃可别具一格。我们要是出去散步，我会指点给您看。但我认为，这地方，空气的确益身养神。尽管我不愿意大谈特谈，但巴黎人一眼就会喜欢上我这小块世外桃源。这可一直是我的吉星。最后，您把这一切告诉您表妹吧。给你们两间漂亮的房间，面对山谷，您会看到这良辰美景，雾中的太阳！那么，您说的那个罗贝·德·圣卢是什么玩艺儿？”她神色不安地说，因为她听说我要到东锡埃尔去看他，恐怕他会让我泄气。“您不如把他带到这儿来，如果他不是一个讨厌鬼的话。我听莫雷尔谈起过他；我似乎觉得是他的一个老朋友。”维尔迪兰夫人说道，一派胡言乱语，因为圣卢与莫雷尔彼此素昧平生。但当她听说圣卢认识德·夏吕斯先生时，她想，准是小提琴手拉的线，便装出知情的神气。“会不会碰巧了，他不搞医，也不搞文学？您晓得，您要是需要考试方面的参考意见，戈达尔可以办，而我要把他捏成什么样子就是什么样子。至于科学院，那是后话，因为我想，他还不到年纪，我掌握着好几票。您的朋友到这里兴许是旧地重游，看看房子也许他会高兴。东锡埃尔，可不怎么好玩。总之，您可以为所欲为，包您称心如意。”她话说透了却不强求，以免露出设法巴结“名门望族”的神色，因为她的意图是，她要让众常客生活在专制制度之下，却美其名曰自由。“嗳，你怎么啦。”她看到维尔迪兰先生便说他，只见他不耐烦地指手画脚，来到木板平台上，平台从沙龙的一侧伸出去，下面就是幽谷，看样子气得喘不过气来，需要呼吸一点新鲜空气。“又是萨尼埃特气你了？可你既然知道他是大笨蛋，你死了这份心就是了，何必自作自受弄成这个样子……我不喜欢这样，”她对我说，“因为这对他不好，会使他脑充血的。但我还得说，还真应当有天使的耐心才能忍受萨尼埃特的愚蠢，尤其应当记住，收容萨尼埃特是一种慈悲。可我啊，我说实话，他蠢得出奇反成了我的欢乐。我想，饭后您听到他说的话了吧：‘我不会玩惠斯特，但我会玩钢琴。’真够妙的！简直太伟大了，然而却是一个谎言，因为他既不会玩牌，也不会弹钢琴。可我丈夫，表面上粗鲁厉害，实际上心肠很软，很善良，可萨尼埃特自私自利，老是想要一鸣惊人，气得他死去活来的……喂，我的小乖乖，消消气，你很明白，戈达尔早就对你说过，这对你的肝没好处。到头来，一股脑儿往我头上出气。”维尔迪兰夫人说。“明天，萨尼埃特又要来闹一场小小神经病，一把鼻涕一把泪的。可怜的人！他病得很重了。但无论如何他不能因此坑害别人呀。而且，即使是在他痛苦不堪的时刻，即便是在人们可怜他的时候，他的愚蠢言行也会把人家的同情心打杀光的。他蠢到家了。你只有好言好语劝他，这样闹下去你们俩都会得病的，叫他别再来了；因为他最担心的就是这一着，这也许对他有镇定神经的效果。”维尔迪兰夫人对丈夫耳语打气。

从右边的窗子远眺，大海依稀可见。而凭左边的窗门，幽谷尽收眼底，月光如雪，现在正飘落山野。人们不时听到莫雷尔和戈达尔的声音。“您有主吗？”“yes。”“啊！您有许多奴婢呀，您这家伙。”德·康布尔梅先生对莫雷尔说，回答着他的问题，因为他已经发现，大夫已经胜券在握。“这是个方块，上面有个女的。”大夫说。“这也是主呀，懂吗？哦压上，哦逮了。”“但索邦[1]已不存在了，”大夫对德·康布尔梅先生说，“此地空余巴黎大学。”德·康布尔梅先生坦白承认他弄不明白医生为何对他发出这

---

① 即索邦神学院，巴黎大学的前身。在此，“索邦”与上文的“多邦”有意混淆，做文字游戏。

般挑剔。“我刚才以为您说的是索邦呢。”大夫又说。“我刚才听到您说：您给我们来索邦，”他眨巴着眼睛补充道，以表明这是一个词。“且慢，”他指着对手道，“我给他来一个特拉法尔加的晴天霹雳[①]。”可这次打击正中大夫下怀，只见他喜笑颜开，肉麻地摇动着双肩，这种举动已经到家了，属戈达尔之“类”，几近兽性满足的行为。在上一代，搓手的动作，就像擦肥皂洗手一样，伴随有这种动作的开始时，戈达尔同时运用了这双重动作，但后来有一天，不知道是因为中途出了什么变故，不是夫妻生活从中调节，可能就是强行干预，摩擦玩手的动作不见了。这位大夫，即使在玩骨牌的时候，在他逼着对手“摸”牌，抓双六的当儿，这对于他是最痛快淋漓的事了，不过也只是摇摇肩膀而已。可当他——极难得地——去老家住几天，与堂弟又见了面，发现堂弟还有玩手的习惯，回来后便对戈达尔夫人说：“我感到这可怜的勒内很低级。”“您有没有小女混子?”他说着转向莫雷尔。“没有？那么我出这个老大卫。”“这么说您得五，您赢了！”“Si Signor。”[②]“打了一个漂亮仗，大夫。”侯爵说。“一次皮洛士胜利[③]。”戈达尔说着转向侯爵，目光越过夹鼻眼镜，看看他的话会引起什么效果。“倘若我们还有时间，”他对莫雷尔说，“我给您报复的机会。该我来了……啊！不，车来了，星期五再干，我给您露一手绝招。”维尔迪兰夫妇把我们送出门外。女主人对萨尼埃特格外亲热，目的在于确保他第二天再来。“我看，您穿的看样子并不多，我的乖乖。”维尔迪兰先生对我说，在他的心目中，他这么大年纪了，可以像父辈那样叫我。“好像变天了。”这话字字

---

① 典出“特拉法尔加战役”。1805年10月21日，拿破仑帝国的舰队在加的斯和直布罗陀海峡之间的特拉法尔加角与英国舰队进行了一场空前规模的大海战，法国海军惨败，拿破仑不得不放弃入侵英格兰的计划。

② 意大利语，意为：“是，先生。”

③ 皮洛士（公元前319—前272），伊庇鲁斯国王，曾不惜惨重牺牲取得对马其顿和罗马的军事胜利。“皮洛士的胜利”一语由此成为代价惨重的代名词。

令我喜气洋洋。仿佛一语道破大自然的深刻生机，道出了分分合合的风起云涌，可能预兆着别的变故，由于这一切发生在我的生活之中，就有可能给我的生活创造新的可能。临走之前，只需打开朝园林的门，便可感到另有一种“气候”顿时开始了登台表演；习习清风，消暑销魂，从冷杉林中吹来（往昔，德·康布尔梅夫人在林中做着肖邦梦呢），几乎是神不知鬼不觉地，如蜿蜒流水般温存，似心血来潮般逆反，开始拉开轻飘飘的夜幕。我不要盖被子，但以后的夜晚，若阿尔贝蒂娜在场，我也许就要了，与其说是免受风寒之险，毋宁说是为了藏云遮雨。大家没找到挪威哲学家。他会不会拉肚子了？他是不是怕误了火车？难道有飞机来接他？圣母升天时把他带走了不成？反正，大家还来不及发现，他已无影无踪了，真神了。“您这就不对了，”德·康布尔梅先生对我说，“外面天气鸭冷。”①“为什么鸭冷？”大夫问。“当心哮喘，”侯爵又说，“我妹妹晚上从不出门。况且，她现在身体很糟。无论如何不要这样光着脑袋，快把头套戴上。”“又不是冷哮喘。”戈达尔用教训人的口吻说。“啊！这么说，”德·康布尔梅先生道，“既然这是您的劝告……”“告读者！”大夫道，目光溜出夹鼻眼镜微微一笑。德·康布尔梅先生笑了，但自信自己是对的，仍坚持己见。“不过，”他说，“我妹妹每次晚上出门，都要发作一次。”“何必吹毛求疵。”大夫回敬道，并不意识到自己出言不逊。“再说，我又不是来海滨行医，除非有人叫我去出诊。我是来此地度假的。”不过，他人在这里，也许心早就不在这里了。德·康布尔梅先生同他一起上车时，曾对他说：“我们有幸，就在我们附近（不是在海湾这边，而是那一边，不过那地方海湾很狭窄就是了），也有一个名医，迪·布尔邦大夫。”戈达尔出于医学**伦理道德**，一般力戒批评自己的同行，但这一次却禁不住叫了起来，就像我们去小游乐场那扫兴的一天，他在我面前嚷嚷那样：“可他不是医生。他搞的是文医，荒唐疗法，

① 法语常用“鸭冷”、“狗冷”、“狼冷”来形容严寒，类似汉语的“猴冷”。

江湖骗术。不过，我们相安无事。若不是我非外出办事不可，我真想乘船去看他一回。”但从戈达尔对德·康布尔梅先生谈到迪·布尔邦所露出来的神色看，我感到，他自愿要去找迪·布尔邦所要乘的“船”很像是这样一只“船”，萨莱诺①的大夫们租用这只“船”去毁坏另一个文学医生发现的水路，这个文医就是维吉尔（他也把同行们的顾客都抢走了），但在渡海时他与他们都沉没了。“再见了，我的小萨尼埃特，明天一定得来，您晓得我丈夫很喜欢您，他喜欢您的幽默，您的聪明；但是，您很清楚，他虽然爱突然生气，但要是他见不着您，他委实受不了。他每次见到我问的第一个问题就是：‘萨尼埃特来了吗？我真想见到他！’”“我从来没说这样的话，”维尔迪兰先生对萨尼埃特说道，故作坦率，似乎与女主人哄骗萨尼埃特的话一唱一和配合得天衣无缝。他接着看了看表，无疑是为了避免在暮色潮气中为道别而耽搁时间，他吩咐马车夫们不要拖延，但下坡时务必小心，保证我们不误火车。火车会把常客们一个个送到各自的站头，最后一个是我，没有一个人坐到巴尔贝克这么远，而最早下车的是康布尔梅夫妇。他们为了不让自己的马走夜路上拉斯普利埃，便同我们一起坐火车去杜维尔-费代纳。这一站实际上不是离他们府上最近的车站，它离村庄颇远，到城堡就更远了，离家最近的实际上是拉索尼站。到杜维尔-费代纳车站时，德·康布尔梅先生坚持要给维尔迪兰家的车夫（恰巧是那个精神忧郁，可爱却敏感的车夫）“钱币”，如弗朗索瓦丝所说，德·康布尔梅先生乐善好施，这不如说是从“他妈妈那边”继承下来的品质。但是，或许是“他爸爸方面”的基因在这里进行了干预，他一边给钱，一边又后悔刚才犯了一个错误，不觉犹豫起来——也许是因为他自己没看清楚，竟把一个苏当一个法郎送了出去；也有可能得利者未曾发现他施舍的分量。因此，他提

---

① 意大利南部城市，建于公元前197年。因有欧洲最早的医科学校，在历史上占有重要地位。

醒受惠者注意他的慷慨:“我给您的是一个法郎吧,是不是?”他对车夫说,故意把钱币在阳光下晃出光辉来,目的是要老常客们将这事传给维尔迪兰夫人。“对不对? 这足足二十个苏,只不过才跑几步路呀。”他和德·康布尔梅夫人在拉索尼站离开了我们。“我要告诉我妹妹,”他对我旧话重提,“您有哮喘病,我保证会使她感兴趣。”我明白他是想说:会使她高兴。至于他的妻子,她在向我告辞时,用了两句省略语,这类省略语居然写进一封信里,当时弄得我实在反感,但久而久之也就司空见惯了,但这两句省略语一旦说出口来,我似乎觉得,即使是在今天,仍然有令人难以忍受的卖弄学问之嫌,故作草率,是学来的亲切随便的口气:“很高兴,与您度过良宵,”她对我说;“致圣卢普友好之情,您若见到他的话。”德·康布尔梅夫人对我说这句话时,居然把圣卢说成圣卢普[1]。我始终不得而知,究竟有谁在她跟前如此发音,也弄不明白到底是何缘故致使她相信非这样发音不可。有好几个星期,她居然开口闭口圣卢普,而且还有一个对她崇拜得五体投地、与她一鼻孔出气的男人也这样发音。只要别人称圣卢,他们则非加重口气说圣卢普不可,或者是为了间接地教训一下别人,抑或是为了表明自己高人一等。但很可能,一些比德·康布尔梅夫人更显赫的贵妇人告诉过她,或间接地使她明白,不应该那样发音,并告诉她,她自以为标新立异的东西实际上是一个错误,这一错误有可能导致她对世事潮流不敢相信了,因为没过许久,德·康布尔梅夫人又改口称圣卢了,而她的男崇拜者也同样停止了一切抵抗,也许是因为她斥责过他,也许是他发现她已经不再发尾音了,他心想,有这等身价,有这等效力,有这等雄心的女人尚且都让步了,还是谨慎从事为妙。她的崇拜者中的糟糕者就是她的丈夫。德·康布尔梅夫人好戏弄他人,往往极其无礼。她一旦发出这

---

① 法语 Saint - Loup 最后一个辅音字母“p”不发音,可德·康布尔梅夫人却违反规则,发音了。

样的攻击，德·康布尔梅先生或对着我，或冲着别人，马上笑嘻嘻地看着受害者。由于侯爵有斜眼瞟人的毛病——这就给人一种傻瓜逗乐的幽默——这一笑不要紧，却把瞳孔拉到眼白上，但又留有余地，这样一来，云团如絮的天空豁然亮启一线蓝天。而且，单片眼镜，就像一块玻璃蒙罩着珍藏的名画一般，保护着这妙不可言的行动。至于笑的动机，说不太清楚是否可爱："啊！无赖！您可以说您是令人羡慕的。您得到了一个厉害女人的垂青。"也说不太清楚是否辛辣："那好吧，先生，我希望有人揍您一顿，您只得忍气吞声往肚子里咽水蛇。"也弄不太清楚是否助人为乐："您晓得，我在场，我一笑事成，因为这纯粹是开玩笑，但我不能让您受到虐待。"也弄不太清楚是否沆瀣一气："我没必要插一手乱撒盐面，但是，您瞧，凡是她给您造成的侮辱，我却笑破肚皮。我像驼子寻开心，捧腹大笑，当然我是赞成的，我，丈夫嘛。因此，您若异想天开想反抗，您得明白是在跟谁说话，我的小先生。首先扇您两记耳光，而且很响亮，然后我们到尚特比森林去，拔剑比比高低。"

尽管丈夫进行了种种开心的表达，妻子的冲动却很快消失了。于是乎，德·康布尔梅先生也随之收起笑脸，刚刚露出的眼珠子也就消失，而且由于有几分钟失去了翻白眼的习惯，便赋予这位红发诺曼第人某种既苍白无力又心醉神迷的东西，仿佛侯爵刚动过手术，又仿佛是在单片眼镜里，向老天乞求殉道者的棕榈奖。

第三章

我困得站不住了。我乘电梯直达我住的那层楼,电梯不是由电梯司机驾驶,而由斜眼服务员掌握,他攀谈起来,告诉我说,他的姐姐一直同那位极富有的先生一起过,有一回,她想回自己的娘家来,过腻了一本正经的生活,她的先生就来找斜眼服务员的母亲,母亲另有几个孩子,更有些福气,母亲二话没说,当即把不知好歹的女儿送回她的朋友家。"您晓得吧,先生,我姐姐是一位贵夫人。她会弹弄钢琴,讲西班牙话。您可能不相信,给您开电梯的普通伙计的姐姐有这般能耐,她对自己一点儿也不抠门;夫人有她自己的贴身女佣,我才不会大惊小怪呢,有朝一日她会有自己的车子。她很美丽,要是您见到她,她可有点盛气凌人,娘的! 这是可以理解的嘛。她很有心眼。她在离开公馆之前,不在大衣橱或五斗橱里给女佣留点小玩艺儿让她擦拭擦拭,是决不会轻易出门的。甚至有时候,在一辆马车里,她也干这种事,付过了车费,仍躲在一个角落里,看着车夫急着擦车生气当笑话。我父亲把他过去认识的这位印度王子当作是我的小弟弟,当时也是乐得东倒西歪的。当然,这是另一种派头。但气派是呱呱叫的。要是没有外出旅行过,这也是梦里的事。至今只有我留在这一块天地里。但人们不可能知道。运气就在我家里转悠;谁晓得我会不会有朝一日当上共和国总统? 可我让您絮絮叨叨个没完(我未曾说过一句话,而且听着他的喋喋不休都开始昏昏欲睡了)。晚安,先生。噢! 谢谢,先生。要是所有的人都有您这样的好心肠，世上就不再会有不幸的人了。但是，正如我姐姐所说，因为我现在富了，我就可以有东西给他们一点气恼憎恶了，就这么回事。请原谅我说话不恭。晚安，先生。”

也许，每天晚上，睡梦中我们可以历尽我们认为只不过是子虚乌有的苦难，因为这些苦难是在我们自以为无意识的睡梦中依稀感觉到的。

的确，这些个晚上，我从拉斯普利埃回来得晚了，十分的困倦。但是，冷天一到，我就不能很快入睡，因为炉火照着，就像有人点着了一盏灯。只是，这不过是一阵火焰——也像一盏灯，也像暮霭降临时分的夕照——耀眼的光芒很快奄奄欲息了；于是我步入梦乡，梦乡犹如我们拥有的第二套间，我们撂下了我们自己的居室，进入第二居室去睡觉。它有自己的门铃，我们有时候被一阵铃声骤然吵醒，我们的耳朵听得清清楚楚，可是，却没有任何人拉门铃。它有自己的仆人，有客人们特地找上门来叫我们出门去，当我们准备起床，就要搬回另一套居室，即昨晚睡前的套间时，无奈发现房间空无他人，没有任何人进来过。住在室内的种族，犹如最原始的人种，原来是阴阳二性子。一会儿，一个男人在屋里出现，却形如女流。屋里的东西有一种天生的本领，可以变成人，变成友人和敌人。对睡眠者来说，在睡梦中度过的时光，与清醒之人忙碌生活的时光是截然不同的。忽而，似水光阴流得要快得多，睡一刻钟似乎过了一昼夜；而有时却细水长流要漫长得多，以为才打个轻盹，实际上已经睡了一整天。是的，登上睡眠之车，人们越走越远，越陷越深，连记忆都跟不上自己了，失去了记忆，思想只好走回头路。

睡眠之车，活像太阳之车，在任何干扰都无法阻挡的气氛中跬步前进，以至于需要有一块天外陨石（被哪位陌路神仙从蓝天外？）向我们砸过来，才会打中正常安稳的睡眠（否则，它绝无任何理由止步，而是步步深入循序渐进，持续千年万年不肯苏醒），使它来个急转弯，回转到现实中来，十万火急，迅速穿越一个个与生活毗邻的地区——在那里，睡眠者顿时听到生活的嘈杂声，虽然不伦不类，仍然隐隐约约，但却依稀可辨——冷不妨在清醒之地着陆。于是乎，人们从沉睡中苏醒过来，沐浴在曙光里，不知自己为何人，反正谁也不是，脱胎换骨，焕然一新，准备迎接一切，脑子里把过去倒得一干二净，所谓过去就是在此之前的生活。恐怕，比这还要更为美妙，当强行发生苏醒着陆的时候，我们睡梦中的思想被一件遗忘的斗篷所掩盖，在睡眠停止之前还来不及渐渐回味过来。我们（但我们甚至不说是“我们”）经历了这场似乎已经穿越过的黑色风暴之后，我们成了一尊尊没有思维的卧像：一个可能没有内容的“我们”。此时此地的生灵或事物到底受到怎样沉重的打击，竟会弄得晕头转向，全然无知，何以必须等到疾步跑来的记忆还原其意识或个性的时刻为止？何况，为有这两类清醒状态，就得破除习性法则，不能昏睡，更不能深睡。因为凡习惯网罗的东西，它都加以监视；必须摆脱它的监视，只有觉得自己不是在睡觉的时刻才睡眠，一句话，成眠不受先见之明的保护，也不必由思考来陪伴，哪怕是悄悄的陪伴。

我刚才描写的这两种清醒状态，我在拉斯普利埃颇有感受，每当头天晚上我在那里用晚餐，第二天醒来时每每就处于这两种清醒状态之中，至少一切仿佛就是像这样过来的，我可以作证，我这个怪人，正期待着死神前来解救，只见百叶窗关得严严实实，自己对世界一无所知，像一只猫头鹰木然不动，也像猫头鹰一样只在黑夜中才看得到一点明亮。一切都似乎像这样发生，但很可能只有一层乱麻堵阻睡眠者听清回忆的内部对话和睡眠的连篇废话。因为（这诚然可以在第一系统里，在更广阔、更神秘、更漫无边际的范围之内自圆其说），因为正当觉醒发生之时，睡眠者听到一种内部的声音对他说：“今晚您来赴这席晚宴吗，亲爱的朋友？那该多么愉快！”心想：“是的，那有多么愉快，我去！”继而，头脑愈来愈清醒，他猛然想起：“我外祖母没几星期活头了，大夫说得很肯定。”他连忙打铃，不由得哭了，因为一想到，就要跟过去不一样了，进来答话的不是他的外祖母，他那死亡将至的老外祖母，而是一个无所谓的随身仆人。何况，睡眠将他带出回忆和思想居留的世界，有十万八千里之遥，穿越太空，孤苦伶仃，举目无亲，甚至无自己的身影可以相吊，他置身于时间和自己的活动空间之外了。随身仆人已经进屋，可他不敢问他时刻，因为他不知道自己是否睡过，不知道自己睡了多少小时（他寻思是不是有好几天了，因为苏醒过来浑身慵懒，头脑清醒，心情眷恋，似乎十万八千里的漫长旅行时间过得并不长）。

诚然，人们可以硬说只有一种时间，道理极其简单，只要看看挂钟便一目了然，您以为过了一昼夜实际上只过了一刻钟。但是，当您看清了时刻，您已经完全是一个清醒的人，沉浸在清醒人的时间海洋里，脱离了另一种时间，也许脱离的不仅仅是另外一种时间，而是另外一种生活。睡梦中享有的种种欢娱，人们是不会把它们记在现实存在里享受到的欢娱账上的。别的姑且不论，只说最通常的感官享乐吧，我们大家谁在醒来时没有某种茫然若失的不适感？睡梦中，已经领略到一种欢乐，这种欢乐，若不想使自己精疲力竭，是不能在当天没完没了地一再品尝的。这好比损失了的财产。人们在另外一种生活中有了欢乐，但这另外的生活并不是属于我们的生活。梦中的痛苦与欢乐（一般来说，觉醒时迅速怒放），倘若我们将其记入预算中去的话，那也不在我们日常生活预算的账本里。

我说过有两种时间，也许归根结蒂只有一种，不是因为觉醒之人的时间对睡眠者有价值，而可能是因为另一种生活，即人睡时的生活——在沉睡那部分时间里——不从属于时间的范畴。每次，在拉斯普利埃晚宴之后的第二天，我睡得香极了，我就想象到另外一种生活的意境。原来是这么回事。我一觉醒来，发现一连打了十次铃，却不见随身仆人进屋来，我开始绝望了。但打第十一次铃时，仆人进来了。实际上这只是第一次响铃。前十下只不过是睡梦中虚构的腹稿而已，因为睡梦一直延续到我想打铃的那一刹那。只是我那冻僵的双手没有动就是了。然而，那几天清晨(而正是由此我才说睡眠可能不懂得时间的法则),我努力使自己清醒过来,而其中最主要的,是极力要把我刚才经历的不确定的睡梦黑团赶进时间的范围之内。这可不是轻而易举的事情;睡梦并不知道我们到底睡了两小时还是两天,不能向我们提供任何方位标。倘若我们在外头找不到方位标,因而也就回不到时间中去,于是我们又睡过去五分钟,可我们似乎觉得已经过了三个小时。

我早就说过——经验之谈——最有效的催眠剂是困倦。在酣然入梦两小时之后,在与众巨人轮番搏斗之后,在与朋友结下生死之交之后,一觉睡去是很难苏醒过来的,比吃许多片巴比妥要强得多。经过由此及彼的推理,我不胜惊讶,从挪威哲学家口里得知,而挪威哲学家又是从"他卓越的同事"——对不起,应当是"他的同仁"——布特鲁先生那里听来的,我得知柏格森先生对服用安眠药会使记忆力明显衰退有他的看法。如果相信挪威哲学家的话,柏格森先生也许曾对布特鲁先生说过这样的话:"当然,偶尔服用少量安眠药对我们日常生活强有力的记忆力是没有什么影响的,因为这种记忆力在我们脑海里根深蒂固。但是,还有另外一些记忆力,更高级,也更不稳定。我的一位同事上古代历史课,他对我说过,如果头天晚上吃一片药用以安眠,到课堂上就很难记起他需要引用的希腊语录。而给他开药的大夫却向他保证药片对记忆力没有影响。""这也许是因为您没有必要背诵'希腊'语录的缘故。"历史学家回答他说,自负嘲弄之情无不溢于言表。

我不知道柏格森先生和布特鲁先生之间的这段谈话是否准确无错。挪威哲学家虽然精深,明察,专心致志,但也完全可能理解错了。个人而言,我自己的经验给了我相反的结果。

服用某些麻醉药后的第二天出现的健忘的时刻,与平时酣睡的夜晚充满遗忘的时候,虽只有部分相似,但却达到以假乱真的程度。然而,不论是吃药后还是睡着后我所失记的东西,并不是搅得我心烦意乱的波德莱尔的哪句诗，比如“像一把扬琴”之类；我忘掉的也不是被人称道的哲学家的某些观点，而是我身边平平常常事物的现实本身——倘若我睡着了——因我对身边的现实事物竟一无所知，人家以为我是白痴；倘若我醒了，并从人为的睡眠状态中走了出来，我遗忘的不是波菲利[1]或普罗提诺[2]体系，对这类哲学，我完全可以同昔日一样进行讨论；而我忘掉的却是对某次邀请的答谢，对那次宴会只留下一片纯粹的空白。崇高的理念则坚守其位；安眠药使之失灵的东西，不过是区区小事中的行动影响能力，这种能力，只表现在，倘若要及时恢复、掌握日常生活中的某件事情的回忆，就非得付诸行动不可。尽管可以对脑子坏了以后的苟延残喘问题作这样那样的种种议论，可我发现，每次脑力的衰竭都导致部分的死亡。我们拥有我们的全部记忆，要不便是拥有回想这种种记忆的能力，伟大的挪威哲学家根据柏格森先生的言论这样说，可我未曾试想模仿哲学家的言辞，以免延误时间。要不便是回想这种种记忆的能力。但是，什么算做回想不起来的记忆？要不，干脆扯远一点。我们回想不起来我们这三十年的往事；但我们却完全泡在这种种记忆之中；为什么到三十年就煞步不前，为什么不把以前的生活延伸到出生以前的岁月？自从我记不起我身后一大部分往事，自从这些往事成了我看不见的东西，自从我无能为力呼唤这一桩桩往事，谁敢对我说，在这一片我一无所知的黑洞里，我人生之外就难道没有可追根溯源的往事？既然我脑中和我周围能有那么多我回想不起来的往事，那么这种遗忘（至少是事实上的遗忘，因为我无能力看到任何东西）就有可能涉及我在另外一个人身上，甚至在另外一个星球上经历过的生活。同样一种遗忘会把一切抹煞得一干二净。那么，挪威哲学家信

---

① 波菲利（233或234—约305），古罗马时期生于希腊的唯心主义哲学家，新柏拉图主义者，普罗提诺的门徒。

② 普罗提诺（约204—约270），古罗马时期希腊唯心主义哲学家。新柏拉图主义最重要的代表。主要著作有波菲利编纂的《九章集》。

誓旦旦肯定的灵魂不死的现实究竟意味着什么呢？死后我这个灵魂没有能力回忆出生后我这个人，就像我现在这个人回想不起我出生前的事一样。

仆人进屋。我没有告诉他我曾打过好几次铃，因为我发现，直到打铃的时候，我只不过做着打铃的梦罢了。不过，一想到这梦竟然如感觉一样清晰，不禁不寒而栗。难道感知会有相应的梦中虚幻？

相反，我问仆人，这一夜到底是谁老打铃？他回答我说：没有任何人，肯定没错，否则，打铃的"表"上会有记录的。然而，我分明听到了阵阵铃声，那铃声几乎不耐烦了，怒气冲冲，声犹在耳，而且一连好几天仍然依稀可辨。然而，稀罕的是，睡梦竟将不随睡梦消亡的回忆投向清醒时的生活。简直像天外陨石那样屈指可数。倘若这是睡梦铸造的一个意念，那么这个意念会很快分解成碎片，无法重新觅回。然而，在那儿，睡梦却制造了声响。这种种音响，更物质化，而且更简单，持续时间也就更长。

我的家仆告诉我时间尚早，我不胜惊讶。我休息得并不短啊。这属于梦长的轻觉，因为轻觉是清醒与睡眠的中间过渡状态，对清醒时的概念虽有所模糊，但却始终不会忘记，我们若要得到休息，就非常有必要花更多的时间轻睡，而熟睡的时间可以是短暂的。我之所以感到心情舒畅还有另一番道理。人们只要一想起自己受累了就会觉得疲惫不堪，而只需自言自语："我休息过了。"就足以振作精神。况且，我曾做了个梦，德·夏吕斯先生已经一百一十岁高龄了，可他竟打了他的生身母亲维尔迪兰夫人两记响亮的耳光，因为她花了五十亿重金买了一束蝴蝶花；我于是深信昨夜自己睡得很熟，做的梦与我清醒时的概念牛头不对马嘴，完全违背了日常生活的可能性；这足以使我感到精力充沛。

倘若（正好也是在那一天，订购了阿尔贝蒂娜那顶女帽，却对她只字未提，好让她喜出望外，受宠若惊）我告诉我母亲，说德·夏吕斯先生同谁一起来巴尔贝克大饭店的一个沙龙里共进晚餐，我母亲一定会大吃一惊，她无论如何理解不了德·夏吕斯先生在维尔迪兰家里何以那么殷勤。客人不是别人,只不过是德·康布尔梅家的一个表姐妹的听差而已。这个听差穿着高雅,与男爵一起穿过门厅时,在旅客们眼前"表现出上流社会人士的风度",圣卢若是看到了,准会这么说。此时正好是大换班的时候,就连那些身着统一制服的小厮,就连那些步出殿堂,从台阶上一步一步往下走的"贵人",都未曾注意到这两位来者,而其中一个就是德·夏吕斯先生,只见他低眉垂眼,故意表现出对他们不屑一顾。他看样子要在他们之间穿行而过。"旗开得胜吧,神圣民族可贵的希望。"他想起拉辛的诗句脱口说道,然而诗句的引用与原意大相径庭。"请再指教一遍好吗?"听差要求道,他对古典一窍不通。德·夏吕斯先生不屑答理,他向来自视清高,对下人的提问听而不闻,只顾径直往前迈步,仿佛饭店里没有其他顾客似的,仿佛世界上只有他夏吕斯男爵的存在似的。他接着又朗读起若萨贝的诗句:"过来,过来,我的姑娘们。"但读了之后,他感到乏味,没有像她那样再添上一句:"得把她们叫来。"因为这些年轻姑娘还不到年龄,性还没有完全成熟,还不能讨德·夏吕斯先生的欢心。

再说,他之所以事先写信给德·谢弗勒尼夫人的这个听差,那是因为他不怀疑听差言听计从的秉性,他倒希望此人更具有阳刚之气。可是一见面,他觉得此人娇柔之气过多,这并不符合他的意愿。他对听差说,他原以为是与另外一个人打交道,因为他亲眼看到德·谢弗勒尼夫人的另外一个随从仆人,而且的确在车子上看到过这个人。那是一位土里土气的乡巴佬,与现在这个听差完全相反,现在这个听差反以为自己娇滴滴地高人一头,相信正是这种上流社会的派头才把德·夏吕斯先生迷住了,他甚至弄不明白男爵想说的到底是谁。"可是,我没有任何一个同伙会得到您的垂青呀,除了那个长相吓人的伙伴,他一副庄稼大汉模样。"一想到男爵看上的可能就是这个乡下佬,听差的自尊心受到了刺激。男爵看出了他的内心活动,便连忙加以试探:"但我并没有表示一种特别的愿望非认识德·谢弗勒尼夫人手下的人不可。”他说。“既然您马上就要走,您能不能在这里或在巴黎把您的伙伴多给我介绍几个?无论这一家或那一家都行。”“噢!不!”听差回答道,“我不同我的同阶级的任何人来往。只是为了侍候需要我才同他们说话。不过有个很好的人,我可以把您引荐给他。”“谁?”男爵问。“盖尔芒特亲王。”德·夏吕斯先生生气了,弄了半天就只给他提供这般年纪的男人,再说,为了此公,他也用不着让一个跑腿的仆人引见。于是,他谢绝了听差的推荐,同时又不让狗腿子徒慕虚荣而扫了自己的兴,便又开始对他解释他要的是什么东西,种呀,类呀,比如小马夫什么的。他担心此时正走过来的公证人听见了他说的话,便自以为精明,表现出自己说的与人家可能以为的压根儿就不是一回事,用强调的口气说话,仿佛随便与人闲聊,不过又像是一味继续交谈的架势:“是的,尽管我上了年纪,我仍然保持着收集小玩艺儿的爱好,喜欢漂亮的小玩艺儿,一件古铜器,一个古灯架,会使我高兴得如痴如狂。我爱美。”

但是,为了让听差明白他急转话题的良苦用心,德·夏吕斯先生每个字都加重了语气,更有甚者,为了让公证人能听到他讲的话,每个字都是扯着嗓子喊出来的,以致这全套把戏足以把他掩饰的东西暴露出来,耳聪的人一听便知一二,可这位司法官员耳朵一点不灵。公证人竟丝毫觉察不出来,饭店里也没有任何其他顾客看出破绽,他们看到这位听差衣冠楚楚,大家还以为他是一位外国风流雅士呢。但是反过来,如果说上流社会人士受了骗上了当,把他当作美国名士,那么,只要他在仆人面前一亮相,仆人们一眼就能看清他的本来面目,就像一个苦役犯认出另一个苦役犯一样容易,甚至人未到就嗅出他身上的味道了,犹如一只野兽很容易被某些野兽闻出身上的气味一样。头目们抬起了眼睛。埃梅投以怀疑的一瞥。饮料总管耸了耸肩,用手捂着嘴道出了一句很难听的话,但大家都听到了,他自以为捂嘴说话是讲礼貌呢。

就连我们的老弗朗索瓦丝,她正垂眉低眼走过楼梯口准备到“邮厅”

吃晚饭，此时也不由得抬起头来，一眼认出了饭店宾客不加怀疑的一位仆人——犹如老奶娘欧律克勒亚早在入席宾客(求婚者)之前就认出了乌利西斯[①]一样——并看到德·夏吕斯先生正亲亲热热地同这个仆人一起走着，不觉一愣，仿佛她早有耳闻但不肯相信的丑言恶语突然间就在她眼前变成了令人痛心的真实。她一直没有对我谈起这件意外的事故，也没有向任何其他人透露过，但此事肯定使她伤透了脑筋，因为后来，每当她在巴黎有机会看到她此前极为爱恋的“朱利安”时，她对他总是彬彬有礼，但这种礼貌已经降温，而且每次都增加一大味“保留”的剂量。这同一场变故却反导致另外一个人对我说了心里话；这人便是埃梅。当我与德·夏吕斯先生交错而过，此公原没料到会同我不期而遇，便举手朝我喊道：“晚上好。”说话漫不经心，至少表面上是如此，俨然像个贵族大老爷，自以为可以为所欲为，觉得不如装出坦荡为妙。没想到埃梅，他，此时此刻，正用怀疑的目光观察着他的言谈举止，他看到我正向那位一眼就看得出是仆人的同伴致意，当天晚上就问我此人是何许人。

因为最近以来埃梅爱同我交谈，或者如他所说，喜欢与我“讨论”，这也许可以为我们的交谈标以哲学的性质。我常对他说，在我吃晚饭时，他可以坐下来，同我共享晚餐，可他偏要站在我身边，我对此感到不自在，他声称他从来未曾见过“如此通情达理”的顾客。这时他正同两个小厮谈天。他们向我问好，我不知为什么；他们的脸我觉得眼生，尽管他们对话时那吵吵闹闹的劲头我并不感耳生。埃梅为他们俩定亲的事教训了他们俩，因为他不同意他们各自的婚事。埃梅要我出面，我说我不能出什么主意，因为我不认识他们。他们对我重报了姓名，再次提醒我，他们在里夫贝尔经常伺候我。但其中一个长长了胡子，另一个则刮光了胡子并让人

① 典出希腊神话。英雄乌利西斯回到伊塔后，奶妈欧律克勒亚为他洗脚，看到他膝上的伤疤，一下子便认出了他。

推了平头；正因为如此，尽管仍然是他们往昔的脑袋安在他们的双肩之上（而不像巴黎圣母院修复过程中换错了人物的头面），可我竟然视而不见，就像胡乱放在壁炉上的东西，纵有众目睽睽，竟无一人发现，任凭怎么找也找不着。但一旦得知他们的姓名后，我马上就准确无误地辨认出他们那隐隐约约音乐般的嗓音，因为我重新看到了他们本来的面目，见其面而知其音吧。“他们要结婚，可他们连英语都不懂！”埃梅对我说，他没想到，我对饭店这行不甚了了，很难理解，若是不会外语，人们就休想指望有什么好差使。

我呢，我以为他很容易知道，新来用晚餐的人就是德·夏吕斯先生，我甚至料定他应该能够记起他来，因为上次他曾在饭厅侍候过他，那是在我初到巴尔贝克小住期间，男爵来看望德·维尔巴里西斯夫人，我介绍过他的大名。然而，埃梅不仅记不起德·夏吕斯男爵，而且听到此名深有触动。他对我说，他衣服里有一封信，第二天他就可以找来，也许我可以帮他解释一下。尤令我吃惊的是，第一年，在巴尔贝克，德·夏吕斯先生曾想要送我一本贝戈特的书，他特地让人来要埃梅去帮忙，后来他应当在巴黎的那家餐馆又见到过埃梅，当时，我与圣卢及其情妇正在那家餐馆共进午餐，而德·夏吕斯先生去那里窥探过我们的动静。不错，埃梅未能亲自去效劳，因为，有一次，是他已躺下睡觉了，而另一次，则正好当班。不过我对他的诚实大有疑问，他竟然声称他不认识德·夏吕斯先生。但是，他又不得不迎合男爵。如同巴尔贝克饭店各层管事一样，如同盖尔芒特亲王的好些个随身仆人一样，埃梅归属一家名门所有，这支望族比亲王家资格更老，因而也更尊贵。当人们要求开一间餐厅时，开始还以为形单影只呢。但在配膳间却猛然发现一位雕像般英俊的领班，满头伊特鲁立亚人的红棕头发，同埃梅如出一辙，只是由于饮香槟酒过量而稍见衰老，眼看着该喝孔特塞维尔矿泉水的时候了。并非所有的顾客都只要求他们为自己服务就行了。那些年轻的小招待，一个个都很谨慎，匆忙，城里有情妇在等着他们，一个个都偷偷溜走了。埃梅为此责怪他们不成体统。他有这种权力。一本正经，他就是如此。他有一个妻子和几个孩子，有勃勃野心也是为了妻子儿女。如果有哪个外国男女与他主动接近，他是不会拒之门外的，哪怕需要通宵达旦应酬。因为一切都要从工作出发。他风度翩翩可讨德·夏吕斯先生的欢心，埃梅竟然对我说他不认识德·夏吕斯先生，我怀疑他是在撒谎。可我搞错了。千真万确，那小厮曾对男爵说过，埃梅（第二天他狠狠地训斥了那小厮一顿）已经上床睡觉（或出去了），而另一次则说正在跟班做事。但想象超过了真实。小厮虽然一个劲地坦诚道歉，但其左右为难的尴尬相可能激起德·夏吕斯先生的疑心，这种怀疑伤了他的感情，而埃梅对这种感情却毫无觉察。人们还看到，圣卢不让埃梅往马车走去，我不知道德·夏吕斯先生是怎样打听到饭店领班的新地址，他坐在马车里再度感到失望。埃梅却没注意到这一点，所以我同圣卢及其情妇共进午餐那天晚上，当他收到一封封口盖有德·盖尔芒特纹章的信时，他感到不胜惊讶，这是可以理解的，在此，我不妨略引信的数段文字，作为聪明才子对一个大智若愚的傻瓜想入非非单相思的典范。“先生，我未能成功，尽管作过努力，这种种努力很可能使那些千方百计想得到我接待和问候而求之不得的人深感震惊，他们想方设法让您能听听解释，可您又未曾对我提出这样的要求，但我考虑到您我的尊严，认为有必要向您作某些解释。我于是在此写下了本来可以当您的面一吐为快的心里话。恕我直言，第一次在巴尔贝克见到您，坦率地说您的相貌令我反感。”接着便引起似曾相识的思考——第二天才发现——原来与一位已故的朋友长得很像，德·夏吕斯先生对这位作古的朋友曾有绵绵交情。“因此，我一度有过这样的念头，您可以毫不妨碍您的职业，来与我一起打牌，打牌之乐可以为我消愁解闷，给我故友不故的幻想。您可能有这样或那样的猜测，不管这种猜测多少在本质上有些愚蠢，而且对一个侍者（甚至不配这个称号，既然他不愿意侍候人）来说，已超出了他管事的范围，对如此崇高的感情竟理解不了，您可能以为可以抬高自己的身价，却不知道我是什么人，不知道我是干什么的，当我派人请您去取一本书时，他竟叫人回话说您已经上床睡觉了；以为要要花招就可以摇身变出风流雅士来，那就大错特错了，何况您浑身上下找不到半点文雅气。若不是第二天上午，出于偶然的原因，我能同您说上话，我早就与您到此一刀两断了。您与我那可怜的朋友长相相似之极令人叹为观止，就连您那令人难以忍受的突出下巴的丑模样也无影无踪了，我终于明白过来，正是故人此时此刻赋予您他那美不胜收的表情，使您能把我重新抓到手里，以免您错过您千载难逢的良机。的确，既然所有这一切不再有追求的对象，既然此生此世不再有机会与您相会，尽管我不愿意在任何环节上夹杂进粗暴的利害问题，但我也许会感到不胜荣幸之至，如果我能服从死者的祈求（因为我相信众圣之灵，相信他们有干预活人命运的薄愿），让我能像对待他那样对待您，想当初，他也有他自己的马车，他自己的仆人，可我把我的绝大部分收入都花在他的身上了，这是很自然的事，既然我爱他就像爱我的儿子。可您却另作打算。我要您给我带一本书来，您却让人回话说您要出门去。今天早上，我让人请您到我车上来，请允许我不揣冒昧说句没有恶意的话，您第三次不给我面子。您定会原谅我在这封信里没有装进高额的小费，而在巴尔贝克我本打算慷慨解囊的，但要我给我一度认为可以同甘共苦的人给小费，我实在于心不忍。顶多，当我在您的餐厅里，在您的身旁，作第四次尝试时，您会再次避开我，使我枉费心机，可我的耐心必是鞭长莫及了。（至此，德·夏吕斯先生留下自己的地址，指明何时可以去找他等等。）再见吧，先生。我觉得，您太像我那位已故的朋友，您当然不会愚不可及吧，否则，面相术就可能是一门伪科学了，我坚信，总有一天，您若想起这起事故，您将会不无遗憾，不无内疚。而在我这方面，您尽管放心，我不会对此怀有任何苦涩。我倒更愿意能留下一个不像第三次徒劳的活动那样坏的回忆，然后再分道扬镳。那次活动很快就会被忘掉。我们就像那一条条大船，您从巴尔贝克不时可以看到，它们有时在此交错而过；要是都能稍事停留，互相打个招呼，本来对大家都有好处；但其中一条偏另作主张；于是它们各奔东西，在海平线上很快就谁也看不见谁了，萍水相逢的印象也就随之消失了；但是，在这最后离别之前，彼此总得相互致意吧，先生，德·夏吕斯男爵在这里向您致意了，祝您交上好运。”

埃梅连信都没有读完，便堕入五里云雾，怀疑写信人在故弄玄虚。当我对他讲明男爵是何许人后，他若有所思，正如德·夏吕斯先生预言的那样感到遗憾起来。我甚至不敢打赌，说他未曾写信向这个赠车与友人的人表示过歉意。不过，在此期间，德·夏吕斯先生认识了莫雷尔。但他与此人的关系，充其量可能只不过是柏拉图式的精神恋爱，偶然有一天晚上，德·夏吕斯先生正好在寻求伙伴吧，就像我刚才在门厅遇见他正陪着伙伴一样。但他再也无法从莫雷尔身上转移开自己激烈的情感，几年前，这种激情还在自由奔放，一心一意要倾注在埃梅的身上，冲动之下欣然命笔写了这封信，饭店领班把信给我一看，我都替德·夏吕斯先生感到难为情呢。由于德·夏吕斯先生的爱恋是反社会的爱恋，这封信便成了格外触目惊心的一个例证，证明情欲冲动有一股不知不觉的强大的力量，情人心血来潮时，就像泳者不知不觉被卷进大海，顿时看不见大陆一样。无疑，一个正常的男子，如果迷恋上一个自己素不相识的女子，对她一味想入非非，梦寐以求，忙不迭地后悔，无休地失望，却又总不死心，硬编出一大部天方夜谭，那么，这种爱恋也就离正常人的爱恋相去甚远，犹如双脚规拉大了距离。同样的道理，由于德·夏吕斯先生与埃梅地位悬殊，一种爱恋得不到普遍分享而成了单相思，这种本来就格格不入的距离也就格外扩大了。

每天，我都同阿尔贝蒂娜一起出门。她终于下决心重操画笔，并首先选择拉埃斯圣约翰教堂作画，这座教堂已不再有人问津，知道它的人寥寥无几，很难得有人指点迷津，若无向导带路是无法发现的，孤零零的一座教堂，离埃普维尔车站有半个多小时路程，走很长时间才能到达格特奥尔姆村最远的几幢房屋，这些房屋年久失修，早已黯然失色了。关于埃普维尔这个地名，我发现本堂神甫教志的说法与布里肖提供的情况不符。一个说，埃普维尔即过去的斯普维拉；另一个则指出此名源于阿普维拉。我们第一次乘上与费代纳背道而驰的小火车，也就是说是朝格拉特瓦斯特方向开去。正值酷暑，吃完中饭马上出发着实可怕。我本来不想这么早就出门；明亮而滚烫的热空气唤醒了心头懒怠清凉的意识。热气腾腾充满了我们的房间。我母亲的和我的，各个房间的位置不同，室温也就不一样。妈妈的盥洗室阳光照耀，洁白夺目，在四面灰泥墙上竞相炫耀，形同深井一般，上头，方形天窗洞开，只见一方青天，似有碧波荡漾，且因欲望使然，错把这一方青天看作是满满的一池碧净的浴水（浴池也许就在平台前，也许是通过某一面窗镜反照出来）。虽然炎热难当，我们还是乘一点钟的火车。就是在车厢里，阿尔贝蒂娜感到热得很，长途走路就更受不了，可我却担心她会着凉，因为暴晒之后要待在那个太阳晒不到的潮湿的空洞里，一动不动。另一方面，打从我们初访埃尔斯蒂尔开始，我就已经发现，她不但羡慕豪华，而且贪图舒适安逸，但她又没有足够的钱来享用，于是，我便同巴尔贝克的一位租车商约好，要他每天派一辆车来接我们。为了避开暑气，我们沿尚特比森林前行。有无数看不见的鸟儿，有些可能是半海鸟，躲在树丛里，就在我们的身边啁啾唱和，给人以闭目养神的效果。我坐在车子后头，紧挨着阿尔贝蒂娜，她的两只胳膊紧搂着我，我听着大洋神女们纵情歌唱。偶尔，我看见一个乐师从一片树叶上跳到另一片叶子下，表面上看不出他与他的歌声有丝毫的联系，我真不敢相信，这一曲曲美妙的歌声原来就是从这小巧的、蹦蹦跳跳的、卑微的、受惊的、不起眼的小鸟嘴里唱出来的。车子不可能一直把我们送到教堂。出了格特奥尔姆，我让车子停下，向阿尔贝蒂娜说声再见。因为她对我谈起这座教堂、谈起几幅画时，把我吓得够戗，其实这座教堂与其他名胜古迹差不多，她说："要是能同您一起观赏该有多愉快！"这种愉快，我自感不能满足她。对于美的东西，只有当我形单影只、孤寂一身或旁若无人的时候，我才能感受到它们的存在。可是，既然她认为，只有同我在一起才能感受到艺术美，而艺术美感却不能这样传达的，我觉得还是谨慎一点为好，便对她说，我先走，傍晚前来接她，但又说，在这一段时间里，我得坐车子往回走，拜访一下维尔迪兰夫人或康布尔梅一家，甚或还要在巴尔贝克陪我妈妈一个小时，但绝对不会跑得更远。至少，开始时是这样。因为有一次，阿尔贝蒂娜心血来潮，对我说："真讨厌，大自然造化太糟，把拉埃斯圣约翰教堂搁在这一边，却把拉斯普利埃撂到那一头，致使人家只好成天囚禁在自己选择的地方。"一俟我收到女帽和面纱，我便为我那不幸的囚犯在法尔若（据教志是 Sanctus Ferreolus）预订了一辆汽车。当时，阿尔贝蒂娜被我蒙在鼓里，她来找我时，听到饭店前有马达声响，不胜惊讶，又听说这辆汽车是我们用的，高兴极了。我让她上我房间里来一会儿。她欢跳了起来。"我们去拜访维尔迪兰家？""是的，最好别作这身打扮，既然您即将有自己的汽车。拿着，您戴上会更好看。"我说着掏出藏好的帽子和纱巾。"这是给我的？啊！您真好！"她欢叫着跳过来勾着我的脖子。埃梅在楼梯口遇见我们，为阿尔贝蒂娜衣着漂亮和我们的交通工具感到骄傲，因为当时在巴尔贝克，小汽车是稀罕之物，他兴致勃勃地跟着我们下来了。阿尔贝蒂娜有意想显露一下她的新打扮，求我让人把顶篷支起来，可后来又让我请人降下来，以便我们俩能自由自在地待在一起。"喂，"埃梅对司机说道，他还不认识司机，可司机却一动不动，"你没听见人家叫你把车篷掀起来吗？"因为埃梅被饭店生活泡得肆无忌惮了，况且，他在饭店里谋得了杰出的地位，不像车夫那样胆怯，在车夫的眼里，弗朗索瓦丝都成了"贵夫人"了；尽管事先没有介绍，凡是从未见过面的平民百姓，他一律以"你"相称，弄得人们莫名其妙，不知是出于上层贵族的蔑视呢还是下里巴人的亲热。"我没空，"司机说，他并不认识我，"我是西莫内小姐叫来的。我不能带先生。”埃梅放声哈哈大笑：“瞧你说的，大傻帽，”他回答司机道，而且很快说服了他：“就是西莫内小姐呀，要你抬高车篷的那位先生正是你的主顾呀。”从个人感情上讲，埃梅对阿尔贝蒂娜并没有多少好感，只是看在我的面上，才对她的穿着打扮感到骄傲，只听他悄悄地对司机说：“要是你每天有机会为这样的公主王妃开车，嗯，那是你的造化喽！”这还是第一回，我再也不能无牵无挂独自一个人去拉斯普利埃了，不能像往日那样趁阿尔贝蒂娜作画之机独往独来了；她要同我一道去。她原以为我们可以沿路且开且停，但相信无论如何不能先走拉埃斯圣约翰教堂这条路，也就是说不能走另一个方向作一次漫游，若要漫游似乎非改日进行不可了。然而，她却从司机嘴里得知，要到圣约翰教堂再容易不过了，只要二十分钟即可到达，只要我们愿意，我们还可以在那里待它好几个小时，也还可以再往前推进，从格特奥尔姆到拉斯普利埃，顶多不超过三十五分钟。我们终于明白了他的话，车子一起动就往前冲，一冲就是二十步远，胜过一匹千里马。距离不过是时空关系罢了，而且随着时间的变化而变化。我们要去一个地方，往往以多少古法里，以多少公里计程，表明有多困难，一旦困难减少，古法里或公里的计程体系就变得不地道了。表达艺术也会随之改变，比如一个村庄，对于另一个村庄来说，简直是另一个世界，但随着周围环境的比例发生了变化，两个村庄就成了邻村了。不管怎么说，如果听说，可能存在这样的世界，在那里，二加二等于五，在那里，直线未必是从一点到另一点的最短途径，阿尔贝蒂娜未必会如此惊讶，倒是听司机对她说什么，只要一个下午，就可以轻易地去圣约翰教堂和拉斯普利埃，她反大惊小怪了。杜维尔与格特奥尔姆，老圣马尔斯与圣马尔斯，古维尔与老巴尔贝克，图维尔与费代纳简直就像昔日的梅塞格利丝与盖尔芒特，老死不相往来，直到此时仍被禁锢在不同的天日之下，任何人的眼睛都休想在一个下午能够兼顾两地的风光，现在却被七法里天足巨人解放了出来，只消下午吃点心的片刻，就足以饱览两地的钟楼、尖塔和古老的花园，只见花园四周的树木迫不及待，以先睹园中花草为快事。

来到科尔尼什公路坡下，汽车一下子就冲了上去，发出不断的吼叫声，就像挨了刀割一样大喊大叫，此时，只见退潮的大海在我们的脚下扩展开去。蒙叙旺古旧的乡村房屋一幢幢迎面奔来，房前屋后葡萄和玫瑰满园簇拥着；拉斯普利埃的青松棵棵都动了感情。比晚风吹起时节还激动几分，只见它们从四面八方向我们跑来，可到了眼前又闪躲开去，一位我还从来没见过面的新仆人来到台阶前为我们开门，而园丁的儿子则流露出早熟的欢快，两眼死盯住汽车停放的地方恨不能一眼吞进去。那天不是星期一，我们不知道能否找到维尔迪兰夫人，因为，除了这一天她接待客人外，即兴去见她是很冒失的行为。当然，她"基本上"在家，但这"基本上"的说法，是斯万夫人常用的字眼，每当维尔迪兰夫人自己千方百计要拉住自己的小圈子的时候，每当她想方设法稳坐家中招引顾客上门的时候，就用"基本上"来表达（哪怕她因此每每无法主动接近别人），但她往往将这种表达方式曲解为"原则上"，只表示"在一般情况下"的意思，也就是说有许许多多例外。因为，她不仅喜欢出门，而且往往把女主人的义务推出千里之外，当她有客人吃午餐时，品过咖啡，喝过饮料，抽过香烟（尽管因天热和消化作用使人昏昏欲睡，在这种情况下，倒不如透过平台树荫，观看泽西大客轮横渡碧海的景象），当即安排一连串的散步，宾客们硬是被请上车去坐好，身不由己地被拉到这个或那个观光点上，这样的观光点在杜维尔四周比比皆是。话虽这么说，（尽管有起驾登车之劳），这第二部分的游览活动并不完全令客人扫兴，佳肴美酒或苹果汽水酒落肚之后，清风拂面，景色宜人，很容易悠然陶醉的。维尔迪兰夫人让外地人参观这些风景点，就像让人参观她家（或远或近的）附属地产似的，既然大家来到她家吃午宴，那就不好不去看这些地方，话又说回来，倘若不到女护主家里做客，大家也就不会认识这些地方。这种窃取散步专利权的企图，就像窃取莫雷尔游戏专利权，又如过去德尚布尔游戏专利权，这种强行把海上风光划归她的小圈子的企图,乍一看似乎不近情理,其实,并非那样荒诞不经。维尔迪兰夫人岂止是在嘲笑,而且简直是在揶揄,据她看来,康布尔梅家不仅对拉斯普利埃的室内陈设和庭园置景乏味,而且他们在附近散步或请别人散步时缺少创新。同样,在她看来,拉斯普利埃只有从它变成小圈子的庇护地之日始才能不负造化,同样,她认定,康布尔梅一家,只晓得成天价坐在自己的马车里,沿着铁道,沿着海边,在附近也许是绝无仅有的坎坷马路上来回颠簸,长期身居本地,却不认识本地的本来面目。她说的倒也有几分根据。来来回回,司空见惯,对一个似乎踏烂了的地区,这地区就近在咫尺,屡见不鲜了,康布尔梅一家一出门总是去那几个地方,而且走的都是那几条路。自然喽,他们也常常笑话维尔迪兰一家好为人师,居然在老住户面前充当起导游来了。但是,如果真的逼着他们领路,他们,乃至他们的车夫,还真没有本事把我们带到幽深胜景去,而维尔迪兰先生只消打开一处早已荒废的私宅栅栏,便引导我们入胜探幽,别的人是万万想不到可来此问津的;此地只好下车,因为必经之路车子过不去,不过有所失方有所得,可以领略一路旖旎风光。不过,应当承认,拉斯普利埃花园简直是周围风景之集大成,在园中散步可以同方圆数公里揽胜相媲美。首先,是因为它居高临下,一边可以看到峡谷,另一边则可以看到大海,其次还因为,即使从一边看,比如说放眼大海,绿树丛中开辟出几条通道,这里海天一色尽收眼底,那里则一色海天一览无余。每个观光点上都配有一条长椅;游人每到一处都要坐下观赏一阵,不是巴尔贝克扑入眼帘,便是巴维尔依稀可见,或是杜维尔遥遥在望。即使朝一个方向一意孤行,悬崖峭壁上不时可见一条板凳,或高或低,或前或后,摆在那里。从那上头极目远眺,第一眼看到的是一片葱茏和似乎已经不能再开阔的水面,但是,如果继续沿着羊肠小道往前走,直到下一张长凳上,便可发现海面顿时扩展,浩浩淼淼,无际无涯,汹涌澎湃的大海和盘托在眼前。在那里,游人可以清晰地听到波涛翻滚的声响,但在园林深处则相反,涛声传不进来，波浪虽依然历历在目，却听不见它的声音了。这些休憩的地点，对于拉斯普利埃的房主来说，素有“景观”之称。的确，它们在城堡周围，荟萃了周围地区、河滩和森林中最优美的“景观”，愈远景物愈小愈隐约，正像哈德良皇帝[1]那样，将各地名胜缩小简化兼收并蓄于自己的行宫里。根据“景观”一词所得名称并非专指海边某一地名，而往往是指港湾对岸的景观，游人纵览全景，发现对岸景物奇异，留下某种突出的印象。就像人们从维尔迪兰先生的书架上拿一本书，到“巴尔贝克景观”那里读它一小时，同样地，倘若天气晴朗，人们也可以去“里夫贝尔景观”那里喝几杯清凉饮料，只是不能刮大风，因为，尽管两边都种了树，但那里却是猛烈的风口。下午，维尔迪兰夫人再次组织乘车游览，回府时，女主人若发现有哪个上流社会的“海边过客”留下名片，她便会装出喜出望外的样子，而对未能接待来访一事深表遗憾（尽管客人只是顺便来看看“家”，以便有一天抽空来认识一下拥有著名艺术沙龙但在巴黎不是经常能让人出入其间的妇女），于是马上让维尔迪兰先生邀请他来赴下星期三的晚宴。但往往旅游者不得不在星期三以前动身，或者担心回去晚了，维尔迪兰夫人则有言在先，每星期一下午吃点心的时刻肯定可以找到她。下午吃点心的习惯并不太多见，我在巴黎盖尔芒特亲王夫人家、德·加利费夫人家或德·阿巴雄夫人家吃到极富丽堂皇的风味点心。但恰恰此地不是巴黎，对我来说，环境的优雅与否不仅影响到聚会的雅兴，而且影响到客人的素质。与这等上流社会人士交往，在巴黎我毫无兴趣，但在拉斯普利埃，其人远道经费代纳或穿尚特比森林来到这里，其性质就变了，重要性也变了，成了一次愉快的小插曲。有时候，冒出一个老熟人，我对他了若指掌；若是在斯万家，我一步也懒得走动去找他。但此公大名在这悬崖绝壁上可格外铿锵作响，犹如一个演员的姓名，在某个剧场里往往可以听到，而

① 哈德良（76—138），古罗马皇帝（117—138 在位）。

一经印在广告上，颜色格外醒目，介绍非同凡响，赫赫扬扬，竟然因意料不到的机遇而一鸣惊人，身价百倍。在乡村，大家无拘无束，上流社会人士往往自告奋勇，住在谁家便负责把朋友们带去，好像道歉一样悄悄对维尔迪兰夫人说，他在他们家住，总不能把朋友们甩掉不管吧；与此相反，他对这些客人，则装得似乎是客客气气，让他们在单调的海滩生活里见识一下这种娱乐消遣活动，去一家宗教中心，参观一座富丽的建筑，吃一顿美味可口的点心。这一下子就凑足好几个人组成二流人士的聚会；倘若花园的一个角落长有几棵绿树，这在乡村是司空见惯不足为奇的，但在加布里埃尔大道或蒙梭街就显得格外优美了，在巴黎市区，只有腰缠数百万的大富豪方能享有一小片园地，反过来讲，在巴黎晚会上的二等老爷们，每星期一下午，则可在拉斯普利埃充分显示自己的价值了。他们刚刚坐成一桌，只见桌面蒙着一块绣红的台布，窗间墙上挂着几幅单色画，这时，人家马上就给他们端上来一块块烘饼，诺曼第的千层酥，船形馅饼，只见馅饼里包满珍珠玛瑙般的红樱桃，还有素有“外交官”美称的“蜜饯布丁”，一扇扇窗户敞开着，面向碧海蓝天，幽深的蓝图呈现在面前，大家有目共睹，不可能不同时看在眼里，于是乎，这些二等老爷摇身一变，身价大增，变成若干更可宝贵的东西了。更有甚者，即使还没有看见他们之前，当人们每星期一来维尔迪兰夫人家幸会的时候，就连那些在巴黎司空见惯看腻了在豪华饭店门前停留的大马车的人，如今看到在拉斯普利埃门前那排大冷杉树下停着两三辆破马车，也抑制不住内心的激动，感到心口怦怦直跳。也许，这是因为，乡村环境不同，物换星移，上流社会索然无味的感受，随着时间环境的变化，竟然又变得新鲜起来。还有一个原因，那就是，坐破车子去看维尔迪兰夫人，往往会唤起某一次游山玩水的美好回忆，想起有一次与车夫约好的昂贵的承包活动，车夫包一天活简直是“漫天要价”。但是，那些新来乍到的客人，还不可能弄清他们的身份，大家总有些许的好奇心，因为每个人心里都在嘀咕：“这会是谁呢？”这个问题是很难回答的，弄不清谁会来康布尔梅府上或在另一家府上住上八天时间，乡村生活孤寂无聊，大家喜欢提此类问题，遇到一个久别重逢的人，或介绍一个陌生的人，这在巴黎生活里是件令人厌烦的事情，但在乡村则不然，它打乱了与世隔绝的生活的真空，填充了美妙的气氛，就连邮差到达的时刻也成了一大快事。就在我们坐汽车到达拉斯普利埃的当天，因为那天不是星期一，维尔迪兰夫妇很可能被折腾得够呛，因为全村男女老少都争先恐后想看热闹，而远离亲人、被禁锢在孤零零的温泉疗养院的病人，就恨不得破窗而出看个究竟了。那个腿脚颇快的新仆人，已经习惯那些套话，他回答我说，"要是夫人不出门的话，她很可能在'杜维尔景观'上"，他说"他去看看"，却立刻回告我们说，她立即接待我们。我们看见她时，她的头发有点散乱，因为她刚从花园、家禽饲养场和菜园子转回来，她去那儿喂她的孔雀和母鸡，捡蛋，摘果，采鲜花，以便"为餐桌铺路"，那餐桌的布置，犹如花园小径的微缩，不过在桌上，她却别有讲究，不让桌面一味容忍有用的和好吃的东西；除了园中那些现成的东西，如梨子啦，雪花蛋啦什么的，还摆着高杆兰蓟、康乃馨、玫瑰花和金鸡菊，透过招展的花枝凭窗远眺，犹如透过花标杆，但见渡船来往穿梭。听说有客人来访，维尔迪兰夫妇当即停止布置鲜花准备迎客，但一看来访者并不是别人，而是阿尔贝蒂娜和我，显得出乎意料，我一下就看出问题来了，原来那位新仆人，虽然满腔热情，但还不熟悉我的姓名，禀报错了，维尔迪兰夫人一听好生耳生，还是请进来吧，不管是谁总得看看吧。那新仆人呢，站在门口上，打量着这场面，好弄明白我们在家中到底扮演的是什么角色。而后，他大步流星跑远了，因为他前一天才被雇来。阿尔贝蒂娜将帽子和面纱让维尔迪兰夫妇好生看过，便对我递了个眼色，意思是提醒我，我们眼看没有太多时间来干我们想干的事情。维尔迪兰夫人留我们等着吃下午的点心，可我们谢绝了，但冷不防她突然披露了一个打算，差点把我和阿尔贝蒂娜游山逛水所指望的全部兴致一扫而空；这个女主人，由于不好下狠心离开我们，也可能是舍不得一次新的消遣的机会，想同我们一起往回走。她早就惯于这么干，自告奋勇提此类建议让人扫兴，而且她不可能有把握，她自告奋勇提出的决议会给我们带来愉快，因此她在向我们提建议时，装出一副极其自信的样子，极力掩饰她表现出来的难为情，甚至看不出她曾想到，我们的回答会有什么问题，她没有直接向我们提出要求，而是在向她丈夫谈到阿尔贝蒂娜和我时，仿佛是她优待我们一次似的顺便说说："我送他们回去吧，由我来。"此时此刻，她嘴上挂起一丝微笑，这种微笑并不属于她自己的专利，我已经在某些人身上领教过这一种微笑，他们对贝戈特狡黠一笑说："我买了您的书，就是这样子的。"这是一种人笑亦笑的笑，一种千篇一律的共相，只要他们有必要这样子——像人们使用铁路和搬运车那样——仿效他人嘴脸，只有几个高雅之士例外，比如斯万和德·夏吕斯先生，我从来没看见在他们的嘴唇上挂着那种微笑。打从她那一笑开始，我的拜访便大败其兴了。我故意装着不明白她的意思。过了片刻，事情变得明朗了，维尔迪兰先生似乎也要一起凑热闹。"但这可让维尔迪兰先生太费时了吧。"我说。"才不呢，"维尔迪兰夫人和颜悦色、慷慨施恩地对我说，"他说，与这等风华男女重温往昔的轻车熟路会令他格外高兴；必要时他可以上电车，这吓不倒他，然后我们俩双双老老实实坐火车回来，就像一对和睦的好夫妻。瞧，他笑逐颜开了。"她仿佛是在谈论一位和蔼可亲的大名鼎鼎的老画家，画家比小孩还小孩，以乱画奇形怪象逗自己的小孙孙们取乐。令我倍添烦恼的是，阿尔贝蒂娜似乎不与我分忧，反为能与维尔迪兰夫妇一起坐着车子兜遍全区而感到兴致勃勃。可我呢，我本指望与她一起寻欢作乐，而且早已迫不及待了，我岂能容忍女主人扫我们的兴；我编造了种种谎言，维尔迪兰夫人听了恼羞成怒，发出咄咄逼人的威胁反倒使我的谎言成了有情可原的了，可阿尔贝蒂娜呢，真是气死人！她却与我唱反调。"不过，我们要去拜访一个人。"我说。"拜访谁？"阿尔贝蒂娜问。"我会对您作出解释，这非去不可。""那好！我们等着你们就是了。"

维尔迪兰夫人说，什么条件她都可以屈从。直到最后一分钟，我真担心有人会夺走我那梦寐以求的幸福，于是心一狠，也顾不得失礼了。我断然加以拒绝，贴着维尔迪兰夫人的耳朵，借口说阿尔贝蒂娜有心事，她想问我如何是好，绝对必须我单独同她在一起。女主人沉下脸来："那好吧，我们不去了。"她说，气得声音都发抖了。我感到她很不高兴，不得不装装样子作点让步："不过，也许可以……""不，"她又说，反而火上添油，"我说不，就是不。"我以为同她闹翻了，可她却站在门口提醒我们，叮咛我们千万不要"放弃"第二天的星期三聚会，不要开着这玩艺儿来这里，这玩艺儿夜里可危险了，千万坐火车，同小圈子的人大家一起来，汽车已经在园林斜坡上行驶，她到底还是把车叫停了下来，因为仆人忘了把她叫人为我们包好的一方水果塔和一叠油酥饼放到车上去。我们重新上路，只见一幢幢小农舍簇拥着鲜花迎面跑来为我们送行了一程。我们觉得这地方已变得面目全非，与我们对每一个地方留下的印象大不相同，空间的概念远非那种神通广大的概念。我们说过，时间的概念大大扩大了各个地方的差别。但时间的概念也不是唯一的。有些地方，我们老觉得它们孤零零的，与其余的世界似乎没有共同的尺度，几乎与世隔绝，有点像我们人生特定阶段认识的那些人物，比如在部队里，在我们童年时代里认识的人，如今与我们已毫不相干了。在巴尔贝克寄居的第一年，有一个高地，德·维尔巴里西斯夫人喜欢带我们去那里登临，因为从那里放眼，非水即林，高地名叫"博蒙秀峰"。她选择登秀峰的那条道，一路古树参天，她认为美不胜收，只是全是上坡，她的马车不得不慢吞吞前行，走很长时间。一旦上了高地，我们又立即下山，散散步，再上车，沿着老路回去，前不见村庄，后不见城堡。我晓得，博蒙有一点令人莫名其妙，似乎很远，仿佛很高，我弄不清它到底在什么方向，因为从前从未取道博蒙秀峰到别的地方去过；况且，要坐很长时间的马车才能到达高地。此地显然与巴尔贝克同属一个府（或同一个省），但在我看来，它地处另外一个世界，享有治外法权的特权。

然而汽车却对神秘世界大不敬,虽过了安卡维尔,但安卡维尔的房舍仍然历历在目,由于我们下到横向的海岸,直通巴维尔,来到一道土堤上,顿时看见了大海,我问这是什么所在,司机尚未来得及回答,我猛然认出了博蒙,我每次乘小火车,就这样绕博蒙而过,竟有眼不识秀峰,其实它离巴维尔仅有两分钟的路程。我服役的军团里有一位军官,我原以为他是一个特别人物,他心肠太好,过于朴实,以致看不出他是豪门贵族门第出身,时间距离太久远了,而且简直神秘莫测,以致不仅仅是名门望族的后代问题,但我却得知,他是某某君的叔伯兄弟,或堂表兄弟,而我又同此君在城里共进过晚餐,与这位军官留下的印象相类似,博蒙一旦与我原以为有天壤之别的地方混为一谈,它顿时失去了神秘的色彩,并在当地明确了位置,令我想起来都怀着惶恐,倘若我在一部小说封闭的氛围之外遇到了包法利夫人和桑塞维利纳夫人类似的人物,我兴许会觉得她们与其他人没什么两样。可能有人以为,我热衷于美妙的铁路旅行,因此很难分享阿尔贝蒂娜见了汽车那美滋滋的心情,即使汽车上坐着一位病夫,但病人想到什么地方它就可以开到什么地方,却不允许——像我迄今做的那样——把某地看作是个人的标记,看作是完美无缺的不可取代的佳境。无疑,这个地点,汽车不会像当年我从巴黎来巴尔贝克时的铁道那样在此设终点站,这个站摆脱了琐碎的日常生活,作为始发站颇为理想,而作为到达站早就没说的,开到这大站头,里面却不住任何人,上面只标有城市的名字,即某某火车站,看样子到了车站就意味着终于可以进入城市,因为它很可能是城市灵魂的现形。不,汽车可不同,它把我们带进一座城市,没有这么神妙,因为我们下火车首先是从整体上看这座城市,这个整体,城名作了概括,顾名思义含有观众闭门造车异想天开的色彩。而汽车则把我们带进大街小巷里转,不时停下向居民打听一下情况。但是,作为轻车熟路往前开的惩罚,就连司机对自己的路都没有把握,只好摸索着走,甚至走回头路,前面走错了岔道,一座古城堡有百年老树绿荫遮面,但随着我们向它逼近，终于显现出来，只见它依山傍海，与一座教堂相映成趣，汽车环城一圈又一圈往里兜圈子，城市吓得魂飞魄散，向四面八方逃脱开去，汽车最后单刀直入，直插山谷深处，只见城市就横卧在山谷的土地上；这所在，是独一无二的地点，汽车似乎已经揭开了特别快车赋予的神秘面纱，却给人这样的印象，似乎是我们自己发现了这地点，明确了它的位置，而且好像用圆规测量过那样准确无误，用更精密的准确性，帮我们体会到真正几何学的奥秘，“大地测量”的美妙。

此时，有一件事可惜我并不知道，只是两年多以后方才听说，那就是，司机的雇主之一就是德·夏吕斯先生，莫雷尔负责给司机付钱，却为自己留下一部分钱（让司机增加两倍乃至四倍的公里数），与司机打得火热（在众人面前却装模作样不认识他），经常用他的车子跑远程。要是当时我知道此事，要是维尔迪兰夫妇与这位司机一拍即合的信任源出于此，而且他们可能又不知道内情，那么，我第二年在巴黎生活的种种苦闷，与阿尔贝蒂娜的种种不幸，也许就可以得到避免；可是我当时完全被蒙在鼓里。德·夏吕斯先生与莫雷尔一起乘小车外出兜风，就事情本身而言，与我并无直接的利害关系。更何况，他们到外面游山玩水，更多的是到海滨去吃一顿午餐或一顿晚餐，德·夏吕斯先生装出破产老侍从的模样，而负责算账的莫雷尔，却俨然像一位极好的绅士。我不妨举一餐晚饭为例，这样可以举一反三，触类旁通。事情发生在圣马尔斯一家椭圆形的饭店里。“难道不可以将这个收起来吗？”德·夏吕斯先生问莫雷尔，好像对一个中间人说话，这样就不必直接问跑堂的了。他所谓“这个”是指三朵枯萎了的玫瑰花，是饭店侍应部领班好心好意放在桌子上以为可以装饰桌面的。“可以……”莫雷尔尴尬地说，“您不喜欢玫瑰？”“哪里话，我指出刚才那个问题，恰恰证明我喜欢玫瑰花，既然此地并没有玫瑰花（莫雷尔感到莫名其妙），但实际上，我并不很喜欢玫瑰花，我对姓名极敏感；一看到一朵玫瑰花有几分姿色，便得知她叫罗特希尔德男爵夫人或叫尼埃尔元帅夫人，这无异于吹来一股寒气。您是否喜欢指名道姓？您是否为您的音乐会小曲段找到标致的标题？”“有一首《愁诗》。”“真糟糕。”德·夏吕斯先生答道，嗓音很尖，像耳光一样响亮。“可我要的是香槟吧？”他对领班说，领班满以为端上来的就是香槟，实际上是为两位顾客倒满了两杯根本不是香槟的汽酒。“不过，先生……”“撤走这该死的东西，它连最差劲的香槟都沾不上边。简直是催呕药，叫‘Cup’（混酒），一般用三颗烂草莓泡在醋和塞尔茨矿泉水混合液之中……是的，”他接着转身对莫雷尔道：“您好像不知道标题是什么名堂，甚至，在您表演最得意的节目之中，您似乎没有发现事情通灵的一面。”“您是说？”莫雷尔问，他对男爵的一席谈话一点也没听明白，生怕丢掉一条有用的信息，比如，举个例子，邀请吃饭之类，德·夏吕斯先生有所疏忽，没有把“您是说？”当成一个问题来处理，莫雷尔因此得不到回答，以为该换换话题，于是给他耍了一个花招：“瞧，那个卖花的金发小娘子，她卖的就是您不喜欢的花；又是一个准有宝贝女友的女人，那个老娘，在里面桌上吃饭的那个，也肯定有。”“可你怎么知道得一清二楚？”德·夏吕斯先生问道，对莫雷尔的先见之明赞佩不已，“噢！只消一秒钟我就把她们看透了。要是我们俩双双夹在人群中溜溜达达，您就会发现，我不会两次上当。”谁要是在此时看一看莫雷尔，看看他满身阳刚之美中却有着小娘们的一脸媚气，就会明白那种阴暗的猜度心理，与其说是将他指给某些女人，还不如说是用那些女人来影射他，他渴望取代絮比安，有意无意想用裁缝从男爵那里挣得的收入，来弥补他的“固定收入”。“谈到小白脸，我更了解底细，我保您万无一失，眼看快到巴尔贝克集市，我们会找到许多好东西，那时要在巴黎，您瞧好了，您可以玩个痛快。”但是，奴才天生就谨小慎微，使他已经说出口的话徒添了另一种含义，以致德·夏吕斯先生以为他说的是年轻姑娘的事，“知道吧，”莫雷尔说，真想使出一个高招，既要无伤自己的大雅，又要激起男爵感官的兴奋（尽管这一招事实上不道德），“我的梦想，是找一位黄花姑娘，使我得到她的爱，从她身上得到她的童贞。”德·夏吕斯先生早已按捺不住，不由轻轻掐了掐莫雷尔的耳朵，天真地补充道：“这对你有什么用？你既然想要她的童贞，那你就非娶她为妻不可。”“娶她为妻？”莫雷尔嚷了起来，他感到男爵已经飘飘然忘乎所以了，要不就是他没想到与之对话的这个男子比他想象的还要认真，“娶她为妻？万万不行！我可以满口应承，不过，一旦小动作很利索，当天晚上我就把她甩掉。”只要吹牛能够引起他暂时的快感，德·夏吕斯先生一般总要介入，哪怕云散雨收之后，马上收回全部的兴趣，“真的，你要干这事？”他笑着对莫雷尔道，紧紧地搂着他，“那又怎么！”莫雷尔道，发现自己并没有使男爵不悦，便直言不讳地继续向他作解释，他的确有一种什么样的欢情，“这危险，”德·夏吕斯先生说，“我事先就准备好开路，然后溜之大吉，连地址都不留。”“可我呢？”德·夏吕斯先生问。“我带您一块走，那还用说，”莫雷尔连忙道，没考虑到男爵会落成什么样子，根本就没有把男爵放在心上，“嘿，有一个小娘们，真讨我喜欢，就在这方向，她是一个小裁缝，在公爵先生的府邸里开了一个小店铺。”“絮比安的侄女儿！”男爵失声叫将起来，正好饮料总管进来，“哟！绝对不行，”他接着说道，要么是因为出现了一个第三者来使他变得冷淡，要么，即使在黑色弥撒之际，他都会津津乐道于玷污最神圣的事物，但却下不了狠心让与他有交情的人卷进去，“絮比安是个好人，小姑娘模样很迷人，给他们制造痛苦，叫人于心何忍。”莫雷尔感到他已经走得太远了，便闭口不言，但他的目光仍然空盯住年轻姑娘的身上，他早就希望有朝一日，我会当着她的面，称他“亲爱的伟大艺术家”，他本人曾经向她订做过一件背心。小姑娘非常勤快，也没休过假，但后来我才知道，正当那位小提琴手在巴尔贝克地区的时候，她心里就老也放不下他那堂堂仪表，因为她看到莫雷尔同我在一起，便把他当作是一位“先生”，他因此脸上沾了不少光。

“我从来没听人演奏过肖邦的曲子，”男爵说，“不过我本来是可以听到的，我同斯达马蒂一起上过课，但他不让我到我的姨娘希梅家去听‘夜曲'大师的演奏。""多愚蠢,他在那干了些什么名堂!"莫雷尔嚷嚷道。"相反,"德·夏吕斯先生尖着嗓子,激动地进行辩解,"他显示了自己的聪明才智。他早就明白,我是一个'纯朴的人',我容易受肖邦的影响。这毫无用处,因为我从小就放弃了音乐,其余的一切反正也付之东流。后来,想了一想,"他补充道,语音发齉,慢慢吞吞,"总有人听到过,总有人给您讲个大概。但说到底,肖邦只不过是回返通灵那边的一个借口,而您却轻视了通灵方面。"

人们终会发现,经过一席庸俗言语的穿插之后,德·夏吕斯先生的言辞顿时又变得同他平时说话那样优雅、傲慢。这是因为:想到莫雷尔准备"甩掉"一个被奸污的姑娘而心安理得,他顿时尝到了一阵淋漓痛快。快感一过,他的感官暂时平静了下来,一度取代德·夏吕斯先生的性虐待狂(他,的确是通灵的)已逃之夭夭,让真正的德·夏吕斯先生重操人语,只见他浑身充满艺术家的文雅,洋溢着多情和好意。"还有一天,您弹了改编的钢琴曲,四重奏第十五号作品,这已经够荒唐的了,因为没有比这更缺乏钢琴味的了。它是专门为这样一些人改编的,那个自命不凡的伟大聋子弦绷得过紧,把他们的耳朵都震痛了。然而,恰恰是这类近乎庸俗的神秘主义才是神圣的作品。反正您演奏得很糟糕,改变了所有的乐章。您演奏这部作品,要像是演奏您自己作的曲子那样。"年轻的莫雷尔只觉得一阵震耳欲聋,为自己是一个毫无价值的天才而痛苦不堪,好一阵子呆若木鸡;后来,一种神圣的狂热涌上心头,他试了试,作出了第一小节的乐曲;可是,由于起拍就极其费劲,他已精疲力竭,不由耷拉下脑袋,落下一绺俏丽的头发,以讨维尔迪兰夫人欢心;继而,他得寸进尺,如法争取时间,再创造数量可观的大脑灰质①,他刚才挥霍了大量的细胞以表现自己

① 大脑灰质即大脑皮层,约由140亿个神经细胞组成,是神经系统的高级中枢,是高级神经活动的物质基础。

特尔斐竞技场获胜者的胆略；于是乎，他恢复了元气，灵机一动，产生了一种新的灵感，全力以赴扑向那雄伟壮丽永垂不朽的乐句，就连柏林钢琴演奏高手（我们以为德·夏吕斯先生是指门德尔松）恐怕也得孜孜不倦地仿效它了。“就是要用这种方式，独一无二的、真正出类拔萃的、生机勃勃的方式，我才要让您到巴黎去演奏。”正当德·夏吕斯先生给他提出此类忠告的时候，莫雷尔却更是大惊失色，眼看领班将遭到冷落的玫瑰花和非香槟“汽酒”收了回去，不由得惶然自问，这对“等级”会产生什么样的后果。但他没有时间深思熟虑，因为德·夏吕斯先生激动地对他说：“问问领班，他有没有‘好基督徒’。”“弄点‘好基督徒’？我不明白。”“您一清二楚，我们正在用水果，那是一种梨。放心好了，德·康布尔梅夫人府上有这种梨，因为埃斯加巴尼亚斯伯爵夫人曾有过，而她就是埃斯加巴尼亚斯伯爵夫人。蒂博迪埃先生派人把这梨送给她，她说：‘这就是好基督徒梨，美极了。’”“不，我不知道。”“我看，反正，您什么也不知道。难道您连莫里哀的戏都没读过……那就算了，既然您不该懂得指挥，其余的更甭说了，那就干脆要一个梨子吧，就近摘的，叫阿弗朗施的路易丝女仆①。”“啊……什么？”“等等，您也太笨了，我只好亲自要别的，我更爱吃的。领班，您有科密的长老②吗？夏利，您该读过埃米尔·德·谢尔蒙-托内尔等的有关这种梨动人的一页吧。”“没有，先生，我没有。”“那您有若杜瓦涅的凯旋梨吧？”“没有，先生。”“弗吉尼亚芭蕾？帕斯科尔玛？没有，算了，既然您什么都没有，那我们只好走了。‘昂古莱姆公爵夫人’还未成熟；算了，夏利，开路吧。”

不幸的是德·夏吕斯先生，此人难得通情达理，也许是因为他可能与莫雷尔有贞洁的关系，他打此时开始，就千方百计地对小提琴手曲意修

① 一种水蜜晚梨。
② 一种甜酥梨。

好，弄得小提琴手自己都莫名其妙，其人天性疯疯癫癫，忘恩负义而且好斤斤计较，对德·夏吕斯先生奇怪的好意只报以冷酷和粗暴，而且愈演愈烈，这就使德·夏吕斯先生——想当初何等飞扬跋扈，而如今竟如此低三下四——每每陷入真正的失望之中。下面读者会看到，莫雷尔何以会，往往以比德·夏吕斯先生强千倍的德·夏吕斯先生自居，可就连芝麻小事，也不过是望文生义，从而完全曲解了男爵有关贵族阶级那套高傲的宏论。就说眼下吧，正当阿尔贝蒂娜在拉埃斯圣约翰教堂等我之际，如果说有一件事将其置于高贵身份之上（这原则上颇为高贵，尤其是来自乐于去寻找小姑娘的某个人——“无影也无踪”①——与司机同往），那就是他的艺术名声，而且可想而知他是第几把提琴手了。无疑，他是很丑恶的，因为他满以为德·夏吕斯先生全归他所有，却装模作样加以否认，百般嘲弄他，其手法与我所领教的完全一样，我刚答应保守他父亲在我外叔公家干什么行当的秘密，他立刻居高临下把我看矮了。但是，另一方面，他的出师艺名莫雷尔，在他看来比家“姓”更高级。德·夏吕斯先生正做着柏拉图式的温柔的梦，想给他冠以他家族的封号，莫雷尔却断然拒绝了。

阿尔贝蒂娜觉得，还是留在拉埃斯圣约翰教堂作画更明智些，我乘机坐上汽车，在回来接她之前，我不仅可以去古维尔，去费代纳，而且可以去老圣马尔斯，直到克利克多。我故意装出不理睬她，而去关心其他的事情，故意装着另有新欢，不得不撂下她不管了，其实我心中只想着她一个人。常常是，我走得并不远，顶多不超过古维尔的一马平川，古维尔大平原与贡布雷上方展开的大平原有点类似，在梅塞利里斯方向，即使离阿尔贝蒂娜有相当大的距离，但我却乐在其中，心想，虽说我的眼力不够，不能直接看到她的倩影，但这强盛而温柔的海风从我身边吹过，直向格特奥尔姆铺陈而下，畅通无阻，吹动着掩护拉埃斯圣约翰教堂的青枝绿叶，爱抚

① 典出法国诗人保尔·瓦雷里的名诗《风灵》中的名句。

着我的女友的面庞，在这广袤无垠的迷藏之地上，就这样把她和我双双联系在一起，没有任何风险，就好像两个孩子做游戏，一时间谁也听不见谁的声音，谁也看不见谁，彼此似乎远隔千山万水，但两心却紧紧连在一起。我沿路回程，一路可以看见大海，路上，若是在以往，树枝挡住了大海，我就索性闭上眼睛，好好想一想，我要去看的，不正是大地怨声载道的老海祖宗吗，她像在生物不存在的荒漠时期，继续她的亘古未息的汹涌澎湃。而今，这一条条道路，对我来说，不过是去找阿尔贝蒂娜的途径罢了；我认清了这些道路，原来如此这般，知道它们直奔什么所在，在什么地方可能拐弯抹角，此时，我记起来了，这几条路我曾走过，当时正思念着斯代马里亚小姐，而且还记起来了，就像现在去接阿尔贝蒂娜一样迫不及待，我走进巴黎街道就找到了斯代马里亚小姐，德·盖尔芒特夫人常在巴黎街头招摇过市；我看，这条条道路已变得单调乏味了，但赋予我性格特征所追随的轨迹以精神意义。这是很自然的，然而并不是无关紧要的；条条道路提醒我，我的命运只是追求幻影，我梦寐以求的生灵，很大一部分是我想象出来的现实；的确有些生灵——我从小就是这种情况——对他们来说，凡有固定价值的东西，别人可以看得见摸得着的东西，什么财富呀，功绩呀，高官厚禄呀，都视为身外之物；他们所需要的，恰恰是幻影。他们为此耗尽了余生，不惜一切代价，想尽千方百计去与幻影见面。但幻影稍纵即逝；于是又追求另一个幻影，哪怕再回过头来重新追求第一个幻影也在所不惜。我追求阿尔贝蒂娜已不是第一次了，第一年看见她是在海边。其他的女人，老实说，是我初恋的阿尔贝蒂娜与此时此刻我形影不离的阿尔贝蒂娜之间的插曲而已；所谓其他的女人，特别是指盖尔芒特公爵夫人。但是，有人要说，为什么要挖空心思在希尔贝特身上打主意，替德·盖尔芒特夫人吃尽苦头，如果说成为德·盖尔芒特夫人的朋友，唯一的目的只是为了不再想她，但难道只想阿尔贝蒂娜吗？斯万，在他临死之前，也许可以回答这一问题，他曾是幻影的热心追求者。幻影形形色色，有被人追求的，有被人遗忘的，有被人重新寻觅的，也有时只求一晤的，目的在于接触一种不现实的生活，这种虚无缥缈的生活一纵即逝，巴尔贝克的条条道路到处有幻影神出鬼没。一想到沿路的树木，梨树呀，苹果树呀，柽柳树呀，在我死后它们仍然生机盎然，我似乎从它们的身上得到了教益，把精力扑到工作上吧，乘长眠的钟尚未敲响的时候。

我在格特奥尔姆下车，沿着又陡又硬的洼路跑去，通过一道独木桥过了小溪，终于见到了阿尔贝蒂娜，她正在教堂前作画，教堂钟塔林立，像一朵带刺的盛开的红玫瑰。教堂大门上的三角楣匠心独运，浑然一体；石面浮雕赏心悦目，对称而出的天使栩栩如生，面对我们这一对二十世纪的青年男女，照例手秉大蜡烛，举行十三世纪的宗教庆典。阿尔贝蒂娜摊开画布，苦心临摹的正是这些天使的形象，她仿效埃尔斯蒂尔的画法，大笔重彩，努力把握崇高的神韵，大师曾对她说过，这崇高的神韵使他妙笔生花，得以创造出这一对对标新立异的天使，与他所见到的任何天使迥然不同。她收拾好画具。我们俩互相依偎着，重新上了洼路，留下小教堂，让它得到安宁，就像没看见我们俩那样，让它倾听小溪永不停息的潺潺流水声。顿时，小汽车飞奔起来，不回原路，却改道送我们回家。我们从马古维尔-奥格约兹面前驶过。夕阳照在半新半旧的教堂之上，铺撒上一层经世不衰的美丽色泽。若想看清大浮雕的真面目，似乎非透过这层流动着的珠光玉液不可；圣母，圣伊丽莎白，圣若阿香，仍然在不可捉摸的急流漩涡中漂游，然而却滴水不沾，或浮游在水面上，或沐浴在阳光下。一座座现代塑像屹立在一根根大柱上面，从热浪滚滚的尘嚣中抛头露面，与夕阳的金帆齐腰。教堂前一棵大柏树活像祝圣场里的圣物。我们下车看了片刻，踱了几步。阿尔贝蒂娜对意大利草帽和绸巾（草帽和绸巾并没有给她带来丝毫舒服的感觉），如有手脚连身的感觉，绕着教堂走时，从中得到了另一种冲动，表现出懒洋洋的满足，在我们眼里，这神态优雅动人；绸巾和草帽不过是我们女友外在的新花样罢了，可我却觉得可亲可爱，我用目光追逐着草帽和绸巾在暮色苍茫中映在翠柏上的倩影。她本人是不可能自我欣赏的，但却意识到自己楚楚动人，因为她朝我笑了笑，弄了弄头姿，整了整头饰："我不喜欢它，它修复过了。"她手指着教堂对我说，顿时想起了埃尔斯蒂尔论及古石雕美之珍贵和不可摹仿的言论。阿尔贝蒂娜一眼就看出是否修复过。真叫人不可思议，她对音乐的无知达到可悲可叹的地步，而对建筑艺术的鉴赏则胸有成竹。别说埃尔斯蒂尔，就连我也不喜欢这座教堂，教堂正面抹上夕晖展现在我的眼前，却引不起我的兴趣，我下来看看纯粹是为了讨好阿尔贝蒂娜。不过，我觉得，印象派大画师未免自相矛盾；为何对客观的建筑如此推崇备至，却对夕照中教堂的变容漠不关心？"不错，"阿尔贝蒂娜对我说，"我不喜欢它；可我喜欢它的名字奥格约兹，多骄傲。不过，倒是应当请教一下布里肖，为何管圣马尔斯叫'衣冠'。圣马尔斯。我们下次去吧，好不好？"她用黑眼睛望着我说，草帽压在眉眼之上，就像过去戴马球帽那样。她的面纱飘拂着。我同她一起上了汽车，真高兴明天能同她一起去圣马尔斯，冒着这炎炎盛暑，在这样的天气里，人们一心只想泡在水里，只见教堂的两个古老钟塔，活像两条玫瑰色的鲑鱼，身披菱形瓦片，稍许向内弯曲，活灵活现，犹如披满鳞片的老尖鱼，身上长满了苔藓，红橙橙一片，双鱼看样子一动不动，却在清澈透明的碧水中浮现出来。离开马古维尔，为抄近道我们来到十字路口，路口有一家田庄。阿尔贝蒂娜几次叫停车，请我独自一人去弄点苹果白酒或苹果甜酒来，拿回车来让她喝，人家肯定说不是汽酒，于是我们喝了个痛快淋漓。我们彼此紧紧依偎着。阿尔贝蒂娜关在汽车里，村民们轻易看不清她，我退了酒瓶；我们重新上路，似乎要继续我们这种成双成对的生活，他们可以想象，我们正过着恋人的生活，中途停车喝酒，不过是无足挂齿的一会儿工夫；倘若他们后来发现，阿尔贝蒂娜竟喝掉了她那一大瓶苹果甜酒，猜测也许就更走了模样；她那阵子好像确实忍受不了她与我之间保持着的距离，这种距离若在平时并不使她感到难受；她穿着布短裙，裸露的双腿紧紧地靠着我的双腿，她把她的脸贴到我的脸上，只觉得她的两颊一阵子苍白，一阵子发热，泛着红晕，兼有某种热烘烘到软绵绵的味道，就像近郊的姑娘们常有的那种表情。每到这种时刻，她的个性往往突变，嗓音立刻失去常态，发哑发嗲，言辞放肆，近乎放荡起来。夜幕降临。多么痛快，只感到她依偎在我的怀里披着她的绸巾，戴着她的草帽，不由得使我联想到，一路上遇见的对对情侣，不正是这样相亲相爱，肩并着肩形影不离吗！我对阿尔贝蒂娜也许有了爱慕之情，但又不敢让她有所觉察，我不露神色，即使我心里产生了这种爱，也不过是一种无价值的真实，可以在实际行动中严加控制；我总觉得，这种爱是无法实现的。它被排斥在生活场景之外。可我的嫉妒心老在作怪，它促使我对阿尔贝蒂娜寸步不离，尽管我知道，根治我的妒病的唯一妙方，就是与她一刀两断，各奔东西。我甚至可以在她身边加以验证，但我得设法不让那种在我心头唤醒妒火的情景重新出现。事情就这样发生了，一天，天气晴朗，我们到里夫贝尔吃午饭。形如长廊的茶馆饭厅，玻璃大门敞开着，门外是一片接一片阳光镀金的草地，光彩夺目的大饭厅似乎与草地融为一体了。男招待长着玫瑰般的脸，黑发折曲如闪电，就在这大庭广众之中跑堂，但动作却没有往常快捷，因为他已不再是普通的伙计，而是跑堂的领班；但由于他活动符合自然，时而走远，在餐厅里，时而走近，但在室外，为那些偏爱在园中就餐的顾客服务，人们看他一会儿在这儿，一会儿又到那儿，像一个跑动着的英俊天神的连环塑像，一串立在饭厅里面，只见楼内灯火通明，楼外绿草如茵，草地呼应着楼厅，另一串罗列于绿树荫下，沐浴着野外生活风光。他在我们身边应酬了一阵子。阿尔贝蒂娜心不在焉地应付着我对她说的话。只见她瞪大眼睛看着跑堂小伙子。有好几分钟，我顿感所爱之人近在咫尺却求之不得。只见他们眉来眼去，神秘莫测，当着我的面似乎有口难言，很可能是昔日约会隐私的继续，可我却被蒙在鼓里，也可能是他曾经给她暗送过的秋波的余波——这么说我已经成了碍事的第三者了，对第三者人们总是藏藏掖掖的。甚至当老板大声叫唤他，他应声离去后，虽然阿尔贝蒂娜仍在继续埋头吃饭，但看她那副样子，像是把饭店和花园只看作是那位跑堂的黑发的神，在五光十色的背景下，里里外外现形的光明圣道。一时间，我寻思自问，她会不会跟他而去，把我一个人留下空守着饭桌。但没过几天，我就把这苦不堪言的印象抛到九霄云外去了，我决计再也不重登里夫贝尔，而且，虽然阿尔贝蒂娜让我放心，说她上次是第一次去里夫贝尔，但我还是让她许了诺，保证也决不再去里夫贝尔。我也否认了快腿跑堂的小伙子只看她，目的是让她不要以为，我陪伴她反剥夺了她的一次欢情。可我偶尔还是去了里夫贝尔，不过就我独自一人开怀畅饮，就像上次那样干。正当我喝干最后一瓶酒时，我看了看画在白墙上的蔷薇花饰，我把满心欢喜移向花饰。世界上唯有她为我而存在；我轮番用不可捉摸的目光去追逐她，抚摸她，失去她，我对前程麻木不仁，一心只关心我的蔷薇花饰，她像一只蝴蝶，围绕着另一只停落的蝴蝶翩翩起舞，准备与他在尽欢极乐的行动中了此终生。时刻可能选择得特别的凑巧，正好是要与一个女人绝交的时候，对这样一位女人，虽然我近来为她受尽痛苦的折磨，但绝不会因此求她给我一剂清凉油来慰藉我的痛楚，她们造成了别人的痛苦，却掌握着镇痛剂。这样出来走走，使我的心平静下来，散散步，虽然我当时只不过把这当作是对第二天的期待，而第二天本身，虽然它激起我向往明天的欲望，但与第一天该不会有什么两样吧，即便是散散步，自有一番滋味，我举手投足的地方，阿尔贝蒂娜曾直奔这里，而我现在却没同她在一起，既没在她姨妈家，也没在她的女友们的家里。这般滋味，虽然并非出自内心的喜悦，而是因为烦恼的减轻，但却很强烈。因为事隔几天之后，每当我回味起我们喝苹果酒的那个农庄，抑或只想想我们在衣冠圣马尔斯前踱过的几步，记得阿尔贝蒂娜戴着无边女帽在我身边走着，她就在我的身边，这种感情顿时给整修一新的教堂那无动于衷的形象平添多少贞洁，以致阳光照耀的教堂门面也就自然而然在我记忆中站稳了脚跟，犹如有人在我们的心口上敷上一大帖镇痛药剂。我把阿尔贝蒂娜送到巴维尔，不过是要傍晚去找她，伸开手脚躺在她的身边，在夜幕的笼罩之下，在沙滩之上。当然，我并不是每天都看见她，但我可以告慰自己："假如她谈到她的时间安排，还是我占据最多的位置。"我们一起接连度过了很长的时刻，弄得我日日夜夜如醉如痴，心里甜滋滋的，以至于，我把她送到巴维尔，她跳下汽车一小时之后，我在车上再也不感到孤独，仿佛她下车之前，就在车上留下几朵鲜花。我也许可以不用每天见到她；我会高高兴兴离开她，我感到，这种幸福的慰藉效果可以延续好几天。但是，当她与我告别之时，我听她对她姨妈或她的一位女友这么说："那么，明天八点三十分见。不准迟到，他们八点十五分就准备好了。"我所爱的一个女人，她的谈话像一片隐瞒着凶流恶水的土地；人们随时都能感觉到，话里话外有一层无形的暗流存在叫人冷透了心；人们到处可以发现暗流无耻的渗水，但暗流本身则深藏不露。一听到阿尔贝蒂娜那句话，我内心的平静顷刻之间就被摧毁了。我想要求她第二天早上与她见面，目的在于阻止她去赴这神秘的八点三十分约会，他们竟当着我的面谈及这次约会而且用的全是暗语。头几次，她无疑得听从我，只是恋恋不舍地放弃了她原来的计划；尔后，她兴许发现，我是存心要打乱她的计划；于是人家事事都瞒着我，我成了聋子瞎子了。但是，也有这样的可能，我被排斥在外的这些盛会没什么了不起，大概是怕我觉得某某女客浅薄庸俗或令人讨厌，才不邀请我参加。不幸的是，这样的生活已经紧紧地与阿尔贝蒂娜的生活纠缠在一起，它不仅仅对我个人发生作用了；它给了我冷静；可对我母亲却造成了不安；母亲承认了她内心的不安，一下子又反过来摧垮了我内心的平静。我回家时高高兴兴，痛下决心随时结束眼下这段生活，我自以为了结这种生活全看我自己的意愿，没料到母亲听到我叫人让司机去找阿尔贝蒂娜，便对我说："你花多少钱！（弗朗索瓦丝语言简明生动，说得更为有力："花钱如流水。"）千万不要像查理·德塞维尼，"妈妈接着说，"他母亲曾说：‘他的手是只坩埚，银一到手就化了。’再说，我觉得，你同阿尔贝蒂娜出去也够多的了。我肯定告诉你，这已经过分了，即使对她来说，这也似乎是可笑的。这样能给你排解忧愁，我是很高兴的，我不要求你不再去见她，但到头来你们人见心不见不是不可能的。”我与阿尔贝蒂娜的生活，毫无大欢大乐——至少是感觉到的大欢大乐——可言，我本指望选择一个心平气和的时刻，总有一天加以改变，未曾想听妈妈这么一说，这种生活顿时对我来说反又变得不可或缺的了，因为这种生活受到了威胁。我告诉我母亲，她的话反倒把她在话中要求我作出的决定推迟了两个月，若不是她的这番话，这个决定周末之前也许就见眉目了。妈妈笑了起来（为的是不让我伤心），笑自己的劝告立竿见影产生了效果，并答应我不旧话重提，免得我又节外生枝。但自从我外祖母死后，妈妈每次禁不住发笑的时候，每每才笑辄止，最后竟痛苦地几乎咽泣起来，也许是因为自责暂忘而内疚，也许是因为即忘即忆，再次激发心病的大发作。她一回想起我们的外祖母，犹如固定的观念在我母亲心头扎根，总是给我母亲造成了一块心病，我感到，这次旧病未除，反增添了新的心病，这块心病与我有关，与母亲为我与阿尔贝蒂娜亲密关系的后果担忧有关；但她又不敢对我们的亲密关系横设障碍，因为我刚才已跟她摊了牌。但她似乎并不相信我不会受骗上当。她想起来了，多少年里，我外祖母和她没有跟我谈起我的工作，也没有谈起一条更有利于身体健康的生活规则，我常说，她们的一味的劝导，弄得我六神无主，妨碍我独自开始工作，而且，尽管她们默许了，我也没有把那一条生活规则坚持下去。

晚饭后，汽车把阿尔贝蒂娜带了回来；天还有点亮；空气也不那么热了，但是，度过了热辣辣的一天，我们俩都渴望未曾见识过的风凉；只见一弯新月先进入我们激动的眼帘（我常去盖尔芒特亲王夫人家那天晚上，还有阿尔贝蒂娜给我打电话的那天晚上，月亮也是这个样子），像又轻又薄的果皮，后来，又像一块四分之一瓣的新鲜水果，似乎有一把无形的刀开始在天穹中为它削皮。还有几次也是这样,是我去找我的女友,稍晚一点就是了;这样一来她就得在梅恩维尔市场拱廊前等我。最初,我认不出她来;我实在乱了方寸,她大概不会来了,她很可能理会错了。正在这时我看见了她,她穿着束腰蓝点白罩衫,只见她轻盈地一跳,登上了汽车,坐在我的身边,那轻捷的一蹦,与其说是像个小姑娘,不如说像一只小动物。她一上车,就没完没了地亲抚我,简直像只小母狗。当夜幕全面降落,当夜空缀满了星斗,正如饭店经理对我说的那样,倘若我们不带一瓶香槟到林中去散步,我们便伸开手脚躺在沙丘下面,大可不必担心微弱光线下的大堤上还有人在散步闲逛,他们在黑魆魆的沙滩上什么也看不清楚,虽然离自己不过两步远;我看见姑娘们第一次在水天苍茫的背景前走过,婀娜的体态洋溢着女性的风韵,大海的柔情,健美的丰姿,我抓住同样的玉体,紧紧地抱在我的怀里,我们身上覆盖着同一顶夜帐,紧挨着海边,大海风平浪静,被一道颤抖的光线分成两半;我们不知疲倦地静聆大海的吟唱,共同欢乐,大海顿时屏声静气,久久停止了呼吸,简直像退潮煞住了奔涌;忽而,盼等着的海潮终于姗姗来迟了,就在我们的脚下窃窃私语。我最后把阿尔贝蒂娜带回到巴维尔。到了她家门前,我们不得不中断亲吻,生怕被人看见;她没有睡意,于是又随我一起回到巴尔贝克,我又从巴尔贝克最后一次把她送回巴维尔;早期出租汽车的司机睡觉是不看钟点的。实际上,我回到巴尔贝克,正是晨露初湿的时候,这一回,虽只剩下我一个人,但我的女友似在我的身边,一个接一个的长吻像取之不竭的源泉把我灌醉了。桌上,有我的一封电报,要不然就是明信片。又是阿尔贝蒂娜的!那是当我离开她坐小车回来时,她在格特奥尔姆写的,告诉我她在想我。我一边读着一边上床。此时,我发现条绒窗帘上头天已经大亮了,我自言自语,我们搂抱着过了一夜仍然相亲相爱。第二天早上,当我在大堤上看到阿尔贝蒂娜时,心里直打鼓,生怕她回答我这一天没空,不能接受我的邀请一起出去散步,这个邀请,我欲言又止,一拖再拖,久久不敢启齿。我尤为不安的是，她神情冷淡，心事忡忡；她的一些熟人走了过来；无疑，她已经安排好下午的活动计划，而我却被排斥在外。我看着她，看着阿尔贝蒂娜这优美的体态，这玫瑰花般的容貌，她当着我的面，推出了她内心的企图之谜，不知将作出何种决定，我下午是福是祸，就由它定夺了。一个年轻姑娘，她的整个心灵状态，她的整个生存前景，采取具有讽喻意义的致命形式在我面前和盘托出亮了相。当我最后下了决心，当我极力不动声色地问她："我们马上一起去散步，直到晚上，好吗？"当她回答说："很愿意。"我绯红的脸顿时风停云散，久久不得安宁的心绪一下子美滋滋地平静了下来，还了我本来的更为甜丝丝的面目，惬意，沉静，在暴风雨过后人们往往会有这种表现。我喃喃自语："她真好，多可爱的人儿！"沉浸在激情之中，虽不如醉酒的迷痴，但毕竟比友谊更深沉，而上流社会的激情只好望尘莫及了。只有当维尔迪兰家设晚宴和阿尔贝蒂娜没空同我一块出去的日子里，我们才辞去小汽车，我可以利用这些时日，通知那些想见我的人，说我还在巴尔贝克。我允许圣卢在这些日子来这里，但仅这些日子而已。因为一旦他不期而至，我宁可不见阿尔贝蒂娜，也不愿冒风险让他与她见面，不愿让最近以来我保持的愉快平静的心态受到损害，不愿我的嫉妒心故态复萌。只有圣卢一走我才会放下心来。他也感到遗憾，强制着自己，没有我的召唤，绝不来巴尔贝克。想当初，德·盖尔芒特夫人同他一起度过的时刻，我是多么羡慕，我往往不惜代价要看到他！人人都在不断地改变着与我们关系的位置。人们在不知不觉地然而也是永恒不休地前进着，可我们常常看他们一成不变，观察的时间太短了，以致带动他们前进的运动难以被发觉。但是，我们只要在自己的记忆里，选择他们的两个形象，这两个形象是他们在不同的然而是比较接近的时刻留下的，他们本身并没有什么变化，至少变化不明显，但这两个形象的差异却可以衡量出他们对我们冷热亲疏关系的位移。他对我谈到维尔迪兰一家时令我惶惶不安，唯恐他对我提出请求，也要在维尔迪兰家做客，这一点就足以把我同阿尔贝蒂娜一起在那儿尝到的全部欢乐搅得一塌糊涂,因为我妒忌,我总感到妒火在不断燃烧。不过,谢天谢地,罗贝明确告诉我,与我的担心恰恰相反,他无论如何也不想去结识他们。“不,”他对我说道,“我觉得这种教权主义的圈子讨厌极了。”开始,我不理解修饰维尔迪兰家的形容词“教权主义的”是什么意思,但圣卢句末画龙点睛,令我茅塞顿开,遣词造句奇特,是聪明才子惯用的手法,每每叫人惊诧莫名。“就是在这些地方,”他对我说,“大家拉帮结伙,抱成一团。你不要对我说那不是一个小宗派;对圈子里的人甜如蜜,对圈子外的人则冷若霜。问题不在于像哈姆雷特,是活下去还是不活下去,而在于是不是属于这个宗派里的人。你是小圈子的人,我舅舅夏吕斯也是小圈子里的人。你要怎么样?我呀,我从来就不喜欢这一套,这不是我的过错。”

当然,我把强加给圣卢的未经我的招呼不许来见我的清规戒律,索性推而广之,在拉斯普利埃,在费代纳,在蒙舒凡以及其他地方,不论是什么人,凡我与之逐渐有所交往的人,我都严正声明我这条清规戒律;但当我从饭店楼上看见三点钟通过的火车拖着滚滚的烟雾,在巴维尔的深崖峡谷里,留下痴滞的云缕,在郁郁苍苍的半山坡上久久流连忘返,我便毫不迟疑,欢迎即将来同我一起品尝点心的客人,客人此时仍对我捉着迷藏,仙游于这片缥缈的云带里。我不得不承认,这位客人,是事先得到我的应允才来的,而差不多每次都不是萨尼埃特,我每每后悔不迭。然而,萨尼埃特是存心惹人不愉快的(如果不是来讲故事而是来做客那就更令人扫兴了),虽则他比许许多多其他人更有文化,更聪明,为人也更好,但同他在一起,似乎非但毫无欢乐可言,而且,除了消沉之外,什么也得不着,弄得你一个下午都感到败兴。也许,如果萨尼埃特坦率承认,他担心给人造成苦恼,人们也就大可不必害怕他的来访了。烦恼,在人们不堪忍受的种种毛病里,不过是最不严重的一种毛病,他的烦恼兴许只存在于别人的想象之中,或许是受到别人的启示方才受到感染,这种启示能对他的朴实发生影响。但他极力不让人看出无人理他，以致不敢自举自荐。诚然，他不像有些人那样应酬自有道理，那些人在公共场合，总爱逢人就行举帽礼，要是他们和您久违，突然在一家门厅里发现您同他们不认识的显贵们在一起，他们便会冷不防向您抛来一声响亮的问好，却又连忙道歉不迭，千万别对他们的高兴和激动见怪，久别重逢，发现您欣然叙旧，气色甚佳，难免喜出望外，等等。然而，萨尼埃特却相反，他太缺乏胆量。在维尔迪兰夫人家里，或者在窄轨火车里，要是他不怕打扰我，他本来可以对我说，他很愿意来巴尔贝克看我。这样的提议不会吓坏我的。可他偏不这么说，他什么也不主动对我提出，可是，却愁着眉苦着脸，目光坚不可摧，与烧在瓷器中的釉彩无异，不过，在他的目光里，有一种急于见您的迫切愿望——除非他找到一位更有意思的人——可又掺和着不让人发现自己有迫切见人的愿望的意志，他满不在乎的样子对我说："您不晓得这些天您干些什么吗？因为我可能要去巴尔贝克一带。不过，不，没什么了不起的事，我只是随便问问您。"这种神色骗不了人，而那些反话的符号，我们可以反其意而用之来表达我们的感情，其实一目了然，人们不由得寻思，怎么还会有这种人说类似下面的话："我到处受到邀请，弄得我不知如何是好。"实际上是为了掩盖他们没有受到邀请的事实。而且，更有甚者，这无所谓的神色，可能由于在其混杂的成分里掺和进口是心非的意志，给您招惹来的难受，就远非害怕烦恼或直截了当的想见您的愿望所能做得到的，也就是说，那难受，那厌恶，属于普通社会礼貌关系的范畴，相当于在爱情方面，一位恋人向一个不爱他的女士提出了一个伪装的建议，说什么第二天去看她，却又马上改口，说什么他并不是非这样做不可，甚至不一定坚持刚才的建议，却保持着假冷淡的态度。顿时，有一种我莫名其妙的东西从萨尼埃特这里流露出来，让人不得不和颜悦色地回答他道："不，可惜，这个星期，我改日向您解释……"于是我便让别人来此地，他们虽然远不如他的身价高，但也没有他那忧心忡忡的目光，也没有他那苦涩张不开的嘴,他心里倒想走东家串西家,但每次登门拜访人家,总是哑着嘴不说话。糟糕的是,萨尼埃特在小火车上很少不遇见来看我的客人,而客人在维尔迪兰家又很少不对我说:“别忘了,星期四我要去看您。”也恰好是那一天,我告诉萨尼埃特我没有空。因此,他最终把生活想象成为充满了背着他故意策划的玩笑,即使不是故意与他作对的话。另一方面,人们岂能始终一成不变,过分谨小慎微便会变为病态的冒冒失失。那次是绝无仅有的一次,他未经我的允许不速而至来看我,正好有一封信,我不知道是谁寄的,撂在桌子上。过一会儿,我发现他听我说话时心不在焉。那封信,他全然不知道来历,竟使他着了迷,我老觉得他那一双像上了釉似的眼珠子就要脱离自己的运行轨道投向那封什么信上,眼看着那封信正被他的好奇心磁化着。犹如一只老鹰见蛇就扑过去。他实在忍耐不住了,便先给信换了个位置,好像帮我整理房间似的。他觉得这样仍不过瘾,于是拿起信,翻过来,掉过去,好像机械手的动作。他冒失的另一种表现形式,那就是,一旦拴在您身上,他就走不了了。因为那一天我很难受,我请他乘下班火车,再过半小时就动身。他不怀疑我身体难受,但却回答我说:“我要待一小时一刻钟,过后我就动身。”此后,我感到内疚,因为每次我都可以叫他来做客,但却没有这样做。谁晓得呢?也许,即使我消除了他的厄运,别人也会邀请他,他也会立即改换门庭弃我而去,使我的邀请达到双份好处,一则给他以欢乐,二则我也摆脱了他的纠缠。

我接待客人之后的那些日子里,我自然不等人来访了,小车又来接我们,阿尔贝蒂娜和我。当我们回店时,埃梅站在饭店的第一道台阶上,抑制不住眼红、眼热而且眼馋起来,看着我给司机多少小费。纵然我紧紧地握住手,也没能掩盖住严封在手心里的硬币或纸币,埃梅的眼力掰开了我的手掌。转眼间,他转过头去,因为他为人谨慎,有教养,甚至知足于小恩小惠。不过,钱落到另外一个人的手里,会激起他内心一种无法抑制的好奇心,引出他满口垂涎。就在这短暂的时刻里,他的神情,简直像一个在读儒尔·凡尔纳的小说的孩子，全神贯注，入了迷着了魔，抑或像一位晚宴上的食客，就在一家饭店里，坐在离您不远的地方，眼睁睁地看着有人为您切野鸡肉，可他却没有能力或愿意也要一份，于是便暂时把他严肃的思想抛开，目光死死盯住那只野禽，这样贪婪的目光，只有爱情和妒意使之微笑。

就这样，一天天接连坐车外出兜风。不过，有一次，我乘电梯上楼，电梯司机对我说："那位先生来过了，他留下一个口信让我转告您。"司机对我说这句话时，声音微弱发颤，冲着我咳嗽，溅了我一脸唾沫星子。"我伤风厉害！"他接着说，好像我自己看不出来似的。"大夫说我是百日咳。"说着，他又冲着我咳嗽啐唾沫。"您别说话累了身子。"我态度和善地对他说，这种神态是装出来的。我害怕染上百日咳，万一得了这种病，再加上我容易气闷，那可要我的命了。但他反炫耀起来，像一位不愿意戴病号帽子的强者，嘴仍不停地说着，溅着唾沫星子。"没事，没关系。"他说（对您可能没关系，我想，但对我可有关系）。"再说我马上就要进巴黎了。"（好极了，但愿他走之前别把百日咳传染给我）"听说，"他又接上茬，"巴黎漂亮极了，比这里，比蒙特卡洛都漂亮得多，尽管有一些跑堂的，甚至顾客，还有领班，他们都去蒙特卡洛度假，他们常对我说，巴黎比不上蒙特卡洛漂亮。他们可能弄错了，可是，作为领班，他不应该是一个笨蛋；要掌握所有的定单，保证客饭供应，得有头脑才行！人家告诉我，这比写戏写书还厉害呢。"眼看着就要到我住的那层楼了，可司机又把我降到底层，因为他觉得按钮不灵，可转眼他又弄好了。我对他说，我宁可爬楼梯上去，其实就是不好说出口，我不想得百日咳。但司机在一阵传染性的然而又是友好的咳嗽中，一把重新将我推进电梯。"再也不会出毛病了，现在，我弄好了按钮。"看他没完没了地唠叨，我急于想知道来访客人的姓名和他留下的话，在他比较巴尔贝克、巴黎和蒙特卡洛究竟谁美的当儿，我对他说（好像一个唱邦雅曼·戈达的男高音歌唱家使您听腻烦了，您就对他说：还是给我唱一段德彪西吧）："到底谁来看我了？""就是昨天同您一块出去的那位先生。我去取一下他的名片，就在我的门房里。"因为，前一天的晚上，我在去找阿尔贝蒂娜之前，曾把罗贝·德·圣卢送到东锡埃尔车站，我以为电梯司机讲的是圣卢，但实际上是汽车司机。由于他用了这样的字眼来指司机："同您一块出去的那位先生。"他就同时告诉了我，一个工人同样也是先生，跟上流社会的人一样是先生。上了一堂词汇课而已。因为，实际上我从来不分等级。若说我听到有人把一个汽车司机称着先生感到奇怪，就像获得封号才八天的X伯爵听到我对他说："公爵夫人好像累了。"使他转过头来，看着我说的到底是谁，原因其实很简单，那就是还缺乏尊称的习惯；我从来不区分工人、资产者和贵族，我兴许会毫不在乎地把他们彼此都当作朋友看待。我对工人有一种偏爱，其次是贵族，不是出于兴趣，而是知道，人们可以要求贵族对工人要有礼貌，比从资产者那里得到的还多，或者说，贵族不像资产者那样鄙视工人，抑或因为贵族对谁都愿意彬彬有礼，犹如美丽的女人欣然施笑，因为她们知道一笑讨千欢。我把老百姓与上流社会人士平等看待的态度虽然得到上流社会的认可，尽管如此，但我还不能说，反过来会总让我母亲完全满意。并不是说她在人道上把人作若干区分，只要弗朗索瓦丝心情不快或身有病痛，总会受到妈妈的安慰和照料，论情意论信赖不亚于对她最好的朋友。但我母亲是我外祖父的掌上明珠，很难不社会性地接受等级的存在。贡布雷家族的人徒然有胆有识，欢迎人类平等最漂亮的理论，当一个家奴争取解放时，他公然开口用"您"相称，而且，不知不觉地，跟我说话再不用第三人称了，我母亲对这种私自改变尊称的行为极为不满，与圣西门在《回忆录》里的描写无异，每次，当一位老爷，他本无这等权利，却抓住一个借口，在一份经过公证的文件上取得了"殿下"的尊称时，或者他抓住一个借口，可以不还公爵所欠或拖着的租债并逐渐据为己有时，这种不满便爆发出来了。当时有一种顽固不化的"贡布雷精神"，需要几个世纪的善良（我母亲的善良是无限的）和平等理论的宣传，才能使之解体。我不敢说，在我母亲的头脑里，某些“贡布雷精神”是可以冰消雪化的。她怎么也伸不出手让家奴一吻，却心甘情愿给他十个法郎（何况，十个法郎更令家奴高兴）。在她看来，不管她承认还是不承认，主人就是主人，而仆人则是只配在厨房里吃饭的人。当她发现一位汽车司机竟同我一起在饭厅里吃晚餐，她就不太满意了，于是对我说：“我觉得，交朋友哪个不比司机好。”犹如，若是关系到婚姻大事，她就会说：“门当户对的对象你会觉得更好。”司机（幸亏我从没想到邀请他）是来告诉我，派他来巴尔贝克赶旅游季节的汽车公司，让他第二天赶回巴黎去。这一理由，尤其因为司机长得富有魅力，说话干脆明了，似乎讲的都是福音书里的话，因而我们也就信以为真了。但这理由只对了一半。事实上，他在巴尔贝克已无事可干了，不管怎样，公司对依靠圣轮的年轻的福音主义者的诚实半信半疑，希望他尽快回巴黎去。的确，如果说年轻的使徒在向德·夏吕斯先生算车公里数时奇迹般地完成了乘法，那么反过来，一旦跟公司交账时，则把他收的钱除以六报上去，据此得出结论，公司合计，要么没人再到巴尔贝克游览，旅游季节的确已过，要么就是有人占公司的便宜，不管哪种情况，最好的办法是把他召回巴黎，其实在巴黎，也没什么大事可干。司机的意图则是，只要有可能，就要避开淡季。我说——（当时我并不知道此事，要是知道此事可以避免许多烦恼）——他与莫雷尔过从甚密（但在别人面前他们始终装出不相识的样子）。从他被叫回去那天起，还不知道他竟有办法不走，我们不得不将就租了一辆车子出去逛逛，或者有时候，为了让阿尔贝蒂娜散散心，而且，因为她喜欢骑马，我们便租几匹鞍马骑骑。车子破旧不堪。“什么破车！”阿尔贝蒂娜怨声载道。我倒是每每想独自一个人待在车里。我虽然不愿给自己规定好死期，但我希望了结此生，我怨此生不了了之，不但使我失去了工作，更使我失去了欢乐。不过，也有时候，左右我的习惯突然被废除了，最经常发生在当充满欢乐生活欲望的某个过去的我暂时取代现在的我的时候。我尤显得喜欢游山玩水,有一天,我把阿尔贝蒂娜留在她姨妈家里,我则骑马去看望维尔迪兰一家,我走的是林中野路,因为维尔迪兰夫妇在我面前把这一路风光吹得天花乱坠。野路沿着悬崖峭壁蜿蜒而上,尔后,两边茂林叠翠,林险路窄,直陷深峡野谷。不一会儿,我被光秃秃的怪石所包围,透过嶙峋石林的空隙可见大海,怪石和大海一起在我眼前浮动,仿佛是另外一个世界的残山剩水:我认出了埃尔斯蒂尔为两幅妙不可言的水彩画取景的原始山水风光,一幅名为《诗人遇缪斯》,另一幅为《少年遇马人》,我在盖尔芒特公爵夫人那里看过这两幅画。回忆画中的景象,眼前景物油然生情浑然入画,我是如此超尘脱俗,以至于,倘若我像埃尔斯蒂尔所画的史前时代的少年那样,在我云游之际,遇见了一位神话人物,那我也不会大惊小怪的。突然,我的马仰头惊立,它听到一阵莫名其妙的声响,我好不容易才勒住惊马,差点儿没被摔到地上,我抬眼向声响传来处看去,不禁热泪盈眶,发现在我头上五十米左右,在阳光照耀之下,在两只闪闪生辉的钢铁翅膀之间,载负着一个生灵,其容貌虽模糊不清,可我觉得颇像一个人的面孔。我激动不已,犹如一个希腊人平生第一次看到了半神半人的神人。我禁不住哭了,我一旦看清楚了,那奇妙的声响就来自我的头上——当时飞机还是极罕见的——心想,我平生第一次看到飞机了,叫我怎么不热泪沾襟。此时此刻,就像那时候,耳际传来了一张报纸上读到的一句动人的话,我见飞机泪始流。然而,飞行员似乎在自己的航道上流连忘返;我觉得,在他的面前——也在我面前,倘若习惯尚未将我俘虏——展现开一条条通天之路和人生之路;他愈飞愈远,在海面上盘旋了一会儿,然后断然下了决心,似乎让天外的某种吸引力所打动,摆脱地心引力,如同重返家园,只见金翅膀轻轻一动,便扶摇直插云天。

回过头来再讲汽车司机,他不仅要求莫雷尔让维尔迪兰夫妇改用汽车,换下他们那辆敞篷大马车(鉴于维尔迪兰夫妇对其圈子里的老常客一向慷慨大方，这事比较容易办到），但是，比较不好办的事，是得由他，即汽车司机，取代他们的驾车大把式，即那位多情善感、思想灰暗的年轻人。这事在几天之内就以如下的方式解决了。莫雷尔先让人陆续偷走马车夫套马车用的全套必备的马具。一天，他找不到马嚼子；又一天，找不着马衔索。再过几天，他的坐垫不翼而飞，马鞭不明下落，盖布，掸衣鞭，马蹄铁，麂皮接二连三不见踪影。但他总有办法东拼西凑；只是常常迟到，弄得维尔迪兰先生对他十分恼火，使他陷进了苦闷和悲观的境地。司机迫不及待要打进去，对莫雷尔扬言他就要回巴黎去。一不做二不休。莫雷尔振振有词，说服维尔迪兰先生的众仆从，说年轻的马车夫曾扬言，要让他们一个个落入一个圈套，他自以为了不起，他一个人可以制服他们六个人，莫雷尔唆使他们不能对他善罢甘休。可他自己呢，他可不能介入，只是先向他们报个信，好让他们先下手。他们算计好了，待维尔迪兰先生偕夫人陪他们的朋友们出去散步时，奴仆们就冲向马厩那里向年轻人猛扑过去。我后面还要谈到——尽管事情马上就要发生，但由于我后来才对那些人物很感兴趣——那一天，有一个维尔迪兰家的朋友在他们家度假，在他告辞之前，大家想让他出去逛逛，因为他当晚就要动身。

当大家出去散步时，令我大为吃惊的是，正好那一天，莫雷尔同我们一起出来散步，而且本该在树丛中演奏小提琴，可半路上却对我说："喂，我胳膊疼，我不愿告诉维尔迪兰夫人，不过，劳驾您请夫人将她的仆人带一个来，比如说霍斯勒，要他来给我提乐器。""我认为叫另外一个更合适，"我回答道，"吃饭要用霍斯勒。"莫雷尔脸上怒形于色："算了吧，我不愿把我的小提琴交给任何人。"我后来才明白个中缘故。霍斯勒是年轻车夫心爱的兄长，要是他留在家里，岂不会助小弟一臂之力。在散步途中，莫雷尔低声对我说话，生怕大霍斯勒听见："这是个好小子，"莫雷尔说，"而且，他弟弟也是好样的。要是他没有那要命的酒瘾就好了。""什么，喝酒？"维尔迪兰夫人问道，未曾想自己竟有一个好喝酒的车夫，脸色顿时气得煞白。“您没看见罢了，我心里老嘀咕，他给你们驾车，竟没出过事故，真是一个奇迹。”“难道他捎过别人？”“您只要看看他翻了多少回车就够了，他今天满脸青一块紫一块的。我不明白他怎么没有呜呼哀哉，他把车辕都摔断了。”“怪不得我今天看不到他，”维尔迪兰夫人说，想到那场大祸可能临到自己的头上，不禁不寒而栗，“您让我好伤心。”她想草草收场回家转，可莫雷尔却挑了一首巴赫的曲子，变着花样拉个没完。她一回到家里，连忙赶到车库，发现车辕是新的，霍斯勒也头破血流。她不问青红皂白，当即告诉他，她不再需要马车夫了，给了他点钱，然而车夫自己却不想指控他那些可恶的同行伙计，他认定正是自己的伙计们接二连三地偷了他的一应车马具，而且自己也知道，要是忍气吞声，只能被当作死鬼看待，于是他只求一走了之，这样才得以相安无事。汽车司机第二天便登堂入室，没多久，维尔迪兰夫人（她只好另找一个）对他极为满意，她竟然将他当作绝对可靠的人热情地把他推荐给我。我不明底细，便在巴黎雇他打短工，按日计薪；我实在太性急了，整个详情将全部写进阿尔贝蒂娜的故事里。此时我在拉斯普利埃，我第一次带着我的女朋友到那儿吃晚饭，而德·夏吕斯先生由莫雷尔陪同也在那里，莫雷尔冒充是一个“总管家”的儿子，那“总管家”挣固定年薪三万法郎，有一辆车子，好些小管家、园丁、财产代管人和佃农归他指挥。可是，我这个人就是沉不住气，我怎么能让读者得出莫雷尔坏透了的印象。其实倒不如说他这人充满了矛盾，有些时日，还真有点儿可亲可爱呢。

听说马车夫被撵出了门，我自然不胜惊讶，尤令我惊愕不已的是，取代马车夫者正是那位开车带我们——阿尔贝蒂娜和我——到处游山玩水的司机。但他在我面前滔滔不绝地编了一段故事，讲得神乎其神，人家听了以为他真的回到了巴黎，而且人家是从巴黎把他请来为维尔迪兰夫妇开车似的，我对此未曾闪过一秒钟的怀疑。解雇车夫是莫雷尔同我攀谈几句的原因，为的是向我表白，那个好小子走了之后他有多么难过。况且,除了我独处以外的时间,除了他喜气洋洋连蹦带跳朝我扑过来的时候,莫雷尔在拉斯普利埃,眼看人人都热情洋溢地欢迎我,顿感自己却故意疏远了对自己无害的人,因为他曾对我过河拆桥,自断后路,剥夺了我对他露出保护神色的任何可能性(其实,我压根儿就没想采取这种神态),于是他便不再与我保持距离了。我则把莫雷尔态度的变化归结到德·夏吕斯先生的影响上,的确,在他的影响下,在某些方面,莫雷尔已不那么狭隘迟钝了,更像个艺术家了,但在另一些方面,他对主子滔滔不绝的吩咐言听计从,哪怕通篇是欺人之谈,而且是信口开河,这反倒使他更加笨拙了。德·夏吕斯先生能告诉他的东西,实际上就是我预料到的这码事。我何以能未卜先知,猜到人家后来才告诉我的事情(我对此一直没有把握,安德烈所提供的有关阿尔贝蒂娜的种种证词,特别是后来提供的,我总觉得很不可靠,因为,正如我们过去有目共睹的那样,她打心眼里并不喜欢我的女朋友,甚至妒忌她),但不管怎么说,倘若确有其事,那么这两个人都瞒着我这样一个问题:阿尔贝蒂娜对莫雷尔很熟悉?正当马车夫即将被解雇之际,莫雷尔对我一反常态,使我改变了对他的看法。我总认为他生性卑鄙,当他需要我的时候,这个年轻人便对我奴颜婢膝,过后,一旦帮了他的忙,他却翻脸不认人,我这才形成了对他的看法。对此,还要补充的是,他与德·夏吕斯先生有明显的卖淫关系,还有并无后果的兽性本能,当兽性得不到满足(当兽性发作时),或由此引起了并发症时,他便会闷闷不乐;但这种个性并非一成不变地永远那么丑陋,而是充满了矛盾。它好比中世纪的一部旧书,错误百出,通篇是荒谬的传说和淫秽阴暗的内容,但堪称杰出的大杂烩。开始我以为,他的艺术,在他真正被视为大师的领域,给了他超出演奏者技巧的优势。有一次,我说了我要开始工作的愿望,他不假思索地对我说:“干吧,干出名堂来。”“这话是谁说的?”我问他道。“德·丰塔纳对夏多布里昂说的。”他还知道拿破仑的一封情书。“不错,”我心里想,“他有文学修养呢。不过,这句话,我不知道他是在什么地方读到的，恐怕是他对全部古今文学所知道的唯一的一句话，因为他每天晚上都对我重复它。还有一句话，他在我面前翻过来倒过去地重复，为的是不让我向任何人谈及有关他的任何事，这句话，他也以为是文学语言，其实只勉强算句法国话吧，或者至少可以说不表达任何种类的意义，也许只对一个故弄玄虚的仆人才有用，这句话就是："怀疑怀疑他人的人吧。"其实，从这句愚蠢的箴言到德·丰塔纳对夏多布里昂说的话，莫雷尔的性格可见一斑，虽然变化多端，但也不像表现得那样矛盾。这小子，为了几个小钱，什么事情都可以干，而且没有内疚感——大概并非没有古怪的气恼，有时甚至气得发疯，但内疚一词与此风马牛不相及——这小子，只要有利可图，他不惜趁人之危火中取栗，这小子把金钱放到高于一切的地位，却不讲普通人类最天然感情之上的善良，还是这小子，却把他获得的音乐戏剧学院一等奖证书置于金钱之上，在笛子班或对位法作品班，谁也不能说他一句不是的话。他怒火中烧，发起无名火又阴又毒，原因大概是他所谓的普遍的尔虞我诈（可能他将他遇到的怀有敌意的人的某些特殊情况加以普遍化了）。他绝不谈论任何人，却暗中玩弄自己的把戏，对任何人都不信任，从而以摆脱普遍的欺诈为荣。我的不幸在于，由于我回巴黎后势必引起的后果，他的不信任并没有对巴尔贝克的司机"表演"过，在司机的身上，他可能发现了一个同类人，也就是说，与他的箴言相反，一个褒义的多疑者，一个在诚实人面前装聋作哑，却可与流氓恶棍一拍即合的多疑者。他感到——但这并非绝对错误——这样防人一手大有好处，永远使他可以大事化小，小事化无，逢凶化吉，在贝尔热街的院楼里，人家休想抓住他任何把柄，对付他更是一筹莫展。他只要干下去，也许会干出点名堂，有朝一日会成为久负盛名的音乐戏剧学院大赛小提琴评判委员会的大师，人人将对他毕恭毕敬。

但是，在莫雷尔的脑子里发现这样那样的矛盾之处，这也许是极符合逻辑的事。实际上，他的本性，就好比是一张揉皱的纸，折痕走向乱七八糟，以致不可能恢复正常状态。他似乎有比较高的道德标准，而且写得一手极漂亮的字，美中不足的是错别字登峰造极，他一写信就是几小时，对他兄弟说，他待妹妹们不好，可他是她们的兄长，他是她们的支柱；对妹妹则说，她们对兄长也有礼貌不周之处。

转眼间，夏日将尽，我们在杜维尔下火车时，只见太阳，受朦胧云雾的温存，在一色淡紫的天空中，只脱落成一盏红轮了。傍晚，一派平和静谧的气氛降临到这一片片草木茂盛的盐碱草地上，吸引来许多巴黎人到杜维尔来度假，其中大都是画家，潮气初泛，却把这些巴黎人早早赶回他们自己的小小木屋别墅里去了。好几家灯火已上。只有几只奶牛望着大海哞哞叫着，另有几只奶牛，对人类更感兴趣，将它们的注意力转向我们的车子。只有一位画家，在一个陡峭的高坡上架起了画架，试图将这大片的宁静，这柔和了的光线尽收画中。抑或，这一头头奶牛，正无意识地尽义务似的去为画家充当模特儿，因为它们举目凝视的神态，它们逍遥自在的身姿，在人们回家之后，正以自己独特的方式，为傍晚散发出来的休憩气氛平添强有力的印象。几星期后，优美的风光并不逊色，夏去秋来，日短夜长，路经此地已是夜间了。我若下午出去转一圈，那么最晚五点就得回去添加衣服，此时，又圆又红的太阳落入倾斜的明镜，而过去这面歪镜有多可恶，可现在，夕阳酷似希腊火硝，在我的书橱玻璃上，燃起了大海的战火。我匆忙穿上我那身无尾常礼服，活像念咒者的举动，唤出了机警而轻佻的爱，就是我同圣卢一同去里夫贝尔吃晚饭的我，就是那天晚上我以为把德·斯代马里亚小姐带到林中之岛去吃晚饭的我，我无意识地哼起了当时也哼的同一个小调；我对镜照影，方从歌曲中认出了那个且唱且停的歌者，歌者，其实，他只会这首歌。我第一次唱这首歌，那是我刚刚爱上阿尔贝蒂娜的时候，但我当时觉得，我也许永远还摸不透她的心。后来，在巴黎也唱了一回，那就是我中止爱她的时候，即第一次占有她后没几天。

现在我又唱了起来，是在我重新爱上了她，将同她一起去吃晚饭的时候，饭店经理为此深感遗憾，他以为，我最终会住到拉斯普利埃，不再住他的店，他口口声声说听人说过，那边热病流行，病源来自“鸟嘴”沼和沼中的“死”水。我喜欢这种多样性，我的生活向三个平面铺开，就这样我看到了生活的丰富多彩；而且，当人们暂时变回过去的一个人，就是说，与长期以来的自己不同，其感觉的灵敏度，由于不被习惯所削弱，可以接受极其强烈的印象最微妙的刺激，使以前的一切统统黯然失色，而且由于这些印象勾魂夺魄，我们便会像一个醉汉那样一度且痴且狂。我们上公共马车或普通车子时天一般都黑了，车子把我们送到车站去乘小火车。在候车室里，首席院长对我们说：“啊！你们去拉斯普利埃！该死，她真不像话，维尔迪兰夫人，她竟让你们在夜间坐一个小时的火车，只是为了吃一顿晚饭。然后，晚上十点还要迎着群魔乱舞的鬼风再往回走。可见，你们是没事找事干。”他搓着手补充道。也许，他这样说话，是因为不满意自己没受到邀请，也可能是“忙”人——哪怕是瞎忙——通常有的满足，“没时间”去干你们闲极无聊的事。

当然，这的确合符情理，一个人整天拟订报告，整理账目，答复事务信函，密切注视着交易所的行情，当他冷嘲热讽地对您说：“您真舒服，成天无所事事。”自觉高人一等的得意之情溢于言表。但是，这种高人一等的优越感，也完全可以用来表示蔑视，甚至还要更厉害一些（因为进城吃晚饭，忙人也照吃），假如您的消遣是写《哈姆雷特》或只是读一读而已。对《哈姆雷特》写也罢读也罢，忙人是很少考虑的。他们对文化不感兴趣，当人家搞文化活动时偶然被他们碰上了，他们总觉得文化不过是游手好闲之徒们消磨时间的游戏，他们可能会这么想，在他们自己的行业里，正是同样的文化使一些可能本来不如他们的行政长官或管理人员脱颖而出，面对这班青云直上的幸运儿，他们佩服得五体投地，口中念念有词道：“看来，他是个大文豪，一个杰出的人物。”不过，首席院长怎么也弄不明白，我之所以喜欢在拉斯普利埃吃晚饭，那是因为——正如他的所言极是，尽管是批评中提及——一席席晚餐“代表一次次真正的旅行”，我认为是一种具有强烈吸引力的旅行，因为旅行本身并不是目的，人们不是在旅途中寻欢作乐，因为大家赴会才是欢乐的所在，旅行的魅力是很难被整个气氛所左右的。现在天已经黑了，我离开了饭店的热窝——已经成了我的家的饭店——登上了火车厢，同阿尔贝蒂娜同行，当喘着气的小火车进站时，车窗玻璃上便有灯的反光在闪烁，说明车已经到达一个站头了。我生怕戈达尔大夫发现不了我们，又没听到报站的呼叫，于是我打开车厢门，但呼地冲进车厢的，并不是老常客们，而是风、雨和寒冷。在茫茫黑夜，我看得出阡陌田野，听得到大海澎湃，我们正在茫茫原野中穿行。阿尔贝蒂娜从随身携带的一个金盒子里取出了一面小镜子照了照，准备与小圈子里的人相聚。的确，开始几次，吃晚餐之前，维尔迪兰夫人让阿尔贝蒂娜到她的盥洗室去整理整理，我虽然像我近来生活那样平心静气，但仍然有一点不安和嫉妒，我不得不在楼梯脚下就与阿尔贝蒂娜分开，我独自一人留在沙龙里，与小圈子里的人应酬，感到极度的心烦意乱，心想，我的女友在楼上干什么呢，第二天，我连忙请教了德·夏吕斯先生，怎样才能打扮得更风流些，而后，我即在加蒂埃店里订购了一套梳妆必备品，它是阿尔贝蒂娜的欢乐，也是我的欢乐。它于我是一种心理安宁的保证，它对我的女友则是一种关怀抚慰。因为她肯定猜到了，在维尔迪兰家里，我不高兴她离开我，于是，在车厢里，她就做好了赴晚宴前的全部打扮了。

在维尔迪兰夫人的常客里，如今也包括德·夏吕斯先生，他加入圈子已有好几个月了，是常客中的常客。很有规律，每星期有三次，在西东锡埃尔站的候客室里或月台上，进出站的旅客们可以看到这位胖子走过，只见他长着灰头发，黑胡子，双唇涂脂，这胭脂在季末不如炎夏时夺目，因为炎夏强烈的阳光照得它更突出，而酷热又把它半熔化了。他径直朝小火车走去，情不自禁地（只是出于行家的习惯，因为他现在已有一种感情，可以使他行为端正，抑或，至少是在大部分时间里，可以使他行动可靠）瞟一眼苦力们，大兵们，着网球服的青年人，那目光既蛮横又胆怯，看后立即拉下眼皮，眼睛几乎闭上，怀有教堂祭司做祷告时的热心，又有用情专一的贤妻或大家闺秀的持重。老常客们坚信，他肯定没看见他们，因为他上了另一个包厢（谢巴多夫亲王夫人也常常这么干），活像这样的人，他弄不清人家被人发现与他在一起是满意还是不满意，但他却给您留下找到他的权力，假如您有找到他的愿望的话。最初那几回，大夫并没有找他的意愿，要我们让他一个人待在他的车厢里。自从他在医学界获得显赫地位之后，犹豫不定的性格就益发显露出来了，只见他满面笑容，后仰着身子，从夹鼻眼镜上头看着茨基，不是故意嘲弄，便是转弯抹角使同仁们的舆论为之一惊："你们明白吧，假如我孤身一人，还是个小伙子……不过，由于我妻子的缘故，听了你们告诉我的那事之后，我考虑是否能让他跟我们一起旅行。"大夫低语道。"你说什么？"戈达尔夫人问道。"没什么，这与你无关，这不是给女人听的。"大夫眨着眼睛回答道，对自己有一种庄严的满足，神色分寸适中，介乎于对其学生和病人板着脸孔说笑话的表情与维尔迪兰家里夹杂着俏皮话的不安表情之间，接着又低声说着话。戈达尔夫人只听清了两个单词，一个是"善会"，另一个是"舌头"，在大夫的语言里，前者指犹太种族，后者指饶舌多嘴，戈达尔夫人便想当然得出结论，德·夏吕斯先生可能是一个多嘴多舌的以色列人。她实在不理解，大家凭这一点就把男爵排斥在外，作为小圈子里的元老，她有责任要求大家别让他一个人待着，于是我们大家都往德·夏吕斯先生的包房走去，由戈达尔大夫带头，他总是茫然不知所措。德·夏吕斯先生靠在角落里，正在读一部巴尔扎克的书，他已经发觉来人踟蹰不前，但他连眼睛都没抬一下，就像聋哑人根据正常人无法感觉的气流就能知道有人来到身后那样，他对人家冷淡待他的态度，有一种真正的神经过敏的感觉。这种神经过敏，由于它形成习惯，无处不有，便给德·夏吕斯先生酿成许多想象出来的痛苦。

就像那些神经过敏患者，感到稍有凉意，便怀疑楼上有人打开窗户，进门时怒气冲冲，并打起喷嚏来，德·夏吕斯先生也一样，只要有人在他面前显得忧心忡忡，便断定有人把他议论此人的话告诉了对方。但是，人们大可不必露出不在乎的神色，也大可不必阴沉着脸或故意嘻皮笑脸，他却可以一一想象出来。相反，真诚实意反而很容易向他掩盖他不明底细的诽谤的真相。他一眼就看出戈达尔的犹豫，老主顾们以为那个埋头看书的人还没有发现他们，待他们站好位置，距离恰到好处时，他突然向他们伸出手去，弄得老伙计们大为惊讶，然而他对戈达尔大夫只是欠欠身子，但马上又昂首挺胸，不屑用戴着瑞典手套的手去握大夫已经向他伸出的手。"我们坚持要与您同行，绝不能让您像这样孤单地待在您的小角落里。这是我们的一大快事。"戈达尔大夫善意地对男爵说。"我不胜荣幸。"男爵欠身冷着脸念道。"我很高兴，听说您决定选择这个国家扎下你们的账……"她是要说古代犹太人在沙漠中搭的"圣帐篷"，但她似乎记得这词是希伯来语，这个字眼对一个犹太人来说是一种大不敬，可能有含沙射影之虞。于是，她挖空心思选择另一种她认为是亲切的表达方式，也就是说一种庄严的表达辞令："在这片国土上安下你们的，我是说'你们的宅神'（的确，这些'宅神''灶神'不属于基督教的上帝，而是属于一种早已死亡了的宗教，它已经没有门徒相传，因此也就不必担心有冒犯之虞了）。可我们，不幸得很，学校开了学，大夫要看病，我们始终不得在这一片同样的地方挑选住宅。"她指着一个纸盒子对他说："况且您看，像我们这些女人，我们不如强求幸福；就连到维尔迪兰家这么近的地方去，我们也不得不随身带一大堆累赘。"就在这当儿，我看了看男爵手上那部巴尔扎克的书。这可不是一本装订书，随便买来的，像第一年他借我的那部贝戈特的书。这可是他书架上的一本藏书，如同带有题铭的那种："德·夏吕斯男爵珍藏"，有时候，为了表现盖尔芒特家族勤奋读书的爱好，用"In proeliis non semper"①,以及另一个座右铭" Non sine Labore"②取而代之。但我们发现这些题铭很快又被别的题铭所取代,尽量迎合莫雷尔的喜欢。不一会儿,戈达尔夫人找了一个她觉得对男爵更带有个人色彩的话题。"我不知道您是否同意我的意见,先生,"她稍停片刻后说,"可我这人想得开,照我说,既然人们真诚实意信仰,一切宗教都是好的。我不像那些人,看见一个新教徒……就像得了恐水症似的。""人家告诉我,我所信奉的宗教是真的。"德·夏吕斯先生说。"这是一位盲信者,"戈达尔夫人想:"斯万,除了最后,都是比较仁慈宽容的,他的确已经皈依了。"然而,恰恰相反,男爵不仅是基督徒,正如大家所知道的那样,而且怀有中世纪的虔诚。对他而言,犹如对十三世纪的雕刻家一样,基督教堂,就该词活生生的词义上讲,里面居住着众多的生灵,而且被认为实实在在的:先知,使徒,天使,各路圣人,都簇拥在降世的圣子,圣母和圣父,上帝,所有的殉道者和圣师的身边,犹如他们的教民,形象鲜明突出,挤满了门廊,充满了礼拜堂。在他们中间,德·夏吕斯先生选择了米歇尔、加布里埃尔和拉斐尔作为求情人,他与他们常有晤面,请求他们在上帝的宝座前,转达他对上帝的祈祷。因此,戈达尔夫人的阴差阳错令我们很是开心。

宗教领地暂且不表,再说大夫吧,他来到巴黎,随身携带着寒酸的箱子,装着一位农民母亲的叮嘱,一心扑在学业上,几乎纯粹庸俗化了,谁想用功推进自己的医业,就不得不牺牲为数可观的岁月,因而他从来就不注意自我修养;他取得了愈来愈高的威望,而不是愈来愈多的经验;他按字面理解"荣幸"一词,既感到满足,因为他好虚荣,同时又感到苦恼,因为他是好小子。"这可怜的德·夏吕斯,"当晚他对妻子说,"当他对我说,同我们一起旅行,他感到很荣幸时,我听了很难受。感觉出来,这个可怜鬼,他

① 拉丁语,意为"好乐无益"。

② 拉丁语,意为"不劳无获"。

没什么关系可拉，自己瞧不起自己。”

但很快地，老常客们终于控制住了刚来到德・夏吕斯先生身边多少表现出来的尴尬局面，他们没有必要听任慈悲的戈达尔夫人的指引。无疑，有他在场，他们思想上就会不断保持对茨基启示的回忆，就会不断想到他们的旅伴身上的性古怪。而且，正是这种性古怪对他们施加了一种诱惑力。在他们看来，这种性古怪赋予男爵的言谈有那么一种滋味，何况他的谈话是很动听的，但也有些部分他们不敢过奖，然而那番滋味使得布里肖本人的谈笑风生的妙趣也索然乏味了。而且，从一开始，大家都欣然承认，他是聪明的。“天才可与疯狂为邻”，大夫高见，然而，假如亲王夫人求知若渴，要求他再说下去，他可再没什么可说的了，因为他对天才的知识，充其量不过这一条箴言而已，再说，这一条箴言对他来说似乎论证不足，不像他对伤寒和关节炎那样了如指掌。而且，虽然他变得地位显赫，但仍然教养很差：“别问了，亲王夫人，别问我了，我到海滨是来休息的。再说，您也不明白我的话，您不懂医道。”亲王夫人连忙道歉后一言不发了，觉得戈达尔是一个有魅力的男子汉，终于领悟到，知名人士不总是好接近的。在开始那一阶段，人们最终感受到德・夏吕斯先生是聪明的，尽管他有毛病（或大家一般都这么称呼的东西）。现在，正是因为他有这种毛病，大家反觉得他比别人高明一头，自己却闹不清是什么道理。一条条最简单明了不过的格言，经学者或雕刻家巧妙加以鼓吹，经德・夏吕斯先生就爱情、嫉妒、美色加以阐述，由于他具有独到的、隐秘的、细腻的而又畸形的体验，在身体力行中消化吸收，这对老常客们来说，便具有一番迷人的风味，这种风味，源于一种心理状态，类似于我们的悲剧文学历来向我们描写的那种心理状态，体现在一部俄罗斯或日本的戏剧里，那里的艺术家们表演出了这种风味。趁他没听见，大家贸然开了一个恶意的玩笑：“咳！”雕刻家低声耳语道，因为他看到一位年轻的列车员，长着印度寺院舞女那样的长睫毛，只见德・夏吕斯先生情不自禁地盯住他看，“要是男爵开始向那位查票员暗送秋波，我们就到不了终点站了，火车就要倒着开了。瞧瞧他看他的那个姿态，我们坐的简直不是小火车，倒成了缆绳牵引车了。”但实际上，要是德·夏吕斯先生不来的话，一路上只跟普普通通的人们在一起，身边没有这么一位油头粉面、大腹便便而又闭关自守的人物做伴，大家会感到大失所望的，这个人物颇像某种从异国进口的一箱可疑的东西，从中发出一种稀奇的水果香味，只要一想到能亲口尝尝，心里就热闹起来。就这点看，从德·夏吕斯上车的橡树圣马丁站到莫雷尔跟上来的东锡埃尔站为止，这段路程虽短，但男性老主顾们一个个都感到比较痛快的满足。因为只要小提琴手不在场（而且假如女士们和阿尔贝蒂娜为了不碍他们交谈有意离开大家避而远之），德·夏吕斯先生便无拘无束，不必装模作样回避某些话题，谈起“那些人们约定俗成称之为伤风败俗之类的事情”。阿尔贝蒂娜不碍他的事，因为她总同女士们在一起，年轻姑娘识趣，不愿意自己在场而约束了别人谈话的自由。不过，她不在我身边待着，我较易忍受得了，但她必须同我在一个车厢里。因为我对她既不再表示嫉妒，也不再表示任何爱恋，不去想我没看到她的那些日子里她的所作所为了，相反，即使我就待在那里，一道简单的隔板，说不定就能掩盖住一次背叛行为，那对我来说才是不堪忍受的，不一会儿，她果真同女士们到隔壁包厢里去了，因为她们无法再在原地待下去，否则就可能妨碍说话的人，像布里肖啦，戈达尔大夫啦，还有夏吕斯什么的，对他们我又不便讲明我躲开的原因，于是我起身，把他们丢在原地不管，想看看那里面是否有什么不正常的行为，我就到隔壁包厢里去了。直到东锡埃尔以前，德·夏吕斯先生一路上肆无忌惮，有时竟直言不讳地谈论起他公然声称的在他看来无所谓好也无所谓坏的德行。他巧言令色，以示他胸襟豁达，坚信自己的德行不会唤醒老主顾们内心的丝毫疑云。他以为，世上只有几个人，正如后来成了他的一句口头禅所说的，“对他心中有底”。但他设想，这些人不超过三四人，而且没有一个在诺曼第沿岸。一个如此精明、如此不安之人得出这个假设，可以震惊满座了。即使是那些他认为多少有点知情的人，他也自鸣得意地以为，他们不过是隐隐约约知道点事罢了，而且自以为是，只需对他们如此这般一说，就可以使某某人摆脱某对话者的猜疑，而谈话对手出于礼貌，对他说的装出称许的样子。他甚至估计到我对他有所了解和猜测，但他心里想，这种舆论完全是大而化之，他觉得我的意见比实际情况要陈旧得多，只要他对这样或那样的细节加以否认，人家就会信以为真，然而相反，若说认识概况总先于认识细节，那么，它对调查细节却提供了极大的方便，因为它摧毁了隐形的能力，不允许伪虚之徒掩饰其嗜爱之物。自然喽，当德·夏吕斯先生得到某个老常客或老常客们的某个朋友的邀请去赴晚宴时，他总是挖空心思弯弯绕，一连提出十个人名，其中必带出莫雷尔的大名，他一点也不糊涂，总要提出五花八门的理由，说什么晚上若能同他一起受到邀请，那该多么高兴和惬意，而东道主们，看样子言听计从，但只用了一个理由便可把他提出的全部理由取而代之，而且这唯一的理由总是一成不变的，那就是说他爱他，可他自以为他们对此还一无所知呢。同样地，维尔迪兰夫人似乎总是神态大方地全面接受德·夏吕斯先生对莫雷尔感兴趣的半艺术半人性的动机，一再热情洋溢地感谢男爵，她说，感谢他对小提琴师的一片好意。然而，有一天，莫雷尔与他迟到了，因为他们没坐小火车来，只听得女主人说："我们就等那些小姐了！"男爵若听了这话恐怕会大吃一惊，目瞪口呆，因为他只要一到拉斯普利埃就不想动了，给人一副管小教堂的神甫或管目录卡片的教士们的面孔，有时候（当莫雷尔获准请假四十八小时）在那里接连睡上两夜。维尔迪兰夫人于是安排他们两间紧挨着的房间，让他们称心如意，说："要是你们想拉点音乐，你们可别不好意思，墙厚得像城堡，你们这一楼没有其他人，我丈夫睡得像铅一样沉。"那几天，德·夏吕斯先生接替亲王夫人到车站去欢迎将来的客人，她有失远迎是因为贵体欠安，由于他把她的健康状况说得神乎其神，以致客人进门个个为夫人健康担心而忧形于色，万万没料到女主人穿着半遮半露的裙子，体态轻盈，亭亭玉立在眼前，大家不由得失声惊叫起来。

因为，德·夏吕斯先生一时间已成了维尔迪兰夫人心腹中的心腹，成了谢巴多夫亲王夫人第二。维尔迪兰夫人对自己在上流社会的地位并没有多大的把握，比之亲王夫人的地位就差多了，心想，亲王夫人如果一心想看看小核心，那是因为她瞧不起别的人，而偏爱小核心。这一虚情假意正是维尔迪兰夫妇的本性所在，凡他们不能与之来往的人都一概被他们说成讨厌鬼，人们定能相信，女主人会相信亲王夫人长着铁石心肠，见了美男子不动心。但她固执己见，并坚信，就是对贵夫人也一样，她不愿与讨厌鬼打交道是坦诚相见并追求理智。何况，对维尔迪兰夫妇来说，讨厌鬼的数目在减少。在海浴生活中，一次引见不至于对日后造成麻烦的后果，而在巴黎人们对这种后果有可能十分恐惧。一些显赫人物，未携带自己的妻子来巴尔贝克，这就为一切活动大开方便之门，他们主动接近拉斯普利埃，于是讨厌鬼们摇身一变成了风流雅士。盖尔芒特亲王便是这种情况，倘若德雷福斯主义的吸引力没有如此强大，可以使他一口气就登上通往拉斯普利埃的坡路，那么即使亲王夫人不在也不至于使他下决心以“单身汉”的身份去维尔迪兰家，不巧的是那天正赶上女主人外出不在家。再说，维尔迪兰夫人也不敢肯定，他和德·夏吕斯先生是否属于同样的上流社会。男爵确实说过，盖尔芒特公爵是他的兄弟，但这很可能是一位冒险家的谎言。尽管他表现得那么风流潇洒，那么可亲可爱，对维尔迪兰夫妇又是那么“忠心耿耿”，但女主人还是犹豫再三，不知道是否该邀请他和盖尔芒特亲王一起来。她请教了茨基和布里肖：“男爵和盖尔芒特亲王，行不行。”“我的天，夫人，要请两个中的一个，我认为可以说……”“请两个中的一个，那还用我来问？”维尔迪兰夫人生气了，又说，“我问你们是不是请他们一块来可行？”“啊！夫人，这些个事是很难说清楚的。”维尔迪兰夫人话里没有任何恶意，她对男爵的作风确信无疑，但当她这么说时，心里却根本不这么想，而只想知道可否同时邀请亲王和德·夏吕斯先生一起来，只是想知道这样做是否会合拍，她使用这些现成的用语不带丝毫的恶意，这些用语在艺术的“小圈子”里是很上口的。为了用德·盖尔芒特先生来抬高自己的身价，她想在午饭后，带他去参加下午的一个行善节，节上，一些沿海船员将表演出航盛况。但由于她没有时间样样都管，便委派其心腹中的心腹男爵行使她的职责。“您晓得，不应该让他们像铸模似的待着不动弹，应当让他们来来往往，表现出繁忙的场面，我弄不清那里的种种名堂。可您呢，您常到巴尔贝克海滨码头，您可以让他们好好练练，反正累不了您。您可能比我更内行，德·夏吕斯先生，您更懂得如何使唤小船员们。不过，我们毕竟是为德·盖尔芒特先生自找苦吃。他说不定是赛马场上的大笨蛋。唷！我的上帝，我说赛马骑师的坏话，对了，我好像记起来了，您就是骑师。哎！男爵，您没有回答我，您是不是骑师？您不想和我们一起出去吗？拿着，这是我收到的一本书，我想它会使您感兴趣。这是鲁雄的书。书名很别致：《男人之间》。”

至于我，我对德·夏吕斯先生常常取代谢巴多夫亲王夫人尤为高兴，因为我与亲王夫人合不来，为一件微不足道但积怨甚深的事闹翻了。有一天，我坐在小火车上，同往常一样，我对谢巴多夫亲王夫人体贴入微，这时，我看到德·维尔巴里西斯夫人上车来了。她的确是来卢森堡公主家住几个星期的，但由于我每天都要去见阿尔贝蒂娜，因而一直没有答复侯爵夫人及其王室女主人的邀请。我见到我外祖母的朋友感到内疚，出于纯粹的义务（并未离开谢巴多夫亲王夫人），我同她聊了很长时间。再说，我根本就不知道，德·维尔巴里西斯夫人却知道得一清二楚我旁边坐的女友是何许人，但她却不愿认识她。到了下一站，德·维尔巴里西斯夫人离开车厢，我甚至责备自己没去扶她下火车。之后，我又坐到亲王夫人身边。然而，好像是——处境不牢靠，而又怕人听到别人说自己的坏话，生怕被人瞧不起的人常有的灾难——眼看说变就变。谢巴多夫夫人埋头看她的《两个世界评论》，回答我的问题时唇尖都懒得启动，最后竟说我使她感到头疼。我一点不明白我到底犯了什么罪。当我向亲王夫人告辞时，习惯的微笑照不亮她的面子，冷冷的客套拉下她的下巴，她甚至连手都不伸给我，而且此后再也不同我说话了。可她不得不对维尔迪兰夫妇说话——但我不知道说什么——因为我一问维尔迪兰夫妇我礼对谢巴多夫亲王夫人是否不妥，他们便异口同声争着回答："不！不！不！才不是！她不喜欢亲热！"他们不愿从中挑拨引起我同她的不和，但她最终使人相信，她对殷勤体贴无动于衷，是一个与这个上流社会的虚荣心格格不入的人物。只有见识过这样的政客，他自上台以来，被认为是最全面、最强硬、最难接近的政坛人物，然而失势时，面带恋人般容光焕发的微笑，卑躬屈膝地乞求某个记者那高傲的敬意；只有目睹了戈达尔大夫的复兴（他的新病号把他看作僵硬的铁杠子）；而且只有弄清楚了谢巴多夫亲王夫人处处表现出的高傲、反时髦，乃是多么痛苦的爱恼，乃是多么时髦的惨败所酿成的苦酒，方才可以悟出这样的道理，就是，在人类社会，法则——它自然包含着例外——必然是这样的：狠心人是人们不愿接受的弱者，而强者，则很少考虑人们愿意不愿意接受他们，却拥有被庸人视为弱点的脉脉温情。

再说，我不该对谢巴多夫亲王夫人妄加评论。类似她的这种情况太常见了！一天，在安葬盖尔芒特家族的某个人时，站在我身边的一位要人向我指了指一位身材瘦长、面貌英俊的先生。"在全盖尔芒特家族里，"我身边的那个人对我说，"这个人是最出奇、最特别的。他就是公爵的兄弟。"我贸然直言相告，他弄错了，这位先生，与盖尔芒特府无亲无故，他叫富伦埃-萨洛费丝。那要人立即转过身去，此后就再也不同我打招呼了。

一位大音乐家，学院院士，达官贵人，他认识茨基，路经阿朗布维尔，那里他有一个外甥女，来参加维尔迪兰家的一次星期三聚会，德·夏吕斯先生与他格外亲热（应莫雷尔的请求），主要是为了回巴黎以后，院士能让他出席各种有小提琴师参加演奏的私人音乐会、排练之类的活动。院士受到了吹捧，何况又是风流男子，便满口应承并说到做到。男爵对这位人物（况且就此君而言，他是只爱女人）感激涕零，此君对他关怀备至，为他提供了诸多方便，使他得以在种种正式场合看到莫雷尔，在这种正式场合，外行人是不能涉足的，著名艺术家为年轻有为的演奏高手提供了一次又一次的机会，在才能相当的小提琴手之间，对他格外偏爱，点名要他在想必有特殊影响的音乐会上亮亮相，使他得以登台表演，露面扬名。但德·夏吕斯先生并未意识到，这一切应当归功于这位恩师，大师对他可谓功上有功，或者不如说罪上加罪，因为他对小提琴手及其尊贵的保护人之间的关系无所不知。他对他们的这种关系大开方便之门，当然不是指他对此热衷，他除了理会女人的爱恋之外，理会不了别的什么恋爱，因为女人的爱情曾激起他全部的音乐灵感，他对他们的关系大开方便之门，是由于道德上的麻木，职业上的纵容与热心，以及上流社会社交的热情和时髦。至于这种关系的性质，他丝毫不加怀疑，以至初来乍到拉斯普利埃赴晚宴，就谈起德·夏吕斯先生和莫雷尔，仿佛是谈论一个男人和他的情妇，他问茨基："他们在一起是不是很久了？"但是，堂堂上流社会人士，岂能让有关人员看出蛛丝马迹，万一在莫雷尔的同伙里传出了闲言碎语，他准备好加以抑制，准备让莫雷尔放心，慈父般地对他说："如今人们对谁都这么议论。"他一再说男爵的好话，男爵听得很顺耳，而且很自然，不可能在名师身上联想到有多大缺点，或者有多少美德。因为，人家背着德·夏吕斯先生说的那些个话，以及有关莫雷尔那些"似是而非"的话，谁也不会那么卑鄙，对他搬弄一番。不过，这简单的情况就足以表明，甚至这件事受到普遍的诋毁，却无论如何找不到一个辩护士："闲话"，它也一样，或者它针对我们自己，我们因此觉得它特别的难听，或者它告诉我们有关第三者的什么事，而我们对此又不明真相，因此有其心理价值。"闲话"不允许思想躺在其虚伪的目光上面睡大觉，以虚伪眼光观察问题，以为事情如何如何,不过是事情的表面现象而已。“闲话”又用理想主义哲学家的魔术妙法将事物的表象掉了个面,顿时让我们看到魔术蒙布反面不容置疑的一角。德·夏吕斯先生也许想象得到某个女亲戚说过的这番话:“怎么,你要麦麦爱上我?你忘记我是一个女人了吧!”不过,她对德·夏吕斯先生确有一种情真意切的爱慕。对维尔迪兰夫妇来说,他没有任何权力指望他们的爱恋和善意,他们远离他时说的话(岂仅是话而已,下面即可看到),与他想象可以听到的话,也就是说当他在场时听到的那些议论的回光返照,相差何止十万八千里,怎么不令人惊讶?唯有他在场时听到的那些话,才用绵绵情意的题词装点着理想的小楼阁,德·夏吕斯先生不时来这里独温美梦,此时,他往往在维尔迪兰夫妇对他的看法里掺进一阵子他自己的想象。那里的气氛多么热情,多么友好,休息得多么舒服,以致德·夏吕斯先生在入睡之前,非来这里消除一下烦恼不可,他从小楼出来,没有不带微笑的。但是,对我们每个人来说,这种楼阁是对称的,我们以为是独一无二的那幢楼阁的对面,还有另一幢,可我们一般都看不见,但却是实在的,与我们认识的那幢适成对称,但却截然不同,其装饰与我们预想要看到的大相径庭,仿佛是居心叵测的敌意与令人发指的象征所构成,令我们惊恐不已。德·夏吕斯先生恐怕要吓破胆的,设若他由着某种闲言的纵容,进入反向的一幢楼阁,那闲言犹如侍从仆役上下的楼梯,只见楼梯上,房门上,被那些心怀不满的送货人和被解雇了的仆人乱涂着一些猥亵的字画!但是,正如我们没有某些飞鸟所具有的识别方向的感觉,我们也没有识别能见度的感觉,就像我们缺乏测距的感觉一样,我们总以为周围的人们对我们密切关注着,其实恰恰相反,人们根本就未曾想到我们,而且也不去揣测,此时此刻,别的人是否只关心我们。就这样,德·夏吕斯先生在受骗上当中生活,就像鱼缸里的鱼,它以为它游的水一直延伸到鱼缸玻璃的外面去,其实,鱼缸给它造成了水的映象,与此同时,它却没有看见在它身边,在暗处,游人正兴致勃勃地看它尽情戏嬉,也看不见拥有无限权力的养鱼人在意外的倒霉的时刻，毫不留情地把它从它喜欢生活的地方拽出来，又把它扔到另一个地方去，眼下，对男爵的这一时刻推迟了（对男爵来说，在巴黎的养鱼人，将是维尔迪兰夫人），再说，民众，说到底只不过是个体的集合体，可以提供更为广泛的范例，其每个部分又是与事实相符的，来说明这种深刻的、顽固的和令人惶惑的盲目性。至此，如果说这种盲目性使得德·夏吕斯先生在小核心里言辞弄巧成拙，或者大胆得令人暗笑，那么，在巴尔贝克，这种盲目性尚未曾、也不该对他造成麻烦。一点蛋白质，一点糖，一点心律不齐，尚不致妨碍那些自我感觉不到的人继续过正常的生活，而唯有医生才从中发现大病将至的先兆。目前，德·夏吕斯先生对莫雷尔的爱好——柏拉图式或非柏拉图式的——只是在莫雷尔不在的时候，驱使男爵情不自禁地说，他觉得他很美，心想这话大家听了，只会作清白无辜的理解，他就可以像精明人那样应付自如，即使被传到庭作证，也不怕深追细究，追究细节问题表面上看似乎对他不利，但实际上，正是因为细节本身的缘故，反比装腔作势的被告传统的抗议要来得更为自然，更不同凡响。在西东锡埃尔至橡树圣马丁——或回程反方向——之间，德·夏吕斯先生总是那么无拘无束，爱谈论那些似乎有怪习惯的人，他甚至故意添上一句："总而言之，我说怪，我也不知道为什么，因为这并没有什么可大惊小怪的。"以便自我表现一番，显示他与他的听众在一起是多么惬意。他们确很惬意，条件是他必须掌握行动的主动权，而且他必须心中有数，知道听众由于轻信或受过良好的教育会对此沉默不语，一笑了之。

当德·夏吕斯先生不谈他对莫雷尔美貌的赞赏时，仿佛这种赞赏与一种所谓的恶癖的嗜好毫无关系似的，这时，他便谈论起这种恶癖，但似乎这种毛病与他毫无干系。有时候，他甚至毫不犹豫地直呼其名。由于他看了几眼他那卷巴尔扎克的漂亮的精装书，我便问他，在《人间喜剧》里，他比较喜欢的是什么，他一边回答我，一边把他的思路引向固有的概念："这一整部，那一整部都喜欢，还有那一部部小袖珍本，像《本堂神甫》、《被抛弃的女人》，还有一幅幅巨型画卷如《幻灭》系列书。怎么，您不知道《幻灭》？美极了，卡洛斯·埃雷拉乘自己的四轮马车路经城堡之前问城堡名的当儿，漂亮极了：这就是拉斯蒂涅克他过去爱过的那个年轻人的住宅。而神甫则掉进一种幻想里，斯万管它叫'鸡奸的《奥林匹奥忧伤》'，真是妙趣横生。还有吕西安之死呢！我已经记不起哪个风流雅士，有人问他在他一生中最使他痛苦的事件是什么，他作了这样的回答：'《交际花盛衰记》里吕西安·德·吕邦普雷之死。'""我知道这一年巴尔扎克走红运，就像上一年悲观失望一样，"布里肖插语道，"但是，我冒着冒犯巴尔扎克卫道士的风险，上帝惩罚我吧，我并不想追求文学宪兵的角色，为语法错误开违警通知书，我承认，我看您对他们令人惊惶失措的胡言乱语推崇备至，认为是生花妙笔，可我总觉得他不过是一位不甚严谨的誊写员。我读过您跟我们谈到的《幻灭》，男爵，我拼命挣扎着要达到入教的虔诚，可我头脑极其简单地忏悔说，这些连载小说，通篇是夸张的辞藻，编成双倍、三倍的大杂烩(《幸福的爱丝苔丝》，《歪门邪道通何处》，《老年得爱是几何》)，老是给我造成《罗冈博尔》那种神秘的效果，这部作品受到了一种不好明言的宠爱，才被推上岌岌可危的杰作的地位。""您这么说，那是因为您不了解生活。"男爵倍加恼火，因为他感到，布里肖既不明白像他这样的艺术行家的道理，也不懂得别的道理。"我明白，"布里肖说，"您摆出弗朗索瓦·拉伯雷的架势说话，是想说我是索邦神学院派的古板，呆板，死板。然而，我跟同学们一样，我喜欢一本书给人真诚的印象和生活的气息，我并不是学院派……""拉伯雷的时刻①。"戈达尔大夫插了一句，脸上已不再

① 据传，文艺复兴时期法国作家拉伯雷从罗马回巴黎，途经里昂，住在一家客店里，可他没有钱付账。于是他在房间明眼处放一个小包，上写："给国王的毒药"，店老板见了，惊恐万状，连忙通知骑警队，把拉伯雷解到巴黎。国王看到拉伯雷，笑着请他吃饭，使他摆脱了困境。后来，这一典故引申为令人恼火、使人不快的时刻。

有疑色，却显得风趣而胸有成竹。“……那些学院派立志根据听命于夏多布里昂子爵的林中修道院院规从事文学，那可是装腔作势的大师，他们按人文主义者的严格规则从事。夏多布里昂子爵先生……”“土豆烤牛排①吗?”戈达尔大夫又插了一句。“他就是善会的老板。”布里肖只管接着往下说，未曾理会戈达尔大夫的玩笑，但戈达尔大夫却相反，他被学者的话弄得惶惶不安，焦虑地看着德·夏吕斯先生。布里肖刚才对戈达尔的话似乎缺乏敏感，因为戈达尔那句同音异义文字游戏倒引出谢巴多夫亲王夫人的丹唇微微一笑。“同教授在一起，完美无缺的怀疑论者尖酸刻薄的讽刺永远不会丧失他的权利。”她亲热地说，以表示医生的“话”她并非视而不见。“智者必然是怀疑论者，”大夫答道，“我知道什么呢? Yvŵot Oeavrov②，苏格拉底是这样说的。这是很正确的，凡事过分则成弊。但我万分惊讶，心想，凭这句话就足以使苏格拉底留名至今了。这种哲学里有什么呢? 没什么东西嘛。人家想，钱戈大夫和其他人岂不劳苦功高上千倍了，他们起码靠点本事，靠着治疗像全瘫综合症消除瞳孔放射的本事，可他们几乎被忘光了! 总之，苏格拉底，他并没有什么出奇。他属于那些无所事事，成天游手好闲、争论不休的人。这好比耶稣基督说：你们要彼此相亲相爱，讲得很漂亮。”“我亲爱的……”戈达尔夫人请求道。“自然喽，我妻子抗议了，一个个都得了神经官能症。”“可是，我可爱的大夫，我没得神经官能症。”戈达尔夫人嘟哝着。“怎么，她没患神经官能症? 她儿子生病的时候，她出现了失眠症状。不过，我承认，苏格拉底及其同类，对于高层文化，如果要具有陈述的才能，那还是有必要的。我给我的学生上第一课，我总是先引 Yvŵot Oeavtov。布夏老懂得这话，对我称道了一番。”“我不是为形式而形式的追随者，更不会积万年古韵去做诗，”布里肖又说，

① 法语“Chateaubrilland”(夏多布里昂)有烤牛排之意，与作家夏多布里昂同音。

② 希腊语，苏格拉底名言，意为“认识你自己吧!”

"但是,《人间喜剧》——却很少人情味——仍然是与那些艺术超过内容的作品太背道而驰了,正如奥维德那首高明的讽刺诗所说的。可以选择半山腰上的一条小路,它可以通往默东疗养院,或通往费尔内的幽静去处,与狼谷距离相等,勒内就是在狼谷出色地完成了一个严厉主教的使命,它与雅尔迪的距离也相等,在那里,奥诺雷·德·巴尔扎克虽受到通达吏助手们的纠缠,仍继续作为虔诚的使徒,为一个波兰女人涂写莫名其妙的大白字。""夏多布里昂比您说的更富有生气,巴尔扎克也毕竟是一个伟大的作家,"德·夏吕斯先生答道,他至今与斯万志趣相投,不可能不被布里肖所激怒,"大家不懂得的情感,或大家加以研究只是为了将其摧残的这种情感,巴尔扎克却通通了如指掌。且不重提不朽的《幻灭》,《撒拉逊女人》,《金眼姑娘》,《荒漠里的爱》,乃至十分神秘的《假情妇》,也都一一证实了我说的话。当我对斯万谈到巴尔扎克在这方面'非同寻常'时,他对我说:'您跟泰纳意见不谋而合。'我没有荣幸认识泰纳先生,"德·夏吕斯先生补充道(带着上流社会人士常有的令人气恼的习惯,总要加上毫无用处的"先生"两字,似乎把一个伟大作家称作先生,就像为他颁发了荣誉,或许可以保持距离,并想方设法让人知道,他们不认识他了,"我不认识泰纳先生,但我能同他不谋而合感到不胜荣幸之至。"不过,尽管德·夏吕斯先生有这种庸俗可笑的习惯,但他还是极聪明的,有这种可能,倘若某桩旧婚姻将他家与巴尔扎克家结成亲戚,他会感到(且不亚于巴尔扎克)一种满足,并会情不自禁地炫耀一番,好像是在炫耀一种令人羡慕的高贵的招牌似的。

有时候,在橡树圣马丁的下一站,有一些青年人上火车。德·夏吕斯先生总是情不自禁地看着他们,但由于他缩短了并掩盖起他对他们的关注,这种关注便披上了隐秘的神色,甚至比本来的面目更为非同寻常;他好像认识他们,不由自己地流露出来,在同意自己作出牺牲之后,转向我们,就像孩子们的所作所为一样,孩子们因父母吵了一架,就被禁止向同学们问好，可孩子们呢，遇到同学们的时候，总不免要抬起头来，然后又落入家庭教师的严厉管教之下。

听了引用的那句希腊文的话，就是德·夏吕斯先生刚才谈论巴尔扎克时，要让人理会的，在《交际花盛衰记》中用以影射《奥林匹奥忧伤》的高谈阔论，茨基、布里肖和戈达尔大夫相视而笑，笑里也许满足的成分多，而讽刺的成分少，这种满足，犹如晚宴食客们终于让德雷福斯说出了自己的事件，或者使女皇谈起自己的统治。大家打算纵容他就这个题目再谈一点，但东锡埃尔站已经到了，莫雷尔就在这一站头上车找到了我们。在莫雷尔面前，他说话谨慎检点，当茨基想把他拉回到卡洛斯·埃雷拉对吕西安·德·吕邦普雷的爱情话题时，男爵神色矛盾，诡秘而且最终（看到别人不听他说话）严厉起来，一本正经，就像一个父亲听到有人在他女儿面前讲下流话那样。茨基却一口咬住他不放，气得德·夏吕斯先生眼睛都鼓出了头面，抬高嗓门，口气意味深长地，指着阿尔贝蒂娜，然而阿尔贝蒂娜却听不见我们的说话，她忙于与戈达尔夫人和谢巴多夫亲王夫人聊天，只听他像某人要教训教养很差的人那样语气双关地说："我认为，是谈点能使这位年轻姑娘感兴趣的事情的时候了吧。"但我很清楚，对他而言，年轻的姑娘不是指阿尔贝蒂娜，而是指莫雷尔；况且，不久，他证实了我解释的正确性，他要求大家在莫雷尔面前不再作此类谈话，他使用的表达方式说明了这一点。"您晓得，"他对我说到小提琴手，"他根本不是您所能想象的那样子，他是一个很诚实的小伙子，他始终很理智，很严肃。"从这话里，人家感到，德·夏吕斯先生把性倒错看作是对青年人的一种危险的威胁，跟卖淫之于妇女无异，人们感到，如果说他对莫雷尔使用"严肃"这一形容词，那么，其意思是用于修饰小女工。这时，布里肖想换话题，问我是否打算在安加维尔还待很长时间。我多次请他注意我不住安加维尔而是巴尔贝克，但毫无作用，他一错再错，因为，他总是把这一带沿海地区称作安加维尔或巴尔贝克-安加维尔。是有这样一些人，跟我们讲的是同样的东西,可叫的名字却有点出入。有那么一位圣日尔曼区的女士,当她想说盖尔芒特公爵夫人时,却老这样问我,是否很长时间没见到塞纳伊德,或奥丽阿娜-塞纳伊德,她这么说,我开始怎么也不明白。可能过去德·盖尔芒特夫人曾有一个亲人叫奥丽阿娜,为了避免混淆,大家便叫她奥丽阿娜-塞纳伊德。也可能先前开始只有在安加维尔有一个火车站,从那里再坐小火车到巴尔贝克。"你们说什么来着?"阿尔贝蒂娜对德·夏吕斯先生刚刚以她家父那般庄重的口气说话感到诧异。"说的是巴尔扎克,"男爵连忙答道,"今晚您正好穿加迪尼昂公主服装,不是第一套,晚宴服,而是第二套。"这次会面与阿尔贝蒂娜挑选服饰有关,我从她的情趣中得到启迪,她养成这种情趣,还得归功于埃尔斯蒂尔,他欣赏朴素无华,也许可以称为大不列颠质朴,若不是与法兰西柔和更贴近的话。他最喜欢的裙服,往往让人看到各种灰颜色和谐相配,像迪安娜·德·加迪尼昂穿的那种服色。除了德·夏吕斯先生,几乎没有什么人懂得评价阿尔贝蒂娜服色的真正的价值。一下子他的眼睛就发现她的服色稀罕和值钱在何处;他兴许就从来未曾弄错过面料的名称,而且认得出出自谁家的手艺。只是他更喜欢——为女人们着想——比埃尔斯蒂尔所能容忍的更鲜艳夺目一点。因此,那天晚上,她递给我一个半微笑半焦虑的目光,皱着她那母猫般的小玫瑰鼻子。真的,她里面穿着灰色双绉裙,外面套着紧腰灰上衣,上衣两襟对叠,给人以阿尔贝蒂娜浑身皆灰的感觉。她示意让我帮她一下,因为她那鼓袖要弄平才能套进她的紧身上衣,或者重新鼓起来以便拉出来,她脱掉了上衣,她的袖子是很软的苏格兰呢制成,玫瑰色、浅灰色、暗绿色、鸽脖闪色相映成趣,宛若在灰色的天空架起了一道彩虹。她心里想,不知道这样是否会博得德·夏吕斯先生的赞赏。"啊!"德·夏吕斯先生欢呼起来,"这是一道光彩,一架多棱色镜。我衷心赞美您。""不过,这一切都应当归功于先生。"阿尔贝蒂娜指着我亲热地说,因为她喜欢向人显露我给她的东西。"唯有不会穿衣打扮的女人才害怕颜色,"德·

夏吕斯先生又说，“她们可以光彩夺目而不流于俗气，温馨淡雅而不平淡乏味。况且，您与德·加迪尼昂夫人不同，没有理由要装着不食人间烟火，因为她想通过穿灰色衣装对德·阿代斯反复灌输她的思想。”阿尔贝蒂娜对这无声的裙袍语言产生了兴趣，便向德·夏吕斯先生询问加迪尼昂公主的情况。“嗬！她可是一个新美人，”男爵像做梦一样的口气说道，“我熟悉迪安娜·德·加迪尼昂和德·埃斯巴夫人一起散步过的小花园。这个花园是我们一个表亲的。”“有关他表亲花园的这种种问题，”布里肖对戈达尔交头接耳道，“都可以像他的家谱一样，对这位尊贵的男爵有价值。但是，我们没有在里面散步的特权，又不认识那位夫人，也没有贵族的头衔，这与我们有何相干？”因为布里肖未曾料到，人家会对一件裙子和一个花园感兴趣，就像欣赏一部艺术作品一样，没有料到德·夏吕斯先生像是在巴尔扎克的作品里重新看到了德·加迪尼昂夫人脚下的花园小径。男爵接着说：“但您认识她吧。”他对我说，说的是他的那位表亲，对我讲话是奉承我，好像是对一位被放逐到小圈子里的某某人说话，此人对德·夏吕斯先生来说，若不是属于他那个世界，起码也是就要走进他那个世界里去的人。“不管怎么说，您很可能在德·维尔巴里西斯夫人家里见过她。”“是拥有博克勒城堡的维尔巴里西斯侯爵夫人吗？”布里肖问，露出听得入迷的神色。“是啊，您认识她？”德·夏吕斯先生冷冷地问道。“根本不认识，但我的同行诺布瓦每年都要到博克勒度一部分假期。我有机会给他写信寄到那儿。”我对莫雷尔说，心想会使他感兴趣，德·诺布瓦先生是我父亲的朋友。但他脸上毫无表情可以证明他听进了我的话，他简直把我父母视作草芥了，不似跟我外叔公远攀时那么套近乎，他父亲曾在我外叔公家当过贴身仆人，而且，我外叔公与家里其他人不同，很喜欢“假客气”，给仆人们留下醉心的回忆。“据说，德·维尔巴里西斯夫人是一位高贵的女人；但我从来不敢自作主张妄加评论，而且我的同行们也不敢。因为，诺布瓦在学院里虽然彬彬有礼，和蔼可亲，可没有把我们中的任何人介绍给侯爵夫人。我只知道,受到她接待的只有我们的朋友迪罗-当香,他与她祖上有亲戚关系,还有加斯东·布瓦西埃也受到了接待,因为在一次引起她特别感兴趣的研究之后,她想认识他。他在她家吃了一顿晚餐,回来美滋滋的。尽管布瓦西埃夫人也没有受到邀请。"一听到这些人的姓名,莫雷尔温情脉脉地笑了;"啊!迪罗-当香",他对我说,那关心的神气,与他听人说到诺布瓦侯爵和我父亲时所表现出来的无动于衷,适成正比。"迪罗-当香,跟您的外叔公是一对好朋友。当有一位女士想参加一次法兰西学院新院士入院演说会,要一张中心位置的票,您的外叔公说:'我给迪罗-当香写封信。'自然喽,票马上就寄来了,因为您很清楚,迪罗-当香有求必应,不好拒绝,因为您外叔公很可能对他伺机报复。听到布瓦西埃的名字我也很高兴,就是在那里,您的外叔公在元旦时节为太太们张罗买这买那。我知道这事,因为我认识当年负责买东西的人。"岂止是认识,那人就是他父亲。莫雷尔回忆我外叔公某些亲热的暗示,涉及到这么一件事,我们当时不打算老待在盖尔芒特府里,我们寄住在那儿,纯粹是因为我外祖母的缘故。偶尔谈到可能搬家的事。然而,要明白夏尔·莫雷尔在这方面给我的劝告,就得知道,过去,我外叔公是住在马尔塞布大街40号乙。由此引出这么件事,由于我们经常去我外叔公阿道夫家,直到那注定的倒霉的那一天,我弄得我父母与我外叔公闹翻了脸,因为我讲了粉衣夫人的故事。于是在家里,父母不说"在你们外叔公家里",而说"在40号乙"。妈妈的表亲们说得就更干脆了:"啊!星期天人家留不住你们,你们在40号乙吃晚餐。"我若去看一个亲戚,人家就嘱咐我先去"40号乙",先从外叔公那儿开始,免得他生气。他是房主,但老实说,他挑选房客很挑剔,他们大家都是朋友,抑或都成了朋友。上校瓦特里男爵每天同他一起抽支雪茄烟,目的在为修房打开方便之门。通马车的大门老是关着。如果在一扇窗口上发现挂有一件内衣,晾着一条地毯,他就会气冲冲地冲进门,马上就叫取下来,比如今的警察行动还迅速。但他到底还是把他的一部分楼房租了出去，而他自己仅留两层楼房外加那几间马厩。尽管如此，房客们善于讨他的高兴，盛赞楼房维修保养得好，交口赞誉“小公馆”起居设备舒适，仿佛我外叔公是“小公馆”的唯一占有者，他随人说去，不作正式辟谣，而他本该加以否定才是。“小公馆”当然是舒适的（我外叔公把当时流行的新花样统统引进来了）。但它毫无非同寻常之处。唯有我的外叔公，常常怀着假谦虚，洋洋得意地称“我的小寒舍”，自以为是，无论如何总要对他的贴身仆人，以及对仆人的妻子、对马车夫、对厨娘，反复灌输这样一种观念，就是在巴黎，论舒服、论豪华、论娱乐，什么也比不上小公馆。夏尔·莫雷尔从小就是在这样的信念中长大的。他仍然怀有这样的信念。因此，在那些日子里，即使他不跟我聊天，我要是在火车上同某个人谈起搬家的可能性，他马上就会朝我微笑，眨眼睛，一副配合默契的神态，对我说：“啊！您需要的，就是类似40号乙的什么东西吧！您在那儿一定会称心如意！可以说，您外叔公对这方面十分内行。我打包票，全巴黎没有任何地方可与40号乙相媲美。”

刚才说到加迪尼昂公主，德·夏吕斯先生面色忧郁，我顿时感到，这一消息并不仅仅使他想起一个无足轻重的表亲的小小花园。他陷进了深思，好像是在自言自语：“《加迪尼昂公主的隐私》！”他叫了起来，“非凡的杰作！多么深刻，多么痛楚，这名声扫地的迪安娜，她那么惧怕她所爱的男人知道她的坏名声！多么不朽的真实性，比表面具有的真实性更真切！这走得有多远！”德·夏吕斯先生慷慨陈词时却流露出伤感，不过，大家感到，他并不觉得这种感伤有失大雅。当然，德·夏吕斯先生尚估摸不透，对他的德行，人家到底了解还是不了解，究竟到了何种程度，因而，最近以来，他老是担心，他一旦回到巴黎，人家一旦看到他同莫雷尔在一起，莫雷尔的家人就会出来干预，担心这么一来，他的幸福就会受到危害。这种或然性，对他而言很可能出现，直到现在仍然像是令使他不快和痛苦的心头病。但男爵很会演戏。刚刚，他把自己的情景与巴尔扎克描写的情景混为一谈，现在，他又略施小计，躲到新的情景里，面对有可能威胁到自己的厄运，无论如何不能让它吓倒自己，在惶惶不安之中进行自我安慰，找到斯万还有圣卢曾经称之为“很巴尔扎克的”某种东西。这样识别加迪尼昂公主身份，对德·夏吕斯先生而言，已变得轻而易举了，因为他对心理上的移花接木早已习以为常，而且他已提供过多种先例。况且，这种心理上的移花接木，只要把作为爱物的女人换成一个年轻小伙子，马上就会在这小伙子身边造成一系列的社会纠纷，并围绕着一种平常的关系愈演愈烈。当人们为了某种原因，采取一劳永逸的办法，对日历或时刻表作某些改变，比如说推迟几星期过年，提早一刻钟敲午夜钟，而一昼夜仍然是二十四小时，一个月仍然是三十天，时间度量万变不离其宗。一切都可以变化却不带来任何混乱，因为数目间的关系总是不变的。因此，有些生平传记采用“中欧时”或东方历。在这种关系中，身边供养一位女演员时，其自尊心似乎也起着作用。当从第一天开始，德·夏吕斯先生打听莫雷尔是何许人时，当然他得知他出身卑贱，但是，我们所喜欢的一个半上流社会的女人，对我们来说，并没有因为她是可怜人的女儿而失去她的诱惑力。相反，那些知名的音乐家，他曾让人写信给他们，他们也曾回信答复过男爵——并非出于兴趣，像朋友们将斯万介绍给奥黛特时，当着他的面，把她描绘得比她本来更难对付、更求之不得的那样——出于名人抬举新手的简单庸俗的心理说道：“啊！高才生，大有作为，自然因为他年轻有为，行家们评价很高，前程无量。”而不谙同性恋的人们，出于狂热的爱好，也讲起了男性美：“而且，看他演出真过瘾；在音乐会上他比谁都干得漂亮；他有美丽的头发，有高雅的姿态；容貌美极了，那气派，像画中的小提琴家。”德·夏吕斯先生也一样，被莫雷尔刺激得神魂颠倒，莫雷尔则顺水推舟让他明白，他是多么抢手的邀请对象，德·夏吕斯先生庆幸能把莫雷尔带在自己的身边，在顶楼上为他建一个小窝，他经常可以来。剩下的时间呢，他希望他是自由的，他的行为要求他这样，德·夏吕斯先生不惜给他那么多的钱,要莫雷尔继续干这一行,要么是因为有这种很强的盖尔芒特观念,一个男子汉总要干点事,全凭自己的才干做点事,而地位或金钱不过是个零,使一种价值增值的0,要么是因为他担心,小提琴手老厮守在自己身边,无所事事,会产生厌倦的。最后,在出席某些大型音乐会时,他不失时机地沾沾自喜,自言自语道:“此时受到欢呼的人,今宵将在我家里。”风流雅士们,当他们恋爱的时候,不管以什么方式恋爱,总是给自己的虚荣心增添某种东西,能够摧毁以前有过的一些实惠,而在以前的实惠中,他们的虚荣心兴许曾得到过满足。

莫雷尔觉得我对他并无恶意,对德·夏吕斯先生关系真诚,而且对他们俩在肉体上绝不感兴趣,最终对我表现出热情洋溢的感情,犹如一个小宝贝女人,知道人家不要她,但也知道她的情人把您当作真挚的朋友,不会设法挑拨他同她的关系。他不仅跟我说话的腔调酷似当时的拉谢尔,即圣卢的情妇,而且,根据德·夏吕斯先生一再对我重复的话,在我不在的时候,他对他议论我说的事与拉谢尔对罗贝议论我的事毫无二致。德·夏吕斯先生终于对我说:“他很喜欢您。”犹如罗贝说:“她很喜欢您。”又如外甥以其情妇的名义发出邀请,我外叔公以莫雷尔的名义经常请我来同他们一起吃晚餐。不过,他们之间发生的风暴并不比罗贝与拉谢尔之间的争吵逊色。诚然,夏利(莫雷尔)一走,德·夏吕斯先生便对他赞不绝口,一再洋洋得意地说小提琴师对他如何如何的好。然而,却可以看得出来,即使在常客们面前,夏利也每每面有愠色,并不像男爵希望的那样总是高高兴兴和服服帖帖的。由于德·夏吕斯先生的软弱所致,他对莫雷尔不识抬举的态度表示谅解,后来,小提琴师的恼火,竟发展毫不掩饰、甚至溢于言表的地步。我眼看德·夏吕斯先生进入一节车厢,在那节车厢里,夏利正同自己的军人朋友们在一起,音乐家对他耸耸肩以示欢迎,同时对战友们眨巴一下眼睛。要不,他就假装睡觉,好像此人的到来使他烦透了。要不,他索性咳嗽起来,旁边的人则大笑着,借机取笑,模仿像德·夏吕斯先生这样的人那种矫揉造作的说话，把夏利引到一个角落里去，最后，夏利才又掉过头来，好像迫不得已的样子，回到德·夏吕斯先生身边，那挖苦的俏皮话就像万箭刺穿着德·夏吕斯先生的心。实在不可思议，他竟然忍受下来了；而这种痛苦的形式，每次都花样翻新，再次对德·夏吕斯先生提出了幸福的问题，不仅硬逼他得寸进尺，而且去追求别的好事，一种邪恶的回忆污染了先前的手段。然而，不管后来这一幕幕场面有多么令人难受，应当承认，最初，法兰西民族人的天性描绘出莫雷尔的形象，赋予他的迷人外表，简朴，开诚布公，有独立自豪感，这种独立的自豪感似乎得益于无私精神。尽管这些都是假象，但姿态的优雅对莫雷尔尤为有利，因为，恋爱之人老想得寸进尺，不得不抬高出价，相反，无恋爱之人则容易走一条笔直的、强硬的、优雅的路线。这条路线，通过名门的特权，存在于心眼极封闭的莫雷尔那张极开放的脸上，这张脸，粉饰着新希腊的风雅，这种风雅在香槟方形大教堂大放异彩。尽管他装得很高傲，但当他在意想不到的时刻发现了德·夏吕斯先生时，他往往被小圈了里的人弄得很尴尬，红着脸，低垂着眼帘，而男爵却心花怒放，从中看到了一大部罗曼史。这不过是恼火和羞愧的表示。恼火时有表现，因为，尽管莫雷尔平常的态度表现得极为冷静，极为稳重，但也难免不时常露出马脚。甚至有时候，男爵对他说几句话，莫雷尔立即口气强硬地进行咄咄逼人的反驳，弄得大家都感到刺耳。而德·夏吕斯先生则往往伤心地低下头，一声不吭，自以为是地相信，受到崇敬的父亲，对其孩子的冷淡和粗暴完全不会介意的，因此，一如既往，对小提琴家极尽颂扬之能事。德·夏吕斯先生也并非总是这样逆来顺受，但他的反叛一般达不到目的，尤其因为，他从小与上流社会的人们一起生活，得考虑他可能唤起的反响，意识到了卑鄙的勾当，如果说这种卑鄙的勾当不是天生的，至少是教育养成的。然而，他在莫雷尔那里，偏偏遇到了暂时无所谓的庸人薄愿问题。可惜，德·夏吕斯先生，他并不明白，对莫雷尔来说，凡涉及音乐戏剧学院和音乐戏剧学院名声有关的问题，一切都必须让步（但音乐戏剧学院也许更为严重，暂时不会提出来）。因而，比如说吧，资产者出于虚荣心随意改姓，而大贵族则出于实惠的考虑。对年轻的小提琴家而言，正好相反，莫雷尔的姓与他获得的小提琴一等奖是紧紧地联系在一起的，因而不可能更改。而德·夏吕斯先生本想要莫雷尔一切都离不开他，即使姓名也不例外。他考虑到莫雷尔的名为夏尔斯（Charles），与夏吕斯（Charlus）相似，而且他们碰头的地方叫夏尔姆斯（Charmes），便企图说服莫雷尔，一个琅琅上口的美名本身就是艺术名声的一半，演奏高手理应当机立断取名“夏梅尔”（Charmel），暗指他们幽会的地点。莫雷尔耸了耸肩。德·夏吕斯先生挖空心思，不幸冒出一个念头，说他曾有一个内室侍从就是这样称呼的。一句话气得年轻人火冒三丈。“过去有一度时期，我祖上以王宫侍从和侍从领班为荣，”莫雷尔骄傲地回答道，“过去有一个时期，我祖上下令杀过您祖上的头。”德·夏吕斯先生也许会大惊失色，倘若他能预料到，即使不用“夏梅尔”，而是心甘情愿地收养莫雷尔，并赐予他拥有的盖尔芒特家族的一种头衔，但情况也会像人们看到的那样，不允许他将这样的头衔恩赐予小提琴家，即使允许，小提琴家也会拒绝接受，因为他想他的艺术声望是与他的姓莫雷尔紧紧地联系在一起的，与评论水平的“级别”紧紧地联系在一起的。他竟将贝尔热街高高凌驾于圣日尔曼区之上！德·夏吕斯先生出于无奈，只好作权宜计，让人为莫雷尔做几只象征性的戒指，上面刻有古文字：PLVS VLTRA CAROLS①。当然，面对某个他不认识的一种对手，德·夏吕斯先生本该改变一下策略。但谁能办得到呢？况且，若说德·夏吕斯先生有些拙笨，那么莫雷尔也不缺乏拙笨。除了导致破裂的本身情况之外，使德·夏吕斯先生身边失去他的一个原因，起码是临时的原因（但这临时的原因最终变成了决定性的了），恐怕是，在他身上，不仅仅

---

① 意为“前进”。

是那种卑鄙的东西使他在强硬态度面前一味卑躬屈膝，而对温柔体贴则报以蛮横无理。与这种下流本性相平衡，还有一种因受不良教育而造成的综合萎靡症，在犯有过失或成为负担之时，这种萎靡症便随处会作起孽来，甚至，为了讨男爵的欢心，他有必要说尽甜言蜜语，做尽温情柔态，献尽欢颜笑貌，然而就在这样的时刻，他却变得阴沉、恼怒，极力要展开讨论，而他明明知道，争论起来人家是不会同意他的看法的，但他仍坚持自己怀有敌意的观点，道理软弱无力，言辞却激烈锋利，从而更显示其道理的软弱无力。因为一旦论据短缺，他马上就胡编一气，愈是胡编乱造，其无知和愚蠢就愈铺展得开。当他客客气气，一味追求讨人喜欢的时候，其无知和愚蠢就不容易暴露出来。相反，当他脸上阴云密布时，人们除了看到他的无知与愚蠢之外，什么也看不见了，此时，他的无知与愚蠢便由无害而变得可憎可恨了。于是乎，德·夏吕斯先生感到苦恼不堪，只好把希望寄托于次日的好转，可莫雷尔呢，竟忘记了是男爵让他享受到荣华富贵，反露出悲天悯人的嘲笑，说："我从来不接受任何人任何东西。因此，我无需向任何人道一声谢。"

在此期间，仿佛他是在与一位上流社会人士打交道，德·夏吕斯先生继续施加他的愤愤不平，不管是真的还是装的，但已经无济于事了。不过也不总是这样。比如，有一天（就在第一阶段之后），男爵同夏利和我一起在维尔迪兰家吃午餐回来，以为可以同小提琴家在东锡埃尔度黄昏和良宵，未曾料到一下火车，小提琴家就与他告别，并答道："不，我有事要办。"弄得德·夏吕斯先生大失所望，尽管他极力试图逆来顺受，我还是看到了他的眼泪溶化了眼膏，呆若木鸡地站在火车前。这种痛苦真叫人于心不忍，以至于，由于我们，她和我，本打算在东锡埃尔打发一天时间，我便对阿尔贝蒂娜耳语说，我实不忍心让德·夏吕斯先生孤零零一个人待着，我不知道为什么，他似乎大伤其心。亲爱的小宝贝宽大为怀，接受了我的建议。我便问德·夏吕斯先生是否愿意由我陪他一会儿。他也接受了，但不想因此打扰我的表妹。我口气变得温柔起来(可能是最后一次,既然我下决心与她一刀两断),就像她是我的妻子似的,我温柔地命令她:“你先回去吧,我今晚再找你。”我也甜甜蜜蜜地听她说了,就像夫唱妇随似的,允许我做愿意做的事,并对我表示,她很喜欢德·夏吕斯先生,如果他需要我的话,她同意我去陪他玩。男爵同我,我们向前走着,他摇摆着他那肥胖的身躯,低垂着虚伪的眼睛,我跟着他,直到一家咖啡店,人家给我们端上啤酒。我感到德·夏吕斯先生的眼睛不安地在盘算着什么。突然,他要来纸和墨水,神速地写将起来。他洋洋洒洒写了一页又一页,眼睛因狂思怒想而冒着火星。他一口气写了八页。“请您帮个大忙行吗?”他对我说,“原谅我写了这么个条子。但必须这么做。您坐上一辆车,要一辆汽车,如果可能的话,要快点。您肯定还可以在他的房间里找到他,他去房间换衣服去了。可怜的小伙子,他离我们而去那阵子是想拿一把,但我向您保证,他一定比我更伤心。您把这条子给他,要是他问您在什么地方看到了我,您就告诉他,您在东锡埃尔下车(况且这是实情),要去看罗贝,也许不是这么回事,但要说您同一个您不认识的人一起遇见了我,说我当时怒气冲冲,说您似乎听到了要人派证人之类的话(不错,我明天决斗)。千万不可告诉他,是我要求这样做的,不要勉强把他带回来,但如果他愿意同您一起来,不要阻拦他这样做。去吧,我的孩子,这是为他好,您可以使一大悲剧避免发生。您一走,我就要写信给我的证人。我已经妨碍了您同您的表妹一起散步。但愿她不会埋怨我,我也是这么认为的。因为她是一位高尚的人,我知道她是属于那种通情达理的人。您应当替我感谢她。我个人对她感激不尽,这样做真使我高兴。”我对德·夏吕斯先生大发慈悲;我似乎感到,夏利本可以阻止这场决斗,他可能就是决斗的起因,果真如此,我可抱不平了,他竟会这样漠不关心地走了,不陪伴他的保护人。我来到莫雷尔住的房屋时,我的怒火升得更高了,我听出了小提琴家的嗓门,他出于倾吐满腔欢乐的需要,唱得好不开心:“星期六傍晚,干完活以后!”要是可怜的德·夏吕斯先生听到他的歌唱该作何感想,可他硬要人家相信,他可能仍然相信,此时此刻,莫雷尔正在伤心呢!夏利一看到我,索性高兴地手舞足蹈起来。“噢!我的老伙计(原谅我这样叫您,过了可恶的军队生活,养成了肮脏的习惯),看到您真走运!我晚上正没事可干。我请求您,我们一起消遣吧。或待在这儿,如果这使您高兴,或去划船,如果您更喜欢的话;或者搞点音乐,我没有任何特别的要求。”我告诉他,我得在阿尔贝克吃晚餐,他巴不得我邀请他去,可我不乐意。“既然您这么匆忙,那您干吗来呀?”“我给您捎来德·夏吕斯先生的一张条子。”一听到这个姓名,他的满腔欢喜一扫而光;顿时愁了眉苦了脸。“怎么!要他来缠着我不放!那我岂不成了奴隶了!我的老伙计,行行好。我不打开信。您告诉他您没找到我。”“最好还是打开吧?我想里面有严重的事情。”“绝对没有,您没领教过这老贼的连篇谎言和多端诡计。这是他要我去看他的一招。那好吧!我不去,今晚我要清静。”“难道明天没有一场决斗?”我问莫雷尔,我以为莫雷尔也知道这码子事。“一场决斗?”他大惊失色地说,“我一点也不知道。总之,我才不在乎呢,这老混蛋,如果高兴,尽可以让别人给杀掉。不过您瞧,您让我糊涂了,我还是看看他的信吧。您就对他说,您把信留下了,我回去就能看到。”就在莫雷尔跟我说话的当儿,我简直看呆了,那一本本可观可叹的书,都是德·夏吕斯先生送给他的,充斥了整个房间。由于小提琴家拒绝接受带有“我为男爵珍藏……”之类题词的书籍,因为这类题铭,在他看来,对他本人似乎是一种凌辱,像是寄人篱下的标志,男爵就变化着花样,巧妙地抒发着感情,洋溢着得意的苦恋,按照感伤情谊的气氛变化,向精装书装订工一一定做。有些时候,题词简短而充满信赖,比如“Spes mea”①,又如“Exspectata non elu-

① 拉丁语,意为:“我之希望”。

det"[1];有时候以顺从的口气,像"我期待着";有些就风流了:"Mesmes plaisir du mestre"[2],或者是劝人贞洁,像是从西米阿纳那儿借用过来的,堆砌着蓝天白云、百合花簇拥的辞藻,转弯抹角表达良苦用意:"Sustentant lilia turres"[3];最后,还有一些则悲观失望,与那个不愿在地上相许的人儿约会在天上:"Manet ultima caelo"[4];犹如,吃不到葡萄便觉得葡萄太生涩了,对得不到的东西便装出不屑一找的样子,德·夏吕斯先生在一本题铭上说:"Non mortalequod opto"[5]。可惜我没有时间将所有的题献都浏览一遍。

莫雷尔打开信封:"Atavis et armis"[6]跃入眼帘,上面加盖狮形纹章,一边一朵唇形玫瑰,德·夏吕斯先生刚才是怎样受尽灵感恶魔的熬煎,令他奋笔疾书,才将这封信写出来的啊,只见莫雷尔迫不及待地读起信来,其狂热程度,不亚于刚才德·夏吕斯先生写信时的表现,只见他的目光在这一页页字迹潦草的一片黑糊糊的信纸上扫描,其速度之快不亚于男爵的生花快笔。"啊!我的上帝!"他叫了起来,"他就差这个了!可到哪儿去找他?上帝知道他现在在哪里。"我暗示,如果抓紧的话,兴许还可以在一家啤酒店里找到他,刚才他在那儿要了啤酒,歇了一会儿。"我不知道我是不是回得来。"他对他的女佣说,并 in petto[7] 补充道:"这要看事态发展情况而定。"几分钟后,我们来到咖啡店。我注意德·夏吕斯先生发现我那时刻的神色。他看到我不是一个人回来,我感到他呼吸和生命都恢复过来了。那天晚上,他心情不好,无论如何不能没有莫雷尔,便杜撰一通,

---

① 意为:"期望不会嘲弄人"。
② 中世纪法语,意为:"与主(师)同乐"。
③ 拉丁语,意为"城堡护塔楼"。
④ 拉丁语,意为"一切皆天意"。
⑤ 拉丁语,意为"吾之所欲乃不瞑之欲"。
⑥ 拉丁语,直译为"祖先和武器",意为"一靠祖宗,二靠武功"。
⑦ 意大利语,意为"在心底"。

说有人向他报告,原来军队里的两个军官在谈到小提琴家时说了他的坏话,他要派证人对质。莫雷尔看到了丑闻,看到了他的军队生活的不能容忍,便跑来了。在这件事上,他并不是绝对弄错了。因为,德·夏吕斯先生为了使自己制造的谎言更为逼真,已经向两位朋友(一位是戈达尔大夫)写信,要求他们作证。要是小提琴家不来的话,可以肯定,德·夏吕斯先生非气疯不可(恼羞成怒),那就很可能派他们的两个证人唐突找其中一个军官对质,与这个军官决斗,这对他来说可能是个安慰。在此期间,德·夏吕斯先生回忆起来了,他的出身比法兰西名门世家还要纯正,心想,为一位饭店侍应部领班的儿子而神魂颠倒已够意思了,可他却可能不屑与其主子来往。另一方面,倘若他只一味在光顾荒淫无耻之徒中寻欢作乐,这种荒淫无耻之徒有一种积习,不回人家来信,不赴约,事先也不打招呼,事后又不道歉,由于每每涉及欢爱,曾给他带来多少激动,然而,过后,又给他带来多少气恼,多少难堪,多少愤怒,以至于,有时甚至为一件鸡毛蒜皮的小事连篇累牍地写信而懊恼,为大使们和亲王们一丝不苟、有函必复的认真态度而叹息,如果说他们惋惜对他来说无足轻重,但不管怎么说,他们毕竟给了他一种宁静。德·夏吕斯先生对莫雷尔的手法已习以为常,知道自己实在没有多少办法可以控制他,又不好混到底层生活中去,在下层生活里,庸俗的称兄道弟司空见惯,占去了过多的时间和空间,以致人家挤不出一小时来奉陪这位被排斥在外的、高傲的然而又徒然苦苦哀求的大老爷,德·夏吕斯先生已经死了心,音乐家是不会来了,他诚惶诚恐,唯恐走得太远,与他彻底闹翻,以至于一见到莫雷尔,欢呼声抑制不住破喉而出。但是,一感到自己是战胜者,他便谋求把媾和条件强加于人,并从中尽可能为自己谋利。“您来这里干什么?”他对他说。“还有您?”他看了看我补充道,“我刚才特别嘱咐您不要把他带回来。”“他刚才不愿把我带回来,”莫雷尔说(天真地打情卖俏,骨碌碌地朝德·夏吕斯先生频递目光,眼神照例多愁善感,颓丧得不合时宜,看样子肯定是不可抗拒的，似乎想拥抱男爵，又好像要哭的样子），“是我自己要来的，他也没有办法，我以我们友谊的名义来向您下跪求求您千万别干这种荒唐事。”德·夏吕斯先生喜出望外，对方的反应十分强烈，他的神经简直难以承受；尽管如此，他还是控制住自己的神经。“友谊，您提出来很不是时候，”他冷冷地回答，“当我不认为应当放过一个愚蠢的家伙的胡言乱语时，友谊相反应当让您站出来为我作证才是。况且，假使我要是依从了一种我明知要受钟爱的情感的祈求，我就会失去这种情感的权力，给我的证人的信都已经发出去了，我相信一定会得到他们的同意。您对我的所作所为一直像一个小傻瓜，我的确向您表示过偏爱，可您没有对此感到骄傲，您实际上有引以为荣的权利，您也没有千方百计让那一帮乌合之众明白，像我这样一种友谊，对您来说，是什么道理值得您感到无与伦比的骄傲，你们这帮大兵，要不就是一帮奴才，是军法逼着您在他们中间生活的呀，您却拚命地原谅自己，差不多是想方设法为自己脸上贴金，为自己不大懂得感恩辩护。我晓得，这里头，”他接着说，“为了不让人看出某些场面是多么令其丢脸，您的罪过就在于被别人的嫉妒牵着鼻子走。您怎么啦，您这么大年纪了，难道还是小孩（而且是很没有教养的小孩），难道您一下子看不出来，我选上了您，所有的好处因此都要被您独占了，岂不点燃别人的妒火？您的同伙们挑拨您跟我闹别扭，岂不是一个个都想取代您的位置？我收到这方面的信件不少，都是您最得意的伙伴们寄来的，我不认为有必要将他们的信拿来警告您。我既蔑视这帮奴才的迎合讨好，同样鄙视他们徒劳的嘲笑。我为之操心的只有一个人，那就是您，因为我很喜欢您，但钟爱是有限度的，您应该明白这一点。”“奴才”这个字眼对莫雷尔会是多么的刺耳，因为他的父亲曾当过“奴才”，而且恰恰因为他父亲当过“奴才”，由“嫉妒”来解释社会的种种不幸遭遇，虽然是简单化和荒谬的解释，但却经久不衰，而且在一定的阶层里准能“奏效”，这是一种很灵验的手法，与剧场感动观众的故伎，与大庭广众之中以宗教危险相威胁的手段，实有异曲同工之妙，不仅他那里信以为真，就是在弗朗索瓦丝那里，抑或在德·盖尔芒特夫人的所有仆人那里，个个都一样深信不疑，对他来说，这是人类不幸的唯一原因。他相信，他的伙伴们正想方设法窃取他的位置，对这一大难临头的决斗只会更加不幸，况且决斗是想象中的事。“噢！多么失望，”夏利呼号起来，“我活不成了。可他们在去找这位军官之前不会先来见见您吗？”“我不知道，我想会的吧。我已经让人告诉他们中的一个，说我今晚留在这儿，我要给他点教训。”“但愿您从现在起到他来之前能听进道理；请允许我陪在您的身边吧。”莫雷尔温情脉脉地请求道。这正中德·夏吕斯先生的下怀。但他开始不肯让步。“您想在这里实行‘爱之深，责之切’的谚语，那您就错了，因为我爱得深的是您，而我准备严惩的，即使在我们闹翻之后，却是那试图卑鄙无耻地给您造成伤害的人们。他们竟敢问我，像我这样的人，怎样会同你们这一类出身无门的小白脸交往，直到现在，针对他们这种搬弄是非的含沙射影，我只用我的远房亲戚拉罗什富科的名言给予回击：‘这是我乐意的。’我甚至多次向您指出，这种乐意，可能变成我的最大乐趣，并不因为您的青云直上而贬低了我。”说到这里，他趾高气扬几乎发狂，举起双手喊了起来：“Tantus ab uno splenbor！[1] 屈尊不是沦落，”得意忘形之后，他更为冷静地说，“起码，我希望我的两个对手，尽管他们的地位不相称，但他们应有这样的血统，我可以无愧地让他们流这样的血。在这方面，我得到若干秘密情报，给我吃了定心丸。如果您对我怀有一点感激之情，那您反而能骄傲地看到，由于您的缘故，我又重拾祖上好战的脾气，在身临绝境的情况下（现在我明白了您是个小坏蛋），我像老祖宗那样说：‘死我即生’。”德·夏吕斯先生慷慨陈词，不仅仅是出于对莫雷尔的爱，而且还出于好争好斗，他幼稚地以为，好争好斗是祖上遗风，给他那战斗的思想带来多大的欢欣鼓舞，以至于，开始

① 拉丁语，意为“因一人（或一事）而享尽荣华。”

只是为了把莫雷尔骗来而阴谋策划的这场决斗，现在要放弃掉，他未免感到遗憾起来。没有任何一次争斗他不认为是自告奋勇，与著名的盖尔芒特王室总管一脉相承，然而，若是换一个人，同样赴决斗场的举动，他又觉得是倒数第一的微不足道了。“我觉得那场面才叫棒呢，”他坦诚地对我说，每个字眼的音调都很讲究，“看看《雏鹰》里的萨拉·贝尔纳[1]，是什么东西呀？屁屁。《俄狄浦斯》里的穆内-絮利[2]呢？屁屁。那事要发生在尼姆的决斗场，最多脸色显得有些苍白罢了。观看皇室的直系族亲争斗，与这件闻所未闻的事情相比，那又算什么东西？”只这么一想，德·夏吕斯先生便高兴得按捺不住，开始做起第四剑式的招架动作，这一招架，令人想起莫里哀的戏，我们不由得小心翼翼地把啤酒杯往身边拉，生怕初次交锋就伤了对手、医生和众证人。“对一个画家来说，这是多么富有吸引力的场面！您正好认识埃尔斯蒂尔先生，”他对我说，“您应当把他带来。”我回答说，他现在不在海边。德·夏吕斯先生暗示可以给他拍电报。“噢，我说这话是为了他好，”他看我沉默不语便补充道，“对一位大师——依我看他是一位大师——来说，把一个这样的家族中兴的典范画下来，肯定是很有意思的，也许百年难遇呢。”

然而，若说德·夏吕斯先生一想到要进行一场决斗便兴高采烈，尽管一开始他就认为这一场决斗完全是虚构的，那么莫雷尔一想到那阵阵风言风语就胆战心惊，这些风言风语，加上决斗的传闻，不啻火上添油，必从军团“乐队”一直传到贝尔热教堂。他仿佛已经看到，本“等级”的人已人人皆知了，于是他愈益迫切再三恳求德·夏吕斯先生，德·夏吕斯先生则继续指手画脚，陶醉在决斗的意念里。莫雷尔苦苦哀求男爵允许他寸步不离他，直到大后天，即设想决斗的那一天，以便厮守着他，尽一切可能使

① 萨拉·贝尔纳（1844—1923），法国悲剧女演员，以主演《茶花女》和《雏鹰》著称。

② 穆内－絮利（1841—1916），法国悲剧演员，以主演《俄狄浦斯》而著名。

他听进理性的声音。一个如此多情的请求终于战胜了德·夏吕斯最后几分犹豫。他说他将设法找到一个脱身之计,将推迟到大后天作出最后的决定。故意不一下子把事情搞妥,德·夏吕斯先生懂得,以这种方式,至少可以留住夏利两天,并充分利用这两天时间,要夏利作出今后的安排,作为交换条件,他才放弃决斗,他说,决斗是一种锻炼嘛,而锻炼本身就令他兴高采烈,一旦被取消锻炼的机会岂有不遗憾之理。也许在这方面他是诚实的,因为,一提到要同敌手比剑交锋或开枪对射,他总是兴致勃勃准备赴战场。戈达尔终于来了,尽管姗姗来迟,因为他巴不得充当证人,但由于他过于激动,一路凡有咖啡店或农庄,他都要停下问路,请求人家告诉他“100号”或“小地方”在哪里。他一到那里,男爵便把他拉到一间孤立的房间去,因为,他觉得夏利和我不参加会晤更符合规则,而且他极善于给随便一间房间规定临时的职能,诸如御座厅或评议厅之类。一旦独自与戈达尔在一起,便对他热烈道谢,向他声明,似有这样的可能,重复的话实际上并没有坚持,又称,在这种条件下,请大夫提醒第二位证人,事变已视为了结,除非事态恶化。危险排除了,戈达尔却失望了。他曾有一度想大发雷霆,但他想起了自己的一位导师,其医术在当时誉盖全行,第一次参加法兰西学院院士角逐,仅以两票之差落选,便来了个逆来顺受,与当选的竞争对手握手。于是,大夫把一句毫不解决问题的气话硬是咽了下去,他虽然是世上最胆怯的人,却也嗫嚅道,有些事情,是不能放过的,但连忙改口,说这样更好,这一解决办法使他很高兴。德·夏吕斯先生有意表明他对大夫的感激之情,其手法犹如他的公爵兄弟给我父亲整理外套衣领,尤其像一个公爵夫人去扶一位平民女子的腰身,只见他将自己的椅子挪得紧挨着大夫的椅子,顾不得对大夫有多么反感了。他不仅没有肉体上的快感,而且克服了肉体上的反感,俨然以盖尔芒特老爷派头,而不是以同性恋者的姿态,过来与大夫道别,拉起他的手,亲热地爱抚了一阵子,就像主人吹吹拍拍自己的马的嘴脸,给它点甜头吃。但是,戈达尔虽然从未露过声色让男爵看出，他很可能听到过男爵道德方面的风言风语，但他内心深处却一直把他看作是“精神不正常”阶级的组成部分（甚至，惯于用词不当，口气最为严厉，他谈到维尔迪兰先生的内室男仆时说：“难道不是男爵的情妇？”），他对这些人物很少体验，心想，这样摸手是即将进行强奸的前奏，为了得手，决斗只不过是一种借口，他因此被人拉进了陷阱，让男爵带到这间孤立的沙龙里，他将不得不逆来顺受。他又不敢离开椅子，吓得他屁股动弹不得，恐怖地转动着眼珠，好像落进一个野蛮人之手，搞不清楚这野蛮人是不是吃人肉的。终于，德·夏吕斯先生松开了他的手，并索性客气到底：“您同我们一起吃点东西吧，像大家说的，过去叫一杯冷淡咖啡，或者来一杯烧酒咖啡，这种饮料，现在简直成了考古遗珍，只有在拉比什的戏里和东锡埃尔的咖啡馆里才能喝到。一杯‘烧酒咖啡’很适合此地此情，不是吗，您以为如何！”“我是戒酒团体的主席，”戈达尔回答说，“万一有一个江湖医生路过，人家就会说我不以身作则。Os bominisublime dedit coclumque tueri①。”尽管这风马牛不相及，他还是补充了一句，因为他肚子里的拉丁语录少得可怜，但却足以使他的学生叹服不已。德·夏吕斯先生耸耸肩，又将戈达尔带到我们身边，来之前，他要求戈达尔严守秘密，这秘密对他尤为重要，因为这次流产决斗的动机纯粹是凭空捏造出来的，就一定不能让它传到被无端牵连进本案的那位军官的耳朵里。正当我们四个人喝着咖啡时，戈达尔夫人站在外面门前等她的丈夫，德·夏吕斯先生在门内看得一清二楚，但他不想招引她，可她却走了进来，向男爵问好，男爵向她伸出手去，就像是伸手给女总管，坐在椅子上巍然不动，部分像国王接受朝拜，部分像赶时髦的人不愿让一位逊色的女人坐到自己桌边来，部分像自私自利之徒，只乐意与朋友们在一起，却不愿受到打扰。戈达尔夫人只好站着同德·夏吕斯先生以及她的丈夫

① 拉丁语，意为“唯有人才有理想”。

说话。但也许是因为礼貌，这个人们还得讲究的东西，它并不是盖尔芒特家族的专利，可以一下子启迪并指引最迟钝的脑瓜豁然开窍，抑或是因为，戈达尔对妻子欺骗太多，此时此刻，有必要反其道而行之，保护自己的妻子不受人家的轻慢，只见大夫突然紧蹙眉头，我从来没看他这么干过，他也不请教一下德·夏吕斯先生，便自作主张道："啾，莱翁蒂娜，别站着呀，坐下吧。""不过，我是不是打扰您了？"戈达尔夫人羞怯地问德·夏吕斯先生，此公听大夫的口气不禁一惊，什么也没回答。这第二次，戈达尔没给德·夏吕斯先生回答的时间，再次自作主张："我叫你坐下。"

过了一会儿，大家散去，德·夏吕斯先生对莫雷尔说："这件事情的结局比您要求的还要好，从整个事件中我可以得出结论，您不会做人，您服兵役结束时，我亲自把您带给令尊大人，就像上帝派大天使拉斐尔给小多比。"男爵说着微笑起来，神色威严，那种喜悦，莫雷尔似乎不与之分享，因为想到如此这般被送回家的前景使他很不高兴。德·夏吕斯先生洋洋得意将自己比作大天使，而把莫雷尔当作多比的儿子，并将想到这句话的目的，它的目的是试探试探，想知道莫雷尔是否如他所愿，同意与他一起去巴黎。男爵被自爱心和自尊心所陶醉，看不见、要不就是装着看不见小提琴家撅着的嘴，因为，让小提琴家一个人待在咖啡店之后，他面带骄傲的微笑对我说："您注意到了没有，当我将他比作是多比的儿子时，他是多么高兴？这是因为，由于他生性聪明，他立刻就明白了，此后他将在其身边生活的父亲，并不是他的生身父亲（他的生身父亲可能是一个长着大胡子的丑陋的奴仆），而是他的精神之父，也就是我。他有多自豪！他多么骄傲地重新抬起了头！他一旦感到明白过来有多高兴！我肯定他每天必挂在嘴上：'哦，上帝啊，您献出真福大天使拉斐尔为您的虔诚的信徒多比当向导，进行一次漫长的旅行，答应我吧，答应您的虔诚信徒们，永远受到他的爱护，得到他的保佑。'我甚至没有必要告诉他，我是天之特使，"男爵接着说，坚信他有朝一日会在上帝御座面前占据一席之地，"他自己就会明白，而且暗暗为此而庆幸呢！”可德·夏吕斯先生（对他正相反，幸福并没有使他闭上嘴巴）没注意到几个人走过，他们转过头来，以为遇上了一个疯子，举起手，独自拚命喊了起来：“哈利路亚！”

这次和解只是暂时解除一下德·夏吕斯先生的精神痛苦；莫雷尔经常去很远的地方参加军事演习，弄得德·夏吕斯先生不能去看他，也不好派我去跟他说话，莫雷尔不时给男爵来信，失望而委婉，说他不骗他，他活不下去了，因为一件可怕的事情，他需要25,000法郎。可他没说到底是什么可怕的事情，即使说了，那十有八九也是虚构出来的。就钱本身，德·夏吕斯先生本愿意解囊寄去，但他感到，这会给夏利提供摆脱自己、同时得宠于他人的手段。因此他拒绝了，拍去的封封电报口气干冷，言辞严厉。当他证实了电报产生的效果时，他倒希望莫雷尔跟他彻底闹翻，因为，他以为，事情或许是相反相成的。他意识到了这一不可避免的关系中会产生的种种麻烦事。然而，一旦莫雷尔杳无回音，他又睡不着了，一刻也不得安宁，的确，有多少事情，我们历历在目，却不识其本来的面目，有多少内部的、深层的现实向我们隐藏着真相。于是，他对致使莫雷尔需要25,000法郎的大荒谬形成种种猜测，并加以种种形式，轮番使之与许多专有名词相联系。我以为，此时此刻，德·夏吕斯先生（尽管在这个时期，他的自视高雅势头减弱，而对凡夫俗子的好奇心却越见高涨，至少已经迎头赶上，若说尚未超过的话。）应当怀着某种怀旧之情回想起上流社会聚会那色彩缤纷的优雅的旋风场面，在风头上，红男绿女追求他，只是因为他给了他们无私的欢乐，在那里，没有任何人想“骗他一下”，没有任何人想臆造一件“可怕的事情”，并为此去自找灭亡，假如马上收不到25,000法郎的话。我认为，那时候，也许因为他仍然停留在贡布雷时代，比我有过之而无不及，将封建的骄傲与德国人的自大相嫁接，他应当感到，人们不能随心所欲地做一位仆人的精神情夫，应当感到，平民百姓不完全是世界：总之，他“不信任”平民百姓，而我总是信任他们。

小火车的下一站是梅恩维尔，正好使我想起了一段有关莫雷尔和德·夏吕斯先生的插曲。在讲它之前，我应当声明，在梅恩维尔停留（有人将一个风流来客带到巴尔贝克，来客怕给人添麻烦，表示最好不住拉斯普利埃）的情景，比起我过一会儿要讲的场景，就是小巫见大巫了。来客把自己的小行李放在火车上，总觉得“大饭店”远了一点，但是，又由于在巴尔贝克之前，一路只有小海滩上那种蹩脚的别墅，因为来客向来追求豪华和享受，也就顾不得路远了，待到火车在梅恩维尔停站时，忽然看到一座豪华大饭店矗立在眼前，无论如何没想到这竟是一家妓院。“别往前走了吧。”他断然对戈达尔夫人说，戈达尔夫人是公认的讲求实际、肚里有好主意的女人。“我要的就是这种地方。何必一直坐到巴尔贝克呢？那里不一定比这里强。只要看看外表，我就断定里面起居设备一应俱全；我一定能把维尔迪兰夫人请到那里去，因为我打算，礼尚往来嘛，举行几次小聚会欢迎她光临。免得她走那么多路，除非我住在巴尔贝克。我觉得这样做对她，对您的妻子，都是有百利而无一害，我亲爱的教授。里面应该有沙龙，我们可以把这些女士请到沙龙来。就我们之间说说，我不明白，维尔迪兰夫人为什么不出租拉斯普利埃，住到这儿来。比起拉斯普利埃那样的旧房子，这儿更有益于健康，拉斯普利埃太潮湿，况且也不干净；他们家没有热水，不是什么时候想洗就可以洗。我觉得，梅恩维尔要舒适得多。维尔迪兰夫人完全可以在这儿尽地主之谊。不管怎么说，每个人都有自己的爱好，我要在这里安营扎寨。戈达尔夫人，难道您不愿意同我一块下车吗？我们得快点，因为火车很快就要开了。在这座楼里，您为我掌舵，它将属于您，您应当经常来走动走动才是。这环境一切都非您莫属了。”大家都有难言之苦让不幸的来宾住口，更无法阻止他下火车，他，生性固执，尽说些不合时宜的蠢话，一意孤行，取下自己的旅行箱，大家的话他一句也听不进去，直到大家对他把话说死了，不管是维尔迪兰夫人也好，还是戈达尔夫人也好，她们是绝对不会去那里看他的。“不管怎样，我要在这儿选个安家之所。维尔迪兰夫人只要给我往那里写信就是了。”

关于莫雷尔的回忆与一次性质更为特殊的意外事件有关。当然有别的插曲，但我在这里，随着小火车一站站停车，列车员唱站东锡埃尔，格拉特瓦斯特，梅恩维尔，等等，只想提提小海滩和驻军引起我回忆的事情。我已经谈到梅恩维尔，以及因有这家豪华妓院它才具有的举足轻重的地位，妓院刚建不久，并不是没有引起家庭母亲的抗议，但都没有用。但在讲述我记忆所及，梅恩维尔有哪些事情与莫雷尔和德·夏吕斯先生有瓜葛之前，我还要说明两者间的不相称(我下面还要深谈)，一方面是莫雷尔强调一定时间的自由，另一方面，他奢望利用这些时间做的事情又毫无价值。他对德·夏吕斯先生作了另一种解释，其中同样存在着比例失调。莫雷尔对男爵要冷落的把戏(可以没有风险地照要不误，考虑到他的保护人的宽大为怀)，比如，当他单方面想晚上去给人上课或去做别的什么事情时，他总是面带贪婪的微笑在自己的借口上加上这么几句话：“再说，这样我可以挣到四十法郎。这可不是小数目。让我去上课吧，您晓得，这是我的利益所在。天哪，我没有您那样的收入，我有我的日子要过，该挣点钱了。”莫雷尔想给人上课，不完全是不老实。一方面，说钱无黑白之分是错误的。用一种新办法挣钱就可以使肮脏旧币增添新的光彩。如果真的是上一堂课所得，临走时一个女学生交给他的两个路易，就可能产生一种不同的效果，跟从德·夏吕斯先生手里施舍下的两个路易大不一样。再说，最富有的人也会为两个路易奔波几公里，如果换成一个仆人的儿子，那就可以为两个路易跑几古里①。但是，德·夏吕斯先生每每对上提琴课的真实性大惑不解，那是因为乐师常常提出另一种借口，这种借口从物质利益观上看完全是无私的，然而也是不可思议的。莫雷尔情不自禁要进行一种生活亮相，说心甘情愿也罢，说无可奈何也行，其生活如此隐晦的

① 一古法里约合四公里。

忧郁，以致只有一部分让人看清面目。有一个月时间他听凭德·夏吕斯先生支配，其条件是晚上要保持自由，因为他想继续跟班上代数课。上完课来看德·夏吕斯先生？这是不可能的。代数课有时拖到很晚才结束。“甚至后半夜二点以后？”男爵问道。“有几次。”“可代数看书照样可以很容易学会。”“甚至还更容易，因为课堂上我听不大明白。”“那么？再说代数对你毫无用处。”“我很喜欢这东西。这可以消除我的忧郁症。”“这不可能是代数导致他要求夜间请假吧，”德·夏吕斯先生思忖道，“他会不会与警察挂上了钩？”但不管怎样，莫雷尔不顾人家提出异议，总算保住几个小时的晚归权，或以上代数课为由，或以教小提琴课为借口。有一次，两种理由都不是，而是盖尔芒特亲王来海滨几天，拜访卢森堡公爵夫人，遇到了这位乐师，并不知道他是何许人，也不让他更多地了解自己，给了他五十法郎，同他一起在梅恩维尔的妓院过了一夜；这对莫雷尔是双重的乐趣，既得到了德·盖尔芒特先生的施舍，又得到烟花簇拥的淫乐，身边的妓女们一个个赤裸着棕色的乳房。我不知道德·夏吕斯先生对所发生的事情和所在的地点作何感想，当然不是对诱色者而言。德·夏吕斯先生妒火中烧，为了弄清那位诱色者的来历，他打电报给絮比安，两天后絮比安来了，而且，第二星期刚开始，莫雷尔就宣称回不来了，男爵便问絮比安是不是可以负责收买妓院的鸨母，争取人家把他和絮比安藏起来，潜入现场。“一言为定。我来管这件事，我的小唠叨鬼。”絮比安回答男爵道。人们不理解，德·夏吕斯先生精神上受到这种不安的折磨，并因此一时见多识广起来，究竟达到何等程度。爱情就这样造成思想上的地层崛起运动。在德·夏吕斯先生的爱情里，几天前，还颇像一片坦坦荡荡的平原，就是站在最遥远的地方，也不可能发现地表上有一个主意存在，顷刻之间拔地而起一群山脉，坚如顽石，而且是雕琢而成的群山，似乎有个能工巧匠，他不是把大理石运走，而是就地精雕细刻，形成规模壮阔的巨型群雕，愤怒，嫉妒，好奇，羡慕，怨恨，痛苦，高傲，恐怖和爱情纷纷忸怩作态。

然而,莫雷尔本该不在的那天晚上终于来临了。絮比安的使命马到成功。他和男爵约在夜十一点来,然后有人把他们藏了起来。穿过三条街,才到这富丽堂皇的妓院(人们从四面八方的花花世界赶到这里),德·夏吕斯先生踮着脚尖走路,放低嗓音,请求絮比安说话小声点,唯恐莫雷尔在里面听到他们的动静。可是,德·夏吕斯先生本来对这类地方就很不习惯,他蹑手蹑脚一进入门厅,一下子竟吓得目瞪口呆,他立足的地方,比交易所或拍卖行还热闹。他嘱咐围在他身边的侍女们说话小声点,但毫无用处;更何况她们的声音早被一位老"监管"的拉客拍卖的喊叫声所掩盖,只见女监管头戴深棕色假发,脸上碎裂着公证人或西班牙教士特有的一本正经的皱纹,她指挥各道门轮番开开关关,就像人们在控制车辆交通,每一分钟都要发出雷鸣般的口令:"把先生带到28号,西班牙香房。""停止接客。""再把门打开,这两位先生要见诺埃米小姐。她在波斯沙龙等他们。"德·夏吕斯先生惊慌失措,简直像外省的乡巴佬穿越大马路;不妨打个比方,其渎神程度远不及古利维尔老教堂门厅柱头上表现的主题,年轻侍女们不疲倦地降低音量重复着女监管的命令,犹如人们听到乡村小教堂唱诗班的学生们响亮地背诵教理。他害怕极了,德·夏吕斯先生,他,在过道上,战战兢兢生怕被人听见动静,以为莫雷尔就依着窗口,听着宽阔的楼梯上的嗷嗷呼叫,难道不会同样可能胆战心惊吗?其实,大家晓得,楼梯上有什么动静,在房间里是一点也看不见的。终于,他结束了耶稣般的受难历程,找到了诺埃米小姐,她本应该把他们包括絮比安一起藏起来,然而,开始时,却把他关在一间高费用的波斯沙龙里,从沙龙里往外什么也看不见。她告诉他,莫雷尔要喝橘子水,待人家侍候他喝完橘子水后,人家就带这两位旅客到一间透明的沙龙去。此间,由于有人叫她,她就像在故事里似的,说为了让他们消磨时间,答应给他们送一名"聪明的小娘子"来。因为,她呀,人家唤她有事。"聪明的小娘子"穿着一件波斯晨衣,她正要把晨衣脱掉,德·夏吕斯先生连忙求她千万不可造次,于是她叫人取香槟酒来,每瓶四十法郎。而实际上此时莫雷尔正同盖尔芒特亲王在一起;可表面上,他装着弄错房间的样子,闯进了一间香房,里面有两个女人,她们连忙让两个先生单独待着。德·夏吕斯先生对此全然不知,他咒骂起来,要去开房间的门,要人再次把诺埃米小姐喊来,诺埃米小姐听说聪明的小娘子告诉德·夏吕斯先生有关莫雷尔的细节与她亲自告诉絮比安的细节不相吻合,便叫她滚蛋,马上派一个"温柔的小娘子"来取代聪明的小娘子,可"温柔的小娘子"也没让他知道更多的底细,却对他说,春宫是严肃认真的,并且,她也如法炮制,要了香槟酒。男爵怒不可遏,又把诺埃米小姐叫来,诺埃米小姐对他们说:"是的,是拖的时间长了点,这些娘子摆了点架子,他不像要搞点什么名堂。"最后,经不住德·夏吕斯先生软硬兼施,诺埃米小姐请他们放心,他们的等待不超过五分钟,然后满脸不高兴地走了。这五分钟一拖就是一小时,诺埃米小姐这才蹑手蹑脚地带着气得发晕的德·夏吕斯先生和愁眉苦脸的絮比安来到一道微启的门前,对他们说:"你们将看得清清楚楚。不过,这个时候,并不是很有意思,他正同三个娘子在一起,他正向她们讲团队生活呢。"终于,男爵可从门缝里往外看,也可以通过镜子看。但一种致命的恐怖给他予沉重的打击,致使他身子往墙上靠去。这分明是莫雷尔,他就在面前,仿佛是异教神秘和奇妙魔法仍然灵验,莫如说这是莫雷尔的影子,是莫雷尔的木乃伊;不像是拉撒路①那样复活了的莫雷尔,而是莫雷尔显圣,莫雷尔的鬼魂,是莫雷尔亡灵复归或被召回到此间房子来(在房间里,墙壁和长沙发,无处不在重演巫术的象征),莫雷尔离他仅有几米远,侧影在目。莫雷尔仿佛已经死过,黯然失色;在这一个个娘们中间,他同她们似乎玩得极其

① 拉撒路,希腊文 Láʒαre 的音译,《圣经》故事里的人物。相传耶稣在耶路撒冷传教时,常到拉撒路家做客。他是耶稣的好友,又是马利亚(与圣母同名)之弟。拉撒路病逝安葬后,耶稣使他复活。

开心，弄得面无人色，被凝固在人为的静止之中；为了喝他面前的那杯香槟酒，他那无力的胳膊慢慢试图伸出去，可又无可奈何地落了下来。此情此景令人产生模棱两可的感觉，仿佛一种宗教在谈论永生，但听其意思，却是指并不排斥虚无的某种东西。只见娘儿们一个接一个向他提问题："您瞧，"诺埃米小姐悄悄地对男爵说，"她们同他谈他在团队的生活，有趣吧，是不是？"说着，她笑了，"您满意吗？他很平静，对不对？"她接着说，好像她是在说一位临死之人。女人的问题一个接一个，但莫雷尔死气沉沉，无力回答她们。甚至连喃喃说一句话的奇迹都没有发生。德·夏吕斯先生只迟疑片刻，便明白了真相，不是絮比安去串通之时言行拙笨，便是因为委办的秘事火势外烧，薄纸是包不住的，抑或是这班娘儿们生性爱嚼舌头根，要不就是因为怕警察，有人通知了莫雷尔，说有两位先生，不惜付重金来看他，于是人家让盖尔芒特亲王摇身一变，混在三个脂粉中出去了，却把可怜的莫雷尔留下，只见莫雷尔战战兢兢，吓得浑身瘫软了，若说德·夏吕斯先生看他模模糊糊的话，那么，他，则把男爵看得一清二楚，以致惊恐万状，话都说不出来，不敢去取酒杯，生怕拿不稳掉到地上。

然而，故事的结局对盖尔芒特亲王也并不佳。人家把他弄了出去，以免德·夏吕斯先生看见他，他为自己的倒霉事而恼羞成怒，也没去追究谁是罪魁祸首，反而哀求莫雷尔，却一直不肯让对方知道他到底是何许人，与他约好第二天夜里在他租住的小小别墅里相会，尽管他在那里住的时间可能很短。他也是旧习难改，这种怪习惯我们曾在德·维尔巴里西斯夫人家里已经领教过的，他在别墅里装饰了大量的家族纪念品，以便有在外如归的感觉。于是第二天，莫雷尔提心吊胆，五步一回头，生怕被德·夏吕斯先生跟踪监视，没有发现任何可疑的过往行人，最后才溜进了别墅。一个仆人让他进入沙龙，并对他说，他就去禀告先生（其主子已嘱咐他不要道破亲王的姓名，以免引起怀疑）。但是，正当莫雷尔一个人干等着，想从镜子里照照他的头发是否弄乱时，好像出现了幻觉。在壁炉上，一张张相片，小提琴家却认得出来，因为他在德·夏吕斯先生家里看到过，他们是盖尔芒特亲王夫人，卢森堡公爵夫人，德·维尔巴里西斯夫人，一下子把他吓得直发愣。与此同时，他发现了德·夏吕斯先生的照片，它的位置稍靠后一点。男爵似乎死死盯住莫雷尔，目光古怪，直勾勾的。莫雷尔吓得疯了一般，从开始的那阵惊恐中清醒过来，以为这是德·夏吕斯先生事先安排好让他失落的陷阱，以考验他是否忠实，他连蹦带滚，几下子就下了别墅的台阶，拔腿就往马路上跑，待盖尔芒特亲王（原以为让一个萍水相逢的熟人进行必要的实习，并不是未曾想到这样做是否谨慎，会不会弄巧成拙）进入沙龙，连一个人影也找不着了。恐怕弄不好引狼入室，他抓起手枪，同仆人一起，把整个屋子搜查了一遍，别墅并不算大，小花园的旮旯角落、地下室全搜遍了，他那萍水相逢的伙伴不翼而飞了。但第二星期，他碰到过他几次，但每次都是莫雷尔这个歹徒躲逃保命，好像亲王还要更歹毒似的。莫雷尔疑心生暗鬼，心中的疑团始终难以消除，即使是在巴黎，只要一见到盖尔芒特亲王便逃之夭夭。德·夏吕斯先生反因祸得福，免除一桩令他绝望的不忠行为的折磨，莫名其妙地雪了耻，更想象不到是怎样报的仇。

但是，人家对我讲述过的有关此事的回忆已被别的往事所取代，因为小铁道重开“老爷车”，继续在下面各站对旅客们送往迎来。

在格拉特瓦斯特，有时候见皮埃尔·德·维尔朱先生上车，因为那里住着一个他的姐妹，同她一起度过一个下午，皮埃尔·德·维尔朱先生即克雷西伯爵（人们只叫他克雷西伯爵），是一个穷贵族，但出身极其高贵，我是通过康布尔梅一家才认识他的，不过他同康布尔梅一家往来甚少。他落泊到生活潦倒、几近穷酸的地步，我感到，哪怕抽一根雪茄，得一次“消费”，对他都是美得不得了的享受，以致在我不能见阿尔贝蒂娜的那些日子里，我养成了这样的习惯，总要邀请他到巴尔贝克来。白面书生，一双蓝眼睛富有魅力，说话精巧雅致，表达尽善尽美，只见他两片嘴唇一动，妙语连珠，他最爱谈当年他显然领略过的贵族生活的阔气，也爱谈家谱的来龙去脉。由于我问起他戒指上刻的是什么玩艺儿，他谦卑一笑告诉我："这是一株青葡萄。"他怀着品酒师的愉快又补充道："我们的纹章是一株青葡萄——象征性的，因为鄙人姓维尔朱①——绿色图案纹章的枝叶。"但我认为，倘若在巴尔贝克，我只让他喝酸葡萄汁，他定会感到失望的。他喜欢喝最名贵的酒，无疑是因为落泊，因为对所失了如指掌，因为他养成了嗜好，也可能是因为过分夸大自己的偏爱。因此，当我邀他到巴尔贝克吃晚宴时，他点起菜来总是食不厌精，就是吃得太多了一点，喝得更是过了头，只见他指示这个去把酒温了，其实这类酒本来就非温不可的，又见他指使那个去把酒冰镇了，而那类酒本来就应当冰镇。饭前饭后，他要一瓶波尔图葡萄酒或白兰地，都要点明酿造日期或编号，就像他是在为一块侯爵领地竖牌子，别人一般不知道怎么回事，可他却是行家里手。

对埃梅来说，我是一位理想的顾客，因为，当我每次招待这种特等的晚宴时，他都非常高兴，只听他对跑堂伙计吆喝道："快来，备二十五号桌！"他甚至不说"备"，而说"给我备"，仿佛是他请客似的。又因饭店侍应部领班的语言与一般领班、副手、店员等人的语言不尽相同，我提出要算账时，领班便反复挥动反手劝导，好像要安抚一匹怒不可遏的野马似的，对跑堂伙计说："别太急了（去算账），要心平气和，十分心平气和。"正当伙计带着这份账单要走时，埃梅恐怕他的嘱咐得不到准确执行，便又把他叫回来："等等，我要亲自去算账。"我对他说这没什么关系时，他便道："我有这样的原则，就像俗套话里说的那样，不应该敲顾客的竹杠。"至于经理，他看我的客人衣着简朴，总是老一套，而且十分陈旧（假如我的客人有办法的话，恐怕没有人比得上他那讲究华装丽服的穿戴艺术，简直可以同巴尔扎克笔下的风流人物相媲美），但经理看在我的面上，远远地审视一番，

① 法语意即"青葡萄"。

看看是否一切准备停当，并使了一个眼色，叫人给不平的桌子腿下塞垫一小块木片。并不是他不会像别人那样亲自动手干，虽然他隐瞒他早先也是干过涮洗餐具的营生的。不过，也有例外的情况，一天，他亲自动手切火鸡。我正好出去了，但我知道他动起手来，怀有一种神圣的威严，在离餐具柜恰如其分的位置上，毕恭毕敬地站着一圈侍从伙计，他们围在那里，与其说是学习本领，倒不如说是做给人家看看，一个个赞叹不已，几乎都惊呆了。经理看着他们（同时，一个慢动作刺向供品的肋部，眼睛充满崇高的使命感，盯住伙计们不肯移开，非从他们脸上看出几分庄严的表情不可），但他们毫不领会。祭司竟然没发现我当时不在场。待他知道后，这使他很懊恼。"怎么，您没看到我亲自切火鸡？"我回答他说，时至今日，我还未能看到罗马、威尼斯、西埃纳、普拉多、德累斯顿博物馆、印第安人、《淮德拉》中的撒拉，我知道顺从，并准备在我的单子上添上由他切火鸡这一项。用悲剧艺术（《淮德拉》中的撒拉）作比喻，似乎是他唯一能理会的比方，因为我告诉他他方才知道，在大型演出的日子里，大戈克兰同意演艺徒的角色，这种角色在台上只有一句台词，甚至一句话也不说。"一回事，我为您感到遗憾。我什么时候再切一次？这可得遇上大事，遇上一场战争才有的事。"（确实遇到停战才又切了一次。）打这一天起，历法变了，人们这样计算："那是我亲自切火鸡那天的第二天。""那正好是经理亲自切火鸡八天以后。"就这样，这次火鸡解剖就成了与众不同历法的新纪元，好像是基督诞辰，或是伊斯兰教历纪元，但它却不具有公元或伊斯兰教历的外延，也不能与它们的经久实用相提并论。

德·克雷西先生生活苦恼，既因为不再有高头大马，失去了美味佳肴，也因为只能与那些竟认为康布尔梅和盖尔芒特是一家的人来往。当他发现我知道，勒格朗丹，此公现在自称勒格朗·德·梅赛格利斯，在那里没有任何种类的权利，加上他喝酒喝得满脸通红，他便产生了一种被感染的快乐。他的姐妹理解地对我说："我兄弟能同您交谈，他从来没有这样高兴过。”自从他发现，竟然有人知道康布尔梅的平庸和盖尔芒特的高贵，发现大千世界为某人而存在，他才感到自己确实存在在人间，他就像一个拉丁语学者，全世界所有图书馆都烧为灰烬之后，在一个完全愚昧无知的种族高升之后，听到有人为他念诵贺拉斯的诗句，便重新鼓起生活的勇气，要在生活中站稳脚跟。因此，他每次下火车就问我说："我们的小聚会定在何时？”这可以说是食客的贪婪，也可以说是博学者的知味，因为他把巴尔贝克的聚餐看作是一次交谈的机会，所谈论的问题，对他来说简直如数家珍，而他又不能跟别的任何人谈，在这方面，我们的聚会与联盟俱乐部、珍本收藏协会定期的特别丰盛的晚宴有类似的地方。有关他自己的家族，他是很谦卑的，并不是德·克雷西先生告诉我我才知道，他家是一个很大的家族，是封有克雷西头衔的英国家族在法国的一脉相传的分支。当我知道他是地道的克雷西家族传人时，我就告诉他，德·盖尔芒特夫人的一个侄女嫁给一个名叫查理·克雷西的美国人，并对他说，我想，他与他毫无关系。“毫无关系，”他对我说，“别的也一样——何况，尽管我家名气没有这样大——许多美国人叫蒙哥马利、贝里、钱多斯或卡贝尔，但却与彭布罗克、白金汉、埃塞克斯家族没有关系，或者与贝里公爵没有关系。”我几次都想告诉他，以便让他高兴高兴，我认识斯万夫人，她作为轻佻的女人，过去曾以奥黛特·德·克雷西之名而出了名；虽然阿朗松公爵对人家与他谈论埃米利安·德·阿朗松不会生气，但我感到我与德·克雷西先生还没有熟到可以随便开玩笑的程度。“他出身于一个很大的家族，”一天，德·蒙絮方对我说，“他的姓是塞洛尔。”他补充道，他那屹立在安加维尔之上的老城堡，简直不能住人，并说，虽然当时富极一时，但现在已破败不堪、修不胜修了，可家族的古老铭言依然可见。我觉得这条铭言很美，当年实行这一铭言，兴许是适应巢居空谷的猛禽跃跃欲试的焦躁心理，早就该离巢鼓翅雄飞了，而今天实行这一铭言，也许是关注没落，在这居高临下的茫茫荒野的僻静之地，期待将至的死亡，的确，正是在这双重意义上，这条铭言与“识时”塞洛尔的姓相映成趣，这条铭言是：**勿识时**①。

在埃尔默侬维尔站，有时候，德·谢弗勒尼先生上车，布里肖告诉我说，像加布里埃尔大主教阁下一样，他的姓意思是“山羊集中之地”。他是康布尔梅家的亲戚，而且错误评价他们风雅，所以康布尔梅家才不时请他来费代纳，但只是在他们已经没有客人可以炫耀的时候。德·谢弗勒尼一年到头生活在博索莱伊，比康布尔梅一家子更土气。因此，他去巴黎过几星期，没有一天浪费掉，“要看的东西”太多了；以致达到这样的程度，五花八门的节目走马灯似的在眼前晃过，往往弄得他有点头昏眼花，当人家问他是否看过某出戏时，他竟有时候连自己也没把握了。但这种糊涂并不多见，因为他认识巴黎的事物，带有巴黎稀客少见多怪的仔细。他常推荐我去看“新东西”（“这值得一看”），不过他只是从新鲜好看度良宵的观点才认为“新”的，而不懂从美学观点看问题，他根本看不出来，这些“新东西”往往在艺术史上的确可以构成“新东西”。这样，他无论谈论什么，老是停留在一个平面上，他对我们说：“有一次，我们去喜剧院，但节目平平常常。它名叫《佩利亚斯与梅丽桑德》②。这没什么意思。贝里埃一向演得很好，但最好看他演别的戏。相反，在体育馆，人家演《领主夫人》。我们去看了两次；别错过机会，这值得一看；演得妙极了；您看得到弗雷法尔、玛丽·马尼埃、小巴隆这样的演员。”他甚至向我列举一些我从来未曾听说过的演员姓名，他在演员名前也不加先生、夫人或小姐，不像盖尔芒特公爵那样称呼别人，盖尔芒特公爵总是以拿腔拿调的蔑视口气谈起“吉费特·吉尔贝小姐的歌曲”和“钱戈先生的经历”。德·谢弗勒尼先生可

---

① 法语Saylor（塞洛尔）音谐“Sais l'heure”，意为“识时”；而铭言意为“不识时”，故相反相成，相映成趣。

② 《佩利亚斯与梅丽桑德》，五幕歌剧，德彪西作曲。1902年初演于巴黎。剧情取自比利时剧作家梅特林克的同名悲剧。

不用这种腔调，他说起戈纳里亚和德埃里，简直像他在谈论伏尔泰和孟德斯鸠一般。因为在他心目中，对待演员就像对待巴黎的一切，贵族表现傲慢的欲望已被外省人显露亲热的欲望打败了。

记得我在拉斯普利埃与“新婚之家”吃的第一次晚宴，在费代纳，人们仍然称德·康布尔梅家为“新婚之家”，尽管他们的新婚时代早已一去不复返了，晚宴一过，老侯爵夫人就给我写了一封信，她的信的笔迹哪怕是混在千万封别的信里我也可以认得出来。她对我说：“把您的优雅的——妩媚的——可爱的表妹带来吧。这将是一种狂喜，一种愉快。”她的话始终缺乏收信人期待的渐强音，那是肯定无疑的，以至于我终于改变了“渐弱”性质的看法，以为这种“渐弱”效果是她刻意追求的，并从中发现了圣伯夫那种怪异的修辞爱好——被纳入上流社会的范畴——这种爱好每每促使他打破词汇搭配法则，对较为常用的短语一一加以变异。两种手法，无疑是不同教师教出来的，在这一书信体中适成鲜明的对比，第二种手法使得德·康布尔梅夫人以下行音阶使用多种形容词，避免以完美的和谐收尾，从而弥补这些形容词的平庸乏味。相反，每次由她的侯爵儿子或她的表亲们使用时，我倒倾向于这种看法，就是在这些逆向渐强用法里，看到的不再是享受亡夫遗产的侯爵夫人的作品中所表现的刻意讲究，而是愚蠢拙劣的笔触。因为在整个家族里，乃至最远的亲戚，都一味模仿塞莉娅姑妈，三个形容词的规则大受提倡，一种热情说话换气法也颇受推崇，竟然模仿到血统里去了；在家族里，如果有一个小姑娘，从小开始，说着话就要停下来吞一下口水，大家就说：“她多像塞莉娅姑妈。”大家也就会觉得，她的双唇上下以后很快就会长出淡淡的女性汗毛，从而决心培养她可能生来就具有的音乐禀赋。

康布尔梅一家与维尔迪兰夫人的关系比起与我的关系很快就由于种种原因而显出逊色。他们想邀请她。“年轻的”侯爵夫人倨傲地对我说：“我看不出我们为什么得邀请她，这个女人；在乡下大家谁都见，这没什么了不得的。”但是，实际上，他们很着急，不断地向我询问他们应当如何实现表示礼貌的心愿。由于他们邀请我们——阿尔贝蒂娜和我——以及圣卢的几个朋友赴晚宴，因为他们是当地的风流人物，古维尔城堡的主人比诺曼第上流社会更有气派，别看维尔迪兰夫人表面上不动声色，心里其实是很喜欢与他们交往的，因此，我建议康布尔梅夫妇邀请“老板娘”同他们一道来。但是，费代纳的城堡主们生怕（他们多么胆小）使他们尊贵的朋友们不愉快，或者（他们多么天真）恐怕维尔迪兰夫妇与非知识界的人们在一起会感到厌烦，或者还担心（他们满脑子陈规陋习，见的世面太少）混进去不伦不类，做出“蠢事”，声称，这不好彼此捆在一起，这样“不合适”，最好另外再请维尔迪兰夫人（拟邀请她和她的全体小圈子的人）吃晚餐。下一次晚宴——雅士，以及圣卢的朋友们——他们只邀请小核心中的莫雷尔，以便让他们接待的显赫人物间接地告诉德·夏吕斯先生，况且乐师可作为客人娱乐的成分，因为他们请他带小提琴来。人家又给添了戈达尔，因为德·康布尔梅先生声称，戈达尔生动活泼，在晚宴上“表现好”；再说，万一有人病了，与医生有好交情，那就方便了。可是，他们只邀请他一个人，不要“一开始就要女人来”。维尔迪兰夫人得知小圈子里的两个成员得到邀请到费代纳赴“小范围”的晚宴，竟然把她排除在外，感到极为气愤。她授意大夫骄傲地答复说：“今晚**我们**要去维尔迪兰家赴宴。”大夫欣然从命，而且用的是复数我们，这对康布尔梅夫妇不啻是一次教训，明确告诉他们，他与戈达尔夫人不可分离。至于莫雷尔，维尔迪兰夫人没有必要为他指导无礼行为，他本来就有无礼行为的本性，原因就在这里。倘若说，在关系到男爵的欢娱问题上，他对待德·夏吕斯先生有一种令男爵苦恼的独立性，那么，我们已经看到，男爵在其他方面对他的影响则更是看得见摸得着了，比如说吧，男爵扩大了他的音乐知识，使演奏高手的风格更趋成熟。但这还仅仅是一种影响，至少在我们讲到这点时是如此。相反，有一种市场，德·夏吕斯先生说什么，莫雷尔都盲目相信并且盲目执行。盲目加狂热，不仅因为德·夏吕斯先生的教导是错误的，而且还因为，即使这些教导对一个大贵族有所裨益，但一经莫雷尔囫囵吞枣一用，就变得滑稽可笑了。在这个市场上，莫雷尔变得如此轻信，对他主人如此千依百顺，这就是上流社会的市场。小提琴手，在认识德·夏吕斯先生之前，对上流社会毫无概念，囫囵接受男爵为他绘制的上流社会简单而又傲慢的草图："有一定数量地位优越的家族，而首屈一指数盖尔芒特家族，"德·夏吕斯先生对他说，"他们与法兰西王室算来有十四支联姻关系，不过这主要是法兰西王室的荣耀，因为法兰西王位本应归阿尔东斯·盖尔芒特，而不应归他的同父异母兄弟胖子路易；在路易十四统治下，我们为亲王先生仙逝挂过黑纱，好像与国王是同一个老祖母。盖尔芒特家族再再往下，人们还可以列举拉特雷默伊耶家族，那是那不勒斯历代国王和布瓦提埃历代伯爵的后裔；于塞斯家族，作为家族并不算古老，但他们是贵族院元老；吕伊纳家族，虽说是后起之秀，但都有显赫的联姻关系；舒瓦瑟尔家族，阿古尔家族，拉罗什富科家族。再加上诺阿耶家族，且不说图卢兹伯爵，还有蒙代斯吉乌家族，卡斯特兰家族，除了忘掉的，就这些了。至于那些小贵族，叫康布尔梅德侯爵或瓦特费尔菲施侯爵什么的，他们与你们军团的最后一名小兵拉子没有任何区别。您去屉屉伯爵夫人家去尿尿，或者到尿尿男爵夫人家去屉屉，都是一回事，您会损害自己的名声，把一块屎尿布当作卫生纸。这是不干净的。"莫雷尔恭恭敬敬地接受了这堂历史课，也许还觉得粗略了一点呢；他判断事情的是非曲直，就好像他自己成了盖尔芒特家族的一员似的，希望有一个机会找冒充拉都·德·奥维尼家族的家伙算账，通过蔑视的一次握手，让他们知道，他根本不把他们看在眼里。至于康布尔梅家，现在可以向他们表明，他们"不比他军团的最后一名小兵拉子强"。他不答复他们的邀请，到当晚晚宴开始前最后一小时，才拍一封电报致歉，得意忘形，仿佛刚才是以纯血统的王子王孙的身份干的。而且，还得补充一点，人们简直难以想象，德·夏吕斯先生，在其性格缺陷充分表演的各种场合里，就其常理而论，会是这么叫人难以忍受，这么吹毛求疵，甚至，他本来是那么精明，而如今竟会如此愚蠢。人们可以说，的确，他的性格缺陷好像是一种断断续续的精神病。谁没见过有些女人甚至有些男人这样的情况，他们个个天赋聪颖，但却受尽神经质的折磨。当他们高兴、冷静、对周围感到满意时，他们的天资丽质便脱颖而出；这才是不折不扣地，真理通过他们的嘴在说话。但只要头一疼，自尊心稍受刺激，就可以使一切都变样。突然的、抽风的、狭隘的聪明才智只表现出一个恼怒的、怀疑的、打情卖俏的自我，所作所为无不令人讨厌。

康布尔梅夫妇的愤怒是强烈的；而且，断断续续地，又发生了一些摩擦，导致他们与小圈子的关系有些紧张。由于我们——戈达尔夫妇，夏吕斯，布里肖，莫雷尔和我——一次从拉斯普利埃吃晚宴后往回走，而康布尔梅夫妇到阿朗布维尔的朋友家吃午餐，去路上有一段与我们同行，我对德·夏吕斯先生说："您那么喜欢巴尔扎克，而且善于从现代社会里面重新认识他，您应该会发现，这康布尔梅家族已经摆脱了《外省生活场景》。"没想到德·夏吕斯先生俨然成了康布尔梅家的朋友，似乎我的看法冒犯了他的尊严，他突然打断了我的话："您这么说是因为妻子凌驾于丈夫之上吧。"他口气生硬地对我说。"噢！我不是想说这是外省的缪斯，也不是德·巴日东夫人，虽然……"德·夏吕斯先生再次打断我的话："不如说是莫索夫夫人吧。"火车停下，布里肖下车。"我们刚才暗示您都没有用，您真叫人受不了。""怎么啦？""瞧，您没有发现，布里肖正疯狂地恋上德·康布尔梅夫人？"我通过戈达尔夫妇和夏利的态度看到，这在小核心里谁也不会相信。我认为他们是别有用心。"呶，您没发现，当您谈到她时，他多么心神不定。"德·夏吕斯先生又说，他喜欢显露自己有女人的经验，神色自如地谈论起女人们引起的情感，仿佛这种情感就是他平日里自己感受到似的。然而，他对所有年轻人讲话都用含混的父爱口吻——虽然他对莫雷尔的爱是排他性的——这就使得他发表的男人对女人的看法不攻自碇:“噢！这些孩子,”他尖着嗓子,矫揉造作,抑扬顿挫地说,“什么都得教他们,他们像初生孩子一样是无辜的,他们体会不到一个男人什么时候恋爱上一个女人。像你们这样的年纪,我比这更懂人事。”他补充道,因为他爱使用青皮世界的用语,也许是出于志趣爱好,也许是为了不让人看出,因为故意避免使用这些用语,自己承认经常出入这些用语经常使用的地方。几天以后,我不得不在事实面前承认,布里肖爱上了侯爵夫人。糟糕,他好几次接受邀请到她家吃午餐。维尔迪兰夫人认为,该是阻止胡闹的时候了。除了她看到对小核心政策干涉的效果之外,她从这些解释中,从他们造成的悲剧中,产生了一种越来越强烈的兴趣,这种兴趣是闲极无聊才产生的,不论是贵族世界,还是资产阶级世界,通通都是如此。那一天在拉斯普利埃真是大开心的日子,人们发现维尔迪兰夫人同布里肖一起失踪了一个小时,人们得知她对布里肖说,德·康布尔梅夫人取笑他,说他是她的沙龙的笑料,说他这样会败坏她晚年的名声,会有损于他自己在教育界中的地位。她不惜用动人心弦的语言同他谈起他以前在巴黎一起生活的那位洗衣女工以及他们生的小女儿。她占了上风,布里肖从此不再去费代纳了,但他忧郁成疾,有两天时间,人们以为他眼睛都快全失明了,而且他的病大大加重了,成为后天性疾病。可是,康布尔梅夫妇对莫雷尔耿耿于怀,有一次,他们故意邀请德·夏吕斯先生,但就是不请莫雷尔,由于没收到男爵的答复,他们担心做了一件蠢事,感到积怨为邪谋,于是稍迟一些又给莫雷尔写了邀请信,曲意奉承,令德·夏吕斯先生笑逐颜开,向他显示自己神通广大。“您为我们俩答复,说我接受邀请。”男爵对莫雷尔说。到了晚宴那天,人们在费代纳的沙龙里等待着。康布尔梅夫妇举办晚宴实际上是招待风雅之花费雷夫妇的。但他们又生怕得罪德·夏吕斯先生,以至于,尽管由德·谢弗勒尼先生引荐早已认识了费雷夫妇,但德·康布尔梅夫人在举行晚宴那天,当看到德·谢弗勒尼先生来费代纳拜访他们时,不由得浑身紧张起来。他们编造出种种借口,尽快将他打发到博索莱伊，但又晚了一步，却不早不晚，他正好在院子里与费雷夫妇交臂而过，费雷夫妇目睹他被赶出来的狼狈相，不快的程度与他的羞愧的程度不相上下。但是，康布尔梅夫妇想不惜一切代价不让德·夏吕斯先生看到德·谢弗勒尼先生，认为后者是乡下人，原因在举止言谈的微妙差别，家族里的人忽略了，只有当着外来人的面人们才能发觉，然而，外人恰恰又看不出这微妙的差别。但人家不乐意向外人介绍此类亲戚，这些亲戚现在的模样，正是人家极力摆脱的模样。至于费雷先生和夫人，他们是最高层次上所谓“很好”的人家。在这样看待费雷夫妇的人的眼里，盖尔芒特家族，罗昂家族和其他家族无疑也是“很好”的人家，但他们的姓氏也就不必一一道来了。由于大家都不知道费雷夫人的母亲的大出身，加之她和她丈夫经常来往的圈子又极其封闭，人家称呼他们之后，为了说明情况，总要连忙补充一句话，说这是“最好不过”的人家。难道是他们卑微的姓氏致使他们不卑不亢吗？不过，费雷夫妇看不到拉特雷默伊耶家也许常来常往的人。需拥有海滨王后地位才能每年请费雷夫妇光临一个上午，而康布尔梅家在英吉利海峡就有海滨王后的势头。他们请费雷夫妇吃晚宴，并十分指望德·夏吕斯先生对他们产生效应。人家暗中宣布他列在宾客之列。恰巧费雷夫人并不认识他。德·康布尔梅夫人对此感到极其满意，脸上浮游着微笑，这是化学家首次让两个特别重要的物体发生关系时特有的微笑。门开了，德·康布尔梅夫人只看到莫雷尔一个人进来，差点晕了过去。莫雷尔，像传令秘书负责为大臣道歉，又好像一个出身平民却嫁与皇族的女子为亲王的痛苦而表示遗憾（德·克兰尚夫人就用此向奥马尔公爵致歉），莫雷尔以最轻松的口吻说：“男爵来不了，他有一点不舒服，至少我以为，这是因为这个……我这星期没碰见他。”他补充道，最后这几句话，实在令德·康布尔梅夫人失望，他刚才还对费雷夫妇说，莫雷尔白天无时无刻都可以见到德·夏吕斯先生。康布尔梅夫妇装模作样，似乎男爵不来反为聚会添了乐趣似的，他们不听莫雷尔那一套，对他们的客人们说："我们不管他，对不对，这样反倒更愉快些。"但事实上他们怒火中烧，怀疑是维尔迪兰夫人搞了阴谋诡计，于是，来了个针尖对麦芒，当维尔迪兰夫人再次邀请他们到拉斯普利埃时，德·康布尔梅先生已按捺不住，恨不得再看看自己的府第，同小圈子里的人聚一聚，于是他来了，不过是一个人，说侯爵夫人很抱歉，她的医生嘱咐她要静卧守房。康布尔梅夫妇以为，夫妇的半出席，既是对德·夏吕斯先生的一次教训，同时，又向维尔迪兰夫妇表明，他们对他们的礼貌是有限度的，就像往昔公主贵人们送客，只把公爵夫人们送到二道宫的半中间就留步不前了。几个星期以后，他们差一点闹崩了。德·康布尔梅先生对我就他们的不洽作了这样的解释："我要告诉您，德·夏吕斯先生真难相处，他是极端的德雷福斯派……""然而他不是！""是……不管怎么说，他堂兄盖尔芒特亲王是这一派，人们为此骂他骂得够多的了。我有一些亲戚亲属对此很计较。我不能经常与那些人来往。不然，我这样会同全家族的人闹翻的。""既然盖尔芒特亲王是德雷福斯派，这不更好嘛，"德·康布尔梅夫人说，"听说，圣卢娶他的侄女为妻，也是德雷福斯派。这甚至可能还是结婚的理由呢。""喂，我亲爱的，不要说圣卢是德雷福斯派，我们很喜欢圣卢。不该随便到处给人下结论。"德·康布尔梅先生说。"不然，您会弄得他到军队里有好瞧的！""他过去是，但现在已不是了。"我对德·康布尔梅说。"至于他与德·盖尔芒特-布拉萨克小姐的婚姻，您说的是真的吗？""人家都这么说，不过您与他关系这么密切理应知道。""但是，我对你们再说一遍，他确实对我说过，他是德雷福斯派。"德·康布尔梅夫人说。"何况，这是很可以原谅的，盖尔芒特一家有一半是德国血统。""就瓦雷纳街上的盖尔芒特家族而言，您完全可以这么说，"康康道，"但圣卢，却是另一码事了；他枉有一大家族德国亲属，他的父亲首先要求得到法兰西大贵族的头衔，于一八七一年重新服役，并在战场上杀身成仁。我虽然对此看法很严厉，但不论从这样或那样意义上讲，都不应该夸大其词。In medio……virtus[1]，啊！我想不起来了。这是戈达尔大夫说的什么玩艺儿。那是一个总有说头的人。您这里该有一部小拉罗斯辞典吧。”为了避免就拉丁语名言表态，丢开圣卢的话题，因为她丈夫似乎觉得，一谈起圣卢她就缺乏分寸，因此不得不把话题转到“老板娘”上，她与他们的疙瘩更有必要做一番解释。“我们是自愿将拉斯普利埃租给维尔迪兰夫人的。”侯爵夫人说，“只是她似乎以为，有了房子，有了凡是她有办法弄归自己的东西，享有草地，有了旧的帷幔、挂毡和吊帘，有了租金里一点也不沾边的东西，她就有权利同我们联系在一起。这是明摆着的两码事。我们的错误在于没有随便请一个代理人或一个代办处来办事。在费代纳，这并不重要，但从这里，我却看到我那克努维尔的姨妈板起的面孔，如果在我的会客日里，她看到维尔迪兰大妈披头散发来的话。对德·夏吕斯先生来说，自然喽，他认识一些很好的人，但也认识一些很糟的人。”我问是谁。德·康布尔梅夫人在追问之下，最后不得不说：“人家肯定，说他养活了一位叫莫罗，莫里伊，莫吕什么的先生，别的我就不知道了。当然，与小提琴师毫无关系。”她红着脸补充道。“当我感觉到，维尔迪兰夫人自以为，因为她是我们在海峡的房客，她就有权利到巴黎来拜访我，我便明白要切断缆绳，断绝关系。”

尽管与“老板娘”有这段别扭，康布尔梅夫妇与老常客们却相处得挺不错，当他们与我们同一条路线时，乐意上我们的车厢来。火车快到杜维尔站了，阿尔贝蒂娜最后一次抽出她的小镜子，几次觉得有必要换一双手套，或者把帽子脱下来一会儿，用我送给她的、平日插在头发里的那把玳瑁梳子，理理鸡冠头，提一提发顶，并且，如有必要的话，在波浪般垂至后脖根的鬈发下，重新盘起她的发髻。一登上来接我们的马车，我们就再也不知道东南西北了；车路没有路灯；车轮最响的时候，就知道是正穿越一

---

① 拉丁语，意为“中庸之道”。

个村庄，以为到了，实际上还在茫茫田野上，可以听到远处的钟声，忘了自己身上穿着常礼服，大家昏昏沉沉，已到昏暗边缘的尽头，由于长途旅行，火车一路节外生枝，似乎把我们带到深夜里去，几乎到回巴黎的半道上，突然，车子在一段细沙地上打滑了一下，这才发现我们进入了花园，眼前突然出现了沙龙和餐厅闪耀的灯光，一下子将我们带回到社交生活中来，听到时钟打了八下，我们不禁猛地怔住，退了一步，我们原以为八点早就过去了，与此同时，一道道服务接踵而至，美酒斟了一巡又一巡，围绕着穿燕尾服的男宾和穿半裸晚礼服的女宾转来转去，堪称光彩夺目的晚宴，不亚于城里真正的晚宴，只是披上了双重深色的特殊的围巾，并因此改变了晚宴的特征，这围巾是夜间时刻编织而成的，来时的乡间夜色和归时的海滨夜色交织而成，以上流社会最原始的隆重扭转了夜间的时刻。回去时，我们恋恋不舍地离开了明亮的沙龙，不得不与闪光的辉煌告别，但这种辉煌很快就被忘掉了，上了车，我设法同阿尔贝蒂娜坐在一起，不让我的女友离开我同别人在一起，这里面往往还有另外一个原因，那就是在一辆黑咕隆咚的车子里，下坡时又颠簸不止，我们俩可顺势做不少动作，即使一道闪光突然射了进来，照着我们紧紧搂抱在一起，那也情有可原。当德·康布尔梅先生还没有与维尔迪兰夫人闹别扭的时候，他问我说："您不感到，下这么大的雾，您会气喘吗？我的姐妹今天早上可气喘得厉害。啊！您也一样，"他满足地说，"今晚我要告诉她。我知道，一回家，她就会马上打听您是否已经很长时间不气喘了。"况且，他之所以同我谈我的呼吸困难，仅仅是为了谈他姐妹的呼吸困难，他让我描绘一通哮喘的基本特征，只是为了指出两者之间存在的区别。但是，尽管两者气闷有不同的特征，但由于他认为他姐妹的气闷应当具有权威性，因而他不能相信，对她的气喘病有作用的东西，对我的气喘病就没有反应，他甚至生气了，怪我没有试一试，因为有一件事比遵守饮食禁忌还难，那就是不把自己的禁忌强加于他人。"再说，怎么说呢，我说的可是外行话，您这里面对的是老权威，老鼻祖。戈达尔教授认为如何?”

还有,另一次,我又去见他的妻子,因为她说我“表妹”样子怪里怪气的,我想知道她说的是什么意思。她否认她说过这样的话,但最终又承认谈到一个人,她好像见到这个人同我表妹在一起的。她不知道她姓甚名谁,最后她说,如果她没弄错的话,她是一个银行家的妻子,她叫莉娜,莉内特,莉泽特,莉娅,反正诸如此类什么的。我想,“银行家的妻子”只不过是用来更好地摆脱我的追问的托词罢 了。我想问问阿尔贝蒂娜是否确有此事。但我更喜欢装出知情人模样,而不太愿意流露出盘问者的神气。何况,阿尔贝蒂娜什么也不会回答,或者说一声“不”拉倒,辅音“B”发音过于犹豫,而元音“u”又发得过于响亮。阿尔贝蒂娜从来不讲可能伤害自己的事情,而讲一些别的事情,但这别的事情又只能根据原来那些事情才能说清楚,因为真相并非人家告诉我们什么就是什么,而是一股无形的流,人家告诉了我们什么和我们听说到了什么,这只是了解真相的开始。因此,当我认定,她在维希认识的一个女人作风不正派时,她发誓说,这个女人绝不是我想象的那样子,从来没有企图指使她做坏事。又有一天,因为我提起对此类女人的好奇,她便补充说,维希女士也有一位女友,但她,阿尔贝蒂娜,并不认识维希女士的女友,但维希女士“答应”要让她认识她。既然是她答应她认识她,这就是说阿尔贝蒂娜有意认识她,要不就是维希女士主动向她献殷勤,善于讨她的欢心。但是,假如我当着阿尔贝蒂娜的面提出相反的看法,人家就会以为我的新发现只不过是从她口里得知的,我的情况来源马上就会中断,我从此就什么也休想知道了,我也就再也不能使人畏惧了。再说,我们住在巴尔贝克,而维希女士及其女友住在芒通;离得这么远,不可能造成什么危险,我的疑心顿时不攻自破。

常有这样的事,当德·康布尔梅先生从车站呼唤我们的时候,我与阿尔贝蒂娜刚刚还在利用黑暗的掩护呢,但很难充分利用,主要因为阿尔贝蒂娜担心天没全黑,推多就少。“您晓得,我敢肯定,戈达尔大夫已经看见了我们；再说，即使没看见，他也听得清您气喘的声音，他们不是正说您有另一种气喘的事嘛。”阿尔贝蒂娜正说着，到了杜维尔车站，我们从那里又上了小火车回家。但这次归程，与来程一样，如果说给我留下了某种诗情画意的印象，唤醒了我内心出门旅游的欲望，过新生活的欲望，并由此使我一改初衷，放弃了与阿尔贝蒂娜结婚的一切打算，甚至希望与她一刀两断，再加上我们俩生性水火难容，那么，它就使我更容易下决心与她断交。因为，来也罢，回也罢，每到一站，总有一些认识的人，或者同我们一起上车，或者站在月台上向我们问好；除了悄然而至的想象之乐外，占统治地位的是社交活动不断产生的欢乐，社交之乐何其慰人，又何其醉人。各站到站之前，站名本身（第一天听到后就一直令我浮想联翩，那天晚上，我与我外祖母一起旅行）一听就可以顾名思义的，但自从那天晚上，布里肖在阿尔贝蒂娜的请求下，更全面地向我们解释了站名的词源，此后，站名便失去了原来的特色了。我原来觉得以“弗洛尔”（花）为后缀的某些地名是很有魅力的，如菲克弗洛尔，翁弗洛尔，弗莱尔，巴弗洛尔，阿弗洛尔，等等，同时觉得以“伯夫”（牛）为词尾的布里克伯夫很有趣。但经布里肖一席考证，花落了，牛也跑了（第一天在火车上，他就说了来龙去脉），他告诉我们，所谓“弗洛尔”（fleur）者，乃是“波尔”（port）也（指的是海港，形同费奥尔[fiord]，峡湾的意思），而“伯夫”者（boeuf），诺曼第方言称“budb”，意为“窝棚”。由于他一连举了好几个例子，原来我感到别致的东西统统一般化了：布里克伯夫牛加入了埃尔伯夫窝棚的行列，甚至，在一个名字里，乍一听同地方一样是个别的，比如“佩纳德皮”（Pennedepie，喜鹊的羽毛），个中离奇古怪根本用道理讲不清楚，我似乎觉得，自上古以来，就像诺曼第的一种奶酪，混成又粗又硬又有味道的一个词儿，我很遗憾，其中又找到了一个高卢语“pen”，是“山”的意思，在“Pennarch”和“les Apennins”两地都有山在坐镇。由于火车每停一站，我总感到，我们有许多友人的手要握，如果说谈不上接见人家来拜访的话，我便对阿尔贝蒂娜说：“快去问问布里肖您想知道的名字。您对我提到过‘高傲马古维尔’。”“对，我很喜欢这高傲，那是一个骄傲的村庄。”阿尔贝蒂娜说。“您还可能觉得它更骄傲，”布里肖答道，“您不用法语形式，甚至不用后期拉丁文化形式，像人们在贝叶主教的文集里看到的‘高傲壮丽的马古维拉’（Marcouvilla superba），而以更古老的形式，跟诺曼第方言更接近的形式‘Marculpbivilla superba′，即是梅居尔夫（Merculph）村庄或庄园的来历。凡以‘维尔’为后缀的这些专有名词，您仍然从中可以看到，在海边，一个个粗暴的诺曼第入侵者的幽灵站了起来。在阿朗布维尔，站在车厢门口，您只看到我们杰出的大夫，而他显然同古斯堪的纳维亚人的首领毫无共同之处。但您一闭上眼睛，您就可以看到著名的埃里曼（Herimundivilla）。虽然，我不知道为什么，人们走这几条路，包括卢瓦尼与巴尔贝克海滨之间这一段，而不走从卢瓦尼到老巴尔贝克那风景极其优美的几条路段，维尔迪兰夫人也许已带你坐车从那边逛过了。那么，你们看到了安加维尔或维斯卡尔，还有杜维尔，在到维尔迪兰夫人家之前，那是迪罗尔德村。况且，那里不光住着诺曼第人。似乎德国人也拥到这里来了（Aumenancourt，Alemanicurtis）；可别把这个告诉我看见的那位年轻军官；他知道了很可能不再愿意去表兄弟家做客了。还有一些撒克逊人，西索纳泉水就是证明（维尔迪兰夫人爱逛的目的地之一，而且理由无懈可击），就像在英国有 Le Middlesex（米德尔塞克斯）和 Le Wessex（韦塞克斯）。这是无法解释的事情，哥特人，像人们说的是些‘叫花子’，也可能来到这里，甚至摩尔人（Maure）也来过，因为莫尔塔尼（Mortagne）源于‘Mauretania’。在古维尔（Gothorumvilla）里就留有痕迹。拉丁人（Latin）有些文物遗迹犹存，如拉尼（Latiniacum）。”“我嘛，想请你解释一下‘Thorpe homme’。”德·夏吕斯先生说。“我明白‘homme’的含义①。”他补充道，雕刻家和戈达尔互相交换了一个心照不宣

① 男爵心目中的“homme”的含义，旁人皆有意理解为男爵喜欢的那种“男人”。

的眼色。“但‘Thorph’是什么意思?”“‘homme’与您想当然以为的那个意思风马牛不相及。”布里肖回答说,狡黠地看了戈达尔和雕刻家。“‘homme’在这里与感谢母亲给了我的那个性别毫不相干。‘Homme’者,‘Holm’也,意思是‘ilot’(小岛)。至于‘Thorph’,或叫‘village’(村庄),上百个单词里都可以找到。我刚才已经说得我们的年轻朋友不耐烦了。因此,在‘Thorpe homme’里,没有诺曼第首领的姓,但却有诺曼语词汇。您瞧整个地区都已经日尔曼化了。”“我觉得他言过其实了。”德·夏吕斯先生说。“我昨天去过奥土维尔(Orgeville)。”“刚才我在‘Thorpe homme’一地剥夺了您做‘homme’(男人)的资格,这一回还给您喽,男爵。且不必咬文嚼字了,罗贝一世在一张证书上给我们留下的是‘Orgeville Otger villa’,即‘Otger’庄园。所有这些地名都是古代贵族的姓。‘Octeville-la-Venelle’是封给‘l'Avenel’家的。而‘l'Avenel’家族是中世纪出名的世家。又有一天,维尔迪兰夫人把我们带到‘Bourguenolle’,写的是‘Bourg de Môles’(莫尔镇),因为这村庄,在十一世纪时,是属于‘Baudoin de Moles’家族的,‘la Chaise Baudoin’也是;可是我们已经到东锡埃尔了。”“我的上帝,那么多军官争着上车!”德·夏吕斯先生故作恐慌地说,“我说的是为了你们,因为我嘛,这并不碍事,既然我下车了。”“您听到了吧,大夫?”布里肖说。“男爵怕军官们从他身上踩过去。不过,他们集中在这里是执行任务,因为东锡埃尔,就是圣西尔(Saint-Cyr),即 Dominus Cyriacus。有许多城市的名字,如 Sanctus 和 sancta 已被 dominus 和 domina 所取代。再说,这座平静的军事重镇有时候有圣西尔,凡尔赛和枫丹白露的假象。”

在返程(如同去程)路上,我告诉阿尔贝蒂娜要穿好衣服,因为我很清楚,在阿默农古,在东锡埃尔,在堆普维尔,在圣瓦斯特,我们要接待一些临时拜访者,他们的短暂拜访并不令我不愉快,诸如,在埃尔默侬维尔(埃尔曼领地),德·谢弗勒尼先生利用来找客人的机会,顺便拜访我,请我第二天上蒙舒凡去吃午餐,又如,在东锡埃尔,圣卢的一个英俊朋友突然钻了上来，他是圣卢（如果他没空的话）派来的，特地转达德·鲍罗季诺上尉的邀请，或是在“勇敢的公鸡”食堂用餐的军官们的邀请，或是在“金色的火鸡”食堂用餐的士官们的邀请。圣卢往往亲自来看我，只要他在这儿，我必以我的目光看管好阿尔贝蒂娜，但又不让别人觉察出来，徒劳的警惕而已。不过，有一次，我中断了看护。由于停车时间较长，布洛克向我们致意之后，立刻要去找他的父亲去，他父亲刚继承其叔父的遗产，并租下了一座叫“骑士团封地”的城堡，觉得只有坐驿站快车，由穿着仆役衣装的马车夫驾着车走动方有贵族气派。布洛克请我一直陪他到他父亲的车子边。“请快呀，因为四条腿的牲口性子急；上帝宠爱的人儿，你会让我父亲高兴的。”但我极难受，得让阿尔贝蒂娜同圣卢待在车厢里，等我把背一转过去，他们就可能互相搭腔，到另外一个包厢里去，眉来眼去，动手动脚，只要圣卢在场，我那贴在阿尔贝蒂娜身上的目光就不会离开她。然而，我看得清清楚楚，布洛克，他好像是求我帮他的忙，请我去对他父亲问个好，开始我觉得拒绝他很不够朋友，因为我没有任何障碍，列车员已经预报过了，火车至少停车一刻钟，而且，几乎所有的旅客都下车了，他们不上车，火车是不会开的；后来，他明白了，我这人——我此刻的行为是对他最终的回答——归根到底是附庸风雅。因为他并不是不知道和我在一起的那些人士的姓名。不错，德·夏吕斯先生为了与他套近乎，竟忘了或故意没注意到他已同他接触过一次，前不久他还对我说过：“请您把您的朋友介绍给我吧，您连招呼都不打是对我缺乏尊重。”于是他同布洛克聊了起来，布洛克似乎使他极为喜欢，甚至赏给他一句话：“但愿后会有期。”“这说不过去，您不愿走几百米路去对我父亲道一声好，这一声问候会使他多高兴？”布洛克对我说。我真糟糕，我当时的神态好像不够朋友，而且布洛克认为我不够朋友事出有因，而我的神色益发被他言中了，我感到，他有这样的想法，当我有“出身”高贵的人在身边时，我就把我的小市民朋友小看了。打从那一天起，他对我就不再像以往那样友好了，我感到更为难过的是，他对我的性格不再像以往那样尊重了。但是，为了消除他对我之所以留在车厢里的动机的误会，我本来应该跟他说点什么——就是我嫉妒阿尔贝蒂娜——可这些个事儿若说出来岂不令我更加痛苦，还不如索性听之任之，就让他认为我是一味追求上流社会生活的迂腐之人好了。事情就是这样，从理论上讲，人们觉得总应该坦诚，免得误会。但是，生活往往把种种误会天衣无缝地组装在一起，以至于，为了消除误会，只有在可能的极罕见的情况下，要么有必要挑明——现在不属于这种情况——某些事情，这些个事很可能使我们的朋友受到更大的伤害，还不如任其将错就错，将莫须有的罪过强加于我们，要么，需泄露某一隐私——我刚才遇到的正是这种情况——但我们又觉得泄露隐私比误会更糟糕。何况，即使不向布洛克解释我何以不陪他下去的原因，因为我实在不便启口，如果我光请求他不要生我的气，那我就会给他火上添油，表明我是明知故犯。除了向“命运”屈服之外别无他法了！命该阿尔贝蒂娜在场，不让我离开她去送他，命该他以为，恰恰相反，正是显贵们在场，即使他们再高贵一百倍，我才更应该一心一意照顾布洛克才是，将他捧为座上宾。如此这般，只要意外地、荒谬地在两个命定之间来个节外生枝（这里，就是阿尔贝蒂娜与圣卢面对面出现），就能使本应聚焦的光线产生折射，反倒互相偏离愈演愈烈，永远休想接近。有比布洛克对我的友谊更美好的友谊吗，然而它却被摧毁了，肇事者并非有意制造别扭，因而绝不会向受伤害者解释清楚原委，不然，这就有可能治好他的自尊心创伤并恢复他那正在丧失的好感。

再说，比布洛克更美好的友谊也许是言过其实吧。他使我讨厌至极的缺点应有尽有。我对阿尔贝蒂娜的柔情节外生枝，使得他的缺点变得令我忍无可忍了。因此，就在那次匆忙一会时，我一边同他谈话，一边用眼睛监视着罗贝，布洛克告诉我，他在邦当夫人家吃过午餐了，说每个人都对我赞不绝口，佩服到“太阳神赫利俄斯的沉落”。“好，”我想，“邦当夫人认定布洛克是一个天才,他献给我的热情洋溢的誉美之辞,别人的话是无论如何比不上的,一定会传到阿尔贝蒂娜的耳朵里。她随时随地都可以打听到,我是一个'人上人',令我奇怪的是,她的姨妈还没对她重提此事。""是的,"布洛克接着说,"大家都赞扬你。只有我一个人保持沉默,好像吃的不是人家招待我们的饭菜,只不过饭菜也不太好就是了,而好像吃的是罂粟,罂粟对死神塔那托斯和忘神莱塞的真福兄弟、神圣的睡神希普诺斯是珍贵的,他用缕缕柔丝缠住身体和口舌。我对你的赞佩并不亚于那群饿狗,人家邀请我时连贪吃的狗群一起请来了。但我嘛,我赞佩你,是因为我理解你,而他们赞赏你却不理解你。说白了吧,我太赞佩你了,以致不在大庭广众中这样谈论你,高声颂扬我内心最深处的钦慕之情,我简直感到那是对神圣的亵渎。人们枉费口舌向我询问有关你的事情,一个神圣的廉耻女神,宙斯的女儿,叫我沉默不语。"我没有外露不满情绪的不良爱好,但这号廉耻女神,我觉得像——比宙斯还像——那种羞耻心,它不让一位欣赏您的批评家对您发表评论,因为,您端坐其间的神秘殿堂,有可能被一伙无知的读者或新闻记者们所侵犯;像政治家的廉耻那样,政治家不给您授勋是为了不让您与那些不配您的人混在一起;像学士院的廉耻那样,他不投您的票,是为了使您免受与才疏识浅的某君为伍的耻辱;说到底像孝子们更可敬也更可恶的廉耻那样,他们请求我们不要写他们的值得大书特书的已故父亲,以保可怜的死者的寂静和安息,不让人们复活他,不让人们为他歌功颂德,但可怜的死者也许更喜欢人们用口念叨他的名字,而不是用花圈,虽然这些花圈是毕恭毕敬地安放到坟墓上来的。

若说,布洛克不能理解我不去问候他父亲的原因已使我心情难过,而向我承认他在邦当夫人家降低我的人望就激怒了我(我现在明白阿尔贝蒂娜为何对这顿午宴只字未予暗示,而且在我谈起布洛克对我的友情时,她噤若寒蝉),那么,这位年轻的犹太人在德·夏吕斯先生身上产生的印象就与恼怒大相径庭了。

是的，布洛克现在以为，我现在不仅不能须臾远离风流雅士，而且认为，我对风流雅士们能够主动向他接近（如德·夏吕斯先生）感到嫉妒，于是千方百计在设置路障，阻挠他与他们联系，而从男爵方面又遗憾不能更多地看到我的伙伴。按照他的习惯，他含而不露。开始，他不动神色地询问我关于布洛克的几个问题，但语气是那样随随便便，怀着一种似乎是极其虚假的兴趣，以致人们难以相信他正等着回答。他神情冷漠，单调的旋律表现得比无动于衷还无动于衷，比心不在焉更心不在焉，似乎对我稍许客气一番："他看样子是聪明的，他说他在写作，他有才气吗?"我对德·夏吕斯先生说，他对布洛克说希望再见到真太好了。男爵方面没有任何表情表明他听懂了我的话。由于我重复了四次而不见回答，我终于怀疑我是不是成了声音幻觉的玩具，因为我觉得听到了德·夏吕斯先生对我说过的那句话。"他住在巴尔贝克?"男爵低声唱道，全然不像提问，甚至可以责怪法兰西语言竟不具备有别于问号的标点符号来为那些疑问程度极少的句子收尾。不错，这种标点除了为德·夏吕斯先生所用外没有什么用场。"不，他们在附近租了'骑士团封地'。"在得知他意欲何为之后，德·夏吕斯先生装着瞧不起布洛克。"多么可怕!"他叫了起来，竭尽全力吹响喇叭嗓门。"所有称之为'骑士团封地'的房地产都是马耳他骑士团的骑士们（其中就有我）建造并占有的，犹如所谓'圣殿'地盘，或者叫'圣殿'骑士团封地。要是我住在骑士团封地，倒是理所当然的。但一个犹太人！然而，这并不使我奇怪；这源于一种渎圣的奇怪的爱好，是这个种族特有的爱好。一个犹太人一旦有钱买一座城堡，他往往选择一座叫'隐修院'、'修道院'、'寺院'、'教堂'之类。我与一位犹太官员有联系，您猜他住在哪里？在'主教桥'。由于失宠，他被发配到布列塔尼，在'修院长桥'那儿。在圣周，当人们演出所谓的'耶稣受难'的亵渎的节目时，大厅里挤满了半屋子犹太人，想到他们就要第二次把基督钉在十字架上，至少是把画像钉上去,不禁欣喜若狂。在‘恋人’音乐会上,有一天,坐在我旁边的是一位犹太银行家,乐队演奏柏辽兹的《基督的童年》,他感到很懊丧。但一听到《耶稣受难的快乐》,他立刻露出他平日那种福乐的神态。您的朋友住在骑士团封地,不幸的人,多么残酷! 您告诉我路。”他接着说,满不在乎的样子,以便让我找一天去看一看,我们古代领地受到了这般糟踏。“真是不幸,因为他有礼貌,好像很精明。也许他就差没在巴黎的‘圣殿’街住了!”德·夏吕斯先生说这些个话,看样子只是想借助他的理论,找到一个新的例子;但他向我提出了一个问题,实际上要达到两个目的,其中主要的目的是要知道布洛克的地址。“不错,”布里肖提醒道,“圣殿街原来叫圣殿骑士团封地。在这方面,您允许我作个说明吗?”学者道。“什么? 什么意思?”德·夏吕斯先生冷冷地问道,因为这一说使他套取情报受到了阻碍。“不,没什么意思,”布里肖胆怯地答道,“是关于巴尔贝克的词源问题,人家问过我。圣殿街过去叫作‘贝克的巴尔’,因为在诺曼第的贝克修道院在巴黎那里有它的法庭巴尔(旁听席)。”德·夏吕斯先生没有答理,装出没有听到的样子,这是他蛮横无理的一种表现形式。“您的朋友住在巴黎的什么地方? 街名四之有三取自一座教堂或一座修道院的名字,这就为渎神行为继续下去提供了机会。人们不能阻止犹太人住玛德莱娜大街,圣奥诺雷区,或圣奥古斯丁广场,总主教教区码头,修女街,还有圣母经街,但得让他们看到难处。”我们无法告诉德·夏吕斯先生布洛克现在的住址,因为我们也不知道。但我知道他父亲的办公室在“白大衣街”。“吓,简直邪恶到极点。”德·夏吕斯先生嚷了起来,似乎在自己讥讽与愤懑交加的嚷叫声中,得到了一种内心的满足。“白大衣街,”他笑着重复道,每个音节像用凝乳酶凝结住一般。“何其下作! 想想看,这一件件被布洛克先生污染了的‘白大衣’,是乞丐兄弟的白大衣呀,乞丐兄弟被称作是圣母的农奴,是圣路易安置在那儿的。而且这条街一直教事不断。犹为毒辣的亵渎就是在‘白大衣街’两步远的地方,有一条街巷,街名我记不起来了,全让给了犹太人,店面上标有希伯来文字,有一些做死面饼的作坊,有一些犹太肉店,真是不折不扣的巴黎犹太胡同。布洛克先生可能就住在那里。自然喽,”他又说,语气夸张而且骄傲,搬弄美学词藻,通过一种不由自主的遗传反应,给人一种路易十三老火枪手抬头仰面的神气,“我之所以关心所有这些事,完全是从艺术观出发。政治不是我管的事情,我不能谴责一大片布洛克,因为这个布洛克,后面有一个民族,在这个民族一群出类拔萃的孩子里,就有斯宾诺莎这样的人物。而且,我极其欣赏伦勃朗的画,领略到经常出入犹太教堂所能感受到的美感。但是,一个犹太区,愈是清一色,愈是一应俱全,说到底就愈美。放心好了,况且,这个残虐的民族,其功利本能与爱财如命已溶为一体,以至于,我说的希伯来街近在咫尺,以色列肉店伸手可得,才使您的朋友选择了‘白大衣街’。实在太可笑了! 何况,住在那儿的,正是一个古怪的犹太人,正是他煮开了圣体饼,接下来,我想人们要把他自己煮开,这可能就更离奇了,因为这似乎意味着,一个犹太人的身体可以同仁慈的上帝的圣体相提并论了。也许可以同您的朋友商量一下,让他带我们去看‘白大衣’教堂。想想看,正是在那儿安放着路易·德·奥尔良的尸体,他是被无畏者约翰谋杀的,不幸的是,无畏者约翰没把我们从奥尔良人手中解救出来。再说,我个人同我的堂兄弟夏尔特尔公爵相处很好,但到底是一个篡权者的家族,指使谋杀路易十六,剥夺查理十世和亨利五世。况且,他们因为祖上是亲王殿下,人们这样称呼可能是因为这是一个最惊人的老太太吧,他们可像摄政王及其余党了。什么家族哟!”这一席反犹太人或亲希伯来人的演说——人们尽可从字面上也可从言外之意里去推敲——却在我耳朵里被莫雷尔对我的一句附耳低语切断了,这句话使德·夏吕斯先生大失所望。莫雷尔,他并不是没有发觉布洛克产生的印象,附耳感谢我把布洛克“打发走了”,并别有用心地补充道:“他很想留下来,所有这一切都是嫉妒,他想取代我。真是十足的犹太佬!”“也许可以利用停车的机会,看来要延长时间，向您的朋友提出要求，对某些宗教仪式作些解释嘛。难道您不能把他找回来?”德·夏吕斯先生问我说，心急如焚。“不，这不可能，他坐车走了，而且生我的气了。”“谢谢，谢谢。”莫雷尔对我耳语。“岂有此理，马车总可以追上嘛，您可以不费吹灰之力要一辆汽车嘛。”德·夏吕斯先生回答道，活像这样一种人，这种人习惯于一切都得向他屈服。但他发现我不说话了:“他那辆是什么了不起的车子，多少是想象出来的吧?”他傲慢地对我说，怀着最后一线希望。“那是一辆敞篷驿站快车，它现在也许已到骑士团封地了。”眼看希望落空，德·夏吕斯先生泄气了，装出开玩笑的样子。“我明白了，他们被一杯对酒吓得坐四轮马车败退了。若是一杯再对酒，恐怕就驷马难追了。”①终于，人们发现，火车又起动了，圣卢离开了我们。但是，这一天，唯有这一天，我们上车之后，他害得我好苦，可他竟毫无意识，因为我想到，为了陪布洛克，我得让他与阿尔贝蒂娜待一会儿。其他的日子，他的出现没有折磨我。因为，阿尔贝蒂娜她自己，为了使我免除一切不安，总是以某种借口，想方设法，即使并不情愿，尽可能不紧挨着罗贝坐着，甚至故意离得远远的，以致连伸手都够不着，她的眼睛从他身上转开，从他到来那刻开始，她就不加掩饰地，几近矫揉造作地同其他的某一个旅客聊起话来，这把戏一直玩到圣卢下车为止。这样，在东锡埃尔，他对我们的拜访没有给我造成任何痛苦，甚至没带来任何为难，同其他的所有拜访一样使我感到愉快，从这块土地上给我带来这样那样的问候和邀请，无一不是如此。已是夏末秋初季节，在我们从巴尔贝克至杜维尔的旅途上，当我远远望见紫杉圣皮埃尔站时，正值傍晚时分，有一阵子，悬崖峭壁顶上霞光闪烁，犹如夕阳雪山，顿时令我想起(我且不说我想到那第一个傍晚它那不速的奇特景观给我造成的惆怅，使我迫不及待地想

① 法语“coupé”(双座四轮轿式马车)与“混合酒”同音同形，构成谐音，德·夏吕斯由马车联系到“混合酒”又从“混合酒”发展到“再对酒”(recoupé)。

亘登火车回巴黎，而不愿直奔巴尔贝克）埃尔斯蒂尔对我说过的，早上，人们可以在那儿看到的壮观景象，就在太阳即将升起的时刻，彩虹在峥嵘怪石上争辉斗艳，就在这样的时刻，有多少回，他唤醒了那个小男孩，让他在沙滩上光着屁股，为他作画，那男孩子为他当了一年的模特儿。紫杉圣皮埃尔的地名告诉我，一个五十来岁的、古里古怪的、才智横溢而又装模作样的人即将出现，同他在一起，我可以谈论夏多布里昂和巴尔扎克。而现在，在暮霭笼罩下，在安加维尔绝壁后面，它过去曾令我浮想联翩，似乎眼前它那古砂岩顿时变成了透明体，我看到的，正是德·康布尔梅先生的一个叔叔的漂亮府邸，我知道，倘若我不愿在拉斯普利埃吃晚饭，或者不愿回巴尔贝克的话，府里的人们是会欢迎我的。因此，不仅仅是此地的地名丧失了开始的神秘，而且地方本身也平淡无奇了。地名本来就已经失去了一半的神秘色彩，加之词源学以推理取代神秘，其神秘程度又降了一个等级。在我们回埃尔默侬维尔，圣瓦斯特，阿朗布维尔路上，在火车停站的时刻，我们发现了开始未曾辨清的影子，布里肖一点也没看到，若在夜间，他会把这些影子当作是埃里曼、维斯卡、埃兰巴的鬼魂。但影子已向车厢走来。原来是德·康布尔梅先生，他与维尔迪兰夫妇已经彻底闹翻，他出来送客，并代表他母亲和妻子，来问我是否乐意让他把我半路“劫”走，留我在费代纳暂住几天，有一位美妙的女歌唱家可以为我演唱全部格鲁克的作品，还有一名著名棋手，我可以同他好生厮杀几盘，而且下棋并不影响到海湾去随波垂钓和驾舟击浪，也不影响到维尔迪兰家吃晚宴，对此，侯爵以名誉作担保，保证将我“借”给他们，叫人找上门来给我带路，岂不更方便更稳妥。“但我不能相信，去那么高的地方对您会好受的。我姐妹就受不了。她回来会成什么样子，不过，此刻她感觉还不太坏……真的，您已经发作过一次，那么厉害！明天，您也许挺不住！”他前仰后合，并不是出于恶意，而是出于同样的原因，比如他在街上看到一个瘸子在一个聋子面前自夸或故意同他聊天时，他不会不笑吧。“那么，之前呢？怎么，半个月来您没发作过？您晓得这有多美！说真的，您应该住到费代纳来，您可以同我姐妹谈谈您的气喘病。”在安加维尔站，是蒙贝鲁侯爵来“赶火车”，他没能去费代纳，因为打猎误了，只见他穿着长靴，帽子上插着野雉翎，与上车的人一一握手，并趁此机会通知我说，在我不感到不方便的星期几，他的儿子要来拜访我，感谢我能接待，若能让他儿子读点什么，那他就太高兴了；要不就是德·克雷西先生来“作礼节性回访”，他一边说着，一边抽着烟斗，接受一支甚至好几支雪茄，对我说：“好哇！难道您就不说一下，哪一天我们下一次在卢库卢斯聚会吗？难道我们没什么可谈谈吗？请允许我提醒您，我们在火车上曾留下蒙戈梅里两家的问题没有谈。我们应该谈完它。我就看您了。”别的人来只是买他们要看的报纸。也有不少人同我们闲聊，我总怀疑，他们来到自己的小城堡最近的车站，待在月台上，只是为了会一面熟人而已，除此之外并没有什么事情要做。总之，上流社会的生活场景一幕如同另一幕，与小火车过了一站又一站相仿，但两者不能相提并论。小火车自身似乎意识到自己担任的人们赋予它的角色，养成了人类一种可爱可亲的品性：它性情温顺，耐心地等待着那些迟迟不上车的旅客，他们愿意赖多久就等多久，而且，即使开了车，只要有人打招呼，便停车欢迎光顾；于是，这些半路拦车的旅客便跟在它屁股后气喘吁吁地跑来，在喘气方面与小火车颇像，但不同的是，他们追火车全速奔跑，而小火车只是理智地放慢速度。因此，埃尔默侬维尔，阿朗布维尔，安加维尔，无论如何再也不会让我想起诺曼人征服的伟大野蛮了，它们不满意不可名状的缠身愁云一扫而空，过去我曾看到它们沉浸在暮色苍茫的惆怅气氛之中。东锡埃尔！对我来说，即使在认清了它的真面目，将我从梦幻中唤醒之后，这一地名，长期以来，仍然使我联想到那些可爱的冰冷的街道，明亮的玻璃橱窗，味道鲜美的家禽！东锡埃尔！现在只不过是莫雷尔上车的车站而已；埃格勒维尔，现在只不过是我们在此等待谢巴多夫亲王夫人上车的车站罢了；梅恩维尔，则是晴朗的傍晚阿尔贝蒂娜的下车站，每当她觉得不太累，还想跟我在一起再呆一会儿，就在那儿下车，穿过一条斜坡，比她在巴维尔下车多走不了多少路。这样一来，我不仅不因孤独而惶惶不安——那种孤独感在第一个傍晚就紧箍着我的心——而且，我也不必担心故态复萌，也就再也没有人地生疏之虞了，在这片不仅盛产栗树和柽柳，而且洋溢着友谊的土地上，足迹所至，友谊一脉相承，犹如青山不断，蜿蜒起伏，时而隐藏于峥嵘怪石之中，时而潜伏在马路两旁的椴树林背后，不过，每一站都派有一位可爱的绅士，热情地握一下手，替我洗一下风尘，以免让我产生路遥的疲乏感，如有必要，则往往自告奋勇，陪我继续行路。到了下一站，另一个绅士也许已在站上等着了，前呼后应妙极了，以致小火车鸣笛催我们辞行一位朋友，却又允许我们寻回其他的朋友来了。倘若城堡与城堡之间的距离较远，小火车路经城堡时以快步行人的速度前进，小火车与城堡的距离挨得那么近，以至于，主人们站在月台上，站在候车室前呼唤我们，我们竟以为他们是站在自家的门槛上，窗户前给我们打招呼呢，仿佛省级小铁道只不过是全省的一条街，而孤零零的贵族乡间别墅，只不过是一家城市公馆似的；即使在少有的几个车站，我没听到任何人来问“晚安”，四周万籁俱寂，因为我晓得，这片寂静是朋友的梦乡，他们就在附近的小别墅里，早早上床睡觉了，假如我有必要把他们叫醒，请他们帮忙接待一下，那么我的登门一定会受到欢迎的。习惯充斥了我们的时间，以致几个月后，在城里竟没有一刻的闲暇，我们一到城里，一天给我们十二小时的自由支配权，倘若其中一小时偶尔有空，我就再也不想利用这一小时去看一座什么教堂了，而我过去是专为看教堂才来巴尔贝克的，也不想把埃尔斯蒂尔画的一幅风景画与我在他家看到的原始画稿进行一番比较对照，却宁可到费雷先生家去再下一盘棋。不错，正是巴尔贝克这地方有着可耻的影响，如同也具有魅力一样，才真正成为我熟悉的地方；若说，其领土的分布，沿海一路各种农作物粗放的播种，硬是使我对形形色色的朋友们的拜访赋予旅游的形式，那么，它们同样强使这种旅行只具有一连串拜访的社会乐趣。同样的地名，过去对我而言是何等的撩人，以致我翻普通的《别墅年鉴》到芒什省这一章时，竟激动万分，犹如火车时刻表，我现在对它是何等的熟悉，以致我驾轻就熟，很容易翻到巴尔贝克经东锡埃尔至杜维尔这一页，就像查通讯录那样不慌不忙，顺手拈来。在这个太社会化了的山谷里，我感到，在半山腰上，隐约可见悬挂着一个众多朋友的集团，晚间诗的呼声不再是猫头鹰和青蛙的鸣叫，而是德·克里克多先生的“怎么样？”或者布里肖的“昭明！”①这里，气氛再也不会引起惶惑不安，而充满了地地道道的人情味，呼吸起来沁人肺腑，甚至过分富有镇静解忧之效。我从中受益匪浅，至少可以说，从今往后看问题，只从实际观点出发了。同阿尔贝蒂娜的婚事我看简直是一种疯狂。

① “照明”的音变。

第四章

我只等一有机会便一刀两断。正好,一天晚上,由于妈妈第二天去贡布雷,她的一个姨妈病危,她去那里准备料理后事,留下我,正如外祖母所愿,我可以享用大海的空气,我已明确告诉母亲,我的决心已下,决不反悔,不娶阿尔贝蒂娜为妻,下次再也不与她见面了。我很高兴,在母亲动身前夕,能说这几句话,让她感到满意。她并不对我隐瞒,她听了的确极为满意。我还要当面与阿尔贝蒂娜讲清楚。我同她一起从拉斯普利埃回来,老主顾们一个个下了车,有的在衣冠圣马尔斯站下,有的在紫杉圣皮埃尔站下,另一些人在东锡埃尔下,我感到格外的高兴,故意冷落她,现在车厢里只剩下我们俩,我横下决心与她摊牌。再说,实际上,在巴尔贝克的年轻姑娘中,我所爱的那个姑娘是安德烈,虽然此时她与她的女友们都不在,但她即将回来(我喜欢同所有姑娘在一起,因为每一个姑娘,在我看来,如同第一天那样,都有别人身上某种精华的东西,仿佛属于一个出类拔萃的种族)。既然再过几天,她就要再到巴尔贝克来,她一定会立刻来见我,到那时,为了保持自由自在,我若不愿意就不娶她,目的是为了去威尼斯,但从现在到出发前这段时间,她整个属于我,我所要采取的办法就是,待她一到,千万不能有过于亲近她的表示,我们若在一起说话,我就对她说:"真遗憾,没能提早几星期见到您!否则我就会爱您了;现在,我的决心已下。但这没什么关系,我们会经常见面,因为我正为另一段爱情而伤心,您会帮我安慰我吧。”想起这段对话,我也许会暗自发笑,这样一来,我就给安德烈造成错觉,她感到我并不真心爱她;这样,她也许就不会厌烦我,于是我就可以兴高采烈而又不知不觉地享用她的柔情。但为了所有这一切,最终更有必要对阿尔贝蒂娜严肃讲清楚,以免鲁莽行事,而且,既然我已下决心献身于她的女友,就应当让她心中有数,让她,阿尔贝蒂娜明白,我不爱她。应当马上告诉她,安德烈很可能近一两天就要来。但由于我们已快到巴维尔,我感到当晚已来不及了,最好把现在不可改变的决定推迟到明天去实行。于是,我只跟她谈我们在维尔迪兰家吃的晚宴。她重新穿上大衣的时候,火车刚开出安加维尔,即巴维尔的前一站,她对我说:“那么明天,重返维尔迪兰吧,您别忘了,是您来接我。”我情不自禁地冷冷回敬道:“不错,除非我‘算了’,因为我猛然感到,这样生活着实愚蠢。反正,假如我们去那里,为了使我在拉斯普利埃的时间不至于白白浪费掉,我有必要向维尔迪兰夫人要求一点令我感兴趣的事情,可作为研究的对象,给我点欢乐,因为这一年我在巴尔贝克欢乐的事的确太少。”“您对我太无情了,但我并不怪您,因为我知道您心烦。那您的欢乐是什么呢?”“但愿维尔迪兰夫人让人为我演奏一个乐师的玩艺儿,她对他的作品了如指掌,我也领略过其中的一部,但似乎还有别的东西,我有必要知道是否已经问世,是否与前几部有区别。”“哪个乐师?”“我的小宝贝,我要是告诉你他叫凡德伊,你是不是还要得寸进尺?”我们可以海阔天空无所不谈,但实质却一直未曾触及,而且往往是人们最没料到的外围,它却猝不及防地狠狠咬我们一口,给我们留下永久的伤痛。“您不知道您让我多开心。”阿尔贝蒂娜回答着站了起来,因为火车快停下了。“这不仅告诉我许多您不敢想象的事情,而且,即使没有维尔迪兰夫人,您要什么情况,我可以统统告诉您。您还记得吧,我对您谈到过一个比我年龄大的女友,她既当我的母亲又当我的姐姐,我同她一起在的里雅斯特度过了我最美好的岁月,而且,再过几个星期,我就要在瑟堡与她重逢,我们将从瑟堡出发一起去旅行(这有点怪,但您知道我多么喜欢大海),嘿,好啦!这位女友(噢!绝不是您想象的那种女人!),瞧这多么非同寻常,她正好是凡德伊女儿最好的朋友,而我与凡德伊的女儿差不多一样熟悉,我始终只不过把她们当我的两个大姐姐。我不揣冒昧向您表明,您的小阿尔贝蒂娜在音乐玩艺儿上可以帮您的忙,尽管您说过,而且言之有理,我对音乐一窍不通。”一席话说完,我们已进巴维尔站了,离贡布雷和蒙舒凡是那么遥远,凡德伊去世已经太久了,但一个形象却在我心头躁动,一个形象保存了多少岁月,我甚至可以想象出来,因为过去我把它储存在记忆里,即使这一形象有一种有害的能力,但我以为,久而久之,它的有害的能力已彻底消失了;这个形象活在我的内心深处——犹如俄瑞斯忒斯,众天神使他免于一死,让他在共谋的日子里回故里惩罚谋杀阿加门农的凶手——来折磨我,来报复我,谁晓得?因为我让我的外祖母死去了;这个形象也许会突然从深夜里冒了出来,它似乎老隐藏在黑夜里,像一个复仇者那样动人心魄,目的是为我开创一种可怕的,应得的新生活,或许也是为了在我眼前爆发一下灾难性的后果,邪恶的行为没完没了地招致恶果,不仅仅对准那帮犯有罪恶行为的人,而且还冲着那些只让人、只以为观看了一场奇怪的逗乐的节目的人,比如我,唉!在这个远离蒙舒凡的傍晚,隐藏在一个荆棘丛后面,那里(就像当我得意地听人讲述斯万的爱情故事的时候),我危险地让那条悲惨的道路在我心中拓宽了,这条道路注定是求知的痛苦的道路。与此同时,在极度痛苦之中,我产生了几近高傲、几近欢乐的感情,犹如一个人,受到严重的打击,舍命一跳,可以跳过任何努力都无法跳过的高度。阿尔贝蒂娜,凡德伊小姐的女朋友,又是她的女朋友的女朋友,而她的女朋友又是女同性恋中的老手,经我疑神疑鬼几番胡思乱想,阿尔贝蒂娜便成了一八八九年展览会上小音响器材里的玩艺儿,人们勉强指望它走家串户,而当时的电话已经可以走街串巷,串通城镇、田野和海洋,可以使国家与国家相联系。我刚刚着陆的土地,是一片可怕的“terra incognita”(无名的土地),在我眼前展现的是意想不到的痛苦的一个新阶段。然而,这淹没我们真相的洪流,如果说它与我们的胆怯和疑团思绪相比有浩荡难挡之势,那么胆怯和疑思却预感到洪水将至。我刚才听到的也许就是这类玩意儿,阿尔贝蒂娜与凡德伊小姐之间的情谊就是这类玩意儿吧,这玩意儿是我的思想难以杜撰的,但是,当我看到阿尔贝蒂娜在安德烈身边的时候,心里忐忑不安,我隐隐感到害怕。往往只是因为缺乏创造精神才不至于饱尝痛苦的滋味。最严酷的现实,在造成痛苦的同时,往往给人别有洞天的欢乐,因为它专门赋予我们久久苦思冥想而未能料及的事情一种焕然一新的明朗的形式。火车在巴维尔停站,但由于车厢里只剩下我们几个旅客,列车员觉得已无事可做,公事习以为常,这种习惯既使他准确报站,又造成懒散疲沓,甚至昏昏欲睡,只听得他有气无力地喊道:“巴维尔!”阿尔贝蒂娜就坐在我的对面,眼看着她就要到站了,便从我们车厢里头往外走了几步,正要开门。她这样下车的举动撕裂着我的心,着实叫人于心不忍,犹如,与我的身体独立的立场相反,阿尔贝蒂娜的身体似乎占据着我的立场,这种遥远的离别,一个地道的画家非万不得已是不会在我们之间加以描摹的,它充其量不过是一种表面文章,犹如,对主张根据真人真事再创造的艺术家来说,现在无论如何不该让阿尔贝蒂娜与我保持一定的距离,非把她画到我身上来不可。她这一走我痛心极了,我不顾一切冲上去,一把抓住她的胳膊,拼命往回拽。“今晚您来巴尔贝克睡觉,难道真的不行吗?”我问她。“真的,不行。但我困死了。”“您就帮我个大忙吧……”“那好吧,尽管我不明白是什么意思;为什么您不早说呢? 算了,我留下吧。”我让人把阿尔贝蒂娜安置到另一层楼的一间卧室后,回到自己的卧室,我母亲正在睡觉。我坐在窗前,强忍着伤心的哭泣,生怕被母亲听见,她与我只有一道薄墙之隔。我也未曾想到关百叶窗,因为,猛然,我抬眼看到,面对着我的,在天上,就是那同样的血红残阳小光轮,就是在里夫贝尔餐馆看到的,埃尔斯蒂尔专门研究过的一轮夕阳。我不由得想起我第一次到达巴尔贝克从火车上看到这同一景象的激动心情，那不是夜幕降临前的黄昏，而是预示着新的一天即将来临，但现在，对我来说，任何一天都不可能是崭新的了。再也不可能唤起我追求一种未知幸福的欲望，而只会延长我的痛苦，直到我没有力量忍受为止。戈达尔大夫在安加维尔游乐场对我点破的事实真相，对我而言已不成问题了。长期以来，我对阿尔贝蒂娜感到担心、隐约怀疑的东西，我的本能要清除她的存在的东西，还有我的欲望指导下的推理使我逐渐加以否定的东西，原来都是真的呀！在阿尔贝蒂娜的背后，我再也看不到大海上的蓝色群山，看到的只是蒙舒凡的香房，只见她倒进凡德伊小姐的怀抱，发出咯咯咯的浪笑，让人听到了，她像是她寻欢作乐的不熟悉的声响。因为，阿尔贝蒂娜是多么娇媚，而凡德伊小姐本来就有这方面的嗜好，她怎么会不要求阿尔贝蒂娜给予满足呢？阿尔贝蒂娜没有因此生气，反而同意了，证据就是，她们俩并没有闹翻。相反，她们的亲密程度却与日俱增。阿尔贝蒂娜的下巴贴在她的粉肩上，笑吟吟地看着她，在她香脖上亲吻，这样亲热的举动不由得使我联想到凡德伊小姐，然而对这一举一动的表演，我却迟迟不敢作出这样的假设，一个动作画出来的同样的线条必然源于同样一种习惯，谁晓得阿尔贝蒂娜的一举一动就不是从凡德伊小姐那里学来的呢？渐渐地，暗淡的天空亮了起来。我这个人，时至今日，从来没有醒过来不笑对最微不足道的东西，诸如一碗牛奶咖啡，淅淅沥沥的雨声，咆哮如雷的风声，可我感到，即将来临的白昼，以及接踵而来的日子，绝不会再给我带来对未知幸福的希望，而只会延长我的磨难。我仍然眷恋着生活；我知道等待我的，除了残酷无情的生活之外将别无所有。我跑向电梯，尽管还不到时候，却去敲负责守夜的电梯司机的门，请他去阿尔贝蒂娜房间，告诉她我有要紧事要跟她说，如果她肯接待我的话。“小姐更愿意自己来一趟。”他回来答我道。“她过一会儿就到。”很快，真的，阿尔贝蒂娜穿着睡袍进来。“阿尔贝蒂娜。”我悄悄对她说，并嘱她不要提高嗓门，以免吵醒我母亲，我们同她就隔着这道薄薄的墙板，这墙实在太薄了，今天真讨厌，逼着我们窃窃私语，可过去它却像一种共鸣箱，我的外祖母的心事在这里流露得淋漓尽致，“我真不好意思打扰您。这么回事，为了让您明白，我要告诉您一件事，一件您并不知道的事。当我来这里时，我离开了一个女人，我本该娶她，她已作好准备为我抛弃一切。今天早上她可能出发去旅行了，一个星期以来，我每天都问我自己有没有勇气不打电报告诉她我已经回来了。我顿时有了这种勇气，可我是这样的不幸，以致我认为不如自杀算了。正是为了这个我昨晚才问您是否能来巴尔贝克睡觉。如果我该死的话，总希望向您道一声永别了。”我任眼泪夺眶而出，我编的故事使眼泪流得自然真切。“我可怜的小宝贝，要是我知道了，我就来您身边过夜了。”阿尔贝蒂娜失声叫了起来，在她的脑子里，她甚至压根儿就没产生过这样的念头，我可能娶那个女人，而她本人与我结成“美满姻缘”的机会会化为乌有，她真诚地为一种伤心事大动感情了，我虽然可以向她掩饰造成她伤心的原因，但却掩盖不了她伤心的事实和程度。“何况，”她对我说，“昨天，从拉斯普利埃站以来的整个旅程上，我就感到您的烦躁和忧伤，我怕有事。”实际上，我的烦恼只是从巴维尔才开始的，而烦躁，则完全是另外一回事，幸好阿尔贝蒂娜弄混了，实际上是还得同她一起生活几天的厌恶情绪引起的。她补充道：“我再也不离开您了，我要一直留在这里。”她正好送给我——只有她才能送给我——独一无二的解毒药，那毒药正熬煎着我，只不过毒即药，药即毒就是了；一个是甜的，一个是苦的，两者都是阿尔贝蒂娜派生出来的。此时此刻，阿尔贝蒂娜——我的坏水毒根——正对我制造痛苦，而却让我——是她，阿尔贝蒂娜神丹妙药让我——像一个正在康复的病人那样得到抚慰。但我想，她即要动身离开巴尔贝克去瑟堡，又从瑟堡去的里雅斯特。她的故态即将复萌。我当务之急，就是不让阿尔贝蒂娜取道海上，要想方设法把她带到巴黎去。当然喽，从巴黎出发比从巴尔贝克出发更容易到达的里雅斯特，只要她愿意的话;但在巴黎,我们还要看情况;也许我可以请德·盖尔芒特夫人间接对凡德伊的女朋友施加影响,让她不要待在的里雅斯特,而让她接受另一个地方,比如可以在某亲王府上,我在维尔巴里西斯夫人府上见过他,在德·盖尔芒特府里也碰到过他,即使阿尔贝蒂娜想到他家去见她的女友,亲王得到德·盖尔芒特夫人的通知,也会不让她们俩相会的。当然,我也可以这么想,在巴黎,倘若阿尔贝蒂娜有此类嗜好,她可以找别的人来满足她的这种要求。但是,每个嫉妒举动都有特别之处,并带有品行不端女人——此次则是凡德伊的女友——的标记,正是她激起了嫉妒心。凡德伊小姐的女友已成为我的一大心病。过去,我曾怀着神秘的爱恋想到奥地利,因为阿尔贝蒂娜就来自这个国度(她的叔叔曾是使馆参赞),奥地利的地理特点,居住在那里的民族,它的名胜古迹,它的旖旎风光,我都可以在阿尔贝蒂娜的音容笑貌里,在她的举止风度里(也可以在地图集里,在风景画册里)一饱眼福,这种神秘的爱恋,我颇有体验,但却是用符号在恐怖的领域里加以表示。是的,阿尔贝蒂娜正是从那里来的。正是在那地方,在每家每户里,她肯定可以重新找到,或者是凡德伊小姐的女友,或者是其他的女友。童年的习惯会故态复萌,再过三个月就到圣诞节团聚了,接着就是元旦,这些节日本身早已令我伤感,无意中回想起当年过节时那苦恼的滋味,因为过节,在新年假期,自始至终,我一直都跟希尔贝特分开的。吃过久久不散的晚宴,吃过节日午夜聚餐,大家都喜气洋洋,兴高采烈,阿尔贝蒂娜即将同她在那地方的女友们厮混在一起,那亲热的姿态,定然是故伎重演,同我看到她与安德烈在一起的举止一模一样,可是,阿尔贝蒂娜对她的友情是无辜的,谁晓得?也许,在我之前更接近凡德伊小姐的女朋友们可以知道,凡德伊小姐在蒙舒凡受到她的女朋友们的追求。她的女友在向她身上扑去之前,总要先挑逗她迎合她,现在,我献给凡德伊小姐的是阿尔贝蒂娜那火焰般的媚脸,只听得阿尔贝蒂娜半推半就时发出的奇怪而深含的笑声。我再次感到了痛苦,与这种痛苦相比，原来我体验到的嫉妒又算什么呢？那天，在东锡埃尔，圣卢碰见我同阿尔贝蒂娜在一起，她与他眉来眼去，我感受到这种嫉妒。还有，那一天，我正盼着德·斯代马里亚小姐的信，我回想起那未曾见面的启蒙导师，她在巴黎给了我那一阵初吻，我可能还得感谢她吧，我领教了嫉妒的滋味，会不会是这类嫉妒？由圣卢挑起来的，或由某一位年轻人挑起来的是另外一种嫉妒，实际上并没有什么了不起。在这种情况下，我无非害怕多了一个情敌，我想方设法战胜他就是了。但这里的对手却与我大不一样，她的武器不一样，我不能站在同一个决斗场上与之决斗，不能给阿尔贝蒂娜同样的欢娱，甚至难以真切地加以想象。在我们一生的许多时刻，我们往往不惜将一生的前途去换取本身没有意义的一种权利。过去，我可以不惜放弃一切生活的优厚条件以认识布拉当夫人，因为她是斯万夫人的一位女朋友。今天，为了不让阿尔贝蒂娜去的里雅斯特，我可以受尽种种痛苦，倘若这还不够的话，我或许把痛苦加到她的身上，我可以把她隔绝开来，关在家里，我可以把她身上仅有的一点钱全拿走，使她身无分文，没办法去旅行。过去，我想去巴尔贝克，促使我动身的原因，无非是想看一座波斯教堂，一阵凌晨暴风雨；而现在，一想到阿尔贝蒂娜可能要去的里雅斯特，令我撕心裂肺的原因，就是因为她将同凡德伊的女友一起在那里度过圣诞之夜：因为想象一旦改变了性质，转变成感觉，就很难为此想象出更多的同时出现的形象。要是有人告诉我说，她此时不在瑟堡或的里雅斯特，她不可能看到阿尔贝蒂娜，我可能会高兴得泪流满面！我的生活和她的未来该会发生多大的变化！但我心里明白，我的嫉妒之心只限于那个地方是武断的，倘若阿尔贝蒂娜真有这种种嗜好，她完全可以找别的女人求得满足。况且，甚至可能有这样的情况，即使还是这帮姑娘，但如果可以在别的地方与她见面，那她们也许不会如此厉害地折磨我的心，我感到，阿尔贝蒂娜寻欢作乐的地方，正是的里雅斯特，正是在那陌生的世界里，有她童年的回忆，童年的友谊，童年的爱情，正是从的里雅斯特，从这个陌生的世界，散发出莫名其妙的敌视的气氛，犹如往昔，我呆在贡布雷我的卧室里，听到妈妈在刀叉叮当声中与客人们又说又笑，可她总也不来对我说声晚安，那敌视的气氛从饭厅一直升腾到我的房间里；又像是奥黛特夜间出去寻找不可思议的欢乐，她所到的房子，对斯万来说，都充满着类似的敌视气氛。我现在想到的里雅斯特，可不是向往一个美好的地方，因为那里的民族多思，夕阳铄金，钟声寡欢，而是，想到的里雅斯特，就像想起一个该死的城市，恨不得立即将它烧成灰烬，恨不能马上把它从现实世界中清除掉。这座城市像一支利箭深深地刺进了我的心。过不了多久，就要让阿尔贝蒂娜去瑟堡，去的里雅斯特，这叫我惶惶然不可终日；即使留在巴尔贝克也是一样的呀。因为现在，在我看来，我的女朋友与凡德伊小姐的隐私大暴露已是满有把握的事了，我感到，每当阿尔贝蒂娜不同我在一起的时候（有几天因为她姨妈的原因，我整天都看不到她），她一定委身于布洛克的小姐妹们了，也可能委身于其他的女密友。一想到就在今晚她可能去看布洛克的小姐妹们，我都气疯了。因此，她一说几天之内她不离开我，我便回敬她道："但那是因为我想动身去巴黎。您不同我一道走吗？难道您不愿意来巴黎同我们一起住一小段时间吗？"要不惜一切代价阻挠她独自行动，至少几天之内，非把她留在我身边不可，保证她看不到凡德伊小姐的女朋友。这样一来，她实际上只能单独同我在一起，因为我母亲利用父亲即将进行视察旅行的机会，自己认为有必要服从我外祖母的一个遗愿，因为她曾希望我母亲到贡布雷住几天，陪伴外祖母的一个姐妹。妈妈不喜欢她的这个姨妈，因为外祖母对她是那样温柔体贴，可她对外祖母却没有姐妹的情分。事情就是这样，孩子们长大了，回想起过去对自己不好的人，总是耿耿于怀。不过，待她做了我的外祖母，就不会记旧仇了；她母亲的一生对她来说简直就是天真无邪的童年，她后来常常回忆起小时候的事情，个中的甘苦，可以调节她对这样或那样一些人的行动。我的姨婆也许可以给妈妈提供某些珍贵的细节，但现在她是很难得到了,她姨妈病倒了(听说是癌),而妈妈呢,责怪自己光顾陪我父亲,却没有早一点去看望她,只好再找一个理由,做她的母亲在世时会做的事情;外祖母的父亲是极坏的父亲,但在他的诞辰纪念之际,母亲为他上坟献花,因为我外祖母有上坟献花的习惯,就这样,妈妈来到快开裂的墓边,打算修补修补,可我的姨婆却不来补慰一下我的外祖母。我母亲若在贡布雷,必去张罗我外祖母一贯爱干的活计,只不过这些活计都是在她的女儿监视下做的就是了。妈妈要比我父亲先离开巴黎,不愿让我父亲过于悲伤,这悲伤与他有关,尽管这悲伤不会使我父亲像我母亲那样悲痛,因此,那些活计并没有动手去做。“啊！就这时候不可能。”阿尔贝蒂娜回答我说。“再说,您何必这么急着回巴黎,既然那位女士已经走了?”“因为,在我认识她的地方,我也许会更加平静,比在巴尔贝克更平静,她从来没见过巴尔贝克是什么模样,而我见到巴尔贝克就感到恐怖。”阿尔贝蒂娜后来是否才明白过来,这另一个女人并不存在,那天晚上我要死要活的,是因为她冒冒失失地向我透露了她与凡德伊小姐的女友有来往？这是可能的。有些时候,我觉得有这种可能。但不管怎么说,那天早上,她相信确有其人存在。“那您就应该娶那位女士,”她对我说,“我的小乖乖,您会幸福的,她也肯定会幸福的。”我回答她说,我会使这个女子幸福这个念头,的确差一点导致我下了决心;最近,我继承了一大笔遗产,允许我给我的妻子许多奢华,许多欢乐,我差一点接受我所爱的女子的献身。阿尔贝蒂娜刚刚给我造成残酷的痛苦,而现在她的通情达理又令我感激万分,飘飘然陶醉了,犹如,咖啡店里的男招待在为您斟第六杯白酒时,你主动夸口要给他一笔财富,我告诉她说,我的妻子将会拥有一辆汽车,一艘游艇;既然阿尔贝蒂娜那么爱坐汽车,那么爱乘游艇,从这点上看,她若成不了我的所爱,岂不可悲;我对她来说,本可以是十全十美的丈夫,但得走着瞧,也许可以愉快地见面。不管怎样,活像喝醉了酒,生怕招呼路人反遭一顿打那样,我没有像在与希尔贝特要好时那样冒失从事(如果说这也是一种冒失的话），对她说，我爱的正是她，阿尔贝蒂娜。“您看，我差一点要娶她。可我却不敢这样做，我不忍心让一个年轻的女子生活在一个极度痛苦、极度烦恼的人的身边。”“可您疯了，所有的人都愿意在您身边生活，您看，大家是多么需要您。在维尔迪兰夫人家里，大家开口闭口离不开您，在上流社会的上上层也是如此，大家都这么对我说。准是她，那位女士，对您不客气，给了您怀疑自己的印象？我看准是这么回事，这是一个坏女人，我恨死她了，呵！要是我处在她的位置上……”“不不，她很乖，太乖了。至于维尔迪兰家，我才不把他们看在眼里呢。除了我所爱的然而我又拒绝了的她，我只依恋我的小阿尔贝蒂娜，只有她，经常来看我——至少头些日子是如此，”我补充道，以免把她吓坏了，这样我就可以在这些日子向她提出更多的要求——“可以使我得到一点安慰。”我只是含糊其辞地影射有结婚的可能性，却又改口说这是不可能实现的，因为我们的性格不合。一想到圣卢与“从上帝身边来的拉谢尔”的关系，一想到斯万与奥黛特的关系，我便嫉妒不止，不能自已，极容易产生这样的想法，我爱之时，却不能得到爱，唯有利益才能把一个女人同我拴在一起。也许疯了才会把阿尔贝蒂娜与奥黛特和拉谢尔相提并论。但不是她疯了，而是我；我自身可以激励的感情，却被我的嫉妒心大加贬低。从这种可能是错误的判断出发，无疑会产生许多不幸，这种种不幸将劈头盖脑地向我们扑来。“那么说，您拒绝我的邀请，不去巴黎喽？”“我姨妈不愿让我这个时候走。再说，即使以后我可以去，我现在就这样到您家，脸面不可笑吗？在巴黎，人家会弄清楚，我并不是您的表妹。”“那么，我们就说，我们刚刚订过婚。怎么样，反正您知道，这又不是真的。”阿尔贝蒂娜的脖子完全裸露在衬衣之上，强劲，色如镀金，挂着大珠项链。我拥抱她，心地纯洁，就好像我拥抱我母亲一样，以安慰孩子的伤心，我当时以为，这种伤心是永远不可能从我心上抹掉的。阿尔贝蒂娜离开我去穿衣服。何况，她的忠诚已开始退却；刚才，她还对我说，她一秒钟也不离开我。（而且，我总感到，她的决心不会持久，因为我害怕，假如我们留在巴尔贝克，她甚至在当天晚上，就会背着我去看布洛克的一帮小姐妹。）可她刚刚才告诉我，她想路经梅恩维尔，下午可能再回来看我。她昨夜没回去，那里可能有她的信；再说，她姨妈也会不安的。我回答说："要是就这么点事，完全可以叫电梯司机转告您的姨妈，说您在这儿，把您的信找来就是了。"她既想表现出听话，但又讨厌被人控制，只见她皱了皱眉头，突然，欣然改口道："是这么回事。"于是，她派电梯司机去了。阿尔贝蒂娜没有离开我，过了一会儿，电梯司机便来轻轻敲门。我未曾料到，就在我同阿尔贝蒂娜说话这段时间里，他竟然来得及去梅恩维尔跑了个来回。他来告诉我，说阿尔贝蒂娜曾写一张便条给她姨妈，还说，假如我愿意的话，她可以同一天去巴黎。而且，她犯了个错误，大声委托他办事，尽管是大清早，弄得经理都知道了，他十分恐慌，来问我是不是有什么不满意的地方，是不是真的要走，是不是至少还可以等几天，因为今天风够怕人的（是人怕风）。我不想对他解释，只要布洛克那班小姐妹仍在巴尔贝克散步游玩，只要安德烈不在那儿，而只有安德烈能护着阿尔贝蒂娜，我就要不惜一切代价，让阿尔贝蒂娜离开巴尔贝克，我也不想对他解释，巴尔贝克类似这样的地方，在那里的一个正在咽气的病人，无论如何不肯多住一个夜晚，宁可死在半路上。何况，我还要去同类似的请求作斗争，首先是在饭店里，玛丽·希内斯特和塞莱斯特·阿尔巴雷眼睛都红了。（不过，玛丽泪如泉涌，啜泣有声；塞莱斯特比她还懦弱，要她冷静下来；玛丽口里念念有词，是她唯一熟悉的诗句：**天下所有的丁香都枯死了**，塞莱斯特忍不住了，在她那丁香色的脸上涕泪交流；不过我想，当天晚上她们就把我忘掉了。）继而，在地方办的小火车上，尽管我想方设法不被人看见，但我还是遇上了德·康布尔梅先生，他只要看见我的行李箱子，脸色顿时变得煞白，因为他指望我两天后去做客呢；他使我很恼火，因为他说，我的气喘与天气变化有关，说十月份可能是哮喘最凶的时候，他问我，无论如何，"是否可以推迟个把星期再走”,这等愚蠢的说法也许会把我气死,因为他的建议实在叫我难受。在车厢里,他只顾同我谈话,可我每到一站,总是提心吊胆的生怕见到德·克雷西先生,他比埃兰巴或吉斯加还讨厌,厚着脸皮乞求别人邀请他,也怕见到维尔迪兰夫人,她就更烦人了,非请我去做客不可,但这些个事过几小时才可能发生。我还没有到达那地步呢。我现在只是要对付经理失望的怨言。我把他打发走了,因为我怕他唧唧咕咕个没完,最终会把我妈妈吵醒。我独自待在房间里,想当初刚来乍到,也就在这间房子里,天花板高高在上,我是多么的不幸;也就是在这间房子里,我怀着多少柔情蜜意思念德·斯代马里亚小姐,暗中监视着阿尔贝蒂娜和她的女友们来来往往,她们像一群迁徙的候鸟在海滩上栖息;也就在这间房子里,我叫电梯司机去把她找来,我拥有了她,却又那么无动于衷;还是在这间房子里,我体会到外祖母的善良,后来得知她仙逝的消息;这一扇扇百叶窗,从窗脚下落进晨光,我第一次打开百叶窗,第一阵涛峰奔涌而来(但阿尔贝蒂娜却让我关上百叶窗,以免让人看见我们拥抱接吻)。与事物的原始面目相对照,我才意识到自己变了。不过,人们对于事如同对于人一样容易习惯成自然,但突然间,人们回味出其事其人具有不同意义时,或当其事其人失去全部意义时,回想到与其事其人有关的与今天迥然不同的事件,就在同一块天花板下,在同样的玻璃书橱间,演过的形形色色的话剧,并由此引起的心中的变化和生活中的变化,却由于周围环境依旧似乎显得更加激烈,由于地点的统一而得到了加强。

有一阵子,我两次三番产生这样的念头,在这间房子和这些书橱构成的世界里,阿尔贝蒂娜夹在里面是何等的微不足道,这也许是知识的世界,是唯一的现实,是我的忧愁,有那么点像阅读小说的滋味,只有傻瓜才会被弄得愁肠百结,久久难以解忧,一辈子形影相吊;也许,我的意志只要稍许动作就可抵达这现实的世界,只消将纸包捅破,就可以超越我的痛苦,回到这现实世界中来,再也不去更多地考虑阿尔贝蒂娜的所作所为,就好比我们读完一部小说后，不再多思考小说中虚构的女主人公的情节。况且，我最喜欢的情人与我对她们的爱情始终无缘。这种爱是真实的，因为我不顾一切去看她们，把她们拥为我一个人所有，因为，只要有一天晚上她们让我久等了，我就会伤心地哭泣。但是，她们与其说是爱情的形象，倒不如说她们拥有唤醒这种爱情并将这种爱情推向顶峰的特权。当我看到她们时，当我等待她们时，我在她们身上找不到与我的爱情有丝毫相像的东西，找不到丝毫可以解释我的爱情的东西。然而，我唯一的欢乐就是看到她们，我唯一的烦躁就是等待她们。似乎有一种与她们毫不相干、却是自然赋予她们的附属的效能，这种效能，这种仿电能，在我身上产生了激发爱情的效果，也就是说，指挥着我的一举一动，造成我的种种痛苦。与此相比，这些女子的美貌，或智慧，或善良就完全不同了。就像有一股电流在推动着您似的，我被爱情震撼了，我体验过爱情的深浅，感受到爱情的滋味：但我永远看不到爱情，或者说想不到爱情。我甚至倾向于认为，在这种种爱情里（我且不谈肉体的交欢，肉体交欢往往伴随着爱情，但又不足以构成爱情），面对女人的外表，我们正是向附带伴随着女人的种种无形的力量表白心曲，就像对黑暗女神祈求一样。我们需要的正是她们的仁慈，我们追求的正是与她们的接触，却找不到实际的欢乐。幽会时，女人只是将我们与这些女神拉到一起，并无更多的作为。我们如同许愿祭品，答应给首饰，让旅游，讲些套话，意思是我们有多爱，讲些相反的套话，意思是说，我们根本无所谓。我们使出了我们的全部能力以取得一次新的约会，而且对方竟欣然同意了。倘若女人不附带有这种种神秘的力量，难道，我们是为了女人本身我们才吃如此多的苦头，而，当她走了，我们竟然说不清楚她穿的是什么衣服，我们才发现，我们甚至都没看她一眼，是不是？

视觉是何等骗人的感觉！一个人体，甚至是所爱的身体，比如阿尔贝蒂娜的玉体吧，离我们虽然只有几米，几厘米，可我们却感到异常遥远。

而属于她的灵魂也是如此。只是,只要某件事猛然改变着这个灵魂与我们之间的位置,向我们表明,她爱的是别人,而不是我们,此时此刻,我们的心跳散了架,我们顿时感到,心爱的造物不是离我们几步远,而就在我们心上。在我们心上,在或深或浅的地方。但这句话:“这个女朋友,就是凡德伊小姐”已经成了芝麻开门的咒语,我自己原是无法找到这个秘诀的,是它让阿尔贝蒂娜进入我那破碎的心的深处。她进门后即重新关严的石门,我即使花上百年时间,也弄不懂到底怎样才能重新把石门打开。

这几个字的咒语,刚才阿尔贝蒂娜待在我身边的那阵子,我却听不到了。我像在贡布雷拥抱我母亲那样拥抱了她,以缓和我的痛苦,我差点相信阿尔贝蒂娜是无辜的,要不,至少,我没有继续想我发现她有坏毛病这件事。但现在,我孤零零一个人,那些个咒语又在我耳边回响,就像人家对您说完话后,您听到耳内仍有声音回荡一样。现在,她的毛病对我来说已不成其疑问了。即将升起的太阳的光辉,一边改变着我身边的事物,就像暂时移动了我与她关系的位置,进一步严酷地令我意识到我的痛苦。我从来未曾看到,一天的早晨开始是如此美好,又是如此痛苦。想起那麻木不仁的历历风景即将吐艳生辉,而在昨晚,它们还一味让我产生一睹为快的欲望,我便止不住哭泣起来,同时,机械地做了一个奉献祭品的动作,我觉得这是象征流血牺牲的动作,每个早上,直至我生命的终止,我要牺牲一切的欢乐,当曙光初照,我以我每日的忧伤和我创伤的鲜血,隆重地重新欢庆这种流血牺牲,太阳的金蛋,好像受到凝固时密度的突然改变,导致平衡的失控,被推了出来,犹如画中带火焰的红轮,喷薄而出冲破一道天幕,在这道天幕的背后,人们已经感到它跃跃欲试了一阵时间,准备好进入舞台,横空出世,以其光的波涛,将神秘的僵化了的大红天幕抹去。我听到我自己在哭泣。但此时此刻,完全出乎意料之外,门开了,心儿怦怦直跳,我似乎看到了我的外祖母站在我的面前,过去也有过类似的情景,但只是在睡梦中才出现的。这一切难道不过只是一场梦?然而,我分明是醒着的。“你觉得我像你那可怜的外婆”，妈妈对我说——因为这是她——语气温和，好像是为了消除我的恐惧，况且，承认了这种相像，嘴上挂着甜美的微笑，出于谦虚的骄傲，与谄媚妖冶从不沾边。她的头发散乱，银灰的发绺毫不掩饰，在焦虑不安的眼睛周围和苍老的两颊上弯曲散落着，她穿的睡衣跟我外婆的一模一样，在一瞬间，我简直不敢认她，不觉犹豫起来，是不是我还在睡梦之中，或者，是不是我外祖母复活了。已有许久了，我母亲越来越像我外祖母，反而不像我童年所熟悉的年轻的笑眯眯的妈妈了。但我已经不再梦到了。就这样，当人们看书看久了，心不在焉，也不知时间过去了，突然，看见身边出了太阳，昨天傍晚在同样的时刻也有太阳，朝阳唤醒了身边依旧和谐连贯的氛围，而醒悟了的和谐连贯的氛围又依旧酝酿着夕阳。母亲以微笑向我表明是我自己产生了错觉，因为她为自己与自己的母亲竟然如此相像而感到愉快。“我来了，”我母亲对我说，“因为睡梦中，我觉得听到有人在哭。这就把我吵醒了。可你怎么搞的还没睡觉！瞧你眼泪汪汪的。怎么啦？”我抱住她的头：“妈妈，是这样的，我怕你以为我朝三暮四。可首先，昨天，我对你谈到阿尔贝蒂娜，挺听话吧；可我对你说的不对头。”“可又怎么啦？”我母亲对我说着，发觉太阳已经升起，她想起了自己的母亲，不由得凄然一笑，我外祖母曾为我从未仔细看看一幕壮丽的景象而惋惜，为使我不致错过一次观光的现成良机，妈妈对我指了指窗外。妈妈指给我看巴尔贝克的海滩、大海和旭日，可我却怀着失望的情绪——我母亲早已看在眼里——在那风景背后，看到的却是蒙舒凡的房间，只见阿尔贝蒂娜色如玫瑰，像一只肥母猫那样委着身子，淘气地吸着鼻子，占据了凡德伊小姐的女朋友的位置，只听她浪言浪语地咯咯大笑说：“嘿嘿！要是有人看到我们，那就再好不过了。我！我不敢朝这老猴子身上呸一口？”窗外展现的景象背后，我所看到的原来就是这么一场戏呵，另一个场面则是一叶惨淡的风帆，像一道掠影重叠在上面。的确，这情景本身似乎几乎是不真实的，活像画出来的景观。

在我们面前，在巴维尔的悬崖峭壁突兀之地，我们曾在里面做过传环游戏的那片小树林沿着斜坡直倾大海，镶着海水的金边，这是一幅绿树叠翠的图画，它每每出现在薄暮向晚的时候，这时，我常与阿尔贝蒂娜进小树林午休，起来时，正见夕阳西下。混乱的夜雾仍然在水面上拖着破烂不堪的玫瑰红和蓝色的彩裙，而水面上却已曙光初照，珠贝鳞光闪耀在海面上，只只船儿笑对斜晖驶过，斜晖染黄了风帆和桅顶，恰似归航晚景：虚幻的、哆嗦的、荒凉的场面，纯粹是夕阳的浮现，此情此景，不像天黑是白天的后续那么天经地义，而我又习惯于把薄暮看作早于天黑，此情此景，淡淡薄薄的，穿插进去的，比起蒙舒凡的可怕形象更加稀薄缥缈，根本不可能将蒙舒凡的可怕形象消除掉，掩盖掉，隐瞒掉——这是回忆与幻想的诗一般的无可奈何的形象。"可是，瞧，"我母亲对我说，"你没有对我说过她一句坏话呀，你告诉我说她有点使你烦恼，你说你很高兴放弃娶她的念头。您哭成这个样子，这不成一个理由。你想想，你妈妈今天就要动身，留下妈妈的大宝贝如此伤心，妈妈怎么放心得下。再说，可怜的小宝贝，我没有一点时间来劝慰你。行李即使准备好了也白搭，出门这一天，时间总是不够用。""不是这码事。"于是，盘算着未来，好生掂量掂量我的意愿，终于明白了，阿尔贝蒂娜在那么长的时间里，对凡德伊小姐的女朋友，怀有如此绵绵柔情，是不可能清白无辜的，终于明白了，阿尔贝蒂娜原来是行家里手，正如她的一举一动向我表明的那样，而且生来就有恶习的本性，我不知为此产生多少回不安的预感，她一直沉湎于这种恶习之中（也许此时此刻，她趁我不在之机，正委身恶习呢），我于是对母亲说，明知道我使她为难，但她却不让我看出她的痛苦，只是她身上那严肃的焦虑神色有所流露罢了，每当她感到事情严重，会使我烦恼，或令我痛苦时，她便有这种严肃的焦虑的神色，而她的这一神色的首次流露是在贡布雷，即当她终于答应在我身边过夜的时候，此时此刻她的神色与我外祖母允许我喝白兰地时的神色何其相像，我于是对母亲说："我知道我一定会使你为难。首先，与你的愿望相反，我不留在这里，我要跟你同时动身。但这还没什么。我在这里感到难受，我更想回去。是这么回事。我弄错了，我昨天好心骗了你，我想来想去思考了一夜。我们一定一定要，赶快拿定主意，因为我现在终于明白了，因为我再也不会改变主意了，因为我不这样就活不下去了，我一定一定要娶阿尔贝蒂娜。”

A LA RECHERCHE DU
TEMPS PERDU

追忆似水年华

第三卷

盖尔芒特家那边

潘丽珍 许渊冲 译

译林出版社

图书在版编目（CIP）数据

追忆似水年华．第3卷，盖尔芒特家那边／（法）普鲁斯特（Proust, M.）著；潘丽珍，许渊冲译．—南京：译林出版社，2012.6（2026.2重印）

ISBN 978-7-5447-1623-9

Ⅰ.①追…　Ⅱ.①普…②潘…③许…　Ⅲ.①长篇小说－法国－现代　Ⅳ.I565.45

中国版本图书馆CIP数据核字（2011）第002323号

追忆似水年华（3）盖尔芒特家那边［法国］马塞尔·普鲁斯特／著　潘丽珍　许渊冲／译

责任编辑　唐洋洋
特约编辑　张媛媛
责任印制　颜　亮

原文出版　Gallimard，1984
出版发行　译林出版社
地　　址　南京市湖南路1号A楼
邮　　箱　yilin@yilin.com
网　　址　www.yilin.com
市场热线　025-86633278
排　　版　南京展望文化发展有限公司
印　　刷　徐州绪权印刷有限公司
开　　本　880毫米×1230毫米　1/32
印　　张　96.375
插　　页　28
版　　次　2012年6月第1版
印　　次　2026年2月第43次印刷
书　　号　ISBN 978-7-5447-1623-9
定　　价　328.00元（全七卷）

赠挚友莱翁·都德：
谨致衷心的感激和敬意。

马塞尔·普鲁斯特

目 录

第一部

清晨，鸟儿唧唧啾啾的叫声在弗朗索瓦丝听来觉得没有趣味。“女佣”们说一句话都会把她吓一跳，走一走路都会使她受到惊扰，会使她猜想是谁在走动，因为我们搬家了。其实，在我们旧居的“七楼”，仆人们来回走动的声音也不算小，但她熟悉他们，听到他们走来走去的脚步声感到非常亲切。现在，即使是寂静无声，她也会觉得难以忍受。我们的旧居门窗朝着一条热闹的林荫大道，而我们的新居所在的地区却很幽静，只要有个过路人唱唱歌（哪怕歌声非常微弱，远远听来，也像管弦乐的主旋律那样清楚），被迫搬家的弗朗索瓦丝听了也会激动得眼泪盈眶。因此，虽然我曾嘲笑她为了不得不离开一幢“到处受到尊敬”的房子而内心忧伤（按照贡布雷的惯例，她在收拾行李时哭哭啼啼，口口声声说，到哪里也找不到比我们的旧居更好的房子），但是，当我看到我们家的这位老女仆因为初次见面的门房没有向她表示尊敬而几乎垂头丧气时（因为尊敬对她来说是不可缺少的精神营养），我就向她走了过去。我这个人虽不留恋旧东西，但也难适应新环境。只有她才能理解我。自然，她的那个年轻的听差决不会理解我的心情。他几乎还不能算贡布雷的人。搬家，迁入新区，对他说来就像度假一样，新鲜的事儿使他开心，有如作了一次旅行；他以为自己到了乡下；他得了一次鼻炎，这就好似在没有关严窗户的车厢里吹来了一股“穿堂风”，使他产生了一种见过世面的奇妙印象；他每次打喷嚏，都为找到了一份如此称心的差事而高兴，因为他一直盼望能遇上一个经常旅行的东家。因此，我没有想去找他，而是直接去找弗朗索瓦丝了。我曾对搬家满不在乎，甚至见她伤心落泪还嘲笑她，因此，当她见我愁眉不展时，便故意装出冷冰冰的样子，更何况她也和我一样沉闷忧郁呢。神经过敏的人越是“敏感”，就越自私；他们只许自己有痛苦，却不让别人在他们面前流露出半点不快。弗朗索瓦丝对她感到的痛苦，哪怕是最轻微的，都要一一仔细回味；要是我不高兴了，她便故意扭过头去，使我的痛苦得不到同情，甚至引不起注意。我刚想同她谈我们的新居，她就把头扭过去了。两天之后，弗朗索瓦丝不得不回到我们刚搬离的房子去找几件遗忘在那里的衣服，她显示了女人的变化莫测，回来后竟说，她在我们过去的那条街上差点儿没给憋死，她这次回旧居实在感到“不得其所”，她从没见过那样不方便的楼梯。她还说，“即使回去可以当上皇后”，她也不回那里去住了，哪怕给她几百万钞票（反正这样瞎说又不要她花钱！），我们新居的一切（也不过就是厨房和走廊）要比旧居“布置”得不知好多少。可那时，搬家后我的“烧”还没有退，我就像刚吞下一头牛的蟒蛇，感到自己痛苦地被一只箱子撑得变了形，凸得我连看一眼都觉得吃不消。然而，写到这里，我该作个交待，我们的新居是盖尔芒特府附属建筑中的一套单元房。我们搬来这里，是因为我的外祖母身体欠安，需要更洁净的空气，而这条理由，我们对她是避而不谈了。

在某一个年龄阶段，名字被我们注入了不可知的特性，因而为我们提供了不可知的形象，同时，也给我们指明了一个真实的地点，迫使我们把名字和真实的地点统一起来，甚至我们可以动身去某个城市寻找一个为该城市所不能容纳，但我们不再有权剥夺其名称的灵魂。在这个年龄阶段，名字不仅像寓意画那样使城市和河流有了个性，不仅使物质世界五光十色，绚丽多姿，而且使人类社会呈现出光怪陆离的画面：每一座著名的城堡、公馆或宫殿，都有它们的女主人或仙女，正如森林有森林神，水域有水神一样。有时候，仙女深深地隐藏在她的名字后面，受到我们想象力的滋养，随着我们想象力的变化而变化。因此，尽管多少年来，德·盖尔芒特夫人于我不过是一张幻灯片或一块彩绘玻璃窗上的图像，但当完全不一样的梦幻用急流溅射的泡沫把它弄湿了时，它也就开始失去光泽。

然而，只要我们接近名字所指的真实的人，仙女就会消失，因为这个人一旦和她的名字统一，也就不再是仙女；如果我们离开她，仙女就会再现；但是，只要我们待在她身边不走，仙女就会最终消失，随之名字也会消失，例如吕西尼昂家族①，在梅吕西娜仙女②离去的那天，可能也黯然失色了。名字不过是一张有照片的普通身份证，如果迎面走来一个人，我们就看一看这张身份证，好弄清楚我们认不认识这个过路人，该不该同他打招呼；名字经过我们一次又一次的想象而变了样，但是，我们还能发现一个我们素不相识女人的原始倩影。但是，尽管从前某年所产生的某种感觉，会像那些能记录并保留不同艺术家演奏时的声音和风格的乐器那样，使这个名字在我们记忆中重现，使我们重新听见这个名字，而且听上去仍然是从前的声音，表面上没有什么变化，我们仍能感觉得到，相同的声音在我们身上引起的一连串梦幻是各不相同的。有时候，在从前一个春天听到的名字现在又听见了，我们会像挤绘画颜料管似的，从中挤出逝去时光的神秘而新鲜的、被人遗忘了的细腻感情；当我们像一个蹩脚的画家，把我们的过去整个儿地展现在同一张画布上，任凭我们的记忆给予它传统的、千篇一律的色彩的时候，我们以为对过去的每时每刻仍然记忆犹新。然而恰恰相反，过去的每一时刻，作为独到的创作，使用的色彩都带有时代特征，而且十分和谐，这些色彩我们已不熟悉了，可是仍会突然使我们

---

① 吕西尼昂家族为法国西部省份普瓦图的家族，许多成员参加过十字军东征。其中一支系袭拉马斯和昂古莱姆伯爵爵位，但直到于格八世的儿子们时期，该家族才兴盛起来。

② 梅吕西娜为中世纪传说中的人物，因犯有错误，被罚每星期六变成蛇女。她被视作吕西尼昂家族的始祖，歌德从中汲取灵感创作了神话故事。

感到心醉神迷。我就有过这种体会。贝斯比埃小姐结婚已经多年,可是,一次偶然的机会,盖尔芒特这个名字又突然恢复了我在她喜庆之日所听到的声音,与今天的声音迥然不同,此刻我心里高兴得发颤,它使我又看到了年轻的公爵夫人佩戴的鼓鼓囊囊的领结,淡紫的颜色是那样柔美悦目,是那样光辉灿烂、新颖别致;还有她那双炯炯有神的眼睛,闪烁着蓝晶晶的微笑,宛若一朵永开不败的不可采撷的长春花。那时候,盖尔芒特的名字也像一个注入了氧气或另一种气体的小球:当我终于把它戳破,放出里面的气体时,我呼吸到了那一年那一天贡布雷的空气,空气中混杂有山楂花的香味。是广场一角的风儿把这香味吹过来的。这预示着将要下雨的风儿使太阳时隐时现,把阳光洒在教堂圣器室的红羊毛地毯上,使它呈现出天竺葵的肉色,或像玫瑰花的粉色,光彩夺目,它又像盛大音乐会上演奏的瓦格纳①的乐曲,高雅华贵,轻松愉快,令人心旷神怡。此刻,我们会突然感到这个原始的实体在颤动,恢复了它在今天已不复存在的那些音节内部的形式和雕刻花纹。然而,即使在这样难得的时刻,即使名字在令人眼花缭乱的日常生活的漩涡中,仅仅成了一种惯用的称呼,失去了任何色彩,好似一个棱柱形的陀螺,飞速地、如醉似狂地旋转着,可是,当我们在幻想中冥思苦想时,为了回溯以往,我们会力图减缓和中止我们已被卷入其中的永恒的运动,渐渐地,又会重新看到某个名字在我们一生中向我们连续展开的斑斓色彩,层层叠叠,但各各相异。

当然,在我小时候,当我的乳母轻轻摇着我,给我唱《光荣属于盖尔芒特侯爵夫人》那首古老歌谣的时候(也许,她也和我今天一样并不知道这首歌为谁而写),或者过了几年,当年迈的德·盖尔芒特元帅在香榭丽舍

---

① 瓦格纳(1813—1883),德国作曲家、音乐戏剧家。他的舞台作品具有极其深远的意义,所作歌剧均自编剧本。创作的歌剧主要有《尼伯龙根指环》(包括《莱茵河的黄金》、《女武神》、《齐格弗里特》、《众神的黄昏》的四联剧)《帕西发尔》。

大街上停下来，夸我是漂亮的孩子，并从一只小糖盒里取出一块巧克力给我吃的时候（为此，我的保姆感到十分自豪），我不知道盖尔芒特这个名字当时在我眼前显示了什么样的形象。孩提时候的事情我毫无印象，就像跟我没关系似的，我只能从别人那里听到一些，仿佛是在我出生前发生的事。但后来，当这个名字在我脑际留下印象后，先后出现过七八个迥然不同的形象，最先出现的形象最甜美：我的梦幻为现实所迫，逐渐放弃一个难守的阵地，后退一步，固守新的阵地，直到被迫作出新的退让为止。德·盖尔芒特夫人的住所也像她本人一样，在我的印象中发生着变化。她的住所也以盖尔芒特命名，年复一年，我听到的这样或那样的谈话改变着我的梦幻，使这个名字逐渐充实：这个住所，在它那些已经变得像云彩或湖泊那样具有反射面的石头中，映照出我的梦幻。起初是一座城堡的主塔，墙壁不厚，不过是一条橙色的光带，领主和他的夫人在城堡顶端决定他们附庸的生死，继而城堡让位于一片土地，土地上奔腾着一条湍流，就在"盖尔芒特那边"的一端：多少个风和日丽的下午，我和父母亲一起沿着维福纳河散步；公爵夫人教我钓鳟鱼，告诉我那些一串串挂在附近低矮篱笆上的紫红色和淡红色的花儿叫什么名字。这是一块世袭的土地，一座充满着诗情画意的城堡，高傲的盖尔芒特家族，犹如一座经历了漫长岁月、饰有花叶的古老苍黄的塔楼，高高地矗立在法兰西土地上。在这一家族兴起的时候，法兰西巴黎圣母院和夏尔特尔圣母院的上空还一无所有，后来才建造了这两座教堂；拉昂①山顶的圣母大教堂尚未问世，那高高屹立的塔楼，就像停在亚拉腊山②上的挪亚方舟，族长和他们的家人一个个忧心忡忡，俯身窗口，观察上帝是否已经息怒；他们带着各种各样的

① 拉昂位于法国埃纳省，俯瞰香巴尼平原。拉昂山顶的圣母大教堂是法国著名的哥特式教堂之一，建于十二至十四世纪。

② 亚拉腊在土耳其东部高原上，是高大的死火山。据《圣经》中记载，洪水退落后，挪亚方舟就停在山顶上。

植物，准备在大地上种植，还带了各种动物，这些动物像是要从钟楼逃出去似的，牛在钟楼的屋顶上安详地闲步，居高临下，眺望着香巴尼平原；那时，如果游客傍晚时分离开博韦①，回头一看，还看不见圣皮埃尔大教堂在残阳的金色帷幕上展开它那多分支的黑翅膀，紧跟在他后面飞翔。盖尔芒特家族就像一本小说的背景，一片虚构的风景，我很难想象得出它的面貌，但越是这样，就越想去发现它。它是一块飞地，周围是真实的土地和道路。这些土地，这些道路，在离一个火车站两里②路的地方，突然充满了纹章的特征。我想起了邻近几个地方的名字，仿佛就在帕耳那索斯山③或赫利孔山④的山脚下，它们犹如会产生神秘现象的物质环境（就地形学而言），对我来说弥足珍贵。我又看到了画在贡布雷彩绘玻璃窗底部的盾形纹章，经过好几个世纪，这个显赫的家族，通过联姻或者购买，从德国、意大利和法国各个地方，获得了许多领地，一一刻在了纹章四个纵横等分的盾面上：北方的大片土地，南方有权势的城邦，同盖尔芒特家族合而为一后实质上已不再存在，只象征性地把它们绿色或银色图案的城堡刻入盖尔芒特家族纹章的蓝色底面上。我曾听人谈到过闻名遐迩的盖尔芒特挂毯，蓝色，有点粗糙，具有中世纪风格。我看见它们像一片云彩，在这古老的森林边缘，在这深紫红色的传奇式的名字上空飘游，希尔德贝⑤常在这片森林里狩猎。这深邃而神秘的土地，这遥远的年代，只要我和这个女领主，湖泊的仙女德·盖尔芒特夫人在巴黎接触过一次，我就可以像进行了一次旅行那样洞察到它们的秘密，仿佛在她的脸上和言谈中具有乔木林和湖堤的魅力，像她档案室那本破旧的习俗汇编那

① 博韦是法国瓦兹省内的一个县城，那里有圣皮埃尔大教堂。
② 系指法国古里，一古里约合四公里。后面译文中的“里”都指古里。
③ 帕耳那索斯山为希腊山峰名，希腊神话中太阳神阿波罗和文艺女神缪斯的灵地。
④ 赫利孔山，希腊山峰名，希腊神话中缪斯的居住地。
⑤ 希尔德贝（495—558），巴黎国王。

样刻有世纪的特征。可就在那时候，我认识了圣卢。他告诉我，他们家是在十七世纪买下这座城堡的，仅仅从那时起它才取名盖尔芒特。在这以前，他们家住在附近的地方，封号不是在这个地区获得的。后来，城堡周围建起了村庄，也以盖尔芒特命名。为了不使城堡的景致遭受破坏，颁布了地役法，规定道路的走向和限制房屋的高度。至于挂毯，底图全都出自布歇①之手，是盖尔芒特家族一个艺术爱好者于十九世纪购置的。它们张挂在到处蒙着红棉布和长毛绒布的非常俗气的客厅里，并排挂着几幅拙劣的狩猎图，是那位艺术爱好者亲手画就的。圣卢向我揭示了与这座城堡的名字不相关的东西，这样一来，我就不再像从前那样，只根据盖尔芒特这个名字响亮的音节来看这座城堡了。于是，在名字的深处，我看到的不再是这个城堡在湖面上模糊不清的倒影。对我来说，德·盖尔芒特夫人的住所就是她在巴黎的府邸，盖尔芒特府，它像她的名字一样清澈可鉴，因为它还没有受到任何庸俗的、不透明的物质侵扰。正如教堂不仅意味着礼拜堂，而且还包括全体善男信女一样，盖尔芒特府也同样包括所有分享公爵夫人生活的人。可是她那些挚友，我与他们素未谋面，他们于我不过是一些知名的富有诗意的名字；知其名而不知其人，这就只会增加和保护公爵夫人的神秘色彩，在她周围加上一圈很大的光轮，这圈光轮最多不过会逐渐减弱罢了。

因为我丝毫也想象不出应邀出席公爵夫人晚宴的宾客长着怎样的身子，蓄着怎样的小胡须，穿着怎样的半统靴，用怎样一种合乎人情和理性的方式，讲着乏味的甚至是别出心裁的话语，所以，这些急速旋转着的名字，不会比围着德·盖尔芒特夫人这个萨克森瓷像举行的幽灵宴会或舞会带给我更多的信息。它们使她的玻璃府邸保持着玻璃橱窗的透明性。

---

① 布歇（1703—1770），法国画家。洛可可风格的主要代表。以熟练的笔法，浮华的色调，作牧歌、神话题材的富有装饰性的绘画，反映了没落贵族的生活情调。

后来，圣卢又给我讲了他这位舅妈的园丁和小教堂神甫的几件轶事，盖尔芒特府就像从前的卢浮宫那样[①]，变成了一座城堡，位于巴黎市中心，周围是它的世袭领地，是根据一个奇怪地残存下来的古老权利继承的领地，德·盖尔芒特夫人还在对它行使封建特权。但是，我们搬来这里，住进了这座公馆一个侧翼的一套单元房里，与德·盖尔芒特夫人为邻，紧挨着德·维尔巴里西斯夫人，这时候，上面所说的城堡已消失得无影无踪了。这是一幢旧宅。像这样的住宅现在兴许还能看到。也许是民主的巨澜形成的冲积层，或者是历史的遗赠物（因为在较古的时候，各种行业都聚集在领主周围），在这类住宅的主院两侧，常有商店的后间和工场，甚至还有鞋匠或裁缝的木屋小店（这种小店在教堂的两旁也能看见，建筑工程师的审美观未能把它们彻底清除）；一个补鞋匠兼门房在院子里养鸡种花；院子深处，在被称作“公馆”的府内，住着一位“伯爵夫人”，当她帽子上插着几朵旱金莲花（大概是从门房的小花园里摘来的），坐着她那辆破旧的由两匹马拉套的敞篷四轮车出门的时候（马车夫身旁坐着一个听差，他到本区的各家贵族公馆去投折了角的名片），一视同仁地朝门房的孩子和此刻正巧同她迎面而过的中产房客颔首微笑，挥手致意，和蔼之中露出轻视，平等之中藏着高傲。

在我们刚刚搬进的这幢房子里，住在院子深处的贵妇是一位公爵夫人，举止优雅，看上去还很年轻。她就是德·盖尔芒特夫人。多亏弗朗索瓦丝，我不久就掌握了这座“公馆”的情况，因为盖尔芒特家的人从早到晚都挂在她的嘴边。她常用**“楼下”“底下”**称呼他们。早晨，她给妈妈梳头时，禁不住朝院子里瞟一眼，说：“瞧！两个嬷嬷。肯定是到**楼下**去的。”或者说：“啊！厨房的窗口上挂着漂亮的野鸡，不用问是从哪里来的，公爵去

---

① 在腓力二世（1180—1223 年在位）统治时期，卢浮宫曾是堡垒，查理五世（1364—1380 年在位）时改建成住宅。

打过猎了。”到了晚上，她给我准备睡衣的时候，如果听到钢琴声或一曲小调，她就推断说：“他们**底下**请客啦，真快活！”这时，在她端正的脸庞上，在她满头的银发下，绽出动人而得体的笑容。这个焕发着青春的笑容，把她脸部的每根线条暂时放到了适当的位置上，显得协调和谐，但也有点矫揉造作，就像人们跳四对舞之前的脸部表情。

然而，盖尔芒特一家的生活中最能引起弗朗索瓦丝兴趣、最令她高兴同时又最使她痛苦的时刻，是通车辆的大门打开，公爵夫人登上她的敞篷马车的时刻，一般在我家仆人刚吃完午饭之后。他们每日的午餐，像犹太人过逾越节①那样神圣，谁也不能打扰，这成了如此神圣不可侵犯的“禁忌”，就连我父亲也不敢摇铃使唤他们。他知道，摇五次铃和摇一次铃的效果一样，都不会有人来听他使唤。再说，干这种不知趣的事儿，不仅白费力气，而且对他一无好处。因为弗朗索瓦丝会一整天都板着脸，给他颜色看。自从上了岁数以后，她的脸简直像小孩子的脸，说变就变。长期积压的牢骚和她内心不高兴的缘由，都写在她那张布满了红红的楔形细皱纹的脸上，既明显，又令人捉摸不透。此外，她大声诉说她的不满，不过，我们谁也听不清她在说些什么。她把这称作给我们做一整天的“小弥撒”，以为这会使我们丧气、“难过”或者“恼火”。

最后的仪式结束后，弗朗索瓦丝犹如早期基督教堂主持弥撒的神甫，同时又是做弥撒的信徒，给自己斟满最后一杯酒，从脖子上解下餐巾叠起来，用它擦了擦嘴唇(因为上面残留着咖啡和掺了大量水的红葡萄酒)，然后把它放进饭桌上束餐巾的圆环中，以忧郁的眼神看了看“她”的年轻的听差以示感谢，因为这个年轻人过分殷勤地对她说：“太太，再来一点，怎

---

① 逾越节为犹太民族的主要节日。犹太历以此节为一年的开始，约在阳历三四月间。据圣经记载，摩西率领犹太人摆脱埃及的奴役，上帝命犹太人宰羊涂血于门楣，天使击杀埃及人时见有血记的人家即越门而过，称为“逾越”。

么样？这酒味道不错。”然后，她赶紧去把窗子打开，借口说“这该死的厨房”太热。她转动窗把，透了口气，一面敏捷而又漫不经心地朝院子深处瞥了一眼。这偷偷的一瞥使她确信公爵夫人还没有准备停当，于是她非常想看却又装出不在乎的样子看了看套好的马车。她的眼睛专注地看过地上的东西后，又抬头望了望天空。她早就猜到天空万里无云了，因为她感觉到空气甜丝丝的，太阳暖融融的。她凝视屋顶的一个角落，恰好在我卧室壁炉的上方，每年冬去春来，鸽子都到那里来做窝。在贡布雷，弗朗索瓦丝的厨房里也有这种鸽子咕咕地叫个不停。

“啊！贡布雷，贡布雷。”她叫了起来。（她诵读这一祈求时的那种近乎唱歌的声调以及她脸上洋溢着阿尔①人的纯正的表情，会使人怀疑弗朗索瓦丝是南方人，而她的故乡——她常常为离开她的故乡而惋惜——不过是她的第二故乡。但是，也许这样说是错的，因为没有一个省没有它的“南方”，我们不是能碰到不少萨瓦②人和布列塔尼③人，他们说话时也像南方人那样，总是很容易把长元音和短元音颠倒。）“啊！贡布雷，可怜的故乡，什么时候我能再见到你！什么时候我能在你的山楂花和我们可怜的丁香花下过上一整天，听金丝雀唱歌，听维福纳河像人那样悄悄说话，而不是像现在这样，不停地听见我们小少爷的讨厌的铃声。他不到半小时就要害我沿着这可恶的走廊跑一趟。而且，他还嫌我去得不及时，好像我应该在他拉铃前就听见铃声，你要是晚了一分钟，他‘又会再发’可怕的脾气。唉！可怜的贡布雷！兴许要等我死后才能见到你了，他们会像扔一块石头似的把我扔进坟坑里。到那时，我就再也闻不到山楂花的香味了，你那些美丽而洁白的山楂花。不过，我想，我活着时已经让我吃足苦头的

① 阿尔为法国南部城市，地处罗讷河三角洲头。

② 萨瓦为法国东南部省名，地处阿尔卑斯山区。

③ 布列塔尼为法国西北部突出在大西洋上的半岛，包括北滨海、菲尼斯泰尔、莫比昂和伊尔-维兰四省。

三记铃声，我在九泉之下还会再听见的。”

可是，院子里那个专做背心的裁缝在向她打招呼了，她停止了絮叨。从前有一天，我外祖母去看望德·维尔巴里西斯夫人，对这个裁缝很感兴趣，而弗朗索瓦丝对他也颇有好感。他听到开窗的声音就抬起了头，一直在设法引起他的女邻居的注意，以便向她问好。弗朗索瓦丝向絮比安扮出少女的娇态，这在絮比安看来，我们家这个爱咕哝的老厨娘那张被年龄、坏脾气和炉灶的热气弄得死板的脸变得好看了。她含蓄、亲昵而又腼腆地、动人地向裁缝挥手致意，但没有同他说话。因为她即使敢违背妈妈的嘱咐朝院子里张望，也不敢在窗口同人交谈；弗朗索瓦丝想，这会惹起太太的“一番申斥”。她指了指套好的马车，仿佛在说：“那匹马真漂亮，是不是？”可嘴里却嘀咕说：“瞧那破家伙！”她知道他会回答她的。他把手放在嘴边，好让他压低了的声音传到她的耳朵里：“**你们**想要，也会有的，甚至会比他们更多，只是你们不喜欢这些东西罢了。”

弗朗索瓦丝高兴、谦逊而又含糊地向他回了个手势，意思是说：“各有各的派头。在这里，一切得从简。”然后关上了窗子，怕妈妈会突然闯进来。絮比安所说的“你们会比盖尔芒特家有更多的马”中的“你们”，实际上应该指我们，当然他用“你们”也不无道理，因为除非为了满足某种纯个人的自尊心（譬如，当她整天咳嗽不止，使全家人担心会被她传染上感冒时，她会带着讨厌的冷笑说，她没有感冒），弗朗索瓦丝已同我们合为一体了，就像那些植物，它们和动物紧密相连，动物为植物捕捉食物，吞食和消化食物，最后把它们变成可吸收的粪便，提供给植物作养料。应该由我们进行筹划，按照我们的道德，我们的财产，我们的生活方式和地位，对她生活中那部分不可或缺的自尊心给予小小的满足。另外，我们承认她有权按照传统的习惯，自由地享用神圣不可侵犯的午餐。餐后可以在窗口透透空气，有权上街逛逛，买点东西，星期天去探望她的侄女。

读者这下该明白，为什么弗朗索瓦丝在搬家后的头几天里会那样无精打采。我父亲的各种荣誉头衔还没有被我们新居的居民知道,她感到浑身不舒服。她自己称这种不舒服为烦闷。这种烦闷,就是高乃伊作品中这个词所表达的强烈意思,或者是那些因思念自己的未婚妻和家乡而“厌烦”得想自杀的士兵笔下所表达的意思。弗朗索瓦丝的烦闷很快就治愈了,恰恰是被絮比安治愈的,因为他一上来就讲了一句使她高兴的话,就跟我们决定要买一辆车子时使她产生的愉快一样强烈,甚至更为高雅。“真是好人哪,这些朱利安(弗朗索瓦丝乐意把新词和她已经掌握的词混用)是正直的人,一看就知道。”絮比安果然善解人意,他逢人便讲,我们没有马车,是因为我们不想要。

弗朗索瓦丝的这个朋友很少待在家里,他在某部谋得了一个职业,在那里当雇员。这个做背心的裁缝起初和一个“顽皮的女孩子”一起生活,我外祖母曾误以为他们是父女。从前,我的外祖母曾去拜访过德·维尔巴里西斯夫人,那时候女孩子还很小,可是裙子做得很像样了。当她转做女装,成为女裙裁缝时,絮比安再干他的老本行就无利可图了。她先在一个专做女装的女裁缝铺子里当“艺徒”,缲缲边儿,缝缝边饰,钉钉纽扣或“揿钮”,用别针固定腰身,但很快就晋升为二级继而是一级技工了。她的顾客都是上流社会的贵妇。她上顾客家,也就是说,上我们院来做活,常有铺里的一两个小姐妹陪她来,她们是她的徒弟。从此,絮比安在她身边就用处不大了。固然,小姑娘长大后,还常要给人缝背心,但是有朋友们当帮手,就不需要别人了。于是,姑娘的叔父絮比安申请了一份工作。起初他只是给人当助手,每天中午可以回家,后来他取而代之,到晚餐时候方能回来。幸好,我们搬到这里后过了几个星期,他才被“正式任用”,因此,他有足够的时间向弗朗索瓦丝献殷勤,帮助她不太痛苦地度过这开始阶段异常难熬的时光。尽管我不否认絮比安作为“过渡药剂”对弗朗索瓦丝所起的作用,但我不得不承认,初接触时,我并不喜欢他。从近处看,会发现他的眼睛充满怜悯、忧伤和迷惘。这种眼神彻底摧毁了他那肥大的双颊和红润的肤色可能产生的效果，会使人感到他病得厉害，或刚死了亲人，精神受到了打击。其实，他既没有生病，也没有丧事，而且能说会道，说起话来总是冷冰冰的，爱嘲笑人。这种在眼神和讲话语气之间的不一致，产生了某种虚假的现象，非但不会引起人好感，甚至使他本人也似乎感到很尴尬，就像一个穿着短上衣出席晚会的来宾，看到别人都穿燕尾服而感到难堪，或像一个必须回答某殿下的问话，却又不知从何答起的人，只好说一些毫无意义的话来摆脱困境。我不过打个比方罢了，相反，絮比安讲话总是娓娓动听。我很快就发现，他身上蕴藏着一种非凡的才智，这也许同漫布在他脸上的怜悯、忧郁和迷惘的眼神相吻合（同他混熟后，就不再去注意他的眼神了）。他这种非凡的才智，是我所认识的最有文学天赋的人所具有的，也就是说，他虽然文化程度不高，但只要浏览几本书，便能精通或者掌握语言的最瑰丽的表达法。我认识的最有天赋的人，都是风华正茂就去世了。因此我断言，絮比安很快也会死的。他心地善良，富有怜悯心，感情细腻而丰富。

他在弗朗索瓦丝生活中的作用很快就不那么重要了。她学会了替代他演出他的角色。甚至，当一个供货人或一个仆人登门送货时，弗朗索瓦丝会巧妙地利用他们到厨房等候妈妈回话的片刻，装出不屑理睬的样子，继续干她的活，只是神态冷漠地指给他们一张椅子，示意他们坐下。这样，当这个供货人或仆人离开的时候，他们的脑海里一般都会深深刻下这个印象：“我们没有，是因为我们不想要。”此外，她如此坚持要别人知道我们有钱（她把“我们有点钱”说成“我们有钱”，因为她不会使用圣卢所说的部分冠词，而只会说“有钱”，“拿水来”，不会说“有点钱”，“拿点水来”），要别人知道我们很富，并非因为在她眼里财富是至高无上的东西，有了财富就不再需要别的，道德也不要了，而是因为光有道德，没有财富也不是她的理想。在她看来，财富是必需条件，没有财富，道德也就没有价值，没有魅力。她很少把财富和道德分开，久而久之，最终把它们混为一谈，以为道德会使人舒适，认为财富会给人启发教育。

窗子关上后，弗朗索瓦丝叹口气，很快开始收拾厨房的桌子，要不然，妈妈什么样的骂人话都会说出口来。

“在椅子街还住着盖尔芒特家的人哪。”贴身男仆说，“我有个朋友曾在那里干过，是他们家的第二马车夫。我认识一个人，这个人可不是我的朋友，而是我朋友的内弟，他和盖尔芒特男爵的一个马夫在同一个团里服过役。”“得了，管他呢，又不是我的父亲？”贴身男仆接着开了句玩笑。当他唠叨他的陈谷子烂芝麻的时候，中间总要插进一两句新鲜的玩笑话。

弗朗索瓦丝上了年岁，视力减退了，但还能看见贡布雷天边的东西，可是贴身男仆这句话中的玩笑她却听不出来。不过，她觉得这里应该有一句玩笑，因为它和下面的话没有联系，而且，她知道说出这句有分量话的人平时很爱开玩笑。于是她宽厚而又赞叹地笑了笑，仿佛在说：“这个维克多，还是那个脾气！”况且，她心里也很高兴，因为她知道，能听到这一类俏皮话，跟社交界有教养人的乐趣多少挨了点边。为了得到这份快乐，社会各阶层的人争先恐后地梳妆打扮，甚至冒着伤风的危险。再说她认为这个贴身男仆是她的一个朋友，因为他常在她面前忿忿不平地揭露共和国对神职人员将要采取骇人听闻的措施。弗朗索瓦丝还不懂得，最残忍的敌手，并不是那些和我们持不同看法，并且试图说服我们的人，而是那些火上加油、无中生有、用一些坏消息使我们心里难受的人。他们还唯恐我们有一丝一毫的理由可以减轻痛苦，可以对胜利的一方产生微弱的好印象，为了使我们遭受最痛苦的折磨，他们硬要向我们证明，对方不但是毫不留情，而且是得意洋洋。

“公爵夫人和那些人可能有姻亲关系。”弗朗索瓦丝又回到了住在椅子街的盖尔芒特这个话题上，就像在重奏一段行板乐曲。“我记不清是谁跟我讲的，反正他们中有人把一个表妹嫁给公爵大人了。不管怎样，他们都是在同一个‘括号’内的。盖尔芒特可是个‘大家族’哪！”她极其崇敬地补充说。她根据这个家族众多的人口和响亮的声誉，断言这是个“大”家族，正如帕斯卡①依据理性和《圣经》的权威性确定宗教的真实性一样。因为，既然这两样东西只能用一个“大”字来形容，那么，在她看来，它们也就合而为一了。这样一来，她的词汇也就像某些宝石那样，有些地方出现了瑕疵，甚至在弗朗索瓦丝的思想上投下了阴影。

“我寻思，也许就是 eusse（他们）②在盖尔芒特村有一座城堡，离贡布雷有十里路。要是这样，他们和盖尔芒特家那个阿尔及尔表姐就沾上亲戚了。”这个阿尔及尔表姐会是谁？我和我母亲琢磨了好久。后来，我们到底弄明白了，弗朗索瓦丝所说的阿尔及尔，原来是昂热市。我们可能知道远处的地方，却不大知道近处的地名。弗朗索瓦丝不知道昂热，却知道阿尔及尔，是因为元旦那天我们收到了一包样子十分难看的阿尔及尔椰枣。她的词汇，尤其是她的地名词汇，也像法兰西语言本身，到处是错误。“我早就想同他们家的膳食总管聊一聊……大家叫他什么来着？”她顿了一下，似乎在给自己提一个礼节性问题，接着她又自己作了回答：“啊，想起来了，大家叫他安托万。”好像安托万是一个爵位似的。“他本来可以同我聊一聊的，可是他摆出贵族老爷的派头，像是有学问的人，舌头好像被人割掉了，要不，他就是忘记学说话了。你同他讲话，他总是爱理不理的样子。”弗朗索瓦丝补充说，她像是塞维尼夫人③那样，用“爱理不理”这个词语。“但是，”她又真诚地说，“既然我知道我有下锅的东西，也就不去管别人的闲事了。反正这个人不怎么样。再说他也不是个勇敢的人。（这个评语会使人觉得弗朗索瓦丝对勇敢的理解和过去不同了。在贡布雷时，她认为像野兽般勇猛的人才

---

① 帕斯卡（1623—1662），法国数学家、物理学家、哲学家、散文家。晚年兴趣转向神学，从怀疑论出发，认为感性和理性知识都不可靠，从而得出信仰高于一切的结论。

② 弗朗索瓦丝自己创造的词，将 ils（他们）的重读形式 eux 说成 eusse。

③ 塞维尼夫人即塞维尼侯爵夫人（1626—1696），法国女作家，唯一作品《书简集》收录了同女儿等人的通信，反映了路易十四时期宫廷生活和社会状况，具有较高的文学价值。

算勇敢，可是，这里她说的勇敢就是勤劳。）还有人说他是惯偷。不过，听说的不一定可靠。由于看门人爱嫉妒，常在公爵夫人面前搬弄是非，这院里的雇工都走光了。不过，有一点可以肯定，这个安托万是个大懒鬼，他的‘安托万奈丝’也不比他好到哪里去。”弗朗索瓦丝为了给安托万这个名字找到一个阴性形式，用来指膳食总管的妻子，根据语法规则创造出“安托万奈丝”这个新词时，也许她无意识地参照了夏努瓦和夏努瓦奈丝①。她是有根据的。如今在巴黎圣母院附近，还有一条街叫夏努瓦奈丝街，因为从前这条街上住的全是修女，所以当时的法国人给它起了这个名字。事实上，弗朗索瓦丝是那些法国人的同代人。再说，我们马上就会看到，还有一个名词，它的阴性形式也是用这种方式构成的，因为弗朗索瓦丝接着又说：“不过，可以绝对肯定，盖尔芒特城堡是公爵夫人②的，她是当地的女镇长哪，够了不起的啦。”

“我明白了，确实了不起。”听差深信不疑地说，却没有听出她话中的讽刺意味。

“我的孩子，你真以为这了不起吗？可是，对于像他们这样的人，当个镇长和女镇长，太有失身份了。啊！要是盖尔芒特城堡是我的，我才不常在巴黎待着呢。像我们家先生和太太这样有钱的东家，这样有钱的人，脑袋瓜里也不知想的是什么，会愿意待在这个闷气的城市里，不回贡布雷去。他们现在自由自在的，谁也不会留他们。他们什么也不缺，干吗非得等到退休呢？等死了以后再回去呀？啊！要是我有干面包啃，冬天有木柴取暖，我早就回贡布雷我兄弟的穷屋子去了。在那里，至少我觉得是在过日子，面前没有这些房子挡着，四周静悄悄的，夜里能听见两里以外的青

---

① 夏努瓦和夏努瓦奈丝分别为 chanoine 和 chanoinesse 的音译。前者意为“议事司铎”，后者是前者的阴性形式，是在前者上加了阴性后缀-esse 而成，意为修女。弗朗索瓦丝根据这条规则，给 Antoine（安托万）找了个阴性形式 Antoinesse（安托万奈丝）。

② “公爵夫人”在法语中是 duchesse，由 duc（公爵）加表示阴性名词的后缀-esse 变来。下文“女镇长”为 mairesse，是 maire（镇长）的阴性形式。

蛙呱呱唱歌的声音。”

“这真是太美了，太太。”年轻的听差赞叹地叫了起来，仿佛这最后一个特征是贡布雷固有的，正如水上轻舟是威尼斯城一大特征一样。

再说，听差来我家的时间比贴身男仆晚一些，他和弗朗索瓦丝谈话的内容，他自己不感兴趣没关系，只要弗朗索瓦丝感兴趣就行。弗朗索瓦丝看到有人把她当厨娘看待，总会不高兴地蹙眉噘嘴，可是，听差谈起她时，总称她为“女管家”，因此，她对他总是特别亲切，有如一些二流亲王，当他们看到诚心诚意的青年称他们为殿下时，也会流露出这种好感。

“至少，你知道自己在做什么，知道是什么季节了。哪像这里呀，复活节和圣诞节没什么两样，连朵平常的黄花毛茛都看不见。早晨，当我撑着这副老骨架起床时，连祈祷的钟声都听不见。在贡布雷，每个小时都敲钟，虽然只有一只可怜的钟，但是，你到时候就会说：‘我兄弟该从地里回来了。’你看着日头落山，人们敲钟祈祷人间幸福，你在掌灯之前能回到家里。这里，过完白天，就是黑夜，天黑了你就去睡觉，白天你干了些什么，你不见得会比畜生说得更清楚。”

“太太，好像梅塞格利丝也很美，是不是？”年轻的听差意外想起了我们在饭桌上谈起过的梅塞格利丝，打断她说。按照他的意愿，谈话转入了抽象的主题。

“啊！梅塞格利丝！”弗朗索瓦丝高兴得满脸笑容。每当有人提起梅塞格利丝、贡布雷和当松维尔，她总会笑得合不拢嘴。这些名字是她生活的组成部分。每当她在外面碰到或在谈话中听到这些名字，甜蜜的感觉便油然而生，就像学生听到一个教员在讲课中影射当代的一位名人，深感出乎意外，会高兴得欢腾起来。弗朗索瓦丝有这种快感，还因为这些地方有些东西只属于她一个人，而不属于别人，它们是她的老朋友，她和它们在一起玩过；她向它们微笑，仿佛它们是有灵魂的人，因为她在它们身上找到了她自身的许多东西。

"是的,我的孩子,你可以这样说,梅塞格利丝相当漂亮。"她狡黠地笑了笑,又说,"可是,你怎么会知道梅塞格利丝的,你?"

"你问我怎么会知道的?它不是很出名吗?有人跟我谈起过,谈过好几次呢。"他回答时,说得含含糊糊,很不明确,就像吞吞吐吐地提供假情况的人一样,每当我们想客观地了解一桩与我们有关的事情同别人有没有重大关系时,他们总不可能给我们满意的答复。

"啊!我向你们保证,那里樱桃树下的空气新鲜极了,哪像这里炉灶旁哪。"

她甚至给他们讲起欧拉莉来了,说她是个好人。欧拉莉在世时,弗朗索瓦丝不大喜欢她,可是在她去世后,弗朗索瓦丝早把这事忘得一干二净了。她对欧拉莉,就像对任何缺衣少食,"饿破肚子",一无所长,却倚仗富人的施舍,到他们家里来"装腔作势"的人一样,是不大喜欢的。欧拉莉每个星期都要巧施计谋,让我的姑妈给她赏钱。现在,弗朗索瓦丝再也用不着容忍欧拉莉了。至于我的姑妈,她也不停地为她唱赞歌。

"您那时候就在贡布雷,在太太的一个表姐妹家里吗?"年轻的听差问。

"是的,在奥克达夫太太家。嗯,她可是圣女哪,我的孩子们。她家里总有好东西招待你,尽是些高级东西,好东西。真是个好心肠的女人哪,你们可以这样说,她对小鹧鸪呀,野鸡呀,从不怜惜,她对什么都不怜惜,你们可以五个一群,六个一伙地到她家里做客,肉有的是,都是上等货,还有白葡萄酒、红葡萄酒,要什么有什么。(弗朗索瓦丝用'怜惜'这个动词,和拉布吕耶尔①用'吝惜'的意思一样。)一切费用都由她负担,即使来做客的是一家人,一住就是几个月,甚至几年。(她这句话丝毫不会得罪人,因

① 拉布吕耶尔(1645—1696),法国作家。擅长散文,著有《性格论》一书,暴露路易十四时期上层社会的罪恶,描写农民的痛苦生活。

为在弗朗索瓦丝那个时代，‘费用’并不限于法院的‘诉讼费’，而是表示一般的‘费用’。[①])啊！我向你们保证，客人不会饿着肚子离开她家。本堂神甫多次对我们说，如果有一个女人可以到仁慈的上帝身边去的话，那肯定是她。可怜的太太，我现在还好像听见她用细嗓门对我说：‘弗朗索瓦丝，您知道，我是吃不下的，但是，我希望您只当我也在吃一样，为大家把饭菜做好。’当然不是为她做的。你们要是在，也肯定会看到，她的体重还不如一袋樱桃重，没有人会像她那样轻。她不愿意相信我，她从来不愿意找大夫。啊！那里吃饭才不匆忙呢。她希望她的仆人都能吃饱吃好。哪像这里呀，今天早晨，我们匆忙得连吃早饭的时间都没有。干什么都是匆匆忙忙的。”

她对我父亲吃烤面包干尤其恼火。她确信，我父亲是在摆主人的架子，是为了“随意差遣”她。“我可以说，我从来没有见过这等事。”年轻的听差随声附和道，好像他无所不知，有千年的阅历，对世界各国，对它们的风俗习惯了如指掌；好像跑遍世界，也找不到烤面包干这个习惯。“是的，是的。”膳食总管喃喃地说。“不过，这一切都会改变的。加拿大工人可能罢工了。有天晚上，部长对我们家先生说，为这事他拿到二十万法郎呢。”膳食总管对部长毫无责备之意。倒不是因为他自己为人正直，而是他认为从政的人没有一个不腐败。他觉得，贪污罪还不如最轻的盗窃罪严重。他也不问问自己，这句颇有分量的话会不会听错了，由罪犯亲口告诉我父亲，而我父亲却没有把他撵出门去，这合不合情理。但是，贡布雷的哲学束缚了弗朗索瓦丝的手脚，她不可能希望加拿大的罢工对烤面包干的习惯产生影响。她说：“只要世界还是世界，你们瞧好了，总有主人把我们使唤得团团转，也总有仆人随心所欲，自行其是。”弗朗索瓦丝说是忙得团团

---

① 原文中用了“dépense”一词，有“诉讼费”之意，一般由输方负担。在法语中，“être aux dépens de qn”，可以理解为由某人负担诉讼费，也可理解为由某人负担一般费用。

转，可是，我母亲唠叨已有一刻钟了："他们都在干什么？他们在饭桌上待了两个多小时了。"大概我母亲用来测定他们用饭时间的单位和弗朗索瓦丝的不一样。她犹犹豫豫地摇了三四回铃。弗朗索瓦丝、她的听差和膳食总管听到铃声根本没当回事，没想去应差，而是把它当作乐器定弦时发出的头几个音，音乐会即将重新开始，幕间休息只剩几分钟了。因此，当铃声不断重复，而且越来越坚决时，我们的仆人这才留意，他们看到时间不多了，又要开始干活了。当又一声"丁零"响起，而且比前面的几声更响，他们这才叹口气，各自下了决心，听差去门口抽烟，弗朗索瓦丝先对我们发表几句诸如"他们肯定好动成癖"之类的批评意见，然后上她的七楼整理衣物，膳食总管到我的房间找信纸，迅速地写了封私信发走了。

尽管盖尔芒特家的膳食总管神气傲慢，不可一世，可是不几天，弗朗索瓦丝便打听清楚，并告诉我说，盖尔芒特家不是根据什么古老的权利，而是根据不久前签订的一项租约住进这座公馆的。公馆的花园——那地方我还没有去过——跟所有邻接房屋的花园一样，小得可怜。我终于探听到，在盖尔芒特府，看不见领主的绞架、防卫的风车、支柱上的鸽舍；看不见公用的烘炉、带甬道的谷仓、小型的城堡、桥梁、吊桥或便桥、收过桥税的人；也没有钟楼的尖顶、刻在墙上的契据或用做路标的石堆。记得当巴尔贝克海滩在我眼里失去昔日的神秘，变成地球浩瀚海水的一个部分，可以同随便哪个海水域互换的时候，埃尔斯蒂尔曾对我说，这是惠斯勒[①]画笔下的乳白色的海湾，银蓝两色协调有致，他这句话使巴尔贝克海滩陡然恢复了个性。与此相仿，一天，正当盖尔芒特这个姓氏看到它最后一幢住宅在弗朗索瓦丝的猛烈打击下就要坍塌的时候，我父亲的一个老朋友谈起了公爵夫人，对我们说："她在圣日耳曼区享有最高的地位，她在圣日

---

① 惠斯勒（1834—1903），美国油画家和版画家。主张"为艺术而艺术"，强调线条与色彩的和谐。普鲁斯特曾于1905年在巴黎艺术学校大厦参观过惠斯勒的画展。

耳曼区有第一流的房子。”诚然，圣日耳曼区第一流的沙龙，第一流的房子，同我前后梦见过的他们的住所相比，算不了什么，但是，这幢房子——也许是最后一幢了——尽管简陋异常，仍不失其价值，它超越自身的物质，成了一种秘密的区别标志。

当德·盖尔芒特夫人上午步行、下午坐车出门的时候，我在她身上总找不到她名字的奥秘，因此，我必须到她的“沙龙”里，在她的朋友中去寻找。诚然，从前在贡布雷的教堂里，她就以光辉灿烂的化身出现在我面前，代替了我那破灭的梦幻，盖尔芒特姓氏的绚丽色彩以及维福纳河畔下午的斑斓阳光，照不透她的脸颊，她宛若天神或仙女下凡变成的天鹅或垂柳，臣服于大自然的法则，在水中滑翔或随风摇曳。然而，我刚离开她，那些已经消逝的映象，立即又在把它们捣碎的船桨后面复现，宛若残阳玫瑰色和绿色的倒映。这时，在我孤独的思想中，名字很快就占据了面孔的地位。可是现在，我经常看见她，在她居室的窗口，在院子里，在街上；即使我不能将盖尔芒特这个姓氏和她合为一体，想象不出她就是德·盖尔芒特夫人，但至少我可以怪我的思想没有能力，不能把我要求它做的事情做到底。但是她，我们的邻居，似乎也和我犯了同样的错误。更有甚者，她做了错事还若无其事，不像我那样忐忑不宁，甚至根本没有意识到这是个错误。这样，德·盖尔芒特夫人穿着新颖别致的衣裙，显示出对时髦的追求，似乎她确信自己和别的女人没有两样，渴望把自己打扮得优美雅致，可若是如此，任何一个女人都能同她平分秋色，甚至可以略胜她一筹。我曾看见她在街上，盯着一个穿戴入时的女演员瞧个不停，流露出羡慕的神情。早晨，在她步行出门前（仿佛行人的评价是对她的裁判，当她不拘礼节地把她神秘莫测的生活向他们展示时，她的高雅仿佛能衬托出他们的粗野），我可以远远地看见她对镜梳妆，就像将要在一出宫廷喜剧中扮演女仆的王后，满怀信心地、诚心诚意地、狂热而自尊地、心烦意乱地扮演着与她的身份极不相称的风雅女人的角色。令人难以置信的是，她完全忘记了自己的高贵出身，她瞧一瞧短面纱是否拉直，把袖管上的皱褶抚抚平，把大衣整一整，像天神变成的天鹅，做着它那一类动物的种种动作，两只化了妆的眼睛守在喙两旁，连看都不看一眼，忽然她向前抓住门把或雨伞，完全是天鹅的动作，忘记了自己是天神，而不是天鹅。但是，正如一个游客到了一个城市，对它的外貌大失所望，这时，他会安慰自己说，不妨进去参观一下博物馆，了解一下市民，光顾一下图书馆，也许会深刻地感受到它的魅力；我也像这位游客，对我自己说，如果我到德·盖尔芒特夫人家做客，如果我是她的一个朋友，如果我深入到她的生活中去，我肯定会了解到，在她光彩夺目的橙色躯壳下，她的名字对于别人包含着怎样真实而客观的内容。因为我父亲的那位朋友说过，盖尔芒特家的环境在圣日耳曼区可称得上与众不同。

我想象中的这个环境里的生活，与常人的生活截然不同，我觉得它应该别具一格，因此，我不能设想，在公爵夫人的晚宴上，会出现我从前经常来往的那号人，一些真实的人，因为江山易改，本性难移，他们在那里只会吐出一些平淡无奇的我听惯了的言语；他们的交谈者必须屈尊俯就，用他们这号人的语言同他们交谈。怎能设想，在圣日耳曼区这个第一流的沙龙里，有天晚上会出现我从前所经历过的那些时刻呢？确实，我的脑子不管用了。耶稣基督的圣体在圣饼上显灵对我来说够神秘莫测的了，可是比起右岸圣日耳曼区第一流的沙龙来，却是小巫见大巫。（每天一清早，我在卧室里能听到他们拍打家具的声音。）但是，那条把我同圣日耳曼区隔离的分界线，尽管是想象出来的，对我却因此而更加真实；我确确实实地感到，横在赤道线那边的盖尔芒特家的那块门毡就已经是圣日耳曼区了。一天，他们家的门敞开着，我母亲也远远地看见了这块门毡，她竟说它太旧了。此外，他们的餐厅和摆着红长毛绒家具的光线暗淡的走廊（我从我们家厨房的窗口有时能看见），又怎能不使我相信它们具有圣日耳曼区的神秘魅力，是这个区的主要组成部分，而且从地理位置上讲就在这个区里呢？因为在这间餐厅里受到接待，无异于去了一趟圣日耳曼区，呼吸了它的空气；因为就餐前挨着德·盖尔芒特夫人坐在长沙发上的，都是圣日耳曼区的常客。当然，在圣日耳曼区以外的地方，在有些晚宴上，偶尔也能看到一两个这样的人，混迹于一群俗不可耐的风雅人中间，显得举止庄严，他们不过是些名字，当我们力图想象他们的模样，他们时而像一场骑士比武，时而像一片封建领地的森林。但在这里，在圣日耳曼区第一流的沙龙里，在昏暗的走廊里，除他们之外别无他人。他们是由珍贵的材料做成的支撑着教堂的柱子。即使是小型聚会，德·盖尔芒特夫人也只能在他们之间挑选她的宾客，十二个人围坐在铺着桌布、摆满佳肴的桌子上欢宴，宛若圣徒小教堂[①]圣桌前的耶稣十二信徒的金塑像，行祝圣礼的象征性的支柱。至于那伸展在公馆后面、高墙中间的小花园，夏天，晚宴结束后，德·盖尔芒特夫人命人在那里摆上利口酒和橙子水，对此，我禁不住会想，晚间九点至十一点，坐在花园的铁椅子上——铁椅子也具有皮长沙发的神奇威力——怎能不同时呼吸圣日耳曼区特有的和风，正如在菲吉格[②]绿洲睡午觉怎能不置身于非洲？唯有想象和信仰才能将一些物和人同其他一些物和人区别开来，才能创造一种气氛。唉！圣日耳曼区绚丽多彩的景色、高低起伏的天然地势、具有地方色彩的古玩、艺术珍品，大概我一辈子都无缘涉足其中了。我只要能远远地望见那张破门毯，就像航海人在大海上远远望见岸上清真寺的尖塔、第一棵棕榈树、异国情调的工厂烟囱和植物那样，即使永远不能接近，我也心满意足、喜不自胜了。

对我而言，盖尔芒特府始于它前厅的门口，可是，按照公爵的看法，它的属地应该延伸到很远的地方。公爵把他的房客都看作佃农、平民、国家

---

① 圣徒小教堂是巴黎的教堂，哥特式教堂的杰作，陈放耶稣受难圣物的地方。圣徒小教堂位于西岱岛现在的巴黎法院内，分为楼上小教堂和楼下小教堂。楼下小教堂供奉圣母。

② 菲吉格位于摩洛哥，撒哈拉大沙漠中的绿洲。

财产的买主，认为他们的意见微不足道。一清早，他穿着睡衣在窗口刮胡须，然后下到院子里，根据他的冷热感觉，有时着衬衫，有时穿睡衣，有时罩一件颜色少见的苏格兰长毛格子花呢上衣，有时披一件比他的上衣还要短的浅色短大衣，让他的一个马夫在前面牵着刚买来的一匹马在院子里小跑，马不止一次地撞坏了絮比安的铺面，絮比安要求赔偿损失，公爵大光其火。德·盖尔芒特先生说："公爵夫人在本公馆和本教区行了那么多善，可这家伙还要我们赔钱，实属卑鄙！"但是絮比安寸步不让，似乎根本不知道公爵夫人行过"善"。然而，她确实在行善，不过，正如不能强求人人都行善那样，一个人感到得意的事情，绝不能在别人面前炫耀，以免引起反感。况且，从行善之外的其他观点看，公爵大人从来都把他所在的地区看作是他院子的延伸——延伸到很远很远的地方，是他的马的广阔跑道。让他的新马独自跑了一阵后，他就叫马夫把它套上车，到邻近各条街上走一走。马夫手执缰绳，跟在马车旁奔跑，马在公爵面前来回经过；公爵站在人行道上，他身高体胖，穿着浅色的衣服，嘴里叼着雪茄，昂着头，戴一副奇特的单片眼镜。接着，他跳上马车，想亲自试一试，驾着他这架新套车，到香榭丽舍大街找他的情妇去了。德·盖尔芒特先生在院子里向两对夫妇问了安，他们多少同他那个圈子沾点边：其中一对是他的表亲，和那些做工的夫妇一样，他们从来不在家中照管孩子，因为一清早妻子就得到"圣乐学校"去传授对位法和赋格曲，而丈夫要去雕刻室干活，在木头和压出凸纹饰的皮革上雕刻；另一对是诺布瓦男爵和男爵夫人，两人总是穿一身黑衣服，妻子的打扮像出租椅子的妇人，丈夫像承办丧葬的男人，一天要去教堂好几次。他们是一位前大使的侄子。这位前大使是我们家的老相识。有一次，我父亲恰好在楼梯的拱门下遇见他，心里纳闷他怎么会上这里来。因为我父亲认为，像这样一个要人，过去经常同欧洲最杰出的人物打交道，想必对贵族虚浮的荣誉不会发生兴趣，不应该同这些默默无闻、目光短浅、拥护教权的贵族来往。男爵夫妇住进这幢房子不久，就在丈夫同德·盖尔芒特先生打招呼的时候，絮比安走到院子里同他搭讪，称呼他“诺布瓦先生”，因为不知道他的确切姓名。

“哈！诺布瓦先生。哈！这个名字真妙！耐心点！待会儿这个人要叫您诺布瓦公民了！”德·盖尔芒特先生转向男爵，大叫大嚷。他总算有机会在絮比安身上出出气了，谁让他只称呼他“先生”，而不喊他“公爵先生”的呢。

一天，德·盖尔芒特先生需要了解我父亲的职业情况，便亲自登门，摆出一副温文尔雅的样子。从此，他常常有事没事总来找我父亲谈谈。一看见我父亲从楼梯上下来（其实我父亲在考虑一件工作，不希望碰见任何人），公爵便离开他的车马侍从，到院子里来迎我的父亲，替他把大衣领子整一整，像从前国王的侍从那样服务悉心，然后拉住他的手，轻轻抚摩着，犹如一个高级妓女，厚颜无耻地想向他证明他随时准备奉献自己宝贵的肉体。他把他一直送到通车辆的大门才松手，可是我父亲对他厌烦透顶，心里直想着要把他摆脱掉。一天，他和他妻子一道乘车出门，碰见了我们，便热情地同我们打招呼，而且可能把我的名字告诉他妻子了。要是她能记住我的名字和面孔，那我真是三生有幸了。况且，我不过是作为她的一个房客被介绍给她的，这样的介绍别提有多寒碜！要是我能在德·维尔巴里西斯夫人家遇见并被介绍给公爵夫人，那该有多好！况且，德·维尔巴里西斯夫人已通过我外祖母，邀请我上她家做客。当她知道我立志从事写作时，还特别关照地说，我在她家可以结识一些作家。可我父亲却认为我年纪尚小，不宜进入社交界，再说我的身体状况着实令他担忧，他不愿意为我提供无益的外出机会。

德·盖尔芒特夫人的一个仆人经常跟弗朗索瓦丝聊天，我听见他提到几个她常光顾的沙龙，可是，这些沙龙是什么样子，我怎么也想象不出来。既然它们是她生活的组成部分，而我又只能通过她的名字窥见她的生活，它们不也就不可揣测了吗？

“今晚帕尔马公主那里有盛大晚会，演皮影戏，”仆人说道，“但是我们去不成啦。因为夫人要赶五点钟的火车去尚蒂伊①，到奥马尔公爵家去住两天，贴身女佣和男仆跟着去。我留下来。帕尔马公主要不高兴啦，她给公爵夫人写了四五封信了。”

“那么，你们今年不再回盖尔芒特城堡了吗？”

“去不成了，这还是第一次哩，就因为公爵先生得了风湿病。大夫说，那里不安装好暖气设备，我们就不能去。可是以前我们每年都去，待到一月份才回来。要是暖气设备没安装好，可能夫人要到戛纳的吉斯公爵夫人家去小住几天，还没有定下来。”

“那么戏院呢，你们常去吗？”

“有时去看歌剧，有时去看帕尔马公主预订票的夜场戏，一个礼拜一次。在那里可是一饱眼福，话剧、歌剧，应有尽有。公爵夫人不愿意预订戏票，不过，我们还是去了几次。一次坐在夫人一个朋友的包厢里，还有一次坐在另一个包厢里，多数是在盖尔芒特亲王夫人的楼下包厢里，她是公爵先生一位堂弟的妻子，是巴伐利亚公爵的姐妹……您这就上去吗？”仆人说。尽管他算是盖尔芒特家的人了，可是他对于**主人**的概念通常是政治性的，因此他对弗朗索瓦丝总是彬彬有礼，好像她也在某个公爵夫人家待过似的。“您身体挺硬朗哪，太太。”

“唉！没有这该死的腿就好了！在平原上走路还凑合。（弗朗索瓦丝所说的平原，实际指院子和大街，她总喜欢在那些地方散步。总而言之，是平地。）可是，这些讨厌的楼梯我就对付不了啦。待会儿见，先生，没准晚上还能见到您。”

盖尔芒特家的这个仆人告诉过她，公爵的儿子常常被授予亲王爵位，

---

① 尚蒂伊为法国瓦兹省城镇，有蒙莫朗西家族和孔代家族的城堡，其中藏有丰富的艺术品。1886 年，奥马尔公爵将城堡赠与法兰西研究院。

直到他们的父亲去世。因此,弗朗索瓦丝还想同他聊一聊。也许,在法国人民对贵族阶级的崇拜心理中,还混杂有一种反抗精神。这种从法国的采邑制度世袭下来的对贵族既崇拜又反抗的心理大概是根深蒂固的。因为如果有人在弗朗索瓦丝面前谈论拿破仑的天才或无线电报,她会不加理会,照样除她壁炉里的灰烬,摆她餐桌上的餐具,动作丝毫不会放慢,可是,只要听到谈论贵族的这些特殊问题,听到盖尔芒特公爵的小儿子通常叫奥莱龙亲王,她便会嚷起来:“啧啧,太好了!”她会目眩神迷,仿佛置身于一扇彩绘玻璃窗前。

德·阿格里让特亲王的贴身男仆常来公爵夫人家送信,同弗朗索瓦丝混得很熟。他告诉弗朗索瓦丝,他确实听到社交界在议论圣卢侯爵和德·昂布勒萨克小姐的婚事,这差不多已经定了。

德·盖尔芒特夫人把她的生活注入那幢别墅和那间楼下包厢里,因此,在我看来,它们同她的居室一样神奇如梦境。帕尔马、盖尔芒特-巴伐利亚和吉斯这些名字,使公爵夫人前往度假的别墅不同于其他所有的别墅,使她每天从公馆乘坐她的马车前去参加的晚会不同于其他所有的晚会。但是,即使这些名字告诉我,德·盖尔芒特夫人的生活连续不断地存在于这些度假别墅和晚会中,但它们却不可能向我提供有关她本人的任何情况。每幢度假别墅,每次晚会,都给予公爵夫人的生活以一次不同的确定,但是,它们仅仅使它换上一层神秘的色彩,却不能使它有半点泄露,它被一块壁板挡住,被装进一只坛子里,只是随众人的生活波涛而流动。狂欢节,公爵夫人可以面朝地中海用午餐,但这是在德·吉斯夫人的别墅里,巴黎社交界的女王身穿白凸纹布连衣裙,在众多的亲王夫人中间,不过是一个普通的女宾,和别的女宾没有差别,这就更令我神往,而她自己也像一个舞蹈明星获得了新生,在一场奇特虚幻的芭蕾舞中,她的女舞伴一个个都被她取而代之;她可以观看皮影戏,但这是在帕尔马公主的一次晚会上;她可以听悲剧或歌剧,但这是在盖尔芒特亲王夫人的包厢里。

我们往往把一个人生活中的各种可能性，把对他将要离开或将去会见的熟人的记忆，都集中于他的身上，因此，当我从弗朗索瓦丝那里得知，德·盖尔芒特夫人要步行去帕尔马公主家赴午宴，而在将近中午时分，当我看见她从家里出来，穿一条粉红色的缎子连衣裙，裙子上方露出相同色彩的脸蛋，犹如夕阳下的一片彩云，这时候，我看见圣日耳曼区的所有快乐都呈现在我面前，集中在她小小的身躯下，就像集中在一只贝壳里，夹在玫瑰色珍珠层那发光的壳瓣中间一样。

我父亲在部里有一个朋友，叫 A. J. 莫罗。为了区别于其他莫罗，他总留意在他的姓前加上他名字的两个首字母，久而久之，大家干脆叫他 A. J 了。可是，我不知道这位 A. J 是怎样弄到一张歌剧院盛大演出会的池座票的。他把这张票寄给我父亲了。因为拉贝玛要演出《淮德拉》中的一幕（从我第一次对她的演出感到失望以来，再没有看过她演出），外祖母设法让父亲把这张票给我了。

说实话，这次能不能去听拉贝玛演出对我倒无所谓，可是几年前，她曾使我神魂颠倒，如醉如痴。当我看到我从前迷恋的，甚至比健康和休息还要珍视的东西，现在却引不起我的兴趣时，我也有怅然若失之感。我何尝不想离得近一些去静观我的想象力朦胧地看到的、被分割成一片一片的宝贵的现实呢？而且这种热情不减当年。但是现在，我的想象力不再把它们置于一个名伶念台词的技巧之中了。自从我到埃尔斯蒂尔家去过几次后，我从前对拉贝玛的朗诵技巧，对她的悲剧艺术的迷信，已转移到某些挂毯和现代画上了。既然我的信念，我的愿望不再能使我对拉贝玛的朗诵和姿态保持永恒的崇拜，它们在我心中的“复身”也就渐渐萎谢了，正如古埃及死人的“复身”①，必须不断地为它提供食粮，才能维持它的

① 古埃及人认为，人死后会有一个看不见摸不着的复身留在尸体附近；人们给它供奉祭品以维持其生存。

存在。这一艺术如今变得稀薄如纸，一撕就破，已经失去了内在的生命力。

我利用我父亲收到的那张戏票，登上了歌剧院的大楼梯。我瞧见前面有个人，开始我把他当成德·夏吕斯先生，他的背影看上去很像德·夏吕斯先生。当他回头向剧场的一个职员打听什么事情时，我发现我弄错了。但是，我根据这个陌生人的衣着以及他同男检票员和女引座员——他们没有马上搭腔——讲话的姿态，毫不犹豫地把他归入德·夏吕斯先生那个阶层中。因为尽管各人有各人的特征，可是在那个时代，在富有的、服饰华丽的爵爷和富有的、服饰华丽的金融家或大企业家之间，总存有非常明显的差别。金融家或企业家对下级讲话口气傲慢，不容置辩，并以为这就是他的潇洒风度。可这些爵爷却笑容可掬，和蔼可亲，露出谦逊而耐心的神态，装成一名普通的观众，并把这看成是他良好教养的一个特征。当一个银行家的阔少爷此刻走进剧院，看见这位爵爷满脸微笑中透着善良，掩盖了他那个特定阶层在他身上划下的不可逾越的界线，要不是阔少爷发现他的相貌和最近报上刊登的现在正在巴黎逗留的奥地利皇侄萨克森亲王的肖像十分相像，真会把他当作一个出身寒微的平民。我知道他是盖尔芒特家的挚友。当我走到检票员身边时，听见萨克森亲王（或者是假定的那位亲王）笑吟吟地说："我不知道是几号包厢，我表姐跟我说，我一问便可知道的。"

也许他就是萨克森亲王。当他在说"我表姐跟我说，我一问便可知道的"这句话时，他的眼睛通过想象而看见的也许就是德·盖尔芒特夫人（她要是真在，我就能一睹她在堂弟媳的楼下包厢里的生活片断了，她的生活总是令我难以想象）。因此，这个与众不同的微笑的眼神，这些极其普通的言语，用可能有的幸福和靠不住的声誉这两根触须，交替地抚摩着我的心，它们带给我的温情远非一个抽象的梦幻所能比拟。至少，他向检票员讲这句话的时候，把一条可能通往一个新世界的道路，连接到我日常生活中的一个平凡的夜晚上来了。检票员说了句“楼下包厢”，并用手指了指走廊，他便走了进去。走廊潮湿异常，墙壁裂缝累累，仿佛通往海底岩洞，通往神奇的海洋仙女的王国。我前面只有一个渐渐远去的穿晚礼服的先生，可是，我不停地在想，他是萨克森亲王，他要去看望盖尔芒特公爵夫人。这个念头就像一个不灵便的反射镜，围绕着他转动，却不能把光线正确无误地投射到他身上。虽然他孤身一人，但是这个和他毫无关系的、摸不到的、无边无际的、像投影那样不连贯地跳动着的念头，仿佛走在他的前头，在给他引路，它像雅典娜女神①，寸步不离她的希腊士兵，而别人却看不见她。

我来到座位上，一面竭力回忆《淮德拉》剧中的一句诗，可我记不确切了。按照我背出来的这句诗看，它的音步数跟规定的数目不一样，但是因为我不想试着去数音步，所以我感到在这个不规范的诗句和一个古典诗句之间，是不存在任何可比性的。它显得那样冗长，哪怕去掉六个甚至更多的音节，以改成一句十二音节的诗，我都不会感到吃惊。但我蓦地回忆起这句诗来了，骤然间，一个不通人性世界的那些难以铲平的凸凹不平，竟魔术般地烟消云散了，诗句的音节顿时符合十二音节诗的韵律，多余的音节犹如一浮出水面就破裂的气泡，轻松而灵巧地消失了。我白费了半天脑筋，其实它才多出一个音步。

池座的一些票是在剧院售票处零售的，卖给假充高雅的人或好奇的人，他们想尽情观望那些他们平时没有机会从近处看到的人。的确，在这里，他们可以公开观察这些人通常是隐秘的社会生活的真实面，因为帕尔马公主把二楼、楼下以及楼厅的各个包厢全都分给了她的朋友们，剧场仿佛成了沙龙，每个人随意离开座位，到这个或那个女友身边去坐一坐。

---

① 雅典娜为希腊神话中的智慧女神，是古希腊雅典城的保护神。她在保护希腊人时使用变形法或隐身法。

我周围尽是些庸俗之辈，他们并不认识预订戏票的观众，却想表明自己可以认出他们来，便大声喊着他们的姓名。他们还说，这些预订戏票的人来这里犹如进了自己的沙龙，言下之意，他们是不会专心看戏的。可是相反的事情发生了。一个有才气的大学生，为了听拉贝玛演唱而买了张池座票，一心想的是不要弄脏手套，不要妨碍别人，同机遇赐予他的邻座搞好关系，不时微笑着追踪一个稍纵即逝的目光，不礼貌地避开一个相遇的目光，一个熟人的目光，当他在剧场里发现这个熟人时，他心慌意乱，不知所措，但还是决定前去同她打个招呼，他还来不及走近她身边，就听得三下铃响，他就好像希伯来人在红海中逃跑[①]那样，从男女观众组成的两股汹涌澎湃的浪峰中间溜回去了。他要他们站起身，他踏破了她们的裙子，踩脏了他们的半统靴。相反，唯有上流社会的人才会有闲情逸致看戏（当然还得有才智才能看懂戏），因为他们坐在楼厅栏杆后的包厢中，就像坐在悬空的揭掉了隔板的小沙龙里，或者像在供应牛奶和铁线蕨糖浆浓茶的小咖啡馆里一样，不会被这座那不勒斯风格建筑物的金框镜子和红椅子吓坏，——因为他们满不在乎地把一只手放在支撑这个歌剧艺术殿堂的镀金柱子上，——因为他们对两个张开双臂的雕像把棕榈和桂花献给他们的包厢这种过分的荣誉并不感到受之有愧。

起初周围只是一片昏暗。突然，人们的目光遇到从黑暗中发出的磷火般的光芒，那是一位知名人物的眼睛犹如看不见的宝石在闪闪发光；人们看见奥马尔公爵弯着身子的侧影，就像清晰地呈现在黑底徽章上的亨利四世的头像。一个隐蔽在黑暗中的贵妇人大声地在跟他说话：“请亲王殿下允许我给他脱大衣。”可是亲王却回答说：“不敢当，怎么好劳驾您呢，

---

① 据《圣经》记载，希伯来人在摩西率领下逃离埃及。行至红海，发现埃及法老带人追踪而至。上帝使出强烈东风刮开海水，出现一条旱道，希伯来人就从这条旱道上过了海。埃及人追至海中，海水合拢，把他们全部吞噬掉。

德·昂布勒萨克夫人。”尽管亲王委婉拒绝，她还是坚持给他脱下了大衣，而她也因获此殊荣而受到众人艳羡。

但是，在其他包厢内，那些坐在这些昏暗的神龛中的白衣女神，全都靠在内壁上隐蔽起来了，谁也看不见她们。然而，随着演出的进行，她们模糊的人影从容不迫地、一个接一个地从铺满了她们影子的深暗中浮现出来，向着亮光升起，露出半裸的躯体，停留在包厢那垂直的边界和半明半暗的海面上。她们的脸光辉灿烂，羽毛扇在她们面前扇出滚滚波涛，轻盈，欢快，泡沫四溅；她们绛红色的头发中闪着珠光宝气，似随海潮波动。接着，池座开始显现。这是凡人的所在地，和那昏暗而透明的海上王国永远隔离，海洋女神明澈的双眸反射的光焰散布在平展的海面上，为这个王国确立了边界。海岸上的活动椅子，池座中的奇形怪状，根据透视法的唯一法则和不同的入射角映入她们的眼帘，正如对于外部世界的两个部分，即对于矿物，对于同我们毫无交往的人，我们并不屑朝他们微笑或看他们一眼，因为我们深知，他们根本没有和我们一样的灵魂。相反，在海上王国的疆域内，容光焕发的海洋的女儿们不时地回过头来，冲着吊在曲折边界上的蓄着胡须的半人半鱼神们，或朝着一位一半是人的海神嫣然微笑。这个半人半神，头盖像一块光溜溜的鹅卵石，上面沾着一根被海潮卷来的柔滑的海藻，眼睛宛若大水晶石做成的圆盘。她们向他们俯下身子，给他们递送糖果。有时，海潮让出一条干道，迎来一位仙女，她姗姗来迟，面带笑容和羞色，似一朵怒放的鲜花，刚刚浮出黑暗。一幕剧演完了，被凡间悦耳的喧哗声吸引到海面的众仙女，此刻不再希望听到这些声音了，一起潜入海底，消失在茫茫黑暗中。这些好奇的女神是为了稍微看一看凡人的作品，才出现在她们隐蔽所的门口的，而凡人却无法走近。在所有这些隐蔽所中最负盛名的是盖尔芒特亲王夫人名下的正厅包厢，那块半明半暗的大礁岩。

盖尔芒特亲王夫人俨然是一位伟大的女神，从远处主持众女神的娱乐活动。她故意退缩在后,坐在侧面的长沙发椅上,鲜红夺目的长沙发犹如露出海面的红珊瑚岩礁。旁边有一道宽大的玻璃反光,大概是一面镜子,好似一束光线射在晶莹夺目的水面上形成的切面,垂直,暗淡,流动。一朵硕大的白花,毛绒绒的像翅膀,从亲王夫人的额头沿着脸颊的一边垂下,似羽毛,似花冠,又似海花,妖艳,轻柔,生机勃勃,情意绵绵,随脸颊的曲线波动,遮住了半个脸蛋,像一枚肉色的翠鸟蛋,藏在柔软的窝里。亲王夫人头上的发网直垂眉际,继而又在下面的喉部复现,是用南半球的一些海洋上捕捉到的白贝壳做成的,点缀着一颗颗珍珠,犹如一件刚刚浮出波涛的海上镶嵌画,不时地沉入黑暗中。即使在黑暗中,亲王夫人那双晶莹闪光的眸子仍然表明她的存在。她天香国色,美貌绝伦,尽管在半明半暗中的少女一个个花容月貌,秀色可餐,却难以同她媲美争辉。她的美不单单表现在她的肉体上,即表现在她的颈背、肩膀、胳膊和腰部。她那妙不可言、引人入胜的身段线条,是无数看不见的线条之准确和必然的出发点,这些看不见的线条从亲王夫人周围四散展开,犹如一尊理想的塑像在半明半暗中投下的光谱,光怪陆离,使人幻觉丛生,想入非非。

"那是盖尔芒特亲王夫人。"我的邻座对同她一起来的先生说,故意把"亲"字拉长,使这一称呼显得滑稽可笑。"她满身都是珠宝。我想,要是我有这么多珠宝,我绝不会像她那样摆阔。我认为这有失体统。"

然而,那些到处打听有谁来看戏的人,一旦认出亲王夫人,就会感到美的宝座非她莫属。的确,像卢森堡公爵夫人、德·莫里安瓦尔夫人、德·圣德费尔特夫人以及其他一些贵妇人,她们的面部特征是,一张兔唇和一个大红鼻子离得很近,或者上唇又细又密的汗毛和满脸皱纹难解难分。再说,这些特征已经够迷人的了,因为它们虽然像签名那样只有约定的价值,却能使人读到这个大名时肃然起敬;不仅如此,它们最终会使人相信,长相丑陋乃是贵族特有的一大标志。一个名门贵妇,她的脸只要能显出尊贵就行，美不美倒无所谓。但是，有如某些画家，他们在画布下端不是署上自己的名姓，而是画上美丽的图案，一只蝴蝶，一只蜥蜴，或是一朵花；同样，盖尔芒特亲王夫人也在她包厢的一角藏下了一个美妙的躯体和一张动人的脸蛋，以此表明美也许是最高贵的签名。因为盖尔芒特亲王夫人带到剧院来的，都是她生活圈里的人，她的光临，在那些崇拜贵族的人眼里，无疑最有力地证明了她的包厢所展示的图画具有雄辩的真实性。这个包厢展现了亲王夫人在她慕尼黑和巴黎府邸中那与众不同的生活画面的一个侧影。

我们的想象力好比一架出了故障的手摇风琴，弹出的调子总跟指定的乐曲不一样。每当我听到有人谈起盖尔芒特-巴伐利亚亲王夫人，总会联想到十六世纪的某些作品。现在她就在我面前，正在请一个穿燕尾服的胖男人吃冰冻糖果，因此，我必须竭力摆脱她在我身上引起的这些联想。诚然，我还不能由此得出结论，说她和她的客人同旁人没有两样。我深深懂得，他们在这里所做的一切，不过是逢场作戏；为了拉开他们真实生活的序幕（当然，他们生活中的最重要的一幕并不在这里演出），他们约好按照他们的礼节行事，而我对他们这套礼节却一窍不通。他们一个佯装请吃糖果，一个佯装拒绝。这样的举动毫无意义，是事先规定好了的，就像舞蹈演员的舞步，时而踮起足尖，时而围着一条披肩旋转。谁知道呢？说不定女神在递糖果的时候，会以揶揄的口吻说“您要糖吗？”因为我看见她在微笑。可是，这与我有什么关系？我似乎觉得，这句话由一个女神向一个半人半神说出来，虽然故意冷淡生硬，具有梅里美①或梅拉克②笔下的风格，却高雅优美，令人回味无穷。而那个半人半神，心里非常清楚他们两人所要概括的崇高的思想究竟是什么，因为他们就要重温他们真

① 梅里美（1803—1870），法国作家。写有戏剧集、诗集和小说，尤以中短篇小说著称。
② 梅拉克（1813—1897），法国剧作家，著有多部滑稽歌剧。

实的生活。他顺应这场游戏的规则，以同样神秘而狡黠的语气说："是的，我很想要一颗樱桃。"我仿佛在凝神聆听这场对话，听得津津有味，就像在聆听《少女的选择》①中的一场。这出歌剧缺少我所熟悉的诗意和深奥见地，而我设想梅拉克是完全有能力使他的剧作充满诗意和深奥见地的，不过，我认为没有这些东西反倒显得优雅，一种传统的优雅，因而也就更为神秘，对人更有启迪。

"那个胖子是加南塞侯爵。"我的邻座装出很知情的样子说，后头人嘁嘁喳喳议论的名字，他没有听见。

帕朗西侯爵伸长脖子，侧着脸，滴溜滚圆的大眼睛贴在单片眼镜的镜片上，在透明的黑暗中徐徐移动。他似乎目无池座里的观众，活似玻璃鱼缸中的一条鱼，在里面游来游去，对前来参观的好奇的观众视若不见。他时而停步不前，浑身披着苔藓，喘着气，令人起敬；而观众却说不出他是否无恙，是在睡觉，还是在游动，或者在产卵，或者勉强在呼吸。我对他羡慕极了，谁也没有像他那样使我羡慕过：因为我一看便知道，他是这个包厢的常客，亲王夫人给他递糖时，他神态冷漠，爱理不理。于是，亲王夫人用她那双钻石雕琢成的美丽眸子向他瞥了一眼。每逢她这样瞧人时，智慧和友谊会使她美丽的眼睛变成一汪秋水；但当它们静止时，它们的美就变成了纯物质的东西，只会发射出矿物的光辉，如果反射作用使它们稍微移动一下，它们就会迸发出一条垂直的非人所有的灿烂光焰，把整个池座映得通红。可是拉贝玛演出的那幕《淮德拉》即将开始，亲王夫人向包厢的头一排走来。这时候，她仿佛像演员登场似的，随着她经过的光区不同，我看见她的首饰不仅改变了色彩，而且改变了物质。包厢干涸了，显露了，

① 《少女的选择》是法国剧作家梅拉克的四幕喜剧。剧中少女尼娜有两种选择，一是选择正直但乏味的朗贝蒂埃，后者也愿意娶她为妻，另一种是选择富裕的蓝地子爵，但后者只想让她当情妇。她曾想用一局惠斯特牌来决定自己的选择，最后却由当时的情况替她作了选择。

不再是海洋的世界了，亲王夫人也不再是海洋女神了。她头上裹着的蓝白两色的缠巾，酷似身穿扎伊尔（也可能是奥罗泽马纳[①]）戏装的出色的悲剧演员。她在第一排坐了下来。我看见那个温暖的翠鸟窝，好似天国的一只大鸟，软绵绵、毛茸茸的，灿烂夺目，温情脉脉地保护着她那白里透红的脸蛋。

这时候，来了一个女人，我的视线离开盖尔芒特亲王夫人的包厢，向她投去。我见她身材矮小，衣冠不整，相貌奇丑，但目光炯炯有神。她同随行的两个青年男子在离我几张座位的地方坐了下来。接着，帷幕拉开了。我不无忧伤地发现，我从前那种对戏剧艺术、对拉贝玛的好感，已经荡然无存。曾记得，为了不放过她这个踏遍天涯海角我也要去瞻望的奇才，我聚精会神，专心致志，有如天文学家即将安装在非洲和安的列斯群岛的用来精确观察彗星或日蚀的敏感的仪器；我担心会出现一片乌云，比如说演员状态不佳，观众席上发生意外，致使演出不能发挥最高水平；假如我去的剧院不是那个把她奉若神明的剧院，我就会觉得不是在最好的条件下看戏，而在那个剧院里，我会觉得，那些她亲口点名要的戴着白石竹花的舞台监督，那个位于坐满衣冠不整观众的池座上方正厅包厢的底部建筑，那些出售刊登着她剧照的节目表的女引座员，还有广场中心花园里的栗树，所有这些，仍然是她在小小的红帷幕下登场的组成部分，尽管是次要部分。它们似乎是我当时感想的不可分离的伙伴和心腹。那时候，《淮德拉》、该剧中“吐露爱情”那场戏以及拉贝玛本人，对我几乎是一种绝对的存在。他们远离常人的生活实践，靠他们自己就能存在；我必须接近他们，尽我所能地深刻了解他们。然而，我睁大眼睛，敞开心灵，也只能汲取极少一点儿东西。可我感到生活是多么美好！我本人的生活虽然微不足道，但这无关紧要，就像穿衣和准备出门，不过是小事一桩。因为在更远

---

① 扎伊尔是十八世纪法国作家伏尔泰的悲剧作品《扎伊尔》中的女主人公，奥罗泽马纳是剧中的男主人公。该剧通过一个爱情悲剧对宗教偏见提出了强烈的控诉。

的地方，绝对地存在着《淮德拉》以及拉贝玛念台词的腔调。这些更为牢固的真实，人们很难接近它们，也不可能把它们全部掌握。我整日幻想着有尽善尽美的戏剧艺术，就像一节不断充电的电池；倘若有人把我白天或黑夜任何一个时刻的思想进行分析，就能从我的梦想中抽出大量的样品。还曾有这样的时候，我生病了，可是，哪怕我病死，也得去看拉贝玛的戏。可是现在，这一切成了一座小山，远看似乎和青天合而为一，近看普普通通，它们离开了绝对世界，变得和其他事物——我生活在其中并为我所熟悉的事物——毫无二致，演员们也不比我熟识的人高明。他们尽最大的努力吟诵《淮德拉》的诗句，而这些诗句也不再是超凡的、个别的和与众不同的了，而是一些或多或少地获得了成功的诗句，准备回到法国诗词的无垠的物质中去，加入它们的阵营。尤其因为我梦寐以求的事物已不复存在，我就更感到气馁。然而，我那喜欢环绕一件事物进行无穷遐想的禀性却依然存在，虽然年复一年有所改变，但还会导致我一时冲动而不顾及危险。一天晚上，我抱病前往一座城堡，去看埃尔斯蒂尔的一幅画作和中世纪的一张挂毯。这一晚和我将动身前往威尼斯的那一天，和我去看拉贝玛演出或动身前往巴尔贝克海滩的那一天多么相似，我预感到我现在为之作出牺牲的物品，不消多久就会使我兴味索然，我可以从这张画和这些挂毯旁边经过而不向它们扫一眼，尽管当时我为了这些挂毯而常常夜不成寐，忍受着无限的病痛。我为之作出牺牲的物品是不稳定的，我从中感觉到了我的努力也是徒劳无益，我的牺牲大得我真不敢相信，就像那些神经衰弱症患者，当有人提醒他们累了，他们反会觉得疲劳增加了一倍。目前，我的梦想使一切可能与这梦想有关的东西都变得令人心醉神迷。甚至我在我的肉欲中，在这总是朝着一定的方向、集中在同一个梦想周围的最强烈的肉欲中，也能辨认出一个主导思想，我可以为它献出自己的生命。这个思想的核心就是尽善尽美。从前，在贡布雷，每当我下午在花园里读书时尽情遐想的时候，我的主导思想也是这个尽善尽美。

我对阿里西、伊斯梅娜和希波吕托斯①在道白和动作中表现的柔情或愤怒是否用得恰到好处，不再像从前那样宽容了。倒不是因为这些演员——还是那些人——不如过去聪明，不能像过去那样时而使他们的声音抑扬顿挫，温柔感人，或者故意模棱两可，含糊其辞；时而使他们的动作带有浓厚的悲剧色彩，或者流露出向人哀求的痛苦。他们的语调对声音下命令："你要轻柔些，要唱得像夜莺那样婉转缠绵，娓娓动听。"或者相反："你现在必须大发雷霆。"于是，语调扑向声音，试图用暴力将它战胜。可是声音奋力反抗，我行我素，顽固不化地维持自然的声音；它物质上的缺陷和魅力，它日常的粗俗或矫饰一仍其旧，丝毫未变，只展示了一整套声学现象或社会现象，被朗诵诗句内含的感情对它没有产生丝毫影响。

同样，这几位演员的动作也对他们的手臂和无袖长袍下达命令："你们要英姿勃勃。"可是，不听使唤的上肢，仍然让一块对角色全然无知的二头肌，在肩膀和肘之间神气活现；它们一如既往，继续表演平淡无奇的日常生活，不去揭示拉辛诗句的细腻感情，而只是显示出肌肉之间的联系；有褶皱的宽大衣袍被它们举起，继而沿着垂直的方向落下，唯有令人乏味的织物的柔软性在同自由落体定律争个高低。就在此刻，坐在我旁边的那个矮个子太太大声嚷了起来：

"不要给她鼓掌！瞧她穿得那个怪样！她太老啦，不能再演戏了。换别人早就下台了。"

周围发出"嘘"声，陪她来的那两个年轻人设法让她安静下来，她不再大叫大嚷了，但还从眼睛中迸发出怒火。这种愤怒只是对成功和荣誉发出来的，因为拉贝玛尽管挣钱很多，却欠了许多债。她常常约好要去买东西，或和朋友约会，却不能践约，在各条街上都有穿制服的服务员追着她取消买

---

① 阿里西、伊斯梅娜和希波吕托斯都是拉辛的悲剧《淮德拉》的剧中人物。阿里西雅典的一位公主，希波吕托斯爱上了她。伊斯梅娜是阿里西的好友。

卖，她在旅馆里预订了房间却从不去住，她订购了大量香水给她的狗洗澡却不去买，她还要付给各家老板违约赔偿金。即使她花钱不如克娄巴特拉①大手大脚，也不像她那样骄奢淫逸，但她用气压传送信件和乘坐出租马车也有办法吃穷几个省，吃穷几个王国。但是，这个矮个子太太是一个时运不佳的女演员，她对拉贝玛恨之入骨。刚才，拉贝玛登场了。啊，真是奇迹！对于拉贝玛的才华，从前，我曾经废寝忘食地想把它的实质抓住，但它总是避开我；可是这几年我不去想它了，而且此刻我对它毫无兴趣，它却轻而易举地博得了我的赞叹。正如那些功课，晚上我们拼命学习，搞得筋疲力尽，也未能把它们装进脑子里，但是睡上一觉，我们就把它们全记住了；也如那些死人的面孔，我们的记忆竭力去追寻，却始终回忆不起，可是当我们不去想它们时，它们却会活生生地出现在我们眼前。从前，为了要孤立地看出拉贝玛的才华，我几乎把我事先研究过的所有扮演《淮德拉》的女演员的共性从我对角色特性的理解中除掉，以便看到剩下来的只是拉贝玛女士的才华。然而，这一才华，尽管我竭力想在角色之外看见它，它却同角色浑然一体，不可分离。这同大音乐家的情况类似（凡德伊弹钢琴时就是这样），演奏出自一个如此伟大的钢琴家，听众甚至忘记了这个艺术家是音乐家了，因为这种演奏不运用一整套的指法（而卓著的效果到处可见），不运用一连串飞溅的音符（至少，那些如坠云中雾中的听众以为从中发现了物质的、可以摸到的才华），它变得那样透明，那样富有内涵，听众不再感觉到它的存在，它仿佛成了一扇窗户，朝着一部杰作打开。阿里西、伊斯梅娜和希波吕托斯的声音和动作的用意，像一道环绕周围的庄严或精致的边界，但我还能分辨得出来，然而，淮德拉却把她的声音和动作的用意内在化了，我费尽脑汁，也不能从语调和姿势中发现她的用意，或从它们过于简单一致的表面上捕捉它们的

① 克娄巴特拉（公元前69—30），埃及女王，美貌非凡，骄奢淫逸，曾为罗马大帝恺撒和安东尼的情妇。

效果,因为它们完全融于其中,没有突出地显示出来。在拉贝玛的声音中,不再存留任何无生气的和不听使唤的残渣余屑,它不让人看出在它周围有过量的眼泪,可是在阿里西或伊斯梅娜大理石般的声音上,可以看到有泪珠在滚动,因为泪珠没有被吸收;声音融于最小的细胞内,变得微妙地轻柔,犹如大提琴家的提琴,当大家夸奖它音质优美时,想称赞的不是它的物理属性,而是它的高尚灵魂;又如一幅古代风景画,画面上仙女消逝的地方有一潭静静的泉水,一个可辨别的具体的用意,变成了一种具有音色特征的东西,清澈得出奇,明净而又冰冷。拉贝玛的声音被诗句送出她的嘴唇,同样,她的双臂似乎也被诗句轻轻举到胸口,就像那些树叶,被溢出的水推着移动位置;她那逐步形成的,而且还在不断完善的舞台风姿,都一一经过仔细推敲,她一举一动的道理和其他演员隐约可见的动作的道理有着不同的深度。她的道理不再受意志的控制,而是融于淮德拉这个人物发出的、丰富而复杂的颤抖的光辉之中,入迷的观众竟不把它们看作艺术家的一大成就,而是生活中的一个事实。而那些白面纱,疲倦不堪,忠心耿耿,仿佛是有生命的物质,由半异教半扬申派①的痛苦编织而成,像一只娇弱而又怕冷的蚕茧,在这痛苦周围收缩。所有这一切,声音、风姿、动作、面纱,环绕在一个思想,即一句诗这个躯体周围,而这个躯体与人体不同,不是不透明的起障碍作用的物质,而是一件纯净的超尘脱俗的衣服。它们不过是外加的包裹,不但没有遮住灵魂,反而使它更加灿烂,而灵魂把它们吸收,并在它们中间散发。它们不过是半透明物质的熔岩流,层层叠叠,使穿透它们而受到阻碍的那束中心光柱,折射出越来越富丽的光芒,并使被包在光柱外面的火焰渗透了的物质散发得更广,变得更珍贵、更美丽。这就是拉贝玛对作品的表演。她的天才赋予作品以生命,并且创造了第二部作品。

---

① 扬申派一译冉森派,或詹森派。崇尚虔诚和严格持守教会法规。教会的最高权力不属于教皇而属于公众会。后被罗马教皇作为异端,下谕禁绝。

说实话，我这次对拉贝玛的印象，尽管比以前更好，但没有什么不同。只不过我不再拿我的印象，同我头脑中对于戏剧天才先入为主的、抽象而错误的观念作对比罢了。我觉得戏剧天才恰恰就是指这种没有成见的看法。刚才我想，我第一次听拉贝玛的戏时没有享受到乐趣，就是因为我对她寄予的希望太大，正如我以前去香榭丽舍大街会我的情人希尔贝特一样，因为对她热情过高，欲望过强，反而感到失望。在这两次失望之间，除了要求过高这一点相同之外，或许还有另外一点，而且是更深刻的相同点。如果一个人、一部作品（或对作品的表演）个性鲜明，别具一格，人们对它的印象也会特别。在我们的思想中早已形成了诸如"美"、"风格浑厚"、"哀婉动人"等等观念，在必要时，我们可以幻想在一个艺人平常的表演中，在一张平淡无奇的脸孔上，也能发现这些特点，但在我们聚精会神的思想面前不停地飘动着一个形式，我们的思想中还没有和这个形式对等的东西，必须使这个未知的东西脱颖而出。我们的思想听到一个尖锐的声音，一个奇特的提问的腔调。它问自己："这是美吗？我感到的是赞美吗？这是不是绚丽的色彩，高雅雄浑的风格？"可再一次回答它的，仍然是一个尖锐的声音，一个奇特的提问的腔调，是一个不曾相识的人不容分说的印象，完全物质的印象，没有给"表演范围"留下一点空间。正因为如此，恰恰是那些真正优美的作品，我越是认真地听，就越感到失望，因为在我们大脑搜集的观念中，还没有一个观念和这种个别的印象吻合。

这正是拉贝玛的表演向我展示的东西。朗诵的风格高雅而巧妙。正是这样。现在我懂得一种浑厚、刚健、出神入化的表演所具有的价值了。更确切地说，人们就是要把这些称号赋予这样的表演，不过，这好比把一些毫无神话意义的星座命名为玛斯、维纳斯、萨图恩①一样。我们在这一

① 法语中，有些星座的名称是用罗马神话中的神命名的，用战神玛斯命名火星，爱神维纳斯命名金星，农神萨图恩命名土星。

个世界感觉，在另一个世界思想、命名，我们可以使这两个世界协调一致，却不能把它们之间的距离拉近。我第一次去看拉贝玛演出的那天，要跨越的也正是这个距离，这个断层；我凝神聆听，却难以同我头脑中的“表演高雅”、“风格独特”的观念会合。我愣了一会儿才给她鼓掌。这掌声仿佛不来自我的印象，倒像同我头脑中的早就存在的观念有关，是因为我终于愉快地听到拉贝玛演戏了。一个极有个性的人或一部极有特色的作品，同美的观念之间存在的距离，同样存在于这个人或这部作品留给我们的印象和我们头脑中已有的爱慕和欣赏的观念之间，因此我们不会予以承认。我在听拉贝玛演戏时，感觉不到快乐(就像我去看望热恋中的情人希尔贝特时感觉不到乐趣一样)，于是我心里嘀咕：“这么说，我对她并不欣赏。”可那个时候，我一门心思研究这个名伶的演技，乐此不疲，并且竭力敞开思想，最大限度地接受她的表演所蕴涵的内容。现在我才明白，这本身就是对她的欣赏。

拉贝玛的表演所显露的才华，是否仅仅是拉辛的才华呢?

起初我是这样认为的。可是《淮德拉》的一幕刚演完，等演员应观众鼓掌谢了几次幕之后，我就清醒了，因为在演员谢幕的时候，我身旁那位爱发脾气的年迈女士，斜着身子，把她瘦弱的上身挺得直直的，面部的肌肉绷得紧紧的，双臂交叉着放在胸口，表明她不屑和大家一起鼓掌，好使她的抗议更引起人们的注意。她满以为这一招会有强烈的反应，却不料谁也没有看见。下一个剧是新剧。从前，由于新剧没有名气，我总觉得它们单薄，特别，在舞台之外就不再存在。可这一次我却并不感到这部杰作的生命力像一场应景戏，仅仅存在于舞台上，仅仅存在于短短的演出中，我也没有感到兴致索然，大失所望。再说，我感觉到，新剧中的长篇独白备受观众喜爱；虽然过去没有人捧场，默默无闻，但有朝一日会变得赫赫有名，只要艺人作出相反的努力，不要把这出戏当作未成名的新作，而要施展全部本领，把新戏看成在今后一定会同作者其他几部名剧相提并论的杰作来演，那他就会获得成功。因此拉贝玛演的这个角色，或许有一天会被纳入她表演得最成功的角色之列，与淮德拉并肩媲美。倒不是因为这个角色本身具有文学价值，而是由于拉贝玛的演技超群，像在《淮德拉》剧中一样，把角色演得惟妙惟肖，栩栩如生。于是我豁然开朗。原来悲剧作者的作品，不过是悲剧演员创造表演杰作的原料，一种微不足道的原料。这同我在巴尔贝克结识的那个大画家埃尔斯蒂尔的情况十分相似，他从一所毫无特色的学校和一座本身就是一部杰作的大教堂身上，找到了两个具有同等价值的画题。正如画家把房屋、运货马车、人物溶化在光的巨大效果中，从而使它们协调一致，拉贝玛似乎也铺开了巨大的画布，画出了无比的恐惧和温情，她所朗诵的台词，不管是高雅的，还是平淡的，全都融于一体，若是一个没有才华的演员，肯定会把它们念得断断续续，前后脱节。当然各人有各人的抑扬顿挫，而拉贝玛的声调并不妨碍我们感觉到诗句的存在。当我们听到一个韵脚，一个和前面的韵脚既相同又不完全相同的东西，它既受前面韵脚的限制，又引进了新的思想，这时，我们就会感到有两个重叠的体系，一个是思想体系，另一个是韵律体系，而这重叠的体系本身不就已经是井井有条的复杂性，不就是美的首要因素了吗？然而，拉贝玛把词、诗句，甚至把“长篇独白”都糅进比它们自身更大的体系中，看到它们不得不在这些体系的边缘停留，我们会心醉神迷；正如诗人选词时先要考虑到韵脚，音乐家写歌词时要把一句句台词纳入同一个旋律中，既束缚它们，又带动它们。因此，拉贝玛善于把痛苦、高雅和激情这些宏伟的形象，糅进现代戏剧的台词中，就像把它们糅进拉辛的诗句中一样，而这些形象正是她独特的创造，人们一看便知道是她的杰作，正如在一个画家根据不同的模特儿画成的肖像上，人们能够认出是同一个画家的作品一样。

我不再像从前那样，希望拉贝玛的姿势能静止不动，希望她在倏忽即逝的照明中产生的优美而短暂的、不再复现的色彩效果能永不消逝，我也不再希望她把一句诗重复一百遍。我终于懂得我从前的期望太高，要求太严，超过了诗人、女演员和她的导演兼布景师的意愿；那种在一句诗上飞快传播的魅力，那些变化莫测的姿势和一个接一个的场景，是戏剧艺术力求达到的瞬间的效果、短暂的目的、变幻无定的杰作，而一个对作品过于入迷的观众总想使这种瞬间的效果静止不动，这样也就破坏了这一效果。我甚至不想再来看拉贝玛演出了，我对她已经心满意足。从前，正因为我对赞美的对象——不管是希尔贝特还是拉贝玛——寄予的希望太大，所以每次都感到很失望，于是我会因为头一天没有得到愉快的印象而寄希望于第二天。这一次我感受到了快乐，但不想去仔细品味，如果我愿意，也许会体会得更深；我只是像我中学时代的一个同学那样，自言自语地说："冠军的宝座我认为非拉贝玛莫属！"但我隐约感到，虽然我说出了我的喜爱，把冠军的称号给了拉贝玛，我的内心也因此而得到安宁，但这并没有非常准确地表达出拉贝玛的非凡才华。

就在第二个剧目开始的时候，我朝德·盖尔芒特亲王夫人的包厢瞧了瞧。亲王夫人刚扭过头去，朝包厢的深处张望，我仿佛看见她扭头的动作在虚无缥缈中留下了优美动人的线条。她的客人全都站了起来，也朝包厢的门口望去。在他们形成的夹道中，身穿白平纹细布的德·盖尔芒特夫人款款而入，散发着胜利者的自信和女神的威严。一丝装出来的不好意思的微笑，使她的脸上漾出了难得的温柔：她用这一微笑为自己姗姗来迟，为打扰了众人看戏而向大家表示歉意。她径直朝她的堂弟媳走过去，向坐在头排的一个金发青年恭恭敬敬地行了一个屈膝礼，然后转过身，向浮游在海底的神圣不可侵犯的海怪们致以老朋友的亲切问候，暗示她和他们十五年来日复一日的亲密关系。此刻，这些赛马俱乐部的半神半人的先生们，特别是帕朗西伯爵，是我最羡慕的人了。我多么想成为他们中间的一员啊！她和他们一一握手，向他们微笑，双眸放射出晶莹的蓝光。我感到这微笑的目光充溢着神秘，但我无法破解。假如我能分解这个眼神的棱柱，分析它的结晶，也许我能充分了解此时此刻它所展示出来的我所不熟悉的生活。盖尔芒特公爵跟在妻子后面，单片眼镜欢乐的反光、露出满口白牙的笑意、衣服扣眼或有裥纹前胸的反光，使人看不见他的眉毛、嘴唇和燕尾服，只看到一闪一烁的光辉。上身是人下身是鱼的小海神们纷纷为他让位，他把身子挺得笔直，脑袋一动不动，伸手按在他们肩上，示意他们坐下，然后朝那个金发青年深深鞠了一躬。公爵夫人似乎有先见之明，知道今晚上她的堂弟媳会打扮得花里胡哨，像穿了“戏装”似的（有人说，她经常嘲笑她的堂弟媳服饰过于浮夸。按照她中庸之道的法国精神，日耳曼的诗意和热情很快就得了个浮夸的美名），想告诉她什么是高雅的趣味。亲王夫人头上插着柔软而优美的羽毛，一直垂到脖子上，罩着用贝壳和珍珠做成的发网；公爵夫人却相反，头发上除了一枚极普通的羽饰外，再没有别的装饰。这枚羽饰宛若鸟的羽冠，居高临下，俯瞰着她的鹰钩鼻和金鱼眼。她的颈脖和肩膀袒露在雪白的细平纹布的波涛外面，一把羽毛扇拍打在波涛上，连衣裙紧贴在她身上，清楚地突出了她的优美的线条。数不胜数的闪光片是她上衣的唯一装饰物，有钻石的，也有其他金属的，长的长，圆的圆，光彩夺目，美不胜收。但是，尽管两人的打扮迥然不同，在亲王夫人把自己的座位让给堂嫂后，她们却互相转过脸来，用赞赏的目光你看着我，我看着你。

也许第二天，当德·盖尔芒特夫人同别人谈起亲王夫人过于繁琐的发式时，脸上会露出揶揄的微笑，但她肯定会说，亲王夫人仍然使人心醉神迷，她的打扮仍然令人赞叹不已。尽管亲王夫人感到她堂嫂的服饰有点儿平淡乏味，多少露出了一点时装店的痕迹，但她也发现她的打扮于朴素之中显高雅。此外，她们所受的教育注定她们和谐一致，这样也就抵消了她们在服饰和姿态上的差异。优美的仪态在她们之间展示了一条条无形的有着强大磁力的线条，亲王夫人爽朗的性格和这些线条合而为一，而公爵夫人正直的品格受到磁力的吸引，又折射回来，散发出温柔和魅力。

如同正在舞台上演出的戏剧那样，要了解拉贝玛出神入化、个性鲜明的表演，只需把她扮演的，而且只有她才能扮演的角色交给随便哪个演员去演，就可以比较出高低。与此相仿，如果观众向楼座举目张望，就会发现在两个包厢中有一种“安排”，观众会以为是盖尔芒特亲王夫人故意作出的安排：他们会看到莫里安瓦尔男爵夫人矜持，缺乏教养，煞费苦心地模仿德·盖尔芒特夫人的打扮和风度；而德·康布尔梅夫人干瘪的身子挺得笔直，尖头尖脑，头发上竖着一根柩车上的羽饰，活像一个领抚恤金的踩在钢丝绳上的乡下女人。按理说，在这个荟萃着当年最令人瞩目女性的剧场内不应该有德·康布尔梅夫人的一席之地。在这个剧场里，那些包厢——包括最高层的包厢，从底下看，高层的包厢犹如一个个插着人花的大笼子，被天鹅绒隔墙的红缰绳系在大厅的圆拱上——和坐在包厢里的最出风头的贵妇构成了巴黎社交界的一幅短暂的全景图。死亡、丑闻、疾病、不睦很快会使这全景发生变化，但此刻注意力、烘热、眩晕、灰尘、优雅和厌烦，却把它固定在这下意识的等待和平静的冬眠状态那悲壮而永恒的一刹那间。事后人们会感到，这一刻好像是炸弹爆炸前的平静，或是一场火灾第一股火光的前兆。

德·康布尔梅夫人能在这里出现，得归功于帕尔马公主。像大多数货真价实的公主一样，帕尔马公主毫不崇尚时髦，热衷于慈善事业，并且引以自豪。她对慈善的热爱可以同她对所谓艺术的情趣相提并论。她常常把这个或那个包厢让给像德·康布尔梅夫人那样的人。这些人虽不属于上流社会，但由于在一起搞慈善，帕尔马公主同她们联系密切。德·康布尔梅夫人目不转睛地看着盖尔芒特公爵夫人和亲王夫人。这对她也许更自然些，因为她同她们没有正式交往，不能凑上去同她们打招呼。然而，她很想到这两位尊贵的夫人府上去做客，这是她十年来苦苦追求的目标。她打算在五年内实现这个目标。可是她得了一种不治之症，她自以为医学知识渊博，认定自己的疾病医不好了，因而担心活不到那个时候。

但是这天晚上，当她一想到那些不屑与自己交往的贵妇一定会注意到她身边坐着她们的一个朋友，年轻的博泽让侯爵，就不禁喜形于色。这位年轻的侯爵是德·阿让古尔夫人的兄弟，和两个社交界都有来往，二流社交界的女人总喜欢带着他出现在上流社会的贵妇面前，以抬高自己的身价。他坐在德·康布尔梅夫人身后的一张椅子上，椅子横放着，便于他朝其他包厢张望。那些包厢里的人他都认识。他一头金发，相貌英俊，风度翩翩。他潇洒而迷人地挺直腰，微微抬高身子，向各个包厢里的人致意，碧蓝的双眸闪烁着微笑，彬彬有礼，落落大方，宛若古铜版画上的一个高傲而爱献殷勤的大贵人，形象逼真地刻在他那个包厢的长方形的斜面上。他经常和德·康布尔梅夫人一起上剧院看戏。在剧场内，在出口处和门厅里，他勇敢地站在她身旁，而周围到处是他的有身份的女友，他尽量少和她们讲话，免得她们为难，就好像他身边带了个坏女人似的。假如这时盖尔芒特亲王夫人从他身边经过，袅袅婷婷，千姿百态，一件无与伦比的大衣一直拖到地面，像是迪安娜①女神下凡，引得众人都回过头来看她（尤其是德·康布尔梅夫人），德·博泽让先生就会和他的女伴交谈得更加热烈，对亲王夫人投来的亲切而迷人的笑靥，只报以不自然的微笑，含蓄而不失礼貌，冷淡而不失宽厚，害怕向她献殷勤会使她一时陷入窘境。

德·康布尔梅夫人即便不知道包厢属于盖尔芒特亲王夫人，也能从盖尔芒特公爵夫人对演出的专注猜出她是客人。公爵夫人是为了使她的女主人高兴才做出兴致勃勃的样子来的。但是，与这股离心力并存的还有一股向心力，这股由同一个愿望——讨女主人高兴的愿望——发展起来的向心力，把公爵夫人的注意力拉回到她自己的（她的羽饰，她的项链，她的裙子上衣）和亲王夫人的打扮上。她似乎在当众宣布她是她堂弟媳的臣民和奴隶，是为了看望她的堂弟媳才到这里来的，包厢的女主人心血

---

① 罗马神话中的月神，是狩猎女神。

来潮愿到哪里，她都打算跟到哪里。她把剧场里的其他人都看作是好奇心强、爱东张西望的陌生人，尽管那里有她的许多朋友，而且，前几个星期，她还坐在他们的包厢里，对他们表示出一周一次的同样专一、同样相对的忠诚。德·康布尔梅夫人没想到今晚上能看见公爵夫人，因而不胜惊讶。她知道今天很晚的时候公爵夫人还在盖尔芒特城堡，推测她不会离开那里。不过，她听人说过，有时候，巴黎上演的某一出戏使德·盖尔芒特夫人感兴趣，她和到盖尔芒特森林狩猎的人一起用完茶，就会叫人给她备车，黄昏启程，飞速穿过薄暮笼罩的森林，登上大路，在贡布雷换乘火车，晚上赶回巴黎。“可能她是专程从盖尔芒特赶来听拉贝玛唱戏的。”德·康布尔梅夫人寻思着，对她不胜崇敬。她记得曾听斯万含糊其辞地说过（他和德·夏吕斯先生在一起时尽用这种隐语）：“公爵夫人是巴黎最高贵的人，是千里挑一、万里挑一的精华。”然而，我是通过盖尔芒特、巴伐利亚和孔代这些名字，想象出这对堂妯娌的生活和思想的（她们的面貌我不可能再去想象了，因为我见过她们），因此我更愿了解她们对《淮德拉》的评价，这比世界上最伟大的评论家的评论对我更有吸引力。因为在批评家的评论中只有智慧，尽管比我高明，但本质是一样的。可是，盖尔芒特公爵夫人和亲王夫人的内心世界，我是通过她们的名字想象出来的，我假设她们的内心世界有一种不可思议的诱惑力，可以向我提供一份极其宝贵的资料，使我了解这两个富有诗意的女性是怎样的人。我象发烧的病人，怀着思旧和渴望的情绪，想从她们对《淮德拉》的评价中，再次体味昔日夏天的下午，我在盖尔芒特城堡附近散步时所感受到的魅力。

德·康布尔梅夫人试图区分这对堂妯娌的服饰的样式。而我并不怀疑她们的服饰是她们所特有的，就像从前红领或蓝翻边的制服专门属于盖尔芒特家和孔代家的仆役一样，或者，打个更贴切的比方，就像鸟的羽毛，不仅是美的装饰品，而且是身躯的外延。在我看来，这两个女人的服饰是她们内心活动的具体体现，或白衣素服，或五光十色，绚丽多彩；我认为我所看到的盖尔芒特亲王夫人的一举一动，都受到一个隐秘思想的支配，而从她额头垂下的羽毛和她堂嫂那件光辉闪烁的裙上衣，似乎也都包含着一种意义，是这两个女人各自的象征。我很想了解这些特征的意义；我觉得天国的神鸟似乎和她们当中的一个不可分离，就像孔雀和朱诺[①]永远紧紧相依；而另一个的饰有金银箔的裙上衣，如同密涅瓦[②]的饰有流苏、闪闪发光的神盾，绝对不可能被任何别的女人侵占。剧场天顶上画满了平淡乏味的寓意画，我宁愿看盖尔芒特亲王夫人的正厅包厢，也不愿意往天顶上瞧一眼。当我举眸凝望她这间包厢的时候，层层叠叠的云雾奇迹般地裂开，我从云隙中仿佛看见天神们聚集在天国的两根柱子中间，在一块红色的顶篷下凝神观看凡人的表演，周围云雾缭绕，唯有他们的所在地露出了一块金光灿灿的晴空。我局促不安地观望这短暂而荣耀的场面，可我转念一想，感到这些永生不死的天神并不认识我，不安的心情也就平静了一些。公爵夫人和她的丈夫曾见过我一次，但她肯定记不起我来了；她只要从她包厢的座位上偶尔看一眼池座观众席上这一大片无名无姓的石珊瑚，我就会感到无法忍受，因为我现在已完完全全溶化在这片茫茫的石珊瑚中了。就在这时，我看见一双蓝眼睛闪出一道亮光，想必根据光的折射原理，我这个失去了个人生命的原生动物的模糊影像，已映入这双蓝眼睛的冷淡的视线中了：公爵夫人由女神变成了凡人，我顿时觉得她美了一千倍，一万倍。她把放在包厢边上的那只戴了白手套的手向我举起来，亲切地挥了挥，我的目光感觉到了亲王夫人的双眸中射过来的火一般炽热的光线。她为了知道她的堂嫂在同谁打招呼，不由自主地移动了一下眼睛，从而使眼里迸射出火一般的光芒。她的堂嫂认出了我，朝我频频微

---

① 朱诺为罗马神话中主神朱庇特的妻子，即希腊神话中的赫拉。孔雀是朱诺的象征。

② 密涅瓦为罗马神话中的智慧女神，即希腊神话中的雅典娜。

笑,那雨点般向我投来的微笑闪烁着奇妙的光辉。

现在,每天上午,她还没有出门,我就早早地出去了,绕个大弯,来到她习惯走的那条街的拐角处,等候在那里。当我感到她就要从这条街经过时,便装着漫不经心的样子走过去,眼睛看着相反的方向;当我走到她跟前,抬头看她时,我故作惊讶,好像根本没料到会在这里碰见她。头几天,为了更有把握,我索性在门口等候。每当通车辆的大门打开(人们接踵而过,但看不见我要等的人出来),开门的声音会在我心中持续振荡,久久不能平息。当观众崇拜一个红得发紫的女伶时,尽管不认识她,也会心情激动地"鹄立"在演员出入的门口,等候女伶出来;当愤怒的或对某个伟人狂热崇拜的人群聚集在监狱或王宫的大门口,等着把一个判了刑的犯人凌辱一顿,或把这个伟人举起来欢呼他的胜利,每每从里面传来一点儿声音,便会以为犯人或伟人就要出来,这时,他们也会激动万分。但是,无论是名伶的崇拜者,还是等候判了刑的犯人的愤怒人群,或是伟人的敬慕者,他们再激动,也没有我在等候这位尊贵的公爵夫人出门时的心情激动。公爵夫人服饰淡雅,步态优美(和她步入某个沙龙或包厢时的姿态迥然不同),她善于把每天早晨的散步——对我而言,世界上只有她一个人散步——变成一首脍炙人口的诗歌,一条精美雅致的项链,一朵春天的奇葩。但是三天后,我怕门房看破我的诡计,就不再守候在门口,而是到公爵夫人必经之地去等她。看歌剧以前,若是天晴,我常常在午饭前这样出去溜上一圈;若是下雨,只要天空一晴,我便下去走走。我来到仍然透着湿气的人行道上(阳光把湿漉漉的人行道照得金晃晃,像是镀了一层金色),在一个弥漫着雾霭,但在太阳的照耀下发出一道道金光的十字路口,我看见一个女学生,后面跟着她的女教师,或者看见一个戴白袖套的送奶姑娘,我木木地站在那里,一只手按在胸口上,我的心已经飞向一种我从未体验过的生活。我竭力回忆那条街,那个时辰和那扇门(有几次,我跟着这个女孩子，一直跟到她的校门口，她在门后消失了，没有再出来)。我回想着这些形象，希望能再见到她们，幸亏她们旋踵即逝，没有在我记忆中生根。这没什么。既然巴黎的街头也像巴尔贝克的公路一样，经常能看见美丽的少女(从前我常常幻想在梅塞格利丝的树林里能有美丽的少女出现)，每一个少女都能在我身上激起一种强烈的欲望(而这种欲望也只有她们才能使我得到满足)，因此，我即使生了病，也不会再像从前那样忧虑，即使没有勇气开始工作，着手写一本书，也不会再像从前那样忧愁，我觉得大地更加适宜居住，人生旅程更加充满乐趣。

从歌剧院回家的路上，我就为第二天作好打算了，除了几天来我渴望找回的形象外，还得加上德·盖尔芒特夫人的形象，她那修长的身材，高高隆起的轻盈的金发，还有她从堂弟媳的包厢里向我投来的蕴含着温柔的微笑。我决定走弗朗索瓦丝向我透露的公爵夫人习惯走的那条路。但是，为了再看一眼前天遇见的那两个少女，我要尽量不错过教理课的下课时间。但眼下，德·盖尔芒特夫人那闪烁的微笑却不时浮现在我眼前，使我产生一阵阵愉悦的战栗。我几乎是下意识地试图把那闪烁的微笑和愉悦的快感，同我头脑中早就存在的浪漫想法加以比较(就像一个女人刚从别人手中得到几枚宝石纽扣，就立即想看一看它们对她的裙子会产生怎样的效果)，是阿尔贝蒂娜的冷漠无情，希塞尔的过早离开，以及在这之前同希尔贝特两厢情愿，但一拖再拖的分道扬镳，使我这些浪漫的想法(例如我渴望得到一个女人的爱，和她共同生活，等等)摆脱了束缚，自由地飞翔起来。接着，我又把那两个少女的形象同我这些想法逐一加以比较，然后，我又努力使我对公爵夫人的记忆同这些想法相适应。与这些想法相比较，盖尔芒特公爵夫人看歌剧留给我的记忆实在微不足道，她就像一颗小小的星星，在那光芒万丈的彗星长尾巴旁变得黯然无光。再说，我在认识德·盖尔芒特夫人之前就对这些想法非常熟悉了，相反，我对德·盖尔芒特夫人的记忆却是不完整的，断断续续的。它开始像其他俏丽女人的形象飘忽不定，继而渐渐排斥了其他一切形象，最终专一地和我那些久已存在的浪漫想法融为一体了。就是在这样的时候，在我对德·盖尔芒特夫人的记忆变得最清晰的时候，我才敢弄清楚这个记忆的真面目。可我当时并不知道它对我的重要性；它就好比我想象中的同德·盖尔芒特夫人的第一次约会，使我产生一种甜蜜愉快的感觉。仅此而已。这是德·盖尔芒特夫人生活的真实写照，是根据她的生活描画出来的第一张草图，是她唯一真正的形象。然而，在我有幸占有这个记忆，却不知道如何注意它的几个小时内，应该是令人心醉神迷的，因为在这个时刻，我的爱欲总是无拘无束、不慌不忙、不知疲倦和无忧无虑地回到这记忆的身边，但是，随着它被这些欲念逐步固定下来，当它从它们那里获得了更大的力量，它本身也就变得模糊不清，不久一点也认不出来了；毫无疑问，我在梦幻中把德·盖尔芒特夫人在我记忆中的形象变得面目全非了，因为我每每看见德·盖尔芒特夫人，总能发现我想象中的她和现实中的她之间存在着差距，而且每一次的差距都不一样。当然，现在，每当德·盖尔芒特夫人在那条街的尽头出现的时候，我远远看见的仍然是那修长的身影和在轻盈的金发下闪着明亮目光的脸蛋（我就是为了这些才到这里来的，但我故意把眼睛看着别处，不让她看出我来这里的目的），然而，几秒钟后，当我走到她的身边，把目光转到她身上的时候，我看见的却是一张无精打采的脸孔和满脸的红疙瘩。我不知道她怎么会有这一脸红疙瘩的，也许是经常户外活动的缘故，或者是粉刺。我故作惊讶地和她打招呼，她似乎不大高兴，朝我冷冷地点了点头，再也没有看《淮德拉》那天晚上的和蔼可亲的笑容了。在开始的几天，那两个少女的形象同德·盖尔芒特夫人的形象争夺得十分激烈，双方都想把我的爱占有，但终因力量悬殊，几天以后，两个少女的形象败下阵来，渐渐消失，而德·盖尔芒特夫人的形象却自然而然地不断浮现在我的脑际。我终于把我的爱全部转移到她身上。归根结底，这是我心甘情愿的，经过选择的，同时也是为了使自己得到消遣。我把那两个上教理课的少女和那个送奶姑娘抛到了脑后；可我再也不希望在大街上找到我从前想寻找的东西了，再也不想看见在剧院里看到的那蕴藏于微笑中的温柔，那修长的身影和金发下亮晶晶的脸蛋了，只有在远看的时候它们才存在。现在，我甚至说不清楚德·盖尔芒特夫人长什么模样，是根据什么认出她来的，因为从外表的总体看，她的脸也和她的裙子、帽子一样，一天变一个样子。

有一天，我看见迎面走来一个妇人，淡紫色长大衣的风帽下，露出柔美而光洁的脸孔，碧蓝的眼睛周围对称地释放出诱人的魅力，鼻梁的线条似乎在脸上消失了。当我看见这个妇人时，为什么我会感到一阵兴奋战栗掠遍全身，知道不看见德·盖尔芒特夫人决不会罢休呢？为什么我会惶惑不安，故意装着无动于衷的样子，漫不经心地转过脑袋，就像前一天当我在一条近道上看见德·盖尔芒特夫人的侧影时一样呢？她戴一顶海蓝色的无边软帽，从侧面看去，在红通通的脸颊上纵向延伸着鸟喙般的鼻子，左右横着目光锋利的眼睛，宛若一个埃及女神。就只一次，我看到的不只是一个长着鸟喙鼻子的女人，而是一只真正的鸟儿：德·盖尔芒特夫人的衣裙，乃至她的无边软帽都是毛皮做成的。她浑身包在毛皮中，不露出一丝棉布的痕迹，自然就像一只秃鹫，覆盖着黄褐色的单调的羽毛，柔软而丰满，就像是兽类的毛皮。在这天然的羽毛中间，小脑袋把她的鸟喙鼻子弯成圆形，那双金鱼眼睛闪烁着锋利的蓝光。

有一天，我在那条街上来回踯躅了半天，始终不见德·盖尔芒特夫人的身影。蓦然，我看见隐蔽在这个贵族和平民杂居区的两座私邸中间的一家乳品铺中，出现了一张模糊不清的陌生脸孔，一个服饰优雅的女人正在让店主给她拿“瑞士干酪”。我还没来得及看清楚她是谁，公爵夫人那锐利的目光便闪电般地落到了我的身上，过了一会儿，她的形象的其余部分才映入我的眼帘。还有一次，我一直等到中午十二点也没有遇见她，我知道没有必要再等下去了，便郁郁寡欢地往家里走去。我心里沮丧至极，愣愣地看着一辆车开过去，却是视而不见。蓦地，我意识到车中一位贵妇透过车门在向我点头示意。她正是德·盖尔芒特夫人！她那松弛而苍白的，或者反过来说紧张而鲜明的脸部线条，在一顶圆帽下，或者说在一根高耸的羽饰下，展示出一个陌生女人的脸孔，我一时竟没有认出来。对于她的问候，我没有来得及还礼。还有几次，我回到住处，在门房附近发现了她，那个可憎的门房——我最讨厌他瞟来瞟去的审视的目光了——正在毕恭毕敬地向她请安，当然少不了向她打“小报告”。因为盖尔芒特家的下人全都躲在窗帘后面，胆战心惊地窥视着这场他们听不见的谈话，在这之后，公爵夫人肯定会禁止这个或那个仆人外出，他们一定是被这个“爱进谗言”的门房出卖了。

由于德·盖尔芒特夫人连续不断地向我展现出一张张迥然不同的面孔，而这一张张面孔，在她的整个打扮中占据的位置是相对的、多变的，时而大，时而小，因此，我对德·盖尔芒特夫人的爱，并不是倾注在这千变万化的肉体和纺织品的某个部分上。她可以一天换一张脸，一天换一身服饰，看到她我照样会心慌意乱，手足无措。因为透过这不断变化的脸孔和服饰，透过这新的衣领和陌生的脸颊，我依然感觉得到那是德·盖尔芒特夫人。我钟情的是这个指挥着这一切的看不见的女人。就是她，她对我有敌意，我就会黯然神伤；她靠近我，我就会心慌意乱，惶惑不安；我渴望能把她征服，把她的朋友从她的身边统统赶走。她可以插一根醒目的蓝羽毛，也可以炫耀她赭红色的肌肤，她这些行动对我不会丧失意义。

我自己倒没有觉出德·盖尔芒特夫人讨厌每天在路上遇到我，不过，我从弗朗索瓦丝的脸上看出了几分。每天早晨，当弗朗索瓦丝侍候我出门时，她的脸上充溢了冷漠、责备和怜悯。我刚开口问她要我的衣服，就感觉到从她肌肉收缩、神态尴尬的脸上升起了一股逆风。我根本没有想赢得弗朗索瓦丝的信任，我觉得这是白费力气。她拥有一种神秘的力量——这对我始终是个谜——，能迅速知道我们——我和我的父母亲——会发生什么不愉快的事情。也许这算不上一种超自然的力量，可以用某些特殊的情报手段来解释。有些野蛮部族就是通过一种特殊的方式获得某些信息的，要比邮局把这些信息传送到欧洲殖民地早好几天，其实不是通过心灵感应，而是借助于烽火，从一个山岗传到另一个山岗，最后传到他们那里。因此，就我每天上午散步这个特殊情况而言，可能是德·盖尔芒特夫人的仆人听到他们女主人对每天在路上遇见我表露过厌烦情绪，而他们也可能把这些话讲给弗朗索瓦丝听。说实话，即使我父母不让弗朗索瓦丝，而让另一个人来侍候我，情况也不会好到哪里去。从某种意义上讲，弗朗索瓦丝比别的仆人要少一些仆人气。她的感觉，她的善良和慈爱，她的严厉和高傲，她的狡狯和局限性，她的白皙的肌肤和通红的双手，都说明她是个乡下姑娘，她的父母亲“日子过得挺不错”，但后来破产了，不得不送她出来当仆人。她在我们家，好比是乡村的空气和庄园的社会生活，五十年前，它们被一种颠倒的旅行——不是旅行者走向旅游胜地，而是旅游胜地走向旅游者——带到了我们家中。正如某地区博物馆中的玻璃橱柜，装饰着农妇们制作并用金银线镶边的稀奇古怪的物品一样，我们巴黎这套单元房间，也装饰着弗朗索瓦丝从传统和地方的观念汲取的臣服于源远流长规则的话语。她善于绘声绘色地描述——就好像用彩色丝绒刺绣一样——她儿时的樱桃树和小鸟、她母亲的灵床。这一切她都还记忆犹新，历历在目。但是尽管如此，当她踏进巴黎，到我们家当仆人后，没过多久就和各层楼上的仆人在意见上和法学观念上一致起来了(更何况任何人处在她的地位也会有同样的变化)，她因不得不对我们表示尊敬而耿耿于怀，把五楼的厨娘骂她主人的粗话学给我们听，那副扬眉吐气的神情，使我们生平第一次感到和五楼那个令人讨厌的女房客有了共同的利害关系，我们不禁心想，也许我们真的是主人呢。弗朗索瓦丝性格的变化也许是不可避免的。有些极不正常的生活方式，必定孕育着某些瑕疵，就像法国国王的生活，他在凡尔赛宫，周围是他的侍臣，他的生活，同古埃及的法老和中世纪的威尼斯总督的生活一样奇特，不仅是国王的生活，还得加上侍臣的生活。仆人的生活自然就更加奇特了，只是习惯蒙住了我们的眼睛，使我们觉察不到。但是，即使我把弗朗索瓦丝辞退了，我仍然需要有一个仆人待在我身边，这人有同样的甚至更加特别的缺点。因为我后来又用过好几个仆人，仆人的一般缺点他们应有尽有，但到我家后仍然很快发生了变化。道高一尺，魔高一丈，为了不被我性格的锋利尖角刺伤，他们都在自己性格相应的部位上装进一个相应的凹角。相反，他们却利用我的空子插进他们的尖角。而这些空子正因为是空子，我甚至还不知道它们的存在，也不知道我的仆人钻空子伸过来的尖角。但是我的仆人得寸进尺，越变越坏，使我终于知道了存在于我性格中的空子。正是通过他们不断养成的缺点，我才看到了我固有的不可克服的缺点，可以说他们的性格是我的性格的反证。从前，我和母亲经常讥笑萨士拉夫人，因为她总是用“那种人，那类人”称呼仆人。但我不得不承认，我不想更换弗朗索瓦丝，恰恰是因为换上来的仆人不可避免地还是属于仆人那种人，还会是我的仆人那类的人。

言归正传。我一生中每受到一次凌辱，事先都能在弗朗索瓦丝的脸上找到同情和安慰。看到她怜悯我，我就会恼火，就会打肿脸充胖子，说我没有失败，而是取得了成功。但是，当我看到她脸上流露出有节制的，但又是明显的怀疑神情时，看到她对自己的预感充满了信心时，我的谎言又不攻自破了。因为她了解事情的真相，但却不吭声，只是动一动嘴唇，仿佛嘴里塞满了肉，在慢慢地咀嚼。她真不会讲出去吗？至少有很长的时间我是这样认为的，因为那个时候我认为只是通过说话才能告诉别人真情，连别人同我说的话，我也会原封不动地把它们储存在我敏感的大脑中。因此，我决不相信曾对我说过爱我的人会不爱我，就像弗朗索瓦丝一样，当她在“报上”读到有个神甫或有个先生将违背邮局规定，免费给我们寄来能祛百病的灵丹妙药，或把我们的收入提高百倍的诀窍妙方时，她会深信不疑。(相反,如果我们的医生给她最普通的药膏治她的鼻炎,尽管她平时什么样的痛苦都能忍受,却会因为不得不给她的鼻子上药而发出痛苦的呻吟,确信这药"会使她的鼻子掉一层皮",让她没脸见人。)弗朗索瓦丝第一个给我作出了样子(这个道理我是后来才明白,而且付出了更痛苦的代价,读者会在本书的最后几卷中看到,是我的一个心爱的人给了我教训),真情不说也会泄露出去,可以从无数的外表迹象,甚至从个性世界某些看不见的、与自然界的大气变化相类似的现象中搜集到。这样也许更可靠,用不着等别人说出来,甚至对别人说的话根本不必重视。按说我是可以觉察到这个问题的,因为那时我自己说话也常常言不由衷,可我的身体和行为却不由自主地泄露了隐情,弗朗索瓦丝一看便明白了真相;我是可以觉察到的,不过,我必须认识到自己有时也会撒谎,也会欺诈。然而,我和大家一样,说谎和欺诈直接地、偶然地受着一种个人利益的支配,是为了捍卫这一利益。为了一个美好的理想,我的思想任凭我的性格暗中完成这些紧迫而微不足道的工作,听之任之,不加干涉。

有时候,到了晚上,弗朗索瓦丝会对我很亲热,求我允许她在我房内坐一坐。每当这个时候,我似乎发现她的脸变得透明了,我看到了她的善良和真诚。可是不久,絮比安——我后来才知道他会多嘴——向我透露说,弗朗索瓦丝背地里说我坏透了,变着法子折磨她,说要吊死我,还怕会玷污她的绳子。絮比安的这番话,仿佛在我面前用一种见所未见的色彩,印了一张表现我和弗朗索瓦丝关系的照片。这张照片,和我平时百看不厌的展现弗朗索瓦丝对我衷心爱戴、不失一切时机为我唱颂歌的照片相差何止十万八千里!这使我恍然大悟,不只是物质世界会呈现出同我们所见的世界截然不同的面貌,而且,任何真实都可能会不同于我们直接的感觉,不同于我们借助一些隐蔽而又活跃的思想编造的真实;正如树木、太阳和天空,倘若长着和我们不一样眼睛的人去观察它们,或者某些不用眼睛而是靠别的器官进行感觉的人去感觉它们(这时,树木、太阳和天空就成了非视觉的对等物)，就会和我们所看见的完全不同。就这样，絮比安向我打开了真实世界的大门，这意想不到的泄露把我吓得目瞪口呆。这还仅仅涉及弗朗索瓦丝，她在我眼里并不是十分重要的人物。是不是人与人之间的关系都是这样的呢？假如有一天爱情中也出现这种事情，那会给我带来多大的痛苦！这是未来的秘密。现在还只涉及弗朗索瓦丝一人。她对絮比安讲的这番话是她的真实想法吗？会不会是为了离间我和絮比安呢？可能是怕我同絮比安的女儿亲近而把她疏远了吧？我绞尽脑汁，左猜右想，但我心里明白，弗朗索瓦丝究竟是爱我还是讨厌我，不管用直接的或间接的方式，我都是无法弄清楚的。总而言之，是弗朗索瓦丝第一个使我懂得了这个道理，一个人，他的优缺点，他的计划，以及他对我们的意图，并不像我过去认为的那样是一目了然、固定不变的(就像从栅栏外看里面的花园和它的全部花坛一样)，而是一个我们永远不能深入了解，也不能直接认识的朦胧的影子，我们对于这个影子的许多看法都是根据它的言行得出来的，而它的言行提供的情况往往很不充分，而且互相矛盾。我们完全能够想象得出，在这片阴影上交替闪烁着恨的怒火和爱的光辉。

我真心实意地爱着德·盖尔芒特夫人。我要祈求上帝赐予我最大的幸福，让她遭受各种灾祸，让她破产，让她名誉扫地，让她失去横在她和我之间的一切特权，让她没有住处，也没有人愿意理睬她，这样，她就会来求我，会到我这里来避难。我在想象中仿佛看见她来找我了。晚上，当周围的气氛发生一些变化，或者我自己的身体有明显好转时，我的思想会变得非常活跃，那些早已被我遗忘了的感想，会似滚滚的波涛涌入我的脑海，然而，我没有利用我那刚刚恢复的体力，来理清平时难得出现在我头脑中的这些思想，没有开始写作，而是喜欢大喊大叫，把我内心的想法以一种激烈的、外露的方式抒发出来；这不过是空洞的演说，毫无意义的手势，一部地地道道的艳遇小说，枯燥乏味，信口开河，小说中的主人公盖尔芒特公爵夫人一贫如洗，来乞求我的施舍，而我却时来运转，变成了有权有势的富翁。就这样，我几小时几小时地遐想着，嘴里念念有词，大声说着我在接待公爵夫人时应该说的话。尽管如此，我的处境依然如故。唉！事实上，我正是选择这个可能集中了各种优势，因而也就不会把我放在眼里的女人奉献我的爱情的。因为她家资雄厚，可同世界上最大的富翁相提并论，但又比他们高贵；还不算她本人非凡的魅力，这使她成为众人的女王，煊赫一时，遐迩闻名。

我也感觉到了，每天上午我去迎她时，她并不高兴。可是，即使我鼓足勇气，两三天内不到她散步的路上去等她（这对我无疑是莫大的牺牲），德·盖尔芒特夫人也不一定会注意到，或者，会把我这个克制的行动，归因于我发生了什么意外的事情。只要还有可能，我是下不了这个决心的，因为我需要和她相遇，成为她瞬间注意的对象和打招呼的人。这种需要反复出现，使我不能自已，也就顾不得会惹她不高兴了。我应该离开一段时间，但没有这个勇气。有时候我似乎拿定了主意，我让弗朗索瓦丝给我收拾行李，可是她刚收拾好，我又叫她把衣服放回原处了*。她不喜欢这样，说我总是“摇摆不定”（她用了圣西门的语言。每当她不想和现代人竞争时，总会用圣西门的语言）。不过，她更不喜欢我用主人的腔调说话。她知道这对我不适合，我天生不是这样的人。她用“装腔作势不适合我”这句话来表达她的这个想法。我要走，也一定要到能使我和德·盖尔芒特夫人接近的地方去，否则，我是万万没有勇气离开的。也不是没有这个可能。假如我远离德·盖尔芒特夫人，到她认识的一个人那里去，她知道这个人择友非常挑剔，可他对我却非常赏识，他可以在她面前谈起我，这

* 正如有模仿癖的人，在模仿别人的作品时，为了不落俗套，总要毁了自己最自然、最自信的形式，弗朗索瓦丝也从她的女儿那里借来了一个词语，说我是个痴子。[有的版本将此段打星号的文字列入正文。]

样，即使不能从她那里得到，至少也可以让她知道我想要得到的东西；我可以同这个人商量能不能请他替我传递消息，只要有商量的可能性，哪怕他不同意，我也就可以给我那孤独而无声的梦想披上一层新的、有声的、积极的形式，在我看来，这就前进了一步，可以说是一大成就；假如能有这种可能性，我不就离她更近一些了吗？这总比每天上午孤孤单单、忍辱丢脸地在那条街上来回逛荡要强吧。再逛也逛不出个结果来，我想向她倾诉的心曲，一个也传不到她的耳朵里。她作为"盖尔芒特夫人"有着怎样神秘的生活，常使我魂牵梦萦，想入非非；如果利用一个有资格进出公爵夫人的府邸、出席她的晚宴、可以同她进行长时间谈话的人作为媒介，像借用一根操纵杆那样，间接地介入她的生活，这同我每天上午到街上去看她相比，固然距离远了一些，但岂不是一种更为有效的接触吗？

圣卢同我很有交情，对我也很赏识，但我总感到受之有愧，因此从没有把他的盛情厚意当作一回事。可是我突然对此产生了兴趣。我多么希望他能把我们之间的友谊和他对我的赏识说给德·盖尔芒特夫人听啊！我完全有可能向他提出这个请求的。因为热恋中的男人，如果有什么长处还没有被人了解，哪怕是非常微不足道的长处，总会想方设法透露给心爱的女人听的，就像被剥夺了继承权的人，通常总要让人知道他有继承权一样。他为心上人不知道他有这些长处而苦恼，他竭力自我安慰，便对自己说，正因为你的这些长处是看不见的，说不定她还可能认为你有一些别人所不知道的优点呢。

圣卢很久没能来巴黎了，他说是公务缠身，其实是心情忧郁，因为他和情妇的关系紧张，曾两度濒于破裂。他常对我说，如果我能到他部队的驻地去看望他，那对他是莫大的好事。我在我这位朋友离开巴尔贝克的第三天，就收到了他写来的第一封信。当我在信封上看到他部队驻地的名字时，一股喜悦之情油然而生。这是一个小巧玲珑的城市，市内住着贵族和军人，周围有一望无垠的原野，这种乡村风光会使人相信它离巴尔贝克海滩很远。其实不然。天晴的时候,远处常常飘起断断续续的声音,宛若一片浮在天边的有声水汽;正如一排蜿蜒曲折的白杨,会使人看出树下边有一条看不见的河流一样,这片有声的水汽告诉人们,有一个骑兵团在那里变换队形,进行操练。这此起彼伏的声音,使得市内各条街道、林荫大道以及各个广场的空气最终也颤动起来,经久不息地回荡着战争的音乐,四轮载货车或有轨电车发出的粗野的轰鸣声持续不断,有如军号吹出的震耳欲聋的集合号,在那些有幻听感觉人的耳畔经久回荡,不让他们有片刻的安宁。这个城市离巴黎不很远,乘快车我可以赶回家睡觉,回到我母亲和外祖母身边。当我明白了我当天就可以返回巴黎时,我就被一种痛苦的思念折磨得心绪不宁,下不了决心到底是回巴黎,还是在这个城市过夜。但我也没有勇气阻止车站的一个职员把我的行李扛到一辆出租马车上;我只好像一个没有外祖母盼望外孙归家的旅客,随随便便地跟在这个职员的后面,跟着行李走了;我只好什么也不想,装着知道自己想干什么的样子,从从容容地上了马车;我把骑兵营房的地址给了马车夫。我生平第一次同这个城市接触,我想,为了减轻我心中的不安,圣卢一定会到我下榻的旅馆来陪我过夜的。警卫去找他了。我在军营的大门口等候。十一月的冷风在这个酷似一条大船的军营中呼呼地吹着。正是晚上六点钟,走出军营上街的人络绎不绝,都是两个两个的,一个个踉踉跄跄,似乎刚刚上岸,在异国他乡的港口暂时停留。

圣卢来了。他的身子前后左右地摇晃着,眼前的单片眼镜也随着他身子一摇一晃。我没有让警卫通报我的姓名,急于想看到圣卢惊喜若狂的样子。

“啊! 真不凑巧!”他一看见我就嚷了起来,脸一直红到耳朵根。“这个星期我刚好值勤,一周之内不能外出。”

他想到这第一夜没有人陪我,有点担心(因为他比任何人都了解我,知道我一到晚上就会忧虑不安,在巴尔贝克海滩他就发现我有这个毛病,常常设法为我排解忧愁），于是他停止了抱怨，向我转过身，朝我投来一个个微笑和一道道温柔可亲，但变化不定的目光，微笑直接从他眼睛中射出，目光却经过了单片眼镜的反射，但无不泄露了和我重逢的激动心情，同时也暗示着那非常重要的，过去我一直不理解，而现在却对我至关重要的东西：我们的友谊。

“我的上帝！您住到哪里去好呢？说实话，我不会劝您去住我们搭伙的那个饭店的，它挨着展览馆，那里就要举行开幕式，人多得不得了。不去那里！还是住到佛兰德斯旅馆去吧。那是一座十八世纪的豪华建筑，里面饰有古老的挂毯。这‘显得’像一座‘具有历史意义的古色古香的老宅’。”

圣卢总喜欢用“显得”代替“好像”，因为口头语言也和书面语言一样，常常需要词的意义有点改变，需要寻求高雅的表达方式。新闻记者往往不知道他们使用的“高雅词语”出自哪个文学流派，圣卢也一样，他的词汇，他的措辞，可以同时模仿三个不同的修辞学家，他同他们没有直接打过交道，但是通过间接途径的反复灌输，耳濡目染，他对那些语言形式也就运用自如了。“况且，”他下结论说，“这个旅馆对您的听觉过敏症尤其适合。不会有邻居打扰您。我承认，这个有利条件不值得一提，因为保不住明天会有游人来投宿，也就不必为这个靠不住的理由选择这个旅馆了。这不是主要原因。我让您住到那里去，是因为那里的外观雅致。房间相当舒适，家具古色古香，赏心悦目，有一种叫人放心的感觉。”但是，我没有圣卢的艺术鉴赏力，一所漂亮的房子带给我的快乐是微乎其微的，不可能排解正在我心中升起的忧闷。从前在贡布雷，当我的母亲不到我房间来向我道晚安的时候，还有，当我到达巴尔贝克的那天，一个人待在空空荡荡、飘溢着浓郁的香根草味的房间里的时候，也曾产生过这种难以忍受的忧闷。圣卢见我目光呆滞，忧形于色，也就心中有数了。

“看来，可怜的小家伙，您是看不上这个漂亮的旅馆啰，瞧您脸色多么苍白。我真像一个不近情理的人,给您谈什么挂毯之类的,您哪有心思去欣赏这些东西。您要住的那个房间我很熟悉,我个人觉得它很舒服,但我也知道您很敏感,您的感觉跟我的不一样。可不要认为我不理解您,我们两人的感觉是不一样,但我能理解您。”

一名士官在院子里驯马,正忙着教马跳跃,士兵向他行礼,他也不还礼,可是谁要是挡了他的路,他就破口大骂。这时,他朝圣卢笑了笑,发现圣卢在和一个朋友说话,便打起招呼来。可是他的马发开了脾气,兀立嘶叫。圣卢扑上前去,抓住缰绳,把马制服后,又回到我的身边。

“是的,”他说,“我向您保证,我是了解您的,您的痛苦也就是我的痛苦。我想,”他接着又说,一面亲切地把手放到我肩上,“要是我能待在您身边,和您痛痛快快地聊上一夜,也许能使您减轻一些痛苦。我一想到不能这样做就心里难过。我可以借给您很多书看,不过,像您现在这样的心情,是不可能读书的。可惜我无论如何也不能找人来替我值班了,我连着请了两次假,因为我女朋友来了。”

他皱了皱眉头,因为他在爱情上遇到了麻烦,也因为他在苦思冥想,就像一个医生,想找一副良药为我医治病痛。

“快去给我房间生火。”他看到一个士兵过来,吩咐道。“喂,快跑,抓紧点!”

说完,他又转向我,单片眼镜和近视目光都表露了我们之间的深厚友谊。

“真没想到您会到这里来,到这个我对您朝思暮想的军营里来。我简直不敢相信自己的眼睛。我是不是在做梦?说真的,身体怎么样?比过去好些了吗?待会儿您给我好好讲一讲。上我寝室去,别在院子里待久了,这里的风太大,我无所谓,可您刚来,不习惯,我怕您会着凉。书呢?开始写了吗?没有?您太怪了!要是我有您这样的禀赋,我相信我会从早写到晚的。您觉得什么事也不做更快活。像我这样的平庸之辈总想写些什么,而那些能干的人却不愿意写，这真是莫大的不幸！瞧我只管说，忘了问您外祖母大人的情况了。她送给我的蒲鲁东①的亲笔信一直不离我的身边。”

一位身材魁伟、英俊威武的军官庄重而缓慢地走下楼梯。圣卢朝他行礼。当他把手举到帽檐的时候，他那总是扭动着的身躯暂时静止不动了。可他举手的动作是那样匆忙，那样用力，挺身的动作是那样急促，礼毕后放下手的动作又是那样突然，使得肩膀、腿和单片眼镜都改变了位置。因此，这一时刻与其说是静止的，倒不如说是颤动而紧张的，那些刚刚完成的和即将开始的过于频繁的动作，在这紧张的一刻互相抵消了。然而，那位军官没有朝我们走来。他镇静、庄重、和蔼可亲，具有皇家风度，一句话，与圣卢完全相反。他也把手举向帽子，但他从容不迫，不慌不忙。

“我要跟上尉说句话，”圣卢低声对我说，“请您到我房里去等我，四楼右边第二个门，我待会儿就回去。”

说完，他疾步朝上尉走去，单片眼镜在他眼前晃动。上尉庄重而缓慢地走着，这时有人给他牵来了马，上马前他下了几道命令，手势显示出一种矫揉造作的高雅，好像是在哪张历史画卷上学来的，仿佛即将奔赴第一帝国的战场，其实他是回家去，回到他在东锡埃尔租的房子去。房子坐落在一个广场上。就好像是未卜先知，对这个拿破仑式的人物嘲弄似的，这个广场命名为共和广场。我上了楼梯，梯级上钉着大头圆钉，每走一步都差点滑倒。我看见几间寝室，里面整整齐齐地放着两排床和背包，墙上光秃秃的什么也没有。有人给我指了圣卢的房间。我在紧闭的门扉前站了一会儿，因为我听见里面有动静。有人在移动一件东西，碰翻了另一件。我觉得房间不是空的，里面有人。其实是壁炉里刚生的火在燃烧。它一刻也不安宁，笨手笨脚地移动着木柴。我推开门，走了进去。火把一根木

① 蒲鲁东（1809—1865），法国小资产阶级经济学家和社会学家，无政府主义创始人之一。普鲁斯特的外祖母曾买下蒲鲁东好多亲笔信，后来送给圣卢了。

柴推到一边，让另一根冒起了烟。它不动时，也会像粗人那样，时时刻刻发出吱吱声；从我看到冒出火苗时起，我就听到了火的声音；但是，如果我在墙外，我肯定会以为有人在擤鼻涕，在走路。最后，我在房里坐了下来。十八世纪的浅底花绸和德国深色布做成的帷幔，使圣卢的卧室免受弥漫在建筑物其余部分的，似变质黑面包那样难闻的气味的侵蚀。我就要在这里，在这间可爱的卧室里，幸福而安宁地用晚餐和睡觉了。我感到圣卢就在房间里，因为写字台上放着他读的书，书旁边是照片，我认出有我的一张，还有德·盖尔芒特夫人的一张；火对壁炉终于适应了，它像一头野兽，静卧着，焦急而忠实地等待着，只是隔一段时间就抖下一根木炭，木炭即刻变成灰烬，或者用火苗舔一舔炉子的内壁。我听见圣卢的表发出滴答滴答的响声，想必它离我不会太远。这滴答声时刻变动着位置，因为我看不见表；我感到这声音忽前忽后，忽左忽右，有时消失了，好像离我很远很远。突然，我发现表就在写字台上。于是，我听见滴答声固定在一个地方，再也不动了。我以为听见它在那里，其实不是听见，而是看见。声音没有地点。至少我们把声音和运动联系在一起了，声音因此也就有了用处，能向我们预示运动，使运动显得必然和自然。当然也会有这样的情况，当一个病人耳朵堵得严严实实时，就不再会听见此刻圣卢的炉火发出的毕毕剥剥的声音（火正在把木柴变成木炭和灰烬，然后把它们抖进它的篓筐中）；也不会听见有轨电车经过东锡埃尔大广场时不时弹出的乐曲。这时候，病人看书，翻书时会听不见一点声息，仿佛有一个天神在帮他翻书。准备洗澡水时弄出的巨大响声减弱了，变轻了，远离了，仿佛是天河发出的淙淙声。声音的远离和变小，能消除它对我们神经的刺激。刚才榔头的敲击声似乎把我们头顶上的天花板都震动了，我们被搞得心烦意乱，坐立不安，而现在它们犹如在公路上同微风玩耍的树叶发出的沙沙声，遥远，轻微，撩拨人心，叫人越听越想听。我们用纸牌玩“打通关”，但听不见翻牌的声音，会以为不是我们在翻牌，而是牌自己在动，是为了迎合我们的愿望，主动和我们玩起来的。那么，我们能不能由此而推想，对于爱情——甚至可以加上对生活和对荣誉的热爱，因为有些人似乎非常热爱这两样东西——也采取同样的办法，不是让声音停止，而是把耳朵堵住呢？能不能模仿他们，把我们的注意力，我们的防卫力转移到我们自己身上，不是去损害我们所爱的人，而是减少我们自身忍受的痛苦呢？

还是回到声音上来。如果把塞住耳朵的棉球加厚，就会使少女在我们楼上弹奏的奔流激荡的钢琴曲，听起来宛若小溪流水般的轻音乐。如果在一只棉球上涂上一种油脂，这样整所房子都会听从它的摆布，屋内和屋外顿时变得鸦雀无声。这时，用轻柔的乐段来形容演奏就不够了。棉球瞬间闭上了钢琴的键盘，音乐课突然结束了；在我们楼上走动的先生突然停止了走动；马车和电车中断了行驶，好像在恭候一个国家元首的驾临。可是像这样的减弱声音，非但不能使人安寝，反而搅得人睡不着觉。昨天，那缠绵不断、无休无止地向我们描绘着街上和屋内运动的声音，像一本枯燥乏味的书本，终于把我们带进了梦乡；今天，我们塞住了耳朵，睡得正酣，周围寂静无声，突然当啷一响，比其他的声音更加响亮，但在我们听来却轻得像人们的叹息声，同其他的声音没有联系，真是神秘；我们会被惊醒，想知道这是什么声音。相反，如果把塞在病人鼓膜上的一层层棉花暂时取出来，声音构成的光线，又会像一轮红日升起，在宇宙中再生，刺得人睁不开眼睛；被流放在外的众声音，也会全速赶回来；我们会听到人声复活了，有如音乐天使们在诵诗篇。寂静无声的大街，顿时被长着翅膀、风驰电掣、接连不断地开来的电车天使的歌声淹没。在房间里，病人创造了火的声音，而不是像普罗米修斯那样创造了火。如果一会儿加厚塞耳朵的棉团，一会儿又把它们取出来，这样，就如同在交替踩动装在外部音响世界上的两个脚蹬。

不过，有些人听不见声音并不是暂时的。有人耳朵完全聋了，他要煮牛奶，也不得不用眼睛紧紧盯着掀开的锅盖，窥伺着像是预示一场北极暴风雪的白光,这是牛奶煮沸的前兆。明智的做法是看见这个前兆就拔去电插头,就像上帝挡住波涛一样。因为牛奶煮沸了,奶孵出的卵在痉挛,在升腾,经过几次斜向的翻滚,完成了发育,几叶被奶皮弄得皱巴巴的风帆倾斜着,鼓满了风,一叶珠色的风帆向着暴风雪冲去;如果切断电流,及时驱除暴风雪,就会使风帆原地旋转,变成木兰花瓣,在奶的海洋中漂流。如果这个病人没有及时采取措施,切断电源,那他的书、他的表,顷刻间就会被牛奶的白色海洋吞噬,怒潮过后微微露出海面,他只得喊叫老女仆前来帮忙;尽管他是个赫赫有名的政治家或德高望重的大作家,老女仆仍然会数落他还不如五岁的孩儿懂事。在别的时候,门紧闭着,一位不速之客突然闯入这神奇的房间,我们没有听见他进来,他就像木偶戏中的木偶,光做手势不说话,这使那些听腻了讲话的人耳边得到了清静。至于这个耳朵全聋的人,既然失去一种官能也和获得这种官能一样,能给世界增辉添美,当他在一块还没有诞生声音的伊甸园式的土地上闲步时,他会感到赏心悦目,其乐无穷。世界上最大的瀑布,单为他的眼睛显示那水晶般透明的水帘,比风平浪静的大海还要平静,同天堂中的瀑布一样纯洁。因为在他耳聋之前,声音于他是引起运动的可感知的形式,所以无声而动的物体似乎是动而无因;这些物体失却了声音的特性,展现出自发的运动,似乎有了生命;它们自发地运动,静止,着火;它们自发地飞起来,就像史前长着翅膀的巨兽。在聋子这个没有邻居、冷冷清清的家庭中,在他还没有全聋的时候,开饭时仆人就已经够谨慎的了,总是不声不响地上菜,而现在却是由哑巴开饭,看上去有点儿偷偷摸摸,像童话剧中给国王摆饭一样。聋子在窗口看到的建筑物——兵营、教堂或市政厅——也不过是童话剧中的布景。这座建筑物一旦坍塌,会释放出眼睛可以看到的铺天盖地的灰尘和成堆成堆的瓦砾;虽然它不像舞台上的宫殿那么单薄,但也不那么具有物质性,即便沉重的巨石坠入神奇的世界,也不会发出任何声音来扰乱那纤尘不染的宁静。

笼罩在这间我刚来不久的军人小房间里相对的宁静突然被打破了。门打开了，圣卢风风火火地走进来，让他的单片眼镜落到胸前。

“啊！罗贝，在您这里太舒服了！”我对他说，“能在这里吃晚饭和睡觉，那该多好啊！”

的确，要不是军纪禁止客人留宿，我一定能体味到平静而无忧无虑的休息。军营中被许多遵守生活规律、心境恬淡、意志坚强的人和无所挂虑、幽默诙谐的人维持着的那种安谧、警惕和欢快的气氛会使我高枕无忧地进入梦乡。在这个大家庭中，时间披上了行动的形式，悲哀的报时钟声被欢快的军号声取而代之，这集合的号声余音缭绕，犹如浮尘，永远飘荡在城市街道的上空——它确信人们在洗耳恭听，它像音乐那样悦耳动听，因为它不仅意味着权力需要人服从，而且表明服从会使人得到幸福。

“哈！这样说您是喜欢跟我睡在这里，而不愿意一个人住到旅馆里去啰？”圣卢笑嘻嘻地对我说。

“喂！罗贝，您还讥笑我呢，您太残酷了！”我对他说，“您明明知道我住在这里是不可能的，而去那里我会遭受多大的痛苦。”

“您可冤枉我了！我高兴都来不及哩！”他对我说，“因为我们不谋而合，我也希望您今晚留在这里。刚才我就是为此去请示上尉了。”

“他批准了？”我嚷了起来。

“很顺利。”

“啊！我崇敬他！”

“不！这太过分了。现在让我把勤务兵叫来，让他给我们准备晚饭。”当我转过头去掩饰我的眼泪时，他又说了一句。

有好几次，圣卢的这个或那个同事闯入房间，都被他赶走了。

“得了，滚出去！”

我恳求他让他们留下来。

“不，他们会让您讨厌的，他们都是些老粗，缺乏教养，不是谈梳刷马匹，便是谈赛马。再说，就是为了我，也不能让他们待在这里，他们会把我渴望已久的这个宝贵时刻搅得毫无趣味的。不过，您得看到，我给您谈我的同事粗俗，不等于说军人都智力低下。远不是这样。我们有一个少校，他就是值得钦佩的人。他教过一门课程，用示范表演和教代数的方法给我们上军史课，有时归纳，有时演绎，即使从美学的观点看，也是非常出色的，您听他的课也一定会赞不绝口。”

“不是那位上尉批准我留在这里的吗？”

“是他。真是谢天谢地！因为您为了这点小事就不胜‘崇敬’的那个人，是地球上从没有过的大傻瓜。他很会管理部队的伙食和士兵的服装，一天好几个小时都同上士和裁缝泡在一起。这就是他的德行。而且他也和大家一样，非常瞧不起我给您讲的那个值得钦佩的少校。谁都不和少校来往，因为他是共济会会员，不到教堂去忏悔。鲍罗季诺亲王从来不邀请他这个小资产阶级。可他自己也不过是一个小庄园主的重孙，这是无人不晓的，假如没有拿破仑战争，他自己很可能也是个小庄园主，有什么可以充英雄的。况且，他也有点意识到他的不伦不类的社会地位。他几乎从来不到赛马俱乐部去，因为他在那里很尴尬，这位冒牌的亲王。”罗贝补充说。他的模仿精神促使他同时接受了他老师的社会理论和他父母亲的社会偏见，因此，连他自己也没有意识到，他一面看不起第一帝国的显贵，一面却对民主极其崇尚。

我凝视着他舅妈的照片，心想圣卢既然有这张照片，就有可能把它送给我，因此我也就更加珍爱圣卢了，愿意为他效一千次劳，只要能换来这张照片，赴汤蹈火也在所不辞，因为看到这张照片，就如同又一次遇见了德·盖尔芒特夫人，甚至是一次永恒的相遇，仿佛我们的关系突然有了转机。她头戴太阳帽，停在了我身边，第一次让我尽情地睇视这丰满的腮颊、侧着的颈背和眉梢（这些至今对我仍好像蒙上了一层薄纱，因为她总是匆匆而过，而我的印象也是瞬息万变，令人眼花缭乱，我的记忆也很不稳定，很不可靠）；凝视照片，就如同凝视一个我从未见其穿袒胸露臂连衣裙的女人的胸脯和胳膊，对我来说无疑是发现了一种销魂的快感，使我受宠若惊。这些线条对我似乎是禁区，现在我可以在照片上对它们进行研究，就像研究对我唯一有价值的几何著作中的线条一样。后来，当我把目光移到罗贝身上时，发现他简直是他舅妈的复制品，一种使我感到神魂颠倒的奥秘把他们联系在一起，因为虽说他们两人的脸不完全一样，但是血缘相同。盖尔芒特公爵夫人那深深印入我贡布雷的视觉中的脸部线条、鹰钩鼻、锐利的蓝眼睛，似乎也用来勾勒出罗贝的脸部轮廓，同样异常细腻的肌肤，只是面容稍显清癯。我看着显露在他脸上的盖尔芒特家族的特征，心中不胜羡慕；这个家族在世界上占有特殊的地位，永远不会消失；它远离人群，周围有一种神妙非凡的神鸟的光轮，因为它似乎诞生在神话时代，是一个女神和一只神鸟结合的后裔。

罗贝见我温情脉脉的样子，极是感动，但他并不知道我动情的缘由。况且，炉火的热气和香槟酒使我感到阵阵快意，因而也使这种柔情有增无已。我的额头沁出了一粒粒汗珠，眼睛里也饱含着泪水。我们喝着香槟酒，吃着小山鹑。我一面吃，一面赞不绝口，就像一个不信教的人，不管属于哪个派别，当他在不熟悉的生活中，发现了他认为应该受到这种生活排斥的东西（例如，自由思想家在教士的住所品尝到精美的晚餐），会发出啧啧的赞叹。第二天醒来，我好奇地跑到圣卢的窗口（窗子很高，俯瞰着整个地区），想看一看、认识认识周围的田野，因为我昨天到得太晚，田野已在夜幕下入睡了，我没能够看清它的面目。可是尽管它很早就醒来了，当我打开窗子时，只见它仍然裹在那件用晨雾做成的柔软而温暖的白袍里，我几乎什么也看不清，仿佛站在城堡的窗口朝着池塘的方向遥望，看到的只是白茫茫一片。但我知道，不等在院中刷洗军马的骑兵结束工作，田野就会卸去晨装。我现在只能看见一个瘦骨嶙峋的山丘，把它那已经退尽阴影、纤弱而凸凹不平的背脊，紧紧地贴着军营。我透过装点着白霜的透明帷幔，目不转睛地看着这个陌生人，而它也是第一次在把我凝望。后来我习惯到军营来了，每次来，我都意识到山丘的存在，因此，即使看不见，也会觉得它比巴尔贝克的旅馆，比我们在巴黎的住所来得真实（我也常常思念巴尔贝克的旅馆和我们巴黎的住所，但就像思念不在我身边的人或死去的人一样，也就是说，不太相信他们的存在）；我的这种意识，会使山丘的侧影不知不觉地反射到我在东锡埃尔的最细微的印象上，就今天早晨而言，是反射到圣卢的勤务兵在这间舒适的卧室里为我准备巧克力时给予我的那种热气腾腾的美好印象上。这间卧室似乎成了一个可以凝视山丘的光心①，晨雾弥漫，我只能从屋里远眺山丘，不可能到那里去散步。这浸润山丘的茫茫雾霭，尽管丝毫没有引起我的注意，但它与巧克力的香味，和我当时思想的整个脉络一结合，也就滋润了我头脑中的想法，正如巴尔贝克留给我的是永不变色的金碧辉煌的印象，而贡布雷给我的印象却是屋外黑陶土的楼梯留下的一层灰暗的色彩。晨雾没过多久就退下去了，太阳光向雾幕射出几支金箭，但却无济于事，只给雾幕镶上了几道灿烂的光辉，但最后终于将它制服，山丘此刻向彤彤旭日献出了它的灰圆顶。一小时后，当我沿着城市的街道漫步，只见金灿灿的朝阳照射着树叶和墙上的选举宣传画，使树叶的红色和宣传画的红色和蓝色变得更加艳丽夺目，我不禁情绪激奋，边哼着歌，边在马路上逛荡，要不是我竭力克制自己，真会高兴得在街上蹦跳起来。

第二天我就得去住旅馆了。还没有去，我就知道我在那里会感到忧郁。这种忧郁的心情好比一种令人窒息的香气，自我出生以来，任何一个新房间，换句话说，任何一个房间，都会散发出这种使我透不过气来的香味。在我平时住的房间里，我似乎并不存在，我的思想在别处，仅仅让习

---

① 光心指透镜主轴上的一个特殊点。通过光心的光线，出射方向和入射方向相互平行，但可以有旁向的平行位移。

惯代替思想起作用。可是到了一个新地方，我不可能再叫习惯——这个不如我敏感的女仆——照管我的衣物，因为我比她早到，孤零零一个人，必须使“我”同新地方的事物接触；而这个“我”，隔几年才找回一次，但他始终没有变化，从我离开贡布雷以来，从我第一次到巴尔贝克海滩以来，一直不见他长大，他待在一只弄得乱七八糟的箱子旁哭得不可开交。

然而我错了。我没有工夫忧郁，因为我一分钟也没能单独待着。这座古老的建筑物仍然保留了满得快要溢出来的奢华。这极度的奢华在一座现代化的旅馆里会没有用武之地，但在这里却一点也不显得矫揉造作，在无所事事中显示出一种生命力。走廊弯弯曲曲，漫无目的地游来游去，随时都能碰见；客房的前厅长似走廊，装饰得和客厅一样，与其说是旅馆的一部分，毋宁说是旅馆的客人，它们没有被纳入一套套的单元房间之内，而是围绕我那套房间徘徊，我一到，它们就来和我做伴——它们有点像旧时代的小幽灵，游手好闲，但默不作声，人们让它们待在客房门口，每当我在路上和它们相遇，它们总向我表示默默的关怀。总之，住宅的一般概念——如果说住宅仅仅是我们现实生活的场所，能使我们避免挨冻，不让外人看见——那是绝对不适合这幢房子的。这里，一间间屋子就像一个个人那样真实，虽说是不声不响，但人们从外面回来，不可避免地要同它们相遇，要么避开它们，要么热情地接待它们。大客厅从十八世纪起就习惯于暗黄的四壁和五彩的天花板，它静静地躺在那里，人们尽量不去打搅它，每次看见它总要向它表示敬意。那些小房间更使人感到亲切和好奇，它们多得数也数不清，就像一群逃兵，也不管对称不对称，整齐不整齐，从大客厅向着四周溃逃，张皇失措，乱成一团，一直逃到花园，走过三级破破烂烂的台阶，顺利地消失在花园中。

如果我进出不想乘电梯，也不想在大楼梯上被人撞见，就会有一条较为狭窄的、废弃不用的便梯向我伸出它的台阶。台阶一级挨一级，上下巧妙地排列着，在递进中仿佛释放出一种完美无缺的和谐，就是我们在颜色、芳香和美味中能感觉到的，常常会激起我们感官无限快乐的那种和谐。但是，上下楼梯激起的感官快乐，我还是来到这里后才感受到，就像从前那样，只是到了阿尔卑斯山，我才知道呼吸这个平时不引人注目的行为，会给人一种恒久的快感。我第一次爬这些台阶就感到非常省力（一般说来，只是用惯了的东西才会省力），仿佛我在认识它们之前，它们就对我很熟悉了，仿佛能把只有习惯才会产生的舒适感提前给了我（我还没有养成习惯，况且，一旦养成习惯，习惯的威力对我也就会减弱），可能是它们从前每天迎送的主人把这种舒适感糅进它们内部了。我打开一个房间，双扉门在我身后合拢，打褶的帷幔带来了肃静，但我感到好像当了国王一样心醉神迷。一具饰有铜雕的大理石壁炉——如果认为它只能代表督政府①时代的艺术，那就大错而特错了——为我生着了火，一张矮脚椅供我坐着烤火取暖，我像坐在地毯上一样舒服。墙壁紧紧拥抱房间，把它与世隔绝；墙上有壁橱，以便把要装的东西装到里面去；还留出一块地方放床，床两边有几根柱子，轻轻地支撑着床头加高了的天花板。大房间里首有两个小房间，和大房间一般宽，后面一间的墙壁上挂着一串用蓝蝴蝶花的根块串成的念珠，这串给人以快感的念珠，为那些想来这里静心养身的人增添了愉快的芳香；如果我躲进这小房间时让一道道门敞开，就会使小房间陡然扩大三倍，又不致破坏它的和谐感，不仅使我的眼睛在享受紧缩的快感后又饱尝扩大的乐趣，而且还会使我那不可侵犯的，但已不再是封闭式清静的快感增加几分自由的感觉。这个小房间的窗户开向一个院子，像在俯视一个孤独的美女；第二天早晨，我发现这个院子被周围没有窗户的高墙封锁住，院中只有两棵苍黄的大树，但足以给万里无云的蓝天增添一丝淡紫色的柔和，我不禁为有这个孤独的美女为邻而感到幸福。

睡觉前，我走出房间，想对我这神奇的领地进行一次全面的勘探。我

① 指1795—1799年间的法国政府。

沿着一条走廊朝前走去，走廊很长，依次向我展示它的宝物，只要我没有睡意，它愿把它的全部宝物都敬献给我：一把在角落里放着的安乐椅，一架古钢琴，一个摆在蜗形腿桌子上的插满瓜叶菊的蓝陶花瓶，镶在一个古老镜框里的幽灵似的古代妇人，扑了白粉的头发上插着几朵蓝花，手里拿着一束石竹花。我来到走廊的尽头，一堵不开门的墙诚恳地对我说："现在该往回走了，不过，你看见了，这里就是你的家。"可是，柔软的地毯为表示受惠知报，对我说，如果夜里我不睡觉，完全可以光着脚来，而那几扇朝向野外、没有百叶板的窗户向我保证它们彻夜不眠，无论我什么时候来，都不必担心会把它们吵醒。在一个帷幔后面，我发现有一间小屋，被墙堵住了去路，要逃也逃不了，提心吊胆地躲在那里，惶恐不安地瞪着被月光染成葱白色的牛眼睛看着我。我上床睡觉了，但是鸭绒被、小圆柱、小壁炉使我的注意力处在一种和我在巴黎时完全不同的状态，使我不能按照老习惯胡思乱想地做梦。注意力的这种特殊状态围绕着睡眠，影响了、改变了睡眠，使它同我们的某个记忆系列直接挂钩，因此，我第一夜的梦中所充斥的形象，不能同我平常睡眠中打交道的记忆系列挂钩。睡觉时，我试图把自己拉回到我习惯的记忆系列中，但是那张我还没有适应的床，以及翻身时对睡姿不得不给予的注意，就会出来校正或维持我做梦的新思路。睡眠同我们对外部世界的感觉是一个道理。只要把我们的习惯稍为改变一下，就能使睡眠充满诗情画意，比如还没有脱完衣服，就倒在床上呼呼睡着了，睡眠的深浅就会发生变化，它的美感也容易领略到。我们醒来，看看表是四点钟，其实只是凌晨四点，会以为睡了整整一天，因为在我们看来，这几分钟意外的睡眠充足而踏实，有如皇帝的金球①，是上帝根据某个至高无上的权利授予我们的。第二天清晨，我正梦见外祖父一切准备就绪，在等我一起到梅塞格利丝那边去，我心里好生烦恼，可就在这时，

① 置于十字架上象征君王权力的标志。

骑兵团的军乐声把我惊醒。这个骑兵团每天都要从我窗前经过。但也有两三次——我这样说不无道理,因为人的生活是沉浸在睡眠中的,睡眠夜复一夜地围绕着生活,犹如海水围绕着半岛,如果我们不把生活沉浸在睡眠中,就不可能把它淋漓尽致地描绘出来——我睡得死极了,任凭军乐声吼叫,我仍然什么也听不见。其他时候,我会被科学产生的乐声惊醒一会儿,但我的意识刚从睡梦中醒来,仍然朦朦胧胧,尖利的笛声对我的意识不过是轻柔的抚摸,犹如晨鸟轻柔而清新的呢喃,这现象如同事先上了麻药的器官,灼痛感开始并不明显,只是到最后才有感觉,像是轻微的烫伤引起的疼痛。但是,龙骑兵还没有全部从我窗前过完,睡眠就夺走了声音花束的最后几枝怒放的鲜花,我又沉入梦乡。我的意识和这个声音花束的干茎接触的面是那样小,受睡眠的哄骗是那样深,后来当圣卢问我听没听见乐声时,我甚至怀疑那军乐声是我想象出来的;就像在白天,只要稍微听到街道上空升起一点声音,我就会以为是军乐声。也许我是在梦中听到这个声音的,怕被惊醒,或者相反,怕醒不过来,看不见龙骑兵的队伍。因为常有这样的事,我以为被声音惊醒了,其实我还睡得好好的,这以后一个小时内我都迷迷糊糊,似睡非睡,我会在睡眠的白幕布上,给自己演出各种各样的皮影戏,睡眠竭力阻挠,但我却幻觉看到了瘦长的影子。

的确,有些本该在白天做的事,有时会在睡眠时到梦中去完成。换句话说,先要经过一个改变方向的昏昏欲睡的阶段,遵循一条完全不同于我们醒着时所遵循的道路。同一件事有两种不同的结局。尽管如此,我们睡眠中生活的世界与现实世界是那样不同,失眠者首先想到的是要摆脱现实世界。他们连续几个小时闭着眼睛,脑子里盘旋着和他们睁眼时同样的想法,一旦发现头一分钟出现了一个异常的想法,从表面上看,这想法与逻辑规律和现实生活相抵触,他们就会恢复勇气。这个短暂的“失神”表明睡眠的大门已经打开,也许他们马上就可以溜进门去,脱离现实感觉,到离开现实多少有段距离的地方歇歇脚,这样,他们就会或长或短地“美美”地睡上一觉。但是，当我们背向现实，接触到前面几个龙潭虎穴时，我们也就前进了一大步。在这些龙潭虎穴中，“自我暗示”就像巫婆，正在准备可怕的食物，使我们想象出各种疾病，或导致神经官能病复发，并且窥伺着疾病在无意识的睡眠中凶猛发作，好把睡眠打断。

离此不远是留作专用的花园。在这座花园里，生长着各种不同鲜为人知的催眠之花，有曼陀罗、印度大麻、各种乙醚精，还有颠茄、鸦片、缬草。这些睡眠花迟迟不开，直到那个负有天命的陌生人前来触动它们一下，它们便绽开出奇丽的花朵，连续好几个小时在睡眠者身上释放出一个个睡梦，那郁烈的香味令人惊异万状，赞叹不绝。花园深处是修道院，窗子全部敞开，不断地回响着我们睡前学习的功课，只有到觉醒时才能记熟。这时，我们心里的闹钟滴答滴答地响个不停（这是觉醒的预兆），闹钟的定时万无一失，因为我们心里有牵挂，而当家庭主妇来向我们报告七点钟时，发现我们已经醒来。在这间向睡梦敞开大门的房间里，睡梦在不倦地工作，使人们忘记了爱情的忧愁。有时，这项工作会被一个充满模糊记忆的噩梦打断，但它很快又会重新开始。我们醒来后，仍然有梦的记忆悬挂在房间黑漆漆的墙壁上，但这些记忆被黑暗笼罩，往往要到下午，当一个相似的印象把光线投到它们身上时，我们才第一次看见它们。有几个已变得面目全非，难以辨认，尽管在梦中是那样协调、清晰。当我们认不出来时，只好匆匆把它们埋入泥土中，就像埋葬很快就腐烂的尸体或遗骸旁的物品，这些物品已经受到严重损坏，即使最高明的修理匠，也难以使它们复原，再派用场。

栅栏旁是采矿场，深睡到这里来寻找浸泡脑子的涂料。这种涂料坚硬无比，如果睡眠者的意志要把自己唤醒，即使在一个黄金般美好的早晨，也必须像年轻的齐格弗里德①那样挥舞刀斧，大砍一阵。再过去仍然

① 齐格弗里德是德国神话中的英雄。

是噩梦的世界。愚蠢的医生硬说噩梦比失眠更容易使人疲倦。其实相反，它们能使爱沉思的人转移注意力。噩梦会向我们呈现一本本怪诞的画册，比如，我们已故的双亲刚刚发生了一起严重车祸，但不排除不久就能痊愈的可能性。在等待父母痊愈的过程中，我们把他们圈入一个小老鼠笼内，他们变得比白鼠还要小，浑身长满了大红水泡，每个水泡上插着一根羽毛，模仿西塞罗①在给我们发表雄辩的演说。在这本画册旁边是觉醒的转盘。因为这个转盘，我们会暂时遇到烦恼，必须回到五十年前就已倒塌的房子里去，然而，随着睡眠的退却，这幢房子的形象逐渐消失，取而代之的是好几个不同的形象，等到转盘停止转动，我们得到最后一个形象，同我们睁开双眼所见的形象竟会吻合。

有时我什么也没有听见，因为我陷入了仿如万丈深渊的睡眠中，幸亏我不久逃了出来，真有说不出的高兴，但我脑袋沉甸甸的，塞满了东西，要把那些灵活的植物性神经系统——它们很像喂养赫丘利②的仙女——在我睡觉时加倍活动而带给我的东西全部消化掉。

我们把这种睡眠叫作铅睡，也就是沉睡，因为这样的睡眠中止后，甚至过了很长时间，我们还会感到浑身死沉沉的像个铅人。我们不再是什么活人了。可是，为什么当我们像寻找遗失的物品那样寻找自己的思想和个性的时候，最终找回来的总是“我”，而不是别人呢？为什么当我们重新开始思考时，在我们身上表现出来的仍然是以前的个性呢？我们看不出是什么在支配这种选择，为什么在成千上万个可能的候选人中，偏偏选中了昨天的“我”。当思想确实被阻断的时候（或者一觉睡到天亮，或者梦的内容与清醒时意识中的印象完全不同），究竟是什么在给我们引路呢？

---

① 西塞罗（前106—前43），古罗马政治家、雄辩家和哲学家。

② 赫丘利是罗马神话中的大英雄，为主神朱庇特和凡女所生，遭到天后朱诺陷害，但自小受到仙女庇护。

也确实有过死亡，例如当心脏停止了跳动，而舌节律性牵引法①使我们苏醒的时候。一个房间，哪怕我们只见过一次，也可能会唤醒我们的记忆，而在这些记忆上面，还悬着更悠久的记忆；或者它们中有的会被埋在我们的思想深处，我们现在才意识到。经过睡眠这个大有好处的灵魂脱窍，觉醒时的情景，实际上应该和我们回忆起遗忘了的名字、诗句或副歌时的情景是一样的。如果把灵魂的死而复生当作记忆的一个奇特现象，那倒也许是可以理解的。

我醒了。阳光灿烂的天空要拉我起床，但是初冬那明媚清寒的早晨却透着凉气，使我不敢离开被窝。我仰起头，伸长脖子，让一半身子仍藏在被窝中，我瞪大眼睛，望着窗外的树木。树叶一改以前的模样，犹如画在一块看不见的画布上的一两团色块，金灿灿，红艳艳，悬挂在空中。我就像一只正在变态的蝶蛹，具有双重性，一种环境很难适应我身体的各个部分：我的视觉只要求色彩，不在乎温暖，相反我的胸脯却只需要温暖，不在乎色彩。我等火生好后才起床。金灿灿和紫莹莹的早晨宛若一幅透明悦目的图画。我凝视着这幅晨景图，刚才我拨了拨火，人为地在这幅寒冷的图画上增添了一层它所缺少的暖色。火像烟斗一样，欢快地燃烧，冒烟，使我产生了一种既粗俗又微妙的快感。说粗俗，因为快感建立在肉体舒适的基础上，说微妙，因为快感使我产生了一种朦胧而纯洁的幻想。我的盥洗室里糊着一张刺眼的红纸，上面印满了黑花和白花，我的眼睛很难适应。但是这些花在我面前不停地以新的姿态出现，迫使我同它们接触而不是冲突，使我起床时的充满歌声的欢快气氛发生了变化；这些花迫使我站在红色的海洋中去看我这个新住所，这个不同于巴黎的世界。这个新住所是一块愉快的屏风，新鲜空气源源流入，跟我父母的房子朝向完全不同。有几天我心神不定，或者渴望见到我的外祖母，怕她在家生病，或

---

① 刺激窒息者的呼吸反射。

者想起了撂在巴黎的一件正在进行的工作,眼下进展并不顺利。(即使在这里,有时候我也有办法故意给自己找点别扭。)这些忧虑,不是这个便是那个,会冒出来扰乱我的睡眠,我无力驱散我的忧愁,我觉得顷刻间我的整个生命都笼罩了愁云。于是我从旅馆找了个人,让他去军营捎个口信给圣卢,告诉他如果有可能——我知道这是困难的——希望他到我这里来一趟。一小时后他来了。一听见门铃响,我感到我的一切忧虑顿然烟消云散。我知道,忧虑在我面前是强者,但在圣卢面前却是弱者。他一来,我的注意力就抛开了我的忧虑,转移到他身上,期待他作出决定。他刚进来,就把一清早他充分展现的活力带到了我的周围,创造了与我房间的气氛迥然相异的朝气蓬勃的环境。我一下就适应了这个新环境,并且作出了恰如其分的反应。

"对不起,打搅您了。我心里烦得很,您想必猜到了。"

"不,我只以为您想见我,我感到这很好。您叫人去找我,我很高兴。怎么啦?哪里不舒服?我能为您做些什么?"

我向他直抒胸中的忧虑。他倾听着,简明地回答我的问题。但是他还没有讲话,就已经把我变成和他一样的人了。他工作繁重,这使他整天匆匆忙忙,身手敏捷,心情舒畅。我也像他那样感到,刚才使我心绪纷扰的那些烦恼,与他繁重的工作相比,实在微不足道。我就像一个病人,好几天睁不开眼了,人们请来了大夫,大夫轻轻地、灵巧地把病人的眼皮分开,从中取出一颗沙子;病人治好了病,心也就安定了。我所有的烦恼化作一份电报,圣卢自告奋勇,承担了发电报的任务。我仿佛觉得生活完全变了,变得那样美好,我感到浑身充满了力量,真想做些事情。

"您现在干什么?"我问圣卢。

"我马上就得走,一刻钟后部队要去操练,要我去。"

"把您叫来,让您为难了吧?"

"没什么为难的,上尉很客气,他说既然是您叫我,就应该来,但我不想耽搁太久。”

“要是我赶快起床，到您操练的地方去，这会使我很感兴趣的，说不定在您休息的时候还可以同您聊上几句呢。”

“我劝您别这样。您一宵没有合眼，为了一件小事（是小事，我敢向您保证！）愁了一夜，现在刚平静下来，还是把头放回到枕头上去吧，好好睡上一觉，这对您的身体大有好处，您的神经细胞排出的无机盐太多了。不要马上就睡着，因为我们讨厌的军乐又要从您窗前经过。不过，我想，军乐过后您就会清静的。晚饭见。”

但是不久，我对军事理论开始感兴趣了（圣卢的朋友们在晚饭时经常谈论），于是我就常去看骑兵团演习。我头脑中整天想着要从近处看看他们的各级长官，正像那些把音乐作为主要研究对象，整天生活在音乐会中的人一样，会兴致勃勃地出没于咖啡馆，投入到乐师的生活中去。到练兵场要走好多路，累得我脑袋晕晕乎乎，不时地东歪西倒，吃罢晚饭就想睡觉。第二天，我发现我没有听见军乐声。在巴尔贝克海滩也是这样，每当圣卢带我到里夫贝尔去吃晚餐，第二天也总听不见海滩的音乐会。我想起床时，感到动弹不了——这是一种十分舒适的感觉。我仿佛被肌肉的和滋养的侧根紧紧地缚在一块深不可测的看不见的土地上，疲劳使我的关节变得异常敏感。我感到浑身有使不完的劲，前面的生活道路似乎变长了，因为我又退回到了我的童年时代。那时在贡布雷，每次我们到盖尔芒特那边去散步，第二天我总会累得起不了床。诗人们总说，当我们回到童年时代生活过的一幢房子、一座花园，刹那间就会找回从前的我们。像这样的旧地重游全凭运气，失望和成功的可能各占一半。固定的地方经历过不同的岁月，最好还是到我们自己身上去寻找那些岁月。因此，极度的疲劳再加上一宵的沉睡，在一定程度上有利于我们寻回过去的岁月。疲劳为使我们沉入睡眠最深的地道（那里，昨天的回光返照、记忆的微弱光线，再也照不亮内心的独白，即使独白本身不想停止也不行），孜孜不倦地翻掘着我们身体这块土地和岩层，使我们在肌肉插入和扭曲它们的侧根、吸入新生命的地方，找回孩提时代玩耍的花园。用不着长途跋涉去寻找这个花园，而是应该深入地道。覆盖大地的东西不再覆盖在大地身上，而是铺在底下；要参观一个古城的遗迹，光长途跋涉是不够的，还应该在地下发掘。但是，我们也会发现，有时候某些偶然的瞬间的印象，比这种身体的疲劳更容易使我们回忆起往事，使往事好像长了翅膀，在我们眼前轻轻掠过，形象更加逼真，更加令人心旷神怡，令人耳晕目眩，令人终生难忘。

有时候我累得快要散架了，因为连续几天看演习，没能睡觉。我多么希望能回到旅馆去啊！上床时，我感到如释重负，庆幸终于摆脱了魔法师和巫师，这些术士充斥于人们喜闻乐见的十七世纪的“小说”中。睡眠和第二天早晨的懒觉不只是一则迷人的童话故事了，不仅迷人，也许还有好处。我思忖，任何痛苦都可以找到避难所，好的找不到，至少可以得到休息。这些想法给我带来了意想不到的好处。

有时假日圣卢不能外出，我便常去军营看望他。军营离旅馆有好一段路，必须出城，穿过一座旱桥。我站在旱桥上极目远望，感到视野非常宽广。大风在这些高地上刮个不停，军营院子三面的房屋都灌满了风，仿佛成了风魔窟，不停地在咆哮怒吼。如果罗贝有事，我就在他的房门口或在饭厅里等他，同他的朋友聊聊天。他把他的朋友都介绍给我了，有时他不在军营时我也会来看他们。我从窗口俯视底下一百米的田野，田野光秃秃的，但是点缀着一块块绿油油的新苗田，常常被雨水淋得湿漉漉的，在阳光的照耀下闪闪发光，给田野铺上了一条条光辉灿烂的、像珐琅那样透明的绿带。我在等他的时候，常听到有人议论他。我很快就了解到他的人缘很好，大家都喜欢他。有几个士兵，不和他一个中队，出身于富裕的中产阶级，只能从外部看见贵族上流社会，从没能涉足其间，对圣卢的性格略知一二，因此对他产生了好感，同时，这个年轻人在他们心目中享有崇高的威望，因为他们到巴黎过周末时，总能看见他在和平咖啡馆同于塞斯公爵和奥尔良亲王一起消夜。正因为这样，他们从圣卢英俊的脸庞，从他走路和同人打招呼的笨拙姿势，从他不停地甩动单片眼镜的动作，从他高高耸起的军帽和质地太细、颜色太红的军裤，引进了“帅”的概念。他们确信，骑兵团最优雅的军官，即使是那位批准我在军营留宿一夜的威武上尉，都缺少这种“帅”劲。与他相比，上尉显得过于庄重，可以说有点平庸。

其中有一个人说：“上尉买了匹新马。”“他可以把想买的马都买下来。星期天上午，我在槐树路遇见了圣卢，他骑的那匹新马那才叫帅呢！”另一个反驳说。说这话的人看上去很内行，因为这帮年轻人所属的阶级，即使与上流社会不常有来往，但有的是金钱，也有空闲，凡是可以用金钱买来的风雅，他们都买来了，在这一点上，与贵族阶级别无二致。他们的风雅，例如衣着，比起圣卢的那种不拘小节、漫不经心的风雅来（我外祖母就特别欣赏他这种风度），最多带有一种更加刻意追求完美的意味罢了。对于这些大银行家或证券经纪人的儿子，当他们看完戏去吃牡蛎的时候，能在邻桌看见圣卢士官，这不能不说是令人激动的事。每星期一，当人们休假归营，谈起各种见闻，其中一个人是罗贝那个中队的，他说罗贝“十分亲切地”向他问好了；另一个不和他一个中队，但他确信圣卢认出他来了，因为他不止一次地用单片眼镜朝他的方向张望。

“真的，我兄弟在‘和平’咖啡馆看见他了。”还有一个在情妇家里待了一天的人说，“他穿的礼服看上去又长又肥。”

“他穿什么样的背心？”

“他没有穿白背心，而是淡紫色的，佩戴着各式各样的棕榈叶状勋章，有趣极了！”

至于那些老兵（都是些平民百姓，不知道有赛马俱乐部，只是把圣卢归入非常有钱的士官之列。大凡生活相当阔绰、有一笔可观的收入或债务、对士兵慷慨大方的士官，也不管有没有破产，都被他们归入此类），圣卢走路的姿态、单片眼镜、军裤和军帽，在他们看来，这些东西即使说不上有什么贵族特色，却别有一番风味。他们认为圣卢的这些特征，随和的举止风度、不迎合长官的意图的个性，完全符合他们为骑兵团最受欢迎的士官规定的性格和风度。他们认为，对士兵好，就必然不迎合长官意图。早晨在寝室里用咖啡，或者中午躺在床上休息时，如果有个老兵向既馋又懒的骑兵班讲一段关于圣卢一顶军帽的饶有趣味的故事，大家就会喝得更香，或者休息得更好。

"跟我的背包一样高呢。"

"得了吧，老兄，你想诓我们哪，怎么可能跟你的背包一样高呢?"一个年轻的文学院毕业生打断他说。他用"诓"这个方言，是想不露出自己是个新兵，而他敢于这样反驳老兵，是为了证实一个使他非常感兴趣的事实。

"什么！没有我的背包高？你量过呀？我跟你说吧，中校的眼睛老盯着他看，像要把他关禁闭似的。可别以为我那个大名鼎鼎的圣卢会大吃一惊，他走来走去，低头抬头，不停地甩动他的单片眼镜。不过，要看上尉怎么说。啊！他很可能什么也不会说，但可以肯定，他是不会高兴的。那顶军帽才算不了什么呢。据说在他城里家中还有三十多顶哪!"

"你是怎么知道的，老兄？又是从我们那位该死的下士那里打听到的吧?"年轻的文学士咬文嚼字地问道，卖弄着他刚学来的新的语法形式①，为能用它们来装点自己的谈话而洋洋得意。

"我怎么知道的？当然是听他的勤务兵说的啰!"

"你说的那个人日子肯定过得不错吧!"

"那当然！他钞票比我多，这是肯定的！再说德·圣卢还送衣服给

① 前文"你是怎么知道的"原文为 Comment que tu le sais，其中 comment que(怎么)是巴黎郊区工人使用的语言，标准法语中没有 que。

他，什么都送。他在食堂总吃不饱肚子。我的德·圣卢到食堂来了，炊事兵听见圣卢说：‘我要他吃得好，吃多少钱都不打紧。’”

老兵有力的声调弥补了平淡的言谈，他的模仿尽管不很高明，但却十分成功。

离开军营前我转了一圈。夕阳西下，我就朝我的旅馆走去，休息两个钟头，看看书，等时间到了，我就到圣卢和他那伙朋友包膳的饭店去和他共进晚餐。广场上，残阳给城堡那宛若火药筒的屋顶，蒙上了一朵朵与砖色相协调的玫瑰红云彩，同时通过反照使砖色变得柔和，从而使砖和瓦的色调和谐一致。一股生命流注入我的神经，我做任何动作都不能使之耗尽衰竭；我每走一步，脚踩在广场的铺路石上都会弹起来，仿佛足跟上长了墨丘利①的翅膀。有一个喷水池闪烁着淡红色的光辉，另一个在月光的照耀下泛出乳光。一群顽童在两池中间嬉戏，尽情地欢叫，由于天色已晚，只能像雨燕或蝙蝠似的转着圈子。旅馆旁边是故宫和路易十六的橘园，现在已被储蓄银行和兵团占用。故宫和橘园内已点燃了煤气灯。煤气灯散发出金黄的微光，在这仍透着亮光的薄暮中，与残留着落日余晖的十八世纪式的高大窗扉十分协调，犹如一枚金黄的玳瑁首饰戴在闪着红光的头发上。看到这幽幽的灯光，我恨不得马上能重新看见我的炉火和我的灯光。在我下榻的旅馆正面，只有我房内的那盏灯在同黄昏进行着搏斗；为了能早点看到灯光，我饶有兴致地就像要赶回家去吃晚点心似的，赶在天黑前回到了旅馆。在我的临时住所中，我的感觉还像在外面一样敏锐饱满。这种敏锐的感觉，使那些平时看来平淡无奇、毫无装饰的表面，例如昏黄的火光、天蓝的糊墙纸（黄昏像一个中学生在墙纸上面画着图画）、玫瑰红的开瓶塞钻、铺在圆桌上的印有奇异图案的桌毯和正在眼巴巴地等着我的一沓小学生用纸、一瓶墨水和一本贝戈特的小说，都变得

---

① 罗马神话中诸神的使者，亡灵的接引神，穿一双装有翅膀的草鞋，行走如飞。

那样充实饱满，我仿佛感到它们从此蕴含着一种特殊的生命，只要我能够再看见它们，就能从它们身上提取这种生命。我愉快地回忆着我刚离开的军营，军营的风标随风旋转着。就像潜水员常用一根露出水面的管子呼吸那样，对我来说，把这个军营，这个居高临下、鸟瞰纵横交错的绿色苗带的瞭望台作为停泊的港口，就如同把我和有益于健康的生活和自由的空气联系在一起；什么时候愿意，什么时候我就能到军营的库房和宿舍去，并且每次都能受到热情接待，我把这些看作是我希望永不丧失的宝贵特权。

七点钟，我套上外衣又出门了，到圣卢包膳的饭店和他共进晚餐。我喜欢走着去。天黑漆漆的。从我到这里的第三天起，天一黑，就刮起了凛冽的寒风，好像要下雪似的。按理说，在路上我应该时刻思念德·盖尔芒特夫人，因为正是为了接近她，我才来到罗贝的驻地的。但是人的记忆和忧虑是变幻莫测的。有时候它们走得远远的，我们几乎看不见它们，以为它们从此离开了我们。于是我们开始注意起别的东西。在我们住惯了的城市中，街道仅仅是沟通两地的简单工具，但我刚到这个城市，街上的一切都使我感到新奇。我觉得这个陌生世界中的居民，他们的生活是奇特而绝妙的。一所住宅透着灯光的玻璃窗，常常向我展示出一幅幅我无法深入了解的、神秘而真实的生活画面，我会收住脚步，伫立在黑暗中久久凝望。这里，火神用一幅染成紫色的图画，展出了一个栗子商人的小酒店，在店里，有两个士官在专心致志地玩纸牌，椅子上放着他们的腰带，他们万万没有想到，魔法师使他们从黑暗中冒了出来，就像使剧中人物登台一样，把他们此时此刻的形象赤裸裸地暴露在一个停下来张望、而他们自己却看不见的行人眼前。在那边一个小旧货铺内，一支烧剩半截的蜡烛把荧荧红光投在一块版画上，把它变成了红粉笔画，而那盏大灯在与黑暗搏击，把亮光洒向周围，把一块皮革染成了棕色，使一把匕首发出闪闪的银光，给几张不过是拙劣的复制画涂上了一层珍贵的金色，就像是旧铜器生了锈或者旧木器涂上了漆一样，最后，把这个充斥着赝品和面包皮的、肮脏不堪的陋室，变成了一幅极其珍贵的伦勃朗的杰作。有时我甚至会抬头仰望一套没有关上百叶窗的古色古香的大房间。那里面，一群水陆两栖的男女，一到晚上就要使自己重新适应与白天不同的生活环境，在油腻腻的液体中缓缓游动；一到傍晚，这种油状液体就会从灯的蓄油池中源源流出，流满各个房间，一直漫到房间的石头和玻璃内壁的边沿；那些男女在液体中移动着躯体，传播着金黄油腻的漩涡。我继续往前走。在教堂前那条黑魆魆的小街上，难以抑制的情欲使我迈不开脚步，就像从前在去梅塞格利丝的小路上一样。我感到将会有一个女人突然出现，来满足我的情欲。在黑暗中，如果我突然感到有一条裙子从我身边轻轻擦过，我会快活得全身战栗，竟不相信这轻轻擦过的裙子完全是萍水相逢，我禁不住张开双臂，想去拥抱一个惊慌失措的过路女人。这条中世纪式的小街在我看来是那样真实，如果我真能在这里抱起一个女人并且占有她，我不能不认为是古老的情欲将我们两人结合，哪怕这个女人不过是每天晚上站在街上拉客的娼妓，但是冬天、黑暗、人地生疏感和中世纪式的街道，给她涂上了一层神秘色彩。我思考着未来：试图忘记德·盖尔芒特夫人对我来说是可怕的，但也是理智的，我第一次感到这可以做到，而且也许不难做到。街上寂静无声。突然，我听见前面传来了说话声和笑声，想必是喝得烂醉的行人在回家去。我停下来看他们，眼睛盯着传出声音的方向。我等了很久，因为周围静得出奇，老远的声音也以一种不可抗拒的力量清楚地传进我的耳朵里。最后，那些人出现了，但不像我猜想的那样在我前面，而是在我后面，离我很远。或许因为街道交叉，中间隔了一座座房屋，声音的折射引起了听觉的差错；也可能因为我不熟悉这个地方，很难判断声音的方位。反正我搞错了。距离和方向全都搞错了。

风越刮越大，好像就要下大雪似的，冷得使人毛骨悚然，浑身起鸡皮疙瘩。我又来到了大街上，跳上一辆小无轨电车，一个军官从车厢外的平台上爱理不理地向在人行道上对他敬礼的士兵还礼。士兵们看上去笨头笨脑的，脸上像是被冷风涂了层刺目的红颜色，这使人联想起老布勒盖尔①画上的快活而贪吃的农民冻得发紫的脸孔；秋天突然一下子变成了初冬，似乎把这个城市向北拉过去了许多。

我来到了我和圣卢及其朋友们碰头的饭店，隔壁展览馆就要开始的庆祝活动把许多乡邻和外地人都吸引到这里来了。饭店的院子通向厨房，厨房里呈现出淡红色的反光，人们在烤鸡烤猪，把活蹦乱跳的龙虾扔进饭店老板所谓的“不熄的炉灶”中。我直接穿过院子时，看见人群拥了进来，这种景象堪与佛兰德斯②老画家们的作品（例如《伯利恒的人口调查》③）中所描绘的景象相比；他们问老板或他的一个助手接不接待顾客，让不让住宿；老板见有些人看上去不像好人，宁愿把他们打发到城里别的旅馆去。一个小伙计拎着一只家禽走了过去，这只被他揪住脖子的家禽在他手中乱扑腾。在到达我朋友等候我的那间小餐厅之前，先要穿过大餐厅。我是第一次从这里经过。我看见侍者们气喘吁吁地端来鱼、肥嫩的小母鸡、大松鸡、山鹬、鸽子等，五颜六色，热气腾腾，丰盛的菜肴也使我联想到那些洋溢着古代纯朴风格和佛兰德斯夸张风格的圣餐画。为了跑得更快，侍者在镶木地板上滑行，把那些鸡鹬之类的东西都放到一张巨大的蜗形腿桌子上；它们刚放上桌就立即被剁开，但都原封不动地堆在那里（我进来时许多人都快吃完了），似乎菜肴的丰盛和端菜人的匆忙，不是为了满足顾客的需求，而是一丝不苟地遵照圣经中的描述（但一举一动的素

---

① 老布勒盖尔（1525—1569），佛兰德斯最伟大的画家，生于农民家庭，所作油画或版画多反映农村生活和社会风俗，风景画也反映农民生活和大自然的结合，别具风格。有的作品以民间寓言和谚语为题材，他还用风俗画的手法处理宗教题材。

② 佛兰德斯为法国和比利时旧地区名。位于今法国东北部，是十三至十四世纪欧洲最发达的毛纺中心之一。十四世纪被法国占领。历史上出过许多著名画家，上文提到老布勒盖尔就是其中之一。

③ 伯利恒位于耶路撒冷以南八公里。《新约圣经》称其为耶稣诞生地。《伯利恒的人口调查》为老布勒盖尔的代表作。

材却又取自佛兰德斯的真实生活)，或是出于美学和宗教的考虑，想用食物的丰盛和侍者的殷勤来向人们展示节日的热烈气氛。有一个侍者站在饭厅一端的餐具柜旁沉思。我想向他打听我们的餐桌安排在哪间屋子，因为只有他似乎比较安静，可以回答我的问题。我朝他走过去，隔几步就有一个暖锅，是为了给晚来的人热菜用的。(然而，餐后点心却由一个身材硕大的人托在手中，他站在餐厅中央，有时站在一只水晶鸭——其实是冰雕鸭——的翅膀上，这鸭子是每天由一个手艺好的厨师按照地道的佛兰德斯风格用烧红的烙铁刻成的。)一路上我几次差点被人撞倒。我发现这个侍者很像那些传统宗教画中的一个人物，惟妙惟肖地再现了画中人的面容和表情：塌鼻子，相貌平淡，但纯朴憨厚，耽于幻想，并且在别人还没有猜到时，就已经隐隐预感到会有神灵降临。此外，或许是因为庆典活动即将开始之故吧，餐厅中除了这个侍者外，又增加了一个天神，完完全全是从天上的小天使和最高天使的队伍中描摹下来的。一个少年音乐天使，一头的金发，一张十四岁孩童的嫩脸，其实他不是在奏乐，而是面对着一面锣或一沓盘子在出神，那些比他年长的天使在宽敞的饭厅里穿梭般来回走动，挂在他们身上的像原始人的翅膀那样的尖形拭巾，随着他们的走动不住地弹奏出颤抖的乐曲。我避开那些被棕榈树帷幔隔开的界线不明的地区——从那里走出来的侍者，犹如从遥远的九霄云外下凡的神仙——辟开一条道路，来到圣卢餐桌所在的小餐厅。我看见圣卢的朋友已经来了几个。这些向来都和圣卢共进晚餐的朋友，除了个别人是平民外，其他都出身于名门望族。而这几个平民子弟，在中学时代就被贵族子弟当作朋友，贵族子弟主动和他们来往，证明原则上贵族并不与平民对立，哪怕平民是共和国的拥护者，只要双手干净，到教堂去做弥撒，就能得到他们的信任。我初次来这里晚餐，没等大家入席，就把圣卢拉到小餐厅的一个角落里，当着大家的面，但不让大家听见，悄悄地对他说：

“罗贝，选择这样的时刻和这样的地点给您讲那件事是不合适的，但一会儿就讲完了。在军营里我总忘了问您，您桌上的那张照片不是德·盖尔芒特夫人吧？”

“怎么不是？就是我的好舅妈呀。”

“瞧，可不是吗！我真傻，我早就知道了，可就是没往那上面想。我的上帝，您的朋友们该不耐烦了，咱们快点讲吧，他们在瞧我们呢，要不等下次再讲吧，反正没什么大事。”

“不，您尽管讲，让他们去等好了。”

“不能这样，我得有礼貌，他们太客气了，再说，您知道，那件事也不是什么大不了的事。”

“您认识她，那个善良的奥丽阿娜？”

就像他说“好奥丽阿娜”一样，这个“善良的奥丽阿娜”并不表明圣卢把德·盖尔芒特夫人看得特别好。在这种情况下，“好”、“杰出”、“善良”仅仅用来加强“那个”，指一个双方都认识的人，但因对方不是你圈子里的人，不知道该同他说什么。“好”充当冷菜，可以让人思考片刻，以便找到下文：“您经常看见她吗？”或“我有好几个月没看见她了”或“我星期二去看她”或“她的黄金时代已经过去”。

“您说那张照片上是她，我太高兴了，因为我们现在住在她的公馆里，我听到许多有关她的闻所未闻的奇事（我不便公开讲出来），因此我对她发生了兴趣。这是从文学角度讲的，您明白这个意思，怎么说呢，是从巴尔扎克的角度讲的。您绝顶的聪明，用不着我细说。不扯远了，我问您，您那些朋友对我的教养有什么看法？”

“什么看法也没有。我对他们说了，您是高尚的人，因此他们比您更受拘束。”

“您太好了。啊，下面就谈正题，我问您，德·盖尔芒特夫人不会知道我认识您吧，是不是？”

“我什么也不知道。从夏天到现在,我还没有见过她呢。从她回巴黎以后,我休假时还没去过她那里。”

“因为我要对您说,有人肯定地告诉我,她认为我是个大傻瓜。”

“这我可不相信,奥丽阿娜虽算不上才智出众,可也算不上愚蠢。”

“您知道,在一般情况下,我是不希望您把您对我的好印象讲给别人听的,因为我不是爱虚荣的人。您在您朋友面前讲我的好话,我感到于心不安(两秒钟后我们就能回到他们身边)。但是,对于德·盖尔芒特夫人,如果您能让她知道您对我的印象,哪怕有点言过其实,我也会感到高兴的。”

“乐意效劳。如果您求我做的就是这么点小事,那不费吹灰之力。不过,她对您的印象如何,这同您有什么关系呢?我想您不会在乎别人对您的印象。如果仅仅是为了这件事,我们完全可以当着大家的面讲,或者等我们单独在一起时讲也不迟呀,我是怕您这样站着太吃力,太不舒服,而我们有的是单独在一起的机会。”

殊不知正是这个不舒服才给了我同罗贝谈这件事的勇气。有别人在场,我就有了借口,措辞就可以简短,不连贯;当我对朋友说,我忘记了他同公爵夫人的亲戚关系时,我可以用这种简短和不连贯的话,来掩饰我的谎言,同时也为了不让他有时间盘问我,为什么想让德·盖尔芒特夫人知道我同他的联系,为什么一味强调他是聪明人,等等。如果他盘问我这些问题,我实在不知道怎样回答,因此我会陷入困境。

“罗贝,您那么聪明,竟不明白对朋友的请求只应该从命,而不应该提出疑问,这实在太叫我吃惊了。要是我,不管您要我做什么(我甚至希望您叫我帮您做点什么),我向您保证,我绝不会要您作任何解释。其实我也是言过其实。我并不是非要结识德·盖尔芒特夫人。但为了考验您,我本对您说我想和德·盖尔芒特夫人共进晚餐,我知道,我即便说了,您也不会帮忙。”

“不仅会，而且一定照办。”

“什么时候？”

“等我回到巴黎再说，可能还得过三个星期。”

“到时候看吧。再说，她也不一定愿意。我真不知道应该怎样感谢您！”

“不用。这没什么。”

“不要这样说，这就很了不起了，因为我已看到您确实够朋友。我求您做的事，不管重要不重要，是不是令人愉快，不管我真有这样的想法，还是为了考验您，这都无关紧要，您说您一定照办，这就证明您是一个聪明人，一个重感情的人。只有蠢人才会提出疑问。”

刚才他恰恰向我提出了疑问。不过，我这是为了将他一军，但我也真是这样想的，因为在我看来，衡量一个人价值的唯一试金石，就是看他愿不愿意为我唯一看重的东西——我的爱情尽心效劳。接着，也许是由于表里不一，或者是由于感激，由于关注，或是看到血缘关系使罗贝的面孔同他舅妈十分相像，我的柔情被激发起来了，我又对他说：

“啊，该回到他们那儿去了，我刚才只求您做了两件事中的一件，不重要的一件。另一件对我更重要，但我怕您会拒绝：我们彼此以‘你’相称，您会感到不方便吗？”

“有什么不方便呢！这太好了！**快乐！快乐得哭泣！从未有过的至福！**”

“太感谢您……你了。当您开始用‘你’称呼我时，我一定会非常高兴的。如果您愿意的话，德·盖尔芒特夫人的那件事您都可以不做，只要您称呼我‘你’，我就满足了。”

“两件事都做。”

“啊！罗贝！听我说，”在餐桌上我又一次对圣卢说，“啊！刚才那场前言不接后语的谈话太富有喜剧性了，而且我不知道为什么——您知道我刚才同您讲的那个夫人是谁吗?”

“知道。”

“您真知道我想说谁吗?”

“您怎么啦?! 您把我当成瓦莱[1]的呆子啦,当成**傻头傻脑**的人啦!”

“您不会乐意把她的照片给我吧?”

我本打算向他借用几天,可开口时,我犹豫了,感到我的要求不得体。为了不让他看出来,我索性把我的要求说得更加唐突,更不得体,似乎这样一来就非常自然了。

“不行,我先得征得她的同意。”他回答说。

圣卢的脸刷地红了。我明白他有什么想法不好说出口,他认为我有隐蔽的动机,只能为我的爱情效一半劳,他要保留某些道德原则。我真有点恨他了。

然而,我和圣卢一回到他的朋友中间,就见他在他们面前对我格外亲切,这使我深受感动。他对我再亲热,若我认为是装出来的,我也不会动情;然而,我感到他并不是在装模作样,他只是说了些我不在场时他可能在别人面前说我的,而我们单独在一起时他没说的话罢了。当然,我们两人促膝谈心时,我猜得到他是很乐意和我交谈的,但他从没有明确地表露出来。我说的话,平时他只仔细品味,但不露声色,而现在,他用眼角察看他的朋友,注意我的言谈在他们身上会不会产生预期的符合他向他们预言的效果。一个母亲对初登舞台的女儿在舞台上的对白和观众的反应,也比不上圣卢对我讲话的关注。我有哪句话说得不清楚,假如没有人在场,他只是莞尔一笑,但有人在场,他怕别人没听明白,便对我说:“什么,什么?”好让我重复一遍,也是想引起别人的注意,继而把眼睛转向大家,笑眯眯地看着他们,不由自主地当上了训练他们发笑的教练,这样,他也

① 瓦莱为现瑞士的一个州,历史上曾属于法国。

就第一次向我表露了他对我的看法——他在朋友们面前经常谈起的看法。我也就突然看到了我的外表，就像人们在报纸上看到自己的名字，或在镜子中照见自己的面孔一样。

有天晚上，我想给他们讲布朗代夫人的一个故事，挺逗人发笑的。但我开了头就没往下讲，因为我突然想起圣卢已经知道这个故事，我记得到这里的第二天就想给他讲的，可他却打断我说："在巴尔贝克您给我讲过了。"不料这一天晚上他却鼓励我往下讲，说他确实没听过这个故事，并且说他肯定会感兴趣的，这使我颇感诧异，就对他说："您一时忘了，但您很快就会想起来的。""不，你记错了，我向你保证。你从没有给我讲过。快讲吧。"在我讲的过程中，他始终很激动，喜悦的眼睛时而盯着我看，时而盯着他的朋友们。我直到讲完后，在大家的欢笑中，才明白他是想通过这个故事使他的朋友们对我的才智有充分的了解。就是为了这点，他才装出没有听过的样子。这就是友谊。

第三天晚上，他的一个朋友同我交谈了很长时间，因为前两次他没有机会同我谈话。我听见他悄声对圣卢说，他感到和我交谈非常有意思。事实上，我们谈了几乎整整一个晚上，面前放着索泰尔纳酒①，但我们光讲话，不喝酒，男人之间的好感像一层灿烂的帷幕遮掩着我们，把我们同其他人隔开。这种好感，虽然没有肉体吸引力作为基础，却是一种独一无二的使人感到神秘莫测的感情。圣卢在巴尔贝克海滩对我产生的好感，在我看来也是这样神秘莫测，当然它同我们谈话的趣味不能混为一谈，它脱离了任何物质的联系，看不见，摸不着，然而圣卢心中却充分感觉到它的存在，就像感觉到一种燃素②、一种煤气的存在一样，因此，他可以微笑着

---

① 法国索泰尔纳地方产的白葡萄酒。

② 早期化学理论的术语。有关火的假说认为每种可燃物质都含有一部分燃素。根据这种理论，燃烧现象(现在称氧化)是由于释放燃素而引起的，物质失掉燃素后，则成为灰烬或残渣。十八世纪末，科学的燃烧氧化说取代了错误的燃素说。

谈论这种感情。也许，在这里，在一个晚上就产生的这种好感中，还蕴含着一种更加惊人的东西，就像一朵花，在这间温暖的小餐厅内，几分钟就完全开放了。当罗贝同我讲巴尔贝克时，我忍不住问他，是不是他真的下了决心，要娶德·昂布勒萨克小姐。他向我声明，他不但没有下这个决心，而且根本没有这回事。他从没有见过这位小姐，也不知道她是谁。如果这时我能看见几个传播过这桩婚事的上流社会人士，他们也许会告诉我，德·昂布勒萨克小姐要嫁的并非是圣卢，而圣卢要娶的也并非是德·昂布勒萨克小姐。假如我提醒他们不久前他们说过相反的话，他们会露出十分惊讶的神情。为了使这种玩笑能够继续下去，并且围绕一个名字能够源源不断地制造出各种各样的假消息，上帝给了爱开这种玩笑的人一对轻信的耳朵和一个健忘的脑袋。

圣卢给我谈起过他的另一个同事，他也来这里了，他们的关系尤其融洽，因为在这群人中，就他们两个主张重审德雷福斯案件①。

“噢，他呀！他跟圣卢不一样，狂热得不得了。”我的新朋友对我说。“他甚至不够诚实。开始他说：‘等着吧。有个人我很熟悉，是德·布瓦德弗尔将军，非常精明，非常善良。我们可以毫不犹豫地接受他的观点。’但当他知道德·布瓦德弗尔②将军声明德雷福斯有罪时，就把他看得一钱不值，说是教权主义和参谋部的偏见妨碍他作出真诚的判断，尽管没有人——至少在过去，在德雷福斯事件之前——比我们这位朋友更崇拜教权主义了。于是，他对我们说，真相总会大白于天下的，因为

① 德雷福斯是法国犹太血统的军官，1894 年，法国军事当局诬告他出卖国防机密给德国而判终身苦役。当事实证明为诬告后，当局却拒绝重审，引起广大群众不满，导致民主力量（德雷福斯派）与反动势力（反德雷福斯派）之间的尖锐政治斗争。在舆论压力下，1899 年，德雷福斯被政府宣告无罪。

② 布瓦德弗尔（1839—1919），法国军官、外交家。德雷福斯案件中任检方证人，曾警告丑闻将会削弱法国，并引起和德国开战的危险。1898 年 8 月 31 日，情报局长亨利上校因伪造陷害德雷福斯的“秘密档案”，而在狱中自杀，于是布瓦德弗尔辞职，从此退出政界。

这个案件就要由索西埃①受理了，说这个人是拥护共和政体的老兵（我们这位朋友出生于一个极端拥护君主政体的家庭），有钢铁般的意志，不屈不挠的信念。可是当索西埃声明埃斯代阿西②无罪时，他又为这一判决找到了新的解释，不过不是对德雷福斯不利，而是对索西埃不利。他说是军国主义思想蒙住了索西埃的眼睛（请注意，他本人既是军国主义者，又是教权主义者，至少是军国主义者，我都不知道该怎样看他了）。他家里人看到他思想这样狂热，都快愁死了。”

“你瞧，”我说，把脸转过一半朝着圣卢，为了照顾到两面，又把另一半对着他的同事，好让他参与谈话，“因为人们认为环境对人有影响，可是思想对人的影响更大。人都有思想观点。但思想观点比人少得多。因此，有同样观点的人都差不多。但思想观点并不是具体的，因此，在有一种思想观点的人周围生活着的具体的人，丝毫也改变不了这个人的思想观点。”

这时，圣卢的呵责声打断了我的话头，因为刚才有一个年轻的军人笑嘻嘻地指着我对他说：“迪洛克，和迪洛克完全一样。”我不知道这是什么意思，但我感到那张怯生生的脸上表情十分亲切*。在圣卢看来，当我讲话的时候，别人对我的称赞是多此一举，他要求大家保持安静，就像一个乐队指挥，当听到有人弄出了声音，就敲敲琴弓，让他的乐师停止演奏，圣卢也一样，他呵斥捣乱分子：“吉贝格，”他说，“别人说话时不要插嘴。要

① 索西埃将军（1828—1905），巴黎军区司令（1884—1898），曾劝陆军部长不要起诉德雷福斯，但后来迫于压力，下令对此案展开调查。

② 埃斯代阿西是匈牙利籍的法国军官，在法军参谋部任职，在德雷福斯案中被指控为出卖军事情报给德军，后又被军事法庭宣布无罪。

* 圣卢并不满足于这一比较。他兴奋极了，而想让我在他朋友们面前露一手的欲念又使他的兴致倍增。他一面抚摸着我，就像抚摸一匹第一个跑到终点的马儿，一面兴高采烈、滔滔不绝地对我说：“你知道，你是我所认识的最聪明的人。”接着又改口说：“还有埃尔斯蒂尔。你不会不高兴吧？你明白，这叫留有余地。打个比方：我这样对你说，就好比有人对巴尔扎克说：您是本世纪最伟大的小说家，还有司汤达。你明白，多留些余地，实际上是无限的赞美。你不同意？不同意加上司汤达？”他又说道，对我的判断力表示出天真的信赖，而这 （转下页）

说等大家说完再说。好了，您继续往下讲。”他对我说。

我松了口气，因为我担心他会让我从头开始。

“因为一个思想观点，”我继续说，“并不是物质利益的一部分，也不可能享有物质利益，因此有同样思想观点的人不会受物质利益的影响。”

“喂！孩子们，这下你们可目瞪口呆了吧！”我刚说完，圣卢就惊呼起来，他眼睛一直没有离开我，神情关切而忧虑，就像我在走钢丝一样。“吉贝格，您刚才想说什么？”

“我说这位先生很像迪洛克少校。刚才我还以为是少校在讲话呢。”

“我早就想到了。”圣卢回答道，“是有许多相像的地方，但您会看到他有许多东西是迪洛克所没有的。”

这个贵族出身的士官有一个兄弟在巴黎圣乐学校读书，他的兄弟对任何一部新问世的音乐作品，总和他父母、表兄妹以及俱乐部同事们的看法迥然不同，而和圣乐学校其他学生的看法完全一致；圣卢的这个朋友也是这样，他的“心态”，正如有些人所说的，和所有德雷福斯分子的心态，尤其和布洛克的心态如出一辙——当我同布洛克谈起这件事时，他对这个士官产生了一种非同寻常的看法，他听说他和自己属于同一派很受感动，但鉴于这个士官出身贵族，受过宗教和军事的教育，便把他想象得与众不同，就像远道而来的游客，具有非凡的吸引力——他的家庭传统和职业利益对他的心态却没有产生任何影响。同样，圣卢的一个表兄娶了一位年

（接上页） 种信赖从他那笑眯眯的绿眼睛里射出来的迷人而几乎是幼稚的询问目光中流露了出来。“啊！好，我看你同意我的看法了，布洛克不喜欢司汤达，我感到他很愚蠢。《巴马修道院》不是很了不起吗？你同意我的看法，我很高兴。你最喜欢《巴马修道院》中的什么？请回答我。”他急着命令我作出回答，显示出青年人容易冲动的性格，而他身体散发的威力使他这个问题有点吓人。“莫斯加还是法布利斯？”我战战兢兢地回答说，“莫斯加有点像德·诺布瓦先生。”齐格弗里德-圣卢听后仰天大笑。“可是莫斯加比他聪明得多，但没有他爱卖弄学问。”我这句话还没有说完，就听见罗贝边笑边拍手叫好，他笑得差点儿憋不过气来。他大声喊道：“高见！太妙了！你真了不起！”［有的版本将此段打星号的文字列入正文］

轻的东方公主，据说，她赋的诗可以同维克多·雨果或阿尔弗雷德·维尼[1]的诗媲美，尽管如此，人们仍然认为她的思想与众不同，是一个幽居在《一千零一夜》式宫殿中的东方公主的思想。而那些有特权接近她的作家，当他们听到她的一次谈话后，就会感到她不是山鲁佐德[2]式的，而是维尼或雨果式的天才，就会大失所望，或者不如说，会喜出望外。

我特别喜欢同这个年轻人聊天，谈军营，谈驻军的军官和军队。这也是我和罗贝的其他朋友，和罗贝本人经常谈论的问题。在我们平时吃饭、聊天和生活的环境中有各种各样的事物，不管它们多么微不足道，只要我们看多了，它们在我们眼里就会破格升级，就会大大增值，使其他事物相形失色，被搁置一旁，像梦幻一样虚无缥缈，甚至不复存在。就是这样，我开始对军营中的各个要人，对我去看圣卢时在院子里遇见的，或早晨醒来，当骑兵团经过我窗前时看见的军官，都发生了浓厚的兴趣。我想详细了解深受圣卢敬佩的那个少校，了解即使从美学观点看也令我悠然神往的那门军史课。我知道，罗贝讲话咬文嚼字，常常空洞无物，可有时却表明他理解了，并且吸收了一些深刻的思想。可惜，在军队这个问题上，罗贝这段时间满脑子的德雷福斯案件。他很少谈论这个案件，因为餐桌上只有他一人主张重审德雷福斯案，其他人都激烈反对，除了我的邻座。我这位新朋友观点常常摇摆不定。他对上校佩服得五体投地。上校被公认为出类拔萃的军官，他抨击在各种现实问题上的反军骚动，因而被认为是反重审派。我的邻座得知他的长官无意中透露了几个表明他对德雷福斯

---

① 维尼（1797—1863），法国诗人、剧作家和小说家，浪漫主义文学的代表之一。他的精巧的诗歌对唯美派诗人颇有影响。

② 《一千零一夜》中说故事的女人。她是宰相的大女儿。国王沙赫里亚尔因妻子不忠而憎恨所有女性，每天娶一新娘，然后杀死。山鲁佐德为拯救自己和其他女子，坚决要求父亲把她嫁给国王。她每天夜里给国王讲一个故事，但不讲完。因故事有趣，国王想听到结尾，就一次次推迟处死她的日期，最后放弃了这个残酷的决定。

罪状有所怀疑的论点，得知他对皮卡尔①很尊重。不管怎样，就这最后一点来看，说上校是相对的重审派是没有根据的，正如围绕任何大案总会产生种种莫名其妙的谣传一样。因为没过多久，上校负责审查原情报局长皮卡尔将军时，对他的粗暴和蔑视是前所未有的。无论怎样，尽管我的邻座不敢冒昧直接打听上校的情况，但为了向圣卢表示礼貌，对他说——说话的语气就好像是一个天主教女信徒在告诉一个犹太女人，她的本堂神甫谴责过俄国对犹太人的大屠杀，赞美过某些以色列人的宽宏大量——上校对重审派，至少对重审派的某些观点，并不像人们所描绘的那样，是狂热而狭隘的敌对分子。

“这我不感到惊奇，”圣卢说，“因为他是个聪明人。尽管如此，出生的偏见，尤其是教权主义迷住了他的眼睛。嘿！”他对我说，“迪洛克少校，就是我给你讲过的那个军史教官，看起来是完全赞同我们的观点的。再说，他不赞成我们的观点那才叫我吃惊呢，因为他不仅是一个高尚而聪明的人，而且是一个激进社会党人和共济会会员。”

出于对圣卢那些朋友们的礼貌（他的政治主张实在叫他们受不了），同时也因为少校的其他事情更使我感兴趣，我问我的邻座，少校是不是真的把军史课讲得具有真正的美学价值。

“千真万确。”

“您意思指的是什么？”

“嗯，打个比方吧，您在一个军事报告里读到的一切，哪怕是最小的事实，最小的事件，我认为从里面都可以发现思想的蛛丝马迹，这些思想常常互相重叠，就像在隐迹纸上写的字一样，你必须把它们理出来。这样，您就有了同任何科学或艺术一样的知识体系，可以满足我们大脑的需要。”

① 皮卡尔（1854—1914），法国将军，1895 年曾任情报局长，确信德雷福斯无罪，竭力主张重审此案。

“对不起，请举些例子。”

“这很难给你讲清楚，”圣卢插嘴说，“比方说，你读到这样一句话：一支部队试图……在你往下读之前，这支部队的名称、它的组成不是没有意义的。如果这次行动不是首次尝试，如果在同一次行动中我们看见又有另一支部队出现，这可能表明前面几支部队在上述战斗中已被歼灭，或者损失惨重，不能将这次行动进行到底。然而，应该设法搞清楚今天被歼的这支部队是什么样的部队。如果它是用来强攻的突击队，那么，一支战斗力更弱的新部队就很难在它失败的地方获胜。此外，这支新部队如果不是在作战开始阶段就已存在，那它就可能是拼凑起来的，这样我们就可以推算出交战的这一方还拥有多少兵力，他们的兵力可能在什么时候不如对方的兵力，这就使这支部队将进行的这次行动有了不同的意义，因为它如果不能弥补损失，按照逻辑推理，它的成功也只会导致全军覆灭。此外，敌军的番号也不是没有意义的。例如，如果这支部队的兵力比对方弱得多，但已经消耗了对方好几支重要部队的兵力，那军事行动也就改变性质了，因为它即使最终会丢失防守的阵地，但是如果用少量兵力就已经摧毁了敌人的大量兵力，那么能守住阵地一段时间也就是一大胜利。如果说，分析双方投入的兵力能使我们从中发现一些重要的东西，那么，研究阵地和阵地控制的公路、铁路以及阵地保护的后勤供应，也就更具有意义了。这一点，我想你是会明白的。应该研究整个地理背景，这是我起的名称。”他得意地笑着说。（的确，他非常满意地理背景这个提法，后来，甚至过了几个月，每次用到这个名称时，他总会露出同样的笑容。）“交战的一方正在准备一次行动，如果你读到它的一支侦察队在阵地附近被另一方歼灭，你可以得出的一个结论是，交战的这一方是想侦察敌方的防御设施，以免另一方用来挫败它的进攻。对某一地方极其猛烈的进攻，可能意味着企图攻占这个地方，但也可能想要牵制敌人，不想在敌人进攻的地方还击，或者仅仅是佯攻，用凌厉的攻势掩盖从这里后撤部队的真实意图（这种佯攻战术是拿破仑战争的传统战术)。另一方面,为了弄清一次军事行动的意义、它的目的,以及为了达到这个目的而同时部署的其他配合行动,还要进行什么行动,就应该多多查阅国家军事条令,而不要轻信指挥部的公告,因为这种公告可能是为了迷惑对方,从而掩盖一次可能是失败的行动。这一点至关重要。我们总可以作这样的假设,一个军试图采取的行动,是根据现行条令的规定拟订的。比方说,如果条令规定正面攻击要用侧翼攻击作掩护,如果侧翼攻击没有成功,指挥部可以宣称它与正面攻击没有关系,不过是一次佯攻,那么,我们就可以在条令中,而不是从指挥部的公告中找到根据。每个军不仅有自己的军事条令,而且还有自己的传统、作风和原则。此外,对外交行动的研究也不应当忽视,外交总是要对军事作出反应或采取措施的。一些表面上并不重要的外交事件,在当时并没有引起人们的重视,然而你可以通过对事件的分析了解到,敌人想争取的援助实际上并没有得到,其实他们只执行了部分战略计划。因此,如果会读军事史的话,那么,在一般读者看来是杂乱无章的叙述,对你却是合理的,连贯的,就像看一幅画,一个内行的绘画爱好者能看懂画上的人物身上背着什么,手中拿着什么,而一个外行参观博物馆只会目瞪口呆,被大片大片的色彩搞得迷迷糊糊,头晕目眩。但对于某些画作,光注意画中人物拿着一个圣餐杯是不够的,还应该知道画家为什么要把圣餐杯放在他手中,它象征着什么;同样,这些军事行动,除了直接目的外,通常是指挥作战的将军在有意模仿一些比较古老的战役。这些古战役,如果你愿意的话,可以看作新战役的过去,看作它的图书馆、知识库和词源,它的贵族家世。请注意,我现在没有讲战役的地方性,怎么说好呢,就说战役的空间性吧。这个问题是存在的。一个战场在历史上不会只发生一次战争,将来也不会不发生战争。它之所以是战场,是因为它集中了某些地理位置和地质特性等方面的有利条件,甚至还集中了某些缺点,可以牵制敌人的行动(例如一条河流把它截成两半),这些条件决定它成了一个好战场。因此,它过去是一个好战场，将来也还是一个好战场。既然不是随便哪个房间都可以充当画室，那么，也不是随便哪个地方都可以选作战场的。有些地方天然可以做战场。但是，我再说一遍，我刚才讲的不是指地方，而是指人们模仿的战役类型，是一种依样画葫芦的战略，也可以说是改头换面的战术，是再版的乌尔姆①战役，洛迪②战役，莱比锡③战役，坎尼④战役。我不知道今后还会不会有战争，也不知道在哪些国家的人民之间进行，但是只要有战争，就还会有（从指挥官方面讲是有意这样做的）坎尼战役、奥斯特利茨⑤战役、罗斯巴赫⑥战役、滑铁卢⑦战役，且不谈其他战役。有些人明白表示了这种看法。冯·施里芬元帅⑧和法肯浩森⑨将军预先制订了一次坎尼战役计划对付法国，他们效仿汉尼拔⑩的打法，把敌军钳制在整个战线上，从两侧，尤其是从右侧的比利时包抄过去；而贝恩哈迪将军⑪却偏爱腓特烈大帝⑫的

---

① 乌尔姆为德国城市，1805年10月，奥地利将军马克在此遭拿破仑围困，最后弃战投降。

② 洛迪为意大利城市，1796年5月，拿破仑在此大败奥地利人。

③ 莱比锡为德国城市，1813年，拿破仑和同盟军在此城周围展开血战，以法军失败而告终。

④ 坎尼为古罗马地名。公元前216年，迦太基人和罗马人在此一场血战，罗马人大败。坎尼战役被军事家誉为用包抄侧翼战术歼灭敌军的范例。

⑤ 奥斯特利茨为捷克城市，1805年，拿破仑在此大败奥俄联军。

⑥ 罗斯巴赫为德国城市，1757年，普鲁士王腓特烈大帝在此大败法国人。

⑦ 滑铁卢为比利时城市，1815年6月18日，拿破仑在著名的滑铁卢战役中失败。

⑧ 施里芬（1833—1913），德国元帅，1891年至1905年任参谋总长。所定《施里芬计划》是第一次世界大战德国战略计划的基础。主张在战线侧翼集中兵力进行包围，力求速战速决，认为正面突破不是制胜战法。

⑨ 法肯浩森（1844—1936），德国将军，著有多部兵法书。

⑩ 汉尼拔（公元前247—前183），迦太基统帅。公元前218年率部远征意大利，是为第二次布匿战争之始。在坎尼战役中败罗马军。

⑪ 贝恩哈迪（1849—1930），德国将军，军事理论家，主张泛日耳曼主义，把战争说成是一种道德义务。

⑫ 腓特烈大帝（1712—1786），普鲁士国王。在位时维护农奴制，加强军事官僚专制制度，扩大军队。曾数次发动侵略战争。严酷的纪律和机械的训练方法对以后的普军有很大影响。

斜向战斗序列[①]，宁愿打洛伊滕[②]战役而不愿打坎尼战役。还有些人讲话比较婉转，但是，我向你保证，我的老朋友，博贡塞耶（就是我前几天给你介绍的那个中队长，那个前程似锦的军官）拟订了一份普拉岑高地小型攻击方案，背得滚瓜烂熟，并且把它保存了起来，一旦有机会实施这一方案，他是绝不会错过的，会向我们和盘托出。要知道，一旦爆发战争，里沃利[③]的中间突破还会再一次被采用。这种战术不见得比《伊利亚特》[④]过时。再说，也只好搞正面进攻，因为谁也不愿意重蹈七〇年错误[⑤]的覆辙。进攻，只有进攻。不过有一件事使我大惑不解，我看到竭力反对这卓有成效进攻理论的人，都是些思想跟不上趟的人，可是我的一个最年轻的教官，名叫芒香，才华横溢，却提出要给防御以应有的地位，自然是临时的地位。当他举奥斯特利茨为例时，大家十分尴尬，不知道怎样回答他，其实这次战役采用的防御战术，只不过是进攻和胜利的前奏曲。”

圣卢的这一套理论使我听了非常高兴。我想，这次我到东锡埃尔也许没有白来，这些军官没有骗我。他们边喝边谈，索泰尔纳酒把它娇媚的反光投到他们脸上；在这里，人物的形象都变得高大了，就和在巴尔贝克海滩一样，只要我在那里待着，大洋洲的国王和王后、四美食家小社会、年轻的赌徒、勒格朗丹的内弟，他们在我眼里都一一变得非常高大，可现在他们却变渺小了，甚至不复存在。今天使我感到赏心悦目的东西，也许再也不会像从前的东西那样如过眼云烟，第二天就在我眼里变得一文不值。按照我现在的内心世界，也许我不会马上去毁坏过去的东西，因为圣卢刚

---

① 指用侧翼和敌人接触的战斗序列，洛伊滕战役就采用这种序列。

② 洛伊滕为波兰地名，今卢蒂尼河，1757 年普鲁士国王腓特烈大帝在这里大败奥地利军。

③ 里沃利，意大利地名。1797 年拿破仑在这里战胜奥地利人。

④ 古希腊的著名史诗，相传为荷马所作。主要叙述特洛伊战争最后一年的故事。

⑤ 影射 1870 年法国将领在普法战争中模仿拿破仑的防御战术，结果遭到惨重失败。

才所谈的战争艺术，在我这几个晚上产生的短暂而炽烈的热情中，在有关军事生活的一切问题上，又加上了一个恒久不变的知识基础，足以牢牢吸引住我的注意力，使我用不着自欺欺人就能相信，当我离开东锡埃尔后，我对我这里的朋友们所从事的工作仍会感兴趣，我会很快就回到他们中间。然而，为了从“艺术”这个词的抽象意义上进一步肯定战争的艺术确实是一门艺术，我又向圣卢提了个问题。

“您讲的，噢，对不起，你讲的东西我非常感兴趣，”我对圣卢说，“但有一点使我感到不安，你给我讲讲。我觉得我可能会迷上军事艺术的，但是，要使我入迷，我必须一改从前的看法，而认为军事艺术和其他艺术没有什么不同，只要学到规则就行了。你说人们模仿一些战役，我觉得，正像你刚才所说的，过去的某次战役在一次现代的战役中重演，颇有些美学意味。这个观念对我吸引力之大是难以用言语表达的。不过，我要问你，指挥官的才能难道一点作用都不起吗？他只管应用规则就行了吗？在同等条件下会不会出现一些伟大的将领呢？就像有些伟大的外科医生，面对两个从客观角度看完全相同的病例，也许凭着经验，他们会感觉出一点细微的差异，并且作出不同的解释，认为对这一病例应该作这样处理，而对那个病例应该作那样的处理，对这个病人最好动手术，而对那个病人最好用保守疗法。”

“当然有！你会看到拿破仑就是这样。如果照搬兵法，他就必须进攻，可他就是不进攻，一种朦胧的预感在劝他放弃进攻。例如他在奥斯特利茨或一八〇六年给拉纳[①]的指示。但你也会看到，有些将军机械照搬拿破仑的某次战役，结果适得其反。这样的例子光一八七〇年就可举出十个。但是，甚至连敌人**可能**做的事，也可以作出种种解释。敌人做的事不过是一种迹象，可以有许多不同的目的，如果光讲道理，或从科学观点来

---

① 拉纳（1769—1809），法国元帅，跟随拿破仑南征北战，深受器重。

看，这些不同的目的都有可能是真实的目的。这好比某些复杂的病例，当今世界的医学还不能确定看不见的肿瘤到底是不是纤维瘤，要不要进行手术一样。使伟大的将军和伟大的医生下决策的，是德·泰布夫人①式的嗅觉和预感（我想你明白我这个意思）。因此，我在前面就给你举例讲了在战役开始阶段侦察可能起的作用。一次侦察可能有十种不同的解释。例如，为了使敌人以为我方要攻击某一个点，而实际上是要攻击另一个点；为了布置一道伪装物，使敌方看不清我方真实行动的准备工作；迫使敌方调遣部队并把它钳制在一个没有必要死守的地方；摸清敌方兵力，掌握它的底细，迫使它亮出底牌。甚至有这样的情况，在一次行动中投入了大量的兵力，但这并不表明行动是真的，因为可以假戏真做，使假戏具有更大的欺骗性。关于这一点，要是我有时间给你讲讲拿破仑战争，嗳！我向你保证，当你通过战争中部队的传统行军（我们正在研究和实践，如果你有雅兴，走去看看，小伙子——啊，对不起，你有病，不能去），感觉到了最高司令部的警惕性、推理和研究的深度，你就会像置身于一座灯塔朴素无华的灯光前那样激动无比，因为灯塔不仅是物质的光，而且还流溢出思想，搜索着空间，向航船报告险情。我也许不该光给你讲战争的学问。其实，正如土壤的成分、风向和光照的方位能说明一棵树朝哪一边生长一样，一场战役在什么条件下进行，当地有什么特征，可以说决定并且限制了军事将领对作战方案的选择。因此，在某些平原地区的山谷一带，沿山而行，你可以预言，部队的行军必定像雪崩那样气势磅礴，蔚为壮观。”

“现在你又否定你刚才谈到的指挥官的选择自由，否定敌军对指挥官的作战方案可能有的预见性了。”

---

① 德·泰布夫人（1865—1916），著名手相术士，住在巴黎瓦格拉姆街29号。普鲁斯特曾于1894年请她看手相，被断言为“在健康方面情况不佳”。

“绝对不是！你一定还记得我同你在巴尔贝克读过的那本哲学书[①]吧，可能的世界比真实的世界丰富多彩。嗳！军事艺术也一样。在一种特定的条件下，有四种方案摆在一个将领面前，他可以作出选择，就像一种疾病可能会出现几个病程，医生必须早就料到一样。这里，人的能力高低强弱是决定局势的新因素。何以见得？比如说，一些不太重要的因素（如要达到的次要目的，或时间紧迫，或兵力不足，或后勤供应困难）迫使将领在四个方案中选择了第一方案，尽管这一方案不如其他的理想，然而代价比较小，见效比较快，战区比较富裕，能保障部队的后勤供应。他起初实施第一方案。敌人开始不摸头脑，但很快就会识破他的意图。由于敌人阻力太大，他可能不成功——我把这叫作人的能力薄弱造成的偶然性。于是他放弃第一方案，试行第二、第三或第四方案。可是，他也可能佯装试行第一方案——这就是我所说的人的高明——以便牵制敌人的兵力，而在敌人以为不可能挨打的地方对他们突然袭击。乌尔姆战役就是这样，奥地利将军马克在西边等候敌人，不料敌人却从他以为太平无事的北边把他重重包围。我举这个例子也许不很恰当。乌尔姆战役是包围战中较好的战例，将来还可能发生类似的战役，因为它不仅是将军们效法的典范，而且可以说是一种必要的方式（尤其是一种“必要”的方式，这样就可以有所选择，也可以多样化），一种结晶的形式。然而这一切都无关紧要，因为这些条条框框毕竟是人为的。还是回到我们的哲学书上来吧，它就好比是理论原则，或者说科学规律，现实与它基本相符，但是，你回想一下伟大的数学家庞加莱[②]，他就不说数学百分之百的精确。至于我前面给你讲的军事条令，它们毕竟不那么重要，况且经常会有变化。就拿我们这

① 指德国自然科学家、数学家、哲学家莱布尼茨（1646—1716）的《单子论》（1714）。

② 庞加莱（1854—1912），法国数学家。在几乎所有数学领域及其在物理学上的应用方面，都作出过重大贡献。

些骑兵来说，我们实践的是一八九五年的《作战条例规定》，可以说它过时了，因为它建立在陈旧的过时的理论基础之上，认为骑兵的战斗作用仅在于向敌人发起冲锋，给敌人造成精神上的恐惧。但是我们团里最聪明的教官，骑兵部队的精华，尤其是我给你讲过的那个少校，他们的看法恰恰相反，认为胜负取决于一场真正的混战，敌我双方刀剑相对，谁坚持到底谁就胜利，不仅指精神上的胜利，造成对方心理恐惧，而且指物质上的胜利。”

“圣卢言之有理，说不定以后的《作战条例》就可以看到这种发展的迹象了。”我的邻座说。

“你能赞同我的观点，我感到很高兴，因为你的意见似乎比我的更能引起我朋友的兴趣。”圣卢笑着说。或许因为他的同事和我之间开始产生的好感使他有点不快，也可能因为他正式看到了这种好感，认为有必要予以确认。“我刚才也许贬低了条例的作用。条例不断在变化，这是肯定的。但目前它们仍然左右着军事局面、作战计划和部队集结的方案。倘若它们反映了一种错误的战略观念，就可能成为失败的基本原因，这一切对你似乎太专业了。”他对我说，“你好好想一想，最能加速战争艺术发展的，说到底还是战争本身。在一次战役中，如果历时较久，我们将看到交战的一方会借鉴另一方的成败来改进自己的方法，而敌方也会得到提高。但这已经成为历史。现在炮兵有了突飞猛进的发展，未来的战争——如果还有战争的话——将是速决战，人们还没来得及汲取教训，和平就已经恢复了。”

“你别太敏感了。”我对圣卢说，这是回击他前面所说的话。“我听你讲话可专心致志呢！”

“如果你不再生气，如果你还允许的话，”圣卢的朋友又说，“我想对你刚才讲的作一点补充。战役的模仿和雷同，不只是和指挥官的思想有关，指挥官的判断错误（如对敌人的英勇顽强估计不足）也可能使他要求部队作出重大的牺牲，有些部队以一种极其崇高的忘我精神作出了这种牺牲，因而他们也就起到了另一次战役中另一个部队的作用，在历史上会作为可互相替代的战例被人引用。就拿一八七〇年来说，普鲁士的先头部队在圣普里瓦[①]，土耳其人[②]在维桑堡[③]和弗勒施维雷尔[④]就是这种情况。"

"啊！互相替代，太确切了！妙极了！你很聪明。"圣卢说。

圣卢的朋友列举的这几个战例我不是不感兴趣，每当有人像这样通过个别向我阐述一般时，我总是听得津津有味的。然而，我最感兴趣的还是指挥官的才能。我很想了解指挥官的才能指的是什么，在特定的条件下，为什么没有才华的指挥官会抵挡不住敌兵，而才华出众的指挥官却能扭转危局，克敌制胜。按照圣卢的说法，这是很可能的，拿破仑就曾好几次反败为胜。我想弄懂什么叫军事才能，因此我要他们在我知道名字的将军之间作一个比较，告诉我谁最有指挥官的气质和战术家的天资。我知道这会让我的新朋友感到厌烦，但他们至少没有流露出来，而是不倦地、耐心地回答我的问题。

我感到我同寒冷的黑夜隔开了，只是时而听见火车的鸣叫——这声音只会使我在这里感到更加愉快——或报时的钟声——幸而离这些年轻人拿起战刀赶回营房还有一段时间；不仅如此，我甚至感到同外界的一切忧虑都隔开了，我差点把德·盖尔芒特夫人忘得精光。这得归功于圣卢，也得归功于他的朋友们，他们的热情似乎使圣卢变得更加殷勤；还因为这

---

① 圣普里瓦为法国地名，1870 年 8 月 18 日普鲁士第一、第二军团在这里攻击法军，使法军溃退。

② 这里的土耳其人指旧时在法国军队中当步兵的阿尔及利亚人，因为 1830 年以前，阿尔及利亚一直是土耳其的殖民地。

③ 维桑堡为法国地名。维桑堡战役揭开了 1870 到 1871 年普法战争的序幕，普军在这里突然袭击法军，法军被迫撤退。

④ 弗勒施维雷尔为法国地名。维桑堡一战，法军惨败，继而集中在弗勒施维雷尔，但又被普军战败。这次失败导致普军占领阿尔萨斯。

间小餐厅温暖宜人，侍者端来的佳肴美味可口。这些佳肴激发了我的想象力和食欲；有时它们的母体，自然界的一小块或一小段，如残留着几滴咸水的凸凹不平的牡蛎贝壳，残存在一串葡萄上的疙里疙瘩的枯黄色蔓藤，仍然环绕在它们周围，虽不能食用，但像一处风景那样遥远，富有诗意，使我在晚餐时心潮起伏，浮想联翩，忽而在一棵葡萄树下午睡，忽而在大海上漫游。有几次，菜肴的新颖特色是由厨师精心设计出来的，他把菜肴当作艺术珍品，配以自然的环境端上餐桌；一条用葡萄酒奶油汤汁烩制的鲜鱼，放在一个长方形的陶瓷盘上，犹如躺在绿油油的草丛中，鲜艳夺目，永久存在，但因为是被活活地扔进滚烫的开水中，故而显得歪歪扭扭，周围镶满了贝壳类动物、寄生动物，如螃蟹、虾和贻贝等，看上去活像是绘在贝尔纳·帕利西①的陶瓷品上的彩图。

"我好嫉妒，好生气。"圣卢半开玩笑半认真地对我说，影射我和他朋友没完没了的窃窃私语。"您认为他比我更聪明？您对他比对我更喜欢？您就这样心中只有他了吗？（那些特别喜欢女人、惯于在女人中周旋的男人，往往会开一些在别人看来有失大雅而不敢开的玩笑。）"

当话题由个别转入一般时，大家总避开德雷福斯案件，以免惹恼圣卢。可是，一个星期后，他的两个同事挑起了话头，说他生活在这样一个军人环境中，竟会站在德雷福斯一边，几乎成了反军国主义者，实在令人费解。"这是因为环境的影响不如人们想象的那么重要……"我插了一句，并不想详细讨论这个问题。我本想到此为止，没打算把前几天我给圣卢谈的看法再说一遍。但因为刚才那句话和我上次说的几乎一字不差，我又为自己辩解似的补充说："这正是前几天……"然而，我忽视了罗贝对我和其他几个人的发自内心的钦佩还有另外的一面。他在钦佩的同时，还完整地吸收了我们的思想，以至四十八小时后，他竟忘记这些思想是从

① 帕利西（1510—1589），法国著名的陶瓷工和学者，发现了瓷釉的秘密。

别人那里批发来的了。因此，对于我这个寻常的论点，圣卢认为应该向我表示热烈的欢迎和赞同，似乎这个论点本来在他头脑中久已存在，而我不过是在他的领地上狩猎而已。

“对极了！环境并不重要。”

他似乎怕我打断他的话头，或不明白他的意思，紧接着又强调说：

“真正的影响是思想环境的影响！人都有思想观点！”

他稍停片刻，就像一个吃下食物很快就消化的人，心满意足地微笑着，摘下单片眼镜，用螺旋钻般的目光盯着我：

“持同一观点的人都差不多。”他神气活现地对我说。显然，他全然忘了他头脑中的这些想法，是我前几天同他讲的。

我每天晚上到圣卢的饭店时，心情并不都是一样的。虽说我们的一个记忆，一种忧虑可能会暂时销声匿迹，不再纠缠我们，但是还会回来，有时久久萦绕在我们心头。有几个晚上，我穿过城市到饭店去时，一路苦苦思念德·盖尔芒特夫人，连呼吸都感到很困难，仿佛我的胸腔被一个高明的解剖医生切开，割除了一部分，补上了一块同样大小的非物质的痛苦，补上了等量的怀旧和爱情。尽管刀口缝合很好，但当对某人的思念代替了内脏时，我们总会有不舒服的感觉，它似乎比内脏占的位置更大，再说，不得不**想着**身体的一个部分，这种感觉说它像什么，它又不像什么。不过我们变得更娇贵了。稍微有点微风，我们就会叹息，是因为气闷，也是由于抑郁。我仰望天空。如果月光皎洁，星光灿烂，我便想：“也许她正在乡下，和我瞻望着同样的星星，说不定当我到饭店时，罗贝会对我说：‘好消息，我舅妈刚给我来了封信，她想见你，就要到这里来了。’”我对德·盖尔芒特夫人的思念不仅仅寄托在苍穹。一阵温馨的微风从我身边掠过，会给我捎来她的信息，就像从前在梅塞格利丝的麦田里，微风给我捎来希尔贝特的信息一样：人总是那样，会在另一个人的感情中掺入许多并不属于他，而仅仅是他唤醒的朦朦胧胧的感情。而这些特殊的感情，我们身上总有一股力量在使它趋向真实，也就是使它汇合到一种更普遍、为人类所共有的感情中去，而人，还有人给我们酿成的痛苦，只能使我们同这种普遍的感情沟通：当我知道我的痛苦是人类普遍爱情的一个小小的组成部分时，我在痛苦中也就感到了快慰。我现在感到的痛苦，使我想起了我从前对希尔贝特的忧思，想起了在贡布雷，当妈妈晚上不在我房间时我感到的愁闷，同时也使我回忆起贝戈特小说中伤感的几页；德·盖尔芒特夫人、她的冷漠和不在我身边同我痛苦的关系，不像是学者头脑中的因果关系，但我并不就此下结论说，德·盖尔芒特夫人不是我痛苦的根源。我们的身体不是会出现一种漫射状疼痛吗？疼痛渗透到患病部位以外的地方，但一个医生压住痛点时，这些地方就会失去疼痛的感觉。可是在这之前，由于疼痛到处渗透，我们说不清楚是怎样的疼痛，也不知道究竟是哪里疼痛，以为这是命中注定，肯定治不好了。我朝饭店走去，心里想着："已有十四天没看见德·盖尔芒特夫人了。"（十四天也只有对我才显得漫长，凡是涉及德·盖尔芒特夫人，我总是用分秒来计算时间的。）我对德·盖尔芒特夫人的思念已不限于临风叹息了，甚至连时间的数学刻度也呈现出痛苦，富有诗情画意。现在，每一天都像是一个轮廓模糊的山峰，变幻无常：走下山坡我感到可以忘掉一切，走上山顶我又渴望再见到公爵夫人，因而内心烦忧。我时而下坡，时而上山，在上下坡之间摇摆不定。有一天我对自己说："说不定今天晚上会收到一封信呢。"当我到饭店吃晚饭时，鼓足勇气问圣卢：

"随便问一声，你有没有巴黎的消息？"

"有的，"他回答我说，脸色看上去不太高兴，"不愉快的消息。"

当我明白是他有了烦心的事，他得到了情妇的消息时，我才松了口气。但我马上又意识到，这些不愉快的消息可能产生的一个后果是，他近来恐怕不能带我到他舅妈家去了。

我得知他和情妇吵了一架，可能是在信上吵的，也可能她来过一次，早班车来，晚班车走。他们经常吵架，真真假假，好像总有解决不了的矛盾。她心情很不好，常为一些莫名其妙的理由就跺脚，哭鼻子，就像把自己关在小黑屋里的孩子，不出来吃晚饭，也不说明缘由，当父母气急了，动手打他们一下时，他们就益发哭得起劲。

圣卢因为和情妇的关系出现裂纹内心异常痛苦。不过，这样说未免太简单，会使人曲解这种痛苦。他一个人待着时，别的什么也不想，只想他的情妇。想到她看见他精力充沛，因而对他充满了敬意，想到她是带着这样的心情离开他的，他起初感到的忧愁也就在不可挽回的局面前消散了，那时的滋味是那样甘美，那样令人愉快，因此关系破裂一经明确，也会像和解一样使他陶醉。过些时候他再感到的痛苦，便是继发性的痛苦症状了：当他想到她可能很想同他接近，可能在等他的一句话，而此间，为了报复，她可能会在某个晚上某个地方做某件事，他只要给她发个电报说他要去找她，她可能就不会干这件事了；想到别人也许会乘机而入，过几天再去找她会为时太晚，因为她可能被别人占有；想到这些，痛苦的波涛又会在他胸中翻腾。到底是怎么回事，他一无所知。他的情妇保持沉默，这使他的痛苦最后达到了失控的程度，他甚至怀疑她可能藏在东锡埃尔，或者去了印度。

有人说沉默是一种力量；从另一种意义上看，沉默被心爱的人利用，是一种可怕的力量。它会增加等待一方的相思。世界上最没有比分离更能使两个情人朝思暮想的了！还有什么比沉默更难跨越的障碍呢？也有人说沉默是一种酷刑，会使身陷囹圄、被迫受此酷刑的人发疯。可是，忍受心上人的沉默又是怎样的酷刑啊！这比自己保持沉默还要难以忍受！罗贝心里嘀咕：“她干什么去了？怎么会杳无音信？她会不会欺骗我，同别人搞上了？”他还想：“我究竟哪里得罪她了，她居然这样一点消息都不给我？她可能恨我了，永远恨我了。”于是他拼命自责。沉默果然把他逼疯了,一是由于嫉妒,二是由于内疚。而且,这种沉默本身就是座监狱,甚至比监狱还要残酷。这个隔在两人之间的,空无一物,但被遗弃者的视线不能穿透的空气隔板,是一堵非物质的,但又是难以逾越的围墙。还有比沉默发出的光更可怕的吗?它让我们看见的不是一个,而是成千上万个失踪的女人,每一个都表现出对爱情的不忠诚。有时候,罗贝会突然心情舒缓,以为沉默即将打破,日夜盼望的信就要飞来。他看见信朝他飞来了,他留心着每一个声音,他的渴望仿佛得到了满足,他喃喃自语:“信!信!”他像这样隐约看见了一块想象中的温情的绿洲后,又回到了无穷无尽的沉默这块真实的沙漠中,焦急地等待着。

他一无遗漏地想象着绝交后的各种痛苦,但在别的时候,他却认为可以避免这样的结局,就像那些不切实际地想要移居国外,因而把所有的事务了结一清的人那样,不知道明天该想些什么,心中烦躁不安,他们的思想已经脱离了他们的躯体,就像病人身上摘下的心脏,离开病人的躯体还在继续噗噗地跳动。不管怎么说,他情妇会回到他身旁的希望,给了他坚持绝交的勇气,正如坚信自己打仗能活着回来,可以帮助人去迎击死神。因为在人类的植物中,唯有习惯这种植物最不需要肥沃的土壤,能第一个出现在表面看来最荒芜的岩石上,因此,如果提前设想同情妇断绝关系,也许最后事到临头也就完全习惯了。但是绝不绝交还不能肯定,这使他仍处在一种和恋爱相似的状态中,心里牵挂着这个女人。可他强迫自己不给她写信(也许他认为失去情妇的日子固然难熬,但同她凑凑合合地生活在一起更不好受,或者认为他们是吵架后分手的,必须等她来道歉,这样他觉得即使不能维持她对他的爱情,至少也可以坚持对他的尊敬和尊重)。他只到电话局去打电话(东锡埃尔刚开电话业务不久),向他安插在他女友身旁的一个贴身女仆打听消息或下达指示。这种电话联系非常复杂,占据他很多时间,因为他的情妇不久前已搬到凡尔赛附近的一座小别墅去了。她租下这座房子,是因为和她要好的文人学士不断地向她宣传首都丑恶论，但更是为了她的动物，为了她的狗、猴子、金丝雀和鹦鹉，她的巴黎房东再也无法忍受这些动物无休无止的噪声了。可是圣卢在东锡埃尔却是夜不成眠。有一次他到我那里，实在累得不行，就打了一会儿瞌睡。突然他又讲话了，他想奔跑，他想阻止一件事发生，大声喊着："我听见她的声音，您不要……您不要……"他醒了。他对我说，刚才他做了个梦，梦见自己在乡下，在上士家里。上士竭力阻拦他到屋子的一个角落去。圣卢猜到他家里藏着一个非常有钱又非常坏的中尉，他知道这中尉对他女友垂涎三尺。突然，他在梦中清楚地听见他情妇在性欲高潮时习惯发出的间断而规则的呻吟。他强迫上士带他到房里去。上士拦住不让他进去，被这冒失的行为气得满脸愤怒。罗贝说，此情此景他一辈子也不会忘记。

"我这梦太愚蠢了！"他又说了一句，仍然喘不过气来。

但我后来确实看到有几次他想打电话给他的情妇，要求同她言归于好。我父亲不久前倒是装了个电话，但我不知道这对圣卢是否一定有用。况且，我觉得让我的父母——即使仅仅通过装在家里的电话——充当圣卢和他情妇的中间人是不妥当的，不管他情妇的情感多么高尚，多么纯洁。圣卢的噩梦慢慢从他头脑中消失了。在这严酷的日子里，他每天都来找我，魂不守舍，两眼发呆。这些日子，一天接着一天，在我看来好像一排弯弯曲曲、漂漂亮亮、结结实实的铁栏杆，罗贝待在栏杆后面，寻思他女友会作出怎样的决定。

她终于来信请求他谅解了。他刚意识到绝交已经避免，马上又看到了和解带来的种种不利。然而，他心里舒展多了，他几乎情愿接受新的痛苦。他知道一旦言归于好，不消几个月就会有新的痛苦来折磨他。他没怎么犹豫。或者说，就是因为他终于确信能够重新得到情妇他才犹豫的；既然能和好，那就和好吧。不过，她要求圣卢元旦不要回巴黎，好让她恢复平静。而他到了巴黎是绝对忍不住不去看她的。此外，她同意和他一起去旅行，可是要去旅行就必须有真正的假期，而德·鲍罗季诺上尉却不准假。

“这使我感到不安，因为去拜访我舅妈的事得往后拖了。复活节[①]我一定回巴黎。”

“到那时我就不可能去拜访德·盖尔芒特夫人了，因为我要到巴尔贝克去。不能就不能吧，这无所谓。”

“到巴尔贝克去？可您从来都是八月份去的呀！”

“对，可是今年我身体不好，人家老早就会把我送去的。”

他怕我听了他的叙述后，会对他情妇产生不好的印象，于是又说：“她只是因为太直率，感情太专一，才这样蛮横无礼的。其实她心灵高尚得很。你想象不出她的感情多么细腻，多么富有诗意。每年万灵节她都要去布鲁日[②]。这‘很好’是不是？以后如果你能认识她，你会看到她多么高尚……”他的讲话充溢着这个女人周围的文人学士使用的词藻：“她有点像灿烂的星星，甚至有点像先知，你懂吧，她几乎是个神甫般的诗人。”

在吃晚餐的时候，我绞尽脑汁，想找到一个借口，能让圣卢请求他的舅妈不等他来巴黎就先接见我。这个借口我终于找到了：我和圣卢在巴尔贝克时结识了大画家埃尔斯蒂尔，我想再看看他的画作。借口固然是借口，但也有几分真实。从前我去拜访埃尔斯蒂尔，是想让他的画引导我去理解和热爱比画更美的现实：比如说名副其实的冰雪消融的景致，外省一个真实的广场，海滩上栩栩如生的妇女（最多也就是让他给我描绘像山楂树丛生的小径那样无法深入欣赏的现实，不是要他为我保存，而是要他帮我发现现实的美）；然而现在恰恰相反，是这些画的独特风格和诱惑力

① 复活节日期无定，一般在3月22日到4月25日之间。

② 布鲁日为比利时城市，西佛兰斯德省会。圣卢的情妇每年去那里拜谒，是因为比利时法语作家乔治·罗当巴克（1855—1898）的长篇小说《死亡的布鲁日》（1892）。

激起了我的欲望，尤其是我想欣赏埃尔斯蒂尔的其他几幅画。

况且，在我看来，就是他最不成功的作品，与那些比他伟大的画家的杰作相比，也是独辟蹊径，不落窠臼。他的作品宛若一个封闭的王国，有着不可逾越的边界和独一无二的内容。难得有杂志刊登研究埃尔斯蒂尔的文章，凡有这样的杂志，我都如饥似渴地把它们收集起来。从那些文章中，我了解到他画风景画和静物画的时间不长，他是从神话题材开始他的绘画生涯的（我在他的画室里有幸见过两幅神话题材画的照片），后来很长时间一直受日本艺术的影响。

他的画有各种风格，其中最具特色的几幅流散在外省。在莱桑德利的一间农舍里，珍藏着他最美的一幅风景画。这间农舍在我看来异常珍贵，会激起我想去旅行的强烈愿望，就像夏尔特尔的一个村庄，在这个村庄的磨石粗砂岩上，镶嵌着教堂壮丽的彩绘玻璃窗。收藏者可能花了几千法郎才买下这幅杰作，他如同星相学家，深居简出，躲在大路旁他的陋舍里，向世界的一面镜子——埃尔斯蒂尔的一幅画——提出各种各样的问题；我感到一种使那些在某个重要问题上看法一致的人心灵沟通、意趣相投的情感把我和这个人连结在一起了。但在我收藏的杂志中有一本提到，我心爱的画家有三幅重要的作品可能在德·盖尔芒特夫人家里。因此，在圣卢告诉我他女友将去布鲁日的那天晚上，在饭桌上，当着他朋友的面，我能够真诚地、出其不意地问他：

“听我说，可以吗？还是我们谈过的那位夫人，这是最后一次谈她了。你还记得埃尔斯蒂尔吧，我在巴尔贝克认识的那个画家？”

“怎么啦？当然记得。”

“你还记得我很佩服他吗？”

“记得，还有我们托人转交他的那封信。”

“嗯，这是我想结识前面谈到的那位夫人的理由之一，不是最重要的理由，一个次要的理由。你肯定知道是谁吧？”

“是啊！怎么那么多插入语！”

“因为她府上珍藏着埃尔斯蒂尔的画，至少有一幅很美的画。”

“啊！我怎么不知道？”

“复活节埃尔斯蒂尔一定会在巴尔贝克的，您知道他现在几乎一年到头都在海边度过。我很想在动身去那里之前看一看这幅画。我不知道您和您的舅妈关系好不好，您能不能求求她——您可以在她面前多给我美言几句，设法让她不拒绝我的请求——让我一个人——因为您不可能在那里——去看这幅画？”

“哪还用问？我担保她会答应的，这事包在我身上。”

“罗贝，我多么爱您啊！”

“爱我很好，要是用‘你’称呼我就更好了，这是您答应过的，而且已经开始这样做了。”

“我希望您不至于在策划离开这里吧，”罗贝的一个朋友对我说，“您知道，即使圣卢去休假也没有什么关系，有我们在嘛。这对您也许少了些乐趣，但是我们会想方设法让您忘记他不在您身边的。”

果然，就在大家都认为罗贝的女友只好一个人去布鲁日的时候，听说德·鲍罗季诺上尉改变了主意，批准圣卢士官到布鲁日去度假，而且给的假期很长。事情是这样的。鲍罗季诺亲王的一头浓发是他的骄傲，他是城里最有名的理发师的老主顾。这位理发师从前曾给拿破仑三世的理发师当过伙计。德·鲍罗季诺上尉同他关系很好，因为尽管他老摆出一副神气活现的样子，但对小人物倒也随和。但是，亲王在理发师那里至少有五年的欠账没有偿清，葡萄牙牌香水、君王牌香水、烫发钳、剃刀、磨剃刀的皮带和香波或发式，使亲王的欠账越来越多，自然理发师就更看重当场付钱，而且还有车马的圣卢了。热心的理发师了解到圣卢因为不能和情妇一起去布鲁日而闷闷不乐，便乘给亲王刮胡须之机同他讲了这件事。亲王被一件白大褂裹住了手脚，头仰着，动也不敢动，怕被剃刀割了喉咙。

理发师所叙述的关于一个年轻人的风流韵事，博得了上尉亲王波拿巴式的宽容微笑。他当然不大可能想到他的欠账，但是，理发师说的话可以使一个公爵发脾气，也可以使他发善心。反正他下巴颏上的肥皂还没有擦净，他就准假了，而且让圣卢当晚就动身。至于理发师，他平时是个吹牛大王，要吹牛就得会撒谎，用离奇的谎言往自己脸上贴金，可这一次却例外，他帮了圣卢的大忙，不仅闭口不提自己的功劳，而且以后再也没对罗贝提这件事，好像虚荣心就要撒谎，既然不需要撒谎了，虚荣心也就变成了谦虚。

罗贝的朋友们都对我说，不管我在东锡埃尔待多久，也不管我什么时候再来，如果罗贝不在，他们的马车、坐骑、住房和业余时间都可归我支配，我感到，这些年轻人一心想用他们的奢侈品和青春活力来帮助我克服我的弱点。

"再说，"圣卢的朋友们在恳求我留下后又说，"您为什么不每年都来呢？您不是也感到这里可爱的生活使您很快乐吗？您甚至就像一个老兵，对团里发生的一切都感兴趣。"

他们把我称作老兵，是因为看到我仍然兴趣勃勃地要求他们根据自己的看法，把我知道名字的军官按照他们的德才分一分类，就像从前读中学时，我让同学给法兰西剧院的演员排一排队一样。有些将军的名字，如加利费或内格里埃什么的，被人提到时，总是先于其他所有的将军，这时，如果圣卢的一个朋友说："内格里埃呀，是最平庸的将军了"，继而抛出一个完美无缺、饶有趣味的新名字，如博将军或谢斯兰·德·勃艮第将军，我会感到又惊又喜，就和从前看到迪龙或法布夫尔的名字大势已去，被一个闻所未闻，但突然变得赫赫有名的阿莫里击退时的心情完全一样。"啊！甚至比内格里埃还要卓绝？在哪方面？请给我举个例子。"我希望他们把团里的军官，甚至包括下级军官，作一个明确的区分，我想看他们是怎样区分军官的，从而掌握判断军人优劣的标准。在我最感兴趣、最乐意听人谈论的军官中，有一个是鲍罗季诺亲王，因为我见到他的机会最多。可是，尽管圣卢和他的朋友无不公认这个漂亮的军官确保骑兵中队有着无与伦比的军装，但他们谁都不喜欢他。当然，他们还是把德·鲍罗季诺先生同有些行伍出身，并且是共济会会员的军官，那些独善其身、很少与人交往、保持军士粗野外表的人区别对待，但似乎也不把他归入贵族出身的军官之列。不过，说实在的，即使在对待圣卢的态度上，他也和其他贵族军官大不一样。那些贵族出身的军官，知道罗贝还是个小小的士官，如果邀请他吃饭，他有权有势的家庭会感到高兴（要不是因为这点，他家才不会瞧得起他们呢），因此，当一个对年轻的中士可能有用的大人物到他们家做客时，他们会不失时机地邀请圣卢去赴宴。只有德·鲍罗季诺上尉例外。他和罗贝仅仅保持工作关系，而且关系很不错。鲍罗季诺亲王的祖父曾被拿破仑皇帝册封为元帅和公爵亲王，续而又同皇室联姻，后来他父亲也娶了拿破仑三世的一个表妹，政变[①]后两次出任部长，但他仍然感到圣卢和盖尔芒特社交圈瞧不起自己。既然和圣卢他们不志同道合，反过来他也就不把他们放在眼里了。他也知道，尽管他同霍亨索伦皇族[②]有亲戚关系，但在圣卢眼里他不是真正的贵族，而是庄园主的孙子；反过来他认为圣卢也没什么了不起，圣卢父亲的伯爵领地是拿破仑皇帝确认的（圣日耳曼区的人称之为重新册封的伯爵），向皇帝要了个省长的官位，后来又申请了另一个职位，但比起当国务部长的鲍罗季诺亲王殿下低一大截，得听从他的指挥，给他写信时称他为“阁下”。这个鲍罗季诺亲王还是皇帝的外甥呢。

可能比外甥还要近。据说，第一位鲍罗季诺公主曾随拿破仑一世流

---

① 指拿破仑三世于1851年12月发动的军事政变。此后拿破仑三世在法国实行独裁，1852年12月称帝，建立法兰西第二帝国。

② 霍亨索伦皇族为德国古老的皇族。

放厄尔巴岛，被认为对皇帝关怀备至，第二位公主对拿破仑三世体贴入微。在上尉那张安详的脸上，即使找不出拿破仑一世自然的脸部特征，至少也能发现同样矫揉造作的威严；而他那忧郁而和善的眼神、长长的小胡子，更能使人想到拿破仑三世。他和拿破仑三世是那样惊人地相似，以致发生了一件趣事：色当①战役后，他要求和拿破仑三世关在同一个监狱里，他被带到俾斯麦②跟前，普鲁士首相开始一口拒绝，就像拒绝所有人的要求一样，但他偶尔抬头看了看这个正准备离开的青年，突然发现他和拿破仑三世十分相像，不由得惊呆了，于是改变主意，喊他回来，同意了他的请求。

鲍罗季诺亲王不肯主动接近圣卢和团里另外几名圣日耳曼社交圈的人（然而，他却经常邀请两个讨人喜欢的平民出身的中尉），是因为他以皇室身份自居，对他的下级一概不放在眼里，把他们区分成两类。对于有自知之明的下级，他乐意同他们接近，因为他表面上虽然威严，其实脾气随和而开朗，而对于另外一些自以为比别人高贵的下级，他便很少同他们交往，他不能容忍他们以高贵自恃。因此，尽管团里所有的军官都对圣卢殷勤、热情，而鲍罗季诺亲王因受某元帅关照，在工作中对圣卢倒也客气（再说圣卢在这方面确实无可挑剔），但他从不把他请到家里。只有一次例外，出于无奈他邀请了圣卢，凑巧我又在东锡埃尔逗留，他要他把我也带去。那天晚上，我看着餐桌上的圣卢和上尉，不费吹灰之力就从他们各自的举止风度和优雅的仪表中分辨出了两种贵族——旧贵族和帝国新贵族——之间的差异。旧贵族至少有一个世纪不行使真正的权力了，他们

① 色当为法国东北边境马斯河畔的城镇。1870 年 9 月，法军在此被普鲁士军打败，拿破仑三世举白旗投降，后被囚禁监狱。

② 俾斯麦（1815—1898），普鲁士王国首相（1862—1890）、德意志帝国宰相（1870—1890）。任首相时，推行铁血政策，发动丹麦战争、普奥战争和普法战争，通过王朝战争统一了德意志。

不再把待人接物的礼貌——这是教育给予他们的起保护作用的外衣——当作一回事，而只看作和骑马、击剑一样，没有认真的目的，纯粹是为了消遣，他们瞧不起平民，不愿对他们热情，免得他们得意，也不愿和他们不拘礼节，免得他们感到光荣；圣卢出身在旧贵族，他的血液里溶进了旧贵族的缺点，尽管他竭尽全部智慧，也没有能把它们清除干净，如果有人给他介绍一个平民，他甚至没有听说过他的姓名，也会亲切地同他握手，和他聊天（时而跷起时而放下二郎腿，头向后仰着，手握着脚，一副落拓不羁、不拘小节的姿态），把他们称为“亲爱的”。相反，新贵族的各种爵位现在仍然没有失去意义，爵位的继承人仍然原封不动地享受着他们父辈因功受封的巨大财产，这世袭的财产使人想起他们所居的高位，所指挥的众多人员，所结识的各式各样的高级人物；鲍罗季诺亲王出身于新贵族，他把自己的门第看作是一种实实在在的特权，即使在思想上没有明确的意识，但至少在身体上通过他的举止和仪表也有明显的流露。圣卢对平民可能会拍拍他们的肩膀，挽起他们的胳膊，而鲍罗季诺亲王却会亲切而不失身份地同他们交谈，语气既和蔼可亲，又带有一种装腔作势的高傲，充满威严的持重，削弱了自然的微笑中蕴涵的淳厚。当然，这是因为他离大使馆和宫廷比圣卢更近，他父亲曾在宫中充任最高职务，而圣卢那种胳膊肘撑在桌子上、脚握在手中的不拘小节的姿态，在宫廷里肯定不会受到欢迎；更重要的原因是，他不像圣卢那样瞧不起平民，因为平民是新贵族取之不尽用之不竭的人才宝库，第一个皇帝从中汲取了他的元帅和贵族，第二个皇帝在里面找到了富尔德①和鲁埃②。

德·鲍罗季诺先生作为皇帝的子孙，除了指挥一个骑兵中队，便不再

---

① 富尔德（1800—1867），曾在拿破仑三世统治下当过财政部长，参议员，国务部长，主张经济自由发展。

② 鲁埃（1814—1884），法国政治家，当过司法部长，商、农和公共交通事业部长以及国务部长。

有其他事情可做，没有努力的目标，因此，他父亲或祖父念念不忘的东西，就不可能真正存在于他的头脑中。但是，正如一个艺术家雕刻一座塑像，竣工多年，他的思想仍继续在造型，与此相仿，鲍罗季诺亲王父辈念念不忘的东西，已成为他躯体的一个组成部分，在他身上有了具体的体现，他的脸部表情恰恰反映了这些忧虑。当他斥责一个下士时，他那冲动的声音使人想起第一个皇帝；当他吐出一口烟时，他那沉思而忧郁的神情又使人想起第二个皇帝。当他穿着便衣经过东锡埃尔的街头时，从圆顶硬毡帽下的眼睛中射出来的光芒，使这个上尉的周围闪烁着一个隐姓埋名的君王的光辉；当他带着军士和司务长踏进上士的办公室，上士会吓得双腿颤抖，因为这两个随从俨然像贝蒂埃①和马塞纳②。当他为骑兵中队选军裤面料时，他盯住下士服装师的目光足以挫败塔列朗③，迷惑亚历山大④。有时候，他正在检查内务，忽然会停下来，让那双奇妙的蓝眼睛露出沉思，捻着小胡须，好像在谋划建立一个新普鲁士和新意大利⑤。可是他马上又会从拿破仑三世变回到拿破仑一世，指出士兵背包擦得不亮，或是尝一尝他们的伙食。在他的私生活中，如果他在家宴请平民军官（当然不是共济会会员）的妻子，他不仅要摆上一套只有大使才有资格享用的塞夫勒产的天蓝色瓷餐具（是拿破仑馈赠他父亲的礼品，这套餐具如果摆在马伊河畔他那幢乡间别墅里，人们会感到更加珍贵，正如旅游者来到一个古老城堡改装成的兴旺热闹的庄园，看见粗陋的衣柜里放着一些稀世瓷器，一定会倍加赞美），而且还要摆出皇帝其他的馈赠物：那高贵而迷人的仪表（如

---

① 贝蒂埃（1753—1815），法国元帅，拿破仑最亲密的合作者。

② 马塞纳（1756—1817），法国元帅，在意大利战争中功绩卓著，被拿破仑誉为“胜利女神宠爱的孩子”。

③ 塔列朗（1754—1838），历任督政府、执政府、第一帝国和复辟王朝初期的外交大臣。他以权变多诈闻名，为十九世纪资产阶级外交家的重要代表人物之一。

④ 亚历山大（1777—1825），指俄国沙皇亚历山大一世。

⑤ 拿破仑三世在德国和意大利的统一中曾起到决定性作用。

果相信有些人的说法，一个人的出身不应该使他终生受到最不公正的排挤，那么，上尉这堂堂的仪表在某一外交职位上，定能使人赞叹不绝）、那亲热的手势、和蔼的神态、优雅的风度，以及那神秘而炯炯有神的目光——这是皇帝遗传给后世的珍宝，在那天蓝色的珐琅般晶莹的双眸中保存了光辉灿烂的形象。

关于亲王在东锡埃尔与平民的关系，有必要谈谈下面一件事。中校钢琴弹得很出色，主任医生的妻子歌唱得很美妙，就好像在巴黎音乐学院得过一等奖似的。军医夫妇和中校夫妇每周都在德·鲍罗季诺先生府上进一次晚餐。这当然使他们很得意，因为他们知道，亲王到巴黎度假，总在德·布达莱斯夫人、缪拉以及其他有地位人的府上吃晚饭。但他们对自己说："他是一个普通的上尉，我们到他府上来作客他感到特别高兴，再说他是我们真正的朋友。"后来，德·鲍罗季诺先生调到博韦任职（这是他长期活动的结果，他想离巴黎近一些），他搬了家，后来竟把这两对音乐家夫妇忘得一干二净，就像忘了东锡埃尔的剧院和他经常订购午饭的小饭店一样。尤其使中校和军医气愤的是，尽管他们是亲王餐桌上的常客，竟再也没有得到他的任何音讯。

一天上午，圣卢向我承认，他给我外祖母写了封信，给她谈了我的情况，并且建议她和我通一次话，因为东锡埃尔和巴黎之间已经开办电话业务了。总之，我外祖母当天要给我打电话，他叮嘱我四点差一刻到邮局去。在那个时代，电话还没有今天这样普及。然而，我们只用很少一点时间就养成了习惯，使我们初次接触的神圣力量很快就失去神秘性，因此当我看到电话没有马上接通，就感到等的时间太久，使用太不方便，我差点想去投诉了。那时候我的心情和现在所有人的心情一样，嫌那会突然出现的、令人赞叹的奇境出现得太慢。其实我们想通话的人很快就会出现在我们身边，虽然看不见，但确实在我们身边。他待在他居住的城市里（对我外祖母来说是巴黎），坐在他的餐桌旁，他那里的天空和我们这里的不一样，天气也可能不同，他的情况和思想我们全然不知，但他马上就会把这些都告诉我们。就在我们心血来潮，要他出现的时候，他（他和他周围的气氛）突然被带到了几百里外的地方，带到了我们的耳边。我们仿佛成了童话故事中的主人公，女巫根据我们的意愿，让我们的外祖母或未婚妻突然出现在我们眼前，然而又非常遥远，在他们真正生活的地方，在看书，在掉泪，在摘花，那样清晰，那样逼真，简直令人不可思议。要使奇迹出现，只消把嘴唇凑近神奇的小金属板，呼叫——有时要等很久，但我乐意——值班女神，每天我们都听到她们的声音，但从来没看到过她们的脸孔，她们是我们的守护天神，小心翼翼地监视着令人头晕目眩的黑暗大门；我们呼叫万能的女神，她们让远离我们的亲人出现在我们身边，却不让我们看见；我们呼叫看不见的达那伊得斯①，她们日夜不停，把声音的箱子倒空、注满和传递；我们呼叫爱奚落人的复仇女神，当我们给女友讲知心话、不希望被人听见时，她们会恶狠狠地喊着说："我听着呢！"这些电话女郎是神秘莫测、容易生气的女侍，是只闻其声、不见其人、疑心重重的女祭司！

我们的呼叫声刚刚响起，在这到处都是幽灵，只有我们耳朵在凝神聆听的黑暗中，一个轻微的声音——一个抽象的声音——消灭了距离的声音——我们亲人的声音就同我们讲起话来。

是她，是她的声音在同我们说话。这声音近在身边！然而又那么遥远！多少回我听着听着就忧从中来，好像我们即使走很远很远的路，也不可能见到这个声音萦绕在我们耳畔的人；我们感到在这令人心驰意荡的唇耳接触中，在这似乎伸手就能拥抱我们亲人的时刻，实际上离她们有千里之遥，这是多么令人失望啊！这个真实的声音似乎离我们很近，其实却

---

① 希腊神话中埃及王达那俄斯的女儿，共50人，除一人外，其余49人奉父命在新婚之夜杀死丈夫，后来又遭杀害，死后被罚永远在地狱中往一个无底的水槽里注水。

离得很远！它还可能预示着永久的分离！常有这种情况，我听得见声音，却看不见远方跟我讲话的人，就会感到那是从万丈深渊里发出来的绝望的呼叫，一股惆怅忧虑之情就会涌上我的心头；我还尝过一种忧虑，当一个声音，单独一个声音，离开了一个我可能再也见不到的躯体，又一次来到我耳边窃窃私语的时候，我却想顺便从说话人的嘴唇上亲吻这些话语，但这两片嘴唇早已化为尘土，这时，忧虑会压得我喘不过气来！

唉！那天在东锡埃尔，奇迹没有出现。当我到达邮局时，我外祖母已经打来电话了。我走进电话间，线被占了，有人在讲话，显然不知道没有人回答，因为当我拿起听筒，就听见那段木头像木偶戏中的驼背丑角，在尖声尖气地说话。我把它放回原处，它就不响了。可是我再拿起时，它又像驼背丑角喋喋不休地唠叨开了。我无可奈何，只好挂上电话，不再去碰它，这段会说话的木头这才停止痉挛，直到最后一秒钟它还在唠叨。我去找邮局职员，他叫我稍等片刻；然后我就讲话了；开始没有声响，可是突然我听到一个声音。我以为自己一定熟悉这个声音，其实不然，因为以前，当外祖母同我说话时，我总是边听边看着她划分成一块一块的脸和占据着很大一块地方的眼睛，而她的声音，今天我还是第一次单独听到。因为这个声音成了一切，我感到它变形了。当它像这样没有脸部线条陪伴，单独来到我身边时，我发现它充满了柔情。它可能从来也没有像今天这样温柔过！可能我外祖母感到我离开了家，怪可怜的，认为完全可以向我抒发她的感情了；而在平时，这位女教育家总是恪守"原则"，克制自己，不让这种感情流露出来。这声音很温柔，但也很忧郁。这忧郁的感觉首先是由温柔引起的，因为它明净纯洁，几乎一尘不染，任何冷酷、自私和同别人格格不入的东西都被洗涤一清，人类的声音是很难达到这般纯净的。这声音由于过分体贴而显得脆弱，似乎随时都有可能被打碎，化作一串纯净的泪珠而消失。再说，这声音单独出现在我身边，不再戴着脸孔这个面具，我第一次发现它充满了忧伤，而这忧伤，在人生历程中，已使声音出现了裂痕。

此外，难道仅仅是因为我孤立地听见了声音，才产生这种令人心碎的新感觉的吗？不是的。更确切地说，声音的孤独似乎使我想起人的孤独，我外祖母的孤独（她第一次同我分离）。声音的孤独是人之孤独的象征和直接结果。平时，我外祖母一天到晚指挥我做这做那，不准我做这做那，服从的烦恼和抵抗的冲动抵消了我对她的温情，此刻，这一切都消失得无影无踪，甚至将来也不会再现（因为我外祖母不再要我回到她的身边，受她的统治了。她正在对我说，希望我干脆在东锡埃尔待着不要回去，不行的话，无论如何也得尽可能多待些时间，这于我身体和写作都有好处）。此外，我在耳边的听筒下感觉到的，是我们两人相互的体贴。这种体贴摆脱了平时同它抗衡的相反力量，从此变得不可抗拒，这使我心潮起伏，感慨万千。外祖母叫我留下来，这反倒使我渴望，并且使我感到迫切需要回到她身旁。我从没想过她会同意我留下。从此我自由了。但是我骤然感到这自由充满了伤感，就仿佛在我爱着她的时候，她猝然永远离开了我，我获得了自由，但我会感到十分惆怅。我喊着："外婆，外婆。"我真想拥抱她，可是在我身边只有这个幽灵般的声音，和我外祖母死后来探望我的鬼魂一样看不见摸不着。"同我说话吧！"可就在这时，声音突然消失，我变得更加孤独。外祖母听不见我说话了，她把电话挂了，我们不再面对面待着，互相听见对方说话。我继续在黑暗中摸索，大声呼喊外婆，我感到连对她的呼喊也似乎迷失了方向。我忧心如焚。很久以前，在我孩提时代，一天，我夹在熙熙攘攘的人群中，突然找不见外祖母时，也曾有过这揪心的忧虑，这感觉与其说是因为找不到外祖母而引起的，毋宁说是由于我感到她在找我，感到她心里想着我也在找她；当我们同那些再也不会回答我们的人说话时，也会产生这种揪心的忧虑：我们多么想把过去没有同他们讲的话讲给他们听，多么想让他们知道我们无灾无难，无病无痛啊！我感到她已经成了一个心爱的亡灵了，刚才我没能把它留住，它已消失在其他亡灵中。我孤孤单单，站在电话机前，不停地、徒然地呼喊着："外婆，外婆"，就像俄耳浦斯①孤零零地重复着亡妻的名字一样。我决定离开邮局，回到饭店去找罗贝，告诉他我可能会收到一封催我回去的电报，不管怎样，想打听一下火车的时刻。但是，在下决心离开之前，我本想最后一次求助于黑夜的女儿，传话的使者，看不见脸的女神；可是喜怒无常的值班女神不再愿意——也可能是爱莫能助——为我打开神奇的大门；也许她们根据惯例，也曾不厌其烦地求助于年高德劭的印刷术发明人，叫唤过热爱印象派画的开汽车的年轻亲王（后者是德·鲍罗季诺上尉的侄子），但古登堡②和瓦格拉姆③对她们的恳求置之不理。我知道，不管我怎样请求，看不见的女神都将不为所动，于是我离开了邮局。

回到罗贝和他朋友身边后，我没有实话告诉他们我的心已经不和他们在一起，也没说我已下决心要离开他们。圣卢似乎信以为真，但我知道，他一上来就明白我的犹豫绝不是假装的，他明白第二天就找不到我了。他的朋友让他们面前的饭菜凉着，和他一起查阅火车时刻表，弄清楚我可以乘哪一趟车返回巴黎；机车的汽笛声在满天星斗的寒冷夜空中嘶鸣，可是我此刻心潮翻腾，失去了平衡。在这里，朋友们的友谊和从远处传来的火车长鸣声，使我度过了多少个心境恬淡的夜晚啊！就是今天晚上，他们还在为我效劳，不过用另一种形式罢了。当我知道不再是我一个人为我动身问题操心的时候，当我感到我那些精力充沛的朋友——罗贝的同事——和另一些身强力壮的朋友——火车——都在充分调动积极性

---

① 俄耳浦斯是希腊神话中的诗人和歌手，善弹竖琴。妻子欧律狄克死后，他追到阴间，冥后被他的琴声感动，答应让他把妻子带回人间，但在路上不得回顾。当他快到地面时，回头看了看妻子，结果欧律狄克又回到阴间。

② 谷登堡（生于 1393 至 1400 年间，卒于 1468 年），德国人，完成了金属活字的铸造和金属活字版印刷的研究，还用压印原理制成木质印刷机械代替手工印刷。这里系指谷登堡电话局，是巴黎两大电话局之一，拥有六千用户，于 1893 年投入使用。

③ 此处指瓦格拉姆电话局，为巴黎两大电话局之一，开办于 1892 年，有三千用户。

为我动身效劳的时候，我就感到心里踏实多了。火车每天早晚往返于东锡埃尔和巴黎之间，事后回想起来，这滚滚的车轮把我因和外祖母长期分离而产生的浓浓的、不可忍受的惆怅之情轧得粉碎，轧成了每天都有可能踏上归途的希望。

“我相信你讲的是真话，你还不打算离开这里，”圣卢微笑着对我说，“可是你还是作好走的准备，明天一大早就来同我告别，否则我可能见不着你了。我凑巧要到城里去吃午饭，上尉准假了。我得赶在两点钟前回到营房，因为我们要操练一整天。这没问题，我吃饭的那家老爷会用车子把我按时送回营房的。他家离这儿三公里。”

圣卢刚说完，我下榻的旅馆就有人来找我，要我到邮局去听电话。我是跑去的，因为就要打烊了。邮局职员回我话时，都说是“长途电话”。我心里不安极了，因为是外祖母来的电话。邮局就要关门。电话终于接通了。“是外婆吗？”一个带着浓厚英国口音的声音回答我：“是呀，可我怎么听不出是您的声音？”我也听不出同我说话的人是我外祖母，况且，她从来不用“您”称呼我。最后疑团终于解开：原来，这个外祖母要找的那个年轻人几乎和我同名，而且也下榻在我住的旅馆的一座附属建筑里。凑巧这一天我也曾想给外祖母打电话，听到有人叫我接电话，我就深信不疑是她老人家打来的了。然而，刚才邮局和旅馆双方都搞错，纯属巧合。

第二天早晨，我磨磨蹭蹭地去找圣卢时，他已去邻近的那个城堡赴宴了。将近一点半钟时，我准备到军营去碰碰运气，好等他回来就同他告别。在一条通往军营的林荫道上，我看见一辆轻便马车从后面驶过来。当马车驶近我跟前时，我给它让道。驾车的是一个士官，戴着单片眼镜。正是圣卢。他身边坐着那位请他吃饭的朋友，我在罗贝的饭店里同他见过一面。我看见圣卢不是一个人，就没敢喊他，可我又想叫他停车把我捎走，就使劲地朝他挥了挥手——有不认识的人在场一般都做这个动作——想引起他的注意。我知道罗贝是近视眼，但我深信只要他看见我，就一定会认出我的。可是他看见我同他打招呼了，也还了礼，却没有停车。他飞驰而去，面部表情凝固，没有一丝笑纹，只是把手举到帽檐上，足足举了两分钟，仿佛在给一个不认识的士兵还礼似的。我朝军营奔去，但路还远着呢，当我跑到那里，骑兵团已在院子里集合了。人家不让我待在院子里。我没能和圣卢告别，心里懊恼万分。我上楼到他宿舍去找他，他已不在了。我看见一群病号站在窗口观看骑兵整队，还有几个免去队列训练的新兵、一个老兵，以及那个年轻的业士。我上前向他们打听。

"你们没看见圣卢中士吗？"我问。

"先生，他已经下去了。"老兵说。

"我没看见。"年轻的业士说。

"你没看见？"老兵说，把我撇在一旁再也不理了。"你没看见我们那位大名鼎鼎的圣卢？他穿着簇新的裤子，帅极了！军官呢的料子！一会儿上尉看见了非剋他不可！"

"什么！军官呢！别开玩笑了！"年轻的业士说。他因为生病留在寝室里，不去参加队列训练，试着和老兵耍嘴皮子，不过心里总不免有些忐忑不安。"你说的军官呢就是这种呢吧。"

"先生？"提到军官呢的那个"老兵"光火了。

他对业士不相信圣卢的裤料是军官呢感到非常生气。但他是布列塔尼人，从小生长在一个名叫邦居埃尔恩-斯代雷登的小村庄里，学讲法语就像学讲英语或德语那样费力气。他一激动就重复两三次"先生"，好有时间找到该说的话。经过一番准备后，他就开始发表长篇大论了，其实也就是重复几个比别人掌握得要好一些的词语而已。但他不慌不忙，小心翼翼，避免在发音上出差错。

"什么！是这种呢？"他气愤地接着说，越说越气，越说越慢。"什么！是这种呢？当我跟你说军官呢，当——我——跟——你——说——这——个——，既——然——我——跟——你——说——这——个，因为我知道这个。咱可不会吹牛皮。”

“啊！是这样。”年轻的业士被他这番理由说得心服口服了。

“瞧，那不是上尉来了吗？不，你看圣卢，你看他腿的动作，再看他的脑袋，他像士官吗？还有单片眼镜，啊！甩来甩去的多带劲！”

我看见这些士兵光顾说话，把我冷落在一旁，便恳求他们也让我从窗口看一看。他们没有说不让，但也没有挪动身子。我看见德·鲍罗季诺上尉骑马小跑而过，气宇轩昂，威风凛凛，他仿佛产生了幻觉，仿佛正置身于奥斯特利茨战役中。有几个行人围在军营门口，观看骑兵团开出营门。鲍罗季诺亲王直挺挺地骑在马背上，胖乎乎的脸，饱满的两腮，一副帝王的福相，眼睛清澈明亮。他仿佛已进入奇妙的幻境，就像我似的，每当电车驶过，车轮滚动声被寂静代替，我就会产生一种幻觉，会朦朦胧胧地听见优美动听的颤音掠过寂静的天空，划出一道道波纹。我没有能和圣卢告别，心里非常懊恼，但我还是动身了，因为我只想早点回到外祖母身边：自从我来到这个小城，每当我思念外祖母，想象她一个人在做什么事时，浮现在我脑际的形象，仍然是和我在一起的那个外祖母，只不过我把自己抹去了，一点没有考虑我不在她身边会给她带来多大的痛苦；现在，我恨不得马上回到她的怀抱，摆脱那个纠缠着我的、骤然被她的声音召来的意想不到的幽灵。这是一个确实已同我分离的、上了年纪的外祖母的幽灵。我还是第一次感到我外祖母上了年纪。她形单影只，听天由命，待在一套空空荡荡的房间里——就是从前我到巴尔贝克时，我想象妈妈一个人待着的那套房间里——刚刚收到了我的信。

唉！当我突然走进客厅时（我没有事先通知外祖母），一眼看见的正是这个幽灵。外祖母正在看书。我站在客厅里（更确切地说，我还没有进入客厅，因为她还没发现我），我看见她在沉思，在思考一些从没有在我面前暴露过的问题，就像在偷偷地做一件针线活儿，有人进来，她就会立即把它藏起。只有我一个见证人，只有我一个旁观者，我一身旅行装束，我是外人，是摄影师，来给今生再也见不到的地方拍张照片——这是一种特权，尽管转眼就会消失，但在我们回到家的一刹那间，能意外地看到我们不在家时的情景。在我突然看见外祖母的一瞬间，我的眼睛确实像照相机那样摄下了一张照片。我们看见至亲至爱的人，从来都要经过缠绵的温情加工，在温情永恒的运动中加工，不等亲人的脸孔在我们脑海中留下形象，温情先把形象卷进漩涡，使它同我们头脑中的一贯印象粘在一起，合二为一。既然在我的想象中，外祖母的前额和脸颊反映了她思想深处最经常、最细腻的感情，既然每一个习惯的目光都有一种魅力，每一张心爱的脸孔都是过去的镜子，我又怎么能看见我外祖母那日益变得迟钝而衰老的形象呢？何况我们的眼睛反映我们的思想，在生活中即使是最无关紧要的场面，我们的眼睛也会像一出古典悲剧那样，对那些与剧情无关的东西不屑一顾，只保留能使剧情变得明白易懂的形象。但是，如果我们不是用眼睛，而是用一个纯物质的东西，用一架照相机去看东西，那么，比如说，我们在法兰西研究院的院子里看见的，就不是一个院士正在走出院子去叫出租马车，而是这个院士因怕摔跤而小心翼翼、摇摇晃晃走路的样子，是他摔倒时的抛物线，仿佛他喝醉了，或是地上结着一层薄冰。同样，如果老天爷偶尔和我们开一次残酷的玩笑，使我们灵活而虔诚的温情没有及时赶来，把绝对不能让我们看见的东西隐蔽起来，而是让我们的眼睛第一个赶到现场，自由地行动，像照相机那样机械地工作，这时，我们看见的将不是那个被我们的温情每天无数次地披上一件珍贵而虚假外衣的熟悉形象，而是一个死亡才会显示的身影。其实，如果不是温情千方百计加以阻挠，我们早就应该看到这个身影了。对我来说，外祖母还是我自己的一部分，我从来都是通过自己的心灵，通过一个个大同小异、互相重叠的透明回忆来看见她的。她总是过去某一时期的她。一个久不照镜子，平时仅仅根据理想的形象想象自己的脸孔是什么样子的病人，当在一面镜子中猛然看见自己真实的形象，看见一张干枯而凄凉的脸孔上，高高耸起一个埃及金字塔式的粉红大鼻子时，会吓得后退一步，我就像这个病人，当我在我们的客厅里，在这个属于一个新世界的、一个时间的世界的、一个生活着“随时间而变老”的陌生人的世界的客厅里，突然看见一个意气消沉的陌生老妪坐在沙发上，在昏暗而沉闷的红色灯光下读一本书，满腹心事，满脸病容，一双有点失常的眼睛在书上来回移动，这时，我才第一次看见我外祖母这种精疲力竭、老态龙钟的真实形象，但仅仅在片刻之间，因为这个形象转眼就消失了。

那一次，我向圣卢提出想去看德·盖尔芒特夫人珍藏的埃尔斯蒂尔的画时，他对我说：“我担保她会答应的。”不幸的是，在德·盖尔芒特夫人看来，担保的是他，而不是她自己。我们的头脑对别人会产生各种印象，当我们任意运用这些印象时，就不假思索地担保别人会答应。当然，即便在这个时候，我们也会考虑到因别人的性格和我们的不同而造成的一些困难，我们会想出这样或那样的办法，或诱之以利，或服之以理，或动之以情，向人们施加有力影响，认为这样一来，他们就不会提出相反的意见。但是，别人同我们性格上的差异，仍然是我们的主观想象；这些困难靠我们排除；采取什么有效的措施，要靠我们决定。有些行动，我们在想象中让另一个人做过一百遍，可以说得心应手了，可是真要让这个人干起来，就大不相同。我们会遇到一些意外的、也许是不可克服的阻力。最大的阻力莫过于一个单相思的男人在一个不爱自己的女人身上引起的反感了。这种反感散发出一种难以消除的恶臭：在圣卢没有来巴黎的漫长的几个星期内，他舅妈一次也没有邀请我到她家去看埃尔斯蒂尔的画作，但我肯定圣卢给她写过信。

在这幢房子里还有一个人对我也很冷淡。那就是絮比安。他是不是认为我从东锡埃尔归来时，应该先去向他请安，然后再回家？我母亲说不是这个原因，叫我不必大惊小怪。弗朗索瓦丝对她说过，絮比安就是这个脾气，会无缘无故地突然不高兴，但很快就好了。

可是，冬天快过去了。连续几个星期天气恶劣，常有暴风骤雨，夹杂着雪花或冰雹。然而有一天早晨，我听见壁炉里传来一阵咕咕声——而不是每天刮个不停的时强时弱的风啸声，扰得我心烦意乱，使我天天盼望着到海边去——这是在墙上做窝的鸽子发出的叫声：这声音散发出彩虹般的光环，像突然开放的第一朵风信子花，轻轻撕开充满养料的花心，绽开出柔滑如缎、能唱歌的淡紫色花朵，就像一扇敞开的窗户，把第一个晴天暖融融的阳光，送进我那仍然紧闭着门窗的黑洞洞的卧室里，使我感到眼花缭乱，又困又累。那天早晨，我突然发觉自己哼起了一首咖啡馆的小调来。这个小调，我可能是在去佛罗伦萨和威尼斯的那一年听到过的，后来就忘得一干二净了。根据每天的具体情况，周围的气氛会对我们的机体产生深刻的影响，从我们模糊不清的记忆中取出已被忘却的，虽然登记入册但还没有演奏过的曲子。我如梦如醉，如痴如迷，但却更清醒地听着我这个音乐家演奏，虽然没有一下听出演奏的是什么。

在我去巴尔贝克海滩之前，那里的教堂对我有着强烈的吸引力，但当我到了那里，却感到这个教堂不如我想象的那样迷人。我觉得，这种情况不是个别的。在佛罗伦萨、帕尔马或威尼斯也一样，我的想象力也不能代替我的眼睛去看东西。这一点我深有感触。同样，在一个新年的晚上，夕阳西下，我在一个广告栏前产生了幻觉，以为某些节日和另一些节日有着本质的不同。然而，当我在佛罗伦萨度过一个圣周①后，我的记忆仍然把圣周作为这个花城的氛围，既使复活节披上佛罗伦萨的色彩，又使佛罗伦萨带点复活节的气息。圣周离现在还远，但圣周的那几天已清晰地呈现在我面前，就像远远看见的农舍，被一道光线照亮，在阴暗和光亮的对照中，看得分外清楚。

---

① 指复活节前一周。

天气转暖了。我父母劝我出来散散步，这样我也就有借口和从前一样在上午出门了。我因为害怕碰见德·盖尔芒特夫人，故意停了一段时间。可是正因为我不再出去散步了，心里反而老想着这件事，每时每刻都想为自己找到一条出门的理由，而每一条理由都和德·盖尔芒特夫人无关，这样我也就骗得自己相信，即使她不存在，我照样会在这个时候出去散步的。

唉，真要是这样就好了！对我来说，除她以外，遇见任何一个人我都不会感兴趣；可是对她而言，只要不碰见我，不管和谁相遇，她都可以忍受。她每天上午在街上散步时，会有许多傻瓜——她认为是傻瓜——向她致敬。但她认为这些人如果不是说想讨她喜欢，至少可以认为他们是偶然碰上的。她高兴时也会叫他们停下来，因为有时候人们需要摆脱自我，让别人向自己敞开心灵，只要是一颗陌生的心灵，不管它多么平庸，多么丑陋。可是她恼怒地感到，她在我这颗心中看见的，仍然是她自己。因此，尽管我有别的理由和她走同一条路线，但当我从她身边经过时，我仍然像犯了罪似的浑身颤抖。有时，为了不显得过于主动，我勉强给她还礼，或者只用眼睛看她，不同她打招呼，这样一来，她就更加气恼，而且开始认为我傲慢无礼，没有教养。

现在，她穿的裙子更薄了，至少颜色更浅。她沿街而行。街上，在错落不齐地掺杂在古老而宽敞的贵族宅第中间的狭窄店铺前，在黄油店、果品店、蔬菜店女老板的屋檐下，已经挂起了遮阳的卷帘，仿佛春天已经来临。我心里思量，我远远看见的这个沿街缓行、边走边打开小阳伞的女人，在行家们眼里，是当代最伟大的艺术家，她这些动作优美动人，妙不可言。然而，她只管朝前走：她那单薄而倔强的躯体，并不知道人们私下对它的赞誉，毫不考虑别人对它的评价，自行其是，披着一条紫罗兰色的斜纹绸肩巾，拼命地挺起胸脯；那双明亮而无精打采的眼睛，漫不经心地看着前方，可能已经看见我了；她咬着唇角；我看见她抬起暖手笼，给一个穷人施舍，向一个卖花女买了一束紫罗兰，她那种好奇的样子和我观看一个大画家挥毫作画时的神情毫无二致。当她走到我跟前时，朝我点点头，有时还会赐给我一个淡淡的微笑，仿佛为我画了一张水彩画之后，还在这张杰作上亲笔题词似的。在我看来，她的每一条连衣裙都像是一个自然而必需的环境，像是她内心世界的一个侧面。封斋期①的一个上午，她在外面吃饭，我遇见她时她穿着一件淡红色的天鹅绒连衣裙，领口微呈新月形。德·盖尔芒特夫人金色的秀发下露出一张沉思的脸孔。我不像往常那样伤感了，因为她脸上的忧郁表情和连衣裙的鲜艳色彩，仿佛组成了一道高墙，把她同世界隔开，使她显得可怜、孤独，使我感到放心、宽慰。我觉得，这条连衣裙向周围发出的鲜红光辉，象征着她那颗鲜红的心，对这颗心我还不大了解，但我也许能给它以安慰；德·盖尔芒特夫人躲在微波荡漾、神秘莫测的天鹅绒的红光中，就像是早期的基督教女圣徒。于是，我感到不该用眼光折磨这个殉教者，我为自己的行为羞愧。“可是，街道毕竟是属于大家的呀！”

“街道是属于大家的”，我重复了一遍，但使这句话有了另一层意思。我由衷地钦佩盖尔芒特公爵夫人。她走在这条常被雨水淋得透湿、变得和意大利古城的街道一样宝贵的大街上，夹在川流不息的人群中，让自己隐秘的生活加入到公众生活中，神秘地出现在大家面前，任人接触，就像那些异乎寻常地免费供人欣赏的名画一样。每逢我彻夜不眠之后第二天上午又出去散步，到了下午，我父母总劝我上床躺一躺，想法子睡一会儿。要找到睡眠，只要有习惯就行，用不着老想着如何睡着，甚至不想更容易入睡。可我下午既没有睡觉的习惯，也不可能不去想如何睡着。入睡前，我老想着要睡着，结果反而睡不着；即使睡着了，还在想没睡着。这不过是朦胧的黑暗中出现的一抹微光，但足以把我睡不着的想法反射到睡眠

① 基督教的斋戒节期，即复活节前40天，节期内停止一切娱乐活动。

中;继而这反光又一次反射,使我感到我是在睡眠中产生睡不着的想法的;接着又一次新的反射,把我的觉醒……反射到一次新的睡眠中,我想对到我房间里来的朋友们说,刚才我睡着了,但我却以为没有睡着。睡眠中的幻影模模糊糊,难以辨认,必须有极其敏锐和虚幻的感觉才能把它们抓住。后来在威尼斯我也有过同样的感受:夕阳早已西下,天似乎全黑了,但由于视觉和听觉一样有持续作用,即使天黑了,也看得见天黑前的形象,所以运河上空就像余音萦绕一样,久久回荡着最后一线光亮;多亏这个余音的看不见的回声,我看见一座座披着黑天鹅绒的宫殿映照在灰蒙蒙的水面上,仿佛永远不会消失似的。当我睡不着时,我经常想象一个海景;这一海景同它在中古时代的景象混合在一起,成了我经常做的一个梦。睡梦中,我看见大海的波涛凝固不动,就像彩绘玻璃上的画图,中间有一座中世纪的古城;一个海峡把城市一分为二;绿色的海水在我脚下延伸出去,沐浴着对岸一座东方风格的教堂和一些古老的房屋;这些房屋在十四世纪还存在,因此,朝它们走去,就仿佛在追溯历史。在这个梦中,大自然学会了艺术,大海变得具有中世纪风格;在这个梦中,我渴望做到并且以为做到了力所不及的事。这种梦,我似乎做过很多次,但是,因为梦中想象的东西一般都属于过去,虽然从没有见过,却十分眼熟,所以我以为不是在做梦。可是相反,我发现我的确常常做这种梦。

人在睡眠时会变得软弱无力,这一特征也反映到我的睡眠中,不过是象征性的:在黑暗中,我看不清朋友的面孔,因为人睡觉时闭着眼睛;我在梦中没完没了地为自己辩解,但当我想对朋友陈说理由时,我感到声音哽在喉咙口出不去,因为人睡眠时说话总是含含糊糊;我想走到他们身边去,但我挪不开腿,因为人在睡眠时不走路;突然我出现在他们面前,满面羞愧,因为人睡觉时不穿衣服。因此,闭紧眼睛,抿紧嘴唇,捆住双腿,赤裸着身体,这就是我在睡眠中所看见的睡眠人的图像,它很像斯万送给我的那几张著名的寓意画，在画中乔托[1]把嫉妒女神画成嘴里衔着一条毒蛇的恶神。

圣卢来巴黎了，但只能待几个小时。他向我保证，他一直没有机会同他舅妈谈我的事：“奥丽阿娜一点也不讨人喜欢，”他对我说，真诚地暴露了他的思想，“她已不是从前的奥丽阿娜，人家把她变坏了。我向你保证，她不值得你关心。你太看重她了。你愿意我把你介绍给我的普瓦克提埃表嫂吗？”他又说，也不管我感不感兴趣。“她年轻，聪明，一定会中你意的。她嫁给了我的表哥普瓦克提埃公爵。我表哥人挺好，就是不太聪明。我同我表嫂谈起过你。她要我把你带去。她比奥丽阿娜可漂亮多了，也比她年轻。她是一个可爱的人，你知道，是一个顶好的人。”这是罗贝最近用更大的热情学会的表达方式，表示一个人性情温和：“我不能说她是重审派，应该考虑她所处的环境。不过她毕竟说了句公道话：‘假如德雷福斯是无辜的，那把他囚禁在魔鬼岛[2]就太可怕了！’你听明白了，是吧？此外，她对她从前的几个女教师都很好，家里人让她们走侧边的楼梯，她坚决不同意。我向你保证，这是一个顶好的人。其实奥丽阿娜并不喜欢她，因为她感到人家比自己聪明。”

尽管弗朗索瓦丝的全部心思都用在同情盖尔芒特府上的一个仆人——这个仆人甚至在公爵夫人不在家时，也不能去看望他的未婚妻，因为门房很快就会打小报告——可她照样为圣卢来访时她不在场遗憾了半天。她没见着圣卢是因为她现在也经常出门。哪天我需要她了，哪天她必定出门。不是去看兄弟，就是去看侄女。最近她女儿来巴黎，出门就更勤了。我因为她不在我身边侍候我，心里很不愉快，再加上她去看望的又

① 乔托(1267—1337)，意大利文艺复兴初期的画家，雕刻家和建筑师，是意大利文艺复兴时期第一个探索用新的方法作画的画家，创作了许多具有生活气息的宗教画。

② 魔鬼岛是拉美法属圭亚那沿海的岛屿，德雷福斯于1895年4月至1899年6月被囚禁在该岛。

都是她的亲人,我就更是恼怒不已,因为我预料到她会把这种串亲戚说成是天经地义的事,符合圣安德烈教堂的规定。因此,我一听到她解释,就会很不公正地大发脾气,何况她说话的方式特别,我就更是怒不可遏。她从不说:“我去看我的兄弟了,我去看我的侄女了。”而是说:“我去看兄弟了,我‘跑着’进去给侄女(或我卖肉的侄女)问声好了。”弗朗索瓦丝要她女儿回贡布雷去,可她女儿却不干,学着风雅女人的样,讲话中插进一些缩略语,听上去俗不可耐。她说,贡布雷连《不妥协》[①]都没有,在那里待一个星期都受不了。她更不愿去弗朗索瓦丝的妹妹家,那里是山区,她说:“山区不怎么有趣”。她在说这句话的时候,使“有趣”这个词有了一个新的可怕的含义。弗朗索瓦丝的女儿下不了决心回梅塞格利丝,她认为那里的人“蠢得不行”,在集市上,那些饶舌妇,那些“乡巴佬”会发现自己同她沾亲带故,会说:“唷,那不是已故巴齐罗的女儿吗?”她宁死也不肯回到那里去定居。“现在她尝到巴黎生活的滋味了。”弗朗索瓦丝说。尽管弗朗索瓦丝思想守旧,但当女儿对她说:“嗳,母亲,如果你不能出门,就给我寄一封气压传送快信来好了。”这时,为了使女儿高兴,她也不得不对这个新“巴黎女郎”的革新精神表示赞赏。

天气突然又转冷了。“出去?出去干什么?找死呀?”弗朗索瓦丝说,因为这个星期她的女儿、兄弟和卖肉的侄女都到贡布雷去了,她宁愿待在家里。况且,她是我莱奥妮姑妈的“物理说”的最后一个信徒,我姑妈的这个理论对她多少还有影响,因为,她在谈到这个不合时宜的倒春寒时又补充了一句:“因为上帝还没有息怒。”对她的抱怨,我只是无精打采地付之一笑。她的预言丝毫也不使我感兴趣,因为无论如何我会有好天气的。

① 此处《不妥协(Intran)》是《不妥协人报(Intransigeants)》的缩写,1880 年由亨利·罗什福尔创办。这家报纸曾为鼓吹沙文主义的布朗热将军宣传,后采取反德雷福斯的立场。

我仿佛已经看见菲埃索尔市①山顶上初升的太阳发出万道光芒，我沐浴着和煦的阳光，浑身暖洋洋；炫目的光线刺得我眯缝着眼睛，像是在微笑；眼睑犹如用晶莹洁白的大理石做成的长明灯，弥漫着淡淡的红光。我仿佛又听见了意大利的钟声，不仅如此，意大利也仿佛随着钟声来到我的身旁。我一定能手捧鲜花，庆祝我意大利之行周年的纪念日，因为自从巴黎出现倒春寒，林荫道上的栗树、梧桐树和我们院子里的那棵树，仿佛浸没在凛冽的寒风中，但也吐出了嫩芽，就像老桥②上种在净水杯里的水仙花、长寿花和银莲花，迎着寒风半吐嫩叶。记得有一年，当我们为封斋期结束后的旅行做准备时，也遇到过这种情况。

我父亲说，他现在知道那天他在盖尔芒特府上遇见德·诺布瓦先生时，他要到哪里去。是A. J. 鲍罗季诺先生告诉他的。

“他是去拜访德·维尔巴里西斯夫人。他同她很熟，我从前一点也不知道。看来德·维尔巴里西斯夫人是一个讨人喜欢的女人，一个非凡的女人。你应该去看看她。”他对我说，“此外，我感到很吃惊。他同我谈德·盖尔芒特先生时，就像在谈一个非常高雅的人，可我还一直以为他俗不可耐呢。据说他见多识广，情趣高雅，其实，他不过只是为他的姓氏和婚姻感到骄傲罢了。此外，照诺布瓦的说法，他很有地位，不仅在这里，而且在全欧洲。据说奥皇、俄皇都把他当朋友看待。诺布瓦老头对我说，德·维尔巴里西斯夫人很喜欢你，你在她的沙龙里可以结识许多对你有用的人。他在我面前可是把你夸奖了一番。你会在她那里遇见他的，哪怕你想写书，也可以让他给你出出主意嘛。我看你将来不会干别的事情了。别人可能认为当作家前程远大，我呢，本来我是不主张你干这一行

① 意大利城市，位于一座山上，是古代伊特鲁立亚，继而是罗马的文化发源地。

② 指佛罗伦萨阿尔诺河上的石桥，建于1170年，1333年被洪水冲毁，1345年重建，桥上原有鱼铺、肉店，十六世纪起，为保持环境卫生，由金银珠宝店取代，故称金桥。

的，可你马上就要长大成人，我们总不能一辈子守着你，因此不应该阻止你按照自己的爱好选择职业。”

唉，要是我能动手写就好了！可是，不管我在什么条件下开始写作（就像我开始打算不喝酒，打算睡午觉，睡好觉，养好身体一样），在狂热的、井井有条和兴致勃勃的情况下写作也好，或为写作而取消散步、推迟散步、把散步当作一种奖赏，身体好的时候每天写一小时，身体不好不得不待在家里时也用来写作，总之，我作了种种努力，可结果注定是一张只字未写的白纸，就像变纸牌戏法一样，不管你事先怎样洗牌，最后注定要抽到魔术师迫使你抽的那张牌。我被习惯牵着鼻子走，习惯不工作，习惯不睡觉，习惯睡不着。习惯无论如何是要得逞的。如果哪天我不违抗习惯，让习惯从偶然出现的情况中找到借口，为所欲为，那么这一天我就能马马虎虎地过去，不会遇到太多的麻烦，天亮前我还能睡几小时，我还能读几页书，酒也不会喝得太多；可是如果我违抗习惯，非要早点上床睡觉，强迫自己只喝水不喝酒，强迫自己工作，那么习惯就会大发雷霆，会采取断然措施，会让我生病，我不得不喝更多的酒，两天都睡不着觉，甚至连书都不能看了，于是我决定下次要更有理智，也就是对自己更没有节制，就像一个遭到拦路抢劫的人，因为怕被杀害，索性让人抢光算了。

这期间，我父亲又遇见过德·盖尔芒特先生一两次。既然德·诺布瓦先生对他说公爵是个了不起的人物，他也就更加注意公爵的讲话了。他们在院子里正好谈到了德·维尔巴里西斯夫人。“他对我说她是他的婶母，他把维尔巴里西斯读成了维巴里西。他对我说她非常有智慧，甚至说她有一个**思想办公室**①。”我父亲补充说。“思想办公室”的意思含糊不清，这使他发生了兴趣。这个表达方式，他确实在一些回忆录中见过一两回，但他没有赋予它明确的词义。我母亲对我父亲一向十分敬重，既然我

① 这里，“思想办公室”系指以谈论文学、艺术和科学而自豪的沙龙。

父亲对德·维尔巴里西斯夫人有个思想办公室这件事颇感兴趣，她也就断定这件事值得重视了。尽管她从我外祖母那里早就知道侯爵夫人的底细，但还是对她立即产生了好感。我外祖母身体不太好，她开始不赞成我去拜访侯爵夫人，后来不坚持了。我们搬进新居以来，德·维尔巴里西斯夫人好几次邀请外祖母，但她每次都写信回绝了，说她现在不出门。也不知是什么原因，外祖母突然改变了习惯，不再亲自封信，而由弗朗索瓦丝代劳。至于我，尽管我想象不出这个“思想办公室”是什么样子，但是，如果我看见巴尔贝克海滩的那个老妇人坐在一张“办公桌①”前，我是不会感到吃惊的。况且事实也正是这样。

此外，我父亲打算竞选法兰西研究院自由院士，他想知道诺布瓦大使的支持能不能使他赢得更多的选票。说实话，他对德·诺布瓦先生的支持虽然不敢怀疑，但也没有十分把握。部里有人对我父亲说，德·诺布瓦先生想使自己成为外交部在法兰西研究院的唯一代表，他会设置重重障碍，阻挠别人当候选人；况且，他眼下正在支持另一个人，也就更不会支持我父亲了。但我父亲却认为这是对德·诺布瓦先生的诽谤。然而，当杰出的经济学家勒鲁瓦·博里厄劝他参加竞选，并给他分析当选的可能性时，他看到在勒鲁瓦·博里厄列举的支持他的同事中，没有德·诺布瓦先生的名字，很受震动。他不敢直接去找前大使德·诺布瓦先生，但他希望我对德·维尔巴里西斯夫人的拜访，能给他带回德·诺布瓦先生的支持。事不宜迟。德·诺布瓦先生的宣传，能确保我父亲获得法兰西研究院三分之二的选票；况且，大使乐于助人是出了名的，就连最不喜欢他的人对此也不否认。因此我父亲认为得到他的支持很有可能。再说，在部里，他对我父亲要比对其他人的保护更加明显。

我父亲还遇见了一个人，但这个人先是让他大吃一惊，后又引起他极

① 在这里“办公室(Bureau)”和“办公桌”在法语中是同一个词。

大的愤慨。他在街上碰到了萨士拉夫人。这个女人生活很拮据，因此很少来巴黎，要来也只是到一个女友家里。没有人比萨士拉夫人更使我父亲讨厌的了。每年，我母亲都要温和地恳求我父亲一次：“朋友，我应该邀请萨士拉夫人了，她不会待很久的。”甚至还说：“朋友，听我说，我要求你作一次大的牺牲，去拜访一下萨士拉夫人。你知道我不想让你烦恼，但你要是能去，我就太高兴了。”他笑了，有几分勉强，但还是去了。因此，尽管他不喜欢萨士拉夫人，但当他在街上看见她时，还是朝她走去，并且向她脱帽致敬。可是令他吃惊的是，萨士拉夫人只是迫于礼貌，朝他冷冷地点点头，仿佛他干了什么坏事，或者被判要到另一个半球上去生活。我父亲带着满脸的怒气和惊愕回到家里。第二天，我母亲在一个沙龙里遇见萨士拉夫人。她没有把手伸给我母亲，只是心不在焉地、忧郁地朝她笑了笑，仿佛我母亲是她儿时一起玩耍的朋友，因为生活堕落，嫁了一个苦役犯，或者更糟，嫁给了一个离过婚的人，因而萨士拉夫人同她断绝了来往。然而从前，我父母亲每次见到萨士拉夫人总是彬彬有礼，而萨士拉夫人对我父母亲也一向敬重有加。我母亲哪里知道，在贡布雷，在萨士拉夫人那一类人中，只有她一个人是重审派。而我父亲是梅尔纳①先生的朋友，他对德雷福斯的罪状深信无疑。他同事要他在要求重审的请愿书上签字，他让他们碰了一鼻子灰。当他知道我的行动准则和他不一样时，他一个星期没同我说一句话。他的观点无人不晓，都快给他戴上民族主义者的帽子了。至于我的外祖母，家里人数她最宽宏大量，恐怕也只有她一个人流露出怀疑。每当有人谈到德雷福斯可能无罪时，她总是摇摇头，谁也不知道她想表示什么意思，仿佛她正在思考一个非常严肃的问题，被人打搅了，因而摇了摇头。我母亲一方面全心全意地爱着我父亲，另一方面又希望我有独立的见解，因此举棋不定，干脆沉默不语。我外祖父崇拜军队

① 梅尔纳(1838—1925)，法国政治家。1896 年任内阁总理，竭力反对重审德雷福斯案。

（尽管他在国民自卫队里的服役经历是他壮年时代的噩梦），在贡布雷，每次看见一个团从门前经过，他都要脱帽向上校和军旗致敬。这一切足以使萨士拉夫人把我父亲和外祖父看成不公正的帮凶，尽管她完全知道他们大公无私，光明磊落。个人的罪行可以原谅，但参与集体犯罪却绝对不能宽恕。当她得知我父亲是反重审派时，就立即用几个大陆的空间和几个世纪的时间把她自己同我父亲隔开。既然两人在时空上相隔千年，相距万里，我父亲自然就看不见她的致意了，而她也不会想到同他握手和说话，因为这些礼节是不能横越他们中间的距离的。

圣卢要来巴黎了，他答应带我到德·维尔巴里西斯夫人家去。我希望能在那里遇见德·盖尔芒特夫人，但我没把这个想法告诉他。他要我和他的情妇一起去饭店吃午饭，然后我们送她到剧院去参加排练。我们必须一早动身，到巴黎郊区她的住所去接她。

我对圣卢说，最好到埃梅的饭店去用午餐（在花钱如流水的贵族公子的生活中，饭店的作用和阿拉伯民间故事中放绫罗绸缎的箱子一样重要）。埃梅告诉我，在巴尔贝克海滩旅游旺季到来之前，他在这家饭店当侍应部领班。我日夜梦想着旅行，但却很少出门，能重新看见一个不只是属于我记忆中的巴尔贝克，而且是真正属于巴尔贝克的人，这对我有着巨大的吸引力。埃梅每年都要去那里。当我因身体疲劳或要上学不得不留在巴黎时，他在七月漫长的傍晚，照样隔着大餐厅的玻璃墙壁，遥望太阳冉冉坠入大海，一边等候顾客来临；当太阳渐渐在大海中消失的时候，天边蓝幽幽的船只张着帆翼，一动不动，宛如一只只摆在玻璃柜中具有异国情调的夜蝴蝶。巴尔贝克是一块强大的磁铁，埃梅由于同它接触而电磁化了，他对我来说也成了一块磁铁。我希望，同他交谈就等于到了巴尔贝克，没有去旅行就体味到旅行的魅力。

我一早就动身了。我走的时候，弗朗索瓦丝还在不停地抱怨，因为头天晚上，那个订了婚的仆人一次也没有能去看望他的未婚妻。弗朗索瓦丝发现他在那里抹眼泪。他真想去把门房揍一顿,但忍住了,因为怕砸了饭碗。

圣卢说好在他家门口等我。我去找他时,在路上遇见了勒格朗丹。我们家自从离开贡布雷后,一直和他没有来往。他现在已经两鬓苍苍,头发灰白,但神态依然年轻、天真。他停下了脚步。

“啊!是您,”他对我说,“好帅!喔,穿着礼服哪!我这个人自由自在惯了,才不愿意穿这种男仆穿的制服呢。不错,你大概是社交界的时髦人物了,拜访的任务繁重呵!如果像我这样,只是随便到一个破坟墩前去做个梦,这条大花领结和这件短上衣是最适合不过的了。您知道,我一向很钦佩您有高尚的品格,看到您同贵族同流合污,背弃了您的灵魂,我是多么遗憾啊。那些沙龙的气氛在我看来,实在令人作呕,令人窒息,您在里面待一刻钟,都会就此葬送您的前途,受到先知的谴责。我看得出来,您同那些‘逍遥自在的人’过从甚密,来往于贵族府邸之间。这就是当今资产阶级的恶习。啊,贵族!恐怖时代[①]犯了大错误,没有把他们斩尽杀绝。贵族不是十足的傻瓜,便是阴险毒辣的恶棍。好吧,可怜的孩子,只要您觉得愉快,您就去吧!当您在哪家沙龙参加下午 five o'clock[②] 茶会时,您的老朋友可要比您幸福得多,他独自一人,待在某个郊区,仰望玫瑰色的月亮爬上紫罗兰色的天空。事实上,我几乎不能算是地球上的人,我在这里有一种流落他乡之感,万有引力必须使出全部力量才能把我吸引住,才能使我不逃到另一个天体上去。我是另一个星球的人。再见了,不要误解维福纳河农民——也还是多瑙河的农民[③]——传统的坦率性格。为了向您证明我很看重您,我要把我最新出版的小说寄给您一本。但您是不

① 指1793年5月到1794年7月间捕杀贵族的法国资产阶级革命。

② 英语,即五点钟。

③ 指拉封丹寓言诗《多瑙河的农民》。多瑙河的一个农民来到罗马,在元老院发表讲话,谴责罗马道德败坏。他的雄辩受人欣赏,并因此而得到奖赏。

会喜欢的。您会认为我这部小说还不够腐败,不够世纪末的气味,它太坦率,太诚实。您需要贝戈特,这您供认不讳。像您这样食不厌精、脍不厌细的人,需要用堕落的文学来满足您麻木的味觉。您圈子里的人大概把我当老兵看待。我不值得花费心血写那些书,我那一套现在不吃香了。再说,人民大众的生活,在您乐于交往的赶时髦的年轻女人眼里还不够高雅,不会引起她们的兴趣。好了,有空您就想一想基督的教导:'你这样做,就能永生!'别了,朋友。"

我和勒格朗丹分手后,并不太怪他。有些往事仿佛是我们共同的朋友,能在中间充当调解人。那座架在堆积着封建社会的废墟、长满了黄澄澄毛茛的田野中间的小木桥,把我们——我和勒格朗丹——连接在一起,就像把维福纳河两岸连接在一起一样。

春天已降临巴黎,可是林荫道上的树木才刚刚绽出新芽。当环城火车载着我们——我和圣卢——离开巴黎,停在圣卢情妇居住的那个郊区村庄时,我们却惊叹地看到一棵棵果树都挂满了白花,犹如临时搭成的白色大祭坛,装饰着一个个花园。这里像是有隆重的节日似的,人们在固定的时节,从老远赶来欣赏这奇特而富有诗意的、短暂的地方节日。但这一次节日却是大自然的馈赠。樱桃树开满了白花,就好像穿着白色的紧身衣裙,夹杂在那些既没开花也没长叶的光秃秃的树木中间,在这仍然透着凛冽寒气的晴天,远远望去,会以为望见了一片片白雪,别处的雪都融化了,唯独灌木丛后还有残雪。高大的梨树环绕着一座座房屋和一个个普通院子,梨树的白花开满枝头,形成了更广阔、更单一、更灿烂夺目的白色世界,仿佛村里家家户户都在同时举行第一次领圣体仪式。

在巴黎郊区的这些村庄,各家门口都保留着十七或十八世纪的花园。这些花园原本是皇亲国戚的管家和宠妾们的"游乐园"。园艺匠利用比路面低的花园种上了果树(也许仅仅保留了那个时代的大果园的布局)。梨树栽成梅花形,比我以前见过的梨树行距要大一些,梅花瓣不够明显,中间隔着低矮的围墙，形成了巨大的白色四边形。太阳在四边形的四条边上留下了或明或暗的光线，使这些没有屋顶的露天房间，看上去就像在希腊克里特岛可能见到的太阳宫一样；阳光或明或暗地照射在高低不同的台地上，犹如在春天的大海上嬉戏，使这里那里涌出一朵朵亮晶晶、毛绒绒的白花，而泡沫四溅的白花，在蔚蓝的树木织成的透光的栅栏中闪闪发光。看到这番景致，人们又会感到这些露天房间很像一个个养鱼池，又像海上围起来的一块块捕鱼区或牡蛎养殖场。

这是一个古老的村庄。村公所看上去破破烂烂。金黄色的砖墙，门前有三棵梨树，充当夺彩竿①和旗杆。树上仿佛装饰着优美的白缎子，好像在庆祝当地的一个节日似的。

一路上，罗贝不停地给我讲他的情妇。我从来也没有见他对他情妇如此深情。我感到他心里只有她一人。当然，他在军队的前程、在社交界的地位和他的家庭，对他并不是无关紧要，但与他情妇——哪怕是最微不足道的事——相比，就不算什么了。他的情妇才是头等重要的人，盖尔芒特家族和地球上所有的国王都不能同她相提并论。我不知道他心里是否明确他的情妇胜过一切，但他只注意同她有关的事。有了她，他才可能有喜怒哀乐；为了她，他甚至可以去杀人。在他看来，真正有意义的、能使他动心的事，莫过于他的情妇想要、并将要做的事，他情妇头脑中思考的问题，他最多也只能从她额头之下、下巴之上这个狭小空间的瞬间表情中猜到一二。他办事向来合情合理，可是他却盘算着和一个有钱人家的小姐结婚，目的却仅仅是为了能继续供养并拴住他的情妇。假如有人心里嘀咕，他这样做要付出多大代价，我相信代价之大是谁也想象不到的。他不娶她，是因为实用主义的本能告诉他，一旦她不再对他有什么期待，她就会离开他，至少会随心所欲地生活。因此，他必须让她永远处在等待中，

---

① 杆顶悬挂奖品，杆上涂了肥皂，让人爬上去夺奖。

从而把她牢牢拴住。因为他推测她可能并不爱他。当然，被叫作爱情的这个通病可能会迫使他——就像迫使所有的男人一样——不时地相信她爱他。但他心里很清楚，即使她爱他，也不能消除她从他那里捞钱的欲念，一旦不再对他有什么期待，就会立即离开他（他想，她的文学界朋友们的理论害了她，尽管她爱他，还是会离开他的）。

“如果她今天表现好，”他对我说，“我就送她一件礼物，她会很高兴的。是一串项链，她在宝诗龙珠宝店里看到过。要三万法郎，就我目前的经济状况，嫌贵了些。可是这个可怜的宝贝生活中没有多少乐趣。我一买她会高兴得心花怒放。她向我提起过这串项链。她说她认识一个人，那人也许会买给她。我不信真有其事，但我还是同宝诗龙（我家的供货人）说好了，让他给我留着。我一想到你就要看见她了，心里就高兴。她并不像雕像那样完美无缺，这你知道（我看得出，他心里却认为她十全十美，他是为了使我更赞美她才这样说的），但她有非凡的判断力。在你面前她可能不大敢说话，但我一想到她以后会同我谈她对你的印象，现在就感到心里乐滋滋的。你知道，她讲的话可以使人进行无穷无尽的想象，真有点像特尔斐城的女祭司①！”

我们沿着小花园朝她的房子走去，我情不自禁地停下了脚步，因为花园内的樱花、梨花琳琅满目，银光闪闪，晃得人睁不开眼睛：显然，这些花园，昨天还像没人居住的房屋，显得空荡荒凉，一夜间突然来了许多白衣少女，把它们装饰得千媚百娇。隔着栅栏，可以看见这些美丽的白衣少女亭亭玉立在花园小径的拐角处。

“听着，我看既然你像诗人，留恋美景，”罗贝对我说，“那你干脆待着别动，我朋友就住在附近，我去找她来。”

我等他的时候，在附近溜了一圈。我从几个小花园前经过。当我抬

① 特尔斐是古希腊城市，建有阿波罗神殿，传说神殿的女祭司能传达阿波罗的神谕。

头时，有时看见窗口有少女的倩影。就是在露天，在一层楼的窗边，叶丛间也垂下一串串鲜艳的丁香花，穿着紫莹莹的衣裙，绰约多姿，随风曼舞，对于过路行人穿透绿叶丛投来的目光不屑一顾。这一串串紫丁香使我想起从前春光融融的下午，我在斯万先生花园门口看见的紫丁香，它们琳琅满目地挂在花园的围墙上，犹如一幅散发出浓郁乡村气息的令人心旷神怡的紫色挂毯。我从一条小道来到一块草地上。这里冷风飕飕，和贡布雷的风儿一样刺骨；但在这块和维福纳河畔的土地一样肥沃而湿润的草地中间，照样钻出一棵银装素裹、高大挺拔的梨树，它和它的同伴一样，准时前来赴约，向太阳欢快地摆动着梨花；梨花在寒风中痉挛抽搐，但被阳光涂上一层银灿灿的光辉，形成一块有形的可以触摸得到的光幕。

突然，圣卢在他情妇陪同下出现在我眼前。这个女人是圣卢全部的爱情，是他生活中可能有的全部乐趣。她的个性仿佛被神秘地封闭在一个圣龛内，激发了我朋友无穷无尽的想象。圣卢觉得自己好像永远也不会了解她。他常常问自己：“在她的身上，在她的目光和皮肉后面究竟隐藏着什么？”这个女人，我一眼就认出了她是“拉谢尔，当从天主①”。几年前，她曾对妓院的鸨母说（女人不改变境遇则已，一改变就快得难以想象）：“那么说定了，明天我有空，要是有人来，您可别忘了叫我。”

当果真有客人“来找她”，只剩她和这个“客人”在房间里时，她是那样内行，锁上门后——出于女人的谨慎或是习惯性动作——就立即开始脱衣裳，动作非常敏捷，仿佛有医生要给她听诊似的；只是因为这个“客人”不喜欢裸体，叫她不必脱掉内衣时（就像有些医生，听觉灵敏，同时又害怕病人着凉，只隔着衣裳听诊肺和心脏），她才中途停下来。这个女人的生活，她的思想和过去，哪些男人占有过她的身体，这在我看来是那样无足

① 圣卢的情妇叫拉谢尔，与歌剧《犹太女人》中的女主人公同名。当年她在妓院内，人们把该剧中的一首曲名“拉谢尔，当从天主”送她作雅号。

轻重，如果她给我讲这些事，我会出于礼貌才听一听，而且几乎什么也不会听进去；可是圣卢却向她献出全部的爱情，为她忧悒不寐，忍受折磨，甚至把她——在我看来不过是一个木偶玩具——看作自己无限痛苦的根源，比他的生命还要宝贵。看到这两个毫无关联的拉谢尔（因为我是在一个妓院里认识"拉谢尔，当从天主"的），我恍然大悟，男人为女人活着，为她们受苦，为她们自杀，但她们中的许多人就是拉谢尔，她们对于别人的价值就如同拉谢尔对于我的价值一样。想到有人对她的生活抱着一种好奇和痛苦的态度，我不禁为之愕然。我本来可以把拉谢尔经常同别人睡觉的事告诉罗贝，在我看来，这根本不算什么，可是这会给罗贝带来多大的痛苦啊！他为了知道她同谁睡过觉，什么事没有做过呢？结果还是一无所获！

我意识到，如果男人是通过想象认识一个女人的，那么他会想象在这个女人小小的脸孔后面，蕴藏着无限美好的东西；相反，如果是以最粗俗的方式认识的，那么他魂牵梦萦的东西，可能会分解成微不足道、毫无意义的物质成分。我认识到，我在妓院花二十法郎得到的一个女人，在我看来，她不过是一个想得到二十法郎的女人，其实她本人不值二十法郎；可是，如果我一上来就把她想象成一个奇妙而神秘的、难以得手、难以留在身边的女人，那么，她的价值就可能超越百万，比一切受人羡慕的地位，甚至比家庭的温存还要重要。不错，我和罗贝看见的是同一张瘦削而狭长的小脸，但是，我们是从两条相反的、永远也不会交叉的道路走到她跟前的，我们决不会看到同一副面孔。这张脸以及眼神、笑容和嘴角的动作，我是从外部认识的。这张脸和任何一个为了二十法郎就向我出卖肉体的女人的脸并无二致。同样，这张脸上的眼神、笑容和嘴角的动作，在我看来，仅仅是极其普通的动作，毫无个性，毫无意义，我根本没有兴趣去寻找具体的人。然而，可以说我一开始就得到的东西——这张任人抚摸和亲吻的脸——对罗贝来说却是终点。他是怀着多大的希望、疑虑、猜疑和梦幻朝这个目标走去的呀！是的，为了得到这个为二十法郎就出卖肉体的女人，为了不让她落到别人手中，罗贝付出的钱何止百万！他花了那么多钱，有时却不能得手，可能由于出现了意外的情况，那个准备委身于他的女人突然躲开了，也可能另有约会，或有什么事使她那天更难相处。如果她同一个多愁善感的男人打交道，即使她没有觉察，尤其是她有所觉察，就会有一场可怕的追逐。这个多情的男子心灰意懒，但又不能没有这个女人，于是穷追不舍，而她却拼命躲避，这样，他为了博得一个微笑，一个他不敢再奢望得到的微笑，要比得到一个女人委身所付出的代价还高一千倍。在这种情况下，有时因为判断上的失误，或在痛苦面前胆怯，你会狂热地把一个妓女当作不可接近的偶像，这样，你就永远也别想得到这个女人的温存，别想得到她的第一个吻，甚至你连要求都不敢提，怕违背了你那柏拉图式精神恋爱的信念。在你离开人世时，你连同心爱的女人接吻的滋味都没有尝到，这有多么痛苦！不过圣卢还算走运，拉谢尔的百般温存，他都体味过。当然，如果他现在知道他情妇曾为一个金路易[①]而把自己的肉体出卖给随便哪个男人，他可能会感到揪心彻骨的痛苦，但为了不失去她的欢心，他仍然会付给她这一百万法郎的，因为他所知道的事还不足以使他迷途知返（对人重要的事，往往不受人意志的控制，而受某种自然规律的支配），他仍然在梦幻中想象她的脸，因而看不清她的真面目。现在她那张瘦削的脸孔一动不动，毫无表情，就像承受了两个巨大的大气压力的纸片，被两股无限大的力量维持着平衡，这两股力量一齐通到她身上，却没有相遇，因为被她隔开了。我和罗贝都在凝视她，我们从不同的角度看见了她身上的奥秘。

我并不觉得“拉谢尔，当从天主”有什么了不起，而是觉得人的想象力、人的幻想具有伟大的力量，爱情的痛苦就是人的幻想造成的。罗贝看

① 第一次世界大战前法国使用的面值二十法郎的金币。

出我在激动。我扭过头去看对面花园中的梨树和樱桃树，好使罗贝相信是果树的美景使我动的情。而事实上，这些美景也的确打动我的心，把那些不仅要用眼睛看，而且要用心感觉的东西呈现在我面前。我把在花园中看见的这些果树，当成素未谋面的天使了，我会不会和马德莱娜[1]一样看错呢？耶稣复活的那天，也是在一个花园里，马德莱娜看见一个人的形体，“以为是一个园丁”。这些向着适宜于午睡、垂钓和看书的树影俯下身躯的、令人赞叹不绝的白衣少女难道不就是天使吗？这些白衣少女维护着我们对黄金时代的记忆，她们向我们保证，真实并不像人想象的那么美好，但只要我们努力使自己配得上，作为报酬，真实也可能散发出诗的光辉，纯洁而奇妙的光辉。我和圣卢的情妇寒暄了几句。我们抄近路穿过村子。房屋很脏。但即使在最肮脏的、像是被硝酸雨烧焦了的房屋前，也站立着一个神秘的旅客，要在这受到诅咒的城镇里停留一天。这个光辉灿烂的天使伫立在那里，展开令人炫目的白翅膀，保护着肮脏不堪的房屋：这天使就是一棵挂满白花的梨树。圣卢和我朝前走了几步：

“我宁愿我们，我和你，一起等她，我甚至更乐意和你单独在一起吃午餐，一直单独待到去我舅妈家的时候。可是这个可怜的女孩子，她多么希望我们来接她呀！她对我太好了，你知道，我不能拒绝她。再说，她会使你愉快的，她很有文学天赋，很容易动感情。况且，和她一起在饭店共进午餐是非常愉快的事。她是那么可爱，那么朴实，总是对什么都满意。”

然而，我相信恰恰在那天上午，很可能是唯一的一次，罗贝在一瞬间摆脱了他通过一个个温存的印象慢慢地组合起来的女人，猛然看见不远处站着另一个拉谢尔，和他的拉谢尔长得一模一样，但却是一个截然不同的人，一个傻头傻脑的小娼妓。离开爽心悦目的果园后，我们就去赶火车

---

① 《新约全书》中看见耶稣复活的女圣徒。耶稣遇难后，马德莱娜到耶稣的坟墓去给他涂圣油，发现尸体不在洞穴，她在寻找途中，遇见复活后的耶稣，错以为是园丁。

回巴黎了。在车站上，拉谢尔走在我们前面，相隔几步远。突然，有几个和她一样俗不可耐的“野鸡”认出了她，她们以为她是只身一人，便咋咋呼呼地嚷了起来：“是你啊，拉谢尔，和我们一起上吗？吕西安娜和谢尔梅娜都在车上，正好还有空位子。来吧，和我们一起去溜冰。”她们正要把各自的情夫，也就是把站在她们身边的两个“时新百货商店的职员”介绍给她，突然发现拉谢尔有点局促不安，便好奇地朝旁边张望，发现了我们，连忙道歉，同她告别；她也同她们道了再见，有点尴尬，但很友好。这是两个可怜的小野鸡，衣服大翻领是用假水獭皮做的。圣卢第一次邂逅拉谢尔时，她差不多也是这个模样。圣卢不认识她们，也不知道她们的姓名，看见她们和他的情妇关系这样密切，便顿时生了疑团：他的情妇也许从前过着，甚至现在仍然过着一种见不得人的生活，一种同他和她的生活完全不同的生活，也就是为了一个金路易而出卖肉体的生活。他不仅隐约看见了这种生活，而且还隐约看见了另一个拉谢尔，一个陌生的拉谢尔，和那两个小野鸡一样的拉谢尔，二十法郎身价的拉谢尔。总之，他感到拉谢尔在瞬间分成了两半，他在他的拉谢尔身旁隐约看见小野鸡拉谢尔，那个真实的拉谢尔——如果能说野鸡拉谢尔比另一个拉谢尔真实的话。此时此刻，也许圣卢心里在想，他本打算用自己的高贵门第去作一笔交易，同一个有钱的小姐结婚，以便能每年继续供养拉谢尔十万法郎，现在看来没有这个必要了，他完全能轻易地摆脱他目前生活的地狱，花一点儿钱就可以得到他情妇的欢心，就像那两个时新商店的职员，用很少的钱就买到了那两个娼妓的欢心一样。可是怎么办呢？她没有什么过错呀。给她的钱少了，她对他的热情就会减少，她就不会再给他说一些使他神魂颠倒的甜言蜜语了。为了炫耀自己，他常常把情妇信上的话念给同事听，要他们知道她多么温柔，却从不向他们透露他花了多少钱供养她：不管她送给他什么，一张照片上的题词也好，电报上最后的客套话也好，这些最简单、最珍贵的语言，也都是金钱转化成的。即使他避而不说拉谢尔难得的温存是用高价买来的，我们也不能认为，他这样做是出于自尊和虚荣，尽管这个简单片面的推理，常被人荒谬地用到所有花钱供养女人的情夫和许许多多丈夫身上。圣卢不是傻瓜。他清楚，那些满足虚荣心的一切快乐，凭他高贵的门第和英俊的面孔，他不花一分钱，就能轻而易举地在上流社会得到；相反，他和拉谢尔的暧昧关系，只能使他同上流社会疏远，使他在人们的心目中贬值。他这种想显示自己不花一分钱就赢得恋人绵绵情意的自尊心，不过是爱情的衍生物，是需要向自己，同时也向别人表明，他被心爱的人深深地热爱着。拉谢尔朝我们走过来，那两个女人也上了车。但是，吕西安娜和谢尔梅娜的名字，如同她们的假水獭皮翻领和时新百货商店职员装模作样的神态一样，使新拉谢尔的形象延续了一会儿。在这一瞬间，圣卢想象出巴黎皮卡尔广场的生活，陌生的朋友，肮脏的钱财，盲目作乐的下午；他似乎感到连接克利希林荫道的各条大街上，阳光不如从前他和他情妇散步时那样明媚灿烂了，因为爱情和同爱情形影不离的痛苦，就像酒醉心明一样，能使我们的感觉变得细腻。他怀疑在巴黎似乎还有一个城中城；他觉得，同拉谢尔交往，就像在探索一种一无所知的生活，尽管拉谢尔和他在一起的时候像是他的同类，因为她和他的共同生活毕竟是她真实生活的一部分，甚至是最宝贵的一部分，因为他给她的钱数不胜数，这能使她受到女友们的羡慕，同时又能使她有一天攒足钱后隐居乡下，或跻身于大剧院。罗贝本想问拉谢尔，吕西安娜和谢尔梅娜是谁，如果她去她们的车厢，她们会给她讲些什么，她和她的女伴们在一起将怎样度过这一天。他想，如果他和我不在场，她们溜完冰可能会到奥林匹亚酒店寻找高级消遣。有一刻工夫，奥林匹亚酒店及其周围的一切——他一向都很讨厌这些地方——使他既好奇又痛苦；科马丁街春天的阳光使他产生了一丝怀旧情愫，假如拉谢尔不曾同他相识，待会儿她也许会到那条街上去挣一个金路易。可是，向拉谢尔提这些问题又有什么意思呢？不用问他就知道，她的回答不是沉默，便是谎言，或是不说明任何问题，却会给他带来痛苦的话。两个拉谢尔持续了很长时间。列车员要关车门了，我们赶紧登上了一节头等车厢。拉谢尔珠围翠绕，这让罗贝再次感到她是一个无价之宝。他抚摸着她，又把她嵌入自己的心中，在心里默默地凝视着，就和从前一贯做的那样——除了看见她在印象派画家的皮卡尔广场①上——火车开动了。

她确实有点“文学天赋”。她滔滔不绝地给我谈书，谈新艺术和托尔斯泰主义，只是偶尔停下来，责备罗贝酒喝得太多。

“啊！要是你能和我生活一年，你瞧吧，我就光让你喝水，你活得会比现在更好。”

“一言为定，我们到很远的地方去。”

“可是你知道我要做的事情很多（因为她对戏剧艺术态度十分认真）。况且，你家里人会怎么讲？”

接着，她开始在我面前谴责罗贝的家庭。我感到她的责备非常正确，圣卢也完全赞同她的看法，不过，他却违抗她的禁令，不停地喝着香槟酒。我也认为他饮酒不好，并且感到她对他的影响不坏，我准备劝他不必管家里人怎么讲。谈话间我不慎提到德雷福斯，这个年轻的女人眼泪都要流出来了。

“可怜的受苦人，”她呜咽道，“他们要让他死在那里。”

“放心吧，塞塞特，他会回来的，他一定会释放，一定会得到昭雪。”

“可是等不到那天他就可能死了！不过至少他的子女会有清白的名声。可是一想到他受的苦，我心里就难过死了。您能相信吗？罗贝的母亲，一个心地善良的女人，竟会说即使他无罪，也要让他待在魔鬼岛。这不是太可怕了吗？”

“是的，一点不错，她是说过，”罗贝确认道，“她是我母亲，我不好反

① 法国印象派画家雷阿诺（1841—1919）曾于1880年画过皮卡尔广场。

驳,不过有一点我敢说,她不像塞塞特这样富有同情心。”

圣卢对我说,和拉谢尔共进午餐是“非常愉快的事”。可事实上,这一类午餐总是不欢而散。因为圣卢同他的情妇一到公共场所,就会胡思乱想,总感到他情妇的眼睛老在男人身上打转,他就会变得闷闷不乐;她发觉他情绪不好,可能会作弄他,给他火上浇油。但更经常的是,因为圣卢说话的语气伤害了她愚蠢的自尊心,她故意装出不想为他解除烦恼的样子,假装目不转睛地看这个或那个男顾客,再说,这也不总是在演戏。的确,当他们去剧院或咖啡馆时,只要他们的邻座——甚至是他们乘坐的出租马车的车夫——稍有一点风度,嫉妒心就会向罗贝发出信号,他会比他的情妇先注意到那个人;他立即把那人看作下流坯,也就是他在巴尔贝克同我讲起过的那种腐蚀玷污女性、玩弄女性的人,他央求他的情妇不要看那个人,这样对她反倒是个提醒。但有时她发现罗贝的怀疑中蕴含着鉴赏力,她最后会不再作弄他,让他放下心来,同意给她跑腿买东西,这样她就有时间同那个陌生人交谈几句,常常是订个约会,间或还来得及去偷一次情。

我们刚进饭店,我就发现罗贝露出了担心的神色,因为他一进门就发现——在巴尔贝克时,我们谁也没有注意到——领班埃梅站在他那帮平庸的同事中,显得容光焕发,彬彬有礼,毫不做作地散发出一股大凡长有轻盈头发和希腊式鼻子的人在好几年中都会散发的浪漫气息。正因为如此,他在那些侍者堆里显得与众不同。而他的同事几乎都上了年纪,又猥琐庸俗,好似伪善的本堂神甫或假装虔诚的忏悔人。他们更像旧时代的喜剧演员,有一个方糖般的脑门,一般只有在观众很少的小剧院里,在陈列着一幅幅有不胜今昔之感的古老剧照的休息厅内,才能看到这种喜剧演员扮演的侍仆或古罗马大祭司长的剧照,只有在这些剧照上才有这种脑门;而这个饭店仿佛经过了精心挑选,也可能通过一种世代相传的任命模式,把那些喜剧演员的庄重典范用类似占卜团的形式全都保留下来了。

遗憾的是，偏偏是埃梅认出了我们，走过来让我们点菜，而那些轻歌剧中的大祭司长们却向其他餐桌走去。埃梅问我外祖母身体怎样，我向他了解他妻儿的近况。他充满感情地给我作了介绍，因为他是一个家庭观念很重的男人。他看上去聪明，充满活力，待人彬彬有礼。圣卢的情妇开始目不转睛地端详他了。但埃梅那双凹陷的眼睛深藏在毫无表情的脸中间，没有流露出任何反应，浅度近视使他的眸子看上去莫测高深，不露真情。他到巴尔贝克工作之前，曾在外省的一个饭店服务多年，那时他俊美的相貌——可现在脸色枯黄，面带倦容——没有能引起人们的注意；年复一年，他总是站在同一个地方，就在几乎没人光顾的餐厅尽头，宛如一幅欧仁[①]亲王的铜版画。因为无人识货，他一直不知道自己的脸有很高的艺术价值。再说他生性冷漠，不喜欢出头露面。最多只有一两个过路的巴黎女郎，偶尔下榻在他的旅馆，抬眼注意到他，在她乘火车离开之前把他请到她的房间里。这样，在这个好丈夫和外省仆役那若明若暗、单调而深沉的空虚生活中，深深埋进了一次逢场作戏的谁也不会到这里来揭穿的隐私。然而，这位女演员那经久不移的目光，埃梅不可能没有感觉到。罗贝也不可能视而不见。我看见罗贝的脸上积起了红云，但不像他突然激动时涨红的脸，而是疏疏淡淡的微红。

"塞塞特，这个领班很有趣味，是不是？"罗贝把埃梅粗暴地打发走后问他的情妇，"好像你很想对他作一番研究。"

"你看，又来了！我早就猜到了！"

"什么又来了，我的宝贝？即使我错了，我可什么也没说呀，算了，不说这个了。不过，我毕竟有权让你当心这个奴才，我在巴尔贝克就认识他了（要不我才不在乎呢），他是地球上从没有过的十足的大流氓。"

她好像愿意听从罗贝的劝告，同我交谈起文学来，罗贝跟着也参加进

---

① 欧仁（1663—1736），奥地利政治家、军事家，人文主义者和绘画爱好者。

来了。同她交谈文学我并不感到乏味，因为她对我推崇备至的那些作品很熟悉，对作品的评价也和我大致相近。但我曾听德·维尔巴里西斯夫人说，拉谢尔才疏学浅，因此，我也就不太看重她这方面的修养了。她机智聪颖，谈笑风生，若不是她老爱用文艺俱乐部和画室的行话来刺激人的神经，她倒是一个讨人喜欢的女人。她不论谈什么都会用上行话。例如，她有一个习惯，当谈到一幅印象派的画或一部瓦格纳的歌剧时，她会说："啊！这很**棒**。"有一天，一个小伙子吻她的耳朵，她假装颤抖了一下，小伙子很受感动，装出羞怯的样子，她对他说："不要这样，作为感觉，我认为这很**棒**。"但更叫我吃惊的是，罗贝惯用的表达方式（况且，很可能是从他情妇认识的文人那里传出来的），她在他面前使用，他也在她面前使用，仿佛这是一些必不可少的用语，岂知一个新颖的表达方式，一旦被滥用，就会变得毫无意义。

她吃饭时，手很不灵活。这让人想到，当她在舞台上表演时，也会像这样笨手笨脚。她只有在做爱时才显得灵巧敏捷，有一种动人心弦的预知力，就像那些狂热地爱着一个男人的女人，一上来就知道怎样使他享受到最大的快感，然而他的肉体和她们自己的又是那样不同。

当谈话转到戏剧时，我就闭口不言了，因为在这个问题上，拉谢尔有点过于咄咄逼人。不错，她在用一种怜悯的语气为拉贝玛辩护（她同圣卢针锋相对，这证明她在他面前经常攻击拉贝玛）。她说："啊！不，她是一个出色的女人。当然，她的表演不如从前动人了，与我们的要求不再完全合拍。不过，我们不应该拿现在的眼光去看她。她是有功之臣。她做了许多了不起的事情，你知道。再说，她非常正直，心灵高尚。当然，我们感兴趣的东西，她并不喜欢，但是她曾有过一张动人的脸孔，显露过出色的才华。"（她在对艺术作评价时，不是千篇一律，只做同一个手指动作。如果是一幅画，为了表明这是幅好画，色彩浓重，只要翘起大拇指就行了。可是"出色的才华"要求更高。必须伸出两个指头，更确切地说，两个指甲，仿佛要把一粒灰尘弹掉似的。)但是,除了这个特例,圣卢的情妇在谈论最有名望的演员时,语气中充满了揶揄和优越感,这使我很生气,因为我认为——在这个问题上我错了——是她不如别人。她看得清清楚楚,我把她当成平庸的演员看待了,相反,对那些被她瞧不起的人,我却非常尊敬。不过她没有生气,因为她纵然有出众的才华,却还没有得到公认;即使她很自信,也难免带点自卑。再说我们又总是按照我们现有的地位,而不是根据我们自身的才能、见识、见解去要求和衡量别人对我们的尊重。(一小时后,我将看到,圣卢的情妇对她严肃批评过的演员,表示出极大的尊敬。)因此,即使我的沉默使她多少起了疑心,但她仍然坚持晚上要和我一起吃饭,说是同谁交谈也没有同我交谈使她开心。午饭后我们要去看戏。虽然我们现在还在饭店里,还没有去剧院,但我们仿佛已置身于一个挂满旧剧照的“演员休息室”里了,因为领班们的脸看上去很像杰出艺术家的脸;随着一代艺术家的消失,这种类型的脸似乎已不复存在。这些领班看上去也很像法兰西学研究院院士:其中一个站在一张桌子前研究梨子,他的脸,还有那漫不经心和好奇的神态,让人联想到德·絮西厄[①]先生;其他人站在他身边,好奇而冷漠地望着餐厅,这种审视的目光使人想到法兰西院的研究院的某些院士,当他们来到一个公共场所时,也会这样好奇而冷漠地打量观众,一面还要悄声交谈几句,不让人听见。这是常客中间大家熟悉的脸谱。然而,人们发现来了一个新客人,相貌与众不同,鼻子上点缀着皱纹,嘴唇露出虚伪的虔诚,用拉谢尔的话来说,他是一个“假圣人”。顾客们都在兴致勃勃地打量这个新来的人。但是不一会儿,拉谢尔就向邻桌一个正在同朋友吃饭的年轻大学生送递秋波,也许她想用这个办法把罗贝气走,好同埃梅单独待一会儿。

“塞塞特,求求你,别这样看那个年轻人。”圣卢说,他脸上的红云刚才

① 絮西厄(1797—1853),法国植物学家,法兰西学院院士。

只是疏疏淡淡的，现在突然涌了上来，把我朋友松弛的线条胀得鼓鼓的，颜色也越来越深。“如果你一定要让我们当众出丑，我宁愿躲到一边去吃饭，吃完后到剧院去等你。”

这时，有人过来对埃梅说，有一位先生请他到他的车门口去说话。圣卢很不安，担心有人给他情妇捎情书什么的，便隔窗向外望去，看见有一辆轿式马车，车里坐着德·夏吕斯先生，戴着黑条纹白手套，西装翻领的饰钮孔上插着花。

“你看，”他小声对我说，“我家派人盯梢都盯到这里来了。拜托你，我自己不能去，既然你同这个领班很熟，你去对他说别到车子那里去，他肯定会把我们出卖的。无论如何，得让一个不认识我的人去。如果他对我舅父说他不认识我，我知道我舅父，他决不会进咖啡馆来找我的。他讨厌这些地方。像他这样一个追逐女性的老色鬼，却没完没了地教训我，甚至跑到这里来监视我，真叫人受不了。”

埃梅得到我的指示，便派一个伙计去了，要他对德·夏吕斯先生说埃梅脱不开身，如果先生要找德·圣卢侯爵，就说不认识他。马车很快开走了。但圣卢的情妇听不见我们说什么，以为我们在谈那个年轻的大学生，因为圣卢刚才责备她暗送秋波了。她就勃然发作，破口大骂起来。

“行啊！轮到这个年轻人了，是不是？你事先提醒我，这很好。啊！在这种条件下吃饭太愉快了！您别听他胡说，他神经有点毛病，尤其是，”她把脸转到我一边，“他这样说，是因为他相信摆出嫉妒的样子就显得高雅，就有大老爷风度。”

她又挥手，又跺足，显得烦躁不安。

“可是，塞塞特，不愉快的应该是我。你当着那位先生的面出我们的洋相，他该相信你对他有好感了。而在我看来，他的长相要多糟有多糟。”

“恰恰相反，他很讨我喜欢。首先，他的眼睛很迷人，看女人时有一种特别的神采，让人感到他可能很喜欢女人。”

“别说了，至少在我走之前别说。你是不是疯啦?”罗贝嚷了起来，“侍者，把我的衣服拿来。”

我不知道该不该跟他走。

“不，我需要一个人清静一会儿。”他恶狠狠地对我说，就和他刚才跟情妇说话时的语气一样，好像也在跟我生气似的。他的愤怒就好比歌剧中的一个乐句，好几段尾白都用这同一个乐句。尽管在脚本中它们的意思和性质各不相同，但是乐句把它们溶进了同一个感情中。罗贝走后，他情妇叫来埃梅，问了他许多情况。然后，她想知道我对他的印象。

“他的眼睛很有意思，是不是? 您明白，我感兴趣的，是想知道如果我要他常来侍候我，要他跟我去旅行，他会怎么想。仅此而已。要是喜欢一个就爱一个，那就太可怕了。罗贝不该胡思乱想。我那些想法在我头脑中会自生自灭。罗贝完全可以放心。(她一直看着埃梅。)您看他的黑眼睛，我想知道那里面藏着什么。”

不一会儿，有人来对她说，罗贝叫她到一个单间去。刚才，他没有穿过餐厅，而是从另一道门到那个单间去结束他的午饭的。就剩下我一个人了。不多久，罗贝把我也叫了去。我看见他情妇躺在长沙发上，满面春风，笑逐颜开;圣卢在拼命地亲她，抚摸她。他们在喝香槟酒。“好呀，您!”她不时地对他说，因为她刚刚学会这个说法，她认为这最能表达柔情和幽默。我饭吃得很少，心里很不自在，尽管勒格朗丹说过的那些话对我没起什么作用，但当我想到这第一个春光明媚的下午，开始于饭店的一个单间，结束于剧院的后台，不免感到惋惜。拉谢尔看着表，怕耽误演出时间，然后给我斟了一杯香槟酒，递给我一支东方香烟，从衣服上取下一朵玫瑰花送给我。我心想:“我没有必要过分抱怨浪费了这一天。我在这个年轻女人身边度过的几小时并不是毫无所获，我有了一朵玫瑰花，一根香喷喷的香烟，一杯香槟酒，这是她好意给我的，花多少钱你也买不来。”我这样想，是为了使这枯燥乏味的几小时具有美学价值，从而使自己心安理得，既来之，则安之。也许我应该想一想，需要找一个理由来减轻我的厌烦情绪，这本身就足以证明我一点也不感到这几个小时有什么美学价值。至于罗贝和他的情妇，看样子他们把刚才的那场争吵已经忘得一干二净，也不记得我是个目击者了。他们连提都不提，既不为刚才的争争吵吵，也不为现在的卿卿我我、难解难分（前后对比多么鲜明！）寻找任何辩解的理由。我同他们一起喝了许多香槟酒，感到醉意朦胧，有点像我在里夫贝尔①感觉到的醉意，但不完全一样。醉有各种各样的醉法，阳光或旅行引起的，疲劳或喝酒引起的；醉还可以标出各种程度，就像海洋可以标出水的深度一样；不仅每一种醉，而且每一级醉，都会把我们的醉态一丝不差、一览无余地展现出来。圣卢的单间很小，只装饰着一面镜子，但镜子非常奇特，似乎反射出三十来个相同的屋子，沿着无限的视景伸展出去。晚上，把镜子顶上的电灯打开，从镜子中会连续不断地反射出三十来盏相同的电灯。如果有人在这个单间饮酒，哪怕是孤零零一个人，看到镜子中反射出来的一盏接着一盏的电灯，会感到心潮起伏，浮想联翩，会产生许多美妙的感觉，周围的空间也似乎和他的感觉一样无限增加。尽管他一个人关在这间小屋里，但他统治着一个比“巴黎公园”的小径还要长的空间，光灿灿的曲线向着无限延伸出去。然而，此刻我就是这个饮酒人。我到镜子里去寻找这个饮酒人。突然，我看见他了，是一个相貌奇丑的陌生人。他也在瞪眼瞅我。酒醉使我心境酣畅，也就顾不得厌恶镜子里的丑人了。也不知是高兴，还是挑衅，我给他扮了一个微笑，他也还我一个微笑。我在这一刹那间的感觉是那样强烈，我感到自己完全处于它短暂而强大的控制下，竟不知道我在想些什么了，我唯一忧虑的，也许就是担心我刚才从镜子里看到的那个面目狰狞的“我”会很快死去，担心在我人生

① 里夫贝尔在巴尔贝克附近，主人公跟圣卢一起去那里吃过晚饭，并在那里遇见画家埃尔斯蒂尔。

的旅程中再也见不到这个陌生人。

罗贝只对我不愿意在他情妇面前进一步显示我的口才感到不满意。

“喂,你上午遇到的那个先生,就是把时髦主义和天文学混为一谈的那个先生,你给她吹一吹,我记不太清楚了。”罗贝一面说,一面用眼角偷看他的情妇。

“可是,亲爱的,除了你刚才讲的以外,我没什么好讲的了。”

“你真叫人扫兴。这样吧,你给她讲讲弗朗索瓦丝在香榭丽舍大街上的事,这会使她非常高兴的!”

“太好了!博贝[1]多次给我提到过弗朗索瓦丝。”她用手托着圣卢的下巴,把它拉到亮处,一面重复她的陈词滥调:“好呀,您!”

自从我认为演员不只是在朗诵和表演风格上具有艺术真实性以来,我对演员本人发生了兴趣。当我看见扮演天真少女的演员一面漫不经心地聆听男主角向她表露爱情,一面盯着刚进入剧场的一个贵族公子的脸孔看个不停,而那位男主角一面倾吐火一般炽烈的情话,一面向坐在附近包厢里的一个珠光宝气得令他赞叹的老夫人频送灼热的秋波时,我感到饶有兴味,仿佛在欣赏一部旧喜剧小说中的人物。就这样,尤其通过圣卢给我介绍的有关演员的私生活,我在这部有声的戏剧下面,看到了另一部无声的富有表现力的戏中戏。这部有声戏剧尽管平淡无奇,但我仍看得津津有味;由于灯光的效果,由于演员脸上涂着角色的脂粉,戴着角色的面具,心灵上凝结着角色的台词,我感到剧中人物短暂而鲜明的个性,在一个小时内得到了充分的展现,栩栩如生,沁人心脾。人们热爱这些个性鲜明的人物,欣赏和怜惜他们,一旦离开剧院还想再看见他们,可他们已解体成一个不再是剧中人物的喜剧演员,一本不再能展示演员面孔的剧

① 博贝是拉谢尔对圣卢·德·罗贝的爱称。

本，一粒染上了油彩、被手帕擦掉的脂粉。总之，演出一结束，剧中人物的鲜明个性也就消失得无影无踪，我们会像失去了心爱的人那样，怀疑自身的存在，思考起死亡的问题来。

有一个节目叫我看了心里极不舒服。一个初登舞台的年轻女演员要演唱几首老歌，她把自己的前途和家里人的希望全部压在这场演出中。拉谢尔和她的几位女友都憎恨她。这个女演员的臀部过于肥大，大得让人看了发笑；嗓门挺甜，但是太小，一激动就变得更小。这小嗓门和大臀部形成了鲜明的对照。拉谢尔在剧场内埋伏了她的男女朋友，他们的任务就是用冷嘲热讽，把这个舞台新手（因为他们知道她一定怯场）搞得心慌意乱，不知所措，最后彻底垮台，这样剧院经理就不会和她签订合同。这个倒霉的女演员刚唱了个头，就有几个被专门搜罗来干这种勾当的男观众背朝舞台，纵声狂笑。另有几个同谋的女观众笑得更响。而笛子的每一个音符又为这场有预谋的狂笑增加了声浪。剧场内顿时乱作一团。倒霉的女演员心里痛苦之至，搽抹脂粉的脸上淌着汗水。她试着斗争了一会儿，接着向周围的观众投去痛苦而愤怒的目光。这就使得喝倒彩的声浪愈加高涨。模仿的本能和想表现自己聪明和勇敢的欲望，使一些漂亮的女演员加入到起哄者的行列中。她们本不是同谋，但向那些家伙送去了恶毒而默契的眼波，放肆地捧腹大笑，致使舞台监督在女演员唱完第二首歌后——尽管还有五首歌没唱——就下令拉下了幕布。我竭力克制自己，不去想这个意外事件，就像从前当我的姑爷爷为了戏弄我的外祖母，故意让我的外祖父喝白兰地酒时，我也尽量不去想我外祖母的痛苦一样。因为对我来说，恶作剧也是令人痛苦的。然而，正如我们对不幸人的怜悯很可能会怜悯得不是地方，因为我们会把他想象得痛不欲生，可是，他迫于要同痛苦斗争，根本不想自悲自怜；同样，恶作剧的人在灵魂深处也不见得有我们想象的残忍，不见得只想把快乐建筑在别人的痛苦之上。仇恨煽起了他的坏心，愤怒给了他热情和活力，而这种热情和活力并没有什么快乐可言；只有那些施虐成性的人才可能从中得到快乐。施虐者总认为他所虐待的对象也是一个恶人。拉谢尔想必认为她所折磨的女演员并不是一个值得注目的人，她认为给她喝倒彩无论如何也是为高雅的情趣报仇，是向一个蹩脚的同行提出忠告。不过，我最好还是不谈这件事，因为我一没有勇气，二没有能力阻止事情发生；再说，即使我为受害者鸣冤叫屈，我也很难把那些折磨者干坏事的感情，说成是为了满足他们残酷的心灵。

但是，这场演出的开场以另一种方式引起我的兴趣。我终于有点明白为什么圣卢对拉谢尔会产生错觉，为什么今天上午当我们——我和圣卢——在白花怒放的梨树下看到他的情妇时得到的印象会有天壤之别。拉谢尔在一出小剧中扮演配角。但她在台上和台下简直判若两人。拉谢尔的脸远看像朵花（不一定在舞台上，因为世界是更大的剧场），可是近看却不怎么样。站在她身边，只看见一片模模糊糊的星云，一条布满雀斑和疱疱的银河；但是如果离她适当的距离，红雀斑和小疱疱会从面颊上隐去，会消失，一个秀丽而洁净的鼻子会在脸上升起，宛若一弯新月，这时，你就想——假如你从没有在近处看见过她的话——成为她注意的对象，希望时时刻刻能看见她，把她留在你身旁。我不属于这种人，但圣卢第一次看她演出就是如此。那时圣卢想着怎样才能接近她，认识她，在他的心中展现了一个奇妙的世界，她生活的世界，从里面放射出一道道美妙的光线，但他却不能涉足其间。他第一次见她是在几年以前，在外省一个城市的剧院里。戏散场后，他准备离开剧院，一面想着心事，他对自己说，给她写信可能是蠢人干的事，她不会给他回信，尽管他准备把自己的财产和姓氏奉献给她，奉献给这个在他的想象中，生活在一个比他熟悉的现实要优越得多的、被愿望和梦想美化了的世界中的女人。就在他准备离开的时候，在演员出口处，他看见刚才登台表演的演员，各戴一顶雅致的帽子，说说笑笑地从一道门里走出来。有几个认识她们的年轻小伙子在门口等候她们。人类棋子的数目，不如它们可能组合的数目多，在一个举目不见熟人的大厅里，出乎意外地来了一个人，我们万万没有想到能在这里遇见他，他来得正是时候，我们会以为是上帝为我们安排的巧遇，殊不知如果我们不在这里，而在别的地方，也会有另外的巧遇，会产生另一些欲望，会遇到另一个熟人来帮助我们实现这些欲望。梦想世界的金色大门，在圣卢看见拉谢尔走出剧院之前，就已在她身后合拢，因此，她脸上的红雀斑和小疱疱也就无关紧要了。不过，那些玩意儿叫他看了也不舒服，因为他现在不再是一个人，不再有在剧院看戏时那样的想象力了。但是尽管他看见的不再是舞台上的拉谢尔，但她却仍然支配着他的行动，就像那些天体，即使在我们看不见的时候，也仍然用引力统治着我们。因此，罗贝想占有那个面目清秀的女演员的欲望——尽管他已记不清她的模样——驱使他一个箭步奔到在这里不期而遇的那位老同学跟前，恳求他把自己介绍给（既然是同一个人）这个相貌平庸、长着一脸红雀斑的女人，心想以后再来研究这个女演员到底是舞台上的，还是舞台下的。但她急着要走，甚至连话都没有跟圣卢讲，只是过了几天，他才终于说服她离开她的同伴们，把她带回住处。他已经爱上她了。他需要梦想。他渴望通过梦想中的情人得到幸福。这使他很快就把自己可能的幸福全部寄托在几天前在舞台上偶然发现的女人身上。而那时他还不认识她，她对他还是一个可有可无的人。

幕间休息时，我们到后台去了。这种地方我从没有来过，心里有些紧张，不知道该摆出怎样的姿态，因此，我很想赶紧同圣卢说说话，这样，我就可以假装沉浸在谈话中，别人就会以为我全神贯注于谈话，对周围的事物不关心，就会认为我的脸部表情自然而然和这个地方不相适应了（坦率地说，我快要不知道我在哪里了）。为了摆脱困境，我抓住我头脑中闪过的第一个话题：

“你知道，”我对罗贝说，“我走的那天去和你告别了，我们一直没有机会谈这件事。我在街上还和你打招呼呢。”

“别提这件事，”他回答说，“我感到很对不起你。我们在军营附近碰见，但我却不能停下来，因为我已经迟到了。我向你保证，我心里很不安。”

这么说，他是认出我来了！那天的情景我还历历在目：他把手举到帽檐上，不带任何感情地给我行了个军礼，既没有用眼神表明他认出了我，也没有用手势显示他因为不能停车而感到歉意。当然，他装作没有认出我来，倒使事情变简单了。可是他竟如此果断，反射作用还没有来得及把他第一个印象表露出来，他就作出了决定，这不能不叫我惊讶。在巴尔贝克时我就注意到，他一方面有一张真诚朴实的脸孔，白皙的肌肤能使他勃发的激情一目了然，但同时他还有一个训练有素、能随机应变的身子，他就像优秀的喜剧演员，在兵营和社交生活中，能相继扮演各种不同的角色。在他扮演的一个角色中，他爱我爱得那样深沉，对我情同手足；他从前是我的兄长，现在还是我的兄长，但中间却有那么一瞬间突然变成了另外一个人，他不认识我，他手持缰绳，戴着单片眼镜，不看我一眼，不给我一个微笑，把手举到帽檐上，端端正正地给我行了个军礼！

布景还没有拆去，我从布景中间穿过。大布景师在置景时把距离和灯光可能带来的效果也考虑进去了，因此当这些布景失去距离和灯光时，也就变得毫无价值了。当我走近拉谢尔时，发现她受到的损失不亚于布景。她那可爱的鼻翼也和布景的立体感一样，留在剧场和舞台之间的视景中了。她完全成了另外一个人，我只能从她的眼睛认出是她，她的个性藏在她的眸子中。这颗新星，方才还那么明亮，现在却变得黯然无光。相反，正如我们从近处看月球时，会感到月球不再有玫瑰色和金色的光辉一样，在这张刚才还是那样平滑洁净的脸上，我看到的全是雀斑和高低不平。

一群记者和社交人士像在社交场合那样抽着烟，聊着天，不停地同人打招呼。他们是女演员的朋友。我高兴地发现，在他们中间有一个年轻人，戴着黑绒无檐帽，穿着绣球花色裙子，脸上涂得红红的，像是华托[①]画册中用红铅笔勾勒的肖像画；他嘴边漾出微笑，眼里闪着蓝光，用手掌做出各种优美的动作，轻盈地蹦来跳去，同他周围那些穿短上衣和礼服的有理智的人好像不属于同一类；他像一个精神病人，如醉如痴地追踪着自己的梦幻，他的梦同周围人的忧虑毫不相干，在周围人的文明形成之前就久已存在，不受任何自然法则的束缚；他就像一只涂脂施粉的迷途蝴蝶，张着翅膀，自由自在地在天空布景中间飞来飞去，在上面画出一幅幅自然朴素的阿拉伯装饰图案。看到此番情景，人们会感到心境恬静爽快。可就在这时，圣卢想象他的情妇对这个正在作最后一次练习、准备登场表演的男舞蹈演员发生了兴趣，他的脸刷地沉了下来。

"你眼睛可以看着别处嘛。"他阴沉地对她说，"你知道这些舞蹈演员还不如一根钢丝绳值钱，他们最好还是去踩钢丝，把腰摔断算了。待一会儿，他们又要到处吹嘘，说你注意他们了。再说你明明听见叫你到化妆室去换装了嘛。你又该迟到了。"

这时，有三个先生——三个记者——被圣卢气呼呼的样子逗乐了，走过来想听听他在说什么。因为另一边正在安布景，我们被挤到他们身上了。

"啊！可我认出他了呀，他是我的朋友。"圣卢的情妇眼睛看着舞蹈演员，嚷了起来，"瞧他身材多好，你们看他那双小手，舞得多来劲，一动全身都动了！"

舞蹈演员朝她转过脸来。他虽然已化装成空气中的精灵，但还看得出人的形体。他的眸子犹如一条灰色的霜带，在染了色的僵直的睫毛中

① 华托（1684—1712），法国画家。多数作品描绘贵族的闲逸生活，他为后人留下大量素描。

间颤动、闪光，一缕微笑把他的嘴角咧向两边，延伸到涂了红粉的脸蛋上。接着，为了讨好这个年轻的女人，他开始像小孩子一样兴致勃勃、惟妙惟肖地把他刚才的手掌动作又做了一遍，就像一个歌唱演员，当我们赞扬他哪首歌唱得好时，他会讨好地把这首歌低声地再给我们唱上一遍。

“啊！太棒了，简直和刚才一模一样！”拉谢尔拍手叫好。

“求求你，我的宝贝，”圣卢伤心地对她说，“别这样出洋相了，我受不了。我向你发誓。如果你再说一句，我就不陪你到化妆室去了，我要离开这里。行了，别淘气。喂，你不要再待在腾腾的烟气中，这对你不好。”他把脸转向我又说，脸上流露出对我的关怀。自从我们在巴尔贝克相识以来，他总像这样关心我。

“啊！你走吧，我求之不得！”

“告诉你，我再也不来了。”

“不敢有此奢望。”

“听着，你知道，我答应过给你买项链的，只要你乖一些，可是，既然你这样对我……”

“哈！你这样做，我才不感到意外呢。你给我许了愿，我早该料到你不会履行诺言的。你想炫耀你有钱，我可不像你那样有私心。我不稀罕你的项链。有人会给我的。”

“谁也给不了你，因为我让宝诗龙替我留下了，他答应除我以外谁也不卖。”

“一点不错，你想讹诈我，你事先把什么都策划好了。怪不得人家说马桑特①的意思是 Mater Semita②，这个名字散发出犹太人的臭气！”拉谢尔

① 原文为 Marsantes，圣卢的母亲是马桑特伯爵夫人，她反对重审德雷福斯案。

② 拉丁文，拉谢尔想表达“闪米特人的母亲”。其实，Mater 虽为“母亲”，但 Semita 是“羊肠小道”的意思。

在回答中错用了一个词源，把“羊肠小道”说成是“闪米特族”①了，民族主义者把这个词源用于圣卢身上，是因为他主张重审德雷福斯案件②。可是圣卢之所以成为重审派，完全归因于这个女演员（她最没有资格把马桑特夫人说成是犹太人了，再说，那些社会人种史学家除了发现圣卢的母亲同犹太族的莱维·米尔布瓦家族沾亲带故之外，其他一无所获）。“不过，我会有办法弄到那串项链的，请你相信。宝诗龙在那种情况下许下的诺言一钱不值。你背叛了我，宝诗龙会知道的，有人会出双倍价钱买他的项链。你放心好了，很快你就会有我的消息。”

罗贝有一百个理。但事情总是那样错综复杂，乱七八糟，拿着一百个理的人，也许会有一次没有理。我不由得回想起罗贝在巴尔贝克时说的那句令人不快，但又是无辜的话：“这样，我就可以控制她了。”

“关于项链，你误解我的意思了。我没有明确答应送给你。既然你变着法儿要我离开你，我不给你项链是理所当然的。我不明白我怎么背叛你了。我哪一点有私心啦？怎么能说我炫耀自己有钱呢？我一直对你说我是个穷光蛋，分文不名。你这样认为就错了，我的宝贝。我哪一点有私心嘛？你明明知道，我唯一关心的就是你。”

“对，对，你尽管讲下去。”她揶揄地对他说，同时做了个表示蔑视的动作，然后把脸转向那个舞蹈演员：

“啊！他那双手太不可思议了。我是女人，但我做不出那样优美的动作。”她把脸对着他，用手指着罗贝那张抽搐的脸说：“你看，他受不了啦。”她低声对那位舞蹈演员说，一时的冲动使她变得和暴虐狂一样残酷，然而这并不是她对圣卢的真实感情。

---

① 闪米特族在古代指巴比伦人、亚述人、希伯来人和腓尼基人；近代主要指阿拉伯人和犹太人。

② 圣卢的情妇拉谢尔是犹太人。

“听着，最后一次，我向你发誓，一星期后你要后悔死的，你求我来我也不来了，酒杯已经满啦，你当心点，没有办法再挽回了。你总有一天要后悔的，那时可就来不及啰。”

也许这是他的心里话。离开情妇他固然很痛苦，但在他看来，与其像这样在她身边受罪，倒不如早一点分手的好。

“亲爱的，”他又对我说，“别待在那里，我跟你说，你会咳嗽的。”

我向他指了指我身边的布景，意思是说我动不了。他轻轻摸了摸头上的帽子，对身旁那个记者说：

“先生，请您把雪茄扔掉好不好，我朋友不能闻烟味。”

他情妇没有等他，就朝她的化妆室走去了，走了几步，她又回过头来：

“和女人在一起的时候，他那双小手也像这样灵巧吗？”她假装天真，用做作的、动听的声音向着舞台深处的那个男舞蹈演员喊道。“你看上去真像个女人，我相信，我跟你就像跟一个女朋友一样，会相处得很好。”

“据我所知，这里并不禁止抽烟呀！有病就该待在家里嘛！”记者说。

男舞蹈演员向女喜剧演员神秘地笑了笑。

“啊！别说话，你让我发疯了。”她对他喊道，“我们以后再约会！”

“不管怎么说，先生，您不太礼貌。”圣卢对记者说，仍然心平气和，彬彬有礼，仿佛只是在确认一个事实，在对一次事故作出事后的裁决似的。

就在这时，我看见圣卢把胳膊举得高高的，仿佛在给一个我看不见的人打手势，或者像一个乐队指挥，刚说完这几句有礼貌的话，就举起手来在记者的脸上掴了一记响亮的耳光，中间没有任何过渡，就像在一组交响乐或芭蕾舞曲中那样，只根据琴弓的一个动作，优美的行板乐曲即刻换成了狂暴的旋律。

现在，战争的狂怒接替了外交家温文尔雅的谈话，接替了和平时期的微笑策略，如果你打一记，我还一拳，双方不打个头破血流那才怪呢。但我不明白（我就像看到两国之间本来可以通过调整边界解决的矛盾，竟然发展成为战争，或者看到一个病人仅仅因患肝肿瘤就丧失了生命那样，感到这极不公正），圣卢刚才说话还带点儿客气的意味，怎么会突然做出同前面那些话毫无关联的动作。这个举手打人的动作不仅侵犯了人权，而且违背了因果关系的原则。然而，在容易冲动的一代人身上，是会 ex nibilo[①] 做出这个动作来的。幸好记者没有还手。这记猛烈的耳光打得他差点儿摔倒，他的脸刷地变白，他犹豫了一下，但没有把手举起来。至于他的朋友们，有一个很快别过脑袋，假装专心在看后台一个显然并不存在的人；第二个装作眼睛里掉进了一粒灰尘，使劲地合上眼皮，痛苦地做着怪相；第三个则喊着冲到台下：

“我的上帝，我想演出就要开始了，去晚了会没有位子的。”

我本想劝一劝圣卢，可我看见他对那个男舞蹈演员生那样大的气，怒火都要从他的眼睛里冒出来了。这股怒火犹如骨架，把他的脸颊绷得紧紧的；他内心的激愤完全凝固在脸上，他甚至无意使脸部肌肉放松。既然是这样，他就根本不会听我的话，也不会作出响应。记者的三个朋友看见事情已经结束，便回到他们的朋友身边，但仍心有余悸。可是，尽管他们为自己的行动感到惭愧，却仍然坚持要他相信他们确实不知道刚才发生的事。因此，他们一个说眼睛里掉进了灰尘，另一个说闹了场虚惊，以为戏就要开始了，第三个则说看见有一个人走过去，长得和他兄弟像极了。他们甚至还抱怨，说他不了解他们的心情。

“怎么，你没看见？你眼睛看不清了？”

“那就是说，你们是一群胆小鬼。”被掴耳光的记者小声嘀咕了一句。

按照刚才虚构的事实，他们应该——但没有想起来——装出听不懂的样子，然而与逻辑相反，他们喊出了一句在这种场合人们习惯说的话：“你的气还不小哇，别小题大做了，好像你嘴里咬着马嚼子似的。”

---

① 拉丁文，意即无缘无故。

上午，我站在挂满白花的梨树前，突然明白罗贝对"拉谢尔，当从天主"的爱情是建立在幻梦之上的。同时，我也意识到这个爱情确实酿成了痛苦。一个钟头以来，他不停地受着痛苦的折磨，现在痛苦收缩了，缩回到他的身上，时显时隐、若有若无地显露在他的眼睛中。圣卢和我，我们离开剧院，在一起走了一程。我在加布里埃尔大街的一个拐弯处稍稍停了一会儿。从前，我常见到希尔贝特从那条街上走来。我停了一会儿，试图回顾那些往事。我正要"小跑步"去追圣卢，蓦然看见一个衣冠不整的先生好像在同他说话，两人离得相当近。我由此推断，这是圣卢的朋友。可是，两人好像还在继续靠近。突然，我看见一些卵形物体以令人眩晕的速度，占领了圣卢面前的空间，形成一个变化无定的星座。这些卵形物体好像是用一只弹弓打出来的，我看至少有七个。然而，这不是什么弹弓射出的物体，而是圣卢的两个拳头。拳头飞快地变换着位置，看起来像是好几个拳头做出了一整套完美无缺、煞是好看的动作。这阵拳头的好斗性——而不是审美性——我一上来就从那个衣冠不整的先生狼狈的样子看出了几分。他张皇失措，颌骨似乎脱开，流了许多血。一群人围上来询问情况，他撒了谎，没有讲真话。他转过头，当他看见圣卢头也不回地朝我走来时，怨恨而沮丧地、但毫不气恼地看着他离去。相反，圣卢却怒形于色。尽管他没有挨打，但当他走到我跟前时，我看见他的眼睛还在冒火。我认为，这件事与剧院里掴耳光事件毫无关系。那是一个有同性恋癖的过路人，看见圣卢是一个漂亮英俊的军人，就向他提出不正当的建议。我的朋友惊魂未定。这帮"恶棍"竟不等天黑就想冒险！当他给我讲述那人的建议时，就像报纸在报道一起光天化日之下，在巴黎市中心发生的持械抢劫事件那样，情绪异常激愤。然而，挨打的那个瘾君子也无可厚非，他顺着斜坡滑下去，一心只图快点享受，以为长得漂亮就是对他的允诺。而圣卢长得确实漂亮，这一点是无可争议的。对付刚才上来同他搭讪的那号人，拳头固然可以教他们认真思索一番，但时间毕竟太短，不可能使他们改邪归正，从而逃脱法律的制裁。因此，尽管圣卢不假思索地给了对方一顿拳头，但这种惩罚即使能帮法律的忙，却不可能移风易俗。

接踵而来的这两件事，尤其是他想得最多的那一件，当然会促使圣卢想单独待一会儿。因为不久他就提出同我分手了，要我独自去德·维尔巴里西斯夫人家，他在那里和我碰头。他说我们不一起进去，这样他好装出刚到巴黎的样子，不让人家猜到他和我一起已度过了下午的部分时间。

德·维尔巴里西斯夫人的生活环境，果然和德·盖尔芒特夫人的环境不大相同，这一点，我在巴尔贝克海滩与德·维尔巴里西斯夫人相识之前就料想到了。侯爵夫人属于这样一类女人，出身名门望族，夫家也同样是高门显贵，然而在社交界却不享有崇高的地位。除了几个公爵夫人（都是她的侄女、外甥女或妯娌）和一两个王妃（是她家的故交）以外，到她沙龙来的人全都是三流人物：资产者、外省的或名声不好的贵族。由于这些人同她过从甚密，久而久之，那些高雅之士和赶时髦的人也就对她敬而远之。再说，他们同她非亲非故，用不着到她的沙龙来尽义务。固然，我没有花多少时间，也没有费任何气力就弄明白，在巴尔贝克海滩，为什么德·维尔巴里西斯夫人消息比我们还要灵通，对我父亲和德·诺布瓦先生正在西班牙进行的访问了如指掌。可是，即便是这样，我也难以想象，德·维尔巴里西斯夫人同大使先生二十余年的暧昧关系，会是侯爵夫人在社交界地位一落千丈的根本原因，因为那些最出风头的贵妇在社交界炫耀的情夫还不如诺布瓦先生有身份。况且，他大概早就不再是她的情夫，而仅仅是她的一个老朋友了。那么，德·维尔巴里西斯夫人从前是不是有过其他风流事呢？那时候，她的性格比现在狂热。现在她人老珠黄，变得平静和虔诚了，这也许得部分地归功于她拼命享受生活的狂热年代。她在外省生活多年，就不会闹出几场丑闻？她这些浪漫史后人并不知道，只是从她沙龙乌七八糟的成员看到了后果；倘若没有这些丑闻，她的沙龙肯定会是纯而又纯的沙龙之一。她的侄儿说她讲话“尖酸刻薄”,那么,她那张利嘴会不会使她在那个年代树敌过多?会不会促使她利用自己对男人的某些成功向女人实施报复?这一切都是可能的。尽管德·维尔巴里西斯夫人在谈论廉耻和慈爱时,神态高雅,富有同情心,不仅用词细腻入微,而且语调也时强时弱,时重时轻,但这些并不能使这种假设不成立。因为那些奢谈某些美德,并且感觉到它们的魅力,甚至深有体会的人(他们会在回忆录中塑造一个具备这些美德的可敬形象),常常出生于,但并不属于那个实践着这些美德的默默无闻、缺乏教养和艺术修养的一代。那一代人在他们身上会有表现,但不会延续。他们的性格和那一代人的不同,他们敏感,有才智,但这种性格却不利于行动。德·维尔巴里西斯夫人一生中有没有丑闻,这无关痛痒。即使有,也被她家姓氏的光辉遮盖了。肯定地说,她在社交界失势的根本原因是她的出众才智,一种与其说是上流社会女人的,不如说是二流作家的才智。

毫无疑问,德·维尔巴里西斯夫人特别鼓吹稳健和节制,这种品质一般不会使人产生激情。说到节制,如果要说得完全恰当,我认为光有节制是不够的,还必须兼备作家的某些素质,必须有不太节制的激情。我在巴尔贝克海滩就注意到,德·维尔巴里西斯夫人并不理解某些大艺术家的才华,她只知道用幽默的玩笑对他们冷嘲热讽,使她的不理解披上一层诙谐而优雅的外衣。但是,她这种诙谐和优雅,已达到炉火纯青的地步,竟变成了——在另一个平面上,被用来贬低那些最杰出的作品——她真正的艺术素质。然而,这种素质会对一个人的社交地位产生不良的影响,会导致一种医生们所说的挑挑拣拣的毛病。这种毛病具有异常强大的瓦解力,即使你在社交界的地位十分牢固,不消几年,也会被它动摇基础。艺术家们所说的才智,对上流社会说来似乎是纯粹的奢望,而上流社会的人不可能像他们那样仅以唯一的角度去看待一切,决不会理解他们对选词或对比为什么有那样浓厚的兴趣,因此在他们身边会觉得疲倦,感到恼火，会很快产生反感。然而，德·维尔巴里西斯夫人的谈吐，只显示出一种完全是上流社会的高雅，这在她以后出版的回忆录中也可以得到证实。一些重大的事件，她只是轻描淡写、笼而统之地提一提；对于她过去的岁月，她几乎只谈了一些轻薄的琐事，不过，她的描写却绘声绘色、恰如其分。但是，一部作品，即或涉及的题材是非精神性的，也还是智力的产物；要在一本书或一场谈话中（因为谈话和写书差别不大）使人得到一种轻薄已经登峰造极的印象，必须要有一定分量的严肃性，那是一个十足轻薄的人所不具备的。在某些由女人撰写的被公认为杰作的回忆录中，有的句子被人称作高雅的轻浮，引为范例，但总使人想到，要达到这种轻薄程度，作者想必早已精通一门比较沉闷的科学，一门讨厌的学问，她在少女时代，在她的女友眼里，可能是一个令人讨厌的女学究。某些文学素质会导致社交生活的失败，文学素质和社交生活之间的联系是那样必然，今天，当我们拜读德·维尔巴里西斯夫人的回忆录时，只要读到某个贴切的形容词和某些前后连贯的比喻，就可以重新看到勒鲁瓦夫人那样的假上流人物，在某大使馆的楼梯上可能向老侯爵夫人冷冰冰地行礼的情景。勒鲁瓦夫人去盖尔芒特府的时候，也许会顺便送给德·维尔巴里西斯夫人一张折了角的名片①，但决不会走进她的沙龙。因为勒鲁瓦夫人害怕同医生或公证人的妻子混在一起会有失身份。德·维尔巴里西斯夫人少女时代可能是一个女学究。她自以为博古通今，顾盼自得，但很可能锋芒毕露，咄咄逼人，得罪了上流社会中某些不及她聪明、又不如她有学问的人，而那些受到伤害的人却对她耿耿于怀，记恨终生。

再说，才华不是一种附加物，可以随便加到那些能使人获得成功的各种素质之中，从而造就上流人士所说的“完美女人”。才华是某种精神气质的活的产物。一般地说，在这种气质中，有许多特点是不存在的，占主

① 在名片上折一只角就表示亲自来访。

导地位的是敏感性。这种敏感性的某些表现形式，在书中可能感觉不到，但在生活中却会顽强地表现出来，例如好奇心、耽于幻想、突然想到这里或那里去走一走，是为了消遣，而不是为了扩大或维持社交关系，或者仅仅是为了发挥社交关系的作用。在巴尔贝克海滩时，我看见德·维尔巴里西斯夫人把自己关在她的圈子中，对坐在旅馆大厅里的人不屑一顾。但我感到她并不是生性冷漠才不和别人来往的，而且也不总是闭门谢客。心血来潮时，她也想结识这个或那个没有资格受她接待的无名人士，可能因为她觉得那人长得漂亮，或者仅仅因为听人说他很讨人喜欢，或者认为他与她熟悉的人不一样。而她所熟悉的人全都是最纯的圣日耳曼社交圈里的人。在那个时代，她对他们很不以为然，因为在她看来，他们绝不会抛弃她。那个得到她赏识的生活放荡的青年，没有身份的小市民，对她的邀请不肯赏光，她就不得不一再发出邀请，久而久之，她在那些假上流人的眼里渐渐威信扫地，因为他们评定一个沙龙好坏，往往根据女主人不接待什么样的人，而不是根据她接待什么样的人。的确，如果说德·维尔巴里西斯夫人年轻时对自己是贵族的精华感到乏味，有意得罪她周围的人，以作践自己的地位而自娱的话，那么，当她在社交界的地位一落千丈后，反倒眷恋起她失去的地位了。从前，如果说她为了向她们显示自己比她们高明，她们不敢做的事她敢说敢做的话，那么现在，除了她的亲属之外，公爵夫人们都不愿光临她的沙龙，她觉得自己变得渺小了，她还希望能独霸一方，但不再是用思想，而是用别的方法。她想把过去竭力排斥的贵妇都吸引到自己的沙龙里来。不知有多少女人，一生就像这样被分割成若干个对比鲜明的阶段！况且，对她们的生活，人们知道甚少（因为每个人按照不同的年龄，似乎有着不同的世界，老人们守口如瓶，使得年轻人对过去很难有明确的概念，很难了解人生的整个过程）。当她们走到人生最后一个阶段时，她们又会不遗余力地去夺回她们在前一个阶段心甘情愿地抛弃的东西。那么是用怎样的方式抛弃的呢？当今的青年是想象不到的。更何况他们眼前是一个德高望重的维尔巴里西斯侯爵夫人，怎么也不会想到，这个一本正经的回忆录作者，戴着白发套显得那么庄重，却曾经是一宵千金的风流女人，使多少现在已长眠地下的男人丧魂失魄、财产耗尽。尽管德·维尔巴里西斯夫人曾巧妙而自然地、坚持不懈地作践她高贵的出身给予她的地位，但这并不能说明，即使在那个遥远的年代，她对她的地位毫不重视。同样，一个神经衰弱症患者可以整天为自己密谋一种清静而懈怠的生活，但他仍然认为这种生活不堪忍受；当他赶紧在束缚他的网上再开一个洞眼时，很可能他只梦想舞会、狩猎和旅行。我们无时无刻不在确立我们的生活方式，但是，我们会身不由己地把我们现在的特征，而不是理想的特征作为临摹的图样。勒鲁瓦夫人同德·维尔巴里西斯夫人打招呼时表现出的轻蔑态度，在某种意义上可能反映了德·维尔巴里西斯夫人的本性，却丝毫也不符合她的愿望。

毫无疑问，当勒鲁瓦夫人同侯爵夫人“割断来往”（这是斯万夫人心爱的用语）时，侯爵夫人为了自我安慰，可能会回想起玛丽-阿梅莉王后①从前对她说过的一句话：“我爱您就像爱女儿一样。”但是王后的这种恩宠是不公开的，没有人会知道，它就像艺术学院旧时颁发的头等文凭，上面布满了灰尘，它仅仅对侯爵夫人才具有存在的价值。在上流社会中，唯有那些能创造生活，并且会随时消失的好处才是真正的好处，享有这些好处的人既不想保留，也不想到处张扬，因为在同一天中，还会有一百个好处接踵而来。尽管德·维尔巴里西斯夫人必要时会回忆王后的话聊以自慰，但她却宁愿用王后的话换取经常邀请勒鲁瓦夫人的权利。就像一个大艺术家走进一家饭店，谁也不认识他，他那件过时的旧上衣和脸上腼腆的神情也显示不出他的才华，他宁愿自己成为邻桌那个年轻的场外证券经纪

---

① 玛丽-阿梅莉王后（1782—1866），斐南迪第一（1751—1825）之女，1809 年嫁与奥尔良公爵（1773—1850）为妻，生有八个子女。

人，尽管这个人属于社会最低层，却有两个女演员相陪，老板、侍应部领班、侍者、穿制服的服务员，就连学厨的小徒弟，全都走出厨房，络绎不绝地跑来向他大献殷勤，就像童话剧中看到的那样，而那个饮料总管手里拿着满是灰尘的酒瓶，浑身上下也都布满灰尘，被光线刺得睁不开眼睛，一瘸一拐地朝着经纪人走来，像是刚才从黑暗的酒窖上来时，半路上把脚给崴了。

然而，应该承认，勒鲁瓦夫人没有出席德·维尔巴里西斯夫人的沙龙，尽管使女主人伤心难过，却没有引起多少客人的注意。他们根本不知道勒鲁瓦夫人的特殊地位，因为她仅仅在上流社会有名气。他们毫不怀疑，德·维尔巴里西斯夫人的招待会是巴黎最出色的招待会，正如今天她的回忆录的读者所确信的那样。

离开圣卢后，我就去拜访德·维尔巴里西斯夫人。这是我第一次去她家里，是德·诺布瓦先生向我父亲提议的。我在她的客厅里看见了她。客厅的墙壁装饰着黄绸，沙发和令人赞叹不绝的安乐椅是用博韦的绒绣做面，玫瑰红色，几乎可以说是紫罗兰的颜色，看上去就像成熟的覆盆子，与墙壁的黄绸相映生辉。在盖尔芒特和维尔巴里西斯两家人的肖像旁边，还可以看到玛丽-阿梅莉王后、比利时王后、德·儒安维尔亲王和奥地利皇后的肖像，这是他们亲自赠送的。德·维尔巴里西斯夫人头戴一顶旧时的镶着黑色花边的软帽（她以一种对地方色彩或历史色彩先入为主的本能保留了这顶软帽，就像从布列塔尼来的旅店老板，尽管他的顾客全都换了巴黎人，仍然认为应该让他的女仆们戴帽子和穿大袖管衣服），坐在一张小书桌前，桌上放着画笔、调色板和一幅刚动笔的水彩画，旁边是玻璃杯、茶碟和茶杯，里面放着苔蔷薇、百日草和铁线蕨。客人纷至沓来，她这时已停止画花，那些杯、碟中的花草，似乎像一张十八世纪的铜版画上的花卉，就放在一个卖花女的柜台上。客厅里暖烘烘的，因为侯爵夫人在从城堡回来的路上受凉得了感冒，屋里特意生了火。我来到客厅时，已有几个客人在了。其中一个是档案保管员。今天上午，德·维尔巴里西斯夫人和他一起，把历史人物写给她的亲笔信归了归类。这些真迹 facsimiles[①] 后，准备作为证明文件，放进她正在撰写的回忆录中。在这些客人里，还有一个是历史学家，看上去惶惶不安，不苟言笑。他得知德·维尔巴里西斯夫人继承了一张蒙莫朗西公爵夫人[②]的画像，想复制一份，作为他那部关于投石党运动[③]的著作的插图，因此前来恳求得到她的同意。我的老同学布洛克也来了。他现在是青年剧作家，德·维尔巴里西斯夫人指望他能提供一些不要报酬的演员，参加她即将举办的日场演出。诚然，社会的万花筒正在转动，德雷福斯案件就要把犹太人贬入社会最低层，但是，一方面，尽管为德雷福斯翻案狂风四起，波涛在暴风雨开始阶段是不会达到高潮的。再说，德·维尔巴里西斯夫人至今还置身于德雷福斯案件之外，不闻不问，漠不关心，听到家里有人怒斥犹太人，她也听而不闻。最后，像布洛克这样的青年犹太人，还是个无名小卒，不会引起任何人注意，而他们党内有代表性的知名犹太人却正在受到威胁。现在，他下巴上点缀着"山羊胡"，戴着夹鼻眼镜，穿着紧身长礼服，手里拿着手套，犹如拿着一卷纸莎草纸。罗马尼亚人、埃及人和土耳其人会讨厌犹太人。但是在一个法国沙龙里，这些人民之间的差别微乎其微，很难感觉得到。一个犹太人走进一个沙龙，就好像走出了大沙漠，像鬣狗那样倾斜着身体，弯着颈背，口中不停地说着"萨拉姆[④]"，这副模样和神情，恰好能满足人们对东方风味的好奇心。不过，这个犹太人必须不属于"上流社会"，否

① 拉丁语，意为复制。

② 蒙莫朗西家族是法国最有影响的贵族家族之一。蒙莫朗西公爵夫人(1601—1666)是亨利第二，即蒙莫朗西公爵(1595—1632)的妻子。她丈夫因反对黎塞留而被斩首。她于1634年退隐于她在穆兰创办的往见会修道院，1657年成为该修院的修女，后任修道院院长。

③ 投石党运动指1648年至1653年间法国反专制制度的政治运动。

④ "萨拉姆"是阿拉伯人表示问候的用语，意为"祝你一切如意"。

则，他的外表很快就会像一个英国贵族，举止风度会完全法国化，这样一来，他那桀骜不驯、像金莲花那样胡乱生长的鼻子，会使人想到马斯卡里耶[①]，而不是所罗门[②]。但是布洛克还没有被“圣日耳曼区”的训练变得柔软，也没有因为同英国和西班牙接触而变得高贵，尽管他一身欧洲装束。但对于那些爱好异国情调的人来说，他仍然是德刚[③]画笔下的犹太人，奇特颖异，饶有趣味。这个种族具有令人惊奇的生命力，世世代代，繁衍生息，把一个完整的手指一直伸到现代的巴黎，伸到我们剧院的走廊里和银行、邮局、商店的营业窗口后面，伸到葬礼中和大街上；它使现代的帽子犹太化，吞并了欧洲的装束，使人忘记了旧式礼服，使之就范，总之，使之和画在大流士一世[④]宫门前一座苏萨[⑤]风格建筑物中楣上的亚述律法家所穿的衣服十分相像。（一小时后，德·夏吕斯先生向人打听布洛克这个名字是否是犹太人的名字，布洛克就认为夏吕斯对犹太人怀有敌意，其实这纯粹出于对艺术的好奇心和对地方色彩的热爱。）但是，谈种族的延续性，并不能确切地表达我们对犹太人、希腊人、波斯人，对所有这些人民的印象，最好还是让他们各有各的特色。我们从古代画中熟悉了古希腊人的面孔，在苏萨一个宫殿的三角楣上看到过亚述人。然而，当我们在社交场合邂逅这个或那个种族的东方人时，仍然会感到他们是超自然的人，是靠招魂术的力量招来的幽灵。我们仅有一个表面印象，现在这个印象有了深度，它在三维空间上伸展开来，它在动。年轻的希腊女郎，一个银行阔老板的女儿，当今最时髦的女子，看上去就像在一出历史芭蕾舞剧中扮演群

① 马斯卡里耶是法国十七世纪喜剧作家莫里哀的剧中人物，一个诙谐快活、厚颜无耻的仆人。

② 所罗门（前972—前932），以色列王大卫的儿子，继承王位后，以色列达到鼎盛时期。

③ 德刚（1803—1860），法国画家，是东方风格画的杰出代表。

④ 大流士一世（约前558—前486），古波斯帝国国王。

⑤ 苏萨为古波斯城市名。为波斯帝国大流士一世统治时的都城。那里有大流士一世王宫的废墟。

众角色的女演员，活生生地代表着希腊艺术；但在戏剧中，导演使这些人物形象变得苍白无力。相反，当一个土耳其女人、一个犹太男人进入一个沙龙，我们会看到一幅动人的场面，人物形象会变得生动活泼，奇妙非凡，仿佛真是招魂术招来的亡灵。是灵魂（更确切地说，至少是那些亡灵显形说中一贯宣扬的灵魂）在我们面前做着这种令人不解的手势和表情，是我们从前在独一无二的博物馆中模模糊糊看到过的灵魂，从微不足道的先于经验存在的生活中找出来的古希腊人和古犹太人的灵魂。在那个年轻的希腊女郎身上，我们想拥抱的——但这只是妄想，因为我们靠近她，她就闪开——是画在一只花瓶上的曾受人赞美的人物形象，如果我利用德·维尔巴里西斯夫人客厅的光线给布洛克照几张相，我认为我们得到的以色列的形象，正是那些亡灵的照片显示的形象。这形象是那样撩拨人心，因为它不像人；可又那样令人失望，因为它毕竟与人类太相像。更广义地说，在我们每天生活的可怜世界上，连我们周围人说的毫无意义的话，我们也会感到它们具有超自然的力量；在这个可怜的世界上，即使是一个有才华的人，尽管我们像围着一张招魂术的灵动桌那样围在他的身边，等待他道出无穷世界的奥秘，他也只会说出布洛克刚才说的话："但愿他们注意我这顶大礼帽。"

"我的上帝，那些大臣，我亲爱的先生，"我走进客厅时，德·维尔巴里西斯夫人好像正在和我的老同学说话，我的闯入打断了她的话头，不过她立刻又接上了，"那些大臣，谁也不想见他们。尽管我那时还小，但我清楚地记得，国王曾要我祖父邀请德卡兹[1]先生参加一个舞会。舞会上，我父亲要同贝里公爵夫人[2]跳舞。国王对我祖父说：'您会让我高兴的，弗洛里

① 德卡兹（1780—1860），路易十八的顾问，曾任总警务大臣和内务大臣，不久后出任总理大臣，但因路易十八的侄子贝里公爵于 1820 年 2 月在巴黎歌剧院遇刺身亡而被迫辞职。

② 贝里公爵夫人（1798—1870），1816 年嫁给查理十世次子贝里公爵，1832 年曾试图煽动旺代省反对路易-菲利浦，但未遂。

蒙。'我祖父耳朵有点背,听成了德·加斯特里[①]先生,感到国王的请求很自然。当他明白是要他邀请德卡兹先生时,他心里一阵反感,但还是折腰应允,并且当晚就给德卡兹先生发出请柬,请他光临他下周举办的舞会。因为,先生,那时候的人都很讲礼貌,女主人不可能只满足于在请柬上亲笔写:'清茶一杯','跳舞茶会',或'音乐茶会'。然而,他们既懂得礼貌,也会表现出无礼。德卡兹先生接受邀请了,可是舞会前夕,大家得知我祖父因身体不适而把舞会取消了。他没有违抗国王,但也没有让德卡兹先生参加他的舞会……是的,先生,我清楚地记得莫莱[②]先生,他很风趣,他在法兰西学士院欢迎德·维尼[③]先生时就证明了这一点。但他十分拘泥虚礼,我仿佛还看见他在家里手拿大礼帽下楼来吃晚饭的情景。"

"啊!这很能使人想到受腓力斯人[④]影响相当深的一个时代,因为毫无疑问,在家里把帽子拿在手上是普遍的习惯。"布洛克说,他很想利用这个难得的机会,向一个见证人了解昔日贵族的生活特点,而那位有时兼任侯爵夫人秘书的档案保管员,向侯爵夫人投去了温柔的目光,仿佛在对我们说:"瞧!她多么了不起!她什么都知道,谁都认识。你们可以随便问她。她是一个非凡的女人。"

"不对,"德·维尔巴里西斯夫人答道,一面把浸着铁线蕨的玻璃杯挪近一些,待会儿她还要画花,"这仅仅是莫莱的习惯。我从没见过我父亲

---

① 德·加斯特里(1756—1842),依靠贝里公爵帮助,于1814年当上贵族院议员和世袭公爵。

② 莫莱(1781—1855),法国政治人物,在第一帝国和波旁王朝复辟时期任过要职。他于1846年1月29日发表演说,欢迎维尼加入法兰西学士院。他指责维尼在长篇小说《森-马尔斯》中把法兰西学士院创始人黎塞留红衣主教写得嗜血成性,但同时又说他也作出巧妙的努力,以捍卫和保存历史的真实。

③ 维尼(1797—1863),法国浪漫主义诗人、作家。反对法国资产阶级革命,所写诗歌充满悲观情绪。

④ 腓力斯人是地中海东岸的古代居民,泛指没有文艺修养且粗俗的人。

在家还拿着帽子。除非国王驾临，因为国王到哪儿都是家，而主人在自家的客厅里反而成了客人。”

“亚里士多德在第二章中对我们有过教导……”投石党运动历史学家比埃尔先生壮着胆子说道。可他说话时畏首畏尾，怯声怯气，结果谁也没有注意他。他患神经性失眠症已有几个星期了，吃什么药都不管用，天天睡不着觉，累得精疲力竭，因此除了工作需要外很少出门。别人出门是家常便饭，可他就像从月球上下来一样费劲。正因为他不能经常出去走走，当他看到别人的生活不能随时发挥最大的效率，以满足他生活中勃发的冲动时，就会感到万分惊讶。他每次去图书馆总要穿紧身礼服，尽量使自己挺直腰板，站稳脚跟，就像威尔斯①笔下的人物，可他常常吃闭门羹。值得庆幸的是，他来德·维尔巴里西斯夫人家却没有被拒之门外，他马上就可以看见那张肖像了。

布洛克打断了他的话头。

“真的，”他说，这是对德·维尔巴里西斯夫人所讲的国王驾临的礼节问题作出的反应，“您说的我一点也不知道（好像他不应该不知道似的）。”

“说到国王驾临，您知道昨天上午我侄儿巴赞同我开的愚蠢的玩笑吗？”德·维尔巴里西斯夫人问档案保管员，“他自己没来，而是派人来告诉我，瑞典王后②想见我。”

“啊！他就这样冷漠地派人来同您说一说就完了！这不是开玩笑嘛！”布洛克高声说，说完便哈哈大笑起来，而那位历史学家只是羞怯而庄重地稍微笑了笑。

---

① 威尔斯（1866—1946），英国作家。作品大多讽刺资本主义社会的丑恶现象。在科幻小说《隐身人》中，主人公格里芬身穿礼服，以便混迹于其他男人之中。

② 这里，瑞典王后指索菲娅·德·纳索公主（1836—1913），1857 年嫁给瑞典的奥斯卡（1829—1927），后者于 1872 年当上瑞典和挪威国王，称为奥斯卡二世。

“我大吃一惊，因为我刚从乡下回来不几天，想清静一下，我要求大家不要把我回来的消息告诉任何人。我心里纳闷，瑞典王后怎么会知道我在巴黎了，也不让我歇两天喘口气。”德·维尔巴里西斯夫人这番话使她的客人无不感到惊讶：瑞典王后想登门拜访，而女主人却认为这不是什么了不得的大事！

的确，如果说上午，德·维尔巴里西斯夫人还在同档案保管员查阅她回忆录的有关资料的话，那么现在，她已不知不觉地试图用回忆录的结构和魔力，来影响一个代表着她未来读者的一般听众了。德·维尔巴里西斯夫人的沙龙，同一个真正高雅的沙龙是会有差别的。在高雅的沙龙里，不大可能出现德·维尔巴里西斯夫人接待的那种庸俗女人，相反却能看见最终被勒鲁瓦夫人吸引过去的杰出贵妇。但是，这种细微的差别在她的回忆录中却看不出来。作者没有把那些出身低微的朋友写进去，因为没有机会提到她们，却塞进了一些实际上并不存在的贵宾，因为回忆录的篇幅有限，不能写进很多人。如果写进回忆录的人都是王公贵族和历史人物，那么读者就会从中得到最深刻的印象：某某沙龙是一个高雅的沙龙。按照勒鲁瓦夫人的评价，德·维尔巴里西斯夫人的沙龙是一个三流沙龙，为此，德·维尔巴里西斯夫人深感痛苦。如今，几乎没有人知道勒鲁瓦夫人了，她这个评价也烟消云散。德·维尔巴里西斯夫人的沙龙，这个昔日常有奥马尔公爵、布洛伊公爵、梯也尔、蒙达朗贝、迪邦卢殿下来访，今天又有瑞典王后光临的沙龙，会被丝毫没有改变价值观念的后代子孙誉为十九世纪光彩夺目的沙龙之一。从荷马和品达罗斯[①]时代起，人类的子孙依然如故。在他们眼里，值得羡慕的地位是高贵的门第、皇亲国戚或准皇亲国戚，是国王、平民领袖和杰出人物的友谊。

然而，所有这些，德·维尔巴里西斯夫人都沾点边，无论是她现在的

---

① 品达罗斯（约前518—前438），古希腊抒情诗人，以写合唱颂歌著称。

沙龙，还是在回忆录中。她借助于回忆录，把她现在的沙龙延伸到过去，有些事稍微作了润色。再说，德·诺布瓦先生虽没有能力恢复他女友在上流社会的真正地位，但却把外国或法国政治家带进了她的沙龙。这些政治家需要诺布瓦先生。他们知道，经常去拜访德·维尔巴里西斯夫人，是讨好前大使先生最有效的办法。勒鲁瓦夫人大概也同这些欧洲的名流相识。但她是一个知趣的女人，总是避免使自己的谈吐像个女学究，绝对不和总理们谈论东方问题，不和小说家、哲学家谈论爱情的本质。有一次，一个矜夸的贵妇问她："您对爱情有何高见？"她回答说："您问爱情？我只管实践，从不谈论。"如果文学名流和政治人物来到她的沙龙，她同盖尔芒特公爵夫人一样，只让他们玩扑克牌。不过，他们常常宁愿打扑克，也不愿意受德·维尔巴里西斯夫人的束缚，一味地漫谈闲聊。这种闲谈，在上流社会也许是荒谬可笑的，但她却从中汲取了宝贵的素材和政治见解，写出了具有高乃伊①式悲剧作品那样良好效果的回忆录。况且，只有德·维尔巴里西斯夫人们的沙龙可以传给后代，因为勒鲁瓦夫人们不会写，即使会，也没有空闲。如果说德·维尔巴里西斯夫人们的文学禀赋，是使勒鲁瓦夫人们看不起的原因，那么反过来说，勒鲁瓦夫人们的蔑视，却大大有利于德·维尔巴里西斯夫人们文学禀赋的发展，使这些女学究有闲从事文学生涯。上帝要人写出几本好书，便在勒鲁瓦夫人们的心里煽起了蔑视之火，因为他知道，如果她们邀请德·维尔巴里西斯夫人们赴晚宴，德·维尔巴里西斯夫人们就得立刻撂下文具匣，吩咐给她套好马车，八点就得动身。

过了一会儿，一个身材高大的老妇款款而入。她神态庄重，卷边草帽下露出玛丽-安托瓦内特②式的高高隆起的白发。那时我还不知道她就是

① 高乃伊（1606—1684），法国剧作家。是法国古典主义戏剧的创始人。

② 玛丽-安托瓦内特（1755—1793），奥地利大公公主，法国路易十六国王的妻子。

巴黎社交界还能见到的三个特别的贵妇之一。这三个女人和德·维尔巴里西斯夫人一样出身名门,但由于种种原因(这些原因已随时间的消逝而沉入黑暗,恐怕只有一两个从那个时代过来的风流老手才能向我们吐露真情),只剩下一些无人问津的末流之辈光顾她们的沙龙了。这三个贵妇都有自己的"盖尔芒特公爵夫人",也就是她们的侄女。这个光彩夺目的侄女来向她们尽礼仪,但始终也没能把另外两个贵妇的"盖尔芒特公爵夫人"吸引到她姑妈的沙龙里来。德·维尔巴里西斯夫人同这三个贵妇来往密切,但并不喜欢她们。也许因为她们的处境和她相似,会使她触景生情而心中不快。此外,她们也和她一样尖酸刻薄,博学多才,幻想通过经常演出独幕滑稽剧组成所谓的沙龙。她们之间竞争激烈,这种竞争又因她们一生挥霍无度,如今几乎囊空如洗,而变成了一种生存之争,不得不依靠或利用某个演员的无偿援助,惨淡经营着她们的沙龙。再说,这个梳着玛丽-安托瓦内特发型的夫人,每次看见德·维尔巴里西斯夫人,不免总要想起盖尔芒特公爵夫人从没有出席过她的星期五聚会。不过,每星期五,她忠实的亲戚普瓦亲王夫人必到,这多少给了她一点安慰。这是她的"盖尔芒特公爵夫人"。尽管普瓦亲王夫人是盖尔芒特公爵夫人的好朋友,但她从来不去德·维尔巴里西斯夫人家做客。

然而,从马拉盖滨河路的公馆到图尔农街、椅子街和圣奥诺雷区的沙龙,一种互相依存却又彼此憎恨的关系,把这三个遭到贬谪的女神紧密地连结在一起。我真想查一查社会神话学辞典,弄清楚她们究竟做了什么风流韵事,冒犯了哪一条天规,会遭到如此悲惨的惩罚。也许在很大程度上就因为她们出身高贵,当前又都身处逆境,才不得不彼此既憎恨,又密切相连的。再说,她们每个人都在其他二人身上找到了向自己的客人献殷勤的好办法。试想,当她们把客人介绍给一个很有身份的、有一个姐妹嫁给了某萨冈公爵或某利涅亲王的贵妇时,她们的客人怎能不以为自己已跨进了最封闭的贵妇沙龙呢?况且,报上成天谈论这些所谓的沙龙,而对于真正的沙龙却很少报道。就连那些侄儿外甥，那些上流社会的"精华"（尤其是圣卢），当有同学要求把他们引进上流社会时，也会说："我带你们去我的维尔巴里西斯姑婆家，或某某姨婆家……这是一个很有趣味的沙龙。"他们清楚地知道，把朋友引进德·维尔巴里西斯夫人们的沙龙，也许比带他们到这些夫人漂亮而高雅的侄女或妯娌家更容易一些。有些老头和少妇从他们那里了解到情况对我说，这几个老太太所以不为上流社会接纳，是因为她们从前行为过于放荡。当我反驳他们说，行为放荡不应该妨碍她们高雅时，他们提醒我说，她们的放荡超过了人们今天的想象力。这些神态庄重、正襟危坐的夫人，她们的不轨行为经人一传，就带上一种令人难以想象的史前时期和猛犸时代的神秘色彩。总之，这三个白发、蓝发或红发的命运女神[1]，曾为不计其数的男人纺过不祥的生命之线。我想，当今人们总是夸大这些传说中时代的恶行，如同希腊人创造伊卡洛斯[2]、忒修斯[3]、赫拉克勒斯[4]一样，可是这些人物的原型和很久以后仍然把他们奉若神明的人之间并没有什么不同。但是，人们总要等一个人不大可能再做坏事时，才来清算他从前的过失，只看见他正在遭受社会惩罚，并且根据惩罚的大小，来衡量、想象，甚至夸大他犯过的罪行。在"上流社会"这个展出象征派画像的长廊里，真正轻浮的女人，彻头彻尾的荡妇，总是以一个年逾古稀、神态庄重、目空一切的夫人面目出现，她能接见多少人就接见多少人，而不是想接见谁就接见谁，行为有些不端的女人不敢问津她的沙龙，罗马教皇常常赐给她"金玫瑰"。她偶尔也写一部关于

---

① 希腊神话中掌管人类命运和生死的三个女神。其中一个纺织生命之线，另一个决定生命之线的长短，第三个负责切断生命之线。

② 伊卡洛斯是希腊神话中迷宫的建造者代达罗斯的儿子。

③ 忒修斯是希腊神话中的英雄，雅典王子，后统一全国，被认为是雅典国家的奠基人。

④ 赫拉克勒斯是希腊神话中的英雄，一生曾完成十二项英雄业绩。

拉马丁[①]青年时代的著作，受到过法兰西学士院的褒扬。“您好，阿利克斯。”德·维尔巴里西斯夫人对梳着玛丽-安托瓦内特发型的夫人说。后者用锐利的目光环视客厅，企图寻找对她的沙龙有用的目标。她必须亲自去发现，因为毫无疑问，刁滑的德·维尔巴里西斯夫人肯定不会把有价值的人介绍给她。果真是这样！德·维尔巴里西斯夫人小心翼翼，故意不给她介绍布洛克，怕布洛克会把在她这里演出的独幕滑稽剧拿到马拉盖滨河路去上演。况且这是以牙还牙。因为前一天，马拉盖滨河路的这位夫人把里斯多里夫人[②]请去朗诵诗了，而且也很保密，没让德·维尔巴里西斯夫人知道，因为这个意大利女演员是从她那里挖走的。马拉盖滨河路的夫人不想让德·维尔巴里西斯夫人从报上知道这件事，同时也怕她见怪，就来同她说一声，好像没有做亏心事似的。德·维尔巴里西斯夫人大概认为我不像布洛克，把我介绍给滨河路的玛丽-安托瓦内特不会出什么差错，所以把我的名字告诉了她。滨河路的夫人尽量不动身子，想使自己衰老的外表保持夸瑟沃[③]的维纳斯女神的线条（在遥远的过去，风流潇洒的青年曾为她神魂颠倒，就是现在也还有不少冒牌文人在押韵的短诗中把她赞美）——况且她已养成习惯，总是摆成一副高傲的神态。大凡受到特殊贬抑，又不得不主动接近别人的人，都会摆出这副补偿性神态——她冷漠而庄严地微微点了点头，随即就把脸转向别处，再也不理我了，只当我不存在似的。她这是一箭双雕，仿佛在对德·维尔巴里西斯夫人说：“您看见了吧，我才不在乎多一两个关系呢，我对毛头小伙子不感兴趣。他们专会诽谤人。”可是一刻钟后，当她告辞时，却趁着混乱，悄悄地

---

① 拉马丁（1790—1869），法国诗人。

② 里斯多里（1822—1906），意大利悲剧女演员。1855 年，在巴黎法兰西喜剧院演出，大受欢迎。第二年，又在法国演出勒古韦（1807—1903）的《美狄亚》，一举成名。从此定期在巴黎演出，直到 1866 年。

③ 夸瑟沃（1640—1720），法国雕刻家和装饰家。他的《蹲着的维纳斯》驰名于世界。

邀请我下星期五到她的包厢去。和我一起去的还有这三位夫人中的一个,她的名字——况且她娘家姓舒瓦瑟尔①——使我产生了奇妙的印象。

“先生,我估摸您是想写德·蒙莫朗西公爵夫人吧。”德·维尔巴里西斯夫人对投石党历史学家说,像是低声抱怨似的。她哪里知道,她的和蔼可亲的神态,已被这赌气般的咕哝,被衰老引起的生理性忧愤,被模仿旧贵族农民气十足的声调而造成的不自然弄得皱皱巴巴,裂痕条条了。“我马上就让你看她的画像。我这张是原件,卢浮宫的那张是复制品。”

她把画笔往花旁边一搁,站起身,露出腰上的小围裙。她是怕颜料弄脏衣裳才围围裙的。本来,她那顶无边软帽和那副笨重的眼镜已经使她像乡下女人了,围上这条小围裙,就更显得土气。而她的仆从和给客人端茶上点心的膳食总管,还有听到铃声前来照亮蒙莫朗西公爵夫人(她是法国东部一个最享盛名的教务会的女修道院院长)画像的仆人,一个个都穿着华丽的制服,与德·维尔巴里西斯夫人那身土里土气的装束形成鲜明的对照。大家都站了起来。“有意思的是,”她说,“我们的姑婆、姨婆那一辈人,常常是这些教务会中的女修道院院长,可是,法国国王的女儿却没有被接纳。这些教务会是很难加入的。”“没有被接纳?国王的女儿?为什么?”布洛克惊讶不已,问道。“因为自从法国王族与非王族联姻后,王族的地盘缩小了。”布洛克更加吃惊了。“与非王族联姻?法国王族?怎么回事?”

“就是同美第奇家族②呗。”德·维尔巴里西斯夫人用极其自然的口吻回答说。“这画像很漂亮,是不是?保存得很好。”她又说。

---

① 舒瓦瑟尔家族约在十世纪末定居巴西尼亚。1824年,舒瓦瑟尔-普拉兰公爵(1805—1847)娶塞巴斯蒂亚尼将军之女为妻,但他始乱终弃,并于1847年将她杀死,公爵因此而被捕,最后服毒自杀。

② 美第奇家族是意大利的大家族,成员多为商人和银行家,不是王族。1600年,该家族的玛丽·德·美第奇与法王亨利四世结婚。

“我亲爱的朋友，”梳着玛丽-安托瓦内特发型的夫人说，“您还记得吗？那天我把李斯特带到您这儿来时，他对您说，这张画是复制品。”

“如果说音乐，我会对李斯特的意见心悦诚服的，但绘画不行！再说他已经年老昏聩。我不记得他讲过这句话了。不过，也不是您把他带来的呀。在这之前，我在塞恩-维特根斯坦公主①府上和他共进晚餐已经不下二十次了。”

阿利克斯见这一招没有成功，便闭口不言，一动不动地站在那里。她那张扑了一层层香粉的脸孔活像石膏脸。她的侧影显得雍容华贵，宛若公园里一尊风化了的女神塑像，短斗篷遮住了长满青苔的三角形底座。

“啊！又是一幅漂亮的画像。”历史学家说。

门打开了，德·盖尔芒特夫人走进来。

“你来啦，你好。”德·维尔巴里西斯夫人说，连头都没有点，从围裙的口袋里抽出一只手，递给刚进来的德·盖尔芒特夫人，马上又把头转向历史学家，不再理她了。“这是拉罗什富科公爵夫人的画像……”

一个年轻的仆人托着一个盘子走进来，盘子里有一张名片。他看上去很有胆量，脸长得也很可爱（不过，为了使自己完美无缺，他把脸修得恰到好处，鼻子微微发红，皮肤稍稍发亮，仿佛还保留着刚用刀雕刻过的痕迹）。

“是那个曾多次来看过侯爵夫人的先生。”

“您同他说我有客人了吗？”

“他听到说话声音了。”

“那好吧，就让他进来。是别人给我介绍的。”德·维尔巴里西斯夫人

① 塞恩-维特根斯坦（1819—1887），波兰王妃，李斯特的“第二位心上人”。他们相识于1847年，在魏玛共同生活了12年。1861年，李斯特准备娶她为妻，但她已结婚，而教皇又不批准她离婚，于是，她退隐罗马，撰写神学著作。

说，“他对我说，他很想在这里受到接待。我从来没有同意。可他来过五次了。总不能让人不高兴吧。先生，”她对我说，“还有您，先生，”她又指着投石党历史学家说，“我给你们介绍我的侄女，盖尔芒特公爵夫人。”

历史学家和我一样深深地鞠了一躬，他以为施礼后总会得到一点儿友好的表示，眼睛发亮，嘴正准备张开，可是德·盖尔芒特夫人的表情却一下使他凉了半截。德·盖尔芒特夫人利用她独立自主的上半身，用过分做作的姿态向前施了一礼，然后抬起头来，头抬得不高不低，使目光看上去似乎没有注意到前面还站着两个人。她轻轻地哼了一声，然后鼻翼动了动，恰到好处地表明她的注意力实在闲极无聊，我和历史学家没有给她留下任何印象。

不知趣的客人进来了，他径直朝德·维尔巴里西斯夫人走去，神情天真而热诚。是勒格朗丹！

“夫人，您能接见我，我铭感终身。”他说道，并且加重“铭感”二字，“您给了一个孤独的老人一种不同一般的、妙不可言的快乐。我向您保证，它的反响……”

他看见我了，猛地刹住话头。

“我正在让这位先生看拉罗什富科公爵夫人那张漂亮的画像呢，她是《箴言集》①作者的妻子，画像是家传的。”

德·盖尔芒特夫人在同阿利克斯寒暄，说她今年自己没能像其他人那样去看她，深感抱歉。“我通过马德莱娜②经常得到您的消息。”她又说。

“今天她在我那里吃午饭了。”马拉盖滨河路的侯爵夫人说。一想到德·维尔巴里西斯夫人永远也不能说这句话，不禁洋洋得意。

在她们寒暄的时候，我同布洛克交谈。因为我听说他父亲对他的态

---

① 《箴言集》是十七世纪作家拉罗什富公爵的名著。

② 马德莱娜为前面提到的普瓦亲王夫人。

度有所改变，我怕他羡慕我的生活，便对他说他生活得想必比我幸福。这纯粹是一句客套话，但是，那些自尊心强的人听了，很容易相信自己果真鸿运高照，或者很想说服别人相信他们交了好运。“不错，我的确生活得很愉快。”布洛克乐呵呵地对我说，“我有三个莫逆之交，多一个我也不要。我有一个令人羡慕的情妇，我幸福极了。天父宙斯很少赐予人这样的幸福。”我相信他主要是想炫耀自己，让人羡慕，但在他的乐观中也许还隐藏着一种追求独特风格的愿望。很显然，他不愿意人云亦云，庸俗地回答一句：“啊！这没什么，”等等。从前，有一天下午，他家举行舞会，我因故没能参加。当我问他“好玩不好玩”时，他平淡而冷漠地，就像在谈别人的事似的回答我说：“是的，好玩极了，再没有比这更成功的舞会。真叫人乐而忘归。”

“您给我们讲的事，我非常感兴趣，”勒格朗丹对德·维尔巴里西斯夫人说，“那天我还想，您的风格同他①很相仿，文笔干脆利落。如果用两个相矛盾的字眼来形容，那就是动中有静，瞬息间有永恒。今晚我真想把您讲的话全都记在本子上，不过，我一定会把它们铭记在脑子里的。您讲的东西，用儒贝②的话来说（我想是他说的），是记忆的良师益友。您从没有读过儒贝的书？啊！您要是读他的书，他在地下有知会多高兴啊！请允许我今晚就给您送他的书，我为能向您介绍他的思想而感到自豪。他没有您的才干，却和您一样文笔优美。”

我本想立即走过去向勒格朗丹问好，可他总是尽量离开我远远的。显然，他不希望我听见他对德·维尔巴里西斯夫人滔滔不绝、娓娓动听的恭维。

---

① 指上文提到的《箴言集》的作者。

② 儒贝（1754—1824），法国伦理学家，对人和文学有独到的见解。著有《思想、随笔和箴言》（1842）。他的《书信集》（1849）以清晰的思考和文体著称。

她笑着耸耸肩，就像听到了一番讥笑似的，然后把头转向历史学家。

“这个女人是赫赫有名的玛丽·德·罗昂，就是谢弗勒丝公爵夫人，她的第一个丈夫是德·吕伊纳先生。”

“亲爱的，说起德·吕伊纳夫人，倒使我想起了约朗德。她昨天上我那里去了。我要是知道您昨晚没有客人，我就叫人来请您了。里斯多里夫人是突然来的，当着作者的面朗诵了加门·西尔法王后的台词。美极了！”

“真缺德！”德·维尔巴里西斯夫人心里想，“那天，她同德·博兰古夫人和德·夏波纳夫人窃窃私语，肯定是讲这件事。”但她回答说：“昨天我不忙，可您来请我我也不会去的。里斯多里夫人走运的时候，我看过她的演出，她的黄金时代已经过去了。再说，我不喜欢加门·西尔法王后的台词。那位里斯多里夫人到这里来过一次，是奥斯塔公爵夫人带她来的，她吟诵了但丁《地狱》中的一个章节。吟诵得妙极了，简直无可比拟。”

阿利克斯坚强地经受住打击，依然冷若冰霜，无动于衷。她目光锐利，不露表情，鹰钩鼻使她显得庄重高贵。但她的一边脸颊上好像长了鳞片似的，显得斑斑驳驳。下巴颏上稀稀拉拉地长着古里古怪的赘生物，有绿的，也有红的。可能再过一个冬天，她就会趴倒在地上再也起不来了。

“噢，先生，要是您喜欢绘画，不妨看一看德·蒙莫朗西夫人的画像。”德·维尔巴里西斯夫人看见勒格朗丹又要开始恭维，就以这句话来堵住他的嘴。

勒格朗丹去看画了，德·盖尔芒特夫人乘机用揶揄和询问的目光问她的婶母这人是谁。

“是勒格朗丹先生，”德·维尔巴里西斯夫人低声说，“他有个姐妹，叫德·康布尔梅夫人，况且，你知道的不会比我多。”

“怎么不知道？我很熟悉她，”德·盖尔芒特夫人把手捂着嘴叫了起来，“也可以说我不熟悉她。不过，巴赞不知道在哪里遇见了她丈夫，鬼使神差般地叫这个胖女人来看我。那叫什么拜访呀！她一见我就说，她到伦敦去了，她把不列颠博物馆的藏画如数家珍般地一一向我介绍。您看我这样子，离开您这里后，还要到这个怪物家去送一张名片。别以为这是件轻松事，她借口快要死了，整天待在家里，也不管人家是晚上七点去，还是上午九点去，她尽让你吃草莓馅饼。是的，一点不错，就是个怪物。”德·盖尔芒特夫人看见她婶母投来询问的目光，便又说了一句。“这个女人实在叫人难以忍受：她尽说什么‘笔杆子’之类的怪词。”“‘笔杆子’是什么意思?”德·维尔巴里西斯夫人问她的侄女。“谁知道!”公爵夫人假装生气地说，“我不想知道。我才不讲这种法语呢。”她看见婶母确实不知道笔杆子的意思，为了显示自己不仅博学多才，而且讲求语言纯洁性，也为了在讥笑德·康布尔梅夫人之后，对她的婶母也来一番嘲讽：“我知道是什么意思，”她说，并且挤出一丝笑容，但又被残留在脸上的假装生气的表情挤跑了，“谁都知道，笔杆子就是作家，就是舞文弄墨的人。不过，这个词太可怕了，会把人的大牙都吓掉的。以后谁也别想再叫我讲了……怎么，这是她的兄弟！我还没有弄明白。不过，说到底，还不难理解。她也和床前的小地毯一样低贱，和转动的书橱一样有学问。她也会奉承拍马，也一样令人讨厌。我对这种血缘关系的概念开始有比较深刻的体会了。”

“坐下，喝口茶，”德·维尔巴里西斯夫人对德·盖尔芒特夫人说，“你自己来。那是你曾祖一辈的画像，你不需要看，你和我一样熟悉。”

说着，德·维尔巴里西斯夫人又坐到书桌旁，开始画画了。大家都围上去，我乘机走到勒格朗丹跟前。我并不觉得他到德·维尔巴里西斯夫人家来有什么不对，于是一句话脱口而出，压根儿没想到会伤害他，也没有想到他会认为我存心要伤害他：“喂，先生，我到一个沙龙来可以原谅了吧，因为您也来了。”勒格朗丹听后，就断定我是一个专爱干坏事的顶顶坏的小坏蛋（至少，这是他几天以后给我的评语）。

“您不能懂点规矩，先向我问个好吗?”他回答我，没有把手伸出来，声音愤怒而俗气，我都听不出是他的声音了。这和他平时说的话没有合理的联系，只和他的感受有更直接、更强烈的联系。因为当我们决定把自身的感觉掩盖起来时，绝对不会想到将用怎样的方式去表现感觉。突然，我们内心深处有一头邪恶而陌生的野兽咆哮起来了，它的声调是那样可怕，有时你听到它无意识地、简单地、几乎是难以抑制地暴露你的缺点或恶习时，你会感到毛骨悚然；正如一个罪犯，当他情不自禁地忏悔自己杀了人，而你又不知道他是罪犯，这种意外而间接的奇怪的认罪，也会把你吓得心惊肉跳。固然，我知道，理想主义，即便是主观的理想主义，也不能阻止哲学大师贪吃美食或百折不挠地争取选入法兰西学士院。但是，勒格朗丹确实没有必要反复提醒别人，他们这些人属于另一个星球，其实，他发怒或献殷勤所引起的脸部抽搐，只不过是想在那个星球上得到一个显赫的位置而已。

“当然，如果有人三番五次地纠缠我，要我到某个地方去，”他继续低声说，“尽管我有我的自由，但我总不能做一个不近情理的人吧。”

德·盖尔芒特夫人坐下喝茶了。她的名字加上了封号，也就使她的躯体加上了公爵的采邑。公爵采邑向着四周延伸出去，使她的圆垫式矮凳周围，客厅中央，笼罩着一片盖尔芒特树林的浓荫，清新爽朗，金光灿烂。我只是感到惊讶，为什么公爵夫人的脸上看不出同盖尔芒特树林有什么相似之处，她的脸没有一点植物的特征，最多脸颊上的粉刺——她的脸颊倒是打上了盖尔芒特家族纹章的印记——可以算做她经常骑马出游的结果，但不能认为是这种户外活动的写照。后来，当公爵夫人在我眼里变得无足轻重时，我才开始了解她的许多特征，尤其是——我只限于谈当时我已感受到魅力，却还不善于鉴赏的东西——她的眼睛，法国下午的蓝天被禁锢在她的眸子中，就像被画在画上一样，碧空如洗，即使没有太阳，也沐浴在一片亮光中；还有她的声音，听到她沙哑的声音，会以为是下等人在讲话，那种没精打采地拖着的长音，犹如照在贡布雷教堂台阶上或广场糕点铺里的外省的阳光，金煌煌，懒洋洋，油腻腻。但这是第一天，我什么也没能辨别出来。我高度集中的注意力，即刻把我可能有的一点感觉熔化了，不然，我也许会发现一些盖尔芒特这个姓氏的奥秘。我心里想，不管怎样，在大家看来，她就是盖尔芒特公爵夫人。这个姓氏所表示的不可思议的生活，全都包容在她的躯体中。刚才，她的躯体把她神秘的生活带进了客厅，带到各种各样的人中间。客厅从四面八方将她的生活包围，而她的生活对客厅的反作用是那样强大，在生活不再往前伸展的地方，我仿佛看见沸腾起伏的线条为它确立了边界：在似气球般鼓起的北京蓝条纹绸裙投给地毯的清晰的影子上，在公爵夫人那清澈明亮，时而充溢着忧虑和回忆，充溢着轻蔑、愉悦、好奇和莫测高深的思想，时而映照出光怪陆离的形象的眸子中。如果我是在德·维尔巴里西斯夫人的一次晚会上，而不是像现在这样，在侯爵夫人的一个“接待日”，在她的一次茶会上，遇见盖尔芒特公爵夫人，也许我的心情不会如此激动。因为这种茶会不过是那些女人外出时的一次短暂的憩息。刚才她们戴着帽子四处奔走，像走马灯似的走过一个又一个沙龙，进屋后连帽子也不摘，这就给沙龙带来了户外清新的空气，给薄暮中的巴黎带来了光明，就连那些敞开的不时传来辚辚马车声的高大的窗户，也不可能带进比这更多的光明。盖尔芒特公爵夫人头戴饰有矢车菊花的平顶草帽。这顶草帽使我想到的，不是遥远童年时代的阳光，不是那照射在我采撷矢车菊花的贡布雷的田野上和当松维尔篱外斜坡上的阳光，而是薄暮的气味和尘埃，就是刚才德·盖尔芒特夫人穿过和平街时的气味和尘埃。她微笑着，神态傲慢而心不在焉，一面抿唇噘嘴，一面用小阳伞的尖头在地毯上画圆圈，仿佛在用她神秘生活的触角画圆圈似的。接着，她冷漠地把在座的人轮番打量一遍，这目光一上来就使她注意的对象和她脱离了接触。继而她又审视长沙发和安乐椅，但是，这些她所熟悉的、可以说是通了人性的东西，它们的存在尽管微不足道，却在她身上唤起了一种同情心，使她的目光变得温柔了一些，因为这些家具和我们不同，多少有点属于她的世界，同她婶母的生活紧密相连。她的目光又从博韦的家具转移到人身上，于是她又恢复了洞察入微和不满意的神态。对婶母的尊重使她不好把这种情绪流露出来，但是，如果她在安乐椅上看到的不是我们，而是一团油迹或是一层灰尘，她肯定是会感到不满的。

杰出的作家G进来了。他来拜访德·维尔巴里西斯夫人，把这看作是一件苦差使。盖尔芒特公爵夫人看见他很高兴，但没有同他打招呼。不过，他到她身边去了。这是很自然的，因为他感到，她的魅力、敏锐和淳朴，足以说明她是一个聪明的女人。况且，出于礼貌他也应该去。因为德·盖尔芒特夫人知道他和蔼可亲，又赫赫有名，常邀请他吃饭，甚至让他单独同她和她的丈夫共进午餐；或者在秋高气爽时，她利用他们之间的亲密关系，把他请到盖尔芒特城堡，让他同一些渴望会见他的亲王殿下共进晚餐。公爵夫人喜欢招待杰出人物，但有一个条件，他们必须是未婚男子。有的人结了婚，也只能单身去她那里，因为他们的妻子一般都是平庸之辈，会给巴黎最高雅、最漂亮的沙龙抹黑，公爵夫人邀请他们时从来不邀请他们的妻子。为了避免多心，公爵向这些无名有实的鳏夫解释说，公爵夫人不接待女士，不习惯同女士交往。他说这话就好像在叙述医生的嘱咐似的，就好像在说她不能待在一个有气味的房间里，不能吃得太咸，不能背对行车方向旅行，或不能穿紧身胸衣。当然，这些杰出的人物在德·盖尔芒特夫人的沙龙里会看见帕尔马公主、萨冈亲王夫人（弗朗索瓦丝常听人提到萨冈亲王夫人，久而久之，就把萨冈读成了萨冈特，以为这个阴性形式是语法的要求），还有其他许多公主和亲王夫人之类人物，但主人解释说，她们不是亲戚，便是童年时代的朋友，不能拒之门外。那些名人对公爵的解释不管是不是相信，都向妻子作了传达，告诉她们公爵夫人得了一种不能同女人交往的怪病。她们中有的人寻思，疾病不过是掩盖嫉妒的托词，因为公爵夫人想一个人独霸崇拜者。还有人更天真，认为公爵夫人一定举止怪异，甚至有过不光彩的经历，致使女人不愿登门拜访，她只好编造这些荒唐的借口。还有一些心地善良的妻子，听到丈夫把公爵夫人的聪明才智说得天花乱坠，神乎其神，便以为她出类拔萃，超群绝伦，同自己这样笨口拙舌的女人来往当然会感到无聊。确实，公爵夫人同女人在一起会感到厌烦，除非她们的王族身份使她们有一种特殊的吸引力。但是，如果那些被拒之门外的妻子认为公爵夫人只接见男士，是为了能谈论文学、科学和哲学，那就大错特错了。因为她从不谈及这些，至少和文人学士在一起时不谈论。正如大军事家的女儿总把军队的事看作她们最自豪、最关注的事一样，同样，公爵夫人作为同梯也尔①、梅里美和奥吉埃②等大人物有密切关系的女人的后代，禀承家庭传统，认为无论如何也要在她的沙龙里给博学多才的名流留出空位子。但另一方面，从前盖尔芒特城堡的女主人总是屈尊俯就而又亲密无间地款待那些名流，公爵夫人耳濡目染，渐渐养成了习惯，把他们当作亲密的朋友看待，对他们的才华从不流露出赞叹的神色，同他们在一起时，决不谈论他们的著作，况且谈了他们也不会感兴趣。再说，她的性格同梅里美、梅拉克和阿莱维③的性格相近，她不像上一代人那样多愁善感，说起话来既不夸夸其谈，也不用表达高雅情感的词藻。当她和诗人或音乐家在一起时，只同他们谈论菜肴或即将开始的纸牌游戏，并使这种极其平常的谈话具有一种优雅的韵味。这种克制，会使一个不了解情况的第三者感到迷惑不解，甚至感到神秘莫测。如果德·盖尔芒特夫人问这个人愿不愿意和某某大诗人一起受到邀请，他受好奇心驱使，会准时赴宴。公爵夫人同诗人先拉一会儿家常，然后入席。“您喜欢这样烹调的鸡蛋吗？”她问诗人。诗人赞不绝

---

① 梯也尔（1797—1877），法国政治活动家，资产阶级历史学家。

② 奥吉埃（1820—1889），法国戏剧作家，他的风俗喜剧忠实地反映了第二帝国资产阶级的思想。

③ 阿莱维（1834—1908），法国戏剧家和小说家，与梅拉克合作，写了多部优秀歌剧。

口，她和他意见一致，因为在她看来，她家的食品没有一样不精美可口，甚至连从盖尔芒特城堡运来的一种劣等苹果酒也变成了美味饮料。征得诗人同意，她吩咐膳食总管："再给先生上份鸡蛋。"而那位陪客却焦急地等着听诗人和公爵夫人谈些什么。他认为既然他们作出会面的安排，纵然有重重困难，在诗人告辞前，他们也要设法谈一谈。午宴在继续，佳肴撤了一批又一批，并非没有给德·盖尔芒特夫人提供开幽默玩笑或讲趣闻逸事的机会。诗人吃个不停，公爵和公爵夫人似乎也忘记了他是诗人。不一会儿，午宴结束，然后是告别。自始至终没有谈一句诗，然而大家都喜欢诗，但出于持重——就是从前斯万使我尝过滋味的那种持重——谁都避而不谈。这种持重仅仅是礼仪的需要。但是如果那位陪客稍假思索，就会发现其中的忧郁和压抑。盖尔芒特府上的宴会，使人联想到羞怯的恋人们的幽会。他们尽谈一些无关紧要的事，可能因为羞怯和腼腆，也可能是笨口拙舌，直到分手也没敢互相倾吐深藏心底的秘密。若是能互诉衷肠，岂不更加幸福吗？此外，必须说明，即使不谈高深的东西——人们渴望能一饱耳福，但却不能如愿以偿——可以算做公爵夫人的性格特征，但这也不是绝对的。德·盖尔芒特夫人年轻时生活的环境和现在有所不同，虽然都是贵族环境，但过去远不如现在辉煌、奢侈，尤其不像现在轻浮，但比现在更有文化修养。尽管公爵夫人现在也浅薄、轻浮，但她年轻时生活的环境为她铺垫了一层比较坚固的、隐蔽而富有营养的基石。她甚至到这层基石当中寻找（偶然这样，因为她不喜欢卖弄学问）维克多·雨果或拉马丁的语录。她吟诵得恰是地方，美丽的眸子流露出真挚的感情，使人惊讶，使人心醉神迷。有时，她也会不谨慎地、中肯而纯朴地向某个剧作家，法兰西学士院院士提出有远见的劝告，让他删去某个情景，或改变剧本的结局。

即使在德·维尔巴里西斯夫人的沙龙里（就像从前在贡布雷教堂参加德·贝斯比埃小姐的婚礼时那样），我在德·盖尔芒特夫人那张很有人情味的妩媚的脸孔上，也难找到她名字所蕴含的不可知的东西。但我寻思，至少当她开口讲话时，她的深奥而神秘的言谈，会散发出中世纪挂毯和哥特式彩绘大玻璃窗的奇异光彩。但是，要我在听了一个名叫德·盖尔芒特夫人的女人谈话后不感到失望，她就应该说出——即使我不爱她——精辟、漂亮而深奥的话语，而且还要使她的话反照出她名字最后一个音节的深紫红的色彩。从我第一次看见她起，就为没有能在她身上发现这种色彩感到诧异。我想象这种深紫红色一定深藏在她的思想中。当然，我曾听到德·维尔巴里西斯夫人和圣卢以及一些并不绝顶聪明的人随口说出盖尔芒特这个名字，就像随口说出一个将要来访或将同我们共进晚餐者的名字一样，仿佛没有感到这个名字具有黄色树林的外观和外省某个角落的神秘色彩。但是，他们也许在装模作样，就和古典诗人一样，尽管有深邃的意图，却故弄玄虚，不告诉我们。我也一样。我竭力模仿他们，装出极其自然的声调喊着盖尔芒特公爵夫人，仿佛这是一个普普通通的名字。况且，谁都说她是一个极端聪明的女人，谈吐诙谐幽默，生活在最有趣味的小圈子里：这些话使我的梦想长起了翅膀。因为当我听到他们说聪明的小圈子和幽默的谈吐等话时，我想象的聪明绝对不是我平时所熟悉的，也不是那些最有才华人的聪明，这个小圈子的成员也绝对不是贝戈特那号人。不！我想象的聪明，应该指一种金光灿烂，而且充满森林气息的不可名状的机能。我殷切期待的正是这种非常特殊的机能，因此，即使德·盖尔芒特夫人说出最聪明（指一个哲学家或评论家的聪明）的话，我仍然会感到失望，倒不如只说一些无聊的事，谈一点烹饪法或城堡的家具，举几个她的女邻居或亲戚的名字，这固然也会使我失望，但却向我展现了她的生活。

“我以为在这里能看见巴赞，他说要来看您的。”德·盖尔芒特夫人对她婶母说。

“我有好几天没看见你夫君了。”德·维尔巴里西斯夫人回答说，听上去有些不高兴，“我没看见他，或者说见过他一次吧，他给我开了一个可爱的玩笑，让仆人进来通报说瑞典王后驾到。”

德·盖尔芒特夫人抿了抿嘴，就算是笑了，倒像是在咬她的小面罩。

“昨天，我们和她一起在布朗施·勒鲁瓦府上吃晚饭。您可能认不出她了，她胖得不像样子，我敢肯定她有病。”

“我刚才恰好同这些先生说，你发现她像一只青蛙。”

德·盖尔芒特夫人发出一个嘶哑的冷笑，以表明她问心无愧。

“我不知道我是不是打过这个可爱的比喻。不过，假如把她比做青蛙，那么，这只青蛙已变得跟牛一样大了。这样比还不大确切，因为她的肉全堆在肚子上，不如把她比做一只怀孕的青蛙。”

“啊！我觉得你这个比喻太荒唐了。”德·维尔巴里西斯夫人说。其实，她心里很为客人们能听到她侄女的幽默而自豪。

“这个比喻太**武断**了，”德·盖尔芒特夫人回答说，嘲笑般地把这个精选的形容词读得很重，就像斯万说话那样，“因为我承认，我从没见过怀孕的青蛙。不管怎么说，这只青蛙（她其实并不要国王，因为我看她在丈夫死后比以往任何时候都快乐）下星期要来家里做客。我说了，无论如何我会提前告诉您的。”

德·维尔巴里西斯夫人小声地咕哝了一句，没听清她说什么。

“我知道她前天是在德·梅克伦堡夫人那里吃晚饭的。”她补充说，“阿尼巴尔·德·布雷奥代也去了。他来给我讲过这件事，应该说，他讲得相当幽默。”

“在这次晚宴上，有一个人比巴巴尔还要幽默，”德·盖尔芒特夫人说，她和德·布雷奥代-贡萨维先生关系十分亲密，因此坚持用昵称称呼他，“是贝戈特先生。”

我从没有想过会有人认为贝戈特幽默。再说，我认为他是混到聪明人中间去的。也就是说，他同我隐约看见过的那个楼下包厢绛红色帷幔下的神秘王国相隔着十万八千里。在这个王国中，德·布雷奥代先生为了使公爵夫人开颜，用神的语言同她进行令人难以想象的谈话——圣日耳曼区的人之间的谈话。平衡被打破了，贝戈特竟比德·布雷奥代还要幽默，我感到心里不是滋味。但我更感到懊丧，因为看《淮德拉》的那天晚上，我故意躲开贝戈特，没有上前同他打招呼。就在这时，我又听见德·盖尔芒特夫人对德·维尔巴里西斯夫人说：

“这是我唯一渴望认识的人，”公爵夫人又说，她的精神也有涨潮和落潮的时候，每当她对文人名士的好奇心高涨之日，就是她崇尚时髦的贵族派头低落之时，“要是我能认识他，我会很高兴！”

在看《淮德拉》的那天晚上，我本来是有机会同贝戈特待在一起的，但我以为德·盖尔芒特夫人会因此而对我印象不好。现在看来其实相反，他在我身边也许会给我带来好运气，德·盖尔芒特夫人也许会乐意要我到她的包厢去，请求我哪天带这个大作家到她府上吃饭。

“据说他不大平易近人。有人把他介绍给德·科堡先生，可他一句话也没同他说。”德·盖尔芒特夫人接着说，她在指出这个不可思议的行为时，就好像在讲一个中国人用纸擤鼻涕一样。“他一次也没有称他为‘阁下’。”她又说，看上去很高兴。在她看来，这个细节和耶稣教徒在受罗马教皇接见时，拒绝向教皇陛下下跪一样有趣。

盖尔芒特公爵夫人兴致勃勃地谈着贝戈特的特点，而且，她似乎并不认为他的这些特点应该受到谴责，相反，倒认为这是他的优点似的，但她自己也不清楚这是什么类型的优点。尽管德·盖尔芒特夫人对贝戈特的独特风格理解得颇有些古怪，但后来我却感到，她使许多人大吃一惊的、认为贝戈特比德·布雷奥代先生幽默的看法不无道理。就这样，这些独特而带破坏性的，却又是正确的看法，被一些超群非凡的人带进了社交界。这些看法是上流社会新价值观念的雏形，下一代会摒弃旧的观念，使这个新观念臻于完善。

阿让古尔伯爵一瘸一拐地走了进来。他是比利时代办，是德·维尔巴里西斯夫人的小表兄。伯爵后面紧跟着两个年轻人，盖尔芒特男爵和夏特勒罗公爵殿下。德·盖尔芒特夫人对夏特勒罗公爵说："你好，我的小夏特勒罗。"她说话时漫不经心，没有从她的圆垫式矮凳上站起来，因为她是他母亲的好友，而这位年轻的公爵从小就十分敬重她。盖尔芒特男爵和夏特勒罗公爵正当青春，身材颀长，肌肤和头发都是金黄色，是典型的盖尔芒特家族中的人。他们进来后，仿佛把漫溢在整个大厅里的春天落日的余晖都凝聚到他们身上了。按照时下流行的风俗，他们把大礼帽放在脚边。投石党历史学家心想，他们就和农民进市政府一样，局促不安，手足无措，不知道该把帽子放在哪里好。他认为应该发发善心，帮助他们消除拘束和胆怯的心理：

"不，不，"他对他们说，"别放在地上，会弄脏的。"

盖尔芒特男爵朝他瞟了一眼，眼珠斜着，从里面射出一道强烈而锋利的蓝光，使这位好心的历史学家吓得一时不知所措。

"这个先生叫什么？"男爵问我。德·维尔巴里西斯夫人刚才已把我介绍给他了。

"皮埃尔先生。"我小声答道。

"姓什么？"

"就姓皮埃尔，是一个很有名望的历史学家。"

"哦！……是这样！"

"不，这些先生习惯把帽子放在地上，时下流行这个，"德·维尔巴里西斯夫人解释说，"我跟您一样，对这很不习惯。但我觉得这比我侄孙罗贝的做法要好一些。他总喜欢把帽子放在前厅。我看见他光着脑袋进来，就说他像个钟表匠，问他是不是来给挂钟上发条的。"

"侯爵夫人，您刚才讲到了莫莱先生的帽子，我们可以像亚里士多德那样，立刻对这个问题作一番假想的考证。"投石党历史学家说。德·维尔巴里西斯夫人的一席话使他放下了心，然而他说话时仍然细声细气，除了我，谁也没有听见。

“这位可爱的公爵夫人，确实了不起，”德·阿让古尔先生指着正在同G……聊天的德·盖尔芒特夫人说，“不管在哪个沙龙，名人一来总坐到她身边。当然啰，只有权威人士才能这样。不可能每天都是博雷利，施伦贝格尔[①]，或阿弗内尔[②]。不过，不是他们，也会有皮埃尔·洛蒂先生[③]或埃德蒙·罗斯当先生[④]。昨晚，在杜多维尔府上（顺便提一句，她头上戴着祖母绿冠冕形发饰，身上穿着有长拖裙的玫瑰色晚礼服，显得光彩照人），她的一边坐着德沙涅尔先生[⑤]，另一边坐着德国大使。她同他们激烈地争论着中国问题。客人大多离他们有一段距离，听不清他们说什么，以为要爆发战争了。说真的，她俨然像小圈子的王后。”

大家都围到德·维尔巴里西斯夫人身边看她画画。

“这些花的颜色真像天空的玫瑰色，”勒格朗丹说，“我是说玫瑰色的天空的颜色。因为既然有天空的蓝色，也就有天空的玫瑰色。不过，”他压低嗓门，想只让侯爵夫人听见，“我相信我更喜欢您这画上的肉红色，丝一般的光亮，就像真的一样。啊！皮萨内罗[⑥]和扬·范·于斯絮姆[⑦]画的花草虽然精致，但是缺乏生气，比起你的画来真是望尘莫及。”

不管多么谦逊的艺术家，都愿意人家说喜欢他甚于他的同行，不过也

---

① 施伦贝格尔（1844—1929），法国历史学家。普鲁斯特在书信中说他是“坏蛋”、“史前时代的水牛”。施伦贝格尔在谈到普鲁斯特时则说：“他写的书有些人欣赏，有些人觉得无法理解，我属于后者。”

② 阿弗内尔（1855—1939），法国历史学家、经济学家。

③ 洛蒂（1850—1923），法国作家，著有《冰岛渔夫》、《洛蒂的婚姻》等。

④ 罗斯当（1868—1918），法国诗人和剧作家。名著有《西哈诺》。

⑤ 德沙涅尔（1855—1922），法国政界人物。

⑥ 皮萨内罗（1395—1455），意大利画家。

⑦ 扬·范·于斯絮姆（1659—1716），荷兰画家，擅长画风景和花卉。

会随便为他们说几句公道话。

“您所以有这个印象，是因为他们画的全是他们那个时代的花卉，我们并不熟悉。不过，他们的艺术造诣还是很高的。”

“啊！那个时代的花卉！妙极了！”勒格朗丹惊叹道。

“您是在画美丽的樱花吧……要不就是五月的玫瑰。”投石党历史学家说。对于花卉他不大内行，但声音听上去却很自信，因为他已经忘记帽子的插曲了。

“不，这是苹果花。”盖尔芒特公爵夫人对她婶母说。

“啊！我看你倒是个真正的乡下人，和我一样，善于识别各种花卉。”

“啊！太对了！可我还以为苹果树的开花期已经过了呢。”投石党历史学家为替自己辩解，信口说道。

“不，恰恰相反，现在苹果树还没有开花，半个月内都开不了，也许还得过三个星期呢。”档案保管员说。他有时也兼管德·维尔巴里西斯夫人的田产，所以对乡下的事比较了解。

“对，就连开花季节比较早的巴黎郊区，苹果树也还没有开花呢。而在西北部的诺曼第，比如说在他父亲的庄园里，”她指着夏特勒罗公爵说，“要到五月二十日后才真正开出粉红的花朵。他父亲在海边有一片美丽的苹果园，就和画在日本屏风上的景致一样美。”

“我从来不去看苹果园，”年轻的公爵说，“因为一看到，我就会得枯草热，怪极了。”

“枯草热？我从没有听说过。”历史学家说。

“这是流行病。”档案保管员说。

“这要看情况，如果这年苹果树结果，那么您就可能不会得这种病。您懂诺曼第方言吧，苹果树结果的一年，就是……”德·阿让古尔先生说，他不是地地道道的法国人，却想装出巴黎人的神气。

“你讲对了。”德·维尔巴里西斯夫人对她侄女说。“这是南方的苹果树。一个卖花女给我送来的，她要我收下。法尔内尔先生，”她转身对档案保管员说，“一个卖花女给我送苹果枝，这让您觉得意外了，是不是？虽然我上了年纪，但我还认识一些普通人，还有几个朋友。”她笑眯眯地补充说。一般人会以为她老实才这样讲的，但依我看，却是因为她觉得自己的朋友中不但有名人雅士，还有一个卖花女郎，这很新鲜，可以显得自己与众不同，高人一等。

布洛克起身，也走过来欣赏德·维尔巴里西斯夫人画的花卉。

“这不要紧的，侯爵夫人，”历史学家回到座位上后说，“哪怕再爆发一场曾多次血染法国历史那样的革命——我的上帝，在我们当今这个时代，什么样的事都可能发生。”他审慎地环视一下周围，仿佛要看看大厅里有没有“不怀好意的人”，尽管他相信没有——“像您这样才华盖世、通晓五种语言的人，是肯定能摆脱困境的。”

投石党历史学家在体会休息的滋味，因为他忘记自己有失眠症了。可他蓦地想起已有六天未曾合眼，一种发自大脑的难以忍受的疲劳感，使他双腿疲软，肩膀收缩，脑袋下垂，面色憔悴，他的脸变成了一个老头脸。

布洛克想做一个手势，以表示他对画的赞美，不料胳膊肘碰翻了插着苹果枝的花瓶，水流到地毯上了。

“您真是心灵手巧。”历史学家夸奖侯爵夫人说。此刻他背朝我，没有看见布洛克干的蠢事。

可是，布洛克以为历史学家的话是冲他来的，他故意装出傲慢的样子，好掩饰刚才的笨拙带给他的羞愧：

“这没什么，”他说，“我的衣服没有湿。”

德·维尔巴里西斯夫人摇摇铃，就有一个仆人来擦干地毯，捡走花瓶的碎片。她邀请两个年轻人参加她的日场演出会，也邀请了德·盖尔芒特夫人，并吩咐她说：

“记住，让希塞尔和贝特，就是奥贝雄公爵夫人和博特凡公爵夫人，让她们两点前来帮忙。”她说话的口气就好像在命令临时膳食总管提前来做果酱似的。

德·维尔巴里西斯夫人同我,同历史学家、戈达尔大夫和布洛克说话时,彬彬有礼,和颜悦色,但同她的侄儿们,同德·诺布瓦先生说话时,就不这样和蔼了。在她看来,他们的用处就是为我们的好奇心提供精神食粮。因为她知道,她在他们眼里不是一个出众的女人,而是他们父亲或舅舅叔伯们敏感而又得罪不起的姐妹,她认为没有必要同他们讲礼节。在他们面前炫耀自己是毫无意义的,不管她炫耀什么,地位高也好,低也好,他们都不会相信。他们比谁都了解她的历史,比谁都尊重她的显赫家族。但是,他们对于她,更像是一根枯树枝,不会再开花结果,因此,不会把他们的新朋友介绍给她,使她分享他们的快乐。她只能争取到他们来参加她下午五点的招待会,或在招待会上谈起他们,就像她后来在回忆录中叙述的那样。这种招待会可以说是她的回忆录的预演,她在向一个小圈子第一次朗读她的著作。所有这些贵族亲戚,仅仅是她的御用工具,用以吸引像戈达尔、布洛克和有名望的剧作家、形形色色的投石党历史学家一类人,使他们兴高采烈,目眩神迷,乐而忘返。而对于德·维尔巴里西斯夫人来说,这一伙人——因为优雅之士不光临她的沙龙——就是运动,就是新鲜事物和娱乐,就是生活。恰恰是这些人为她提供了社交生活(他们完全值得她把盖尔芒特公爵夫人介绍给他们,尽管他们永远也不可能同公爵夫人来往):同一些有名望的,并有作品使她倾倒的人物共进晚餐,请剧作家到她家里组织一场滑稽剧演出或精心排练一幕哑剧,去剧院包厢看奇妙的节目等等。布洛克起身准备告辞。刚才他大声地说打翻花瓶不要紧,可他低声咕哝的却完全是另外一回事,心里想的就更不一样了:“既然家里的仆人没有经过严格训练,不知道把花瓶摆到合适的地方,那就干脆不用这些奢侈品,免得弄湿甚至碰伤客人。”他是一种气量窄、容易“神经过敏”的人,做了什么笨拙的蠢事就会感到有失面子(而且他不承认自己做了蠢事),认为发生这样的事,这一天就别想过得愉快。他恼羞成怒,感到种种阴郁的念头涌入心中,再也不想回社交界来了。碰上这种情况,就应该设法使他分心。幸亏德·维尔巴里西斯夫人立即出来挽留他。也许因为她知道她朋友们的观点,知道反犹太主义浪潮正在掀起,也可能一时疏忽,刚才没有把他介绍给在座的客人。可他对社交习俗了解甚微,觉得离开时应该同大家随便打个招呼,认为这是社交礼节的需要。他接连点了几次头,把胡子拉碴的下巴埋进衬衣的活领子中,透过夹鼻眼镜,用冷淡而不满的目光把在座的人挨个儿扫了一遍。但是德·维尔巴里西斯夫人不让他走。她还要同他商量将在她家演出的短剧。再说,她还没有把他介绍给德·诺布瓦先生,她不愿意让他带着这个遗憾离开她家(她心中纳闷,为什么德·诺布瓦先生迟迟不来),尽管这种介绍是多余的,因为布洛克已答应说服他谈起过的那两个演员到侯爵夫人的招待会上演歌剧,不收报酬,而是为了他们的荣誉,因为欧洲的杰出人物经常参加她的招待会。此外,他甚至还给她推荐了一个"长着碧蓝的眼睛、和天后赫拉一样美丽"的悲剧演员,说她朗诵抒情散文有一种艺术造型美。可是,德·维尔巴里西斯夫人一听名字就回绝了,因为这个演员是圣卢的情妇。

"我有好消息,"她悄悄对我说,"我相信他们已经陷入困境,很快就会分手的。尽管有一个军官在这里面起了很坏的作用。"她又加了一句。(因为德·鲍罗季诺上尉在理发师的恳求下,批准罗贝到布鲁日去度假,罗贝家里人恨他恨得要死,指责他怂恿一种可耻的暧昧关系。)"这个人太坏了。"德·维尔巴里西斯夫人用盖尔芒特——甚至是最堕落的盖尔芒特——那种正直的声调对我说。"太——太——太——坏了。"她又重复一遍,把"太"拉长了三个音。我感到,她毫不怀疑德·鲍罗季诺上尉在罗贝同他情妇的放荡生活中,起着推波助澜的作用。但是,因为和蔼待人是侯爵夫人的一贯原则,尽管她在提到鲍罗季诺亲王的名字时,语气夸张而揶揄，仿佛法兰西帝国在她眼里一文不值，但到最后，她对这个可憎的上尉表露出来的蹙额皱眉的严肃表情，却化作对我的温柔微笑，朝我机械地眨眨眼睛，好像我也含含糊糊成了她的同伙似的。

“我挺喜欢德·圣卢-昂-布雷，”布洛克说，“尽管是一条恶狗，但我喜欢他，因为他很有教养。我非常喜欢很有教养的人，现在这种人可是凤毛麟角呵。”他只管往下说，丝毫没有察觉到在座的人对他的话很反感，因为他自己就是一个很没有教养的人。“我给你们举个例子，我感到这个例子足以说明他受过良好的教育。有一次，我遇见他和一个小伙子在一起。他正要上马车。马车的轮辋漂亮极了。他亲手把光灿灿的缰绳套到两匹马上，马吃饱了燕麦和大麦，不用闪光的鞭子抽打，也会跑得飞快。他给我和那个小伙子作了介绍，但我没有听清小伙子的名字。因为常常是这样，当别人给你介绍一个人时，你是听不清楚名字的。”他笑着又补充了一句，因为这是他父亲说过的一句玩笑话，“德·圣卢-昂-布雷还是一如既往，在小伙子面前不过于殷勤，但也丝毫不拘谨。然而，过了几天后，我无意中才知道这个小伙子原来是鲁弗斯·以色列爵士的公子！”

故事的结尾不像开头那样有刺激性，因为大家听不懂是什么意思。的确，鲁弗斯·以色列爵士对布洛克和他父亲而言，几乎是一个国王般的人物，圣卢在他面前应该发抖。可是，对盖尔芒特圈子里的人说来，他不过是一个发迹的、得到上流社会宽容的外国人，他们绝对不会为有他的友谊而感到骄傲。绝对不会！

“我是从鲁弗斯·以色列爵士的代理人那里知道的。”布洛克说，“那人是我父亲的朋友，一个不寻常的人。啊！一个绝对不可思议的人。”他补充说，语气肯定而有力，声调热情洋溢，只有不是靠自己形成信念的人才会用这种语气和声调说话。“喂，告诉我，”布洛克非常低声地对我说，“圣卢大概有多少财产？你明白，即使我问你这个问题，也不能说明我对这感兴趣，我是从巴尔扎克的观点提出这个问题的，这你明白。如果他拥有法国和外国的股票，拥有地产，你知道该怎样投资吗？”

我什么也回答不上来。布洛克不再悄悄说话了，而是大声问能不能打开窗户，没等有人回答，他就朝窗口走去了。德·维尔巴里西斯夫人说不能开窗，她感冒了。“啊！既然如此，那就算了！”布洛克颇感失望地回答，“不过，确实是热！”说完放声大笑，眼睛扫视听众，想找个盟友共同对付德·维尔巴里西斯夫人。但在场的人都很有教养，没有一个支持他。他那双燃烧的眼睛没能把人们鼓动起来，无可奈何，只好恢复严肃的神情。但他不甘失败，又声明说：“至少有二十二度。就是说有二十五度，我也不会吃惊。我几乎浑身是汗。我可没有哲人安忒诺耳①的本事，他是阿尔俄斐斯河神的儿子，为了止住汗水，先在他父亲的怀里浸一浸，然后坐进一只光滑的浴缸里，再往身上涂一层清香的圣油。”接着，就像有必要向别人概述医学理论，使他们明白这些理论对大家都有好处似的：“既然你们认为这样好，那就算了！我的看法和你们截然不同。怪不得你们会感冒呢。”

布洛克想到要把他介绍给德·诺布瓦先生，心里很高兴。他说，他很想叫他谈一谈德雷福斯案件。

“有一种人的心态我还不大了解。同这个举足轻重的外交官进行一次访谈，我想会别有一番趣味。”他用讥讽的口吻说，好让人感到他并不认为自己比大使逊色。

德·维尔巴里西斯夫人见他说这句话嗓门仍然很大，心里颇有些不高兴，因为她的档案保管员是一个民族主义者，她不敢和他有不同的看法，但见他离得很远，听不见布洛克说什么，也就不计较了。可是布洛克从小没有受过良好的教育，养成了自命不凡、目空一切的恶习，此刻他学着他父亲的腔调，开了个玩笑，更使侯爵夫人感到反感。他问道：

---

① 希腊神话中特洛伊的王子，最聪明的哲人之一。

“我不是读过他的一本很有见地的专著吗？他在书中无可辩驳地论证了俄日战争①的结果将是俄国人胜利，日本人失败。我说，他是不是有点儿老糊涂了？我仿佛看见他在抢座位，一看准了，就蹬着轱辘像溜冰似的溜过去了。”

“胡说八道！请等一等，”侯爵夫人又说，“我不知道他在忙活些什么。”

她摇了摇铃。仆人进来后，她当众吩咐仆人，似乎不想隐瞒，甚至希望让人知道她的老朋友大部分时间都待在她家里：

“去叫德·诺布瓦先生来一趟，他在我书房里整理文件呢。说好二十分钟就来的，可我等他有一小时零三刻钟了。他会给您讲德雷福斯案件的，您想知道什么，他就会讲什么，”她赌气似的对布洛克说，“他对部里的一些做法不大赞成。”

因为德·诺布瓦先生同现在这个部的关系不好。尽管德·诺布瓦先生不敢贸然把政府官员带进德·维尔巴里西斯夫人的沙龙（她总以大贵妇自居，不屑于同那些他不得不维持关系的人来往，甚至凌驾于他们之上），但常把部里的事情告诉她。同样，这些政界人物也不敢要求德·诺布瓦先生把他们介绍给德·维尔巴里西斯夫人。不过，不少人到她乡下的住所找过他，那是因为他们遇到了麻烦，需要他的帮助。他们知道地址。他们到城堡去找他。女主人不露面。但是吃晚饭时，她对他说：“先生，我知道有人来打搅您了。事情有进展吗？”

“您没有太急的事要办吧？”德·维尔巴里西斯夫人问布洛克。

“没有，没有。我想走，是因为我身体不大舒服。我胆囊有毛病，恐怕

① 指1904—1905年爆发的日俄战争，是日俄为争夺中国东北和朝鲜的权益而进行的侵略战争，最终俄国战败，被迫将南满铁路、旅顺和大连的租借权转让给日本，并承认日本对朝鲜的特权，割让库页岛南部。

要到维希去疗养一段时间。”他以魔鬼般恶毒的讽刺语气说，每一个字的发音都很清楚。

“噢！刚好我的外甥孙夏特勒罗也要到那里去，你们可以一起作个安排。他还在吗？他很可爱，您知道。”德·维尔巴里西斯夫人说这话也许出于诚意，她认为既然两个人她都认识，他们就没有理由不来往。

“啊！我不知道他愿不愿意，我还不怎么……认识他。他在那边呢。”布洛克说，他喜出望外，但又有点局促不安。

膳食总管可能没有不折不扣地完成德·维尔巴里西斯夫人交待的任务。因为德·诺布瓦先生为了装出刚从外面进来，还没有见到女主人的样子，在前厅顺手拿了一顶帽子（我似乎很眼熟），走到德·维尔巴里西斯夫人身边，拘泥礼仪地吻了吻她的手，关切地问了问她的近况，仿佛已有很长时间没有见面了。他哪里知道，这场喜剧还没有开场，就早已被侯爵夫人剥去了伪装，而且只演到一半就陡然停止，因为侯爵夫人把德·诺布瓦先生和布洛克带到隔壁的会客室去了。布洛克还不知道来者是谁，当他看到大家都亲切问候大使，大使也矜持而优雅地、毕恭毕敬地一一还礼时，他便有受冷落之感，以为那人绝对不会同他打招呼了，感到十分恼火，但为了装得若无其事，他对我说：“这个傻瓜是谁？”再说，德·诺布瓦先生这种点头哈腰的虚礼，同布洛克身上的优点，同一个新社会阶层的坦率品质格格不入，他心里也或多或少真诚地认为这种礼节滑稽可笑。不管怎样，当德·诺布瓦先生向他问候时，他就不再觉得这种虚礼可笑了，相反他感到喜出望外。

“大使先生，”德·维尔巴里西斯夫人说，“我想介绍您认识这位客人。布洛克先生，诺布瓦侯爵。”尽管她对德·诺布瓦先生的态度不太客气，但仍然用“大使先生”称呼。这样做一是社交礼节的需要，另外也说明她把大使的地位看得很重（这是诺布瓦侯爵反复向她开导的结果）。再说，在一个贵妇沙龙里，如果对某一个人特别随便，不拘礼仪，而对其他人却客客气气，拘泥虚礼，这反而更容易让人看出这个人是她的情夫。

德·诺布瓦先生把他蓝色的目光埋进他的白胡须中，就像在向布洛克的名字鞠躬似的，深深弯下高大的身躯，仿佛这个名字遐迩闻名，令人敬畏。他喃喃地说："认识您很荣幸！"而他年轻的对话者激动不已，但又觉得这位著名的外交家过于客气，便急忙改变态度，说："别这样，相反，感到荣幸的是我！"出于对德·维尔巴里西斯夫人的友情，德·诺布瓦先生对他的老相好给他介绍的每一个人，都同样彬彬有礼。然而，德·维尔巴里西斯夫人却感到这个礼节用在布洛克身上显得轻了些，于是她对布洛克说：

"你想知道什么，快问他呀。如果您觉得在这里说话不方便，就把他带到一边去。他会很乐意和您交谈的。我想，您是要同他谈德雷福斯案吧。"她又加了一句，也不管德·诺布瓦先生愿不愿谈这个问题，就像刚才她先让人给历史学家照明看蒙莫朗西公爵夫人的画像时并没有征求客人的同意，上茶时也没有问大家一样。

"说话大点声，"她对布洛克说，"他耳朵有点背。不过，您要他讲什么，他就会讲什么。他同俾斯麦，同加富尔①很熟，对不对，先生？"她大声说，"您从前和俾斯麦很熟吧？"

"您在写点什么吧，是不是？"德·诺布瓦先生一面同我亲切握手，一面心照不宣地问我。我乘机殷勤地把他为了礼节而认为应该拿在手中的帽子接了过来，因为我发现他在前厅顺手拿的这顶帽子是我的。"您给我看过一部小作品，我觉得它过于雕琢，过于琐细，我曾坦率地同您谈过我的意见。您做的那些事情不值得写到纸上去。您是不是在为我们准备些

① 加富尔（1810—1861），意大利政治家。曾任撒丁王国首相，意大利统一后，当了一年意大利王国首相，后病死。

什么？您很崇拜贝戈特，如果我没记错的话。”“喂！不要讲贝戈特的坏话。”公爵夫人喊了起来。“我不否认贝戈特有善于刻画的才能，这一点谁也不否认，公爵夫人。即便他没有谢比利埃①的才华，不能写出一部伟大的作品，但他擅长用雕刻刀或硝镪水精雕细琢。不过，我觉得，我们这个时代把文艺作品的分类搞乱了。小说家的任务是构思情节，赋予小说中的人物以高尚的情操，而不是用干巴巴的笔尖精雕细琢扉页的插图和章末的装饰图案。”接着，他把脸转过来，对我说：“星期天，我会在那个诚实的 A. J. 家里见到您父亲的。”

当我看到他同德·盖尔芒特夫人讲话时，我曾产生过一线希望：说不定他能帮助我实现登门拜访德·盖尔芒特夫人的夙愿。过去，我曾求他把我引见给斯万夫人，但他拒绝了。“我佩服的另一个画家是埃尔斯蒂尔，”我对他说，“听说盖尔芒特公爵夫人珍藏着他的几幅优秀作品，尤其是那把小萝卜，画得好极了，我在画展上见过，真想再看一眼。这幅画实在是一幅了不起的杰作！”确实，假如我是一个知名人物，假如有人问我最喜欢哪张画，我一定会举出那把小萝卜来的。

“您说是杰作？”德·诺布瓦先生叫了起来，脸上流露出惊讶和责备，“它甚至不能算是一幅画，只不过是张素描而已（这一点他并没有讲错）。如果您把这样一张速写也称为杰作，那么，埃贝②或达尼昂-布弗雷③的《圣母像》又该叫什么呢？”

“听说您不同意罗贝的女朋友来演出。”德·盖尔芒特夫人在布洛克

① 谢比利埃（1829—1899），法国小说家和评论家。善于描写世界各国的社会，尤其擅长写画面宏伟的历史小说，把人物的奇遇和历史融为一体。

② 埃贝（1817—1908），法国画家。1839 年荣获罗马大奖，1889 年获世界画展大奖。他的《拯救的圣母》珍藏于法国格勒诺布尔博物馆。

③ 达尼昂-布弗雷（1852—1929），法国画家。1876 年获罗马大奖，以画肖像画著称。他的《圣母像》于 1885 年在巴黎美术展览会上展出。

把大使拉到一旁后，对她的婶母说，“我相信您没有什么好遗憾的，您知道她平庸之极，毫无才能。再说，她言谈举止也令人发笑。”

“您怎么会认识她的，公爵夫人？”德·阿让古尔先生说。

“怎么，您不知道她最早是我在家演出的吗？我并不因此而感到自豪。”德·盖尔芒特夫人笑吟吟地说，然而她心里却很高兴。既然谈到这个女演员，不妨让大家知道，是她最先掌握女演员的笑柄。“行了，这下我该走了。”她又说，但没有起身。

原来她看见丈夫进来了。听到她这句话，人们会喜剧性地相信她要和她那位身高体胖、日趋衰老，但无忧无虑、总过着年轻人生活的丈夫一起去参加一个婚礼，而不会想到他们旷日持久的别别扭扭的夫妻关系。公爵那双圆滚滚的眸子，看上去就像不偏不倚地安装在靶心的黑点，而他这个高明的射手，总能瞄准并且击中靶心；他把亲切而狡黠的、被落日余晖照得有点晃耀的目光，引向坐在桌旁喝茶的一群人身上，惊叹地、缓慢而谨慎地挪动着脚步，仿佛在这群熠熠生辉的人面前望而生畏似的，害怕踩着他们的裙子，打搅他们的讲话。他唇际挂着伊夫托的好国王①那种微带醉意的笑容，一只手稍稍弯曲，像鲨鱼的鳍在胸旁摆动，一视同仁地让他的老朋友，或让被介绍给他的陌生人握一握，这样，他不用做一个动作，也不用停住脚步，就可以应付热情的问候。他温厚而懒洋洋地、像国王那样威严地围桌子转了一圈，嘴里不停地说：“晚安，亲爱的，晚安，朋友，认识您很荣幸，布洛克先生，晚安，阿让古尔。”我算是最幸运的了，当他走到我跟前，听到介绍我的名字时，他对我说：“晚安，我的小邻居。您父亲好吗，他是个多好的人哪！您知道，我和他成了莫逆之交啦。”为了讨好我，他又加了一句。他只给德·维尔巴里西斯夫人施大礼，德·维尔巴里西

① 伊夫托是法国地名，为诺曼底的城市。《伊夫多国王》是一首歌名，由法国歌谣诗人贝朗瑞写于 1813 年，当时法国人民对拿破仑征战深感厌烦，渴望和平。

斯夫人朝他点点头，从她的小围裙里伸出一只手。

在一个越来越不富裕的世界上，盖尔芒特公爵可算得上是一个大阔佬，他已和巨富的概念合而为一了。在他身上，既有贵族大老爷的虚荣心，又有大富翁的自负；贵族温文尔雅的举止，恰恰遏制了富翁的自负。况且，谁都知道，他在女人身上的成功——这给他妻子造成了不幸——不完全归功于他的姓氏和家产，因为他看上去仍然很漂亮，他的侧影像某些希腊神，纯粹、坚定。

“真的？她在您府上演出过？”德·阿让古尔先生问公爵夫人。

“当然是真的！她来朗诵过，手里拿着一束百合花，她的裙子‘上头’也都是百合花。”（同德·维尔巴里西斯夫人一样，德·盖尔芒特夫人有些字故意学乡下人发音，不过，她不像她婶母那样用舌尖发颤音。）

在德·诺布瓦先生被迫带布洛克到窗口谈话之前，我又走到这个老外交家的身边，悄悄地对他说，我想和他谈谈我父亲在法兰西学士院的席位问题。他起初想把这个问题推到以后再谈，但我不同意，说我马上就要去巴尔贝克海滩了。“怎么！您又要去巴尔贝克？您真成了环球旅行家啦！”然后，他就让步了。听到勒鲁瓦-博里厄的名字，德·诺布瓦先生用怀疑的目光凝视我。我猜想他也许在勒鲁瓦-博里厄面前说过对我父亲不利的话，担心这位经济学家把他说的话讲给我父亲听了。忽然，他似乎对我父亲流露出了真正的感情。他先是慢吞吞地哼哈几声，突然喷出一句话来，仿佛连他自己都意想不到，而是不可抗拒的信念把他刚才吞吞吐吐、想保持缄默的努力化为乌有：“不，不！”他激动地对我说，“您父亲**不应该**参加竞选。这是为他着想，为了他的利益，为了尊重他的才华。他很有才华，干这种冒险事会毁了他。他的价值要比当一个法兰西学士院的院士大得多。他当上院士，就会失去一切，却什么也不会得到。谢天谢地，他不是演说家。我那些可爱的同僚最看重演说才能，即使讲的全都是陈词滥调。您父亲在生活中有更重要的目标，他应该勇往直前，不要拐到荆棘从中去寻找猎物，即使那是柏拉图学园①中的荆棘丛，也是刺多于花。况且，他只能得到几票。法兰西学士院在接纳申请人入院前，一般先要让申请人等上一段时间。现在没什么事好做。以后怎样，我也说不上。不过，要由法兰西学士院亲自来找他。法兰西学士院盲目地实践着我们阿尔卑斯山那边的邻居信仰的原则：'farà da se'②，但是失败多于成功。勒鲁瓦-博里厄同我谈起这些事时，样子总叫人不愉快。此外，我猜想他和您父亲可能是一派，是吧？……我曾明确地使勒鲁瓦-博里厄感到，他只懂得棉花和金属，正如俾斯麦所讲的，不可能知道难以估计的因素会起什么作用。最要紧的是，应该说服您父亲不参加竞选：'Principiis obsta'③。要是他固执己见，让他的朋友们面对既成事实，那他们就不好办了。听着，"他突然用蓝眼睛紧盯着我，诚恳地对我说，"我多么喜欢您父亲，我要告诉您一件事，会让您大吃一惊。嗳！正因为我喜欢他（我和他是两个不可分离的难兄难弟，Arcades ambo④），而且知道如果他继续留在领导岗位上，能为国家效劳，能使国家避开暗礁，出于友谊和尊敬，出于爱国主义，我决不会投他一票！而且，我相信我曾向他作过暗示。（我在他的眼睛里，仿佛看见了勒鲁瓦-博里厄那种亚述人的严肃侧面影。）如果我投他一票，就意味着我说话不算数。"德·诺布瓦先生谈话中好几次都把他的同僚当成老顽固。除了其他理由之外，还因为一个俱乐部或一个学院的每一个成员都把自己的同僚看作是同他自己的性格截然相反的人。他们这样做并不是为了能说："啊！这件事要是由我一人作主就好了"，而是为了向人显示他的头

① 指公元前387年古希腊唯心主义哲学家柏拉图在雅典附近创办的一所学校，是宣扬唯心主义的主要机构。

② 意大利语，意思是：事要自己做。

③ 拉丁语，意思是：在灾难刚有苗头时，就应该同它作斗争，不然就会无可挽救。

④ 拉丁语，原意是：两个阿卡狄亚人。阿卡狄亚是古希腊的一个高原地区，比喻有田园牧歌式淳朴生活的地方。此话常用做讽刺，此处的意思是"两个难兄难弟"。

衔是最难获得的，也是最令人自豪的。“我跟您说，”他作结论道，“为了你们大家的利益，我宁愿让您的父亲在十年或十五年后的竞选中再获得胜利。”我认为，他说这话如果不是出于嫉妒，至少也是缺少助人为乐的精神。可是，他这句话后来在同一件事情上获得了不同的意思。*

“巴赞，您知道我们在谈谁吗？”公爵夫人对她丈夫说。

“当然知道，我猜是她。”公爵说，“啊！她可不是我们所说的正宗喜剧演员。”

“您肯定没有想过会有比她更可笑的人。”德·盖尔芒特夫人接着又对德·阿让古尔先生说。

“她甚至让人看了发噱。”德·盖尔芒特先生打断妻子的话说。他那古里古怪的用词，上流社会人士听了会说他不是一个笨蛋，文人听了却会认为他是最大的傻瓜。

“我不明白，”公爵夫人接着说，“罗贝怎么会爱上她的。啊！我知道这件事是不应该讨论的。”她又说，就像一个豁达豪爽的哲学家和一个多愁善感，但已从幻梦中觉醒的人，做了一个漂亮的噘嘴。“我知道不论是

---

* “您无意同法兰西研究院谈谈投石党运动时期面包的价格吗？”投石党历史学家怯声怯气地问德·诺布瓦先生。“您在这个问题上会大获成功（意思是说您给我好好宣扬一番）。”他微笑着、胆怯而温柔地补充了一句，他因这温柔而抬起了眼睑，露出了一双大得像天空的眼睛。我似曾见过这个目光，可我今天才认识这位历史学家。突然，我记起来了：我在一位巴西医生的眼睛里也看到过同样的目光。这位医生声称，可以用吸入植物香精的荒唐方法，治愈像我这样病人的呼吸困难症。为了让他更好地给我治病，我告诉他，我认识科达尔教授，他像是为科达尔着想似的，回答我说：“如果您同他谈谈这个方法的话，倒是可以为他提供一篇学术论文的材料，在医学科学院宣读一定会引起轰动。”他不敢坚持，但他用询问的眼光看着我，那是一种胆怯的、怀有私心的、恳求的眼光。刚才，我在投石党历史学家的眼睛里欣赏到的，正是这样的目光。诚然，这两个人互不相识，也不怎么相像，可是，心理规则和生理规则一样，都有一定的普遍性。如果必须的条件相同，那么，作为动物的不同人的眼睛里，会闪烁出相同的目光，正如地球上相距遥远的地方，会被相同的晨空照亮一样。我没有听见大使的回答，因为客厅里有点嘈杂，大家已经走到德·维尔巴里西斯夫人身边，看她作画了。［有版本将此段打星号的文字列入正文］

谁都可以有所爱，而且，”她进一步又说，尽管她对新文学依然冷嘲热讽，但新文学可能通过报纸的宣传或某些谈话，慢慢渗透到她的思想中了，“这甚至是爱情蕴含的美，因为恰恰是这一点使爱情变得‘神秘莫测’。”

“神秘莫测！啊，我的表姐，我承认，这有点叫我难以相信。”阿让古尔伯爵说。

“是的，爱情就是神秘莫测。”公爵夫人又说。她露出温柔的微笑，这是一个讨人喜欢的上流社会贵妇的微笑；同时她又显示出毫不动摇的信念，这是瓦格纳的女崇拜者的信念，她在向圈子里的一个男子保证，在《女武神》①中并非只有歌声。“再说，事实上，谁也不知道一个人为什么爱另一个人，也许根本不像我们所想的那样。”她莞尔一笑，又说，这样，她刚发表的看法一下子又被她的解释推翻了。“再说，事实上，我们永远也不会知道。”她断言道，露出了怀疑和疲倦的神色。“因此，您懂了吧，永远也不要讨论谁选择了怎样的情人，这样做也许更‘聪明’一些。”

可是，她刚提出这条原则，就又自己打自己的嘴巴，因为她批评起圣卢的选择来了。

“您看，不管怎样，我依然认为，如果能在一个可笑的人身上发现魅力，那是令人吃惊的。”

布洛克听见我们在谈圣卢，知道他也在巴黎，就开始讲他的坏话，言词不堪入耳，引得大家非常反感。他开始对人有仇恨了，为了报复，他不管遇到什么障碍，似乎都不会后退。他定下了一条原则，自己要有高尚的道德标准，凡是参加布里俱乐部（一个他认为是风雅人组成的体育俱乐部）的人都该下监狱，因此，不管他用什么方式教训这些人，都是值得称道

---

① 《女武神》是德国著名作曲家瓦格纳（1813—1883）的歌剧四部曲《尼伯龙根指环》中的第二部。主要内容是：诸神之王佛旦的长女，女武神布兰希尔德在西格林德的恳求下，答应救英雄西格蒙特的性命，但违抗了父命，佛旦把她贬入凡间，让她沉睡，等待一位英雄相救。西格林德和西格蒙特的遗腹子齐格弗里德救了她，并与她结为夫妻。

的。有一次，他甚至声称，他想对一个参加布里俱乐部的朋友起诉。在起诉中，他打算做伪证，但要做得天衣无缝，使被告无法证明这是伪证。布洛克试图以这一招——不过，他没有把这计划付诸实施——使他的朋友更加灰心丧气，狼狈不堪。既然他要打击的人是一个一味追求风雅的人，是布里俱乐部的成员，既然对付这种人什么样的武器都可以使用，尤其是像他布洛克这样的圣人，那么作伪证又有什么不妥呢？

"可是，您看斯万。"德·阿让古尔先生提出异议说。他终于弄清楚他表姐那番话的意思了，认为她说得一点不错，令人震惊。他竭力在记忆中寻找例子，用以证明有些男人喜欢的女人，恰恰是他不喜欢的人。

"得了！斯万可不是这样。"公爵夫人抗议道，"不过，这仍然是不可思议的，因为那个女人①是一个可爱的白痴，但她从前并不可笑，长得也漂亮。"

"哼！哼！"德·维尔巴里西斯夫人轻轻地哼了两声。

"啊！您认为她不漂亮？不，她曾经非常迷人，有过很好看的眼睛，秀美的头发。她从前穿戴很入时，即使现在也不减当年。我承认，她现在让人看了讨厌，可她从前是一个非常可爱的人。尽管这样，当夏尔娶她作妻子时，我们为他感到难过，因为他完全没有必要娶她。"

公爵夫人并不感到自己讲了什么一鸣惊人的话，但她看到德·阿让古尔先生哈哈大笑，便又重复了一遍，可能她认为这句话挺有意思，也可能觉得笑的人很可爱。她开始含情脉脉地凝视德·阿让古尔先生，想在她的思想魅力上再加上一层感情色彩。她接着又说：

"您说是不是，没有必要娶她吧。不过，毕竟她还是有魅力的，有人爱她我完全能理解。可是罗贝的那位小姐，我向您保证，她那个样子叫人看了会把门牙都笑掉。我知道有人会用奥吉埃的陈词滥调反驳我：'只要酒

---

① 指斯万的妻子奥黛特。

能醉人，管他是什么酒瓶！’唉！罗贝倒是醉了，可他在选择酒瓶时，实在缺乏高雅的情趣！首先，您想象一下，她竟要求我在客厅中间架一道楼梯。这不是太没意思了吗？而且，她还向我宣布，她要伏在台阶上。此外，您要是听过她朗诵，您就会明白了。我只看过她一次演出，但我认为很难想象会有那样的剧作，戏名叫《七位公主》①。”

“《七位公主》？啊，是吗？是吗？真会赶时髦！”德·阿让古尔先生吃惊地叫起来，“啊！等一等，这部戏我从头到尾都很熟，作者把剧本寄给国王了，国王看后如掉五里雾中，要我给他讲解。”

“请问这是不是贝拉当王②的作品？”投石党历史学家问道，他想显示自己精明现实，但声音很轻，没有人注意到他提的问题。

“啊！您认识七位公主？”公爵夫人对阿让古尔先生说，“恭喜！恭喜！我才认识一个，可我再也不想认识其余六位了。她们肯定不会比我见过的那一位好到哪里去！”

“笨得像头驴！”我心里暗想。我在生她的气，因为她刚才怠慢我了。当我看到她对梅特林克③一无所知时，不由得暗暗高兴。“我每天上午走好几公里路，就是为的这个女人？我的心也太好了！现在该轮到我不要她了！”我自言自语，但心里想的却完全是另一回事。这纯粹是交谈性语言，我们在过分激动而不愿意单独待着的时候，会感到需要同自己（因为找不到别人）说说话儿，但却好像在同一个陌生人交谈，说的并不是真心话。

“我无法向您形容，”公爵夫人继续说，“她的朗诵让人笑破肚子，一有

---

① 《七位公主》是比利时剧作家梅特林克（1862—1949）的剧作。

② 贝拉当（1859—1918），法国作家，狂热信奉天主教，自称他家是巴比伦一个国王的后代，所以有“王”之称。

③ 梅特林克（1862—1949），比利时剧作家。用法语写作。著有剧本《盲人》、《七位公主》等二十余部。1911 年获诺贝尔文学奖。是象征主义戏剧的代表作家。

机会，大家就笑个不停，甚至故意做得过分一些，因为那个可爱的人不喜欢。其实，为这事罗贝一直对我耿耿于怀。不过，我并不后悔，因为不这样，那位小姐可能会再来。我寻思，这件事不知让玛丽-埃纳尔多高兴哩！”

家里人都这样称呼罗贝的母亲德·马桑特夫人，埃纳尔·德·圣卢的遗孀，用以区别于她的堂弟媳德·盖尔芒特-巴伐利亚公主，另一个玛丽。为了避免混淆，巴伐利亚公主的侄儿、堂兄妹和夫兄弟在她的名字后面或者加上她丈夫的名字，或者加上她自己的另一个名字，这样就成了玛丽-希尔贝，或玛丽-海德维格。

“头天晚上预演了一下，真是洋相百出！”德·盖尔芒特夫人揶揄地继续说，“您想象一下她是怎样朗诵的吧，刚念了一句，甚至不到一句，仅仅念了四分之一句，就停下来，一停就是五分钟，我一点也没有夸大。”

“是吗，是吗，是吗！”德·阿让古尔先生惊叫起来。

“我极有礼貌地向她暗示说，她这样停顿，会让人感到莫名其妙。她原话是这样回答我的：‘念台词就应该像在作诗一样。’您想一想，这个回答不是太怪了吗？”

“我以前一直认为她诗朗诵得不坏哩。”两个年轻人中有一个说。

“她一窍不通，”德·盖尔芒特夫人说，“再说，我不用听她朗诵，只要看见她手里拿着百合花，就心中有数了！我一看见百合花，就立刻知道她没有本事！”

她的话引起了哄堂大笑。

“婶婶，那天我拿瑞典王后给您开了个玩笑，您没介意吧？我向您请罪来了。”

“不，我不介意。你要是饿了，我甚至还让你吃点心呢。”

“喂，法尔内尔先生，您来扮演女招待吧。”德·维尔巴里西斯夫人对档案保管员说，照例开了个玩笑。

德·盖尔芒特先生把靠在安乐椅上的身子直起来(帽子就在他身边的地毯上),心满意足地审视档案保管员给他端来的几盘花式点心。

“好极了。既然我和诸位已慢慢熟悉,就可以吃一块奶油蛋糕了,看样子很好吃。”

“先生扮演女招待像极了。”德·阿让古尔先生学着德·维尔巴里西斯夫人的样开了个玩笑。

档案保管员把点心端给投石党历史学家。

“您干得很出色。”投石党历史学家战战兢兢地说,努力想赢得大家的好感。

因此,他朝那几位也像他那样说了恭维话的人偷偷扫了一眼,仿佛要与他们串通似的。

“请告诉我,我的好婶婶,”德·盖尔芒特先生问德·维尔巴里西斯夫人,“刚才我进来时遇见的那个仪表堂堂的先生是谁?我好像应该认识他似的,因为他很客气地朝我敬礼了,但我没有认出是谁。您知道,我对记名字最头疼,这很讨厌。”他得意地说。

“勒格朗丹先生。”

“喔!奥丽阿娜有一个表妹,她母亲的娘家姓格朗丹。我记得清清楚楚,是鹰派格朗丹。”

“不对,”德·维尔巴里西斯夫人说,“这之间没有任何联系。他们就叫格朗丹,什么称号也没有。但是,他们求之不得,你给他们加什么,他们就会要什么。那人的姐妹就叫德·康布尔梅夫人。”

“喂,巴赞,您肯定知道婶婶讲的是谁,”公爵夫人忿忿地说,“就是那天您一时心血来潮,打发来看我的那个肥胖的食草动物的兄弟。她待了一小时,我想我都快要疯了。可是刚开始,当我看见一个我素不相识的长得像一头母牛的女人进来时,我以为来了个疯子。”

“听着,奥丽阿娜,她恳求我要您接待她,我总不能对她失礼吧。再说，嘿，您也太夸大其词了，她怎么会像一头母牛呢。”他又说了一句，像是在埋怨，可是却微笑着朝听众偷偷看了一眼。

他知道，他妻子的兴致需要用合乎情理的反话刺激，譬如说，不能把一个女人比作一头母牛啦，等等。这样，德·盖尔芒特夫人会说出比第一个比喻更幽默、更妙趣横生、更别出心裁的话来。公爵天真地毛遂自荐，不露声色地帮助妻子大显身手，就像是在一节车厢里偷偷帮助赌徒玩猜牌赌博的秘密同伙。

“我承认她不像一头母牛，因为她像一群母牛。”德·盖尔芒特夫人大声说，“我向您发誓，当我看见这群母牛头戴帽子，走进我的客厅向我问候时，我不知道说什么好。我一边很想对她说：‘不，母牛群，你弄错了，你不能同我交往，因为你是一群母牛。’但一边又搜索记忆，终于想起来您的康布尔梅是多罗西娅公主（她说过要来看我，也长得像头**母牛**），我差点儿叫她公主殿下，用第三人称同一群母牛说话。她和瑞典王后也有相像之处，都长着鸟类的砂囊。此外，她从远距离向我发起凌厉的攻势，非常艺术。不知道从什么时候开始，她就接二连三地给我送名片。我家里到处是她的名片，没有一件家具上没有，好像是商品广告似的。我不知道她这样大做广告目的何在。在我家里到处可以看到‘康布尔梅侯爵和侯爵夫人’，还写着地址，我记不起来了，再说，我也不会用上那地址的。”

“不过，像一个王后是很荣幸的。”投石党历史学家说。

“啊！我的上帝！先生，在我们这个时代，国王和王后算得了什么！”德·盖尔芒特先生说，因为他想显示自己是一个有自由思想的新派人物，同时也为了装出不把同王族的关系放在眼里，尽管他把这看得比什么都重要。

布洛克和德·诺布瓦先生站起身，向我们走来。

“先生，”德·维尔巴里西斯夫人说，“您同他谈德雷福斯案了吗？”

德·诺布瓦先生仰头望了望天（但仍面带笑容），像是为了证明他心爱的女人要他做这件事是强人所难。然而，他还是非常亲切地对布洛克说，法国正经历着骇人听闻的或许是极其痛苦的年代。这很可能表明德·诺布瓦先生是一个狂热的反重审派（然而，布洛克曾明确对他说过，他相信德雷福斯无罪），因此，当布洛克看见大使的态度和蔼可亲，看见他故意装出认为他的交谈者言之有理，毫不怀疑他们之间观点相同，并且想与他携起手来共同谴责政府的神态，此刻他感到虚荣心得到了满足，好奇心更加强烈。他暗自思忖，德·诺布瓦先生没有明确指出的，但却似乎暗示他们之间看法一致的重要问题是什么？他对德雷福斯案的看法究竟在哪几点上和自己一致？布洛克尤其感到惊讶的是，在他和诺布瓦先生之间存在的这种神秘的一致性，似乎不仅仅与政治有关，因为德·维尔巴里西斯夫人还对德·诺布瓦先生详细介绍过他的文学作品。

“您倒不赶潮流，”前大使对布洛克说，“因此我要祝贺您。在现在这个时代，公正不偏的研究已不再存在，尽向公众兜售淫秽或荒唐可笑的货色，可您却不。假如我们有一个好政府的话，您做出的努力按说是应该受到鼓励的。”

布洛克看见在这场世界性海上遇难中，只有自己还漂浮在海上，感到得意忘形。但是，在这个问题上，他仍然想了解细节，他想知道德·诺布瓦先生所说的荒唐可笑的货色是指什么。布洛克感到自己的创作路子跟多数人没什么两样，并不认为有什么与众不同。他又回到德雷福斯案件，但无法理清德·诺布瓦先生的观点。他竭力想让他谈一谈现在报界经常提到名字的军官；他们比介入这一案件的政界人物更令人瞩目，因为政界人物早已遐迩闻名，而军官们却不见经传；他们身穿军服，刚从一种截然不同的生活中走出来，打破了严格保持的沉默，就像洛亨格林①从一只由

① 洛亨格林是德国传说中的人物。他奉命保护一个女公爵，乘坐天鹅拖曳的小船，去把女公爵从敌对的封臣手中解救出来。后来与女公爵结为伉俪。

天鹅拖曳的小船中走出来一样，激起人无限的好奇心。布洛克认识一个主张民族主义的律师，多亏这个律师，他多次旁听了左拉诉讼案①的庭审。他随身带着三明治和一瓶咖啡，一早就到那里，晚上才出来，就像去参加中学优等生会考或中学毕业作文比赛一样。习惯的改变使他的神经异常兴奋，而咖啡和激动人心的庭审又把他热烈的情绪推到顶点，当他离开法庭后，对那里发生的一切仍然念念不忘，晚上回到家里，还想重返美丽的梦境，他跑到两派经常出没的饭馆去找观点相同的人，和他们没完没了地谈论白天发生的事，用命令的口吻——这使他幻想自己在发号施令——要来一份夜宵，以弥补这一早就开始的、中间没有进餐的一天给他带来的疲劳与饥饿。人总是生活在实际经验和想象中间，对于我们认识的人，总想深入猜想他们如何生活，而对那些我们只能猜想如何生活的人，又渴望能认识他们。德·诺布瓦先生对布洛克的问题作了回答：

“已有两名军官介入这个案件，我曾听到一个人谈起过他们。这个人是德·米里贝尔先生，他的判断力我是信得过的，他对那两个军官很赏识。一个是亨利中校②，另一个是皮卡尔中校③。”

“可是，”布洛克喊道，“宙斯的女儿雅典娜女神，在他们的头脑中注入了截然相反的看法。他们就像两头雄狮，争斗不休。皮卡尔上校在军中身居要职，但是他的摩伊拉④把他引到了不该去的地方。民族主义者的利剑一定会斩断他虚弱的身躯，他会成为食肉动物和食尸飞禽的佳肴。”

德·诺布瓦先生没作回答。

---

① 左拉（1840—1902），法国自然主义作家。德雷福斯案件发生后，他于1898年发表《我控诉》一文，抨击法国当局，因此被判犯有诽谤罪。

② 亨利（1846—1898），法国军官，在德雷福斯案件中捏造证据，加害德雷福斯，后因伪证罪行被揭露，被捕后自杀身亡。

③ 皮卡尔是坚持重审德雷福斯案件的正直的法国军官。

④ 摩伊拉为希腊神话中命运女神的总称。

“他们躲在那里闲聊什么?”德·盖尔芒特先生指着德·诺布瓦先生和布洛克问德·维尔巴里西斯夫人。

“德雷福斯案件。”

“啊! 见鬼! 对了,你们知道谁是德雷福斯最狂热的支持者吗? 你们谁也猜不着。是我的外甥罗贝! 我甚至可以告诉你们,当赛马俱乐部的人听到他的‘光辉业绩’时,都群起而攻之,把他骂得狗血喷头。再过一个星期,他就要参加……”

“当然,”公爵夫人插嘴道,“如果他们都像吉尔贝,主张把全部犹太人遣返耶路撒冷……”

“啊! 这么说,盖尔芒特亲王同我的看法不谋而合啰。”德·阿让古尔先生打断公爵夫人说。

公爵常把妻子当门面炫耀,但并不爱她。他“唯我独尊”,讨厌别人打断他说话,况且,他在家里向来对妻子很粗暴。作为一个坏丈夫和一个油嘴滑舌的男人,他看到妻子非但不听他说话,而且还打断了他的话头,不由得恼羞成怒,浑身颤抖,便立即收住话头,朝公爵夫人狠狠瞪了一眼,瞪得四座莫名其妙,困惑不解。

“您怎么想得出来跟我们说吉尔贝和耶路撒冷的?”他终于又说话了,“风马牛不相及嘛。不过,”他缓和了一点语气又说,“您一定会承认,如果我们家里有人被赛马俱乐部开除了,尤其是罗贝,因为他父亲在那里当过十年主席,终归是一件不光彩的事吧。我有什么办法呢,亲爱的? 这件事让那些人好不高兴,一个个都吹胡子瞪眼睛的。我不能责怪他们。您是知道的,我本人没有任何种族偏见,我认为种族偏见不符合时代潮流,我很想与时俱进。可是,见鬼,当一个人有了圣卢侯爵的称号,他就不应该是重审派! 您要我同您说什么呢!”

德·盖尔芒特先生在说到“当一个人有了圣卢侯爵的称号”时,语气十分夸张。然而他清楚地知道,一个有了“盖尔芒特公爵”称号的人更了不起。但是,如果说他的自尊心使他想夸大盖尔芒特公爵高人一等地位的话,那么,他的想象力的规律也许比高雅情趣的规则更促使他贬低公爵称号。谁都这样,总是此山望着彼山高,家花不如野花香,想象力这种放之四海而皆准的规律,不但适用于其他人,也适用于公爵。不仅是想象力的规律,语言的规律也一样。不过语言的两条规律不管哪一条在这里都用得上。其中一条要求一个人的谈吐符合他思想所属的阶级,而不是他本人所属的阶层。因此,德·盖尔芒特先生哪怕在谈论贵族时,他的谈吐也很可能像平庸的资产者,会像他们那样说"当一个人有了盖尔芒特公爵的称号"之类的话,而一个文人,一个像斯万和勒格朗丹那样的人,是不会这样说的。一个公爵,哪怕以上流社会的习俗为题材,也会写出充斥小市民气味的小说,贵族爵号在这里毫无用武之地,而一个平民写的小说却可以冠以贵族的称号。至于德·盖尔芒特先生究竟是听哪个资产者说过"当一个人有了……称号"这句话的,恐怕连他自己也说不清楚了。但是,语言的另一条规律要求不时地有一些新表达方式问世,就像一些疾病,出现后不久就销声匿迹,以后再也听不见有人谈起;在同一个时期内,可以听到有人不约而同地使用这些表达方式,但谁也不知道它们的由来,可能是自然产生的,也可能是偶然,就像一种美洲野草,一次偶然的机会,野草种子粘在旅行毯的绒毛上,然后又落在法国一条铁路的斜坡上,就在法国发芽生长了。然而,正如有一年,布洛克对我谈起他自己时说过的一句话("那些最可爱、最杰出、最有地位、最苛求的人发现,只有一个人他们认为是绝顶聪明、讨人喜欢和不可缺少的,那就是我布洛克"),我从一些和他素不相识的人嘴里也听到过,只不过是把布洛克换成他们自己的名字罢了,同样,听到"当一个人有了……称号"这句话之后,又有什么可以大惊小怪的呢?

"您要我说什么呢,"公爵继续说,"种族偏见在那里占优势,因此,这是不难理解的。"

“这尤其是可笑的，”公爵夫人回答说，“他母亲坚决反对重审，成天在我们耳边唠叨**法兰西祖国联盟**①，怎么就对他没有影响？”

“是这样。可不光有他的母亲呀，别给我们瞎吹了。不是还有一个不正经的女人吗？一个品行不端、最坏最坏的女人，她对他的影响更大，而她又恰好是德雷福斯先生的同胞。她把她的精神状态传给罗贝了。”

“公爵先生，您大概还不知道可以用一个新词来表达这种精神状态吧。”档案保管员说，他是反重审委员会的秘书，“用‘心态’，这个词和‘精神状态’表达的意思完全相同，但至少谁也听不懂。妙就妙在这里，正如有人说的，这是‘最时髦’的词。”

然而，档案保管员刚才听说了布洛克这个犹太名字，现在又看见他在向德·诺布瓦先生提问题，因而露出不安的神色，侯爵夫人见状也惴惴不安，如坐针毡，只是理由不同罢了。侯爵夫人在档案保管员面前战战兢兢地装出反对重审的样子，生怕他知道她接待了一个同“工会②”多少有点关系的犹太人会责备她。

“啊！**心态**，我得记在本子上，以后我要用的。”公爵说。（这不是故作姿态，公爵确实有一个小本本，记满了“引语”，每赴重大宴会之前总要温习一遍。）“我喜欢这个词。许多这样的新词出现后，不久就销声匿迹了。最近我读到一句话，说是一个作家很有‘才具’。随便你怎么理解都可以。后来我再也没有看见过这个词。”

“**心态**可比**才具**用得广，”投石党历史学家插了一句，“我是国民教育部下属一个委员会的成员，我在那里多次听到人用这个词。我在我那个

---

① 法兰西祖国联盟是反对重审德雷福斯案件的民族主义组织，成立于1898年，德雷福斯案件结束后即宣告解散。

② 在德雷福斯案期间，法国反犹太主义者认为，有一个强大而秘密的“犹太人工会”，在策划反法国的阴谋。

圈子，也就是沃尔内俱乐部[①]里，甚至在埃米尔·奥利维埃先生家的晚宴上也听说过。”

“我没有这个荣幸，我不是国民教育部的人。”公爵装出谦卑的样子回答说，但又那样踌躇满志，他的嘴巴禁不住露出微笑，眼睛禁不住向听众投去得意目光，可怜的历史学家看见公爵嘲笑的目光，羞得面红耳赤，“我没有这个荣幸，我既不是国民教育部的成员，”他自鸣得意地慢悠悠地重复道，“也不是沃尔内俱乐部的人（我不过是联盟俱乐部[②]和赛马俱乐部的成员而已）……先生，您没参加赛马俱乐部吗？”他问历史学家，历史学家嗅出了他话中的傲慢，但感到茫然不解，不由得浑身颤抖，“我也不到埃米尔·奥利维埃先生家去吃晚饭，我承认我不知道**心态**。阿让古尔，我想您也和我一样……您知道为什么不能把德雷福斯背叛行为的证据公布于众吗？据说因为他是陆军部长妻子的情夫，私下里都这样说。”

“啊！我还以为是内阁总理妻子的呢。”德·阿让古尔先生说。

“我觉得你们这些人好无聊，成天谈这个案件。”盖尔芒特公爵夫人说，她从社交的观点出发，一心想显示自己不随波逐流，人云亦云。“这个案件对我不会有任何影响，因为我的关系中没有一个犹太人，我打算永远像这样当一个幸运的局外人。但是，另一方面，我觉得玛丽·埃纳尔和维克迪尼埃娜的做法实在令人难以忍受，她们强迫我们与一大堆我们素不相识的，叫什么迪朗或迪布瓦的女人为伍，说她们很有头脑啦，她们不在犹太商人那里买东西啦，她们的小阳伞上写着‘处死犹太人’啦，等等。前天我到玛丽·埃纳尔家去了。从前她家的聚会是很吸引人的。可现在，那里尽是些我们一生都想避开的人，就因为她们仇恨德雷福斯就聚到她

① 沃尔内俱乐部为文艺俱乐部，位于巴黎第二区沃尔内街7号，成立于1874年。

② 联盟俱乐部位于巴黎马德莱娜林荫大道11号，和赛马俱乐部一样，也是一个十分封闭的俱乐部。

家来了。还有一些人更是不三不四。”

“不，是陆军部长的妻子。至少在贵妇的内室沙龙里是这样传的。”公爵又说，他在讲话中经常喜欢用一些他认为是旧制度的表达方式。“不过，众所周知，无论如何，我个人的看法是同我堂兄弟希尔贝的看法完全相反的。我不像他那样是领主，我可以同一个黑人在一起散步，如果这个黑人是我朋友的话；我对第三者和第四者的看法毫不在乎。不过，您总该承认，当一个人有圣卢侯爵称号的时候，他就不能开这个玩笑，就不能和大家的意见，和比伏尔泰，甚至比我外甥更有头脑的大家的意见背道而驰。尤其是再过一个星期他就要参加赛马俱乐部的选举了，在这节骨眼上，决不能干出被我叫作走钢丝的傻事来！钢丝绳绷得有点太紧了！不，很可能是他的小娼妓让他忘乎所以的。她可能说服他站到了‘文人’①一边。文人是赛马俱乐部那些先生的‘奶油水果馅饼’②。此外，这个表达方式玩了一个相当漂亮，却又用心险恶的文字游戏。”

接着，公爵悄声地对公爵夫人和德·阿让古尔先生说，“马桑特是闪米特人的母亲”这个玩笑在赛马俱乐部已传开了，因为在所有能够旅行的种子中，玩笑这颗种子的翅膀最结实，能传播到离发源地很远很远的地方。

“我们可以让那位先生解释一下，他看上去很像一个女才子。”公爵指着历史学家说，“不过，最好还是不谈这件事，因为这完全是无中生有。我不像我的表姐妹米尔普瓦那样野心勃勃，她声称她家的世系可以追溯到耶稣-基督诞生前的利末③部族，但我可以保证，在我们家族的血管里，从没有流过一滴犹太人的血。但是，毕竟谁也骗不了我们，我的外甥先生的

---

① 文人指主张重审德雷福斯案件的法国作家。

② “奶油水果馅饼”在这里的意思是“口头禅”。

③ 利末是犹太人的祖先雅各的十二个儿子中的一个。雅各的十二个儿子后来成为以色列的十二个部族。

高明见解肯定会在朗德尔诺引起相当大的反响[1]。更何况弗桑萨克病了，将由迪拉斯掌管一切。你们知道，他很喜欢制造麻烦。”公爵说道，对于有些词，他从来也没有弄清楚意思，以为“制造麻烦”不是虚张声势，而是制造纠纷。

“不管怎么说，即使那位德雷福斯是无辜的，”公爵夫人打断公爵说，“他也没有拿出像样的证据。他从魔鬼岛上写的信太没有水平，太夸张！我不知道埃斯代阿西先生是不是比他有更高的价值，但他的文笔潇洒，别有一种色彩。这一点可能使德雷福斯先生的支持者们很恼火。他们总不能更换无辜者吧，这对他们说来实在太不幸了！”

众人哈哈大笑……“您听到奥丽阿娜用的词了吗？”盖尔芒特公爵贪得无厌地问德·维尔巴里西斯夫人。“是的，我觉得很滑稽。”公爵认为这样的回答不过瘾：“嗨，我可不感到滑稽。更确切地说，滑稽不滑稽对我都无所谓，我对笑话根本不感兴趣。”德·阿让古尔先生表示反对。“他说话总是口不择言。”公爵夫人低声咕哝说了一句“可能因为我当过议员，我听到过许多出色的但又毫无意义的演说。我学会了欣赏演说的逻辑。可能就因为这个，我后来落选了。滑稽的东西对我无所谓。”“巴赞，您不要扮演约瑟夫·普吕多姆[2]了，我的孩子，您知道谁也没有您喜欢笑话。”“让我把话说完嘛。正因为我对某一类笑话麻木不仁，才更看重我妻子的幽默。因为她的幽默往往来自正确的观察。她说起理来像一个男人，用起词来又像一个作家。”

布洛克挖空心思，想让德·诺布瓦先生谈皮卡尔中校。

---

① 朗德尔诺为法国菲尼斯泰尔省城市。“会在朗德尔诺引起相当大的反响”出自法国剧作家亚历山大·杜瓦尔（1767—1842）的独幕喜剧《海滩，或遗产继承人》（1796），意为“雄心壮志可能会受到挫折”。

② 约瑟夫·普吕多姆是法国作家莫尼埃（1799—1877）的小说中的人物，平庸自负，好用教训人的口吻说些蠢话。

“只要政府认为这里面确有蹊跷，”德·诺布瓦先生回答说，“就必然要有中校的证词。我知道，就因为我支持这种看法，我的同仁中不止一人曾大发雷霆。但是，依我看，政府应该让中校说话。一味回避，政府就无法摆脱困境，相反会陷入泥潭。在第一次庭审时，证词对中校非常有利。当他身穿戎装威武地走上法庭，用极其朴实、极其坦率的口吻讲述他的见闻和看法的时候，当他说‘我以军人的荣誉发誓（说到这里，德·诺布瓦先生的声音里微微颤动着爱国的热忱），我深信不疑’时，不可否认，他给人留下了极其深刻的印象。”

“行了，看来他是重审派，再没有什么可怀疑的了。”布洛克心想。

“可是，他同档案官格里布兰的对质，把他一上来赢得的同情全部化为乌有：当人们听到这个老仆人，这个言而有信的男子汉说话的时候（德·诺布瓦先生真诚而有力地加重了下面的话），当人们看见他敢于正视他的上司，不怕同上司对质，用一种不容抗辩的口吻说：‘您瞧，中校，您知道我一生中从没有撒过谎，您知道在这个时刻，我和往常一样讲的全是真话’，这时候，大家的看法就转变了，在以后几次庭审中，皮卡尔先生想尽一切办法，也没能挽回败局。”

“不，他肯定是反重审派，这也在意料之中。”布洛克暗自思忖。“可是，如果他相信皮卡尔是一个撒谎的叛徒，又怎能重视并引用他的揭发，似乎认为这些揭发很有魅力，真实可信的呢？如果相反，他把皮卡尔看作一个坦率而正直的人，又怎能推测他在同格里布兰对质时撒谎呢？”

德·诺布瓦先生像这样同布洛克谈话，仿佛两人的意见一致似的，这很可能就因为他是一个彻头彻尾的反重审派，他觉得政府反对重审的立场还不够坚决，于是和重审派一样成了政府的敌人。也许还因为他给自己规定的政治目标具有更深刻的内容，不在国内，而在国外，重审派不过是一种无足轻重的特殊形态，不值得一个胸怀外交大事的爱国者挂心。更确切地说，也许因为他的明哲的政治格言只适用于形式、程序和机会等问题，而对实质问题，就显得一筹莫展了，正如在哲学上，纯逻辑无法解决生存问题一样，或者因为他这种明哲的政治头脑使他感到讨论这些问题要担风险，为了谨慎起见，索性只谈一些鸡毛蒜皮的小事。但是，布洛克错就错在他认为，德·诺布瓦先生性格再谨慎，思想再绝对，只要他愿意，还是会把亨利、皮卡尔、迪巴蒂·德·克拉姆[①]的作用和这个案件的详情细节如实告诉他的。事实上，布洛克不可能怀疑德·诺布瓦先生了解事情真相。既然他同部长们有来往，怎么会不了解呢？当然，布洛克认为政治的真相可以被头脑最清醒的人大体分析出来，但他和大多数国民一样，想象这种真相永远无可置疑地、实实在在地存在于共和国总统和内阁总理的秘密档案里，而总统和总理肯定会把实情告诉各位部长的。然而，即使政治的真相与文件有一定的关系，但这些文件的价值无论如何也比不上一张X光片子的价值；人们一般认为，病人的疾病会清楚地显示在X光片子上，其实X光片仅仅提供一个新的判断数据，它和其他许多数据汇合，医生据此作出推论和诊断。所以，当我们接近知情人，并以为就要了解实情时，政治的真相却会偷偷地溜走。甚至在后来——还是谈德雷福斯案件——当亨利供罪，继而又自杀时，对于这样一个显而易见的事实，那些主张重审的部长立即同经办此案的卡芬雅克[②]和居伊涅[③]作出截然相反的解释，而卡芬雅克和居伊涅本人也发现指控德雷福斯的证据是假的；即使是主张重审的部长，尽管他们有相同的感情色彩，不仅用做判断的证据相同，而且本着同一种精神，但他们对亨利扮演的角色，解释也是南辕

① 迪巴蒂·德·克拉姆，法国陆军总参谋部成员，在德雷福斯案件中负责侦讯工作，篡改、编造罪证，加害德雷福斯。

② 卡芬雅克（1853—1905），曾担任过陆军部长，狂热鼓吹军国主义，顽固反对重审德雷福斯案，否认亨利作伪证。

③ 居伊涅，法国陆军总参谋部上尉军官，亨利作伪证被揭露后，他负责核实工作，很快就发现亨利伪造证据的痕迹。

北辙，一部分人认为亨利是埃斯代阿西的同谋，另一部分人却认为迪巴蒂·德·克拉姆是同谋，这样，他们也就转而支持他们的对手居伊涅的论点，却同他们的同党雷纳克[①]背道而驰。布洛克从德·诺布瓦身上可能得到的全部印象是，如果总参谋长德·布瓦德弗尔将军[②]果真派人给罗什福尔[③]秘密传递过消息，那么，这里面肯定有什么令人遗憾的事。

"请您相信，陆军部长至少在心里诅咒他的总参谋长该下地狱了。依我看，公开否认绝不是多此一举。但是陆军部长只是在茶余酒后明确地谈过自己的看法。再说，有些问题必须慎重，如果引起骚动，会导致无法控制的局面。"

"不过，这些证据显然是假的呀。"布洛克说。

德·诺布瓦先生不作回答。但他声称他不赞成亨利·奥尔良亲王[④]在法庭上大吵大闹：

"再说，他这样做只会扰乱法庭，引起骚动，而这种骚动不管从哪方面讲都是令人遗憾的。当然啦，我们必须制止反军国主义的阴谋，但是，我们也不需要由右派挑起的争斗。右派非但不鼓动人民爱国，反而利用人民的爱国热情。谢天谢地，法国不是南美模式的共和国，不需要一个搞军事政变的将军。"

布洛克试图让他谈谈德雷福斯的罪行，预测一下法庭对这场审理之中的民事诉讼会作出怎样的判决。但他枉费心机。不过，德·诺布瓦先生似乎很乐意对判决的后果谈一些细节问题。

---

① 雷纳克（1856—1921），法国政治人物和记者，当过众议员，支持重审德雷福斯案件。

② 德·布瓦德弗尔（1839—1919），德雷福斯案期间，曾任法国陆军总参谋长，他知道指控德雷福斯的罪证是假的，但他仍然主张维持对德雷福斯的判决。

③ 罗什福尔（1830—1913），法国作家和政治人物，1895 年，多次发起宣传运动，声讨德雷福斯，赞成极端民族主义。

④ 奥尔良亲王（1867—1901），法国探险家，曾几次到中亚、东非探险。反对重审德雷福斯案件。

“如果是判刑，”他说，“就很可能被撤销，因为这场诉讼案的证词很多，不会没有可供律师援引的不合法定手续的证词。关于亨利·奥尔良亲王大闹法庭一事，我还想再说一句，我很怀疑这符合他父亲的口味。”

“您是说夏尔特尔公爵[①]站到德雷福斯一边去了？”公爵夫人微笑地问道，但她的眼睛都瞪圆了，脸涨得通红，鼻子埋在她的点心盘中，露出愤慨的神色。

“丝毫也不。我只是想说，一个家庭中在这方面有一种政治意识。这种意识，我们在可敬可佩的克莱芒蒂纳公主[②]身上看到了它的登峰造极，而她的儿子费迪南亲王[③]犹如继承一份珍贵的遗产那样把它继承了下来。保加利亚亲王[④]可不会把埃斯代阿西少校搂在怀里。”

“他宁愿搂一个普通士兵。”德·盖尔芒特夫人咕哝道。她经常和这个保加利亚人在儒安维尔亲王府共进晚餐。有一次，他问她是不是爱嫉妒，她回答说：“是的，殿下，我连您的手链都嫉妒。”

“您今晚不去参加德·萨冈夫人的舞会吗？”德·诺布瓦先生为了结束同布洛克的谈话，对德·维尔巴里西斯夫人说。

大使不是不喜欢布洛克。他后来不无真诚地同我们谈起了他对他的印象，当然这是因为在布洛克的语言中保留着他已抛弃不用的新荷马风格的痕迹：“他相当有意思，说话文绉绉的，尽用些古词。他和拉马丁或让·巴蒂斯特·卢梭[⑤]一样，动不动就提‘九位文艺女神’。这在当代青年

---

① 夏尔特尔公爵(1840—1910)，亨利·奥尔良亲王的父亲。

② 克莱芒蒂纳公主(1817—1907) 出身波旁王朝一支奥尔良家族，法国国王路易－菲利浦的女儿。

③ 费迪南亲王(1861—1948)，克莱芒蒂纳公主的儿子，1887 年至 1908 年为保加利亚亲王，1908 年至 1918 年为保加利亚国王。一生野心勃勃，统一保加利亚，促进国家进步。

④ 保加利亚亲王即费迪南亲王。

⑤ 让·巴蒂斯特·卢梭(1671—1741)，法国诗人，著有《大合唱》、《赞美诗》、《颂歌》等诗集，大多以神话为题材。

中寥寥无几，即使在上一辈青年中也是屈指可数。我们这些人过去都有些浪漫。”但是，即使他觉得谈话人有一种新奇感，他也认为谈话的时间太长了。

“不去，先生，我不再参加舞会了。”德·维尔巴里西斯夫人露出老年妇女迷人的微笑回答道。“你们呢，都去吗？这是你们这个年龄做的事。”她继而又说，眼睛望着她的朋友夏特勒公爵和布洛克。“我也受到邀请啦，”她开玩笑地装出引以为荣的样子说，“人家甚至上门来请我呢。”（“人家”是指萨冈亲王夫人。）

“我没有请柬。”布洛克说，心想德·维尔巴里西斯夫人可能会送他一张，既然德·萨冈夫人亲自登门邀请她，不会把她的一个朋友拒之门外的。

侯爵夫人毫无反应，布洛克也就不再多说。他还有一件更严肃的事要同她商量，他刚才已向她提出要她两天后再接见他一次。他听那两个年轻人说，他们已退出王家街的俱乐部了，他们觉得加入这家俱乐部太过自由，布洛克想请德·维尔巴里西斯夫人把他引进这家俱乐部。

“萨冈家的人不会是冒充高雅、冒充时髦吧。”他冷嘲热讽地说。

“才不呢，他们是最高雅、最时髦的了。”德·阿让古尔回答说，巴黎的玩笑他全都学会了。

“那么，”布洛克半讥笑半正经地说，“这是所谓的一次盛会，一次符合潮流的**社交活动的盛会**啰！”

德·维尔巴里西斯夫人兴致勃勃地对德·盖尔芒特夫人说：

“真的吗？萨冈夫人的舞会是社交活动的盛会吗？”

“您怎么来问我呢？”公爵夫人揶揄地回答道，“我还没有搞清楚社交活动的盛会是怎么回事呢。况且，我对社交活动的事知道得不多。”

“啊！我还以为您知道呢。”布洛克说，以为德·盖尔芒特夫人讲的是真心话。

布洛克还是放不下德雷福斯，又向德·诺布瓦先生提出了一大堆问题，德·诺布瓦先生无可奈何，只好回答他说，他的“初步”印象是，迪巴蒂·德·克拉姆上校有点稀里糊涂，被选来经办这个案子不很合适，像这样一件棘手事，没有极其冷静的头脑、高度的判断力和专门的知识是难以胜任的。

“我知道社会党强烈要求判处迪巴蒂上校死刑，立即释放魔鬼岛上的囚徒。但我想，我们还不至于落到让谢罗代尔-里夏①之流任意凌辱的地步。这个案子至今还没有理出头绪。我不说双方没有什么相当卑劣的行径要掩盖。我也不想否认，在您那一派中，有些支持德雷福斯的人可能多少有点公心，甚至是一片好心。但是，要知道，好心也会办坏事！”他目光狡黠地补充了一句。“关键在于，政府要让人觉得，它既不受左派集团的控制，也不俯首听命于某个御用军队，请相信我，那不是军队。不言而喻，如果再发生意外，重审程序就会开始。后果是明摆着的。要求重审不过是闯进敞开的大门，轻而易举。到那时，政府就该知道要理直气壮地表明态度了，否则就得放弃它的主要权力。光东拉西扯、不痛不痒地说几句是不够的。应该把德雷福斯提交法官审理。这事不费吹灰之力嘛，因为尽管在我们温和的、喜欢自我诽谤的法国，人人养成了习惯，相信或让人相信要听到真实的公正的声音，必须穿过英吉利海峡，这往往是到达施普雷河②的间接途径，尽管如此，并不是只有柏林才有法官③。不过，一旦政府开始行动，您会听它的话吗？当它敦促您履行您的公民义务，您会站到它一边吗？如果它发出爱国号召，您会装聋作哑，不回答‘到’吗？”

---

① 谢罗代尔-里夏（1860—1911），法国记者和政治家，社会党人。

② 施普雷河为德国河流，穿越柏林。

③ 这里暗指一首诗体童话《无忧磨坊主》，作者是弗朗索瓦·安德里厄（1759—1833）。该童话取材于普鲁士十分流行的传说：国王想把一座磨坊占为己有，因为磨坊破坏了王宫的景致。磨坊主把国王告上法庭，法官判磨坊主胜诉，以证明司法独立。磨坊主得出结论：“幸好我们有柏林的法官。”

德·诺布瓦先生向布洛克提这些问题时，语气很激烈，这使我的同学既惶惑不安，又喜出望外。因为大使对他讲话，就像在同一个党的全体成员讲话，他向布洛克提问的神气，很像是得到了这个党的信任，并且对作出的决定能承担责任似的。"如果您不缴械投降，"德·诺布瓦先生不等布洛克回答，就又继续下去了，"如果您相信某个蛊惑人心的口号，在确立重审程序的法令颁布后，您不立即缴械投降，相反仍坚持某些人所谓的l' ultima vatio① 的无益的敌对立场，如果您愤而引退，破釜沉舟，决不回头，您就可能要吃大亏。您难道被那些制造混乱的人俘虏了？您对他们发过誓?"布洛克不知如何回答。德·诺布瓦先生也不给他时间回答。"如果像我认为的那样，您的回答是否定的，如果在您身上有一点我认为在您的上司和朋友们身上恰恰缺少的东西，也就是有那么一点政治意识，如果在刑事法庭开庭的那天，您不会被那些浑水摸鱼的人拉入伙，那么您就会受到全巴黎的赞誉。我不能保证整个陆军总参谋部都能摆脱干净，但是如果有一部分人能不激起公愤而挽回面子，我看这就不错了。此外，显然应该由政府颁布法令，减少逍遥法外的罪犯（这样的人太多了），而不是听信社会党人或某一个丘八的挑唆。"他接着又说，边说边看着布洛克的眼睛，他也许和所有保守派一样，说话时，本能地想在敌对阵营寻求支持。"政府的行动应该不受有些人竞相许诺的影响，不管是谁的许诺。谢天谢地，现在的政府既不在右派德里安上校②，也不在左派克雷孟梭③先生的控制下。对于那些职业闹事者，应该采取强硬态度，不让他们抬头。绝大多数法国人都渴望安居乐业！这也是我追求的目标。但是不要怕引导舆论。

① 拉丁语，意即最后一张王牌。

② 德里安（1855—1916），法国军官和作家，曾当过法国政治冒险家布朗热将军的副官，并随其到了陆军部，布朗热政变阴谋败露后，他也跟着倒霉，1905 年离开军队。

③ 克雷孟梭（1841—1929），法国政治家。第二帝国时属左翼共和派，后为激进派领袖。1906 年至 1920 年曾任两届总理，外号"老虎"。

如果有几只绵羊——是我们的拉伯雷①非常熟悉的绵羊——低着头硬往水中跳，就应该向他们指出水是浑的，是被一些外来的败类为掩盖险象丛生的海底而故意搅浑的。政府在行使基本上属于它的职责，也就是发挥司法女神作用的时候，千万不要让人感到它摆脱被动是出于无奈。政府会接受您的全部建议的。如果政府能证明法院确实有错误，它就能得到绝大多数国民的支持，也就有了活动余地。”

“您，先生，”布洛克转身对德·阿让古尔先生说，刚才他和其他人一起被介绍给阿让古尔先生了，“毫无疑问您是重审派吧，因为外国人都是重审派。”

“这个案子不就是法国人之间的事吗？”德·阿让古尔先生傲慢地回答说。他用这种口气说话，是要把对方显然——因为他刚说过相反的看法——不同意的一种看法归于对方。

布洛克脸红了；德·阿让古尔先生环视周围，得意地微笑着。当他向其他人投去微笑时，笑中含有对布洛克的讥讽，但当他最后把微笑停留在我朋友身上时，目光就变得真诚了，因为他不想让布洛克为他刚才那句话生气，但是，尽管如此，这丝毫也不能减轻那句话的残酷性。德·盖尔芒特夫人在德·阿让古尔先生耳边悄悄说了句话，我没有听见，想必与布洛克的宗教信仰有关，因为此刻公爵夫人的脸上闪过一种迟疑而做作的表情，一个说长道短的人害怕被议论的人听见时，脸上会出现的这种吞吞吐吐、装模作样的表情，同时还夹杂着一种面对一群陌生人时可能产生的好奇而存心不良的快感。为了挽回面子，布洛克转身对夏特勒罗公爵说：“先生，您是法国人，您肯定知道外国人都是重审派吧，尽管大家都说法国人从来不知道法国

---

① 拉伯雷（约1494—1553），文艺复兴时期法国作家，人文主义者。著有长篇小说《巨人传》。这里影射出自该书的成语“巴汝奇的绵羊”。这个成语的意思是，一只绵羊投入水中，其他绵羊也跟着投水，引申为“互相模仿的蠢人”。

以外发生的事。此外，我知道跟您还是可以谈谈的，圣卢对我说过。”但是年轻的公爵感到大家都在和布洛克作对，便就像社交界司空见惯的那样，采取卑怯的作法，施展他也许从德·夏吕斯先生那里隔代继承下来的冒充风雅和刻薄的才智，对布洛克说：“先生，请您原谅，我不能和您讨论德雷福斯，不过，我的原则是，这个案件只能在雅弗①的后代中间谈论。”大家都乐了，只有布洛克不笑，并不是他不习惯对他的犹太血统，对他同西奈半岛多少有点联系的祖籍说几句嘲笑话，可是，他一扣动体内的语言扳机，送到他嘴边的却不是嘲笑（可能还没有准备好），而是另外一句话。只听见他说：“您怎么知道的？谁对您说的？”这倒像是一个凶犯儿子说的话。此外，由于他有一个让人一听就知道不是基督教徒的名字，一看就有一张与众不同的面孔，因此，他这种惊讶也就显出了几分天真。

布洛克对德·诺布瓦先生所说的还不满足，他走到档案保管员身边，问他迪巴蒂·德·克拉姆先生或约瑟夫·雷纳克先生是不是偶尔也来拜访德·维尔巴里西斯夫人。档案保管员不作回答。他是民族主义者，他不停地向侯爵夫人宣传，不久就要爆发一场社会战争，要她择友格外小心。他心里暗想，布洛克可能是工会派来打听情况的密使，便立即把布洛克刚才的问题对德·维尔巴里西斯夫人重复了一遍。德·维尔巴里西斯夫人认为，布洛克至少可以说缺乏教养，也可能会危及德·诺布瓦先生的地位。最后，她决定满足档案保管员的愿望，他是唯一使她害怕的人，也是唯一向她灌输某种思想的人，尽管谈不上成功（每天早晨，他给她念絮代②先生在《小日报》上发表的文章）。因此，她想暗示布洛克以后不要再

---

① 雅弗是挪亚第三个儿子。据圣经记载，他是印欧人的祖先。

② 絮代（1851—1943），法国记者，《小日报》的编辑，狂热反对重审德雷福斯案件。因鼓动德法亲善，后逃往瑞士，1923 年被缺席审判。《小日报》创办于 1863 年，每份一个苏，这标志着大量发行报刊的开始，1890 年发行量达一百万份。絮代的民族主义思想对《小日报》的影响很大。

来了。她在她的社交保留节目中，很自然地找到了一个贵妇把一位客人撵走的办法，演这出戏绝对不会有我们想象的攘臂瞋目的场面。当布洛克过去向她告辞时，她深深地埋在那张大安乐椅中，看上去睡眼朦胧，似醒非醒。她那茫然的目光像一颗珍珠的闪光，微弱而迷人。布洛克告辞时，侯爵夫人勉强在脸上挤出一抹无精打采的笑容，但没有说一句话，也没有伸出手。这场戏使布洛克大为吃惊，但因为周围的人都在看着，他认为继续下去对他一无好处，既然侯爵夫人不伸出手来，他就主动把手伸了过去。这下可冒犯了德·维尔巴里西斯夫人。然而，尽管她很想满足档案保管员和反重审派小圈子的欲望，但她也得为将来着想，便装着没有看见，只是垂下眼睑，半睁半闭着眼睛。

“我想她睡着了。”布洛克对档案保管员说。档案保管员觉得侯爵夫人在为自己撑腰，有恃无恐，便装出气愤的样子。“再见，夫人。”布洛克大声说。

侯爵夫人微微翕动嘴唇，就像一个临终的人，想张嘴说话，但目光已认不出人。而当布洛克带着她得了“智力衰退症”的想法离开时，她立即以一种恢复生命的勃勃生气，朝德·阿让古尔侯爵转过脸去。几天后，布洛克受好奇心和想弄明白一件奇事的愿望所驱使，又来看望德·维尔巴里西斯夫人。侯爵夫人给予他亲切的接待，因为她是一个善良的女人，再说档案保管员不在场，另外她也舍不得放弃布洛克答应在她府上组织演出的那场独幕剧，况且，上次布洛克告别时，她不过是演了一出戏，扮演了她渴望扮演的贵妇而已。她那场戏当晚轰动了许多沙龙，受到普遍的称赞和评论，只不过已传得面目全非了。

“公爵夫人，您刚才谈到《七位公主》，您知道(我并不因此而更感到自豪)，这个……怎么说呢，这部有争议作品的作者还是我的一个同胞呢。”德·阿让古尔先生揶揄地说，外加几分得意，因为他比别人更了解刚才谈到的那部戏的作者。“是的，他是比利时人，从他的身份证来说。”他又补充一句。

“真的吗？不过，我们并没有指责您在《七位公主》中负有什么责任呀。值得庆幸的是，您和您的同胞和这部荒谬作品的作者完全不一样。我认识一些可爱的比利时人，您算一个，还有你们的国王，虽然胆小怕事，却很风趣，还有我的利涅表兄弟们，还有其他许多人。但是，幸亏你们不和《七位公主》的作者讲同一种语言。况且，我直言不讳地对您说，这种人连提都不要提，因为他们半文不值。他们竭力说一些晦涩难懂的话，必要时故意装出滑稽可笑的样子，以掩盖他们贫乏的思想。如果说这里面隐藏着什么的话，那我可以告诉您，就是胆大妄为。”她郑重其事地说道，“既然有思想，就会有胆大妄为。我不知道您看过博雷利①的戏没有。许多人看了都皱眉头。我嘛，哪怕会招来攻击，”她继而又说，岂知她不会担任何大风险，“我也敢承认，我觉得那本戏很有意思。可是《七位公主》！尽管她们中有一位对我的外甥很好，我也不能使家族的感情……”

公爵夫人猛然收住话头，因为一位女士进来了，她是罗贝的母亲马桑特子爵夫人。德·马桑特夫人在圣日耳曼区是数一数二的好人，天使般善良、温顺。我早就听人说过，但我没有特别的理由对这种说法感到惊讶，因为那时候我还不知道她是盖尔芒特公爵的胞妹。后来，在圣日耳曼小圈子里，每当我听到有些像彩绘玻璃窗上完美无缺的女圣徒那样忧郁、纯洁、富于牺牲精神和受人尊敬的女人，却和粗鲁、放荡而卑鄙的兄弟是同一棵系谱树上的两个果子的时候，我就会感到说不出的惊讶。我认为，既然兄弟姐妹脸长得一样，例如，德·马桑特夫人就很像盖尔芒特公爵，那么他们的智力和心肠也应该一样，正如一个人可以有好运气，也可以有坏运气，但思想狭隘的人就不可能有宽广的胸怀，冷酷的人就不可能有崇

① 博雷利(1837—1906)，法国诗人、剧作家，他的诗歌曾三次荣获法兰西学士院奖。下文提到的戏剧是博雷利的独幕剧《阿兰·夏蒂埃》，1889 年 5 月 20 日在法兰西剧院首演，但并不很成功。

高的忘我精神。

德·马桑特夫人拜师于布吕纳蒂埃[①]门下。她使圣日耳曼区的人为之倾倒，同时她还春风化雨，用她圣人的生活感化圣日耳曼区的人。然而，她的长相和她的公爵兄弟一模一样，都有漂亮的鼻子和敏锐的目光。这种外貌的相像，使我认为她和德·盖尔芒特先生的智力和道德观也应该一样。我怎么也不能相信，就因为她是一个女人，或许遭到过不幸，外加得到大家好评，就可以和她的家里人有天壤之别，就像中世纪武功诗中所描述的，所有的美德和魅力都集中在妹妹身上，可他们的兄长却总是一个凶狠毒辣的恶神。在我看来，大自然不会有古代诗人那样的自由，而是应该专门利用一个家庭的共同特征，我不相信它会有如此的创新精神，能用制造傻瓜或粗汉的原料，塑造出一个不做傻事的聪明人，或一尘不染的女圣人。德·马桑特夫人身穿一件印有大棕榈叶图案的白绸裙，衣服上别着黑布花，与棕榈叶相映成趣。因为三个星期前，她的表兄德·蒙莫朗西先生病故了，但这并不妨碍她出入社交界，参加小型晚宴，只是戴上孝罢了。这是一个高贵的妇人。隔代相传在她的心灵上深深打上了轻浮的宫廷生活——不管它多么肤浅，多么严格——的烙印。德·马桑特夫人在双亲死后，没有力量长期沉浸于悲痛中，但她为了一个表兄病故，一个月中绝对不穿色彩鲜艳的衣服。她对我非常客气，一来我是罗贝的朋友，二来我和罗贝不属于同一个世界。她客气中还夹着几分装出来的羞怯，声音、眼神和思想不时地显出退缩的样子，仿佛在把一条绷得太开的裙子拉回到身边，不让裙子占据过多的空间，使它既显得柔软，又保持平整，正如良好的教育所要求的那样。不过，对于良好的教育，请不要过于从字面上理解，因为在这些贵妇中间，有不少人很快就堕落了，但却近乎幼稚地使她们的言行举止保持高雅的风度。德·马桑特夫人说话时会使人感到

① 布吕纳蒂埃(1849—1906)，法国文学评论家、文学史家。

不舒服，因为每当她和一个平民，例如和贝戈特或埃尔斯蒂尔说话时，为了强调一个字，总把字咬得很清楚，她用盖尔芒特家族特有的吟诵般的两种不同声调说："能遇见贝戈特先生，能认识埃尔斯蒂尔先生，我感到很**荣幸**，非常**荣幸**"等等，可能是为了让人赞赏她的谦虚，也可能因为她有和德·盖尔芒特先生同样的嗜好，喜欢使用过时的语言形式，以示对不大使用"荣幸"之类语言形式的坏教育的抗议。不管是哪一条理由，都使人感到，当德·马桑特夫人说"我很**荣幸**，非常**荣幸**"之类话时，以为自己在扮演一个重要角色，在证明自己很懂得尊重社会名流，即使是在她的城堡外遇见这些名流，她也会像在城堡内一样热情欢迎他们。再者，她家是名门望族，她很热爱这个家族，同时她想通过慢条斯理的叙述和详细周到的解释，使人了解她家的亲戚关系，她随时随地都会把那些在神圣罗马帝国时候降格的欧洲各大家族一一讲给人听（并不是要使人感到惊讶，只不过是爱讲一些可怜的农民和高尚的猎人而已），但那些不很出色的人就不原谅她了，如果他们还有点知识的话，就会笑她像个傻瓜。

在乡下，德·马桑特夫人因乐善好施而受人崇敬，但尤其是因为她那纯而又纯的贵族血统（好几代人都是法国历史上最高贵的血统）使她的举止摆脱了平民所说的"装腔作势"，显得朴实无华，落落大方。她不怕拥抱一个不幸的贫苦妇女，叫她到城堡里去拉一车木柴。据说她是一个尽善尽美的基督教徒。她一心想让罗贝和一个富豪家的小姐成婚。既然是贵妇，就要像个贵妇样，从某个方面讲，就要装出朴实无华的样子。这是一场代价昂贵的赌注，因为只有在别人知道你可以不朴实无华，也就是知道你非常有钱的情况下，你假装的朴实无华才能使人心醉神迷。后来，当我同一个人讲起我见过她时，那人问我："您一定觉得她很迷人吧。"但是真正的美是那么特别，那么新奇，以致我们看不出那是一种美。那天，我只在心里说，她有小小的鼻子，碧蓝的眼睛，细长的脖子和忧郁的神情。

"听着，"德·维尔巴里西斯夫人对盖尔芒特公爵夫人说，"我想，过一会儿，有一个你不愿意交往的女人要来看我，我还是先跟您打个招呼好，免得你到时措手不及。不过，你尽管放心，以后她再也不会来了，但今天得破例让她来一次。是斯万的妻子。”

斯万夫人看到德雷福斯案子越闹越凶，担心她丈夫的犹太血统会给她带来麻烦，早就恳求斯万无论如何不要讲德雷福斯无罪。斯万不和她在一起时，她就更是变本加厉，公开鼓吹最狂热的民族主义。而且，她竭力仿效维尔迪兰夫人，亦步亦趋；在维尔迪兰夫人的沙龙里，一种潜在的资产阶级反犹太意识正在觉醒，并且已达到了激烈的程度。斯万夫人的反犹态度使她终于加入了社交界的几个反犹妇女联盟。这一类组织纷纷成立，并和有些贵妇沙龙建立了联系。盖尔芒特公爵夫人是斯万的好友，但她非但不模仿那些贵妇，就连斯万毫不掩饰地想把妻子介绍给她的愿望，她也一直不予以满足。盖尔芒特夫人的这种做法似乎令人觉得奇怪。但我们以后会看到，这是公爵夫人与众不同性格的一种表现形式，她认为“不必”做这做那，却武断地，非常武断地把她“自由意志”所作的决定强加于人。

“谢谢您给我打招呼。”公爵夫人说，“的确，这对我是很扫兴的。不过，我看见她能认出来，我会及时离开的。”

“我向您保证，奥丽阿娜，她很讨人喜欢，是一个很出众的女人。”德·马桑特夫人说。

“我不怀疑，但感到不需要我亲自去证实。”

“你接到伊斯拉埃尔夫人的邀请了吗？”德·维尔巴里西斯夫人为了改变话题，问公爵夫人。

“啊！感谢上帝，我不认识她。”德·盖尔芒特夫人回答说，“你应该去问玛丽-埃纳尔，她认识，我一直弄不清楚是怎么回事儿。”

“不错，我认识她，”德·马桑特夫人回答说，“我承认我错了。但我已决定不再和她来往了。看来她是一个坏女人，而且毫不掩饰。况且，我们过去太轻信人，太好客。以后我再也不和这个民族的人打交道了。我们放着外省同一血缘的远房亲戚不来往，却向犹太人敞开大门。现在该看到他们是怎样感谢我们的了。唉！我有什么好说的，我有一个很可爱的儿子，可他竟像个疯子，什么样的蠢话都说得出来。”她听见德·阿让古尔先生影射罗贝，便又说了一句。“真的，说到罗贝，您没有看见他吗？”她问德·维尔巴里西斯夫人。“今天是礼拜六，我想他会到巴黎来待二十四小时的，他肯定来看过您了。”

其实，德·马桑特夫人认为她儿子不会有假。她知道罗贝即使有假，也不会来看望德·维尔巴里西斯夫人，因此，她希望通过假装相信能在这里看见罗贝，使她疑神疑鬼的婶母原谅她的儿子。

“罗贝在这里！他甚至连一个字都没给我写过。我想，从巴尔贝克海滩回来后，我就一直没见过他。”

“他太忙，有那么多事要做。”德·马桑特夫人说。

一丝不易觉察的笑容，使德·盖尔芒特夫人的眼睫毛微微颤动，眼睛看着小阳伞的尖头在地毯上画出的圆圈。每当公爵过于明显地冷落他的妻子时，德·马桑特夫人总站在嫂子一边，狠狠地指责她的同胞兄弟。德·盖尔芒特夫人每每想起她的保护，心里总不免充满感激和怨恨。她对罗贝的放荡其实是半恼半喜。就在这时，门又一次打开，罗贝走了进来。

“瞧，说到圣卢，圣卢就到。”德·盖尔芒特夫人说。

德·马桑特夫人背朝门，没看见儿子进来。当她看见时，她那颗慈母的心高兴得都要跳出来了。她的身子微微向前挺起，脸颤动着，又惊又喜地凝视罗贝：

“怎么，你来了！真叫人高兴！太意想不到了！”

“啊！**说到圣卢**，我懂了①。”比利时外交官说完哈哈大笑。

---

① 法语中有一条谚语：“说到狼，就看到狼的尾巴。”圣卢的“卢”和法语中的“狼”同音。这里德·盖尔芒特夫人用了一个同音异义的谐语，引起了比利时外交官的兴趣。

“是很有趣。”德·盖尔芒特夫人冷冷地回了一句。她不喜欢用同音异义的谐语，刚才她像是为了自嘲才这样说的。“你好，罗贝，”她说，“嘿！你把你的舅妈都忘啦！”

他们在一起交谈了几句，肯定是在谈我，因为当圣卢要去向她母亲问好时，德·盖尔芒特夫人朝我转过脸来了。

“您好，身体好吗？”她对我说。

她把蓝色的目光倾泻到我身上，犹豫了一下，把弯着的胳膊伸出来，让身子向前倾，身子刚有点弯下，就立即收了回去，好像是一棵被人按倒的灌木，一朝恢复自由，便立即回到自然的姿势。就这样，她在圣卢火一般的目光逼视下完成了这些动作；圣卢在一旁看着他的舅妈，竭力想让她更热情一些。他怕谈话热不起来，就又加了把火，代我回答说：

“他身体不大好，常感到疲劳。不过，他要是能经常见到你，可能会好一些。因为，我不想瞒你，他非常想见你。”

“啊！不过，这很好嘛，”德·盖尔芒特夫人故意用一种平淡的语气说，就好像我给她拿来了她的大衣似的，“我很高兴。”

“好了，我要到我母亲那里去了，你坐到我的椅子上来。”圣卢对我说，一面把我拽到他舅妈身边。

我们俩谁也不说话。

“有时候我上午能看见您。”她对我说，好像我没有看见她似的，她在向我报告一条新闻。“这对身体很有好处。”

“奥丽阿娜，”德·马桑特夫人小声地说，“您说您要去看德·圣弗雷奥夫人，您能不能同她说一声，叫她不要等我吃晚饭了？既然罗贝回来了，我就得待在家里。如果可以的话，您顺便叫个人马上去买几盒罗贝爱抽的雪茄，‘柯罗纳’牌的，家里没有了。”

罗贝走过来。他只听到德·圣弗雷奥夫人的名字。

“德·圣弗雷奥夫人？她又是谁？”他用一种惊讶而一定要得到回答

的语气问道，因为他假装对社交界的事一无所知。

“怎么啦，亲爱的，你怎么会不知道？”他母亲说，“她就是韦芒杜瓦伯爵的姐妹呀，你心爱的台球不就是她送的吗？”

“怎么，是韦芒杜瓦伯爵的姐妹！我压根儿没往这上面想。啊！我们家的人真了不起，”他把脸转过一半对着我说，无意中用了布洛克说话的腔调，好像这想法是从布洛克那里借来的，“尽认识一些稀奇古怪的人，一些名字好赖叫圣弗雷奥的人（他把每一个字的最后一个辅音说得很重），他们参加舞会，坐四轮敞篷马车四处游逛，过着神仙般的生活。真是妙哉！”

德·盖尔芒特夫人的喉咙里又发出了那种轻微、短促而有力的声音，犹如强压下去的笑声，表示她迫于亲戚关系，不得不对她外甥的幽默有所反应。仆人进来通报说，法芬海姆-蒙斯特堡-魏尼根亲王让人转告德·诺布瓦先生，他来了。

“去请他进来吧，先生。”德·维尔巴里西斯夫人对前大使说。前大使出去迎接德国总理。

但侯爵夫人又喊他回来：

“请等一等，先生，您说我要不要把夏洛特皇后①的肖像细密画拿给他看？”

“啊！我相信他会不胜高兴。”大使用一种深信无疑的口吻说，仿佛他对这个走运的总理将受到的优待很羡慕。

“啊！我知道他的思想很正统，”德·马桑特夫人说，“这在外国人中是少有的。但我听说他是反犹太主义的化身。”

德国亲王名字的头几个音节，如果用音乐语言来描绘，送出的音明快有力，按音节读起来给人以一种结结巴巴、翻来覆去的感觉。就在这明快

---

① 夏洛特（1840—1927），又称比利时的夏洛特，墨西哥皇后，后随丈夫从墨西哥回到欧洲，因丈夫被杀受刺激而发疯。

和重复中，亲王的名字保留着一种冲劲，一种做作的纯朴，保留着日耳曼民族的重中有“轻”，刚中有“柔”的特色，犹如投影在涂有深蓝色珐琅的“房屋”[①]上的浅绿色树枝，在具有德国十八世纪风格的精雕细刻、平淡无奇的镀金饰物后面，展现出一块彩绘大玻璃窗的神秘感。这个名字由好几个成分组成，其中一个是德国一座小温泉城镇名，小时候我和外祖母去过那里，在一座山脚下，歌德常去山上散步，我和外祖母在疗养院喝饮用山上的葡萄酿制的美酒。酒名由一串地名组成，听上去像荷马给予他的英雄们的称号那样响亮悦耳。所以，当我听到有人通报亲王的名字时，我还没有来得及联想到那个温泉疗养院，就立即觉得这个名字变小了，充满了人情味，就像得到了批准和指定似的加入到我的记忆中，无拘无束，平平凡凡，形象生动，轻盈活泼，饶有趣味，它在我的记忆中占有一席之地，感到心满意足。还不止这些。当德·盖尔芒特先生介绍亲王的情况时，一口气列举了他的好几个封号。我听出了一个村庄的名字，一条小河流过的村庄，每天晚上，治疗结束后，我坐着小船，穿过成群结队的蚊子，到村子里去玩耍；我还听出了一个森林的名字，森林很远，医生不准我到那里去散步。事实上，领主权可以向四周的村庄延伸出去，当我们听到列举领主的封号时，自然而然地会把在一张地图上读到的紧挨着的许多村庄联系起来。因此，在神圣罗马帝国[②]亲王和法兰克尼亚王国[③]骑士头盔的脸甲下，露出的面孔是一片心爱的土地，我仿佛看见傍晚六点钟的阳光常

---

① 德国亲王名叫法芬海姆－蒙斯特堡－魏尼根，法芬海姆中的“海姆”与德语中的“房屋”同音。

② 神圣罗马帝国是欧洲的封建帝国。公元962年德意志国王鄂图一世在罗马由教皇加冕称帝，创立神圣罗马帝国。极盛时疆域包括德意志、捷克、意大利北部和中部以及勃艮第、尼德兰等地。1806年，被拿破仑一世推翻。

③ 法兰克尼亚王国是日耳曼人法兰克族于公元五世纪建立的早期封建国家。公元800年，加洛林王朝查理加冕称帝，法兰克尼亚王国成为查理曼帝国。公元843年，查理大帝的三个孙子订立《凡尔登条约》，分全国为三部分。

常照在这片土地上，至少，在这位亲王，莱茵河地区的伯爵和选帝驾临之前，我看见的就是那落日的余晖。因为我很快就知道，亲王利用住着土地神的森林和住着水神的河流的收入，利用那座矗立着古老的小城寨，并记载着罗退耳①和日耳曼人路易②的历史的神奇大山的收入，购买了五辆夏龙牌小汽车，还在巴黎和伦敦各买了一幢房子，另外，每星期一在巴黎歌剧院里有包厢，每星期二在“法兰西剧院”也有他的包厢。我并不认为——他也一样——他同那些财富和他匹敌、年龄和他相仿、家世不如他富有诗意的人有什么两样。他和他们有一样的文化和理想，他为他的地位沾沾自喜，但仅仅因为有利可图。他这辈子只有一个奢望，那就是成为法兰西伦理学和政治学院③的通讯院士。就因为这个缘故，他来拜访德·维尔巴里西斯夫人。

亲王的妻子领导着柏林最时髦的小圈子，他今天登门求见侯爵夫人，实在是迫不得已，刚开始他并没有这种愿望。多少年来，他为竞选法兰西研究院院士绞尽了脑汁，不幸的是，打算投他票的院士从没有超过五人。他知道，德·诺布瓦先生一人就至少控制十票左右，如果经过巧妙的交易，还可以再增加几票。为此，亲王去找过德·诺布瓦先生，他们在俄国当大使时就认识了。为了得到他的支持，他能做的都做了。但是，无论他多么恳切殷勤，提议授予诺布瓦侯爵俄国勋章也罢，在外交政策文章中提到他的名字也罢，一切都于事无补，他面前的人不为所动，所有这些殷勤在这个人看来似乎半文不值，他始终没有帮他的忙，甚至连他自己的一票

① 罗退耳（795—855），查理帝国的创始人查理大帝的长孙，按照《凡尔登条约》他承袭皇帝称号，并领有自莱茵河下游以南，经罗纳河流城，至意大利中部地区的疆域。

② 路易（804—876），称作日耳曼人，罗退耳的弟弟，按照《凡尔登条约》，分得莱茵河以东地区，称东法兰克尼亚王国。

③ 法兰西伦理学和政治学院是法兰西研究院下属的五个学院之一，1795 年建立，设六个学部：哲学、伦理学、法学、政治经济学、统计学和财政学、历史和地理学。

都没有答应给他。亲王的竞选仍在原地踏步！当然，德·诺布瓦先生对他彬彬有礼，甚至不要"劳他大驾登门"，而是亲自去亲王府拜访。当日耳曼骑士提出："我很想成为您的同仁"时，德·诺布瓦先生用深信不疑的语气说："啊！我将会感到很高兴！"若是像戈达尔大夫那样头脑简单的人，听了这话肯定会想："瞧，他在我家里，是他自己坚持要来的，因为他觉得我比他重要。他对我说，我当通讯院士他会感到很高兴。话总有个意思吧，见鬼！他不主动提出来要投我一票，那是因为他想不到。他一个劲儿地谈我的权力如何大，大概以为我稳操胜券，已经掌握需要的票数了，因此他就不提出要投我一票。我只要逼他表态，在我们两人之间达成协议，只要对他说：那么投我一票吧，他就不得不投。"然而，法芬海姆亲王可不是一个头脑简单的人，戈达尔大夫可能会把他叫作"精明的外交家"。德国亲王深知德·诺布瓦先生也是一个精明的外交家，不会不知道投候选人一票能讨候选人欢心。亲王在充任大使和外交部长的生涯中，为他的国家（不像现在为他自己）进行过多少次这样的会谈，事先就猜到对方的要求和对方不想让你说的话。他知道在外交语言中，会谈就是给予。因此，他设法让德·诺布瓦先生获得了圣安德烈绶带①。但是，如果他必须向他的政府汇报在这以后他同德·诺布瓦先生会谈的情况的话，他可能会在电文中写明："我意识到我走错了路。"因为当他重提法兰西研究院时，德·诺布瓦先生又一次对他说：

"您这样做我很高兴，也为我的同僚感到高兴。我想，您能想着他们，他们一定会感到不胜荣幸。您参加竞选是引人注目的事，有点异乎寻常。您知道，法兰西学士院非常墨守成规，稍有新鲜事物出现，他们就如临大敌。我个人不赞成这样。我在同僚面前不知说过多少次了！有一次，不知道怎么的，我甚至连'因循守旧'——求上帝饶恕我——这个词都用上

① 指俄国骑士团颁发的天蓝色的绶带。该骑士团于1698年成立，1917年取消。

了。”他进而又说，气愤地挤出一丝微笑，声音很低，就像戏剧中为达到某种效果而说的旁白一样，他用蓝眼睛迅速地瞟了亲王一眼，好似一个老演员在判断演出的效果，“您明白，亲王，我不愿意让您这样的杰出人物陷入一场注定要失败的赌博中。只要我的同僚们坚持陈旧的观念，我认为您就要慎重一点，不要参加竞选。此外，请您相信，如果有朝一日我在这个快要变成墓地的学院中发现有一种新一点、活跃一点的思想，如果我预计到您能成功，我会第一个跑来告诉您的。”

“我错了，不该授予他圣安德烈绶带，”亲王暗想，“谈判毫无进展，他要的不是这个。我没有掌握开锁的钥匙。”

像这样一种推理方式，德·诺布瓦先生同样也驾轻就熟，运用自如，因为他和亲王都在同一所学校里受过教育。我们可以嘲笑诺布瓦这样的外交官式的迂腐愚蠢，会对一句几乎毫无意义的官话心醉神迷。但是他们的幼稚是有补偿的：外交官们知道，在确保欧洲或其他地区平衡（有人把平衡叫作和平）的天平上，真挚的感情、娓娓动听的演说和苦苦的哀求都无足轻重：真正的、有分量的、起决定性作用的砝码不是这些，而是对方有没有可能（如果对方比较强大，就有可能）通过交换来满足我们的某个愿望。对于这一类事实，一个毫无私心的人，比如我的外祖母，是很难理解的，可是德·诺布瓦先生和冯·某某亲王却经常面临这个问题。德·诺布瓦先生曾在一些同我们处于战争边缘的国家当过代办，他对事态的发展忧心忡忡，但他心里很清楚，人家不会明确告诉他要“和平”还是要“战争”，而是另一个外表看来普普通通，其实是可怕或可喜的字眼，外交官根据密码，即刻就可以破译出来；为了维护法国的尊严，他会用另一个也是非常普通，但敌对国家的部长立即会理解成“战争”的字眼回答。甚至会出现这种情况，根据古老的习惯（就像两个已同意订婚的男女初次会面时，习惯到体育馆剧场观看演出，装出偶然邂逅的样子），双方由命运决定“战争”还是“和平”的会谈，通常不是在部长的办公室内进行，而是在某个疗养院的长椅上。部长和德·诺布瓦先生都到疗养院的温泉去,用小杯子喝饮有治疗作用的矿泉水。好像有一种默契似的,他们在治疗的时间相遇,先在一起散一会儿步,但双方心里明白,这表面上风平浪静的散步,具有动员令一样的严重性。然而,在竞选法兰西研究院通讯院士这样的私事中,德国亲王也用上了他在外交生涯中用过的归纳法,即通过重叠符号的方法来解读。

当然,不能说不懂得这一类心计的人只有我的外祖母和少数几个和她相似的人。世界上有一半人从事前人规划好了的不必担风险的职业,他们部分由于缺乏直觉,也会像我的外祖母那样对这种心计一窍不通,不过,我外祖母不理解,是因为她为人正直,毫无私心。对于那些被供养的男人或女人,我们常常要钻到他们的心里,才能了解他们为了私利和生存而说的话和做的事到底出于什么动机,尽管表面上看来无可指责。男人谁不知道,如果一个要他供养的女人对他说:“我们不要谈钱”,这句话如果拿音乐语言来说,应该被看作“无用的一拍”;如果她以后又说:“我很伤心,因为你经常不同我讲真话,我已忍无可忍了”,他就应理解为:“是不是有另外一个男人在供给她更多的钱呢?”何况这还是一个和上流社会女人相近的荡妇使用的语言。流氓说的话就更令人瞠目结舌了。但是,德·诺布瓦先生和德国亲王尽管不熟悉流氓,却习惯和国家站在同一个立场上;国家虽然伟大,但也是一个自私和狡诈的东西,只能用武力和利益把它征服。为了私利,国家可以杀人。而杀人也常常是象征性的,因为对于一个国家,在打和不打之间稍有犹豫,就可能意味着“灭亡”。可是,因为这一切都没有写进那些黄皮书[1]或其他颜色的书中,人民通常是和平主义者;如果人民参战,也是出于本能,出于仇恨和怨愤,不像国家元首,他们

[1] 法国政府为晓之于议会和人民而出版的有关政治、经济和外交问题的文件集,也有的国家用白皮书或蓝皮书。

作出战争的决定,是因为得到了诺布瓦们的警告。

第二年冬天,亲王生了一场重病,病治好了,但他的心脏却已无可救药。“真糟糕!”他暗自思量,“得抓紧时间,再像这样拖拖拉拉,恐怕等不到当上研究院的通讯院士我就呜呼哀哉了。要是那样,可就太惨了。”

他在《两个世界》杂志上撰文,探讨近二十年来的政治,多次用最肉麻的语言吹捧德·诺布瓦先生。德·诺布瓦先生去看他,向他致谢,还对他说,他不知道怎样表达他的感激。亲王就像试用了另一把钥匙开过锁似的自言自语道:“还是没有找对。”他送德·诺布瓦先生出门时,觉得有点儿喘不过气来,心里思量:“他妈的,这些家伙不等我死了,是不会让我当院士的。得抓紧。”当晚,他在歌剧院邂逅德·诺布瓦先生:

“亲爱的大使,”他对德·诺布瓦先生说,“您上午对我说,您不知道怎样表示您对我的感谢,您言过其实了,因为您不用感谢我,不过,我可要不揣冒昧地要求您兑现啰。”

正如亲王对德·诺布瓦先生的机智有高度的评价一样,德·诺布瓦先生对亲王的敏锐也有足够的估计。他立即明白,法芬海姆亲王不是要向他提出一个请求,而是一个建议,于是他笑容满面,准备洗耳恭听。

“哦,您可能觉得我太冒失。有两个女人我一向非常爱羡,一个是我的妻子,另一个是约翰大公夫人,当然是以完全不同的方式,待一会儿您就会明白的。她们不久前才来巴黎定居,打算永远住在这里。她们想举办几次晚宴,特别是为了款待英国国王和王后,她们看中了一个人,想叫她来陪伴贵宾。尽管她们和她素不相识,但对她敬佩万分。我承认,我不知道怎样满足她们这个愿望,我正在一筹莫展,恰好听说您认识这个人。我知道她深居简出,只愿意和少数人来往,啊!真是 happy few①!不过,如果您愿意帮忙,我相信,有您的关照,她会允许您把我介绍给她的,这样,

① 英语:有福气的少数。

我就可以向她转达大公夫人和亲王夫人的愿望了。说不定她会同意到我家里和英国女王共进晚餐。如果我们不使她感到太乏味的话，谁知道呢，说不定她会到博里厄[①]来，在约翰大公夫人府上和我们一起欢度复活节哩。这个人就是维尔巴里西斯侯爵夫人。我承认，如果我有希望成为她的思想办公室里的常客，我将感到莫大的欣慰，即使放弃竞选法兰西研究院的院士，我也不会感到遗憾了。据说她家还经营智力的交流和睿智的闲谈呢。”

亲王觉得锁开动了，他终于找到了开锁的钥匙，不由得心花怒放。

“亲爱的亲王，用不着放弃竞选，”德·诺布瓦先生回答说，“若论同法兰西研究院的关系，谁也比不上您讲的那个沙龙，它是一个名副其实培养院士的摇篮。我将把您的要求转告维尔巴里西斯侯爵夫人，她一定会高兴的。至于到您府上做客，她几乎足不出户，这可能更难办一些。不过，我可以把您介绍给她，您亲自去讲清楚吧。您可不要放弃竞选呵。恰好过两个星期，我要到勒鲁瓦·博里厄府上吃午饭，吃完饭同他一起去参加一个重要会议。没有他的支持，竞选就别想获得成功。我在他面前已提到过您的名字，他当然是久闻大名的啰。他似乎有些异议。不过，下次选举他恰好需要我那伙人的支持，我打算再跟他说说。我要把我们之间的友谊明确告诉他，我会直截了当地对他说，如果您参加竞选，我将要求我的朋友们都投您的票（亲王如释重负地舒了口气）。他知道我有几个朋友。我估计，如果我能得到他的协助，您就十拿九稳了。到了那天，您晚上六点钟到德·维尔巴里西斯夫人家里来，我给您引见，我会把那天上午我和勒鲁瓦-博里厄先生谈话的情况向您汇报的。”

就这样，法芬海姆亲王终于拜访德·维尔巴里西斯夫人来了。当他开口说话时，我感到大失所望。即使一个时代比一个民族具有更明显的特征和共性，以致在一部甚至有智慧女神米涅瓦原画像的插图词典中，套

① 博里厄位于法国滨海阿尔卑斯省，是温泉疗养地。

着假发和戴着绉领的莱布尼兹[1]，和马里沃[2]、萨米埃尔·贝尔纳[3]没有多大差别，但我却没有想到，一个民族会比一个社会阶层具有更明显的特征。然而，德国民族的特性，不是以一个我原以为能听见爱尔菲[4]轻轻掠过、科保尔特[5]翩跹起舞的演说飘荡在我耳边，而是体现在带着德语腔的法语中，不过仍能感觉到那个富有诗情画意的民族的特点：莱茵河地区的亲王大腹便便，红光满面，朝德·维尔巴里西斯夫人深深鞠了一躬，用阿尔萨斯看门人的口音说："您好，侯爵夫人。"

"怎么样，要不要给您倒杯茶，或者来点儿水果馅饼，味道不错。"德·盖尔芒特夫人对我说，竭力想装出和蔼可亲的样子，要弥补刚才对我的冷淡。"我这是借花献神。"她又用揶揄的口吻说，这使她的声音带了点喉音，好像把一个嘶哑的笑憋了回去似的。

"先生，"德·维尔巴里西斯夫人对德·诺布瓦先生说，"您待会儿要和亲王谈法兰西学院问题吗？"

德·盖尔芒特夫人低下头，把手腕转过来看看几点了。

"啊！我的上帝，要是我还想到德·圣费雷奥夫人家去转一圈的话，就该向我婶婶告辞了。我要在勒鲁瓦夫人家吃晚饭。"

她没有向我告别，立起身就走，因为她看见斯万夫人进来了。斯万夫人没想到会在这里遇见我，非常尴尬。她可能想起，是她最早告诉我她确信德雷福斯无罪的。

"我可不愿意我母亲把我介绍给斯万夫人，"圣卢对我说，"她过去是

---

① 莱布尼兹（1646—1716），德国哲学家和科学家。同牛顿并称为微积分的创始人。在认识论方面，是唯心主义唯理论的主要代表人物之一。

② 马里沃（1688—1763），法国戏剧家和作家。

③ 贝尔纳（1651—1739），法国金融家。

④ 爱尔菲是北欧民间传说中象征空气、火、土等的精灵。

⑤ 科保尔特是德国民间传说中的山怪和土地神。

一个荡妇。丈夫是犹太人,可她老在我们耳边谈民族主义。瞧,我的帕拉墨得斯舅舅来了。”

斯万夫人的出现,对我具有特殊的意义。这和几天前发生的一件事有关。这件事后来产生了严重的后果,所以有必要在这里提一提。至于是什么后果,到时候我再详细叙述。现在我们就来谈这件事。几天前,有一个不速之客来看我,是夏尔·莫雷尔,我不认识他,他是我舅祖父贴身男仆的儿子。我舅祖父前一年去世了,我在他家里曾遇见过一个穿粉红衣服的女人①。他的贴身男仆几次三番表示要来看我。我不知道他来访的目的,但我很乐意接见他,因为我从弗朗索瓦丝口中得知,他深切地怀念我的舅祖父,一有机会,就到他的墓地去拜谒。可是他因为不得不回老家治病,而且要在那里待很久,只好派他的儿子来看我了。当我看见一个英俊的十八岁青年走进我家时,我惊呆了。他的穿戴与其说是典雅,不如说是华丽;他什么都像,唯独不像侍仆。而且,他一上来就似乎想同他的仆人出身割断关系似的,笑容满面、踌躇满志地告诉我,他获得过巴黎音乐学院的一等奖。他来访的目的是:他父亲在清理我阿道夫舅祖父的遗物时,把一些他认为不适宜寄给我父母亲的东西放在一边了,但他想,那些东西肯定会使一个像我这样年龄的青年感兴趣的。是我舅祖父生前认识的那些红得发紫的女伶和赫赫有名的荡妇的照片,是一个耽于逸乐的老头最后生活的真实写照,我舅祖父一直用一层密封的隔板,把他这段生活同他的家庭生活隔开。当小莫雷尔把照片递给我时,我发现他装出和我地位平等的样子同我交谈。他乐于说“您”,尽量少说“先生”,而他的父亲同我父母说话时从来只用“第三人称”。几乎所有的照片上都有“赠给我最好的朋友”之类的题词。有一个女演员更薄情,更精明,她在照片上写道:“赠给朋友中最好的人。”一般人认为,她这样写就可以说,我舅祖父

① 即奥黛特,也就是后来的斯万夫人。

根本不是，远远不是她最好的朋友，而是一个曾帮过她许多小忙、听她使唤的朋友，一个善良的人，几乎是一个老傻瓜。尽管小莫雷尔竭力想摆脱卑微的出身，但我仍然感到，我的阿道夫舅祖父在那位老侍仆眼中的那种高大而令人肃然起敬的影子，不停地、几乎是神圣不可侵犯地笼罩着儿子的童年和青年。我看照片的时候，夏尔·莫雷尔就看我的房间。当我找地方塞那些照片时，我听见他对我说（他无需用语调表达责备，因为他的话本身就是责备）："在您的房间里，怎么看不到一张您舅祖父的照片？"我感到血直往脸上涌。我嗫嚅道："我想我没有他的照片。""怎么！您的阿道夫舅祖父那么爱您，您都没有他一张照片？我可以从我父亲保存的大量照片中取出一张寄给您。我希望您把它挂在最醒目的位置上，就挂在这张五斗橱上吧，恰好是您舅祖父的遗物。"其实，我房间里也没有我父亲或母亲的照片，所以没有阿道夫舅祖父的照片也就情有可原了。不过，我不难猜到，在老莫雷尔看来——而且他把他的看法传给了儿子——我舅祖父是我们家的显赫人物，可我父母亲没有沾到他多少光辉。比较起来，我更受我舅祖父的宠爱，因为他每天都在他的侍仆耳边叨叨，说我会成为拉辛式和沃拉贝尔[①]式的人物，老莫雷尔几乎把我看成我舅祖父的一个养子，是他中意的孩子。我很快就看出来，小莫雷尔是一个"野心家"。他自以为有点儿作曲天才，能把诗谱成曲，问我认不认识在"贵族"社会享有重要地位的诗人。我给他说了一个。他不熟悉这位诗人的作品，也从没有听说过他的名字，就把名字记了下来。然而，我后来知道他不久就给诗人写了封信，对他说，他是他的作品的狂热崇拜者，他给他的一首十四行诗谱了曲，要是这首诗的作者能叫人在某某伯爵夫人家里演唱一次，那将是他莫大的荣幸。他这样做未免有点操之过急，把他的计谋暴露无遗。诗

① 沃拉贝尔（1799—1879），法国历史学家和政治家，著有多部历史书，曾当过国民教育部长。

人受到了伤害，未加理睬。

夏尔·莫雷尔除了野心之外，似乎生性喜欢比较实际的东西。他看见絮比安的侄女在院里缝背心，就对我说，他正好需要一件“独出心裁”的背心，但我感觉得出来，他嘴上说要背心，其实是对姑娘动了心。他毫不犹豫地请求我下楼去，给他作介绍。“但是，您不要讲我同你们家的关系。您懂吧，关于我父亲，我相信您能守口如瓶的，您就说我是您朋友们认识的一个大艺术家，您明白吧，应该给生意人留下一个好印象。”他向我授意说。我和他不很熟，不可能称呼他“亲爱的朋友”，这点他很理解，但我在姑娘面前可以叫他……“当然不是大师……尽管……但是，如果您愿意的话，就叫我‘亲爱的大艺术家’吧。”尽管他授意我叫他艺术家，但我在裁缝店里却避免——用圣西门的话来说——授予他这个称号，只不过是用“您”来回答他的“您”罢了。他在一堆丝绒布中发现了一匹鲜红颜色的布，红得那样刺眼，尽管他趣味庸俗，也一直没敢把背心穿出来。姑娘和她的两个“学徒”又开始干活了，但我觉得她和夏尔·莫雷尔彼此有了好感，她相信夏尔·莫雷尔“是我那个阶层的人”(只是比我更优雅，更阔气)，这使她产生了仰慕之心。刚才在屋里看照片时，我惊奇地发现，在他父亲给我的照片中，有一张是根据埃尔斯蒂尔画的萨克里邦小姐，也就是奥黛特的画像拍成的，因此，当我送他到车马出入的大门口时，我对他说：“我想问您一件事，但我怕您未必知道。我舅祖父同那个女人很熟吗？我想象不出她同我舅祖父的哪一段生活有联系。因为斯万先生的关系，我对这事很感兴趣……”“瞧，我忘记告诉您了，我父亲嘱咐我，要我把您的注意力引到这个女人身上。因为您最后一次见您舅祖父的那天，这个声名狼藉的女人正在他家里吃午饭。我父亲不知道该不该放您进屋去。您似乎很讨这个荡妇的欢心，她希望能再见到您。但就从那时候起，据我父亲说，你们家闹翻了，这以后您就再没有见到过您的舅祖父！”这时，他远远地向絮比安的侄女送去一个微笑同她告别。她目送他出门，想必在欣赏他那瘦削的但却五官端正的脸孔，他那轻松的头发和快活的眼睛。至于我，当我同他握手告别时，心里却想着斯万夫人，我惊奇地对自己说，尽管在我的记忆中，斯万夫人和那个“穿粉红衣服的女人”是不同的两个人，但从今以后我必须把她们看作同一个人了。

德·夏吕斯先生一进门就坐到斯万夫人身边。他不屑与男人为伍，很讨女人喜欢，不管参加什么聚会，他总是很快就同最风雅的女人黏到一起。他感到她们俏丽入时的打扮也成了他的装饰品。男爵穿着紧腰大衣或燕尾服，看上去很像一个色彩大画家画的男人肖像：身穿黑礼服，但身边的椅子上放着一件色彩艳丽的大衣，他要穿这件大衣去参加一个化装舞会。因为他总是同一个风雅女人——常常是某亲王夫人殿下——并肩而坐，喁喁私语，久而久之，他也就赢得了他所喜爱的特殊待遇。比如，在晚会上，女主人们在前排的女宾席上专门给男爵留一张椅子，而其他男宾只好挤在后面。再说，因为德·夏吕斯先生似乎正在大声地、专心致志地向那个心醉神迷的风雅女人讲着娓娓动听的故事，他就不必再去向其他人问好，也就不必尽这个义务。在一个客厅里，他躲在他选中的美人为他设置的芬芳扑鼻的屏障后面，与别人隔开，就和他在一个剧院中躲在包厢里一样，有人过来向他问好时，由于他身旁坐着美人，他只要稍微应酬一下就行了，不必中断谈话。当然，斯万夫人不一定是他喜欢拿来炫耀的女人，但他仍然想让人知道他对她的赞美和他同斯万的友情。他知道，他对她热情，会使她欣喜若狂，受宠若惊，而只要能和在场最漂亮的女人混在一起，即使名誉受损，他也满不在乎，甚至以此为荣。

再说，德·维尔巴里西斯夫人对德·夏吕斯先生来探望她并不十分高兴。德·夏吕斯先生尽管觉得他婶母有不少缺点，但仍然很爱她。可是他经常会想象出一些牢骚，一气之下，就会给她写极其粗暴的信，把一些过去从没有注意到的鸡毛蒜皮的小事提出来。我可以举一个例子，因为我在巴尔贝克海滩疗养时听说过。德·维尔巴里西斯夫人想在巴尔贝克多待一些日子，担心带去的钱不够，但她又很吝啬，怕多付费用，不想从巴黎汇钱来，就向德·夏吕斯先生借了三千法郎。一个月后，德·夏吕斯先生因一件小事同他婶母怄气，要她把借款电汇给他。他收到了二千九百九十几个法郎。几天后，他在巴黎看见他的婶母，同她亲切交谈，和颜悦色地向她指出，负责汇钱的银行把钱弄错了。“没有错，”德·维尔巴里西斯夫人回答道，“电汇费还要花六法郎七十五生丁嘛。”“啊，既然是有意的，那好极了。”德·夏吕斯先生反驳说，“我以为您不知道，所以给您说了，因为如果收款人不是我，而是一个同您关系不很密切的人，您可能会遇到麻烦的。”“不，不，没有错。”“无论如何，您这样做是完全有道理的。”德·夏吕斯先生愉快地作结论说，并且捧起婶母的手吻了一下。的确，他并不怪她，只是觉得她这样小气未免有点可笑。可是过了一段时间，他认为他的婶母在一件家事中想要弄他，“对他策划了一场阴谋”，当她愚蠢地让一些恰恰被怀疑同她串通一气坑害他的实业家作挡箭牌时，他给她写了一封言词极其激烈、极其无礼的信。“我不仅要报复，”他在信末附言中写道，“我还要让您当众丢丑。从明天起，我要给大家讲电汇单的事，说您从我借给您的三千法郎中，扣下了六法郎七十五生丁的汇费，我要让您名誉扫地。”第二天，他不仅没有这样做，反而跑去向他的维尔巴里西斯婶母赔礼道歉，说他不该写那封言词可怕的信。再说，他还能把电汇单的故事讲给谁听呢？因为他现在不想报复了，真心实意地想和解，就不想把这个故事讲给人听了。可是在这以前，他同他的婶母不闹矛盾时，他却逢人便讲，讲的时候并无恶意，只是想让大家笑笑而已，因为他是最不会保守秘密的人。他到处讲给人听，唯独德·维尔巴里西斯夫人还蒙在鼓里。因此，当她从信中得知，他要把亲口说她做得很对的事张扬出去，使她名誉扫地时，她认为他把她耍了，他装出爱她，其实是在撒谎。虽然一切都平静下来了，但他们两人谁也摸不透对方对自己的看法。当然，这不过是世界上经常发生的矛盾中的一个有点特别的例子罢了，这与布洛克和他朋友之间的矛盾性质不同，也和德·夏吕斯先生同德·维尔巴里西斯夫人以外的其他人之间的矛盾（下面我还要讲）完全是两码事。尽管如此，我们应该记住，人与人互相之间的看法，一个人同另一个人的友谊以及我们的家庭关系，从表面上看是稳定的，其实像大海一样变幻莫测。因此，多少对看起来情投意合的夫妇，一时间离婚的传说满天飞，可是不久，当妻子讲起丈夫或丈夫谈起妻子时，又变得那样柔情似水；我们原以为是一对莫逆之交的朋友，其中一个会大讲另一个的坏话，可是，我们还没有来得及从惊讶中镇定，就看见他们又和好如初了；人民之间结盟不久就推翻，这种事也是屡见不鲜的。

"我的上帝，我舅舅和斯万夫人打得火热起来了。"圣卢对我说，"可我妈妈却毫无察觉，来打搅他们了。纯洁的人看什么都是纯洁的！"

我凝视着德·夏吕斯先生。他那簇花白的头发，那只笑眯眯的眼睛和被单片眼镜抬高了的眉毛，以及插着红玫瑰花的饰纽孔，构成了三角形的三个角，抽搐着，变幻着，给人留下了深刻的印象。我没敢同他打招呼，因为他没有理睬我。然而，尽管他没有把脸转向我这边，但我相信他看见我了。当夏吕斯男爵同斯万夫人闲扯的时候（斯万夫人那件绚丽的深紫色大衣不时在男爵的一条腿上飘拂），他像在大街上叫卖又怕警察突然出现的商贩，目光游移不定，肯定把客厅所有的角落都搜遍了，一个人也不会漏掉。德·夏特勒罗先生过来向他问好，可是，从他的脸上一点也看不出他早已经看见了年轻公爵的痕迹。在这种客人比较多的聚会中，德·夏吕斯先生总是这样，脸上挂着一种没有固定方向和明确目标的微笑，人家上来同他打招呼之前他就在笑，走到他跟前时，他的微笑也就失去任何亲切的意味了。然而，我必须去向斯万夫人问好。但她不知道我认识德·马桑特夫人和德·夏吕斯先生，因此待我冷冰冰的，可能怕我要她给引见。于是我向德·夏吕斯先生走去，但马上后悔了，因为他尽管看见了我，却装作没看见的样子。当我朝他鞠躬时，他伸出一只胳膊，不让我靠近他的身子，仿佛要我吻他那只没戴戒指的指头，就像主教让人吻他神圣的戒指一样。这样，他好像故意要把责任推给我似的，让我撬开他府上的门锁，偷看到他那永远挂在脸上的没有固定方向和明确目标的微笑。斯万夫人看见男爵对我如此冷淡，也就继续对我冷冰冰了。

“你好像很累，心里很烦似的。”德·马桑特夫人对她儿子说。圣卢是来向德·夏吕斯先生问候的。

的确，罗贝的目光似乎常常看到一个深渊，但是刚接触就又离开了，犹如一个跳水运动员，碰到池底便立即返回水面。这个池底，就是罗贝同情妇关系的破裂，他一想起来就心如刀割，马上就不去想它，但不一会儿又想了起来。

“这没关系，”他母亲又说，一面温柔地抚摸他的脸蛋，“没关系的，能看到心爱的孩子我就心满意足了。”

但是，德·马桑特夫人感到这种爱抚似乎使罗贝不高兴，就把他拉到客厅里首。那里，在一个挂着黄丝绸帷幔的窗口，有几张博韦的安乐椅，上面铺着厚厚的紫罗兰色的绒绣，宛若几只紫红色的蝴蝶，停在开满黄灿灿毛莨花的田野中。斯万夫人因为一个人待着，同时又意识到我和圣卢的关系非同一般，就示意我到她身边去。我有很长时间没有看见她了，不知道该同她说什么好。地毯上放着几顶帽子，我的眼睛一直不离开我那顶，但心里却在好奇地琢磨：有一顶的帽里上写着 G，并且画着公爵的冠冕，但它分明不是盖尔芒特公爵的，那可能是谁的呢？在场的客人叫什么名字我都知道，可是找不到一个可以做这顶帽子的主人。

“德·诺布瓦先生真好。”我指了指德·诺布瓦先生对斯万夫人说。“当然，罗贝·德·圣卢对我说过他是一个瘟神，可是……”

“他讲得很对。”她回答道。

我从她的目光中看出，她想起了一件一直向我隐瞒着的事。我再三诘问她。大概是因为她在这个沙龙里几乎举目无亲，很高兴有个人同她说话的缘故吧，她把我拉到了一个旮旯里。

“德·圣卢想跟您讲的肯定是那件事，”她回答我，“不过，您可不要去对他说呵，他会怪我多嘴的，我很想得到他的尊重，我是非常‘正派的男人’，您知道。最近，夏吕斯在盖尔芒特亲王夫人家里吃过一次晚饭，我不知道人家是怎样议论您的。德·诺布瓦先生可能对他们说——这是无稽之谈，您不要为这烦恼，谁也没把他的话当回事儿，谁不知道，狗嘴里是吐不出象牙来的——说您简直是一个爱奉承的疯子。”

我在前面已经谈到，我父亲的一个朋友，好像是诺布瓦先生，可能说我是一个爱奉承人的疯子，我听后曾惊得目瞪口呆。现在，我又知道，那天我在同诺布瓦先生谈起斯万夫人和她女儿希尔贝特时，心情十分激动，这事已经传到我认为是陌生人的盖尔芒特亲王夫人的耳朵里了，我就更加惊愕不已了。我们的言行和态度，同“世界”之间，同没有直接感觉到我们的言行和态度的人之间，相隔着一个具有无穷渗透力、对我们说来莫测高深的环境。我们谁都有过这种亲身经历：有些很重要的话，尽管我们渴望它们能广为传播（例如对于斯万夫人，我曾说过许多赞美话，我逢人便讲，也不分什么场合，心想散播了那么多良种，总有一颗会发芽生根，长出茎叶），但很快就被掩盖起来，而且往往是我们自己的意愿，因此，我们就更难相信，一句无关紧要、连我们自己也都忘却了的话，一句甚至我们从没说过，而是由另一句话不完全地折射出来的话，会一传十、十传百地传到遥远的地方，甚至传到盖尔芒特亲王夫人的耳朵里，成为诸神在筵席上嘲讽我们的笑料！我们记得做过的事，连我们的近邻都不知道；我们不记得说过，甚至从没有说过的话，却会在另一个世界引起哄堂大笑！别人对我们言谈举止的印象，同我们自己的看法相差那么远，还不如一张印坏了的、该白不白、该黑不黑的移印出来的图画更像一张画。再说，没有印出来的线条很可能是不存在的，但我们渴望看见的东西，相反，我们认为是画蛇添足的部分，恰恰是我们自己的真正面目，但这是我们鼻子底下的东西，所以反而看不见了。因此，这张移印出来的图画虽然在我们看来已经面目全非，有时却具有一张X光照片的真实性，尽管使人感到丧气，但很深透，很有用处。这并不能使我们认出画的是我们自己。一个习惯对着镜子自我欣赏漂亮脸蛋和优美身段的人，如果把他的X光片拿给他看，告诉他这几根肋骨是他的形象，他会怀疑别人搞错了，就像一个人参观画展，在一张少妇的画像前，看到说明上写着“卧着的单峰骆驼”，会产生疑惑。在我们的自画像和别人给我们画的像之间存在着的这种差别，我后来在别人身上也有发现，他们怡然自得、无忧无虑地生活在自拍的相册中，但他们周围却有许多看来可怕的相片在扮着怪相，他们通常看不见，如果偶然有人把那些怪模怪样的相片拿给他们看，对他们说：“这就是您”，他们会惊得目瞪口呆。

要是在几年前，我可能会高兴地告诉斯万夫人，“为了什么”我对德·诺布瓦先生那样亲切，因为认识斯万夫人是我的“心愿”。可现在情况有了变化，我不再爱希尔贝特了。再说，我始终也没能把斯万夫人和我小时候看见的那个穿粉红衣服的女人统一起来。因此，我和她谈起了此刻正萦绕我心头的那个女人。

“刚才您看见盖尔芒特公爵夫人了吗？”我问斯万夫人。

但因为公爵夫人没有同她打招呼，她就装着把公爵夫人看作一个毫无趣味、毫不引人注目的人。

“我不知道，我没有**看清**[①]。”她回答说，并且借用了一个英语词，脸上的表情叫人看了很不舒服。

可是，我不仅想了解德·盖尔芒特夫人，而且还想了解所有同她有来往的人，此时此刻，我和布洛克一样，和那些在谈话中不想讨人喜欢，只想

---

① 原文为：le n'ai pas realisé。此处，realiser的意思为“明白，了解，认识清楚”，是受英文realiz的影响。

把自己感兴趣的问题弄清楚的自私者一样，为了能正确地想象出德·盖尔芒特夫人的生活，我不知轻重地向德·维尔巴里西斯夫人打听勒鲁瓦夫人的情况。

“是的，我知道，”她装出蔑视的样子回答说，“她是那些傻头傻脑的木柴商的女儿。我知道她现在同很多人有来往。但我可以告诉您，我已经老了，不想结识新朋友。我过去认识的人中，有许多人是很有趣、很可爱的，因此，我确实认为勒鲁瓦夫人不会给我增添新的乐趣。”

德·马桑特夫人当起了侯爵夫人的伴妇，把我介绍给法芬海姆亲王。她话还没有说完，德·诺布瓦先生就跟着给我作起介绍来了，而且言词非常热情。他大概认为，既然有人给我介绍了，干脆做个顺水人情，向我表示一下礼貌，这丝毫不会损害他的声誉；或者他认为一个外国人，即使是名流，对法国沙龙不可能了如指掌，他会认为给他介绍了一个上流社会的青年；或者他想行使自己的一个特权，给介绍增添一种大使亲自推荐的成分；或者他有仿古嗜好，为了取悦于德国亲王，想让亲王殿下重温古代的礼节：谁要想认识亲王殿下，必须有两个教父当介绍人。

德·维尔巴里西斯夫人觉得应该让德·诺布瓦先生亲口对我说，她不认识勒鲁瓦夫人并不遗憾，便大声说：

“大使先生，您说勒鲁瓦夫人是不是一点趣味也没有？是不是比到我这里来的任何人都逊色？我不引她来是不是完全正确的？”

或许是想表示独立自主，或许是累了，德·诺布瓦先生只是恭恭敬敬地还了个礼，看不出是赞成还是反对。

“先生，”德·维尔巴里西斯夫人笑容满面地对他说：“有些人可笑极了。您信不信？今天有一位先生来看我，他非说吻我的手比吻一个年轻女人的手还要有趣味。”

我一听就知道是勒格朗丹。德·诺布瓦先生眯缝着眼睛笑了笑，好像吻她的手是一种很自然的欲念似的，不应该责怪产生这种欲念的人，也可以说是一部小说的开场白，他准备用瓦兹农[①]或小克雷比永[②]对堕落的宽容，原谅甚至怂恿这个开场白。

“年轻女人的手一般画不出我在这里看见的画。”德国亲王指着德·维尔巴里西斯夫人没有画完的水彩画说。

他问她看没看过方丹·拉图尔[③]的花卉画。刚刚在画展上展出过。

“那些画是一流的，正如现在有人说的，它们出自一位高手，一位绘画能手。”德·诺布瓦先生发表了看法，“但我觉得，它们不能和德·维尔巴里西斯夫人的画同日而语，她的花色彩更好看。”

即使我们可以假设，是老情人的偏心、爱恭维人的习惯和小圈子内的一致看法，促使前大使说出这番话的，但我们从中也可以看到，社交界人士的艺术鉴赏力是如何没有情趣，他们的看法是多么随心所欲，一件微不足道的作品会使他们作出荒唐的评价，而且不会有真正的感受使他们中途改变看法。

“我对花不识货，我一直生活在乡下。”德·维尔巴里西斯夫人谦虚地说。“不过，”她又和蔼地对亲王说，“如果说我从小就比其他乡下孩子对花的了解多一些的话，那也得归功于贵国的一位杰出人物，德·施莱格尔[④]先生。我是在布洛伊[⑤]认识他的，是我的戈德里姑妈（德·卡斯特兰元帅夫人）带我到那里去的。我记得很清楚，勒布伦[⑥]先生，德·萨尔旺迪[⑦]

---

① 瓦兹农（1708—1775），法国作家，生活放荡，徜徉于巴黎沙龙，著有色情小说、诗歌和喜剧。

② 小克雷比永（1707—1777），法国作家，擅长心理分析，因写色情小说而坐牢多年。

③ 方丹·拉图尔（1836—1904），法国画家，他的静物画和花卉画深受喜爱。

④ 施莱格尔（1768—1845），德国作家，浪漫派的创始人之一。

⑤ 布洛伊，法国地名。位于厄尔省，1716 年起为布洛伊公爵领地。

⑥ 勒布伦（1785—1873），法国诗人和戏剧家。他的作品预示着更加自由的新的审美观。

⑦ 萨尔旺迪（1795—1856）法国政治家。拿破仑的军官，七月王朝时任公共部长，1891 年 12 月政变后退出政治生活。

先生和杜当[①]先生经常请他谈论花卉。那时我很小,他讲的我不可能全懂。但他老喜欢带我出去玩。他回国后,给我寄来了一本漂亮的植物图集,以纪念我们一同坐着四轮敞篷马车去里谢山谷进行的一次漫游。那次,我坐在他腿上睡着了。我一直保存着这个植物图集,不然我对花的特征可能会视而不见的。当德·巴朗特夫人将布洛伊夫人的几封信公诸于世时(信写得很美,但矫揉造作,就像它们的主人),我希望从中能找到德·施莱格尔先生关于花卉的几次谈话。可是,这个女人在大自然中只想为宗教寻找论据。"

罗贝把我叫到客厅里首。他和他母亲在那里。

"你今天真好。"我对他说,"怎样感谢你呢? 明天我们可以一起吃晚饭吗?"

"你要是愿意,就明天,不过得让布洛克也来。我在门口碰见他了。开始他对我很冷淡,因为他给我写过两封信,我无意中忘了回信(他没有给我讲是这件事得罪了他,但我心中有数),可是转而他对我那么亲热,我不能对不起一个这样的朋友。我感到我们之间,至少对他而言,是同生共死的朋友。"

我并不认为罗贝完全看错了。布洛克恶语伤人,常常是因为他觉得他的满腔热忱得不到应有的报答。他很少想象别人的生活,想象不到别人可能生病,或者出门旅行了,或者有其他事情,一个星期接不到回信,就认为人家是有意冷淡他。因此,我从不相信,他作为一个朋友、后来又是作家的极端粗暴的态度是根深蒂固的。如果你冷冰冰地对他摆出一副尊严,或者对他卑躬屈膝,他就会变本加厉,更加粗暴无礼,反之,如果你对他热情,他常常会软下来。"至于你说我对你好,"圣卢继续说,"你过奖

---

① 杜当(1800—1872),法国艺术评论家。在他死后,出版了他的四卷书信集,从中可以看出他是一个敏锐的作家,洞察入微的观察家。

了，其实根本不是我好，我舅妈说，是你在躲着她，一句话也不同她说。她寻思你对她有什么不满呢。”

对我来说值得庆幸的是，即使我相信这些话是真的，但因为我们马上要去巴尔贝克（而且我认为动身在即），所以我不可能再去见德·盖尔芒特夫人，也就不可能向她说明我对她没有不满，从而使她不得不承认其实是她自己对我不满。但是，我只要想一想，她甚至没有让我去她家看埃尔斯蒂尔的画，我就头脑清醒了。况且，这谈不上什么失望，因为我根本就没抱希望，我知道我不讨她喜欢，要她爱我那是痴心妄想。我最大的希望，也就是要她对我热情一些，给我留下一个美好的印象（因为离开巴黎之前我不能再见到她了），我要把这个印象完整地带到巴尔贝克去，使它永远留在我的心田，而不是带走一个充满了忧虑和悲伤的回忆。

德·马桑特夫人同罗贝说话时，经常停下来同我搭话，她说，罗贝常同她谈起我，他多么爱我等等。她对我可谓热情之极，我感到很不是滋味，因为我觉得她这种热情是受一种害怕心理支配的，她怕为了我的缘故，她会同儿子闹翻。她今天一直没有见到儿子，迫不及待地想同他单独在一起，她认为她对他的威力难以同我对他的影响相比，应该慎重一些。在这之前，德·马桑特夫人曾听到我向布洛克打听他叔叔纳西姆·贝尔纳的情况，于是她问我，这个贝尔纳是不是在尼斯住过。

“这么说，他在德·马桑特先生同我结婚前就在那里相识了。”她说，“我丈夫常常同我谈起他，说他善良，心地正直，为人慷慨。”

“想不到他也有不撒谎的时候，真令人难以相信。”布洛克听了可能会这样想。

我一直想对德·马桑特夫人说，罗贝对她的感情比对我的要深得多，即使她对我不友好，我也不会企图唆使她的儿子疏远她，反对她的。但是，自从德·盖尔芒特夫人走后，我有更多的闲暇观察罗贝了，而仅仅在这时我才发现，愤怒似乎又一次从他的胸腔往外涌，呈现在他冷峻而阴沉的面孔上。我怕他想起下午的争吵，想起他面对情妇的冷酷无情却没有针锋相对，而是忍气吞声的情景，会在我面前感到抬不起头来。

突然，他从他母亲搂着他脖子的一只胳膊中挣脱出来，走到我身边，把我拉到坐着德·维尔巴里西斯夫人的那张摆满花卉的小柜台后面，示意我跟他到小客厅去。我急冲冲朝小客厅走去，不料德·夏吕斯先生大概以为我要走了，突然丢下正在和他谈话的德·法芬海姆先生，倏地转过身来，跟我面对面。我惶惑地发现他已经从地上拿起那顶帽里上有字母G和公爵冠冕的帽子。在小客厅的门洞里，他目不正视地对我说：

"既然我看到您现在已经踏进了社交界，那我希望您能来看我。不过这相当复杂。"他心不在焉地又说，好像在心里合计着一件乐事似的，害怕一旦错过同我一起谋划实施办法的机会，就再也不可能办成了。"我很少待在家里，您得先给我写信。哦，我希望能有一个更安静的地方和您详细谈一谈。我马上就走。您愿意和我一起走一走吗？只占您一点儿时间。"

"您最好还是细心一点，先生，"我对他说，"您错拿了一位客人的帽子了。"

"您想不让我拿自己的帽子吗？"

我推测，有人把他的帽子抢走了，他不愿意光着脑袋回家，就随便拿了一顶，要是我戳穿他，他会无地自容的。前不久，我就干过这种傻事。因此，我不再坚持了。我对他说，我先要和圣卢说几句话。

"他正在同那个白痴盖尔芒特公爵说话呢。"我又说。"您这句话够有意思的，我一定向我兄弟转告。""啊！您相信这能使德·夏吕斯先生感兴趣吗？"（我想，如果他有兄弟，那这个兄弟也应该姓夏吕斯。这个问题，在巴尔贝克海滩时，圣卢曾给我解释过，但我一时忘了。）"谁跟您讲是德·夏吕斯先生？"男爵傲慢地对我说，"到罗贝那里去吧。我知道，今天他同那个使他名誉扫地的女人大吃大喝时，您也在场。您应该好好利用您对他的影响，教他明白他玷辱了我们家族的声誉，给他可怜的母亲和我们大家带来了忧虑。”

我真想对他说，在那顿辱没门庭的午饭上，我们谈的全是爱默生、易卜生和托尔斯泰，那位姑娘规劝罗贝，要他只喝水，不喝酒。我相信罗贝的自尊心受了伤害，为了尽量抚慰他，我努力谅解他的情妇。可我哪里知道，他此刻虽然还在生她的气，但他责备的却是他自己。即使是一个好男人和一个好女人吵架，正义完全在好男人一边，也总会有一件小事，使得坏女人在某一个问题上看起来似乎没有错。因为她对其他问题满不在乎，只要那个好男人还需要她，只要他一想到同她分手就意气消沉，他就会因情绪低落而谨小慎微，会念念不忘她对他的荒唐指责，寻思她的指责可能多少有道理。

“我想我在项链问题上对不住她。”罗贝对我说，“当然，我并没有恶意，但我知道别人的看法和我们是不一样的。她小时候受过不少苦。在她看来，我毕竟是一个相信金钱万能的富翁，无论是对宝诗龙施加影响，还是打一场官司，穷人都不是富人的对手。当然，她对我也太薄情了，我从来只希望她幸福。不过，我知道，她认为我想让她感到，我可以用金钱把她拴住，可这不符合事实。她多么爱我，不知道她会怎样想我呢！可怜的宝贝！你知道，她多么温存，我简直无法向你形容，她为我做了许多令人钦佩的事。现在她一定痛苦极了！无论如何，不管发生什么，我都不愿意她把我看成是一个没有教养的人，我要到宝诗龙那里去买那串项链。谁知道呢？说不定看到我这样做，她会承认错误呢。你看见了吧，我不能忍受的，就是想到她现在很痛苦。别人的痛苦，我们知道，不关我们痛痒。可是她不一样。想到她有痛苦，可又想象不出她痛苦的样子，我真快要疯了。我宁可永远不再见她，也不愿意让她痛苦。但愿她能幸福，如果需要，我可以离开她，这就是我的全部要求。听着，你知道，对我说来，凡是同她有关的事，都是天大的大事。我得赶紧到首饰店去一趟，然后去请求她宽怨。在我去她家之前，她会怎样看我呢？要是她能知道我要去找她就好了！你可以去她家碰碰运气。谁知道呢，说不定会万事大吉的。也许，”他微微一笑，仿佛这是一个美梦，他不敢相信似的，“我们三个人可以一同去乡下吃晚饭。不过现在还很难说。我知道我很难对付她。可怜的宝贝，也许我又会伤她的心。再说，她也许已下了决心，不会再改变了。”

罗贝突然拽着我向他母亲走去。

“再见，”他对她说，“我不得不走了。不知道什么时候再回来，一个月内可能不会有假了。我一有消息就写信告诉您。”

当然，罗贝绝对不属于这样一类儿子：当他们和母亲一起出席社交活动时，他们认为对母亲态度不好，可以补偿他们对外人的微笑和致礼，他们似乎相信，对家里人粗暴无礼，自然可以使他们的礼服锦上添花。在社交界流传最广的莫过于这种令人憎恶的报复了！不管可怜的母亲说什么，儿子便立刻用讥讽、露骨和残忍的相反论点，来驳斥母亲战战兢兢地发表的意见，就好像他是被母亲逼到这里来的，要让母亲付出昂贵的代价；可是，母亲却随口附和这至高无上的儿子发表的看法，但这仍然不能使他软下心来，儿子不在场时，她继续逢人就吹嘘她儿子如何高尚，可儿子却不买母亲的账，照样对她冷嘲热讽。圣卢不是这号人，但是，由于拉谢尔不在他身边，他感到心烦意乱，坐立不安，尽管原委不同，但他对母亲的冷酷无情比起那些儿子来却有过之而无不及。他刚讲完，我看见德·马桑特夫人像鸟儿鼓翼似的颤动了一下，霍地站起身来，就和她刚才看见儿子进入客厅时的反应一样；不过，现在是一副忧心忡忡的面孔，一双凝望着儿子的忧郁的眼睛。

“怎么，罗贝，你要走了？是开玩笑吧？亲爱的孩子，你在我身边就这么一天呀！”

接着，她又柔声地、用最自然的语调说（仿佛在引用一个合乎情理的论据似的，尽量使声音不露出忧伤，怕唤起儿子的同情，因为这种同情对她儿子说来是痛苦的，或者是无益的，只会使他恼火）：

“你知道你这样多不近情理！”

但是，她在引用这个简单的论据时，为了向儿子表明她不想侵犯他的自由，故意装出战战兢兢、畏畏缩缩的样子，同时也为了使儿子不责备她妨碍他的娱乐，故意显示出无限的温柔，可是圣卢却感到自己就要对母亲怜悯了，可能会放弃和情妇一起消夜的念头，因此勃然大怒：

“是令人遗憾，不过，近不近情理，也就这样了。”

他也许感到这些话应该用来谴责自己的，却用来谴责母亲了；自私自利者在争论中总是以这种方式取胜；他们首先认为自己的决心不可动摇，对方越打动他们的心，说服他们改变主意，他们就越觉得自己无可指责，反而应该谴责对方迫使他们不得不改变主意。因此，他们可以冷酷无情，蛮不讲理。在他们看来，这只会使对方罪上加罪。谁叫他们不识趣，要表现出痛苦，要显得有理，要迫使他们痛苦地和同情作斗争的呢！德·马桑特夫人不再坚持了，因为她清楚，想留也是留不住的。

“我走了，”他对我说，“可是，妈妈，你不要久留他，因为他马上要去看一个人。”

我觉得我的存在不会给德·马桑特夫人带来任何快乐，但我宁愿不和他儿子同行，怕她认为我和罗贝一起寻欢作乐，害得罗贝不能守在她的身边。我本想为她儿子的行为辩解几句，倒不是因为我对她儿子有感情，而是出于对她本人的同情。可是她先说话了：

“可怜的孩子，”她对我说，“我肯定让他不高兴了。您瞧，先生，做母亲的都很自私，他平时娱乐很少，来一趟巴黎不容易。我的上帝，要是他还没有走，我真想去追他，当然不是为了挽留他，而是要告诉他，我不怨恨他，我觉得他做得对。我到楼梯口去看看，您不会感到为难吧？”

于是我们来到了楼梯口：

“罗贝？罗贝！”她喊道，“追不上了，他走了，太晚啦。”

如果是几个小时以前，我也许会由衷地劝说罗贝干脆去和情妇同居，可是现在，我可能会主动当说客，劝他和情妇一刀两断。若是前一种情况，圣卢家的人会骂我是他的酒肉朋友，而后一种情况，圣卢会骂我是叛徒。然而我还是我，前后只相隔几个小时。

我们回到客厅。德·维尔巴里西斯夫人见圣卢没有回来，和德·诺布瓦先生交换了一个眼色。这是疑惑、嘲弄和缺少同情的眼色；当我们指出一个妻子因太爱嫉妒而当众丢丑，或一个母亲因太温柔而引人发笑时，就会传递这种眼神，仿佛在说："瞧，大概闹翻了。"

罗贝带着那串光灿灿的项链到他情妇家去了，可是按照他们的协议，他是不应该给她的。况且结果仍然一样，因为她不要，甚至后来也一直没有接受。罗贝的朋友认为，她不接受项链貌似无私，却居心叵测，是为了把他牢牢拴住。然而她不喜欢钱，除非能一掷千金。我曾见她慷慨无度地，简直像失去了理智似的对那些她认为贫苦的人施舍。"此刻，"罗贝的朋友为用谗言抵消拉谢尔的无私行为，对罗贝说，"此刻，她兴许正在牧羊女游乐场寻欢作乐呢。这个拉谢尔是个谜，是真正的斯芬克斯。"再说，在现实中，我们不是见过多少靠人供养的女人利欲熏心，在这种生活的影响下工于心计，大慷情夫之慨，要情夫为她们支付一笔笔款项吗？

罗贝对情妇的背叛行为几乎一无所知，他绞尽脑汁想象拉谢尔的生活，但尽围绕一些鸡毛蒜皮的小事转圈，怎么也想象不出每天他只要一离开她就开始的真实生活。他对这些背叛行为几乎全然不知。你可以把这些都告诉他，却不能动摇他对拉谢尔的信心，因为对心上人的行为一无所知，是在最复杂的社会中表现出来的富有魅力的自然法则。在玻璃墙的这边，痴情郎对自己说："她是个天使，决不会委身于我，我只有一死了之，可是她爱我；她爱我爱得那样深，也许……不，这是不可能的！"当他控制不住欲望，或等得心烦意乱时，他会把各种首饰放到这个女人脚边，会跑去向人借钱来驱散她的忧愁！可是，在玻璃墙另一边的观众说（像这类隔着玻璃墙的谈话,不会比游人在水族馆前的谈话传得更远):“您不认识她?那我得祝贺您。她不知偷了和毁了多少男人!她是一个十足的骗子!滑头!”这最后一个修饰语也许不无道理,因为即便是一个并不真心爱这个女人,只不过对她感兴趣的多疑的男人,也会对他的朋友说:“不,亲爱的,她绝不是那种荡妇。我不是说她在生活中一点也不轻浮,但她不是一个花钱就能买到的女人,除非出大价钱,要么花五万法郎,要么一分钱也不花。”然而,他为她花了五万法郎,得过一次手,但她却在他身上找到了一个同谋,就是他的自尊心,她终于使他相信,他也像有些人那样,不花一分钱就得到她了。因此,世上最厚颜无耻、最声名狼藉的人,从来都是以赏心悦目、妙不可言稀世珍品的面目被某个人认识的。在巴黎,有两个老实人,圣卢现在每次见了都不再打招呼了,一讲到他们,声音就会颤抖,就会说他们是不择手段地利用女人的人:因为他们被拉谢尔搞得倾家荡产。

“我只怪自己做错了一件事,”德·马桑特夫人低声对我说,“我不该说他不近情理。他是我的爱子,独生子,因为我没有别的儿子,难得见一次面,就说他不近情理,我情愿他刚才打我一棍子,因为我敢肯定,今晚上他不管玩什么(他平时娱乐很少),都会被这句不公正的话搞得兴致索然的。噢,先生,既然您急着要走,我就不留您了。”

德·马桑特夫人前面的话都和罗贝有关,说得非常真诚。但她转而改变态度,又成了一个贵妇人:

“同您说话**多么有趣,多么使我高兴,愉快**。谢谢!谢谢!”

她谦恭地用感激而愉悦的目光看着我,仿佛同我说话是她一生中最大的快乐。这迷人的目光和花枝图案白裙上的黑花相映生辉。这是一个经验丰富的贵妇人的目光。

“我现在还不能走,我得等德·夏吕斯先生一起走。”

德·维尔巴里西斯夫人听到了最后几句话,流露出不悦的神情。要不是这件事和廉耻感挂不上钩,我就会认为这时在德·维尔巴里西斯夫人脸上显示出来的不安就是廉耻心了。但是我压根儿没往这上面想。我对德·盖尔芒特夫人，对圣卢、德·马桑特夫人、德·夏吕斯先生，对德·维尔巴里西斯夫人非常满意，于是我信口开河，眉飞色舞地乱说一通。

"您要和我的侄子帕拉墨得斯一起走吗？"她问我。

我想，我和她所赏识的一个侄子有来往，肯定能给她留下一个好印象："是他要我跟他一起回去。"我得意忘形地回答，"我感到非常高兴。再说，夫人，我和他之间的友谊远比您想象的要深，而且，我决心尽一切努力增进我们的友谊。"

德·维尔巴里西斯夫人似乎由不悦转为忧虑："别等他了，"她心神不安地对我说，"他在和德·法芬海姆谈话呢。他已经忘记刚才对您说的话了。好吧，您走吧，趁他背朝着您，快走吧。"

我倒并不着急去找罗贝和他的情妇。可是德·维尔巴里西斯夫人似乎执意要我离开，我心想，她也许有重要事情要和她的侄儿说，我就向她告辞了。在她身边，沉甸甸地坐着德·盖尔芒特先生，高傲，威严，宛如奥林匹亚山①上的天神。他的财富填满了他的四肢，仿佛在坩埚中化成了一个具有人形的金锭，使这个腰缠万贯的富翁具有一种异乎寻常的密度。当我同他告别时，他彬彬有礼地从座位上站起来，我感觉到他那密集着三千万法郎的懒洋洋的肉体兀立在我面前，是法国古老的教育驱使着他移动身子的。我仿佛看到了据说是菲迪亚斯②用纯金雕刻的奥林匹亚的宙斯像。这就是耶稣会教士的教育对德·盖尔芒特先生产生的威力，至少是对德·盖尔芒特先生的躯体，因为它对公爵的思想不起支配作用。德·盖尔芒特先生自己说了俏皮话会放声大笑，可对别人的幽默却从不

---

① 奥林匹亚山是希腊神话中诸神居住的地方。

② 菲迪亚斯（主要活动时期公元前490—432），古希腊雕刻家，擅长神像雕刻，作品有建立在雅典卫城上的巨大的《雅典娜》铜像，有用象牙嵌金的奥林匹亚的《宙斯》像，这些作品已不存在。

露出笑容。

在楼梯上，我听见后面有一个声音在吆喝我：

“先生，您怎么不等我就走了！”

是德·夏吕斯先生。

“走几步路这对您无所谓吧？”当我们到了院子里时，他冷淡地对我说，“一直走到我找到合适的出租马车为止。”

“您有话要对我说，先生？”

“嗳！不错，嗯，我是有话要对您说，不过还不知道说不说。当然，我认为我要给您讲的事会给您带来不可估量的好处。但我也有预感，这会浪费我许多时间，会打乱我的生活秩序，而我已到了渴望过平静生活的年龄了。然而我心里在想，您值不值得我为您操这份心，不过，我并不想等对您有了足够了解后再作决定。在巴尔贝克海滩时，我觉得您平淡无奇，即使把‘沐浴者’本人和穿着绳底帆布鞋总免不了要有的那股子傻劲儿也考虑在内。况且，您大概也不大愿意我为您效劳，既然如此，我也就没有必要自找麻烦了，因为，先生，恕我直言，”他用力地、一字一顿地重复说，“这只会给我带来麻烦。”

我明确地表示，既然如此，那就不必麻烦了。谈话就这样中止，似乎不合他的胃口。

“这样客气有什么意思，”他用严厉的口吻对我说，“世界上最令人愉快的事，莫过于为一个值得操心的人操心了。对于我们中的优秀分子而言，研究艺术、酷爱古物、收藏珍品、喜欢园艺，这一切都不过是代用品，替代物，不过是遁词。我们和第欧根尼①一样，待在我们的木桶里，在寻找一

① 第欧根尼(？—约前323)，古希腊犬儒学派哲学家，认为除了自然需要必须满足外，其他任何东西，包括社会生活和文化生活，都无足轻重。传说他光着脚，只穿一件大衣，住在一只木桶里。还传说有一天中午，他提着一盏灯在雅典街头漫步，当有人问他干什么时，他说：“我在找一个人。”

个人。万不得已时，我们才栽种秋海棠，修剪紫杉，因为紫杉和秋海棠任人摆布。但我们更乐意把时间用在人这样的灌木上，只要我们确信这棵小树值得我们操心。关键就在这里；您应该认识一下自己。您到底值不值得别人为您操心？”

“先生，我实在不敢让您为我操心。”我对他说，“至于说我本人的心情，请您相信，不管您为我做什么，都将是我最大的快乐。您这样关心我，竭力想帮助我，使我非常受感动。”

令我大吃一惊的是，他对我这番话感激涕零，几乎动了真情。他亲热地挽起我的胳膊。这种突如其来的亲热，在巴尔贝克时就给过我深刻的印象，但他说话的语气却依然是冷冰冰的，和这个亲热的举动形成强烈的对照。

“像您这样年纪的人都是冒失鬼，”他对我说，“有时说出的话可能会在我们中间挖出一道不可逾越的鸿沟。可是您刚才的话却反而会打动我的心，使我乐意为您效劳，甚至会做过头。”

德·夏吕斯先生和我臂挽臂、肩并肩地走着，一面对我说着这些傲慢而又真切的话。他时而把目光久久停留在我脸上（这种冷酷而犀利的凝视，我在巴尔贝克海滩的一个上午，在游乐场门口第一次遇见他时，甚至更早以前，在当松维尔花园的玫瑰花丛旁看见他同斯万夫人——那时我以为是他的情妇——在一起时，就曾给我留下过深刻而难忘的印象）；时而又左顾右盼，审视过往的出租马车。此刻正值出租马车交接班，过往马车很多，有几辆停了下来，因为马车夫看见他那固执的目光，以为他要乘车呢。可是德·夏吕斯先生马上就打发他们走了。

“没有一辆合适的，”他对我说，“一看灯就知道了，他们都是回他们那个街区去的，先生，”他又说，“我马上要给您提一个建议，希望您不要产生误解，我没有任何个人考虑，完全出于好心。”

使我震惊的是，他的措词和斯万多么相似，甚至比在巴尔贝克时还要明显。

“我想您是很聪明的，不会认为我向您提建议是因为我‘没有朋友’，害怕孤独和烦闷。关于我的家庭，我不说您也会知道的，因为我想，像您这样年纪的小青年，又出身于小资产阶级家庭（他踌躇满志地把“小资产阶级”说得很重），是不会不知道法国历史的。恰恰是我那个世界里的人不读书，不看报，和仆人一样孤陋寡闻。从前，国王的侍从都是从王公贵族中招募的，如今王公贵族和侍从已没有什么两样了。但是，像您这样出身于资产阶级家庭的青年，书读得很多，一定知道米什莱①对我们家族所作的那段精彩的描述：‘我看见他们，那些有权有势的盖尔芒特们，高大魁伟，顶天立地，和他们相比，幽居在巴黎王宫中的矮小而可怜的法国国王又算得了什么呢？’至于我个人怎样，先生，这个问题我不喜欢多谈，但是，有一件事您也许听说了，《泰晤士报》有一篇文章提起过，这篇曾轰动一时的文章说，奥地利皇帝（他一直待我很好，甚至想同我称兄道弟）不久前在一次谈话中宣称（谈话后来公布了），如果尚博尔②伯爵先生身边有一个像我这样了解欧洲政治内幕的人，那他今天说不定是法国国王了。我常想，先生，我身上有一个经验宝库，一种类似珍贵密件的东西。我这些经验不是靠我浅薄的天分获得的，而是靠机遇，您以后会知道是什么的。我不认为我应该把我的经验用于自身，但它对于一个涉世不久的青年可能是无价之宝。我要把我用三十多年的心血积累起来的、也许只有我一个人拥有的经验，用几个月的时间全部传授给这个青年。我不用讲，当您知道某些秘密时，精神上会有多大的享受，当代的基佐③要花几年时间才能掌握这些秘密，一旦

---

① 米什莱（1798—1874），法国历史学家和作家，著有《法国历史》《法国革命史》等。

② 尚博尔（1820—1883），波旁王族长子支系的最后一个代表。1830 年，查理第十弃位后，他是王位最后一个合法继承人，但仅仅到 1871 年才提出继承王位的权利。在正统派和奥尔良派谈判之后，眼看就要登基，但因他拒绝废白旗，致使谈判失败，因为他无子女，奥尔良家族成为王位唯一继承人。

③ 基佐（1787—1874），法国历史学家和政治活动家。他从资产阶级立场出发，试图依据阶级斗争观点解释历史。著有《英国革命史》《欧洲文明史》和《法国文明史》等重要作品。

掌握了,他对有些事件的看法就会和过去截然不同。我不仅要讲过去的事件,而且还要讲情况之间的连贯性(这是德·夏吕斯先生最心爱的表达方式之一,当他使用这个表达方式时,就像在做祈祷似的,常常把两只手合上,不过手指头是直的,他似乎要用这种语言和动作相结合的方式,使人了解那些他没有细说的情况和情况之间的连贯)。我要用一种标新立异、闻所未闻的观点给您讲过去,不仅过去,还有将来。”

接着,德·夏吕斯先生向我打听布洛克的情况。在德·维尔巴里西斯夫人家里时,大家议论过布洛克,但他好像没有听见似的。他漫不经心地问我,我同学是不是年轻,是不是漂亮,等等。他善于使讲话的语气显得好像不是在存心打听,好像他心不在焉,在想别的事情,仅仅出于礼貌才勉强应付几句。布洛克要是听见了德·夏吕斯先生向我提的这些问题,准会迫不及待地想知道德·夏吕斯先生是重审派还是反重审派,甚至比想知道德·诺布瓦先生属于哪一派的心情还要迫切,只是理由完全不同罢了。“您做得对,”德·夏吕斯先生向我提了一堆问题后又对我说,“如果您想多学一些东西,朋友中就应该有几个外国人。”我回答他,布洛克是法国人。“啊!”德·夏吕斯先生说,“我还以为他是犹太人呢。”他这种与犹太人势不两立的表示,使我相信他是我所遇见的人中最坚定的反重审派。可他却反对指控德雷福斯犯有叛国罪。不过,他是以如下的形式表达的:“我想现在报界正在大谈德雷福斯犯了叛国罪,我相信人家是这样说的,我对报纸一点也不感兴趣。我看报就和我洗手一样,我觉得不值得我产生兴趣。不管怎么说,罪行是不存在的。要是您朋友的那位同胞背叛了犹太王国①,那倒可以说他犯了叛国罪,可是他和法国有什么关系呢?”我反驳他说,一旦爆发战争,犹太人也会和其他人一样被动员入伍。“可能吧,不过,不能肯定这不是一种轻率行为。如果把塞内加尔人或马尔加什人

---

① 犹太王国是公元前935年以色列-犹太王国分裂后在巴勒斯坦南部建立的国家。公元前586年被巴比伦灭亡。

招募来打仗，我想他们是不会真心诚意地保卫法国的。这很正常嘛。您的德雷福斯也许可以按违犯接待国法规而判罪。算了，不谈这个。您能不能要求您的朋友带我去参加一次圣殿的盛会，看一看割礼仪式，听一听犹太人唱圣歌？他也许可以租一个大厅，给我演出取材于《圣经》的戏剧，就像圣西尔寄宿学校[①]的女生为给路易十四[②]解闷，演出拉辛根据《圣经》的《诗篇》创作的戏剧一样。您是不是可以安排一下，哪怕演几个滑稽戏让我开开心也好。比方说，让您的朋友和他父亲格斗，把父亲刺伤，就和大卫[③]杀死歌利亚[④]一样，这会是一出绝妙的笑剧。在演出中，他甚至可以把他下贱的（照我的老女仆的说法是下作的）母亲狠狠地揍一顿。若是能这样，那就再好不过了，我们不会感到不愉快的，是不是，亲爱的朋友？因为我们喜欢异国情调的戏剧，把这个非欧洲的女人揍一顿，就好比给一个老泼妇以应有的惩罚。”德·夏吕斯先生一面说着可怕的疯话，一面使劲夹住我的胳膊，把我都夹疼了。我想起德·夏吕斯先生家的人常说，男爵对他那位上了年纪的女仆——刚才他引用了她的莫里哀式的方言——关怀备至，可敬可佩，我心里思忖，如果能对同一个人身上表现出来的善与恶做一个剖析（我看这个问题至今很少有人研究），这倒是一件饶有趣味的事，尽管在不同人身上表现的形式各不相同。

我提醒他，不管怎么说，布洛克的母亲已经死了，至于布洛克的父亲，我怀疑他对一个完全可能使他眼睛变瞎的游戏能有多大的兴趣。德·夏吕斯先生好像生气了。“那个女人实在不该死，”他说，“至于眼睛变瞎，恰

---

① 圣西尔寄宿学校是路易十四的情妇曼特农夫人于1686年为没有财产的贵族小姐创办的学校，校址设在凡尔赛区的圣西尔。拉辛曾为该学校写了《爱斯苔尔》和《阿莉达》。

② 路易十四（1638—1715），法国国王，大力资助文学和艺术事业，促进了当时法国文学和艺术的发展。

③ 大卫（公元前十一至十世纪），古以色列国王。据《圣经》记载，大卫统一犹太各部族，建立王国，定都耶路撒冷。童年时打死腓力斯勇士歌利亚，在位时，曾多次打败强邻，深受民众爱戴。

④ 歌利亚，据《圣经》记载，他是腓力斯勇士，身材高大，头戴钢盔，身穿重甲，作战时所向无敌，后被大卫杀死。

好犹太教是瞎眼教，看不见耶稣教义的真理。无论如何，您想一想，现在的犹太教徒哪一个不在基督教徒愚蠢的狂怒面前吓得失魂落魄，胆战心惊呢，能看见一个像我这样的人屈尊俯就，看他们的演出，他们一定会高兴得忘乎所以！”这时，我看见老布洛克走过来了，他大概是来接儿子的。他没有看见我们，但我问德·夏吕斯先生，要不要把老布洛克介绍给他。我没料到我的同伴会大发雷霆：“把他介绍给我！您怎么一点也没有价值观念！认识我就那么容易！再说，介绍人是一个乳臭未干的毛头小伙子，被介绍人又不配受到介绍，这不就更不合适了吗？要是哪天他们按照我拟订的计划，给我演出一场亚洲风味的戏剧，我倒可以发发善心，同这个讨厌鬼说几句话。最多也就是这样。而且还有个条件，他得让他的儿子狠狠地揍他一顿。我甚至会向他表示满意的。”

况且，老布洛克根本没有注意我们。他正在恭恭敬敬地向萨士拉夫人致礼，萨士拉夫人欣然接受了。我感到很惊讶，因为从前在贡布雷，她对我父母接待小布洛克很不满意，她是一个彻头彻尾的反犹分子。可是，重审运动犹如一股气浪，几天前把老布洛克冲到她的家里。我朋友的父亲觉得萨士拉夫人颇有魅力，尤其对她的反犹立场感到满意，他觉得她这种立场证明她的信仰是真诚的，主张重审的观点是真实的，同时，正是因为她反犹太人，准许他到她府上做客就更有价值了。当她冒失地在他面前说“德吕蒙①先生不加区别地把重审派和新教徒、犹太人装进同一只口袋里，这种大杂烩太有意思了”时，他甚至不感到耻辱。回到家里，他自豪地对纳西姆·贝尔纳说：“贝尔纳，你知道吗，她有偏见！”可是，纳西姆·贝尔纳先生却没有吭声，他用天使的眼神望了望天空。贝尔纳先生为犹

① 德吕蒙（1844—1917），坚定的反德雷福斯派。他于1886年发表抨击文章《犹太人的法国》，并在法国中产阶级中宣传排外思想。1892年，他创办了《自由言论报》，宣传反犹思想，主张“法国属于法国人”。

太人的不幸愁眉不展，怀念他同基督教徒的深厚友谊，再加上岁月消逝使他变得矫揉造作、装模作样（以后我们会知道是什么原因），因此，他看上去活像拉斐尔前派[1]画家画的恶魔，头发乱七八糟，好像浸于一片惨白色中。

“整个案子，”男爵又说，他一直没有松开我的胳膊，“只有一个麻烦，那就是它对社交界（我不说是好的社交界，它早就不配用这个赞语了）起着破坏作用，一群‘公骆驼社’、‘母骆驼派’、‘牵骆驼队’的男男女女拥进社交界，我甚至在表姐妹家中也发现有不认识的人，因为他们都是法兰西祖国联盟——一个反犹联盟，谁知道是什么——的成员，好像一种政治观点能使人获得进入社交界的资格似的。”

德·夏吕斯先生的浮浅使他同盖尔芒特公爵夫人更相像了。我把这个看法同他说了。他似乎不相信我认识德·盖尔芒特夫人，我叫他回想一下在歌剧院的那个晚上，他那天好像故意躲着我似的。他说他根本没有看见我，我看他说得那样认真，要不是紧接着发生的一件小事使我感到他也许太骄傲，不想让人看见他同我在一起，我就会对他的话信以为真了。

“还是谈您吧，”他对我说，“谈我对您的计划。在某些人之间，先生，存在着一种类似共济会的秘密组织，我不能给您细说，但可以告诉您，这个组织现在有四个欧洲君主。然而有一个君主，也就是德国皇帝，得了妄想症，他身边的人想治好他的病。这是一件非常严肃的事，可能会给我们带来战争。是的，先生，完全可能。您一定听到这个人的传闻了，他以为中国的公主被他装到一个瓶子里了。这是疯病。他们正在给他医治。但是，当他不发疯时，就成了傻子。有些病是不该治好的，因为唯有它们可以使

① 拉斐尔前派是十九世纪中叶出现于英国的一个画派。因认为真正的宗教艺术存在于拉斐尔（意大利文艺复兴时期画家）之前，企图发扬拉斐尔以前的艺术来挽救英国绘画而得名。主张绘画应起宗教道德教育作用，题材应以圣经故事及富有基督教思想的文学作品为主，忠实地反映主题，描绘对象。

我们免染更严重的病。我有一个表兄，得了胃病，吃什么都不消化。最有权威的胃病专家都给他治疗过，但毫无效果。我把他带到某某医生那里(顺便提一句，这又是一个怪人，他的事三天三夜也说不完)。这位医生立即推断病人患有神经官能症，劝他不要害怕，想吃什么就吃什么，他的胃对吃下去的东西也能承受。可我这位表兄还有肾炎。胃消化了的东西到了肾，肾却不能排泄出去。我这位表兄没有让一个臆想出来的，但能迫使他控制饮食的胃病伴随到老，却在四十岁时就一命呜呼了。胃治好了，肾却毁了。如果您能远远超越您自己的生活，谁知道呢，说不定您可以做出历史上某个杰出人物可能做的事来(如果有一个乐善好施的神灵在人类对蒸汽和电一无所知的情况下，向他透露蒸汽和电的规律的话)。不要犯傻了。不要因为不好意思就拒绝我的帮助。要知道，我帮您大忙，我想您也会帮我大忙的。我对社交界的人早已不感兴趣了，我现在只有一个欲望，那就是把我的知识奉献给一个至今仍然纯洁无瑕、能够被道德点燃热情的灵魂，以图弥补我一生中所犯的错误。我经历过巨大的忧伤，先生，有一天我也许会对您讲的，我的妻子死了，她是人们梦寐以求的女性，漂亮，高尚，完美无缺。我的亲属中年轻的还是有几个，但他们不可能——我不是说不配——接受我给您讲的精神遗产。说不定您就是那个可以继承我遗产的人呢。说不定我可以指导并大大提高您的生活呢。再说，我自己的生活也会因此而改变。我把那些重大外交事件告诉您，也许我会由此而恢复自信心，最后可能着手做一些有意义的事，而您将和我共同担负起责任。不过，在您知道这些事之前，我必须经常地，很经常地，甚至是天天都能见到您。”

我想利用德·夏吕斯先生对我出乎意外的热情，问问他能不能设法让我和他的嫂子见一次面，但就在这时，我感到我的胳膊像触了电似的，猛地震动了一下。原来是德·夏吕斯先生出于某种原因——一个和他一秒钟前还“深受启迪”的“宇宙”法则背道而驰的原因——把他的手臂从我胳膊下抽走了。尽管他说话时眼睛一直前后左右四下张望，刚才他看见的也不过是德·阿让古尔先生罢了，后者正从一条横马路上走出来。比利时外交部长看见我们，显得很不高兴，用不信任的目光睃了我一下，仿佛在看一个不同种族的人，那目光和德·盖尔芒特夫人看布洛克时的目光一模一样。他想避开我们。可是，德·夏吕斯先生似乎决意要向他表明自己丝毫也不想躲着他，因为德·夏吕斯先生招呼他了，仅仅是为了同他讲一件微不足道的小事。可能是怕德·阿让古尔先生认不出我来吧，德·夏吕斯先生对他说，我是德·维尔巴里西斯夫人、盖尔芒特公爵夫人和罗贝·德·圣卢的好朋友，而他夏吕斯又是我外祖母的老朋友，能把对外祖母的好感转移一部分给外孙，这是他的快乐。然而，尽管我在德·维尔巴里西斯夫人府上只是被介绍了一下名字，尽管德·夏吕斯先生刚才不厌其烦地谈了我的家庭，可我注意到，德·阿让古尔先生对我的态度比一小时前更加冷淡了，而且打这以后的很长一段时间里，他每次见到我也总是这样冷若冰霜。他用一种敌视而好奇的神情审视我，甚至好像在克服一种强大的阻力，当他离开我们时，他迟疑地向我伸出一只手，但很快就抽回去了。

“我为这个意外情况深感遗憾。”德·夏吕斯先生对我说，“阿让古尔出身高贵，但没有教养，是一个平平庸庸的外交官，一个拈花惹草的坏丈夫，像剧中人那样奸猾刁钻。他是一个成事不足、败事有余的人。我希望我们的友谊——如果有一天能建立起友谊的话——万古长青，希望您能和我一样爱护它，使它免遭蠢驴的脚踢。那些蠢驴因为闲得发慌，或者笨手笨脚，或者一肚子坏水，看见什么能维持长久，就把什么踏扁踩平。不幸，社交界的多数人都是从这个模子里铸造成来的。”

“盖尔芒特公爵夫人看样子非常聪明。刚才我们谈到了一场可能的战争。她对这个问题似乎有独特的见解。”

“一点也没有，”德·夏吕斯先生冷冷地回答我，“女人，还有许多男人，对我刚才要同您讲的事丝毫不感兴趣。我嫂子这个人很有意思，她以为现在仍然是巴尔扎克小说中描写的时代，女人要对政治施加影响。如果您现在同她来往，如同您和社交界的接触一样，对您有百弊而无一利。这正是我刚才要给您说的第一件事，没想到那个蠢驴把我打断了。我要您为我做的第一个牺牲——我给予您多少，就要求您牺牲多少——就是不要出入社交界。刚才我见您参加那个荒唐的聚会，为您感到心疼。您会对我说，我不也去了吗，可是对我说来，这不是一次社交聚会，而是串亲戚。等您将来有了名誉地位，如果有雅兴去社交界玩一玩，我看这倒也无妨。如果是这样，我对您的用处可就大了。我掌握着开门咒，可以让盖尔芒特府以及所有值得您出入的府邸为您敞开大门。我来当法官，希望您当好时间的主人。目前您羽毛未丰，在社交场所露面会引起种种议论。切莫做出不得体的事来呵。”

既然德·夏吕斯先生提到他看望德·维尔巴里西斯夫人这件事，我想问问他，他同侯爵夫人是什么亲戚关系，她的出身如何，谁知说出口的却不是我要提的问题，而是关于维尔巴里西斯家的情况。

“我的上帝，这个问题可不好回答，”德·夏吕斯先生用一种好像在词上打滑的声音回答说，“就如同您要我对您讲什么叫微不足道一样。我婶母什么事都干得出来，一时心血来潮，再婚时嫁了一个地位低微的迪里翁先生，使法国最高贵的姓氏变得毫无价值。那位迪里翁心里盘算，他也许可以像小说中叙述的那样，不担任何风险地换一个断了嗣的贵族姓氏。他想没想过用拉都·德·奥弗涅①？他在图卢兹②和蒙莫朗西之间是不是犹豫过？这就不得而知了。不管怎么说，他作了另一种选择，摇身一变，成

① 拉都·德·奥弗涅家族是法国奥弗涅地区的古老家族，于十二世纪因拉都·德·奥弗涅城堡得名。

② 图卢兹家族是法国古老家族，于九世纪建立图卢兹伯爵领地，十三世纪末，伯爵领地被王族吞并。

了德·维尔巴里西斯先生。从一七〇二年以来，已经没有一个人再叫德·维尔巴里西斯先生了，因此我心想，他改这个姓不过是为了谦卑地表明自己是巴黎附近一个叫维尔巴里西斯的小地方的人，在那里开了一家诉讼代理人事务所或一个理发店罢了。可我的婶母对她丈夫的意图却不以为然——况且，她已到了听不进任何意见的年纪。她打肿脸充胖子，硬说这个侯爵爵位是我们家祖传的，她给我们每个人都写了信，想把事情做得冠冕堂皇，我不知道为什么要这样。既然你自封了一个没有权利得到的名字，最好就不要制造那么多麻烦了，不如仿效我们那位杰出的朋友，所谓的M伯爵夫人，她不听阿尔丰斯·罗特希尔德夫人的劝告，拒绝用增加圣彼得献金①的办法来换取一个徒有虚名的爵号。可笑的是，我婶母把凡是与真正的维尔巴里西斯家族有关的画全部垄断了，尽管她的亡夫迪里翁与这个家族毫无血缘关系。婶母的城堡变成了囤积维尔巴里西斯画像的地方。画像有真也有假，而且源源而来，越积越多，最后把盖尔芒特家族和孔代家族②的某些并不是微不足道的画像挤走了。画商每年都要为她制作画像。更不应该的是，她竟然把一张圣西门的画像挂在城堡的餐厅里，声称圣西门公爵侄女的第一个丈夫是德·维尔巴里西斯先生。其实，即使《回忆录》的作者③不是迪里翁先生前妻的曾祖父，也还有其他身份足以引起来宾的兴趣嘛。”

本来，当我看到德·维尔巴里西斯夫人的沙龙不过是一个大杂烩时，她在我心目中的地位就开始降低了，现在又听说她不过是迪里翁夫人，她的地位在我心中就一落千丈。我认为，一个女人，如果不久前才获得她的

① 圣彼得献金是教徒给教皇的捐款。夏吕斯认为犹太人给基督教会捐款有失体面，所谓的M伯爵夫人也是犹太人，因此不会做这事。

② 孔代家族是波旁王族的一个支系。

③ 《回忆录》作者指圣西门公爵（1675—1755）。这部书追忆了路易十四统治末期法国的情况。

爵号和姓氏，就不应该拿王族的友情招摇撞骗，欺蒙同时代人，欺蒙后代。她又变成了我小时候心目中的那个毫无贵族气派的女人。这样一来，她周围的那些贵族亲戚在我看来就与她毫不相干了。后来，她对我们仍然具有吸引力。我有时也去看她，她也不时地赠给我一些纪念品。但我再也不把她看成圣日耳曼区的人了。假如我想了解圣日耳曼区的情况，她恐怕是我要请教的最后一个人。

"假如您现在就涉足社交场所，"德·夏吕斯先生继续说，"就有可能影响您的前程，使您的才智和性格变形。此外，交朋友要格外小心。您可以有情妇，只要您家里不觉得有什么不好，这我不管，我甚至只会鼓励您，小下作坯，一个很快就需要修脸的小下作坯！"他一面说，一面用手抚摸我的下巴。"但在男人中交朋友就非同小可了。现在的青年，十之八九是小流氓，小混蛋，他们会给您带来永远无法弥补的损失。噢，必要时，我的外甥圣卢倒可以做您的好朋友。他对您的前途是帮不了什么忙的；不过，只要有我在，您就不愁没有前途。总之，当您对我感到厌烦时，您和他一道出门玩玩，我看这似乎不会有什么坏处。至少，他是一个真正的男子汉，不是那种女性化的男人，如今这种人到处都是，看上去就像面首，也许明天他们就会把无辜的牺牲品送上断头台。（我不知道'面首'是什么意思。谁要是听见这个俚语，也会和我一样大吃一惊。上流社会的人总喜欢用俚语，而那些做了某些事情又明知会招致谴责的人，总喜欢公开谈论这些事。他们认为这是纯朴的标志，但他们昏头昏脑，没有掌握分寸，不知道玩笑开过了头会变得可笑，会使人反感，会成为伤风败俗而不是纯朴的标志。）圣卢和其他人不一样。他很可爱，很严肃。"

听到德·夏吕斯先生说圣卢"严肃"，我不禁笑了。他说这个词时，声调非常特别，仿佛要赋予它"贞洁"、"品行端正"的意思，就像在说一个青年女工生活"严肃"一样。这时一辆出租马车歪歪斜斜地开过来了；一个年轻的马车夫，坐在车内的软垫子上，而不是在自己的座位上驾车，看起来有三分醉意。德·夏吕斯先生连忙叫车停下。马车夫同他讨价还价。

“您上哪?”

“去您要去的方向(我很吃惊,因为德·夏吕斯先生已经拒绝过好几辆挂着同样颜色车灯的马车了)。”

“我不想回到我的座位上去。我还在里面待着。您不会介意吧?”

“可以,不过得把车篷放下。好了,别忘了我同您说的话,”德·夏吕斯先生离开我时又对我说,“我给您几天时间,您把考虑的结果写信告诉我。我再说一遍,我必须每天见到您,我要您保证做到诚实,守口如瓶,况且,应该说,您似乎已经做过保证了。可是,我一生中上当受骗的次数太多,也就不再相信表面现象。他妈的!最起码也得让我在放弃一个宝库之前,知道把它交给谁呀!好吧,记住我提的建议,您和赫丘利①一样,走到了十字路口,不幸的是,您没有那样强健的肌肉。千万不要放弃选择通往美德之路,否则您会后悔一辈子的。怎么,”他对马车夫说,“您还没把车篷放下哪?我只好亲自动手了。再说,既然您醉成这个样子,我相信这车也得由我来赶了。”

他跳上车,坐到马车夫身边。马车飞快跑了。

且说我这边回到盖尔芒特府,正碰上我们家的膳食总管在同盖尔芒特家的膳食总管谈话,前者是德雷福斯派,后者是反德雷福派,谈话内容和刚才布洛克同德·诺布瓦先生的谈话相同,但从形式上看,两个膳食总管的谈话简单干脆、角色倒置、毫不容情:实际上成了一场争吵。的确,在法兰西祖国联盟和人权联盟的上层知识分子中,针锋相对的真理和谎言已广泛传播到下层人民中间了。雷纳克先生施展策略,利用了那些和他

① 赫丘利是罗马神话中的英雄,即希腊神话中的赫拉克勒斯。古希腊诡辩学家凯阿的普鲁季科斯(约前460—约前399)有过一则寓言《十字路口的赫丘利》,说的是赫丘利走到十字路口,一条路陡峭,通往山丘,另一条路平坦,通往平原,他选择了第一条,即通往美德之路。

素未谋面者的感情。德雷福斯案在他的理智面前，不过是一个无可辩驳的定理，他确实以最令人吃惊的、闻所未闻的理性政治的成功(有人说是与法国的背道而驰)，“论证”了这个定理。他用两年时间，终于使克雷孟梭[①]内阁替代了比约[②]的陆军部，彻底改变了舆论，把皮卡尔[③]救出监牢，并且徒劳无益地让他当上了陆军部长。也许这个操纵群众的唯理主义者，自己也受到他祖先的操纵[④]。既然包容最多真理的哲学体系，归根结底是由一种感情强加给这个体系的创始人的，那么怎能假设，在像德雷福斯案那样简单的政治事件中，这种感情不会在推理人毫无意识的情况下支配推理人的理智呢？布洛克自以为是按照逻辑选择德雷福斯派的，然而他明明知道他的鼻子、肤色和头发却是犹太人种强加给他的。理智可能更自由一些；但它却服从于某些并不是由它自己规定的法则。两位膳食总管之间的争论情况比较特殊。重审派和反重审派自上而下把法国分成两部分，这两股波涛发出的声音虽然微弱，但寥寥可数的回声却很真诚。在一次大家避而不谈这一案件的谈话中，当我们听到有人小心翼翼地报告一个通常是不真实的，但却受人欢迎的政治消息时，我们可以从报告人预言的目标推断出他的倾向。于是在某些问题上就有了冲突，一边是遮遮掩掩的传教热忱，另一边是道貌岸然的愤慨。我进屋时听到正在争论不休的两个膳食总管当然是例外。我们家的那位说德雷福斯有罪，盖尔芒特家的说他无罪。他们这样做不是为了隐瞒各自的信仰，而是别有用心，赌红了眼。我们家的那位对案子能不能重审心中没有把握，他想

---

① 克雷孟梭(1841—1929)，法国政治家。第二帝国时属左翼共和派，后为激进派领袖。1906年和1920年间曾两度任内阁总理。德雷福斯事件使他重返政治舞台。

② 比约(1828—1907)，法国将军和政治家，1882年到1883年以及1896年曾两次任陆军部长。

③ 皮卡尔于1989年1月13日被捕入狱，1899年6月9日获释。1903年晋升准将，后在克雷孟梭内阁任陆军部长。

④ 雷纳尔是犹太人，是最激烈的德雷福斯派。

先发制人，这样倘若重审派失败，盖尔芒特家的膳食总管也就不敢为正义事业的失败而幸灾乐祸了。而盖尔芒特家的心想，假如政府拒绝重审，我们家的膳食总管会因为看到一个无辜者仍被囚禁在魔鬼岛上而增加烦恼。门房看着他们争吵。我似乎觉得这次在盖尔芒特府的仆人中出现的分裂不是由他挑起来的。

我上楼回到家里，发现外祖母病得更厉害了。一些日子以来，她常叫身体不舒服，但不知道得了什么病。我们只有在生病的时候，才意识到我们的生命不仅仅属于我们自己，而是和我们的躯体——一个不同界的存在物——紧紧地联系在一起，万丈深渊把我们同躯体隔开，它不认识我们，我们也无法让它理解我们。如果我们在路上遇到强盗，不管是什么样的强盗，即使不能让他们同情我们，至少，也可以用利益打动他们。可是要躯体怜悯我们，这就是徒费口舌。对躯体而言，我们的话不会比水声更有意义，而我们却要和它一起生活，不免惶恐不安。我外祖母常常觉察不到身体有什么不适，因为她的注意力全放在我们身上。当她觉得太难受的时候，为了治好病，她总想弄清楚得的是什么病，但却枉费心思。如果说她身体表现出来的种种病症，在她的思想上仍然是模糊不清、难以理解的话，那么这些病症对于和它们属于同一界的创造物[①]来说却是清清楚楚，很好理解。人的思想要弄清楚躯体对它说了什么，最后总要求助于这些创造物，正如要知道一个外国人回答什么，必须找他的一个同胞来当翻译一样。它们能和我们的躯体交谈，告诉我们躯体在大发雷霆，还是即将息怒。我们把戈达尔大夫请来给我外祖母看病。他一听到我们说外祖母病了，脸上就露出莫测高深的微笑，问我们："病了？不至于是外交病[②]吧？"这使我们又气又恼。为了解除病人的焦躁不安，他叫她试用以牛奶

---

① 创造物此处指下面要说的体温表和药物之类物体。

② 假托有病作为不履行职责或不在公开场合露面的借口。

为主的食谱。外祖母每餐都吃牛奶做的浓汤,可是并不见效,因为她在汤里面放了许多盐。那时候,大家还不知道盐对人体有害处(维达[①]还没有研究出来)。医学是医生一个接一个犯下的互相矛盾的错误之综合;你把最好的医生请来看病,你有幸求助于一个真理,可是几年后,这个真理很可能被认为是谬误。因此,要不是不相信医学比相信医学更荒唐(因为从错误的积累中逐渐产生了一些真理),否则,相信医学很可能是天下最大的荒唐事了。戈达尔吩咐我们给外祖母测体温。有人拿来了体温表。体温表的玻璃管几乎是空的,看不见水银,勉强能看见银色的蝾螈卧在它的小槽底部。它仿佛死了。我们把玻璃管塞进外祖母的嘴里(玻璃管在外祖母的嘴里不用待很久),不一会儿,小巫婆就给她算好了命。我们发现小巫婆停在塔楼的半中央,静止不动,准确地向我们显示出我们要她显示的,我外祖母怎么想也没想到的数字:38°3。我们第一次感到了不安。我们使劲地甩动体温表,想把这个决定命运的符号甩掉,仿佛这样甩,不仅能使体温表指示的温度下降,而且也能使外祖母的体温下降似的。唉!失去理智的小巫婆显然不愿意满足我们的愿望,因为第二天,体温表刚插进外祖母的嘴里,女预言家纵身一跳,就跳到同一个度数上,毫不留情地停下来,用她闪闪发光的魔棍,给我们指出了同一个数字:38°3,坚定的信念和能凭直觉感到我们感不到的事实使她变成了一个美人。对我们的愿望和期望,对我们的要求,她都充耳不闻,毫不退让,好像这是她最后的警告和威胁似的。为了使女巫婆改变反应,我们求助于另一个和体温表属于同一界的,但比体温表更有威力,不仅能询问,而且能指挥身体的创造物:退烧药。这种退烧药和阿斯匹林同属一类,但阿斯匹林尚没有应用于临床。我们没有把体温表降到37°5以下,希望它不要再往上升。我们让

① 维达(1862—1929),法国医生。他的许多医学研究,尤其是伤寒研究,对医学和生物研究的发展很有影响。他根据血中含有尿素率诊断肾炎的方法被称作维达氏法则。

外祖母服了退烧药，然后又把体温表放到她嘴里。那位警觉的女巫婆这次一动也不动，宛若铁面无情的卫兵，当有人把通过关系搞到的上级机关的通行证拿给她看时，她认为通行证符合规定，便答道："好，我没意见，既然如此，那就过去吧。"可她却闷闷不乐，没精打采，仿佛在说："这对你有什么好处？既然你认识奎宁，它可以命令我不动。一次，十次，二十次。可是，它会厌烦的，我了解它，走着瞧吧。好日子长不了。到那时你就会病得更厉害了。"

于是，我外祖母感觉到自己的躯体内，有一个比她更了解人体的生灵，和灭绝的树种是同代人，是地球的第一个占领者，比有思想的人类还要早出现。她感到这个古老的盟友在摸她的脑袋、心脏和胳膊，甚至有点儿叫人难以忍受；它熟门熟路，把一切组织得井井有条，以应付一场即将揭幕的十分古老的战斗。不多久，皮东①被打死，寒热被威力无比的化学元素战胜，我外祖母也许很想穿过大自然的各个界，越过所有的动植物，向这个化学元素鸣谢。她激动的心情久久不能平静，因为她刚才相隔那么多世纪，同一个先于植物而存在的元素进行了一场对话。再说体温表，它就像一个暂时被更古老的天神所打败的命运女神，手持银色纺锤停止了纺线。唉！不幸的是，人类还驯服了其他一些低级创造物，用来追捕自己无力追捕的神秘猎物，可是，这些创造物冷酷无情地给我们带来了微量的蛋白，但每天都有一定的量，使蛋白也似乎同我们感觉不到的某个持续状态有关系。从前贝戈特曾向我推荐过迪·布尔邦大夫，说他不会使我感到乏味的，他会想出一些治疗方案，尽管看上去荒诞不经，但同我奇特的智慧很相适应；我这个人生来认真，从来只让我的智慧服从我自己的本性，因此我听了贝戈特的建议感到很生气。但是，人的思想是不断变化的，它可以冲破我们本性开始设置的防线，从现成而丰富的，我们并不知

① 皮东是希腊神话中的蛇，被阿波罗打死在帕尔那索斯山脚下。

道是为它而设的智慧宝库中吸收养料。当我们听到有人在议论一个我们素不相识的人时,我们常常会把这个陌生人想象成才华横溢的人,与此相仿,现在我对迪·布尔邦大夫产生了无限的信任,仿佛他比别人更敏锐,更能洞察真理。当然,更确切地说,我知道他是一个神经官能症专家,钱戈大夫①临终前曾对他预言,说他将成为神经病学和精神病学的最高权威。“啊!我不知道,这完全可能。”弗朗索瓦丝也在场,她第一次听到迪·布尔邦和钱戈的名字,但这丝毫不妨碍她说:“这完全可能。”在这种场合说“这完全可能”,“也许”,“我不知道”,实在叫人啼笑皆非。我真想回击她:“既然您对别人说的事一无所知,当然您也就不会知道了;既然不知道,又何来可能与不可能呢?无论如何,您现在绝对不能说您不知道钱戈对迪·布尔邦说过那番话了。既然我们对您说了,您也就知道了;既然这是肯定的,您那个‘也许’、‘这完全可能’在这里也就用不上了。”

尽管迪·布尔邦主要擅长脑科和神经科,但因为我知道他是名医,是一个才智出众、富有创造性的医生中的佼佼者,所以我仍然恳求母亲请他来给外祖母看病。虽然我们担心另请医生会使外祖母受惊,但我们不愿放弃一线希望,说不定布尔邦大夫能诊断出病因,治好外祖母的病呢。我母亲下决心请迪·布尔邦大夫来,是因为我外祖母不知不觉受了戈达尔大夫的鼓励,足不出户,几乎卧床不起了。外祖母用德·塞维尼夫人②关于德·拉法耶特夫人③的书简来反驳我们:“有人说她足不出户是因为疯

① 钱戈(1825—1893),法国医生,对癔病和催眠颇有研究,为神经病理学的发展作出了巨大贡献。“钱戈病”已成为肌萎缩性脊髓侧索硬化病的代名词。

② 塞维尼夫人(1626—1696),法国女作家。出身贵族,接近路易十四宫廷。所写《书简集》反映当时宫廷和上层贵族的生活,为十七世纪法国古典主义散文代表作。

③ 拉法耶特夫人(1634—1693),法国女作家。创作接近古典主义,以心理描写见长。主要作品有小说《克莱芙公主》,还写有《1688—1689 年法国宫廷回忆录》,叙述路易十四时代的宫廷习俗。

了。我对这些急于作出判断的人说:'德·拉法耶特夫人没有疯。'不过,我也就说这些。只是在她死后,大家才看到她不出门是对的。”但她这是枉费口舌,请来看病的迪·布尔邦大夫即使没有说德·塞维尼夫人不对(我们没有给他讲这件事),至少认为我外祖母不应该不出门。他没有给她诊听,而是用奇妙的目光凝视她;在这目光中,可能蕴含着一种对病人深入探究的幻觉,也可能想使病人产生这种被探究的幻觉,这是一种貌似自发而实际却不是无意识的幻觉;或者是为了不让病人看出他在想别的事情,或者是想对她施加影响——他谈论起贝戈特来了。

“啊!我相信,夫人,他的确令人钦佩;您喜欢他太有道理了!不过,您最喜欢他哪一本书?啊!真的,我的上帝,这也许是最好的一本了。无论如何,这是他的小说中最精彩的一部。克莱尔非常迷人;您认为哪个男性人物最能博得人好感?”

我起初以为他让她谈文学是因为医生的职业使他有些厌倦,或者是想显示自己思想开阔,也可能是为了帮助病人恢复自信,向她证明他对她的病很乐观,想为她排忧解愁,从而产生更理想的治疗效果。但我很快就明白了,他作为杰出的精神病医生,对人的大脑深有研究,他问这些问题是想了解我外祖母的记忆有没有受到损害。他问了问她的生活情况,目光阴郁而呆滞,好像是迫不得已才问的。突然,他仿佛发现了真实,似乎决定不惜一切代价抓住真实,费力地先做了一个抖身动作,好像要把包围在这个真实周围的波涛,也就是把他可能有的最后的犹豫和我们可能提出的一切异议抖掉似的;他目光清醒地,无拘无束、胸有成竹地凝视我的外祖母;他把每一个字都加重语气,声调温和而动人,他的超人的智慧使他的声音显示出各种细微的变化(此外,他的声音自始至终都那么温柔悦耳,像是与生俱来似的;在他乱蓬蓬的浓眉下,一双会嘲笑的眼睛蕴涵着善意):

“您会好的,夫人,可能拖得很久,也可能好得很快,甚至今天就可能好。这完全取决于您，只要您明白您什么病也没有，只要您恢复正常的生活。您刚才对我说您不吃饭，也不出门了，是不是？”

“可是，先生，我有点发烧。”

他摸了摸她的手：

“至少现在不烧。再说，这不过是漂亮的借口罢了。您不知道我们还让发烧三十九度的肺结核病人到户外活动，给他们加强营养吗？”

“可我尿里还有蛋白哪。”

“您怎么会知道的呢？您得了我曾经描写过的精神蛋白尿。我们谁都有过这种情况，身体不舒服时，尿蛋白会骤然增多。医生马上就会给我们指出来，我们就会觉得尿里一直有蛋白了。医生用药物治愈一种病，会在健康人身上引发十种病（至少谁也不否认这情况时有发生），因为他们反复向您灌输‘您病了’的思想，而这个致病因子毒性之大，是任何一种细菌所望尘莫及的。这种相信自己有病的念头，对各种性格的人都能产生作用，而对那些神经质的人影响更深。你对神经过敏的人说：‘您背后的窗户开着’（其实关着），他们就会开始打喷嚏；你要是骗他们，说你在他们的菜汤里放了氧化镁，他们就会喊肚子疼；如果你让他们相信，他们的咖啡比平时更浓，他们就会一夜不合眼。请您相信，夫人，我只要看见您的眼睛，听见您的讲话，怎么说呢？看见您的女儿和外孙（他们和您太像了！），我就知道我在同谁打交道。”

“如果大夫允许的话，你外婆也许可以到香榭丽舍大街的一条安静的小径上坐坐，就在你小时候常去玩耍的月桂树丛旁边。”我母亲名义上在对我说话，实际上是在直接征求迪·布尔邦的意见，因为，她的声音听上去畏畏缩缩，恭恭敬敬。要是对我一个人说话，她就不会用这样的语气了。大夫把脸转向我外祖母，用医学权威而不是文学家的口气说：

“到香榭丽舍大街您外孙喜欢的月桂树丛旁坐坐吧，夫人。月桂树对您的健康有好处。它能驱魔祛邪。阿波罗杀死大蛇皮东后，就是拿着一枝月桂进入得尔福斯①的，他想借月桂，预防那毒蛇的致命病菌侵入他的肌体。您看，月桂树是最古老、最可敬，我还得加上最美丽——这无论在治疗上，还是在预防上都有价值——的杀菌药。”

医生的知识大多是从病人那里学来的，因此他们很容易认为关于“病人”的这种知识在所有人身上都有，自以为可以向他身边的病人炫耀他以前从其他病人那里学到的知识。因此，迪·布尔邦大夫就像一个巴黎人同一个乡下人交谈，希望用一句方言使对方大吃一惊那样，狡黠地微笑着，对我外祖母说：“最厉害的催眠药对您无可奈何，说不定狂风暴雨倒能使您入睡呢。”“恰恰相反，先生，刮大风绝对让我睡不着。”可是医生的气量很小。“见鬼！”迪·布尔邦皱了皱眉，咕哝一声，好像有人踩了他一脚，以为我外祖母在暴风雨的夜晚睡不着觉对他是一种人身攻击。他毕竟自尊心不算太强，而且作为“超尘拔俗”的人，他认为不相信医学是他的职责，因此他很快就恢复了泰然自若的神情。

我母亲竭力想从贝戈特的朋友那里得到一颗定心丸。为了表示支持他的意见，她补充说，我外祖母的一个堂妹得了神经官能症，在贡布雷她的房间里卧床不起整整七年，一星期只起来一两次。

“您瞧，夫人，我不知道还有这件事，要不然我会给您举这个例子的。”

“不过，先生，我和她完全不一样，恰恰相反。我的医生不可能让我躺在床上不起来。”外祖母说，也许她有点被大夫的理论激怒了，或者她是想把别人对这个理论可能提出的异议自己先提出来，希望他能反驳，这样，在他走后，她就用不着再对他的权威性的诊断产生怀疑了。

“当然，夫人，精神病，对不起，我的话不好听，精神病有各种各样，一个人不可能集中全部症状。您得的不是这一种，而是另一种。昨天，我到

① 得尔福斯为古希腊地名。据希腊神话记载，阿波罗在这里杀死大蛇皮东，建造神庙。

一家私人神经衰弱病疗养院去了。在花园里，我看见一个男子站在一张长凳上，像演杂技似的一动不动，歪着脖子，看上去很吃力。当我问他在做什么时，他没有动，也没有回头，答道：‘大夫，我的风湿病很重，而且我很容易感冒，刚才我活动得太厉害了，当我像这样愚蠢地弄得全身冒热汗时，我的脖子就会歪倒在我的法兰绒领子上。如果我没等热汗退下去就让脖子离开法兰绒，我准会得歪脖子病，要不就要得支气管炎。’的确，他可能得了歪脖子病。‘您是一个可爱的神经衰弱病人，您就是这种病人。’我对他说。您知道他是用什么理由向我证明他不是神经衰弱病人的吗？他说，疗养院的病人都有量体重的怪癖，因此，医生只得在磅秤上加了把锁，免得病人一天到晚量体重。而他却与众不同，他对量体重没有一点兴趣，医生只好强迫他上磅秤。他因为没有别人的怪癖而洋洋得意，却不想一想他也有自己的怪癖，正因为他有自己的怪癖，才没有另一种怪癖。请别见怪，夫人，因为这个怕感冒而不敢扭动脖子的人，是当代最伟大的诗人。这个有怪癖的可怜人，是我认识的人中最聪明的一个。别怕人说您神经质。您属于这个非凡而可怜的家族，它是社会的中坚力量。我们所知的伟大的东西，全都是神经质的人创造的。是他们，而不是其他人创立了宗教，写出了杰作，世人永远不会知道他们的功绩，尤其不会知道他们在创造时忍受的痛苦。我们欣赏美妙的音乐，观赏美丽的图画，享受无数美好的东西，却不知道作者所付出的代价，失眠、喜怒无常、时哭时笑、荨麻疹、哮喘病、癫痫病、惧怕死亡，而这种惧怕死亡的苦恼要比上述一切苦恼更具有危害性。您可能也有这种苦恼吧，夫人？”他笑眯眯地问我外祖母，“因为您得承认，我进屋时看见您正在心烦意乱。您相信自己病了，可能病得很厉害。上帝知道您相信您在身上发现了哪一种病的症状。您没有弄错，是有症状。神经质具有一种模仿才能。无论什么病它都模仿得惟妙惟肖。它模仿消化不良病人的肚胀，孕妇的呕吐，心脏病人的心律不齐，结核病人的发烧，简直是真假难辨。连医生都会受蒙骗，病人怎么能不信以为真呢？啊！别以为我在拿您的病开玩笑，我不了解您的病，就不可能对症下药。要知道，真诚坦白应该是相互的。我刚才对您说了，没有神经官能病，就没有伟大的艺术家，而且，”他郑重地伸出食指，又说，“也不会有伟大的科学家。我还要说，神经官能病医生如果自己不得神经官能病，别说是好医生，就连一般的医生都算不上。在神经病理学中，一个医生尽管不怎么说傻话，但他也是一个治愈了一半的神经官能症病人，正如批评家是不再写诗的诗人，警察是不再行窃的小偷一样。而我，夫人，我不像您那样自以为得蛋白尿病，我并不神经质地害怕营养，也不怕出门，但我夜里总怕大门没有关上，不起来二十多次就不能入睡。那家疗养院，就是我昨天发现有一个不能转动脖子的诗人的地方，我去那里预订了一个病房，因为，你们可得给我保密呀，当我给别人看病过度劳累而加重了我的病情时，我就要到那里去休病假。”

“可是，先生，我也要接受那样的治疗吗？”我外祖母胆战心惊地问。

“这倒没有必要，夫人。您抱怨的病状会消失的，我向您保证。再说，您身边有一个很能干的人，我要他今后当您的医生。这个人就是您的病，是您的过度活跃的神经。我知道用什么办法来治愈您的病，我自己不用动手，只要指挥您的神经就行了。我看见您桌上有一本贝戈特的书。您的神经质医好时，您也就不会再喜欢这本书了。然而，我难道有权用您过于活跃的病态神经带给您的快乐，去换取一种不可能给您快乐的完好无损的神经吗？您的神经带给您的快乐，恰恰是一种威力无比的良药，也许没有一种药能和它媲美。不，我不想让您活跃的神经变弱。我只是要求它听我的话；我要把您托付给它。但愿它向后退一退，能把阻止您散步、阻止您吃饭的劲儿，用来促使您吃饭，促使您读书、出门。总之，要使您得到消遣。别对我说您会感到疲劳。疲劳是一种先入之见在体内的具体体现。您首先要做到不去想疲劳。如果您有时感觉不舒服——这种情况谁都难免——您就装出什么事也没有似的，因为您的活跃的神经会把您变成德·塔列朗[1]先生曾深刻地说过的想象出来的健康人。瞧,它把您的病治好一些了,您听我说话时坐得很直,一次也没有后靠,目光有神,脸色红润,可是时钟才走了半个钟头。您自己当然是感觉不到的。夫人,请接受我的敬意。”

当我把迪·布尔邦大夫送出门后回到房间里时(房内只有我母亲一个人了),几个星期来像一块石头压在我心头的忧愁顿时烟消云散了。我感到,我母亲快按捺不住喜悦的心情,而我自己也很快就要喜形于色;我恨不得让我身边的一个人分享我的激动,从另一个意义上说,这种迫切的心情,有点像是一种害怕心理,和我们知道有人就要从一道紧闭着的门里进来吓唬我们时感觉到的害怕如出一辙;我想跟妈妈说说话,但我的嗓子发不出声音,眼泪刷刷地流了出来。我把头靠在妈妈身上,久久地为痛苦哭泣,体味接受、珍爱痛苦的滋味(因为我知道它来自我的生命),就像我们总喜欢为一些合乎道德的,但情况却不允许我们付诸实现的计划兴奋激动一样。

弗朗索瓦丝对我们的快乐无动于衷,这使我非常恼火。她情绪很激动,因为盖尔芒特家的听差和那个爱打小报告的门房大吵了一场。一定要公爵夫人大发善心,出面调解,两个人才勉强讲和,而且,公爵夫人还宽恕了听差。因为她心地毕竟还算善良,她认为不相信“闲言碎语”,是解决这场纠纷的最好办法。

好几天以前,就有人陆续知道我外祖母生病了,纷纷前来向我们询问情况。圣卢给我写信说:“我不想在你亲爱的外婆生病的时候,对你进行过分的责备,她毫无过错。但是,如果我对你说,或者通过暗示让你知道,

---

① 塔列朗(1754—1838),法国政治人物,出身贵族,当过主教,1797 年起历任督政府、执政府、第一帝国和复辟王朝初期的外交大臣,以权变多诈闻名,是十九世纪初资产阶级外交家的主要代表人物之一。

我会忘记你的背信弃义，原谅你的狡诈和背叛，那是在撒谎。”但我有几个朋友却认为我外祖母没什么大病，或者根本不知道她有病，约我第二天到香榭丽舍大街去找他们，然后同他们一起先去拜访一个人，再到乡下去参加一个晚宴。他们说，这个晚宴会给我带来快乐。我不再有理由放弃这两次娱乐机会。我们对外祖母说，她应该听迪·布尔邦大夫的话，多出去散散步，她就立即提出要到香榭丽舍大街去。带她去那里对我说来是举手之劳，她坐着看书，我就可以同我朋友商定碰头地点，只要我抓紧时间，可能还来得及和他们一起赶乘到维尔-达弗雷的火车。可是，等到要出门时，我外祖母又不想动了，她感觉很累。可我母亲受了迪·布尔邦大夫的开导，来了一股子劲，她大发脾气，一定要我外祖母服从她。她想到外祖母又要回到神经质状态，从此一蹶不振，就差一点要哭了。这天风和日暖，再没有比这更适合外祖母出门的天气了。太阳不停地变动位置，把它稀稀朗朗的光线，照到看上去不太坚固的阳台上，使石头的表层微微发热，给它蒙上一层朦朦胧胧的金色光晕。因为弗朗索瓦丝没得空闲去给她的女儿打电话，一吃完午饭就走了。不过，她还算不错，走之前到絮比安家去了一趟，让他给我外祖母出门要穿的那件短大衣缝几针。我正好散步回来，就和她一起去裁缝家了。“是您的少东家带您来的，”絮比安对弗朗索瓦丝说，“还是您带您的少东家来的？要不就是什么古风和命运女神把你们二位一起带来了。”絮比安虽然没念过书，但他天生就讲究句法，如同德·盖尔芒特先生天生只会——尽管他作了很大努力——违反句法一样。弗朗索瓦丝走了，短大衣也已补好，我外祖母该梳妆打扮了。她固执地拒绝母亲留在她身边，独自在房间里打扮，老也不见她出来。现在我知道她身体挺健康，我又满不在乎起来了（我们的亲人只要还活着，我们对他们就会采取这种奇怪的冷漠态度，把他们放在无足轻重的位置上，放在所有人的后面），我觉得她太自私，明明知道我跟朋友有约会，要到维尔-达弗雷去吃晚饭，可她却慢腾腾地没个完，就像故意要叫我迟到似的。

我等得很不耐烦，尽管人家两次跟我说她就要准备停当，我还是一个人先下楼了。她终于赶了上来，没有像往常迟到时那样请求我的原谅，而是像一个有急事的人，满脸通红，慌里慌张，随身要带的东西忘记了一半。她追上我的时候，我快走到玻璃门了。门半开着，从外面吹进习习暖风，潺潺有声，仿佛有人打开了一个水库的闸门，可房子的内壁却仍然冷得像块冰。

“我的上帝，早知道你要去会朋友，我就该穿另一件短大衣来了。这一件叫人看了有点寒碜。”

我看她脸那么红，吃了一惊，我意识到，她一定知道晚了，就匆匆忙忙下了楼。我们在加布里埃尔林荫大道上下了出租马车。刚下车，在香榭丽舍大街上，我看见外祖母连招呼也不打一声，就转身朝那个有绿色树墙的古色古香的小房子走去。从前有一天，我在这个小屋里等过弗朗索瓦丝。我跟在外祖母后面（她大概想吐，一只手捂住嘴巴），登上那座建造在花园中央的具有田园风味的“小剧院”的台阶，我看见上次在这里遇见的那个护林员，这次还在“侯爵夫人”身边。“侯爵夫人”一如既往，坐在厕所门口收钱，她那大得出奇的很不端正的脸上，搽了一层劣质白粉，头上套着棕色假发，假发上戴了一顶插有红花，镶有黑花边的小软帽，活像马戏场上满脸涂着白粉准备登场，亲自在门口收门票的小丑。但我确信她没有认出我来。护林员擅离职守，坐在她身边同她聊天，他的制服也是绿色的，和树木的颜色很协调。

“那么，”他说，“您就老这样待下去了吗？您不想离开？”

“我干吗要离开，先生？您倒说说看，我在哪里会比在这里更好？到哪里去找这些安逸和舒适？再说这里人来人往，我自得其乐。我把这里叫作我的小巴黎，我从我的顾客那里了解到全巴黎发生的事。听着，先生，五分钟前从这里出去一个顾客，是一个职位很高的行政官员。嗨！先生，”她激动地喊了起来，仿佛——如果护林员假装怀疑她的论点并且提出异议的话——准备用武力维护她的论点似的，“八年来，您好好听着，上帝创造的每个星期之中，他每天三点钟准时到这里来，总是彬彬有礼，说话从来轻声细气，从来不把地面弄脏，他在里面要待半个多小时，一面解手，一面看报。只有一天没有来。当时我没有在意，可是到了晚上我突然心里嘀咕：'一天过去了，可是那位先生没有来，也许他死了。'我心里很不是滋味。因为我对好人总是很留恋的。因此，第二天，当我又看见他时，甭提心里有多高兴了。我对他说：'先生，昨天您没事吧？'他对我说，他自己没什么事，是他的妻子死了，他心神不定，魂不守舍，因此没有来。当然，他看上去就跟婚后二十五年丧妻的人那样愁容满面，但他毕竟很高兴，因为他又来了。我感到他平时的微小习惯被打乱了。我尽量给他鼓劲儿，对他说：'您不要自暴自弃。还像从前那样每天到这里来，这能使您在忧愁中得到一点儿消遣。'"

"侯爵夫人"接着换上了一种更温和的语气，因为她看到花坛和草坪的保护神对她的话深信不疑，没有提出异议，他的一把剑——看上去更像一把园艺工具——仍然安静地躺在剑鞘里。

"还有，"她说，"我对顾客是有选择的，并不是人人都可以在我叫作'客厅'的地方受到接待。您看，这里难道不像一个客厅吗？还有花呢！因为我的顾客中有几个很懂礼貌，他们——不是这个，便是那个——都愿意给我捎来一枝美丽的丁香花、茉莉花，或者玫瑰花。我最喜欢玫瑰花。"

我们既没给她带丁香，也没有给她送美丽的玫瑰，我想她不会对我们有好印象，不禁脸色赧然。为了尽量避免当面——宁愿让她缺席审判——聆听她对我们的批评，我就朝出口处走去。但是，在生活中，受到最热情接待的，不总是手捧美丽的玫瑰花的人，因为"侯爵夫人"以为我等不及了，对我说：

"要不要给您开一间小的？"

我表示不要。

"不要？"她微笑着又说，看上去是诚心诚意的，但我知道，要解手是不管要不要付钱的，但一定要有解手的需要。

这时，一个衣着很不体面的妇女匆匆走进厕所，看样子她确实感到有需要。但她不是“侯爵夫人”世界里的人，因为“侯爵夫人”用一种冒充上流社会女人的凶相对她说：

“全满了，太太。”

“要等很久吗？”可怜的女人问，她头上插着黄花，脸憋得通红。

“啊！太太，我劝您上别处去吧，因为，您看见了，还有两位先生在等着呢。”她指着我们——我和护林员——说。“再说，我只有一间能用，其他几间正在修理……一看这女人的脸就知道她不会付钱。”“侯爵夫人”说，“她不是这里的人，身上很脏，又不懂得尊重别人的劳动，我恐怕要用一个小时才能把女厕所打扫干净。我才不后悔少收入两个苏呢。”

外祖母终于出来了，她在里面足足待了半个钟头。我想她决不会为她的不得体的行为付小费的，于是我先走了，以免“侯爵夫人”可能对她嗤之以鼻时我也被捎带上。我走上一条小径，但走得很慢，好让外祖母不费劲儿就能赶上来，同我一起走。果然，外祖母很快就赶上来了。我以为她会对我说：“让你久等了，我希望你不至于错过与朋友的约会。”但她一句话也没说，我有点失望，不想先开口；我终于抬起头来看她，我看见她在我旁边走，头却扭向另一边。我怕她又恶心了。我仔细地看了看她，发现她走路一颠一颠的，不由得心里一震。她帽子歪斜着，大衣很脏，显得邋里邋遢，神情很不满意，脸涨得绯红，看上去忧心忡忡，就好像是一个被车撞倒或被人从泥坑中拉上来的人。

“外婆，我刚才真怕您又恶心了。现在好些了吗？”我对她说。

她肯定在想，如果不回答我，我一定会感到不安。

“我听见‘侯爵夫人’和护林员的全部谈话了。”她对我说，“简直是盖尔芒特和维尔迪兰小圈子里的人说话的腔调。上帝！那种事竟也能讲得如此文雅。”接着，她又认真地引用了一句她的侯爵夫人，也就是德·塞维尼夫人的话：

“听他们说话，我心里暗想，他们在为我准备愉快的告别会呢。”

这就是她对我说的话。她在说这些话时，动用了她的全部智慧，她的引经据典的嗜好和对古典作品的记忆，甚至比平时更加用心，像是为了显示她对这一切都还记得清清楚楚。但这些话，与其说是我听见的，毋宁说是猜到的，因为她的声音嘟嘟囔囔，牙齿咬得很紧，用怕呕吐的理由是很难解释这个现象的。

“好吧，”我轻松地对她说，尽量装得不把她的不舒服看得太认真，“既然你有点想吐，如果你愿意，我们就回家去吧，我可不愿意带着一个消化不良的外祖母在香榭丽舍大街上溜达。”

“因为你和朋友有约会，我没敢提出来要回家。”她回答我说，“可怜的孩子！但是，既然你愿意，那当然更好。”

我担心她会发觉她说话时发音有些特别。

“行了，”我生硬地对她说，“别再说话了，你会累的，既然你恶心，再讲话就不合情理了，要说回到家里再说吧。”

她忧郁地微微一笑，握住我的手。她明白没有必要再向我隐瞒了，我已经猜到，她的病刚才有一次小小的发作。

第二部

第一章

外祖母生病。

贝戈特生病。

公爵和医生。

外祖母病势危殆。

外祖母去世。

我们夹杂在熙来攘往的人群中，重新穿过加布里埃尔林荫道。我把外祖母安顿在一张长凳上，然后去找出租马车。我向来习惯于把自己放到她的心间，识别谁是最微不足道的人，可现在她向我关闭了心扉，她已成为外部世界的一部分，我对她身体的想法，我内心的忧愁，我也许可以向随便那个行人倾诉，而对她却只能缄口不提。同她谈这些，还不如同一个陌生人谈更有信心。刚才，她把我童年起就一直向她倾吐的思想和忧愁统统还给我了。她还没有死。可我已经形单影只，茕茕孑立。就连她从前对盖尔芒特家族，对莫里哀，对我们关于小圈子的谈话所做的讽喻，如今也变得无依无据，无原无因，荒诞不已。因为做这些讽喻的人，明天就可能不再存在，它们对她已失去意义，外祖母不久就要故去，而死人是不可能构想讽喻的。

“先生，我不是说不行，可您事先没同我约好，您没拿号。再说，今天不门诊。您想必有您的医生吧。我不能越俎代庖,除非他让我和他一起去会诊,这是医德问题……”

就在我招呼一辆出租马车的时候,我碰见了著名的E教授。他可以算做我父亲和外祖父的一个朋友。不管怎么说,他同他们有来往。他就住在加布里埃尔林荫道上。我灵机一动,在他跨进家门的那一刻把他叫住了,心想他也许能给外祖母出些好主意。可他像有急事缠身,从信箱里取出信后,就想把我打发走。我只好跟他一起登上电梯,这才同他说上话。他请求我让他按电钮。这是他的怪毛病。

“可是,先生,我不要求您接待我外祖母,您听我说完就明白了,她现在感觉很不好。相反,我想请您半小时后上我家里去一趟,那时她就到家了。”

“上您家去?先生,这绝对不可能。晚上我要到贸易部长家吃饭,在这之前我还要去会一个人,我马上就得去换衣服。更糟的是,我的晚礼服刮了个口子,另一件又没有饰孔,不能佩戴勋章。对不起,让我来按电梯开关,您不会,事事都得小心。开饰孔又要耽搁我一些时间。好吧,出于对您家里人的友谊,如果您外祖母能马上来,我可以接待她。不过,我先得同您说清楚,我只能给她一刻钟。”

我连电梯都没有出,就下去接外祖母了。E教授不信任地看看我,亲自开动电梯让我下去。

人们常说,死亡的日期是不确知的,但是,这种说法实际上已把死亡的时间确定在一个朦胧而遥远的范围内,不以为它同已开始的一天有着某种联系,甚至我们会在这个每小时都有了安排的非常确定的下午死去;或者死亡就要第一次部分地占有我们,从此对我们穷追不舍。你坚持散步,期待一个月后会有令人满意的气色。你踌躇不定,不知道该穿哪件大衣,该叫哪辆出租马车。你上了马车,你面前的这一天是完整的,短暂的,因为你想按时赶回来会一个女友。你希望明天也是个大晴天。殊不知死亡正在你的另一个平面上，在冥冥的黑暗中缓缓行进，恰好选择了这一天，就在几分钟后你的马车到达香榭丽舍大街的那一刻粉墨登场。也许，那些日夜惧怕死亡突然降临的人，会发现这一类死亡，或与死亡的初次接触并不十分可怕，因为它们具有人所熟悉的、亲切和习以为常的外表。死前享用了一顿丰盛的午餐，饭后和健康人一样出门游玩。乘坐敞着车篷的马车回家，途中死亡对你首次袭击。尽管外祖母病得很重，也总会有几个人说，在六点钟看见我们从香榭丽舍大街回家，还同外祖母打了招呼，马车敞着车篷，天气很好。勒格朗丹朝协和广场走去，神色惊异地停住脚，向我们脱帽行礼。我仍然是现实世界中的人，我问外祖母要不要还礼，提醒她勒格朗丹心胸狭窄，斤斤计较别人的态度。外祖母可能觉得我有点轻率，抬了抬手，仿佛在说："这有什么意思？无关紧要。"

是的，也许会有人说，就在刚才我去找出租马车的时候，外祖母还坐在加布里埃尔林荫道的一张长凳上，不多久乘坐一辆敞篷马车回家了。果真如此吗？凳子不费劲儿就能待在大街上，虽说也受到平衡力的约束。可是，人要能坐稳，哪怕是靠在长凳和马车上，是要有应力的。平时我们感觉不到这股力，正如感觉不到大气压一样，因为大气压作用于各个方向。如果把我们抽成真空，让我们承受空气的压力，在死亡的一刹那间，也许我们能感觉到可怕的、不可抵消的重压。同样，当疾病和死亡向我们张开深不见底的洞口，世界和身体气势汹汹地向我们压来，我们却无计可施、难以招架的时候，要忍受住身体肌肉的折磨和深入骨髓的战栗，或使我们保持在平时看来仅仅反映了事物消极面的静止状态，让头挺直，目光安详，那都要我们拼出全部力量，进行一场鏖战。

勒格朗丹神色惊异地凝视我们，是因为他和其他过路人一样，认为我外祖母坐在马车上，却在向深渊滑去。外祖母拼力抓住坐垫，竭力使身躯不下沉。她头发蓬乱，目光茫然，行人鱼贯而过，但她的瞳孔却映不出任何图像。她坐在我身边，却似已经沉入了一个陌生的世界。刚才，在香榭丽舍大街上，我已经目睹她遭受到那个世界的袭击，依然能看到痕迹：她的帽子、她的脸、她的大衣，被一个看不见的天神弄得乱七八糟，她同天神进行了搏斗。

从那一刻起，我就意识到，外祖母对天神的袭击不完全感到意外，甚至早有预感，默默地等待着这一时刻的到来。当然，她不知道命中注定的时刻何时来临，心中无数，疑虑重重，犹如多疑的情夫，对情妇的忠诚时而寄予不切实际的希望，时而又疑神疑鬼，心神不宁。但是，那些致命的疾病，例如刚才使我外祖母脸部痉挛的疾病，一般都要在病人身上停留很久，慢慢地把病人引向死亡。它们不会像“随和”的邻居或房客，很快就向病人作自我介绍。一个人知道自己有病是可怕的，倒不是因为疾病会带来痛苦，而是因为会给生活带来形形色色、千奇百怪的限制。我们不是在死亡的时候，而是在几个月前，甚至在几年前，在可憎的死神进驻我们的身体之时起，就感觉到我们要死了。病人与陌生的死神相识，听见它在大脑中走来走去。虽然不知道陌生人的模样，从它来回走动的声音，也能推断出它的习惯。它是来干坏事的吗？某天早晨，它悄悄地走了。啊！要是它永远不再回来该多好！晚间，它又回来了。它来干什么？病人向医生提出疑问。医生像一个得宠的情妇，用不能自圆其说的誓言作回答。应该说，医生扮演的角色不是情妇，而是一个受审的仆人。仆人仅仅是第三者，情妇却是生活。我们诘问她，怀疑她对我们不忠，虽然觉得她已变心，但仍然相信她，疑惑不决，直到她把我们彻底遗弃。

我扶着外祖母走进E教授的电梯。E教授立即前来相迎，把我们带进他的诊所。他说有急事缠身，但只要一进诊所，脸上那股傲气就荡然无存，因为习惯是一股强大的力量，他只要和病人在一起，就变得和蔼可亲，甚至谈笑风生。他知道我外祖母很有文学修养，也自认为颇有学问，就开始朗诵他自编的诗，歌颂灿烂的夏日。他朗诵了两三分钟。他把外祖母安顿在安乐椅上，自己坐在背光处，以便很好地进行观察。他检查得很仔细,我只好出去转一圈儿。他继续检查,尽管他事先说定的一刻钟就要到了,但他又一次给我外祖母吟诗,甚至还风趣地说了几句笑话。若是在平时,我会很高兴听他说笑话的。但是大夫诙谐的语气使我悬着的一颗心完全放下来了。我想起多年前,参议院议长法利埃先生①也发过一次病,却是一场虚惊。三天后他不仅恢复了工作,而且还准备在不久的将来竞选共和国总统。他的对手空喜欢了一场。我正想着法利埃先生的先例,联想到外祖母的病情,感到信心百倍,忽然,E 教授在结束一句笑话时发出的爽朗的笑声把我从沉思中惊醒,这使我更确信外祖母很快就会恢复健康。笑罢,E 教授掏出怀表,看了看,耽搁了五分钟,于是焦躁地皱皱眉,一边同我们道别一边摇铃,叫仆人快给他拿晚礼服。我让外祖母先走一步,回来又关上门,向教授询问真情。

"您外祖母没救了。"他对我说,"刚才的发作是尿毒症引起的。尿毒症倒不一定致命,但她的病我认为没有希望了。但愿我诊断错了。再说,戈达尔大夫医术高明,他会悉心治疗的。对不起,"他看见女仆手臂上搭着他的晚礼服走进来,便对我说,"您知道,我要到贸易部长家去吃晚饭,在这之前还要去拜访一个人。啊!生活不像您这个年龄的人所想象的那样尽是快乐。"

他亲切地同我握手道别。我重新关上门。一个仆人给我们——我和外祖母——带路。在候客厅里,我们听到雷霆般的斥骂声。原来是女仆忘记在礼服翻领上开挂勋章的饰孔了,又要耽误十分钟。在楼梯平台上,我默默地注视着我那不久于世的外祖母,耳朵里不停地传来教授的吼声。谁都是孤独的。我们继续乘车回家去。

---

① 法利埃(1841—1931),法国政治家。1883 年 1 月 30 日,他在被任命为总理的第二天,在众议院的一次讲话时,受到右翼议员的抨击,他声称自己"十分疲倦",要求休会,然后失去知觉。他卧床一周,康复后不久就提出辞呈。

夕阳西斜。马车驶抵我们居住的街道之前,先要经过一段绵绵长墙。夕阳照得长墙一片通红。马和车的投影清晰地呈现在淡红色的墙上,犹如一辆柩车行驶在庞培①的陶土上。我们终于到家了。进入门厅后,我把外祖母安顿在楼梯旁的一张长沙发上,上楼禀报母亲。我对母亲说,外祖母回来了,她在路上晕了一次,感到不大舒服。我的话还没说完,母亲脸上就露出了极度的绝望。这是一种听天由命的绝望。我忽然明白,绝望已在她心里隐藏多年,就等着最终一天喷发。她什么也没问。正如居心不良的人喜欢夸大别人的痛苦,我母亲出于对外祖母的深情,不愿承认她的母亲得了重病,更不愿承认她的病可能危及智力。妈妈浑身哆嗦,脸在无泪地哭泣。她忙去找人喊医生。弗朗索瓦丝问她谁病了,她声音哽在喉咙口出不来。她和我一起奔下楼,抹去了脸上悲痛的皱纹。外祖母在楼下门厅内的长沙发上等我们。听到我们的声音,她站起来,高兴地向我妈妈挥挥手。我在上楼前,用一条饰有白花边的纱巾包住了外祖母的头,只让半边脸露在外面,对她说怕她坐在楼梯口会着凉。其实,我是不想让母亲过多地看到外祖母扭曲的脸和歪斜的嘴。我的谨慎是多余的。母亲走到外祖母身边,像吻上帝那样吻了吻她的手,然后小心翼翼地把她扶上楼梯,生怕会弄痛外祖母。小心之中还夹杂着谦卑,仿佛外祖母是她见到的最珍贵的物品,连碰一碰的资格都没有。但她没抬一次头,也没有看一眼病人的脸。也许,她怕病人想到自己的样子可能使女儿不安而心里难过;或是怕自己看了会感到痛苦;或是出于尊敬,因为她认为,看见尊敬的人脸上出现呆傻现象是大逆不道;或是想在日后把她母亲真实的、智慧和善良的脸完美无缺地留在记忆中。就这样,我们肩并肩地上了楼,外祖母的脸一半遮着纱巾,母亲始终把头别向一边。

在这期间,有一个人的眼睛始终没有离开外祖母那变了模样的、她女

---

① 庞培是意大利古城。公元79年8月被维苏威火山喷发所湮没。

儿不敢正视的脸，目光流露出惊讶和不祥，使人感到很不谨慎。这个人就是弗朗索瓦丝。倒不是她不真心爱外祖母（她看见妈妈表情冷漠，甚至很失望，有点忿忿不平，认为妈妈应该哭着扑向母亲怀里），而是生来就爱作最坏的预想。她从童年起就具有两个特点，二者貌似互相排斥，然而一旦汇合起来，就会威力无比：一是下层人的缺乏教养，看到别人肉体受苦受难，本应装作没有看见，但却毫不掩饰地让自己的印象，甚至让痛苦和恐惧显现在脸上；二是乡下人的麻木不仁和冷酷无情，没有机会拧鸡脖子，也要扯蜻蜓的翅膀过过瘾，看到别人肉体受苦居然会感兴趣，也不觉得难为情。

弗朗索瓦丝小心翼翼地服侍我外祖母上床。外祖母躺下后，感觉说话方便多了，可能尿毒症只导致了一根血管的轻度撕裂或阻塞。她想履行诺言，帮助妈妈度过她所面临的最残酷的时刻。

“嘿！我的女儿，”她对妈妈说，一只手握住妈妈的手，另一只手仍然捂在嘴上，因为有些字她在发音时仍感到有点费劲，用手捂着嘴可以掩饰过去，“瞧你多么怜爱你母亲，你当消化不良就那么舒服！”

我母亲这才第一次——因为她不愿意看其他部位——把深情的目光移到外祖母的眼睛上，开始背诵不能兑现的誓言：

“妈妈，你很快就会好的，是你的女儿在向你作保证。”

她走过去，谦卑而虔诚地在亲人额头上吻了吻，她把满腔的爱和盼母病愈的愿望全都寄托在这个吻上，用她的思想和整颗心把这个吻一直护送到她的唇边。

外祖母抱怨压在左腿上的被子太重，好像压着一层泥沙石土一样。她想把被子掀开，却无论如何也掀不动。她不知道这是她本身的原因，因此，她每天都不公正地埋怨弗朗索瓦丝没把床“收拾”好。她一阵痉挛，把那些细羊毛毯浪花四溅的波涛全部抛到左腿那一边。毛毯在那里堆积成山，就像沙子在海湾上堆成沙丘，如果没有筑堤坝，海湾很快就会被潮水挟带来的沙砾变成海滩。

我和母亲甚至不愿意说我外祖母病得很重（我们的谎言事先就被洞察入微，又不善掩饰的弗朗索瓦丝戳穿了），好像这样说，会使仇者痛快（但她没有仇人），而不这样说，就意味着对她有更深厚的感情。总之，我们此时此刻完全受一种本能的情感支配，正是在这种情感的驱使下，我认为，安德烈对阿尔贝蒂娜爱得不是很深，因为她对她表示出过分的同情。这一类现象屡见不鲜，俯拾皆是，不仅个人会有，大家都会有，甚至大的战争也会有。在战争中，不爱国的人不见得说祖国的坏话，但认为它完了，可怜它，看什么都漆黑一团。

弗朗索瓦丝帮了我们大忙。她有熬夜的本领，能干最苦最累的活儿。有时候，她一连好几夜未合眼，可是她刚上床，才睡了一刻钟，我们不得不又把她喊起来，但她却为能干累活而感到高兴，仿佛这是世界上最简单的活儿似的，她脸上不仅没有一点不悦，反而露出满意和谦卑。不过，只要做弥撒，也就是吃早饭的时刻一到，弗朗索瓦丝就会悄悄溜走，哪怕我外祖母就要咽气，她也要准时赶去做她的“弥撒”。她不可能，也不愿意让她年轻的听差代替她。她从贡布雷带来了一个极其高尚的观念，仆人要对我们各尽其职，她不能容忍我们的仆人有任何“失职”的行为。她不愧为一个非常高尚、非常专横、非常有效的女教师，在她的调理下，到我们家来做事的仆人不管多么堕落，也会很快改变他们的人生观，变得纯洁高尚起来，甚至不再拿“五厘回扣”①，看见我手里提着东西，即使分量很轻，也会立即跑来把东西接过去——尽管他们从前极不乐意帮助人——生怕把我累坏。不过，弗朗索瓦丝在贡布雷养成了另一个习惯，做事从不让别人帮忙，她把这个习惯带到了巴黎。她觉得接受别人帮助，好比是接受一种侮辱。有时候有的仆人一连几个星期早晨起来向她问候，总得不到她的回

① 商人付给代主人采购物品的仆人们的佣金。

礼,仆人去度假时,她甚至连一声再见都不说,仆人猜不出个中原委,其实,就因为弗朗索瓦丝有一天身体不爽,他们想帮她干活而把她得罪了。现在我外祖母身患重病,弗朗索瓦丝更把她的工作看作神圣不可侵犯。她是我外祖母的专职佣人,在这庄严的日子里,她不愿意看到别人越俎代庖,篡夺她的角色。因此,她那位年轻的听差被她撇在一旁,无事可做,他对仿效维克多在我书房里拿我的信纸已感到不满足,开始从我的书橱里取走诗集。白天大部分时间他都用来读诗。无疑,他这样做是出于对诗人的赞赏,但也是为了在业余时间给同村好友写信时,能引用诗人的诗句。当然,他想用这一招使他的朋友们目眩神迷。可是他想问题缺乏连贯性,他认为这些诗是在我的书橱里找到的,一定是家喻户晓,人人都会引用,因此,当他给他的乡亲写信时,他想让他们大吃一惊,他在谈自己的想法时,夹几句拉马丁的诗,就像在说“走着瞧吧”,或“您好”一样。

外祖母感到疼痛难忍,医生准许她用吗啡。使用吗啡后疼痛虽然减轻了,但不幸的是,尿中蛋白含量相应增加。我们想打击在外祖母身上定居的疾病,但却总是打错地方;挨打的总是外祖母,以及居于中间的她那可怜的身体,可她只是轻轻呻吟。我们给她造成了痛苦,却不能给她带来任何好处。我们本想根除凶恶的疾病,却不料只是轻轻触了触它的皮毛,这样反而更把它激怒,说不定它会提前把它的女俘吞掉。前几天,尿中蛋白含量剧增,戈达尔大夫沉吟片刻,决定不用吗啡。这个普通而平凡的人,每当他沉思的时候,在他权衡两个处方各有哪些害处,直到最后作出决定的短暂时刻中,总表现出一种大将风度,就像一生碌碌无为的将军,在祖国生死存亡的关键时候,当他沉吟片刻,作出从军事上看极为明智的“与东方对峙”的决定时,闪烁着一种动人心魄的精神。从医学上讲,哪怕没有希望治好尿毒症,也不应该加重肾的负担。但另一方面,当外祖母不用吗啡时,她的疼痛却变得无法忍受。她又开始不停地动,每动一下都要发出呻吟:在很大程度上,痛苦是肌体的一种需要,肌体需要了解一种它所担心的新状态，使感觉与之相适应。人们可以从不舒服中辨出痛苦的来源。不舒服的感觉并非人人皆有。在一个充满浓烈烟味的房间里，两个感觉迟钝的人走进来，只管忙自己的事；第三个人感觉灵敏，就会不停地受到烟味的侵扰。他心神不定，坐立不安，不断用鼻子嗅这烟味。他似乎应该想办法不闻到味道，可每次都想使他受到侵扰的嗅觉闻得更准确。因此我们可以说，一种牵肠挂肚的忧虑，可以使人忍受住剧烈的牙痛。当外祖母像这样疼痛时，她那淡紫色的额头上大汗淋漓，粘住了一绺绺白发；当她以为我们不在她房里时，她就会大声呻吟："啊！这太可怕了！"可是，只要一看见我母亲，她就立即竭尽全力使痛苦从她脸上消失，或者干脆重复同样的呻吟，还要作一番解释，这补加的解释赋予我母亲可能听到的呻吟以新的含义：

"啊！我的女儿，这太可怕了，天气那么好，我多想出去走走，可我却不得不躺在床上，我对您的禁令很生气，眼泪都给气出来了。"

但是，她却不能阻止她的眼神发出呻吟，额头冒出汗水，四肢痉挛惊跳，虽然痉挛立即控制住了。

"我不疼，我哼哼是因为我躺着不舒服，我感到头发乱七八糟的，我有点恶心，我碰到墙上了。"

我母亲守在床头，凝视着外祖母的痛苦，仿佛像这样用目光穿透这痛苦的额头和这隐藏着疾病的身躯，就可以击中并消除外祖母的痛苦。我母亲说：

"不，亲爱的妈妈，我们决不让你像这样痛苦，我们要想个办法，你耐心等一等。我可以吻你一下吗？你不用动的。"

她俯下身子，双腿弯曲，半蹲着，仿佛这种谦卑姿势更能使她炽烈的献身愿望得到满足，她把包容着她全部生命的脸凑近外祖母，就像在递给她一个圣体盒。这张脸刻着酒窝和皱纹，犹如刻在圣体盒上的浮雕，多么深情，多么悲痛，多么温柔，说不清楚这是用亲吻，还是用啜泣或微笑的刻刀刻成的。外祖母也尽量把脸递给妈妈。她的脸变化极大，如果她有力气出门，毫无疑问，人们只能根据她帽子的羽毛认出是她。她的面部轮廓似乎正在塑造中，她努力避开其他模子，按照一个我们不认识的模子塑造自己。雕塑家的工作已接近尾声，脸变小了，线条也更突出了。脸上的经脉看上去不像是大理石的，却像是一块凹凸不平的石头上的纹理。因为呼吸困难，她的头总是向前倾，但同时又因为太累，又总是往后缩。这张凹凸不平的、变小了的、极富表情的脸孔，使人想起一尊史前雕像，活像野蛮的女看墓人的脸孔，粗糙，淡紫色，红棕色，充满着绝望。但是整个雕像尚未完竣。接着必须把它敲碎，然后葬入这个用痛苦的挛缩费力地保留下来的坟墓中。

我外祖母不停地咳嗽和打喷嚏。在这样一个俗话说走投无路的时刻，我们接受了一个亲戚的建议，请来了某专家。这个亲戚断言，请某专家看病，三天保好。上流社会人士谈到他们的医生时，总说这句话，而人们相信他们的话，就像弗朗索瓦丝相信报上的广告一样。某专家来了，带来了那只装满感冒病毒的药箱，就像厄俄尔①带着他的牛皮口袋一样。外祖母坚决不让医生检查。医生白来了一趟，我们很过意不去，因此，当他提出要给我们每个人检查鼻子时，我们没有拒绝，尽管我们的鼻子一点毛病也没有。可他说我们有病，说偏头痛或肠绞痛，心脏病或糖尿病，无一不是一种尚未被认识的鼻子病。他对我们每个人都重复同一句话："这是一个小鼻甲，每次看见它，我都很高兴。还留着它干什么？我用点状烧灼术给您把它去掉。"当然，我们想的完全是另一回事。但我们心里嘀咕："去掉什么呢？"总之，我们的鼻子都有毛病；但是他搞错了，当时我们的鼻子并没有毛病。因为第二天，他的检查和临时包敷生了效，我们都得了他

① 希腊神话中的风神。住在一个岛上。据说他有六个儿子和六个女儿，代表十二个风，都装在一只牛皮口袋里。

的重伤风。当他在街上遇见我父亲时,见他不停地咳嗽,就笑了,心想一个无知无识的人也许会以为是他给看病看出来的哩,其实他给我们检查时,我们就已经病了。

外祖母患病使各种人有了向我们表示同情的机会,不管是过分的,还是不足的,都使我们感到吃惊。况且,这两种人使我们意外地发现了未曾发现的过去情况,甚至友谊方面的联系。那些不断前来询问外祖母病情的人表示出极大的关心,这使我们意识到外祖母病情的严重性,而我们在外祖母身边只感到她万分痛苦,却没有想到她的病情怎样严重。我们打电报通知了她的两个妹妹,但她们没有离开贡布雷。她们发现了一个男演员,他给她们演奏悦耳动听的室内乐,她们认为,看男演员演出,比守在病榻旁更能静心,更能表示高雅的痛苦。真不失为别出心裁。萨士拉夫人也给妈妈来了信,不过,完全像是一个突然取消了婚约(德雷福斯案件是决裂的缘由)、同我们一刀两断的人写来的信。可是,贝戈特却天天都来,和我一起待上几个小时。

他有一个习惯,在一段时间里,每天都到一个他可以不拘礼节的人家去。但从前是为了让别人听他一人滔滔不绝的讲话,现在他却长时间地默不作声,别人也不要求他说话。因为他病得很厉害:有人说他和我外祖母一样,患了蛋白尿症;另一些人说他长了瘤子。他变得弱不胜衣,上我们家楼梯时很吃力,下楼更困难。他扶着栏杆还常常绊倒。我相信,要不是他害怕完全失掉出门的习惯和可能,他就一定闭门不出了,这个"蓄山羊胡的人",我知道,不久前,他还那样敏捷,现在视力也不好了,连讲话都很困难了。

可就在这时候,他的著作在读者中传播日益广泛。在斯万夫人帮助他畏畏缩缩地散布这些著作的时代,它们只得到文人的承认,而现在,没有人不认为它们是伟大的了不起的杰作。当然,也有死后扬名的作家。但是,他们是在活着的时候,在缓慢地朝着死亡前进、在尚未走到尽头的过程中，看见自己的作品一步一步赢得声誉的。至少，死后扬名的作家不用劳累。他们名字的光辉只停留在他们的墓碑上。他们长眠于地下，什么也听不见，不会被荣誉扰得心烦意乱。可是，对贝戈特来说，生死荣辱对比还没有完全结束。他还活着，必须忍受荣誉的骚扰。他还能走动，尽管走得很吃力，可他的作品却活蹦乱跳，生气盎然，犹如心爱的少女，每天把新的仰慕者吸引到他的床边，但她们汹涌的青春活力和狂热的寻欢作乐会把人搞得精疲力竭。

现在他每天都到我们家来，但我觉得他来得太迟了，因为我不像前几年那样仰慕他了。这和他的声望提高并不矛盾。一般地说，一部作品，只有当它快失势的时候，只有当另一个作家的一部尚不见经传的作品将它取而代之，开始成为某些要求苛刻的人心目中新的崇拜物的时候，才能完全被人理解，才能获得全胜。贝戈特的书我读了一遍又一遍，呈现在我眼前的句子跟我自己的思路一样清晰，跟我卧室里的家具和大街上的车子一样鲜明。一切都一目了然，即使不是我们过去熟悉的，至少也是我们现在习以为常的。然而，一个新作家开始出书了。在他的书中，事物间的联系同我所熟悉的联系截然不同，我几乎看不懂他写了些什么。比如，他说："引水管赞美公路完美无缺的保养"（这倒还好理解，我沿着公路走就是了），"公路每隔五分钟从布里昂①和克洛岱尔②出发一次"。后半句话却让我如坠云雾，不知所云了。因为我等待的是一个城市名，却看到了一个人名。不过，我感到句子本身无可指摘，只怪我自己没有本事，不够灵活，不能把句子读完。我又一次冲刺，手脚并用，冲到我将能发现事物之间新的关系的地方。可每次读了半句，我就坚持不下去了，就像后来在部

---

① 布里昂（1862—1932），法国政治家。1901 年任法国社会党总书记。1909—1931 年间曾十一次出任总理。1926 年获诺贝尔和平奖。

② 克洛岱尔（1868—1955），法国作家和外交家。他的作品多宣扬天主教精神，充满神秘色彩。

队上进行“横杆”训练时跑到横杆跟前我就停下来一样。然而，我对这位新作家仍然不胜钦佩，就像一个体操得零分的笨手笨脚的孩子，在另一个比他灵巧的孩子面前露出赞叹神色一样。从此，我对贝戈特就不大欣赏了。我觉得，他的明晰清畅成了缺点。有一个时期，同样的内容，当弗罗芒丹①作画时，人们一眼就能看清楚，可是由雷诺阿②来画，就谁也看不懂了。

今天，那些风雅之士告诉我们，雷诺阿是十八世纪的大画家。可他们说这话时忘记了时间，需要过很长时间，甚至要到十九世纪中叶，雷诺阿才被尊为伟大艺术家的。一个独辟蹊径的画家，一个独树一帜的艺术家，要像这样受到公认，必须采用眼科医生的治疗方法。用他们的画作或小说进行治疗不总是令人愉快的。治疗结束后，医生对我们说：现在请看吧。我们看见的世界（不是被创造一次，而是经常被创造，就像一个独出心裁的艺术家突然降世一次，就被创造一次）同旧世界大相径庭，但一清二楚。妇女们在街上行走，和昔日的妇女截然不同，因为她们是雷诺阿的妇女，从前，我们是拒绝承认他画上的妇女的。车子也是雷诺阿的车子，还有大海和天空：我们渴望在雷诺阿的森林里散步，可是，当我们第一天看见他的森林时，觉得它什么都像，唯独不像森林，比如说它像一幅色调细腻，但就是缺少森林特有色调的挂毯。一个新的不持久的世界就这样创造出来了。它将存在下去，直到另一个新的别出心裁的画家或作家掀起一场新的地质灾难。

在我身上取代贝戈特的那个作家，不是以事物之间的缺乏联系，而是以事物关系的新奇和严密使我感到不耐烦。我不习惯这种结构，有的地方读来读去总感到读不下去，每次都要花九牛二虎之力。此外，如果一千

---

① 弗罗芒丹（1820—1876），法国画家和作家，擅长风景画。

② 雷诺阿（1841—1919），法国画家，印象画派成员之一。在创作上，能把传统画法和印象主义画法相结合，创造了独具一格的风格。

次中能有一次跟上作家的思路，把他的句子读完，我就能感受到一种诙谐、真实和魅力，跟我从前读贝戈特的作品产生的感觉一模一样，但更有滋味。我思忖，不久前是贝戈特让我看到了焕然一新的世界，现在，我期待着他的继承者向我展现一个更新的世界。因此，我寻思，我们向来认为艺术仍停留在荷马时代，而科学却从没有停止发展，这种把艺术和科学割裂的看法究竟有没有道理。也许，在这一点上艺术和科学十分相似。我认为，每一个标新立异的新作家总比他的前辈有所发展。谁能对我说，二十年后，当我能毫不费力地跟上当今这位新作家的思路的时候，不会出现另一个作家，而当今这个作家不会跑去同贝戈特会合呢？

我同贝戈特谈了这个新作家。他的话使我对新作家产生了反感，倒不是因为他使我相信这个作家艺术如何粗陋、浅薄和空洞，而是因为他说他看见这个作家和布洛克长得很像，简直难分真假。从此，这个作家的书页上都映着这个形象，我不再认为应该强迫自己去努力理解他的句子了。贝戈特在我面前说他的坏话，我认为与其说是出于对他成功的妒忌，毋宁说是因为对他的作品一无了解。贝戈特几乎什么书也不读。他的思想大部分已从他的大脑转入他的书中。他消瘦了，仿佛动过手术，把他那些书割掉了似的。他的创作已本能地枯竭了，因为他所想的几乎全部创作出来了。他和康复中的病人及产妇一样，过着单调乏味的生活。他那双漂亮的眸子变得凝滞，微微有些眼花，就像一个躺在海边的人，在朦胧的幻想中，凝望着每一个细小的波纹。况且，如果说我不再像过去那样乐意同他交谈，我也并不觉得内疚。他是一个安于习惯的人，无论是简朴的，还是奢侈的，只要一养成，在一段时间内就成为他的必需。我不知道他第一次到我家来是为了什么，可以后他每天来是因为他头天来了。他来我家，如同他去咖啡馆一样，是为了别人不同他说话，为了他能够——偶尔一次——同别人说话，因此，如果有人想推断他每天到我家来的原因，怎么也不会看到他对我们的忧虑有同情心，或对同我交谈感兴趣。但是，他常来我家对我母亲却不是无关紧要的，我母亲对任何可能被看作对她的病人表示敬意的行为都要感动一番。她天天对我说："可别忘了好好谢谢他呀。"

戈达尔太太也来看望我们了。这是女人特有的关怀，是对她丈夫来我家出诊的无偿补充，就像一个画家的妻子在摆姿势的间隙给我们端来点心一样。她来向我们推荐她的"侍女[1]"；要是我们喜欢请男人护理，她就去"四处奔波"；看到我们拒绝，她对我们说，她希望这至少不是我们的"推托"。推托一词在她那个圈子里是指不接受邀请的借口。她向我们保证，教授在家从不说他的病人，可他忧心忡忡，满面愁容，就好像是她生了病。以后我们会知道，即使戈达尔大夫为妻子生病担忧是真的，但作为一个对妻子最不忠实，但最感恩戴德的丈夫，这样做既嫌不够，又嫌过分。

卢森堡大公的法定继承人也给了我同样有用的帮助，而且方式更令人感动(是最杰出的智慧、最高尚的心灵和最罕见的表达能力的混合物)。我是在巴尔贝克同他相识的，他来看望他的一个婶婶卢森堡亲王夫人。那时候他只不过是纳索伯爵。几个月后，他和另一个卢森堡亲王夫人的女儿，一位迷人且十分富有的小姐结了婚，因为她是一位经营庞大面粉企业的亲王的独生女。紧接着，那位膝下无子女，对纳索侄儿不胜宠爱的卢森堡大公提请下议院认可纳索伯爵为大公的法定继承人。就像所有这一类婚姻一样，财产既是障碍，又是动因。在我的记忆中，纳索伯爵是我遇见的年轻人中最引人瞩目的一个，他和未婚妻的爱情既暗淡又灿烂，那时候，他被他对未婚妻的爱折磨得心绪不宁。在我外祖母生病期间，他不断给我写信，我深受感动，妈妈也很激动，她悲伤地用了她母亲的一句话：连塞维尼夫人也没有他说得好。

第六天，妈妈实在拗不过外祖母，只好离开她一会儿，假装去休息。

---

① 原文为 caméviste，指意大利、西班牙、葡萄牙贵妇人的侍女，法语中用来戏称女仆。

为了使我外祖母能睡着，我要弗朗索瓦丝待着别动。她不顾我的哀求，还是离开了房间。她爱我的外祖母；她有敏锐的洞察力，悲观地认为我外祖母没救了。因此，她想尽可能把她照顾好。但是，刚才她听说电工来了。这位电工在他那家店里算得上老资格了，是老板的连襟，多年来，一直给我们这幢房子修电灯，大家都很尊重他，尤其是絮比安。在外祖母生病前，弗朗索瓦丝就同他约好了。要是我，我就让他回去，或叫他等一等。可是弗朗索瓦丝的礼节不允许她这样做，她认为这样做不礼貌，对不起这个好人。因此，她就只好撂下外祖母了。一刻钟后，当我怒气冲冲地到厨房去找她时，看见她正在侧梯的“平台”上和那个电工聊天。楼梯的门敞开着，这样做有利也有弊，如果我们家的人来了，他们可以装作正要分手的样子，可是从敞开的门里进来的穿堂风可是够人受的。于是，弗朗索瓦丝赶紧离开电工，一面还大声问候他的妻子和内兄，刚才她忘记说了。讲礼貌是贡布雷的一大特点，弗朗索瓦丝甚至把它用进外交中了。那些傻瓜认为，丰富多彩的社会现象，为人们提供了深入研究人类灵魂的好机会，其实他们应该懂得，只有深入研究一个人，才有可能了解这些现象。弗朗索瓦丝曾不厌其烦地对贡布雷的园丁说，战争是最疯狂的罪恶，什么也比不上生存重要。然而，当俄日战争爆发后，她看见法国没有参战，没有帮助“可怜的俄国人”（“既然同他们是盟友”，她说），就觉得对俄国沙皇过意不去。她认为我们这样做，是对尼古拉二世的失礼，因为他“对我们从来只说好话”。遵照同一个礼仪准则，絮比安请她喝酒时，她从不拒绝，虽然她知道这杯酒会“引起消化不良”；同样，在我外祖母垂危时刻，她认为她不能不去向那个不辞辛劳的心地善良的电工道歉，否则，就像法国对日本保持中立那样，会落个不诚实、不守信的罪名。

弗朗索瓦丝的女儿要离开好几个星期，这样快就摆脱了她，这对我们是件大好事。在贡布雷，如果有人生病，人们总要给病人亲属一番劝告：“你们也不设法带病人出去走一走，换换空气，恢复一下食欲”等等，弗朗索瓦丝的女儿不仅重复这些陈词滥调，而且还凭空想出了一个几乎是独一无二的见解，她每次看见我们，总是不厌其烦地重复，好像要强迫别人相信似的："她应当一开始就**彻底**治一治。"她主张什么样的治疗方法都可以采用，只要能**彻底**治病就行。至于弗朗索瓦丝，她看见我们给外祖母用药很少，一方面感到很高兴，因为她认为药物对胃有百害而无一利，但更觉得丢脸。她有一个远房亲戚住在南方，比较富裕。他们的女儿青春年少就病魔缠身，二十三岁便玉殒香消。在她生病的那几年中，她父母几乎倾家荡产为她买药，给她请各种医生，把她送往一个又一个温泉"治疗地"，直到她最后死去。然而，弗朗索瓦丝认为，这对她的亲戚犹如一种奢侈品，就好像他们有过几匹赛马和一座城堡。他们虽然为失去爱女而心痛欲裂，但他们也为给她治病不惜钱财而感到光荣。他们现在囊空如洗，尤其是失去了最宝贵的财富——他们的掌上明珠，但他们总爱在人前夸耀说，他们为她做了一切，世界上最有钱的人也只能做到这样，甚至不如他们。最使他们得意的是，他们可怜的女儿一连几个月，每天照好几次紫外线。父亲在悲痛中感到几分光荣和自豪，有时竟然把他的爱女比做巴黎歌剧院的一颗明星，为她倾尽了全部家产。弗朗索瓦丝对这些尽心尽力的表演不会无动于衷。她觉得，我们为外祖母治病不大尽心，只适合在外省一个小舞台上表演。

有一段时间，尿毒症使我外祖母出现了视觉障碍，连续几天什么也看不见。她的眼睛看上去丝毫不像是瞎子的眼睛，还是原来那个样子。当有人进来时，我看见她笑得很古怪，才明白她看不见了。一有人开门，她就开始微笑，一直笑到我们握住她的手向她问候时才收住。这个微笑开始得太早，然后凝固在唇际，一成不变，但总是对着门口，努力让四面八方都能看见，因为它不再有视力帮它起调节作用，为它指明时刻、方向和目标，使它随来人的位置和表情的变化而变化；因为它孤孤单单，形单影只，没有眼睛的微笑为它分散一些来人的注意力，因而在不自然中显得过分装腔作势，使人感到亲切得有点过头。不久视力恢复了，游移不定的病痛从眼睛转到耳朵。我外祖母耳聋了几天。她怕有人会突然进来，而她却听不见，于是，她随时（尽管脸朝着墙壁）都会突然把头转向门口。可她的脖子转动很不灵活，因为培养用眼睛听声音（且不说看声音）的习惯并非是一朝一夕之功。最后痛苦减轻了，但讲话的障碍却有增无已。外祖母每说一句话，我们几乎都要叫她重复一遍。

现在，外祖母感觉到大家听不懂她的话了，干脆一句话也不说，静静地躺着。当她看见我时，她就像突然没了空气似的身子猛地一颤，她想同我说话，但只吐出几个不清楚的音。于是她无可奈何地把头重新落到枕头上，疲惫地躺在床上，犹如大理石般严肃、冷漠，两只手一动不动地贴在床单上，或者机械地做着一个动作，像是在用手帕擦指头。她不想思考。接着，她开始经常烦躁不安。她老想起床。但是我们尽量不让她起来，怕她发现自己已经瘫痪。有一天，我们让她一个人待了一会儿，我发现她穿着睡衣站在窗口，想打开窗子。

在巴尔贝克时，有一天人们救了一个投水自尽、不愿意被救的寡妇，寡妇对我说（也许是为一种预感所驱使，有时候，我们能从自身神秘莫测，但似乎能反映未来的器官生活中得到预感），她没见过像这样残酷的事，一个走投无路的女人想死，却不让她死，偏要她继续遭受痛苦的煎熬。

我们急忙上前扶外祖母，她同我母亲进行了一场近乎粗暴的搏斗，最后败下阵来，被强行按在安乐椅上。她已没有愿望，也没有遗憾，她的脸又变得没有表情了。她开始仔细地把皮大衣掉在她睡衣上的毛毛一根根地捡掉。这件大衣是我们刚才手忙脚乱地给她披上的。

她的眼神完全变了，时常充满忧愁、哀怨和惊慌，再不是从前的样子了，而是一个说话颠三倒四的老妪所特有的那种无精打采的眼神。

弗朗索瓦丝老问我外祖母想不想梳头，问多了她也就相信这是我外祖母自己提出来的了。她拿来了毛刷、梳子、科隆香水，还有一条披肩。她说:“我给阿梅德太太梳梳头,累不着您的。身体再虚弱,让人梳头总是可以的。”换句话说,谁也不会虚弱到不能让人给梳头的地步。但是,当我走进房间,看见弗朗索瓦丝那双冷酷无情的手,在不停地摆弄一个脑袋,脑袋被摆弄得时而精疲力竭,时而疼痛钻心,无法保持必要的姿势,东歪西倒,脑袋上垂老的头发无力忍受梳子的接触,发出哀怨,可是弗朗索瓦丝却神情兴奋,仿佛正在使我外祖母恢复健康。我看到弗朗索瓦丝快梳完了,不敢催她,也不敢对她说“够了”,怕她不服从我。但是,我看见弗朗索瓦丝残忍而无辜地把一面镜子放到外祖母面前,让她看看头梳得满意不满意,这时,我一个箭步冲了上去。开始,我为能及时从弗朗索瓦丝手中夺走镜子,没有因一时疏忽而让外祖母从镜子里看见她自己无法想象的模样而感到高兴(我们一直十分小心,不让她接触任何镜子),可是,唉!我只高兴了一会儿,当我俯身吻她那被摆弄得精疲力竭的美丽额头时,发现她用一种惊奇的、不信任和气愤的目光看着我:她没有认出我是谁。

据我们的医生说,这是脑充血加重的一种症状。必须把血抽掉。戈达尔大夫踌躇不决。有一会儿,弗朗索瓦丝希望医生采用 scarifiées(划痕)吸杯法①,却把 scarifiées 说成了 cearifiées。她在我的词典中找这种吸杯法的效用,但没找到。不过,即使她说 scarifiées,也休想找到这个形容词,因为她既不是在 s,也不是在 c 的字条中查找。她嘴里说的是 cearifiées,但写起来(因而也就认为这是正确的写法)却成了 escearifiées。使她感到失望的是,戈达尔大夫倾向于——但不抱很大希望地——用水蛭来吸血。几个钟头后,我走进外祖母的卧室,看见黑乎乎的小蛇爬满了她的颈背、太阳穴和耳朵,在她血淋淋的头发中扭动,就像在美杜莎②的头

① 划痕吸杯法是指在皮肤上划痕处拔罐子,使淤血流通。

② 美杜莎是希腊神话中的人物,原是美女,因触犯雅典娜,头发变成毒蛇,面貌也变得奇丑,谁要是看她一眼,就会变成石头。

发中扭动一样。可是，在她苍白而镇定的、静止不动的脸孔上，我看见一双睁得很大的、明亮而安详的眼睛，还像从前那样漂亮（也许比病前更充满智慧，因为她不能够说话，不能够动弹，全凭她的眼睛表达思想，多亏水蛭从她身上吸走了几滴血，她的思想似乎可能自然而然地得以再生），火光照亮着病人面前重新获得的世界。她的平静不再是绝望者的逆来顺受，而是希望者的顺从。她意识到病情将要好转，她要小心谨慎，不想动弹，只是赐给我一个动人的微笑，让我知道她感觉好了一些，同时轻轻捏了捏我的手。

我知道，有些动物外祖母一见就会浑身起鸡皮疙瘩，更不用说把它们放到身上了。我知道，她是为了有好的治疗效果才容忍水蛭爬在她身上的。因此，当弗朗索瓦丝像逗孩子似的嬉笑着对我外祖母说“啊！瞧那些小虫在太太头上跑得多欢”时，我又气又恼。何况，这是对我们病人的大不敬，好像她变成孩童了。但外祖母却像没听见似的，脸上露出了禁欲主义者勇敢而平静的神态。

唉！水蛭一撤走，就又开始充血了，而且越来越严重。外祖母的情况很糟，但令我惊讶的是，在这个紧要关头，弗朗索瓦丝却时常离开病房，因为她给自己定做了一套丧服，不想让女裁缝等她。在大多数妇女的生活中，不管什么事，哪怕是最悲伤的，最后总要有一个试穿衣服的问题。

几天过去了。一天半夜里，我正在睡觉，母亲把我叫醒。她像一个遇到严重情况，内心极度痛苦，但又不想给别人带来任何烦恼的人所做的那样，关心和体贴地对我说：

“原谅我，打搅你睡觉了。”

“我没睡着。”我醒来时回答说。

我没有撒谎。觉醒会在我们身上引起很大的变化，与其说把我们带进了清晰的意识活动，毋宁说使我们忘记了乳白色海底下那种朦胧的智慧之光。刚才我们还在其中遨游的朦朦胧胧的思想，使我们产生了足够的意念，把这些思想命名为醒着，可是这时候，觉醒遇到了记忆的干扰。不久，我们就把这些朦胧的思想叫作睡眠，因为我们记不清想的是什么了。当这颗明星闪闪发光，在睡眠人觉醒之际，照亮他身后的整个睡眠时，睡眠人在一瞬间会相信自己没有睡着，而是醒着；其实，这是一颗流星，随着光亮消失，不仅带走了梦的虚假的存在，也带走了种种梦境，使醒来的人对自己说："我睡着了。"

母亲问我，现在能不能起床，会不会感到太累，她的声音是那样温柔，生怕把我弄疼；她轻轻地抚摸着我的手：

"可怜的孩子，现在你只有你爸爸和妈妈可依赖了。"

我们走进卧室。一个人蜷曲着躺在床上，一点也看不出是我的外祖母，倒像一头动物，披着外祖母的头发，躺在外祖母的被窝里，喘息着，呻吟着，被子随着她身体的抽搐而抖动。她眼睛闭着。但眼皮与其说是睁着，不如说合得不严，因而露出了一角眼珠，没有光泽，蒙着一层眼眵，反射出昏暗的视力和阴沉而痛苦的内心。外祖母焦躁不安，这不是做给我们看的，因为她既看不见，也不再有意识了。可是，如果说在床上骚动的仅仅是一个动物，那么我外祖母又在哪里呢？然而，从鼻子的形状可以认出是她。现在，她的鼻子同脸孔的其余部分已不成比例，但鼻角上的那颗美人痣却依然存在。还有，那只掀开被子的手也可以使人认出是她的手。要是在从前，这个掀被的动作可能意味着被子压得她难受，而现在却什么意思也没有。

妈妈要我去拿点水和醋来，给外祖母擦额头。妈妈认为，只有水和醋才能解除外祖母的烦躁，因为她见她想把头发捋开。可是有人在门口招手叫我出去。外祖母垂危的消息不胫而走，已传遍整座房子。刚才，一个"临时短工"（在非常时期，为了减轻仆人的疲劳，便临时雇一些短工帮忙，因此，病人垂危时刻某种意义上有点和过节一样）为德·盖尔芒特先生开了门，公爵待在前厅里要求见我；我想躲也躲不开了。

"亲爱的先生,我刚获悉可怕的消息。我想握一握令尊的手,向他表示慰问。"

我请他原谅,对他说,在这个时候打搅我父亲恐怕不行。德·盖尔芒特先生来得太不是时候,就像赶上人家正要去旅行。但他觉得向我们表示礼貌太重要了,便一叶蔽目,不见其余,非要进客厅不可。一般说来,当他决定向某个人表示礼貌时,就一定要把那套礼节全部完成,很少管人家的行李是不是整好,或者棺材是不是备好。

"你们请过迪欧拉富瓦①大夫吗?这可是个大错误。如果你们叫我去请,他看在我的面上一定会来的,他对我什么也不会拒绝,尽管他曾拒绝过夏尔特尔公爵夫人。您看,我毫不客气地凌驾于一位王族公主之上了。再说,在死神面前人人平等嘛。"他又补充了一句。他说这句话并不是要我相信我外祖母可以和他平起平坐,而是可能觉得老谈他对迪欧拉富瓦大夫的影响和他比夏尔特尔公爵夫人更有优势,会让人感到庸俗。

此外,我对他的建议并不感到意外。我知道,盖尔芒特一家提起迪欧拉富瓦,就像在说一个无与匹敌的"供货人",只是更尊敬一些罢了。莫特马尔老公爵夫人(令人费解的是,每当人们谈到一位公爵夫人,几乎总要加一个"老"字,或者相反,如果是一位年轻的公爵夫人,便以一种在华托②的画中人物脸上能看到的狡黠表情,在公爵夫人前面加一个"小"字)出身于盖尔芒特家族,每逢有人生了重病,她总是眨巴着眼睛,几乎是机械地喊着"迪欧拉富瓦,迪欧拉富瓦",正如需要冷饮时喊"普瓦雷-布朗施",需要花式糕点时喊"勒巴代,勒巴代"一样。但我不知道我父亲恰恰刚请了迪欧拉富瓦大夫。

---

① 迪欧拉富瓦(1839—1911),巴黎医学院内科病理学教授。1890年入选医学科学院。撰有尿毒症、结核病、阑尾炎等疾病的著作。

② 华托(1684—1721),法国画家。他创造了抒情的画风,具有现实主义倾向。多数作品描绘贵族的淫逸生活。画中人物带有沉思忧郁之感,反映出贵族阶级精神上的空虚。

这时，为使外祖母呼吸通畅些，准备给她输氧，我母亲左等右等也不见送氧气袋来，她也到前厅来了，没料到会在这里碰见德·盖尔芒特先生。我真想把他藏起来。但是，德·盖尔芒特先生却认为，什么也比不上把他介绍给我母亲重要，认为这会使我母亲高兴，而且，要维护他十全十美的绅士声誉，非这样做不可，于是他一把抓住我的胳膊，尽管我连声喊“先生，先生，先生”来抵抗他像是强暴的行为，他仍然把我拉到妈妈跟前，对我说：“如果您能把我介绍给夫人，您的母亲，我当不胜荣幸。”他在说“母亲”的时候，声音有点儿变调。他觉得这对我母亲是一种荣誉，禁不住脸上露出笑容，一面又装出一副与场合相宜的同情面孔。我无可奈何，只好给他作了介绍，他乐得打蹦儿，连忙点头哈腰，还要把整套礼节表演一遍。他甚至想同我母亲交谈，但我母亲正悲痛欲绝，叫我快去，顾不上回答德·盖尔芒特先生的问候。德·盖尔芒特先生原以为会受到接待，却不料一个人被甩在前厅，要不是看见圣卢此刻进来，他就只好出去了。圣卢是那天上午到巴黎的，他跑来打听我外祖母的病情。“啊！她很好！”公爵快乐地嚷道，一面抓住他外甥的一个纽扣，差点儿把扣子拽下来。我母亲此刻正好又经过前厅，他也不在乎我母亲看见。尽管圣卢的悲痛发自内心，但我认为，如能避免同我见面他只会高兴，因为他对我有抵触情绪。他被他的舅父拖走了。他舅父有要事同他说，差点到东锡埃尔去找他，没想到可以免走这一趟了，不禁大喜过望。“啊！要是有人对我说，我只要穿过院子，就能在这里找到你，我会以为他在胡说八道。正如你同学布洛克说的，这够滑稽的。”他搂着罗贝的肩膀离开我家时又说：“不管怎样，大家清楚地看到，刚才我摸到了，或者说几乎摸到了吊死鬼的绳子①，我真走运。”盖尔芒特公爵这样说，不是他缺乏教养。恰恰相反。但他是那种不会设身处地为别人着想的人，在这方面他和大多数医生和殡仪人员很相

① 在法语中，吊死鬼的绳子被认为是吉祥物。

似，会临时装出一副同情的面孔，对你说：“这是痛苦的时刻。”必要时还会拥抱你，劝你好好休息，但过后马上就把看望临终病人或参加葬礼看作只有少数几个人参加的社交集会了，开始还有所顾忌，但很快就变得轻松愉快，若无其事，眼睛四下张望，想寻找一个可以交谈的人，要人们把他们介绍给另一个人，或者建议“坐他们的车回去”。盖尔芒特公爵一方面庆幸一阵“风”把他吹到了外甥身边，但对我母亲的冷漠接待——其实非常正常——深以为异；后来他公开说，我母亲不讨人喜欢，而我父亲却彬彬有礼，他说她“心不在焉”，甚至听不见别人对她说什么，据他认为，她身体欠佳，头脑不很清楚。然而，据说他很想把我母亲的表现归因于“当时的情况”，他宣称，我母亲为我外祖母的病情“深感悲痛”。但是，因为我母亲没有让他把礼节全部做完，他还想弥补一下，况且他根本不理解妈妈无限悲痛的心情，出殡前一天，他竟问我是不是在设法排解妈妈的忧愁。

那天，外祖母的一个妹夫来了。他是教士，我从没见过他。他给在奥地利的教会会长发电报告假，破例获得批准。他内心极度悲伤，在床边诵读祈祷文和默念文，但那双深陷的小眼睛却一刻也没离开病人。在我外祖母弥留之际，我看见这位教士悲痛欲绝，我心里很不好受。我凝视着他。他似乎对我的同情感到意外，于是出现了一桩怪事。他像一个痛不欲生而陷入沉思的人那样，双手并拢放到脸上，但是，因为他知道我会把视线从他身上移开，我看见他手指间留了一个小缝。当我目光离开他时，我看见他那锐利的眼睛从手指间的缝隙观察我的痛苦是不是真诚。他隐蔽在手后面，就像躲在一个神工架的黑暗中一样。他发现我看见他了，就立即把露出一条缝隙的格子窗关严。后来，我和他又见过面，但我们之间从没有提起过这件事。我们相互达成了默契：我没有发现他偷看我。教士和精神病医生一样，在他们身上总有一股预审法官的味道。再说，不管怎样的朋友，不管他们对我们多么亲密，和我们有着怎样共同的过去，哪一个没有不愉快的片刻回忆？而我们认为最方便的办法，不就是使自己相信他们大概已经忘记这些片刻了吗?

为使外祖母的呼吸稍微畅通一些,医生给她注射了一支吗啡,他说要用氧气袋。母亲、大夫和看护修女手里都拿着氧气袋,一个用完,又给他们递上一个。中间有一会儿我离开了房间。当我回来时,我仿佛看见了一个奇迹。外祖母连续发出轻微的呼噜声,仿佛在为我们唱一支快乐的歌曲,那快节奏的动听的歌声充满了整个卧室,经久不息。我很快就明白,这歌声不会比刚才嘶嘶的喘息更有意识,同样都是无意识发出的。也许吗啡在里面起了些作用,但这更是呼吸域改变的结果,因为氧气不再以完全相同的方式通过气管了。由于氧气和吗啡的双重作用,外祖母呼吸不再困难,也不再发出呼噜声,而是像在滑冰,敏捷而轻快地向着令人心旷神怡的空气滑去。也许,在这歌声中,除了有和芦笛里的气流声一样微弱的呼吸声外,还夹杂着更像是人的叹息声,这种由于死亡临近而发出的声音,使人相信这是昏迷的人发出的痛苦或幸福的呻吟,给这个长乐句加上了一个更悦耳动听的、不变动乐句节奏的音调。乐句从变得畅通的胸部升起,继而升高,然后下落,接着又一次升起,去追逐氧气。尔后,这个在强烈的快感中夹杂着低声哀求的歌声在达到了最强音,并竭尽全力地延长后,在某些时刻,似乎完全停止了,犹如一条干涸的水泉。

弗朗索瓦丝每逢遇到伤心事,总感到需要把悲伤表达出来,但她连表达忧愁的最简单的技巧都不具备,因而也就成了空需要了。当她认为外祖母已经完全无望时,她非常想让我们知道她——弗朗索瓦丝的感受。但她只会重复一句话:“这真叫我受不了。”说话的语气和她喝菜汤喝得太多时说“我胃上压着一块石头”时的语气一样平淡,不论是哪种情况,都比她自己似乎认为的要自然。尽管她的悲伤没有很好地表达出来,但她确实很悲伤,何况,她女儿有事留在贡布雷(这位巴黎女郎现在把贡布雷轻蔑地叫作“乡下”,她感到在那里会变成“乡巴佬”),可能回不来参加葬礼,她就更伤心了,因为她觉得葬礼应该是极其壮丽的事。她知道我们谁也不会向人诉说悲痛，为以防万一，早就想好办丧事的那个星期，每天晚上都召见絮比安。她知道出殡的时候絮比安没有空闲。她想，至少回来后要把情况给他“说一说”。

我父亲、外祖父和我们的一位远房亲戚连续好几夜守在病榻旁，足不出户。久而久之，他们的忠心也就带上一层漠不关心的面具，没完没了地待在垂死病人的身边，闲极无聊，就像在一节火车车厢里，由于待的时间太长，便开始东拉西扯、谈天说地起来。此外，这位远房亲戚（我姑婆的侄子）使我很反感，他理应遭人厌恶，却常常受到尊敬。

哪里有垂危病人，哪里就能“找到”他，他是那样悉心尽力地时刻守在垂危病人身边，以至于尽管他外表强壮如牛，嗓门低沉浑厚，胡须密密匝匝，病人家属仍然认为他身体虚弱，总是用委婉的言辞恳求他不要来参加葬礼。我妈妈痛不欲生，但她仍然为别人着想，因此，我事先就知道，她会用另一种方式对他说他习惯听到的话：

“答应我，‘明天’不要来了，您就为了‘她’这样做吧，至少不要上‘那里’去。她要求您不要去的。”

怎么说也不行；他总是第一个来到“家里”，这样，另一个圈子里的人给他取了个绰号（我们没有听说过），把他叫作“鲜花、花圈一概谢绝”。他在做“任何”事之前，总把“一切都想得周周到到”，因此，人们总是赞扬他说：“对您是用不着道谢的。”

“您说什么？”外祖父大声问道，他耳朵有点聋，没听清我这位远房表叔对我父亲说的话。

“没说什么，”表叔回答，“我只是说，今天上午我收到一封贡布雷的信，那里天气很不好，可这里太阳有点儿太暖和了。”

“可晴雨表上的温度却很低。”我父亲说。

“您说哪里天气不好？”外祖父问。

“贡布雷。”

“啊！这我不会感到吃惊，这里阴天，贡布雷就一定是晴天，反之亦然。我的上帝！您讲到贡布雷，不知道有没有通知勒格朗丹？”

“通知了，您不必操心。”表叔说，他那长着浓密胡须而变成青铜色的脸颊上，露出了一丝不易察觉的得意的笑容：因为他想到通知勒格朗丹了。

就在这时，我父亲冲向门口，我以为有什么大不了的事呢，不过是迪欧拉富瓦大夫来了。我父亲到隔壁的客厅里去接待他，就像接待一个前来演出的演员一样。他把迪欧拉富瓦大夫请来，并非要他给外祖母看病，而是要他像公证人那样确认一下。的确，迪欧拉富瓦大夫可能是一个德高望重的医生，精通医道的教授；除了擅长扮演的这些角色外，他还扮演着一个新颖独特的角色，他能言善辩，是斯卡拉姆齐①式的人物或公证人，他来为病人确认是垂危还是死亡。他扮演这个角色已有四十年之久，无人与他匹敌。一听到他的名字，就已经感觉到了他演这个角色的威信。当女仆禀报“迪欧拉富瓦大夫到”时，人们以为在看莫里哀的喜剧。他那优美柔韧的身躯，不露形迹地为他增添了庄重的仪态。他的脸漂亮得有点过分，但这种印象被他在痛苦场合表现出的这种庄重仪态减弱了。教授身穿高雅的黑礼服走进来，脸上露出真诚的悲伤，不说一句别人听来会以为是虚情假意的慰问话，也不做任何有失分寸的事。在临终者床边发号施令的是他，而不是盖尔芒特公爵。他看了看外祖母，但没有打搅她，然后，他以医生特有的礼貌，极其审慎地同我父亲悄声说了几句话，毕恭毕敬地朝我母亲鞠了一躬。我感到我父亲在竭力克制自己，不告诉我母亲这是“迪欧拉富瓦大夫”。但大夫不想打扰我母亲，已经掉过头去了，他只是接过我们递给他的酬金，迈着最优美的步履，款款走出房间。他那个神态就像没有看见酬金似的，连我们自己也一度怀疑我们没有给他酬金，

① 斯卡拉姆齐是古意大利喜剧中穿黑衣服、蓄长唇髭的丑角名，精明狡猾，能言善辩。

因为他像变戏法似的把它变得无影无踪了，他的神态还是那样严肃，甚至有增无已，仍然是一个身穿绸缎翻领长礼服的名医，漂亮的脸庞上充溢着高尚的怜悯。他这种缓慢而敏捷的特点使人看到，即便还有一百个病人在等着他去出诊，他也不想显出匆匆忙忙的样子。因为他是分寸、智慧和善良的化身。这位杰出人物已经去世了。其他医生，其他教授可能赶上他，并且也许超过了他。但是，由于缺乏称职的接班人，他以渊博的知识、良好的身体条件和高度的涵养扮演的“角色”已不复存在。妈妈甚至没有看见迪欧拉富瓦先生，对她说来，我外祖母以外的一切都已不再存在。我记得（我把这事提前说一说），在墓地，她像一个幽灵，畏畏缩缩地走近坟墓，仿佛在望一个已经远走高飞的人。我父亲对她说：“诺布瓦老爹来我们家了，他也到教堂和公墓来了，他本来有一件很重要的事情要做的，你应该去和他说句话，这会使他很感动的。”可是，当大使朝她鞠躬时，她一句话也说不出来，只是快慰地低下头，脸上没有眼泪。两天前——我在回到垂危病人床边之前，还要把后面的事提前讲一讲——我们为与世长辞的外祖母守灵时，相信有鬼魂的弗朗索瓦丝稍微听到一点声音就吓得毛骨悚然，嘴里还说着：“我觉得是她。”可是，这些话非但不使我母亲恐惧，反而令她无限快慰。她多么希望死去的人能再回来，这样，她母亲有时就能回到她身边了。

现在再来谈外祖母的临终时刻。

“您知道她的姐妹打给我们的电报[①]是怎么说的吗？”外祖父问表叔。

“知道，是贝多芬，有人给我说了；是很荒唐，但我不感到奇怪。”

“我可怜的妻子，她是多么爱她们啊。”外祖父擦了一滴眼泪说，“不要

---

① 参见本卷322页。外祖母的两个妹妹知道姐姐生病，没有离开贡布雷，而是听一位男演员演奏悦耳动听的室内乐。据普鲁斯特于1920年11月写给悉尼·希夫的信中说：“我外祖母最后一次患病时，她的两个妹妹没来看望，因为她们发现的一位音乐家能出色地演奏贝多芬的乐曲。”

责怪她们。我常说,她们的行为总是很荒唐的。怎么啦,停止输氧了?”

我母亲说:

“停止输氧,妈妈呼吸又要困难了。”

医生答:

“哦!不会的,氧气的作用还要持续一段时间,过一会儿再输吧。”

我觉得医生不是在说一个垂死的人,氧气的作用之所以必须维持,是因为他能为挽救垂死者的性命尽一份力。氧气的咝咝声停止了一会儿。但是,呼吸仍在发出呻吟,那是轻微而痛苦的呻吟,每次都中断,继而又重新开始。有时好像一切都完了,呼吸停止了,就和人睡眠时的呼吸一样,从高八度降到了低八度,或者是自然的间歇,是感觉缺失的一种反应,窒息变得越来越严重,心力衰竭了。医生又一次给外祖母搭脉,但是,他刚按上脉,一曲新歌已经接上了中断的乐句,如同一条支流注入干涸的主流一样。乐句换了个调子,以同样无穷的冲力冲出去。谁知道呢?说不定久被痛苦抑制的快乐和柔情,现在会像经过长期压缩变得更加轻盈的空气,从外祖母身上喷发而出,而她自己甚至对此毫无意识。她要同我们说的话,仿佛正在源源流出,好像就要这样同我们絮絮叨叨、热情洋溢、情真意切地说话似的。这临终的喘息使我母亲五内俱焚,她守在病榻旁,没有恸哭,但不时地泪流满面,就像风吹雨打的叶子,不思也不想,沉浸在无限的悲痛之中。我去拥抱外祖母前,医生让我先把眼泪擦干。

“我还以为她看不见了呢。”父亲说。

“这很难说。”医生回答。

当我的嘴唇接触外祖母时,她的手开始颤动,全身一阵战栗,可能是反射作用,也可能因为某些抚爱可以使人感觉过敏,可以穿过无意识这层外衣,几乎无需通过感觉器官就可以传递。外祖母蓦地坐了起来,作出最大的努力,仿佛要捍卫自己的生命一样。弗朗索瓦丝看了,忍不住呜呜咽咽地哭起来。我想起医生的吩咐,想叫弗朗索瓦丝离开房间。就在这时,外祖母睁开了双眼。我一个箭步冲到弗朗索瓦丝跟前，挡住她的哭泣，好让父母亲同病人说几句话。氧气的声音停止了，医生离开病床。外祖母死了。

几小时后，弗朗索瓦丝能够最后一次地、不会引起任何痛苦地梳理外祖母那漂亮的头发了。她的头发仅仅有些斑白，看上去始终比她本人年轻，可是现在它们成了衰老的唯一标志，而她的脸却焕发出青春，多少年来痛苦在她脸上留下的皱纹、收缩、浮肿、紧张、扭曲都消失得无踪无影。她仿佛回到了遥远的过去，回到了她父母给她定亲的时代，脸部线条经过精细勾画，显露出纯洁和顺从，脸颊重又闪耀着纯真的希望和对幸福的憧憬，甚至又重新闪射出一种天真无邪的快乐。这些美好的东西已渐渐被岁月毁灭。但是，随着生命的消失，生活中的失望也消失了。一缕微笑仿佛浮现在外祖母的唇际。死神就像中世纪的雕刻家，把她塑造成一位少女，安卧在这张灵床上。

第二章

阿尔贝蒂娜来访。

圣卢的几位朋友攀一门富亲前景展望。

盖尔芒特精神面对帕尔马公主。

对德·夏吕斯先生一次离奇的拜访。

公爵夫人的红鞋子。

这是秋天的一个星期日，但我却死而复生了，我前面的生活依然完好无损，因为前些日子一直风和日暖，今天早晨突然雾霭弥漫，寒气逼人，将近中午时才消散；然而，天气变化可以使世界，使我们自己获得新生。从前，当我的壁炉里吹起大风时，我听着风儿撞击翻板活门发出的梆梆声，就会心潮澎湃，激动无比，觉得这很像**C小调交响乐**前奏曲中赫赫有名的琴弓声，犹如一个神秘的命运发出的不可抗拒的呼唤。自然界每一个明显的变化，都会使我们和谐的欲望适应事物的新形式；我刚刚醒来，蒙蒙雾霭就把我变成了另一个人，我不再像遇到好天气那样成天想着出门，而是哪里也不想去，只渴望待在火炉边，渴望有人和我同床共寝，就像是在另一个世界中，冷得筋骨瑟缩的亚当在寻找深居简出的夏娃。

屋外，清晨的原野笼罩着愉悦的灰雾，屋内，一杯巧克力发出馥郁的清香，我身处其间，竭力使我的身体、精神和道德生活保持一年前我带到东锡埃尔去的那种新奇的状态；那时候，我的身体、精神和道德生活深深地打上了一座光秃秃的小山丘的印记（即使看不见这座山丘，我也感觉到它的存在），使我心中涌动着一阵阵快乐，这种感觉与其他快乐感觉截然不同，我简直难以向朋友们描绘，因为对于我来说，我自己对此并无意识，这些快乐与其说是真实的感觉（若是这样，我就能描绘出来了），毋宁说是纵横交错、扑朔迷离的印象。从这个角度看，晨雾把我带进的那个新奇的世界，我早已认识（这只会使它更加真实），但近来我已忘却（这使它又变得清新纯真）。于是，我能欣赏到几幅印在我记忆中的晨雾图，尤其是《东锡埃尔的清晨》。有一幅是我到军营第二天的晨雾图，另一幅是在附近的一个城堡里，圣卢带我去那里度过了二十四小时：黎明时分，在重新回到床上去之前，我撩开窗帘，倚窗眺望，在军营晨雾图中，我看见一个骑兵，在城堡晨雾图中，我看见一个马车夫（他在一个池塘和一片树林的交界处，只有这边缘地带依稀可辨，其余全都淹没在均匀的似水般流动的令人心旷神怡的轻雾中），他们正在擦缰绳，就像从一幅隐约可见的壁画上浮现出来的寥寥无几的人物，由于人的眼睛适应不了这朦朦胧胧、神秘莫测的半明半暗，也就几乎看不清画上的人物了。

今天，我是从床上凝望这些记忆的，因为起床后我又躺下了，等着晚上到德·维尔巴里西斯夫人家去看一出小剧。我父母亲到贡布雷去了，要在那里小住几天，这下我便有机会去拜访德·维尔巴里西斯夫人，我得好好利用。否则，他们一回来，我也许就不敢去了；我母亲对我外祖母的悼念诚心实意，一丝不苟，她要我们对外祖母的哀悼不拘形式，感情真挚，因此，她不会禁止我去看戏，但也不会赞成。然而，现在如果我写信征求她的意见，她从贡布雷给我回信时，不会伤心地说："你想怎么做就怎么做，你已长大成人，知道该怎么做。"而是相反，她会责备自己把我一个人留在巴黎，会设身处地地体谅我的忧愁，希望我出去玩一玩，散散心，尽管她自己拒绝参加一切娱乐活动。她相信，我外祖母也会劝我这样做的，因为她最关心我的身体和神经平衡。

一清早，新的水暖气就点着了。水暖气不时地发出打嗝般的声音，这令人讨厌的声音与我对东锡埃尔的记忆毫无联系。但是，如果今天下午这个声音和我那些记忆老在我身上会合，久而久之，这两者之间就会产生一种亲和力，每当我重新听到（我有点听不惯了）水暖气的声音，我就会想起东锡埃尔。

只有弗朗索瓦丝一个人在家里。雾散了。灰蒙蒙的日光，毛毛细雨般地落下来，不停地编织着一张张透明的网，似乎给星期天的散步人涂上了一层银色的光。我把《费加罗报》扔到脚头。自从我给这家报社投了一篇稿子后，每天都要叫人给我买一份，但一直没见发表。尽管没有太阳，但白天的亮光告诉我现在正是下午。罗纱窗帘像蜻蜓翅膀般轻而柔软，又似威尼斯玻璃般脆而易碎。晴天，它们就不能像这样轻柔，像这样一碰就碎。这个星期日，我孤单单一人待在家里，心里感到很不是滋味，况且，今天上午，我派人给德·斯代马里亚小姐送去了一封信，我就更加心事重重。罗贝·德·圣卢在他母亲的干预下，经过多次痛苦而失败的尝试，终于和情妇一刀两断，他和情妇断绝往来后就被派往摩洛哥了，他要把这个一段时间以来他已经不再爱恋的女人彻底忘掉。昨天，我收到圣卢从摩洛哥写来的一封短信，告诉我他将回法国休一次短假，他在巴黎停留的时间很短（显然，他家里人怕他和拉谢尔旧情复燃），为了向我证明他对我的思念，特意写信告诉我他在丹吉尔[①]遇见了德·斯代马里亚小姐，更确切地说，是德·斯代马里亚夫人，因为她结婚三个月就离婚了。罗贝想起我在巴尔贝克同他说的话，代表我要求那位少妇同我见见面。她答复他，回布列塔尼亚前，要在巴黎停几天，很愿意约一个时间和我共进晚餐。罗贝

① 丹吉尔为摩洛哥古老城市。在非洲西北角从大西洋进入直布罗陀海峡的入口处。城市分布在海滨山坡上，风光旖旎，气候温和，旅游业发达。

叫我赶紧给德·斯代马里亚夫人写信，因为她肯定已经到巴黎了。

圣卢的信没有使我感到意外，尽管他还是在我外祖母病重期间给我来过一封信，指责我对他不忠，对他背信弃义，从此就一直杳无音信。我非常清楚这是怎么回事。拉谢尔专爱煽起情夫的妒火（再说，由于一些微不足道的理由，她对我也耿耿于怀），她对圣卢说，他不在时，我对她有过不良企图，想和她发生关系，他就信以为真了。很可能他仍然相信这是事实，但他已经不再爱她了，因此，不管是真是假，对他都无所谓了，唯有我们的友谊继续存在。当我和他重又见面时，我试图同他谈谈他对我的责备，但他只是温和而亲切地朝我微笑，像是在表示道歉，接着就把话题岔开了。这并不是因为以后在巴黎他不可能同拉谢尔再见面的缘故。那些在我们生活中起过重要作用的女人，不是一下子就能从我们生活中完全消失的。在最终离开我们之前，她们会不时地回到我们的生活中，以致有些人以为爱情又开始复燃。圣卢和拉谢尔的决裂尽管曾使他一度痛不欲生，但因为他的女友仍然不断向他要钱，使他甚感欣慰，他的痛苦也就很快减轻了。嫉妒使爱情延续，但它包含的内容并不比其他想象的形式多许多。当我们动身去旅行时，带上三四幅想象中的图画（老桥①上的百合花和银莲花，薄雾笼罩的波斯教堂，等等），箱子也就塞满了，何况这些画可能会中途失落。当我们离开一个情妇时，总希望她——直到把她渐渐忘记——不要被三四个我们想象中可能存在的，也就是我们所嫉妒的人占有。没有想象到的也就微不足道了。然而，一个已经分手的情妇经常向你要钱，虽然不能使你对她的生活有充分了解，正如发烧时的体温记录表不可能使你完全了解病人得的是什么病一样，但是，不管怎样，体温记录表可以让你知道她病了，而要钱则提供了一种可能性，使你模模糊糊地

① 指佛罗伦萨阿尔诺河上的老石桥，建于1170年，1333年被洪水冲毁，1345年重建，桥上原有鱼铺、肉店，十六世纪起为保持环境卫生，由金银珠宝店取代。

感到,被你遗弃的或把你抛弃的那个女人可能还没有找到一个有钱的保护人。因此,每一次要钱都能使嫉妒者感到欣慰,痛苦暂时得到平息,紧接着就是寄钱,因为他要她什么也不缺,就是不能有情人,不能成为他想象中的三个男人的情妇。这样,他就有时间稍稍稳定一下情绪,免得以后听到他的接班人的名字时挺不住。有时候,拉谢尔会在深夜回到旧情人身边,要求他让她在身边睡一宵。罗贝心里感到像吃了蜜一样甜美,因为即使他一个人占据大半张床,也丝毫不影响她睡觉,他意识到他们毕竟如胶似漆地在一起生活过一段时间。他明白,她在他这位老朋友身旁,比在其他地方更感到自在,和他在一起,哪怕是在旅馆里,就像回到了从前住过的房间一样,一切都很习惯,睡得更加踏实。他感觉到他的肩,他的腿,他身上的一切,在她看来,就像是最常用的物品,哪怕他因失眠或考虑工作在床上辗转反侧,也不会妨碍她睡觉,同它们接触能使她睡得更香。

言归正传,现在继续谈圣卢给我的信。圣卢从摩洛哥写来的那封信搅得我心绪不宁,尤其是,我从字里行间看出了他的用意,尽管他没敢明言。“你完全可以包一个单间请她,”他对我说,“这是一个性格开朗、颇有魅力的少妇,你们会相处得很好,我敢肯定,你会度过一个愉快的夜晚。”我父母要到周末,也就是要到星期六或星期天才回来。他们回来后,我就只好每天在家里吃晚饭了,因此,我立即给德·斯代马里亚夫人写了封信,约她哪天方便和我共进晚餐,星期六前任何一天都行,她回话说,当晚八点左右我会收到一封信。要是下午有人来看我就好了,八点前的这段时间很快就会过去。如果有人和我们聊天,就不再会想着时间的长短,甚至不会感到它的存在,时间会过得很快。当迅速流逝、隐而不见的时间突然出现在你面前,引起你的注意时,离流逝的时间已经很远了。但是,如果我们孤孤单单,无人相伴,我们总是惦记着那个我们望眼欲穿的离我们很远很远的时刻,只听见台钟单调的滴答声,这种焦急的心情会把小时分割成分钟,更确切地说,会把一分钟变成一小时。如果和朋友聊天,我们就不会去计算时间。我想到将要一个人孤寂地度过这个下午，尤其是想到与德·斯代马里亚夫人会面的欲望时刻会纠缠着我，使我把这个孤寂的下午同几天后即将享受到的无限快乐作比较，我就感到非常空虚，非常忧郁。

我不时地听见电梯升起的响声，紧接着又听见第二声，但不是我盼望的电梯在我这层楼停下的声音，而是完全不同的标志着电梯继续往上几层冲刺的声音。每当我等待一位客人来到时，这声音常常意味着对我这层楼的背弃，因此，后来即使我不再抱希望，不再相信会有人来看我，它对我仍然是一种痛苦的声音，就好像在宣判对我的抛弃。灰蒙蒙的白昼显得无精打采，逆来顺受，忙忙碌碌地做着它始自远古时代的工作，编织着珠灰色的花边，还要干好几个小时；想到我要和这白昼单独待在一起，而它不会比一个为了凑近亮光而坐在窗边干活、对房里的人不闻不问的女工更认识我——想到这些，我不禁内心凄然，忧从中来。突然，弗朗索瓦丝打开房门，带来了阿尔贝蒂娜，可我根本没有听见门铃声。阿尔贝蒂娜满面春风，走进房间，一句话也不说。她体貌丰盈。在她富态的身躯中，蕴涵着在巴尔贝克海滩——我再也没有回去过——度过的时光。她准备让我重温这昔日的时光，我看见它们正在朝我走来。毫无疑问，每当我们和一个同我们的关系已发生变化的人重逢，即使关系不甚密切，也好像看到了两个不同的时期。不用说是我们从前的情妇以朋友身份来看我们，就是在日复一日的某种生活中认识的一个人到巴黎来探望我们，只要这种生活已经结束，哪怕才结束一个星期，就足以使我们看到两个不同的时期。从阿尔贝蒂娜脸上每一根显示喜悦、询问和局促不安的线条中，我可以辨读出这些问题：“德·维尔巴里西斯夫人好吗？那位舞蹈教练好吗？那位卖糕点的师傅好吗？”当她坐下时，她的脊背仿佛在说：“啊，这里又没有悬崖峭壁，您会让我坐在您身边吧，就像在巴尔贝克海滩一样。”她犹如一位魔术师，献给我一面时间的镜子。在这点上，她和那些曾和我们朝夕相处，但后来很少有机会和我们重逢的人没有两样。但是，我和阿尔贝蒂娜的关系还不止这些。诚然，即使在巴尔贝克海滩，在我们每天的相会中，每次看见她我都会大吃一惊，因为她一天一个模样。但是现在我几乎认不出她来了。她的脸孔沐浴在玫瑰色的雾气中，透过这层雾，可以看到棱角分明的线条，仿佛是雕刻而成。她换了一张脸，或者说她终于有了一张脸。她长高了。她从前的那层躯壳几乎所剩无几，而在巴尔贝克海滩时，从那层躯壳几乎还看不到她未来的形体。

阿尔贝蒂娜此次回巴黎比往年要早。往年她总是在春暖花开时才回来，而我，由于狂风暴雨摧毁了春天第一批奇葩，几个星期来一直心烦意乱，很愿意把阿尔贝蒂娜的归来同春返大地联系在一起。只要有人对我说她在巴黎，她到我家来过，我就仿佛又看到了一朵海边的玫瑰花。我不太清楚，那时候是什么东西支配着我的思想，是对巴尔贝克海滩的渴望，还是对阿尔贝蒂娜的欲念。也许，对阿尔贝蒂娜的欲念本身就是对巴尔贝克海滩的一种慵懒、松懈和不完整的占有，好像从物质上占有一样东西，例如在一个城市居住，就等于在精神上占有了这个城市。况且，即使在物质上占有一样东西，如果没有我的想象力使它在遥远的海边晃动，而是让它静止地待在我的身边，那么，它对我也常常是一朵可怜的玫瑰花，在它面前，我宁愿闭上双眼，以便不看到花瓣上的某个瑕点，以便相信自己在海滩上呼吸。

现在我可以这样说了，尽管有些事情当时并不知道，以后才会发生。诚然，为女人献身，要比把毕生精力耗费在搜集邮票、古鼻烟盒，甚至比搜集图画和雕塑更明智。只是收集邮票、古鼻烟盒提醒我们要更换：女人不止一个，而是有许许多多。一个妙龄少女使人联想到一个海滩，联想到教堂一尊雕像的头发，一幅古老的铜版画，每当她出现的时候，人们总会想到一幅令人爱不释手的美丽图画，但这个令人神往的联想是很不牢固的。如果你和那个女人整天生活在一起，你就再也看不到使你对她产生爱情的任何东西了。当然，只要一分离，嫉妒又会再次把你们聚集到一起。如果经过很长一段时间共同生活，我最终只把阿尔贝蒂娜视作一个普通女人，那么，只要她和一个她在巴尔贝克海滩爱过的男子私通，就足以使海滩和浪涛重新融进她的躯体，同她合而为一。只是这第二次联想不会使我们赏心悦目，只会使我们内心痛苦。既然有这个危险，我们就不能希望女人和海滩的联想再次使我们心醉神迷。这是后话。不过，在这里，我应该表示遗憾，因为我不够聪明，没有像别人搜集古望远镜那样搜集女人。放在玻璃橱窗后的古望远镜从不嫌多，总留着一个空位子，等待一个新的更稀罕的望远镜到来。

今年，她一反度假习惯，直接从巴尔贝克来到巴黎，而且她在海滩待的时间比以往要短得多。我好久没看见她了。因为我不认识她在巴黎的熟人，甚至连他们的名字也不知道，所以，她不来我家时，她在干什么事，我一无所知，而间隙的时间往往又相当长。然后，有一天，阿尔贝蒂娜突然出现在我面前。她像一朵玫瑰花，悄然降临我身边，但这种情况也不能告诉我她不来看我的时候可能在做什么。她的所作所为，沉没在她那深不可测的生活中，我的眼睛几乎没那份心思去识破她的隐秘。

然而，有一次，有些迹象似乎表明，她生活中可能出现了新情况。但也许应该从中得出一个简单的结论：像阿尔贝蒂娜这般年龄的少女，一天会有十八变。比如说，她的智力有了较好的发展，当我旧事重提，说她那天一意孤行，非要把她的意见强加给大家，让索福克勒斯①用“我亲爱的拉辛”给拉辛写信时，她第一个由衷地笑了。“安德烈是对的，我说了蠢话，”她说，“索福克勒斯应该写‘先生’。”我回答说，安德烈的“先生”和“亲爱的先生”，比她的“我亲爱的拉辛”和希塞尔的“我亲爱的朋友”好不到哪里

① 索福克勒斯(前496—前406)，古希腊三大悲剧作家之一。

去，同样都很可笑，但是，要说蠢，那位出题让索福克勒斯给拉辛写信的老师最蠢。这下阿尔贝蒂娜又听不懂了。她看不出这个题目蠢在哪里，她的智力刚开窍，还没有得到发展。她身上还有更吸引人的新鲜东西：我感到，这个刚在我床边坐下的少女，和以前一样俏丽，但跟从前也有不同，她的眼神和脸部表情同往常一样显得任性，但她的额头却出现了某种变化，似乎比过去顺从了一些，而在巴尔贝克，我曾遭到过拒绝：那天晚上，我们两人也和今天下午一样，一个躺着，一个坐在床边，只不过是倒过来，那天是她躺着，我坐在她身边。我想证实一下她现在让不让我吻她的额头，但又不敢贸然行事，因此，每当她起身告辞时，我都恳求她再待一会儿。要她同意留下并非轻而易举，因为尽管她没什么事要做（否则，她早就冲出门了），可她时间观念很强，况且对我已不很亲密，似乎不再要我与她做伴了。然而，她每次都先看看表，在我的请求下又坐了下来。就这样，她和我一起待了好几个钟头，而我什么要求也没提出。我对她说的话和几小时前说的几乎完全一样，同我想的和渴望的毫无关联。嘴上说的和心里想的永远汇不到一起。没有什么能比得上情欲更能使人心口不一，言不由衷了。时间紧迫，然而，我们就像要赢得时间似的，尽说一些和自己想说的毫无关联的话。我们说着话，也许，在想说的话说出来之前，表现爱情的动作就已开始。但有时也可能——为了得到同所渴望的女人直接接触的快感，为了满足自己的好奇心，看对方有什么反应——不用言语表达，不征得对方同意，就做这个动作。当然，我一点都不爱阿尔贝蒂娜：她是外面雾的女儿，只能满足我那被季节变更所唤醒的富有想象力的情欲，这种情欲介于烹饪术和建筑雕塑术所能满足的欲望之间，因为它既能使我的梦幻把一种不同的热乎乎的物质注入我的肉体，又能使我渴望一个叉开的身体在某个点上同我平躺的肉体接触，就像我在巴尔贝克大教堂里所看到的，夏娃的身体勉强通过她的一双脚勾住亚当的髋部，几乎和亚当的身体保持垂直姿势。这些罗曼风格的浅浮雕，就像古建筑物的中楣，庄严而宁静地表现了创造女人的情景。在这些浅浮雕上，凡是上帝出现之处，总有两个小天使相随，好似两位伴臣，就像那些遭受严冬袭击而幸存下来的在夏天的天空中盘旋的飞鸟，一看便知他们是赫库兰尼姆①的爱神，十三世纪中叶，他们依然活着，在建筑物的正面进行着最后艰难的飞翔，疲惫不堪，但不乏人们所期待的魅力。

然而，这种快乐，在满足我情欲的同时，不可能使我摆脱这一梦幻，而且我也许愿意在任何漂亮女人身上寻觅。如果有人问我，当我同阿尔贝蒂娜没完没了地闲聊，却闭口不谈真实思想的时候，我根据什么会如此乐观地认为她会满足我的欲望，我也许会回答，是因为她的有些措辞——至少从她现在所理解的意义看——不在她的语汇范围之内（而她被我忘却的声音特征，又为我勾画了她的个性）。她对我说埃尔斯蒂尔很蠢，看到我大叫大嚷表示反对，她笑容可掬地反驳我说：

"您没懂我的意思。我是说他在那种情况下很蠢，但我完全知道，他是一个非常杰出的人。"

同样，为了表示枫丹白露的高尔夫球赛高雅，她说：

"这完全是一种选择。"

当谈到我参加过的一场格斗时，关于我的证人，她对我说："那些人都是百里挑一。"她凝视我的脸，承认她喜欢我"蓄小胡子"。她甚至说——我觉得我的运气很佳——打上次和希塞尔分别以来，她已有"好一阵子"没见到她了。我发誓，去年她还不会这样说。并不是因为我在巴尔贝克时，阿尔贝蒂娜尚未掌握相当数量的，让人一听就知道她出身于富裕家庭的表达方式——年复一年，母亲把这些表达方式传给女儿，就像随着女儿

---

① 赫库兰尼姆是意大利古城，位于维苏威火山西麓，公元 79 年被维苏威火山熔岩吞没。古城发现于 1709 年，发掘出许多住宅、建筑物和艺术品和壁画，可以看到长着翅膀的爱神。

的成长，逢年过节把自己的首饰送给女儿一样。一天，一位陌生妇女送给阿尔贝蒂娜一件礼物，为了表示感谢，阿尔贝蒂娜对她说："我很过意不去。"听她这样说，我们会感到她不再是一个黄毛丫头了。邦当太太情不自禁地看了丈夫一眼，邦当先生回答说：

"当然，她快到十四岁了嘛。"

阿尔贝蒂娜谈论一个仪态不端庄的少女时说的话，更表明她已经是大人，她说："甚至看不出她是不是漂亮，她脸上**涂满了胭脂**。"总之，尽管她仍是少女，但她已学会了她那个环境和阶层的妇女应有的举止态度，如果有人做鬼脸，她会说："我不能看见人做鬼脸，一见就想学。"如果有人以模仿别人为乐，她会说："当您模仿她时，最可笑的是您很像她。"所有这一切都取之于社会宝库。但是关于"杰出"一词的含义，据我看，阿尔贝蒂娜生活的环境恰恰不能使她掌握我父亲对这个词理解的意义，当有人在我父亲面前极口称赞他的一个同事如何聪明，而他自己并不意识到此人聪明时，他会说："看起来这是一个非常杰出的人。"阿尔贝蒂娜说的"选择"，即使是指高尔夫球，在我看来，也和西莫内家水火不容，正如"选择"一旦加上了形容词"自然的"，就和一篇比达尔文早几个世纪的作品格格不入一样。而"好一阵子"这个表达方式，我感到更是个好征兆。最后阿尔贝蒂娜像一个一言九鼎的人，心满意足地对我说："**依我看，**这是比较好的结局……我认为这是最好的解决办法，最高雅的办法。"这时，我明显地感到自己出现了从未有过的心慌意乱，但我也由此萌生了各种希望。

这句话是多么新奇，多么像一块冲积地，使人猜想到有多少道变化无常的河湾，流经那些从前不为人知的土地，因此，当我听到"依我看"这几个字时，就把阿尔贝蒂娜拉到我身旁，听到她说"我认为"时，让她坐到了我的床边。

当然，有些文化很低的女孩子，嫁给一个很有学问的男人，在她们的嫁妆中，也会有这一类词语。结婚后，她们的言谈会发生变化，不久，她们去探望从前的女友，谈话时显得稳重审慎，这时，人们惊奇地发现，她们已变成了女人，当她们郑重宣布某某人聪明时，会把 intelligente（聪明）中的两个字母 l 分开，读成[lli][①]，但这恰恰是一种变化的征兆。我似乎感到，在阿尔贝蒂娜使用的新词汇和我熟悉的阿尔贝蒂娜的词汇之间，隔着一个世界。在她从前的词汇中，最大胆的词不过是在她谈及一个古怪的人时说的“这是个怪人”，或者，有人建议她赌博时她说的“我可没钱输”，或者，当一个朋友责备她，而她认为她朋友的责备毫无道理时说的“啊！真的，我觉得你非常了不起！”这些话中的词，是在这些场合非说不可的，是符合和晚祷时唱的圣母赞歌一样古老的资产阶级传统的，一个微微有点恼怒、对自己的权利深信无疑的少女“自然而然”会用的这些词，因为她是从母亲那里学来的，就像学会祷告或行礼一样。所有这些词，邦当太太都教会她了，同时还教会她仇恨犹太人，喜欢黑衣服，认为穿黑衣服显得端庄，有教养。即使没有正式传授，她也像雏金翅鸟跟着父母牙牙学语那样跟着母亲学说话，而金翅鸟正是通过牙牙学语变成了名副其实的金翅鸟。尽管如此，我觉得阿尔贝蒂娜的“选择”令人耳目一新，她的“我认为”使人欢欣鼓舞。阿尔贝蒂娜不再是从前的阿尔贝蒂娜了，因此，她的行为、她的反应也会和从前不一样。

现在我不仅不再爱她，甚至也不像在巴尔贝克时那样，害怕毁了她对我的友谊，因为友谊已经不再存在。毫无疑问，我早就在她眼里变得可有可无了。我意识到，她已不再把我看作是那个“小圈子”的成员。从前我费尽心机想加入，当我获得成功，我是多么高兴啊！况且，她的神态不像在巴尔贝克海滩时那样坦率、和善，我也就感到用不着畏畏缩缩，顾虑重重了。然而，我认为，使我最后下决心的，还是我在语文学上的新发现。我

① 法语中，intelligente 的读音为[ɛ̃teliʒɑ̃ːt]，两个字母 l 只读一个[l]。但阿尔贝蒂娜却读成[ɛ̃telliʒɑ̃ːt]，将两个字母 l 故意读成[lli]。

继续把一个新环节加到外在的语链上（语链下面隐藏着我内心的欲望），就在阿尔贝蒂娜坐在我床边的时候，我谈到了小团体的一个姑娘，说她虽然比其他几位细小，但我觉得她挺漂亮："是的，"她回答我说，"看上去像个黄毛丫头。"显然，在我刚结识她时，她还不会说"黄毛丫头"。如果事情正常地发展，她很可能学不到这个词，即使她没学会，我也不会感到有什么不好，因为没有比说"黄毛丫头"更惹人恼火了。听到这个词，我们会感到牙疼，就像在嘴里放进了一个大冰块。但是，即使阿尔贝蒂娜（她是多么漂亮）说"黄毛丫头"，我也不会感到不愉快。相反，我觉得，这个词即使不能说明她从外表看已经入门，至少也显示她内在的变化。可惜时候不早了，如果我想让她及时赶回家吃晚饭，同时不耽误我用饭的话，我就该同她说再见了。晚饭是弗朗索瓦丝准备的，她不喜欢让饭菜凉着。而且，也许她早已认为我们违反了她的一条规章制度，因为我父母不在家，而阿尔贝蒂娜和我在一起待了那么久，致使一切都得往后推。但是，在"黄毛丫头"这个词面前，这些理由也就不再存在了。于是，我急忙说：

"您能想象得出我一点也不怕痒吗？您可以胳肢我一个小时，我连感觉都不会有。"

"真的？"

"我向您保证。"

她肯定明白，我这是在笨拙地表达一种情欲。因为她就像在向你提出一个你不敢企求的，但你的话已向她证明你会觉得有用的建议似的，用女人惯有的谦恭对我说：

"你愿意试一试吗？"

"如果您愿意的话。不过，您躺到我床上来，这样也许更方便。"

"这样行吗？"

"不，往下一点。"

“可是，不怕我太重了吗？”

她正说着，房门打开了，弗朗索瓦丝拿着灯走进来。阿尔贝蒂娜差一点来不及回到椅子上。弗朗索瓦丝可能一直在门口偷听，甚至从锁孔里瞧我们，故意选这个时刻给我们一个措手不及。但我没有必要作这个假设，她也许不屑用眼睛去证实她的本能已充分感觉到的东西，因为她和我，和我的父母亲长期生活在一起，敬畏、谨慎、关切和狡猾，培养了她这种具有几乎是预见性的本能的感觉，正如水手能感觉到大海，猎物能感觉到猎人，医生——至少是病人——常常能感觉到疾病一样。凡是弗朗索瓦丝能预见到的，都有充分的理由使人瞠目结舌，正如古人根据微乎其微的信息工具，就能预知即将发生的事。弗朗索瓦丝的信息工具不比古人多，不过是膳食总管偷听到的只言片语罢了，仅仅是我们晚餐谈话内容的二十分之一，况且，传到厨房已经变了样。而且，她的错误，也和古人的错误一样，和柏拉图所相信的奇谈一样，与其说是由于物质资源贫乏所致，毋宁说应归因于错误的世界观和先入之见。即使在当今，对于昆虫习性作出最重大发现的，也能像这样是一个既无实验室，也无任何器械的科学家①。但是，如果说弗朗索瓦丝的奴仆地位，不曾妨碍她获得一种为艺术所必需的科学——艺术是科学的极限，艺术在于把科学成果告诉我们，而使我们大吃一惊——那么约束就更不成其为障碍；在这点上，约束不仅没有阻碍科学发展，反而大大促进了发展。当然，弗朗索瓦丝毫不忽视语调、态度等辅助因素。因为她对任何一个和她地位相等的人说的话，不管多么荒唐，和我们的思想多么格格不入，她却毫不怀疑，全盘接受（然而我们对她说的话和希望她相信的事，她却从不相信）。因此，她对我们的说法越是流露出不相信，她在转述——因为间接引语能使她不受惩罚地对我们说出不堪入耳的话——一个厨娘的话时（她说，那家的厨娘对

① 指法国昆虫学家法布尔（1823—1915），以研究昆虫行为和昆虫解剖学闻名。

她说，她威胁主人了，在众人面前把他们当“畜生”看待，却因此而受到他们百般宠爱），就越是用一种使人感到她把厨娘的话当作金科玉律的语气。弗朗索瓦丝甚至还说：“如果我是女主人，我一定会很生气。”尽管我们对五楼那位夫人没什么好感，但是听了这个不成体统的例子也得耸耸肩，就像听到了一则令人难以置信的寓言一样。但是，叙述者却说得斩钉截铁，不容置辩，使人感到她的断言是无可置疑的，是令人恼火的。

然而，尤其是弗朗索瓦丝和作家有相似之处。当作家被一个君主或一种诗学，被某些诗律或一种国教束缚住手脚时，他们常常需要一种浓缩的能力，而在自由的政治体制或无政府主义的文学体制下，这种浓缩的能力就没有用武之地了；同样当弗朗索瓦丝不能明确地回答我们的问题时，她就会像泰雷西亚斯①那样说话，如果需要写，会采用塔西佗②一样的方法。她善于把她无法直接表达的思想浓缩成一句话，如果我们对这句话提出指责，就不可能不连累到我们自己。有时她甚至一句话也不说，而是用静默，用东西的摆法来表达。

举个例子。有时候，我一时疏忽，把一封不该让她看见的信（比如，因为寄信人不怀好意地谈到了她，这会使她怀疑收信人也对她心怀敌意）遗忘在桌子上，和别的信混杂在一起，晚上，当我忐忑不安地回到家里，直接走到我的卧室，一进屋，那封可能连累我的信首先映入我的眼帘，正如它不可能不引起弗朗索瓦丝的注意一样。她把我的信整整齐齐堆成一堆，把那封信放在最上面，无异于把它放在一边，这种醒目的位置，无疑是一种语言，很有说服力，使我在门口就吓得浑身打颤，仿佛听到了吓人的喊

① 泰雷西亚斯是希腊神话中底比斯的盲人占卜者，受智慧女神雅典娜的神示能听懂鸟语，预卜未来。

② 塔西佗（约55—约120），古罗马历史学家，文体独具风格。主要著作有：《年代说》、《历史》、《日耳曼尼亚志》等，均系研究西方古史的重要资料。

声。弗朗索瓦丝很擅长导演这类把戏，她先不出场，设法让观众知道她已经知道一切，然后她才登场。为了像这样让一个无生命的东西说话，她既有欧文[①]和弗雷特里克·勒梅特尔[②]的天才，又有他们的耐心。此刻，弗朗索瓦丝俨然像一个《照出罪恶的正义女神》[③]，她把那盏灯高高举起，照在我和阿尔贝蒂娜的头顶上，灯光清楚地映出了少女的身躯在压脚被上留下的明显可见的痕迹。灯光下，阿尔贝蒂娜的脸依然妩媚动人，双颊依然呈现出在巴尔贝克时我曾为之陶醉的光辉灿烂的光泽。从总体上看阿尔贝蒂娜的脸有时显得苍白无力，但是，在灯光的照射下，渐渐染上了一层极其均匀、极其红润的色彩，显得无限坚实，无限光洁，真可以和某些鲜花特有的艳丽的肉色媲美。然而，弗朗索瓦丝的突然闯入使我措手不及，我喊道：

"怎么，都点灯了？我的上帝，这灯光真刺眼！"

显然，我是想用这第二句话掩饰我内心的慌乱，想用第一句话对我的迟到表示歉意。弗朗索瓦丝用一句残酷而模棱两可的话作回答：

"要不要熄掉？"

"熄掉，怎么样？"阿尔贝蒂娜凑着我的耳朵说，她把我当作主人和同谋，用一句语法性的问话，通过疑问的语调，把这种心理上的肯定亲昵而强烈地表达出来，我不由得心醉神迷，不能自已。

当弗朗索瓦丝离开房间，阿尔贝蒂娜重新坐到我床上时：

"您知道我怕什么吗？"我对她说，"我怕如果我们像这样继续下去，我

---

① 亨利·欧文(1838—1905)，英国演员、导演。曾主持伦敦兰心剧院。以扮演莎士比亚剧作中的哈姆莱特、奥赛罗等角色著称。

② 勒梅特尔(1800—1876)，法国喜剧演员。演过莎士比亚、雨果等人的许多作品和政治滑稽歌剧。

③ 暗指法国画家皮埃尔-保罗·普吕乐(1758—1823)的寓意画《正义女神与复仇之神追逐罪犯》，作于1808年，现藏卢浮宫。画中长翅膀的复仇女神手举火炬，照出罪犯。

忍不住要吻您了。”

“那可是一个令人愉快的不幸。”

我没有立刻接受她的挑逗。换个人也许会觉得这个挑逗多此一举，因为阿尔贝蒂娜的发音甜美而有肉感，她同你说话，就像在吻您。她每说一句话，就是给你一次温存，谈话充满了对你的亲吻。然而，她这次挑逗却给了我极大的快意。如果挑逗来自另一个和她年龄相仿的美貌少女，我甚至也会感到快意；但是现在，阿尔贝蒂娜对我虽然是唾手可得，但这在我身上引起的与其说是快意，毋宁说是一系列对比鲜明的美丽联想。我首先联想起海滩上的阿尔贝蒂娜，好像是以大海为背景的一幅画上人物，我感到她不比在剧院聚光灯下看到的形象更真实，看不清究竟是谁，是那被认为已经登场的女演员，还是作为替身的配角，或者仅仅是投影。然后，那个真实的女人脱离光束，向我走来了，但仅仅是为了让我看到，在现实生活中，她根本不像人们想象中的神奇的画中人那样柔情似水，唾手可得。我知道，抚摸和拥抱她是不可能的，只能同她闲聊，对我来说，她不是一个女人，正如放在餐桌上作装饰的不可食用的玉葡萄不是葡萄一样。现在，她出现在第三景上，我觉得她和我在第二景上所认识的她一样真实，又和第一景上的她一样顺从，尤其是很久以来，我一直认为她不够顺从，因而她现在的顺从也就格外趣味无穷了。我对人生逐步有所认识（不像开始时那样认为它平淡和简单了），这暂时导致了不可知论。既然开始认为可能的事后来竟是假的，而当它在第三景上出现时又变成真的了，那我们还有什么可以肯定呢？（唉！我在阿尔贝蒂娜身上的发现还没有结束。）即使生活没有这种浪漫的，能教会我们发现更多景象的诱惑力（这与圣卢在里夫贝尔饭店吃晚饭时所体味到的诱惑是反向的：他在一张安详的脸上，在被生活烙上的重重叠叠的记忆中，重新看到了他从前在那张脸的唇际留下的痕迹），但是，无论如何，当我知道我有可能吻阿尔贝蒂娜的脸蛋时，我感受到了极大的快乐，即使吻她的脸蛋也不会有这样大的快乐。我们可以把一个女人当作一具肉体占有，仅仅使我们的肉体和女人的肉体贴在一起，但这与占有在海滩上邂逅的少女有什么不同呢？某些天，我们在海滩上看见这个少女和女友们在一起，但不知道为什么偏偏是那些天，而不是其他日子和她相遇，这使我们忧心忡忡，害怕再也见不到她了。生活殷勤地向你揭示了这个少女的全部故事，为让你看得清楚，借给你一个又一个光学仪器，不仅使你产生肉欲，而且还让你产生更难满足的精神欲望，这使肉欲增强百倍，变化无穷。如果肉欲只顾占有一段肉体，精神欲望会昏昏沉沉，麻木不仁，让肉欲单枪匹马，为所欲为；但是，一旦要占有一个完整的记忆领域，使从前依依不舍离开的往事失而复得，精神欲望会在一旁掀起风暴，使肉欲变得格外强烈，虽然不能伴随到底，直到掌握一个非物质的现实（因为这个现实不可能在希望的形式下完成），但它们在半路上等候肉欲，把它护送回来。吻一个梦寐以求的少女的脸蛋，就好比在体味一种百看不厌的颜色的滋味，而吻一个无名无姓，既无秘密、又无魅力的女人的脸蛋，不管这个脸蛋多么清新，只能使人感到索然寡味。我们看到了一个女人，她不过是生活中的一个普通形象，例如在海上显示出侧影的阿尔贝蒂娜，接着，我们可以把这个形象分离出来，放到我们身边，渐渐地，就好像放到了一架立体镜片下面，我们看清了它的大小和颜色。正因为这样，那些不能马上得手的，甚至不能马上知道将来能不能得手的有点难相处的女人，才是唯一令人感兴趣的。因为了解他们，接近和征服她们，使她们的形象呈现出形形色色的体形、身材和相貌，就是给我们上一堂相对主义课，教会我们如何鉴别一个肉体，鉴别一个女人的生活。当这个女人重新以苗条的身影出现在生活背景中时，你与她重逢，会享受到一种美。在妓院认识的女人，是毫无趣味可言的，因为她们始终一个样。

此外，我对我特别钟爱的一系列海景的全部印象，都掌握在阿尔贝蒂娜手中，系在她的身上。我感到，吻这位美少女的双颊，就如同在吻整个巴尔贝克海滩。

“如果您真心让我吻您，我宁愿把这留到以后，选一个合适的时机。只是到时候您可不要忘记您的许诺。我需要有一张‘接吻许可证’。”

“要我签字吗？”

“如果您现在给我了，以后还会再给我一张吗？”

“您的接吻许可证可真逗人，过一段时间我就给您开一张。”

“我还要问你一件事，您知道，在巴尔贝克海滩，我还没有认识您的时候，您的目光常常让人感到冷酷而狡黠，您能不能告诉我，您当时在想什么？”

“哦！我可一点也想不起来了。”

“噢，那我来帮您回忆。有一天，您的女友希塞尔双脚并拢，从坐着一位老人的椅子上蹦了过去。您尽量回忆一下，您那时在想什么。”

“我们和希塞尔来往最少，您愿意说她和我们是一伙也可以，但不完全是。我当时可能在想，她很庸俗，很没有教养。”

“哦！就这些？”

我很想在吻她之前，让她重新披上我在巴尔贝克认识她之前我所感到的她那种神秘的色彩，在她身上重新找到她以前生活过的地方；即使我不认识这个地方，但是，如果我能处在她的位置上，至少我也能回忆起我们在巴尔贝克海滩的生活、我窗下汹涌的波涛声和孩子们的喊叫声。但是，我把目光滑到她那玫瑰花般红润的美丽动人的圆脸蛋上，看见颧颊缓缓向里弯曲，最后与山嘴陡峭、山谷波动、绵延起伏、秀色可餐的乌发相遇，消失在第一批山麓中。看到此番情景，我不禁心想：“我在巴尔贝克没有做到，但现在我毕竟可以吻阿尔贝蒂娜的脸颊，品尝这朵从没品尝过的玫瑰花的滋味了。再说，既然我们在人生道路上难得能从不同的平面认识人和事物，因此，当我使这张百里挑一、美如玫瑰的脸孔离开它过去的环境，把它带到这个新的平面上，终于能用嘴唇认识它的时候，也许我可以认为我的人生从某种意义上讲是完美的。”我这样想，是因为我相信存在着一种用嘴唇获得的知识；我之所以认为我马上就要尝到这朵肉玫瑰花的滋味，是因为我没有想到，人尽管比海胆，甚至比鲸鱼高级，却仍缺少一定数量的器官，尤其是缺少接吻的器官。于是，人就用嘴唇来代替这个缺少的器官。用嘴唇吻心爱的女人产生的效果，也许比不得不用一个巨牙抚摸更令人满意。但是，嘴唇的功用在于把具有诱惑力的东西的滋味带给味觉器官，因此，只能满足于在表层徘徊，无法进入它们渴望进入的脸蛋中去，但它们并不意识到错误，也不承认失望。况且，嘴唇在同肉体接触时，即便变得更驾轻就熟，更精于此道，也显然不可能体味到更多的大自然阻止它们体味的滋味，因为在这个找不到食物的荒漠上，它们形单影只，茕茕孑立，视觉和嗅觉早已相继把它们抛弃。首先，当我的嘴巴接受眼睛的建议，凑近脸颊接吻时，我的眼睛在移动中发现了不熟悉的脸颊；从近处看到的脖子，就像照了放大镜一样，呈现出一粒粒小疙瘩，显得健壮有力，从而改变了脸的特性。

摄影术的最新用途，可以让我们经常从近处看到的，像塔一样高大的房屋，全部倒伏在一座大教堂脚下，使同一些建筑物像军队的一个团操练那样，时而排队，时而分散，时而密集，把刚才还相距很远的威尼斯小广场①的两根柱子紧紧地靠在一起，让近在眼前的永福圣母教堂②变得远在天边，使一个桥洞、一个窗孔、一丛置于前景的色彩强烈的树叶，成功地出现在暗淡晕阴的背景上，展现出广阔的视野，使同一个教堂依次换上其他所有教堂的拱孔。我觉得，摄影也和接吻一样，能使一个我们认为具有确

---

① 威尼斯小广场位于督治宫和圣马可图书馆之间，将圣马可广场和潟湖连一起。堤岸上竖立着两根石柱，柱顶上分别有威尼斯前守护神圣狄奥多尔雕像和圣马可的狮子雕像。

② 永福圣母教堂位于意大利威尼斯大运河右岸，建于 1631 年至 1687 年。1629 年，威尼斯和潟湖地区流行瘟疫，夺走威尼斯三分之一居民。1630 年，威尼斯人立誓，假如圣母能将威尼斯拯救出灾难，将为她建造一座教堂。第二年瘟疫结束，于是开始建造永福圣母教堂。

定外表的东西变化出千姿百态，而每一个新姿态都和原来的姿态一样合适，因为它们各有一个同样是合理的透视角度。总之，就像在巴尔贝克海滩我常看见的阿尔贝蒂娜的千姿百态那样，现在，当我的嘴唇凑近她的脸颊时，刹那间，我看见了十个阿尔贝蒂娜，仿佛要把一个女人在同我们多次约会中向我们呈现的丰富多彩的姿态和色彩，以神奇的速度在几秒钟内全部展现出来，再次体验到一个人的千变万化，把这个人具有的各种可能特征从不同的箱子里取出来那样，一个一个地全部取出来。这个少女就像一个多头女神，我刚看见一个头，如果我试图接近它，它就会让位给另一个头。只要我还没有接触它，我就能看见它，就能闻到它的淡雅的清香。唉！真可惜——因为对于接吻，我们的鼻孔和眼睛长的不是地方，正如我们的嘴唇不是专门用来接吻的器官一样——我的眼睛突然看不见了，接着，我的鼻子挤扁了，什么味道也闻不到了，根据这些令人讨厌的征象，我知道我终于在吻阿尔贝蒂娜的脸蛋了，可是我却还是没有品尝到我渴望已久的玫瑰花的滋味。

这次，我能避开粗暴的拒绝，随心所欲地满足我的欲望，而她也让我这样轻而易举地得到了她从前曾严肃拒绝我的东西，这难道就因为两个肉体互换了位置(我躺着，她站着)，演出了一场和在巴尔贝克海滩演出的完全相反的戏吗？(当然，今天，当我的嘴唇凑近她的脸颊时，她露出的追求快感的表情和从前那种严肃神态之间，仅仅存在着一些极其细微的线条偏差，但是，这种偏差完全可同杀死或救活一个伤员，同一张杰出的肖像和一张蹩脚的肖像之间的差距相比拟。)我不知道是不是有人无意中做了一件好事，我该不该向这个恩人致谢，感谢他最近一个月中在巴黎或在巴尔贝克为我做了工作，促使阿尔贝蒂娜的态度发生变化，但是我想，我和她所处的位置是她改变态度的主要原因。然而，阿尔贝蒂娜却对我说了另一个理由。她说："啊！那是因为在海滩那会儿，我还不认识您，我可能认为您居心不良。"这个理由使我困惑不解。显然，阿尔贝蒂娜说这话是诚恳的。一个女人，在同男友接触中，假若她的四肢和身体并没有感到一个陌生男子在蓄意要弄她，怎么会轻易承认这个错觉呢？

不管阿尔贝蒂娜的生活近来发生怎样的变化，不管这些变化也许能解释她为什么这样痛快地同意满足我一时的纯粹是肉体的欲望，而为何在巴尔贝克海滩却嫌恶地拒绝我的求爱，但无论如何，那天晚上，当她的爱抚使我意驰神荡、心满意足时，我看见她身上发生了更令人吃惊的变化。她大概清楚地看到我满足的神态，但我还担心她会因厌恶和羞怯而反抗呢，就像在香榭丽舍大街的月桂树丛后，我想拥抱希尔贝特时，希尔贝特作出的反应一样。

可事实恰恰相反。我刚让阿尔贝蒂娜躺到我床上，刚开始抚摸她，她脸上就出现了我从未见过的神态，温顺，真挚，近乎幼稚的天真。当她就要得到快感时，就像人死后一样，平时的一切忧虑、一切奢望都烟消云散，那张变得年轻的脸似乎又恢复了少女的纯真。当然，任何一个人，如果他的才华突然有了用武之地，他会变得谦逊，勤勉，讨人喜欢；尤其是，如果他善于用他的才华给我们带来巨大快乐，他自己也会感到无上幸福，同时也想让我们充分享受快乐。但是，在阿尔贝蒂娜脸上新出现的这种表情中，不只是有大公无私、职业的良心和大度，还有一种传统的和勃发的忠诚；她不仅回到了她自己的童年时代，而且回到了她那一类人的少年时代。我只希望能平息肉欲，而最后终于如愿以偿，可是阿尔贝蒂娜却和我不同，她似乎觉得，如果相信这种肉体快乐无需精神情感相伴，认为肉体快乐是某件事的最终结果，那她未免有点太粗俗。刚才她还急着要走，可现在也许觉得接吻必然导致做爱，而做爱高于其他一切义务，因此，当我提醒她该回家吃晚饭时，她说：

“噢，没关系的，来得及。”

她似乎觉得接完吻就起床不大好意思，出于礼貌，也应该在床上多待一会儿，这和弗朗索瓦丝一样，絮比安请她喝酒，如果她认为不管渴不渴都应该高兴地接受时，她不敢一喝完就走，哪怕有要紧事等着她做。阿尔贝蒂娜是卑微的法国乡村妇女的化身，在田园圣安德烈教堂能找到这类妇女的石雕原型（这也许是我不知不觉地渴望得到她的一个原因，当然还有另一个原因，以后我再讲）。尽管弗朗索瓦丝不久将成为她的死敌，但我从她身上看到了弗朗索瓦丝的影子：对客人和陌生人讲究礼貌，注意礼节，对床笫之欢怀有敬意。

我姑妈死后，弗朗索瓦丝认为只能用同情的口吻说话，而当她看到她女儿结婚前几个月，和未婚夫一起散步时不挽着未婚夫的胳膊时，却感到很反感。

阿尔贝蒂娜一动不动地躺在我身边，对我说：

"您的头发很美，眼睛很漂亮，您长得很可爱。"

我在提醒她时间已经不早了之后，又说："您不相信我？"她回答我说："当然相信。"她说的也许是真话，不过也就是两分钟以来的事，而且只能持续几个小时。

她同我谈我，谈我的家庭，我的社会环境。她对我说："啊！我知道您的父母认识一些体面人物。您是罗贝·福雷斯蒂埃和苏珊·德拉热的朋友。"我刚听她讲这两个名字时感到非常陌生，但我忽然想起，我确实和罗贝·福雷斯蒂埃在香榭丽舍大街上一起玩过，后来再没有见面。至于苏珊·德拉热，她是布朗代夫人的侄孙女，有一次，我本来要到她父母那里上舞蹈课的，甚至要在一个沙龙喜剧中扮演一个小角色，但我怕笑得太厉害而引起鼻出血，就没有去，因此，我一直没有看见她。那时候，我认为不过是斯万家那位帽子上插着羽饰的女教师在苏珊父母家里教授舞蹈罢了，但也可能不是她，而是她的一个姐妹或朋友。我向阿尔贝蒂娜声明，罗贝·福雷斯蒂埃和苏珊·德拉热在我的生活中几乎不存在。"这很可能，你们的母亲有来往，这样，你们也就有关系了。我经常在梅西娜林荫道上遇见苏珊·德拉热，她长得挺漂亮。"我们的母亲只是在邦当夫人的想象中才彼此认识，邦当夫人听说我曾和罗贝·福雷斯蒂埃在一起玩过，我似乎还给他朗诵过诗，于是就得出结论，我同他有来往是因为两家的父母亲认识。有人对我说，她每次提到我母亲的名字时，必定要说："啊！是的，她是德拉热、福雷斯蒂埃社交圈，或某某圈子里的人。"这就给我的父母打了一个受之有愧的好分数。

此外，阿尔贝蒂娜的社会观念是极其荒唐的。她认为，在姓西莫奈的人中，书写有两个 n 者，不仅比只有一个 n 的人低贱，而且比其他可能有的人都低贱。如果一个人和你同姓，但不是你家里人，你就有足够的理由蔑视他。当然也有例外。比如，两个西莫奈在一次集会中，假如说在开往墓地的送葬行列中相遇，觉得有必要随便交谈几句，并且感到自己情绪很好，当有人给他们双方作介绍，他们得知对方也姓西莫奈时，会彼此善意地寻找他们之间的亲族关系，尽管毫无结果。但这仅仅是例外。有许多人是不值得尊敬的，可我们却无视这一点，或者对此毫不在乎。但是，如果因为我们和他们同姓而造成把寄给他们的信交给我们，或者相反，把寄给我们的信交给他们，我们就会对他们的价值产生怀疑，而这种怀疑往往被证明是正确的。我们害怕搞混，若有人同我们讲起他们，为避免和他们搞混，我们会厌恶地撇撇嘴。如若在报上看见我们的姓戴在他们头上，会觉得他们窃取了我们的姓。社会其他成员犯罪与我们毫不相干。可同姓人犯罪，会让他们罪加一等。我们仇恨其他一切姓西莫奈的人，这种仇恨不是个人的，而是祖辈传下来的，因而变得格外强烈。到了孙子一辈，只记得爷爷对其他姓西莫奈的人常常蔑视地撇撇嘴，但不知其中原委；如果有人告诉他们仇恨始自一起谋杀案，他们也会深信不疑。直到有一天，两个非亲非故的西莫奈结婚（这种事时有发生），前嫌才算消除。

阿尔贝蒂娜不仅同我谈罗贝·福雷斯蒂埃和苏珊·德拉热，而且还主动给我讲述她家和安德烈的一个叔叔之间的一件事，大概是肉体的接触产生了一种透露秘密的责任，至少在一开始，说第一句话的时候是这样，那时，肉体接触尚未引起口是心非，因而不用对我保密。在巴尔贝克时，她拒绝同我讲这件事，可现在她认为不应该让我感到她对我还有什么秘密。现在，即使她最要好的女友在她面前说我坏话，她也觉得应该告诉我。我坚持要她回去，她只好走了，但她觉得我太粗鲁，替我感到羞惭，因而强装笑容，表示对我谅解，就像一个女主人看到有人穿着短上衣来她家做客，勉强笑迎，心里却很不舒服。

“您为什么笑？”我对她说。

“我没笑呀，我是在对您微笑。”她亲切地对我说，“什么时候我能再见您？”她接着又说，似乎认为我们刚才的行为，是一种伟大友谊的前奏曲（既然习惯上必然导致这个结局），这是一种事先就存在的友谊，我们有责任发现和公开承认，只有这个友谊才能解释我们刚才的行为。

“既然您准许，我一有可能，就叫人去找您。”

我不敢对她说，一切取决于我能不能见到德·斯代马里亚夫人。

“唉！只好临时决定了，事先很难知道。”我对她说，“假如哪天晚上我有空，能叫人去找您吗？”

“过一段时间就可以了，因为我就要和我姨妈分开进出了。但现在不行。不管怎样，我明天或后天下午到这里来碰碰运气。您有空就见我，没空就算了。”

走到门口，她见我没有主动亲她，甚感惊讶，就把脸凑到我嘴边，认为我们现在不需要有粗俗的情欲就能接吻了。因为我们刚才短暂的卿卿我我，是男女单独在一起亲密无间、心灵交感时可能产生的一种关系，所以，阿尔贝蒂娜认为，应该为我们刚才在床上的接吻意外而短暂地添上一层骑士和情妇接吻时的感情色彩，正如中世纪行吟诗人对于接吻可能构想的那样。

这位可能被中世纪雕刻家刻在田园圣安德烈教堂门廊上的庇卡底①少女，她刚离开我，弗朗索瓦丝就给我送来了一封信，我欣喜若狂，因为这是德·斯代马里亚夫人的信，她答应星期三和我共进晚餐。这封署名为德·斯代马里亚夫人的信，对我来说，写信人与其说是真实的德·斯代马里亚夫人，毋宁说是阿尔贝蒂娜来看我之前我思念了整整一天的德·斯代马里亚夫人。这是爱情玩弄的可怕骗局。爱情一开始就唆使我们和一个不属于外部世界的女人，一个仅仅是我们想象中的女人玩弄这场骗局。况且，唯有这想象中的女人才永远听我们使唤，让我们占有，才能被同想象力一样随心所欲的记忆力变得完全不同于真实的女人，正如梦幻中的巴尔贝克不同于真正的巴尔贝克一样。我们通过想象创造了一个女人，渐渐地，我们非要让现实中的女人和梦幻中的女人相像，这就给我们带来了痛苦。

阿尔贝蒂娜来访，耽搁了我很长时间，当我赶到德·维尔巴里西斯夫人家里时，喜剧已经演完了。客人们从第一客厅里拥出来，边走边议论着盖尔芒特公爵夫妇彻底分居的特大新闻。我不想从侧面进攻人流，于是便在第二客厅的一张大安乐椅上坐了下来，等待女主人过来时向她问候。我看见公爵夫人从第一客厅走出来，身穿一件宽大的黄缎连衣裙，裙子上引人注目地别着几朵硕大的黑罂粟花，显得庄严，魁伟。想必看戏时她坐在第一排，所以比别人晚出来。看见她，我不像以前那样失魂落魄了，我母亲突然把我从一个旷日持久的幻梦中唤醒了。一天，她把手放在我额头上（就像她怕给我带来痛苦时习惯做的那样），对我说："别天天上街去看德·盖尔芒特夫人了，你都成了大家的笑柄啦。况且，你看，你外祖母病得那样厉害，你还有更要紧的事要做呢，何苦在路上等一个不把你放在眼里的女人呢？"于是，她就像一个会施催眠术的人，使我摆脱幻梦，回到

① 庇卡底是法国北部旧省名。

了现实，让我睁开了眼睛；她又像一个医生，让我意识到现实和责任，治好了我沉迷不醒的想象出来的疾病。第二天，我用了一整天时间同这个已被我抛弃的病痛作最后的告别，连续几个小时边哭边唱舒伯特的《告别曲》：

……再见了，天使们非同凡俗的姐妹，
奇妙的声音在远方将你召唤。

接着就没事了，上午我再也不出门了。没想到会是这样轻而易举，以致我预言（以后大家会看到我的预言是错误的），在我生活中，同一个女人断绝来往将会是一件很容易的事。直到弗朗索瓦丝告诉我，絮比安很想换一间大一点的房子，正在街上寻找一个店铺时，我才开始出门。我想帮他找到这样一个店铺（再说，我也很乐意帮他忙，因为在街上闲逛，在乳品店敞开的卷帘铁门下，可以看见戴白袖套的送奶姑娘们；我躺在床上，就已经听见阳光明媚的大街上人声喧闹，就像在海滩上一样），于是，我又能开始外出了。此外，我现在出门自由自在，因为我心里坦然，我不是为看德·盖尔芒特夫人才出门的，这就像一个女人，只要有情夫，她就会小心翼翼，哪天同情夫一刀两断了，她就会把信到处乱放，就有可能把一个她已不再感到害怕，同时也不会再犯的错误暴露给丈夫。

当我知道几乎每幢房子都有不幸人时，心里感到很难过。这里，妻子因丈夫有外遇而哭泣不停。那里却是妻子欺骗了丈夫。在别处，一位含辛茹苦的母亲遭到酒鬼儿子的毒打，竭力在邻居面前掩饰自己的痛苦。人类有一半在哭泣。当我认识到这个道理时，心里非常恼火，以致我想，丈夫或妻子与人通奸，是不是有他们的道理，是因为他们得不到合法的幸福，除了对自己的妻子或丈夫外，他们对谁都亲，对谁都忠。不久，我就不能再以帮助絮比安为理由，每天上午继续到街上乱逛了。因为我听说，我们院子里的那位细木匠接到了房管员的驱逐令，说他敲敲打打，闹得鸡犬不宁。细木匠的车间与絮比安的裁缝铺仅一板之隔。絮比安求之不得，因为车间有一个与我们地窖相通的放细木板的地下室。絮比安可以把煤放在地下室里，拆掉隔板，他就有了一个宽敞的店铺。絮比安觉得德·盖尔芒特先生要价太高，就先让那些想找房子的人来看看，公爵找不到房客，就会泄气，从而心甘情愿地降低价格，把房子租给他。弗朗索瓦丝注意到，每天看房的时间过了，门房甚至还把“待租”的牌子留在店门口。她觉察到，这是门房设的圈套，想把盖尔芒特家那位听差的未婚妻引到这里来（他们会找到一个谈情说爱的隐蔽所），然后把他们当场抓住。

尽管不再需要为絮比安找房子了，但我无论如何仍坚持在午饭前出门。我常常遇见德·诺布瓦先生。有时他正在和一个同事交谈，他用目光打量我，看够了，就把眼睛移到他的谈话人身上，既没有对我微笑，也没有朝我点头，好像压根儿不认识我。因为对于这些显要的外交官来说，以某种方式注视你，并非是为了让你知道他们看见你了，而是要让你知道他们没有看见你，他们正在和同事谈一个严肃的问题。我经常在我们家附近遇见一个大个子妇女，她对我有失检点，因为尽管我不认识她，她却总要回首看我，徒劳地在商店橱窗前等我，朝我微笑，仿佛要来拥抱我，要委身于我。如果遇到熟人，她就立即恢复冷漠的神态。好久以来，在我上午的奔波中，根据我要做的事情，哪怕是买一份报纸那样的小事，我总是选择最近的路，即使我走的路线不在公爵夫人习惯的散步路线内，我也毫不遗憾，如果相反，恰好同她的路线重合，我也不必小心谨慎，掩饰自己的感情，因为我不再感到这条路是禁路了，不再需要煞费苦心地让一个无情无义的女人开恩，不情愿地让我看一眼。但是，我没有想到，我精神上恢复健康后，这不仅使我对德·盖尔芒特夫人恢复了正常态度，而且也使德·盖尔芒特夫人改变了态度，对我友好和亲切了。不过，这对我已经无关紧要了。从前，即便把全世界的力量聚集起来，促使我同她接近，也会在一个不幸的爱情女神施展的魔法面前化为乌有。仙女的威力大于人类，她们规定，一旦被施了魔法，一切都无济于事，直到有一天，我们真心诚意地对自己说“我不再爱了”时，魔法才会解除。我曾埋怨圣卢没把我介绍给他舅妈。但是，他不比别人更高明，他同样不可能破除魔法。只要我还爱着德·盖尔芒特夫人，我从别人那里得到的关切和恭维，只会使我内心痛苦，因为这不是她给我的，况且她并不知道。然而，即使她知道了，也不会有什么用处。但是，任何细小的感情流露，失约，拒绝一起吃饭，一种无心的、不自觉的严厉态度，甚至比所有的化妆品和最漂亮的衣服更有用处。如果有人把这个成功的秘诀教给别人的话，准会获得成功。

德·盖尔芒特夫人来到我所在的客厅，头脑里还在想着她那些朋友（都是些我不认识的人），说不定哪天晚上还要同他们聚首。当她穿过客厅时，发现我坐在大安乐椅上，一副无动于衷的样子，只想显得客客气气，彬彬有礼，可是当我还爱着她的时候，我总想装出漠不关心的样子，却总也装不出来。她斜穿过客厅，向我走来，脸上又露出了看歌剧那天晚上的微笑，即使她痛苦地感到她被一个她不爱的人所爱，也不会使这个微笑消失：

“不，坐着别动。请允许我在您身边坐一会儿，好吗？”她对我说，优雅地把大得出奇的裙子稍微往上提了提，不然的话，会把整个椅子都占满的。

她身材比我高大，况且裙子又使她增加了体积，因此，我几乎能接触到她裸露着的妙不可言的胳膊和鬈成螺旋形的像饰带一样披下的金发。她的胳膊上覆盖着无数绒绒细毛，犹如在周围飘浮的永不消失的金色烟雾，而她的金发给我送来阵阵馥郁的芳香。因为两人坐得很挤，她很难把脸转到我这边，只好目视前方，而不是看着我这边，她含情脉脉，若有所思，其神情宛若一张画像。

“您有罗贝的消息吗？”她对我说。

这时德·维尔巴里西斯夫人从我们身边经过。

“好啊！先生，难得见您一次，您却到这时候才来。”

看见我在同她的侄女说话，大概猜想我们的关系比她知道的要亲密：

“我不想打搅您和奥丽阿娜的谈话。”她又说（因为在女主人的职责中，也应包括给两个恋人起撮合作用），“您愿意星期三和她一起来吃晚饭吗？”

星期三我要和德·斯代马里亚夫人共进晚餐，所以我拒绝了。

“那么星期六呢？”

我母亲星期六或星期天回来，如果天天不和她一起吃晚饭恐怕不好，我又拒绝了。

“啊！您这人好难请呀！”

“您怎么总也不来看我呢？”当德·维尔巴里西斯夫人离开我们时，德·盖尔芒特夫人对我说。德·维尔巴里西斯夫人是去向演员们表示祝贺和给那个著名的女歌唱家献玫瑰花的。这束花的全部价值是送花人的那只手，因为花本身只值二十法郎（况且，她才为侯爵夫人唱了一次，得到一束花已经是最高奖赏了。每天午后和晚上都来为侯爵夫人效劳的女歌唱演员，能得到她亲手画的玫瑰花。）“每次只能在别人家里见面，这确实有点乏味。既然您不愿意和我一起在我婶婶家吃晚饭，为什么您不上我家来呢？”

有几个人找了些借口，尽可能地在这个客厅里多待些时间，但最后还是出去了，他们看见公爵夫人和一个年轻人坐在一张狭窄得只能坐下两个人的安乐椅上聊天，就认为他们得到的情报不正确，要求分居的不是公爵夫人，而是公爵，而我是他们分居的原因。他们赶紧去散布这个消息。我比谁都清楚这个消息是不真实的。但令我感到惊讶的是，公爵夫妇尚未正式分居，处境十分困难，公爵夫人却不安分守己，竟邀请一个恰恰是她很不了解的人吃晚饭。于是我猜想，过去她不接待我，是因为公爵不同意，现在他们分开了，她看到障碍已经消除，就可以把她喜欢的人聚集在她的周围了。

两分钟前，如果有人对我说，德·盖尔芒特夫人要我去看她，我会惊得说不出话来，更不用说她要我去吃晚饭了。尽管我知道，盖尔芒特沙龙不会和我根据这个名字想象出来的沙龙有共同之处，但因为我一直被拒之门外，只好把我在小说中看到的有关沙龙的描写和在梦幻中看见的沙龙的形象赋予盖尔芒特沙龙，即使我心里清楚，它跟世上所有的沙龙没有两样，但我还是把它想象得与众不同。在我和盖尔芒特沙龙之间，有一道屏障，真实碰到这道障碍就会消失。和盖尔芒特一家共进晚餐，犹如在进行一次渴望已久的旅行，好像在把我心之向往的东西展现在我眼前，在结识一个梦幻。至少，我可以相信，这顿晚餐是这样一种晚餐：主人邀请的是一个他们不想炫耀的人，他们对他说："来吧，就我们家里人，**绝对**没有旁人。"他们害怕看见这个卑贱的客人和他们的朋友混在一起，却偏要把这种害怕强加给客人，硬把他当成不爱交际的人而给予特殊优待，单独请他吃饭，甚至把这种孤立变成一种只有亲朋好友才能享受的值得羡慕的特权。可是恰恰相反，德·盖尔芒特夫人接下来说的话，使我感到她是想让我品尝更美好的东西。她说（一面说，一面仿佛在向我展现到法布利斯①的姑妈家做客时能看到的淡紫色的美，和被介绍给莫斯加伯爵②时能看到的奇迹）：

"星期五您有空来参加小宴会吗？都是至亲好友，您能来就好了。帕尔马公主要来，她很迷人。要是不能让您会见一些可爱的人，我就不会邀请您了。"

家庭在那些热衷于步步高升的不稳定的中间社会阶层是不被重视

① 法布利斯是司汤达的小说《巴马修道院》中的主人公。

② 莫斯加伯爵也是《巴马修道院》中的人物，法布利斯的姑妈吉娜的情夫。

的，但在像小资产阶级和王侯贵族这些稳定的阶层中却占据十分重要的地位。贵族阶级不能再企望高升，因为从他们特有的观点看，在他们之上什么也没有了。“维尔巴里西斯婶婶”和罗贝对我显示的友谊，可能使我在自给自足、永远生活在同一个小圈子里的德·盖尔芒特夫人及其朋友们的眼里，变成了一个我难以想象的、能激发他们好奇心和吸引他们注意力的目标。

她对这些亲戚的家庭和日常生活了如指掌，知道他们的生活平淡无奇，同我们想象的迥然不同，如果我们有什么事被她知道了，我们的行为非但不会像眼睛里的灰尘或气管里的水珠那样遭到驱逐，反而会牢牢地刻在她的记忆中，多少年后，甚至连我们自己都忘得一干二净了，她却还会在宫中议论和谈及这些事。当我们听到这些往事，会像在一本极其珍贵的真迹集中发现我们的一封亲笔信那样惊讶万状。

一般的风雅人士可能会因上门打搅的人太多而紧闭大门。可是，盖尔芒特家并非门庭若市。陌生人几乎没有机会从他们家门口经过。如果偶然有一个陌生人登门求见，公爵夫人决不会考虑这个人能不能提高她的社交地位，因为这正是她可能给予别人的，而不是别人可能给予她的。她考虑的只是这个人的真正品质：德·维尔巴里西斯夫人和圣卢对她说过，我有真正的品质。当然，如果她没有注意到他们对我从未能做到召之即来，或者说，没有注意到我对社交活动并不热衷，她也就不会相信他们的话了，因为一个不热衷社交生活的人，在公爵夫人眼中，是一个“令人愉快的人”。

应该看到，当有人谈起她不大喜欢的女人，例如谈到她的表嫂时，她脸上的表情会陡然变化。“啊！她很迷人。”她说，神态狡黠而肯定。她提供的唯一理由是，这位夫人曾拒绝和肖斯格罗侯爵夫人和锡利斯特拉亲王夫人认识。但她没有说，她，盖尔芒特公爵夫人也同样遭到了这位夫人的拒绝。然而这是事实。从那天起，公爵夫人经常想象这位很难结交的贵妇家中可能发生的事。她渴望在她家中受到接待。上流社会的人总是习惯别人希望和自己结交,谁要是故意避而不见,谁就在他们眼里成了凤凰,就会引起他们特别的关注。

德·盖尔芒特夫人请我吃饭的真正动机是什么?难道就因为我无视她的亲戚,不想和他们经常往来?自我不爱她以来,她是怎样想的?这些我无从知道。不管怎样,她既然决定请我,就要尽地主之谊,把家里最好的东西拿给我看,而把那些可能使我今后不再踏上她家门的朋友,那些她知道十分无聊的人支开。当我看见公爵夫人因为一些不为人知的原因偏离她的航道,坐到我的身边,邀请我到她家去吃饭时,我不知道她为什么会有这个变化:我们没有专门的器官为我们提供情况,因此就认为我们不熟悉的人只会在难得看见我们的时候才想起我们。我对公爵夫人就是这样想的。然而,这种想象具有绝对的随意性。例如,我们在一个美丽而寂静的夜晚感到孤独时,会无穷地遐想,会看见形形色色的交际王后,在遥远的星空沿着各自的轨道行进,这时,假如从空中掉下一张晚宴请帖,或传来一阵喧哗,会以为落下了一颗刻着我们名字的陨石,因此而不安或快乐得惊跳起来,因为我们相信在金星或仙后星上不会有人知道我们的姓名。

也许,有时候,当德·盖尔芒特夫人模仿波斯王子(根据《以斯帖书》①记载,波斯王子们总是让人给他们朗读极力巴结过他们的臣民的名册),查阅对她怀有好意之人的名册时,对于我,她也许会说:“这个人我们要请他来吃饭。”但是另一些想法转移了她对我的注意力,直到有一天,

(君王身旁乱哄哄地聚着一群人,
不停地把他拉向新目标)

① 《以斯帖书》是圣经旧约中的一卷书。以斯帖是一位美丽的犹太姑娘,嫁给了波斯王亚哈随鲁,使犹太人逃脱了首相哈曼的发难,并让她的堂兄末底改取代哈曼当了首相。

她看见我像末底改[①]那样，孤零零地站在宫门口，才想起我来，也像亚哈随鲁[②]那样，送给我许多礼物。

当德·盖尔芒特夫人约我吃饭时，我大吃一惊，但是，我应该说，接下来又有一件事同样使我惊讶万分，只是性质不同罢了。当我听到公爵夫人约我去她家吃饭时，我觉得不应该把我的惊讶掩饰起来，而应当夸张地显露出来，这样才显得更谦虚，更能表达我的感激之情。德·盖尔芒特夫人见我如此惊讶，怕我不知道她是谁，当她要去参加当晚最后一个聚会时，她像为自己辩解似的对我说："您知道，我是罗贝·德·圣卢的舅妈，他很喜欢您，况且我们在这里已见过面了。"我说我知道，也认识德·夏吕斯先生，我在巴尔贝克海滩和在巴黎时，他"对我很好"。德·盖尔芒特夫人显得很吃惊，她的目光像是为了核实似的在参阅她内心那本更加古老的书。"怎么！您认识帕拉墨得斯？"这个名字从德·盖尔芒特夫人口中说出，给人以一种亲切感，因为她在谈到这个出类拔萃、超凡入圣的人物时，语气朴实自然，毫不做作。其实，这个人对她不过是小叔子，是同她耳鬓厮磨一起长大的堂兄弟。帕拉墨得斯这个名字，仿佛把她少女时代在盖尔芒特城堡花园里和堂兄弟一起玩耍时的漫长夏日的明媚阳光，带进了我想象中的盖尔芒特公爵夫人灰暗朦胧的生活中。奥丽阿娜·德·盖尔芒特和堂兄弟帕拉墨得斯的那段生活早已成为过去，他们后来的生活同过去大相径庭，尤其是德·夏吕斯先生，他曾如痴如狂地迷恋艺术，但后来就不再迷恋了，因此，当我听说公爵夫人此刻正在展开的那把大扇子上黄黑蝴蝶花是出自他的手时，不禁惊呆了。公爵夫人还可以把他以前为她谱写的一首小奏鸣曲拿来向我炫耀。我的确不知道男爵还有这些才

① 末底改是圣经中的人物，犹太人。他曾抚养他叔父的女儿以斯帖，后者成了波斯国王亚哈随鲁的妻子后，让他当了首相。

② 亚哈随鲁是圣经中的波斯王。登基后第三年大摆宴席招待一切首领臣仆，王后瓦实提不肯赴宴，于是，他废了瓦实提，另立以斯帖为王后，后来又抬举末底改为首相。

能，他从没有谈起过。顺便说一句，德·夏吕斯先生不喜欢他家里人叫他帕拉墨得斯。如果叫他墨墨，他就更不高兴了。这些荒唐的简称，既表明贵族对其自身的诗意缺乏了解（犹太人也一样，鲁弗斯·以色列夫人的一个名叫莫伊兹的侄儿在社交界常被叫作“莫莫”），同时也表明贵族一心想装出对自己的特权毫无兴趣的样子。然而，在这方面，德·夏吕斯先生显得比别人富有诗意，愿意表现出对自己的特权感到骄傲。不过，这还不是他不喜欢墨墨这个简称的原因，因为墨墨毕竟与帕拉墨得斯有一点联系。其实是因为他深知自己出身王族，他希望兄嫂叫他“夏吕斯”，正如玛丽·阿梅莉王后或奥尔良公爵称呼他们的儿孙、侄儿和兄弟为“儒安维尔、纳穆尔、夏尔特尔、帕里斯”一样。

“墨墨这家伙就爱故弄玄虚，”她嚷道，“我们同他谈您谈了很长时间，他对我们说，如果能同您认识，他将不胜高兴，就像从来没有见过您似的。您说他怪不怪？我像这样背后议论我的小叔子有时候像个疯子，是不是不好？我很崇拜他，很欣赏他的才华。”

她把德·夏吕斯先生说成疯子，我感到很震惊。我想，也许可以用半疯半傻来解释他的某些行为，例如，他曾兴致勃勃地打算要求布洛克打自己的母亲。我发现，德·夏吕斯先生说的话和说话的方式，都让人觉得他有点儿像疯子。当我们第一次听到一个律师辩论或一个演员念台词时，发现他们的语调和一般人的语调差别很大，会感到惊讶。但当我们发现大家都不觉得奇怪时，也就不对别人说什么了，对自己也不说什么，仅仅对他们的才华作些评价。看了法兰西剧院一个演员的演出，我们最多会想：“他干吗不让举着的双臂一下子落下，而是一点一点地、断断续续地放下，至少用了十分钟？”或者听了拉博里①的辩论，我们会想：“为什么他一

① 拉博里（1860—1917），法国著名律师。他英俊的相貌、洪亮的嗓门和能言善辩的口才吸引了许多人。

张嘴就发出这些悲切而意外的声音？他所谈的不过是一件极其平常的事。”但因为大家一上来就接受了，所以也就不觉得反感。同样，当我们听到德·夏吕斯先生说话语气夸张，和一般人的说话不同时，也会有想法，好像时刻想对他说：“为什么这样大叫大嚷？为什么这样傲慢无礼？”只不过大家都默认了他的讲话方式。当他夸夸其谈时，我们也就和大家一样，都表示欢迎了。但可以肯定，在有些时候，一个外人听到他这样说话，会以为是疯子在喊叫。

“可是，”公爵夫人又说，朴实自然的语气中又加进了一些蛮不讲理的意味，“您能肯定没有搞错？肯定是我的小叔子帕拉墨得斯？尽管他喜欢把事情神秘化，但我似乎难以相信！……”

我回答说，我肯定无疑，想必是德·夏吕斯先生没有听清我的名字。

“呀！我得离开您了。”德·盖尔芒特夫人好像不无遗憾地对我说，“我要到利涅亲王夫人家坐一坐。您去不去？不去？您不喜欢社交？这样好，那真没意思透了。要是我可以不尽这个义务就好了！可她是我的表姐，不去不好。我很遗憾，因为我是可以带您去的，甚至还可以带您回来。那就再见了，我为星期五感到高兴。”

如果说德·夏吕斯先生在德·阿让古尔先生面前不好意思承认认识我，那倒还说得过去。可是，他对这个非常欣赏他的嫂子也矢口否认（既然他的婶母和外甥认识我，他认识我是很自然的事），这就叫我百思不得其解了。

我就要讲完这件事了，不过，还要说一句：从某个角度看，德·盖尔芒特夫人身上有一种高尚的品质，她能把别人只能部分忘却的东西全部从记忆中抹去。她就好像在上午散步时，从没有遇到我的纠缠、尾随和跟踪似的，我向她致意时，她好像从没有流露出厌烦，圣卢恳求她邀请我时，她好像从没有断然拒绝过。她对我的态度是那样亲切、自然。她非但没有作事后解释，没有说一句含蓄的话，没有扮出弦外有音的微笑，非但使她现在这种和蔼可亲、不回顾过去和毫无保留的态度，流溢出一种十分正直的品质，就像她的魁伟身躯给人以正直的印象一样，而且，她过去对某一个人可能存有的不满，现在已全部化作灰烬，都已从她的记忆中，至少从她的态度中清除出去了；因此，每当她必须用最自然的神态，对待可能被其他许多人当作借口而保持冷漠和进行指责的事情时，如果我们注视她的脸孔，会感到她在行一种净礼①。

然而，如果说德·盖尔芒特夫人对我态度的变化使我深感惊讶的话，那么当我发现我对她的态度变化更大时，我就更难以形容我的惊讶了。曾几何时，我不是成天冥思苦想、绞尽脑汁地想找一个能把我介绍给她的人，而且希望在得到第一个幸福之后，能得到更多的幸福，以满足我那越来越苛求的心吗？我不是只有在这种时候才生气勃勃、精神焕发吗？正因为我没有找到合适的人，才决定到东锡埃尔去找罗贝·德·圣卢的。而现在，就是他的一封信（不是关于德·盖尔芒特夫人的，而是关于德·斯代马里亚夫人），搞得我内心纷扰，魂不守舍。

最后，作为这次晚会的结束语，我想补充一点。晚会上，布洛克同我讲了一件事，但其正确性几天后就被否认了。我对这事一直迷惑不解，为了它，我和布洛克很长时间不说话。这件事本身就是许多奇怪的矛盾中的一个，读者在《索多姆》第一卷中能找到解释。现在我就来谈这件事。那天晚上，在德·维尔巴里西斯夫人家里，布洛克不停地向我吹嘘，德·夏吕斯先生在街上遇见他时，对他的态度如何亲切，像熟人一样眼睛一直盯着他看，很想同他认识，并且知道他是谁。开始我不以为然，只是笑笑而已。从前，在巴尔贝克海滩，布洛克不是对同一个夏吕斯发表过异常激烈的言词吗？我心里想，布洛克的父亲“不经认识”就认识了贝戈特，布洛克学着他父亲的样，“不经认识”就认识了男爵，而他所认为的亲切目光，

① 净礼为宗教名称。指按照规定，洗涤身体或其一部分，以求净化或表示奉献。

其实是漫不经心的目光。但是布洛克毕竟讲了那么多细节，他那么肯定德·夏吕斯先生有两三次想走来同他攀谈，因此，当我想起我曾和男爵谈过我这个同学，男爵在探望德·维尔巴里西斯夫人后回家的路上，确实向我问起过他的许多情况时，我也就相信布洛克没有撒谎，德·夏吕斯先生知道他的名字，知道他是我的朋友，等等。因此，过了一段时间，在剧院里，我对德·夏吕斯先生说，我想把布洛克介绍给他，征得他的同意后，我就去找布洛克了。可是，德·夏吕斯先生一见他，就露出了惊讶，但顷刻间就被一股怒火取而代之。他非但不把手伸给布洛克，而且，每当布洛克同他说话，他回答时态度极端傲慢，声音咄咄逼人，让人听了很不舒服。因此，布洛克认为——据他说，在这之前，男爵对他从来是笑脸相迎——我在同男爵短短的交谈中（我知道德·夏吕斯先生很注重礼节，在把他带去见布洛克之前，同他谈了谈我这位同学的情况），没有把他介绍给他，反而在他面前说了他的坏话。布洛克疲惫不堪地离开我们，就好像刚才想爬上一匹时刻准备狂奔的马儿，或想在汹涌澎湃、随时都会把人抛向卵石滩的波涛中游泳而拼出了全部力气似的。后来，他有半年时间没有同我说话。

还要过几天才能和德·斯代马里亚夫人共进晚餐。对我来说，这些日子是令人难以忍受的，而不是令人愉快的。一般地说，离预定的时间越近，我们会感到越长，因为我们会用更小的单位计量时间，或者说因为我们老想着时间。据说，教皇的任期是以世纪计算的，他也许不想计算时间，因为他的目标是无限大。我的目标只有三天，我用秒计算，我沉醉在遐想中，遐想是温存的开始，但因为这种温存（正是这种温存，而不是其他任何温存）不可能让我渴望的女人来完成，所以我感到烦躁不安。总之，尽管在通常情况下，一种欲望越是难以得到满足，就越强烈（是难以，而不是不可能，因为不可能会扼杀欲望），然而，对于一种肉体欲望，肯定它在短期内的一个确定时刻能够实现，不见得比不能肯定少令人激奋，深信能得到快乐,也和忧虑一样,会使等待变得难以忍受,因为我们会反复想象将要享受的快乐,这会像忧虑那样,把时间切割成无数个小段。

我需要占有德·斯代马里亚夫人:几天来,我的欲望在一刻不停地想象着占有她的快乐。我头脑中只想象这个快乐,不可能是别的(占有另一个女人的)快乐,因为快乐仅仅是一种事前欲望的实现,这种欲望并非一成不变,而是随梦幻的无数组合、记忆的偶然性、性欲的状态和满足性欲的前后次序而千变万化,最后的欲望满足了,也就平静了,直到欲望满足后产生的失望多少有点被人遗忘了,才会产生新的欲望。我已经离开了一般欲望的大道,走上一条特殊欲望的小路;如果我想同另一个女人约会,必须从遥远的地方回到大路上,然后走另一条小路。在布洛尼林园的小岛上占有德·斯代马里亚夫人(我已约她在那里共进晚餐),这就是我时刻遐想的快乐。我在岛上吃饭,如果没有德·斯代马里亚夫人陪伴,快乐自然也就成了泡影;但在别的地方吃饭,即使有她做伴,快乐也会大大减弱。况且,以什么样的态度想象快乐,是选择女人,选择合适的女人的先决条件。态度决定选择什么样的女人,也决定选择什么样的地方;正因为如此,在我们变化无常的思想中,会交替出现这样的女人,这样的风景区,这样的房间,而在其他几个星期中,对这些我们又会不屑一顾。女人是我们态度的产物。有一种女人,没有合适的大床决不会应约,有了大床,我们躺在她们身边就得到安宁;另一种女人,如果你怀有不可告人的意图,要抚摩她,那就要在一个树叶随风飘舞,水面黑夜环抱的地方,因为她们自己也像树叶一样轻飘,像水一样不可捉摸。

当然,在我收到圣卢的信之前很久,当我还没有向德·斯代马里亚夫人发出邀请的时候,我就认为,布洛尼林园的小岛是寻欢作乐的好地方:我去过小岛,但从没想到带我渴望的女人去那里,为此我尝到了忧愁的乐趣。夏天的最后几个星期,那些流连忘返的巴黎女郎在湖边漫步。我们徘徊在这通往小岛的湖岸上,希望能再次遇见在最后一次舞会上邂逅相遇、一见钟情的少女。我们不知道在何处能找到她的芳踪，甚至不知道她离没离开巴黎。我们感到心爱的人昨天已经离开，或者明天就要离去，就在湖水荡漾的岸边，沿着秀色可餐的小径踯躅。小径上已出现第一片红叶，宛如最后一朵盛开的玫瑰花；仔细观察天边，视线直接从人造的公园落到具有自然风光的默东①高地和瓦勒里昂山②上，不知道该在哪里划分界线，真正的原野加入到了人造公园中，而人造公园那巧夺天工的美境向原野的纵深伸延（眼睛的这种错觉恰好与回转画③引起的错觉方向相逆，在回转画的圆顶下，处于前景的蜡人赋予后景的画布以以假乱真的深度和广度）；因此，就有那些珍贵的飞禽饲养在一个植物园里，每天自由自在，飞来飞去，甚至把异国色彩带到了邻近的树林里。从夏天的最后一次舞会到冬天消逝这段时间内，我们忧心忡忡，走遍了这个弥漫着浪漫色彩的王国，毫无把握地寻找着心爱的女人，心里充满了爱情的惆怅；如果有人告诉我们，这个王国位于地球之外，我们丝毫不会感到惊讶，就像在凡尔赛宫，当我们站在高高的平台上观摩四周，看见云彩环绕，与具有默伦④风格的蓝天相接，这时，我们也会觉得恍若仙境，如果有人对我们说，在大运河的尽头，大自然恢复真貌的地方，在像海面一样绚烂夺目的天边，那些看不见的村庄叫弗勒吕斯⑤或奈梅亨⑥，我们也丝毫不会感到吃惊一样。

最后一辆马车过去了，我们痛苦地感到，心爱的女人不会再来，于是

---

① 默东是法国城市名，位于巴黎西南，有广袤的森林。

② 瓦勒里昂山位于巴黎西边。

③ 回转画是一种置于圆形建筑物内壁上的画，能使坐在屋子中央的观众产生周围是真实事物的幻觉。回转画盛行于十八世纪末期和十九世纪，陈列于大圆筒房屋内墙上，圆筒直径有的达 40 米。

④ 默伦（1632—1690），法国画家、雕刻家。擅长画马和风景，他画的天空都很高。

⑤ 弗勒吕斯为比利时埃诺省城市。1794 年 6 月 26 日，这里曾发生过一场战役，那是法国革命战争的第一次反法联盟阶段最重要的一次战斗。虽然法军最后取得胜利，但损失惨重。

⑥ 奈梅亨为荷兰东部格尔德兰省城市。第二次世界大战德军占领时期遭受严重破坏。

就到岛上去吃饭。杨树沙沙颤动,这与其说和神秘的黄昏相呼应,不如说使人不断想起黄昏的神秘。一片玫瑰色的云彩把最后一个富有生命力的色彩铺在杨树上方那宁静的天空中,几滴雨水无声地落在古老的湖面上,但湖水在神奇的童年时代,从来都是天蓝色,从不把云彩和花儿的形象放在心上。天竺葵与灰蒙蒙的黄昏奋力搏斗,想用自身的红光照亮湖面,但白费气力,薄雾已开始把昏昏欲睡的小岛包围。我们沿着湖岸,在潮湿的黑暗中散步,最多当一只天鹅无声地掠过湖面时,我们会感到惊异,就像夜里当我们以为仍在睡梦中的孩子在床上猛然睁开眼睛朝我们微笑时,我们会感到惊异一样。因此,我们越感到孤独,越觉得自己离群索居,就越希望有一个恋人与我们相伴。

这个岛屿,即使在夏天也常常灰雾笼罩,何况,现在秋天已经结束,冬天业已来临,我若能在这样的季节把德·斯代马里亚夫人带到岛上,那该多么幸福!虽然星期天以来的天气没能使我想象的地方变得灰雾笼罩,具有海洋特征(正如在其他季节,那里满园馨香,五彩斑斓,具有意大利风光特色),但因为我渴望几天后能占有德·斯代马里亚夫人,这种渴望足以使雾幕在我无穷的怀旧想象中每小时升降二十次。从昨天起,连巴黎也下起了雾,不管怎样,浓雾不仅时刻使我想起我刚刚相约的那位少妇的故乡,而且因为岛上的雾比城里更浓,晚上很可能蔓延到树林,尤其可能蔓延到湖边,我想,浓雾会把天鹅岛变得有点和布列塔尼岛相似,在我看来,布列塔尼岛弥漫着浓雾的海洋,总是像一件衣服,包围着德·斯代马里亚夫人苍白的身影。当然,人在年轻的时候,比如在我到梅塞格利丝那一边散步的那个年龄,欲望和信仰会赋予一个女人的衣服以一种与众不同的特色,一种不可减少的本质。我们追求真实,但又不经意而让真实溜走了,最终我们会发现,经过无数次徒劳的尝试,一种结实的东西,也就是我们寻找的东西,却留存下来了。我们开始知道并了解到,我们喜欢的东西,哪怕施计谋也要得到它。信仰消失了,于是衣服也就自欺欺人地代替了信仰。我清楚地知道,我在离家半小时远的地方,是找不到布列塔尼岛的。但是当我搂着德·斯代马里亚夫人的纤腰,在黑暗笼罩的小岛上,沿着湖岸散步的时候,我会像有些人那样,即使进不了修道院,至少,在占有一个女人之前,可以让她穿上修女的衣裳。

我甚至有希望和那位少妇一道谛听波浪的拍击声,因为约会的前一天下了场暴风雨。我开始修脸刮胡,以便去岛上为第二天的晚餐预订雅座(尽管每年这个时候岛上游人稀少,饭馆生意清淡)和确定菜单,这时,弗朗索瓦丝通报阿尔贝蒂娜来了。我立即让她进来,不怕让她看见由于黑乎乎的下巴而变得十分难看的模样。可是,在巴尔贝克,为了她,我总要把自己打扮得漂漂亮亮,她使我不安和痛苦,就像现在德·斯代马里亚夫人使我不安和痛苦一样。我一心想让德·斯代马里亚夫人对明天的晚餐产生美好的印象,因此,我请求阿尔贝蒂娜立即陪我去岛上,帮我拟订菜单。我们为一个女人献出了一切,但她很快又被另一个女人取而代之,就连我们自己也感到吃惊,不明白为什么每小时都要有新的毫无前途的追求。阿尔贝蒂娜头戴一顶无边小帽,帽子压得很低,差点儿遮住眼睛。她听到我的建议后,那露在帽子外的玫瑰花般的笑脸似乎闪出一丝犹豫。她可能另有安排,但是不管怎样,她还是痛快地为我放弃了她的计划,这使我感到心满意足,因为我的确需要有一个年轻的家庭主妇和我在一起,她订菜也许比我内行。

当然,在巴尔贝克海滩,阿尔贝蒂娜对于我完全是另外一回事。但是,和我们钟情的女人亲密相处,即使我们当时感到还不够亲密,也会在她和我们之间创造一种社会关系(尽管还有一些缺憾使我们深感痛苦),即使爱情消失了,甚至被遗忘,但这种社会关系却依然存在。因此,当一个女人最后成为我们通往其他女人的工具和途径的时候,每当我们想起她的名字曾使我们感到十分新奇,我们会觉得惊讶和好笑,就像我们要去嘉布遣会修女大街或渡船街时可能产生的感觉一样,我们把地址扔给马车夫后，心里只惦记着将要看望的女人，但当我们突然想到这些街道叫这样的名字，一个是因为街上曾有一座嘉布遣会修道院，另一个是因为曾有渡船渡行人过塞纳河，我们会感到惊讶和好笑。

当然，我对巴尔贝克海滩的欲望，已使阿尔贝蒂娜的躯体变得那样成熟，在她身上积聚了那样清新、那样甘美的滋味，当我和她在布洛尼林园里奔跑时，我看到秋风像一个辛勤的园丁摇曳着树木，刮掉了果子，卷走了枯叶，我心里思忖，要是圣卢弄错了，或者我误解了他信上的意思，要是我和德·斯代马里亚夫人共进晚餐一无所获，那我当夜就约阿尔贝蒂娜来和我幽会，这样，我可以在销魂的一小时中，搂着她那曾被我的好奇心估量和掂量过的，现在越发迷人的玉体，暂时忘却我对德·斯代马里亚夫人初生的爱情带给我的激动和忧愁。当然，要是我能预料到在第一次约会时，德·斯代马里亚夫人不可能给我任何温存的话，我就能想象到将和她度过的这个夜晚一定是令人失望的。我有切身的体会。我清楚地知道，当我们对一个渴望已久，但并不相识的女人萌生爱情时（与其说爱这个几乎还不认识的女人，毋宁说爱她的与众不同的生活），我们自身产生的两个发展阶段是怎样奇怪地反映在事实中的，也就是说，它们不会在我们身上再显示出来，而是反映在我们同这个女人的约会中。我们从未与她交谈过，因此，我们踌躇不决，却经不住她对我们所意味的诗一般的诱惑。是她吗？还是另一个？于是，她成了我们梦想中人，并同我们融为一体。同她随之而来的第一次幽会，将会反映这场初生的爱情。可事实并非如此。好像物质生活也应该有它的第一发展阶段似的，尽管我们已经爱上了她，但却尽对她说一些毫无意义的话："我请您到这个岛上来吃饭，是因为我想这里的环境会使您感到赏心悦目。我没有什么特别的话要对您说。但我怕这里空气潮湿，您可能会着凉。""不会的。""您这样说是客气。为了不让您为难，夫人，我允许您与寒冷再搏斗一刻钟，但一刻钟后，我一定得让您回去。我不想让您得感冒。"于是，我们什么也没有同她说，就把她带回来了，对她毫无印象，最多只记住了她的一个眼神，但我们却老想着和她再相见。然而，第二次约会时，第一阶段已经过去，这一次连上一次留下唯一记忆的眼神也没有了，尽管如此，我们仍然只想同她约会，而且欲望变得更加强烈。其间什么事也没发生。然而，这次我不再同她谈饭店是不是舒适，却对她说（我们的话并没让这个陌生女人吃惊；我们觉得她很难看，但却希望别人每时每刻都同她谈起我们）："我们要作很多努力，才能克服堆积在我们两颗心中间的种种障碍。您相信我们能成功吗？您认为我们能战胜我们的敌人，憧憬幸福的未来吗？"不过，这些对比鲜明的、先是毫无意义，尔后又暗示爱情的谈话是不可能发生的，因为圣卢的信是绝对可以相信的。德·斯代马里亚夫人第一晚上就会委身于我，因此，我无需作最坏的打算，把阿尔贝蒂娜叫来帮我度过这后半夜。这毫无必要，罗贝从来不会瞎说，他的信写得清清楚楚。

阿尔贝蒂娜很少和我说话，因为她觉得我心事重重。我们在宛如海底岩洞的高大而茂密的绿树丛下走了一会儿，听见树顶上狂风呼啸，雨水四溅。我踩踏着地上的树叶，枯叶像贝壳那样陷进土壤中，我用手杖拨拉带刺的栗子，就像在拨拉海胆一样。

枝头上残存的几片叶子抽搐着，追逐着风儿，但叶梗有多长，它们才能追多远，有时叶和枝的连接处断了，叶子掉在地上，又奔跑着去追赶风儿。我欣喜地想，如果这种天气继续下去，明天小岛将会变得离巴黎更远，无论如何，会变得人迹稀少。我们又上了马车，阿尔贝蒂娜见狂风消停下来，就要我继续带她到圣克鲁公园去游玩。天上的云彩也和地上的树叶一样追赶着风儿。天空中出现了一层层叠合的玫瑰红和蓝、绿色的云彩，夜晚犹如候鸟，向着美好的气候迁徙。在一个小山丘上，屹立着一尊大理石女神像。女神孤孤单单，待在一个似乎已成为她的圣地的大树林里，用她半神半兽的暴跳，使这片树林弥漫着神话般的恐怖。为了从近处瞻仰女神，阿尔贝蒂娜爬上山丘，我在路上等她。从底下往上看，阿尔贝蒂娜不再像那天我在床上所见的那样又粗又圆了(那天离她很近,连她脖子上的疙瘩都看得一清二楚),而是苗条纤细,像是用刻刀雕刻成的一尊小像,在巴尔贝克幸福地度过的每一分钟给她镀上了一层古铜色光泽。当我独自回到家里时,想起下午我和阿尔贝蒂娜奔跑半天的情景,两天后要到德·盖尔芒特夫人家去吃晚饭,还要给希尔贝特回一封信——想起这三个我曾爱过的女人,我思忖,社会生活很像雕刻家的工作室,堆满了曾一度寄托着我们狂热的爱,而现已废弃不用的毛坯。但我没有想到,如果毛坯的年代不算太久,就有可能被重新捡起来,雕成一个与原先构思完全不同的、更有价值的艺术品。

第二天很冷,但是个晴天:这使人感到冬天来临(事实上,冬天早已来临,前一天我们在一片萧瑟景象的布洛尼林园里,能够看见由半绿半枯的树叶交织而成的穹隆,这不能不说是奇迹)。醒来时,我看见不透明的单调的白雾欢快地悬挂在太阳上,像棉花糖一般稠厚、轻柔,和我以前从东锡埃尔兵营的窗口看见的情景如出一辙。接着,太阳躲了起来,到下午雾变得更浓。太阳早早地下了山,我开始梳洗打扮,但现在动身尚嫌太早,我决定去给德·斯代马里亚夫人叫一辆马车。我不想强迫她和我同行,所以没敢随车前往,但我托马车夫捎去一张便条,问她是否同意我去接她。我躺在床上等待回话,闭了一会儿眼睛,后又睁开。从窗帘上方只透进一线亮光,而且渐渐消失。我仿佛又回到了我在巴尔贝克海滩时经历过的那个时刻,它像一条幽深而多余的门廊,在门廊的尽头能找到快乐。我在巴尔贝克就学会了体味这种昏暗而令人快乐的空闲时光,就和现在一样,我独自一人待在房间里,其他人都去吃晚饭了,我看见窗帘上方露出的亮光逐渐消失,但我一点也不觉到悲伤,因为我知道,黑暗像北极的黑夜一样的短暂,黑夜之后太阳又会复活,以更加明亮的光芒照亮里夫贝尔。我跳下床,系上黑领带,用梳子理了理头发,把早该做的这几个动作做完。在巴尔贝克,我做这几个动作时,想的不是我自己,而是将要在里夫贝尔看见的那几个少女，我从卧室内那面斜挂着的镜子里提前向她们微笑，因此，这几个动作预示着一种充满阳光和音乐的欢娱。它们就像巫师，能召唤欢娱，不惟如此，已开始付诸实现；多亏它们，我对欢娱的真实性有了明确的概念，对它那轻浮而令人陶醉的魅力有了充分的感受，就像我从前在贡布雷那样，在炎热的七月，当我躲在不透光的阴凉的房间里，听见包装工敲敲打打的声音时，我真正认识了高温和太阳，并且感受到了它们的魅力。

因此，我渴望看见的，已不完全是德·斯代马里亚夫人了。现在，我没有退路，只好和她度过一个晚上。但因为这是我父母回来前的最后一个夜晚，我宁愿她不来，这样我就可以设法再见到里夫贝尔的女人们了。我洗了最后一遍手，心情愉快地穿过屋子，走到黑暗的饭厅里把手擦干。我觉得饭厅通向候见室的门开着，里面似乎亮着灯，可是门却是关着的，我误认为从门缝里透进的亮光，其实是我的毛巾在一面镜子里的白色反光。镜子靠墙放着，等人把它挂起来，以迎接我母亲归来。我重温了一遍我在我们这套房间里先后发现的种种幻景。幻景并不都是由视觉引起的，因为我们刚搬进这套房子时，听见持续不断的、和人的叫声有点相似的狗吠声，就以为我们的女邻居养着一条狗，其实是厨房里水管发出的声音，一开水龙头，水管就像狗一样吠叫。楼梯平台上的门也一样，穿堂风吹过时，门慢慢地合上，伴随着如诉如泣的情意绵绵的歌唱，很像《汤豪舍》[①]序曲结束时朝圣者的合唱。再说，我刚把毛巾放回原处，就有幸再一次聆听到这段美妙的交响乐，因为门铃响了，我跑去给捎回话来的马车夫开门，候见室的那道门发出了交响乐般的声音。我想回话应该是“那位夫

---

① 《汤豪舍》是德国音乐家瓦格纳（1813—1883）的歌剧。作品的序曲概括了全剧的中心思想：情欲和禁欲建立在牺牲的基础上。在剧终，朝圣者的合唱表达了想使这两种道德和解的企图。

人在楼下”，或者“那位夫人在等您”。可是，他手里却拿着一封信。我迟迟不敢拆看德·斯代马里亚写来的信。只要笔还握在她手中，她就可能写出别的内容，但她现在已经停笔，写好的信就成了一种命运，它将独自继续赶路，德·斯代马里亚夫人不可能再作任何改动。我请马车夫先下去等我一会儿，尽管他低声埋怨雾太大。他刚走，我就拆开信封。名片上印有：阿里克斯·德·斯代马里亚子爵夫人，我的客人信上写道：“很抱歉，凑巧今晚我有事，不能和您到布洛尼林园的岛上共进晚餐。这几天，我一直在盼望这个时刻。我回斯代马里亚后会给您写信详述。实在抱歉。祝好！”突然的打击使我茫然不知所措，我泥塑木雕般地呆立着。名片和信封掉在我脚下，就像枪的填弹塞，子弹一经射出，填弹塞就掉在地上了。我拾起信封和名片，开始琢磨信上的那句话。“她对我说，她不能和我在布洛尼林园的岛上共进晚餐，就是说，可以和我在别的地方吃饭。我当然不会冒冒失失地去找她，但总可以这样解释吧。”四天来，我的思想早已提前和德·斯代马里亚夫人到了那个岛上，现在想收也收不回来了。我的欲望不由自主地继续沿着多少小时以来遵循的斜坡滑下去，尽管有这张便条，但因为刚收到，它不可能制约我的欲望，我本能地继续做着动身的准备，就像一个考试不及格的学生希望多回答一个问题一样。我终于决定去找弗朗索瓦丝，让她下去给马车夫付钱。我穿过走廊，没有找到她，就拐进饭厅；突然，我的脚踩在地板上不再发出刚才那样的响声了，几乎听不见声音。这突如其来的寂静，甚至在我弄清原因之前，就给我以一种窒息和与世隔绝的感觉。这是地毯的缘故。我父母就要回来，仆人们开始钉地毯了。这些地毯在愉快的上午，该是多么美丽啊！太阳犹如来带你到乡下去吃饭的朋友，在乱糟糟的地毯中等候你，把充满森林气息的日光投在地毯上；可是现在完全相反，地毯是冬牢的第一件陈设，我就要被迫生活在这个牢房里，和家人一起吃饭，再也不能自由地进出。

“先生留神，别摔倒了，地毯还没有钉好，”弗朗索瓦丝对我大声嚷道，

“我早点打开灯就好了。现在已是‘九月[1]’底，美好的季节已经结束。”

冬天即将来临。窗角上已出现一道冰痕，犹如一块加莱[2]玻璃上的条纹。甚至在香榭丽舍大街上，也见不到妙龄少女的踪迹，只有麻雀在顾影自怜。

我失望不仅是因为不能见到德·斯代马里亚夫人，而且还因为她的回信让我感到她似乎一次也没有想到这顿晚饭，可我从星期天以来一直只为它而活着。后来，我知道她荒唐地爱上了一个青年，并且和他结了婚。可能那时候她和他就有来往了，也许为了他，才把我的邀请忘得一干二净的。因为，如果她没有忘记，就肯定不会等我派车去后——况且事先并没有约好——才通知我她没有空。我和一个年轻的贵族女子在一个薄雾笼罩的岛上共进晚餐的美梦，为一个尚未存在的爱情开辟了道路。现在，我失望，我愤怒，我想不顾一切地重新抓住这个拒绝我的女人，这一切使我对聚会产生了兴趣，这样，就能使这个至今一直是我的想象力在孤军奋战（但却用软弱无力的方式）为我提供的可能的爱情维持了下去。

在我们记忆中留下了多少这样的爱情啊！被我们遗忘的少女和少妇的面孔就更多了！这些面孔各不相同，就因为它们在最后一分钟躲开了，我们才觉得它们更迷人，朝思暮想地想再见到它们。我对德·斯代马里亚夫人更是如此。现在，要我爱她，只需让我再见到她一次，使她留给我的强烈而短暂的印象变得更加深刻，否则，她不在我身边时，我就想不起她的面容。情况作出了相反的决定，我没有再见到她。我爱上的不是她，但本来可能是她。我很快就狂热地爱上了另一个女人，当我回想起那天晚上发生的事，心里思忖，如果情况稍微有些变化，我会把狂热的爱给予德·斯代马里亚夫人，这个想法使得我对另一个女人的爱变成了最残酷

① 弗朗索瓦丝把 septembre（九月）说成 sectembre。

② 加莱（1846—1904），法国的玻璃制造匠和细木工，玻璃技术革新的先驱。

的爱。没过多久，我对另一个女人产生了爱情，因此，爱情不是绝对不可缺少的，也不是命中注定的，尽管我很愿意，也很需要这样认为。

弗朗索瓦丝把我一个人留在饭厅里了，她对我说，她还没有生火，不该待在里面。她去准备晚饭了，因为即使我父母还没回来，从今天晚上起，我也要开始关禁闭。我发现碗橱旁有一大捆地毯还没有打开。我把头埋进地毯里，抽抽搭搭地哭起来，地毯上的灰尘和脸上的泪水咽进肚子里，就像服丧的犹太人，用灰烬撒满自己的脑袋。我浑身哆嗦，不只是因为饭厅里冷，还因为从眼睛里一滴滴落下的泪水，像能穿透衣服的、没完没了的、冰冷的冰冷的绵绵细雨，使我的体温大大降低（这可以抵抗我们不想抵抗的危险，应该说是微小的诱惑）。蓦然，我听见一个声音：

“可以进来吗？弗朗索瓦丝对我说，你可能在饭厅里。我来看看，你愿不愿意和我一起找个地方吃晚饭，如果这对你不妨碍的话。外面雾浓得可以用刀割了。”

是罗贝·德·圣卢。他今天上午就到巴黎了，可我以为他还在摩洛哥或在海上哩。

我曾谈过我对友谊的看法（而且，正是罗贝·德·圣卢在巴尔贝克海滩无意中教会我这样认为的）。我认为友谊是微不足道的，因此，我很不理解某些天才人物，例如尼采，竟会幼稚地认为友谊具有一种精神价值，因而拒绝接受某些缺少精神价值的友谊。是的，当我看见有些人为了表示真诚，免除良心不安，竟会不再喜欢瓦格纳的音乐，看到他们认为真实可以用行动，尤其可以用友谊这个本质上模糊的和不恰当的方式表达出来，认为在听到卢浮宫失火的假消息时，可以擅离职守去会一个朋友，和他一起为这场火灾哭泣，每当我看到这些，总会感到无比吃惊。在巴尔贝克时，我就发现，和妙龄少女一起玩耍，对精神生活的有害影响比友谊的有害影响要小，至少前者和精神生活无关，而友谊却竭力要我们牺牲——通过和艺术不同的手段——我们自己唯一真实的和不能与别人沟通的部分，要我们服从表面的“我”。真实的“我”可以在自己身上找到快乐，但表面的“我”却只能感到自己得到了外部的支持，受到了一个具有个性的外人的关照，从而找到了一种模模糊糊的同情，它为得到保护而喜不自胜，感到心安理得，舒适安逸，为发现自己的一些品质——他会把它们叫作缺点——而惊奇不已，并且努力改正。此外，蔑视友谊的人可以成为上流社会最好的朋友，但他们不抱任何幻想，而且会受到良心责备。这和艺术家是一个道理。艺术家是构思杰作的，他们感到活着就应该工作，但尽管如此，为了不显得或可能显得自私，他们把自己的生命献给一个无益的事业，而且，因为他为之献身的理由是无私的（其实，他本不想为此而这样做），他就更加勇敢地贡献出自己的生命。但是，不管我对友谊有怎样的看法，即使认为它带给我的快乐不伦不类，介乎疲劳和厌烦之间，然而，再有害的饮料有时也能变成兴奋精神的宝物，给我们以必要的刺激，使我们得到自身得不到的热量。

当然，我不会要求圣卢带我去见里夫贝尔的女人们，尽管一小时以前我很想再见到她们。德·斯代马里亚夫人没有赴约在我身上留下的遗憾不愿意那么快就消失，但就在我感到心灰意懒、毫无趣味的时候，圣卢进来了，给我带来了温柔、欢乐和生命，虽然现在它们还不属于我，但它们想把自己奉献给我，只求成为我身体的一部分。可是圣卢却不明白我为什么要发出感激的惊呼，为什么感动得掉眼泪。此外，在我们的朋友中，有谁会比那些当外交家、探险家、飞行家，或者和圣卢一样当军人的朋友更令人难以置信地重感情呢？他们第二天就要动身去乡下，不知道还要到哪里去，却把晚上奉献给我们，似乎想对这个晚上留下一个美好的印象，我们惊奇地看到，正因为这个印象难得而又短暂，就格外使他们感到甜蜜，但我们不明白，既然他们那样喜欢，为什么不让这个印象延长或更新呢？同我们一起吃顿饭，这本来是一件极其普通的事，可这些旅行家却会产生一种奇妙而甜美的快乐，就和一个亚洲人看见我们的林荫大道时产生的感觉一样。我和圣卢一同出去吃晚饭。下楼时,我想起了东锡埃尔,每天晚上我都去那家饭店找罗贝,那些被我遗忘了的小餐室现在又浮现在我的眼前。我想起了一间小餐室,以前我从没有想起过,它不在圣卢包饭的那家旅馆里,而是在一家更简陋的客栈里,有点像乡村旅馆,也有点像膳食公寓,女老板和她的一位女仆负责端饭上菜,侍候顾客。大雪把我困在那里了。再说,那天罗贝不去他的旅馆吃晚饭,我也就不想挪地方。我在楼上一间全木结构的小餐室里,人们给我端来了饭菜。晚饭时电灯灭了,女仆给我点上了两支蜡烛。我把盘子伸给她,假装看不清楚,在她往盘子里放土豆时,我像要给她指引方向似的,抓住了她赤裸的上臂,见她没有抽回去,我就在上面抚摸起来,然后一句话也不说,把她拉到我身边,吹灭蜡烛,叫她搜我的身,拿一些小费走。以后几天,我觉得,当我渴望得到肉体快感时,不仅想要那个女仆,而且想要那间与世隔绝的木结构小餐室。然而,直到我离开东锡埃尔,一直没有再回那里,而是每天晚上到圣卢和他朋友们吃饭的那间餐厅去,这是出于习惯,也是为了友谊。然而,即使是圣卢和他的朋友们包膳的那个旅馆,我也许久没想起了。我们很少充分享受生活。在夏日的黄昏或早早降临的冬夜,有许多时光我们没有好好利用,然而,我们本来是可以从中寻找一点儿安宁和快乐的。但是,这些时光不是绝对都浪费了。当新的快乐时刻开始以同样尖细的、线状的方式歌唱,时光就使它们具有和管弦乐一样丰富的基础和内容。时光就这样延伸出去,和一种典型的幸福挂上了钩,这种幸福我们隔一段时间才能遇到一次,但它们仍然继续存在;在眼下这个例子中,幸福意味着放弃其余一切,和朋友到一个舒适惬意的地方去吃晚饭,那里像一幅美丽的图画,铭刻着我们对往事的记忆,我们曾作过经常去光顾的许诺。这个朋友将用他的全部活力和真挚友情,搅动我们死水般沉闷的生活,把一种战栗的快乐传导给我们,平时,我们在社交活动中是得不到这样的快乐的。我们将只属于他一个人,向他宣誓忠于友谊。誓言产生于这个特殊的时刻，并将永远停留在这一刻，也许第二天就会被忘得一干二净，但我可以毫无顾虑地向圣卢宣这个誓，因为第二天，他就会带着友谊不可能持久的预感，勇敢而明智地离开巴黎。

如果说下楼的时候我重温了东锡埃尔的夜晚，那么，当我们来到街上，看见夜黑得几乎伸手不见五指，雾浓得似乎罩住了路灯，走到跟前才依稀可辨微弱的灯光时，我眼前突然重现了某天晚上我到达贡布雷的情景：那时贡布雷的街上相隔老远才有一盏路灯，我在像马槽那样潮湿、温暖和神圣的黑夜中摸索着前进，难得看见一盏路灯，却只有一支大蜡烛的亮度。那时贡布雷的夜景（我已经记忆模糊），和我刚才从窗帘上方又一次看见的里夫贝尔的暮色相比，差距多大啊！当我觉察到这些差距时，我感到一阵兴奋，如果此时只有我一个人，这种兴奋情绪会给我带来许多启迪，使我在找到我那看不见的禀赋——我这本书就是一部寻找禀赋的故事——之前，少走多少弯路。如果今晚就能找到我的禀赋，那么，这辆马车对我来说，要比贝斯比埃大夫的马车更值得纪念（那次，我在贝斯比埃的马车上写了一篇描述马丹维尔教堂钟楼的短文，恰好前不久把它找出来了，改了改，寄给《费加罗》报了，但却石沉大海，杳无消息）。为什么会有这样的差距呢？难道是因为我们的记忆对于过去岁月的回忆不是连贯的、一天接一天的，而是固定在某个凉爽的或太阳照射的上午或傍晚，接受某个孤立、偏远、封闭和静止的风景区的庇护，把其他一切都忘得一干二净的缘故？是因为那些不仅在外界，而且在我们的梦幻和性格中渐渐发生的变化——梦幻和性格千变万化，不知不觉地把我们带进了不同的生活阶段——已被消除的缘故？如果我们回忆起不同岁月的一件往事，由于中间存在着记忆的空白，隔着遗忘的高墙，我们觉得这件往事和其他往事之间仿佛隔着万丈深渊，就像是两个无从比较的东西，一个是可呼吸的空气，另一个是周围的色彩，互不相容，势不两立。但是，我此刻感到，在我刚才相继回忆起来的有关贡布雷、东锡埃尔和里夫贝尔的往事之间，不只是存在着时间的差距，而且还存在着不同世界的差距，它们的组成物质各不相同。如果我想在一部作品中，采用在我看来刻着我在里夫贝尔全部记忆的物质，那么，我就必须在至今一直和贡布雷灰暗的粗陶相类似的物质中，加进玫瑰花的成分，使之骤然变得透明、密实，铮铮有声，赏心悦目。

但是，罗贝向马车夫做了交待后，上车坐到我身边来了。刚才我脑子里涌现出来的那些思绪转眼间就消失了。它们宛如女神，偶尔屈尊俯就地出现在一条路的拐弯处，向一个孤独的凡人显形，甚至在他睡觉的时候来到他的卧室，站在门口给他报喜。但只要来第二个人，女神就会即刻消失，因为聚集在一起的人是看不见女神的。我又被裹进了友谊中。

罗贝来我家时告诉我，外面的雾很大，可在我们谈话之际，雾变得越来越大。我曾盼望布洛尼林园的岛上能出现轻雾，把我们——我和德·斯代马里亚夫人——紧紧裹住，但我现在看到的远不是轻雾了。两步以外的路灯变得暗淡无光，因此，夜黑沉沉的，我仿佛来到了原野上、森林中，更确切地说，来到了一个我刚才无限向往的布列塔尼湿润的海岛上。我感到我好像在北方的一条海岸上，迷失了方向，要经过无数次生死考验，才能找到一家荒僻的小客栈；雾不再是我们苦苦寻找的海市蜃楼了，它变成了一种我们奋力与之搏斗的危险。在找到道路和平安抵港之前，我们将历尽千难万险，饱尝人间忧愁，最后才能找到安全，尝到安全给一个流落异国、处境窘迫的旅行者带来的快乐。身处安全中的人，是不知道失去安全的痛苦的。在我们冒险奔向饭店的途中，只有一件事差点儿扫了我们的兴，因为这事使我又惊又气。“你知道，”圣卢对我说，“我对布洛克讲了，你并不那么喜欢他，你觉得他很俗气。我就是这样的人，喜欢干脆。”他洋洋得意而又不容置辩地作结论说。我一下愣住了。因为我对圣卢一向很信任，对他的友谊从来都很相信，可他却对布洛克说这样的话，背叛了我们的友谊；况且，我觉得，不论是从他的缺点，还是从他的优点考虑，他都不应该这样说，他受过良好的教育，非常注重礼貌，按说讲话不应该这样直率。他这种洋洋得意的神情，难道是为了掩饰他在承认一件他很清楚不应该做的事时感到的局促不安吗？是无意识的流露，还是一种愚蠢的行为，把我尚未发觉的他的一个缺点视作美德？是他一时生我的气才说了我几句坏话，还是他突然生布洛克的气，想对他说些不愉快的事，甚至不惜把我也牵连上？此外，当他对我说这些粗野庸俗的话时，他的脸上出现了许多弯弯曲曲的线条，这种可怕的表情他很少有，我一生中只见他有过一两次。线条先从脸中间展开，到嘴边后，把嘴唇扭歪，使嘴上闪现出一种卑鄙而丑恶的，无疑是祖先遗传下来的几乎是兽性的表情。这时候（这样的时刻每隔两年才有一次），他的自我也许部分消失了，一位祖先的个性暂时在他身上显示出来。罗贝的"我喜欢干脆"这句话，也和他的得意神情一样，会引起怀疑，招致谴责。我想对他说，如果您喜欢干脆，就应该在涉及你自己时，表现得坦率、真诚，而不要损人利己，往自己脸上贴金。但是马车已经在饭店门口停下了。饭店闪闪发光的大玻璃门面，终于冲破黑暗，给黑夜带来了一点儿光明。由于店里射出舒适的光，浓雾仿佛成了随主人喜怒哀乐的仆人，春风满面地走到人行道上，为你指明入口处；它呈现出细腻的虹色光环，犹如给希伯来人引路的光柱，指出哪里是大门。况且，顾客中有的是希伯来人。因为很久以来，布洛克和他的朋友们每天晚上都要到这里来聚会，像守斋时那样——封戒期一年也才有一次——饿得头昏眼花，狂饮咖啡，奢谈政治，以满足自己的好奇心。任何一种精神刺激，都赋予习惯以一种最高的价值和品质。习惯与精神刺激息息相关，因此，没有一种稍为强烈的爱好，不在自己周围组成一个小社会，共同的爱好使这个社会的成员团结一致，每一个成员在生活中都竭力想得到其他成员的尊重。在这里，甚至在外省的一个小城镇里，你会找到一些狂热的音乐爱好者；他们把最好的时光和大部分钱财都花费在看室内音乐会,参加音乐漫谈会,去咖啡馆和音乐爱好者聚会,同音乐家接触。另一些人热爱飞机,一心想受到机场大厦顶层的玻璃墙酒吧间的老侍者的欢迎;酒吧间不透风,老侍者躲在里面就和躲在灯塔的玻璃小屋里一样,可以在此刻不放飞的飞行员陪同下,观看一个驾驶员在空中翻筋斗,而另一个驾驶员,刚才还无影无踪,此刻突然着陆,停到地上,像神话中的大鹏,隆隆地震颤着双翼。那些对左拉诉讼案感兴趣的人,也喜欢光顾这个咖啡馆。为了尽量延长和加强旁听庭审时产生的激动,他们常来这里聚会。但他们受到另一部分顾客,受到那些贵族子弟的歧视。贵族们聚集在第二咖啡厅,与第一咖啡厅之间只隔一层用风景挂毯作装饰的薄墙。他们视德雷福斯及其拥护者为叛徒,尽管二十五年后——在这期间,他们来得及澄清自己的思想,主张重审德雷福斯案的运动也成为历史上受人尊重的运动——他们的儿子,不管是拥护布尔什维克的,还是跳华尔兹舞的,在回答“文人”对他们的提问时,可能会公开宣称,如果他们生活在那个时代,肯定会站在德雷福斯一边,尽管他们对德雷福斯案的来龙去脉几乎一无所知,正如他们对曾经显赫一时,但在他们降世的那天早已失去光辉的埃德蒙·德·布达蓬斯伯爵夫人或加利费侯爵夫人一无所知一样。在这浓雾笼罩的夜晚,聚集在这个咖啡馆里的贵族,那些日后可能成为事后德雷福斯派的年轻文人的父亲,还都是些毛头小伙子。当然,他们的家庭都希望自己的儿子与一个富家小姐结婚,但这对谁都还没成为现实。这样一个对象同时有好几个人追求(也有好几个“高门鼎贵的千金”可供选择,但有丰厚嫁妆的人家毕竟比求婚者少得多),眼下还处在酝酿阶段,只满足于让这些年轻人竞争。

今天我尽碰到不愉快的事。为了向马车夫作交待,让他在我们吃完饭后来接我们,圣卢耽搁了几分钟,我只好一个人先进去。然而,作为倒霉的开端,我走进转门就以为出不来了,因为我对这种门还不习惯。(附带说一句,对于喜欢用词确切的人来说,这个外表平静的玻璃转门叫作

porte revolver，是从英语 revolving door[1] 翻译过来的。）这天晚上，老板怕被雾淋湿，不敢到外面去，也不敢离开他的顾客，就站在门边，饶有兴致地听新到的顾客发出愉快的抱怨。顾客的脸上闪烁着喜悦的光芒，因为他们一路上担惊受怕，遇到了不少困难，最后终于到达咖啡馆。然而，当他看到一个走不出玻璃门翼的陌生人进来时，他那迎客时的亲切而诚恳的笑意顿时从脸上消失。陌生人的这种显而易见的无知，使这位主考官皱起双眉，真想不说"dignus est intrare"[2]。更糟糕的是，我跑到贵族专用的餐厅去了，老板气势汹汹地过来把我撵走，粗暴地要我坐到另一个厅的座位上，所有的侍者立即仿效主子，也对我粗暴起来。我位置所在的软垫长凳上坐得满满的，恰好又面对着希伯来人进出的专用门，门不是旋转的，不停地开和关，给我送来了可怕的冷风，因此，我更感到扫兴。我提出换一个座位，老板却一口拒绝，对我说："不行，先生，我不能为了您而麻烦大家。"他很快就把我这个姗姗来迟、给人制造"麻烦"的用餐者忘记了，因为他被新来的顾客吸引了过去。正如旧小说里所讲的那样，新来者在进入这个温暖而安全的避难所时，在要啤酒、凉鸡翅膀或掺水烈酒之前（供应晚餐的时间早过了），先要付自己的份子，讲一讲自己的奇遇。避难所的温暖和安全，与他们刚才脱离的环境对照何等鲜明，因而，里面笼罩了篝火前才有的那种互开玩笑的欢乐和友爱气氛。

有一个人说，他的马车绕残废军人院转了三次，可他却还以为已经到协和广场那座桥上了。另一个说，他的车子想顺着香榭丽舍大街行驶，却不料开到爱丽舍圆形广场的一个花丛中去了，用了三刻钟才从里面走出来。接下来是对浓雾，对寒冷，对街上死一般寂静的哀叹，说者眉飞色舞，

---

① "旋转门"的意思。进入法语后，revolving 变成 revolver，意为"左轮手枪，旋转装置"，故作者说是"外表平静的玻璃转门"。

② 拉丁语，意即"适宜参加。"

听者津津有味，这得归功于咖啡厅（除我的座位之外）温暖而舒适的气氛，归功于使人眯起眼睛（因为习惯于黑暗）的强烈灯光和使耳朵恢复活动功能的谈话声。

来者很难保持沉默。他们认为路上遇到的波折稀奇古怪，闻所未闻，不说出来心里不安宁，于是就用眼睛四处寻找能够攀谈的人。老板也把等级观念抛置一旁："富瓦亲王从圣马丁门来这里时迷了三次路。"他毫无顾虑地说道，边说边笑，一面还作介绍似的，把那位大名鼎鼎的贵族指给一位以色列律师看。可在平时，律师和亲王中间却隔着一道比横在两厅之间的风景挂毯更难逾越的障碍。"三次！您看看。"律师用手摸了摸帽子说道。亲王不欣赏这种套近乎的话。他属于这样一类贵族，对人蛮横无理（即使是对贵族，除非是一流贵族）似乎是他们唯一的消遣。这些年轻人，尤其是富瓦亲王，从来不回答别人的致意，如果对方有礼貌地重犯错误，再一次同他打招呼，他们就报之以冷笑，或愤怒地仰起头；看见一个曾为他们效过劳的老人装出不认识的样子；和谁都不握手，不打招呼，除非是公爵或公爵给他们介绍的亲朋好友。他们青春年少，放荡不羁，这助长了他们的傲慢无礼（即使是资产阶级出身的青年，也一样忘恩负义，缺乏教养，一旦接连几个月忘记给一个刚刚丧偶的恩公写信，以后再见到他时就干脆连招呼也不打）。但是，这种傲慢态度更为一种极端崇尚特权阶级的时髦主义所激发。事实上，正如有些神经质的人步入成年后症状会减轻一样，这些极端崇尚时髦主义的年轻人成年后也会慢慢地冷下来。一旦过了青年时代，就很少有人再傲慢无礼了。他们一直以为傲慢就是一切，可是他们突然发现（亲王也不例外），除了傲慢，还有音乐、文学，甚至还可以当议员。人的价值等级一下改变了，从前他们甚至不屑一顾的人，现在也可以进行交谈了。但愿那些脾气随和、忍耐力强的人能交好运（如果应该这样说的话），四十岁时，能得到他们在二十岁时没能得到的恩宠和优待！

关于富瓦亲王，既然已经提到他了，还是作个交待：他是一个由十二至十五人组成的小圈子的成员，还属于一个范围更窄的四人小组。这个十二至十五人的小圈子有一个共同的特点（但我们认为富瓦亲王没有），那就是每个人都具有两副面孔。他们债务累累，在他们的供货人眼里，他们似乎是一伙无耻之徒，尽管供货人非常乐意称呼他们："伯爵先生，侯爵先生，公爵先生……"他们想通过所谓"富有的婚姻"（又称"大袋子婚姻"）摆脱困境，但因为只有四五个人选拥有他们所觊觎的丰厚嫁妆，因此，好几个人为争夺一个未婚妻而明争暗斗。他们互相保密，当其中一个在咖啡馆里宣布："我杰出的朋友们，我太爱你们了，不能不向你们宣布我和德·昂布勒萨克小姐订婚的消息。"这时，好几个人会同时发出惊叫，他们中许多人以为，自己同德·昂布勒萨克小姐的婚事已十拿九稳，因此一听到这个消息就失去冷静，忍不住发出愤怒而惊愕的喊声："那么，比比，你认为结婚是一件乐事啰？"夏特勒罗亲王禁不住喊道，他惊奇而绝望，连叉子都掉下来了，因为他认为德·昂布勒萨克小姐订婚的消息即将公布，但不是同别人，而是同他夏特勒罗亲王。然而，上帝知道，他父亲曾巧妙地对昂布勒萨克一家讲过比比母亲的坏话。"你对结婚感到高兴？"他禁不住又问了一遍。比比已有了充分的思想准备，因为他把这桩婚事"半公开"后，他有足够的时间来决定该采取的态度，他笑容满面地说："我不是为结婚而高兴，我对结婚不大感兴趣，我是为娶戴西·德·昂布勒萨克而高兴，我觉得她很迷人。"这时，德·夏特勒罗先生已恢复平静，但是他想，他应该尽快转向第二和第三号有财有势的候选人德·拉加努克小姐或福斯特小姐，请求那些焦急地盼望他和德·昂布勒萨克小姐结婚的债权人再耐心地等一等，他还要对那些曾听他讲过德·昂布勒萨克小姐很有魅力的人作些解释，告诉他们这门亲事对比比合适，要是自己娶了她，可能会同家里人闹僵。他还要说，德·索莱翁夫人曾讲过，如果他们俩结婚，她不会接待他们。

但是，尽管在供货人和饭馆老板眼里，他们似乎一文不值，但他们却还有另外一面，一旦回到上流社会，他们就不再是那个荡尽家产、企图不择手段地补窟窿的人了。他们又变成某某亲王先生，某某公爵先生，人们只根据他们的纹章来计算他们的财富。一个几乎拥有亿元资财，可以说是应有尽有的公爵，也得让他们走在前面，因为他们是一族之长，要是在从前，他们是一个小国的国君，有权在自己的领地铸造钱币，等等。他们中如果有人走进这家咖啡馆，另一个就低头装作没看见，免得迫使来者同他打招呼。因为为了继续做追逐财富的美梦，他请了一位银行家在这里吃晚饭。上流社会的人每每在这种条件下和银行家打交道，总要损失十几万法郎，但他不接受教训，又会同另一个银行家打交道，继续烧香拜佛。

但是，富瓦亲王很有钱，他不仅属于这个由十四五个风雅青年组成的小圈子，而且还是另一个更严密、更不可分离的四人小组的成员。圣卢就属于这个小组。人们请他们吃饭从不漏掉一个，把他们叫作四个行为不端的青年，总看见他们在一起游荡，他们上谁家的城堡做客，主人们总要把他们安排在相通的房间里，再加上他们个个长得英俊漂亮，因此，传闻他们之间的关系不正常。对于圣卢，我可以毫不含糊地为他辟谣。但奇怪的是，尽管后来人人知道这些谣传确有其事，可他们自己对另外三个人的所作所为却一无所知。然而，他们谁都在千方百计地打听其他三人的情况，也许是为了满足一种欲望，或者更确切地说，是为了雪恨，为了阻拦一桩婚事，在争夺未婚妻的角逐中，战胜那位已经暴露的朋友。这个由四名柏拉图信徒组成的小组，又增添了一名新成员（四人小组从来都超过四人），这第五个比其他四个更信奉柏拉图主义。但他一直受到宗教的束缚，直到四人小组解体，他本人结婚为止。他成了一家之主，他去卢尔德①

① 卢尔德是法国西南部上比利牛斯省城镇，为天主教朝圣地。1858年，一名十四岁女孩在卢尔德附近河左岸洞穴内多次幻见圣母马利亚。1862年教皇宣布这种异象真实可信，于是创建对卢尔德圣母的崇拜，洞穴中地下水被视作圣水。从此，卢尔德成为天主教朝圣中心。

恳求圣母让他生一个男孩或女孩，但在这之前，他要投身于军队。

尽管富瓦是这等人，但因为律师在他面前说的话不是直接对他的，他的怒气也就不像可能的那样大了。而且，这天晚上的情况有些特殊。再说，律师今后是不可能同他富瓦亲王建立联系的，正如送他来的马车夫不可能同他交往一样。因此他认为可以回答对方的问题，他觉得，在这大雾天，律师好像成了他在遥远的狂风怒吼或浓雾笼罩的沙滩上邂逅的旅伴，但他却摆出高傲的神态，装出不是对律师讲话的样子说："迷路还不算什么，而且怎么也找不到路了。"老板大赞亲王看法正确，因为这天晚上他已听到过好几次了。

事实上，他有一个习惯，喜欢把听到或读到的东西，同他熟悉的一个版本加以比较，如果没有发现什么不同，就会感到由衷的赞赏。这是一种不可忽视的精神状态。如果把这种精神状态用到政治会谈或读报中去，就能形成舆论，导致最严重的事件。阿加迪尔①事件就是一例。如果许多只欣赏顾客或报纸的德国咖啡馆老板说，法国、英国和俄国在"找"德国的"麻烦"，那么，阿加迪尔事件就有可能上升为战争，尽管战争没有爆发。如果说历史学家不无道理地放弃了用国王的意志解释人民的行动，那么，他们应该用个人的，也就是普通人的心理代替国王的意志。

近来，在政治方面，我刚到达的这家咖啡馆的老板，只把他这种背书先生的心态应用在德雷福斯案件的某些片段上。如果他在一个顾客的讲话中，或在一张报纸的文章里，没有发现他熟悉的字眼，他就声称文章枯燥无味或顾客不够坦率。富瓦亲王恰恰使他极为赞叹，因此亲王话音未落，他就接上了话茬。"说得好，亲王，说得好（意思就是背得正确无误），

---

① 阿加迪尔是摩洛哥西南部港市。1911 年 10 月 1 日，德政府派去炮舰，抗议法军进入摩洛哥北部城市非斯和梅克内斯。双方谈判结果，法国在摩洛哥保持自由行动的权利，但作为交换，把刚果的一部分让给德国。

正是这样，正是这样。”他高兴地大声嚷道，用《一千零一夜》中的话来说，他“满意到了极点”。但是亲王早已走进小咖啡厅不见人影了。接着，正如不管发生什么严重的事件，生活总会重新开始一样，从雾海中走出来的人有的要饮料，有的要晚餐；在订晚餐的人中，有几个年轻人是赛马俱乐部成员，由于天气异常，他们毫不犹豫地在大餐厅的两张餐桌上就座，离我很近，仿佛一场洪水在小餐厅和大餐厅之间，在所有这些历尽艰险方走出雾海、被饭馆的舒适激发出热情的人之间，创造了一种只有我一人被排斥在外的，可以同挪亚方舟中的气氛相比拟的亲密无间的气氛。

蓦地，我看见老板弯腰行礼，领班全都跑了出去，吸引了所有顾客的目光。“快，给我把西普里安叫来，给圣卢侯爵准备餐桌。”老板喊道。在他眼里，罗贝不仅是一个享有崇高威望的大贵族老爷，就连富瓦亲王也对他敬重三分，而且还是一个生活奢侈、舍得把大把钞票扔给他的顾客。大餐厅里的顾客好奇地瞪大了眼睛，小餐厅里的顾客争先恐后地同他们的朋友圣卢打招呼，而圣卢却一个劲儿地擦鞋底。但是，就在他正要进入小餐厅时，发现我在大餐厅里。“天哪，”他叫道，“你在那里干什么？对着大门口，门大开着。”他说，说完朝老板狠狠瞪了一眼，老板连忙跑去关门，一面把责任推到侍者身上：“我老对他们说要把门关上，可他们总不记得。”

我想到他那边去，只好叫我的同桌和前面几个餐桌的顾客给我让路。“你起来干什么？你喜欢在那里，不喜欢在小餐厅，是吗？可是，我可怜的小家伙，你会冻僵的。请您把这扇门给我堵死。”他对老板说。“这就堵，侯爵先生，从现在起，再有顾客来，就从小餐厅进，这好办。”为了显得更热情，他命令一个侍应部领班和好几个侍者去执行任务，同时大声威胁说，如果完成不好，就要惩罚他们。为了使我忘记他一开始对我的态度，他对我表示出过分的尊敬，但是，他又不想让我感到，他对我尊敬是因为他那位有钱的贵族顾客对我很友好，于是他偷偷地朝我微笑，以表明他个人对我似乎很有好感。

我身后有位顾客在吆喝，老板转过头去一会儿。我听到的不是“鸡翅，很好，再来点儿香槟，但要掺点水”，而是“我喜欢甘油。对，要热的，很好”。我想看看给自己强加这样一份菜单的苦行者是谁，但我立刻又把头转向圣卢。因为我不想让这个奇怪的美食家认出我。我认识他，不过是一位医生罢了。他是被浓雾困在咖啡馆里的。一个顾客利用这个机会向他求医。医生和交易所的经纪人一样，说话总离不开“我”。

我眼睛看着圣卢，思想却在别处。在这家咖啡馆的顾客中，在我一生所认识的人中，有不少外国人，他们是各种各样的文人和画家，他们披着矫揉造作的短斗篷，戴着一八三〇年的领带，再加上动作很不灵活，逗得人大笑不止，他们却逆来顺受，忍气吞声。有些人为了显得满不在乎，甚至故意装疯卖傻，引人发笑。他们是一些道德高尚、有真才实学而又非常敏感的人。这些外国人——主要是犹太人，当然是指那些没有同化的犹太人——让那些对怪模怪样不能容忍的人看了很不舒服（就像布洛克使阿尔贝蒂娜感到讨厌一样）。一般说来，人们很快就会承认，即使他们过长的头发、过大的鼻子和眼睛、做作的不连贯的手势令人生厌，但单凭这些就对他们作出评价的做法是幼稚的，他们心胸开阔，心地坦诚，你在同他们交往中会深深爱上他们。尤其是犹太人。他们的父母大多雅量高致，襟怀恢廓，待人诚恳，与这些品质相比，圣卢的母亲和盖尔芒特公爵就相形失色，他们冷酷无情，具有虚假的宗教情感，致使他们只会鞭挞丑闻，他们竭力为基督教辩护，最终必定导致（利用他们唯一受到高度评价的智慧，通过意想不到的手段）一场基于金钱关系的豪门婚姻。但是，不管父母的缺点以怎样的方式在子女身上组成新的品质，在圣卢身上占主导地位的仍然是胸襟开朗和心地坦率这些可爱品质。因此，应该对法国说几句赞美话：这些品质如果存在于一个纯法国人（不管是贵族还是平民）身上，会绽开出优雅的花朵（用千姿百态形容也许有点过分，因为存在着尺度和限制），而一个外国人，不管多么值得尊敬，是不可能有这样优雅的风度的。当然，精神和道德品质，别人也有，尽管有些人外貌让人厌恶，使人不悦，令人发笑，但这些品质仍不失其可贵。然而，那些从公正的角度看来是美丽的，用精神和心灵去衡量是有价值的东西，不仅赏心悦目，色彩优美，精雕细琢，而且内心和外表完美统一，这毕竟是一件好事，也许只有法国人才能做到。我凝视着圣卢，心想，当一个人既有风度翩翩的外表，又有高洁雅致的内心，还有一个玲珑别致、巧夺天工、可与停栖在贡布雷周围草地鲜花上的蝴蝶双翼相媲美的鼻翼，这毕竟是讨人喜欢的；我想，真正的、其秘密自十三世纪以来就存在、不会随我们教堂的消失而消失的法国艺术代表作，不是田园圣安德烈教堂的石头天使，而是不分贵族、资产者和农民的普通法国人，他们的脸部线条具有鬼斧神工般的精妙和明快，与田园圣安德烈教堂遐迩闻名的门廊上的雕刻一样，具有悠久的传统，但仍富有创造力。

老板暂时离开我们，亲自去安排关门和晚餐事宜（他坚持要我们吃“肉铺出售的肉类”，因为家禽肉没有名气），回来后他对我们说，富瓦亲王先生很想到紧挨侯爵先生的一张餐桌上来用餐。“可是都坐满了呀。”罗贝看见我周围的桌子都坐满了人，回答道。“没关系，只要能让侯爵先生高兴，我可以请他们换个地方，这不费什么事，为了侯爵先生，这是可以做到的！”“这得由你来决定，”圣卢对我说，“富瓦是一个好小伙子，我不知道他会不会让你讨厌，他不像许多人那样愚蠢。”我回答罗贝说，我肯定会喜欢富瓦亲王，但我难得一次能和他一起吃饭，我感到无比高兴，所以更喜欢和他单独在一起。“啊！亲王先生的大衣漂亮极了。”我们商量的时候，老板说。“是的，我看见他穿过。”圣卢回答说。我想对罗贝说，德·夏吕斯先生把认识我的事对他嫂子隐瞒了，想问问他这是为什么，但是富瓦先生来了，我只好作罢。他已走到我们跟前，是来看看我们是不是接受他的要求。罗贝给我们作了介绍，并坦率地告诉他，他要和我谈话，不希望有人打扰。亲王走了，他在同我告别时，笑着指了指圣卢，好像在为圣卢的简短介绍向我表示歉意似的，想让我知道他原希望能介绍得详细一些。但在这时，罗贝就像突然想起了什么似的，同他的伙伴一起走了。临走前对我说："坐下别动，先吃，我去去就来。"说完就去小餐厅了。我听见那几个我不认识的优雅公子不怀好意地在议论年轻的卢森堡大公继承人（前纳索伯爵）的荒唐事，心里非常难过。我是在巴尔贝克海滩认识这个年轻人的。我外祖母患病期间，他向我表示过深切的同情。他们中有一个人说，他曾对盖尔芒特公爵夫人说："我妻子经过时，我要求大家都起立。"公爵夫人回答说（这不仅不高明，而且不符合事实，因为这位年轻公主的祖母是世界上最正派的女人）："你妻子经过时，大家应该起立，可你妻子的祖母经过时就不同了，因为她要求男人们都睡觉。"接下来有人说，他今年去海滩看望他姑妈卢森堡公主时，下榻在大饭店，他抱怨经理（我的朋友）没有在堤坝上升卢森堡国旗。然而，卢森堡国旗不像英国或意大利国旗那样出名，那样有用，花了好几天才弄到，这使年轻的大公极不满意。我根本不相信有这种事，但我决定，如果我去海滩，一到那里就去问饭店经理，以便确证这完全是凭空捏造。我在等圣卢时，请求老板给我送些面包来。"稍等片刻，男爵先生。""我不是男爵。"我回答道，开玩笑地装出神情忧郁的样子。"啊！对不起，伯爵先生！"我没有来得及再次提出抗议（不然，我就可能变成侯爵先生了），因为圣卢如他自己说过的那样，很快就出现在大餐厅门口，手里拿着亲王的小羊驼毛大衣，这时我才明白，他怕我着凉，特意向亲王要来给我穿的。他老远就做手势让我别动，他向我走过来，但是得再一次挪动我的桌子，要不我就得换一个位子，他才能坐下来。靠墙的一圈放满了红天鹅绒软垫长凳，除我之外，还坐着三四个赛马俱乐部的青年，都是圣卢的熟人，因为小餐厅已经客满，他们就坐到大餐厅里来了。圣卢一进大餐厅，就轻盈地跳上软垫长凳。桌子之间拉着电线，离地有一定高度；圣卢犹如赛马跳障碍似的，敏捷而顺利地从电线上跃过去。他这样做全为了我，免得让我挪位置，因此，我心里感到很不安，但又为我朋友完成这个空中杂技动作的高超表演拍案叫绝。惊叹的不止我一个,因为老板和侍者就像等候在赛马场圈栏外的赛马迷,一个个都被慑服了,当然,这个杂技动作如果是一个地位较低、花钱较吝啬的贵族顾客做的,他们也就不会如此惊叹了。一位伙计似乎惊讶得动弹不得,端着一盘菜呆呆地站着,忘记了一旁还有顾客等他去上菜。当圣卢必须从他朋友们的身后经过时,他爬到椅背上,走得非常平稳,大餐厅的里首响起了一阵审慎的掌声。最后,当圣卢走到我身边时,就像一个值星长官走到君王观礼台前那样,准确无误地一下收住脚步,俯下身体,毕恭毕敬、诚惶诚恐地将那件小羊驼毛大衣递给我,接着很快坐到我身边,没要我做一个动作,就把大衣当作轻巧而暖和的披肩,披在了我的肩膀上。

“我想起一件事,你说说你的意见,”罗贝对我说,“我舅舅夏吕斯有事要对你说。我答应他让你明天晚上去他那里。”

“刚才我正要同你说他。不过明晚不行,我要到你盖尔芒特舅妈家去吃晚饭。”

“对,明天奥丽阿娜要举行大酒宴。我没有得到邀请。不过,帕拉墨得斯舅舅不愿意你去。你不能改变主意吗? 如果不行,晚宴结束后,你无论如何要到帕拉墨得斯舅舅家去一趟。我相信他很想见你。你看,十一点前你就可以到他家了。十一点,别忘了,我负责通知他。他气量很小。你不去,他会记恨你的。奥丽阿娜的晚宴总是早早就结束的。如果你只在那里吃晚饭,十一点钟一定能赶到我舅舅家。至于我,我本该去见奥丽阿娜的,是为了我在摩洛哥的工作问题,我想换一换。她在这些事上一向很热心,她对德·圣约瑟夫将军很有影响,我这件事归将军管。不过,你不要同她提这件事。我已经给帕尔马公主说过,事情会很顺利的。啊! 摩洛哥,太有意思了! 有很多事可以讲给你听。那里的人精得很,说他们聪明也可以。”

“说到摩洛哥,你不认为德国人会在那里同我们打仗吗?”

“不会，他们讨厌战争，其实，厌战是合乎情理的。但是德皇是爱好和平的。他们向来要我们相信，他们想打仗是为了迫使我们让步。这可以同扑克牌赌博相比较。德皇威廉二世的密探摩纳哥亲王来同我们密谈，他说如果我们不让步，德国就会对我们不客气。于是我们就让步了。其实，我们不让步，也不会有任何形式的战争。你只要想一想，在当今这个时代，一场战争将会在全世界引起怎样的反响。这比《洪水》①和《神界的黄昏》②更具有灾难性，只是时间短一些罢了。”

他对我大谈友谊、爱好和遗憾，尽管他和所有像他那样的旅行家一样，第二天就要动身，到乡下去住几个月，只是在返回摩洛哥（或另一个地方）之前回巴黎待一两天。但是，那天晚上我感到心头发热，他的话在我心间唤起了甜蜜的梦幻。从此，我们难得的促膝谈心，尤其是这一次，在我记忆中刻下了新的里程碑。这是友谊之夜，无论是对我，还是对圣卢。但是，我担心，此刻我对他产生的友谊，不一定是他所希望唤起的友谊（为此，我感到有点惴惴不安）。我仍然沉浸在他像马儿那样小步奔跑，以优美的动作击中目标带给我的快乐中。我觉得，我所以感到快乐，也许是因为圣卢沿墙在长椅靠背上做的每一个动作，能在他本人的个性特点中找到原因，但更因为这些动作与出身和教育传给他的家族特性密切相关。

首先是稳定的情趣，不是指对美的鉴赏，而是指举止风度，这种稳定性能使贵族青年在遇到新情况时，像一个应邀弹一支新乐曲的音乐家那样，产生适应新情况的感觉和意志，使他的技巧和技术尽善尽美地发挥。此外，这种稳定性能使贵族青年的情趣充分发挥作用，不必左右考虑，然而，有多少资产阶级青年因顾虑重重而束缚了手脚，既怕礼节不周当众出

---

① 《洪水》是法国作曲家圣-桑的清唱剧，1875 年为路易·加莱的一首《圣经》题材的诗作的曲，翌年在夏特莱举办的音乐会上首演。

② 《神界的黄昏》是瓦格纳的四联剧《尼伯龙根的指环》最后一部，作于 1869—1874 年。

丑，又怕显得过分热情让朋友嗤笑。罗贝鄙视礼节，当然，他心里从没感到要鄙视礼节，但由于遗传，这已成为他身体的一部分，他的祖先待人接物也从来不拘礼节，不摆架子，认为这样做只能使对方感到满意和愉悦。还有慷慨大方的崇高品质，这种品质使罗贝从不把物质利益放在眼里（他在这家饭馆一掷千金，这使他成了这里——就像在其他地方一样——最时髦、最受欢迎的顾客，这一点不仅可以从仆人，而且可以从所有最体面的青年对他大献殷勤的态度上看出来），他像蔑视铺着绛红色软垫的长椅子那样蔑视物质利益，刚才他确实象征性地践踏了几张长椅，它们就像一条华丽的五彩路，只有在使我朋友以更雅的风度和更快的速度走到我身边时，才能博得他的欢心。情趣稳定，慷慨大方，这就是贵族阶级的主要品质，透过他们清晰透明、意味深长的躯体（不像我的躯体那样一片模糊），可以隐隐约约地看到这些品质，正如透过一件艺术品可以看出艺术家的技艺和能力一样；这些品质使圣卢沿墙表演的快跑动作明白易懂，引人入胜，就像刻在教堂柱子中楣上的骑士奔跑动作那样一目了然，令人陶醉。“唉，”罗贝可能会想，“我何苦把青春浪费在鄙视出身，一味追求正义和精神上呢？除了非交不可的朋友外，何苦还选择一些笨拙的有口才的布衣为伙伴呢？到头来，我表现出来的和给人留下宝贵记忆的形象，不是我的意志努力并且值得我努力去塑造的、和我本人相符的形象，而是一个非我所塑造，甚至同我毫无共同之处的形象，一个我从前一向鄙视，并且设法舍弃的形象。我何苦像这样痴心地爱我这位心爱的朋友呢？到头来，他最大的乐趣，是在我身上发现一种更加普遍的东西，尽管他嘴上信奉友谊，心里却不可能这样想，他寻找的快乐不是友谊方面的，而是精神的，无私的，可以说是一种艺术的快乐。”这就是我今天所担心的，我怕圣卢有时会产生这种想法。他这样想就错了。要是他没有像他所做的那样，喜爱比他身体固有的敏捷更高雅的东西，要是他没有像这样长期摆脱贵族的傲慢习气，那么他的敏捷就会显得吃力和笨拙，他的举止就会显得粗俗和不雅。正如德·维尔巴里西斯夫人需要严肃的态度,才能使她的谈话和回忆录给人以一种轻薄而有才华的印象那样,圣卢为使自己的身躯具有高度的贵族气派,他从不考虑怎样显示,而是寻求更高的目标,使贵族气派作为无意识的和高雅的线条溶于他的身体中。因此,对他来说,思想的高贵离不开身体的高雅,但是,如果没有思想的高贵,身体的高雅也就残缺不全。一个艺术家要在作品中反映自己的思想,无需把思想直接表达出来;甚至可以说,对上帝的最高赞扬,存在于无神论对上帝的否定中,无神论者认为天地万物已经十全十美了,无需再有一个造物主。我也清楚地知道,这个沿墙奔跑、做出和教堂柱子中楣上的骑士一样动作的年轻人,我在他身上所赞赏的不只是一件艺术品;刚才,他为了我而离开了那位年轻的亲王,离开了查理七世的孙女纳瓦尔王后卡特琳娜·德·富瓦的后裔,他在我面前从不炫耀他的高贵出身和巨大财富,他在把小羊驼毛大衣披在我怕冷的身上时显得那样自信,那样灵活,那样文雅,而这些恰恰是他傲慢而敏捷的祖先传给他的特征;然而,所有这些——富瓦亲王,高贵的出身和巨大的财富,傲慢而敏捷的祖先——难道不是他生活中的比我资格更老的朋友吗?我原以为他这些朋友会把我和圣卢永远隔开,然而相反,圣卢作出了只有绝顶聪明的人才能作出的选择,毫无拘束地为我抛弃了这些朋友,他身体的动作正是他这种至高无上自由的写照,完美无缺的友谊就在这至高无上的自由中实现。

盖尔芒特家族的这种不拘礼节——不是指罗贝身上表现出来的高雅脱俗的不拘礼节,因为祖传的傲慢在罗贝身上只是一件无意识的高雅的外衣,掩盖了内心真正的谦虚——可能会露出庸俗的傲气,这一点,我不是在德·夏吕斯先生,而是在德·盖尔芒特公爵身上发现的。德·夏吕斯先生性格上的缺点与贵族的习性相重叠,至今他对我仍是个谜。盖尔芒特公爵尽管从整体上说也很粗俗(从前,我外祖母在德·维尔巴里西斯夫人家里遇见他时,对他的粗俗举止甚为反感),但他身上仍有不少旧贵族的特点。对于这一点，我去他家吃晚饭的那一天，也就是我和圣卢共进晚餐的第二天就有所感觉。

我在德·维尔巴里西斯夫人家第一次见到公爵和公爵夫人时，并没有发现他们有旧贵族的特点，正如我第一次观看拉贝玛演出，没有发现她和她的同事们有什么差别一样，况且在拉贝玛身上表现出来的特征，比在上流社会人士身上显示的特征要明显得多，因为她的特征随着观众注意的目标越来越真实、越来越容易理解而变得越来越清晰。但是，尽管上流社会人士之间的差别微乎其微（以致当一个像圣伯夫①那样诚实的作家想把德·乔夫兰夫人、雷加米埃和德·布瓦厄夫人的沙龙细腻入微地一一描绘出来时，我们感到这些沙龙几乎如出一辙，毫无二致，我们从作者的研究中可以得出沙龙生活毫无意义的结论，这是作者始料未及的），然而，根据我对拉贝玛改变看法的原理，既然盖尔芒特一家现在对我已变得无足轻重，他们独特的风格已不再被我的想象力化成雾珠蒸发掉，我就可以把雾珠收集起来，尽管它们轻得没有分量。

那天，在德·维尔巴里西斯夫人的晚会上，公爵夫人没有同我谈起她的丈夫，再说，他们离婚的消息已传得满城风雨，因此我不知道公爵会不会出席他妻子的晚宴。但我很快就清楚了，因为我看见德·盖尔芒特先生溜到候见厅，混入伫立在那里的仆人中间，窥视我的到来，准备到门口迎接我，亲自帮我脱大衣。仆人看到公爵对我的态度和从前大不一样，很可能感到纳闷，因为他们一直几乎把我当作细木匠的孩子看待，换句话说，他们对我的态度比起他们的主人来可能要好一些，但绝不会相信我能在公爵家里受到接待。

---

① 圣伯夫（1804—1869），法国文学批评家，作家。早期拥护文学中的浪漫主义倾向，在文艺批评方向上强调研究作家生平经历和心理状态。主要文艺批评著作有《文学家画像》、《当代人物画像》等。

“德·盖尔芒特夫人一定会感到非常荣幸。”公爵用一种颇有说服力的口吻对我说，“请允许我把您的外套脱掉（他认为讲老百姓语言既显出他脾气随和，也能显得他幽默风趣）。我妻子怕您变卦，尽管您说好今天要来。从早晨起，我们就开始念叨：‘您瞧着吧，他不会来的。’我应该对您说，德·盖尔芒特夫人比我看问题准。您不是一个轻易就能结交的人，我还以为您会失约呢。”

据说公爵是一个非常糟糕，甚至是非常粗暴的丈夫，因此，当他用“德·盖尔芒特夫人”称呼他妻子时，人们会感激他，就像感激坏人难得的仁慈一样，因为这个称呼使人感到，他好像向公爵夫人张开了保护的翅膀，同她浑然一体，不可分离。盖尔芒特公爵亲热地抓住我的手，准备领我到客厅去。有些日常用语，出自农民之口，会使人耳目一新，只要它们反映出某种地方传统的残余，或某个历史事件的痕迹，即使说话人自己可能不知道这个传统和事件；同样，德·盖尔芒特先生那种彬彬有礼的神态——整个晚上都对我这样——就像延续了数百年的风俗习惯，尤其像十七世纪遗留下来的习俗，使我着迷。旧时代的人离我们似乎十分遥远。我们不敢认为，他们除了明确表达的思想外，还有深邃的思想；当我们发现荷马史诗中的一个英雄和我们有相近的感情，发现汉尼拔在卡纳埃战役中巧用佯攻战术，引诱敌人攻击侧翼，然后突然包围敌人，这时，我们会大吃一惊；我们似乎把这位诗人和这位将军想象成动物园中的动物，同我们有天壤之别。甚至在路易十四宫廷中的某些显贵身上，我们也会有意外的发现：当我们阅读他们给一个地位比他们卑微、对他们毫无用处的人写的信时，发现他们用词非常谦恭，我们会不胜惊讶，因为这些词骤然向我们泄露了这些达官显贵内心的一套信仰，他们从不公开说出他们的信仰，但却受其支配，他们尤其相信，出于礼貌，他们必须装出动感情的样子，一丝不苟地发挥礼貌的作用。

这种想象出来的、过去距我们十分遥远的看法，也许能帮助我们理解，为什么有些作家，甚至是大作家，会在莪相[①]那样平庸而故弄玄虚的诗人的作品中发现非凡的美。如果说我们在看到古代抒情诗人具有现代思想时，会大吃一惊的话，那么，当我们在一篇被认为是古老的盖耳语[②]的诗歌中，发现有一种我们认为只有当代人才有的巧妙思想时，就会赞不绝口了。一个有才华的翻译家，翻译一位古代诗人的作品时，只要加进几段当代的一位作家在什么地方发表过的诗，虽然不很忠实原著，但却趣味盎然，这就能使这位诗人立刻具有一种沁人心脾的魅力，因而能流传百世。这本书如果作为译者的原著发表，那只能算是一部平庸之作；如果作为译作发表，也许就能成为一部杰作。过去不会转瞬即逝，而会留在原地不动。一场战争开始几个月后，从容地通过的法律条文仍能对它起作用，一个罪行不清不楚十五年后，法官仍能找到澄清罪行的材料；同样，几个世纪后，研究某遥远地区的地名和居民习俗的学者，仍然能发现早在基督教前就存在的希罗多德[③]时代的传说，这个传说已变得难以理解，甚至已被人遗忘，但它作为一种更浓密、更古远、更稳定的气味，存在于现在，存在于一块岩石的名称或一种宗教仪式中。在德·盖尔芒特先生的举止言谈中，也存在着一种传说，没有上面提到的传说悠久，是宫廷生活散发的气味。过一会儿，当我在客厅里（因为我没有马上去）又遇见他时，我将再一次闻到这个传说的气味，就像闻到一种古老的气味一样。

在离开前厅时，我对德·盖尔芒特先生说，我很想看看他收藏的埃尔斯蒂尔的画作。“愿意为您效劳。这么说，埃尔斯蒂尔先生是您的朋友

---

① 莪相是苏格兰传说中的诗人，相传生活在三世纪，他的诗是口头传下来的，受到后人的模仿和崇拜。

② 盖耳语是苏格兰北部居民的语言。莪相的史诗是从盖耳语翻译成英语的。

③ 希罗多德（约前484—约前425），古希腊历史学家。在西方史学中有历史之父之称。所著《历史》以记载希波战争为主，也叙述了希腊、波斯、埃及与西亚各国的历史、地理和风俗习惯。

啰？我感到很抱歉，一直不知道您对他这样感兴趣。因为我同他有点认识，他很讨人喜欢，用我们父辈的话来说，他是一个正人君子。我不知道您喜欢他，否则我可以请他赏光来这里吃晚饭了。今晚有您做伴，他肯定会很高兴的。”当他像这样竭力想发扬旧制度①的传统时，他身上反而很少有旧制度的气息，但当他没有这个愿望时，他又成了旧制度的化身。他问我要不要他陪我去看那些画，说完就给我带路了，每经过一道门，他就彬彬有礼地给我让路，当他为了给我带路而不得不走在我前头时，他就说声“对不起”：这出戏，在我们能大饱眼福之前，大概早已被盖尔芒特家族的许多人为其他来宾演出过（自圣西门讲述盖尔芒特家族的一个祖先为履行无谓的绅士职责，一丝不苟地向他大尽地主之谊以来）。我对公爵说，如果我能独自在埃尔斯蒂尔的画前待一会儿，我将感到很高兴，于是，他识趣地退下了，走时对我说，我只要到客厅去找他就行。

当我独自和埃尔斯蒂尔的画促膝对语时，竟完全忘却了开晚饭的时间；就和在巴尔贝克海滩时一样，在我面前又一次展现了有着无与伦比色彩的世界，这个世界仅仅是这位大画家特有看法的投影，而同他说的话毫无关系。墙上挂画的那几个地方，彼此十分协调，犹如幻灯投射出来的灿烂图像，在目前情况下，幻灯好比是画家的脑袋，当我们只是刚认识画家，对他还很不了解的时候，换句话说，当我们刚能看见幻灯头，彩色玻璃还没有装上的时候，我们就想象不出幻灯的奇妙。有几幅画在上流社会人士看来也许是十分可笑的，但我却认为比其他几张更有意思，因为它们能使我们再次产生幻视，向我们证明，如果不用推理方法，就不可能识别上面画的是什么。我们乘车时，不知多少次发现前面几米远处有一条光亮的长街，其实不过是一堵照得很亮很亮的墙，它使我们产生了长街的幻觉！既然如此，用在瞬间幻觉中看到的完全不同于平时面貌的形象来表

① 旧制度指法国1789年大革命前的王朝时代。

现一个物体——不是用象征主义手法，而是真心诚意地回到第一印象上——这不很符合逻辑吗？其实，物体的外表和大小，同我们认出这些物体时所回忆起来的它们的名称是不相关的。埃尔斯蒂尔竭力想从感性认识中得到理性认识，常常想把我们叫作幻视的一堆乱七八糟的推理分析出个头绪来。

有些上流社会人士对这些"丑陋作品"很是反感，当他们看到埃尔斯蒂尔也像他们那样钦佩夏尔丹①、佩罗诺②等画家时，甚感吃惊。殊不知埃尔斯蒂尔为了自己，也像夏尔丹和佩罗诺那样，在真实面前作过努力（当然，他对某些研究显示了特别的兴趣），因此，当他停止为自己创作时，他很欣赏他们有和他相同的企图，他作品的某些细节似乎被他们提前画出来了。但是，上流社会人士绝不会通过思考，把这种能使他们喜爱夏尔丹的画，至少能使他们对他的画看得顺眼的时间观念，加到埃尔斯蒂尔的作品中。然而，那些上了年岁的人可能会对自己说，随着岁月的推移，他们越来越接近人生的尽头，他们已经看到，在他们认为是安格尔③的一幅杰作和一幅永无出头之日的劣作（例如马奈④的《奥林匹亚》）之间存在着的不可逾越的距离已经缩小了，在他们看来，那两幅画现在好似一对孪生姐妹。但是，我们不会利用这些教训，因为我们不善于把特殊推广到一般，总认为自己面临的是一种史无前例的经历。

---

① 夏尔丹（1699—1779），法国画家，擅长风俗画和静物画。

② 佩罗诺（1715—1783），法国画家，擅长油画和粉画的肖像画。

③ 安格尔（1780—1867），法国画家，尤其擅长肖像画。古典主义画派的代表人物。代表作有《土耳其宫女》等。

④ 马奈（1832—1883），法国画家，在欧洲绘画传统的基础上革新技法，从而引起学院派的歧视。《奥林匹亚》是他的代表作。该画于1863年和1865年在巴黎美术展览会上首次展出，受到观众的指责。奥林匹亚是神话中诸神居住的地方，也是美神的所在地，马奈却把美神的名称赋予一个现代巴黎女子，而且是一个下等女子，这被人理解为对学院派艺术的一种讽刺。1907年该画才被卢浮宫接纳，挂在三级会议厅中安格尔的古典派画作《土耳其宫女》旁边。

有两张画，画的是同一个男士，比其他几张更现实主义，采用了一种旧的手法，我看了心中怦然而动。在一张画上，他穿着燕尾服，待在自家的客厅里，另一张展现了在河边举行的民间狂欢，他穿着短上衣，戴着礼帽，显然是狂欢会上的多余者。这后一幅画说明他不仅是埃尔斯蒂尔常用的模特儿，而且是他的一个朋友，也可能是他的赞助人，埃尔斯蒂尔喜欢让他出现在他的画中，正如从前卡尔帕乔①喜欢把威尼斯某些彼此都很相像的显贵画进他的画中，以及贝多芬喜欢在他心爱作品的扉页，写上他喜爱的罗道尔夫大公的名字一样。这幅河边狂欢图有一种令人心醉的魅力。小河、妇女的裙子、船帆，以及裙子和船帆在水中映出的无数反光，这些都鳞次栉比地展现在埃尔斯蒂尔从一个赏心悦目、美不胜收的下午裁切下来的这一方画面上。在一个跳舞跳得满头大汗、气喘吁吁而停下来小憩片刻的妇女的裙子中能感受的绚丽多彩、引人入胜的韵味，同样能在一只停泊在河中的小船风帆上，在码头的水面上，在木船上，在树叶丛中和天空中感受到。我在巴尔贝克看到过一幅画，蔚蓝天空下的医院简直可以和教堂争艳比美，我仿佛听见医院在歌唱（这时的埃尔斯蒂尔，要比迷恋中世纪艺术的情趣高雅的埃尔斯蒂尔和理论家埃尔斯蒂尔的胆子更大）："没有哥特风格，也没有杰作，平淡无奇的医院和光辉灿烂的教堂正门具有同等的价值。"而现在，我似乎也听见这幅《水边狂欢》在歌唱："这个妇女平平淡淡，普普通通，一位艺术爱好者散步走到这里，也许对她不屑一顾，想把她从大自然在他面前展现的充满诗意的画面上清除出去，这个妇女也很漂亮，她的裙子和船帆沐浴着同样的光辉，事物不分贵贱，普通的裙子和美丽的船帆是有着同样反光的两面镜子。事物的全部价值存在于画家的眼光中。"然而，画家善于把流逝的时光永远定格在这光辉的一瞬间：那位妇女跳得浑身发热，停下来歇息，那棵树周围笼罩着阴影，那

① 卡尔帕乔(1460—1525)，意大利画家，威尼斯画派最有名的叙事画家。

些帆船似乎在一层金漆上滑行。然而,正因为这一瞬间使我们感受到千金之重力,这幅绝对静止的画面给人以转瞬即逝的印象,使人感觉到妇女就要回家,帆船就要消失,阴影就要移动,黑夜就要降临,使人感觉到欢乐就要结束,生命正在消逝,这些被一片接一片的光亮同时展现出来的瞬间一去不再复返。我还在几幅神话水彩画上,看出瞬间还具有另一个确实是完全不同的特点。这几幅画是埃尔斯蒂尔的早期作品,也用来装饰这个客厅了。上流社会的“先进”人士也会“赶一赶”时髦,挂几幅这样的画,但也就到此为止了。当然,这些画不是埃尔斯蒂尔的上乘之作,但主题构思很真实,这就使它们避免了平淡无奇。例如,九位文艺女神画成了像化石那样的人类,但在神话时代,不难看见她们乘着暮色,三三两两地沿着一条山路漫步。有时候,一个在动物学家眼里具有某种特征(表现为无性别特征)的诗人和一位文艺女神一同散步,就像自然界中不同种类的创造物和睦相处,同来同往。在其中一张水彩画上,我看见一个诗人因长时间走山路而精疲力竭,他在路上遇到一个半人半马怪①,见他疲惫不堪,动了恻隐之心,让他骑在背上,带他回去。还有几张水彩画展现了无边无际的风景(神话场面和英雄人物只占据极小的位置,仿佛要从画面上消失),不论是高山,还是大海,都画得惟妙惟肖,以假乱真,加之夕阳的偏斜度和阴影瞬即消逝的时间性,都画得十分逼真,不只是展现了那一小时,甚至是那一分钟的情景。通过这种方式,艺术家不仅使神话的象征具有瞬间性,而且还赋予这种象征以一种历史的真实感,把它置于确定的过去加以描绘和叙述。

在我观看埃尔斯蒂尔那些画的过程中,不时地响起来宾按门铃的叮咚声,这声音将我轻轻摇晃,把我带入梦境。但铃声已有一阵没响了,寂静终于把我从梦幻中唤醒(当然比铃声送我入梦境的速度要慢一些),正

① 在希腊神话中,半人半马怪居住在深山中。其特征为粗野残暴,无法无天,好与人格斗。

如兰多尔①演奏结束后出现的静穆，把霸尔多洛②从睡梦中唤醒一样。我怕人家把我忘了，怕晚宴已经开始，就赶快向客厅走去。在埃尔斯蒂尔画作收藏室的门口，我发现有一个仆人在等候我。那仆人说不上是老了，还是头上扑了白粉，看上去像一个西班牙大臣，但对我毕恭毕敬，仿佛把我当成了一个国王。我从他的神态中感觉到，他似乎还可以等我一个钟头，但我想到我耽误了大家吃饭，尤其想到我答应圣卢要在十一点赶到德·夏吕斯先生家里，不由得心中惴惴不安。

西班牙大臣带我去客厅（在路上，我碰见那位受门房迫害的听差，我问他未婚妻最近情况怎样，他喜形于色，对我说，正好明天是他们出去玩的日子，整天都可以待在一起，他一个劲儿称赞公爵夫人有副好心肠）。我担心德·盖尔芒特公爵会不高兴。谁知他却笑容满面地把我迎进客厅，他这种高兴显然部分是出于礼貌而装出来的，但也是真诚的，因为我耽误了那么久，他已饥肠辘辘，再则，他意识到满屋宾客也和他一样已等得不耐烦了。的确，后来我知道，大家等了我三刻钟。盖尔芒特公爵大概认为，既然大家已经挨饿了，再延长两分钟也不会使问题变得更严重；既然出于礼貌他把吃饭时间推迟了那么久，要是再往后推一推，让我相信我没有迟到，大家没有等我，岂不更礼貌周全。于是，就像离开饭时间还有一个钟头，还要等几位客人似的，他问我对埃尔斯蒂尔的画有何印象。但刚问完，他就和公爵夫人步调一致地、不失分秒但又不让人看出他饥肠辘辘地把我介绍给他的客人们。仅仅在这个时候，我才发现我周围的情况

① 兰多尔是意大利喜剧中的多情人物，他手拿吉他到一位美人的窗口演奏。法国喜剧家博马舍（1732—1799）在他的作品《塞维勒的理发师》中，让他的男主人公阿勒玛维华伯爵自称是兰多尔，以引诱女主人公罗丝娜。

② 霸尔多洛是《塞维勒的理发师》中的人物，一个专制、愚蠢、令人生厌的老头子，他身为贵族小姐罗丝娜的保护人，企图用强制和蒙骗的手段娶她为妻。霸尔多洛成了爱嫉妒、爱生疑、狡诈而贪婪的保护人的典型。

发生了变化，我仿佛成了巴西法尔①，骤然被带进了贵妇中间，而在这以前，我除了在斯万夫人的沙龙里见习过一段时间外，一直生活在我母亲身边，生活在贡布雷和巴黎，习惯受到经常流露出不满的资产阶级妇女的保护和警惕，她们从来只把我当作小孩子。但在盖尔芒特夫人的沙龙里，那些袒胸露肩的贵妇（她们的玉肌从含羞草干茎两侧，或从玫瑰花宽瓣儿底下显露出来），只是以爱慕的目光久久把我凝视，似乎仅仅因为羞怯才没敢上来拥抱我。尽管如此，她们中许多人在生活作风方面是无懈可击的，我是说许多，而不是全部，因为最正派的贵妇，对轻薄女子也不会像我母亲那样深恶痛绝。行为不端会遭到玉洁冰清的女友反对，但在盖尔芒特社交圈内，尽管人人都已看到，但却不把这当回事，要紧的是必须把持续至今的关系继续保持下去。大家佯装不知，一位女主人的身子已被随便哪个想要她的男人动过，只希望"沙龙"能保持完整。

公爵对其他客人显得无拘无束（他早就不需要向他们了解什么和告诉他们什么了），但在我面前，却很拘谨（他对我的长处还一无所知，这使他对我产生了一种类似路易十四宫廷的大贵族对资产阶级大臣可能产生的尊敬），因此，他显然认为，我认不认识他的客人，至少对我（如果不是对他的客人的话）是无关紧要的；我这边害怕给他丢脸，老想着怎样给他的客人留下个好印象，他那里却只关心他的客人能不能给我留下好印象。

再说，一开始就发生了一个极其复杂的戏剧性小插曲：我刚迈进客厅，还没来得及向盖尔芒特公爵夫人问候，公爵就像要给人一个惊喜似的，把我带到了一个矮个子夫人跟前，仿佛要对她说："这是您的朋友，您瞧，我硬把他给您拽来了。"然而，我还没有被公爵推到这位夫人跟前，她就闪动着乌黑而温柔的大眼睛，频频向我送来狡黠的就像我们向一个可

---

① 巴西法尔是德国诗人和作曲家瓦格纳的歌剧《巴西法尔》中的主人公。纯洁的巴西法尔受到巫师女儿的引诱，但他终于战胜了巫师及其女儿，最后成为国王。

能认不出我们的老熟人发出的微笑。我现在就处于这种情况，我想不起她是谁了，因此，我一面往前走，一面却把头转向别处，避免对她的微笑作出反应，直到公爵把我介绍给她，我才算摆脱困境。在这期间，那位夫人继续让她的微笑保持不稳定的平衡。她似乎急于想摆脱这种尴尬局面，想听到我说："啊！夫人，我想是的！妈妈如果知道我们又见面了，她会多高兴啊！"我迫不及待地想知道她的名字，就像她刚才急于想看到我像熟人那样向她问候，好让她像升G音那样无限延长的微笑就此终止。但是，德·盖尔芒特公爵干得很不出色（至少我认为是这样），他似乎只介绍了我的名字，我对这位我似乎应该认识的陌生女人仍然一无所知，而她也没有想到要作自我介绍，尽管我蒙在鼓里，她似乎非常清楚为什么要对我那样亲热。因为当我走到她跟前时，她不是把手伸给我，而是亲切地握住我的手，亲密地同我交谈，好像我也知道她回忆起来的那些美好的往事似的。她对我说，阿尔贝——我想大概是他的儿子——没有来一定会感到遗憾。我在老同学中寻找叫阿尔贝的人，我只找到布洛克，但我面前的女人不可能是布洛克太太，因为她去世已经多年。我努力想猜出她想象中的我和她共有的那段往事，但一无所获。我从那双温柔的、不停闪烁着微笑的、黑玉般半透明的大眼睛里，几乎什么也没看见，就像看不清甚至闪耀着阳光的黑玻璃窗后面的景色一样。她问我，我父亲是不是太劳累了，我是不是愿意哪天和阿尔贝一起去看戏，我的身体是不是好一些了；我因为被搞得晕头转向，回答时稀里糊涂，语无伦次，只有"我今天晚上不太舒服"这句话说得比较清楚，她听后百般体贴地亲自把一张椅子挪到我身边，我父母的其他朋友对我从没有这样过，因此我很不习惯。最后，公爵的一句话使我解开了谜团："她觉得您很可爱。"他在我耳边悄悄地说了一句，我的耳朵震颤了一下，似乎对这几个字并不感到生疏。德·维尔巴里西斯夫人对我们——我和外祖母——也说过同样的话。那是在我们认识卢森堡公主的时候。我茅塞顿开，我明白尽管面前这位夫人和德·卢森堡夫人毫无共同之处，但是，根据给她充当骑士的公爵先生使用的语言，我猜出她是傻瓜一类的人物。这是一位殿下。她根本不认识我的家庭，也不认识我，但她血统高贵，拥有世界上最多的财富（因为她是帕尔马亲王的女儿，嫁给了一个同样是亲王的表兄）。她对造物主感恩戴德，很想向她的同类证明，不管他们出身如何贫寒，如何卑微，她绝不歧视他们。说真的，我本该从她脸上的微笑猜出她的身份的，我曾见卢森堡公主在海滩上买了几个黑面包送给我的外祖母，就像送给布洛尼动物园中的一头牡鹿一样。但我只是第二次被介绍给一位殿下，因此，不知道大人物待人接物的普遍特点是情有可原的。再说，他们自己也没有费神提醒我，不要过分相信他们这种和蔼可亲的神态。就拿盖尔芒特公爵夫人来说，在歌剧院看戏那天，她曾亲切地向我招手致意，可是第二天，当我在街上同她打招呼时，她却怒形于色，正如有些人施给某人一个金路易后，以为情理上已说得过去，就可以一劳永逸。德·夏吕斯先生更是反复无常。不过，读者以后会看到，我还认识一些属于另一类型的殿下和陛下，她们以王后自居，说话的习惯和她们的同类很不一样，却跟萨尔杜[①]剧中的王后相似。

德·盖尔芒特先生如此急忙地把我介绍给这位夫人，是因为在聚会上不允许有殿下不认识的人，只要有新客出现，就必须一秒钟也不耽搁地把他介绍给殿下。圣卢也是像这样急忙地让人把他自己介绍给我外祖母的。况且，出于宫廷生活的遗风，即社交礼节的需要（宫廷生活并不是表面文章，但因为由表及里，表面的反而变成重要的和深刻的了），公爵和公爵夫人把和帕尔马公主说话时采用第三人称看作是不可更改的，是比仁慈、同情、怜悯和公正更基本的责任，而对仁慈和公正，他们——至少他们

① 萨尔杜（1831—1908），法国剧作家，开始时写了一些反映资产阶级生活的戏剧，但后来致力于历史题材，不追求真实性。在二十世纪初所谓的“美好时代”，法国沙龙里常以滑稽模仿萨尔杜剧中的王后来取乐。

中的一个——却往往不在乎。

我这一生中还没有到过帕尔马[①]（这是我向往已久的地方，很久前我开始过复活节以来就一直想去那里），我知道，帕尔马公主在这个举世无双的城市中拥有最美丽的宫殿，那里，想必一切都协调一致；她生活在这座四壁辉煌的宫殿中，深居简出，与世隔绝，沉浸在她的姓氏散发出的浓密而无限美妙的、和夏天无风的夜晚笼罩在意大利一个小城广场上空的气氛一样令人窒息的气氛中，因此，认识帕尔马公主，就如同没有挪动身体，而身体的一部分就已经到了帕尔马，骤然间用真实的帕尔马，取代了我大脑努力想象出来的帕尔马；这就好像到乔尔乔涅[②]的城市去旅行的似的，那城市对我好比是一道代数题，而认识帕尔马公主是解这道题的第一个方程式。但是，即使多年来我像香料制造商使一整块脂肪吸入香精那样，使帕尔马公主这个名字吸入了无数紫罗兰花的香味，然而，当我看见这个我一直确信至少可以和桑塞维利纳夫人[③]相提并论的帕尔马公主的时候，第二次演算也就开始了。说实话，这次演算几个月后才全部完成，演算中采用了新的化学混合法，把紫罗兰香精油和司汤达式的香味[④]从公主的名字中清除干净，而代之以一个念念不忘行善和竭力装出亲切神态的黑眼睛、小个子夫人。这种亲切的神态是那样谦卑，让人一看便知她骨子里非常高傲。此外，她和其他贵妇大同小异，很少具有司汤达的色彩，就和比方说在巴黎欧洲区的帕尔马街一样，这条街与其说和帕尔马的名

---

① 帕尔马是意大利中部城市，建于公元前183年，十九世纪初为奥地利控制下的公国，后成为意大利的一部分。帕尔马的紫罗兰举世闻名。

② 乔尔乔涅（1477—1510）是意大利文艺复兴时期威尼斯画派画家，架上绘画的先行者，抒情诗人。

③ 桑塞维利纳夫人是法国十九世纪著名作家司汤达的小说《巴马修道院》中的女主人公，男主人公法布利斯的姑妈，是一个性格刚强、爱憎分明、敢作敢为的美人。

④ 司汤达式的香味指司汤达在《巴马修道院》中对巴马市即帕尔马市的描绘。巴马是这部小说的故事发生地。

字相符，不如说和邻近的街道更相似，与其说会使人想起法布利斯[①]了结余生的巴马修道院，不如说会让人想起圣拉扎尔车站[②]的中央大厅。

她待人亲切有两个原因。首先得归功于这个王家公主所受的教育，这是笼统的原因。她母亲不仅同欧洲所有的王族有姻亲关系，而且——这与帕尔马王族形成了对照——比任何一位摄政公主都富有。从她幼年时代起，她母亲就向她灌输新教所崇尚的训诫，要她保持傲慢的谦恭。现在，女儿脸上的每一根线条，肩膀的曲线和手臂的运动，无不在重复母亲的告诫："你要记住，即使上帝让你诞生在宝座的台阶上，使你比别人高贵，比别人富有（感谢上帝！），你也不要因此而瞧不起地位比你卑微的穷人。相反，对弱者应该同情。你的祖先从六四七年起就是克莱弗亲王和絮利埃亲王；上帝大慈大悲，让你拥有苏伊士运河公司的几乎全部股份，此外，还使你在荷兰皇家石油公司[③]的投资，比埃德蒙·德·罗特希尔德[④]多两倍。你的家系从公元六三年起就由系谱学家建立起来了，你的两个姨妈都是皇后。因此，你说话时，千万不要让人感到你在炫耀你的特权，并非是你的特权不牢靠（世系的悠久历史是谁也改变不了的，而且，人们永远需要石油），而是没有必要告诉人家，你的出身比谁都高贵，你的投资比谁都多，因为这是众所周知的。你要乐于帮助穷苦人。你要向所有地位比你低微的人（感谢仁慈的上帝赐给了你比他们优越的地位）提供可能提供的一切，你不要有失身份，也就是说，可以给他们钱，甚至可以让护士照料他们，但绝不要邀请他们参加你的晚会，这于他们并无好处，但会

---

① 法布利斯是小说《巴马修道院》中的男主人公。

② 帕尔马街在巴黎的欧洲街区，位于圣拉扎尔火车站后面，阿姆斯特丹街和克利希街之间。

③ 荷兰皇家石油公司是强大的石油集团，成立于1890年。

④ 罗特希尔德是德国犹太籍的银行世家。埃德蒙·德·罗特希尔德是法兰西银行行长。

降低你的威信，降低你行善的效果。”

因此，即使在不能行善的时刻，帕尔马公主也想通过无声语言的外部特征表明，更确切地说使人相信，她不认为自己比她周围人更高贵。她对谁都像是一个有教养的上级对待部下，彬彬有礼，和蔼可亲，时刻都想着帮助别人。她把她的椅子动了动，好给我留出更多的地方，还帮我拿手套，为我做了高傲的资产阶级女士们不屑于做的，女君王们乐于做的，或旧时代的仆人出于本能和职业习惯所做的事。

帕尔马公主向我表示亲热的另一个理由具有个别性，但绝不是她对我有什么神秘的好感。可是，当时我无暇对这第二个理由作深入的思考。因为公爵似乎急于把介绍做完，已经把我拉到另一位花容月貌的贵妇身边了。听到她的名字，我对她说，她的城堡就在巴尔贝克附近，我曾经过那里。“啊，要是那次能让你进去看一看，该有多好！”她对我说，声音低低的，仿佛要显得更加谦虚似的，但声调却很真挚，使人觉得她为错过了一次非同一般的机会而感到遗憾。接着，她讨好地看着我，对我说：“我希望以后还有机会。我得告诉您，我的布朗加斯姑妈的城堡可能会使您更感兴趣，它是芒萨①建造的，是我们省的一颗明珠。”据她对我说，不仅她自己很愿意让我看她的城堡，而且她的布朗加斯姑妈也会为能在她的府上接待我而喜出望外。显然，这位夫人认为，大领主有必要讲几句不负责任的客套话，使殷勤待客的古代好传统继续保持下去，尤其在目前这个土地正在慢慢转入不懂得生活的银行家手中的时代更应如此。此外，她和她那个阶层所有的人一样，尽量说一些最令对方高兴的话，使对方产生错觉，以为自己确实了不起，认为给人家写信会使人家感到高兴，登门拜访会使主人感到荣幸，人家渴望认识他。其实，这种想取悦对方，使对方认为自

① 芒萨（1646—1708），法国建筑家，法国古典式建筑的创始人。他曾是路易十四的首席建筑师。

已了不起的做法，有时在资产阶级中间也能看到。即使不能——真可惜！——在出身资产阶级的最可靠的朋友身上，至少也能在最可爱的同伴那里，发现这种可以补偿个人某个缺点的温文有礼的行为。不过，无论如何，这在资产阶级中是孤立现象。可是相反，在绝大多数贵族中间，这一特点就不再是个别现象了：贵族教育培育了它，认为贵族高贵的想法——贵族天下无敌，不怕自卑自贱，知道待人温文有礼能使某一些人感到幸福，因而乐此不疲——使它维持了下来，它已成为一个阶级的属性。即使有些人个人的缺点与这种特点格格不入，不可能把它留在心里，但他们的词汇和手势会无意识地带上它的痕迹。

"这是一个很善良的女人，"德·盖尔芒特先生同我谈帕尔马公主，"她比谁都有'贵妇人'风度。"

在公爵先生把我介绍给女宾的时候，有一位先生不停地向我表示敬意。此人是阿尼巴尔·德·布雷奥代-贡萨维伯爵。他到得很晚，没时间了解客人的情况，当我进入客厅时，他看出我不是公爵夫人圈子里的人，我能进来，想必有非同寻常的资格，于是，他把单片眼镜放到眉弓下，心想眼镜不仅能使他看见我，更有助于他看清我是哪一种人。他知道，德·盖尔芒特夫人作为真正的贵妇，拥有宝贵的采邑，即所谓的沙龙，也就是说，她有时会把一个因发明了一种药品或创作了一部杰作而崭露头角的名人，介绍给她圈子里的人。公爵夫人曾毫无顾忌地邀请德塔伊①先生参加她为英国国王和王后举行的招待会，对此圣日耳曼区的人至今记忆犹新。那些有才华的贵妇对接近这位神奇的天才很感兴趣，因此，当她们没有受到邀请时，心里很不是滋味。德·古弗瓦西埃夫人非说里博②先生也参加招待会了，但这纯属捏造，她这样说，无非是要人相信奥丽阿娜想让丈夫

① 德塔伊（1848—1912），法国画家，他的画多以战场为题材。

② 里博（1842—1923），法国政治家，历任外交部长、政府总理、财政部长等职。

当大使。更引起轰动的是，德·盖尔芒特先生用一种可与萨克森元帅[①]媲美的殷勤，亲临法兰西喜剧院的演员休息室，恳请赖兴贝格小姐[②]到他府上给英国国王吟诗，赖兴贝格小姐果真接受了邀请，这在社交史上绝无仅有。德·布雷奥代先生想起公爵夫人做过那么多出人意料的事（他本人完全持赞成态度，因为他自己不仅是沙龙的一个装饰物，而且还以盖尔芒特公爵夫人同样的方式——不过他是男性罢了——成为一个沙龙殊荣），心里揣摩着我是何许人，感到大有探究的必要。蓦地，他脑海里闪过维多尔[③]先生的名字，但又认为我太年轻，不可能是管风琴家，再说，维多尔先生名气不大，不可能受到"接待"。他觉得我似乎更像瑞典公使馆新来的专员，有人同他谈起过这个人；他准备问我奥斯卡二世[④]的情况，他曾多次受到这位国王的热情款待；但是，当公爵向他介绍了我的名字后，他发现这个名字从没听说过，就断定我是一个有名望的人，不然他不会在这里看见我。奥丽阿娜尽干这种蠢事，善于把知名人士巧妙地吸引到她的沙龙里，当然只占百分之一，否则，她在社交界的地位会一落千丈。因此，德·布雷奥代先生心满意足地舔舔嘴唇，用爱闻美味的鼻孔狠狠地嗅了嗅，他的食欲被激发出来了，因为他坚信，今日的晚餐一定丰盛，再者，由于我在场，这场聚会一定饶有趣味，明天他在夏尔特尔公爵府上吃中饭时，便有了引人入胜的话题。他还没有想清楚我究竟是谁——是不久前刚投入试验的抗癌血清的发明人，还是那出刚排练不久，马上就要在法兰西剧院上演的开场小戏的编剧——，他这个大知识分子，"游记"的爱好者，就开始不停地向我表示敬意，不断地做出心照不宣的示意动作，透过单片眼镜，

---

① 萨克森（1696—1750），法国元帅，具有非凡的军事天才，但他的私生活也常常引起轰动，他是一位女演员的情夫。

② 赖兴贝格小姐（1853—1924），法国著名女演员，创造了各种类型的少女形象。

③ 维多尔（1844—1937），法国管风琴家和作曲家，创造了管风琴交响乐。

④ 奥斯卡二世（1829—1907），曾是瑞典国王。

频频向我发出微笑。他这样做,也许是错误地认为,如果能使一个有才华的人相信,他,布雷奥代-贡萨维伯爵,把思想看得和出身一样重要,就会得到这个才华出众者的尊敬;也可能只是为了表示他感到心满意足,但在表达上遇到了困难,不知道该用什么语言同我说话。总之,他就像随木筏漂到了一个陌生地,遇到了一个"本地人",他好奇地观察本地人的习俗,不停地向他们做出友好的表示,也没有忘记像他们那样大声喊叫,抱着捞好处的希望,用鸵鸟蛋和香料同他们交换彩色玻璃小饰品。我尽最大可能不使他扫兴,接着,我和夏特勒罗公爵握手,我曾在德·维尔巴里西斯夫人家遇到过他一次,他对我说,德·维尔巴里西斯夫人是个老滑头。夏特勒罗公爵是典型的盖尔芒特,金黄色的头发,鹰钩鼻子,脸上布满了难看的粉刺,所有这些特点,在十六和十七世纪留给我们的有关这个家族的画像中就已经显示出来了。但是,我已经不再爱公爵夫人,因此,一个年轻人长得再像她,对我也没有吸引力。我在夏特勒罗公爵鼻子的弯钩上看到的,是一个画家的签名,我对这个画家也许研究很久了,但现在对他已不感兴趣。我也向富瓦亲王问了好,不幸的是,我遭遇到德国式的握手,手指头仿佛被老虎钳夹住,从里面抽出来时都快给捏扁了。富瓦亲王同我握手时,脸上带着法芬海姆亲王式的嘲弄,或者说是善良的微笑。法芬海姆亲王是德·诺布瓦先生的朋友,因为这个社交圈有用外号的怪癖,大家都叫他冯亲王,他自己也总是用"冯亲王"署名,或者,当他给挚友写信时,干脆署名"冯"。用这个简称有时候还好理解,因为亲王的名字很长,由好几个名字组成。但是,令人难以理解的是,为什么时而用丽丽,时而又用白白代替伊丽莎白,正如在另一个圈子里到处能听到金金一样。有人解释说,一些通常是游手好闲、轻薄无聊的人,为了不浪费时间,常用"鸠"代替"孟德斯鸠"。但是,他们用迪南,而不是用费迪南称呼他们的一个表兄,这就看不出能节省多少时间了。此外,不要认为盖尔芒特一家总是采用重复音节的方法给人起名字。蒙贝鲁伯爵夫人和费吕德子爵夫人是同胞姐妹，都长得很胖，但大家叫她们“小妞儿”和“小宝贝”，她们听了一点也不生气，而且也不觉得可笑，因为大家一直是这样称呼她们的。德·盖尔芒特夫人很喜欢德·蒙贝鲁夫人，如果德·蒙贝鲁夫人生了重病，她会含着眼泪问病人的妹妹：“我听说‘小妞儿’情况很糟。”对于那位头发从中间分开、紧贴双鬓而遮住了耳朵的德·莱克兰夫人，大家从来只叫她“饿鬼”。有时候，只在丈夫的姓或名上加一个 a，作为对妻子的称呼。圣日耳曼区最吝啬、最卑鄙、最冷酷无情的人，被叫作拉斐尔，而他的如花似玉、千娇百媚，但和他一样冷酷无情的女伴也从来只署名拉斐拉。上面列举的不过是无数规则中的几个简单的实例，以后如有机会，还可以对其中的几个规则进行解释。

接下来，我要求公爵把我介绍给阿格里让特亲王。“怎么，您不认识这位大名鼎鼎的格里—格里?”德·盖尔芒特先生大声嚷道，然后把我的名字给阿格里让特先生作了介绍。弗朗索瓦丝常把阿格里让特挂在嘴边，因此，在我看来，这个名字好似一个透明的玻璃器皿，我看到它下面有一座古城，在紫罗兰色的海边，金色的太阳把万道光芒斜照在玫瑰色的立方形城堡上；我不怀疑，这个奇迹般路过巴黎作短暂停留的阿格里让特亲王，这个同样沐浴着金色阳光、闪烁着古色光泽的西西里岛人，是这个古城实际上的统治者。可是，唉！公爵给我介绍的这个人，是一个粗俗的冒失鬼。他故作洒脱地、笨拙地踮起一只脚跟，转身向我问好，我感到他和他的名字毫无关系，就像他和他可能拥有的一件艺术品毫无关系一样，他身上一点也没有这件艺术品的反光，他可能从来也没有看过它一眼。阿格里让特亲王一点也没有亲王的风度，一点也没有阿格里真托①的神采，

---

① 阿格里真托(Agrigento)，意大利西西里岛地名，为阿格里真托省省会，公元前约581年由希腊殖民者建立，那里有很多希腊古迹。Agrigento 在法文中为 Agrigente，译成阿格里让特。作者认为，阿格里让特亲王作为阿格里真托的实际统治者，本该具有这个历史悠久城市应有的神采，可是他却没有。

我不禁认为,他的名字既然和他本人相差甚远,同他的外表毫无联系,想必曾拥有一种力量,把他像其他任何一个人那样可能有的一点儿诗意全部取走,装进自己奇妙的音节中了。如果真是这样,这个手术倒是做得很彻底,因为从盖尔芒特家的这个亲戚身上,再也取不出一点儿魅力了。因此,他既是世界上唯一的,但又是最不像的阿格里让特亲王。而且,他为自己是阿格里让特亲王洋洋自得,但这就像一个银行家为自己拥有一个矿场的大量股份沾沾自喜一样,至于这个矿和它漂亮的名字(比如叫艾凡赫矿或普里姆罗斯矿)是不是相符,或者干脆就叫第一矿,他都无所谓。然而,当介绍接近尾声(叙述起来要费很多笔墨,其实,从我进客厅时算起,也才用了一两分钟),德·盖尔芒特夫人用几乎是哀求的口吻对我说:"巴赞像这样一个个给您介绍,我想您肯定累了,我们是想让您认识我们的朋友,但更不想累着您,因为我们希望您常来。"这时,公爵笨拙而谨慎地做了一个示意摆饭的手势,这个动作大概是他一个小时以来,也就是在我欣赏埃尔斯蒂尔作品的时候一直想做的。

有件事这里要提一提。宾客中还有一个人没有到,就是德·格鲁希先生。他的妻子(出生于盖尔芒特家族)一个人先来了,他白天去打猎,说好打完猎直接来这里。这位德·格鲁希先生出身名门,但在迷恋贵族的人看来,他的出身还不够显贵,他的祖父①曾在第一帝国供职,因一开始没有参加滑铁卢战役,被错误地指责为导致了拿破仑的失败。因此,盖尔芒特亲王尽管后来不像从前那样挑剔了,但仍然经常对他的外甥女们说:"可怜的德·盖尔芒特夫人(即盖尔芒特子爵夫人,德·格鲁希夫人的母亲)真是太不幸了,她从来也没有能力为女儿们找到好婆家。""可是舅舅,

① 指格鲁希侯爵(1766—1847),法国元帅。百日政变时期,他统帅北主军的后备骑兵团,负责追击布鲁歇率领的普鲁士军队,并阻止普军与威灵顿率领的英军会合,但没能完成任务,因此,被认为要对滑铁卢战役失败负部分责任。

老大不是嫁给了德·格鲁希先生了吗?”“我才不把这号人叫丈夫呢!不过,听说弗朗索瓦叔叔向她的小女儿求婚了,这样,她们几个就不会都当老姑娘了。”

摆饭的命令刚发出,立刻就听到一片吱呀声,饭厅的几扇双扉门一下全都打开了;一位颇有司仪官风度的膳食总管在帕尔马公主前面深深一鞠躬,尔后报告说:“请夫人就座”,声调听上去好像是在说:“夫人要死了”一样,但这在宾客中并没有引起悲伤,因为他们已开始成双成对地,就像夏天拥向罗班松①那样,嬉笑着朝饭厅走去,走到各自的座位旁便分开,仆人在后面给他们推上椅子;德·盖尔芒特夫人最后一个离开,她走到我跟前,让我领她到餐桌。按说我应该感到胆怯,可我一点也不,因为她大概见我站错了位置,像一个风度优雅、动作敏捷的女猎人,绕我转了半圈,让我的胳膊正确无误地挽到她的胳膊上,极其自然地把我带进了准确高雅的动作节奏中。我毫不费劲地合上了步子,况且盖尔芒特家的人对这些根本不在乎,正如一个真正的学者从不卖弄知识,在他家里我们反而不会像在一个庸才家里那样产生害怕心理。另外几扇门也打开了,从里面端出热气腾腾的浓汤,这情景犹如演技高超的木偶戏中的晚餐,姗姗来迟的年轻客人一到,随着主人一个手势,所有的机关就都开始运转了。

公爵命令开饭的手势并不威风凛凛、至高无上,而是畏畏缩缩,然而大家的响应却像上了发条的钟表那样广泛、熟练、顺从和有场面。公爵的手势虽然不果断,但我感到这丝毫也不影响大家的表演效果。我觉得,公爵所以这样局促不安、犹豫不决,是怕我看见大家都在等开饭,就差我一人没到,怕我发现大家已等了很久,正如德·盖尔芒特夫人见我看画看了那么久,紧接着又要忍受无休止的介绍,怕我会感到疲劳和不自在一样。因此,正是这个不够高贵的手势,显示了公爵真正的高贵,表明他很不看

---

① 即普莱西—罗班松,法国上塞纳省城市,是法国人娱乐消遣的地方。

重自己的豪华，相反对一个微不足道的，但他想赐予光荣的客人却很敬重。

这并不是说德·盖尔芒特先生在某些方面非同寻常，甚至没有大富翁通常有的笑料，没有暴发户——他不是——的骄横。但是，正如一个官员或一个神甫可以凭借法国政府和天主教的力量，使自己平庸的才能得到无限发展（就像一个波浪可以被身后的浩瀚海水推拥出无数波浪），同样，德·盖尔芒特先生也受到另一种力量，即真正的贵族礼节的推动。许多人被这个礼节排斥在外。德·康布尔梅夫人或德·福谢维尔先生就不可能受到德·盖尔芒特夫人接待。但是，一旦有人像我这样可能被盖尔芒特圈子接纳，这个礼节，就会让他看到比这些古老的客厅和陈放在客厅里的绝妙家具（如果可能的话）更神奇的珍宝，那就是给予他简朴而热情的接待。

德·盖尔芒特先生如果哪天想要讨好一个人，他就会巧妙地利用时机和环境，让那人扮演主角。当然，如果在盖尔芒特城堡，他的“高贵”和“优雅”就会以另一种形式表现出来。他会叫人套车，只带我一人同他一起进行饭前散步。看到他那样客气，我们会倍受感动，正如我们在阅读当代回忆录时，会被路易十四对觐见人的笑容可掬、和蔼可亲和近乎谦恭的态度打动一样。但是要知道，不管是公爵，还是路易十四，都不会使自己的行动超过“礼节”这个字所包含的内容。

路易十四亲政时期，那些热衷于贵族排场的人指责他太轻视礼节，圣西门说，他与菲利浦·德·伐卢瓦[①]和查理五世[②]相比，是一个不注重等级的小国王。但就是这个路易十四，让人编了一份礼节细则，晓示亲王和大

---

① 菲利浦·德·伐卢瓦（1294—1350），即菲利浦六世，法国国王（1328—1350）。在位时爆发了百年战争。

② 查理五世（1338—1380），法国国王。在位时再度与英国开战，收回了法国国土。

使，应该让哪些君王站在自己右侧。有时候在礼节上很难达成谅解，只好让路易十四的儿子王太子殿下在宫堡外接见外国君主，免得人家议论进宫时这一个走在那一个的前面了；莱茵河选帝侯[1]接待谢弗勒丝公爵[2]时，为了不让他待在自己右侧，就假装有病，躺在床上和他共进晚餐，解决了礼节上的困难。公爵[3]先生总是躲避为殿下[4]效劳的机会，殿下听从王兄路易十四（他很喜欢这位弟弟）的建议，找了个借口让他的表兄在他起床时上楼，强迫他给他递衬衣。在礼节上必须严格履行职责，丝毫含糊不得，但是，当遇到悲痛之事和感情上的事时，就不讲什么责任了。路易十四最喜欢的一个人就是殿下，但是他这个王弟刚死几个小时，用蒙福尔公爵[5]的话来说，殿下“尸骨未寒”，他就哼起了歌剧中的曲子，看到勃艮第公爵夫人[6]难以掩饰痛苦和忧郁，深感惊讶，为了让欢乐回到大家中间，使弄臣下决心重新开始娱乐，他命令勃艮第公爵[7]玩扑兰牌游戏。然而，这种对比不仅集中表现在德·盖尔芒特先生的社交活动中，而且还可以从他无意识的语言，从他所关心的事和时间安排上看出来：盖尔芒特家的人不会比旁人更爱悲伤，甚至可以说，他们很少有真正的同情心；但是，每天都可以看见他们的名字因不计其数的葬礼而出现在《高卢报》的社交栏中，

---

① 莱茵河选帝侯是路易十四的弟弟菲利浦的丈人。

② 谢弗勒丝公爵（1646—1712），路易十四的财政大臣柯尔柏的女婿，富有思想，受人尊敬。

③ 公爵指路易十四的表弟。

④ 殿下这里指路易十四的弟弟菲利浦，封号为奥尔良公爵。路易十四亲政后，菲利浦就被称为“殿下”。他的第二个妻子夏洛特-伊丽莎白是莱茵河选帝侯的女儿。

⑤ 蒙福尔公爵是谢弗勒丝公爵的重孙。

⑥ 勃艮第公爵夫人（1685—1712），路易十四的外甥女，嫁给了路易十四的孙子勃艮第公爵。她酷爱奢华和娱乐。是法国路易十五的母亲。下文的扑兰牌游戏是一种纸牌游戏，玩时每人只发三张牌。

⑦ 勃艮第公爵（1682—1712），路易十四的孙子，法国王太子，路易十五的父亲，心地善良，为人厚道。

他们认为不把名字登在上面于心不安。我就像旅行者发现色诺芬[1]或圣保罗[2]可能认识的，彼此似乎十分相像的泥屋和露台那样，在这个时而温柔得使人感动，时而冷酷得令人发指，既能履行最微小的义务，又能撕毁最神圣协约的德·盖尔芒特先生的举止风度中，我看到了路易十四宫廷生活所特有的，把情绪和道德上的不安当作纯形式问题看待的超越常规的做法，两个多世纪过去了，这一传统却原封不动地保留了下来。

帕尔马公主向我表示亲热的另一个理由更特别一些。她先入为主，认为盖尔芒特公爵夫人家的一切，不管是物还是人，都比自己家的高雅。事实上，她在其他人家里也是这样；她对最普通的菜，最一般的花，都会啧啧称赞，不仅如此，她还要求主人同意她第二天派厨师来学烹饪法，或派花匠领班来看花的品种。这两人的薪金都很高，有自己的车马，尤其是自认为技艺超群，无人匹敌，觉得到别人家去学习一种他们不屑一顾的菜肴烹调法或一种石竹的栽培法是丢尽脸面的事，这种石竹，论漂亮，不能和他们在公主府上早就栽培成功的品种相提并论，论色彩，不如他们的"斑斓"，论体积，不如他们的硕大。但是，尽管她在别人家里对一些微不足道的东西露出的惊讶神态是装出来的，是为了显示她并不为有高贵的地位和巨额财富而自高自大，因为自恃高傲是她古老的导师所禁止的，也是她的母亲要掩饰的，上帝不能容忍的。然而，她却真心实意地把盖尔芒特公爵夫人的客厅看作圣地，每行一步，都有惊喜的发现和无穷的乐趣。一般地说（但这远远不能解释帕尔马公主的这种精神状态），盖尔芒特家和贵族社会的其他成员有明显的不同：他们更高贵，更非凡。乍一看，他们给我的印象完全相反，我觉得他们平平淡淡，同其他所有的男人和女人没有

---

① 色诺芬（约前430—约前355），古希腊雅典城邦的贵族奴隶主、军人、历史学家。苏格拉底的弟子。著有《远征记》、《希腊史》和《苏格拉底言行回忆录》。

② 圣保罗（15—62），基督教的使徒，著有《使徒行诗》和《使徒书信》。

两样。我之所以会这样，那是因为我在他们身上先看到的是名字，正如我根据巴尔贝克、佛罗伦萨和帕尔马的名字进行遐想，形成了先入之见一样。在我的想象中，这个沙龙里的女人都是萨克森小塑像般的人物，但实际上，她们和普天下大多数妇女更相像。但是，盖尔芒特家族也和巴尔贝克、佛罗伦萨一样，一开始会使我们的想象力大失所望，因为他们与其同类没有两样，与其名字相差很远，但紧接着，就能使我们看到他们与众不同的特点，虽然微乎其微。他们有着特别的外貌，皮肤呈粉色，有时甚至呈紫色，即使是男性盖尔芒特，也无一例外地长着轻柔而秀美的、亮得几乎可以照人的金发，一绺一绺的，像地衣墙草，又像猫的皮毛（与这金光灿灿的头发相对应的是智慧的闪光，因为在谈及盖尔芒特家族的肤色和头发时，也得说说和莫特马尔家族①精神相仿的盖尔芒特家族精神）。他们有一种在路易十四亲政前就已变得更加纯粹的，由于他们公开张扬而为大家所承认的贵族品质。所有这一切，外貌、皮肤和头发的颜色以及贵族的品质，无一不使盖尔芒特家族，哪怕是在由极其珍贵的物质组成的贵族社会中，也显得与众不同。他们分布在这个社会中，但一眼就可以把他们辨认出来，就和矿脉一样，金黄色的纹理标志着碧玉和缟玛瑙，更确切地说，他们闪闪发光的头发形成飘洒的波浪，一绺绺乱发犹如可以曲折的光线，沿着浅绿色玛瑙的两侧奔跑。

盖尔芒特家族成员——至少是那些名副其实的盖尔芒特——不仅有完美的肌肤，漂亮的头发，明澈的眼睛，而且他们在站立、行走、致意、握手和握手前举眸凝视时，都有他们独特的姿态，因此，他们和上流社会中的其他人有着明显的区别，就像社交界人士明显地区别于穿劳动服的农场主一样。尽管他们待人和蔼可亲，但人们仍然会想：他们走路似燕子展翅

① 莫特马尔家族是罗什舒阿家族的分支，以法国上维埃纳省的莫特马尔村命名。莫特马尔家族的精神是一种特殊的才智和幽默。

般轻捷，致意如玫瑰点头般优雅，当他们看见我们走路、致意和出门时的样子，难道就（尽管他们掩盖得很好）没有权利认为我们和他们不是同一类人，他们是大地的骄子吗？后来，我意识到，盖尔芒特家的人确实认为我不和他们同类，但我却引起他们的羡慕，因为我有一些连我自己都不知道的，但他们却公开认为是唯一重要的长处。可是，又过了一些时候，我感觉到他们公开发表的信念只有一半是真诚的，在他们身上，蔑视或者说惊奇，与赞赏和羡慕同时存在。盖尔芒特家族固有的身体柔韧性有两种表现特点：一种是动态的。他们的身体时刻都在动。比如，一个男性盖尔芒特向一位女士致敬时，他的侧影是一系列不对称的和神经补偿性的动作保持不稳定平衡的产物，一条腿拖着步子，这也许是故意的，或者因为在打猎时经常骨折的缘故，为了使这条腿跟上另一条腿，他让躯干微微偏斜，让一个肩膀稍稍抬高，与躯干的偏斜形成平衡，致敬时，把单片眼镜架到眼睛上，使得那只眼睛上方的眉毛耸起来，让那绺头发落到额头上。另一种柔韧性，与浪和风的形状相仿，或与小船、大船永远保留着的航迹的形状相仿，可以说形成了一种特有的静中有动的风格，鼻子成钩形向内弯曲，上面是凸出的蓝眼睛，下面是两片薄嘴唇，如果是女的，从这两片薄嘴唇中流出的是嘶哑的声音，一看到他们的鹰钩鼻，就会想起十六世纪那些研究古希腊文化、过着寄生虫生活的系谱学家，出于好意为他们家族编写的荒诞无稽的起源说。当然，这个家族确实有悠久的历史，但也不像系谱学家所说的那样，是一个仙女受胎于一只神鸟的产物。

盖尔芒特家族不仅相貌颇具特色，而且思想也很特别。盖尔芒特家族成员虽然生活在纯之又纯的“上层”贵族社会中，但却装出对贵族不屑一顾的样子。只有一人除外，那就是希尔贝亲王。他是“玛丽·希尔贝”的丈夫，思想陈腐，他和妻子一道乘车外出时，总让妻子坐在他的左方，因为虽然她出身王族，却不如他的血统高贵。不过，他是例外，只要他不在场，家里人总把他当作笑料，津津有味地谈论他的最新趣闻。盖尔芒特公爵夫人出身于盖尔芒特家族，说实在的，在某种程度上，她已变得和她家里人有点不同了，比他们更讨人喜欢。她主张把聪敏才智置于一切之上，政治上拥护社会党，致使有些人心里想，确保她维持贵族生活的守护神藏在她府上的什么地方。这个守护神从来都不显形，但肯定有时躲在候见室，有时藏在客厅里，有时又蜷缩在梳妆间，提醒奴仆们不要忘了把这个不信爵号的女人称作“公爵夫人”，提醒这个只爱读书、对舆论毫不重视的女人，八点一过就动身到她的弟媳妇家去吃晚饭，并且要穿上袒胸露肩的衣裳。

就是这个家族守护神，告诉德·盖尔芒特夫人，作为公爵夫人，至少作为像她这样拥有百万财富、第一流的公爵夫人，宁愿少看几本有趣的书，也要去参加乏味的茶会、晚宴和晚会，这和下雨一样令人讨厌，但却必不可少。德·盖尔芒特夫人牢骚满腹、冷嘲热讽地接受了，不过没有细想为什么接受。然而，当膳食总管称呼这个只信聪明才智，不信爵位的女人为“公爵夫人”时，这种意外的现象并没有使她感到不舒服。她从来没想要求他只喊她“夫人”。有些人好心好到了极致，可能会认为德·盖尔芒特夫人心不在焉，只听见“夫人”二字，没听见附加成分。不过，如果说她会装聋，她却不会作哑。每每有事要叫丈夫办理，她总对膳食总管说：“您提醒公爵先生……”

此外，家族守护神还有其他事要做，例如，让道德说话。当然，在盖尔芒特家族中，有的人特别聪明，有的人却特别高尚。通常，聪明者不一定高尚，高尚者不一定聪明。但是，那些聪明的盖尔芒特，哪怕曾伪造过文书，玩牌时会作弊，或者他们是所有人中最讨人喜欢的，愿意吸收一切新的和正确的思想，当他们谈起道德来，也比品行端正的盖尔芒特更加头头是道。就拿德·维尔巴里西斯夫人来说，当守护神想通过这位老妇之口谈论道德时，她讲得比谁都动听。在类似的情况下，例如，当盖尔芒特家族成员谈论一个女仆时，我们会一下发现，他们谈话的口吻，几乎同侯爵夫人的语气一样陈旧，一样纯朴，而且，由于他们更有魅力，也就显得更高尚，更感人："我觉得她的本质是好的，她是一个不同寻常的姑娘，想必是正派人的女儿，肯定不会走上邪路。"在这种时候，守护神就变成语调了。但有时候，守护神也会变成措词，变成脸部神态。公爵夫人的神态和她当元帅的祖父的神态如出一辙，那是一种难以觉察的抽搐，和迦太基的巴尔加家族①的守护神蛇神的抽搐很相像。从前，当我上午散步时，有好几次，我还没有认出是德·盖尔芒特夫人，就已感觉到她躲在一家小乳品店里窥视我，这时，我会被她脸部的这种神态弄得心慌意乱。这位守护神还在一种不仅对盖尔芒特家族，而且对他们的对手古弗瓦西埃家族都很重要的情况下进行过干涉。古弗瓦西埃家族虽然和盖尔芒特家族一样，也是贵族血统，但却和他们完全不同（盖尔芒特亲王言必谈出身和贵族，仿佛这是唯一重要的，盖尔芒特家的人在解释亲王的这个偏见时，甚至说这是他的古弗瓦西埃祖母传给他的）。古弗瓦西埃家的人不仅不像盖尔芒特家的人那样重视才智，而且对才智的看法也和他们大相径庭。在盖尔芒特家里人（哪怕是个白痴）看来，所谓聪明，就是尖酸刻薄，出口伤人，就是能在绘画、音乐、建筑方面同你比个高低，就是会讲英语。古弗瓦西埃家的人对才智的看法更糟，只要不是他们圈里的人，谁聪明，谁就被认为"有可能杀死了父母亲"。他们认为，聪明是"亲王-殿下"之类的代名词；这些聪明人，即使人家不认识他们，也会强行闯入最受尊敬的沙龙；古弗瓦西埃家的人知道，接待这些"家伙"，到头来会后悔莫及。对于上流社会以外的聪明人发表的任何一点儿看法，他们都持怀疑态度。一次，有个人说："斯万比帕拉墨得斯年轻。"德·加拉东夫人随即反驳道："想必是他对您说的啰，如果真是这样，那么请您相信，这是因为有利可图。"更令人不可

① 巴尔加家族是古代迦太基国的强大家族，尤其在公元前三世纪至二世纪的罗马和迦太基的三次战争中享有盛名。

思议的是，当有人说起盖尔芒特府接待了两个风雅的外国女子，让年纪大的走在前头时，德·加拉东夫人便问："能看出来她的年纪大一些？"她这样问，不是说这一类女人确实看不出年龄，而是认为她们没有身份和教籍，没有传统，只是看上去年轻一些，或不年轻罢了，就像同一只筐里的小雌猫，只有兽医才能把它们分辨出来。此外，古弗瓦西埃家的人思想狭隘，而且心险而诈，因此，从某种意义上说，他们比盖尔芒特家族更好地保持了贵族的完整性。盖尔芒特家的人（在他们眼里，除了王室和几个大家族，如利涅家族、拉特雷默伊耶家族以外，其余的都分不出高低，都毫无价值）对住在他们城堡周围的古老的贵族态度傲慢，这恰恰是因为他们不像古弗瓦西埃家族那样看重门第，以为门第是次要的，同样，他们认为，一个人即使不是名门出身，也没什么关系。有一些女人在老家时地位不很高，但她们美丽、富有，嫁了个很有地位的丈夫，深受公爵夫人们喜爱，她们对于很少了解她们"父母"情况的巴黎来说，是优美而高雅的舶来品。有时候——尽管次数不多——她们通过帕尔马公主，或者凭借自身的魅力，受到了盖尔芒特家族中的某些女主人的接待，但是，这一行动却引起古弗瓦西埃家族的极度愤慨。当他们在五点到六点之间到他们的表兄弟府上拜访时，看到在场的客人中，有他们父辈在佩尔什①时不屑交往之人的后代，就会怒不可遏，进行无休止的攻击。比如，迷人的 G 伯爵夫人刚踏进盖尔芒特府，德·维尔邦夫人就怒形于色，好像要朗诵：

如果还剩下一个，那一定是我，

然而，伯爵夫人根本不懂这句诗。这位出身于古弗瓦西埃家族的德·维尔邦夫人，几乎每星期一都在离 G 伯爵夫人几步远的地方吞吃奶油条酥，

① 佩尔什是法国北部旧地区名，古时候曾是佩尔什公爵领地，1525 年并入法王国。

但这毫无作用。德·维尔邦夫人私下承认，她很难想象她的盖尔芒特表姐妹怎么会接待一个在夏多丹①甚至算不上二流人物的女人。“我那位表姐妹大可不必那样难交往，这是对上流社会的愚弄。”德·维尔邦夫人换了一种表情作总结说。这是带有微笑和嘲弄的绝望的表情，好像在玩猜谜语游戏，把另一句诗写在了上面：

感谢诸神！让我的不幸超过了希望，

自然，这句诗伯爵夫人仍然是看不懂的。

况且——我们把以后的事提前说一说——德·维尔邦夫人“坚持不懈”地（这和第二句诗中的“希望”有着同样的韵脚②）傲视G夫人不是绝对没有作用的。G夫人看到德·维尔邦夫人“坚持不懈”地傲视她，便以为（纯粹是无根据的想象）德·维尔邦夫人享有崇高的威望，当她的女儿——当今舞会上最美貌、最富有的一位小姐——到了出阁年龄，人们惊奇地看到她竟拒绝了所有公爵的求婚。因为G夫人想起自己因在夏多丹的二流地位而每周在格雷内尔街③蒙受的凌辱，一心想把女儿嫁给维尔邦家的一位公子。

盖尔芒特家族和古弗瓦西埃家族只有一点是相同的，他们都很善于——但方式各不相同——和人保持距离。盖尔芒特家表示距离的方式不是千篇一律的。然而，比如说，所有的盖尔芒特，我是说货真价实的，当有人把你介绍给他们时，你会看到，他们都要履行一种礼节，似乎把手伸给你是一件了不起的事，是在给你举行授任骑士仪式。当一个盖尔芒

① 夏多丹是法国一个专区，在佩尔什地区的边缘。
② 法语中，persévérance（坚持不懈）和espérance（希望）最后一个音节同为“rance”。
③ 格雷内尔街有几座十七世纪和十八世纪的公馆，是巴黎最漂亮的公馆。

特——哪怕他只有二十岁，就已经在步先辈的后尘——听到介绍人介绍你的名字时，会露出一种爱理不理的神态，用通常是蓝色的冷冰冰的目光将你上下打量，仿佛要把钢刀般锋利的目光扎进你的内心深处。况且，这确实也是盖尔芒特家的人认为应该做的，他们谁都自信是一流的心理学家。此外，他们认为，这种仔细的打量，会使随之而来的握手显得更加亲切，因为这是经过慎重考虑的。这一切是在离你一定距离进行的。若是两人短兵相接，这个距离嫌小了些，但对于握手，就显得太大了些，会和搏斗时一样使人手足无措，浑身发冷，因此，当这个盖尔芒特闪电般地审视了你的灵魂和声名的最后几个密室之后，认为你从此有资格同他在社交场合相遇了，就向你伸出手来，这时候，那只位于伸直了的胳膊末端的手，好像在向你出示一把花剑，要同你进行一对一的搏斗，总之，这只手此刻离这位盖尔芒特那么远，当他低头时，你很难看出他是在向你，还是在向他自己的手致意。有些盖尔芒特每次见到你总要夸张地重复这套礼节。因为他们缺少分寸感，或者说不可能不重复。既然第一次见面时，他们已履行过“家族守护神”授予的权力，对你事先已进行过心理调查，调查的结果也该记忆犹新，就无须再重复了。因此，如果说第二次见面时，他们在同你握手前，仍然坚持把锋利的目光扎进你的内心，这只能解释为无意识的行为，或者说明他们想拥有一种用目光慑服的能力。古弗瓦西埃家的人外貌和盖尔芒特家很不一样，他们试图掌握这种用目光审视的致敬方式，但白费力气，只好要么使身体保持高傲的僵硬姿势，要么匆忙装出不在乎的样子。但是，某些出类拔萃的女性盖尔芒特施行的贵妇礼节，好像是从古弗瓦西埃家借来的。的确，当有人把你介绍给她们中的一个时，这位盖尔芒特女士会向你行大礼，把头和上身向你靠拢，大体成四十五度角，而下半身（她长得很高大）一直到作为转轴的腰部保持不动。但是，她刚向你抛出上身，却猛地又将身子收回，并且让它后仰到与垂直线几乎也成四十五度角的地方。接踵而来的后仰，抵消了你觉得她向你作出的让步，你以为赢得的地盘甚至根本没有得到，不像在格斗中还可以守住原来的阵地。这种一亲一疏，用恢复距离抵消亲近的做法（这原是古弗瓦西埃家的创造，旨在表明第一个动作所表示的亲近不过是暂时装出来的），在盖家和古家的女辈给你的信中，至少在你认识她们初期写给你的信中，也有明显的表现。如果把信比作人的躯体，那么，这个"躯体"会包含一些似乎只有给朋友写信时才使用的词句，但是，如果你认为可以夸口说你是那位夫人的朋友，那是绝对徒劳的，因为信的开头写的是"先生"，结尾是"顺致敬意"。这冷淡的开头语和冰冷的结束语，能够改变整封信的意思，因此，中间就可以采用（如果是复你的唁函）最动听的言辞，来描绘她因失去姐妹的悲痛心情，描绘她们之间的亲密关系以及度假胜地的美丽景致、她在可爱的儿孙身上得到的安慰。所有这些，可以和有些书简集中的书信并肩媲美，但是，亲热的字眼不会在收信人和写信人之间创造出一种亲密无间的气氛，仿佛这封信是小普林尼①或西米阿纳夫人②写给你的。

确实，有些盖尔芒特女士头几封信就用"我亲爱的朋友"，"我的朋友"称呼你，她们不总是最谦虚的盖尔芒特女士，有一些和各国君主过从甚密、"轻浮风骚"的盖尔芒特女士也用这些称呼：她们自高自大，坚信她们给予的一切都能给人带来快乐，她们想收买人心，养成了尽可能满足别人欲望的习惯。只要在路易十三时期曾共有一个外高祖母，就能使一个年轻的盖尔芒特说到盖尔芒特侯爵夫人时，称呼她为"亚当姑妈"，因此，盖尔芒特家族成员不计其数，致使这些普通礼节，例如引见礼节，就变得形形色色，种类繁多。每一个比较高贵的支系都有自己的一套礼节，这套礼节就像一个秘方或一种特别的果酱配方那样，世世代代地传下去。正如

① 小普林尼（61—113），古罗马作家，今存《书信集》十卷，三百余篇。

② 西米阿纳夫人（1674—1737），法国女作家塞维尼夫人的外孙女，写了许多饶有趣味的书信。

我们已经看到的那样，当圣卢听到介绍你的名字时，他像是无意识地把手伸给你，不瞧你一眼，也不向你致意。任何一个可怜的平民百姓，因某种特殊原因——况且这是少有的事——被介绍给圣卢支系的一个人，看到那位盖尔芒特先生（或女士）故意装出无意识的样子，非常生硬地向他问好时，会绞尽脑汁地想知道他（或她）对他有什么不满。当他听说他（或她）认为有必要专门写信告诉介绍人，他（或她）很喜欢他，希望能再见到他时，他会惊得目瞪口呆。如果说圣卢机械的握手动作与众不同的话，那么，菲埃布瓦侯爵那复杂而快速的跳跃（夏吕斯先生认为这个动作很可笑），盖尔芒特亲王那缓慢而有节奏的步伐，也是异乎寻常，别具一格。但是，这里不可能详述盖尔芒特家族丰富多彩的舞谱，因为芭蕾舞团的规模太大了。

言归正传。前面谈到古弗瓦西埃家族对盖尔芒特公爵夫人很不满意。只要盖尔芒特夫人仍然待字闺中，尚未婚嫁，古弗瓦西埃家的人就能对她表示同情，从而聊以自慰，因为那时她没什么财产。但遗憾的是，总有一种冒着黑烟的独特的物质，遮住古弗瓦西埃家族的财富，因此，他们的财富再多，也引不起人们的注意。一个家财万贯的古弗瓦西埃小姐嫁给了一个大富翁，可那也是枉然，这对年轻夫妇在巴黎却没有自己的寓所，每次都“下榻”在父母亲家里，其余时间则生活在外省，那里的社交界倒是很纯洁，但却毫无光彩。当债务累累的圣卢用他几套豪华的马车使东锡埃尔市民眼花缭乱、赞叹不绝时，那里，一位腰缠万贯的古弗瓦西埃先生却从来只乘有轨电车。相反（况且，这是很多年前的事了），没有多少财产的德·盖尔芒特小姐（即奥丽阿娜），却以她的服饰使人叹为观止，即使把古弗瓦西埃家族所有女性在服饰上受到的赞美加在一起，也抵不上德·盖尔芒特小姐一个人受到的赞美多。甚至连她的谈话引起的轰动，也为她的衣着和梳妆起到一定的宣传作用。她竟敢对俄国大公说：“喂！阁下，据说您想派人暗杀托尔斯泰？”她是在一次晚宴上说这话的，古弗瓦西埃家族无一人受到邀请，况且，他们对托尔斯泰几乎一无所知。如果把享有亡夫遗产的加拉东公爵夫人（加拉东亲王夫人的婆婆，那时候还是少女）作为例子加以判断，古弗瓦西埃家族对希腊作家也是所知无几：加拉东公爵夫人五年中一次也没有看见奥丽阿娜光临她的府上，当有人问起奥丽阿娜不来的原因时，她回答："据说她在社交界朗诵亚里士多德的诗（其实她想说阿里斯托芬①）。我可不能容忍别人在我家里这样。"

不难想象，德·盖尔芒特小姐在托尔斯泰问题上对俄国大公的"攻击"，即便使古弗瓦西埃家的人愤慨，但却令盖尔芒特家的人叹服。不仅如此，所有同他们关系密切或不密切的事，都会引起他们惊叹。享有亡夫遗产、娘家姓塞纳波尔的阿让古尔伯爵夫人是一个女才子，尽管她有一个势利的儿子，但她几乎什么人都接待，她在文人面前叙述德·盖尔芒特小姐那句话时说："奥丽阿娜·德·盖尔芒特聪颖精明，多才多艺，她画的水彩画能和名画家并肩媲美，作的诗与凤毛麟角的大诗人不分高低。你们知道，她出身高贵，祖母是蒙邦西埃小姐，她自己是第十八代奥丽阿娜·德·盖尔芒特，没有出现过一次有损门第的联姻，是法国最纯洁、最古老的血统。"那些受到德·阿让古尔夫人款待的假文人、半吊子文人，恐怕永远不会有机会看见奥丽阿娜·德·盖尔芒特，他们把她想象得比巴德罗·布朵尔公主②更卓越，更非凡，当他们听说一个出身如此高贵的小姐那样赞美托尔斯泰时，不仅感到愿为她献出生命，而且觉得他们对托尔斯泰的爱和对抵抗沙皇的愿望产生了一股新的力量。正当自由主义思想在他们身上可能已经削弱，他们对这些思想的威力可能已产生怀疑的时候，盖尔芒特小姐，一位额头上盖着头发（古弗瓦西埃家的人绝不会让头发盖

---

① 阿里斯托芬（约前450—前386），古希腊喜剧作家。而亚里士多德是古希腊哲学家、逻辑学家和科学家。

② 巴德罗·布朵尔公主是《阿拉丁和神灯》中的人物。她是苏丹之女，后嫁给阿拉丁。

住额头)，极其高贵、极有权威的妙龄少女，给了他们意想不到的帮助。现实中有不少好的或不好的事物，就因为像这样得到了某些有影响人物的赞同而更受重视。例如，古弗瓦西埃家的人在街上向人致意有一套固定的礼节，这套礼节十分难看，很不热情，但大家知道这是高雅的致敬方式，也就抛弃微笑和真诚，竭力模仿这种冷冰冰的体操动作。然而，一般说来，盖尔芒特家的人，尤其是奥丽阿娜，却不拘泥礼节。他们比谁都熟悉这套礼节，但当她们从马车上看见你，会毫不犹豫地向你亲切招手，如果在客厅里，她们让古弗瓦西埃家的人在一旁行那套矫揉造作的礼节，而她们自己匆匆行过颇有魅力的屈膝礼后，就让蓝眼睛闪出微笑，立即亲切地向你伸出手来。多亏这些盖尔芒特，这套从来是空洞无物、枯燥乏味的所谓高雅的礼节，骤然间增添了人人喜闻乐见，但却尽量摒弃不用的东西，一种真诚的、发自内心的欢迎和问候。与此相仿，有些人天生喜欢低劣的音乐和平庸但流畅、悦耳的旋律，但也会因交响乐的存在而抑制自己的爱好。可是，他们刚抑制住本能的爱好，刚为理查德·施特劳斯①那色彩富丽、令人目眩的交响乐所倾倒，紧接着却又看见这位音乐家用奥柏②的宽容演奏了通俗乐曲，就认为自己的爱好在这个至高无上的权威那里意外地找到了辩解的理由(这一次正名是没有道理的)，不禁喜出望外，喜形于色，一面美滋滋地聆听《莎乐美》③，一面对施特劳斯感激涕零，因为在听《皇冠上的钻石》时，他们绝不可能流露出自己的爱好。

真也罢，假也罢，德·盖尔芒特小姐对俄国大公的“斥责”已传得家喻

---

① 施特劳斯(1864—1949)，德国作曲家、指挥家。其创作受柏辽兹、李斯特、瓦格纳等人影响，多为标题音乐，配器色彩富丽，规模宏大。

② 奥柏(1782—1871)，法国作曲家，作歌剧约五十部。《皇冠上的钻石》是奥柏的喜歌剧。

③ 《莎乐美》是施特劳斯的歌剧，取材于《圣经》。这是他第一部轰动一时而争议很大的成功歌剧，他在剧中对《圣经》题材的处理被认为有伤风化。

户晓，满城风雨，无论如何，这为议论奥丽阿娜在那次晚宴上的过分风雅的穿戴提供了机会。然而，虽说奢华不是取决于财富，而是取决于挥霍（就因为这个，那些堆金积玉的古弗瓦西埃就奢华不起来），但是，挥霍如有财富作后盾，就能维持长久，就能随心所欲。然而，既然奥丽阿娜还有德·维尔巴里西斯夫人，一贯公开宣扬贵族无足轻重，认为念念不忘地位是荒唐可笑的，财富不会带来幸福，唯有智慧、才华和品性才最重要，根据奥丽阿娜从侯爵夫人那里接受的这些原则，古弗瓦西埃家的人可以指望她嫁给一个不属于上流社会的男人，也就是嫁给一个演员、惯犯、叫花子或不信教的人，指望她最终成为他们称作“堕落者”的那号女人。他们这个希望是可以实现的，因为德·维尔巴里西斯夫人此刻正在经历一场社交危机（我在她家里遇见的那些超群绝伦、出类拔萃的人物，那时还没有一个回到她的身边），她对将她抛弃的上流社会耿耿于怀，深恶痛绝，甚至，当她谈到她常去看望的侄子盖尔芒特亲王时，也是冷嘲热讽，嫌他对自己的出身过分迷恋。然而，一旦涉及要为奥丽阿娜找丈夫，婶母和侄女公开宣扬的那些原则就不再起主导作用了，而是让位给那位神秘的“家族守护神”。在贡布雷教堂（在那里家族每个成员都失去了个性，失去了名字，大家全都叫盖尔芒特，巨幅黑色帷幔上的绛红色 G 和位于 G 上方的公爵冠冕，标志着他们的身份），家族守护神正确无误地引导这位学识渊博、爱批评人的耶稣教徒德·维尔巴里西斯夫人，为奥丽阿娜选择了一个世界上最富有、最高贵、在圣日耳曼区堪称独一无二的配偶——盖尔芒特公爵的长子洛姆亲王，就好像德·维尔巴里西斯夫人和奥丽阿娜从来只谈年金证书和家谱，从来不谈文学才能和品性似的，仿佛侯爵夫人（就像她以后的归宿那样）暂时死了几天，已被装进了棺木中。结婚那天，在两个小时时间里，德·维尔巴里西斯夫人看到她一向蔑视的王公贵族纷纷登门祝贺；为了嘲笑他们，她还邀请了几位同她关系密切的资产阶级人士，洛姆亲王给他们送了名片，不过，第二年就同他们“砍断缆绳”，断绝了来往。古弗瓦西埃家的人所不能容忍的是，洛姆亲王夫人结婚不久，就又大谈特谈起她那套智慧和才能高于一切的社交准则了。这里顺便说一句，当圣卢和拉谢尔一起生活，与拉谢尔的朋友们经常来往，并且一心想娶拉谢尔的时候，他所维护的观点不管在家族中引起多大的恐惧，虽然部分是谎言，但与盖尔芒特家的小姐们宣扬的观点相比，谎言的成分要轻得多。她们鼓吹才智高于一切，认为人类平等不容怀疑，可最后却嫁给了拥有百万家产的公爵，即使信奉相反的准则，也不过如此。圣卢恰恰是按照自己的理论行事的，但却被认为走上了歧途。当然，从道德观念看，拉谢尔的确不能令人满意。但是，如果她是一个女公爵，或者拥有百万家产，即使品德不大好，德·马桑特夫人说不定倒会赞成这门婚事。

现在继续来谈洛姆亲王夫人（不久，等她的公公去世后，她就是盖尔芒特公爵夫人了）。年轻的亲王夫人只是在口头上奢谈她那套理论，却不用来指导她的行动，这无疑给古弗瓦西埃家带来了新的烦恼。因为这套哲学（如果可以称为哲学的话）丝毫无损于盖尔芒特沙龙高雅的贵族气派。毫无疑问，那些没有受到德·盖尔芒特夫人接待的人，都以为这是因为自己没有才学。例如，有一位非常有钱的美国女子，她除了有一本帕尔尼①的旧诗集外，其他书一本也没有，即使是这本书，她也从没打开过，只是把它——因为眼下很“时髦”——放在她家客厅的一个家具上做摆设，可是，当她看见盖尔芒特公爵夫人走进歌剧院时，却投去羡慕的目光，表明她十分看重才智。同样，当德·盖尔芒特夫人因为看中某人的才智而给予接待时，也肯定是出于真心。她在谈到一个女人时会说：“她似乎很有魅力。”或在谈到一个男人时会说：“他非常聪明。”这说明她认为聪明和魅力是她接待这些人的唯一理由，家族守护神此刻没有干预：这位警惕性

① 帕尔尼（1753—1814），法国诗人，浪漫主义抒情诗的先驱。

很高的守护神隐蔽在深处，把守着盖尔芒特家族判断是非的黑暗的大脑区，不让他们发现这个有才智的男人或这个有魅力的女人，只要他们现在或将来没有社交价值。男人一旦被宣布为博学，他在众人眼里，要么像一本辞典，只会卖弄学问，要么相反，像一个推销员，才智平庸；漂亮的女人不是矫揉造作，就是喋喋不休。至于那些没有地位的人，那就太可怕了，都是些附庸风雅的势利人。德·布雷奥代先生（其城堡和盖尔芒特城堡毗邻）只和殿下们交往，但却瞧不起他们，只想生活在文艺殿堂中。因此，当有人说他附庸风雅时，德·盖尔芒特夫人会愤愤不平。"巴巴尔，附庸风雅？您是不是疯了，我可怜的朋友，正相反，他最讨厌有地位的人，谁也别想让他结交他们。在我家里也不行。如果我邀请他时还邀请了一个他不认识的人，他来时总要咕哝几句。"

这并不是因为，在实践中，盖尔芒特家和古弗瓦西埃家对智慧的重视有什么大的差别。从正面看，两家的差别已结出了美丽的果实。那位笼罩着一层神秘色彩、激起许多诗人无穷遐想的盖尔芒特公爵夫人，就曾举办了上面提到的那次晚会，在晚会上，英王享受到了在其他任何地方享受不到的快乐，因为公爵夫人除了邀请我们上面已提到的那些知名人士外，还别出心裁、胆大包天地请了音乐家加斯东·勒梅尔和戏剧家夏尔·格朗穆然。这是古弗瓦西埃家连想也不敢想的，更不用说有胆量付诸实现了。但是，智慧的高低尤其可以从反面感觉出来。如果说渴望受到德·盖尔芒特夫人接待的人地位越高，所需的智力和魅力系数就越低，倘若是国王或女王，系数可能会接近零，那么相反，地位越是在这条王族水平线以下，所需的智力和魅力系数就越高。例如，在帕尔马公主接待的人中，有许多人长相很难看，而且令人讨厌或十分愚蠢，她接待他们，是因为从小就认识他们，或者他们同某公爵夫人是姻亲，要不然就和某国君关系密切。然而，在古弗瓦西埃家看来，只要是"帕尔马公主喜爱的人"，或是"阿巴雄公爵夫人的姨妈"，或者"每年在西班牙王后宫中生活三个月"，就完全有理由受到邀请。但是，德·盖尔芒特夫人却不这样认为。十年来，她一直在帕尔马公主府上彬彬有礼地接受他们的致敬，却从没有让他们跨进她家的门槛，她认为一个沙龙的社交意义和物质意义是一样的，如果把一些并不显得漂亮的家具，作为一种显示财富的填料装进沙龙，将会使沙龙变得十分可怕，这样的沙龙很像是一本华而不实的著作，舍不得放弃能显示学识、才气和智慧的东西。"一个'沙龙'，如同一本书、一座房屋，"德·盖尔芒特夫人不无道理地想，"必须用牺牲作基石。"

帕尔马公主的许多女友在公主面前小心翼翼地抱怨盖尔芒特公爵夫人，因为多年来公爵夫人只满足于合乎礼仪的问候，或者给她们送名片，却从不邀请她们，也不去参加她们的聚会。公主利用德·盖尔芒特先生单独来看她的机会，向她提起了这件事。但是，狡猾的领主回答说（他虽然不是公爵夫人的好丈夫，因为他有好几个情妇，但是，一旦涉及奥丽阿娜沙龙的正常运转，涉及奥丽阿娜的思想——沙龙的魅力所在，他就是经得住考验的伙伴了）："我妻子认识她吗？啊！那倒是应该请的。不过，我要把真实情况告诉夫人，奥丽阿娜不喜欢和女人交谈。在她周围，都是些才华超群的人——我不是她的丈夫，仅仅是她的一名贴身奴仆。女人使她感到厌烦，只有少数几个例外，但她们都很有才华。哦，殿下耳聪目明，见微知著，总不会对我说，苏夫雷侯爵夫人是才智出众的女性吧。是的，我明白，公主接待她是出于善心。再说您认识她。您说奥丽阿娜见过她，这很可能，但次数不会多，我向您保证。我要对公主说，这里面也有我的错。我妻子很累，她是那样喜欢和人来往，如果我不加以限制，她就会忙得不可开交。就说昨天晚上吧，她发着高烧，可要是不去波旁公爵夫人家，又怕人家不高兴。我只好抬高嗓门数落她，不许马车夫套车。噢，夫人，您知道，我甚至不想把您刚才讲的事告诉奥丽阿娜。奥丽阿娜很爱殿下，她肯定会立即去邀请苏夫雷夫人的，这不又多了一次拜访，这样一来，我们就不得不和她的姐妹来往，因为我同她姐妹的丈夫很熟。我想，如果公主允许的话，我什么也不对奥丽阿娜说。这样，我们就可以使她少一些劳累和激动。我向您保证，这对德·苏夫雷夫人不会有什么影响。她去的地方很多，都是最有光彩的地方。我家的晚饭规模很小，甚至不请客人，德·苏夫雷夫人会厌烦死的。”帕尔马公主天真地相信盖尔芒特公爵不会把她的要求转告给公爵夫人，她为没能使德·苏夫雷夫人如愿以偿而感到抱歉，更为自己是这个很少接待女人的沙龙里的常客而感到心满意足。当然，这种满足不是没有烦恼的。每当帕尔马公主请德·盖尔芒特夫人吃饭时，总要绞尽脑汁，避免邀请可能会引起公爵夫人反感，从而致使公爵夫人拒绝再来的人。

在帕尔马公主会客的日子，总有几个宾客和她共进晚餐，遵照旧时的习惯，晚饭早早就开始了。饭后，她的沙龙向常客们，一般说来，向法国和外国所有的大贵族开放。接待的过程是这样的：公主走出饭厅，在一张大圆桌前的长沙发椅上就座，和同她共进晚餐的两个最有地位的夫人聊天，或者浏览一本“画报”，打打扑克（或假装打牌，这是德国宫廷的一个惯例），有时打通关，有时让一个名人作为真正的或假想的对手。时近九点，大厅的门不停地开了又关，关了又开，宾客纷至沓来。为了屈从于公主的时间表，他们都是匆匆吃完晚饭就赶来了（如果他们在别人家里吃晚饭，不喝咖啡就得告退，说是一会儿再回来，他们的确打算“从一个门进去，而从另一个门出来”）。可是，公主全神贯注于打牌或闲聊，假装没有看见有客人来，只是当这些女宾走近时，她才仪态优雅地站起来，和蔼可亲地向她们微笑。但是，女宾向站着的公主殿下行屈膝礼，一直到近乎跪拜的程度，以便吻到公主那只低垂的美丽纤手。尽管公主对这一礼节习以为常，但每到这时，总要装出感到意外的样子，用力地，但又是亲切而温和地把跪拜的女宾扶起来，在她们脸颊上吻一下。有人会说，公主的亲切和温和，是以来宾的卑恭为条件的。也许是这样。礼节在一个平等社会中消失，似乎不像人们所认为的那样，是由于缺少教育的缘故，而是因为有些人对威望不再看重（想象中的威望才有作用），尤其因为另一些人不再认为慷慨而优雅地施行礼节对接受者来说具有极其重要的意义，因而也就不施行礼节了。在一个以平等为基础的世界里，礼节就和一切只有使用价值的事物一样，会骤然间变得一文不值。但是，礼节在一个新社会中消失不是绝对的。我们有时候太容易相信一种事物的现状是它唯一可能的状态。许多优秀人物认为，共和国不可能有外交，不可能结盟，农民阶层不可能容忍政教分离。总之，即使在平等社会中出现礼节是一个奇迹，那它也比不过铁路的成就和军用飞机的使用。再说，即使礼节消失，也没有什么能证明这是灾难。还有，一个社会会不会因为事实上的越来越民主而渐渐地分成等级呢？这是很有可能的。教皇不再掌管国家和军队以来，他的权力有了很大的提高；大教堂在二十世纪对无神论者的影响，远比十七世纪对宗教信徒的影响大；如果帕尔马公主是一国之君，我就可能像谈论共和国总统那样谈论她，也就是说，我根本不想谈论她。

公主把那位求见的夫人搀扶起来，拥吻过后，又坐下来继续玩牌，如果来者是一位显要人物，她会请她坐到一张安乐椅上，先同她聊一会儿。

如果宾客太多，客厅容纳不下，负责接待的公主的伴妇就另辟场所，把宾客带到与客厅相通的一间大厅里，厅内摆满了波旁家族的肖像和古玩。于是，那些常客便自愿担任“导游”，介绍些有趣的事儿，可年轻人却没那份耐心听他们唠叨，宁愿注视那些有血有肉的殿下（必要时，还让宫廷贵妇或宫女给她们作介绍），而对已故女君主的遗物却不感兴趣。他们忙于和那些公主殿下认识，捉摸着怎样才能得到她们的邀请，所以，他们和这个珍贵的档案室打了几年交道，竟对里面的陈列物一无所知，只隐约记得厅内装饰着大仙人掌和大棕榈树，使这个珍品中心酷似巴黎动物园培植棕榈树的温室。

当然，在帕尔马公主会客的日子，为了促使食物消化，盖尔芒特公爵夫人有时也会屈尊俯就，晚饭后到公主府上进行拜访，公主自始至终把她留在身边，一面和公爵说说笑笑。但是，如果公爵夫人来吃晚饭，公主离开餐桌就关上大门，不让她的常客前来打扰，生怕没经过严格挑选的客人会给苛刻的公爵夫人带来不快。有些常客事先没得到通知，仍然前来拜访殿下，门房答复说："殿下今晚不会客。"他们就走了。况且，公主的许多朋友事先就知道这一天公主不可能邀请他们。这是一个特别的群体，一个封闭的小圈子，渴望加入的人大多被拒之门外。被排斥在外的人几乎能肯定无疑地说出入选者的姓名，他们气恼地私下里说："你们当然知道，奥丽阿娜·德·盖尔芒特走到哪里，她的智囊团都要倾巢而出。"帕尔马公主借助这个智囊团，在公爵夫人周围筑起一堵护墙，不让那些尚未博得公爵夫人欢心的人靠近。但是，在公爵夫人最心爱的朋友中，在这个引人瞩目的"智囊团"成员中，有些人对帕尔马公主很不热情，因此，公主也不便向他们表示亲热。当然，帕尔马公主真心诚意地承认，在德·盖尔芒特夫人的社交圈里可能得到的快乐，要比她自己的社交圈里得到的快乐多一些。她不得不承认，公爵夫人会客的日子，公爵府门庭若市，宾客满堂，她在那里也常常遇见三四个殿下，她们只给她送名片，却从不登门拜访。她模仿奥丽阿娜说话，穿奥丽阿娜式样的裙子，茶会上端出相同的草莓馅饼，但这一切都无济于事。有几次，一整天只有一个宫廷贵妇和一个外国使馆参赞与她做伴。因此，既然有的人（就像从前斯万那样）每天必到公爵夫人家待两个钟头，而对帕尔马公主两年才拜访一次，公主也就不会有兴致——哪怕是为了取悦奥丽阿娜——"主动"邀请这个斯万式人物吃晚饭了。总之，帕尔马公主宴请公爵夫人总感到诚惶诚恐，不知所措，因为她怕奥丽阿娜看什么都不顺眼。同时，当帕尔马公主到盖尔芒特府吃晚饭时，她确信那里的一切都将是妙趣横生，担心自己听不懂，记不住，不讨人喜欢，不善于领会和吸收别人的思想。于是，我的存在，和用水果组成花环来装饰餐桌的新做法一样，引起了她的注意和兴趣。但她不清楚究竟哪一个更有魅力，更能成为奥丽阿娜招待会成功的一个秘诀，是餐桌上的装饰，还是我的存在。既然不清楚，她决定下次宴请客人时，干脆设法把两者都用上。此外，帕尔马公主对公爵夫人家的一切都有浓厚兴趣，是有其充分理由的，因为盖尔芒特府有一种滑稽和危险的、能令人振奋的东西，那就是盖尔芒特精神。帕尔马公主带着一种胆怯、激动和兴奋的心情，浸入盖尔芒特精神，就像跳入海中洗“浪浴”一般，认为救生员指出浪浴有危险，是因为他们中间没有人会游泳，当她浮出水面时，感到精神振奋，心情舒畅，青春焕发。盖尔芒特精神——按公爵夫人的话来说，这和化圆为方一样，是一种不存在的实体，她认为自己是唯一掌握这一精神的盖尔芒特——就像图尔的熟肉酱或兰斯的饼干，是一种声誉。然而（因为智力上的一种特征，不是采用和发色或肤色同样的方式传给后代的），盖尔芒特公爵夫人的一些挚友，虽然和她血统不同，却掌握了盖尔芒特精神，相反，在盖尔芒特家族中，有些人却没有掌握家族精神，因为他们对任何思想都采取拒不接受的态度。那些和公爵夫人无血缘关系，但却掌握盖尔芒特精神的人，过去大多是出类拔萃的人物，具有从事某种职业的天赋，或有艺术家的素质，或有外交官的才能，或有议员的口才，或有军人的天赋，但相比之下，他们更喜欢小圈子生活。他们作这样的抉择，可能因为他们缺少独创性，或者缺乏首创性，或者意志薄弱，或者身体欠佳，或者没有机会，也可能是为了跻身于上流社会。

如果说盖尔芒特沙龙曾是某些人职业生涯的绊脚石（应该承认这是个别现象），那也是违背他们愿望的。一个前程远大的医生、画家或外交官，虽然比许多人更有天赋，却在职业生涯中惨遭失败，因为他们和盖尔芒特家族亲密无间的关系，使医生和画家被看成是上流社会人士，外交官被看成是反对派，这就使他们不能得到同僚们的承认。学院选举团成员穿戴的旧式长袍和红色无檐帽，不只是（至少在不久以前）墨守成规的过去和闭关自守的宗派主义的外部残余。“教授”们头戴饰有金色流苏的无檐帽，活像头戴犹太人锥形帽的大祭司，在德雷福斯案之前的年代里，他们仍然死死守住法利赛人①的旧观念。迪·布尔邦其实是一个艺术家,但因为他不喜欢社交而得到了同僚们的承认。戈达尔大夫虽与维尔迪兰夫妇过从甚密,但维尔迪兰夫人是他的病人,此外,他那粗俗的举止也对他起到了保护作用,况且,他在家举办宴会时,只邀请医务界人士,宴会上飘溢着石炭酸气味。但是,在这些法定的社团中,蹈常袭故、囿于偏见,不过是廉洁奉公、道德高尚所索取的代价,假如在更加宽容、更加自由、很快就变得更加放荡的环境中,人们也就不会像这样墨守成规了;在这些社团中,一位身穿银鼠皮里红缎长袍、和中世纪深居宫堡的威尼斯总督(也就是公爵)的衣着十分相像的教授,和另一个公爵——卓越而可怕的德·圣西门先生一样,有着高尚的品德,恪守崇高的原则,也像他那样铁面无情,不容异类。异类即那位热衷社交生活、有着不同举止风度和不同社会关系的医生。这位不幸的医生想掩盖他和盖尔芒特公爵夫人的关系,但又怕同僚指责他瞧不起他们(社交界人士的想法实在荒唐!),为了把事情做得圆满,特地举办混合晚宴,让医务界人士淹没在社交界人士中间,希望用这种方式平息同僚的怒气。殊不知这样做等于承认自己的失败。更确切地说,当十人委员会(实际人数要多一些)必须选举一个人填补教授职位空缺的时候,他看到投票的结果必然是一个比自己更循规蹈矩(即使才能不如自己)的医生当选,他听到对自己的否决声响彻墨守成规的医学院,像莫里哀死前发出的"我发誓"②的喊声一样庄严,一样可笑,一样可怕,这时候,他才明白他的行为导致了他的失败。同样,那位和盖尔芒特公爵夫人关系密切的画家,就因为被划为社交界人士(因为

---

① 法利赛人是古代犹太教的一个派别,以严格遵守成文法律见称,《圣经》中称他们是言行不一的伪善者。

② "我发誓"是莫里哀的喜剧《没病找病》中的一句台词。剧中没病找病的病人在发誓时总要说"我发誓"。莫里哀在剧中扮演病人。一次,当他演到第四场时,说完"我发誓"就咯血倒下,几小时后便去世。

从事艺术的上流社会人士成功地被贴上了艺术家的标签），也在艺术生涯中惨遭失败。而那位有许多反动派关系的外交官也遭到了同样的命运。

但这是个别现象。出入盖尔芒特沙龙的知名人士基本上都是自愿地（至少自以为是自愿地）抛弃了一切和盖尔芒特精神、盖尔芒特礼节不相容的东西，抛弃了与那难以形容的、为任何一个多少是“法定”的“社团”所憎恶的魅力格格不入的东西。

有些人知道，盖尔芒特夫人沙龙的一个常客，曾在美术展览会上荣获过金质奖章，另一个是律师会议秘书，在议会中曾有过辉煌的开端，还有一个当过代办，机智地为法国效过劳，这些知情人会把二十年来不再有任何建树的人看成失败者。但“知情者”寥寥无几，而当事者往往最后一个想起自己的光辉业绩，他们认为，按照盖尔芒特精神，他们旧时获得的称号实在毫无价值。盖尔芒特精神不是让德·盖尔芒特夫人鄙视杰出的部长吗？比如，一个拘泥虚礼的部长，或一个爱说同音异义谐语的部长，尽管报界对他们唱尽赞歌，可是，盖尔芒特公爵夫人却认为他们是“令人讨厌的人”，是“走卒”，或者相反，是商店的“伙计”，如果哪位女主人不慎将他们中的一个安排在她身边，她会厌倦得打呵欠，会露出不耐烦的神情。既然作为第一流政治家丝毫不能受到公爵夫人的尊重，她那些放弃外交生涯或军人生涯或退出议会的朋友，也就认为——至少嘴上这样声称——每天来和这位高贵的女友相聚，同她一起吃饭聊天，到他们瞧不起的一些殿下家里同她见面，这是最好的选择，尽管他们在欢乐中难免流露出来的忧郁，和这个看法有点矛盾。

然而，应当承认，盖尔芒特府的社交生活虽然不能说是妙趣横生，谈话虽然不能说是高深莫测，但也不乏趣味和幽默。在德·盖尔芒特夫人左右，有些人颇有魅力，任何正式头衔都比不上这个魅力，那些最有权势的部长想把他们吸引到身边，却都白费力气。如果说德·盖尔芒特夫人的沙龙埋葬了多少知识分子的雄心壮志，甚至使多少崇高的努力付之东流，那么至少可以说，从这些志向和努力的遗骸中，产生了沙龙生活史无前例的繁荣。一些非常幽默的人（例如斯万）总认为自己比某些杰出人物略高一筹，不把这些人放在眼里，但是，他们这样做，是因为公爵夫人不是把才智，而是把幽默放在一切之首。在她看来，幽默是一种更少见、更完美的高级形式，既要有杰出的才智，又要有出众的口才。从前，在维尔迪兰沙龙，斯万把布里肖看成爱卖弄学问，把埃尔斯蒂尔看成缺乏教养，尽管前者满腹经纶，后者有奇才异能；他这样分类是因为受了盖尔芒特精神的影响。他从不敢把他们介绍给公爵夫人，因为他预感到公爵夫人会用怎样的神态，来对待布里肖的长篇大论和埃尔斯蒂尔的“趣话”：对于矫揉造作的长篇大论，不管是严肃的，还是风趣的，盖尔芒特精神一概视为最令人讨厌的蠢话。

至于那些血统的盖尔芒特，如果说家族精神未能像那些文社（所有成员都用同一种方式发表演说，陈述看法，因而也就用同一种方式思想）那样，传到他们每个人身上，这当然不是因为上流社会人士比文社成员更具有个性，因而妨碍他们互相模仿。模仿不仅要以缺乏强烈个性为条件，而且还要有相对灵敏的耳朵，首先要能辨别，然后能模仿。然而，在盖尔芒特家族中，有些人也和古弗瓦西埃家族成员一样，完全没有乐感。

举一种练习为例。按照模仿的另一个意义，人们把这种练习叫作“进行模仿”（盖尔芒特家的人称之为“进行攻击”）。尽管德·盖尔芒特夫人模仿的本领令人叫绝，但古弗瓦西埃家的人却毫无感受，他们简直不是人，而是一群兔子，因为对于公爵夫人企图模仿的那个缺点和语调，他们从来注意不到。当公爵夫人“模仿”利摩日公爵说话时，古弗瓦西埃家的人会大声抗议：“啊！不，他才不这样说话呢，昨晚上我还和他一起在白白家吃晚饭，他和我交谈了整整一个晚上。他不是这样说话的。”然而相反，稍有一些文化修养的盖尔芒特会嚷起来：“天哪，奥丽阿娜太幽默了！最让人吃惊的，是她的模仿能以假乱真！我还以为是利摩日在说话呵。奥丽阿娜，再来一段！”然而，这些盖尔芒特（更不用说卓越的盖尔芒特了，听到公爵夫人模仿利摩日公爵，无不钦佩地说：“啊，您学他简直神了！”或“你学他简直神了！”），这些盖尔芒特，虽然在德·盖尔芒特夫人看来缺乏幽默感（她说的一点不假），但因为经常听她说话，经常把她的话转述给别人，耳濡目染，久而久之，也就能马马虎虎地模仿她说话和评论的方式了（斯万和公爵夫人本人把这叫作她的“编写”法），甚至在谈话中，他们也会说一些在古弗瓦西埃家的人看来很像奥丽阿娜精神，但在他们看来却是符合盖尔芒特精神的话来。因为这些盖尔芒特不仅是奥丽阿娜的亲戚，而且是她的崇拜者，所以有时她会去看望他们（她却把家族其他成员视如敝屣，不理不睬，以报她少时所受的凌辱之仇），一般是在美丽的夏季，由公爵陪同前往。公爵夫人登门拜访可是件大事。埃皮内亲王夫人正在楼下的大客厅里会客，当她远远瞥见公爵夫人头戴着一顶迷人的帽子，斜撑着一把散发夏日气息的小阳伞，慢悠悠地斜向穿过院子，朝她家走来时，就像是看见了一场小火灾最初的火焰或意外入侵的“侦察队”，心儿怦怦地跳了起来。“瞧，奥丽阿娜来了。”她说，就像发出了一道口令，小心翼翼地通知她的客人，好让她们有时间秩序井然地离开，镇静地撤出客厅。多半人不敢留下，起身要走。“不，干吗要走？我很高兴再留您一会儿。”埃皮内亲王夫人装出贵妇样轻松自若地说，但声音却变得虚情假意。“你们可能有话要说。”“您真的要走吗？那好，以后我去看您。”如果是不值得挽留的女宾，女主人就这样回答。公爵和公爵夫人极其礼貌地向埃皮内亲王夫人的客人致意。多年来，他们在这里和她们相遇，但仍像不认识一样，而她们出于谨慎，也不敢主动同他们打招呼。客人一走，公爵便关切地询问起她们的情况，装出对她们内在的品质感兴趣的样子，只是因为她们命运不佳，或是因为奥丽阿娜神经过敏，不宜同女人多来往，他才不能请她们到他家做客：“那位戴粉红帽子的矮个子女人是谁？”“嗨！我的表兄，您经常看见她，是图尔子爵夫人，娘家姓拉马塞尔。”“您知道吗？她长得很俏丽，看上去很聪明。假如她上嘴唇没有那么点小毛病，她一定很迷人。如果确实有一个图尔子爵的话，他就不该有烦恼了。奥丽阿娜，您知道她的眉毛和发根使我想起谁了吗？使我想起了您的表姐妹海德维格·德·利涅。”盖尔芒特公爵夫人没有接丈夫的话茬，她听到有人谈别的女人长得漂亮，就会显得无精打采。她没有料到，她丈夫竟会有这般雅兴炫耀自己对那些被他拒之门外的人非常了解，以为这样做就能显出自己比妻子“严肃”。“对了，”公爵突然大声嚷道，“您刚才提到了拉马塞尔这个姓。我想起来了，我当议员那会儿，曾听过一次无与伦比的演说……”“那是您刚才看见的那位少妇的叔叔。”“哦！真是才华超群！……不用，我的小宝贝。”他对埃格勒蒙子爵夫人说。尽管德·盖尔芒特夫人显露出厌恶情绪，子爵夫人仍不肯离开，卑躬屈膝地甘当埃皮内亲王夫人的女仆（哪怕回家后把自己的女仆打一顿解解气），一副可怜巴巴、局促不安的样子，但只要公爵夫妇不离开，她就待着不走，帮他们脱大衣，争取为他们做些事，识相地提出要到隔壁屋子去。“不用为我们沏茶，安静地聊一会儿，我们这些人都不讲究，不必客套。况且，”他转身对德·埃皮内夫人说，而让那位低三下四、雄心勃勃、殷勤热忱的埃格勒蒙子爵夫人在一边羞得满面绯红，“我们只能在您这里待一刻钟。”而这一刻钟却全都用来“复述”公爵夫人一周内说过的话。当然，公爵夫人自己是不会主动重复的，但公爵却把话题引到促使她说出那些话的事件上，他装出严厉责备的样子，极其巧妙地、仿佛是无意识地引她把说过的话重复一遍。

埃皮内亲王夫人很爱这位表姐妹，也知道她喜欢听恭维话，就一个劲地夸她的帽子和小阳伞如何漂亮，夸她说话如何幽默。“只要您愿意，你尽管同她谈她的衣着打扮。”公爵装出不高兴的口吻说，一面却狡黠地微笑，好让大家不把他的不高兴看得太认真，“但是，看在老天爷分上，可别谈她的幽默，我不需要像这样幽默的妻子。您大概是指她对我胞弟帕拉墨得斯开的那个糟糕透顶的玩笑吧。”他继而又说。他知道埃皮内亲王夫人和盖尔芒特家族的其他人都还不知道这个用同音异义词玩的文字游戏,很想借机夸一夸他的妻子。“首先,我觉得,一个我得承认有时也说过相当漂亮笑话的人,是不应该玩这样糟糕的文字游戏的,尤其是更不应该开我胞弟的玩笑,他很敏感,如果这件事弄得我和他闹翻,那就太不值得了。”

“奥丽阿娜的文字游戏?我们怎么不知道?那一定很有趣味。喂,快说给我们听听。”

“这可不行,不行,”公爵仍旧气鼓鼓地说,然而脸上的笑容却变得更加明显,“你们还没有听说,那我太高兴了。说真的,我很爱我的弟弟。”

“听着,巴赞,”公爵夫人觉得该对丈夫反击了,于是说道,“我不知道您为什么要说帕拉墨得斯可能会生气,您明明知道他不可能生气。他是一个聪明人,才不会为这个毫无恶意的愚蠢玩笑生气呢。您这样说,大家会以为我讲了他什么坏话,我不过是随口说了一句,没什么意思,您这样气愤,倒是抬高了那句话的价值。我不明白您为什么这样。”

“你们都让我们坐不住了。到底是什么?”

“嘿!没什么大事!”德·盖尔芒特公爵说,“你们大概听说了吧,我弟弟想把布雷塞,他妻子的城堡,送给他妹妹马桑特。”

“听说了呀。可是,有人对我们说,她不想要,她不喜欢城堡的所在地,气候对她不合适。”

“咳!可不是嘛!有人把这一切都对我妻子说了,说我弟弟把这座城堡送给我们的妹妹,不是想讨她喜欢,而是想戏弄她。那人说,夏吕斯很爱戏弄人。可是,你们知道,布雷塞城堡是王室采邑,值好几百万法郎哪,从前是国王的地产,那里有法国最美丽的森林。愿意受这种戏弄的人多着哩。因此,当奥丽阿娜听到夏吕斯因为把这座漂亮的城堡送人而得了个‘爱戏弄人’的评语时,情不自禁地叫了起来,我得承认,她并无恶意,因为这是脱口而出的：‘塔干①……塔干……那就叫他高傲者塔干②吧！’你们知道，”公爵又换上了不高兴的语气，一面用目光把全场扫了个遍，看大家对他妻子的幽默有何反应，接着，他怕德·埃皮内夫人对古代历史不大了解，又说道：“你们知道，古罗马有一个国王叫高傲者塔奎尼乌斯。开这样的玩笑很愚蠢，这是在玩拙劣的文字游戏，奥丽阿娜不应该说出这种话。我虽然不如我妻子风趣，但考虑问题却比她周到，我想到了后果，如果这话不幸传到我弟弟耳朵里，那就有好看的了。尤其是，”他进而又说，“应该承认，即使没有城堡的事，说帕拉墨得斯是高傲者塔干也很合适，因为他很高傲，爱吹毛求疵，爱说长道短。这就减轻了夫人这句话的罪过，因为即使她愿意降低身份，玩一些庸俗的文字游戏，她仍不失幽默，她对人的描绘相当准确。”

就这样，这一次多亏“高傲者塔干”，下一次多亏另一个词，公爵和公爵夫人去看望亲戚时，每次都要更换话题，拜访引起的兴奋，在幽默的妻子和她的经纪人离开后很久都不能平息下来。女主人首先和那些享有特权参加聚会的人，也就是和那些留下来没有走的人，一起尽情品味奥丽阿娜这个文字游戏的滋味。“您以前也没听说高傲者塔干吧？”埃皮内亲王夫人问。“听说过，”巴佛诺侯爵夫人红着脸回答，“萨西纳—拉罗什富科亲王夫人同我谈起过，有些出入。不过，能像这样当着我表姐的面听人讲这句话，那当然就更有一番趣味了。”她又说，就好像在说“听到作曲家为这句话伴奏”似的。“奥丽阿娜刚才来了，我们正在谈她最近说的俏皮话呢。”女主人对一位来访的夫人说，这位女宾露出遗憾的神态，后悔自己晚来了一小时。

---

① “塔干”是法文 taquin（爱戏弄人者）的音译。是“高傲者塔干”的同音异义词。

② “高傲者塔干”是法文 Taquin le Superbe 的音译名，在拉丁文中应该是 Tarquinius Superbus，对应的中文译名为“高傲者塔奎尼乌斯”。其活动时期为公元前 6 世纪下半叶，是罗马最后一个国王，靠谋杀岳父登上王位。

"什么,奥丽阿娜刚来过?"

"是啊,您早来一会儿就好了……"埃皮内亲王夫人回答道,并无责备之意,但却让人明白那位愚蠢的夫人错过了什么:她没有看到上帝创造世界或加法洛夫人①最后一次演唱,那是她自己的错。"你们觉得奥丽阿娜最近说的那个俏皮话怎么样?我承认,我对'高傲者塔干'非常欣赏。"第二天,她又这样问餐桌上的客人。为了议论"高傲者塔干",她专门请了几个知己吃午饭,这个俏皮话成了一道凉菜供大家品味,整整一星期,它被加进各种调料,多次出现在餐桌上。埃皮内亲王夫人甚至还在这个星期对帕尔马公主进行了一年一度的拜访,借机问公主殿下听没听说这个俏皮话,尔后向她进行了描述。"啊!高傲者塔干!"帕尔马亲王夫人说,一种先验的钦佩使她睁大了眼睛,恳求作进一步解释。埃皮内亲王夫人没有拒绝。"我承认,我对'高傲者塔干'很感兴趣,它就像是编写出来的,"埃皮内亲王夫人总结说。其实,"编写"一词对"高傲者塔干"这个俏皮话根本是牛头不对马嘴,但是,亲王夫人自以为已掌握盖尔芒特精神,记得奥丽阿娜曾用过"编写的、编写"等表达方式,不加区分地死搬硬套,乱用一气。帕尔马公主不很喜欢德·埃皮内夫人,觉得她长相丑陋,知道她为人小气,认为她心眼不好,但出于对古弗瓦西埃家族的信任,就承认"编写"了,她曾听到德·盖尔芒特夫人说过这个词,但却不会独立运用。她仿佛觉得"编写"是"高傲者塔干"之魅力所在。虽然她并没有完全忘记她对这个丑陋而吝啬的女人不抱好感,但看到她能自如地运用盖尔芒特精神,禁不住产生敬佩之心,想请她看歌剧,只是想到也许该先听听德·盖尔芒特夫人的意见,才没有向埃皮内亲王夫人发出邀请。至于德·埃皮内夫人,她虽然和古弗瓦西埃家族其他成员有很大不同,喜欢奥丽阿娜,对她百般殷勤,但却十分妒忌奥丽阿娜的关系,对公爵夫人常在众人面前

① 加法洛夫人(1827—1895),法国女歌唱家,是十九世纪最著名的抒情歌手之一。

讥笑她吝啬有点耿耿于怀，因此，她回家后，就向人讲帕尔马公主如何不懂“高傲者塔干”，奥丽阿娜竟把这等蠢女人当成知己，实在是太附庸风雅。“即使我愿意，我也绝不可能和帕尔马公主经常来往，因为德·埃皮内先生不会同意，他看不惯她的放荡行为。”她对来她家吃饭的朋友说道，影射纯粹是她想象出来的帕尔马公主的某些越轨行为。“就是我丈夫不像这样严肃，我承认，我也不可能和她经常来往。我真不明白，奥丽阿娜为什么经常去看她。我一年才去一次，每次都难以坚持到底。”

当德·盖尔芒特夫人到维克迪尼埃纳①府拜访时，古弗瓦西埃家的人一般看见她来就会赶紧躲开，因为他们无法忍受大家对奥丽阿娜“点头哈腰、卑躬屈膝”的态度。在奥丽阿娜抛出“高傲者塔干”那天，古弗瓦西埃家只有一人留下没走。他对这个玩笑没有全懂。但毕竟听懂了一半，因为他还有些学问。于是，这家人到处说，奥丽阿娜管帕拉墨得斯小叔子叫“高傲者塔奎尼乌斯”，他们认为，这个雅号对帕拉墨得斯很合适。“可是，干吗老谈论奥丽阿娜？”他们又说，“就是对一个王后也不过如此。说到底，奥丽阿娜算什么？我不是否认盖尔芒特家族有悠久的历史，可是，古弗瓦西埃家族也不比他们逊色，同样也是声誉赫然，源远流长，与各王室都有联姻。可别忘了，当年在金锦营②，英王问弗朗索瓦一世，在场的领主中谁最高贵。‘陛下，’法王回答说，‘古弗瓦西埃。’”再说，即使古弗瓦西埃家的人全都留下不走，他们对奥丽阿娜的趣话也只会无动于衷，因为对于引起奥丽阿娜开玩笑的那些事，他们的看法和她完全不同。例如，一位古弗瓦西埃家族出身的夫人举行招待会时，如果椅子不够，或者没有认出一个女宾，同她攀谈时搞错了名字，或者她的一个仆人对她讲了一句可笑

---

① 即埃皮内亲王夫人。

② 法王弗朗索瓦一世在1520年6月在加莱海峡省设“金锦营”，接待英王亨利八世，想与其结盟，以对付神圣罗马帝国皇帝查理五世，但没有成功，后来，英王和查理五世秘密签约。

的话，她会满脸绯红，坐立不安，紧张得身子微微发抖，对出现这类意外情况感到遗憾。如果奥丽阿娜要上她家来做客，而家里已经有了一位客人，她会用一种焦虑而急切的语气问这位先生：“您认识她吗？”她怕他不认识奥丽阿娜，他的存在会给奥丽阿娜造成不好的印象。可是，德・盖尔芒特夫人却相反，她会利用这类意外事件，把它当作笑话讲给盖尔芒特家的人听，让他们笑出泪花，使大家不得不羡慕她少摆了几张椅子，干了或听凭仆人干了蠢事，请了一个谁也不认识的人到家里做客，正如当我们看到大作家被男人们疏远，遭女人们背叛后，所受的凌辱和痛苦即便不能刺激他们的才能，至少能为他们的作品提供素材时，我们会为他们的遭遇高兴一样。

同样，古弗瓦西埃家的人也不可能学会盖尔芒特公爵夫人运用到社交生活中去的创新精神。这种创新精神凭借着可靠的本能，使社交生活随机应变，把社交生活变成了一件艺术品。相反，如果纯粹按照推理应用死板的规则，效果恐怕会很糟，正如一个想在爱情或政治上一举成功的人，如果在生活中机械模仿比西·德·安布瓦兹①，会适得其反。古弗瓦西埃家的人举行家庭宴会，或宴请一位王子，决不会让他们儿子的朋友参加，也不会邀请有才智的人，认为这样做是不正常的，会产生最恶劣的影响。一位古弗瓦西埃女士（其父在皇帝手下当过大臣）要举办日场演出，招待马蒂尔德公主②，根据几何学精神推论，认为只能邀请波拿巴王朝的拥护者。可是，这些人她几乎一个也不认识。平时同她来往的高雅的女人和讨人喜欢的男人，一个也没有邀请，因为他们不是持正统派③观点，就是和正统派联系密切，按照古弗瓦西埃家的逻辑，他们会使公主殿下感到厌烦。马蒂

① 比西·德·安布瓦兹（1549—1579），法国武将，骁勇剽悍，以决斗著称，但因勾引他人之妻而遭暗害。

② 马蒂尔德公主（1820—1904），拿破仑第一的侄女，与文学家和艺术家来往密切。

③ 正统派指法国历史上波旁王朝长系的拥护者。

尔德公主常在家中款待圣日耳曼区的精英，当她在德·古弗瓦西埃夫人那里只看见一个赫赫有名的女食客——帝国时代一位省长的遗孀，和邮电大臣的未亡人，以及几个以愚蠢和乏味著称的拿破仑三世的忠实信徒时，不禁大吃一惊。尽管如此，马蒂尔德公主仍把皇家恩泽慷慨而亲切地洒在这些多灾多难的丑妇身上。轮到盖尔芒特公爵夫人招待马蒂尔德公主时，尽管她对波拿巴主义并无先入之见，但她尽量不邀请这些人，而代之以最美丽、最珍贵、最有声望的人，凭着她的嗅觉、触觉和手法，她感觉到这一五彩缤纷的花束，即使源自波旁王朝，也肯定能博得皇帝侄女的欢心。甚至连奥尔良公爵也邀请了。公主告退时，德·盖尔芒特夫人向她行屈膝礼，想吻她的手，她把公爵夫人扶起来，在她的两颊上吻了吻，真诚地向公爵夫人保证，她从没有度过比这更美好的一天，也没有参加过比这更成功的聚会。帕尔马公主在社交生活中缺乏创新，从这一点说，她是古弗瓦西埃，但她又和古弗瓦西埃不同，尽管她对盖尔芒特夫人的行为常常感到意外，但却从不反感，而是惊叹万分。这种惊叹因为公主才疏学浅、知识贫乏而有增无已。德·盖尔芒特夫人并不像她认为的那样博学，但只要比帕尔马公主多一些知识，就能使公主惊得目瞪口呆；任何一代批评家总是否定前辈承认的真理，因此，德·盖尔芒特夫人只消说，福楼拜枉为资产阶级的敌人，他自己首先是资产阶级，或者说在瓦格纳的作品中意大利音乐味儿很浓，就能使帕尔马公主——就像使在暴风雨中游泳的人那样——大开眼界，看到朦朦胧胧的天边，哪怕每一次都要她付出新的代价，累得她精疲力竭。此外，不仅是文艺作品方面的奇谈怪论，就是有关她们的熟人和社交活动方面的奇谈怪论，也会使帕尔马公主惊得张口结舌。固然，德·帕尔马夫人不能识别什么是真正的盖尔芒特精神，什么是这一精神的初步习得形式，这是她每次听到德·盖尔芒特夫人对人发表评论时大吃一惊的原因之一（她认为有些盖尔芒特，尤其是某些女性盖尔芒特才华出众，知识精深，但当她听到公爵夫人笑眯眯地对她说，这些人是四肢发达、头脑简单的傻瓜时，她会惊得说不出话来）。但是，还有另外一个原因。那时候，我看的书比见过的人多，对文学的了解比对上流社会的了解深刻，因此，我明白这个原因。我认为，公爵夫人过着一种无聊贫乏的社交生活，这种无聊贫乏能像文艺批评促进创作那样，有利于创造一种真正的社交活动。因此，公爵夫人就像一个爱争辩的人，为使自己闲极无聊的思想变得活跃，只要有一点新意的奇谈怪论，都会搜寻出来议论一番，毫无顾忌地发表一些令人耳目一新的观点。比如，她说，最成功的《伊菲姬尼》是皮契尼①的，而不是格鲁克②的作品，甚至还说，真正的《淮德拉》应该是普拉东③的悲剧。她这种变化无常的观点和不健康的渴求新奇的欲望直接影响到她周围的人。

当一个聪明、诙谐、博学的女子下嫁了一位性格腼腆、名不见经传、默默无闻的粗汉时，不知哪天，德·盖尔芒特夫人会别出心裁地发明一种精神享受，不单单对妻子进行诽谤，还要把丈夫“暴露”出来。不妨拿康布尔梅夫妇作例子。假如德·盖尔芒特夫人那时有可能生活在他们中间，她就会宣布德·康布尔梅夫人是一个愚蠢的妇人，而康布尔梅侯爵却是一个饶有趣味的人，但默默无闻，被一个成天喋喋不休的长舌妇逼得沉默寡言，可他的价值却比她大一千倍。公爵夫人作此宣布时，会产生一种清新适意的感觉，这和一个批评家不顾舆论界七十年来一致赞赏《爱尔那尼》④，偏要公开表明自己更喜欢《恋爱的狮子》⑤时的感觉是一样的。再

---

① 皮契尼（1728—1800），意大利歌剧作曲家，墨守那不勒斯乐派陈规，格鲁克的对手。他以希腊神话为题材创作的歌剧《伊菲姬尼在陶利德》在音乐比赛中落在格鲁克的同名歌剧之后。

② 格鲁克（1714—1787），德国歌剧作曲家，从事戏剧改革，此举受到百科全书派的支持，却遭到皮契尼派的反对。《伊菲姬尼在陶利德》是他的代表作之一。

③ 普拉东（1644—1698），法国戏剧作家，他的《淮德拉》旨在挫败拉辛的同名悲剧，但只是昙花一现。

④ 《爱尔那尼》是法国作家雨果的话剧剧本，被认为是法国积极浪漫主义的代表作之一。

⑤ 《恋爱的狮子》是法国剧作家蓬萨尔（1814—1867）的剧作。蓬萨尔被认为是戏剧上反浪漫主义的首领。

比如，从她年轻时代起，人们就对一个堪为楷模的女人，一个真正的女圣人嫁给一个无赖表示同情，可是，德·盖尔芒特夫人出于同样是追求新奇的病态需要，不知哪天会声言，这个无赖虽然轻薄，却有一副好心肠，是他妻子的冷酷无情导致他干荒唐事的。我知道，文艺批评能使长久以来一直是光彩夺目的作品重新堕入黑暗，而让那些似乎注定永无出头之日的作品放射出光芒，这种现象从古至今屡见不鲜，不仅表现在作品与作品之间，而且在同一部作品内也是如此。我不仅看到贝利尼[①]、温特哈尔特[②]、犹太建筑家或王朝复辟时期的一个细木匠，取代了被说成是精疲力竭的天才——所谓精疲力竭，也就是那些无所事事的批评家对他们感到厌倦了，就像神经衰弱患者永远感到厌倦，永远变化不定一样。我还看到，人们喜爱圣伯夫的理由前后也有变化，起先因为他是评论家，后来因为他是诗人。缪塞[③]的诗（除了几首微不足道的短诗）没有得到承认，但他作为讲故事的人却大受赞扬。有些评论作家单凭《撒谎者》[④]中某段长篇独白能像旧地图那样给人提供当时巴黎的情况，就说这段独白超过了《熙德》或《波里厄特》[⑤]中举世闻名的场面。肯定地说，这种做法是错误的。但是，他们这种偏爱——即使不能说是出于美的考虑，至少可以解释为对文献感兴趣——在疯狂的评论界看来是非常理智的。评论界可以抛弃莫里哀的全部作品，而把《冒失鬼》[⑥]中的一句诗奉若神明，甚至认为瓦格纳的《特里斯坦》枯燥乏味，却为该剧中猎队经过时的一个“优美的铜号音符”所倾倒。这种反常行为有助于我理解德·盖尔芒特夫人的反常行为：她会把

① 贝利尼是意大利绘画世家，是意大利文艺复兴时期威尼斯画派的奠基人。
② 温特哈尔特（1805—1873），德国画家，深受拿破仑三世宠爱和欧洲贵族的欢迎。
③ 缪塞（1810—1857），法国浪漫主义派诗人和剧作家。
④ 《撒谎者》是法国剧作家高乃依的喜剧，以巴黎为叙事背景。
⑤ 《熙德》、《波里厄特》均系法国剧作家高乃依的剧作。
⑥ 《冒失鬼》是法国喜剧作家莫里哀的作品。

一个属于上流社会、被公认为正直，但有点傻的好人，说成是自私自利的怪物，比大家想象的要精明，把另一个以慷慨闻名的善人，说成是吝啬的化身；一位善良的母亲在她口中成了不爱子女的恶妇，而一位大家认为是腐化堕落的荡妇，却是有最高尚的情感。德·盖尔芒特夫人的智慧和敏感性，似乎受到毫无意义的社交生活的损害，会变得摇摆不定，以至于她对一个人的迷恋不可能不很快转变成厌恶（哪怕她始而寻找、继而抛弃的精神对她又产生吸引力）；她在一个心地善良的男人身上发现的魅力，如果这个人找她的次数过于频繁，过于想得到她的引导而她又不能给予的话，就不可能不转变为一种厌烦情绪，她认为这种厌烦情绪是她的崇拜者引起的，其实那是一味想寻找快乐，却不可能找到的人才会产生的厌烦。公爵夫人对任何人的评价都会改变，唯独对丈夫的看法一成不变。她丈夫从来没有爱过她；她从来都认为她丈夫有钢铁般的性格，对她的任性麻木不仁，对她的美貌无动于衷，性情暴烈，固执己见，和所有神经质的人一样，不按自己的意志行事，就不得安宁。此外，德·盖尔芒特先生只迷恋和追寻一种类型的女性美，但却频频更换情妇，一旦抛弃她们，就像是为了嘲笑她们似的，总有一个永久不变的合作者，她的喋喋不休常常使他恼火，但他知道，大家都认为她是贵族社会中最美貌、最贞洁、最聪明、最有学问的女人，认为他有这样一个妻子是他的造化，她掩护了他的放荡生活，她接待的方式与众不同，她使他们的沙龙保住了圣日耳曼区第一沙龙的地位。他自己很赞同这些看法。他经常对妻子不高兴，但又为她感到自豪。他既吝啬，又奢华，如果说，她向他要钱施舍穷人，接济仆人，他会分文都不给，但是，他却要求她穿最华丽的服装，坐最漂亮的马车。此外，他一心想着让妻子的才智显露无余。每当德·盖尔芒特夫人唐突地把一位朋友的优点说成缺点，把缺点说成优点，创造出一个别出心裁、妙趣横生的怪论时，总是迫不及待地想在能够领略其奥妙的人面前一试其效果，想使他们品味这些怪论在心理上的独创性，显耀言简意赅中包藏的恶意。

固然，这些新看法不见得比老的更真实，甚至往往更不真实；但恰恰是它们的武断和意外，使它们具有一种沁人肺腑、动人心弦、使人津津乐道的精神东西。不过，公爵夫人进行精神分析的病人，通常是她的一位知己，而那些她希望把她的发现说给他们听的人，却全然不知道她这位知己已开始失宠。但是，德·盖尔芒特夫人被誉为是无与伦比的朋友，重情重义，温柔体贴，忠心耿耿，因此，人们很难对她发起进攻。于是，她只好等待一个搭档自告奋勇地向她进行挑衅，她装出迫不得已的样子进行辩驳，表面上是为了反驳他，使他无话可说，实际上是为了支持他。这正是德·盖尔芒特先生擅长扮演的角色。

对于社交活动，德·盖尔芒特夫人也是武断而夸张地发表一些出乎意料的看法，这是她的又一个乐趣。这些怪论每次都使帕尔马公主惊讶不已，回味无穷。但是，公爵夫人的这个快乐，主要不是通过文学评论手段，而是借用政治生活和议会新闻专栏方式获得的。我试着讲清楚这究竟是怎样的乐趣。德·盖尔芒特夫人对不断发表前后矛盾的法令性意见，她对颠倒周围人的价值观念的消遣方式已感到不满足了，她还想通过自身的社交行为，通过让大家知道她作出的任何社交决定的方式，尝一尝那种人为的激动滋味，服从于那种感奋听众、左右政客的虚假责任。大家知道会有这样的事：一个部长向议会报告工作时说，他认为他所遵循的行动准则是正确的。的确，这条行动准则在一个通情达理的人看来是非常普通的，但是，第二天，这位通情达理的人在报上读了有关报道，看到部长的报告引起听众强烈骚动，文章中不断插入一位议员诸如“太过分了”的遣责（议员的名字和称号是那样冗长，关于观众反应的描写是那样绵延起伏，相比之下，“太过分了”这几个字占据的位置还不及半句亚历山大体诗的长度），这时，他会顿然感到激动不安，开始怀疑自己赞成部长的观点是不是错了。举个例子。从前，当德·盖尔芒特先生（那时还是洛姆亲王）在议会中当议员时，有时，在巴黎的各家报纸上，能读到他像这样的插话

（尽管这主要是针对贡布雷选区，为向选民表明，他们没有赞成一个死气沉沉或不哼不哈的候选人）：

德·盖尔芒特-布永先生，洛姆亲王：“这太过分了！”（会场中央和右边的几个座位上爆发出一片叫好声，最左边的座位上欢声雷动。）

这位通情达理的读者对那位明智的部长仍有几分忠诚，但当他读到另一个发言人回答部长时说的开头几句话，他的心受到了强烈的震动：

“我毫无夸张地说，那位我假定仍然是部长的人说的话（半圆形会场的右边举座哗然）使我不胜惊讶，目瞪口呆……（雷鸣般的掌声；有几个议员急忙向部长席走去；邮电部副部长从座位上点首赞同。）”

这“雷鸣般的掌声”把这位通情达理读者的最后一些阻力一扫而光。一种本来是无足轻重的做法，他却认为是对议会的凌辱，是极端可怕的做法。必要时，某个正常的事实，比如让富人比穷人多纳些税、揭露一桩罪行、热爱和平甚于战争，等等，他也会一反常态，认为是可耻的做法，是对某些原则的亵渎。这些原则，他过去确实没考虑过，也没把它们记在心上，就因为它们激起了欢呼，赢得了大多数人的共鸣，他也就受到了强烈的震撼。

此外，应当承认，这个被我用来解释盖尔芒特社交圈，后来用来解释其他社交圈的政治家特有的狡猾手法，是由理解力的某种敏锐性堕落而来的，这种敏锐性常常用“领会字里行间含义”来表达。如果说议会开会时，会因为这种敏锐性的堕落而出现不符合逻辑的事，那么听众会因为缺少这种敏锐性而反应迟钝。他们会从字面上理解一切；听到根据本人要求，一位达官显贵被免去职务时，他们不会想到这是撤职，而会想“既然是他本人提出的，就不是撤职”；听到俄国人在日本人面前战略撤退，撤退到事先准备好的更坚固的阵地时，他们不会想到这是一次失败；听到德皇为满足德国某一个省的独立要求，给予该省宗教自主权时，他们不会想到这是一种拒绝。况且（现在回到议会会议上），大会开始时，议员们所处的情况，和那位将要阅读会议报道的通情达理的读者所处的情况是一样的。他们听说罢工工人向某部长派出过代表，当这位部长在鸦雀无声的寂静（这已经能使人尝到人为激动的滋味了）中登上讲台时，他们会天真地想：“哦！他们之间说了些什么？但愿一切都解决了。”部长第一句话就说：“我无需对议会说，我高度意识到政府的责任，不可能接见这个代表团。根据我的职责，我没有必要认识他们。”这个开场白无疑是戏剧性的变化，因为这是议员们的常识唯一不可能作出的假设。但是，正因为这是戏剧性的变化，人们才报之以那样热烈的掌声，几分钟后，掌声才停止，部长才能继续往下讲。他回到座位后，受到同事们的热烈祝贺。听众激动的情绪，不亚于那天他忘记邀请和他作对的市议会主席参加官方盛大招待会时所引起的激动。人们公开说，他这两次的表现，像个真正的政治家。

在生命的那个时期，德·盖尔芒特先生也经常和同僚们一起，向部长表示祝贺，这使古弗瓦西埃家的人深感气愤。后来，我听说，有一段时间，他在议会中起着举足轻重的作用，可望升任部长或大使，但是，即使在那个时候，当朋友有事求他帮忙时，他也从不以盖尔芒特公爵自居，显得很随和，在政治上从来不摆大人物架子。因为尽管他口中蔑视贵族，把他的同事视为侪辈，但他心里根本不这样想。他追求政治地位，假装看重政治地位，其实却视如敝屣。他在他自己眼里，永远是德·盖尔芒特先生。政治地位犹如一件标志着重要职务的衣袍，别人可望而不可及，可对他说来，却是多余之物。因此，他的骄傲不仅能使他自然地装出不拘礼节，而且还能使他表现出真正的谦虚。

言归正传。前面谈到，德·盖尔芒特夫人会像政客那样，作出出人意料的、令人激动的决定。同样德·盖尔芒特夫人颁发的决定，也使盖尔芒特家、古弗瓦西埃家和整个圣日耳曼区困惑不解，张皇失措，更不用说帕尔马公主了。大家感到，这些决定就是原则，越是事先没有想到，就越感到震惊。例如，如果新任的希腊部长举行化装舞会，每个人都要挑选服装，大家心里嘀咕，不知道公爵夫人会穿什么。有一个人想，她也许会扮成勃艮第公爵夫人，另一个认为，她可能装成德雅巴尔公主①，第三个认为，说不定她会装扮成普绪喀②。古弗瓦西埃家的一位夫人忍不住问道："奥丽阿娜，你化装成什么？"德·盖尔芒特夫人的回答出乎意外："什么也不！"这句话不胫而走。大家认为，这句话泄露了奥丽阿娜对这位希腊新部长在社交界真正地位的看法，以及对他应抱的态度。也就是说，这是大家始料未及的看法：一位公爵夫人"没有必要"去参加这位新部长的化装舞会。"我看不出有必要去希腊部长家。我一不认识他，二不是希腊人，为什么要去呢？我在那里没什么事好做。"公爵夫人说。

"可是，大家都去呀。看起来会很有意思的。"德·加拉东夫人大声说。

"在自家的火炉旁待着不也很有意思吗？"德·盖尔芒特夫人回答。

古弗瓦西埃家的人惊得目瞪口呆，但盖尔芒特家的人虽说不想模仿，却很赞同："当然，不是人人都能像奥丽阿娜那样和一切惯例决裂的。但是，从某个角度看，应该说她是对的，她是想表明，我们在那些来路不明的外国人面前卑躬屈膝的做法有点过分。"

显然，德·盖尔芒特夫人深知，无论哪种做法都会引起评论，因此，她

① 德雅巴尔公主是《一千零一夜》中人物，先后出现在《柯达达的故事》和《德雅巴尔公主》中。德雅巴尔是一个岛上的城邦，公主是国王的独生女。柯达达是德雅贝基国五十个王子之一，曾救出德雅巴尔公主。

② 普绪喀是希腊神话中人类灵魂的化身，以少女形象出现，与爱神厄洛斯相恋。

不仅会在别人不敢指望她参加的晚会上露面，而且，也会在“人人参加”某个晚会的那天闭门不出，或和丈夫一道去看戏，或者，当大家都以为她会戴上能使最美丽的钻石黯然失色的古冠冕形发饰光临晚会时，她却会不戴任何首饰，不穿任何礼服。她反对重审德雷福斯案（不过她相信德雷福斯是无辜的，正如她身在上流社会，却只相信思想一样），但她在利涅亲王夫人家的一次晚会上的所作所为却引起了轰动：当梅西埃将军①出现时，女宾们都起立欢迎，唯独她坐着不动，可是，当一个民族主义者开始演讲时，她却站起来，公然召唤她的仆人准备离开，以此表明她认为社交界不是议论政治的地方。她崇尚伏尔泰精神，对宗教持怀疑态度，但在耶稣受难节的一次音乐会上，她却因耶稣被搬上舞台，认为有失体统，在众目睽睽之下中途退场。谁都知道，每年节日开始的时刻，是十分重要的时刻，对那些最热衷于社交生活的人也一样：以致阿蒙古侯爵夫人（她因为有需要讲话的心理怪癖，再者，也由于缺乏敏感性，常常会讲出一些蠢话），在她父亲德·蒙莫朗西先生逝世之际，对前来哀悼的人竟会作出这样的回答：“当你的梳妆台上放着几百封请柬，却发生了这样的悲伤事，这也许就更悲伤了。”可是，即使在这样的时刻，德·盖尔芒特夫人也是与众不同。有人请她吃晚饭，怕别人抢先，赶紧发出请柬，可她却以社交界人士难以想象的理由拒绝了：她要动身去游览她感兴趣的挪威海湾。社交界人士惊得目瞪口呆，然而，尽管他们不想仿效公爵夫人，但从她的行动中感受到从康德的著作中可以感受到的轻松：康德在最有力地论证了决定论后，向人们揭示，必然世界之上存在着自由世界。任何发明创造，只要是别人没有想到的，就能使人精神振奋，即使有些人不善于利用，也会感到大开眼界。乘轮船游览本不是什么大事，但在应该闭门不出的季节乘轮船游览，这就能使人耳目一新。在古弗瓦西埃家的人看来，为游览挪威海湾而

---

① 梅西埃将军（1833—1921），把德雷福斯送交军事法庭的法国将军。

甘愿放弃一百个晚宴或午宴，二百个茶会，三百个晚会，放弃星期一在歌剧院，星期三在法兰西剧院观看最精彩的演出，这不会比《海底两万里》①更好理解，但却同样使他们感受到德·盖尔芒特夫人的独立性和魅力。没有一天不会听到："您知道奥丽阿娜最近说的那句话吗？"要不就是："您知道奥丽阿娜最近的新创造吗？"不管听到奥丽阿娜最近说的"话"也好，"奥丽阿娜的新创造"也好，人们总会重复地说："这确确实实是奥丽阿娜的。""这完完全全是奥丽阿娜的。""这地地道道是奥丽阿娜的。"关于奥丽阿娜的新创造，不妨举一个例子。奥丽阿娜代表一个爱国团体给X红衣主教，马孔主教复信（德·盖尔芒特先生谈起这位主教时，习惯称呼他"德·马斯孔先生"，因为他认为这符合法国旧传统），大家绞尽脑汁，设想该怎样写这封信，认为开头应写"阁下"或"大人"，但往下却不知该写什么了，而令大家瞠目结舌的是，奥丽阿娜借用了法兰西学院的旧习惯，用"红衣主教先生"，或者干脆用"我的表兄"称呼，这是教会里的亲王们、盖尔芒特家族和君主请求红衣主教让上帝把他们纳入"他的神圣而高贵的卫队"时常用的称呼。只要在一次全巴黎都光临的、上演精彩剧目的演出会上，当大家在帕尔马公主、盖尔芒特亲王夫人或其他许多请她看戏者的包厢中寻找德·盖尔芒特夫人的时候，发现她一个人——她是在帷幕升起前来到的——穿一身黑衣服，戴一顶小帽子，坐在一张椅子上，就可以使大家谈论"奥丽阿娜的新创造"了。"对于值得一看的戏，应该从头看起。"她解释道。她的解释使古弗瓦西埃家的人议论纷纷，但让盖尔芒特家的人和帕尔马公主惊叹万分，他们骤然发现，看第一幕的"方式"，要比参加完盛大宴会和晚会后赶来看最后一幕更标新立异，更聪明（可这样做奥丽阿娜却不是为了让人大吃一惊）。这就是德·盖尔芒特夫人借以让人大吃一惊的种种方式。帕尔马公主知道，如果她向公爵夫人讨教文学或社交

① 《海底两万里》是法国著名科幻小说家儒尔·凡尔纳的作品。

方面的问题，就要作好吃惊的思想准备，因此，公主殿下到公爵夫人家吃饭时，不管提什么问题，都像在冒险，仿佛在两股“海浪”中游泳，忧心忡忡，但乐而忘返。

在圣日耳曼区起主宰作用的，除盖尔芒特公爵夫人的沙龙外，还有两三家几乎是势均力敌的沙龙，但是，德·盖尔芒特夫人的沙龙和它们仍有许多区别，正如莱布尼兹[①]所承认的，每个单子在反映整个宇宙的同时，还给宇宙增添一种特殊的成分。有些区别很不引起人好感。例如，在德·盖尔芒特夫人的沙龙中，总有一两个美女，她们所以能待在这里，全凭她们的姿色，全凭德·盖尔芒特先生拿她们的姿色所派的用场。看到她们在场，人们立即会知道女主人的丈夫是女性魅力的鉴赏家，正如在其他沙龙中，看到几幅意外的画，就知道主人是一个艺术鉴赏家一样。她们彼此有点相像，因为公爵喜欢身材高大、洒脱而威严的女人，既有点像《米洛斯岛的维纳斯》[②]，又有点像《萨莫色雷斯岛的胜利女神》[③]。她们常常是金发女郎，很少是棕色的，偶尔也有红棕色的。最近一个就长着一头红棕色头发，她叫阿巴雄子爵夫人，也来参加这次晚宴了。德·盖尔芒特先生曾爱她爱得发狂，在很长一段时间里，他要她每天给他拍电报，有时候一天竟多达十封（这使公爵夫人有点恼火）。当他到盖尔芒特城堡度假时，他用信鸽同她联系。他是那样离不开她，有一年冬天，当他不得不去帕尔马过冬时，每星期都要回一趟巴黎，奔波两天，就为了能见上她一面。

一般说来，这些美丽的配角，都是盖尔芒特公爵的情妇，但现在不再

---

① 莱布尼兹（1646—1716），德国自然科学家、数学家，唯心主义哲学家，著有《单子论》等。

② 《米洛斯岛的维纳斯》是1820年在希腊古代米洛斯遗址发现的断臂半身雕像，现陈列在法国卢浮宫。

③ 《萨莫色雷斯岛的胜利女神》是长着双翼的胜利女神大理石雕像，1863年在希腊萨莫色雷斯岛的万神殿和众神圣殿的遗址被发掘，现陈列在法国卢浮宫。

是了(德·阿巴雄夫人就是这种情况),或者关系就要破裂。她们决定屈从于公爵的情欲,与其说是因为公爵相貌英俊,为人慷慨,不如说是因为公爵夫人在她们心目中享有崇高威望,她们希望——尽管自己也属于贵族阶层,但仅仅是二流角色——受到公爵夫人的接待,公爵夫人也不是绝对反对她们来她家里。她知道,她在不止一人身上找到了同盟军。多亏她们,她得到了许多她渴望得到的东西,因为德·盖尔芒特先生只有在爱上另一个女人时,才会慷慨地满足妻子的需要。这些女人一般要等到和公爵的关系非常密切时,才能受到公爵夫人的接待,因为公爵堕入情网时,总认为这是短暂的艳史,他认为,他的情人能受到他妻子的接待,也算是不错的交换了。然而,有时候,为了得到更少的东西,为了得到第一个吻,他就要付出这个代价,因为他遇到了不曾预料到的阻力,或者相反,因为没有遇到任何阻力。在爱情上,感恩和取悦往往比希望和利益更能使人作出奉献。但是,奉献的实现会受到其他许多情况的阻挡。首先,凡是对德·盖尔芒特先生的爱作出反应的女人,都相继受到他的非法监禁,有的甚至还没作出反应,就受到了监禁。他不再允许她们同别人来往,几乎整天守在她们身边,负责她们子女的教育,有时,如果以后从惊人相像的外貌作判断的话,还会给她们子女增添一个妹妹或弟弟。其次,即使在私通开始阶段,如果被介绍认识德·盖尔芒特夫人在情妇思想上起过重要作用的话(公爵却丝毫无意作这个介绍),私通本身却改变了这个女人的观点;对她说来,公爵不再只是巴黎最高雅女人的丈夫了,而且还是一个被新情妇热恋着的男人,是一个给了她过奢侈生活的钱财和兴趣,使她对时髦和利益的看法彻底发生变化的男人。最后,公爵的情妇有时会对德·盖尔芒特夫人产生各种嫉妒情绪。但这种情况很少发生。况且,当引见的日子终于到来时(通常,这时候,盖尔芒特公爵对这事已无所谓了;和大家一样,他的行动往往受前一个行动,而不是受已不复存在的原始行动的支配),也常常是公爵夫人主动想接见丈夫的情妇,她渴望,也非常需要和这个女人结成宝贵的同盟军,以对付她那位可怕的丈夫。这并非因为德·盖尔芒特先生对妻子缺少所谓的"礼貌",公爵对妻子一向彬彬有礼,只有在家里,当他嫌公爵夫人讲话太多时,才会难得拿言语或缄默使她惊慌失措。不了解他们的人,可能会搞错。有时候,在秋天,公爵夫妇在多维尔赛马和温泉休养过后,准备到盖尔芒特城堡去狩猎,中间回到巴黎待几个星期,公爵知道妻子喜欢音乐和杂耍表演,会抽空陪她到有这类表演的咖啡馆待一个晚上。于是,在一个只能容纳两个人的敞露着的包厢中,观众马上能看到这个身穿"Smoking"①(凡是多少和英国有点关系的东西,在法国的叫法和它们在英国的叫法总不一样)的赫丘利。他戴着单片眼镜,一只粗大但很漂亮的无名指上蓝宝石闪着光芒的手中捏着一根粗雪茄,不时地吸一口,眼睛盯着舞台,但当他把目光转向池座时,尽管他谁也不认识,双眸却会变得温柔而审慎,亲切而恭敬。当他听到一段他认为比较滑稽,但又不很粗俗的歌词时,就笑眯眯地把脸转向妻子,亲切而默契地向她使使眼色,和她共享这曲新歌带给他的天真无邪的快乐。于是,观众会以为公爵是世界上最好的丈夫,而公爵夫人是最令人羡慕的女人——他们哪里知道,在公爵眼里,这个女人和他的生活乐趣毫无关系,他根本不爱她,不断地欺骗她;当公爵夫人感到累时,他们看见德·盖尔芒特先生站起来,亲自帮她穿大衣,理一理她的项链,免得它们卡在衬里中间,然后,殷勤而恭敬地在前面开路,带着她穿过人群走向出口处。可是,公爵夫人对此却无动于衷。作为上流社会贵妇,她深知这不过是表面文章,有时,她甚至像看破一切、不再有任何幻想的妻子,对丈夫的殷勤报之以揶揄而苦涩的神态。除了这些表面文章——这是礼节的另一个组成部分,在过去某个时代,礼节早已使丈夫对妻子的责任失去了深邃的含义,变成了表面文章,这个时代虽已过去,但遗风继续存在——公爵夫人

① 英语,意为"无尾常礼服"。

的日子其实是很难过的。德·盖尔芒特先生只是为了新情妇才会又对妻子变得慷慨和仁慈;而那位新情妇,就像经常发生的那样,会成为公爵夫人的同盟军;公爵夫人也就又可以接济仆人,施舍穷人,她自己甚至也可能有一辆漂亮的新汽车。但是,俯首帖耳的人往往很快就会使公爵夫人恼火,公爵的情妇也难幸免。不久,公爵夫人就对她们厌烦了。然而,也就在这个时候,公爵同德·阿巴雄夫人的私情濒临破裂,新的情妇即将出现。

毫无疑问,德·盖尔芒特先生对情妇一个接一个的爱情,不知哪天又会显示出威力。首先,行将破裂的爱情将那些情妇作为美丽的大理石雕像赠给公爵夫人(在公爵眼里,她们都是美丽的雕像,公爵也因此而变成了半个艺术家,因为他从前爱过她们,现在仍对她们的线条很敏感,假如没有爱情,他是不可能感觉得到的),她们并列坐在公爵夫人的沙龙里,长久以来,彼此敌视,互相嫉妒,争吵不休,最后终于在友爱和睦的气氛中言归于好。其次,这种友谊本身也是爱情的一种结果:爱情使德·盖尔芒特先生在情妇身上发现了人所共有的,但只有情欲才能感觉的美德,因此,那位前情妇变成了愿为我们做任何事情的"好伙伴",成了一张底片,正如医生或父亲不是一位医生或父亲,而是一位朋友一样。可是,将要被德·盖尔芒特先生遗弃的女人会满腹牢骚,大吵大闹,得寸进尺,言行失检,扰得人心烦意乱。公爵开始嫌恶她了。这时,德·盖尔芒特夫人就有理由把那位令她心烦的女人真真假假的缺点揭露出来。德·盖尔芒特夫人享有心地善良的美名,那位被遗弃的女人会给她打电报,向她诉说衷肠,朝她哭哭啼啼,公爵夫人毫无怨言。她和丈夫把这当作笑料,接着又和几个好友在一起拿这开玩笑。德·盖尔芒特夫人认为,既然她曾对这个不幸的女人表示过同情,就甚至有权当面戏弄她,不管她说什么,只要能纳入她和丈夫最近给她杜撰的可笑性格范围之内,她就会心安理得地同丈夫交换一下默契和嘲笑的目光。

可是,帕尔马公主入席时,忽然想起她想邀请德·厄迪古夫人到巴黎歌剧院看戏之事，很想知道这会不会使德·盖尔芒特夫人不愉快，就想试探一下。

就在这时，德·格鲁希先生进来了。他因火车出轨耽搁了一小时。他尽可能地表示了歉意。要是他的妻子是古弗瓦西埃家的人，那她一定会羞得无地自容。但是，德·格鲁希夫人是个称职的盖尔芒特。她见丈夫为迟到申辩，就插了一句：

"我看，迟到是你们的家风，为一点小事都会迟到。"

"请坐，格鲁希，别这样不安。"公爵说。

"随着时间的推移，我不得不承认，滑铁卢战役不是一无是处，它使波旁王朝得以复辟，但更大的好处是，使他们失去了民心。不过，我看您倒是一位真正的宁录①！"

"我还真的带回几只漂亮猎物呢。明天我给公爵夫人送一打野鸡来。"

德·盖尔芒特夫人眼中似乎闪过一个念头。她执意不要麻烦德·格鲁希先生把野鸡送来。她朝那位订了婚的听差（我离开埃尔斯蒂尔画厅时同他说过话）做了个手势：

"布兰，"她说，"您去伯爵先生家取野鸡，马上拿回来，因为，格鲁希，是不是，您会允许我拿它们来招待客人的吧？我和巴赞两个人可吃不完十二只野鸡。"

"可是，后天吃也不晚呀。"德·格鲁希先生说。

"不，我要明天就吃。"公爵夫人坚持道。

布兰的脸色刷地变白了。这下他和未婚妻可会不成面了。这就足以使公爵夫人得到消遣了。她希望做什么事都合乎人情。

"我知道明天您休息，"她对布兰说，"和乔治调换一下不就行了嘛，让

---

① 宁录为《圣经》中人物，喜欢打猎，后成为巴别的国王，又成为尼尼微的创建人。

他明天休息,后天留下好了。”

可是,后天,布兰的未婚妻没有空,他休不休息就无所谓了。布兰刚离开大厅,大家异口同声赞扬公爵夫人对下人体贴。

“我也只是用我要他们对待我的态度对待他们罢了。”

“正是这样!他们一定会说,在您府上做事是一件好差使。”

“没这么好。不过,我相信他们很爱我。刚才那位叫人看了有点不愉快,因为他恋爱了,以为应该装出郁郁不乐的样子来。”

正说着,布兰又进来了。

“的确,”德·格鲁希先生说,“他脸上没一丝笑容。对他们好是应该的,但不要好得过分。”

“我承认,我并不苛刻。他一整天都没什么事,只要到您府上去把野鸡拿来就完事了,照样拿他的工钱。”

“肯定有不少人想对他取而代之,”德·格鲁希先生说,“因为羡慕会使人丧失理智。”

“奥丽阿娜,”帕尔马公主说,“那天,您的表姐妹德·厄迪古夫人来看我了。当然,她是一个绝顶聪明的女人,是一个盖尔芒特,这无需多说。不过,有人说她爱造谣中伤……”

公爵故意做出惊愕的神态,朝妻子投去很长的一瞥。德·盖尔芒特夫人粲然一笑。帕尔马公主最后终于注意到公爵的神态。

“您……您不同意我的看法?……”她惴惴地问道。

“夫人不要留意巴赞的脸色。行了,巴赞,您别装出那个样子了,让人看了以为您在说我们亲戚的坏话哩。”

“他觉得她非常坏吗?”公主忙问。

“啊!一点也不,”公爵辩驳道,“我不知道是谁对殿下说她爱造谣中伤的。恰恰相反,她很善良,从不说别人坏话,也不伤害任何人。”

“噢!”德·帕尔马夫人舒了口气,“我也没发现。但是,因为我知道,一个聪明机灵的人，有时难免会嘲弄人……"

"嘿！这个她就更没有了。"

"您说她不聪明？……"公主很吃惊，问道。

"喂，奥丽阿娜，"公爵埋怨地插话道，一面用愉悦的目光扫视左右，"您没听见公主对您说，她是一个绝顶聪明的女人吗？"

"她不是？"

"至少，她绝顶地胖。"

"别听她的，夫人，他不诚实。她笨得像……嗯……像头呆鹅，"德·盖尔芒特夫人说，声音大而沙哑。她越是不作努力，就越会比公爵更带有旧法国的特征。但她常想在这方面胜过丈夫，但采用的方式完全不同。她丈夫的方式就像衣服的襟饰，陈旧而过时，而她用的是和农民相近的发音，散发出苦涩而美妙的泥土味儿。这种方式实际上更精明。"不过，她是世界上最好的女人。再说，好到这种程度，我也不知道该不该称之为愚笨。我相信，我从没遇见过像这样的女人。这对医生倒是个病例，具有一定的病理价值。她和那些情节剧或和《阿尔姑娘》[①]中的忠厚老实、呆头呆脑、'傻里傻气'的女主人公一个样。她来我这里时，我总问自己，她是不是还没有到开窍的时候，这总让人感到有点担心。"帕尔马公主对公爵夫人这番话惊叹不已，但为她的评价感到愕然。"她，还有德·埃皮内夫人，给我引用了您的'高傲者塔干'。这很耐人寻味。"她回答说。

德·盖尔芒特先生把这个词给我作了讲解。我很想对他说，他那位弟弟矢口否认同我认识，可是晚上十一点却等我上他家里去。但我事先没问罗贝能不能把这次约会讲出去。因为约会可以说是德·夏吕斯先生确定的，这事和他对公爵夫人说的话相矛盾，所以我觉得还是不说的好。

---

① 《阿尔姑娘》是法国作家都德的三幕剧，根据他的《磨坊信札》中的一篇改编。叙述一位青年农民爱上了阿尔的一个姑娘，当他知道她行为不端时，便自杀身亡。

“‘高傲者塔干’是够绝的，”德·盖尔芒特先生说，“可是，厄迪古夫人邀请奥丽阿娜吃午饭那天，奥丽阿娜对她说的话比这更绝，她大概没对您说吧？”

“哦！没有！那您快说吧！”

“得了，巴赞，别说了。首先，那句话很蠢，公主听了会认为我比我的笨表姐还要笨。再说，我不知道为什么我要叫她表姐。她是巴赞的表姐妹。不过，多少同我有点亲戚关系。”

“啊！”帕尔马公主听到公爵夫人说她会觉得她愚蠢，不禁惊叫一声，她竭力声明，她对她佩服得五体投地，什么也不能降低她在她心目中的地位。

“再说，我们已经把她的才智否定了，那句话又是否定她的某些品质，我觉得现在讲出来不合适。”

“否定！不合适！瞧她多会说话！”公爵故意用揶揄的口吻说。他想让大家赞美公爵夫人。

“得了，巴赞，别嘲笑您的妻子。”

“有一点应该对殿下说明，”公爵又说，“对奥丽阿娜的那位表姐，怎么评价都可以，聪明，善良，是个胖子，但就不能说，怎么讲呢……不能说她慷慨。”

“这我知道，她非常吝啬。”公主插话说。

“我不敢用这个词，但您却找到了最合适的词。这从她的生活方式，尤其从她家的膳食可以看出。她家的膳食很出色，但是精打细算。”

“这甚至还闹了许多笑话，”德·布雷奥代先生插话说，“有一次，我亲爱的巴赞，我去厄迪古府上拜访。那天，他们正好等待您和奥丽阿娜光临，准备了丰盛的饭菜。可是，下午一点，听差送来一份电报，说你们不来了。”

“这我不奇怪！”公爵夫人说，她不仅难请，而且喜欢让人知道她难请。

“你们的表姐看完电报,感到很懊丧,但没有慌乱,她想,不应该为我这样一个无足轻重的领主增加无益的开销,便立即召来仆人,大声吩咐说:‘去告诉膳食总管把鸡撤掉。’晚上,我听见她问膳食总管:‘昨天剩的牛肉呢? 您怎么不端上来。’”

“尽管如此,应该承认,她家的菜肴是无懈可击的。”公爵说,他认为使用这个表达方式,能显示他对旧制度的语言十分精通。“我没见过有谁家比她家吃得更好。”

“吃得更少。”公爵夫人插话道。

“对于像我这样粗俗的乡巴佬,这也就够了,对健康也有益,”公爵又说,“仍然处于饥饿状态。”

“啊! 如若是为了治病,那就另当别论了。显然是丰盛不足,卫生有余。况且这也不见得就好吧。”德·盖尔芒特夫人说。她不喜欢别人把巴黎最佳膳食的桂冠授予她以外的任何人。“我这位表姐就像难产的作家,每隔十五年产下一部独幕剧或一首十四行诗。这就是所谓的小杰作,精美的杰作,毫无价值。总而言之,这是我最反感的东西。塞纳伊德家的膳食是不坏,但是,如果她不像这样精打细算,她家的膳食就更一般了。她家的厨师有的菜做得很好,有的菜却做得很差劲。我在她家吃过很糟糕的晚餐,到处都一样,只是她家的膳食不像别处的那样使我的胃不舒服罢了。因为胃对数量毕竟比对质量更敏感。”

“最后我要对你们说,”公爵总结说,“塞纳伊德坚持要请奥丽阿娜去吃午饭,我妻子不大喜欢出门,便一再推辞。她想了解塞纳伊德会不会以请吃便饭为由,别有用心地拉她去参加一次盛大宴会。她想方设法打听请了哪些人,但一无所获。‘来吧,来吧。’塞纳伊德坚持道,还夸口说会有好东西吃。‘有栗子羹,其他的就不必说了。还有七小块鸡肉一口酥。’‘七小块!’奥丽阿娜有点惊讶,‘这么说至少有八个人啰!’”

过了片刻,公主恍然大悟,哈哈大笑,犹如雷声轰鸣。“啊! 至少是八个人！说得太妙了！编写得太棒了！”她费了好大的劲儿，终于想起了德·埃皮内夫人用过的这个表达方式。这次用得比较恰当。

“奥丽阿娜，公主用的词很美，她说这‘编写得很好’。”

“可是，我的朋友，您对我说这个是多余的，我知道公主很幽默。”德·盖尔芒特夫人回答道。当一句话出自一位殿下之口，而且又是对她本人的赞美，她是不会不欣赏的。“夫人对我编的那些微不足道的话给予高度评价，我感到很自豪。况且，我不记得说过这话了。即使说了，也是为了讨好我的表姐，因为如果她有七块鸡肉一口酥，我敢说嘴就可能超过十二张。”

这时，阿巴雄夫人（开饭前，她曾对我说，她姑妈将会非常高兴看到我参观她的诺曼第城堡）越过阿格里让特亲王的脑袋，对我说，她愿意在科多尔接待我，因为她家在那里，在公爵桥。

“您会对城堡的档案室感兴趣的。里面藏有十七、十八和十九世纪的信件，是所有最知名人士的极其珍贵的来往书信。我在里面一待就是几小时，就像生活在过去一般，叫人乐而忘返。”伯爵夫人向我保证说。德·盖尔芒特先生曾对我说过，她很有文学修养。

“她手里有德·博尼埃①先生的全部手稿。”公主继续谈德·厄迪古夫人，她想尽量说明她完全有理由同她来往。

“她大概做过这个梦吧。我相信她连认都不认识他。”公爵夫人说。

“最有趣的是，这些信是各个国家的人写的。”阿巴雄伯爵夫人继续对我说。她同欧洲各主要公爵世家和王族都有姻亲关系，因此很乐意在讲话中提及。

“不，她认识，奥丽阿娜，”德·盖尔芒特先生别有用心地说，“您难道忘记那次晚宴了吗？德·博尼埃先生就坐在您身边。”

“巴赞，”公爵夫人打断他说，“如果您想对我说我认识德·博尼埃先

① 德·博尼埃（1825—1901），法国剧作家和诗人。1893 年当选为法兰西学士院院士。

生，那是肯定的，他甚至来看过我好几次。但我一直没能下决心邀请他，因为他来一次，我得用福尔马林消毒一次。至于那次晚会，我记得清清楚楚，根本不是在塞纳伊德家，她一生中从没见过他。如果同她谈《罗兰的女儿》①，她会以为主人公是一位波拿巴公主，是所谓希腊王子的未婚妻。不，我是在奥地利大使府上见到他的。那位颇有点魅力的霍约斯先生认为，把这个臭气熏天的法兰西学士院院士安排在我身边，我会感到高兴。我却认为身边坐了一队宪兵。吃饭时，我不得不尽量捂住鼻子，只是在吃瑞士干酪时才敢呼吸。”

德·盖尔芒特先生见已达到目的，偷偷观察宾客，看公爵夫人的话在他们脸上引起什么反应。

“此外，我发现那些信件有一种特别的魅力，”那位家中收藏着珍奇信件、颇有文学修养的夫人，不顾中间隔着阿格里让特亲王的脸孔，继续对我说，“您注意到了吗？一个作家写的信往往比他的其他作品更精彩。您知道《萨朗波》②的作者是谁吗？”

我本来不想回答，因为我不愿把谈话继续下去了。但我感到这样会使阿格里让特亲王难堪：他根本不知道《萨朗波》的作者是谁，但却装出很知道的样子，只是有碍于礼貌，才把说的机会让给我，我要是不说，他会很尴尬的。

“福楼拜。”我最后还是说了。亲王颔首赞同。但这个点头动作减弱了我的声音，使我的谈话人听不清我说的是保尔·贝，还是福勒贝，他对这两个名字感到不尽满意。

“无论如何，”她接着说，“他的信十分珍贵，比他的书更高级。此外，

① 《罗兰的女儿》是博尼埃的诗剧，发表于1875年。曾荣获法兰西学士院奖。

② 《萨朗波》是法国作家福楼拜于1867年发表的历史小说，以古代非洲奴隶国家雇佣军队起义为背景，描写起义军首领马多和迦太基姑娘萨朗波的爱情故事。

他的信可以让人了解他,因为有人说他写一本书很费力,从而认为他不是真正的作家,不是天才。"

"你们在谈书信,我觉得甘必大①的信值得赞美。"盖尔芒特公爵夫人说道,以显示自己不怕对无产者和激进党人感兴趣。德·布雷奥代先生对她的大胆精神心领神会,用略带醉意、充满柔情的目光环视四周,尔后擦了擦单片眼镜。

"我的上帝,《罗兰的女儿》,这本书太乏味了。"德·盖尔芒特先生洋洋得意地说道,他还在想着德·博尼埃先生;他是多么讨厌这部作品,他觉得自己比它高明,所以踌躇满志;他 Suave mari magno②,觉得自己不用去读那本书,受那份罪,正如我们吃着丰盛的晚餐,回忆起那些可怕的夜晚,感到说不出的高兴一样。"但也有几行漂亮的诗句,有一种爱国主义情怀。"

我委婉地表示我对德·博尼埃先生一点也不钦佩。

"啊!您有什么要责备他吗?"公爵兴致勃勃地问我。他一向认为,说一个男人的坏话,意味着有个人怨仇,说一个女人的好话,意味着一场轻浮的爱情即将开始。"我发现您恨他。他做了什么对不住您的事了吗?讲给我们听听!你们肯定一起做了什么坏事,不然您要诽谤他干什么。《罗兰的女儿》是长了点,但很有味儿。"

"'很有味儿'用在一个散发臭气的作者身上是最贴切不过的了。"德·盖尔芒特夫人揶揄地插话道,"这个可怜的孩子如果和他一起待过,那么不难理解他的鼻孔里还残留着他那股味儿了。"

---

① 甘必大(1838—1882),法国政治活动家。第二帝国时期共和派左翼领袖。曾领导共和派反对保皇党恢复帝制,捍卫了第三共和国。甘必大的书信选集于 1909 年出版,题为《甘必大谈甘必大,私人书信和家族回忆》。

② 拉丁语,意思是:自己因没有像别人那样遭罪而高兴。引自古罗马诗人卢克莱修的诗作《物性论》。

"此外,我要向夫人承认,"公爵又对帕尔马公主说,"如果撇开《罗兰的女儿》,我只喜欢过时的文学和音乐。没有一样过时的东西不令我快乐。您大概不会相信我的话。但是,晚上,如果我妻子弹琴的话,我会请求她弹一首奥柏和布瓦尔迪欧[①],甚至贝多芬的曲子！我就爱这个。然而,瓦格纳的曲子我一听就想睡觉。"

"您错了,"德·盖尔芒特夫人说,"瓦格纳的作品是长得令人难以忍受,但这却显示了他的才华。《罗恩格林》是一部杰作。甚至在《特里斯坦》中,也不乏奇妙的段落。在《漂泊的荷兰人》中,缫丝女工的合唱令人陶醉。"

"是吧,巴巴尔,"德·盖尔芒特先生对德·布雷奥代先生说,"我们更喜欢:

高贵的情侣们幽会
　　都在这迷人的地方。

这句诗美极了。《魔鬼兄弟》[②],《魔笛》[③],《农舍》[④],《费加罗的婚姻》[⑤],《皇冠上的钻石》,这才叫音乐！文学也一样。因此,我崇拜巴尔扎克。我喜欢他的《索地的舞会》和《巴黎的莫希干人》。"

"啊！亲爱的,如果您要争论巴尔扎克,我们就不会有完了。还是把这留到墨墨来的那天吧。他更神,巴尔扎克的作品都能背出来。"

---

① 布瓦尔迪欧(1755—1834),法国作曲家。擅长钢琴曲,写过四十来部喜歌剧和歌剧。

② 《魔鬼兄弟》是一部喜歌剧,法国通俗喜剧作家斯克里布作词,奥柏作曲,发表于1830年。

③ 《魔笛》是奥地利作曲家莫扎特的代表作,发表于1791年。

④ 《农舍》是法国通俗喜剧家斯克里布的喜歌剧,阿道夫·亚当(1803—1856)作曲,发表于1834年。

⑤ 《费加罗的婚姻》是奥地利作曲家莫扎特的代表作,发表于1785年。

公爵见妻子打断他的话头，非常生气，默默地、充满着威胁地瞪了她几秒钟，那双猎人的眼睛犹如两管子弹上了膛的手枪。其间，阿巴雄夫人和帕尔马公主就悲剧诗和其他问题交换了看法，她们的声音传到我耳朵里很不清楚。忽然，我听见德·阿巴雄夫人说："啊！夫人高见。我同意您的看法，他让我们看到的世界是丑恶的，因为他不善于区分丑与美。更确切地说，他的虚荣心太强，总认为自己说的都是美的。我和殿下的看法一致，承认在那首诗中，有些诗句十分可笑，晦涩难懂，在审美观上也有不少错误，读起来很费劲，像是用俄语或汉语写的，显然法语中不会有那些东西。但是一旦费了劲读下去，就会得到报偿，会感到诗中充满了想象。"她们的谈话开头我没有听到，但我最终还是搞清楚了，他们说的那个不善于区分美与丑的诗人是维克多·雨果，那首和俄语或汉语一样难懂的诗就是：

孩子出现的时候，家里人围成一圈，
　　又是鼓掌，又是欢呼……

这是诗人的早期作品，它的风格与其说接近《历代传说》的作者维克多·雨果，毋宁说更接近德祖利埃夫人①。我不仅不觉得德·阿巴雄夫人滑稽可笑，相反，我从那双聪慧的眸子，那顶镶有花边的软帽和从软帽中垂下的一缕缕鬈发，看到了她的价值（在这张极其真实、极其平常的餐桌上，她是首屈一指的人物，我是带着何等失望的心情在这张餐桌上就座的呀）。德·雷米萨夫人、德·布洛伊夫人、德·圣多莱尔夫人，以及所有杰出的女性都戴这样的软帽。她们在令人陶醉的书简中，那样学识渊博地、那样

① 德祖利埃夫人（1638—1694），法国女诗人，她主持的沙龙是当时文坛名士荟萃之地。她的作品，尤其是田园诗和牧歌，在十八世纪曾传颂一时。

恰到好处地引证索福克勒斯、席勒和《模仿耶稣》[1]，可是，浪漫主义作家的第一批诗问世时，她们都感到恐惧和厌倦，正如我外祖母对斯泰法尔·马拉美[2]的后期诗作感到恐惧和厌倦一样。

“德·阿巴雄夫人很喜欢诗。”帕尔马公主被德·阿巴雄夫人说话的热烈语气所打动，对德·盖尔芒特夫人说。

“不，她对诗一窍不通。”德·盖尔芒特夫人利用德·阿巴雄夫人忙于反驳德·博特雷耶将军，听不见别人说话的机会，悄声地回答帕尔马公主，“她被遗弃后，变得对文学感兴趣了。我要告诉殿下，我是替罪羊，只要哪天巴赞不去看她，也就是说几乎每天她都要跑到我这里向我诉苦。巴赞对她厌烦，这毕竟不是我的错。我总不能强迫他去看她呀，我倒情愿他对她忠实一些，因为我就可以少看见她几回了。但是她让他感到厌倦，这没什么好奇怪的。她人并不坏，但您很难想象她有多讨厌。她每天都把我搞得头痛难忍，我只好天天服一片匹拉米洞。这一切都是巴赞不好，胡乱和她睡了一年觉。再加上我还有那么一位男仆，迷上了一个小婊子，只要我不请这个小荡妇离开她拉客的街道，来和我一起喝茶，他就要给我脸色看！啊！生活真让人感到厌烦！”公爵夫人无精打采地作结论说。

德·盖尔芒特先生对德·阿巴雄夫人感到厌倦，主要是因为他又有了新欢。听说是絮希-勒迪克侯爵夫人。那位被剥夺了假日的男仆恰好正在上菜。我想他此刻仍然是闷闷不乐，心烦意乱，因为我注意到，他在给德·夏特勒罗先生上菜时，动作很不利落，臂肘多次碰到夏特勒罗公爵的臂肘。男仆满脸通红，但年轻的公爵没有对他发火，相反，他用淡蓝色的笑眼看着他。我感到，客人不发脾气，是仁慈的表现。可他笑个没完，我不

---

① 《模仿耶稣》是用拉丁文为基督教徒写的书，作者不详。

② 马拉美(1842—1898)，法国诗人。初期属于巴那斯派，后来成为象征派的代表，作品充满神秘主义色彩。

由得认为，他看到仆人神情沮丧，也许感到幸灾乐祸。

“亲爱的，您同我们谈维克多·雨果，可您知道，这又不是什么新发现。”公爵夫人看见德·阿巴雄夫人神色忧虑地转过脸来，便对她说道。“您别指望把他当新手推出来了，他的才华早已尽人皆知。雨果的后期作品《历代传说》（我记不清书名了）是很乏味。但是，《秋叶集》和《暮歌集》却常使人感到他是一个诗人，一个真正的诗人。甚至在《沉思集》中，”公爵夫人接着说，自然，她的交谈者谁也不敢反驳，“也不乏优美的东西。但我承认，《暮歌集》以后的作品，我不敢妄加评论。再说，在维克多·雨果的好诗——是有一些好诗——中，经常可以看到有见解的诗句，甚至有精辟的见解。”

接着，公爵夫人以一种恰如其分的感情，缓慢地朗诵雨果的诗句，忧郁的思绪从她的语调，而不是从她的声音中流泻出来，沉思而迷人的目光凝视着前方：

——你们听：

痛苦是果实，上帝不会让它长在
　　吊不起苦果的树枝上，

还有：

死人不会长久留在世上……
　　哎！不等他们在棺木中化作尘埃，
我们的心就已把他们遗忘！

公爵夫人的脸上露出了幻灭的微笑，痛苦的嘴角出现了妩媚的笑纹，明亮而迷人的、爱幻想的双眸凝视着德·阿巴雄夫人。我开始熟悉这双眼睛了，还有她的声音，无精打采地拖着长音，那样沙哑，可又那样悦耳动听。从她这双眼睛和这个声音中，我又领略到贡布雷的许多自然风光。当然，她的声音常常故意带点粗犷的泥土味儿，但却包含着深刻的内容。首先是出身。德·盖尔芒特夫人的祖辈是外省人，是盖尔芒特家族的一个分支，长久待在外省，说话更加大胆，更加野蛮，更具有挑衅色彩。其次是习惯。这是真正高雅的和有才智的人具有的习惯，知道高雅不等于说话不直率；同时也是贵族的习惯，更乐意同农民而不是同市民亲善。还有其他各种特征。作为社交界的女王，德·盖尔芒特夫人比任何人更容易炫耀这些特征，而她也竭尽全力让它们显露出来。据说，她的姐妹也有同样的声音。她不喜欢她们。她们不如她聪明，几乎是按照资产阶级方式结的婚（如果可以用这个副词的话，也就是说她们嫁给了名不见经传、无声无息的贵族，住在外省，或在巴黎，在毫无光彩的圣日耳曼区）。她们也有同样的声音，但尽量加以抑制和纠正，使它变得柔和，正如在我们中间，敢于标新立异的人凤毛麟角，一般都是努力模仿被人交口称赞的典范。但是奥丽阿娜比她们聪明得多，富裕得多，尤其是比她们时髦得多。当她还是洛姆亲王夫人时，就曾成功地使威尔士亲王①跪倒在她脚下。她深深懂得，这个不协和的声音是一种魅力，她用敢于标新立异、敢于成功的魄力，在社交方面施展声音的魅力，就像女演员雷雅内②或雅娜·格拉尼埃③（当然，这里不是在比较她们的价值和才华）在戏剧方面施展她们声音的魅力一样——这是富有特性的令人赞美的声音，但她们的姐妹（谁也未曾见过）也许会把这个特点当作缺点掩饰起来。

德·盖尔芒特夫人喜欢表现乡土特色，除了上述种种理由外，还应归

---

① 威尔士亲王是对英国国王的长子的统称。

② 雷雅内（1856—1920），法国女喜剧演员，才华出众，扮演过各种角色。

③ 格拉尼埃（1852—1938），法国女喜剧演员，仪容秀美，性格活泼、热情，演技高超，深得观众喜爱。

功于她最心爱的作家梅里美、梅拉克和阿莱维。她喜欢“自然”的本色,喜欢平淡无奇的散文腔和单调乏味的社会精神,却把散文写得诗意盎然,把社会精神写得栩栩如生。此外,公爵夫人还字斟句酌,装腔作势,大部分词汇都要选择她自认为最具有法兰西岛①和香槟省的发音特点,因为她使用的语汇,如果说比不上她丈夫的妹妹马桑特夫人,至少也得有几分像一位旧时代的作家才行。我们听腻了杂七杂八、混乱不堪的现代语言,若能听一听德·盖尔芒特夫人的闲谈,无疑——尽管知道没有什么新鲜东西——这是一种很好的休息;如果和她单独在一起,而她故意放慢说话节奏,使话语变得更加纯净,我们就会像听一首古老的民谣那样,感到轻松愉快。此刻,我凝视着德·盖尔芒特夫人,聆听着她的谈话,我看见法兰西岛或者香槟省的一块天空禁锢在她那永远像下午般宁静的眸子中。这淡蓝色的天空,倾斜成一个角度,就像圣卢的眸子中呈现的天空一样。

就这样,通过上述各种修养,德·盖尔芒特夫人不仅表现了法国最古老的贵族社会,而且,还让人看到了不久前布罗伊公爵夫人在欣赏和抨击七月王朝下的维克多·雨果时可能采用的方式,此外,还显示出对梅里美和梅拉克文学的浓郁兴趣。第一种修养和第二种相比,我更喜欢第一种,它更有助于我弥补我来到这个圣日耳曼区,看到同我想象中的圣日耳曼区有天壤之别时产生的失望情绪。但是,拿第二种和第三种相比,我就更喜欢第二种了。然而,如果说德·盖尔芒特夫人表现出盖尔芒特精神是无意识的,那么,她对帕耶龙②和小仲马的兴趣却是审慎的,有意识的。她这个兴趣同我的恰恰相反,所以,她同我谈圣日耳曼区时,就像在同我谈文学,并且,只有在她同我谈文学时,我才觉得她比任何时候更愚蠢,更带有圣日耳曼区的特征。

---

① 法兰西岛为法国旧地区名,位于巴黎盆地中部。法兰西岛的方言后来成了法国国语。

② 帕耶龙(1834—1899),法国喜剧作家,他的作品以巧妙的情节和灵活的思想取胜。

德·阿巴雄夫人听了德·盖尔芒特夫人朗诵的诗，非常激动，大声嚷道：

心头的圣物也会蒙上尘埃！

"先生，您得把这句诗给我写在扇子上。"她对德·盖尔芒特先生说。

"可怜的女人，我为她感到难过！"帕尔马公主对德·盖尔芒特夫人说。

"不，夫人不必为她难过，她只配这样。"

"不过……恕我直言……她确实很爱他。"

"她根本不爱他，她不可能爱他，却以为爱他，正如刚才她以为在引用维克多·雨果的诗，其实那是缪塞的诗。您瞧，"公爵夫人用一种忧郁的口吻说，"谁也不会比我更能被真实的感情打动。但是，我要给您举个例子。昨天，她对巴赞大发脾气，殿下也许会认为，那是因为巴赞有了新欢，不再爱她的缘故。根本不是。是因为他不愿意把她的儿子介绍给赛马俱乐部！夫人，您觉得她太爱巴赞了，是吧？才不是呢！我要告诉您，"德·盖尔芒特夫人明确地说，"她是世上少有的无情人。"

但是，当德·盖尔芒特夫人"即席"谈论维克多·雨果和朗诵他的诗句时，德·盖尔芒特先生双眸闪出了得意的光辉。尽管公爵夫人常使他恼火，但是，每逢这种时刻，他总是为她感到自豪。"奥丽阿娜真了不起。什么她都能谈，什么书她都看过。她事先不可能猜到今天会谈维克多·雨果。不管大家谈什么，她都应付自如，最有学问的人也不是她的对手。这个年轻人大概被她迷住了。"

"换个话题吧。"德·盖尔芒特夫人又说，"她这人爱疑神疑鬼。您大概觉得我很迂腐吧。"她对我说，"我知道，喜欢用诗表达思想，喜欢有思想的诗，在当今是被看作缺点的。"

"迂腐?"帕尔马公主说道。她意想不到会有这个新浪潮,微微感到震惊,尽管她知道盖尔芒特公爵夫人的谈话,会不断地给予她这种美妙的冲击,让她紧张得透不过气,使她感受到这种有益于健康的疲劳,之后,她会本能地想到必须去浴室洗洗脚,以便轻脚上阵,赶快"作出反应"。

"我不这样看,奥丽阿娜,"德·布里萨克夫人说,"我并不怪维克多·雨果有思想,正相反。但他不该在丑恶中寻找思想。事实上,是他使我们在文学作品中看到了丑恶的东西。生活中的丑恶已经够多的了,为什么还要在书中再见到呢?我们在生活中不敢正视的痛苦,对维克多·雨果却有着巨大的吸引力。"

"维克多·雨果毕竟不像左拉那样现实主义吧?"帕尔马公主问。

左拉的名字没有在德·博特雷耶先生脸上引起丝毫反应。将军的反德雷福斯立场太根深蒂固,不屑于在脸上显露出来。听到有人谈及这些问题,他大发慈悲,保持沉默,以示对世俗者的关怀和体贴,正如神甫尽量不同你谈宗教义务,金融家尽量不向你推荐他经营的产品,大力士尽量显得温文尔雅,不向你伸出拳头一样。

"我知道,您是絮利安·德·拉格拉维埃尔海军上将的亲戚。"德·法朗邦夫人神情狡黠地对我说。她是帕尔马公主的伴妇,是公爵的母亲替她物色的,心地善良,但愚昧无知。她还没有同我说过话。后来,无论帕尔马公主怎样申斥,我怎样抗议,她终究也未能消除我和那位海军上将有亲戚关系的看法。可是,我压根儿不认识这位法兰西学士院院士。帕尔马公主的伴妇坚持把我看作絮利安·德·拉格拉维埃尔海军上将的侄儿,这确实庸俗可笑。但是,她犯的错误,不过是千千万万有意无意犯下的微不足道、大同小异的错误中的一个标本似的极端例子罢了。在社交界为我们建立的"卡片"中,我们的名字伴随有无数这样的错误。我记得,盖尔芒特家的一位朋友,在急切地表达了想同我认识的愿望后,随即辩解似的说,我认识她的表姐妹德·肖斯格罗夫人,"她非常迷人,非常爱您。"我犹豫地强调说，他弄错了，我不认识德·肖斯格罗夫人，但白费口舌。“那么，您认识的是她的姐妹。这是一回事儿。她在苏格兰遇见您的。”我老老实实地告诉对方，我从没去过苏格兰，但仍然是白费力气。是德·肖斯格罗夫人亲口对他说认识我的。第一次搞错了，以后也就真的相信认识我了，因为每次见到我，她总是主动和我握手。既然我经常出入的圈子总的说来是德·肖斯格罗夫人的圈子，因此我大可不必自卑自贱。说我同肖斯格罗家关系密切，严格地说，这是个错误，但从社会角度看，却等于是我的地位，如果对于像我这样的青年可以谈地位的话。因此，尽管盖尔芒特家的那位朋友关于我所说的事都是错误的，但(从社交观点看)他对我的看法依然不变，这既不会贬低我，也不会提高我。不管怎样，对于我们这些不会演喜剧的人来说，当别人对我们有了错误看法，认为我们同一位夫人有来往(其实我们不认识她)，非说我们是在一次趣味盎然的旅行中和她认识的(其实我们根本没有进行这次旅行)，这时，我们仿佛也登上了舞台，那种一辈子扮演同一个角色的烦恼暂时会烟消云散。这些错误层出不穷，只要不像帕尔马公主的伴妇所犯的错误那样一成不变，应该说是可爱的。这位蠢妇不管我一再否认，坚持认为我是令人讨厌的絮利安·德·拉格拉维埃尔海军上将的亲戚。“她没什么了不起，”公爵对我说，“况且，她不应该狂饮，我觉得巴克科斯①对她有点起作用了。”其实，德·法朗邦夫人只是喝了点水，但公爵喜欢在讲话中插进心爱的熟语。

“夫人，左拉不是现实主义者！他是一位诗人！”德·盖尔芒特夫人从近几年读的评论文章中受到启发，并尽个人才能进行改编，发表了这个看法。晚上，帕尔马公主不停地受到思想的沐浴，情绪振奋而紧张。她认为这种思想浴对她的身心健康大有裨益，听凭接踵而来的奇谈怪论将自己弄得晕头转向。这次，德·盖尔芒特公爵夫人又发表了一个特大怪论，她

① 巴克科斯是罗马神话中的酒神。

怕被这股浪潮推翻，就惊跳起来。她断断续续地、上气不接下气地说：

“左拉是一位诗人！”

“那当然。”公爵夫人满面笑容地回答道。帕尔马公主惊呆的样子使她很开心。“殿下应该注意到，他把他写的一切都变成了高尚的东西。您会对我说，他尽写……给人带来好运的事。但他把这些事当作大事来写。他把粪堆变成了诗史！他是掏粪工荷马！他没有足够的大写字母书写康布罗纳。①”

尽管帕尔马公主已经疲惫不堪，但却心醉神迷，乐不可支，感觉空前地好。盖尔芒特府的晚宴，真是妙趣横生，令人精神振奋，她决不肯放弃这超凡脱俗的晚宴，而到申布鲁恩城堡②待一天，尽管这是她做梦都想去的地方。

“他写这个字是用一个大写 C③。”德·阿巴雄夫人大声喊道。

“我想，不如说是大写 M，亲爱的。”德·盖尔芒特夫人回答道，并且和丈夫交换了一个愉快的眼神，仿佛在说：“瞧她有多蠢！”“喂，”德·盖尔芒特夫人用温柔的微笑的目光看着我，对我说，因为作为一个完美无缺的女主人，她想把话题引到她最感兴趣的画家身上，一来可以炫耀她的学问，必要的话，还可以让我露一手，“喂，”她一面说，一面轻摇羽毛扇，因为此时此刻，她意识到她在尽地主之谊，为了照顾周到，她还示意仆人再给我添一些拌有荷兰调味汁的芦笋，“喂，我想，正好左拉写了一篇关于埃尔斯蒂尔的论文，您刚才看了这个画家的几幅画——再说，他的画我就喜欢这

---

① 康布罗纳（1770—1842）是法国将军，参加过法国大革命和第一帝国时期的战役。1815 年 7 月滑铁卢战役时，打到只剩下他指挥的一个方阵，英国将军劝他投降，他回答：“去你妈的！”法文中用的是 merde，用作名词时，意为：粪，屎，用作感叹词，为：他妈的，去你妈的。

② 申布鲁恩城堡位于维也纳市郊。曾是哈普斯堡王族的避暑地。

③ 此处，大写 C 为 Cambronne（康布罗纳）的首字母。下文的大写 M 是 Merde（粪便，去你妈的）的首字母。

几幅。”她补充了一句。事实上，她并不喜欢埃尔斯蒂尔的画，但她认为，她家的一切都是独一无二、无与伦比的。我问德·盖尔芒特先生知不知道那张民俗画上戴礼帽的先生叫什么名字，我认出这人和旁边那张华丽的画像是同一个人。埃尔斯蒂尔画这幅肖像的时候，个人风格尚未完全形成，有点受马奈的影响。“上帝，”德·盖尔芒特先生回答道，“我知道，这个人在他那一行不是个无名之辈，也不是个笨蛋，但我总记不住人名。他的名字就在我的嘴边。叫……叫什么来着？算了，我想不起来了。斯万也许能告诉您。是他鼓动德·盖尔芒特夫人买这些画的。我妻子太好说话，怕拒绝人家，人家会不高兴。我是私底下跟您说说，我认为，他把一些蹩脚画让我们买下来了。我能告诉您的是，此人于埃尔斯蒂尔先生就好比是米西纳斯①。他使他成名，经常买他的画，帮他摆脱困境。出于感激——如果您把这叫作感激的话，这要看各人的爱好——埃尔斯蒂尔把他画进了那幅画中。他穿着节日盛装，一副矫揉造作样，与整幅画面很不协调。也许他是什么权威，学识渊博，但他显然不知道什么场合才能戴礼帽。他周围的姑娘都光着脑袋，就他一人戴帽子，看上去活像一个有三分醉意的外省小公证人。可是，您跟我说实话，我觉得您非常喜欢这些画。早知道这样，我就事先了解一下，向您透露些情况了。其实，没有必要为埃尔斯蒂尔的画大费脑筋。这又不是安格尔②的《泉》和保尔·德拉罗什③的《爱德华的孩子们》。埃尔斯蒂尔的画观察入微，趣味盎然，巴黎味浓郁，这一点很令人赞赏。但看过也就完了。谁都能看得懂，不需要有渊

① 米西纳斯（公元前69—8），古罗马诗人贺拉斯和维吉尔的保护人。这个词后来变成普通名词，指科学、文学、艺术事业的资助者。

② 安格尔（1780—1867），法国画家。古典主义画派最后的代表人物。《泉》创作于1856年。

③ 德拉罗什（1797—1856），法国古典主义和浪漫主义画家，擅长肖像画。《爱德华的孩子们》于1831年在巴黎美术展览会展出。

博的知识。我知道这些画都是速写，但我不认为是精心之作。斯万厚着脸皮要我们买下《一把芦笋》。那些芦笋甚至在这里放了几天。画面上除了芦笋，其他什么也没有。就和您正在吞食的芦笋一样。可我拒绝吞食埃尔斯蒂尔的芦笋。他要三百法郎，一把芦笋卖三百法郎！一个金路易就够了！还是新上市的芦笋哩。我觉得那把芦笋画得很呆板。要是在上面再加几个人，又显得庸俗，悲观，我不喜欢。令我吃惊的是，像您这样颖慧敏锐、见微知著的人，怎么会喜欢这种画。"

"我不知道您为什么这样说，巴赞。"公爵夫人说。她不喜欢别人贬低她客厅里的东西。"我对埃尔斯蒂尔的画绝不是不加区别地全盘肯定。应该有所取舍。但这不等于说他没有才华。应该承认，我买的这几幅画有着无与伦比的美。"

"奥丽阿娜，在这一类风俗画中，我最喜欢我们在水彩画展上看到的那幅维尔贝①先生的作品。那张小画算不上什么大作品，您可以说只有巴掌那么大，但是画上看得出画家手指的工夫；那位瘦骨嶙峋、肮脏不堪的传教士，站在一个弱不禁风的主教前，主教在逗他的小狗，这画面组成了一首精美而深奥的短诗。"

"我想您认识埃尔斯蒂尔，"公爵夫人对我说，"他很讨人喜欢。"

"他很聪明，"公爵说，"当您同他谈话时，您会感到纳闷，为什么他人这样聪明，画的画却如此平庸。"

"不只是聪明，甚至相当风趣。"公爵夫人说，神态狡黠，就像是一个内行的品尝家。

"他没开始给您画一张像吗，奥丽阿娜？"帕尔马公主问。

---

① 维尔贝（1840—1902），法国画家和剧作家，擅长风俗画。法国水彩画协会创始人之一。他表现教士或修道士的系列作品备受人赞赏。这里普鲁斯特所描绘的画叫做《传教士的故事》（1883）。

“画了，把我画得像只煮熟的虾。但是，这幅画不会让他名垂史册。难看死了，巴赞曾想把它毁掉。”

德·盖尔芒特夫人经常说这句话。但也有几次，她的评价截然不同：“我不喜欢他的画，但他给我画过一张漂亮的肖像。”这两种评价用在不同的场合：当有人同她谈她的画像时，她就用第一种评价；如果不同她谈这张画像，她又想让人知道有这张画像，她就用第二种。前一种为了卖俏，后一种是虚荣心作祟。

“把您的肖像画成这样！这那里是肖像，明明是谎言嘛！我几乎不会捏画笔，但我觉得，如果我来画您，只要把我看到的画出来，也肯定是一幅杰作。”帕尔马公主天真地说。

“他看我大概就像我看自己一样，毫无可爱之处。”德·盖尔芒特夫人装出忧郁、谦卑和温存的眼神说。她认为，只有这样，才能使她和埃尔斯蒂尔画笔下的她显示出不同。

“这张肖像画不一定使德·加拉东夫人不喜欢。”公爵说。

“是因为她不懂绘画吗？”帕尔马公主问。她知道德·盖尔芒特夫人很瞧不起她这个表姐妹。“但是，她人很不错，是不是？”公爵装做大吃一惊的样子。

“得了，巴赞，您没见公主在嘲笑您（其实公主没这个意思）。她和您一样清楚，加拉多内特①是一个瘟神。”德·盖尔芒特夫人说道。她用的词汇别有滋味，一般都是古老的表达方式，就像在庞耶的书中可能发现的，但在现实生活中几乎不再存在的菜肴：肉冻、黄油、肉汁、肉丸，样样货真价实，不掺任何杂质，甚至连盐都来自布列塔尼的盐田。从公爵夫人的口音，从她选用的词汇，可以感到她谈话的基础直接源自盖尔芒特家族。这一点，她和她的外甥圣卢有根本的不同。圣卢满脑子新思想，满口新词

---

① 加拉多内特是加拉东的阴性形式，这里指加拉东夫人。

汇。一个人如果满脑子康德思想，念念不忘波德莱尔，是很难写出亨利四世时代绝妙的法语的。因此，公爵夫人语言的纯洁，正说明她的局限性，对于新事物她的智能和敏感是永远不敞开的。德·盖尔芒特夫人的思想使我感兴趣的，恰恰是这种局限性（这是我思想的本质），以及由于这种局限性而保留下来的一切，她那柔软躯体诱人的魅力、任何费神的思考、任何道德上的忧虑或精神上的不安，都没能使她躯体的魅力减色。她的思想比我的思想要早形成许久，但我觉得，她的思想所给予我的和海边那群妙龄少女的轻盈步态使我产生的联想是完全一样的。德·盖尔芒特夫人为了显得驯良、和蔼，同时也出于对才智的尊重，在我面前显示出了贡布雷附近贵族世家的无情少女的活力和魅力。她从小骑马，摔断猫腰，挖兔子的眼睛。多年前，她也许一面恪守道德，一面却成了萨冈亲王最迷人的情妇，因为她雍容华贵，美丽动人。只是她不可能明白，我在她身上寻找的是盖尔芒特这个名字的魅力，而在她身上发现的只是盖尔芒特城堡乡土气息的残余。我们的关系是建立在误会基础之上的。她认为我向她表示敬意，是因为她是一个贵妇人，而我却把她看作一个平凡的、散发出淳朴魅力的女人，这样势必会产生误会。这种误会是极其正常的，永远会在一个想入非非的青年和一个上流社会的贵妇之间存在。但是，只要他还没有认清自己想象力的本质，没有认识同人打交道也和看戏、旅行和恋爱一样，势必有失望的时候，那他就会被误会搅得六神无主，坐立不安。

德·盖尔芒特先生在对埃尔斯蒂尔的芦笋和刚端上餐桌的芦笋（上一道菜是用“金融家”调味汁①烹制的童子鸡）发表议论后，又说，绿芦笋生长在野外，“不像它们的姐妹那样硬”（这是署名为E.德·克莱蒙-多内尔的作家，一位杰出人物说的俏皮话），应该和鸡蛋一起烧来吃。德·布雷奥代先生听后回答说：“一些人喜欢的，另一些人不一定喜欢，反之亦然。

① “金融家”调味汁用小牛胸腺、蘑菇等做成。

在中国的广东省，腐臭的雪鸡蛋是筵席上的佳肴。”德·布雷奥代先生曾在《两个世界》杂志上发表过一篇关于摩门教徒[①]的论文。他从来只和贵族世家来往，但只限于那些被公认为才智出众的人。因此，只要看到他至少是常去一个女人家里，就可以确定这个女人有没有沙龙。他声称讨厌社交生活，分别向公爵夫人们保证，他追逐她们，是因为她们才貌双全。公爵夫人们都信以为真。每当他不得不强忍痛苦，到帕尔马公主家参加盛大宴会时，他总要把她们都召集到公主家里，为他增添勇气，使他感到仿佛置身于知己中间。为使他的知识分子的美名在社交地位消失后继续存在，他应用盖尔芒特精神的某些格言，在舞会季节和风雅女人一起长途跋涉，进行科学考察。当一个迷恋社交生活，因而也是没有地位的人初涉社交界时，德·布雷奥代先生绝对不会愿意同他认识，坚决不让别人把他介绍给自己。他仇恨迷恋社交生活的人，是因为他自己迷恋社交生活，但他却竭力让那些天真的人，也就是让所有的人都相信，他对社交一点也不喜欢。

“巴巴尔总是无所不知！”盖尔芒特公爵夫人嚷道，“如果有人愿意相信有个地方乳品商卖给你的鸡蛋是臭的，是彗星年的鸡蛋，那我觉得这个地方很迷人。我在这里就已经看见我的涂了黄油的面包片沾上臭鸡蛋了。我应该说，在马德莱娜婶婶（德·维尔巴里西斯夫人）家里有时能吃到腐烂的食品，甚至吃到臭鸡蛋（她看到德·阿巴雄夫人有异议）：难道不对，菲莉？您和我一样清楚。鸡蛋里都长小鸡了。我真不明白那些小鸡怎么会在鸡蛋中待着不出来。这不是一盘炒鸡蛋，而是一个鸡窝，至少这不是菜单上有的。您前天没来吃晚饭，算您运气。有一道菜是散发出石

① 摩门教是1930年创立于美国的一种宗教。摩门教的教义在于讲多神论，认为神从来是人变来的，人可以成神；认为圣父、圣子、圣灵三位不是一体；人的灵魂在创世前即已存在。

② 即德·阿巴雄夫人。

碳酸气味的菱鲆！这哪里是在上菜，分明是在散布传染病菌嘛。说真的，诺布瓦的忠诚已到了英雄主义程度；他竟连要了两次！”

“她数落布洛克先生的那天，我看见您也在场了（也许是为了使这个以色列名字更具有异国情调吧，德·盖尔芒特先生把布洛**克**的**克**读成了德语中的**赫**）。布洛克先生也不知说哪个**司人**（诗人）举世无双。夏特勒罗拼命用膝盖碰布洛克先生的大腿，都快把他的胫骨碰碎了，可他丝毫也不明白，还以为我侄儿是想用膝盖碰他身边那位年轻女士哩（说到这里，德·盖尔芒特先生的脸微微红了）。他哪里知道，他随便乱用‘举世无双’让我们的婶婶不高兴了。总而言之，伶牙俐齿的马德莱娜婶婶反驳他说：‘喂，先生，那么您对德·博叙埃[1]先生又该如何评价呢？’（德·盖尔芒特先生认为，给一个遐迩闻名的名字冠以先生和表示贵族身份的介词‘德’，从本质上说是忠于旧制度）活该，谁让他这样说来着？”

“那位布洛**赫**先生是怎样回答的？”德·盖尔芒特夫人漫不经心地问。她此刻因为拿不出新花样，认为只好模仿她丈夫的德国式发音。

“嘿！我向您保证，布洛**赫**先生转身就跑，他现在还在跑呢。”

“是的，我记得很清楚，那天我看见您了。”德·盖尔芒特夫人用强调的口吻对我说，仿佛她记得这件事是我的无上光荣。“我婶婶家的聚会向来是很有意思的。上一次，也就是我恰好遇见您的那个晚上，我很想问您，从我们身边经过的那位老先生是不是弗朗索瓦·科佩[2]。您想必知道所有人的名字。”她对我说，一方面是她真心羡慕我的社会关系中有诗人，另一方面是出于礼貌，为了让我这个精通文学的青年更加受到她的客人的重视。我向公爵夫人保证，我在德·维尔巴里西斯夫人的晚会上没有

---

① 博叙埃（1627—1704），法国神学家和作家。出身于平民法官家庭。

② 科佩（1842—1908），法国诗人和剧作家。主要描写巴黎平民生活和下层社会的小人物。1884 年当选为法兰西学士院院士。

看到一个知名人士。“怎么!”德·盖尔芒特公爵夫人冒失地说,这就等于承认,她对文人的尊敬和对上流社会的蔑视,远比她所说的,甚至比她所认为的要表面得多,“怎么! 没有大作家! 您让我感到吃惊,明明有几个令人讨厌的家伙嘛!”

我对那个晚上记忆犹新;因为期间发生了一件微不足道的小事。德·维尔巴里西斯夫人把布洛克介绍给阿尔丰斯·德·罗特希尔德夫人,我这个老同学没听清楚名字,以为面前是一个疯疯癫癫的英国老妇人,所以,不管这个昔日的美人多么健谈,他只是简单应付一下。接着,德·维尔巴里西斯夫人把她介绍给另一个人,这一回,把她的名字说得非常清楚:“阿尔丰斯·德·罗特希尔德夫人。”这时,布洛克的血管里骤然涌进了无数个“百万”和“威望”的念头,而这些想法可能又小心翼翼地再行细分,他的心里像是挨了一击,大脑顿时激奋起来,当着这位可爱的老妇人的面,感叹道:“要是我早知道就好了!”这一愚蠢的感叹使他一个星期没有睡好觉。布洛克这句话并没有什么意义,我却永生不忘,因为它可以证明,人在最激动的时刻,会忘情地说出心里的想法。

“我认为德·维尔巴里西斯夫人的德行……不一定好。”帕尔马公主说。她知道谁都不去公爵夫人婶母家,况且,听见公爵夫人刚才讲了那样的话,就认为可以随便议论德·维尔巴里西斯夫人了。但又见德·盖尔芒特夫人似乎不大赞成,于是加了一句:

“不过,既然她那样聪明,其他也就无所谓了。”

“您对我婶婶的看法和大家的看法一样。”公爵夫人反驳道,“这毕竟是极其错误的看法。昨天墨墨还同我说起过。(她的脸刷地红了,双眸变得暗淡无光,大概有什么事要瞒着我。我猜想,德·夏吕斯先生大概要她取消对我的邀请,正如他让罗贝来求我不要去她家一样。我感到,她脸红的原因和公爵刚才谈到他弟弟时脸红的原因是不一样的,尽管我不明白他为什么要脸红。)可怜的婶婶! 她在人们心目中,将永远是旧制度的人,才学超群，却淫荡不羁。没有比她更平庸、更严肃、更无生气的才智了。她被看成艺术的保护人，这就是说，她曾当过一个大画家的情妇，可这位画家一直没能使她弄懂什么是画。至于她的生活，根本谈不上堕落。她生来就是为了结婚，生来就是当妻子的料，因此，既然没能保住丈夫（况且这是个无赖），她就干脆把情夫当作丈夫看待，就好像同他是合法夫妻，一样会生气，一样会动怒，一样的忠贞不渝。请注意，这种关系有时候是最真诚的，毕竟难以安慰的情夫要比难以安慰的丈夫多。”

“可是，奥丽阿娜，您不是正在讲您的小叔子帕拉墨得斯吗？那就好好看看他吧。可怜的德·夏吕斯夫人死后，德·夏吕斯先生悲痛欲绝，没有一个情妇能梦想死后得到这样真诚的哀悼。”

“哦！”公爵夫人回答道，“殿下请别见怪，我不完全同意您的看法。不是人人都喜欢受到这样的哀悼的。各有所爱嘛！”

“不管怎么说，他在她死后对她的崇拜是真心实意的。确实，有时候，对活人不可能做的事，对死人都能做到。”

“首先，”德·盖尔芒特夫人说，她本来是想开玩笑的，但语气听上去像是在讲呓语，“大家去参加他们的葬礼，对活着的人当然是不会这样做的！（德·盖尔芒特先生狡黠地看了看德·布雷奥代先生，像是要引他拿公爵夫人的幽默取笑似的。）不过，我坦率地承认，”德·盖尔芒特夫人又说，“如果我想被一个我所爱的人哀悼的话，那也不是我小叔子采用的方式。”

公爵的脸一下变得阴沉了。他不喜欢他的妻子随便发表看法，尤其是对德·夏吕斯先生。“您太吹毛求疵了。他对妻子的哀悼使大家都受益匪浅。”他语气傲慢地说。但是，公爵夫人对她丈夫具有同驯兽人或同疯子共同生活的人一样的胆量，不怕把他激怒：

“嗳！您要我说什么？我不认为这对大家有教益。他每天都去墓地，对她说，有多少人到他家来吃午饭了。他沉痛地悼念她，但就像悼念一个表姐妹，一个外祖母，一个同胞姐妹一样。这不是丈夫的悼念。说真的，他们两个人都是圣人，这使悼念带点特别的意味（德·盖尔芒特先生被妻子不合时宜的饶舌激怒了，用冒火的眼睛狠狠地瞪她）。我并不是在讲墨墨的坏话。顺便提一句，他今晚有事没来，”公爵夫人接着又说，“我承认，他比谁都善良，很讨人喜欢，有一股男人所没有的温情和心肠。墨墨有一颗女人的心！”

“您在胡说些什么呀，”德·盖尔芒特公爵急忙插话道，“墨墨根本没有女人气，谁都不如他男子汉。”

“可是，我没说他有女人气呀。至少您不要把我的话理解歪了，”公爵夫人又说，“嘿！这个人，只要认为有人想碰他的弟弟……”她把脸转向帕尔马公主，又说。

“这很好，让人听了心里头高兴，没有什么比两兄弟相亲相爱更叫人高兴的事了。”帕尔马公主说，就和许多平民百姓说的话一样，因为一个人在血统上可以属于王族家庭，而在思想上却可以属于老百姓家庭。

“既然我们讲到了您的家里人，奥丽阿娜，”公主说，“昨天，我看见您的外甥圣卢了。我相信，他有件事要求您帮忙。”

德·盖尔芒特先生皱了皱威严的眉头。当他不想给别人帮忙时，也不愿意他妻子管这个闲事，因为他知道这是一回事儿，公爵夫人不得求助于另一些人，他们会把账记在夫妻双方头上，这跟丈夫一个人请他们帮忙没什么两样。

“为什么他自己没来对我说？”公爵夫人说，“昨天，他在我这里待了两个钟头，上帝知道他能有多讨厌。如果他能像社交界的许多人那样不知道就不开口，他就不会比别人显得更蠢了。那种装腔作势的知识才是最可怕的。他想使自己的智力敞开大门……凡是不懂的都想弄懂。他居然给你讲摩洛哥，太可怕了。”

“因为拉谢尔的缘故，他不想回那里去了。”富瓦亲王说。

“可他们已断绝关系了呀。”德·布雷奥代插了一句。

“才没呢，两天前，我在罗贝的单身汉住所里看见她了，我向你们保证，他们根本不像闹翻的样子。”富瓦亲王回答道。他最爱散布能使罗贝结不成婚的流言蜚语了。况且，他也可能弄错，罗贝和拉谢尔的关系确实已结束，但断断续续还有来往。

“那个拉谢尔同我讲起过您。上午我常常看见她像这样经过香榭丽舍大街。正如您说的，她是一个轻佻的女人，一个风尘女子，‘茶花女’式的人物，当然是引申义（这些话是冯亲王对我说的，他随时都要装出精通法国文学和巴黎奥妙的样子）。”

“就是和摩洛哥有关……”帕尔马公主急忙抓住这个关键词，大声说。

“摩洛哥他能有什么事？”德·盖尔芒特先生正颜厉色地问，“奥丽阿娜在这方面毫无办法，他知道得很清楚。”

“他以为发明了战略，”德·盖尔芒特夫人继续顺着自己的思路说，“而且，他动辄就用稀奇古怪的搭配，可他写信却把纸弄得到处都是墨水。那天他说，他吃到了**卓绝**的土豆，他有办法租到**卓绝**的楼下包厢。”

“他会拉丁语。”公爵夸大其词地说。

“什么？拉丁语？”公主问。

“我以名誉担保！夫人可以问奥丽阿娜，我是不是夸大了。”

“怎么您不相信，夫人？那天，他一口气说了一句拉丁语：‘我没见过比 Sic transit gloria mundi① 更感人的例子’了。我能给殿下这样说，那是因为我们请教了一些**语言学家**，提了二十个问题后，终于把它拼凑起来了。可是罗贝是一口气说出来的。我们勉强能听出里面有拉丁词。他就像莫里哀的喜剧《没病装病》中的一个人物！这句话他是在奥地利皇后归天时说的！”

---

① 拉丁语，意为：这个世界的光荣就这样结束了。

“可怜的女人!”公主大声说,“多好的人哪!”

“是的,”公爵夫人回答说,“有点疯疯癫癫,神经不大正常,但她很善良,是一个可爱的疯子。只是我一直没有弄清楚,她为什么不买一口牢固的假牙,她那口假牙不等她把话说完就脱开了,她只好暂停讲话,免得把假牙咽进肚里。”

“那个拉谢尔同我讲起过您,她对我说,小圣卢非常崇拜您,甚至喜欢您甚于喜欢她。”冯亲王一边狼吞虎咽地吃饭,一边对我说。他脸色鲜红,笑声不止,笑时露出了全部牙齿。

“要是这样,她该嫉妒我,讨厌我了。”我回答道。

“才不呢,她在我面前尽说您的好话。要是换了富瓦亲王的情妇,那她也许会嫉妒您的。您不明白?回头跟我一起走,我给您解释这一切。”

“不行,我十一点还要去德·夏吕斯先生家。”

“啊!昨天他叫人告诉我,让我今天去吃晚饭,但叫我不要在十点四十五分以后去。不过,如果您坚持要去,至少我们可以同路到法兰西剧院。到那里您就在周围了。”冯亲王说。无疑,他认为“周围”即是“附近”,或是“市中心”。

但是,在他胖乎乎、红通通的漂亮脸孔上,一双眼睛瞪得贼大,使我感到害怕,我借口有个朋友要来找我,婉言拒绝了。我觉得,这样的回答对他不会伤害。但冯亲王的看法可能不同,因为他后来再也不理我了。

“真的,我应该去探望那不勒斯王后,她该多么伤心!”帕尔马公主说道,至少我觉得她是这样说的,因为她的话是穿过冯亲王的话传到我耳朵里的,尽管亲王压低了嗓门(大概怕德·富瓦先生听见),但他离我更近,使得帕尔马公主的话听不清楚。

“啊!不,”公爵夫人说,“我认为她一点也不悲伤。”

“一点也不?您讲话总是太绝对,奥丽阿娜。”德·盖尔芒特先生说。他又充当起悬崖的角色来了,悬崖和海浪作对,迫使海浪抛出更高的浪花。

“我讲的都是事实，这一点巴赞比我更清楚，”公爵夫人说，“只是因为您在，他认为应该装出一本正经的样子，他怕您会反感。”

“啊！可别这样，”帕尔马公主大声说，她怕盖尔芒特公爵夫人妙趣横生的星期三聚会因为她的存在而受到影响。这个禁果，就连瑞典王后也一直无权品尝。

“是她亲口对他说的。当他像个凡夫俗子，悲伤地问她：‘王后在服丧？服谁的丧？陛下一定很悲伤吧？’‘不，不是大丧，是小丧，小小的丧，我姐姐去世了。’事实上，她很高兴，巴赞知道得很清楚，当天她就请我们去参加晚会了，还送给我两颗珍珠。我真希望她一天死一个姐妹！姐姐死了，她非但不哭，反而哈哈大笑。她心里想的可能是罗贝说的那句话：Sic transit①，下半句我记不清了。”为了显得谦虚，她故意只说前半句，尽管她清楚地记得后半句。

其实，德·盖尔芒特夫人这是在开玩笑，纯粹是瞎说，因为那不勒斯王后和阿朗松公爵夫人（她也悲惨地去世了）一样，心地都很善良，亲人死了，总是真诚地哀悼。德·盖尔芒特夫人对品格高尚的巴伐利亚姐妹——她的表姐妹了解很深，不可能不知道这点。

“他想不回摩洛哥去。”帕尔马公主又一次抓住德·盖尔芒特夫人无意中递给她的竿子——罗贝的名字，说道，“我想您认识德·蒙塞弗耶将军吧。”

“不很熟。”公爵夫人回答说，其实，她和这个将军关系很密切。帕尔马公主解释了罗贝的愿望。

“我的上帝，如果我能看见他的话……也许我能碰到他。”公爵夫人不好当面拒绝，只好这样回答。听说是要她求德·蒙塞弗耶将军帮忙，她同

---

① 全句应该是：Sic transit gloria mundi，意思是：这个世界的光荣就这样结束了。

他的关系似乎顿时变疏远了。然而，公爵对这模棱两可的回答很不满足，他打断妻子的话题：

“您明明知道不可能碰到他嘛，奥丽阿娜。”他说，“再说，您已经求过他两件事了，他都没给您办。我妻子就爱帮别人忙。”他越来越气愤地说，想迫使帕尔马公主收回请求，但又不想使她怀疑公爵夫人的诚意，想让她把责任推到自己的暴躁性格上。“罗贝如果想求蒙塞弗耶什么事，他自己可以去求他。只是因为他拿不定主意，就让我们去求他，他知道，这是把事情弄糟的最好办法。奥丽阿娜求蒙塞弗耶的次数太多，现在她求一次，他就有理由拒绝一次。”

“哦！既然这样，那公爵夫人最好什么也不要求他了。”德·帕尔马夫人说。

“那当然。”公爵作了结论。

“这个可怜的将军，他在选举中又一次被击败了。”帕尔马公主改变了话题。

“嘿！这不算什么，才第七次嘛。”公爵说。他因自己被迫离开了政界，很希望看到别人在选举中失败。

“他已找到安慰了，他又要让他的妻子生孩子了。”

“什么！可怜的德·蒙塞弗耶夫人又怀孕了？”公主惊叫起来。

“一点不错，”公爵夫人说，“这是可怜的将军唯一没有遭到失败的选区。”

从此，我经常被邀请——有时只有几个人——出席这样的宴会，欲罢而不能。我以前一直把这些宴会上的宾客，想象成圣徒小教堂的使徒。的确，他们就像最早的基督教徒，聚集在盖尔芒特府，但不只是为了分享美味佳肴，而且好像在参加耶稣的最后一次社交晚餐。因此，没有多少回，我就同我主人的朋友全认识了。主人把我介绍给他们时，态度显得很亲切，好像我从来就受到他们慈父般的关怀，是他们最喜欢的人，致使那些朋友每次举行舞会，都要把我列入名单，否则，就是对公爵和公爵夫人的不敬。我一面喝着盖尔芒特家地窖珍藏的伊凯姆酒，一面品尝按不同配方烹调的美味佳肴。食谱每次都是由公爵亲自制定和修改的。但是，对于那些曾不止一次在这张圣桌上就过餐的人来说，不一定非来“领受圣体”。德·盖尔芒特先生和夫人的老朋友常在晚饭后前来拜访，用斯万夫人的话说，来参加“饭后剔牙聚会①”：冬天，在灯光明亮的大客厅里喝一杯椴花茶；夏天，在夜幕笼罩的长方形小花园内饮一杯橘子水。盖尔芒特家的花园聚会从来只招待橘子水。这似乎成了惯例。加其他饮料，似乎是对传统的背叛，正如在圣日耳曼区的盛大交际会上演出喜剧或演奏乐曲，就不成其为圣日耳曼区的交际会一样。即使来了五百人，也只应该被认为是来探望盖尔芒特亲王夫人。但我是例外，除了橘子水，我还能享用一玻璃瓶煮过的樱桃汁或梨汁，对我这个特权大家不胜惊异。就因为这瓶果汁，我对阿格里让特亲王产生了恶感。他和所有缺乏想象力，但不缺少贪婪的人一样，别人喝什么，他都赞叹不已，便要别人给他也来一点儿。因此，每次德·阿格里让特先生喝我这份定量的果汁，总使我感到扫兴。因为果汁不多，不够他喝的。没有什么能比一种果子的颜色转化成美味更叫人喜欢的了。煮过的果子，仿佛退回到了开花的季节。果汁就像春天的果园，呈现出紫红色，或者像果树下的和风，无色，清凉，让人一滴一滴地呼吸，一滴一滴地凝视。可是，德·阿格里让特先生每次都妨碍我饱览这一美景。晚会上尽管有糖煮水果，但是，传统的橘子水，也和椴花茶一样，始终不变。社交圣餐尽管平平常常，但照样进行下去。在这方面，正如我一开始所想象的那样，德·盖尔芒特先生和夫人的亲朋好友，毕竟和他们令人失望的外表给予我的印象很不一样。很多老头来到公爵夫人

① “饭后剔牙聚会”指饭后吃果品或喝咖啡等活动。

家，喝的是永远不变的饮料，受到的是很不热情的接待。然而，他们不是为了充当上流人士才来的，他们的出身比谁都高贵。也不是因为喜欢奢侈：他们也许喜欢，但是，到社会地位低一些的人家里去，会享受到更豪华的奢侈，因为就在同一个晚上，某金融巨子妩媚的妻子会尽一切努力，邀请他们参加为西班牙国王举办的、为期两天的、令人眼花缭乱的狩猎活动。然而，他们拒绝了，怀着侥幸心理，来看看德·盖尔芒特夫人在不在家。甚至，他们不能肯定在这里能听到和他们的看法完全一致的观点，或遇到让他们热血沸腾的情感。有时，德·盖尔芒特夫人会谈论德雷福斯案、共和国和反宗教法，甚至会悄声地议论他们，说他们生理上有哪些缺陷，谈吐何等乏味。对她的议论，他们只好装聋作哑，听而不闻。无疑，他们不改变习惯，是因为他们是训练有素的社交美食家，深知社交菜肴质量上乘，美味可口，货真价实，令人放心。对于社交菜肴的渊源和历史，他们知道得和女主人一样清楚，在这点上，他们要比自己所知道的更具有“贵族”气。然而，在这些饭后来访的客人中（经过主人介绍，我同他们都认识了），刚好有帕尔马公主谈到的德·蒙塞弗耶将军，他是德·盖尔芒特夫人沙龙的常客，但她不知道他那天晚上会来。他听到介绍我的名字，朝我鞠了一躬，好像我是高级军事法院院长。刚才，公爵夫人婉言拒绝把她的外甥推荐给德·蒙塞弗耶将军，我只当她天生不爱帮助人，而公爵同她一唱一和，成了她的同谋，正如即使不是在爱情上，至少在才智上他是她的同谋一样。当帕尔马公主无意中说的话使我意识到罗贝处境危险，应该调换工作时，我就更感到她这种冷漠的态度应该受到谴责了。后来，帕尔马公主畏畏缩缩地提出由她自己去对将军谈此事，可是，公爵夫人却百般阻挠，这时，我气愤之极，觉得公爵夫人心眼太坏。

“可是夫人，”她大声说，“蒙塞弗耶对新政府毫无影响，新政府也不信任他。您找他无疑是白费力气。”

“我觉得，他可能听见我们说话了。”公主悄声对公爵夫人说，让她说话小点声。

“殿下尽管放心，他耳聋得厉害。”公爵夫人还是大声说着，将军听得一清二楚。

“因为我认为德·圣卢先生在那里工作不安全。”帕尔马公主说。

“您要我怎么办?”公爵夫人回答道，“他的处境和大家一样，所不同的是，是他自己要求去那里的。况且，根本就没有危险，不然的话，您想，我能不管吗？我早就会在吃晚饭的时候同圣约瑟夫说这件事了。他的影响比这一位可要大得多，也勤快得多。您看，他已经走了。再说，同他打交道要比这一位容易得多。这一位恰好也有三个儿子在摩洛哥，人家可没有想给他们调动工作。他会拒绝的。既然殿下坚持，我以后同圣约瑟夫说一说……要是我能碰见他的话。要不，同博特雷依说也可以。但是，如果我碰不见他们，您也不必太为罗贝担心。那天，有人同我们讲起过那里的情况。我认为他在那适得其所，在哪里也不如在那里好。”

“多好看的花呀！我从没见过这样好看的花。只有您，奥丽阿娜，才会有这样的奇葩异草！”帕尔马公主怕德·蒙塞弗耶将军可能听到了公爵夫人的谈话，想改变一下话题，说道，“我认出来了这种花，从前埃尔斯蒂尔在我面前画过。”

“您喜欢它们，我很高兴。它们可爱极了。瞧这紫莹莹、毛茸茸、细细长长的脖子。就是名字不好听，气味不好闻，正如英俊漂亮、衣着优雅的人，也会有难听的名字一样。尽管如此，我很喜欢它们。但它们快要死了，真叫人难过。”

“可它们是盆花呀，又不是摘下来的。”帕尔马公主说。

“不错，是盆花，”公爵夫人笑哈哈地说，“但这是一回事儿，因为它们是雌的。这种植物，雌雄不同株。我好比是一个光有一只母狗的人。我需要为我的花找一个丈夫。否则，我就不可能有后代。”

“多稀奇！可是，在自然界……”

“是的，有些昆虫可以做媒人，就像君主的婚姻，也是由第三者撮合的，未婚夫和未婚妻从没有见过面。因此，我向您发誓，这是真的，我吩咐我的仆人尽量把我的花放在窗口，有时向着院子，有时向着花园，希望能飞来昆虫给它们做媒。但这全靠运气。您想，那只昆虫要恰好已探望过我这花的异性同类，恰好必须想起到我家来送名片。可是，它到今天还没有来。我相信，我的花仍然是一个冰清玉洁、值得授予玫瑰花冠的少女。我承认，假如它放荡一些，我反而会感到高兴。瞧，就拿院里那棵美丽的树来说，它到死也不会有后代，因为这一带很少有这种树。它是由风充当媒介的，可是，我们的围墙有点儿太高。”

“是有点太高，”德·布雷奥代先生说，“只要把它降低几厘米，就可以了。这些事，应该会做才是。公爵夫人，您刚才请我们吃的冰淇淋味道很香，配料用的香精是从一种名叫香子兰的植物中提炼出来的。这种植物开出许多雌雄同体的花来，但中间隔着一层硬壁样的东西，影响授粉。如果没有一个名叫阿尔宾斯的留尼汪岛土生土长的黑人青年——顺便说一句，叫这个名字是相当滑稽的，因为这个词是白色的意思—— 想起来用一根小针使分开的雌雄器官发生关系，它们就不可能结果。”

“巴巴尔，您简直神了，什么都知道。”公爵夫人惊叹道。

“您也是呀，奥丽阿娜，您说的许多事我从来没有想到过。”

“我要告诉殿下，这些都是斯万教给我的，他老给我讲植物。有时候，我们觉得去参加茶会或看日场演出太无聊，就到乡下去，他让我看花类奇异的婚配，没有冷餐酒会，没有法衣圣器室，但比人类结婚有意思。但那时候，我们没有时间到远处去。现在有汽车了，坐着车到乡下去走走，那该有多好。可惜，在这期间，他自己也结了婚。这个婚姻更令人不可思议，而且，这一来，什么也就办不成了。啊！夫人，生活是可怕的事，你把时间用在做一些让你感到无聊的事上，你偶然认识了一个人，你可以同他一起去看有趣的东西，可他偏偏要像斯万那样结婚。我只好要么放弃到乡下去看植物,要么和一个不体面的人来往。在这两种不幸中,我选择了前者。再说,也没有必要走那么远。就在我的花园里,在光天化日之下,也有不成体统的事发生,比夜间……在布洛尼林园中发生的还要多！只是没有人注意罢了。因为花之间的事很简单,一阵橘黄色的小雨,或者一只满身灰尘的苍蝇前来擦脚或洗淋浴,然后飞进花里。这样就完事了！”

“放那盆花的五斗柜也很华丽,我想是帝国时代式样吧。”帕尔马公主对达尔文及其继承人的研究一窍不通,听不懂公爵夫人的玩笑,只好改变话题。

“很漂亮,是不是？夫人喜欢,我不胜高兴,”公爵夫人回答说,“这是一件珍品。我要对您说,我非常崇拜帝国时代式样的家具,后来不时兴了,但我仍然喜欢。我记得,在盖尔芒特城堡,我曾被婆婆羞辱过,因为我叫人把那些帝国时代式样的华丽家具全都从顶楼上拿了下来,陈放在我住的那个侧房里。这些家具是巴赞从孟德斯鸠家继承下来的。”

德·盖尔芒特先生莞尔一笑。然而,他应该记得,事实和他妻子讲的大相径庭。但是,在洛姆亲王同妻子情意绵绵、如胶似漆的短暂时间里,亲王夫人总喜欢拿她婆婆庸俗的审美观开玩笑,后来,洛姆亲王对妻子的爱消失了,但对母亲的俗气仍有些看不起,虽然他很热爱和敬重她。

“耶拿家也有一张用韦奇伍德①的嵌饰镶嵌的安乐椅,很漂亮,但我更喜欢我家的那张。”公爵夫人不偏不倚地说,好像这两张椅子都不是她的,“不过,我承认,他们家的有些奇货,我们是没有的。”

帕尔马公主沉默不语。

“这是真的。殿下您没见过他们的藏物。啊！您一定得和我一起去一次。那是巴黎最璀璨的宝物收藏地,一个有生命的博物馆。”

这个建议是公爵夫人最符合盖尔芒特精神的大胆建议,因为对帕尔

① 韦奇伍德(1730—1795),英国艺术家和工业家,最优秀的制陶人。

马公主来说，耶拿夫妇是地地道道的篡夺者，他们的儿子和她的儿子一样，也叫瓜斯达拉公爵。德·盖尔芒特夫人抛出这个建议时，忍不住向其他客人投去愉悦和微笑的目光，因为尽管她尊敬帕尔马公主，但更爱标新立异。客人们也努力装出微笑。他们又惊又怕，但更是喜出望外，因为他们是奥丽阿娜"最新创造"的见证人，可以"趁热"讲给别人听。但他们没有惊得目瞪口呆，因为他们知道，公爵夫人在生活中很善于向古弗瓦西埃家的一切偏见挑战，从而取得一次极有趣味的令人愉快的胜利。在最近几年中，她不是让奥马尔公爵和马蒂尔德公主复归于好了吗？就是这位公爵，曾给公主的同胞兄弟写过一封闻名遐迩的信："在我的家族中，男的个个刚正不阿，女的个个白璧无瑕。"然而，不管奥马尔家族的亲王们多么正直，甚至在有意忘记自己有这个性格时也表现得很正直，奥马尔公爵和马蒂尔德公主在德·盖尔芒特夫人家里照样产生了好感，继而互相来往起来。他们具有路易十八那种忘记历史的本领：富歇①曾投票处死他的王兄路易十六，但他不记前仇，任命富歇为警务大臣。德·盖尔芒特夫人现在又在酝酿使缪拉公主和那不勒斯王后接近的计划。听到公爵夫人的建议，帕尔马公主十分尴尬，就像荷兰和比利时的王位继承人奥朗日王子和布拉邦特公爵那样，当他们听到有人要把德·马伊-内斯尔先生和德·夏吕斯先生介绍给他们时，露出了一副窘态。但是，公爵夫人不等帕尔马公主表态，又大声说起来了（其实，她原先也不喜欢帝国式样的家具，是斯万和德·夏吕斯先生花了九牛二虎之力才使她喜欢上的，不过，德·夏吕斯先生对耶拿一家很看不上）："夫人，坦率地说，您看了那些藏品，一定会感到美极了。我承认，我对帝国时代式样的家具一直印象深刻。但到了耶拿家，就仿佛置身于幻景中。我们仿佛回到了，怎么对您说呢……回到

① 富歇（1759—1820），法国政治家。1792 年当选国民议会议员，投票赞成处死国王路易十六。王朝复辟时期，路易十八任命他为警务大臣。

了远征埃及的时代，回到了古代，埃及和古罗马侵入屋子，斯芬克斯停歇在安乐椅的腿上，蛇缠绕在枝形烛台上，一个高大的缪斯向你伸出一个小烛台，照亮着你玩纸牌，或者静静地待在壁炉上，把胳膊支在挂钟上，此外，所有的灯都是庞贝风格①，那些船形小床很像是尼罗河上发现的小船，可以期待摩西②从里面出来，还有古罗马的四马二轮战车，沿着床头柜边缘奔跑……”

“坐在帝国时代式样的椅子上不会很舒服。”帕尔马公主大着胆子说。

“是不舒服，”公爵夫人回答道，“但我喜欢，”继而她又微笑着强调说，“我就喜欢这种坐在包着石榴红丝绒或绿丝绸的红木椅上的不舒服劲儿。我喜欢这种军人的不舒服。他们只会坐象牙椅，在大厅中央架起束棒，堆起桂冠。我向您保证，在耶拿家，当您看到面前的墙壁上画着一个大坏蛋胜利女神，您就不会觉得坐着不舒服了。我丈夫快要认为我是坏保皇党人了，但您知道，我的思想并不正统。我向您保证，在那些人家里，您会爱上这些 N，爱上这些蜜蜂的③。我的上帝，在君王统治时期，军人们很久没有充分享受到荣誉，现在他们带回来多少桂冠，甚至连安乐椅的扶手上也放了桂冠，我觉得这别有一番风味！殿下应该去看看。”

“我的上帝，您认为应该去，那我就去，”公主说，“但我觉得不那么容易。”

“夫人看吧，一切都会安排好的。他们都是很好的人，不是笨蛋。我们曾带德·谢弗勒丝夫人去过，”公爵夫人又说，她知道这个例子很有说

---

① 庞贝是意大利古城，庞贝风格是指在庞贝发现的图画的艺术风格，为希腊化时代艺术或亚历山大派艺术的变体。

② 摩西是圣经故事中犹太人的古代领袖。他出生后，被装进一只箱子藏在芦苇丛中，法老的女儿洗澡时发现了他，给他取名摩西，即“我把他从水中拉出来”的意思。

③ N 是 Napoléon 的首字母，这里指第一帝国时代式样的家具。蜜蜂则是拿破仑三世和第二帝国的标志。

服力，“她高兴极了。耶拿家的儿子很讨人喜欢……我下面要说的可能不大得体，”她继而又说，“他有一间卧室，尤其是那张床，谁见了都想在上面睡一睡！当然是在他不睡觉的时候！下面的话可能更不得体：有一次，他生病卧床不起，我去看他。在他身旁，沿着床边，刻着一个修长、妩媚的美人鱼，尾巴是用螺钿做的，手中托着荷花。再加上旁边的棕叶饰和金皇冠，我向您保证，”德·盖尔芒特夫人又说，为了更突出她的讲话，故意放慢了速度，仿佛在用漂亮的噘嘴和富有表现力的尖手指给她的话造型似的，一面用温柔而深邃的目光凝视着帕尔马公主，“这确实非常动人，和居斯塔夫·莫罗①的《青年和死神》这幅画的布局完全一样。殿下想必知道这幅画吧？”

帕尔马公主甚至连画家的名字都没听说过，但她拼命地点头，热情地微笑，以表明她对这幅画很赞赏。但是脸部再富有表情，眼睛却毫无光辉，一看她无光的眼睛，就知道她根本不知道这个画家。

“我想，他是一个漂亮的小伙子吧？”她问。

“不，他像一只貘。眼睛就像灯罩，同荷腾斯王后②的眼睛有点相像。他大概认为，对一个男人来说，让这种相象向其他部位展开，恐怕有点可笑，于是，到了脸颊那里，他就不再像荷腾斯王后了，他的脸蛋好像涂了一层蜡，看上去就像是古埃及苏丹的卫兵。好像每天早晨有人来给他打蜡似的。”接着，她把话题拉回到年轻公爵的睡床上：“斯万看见这个美人鱼和居斯塔夫·莫罗的《死神》很相像，感到很吃惊。不过，”为了更引人发笑，她用更快的速度更严肃的语气补充说，“我们用不着吃惊。小伙子得的是鼻炎。他壮得像头牛，像有魔法保护似的。”

---

① 莫罗（1826—1898），法国象征主义画家和雕刻师。以神话和宗教题材的色情画著称。

② 荷腾斯王后（1783—1837），系拿破仑的妻子约瑟芬同她的前夫所生的女儿，拿破仑第三的母亲。

“据说他附庸风雅?”德·布雷奥代先生不怀好意地、兴奋地问道,期待人们作出他所希望的明确的回答,“有人对我说,他右手只有四个指头,这是真的吗?”

“我的……上帝,不是……的。”德·盖尔芒特夫人宽容地笑了笑,回答道。“从表面看,他也许有点儿附庸风雅,因为他太年轻了。如果他真是这种人,那我会感到吃惊的,因为他是个聪明人,”她又说,仿佛在她看来,附庸风雅和聪明是水火不相容的。“他很风趣,我曾见过他的滑稽样,”她进而又说,露出了鉴赏家和行家的笑容,似乎说一个人滑稽,必须做出这种愉快的表情,也可能是瓜斯达拉公爵的俏皮话此刻又在她耳边响起。“再说,他还没有被社交界接受,因此,没有必要说他附庸风雅。”她又说,也不管这样说会不会让帕尔马公主泄气。

“我在想,要是盖尔芒特亲王知道我到她家去过,他会怎么说。他叫她耶拿夫人。”

“怎么会呢?”公爵夫人激烈地叫道,“我们把一个帝国时代式样的弹子房整个儿地让给希尔贝了。(她如今后悔莫及!)这都是鸠鸠传给我们的,美极了!这里没地方搁,但我觉得,放在这里比放在他那里强。那些东西美极了,一半是伊特鲁立亚[①]风格,一半是埃及风格……”

“埃及?”公主问。她不知道伊特鲁立亚是怎么回事。

“我的上帝,两种风格兼而有之,是斯万对我们说的。他给我讲了半天。只是,您知道,我才疏学浅,因此似懂非懂。不过,夫人,有一点得搞清楚,帝国风格的埃及和真正的埃及毫无关系,耶拿家的罗马人同真正的罗马人完全是两码事,他们的伊特鲁立亚……”

“真的!”公主说。

“是的,正如第二帝国时期,在安娜·德·穆西或亲爱的布里戈德的

① 伊特鲁立亚为意大利旧地区名。

母亲年轻的时候，有些服装叫路易十五式服装，但与路易十五毫无关系一样。刚才，巴赞同您谈到贝多芬。那天，有人给我们弹了他的一首曲子，很美，但不够奔放，这首曲子中有一个主题具有俄国风格。想到贝多芬以为这就是俄国音乐了，我们不能不受感动。同样，中国画家以为自己在模仿贝里尼①。甚至在同一个国家，当有人用一种比较新的方法看待事物，百分之百的人根本看不出他要表现什么。至少要过四十年才能搞清楚。"

"四十年！"公主吓了一跳，惊叫道。

"那当然。"公爵夫人继续说，她的特殊的发音使她说的话（几乎就是我的话，因为我刚好在她面前发表了类似的看法）越来越具有书面语言中"斜体字"的意味，"这很像是一个尚不存在，但将会繁衍生息的种类孤立地出现的第一个个体，这一个体具有和它同时代的人类所没有的**感觉**。我可以说是例外，因为我向来喜欢有趣的新事物，它们刚一露头，我就喜欢上了。但是，那天我和大公夫人一起去卢浮宫，我们从马奈的《奥林匹亚》前经过。现在再也没有人会对这幅画感到吃惊了。它看上去就像是安格尔的画！然而，上帝知道我为什么要为这幅画辩护，我并非喜欢它的一切，但可以肯定它出自高手。也许它的位置不完全在卢浮宫。"

"大公夫人好吗？"帕尔马公主说。她对沙皇的姑妈远比对马奈的模特儿熟悉。

"很好。我们谈起您了。实际上，"公爵夫人仍然顺着自己的思路说，"正如我的小叔子帕拉墨得斯所说的，人与人之间隔着语言的障碍。此外，我承认，谁也没有希尔贝和别人之间的障碍大。您有独立的思想，如果您觉得到耶拿家去能使您快乐，您就不必考虑可怜的希尔贝会怎样想。他是一个可爱的老实人，但他墨守成规，因循守旧。我觉得，我同我的车

---

① 贝里尼（1429—1507），意大利画家，文艺复兴时期威尼斯画派奠基人之一，以画肖像和威尼斯风光著称。

夫，同我的马，要比同希尔贝更接近，更有血缘关系。他动不动就说，勇夫腓力[①]或胖子路易[②]统治时期的人会怎么想。他在乡间散步时，总是傻乎乎地用拐杖叫农民让路，嘴里说着：'让开，乡下人！'说真的，当他同我说话时，就好像是古代哥特式坟墓中的'死者卧像'在同我说话，我会非常惊讶。这个活卧像尽管是我的堂兄弟，但却使我胆战心惊，我只有一个念头，那就是让他留在他的中世纪。除此之外，我承认，他从来没有杀过人。"

"刚才，我恰好和他一起在德·维尔巴里西斯夫人家吃晚饭了。"将军说，但他的脸上没有笑容，也不赞成公爵夫人开这样的玩笑。

"德·诺布瓦先生在吗？"冯亲王问。他念念不忘加入法兰西伦理政治学院。

"在，"将军说，"他还谈到了你们的皇帝呢。"

"据说威廉皇帝很聪明，但他不喜欢埃尔斯蒂尔的画。不过，我不是说他做得不对，"公爵夫人说，"我是同意他的看法的。尽管埃尔斯蒂尔给我画过一张漂亮的像。呀！您不知道有这张像？画得并不像，但很妙。他让人摆姿势时很有意思。他让我摆成老太婆的姿势。这是在模仿哈尔斯[③]的《养老院的女管理员们》。我想，您一定知道这些，正如我外甥说的，'至高无上'的作品吧。"公爵夫人轻摇着黑羽毛扇，转脸对我说。她端坐在椅子上，高雅地仰着头，因为尽管她从来就是贵妇，但还要装一装贵妇的派头。我说，我从前去过阿姆斯特丹和海牙，但没有去哈勒姆，因为时

---

① 勇夫腓力（1245—1285），法国国王（1270—1285），在位期间，君主权力有所扩大，统治地盘有所扩展，但对外政策和军事冒险大都失败。

② 胖子路易（1081—1137），法国国王（1108—1137），在位期间，大部分时间花费在同贵族进行斗争上，实行绥靖政策，同教会和教士保持良好的关系。

③ 哈尔斯（约1580—1666），荷兰肖像画家和风俗画家，年轻时的作品充满活力和快乐，晚年作品充满孤独悲哀。《养老院的女管理员们》是他的晚年作品。

间紧，只好突出重点。

“啊！海牙，那可是个大博物馆！”德·盖尔芒特先生喊道。我对他说，他在那里一定看到弗美尔[①]的《代尔夫特风景》了。可是，公爵孤陋寡闻，却傲气十足。他装出自命不凡的样子，只限于回答我的问题，就像每次有人同他谈起某博物馆或某画展的一幅画，他又记不起来的时候所做的那样：“如果值得一看，那我一定看过！”

“怎么！您去荷兰旅行，连哈勒姆[②]都没去？”公爵夫人大声说，“哪怕您只有一刻钟的空暇，去看一看哈尔斯的画，也是了不起的事。我敢说，如果把他的画放在露天展览，即使只能从飞速前进的电车顶层高处看它们，也会惊得目瞪口呆。”

这句话似乎想说明我们的眼睛不过是一架快速摄影机，不知道艺术作品是怎样使我们产生印象的，因此，我听了心里感到不舒服。

德·盖尔芒特先生见她如此内行地同我谈论我感兴趣的问题，高兴之极。他凝睇妻子赫赫有名的风采，聆听她对于弗兰茨·哈尔斯发表的高见，暗暗思忖：“她通今博古，晓畅一切。我这位年轻的客人可能认为他面前的是一位名副其实的旧时代的贵妇，当今找不出第二个。”正如我所看到的那样，他们同盖尔芒特这个名字已完全脱离了关系。从前，我根据他们的名字，想象他们过着一种异乎寻常的生活，现在我觉得他们和别的男人或女人没有两样，只是比他们同时代人稍微落后一些，不过，两人落后的程度不等，就和圣日耳曼区的许多夫妇一样，妻子神通广大，能够停留在黄金时代，丈夫却运气不佳，只能回到往昔的青春期，当丈夫已进入奢靡的路易-菲利浦时代，妻子却还停留在路易十五时代。当我看到德·

① 弗美尔(1632—1675)，荷兰风俗画家，也画肖像和风景。

② 哈勒姆是荷兰西部港口城市，距北海七公里。十二世纪为城堡，十七世纪繁荣，贸易甚盛，又为欧洲艺术中心之一。那里有哈尔斯博物馆，没有十七世纪养老院。

盖尔芒特夫人和其他女人没有两样时,起初颇感失望,但由于反作用力,再加上喝了几杯美酒,我开始感到这是令人赞叹的事。如果我们根据名字,想象一个名叫奥地利的唐·胡安①的男人或一个名叫伊莎贝尔·德·埃斯特②的女人,我们会看到他们同真实历史毫无联系,就像梅塞格利丝这一边和盖尔芒特那一边毫不相干一样。无疑,在现实中,伊莎贝尔·德·埃斯特是一个小小的公主,她和在路易十四宫内没有取得特殊地位的公主们大同小异。但当我们把她想象为独一无二的,因而是无与伦比的人时,就会把她看得和路易十四一样伟大,以致我们把和路易十四共进晚餐只看作一件有点趣味的事,如果我们同伊莎贝尔·德·埃斯特有一次超自然的相遇,会把她当作小说的主人公。然而,当我们研究了伊莎贝尔·德·埃斯特,耐心地把她从这个神话世界移到真实的历史中,觉察到她的思想和生活一点也不具有她的名字使我们想象出来的那种神秘性,这时候,我们会感到失望,但继而会由衷地感谢这位公主,因为她对曼特尼亚③的画了如指掌,她在这方面的知识可与拉弗内斯特④先生相提并论,我们至今尚未重视拉弗内斯特先生的知识,拿弗朗索瓦丝的话来说,我们把它看得比泥土还要低下。我爬上了高不可攀的盖尔芒特这个名字的高峰,沿着公爵夫人的生活足迹下坡,发现了一些熟悉的名字:维克多·雨果、弗兰茨·哈尔斯,可惜还有维贝尔,我不禁感到万分惊异,就像一个旅行者,在中美或北非一个荒野山谷中,由于地理位置遥远,花木名称奇异,觉得到处是奇风异俗,但当他穿过一片巨大的芦荟地或一排毒番石榴林

① 奥地利的唐·胡安(1547—1578)神圣罗马帝国皇帝查理五世的私生子。西班牙国王腓力二世的异母兄弟,一生中参加过许多战争。

② 伊莎贝尔·德·埃斯特(1474—1539),于1490年嫁给卢多维科·贡扎加侯爵(1466—1519)。她是意大利文艺复兴时期重要人物之一,资助诗人、哲学家、建筑师和画家。

③ 曼特尼亚(1431—1506),意大利文艺复兴时期巴杜亚派画家,曾为伊莎贝尔·德·埃斯特的丈夫贡扎加大公的宫殿作过壁画。

④ 拉弗内斯特(1837—1919),法国诗人和文艺评论家。曾是卢浮宫博物馆馆长。

之后，发现居民——有时居然在一个古罗马剧场和一根雕刻着维纳斯女神的柱子遗迹面前——正在阅读伏尔泰的《梅罗普》或《阿勒齐尔》，会感到多么惊讶。德·盖尔芒特夫人不为名，不为利，努力通过相似的文化，了解她永远不可能了解的文化，这种相似文化，对于我所认识的有文化的资产阶级妇女来说，是那样遥不可及、那样高不可攀，但它非常值得赞扬，可由于派不上用场而让人感到可悲，就像一个精通腓尼基文化的政治家或医生，一样值得称赞，但也同样叫人感到可惜。

"我本来可以给您看一幅很漂亮的画的，"德·盖尔芒特夫人亲切地同我谈着哈尔斯，"据有些人说，这是最漂亮的一幅画。我是从一个德国表亲那里继承过来的。可惜它在城堡里是一块'采邑'。您不知道这个词？我也是才知道。"她继而又说，她喜欢拿旧习俗开玩笑，以为这样就显得时髦，但她却不自觉地、苦苦地眷恋着旧习俗。"您看了我那几幅埃尔斯蒂尔的画，我很高兴，但我承认，如果我能让您看哈尔斯的那幅作为'采邑'的画，我会更高兴。"

"我知道那幅画，"冯亲王说，"是黑森大公的肖像。"

"正是，他兄弟娶了我的姐妹，"德·盖尔芒特先生说，"而且，他母亲是奥丽阿娜母亲的堂姐妹。"

"至于埃尔斯蒂尔先生，"冯亲王又说，"我冒昧地说一句，尽管我没有看过他的画，因而谈不出任何意见，但我并不认为威廉皇帝应该克制对他的一贯仇恨，威廉皇帝是绝顶聪明的人。"

"是的，我和他一起吃过两次饭，一次是在萨冈姑妈家，一次是在拉吉维乌姑妈家。应该说，我觉得他非同寻常。我没觉得他头脑简单！但他身上有一种像绿石竹那样'人为'的有趣的东西（她一个字一个字地咬得很清楚），也就是一种使我惊奇，但不怎么讨我喜欢的东西。人工造出这种东西来固然令人感到吃惊，但我认为不造出来也未尝不可。我希望我的话不会使您感到不高兴。"

"威廉皇帝绝顶聪明，"冯亲王又说，"他酷爱艺术，对艺术作品的鉴赏力可以说万无一失，从来不会搞错：如果一件作品很美，他一眼就能识别，并且立即恨之入骨；如果他对一件作品表现出反感，那就不用怀疑了，这肯定是一幅杰作。"

大家都乐了。

"您的话让我放心了。"公爵夫人说。

"我非常乐意拿皇帝和我们柏林的一位老考古学家作比较。"亲王接着又说，他把 archéologue（考古学家）说成了 arshéologue，他不知道这个词的读音（就好比书写时写成 kéologue），但他从不放过使用这个词的机会，"老考古学家在亚述古建筑物前会恸哭不止。但遇到假文物和赝品，他就不会流泪。因此，当你想知道一件文物是真货还是赝品，你就拿去给老考古学家鉴定，他哭了，你就替博物馆把它买下来，如果他的眼睛是干的，你就把它退回给商人，还可对商人起诉。嗳！每当我在波茨坦宫吃饭，只要听到皇帝说：'亲王，您应该看一看，真是天才之作。'我就把有关作品记下来，以后决不问津，如果听到他对一个画展严辞谴责，我一有可能，就跑去观看。"

"诺布瓦是不是不赞成英法言和？"德·盖尔芒特夫人说。

"这对你们有什么好处？"对英国人恨之入骨的冯亲王愤怒而阴险地发问，"他们遇（愚）蠢透了。我知道，他们不会以军人身份帮助你们。但是，我们仍然可以根据他们将领的遇蠢对他们作出评价。最近，我的一个朋友同博塔[①]聊过一次。您知道吗？他是布尔人[②]的首领。博塔对我朋友说：'军队搞成这个样子，那真是太可怕了。其实，我还是挺喜欢英国人

① 博塔（1862—1919），南非军人和政治家，南非联邦第一任总理。他主张布尔人与英国人和解，建立统一的南非国家。

② 布尔人是南非荷兰血统的白人。布尔人在荷兰语中意为"农民"。

的，但您想想，我不过是一个**能**（农）**民**，但每一仗我都把他们打得落花流水。就说最后这一仗吧，敌人的兵力比我大二十倍，我顶不住了，不得不投降，但我还是抓了他二千名俘虏！这够不错的了。因为我不过是**能民**出身的将领。如果这些笨蛋和一支真正的欧洲军队较量，结果是可想而知的！'此外，您只要看一看他们的国王，他是怎样一个人，大家都知道，但在英国却成了伟人。"

我心不在焉地听着冯亲王的絮叨。他讲的故事和德·诺布瓦先生给我父亲讲的大同小异，它们不能为我的梦幻提供精神食粮。即使它们有引起我幻想的东西，那也得有很强的刺激性，方能使我的内心生活在这种社交时刻恢复活力，因为此刻我只注意我的表皮、头发和衬衣，也就是说，平时生活中的乐趣，这时我丝毫也感受不到。

"啊！我不同意您的看法，"德·盖尔芒特夫人觉得冯亲王讲话不知轻重，反驳道，"我觉得爱德华七世①十分可爱，十分朴实，比大家认为的要精明得多。他的王后即使是现在也仍然是我认识的人中最漂亮的。"

"可是，公爵**妇**（夫）**人**，"亲王恼怒地说，他没有发觉别人在讨厌自己，"如果威尔士亲王只是一个普通人，那么，就没有一个社交圈会接纳他，没有一个人会同他握手。王后妩媚迷人，温和善良，但愚昧无知。这对国王夫妇毕竟有让人反感的东西：他们全靠臣民供养，让犹太金融巨头支付他们的一切开支，作为交换，他不得不封这些犹太人为从男爵。就像保加利亚亲王……"

"他是我们的表兄弟，"公爵夫人说，"他很有才智。"

"也是我的表兄弟，"冯亲王说，"但是，我们不会因此而认为他是一个**真**（正）**直**人。不！你们应该和我们接近，这是皇帝的最大心愿，但他希望

---

① 爱德华七世（1841—1910），英国国王。年轻时曾是巴黎社交界的知名人物，登基后，他的亲法立场促使英法接近。

是诚心诚意的接近。他说：我要的是握手，而不是脱帽，这样，你们就会立于不败之地。这比德·诺布瓦先生鼓吹的英法言和更实际。”

“您认识德·诺布瓦先生，我知道。”公爵夫人为了让我也加入谈话，对我说。我想起德·诺布瓦先生曾说过我似乎想吻他的手，他可能对德·盖尔芒特夫人讲起过这件事，他在她面前无论如何只会讲我的坏话，因为，尽管他同我父亲交情不错，但他仍毫不犹豫地叫我当众出丑，想起这些，我就没有像一个上流社会人士应该做的那样回答公爵夫人：一个上流社会人士可能会说他讨厌德·诺布瓦先生，而且已让他感到自己讨厌他；他这样说是为了让人知道，大使说他坏话，是因为纯属报复行为，一派胡言乱语。可是，我却说，我认为德·诺布瓦先生不喜欢我，我深感遗憾。“您错了，”德·盖尔芒特夫人回答我，“他非常喜欢您，您可以去问巴赞。如果说，在众人眼里，我爱客套的话，巴赞可不是这样，他会对您说，我们从没有听到诺布瓦像赞扬您那样赞扬过一个人。最近，他还想给您在外交部找一份好工作哩。但他知道您身体不好，不会接受，所以都没敢把他的想法告诉您父亲。他对您父亲可是推崇备至。”德·诺布瓦先生恰恰是最后一个我可以期待从他那里得到帮助的人。事实上，尽管德·诺布瓦先生爱嘲弄人，甚至经常不怀好意，但他的外表却使人感到公道，很像在一棵橡树底下仲裁民事的圣路易①，说话的声音悦耳动听，富有同情心。那些和我一样相信他的外表和声音的人，听到一个说话向来诚恳的人说他们的坏话，便以为这是真正背信弃义的行为。德·诺布瓦先生经常讲别人的坏话。但这不妨碍他有同情心。他照样会称赞他喜爱的人，照样会乐于助人。

“再说，他赏识您，我并不感到吃惊，”德·盖尔芒特夫人对我说，“他

---

① 圣路易（1214—1270），即路易第九，法国加佩王朝最伟大的国王，英明，公正。他常在他花园的一棵橡树下仲裁民事。

很聪明。”接下来，她隐射了一桩正在酝酿中的婚事，我还没有听说过：“我很清楚，我婶婶作为他的老情妇就已经不讨他喜欢了，当然，做他的新娘就更是多余的了。而且，我认为她早已不再是他的情妇了，她信教过分虔诚。波阿斯-诺布瓦①完全可以引用维克多·雨果的一句诗：

与我共枕的女人，上帝啊！

早已离开我的床第，投入你的怀抱！

我可怜的婶婶就像那些先锋派艺术家，一生中不停地攻击法兰西学士院，可到了暮年，却创立了自己的小法兰西学士院，或者，像那些还俗的人，到头来又建立起自己的宗教。照这样，还不如不还俗，或不姘居。谁知道呢，”公爵夫人沉思着说，“也许考虑到将来会寡居吧。没有比死了人却不能为之服丧更悲伤的事了。”

“啊！要是德·维尔巴里西斯夫人变成德·诺布瓦夫人，我相信，我们的表兄弟希尔贝会感到难过的。”德·圣约瑟夫将军说。

“盖尔芒特亲王为人不错，但他确实很看重出身和礼节。”帕尔马公主说，“那次亲王夫人不幸生病，我到他的乡间住所待了两天。小不点儿（德·于诺尔斯坦夫人的绰号，因为她长得高头大马）陪我去了。亲王下台阶迎接我，让我挽住他的胳膊，却装出没看见小不点儿。上完台阶，来到客厅门口，亲王闪身给我让路，这时，他才说：‘啊！您好，德·于诺尔斯坦夫人（自从同她分手后，他只叫她德·于诺尔斯坦夫人）’，装出刚看见小不点儿的样子，表明没有必要到石阶下去迎接她。”

“我一点也不奇怪。我不用对您说，我和我的堂弟对许多问题的看法

① 波阿斯是雨果诗集《历代传说》第一首诗《酣睡的波阿斯》中的人物，一位富有的老人，取材自《圣经》。小说中，公爵夫人把诺布瓦比作波阿斯，故称他为波阿斯-诺布瓦。

都不一致。”公爵说，自以为是一个极端的新派人物，比谁都蔑视出身，甚至是一个共和主义者。“夫人也许有所感觉，我和他几乎在所有问题上都有截然不同的看法。但我要说，如果我婶婶要嫁给诺布瓦，这一次我会站到希尔贝一边。身为弗洛里蒙·德·吉斯的女儿，却嫁给这样一个人，这正如俗话所说，会让母鸡笑掉大牙，您叫我怎样对您说呢？（这最后一句话，公爵一般把它插在一句话的中间，放在这里完全是多余的。但他随时都要用到它，如果句中找不到位置，他就把它甩到一个和谐复合句的末尾。这对他好像是一个格律问题，非常重要。）不过，请注意，”他接着又说，“诺布瓦的亲属却是正直的绅士，出身高贵，家世悠久。”

“听着，巴赞，既然您赞成希尔贝的看法，又何必对他冷嘲热讽呢？”德·盖尔芒特夫人说。她认为，一个人出身是不是“高贵”，这和酒一样，要看年代是不是悠久。这一点，她和盖尔芒特亲王和盖尔芒特公爵所见相同。但她没有堂兄弟直率，比丈夫精明，因此，她说话决不违背盖尔芒特精神，哪怕在行动上死拽住地位不放，也要在口头上将它蔑视。

“你们和他不是还沾亲带故吗？”德·圣约瑟夫将军问，“在我的印象中，诺布瓦曾娶过拉罗什富科家的一位小姐。”

“不是那样的关系。她是拉罗什富科公爵那个旁系的。我外祖母是杜多维尔公爵这个旁系的，她也是爱德华·戈戈的祖母，戈戈是家族中最有智慧的。”公爵回答说，他对智慧的看法太有点肤浅，“从路易十四以来，这两个旁系再也没有联姻过。我们和他的关系比较远。”

“噢，这挺有意思。我不知道这个情况。”将军说。

“况且，”德·盖尔芒特先生接着说，“据我所知，他母亲是蒙莫朗西公爵的姐妹，先嫁给了拉都·德·奥弗涅家族中的一个人。但是，这些叫蒙莫朗西的人和蒙莫朗西家族勉强沾点边，而这些叫拉都·德·奥弗涅的人也根本不是拉都·德·奥弗涅，因此，我看不出这可以给他显要的地位。他说他是圣特拉依[1]的后裔，这也许倒还有点意义，因为我们是圣特拉依的直系……”

在贡布雷，有一条圣特拉依街，离开贡布雷后，我再也没有想起它。街的一头与布勒托内里街相邻，另一头通向鸟街，因为贞德的伙伴圣特拉依娶了一位盖尔芒特小姐为妻，导致贡布雷伯爵领地归入盖尔芒特家族，圣特拉依的纹章也陈放在圣依莱尔教堂一个彩绘玻璃窗下，使得盖尔芒特家族的纹章左右为难，无所适从。当谈话出现转调，重新使盖尔芒特这个名字具有我从前常常听到的、现在已经忘却的音调时，我仿佛又看到了黑陶土的台阶，而今晚上，请我吃饭的殷勤周到的主人给予这个名字的音调，和我从前听到的音调是多么不同啊！如果说盖尔芒特公爵夫人的名字对我是一个集合名词的话，那么，这不仅是历史上许多女人都叫这个名字，而且在我短暂的青年时代，我在这一个盖尔芒特夫人身上，已看到许多彼此不同的女人相继出现，当下一个在她身上扎根时，前一个就会销声匿迹。词的意义在几个世纪内都不会有很大改变，但名字对我们来说，只消几年就会有很大变化。我们的记忆不够牢固，心不够博大，不可能把什么都记住。我们的大脑没有足够的空间，既能记住活人，也能不把死人忘记。我们只好在过去的、偶然发掘出来的——就像刚才对圣特拉依进行的发掘一样——东西上进行构思。我觉得，解释这一切是多余的，即使在刚才，当德·盖尔芒特先生问我：‘您不认识我们那位圆滑诡诈的人’的时候，我也没有作声，实际上我这是在撒谎。也许他知道我认识他，只是他受过良好的教育，不好意思坚持罢了。我正在胡思乱想，德·盖尔芒特夫人把我拉回到现实中。

“我觉得讲这些太乏味。听着，我们家不总是这样乏味的。我希望您不久再来补吃一顿饭，下次就不会再摆家谱了。”公爵夫人低声对我说。她不可能明

① 圣特拉依，十五世纪法国军人，女英雄贞德的伙伴，后被命名为元帅。

白她家哪些东西对我有吸引力,不可能放下架子,甘当一本积满古代植物的标本集来博得我的欢心。

德·盖尔芒特夫人认为,公爵和将军不停地谈论家谱会使我感到失望,而事实恰恰相反,正是因为他们谈起了家谱,才使我这个晚上不完全感到失望。在这之前我怎能不感到失望呢?我感到,晚宴上的宾客,使这个我从前只能进行远距离想象的神秘莫测的名字,蒙上了一层平淡无奇、俗不可耐的色彩,给它加上了和我认识的人一样平庸,甚至更平庸的躯壳和脑袋,就和每一个迷恋《哈姆雷特》的读者走进丹麦的埃尔西诺港①所得到的印象一样。当然,这些地区和这段历史使这些客人的名字布满了乔木林和哥特式钟楼,某种程度形成了他们的形象、思想和偏见,但这只是因果关系,也就是说,可以用智慧把地区和历史分析出来,但想象力在此却无用武之地。

昔日的这些偏见,骤然在德·盖尔芒特先生和夫人的朋友们心中恢复了诗意。贵族头脑中的观念,无疑能使贵族变成文学家和(名字的,而不是词的)词源学家(仅仅同一般无知的资产阶级相比较罢了,因为即使一个平庸的教徒比一个平庸的自由思想家更能回答你关于礼拜仪式的问题,但是一个反教权的考古学家却比本堂神甫更了解教区的教堂),但是,如果我们想说真话,也就是想保持理智的头脑,那么,这些观念对这些大领主的诱惑力,甚至不如对一个资产阶级人士的诱惑力大。他们知道吉斯公爵夫人是克莱芙公主、奥尔良公主,或者是波西安公主,这一点,我也许不如他们,但他们在知道这些名字前,就认识吉斯公爵夫人的面孔了,从此,听到吉斯公爵夫人的名字,就会想起她的面孔。我是从仙女开始的,尽管她瞬间即逝;而他们却先认识人。

在资产阶级家庭中,妹妹比姐姐早结婚,有时会引起姐姐的嫉妒。而

① 埃尔西诺港是莎士比亚的悲剧《哈姆雷特》的故事发生地。现名赫尔辛格。

贵族社会（尤其是古弗瓦西埃家族，盖尔芒特家族也不例外）总是天真地把贵族的伟大仅仅归结为家族的优越。我首先是从书本中了解到贵族的这种天真的想法的（在我看来，这是贵族社会唯一的魅力）。达勒芒[1]在回忆录中洋洋得意地叙述了德·盖梅内先生[2]对他兄弟的大声吆喝："你可以进来，这里不是卢浮宫！"还叙述了德·盖梅内先生对德·罗昂骑士[3]（克莱蒙公爵的私生子）的评价："他至少是亲王。"达勒芒在讲罗昂家族[4]这些事情时，难道不像在讲盖尔芒特家族吗？在德·盖尔芒特先生和圣约瑟夫将军的谈话中，只有一件事使我听了不舒服：我看到，关于可爱的卢森堡大公继承人的流言蜚语在这个沙龙里也能找到市场，正如圣卢的朋友们对这些谣言信以为真一样。显然，这是一种流行病，蔓延的时间只有两年，但人人都会染上。在传播谣言的同时，还添枝加叶，散布新的谣言。就连德·卢森堡夫人也是如此，她好像是在捍卫她的侄子，但我明白，其实她是在向大家提供进攻的武器。"您为他辩护是不对的。"德·盖尔芒特先生对我说，圣卢也这样对我说过。"好吧，我们亲戚的话您可以不听，尽管看法都是一致的。您可以找他的仆人们聊聊，他们毕竟最了解我们。德·卢森堡夫人把她的小黑奴送给了他。黑奴哭着跑回来说：'大公打我，我不是坏蛋，大公坏，让人吃惊。'我说的话我是能负责的，他是奥丽阿娜的一个表兄弟。"

那天晚上，表兄弟和表姐妹这两个词我不知道听到多少次。首先，每当有人提到一个名字，德·盖尔芒特先生总是高兴地大喊大嚷："这是奥

---

① 达勒芒（1619—1692），法国回忆录作家。

② 德·盖梅内是十五世纪蒙巴松领地的第一个领主，后来成了盖梅内亲王，因为没有后代，死后领地传给了他的兄弟蒙巴松公爵。

③ 罗昂骑士（1635—1674），法王路易十四的犬猎队队长。

④ 罗昂家族是法国最有名的家族之一，是布列塔尼国王的后裔，盖梅内家族、蒙巴松家族都是罗昂家族的旁系。

丽阿娜的一个表兄弟!"他就像在森林中迷路的人突然看见一块路标,两个反向的箭头分别指示卡西米尔-珀里埃亭子和犬猎队队长十字架,箭头下面写着很小的公里数,知道自己走对了路,不禁欣喜若狂。其次,土耳其大使夫人出于完全不同的目的(唯一的例外),也不断使用表兄弟、表姐妹这些字眼。大使夫人是晚饭后才来的。她雄心勃勃,渴望在社交界大显身手。她天资聪颖,博闻强记,不论什么,万人撤退史①也好,鸟类性倒错也好,她学起来都易如反掌。德国最新出版的著作,不管是政治经济史,还是形形色色的精神病和手淫、伊壁鸠鲁的哲学,她都无所不知,无所不晓。此外,她说的话是非常不可信的,因为她常常本末倒置,把白璧无瑕的贞女说成是不守规矩的淫妇,把廉正无私的君子说成是值得提防的小人。她讲的事就好像是书中的故事,当然,不是因为它们严肃,而是荒诞无稽。

在那个时期,她能够出入的人家不是很多。几个星期来,她常去看望像盖尔芒特夫人那样杰出的贵妇,但总的说来,她还只能和贵族世家中一些已经失去光彩的人家来往,盖尔芒特一家早就同这些人断绝关系了。她希望人家感到她同上流社会来往密切,便常常提到她的朋友们的名字。她这些朋友在社交界不受欢迎,但名字却很响亮。德·盖尔芒特先生一听,便以为是他家饭桌上的常客,认为是他的一个熟人,心里乐颠颠的,便随声附和,大声嚷着:"唷,那是奥丽阿娜的一个表兄弟!我对他了如指掌。他住在瓦诺街。他母亲以前是德·于塞斯小姐。"于是,大使夫人只好承认,她说的这个例子取自更小的动物。她竭力把她的朋友同德·盖尔芒特先生的朋友联系起来,接过公爵的话头,拐弯抹角地说:"我知道您

① 万人撤退史是指公元前四百年,被波斯国王小居鲁士征用的万名希腊雇佣军穿过亚美尼亚山地,克服重重困难,返回故乡的历史。古希腊历史学家色诺芬(约前430—约前355)在《远征记》中有记载。

说的是谁，我说的不是他们，而是他们的表兄弟。”但是，可怜的大使夫人的退路很快就给堵住了，因为德·盖尔芒特先生颇感失望，回答说：“啊！那我就不知道您说的是谁了。”大使夫人无言以对，因为，如果说她只认识她应该认识的那些人的“表兄弟”的话，这些表兄弟却常常不是亲戚。过了一会儿，德·盖尔芒特先生又会抛出“那是奥丽阿娜的一个表姐妹”。在他看来，这句话和拉丁语诗人爱用的某些修饰词一样重要：这些修饰词为诗人们作六音步诗提供了一个扬抑抑格或扬扬格。

我觉得，至少，突然说“那是奥丽阿娜的一个表姐妹”，用在盖尔芒特亲王夫人身上是很自然的，她的确是公爵夫人的近亲。大使夫人似乎不喜欢亲王夫人。她悄声对我说：“她很蠢。其实，她不怎么漂亮。这是盗名窃誉。此外，”接着，她用一种深思熟虑的、坚决的、令人厌恶的神态对我说，“我对她一点也没有好感。”但是，这种表亲关系常常延伸得很远。德·盖尔芒特夫人必须把一些人叫“姑妈”，可是，这至少要追溯到路易十五时代才能找到共同的祖宗。同样，每当时代遭遇不幸，使得一个亲王娶了一个拥有亿万家财的女子，如果这位亲王的高祖父和德·盖尔芒特夫人的高祖父都娶了卢瓦家族的一位小姐为妻，那么，亲王的这位美国妻子①第一次登门拜访，就能对公爵夫人称“姑妈”，尽管多少受到些冷遇，遭到些挑剔，也会感到不胜荣幸，而德·盖尔芒特夫人会面带慈祥的微笑，接受这个称呼。但是，德·盖尔芒特先生和德·博泽弗耶将军对出身的看法是什么，这对我无关紧要；我在他们关于这个问题的谈话中，只是寻求一种富有诗意的快乐。他们自己并不感受到快乐，但却给我带来了快乐，就像庄稼人或水手谈论庄稼或海潮，因为这些现实就是他们的日常生活，他们体会不到其中的诗情画意，要靠我自己去提取。

有时候，一个姓氏使人想到的，与其说是一个家族，毋宁说是一个事

① 十九世纪末二十世纪初，法国穷途潦倒的贵族常常娶一位富裕的美国女子为妻。

件，一个日期。当我听到德·盖尔芒特先生回忆说，德·布雷奥代先生的母亲姓舒瓦瑟尔，外祖母姓吕桑热的时候，我仿佛看见，在饰有珠状纽扣的极普通的衬衣下，普拉兰夫人和贝里公爵的心脏——这些庄严的遗骸——在两个水晶球内流血；其他遗骸，如塔利安夫人或德·萨布朗夫人细长的头发，更能使人得到快感。

有时候，我看见的不是一件普通的遗骸。德·盖尔芒特先生比他的妻子更了解他们的祖先，有些回忆使他的谈话像一座古代住宅，尽管里面缺少杰作，却不乏真迹，这些画平淡而庄严，从整体看，气势磅礴。阿格里让特亲王问，为什么X亲王在谈到奥马尔公爵①时，管他叫“我的舅舅”，德·盖尔芒特亲王回答：“因为他的舅舅符腾堡公爵娶了路易-菲利浦的一个女儿。”于是，我瞻仰了整个遗骸盒，它很像卡尔帕乔②或梅姆灵③画的圣骨盒。我从第一格看到最后一格。在第一格内，我看见路易-菲利浦的女儿玛丽公主穿着一件在花园中散步穿的裙子（以表示她心情不好，因为她派去替她向叙拉古亲王求婚的使者遭到了拒绝），参加她兄弟奥尔良公爵的婚礼；在最后一格，我看见公主在那座“异想天开”宫内，刚刚生下一个男孩符腾堡公爵（就是刚才和我一起吃晚饭的那位亲王的舅舅）。这座宫堡以及其他一些宫堡，也和有些家族一样，是诞生杰出人物的摇篮：每过一代，总会产生不止一个历史人物。尤其是在这座宫堡里，许多人都留下了记忆：拜罗伊特④的总督夫人，还有那位有点异想天开的公主（奥尔

---

① 奥马尔公爵（1822—1897），法王路易-菲利浦的第四个儿子。

② 卡尔帕乔（1460—1525），意大利文艺复兴早期威尼斯画派最伟大的叙事体画家。他的组画《圣乌尔苏拉的传说》现珍藏在威尼斯美术学院。

③ 梅姆灵（1435—1494），佛兰德斯画家。作品主要为祭坛画和肖像画。他的和缓甜美的风格，成为15世纪尼德兰艺术通向16世纪意大利风格的北欧艺术之间的桥梁。他的《圣乌尔苏拉遗骸盒》现珍藏在布鲁日圣约翰医院。

④ 拜罗伊特：德国城市，属巴伐利亚州，“异想天开”宫就在该市的郊区。每年7、8月在此举行音乐节。

良公爵的姐妹，据说她很喜欢她丈夫这座城堡的名字）、巴伐利亚国王，最后是 X 亲王……亲王刚才要求盖尔芒特公爵给他写信，留的地址正是这座城堡，因为他把它继承下来了，只是在演出瓦格纳歌剧时，才把它租给另一个可爱的“异想天开”的波利尼亚克亲王。德·盖尔芒特先生为了解释他和德·阿巴雄夫人之间的亲戚关系，不得不顺着三五个祖宗的家谱和联姻，追溯到遥远的过去，追溯到玛丽-路易丝[1]或科尔贝[2]，结果仍旧一样：不管什么情况，在一个城堡或一个女人的姓氏中，总会出现一个重大历史事件，但已经乔装改扮，受到了歪曲和限制。女人选择这个姓氏，不是因为她的祖父母路易-菲利浦和玛丽-阿梅莉曾是法国国王和王后，而仅仅因为他们留下了一份遗产（我们看到，由于其他原因，在巴尔扎克作品的人物辞典中，拿破仑的地位远没有拉斯蒂涅[3]重要，因为辞典中的人物是按照他们同《人间喜剧》的关系大小编排的，关系越大，地位就越重要。他之所以占有一席之地，仅仅因为他对五只天鹅修道院的贵族小姐讲过话）。贵族犹如一座沉闷的古罗马建筑物，窗户很少，光线很暗，死气沉沉，但墙壁厚实，把全部历史牢牢地封锁和禁锢起来，历史就像锁进牢笼的小鸟，愁眉苦脸，局促不安。

就这样，我的记忆渐渐印满了名字，它们按顺序排列，相辅相成，关系越来越密切，就像那些完美的艺术品，没有一个笔触是孤立的，每一部分依次从其他部分接受存在的理由，同时也把自己的存在强加给它们。

有人又一次提到了德·卢森堡先生的名字，土耳其大使夫人乘机叙

---

① 玛丽·路易丝（1791—1847），奥地利皇帝弗朗索瓦一世的女儿，拿破仑一世需要皇位继承人，与约瑟芬离婚后，娶她为妻。

② 科尔贝（1619—1683），法国政治家，出身富商家庭，路易十四亲政后，1665 年起任财政大臣，并逐渐成为宫廷内外政策的实际决策人。

③ 拉斯蒂涅为巴尔扎克《人间喜剧》中人物，出现在《高老头》《苏城舞会》《幻灭》《驴皮记》等作品中。

述说，他那位年轻妻子的祖父（因经营面粉和面制品生意发了大财）邀请他吃饭，他回信拒绝了，并在信封上写了“磨坊主德·某某先生”，祖父回信中写道：“您没能来吃饭，我很遗憾，您要是来了，我亲爱的朋友，我就可以让您好好陪陪我了，因为这是小聚会，饭桌上只有磨坊主、他的儿子和您。”我觉得，这个故事不仅不堪入耳，因为我知道我亲爱的德·纳索先生道德高尚，决不会在给妻子的祖父写信时称呼他“磨坊主”，何况，他知道自己是他的继承人；而且，头几个字就显得愚蠢之极，因为磨坊主这个称呼放的位置太醒目，不由得使人联想到拉封丹寓言的标题[①]。但是，愚蠢统治着圣日耳曼区，居心不良又使愚蠢变本加厉，因此在场的人都觉得祖父的回击“恰如其分”，认为祖父比孙女婿更聪明，因而立即信任地宣布，他是一位杰出的人物。夏特勒罗公爵利用这个故事，叙述了我在咖啡馆听到过的关于“大家都上床睡觉”的故事。他刚开了个头，刚讲到德·卢森堡先生要德·盖尔芒特先生当着他妻子的面起床，公爵夫人就打断他的话头，抗议道：“不，他是很可笑，但还没可笑到这个地步。”我深信，有关德·卢森堡先生的传说一概都是谎言，每当那些演员或证人在编故事，我深信总会有人出面辟谣。但我不知道德·盖尔芒特夫人的辟谣是考虑到事实，还是出于自尊。不管怎样，自尊心最后还是向恶意让步了，因为她又笑着说：“不过，我也受到过一次小小污辱。他邀请我下午去吃点心，想让我认识卢森堡大公夫人，他在给他姑妈的信中，就是这样高雅地称呼他的妻子的。我在给他的回信中，对我不能应邀表示了遗憾，并且说：‘至于你那位打引号的卢森堡大公夫人，请你转告她，如果她要来看我，我每星期四下午五点以后都在家。’后来，我又受到了一次污辱，我在卢森堡的时候，打电话找他，开始说殿下就要进膳，后又说殿下刚进完膳，两小时过去了，他就是不来听电话。于是，我换了个办法。我说：‘请您让纳索伯爵听

① 指《拉封丹寓言诗》第三卷第一则《磨坊主、他的儿子和驴子》。

电话'。这下可触到了他的痛处,他立刻跑来了。"大家都被公爵夫人的故事和其他类似的故事逗得哈哈大笑,也就是说,我确信这些都是谎言,因为卢森堡-纳索是我所遇见的最聪明、最善良、最机灵,坦率地说,也是最完美的人。以后的事会证明我是对的。我应当承认,德·盖尔芒特夫人说了那么多话诽谤德·卢森堡先生,但也有一句是中肯的。

"他不总是这样,"她说,"他是后来才失去理智,才以为自己是童话故事中的国王的。从前他并不傻,即使在他订婚那会儿,他也总是用一种相当有趣的方式谈起他的婚事,仿佛这对他是一种出乎意料的幸福:'这真像童话故事,我应该坐着魔法四轮马车驶进卢森堡。'他对他的德·奥内桑叔叔说。他叔叔(你们知道,卢森堡很小)回答他:'我怕你坐魔法四轮马车进不来。我劝你还是乘山羊车。'纳索听了非但没生气,而且还是他第一个把这件事讲给我们听的,别人还没笑,他就先笑了。"

"奥内桑机智幽默,很像他的母亲,他母亲姓蒙热。奥内桑身体很不好,真可怜。"

幸亏话题转到了奥内桑这个名字上,否则,对德·卢森堡先生枯燥乏味的恶语诽谤还要没完没了地继续下去。德·盖尔芒特公爵解释说,德·奥内桑的曾祖母是玛丽·德·卡斯蒂利亚·蒙热的姐妹,而玛丽是迪莫莱翁·德·洛林的妻子,因此,也是奥丽阿娜的舅妈。这样,谈话又回到系谱上来了,可那位愚蠢的土耳其大使夫人却在我耳边悄声说:"您好像很受德·盖尔芒特先生重视,可得当心哪!"我要她作解释,她说:"我是说,他这个人可以把女儿托付给他,但不能把儿子托付给他。不用明说,您也会懂的。"然而相反,如果说曾有一个男人对女人怀有狂热的和专一的爱的话,那就是盖尔芒特公爵。但是,大使夫人最相信错误和谎言,这对她好比是生存的空间,离开它们,她就寸步难行。"他的弟弟墨墨对他的恶习很担心。顺便说一句,因为别的理由(他看见她从不打招呼),我对墨墨很反感。他们的婶婶维尔巴里西斯夫人也感到很不安。啊!我崇拜她。她是一位圣人，是旧时代贵族的典范。不仅道德高尚，而且谨慎持重。她和诺布瓦大使天天见面，仍称呼他先生。顺便说一句，德·诺布瓦先生给土耳其留下了美好的回忆。”

我一心想听德·盖尔芒特先生谈家系，就没有搭理大使夫人。他谈的家系并不都很重要。从他的谈话中，我知道了各种意外的联姻，其中有与低门第的联姻。这种联姻不乏魅力。例如，在七月王朝时期，盖尔芒特公爵和弗桑萨克公爵分别娶了一位著名航海家的两个如花似月、美貌动人的女儿，她们成为公爵夫人后，既有异国平民女子的妩媚，又有路易-菲利浦治下法国贵妇的风韵，产生了意想不到的妙趣。再如，路易十四亲政时期，有一位诺布瓦娶了莫特马尔公爵的女儿，我本以为诺布瓦这个姓氏问世不久，暗淡无光，谁知在遥远的路易十四时代，就受到莫特马尔家族光辉的照耀，被精雕细琢，焕发出一枚纪念章的美。况且，从这种联姻中得到好处的，不只是那个不见经传的姓氏。另一个光华灿烂已经使人习以为常，这种平淡无奇的新姿反能给人留下深刻的印象，就像看惯了画家的彩色画像，偶尔看到他的黑白画像，反会产生最深的印象。这些名字在我头脑中变换着位置，时上时下，忽左忽右，和另外一些我原以为关系遥远的名字忽然变近了，这现象不完全是我不了解情况才产生的。在爵位和土地紧密相连，跟着土地从一个家族转移到另一个家族的时代，名字也经常起伏浮沉。例如，在美丽的纳穆尔公爵领地或谢弗勒丝公爵领地，我可以依次发现蜷缩着吉斯、萨瓦亲王、奥尔良、吕伊纳，就像一只只寄居蟹蜷缩在贝壳中一样。有时候，好几个寄居蟹争夺同一只贝壳：荷兰王族同德·马伊-内勒先生们争夺奥朗日亲王爵位；夏吕斯男爵同比利时王族争夺布拉邦特公爵爵位；还有其他许多人争夺那不勒斯亲王爵位、帕尔马公爵爵位、雷焦公爵爵位。有时相反，贝壳的主人早已去世，很久以来一直无人居住，因此，我决不会想到，一个城堡的名字在不远的过去曾是一个家族的姓氏。因此，当我听到德·盖尔芒特先生回答德·蒙塞弗耶先生时说“不，我的表姐是狂热的保皇党人，她是费代纳侯爵夫人的女儿，她在朱安党叛乱[1]中曾起过一定作用”，当我看见费代纳这个名字变成了一个家族的名字，而我自从去过巴尔贝克海滩后，一直以为费代纳是一座城堡的名字，没想到会是一个家族的名字，不禁惊得目瞪口呆，就像来到了童话世界，看见古堡的墙角塔和台阶获得了生命，变成了人，不禁惊讶万状。从这个意义上讲，历史，即使是家族史，也能使古老的石头获得生命。在巴黎社交界，有些人也和盖尔芒特公爵或拉特雷默伊耶公爵一样出身名门，也和他们一样在社交界起过举足轻重的作用，而且举止高雅或才华横溢，比他们更受社交界的欢迎。可是，如今却没有人再记得他们了，因为他们没有后嗣，他们的名字也就销声匿迹，即使有人提到，也只会像一个陌生名字那样不会引起反应，最多作为遥远的城堡或村庄的名字存在下来，我们不会想到去发现哪些人曾用过这个名字。不久之后的一天，一个旅行者可能会来到勃艮第偏僻的夏吕斯村，止步参观教堂，如果他是一个不够勤勉或过于匆忙的人，就不会细看教堂的墓碑，也就不会知道，这个小村庄的名字，曾经是一个伟大人物的名字。关于夏吕斯村的这段思考，使我想起我和德·夏吕斯先生的约会时间快到，我该走了，我只顾听德·盖尔芒特先生谈家系，差点把和他弟弟的约会给忘了。但我对这个问题的思考仍在继续。我想，说不定盖尔芒特这个名字，有朝一日也会像这样除了地名，其他什么也不是，只有偶然在贡布雷作停留的考古学家，才会在坏家伙希尔贝[2]的彩绘大玻璃窗前，耐心聆听泰奥多尔[3]的继承人讲演，或者阅读本堂神甫的导游手册。但是，一个高贵的姓氏只要没有熄灭，拥有这个姓的人就能沐浴它的光辉。毫无疑问，就某方面而言，这正是那些家

① 朱安党叛乱指法国资产阶级革命时期保皇党发动的叛乱，始于1793年。

② 坏家伙希尔贝是盖尔芒特家族的祖先。

③ 泰奥多尔是卡尔食品杂货店伙计，也是负责贡布雷教堂保养工作的唱经班成员。

族显赫的声名带来的好处：我们可以从今天出发，顺着这些家族的足迹，追根溯源，了解到过去，乃至十四世纪以前发生的事，可以发现德·夏吕斯先生、阿格里让特亲王或帕尔马公主的子孙们撰写的回忆录和书简，他们也许出身于平民家庭，但隔着一层黑幕，谁也看不清楚，如果借助一个名字的光辉，追溯以往，就能发现在这些或那些盖尔芒特身上表现出来的某些神经质的特点、恶习和放荡行为，是有其深刻的根源和悠久的历史的。从病理学观点看，他们和今天的德·夏吕斯先生、阿格里让特亲王和帕尔马公主可以说没什么两样，世世代代都引起他们通信人的不安和兴趣，不管是帕拉蒂娜公主①和德·莫特维尔夫人②以前的，还是利涅亲王③以后的。

此外，我对历史的兴趣不如对美学浓厚。德·盖尔芒特夫人的客人外貌毫无光彩，智力不是低下就是平庸，变成了现实中的人，因此，当我登门拜访德·盖尔芒特夫人，踩上门厅前的擦鞋垫的时候，并不觉得来到了美妙的名字世界的门口，反而觉得走到了这个世界的尽头，可是，听到德·盖尔芒特先生列举了那么多名字，我又感到这些客人仿佛是脱离现实的人了。就拿阿格里让特亲王来说，当我听到他母亲娘家姓达马斯④，是莫代纳⑤公爵的外孙女，他就立即摆脱不让人认出他真相的外貌和谈吐，就像摆脱一个与他日夜相伴的不稳定的化学物质一样，去和只有爵号的达马斯家族和莫代纳家族结合，形成一个更有诱惑力的组合体。每个名字，受到了另一个名字的吸引，即使我从没想到它和这个名字有什么联系，它会离开它在我头脑中占据的暗淡无光、一成不变的位置，去和莫特

---

① 帕拉蒂娜公主(1652—1722)，巴伐利亚公主，路易十四的兄弟奥尔良公爵的妻子，她的书信揭示了路易十四亲政时的有趣的细节。

② 德·莫特维尔夫人(1621—1689)，法国回忆录作家。

③ 利涅亲王(1735—1814)，十八世纪法国最有才华的人之一，著有军事、文学等作品。

④ 达马斯家族是法国最古老的家族之一，长子系在 1423 年断嗣，幼子系有二十来个子系。

⑤ 莫代纳家族是意大利最古老的家族之一。

马尔家族、斯迪阿尔家族或波旁家族会合，和它们一起画出具有最佳效果和千变万化色彩的系谱图。就连盖尔芒特这个名字也一样，只要听到它和那些曾断了香火，复燃后火苗更旺的显赫名字有联系，我就觉得它又得到一次新的充满诗意的确认。我最多可以看到，在高傲的系谱树干上长出一个花蕾，开出一朵鲜花，那是某个贤明国王（如亨利四世的父亲）或杰出公主（如隆格维尔公爵夫人）的面孔。但我觉得，这些面孔和客人们的有所不同，没有受到世俗偏见和平庸社交观念的毒害，仍保留着美丽的图案和闪烁不定的光泽，它们和名字一样，色彩各异，每隔一段时间，就要从盖尔芒特家族系谱树上脱落下来，不会用不熟悉的不透明物质打搅那些不断更迭、五颜六色的半透明花蕾。这些花蕾在玻璃树两侧开放，正如耶稣的祖先在画有耶西树①的古教堂彩绘大玻璃上开放一样。

我好几次都想告辞。我完全有理由这样做，因为这次聚会由于我在场而变得毫无意义。然而，长期以来，我却一直把这种聚会想象得无限美好，我想，若是我这个碍手碍脚的旁观者不在场，聚会就会变得有意思了。至少，我一走，就没有旁观者，客人们就可以开秘密会议，举行秘密仪式。他们聚集起来就是为了这个，显然不是为了谈论弗兰茨·哈尔斯，或议论某某人小气，不是为了用资产阶级方式说长道短。他们尽说废话，可能是因为我在场。看到这些美丽的贵妇由于我在场而四分五裂，身在圣日耳曼区独一无二的沙龙，却不能过圣日曼区神秘的生活，我感到非常内疚。我时刻都想告辞，但是，德·盖尔芒特先生和夫人都表现出高度的牺牲精神，竭力将我挽留，不让我离开。更令人不可思议的是，好几个穿戴入时、满身珠光宝气的贵妇，怀着迫不及待、兴高采烈的心情前来参加聚会，并

---

① 耶西被看作是耶稣的祖先。在中世纪教堂的彩绘大玻璃窗上，常画有耶西树，示意耶稣的家谱。族长耶西仰天躺在地上，头部（或胸部）长出一棵树，每根树枝代表耶稣的一个祖宗，树顶盛开一朵花，圣母怀抱小耶稣坐在花中。

没因聚会的索然寡味而失望(由于我的过错,这次聚会变得和在圣日耳曼区以外任何地方举行的聚会毫无二致,正如巴尔贝克和我们看惯了的城市毫无不同一样),告辞时,依然兴致勃勃、千遍万遍地感谢德·盖尔芒特夫人让她们度过了一个美好的夜晚,好像我不在场的那些晚上,也没有其他事可做。

这些贵妇梳妆打扮,拒绝平民进入她们封闭的沙龙,难道就因为有这些聚餐?就为了这些聚餐?如果我不在场,难道也是这样?有那么一会儿,我产生了怀疑,但这样未免太荒唐。理性使我清除了怀疑。况且,要是我不消除怀疑,那么,盖尔芒特这个名字还剩下什么呢?离开贡布雷以来,它在我心目中的地位已经降得够低的了。

此外,这些年轻貌美的贵妇很容易对另一个人,或者很希望使另一个人满意。有几个人我整个晚上才同她们说了两三句话,一想到她们说的话那样愚蠢,我就脸红,但是,她们离开客厅时,非要走到我跟前,对我说认识我非常高兴,想等和德·盖尔芒特夫人"选定日子"后"作出安排",向我暗示可能邀请我吃饭,说话时,用漂亮而温柔的眼睛凝视我,挺起胸脯,使得胸前的兰花竖了起来。

这些如花似月的贵妇中,没有一个比帕尔马公主先离开。公爵夫人竭力挽留我有两个原因(当时我并不知道),其中一个就是帕尔马公主没有离开。公主殿下不走,别人是不能走的。当德·帕尔马夫人起身告辞时,大家就像如释重负一般。女宾们像请求祝福似的向帕尔马公主行屈膝礼,公主把她们扶起来,祝福似的在她们脸上吻一下,这就是说,她们可以穿大衣和唤奴仆了。于是,门口一片叫喊声,仿佛在朗诵法国历史上最显赫的名字。帕尔马公主怕德·盖尔芒特夫人着凉,不让她送到门厅,公爵乘势说:"行了,奥丽阿娜,既然夫人不让您送,那就别送了,别忘了医生的嘱咐。"

"我觉得,帕尔马公主和您一起吃饭感到**很高兴**。"这种客套话我听惯了。公爵穿过客厅,走到我跟前,对我说了这句话,神态殷勤亲切,坚信不疑,就好像在给我颁发毕业证书,或请我吃花式点心。此刻,他似乎感到很高兴,他的脸因此而暂时变得异常温柔。我感到,这对他似乎是一种对人表示关怀的方式,他终身都会像履行轻松而受人尊敬的职务那样履行这些义务,哪怕年老昏聩,也不会放弃。

我正要走,只见帕尔马公主的伴妇又返回客厅,因为她忘记带走公爵夫人送给公主的来自盖尔芒特城堡的奇妙非凡的石竹花了。伴妇满脸绯红,看样子跑得很急,因为尽管公主对谁都很亲切,但当仆人做了蠢事,她就没有耐心了。因此,伴妇端起石竹花就跑,但是,当她从我跟前经过时,为了保持轻松和不顺从的样子,急冲冲对我说:"公主认为我迟到了,她想快点回去,可又要石竹花。真是的!我又不是小鸟,不能同时在好几个地方嘛。"

唉!我想走而没走成的原因,除了不能比殿下先告辞外,还有另外一个:盖尔芒特家的人,无论是腰缠万贯的,还是濒临破产的,不仅善于使他们的朋友们得到物质享受,还善于使他们得到——正如我和罗贝·圣卢在一起时经常体会到的那样——精神享受(这一点古弗瓦西埃家是做不到的),让他们听到娓娓动听的谈话,看到亲切感人的动作,而高雅的言谈全靠丰富的内心世界提供。但是丰富的内心世界在无所事事的社交生活中无用武之地,有时就会忘情地抒发,在一种短暂而更加不安的发泄中寻找消遣,如果这种发泄来自德·盖尔芒特夫人,就会被看作是感情的流露。况且,当她忍不住发泄时,她也能体会到这种感情,因为她在和一个男的或女的朋友交往中,能得到一种令人陶醉的快乐,这绝不是官能快乐,而和音乐使某些人产生的快乐相似。有时,她会从衣服上取下一朵花或一枚嵌有画像的颈饰,送给一位客人,希望他多待些时间,但仍感到忧伤,因为延长时间也尽是毫无意义的闲聊,不会使她产生神经质的兴奋和短暂的激动,就像春天第一次暖流,给人留下疲倦和愁闷的印象。至于那位朋友，切莫过分相信公爵夫人的诺言。它们比他以往听到的任何诺言更动听，更令人陶醉，然而许诺者因为深深感到某一时刻的美好，便以常人所没有的柔情和庄重，施展出百般妩媚和慈爱，把这一刻变成一部感人至深的杰作，但是过了这一刻，她就不会再给予施舍。她一时高兴，就抒发感情，但激情一过，感情也就烟消云散。她才智过人，能猜出你想听什么，专挑你爱听的说，可是几天后又会抓住你的笑柄，把你当作笑料，讲给另一个正在和她一起分享这种极其短暂的《瞬想曲》①的客人听。

在门厅里，我喊仆人把我的橡胶雪靴拿给我。我怕下雪，就带上了这双靴子。事实上，已飘了几片雪花，地面很快变得泥泞了。看到众人揶揄的微笑，我才知道这双靴子很不雅观，因而感到很难为情；当我看到德·帕尔马夫人尚未离开，正在凝视我穿这双美国橡胶雪靴时，我就更加无地自容。公主向我走来。“唷，想得多周到。”她大声说，“这鞋太实用了！您真聪明。夫人，我们也该买一双。”她对她的伴妇说。于是，仆人们由讥笑转为尊敬，宾客们热情地拥在我身边，问我是从哪里弄到这双绝妙的鞋子的。“有了这鞋，您什么都不用怕了，即使是再下雪，即使是出远门；不管春夏，还是秋冬。”公主对我说。

“噢！这一点，殿下尽管放心，”伴妇狡猾地插话，“不会再下雪了。”

“您怎么会知道，夫人？”善良的帕尔马公主尖刻地发问。只有在她的伴妇说了蠢话时，她才会生气。

“我可以向殿下保证，不会再下了，事实上是不可能的。”

“为什么？”

“不可能再下了，已采取了必要措施：撒过盐了。”

头脑简单的伴妇没有发觉公主在生气，别人在偷乐，因为她不仅没有住口，反而亲切地微笑着对我说（尽管我一再否定我和絮利安·德·拉格

---

① 《瞬想曲》为舒伯特于1823至1828年间所作的六首短小钢琴曲。

拉维埃尔海军上将有亲戚关系)："况且，下雪又有什么关系呢？先生在船上如走平地。龙生龙，凤生凤嘛。"

德·盖尔芒特先生送走帕尔马公主后，拿起我的大衣，对我说："我帮您套外套。"他在使用这个字眼时，甚至不再微笑了，因为最粗俗的表达方式，就因为其粗俗，就因为盖尔芒特一家人的故作谦卑，已变得高雅无比了。

激奋只会导致伤感，因为它不是自然产生的。当我终于离开盖尔芒特府，坐在送我去德·夏吕斯先生家的马车上时，我也产生了兴奋的感觉，尽管和德·盖尔芒特夫人产生这种感觉的方式不一样。有两种兴奋力可供我们任意选择。一种发自我们内心，来自我们深刻的印象；另一种来自外部。前者自身就包含着一种快乐，那是生活带给人的快乐。后者试图把别人的兴奋传导给我们，它本身并不伴随快乐，我们可以通过反作用，给它加进一种快乐，得到一种极其虚假的兴奋，但很快就会变成烦闷和忧愁。这可以用来解释为什么上流社会中有那么多人郁郁寡欢，闷闷不乐，经常处在烦躁不安的状态中，甚至可能自杀。然而，当我坐车去德·夏吕斯先生家的路上，正被这第二种兴奋折磨得坐立不安。这种兴奋不是由我们切身感受引起的，和我从前几次坐马车产生的兴奋完全不一样：一次是在贡布雷，我坐在贝斯比埃医生的皮篷式双轮车上，看见马丹维尔教堂的钟楼画在夕阳上；还有一次是在巴尔贝克，我坐在德·维尔巴里西斯夫人的四轮轻便马车上，看见一条栽有绿树的路，竭力想回忆起这条路使我模糊感觉到的一件往事。可是，在这第三辆马车上，浮现在我脑海中的，是在德·盖尔芒特夫人的餐桌上进行的我当时感到无聊透顶的谈话，如德国亲王对德皇，对博塔将军和英国军队的议论。刚才，我把它们塞进我内心的立体镜中了，一旦我们不再是自己，一旦我们有了社交界人士的灵魂，只从别人那里接受生命，那么，我们就会通过这面立体镜，把别人说过的话和做过的事突现出来，使它们变得轮廓分明。喝醉了酒的人会对侍候他的咖啡馆侍者表现出好感，此刻我的心情和喝醉了酒毫无二致，尽管在吃晚饭时，我对那位非常熟悉威廉二世、大讲其轶事趣闻的冯亲王无甚好感，而现在我却为能和他共进晚餐而感到幸福，认为他讲的那些事诙谐幽默，妙趣横生，想起他讲的关于博塔将军的故事，想起他那浓重的德国口音，不禁放声大笑，仿佛这笑声对证实他讲的故事滑稽可笑是必不可少的，就像有时候用双手鼓掌可以增强内心的赞美一样。就连德·盖尔芒特夫人的有些看法（例如她说弗兰茨·哈尔斯的画应该站在电车上层看才有意思），当时我感到十分愚蠢，但在这面立体镜后，却变得生气勃勃，深刻透彻。不过，我应该说，即使这种兴奋旋踵即逝，却不能说它绝对荒唐。有的人，平时我们也许不屑一顾，但不知哪天，我们会很高兴认识这个人，因为他和我们喜欢的一个女孩子有来往，可以把我们介绍给她，这样，他就变得对我们有用和有趣味了，而这在以前我们认为他是绝对不可能有的；同样，没有一句话，没有一个关系我们可以肯定将来派不上用场。德·盖尔芒特夫人对我说，哈尔斯的画即使从电车上看也十分有趣，这句话是错的，但却包含着部分真理，日后对我很有用处。

同样，她为我引用的维克多·雨果的诗，应该承认，这是他脱胎换骨以前那个时期的作品，他还在演变中，还没有发表别开生面、具有更复杂机件的作品。在这些早期诗作中，维克多·雨果还在思考，而不是像大自然那样，仅仅满足于引人思考。那时候，他是用最直接的方式表达“思想”，和盖尔芒特公爵对这个词理解的意思几乎一样：德·盖尔芒特先生常在盖尔芒特城堡举办盛大宴会，宾客们在纪念簿上签名后，总要再写一条富有哲理和诗意的感想，他觉得这种做法太陈腐，太啰唆，就用恳求的语气提醒后来的人：“签上名字，亲爱的朋友，不要写思想！”然而，德·盖尔芒特夫人恰恰喜欢雨果早期诗作中的这些“思想”，这在他的《历代传说》诗集中几乎是没有的，正如在瓦格纳的第二阶段作品中缺少“乐曲”和“旋律”一样。德·盖尔芒特夫人的这种爱好不是绝无道理的。雨果的思想确实沁人心脾，尽管形式暂时还缺乏力度，但在思想周围，已经汹涌澎湃着无数的词汇和丰富的韵脚，这使它们独具一格，和别人的诗，例如和高乃依的诗迥然不同。别人的诗不时地闪烁着朴素的浪漫主义思想，更能激动人心，但却没有深入生命的物质根源，没有改变思想赖以存在的无意识的可笼统化的机体。因此，我从前只读雨果后期诗集的做法是错误的。诚然，德·盖尔芒特夫人只用了雨果早期诗作中的很少几句诗来点缀她的谈话。但是，正因为她孤立地引用一句诗，才使这句诗的吸引力大大增加。我在德·盖尔芒特夫人的餐桌上初次听到或再次听到的诗句，使那些琳琅满目地镶嵌着诗句的诗篇也变成了磁铁，产生了巨大的吸引力，把我的手拉向《东方集》和《暮歌集》。我的心变得焦虑不安，非要在两天之内得到这本书不可。我诅咒弗朗索瓦丝的听差不该把我那本《秋叶集》赠送给他的家乡。我立即叫他去给我买了一本。我把这些诗集从头到尾读了一遍，只有当我突然发现德·盖尔芒特夫人引用过的、沐浴在她所给予的光辉中的那些诗句时，我才得到安宁。和公爵夫人闲谈，就好比从一个古城堡的藏书室里汲取知识，虽然都是些古书，残缺不全，没有我们喜欢的书，也不能使人增长才智，但有时能为我们提供宝贵的资料，甚至能让我们看到一段我们闻所未闻的优美文章，以后，每当我们想起多亏那座美丽的城堡，我们才能知道这段文章时，会感到高兴。我们会因为在那里发现了巴尔扎克为《巴马修道院》作的序言，或未曾发表过的儒贝尔①的书信，而夸大我们在那里度过的那种生活的价值，会由于一个晚上的意外收获，而忘记那是轻薄无聊的生活。

从这个观点来看，即使这个贵族沙龙不是我想象中的沙龙，一上来就以它与其他沙龙的共性，而不是以它的特性使我感到震惊，但渐渐地，它的形象在我面前变得越来越清晰。贵族领主几乎是唯一能像农民那样向

① 儒贝尔（1754—1824），法国道学家，他的《书信集》以文体和思想的简练而著称。

我们提供知识的人；他们的谈话总点缀着土地、依然如故的城堡和古老的习俗，而对这一切，银行家是一无所知的。即使一个渴望跟上时代的最温和的贵族最终跟上了时代，但只要回忆起自己的童年，他的父母亲、叔伯父或姑姨婆，就会把他同现在无人知道的一种生活联系在一起。今天如果有人死了，德·盖尔芒特夫人在灵堂上一眼就会看出哪些做法违反了惯例，尽管不会当面指出来。在葬礼上，当她看见有的女人撇开女人们应该参加的仪式，却混在男人中间，就会感到不快。至于罩在灵柩外的棺罩，布洛克可能以为只有丧礼上才能看见，因为丧礼报告上写着引棺索①，而德·盖尔芒特先生却记得小时候，在德·马伊-内勒先生的婚礼上，看见新郎新娘头上也蒙着纱巾。当圣卢卖掉珍贵的“系谱树”——布永家族的旧画像和路易十三的亲笔信，买回卡里埃②的画作和新式家具时，德·盖尔芒特先生和夫人却因为受到一种狭隘的不完全出于对艺术热爱的情感驱使，保留了布尔③制作的对艺术家有着巨大吸引力的绝妙无双的家具。同样，一个搞文学的人也会兴致勃勃地聆听他们的谈话，会把他们当作活字典看待（饿汉不需要饿汉做伴），那些日益被人遗忘的表达方式，如圣约瑟勋章式绶章啦，被许愿穿蓝衣服的孩子④啦等等，只能在那些可爱的甘当历史保管员的人那里找到。一个作家在他们中间比在其他作家中间感受到更大的快乐，但这种快乐不是没有危险的，因为这会使他相信，过去的事物具有一种魅力，可以原封不动地搬进作品中，这样，作品也就成了死产儿，会使人感到厌倦，可他却自我安慰说：“这很美，因为这是真

---

① 法语中，“棺罩”（一般是黑纱）和古代天主教婚礼上新郎新娘罩在头上的“纱巾”是同一个字。引棺索是牵引灵柩的大绳，系在棺罩的两端。

② 卡里埃（1849—1906），法国画家。主张重审德雷福斯案。

③ 布尔（1642—1732），法国著名的木器匠，是国王和王室最重要的家具供货人。他制作的家具上镶嵌玳瑁、镀金铜饰、贝壳等，是路易十四时代风格盛期的代表作。

④ 被许愿穿蓝衣服的孩子，即被许给圣母的孩子，可以得到圣母的保佑。

实的东西，大家都是这样讲的。”此外，在德·盖尔芒特夫人家，贵族们都是用纯正的法语交谈，故而具有特殊的魅力。正因为如此，当公爵夫人听到圣卢使用“先知的”、“宇宙的”、“特尔斐城的”、“超卓越的”这些别出心裁的表达方式时，完全有理由哈哈大笑，就像她看见圣卢从宾格①家具店买来新式家具时开怀大笑一样。

不管怎样，我在德·盖尔芒特夫人家听到的那些故事对我来说是很新鲜的，和我在山楂树前或在品尝马德莱娜甜点心时可能产生的感觉完全不同。它们暂时进入我的躯体，但仅仅是肉体上的占有，似乎迫不及待地（群体地，而不是个体地）想离开我。我在马车上焦躁不安，就像是古希腊的一个女预言家。我盼望有人请我吃饭，我就可以变成 X 亲王或德·盖尔芒特夫人，把那些故事讲给他们听。而现在，我跃跃欲试，微微颤动嘴唇，模糊不清地讲着故事，思想被一股令人头晕目眩的离心力拉走，我想把它拉回来，但白费力气。尽管我大声自言自语，以解无人同我说话之闷，但我仍然焦躁不安，如坐针毡，觉得独自一人再无法承受这些故事的压力了，就在这种心情下，我按响了德·夏吕斯先生家的门铃。一个仆人把我带进客厅。我在等待的时候，心里一直在自言自语，重复着我要对德·夏吕斯先生讲的话，至于他要对我说什么，我几乎想都没有想。我心神不安，因此根本没有注意客厅的摆设。我多么需要德·夏吕斯先生听我讲那些故事，因此当我想到主人也许已经睡觉，我也许得回家独自平息这想说话的狂热时，我顿然如冷水浇头，嗒然若丧。因为我刚才发现我已等了二十五分钟，人家可能把我忘了。可是，尽管我在客厅里待了很久，却对它毫无印象，就知道它很大，暗绿色，有几张画像。渴望讲话的想法不仅妨碍了听，也妨碍了看，因此，对外界不作任何描写，就是对内心状态

---

① 宾格（1838—1905），法国收藏家。是新艺术风格的鼓动者。他对法国人喜爱日本和中国艺术起到促进作用，他把现代风格引进家具中。

的最好描写。我正要离开客厅，看能不能找到一个人，如若找不到，我就设法找到通往前厅的路，叫人给我开门；我刚站起来，在拼花地板上没走几步，就见一个仆人神色不安地走进来："男爵先生一直有客人。"他对我说，"都是事先约好的，还有好几个人在等他呢。我尽量让他接见先生，我给秘书打过两次电话了。"

"不必麻烦了。我同男爵是事先约好的，但时间太晚了，既然他今晚上很忙，我改天再来。"

"噢！不，先生别走，"男仆大声说，"男爵先生会不高兴的。我再去试试。"

我想起曾听人谈起过德·夏吕斯先生的仆人，说他们对主子忠心耿耿。虽然不能完全说他和孔蒂亲王一样，不仅想讨好部长，而且想讨好仆人，但他却善于把要仆人做事当作一种恩宠吩咐下去：晚上，仆人们聚集在他身边，但离他有一段距离，他挨个儿地把他们扫视一遍，然后吩咐："瓜涅，蜡烛！"或者"迪克雷，衬衣！"这时，其他仆人就会咕咕哝哝地退下去，对那个受到主人宠爱的幸运儿不胜羡慕。而那两个仆人彼此憎恨，都想夺走对方所受的恩宠，如果男爵上楼比平时早，他们就找个诸如送信之类的借口上楼去，拿蜡烛的那个希望今晚上能拿衬衣，拿衬衣的那位希望能拿蜡烛。如果男爵对他们中的一个说了一句与差事无关的话，尤其像冬天在花园里，如果他知道他的一个车夫患感冒，十分钟后对他说："把帽子戴上"，那么，其他人就会嫉妒这个受宠的车夫，半个月都不同他说一句话。

我又等了十分钟，才被带去见男爵先生。我被告知不能待得很久，因为男爵先生刚把好几个几天前就约好的重要人物送走，已很疲劳。我心想，德·夏吕斯先生精心导演的这场戏，有点装腔作势，相反，他哥哥盖尔芒特公爵却于朴实之中见高贵。正想着，门打开了，我看见男爵穿着中国式睡衣，露着脖子，躺在一张长沙发椅上。与此同时，我吃惊地看到，在一张椅子上放着一顶有“八道闪光”的丝织礼帽，还有一件皮大衣，好像男爵出门刚回来。男仆退下了。我以为德·夏吕斯先生会站起来迎接我。谁知他一动不动，冷冷地看着我。我走过去，向他问好，但他没有同我握手，也没有回答我的问题，甚至没有请我拿椅子坐下。过了一会儿，我就像问一个缺乏教养的医生那样，问他有没有必要让我这样老站着。我这样问并无恶意，可是，德·夏吕斯先生憋着的那股怒气似乎变得更显见了。那时候，我还不知道他的习惯：当他在城里或在乡下的夏吕斯城堡设宴招待客人时，总喜欢模仿国王：晚饭后躺在吸烟室的一张安乐椅上，让他的客人站在他身旁。他让这个人给递火，向那个人敬一根雪茄，过了几分钟他才说：“喂，阿让古尔，您坐呀，亲爱的，拿一张椅子坐下。”等等。他坚持让他的客人多站一会儿，无非是想向他们表示，没有他的允许，他们不能坐下。“您坐到那张路易十四式椅子上去，”他以命令的口吻回答我，与其说在叫我坐下，不如说在强迫我离他远一些。我在离他不远的一张安乐椅上坐下。“哼！这叫路易十四式椅子呀！亏您是一个有知识的年轻人。”他用嘲笑的口吻嚷道。我目瞪口呆，没有动弹，既没有像我应该做的那样扬长而去，也没有像他要我做的那样换一张椅子。“先生，”他字斟句酌，说到最无礼的字眼时，欲擒故纵，把第一个辅音拉得很长，“我是在一个不愿披露姓名者的恳求下屈尊同您约会的，这次谈话将标志着我们关系的结束。我不想瞒您，我原来是希望有更好的结局的。如果我对您说，我对您曾有好感，这也许有点歪曲词义，出于自尊，是不应该说的，即使是对不知道这话的价值的人。但我相信，‘厚爱’一词用在这里恰如其分，意思是进行最有效的保护，这正是我感觉到的，也是我想表达的。我回到巴黎后，甚至还在巴尔贝克的时候，就告诉过您，我是您可信赖的人。”我只记得在巴尔贝克同他分手时，他对我说了多么唐突的话，于是，我做了一个否定的手势。“什么！”他怒吼一声，脸色变得刷白，抽搐着，和他平时的脸判若霄壤，就像在暴风雨的早晨，大海一改平日和蔼可亲的笑脸，喷射出无数粗蛇般的泡沫和口水一样，“您说您没有收到要您记住我的信息？这几乎是一种表白。在我托人捎给您的那本书上，您没看见有什么装饰吗？”

“很漂亮的交织花体字。”我对他说。

“嘿！”他轻蔑地回答，“现在的年轻人对我们国家的杰作很少了解。要是一个柏林青年不知道《女武神》，大家会怎么看他？再说，您的眼睛是白长的，因为这部杰作，您对我说您读了两个小时。我看，您对花体字不见得比对家具的式样更在行，不要申辩，您对式样就是不在行嘛。”他狂怒地喊着，“您甚至不知道您坐的是什么椅子。我让您坐路易十四式安乐椅，您却一屁股坐到了督政府时期式样的烤火用矮椅上。过两天，您也许会把德·维尔巴里西斯夫人的膝盖当马桶呢。谁知道您要在上面干什么。同样，您连贝戈特那本书的封面装饰——巴尔贝克教堂刻有**毋忘我**花体字的过梁都没有认出来。难道还有比这更明白的方式对您说不要忘记我吗？”

我凝视着德·夏吕斯先生。他的面孔虽然令人生厌，却比他家里任何人的面孔都漂亮，像是上了年岁的阿波罗。但是，从他恶毒的嘴里，似乎随时都会喷出橄榄色和黄疸色的液体。至于智慧，不能否定他见多识广，他知道的许多东西是盖尔芒特公爵永远也不会知道的。但是，不管他用怎样的花言巧语掩饰心中的仇恨，人们感到这个人是会杀人的，或因为自尊心受到伤害，或因为爱情失意，或有怨恨，或是虐待成性，或是为了捉弄人，或是有一个不可消除的意念；他还会用逻辑和巧语证明自己杀人是正当行为，杀了人也比他的哥哥、嫂嫂，比其他许多人不知强多少倍。

“是我向您迈出了第一步，”他继续说，“就像委拉斯开兹[①]在《长矛轻

① 委拉斯开兹（1599—1660），西班牙画家，一生创作了大量的肖像画、风俗画和历史画。《长矛轻骑兵》是他的代表作之一。1623年受聘于西班牙腓力四世，终生担任宫廷画师。艺术上反对追求外表的虚饰，善于表现人物的性格特征。

骑兵》这幅画中画的胜利者，向着最卑微的人走去。我什么都有，而您却一无所有。我做的是一个贵族应该做的事。我的行动是不是伟大，这是有目共睹的，可您却置之不理。我们的宗教劝诫我们要有耐心。对您那些可以说是无礼的行为，如果您可以对一个远比您高贵的人无礼的话，我向来只付之一笑，我希望，我对您的耐心，您会心存感激。不过，先生，现在谈这一切，已不再有意义了。我对您进行了考验，当代最杰出的这个人风趣地把这种考验叫作态度的考验，用无限的热情考验您的态度，他有充分理由宣称，这是最可怕的考验，因为这是唯一能区分良莠的考验。您没有经受住，我不怎么怪您，因为成功者寥寥无几。不过，至少，我不希望您恶意中伤我，我希望我们将要进行的这最后一次谈话能达到这个结果。"

我万万没有想到，德·夏吕斯先生发怒，是因为有人在他面前说我讲了他的坏话。我搜索记忆，怎么也想不起我对谁谈起过他。这纯粹是哪个坏蛋无中生有。我向德·夏吕斯先生保证，我从没有同别人谈过他。"我对德·盖尔芒特夫人说过我和您有来往，我想，这总不至于使您生气吧。"他轻蔑地微微一笑，把声音升到最高音域，缓慢地发出最尖细、最无礼的音符：

"唷！先生，"他极其缓慢地让他的音调恢复了自然，仿佛对这个下行音阶颇为陶醉似的说，"我认为，您供认自己说过同我有来往，这是在和自己过不去。对一个能把奇朋代尔①式家具当成洛可可式椅子的人，我不指望他能讲出非常准确的话来，但我不认为，"他的声音越来越充满嘲讽的爱抚，竟使他嘴边绽出迷人的微笑，"我不认为您会说或会相信我们之间**有来往**！至于您在别人面前炫耀，说有人把您**介绍**给我了，您**同我谈过**

① 奇朋代尔（1718—1779），英国制乌木家具的工匠。他设计的奇朋代尔式家具发展了路易十五时代的洛可可式风格，并借鉴了火焰哥特式和中国式的风格。

话，和我有点**认识**，几乎没有请求，就获准将来有一天成为我的**被保护人**，我觉得您讲这些话倒是顺理成章的，是聪明的。您我之间年龄悬殊那样大，我完全有理由说，这个**介绍**，这些**谈话**，这个刚刚开始的**关系**，对您是一种幸福。当然，这话不该由我说，但我至少可以说，这对您不无好处。说您傻，绝不是因为您把这个好处讲出去了，而是因为您没能保住。我甚至还要说，”他突然不再疾言厉色，暂时换上了充满忧伤的温柔，我感到他就要哭了，“当您对我在巴黎向您提出的建议置之不理时，我竟不相信您会这样，我觉得，您是个很有教养的人，出身于正派的**资产阶级**家庭（只是在说这个形容词时，他的声音才微微带点不礼貌的摩擦音），不会做出这样的事来，因此，我天真地认为，可能出了从未出过的差错，信遗失了，或是地址写错了。我承认我是太天真了，可是，圣波拿文都拉①不是宁愿相信牛会偷窃，却不愿相信他的兄弟会撒谎吗？不过，这一切都已结束，既然您不感兴趣，也就不必再谈了。只是我觉得，就看我这把年纪，您也会给我写信的（他的声音真的哽咽了）。我为您设想了诱人的前途，但我一直没对您说。您宁愿不知道就拒绝，这是您的事。但是，正如我对您说的，信总是可以写的吧。我要是您，我就会写信，即使处在我的地位，我也会写。正因为这样，我更喜欢处在我的地位。我说‘正因为这样’，是因为我认为各种地位都是平等的，我对一个聪明的工人可能比对许多公爵更有好感。但是，我可以说，我宁愿处在我的地位，因为我知道，您做的那种事，在我可以说是相当长的一生中，我从没有做过。（他的头朝着暗处，我看不见他的眼睛是否像他声音让人相信的那样在落泪。）刚才我说了，我朝您迈出了一百步，可结果您后退了二百步。现在，该轮到我后退了。从今以后，

---

① 圣波拿文都拉（1221—1274），基督教神学家、方济各会会长、枢机主教。原名约翰，出生于意大利，1235 年入巴黎大学。但是夏吕斯引用的故事并非出自波拿文都拉，而且故事中不是牛，而是骡。

我们互不认识。我要忘记您的名字，但要记住您的事例，等哪天，当我禁不住诱惑，相信人有良心、讲礼貌，相信他们不会白白错过一次绝无仅有的机会的时候，我会提醒自己别把他们抬得太高。以前您认识我的时候（因为现在不再是这样了），如果您说您认识我，我只能认为这是很自然的事，是在向我表示敬意，也就是说，我把这看作是令人愉快的事。不幸，您在其他地方和其他场合却完全不是这样说的。”

“先生，我发誓，我从没说过可能冒犯您的话。”

“谁跟您说我受冒犯了？”他发出愤怒的吼叫，猛地从长沙发椅上坐起来，直到现在，他才算动了一下身子；他面容失色，唾沫四溅，脸部肌肉抽搐着，像是有无数条蛇在扭动；嗓门时而尖利，时而低沉，犹如震耳欲聋的狂风暴雨。（他平时说话就十分用劲，行人在外面经过，肯定会回头张望，现在，他使的力气比平时大一百倍，就像用乐队而不是用钢琴演奏一段强奏乐曲，声音陡然会增加一百倍，还会变成最强音。德·夏吕斯先生在吼叫。）“您认为您能够冒犯我吗？您难道不知道我是谁？您相信您那些狐朋狗友，五百个互相骑在身上的小娃娃从嘴里吐出的毒汁能弄脏我高贵的脚趾头吗？”

我本想让德·夏吕斯先生相信我从没说过，也没听见别人说过他的坏话，但他的话把我气疯了。我认为，他说这话是因为他太骄傲，至少部分可以归因于骄傲。还有另外一个感情方面的原因，可当时我并不知道，因此不把它作为原因，我也就没什么罪过了。不过，不知道感情方面的原因，也应该回想起德·盖尔芒特夫人的讲话，把精神有点错乱作为第二个原因吧。但我当时压根儿就没往这方面想。在我看来，他只有骄傲，而我只有愤怒。当他停止咆哮，郑重地谈他的高贵的脚趾头的时候（他还撇了撇嘴，以示他对那些亵渎他的卑微小人的极度厌恶），我再也遏制不住满腔怒火了。我想打人，想摔东西发泄怒气，但我还剩下一点辨别力，我不得不尊重一个年纪比我大许多的长者，甚至对他身边的德国瓷器，也由于它们具有珍贵的艺术价值，而不敢妄加损坏，于是我扑向男爵那顶新的礼帽，把它扔到地上拼命踩踏，想把它四分五裂。我扯下帽里，把冠冕撕成两半。德·夏吕斯先生仍在大叫大骂，我连听都不听，穿过房间，准备离去。我打开了房门。没想到门两旁站着两个仆人，我惊得目瞪口呆。看见我开门，他们装出要去做事路过这里的样子，不急不忙地走开了。（就在那天，我知道他们的名字，一个叫比尼埃，另一个叫夏梅勒。）我无论如何也不会相信他们用懒洋洋的步态向我作出的解释。这个解释是不足信的，另外三种解释恐怕更不足信了：一是男爵接待客人有时需要帮助，（那又是为什么呢？）认为需要在附近设一个“急救站”；二是他们受好奇心驱使前来偷听，没想到我会那样快就出来；第三，德·夏吕斯先生对我大发雷霆是有预谋的，是在演戏，是他让他们来偷听的，因为他们喜欢热闹，也许还得加上 nunc erudimini（现在该受教育），大家都能从中得到好处。

我动怒没有使男爵消气，我拂袖而去倒像使他心痛欲裂。他喊我回去，让仆人叫我回去，最后，他疾步追我到前厅，挡在门口不让我出去，全然忘记了一分钟前，当他在谈论他的“高贵脚趾头”的时候，还在我面前大摆其神圣不可侵犯的威风。“行了，”他对我说，“别孩子气了，进来待一会儿。爱之深，责之严嘛。如果说刚才我严厉地责罚您，那是因为我爱您爱得深。”我的怒气已经消失，我没有计较男爵说的“责罚”二字，跟着他进去了。他叫来一个仆人，毫无自尊地让他把帽子的碎片捡走，又拿来了一顶。

“如果您愿意告诉我可耻地诬蔑我的人，先生，”我对德·夏吕斯先生说，“那我就留下来听一听，我要戳穿这个骗子的谎言。”

“您不知道是谁？难道您忘记您说的话了？您以为向我通风报信的人，不会要我发誓保守秘密吗？您相信我会不履行诺言？”

“先生，您真的不能告诉我？”我作了最后一次努力，想回忆起我可能同谁谈过德·夏吕斯先生，但一个也没有想起来。

“我不是对您说过我要替告密的人保密吗？”他用一种令人厌烦的声音说，“我看您不仅爱诽谤人，还爱枉费口舌地打破砂锅问到底。至少您也应该放聪明些，好好利用这最后一次会面，说一些有用的话嘛。”

“先生，”我边走开，边回答，“您侮辱我。我是看您年纪比我大几倍的分上，才不跟您计较的。一老一少，地位不平等嘛。另外，我也没法说服您，我已向您发过誓了，我什么也没说过。”

“那么是我在撒谎！”他嚷道，声音十分可怕，边嚷边向前一蹦，蹦到了离我只有两步远的地方。

“他们把您骗了。”

这时，他换上一种温柔、深情而忧郁的声调（就像演奏交响乐时，乐曲一个接一个没有间隙，第一个似雷电轰鸣，接下来是亲切而淳朴的戏谑曲），对我说：“这很可能。一句话经人重复后，一般都会走样。说到底，还是您的错，您没有利用我向您提供的机会来看我，没有通过坦率的能创造信任的日常交谈，给我打一支唯一的、有特效的预防针，使我能识破把您指控为叛徒的一句话。那句话是真是假，反正木已成舟。它给我的印象再也不能消除。甚至我连爱之深、责之严这句话也不能说了，因为我狠狠地责备了您，但我已不再爱您。”他一面说，一面强迫我坐下，摇了摇铃，另一个仆人走进来。“拿点喝的来，另外，叫人备好车。”我说我不渴，时候已经不早，况且我有车。“有人大概给您付了车钱，让车走了。”他对我说，“您就别管了。我让人备车把您送回去……如果您担心太晚……我有房间，您可以住在这里……”我说，我母亲会担忧的。“确实，那句话是真是假，反正木已成舟。我对您的好感开花开得太早，就像您在巴尔贝克富有诗意地同我谈起过的那些苹果树，经不住初寒的摧残。”即便是德·夏吕斯先生对我的好感完好无损，他也只能做到这样，因为他嘴上说同我闹翻了，却硬要把我留下来，给我拿喝的，要我住下来，备车将我送回去。他似乎害怕同我分离，害怕孤独，这种略带忧虑的害怕心理，一小时以前，当他的嫂子，他的本家堂姐妹德·盖尔芒特夫人挽留我时，也曾有过。他们都对我产生了一时的兴趣，都想方设法多留我一分钟。

“可惜，”他又说，“我没有本事叫摧毁了的花复开。我对您的好感已经枯萎，不会再复生。我一直觉得自己有点像维克多·雨果诗中的波阿斯：

> 我是鳏夫，孤独无依，日暮途穷。

我和他一起又穿过绿色大客厅。我随口对他说，我觉得客厅很美。“是吗？”他回答，“应该确确实实地爱一样东西。细木护壁板出自巴加①之手。您看，它们是用来和博韦的椅子和蜗形腿狭台配套的，这很可爱。您注意没有，它们有着相同的装饰图案。只有卢浮宫和德·伊尼斯达尔先生家里有这样配套的家具。我刚决定要搬到这条街来住，马上就找到了希梅的一个旧公馆，过去谁也没有见过，只是为了**我**才在这里出现的。总而言之，这里很好。也许可以更好些，但够不错的了。有许多漂亮的东西，对吧？有我曾伯父波兰国王和英国王的肖像，是米尼亚尔②画的。咳！我跟您说这些干什么，您知道得和我一样清楚，因为您在这个客厅里等了很长时间。不知道？噢！那他们带您去蓝厅了。”他说，神态看上去蛮横无理——因为我显得不感兴趣，或者说高人一等——因为他事先没问我是在哪里等候的。“瞧！在这间屋子里，陈放着伊丽莎白夫人③、朗巴尔亲王

① 巴加（1639—1709），法国雕刻家，被同时代人称为“伟大的恺撒”，用木雕装饰巴黎的某些公馆。

② 米尼亚尔（1610—1695），法国画家，尤其擅长肖像画。为路易十四画像成功而得宠于宫廷。

③ 伊丽莎白夫人（1764—1794），法王路易十六的姐姐。法国大革命时被送上断头台。

夫人①和王后②戴过的全部帽子。您对这不感兴趣，就像没有看见似的。您的视神经大概出毛病了。如果您对这种类型的美感些兴趣就好了，这里有透纳③的一幅彩虹，它开始在伦勃朗的这两幅画中间发光了，这象征着我们的和解。您听：贝多芬也来和他会合了。”果然，传来了《田园交响曲》第三乐章开头的和弦《暴风雨后的欢乐》。乐师在离我们不远的地方弹奏，可能在二楼。我傻乎乎地问他，怎么会有这样的巧事，乐师是谁？“嗳！谁知道？永远也不会知道。这是看不见的音乐。很美，是不是？”他语气有点蛮横地对我说，这种语气使人想起斯万的影响和声调，“可是您一点也不感兴趣，就像鱼见到苹果一样。您还是想回去？就不怕对我和贝多芬不尊敬？您对您自己作了判决。”当我要告辞时，他深情而忧郁地对我说：“原谅我不能像应该做的那样送您回家。既然我不再想见到您，和您再多待五分钟也就没什么意思了。我有许多事要做，但我已感到很累。”可是，当他发现夜色很美，又说：“嗳！不，我也上车。月光太美了，把您送回家后，我要到布洛尼林园赏月去。您怎么不知道刮刮胡子，上别人家去吃饭，还留着几根毛毛。”他对我说，一面伸出两个指头夹住我的下巴，指头像是被吸住似的，犹豫了一下，就像理发师那样，沿着我的脸颊，一直摸到耳朵根。“要是能和您一起在林园里观赏这‘蓝色的月光’，那该多好啊！”他突然地，像是不由自主地用一种温柔的语气对我说，接着，脸上出现了忧郁的神态：“因为，不管怎么说，您是很讨人喜欢的，您可以比任何人更讨人喜欢。”他一边亲切地抚摸我的肩膀，一边说：“应该说，以前我觉得您毫无价值。”按说我应该认为他现在仍然是这样看我的，只要想

① 朗巴尔亲王夫人是路易十六的妻子玛丽-安托瓦内特王后的好朋友，1792 年九月屠杀时被杀死。

② 王后是指路易十六的妻子玛丽-安托瓦内特（1755—1793），神圣罗马帝国皇帝弗兰茨一世第十一个女儿。法国大革命时期，被革命法庭送上断头台。

③ 透纳（1775—1851），英国画家，擅长水彩画和油画。

一想半小时前他同我讲话时的愤怒样子就行了。但我感到,他此刻态度很诚恳,他的善良战胜了那种我认为是骄傲和敏感得几乎发狂的状态。我们已走到马车跟前了,他还是在不停地说着。“好吧,”他突然对我说,“我们上车,五分钟就可以到您家。那时,我将和您道晚安,至此,我们的关系也就永远结束了。既然我们就要分道扬镳,还是好说好散,就像音乐那样,弹出一曲完美的和弦。”德·夏吕斯先生尽管一再郑重表示我们以后不再见面,但我敢保证,倘若我们还能见面,他是不会不高兴的,因为他不愿意马上被我忘记,也害怕给我造成痛苦。我这个想法是正确的,因为过了一会儿,他又说:“喔!对了,我把一件重要的事忘了。为了纪念您的外祖母,我让人给您搞了一本德·塞维尼夫人书简精装珍本。这样,这次会面就不是最后一次了。复杂的事不是一天所能解决的,只要想一想这个道理,我们就能得到安慰。您看,维也纳会议不是开了很长时间吗?”

“不用麻烦您,我可以找到。”我客气地说。

“住嘴,小傻瓜,”他愤怒地回答,“别这样傻乎乎的,把我有可能接见您(我不是说一定,也许派一个仆人把书送给您)看作一件小事。”

他恢复了镇静:“我不想用这些话同您分手。我不想要不协和和弦,让我们在永久的休止前,弹奏一个属音和弦吧。”其实,他是怕自己神经吃不消,才不愿意刚吵完架,刚说了那么多尖酸刻薄话就立即回家去。“您是不想去林园的。”他用肯定的,而不是提问的语气说,我觉得,他用肯定语气不是不想要我去,而是怕遭拒绝而下不了台。“嗳!您瞧,”他仍拖长了音说,“现在,正如惠斯勒所说的,恰是市民回家的时候(他大概想触动我的自尊心),观赏夜景正合适。您恐怕不知道惠斯勒是谁吧。”我改变话题,问他耶拿亲王夫人是不是很聪明,夏吕斯先生没等我把话说完,就用我从没见他用过的最轻蔑的语气说:

“啊!先生,您这里提到了一个与我毫不相干的贵族分类法。在塔希提可能有一种贵族,但我承认我不了解他们。然而,无巧不成书,您提到的那个名字几天前在我耳边响起过。有人问我愿不愿意屈尊和年轻的瓜斯达拉公爵认识。这个要求使我感到吃惊，因为瓜斯达拉公爵无需让人引见，他是我的表弟，我们早就认识了，他是帕尔马公主的儿子。作为有教养的年轻的亲戚，他每年元旦总要来看望我。经过了解，原来，这个瓜斯达拉公爵不是我那位亲戚，而是您感兴趣的那个女人的儿子。因为根本就不存在叫这个名字的亲王夫人，我猜想，她也许是一个露宿在耶拿桥下的穷苦妇女，富有诗意地把自己封为耶拿亲王夫人，就像有人封自己为巴蒂尼奥勒之豹或钢铁大王一样。可是我错了。这是一个很有钱的女人，在一次展览会上，她那些漂亮非凡的家具使我赞叹不绝，它们货真价实，比主人的名字要高贵得多。至于那位所谓的瓜斯达拉公爵，可能是我秘书的证券经纪人，他的爵号大概是花钱买来的。什么东西不能花钱买？可是我错了，原来是皇帝一时高兴，把他恰恰无权处置的一个爵号分给了这些人。这也许能证明他的力量，或他的无知，或他的狡猾，我尤其觉得，他用这种方式同这些身不由己的爵位窃取者开了一次不无恶意的玩笑。但是，关于这一切，我不可能给您作充分的解释，我只了解圣日耳曼区的事，如果您最终能找到一个引见人，您会发现，古弗瓦西埃家族和加拉东家族有不少像是特意从巴尔扎克小说中搜罗来的恶人、供人消遣的老太婆。当然，这一切和盖尔芒特亲王夫人的威信毫不相关，但是，没有我，没有我的开门咒，她的住所您是进不去的。"

"先生，盖尔芒特亲王夫人的府邸的确很漂亮。"

"嗬！不是很漂亮，而是再没有比这更漂亮的了，然而，却比不上亲王夫人漂亮。"

"盖尔芒特亲王夫人比盖尔芒特公爵夫人还要漂亮吗？"

"啊！她们俩是很难作比较的。（值得注意的是，上流社会人士，一旦有了一点想象力，就会按照他们的好恶，把那些地位似乎最牢固、最优越的人要么捧上天，要么踩在脚下。）盖尔芒特公爵夫人（他不称呼奥丽阿娜，可能想把我同她的距离拉得更远）和蔼可亲，雍容华贵，这是您难以想象的。但她和她的表妹是无法作比较的。盖尔芒特亲王夫人的形象正是巴黎中央菜市场的卖菜妇对梅特涅亲王夫人①所想象的形象。但是，梅特涅亲王夫人以为是她使瓦格纳名扬四海的，因为她认识维克多·莫雷尔②。然而，盖尔芒特亲王夫人，更确切地说，她的母亲却认识瓦格纳本人，这是很有诱惑力的，还不算她长得美丽非凡。仅以斯帖的花园就够人看的了！”

“能不能去参观？”

“不能，要有邀请才行，但她谁也不邀请，除非我出面。”

然而，他抛出诱饵后随即就收回了，他把手递给我，因为我到家了。

“我的任务完成了，先生。不过，我还要啰唆几句。以后也许还会有人像我这样对您表示好感，希望您从现在这件事上吸取教训。不要对这种表示置若罔闻。人与人之间的好感是十分宝贵的。在生活中，这种感情光靠一个人是不行的，因为有些东西不是说一个人想求就能求来，想要就能得到，想做就能做成，想学就能学会的，但是好几个人在一起就能成功。当然，不像巴尔扎克小说中所说的那样要十三个人，或《三剑客》中所说的要四个人。再见了。”

他大概很疲劳，不再想去林园赏月了，因为他要我对车夫说送他回家去。可他马上又做了一个动作，似乎想改口，但我已把他的命令传给了车夫，为了不耽搁更多的时间，我已经按响了门铃，根本不再想给德·夏吕斯先生讲德国皇帝和博塔将军的故事了，刚才它们缠得我心烦意乱，坐立不安，可现在已被德·夏吕斯先生对我那种出乎意外的令人震惊的接待

---

① 梅特涅亲王夫人（1836—1921），奥地利帝国外交大臣和首相梅特涅（1773—1859）的孙媳妇，很有才华，为后世留下两卷回忆录。

② 维克多·莫雷尔（1848—1923），法国歌剧演员，著名的男中音歌唱家，曾在伦敦演唱瓦格纳的歌剧。

赶得无影无踪。

回到家里，我看见我的办公桌上有一封信，是弗朗索瓦丝的年轻听差写给他的一个朋友的，他忘记拿走了。我母亲不在家的这几天，他变得毫无顾忌，但我的行为更应该受到谴责，因为我把他这封摊在桌上的没有信封的信读了，唯一的借口是，信放在桌子上好像就是要让我读的：

亲爱的朋友和表兄：

我希望你的身体一直安康，你全家的身体也安康，尤其是我的小教子约瑟夫，我尚未有幸认识他，但他是我的教子，我爱他甚于爱你们大家，这些心中的圣物也会有灰尘，不要用手去触及这些圣物。况且亲爱的朋友和表兄谁对你说明天你和你亲爱的妻子我的表嫂玛丽，你们不会像绑在桅杆顶上的水手那样被扔进大海里呢，因为生活不过是一个阴暗的山谷。亲爱的朋友我要对你说我现在主要的消遣是诗歌，我肯定你会大吃一惊，我现在对诗爱不释手，因为要消磨时间。所以亲爱的朋友如果说我还没有回你的信你不要感到过分意外，如果你不肯原谅那就渐渐遗忘了吧。正如你知道的，夫人的母亲去世了，她受的痛苦难以言表，她够累的，因为她一连看了三个医生。出殡那天是一个美好的日子，因为先生所有的熟人都来了，还来了好几个部长。走了两个多小时才到公墓，这会使你们村里人大开眼界，因为米许大娘死了肯定不会这样。因此我的一生只会是长久的哭泣。我刚学会骑摩托车，常骑着它消磨时间。如果我驾着摩托车飞到爱科尔，我亲爱的朋友们你们会说什么呢？但在这个问题上我也不会更保持沉默，因为我感到沉醉在不幸中，这会使人失去理智，我常和德·盖尔芒特夫人，和一些你在我们闭塞的家乡从没听说过名字的人来往。因此，我很乐意给你们寄拉辛、维克多·雨果的书，寄谢内多雷、阿尔弗雷德·缪塞的文选，因为我想使生我养我的家乡摆脱愚昧，愚昧必然会导致犯罪。我看到不再有什么要对你讲的了，我就像经过长途旅行而精疲力竭的鹅鹕向你向你的妻子向我的教子和你的玫瑰妹妹致以崇高的敬意。但愿人们不要议论她：正如维克多·雨果、阿维尔的十四行诗和阿尔弗雷德·缪塞所说的，她作为玫瑰，不过像玫瑰那样生活罢了。所有这些伟大的天才因为说了这些话也像贞德那样被放在柴堆上烧死了。盼望你的回信，请接受一位兄弟佩里戈·约瑟夫的吻。

任何一种从未体验过的生活都对我们都具有强大的吸引力，明知幻想会破灭，我们仍会想入非非。德·夏吕斯先生同我讲的许多事情，大大激发了我的想象力，使我忘记了我在德·盖尔芒特公爵夫人家里看到的令人大失所望的现实（无论是地名还是人名），把我的想象引导到她的堂弟媳盖尔芒特亲王夫人身上。况且，如果说德·夏吕斯先生使我一段时间蒙受欺骗，相信上流社会人士具有价值，认为他们不是千篇一律，而是个个不同，那是因为他自己也弄错了。造成这种情况，也许得归因于他整天无所事事，既不写也不画，甚至连读书也是粗枝大叶，走马观花。但他比上流社会的人高明几倍，因此，如果说他从他们和他们的表演中汲取谈话内容的话，可他们却并不能听懂他的话。他是以艺术家的身份说话，最多只能分析出他们虚假的魅力。他的分析仅仅对艺术家有用，他和艺术家的关系犹如驯鹿和爱斯基摩人的关系：这种珍贵动物，为他们啃食荒凉岩石上的地衣和苔藓，这些植物，北极居民自己发现不了，也不知道派什么用场，但是经驯鹿消化后，它们就成了北极居民可吸收的食物。

此外，我还要补充一点：德·夏吕斯先生为上流社会所描绘的图画显得生机勃勃，因为强烈的仇恨和真诚的好感混杂在一起，他对年轻人尤其仇恨，但对有些女人却很崇拜。

即使德·夏吕斯先生把盖尔芒特亲王夫人放在他所崇拜的女人之

首，即使他把堂弟媳的府邸说成是神秘莫测、不可接近的阿拉丁宫，这也不足以解释我在接到盖尔芒特亲王夫人请帖时感到的惊愕。这件事发生在我去公爵夫人家吃饭后的两个月。那天，公爵夫人到戛纳去了。当我打开一张外表看来普普通通的信封，看到请柬上印着**盖尔芒特亲王夫人，婚前巴伐利亚女公爵某日在家**的字样时，我惊得目瞪口呆，但我马上担心有人在搞恶作剧，想叫我到一个没有邀请我的府上去做客，而被扔出门外。诚然，从社交观点看，被盖尔芒特亲王夫人邀请与被允许到公爵夫人家中吃晚饭，两者相比，后者难度更大。虽然我对纹章学所知甚微，但我仅有的那些知识告诉我，亲王爵位并不比公爵爵位高贵。再说，我心想，上流社会女士的智商再高，也不可能像德·夏吕斯先生所说的那样，和她同类的智商有质的不同。但是，我的想象力给我描绘的，不是我所知道的，而是它所看见的东西，也就是名字向它展现的东西，正如埃尔斯蒂尔在突出一种透视效果时，会忽视物理的基本概念，尽管他能够驾驭这些概念。然而，就是在我不认识公爵夫人的时候，盖尔芒特这个名字一旦加上亲王夫人这个爵号，也总向我展示出完全不同的东西，正如一个音符、一种颜色或一个数量，受到明暗变化、数学"符号"或美学"符号"的影响后，会发生深刻的变化一样。盖尔芒特名字加上亲王夫人爵号后，就成为路易十三和路易十四时代回忆录中的名字；我把盖尔芒特亲王夫人的府邸想象成经常有隆格维尔公爵夫人和大公爵出入，有这些人物在场，踏入亲王夫人的门槛对我来说难如登天。

这些人尽管经过放大镜放大，大家对他们有着各种不同的主观看法（我以后还要提到），但他们总有一些客观的东西，因而也就显示出了不同。

况且，怎么能不是这样呢？我们经常接触的人，同我们梦幻中的样子相差甚远，然而，却和我们在名人回忆录和书信中所看到的，我们渴望认识的人一模一样。那位和我们共进晚餐的无足轻重的老人，却是我们在一本描写七〇年战争[1]的书中看到的人物，我们以激动的心情拜读了他给腓特烈-查理亲王[2]写的充满了自豪感的信。吃饭时我们觉得趣味索然，那是因为想象没有和我们在一起；看书时感到其乐无穷，那是因为有想象为我们做伴。其实却是同一个人。我们希望自己曾和德·蓬帕杜尔夫人[3]相识，因为她热情地保护了文艺，但当我们有可能和她在一起时，会感到兴致索然，味同嚼蜡，仿佛来到了当代的埃吉里娅[4]身旁，觉得她实在平庸，也许以后再也不想见到她。尽管如此，仍会有所不同。人对人的态度不会千篇一律，即使他们对我们可以说是一样的友好，但最终会显示出起抵销作用的差异。我刚认识德·蒙莫朗西夫人那会儿，她喜欢同我谈一些令人不愉快的事，但是，当我需要她助我一臂之力时，她会毫不吝啬地、十分有效地用她的影响来帮我的忙。要是换了德·盖尔芒特夫人，情况就不一样。德·盖尔芒特夫人也许从来没想使我不愉快，从来只说我的好话，对我客客气气，彬彬有礼（礼貌是盖尔芒特家族丰富的精神生活），但是，一旦我要求她办一件小事，她决不会为满足我的需要而前进半步，就像在有些城堡中，你可以使用一辆汽车，使唤一个仆人，却不能得到一杯苹果酒，因为这没有列入仪式安排中。究竟谁是我真正的朋友？是德·蒙莫朗西夫人，还是德·盖尔芒特夫人？前者以伤害我为乐，但却随时准备为我效劳；后者看到有人伤害我会很痛苦，但却决不会帮我一丁点儿忙。此外，有人说德·盖尔芒特公爵夫人尽谈些无聊的事，而她的堂弟媳尽管才智平平，却尽讲有趣的东西。才智的形式多种多样，彼此对立，这在文学界是这样，在上流社会也是这样，因此，不只是波德莱尔和梅里

① 指1870年到1871年的普法战争。

② 腓特烈-查理亲王（1775—1828），普鲁士陆军元帅。残忍而凶暴。

③ 蓬帕杜尔夫人（1721—1769），路易十五的情妇，对当时的文艺起过重要的保护作用。

④ 埃吉里娅是罗马神话中的泉水仙女，保佑孕妇，预知未来。曾启示过罗马王努玛。现在常用做“女幕僚、女谋士”解释。

美才有权互相蔑视。正因为如此,每个人都有自己严密和专横的目光、语言及行为体系,当我们和别人在一起时,总觉得自己比别人高明。德·盖尔芒特夫人说的话,就像是一条从她那一类才智演绎过来的定理,我认为是人们唯一应该说的话。当她对我说,德·蒙莫朗西夫人向一切不懂的东西敞开思想,实在愚蠢时,或者,当她知道德·蒙莫朗西夫人干了什么坏事而对我说“这就是您所说的好女人,可我说她是坏女人”时,我是从心底里赞成她的看法的。但是,当我离开德·盖尔芒特夫人,当另一个女人和我并起并坐,把公爵夫人贬得一钱不值,对我说“其实奥丽阿娜对任何人、任何事都不感兴趣”,甚至说(要是德·盖尔芒特夫人在场,这似乎令人难以置信,因为她本人的声明恰恰相反)“奥丽阿娜迷恋社交生活”时,那种专横严酷的现实,即德·盖尔芒特夫人说的话绝对正确的现实,就会土崩瓦解,那盏已经像普通记忆那样遥远的使晨曦变得惨淡无光的明灯就会消失。既然任何数学都不能把德·阿巴雄夫人和德·蒙邦西埃夫人化成齐次量,因此,如果有人问我,她们俩谁更高明,我当然无法回答。

盖尔芒特亲王夫人的沙龙有许多特点,然而,大家谈论最多的是它的排他性,这部分归因于亲王夫人的王族出身,但尤其归因于盖尔芒特亲王顽固不化的贵族偏见(公爵和公爵夫人在我面前从不放过对他的偏见冷嘲热讽),因此,我认为亲王是绝对不可能邀请我的,他眼里只有殿下和公爵,吃饭时他总要大发脾气,因为他在餐桌上的位置不是他在路易十四时代可能享受的位置,他在历史和系谱学方面知识渊博,只有他才懂得这些礼节,就因为这个,许多上流社会人士在决断公爵夫妇和亲王夫妇之间的差别时,常常站在公爵夫妇一边。我常听人说,公爵和公爵夫人是新派人物,非常聪明,不像其他人,只关心贵族世家有多少支系,他们的沙龙比他们堂弟的沙龙要先进三百年。现在我凝视手中的请柬,回想起人们对我说的那些话,不由得一阵战栗,我想很可能是有人要愚弄我而给我这张请柬的。

要是盖尔芒特公爵和公爵夫人没有去戛纳，我还可以通过他们弄清楚请柬的真假。我原幻想着上流社会人士不可能像我这样会产生怀疑，其实不然，他们也会怀疑，因此，一个作家，即使是属于上流社会的作家，为了客观地、有区别地描绘各个阶层，应该把这种感觉写出来。最近我读了一本引人入胜的回忆录，发现其中有一个描写怀疑的段落同我收到盖尔芒特亲王夫人请柬时的心情十分相似。“我和乔治（也可能是埃利，我手头没有书，无法核对）渴望加入德莱塞夫人的沙龙，因为愿望太强烈，当我们收到她的请柬时，我们俩都认为有必要谨慎从事，应该设法搞清楚是不是有人同我们开玩笑。”然而，叙述者不是别人，正是奥松维尔伯爵（其妻是布洛伊公爵的女儿），另一个“也”想查清楚是否是一个骗局的青年，如果叫乔治，那就是德·阿古尔先生，若叫埃利那就是夏莱亲王，他们是德·奥松维尔先生两个形影不离的朋友。

盖尔芒特亲王夫人举行晚会的那天，我得知公爵和公爵夫人已于前一天返回巴黎，我决定上午去看望他们。但他们一大早就出门了，还没有回来。我先在一间小屋里窥视他们的马车回没回来。我原以为这是一个极好的瞭望台，谁知选错了地方。在这里几乎看不见我们的院子，但可以远远望见另外几个院子，这对我虽然没有用处，但却暂时为我提供了消遣。像这样同时能瞭望好几所房屋、使画家流连忘返的视点，不只在威尼斯能找到，在巴黎也不少见。我把巴黎比作威尼斯并不是信口开河。巴黎某些贫穷街区能使人联想到威尼斯的贫穷街区：清晨，高高耸立、张开大嘴的烟囱，被灿烂的阳光涂上了一层最艳的玫瑰色和最嫩的粉红色；这些凌驾于房屋之上的烟囱，组成了一个空中花园，色彩细腻多变，犹如代尔夫特市或哈勒姆市①的一个郁金香爱好者开辟的空中花园。此外，那些房屋彼此距离很近，窗子隔着同一个院子相望，这使每个窗子变成了一个

① 代尔夫特和哈勒姆均为荷兰城市。

镜框：这里，一个厨娘眼望着地面在胡思乱想，那边，一个老妪在替一个少女梳理头发，黑暗中，老妪的面容难辨，活像个巫婆；由于隔着院子，听不见对面房子里的声音，只能透过长方形玻璃窗看见无声的动作，因此，每幢房子都为对面的邻居并列展出一百张荷兰图画。诚然，从盖尔芒特府看出去，是另一番景象，但同样光怪陆离，妙趣横生，尤其从我所在的奇妙的三角点望去，视线一无阻挡地延伸到远处高耸的房屋，前面有一个倾斜度很大的轮廓不太分明的坡地，那些耸立的房屋是锡利斯特拉亲王夫人和普拉萨克侯爵夫人的公馆，她们是德·盖尔芒特先生高贵显达的表姐妹，我从没有见过她们。这是她们的父亲布雷吉尼伯爵的府邸。从盖尔芒特府到这座公馆，中间只有一些不大高的建筑物，朝各个方向的都有，它们的斜屋顶不仅没有挡住视线，反而延长了距离。弗雷古侯爵的车库有一个红屋顶的墙角塔，塔上有一个高高的尖顶，但细得像根针，挡不住视线。这个塔使人联想起瑞士那些漂亮的古建筑物，孤零零地耸立在一个山脚下。所有这些视线所及的地方，模糊不清，很不集中，从而使得德·普拉萨克夫人公馆和我们之间的距离变远了，仿佛中间隔着好几条街，或许多山包，其实它离我们很近，但在我们的幻觉中，它就像阿尔卑斯山的一处风景那样遥远。公馆的大方窗在阳光下犹如一片片水晶树叶，灿烂夺目。当各层楼的窗户为收拾房间而全部打开时，如果我们注视那些形象难辨的仆人拍打地毯上的灰尘，我们会感到心旷神怡，其乐无穷，就好像看到了透纳或埃尔斯蒂尔的一幅风景画，在圣哥达山口①的盘道上，每一高度都有一个乘驿车的旅客或一个向导。但是，从我所在的“观察点”不可能看见德·盖尔芒特先生或夫人回来。因此，下午，当我又有时间继续我的窥视时，我干脆站在楼梯上，如果通行马车的大门打开，我就可以看见。我就守候在楼梯上，尽管这里看不见布雷吉尼公馆那种灿

---

① 圣哥达山口位于瑞士境内的阿尔卑斯山区。圣哥达山口是中、南欧的交通要道。

烂夺目的阿尔卑斯山美丽风光，看不见那些正在打扫房间，但由于隔着一段距离而变得很小的仆人。然而，这次在楼梯上等候，将会给我带来极其严重的后果，我将看到一幅风景画，但不是透纳式的，而是有关道德方面的。因为这太重要了，我还是过一会儿再来叙述，现在先讲一讲我对盖尔芒特夫妇的拜访——当我知道他们回来后，我就上他们家去了。

公爵一个人在书房里接待我。我进去时，从里面走出一个白发苍苍的小老头，一副穷酸模样，像贡布雷的公证人和我外祖父的好几个朋友那样系着小黑领带，但比他们更缺乏自信，他恭敬地向我行礼，等我过去后才下楼。公爵从书房里对他嚷了些什么，我没听清，那人一面回答，一面朝墙深深鞠躬，尽管公爵看不见，他仍一次次地重复着，就像有人用电话和你聊天时向你发出毫无用处的微笑一样。他说话用的是假嗓子。他又一次像商人那样谦恭地朝我鞠了一躬。说不定他就是贡布雷的一个商人，因为他土头土脑，陈腐，温和，看上去很像那里的小人物和谦卑的老头儿。

“奥丽阿娜待一会儿就来。”我进去后，公爵对我说，“斯万过会儿要来，给她送他的马耳他骑士团钱币论著的校样，更糟的是，还要给她送来一张印有钱币正反面的大照片，因此，奥丽阿娜情愿先换好装，这样，就可以和斯万一直待到我们出去吃晚饭的时候了。我们家东西多得没地方塞，我心想，他那张照片还不知道往哪里放呢。可我的妻子待人太好，太想让人家高兴。她认为，应该请求斯万把印有骑士团所有大团长头像的像章并排放在一起让她看一看，他是在希腊罗得岛发现这些像章的。刚才我对您说是马耳他，实际上是罗得岛，但和耶路撒冷的圣约翰医院骑士团是一回事。其实，奥丽阿娜完全是因为斯万在研究这方面的问题才对这个感兴趣的。我们家族和马耳他骑士团有千丝万缕的联系，甚至在今天，您认识的我那个弟弟还是骑士团一个最显要的成员哩。这些事我本该对奥丽阿娜讲的，但她肯定不屑一听。相反，当斯万对中世纪圣殿骑士团的研究(因为对某一个修会发狂地感兴趣的人,绝对不可能研究其他修会)刚转入对它的继承者罗得骑士会的研究,奥丽阿娜就立即想看这些骑士的头像。他们同两个名叫吕西尼昂①的塞浦路斯国王相比,不过是一些毛头小伙子而已。我们家族是那两个国王的直系后代。可是,就因为斯万对他们一直不感兴趣,奥丽阿娜也就不想知道吕西尼昂家族的任何情况了。”

我没能立即同公爵谈我来访的目的。因为有几个亲戚或朋友,如德·锡利斯特拉夫人和蒙罗斯公爵夫人,来看望盖尔芒特公爵夫人(她常在晚饭前会客),没找着她,就在公爵这里待了一会儿。锡利斯特拉亲王夫人最先来。她衣着朴素,骨瘦如柴,但和蔼可亲。她手中拿着一根拐杖。我还以为她受伤了,或有残疾。可她的动作十分敏捷。她悲伤地同公爵谈起了他的一个表兄弟(不是盖尔芒特这个世系的,如果是的话,那就更引人注目了),他染病数日,最近突然恶化。可是公爵虽然对表兄弟的不幸深表同情,口中反复地说着:“可怜的马马！多好的小伙子。”但看得出来,他认为他表兄弟的病没什么要紧。因为公爵对即将出席的晚宴兴致勃勃,对盖尔芒特亲王夫人的盛大晚会并不厌烦,更重要的是,凌晨一点钟,他要偕同妻子去参加盛大的夜宵和化装舞会。服装已经准备就绪,他将穿路易十一的服装,而公爵夫人将装扮成伊萨波·德·巴伐利亚王后②。因此,公爵想尽情地娱乐,不想让可怜的阿马尼安·德·奥斯蒙的病痛扫了他的兴致。接着又来了两个手拄拐杖的夫人,一个是德·普拉萨克夫人,另一个是德·特雷斯姆夫人,她们都是布雷吉尼伯爵的女儿,是来拜访巴赞,向他通报马马表兄弟病势危殆,命在旦夕。公爵耸了耸

① 吕西尼昂国王是法国吕西尼昂家族后代。在塞浦路斯历史上,前后有两个吕西尼昂国王,吉·德·吕西尼昂国王(1129—1194)曾向圣殿骑士团赎回了塞浦路斯岛。

② 伊萨波·德·巴伐利亚(1371—1435),法王查理四世的王后。

肩。为了改变话题，他问她们晚上去不去玛丽-希尔贝家。她们回答说不去，因为阿马尼安就剩一口气了。她们甚至把公爵将出席的晚宴也取消了，还向他列举了客人的名字，有狄奥多西国王的兄弟，玛丽-孔塞普蒂翁公主，等等。因为奥斯蒙侯爵同她们的关系，不如同公爵的关系亲近，因此公爵认为，她们取消晚宴的“变节行为”是对他的间接谴责，就对她们不大热情了。因此，尽管她们从布雷吉尼公馆的高地下来看望公爵夫人（更确切地说，来向她报告她们的表兄弟病情危险，作为亲戚，不应该再进行社交聚会），但她们没待多久就走了。瓦尔皮日和多罗泰（这是她们的名字）拄着登山运动员的拐棍，重新登上了通向她们屋脊的陡路。我从没想到问一问盖尔芒特夫妇，她们为什么要使用拐杖。而且这在圣日耳曼区十分普遍。也许，她们认为整个教区都是她们的地盘，不喜欢坐马车，宁愿步行，可她们由于无节制地狩猎，从马上摔下过（这是常有的事），身上有老伤，或者因为住在塞纳河左岸潮湿的旧城堡里，得了风湿性关节炎，要走长路就不得不使用拐杖。或者，她们不是专程长途跋涉来看德·盖尔芒特夫人的，而是要到她们的花园（离公爵夫人的花园不远）摘些果子做果酱，回家之前顺便过来向德·盖尔芒特夫人道晚安。然而，她们总不至于带着剪刀或喷壶到公爵夫人家来吧。

我在公爵回来的当天就去看他，似乎使他很受感动。可是，当我告诉他，我来他家，是为了求他的妻子打听一下，她的堂弟媳是否真的邀请我参加她的晚会时，他的脸即刻变得阴沉起来。我触及了盖尔芒特夫妇不愿效劳的那一类事。公爵对我说，现在谈这个问题已为时过晚，万一亲王夫人没邀请我，她会以为在向她要请帖，从前就有过一次，被他的堂弟和堂弟媳拒绝了，因此，他再也不愿意让他们感到他在直接或间接地插手他们客人的名单，在“干涉”他们的家事。再说，他和妻子在外面吃晚饭，不知道是不是吃完饭就回家，因此，万一他们不去参加亲王夫人的晚会，最好的借口就是他们还没有回巴黎，否则，他们肯定愿意为我派人去问一问，或打个电话，告诉她，他们已经回来了。不过，肯定是来不及了，亲王夫人早把客人的名单拟好了。“您是不是和她的关系不好？”他问我，露出了怀疑的神态。盖尔芒特家的人总怕自己不知道最近谁同谁吵架了，怕人家背着他们言归于好。公爵向来喜欢把一切可能令人不快的决定都揽在自己身上，他最后装出突然想起了一件事似的对我说：“听着，我亲爱的，您刚才对我说的事我甚至不想告诉奥丽阿娜。您知道，她很乐于助人，又非常喜欢您，不管我说什么，她都会派人送信给她的堂弟媳的，这样，假如她吃完饭觉得很累，也就没有借口不去参加她堂弟媳的晚会了。我求您，不要对她提起这件事。如果您决定去参加晚会，我不用对您说，我们会很高兴和您一起度过今天的夜晚的。”人情实在是太神圣了，有人向你求情，你不可能不讲人情，不管你是不是真的相信。我不想让人感到我在我的请帖和德·盖尔芒特夫人可能的疲劳之间有一刻犹豫不决，我装出没有识破德·盖尔芒特先生是在给我演戏，答应他决不向他的妻子谈起我来访的目的。我问公爵，我有没有可能在亲王夫人家里遇见德·斯代马里亚夫人。

“不可能，”他似乎很知情地对我说，“您说的这个名字我知道，俱乐部年鉴上可以看到。这种人是不可能到希尔贝家去的。您在那里只会看到过于斯文、过于乏味的人，会有一些公爵夫人，她们的爵号大家以为早已绝嗣，时机使它们得以新生，还有各国大使、许多科堡家族的人和不少外国的公主殿下，但您绝不可能看到斯代马里亚的影子。希尔贝不用说见到她，就连听到您提起她，都会感到不舒服。好了，您喜欢画，我有一幅好画应该让您看一看，是我从堂弟那里买来的，其中部分是用埃尔斯蒂尔的画作交换的。他那些画，我们显然是不喜欢了。堂弟把那幅画作为菲利浦·德·尚巴涅①的作品卖给我，但我相信，是比尚巴涅更伟大的一个画

① 菲利浦·德·尚巴涅（1602—1674），法国巴洛克风格画家。原籍佛兰德斯，佛兰德斯画派最著名的画家之一，擅长肖像画和宗教画。

家画的。您想知道我的想法吗？我相信这是委拉斯开兹的作品，是他最美好年代的作品。”公爵看着我的眼睛对我说，可能是为了捕捉或加深我的印象。一个仆人走了进来。

“公爵夫人让我问一问公爵先生，是不是愿意接待斯万先生，因为公爵夫人还没有准备好。”

“让斯万先生进来。”公爵看了看表，知道离换衣服的时间还有几分钟，便吩咐道。“我妻子自然没有准备好。是她约他来的。您可不要在斯万面前说起玛丽-希尔贝的晚会哟。”公爵对我说，“我不知道请没请他。希尔贝很喜欢他，因为他认定他是贝里公爵的私生孙子，这事说来话长。(要是没有这个，您想想，我堂弟会理他吗？他在百米外看见一个犹太人，都要把他臭骂一顿哩。)但是现在，由于德雷福斯案件，事情变得严重了。斯万早该明白，他比任何人都应该同那些人断绝来往；然而相反，他尽说些令人遗憾的话。”

公爵把仆人叫回来，问他派去打听德·奥斯蒙表兄弟病情的人回来了没有。公爵有他的如意算盘：既然他有理由相信他的表兄弟已是奄奄一息，他就得在他断气前，也就是说，在被迫居丧前派人去打听消息。一旦正式得知阿马尼安仍然活着，他就可以溜出去出席宴会，参加盖尔芒特亲王的晚会和化装舞会。舞会上他将装扮成路易十一，同他的新情妇进行最有刺激性的幽会，直到第二天，待娱乐活动结束后，他再派人去打听消息。如果堂兄弟夜里去世，他就开始服丧。“还没有回来，公爵先生。”“真见鬼！这儿的人做事总要熬到最后一分钟。”公爵说。他怕阿马尼安“断气”的消息提前登在一家晚报上，这样他就不能去参加化装舞会，便叫人给他拿来一份《时代》晚报，报上没有这个消息。

我好久没看见斯万了，猛然一见，我觉得他有些变样，心里嘀咕，他从前是不是蓄胡子，要不就是不留平头。事实上，他的确有很大“变化”，因为他病容满面，疾病使他改变了模样，让人乍一看会怀疑他从前不蓄胡子或不留平头。（斯万患的正是他母亲患的那种病，她被这种病夺走了生命，得病时正好也是斯万这个年龄。事实上，由于遗传关系，我们的生命充满了神秘的数字和魔法，仿佛真有巫婆在作祟。因为人类通常都有一定的寿命，对于一个家庭，对于家庭中彼此长得十分相像的人那就更是如此了。）斯万衣着高雅潇洒，他的打扮，就像他妻子的打扮一样，把昔日的他和现在的他紧密地联系起来。他穿着一件珠灰色的紧身礼服，衬托出他颀长的身材，手戴一副黑白条纹手套，头顶喇叭形灰礼帽，这种式样的帽子是帽商德利翁专门为他，为萨冈亲王、德·夏吕斯先生、莫代纳侯爵、夏尔·阿斯先生和路易·德·蒂雷纳伯爵特制的。我向他致意，他向我亲切微笑，同我热情握手，这使我感到很惊讶，因为我们很久没见面了，我以为他不会立刻认出我来的，我对他说我感到很吃惊，他听了哈哈大笑，还略带点气愤的样子，又一次使劲地握了握我的手，仿佛对我说我这样猜想，是怀疑他头脑不健全，或感情不真挚。然而他就是没认出我来，只是几分钟后，听到叫我的名字，才知道是我。这事我是过了很久才知道的。但是，当德·盖尔芒特先生的一句话使他发现是我时，从他的脸上，从他说的话和对我讲的事情中，看不出有任何变化，因为他对社交生活那一套驾轻就熟，运用自如。不仅如此，他举止落落大方，毫不矫揉造作，即使在衣着上也显示出他的首创精神，这一点同盖尔芒特一家十分相似。因此，这位社交老手尽管没有认出我，但他向我致敬时，不像单纯追求形式主义的社交界人士那样冷淡而生硬，而是和蔼可亲，风度优雅，这和盖尔芒特公爵夫人向人致敬时的风度是一样的（当她遇见你时，你甚至还没来得及向她致意，她就先对你笑脸相迎），和圣日耳曼区的贵妇们习惯遵循的死板的礼节完全不同。同样，他的帽里子（按照一种正在消失的习惯，他把帽子放在脚边）是用绿色皮革做成的，通常人们不用皮革做帽里，但（据他说）因为皮革耐脏，其实（他自己没有说）是戴起来舒适。

“喂，夏尔，您是行家，您来看一样东西。然后，孩子们，我请你们在这里稍等片刻，我要去穿一件衣服。再说，我想奥丽阿娜也快来了。”说完，他把他的“委拉斯开兹”拿给斯万看。“我好像见过。”斯万说，脸部肌肉痛苦地收缩着，似乎说话对他是很费劲的事。

“是的。”由于这位行家没有立即表示赞赏，公爵变得严肃起来，说道。“您很可能在希尔贝家里见过。”

“啊！是的，我想起来了。”

“您看是什么？”

“呵，如果我是在希尔贝家看见的，那大概是你们的一位祖先吧。”斯万半讥讽半敬重地说。他觉得认不出他们家的一位祖先是不礼貌的，也是可笑的，但为了表示他有眼力，并显得有教养，他只想用开玩笑的口吻谈这件事。

“当然是，”公爵粗暴地说，“是博宗，他在盖尔芒特家族的祖先中排第几号我记不清了。不过，我不在乎这个。您知道，我不像我堂弟那样守旧。我听人提到过里戈①、米尼亚，甚至委拉斯开兹的名字！”说这话时，公爵用严峻而暴戾的目光逼视斯万，试图洞察他的想法，同时左右他的回答。“得了，”他总结说（因为每当有人在他的启发下发表一个他渴望听到的看法时，不久他就会认为这是人家发自内心的看法），“您不要拣好听的说。您认为这是我刚才讲到的那三位大师的作品吗？”

“不……是……”斯万说。

“算了，我是一窍不通，这幅老掉牙的画出自谁之手，不该由我来定。不过，您爱好艺术，在这方面是行家，您说这是谁画的？”

斯万显然觉得这幅画很蹩脚，犹豫了一下：“心术不正的人画的！”他笑着回答公爵，公爵气得直眉瞪眼。当他平静下来以后，对我们说：“你们

① 里戈（1659—1743），法国画家。擅长肖像画。最著名的肖像画是表现身穿加冕服的路易十四（1701），现藏于卢浮宫。

在这里好好待着，等一等奥丽阿娜，我去穿件燕尾服就来。我叫人去对我老婆说，你们俩在这里等她。”

我和斯万聊了一会儿德雷福斯案件，我问他怎么盖尔芒特家族的人都反对重审此案。“首先，这些人骨子里就仇恨犹太人。”斯万回答道。然而，他有切身体验，清楚地知道有些盖尔芒特家并不仇视犹太人，但他们像和所有对某件事有激烈看法的人那样，为了说明有些人不赞同自己的意见，宁愿说那些人有先入之见，对他们的偏见无可奈何，而不愿意说他们的看法值得争议。此外，他的生命过早地接近终点，他就像一头被追赶得精疲力竭的野兽，对这些追逼十分憎恨，正想改邪归正，重新信奉父辈的宗教。

“盖尔芒特亲王倒是这样，”我说，“有人对我说过，他仇视犹太人。”

“哼！这个人，提都不要提。他的反犹立场顽固极了，他在军队当官时，一次牙痛发作，他宁愿忍受疼痛，也不愿找当地唯一的牙科医生看病，因为医生是犹太人，后来，他的城堡遭受火灾，他宁愿让大火烧毁他的一个侧房，也不愿向邻近的城堡借水泵，因为那是罗特希尔德家的城堡。”

“顺便问一句，你今晚可能去他家吗？”

“去，”他回答我，“尽管我感到很累。他给我寄了一封气压传送信，说是有话要对我说。我感到最近几天我会很不舒服，不可能去他家，也不可能接待他，这会使我伤神。我宁愿马上把这事解决掉。”

“可是，德·盖尔芒特先生并不仇视犹太人呀。”

“您看得很清楚，他仇恨犹太人，因为他反德雷福斯派。”斯万回答说，但他没有发现他犯了预期理由错①。“尽管如此，我很难过，刚才我让这个人——怎么用这个词！应该说这个公爵——失望了，我没有对他所谓的米尼亚表示赞赏，我不知道是怎么回事。”

---

① 一种把未经证明的判断作为依据的逻辑上的错误。

"可是，"我把话题扯回到德雷福斯案件上，"公爵夫人是很聪明的呀。"

"是的，她很迷人。此外，依我看，她在当洛姆亲王夫人那会儿，比现在更迷人。那时，她的思想更有棱角，这一切在这个充满青春活力的贵妇身上显得更有魅力。但是所有这些人，不管是男的还是女的，年轻的还是不年轻的，我怎么对您说呢，他们的出身和我们不一样，血液中涌动着千年的封建主义，不会没有影响。当然，他们认为这不会影响他们的观点。"

"罗贝·德·圣卢不是主张重审德雷福斯案件吗？"

"啊！好极了，您知道他母亲可是坚决反对重审的。有人对我说，他主张重审，可我不敢相信。这使我感到很高兴。不过，我不觉得奇怪，因为他非常聪明。这很了不起。"

主张重审德雷福斯案的观点使他变得异常天真，使他的看法受到了冲击，离开了轨道，就是在他和奥黛特结婚那阵子，他也不像这个样子。这种重新降低他的社交地位的做法不如叫作重新归队，这对他是光荣的行为，因为使他回到了他祖先走过的、由于同贵族交往因而抛弃的道路上。然而，就在斯万按照祖先遗传下来的论据，清醒地看到上流社会人士看不到的一个真理的时候，他却表现出了令人啼笑皆非的盲目性。所有的人，不管是他钦佩的，还是蔑视的，都要重新进行一次选拔，看他们是拥护，还是反对重审德雷福斯案。邦当夫人因为反对重审，他就认为她是蠢女人，这是不足为怪的，正如他和奥黛特结婚时，认为邦当夫人是一个聪明的女人，并不使人感到意外一样。同样，当目前的新浪潮影响到他的政治见解，使他忘记自己曾把克雷孟梭看作贪财之人、英国间谍（这是盖尔芒特社交圈的一个谬论），而宣称他始终认为克雷孟梭和科尔内利①一样，是一个君子、一个铁人的时候，你也用不着大惊小怪。"不，我从来都是这

① 科尔内利（1845—1907），法国记者，曾发起一场重审德雷福斯案件的宣传运动。

样对您说的，您记错了。”但是，新浪潮不仅影响了斯万的政治观点，而且使他的文学观点，乃至谈论文学的方式都发生了颠倒。于是巴雷斯①变得毫无才华，甚至连他的早期作品也都成了平庸之作，无法再读第二遍。“您不妨试试，肯定读不下去。同克雷孟梭有天壤之别！就我个人而言，我并不反对教权，但是拿巴雷斯和克雷孟梭比较，会看到巴雷斯是个软骨头！克雷孟梭老头是个顶好的好人。他写得多好啊！”而且，反重审派似乎无权批评这些荒唐的言行。他们解释说，因为人家是犹太人，所以主张重审。如果说，一个萨尼埃特那样的遵奉教规的天主教徒也主张重审，那是因为受了维尔迪兰夫人的影响，她是一个狂热的激进分子，她最反对“教权主义”，萨尼埃特不仅凶恶，而且愚蠢之极，不知道老板娘使他走上了歧途。如果有人提出异议，说布里肖也是维尔迪兰夫人的朋友，可他却是“法兰西爱国联盟”的成员，他们则解释说，那是因为他比别人聪明。

“您有时看见他吗？”我问斯万，我指的是圣卢。

“一直没看见他。那天，他给我写了封信，要我给穆西和另外几个人说说，让他们投票赞成他加入赛马俱乐部，他轻而易举地就成了俱乐部的成员。”

“德雷福斯案对他没有影响？”

“没有人提出这个问题。另外，我要告诉您，发生了那件事后，我再也不上那里去了。”

德·盖尔芒特先生回来了，不一会儿，他妻子也来了。她已打扮完毕，身着一件下摆缀有闪光片的红缎晚礼服，显得修长、华贵。头发上插着一根染成紫色的鸵鸟羽毛，肩上披着一条和羽毛同色的罗纱巾。“用绿皮做帽里真不错。”公爵夫人说道，什么都逃不过她的眼睛。“况且，夏尔，

---

① 巴雷斯（1862—1923），法国小说家、政治家。著有《自我崇拜》和《国家精神的小说》，颂扬个人主义和帝国主义战争。

您身上的一切都是很漂亮的，无论是您的穿着，还是您的谈吐，也包括您读的书和您做的事。”然而，斯万似乎没有听见，仔细打量着公爵夫人，就像在凝视一幅名画，然后寻找她的目光，嘴撇了撇，好像在说：“好家伙！”德·盖尔芒特夫人哈哈大笑。“您喜欢我这身打扮，我很高兴。但我应该说，我自己并不太喜欢。”她神色阴郁地说，“我的上帝，当一个人很想待在家里的时候，穿礼服出门实在是令人讨厌的事！”

“多漂亮的红宝石！”

“唷！亲爱的夏尔，至少您还识货，不像那个粗汉蒙塞弗耶，竟问我这些宝石是不是真的。我应该说，我从没见过像这样美丽的宝石。这是大公夫人送给我的。但我嫌它们略微大了些，有点像装满了波尔多红葡萄酒的杯子一样，但我还是戴上它们，因为今晚我们在玛丽-希尔贝家要会见大公夫人。”德·盖尔芒特夫人说，她哪里知道这最后一句话推翻了公爵前面说的话。

“亲王夫人家今晚上有些什么？”斯万问。

“几乎什么也没有。”公爵连忙回答，他认为，斯万这样问，一定是他没有收到请帖。

“怎么，巴赞？所有的人都邀请了。肯定是乱糟糟的，毫无趣味。今晚看来有暴风雨，如果不下雨的话，”她温情地看着斯万说，“那些无与伦比的花园倒能给人带来乐趣。您知道这些花园。一个月前我在园中待过，那时丁香花开得琳琅满目，甭提有多美了。还有喷泉呢，堪称巴黎的凡尔赛宫。”

“亲王夫人是哪一类女人？”我问。

“您早就知道了，因为您在这里见过她。她有倾国倾城之貌，但有点傻里傻气，尽管她有日耳曼人的高傲，待人倒也和和气气，心肠不错，但常做傻事。”

斯万是个非常精明的人，不可能看不出德·盖尔芒特夫人此刻一心想卖弄“盖尔芒特精神”，而且不费多大劲儿，因为她只用了她的一些旧词，用得也并非尽善尽美。然而，为了向公爵夫人证明他业已明白她是想显示她的诙谐，便挤出了一点儿微笑，就好像她刚才说的话的确很幽默似的。这种虚情假意的微笑使我感到很不自在，就像从前当我听见我父母亲同凡德伊先生谈论某些阶层的堕落现象时（其实他们明明知道蒙舒凡的堕落更加触目惊心），或者当我在社交场所听见勒格朗丹像对傻瓜讲话似的咬文嚼字，选用一些晦涩难懂的，而且他完全知道有钱或高雅的，但没有文化的听众听不懂的形容词时，我也曾有过这种不自在的感觉。

“得了，奥丽阿娜，您在说什么呀。”德·盖尔芒特先生说，“您说玛丽愚蠢？她博览群书，还是小提琴手呢。”

“我可怜的巴赞，您还是一个出世不久的孩子哪。难道博览群书、喜爱音乐的人就不可能有点傻！况且，傻是一种夸张的说法，不如说她糊涂，她来自黑森-达姆施塔特大公国①和罗马神圣帝国，有点窝囊。只要一听到她的发音，我的神经就受不了。但我承认，这是一个可爱的傻瓜。首先，就从她走下德国皇帝的宝座，下嫁给一个普通人，就够可爱的了！的确是她自己相中的！哦，这可是千真万确的。”她把脸转向我说，“您不认识希尔贝吧，我给您描绘一下：有一次，我给卡尔诺夫人②送了一张名片，他为此事病了一场……喂，亲爱的夏尔，”公爵夫人想换个话题，说道，因为她看到她给卡尔诺夫人送名片的故事似乎使德·盖尔芒特先生不高兴，“您知道，您还没把我们罗得岛骑士的照片送来呢，我是因为您才喜欢上他们的，我多么想同他们认识。”

---

① 黑森-达姆施塔特是黑森-达姆施塔特大公爵的领地，从1567年起，达姆施塔特成了这个大公国的首府。现今黑森是德意志联邦共和国的一个州。

② 卡诺尔夫人（1843—1898），其父是著名经济学家，嫁给了弗朗索瓦·萨迪·卡尔诺（1837—1894），她丈夫于1887年当选为法兰西第三共和国总统。她开创了在爱丽舍宫举办社交性招待会的先河。

可是，公爵仍然瞪着眼睛看他的妻子：

“奥丽阿娜，至少您应该讲出全部事实，不要只讲一半。事实上，”他作更正地对斯万说，“那时的英国大使夫人，不知怎么搞的，会邀请我们和总统及其夫人一起出席她的晚会。大使夫人是一个很不错的女人，但她好像生活在月球上，经常做这种蠢事。我们感到很吃惊，连奥丽阿娜也感到意外，再说，大使夫人对我们这些人是很了解的，她不该邀请我们参加像这样不可思议的聚会。有一个部长过去当过贼，唉，这事就算了，我们事先不知道，上了圈套，况且，应该承认，那些人那天都很有礼貌。像这样也就不错了。德·盖尔芒特夫人做事经常不同我商量，她觉得那个星期应该到爱丽舍宫送一张名片。希尔贝认为这会玷污我们的姓，他这种看法可能有些过分。不过，不要忘了，即使把政治撇开不管，卡尔诺先生虽说是一个称职的总统，可他的祖父却是革命法庭的成员，一天就处死了我们十一个亲友。”

“那么，巴赞，从前您为什么每个星期都到尚蒂伊宫去吃晚饭呢？奥马尔公爵的祖父不也是革命法庭的成员吗？所不同的是，卡尔诺是一个正直的人，而菲利浦-平等①却是一个十足的无赖。”

“对不起，我插一句，那张照片我已经给您寄来了。”斯万说，“我不明白，您怎么没有拿到。”

“这不会让我感到吃惊，”公爵夫人说，“我的仆人只把合乎他们想法的事告诉我。他们大概不喜欢圣约翰骑士团。”说完她摇了摇铃。

“您是知道的，奥丽阿娜，我去尚蒂伊宫吃饭时，并没有什么兴致。”

“兴致倒是不高，就是还带着睡衣，以防亲王留您过夜。其实，他很少

---

① 菲利浦-平等（1747—1793），原名路易·菲利浦·约瑟夫，奥尔良公爵，路易十六的堂兄。大革命前因政治野心和私怨同王室交恶。1789 年作为贵族代表参加三级会议，支持第三等级，1792 年放弃贵族称号，更名菲利浦-平等，并被选入国民公会，投票赞成处死国王。

这样做，他和奥尔良家族所有的人一样，一点没有教养……您知道今晚在圣德费尔特夫人家我们同谁一起吃饭吗？”德·盖尔芒特夫人问她丈夫。

“除了您知道的客人外，还有狄奥多西国王的兄弟，他是最后一刻才被邀请的。”

听到这个消息，公爵夫人脸上显露出满意神色，但话语中却表现了厌烦情绪：“唉！我的上帝，又是亲王。”

“但是这个亲王很可爱，很聪明。”斯万说。

“但毕竟不完全。”公爵夫人回答道，她像是在搜索枯肠，以便使她的思想推陈出新，“您注意到没有？最可爱的亲王并不完全可爱。没错，我向您保证！他们对什么都得要有自己的看法。因为拿不出看法，于是他们用前半生听取我们的看法，用后半生鹦鹉学舌般地在我们面前重复我们的看法。他们必须说，这个演得不错，那个演得差一些。其实根本分不出高低。我告诉您，那位小狄奥多西（我忘记他的名字了）曾问我，什么叫管弦乐队的动机。我回答他说，”说到这里，公爵夫人双眸闪出光芒，姣美的红嘴唇流出清朗的笑声，“我回答他说：‘这就叫管弦乐队的动机。’嘿！他心里可不高兴哩。啊！亲爱的夏尔，”德·盖尔芒特夫人无精打采地说道，“上别人家去吃饭真是乏味透了！有些晚上，我宁愿死，也不愿意出门！当然，死也可能同样令人讨厌，因为我们不知道死是怎么回事。”

一个仆人进来了。就是那位和门房吵嘴的年轻未婚夫，多亏仁慈的公爵夫人出面干涉，他们才表面上和解了。

“今晚我要不要去打听奥斯蒙侯爵先生的消息？”他问。

“不要去，明早再去！今天晚上我甚至不想要你待在这里。让他的仆人——您认识他——来向您报告消息，叫您去找我们好了，反正您不在。您想去哪里就去哪里，痛快地吃一吃，玩一玩，可以在外面过夜，但是，明天早晨之前我不要您待在这里。”

仆人脸上漾出无限的快乐。他终于能和未婚妻在一起待好几个小时了。自从他和门房又吵了一次架，公爵夫人和颜悦色地劝他以后最好不要出去约会，以免再次发生冲突，从此，他几乎见不到他的未婚妻了。想到终于能有一个晚上自由支配，他感到无比幸福，公爵夫人对此一目了然。她看到别人瞒着她偷偷享受快乐，又生气又嫉妒，心里一阵痛苦，四肢瘙痒难忍。“不，巴赞，得让他留在这里，不能让他出去。”

“奥丽阿娜，这太荒唐，您的人都跟您去了，另外，半夜里有管服装的男女仆人侍候您参加化装舞会。他在这里派不上什么用场。再说，就他一人和马马的听差是朋友，所以我宁愿把他打发得远远的。”

“听着，巴赞，不要管我，今晚上我恰恰有事要吩咐他，但说不准几点钟。您一分钟都不要离开这里。”她对那位仆人说，仆人好似泄了气的皮球。

如果说公爵夫人家纠纷不断，仆人在她府上干不多久就被辞退，那么对这一切应负责任的人却是永远也不可能辞退的，不过此人不是门房。不错，公爵夫人把重任交给了门房，让他干粗活，做特别累的苦差事，让他同别人吵嘴，甚至打起来。而且，他扮演这个角色时丝毫也不意识到是在完成别人交给的任务。他和盖尔芒特府的其他仆人一样，非常钦佩公爵夫人待人宽厚，那些比较迟钝的仆人离开公爵府后，还常回来看望弗朗索瓦丝，对她说，要是没有门房，公爵府是巴黎最好的位置。公爵夫人利用门房，就如同人们长期利用教权主义、共济会，利用犹太人是祸害的论调……一个仆人进来了。

“为什么不把斯万先生送来的东西给我拿上来？噢，对了（您知道，夏尔，马马病得很厉害），儒尔，谁去打听奥斯蒙侯爵先生的消息了？回来了吗？”

“刚回来，公爵先生。估计侯爵先生随时都有可能去世。”

“太好了！他还活着，”公爵松了口气，喊道，“什么估计不估计的，你难道是撒旦吗？只要还活着，就有希望。”公爵神色愉快地对我们说，“他们把他说得好像已经死了、埋了似的。一星期后,他比我还要活蹦乱跳。”

“是那些医生说他活不过今天晚上的。有一个医生还想夜里再来看他一次。他们的头头说没有必要了。侯爵先生也许现在已经死了,他全靠用樟脑油灌肠才延长了生命。”

“住嘴,蠢货,”公爵火冒三丈,喊道,“谁让你说这些的?你根本没有听懂人家对你讲的话。”

“不是对我,而是对儒尔。”

“还不快住嘴!”公爵吼道,接着转身对斯万说,“他还活着,太叫人高兴了!他会慢慢恢复的。经历这么一场危机,还能活下来,这就够了不起了。不能要求过高。用樟脑油进行一次小小的灌肠,大概不会有什么不舒服吧,”公爵一面搓手一面说,“他还活着,还要怎样呢?经历这样一场病灾,还能活下来,这就够美的了。我甚至羡慕他有这样好的体质。啊!病人,人们总是对他们关怀备至,可对我们却漠不关心。今天上午,有一位蠢厨师,用鸡蛋黄油调汁给我烧了只羊腿,我承认,味道美极了,但正因为它太好吃,我就多吃了些,到现在还没有完全消化。尽管如此,却不会有人像对待我亲爱的阿马尼安那样前来打听我的消息。甚至打听他消息的人太多,这会使他很疲劳。应该让他喘喘气嘛,不断派人去他家,会把他这个人杀死的。”

“喂!”公爵夫人见仆人退出客厅,对他说,“我不是叫你们把斯万先生给我寄来的外面有套子的照片拿来吗?”

“公爵夫人,那东西很大,不知能不能进得了门。我把它放在前厅了。公爵夫人要我把它拿上来吗?”

“那就算了!你们早就该对我说嘛。不过,既然很大,那我待会儿下去看吧。”

“我还忘了告诉公爵夫人,莫莱伯爵夫人今天上午给公爵夫人留了一张名片。”

"什么？今天上午？"公爵夫人很不高兴地说，她觉得，这样年轻的女人是不允许在上午留名片的。

"将近十点钟，公爵夫人。"

"把名片拿给我看看。"

"奥丽阿娜，您说玛丽嫁给希尔贝的想法很可笑，"公爵把话题拉回到一开始说的事情上，"其实，是您自己写历史的方式奇特。如果说在这场婚姻中有谁干了蠢事的话，那也是希尔贝，他恰恰娶了一个和比利时国王血缘很近的女人，那位国王篡取了布拉邦特这个姓，可那是我们的姓。总而言之，我们和黑森家族有着相同的血缘，而且我们是长房。谈论自己肯定是愚蠢的，"他对我说，"不过，有一点我得告诉您，不管我们去达姆施塔特，还是去卡塞尔①和黑森选侯采邑的任何地方，诸侯们每次都毕恭毕敬地后退一步，让我们这些长房子孙走在前面。"

"巴赞，您不会对我说，那位曾在他们国家的军队里当过护士长，后来和瑞典国王订了婚的女人是……"

"哦！奥丽阿娜，您太过分了，您似乎不知道瑞典国王的祖父曾在波城②种过地，可是，九百年以来，我们在整个欧洲一直占据首位。"

"尽管如此，如果有人在大街上喊：'瞧，瑞典国王'，大家都会一直跑到协和广场去看他，可是，如果有人喊：'瞧，德·盖尔芒特先生'，没有人会知道他是谁。"

"强词夺理！"

"此外，我不能理解，既然布拉邦特公爵爵位已经转入比利时王室，您怎么还不死心。"

---

① 卡塞尔，德意志联邦共和国东部城市，位于黑森州东北。先后曾为黑森-卡塞尔首府及威斯德特伐伦王国都城。

② 波城为法国城市，大西洋比利牛斯省首府。

仆人回来了，手中拿着莫莱伯爵夫人的名片，或者说拿着她当作名片留下的那张纸。她以身上没带名片为由，从口袋里掏出她收到的一封信，把信纸放回口袋，在写着她的名字莫莱伯爵夫人的信封上折了个角。那年流行大规格信纸，因而信封也很大，这张手写的"名片"比一般名片差不多大一倍。

"这就是人们所说的莫莱夫人的简朴。"公爵夫人不无揶揄地说，"她想让我们相信她没带名片，想标新立异。但是，这些我们都见过，是不是，亲爱的夏尔，我们的年纪都不小了，况且我们自己也够标新立异的，不会不了解一个半青半黄的小妇人想的是什么。她挺有魅力，但在我看来，她羽毛还没丰满，不要以为用信封充当名片和在上午十点钟留名片的做法，能轻而易举地震惊社交界。她那老耗子母亲会向她证明，干这样的事，她们一样得心应手。"

斯万想到公爵夫人（她有点嫉妒德·莫莱夫人在社交界的成就）还真能本着"盖尔芒特精神"，找到一些挖苦话来回敬这位送名片来的女来访者，不禁哑然失笑。

"关于布拉邦特公爵爵位问题，我已给您说过一百遍了，奥丽阿娜……"公爵又说。公爵夫人根本没有听他讲话，而是对斯万说：

"亲爱的夏尔，我等着瞧您的照片都等得不耐烦了。"

"哦！**extinctor draconis latrator Anubis**①。"斯万说。

"对，您用威尼斯圣乔治教堂作比较，实在高明。只是我不懂为什么要说阿努比斯？"

"巴巴尔的祖宗不像阿努比斯吗？"德·盖尔芒特先生问。

"您想看他的巴巴尔？"德·盖尔芒特夫人神态冷淡地说道，这是为了

---

① 拉丁语，意即消灭残酷的发出咆哮的死神阿努比斯。阿努比斯是埃及神话中人身豺面的死神，司引导死者进入黄泉。

表示她本人对这个同音异义文字游戏也很瞧不上。“我可是两个都想看。”她进而又说。

“听着，夏尔，我们下去等车吧，”公爵说，“我们到前厅去交谈，因为我妻子不看见您的照片是不会让我们安宁的。说实话，我可不像她那样迫不及待。”他又得意洋洋地说，“我是一个沉得住气的人，可是，再不下去，她会宁愿让我们死的。”

“我举双手赞成，巴赞。”公爵夫人说，“我们到前厅去，至少我们知道为什么我们从您的书房下去，却永远也不会知道为什么我们是布拉邦特伯爵的后裔。①”

“关于这个爵号是怎样加入黑森家族的，我已对您讲过一百遍了。”当我们去看照片的时候，公爵说道（而我却在想着斯万给我带回到贡布雷的那些照片），“一二四一年，布拉邦特家族中有一个人同图林根和黑森的最后一代诸侯的女儿结婚，因此，更确切地说，是黑森家族的亲王爵位归并到布拉邦特家族中来了。再说，您也应该记得，我们曾用‘林堡②属于征服者’的战斗口号，这同样也是布拉邦特公爵们用的战斗口号。后来，我们用布拉邦特的纹章换来了盖尔芒特的纹章，这个口号才停止使用。况且，我认为我们这样做是错误的，纵然有格拉蒙家族的先例，我也不会改变看法。”

“可是，”德·盖尔芒特夫人说，“那是因为比利时国王征服了林堡……而且，比利时王位继承人叫布拉邦特公爵。”

“我的宝贝，您说的这个是站不住脚的，是绝对错误的。您和我一样清楚，有些爵位是一种奢望，领地被人窃取了，但爵位却依然完好地存在。例如，西班牙国王就自称是布拉邦特公爵，这就意味着他的祖先也占有过

---

① 这里，公爵夫人玩了一个同音异义文字游戏，她用了动词 descendre，却是两个不同的意思，在前半句表示“下去”，后半句中表示“是……的后裔”。

② 林堡是比利时的一个省。历史上曾是下洛林的一个伯爵领地，继而是公爵领地，后被布拉邦特公爵征服，成为布拉邦特公爵领地。

布拉邦特，当然比我们要晚得多，但比比利时国王要早。他还自称是勃艮第公爵、东西印度国王、米兰公爵。然而，他已不再拥有勃艮第、印度和布拉邦特了，正如我和黑森亲王都不再拥有布拉邦特一样。西班牙国王和奥地利皇帝都宣称自己是耶路撒冷国王，但他们谁也不掌握耶路撒冷。"

他稍停片刻，由于"正在审理的案件"，怕提到耶路撒冷会使斯万尴尬，但他马上就接着往下讲了：

"您说的那些对什么都合适。我们曾是奥马尔公爵，公爵领地合法地归入了法国王室，正如儒安维尔公爵领地、谢弗勒丝公爵领地归入阿尔贝家族一样。我们并不要求恢复这些封号，正如我不要求恢复诺瓦穆蒂埃侯爵称号一样。诺瓦穆蒂埃侯爵领地曾属于我们家族，后来非常合法地成了拉特雷默伊耶家族的采邑。但是，尽管某些让与是有效的，但不等于说所有的让与都有效。例如，"他转过身来对我说，"我小姨子的儿子称作阿格里让特亲王，这个爵位也和拉特雷默伊耶家族的塔兰托亲王爵位一样，都来自疯女人霞娜①。然而，拿破仑一世却把一个士兵册封为塔兰托亲王，当然，士兵本人可能是一个很不错的大兵。但是，拿这件事和拿破仑三世册封佩里戈尔为蒙莫朗西公爵相比，前者超越的权限更大，因为佩里戈尔至少有一个姓蒙莫朗西的母亲，而那个士兵成为塔兰托亲王却全凭拿破仑一世的个人意志。但这并不能阻止谢·德·埃斯特-昂热在影射您的孔代叔叔时，问帝国检察官，他是不是到樊尚②的排水沟里去捡过蒙莫朗西公爵的爵位。"

---

① 疯女人霞娜（1479—1555），历史上卡斯蒂利亚王国的王后，该王国位于今西班牙的伊比利亚半岛上，建于1035年。1496年，霞娜嫁给美男子腓力，其母去世后与丈夫共享王位。她患有神经衰弱症，丈夫去世后发疯。

② 樊尚是法国地名，那里有樊尚城堡，建于九世纪，法国历史上许多国王和显贵都曾死在那里。这里的"孔代叔叔"是指最后一位孔代亲王路易·约瑟夫的独生子德·波旁-孔代，昂甘公爵，生于1772年。1789年，法国大革命爆发后逃亡国外。拿破仑得到情报，怀疑他和其他人密谋将其推翻，于是将他关入樊尚监狱，于1804年3月21日在城堡的排水沟里将他枪决。

“听着，巴赞，我巴不得跟您到樊尚的排水沟，甚至跟您到塔兰托去一趟呢。对了，亲爱的夏尔，刚才您给我讲威尼斯圣乔治教堂时，我就想对您说，明年我和巴赞想去意大利和西西里岛过春天。要是您能和我们一起去，那情况就大不一样了。且不说看见您我有多么高兴，您想一想，您给我讲了那么多诺曼第人的征服史和古代史，您想一想，和您一起进行一次旅行，该多么美好！也就是说，就连巴赞，怎么说呢，就连希尔贝，也会得益。因为我感到，当我们参观古老的罗马教堂和那些就像文艺复兴派画家画出来的小村庄时，如果有您给我们当讲解员，那些乱七八糟的事，包括觊觎那不勒斯王位，都将会使我产生兴趣。现在，我们要看您的照片了。把套子拆开。”公爵夫人对一个仆人吩咐道。

“不，奥丽阿娜，今晚不要看！明天再看。”公爵哀求道。他看见照片大得吓人，早已向我做出恐惧的表情了。

“和夏尔一起看，我会感到高兴。”公爵夫人笑吟吟地说，微笑中夹杂着虚假的欲念和复杂的心理，因为她想讨好斯万。她在说她高兴看这张照片的时候，就像一个病人在说他高兴吃一只橘子，或者就像她一面在和朋友们偷闲，一面向一位传记作家透露她的兴趣爱好。

“他以后专门来看您一次，怎么样？”公爵说，他妻子让步了。“只要你们乐意，你们可以一起在照片前待三个钟头。”他不无嘲笑地说，“不过，这玩意儿那么大，您把它放在哪里呢？”

“放在我的卧室呗，我要随时都能看见它。”

“啊，随您的便，放在您的卧室里，我倒可以省得看见它了。”公爵说，无意中泄露了他和妻子关系不好的秘密。

“好吧，您拆的时候小心点，”德·盖尔芒特夫人吩咐仆人（出于对斯万的礼貌，她对仆人千叮万嘱），“也不要损坏套子。”

“连套子都不能损坏！”公爵双臂举向天空，对着我的耳朵说。“斯万，”他继而说，“我不过是一个平庸而可怜的丈夫，我佩服您竟找到这样大的套子。您是在哪里找到的?”

“是在照相制版店里,寄这一类东西是他们的拿手好戏。不过,他们很愚蠢,因为我看见上面只写了 la duchesse de Guermantes(盖尔芒特公爵夫人),前面没加 Madame。”

“我原谅他们。”公爵夫人漫不经心地说,她似乎突然产生了一个念头,喜不自胜,脸上露出了一丝微笑,但随即就抑制住了,马上又对斯万说,“怎么！您不说说,到底想不想和我们一起去意大利?”

“夫人,我确信这是不可能的。”

“蒙莫朗西夫人倒是比我幸运。您同她一起去过威尼斯和维琴察。她对我说,和您在一起,她看到了许多东西,如果您不在,她是永远也看不到的,别人谁也没有谈到过。她说,您让她看到了闻所未闻的东西,即使是熟悉的东西,也有许多闻所未闻的细节。如果您不在,她可能从跟前经过二十次也绝不会注意到这些细节。她确实比我们幸运……您拿着斯万先生装照片的大套子,”她对仆人说,“替我折一只角,今晚十点半把它送到莫莱伯爵夫人家去。”

斯万哈哈大笑。

“不过,我想知道,”德·盖尔芒特夫人问斯万,“您怎么提前十个月就知道您不能去意大利?”

“亲爱的公爵夫人,您如果一定要知道,我就告诉您。首先,您已经看到,我身体很不好。”

“是的,亲爱的夏尔,我看出您的气色不好,我对您的脸色很不满意,不过,我不是要您一个星期后就做这件事,而是十个月以后。要知道,十个月的时间够您治病的了。”

这时,一个仆人前来报告说,车已经备好了。“走吧,奥丽阿娜,上马吧!”公爵说,他早已急得跺脚了,好像他自己也是那些等人上车的一匹马。

“那么,您简单说一句,什么原因使您不能去意大利?”公爵夫人一面问斯万，一面站起来准备同我们告别。

"亲爱的朋友，几个月后我就要死了。去年年底，我看了几个医生，他们说，我的病很快就会断送我的性命，不管怎样治疗，我也只能活三四个月，这还是最长的期限。"斯万微笑地回答，这时，男仆打开前厅的玻璃门，让公爵夫人过去。

"您胡说什么呀。"公爵夫人嚷道，她停下脚步，抬起她那漂亮而忧郁的、充满着怀疑的蓝眼睛，但只停了一会儿，便又向马车走去。

她生平第一次同时面临两个截然不同的责任：一个是上马车到别人家去吃饭，另一个是向一个行将死亡的人表示同情，她在礼节细则上找不到可供遵循的原则，不知道该作怎样的选择，于是，她认为应该装出不相信存在第二个责任，这样就可以服从第一个责任。况且，此刻这第一个责任需作的努力要小一些，她想，解决矛盾的最好办法是否定第二个责任。"您是开玩笑吧？"她对斯万说。

"那这个玩笑就开得太有意思了。"斯万嘲弄地回答，"我不知道为什么要给您讲这个，我一直没对您讲我的病。但是，既然您问我，而且说不定哪天我就会死去……不过，我不愿意耽搁您，您要出去吃饭。"他接着又说，因为他知道，对别人来说，他们应尽的社交责任比一个朋友的死活更重要，他懂得礼貌，因而能设身处地为他人着想。但是，公爵夫人也懂礼貌，她也隐约地感觉到，对于斯万来说，她出去吃饭，没有他的死重要。因此，她一面继续朝马车走去，一面垂下肩说："这顿饭无关紧要，不用管它！"但是，这话惹恼了公爵，他大声嚷道："行了，奥丽阿娜，别在那里和斯万穷聊、哀叹个没完了！您明明知道，德·圣德费尔特夫人一到八点就要开饭的。您应该清楚您要做的事，您的马车已等您足足五分钟了。请您原谅，夏尔，"他轻声对斯万说，"差十分钟就八点了。奥丽阿娜总是迟到，到圣德费尔特妈妈家要五六分钟呢。"

德·盖尔芒特夫人坚定地朝马车走去，最后一次同斯万说再见："这个问题我们以后再谈，您知道，您所说的我一个字也不信，但应该在一起谈一谈。他们可能把您吓傻了，哪天您愿意，来我这里吃午饭（对于德·盖尔芒特夫人，一切都是通过请吃午饭解决的），您把日期和时间告诉我。”她撩起红裙子，把脚踩在踏板上。她正待进车，公爵看见了这只脚，大吼一声：“奥丽阿娜，您出什么洋相，倒霉鬼。您怎么还穿着黑鞋！可衣服却是红的！还不回去换那双红鞋，要不这样，”他对男仆说，“您快去叫公爵夫人的贴身女仆把红鞋拿下来。”

“可是，朋友，”公爵夫人看到斯万正和我要出大门，但想等马车出发后再离开，她看见斯万听到了公爵的话，感到很尴尬，便柔声回答道，“既然我们要迟到了……”

“不，还来得及，八点还差十分，到蒙索公园用不着十分钟。再说，有什么办法呢，即使八点半到，他们也得耐心等着，您总不能穿着红衣服、黑鞋子去吧。再说，我们不会最后一个到的，嘿，还有萨斯纳日夫妇呢，您知道，他们从来不会在八点四十分以前到。”

公爵夫人只好回卧室去换鞋。

“咳，”德·盖尔芒特先生对我们说，“可怜的丈夫，别人总是嘲笑他们，可他们毕竟还是有长处的，没有我，奥丽阿娜就穿着黑鞋去做客了。”

“这并不难看，”斯万说，“我注意到黑鞋了，但我丝毫也不感到有什么不合适。”

“我没说难看，”公爵回答，“但是鞋子和衣服颜色一样，显得更雅致。再说，你们放心吧，到不了目的地她自己就会发现的，到时候，又该叫我回来取鞋了。那样，我九点钟才能吃上饭。再见，孩子们，”他轻轻推开我们说，“趁她还没有下来，你们快走吧。不是她不喜欢看见你们，恰恰相反，是因为她太喜欢看见你们了，如果她看见你们还没走，她又要同你们讲话，本来她就很累了，再说话，那她吃饭时会累得半死的。再说，我坦率地向你们承认，我都快饿死了。上午刚下火车，午饭没有吃好，虽然有美味可口的用鸡蛋黄油调味汁烧的羊腿，但现在让我上餐桌，我决不会不高兴，决不会。啊！八点差五分了！女人就爱磨蹭！她会让我们两个人都饿得胃抽筋的。她的身体远没有人们想象的那样结实。”

公爵对一个濒死的人讲他的妻子和他自己的身体不好丝毫也不感到不自在，因为在他看来，他妻子的身体更重要，更使他感兴趣。因此，仅仅出于良好的教养和愉快的心情，他客气地把我们送到门口后，以洪亮的嗓音对着已经走到院子里的斯万大声喊道：

“喂，您哪，别信医生那一套。让他们的话见鬼去吧！他们都是蠢驴。您的身体好着呢。您能参加我们所有人的葬礼。”

A LA RECHERCHE DU
TEMPS PERDU

追忆似水年华

第二卷

在少女们身旁

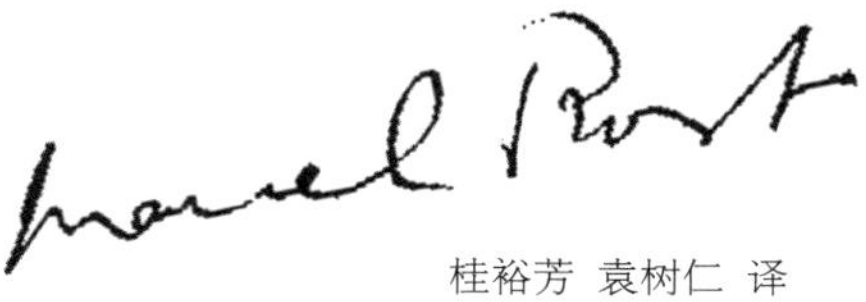

桂裕芳 袁树仁 译

译林出版社

图书在版编目（CIP）数据

追忆似水年华．第2卷，在少女们身旁／（法）普鲁斯特（Proust, M.）著；桂裕芳，袁树仁译．—南京：译林出版社，2012.6（2026.2重印）
ISBN 978-7-5447-1623-9

Ⅰ.①追…　Ⅱ.①普…②桂…③袁…　Ⅲ.①长篇小说－法国－现代　Ⅳ.①I565.45

中国版本图书馆 CIP 数据核字（2011）第 002322 号

追忆似水年华（2）在少女们身旁［法国］马塞尔·普鲁斯特／著　桂裕芳　袁树仁／译

责任编辑　唐洋洋
特约编辑　张媛媛
责任印制　颜　亮

原文出版　Gallimard，1984
出版发行　译林出版社
地　　址　南京市湖南路 1 号 A 楼
邮　　箱　yilin@yilin.com
网　　址　www.yilin.com
市场热线　025-86633278
排　　版　南京展望文化发展有限公司
印　　刷　徐州绪权印刷有限公司
开　　本　880 毫米 × 1230 毫米　1/32
印　　张　96.375
插　　页　28
版　　次　2012 年 6 月第 1 版
印　　次　2026 年 2 月第 43 次印刷
书　　号　ISBN 978-7-5447-1623-9
定　　价　328.00 元（全七卷）

目 录

第一部

斯万夫人周围

在商量请德·诺布瓦先生第一次来家吃饭时，母亲说，遗憾的是戈达尔教授目前在外旅行，她本人又完全断绝了与斯万的交往，否则这两位陪客会使那位卸任的大使感兴趣的。父亲回答说，像戈达尔这样的显赫上宾、著名学者，会使餐桌大增光彩。可是那位爱好卖弄、唯恐旁人不知自己结交了达官贵人的斯万，其实只是装模作样的庸俗之辈，德·诺布瓦侯爵会用“令人恶心”这个词来形容斯万的。对父亲的这个回答我得稍加解释。某些人可能还记得，戈达尔从前十分平庸，而斯万在社交方面既谦和又有分寸，含蓄得体。但是我父母的旧友斯万除了“小斯万”、赛马俱乐部的斯万之外，又增添了一个新头衔（而且不会是最后的头衔），即奥黛特的丈夫。他使自己素有的本能、欲望、机智服从于那个女人的卑俗野心，尽力建立一个适合于他伴侣的、由他们两人共有的新的地位，这个新地位大大低于他从前的地位。因此，他的表现判若两人。既然他开始的是第二种生活（虽然他仍然和自己的朋友单独来往。只要他们不主动要求结识奥黛特，他不愿意将她强加于他们），一种和他妻子所共有的、在新交的人之间的生活，那么，为了衡量这些新友人的地位，也就是衡量他们的来访给自己的自尊心所带来的愉快，他所使用的比较尺度不是自己婚前的社交圈子中最杰出的人物，而是奥黛特从前的朋友，这一点也就不难理解了。然而，即使人们知道他乐于和粗俗的官员以及政府部门舞会上的花瓶——名声不好的女人来往，但他居然津津乐道地炫耀某办公室副主任的妻子曾登门拜访斯万夫人，这未免使人愕然，因为他从前（至今仍然）对特威肯汉城①或白金汉宫的邀请都曾潇洒地保持过缄默。人们也许认为旨日风流倜傥的斯万的纯朴其实只是虚荣心的一种文雅的形式，他们也许认为我父母的这位旧友和某些犹太人一样，轮流表现出他的种族所连续经历的状态，从最不加掩饰的附庸风雅、最赤裸裸的粗野，直到最文雅的彬彬有礼。然而，主要原因——而且这普遍适用于人类——在于这一点，即我们的美德本身并不是时时听任我们支配的某种自由浮动的东西，在我们的思想中，美德与我们认为应该实践美德的那些行动紧密相连，因此，当出现另一种类型的活动时，我们束手无策，根本想不到在这个活动中也可以实践同样的美德。斯万对新交无比殷勤，眉飞色舞地一一举出他们的姓名，这种态度好似那些谦虚或慷慨的大艺术家：他们在晚年也许尝试烹饪或园艺，为自己的拿手好菜或花坛沾沾自喜，只能听夸奖，不能听批评。但一旦涉及他们的杰作，他们是乐于倾听批评的；或者说，他们可以慷慨大方地赠送一幅名画，可是在多米诺牌桌上输了四十苏却满不高兴。

谈到戈达尔教授，我们将在很久以后，在拉斯普利埃宫堡维尔迪兰夫人府上再次和他长久相聚。此刻，关于他，只需首先提请注意一点。斯万的变化严格说来无法使我惊讶，因为当我在香榭丽舍大街看见希尔贝特的父亲时，这变化已经完成，只是尚未被我看透罢了。再说他当时没有和我讲话，不可能向我吹嘘他那些政界朋友（即使他这样做，我多半也不能立即觉察到他的虚荣心，因为长时期形成的对某人的看法使我们视而不见，听而不闻。母亲也是一样，在三年里，她竟然没有觉察到侄女嘴上的唇膏，仿佛它溶解在流体之中无影无踪了。直到有一天，过浓的唇膏或者

① 此城是法国奥尔良王族流亡英国的居住处。

其他什么原因引起了所谓超饱和现象，于是从前没有看见的唇膏结成晶体，母亲突然看见了缤纷的彩色，大叫可耻，如同在贡布雷一样，并且几乎断绝了与侄女的一切来往)。戈达尔的情况却相反，他在维尔迪兰家目睹斯万跨进社交界的那个时期已经相当遥远，而岁月的流逝给他带来了荣誉和头衔。其次，一个人尽可以缺乏文化修养，尽可以做愚蠢的同音异词的文字游戏，但同时仍可以具有一种任何文化修养所无法取代的特殊天赋，例如大战略家或杰出医生的天赋。在同行们眼中，戈达尔不仅仅是靠资历而由无名小卒终于变为驰名欧洲的名医。年轻医生中之佼佼者宣布——至少在几年内，因为标准既然应变化之需要而诞生，它本身也在变化中——万一他们染病，戈达尔教授便是他们唯一能以命相托的人。当然他们愿意和某些文化修养更深、艺术气质更重的主任医生交往，和他们谈论尼采和瓦格纳。戈达尔夫人接待丈夫的同事和学生，盼望有朝一日丈夫能当上医学院院长。人们在晚会上欣赏音乐，戈达尔先生却无意聆听，而去隔壁的客厅里玩牌。然而他的好眼力、他诊断之敏捷、深刻、准确，令人赞叹不已。第三点，关于戈达尔教授对我父亲这种类型的人所采用的声调和态度，应该指出，我们在生活的第二部分所显示出的本质可能是第一本质的发展或衰败、扩大或减弱，但并不永远如此，它有时是相反的本质，是不折不扣的反面。戈达尔青年时代的那种迟疑的神情、过分的腼腆与和蔼曾使他经常受人挖苦，当然迷恋他的维尔迪兰家除外。是哪位慈悲为怀的朋友劝他摆出冷冰冰的面孔呢？由于他的重要地位，这样做是轻而易举的。在维尔迪兰家，他本能地恢复原貌，除此以外，在任何地方，他表现得冷若冰霜，往往是一言不发。而当他不得不说话时，他又往往采取断然的口吻，故意令人不快。他将这种新态度试用于求医者身上，既然求医者以前从未与他谋面，自然无法作比较。他们如果得知戈达尔并非生性粗鲁，准会大吃一惊。戈达尔极力使自己毫无表情。他在医院值班时，讲述同音异义的玩笑引起众人——从主任医生到新来的见习医生——捧腹大笑，而他的面部肌肉却纹丝不动。由于他剃去了胡须，他的面孔也完全变了样。

最后说说德·诺布瓦侯爵为何许人，战前①他曾任全权公使。五月十六日危机期间②他任大使。尽管如此，使许多人大为吃惊的是，他后来曾多次代表法兰西出使国外执行重要使命，甚至赴埃及出任债务监督，并施展他非凡的财务能力，屡有建树，而这些使命都是由激进派内阁委任于他的。一般的反动资产者都拒绝为这个内阁效劳，更何况德·诺布瓦先生：他的经历、社会关系和观点都足以使他被内阁视为嫌疑分子。然而，激进派的部长们似乎意识到此种任命可以表明他们襟怀坦荡，以法兰西的最高利益为重，说明他们不同于一般政客，而当之无愧地被《辩论报》称为国家要人。最后，他们可以从贵族姓氏所具有的威望及剧情突变式的出人意料的任命所引起的关注中得到好处。他们明白，起用德·诺布瓦先生对他们有百利而无一害，他们不用担心后者会违背政治忠诚，因为，侯爵的出身不仅不引起他们的戒备防范，反而使他们放心。在这一点上，共和国政府没有看错。这首先是因为某一类贵族从童年时起就认为贵族姓氏是一种永远不会丧失的内在优势（他的同辈人，或者出身更为高贵的人对这种优势的价值十分清楚），他们知道自己大可不必像众多资产者那样费尽心机地（虽然并无显著效果）发表高见，攀交正人君子，因为这种努力不会给他们增添任何光彩。相反，他们一心想在身份比自己高的王侯或公爵面前抬高自己的身价，而要达到这一点，就必须往姓氏中添加原来所没有的东西：政治影响、文学或艺术声誉、万贯家产。他们无意在资产者所追求的、无用的乡绅身上浪费精力，何况得到一位乡绅的无实效的友谊并不会导致王侯的感激。他们将大量精力使用于能有助于他们担任使馆要职或参加竞

① 指1870年普法战争前，法兰西第二帝国时期。

② 指1877年5月16日法国内阁危机。

选的政治家身上（即使是共济会会员也不在乎），使用于可以在自己的业务范围内帮助他们进行“突破”的、声誉显赫的艺术家或学者身上，简而言之，使用于一切促使他们扬名，促使他们与富人结成姻亲的人身上。

德·诺布瓦先生从长期的外交实践中吸收了那种消极的、墨守成规的、保守的精神，即所谓“政府精神”，这是一切政府所共有，特别是政府之下各使馆所共有的精神。外交官的职业使他对反对派的手段——那些多少带有革命性的、至少是不恰当的手段——产生憎恶、恐惧和鄙视。只有平民百姓和社交界中少数无知者才认为所谓不同的类型纯系空谈，但就大多数情况而言，不同类型的相互接近不是出于相同的观点，而是出于同血缘的精神。像勒古费这种类型的院士是古典派，但他却为马克西姆·杜冈或梅西埃对维克多·雨果的颂词①鼓掌，却不愿为克洛代尔对布瓦洛的颂词②鼓掌。同一个民族主义使巴雷斯③与他的选民接近——后者对他和乔治·贝里先生④并不细加区别——却无法使巴雷斯和法兰西学院的同事们接近，因为后者虽然与他政见一致但精神迥异；他们甚至不喜欢他而偏爱政敌里博先生和德沙涅尔⑤先生；忠诚的保皇派感到与里博和德沙涅尔十分接近，而与莫拉斯及莱翁·都德相当疏远，尽管这两人也希望王朝复辟。德·诺布瓦先生寡言少语，不仅出于谨慎稳重的职业习惯，还由于言语在此类人眼中具有更高的价值、更丰富的含义，因为他们为使两个国家相互接近而作的长达十年的努力，在演讲和议定书中，也不过归纳为、表现

---

① 即对浪漫主义的颂词。马克西姆·杜冈（1822—1894），法国作家；梅西埃（1829—1915），文学批评家。

② 即对古典主义的颂词。克洛代尔（1868—1955），法国作家；布瓦洛（1636—1711），法国诗人。

③ 巴雷斯（1862—1923），法国作家，宣传民族主义。

④ 乔治·贝里，先为保皇派、右翼议员，后接受进步思想。

⑤ 里博（1842—1923），法国政治家，多次连任法国财政和外交部长。德沙涅尔，法国政治家，主张共和制，曾在1920年担任过几个月共和国总统。

为一个简单的形容词，它貌似平庸，但对他们却意味着整整一个世界。这位在委员会中以冷若冰霜著称的德·诺布瓦先生在开会时坐在我父亲旁边，因此人们纷纷祝贺父亲居然获得这位前大使的好感。父亲本人也感到惊奇，因为他脾气不太随和，除了一小圈知己以外，很少有人和他来往，他本人也确认不讳，他意识到外交家的殷勤是出于一种由本人决定好恶的完全独立的观点；当某人使我们厌烦或不快时，他的全部精神品质或敏感性就丧失作用，它们还不如另一人的爽直轻松能赢得我们的好感，虽然后者在许多人眼中显得空洞、浮浅、毫无价值。“德·诺布瓦又请我吃饭，真是件大事。”委员会里大家都很吃惊，因为他和委员会里的任何人都没有来往。“我敢肯定他又会和我讲关于一八七〇年战争的扣人心弦的事。”父亲知道德·诺布瓦先生也许是唯一一位提请皇帝注意普鲁士的军备扩张和战争意图的人；他知道俾斯麦对德·诺布瓦的智慧表示佩服。就在最近，在歌剧院为狄奥多西皇帝举行的盛大晚会上，报界注意到皇帝曾长时间接见德·诺布瓦先生。“我得打听皇帝的这次访问是否确实重要，”对外交政策颇感兴趣的父亲对我们说，“我知道诺布瓦老头守口如瓶，但他对我可无话不谈。”

在母亲眼中，大使本人也许缺少最能使她感兴趣的那种智慧。应该说德·诺布瓦先生的谈话是某种职业、某个阶层、某个时期——对于这个职业和阶层来说，这个时期可能并未完全废除——所特有的古老的语言形式之大全，我未能将耳闻如实笔录下来，不免感到遗憾，否则我不费吹灰之力便能创造语言老朽这个效果，正如罗亚尔宫那位演员一样：有人问他从哪里找到那些令人惊奇的帽子，他回答说：“不是找来的。是保存下来的。”总而言之，我感到母亲认为德·诺布瓦先生有点“过时”。就举止而言，他并未使她不快，但就思想而言——其实德·诺布瓦先生的思想是十分时新的——或许远不如说就语言表述而言，他在她心目中毫无魅力。不过她感觉到，如果她在丈夫面前对那位对他表示如此少有的偏爱的外交家称赞一番，丈夫定会暗暗得意。她肯定了父亲对德·诺布瓦先生的好评，同时也引导他对自己产生好评，她意识到这是在履行职责：使丈夫愉快，就好比使菜肴精美、使上菜的仆人保持安静一样。她不善于对父亲撒谎，因此就培养自己去欣赏大使，以便诚心诚意地称赞他。何况，她当然欣赏他那和善的神情、稍嫌陈旧的礼节（而且过分拘谨，他走路时，高大的身躯挺得笔直，但一见我母亲乘车驶过，便将刚刚点着的雪茄抛得远远的，摘下帽子向她致意），他那有分寸的谈吐——他尽可能不谈自己，而且时时寻找能使对方高兴的话题——以及其速度令人吃惊的回信。父亲刚寄出一封信就收到回信，父亲看见信封上德·诺布瓦先生的笔迹，第一个反应是莫非这两封信恰巧错过了。难道邮局对他特别优待，加班为他收发信吗？母亲赞叹他虽百事缠身，却复信迅速；虽交游甚广，但仍和蔼可亲。她没有想到这些"虽然"其实正是"因为"，只是她未识别罢了，她没有想到（如同人们对老者的高龄、国王的不拘礼节、外省人的灵通信息感到吃惊一样）德·诺布瓦先生正是出于同一种习惯而既日理万机又复信迅速，既取悦于社交界又对我们和蔼可亲。再者，和所有过分谦虚的人一样，母亲的错误在于将与自己有关的事置于他人之下，即置于他人之外。她认为父亲这位朋友能即刻复信实属难能可贵，其实他每日写大量书信，这只是其中的一封，而她却将它视作大量信件中之例外。同样，她看不出德·诺布瓦先生来我家吃饭仅仅是他众多社交活动中之一项，因为她没想到大使昔日在外交活动中习惯于将应邀吃饭当做职责，习惯于表现出惯常的殷勤，如果要求他在我家一反常态地舍弃这种殷勤，那就未免太过分了。

德·诺布瓦先生第一次来家吃饭的那一年，我还常去香榭丽舍大街玩耍。这顿饭一直留在我的记忆中，因为那天下午我总算能看拉贝玛[①]主

---

① 拉贝玛与后文提到的贝玛大妈是同一个人。在某些人名字前加上"拉"，是民间一种习俗用法。

演的《淮德拉》①日场,还因为与德·诺布瓦先生的谈话使我骤然以新的方式感到:希尔贝特·斯万及她父母的一切在我心中所唤醒的感情与他们在其他任何人心中所引起的感情是多么地不同。

新年假期即将到来,我也日益无精打采,因为希尔贝特亲口告诉我在假期中我再也见不到她,母亲大概注意到我的神气,想让我解解闷,有一天便对我说:"如果你仍然很想听拉贝玛的戏,我想父亲会同意的,外祖母可以带你去。"

这是因为德·诺布瓦先生曾对父亲说应该让我去听拉贝玛的戏,对年轻人来说这是珍贵的回忆,父亲才改变一贯的态度——他反对我在他所谓的无聊小事(这种看法使外祖母震惊)上浪费时间并冒生病卧床的危险,并且几乎认为既然大使劝我看戏,那么看戏似乎成了飞黄腾达的秘诀之一。外祖母一直认为我能从拉贝玛的戏中学到许多东西,但是,为了我她放弃看戏,为了我的健康她作出巨大牺牲。此刻,她无比惊异,因为德·诺布瓦先生的一句话便使我的健康成为微不足道的东西了。她对我所遵守的呼吸新鲜空气和早睡的生活习惯寄托于理性主义者的坚定希望,因此认为打破习惯便会招来灾祸,她痛心地对父亲说:"您太轻率了!"父亲生气地回答说:"怎么,您现在又不愿意让他听戏!多么荒唐,您不是口口声声说听戏对他有好处吗?"

德·诺布瓦先生在对我至关重要的另一件事上,改变了父亲的意图。父亲一直希望我当外交官,而我却难以接受。即使我在外交部内待一段时间,但总有一天我会被派往某些国家当大使,而希尔贝特并不住在那里。我愿意恢复从前在盖尔芒特家那边散步时所设想的、后来又放弃的文学打算。但父亲一直反对我从事文学,认为它比外交低贱得多。他甚至不能称它为事业。可是有一天,对新阶层的外交官看不上眼的德·诺

① 《淮德拉》,十七世纪古典主义剧作家拉辛的悲剧。

布瓦先生竟对父亲说，当作家和当大使一样，受到同样的尊敬，施展同样的影响，而且具有更大的独立性。

“嗳！真没想到，诺布瓦老爹毫不反对你从事文学。”父亲对我说。父亲是相当有影响的人物，因此认为什么事情都可以通过和重要人物的谈话得到解决，得到圆满的解决，他说：“过几天，开完会后我带他来吃饭。你可以和他谈谈，露一手。好好写点东西给他看。他和《两个世界评论》的社长过从甚密，他会让你进去，他会安排的，这是个精明的老头，确实，他似乎认为外交界，在今天……”

不会和希尔贝特分离，这种幸福使我产生了写篇好文章给德·诺布瓦先生看的愿望——而不是能力。我动手写了几页便感到厌烦，笔从我手中落下，我恼怒得哭了起来。我想到自己永远是庸才，想到自己毫无天赋，连即将来访的德·诺布瓦先生向我提供的永不离开巴黎的良机都没有能力利用。当我想到能去听拉贝玛的戏时，胸中的忧愁才有所排解。我喜爱的景色是海滨风暴，因为它最猛烈，与此相仿，我最喜欢这位名演员扮演的是传统角色，因为斯万曾对我说她扮演这些角色的艺术堪称炉火纯青。当我们希望接受某种自然印象或艺术印象从而获得宝贵的发现时，我们当然不愿让心灵接受可能使我们对美的准确价值产生谬误的、较为低劣的印象。拉贝玛演出《安德罗玛克》、《反复无常的玛丽安娜》、《淮德拉》，这是我的想象力渴望已久的精彩场面。如果我能听见拉贝玛吟诵这段诗句：听说您即将离我们远去，大人……①等等，那我会心醉神迷；就仿佛在威尼斯乘小船去弗拉里教堂欣赏提香②圣母像或者观看卡帕契奥③的系列画《斯基亚沃尼的圣乔治》一样。这些诗句，我已经在白纸黑字的简单复制品中

---

① 《淮德拉》第五幕第一场的台词。

② 提香(1477—1576)，意大利画家。

③ 卡帕契奥(1455—1525)，意大利画家。

读过，但我将看见它们在金嗓子所带来的空气和阳光中出现，好比是实现了旅行的梦想，我想到这里时，心便剧烈地跳动。威尼斯的卡帕契奥，《淮德拉》中的拉贝玛，这是绘画艺术和戏剧艺术中的杰作，它们所具有的魅力使它们在我身上富有生命力，使我感到卡帕契奥和威尼斯、拉贝玛和《淮德拉》是融为一体的。因此，如果我在卢浮宫的画廊里观看卡帕契奥的画，或者在某出我从未听说的戏中听拉贝玛朗诵，我便不会再产生美妙的惊叹，不会再感到终于看见使我梦绕魂萦的、不可思议的、无与伦比的杰作，其次，既然我期待从拉贝玛的表演中得到高贵和痛苦的某些方面的启示，如果女演员用她卓越和真实的艺术来表演一部有价值的作品，而不是在平庸粗俗的情节上添点儿真和美，那么，这种表演会更加卓越和真实。

总之，如果拉贝玛表演的是一出新戏，我便难以对她的演技和朗诵作出判断，因为我无法将我事先不知道的台词与她的语调手势所加之于上的东西区别开，我会觉得它们和台词本是一体。相反，我能倒背如流的老剧本仿佛是特有的、准备好的广大空间，我能完全自由地判断拉贝玛如何将它当做壁画而发挥她那富有新意的创造力。可惜几年前她离开了大舞台，成为一个通俗剧团的名角，为它立下汗马功劳。她不再表演古典戏剧。我常常翻阅广告，但看到的总是某某时髦作家专门为她炮制的新戏。有一天，我在戏栏里寻找元旦那一周的日场演出预告，第一次看到——在压轴节目中，因为开场小戏毫无意义，它的名字显得晦暗，其中包含对我陌生的一切特殊情节——拉贝玛夫人演出《淮德拉》中的两幕，还有第二天第三天的《半上流社会》和《反复无常的玛丽安娜》。这些名字像《淮德拉》名字一样，在我眼前显得晶莹可鉴、光亮照人（因为我很熟悉它们），闪烁着艺术的微笑。它们似乎为拉贝玛夫人增添了光彩，因为在看完报上的节目预告以后，我又读到一则消息，说拉贝玛夫人决定亲自再次向公众表演往日创造的角色。看来艺术家知道某些角色的意义不仅限于初次上演、使观众耳目一新，或再次上演而大获成功。她将所扮演的角色视作博物馆的珍品——向曾经欣赏珍品的老一代或未曾目睹珍品的新一代再次展示的珍品,这的确是十分有益的。在仅仅用来消磨夜晚时光的那些演出的预告中,她塞进了《淮德拉》这个名字,它并不比别的名字长,也未采用不同的字体,但她心照不宣地将它塞了进去,仿佛女主人在请客人入席时,将他们——普通客人——的名字一一告诉你,然后用同样的声调介绍贵宾:阿纳托尔·法朗士先生。

给我看病的医生,即禁止我作任何旅行的那位,劝父母不要让我去看戏,说我回来以后会生病的,而且可能病得很久,总之,我的痛苦将大于乐趣。如果我期待于剧院的仅仅是乐趣,那么,这种顾虑会使我望而却步,因为痛苦将会淹没乐趣。然而——正如我梦寐以求的巴尔贝克之行、威尼斯之行一样——我所期待于这场演出的,不是乐趣,而是其他,是比我生活的世界更为真实的世界的真理。这些真理,一旦被我获得,便再也不会被我那闲散生活中无足轻重的小事所夺去,即使这些小事使我的肉体承受痛苦。我在剧场中所感到的乐趣可能仅仅是感知真理的必要形式,但我不愿它受到影响和破坏,我盼望自己在演出结束以后才像预料中的那样感到身体不适。我恳求父母让我去看《淮德拉》,但是自从见过医生以后,他们便执意不允。我时时为自己背诵诗句:听说您即将离我们远去……我的声调尽量抑扬顿挫,以便更好地欣赏拉贝玛朗诵中的不平凡之处。她的表演所将揭示的神圣的美如同圣殿中之圣殿一样隐藏在帷幔之后,我看不见它,但我时时想象它的新面貌。我想到希尔贝特找到那本小册子中的贝戈特的话:“高贵的仪表,基督徒的朴素,冉森派的严峻,特雷泽公主及克莱芙公主①,迈锡尼的戏剧②,戴尔菲的象征③,太阳的神

① 指古典悲剧女主人公淮德拉及小说人物克莱芙公主,这是两种不同的典型。

② 希腊初期文化。

③ 戴尔菲是古希腊城,有太阳神阿波罗的圣殿。

话。"这种神圣的美不分昼夜地高踞在我内心深处的、永远烛火通明的祭坛之上，而我那严厉而轻率的父母将决定我能否将这位女神（她将在原来隐藏着她无形形象的地方显露真面目）的美吸进，永远吸进我的精神之中。我的目光凝视着那难以想象的形象，我整日与家庭的障碍搏斗，但是当障碍被扫平，当母亲——尽管这个日场戏正好是委员会开会，而会后父亲将带德·诺布瓦先生来家吃饭的那一天——对我说："唉，我们不愿意使你不高兴，如果你实在想去那就去吧。"当一直作为禁忌的戏院此刻只由我来决定取舍，我将不费吹灰之力便能实现夙愿时，我却反而犹豫不决，是该去还是不该去，是否除了父母的反对以外尚有其他否定的理由。首先，虽然他们最初的残酷让我讨厌，但此刻的允诺却使我觉得他们十分亲切。因此，一想到会使他们难过，我自己就感到难过，在这种情绪之下，生活的目的对我来说似乎不再是真理，而是柔情，生活的好与坏的标准似乎只是由我父母快活还是不快活而定。"如果这会使您不快活的话，我就不去了。"我对母亲这样说。她却反过来叫我不必有这种顾虑，这种顾虑会破坏我从《淮德拉》中得到的乐趣，而她和父亲正是考虑到我的乐趣才解除禁令的。这样一来，乐趣似乎成为某种十分沉重的义务。其次，如果看戏归来病倒的话，我能很快痊愈吗？因为假期一结束，希尔贝特一回到香榭丽舍大街，我便要去看她。为了决定看不看戏，我将这全部理由与我对拉贝玛完美艺术的想象（虽然它在面纱下难以看见）作比较，在天平的一端我放上"感到妈妈忧愁，可能去不了香榭丽舍大街"，在另一端放上"冉森派的严峻，太阳的神话"，但是这些词句本身最后在我思想中变得晦暗，失去了意义，失去了分量。渐渐地，我的犹豫变得十分痛苦，我完全可能仅仅为了结束这种犹豫，一劳永逸地摆脱这种犹豫而决定去看戏。我完全可能任人领到剧院，但不是为了得到精神启示和完美艺术的享受，而是为了缩短痛苦；不是为了谒见智慧女神，而是谒见在女神面纱之下偷梁换柱的、既无面孔又无姓名的无情的神明。幸亏突然之间一切都起了变化。我去看拉贝玛表演的夙愿受到了新的激励，以至我急切和兴奋地等待这个日场，原因是那天当我像每日一样来到戏剧海报圆柱前时（我像柱头隐士那样伫立在那里，这种时刻近来变得更严峻），我看到了第一次刚刚贴上去的、仍然潮湿的、详尽的《淮德拉》演出海报（其实其他演员并不具有足以使我作出决定的魅力）。这张海报使我原先犹豫不决的那件事具有了更为具体的形式，它近在眼前，几乎正在进行之中——因为海报上落款的日期不是我看到它的那一天，而是演出的那一天，而落款的钟点正是开幕的时刻。我在圆柱前高兴得跳了起来。我想，到了那一天，在这个准确的钟点，我将坐在我的座位上，等着拉贝玛出台。我担心父母来不及为外祖母和我订两个好座位，便一口气跑回家，如痴如呆地望着那句富有魅力的话："正厅不接待戴帽的女士。两点钟后谢绝入场。"这句话取代了我脑中的"冉森派的严峻"和"太阳的神话"。

可惜，这头一场戏使我大失所望。父亲提议在去委员会时顺便将外祖母和我带到剧场。出门时他对母亲说："想法弄一顿丰盛的晚餐吧，你大概还记得我要带德·诺布瓦来吧。"母亲当然没有忘记。从前一天起，弗朗索瓦丝就沉浸在创造热情之中。她很高兴在烹调艺术上露一手，这方面她的确极有天赋。她听说来客是一位新客，更为兴奋，决定按她的秘方烹制冻汁牛肉。她对构成她作品的原料的内在质量极为关切，亲自去中央菜市场选购最上等的臀部肉、小腿肉和小牛腿，就好像米开朗琪罗当年为修建朱尔二世的陵墓而用八个月时间去卡拉雷山区挑选最上等的大理石。弗朗索瓦丝兴冲冲地出出进进，她那绯红的面孔不禁使母亲担心这位老女仆会累垮，就像美第奇陵墓的雕刻师①当年累倒在皮特拉桑塔石矿里一样。而且从前一天起，她便吩咐人将那粉红色大理石一般的、她所称作"内约"的火腿，裹上面包屑送到面包房去烤。她第一次听人谈到"约

① 指米开朗琪罗。

克”火腿时，便以为自己听错了，以为别人说的是她知道的那个名字——她低估了语言的丰富性，也不相信自己的耳朵，怎么可能同时存在“约克”和“纽约”呢？真令人难以相信。此后，每当她听见或在广告上看见“约克”这个名字时，她便认为是“纽约”，并将“纽”读作“内”。因此她一本正经地对打下手的厨娘说：“你去奥莉达店买点火腿。太太一再嘱咐要‘内约’火腿。”

如果说这一天使弗朗索瓦丝体验到伟大创造者的炽热信心，那么，我感受到的却是探索者的难以忍受的焦虑。当然，在听拉贝玛朗诵以前，我是愉快的。在戏院门前的小广场上，我感到愉快，两小时以后，路灯将照亮广场上栗树的细枝，光秃的栗树将发出金属般的反光。在检票员（他们的挑选、提升、命运全部取决于那位著名女演员，只有她掌握整个机构的管理权，而默默无闻地相继担任领导的经理只是有名无实的匆匆过客而已）面前，我感到愉快；他们索取我们的票，却不看我们，他们焦急不安：拉贝玛夫人的命令是否全部通知了新职工，他们是否明白决不能雇人为她鼓掌，是否明白在她上台以前不要关窗，而要在她上台以后关上所有的门，是否知道应在她身旁不引人注意的地方放上一罐热水以便控制舞台尘土。再过一会儿，她那辆由两匹长鬃马驾辕的马车将来到剧院门口，她将身着皮大衣由车上下来，不耐烦地回答别人的招呼，并且派一位随从去前台看看是否为她的朋友们保留了座位，并且打听场内的温度、包厢的客人、女引座员的服饰。在她眼中，剧场和观众仅仅是她将穿在外面的第二件衣服，是她的天才将通过的或优或劣的导体媒介。在剧场里，我也感到愉快。自从我得知大家共一个舞台时，与我幼稚的想象力长期所遐想的相反，我便以为，既然周围是人群，那么别的观众一定会妨碍你看得真切，然而，正相反，由于某种仿佛象征一切感知的布局，每个观众都感到自己处于剧场中心，这使我想起弗朗索瓦丝的话。有一次，我父母让她去看一出情节剧，座位在五楼，但她回来时说她的座位再好也没有了，她丝毫不感到太远，相反却感到胆怯，因为生动而神秘的帷幕近在咫尺。我开始听见从帷幕后面传来模糊的声音，音量越来越大，就像雏鸡在破壳而出以前发出的声响。此刻我更为愉快，因为虽然我们的目光无法穿透帷幕，但帷幕后面的世界正在注视我们。突然，来自帷幕后的声音显然向我们发出信号，它变成无比威严的三下响声，像火星上的信号一样动人心弦。幕布拉开，舞台上出现了十分普通的写字桌和壁炉，它们表明即将上场的不是我在一次夜场中所看见的朗诵演员，而是在这个家中生活的普通人；我闯入他们的生活中去，而他们看不见我。这时，我的乐趣有增无减，但它却被短暂的不安所打断，因为正当我屏息静气地等待开演时，两个男人走上了舞台，他们气势汹汹、大声吵嚷，剧院里的一千多观众听得十分清楚（而在小咖啡店里，要知道两个斗殴的人在说什么，必须问侍者）。这时，我惊奇地看到观众并不抗议，而是洗耳恭听，而且沉浸在一片寂静之中，偶尔从这里或那里响起笑声，于是我明白这两个蛮横无礼的人正是演员，明白那个称作开场戏的小戏已经开始了。接下来是长长的幕间休息，观众重新就座以后，不耐烦地跺起脚来。这使我很担心。每当我在诉讼案的报道中读到某位心地高尚者将一己的利益置之度外而为无辜者出庭辩护时，我总感到担心，唯恐人们对他不够和气，不够感激，不给他丰厚的酬劳，以至他伤心气馁而转到非正义一边。在这一点上，我将天才与德行相比，因此也同样担心拉贝玛会对缺乏教养的观众的无礼感到气恼，我真盼望她在观众席上能满意地认出几位其判断颇有分量的名流，因而不卖劲，以表示对他们的不满和蔑视。我用哀求的目光看着这些跺脚的野人，他们的愤怒会将我来此寻求的那个脆弱而宝贵的印象打得粉碎。最后，《淮德拉》的前几场戏给我带来愉快的时光。第二幕开始时，淮德拉这个人物还不出场。然而，第一道幕，接着第二道红丝绒幕——它在这位明星的表演中加强舞台深度——拉开，一位女演员从台底上场，容貌和声音酷似人们向我描绘的拉贝玛。这么说，拉贝玛换了角色，我对忒修斯的妻子①的精细研究算是白费工夫了。然而又一位女演员上场与第一位对话，我把第一位当做拉贝玛显然是弄错了，因为第二位更像她，而且朗诵的声调惟妙惟肖。这两位都往角色中增加了高贵的手势——她们撩起美丽的无袖长衣，使我明显地注意到这一点，并明白了手势和台词的关系——和巧妙的声调。它时而热情、时而讽刺，我明白了曾在家中读过但未加留心的诗句究竟何所指。但是，突然，在圣殿的红丝绒幕布的开启处（仿佛是镜框），出现了一个女人。于是我感到害怕，而这种害怕可能比拉贝玛本人还害怕。我害怕有人开窗从而使她感到不适；害怕有人搓揉节目单从而破坏她的某句台词；害怕人们为她的同伴鼓掌而对她的掌声不够热烈从而使她不高兴。我产生了比拉贝玛本人的想法更加绝对的念头，认为从此刻起，剧场、观众、演员、戏，以及我本人的身体都只是声音介质，只有当它们有利于抑扬顿挫的声音时才具有价值。这时我立刻明白我刚才欣赏片刻的那两位女演员与我专程前来聆听的这个女人毫无共同之处。然而我的乐趣也戛然中止。我的眼睛、耳朵、思想全部集中于拉贝玛身上，唯恐漏过任何一点值得我赞叹的理由，但一无所获。我甚至未在她的朗诵和表演中发现她的同伴们所使用的巧妙的声调和美丽的姿势。我听着她，就仿佛在阅读《淮德拉》，或者仿佛淮德拉正在对我讲话，而拉贝玛的才能似乎并未给话语增加任何东西。我多么想让艺术家的每个声音、每个面部表情凝住不动，长时间地凝住，好让我深入进去，努力发现它们所包含的美。我至少做到思想敏捷，在每个诗句以前准备好和调整好我的注意力，以免在她念每个字或作每个手势期间我将时间浪费在准备工作上。我想依靠这种全神贯注的努力，进入台词和手势的深处，仿佛我拥有长长的几个小时一样。然而时间毕竟十分短暂！一个声音刚刚传进我耳

① 即淮德拉，下文中的希波吕托斯、奥依娜、阿里西皆为《淮德拉》中的人物。

中便立刻被另一个声音所替代。在一个场面中,拉贝玛静止片刻,手臂举到脸部的高处,全身浸沉在暗绿色的照明光线之中,背景是大海,这时全场掌声雷动,然而刹那间女演员已变换了位置,我想仔细欣赏的那个画面已不复存在。我对外祖母说我看不清,她便将望远镜递给我。然而,当你确信事物的真实性时,用人为的手段去观察它并不能使你感到离它更近。我认为我在放大镜中所看到的不再是拉贝玛,而是她的图像。我放下望远镜,但我的眼睛所获得的那个被距离缩小的图像也许并不更准确。在这两个拉贝玛中,哪一个是真实的?我对这段戏曾寄予很大希望,何况她的同伴们在比这逊色得多的片断中曾不断向我揭示巧妙的弦外之音。我料想拉贝玛的语调肯定比我在家中阅读剧本时所想象的语调更令人惊叹,然而,她甚至没有达到奥依娜或阿里西所可能使用的朗诵技巧,她用毫无变化的单调节奏来朗诵那一长段充满对比的独白,那些对比是如此令人注目,以致一位不太聪明的悲剧演员,甚至中学生,都不可能不觉察它的效果。她念得很快,当她念完最后一句话时,我的思想才意识到她在前几句台词中所故意使用的单调语气。

终于,在观众狂热的掌声中,我最初的赞佩之情爆发了。我也鼓起掌来,而且时间很长,希望拉贝玛出于感激而更加卖力,那样一来,我便可以说见识过她最精湛的演技了。奇怪的是,观众热情激昂的这一时刻,也正是拉贝玛作出美妙创新的时刻(我后来才知道)。当某些超先验的现实向四周投射射线时,群众是最早的觉察者。例如,发生了重大事件,军队在边境上处于危急之中或者溃败,或者告捷,这时传来的消息模糊不清,未给有教养者带来任何重要信息,但却在群众中引起巨大震动。有教养者不免对震动感到吃惊,但当他们从专家那里获悉真实的军事形势以后,就不能不佩服民众觉察这种“光晕”(它伴随重大事件,在百里之外也可被人看见)的本领。人们获悉战争捷报,或者是在事后,在战争结束以后,或者是在当时,从门房兴高采烈的神气中感知。同样,人们发现拉贝玛演技精湛,或者是在看完戏一周以后从批评家那里得知,或者当场从观众的喝彩声中得知。然而,群众的这种直接认识往往和上百种错误认识交织在一起,因此,掌声往往是错误的,何况它是前面掌声的机械后果,正如风暴使海水翻腾,即使当风力不再增大,海浪也仍然汹涌一样。管他呢,我越鼓掌就越觉得拉贝玛演得好。坐在我旁边的一位普通妇女说:“她可真卖劲,用力敲自己,满台跑,这才叫演戏哩。”我很高兴找到这些理由来证明拉贝玛技艺高超,但同时也想到它们说明不了问题。农民感叹说:“画得多么好!真是妙笔!瞧这多美!多细!”这难道能说明《蒙娜丽莎》或本韦努托①的《珀耳修斯》吗?但我仍然醉饮群众热情这杯粗酒。然而,当帷幕落下时,我感到失望,我梦寐以求的乐趣原来不过如此,但同时,我需要延长这种乐趣,我不愿离开剧场从而结束剧场的经历——在几个小时里它曾是我的生活,我觉得直接回家好比是流放;幸亏我盼望到家以后能从拉贝玛的崇拜者口中再听到关于她的事,这位崇拜者正是那位使我获准去看《淮德拉》的人,即德·诺布瓦先生。

晚饭前,父亲把我叫进书房,将我介绍给德·诺布瓦先生。我进去时,大使站起来,弯下他那高大的身躯向我伸出手,蓝色的眼睛关注地看着我。在他作为法兰西的代表的任职期间,人们往往将过往的外国人介绍给他,其中不乏多少有点名气的人物,甚至著名歌唱家;而他明白,有朝一日,当人们在巴黎或彼得堡提起这些人时,他便可以夸耀说曾在慕尼黑或索非亚和他们一同度过夜晚,因此他养成了这种习惯:亲切地向对方表示认识他有多么荣幸。此外,他认为,在外国首都的居留期间,他既能接触来往于各国首都的有趣人物,又能接触本地居民的习俗,从而对不同民族的历史、地理、风俗以及对欧洲的文化运动获得深入的、书本上所没有的知识,因此他在每个新来者身上应用尖锐的观察力,好立即弄清楚站在

① 本韦努托(1500—1571),意大利雕塑家。

他面前的是什么人。长久以来,他不再被派驻国外,但每当别人向他介绍陌生人,他的眼睛便立即进行卓有成效的观察,仿佛眼睛并未接到停职通知,同时他的举止谈吐试图表明新来者的名字对他并不陌生。因此,他一面和气地、用自知阅历颇深的要人的神气和我谈话,一面怀着敏锐的好奇心,并出于他本人的利益而不停地观察我,仿佛我是具有异域习俗情调的、颇具教益的纪念性建筑物,或者是巡回演出的明星。因此他既像明智的芒托尔①那样庄严与和蔼,又像年轻的阿纳加西斯②那样充满勤奋的好奇心。

关于《两个世界评论》,他绝口不提为我斡旋,但对我过去的生活及学习,对我的兴趣,却提出了一系列问题。我这是头一次听见别人将发挥兴趣爱好作为合理的事情来谈论,因为在此以前,我一直认为应该压制兴趣爱好。既然我爱好文学,他便使话题围绕文学,并且无比崇敬地谈论它,仿佛它是上流社会一位可尊敬的、迷人的女士。他曾在罗马或德累斯登与她邂逅而留下美妙的回忆,但后来由于生活所迫而很少有幸再与她重逢。他带着几乎放荡的神情微笑,仿佛羡慕我比他幸运、比他悠闲,能与它共度美好时光。但是,他的字眼所表达的文学与我在贡布雷时对文学所臆想的形象完全不同,于是我明白我有双重理由放弃文学。以前我仅仅意识到自己缺乏创作的天赋,而现在德·诺布瓦先生使我丧失创作欲望。我想向他解释我的梦想。我激动得战栗,唯恐全部话语不能最真诚地表达我曾感觉到、但从未试图向自己表明的东西。我语无伦次,而德·诺布瓦先生呢,也许出于职业习惯,也许出于要人们所通常具有的漠然态度(既然别人求教于他,他便掌握谈话的主动权,听任对方局促不安、使出

① 芒托尔,古希腊神话中的智者。

② 阿纳加西斯,公元前六世纪哲学家。此处指十八世纪出版的《青年阿纳加西斯希腊游记》。

全身解数，而他无动于衷），也许出于想突出头部特点的愿望（他认为自己具有希腊式头型，尽管有浓密的颊须），当你向他阐述时，他的面部绝对地静止不动，使你以为面前是石雕陈列馆里一座古代胸像——而且是耳聋的！突然间，就像拍卖行估价人的锤声或者戴尔菲的神谕，响起了大使的回答，它令人激动，因为你从他那木然的脸上无法猜到他对你的印象或者他即将发表什么意见。

"正巧，"他不眨眼地一直盯着结结巴巴的我，突然下结论似的说，"我有一个朋友，他的儿子，mutatis mutandis①，和你一样。（于是他用一种安慰的口气谈起我们的共同倾向，仿佛这不是对文学，而是对风湿病的倾向，而他想告诉我我不会因此丧生。）他放弃了父亲为他安排的外交仕途，不顾流言蜚语投身创作。当然他没有什么可后悔的。两年以前——他的年龄当然比你大得多——他发表了一部作品，是关于对维多利亚-尼昂萨湖②西岸的'无限性'的感触。今年又写了一本小册子，篇幅稍短，但笔锋犀利，甚至尖刻，谈的是保加利亚军队中的连发枪。这两本书使他成为了不起的人物。他已经走了一大段路，不会中途停下来的。在伦理科学院里，人们曾两三次提到他，而且毫无贬谪之意，虽然目前还未考虑提他为候选人。总之，他还不能算声誉显赫，但他的顽强搏斗已经赢得了优越的地位和成就。要知道成功并不总是属于那些骚动者、挑拨者、制造混乱者（他们几乎都自命不凡）。他通过努力一举成名。"

父亲已经看见我在几年以后成为科学院院士了，因此十分得意，而德·诺布瓦先生又将这种满意推向高峰，因为他在仿佛估计自己行动后果的片刻犹豫以后，递给我一张名片，并说："你去见见他吧，就说是我介绍的。他会给你一些有益的忠告。"他的话使我激动不安，仿佛他宣布了

① 拉丁文，此处意为：基本上。

② 维多利亚-尼昂萨湖是赤道非洲的一个大湖。

我次日就将登上帆船当见习水手。

我从莱奥妮姨母那里继承了许多无法处置的物品和家具,以及几乎全部现金财产(她在死后表达了对我的爱,而在她生前我竟一无所知)。这笔钱将由父亲代管,直到我成年,因此父亲请教德·诺布瓦先生该向何处投资。德·诺布瓦先生建议购买他认为十分稳妥的低率证券,特别是英国统一公债及年息百分之四的俄国公债。他说:“这是第一流的证券,息金虽然不是太高,但本金至少不会贬值。”至于其他,父亲简略地告诉客人自己买进了什么,客人露出一个难以觉察的微笑,表示祝贺。德·诺布瓦先生和所有资本家一样,认为财富是值得羡慕的东西,但一当涉及他人的财产时,他认为以心照不宣的神气表示祝贺则更为得体。另一方面,由于他本人家财万贯,他便将远不如他阔气的人也看做巨富,同时又欣慰而满意地品味自己在财富上的优越地位。他毫不犹豫地祝贺父亲在证券的“结构”问题上表现出“十分稳妥、高雅、敏锐的鉴赏力”,仿佛他赋予交易证券的相互关系,甚至交易证券本身以某种美学价值似的。父亲谈到一种比较新的罕为人知的证券,这时德·诺布瓦先生便说(你以为只有你读过这本书,其实他也读过):“我当然知道啦,有一阵子我注意它的行情,很有趣。”同时露出对回忆入迷的微笑,仿佛他是某杂志的订户,一段一段地读过那上面长篇连载的最新小说。“我不劝阻您购买将发行的证券,它很有吸引力,价格也很有利。”至于某些老证券,父亲已记不清它们的名称了,往往将它们与类似的证券相混淆,因此便拉开抽屉取出来给大使看。我一见之下大为着迷;它们带着教堂尖顶及寓意图像的装饰,很像我往日翻阅的某些富于幻想的古老书刊。凡属于同一时期的东西都很相似。艺术家既为某一时期的诗歌作画,同时也受雇于当时的金融公司。河泊开发公司发行的记名证券,是一张四角由河神托着的、饰有花纹的长形证券,它立即使我回忆起贡布雷杂货店橱窗里挂着那些《巴黎圣母院》和热拉尔·德·内瓦尔①的书。

父亲瞧不起我这种类型的智力，但这种蔑视往往被亲子之爱所克制，因此，总的来说，他对我做的一切采取盲目的容忍态度。他不假思索地叫我取来我在贡布雷散步时所写的一首散文短诗。当年我是满怀激情写的，因此，我觉得谁读到它都会感动不已。然而，德·诺布瓦先生丝毫未被感动，他交还给我时一言不发。

母亲一向对父亲的事务毕恭毕敬，此时她走了进来，胆怯地问是否可以开饭。她唯恐打断了一场她不应介入的谈话。此刻父亲确实在向侯爵谈到将在下一次委员会会议上提出的必要措施，他那特殊的声调使人想起两位同行——好比两位中学生——在外行面前交谈的口吻，他们由于职业习惯而享有共同的回忆，但既然外行对此一无所知，他们当着这些外行的面提起往事时只能采取歉然的口吻。

此刻，德·诺布瓦先生的面部肌肉已经达到了完美的独立，因此他能够以听而不闻的表情听人说话：父亲终于局促不安起来："我本来想征求委员会的意见……"在转弯抹角以后，他终于说道。可是，从这位贵族气派的演奏能手的面孔上、从他那像乐师一样呆滞地静等演奏时刻的面孔上，抛出了这句话，它不紧不慢，几乎用另一种音色来结束已经开始的乐句："当然，您完全可以召集委员们开会，何况您认识他们每一个人，让他们来一趟就行了。"显然，这个结束语本身毫无新奇之处，但是，在它以前的那个状态使它显得突出，使它像钢琴上的乐句那样清脆晶莹，十分巧妙地令人耳目一新，就好比在莫扎特的协奏曲中，一直沉默的钢琴按规定的时刻接替了刚才演奏的大提琴。

"怎么样，对戏满意吗？"在餐桌前就坐时，父亲问我道。他有意让我显露一番，认为我的兴奋会博得德·诺布瓦先生的好感。"他刚才去听拉

① 热拉尔·德·内瓦尔（1808—1855），法国著名作家。

贝玛的戏了，您还记得我们曾经谈起过。”他转身对外交家说，采取一种回顾往事的、充满技术性的神秘语调，仿佛他谈的是委员会。

“你一定会十分满意吧，特别是你这是第一次看她演出。令尊本来担心这次小小的娱乐会有损于你的健康。看来你不是十分结实，一个文弱书生。不过我叫他放心，因为现在的剧场和二十年前可是大不一样。座位还算舒适，空气也不断更换，当然我们还得大大努力才能赶上德国和英国，他们在这方面，以及其他许多方面都比我们先进。我没有看过拉贝玛夫人演《淮德拉》，但我听说她的演技极为出色。你肯定很满意吧？”

德·诺布瓦先生比我聪明千倍，他肯定掌握我未能从拉贝玛的演技中悟出的真理，他会向我揭示的。我必须回答他的提问，请他告诉我这个真理，这样一来，他会向我证明我去看拉贝玛演出确实不虚此行。时间不多，应该就基本点提出疑问，然而，哪些是基本点呢？我全神贯注地思考我所得到的模糊印象，无暇考虑如何赢得德·诺布瓦的赞赏，而是一心想从他那里获得我所期望的真理，因此我结结巴巴地讲着，顾不上借用现成的短语来弥补用词之贫乏，而且，为了最终激励他说出拉贝玛的美妙之处，我承认自己大失所望。

“怎么，”父亲恼怒地叫了起来，因为我这番自认不开窍的表白会给德·诺布瓦先生留下不好的印象，“你怎么能说你没感到丝毫乐趣呢？外祖母讲你聚精会神地听拉贝玛的每一句台词，瞪着大眼睛，没有任何观众像你那样。”

“是的，我的确全神贯注，我想知道她的出类拔萃表现在什么地方。当然，她演得很好……”

“既然很好，你还要求什么呢？”

“有一点肯定有助于拉贝玛夫人的成功。”德·诺布瓦先生说。他特别转头看着母亲，一来避免将她撇在谈话之外，二来也是认真地对女主人表示应有的礼貌，“那就是她在选择角色时所表现的完美鉴赏力，正是鉴赏力给她带来了名副其实的成功,真正的成功。她极少扮演平庸角色,这一次扮演的是淮德拉。再说,她的鉴赏力也体现在服装和演技中。她经常去英国和美国作巡回演出,并且大获赞赏,但是她没有染上庸俗习气,我指的不是约翰牛,那未免不够公允,至少对维多利亚时期的英国来说不够公允,我指的是山姆大叔。她从来没有过度刺目的颜色,从来没有声嘶力竭的叫喊。她那美丽的悦耳的声音为她增添光彩,而她对声音的运用竟如此巧妙,真可谓声乐家!"

演出既已结束,我对拉贝玛的艺术的兴趣便不再被现实所压制和约束,它越来越强烈,但我必须为它寻找解释。再说,当拉贝玛表演时,她对我的眼睛和耳朵提供的是在生活中浑然一体的东西,我的兴趣仅仅予以笼统的关注,而未加任何区分或分辨,因此此刻,它在这番称赞艺术家朴实无华和情趣高尚的颂词中高兴地发现一种合理解释,它施展吸引力,将溢美之词据为己有,正好比一位乐天的醉汉将邻居的行为据为己有并大发感慨一样。"是的,"我心里想,"多么美妙的声音,没有喊叫,多么朴素的服装!挑了淮德拉这个角色,又是多么明智!不,我没有失望。"

胡萝卜牛肉冷盘出现了。在我家厨房的"米开朗琪罗"的设计下,牛肉躺在如晶莹石英一般的、硕大的冻汁晶体之上。

"您的厨师是第一流的,夫人,"德·诺布瓦先生说,"难得呀!我在国外时往往不得不讲排场,因此我明白找一个高超的厨师多么不容易。您这真是盛宴。"

的确如此,弗朗索瓦丝兴高采烈地为贵宾准备美餐,好显显身手。她卖力地重新施展她在贡布雷时的绝技,没有客人来吃饭时她已经不愿意这样费心劳神了。

"这是在夜总会,我是指最高级的夜总会,所尝不到的。焖牛肉,冻汁没有糨糊气味,牛肉有胡萝卜的香味,真是了不起!请允许我再加一点。"

他一面说，一面做手势表示还要一点冻汁，“我真想尝尝府上的法代尔①的另一种手艺，比方说，尝尝她做的斯特罗加诺夫②式牛肉。”

德·诺布瓦先生为了替餐桌增添情趣，给我们端上了他经常招待同行的那些形形色色的故事。有时他引用某位政治家演说中可笑的复合句（此人惯于此道），句子既冗长臃肿，又充满自相矛盾的形象。有时他又引用某位文体高雅的外交家的明捷快语。其实，他对这两种文体的判断标准与我对文学的判断标准毫无共同之处。对许多细微区别，我毫不理解。他哈哈大笑加以嘲弄的字句与他赞不绝口的字句，在我看来，并无多大区别。他是另外一种人，关于我所喜爱的作品，他会说：“你看懂了？老实说，我看不懂，我不在行。”而我也可以以其人之道还治其人之身；他在反驳或演说中所看到的机智或愚蠢、雄辩或夸张，我都无法领会。既然没有任何可以被感知的理由来说明此优彼劣，那么这种文学在我眼中就更为神秘，无比隐晦。我领悟到，重复别人的思想，这在政治上并非劣势的标志，而是优势的标志。当德·诺布瓦先生使用报刊上随手拈来的某些用语，并且配之以强调语气时，这些用语一旦为他所用就变为行动，引人注意的行动。

母亲对菠萝块菰色拉寄予很大期望。大使用观察者的深邃目光对这道菜凝视片刻，然后吃了起来，但保持外交家的审慎态度，不再坦露思想。母亲坚持要他再吃一点，德·诺布瓦先生又添了一次，但没有说出人们所期待的恭维话，只是说：“遵命，夫人，既然这是您的命令。”

“报上说您和狄奥多西国王作过长谈。”父亲说。

“不错。国王对面孔有惊人的记忆力。那天他看见我坐在正厅前排便想起了我，因为我在巴伐利亚宫廷里曾经见过他好几次，当时他并未想

① 法代尔，法国十七世纪大孔代亲王的著名膳食总管。

② 斯特罗加诺夫，为俄国财政家，以家族名字命名的这道菜是奶汁牛肉。

到东部王位(您知道,他是应欧洲大会之请而登基的,他甚至犹豫了很久才同意,他认为这个王位与他那全欧最高贵的家族不太相称)。一位副官走来请我去见国王陛下,我当然乐于从命。”

“您对他这次访问的结果满意吗?”

“很满意!当初有人担心这位年轻君主能否在如此复杂的形势下摆脱困境,这种担心是可以理解的。至于我,我完全相信他的政治嗅觉,而且事实远远超过了我的希望。根据权威方面的消息,他在爱丽舍宫的致词,从第一个字到最后一个字都是他亲自起草的,当之无愧地引起各方面的好感。这确实是高招。当然未免过于大胆,但事实证明这种胆略是对的。外交传统固然有其优点,但正是由于它,我们两国的关系笼罩在一种令人窒息的、封闭的气氛中,更换新鲜空气的办法便是打破玻璃窗,别人当然无法提出这种建议,只有狄奥多西可以这样做,而他确实这样做了。他那襟怀坦荡的态度令众人倾倒,他用词妥帖得体,不愧为母系是博学多才的王公贵族的后代。在谈到他的国家和法国之间的关系时,他用的是‘亲缘关系’一词,这种用词在外交词汇中极为罕见,但在此却极为恰当。你瞧文学毫无害处,即使对外交、对君主而言,”他最后这句话是对我说的,“当然,此事早有迹象,两个强国之间的关系原来就大有改善,但毕竟由他嘴里说了出来。他的话正是人们所期望的,而且用词巧妙,所以效果惊人。我当然双手赞同啦。”

“您的朋友福古贝先生多年来致力于改善两国关系,他一定很高兴吧。”

“当然,何况国王陛下像往常一样,有意让他喜出望外。再说,从外交部长开始,人人都大吃一惊,无一例外。据说外交部长对此事不甚满意。别人问他时,他提高嗓门,好让周围的人听见他那直言不讳的回答:‘我既未被征求意见,也未收到通知。’以此明确表示他与此事毫不相干。当然,这件事引起纷纷议论,”他狡黠地笑笑,然后又说,“我不敢担保那些将‘无为'奉为最高信条的同事不因此坐立不安。至于福古贝，你们知道他由于亲法政策而受到猛烈抨击，这使他很难过，何况此公心地善良，而且很敏感。这一点我可以作证。虽然他比我年轻许多，但我们是老朋友了，常有来往，我很了解他。再说谁不了解他呢？他的心灵清澈见底，这是他可以受指责的唯一缺点，因为外交家没有必要像他那样透明。现在有人提出派他去罗马，这当然是晋升，但也是'啃骨头'。我这是私下对您说，福古贝虽然毫无野心，但对新职不会不高兴，他绝不会拒绝这杯苦酒。他也许会干出奇迹。他是孔苏尔塔①所赞同的人。对这样一位艺术家，法尔内兹宫和卡拉什走廊②是最合适的地方了。至少不会有人恨他。而在狄奥多西国王周围，有一批依附于威廉街③的奸党，他们顺从地执行威廉街的意图，千方百计地给福古贝捣乱。福古贝不但要对付宫廷阴谋，还要对付帮闲文人的辱骂。他们后来像所有被豢养的记者一样怯懦地求饶，但同时依然故我地刊登流氓无赖对我国代表的无理指责。在一个多月的时间里，敌人围着福古贝跳头皮舞④。"德·诺布瓦先生特别着重这最后一个词："不过，俗话说：'早有防范，免遭暗算'。他一脚踢开了诽谤辱骂。"他的声音更响亮，眼睛射出凶光，以致我们在片刻间停止了吃饭。"有一句漂亮的阿拉伯谚语：'任凭群犬乱吠，商队依然前进。'"德·诺布瓦先生抛出这条谚语后瞧着我们，观察它在我们身上产生什么效果。效果显著。我们熟悉它，因为那一年它在有身份的人中间流行，而另一句谚语"种蒺藜者得刺"却被淘汰，因为它精力不足，不像"为人作嫁"那样永不疲劳、永葆活力。要知道这些社会名流的语言采取的是三年一换的轮种制的。德·诺布瓦先生在《两个世界评论》的文章中，擅长使用此种类型的引文，

① 孔苏尔塔，意大利外交部所在地。

② 法尔内兹宫，法国驻罗马使馆，其内有由十六世纪画家卡拉什装饰的走廊。

③ 威廉街是德国外交部所在地。

④ 这是印第安人的舞蹈，胜利者在割下战败者的头皮以前围着他跳舞。

其实它们在有根有据、信息可靠的文章中完全是多余的。德·诺布瓦先生根本不需要这些装饰，只需挑选关键时刻——他也正是这样做的——就行了，如“圣詹姆斯[①]已感危机在即”；或者“歌手桥[②]群情激动，正不安地注视双头王朝的自私而巧妙的政策”；或者“蒙泰奇托里奥[③]发警报”；或者“乐厅广场[④]所永远惯用的两面手法”。即使是外行的读者，一看见这些用语便立即明白作者是职业外交家，并表示赞赏。但有人说他不仅仅是职业外交家，他的修养更为卓越，因为他对谚语的运用恰到好处，而其中最完美的典范是“正如路易男爵[⑤]所说，您给我良好政治，我给您良好财政。”（因为当时还未从东方传来日本谚语“在交战中，多坚持一刻者必胜无疑”。）正是这种名人学者的声誉，以及漠然的面具下所隐藏的名副其实的阴谋天才，使德·诺布瓦先生成为伦理科学学院的院士，而且有人甚至认为他进法兰西学院也无不可，因为有一次，他在指出为了和英国和解而与俄国联盟的必要性时，竟然写道：“有一点应该让奥赛码头[⑥]的人明白，应该写进所有的地理课本中（这方面确有遗漏），应该作为中学毕业生获得业士学位的标准，那就是：如果说‘条条大路通向罗马’，那么，从巴黎去伦敦必须经过彼得堡。”

“总之，”德·诺布瓦先生继续对父亲说，“福古贝这次大为成功，甚至超过他自己的估计。当然他预料会有一篇十分得体的祝酒辞（在近年来的阴云以后这已算是了不起了），但没有想到比那更胜一筹。有几位当时在场的人对我说，祝酒辞的效果决非事后阅读所能领会的，国王堪称演说

① 指英国外交部。
② 指奥地利外交部
③ 指沙俄外交部。
④ 指意大利议院。
⑤ 路易男爵是法王路易十八和路易菲力普的财政大臣。
⑥ 指法国外交部。

艺术家，他的朗读、停顿都很有讲究，让听众对各种言外之意及微妙之处心领神会。我听人讲过一件很有趣的事，它又一次证明狄奥多西国王充满那种颇得人心的青春风采。'亲缘关系'一词可以说是演讲中的一大革新，您瞧，它将成为各个使馆长期议论的话题。国王陛下在吐出这个词时，大概想到会使我们这位大使欣喜异常——这是对他的努力、甚至他的梦想的公正的报偿，并且会使他获得元帅权杖——因此他半转身朝着福古贝，用奥丹尚家族那迷人的眼神盯着他，一个音节一个音节地说'亲缘关系'这个十分恰当的、新颖不凡的词。他的声调表明他使用这个词是十分慎重的，他对它的分量了如指掌。据说福古贝激动得不能自抑，在某种程度上，我认为我能理解他的心情。据十分可靠的消息说，宴会以后，国王陛下走近夹在人群中的福古贝，低声对他说：'您对我这个学生满意吗，亲爱的侯爵？'显然，"德·诺布瓦先生又说，"这篇祝酒辞的效力超过了二十年的谈判，它更加密切了两国之间的——用狄奥多西二世的生动语言来说——'亲缘关系'。这仅仅是一个词，可是您瞧着吧，它会平步青云，全欧洲的报纸都在重复它，它引起了广泛的兴趣，发出了新的声音。话说回来，这是国王的一贯作风。我不敢说他每天都能发现如此纯净的钻石，但是，在他精心准备的演讲中，或者在他的即兴谈话中，他少不了塞进一句俏皮话，作为自己的标志——或者说签名。在这一点上，我决无偏袒之嫌，因为我一向反对这种俏皮话，二十句中有十九句都是危险的。"

"是的。我想德国皇帝最近的电报一定不合您的口味吧。"父亲说。

德·诺布瓦先生抬眼看了一下天花板，仿佛在说："啊！这家伙！首先，这是忘恩负义，不仅仅是错误，而且是犯罪，可以说是骇人听闻的蠢事！其次，如果没有人加以制止，那么这个赶走了俾斯麦的人①很可能渐渐抛弃俾斯麦的全部政策，到了那时，谁也不知道会发生什么。"

---

① 即德国皇帝威廉二世，他迫使俾斯麦辞职，与英国交恶。

“我丈夫告诉我，先生，说您可能在近两三年的夏天让他和您一道去西班牙，我真为他高兴。”

“是的，这是一个很诱人的计划。我很高兴，我很乐意和您一同旅行，亲爱的朋友。您呢，夫人，您打算怎样度假？”

“不知道。也许和儿子一同去巴尔贝克。”

“啊！巴尔贝克是好地方。几年以前我去过。那里正在兴建漂亮别致的别墅，我想您会喜欢那里的。不过，您能告诉我为什么看上这个地方吗？”

“我儿子很想看教堂，特别是巴尔贝克教堂。我最初有点担心，生怕旅途劳累，特别是吃住不便，会影响他的健康。不过最近听人说那里盖了一家很好的饭店，里面有他所必需的舒适设备，那么他可以住些时候。”

“啊！我得把这消息告诉一位对此很关心的女士。”

“巴尔贝克教堂很了不起吧，先生？”我问道，抑制心中的不快，因为在他眼中，巴尔贝克的魅力在于漂亮别致的别墅。

“不坏，确实不坏，不过，它毕竟无法和精雕细琢的真正珍宝相比，例如兰斯教堂、沙特尔教堂，以及珍品中之珍品——我最喜爱的巴黎圣礼拜堂。”

“巴尔贝克教堂的一部分属于罗曼式吧？”

“不错，是罗曼式，这种风格本身就极为古板，比不上后来的哥特式建筑。哥特式优美、新颖，石头都精雕着花边。巴尔贝克教堂的确有点与众不同，你既然到了那里，这个教堂当然值得一游。如果哪天下雨你无处可去，可以进去看看图维尔①的墓。”

“您出席昨天外交部的宴会了吗？我脱不开身。”父亲说。

“没去，”德·诺布瓦先生微笑着回答，“坦白地说，我没去，而是参加了另一个完全不同的晚会。我去一位女士家吃饭，你们大概听说过她，就

① 图维尔（1642—1701），法国元帅。

是美丽的斯万夫人。”

母亲控制住一阵战栗，因为她比父亲敏感，她已经为他即将感到的不快而担忧。他的不快往往最先被她感知，就好比法国的坏消息最先在国外，然后才在国内被人知晓。但是，她想知道斯万夫妇接待些什么人，于是便向德·诺布瓦先生打听他在那里遇见了谁。

“我的天……去那里的似乎主要是……男士们。有几位已婚男人，但他们的妻子身体不适，没有去。”大使用一种故作天真的微妙口吻说，而且环顾左右，他那柔和审慎的目光似乎想冲淡嘲弄，其实反而更巧妙地加强了嘲弄效果。

“应该说，”他继续说道，“公平地说，那里也有些女士，不过……她们属于……怎么说好呢，与其说属于斯万（他念成‘斯凡’）的社交圈子，不如说属于共和派。谁知道呢？也许有一天那里会成为政治沙龙或文化沙龙，而他们似乎也很满意。我觉得斯万炫耀得未免过分，老说某某人和某某人下星期邀请他们夫妇，其实，和这些人的交往有什么值得夸耀呢？他表现得既不稳重，又无趣味，几乎连分寸也不懂，像他这样的雅士竟然如此，不能不令人吃惊。他不断说：‘我们每晚都有宴请。’仿佛这很光彩，仿佛他成了新贵，其实他并不是。他以前有许多朋友，甚至许多女友。在这里我不想说得过头，也不想过于冒昧，但我认为在他的女友中，至少有一位（尽管不是全部或大部分女友）——而且身份显赫——是不会断然拒绝和斯万夫人结识的，那样一来，会有不少人成为帕尼尔热羊[1]，步其后尘。然而，斯万似乎未作过任何努力。噫，还有内塞尔罗德式布丁[2]！在这顿卢库卢斯[3]式的盛宴以后，我看得去卡尔斯巴德[4]疗养了。也许斯万感到

---

① 法国十六世纪作家拉伯雷小说中的故事，帕尼尔热羊即指盲目模仿。
② 以英国外交家内塞尔罗德命名的布丁（主要原料为栗子泥）。
③ 卢库卢斯为古罗马将军，以美食者著称。
④ 卡尔斯巴德，波希米亚地区疗养地。

阻力太大，无法克服。他这门婚事令人不快，这是肯定的。有人说那女士很有钱，这真是胡说八道。总之，这一切似乎叫人不大愉快。斯万有一位家产万贯而且声望极高的姑姑，她丈夫，就财富而言，可算实力雄厚。但是她不但拒绝接待斯万夫人，而且发起一场名副其实的运动，让她的朋友和熟人们都抵制斯万夫人。我这并不是说有哪一位有教养的巴黎人对斯万夫人有不尊敬的表示……不是！绝对不是！何况她丈夫是勇于决斗的人。总之，这位交游甚广，而且经常出入上流社会的斯万居然对这些至少可以称为三教九流的人大献殷勤，未免古怪。我以前认识他，他是一位素有教养，在最高级的社交圈里也闻名一时的人物，但他如今竟然感恩涕零地感谢邮政部办公室主任大驾光临，而且询问斯万夫人'能否有幸'拜访主任夫人，这使我感到既吃惊又好笑。他大概不太自在，因为这显然是两个不同的世界。但是我认为他并不痛苦。在婚前的那几年里，那个女人确实玩了不少手腕来敲诈他。每当他拒绝她时，她便把女儿从他身边夺走。可怜，斯万这位雅士过于天真，他总是认为女儿的被劫持只是巧合，他不愿正视现实，而她还时时对他大发雷霆，所以当时人们想，一旦她达到目的，成为他妻子以后，她会更肆无忌惮，他们的生活会成为地狱。然而恰恰相反！斯万谈论妻子的口吻往往成为人们的笑柄，甚至是恶意嘲笑的口实。你总不能要求隐约感觉到自己当了……（你们知道莫里哀的那个词①）的斯万大肆声张吧……不过，他把妻子说得那么贤慧，也未免过分。话说回来，这一切并不像人们想象的那么虚假，显然她对他是有感情的，只不过这是她所特有的、并非所有的丈夫都喜欢的方式。咱们这是私下说，既然斯万认识她多年，他又不是白痴傻瓜，他当然知道底细。我并不否认她水性杨花，可是斯万本人呢，按照你们不难想象的此刻满天飞的闲言碎语，他也喜欢寻花问柳。然而，她感激他为她做的一切，所以，和大

① 即莫里哀用的"王八"一词。

家的担心相反，她变得像天使一般温柔。”

其实奥黛特的变化并不像德·诺布瓦先生所想象的那么大，她以前一直以为斯万不会娶她。她曾含沙射影地说某某体面人和情妇结了婚，这时斯万总是冷冰冰地一言不发。如果她直截了当地问他：“怎么，他以这种方式回报为他奉献青春的女人，你不以为然，不认为了不起？”他最多只是冷冷地回答：“我没说这不好。各人有各人的做法。”她甚至几乎相信，正如他在气头上说的，他会完全抛弃她，因为她曾听见一位女雕刻家说：“男人什么都干得出来，他们无情无义。”奥黛特被这句深邃而悲观的格言所震动，并时时引用，奉为信条。她那失望的神气仿佛在说：“没什么办不到的事，我要碰碰运气。”而她以前所遵循的乐观主义的生活格言是：“对爱你的男人你可以为所欲为，他们是白痴。”她的面部表情只是眨眼睛，仿佛在说：“你别怕，他什么也不会摔碎的。”奥黛特的一位女友和一个男人同居，时间比奥黛特和斯万的同居期短，而且也没有孩子，但她竟让他娶了她，现在相当受人尊重，并被邀请参加爱丽舍宫的舞会。她对斯万的行为会作何想法呢？奥黛特为此很苦恼。如果有一位比德·诺布瓦先生思想更为深刻的医生，他大概会下诊断说奥黛特的乖戾来自这种屈辱和羞愧的感觉，她那穷凶极恶的外在性格并非她的本质，并非不治之症；他还会轻而易举地预言后来果然发生的事，即一种新的关系——婚姻关系——将使这些难以忍受的、每日发生的、但决非气质性的冲突奇迹般地立即销声匿迹。值得惊奇的是，几乎所有的人都对这门婚事感到惊讶，他们大概不明白爱情这个现象具有纯粹的主观性，它是一种创造，它将我们本身的许多因素附加在社会中某人身上，从而创造一个与这同名人毫不相似的人。人们往往感到不可理解：某人竟然在我们眼中如此举足轻重，其实他们和我们所见到的并非同一个人。然而，说到奥黛特，人们应该看出，虽然（当然）她对斯万的精神生活并未完全理解，但她至少知道他的研究题目及全部详情，她熟悉弗美尔[①]的名字如同熟悉她的裁缝的名字一样。她了解斯万的全部性格；这种男人的性格往往被世人忽视或嘲笑，只有在情妇或姐妹眼中它才具有真实的、可爱的形象。我们很珍惜自己的性格，甚至包括我们极想改正的性格，因此，当一个女人对此习以为常并采取宽容和善意打趣的态度（正如我们本人对它习以为常，我们的父母对它习以为常一样）时，老的爱情便像家庭感情一样温柔和强烈。当某人站在我们的角度来评论我们的缺点时，他和我们之间的关系便变得神圣了。在这些特点之中，有一些既涉及斯万的智力又涉及他的性格，而且，既然根源在于性格，奥黛特对它们最为敏感。她抱怨人们没有注意到：斯万在书信和谈吐中所表现的众多特点在他的创作和研究文章中也有所体现。她劝他更发挥这些特点。她之所以乐于这样是因为她在他身上所欣赏的正是它们，她爱它们是因为它们属于他，因此她自然而然地希望人们在他的作品中发现它们。也许她认为更为生动的作品能最后使他成名，并能使她实现她在维尔迪兰家所梦想的高于一切的事业：沙龙。

有些人认为这种婚姻荒唐可笑，他们设身处地地自问："如果我和德·蒙莫朗西小姐结婚，德·盖尔芒特先生会怎么想呢？布雷奥代会怎么说呢？"二十年前，斯万可能和他们具有同样的社会理想。他曾煞费苦心地加入赛马俱乐部，他曾盼望缔结一门显赫的婚姻，以巩固自己的地位，并最终成为巴黎最知名的人士。然而，和任何形象一样，婚事在当事人眼中的形象也必须不断从外界得到滋补，才不会逐渐衰败直至完全消失。你最炽热的愿望是对冒犯过你的人进行侮辱，可是，如果你换了一个地方，从此听不见人们谈起他，那么这个敌人在你眼中将最终变得无足轻重。当初，你是为了某些人而渴望进赛马俱乐部或法兰西研究院，但是，如果你和他们二十年不见面，那么，进入这个机构的前景将失去一切魅

① 弗美尔（1632—1675），荷兰画家。

力。长期的爱情,如同退休、生病或改宗一样,以新的形象替代旧形象。斯万与奥黛特结婚,这并不意味着他放弃社交野心,因为奥黛特早已使他脱离(从俏皮的意义上讲)那种野心,而且,如果他尚未脱离,那么他更令人敬重,因为一般说来,不体面的婚事最受人敬重(所谓不体面,并非指金钱婚姻:由买卖关系而结合的夫妻最终都被上流社会所接纳,或是由于传统,或是由于先例,为了一视同仁),因为它意味着放弃优越的地位以成全纯粹感情生活中的乐趣。此外,与不同种族的人,大公夫人或轻浮女人结成配偶,与显贵女士或卑贱女人结婚(像孟德尔[①]主义者所实行的或神话中所讲述的杂交一样),这可能给作为艺术家——甚至堕落者——的斯万带来某种快感。每当他考虑和奥黛特结婚时,他担心的只有一个人,就是德·盖尔芒特公爵夫人,而这并非出于附庸风雅,相反,奥黛特不把德·盖尔芒特夫人放在心上,她想到的不是居于广阔苍穹高处的那些人,而仅仅是直接在她头上的那些人。每当斯万遐想奥黛特成为他的妻子时,他总是想象如何将她,特别是女儿,引见给洛姆公主,后者在公公死后立即成为德·盖尔芒特公爵夫人。他不愿带她们去别的沙龙。他激动地幻想公爵夫人将如何对奥黛特谈到他,奥黛特又会说些什么。他幻想德·盖尔芒特夫人会喜欢希尔贝特,会溺爱她,会使他为女儿感到骄傲。他自得其乐地幻想引见的场面,连细节也十分精确,就好比买彩票的人仔细考虑万一中彩将如何使用那笔由他主观臆想的款项一样。如果说人们在作出决定时所臆想的形象往往变成这项决定的动机的话,那么,可以说斯万之所以娶奥黛特正是为了将她,将她和希尔贝特私下介绍给德·盖尔芒特公爵夫人(必要的话,永远没有别人知道)。下文中我们将看到斯万盼望妻子和女儿进入上流社会的这个唯一的雄心无法实现,并且遭到断然拒绝,因此,当斯万去世时,他以为公爵夫人将永远不会与她们结识。我们

① 捷克斯洛伐克僧侣孟德尔(1822—1884)曾对不同的植物杂交进行研究。

还将看到事实恰恰相反，正是在斯万去世以后开始了德·盖尔芒特夫人和奥黛特与希尔贝特的交往。他也许可以明智一些——在此暂不议论他对区区小事如此重视——无需对未来过于悲观，相信他所盼望的会见终将实现，只是他看不到这一天罢了。因果律最终能够产生几乎一切效果，包括原先被认为是不可能的效果，这个规律有时进展缓慢，由于我们的愿望——它竭力使它加快，结果适得其反——以及我们的存在本身而更加缓慢。因此，只有当我们停止希望，甚至停止生存时，它才得以实现。斯万从亲身经验中不是已经知道这一点了吗？他和奥黛特的这门婚事在他的生活中——预示在他死后将发生的事——好比是死后幸福。他曾狂热地爱她——如果说他并非一见钟情的话——而当他和她结婚时，他已不再爱她，他身上那个热切希望与奥黛特结成终身伴侣又如此绝望的人已经死去。

我提到巴黎伯爵，询问他是否是斯万的朋友，因为我不愿话题从斯万身上扯开。“不错，是的。”德·诺布瓦先生转身对我说，蓝蓝的眼睛盯着我这个小人物，眼神中如鱼得水似的浮动着他巨大的工作才能和吸收能力。“哦，”他接着又对父亲说，“我给您讲一件有趣的事，这大概不算对我所敬重的亲王有所不恭吧（由于我的地位——虽然并非官方地位，我与他并无私人来往）。就在四年前，在中欧国家的一个小火车站上，亲王偶然看见了斯万夫人。当然，他的熟人中无人敢问殿下对她印象如何，那样未免太不成体统。不过，当她的名字偶尔在谈话中被提及时，人们从难以觉察但无可怀疑的迹象看出亲王对她的印象似乎不坏。”

“难道不可能将她介绍给巴黎伯爵？”父亲问道。

“咳！谁知道呢？王公们的事情难说。”德·诺布瓦先生回答道，“显贵们擅长于索取报偿，不过，有时为了酬赏某人的忠诚而甘冒天下之大不韪。显然，巴黎伯爵一直赞赏斯万的忠诚，何况斯万确实颇有风趣。”

“那您自己的印象呢，大使先生？”母亲出于礼节和好奇心问道。

德·诺布瓦先生一反持重的常态，用行家的口吻热情地说：

“再好不过了！”

老外交家知道，承认对某位女人产生强烈的兴趣，并且以打趣的口吻承认这一点，这便是谈话技巧中最受人赞赏的形式，因此他忽然轻声笑了起来，笑声持续片刻，他的蓝眼睛湿润了，露着红色细纤维的鼻翼在翕动。

“她十分迷人！”

“一位名叫贝戈特的作家也是座上客吗，先生？”我胆怯地问，尽量使话题围绕斯万。

“是的。贝戈特也在。”德·诺布瓦先生回答说，同时彬彬有礼地朝我这个方向点点头。他既然想对父亲献殷勤，便郑重其事地对待与父亲有关的一切，包括我这个年龄的（而且很少为他那个年龄的人所尊重）孩子所提的问题。“你认识他？”他用那双曾得到俾斯麦赞赏的、既深邃又明亮的眼睛凝视我。

“我的儿子不认识他，但十分钦佩他。”母亲说。

“啊呀！”德·诺布瓦先生说（他使我对自己的智力产生了最严重的怀疑，因为我所认为的世上最崇高的、比我本人珍贵千倍的东西，在他眼中却处于赞赏等级的最下层），“我可不敢苟同。贝戈特是我所称作的吹笛手。应该承认他吹得委婉动听，但是过于矫揉造作。毕竟这仅仅是吹笛，价值不大。他那些作品松松垮垮，缺乏所谓的结构。缺乏情节，或者说情节过于简单，更主要的是毫无意义。他的作品从根基上有缺陷，或者干脆说缺乏根基。在我们这个时代，生活越来越复杂，我们很少有时间看书，欧洲形势发生了深刻变化，并且也许即将发生更大的变化，我们面临各种带有威胁性的新问题，在这种时代，你们会和我一样认为作家应该是另一种人，而不是学究，因为学究热衷于对纯粹形式的优劣作空洞无用的讨论，而使我们忽略了随时都可能发生的蛮族入侵，外部和内部蛮族的双重入侵。我知道这是在亵渎那些先生所称作的‘为艺术而艺术’学派，神圣不可侵犯的学派，可是在我们这个时代，有比推敲优美文字更为紧迫的事等着我们。贝戈特的文字相当有魅力，我不否认，可是总的说来太造作，太单薄，太缺乏男子气。你对贝戈特的评价未免过高，不过我现在更理解你刚才拿出来看的那几行诗。我看不必再提它了，既然你自己也承认这只是小孩子胡写的东西（我确实说过，但心里绝不是这样想的）。对于过失，特别是年轻人的过失，要宽大为怀嘛。总之，种种过失，别人也有，在一段时期中以诗人自居的不仅仅是你。不过，你给我看的那篇东西表明你受到贝戈特的坏影响。你没学到他任何长处，我这样说想必你不会奇怪，因为他毕竟是某种风格技巧——尽管相当浮浅——的大师，而在你这个年龄是连它的皮毛也无法掌握的。但是你已经表现出和他一样的缺点——将铿锵的词句违反常理地先排列起来，然后才考虑其含意。这岂不是本末倒置吗！即使贝戈特的作品中，那些晦涩难懂的形式，颓废文人的繁琐词句又有什么意思呢？一位作家偶尔放出几支美丽的焰火，众人就立即惊呼为杰作。哪有那么多杰作呢？在贝戈特的家当中没有任何一本小说是立意颇高的成功之作，没有任何一本书值得放进书橱以引人注目。我看一本也没有。而他本人，比起作品来，更为逊色。啊！一位才子曾说人如其文，这话在他身上可真是反证。他和作品相去十万八千里。他一本正经、自命不凡、缺乏教养，有时十分平庸，和人说话时像是一本书，甚至不是他自己写的书，而是一本叫人讨厌的书（因为他的书至少不叫人讨厌），这就是那个贝戈特。这是一个杂乱无比而又过分雕琢的人，是前人所称为的浮夸者，而他说话的方式又使他说话的内容令人反感。我不记得是洛梅尼[①]还是圣勃夫[②]曾说过，维尼[③]也以类似的怪癖令人不

① 洛梅尼（1815—1878），法国文学家。

② 圣勃夫（1804—1869），法国文学家，文学批评家。

③ 维尼（1796—1863），法国作家，写过《桑-马尔斯》及《红色封印》等小说。

快，但是贝戈特却从来没有写出像《桑-马尔斯》及《红色封印》这样精彩的作品来。”

德·诺布瓦先生对我刚才给他看的那段文字所作的议论令我无比沮丧，我又想起每当自己构思文章或者作严肃思考时总感到力不从心，于是我再次感到自己本是庸才，毫无文学天赋可言。往日我在贡布雷时曾有过某些微不足道的感受，曾读过贝戈特的某部作品，大概正是它们使我进入一种似乎颇有价值的遐想状态，而我的散文诗正是这种状态的反映。大使是明察秋毫的，他刚才本可以立刻抓住我在完全骗人的幻影中所找到的美，并予以揭露，然而，他没有这样做，而是让我明白我是多么微不足道（我被一位最好心的、最聪明的行家从外部进行客观评价）。我感到懊丧；自我感觉一落千丈。我的思想好似流体，其体积取决于他人提供的容量，昔日它鼓胀，将天才那支巨大容器填得满满的，今日它又缩小，骤然被德·诺布瓦先生关闭和限制在狭小的平庸之中。

“我和贝戈特的相识，”他又转头对父亲说，“对他，对我，都不能不说是一件尴尬的事（也是另一种方式的趣事）。几年以前，贝戈特去维也纳旅行，当时我在那里当大使。梅特涅克公主将他介绍给我，他到使馆来并希望我邀请他。既然我是法兰西的驻外使节，既然他的作品又为法兰西增光——在某种程度上，或者更确切地说，在微不足道的程度上——我当然可以抛开我对他私生活的不满。然而他并非独自旅行，所以他要求我也邀请他的女伴。我这人不爱假正经，而且，既然我没有妻室，我完全可以将使馆的门开得大一些。然而我忍受不了这种无耻，它令人作呕，因为他在作品中却大谈德行，甚至干脆教训人。他的书充满了永无休止的、甚至疲疲沓沓的分析，这是我们私下说，或者是痛苦的顾虑、病态的悔恨，以及由于鸡毛蒜皮的事而引发的冗长的说教（我们知道它值几文钱），而在另一方面，他在私生活中却如此轻浮，如此玩世不恭。总之我没有回答他。公主又来找我，我也没有答应。因此我估计此公对我不抱好感。我不知道他对斯万同时邀请我们两人的这番好意作何评价。或者是他本人向斯万提出来的，这也很难说，因为他实际上是病人。这甚至是他唯一的借口。”

“斯万夫人的女儿也在场吗?”我趁离开饭桌去客厅的这个机会向德·诺布瓦先生提出这个问题。这比一动不动地在饭桌上，在强烈的光线中提问更便于掩饰我的激动。

德·诺布瓦先生似乎努力追忆片刻：

“是的，一位十四五岁的姑娘吧？不错，我记得在饭前别人把她介绍给我，说是主人的女儿。不，她露面的时间不长。她很早就去睡了，要不就是去女友家了，我记不清楚。看来你对斯万家的人很熟悉。”

“我常去香榭丽舍街和斯万小姐玩，她很可爱。”

“啊，原来如此！的确不错，我也觉得她可爱，不过，说真心话，她大概永远也比不上她母亲，这句话不至于刺伤你热烈的感情吧?”

“我更喜欢斯万小姐的面孔，当然我也欣赏她母亲。我常去布洛尼林园，就是为了碰见她。”

“啊！我要告诉她们这一切，她们会很得意的。”

德·诺布瓦先生说这话时，态度与其他所有人一样(虽然为时不长)。这些人听见我说斯万是聪明人，说他父母是体面的经纪人，说他家的房子很漂亮，便以为我也会以同样的口吻来谈论同样的聪明人、同样体面的经纪人、同样漂亮的房子。其实，这好比是神经正常的人在与疯子交谈而尚未发现对方是疯子。德·诺布瓦先生认为爱看漂亮女人是理所当然的事，认为某人对你兴奋地谈起某某女士时，你便应该佯以为他堕入情网，和他打趣，并答应助他一臂之力，因此，这位要人说要向希尔贝特和她母亲谈起我(我将像奥林匹斯山的神化为一股流动的气，或者像米涅瓦①一

① 米涅瓦，罗马神话中的智慧女神。此处老者系指上文中提到的智者芒托尔。

样化身为老者，隐身进入斯万夫人的沙龙，引起她的注意，占据她的思想，使她感谢我的赞赏，将我看做要人的朋友而邀请我，使我成为她家的密友），他将利用自己在斯万夫人眼中的崇高威信来帮助我。我突然感到无比激动，情不自禁地几乎亲吻他那双仿佛在水中浸泡过久的、泛白发皱的柔软的手。我几乎做出了这个姿势，以为觉察者仅我一人。对我们每个人来说，要对自己的言行举止在他人眼中的地位作准确判断确非易事。我们害怕自视过高，又假定人们生活中的众多回忆已经在他们身上占据极大的场地，因此我们举止言行中的次要部分几乎不可能进入谈话对方的意识之中，更不用说留在他们记忆之中了。其实，罪犯的假定也属于这同一类型。他们往往在事后修改说过的话，以为别人无法对证。然而，即使对人类千年的历史而言，预言一切都将保存的哲学可能比认为一切将被遗忘的专栏作家的哲学更为真实。在同一家巴黎报纸上，头版社论的说教者就某件大事、某部杰作，特别是某位“名噪一时”的女歌唱家写道：“十年以后有谁还记得这些呢？”而在第三版，古文学学院的报告常常谈论一件本身并不重要的事实，谈论一首写于法老时代的而且全文仍然为今人所知的、但本身并无多大价值的诗，难道不是这样吗？对短暂的人生来说，也许不完全如此。然而，几年以后，我在某人家里见到刚巧在那里做客的德·诺布瓦先生，我把他当做我所可能遇见的最有力的支持，因为他是父亲的朋友，为人宽厚、乐于助人，何况他由于职业和出身而言语谨慎，但是，这位大使刚走，就有人告诉我他曾提到以前那一次晚宴，并说他曾“看见我想亲吻他的手”。我不禁面红耳赤，德·诺布瓦先生谈论我时的语气以及他回忆的内容，使我愕然，它们与我的想象相去万里！这个“闲话”使我明白，在人的头脑中，分心、专注、记忆、遗忘，它们的比例多么出人意外，使我赞叹不已，就像我在马斯贝罗①的书中头一次读到人们居然

① 马斯贝罗（1846—1916），埃及学专家。

掌握公元前十世纪阿苏巴尼巴尔国王邀请参加狩猎的猎手的准确名单！

“啊！先生，”当德·诺布瓦先生宣布将向希尔贝特和她母亲转达我的仰慕之情时，我说，“您要是这样做，您要是对斯万夫人谈起我，那我一生将感激不尽，一生将为您效劳！不过，我要告诉您，我和斯万夫人并不相识，从来没有人将我介绍给她。”

我说最后这句话是唯恐对方以为我在吹嘘莫须有的交情。可是话一出口，我便感到它毫无用处，因为我那热情洋溢的感谢辞从一开始就使他降温。我看见大使脸上露出了犹疑和不满，眼中露出了下垂的、狭窄的、歪斜的目光（如同一张立体图中，代表某一面的远遁的斜线），它注视的仅仅是居于他本人身上的那位无形的对话者，而他们的谈话是在此以前一直和他交谈的先生——此处即为我——所听不见的。我原以为我那些话——尽管与我心中汹涌澎湃的感激之情相比软弱无力——可以打动德·诺布瓦先生，使他助我一臂之力（这对他轻而易举，而会令我欢欣鼓舞），但我立即意识到它的效果适得其反，甚至任何与我作对的人的恶言恶语也达不到这种效果。我们和一位陌生人交谈，愉快地交换对过路人的印象，而且看法似乎一致，认为他们庸俗，但是突然在我们和陌生人之间出现了一道病理鸿沟，因为他漫不经心地摸摸口袋说：“倒霉，我没带枪，不然他们一个也活不了。”和这种情景相仿，德·诺布瓦先生知道，结识斯万夫人，拜访她，这是再普通、再容易不过的事了，而我却视作高不可攀，其中必有巨大的难言之隐。因此，当他听见我这番话时，他认为在我所表达的貌似正常的愿望后面，一定暗藏着其他某种想法、某种可疑动机、某个以前的过失，所以至今才没有任何人愿意代我向斯万夫人致意，因为那会使她不高兴的。于是我明白他永远不会为我出这把力，他可以一年一年地每天与斯万夫人相见，也决不会——哪怕一次——提到我。不过，几天以后，他从她那里打听到我想知道的一件事，托父亲转告我。当然，他认为没有必要说明是为谁打听的。她不会知道我认识德·诺布瓦先生,也不会知道我热烈渴望去她家。也许这并不如我想象的那样倒霉。即使她知道这两点,第二点也不会增加第一点的效力,何况这个效力本身就是靠不住的,因为对奥黛特来说,既然她本人的生活和住宅引不起任何神秘的慌乱,那么,认识她并拜访她的人决不如我臆想的是什么神奇人物。要是可能的话,我真想在石头上写上我认识德·诺布瓦先生这几个字,然后将石头扔进斯万家的窗子。我认为,尽管传递方式粗野,这个信息会使女主人对我产生敬重而不是反感。其实,如果德·诺布瓦先生接受我的委托的话,它也不会有任何效果,反而引起斯万一家对我的恶感。即使我明白这一点,我也没有勇气收回这个委托(如果大使慨然允诺),没有勇气放弃乐趣(不论后果如何悲惨):即让我和我的名字在对我陌生的希尔贝特的家和生活中与她陪伴片刻。

德·诺布瓦先生走后,父亲浏览报纸。我又想到拉贝玛。既然我看戏时所感到的乐趣远远少于我原先的估计,这个乐趣便要求被补充,并且无条件地吸收一切滋补。例如德·诺布瓦先生所赞扬的拉贝玛的优点,它被我一饮而尽,仿佛干旱的草地立刻吸收人们洒在上面的水一样。这时父亲将报纸递给我,指着上面一段小报道:"《淮德拉》的演出盛况空前,艺术界及批评界的名流前往观看。淮德拉的扮演者、久负盛誉的拉贝玛夫人获得她那辉煌事业中前所未有的成功。此次演出不愧为轰动戏剧界的大事,本报将作详细报道,在此只需指出,有权威的评论家一致认为,此次演出使淮德拉这个人物——拉辛笔下最美最深刻的人物之一——焕然一新,并且成为当代人有幸见到的最纯净、最杰出的艺术表演。""最纯净、最杰出的艺术表演",这个新概念一旦进入我的思想,便朝我在剧场中所感到的不完整的乐趣靠拢,并稍稍填补它的欠缺,而这种聚合形成了某种令人无比兴奋的东西,以致我惊呼道:"她是多么伟大的艺术家呀!"人们可能认为我这句话不完全出自内心。我们不妨想想许多作家的情况:他们对刚刚完成的作品不满意,但是如果他们谈到一篇颂扬夏多布里昂的天才的文章，或者想到某位被他们引为楷模的大艺术家（例如他们哼着贝多芬的乐曲并将其中的忧郁与自己散文中的忧郁作比较），那么，这种天才的概念会充塞了他们的头脑，因此，当他们回顾自己的作品时，也将天才的概念加之于它们，从而感到它们不再是最初的样子，甚至确信它们的价值，并会自言自语说："毕竟不坏嘛！"然而他们并未意识到，在使他们得到最后满意的全部因素中，还有他们对夏多布里昂的美妙篇章的回忆，他们将这些篇章与自己的作品相提并论，而前者并非出自他们之手。我们不妨想想那些虽一再被情妇欺骗但仍然相信她们忠贞不渝的人吧。还有一些人时而盼望一种无法理解的幸存——例如含恨终身的丈夫想到已失去的、仍然爱着的妻子，或者艺术家想到将来可能享受的荣誉——时而盼望一种使人宽慰的虚无——因为他们回想起过失，如果没有虚无，他们在死后必须赎罪。我们再不妨想想那些旅游者，他们对每天的日程感到厌烦，但对旅行的总体美却兴奋异常。我们不妨问一问，既然各种概念共同生活于我们头脑里，那么，在使我们幸福的概念之中，有哪一个不是首先像寄生虫一样从邻近的不同概念索取自己所缺乏的力量呢？

父亲不再提我的"外交官职业"，母亲似乎不太满意。我认为她感到遗憾的不是我放弃外交，而是我选择文学，因为她最关心的是用一种生活规律来约束我那喜怒无常的情绪。"别说了，"父亲大声说，"干什么事首先要有兴趣。再说他不再是孩子，他当然知道自己喜欢什么，恐怕很难改变。他明白什么是他生活中的幸福。"将来的生活幸福还是不幸福，暂且不谈，当晚我便由于父亲这番让我自己作主的话而感到烦恼。父亲突如其来的和蔼往往使我想扑过去亲吻他胡子上方红润润的脸颊，仅仅怕惹他不快我才不这样做。我好比是一位作者，他认为自己的遐想既然出于本人之手，似乎价值不大，但出版商竟然为它们挑选最上等的纸张，并且可能采用最佳字体来印刷，这不免使他惶惶然。我也一样，我问自己我的写作愿望确实如此重要，值得父亲为此浪费这么多善意吗？他说我的兴趣不会改变，我的生活将会幸福，这些话在我身上引起两点十分痛苦的猜想。第一点就是我的生活已经开始(而我每天都以为自己站在生活的门槛上，生活仍然是完整的，第二天凌晨才开始)，不仅如此，将来发生的事与过去发生的事不会有多大差别。第二点猜想(其实只是第一点的另一种形式)，就是我并非处于时间之外，而是像小说人物一样受制于时间的规律，而且正因为如此，当我坐在贡布雷的柳枝棚里阅读他们的生平时，我才感到万分忧愁。从理论上说，我们知道地球在转动，但事实上我们并不觉察，我们走路时脚下的地面似乎未动，我们坦然安心地生活。生活中的时间也是如此。小说家为了使读者感到时间在流逝，不得不疯狂地拨快时针，使读者在两分钟内越过十年、二十年、三十年。在一页书的开始，我们看见的是满怀希望的情人，而在同一页的结尾，他已是八旬老翁，正步履蹒跚地在养老院的庭院里作例行的散步，而且，由于丧失了记忆，他不理睬别人。父亲刚才说"他不再是孩子，他兴趣不会变了"等等，这些话使我突然间看到时间中的我，使我感到同样的忧愁，我虽然尚不是养老院里智力衰退的老头，但仿佛已是小说中人物。作者在书的结尾用极其残酷的、冷漠的语调说："他越来越少离开乡间，终于永远定居乡间。"等等。

这时，父亲唯恐我们对客人有所指责，便抢先对妈妈说：

"我承认诺布瓦老头，用你的话说，有点迂腐。他刚才说对巴黎伯爵提问会不成体统，我真怕你会笑出来。"

"你说到哪里去了，"母亲回答说，"我很喜欢他，他地位这么高、年龄这么大，还能保持这种稚气，这说明他为人正直又颇有教养。"

"不错。不过，这并不影响他的机警和聪明，这一点我最清楚，他在委员会上判若两人，"父亲抬高嗓门，他很高兴德·诺布瓦先生受到母亲的赞赏，并且想证明他比她想象的还要好(因为好感往往抬高对方，揶揄往往贬低对方)，"他是怎么说的……'王公们的事情难说……'？"

"对，正是这样。我也注意到了，他很敏锐，显然他的生活经验很丰富。"

“奇怪，他居然去斯万夫人家吃饭，而且还在那里遇见了正派人，公职人员。斯万夫人是从哪里弄来这些人的呢？”

“你没注意他那句俏皮话吗？‘去那里的似乎主要是男士们。’”

于是两人都努力追忆德·诺布瓦说这话的声调，仿佛在回想布雷桑或迪龙[①]在表演《女冒险家》[②]或《普瓦里埃先生的女婿》[③]时的语调。然而，诺布瓦先生的用词所受到的最高赞赏来自弗朗索瓦丝。多年以后，每当人们提起大使称她为“第一流的厨师头”时，她还“忍俊不禁”。当初母亲去厨房向她传达这个称呼时，俨然如国防部长传达来访君主在检阅后所致的祝词。我比母亲早去厨房，因为我曾请求爱好和平但狠心的弗朗索瓦丝在宰兔时不要让它太痛苦，我去厨房看看事情进行得如何。弗朗索瓦丝对我说一切顺利，干净利索：“我还从来没遇见像这样的动物。一声不吭就死了，好像是哑巴。”我对动物的语言知之甚少，便说兔子的叫声比鸡小。弗朗索瓦丝见我如此无知，愤愤然地说：“先别下结论。你得看看兔子的叫声是否真比鸡小，我看比鸡大得多哩。”弗朗索瓦丝接受德·诺布瓦先生的称赞时，神态自豪而坦然，眼神欢快而聪慧——尽管是暂时的——仿佛一位艺术家在听人谈论自己的艺术。母亲曾派她去几家大餐馆见习见习烹调手艺。那天晚上，她把最有名的餐馆称作小饭铺。我听了甚为高兴，如同我曾发现戏剧艺术家的品质等级与声誉等级并不一致时那样高兴。母亲对她说：“大使说在哪里也吃不到你做的这种冷牛肉和蛋奶酥。”弗朗索瓦丝带着谦虚而受之无愧的神情表示同意，但大使这个头衔并未使她受宠若惊。她提到德·诺布瓦先生时，用一种亲切的口吻说：“这是一个好老头，和我一样。”因为他曾称她为“头”。他来的时侯，她

---

① 布雷桑、迪龙均为著名演员。

② 法国剧作家奥吉埃(1820—1889)的作品。

③ 奥吉埃与桑都合写的五幕喜剧。

曾经想偷看，但是，她知道妈妈最讨厌别人在门后或窗下偷看，而且会从别的仆人或门房那里得知弗朗索瓦丝偷看过（弗朗索瓦丝看见处处是“嫉妒”和“闲言碎语”，它们之作用于她的想象力，正如耶稣会或犹太人的阴谋之作用于某些人的想象力：这是一种无时无刻不在的、不祥的作用）因此她只是隔着厨房的窗瞟了一眼，“免得向太太解释”，而且，当她看见德·诺布瓦先生的大致模样和“灵巧”的姿势时，她“真以为是勒格朗丹先生”，其实这两个人毫无共同之处。“谁也做不出你这样可口的冻汁来（当你肯做的时侯），这来自什么原因？”母亲问她。“我也不知道这是从哪里变来的。”弗朗索瓦丝说（她不清楚动词“来”——至少它的某些用法——和动词“变来”究竟有什么区别）。她这话有一部分是真实的，因为她不善于——或者不愿意——揭示她的冻汁或奶油的成功诀窍，正如一位雍容高雅的女士之与自己的装束，或者著名歌唱家之与自己的歌喉。她们的解释往往使我们不得要领。我们的厨娘对烹调也是如此。在谈到大餐厅时，她说：“他们的火太急，又将菜分开烧。牛肉必须像海绵一样烂，才能吸收全部汤汁。不过，以前有一家咖啡店菜烧得不错。我不是说他们做的冻汁和我的完全一样，不过他们也是文火烧的，蛋奶酥里也确实有奶油。”“是亨利饭馆吧？”已经来到我们身边的父亲问道，他很欣赏该隆广场的这家饭馆，经常和同行去那里聚餐。“啊，不是！”弗朗索瓦丝说，柔和的声音暗藏着深深的蔑视，“我说的是小饭馆。亨利饭馆当然高级啦，不过它不是饭馆，而是……汤铺！”“那么是韦伯饭馆？”“啊，不是，我是指好饭馆。韦伯饭馆在王家街，它不算饭馆，是酒店。我不知道他们是否侍候客人用餐，我想他们连桌布也没有。什么都往桌子上一放，马马虎虎。”“是西罗饭馆？”弗朗索瓦丝微微一笑，“啊，那里嘛，就风味来说，我看主要是上流社会的女士（对弗朗索瓦丝来说，上流社会是指交际花之流）。当然哪，年轻人需要这些。”我们发觉弗朗索瓦丝虽然神情纯朴，对名厨师来说却是令人畏惧的“同行”，与最好嫉妒的、自命不凡的女演员相比，她毫不逊色。但我们感到她对自己这门手艺有正确的态度，她尊重传统，因为她又说："不，我说的那家饭馆以前能做出几道大众喜欢的可口菜。现在的门面也不小。以前生意可好了，赚了不少的苏（勤俭的弗朗索瓦丝是以'苏'来计算钱财的，不像败家子以'路易'来计算）。太太认识这家饭馆，在大马路上，靠右手，稍稍靠后……"她以这种公允——夹杂着骄傲和纯真——的口吻谈到的饭馆，就是……英吉利咖啡馆。

元旦来到了。我和妈妈去拜访亲戚。她怕累着我，事先就按照爸爸画的路线图将要去的人家按地区、而不是按亲疏的血缘关系分成几批。我们去拜访一位远房表亲（她住得离我们不远，所以作为起点），可是我们一踏进客厅，母亲便惊慌不安，因为一位好生疑心的叔叔的好友正在那里吃冰糖栗子或果仁夹心栗子，他肯定会告诉叔叔我们最先拜访的不是他，而叔叔的自尊心会受到伤害，因为他认为我们自然应该从玛德莱娜教堂到他住的植物园，然后是奥古斯坦街，最后再远征医学院街。

拜访结束以后（外祖母免除了我们的拜访，因为那天我们要去她那里吃饭），我一直跑到香榭丽舍大街那家商店，请女老板将一封信转交每星期来买几次香料蜜糖面包的斯万家的仆人。自从希尔贝特使我十分难过的那一天起，我就决定在元旦给她写信，告诉她我们旧日的友谊与过去的一年一同结束了，我的抱怨和失望已成往事。从元月一日起，我们要建立一种崭新的友谊，它将异常牢固，任何东西也无法摧毁，它将十分美好，我希望希尔贝特殷勤照料它，使它永葆美丽，而且，万一出现任何威胁它的危险时，她必须及时告诉我，正如我答应要告诉她一样。在回家的路上，弗朗索瓦丝让我在王家街的拐角上停下，那里有一个露天小摊，她挑了几张庇护九世和拉斯巴耶①的照片作为新年礼物，而我呢，我买了一张拉贝玛的照片。女演员的这张唯一的面孔，与她所引起的形形色色的赞誉相

① 庇护九世为罗马教皇；拉斯巴耶（1794—1878）为法国著名记者及政治家。

比，似乎显得贫乏，它像缺乏换洗衣服的人身上的衣服一样，一成不变而又无法持久。上嘴唇上方的那个小皱纹、扬起的眉毛，以及其他某些生理特征，它们总是一成不变，而且随时有被烧和被撞的危险。单凭这张面孔并不使我感到美，但我却产生了亲吻它的念头和欲望，因为它一定接受过无数亲吻，还因为它在“照片卡”上似乎用卖弄风情的温柔眼光及故作天真的微笑在召唤我。拉贝玛一定对许多年轻人怀有她在淮德拉这个人物的掩饰下所供认的种种欲念，而一切——甚至包括为她增添美丽，使她永葆青春的显赫声誉——能使她轻而易举地满足欲望。黄昏降临，我在剧场海报圆柱前停住，观看关于拉贝玛元月一日演出的海报。微风湿润而轻柔，这种天气我十分熟悉。我感到、预感到，元旦这一天和别的日子并无区别，它并非新世界的第一天——在那个新世界里，我将有机会重新认识希尔贝特，如同创世时期那样，仿佛过去的事都未发生，仿佛她有时使我产生的失望及其预示未来的迹象统统不存在了。在那个新世界中，旧世界的一切消失得无影无踪……除了一点：我希望得到希尔贝特的爱。我明白，既然我的心希望在它周围重建那个未曾使它得到满足的世界，那就是说我的心并未改变，因为我想希尔贝特的心也不可能改变。我感到新友谊与旧友谊并无区别，正如新年和旧年之间并不隔着一道鸿沟。我们的愿望既无法支配又无法改变岁月，只好在岁月毫无所知的情况下对它换一个称呼。我想将新的一年献给希尔贝特，将我对元旦的特殊想法刻印在元旦这一天上——好比将宗教重叠于盲目的大自然规律之上——但这都是徒劳和枉然。我感到它并不知道人们称它元旦，它像我所习惯的那样在黄昏中结束。微风吹着广告圆柱，我认出，我又感到往昔时光的那共同的永恒物质，它那熟悉的湿气和它那懵懂无知的流动性。

我回到家中，我刚刚度过了老年人的元旦；老年人与年轻人的不同，不仅仅在于他们得不到新年礼物，而是在于他们不再相信新年。新年礼物，我倒是收到一些，但没有那件唯一能使我高兴的礼物——希尔贝特的信。不过，我毕竟还很年轻，我居然给她写了一封信，向她讲述我孤独的热情之梦，希望引起她的共鸣，而衰老的人们的可悲处在于他们根本不会写这种信，因为他们早已知道毫无用处。

我躺下了，街道上一直持续到深夜的节日喧嚣使我无法入睡。我想到所有将在欢乐中度过这一夜的人，想到拉贝玛的情人或者那一群放荡者，他们一定在演出（即我在海报上看见的当晚的演出）以后去找拉贝玛。这个想法使我在不眠之夜更为激动不安，为了恢复镇静，我想对自己说拉贝玛也许并未想到爱情，但我说不出口，因为她所朗诵的仔细推敲的诗句，显然处处提醒她爱情是多么美妙，而她也深有感受，所以才表演出人所熟知的——但具有新威力和意想不到的柔情——慌乱心情而使观众赞叹不已，其实每位观众对此都有切身体会。我点燃熄灭的蜡烛，好再看看她的面孔。此刻它大概正被男人们亲抚，他们给予她并从她那里得到非凡而模糊的快乐（而我无法阻拦），这个臆想使我产生一种比色情更为残酷的激动，一种思念，它在号声（如同狂欢之夜及其他节日之夜里往往听到的号声）中更显得深沉；号声来自一家小酒店，毫无诗意，因而比“傍晚，在树林深处……”①更为忧郁。此时此刻，希尔贝特的信也许不是我所需要的。在紊乱的生活中人们的种种愿望互相干扰，因此，幸福很少降临在恰恰渴望它的愿望之上。

天气晴朗时，我仍然去香榭丽舍大街。街旁那些精致的粉红色房屋展现在多变而轻盈的天空之下，因为当时水彩画展览风靡一时。如果我说当时我就认为加布里埃尔②的建筑比四周的建筑更美，而且属于不同时代，那这是撒谎。我那时认为工业大厦，至少特罗卡德罗宫③更具特色，也

---

① 法国诗人维尼（1797—1863）的诗《号角》。

② 加布里埃尔（1698—1782），著名建筑师，此处所指的建筑修建于十八世纪下半叶。

③ 工业大厦是为1855年博览会修建的，特罗卡德罗宫是为1878年博览会修建的，两者皆已拆毁。

许更为悠久。我的少年时光浸沉在激荡不定的睡眠之中，因此它在睡眠中所见到的这整个街区都仿佛是梦幻，我从未想到王家街居然有一座十八世纪的建筑。如果我得知路易十四时代的杰作圣马丁门和圣德尼门与这些肮脏街区里最新的建筑属于不同时期，那我会大吃一惊。加布里埃尔的建筑只有一次使我凝视良久，那时夜幕已经降临，圆柱在月光下失去了物质感的轮廓，仿佛是纸板，使我想到轻歌剧《俄耳浦斯游地狱》①中的布景，使我第一次感受到美。

希尔贝特一直未回到香榭丽舍大街，而我需要看见她，因为，甚至她的面貌我也记不清了。我们以一种探索的、焦虑的、苛求的态度去看我们所爱的人，我们等待那句使我们对第二天的约会抱有希望或不再抱希望的话语，而在这句话来到以前，我们或同时或轮流地想象欢乐和失望，正因为如此，当我们面对所爱的人时，我们的注意力战战兢兢，无法对她（他）获得一个清晰的形象。这是一种由各种感官同时进行的、但又仅仅是试图通过视力来认识视力以外的东西的活动，它对一个活生生的人的千种形式、味道和运动也许过于宽容。的确，当我们不爱某人时，我们往往使她（他）静止。我们所珍爱的模特儿时时在动。我们的记忆中永远只有拍坏了的照片。我的确忘记了希尔贝特的面貌，除了她向我舒展笑颜的那神奇的瞬间——因为我只记得她的微笑。既然见不到那张亲爱的面孔，我便极力回忆，但也枉然，我恼怒地找到两张无用而惊人的面孔，它们精确之极地刻在我的记忆中：管木马的男人和卖麦芽糖的女贩。一个人失去了亲爱者，连在梦中也永远见不到她（他），却接连不断地梦见那么多讨厌鬼，更觉气恼，因为清醒时看见他们就已经难以容忍了。既然没有能力描绘痛苦思念的对象，人们便谴责自己不感觉痛苦。我也如此，既然我想不起希尔贝特的面貌，我几乎相信我忘记了有她这个人，我不再爱她。

---

① 作曲家奥芬巴赫的两幕四场轻歌剧。

她终于回来了，几乎天天和我一起玩。我每天都希望明天能获得——从她那里获得——新东西。从这个意义上讲，我的爱情在日日更新。但突然又有一件事改变了每日下午两点钟我的爱情方式。是斯万先生发现了我写给他女儿的信，还是希尔贝特为了让我多加提防才将早已存在的情况告诉我呢？有一次，我对她说我十分钦佩她的双亲，她露出一种含糊的、有保留的、秘密的神气——在谈到她该做什么、买什么、拜访什么人时，她常常是这种神气——突然说："你知道，他们可看不上你！"然后像滑溜溜的水精一样（这是她的习惯）大笑起来。她的笑声往往与话语极不协调，像音乐一样在另一平面勾画出另一个看不见的表层。斯万先生和夫人没有要求希尔贝特不再和我玩耍，但他们希望——她认为——这件事根本没有发生。他们不喜欢她和我来往，认为我品德不高尚，对他们的女儿只能产生坏影响。斯万认为我属于那类厚颜无耻的青年。在他的概念中，这种人憎恶自己所爱恋的少女的父母；虽然当面大献殷勤，背后却和她一起嘲笑他们，怂恿她将他们的话当耳边风，而等少女到手以后，甚至不许再与父母见面。与此种形象（最可鄙的人也决不会这样看待自己的）形成鲜明对比的，是我心中的感情。我对斯万充满了强烈的感情，我相信，如果他稍有觉察，定会懊悔对我判断失误，仿佛这是一桩错案！我大着胆子将我对他的这番感情写进一封长信，请希尔贝特转交给他。她答应了。可是，唉！出我意料，他竟以为我是一个更大的伪君子。我在十六页信纸中如此真实描述的感情竟受到他的怀疑。我那封热情而真诚的信，如同我对德·诺布瓦先生所讲的热情而真诚的话一样，毫无效果。第二天，希尔贝特将我领到小径上一大丛月桂树后面，那里很僻静，我们每人挑一张椅子坐下，她告诉我她父亲看信时耸肩说："这一切毫无意义，反而证明我看得准。"我自信动机纯洁、心地善良，因此更为恼怒。我的话居然未触及斯万的荒谬错误的一根毫毛！他当然是错误的，我深信不疑。既然我对自己的慷慨感情的某些不容置疑的特点作了如此精确的描述，而斯万仍然不能立即根据这些特点来辨认我的感情并请求我宽恕他的错误，那么一定是因为他本人从未体验过如此崇高的感情，所以也无法理解别人会有这种感情。

也许仅仅因为斯万知道慷慨只是我们自私的感情在未被分类定名以前所经常采取的内部形式，也许他认为我对他的好感只是我对希尔贝特的爱情的简单效果（及热情的肯定），而我将来的一切行为将不可避免地取决于这个爱情，而不取决于由此派生的我对他的崇拜。我不可能同意他的预言，因为我还不能将我的爱情与自我分开，还不能从实验的角度估计后果。我灰心失望。我得离开希尔贝特片刻，因为弗朗索瓦丝在叫我。我得陪她去那间带有绿色金属网纱的小亭，它很像废置不用的、老巴黎征收入市税的哨亭，不久以前在它的内部修建了英国人称作的盥洗室，而法国人一知半解地追求英国时髦，称它为“瓦泰尔克洛泽”①。我在门廊里等待弗朗索瓦丝，潮湿而陈旧的墙壁散发出清凉的霉味，使我立刻将希尔贝特转达的斯万的话所带来的忧虑抛在脑后，并使我充满了乐趣，这不是那种使我们更不稳定的、难以被我们挽留和驾驭的乐趣，而是一种相反的、我可以信赖的、牢固的乐趣，它美妙、温静、包含丰富而恒久的真实，它未被说明，但确凿无疑。我真希望像往日到盖尔芒特那儿去散步一样，努力探求这种强烈感受的魅力，一动不动地待在那里去审询这古老的气息，它邀请我深入它未揭示的真实之中，而不要我享受它附加给我的乐趣。可就在此刻，小亭子的老板娘，一位满脸脂粉、戴着红棕色假发的老妇对我说话了。弗朗索瓦丝说她“家庭蛮不错”，因为她的女儿嫁给了弗朗索瓦丝所称作的“富家子弟”，他与工人有天壤之别，正如圣西门认为公爵与“出身下层”的人有天壤之别一样。当然，这位老板娘在干这一行以前大概命运多舛，但弗朗索瓦丝肯定说她是侯爵夫人，属于圣费雷奥家族。这

① 即英文 Water – Closet 的法语发音。

位侯爵夫人叫我别待在凉处,甚至为我打开一扇门说:“您不想进去?这间很干净。不用给钱。”她这样做也许是和古阿施糖果店的小姐一样。每次我们去订东西,她们总是从柜台上的玻璃罩下面取出一块糖递给我,可惜妈妈不许我接受。她也许还像那位卖花的、别有用心的老妇人,当妈妈为“花坛”挑选鲜花时,这位女人一面给我送秋波,一面递给我一枝玫瑰花。总之,如果说“侯爵夫人”喜欢男童,向他们打开男人们像狮身人面像一样蹲着的石墓小间的门的话,那么,她在这种慷慨之举中寻求的不是腐蚀的尝试,而是寻求向所爱者乐善好施而不图回报的乐趣,因此,我在她那里从未见过别的主顾,只有一个年老的公园看守。

片刻以后,我和弗朗索瓦丝一起向“侯爵夫人”告别,然后我又离开弗朗索瓦丝去找希尔贝特。我发现她正坐在月桂花丛后面的椅子上。这是为了不被她的同伴看见,她们正在玩捉迷藏。我走去坐在她身旁。她将头上的软帽拉得很低,几乎遮住了眼睛,仿佛在“窥视”。我第一次在贡布雷看见她时,她就是这种梦幻的、狡猾的眼神。我问她有没有办法让我和她父亲当面谈谈。她说她曾向父亲提过,但他认为毫无必要。“拿着,”她接着说,“拿走你的信,我得去找同伴了,既然她们找不到我。”

如果此时此刻,在我尚未拿到信(如此诚恳的信居然未能说服斯万,简直不可思议)以前,斯万突然来到,我也许会看到他的话不幸而言中。希尔贝特在椅子上仰着身子,叫我接信却不递给我,于是我凑近她,我感到她身体的强烈吸引力,我说:

“来,你别让我抢着,看看谁厉害。”

她把信藏在背后,我的手掀起她垂在两肩的发辫,伸到她颈后。她披着垂肩的发辫,也许因为这适合她的年龄,也许因为母亲想延长女儿的童年,好使自己显得年轻。我们搏斗起来,弓着身子。我要把她拉过来,她在抵抗。她那张由于用力而发热的脸颊像樱桃一样又红又圆,她笑着,仿佛我在胳肢她。我将她紧紧夹在两腿之间,好似想攀登一株小树。在这场搏斗之中，我的气喘主要来自肌肉运动和游戏热情，如同因体力消耗而洒出汗珠一样，我洒出了我的乐趣，甚至来不及歇息片刻以品尝它的滋味。我立刻将信抢了过来。于是，希尔贝特和气地对我说：

“你知道，你要是愿意，我们可以再搏斗一会儿。”

也许她朦胧地感到我玩这个游戏有另一层未言明的目的，不过她没有看出我的目的已经达到。我唯恐她有所觉察（片刻以后她作了一个廉耻心受到冒犯的、收缩而克制的动作，可见我的害怕不无道理），便答应继续玩搏斗，免得她认为我并无其他目的，而信既已抢到手，我便只想安安静静地待着。

在回家的路上我突然看出，突然想起，那间带金属网纱的小亭子的凉爽、略带烟炱味的气息使我接近了一个在此以前隐藏的形象，而并未使我看到它或识辨它。这个形象便是阿道夫叔公在贡布雷的那间小房，它也散发同样的潮气。然而对这样一个无足轻重的形象的回忆何以使我如此快乐，我不明白，暂时也不想弄明白。此时，我感到德·诺布瓦先生对我的蔑视的确有理，一来我所认为的作家中的佼佼者在他看来仅仅是“吹笛手”，二来我所感受的真正的激情不是出自某个重要思想，而是出自一种霉味。

一段时间以来，在某些家庭中，每当客人提到香榭丽舍大街这个名字，母亲们便露出不以为然的神气，仿佛站在她们面前的是一位著名的医生，而她们曾多次见他误诊，因此无法再信任他。据说香榭丽舍公园对儿童不吉利，不止一次孩子嗓子疼，出麻疹，许多孩子发烧。妈妈的几位女友见她继续让我去香榭丽舍大惑不解，她们虽然没有对她的母爱表示公开怀疑，但至少对她的轻率感到惋惜。

神经过敏者也许是极少“倾听内心”的人，虽然这和一般的看法相反。他们在自己身上听见许多东西，后来发觉不该大惊小怪，从此便听而不闻。他们的神经系统往往大喊“救命！”仿佛生命垂危，其实仅仅是因为天要下雪或者他们要搬家，久而久之，他们习惯于对警告一概不予理睬，就好比一位奄奄一息的士兵在战斗热情的驱使下，对警告置之不理，继续像健康人一样生活几天。有一天，我带着惯常的种种不适的感觉（我对它们持续的内部循环与对血液循环一样，始终不予理睬），轻快地跑进饭厅，父母已坐在餐桌旁了，于是我也坐下——我像往常一样对自己说，发冷也许并不意味着应该取暖，而是因为受到呵责；不感到饥饿表示天要下雨，而并不表示不需进食——可是，当我咽下第一口美味牛排时，一阵恶心和眩晕使我停下来，这是刚刚开始的病痛的焦躁的回答。我用冷冰冰的无动于衷以掩盖和推迟病兆，但疾病却顽固地拒绝食物，使我无法下咽。这时，在同一瞬间，我想到如果别人发现我病了便不会让我出门，这个念头（像伤员的本能一样）给予我勇气，我蹒跚地回到卧室，量出我高烧四十度，然后收拾打扮一下便去香榭丽舍大街。虽然我的肉体表层有气无力、十分虚弱，但我的思想却笑吟吟地催我奔往和追求与希尔贝特玩捉人游戏的甜蜜快乐。一小时以后，我的身体支持不住了，但仍然感到在她身边的幸福，仍然有力量来享受快乐。

一到家，弗朗索瓦丝便对众人说我"身体不舒服"，肯定是得了"冷热病"。并马上请来了医生。医生宣称，"倾向于"肺充血所引起的"极度的"和"病毒性"的高烧，它仅仅是"一把稻草火"，将转化为更"阴险"、更"潜在"的形式。很久以来我感到窒息，外祖母认为我酒精中毒，可是医生不顾她的反对，劝我在快发病时除了服用疏畅呼吸的咖啡因以外，适当喝点啤酒、香槟酒或白兰地酒。他说酒精所引起的"欣慰现象"会防止哮喘发作。因此，为了向外祖母讨酒，我无法隐瞒，而是不得不尽量显示我呼吸困难。每当我感到即将犯病，而对病情又无法预料时，便忧心忡忡，我的身体——也许因为太虚弱而无力独自承担疾病的秘密，也许因为害怕别人不知我即将发病而要求做某些力所不及的或者危险的事——使我感到，必须将我的不适精确地告诉外祖母，而这种精确性最后变成一种生理性的需要。每当我在自己身上发现一种尚未识辨的症状时，我必须告诉外祖母，否则我的身体会惶惶不安。如果她假装不理睬，那么我的身体会令我坚持到底。有时我走得太远，于是，在那张不再像往日一样能克制自己的、亲爱的面孔上，出现怜惜的表情和痛苦的挛缩。见她如此痛苦，我十分难受，便扑到她怀中，仿佛我的亲吻能够抹去她的痛苦，我的爱能够像我的幸福一样使她欢悦。既然她已确知我如何不适，我便如释重负，我的身体也不再反对我去安慰她。我再三说这种不适并不痛苦，她完全不用可怜我，我向她保证说我是快乐的，我的身体只是想得到它所应该得到的怜惜，只要别人知道它右边疼痛就够了，它并不反对我说这疼痛不算病因而不能构成对我的快乐的障碍，它并不以哲学自炫，哲学与它无缘。在痊愈之前，几乎每天我的窒息都要发作几次。一天晚上，外祖母离开我时我还平安无事，可是她在夜深时又来看我，却见我呼吸急促，她大惊失色地叫道："啊！我的天，你多受罪呀！"她马上走了出去，大门一阵响动，不久她便拿着刚出去买的白兰地酒进来，因家里没有酒了。很快我便感到轻松。外祖母脸色微红，神情不大自在，目光中流露出疲乏和气馁。

"我还是走开，让你轻松轻松吧。"她说，并且突然离开我，但我仍然亲吻了她并且感到她那清新的面颊有点湿润，莫非这是她刚才穿越的黑夜空气所留下的湿气？我无从得知。第二天，一直到天黑她才来到我的卧室，据说她白天不得不出门。我觉得她在对我表示冷淡，但我克制自己不去责备她。

充血的毛病早已痊愈，但我继续感到窒息，这是什么原因呢？于是父母请来了戈达尔教授。对这种情况下被请的医生来说，仅仅有学问是不够的。他面对的症状可能属于三四种不同的疾病，最终要靠他的嗅觉和眼力来判断是哪一种病，虽然表象几乎相同。这种神秘的天赋并不意味着在别的方面具有超群的智力。一个喜欢最拙劣的绘画、最拙劣的音乐、没有任何精神追求的、俗不可耐的人也完全可以具有这个天赋。就我的情况而言，他所观察到的具体症状可能有多种起因：神经性痉挛、刚刚开始的肺结核、哮喘、伴以肾功能不全的肠道毒素性呼吸困难、慢性支气管炎，或者由这其中好几个因素构成的综合症，对付神经性痉挛的办法是别把它当回事，而对付肺结核则必须精细从事，采取过度饮食疗法，而过度饮食对哮喘之类的关节性疾病十分不利，肠道毒素性呼吸困难则极端危险，而肠道毒素性呼吸困难所要求的饮食对肺结核病人来说又是致命的。然而，戈达尔只犹豫片刻便以不容反驳的口气宣布处方："大泻强泻。几天以内只能喝奶。禁肉。禁酒。"母亲喃喃说我急需滋补，我已经相当神经质了，这种大泻和饮食会使我垮掉的。戈达尔的眼神焦虑不安，仿佛害怕误了火车，我看出来他在自问刚才的话是否过于出自他温顺的天性，他在努力回顾刚才是否忘记戴上冰冷的面具（仿佛人们寻找镜子来看看是否忘了打领带）。他心存疑虑，想稍加弥补，便粗声粗气地说："我一向不重复处方。给我一支笔。只能喝牛奶。等我们解决了呼吸困难和失眠以后，你可以喝汤，我不反对再吃点土豆泥，不过一直要喝奶，喝奶。这会使你高兴的，既然现在西班牙最时髦，啊莱！啊莱![1]（他的学生很熟悉这个文字游戏，因为每次当他在医院里嘱咐心脏病人或肝病人以牛奶为主食时，他总是这样说。）然后你可以逐渐恢复正常生活。不过，只要再出现咳嗽和窒息，你就再来一遍：泻药、洗肠、卧床、牛奶。"他冷冷听着母亲最后的反对意见，不予理睬，不屑于解释为什么采取这种疗法便告辞而去。父母认为这种疗法不仅治不了我的病，而且无谓地大伤我的元气，因此不让我试用。当然他们尽量不让教授知道没有按他的话去做，而且，为了万无一失，凡是可能与教授相遇的社交场所，他们一概不去。后来，我的病情日趋严重，他们才决定不折不扣地执行戈达尔的处方。三天以后，我便不再气喘，不再咳嗽，呼吸也通畅了。于是我们明白，戈达尔看出我的主要

---

① 西班牙语，斗牛时高呼的"加油"，按谐音为法语的"喝奶"，此为同音异义的文字游戏。

病因是中毒(虽然他后来说,他认为我也有哮喘,特别是有点“疯癫”)。他冲洗我的肝和肾,使我的支气管畅通无阻,从而使我恢复呼吸、睡眠和精力。于是我们明白这个傻瓜是一位了不起的医生。我终于起床了。但是他们不再让我去香榭丽舍大街玩耍,据说那里空气不好。我认为这只是不让我见到斯万小姐的借口,所以我强迫自己时时刻刻念着希尔贝特的名字,就像是被俘者努力保持母语,以免忘记他们将永远不能重见的祖国。母亲有时用手摸着我的额头说:

“怎么,小儿子不再把烦恼告诉妈妈了?”

弗朗索瓦丝每天走近我时说:“瞧瞧先生的气色! 您没照镜子吧,像死人!”如果我只是得了感冒,弗朗索瓦丝也会摆出同样哀怜的面孔。这种忧伤更多地由于她的“等级”,而并非由于我的病情。当时我分辨不出弗朗索瓦丝的这种悲观是痛苦还是满足,我暂时认为它具有社会性及职业性。

有一天,邮递员来过以后,母亲将一封信放在我床上。我将信拆开,漫不经心,因为它里面不可能有唯一能使我快乐的签名——希尔贝特的签名,我和她除了在香榭丽舍大街见面以外没有任何来往。在信纸的下方有一个银色印章,里面是一位戴着头盔的骑士以及下面排成圆形的格言 Pre viam rectam ①。信中的字体粗大,每一句话似乎都用了加强号,因为“t”字母上的横道不是划在中间,而是划在上面,等于在上一行对应的字下面划了一道。在信的下方我看到的正是希尔贝特的签名。不过,既然我认为在我收到的信中不可能有她的签名,我不相信我的眼睛,也未感到欣喜。霎时间,这个签名使我周围的一切失去真实性。这个不可思议的签名以令人目眩的速度与我的床、壁炉、墙壁玩四角游戏。我眼前的一切摇晃起来,仿佛我从马背上跌落下来,我在思考莫非存在另一种生活,它

① 拉丁文,意即:正直无欺。

与我们所熟悉的生活迥然不同、甚至恰恰相反，但它却是真实的，当它突然向我显现时，我满心犹豫，仿佛雕刻家的《末日审判》中那些站在天堂门口的死而复生的人一样。信里说："亲爱的朋友：听说你曾得了重病，并且不再来香榭丽舍了。我也不去那里，因为那里有许多病人。我的女友们每星期一和星期五来我家喝茶。妈妈让我告诉你，欢迎你病好以后来，我们可以在家里继续在香榭丽舍大街有趣的谈话。再见，亲爱的朋友，但愿你的父母能允许你常来我家喝茶。谨致问候。希尔贝特。"

在阅读这封信时，我的神经系统以奇妙的敏捷性接收了信息，即我遇见了喜事。然而我的心灵，即我本人——主要的当事人——并不知晓。幸福，通过希尔贝特获得幸福，这是我一直向往的、纯粹属于思想性的事，正如莱奥纳多说绘画是 Cosa mentale①。满篇是字的信纸不能马上被思想吸收。然而当我读完信以后，我想到它，它便成为我遐想的对象，成为 cosa metale，我爱不释手，每隔五分钟就得再读一遍，再亲吻一次。于是，我认识了我的幸福。

生活里充满了这种爱恋者永远可以指望的奇迹。这次奇迹也可能是母亲人为地制造的，她见我最近以来感到生活索然无味，便托人请希尔贝特给我写信。我记起我头几次海水浴。那时我讨厌海水，因为我喘不过气来，母亲为了引起我对潜水的兴趣，便悄悄地让我的游泳老师将异常美丽的贝壳和珊瑚枝放在水底，让我以为是我发现它们的。何况，在生活中，在各种不同的生活情况中，凡涉及爱情的事最好不必试图理解，因为它们时而严峻无情，时而出人意料，仿佛遵循神奇的法则，而非理性的法则。一位亿万富翁——虽然有钱，但人很可爱——被与他同居的、貌不出众的穷女人所抛弃，他在绝望之际，施展金钱的全部威力和人世间一切影响以求她回心转意，但白费力气，在这种情况下，我们最好不要用逻辑来

① 意大利语，意即：思想性的事。莱奥纳多即达·芬奇（1452—1519）。

解释他的情妇为什么顽固不化，而应认为他命中注定要受到这个打击，命中注定要死于心病。情人们往往必须与障碍搏斗，他们那由于痛苦而变得极度兴奋的想象力猜测障碍在哪里，而障碍有时仅仅在于他们无法使之回心转意的女人身上的某个特殊个性，在于她的愚蠢，在于他们所不认识的某些人对她所施加的影响或她所感到的恐惧，在于她暂时对生活所要求的乐趣，而这种乐趣是情人本人或情人的财富所无法给予的。总之，情人无法了解这些障碍的性质，因为女人玩弄手腕向他隐瞒，也因为他的判断力受到爱情的蒙骗而无法进行准确评价。这些障碍好比是肿瘤，医生终于使它消退，但并不了解起因。和肿瘤一样，障碍始终神秘莫测，但却是暂时的。不过，一般说来，它们持续的时间比爱情长。既然爱情并非一种无私的激情，那么，在爱情减退以后，情人们也就不再思考为什么那位曾被自己爱过的、贫穷和轻浮的女人竟然长时间地、顽固地拒绝他的供养费。

在爱情问题上，奥秘使我们看不到灾难的起因，也使我们无法理解突如其来的圆满结局（例如希尔贝特的信所带来的结局）。对这种类型的感情而言，任何满足往往只是使痛苦换一个地方，因此只能称为貌似圆满的结局，而并无真正的圆满结局可言。有时，我们得到暂时的喘息，于是在一段时间内便产生了痊愈的幻觉。

弗朗索瓦丝不相信那是希尔贝特的名字，因为字母 G 十分花哨，倚在后面省略去一点的字母 i 之上，看上去像字母 A，而最后的音节拉得很长，形成锯齿状的花缀。如果一定要对信中所表达的、并使我满心欢喜的这种友好态度寻找逻辑解释的话，那么也许可以说，在某种程度上应归功于这次生病（相反，我原来以为它会使我在斯万一家的思想中永远失宠）。在这以前不久，布洛克曾来看我，当时戈达尔教授正在我的卧室里（我们采用了他的饮食治疗法，便又将他请了回来）。看完病以后，戈达尔没有走，被父母挽留下来吃饭，这时布洛克走进我的卧室。我们正在聊天，布洛克说他头天晚上曾和一位女士共餐，此人与斯万夫人过从甚密。他听说斯万夫人很喜欢我，我很想说他一定弄错了，而且告诉他我并未结识斯万夫人，从未和她说过话，以澄清事实，正如我当初为了问心无愧，为了不被斯万夫人当做说谎者而对德·诺布瓦先生讲的那番话一样，然而我没有勇气纠正布洛克的错误，我明白他是故意的，他之所以臆造斯万夫人所不可能说的话正是为了表明他曾和斯万夫人的女友共同进餐（他认为这很体面，但这是虚构的）。当初，德·诺布瓦先生听说我不认识斯万夫人并且希望认识她，便拿定主意在她面前绝口不提我，而戈达尔则相反，他从布洛克的话中得知斯万夫人熟悉我并赞赏我，便打定主意下次见到她时（他是她的私人医生）要告诉她我是一个讨人喜欢的孩子，我们常有来往。这些话对我毫无益处，却能为他脸上增光，正是出于双重原因，他决定一有机会见到奥黛特时便将谈到我。

于是我结识了那套房子。斯万夫人所用的香水的气味一直弥漫在楼梯上，但芳香更主要来自希尔贝特的生活所散发的特殊而痛苦的魅力。无情的看门人变成慈悲为怀的欧墨尼德斯①。当我问他能否上楼时，他总是欣然地掀掀帽子，表示答应我的祈求。从外面看，窗户好似一种明亮、冷淡和浮浅的目光（正如斯万夫妇的眼神）将我与并非为我准备的室内珍宝隔开。在风和日丽的季节，我和希尔贝特整个下午待在她的房间里，有时我亲手开窗换换空气。每逢她母亲的接待日，我们甚至可以俯在窗口观看客人们到来。他们下车时往往仰起头向我招招手，把我当做女主人的某位侄子。在这种时刻，希尔贝特的发辫碰着我的脸颊。这些十分纤细（既自然又超自然）的、富有艺术性曲线的发丝，在我看来，简直是举世无双的、用天堂的青草做成的作品。最小一段发辫都值得我当天国之草供奉起来。但是我不敢有此奢望，我只想得到一张照片，它会比达·芬奇

---

① 欧墨尼德斯，希腊悲剧《俄瑞斯忒斯》中的复仇神，后变成慈悲神。

所画的小花的复制照片珍贵百倍！为了得到这样一张照片，我对斯万家的朋友、甚至对摄影师卑躬屈膝，但我并未弄到手，反而招惹了一些讨厌的人。

希尔贝特的父母曾长期不允许我和她见面，而现在——我走进那阴暗的候见厅，在那里时时可能与他们相遇；如果与往日人们在凡尔赛宫觐见国王相比，这种等待更为可怕，更为急切。我在那里撞上了一个像圣经中的烛台①一般的、有七个分枝的巨大衣帽架，接着便糊里糊涂地向坐在木箱上的身穿灰色长袍的仆人致敬，因为在阴暗中我把他当做了斯万夫人——每当我去时，他们两人中的一位从那里过，便微笑着（而无丝毫不快）和我握手，并且说："您近来可好？（他们说这句话时，从不将字母 t 作联诵，所以，你们可以想象，我一回家便快活地做这种取消联诵的练习）希尔贝特知道您来了吗？好，你们自己玩吧。"

希尔贝特为女友们所举行的茶会长期以来似乎是使我们不断分离的、不可逾越的障碍，此刻却成为我们相聚的机会。她常常写便条通知我（因我们仍然是新交），而每次的信纸都不一样。有一次，信纸上印着一只蓝色鬈毛狗，下面有一段英文写的幽默文字，后随一个惊叹号；另一次信纸上印着一个船锚，或者是 G. S. 这两个字母，它们拉得很长，形成长方形占据信纸的整个上部。还有一次，在信纸一角用金色字体印着希尔贝特这个名字，仿佛是她的签名，然后是一个花缀，顶上印着一把打开的黑伞。另一次，这个名字被围在形似中国帽子的花式字体之间，所有的字母都用大写，但你一个字母也认不出来。然而，希尔贝特所拥有的信纸虽然品种繁多，但必有穷尽之时。因此过了几个星期以后，我又见到她第一封信所用的信纸，上面有一个失去光泽的银色印章、戴头盔的骑士及下方的警句。当时我以为信纸是根据某种习俗、按照不同的日期挑选的，现在看来

---

① 指圣经启示录中七个金烛台（代表七个教会）。

她这样做是好记住哪些信纸她已用过，免得对通讯者——至少对她愿意讨好的人——寄去同样的信纸，即使不得不重复，也得尽量推迟重复。希尔贝特请来喝茶的女友，由于上课时间各不相同，这些人刚到，那些人就告辞，我在楼梯上就听见候见室里传出的隐约的话语声，它在我（一想到即将参加的庄严场面，我便激动万分）踏上这一层楼以前便猛然割断了我和往昔生活之间的联系，使我将走进温暖的房间该摘下围巾、看钟点，免得误了回家之类的事忘得精光。楼梯全部是木制的，在当时仿亨利二世风格的某些房屋里常见，而亨利二世风格曾是奥黛特长期追求、但不久即将抛弃的理想。楼梯口有一个牌子写着："下楼时禁止乘电梯。"在我眼中，这楼梯如此奇妙，以致我对父母说它是斯万先生从远方运来的古物。我如此酷爱真实，即使我知道这个信息是假的，我也会毫不犹豫地告诉父母，因为只有这样才能使他们像我一样尊敬斯万家这座显贵的楼梯。这就好比在一位不知名医的天才为何物的愚昧者面前，最好不要承认这位名医治不了鼻炎。况且，我没有任何观察力，往往说不出眼前物品的称呼或类型，只知道它们既然与斯万一家有关，便不同寻常，因此，我并不认为在谈这个楼梯的艺术价值和遥远的产地时我一定在撒谎。不一定是撒谎，但很可能是撒谎，因为父亲打断我时，我脸上发红。他说："我知道那些房子，我去看过一所，它们的结构都一样，只不过斯万家住的是好几层楼，这都是贝利埃①盖的。"他还说他曾想租一套，后来放弃了，因为设计不太合理，门厅太暗。这是他的话。但是，我的本能告诉我应该为斯万家的魅力和我自己的幸福而牺牲思想，因此，我对父亲的话充耳不闻，我遵从内心的命令，将这个毁灭性思想（即斯万家住的不过是我们原先也可能住进的不足为奇的房子罢了）义无反顾地抛得远远的，正如虔诚的信徒摒弃

① 贝利埃（1843—1911），法国工程师。

勒南[1]所写的《耶稣传》一样。

每次去喝茶时，我一级一级地爬上楼梯，来到散发着斯万夫人香水气味的地区。我已失去思维和记忆，仅仅成为条件反射的工具。我仿佛已经看见那威严的巧克力蛋糕，以及它四周那一圈盛小点心的盘子及带图案的灰色缎纹小餐巾，这都是斯万家所特有的规矩。但是这固定不变的一切，有如康德的必然世界，似乎取决于一个最高的自由行动，因为当我们都在希尔贝特的小客厅时，她突然看看钟，说道：

"呀，我的午餐开始消失了，晚餐得等到八点钟。我很想吃点什么。你们看怎么样？"

于是她领我们走进客厅，它像伦勃朗画的亚洲庙宇内殿一样阴暗，那里有一个模仿建筑物结构的大蛋糕，它威严、温和、亲切，仿佛出于偶然、随便地耸立在那里，只等希尔贝特心血来潮去摘下它的巧克力雉堞，拆除那黄褐色的陡峭壁垒，这些陡坡是在烤炉内制造的，仿佛是大流士[2]宫殿中的支柱。希尔贝特不仅根据自己的饥饿程度来决定是否应该摧毁这个如尼尼微[3]一般的蛋糕，她还问我饿不饿，一面从坍塌的建筑内取出嵌着鲜红果实的、闪着光泽的、具有东方风格的一大堵墙递给我。她甚至问我我父母什么时候用晚餐，仿佛我还有时间概念，仿佛我那失魂落魄的慌乱并未使饥饿的感觉、晚餐的概念、家庭的形象彻底地从我那空虚的记忆和瘫痪的肠胃中消失似的。不幸的是这种瘫痪只是暂时的。我麻木地吃蛋糕，过一会儿就该进行消化了。不过为时尚早。这时，希尔贝特递给我"我的茶"，我不停地喝着，其实一杯茶就足以使我在二十四小时内失眠。因此母亲常说："真麻烦，这孩子，每次从斯万家回来就生病。"然而，当我

---

① 勒南(1823—1892)，法国作家，曾著《基督教发源史》，其中《耶稣传》为第一册。

② 大流士，古波斯国王，在位期为公元前521—485年，以显赫战功与大兴土木闻名。

③ 尼尼微，古代小亚细亚王国，后被摧毁。

在斯万家时,我明白自己喝的是茶吗?即使我明白,我也会照样喝,因为就算我在刹那间恢复了对现在的辨别能力,我也恢复不了对过去的回忆和对将来的预见。我的想象力无法达到遥远的时间——只有到那时我才能产生睡觉的念头和睡眠的需要。

希尔贝特的女友们并不都处于这种无法作出理智决定的兴奋状态之中。有几位居然不喝茶!希尔贝特用当时十分流行的话说:“当然啦,我的茶不成功!”她将餐桌旁的椅子摆乱,好冲淡庄严的气氛,说道:“我们好像在庆祝婚礼似的,老天爷,这些仆人真蠢!”

她侧身坐在斜靠餐桌的一张 X 形椅脚的椅子上啃蛋糕。片刻以后,斯万夫人送走客人——她的接待日和希尔贝特的茶会往往是同一天——便快步走了进来。她有时穿着蓝丝绒,经常穿的是饰有白色花边的黑缎裙衣。她表示诧异(仿佛女儿没有经她同意便可能有这么多小点心)地说:“噫,你们吃得多香呀,看见你们吃蛋糕,连我也馋了。”

“好呀,妈妈,我们请您也来。”希尔贝特回答说。

“哦,不行,宝贝,我的客人会怎么说呢。那儿还有特龙贝夫人、戈达尔夫人、邦当夫人,你知道,亲爱的邦当夫人从来不作短暂的访问,而她刚刚来。这些好人们看见我不回去会怎么说呢?等她们走了,要是没有新客人,我就来和你们聊天(这对我有趣得多)。我想我有权利稍稍安静一下,我已经接待了四十五位客人,而其中竟有四十二人谈到谢罗姆①的画!”接着她又对我说:“您哪天来和希尔贝特喝茶,她会做您喜欢的茶,您在小工作室②里常喝的那种茶。”她一面说,一面走开去招待她的客人。她似乎认为我也意识到我走进这个神秘的世界是寻找什么习惯(即使我喝茶,那能算是有喝茶的习惯吗?至于“工作室”,我不知道自己有没有)?

① 谢罗姆(1824—1904),法国画家。

② 原文英语,斯万夫人说话爱夹几个英文字。

她又说："您什么时候再来？明天？我们给您做 toast（烤面包），味道和哥伦贝糕点店的一样。您不来？您真坏。"她自从有了沙龙，便处处模仿维尔迪兰夫人，说话带着娇嗔。不过我既未见识过 toast，也未见识过哥伦贝糕点店，所以，她最后的那点许诺并未使我动心。奇怪的是，当她夸奖我家的 nurse（保姆），我最初竟不知道这是指谁，其实大家都用这个词，也许如今在贡布雷仍然通用。我不懂英语，但我不久就明白她是指弗朗索瓦丝。在香榭丽舍大街，我曾担心弗朗索瓦丝给人留下不好的印象，但是我从斯万夫人口中得知，正是由于希尔贝特讲了那么多有关我的 nurse 的事，斯万夫妇才对我产生好感。"可以感觉到她对您忠心耿耿，她多么好。"（我立即完全改变了对弗朗索瓦丝的看法。由于反作用，我不再认为身穿雨衣头戴羽饰的家庭教师是非有不可的了。）斯万夫人禁不住议论了几句布拉当夫人，说她确实为人善良，但是她的来访令人畏惧，于是我明白她们之间的关系并不如我想象的那样对我有利，它丝毫不能改善我在斯万家中的地位。

如果说我已经带着尊敬和欢乐的战栗探索这个出人意外地向我敞开大门（昔日是关闭的）的仙境的话，那么我的身份仅仅是希尔贝特的朋友。接纳我的王国本身又处于更为神秘的王国之中：斯万夫妇在那里过着超自然的生活。他们在候见厅里与我对面相遇时，与我握握手，然后又走向那个神秘的王国。但是，不久以后我也进入圣殿内部了。例如当希尔贝特不在家而斯万先生或夫人碰巧在家时，他们问谁在按门铃，听见是我便让仆人请我进去谈一谈，希望我在这方面或那方面，这件事或那件事上对他们的女儿施加影响。我回忆起以前写给斯万的那封信，它如此全面、如此具有说服力，而他竟认为不值一复。我不禁感慨起来：思想、推理、心，都没有能力导致任何交谈，没有能力解决任何困难，而生活，在你根本不知是怎么回事的情况下，却轻而易举地解决了困难。我得到希尔贝特的朋友这个新身份，有能力对她产生好影响，因此我享受优待，就好比我与国王的儿子同学，在学校中又一直名列榜首，由于这种偶然性我便可以常去王宫，并且在御座大厅谒见国王。斯万和蔼可亲地让我走进他的书房，仿佛他并不急于处理那许多光荣与体面的工作。他留了我一个小时。我过于激动，因此对他的话根本听不懂，只好结结巴巴地回答，时而胆怯地保持沉默，时而鼓起一瞬即逝的勇气，前言不搭后语地应付。他指给我看他认为会使我感兴趣的艺术品和书籍，虽然我毫不怀疑它们比卢浮宫和国立图书馆的收藏品要精美得多，但是我却看不见它们。如果他的膳食总管此刻让我将表、领带别针、高帮皮鞋都给他，并签署文件承认他为继承人的话，我也会欣然同意的，因为，用一针见血的民间俗语来说：我晕头转向（民间俗语与著名史诗一样，没有留下作者姓名，但与沃尔夫[①]的理论相反，它确实有过作者，那是些随时可以见到的、富有创造性的谦逊的人，正是他们发明了诸如“往一张脸上贴名字”[②]之类的说法，而他们自己的姓名却不泄露）。访问在继续，我惊奇的是在这神奇的房子里度过的时光竟然使我一无所获，没有得到任何圆满结果。我之所以失望并不是因为他给我看的杰作有任何缺陷，也不是因为我无法用漫不经心的眼光去端详它们，而是因为我坐在斯万书房中所体验的神奇感觉并非由于事物本身的内在美，而是由于附属于这些事物——它们可能是世上最丑的——之上的特殊感情，忧愁和甜蜜的感情。多年以来我便将感情寄托于这间书房，至今它仍浸透书房的每个角落。与此相仿的是另一件事。一位穿短裤的跟班对我说夫人要见见我，于是我便穿过蜿蜒曲折的走廊小道（那里充满从远处梳洗间不断飘来的珍贵的香气），去到斯万夫人的卧室，三位美丽而庄严的女人，她的第一、第二、第三侍女正微笑着为她梳妆打扮。我在

① 沃尔夫（1759—1824），德国哲学家，认为史诗《伊利亚特》和《奥德赛》是各时期的史诗汇合而成。

② 即记起某人的名字。

那里停留片刻，自惭形秽，又对她感恩戴德，而这些感受与那一大堆镜子、银刷以及出自她的友人、著名艺术家之手的帕多瓦的圣安托万[①]雕像或画像毫无关系。

斯万夫人回到她的客人那里去，但我们仍听见她谈笑风生，因为即使她面前只有两个人，她也像面对众多“同伴”那样提高嗓门谈话，就像往日在小集团中“女主人”“引导谈话”时那样。人们喜欢——至少在一段时间内——使用新近从别人那里学来的表达法，斯万夫人也不例外，她时而使用丈夫不得不介绍她认识的高雅人士的语言（她模仿他们的矫揉造作，即在修饰人物的形容词前取消冠词或指示代词），时而又使用很俗的语言（例如她一位女友的口头禅“小事一桩”），而且尽量用于她喜欢讲述的故事中（这是她在“小集团”中养成的习惯），然后又说：“我很喜欢这个故事。”“啊！你得承认这故事很美吧！”而这种语言是她通过丈夫从她所不认识的盖尔芒特那里学到的。

斯万夫人离开了饭厅，她那位刚到家的丈夫又来到我们面前。“希尔贝特，你母亲是一个人在那里吧？”“不，她还有客人，爸爸。”“怎么，还有客人，已经七点钟了！真可怕，可怜她一定累得半死。真可恶（odieux 这个字我在家里也常常听见，但 O 发长音而斯万夫妇则发成短音）。”接着他转身对我说：“您看看，从下午两点钟起一直到现在！加米尔说在四五点钟之间，来了足足十二位客人，不，不是十二位，他说的大概是十四位，不，是十二位，我也糊涂了。我刚进来的时候，看见门口停着那么多车，我忘了是她的接待日，还以为家里在举行什么婚礼呢。我在书房里待了一会儿，门铃响个不停，闹得我真头疼。她那里客人还多吗？”“不，只两位。”“是谁？”“戈达尔夫人和邦当夫人。”“啊，公共工程部办公室主任的妻子。”“我知道她丈夫是某个部的职员，但不知道他到底干什么。”希尔贝特用孩子的口吻说。

---

① 圣安托万（1195—1231），葡萄牙传教士。

“怎么,小傻瓜,你这话像两岁孩子说的。你说什么?部里的职员?他可是办公室主任,是那个单位的头头。我的天,我怎么糊涂了,跟你一样心不在焉,他不是办公室主任,他是秘书长。”

“我可不知道。那么说秘书长是很重要的人物了?”希尔贝特回答。她从不放弃任何机会对父母所炫耀的一切表示冷漠(她也许认为,假装不把如此显贵的朋友放在眼里会使这种关系更引人注目)。

“怎么,是不是很重要!”斯万惊呼说。他使用的不是使我疑惑茫然的语气,而是明确清楚的语言:“部长之下就是他!他甚至比部长还重要,因为凡事都要由他经办。而且据说他很有才干,是出类拔萃的第一流人才。他得过荣誉勋位四级勋章。他很有趣味,而且一表人才。”

他的妻子不顾众人反对嫁给了他,因为他是“充满魅力”的人。他蓄着柔软光滑的淡黄色胡须,五官端正,说话时带鼻音,呼吸浊重,戴一只假眼,这一切足以构成罕见而微妙的整体。

“我告诉您,”斯万先生对我说,“这些人进入当今的政府的确是件有趣的事,他们是邦当—谢尼家族中相当典型的、教权主义的、思想狭隘的、反动的资产阶级。你那可怜的祖父对老头谢尼很熟悉,至少听说过,见过面。这老头当时很有钱,可是给车夫的小费只是一个苏。还有那位布雷奥-谢尼男爵。总联合公司①的股票暴跌使他们倾家荡产,您那时还太小,不知道这些事。后来,当然啦,他们竭尽全力重振家业。”

“他有一位外甥女,她总来我们学校上课,比我低一班,有名的‘阿尔贝蒂娜’。她将来一定很 fast(放荡),现在模样有点古怪。”

“我女儿什么人都认识,真奇怪。”

“我知道她,并不相识。我只是看见她走过时,这儿有人喊阿尔贝蒂娜,那儿也有人喊阿尔贝蒂娜。不过,我认识邦当夫人,对她也没有好感。”

---

① 此处指 1876 年成立的企业,1882 年破产倒闭。

“你这就完全错了。邦当夫人很讨人喜欢,她漂亮、聪明,而且颇有风趣。我这就去向她问好,打听她丈夫对战争会不会爆发,狄奥多西国王可靠不可靠的看法。他深知诸神的隐秘,对这些事肯定了解的,对吧?”

斯万以前可不是以这种口吻说话的。但是难道你没见过头脑简单的公主(她与随身男仆私奔,十年以后又想回到上流社会,但感到没人愿意与她来往)自发地像讨厌的老太婆一样说话吗?听见别人谈论一位闻名一时的公爵夫人时,她便急忙说“她昨天还来看过我哩”,或者“我现在是深居简出了”。因此我们要了解风俗,根本不需要观察,根据心理规律来推断便足够了。

斯万夫妇也属于这种很少有客人来访的反常人物。稍稍有点身份的某人的来访、邀请,甚至简单一句话,对他们来说,都是应该广为宣传的大事。奥黛特举行了一次比较成功的晚宴,不巧的是维尔迪兰夫妇正在伦敦,但这个消息居然通过他们一位共同的朋友而以电报的形式传到海峡彼岸的维尔迪兰夫妇那里。就连奥黛特收到的恭维信或电报,斯万夫妇也一定让众人分享快乐。他们告诉朋友们,并让大家传阅。因此,斯万的沙龙很像是张贴着电讯新闻的海边旅馆。

此外,有些人不仅像我一样认识社交生活以外的旧斯万,还认识社交生活中,特别是盖尔芒特圈子中(在那里,除了殿下和公爵夫人以外,其他人必须具有头等情趣和魅力,即使是杰出的人物,如果被认为庸俗或令人讨厌,也会被排斥出来)的旧斯万,他们要是看到斯万在谈到朋友时不再像以前那样含蓄,择友时也不再如此苛求,准会大吃一惊。像邦当夫人如此平庸、如此乖戾的人竟然不使他讨厌?他竟然说她可爱?对盖尔芒特小圈子的回忆似乎应该阻止他这样做,可实际上却促使他这样做。和四分之三的社交圈子不同,盖尔芒特小圈子是具有鉴赏能力的,甚至高雅的鉴赏力,但也有附庸风雅之习气,而它往往使鉴赏力暂时无法发挥。如果涉及的是某位并非为小集团所不可缺少的人物,例如外交部长(有点自命不凡的共和派）或某位饶舌的法兰西学院院士，那么，他会受到鉴赏力的一致否定。斯万很同情德·盖尔芒特夫人，为她不得不与这类人在某大使馆同桌吃饭。任何一位高雅之士也比他们强一千倍，所谓高雅之士是指盖尔芒特圈里的人，他一无所长，只是具有盖尔芒特精神，属于同一宗派。然而，如果某位大公夫人或王族血统公主来德·盖尔芒特夫人家吃饭的话，她会成为这宗派的一员，尽管她并无这个权利，尽管她根本不具备盖尔芒特精神。上流社会的人异常天真。既然这位贵族女士并非因可爱而被接待，而她又已经被接待了，于是人们便极力说她可爱。当殿下离去以后，斯万为盖尔芒特夫人解围说："她毕竟不坏，甚至还不缺乏幽默感。当然，我想她并不掌握《纯粹理性的批判》，但她并不叫人讨厌。"

"我完全同意您的看法，"公爵夫人回答说，"她刚才稍有胆怯，将来会讨人喜欢的。""比起那位给您列举二十本书的 XJ 夫人（饶舌的学院院士的夫人，颇有才华的女士）来，她叫人高兴得多。""根本没法比。"谈论这些事，诚诚恳恳地谈论这些事，这种能力是斯万从公爵夫人那里学到的，并且保持至今，又用于他本人所接待的客人身上。他尽力去识辨他们身上的品质，而当我们怀着善意的偏见而不是带着挑剔的厌恶情绪去观察人时，人人都具有这些品质。斯万强调邦当夫人的优点正如往日强调帕尔玛公主的优点一样。如果某些贵人进入盖尔芒特小集团不是出于优待，如果人们认真考虑的果真只是情趣和魅力，那帕尔玛公主早被开除了。斯万从前也表现出这种兴趣（只是现在他持久地加以发挥而已），那就是以自己的社交地位去换取在某种情况下对自己更为合适的另一种地位。有种人在观察事物时，没有能力对乍一看来似乎不可分的事物进行分解，因此相信地位与人是连成一体的。其实同一个人，在生活的不同时期，会处于不同等级的社会阶层之中，而这等级并不一定越来越高。每当我们在生活的另一时期与某一阶层来往（或重新来往）并感到备受疼爱时，自然而然地我们便攀附于这个阶层，并在那些人中扎了根。

至于邦当夫人，既然斯万一再提到她，我想他不会反对我将邦当夫人对斯万夫人的拜访告诉我父母。斯万夫人一步一步地结识了谁，父母对此颇感兴趣，但毫无赞赏之意。母亲听见特龙贝夫人的名字时说：

"啊！这可是位新成员，她会领些别人去的。"

接着，妈妈似乎将斯万夫人广为交友的那种简便、迅速和猛烈的方式比作殖民战争说道：

"现在特龙贝归顺了。邻近的部落不久也会投降。"

有一次她在街上遇见了斯万夫人，回家便对我们说：

"斯万夫人处于战争状态。她大概在对马塞诸赛人、僧伽罗人、特龙贝人发动胜利的攻势吧。"

我告诉她在那个拼凑的、人为的环境中我都看见了哪些新来者（她们本属不同的社会圈子，被煞费苦心地吸引到这里来），母亲立刻猜出她们的来处，仿佛这是高价购买的战利品：

"这是去某某家征战的缴获品。"

斯万夫人居然有兴趣吸收戈达尔夫人这位不甚高雅的小市民，父亲不禁愕然。他说："当然，教授是有地位的人，但我仍然不明白她是怎么想的。"可是，母亲却很明白。她知道，当一个女人走进与原先的生活截然不同的圈子时，会感到愉快，如果她不能让旧友们知道如今的新交是多么体面的人物，这种乐趣会大为减色。要做到这一点就必须让一位见证人钻进美好的新圈子，仿佛一只嗡嗡叫的、见异思迁的昆虫钻进花丛，然后，见证人在每次拜访以后便散布（至少人们希望如此）消息，暗暗播下羡慕和赞赏的种子。戈达尔夫人正适合于这种角色，她是特殊类型的客人，妈妈（她继承外祖父的某种气质）称之为"异乡人，去告诉斯巴达"①型的客人。

---

① 斯巴达国王莱翁里达斯及三百士兵为阻挡波斯人进攻而全部战死（公元前80年）。在昔日战场的岩石上刻着这句话："异乡人，去告诉斯巴达，我们为它而死！"

此外——除了另一个多年以后才为人所知的理由以外——斯万夫人在“接待日”邀请这位和蔼的、稳重的、谦虚的女友，至少不必担心她是叛徒或竞争对手。斯万夫人知道，这位戴着羽饰、拿着名片夹的积极的工蜂，一个下午便能拜访为数众多的市民花萼。斯万夫人了解她的扩散能力，并且，根据对或然率的计算，她有把握让维尔迪兰家的某位常客第三天就得知巴黎地方长官常去斯万夫人家留下名片，或者让维尔迪兰先生本人知道赛马会主席勒奥·德·普雷萨尼先生常带领她和斯万参加狄奥多西国王的盛会。她认为维尔迪兰夫妇只会获悉这两件对她很光彩的事，仅仅这两件事，因为我们所臆想和追求的光荣往往具有很少几种特殊表现形式，这应归咎于我们的精神缺陷——它没有能力同时想象我们所期望（大致期望）于光荣的一切同步的表现形式。

斯万夫人只是在所谓“官界”中获得成功。高雅女士不与她来往，但这并不是因为她那里有共和派名流。在我年幼时，凡属于保守社会的一切均成为社交风尚，因此，一个有名望的沙龙是决不接待共和分子的。对这种沙龙的人来说，永远不可能接待“机会主义者”，更不用说可怕的“激进分子”了，而这种不可能性将像油灯和公共马车一样永世长存。然而，社会好似一个万花筒，它有时转动，将曾被认为一成不变的因素连续进行新的排列，从而构成新的图景。在我初领圣体的那年以前，高雅的犹太女士便已出入社交场合从而使正统派的女士们吃惊。万花筒中的新布局产生于哲学家称作的标准所发生的变化。后来，在我开始拜访斯万夫人家以后不久，德雷福斯事件产生了一个新标准，于是万花筒再一次将其中彩色的菱形小块翻倒过来。凡属犹太人的一切都落到万花筒的底部，连高雅女士也不例外，而取而代之的是无名的民族主义者。当时，在巴黎最负盛名的沙龙是一位极端天主教徒——奥地利亲王的沙龙。如果发生的不是德雷福斯事件，而是对德战争，那么，万花筒会朝相反的方向转动，犹太人会表现爱国热忱而使众人吃惊，他们会保持自己的地位，那样一来，就再没有人愿意去拜访奥地利亲王,甚至没有人承认去拜访过。虽然如此,每当社会暂时处于静止状态时,生活于其中的人总是认为不可能再发生任何变化,正如他们看到电话问世,便认为不可能再出现飞机,与此同时,新闻界的哲学家们对前一时期进行抨击,他们不但批评前一时期中人们的乐趣,斥之为腐朽已极,甚至还抨击艺术家和哲学家的作品,斥之为毫无价值,仿佛它们与附庸风雅、轻浮浅薄的各种表现形式密不可分。唯一不变的似乎是每次人们都说“法国发生了一点变化”。我初去斯万夫人家时,德雷福斯事件尚未爆发,某些犹太显贵还很有权势,而其中最大的是鲁弗斯·以色列爵士,他的妻子以色列夫人是斯万的姨母。她本人并没有外甥那样高雅的社会交往,外甥也并不喜欢她,从未认真与她联络感情,虽然他很可能是她的继承人。然而,在斯万的亲戚当中,只有这位姨母意识到斯万的社交地位,而其他人在这方面与我们一样(长期地)一无所知。在家族中,当一个成员跻身于上流社会时——他以为这是独一无二的现象,但在十年以后,他会看到在和他同时成长的青年中,以不同的方式和理由完成这个现象者大有人在——他在四周画出一圈黑暗区域terra incognita①,居住其中的人对它了如指掌,而未得其门而入者虽然从它旁边走过,却不觉察它的存在,还以为是一片黑暗,一片虚无。既然没有任何通讯社将斯万的社会交往通知他的亲戚,因此,他们在饭桌上(当然在可怕的婚事以前)谈到斯万时,往往露出屈尊的微笑,讲述他们如何“高尚地”利用星期日去探望“夏尔表亲”,而且把他看做心怀嫉妒的穷亲戚,借用巴尔扎克小说的标题,风趣地称他为“傻表亲”②。鲁弗斯·以色列夫人与众人不同,她很明白与斯万慷慨交往的是些什么人,而且十分眼红。她丈夫的家族与罗特希尔德家族一样有钱,而且好几代以来便为奥尔良

① 拉丁文:未知地域。

② 小说《贝姨》法文为 Cousine Bette,Bete 与 Bette 同音。

王公们经营事务。以色列夫人既然腰缠万贯，当然很有影响，并且利用自己的影响来劝阻她认识的人接待奥黛特，只有一个人偷偷地违背了她，那就是德·马桑特伯爵夫人。那天奥黛特去拜访德·马桑特夫人，不巧以色列夫人几乎同时到来。德·马桑特夫人如坐针毡。这种人什么都做得出来，所以她竟然背信弃义地不和奥黛特说一句话，奥黛特自然不再将入侵向前推进了，何况这个阶层决非她希望被接纳的阶层。圣日耳曼区对奥黛特丝毫不感兴趣，仍旧将她看做与有产者完全不同的、毫无修养的轻佻女人（有产者精通家谱中的每个细节，而且，既然现实生活并未向他们提供贵族亲友，他们便如饥似渴地阅读回忆录）。另一方面，斯万似乎继续是情人，在他看来，这位往日情妇的一切特点似乎仍然可爱或者无伤大雅，因为我常常听见他妻子说一些难登大雅之堂的话，而他却无意纠正（也许是因为对她尚有柔情，也许是对此掉以轻心，或者懒于帮她提高修养）。这也可能是另一种形式的单纯。在贡布雷，我们曾长期被他的单纯所蒙蔽，而且就在现在，虽然他继续结交体面人物（至少为他自己着想），却不愿他们在他妻子的沙龙的谈话中占有重要地位，何况对他来说，他们的重要性确实大为减少，因为他生活的重心已经转移。总之，奥黛特在社交方面十分无知。当人们先提到德·盖尔芒特公爵夫人，后提到她表亲德·盖尔芒特公主时，她竟然说："噫，这些人是王公，那么说他们晋升了。"如果有谁在谈到夏尔特尔公爵时用"亲王"一词，她马上纠正说："是公爵，他是夏尔特尔公爵，不是亲王。"关于巴黎伯爵的儿子德·奥尔良公爵，她说："真古怪，儿子的爵位比父亲高。"作为英国迷，她又接着说："这些 royalties（王族）真叫人糊涂。"有人问她盖尔芒特家族是哪省人，她回答说："埃纳省。"

斯万在奥黛特面前是盲目的，他既看不见她教养中的缺陷，也看不见她智力上的平庸。不仅如此，每当奥黛特讲述什么愚蠢的故事时，斯万总是殷勤地、快活地、甚至赞赏地（其中可能掺杂着残存的欲念）聆听，而如果斯万本人说出一句高雅的、甚至深刻的话时，奥黛特往往兴趣索然、心不在焉、极不耐烦，有时甚至厉声反驳。人们因而得出结论说，精华受制于平庸在不少家庭中是司空见惯的，因为，反过来，也有许多杰出女性竟被对她们的睿智横加指责的蠢人所蛊惑，并且被极度慷慨的爱情所左右而对蠢人的俗不可耐的玩笑赞叹不已。说到当时妨碍奥黛特进入日耳曼区的理由，应该指出社交界的万花筒的最近一次转动是由一系列丑闻引起的。人们原来放心大胆地与某些女人交往，而她们竟被揭露是妓女，是英国间谍。在一段时间内，人们首先（至少认为如此）要求他人的是牢靠和稳定……奥黛特代表的正是人们刚刚与之决裂又立刻拾起的东西（因为人们不可能在一夜之间彻底改变，他们在新制度下寻找旧制度的继续），当然它必须换一种形式，以掩人耳目，制造与危机前的社交界有所不同的假象。但奥黛特与那个社交界的替罪羊太相似了。其实，上流社会的人是高度近视眼。他们与原来认识的犹太女士断绝来往，正考虑如何填补空白，却看见一位仿佛被一夜风暴刮来的新女人，她也是犹太人，但由于新颖，便不像在她以前的女人那样使人们联想起他们认为应该憎恶的东西。她不要求人们崇敬他们的上帝。人们便接纳了她。诚然，在我初访奥黛特家时，反犹太主义问题尚未提出，但是奥黛特与当时人们唯恐避之不及的东西十分相似。

至于斯万，他仍然常去拜访旧日的、也就是属于最上层社会的朋友。当他谈到刚刚拜访过什么人时，我注意到在旧日的朋友中，他是有所取舍的，而选择的标准仍然是作为收藏家的半艺术半历史的鉴赏力。某位家道中落的贵妇引起他的兴趣，因她曾是李斯特的情妇，或者因为巴尔扎克曾将一本小说献给她的外祖母（正如他买一幅画是因为夏多布里昂描写过它）。这使我怀疑我们在贡布雷时莫非是从一个谬误过渡到另一个谬误，即最先认为斯万是一位从不涉足社交的资产者，后来又认为他是巴黎顶顶时髦的人物。成为巴黎伯爵的朋友，这不能说明任何问题。“王公的朋友”被排外倾向的沙龙拒之门外的，不是大有人在吗？王公们自知为王公，便不追求时髦，而且自认高居于没有王族血统者之上，大贵族和资产者统统在他们之下，并且（从高处看）几乎处在同一水平上。

此外，斯万在目前的社交圈子中（他重视过去所留下的、至今仍然可以见到的名字）所寻求的不仅仅是文人和艺术家的乐趣，将不同的成分交混起来，将不同的类型聚合起来，从而搭配成社会花束，这也是他的消遣（不那么高雅）。这些有趣的（或者斯万认为有趣的）社会实验在他妻子的每位女友身上并不产生——至少不是经常地——相同的反应。“我打算同时邀请戈达尔夫妇和旺多姆公爵夫人。”他笑着对邦当夫人说，好像一位贪吃的美食家想换换调味汁的成分，用圭亚那胡椒来替代丁子香花蕾。然而，这个似乎会使戈达尔感到有趣的计划却使邦当夫人大为恼火。她最近被斯万夫妇介绍认识旺多姆公爵夫人，认为这事既使人高兴又理所当然，而对戈达尔夫妇讲述它，加以吹嘘，这构成她的愉快中饶有兴味的一部分因素。邦当夫人希望，在她以后，她那圈子里再没有任何人被介绍给公爵夫人，正好比被授勋者一得到勋章便立刻希望将十字勋章的水龙头关上。她暗暗诅咒斯万的低级鉴赏力。他为了实现一种无聊的、古怪的审美观，竟能在一瞬间将她对戈达尔夫妇谈论旺多姆公爵夫人时所散布的迷雾吹得一干二净。她怎敢对丈夫说教授夫妇也即将分享这个愉快（她曾吹嘘说它是独一无二的）呢？要是戈达尔夫妇明白这种邀请不是出自主人的诚心，而是为了解闷，那就好了！其实，邦当夫妇的被邀请难道不也如此吗？不过，斯万从贵族那里学到了永恒的堂璜作风，他有本领使两位不足道的女人同时认为自己是真正的被爱者，因此，当他对邦当夫人提起旺多姆公爵夫人时，那口气仿佛邦当夫人和公爵夫人同桌进餐自然是不在话下的事。“是的，我们打算邀请公主和戈达尔夫妇，”斯万夫人在几星期后说道，“我丈夫认为这种集合可能产生有趣的东西。”如果说斯万夫人保留了“小核心”中维尔迪兰夫人所喜爱的某些习惯——例如高声说话好让所有的信徒听见——的话，那么她也使用盖尔芒特圈子所喜爱的某些语言（例如“集合”一词），她与盖尔芒特圈子并不接近，但却在远处、在不知不觉中受它吸引，正如大海被月亮吸引一样。“是的，戈达尔夫妇和旺多姆公爵夫人，您不觉得这很有趣吗？”斯万问道。“我看这会很糟，您会招来麻烦的，可别玩火。”邦当夫人气冲冲地回答。她和她丈夫，还有阿格里让特亲王都受到邀请，而对这次宴会，邦当夫人和戈达尔各有各的说法，依问话人而定。有些人分别问邦当夫人和戈达尔，那天吃饭的除了旺多姆公主外，还有哪些客人，得到的回答都是漫不经心的两句话：“只是阿格里让特亲王，这完全是熟朋友之间的便餐。”但另一些人可能更知情（有一次有人甚至问戈达尔：“邦当夫妇不是也在场吗？”“哦，我忘了。”戈达尔红着脸回答说，并从此将这个问话的笨蛋列入多嘴饶舌者之流）。对于这些人，邦当夫妇和戈达尔夫妇不谋而合地采取了大致相同的说法，只是将名字对换一下而已。戈达尔说：“唉，只有主人，旺多姆公爵夫妇（自负地微微一笑），戈达尔教授夫妇，此外，对了，莫名其妙，还有邦当夫妇，他们可是有点煞风景。”邦当夫人讲的也完全一样，不同的是，邦当夫妇的名字位于旺多姆公爵夫人和阿格里让特亲王之间，并且受到得意洋洋的夸张，而她最后责怪所谓不请自来并且大煞风景的秃子，就是戈达尔夫妇。

斯万往往在晚饭前不久才从访问中归来。晚上六点钟，这时刻在往日曾使他痛苦，而如今却不然，他不再猜测奥黛特大概在做什么，是接待客人还是外出，他对这些都不在意。他有时回忆起多年以前，他有一次曾试图透过信封看奥黛特给福什维尔写了什么。但这个回忆并不愉快，他不愿加深羞愧感，只是撇了一下嘴角，必要时甚至摇摇头，意思是：“这对我有什么关系呢？”从前他常常坚持一个假定，即奥黛特的生活是无邪的，只是他本人的嫉妒、猜测才使它蒙受耻辱罢了，但是现在，他认为这个假定（有益的假定，它减轻他在爱情病中的痛苦，因为它使他相信这痛苦是虚构的）是不正确的，而他的嫉妒心却看对了。如果说奥黛特对他的爱超过他的想象的话，那么，她对他的欺骗更超过他的想象。从前，当他痛苦万分时，曾发誓说有朝一日他不再爱奥黛特，不再害怕使她恼怒，不再害怕让她相信他热恋她时，他将满足夙愿——本着单纯的对真理的追求，并为了解释历史的疑点，与她一起澄清事实，弄清那天（即她写信给福什维尔，说来探望她的是一位叔叔）他按门铃敲窗子而她不开门时，她是否正和福什维尔睡觉。斯万从前等待嫉妒心的消失，好着手澄清这个饶有兴趣的问题。然而，如今他不再嫉妒了，这个问题在他眼中也失去了一切趣味。当然并不是立刻。他对奥黛特已经不再嫉妒，但是，那天下午他敲拉彼鲁兹街那座小房子的门而无人回答的情景却继续刺激他的嫉妒心。在这一点上，嫉妒心与某些疾病相似：疾病的病灶和传染源不是某人，而是某个地点，某座房屋，嫉妒的对象似乎也不是奥黛特本人，而是斯万敲击奥黛特住所的每扇门窗的那已逝往日中的一天、一个时刻。可以说，只有那一天和那个时刻保留了斯万往日曾有过的爱情品格中的最后残片，而他也只能在那里找到它们。长期以来，他不在乎奥黛特是否曾欺骗他，是否仍然在欺骗他。但是，在几年里他一直寻找奥黛特从前的仆人，因为他仍然有一种痛苦的好奇心，想知道在如此遥远的那一天，在六点钟时，奥黛特是否在和福什维尔睡觉。后来连这种好奇心也消失了，但他的调查却未中止。他继续设法弄清这件不再使他感兴趣的事，因为他的旧我，虽然极度衰弱，仍然在机械地运转，而过去的焦虑已烟消云散。他甚至无法想象自己曾经感到如此强烈的焦虑，当时他以为永生也摆脱不了焦虑，以为只有他所爱的女人的死亡（本书下文中将有一个残酷的反证，说明死亡丝毫不能减弱嫉妒的痛苦）才能打通他那完全堵塞的生活道路。

然而，有朝一日将奥黛特生活中使斯万痛苦的事弄个水落石出，这并不是斯万的唯一愿望。他还保留了另一个愿望，即当他不再爱奥黛特、不再害怕她时，他要为这些痛苦进行报复，而眼前恰恰出现了实现这第二个愿望的机会。斯万爱上了另一个女人。他没有任何理由嫉妒，却仍然嫉妒，因为他无力更新恋爱方式，他将往日与奥黛特的恋爱方式应用在另一个女人身上。她不必有任何不忠行为，只要由于某个原因离开他，比方说，参加晚会，而且似乎玩得很开心，这就足以使斯万妒火中烧，这就足以唤醒他身上那古老的焦虑——他的爱情的可悲而矛盾的赘疣。焦虑使斯万与真实的她保持距离，他必须努力才够得着她（了解这个年轻女人对他的真实感情，她每天的隐秘欲望和内心秘密）。焦虑在斯万和他所爱的女人中间放上了旧日的冥顽不化的猜疑，猜疑的根源在奥黛特或者比奥黛特更早的某个女人身上，正是由于它，年老的情人只能通过“挑起嫉妒心的女人”这个古老的集体幻影来认识他今日的情妇，而且将新爱情也武断地置于这个幻影之中。然而，斯万经常谴责这种嫉妒心理，谴责它使自己相信某些实属虚幻的不忠行为，但是他记起当初也曾采取同样的观点替奥黛特辩解，而且是做错了。因此，当他和他所爱的年轻女人不在一起时，她的所作所为，在他眼中，便不再是清白无邪的。他曾起誓说，万一哪一天他不再爱这位当时未想到会与他结婚的女人时，他将毫不留情地对她冷若冰霜（真正的冷若冰霜！），好为他长期受辱的自尊心进行报复，他现在可以毫无风险地（即使奥黛特把他的话当真，取消他从前梦寐以求的和她单独谈话，他也毫不在乎）进行报复了，但他却无意报复。爱情既已消逝，表示不再爱的愿望也随之消失。当他为奥黛特痛苦时，他多么盼望有一天让她看看他爱上了别的女人，而现在他可以做到这一点，却小心翼翼地不让妻子知道自己另有新欢。

从前，每到喝茶的钟点，我便闷闷不乐地看见希尔贝特离开我，提前回家，而现在，我也参加这些茶会。从前，当她和她母亲出门散步或看日场演出时，我便独自一人痴痴待在香榭丽舍的草坪边或木马旁，因为她来不了，而现在呢，斯万夫妇允许我和他们一起出门，他们的马车里有我的座位。有时他们甚至问我愿意去哪里，去看戏还是看希尔贝特一位同伴的舞蹈课，参加斯万夫人女友家的社交聚会（斯万夫人称为“小会”）还是去参观圣-德尼的国王墓。

每逢和斯万一家出门的日子，我便去他们家吃午饭，斯万夫人管它叫lunch（午饭）。他们邀请我十二点半去，那时我父母在十一点一刻吃午饭，所以等他们离开餐桌后，我才朝斯万家的奢华街区走去。在这个街区里，行人向来稀少，何况在这个钟点谁都回了家。即使在严冬，如果天气晴朗，我便在马路上来回溜达，一直等到十二点二十七分。我一会儿扯扯从夏费商店买的那条精美领带的领带结，一会儿看看脚上那双高帮漆皮皮鞋是否弄脏了，我远远看见斯万家小花园里的光秃秃的树在阳光下像白霜一样晶莹闪光。当然，小花园里只有两株树。在这个反常的钟点，景物也焕然一新。与自然所给予的乐趣（习惯的改变，甚至饥饿使它更为强烈）相交织的是即将与斯万夫人同桌进餐的激动，它并不削弱乐趣，而是控制它、奴役它，使之成为社交生活的陪衬。我似乎发现了往日在这个钟点所感觉不到的晴空、寒冷、冬日的阳光，它们好像是奶油鸡蛋的前奏曲，好像是斯万夫人之家这座神秘殿堂表层上的时间光泽、浅红的淡淡冷色，而在殿堂内部却有那么多温暖、芳香和鲜花。

十二点半，我终于下决心走进这座房子。它像圣诞节的大靴子一样将给我带来神奇的快乐（斯万夫人和希尔贝特都不知道圣诞节在法文里怎么说，所以总是用 Christmas 来代替，Christmas 布丁啊，收到什么 Christmas 礼品啊，在 Christmas 期间要去外地什么地方等等，我感到不是滋味，回到家中也说 Christmas，认为说圣诞节有失体面，而父亲认为这种语言滑稽可笑）。

我最初只遇见一位跟班，他领我穿过好几间大客厅来到一间很小的客厅，那里没有人，从窗口射进来的下午的蓝光使它沉浸在梦幻之中。只有兰花、玫瑰花和紫罗兰陪伴我——它们像人一样待在你身边，但并不认识你。它们是有生命的，而这种特性使它们的沉默产生强烈的效果。它们畏惧寒冷，接受炽热炉火的温暖。那被珍贵地放在水晶挡板后面的炉火不时地将危险的红宝石散落在白色大理石的火盆中。

我已坐了下来，但听见开门声便赶紧站了起来，进来的是第二位仆人，跟着又是第三位仆人，而他们这种使我无谓激动的频繁往来仅仅是为了鸡毛蒜皮的事：往火中添一点煤或往花瓶里加一点水。他们走后，门又关上（斯万夫人最后总会将它打开的），我又独自一人。确实，魔术师的洞穴也不如这间小客厅那样使我眼花缭乱，炉火在我眼前千变万化，好似克林索①的实验室。又响起一阵脚步声，我没有站起来，大概又是仆人吧，不是，是斯万先生。“怎么？您一个人在这里真是没办法，我那可怜的妻子从来不知道钟点。一点差十分了。她每天都迟到。您一会儿看见她不慌不忙地进来，她还以为自己提前到哩。”斯万仍然患神经炎，而且变得可笑，这样一个不遵守时间的妻子（从布洛尼林园回来必晚，在裁缝店逗留必久，吃饭必迟到）虽然使他为肠胃担心，但却满足了他的自尊心。

他领我参观新近的收藏品，并且向我解释它们的价值，可是我过于兴奋，又由于在这个钟点我还破例腹中空空，我心神不定，脑子里一片空白。虽然我还能够说话，但什么也听不进去了。何况，就斯万所拥有的收藏品而言，只要它们存在于他家，只要它们属于午餐前的美妙时刻，这对我就绰绰有余了。即使那里有《蒙娜丽莎》，它也不会比斯万夫人的便袍或嗅盐瓶更使我愉快。

我继续等待，独自一人，或者和斯万一起，希尔贝特还常常来和我们做伴。斯万夫人既然以如此威严的仆人为先导，她的出现一定不同凡响。我屏息静听每一个声响。真正的教堂、风暴中的海涛、舞蹈家的跳跃往往比人们的想象要逊色。穿制服的仆人酷似戏剧中的配角，他们的连续出场为王后的最后显现作准备，同时也削弱显现的效果；在这些仆人之后是

① 瓦格纳歌剧《帕西法尔》中的魔术师。此处指第二幕开场的魔室。

悄悄进来的斯万夫人，她身穿水獭皮小大衣，冻得发红的鼻子上盖着面纱，与我的想象力在我等候期间所慷慨臆造的形象何等不相似！

如果她整个上午都没有外出，那么她走进客厅时身穿一件浅色双绉晨衣，对我来说，它比一切衣袍都更雅致大方。

有时，斯万夫妇决定整个下午待在家里。吃完午饭天色已不早，这一天（我原以为它会和别的日子完全不同）的阳光正斜照在小花园的墙上。仆人们端来大大小小的、各式各样的灯，它们各自在蜗形脚桌、独脚圆桌、墙角柜或小桌这些固定祭坛上燃烧，仿佛在进行莫名其妙的祭祀。尽管如此，谈话平淡乏味，我败兴而返，像自童年起每次做完午夜弥撒以后那样大失所望。

然而这仅仅是思想上的失望。我在那座房子里是十分喜悦的，因为，如果希尔贝特尚未和我们在一起，那么她即将进来，而且即将将她的话语、她那专注而微笑的目光（正如我第一次在贡布雷所见到的那样）给予我（而且达数小时之久！）。当我看到她消失在通往宽大房间的内部楼梯上时，我至多稍稍感到嫉妒。我只能留在客厅里（就像一位女演员的恋人，他只能待在正厅前座，不安地臆想在后台、在演员休息室正发生什么事），我向斯万了解房屋的另一部分，我的问题被掩饰得很巧妙，但声调中仍流露出不安。他告诉我希尔贝特去的是衣被间，并自告奋勇要带我去看看，而且说以后希尔贝特去那里，他一定要她带我去。斯万的最后这句话使我如释重负，霎时间消除了那段使我们所爱的女人显得如此遥远的、可怕的内心距离。此刻，我对他的感情油然而生，似乎比我对希尔贝特的柔情更深。因为，他作为自己女儿的主人，将她给予我，而她本人却有时拒绝我。我对她的直接影响比不上我通过斯万而施于她的间接影响。此外，我爱的是她，每当我看见她时，我不禁感到心慌意乱，不禁渴望更多的东西，而这种情绪恰恰使我们在所爱的人面前失去了爱的感觉。

我们往往不待在家中，而是出门走一走。在换衣出门以前，偶尔，斯万夫人在钢琴前坐下，她从粉红色或白色的，总之色彩鲜艳的双绉丝便袍的袖中，伸出那双娇美的手，张开手指抚弹琴键，表现出那种存在于她的目光中却不存在于她心中的忧郁。正是在这样的一天，她偶然为我弹奏凡德伊奏鸣曲，即斯万十分喜爱的那个小乐段。当我们头一次聆听稍微复杂的乐曲时，往往什么也没听出来。然而，等我后来听过两三遍凡德伊奏鸣曲以后，我感到对它很熟悉。看来，第一次听懂的说法是有道理的。如果第一遍没有真正听出什么东西，那么第二、第三遍仅仅是第一遍的重复，不可能在第十遍有新的感悟。这样看来，第一遍所缺乏的也许是记忆，而绝不是理解，因为我们的记忆，与我们聆听时它所面临的复杂感受相比较，是极为微小、极为短暂的，好比一个人在睡眠中想到种种事情但立即忘在脑后，又好比一位老年痴呆症患者将别人一分钟前对他说的话忘得一干二净。这些复杂丰富的感受，我们的记忆力不可能立即向我们提供回忆。回忆是在记忆力中逐步形成的。当我们听过两三遍作品以后，我们就像中学生（他们入睡前还反复复习，觉得尚未掌握）一样，第二天早上倒背如流。只是，我以前从未听过这支奏鸣曲，因此，斯万和他妻子所熟悉的那个乐段与我清晰的感知相距遥远，仿佛是记不起来的名字。人们尽力回忆，但找到的是一片虚空，但是，一个小时以后，当人们不再去想时，最初寻而未得的那个音节却自动跳了出来。真正的稀世之作是难以立即被人们记住的，何况，就每个作品内部来说（例如凡德伊奏鸣曲之于我），人们最先感知的是最次要的部分。我错误地认为，既然斯万夫人已为我弹奏了那十分著名的乐段（在这一点上我和某些傻子一样，他们既然看过威尼斯圣马可教堂的圆顶的照片，便以为再没有什么新奇了），奏鸣曲不会给我任何新启示（因此在长时间中我不注意聆听它）。不仅如此，即使我从头到尾再听一遍，奏鸣曲的整体在我眼前仍然影影绰绰，就像是一座由于距离太远或浓雾迷漫而若隐若现的建筑物。因此，认识作品如同认识在时间中实现的事物一样，这个过程是令人忧郁的。当凡德伊奏鸣曲中最隐蔽的东西向我显露时，我最初所注意并喜爱的东西，在我的感觉所无法左右的习惯的支配下，开始逃走，离开我。既然我只能在相继的时间中喜爱奏鸣曲所给予我的一切，它便像生活一样，我永远也无法全部掌握它。然而，伟大的杰作并不像生活那样令人失望，它最初给予我们的并不是精华。在凡德伊奏鸣曲中，最先被人发现的美也是最快使人厌倦的美，而原因大概是这种美与人们已知的美最接近。然而当这种美远去以后，我们爱上某个片段，对它新颖的结构迷惑不解，我们无法识辨它，无法触及它一丝一毫。我们每日从它身边走过而毫不觉察，它自我保存得十分妥帖。在它本身的美的魔力下，它变得不可见，始终不可知，一直到最后它才走向我们，而我们最后离开的也是它。我们对它的爱比对其他一切的爱都长久，因为我们花了更长的时间才爱上它。一个人理解比较深刻的作品所需要的时间（如同我理解这个奏鸣曲），与公众爱上新的传世之作所需的多少年甚至多少世纪相比，仅仅是缩影和象征。因此，天才为了躲避世人的忽视，对自己说，既然同时代人缺乏必要的时间距离，那么为后代写的作品就只能被后代读懂（仿佛图画一样，站得太近就无法欣赏）。但是实际上，预防错误判断的一切怯懦行动都徒劳无益，因为错误判断是无法避免的。一部天才作品很难立刻受到赞扬，因为它的创作者卓越非凡、与众不同。但作品本身能够孕育出作者的知音（难能可贵的），而且人数越来越多。贝多芬的四重奏（第十二、十三、十四、十五）用了五十年之久才使它的听众诞生和壮大，它像任何杰作一样，使艺术家的价值——至少使知识界——实现跃进，因为，在作品诞生之初，有能力赞赏它的人凤毛麟角，而如今在知识界中却大有人在。所谓后代，其实就是作品的后代。作品本身（为了简明起见，此处不包括这种天才：它们在同一时期不是为自己，而是为其他天才培养未来的更佳公众）必须创造自己的后代。如果作品被封存起来，只是在后代面前才显现的话，那么，对作品来说，这个后代将不是后代，而是同代人，仅仅晚生活五十年罢了。因此，如果艺术家希望作品自辟道路的话，他必须——这正是凡德伊所做的——在有足够深度的地方抛出它，朝着遥远的真正未来抛过去。这个未来的时间是一部杰作的真正远景，蹩脚的鉴赏家的错误在于忽视这未来的时间，而高明的鉴赏家有时带着一种危险的苛求来考虑它。当然，如果从使远处事物显得朦胧不清的视觉出发，人们可能认为迄今为止的一切绘画或音乐革命毕竟都遵循某些规则，而我们眼前的一切，如印象主义、对不谐调效果的追求、中间阶次的绝对化、立体主义、未来主义，都粗暴地有别于前者，这是因为我们在看待以前的事物时，没有想到它们经过长期的同化已经在我们眼中成为虽然各不相同、但根本上一致的材料（其中雨果与莫里哀十分相近）。试想一下，如果不考虑未来的时间及它所带来的变化，那么，我们在少年时代所亲耳听到的对我们成年时期的占卜会显得多么荒诞。占卜并不都准确，而既然在一部艺术作品的美的总数中必须加进时间因素，那么，判断就必然带上某种风险，因此也像预言一样失去真正的意义，因为，预言的不能实现并不意味着预卜家智力平庸，同样，使可能性成为现实，或者将它排除在现实之外，这并非天才的必然天职。一个人可以有天才，但却不相信铁路或飞机的发展，或者说，一个人可以是大心理学家，但却不相信情妇或朋友的不忠（而最平庸的人也会估计到他们的不忠）。

虽然我没有听懂奏鸣曲，我却对斯万夫人的演奏心醉神迷。她的弹奏，正如她的晨衣、她的楼梯上的芳香、她的大衣、她的菊花一样，属于一个特殊的、神秘的整体，它比起可以对天才进行理性分析的世界来，要高出千倍。斯万对我说："这个凡德伊奏鸣曲很美吧？当树影暗下来，小提琴的琶音使凉气泻落在大地的时刻，这支曲子很悦耳。月光的静止作用表达得淋漓尽致，这是主要部分。我妻子正采用光线疗法，月光能使树叶静止不动，那么光线能作用于肌肉也没有什么奇怪的了。这一点是乐段中最精彩的，即得了瘫痪症的布洛尼林园。要是在海边就更妙，海浪在喃喃回答，我们对浪声听得更真切，因为其他一切都凝定不动。在巴黎却不然，我们充其量注意到那些建筑物上奇特的光线、那片仿佛被既无颜色又无危险的大火照亮的天空，那隐隐约约的闹市生活。然而在凡德伊的这个乐段，以及整个奏鸣曲中，没有这些，只有布洛尼林园，在回音中有一个清晰的声音在说：‘几乎能读报了。’”斯万的这番话原可能将我对奏鸣曲的体会引入歧途，因为音乐不能绝对排斥别人对我们的诱导，然而，我从其他的话语中得知他正是在夜间茂密的树叶下（许多傍晚，在巴黎附近的许多餐馆中）聆听这个小乐段的。因此乐句带给他的不是他曾经常常要求的深邃含意，而是它四周那整齐的、缠绕的、着上颜色的叶丛（乐句使他渴望再见到叶丛，乐句仿佛是叶丛的内在灵魂），而是为他保留的整个春天，因为他从前焦躁而忧郁，没有闲情逸致来享受春天（正如为病人保留他吃不下的美食一样）。凡德伊的奏鸣曲使他重温布洛尼林园中的某些夜晚曾对他产生的魅力，而奥黛特对这种魅力却全然无知，虽然她当时和小乐段一起与他做伴。她仅仅在他身旁（不像凡德伊的主题那样在他身上），因此，即使她的理解力增加千倍，她也根本看不见我们所有人的身上所无法表露的东西（至少在长时间中我认为这个规律无一例外）。“这毕竟很美吧？”斯万说，“声音竟可以反射，像水，像镜子。还有，凡德伊的乐句让我看见从前所未注意的东西。至于我当时的烦恼，当时的爱情，它没有丝毫暗示，它采用的是另一种价值系统。”“夏尔，你这样说对我似乎不太礼貌吧。”“不礼貌！你们女人可真了不起！我只是想告诉这位年轻人，音乐所显示的——至少对我而言——绝不是‘意志本身’和‘与无限共同感应’，而是，比方说，动物园的棕榈温室中身穿礼服的维尔迪兰老爹。我虽然身在客厅，但这段小乐句却一次又一次地领我到阿尔默农维尔与他一同进餐。老天爷，至少这比和康布尔梅夫人同去要有趣得多。”斯万夫人笑了起来说：“人家都说夏尔使这位夫人着了迷。”她的声调使我想起在这以前不久，她谈到弗美尔（她居然知道这位画家，我十分惊讶）时曾说：“我可以告诉你，先生在追求我时对这位画家很感兴趣。对吧，亲爱的夏尔?”此时,斯万内心很得意,但是说:“别瞎议论康布尔梅夫人了。”“我不过在重复别人的话罢了。再说,她好像很聪明,虽然我不认识她。她很pushing(有开拓性),这对聪明女人来说是难得的。所有的人都说她迷上了你,这样说也没有什么坏处呀?”斯万像聋子那样一言不发,这是认可也是自鸣得意的表示。

“既然我弹奏的曲子使你想起动物园,”斯万夫人假装愠怒地逗笑说,“我们不妨将动物园作为待会儿出去散步的目的地,要是这小伙子喜欢的话。天气多么好,你可以重温那些珍贵的感受了。说到动物园,你知道,这个年轻人原先以为我们很喜欢布拉当夫人呢,其实我尽量避着她。人们把她当做我们的朋友,这是很不体面的。你想想,从来不说人坏话的、好心肠的戈达尔先生居然也说她令人恶心。”“讨厌的女人!她只有一个优点,就是像萨沃纳罗拉,巴多洛梅奥修士[①]画中的萨沃纳罗拉[②]。”斯万喜欢在绘画中寻找与人的相似处,这种癖好是经得起反驳的,因为我们所称作的个体的表情其实属于普遍性的东西,并且在不同时期都可能出现(当人们恋爱并且希望相信个体的独一无二的现实时,这一点他们是难以接受的)。本诺佐·戈佐里[③]将梅第奇家族画进朝拜耶稣诞生的博士的行列之中已属年代谬误,更有甚者,斯万认为在这行列中还有一大群斯万的(而并非戈佐里的)同代人的肖像,也就是说,不仅有距耶稣诞生一千五百年以后的人,还有距画家本人四个世纪以后的人。照斯万的说法,巴黎的当代名人无一不在画上的行列之中,就好比在萨杜[④]所写的一出戏中,所有的巴黎名流、名医、政治家、律师,出于对作者和女主角的友谊,也出于时髦,每晚轮流登台跑龙套,并以此为乐。“可是她和动物园有什么关系

① 巴多洛梅奥修士(1472—1517),意大利画家。

② 萨沃纳罗拉(1452—1498),意大利教士,是前者的老师,后被开除教籍并处死。

③ 本诺佐·戈佐里(1420—1498),意大利画家。

④ 萨杜(1831—1908),法国剧作家。

呢?”“关系可密切啦!”“怎么,她的屁股也像猴子一样是天蓝色?”“夏尔,真不成体统！不,我刚才想到僧伽罗人对她说的话。你讲给他听吧,真是妙语惊人。”“一件蠢事。你知道布拉当夫人说话时,喜欢用一种她认为有礼的、其实是保护者的口吻。”“我们在泰晤士河畔的芳邻们管这叫patronizing(以保护者自居)。”奥黛特插嘴说。“她不久前去动物园,那里有黑人,我妻子说是僧伽罗人,当然对人种学她比我在行。”“算了,夏尔,别嘲笑我。”“这哪是嘲笑呢。总而言之,布拉当夫人对一位黑人说:‘你好,黑种!’”“其实这没什么。”“那位黑人不喜欢这个词,他生气地对布拉当夫人说:‘我是黑种,你是骚种!’”“可真逗！我爱听这段小插曲,挺‘妙’吧?布拉当那个老婆子当时就愣住了。‘我是黑种,你是骚种!’”

我表示很愿意去看看那些僧伽罗人(其中一人曾称呼布拉当夫人为骚种),其实我对他们毫无兴趣。但是我想,洋槐道是去动物园的必经之路,我曾在那里欣赏过斯万夫人,我盼望那位黑白混血的朋友戈克兰[1](我从来没有机会在他面前向斯万夫人打招呼)看见我和斯万夫人并排坐在马车里在洋槐道上驶过。

希尔贝特走出客厅去换衣服,斯万先生和夫人趁她不在的片刻高兴地向我揭示女儿身上难能可贵的品德。我所观察到的一切似乎都证明他们言之有理。正如她母亲所说的,我注意到她对朋友、仆人、穷人一概给予细致入微的、深思熟虑的关心,努力使他们高兴,唯恐使他们不快,而这往往通过小事(她却付出极大努力)表现出来。她曾经为香榭丽舍大街的那位女小贩缝了件什么东西,而且立刻冒着大雪给她送去。“你不知道她的心地有多好,但毫不外露。”她父亲说。希尔贝特年龄虽小,看上去却比父亲更懂事。每当斯万谈到他妻子的显赫朋友时,希尔贝特转过头去一言不发,但神情中并无责怪之意,因为她觉得对父亲进行最轻微的批评也

---

① 戈克兰(1841—1909),曾是法兰西喜剧院的著名演员。

是不能容忍的。有一天，我们谈起凡德伊小姐，她对我说：“我永远也不想认识她，原因之一在于据说她对父亲不好，让他伤心。这一点，你我都无法理解，对吧？你爸爸要是死了，你会痛不欲生，我爸爸要是死了，我也会痛不欲生，这是很自然的。怎么能够忘记你从一开始就爱着的人呢？”

有一次她在斯万面前特别撒娇。斯万走开以后我和她谈起这一点。“是的，可怜的爸爸，这几天是他父亲去世的忌日。你能理解他的心情吧！你是能理解的，在这些事情上，我们的感觉是一样的。所以，我尽量比平时少淘气。”“可他并不觉得你淘气，他觉得你很完美。”“可怜的爸爸，这是因为他太好了。”

希尔贝特的父母不仅对我夸奖她的品德——这同一个希尔贝特，甚至在我真正看见她以前，曾在教堂前，在法兰西岛的景色中显现过；后来我在去梅塞格利丝的陡坡小路上，看见她站在玫瑰荆棘篱笆前，她唤醒的不再是我的梦想，而是我的回忆。我问斯万夫人，在希尔贝特的同伴中，她最喜欢的是谁。我尽力使语气冷淡，仿佛一位朋友仅仅对主人家孩子的爱好感到好奇而已。斯万夫人回答说：

“您对她的心思应该了解得比我多，您是她最喜爱的，英国人叫作crack（佼佼者）。”

当现实折过来严丝合缝地贴在我们长期的梦想上时，它盖住了梦想，与它混为一体，如同两个同样的图形重叠起来合而为一一样。其实，我们愿意让自己的欢乐保持其全部意义，我们愿意就在触摸这些愿望的同时——为了确信这的确是它们——让它们依旧保持不可触及的特征。但是，思想失去了活动空间，它甚至无力恢复最初状态以便与新状态作比较；我们所完成了的认识，我们对出乎意料的最初时刻的回忆，我们所听见的话语，它们一齐堵住了我们的意识，使我们更多地使用记忆力而不是想象力。它们反作用于我们的过去——以致我们在看待过去时不能不受它们影响——它们甚至作用于我们尚未定形的未来。好几年以来，我一直认为拜访斯万夫人是我永远可望而不可即的朦胧的空想，然而在她家待上一刻钟以后，从前那段未相识的时期便变得朦胧而渺茫，仿佛是被实现了的可能性所摧毁的另一种可能性。我如何还能幻想饭厅是一个不可思议的地方呢？我在精神上每走一步都遇见我刚才吃下的美式龙虾所不断发射的、永不消失的光线，它甚至照射我最遥远的过去。斯万在自己身上一定看到同样的现象，可以说，他接待我的这套住宅是一个汇合点、重叠点，其中不仅有我的想象力所创造的理想住宅，还有斯万的嫉妒爱情（它和我的梦想一样富有想象力）经常向他描绘的住宅——他曾幻想与奥黛特所共有的、他和福什维尔去她那里喝橘子汁那天晚上他感到高不可攀的住宅。我们用餐的这间饭厅的布局已经容纳了那出人意外的天堂，那时他曾想象有一天当他对他们俩的膳食总管说"夫人准备好了吗?"时，他一定激动万分，而现在，他的语气却流露出轻微的不耐烦，并夹杂着自尊心的某种满足。我和斯万一样也无法体验我的幸福。连希尔贝特也颇有感触："当初谁会想到，你默默注视着玩捉人游戏的小姑娘会成为你随时可来看望的好朋友呢?"她谈到的这种变化，从外部来看我当然不得不承认，但我内心并不掌握它，因为它是两种状态组成，而我无法同时想到它们又让它们各自保持特点。

然而，这个住宅既然是斯万的意志所强烈渴望的，肯定对他仍然具有吸引力，如果从我的角度来判断的话（因为它对我并未失去一切奥秘）。长久以来，在我的臆想中，斯万家被笼罩在一种奇特魔力之中，如今我走了进去，但并未将魔力全部逐出。我使魔力退缩，使之被我这个陌生人，我这个贱民——斯万小姐正优雅地递过一把美妙的、敌视的、愤慨的椅子请我坐下——所控制。至今，在我记忆中，我还能感到当时在我周围的魔力。莫非是因为在斯万先生和夫人请我吃饭然后带我和希尔贝特一同外出的那些日子里，当我独自一人等候在那里时，铭刻在我脑中的念头（即斯万夫人、她丈夫和希尔贝特即将出现）通过我的目光刻印在地毯、安乐椅、蜗形脚桌、屏风和图画上了？莫非是自此以后，这些物品和斯万家庭一同生活在我的记忆中，并且最终具有他们的某些特点？莫非是因为既然我知道他们生活在这些物品中间，我便将物品一律看做是他们的私人生活和习惯的象征（我曾长期被排除在他们的习惯之外，因此，即使我受到优待而分享这些习惯时，它们对我来说仍旧是陌生的）？总之，每当我想到这间曾被斯万认为十分不协调（他的批评并不意味着对妻子的鉴赏力进行挑剔）的客厅时——因为它仍保留他俩初识时她的住宅的整体风格，即半温室半画室的风格，但其中许多如今被她认为“不伦不类”的、“过时”的中国货却已去掉，取而代之的是一大堆蒙着路易十六或古式绸罩的小家具（还包括斯万从奥尔良码头的府邸带来的艺术珍品）——它在我的记忆中却毫不杂乱，而是和谐统一，发出特殊的魅力，而这种效果是年代久远的最完好的家具，或者带上某人烙印的最有生气的家具永远望尘莫及的。我们看见某些物品，相信它们有独立的生命，因此我们便赋予它们灵魂，它们保留这个灵魂，并在我们身上发展它。我认为，斯万一家在这套住宅中所度过的时间不同于其他人的时间，这套住宅之与斯万一家每日生活中的时间犹如肉体之与灵魂，它应该体现灵魂的特殊性，而我这种种想法都分散于、混杂于家具的位置、地毯的厚薄、窗子的方向、仆人的服饰等等之中——不论在何处，这些想法都同样令我惶惑及难以捉摸。饭后我们来到客厅的大窗前①，在阳光下喝咖啡，这时斯万夫人问我咖啡里要几块糖，并推给我一个带丝套的小凳，它散发出希尔贝特的名字曾施加于我的——先是在玫瑰荆棘下，后是在月桂花丛旁——痛苦的魔力，以及她父母一度表示的敌意（小凳似乎理解并有同感），所以我觉得配不上它，又觉得将脚放在那毫无防卫的软垫上未免是懦弱的行为。独立的灵魂使小凳在暗中与下午两点钟的光线相连。这里的光线与别处的光线是不同

① 法文 baie，可作大窗或海湾解。

的。在我们这个海湾中，它使金色波浪在我们脚前嬉戏，在波浪之中露出发蓝的长椅和朦胧的挂毯，犹如魔岛一般。就连挂在壁炉上方的鲁本斯的画也与斯万先生的系带高帮皮鞋及斗篷大衣一样，具有同一类型的并且同样强烈的魔力。我曾经想穿他那样的斗篷大衣，奥黛特却叫丈夫去换一件更讲究的大衣，好和我一同上街。她也去换衣服，虽然我再三说哪件"外出"服也远远比不上她吃饭时穿的，而且即将换下的那件十分漂亮的双绉便袍或丝便袍，它的颜色不断变化，深玫瑰色、樱桃色、蒂波洛[①]粉红色、白色、淡紫色、绿色、红色、净面或带花纹的黄色。我说她应该穿着便袍出门，她笑了，也许嘲笑我无知，也许对我的恭维感到高兴。她抱歉地说便袍穿起来最舒服，所以她有那么许多便袍，接着她便离开我们去换上一套令人肃然起敬的、雍容华贵的服装，有时还让我为她挑选我喜欢的一件。

到了动物园，我们下车，我走在斯万夫人旁边，洋洋得意！她漫步走着，悠然自得，大衣在空中飘动，我用赞赏的目光注视她，她卖弄风情地深深一笑，作为对我的回报。如果有希尔贝特的朋友——男孩或女孩——远远向我们打招呼，那么，在他们眼中，我成了当初被我羡慕至极的希尔贝特的朋友——他认识她的家庭并参与她生活中的另一部分，即香榭丽舍大街以外的那一部分。

在布洛尼林园或动物园的小径上，我们往往和斯万的朋友、某位贵妇相遇，她远远地向我们打招呼，斯万却没有看见，这时斯万夫人便说："夏尔，你没看见蒙莫朗西夫人吗？"于是斯万带着熟朋友的友好微笑，用他所特有的文雅风度，举帽向她深深致意。有时，那位贵妇停下来，高兴地向斯万夫人打招呼，这个举动不会导致任何后果，因为人们知道斯万夫人在丈夫的影响下已经习惯于谨慎从事，不会对这一礼节大加吹嘘的。斯万

---

① 蒂波洛（1696—1770），意大利画家，以色彩明快见长。

夫人已学会上流社会的派头，因此，不论那位贵妇如何雍容高贵，斯万夫人绝不甘拜下风。她在丈夫遇见的女友旁站立片刻，从容自如地将希尔贝特和我介绍给她，殷勤之中既大方又镇静，以致很难说在斯万的妻子和那位过路的贵族女人之间，究竟谁是贵妇。那天我们去看僧伽罗人，回家时迎面看见一位女士，她后面有两位太太相随，仿佛是跟班。这位女士年纪不小，但风韵犹存，身穿深色大衣，头戴小帽，两根帽带系在颔下。“啊！这一位会使您感兴趣。”斯万对我说。老妇人离我们只三步远，温柔动人地对我们微笑。斯万摘下帽子，斯万夫人行屈膝礼，并且想亲吻那位酷似温特哈特[①]肖像人物的女士的手，女士扶起她，并亲吻她。“瞧您，请戴上帽子吧。”她用稍稍不快的浊重声音对斯万说，仿佛是位亲密的朋友。“来，我把您介绍给公主殿下。”斯万夫人对我说。斯万夫人和殿下谈论天气和动物园新添的动物，这时斯万把我拉到一旁说：“这是马蒂尔德公主。您知道，她是福楼拜、圣勃夫、仲马的朋友。您想想，她是拿破仑一世的侄女，拿破仑第三和俄国皇帝曾经向她求婚。挺有意思吧？您去和她说说话。不过我可不愿意陪她站一个钟头。”接着他又对公主说：“那天我遇见泰纳，他说公主和他闹翻了。”“他的行为像头猪，”她用粗嗓门说（在她口中，“猪”这个字与贞德同时代的主教的名字[②]同音），“自从他写了那篇关于皇帝的文章，我给他留下一张名片，写着‘特来告辞。’”我像翻开巴拉蒂娜公主即后来的奥尔良公爵夫人的通讯集一样感到惊异。的确，马蒂尔德公主充满了纯粹法国式的感情，她那直率而生硬的方式使人想起旧日的德意志，而这种直率大概来自她那位符腾堡的母亲。然而，只要她像意大利人那样娇弱地一笑，她那稍嫌粗野的、几乎是男性的直率便变得柔软了，而这一切都裹在她那身第二帝国式的装束里。她之所以采用这身装

① 温特哈特（1805—1873），德国画家，擅长画贵族人物肖像。

② 即皮埃尔·戈雄。戈雄与 Cochon（猪）仅一音之差。

束大概仅仅为了保持她曾经喜爱的款式，但她也似乎有意避免历史色彩的差错，有意使期待她重现旧时代的人得到满足。我低声让斯万问她是否认识缪塞。“很少交往，先生，”她佯作恼怒地说，她称斯万为先生确实是在开玩笑，因为她和他很熟，“我曾请他吃饭。说好七点钟，可七点半他还没有来，于是我们就开饭了。八点钟他才来，向我问好，坐下来，一言不发，吃完饭就走了，自始至终没有说话。他醉得半死。我大失所望，从此再没有请他。”斯万和我站得离她们稍远一点，斯万对我说：“但愿这场接见别拖得太长了，我的脚掌发疼。真不明白我妻子为什么无话找话，等一会儿她会抱怨说累死了，我可忍受不了这种站立。”斯万夫人正将从邦当夫人那里听来的消息告诉公主，说政府终于意识到自己的态度未免失礼，因此决定在沙皇尼古拉后天参观荣军院之际，邀请公主上观礼台。然而，公主——每当她必须行动时——毕竟是拿破仑的侄女，虽然表面上看不出来，虽然和她交往的主要是艺术家和文学家，她说：“是的，夫人，我今早收到请帖并立即退还给部长，他此刻应该收到了。我对他说，我去荣军院根本不需要被邀请。如果政府希望我去，那么，我的位置不在站台上，而在存放皇帝棺椁的墓穴里。我不需要请帖。我有钥匙。我想去就去。政府只需告诉我希望不希望我去。不过，如果我去，一定去墓穴，否则就不去。”正在这时，一位年轻人向斯万夫人和我打招呼，并向她问好，但没有站住。这是布洛克，我不知道斯万夫人也认识他，我向她打听，于是她告诉我她是经邦当夫人介绍认识他的，他在部里秘书处任职（我原先不知道）。她并不经常见到他——或者她认为“布洛克”这个名字不够“帅”，所以不提——她说他叫莫勒尔先生。我告诉她弄错了，他叫布洛克。公主扯了扯垂曳在身后的拖裙。斯万夫人赞赏地看着它。“这是俄国沙皇送给我的皮货，”公主说，“我刚去拜访他，所以穿去让他看看这也可以做大衣。”“听说路易亲王参加了俄国军队，他不在公主身边，公主会感到忧愁的。”斯万夫人说，对丈夫不耐烦的表情毫不觉察。“这对他有好处。我对他说过:虽然家族中有过一位军人,你也可以照样当军人。”公主的回答唐突而直率地影射拿破仑一世。斯万忍无可忍,说道:“夫人,现在由我扮演殿下吧。请您允许我们告辞。我妻子刚生过病,我不愿意让她站立太久。”斯万夫人行屈膝礼。公主对我们大家露出一个神圣的微笑——它仿佛被她从往昔、从她青春时代的风韵和贡比涅宫堡的晚会中召唤而出,而且完美无缺地、甜蜜地盖在那张片刻前还忿忿不快的面孔上——然后走开去,身后跟着那两位女伴;她们刚才仿佛是译员、保姆或病人看护,在我们谈话时插进一些毫无意义的句子和徒劳无益的解释。“这个星期里,您挑一天去她府上写个名字”,斯万夫人对我说,“对这些英国人所称作的皇族,还不能使用名片,不过,您留下名字的话,她会邀请您的。”

冬末春初,我们在散步之前,有时去参观正在举办的小展览会。斯万,作为杰出的收藏家,备受展览会上画商们的敬重。在那些寒气未消的日子里,展览厅唤醒了我想去南方和威尼斯的古老愿望,因为在大厅中,早到的春天和炎热的阳光使玫瑰色的阿尔比伊山闪着淡紫色反光,使大运河发出晶莹透明的深绿色。如果天气不好,我们就去音乐厅或剧场,然后去一家“茶室”吃点心。每当斯万夫人想告诉我什么事而又不愿意邻座或服侍我们的侍者听懂的时候,她便对我说英语,仿佛只有我们两人懂英语,其实人人都会英语,只有我还没有学会,我不得不提醒斯万夫人,让她别再议论喝茶的人或端茶的人,虽然我一个字也听不懂,但我猜到它绝非赞扬,而这番议论一字不漏地传进被议论者的耳朵。

有一次,在看日场演出的问题上,希尔贝特的态度使我吃惊。那天正是她曾提过的她祖父逝世的忌日。她和我原来准备和她的家庭教师一道去听歌剧片段音乐会。她摆出无所谓的神态(不管我们要做什么,她总是表情冷淡,她说只要我高兴,只要她父母高兴,她做什么都无所谓),但是已经换好衣服准备去听音乐会。午饭前,她母亲将我们拉到一边,对她说这个日子去听音乐会会使父亲不高兴的。我觉得这话有理,希尔贝特无动于衷,但无法掩饰自己的愤怒,她脸色发白,一言不发。丈夫回来时,斯万夫人将他叫到客厅另一头低声耳语。于是他叫希尔贝特和他单独到隔壁房间去。我们听见哇啦哇啦的声音。我不敢相信一向顺从、温柔、文静的希尔贝特竟然在这样一个日子,为了这样一件小事而和父亲顶撞。最后斯万走了出来,一面对她说:

"我刚才说的你知道了。你自己看着办吧。"

饭桌上,希尔贝特始终板着脸。饭后我们去她房间,突然,她毫不犹豫(仿佛一分钟也没有犹豫过)地惊呼道:"都两点钟了!你知道,音乐会两点半开始。"她催家庭教师赶紧动身。

"可是,"我对她说,"你父亲会不高兴吧?"

"绝对不会的。"

"不过,他恐怕认为这个日子不大合适吧。"

"别人怎么想和我有什么相干?在感情问题上管别人的闲事,真荒唐。我们是为自己感受,不是为人家感受的。小姐很少有娱乐的机会,这次兴高采烈地去听音乐会,我不能仅仅为了使人家高兴而让她扫兴。"

她拿起帽子。

"可是,希尔贝特,"我抓住她的胳膊说,"这不是为了使人家高兴,是为了使你父亲高兴。"

"希望你别来教训我。"她一面用力挣脱我,一面厉声喊道。

斯万夫妇除了带我去动物园或音乐厅以外,对我另有更为宝贵的厚待,即不将我排除在他们与贝戈特的友情之外,而当初正是这种友情使他们在我眼中具有魔力。我甚至在结识希尔贝特以前就认为,她与这位神圣长者的亲密关系会使她成为我最钟爱的女友,如果她对我的蔑视不致使我的希望(希望她有朝一日带我和贝戈特一同参观他所喜爱的城市)破灭的话。

有一天，斯万夫人请我参加一个盛大宴会。我不知道同桌的客人是谁。我到达时，在门厅里遇到的一件事使我胆怯和惶惑。斯万夫人总是采用本季节中被认为最时髦的，但很快就因过时而被摒弃的礼节（例如，多年以前她曾有过 hansom cab（双轮双座马车），或者曾在吃饭请帖上印着这是与某某大小名人的会见）。这些礼仪毫不神秘，不需传授便能入门。奥黛特采用了当时从英国进口的小小发明，让丈夫叫人印了一些名片，在夏尔·斯万的名字前冠以 Mr（先生）。我首次拜访斯万夫人以后，她曾来我家留下这样一张“纸片”（用她的话说），在这以前从来没有人给我留过名片，因此我无比得意、无比激动、无比感激，兴奋之余，我倾囊中所有订了一个十分漂亮的茶花花篮送给斯万夫人。我恳求父亲去她家留张名片，并且首先赶紧在名字前印上“Mr”，但他对这两项请求置若罔闻，我大为失望，不过几天以后我思索也许他这样做是对的。“Mr”尽管只是摆设，但含义一目了然，而吃饭那一天我见到的另一个礼仪却令人费解。我正要从候见室走进客厅时，膳食总管递给我一个写着我名字的细长信封。我在惊奇之中向他道谢，看看信封，不知该如何处置，就好比外国人面对中国宴席上分发的那些小工具一样不知如何是好。信封口是封着的，立刻拆开未免显得冒失，于是我带着心领神会的表情将它塞进衣袋。几天以前，斯万夫人写信邀我去她家和“几位熟人”一同吃饭，那天客人竟达十六位之多，而且我根本不知道其中还有贝戈特。斯万夫人先后向好几位客人为我“道名”（这是她的说法），突然，在我的名字以后，她不动声色地说出（仿佛我们仅仅是萍水相逢的客人）那位温柔的白发歌手的名字。“贝戈特”像射向我的枪弹，使我震惊，但是，为了表示沉着，我本能地向他鞠躬。在我面前答礼的是个相貌年轻的人，个子不高，身体粗壮、近视眼、长着一个蜗牛壳似的往上翘的红鼻子、黑色的山羊胡。他站在我面前，仿佛是位魔术师：他穿着礼服在枪击的硝烟中安然无恙，而从枪口飞出的竟是一只鸽子。我颓丧至极，因为刚才被炸为齑粉的不仅仅是那位瘦弱的老者(他已荡然无存),还有那些巨著中的美,我曾使它栖息在我特别为它营造(如殿堂一样)的衰弱而神圣的躯体之中,而我面前这位翘鼻子和黑胡须的矮男人,他那粗壮的身体(充满了血管、骨骼、神经结)上哪会有美的栖息之处呢? 我曾用贝戈特作品中的透明美来塑造贝戈特,缓慢地、细细地、像钟乳石一样一滴一滴地塑造他,可是顷刻之间,这个贝戈特毫无意义,因为我必须保留他那个翘鼻子和黑胡子,这就好比我们在做算题时不看清全部数据,不考虑总数应该是什么而求题解一样,毫无意义。鼻子和胡子是无法避免的因素,它们使我十分为难,使我不得不重新塑造贝戈特这个人物,它们似乎意味着、产生着、不断分泌着某种入世和自满的精神,而这是不协调的,因为它与他那些为我所熟悉的、充满了平和而神圣的智慧的作品中的气质毫无共同之处。从作品出发,我永远也到达不了那个翘鼻子。而从这个似乎毫不在意的、我行我素的、随兴所致的鼻子出发,我走上与贝戈特的作品完全相反的方向,我的精神状态仿佛像一位匆匆忙忙的工程师——当人们向他打招呼时,他不等别人问好,便理所当然地回答:“谢谢,您呢?”如果别人说很高兴与他认识,他便采用他认为行之有效的、聪明的、时髦的省略句:“彼此彼此。”以避免在毫无意义的寒暄上浪费宝贵时间。名字显然是位随兴所致的画家,它为人物地点所作的速写异想天开,因此当我们面对的不是想象的世界,而是可见世界时(它并非真实世界,因为我们的感官和想象力一样,不擅长于重现真实;看见的世界和想象的世界大不相同,我们对现实的略图也和看见的大相径庭),我们往往大吃一惊。就贝戈特而言,使我更窘迫的不是我对他的名字的先入之见,而是我对他的作品的了解。我不得不将蓄山羊胡子的男人系在这些作品上,仿佛系在气球上,忧心忡忡地唯恐气球无法升空。然而,我热爱的那些书,看来确实是他的作品,因为当斯万夫人按规矩对他说我钦佩他的某部作品时,他对这番为他而发的、而非为其他客人而发的赞词处之泰然,似乎毫不认为这是误会。他为这些宾客而身着礼服,礼服下是那个贪馋地等待进餐的身体，他的注意力集中于某些更为重要的现实，因此当我们提到他的作品时，他微微一笑，仿佛它们不过是他旧日生活的片断，仿佛我们提到的不过是他当年在化装舞会上扮作吉斯公爵这件区区小事。在这个微笑中，他的作品的价值在我眼前一落千丈（并且波及美、宇宙、生命的全部价值），而成为蓄山羊胡子的男人的拙劣消遣而已。我想他曾辛勤笔耕，其实，如果他生活在盛产珠母的小岛，那么，他不会笔耕，而会经营珍珠买卖。他的创作不再像以前一样是命中注定的。于是我怀疑独特性是否真能证明伟大作家是其特有王国中的神，抑或这一切纯属虚构，实际上作品之间的差异来自劳动，而非来自不同个性之间的根本性本质区别。

此时我们入席就坐。我的盘子旁边放着一株用银纸裹着茎部的石竹花。它不像刚才在候见厅拿到的那个信封（而且我早已忘在脑后）使我如此困惑。这个礼仪虽说对我很新颖，但似乎不难理解，因为我看见所有的客人从餐具旁拿起同样的石竹花，插进礼服的扣眼中。我也如法炮制，神情自然，仿佛一位无神论者来到教堂，他不知弥撒是怎么回事，但是众人站起来他便跟着站起来，众人下跪他也跟着下跪。另一个陌生的，但转瞬即逝的礼仪令我很不愉快。在我的餐盘的另一边，有一个更小的盘子，里面装着黑糊糊的东西（我当时不知这是鱼子酱），我不知道应该拿它怎么办，但我决心不碰它。

贝戈特坐得离我不远，他的话语我听得十分清楚，我忽然理解德·诺布瓦先生为什么对他有那个印象。他的确有一个古怪的器官。最能改变声音的物质品质的，莫过于其中所包含的思想了。思想影响二合元音的强度、唇音的力度，以及声调。他的说话方式似乎和写作方式完全不同，就连他说的内容与写的内容也完全不同。他的声音来自一个面具，但它却不能使我们立刻认出面具后面那张我们在他的文笔中所亲眼见到的面孔。很久以后，我才发现他谈话中的某些片断（他所习惯的讲话方式只有在德·诺布瓦先生眼中才显得矫揉造作、令人不快）与他作品的某些部分完全对应，而作品中的形式变得如此富有诗意、富有音乐性。他认为自己的话语具有一种与词意无关的造型美。既然人的语言与心灵相通但又不像文体一样表达心灵，贝戈特的话语似乎是颠三倒四的，他拖长某些字，而且，如果他追求的是单独一个形象，他便将字串联在一起，形成一个单调得令人厌倦的连读音。因此，一种自命不凡的、夸张而单调的讲话方式正是他谈吐的美学品质的标志，正是他在作品中创造一系列和谐形象的能力在话语中的体现形式。我之所以煞费力气才意识到这一点，是因为他当时说的话，正由于它来自贝戈特本人，所以看上去不像是贝戈特的话。这些丰富而精确的思想，是许多专栏作家引为自诩的“贝戈特风格”中所缺乏的。这种不相似可能根源于事实的另一个侧面——在谈话中只能隐约看见它，好比隔着墨镜看画，即当你读一页贝戈特的作品时，你感到那是任何平庸的模仿者在任何时候都写不出来的，虽然他们在报纸书刊中用“贝戈特式”的形象和思想来大大美化自己的文字。文体上的这种区别在于“贝戈特风格”首先是挖掘，这位伟大作家运用天才，将隐藏在每件事物之中的宝贵而真实的因素挖掘出来，挖掘——而非“贝戈特风格”——才是这位温柔歌手的创作目的。事实上，既然他是贝戈特，那么，不论他愿意与否，他都在实践这种风格。从这个意义上说，他作品中每一点新的美正是他从事物中所挖掘出来的每一点贝戈特。然而，如果说每一点美都与其他的美相关且易于识别的话，它仍然是具有特殊性，对它的挖掘也具有特殊性。美既然是新的，便有别于人们所谓的贝戈特风格，这种风格其实不过是贝戈特已经发现并撰写的各个贝戈特的泛泛综合罢了，它绝不可能帮助平庸者去预料在别处会发现什么。对一切伟大作家来说都是这样，他们的文字的美，如同尚未结识的女人的美一样，是无法预料的。这种美的创造，它附在他们所想到的——想到的不是自己——

但尚未表达的某件外界事物之上。当今的回忆录作家，如果想模仿圣西门[1]而又不愿太露痕迹，可以像维拉尔画像中头一段那样所写："这是一位身材高大的棕发男子……面貌生动、开朗、富有表情，"但是谁能担保他找到第二段开头的那句话"而且确实有点疯狂"呢？真正的多样性寓于丰富的、真实的、意想不到的因素之中，寓于那些已经缀满春天花朵的篱笆上出人意外地探出身来的蓝色的花枝之中，而对多样性（可以推广至其他所有的文体特点）的纯粹的形式模仿不过是空虚和呆板——与多样化最不相容的特点——罢了。只有那些对大师作品的多样性毫不理解的人，才会对模仿者产生多样性的幻觉或回忆。

贝戈特的话语，如果不是与他那正在发挥作用的、正在运转的思想紧密相连（这种紧密联系不可能立即被耳朵捕捉），那么它也许会令人倾倒。反言之，正因为贝戈特将思想精确地应用于他所喜爱的现实，因此他的语言才具有某种实在的、营养过于丰富的东西，从而使那些只期望他谈论"形式的永恒洪流"和"美的神秘战栗"的人大失所望。他作品中那些永远珍贵而新颖的品质，在谈话中转化为一种十分微妙的观察事物的方式。他忽略一切已知的侧面，仿佛从细枝末节着眼，陷于谬误之中，自相矛盾，因此他的思想看上去极其混乱，其实，我们所说的清晰思想只是其混乱程度与我们相同的思想罢了。此外，新颖有一个先决条件，即排除我们所习惯的、并且视作现实化身的陈词滥调，因此，任何新颖的谈话，如同一切具有独创性的绘画音乐一样，最初出现时总是过于雕琢，令人厌烦。新颖的谈话建立在我们所不习惯的修辞手段之上，说话者似乎只是采用隐喻这一手段，听者不免感到厌倦，感到缺乏真实性（其实，从前古老的语言形式也曾是难以理解的形象，如果听者尚未认识它们所描绘的世界的话。不过，长期以来，人们把这个世界当做真实的，因而信赖它）。因此，当贝戈

① 圣西门（1675—1755），法国作家。维拉尔是他回忆录中的一位权贵，法国元帅。

特说戈达尔是一个寻找平衡的浮沉子时（这个比喻今天看来很简单），当他说布里肖“在发式上费的苦心超过斯万夫人，因为他有双重考虑：形象和声誉，他的发式必须使他既像狮子又像哲学家”时，听者很快就厌烦，他们希望能抓住所谓更具体的东西，其实就是更通常的东西。我眼前这个面具所发出的难以辨认的话语，的确应该属于我所敬佩的作家，当然它不可能像拼图游戏中的七巧板一样塞到书中，它具有另一种性质，要求转换；由于这种转换，有一天当我自言自语地重复我所听见的贝戈特的词句时，我突然发现它具有和他的文体相同的结构，在这个我原以为截然不同的口头语言中，我认出并确切看到他文体中的各个因素。

从次要的角度看，他说话时常用某些字、某些形容词，而且每每予以强调。他发这些音时，采取一种特殊的、过于精细和强烈的方式（突出所有的音节，拖长最后音节，例如总是用 visage 来代替 figure①，并且在 visage 中加上许多的 v，s，g，它们仿佛从他此刻张开的手中爆炸出来），这种发音方式与他在文字中赋予这些他所喜爱的字眼的突出地位十分吻合。在这些字眼前面是空白，字眼按句子总韵脚作一定的排列，因此，人们必须充分发挥它们的“长度”，否则会使节拍错乱。然而，在贝戈特的语言中找不到在他或其他某些作家作品中的那种往往使字眼改变外形的光线，这大概是因为他的语言来自最深层，它的光线照射不到我们的话语；因为当我们在谈话中向别人敞开心扉时，在某种意义上，我们却向自己关闭。从这一点来看，他的作品比话语具有更多的音调变化，更多的语气。这语气独立于文体美之外，与作者最深沉的个性密不可分，因此他本人可能并不察觉。当贝戈特在作品中畅叙心怀时，正是这个语调使他所写的、当时往往无足轻重的字眼获得了节奏。这些语调在作品中并未标明，也没有任何记号，然而，它们却自动地附在词句之上（词句只能以这种方式来诵读），

① 在法语中，这两个字都为“面孔”。

它们是作者身上最短暂而又最深刻的东西，而且它们将成为作者本质的见证，以说明作者的温柔（尽管他往往出言不逊）和温情（尽管好色）。

贝戈特谈话中所显示的某些处于微弱状态的特点并非他所独有。我后来结识了他的兄弟姐妹，发现这些特点在他们身上更为突出。在快活的句子里，最后几个字总是包含某种突然的、沙哑的声音，而忧愁的句子总是以衰弱的、奄奄一息的声音作为结尾。斯万在这位大师年轻时便认识他，因此告诉我他当时常听见贝戈特和兄弟姐妹们发出这种可以说是家传的声调，时而是强烈欢乐的呼喊，时而是缓慢忧郁的低语，而且当他们一同在大厅玩耍时，在那时而震耳欲聋时而有气无力的合唱中，贝戈特的那一部分唱得最好。人们脱口而出的声音，不论多么独特，也是短暂的，与人同时消失，但贝戈特的家传发音则不然。如果说，即使就《工匠歌手》[1]而言，艺术家靠聆听鸟鸣来创作音乐就难以令人理解的话，那么，贝戈特也同样令人惊奇，因为他将自己拖长发音的方式转换并固定在文字之中，或是作为重复的欢叫声，或是作为缓慢而忧愁的叹息。在他的著作中，句尾的铿锵之声一再重复、延续，像歌剧序曲中的最后音符一样欲罢不能，只好一再重复，直到乐队指挥放下指挥棒。后来我发觉，这种句尾与贝戈特家族铜管乐般的发音相吻合。不过对贝戈特来说，自从他将铜管乐声转换到作品之中，他便不知不觉地不再在谈话中使用。从他开始写作的那一天起——更不用说我结识他的时候——他的声音中永远失去了铜管乐。

这些年轻的贝戈特——未来的作家及其兄弟姐妹——并不比其他更为文雅、更富才智的青年优秀。在后者眼中，贝戈特这家人嘈杂喧闹，甚至有点庸俗，他们那令人不快的玩笑标志着他们的“派头”——既自命不凡又愚蠢可笑的派头。然而，天才，甚至最大的天才，主要不是来自比他

---

① 即瓦格纳的《纽伦堡的工匠歌手》。

人优越的智力因素和交际修养，而是来自对它们进行改造和转换的能力。如果用电灯泡来给液体加热，我们并不需要最强的灯泡，而是需要一个不再照明的、电能可以转换的、具有热度而非亮度的灯泡。为了在空中漫游，我们需要的不是最强的发动机，而是能将平面速度转换为上升力的另一种发动机（它不再在地面上跑，而是以垂直线取代原先的水平线）。与此相仿，天才作品的创作者并不是谈吐惊人、博学多才、生活在最高雅的气氛之中的人，而是那些突然间不再为自己而生存，而且将自己的个性变成一面镜子的人；镜子反映出他们的生活，尽管从社交角度，甚至在某种意义上从思想角度来看，这生活平庸无奇，但天才寓于反射力中，而非寓于被反射物的本质之中。年轻的贝戈特能够向他的读者阶层展示他童年时生活过的、趣味平庸的沙龙，以及他和兄弟们的枯燥无味的谈话。此刻，他比他家的朋友上升得更高，虽然这些人更机智也更文雅。他们可以坐上漂亮的罗尔斯-罗伊斯牌汽车回家，一面对贝戈特家的庸俗趣味嗤之以鼻，而他呢，他那简单的发动机终于“起飞”，他从上空俯视他们。

他的言谈的其他特点是他与同时代的某些作家（而不是与他的家庭成员）所共有。某些比他年轻的作家开始否认他，声称与他没有任何思想共性，而他们在无意之中却显示了这种共性，因为他们使用了他一再重复的副词和介词，他们采用了与他一样的句子结构，与他一样的减弱和放慢的口吻（这是对上一代人口若悬河的语言的反作用）。这些年轻人也许不认识贝戈特（我们将看到其中几位的确不认识），但他的想法已经被灌注到他们身上，并在那里促使句法和语调起变化，而这些变化与思想独特性具有必然联系。这种关系在下文中还需作进一步解释。如果说贝戈特在文体上并未师承任何人的话，他在谈吐上却师承了一位老同学，此人是出色的健谈家，对贝戈特颇有影响，因此贝戈特说起话来不知不觉地模仿他，但此人的才华不如贝戈特，从未写出真正优秀的作品。如果以谈吐不凡为标准，那么贝戈特只能归于弟子门生、转手作家一流，然而，在朋友谈吐的影响下，他却是具有独特性和创造性的作家。贝戈特一直想与喜好抽象概念和陈词滥调的上一代人有所区别，所以当他赞赏一本书时，他强调和引用的往往是某个有形象的场面，某个并无理性含义的图景。“啊！好！”“妙！一位戴橘红色披巾的小姑娘，啊！好！”或者“啊！对，有一段关于军团穿过城市的描写，啊！对，很好！”从文体来看，他与时代不完全合拍（而且他完全属于他的国家，因为他讨厌托尔斯泰、乔治·艾略特、易卜生和陀思妥耶夫斯基）。他在夸奖某某文体时，常用“温和”一词。“是的，我喜欢夏多布里昂的《阿达拉》胜过《朗塞传》，我觉得前者更温和。”他说这话时很像一位医生：病人抱怨说牛奶使他的胃不舒服，医生回答说：“牛奶可是温和的。”贝戈特的文笔中确实有某种和谐，它很像古人在演说家身上所赞赏的和谐，而这种性质的褒词在今天难以理解，因为我们习惯于现代语言，而现代语言追求的不是这种效果。

当人们赞美他的某些篇章时，他露出羞怯的微笑说：“我觉得它比较真实、比较准确，大概有点用处吧。”但这仅仅是谦虚，正好比一位女人听到别人赞赏她的衣服或她的女儿时说：“它很舒服。”或“她脾气好。”然而，建筑师的本能在贝戈特身上根深蒂固，因此他不可能不知道，只有欢乐，作品所赋予他的——首先赋予他，其次才赋予别人——欢乐才是他的建筑既有用又符合真实的确凿证据。可是，多年以后，他才华枯竭，每每写出自己不满意的作品，但他没有理所应当地将他们抹去，而是执意发表，为此他对自己说：“无论如何，它还是相当准确的，对我的国家不会没有一点用处。”从前他在崇拜者面前这样说是出于狡黠的谦虚，后来他在内心深处这样说是出于自尊心所感到的不安。这同样的话语，在从前是贝戈特为最初作品的价值辩护的多余理由，在后来却似乎是他为最后的平庸作品所进行的毫无效果的自我安慰。

他具有严格的鉴赏力，他写的东西必须符合他的要求：“这很温和。”因此，多年里他被看做是少产的、矫揉造作的、只有雕虫小技的艺术家，其实这严格的鉴赏力正是他力量的奥秘，因为习惯既培养作家的风格也培养人的性格。如果作家在思想表达方面一再地满足于某种乐趣，那么，便为自己的才能划定了永久边界，同样，如果人常常顺从享乐、懒惰、畏惧、痛苦等等情绪，那么他便在自己的性格上亲自勾画出（最后无法修改）自己恶习的图像和德行的限度。

我后来发现了作家和人的许多相通之处，但是，最初在斯万夫人家，我不相信站在我面前的就是贝戈特，就是众多神圣作品的作者，我之所以如此，并非毫无道理，因为贝戈特本人（这个词的真正含义）也不“相信”。他不相信这一点，所以才对与他相差万里的交际人物（虽然他并不附庸风雅）、文人记者大献殷勤。当然，他现在从别人的赞赏中得知自己有天才，而社会地位和官职与天才相比一文不值。他得知自己有天才，但他并不相信，因为他继续对平庸的作家装出毕恭毕敬的样子，为的是不久能当上法兰西学院院士，其实法兰西学院或圣日耳曼区与产生贝戈特作品的“永恒精神”毫不相干，正好比与因果规律、上帝的概念毫不相干一样。这一点他也知道，正如一位有偷窃癖的人明知偷窃不好，但无能为力一样。这位有山羊胡和翘鼻子的男人像偷窃刀叉的绅士一样施展伎俩，以接近他所盼望的院士宝座，以接近掌握多张选票的某位公爵夫人，但他努力不让自己的花招被谴责此类目的的人所识破。他只获得了一半成功。和我们说话的时而是真正的贝戈特，时而是自私自利、野心勃勃的贝戈特，他为了抬高自己的身价，大谈特谈有权有势、出身高贵或家财万贯的人，而当初那位真正的贝戈特却在作品中如此完美地描写了穷人那如泉水一般清澈的魅力。

至于德·诺布瓦先生所谈到的其他恶习，例如近乎乱伦的爱（据说还夹杂着金钱诈骗），它们显然与贝戈特的最新小说的倾向背道而驰。这些小说充满了对善良的追求，执著而痛苦的追求，主人公的任何一点欢乐都夹杂着阴影，就连读者也感到焦虑，而在这焦虑之中，最美满的生活也似乎无法忍受。尽管如此,即使贝戈特的恶习是确有其事,也不能说他的文学是欺骗,不能说他丰富的敏感性只是逢场作戏。在病理学中,某些现象表面上相似,起因却各不相等,有的是因为血压、分泌等等过高过多,有的却因为不足,同样,恶习的起因可以是过度敏感,也可以是缺乏敏感。也许在真正的堕落生活中,道德问题的提出才具有令人焦虑的强度,而艺术家对这个问题的答案并不是从个人生活出发,而是属于一般性的文学性的答案——对他来说这才是真正的生活。教会的大圣师们往往在洁身自好的同时,接触人类的一切罪恶,并从中获得自己个人的神圣性。大艺术家也一样,他们往往在行恶的同时,利用自己的恶习来绘制对我们众人的道德标准。作家生活环境中的恶习(或者仅仅是弱点笑柄),轻率乏味的谈话,女儿令人反感的轻浮行径,妻子的不忠,以及作家本人的错误,这些都是作家在抨击中最经常谴责的东西,但他们并不因此而改变家庭生活的排场或者家中所充斥的庸俗情调。这种矛盾在从前不像在贝戈特时代这样令人吃惊,因为,一方面,社会的日益堕落使道德观念越来越净化,另一方面,公众比以前任何时候都更想了解作家的私生活。有几个晚上,在剧场中,人们相互指着这位我在贡布雷时如此敬佩的作家,他坐在包厢深处,他的伴侣们的身份就足以为他最近作品中的观点作注脚——或是对这观点的可笑或尖锐的讽刺,或是对它的无耻否定。这些人或那些人对我说的话并不能使我对贝戈特的善良或邪恶知道得更多。某位好友提出证据,说他冷酷无情,某位陌生人又举一事为例(令人感动,因为贝戈特显然不愿声张),说明他很重感情。虽然他对妻子无情无义,但是,当他在乡村小店中借宿一夜时,他却守候在试图投水自尽的穷女人身旁,而且,当他不得不离开时,他给店主留下不少钱,让店主别把可怜的女人赶走,要照顾她。也许,随着大作家和蓄山羊胡的人在贝戈特身上的此涨彼落,他的个人生活越来越淹没在他所想象的各种人生的浪潮之中。他不必再履行实际义务。因为它已被想象各种人生这项义务所取代。同时,既然他想象别人的感情时如同自己的切身感受，所以，当形势要求他和一位不幸的人（至少暂时不幸）打交道时，他的观点不再是自己的，而是那位受苦者的；既然他从那个观点出发，于是，凡不顾他人痛苦、一心只打自己小算盘的人的语言便受到他的憎恶，因此，他在周围引起了理所当然的怨恨和永不磨灭的感激。

这个人内心深处真正喜欢的只是某些形象，只是用文字来构图和描绘（如同小盒底的袖珍画）。如果别人送他一点小东西，而这小东西能启发他编织形象的话，那么，他一谢再谢，但他对于一个昂贵的礼品却毫无感激之意。如果他出庭申辩，他斟酌字句时不会考虑它们对法官会产生什么效果，而会不由自主地强调形象——法官肯定没有看到的形象。

在希尔贝特家初次与贝戈特相遇的那天，我对他说不久前看了拉贝玛的《淮德拉》。他告诉我有一个场面，拉贝玛静立着、手臂平举——正好是受到热烈鼓掌的那一幕——这是古典杰作在她高超技巧中的巧妙再现，而她大概从未见过这些杰作，例如奥林匹斯圣殿中楣间饰上的那一位赫斯珀里得斯[①]，以及古代埃雷克塞伊翁寺殿[②]上美丽的贞女。

“这可能是直感，不过我想她肯定去博物馆的。‘判明’这一点将很有意义（‘判明’是贝戈特的常用词，有些年轻人虽然从未见过他，但也借用他的词汇，通过所谓远距离启示而模仿他说话）。”

“您是指女像柱吧？”斯万问道。

“不，不，”贝戈特说，“当然，她向奥依娜承认爱情时，那姿势很像凯拉米科斯的赫盖索方碑上的图[③]，但除此以外，她再现的是一种更为古老的艺术。我刚才提到古老的埃雷克塞伊翁寺的卡里阿蒂德群像，我承认它

---

① 法文复数的赫斯珀里得斯是希腊神话人物阿特拉斯（天的托持者）的三个女儿。

② 埃雷克塞伊翁是希腊雅典古卫城上的寺殿，上有著名的女像柱。

③ 凯拉米科斯，雅典城古区，该区墓园中有好几座公元前四世纪的墓碑，其中有赫盖索方碑，碑上一女奴向女主人献珠宝盒。

与拉辛的艺术没有丝毫相似之处，不过，《淮德拉》内容那么丰富……再添一点又何妨……啊！再说，六世纪的小淮德拉的确很美，挺直的手臂，大理石雕像般的鬈发，不错，她想出这些来真了不起。比起今年许多‘古典’作品来，这出戏里的古典味要浓得多。”

贝戈特曾在一本书中对这些古老的雕像进行著名的朝谒，因此，他此刻的话在我听来清楚明了，使我更有理由对拉贝玛的演技感兴趣。我努力回忆，回忆我所记得的她平举手臂的场面，我还一面想：“这就是奥林匹斯的赫斯珀里得斯，这就是雅典古卫城中美丽祈祷者雕像的一位姐妹，这就是高贵艺术。”然而，要想使拉贝玛的姿势被这些思想所美化，贝戈特本该在演出以前向我提供思想。如果那样的话，当女演员的姿势确确实实出现在我眼前时（也就是说，当正在进行的事物仍然具有全部真实性时，）我就可以从中提取古雕塑的概念。而现在，对于这出戏中的拉贝玛，我所保留的只是无法再更改的回忆，它是一个单薄的图像，缺乏现在时所具有的深度，无法被人挖掘，无法向人提供新东西。我们无法对这个图像追加新解释，因为这种解释得不到客观现实的核对和认可。斯万夫人为了加入谈话，便问我希尔贝特是否让我读了贝戈特论《淮德拉》的文章。“我有一个十分淘气的女儿。”她补充说。贝戈特谦虚地一笑，辩解说那篇文章没什么价值。“哪里的话，这本小册子，妙极了！妙极了！”斯万夫人说，以显示自己是好主妇，让人相信她读过这本书，她不但喜欢恭维贝戈特，还喜欢赞扬他的某些作品，启发他。她的确以自己想象不到的方式给他以启发。总之，斯万夫人沙龙的高雅气氛与贝戈特作品的某个侧面，这两者之间存在着密切联系，对今天的老人来说，它们可以互作注解。

我随兴所致地谈了谈观感，贝戈特并不同意，但任我讲下去。我告诉他我喜欢淮德拉举起手臂时的绿色灯光。“啊！布景师听您这样说会很高兴的，他是位了不起的艺术家，我要把您的看法告诉他，他为这个灯光设计正十分自豪呢。至于我嘛，说实话，我不大喜欢这种灯光，它使一切都蒙在海蓝色的雾气之中，小淮德拉站在那里就像水族馆缸底上的珊瑚枝。您会说这可以突出戏的宇宙性，确实如此。不过，如果剧情发生在海神的宫殿，那么，这种布景就更合适了。是的，当然，我知道这出戏里有海神的报复。不，我并不要求人们仅仅想到波尔罗亚尔，但是，拉辛讲的毕竟不是海神的爱情呀。话说回来。这是我朋友的主意，效果强烈，而且归根到底，相当漂亮。总之，您喜欢它，您理解它，对吧，我们对这一点的想法从根本上是一致的，他的主意有点荒诞，对吧，但毕竟别出心裁。”当贝戈特的意见与我相反时，他决不像德·诺布瓦先生所可能做的那样，使我无言以对，沉默不语，但这并不是说贝戈特不如大使有见解，恰恰相反。强大的思想往往使反驳者也从其中获得力量。这思想本身就是思想的永恒价值的一部分，它攀附、嫁接在它所驳斥的人的精神上，而后者利用某些毗邻的思想夺回少许优势，从而对最初的思想进行补充和修正，因此，最后结论可以算是两位争论者的共同作品。只有那些严格说来不算思想的思想，那些毫无根基、在对手的精神中找不到任何支撑点，任何毗邻关系的思想，才会使对手无言以对，因为他面对的是纯粹的空虚。德·诺布瓦先生的论点（关于艺术）是无法反驳的，因为它是空幻的。

既然贝戈特不排斥我的不同看法，我便告诉他德·诺布瓦先生曾对我嗤之以鼻。“这是个头脑简单的老头，”他说，“他啄您几下是因为他总以为面前是松糕或墨鱼。”斯万问我道：“怎么，您认识诺布瓦？”“啊，他像雨点一样令人厌烦，”他妻子插嘴说，她十分信赖贝戈特的判断力，而且也可能害怕德·诺布瓦先生在我们面前说她的坏话，“饭后我想和他谈谈，可是，不知是由于年龄还是由于消化问题，他显得很迟钝，我看早该给他注射兴奋剂！”贝戈特接着她说：“对，没错，他往往不得不保持沉默，以免不到散场就把他储存的、将衬衣前胸和白背心撑得鼓鼓的蠢话说光了。”“我看贝戈特和我妻子未免太苛刻，”斯万说，他在家中充当通情达理的角色，“当然，诺布瓦不会引起您很大兴趣，但是从另一个角度来看（斯万喜欢收集‘生活’中的美），他这个人相当古怪，是个古怪的情人，”他等希尔贝特确实听不见时才接着说，“他曾在罗马任秘书，那时他在巴黎有位情妇，他爱得发疯，千方百计每星期回来两次，仅仅和她待上两小时。那女人既美丽又聪明，不过现在已经是老太太了。这期间他又有过许多情妇。要是我待在罗马，而我爱的女人住在巴黎，那我准会发疯。对于神经质的人来说，他们必须屈尊‘下爱’（老百姓的说法），因为这样一来，他们所爱的女人就会考虑利害关系而迁就他们。”斯万突然发现我可以将这句格言应用于他和奥黛特的关系，便对我十分反感，因为，即使当优秀人物似乎和你一同翱翔于生活之上时，他们身上的自尊心仍然气度狭窄。斯万仅仅在不安的眼神中流露出这种反感，嘴上什么也没说。这毫不奇怪。据说（这种说法是捏造的，但其内容每日在巴黎生活中重复）拉辛对路易十六提到斯卡隆①时，这位世上最强大的国王当晚没有对诗人说什么，然而第二天拉辛便失宠了。

理论要求得到充分的表述，因此，斯万在这片刻的不快并擦拭镜片以后，对思想进行补充，而在我后来的回忆中，他这番话仿佛是预先警告，只是我当时毫无察觉罢了。他说：“然而，这种爱情的危险在于：女人的屈服可以暂时缓和男人的嫉妒，但同时也使这种嫉妒更为苛刻。男人甚至会使情妇像囚犯一样生活：无论白天黑夜都在灯光监视之下以防逃跑。而且这往往以悲剧告终。”

我又回到德·诺布瓦话题上。“您可别相信他，他好讲人坏话。”斯万夫人说，那口气似乎说明德·诺布瓦先生讲过她的坏话，因为斯万用责备的眼光瞧着她，仿佛不要她往下讲。

希尔贝特已经两次被催促去更衣，准备出门，但她一直待在那里听我们谈话。她坐在母亲和父亲之间，而且撒娇地靠在父亲肩上。乍一看来，

① 斯卡隆（1610—1660），法国作家，他死后，路易十四秘密与他的遗孀结婚。

她和斯万夫人毫不相似，斯万夫人是褐色头发，而少女是红色头发、金色皮肤。但是片刻以后，你会在希尔贝特身上认出她母亲的面貌——例如被那位无形的、为好几代人捉刀的雕刻师所准确无误地猛然削直的鼻子——表情和动作。如果拿另一种艺术作比喻，可以说她是斯万夫人的画像，但并不十分相似，画家出于对色彩的一时爱好，仿佛让斯万夫人在摆姿势时半装扮成赴“化装”宴会的威尼斯女人。不仅假发是金黄色的，一切深色元素都从她的身体上被排除了，而肉体既已脱去了褐色网纱，便显得更为赤裸，它仅仅被内心太阳所发射的光线所覆盖，因此，这种化装不仅是表面的，它已嵌入肉身。希尔贝特仿佛是神话传奇动物或是装扮的神话人物。她那橙黄色的皮肤来自父亲，大自然当初在创造她时，似乎只需考虑如何一片一片地重现斯万夫人，而全部材料均来自斯万先生的皮肤。大自然将皮肤使用得完美无缺，好比木匠师傅想方设法让木材的纹理节疤露出来。在希尔贝特的面孔上，在那个惟妙惟肖的奥黛特的鼻子旁边，隆起的皮肤一丝不苟地重现了斯万先生那两颗美人痣。坐在斯万夫人旁边的是她的新品种，就好比在紫丁香花旁边的是白丁香花。但是不能认为在这两种相似之间有一条绝对清晰的分界线。有时，当希尔贝特微笑时，我们看见她那张酷似母亲的面孔上有着酷似父亲的椭圆形双颊，老天爷似乎有意将它们放在一起，以考察这种混合的效果。椭圆形越来越清晰，像胚胎一样逐渐成形，它斜着延伸膨胀鼓起，片刻以后又消失。希尔贝特的目光中有父亲的和善坦率的眼神。她给我那个玛瑙弹子并且说：“拿着作为我们友情的纪念吧！”这时我看到这种眼神。可是，如果你对希尔贝特提问题，问她干了什么事，那么，你就会在这同一双眼睛中感到窘迫、犹豫、躲闪、忧愁，而那正是昔日奥黛特的眼神——斯万问她曾去什么地方而她撒谎。这种谎言当初曾使他这位情人伤心绝望，而如今他是位谨慎的丈夫，他不追究谎言，而是立刻改变话题。在香榭丽舍大街，我常常在希尔贝特身上看见这种眼神而深感不安，而在大多数情况下，我的不安毫无根据，因为她身上的这种眼神——至少就它而言——只是来自她母亲的纯粹生理性的遗迹，没有任何含义。当希尔贝特上完课，或者当她不得不回家做功课时，她的瞳孔闪动，就像奥黛特昔日害怕让人知道她白天曾接待情人或者急于去幽会时的眼神一样。就这样，我看见斯万先生和夫人的两种天性在这位梅吕西娜①的身体上波动、回涌、此起彼落。

谁都知道，一个孩子可以既像父亲又像母亲，但是他所继承的优点和缺点在配搭上却甚为奇特，以致父亲或母亲身上那似乎无法分开的两个优点，到了孩子身上只剩下一个，而且还伴之以双亲中另一位身上的缺点，而且此一缺点与彼一优点看上去有如水火互不相容。精神优点伴之以无法相容的生理缺点，这甚至是子女与父母相似的一个规律。在两姐妹中，一位像父亲一样仪表堂堂，但同时也像母亲一样才智平庸，另一位充满了来自父亲的智慧，但却套上母亲的外壳，母亲的大鼻子、干瘪的胸部，甚至声音，都好比是天赋抛弃了原先的优美外表而另换上的衣服。因此，两姐妹中任何一位都可以理直气壮地说她最像父亲或母亲。希尔贝特是独生女，但至少有两个希尔贝特。父亲和母亲的两种特性不仅仅在她身上杂交，而且还争夺她，不过这样说不够确切，使人误以为有第三个希尔贝特以此争夺为苦，其实不然，希尔贝特轮流地是这一个她或者是那一个她，而在同一时间里她只能是其中的一个，也就是说，当她是不好的希尔贝特时，她也不会痛苦，既然那个好希尔贝特暂时隐退，又怎能看见这种堕落呢？因此，两个希尔贝特中那个不好的希尔贝特便可以放心大胆地从事格调不高的娱乐。当另一个希尔贝特用父亲的胸襟说话时，她目光远大，你很乐于和她一道从事美好而有益的事业，你这样对她说，可是，当你们即将签约时，她母亲的气质又占了上风，回答你的是它，于是你

① 梅吕西娜，中世纪传奇中的人物，被罚每星期六变为半蛇半女。

失望、气馁，几乎困惑不解、仿佛面前是另一个人，因为此时此刻的希尔贝特正在怡然自得地发表平庸的思想，并伴之以狡猾的冷笑。有时，这两个希尔贝特相距万里，以致你不得不自问(虽属徒劳)你到底做了什么错事才使她完全翻脸。她曾要求和你约会，但她没有来，事后也没有道歉，而且，不论是什么原因使她改变主意，她事后的表现判若两人，以致你以为自己被相似的外表所欺骗(如同《孪生兄弟》①的主要情节)，你面前这个人并非当初如此热切要求和你见面的人。她有时表示愠怒，这说明她于心有愧又不愿意解释。

“好了，快去吧，不然我们又得等你了。”母亲对她说。

“在亲爱的爸爸身边有多舒服呀，我还想待一会儿。”希尔贝特回答说，一面将头钻在父亲的胳膊下，父亲用手指温柔地抚摸她那头金发。

斯万属于这种男人，他们长期生活在爱情幻想中，他们曾给予许多女人舒适的条件，使她们更为幸福，但却未得到她们任何感激或温情的表示，可是，他们认为在子女身上有一种与姓名嵌镶在一起的感情，这感情将使他们虽死犹生。当夏尔·斯万不再存在时，斯万小姐，或者娘家姓斯万的某某夫人仍然存在，而且仍然爱着她死去的父亲。甚至爱得过分，斯万这样想，因为他回答希尔贝特说:“你是个好女儿。”声音激动不安——当我们想到将来，在我们死后某人会继续深深爱我们，此刻我们便感到不安。斯万为了掩饰自己的激动，便加入我们关于拉贝玛的谈话。他采用一种超脱的、感到厌倦的语调，仿佛想与他说的话保持一定距离。他提醒我注意女演员对奥依娜说:“你早就知道!”时的声调是多么巧妙，多么惊人地准确。他说得有理。这个声调至少具有明确易懂的涵义，它完全可以满足我那寻找赞赏拉贝玛的确切论据的愿望，然而，正因为它一目了然，它无法满足我的愿望。如此巧妙的声调，伴之以如此明确的意图和含

① 古罗马喜剧作家普劳图斯的剧作。

义。它本身便可以独立存在，任何一位聪明的女演员都能学会它。这当然是高招，但是任何人在充分设想以后便能占有它。当然，拉贝玛的功劳在于发现了它，但是此处能用“发现”一词吗？既然就它而言，发现与接受并无区别，既然从本质上讲它并不来自你的天性，既然旁人完全能够复制它！

“天呀，您的在场使谈话升级了！”斯万对我说，仿佛向贝戈特表示歉意。斯万在盖尔芒特社交圈中养成了把大艺术家当做好友接待的习惯，只注意请他们品尝他们所喜欢的茶，请他们玩游戏，或者，如果在乡下，请他们从事他们所喜爱的运动。“看来我们确实在谈论艺术了。”斯万又说。“这挺好嘛，我喜欢这样。”斯万夫人说，一面用感激的眼光看我，她也许出于好心，也许由于仍然像往日一样对智力性谈话感兴趣。后来，贝戈特便和别人，特别是和希尔贝特交谈去了。我已经对他谈出了全部感想，而且毫无拘束（连我自己也吃惊），因为多年以来（在无数孤独和阅读的时刻，贝戈特似乎成为我身上最好的一部分），在与他的关系中，我已经习惯于诚恳、坦率、信任，所以，他不像初次谈话的人那样使我胆怯。然而，出于同样的理由，我担心自己给他留下了不好的印象，因为我所假定的他对我思想的藐视不是自今日始，而是从久远的过去，从我在贡布雷花园中最初阅读他作品的时候就开始了。我也许应该提醒自己，既然我一方面对贝戈特的作品大为赞赏，另一方面又在剧院中感到莫名其妙的失望，而且都同样的真诚，同样的身不由己，那么，这两种驱使我的本能运动相互之间不应有很大区别，而是遵循同一规律；我在贝戈特书中所喜爱的思想不可能与我的失望（我无力说明这种失望）毫不相干，或者绝对对立，因为我的智力是一个整体，而且也许世上只存在唯一一种智力，每个人不过是它的参与者，每个人从自己具有个别性的身体深处向它投以目光，就好比在剧场中，每个人有自己的座位，但舞台却只有一个。当然，我所喜欢探索的思想并不一定是贝戈特在作品中所经常钻研的思想，但是，如果他和我共有一个唯一的智力的话，那么，当他听我表达思想时，他会回忆它、珍爱它、对它微笑，因为，不论我作出任何假定，他心灵的眼睛永远保留着与进入他作品的那部分智力（我曾以此为根据来臆想他的全部精神世界）不同的另一部分智力。神甫的心灵经验最为丰富，他们最能原谅他们本人所不会犯的罪孽，同样，天才具有最丰富的智力经验，最能理解与他们本人作品的基本思想最为对立的思想。这一切我本应该提醒自己，虽然这种想法并不令人十分愉快，因为出类拔萃者的善意所得到的后果往往是平庸者的不理解和敌意。大作家的和蔼（至少在作品中可以找到）所给予人的快乐远远不如女人的敌意（人们爱上她不是因为她聪明，而是因为她使人没法不爱）所给予人的快乐。我本应该提醒自己这一切，但我没有对自己说，我深信自己在贝戈特面前显得愚蠢，这时希尔贝特凑到我耳边低声说：

"我高兴极了，你赢得了我的好友贝戈特的赞赏。他对妈妈说他觉得你很聪明。"

"我们去哪里？"我问希贝尔特。

"啊！去哪里都行，我嘛，你知道，去这里或那里……"

自从在她祖父忌日发生的那件事以后，我怀疑她的性格并非如我的想象；她那种对一切都无所谓的态度，那种克制，那种沉静，那种始终不渝的温柔顺从，大概掩饰着十分炽热的欲望，只是受到她自尊心的约束罢了。只有当欲望偶然受到挫折时，她才猛然反击从而有所流露。

贝戈特和我父母住在同一街区，因此我们一同走。在车上，他提起我的健康："我们的朋友刚才告诉我说您曾经身体不适。我感到遗憾。不过，虽然如此，我也不过分遗憾，因为我看得出来您有智力乐趣，而对您和所有体验这种乐趣的人来说，这可能是最重要的。"

唉！我当时觉得他这番话对我多么不合适，我对任何高明的推理都无动于衷。只有当我在信步闲逛时，当我感到舒适时我才幸福。我清楚感到我对生活的欲望纯粹是物质性的，我可以轻而易举地将智力抛在一边。我分辨不出乐趣的不同的来源、不同的深度、不同的持久性，因此，当我回答贝戈特时，我自认为喜欢的是这样一种生活：和盖尔芒特公爵夫人来往，像在香榭丽舍大街那间旧日税卡里一样感到能唤醒贡布雷回忆的凉气，而在这个我不敢向他吐露的生活理想里，智力乐趣无立锥之地。

"不，先生，智力乐趣对我毫无意义，我寻找的不是它，我甚至不知道我是否体验过它。"

"您真这么想?"他回答说，"那好，您听我说，真的，您最喜欢的肯定是它，我看得很清楚，我确信。"

当然他没有说服我，但是我感到快活些、开朗些了。德·诺布瓦先生的那番话曾使我认为我那些充满遐想、热情及自信的时刻是纯粹主观的，缺乏真实性。而贝戈特似乎理解我，他的想法正相反，认为我应该抛弃的是怀疑及自我厌恶情绪。他对德·诺布瓦先生的评价使后者对我的判决(我曾认为无法驳回)黯然失色。

"您在好好治病吗?"贝戈特问我，"谁给您看病?"我说戈达尔大夫来过，而且还要来。他说："他对您可不合适。我不知道他的医道如何，不过我在斯万夫人家见过他。这是个傻瓜，就算傻瓜也能当好大夫(我很难相信)，但他毕竟不能给艺术家和聪明人看病。像您这样的人需要特殊的医生，甚至可以说需要特殊的食谱、特殊的药品。戈达尔会使您厌烦，而厌烦就是使他的治疗无效。对您的治疗和对任何其他人的治疗应该有所不同。聪明人的疾病四分之三是来自他们的智力，他们需要的医生至少应该了解他们的病。您怎能期望戈达尔治好您的病呢?他能估计酱汁不易消化，胃功能会发生障碍，但是他想不到莎士比亚作品会产生什么效果……因此，他的估计应用到您身上便是谬误，平衡遭到破坏，小浮沉子又浮了上来。他会发现您胃扩张，其实他不用检查就知道，他眼中早就有这个，您也看得见，他的单片镜里就有反映。"这种说话方式使我感到很累，迂腐的常识使我想："戈达尔教授的眼镜里根本没有反映胃扩张，就如同德·诺布瓦先生的白背心下没藏着蠢话一样。"贝戈特又说："我向您推荐迪—布尔邦大夫，这是位很聪明的人。""想必是您的热情崇拜者吧。"我回答说。贝戈特显然知道这一点，于是我推论说同类相聚，真正的"陌生朋友"是很少见的。贝戈特对戈达尔的评论令我吃惊，与我的想法也绝然相反。我根本不在乎我的医生是否讨厌，我所期待于他的，是他借助一种我不知其奥妙的技艺对我的内脏进行试探，从而就我的健康发表毋庸置疑的旨喻。我并不要求他运用才智（这方面我可能胜过他）来试图理解我的才智；在我的想象中，智力本身并无价值，仅仅是达到外部真理的手段。聪明人所需要的治疗居然应该有别于傻瓜们的治疗，我对此深表怀疑，而且我完全准备接受傻瓜型的治疗。"有个人需要好大夫，就是我们的朋友斯万。"贝戈特说。我问难道斯万病了，他回答说："是的，他娶了一个妓女。拒绝接待她的女士们，和她睡过觉的男人们，每天让斯万强咽下多少条蛇呀！它们使他的嘴都变了形。您什么时候可以稍加注意，他回家看到有那些客人在座时，那眉头皱得多么紧。"贝戈特在生人面前如此恶言中伤长期与他过从甚密的老友，而当着斯万夫妇的面他却轻声细语，对我来说这都是新鲜事，因为他一再对斯万说的那些甜言蜜语，是我的姑祖母无论如何也说不出口的。姑祖母这个人即使对所爱的人也常常说些使人不愉快的话，可是，她决不背着他们说些见不得人的话。贡布雷的交际圈与上流社会截然不同。斯万的圈子已经是向上流社会的过渡，向上流社会中反复无常的浪涛的过渡，它还不是大海，但已是环礁湖了。"这一切可别外传。"贝戈特在我家门口和我分手时说。要是在几年以后，我会这样回答："我不会说出去的。"这是交际界的俗套话，是对诽谤者的假保证。那一天我也应该对贝戈特这样回答，因为当你作为社会人物活动时，你讲的全部话语不可能都由你自己来创造，不过当时我还没有学会这句俗套话。此外，姑祖母如遇到类似情况，会说："你既然不愿我说出去，那何必告诉我呢?”她是位不好交际、好争爱斗的人。我不是这种人,所以我点点头,什么也没说。

我所钦佩的某些文人花了好几年工夫,煞费苦心地与贝戈特建立了联系(始终是在书房内部的、暗中的文学交往),而我却一下子,而且不费吹灰之力便与这位名作家交上了朋友。众人在排队,但只能买到坏票,而你,你从谢绝公众的暗门走了进去,并买到最好的座位。斯万为我们打开这扇暗门,大概也在情理之中,就好比国王邀请子女的朋友们去皇家包厢或登上皇家游艇。希尔贝特的父母也同样对女儿的朋友开放他们所拥有的珍贵物品,并且,尤为珍贵的是,将他看做家庭的知己。但是当时我认为(也许有道理),斯万的友好表示是间接针对我父母的。还在贡布雷时期,我仿佛听说过,他见我崇拜贝戈特,便自告奋勇要带我去他家吃饭,父母却不同意,说我太小,太神经质,不能“出门”。我父母在某些人(恰恰是我认为最卓越的人)眼中的形象完全不同于我对他们的看法,当初那位粉衣女士对父亲未免过奖,现在我希望父母对斯万表示感谢,因为我刚刚得到的礼物是无价之宝。慷慨而彬彬有礼的斯万将礼物送给我,或者说送给他们,而似乎并不意识到它价值连城,就好比是卢伊尼①壁画中那位迷人的、金发钩鼻的朝拜王一样。人们从前说斯万和画中人十分相似。

回家时,我来不及脱大衣便对父母宣布斯万对我的这番优待,希望在他们心中唤起与我相同的激情,促使他们对斯万夫妇作出重要而关键性的“答谢”,然而,很不幸,他们似乎不太欣赏这种优待。“斯万介绍你认识贝戈特了?多么了不起的朋友!多么迷人的交往!这算登峰造极了!”父亲讽刺地大声说。不巧的是,我接着说贝戈特丝毫不欣赏德·诺布瓦先生。

“那还用说,”父亲说,“这恰好证明他是个假装聪明、不怀好意的人。

---

① 卢伊尼(1480—1532),意大利画家,达·芬奇的弟子。

我可怜的儿子,我看你连常识也没有了,居然和会断送你前程的人们为伍,我真难过。”

我对斯万家的拜访原来就已经使父母很不高兴。与贝戈特的相识,在他们看来,仿佛是第一个错误——他们的软弱让步(祖父会称之为“缺乏远见”)——的必然恶果。我感到,只要我再补充说这位对德·诺布瓦先生不抱好感的坏人认为我很聪明,那么,父母就会暴跳如雷。当父亲认为某人,例如我的一位同学误入歧途——好比此时此刻的我——时,如果他看到这位迷途者受到他所不齿的人的赞许,会更坚信自己的严厉判断是正确的,更认为对方恶劣。我似乎听见他在大喊:“当然啦,这是一路货!”这句话使我万分恐惧,它仿佛宣布某些变化、某些十分模糊、十分庞大的变化将闯入我那安宁的生活之中。然而,即使我不说出贝戈特对我的评价,我也无法擦去父母已经得到的印象,因此,破罐子破摔。何况我认为他们极不公道,坚持错误。我不再希望,甚至可以说我不再想法让他们回到公正的立场上来。然而,当我开口时,我感到贝戈特对我的赏识会使他们惊慌失措——因为此人将聪明人当做蠢人,此人被高雅的绅士嗤之以鼻,此人对我的夸奖(我所羡慕的)会使我走上邪路——因此,我羞愧地、低声地最后带上一句:“他对斯万夫妇说他认为我很聪明。”一条狗中了毒在田野上胡乱啃草,而这种草恰恰为它解了毒,我也一样,在不知不觉中我说出了世上唯一能克服父母对贝戈特的偏见的话——而我所能做的最好论证,所能说的一切赞同都无法消除这种偏见。顷刻之间,形势突变。

“啊!……他说你很聪明?”母亲说,“我很高兴,因为他是个颇有才气的人。”

“真的!这是他说的?”父亲接着说,“……我丝毫不否定他的文学才能,这是有口皆碑的。可惜他生活不太检点,诺布瓦老头暗示过。”父亲这样说,他并不意识到我刚才出口的那句话具有神妙的至高威力,贝戈特的堕落习性和拙劣判断力在这威力面前败下阵来。

“啊！亲爱的，”母亲插嘴说，“有什么证据肯定这是真的呢？人们总爱瞎议论。再说，德·诺布瓦先生虽然为人和气，但并不永远与人为善，特别是对待和他不对路的人。”

“这倒也是，我也有所察觉。”父亲说。

“再说，既然贝戈特欣赏我可爱的乖儿子，许多地方我们应该原谅他。”母亲一面说，一面用手指抚摸我的头发，梦幻的眼光久久地凝视我。

在贝戈特的这个裁决以前，母亲早就对我说过，有朋友来时，我也可以邀请希尔贝特来吃午后点心。但是我不敢邀请她，这有两层原因，一是希尔贝特家从来只喝茶，而我们家却相反，除了茶以外，母亲坚持要朱古力，我害怕希尔贝特会认为这十分粗俗，从而极度蔑视我们。另一个原因就是我始终无法解决的礼节问题。每次我去斯万夫人家，她总是问我：

“令堂大人可好？”

我向母亲提过，希尔贝特来她能不能也这样问，因为这一点好比是路易十四宫中“殿下”的称呼，至关重要。但是妈妈根本听不进我的话。

“不行，我不认识斯万夫人呀。”

“可她也不认识你。”

“我没说她认识我。不过我们不一定对一切事情采取同样的做法。我要用另一种方式来款待希尔贝特，和斯万夫人对你的接待方式不同。”

我并不信服，所以宁可不邀请希尔贝特。

我离开父母去换衣服，在掏衣袋时突然发现斯万家的膳食总管在领我进客厅时递给我的那个信封。我现在身边无人，便拆开来看，里面有一张卡片，上面写着我应该将胳臂伸给哪位女士，并领她去餐桌就坐。

就在这个时期，布洛克使我的世界观完全改变了，他向我展开了新的幸福的可能性（后来变成痛苦的可能性），因为他告诉我女人最爱的莫过于交媾了——与我去梅塞格利丝散步时的想法相反。在这次开导以后，他又给我第二次开导(其价值我在很久以后才有所体会):他领我头一次去妓院。以前他曾对我讲那里有许多美女供人占有,但她们在我的脑海中面目模糊,后来我去了妓院,才对她们具有了确切印象。如果说我对布洛克——由于他的"福音",即幸福和对美的占有并非可望不可即,甘心放弃实属愚蠢——充满感激的话(如同感激某位乐天派医生或哲学家使我们盼望人世间的长寿,盼望一个并非与人世完全隔绝的冥间),那么几年以后我所光顾的妓院对我大有益处,因为它们对我提供幸福的标本,使我往女性美上添加一个我们无法臆造的因素,它绝非仅仅是从前的美的综合,而是神妙的现在,我们所无法虚构的现在;它只能来自现实,超于我们智力的一切逻辑创造之上,这就是:个体魅力。我应该将这些妓院与另一些起源较近但效用相似的恩人们归为一类,这些恩人即带插图的绘画史、交响音乐会及《艺术城市画册》,因为在它们以前,我们只能通过别的画家、音乐家、城市来毫无激情地想象曼坦纳、瓦格纳和西埃内的魅力。不过,布洛克带领我去而他本人长久不去的那家妓院规格较低,人员平庸而且很少更新,因此我无法满足旧的好奇心,也产生不了新的好奇心。客人所点要的女人,妓院老鸨一概佯称不认识,而她提出的又尽是客人不想要的女人。她在我面前极力夸奖某一位,笑着说包我满意(仿佛这是稀有珍品和美味佳肴似的):"她是犹太人。您不感兴趣?"(可能由于这个原因,她叫她拉谢尔。)她愚蠢地、假惺惺地激动起来,想以此打动我,最后发出一种近乎肉欲快感的喘息声:"你想想吧,小伙子,一个犹太女人,您肯定要神魂颠倒的,呃!"这位拉谢尔,我曾见过她一面,但她没有看见我。此人一头棕发、不算漂亮,但看上去不蠢,她用舌尖舔嘴唇,放肆地向被介绍给她的嫖客微笑。我听见她和他们谈了起来。在她那张窄窄的小脸两侧是鬈曲的黑发,它们极不规则,仿佛是中国水墨画中的几条影线。老鸨一而再、再而三地推荐她,夸奖她聪明过人,并受过良好教育,我每次都答应

一定专程来找拉谢尔(我给她起了个绰号:"从上帝身边来的拉谢尔"①)。然而,第一天晚上,我就曾听见拉谢尔临走时对老鸨说:

"那么说定了,明天我有空,要是有人来,您可别忘了叫我。"

这些话使我在她身上看到的不是个体,而是某一类型的女人,其共同习惯是晚上来看看能否赚一两个路易,她的区别只在于换个说法罢了:"如果您需要我,或者如果您需要什么人。"

老鸨没有看过阿莱维的歌剧,不明白我为什么老说"从上帝身边来的拉谢尔",但是,不理解这个玩笑并不等于不觉得它可笑,因此她每次都开怀大笑地对我说:

"怎么,今晚还不是您和'从上帝身边来的拉谢尔'结合的时辰?您是怎么说来着,'从上帝身边来的拉谢尔',啊,这可真妙!我要给你们俩配对。瞧着吧,您不会后悔的。"

有一次我差点下了决心,但她"正在接客",另一次她又在接待一位"理发师",此人是位老先生,他和女人在一起时,只是往她们散开的头发上倒油,然后进行梳理。我等得不耐烦,几位常来妓院的身份卑微的女人(她们自称女工,但始终无工作)走过来给我沏药茶,并和我长谈,她们那半裸或全裸的身体使严肃的话题变得简明有趣。我后来不再去这家妓院。在这以前,我看到老鸨需要家具,我想对她表示友好,便从莱奥妮姨母留给我的家具中挑了几件——特别是一张长沙发——送给她。原先我根本看不见它们,因为家里没有地方放,父母不让人把它们搬进来,于是它们只能堆在库房里。然而我在妓院又见到了它们,我看见那些女人在使用它们,于是,昔日充溢在贡布雷的那间姨母卧室的种种魔力再次显

① 这是法国作曲家阿莱维(1799—1862)的著名歌剧《犹太女人》第四幕中著名乐段的开始。

现，但却在磨难之中，因为我迫使它们手无寸铁地承受残酷的接触！我的痛苦甚于听任一位死去的女人遭人蹂躏。我不再去那位鸨母那里，我感到家具有生命，它们在哀求我，就像波斯神话故事一样：神话里的物品表面上似乎没有生命，但内部却隐藏着备受折磨、祈求解脱的灵魂。此外，由于记忆力向我提供的回忆往往不遵守时序，而仿佛是左右颠倒的反光，因此，我在很久以后才想起多年以前我曾在这同一张长沙发上头一次和一位表妹品尝爱情的乐趣，当时我不知道我们去哪里好，她便想出了这个相当冒险的主意：利用莱奥妮不在场的时机。

其他许多家具，特别是莱奥妮姨母那套古老而漂亮的银餐具，我都不顾父母的反对将它们卖了，为的是换钱，好给斯万夫人送更多的鲜花。她在接受巨大的兰花花篮时对我说："我要是令尊，一定给您找位指定监护人。"然而当时我怎会想到有一天我将特别怀念这套银器，怎会想到在对希尔贝特的父母献殷勤这个乐趣（它可能完全消失）之上我将有其他乐趣呢？同样，我决定不去驻外使馆，正是为了希尔贝特，正是为了不离开她。人往往在某种暂时情绪下作出最后决定。我很难想象希尔贝特身上那种奇异的物质，那种在她父母身上和住宅中闪烁从而使我对其他一切无动于衷的物质，会脱离她而转移到别人身上。这个物质确实未变，但后来在我身上产生了绝对不同的效果，因为，同一种疾病有不同的阶段，当心脏的耐力随着年龄而减弱时，它再无法承受有损健康的美味食品。

父母希望贝戈特在我身上所发现的智慧能化为杰出的成就。在我还不认识斯万夫妇时，我以为我无心写作是因为我不能自由地和希尔贝特见面，是因为我焦灼不安。可是当他们向我敞开家门时，我在书桌前刚刚坐下便又起身向他们家跑去。我从他们家归来，独自一人，但这只是表象，我的思想仍无法抗拒话语的水流，因为在刚才几个小时里，我机械地听任自己被它裹挟。我独自一人，但继续臆造可能使斯万夫妇高兴的话语，而且，为了使游戏更有趣，我扮演在场的对话者，我对自己提出虚构的问题，目的是使我的高见成为巧妙的回答。这个练习虽然在静默中进行，但它却是谈话，而不是沉思。我的孤独是一种精神沙龙，在这个沙龙中，控制我话语的不是我本人，而是想象的对话者；我表述的不是我认为真实的思想，而是轻手拈来的、缺乏由表及里的反思的思想，因此我感到一种纯粹被动的乐趣，好比因消化不良而待着不动时所感到的被动乐趣。

如果我不是作长期写作打算的话，那我也许会急于动笔。既然我这个打算确定无疑，既然再过二十四小时（明天是一个空白的框框，我还没有进去，所以框中的一切安排得井然有序），我的良好愿望便能轻易地付诸实现，那又何必挑一个写作情绪不佳的晚上来动笔呢？当然，遗憾的是，随后的几天也并非写作的吉日。既然已经等待了好几年，再多等三天又有何妨。我深信到了第三天，我一定能写出好几页，所以我对父母绝口不提我的打算。我宁愿再忍耐几个小时，然后将创作中的作品拿去给外祖母看，以安慰她，使她信服。可惜的是，第二天仍然不是我热切盼望的广阔的、行动的一天。当这一天结束时，我的懒惰，我与内心障碍的艰苦斗争仅仅又多持续了二十四小时，几天以后，我的计划仍是纸上谈兵，我也就不再期望它能立即实现，而且也再没有勇气将这件事作为先决条件了。于是我又开始很晚睡觉，我不必再抱着明晨动笔的确切幻想早早躺下。在重新振作以前，我需要休息几天。有一天（唯一的一次），外祖母鼓起勇气，用失望的温柔口气责怪说："怎么，你这项写作，没有下文？"我怨恨她居然看不出我一旦决定决不更改。她的话使我将付诸实行的时间又往后推，而且也许推迟很久，这是因为她对我的不公正使我烦恼，而我也不愿意在烦恼的情绪下动手写作。她意识到她的怀疑盲目地干扰了我的意图，向我道歉，并亲吻我说："对不起，我再什么也不说了。"而且，为了不让我泄气，她说等我身体好了，写作会自然而然地开始。

"何况，"我心里想，"去斯万家消磨时光，我这不是和贝戈特一样吗？"我父母几乎认为，既然我和名作家同在一沙龙，那么，在那里度过的时光一定能大大促进天才，虽然我十分懒惰。不从本人内部发挥天才，而从别人那里接受天才，何其荒谬！这就好比是一个根本不讲卫生、暴食暴饮的人仅仅依靠和医生经常共餐而居然保持健康！然而，这种幻想（它欺骗我和我父母）的最大受害者是斯万夫人。当我对她说我来不了，我必须留在家里工作时，她那副神气仿佛认为我装腔作势，既愚蠢又自命不凡。

“可是贝戈特要来的。难道您认为他的作品不好？不久以后会更好的，”她接着说，“他给报纸写的文章更尖锐，更精炼，不像他的书那样有点啰嗦。我已经安排好，请他以后给《费加罗报》写社论，这才是 the right man in the right place（最恰当的人在最恰当的位置上）。”

她又说：“来吧，他最清楚您该怎么做。”

她正是为我的事业着想才叮嘱我第二天无论如何要去和贝戈特同桌吃饭（正好比志愿兵和上校见面），她似乎认为文学佳作是“通过交往”而产生的。

这样一来，无论是斯万夫妇，还是我父母——他们在不同时刻似乎应该阻止我——都再没有对我轻松的生活提出异议，这种生活使我能够尽情地，如果不是平静地，至少是陶醉地和希尔贝特相见。在爱情中无平静可言，因为人们永远得寸进尺。从前我无法去她家，便把去她家当做高不可攀的幸福，哪里会想到在她家中将出现新的烦恼因素。当她父母不再执意反对，当问题终于得到解决时，烦恼又以新的形式出现。从这个意义上讲，可以说每天都开始一种新友谊。夜间归来，我总想到某些对我们的友谊至关重要的事，我必须和希尔贝特谈，这些事无穷无尽也永不相同。但我毕竟感到幸福，而且这幸福不再受任何威胁。其实不然，威胁终于出现了，而且，遗憾的是，它来自我认为万无一失的方面，即希尔贝特和我。那些使我感到宽慰的事，那个我所认为的幸福，原本应该引起我的不安。我们在恋爱中往往处于一种反常状态，觉得最简单最常见的小事具有最大的严重性。我们之所以感到幸福，是因为在我们心中有某种不稳定的东西，我们不断努力去维持它，而且，只要它未转移，我们几乎不再觉察。确实，爱情包含持久的痛苦，只不过它被欢乐所冲淡，成为潜在的、被推迟的痛苦，但它随时可能剧烈地爆发出来（如果人们不是如愿以偿，那么这痛苦早就爆发了）。

有好几次我感到希尔贝特不愿我去得太勤。的确，她父母越来越深信我对她产生良好影响，我想和她见面时只需让他们邀请我就行了，因此我想道："这样一来，我的爱情再不会有任何危险。既然他们站在我一边，他们对希尔贝特又很有权威，我又有什么可担心的呢？"然而，当她父亲在某种程度上违背她的心愿而邀请我时，她流露出不耐烦的情绪，这些表示使我产生疑问：我原先所认为的幸福的保障莫非恰恰是使幸福中断的秘密原因？

我最后一次去看希尔贝特时，下着雨。她被邀参加舞蹈训练，但她和那家人不熟，不能带我去。那天我比往常服用了更多的咖啡因以抵御潮湿。斯万夫人大概因为天气不好，或者因为对聚会的那家人有成见，所以在女儿出门时很生气地唤住了她："希尔贝特！"并且指指我，表示我是来看她的，她应该留在家里陪我。斯万夫人出于对我好意而发出——或者喊出——"希尔贝特"，但是希尔贝特一面放下衣物一面耸耸肩，我立刻意识到这位母亲在无意中加快了我和女友逐渐分手的过程，而在此以前，这个过程也许还可以阻止。"没有必要天天去跳舞。"奥黛特对女儿说，那副明哲的神气大概是她以前从斯万那里学来的。接着她又恢复奥黛特的常态，和女儿讲起英语来，立即，仿佛有一堵墙将希尔贝特的一部分遮盖起来，仿佛有一个邪恶的精灵将我的女友从我身边裹胁而去。对于我们所熟悉的语言，我们可以用透明的思想来替代不透明的声音，但是我们所不熟悉的语言却像一座门窗紧闭的宫殿，我们所爱的女人可以在那里与人调情，而我们被拒之门外，绝望已极却无能为力，什么也看不见，什么也阻止不了。这场英语谈话中常出现某些法语专有名词，它们仿佛是线索，使我更为不安。要是在一个月前，我会一笑了之，然而此刻，虽然她们一动不动地在咫尺之内谈话，我却感到这是残酷无情的劫持，剩下我孤苦伶仃。最后，斯万夫人总算走开了。这一天，也许因为希尔贝特埋怨我身不由己地阻碍她去跳舞，也许因为我故意比往日冷淡（我猜到她生我的气），她脸上没有一丝欢乐，干涩木然，闷闷不乐，仿佛整个下午都在怀念我的来访使她未能跳成的四步舞，仿佛整个下午都在责怪所有的人，当然首先是我，责怪我们竟不理解她如此钟情于波士顿舞的奥妙原因。她仅仅时不时地和我交换几句话，天气如何啦，雨愈下愈大啦，座钟走快了啦，中间还夹着沉默和单音节字。我作绝望挣扎，执意要糟蹋这些原本应该献给友谊和幸福的时刻。我们所说的一切都是那么生硬，那么空洞而荒谬，这一点倒使我得到安慰，因为希尔贝特不会将我平庸的思想和冷漠的语气当真的。尽管我说的是："从前这个钟仿佛走得慢。"她理解我的意思是："你真坏！"在这个雨天，我顽强奋斗，延长这些没一丝阳光的话语，但一切努力均属枉然，我知道我的冷漠并非如佯装那般凝固不变，希尔贝特一定感觉到，既然我已说了三遍"白天变短了"，如果我再贸然重复第四遍，那我一定难以自制，会泪如雨下。她现在的模样，眼中和脸上毫无笑意，忧愁的眼神和阴郁的脸色充满令人懊丧的单调。这张脸几乎变得丑陋，就像那单调枯燥的海滩，海水已经退得很远，它在那固定不变的封闭的地平线之内的闪光千篇一律，令人厌烦。最后，我看到希尔贝特仍然不像我好几个小时以来所期望的那样回心转意，便对她说她不够意思。"你才不够意思呢。"她回答说。"我怎么了？"我自问有什么地方做得不对，一无所获，便又问她。"当然啦，你认为自己很好！"说完后她笑了很久。于是我感到，我无法达到她的笑声所表达的另一层思想，另一层更难以捉摸的思想，这是多么痛苦的事。她的笑似乎意味着："不，不，我根本不信你的话。我知道你爱我，不过我无所谓，我不把你放在眼里。"然而我又提醒自己，笑毕竟不是一种明确的语言，我怎能肯定自己理解正确呢，何况希尔贝特的话还是富有感情的。“我什么地方不好？告诉我，我一定按你的话去做。”“不，没必要，我没法和你解释。”刹那间，我害怕她以为我不爱她，这是另一种同样强烈的痛苦，它要求另一种逻辑。“你要是知道使我多伤心，那你会告诉我了。”如果她怀疑我的爱情，那么我的伤心会使她高兴，但此刻却相反，她很生气。我意识到自己判断错误，决心不再相信她的话，随她说：“我一直爱你，有一天你会明白的。”（罪人们往往说他们的清白无辜将大白于天下，然而，出于神秘的原因，这一天永远不会是他们受审的那一天）。我鼓起勇气，突然决定不再和她见面，但暂时不告诉她，因为她不会相信这话的。

你所爱的人可能给你带来辛酸的悲伤，即使当你被与她（他）无关的忧虑、事务、欢乐缠住而无暇顾及也罢。但是，如果这悲伤——例如我这次的悲伤——诞生于我们浸沉在与她见面的幸福之中时，那么，在我们那充满阳光的、稳定而宁静的心灵中便会产生急剧的低压，从而在我们身上掀起狂烈风暴，使我们没有信心与它抗争到底。此刻在我心中升起的风暴无比凶猛，我告辞出来，晕头转向，遍体鳞伤，同时感到只有再回去，随便找一个借口再回到希尔贝特身边去，我才能喘过气来。但是她会说：“又是他！看来我对他可以为所欲为了。他总会回来的，走的时候越痛苦，回来时就越顺从。”我的思想以无法抗拒的力量将我拉回到她身边。当我到家时，这些变幻不定的风向，这种内心罗盘失调的现象依然存在，于是我动笔给希尔贝特写了些前后矛盾的信。

我即将经历艰难的处境，人在一生中往往会多次面临此种处境，而每一次，即在不同的年龄，人们所采取的态度也不相同，尽管他们的性格或天性并无改变（我们的天性创造了爱情，创造了我们所爱的女人，甚至她们的错误）。此时，我们的生命分裂为二，仿佛全部分放在相对的天平盘上。一个盘里是我们的愿望，即我们不要使我们所爱但不理解的人不高兴，但不能过于谦卑，巧妙地稍稍冷落她们，别让她们感到她们是须臾不可缺少的人,因为这种感觉会使她们离开我们。另一个天平盘里是痛苦(并非确定的、部分的痛苦),它与前一种状态相反,只有当我们不再试图讨好这个女人,不再让她相信她对我们可有可无,从而再去接近她时,这种痛苦才有所缓解。如果我们从装着自尊心的天平盘上拿去被年龄耗损的一部分毅力,往装着悲伤的天平盘里加进我们逐渐获得的、并任其发展的生理痛苦,那么天平所显示的将不是我们二十岁时的勇敢决定,而是我们年近半百时的决定——它十分沉重、缺乏平衡力,令人难以承受。何况,处境在不断重复中有所变化,我们在中年或晚年时,可能乐于将某些习惯与爱情混为一谈(这对爱情是致命的),而青年时代却不承认这些习惯,它受到其他许多义务的约束,不能随意支配自己。

我给希尔贝特刚写了一封信来发泄怒火,但也故意安排了几句貌似偶然的话,女友可以抓住这些救命圈与我和解;但片刻以后,风向变了,我写下一些温情脉脉的句子,使用某些甜蜜而悲伤的短语,例如"永不再"之类。使用者认为这些词句感人肺腑,而那位读信的女人则会认为枯燥乏味,或者她觉得这统统是假话,将"永不再"解释为"今晚如果你需要我";或者她相信这是真话,因此意味着永远分手(和我们所不爱的人分手何足为惜)。既然我们正在恋爱,我们便不可能像将来不再恋爱时那样行事,我们无法想象那女人真正的心理状态,因为,虽然明知她冷漠无情,但我们仍然遐想她以爱恋者的口吻说话(我们这样做是为了用美丽的幻想欺骗自己,或是为了解脱沉重的悲伤)。我们面对所爱的女人的思想举止,犹如古代最早的科学家面对大自然现象(科学尚未建立,未知事物尚未被解释),茫然失措,甚至更糟。我们看不到因果关系,看不到这个现象和那个现象之间的联系,我们眼中的世界像梦幻一般缥缈不定。当然,我试图克服这种紊乱,试图寻找原因。我甚至试图做到"客观",认真考虑希尔贝特在我眼中的地位,我在她眼中的地位,以及她在别人眼中的地位,它们是多么悬殊!如果我看不到这种悬殊性,那么我就会把女友简单的殷勤看做炽热爱情的流露,把我自己滑稽可笑、有失体面的行为看做对美貌的简单优雅的倾爱。但是我也害怕走到另一个极端,以致把希尔贝特的不准时赴约和恶劣情绪看做是无法改变的敌意。我试图在这两种同样歪曲真相的观点中找出正确反映事物的第三种观点,我为此而作的种种计算稍稍缓和了我的痛苦。我决定第二天去斯万家(也许是服从于这些计算的结果,也许是我使计算表达了我的心愿),我很高兴,就像一个人本不愿旅行,并为此烦恼多时,最后来到车站才下决心取消旅行,于是高高兴兴回到家中解开行装。在人们犹豫不决时,采取某种决定的念头(除非不采取任何决定,从而使念头丧失生命力)像一粒富有生命力的种子,勾画出完成行动后所产生的激情的种种轮廓,因此,我对自己说,不再与她见面仅仅是想法而已,我却像实有其事那样感到痛苦,何其荒唐!再说,既然我最终会回到她身边,又何必作如此痛苦的决定和允诺呢?

然而,这种友好关系的恢复仅仅持续了片刻,即我去斯万家的路上。它的破灭并不是因为膳食总管(他很喜欢我)对我说希尔贝特不在家(当晚我从遇见她的人口中得知她确实不在家),而是他的说话方式:“先生,小姐不在家,我向您担保她确实不在家。先生如果想打听清楚,我可以去叫小姐的随身女仆。先生尽可相信我会尽一切努力使先生高兴的。小姐要是在家,我会立刻领先生去见她。”这番话的唯一重要意义在于它的自发性,因为它对矫饰的言语所掩盖的难以想象的现实进行了X光透视(至少是粗略的)。这番话证明,在希尔贝特身边的人眼中,我是个纠缠者。这些话刚从他口中说出来,便在我心中激起仇恨,当然,我乐于将他,而不是将希尔贝特,当做仇恨的对象。我将对她的全部愤怒集中倾泻在他身上,这样一来,我的爱情摆脱了愤怒,单独存留下来。然而,这番话也表明短期内我不应去找希尔贝特。她会写信向我道歉的。尽管如此,我不会马上去看她,我要向她证明没有她我照样可以活下去。再说,等我收到希尔贝特的信后,我能更轻易地忍受与她暂不见面之苦,因为只要我想见她便一定能见到。为了承受这故意设计的分离而不至过于痛苦，我的心必须摆脱可怕的疑虑，例如莫非我们从此绝交，莫非她与别人订婚走了，被劫走了。接下来的几天和新年那个星期十分相似，因为当时我不得不在没有希尔贝特的情况下继续生活。不过，当时我很清楚，那个星期一结束，她便会回到香榭丽舍大街，我便会像以前一样见到她，另一方面，只要新年假不结束，我去香榭丽舍大街也没有用。因此，在那个已经遥远的、愁闷的星期中，我平静地忍受忧愁，既无恐惧也不抱希望。但现在却不然，这后一种感情，即希望，几乎像恐惧一样，使我痛苦得难以忍受。

当天晚上我没有收到希尔贝特的信，我归咎于她的疏忽和忙碌，深信第二天清晨的信件中肯定有她的来信。我每天都期待早上的信件，我的心在剧烈跳动，而当我收到的是别人的来信，而不是希尔贝特的来信时，我垂头丧气。有时我一封信也没有，这倒不见得更糟，因为另一个女人对我的友好表示会使希尔贝特的冷漠更为无情。我接着便寄望于下午的信件。即使在邮局送信的钟点以外，我也不出门，因为她很可能让人送信来。终于，天色已晚，邮递员或斯万家的仆人都不会登门了，于是我便将平静下来的希望转寄于第二天上午。我之所以这样做，是因为我认为我的痛苦不会持久，我必须不断地予以姑且说更新吧。悲伤依旧如前，但它不再像以前那样一成不变地延长最初的激情，而是每日多次地重新开始，激情的更新如此频繁，以至于它最后——它是纯粹物质的、暂时的状态——稳定在那里，因此，前一期待所引起的惶惑还未平静下来，第二次期待便已出现，我每天无时无刻不处在焦虑之中（忍受一个小时也非易事）。这次的痛苦，比起从前那个新年假日来，要严峻百倍，因为这一次我并非完完全全接受痛苦，而是时时盼望结束痛苦。

最后我毕竟接受了痛苦，我明白这是决定性的，我将永远放弃希尔贝特，这也是为我的爱情着想，因为我决不愿意她在回忆中仍然蔑视我。从此刻起，当她给我订约会时，我甚至往往允诺，免得她认为我在为爱情赌气，但到最后一刻钟，我写信对她说我不能赴约，并一再表示遗憾，仿佛我在和某位我不想见的人打交道。我觉得，这些一般用于泛泛之交的表示歉意的客套话，比起对所爱的女人佯装的冷淡口气来，更能使希尔贝特相信我的冷漠。我不用言词，而用不断重复的行动，以便更好地说明我无意和她见面；等我真正做到这一点，她也许会重新对我感兴趣。可惜，这是空想。不再和她见面以便重新唤起她和我见面的兴趣，这种办法等于永远失去她，因为，首先，当这个兴趣重新苏醒时，为了使它持久，我便不能立刻顺从它，其次，到那时最严酷的时刻已成过去，因为我最需要她的是此时此刻。我真想警告她，很快，这种分离的痛苦将大大减弱，我将不会像此时此刻那样，为了结束痛苦而想到投降、和解，重新和她相见。将来，等到希尔贝特恢复对我的兴趣，而我也可以毫无危险地向她表达我的兴趣时，这种兴趣经不起如此漫长的分离的考验，将不复存在。希尔贝特对我来说将成为可有可无的人。我很清楚这一点，但我没法对她讲。如果我告诉她长久不见面我不会再爱她，那么她会以为我的目的仅仅是让她赶快召唤我。在此期间，我总是挑希尔贝特不在家，她和女友外出不回家吃饭的日子去拜访斯万夫人（对我来说她又成为往日的她，当时我很少看见她女儿，少女不来香榭丽舍大街时，我便去槐树大街散步），好让希尔贝特明白，我之所以不见她，并非被别的事缠身，也并非身体欠佳，而是不愿意见面，尽管我作了相反的表白。这种办法使我比较顺利地坚持了分离。既然我能听见别人谈到希尔贝特，她肯定也听见人们谈到我，而且她会明白我并不依恋她。像所有处于痛苦中的人一样，我觉得自己的处境虽然不妙，但并不是最糟的，因为我可以随意进出希尔贝特的家（虽然我决不会利用这项特权）。如果痛苦过于剧烈，我可以使它中止。所以我的痛苦每天都是暂时的，这样说还不够，每小时中有多少次（但此刻已无决裂的最初几个星期里那种令人窒息的、焦虑的期待——在我回到斯万家以前），我对自己朗诵有一天希尔贝特将寄给我，或者亲自送来的那封信！

这个时时浮现在眼前的、想象的幸福，帮助我忍受了真正的幸福的毁灭。不爱我们的女人犹如“失踪者”，尽管我们知道再无任何希望，我们却仍然期待，等待稍稍一点儿动静，稍稍一点儿声响。好比母亲虽然明知作危险勘察的儿子已葬身大海，但仍时时想象他会奇迹般得救，而且即将身强体壮地走进门来。这种等待，根据回忆的强弱及器官的抗力，或者使母亲在多年以后承认这个事实，逐渐将儿子遗忘并生活下去，或者使母亲死去。另一方面，一想到我的悲伤有利于我的爱情，我便稍稍得到宽慰。我探望斯万夫人而不和希尔贝特见面，这种访问每次都是残酷的，但是我感到它会改善希尔贝特对我的看法。

每次去看斯万夫人以前，我总要打听清楚她女儿是不是确实不在家，我这样做不仅仅是因为我决心与她断交，也因为我仍希望和解，这个希望重叠在断交的意图之上（希望和意图很少是绝对的，至少并不总是绝对的，因为人的心灵有一条规律，它受突然涌现的不同回忆所左右，这规律即间断性），并且使我意识不到这个意图的残酷性。我很清楚希望极为渺茫。我像一个穷人，如果他在啃干面包时心想等一会儿也许有位陌生人会将全部家财赠给他，那么他就不会那么伤心落泪了。为了使现实变得可以忍受，我们往往不得不在心中保留某个小小的荒唐念头。因此，如果不和希尔贝特相遇，我的希望会更完好无损——虽然与此同时，我们的分离更成为现实。如果我在她母亲家与她迎面相遇，我们也许交换几句无法弥补的话，那会使决裂成为永恒，使我的希望破灭，另一方面，它所产生的新焦虑会唤醒我的爱情，使我难以听天由命。

很久以前，早在我和她女儿决裂以前，斯万夫人就曾对我说：“您来看希尔贝特，这很好，不过希望您有时也来看看我，但不要在我的舒弗莱里日[1]来，客人很多，会使您厌烦，挑别的日子来，辰光稍晚我总在家。”因此，

① 舒弗莱里，奥芬巴赫轻歌剧中的主人公，此处指正式接待日。

我的拜访仿佛仅仅是满足她很久以前表达的愿望。我在时辰很晚、夜幕降临、我父母即将吃晚饭时出门去斯万夫人家，我知道在访问中不会遇见希尔贝特，但我一心想的仅仅是她。那时的巴黎不像今天这样灯火辉煌，即使市中心的马路也无电灯，室内的电灯也少见，而在这个当时被认为偏僻的街区里，底层或比底层略高的中二层（斯万夫人通常接待客人的房间就在这里）的客厅射出明亮的灯光照亮街道，使路人抬眼观看。他自然将这灯光，将这灯光的明显而隐晦的起因与大门口那几辆华丽马车联系起来。当他看到一辆马车起动时，便颇有感触地认为奥秘的起因发生了变化，其实只是车夫怕马匹着凉，因此让马匹来回溜达，这种走动给人留下深刻印象，因为胶皮车轮静寂无声，它使马蹄声显得更清脆、更鲜明。

在那些年代里，不论在哪条街上，只要住房离人行道不是太高，从街上就能看见室内的“冬季花园”（如今只能在斯达尔①新年礼品丛书的凹版照片中见到），这种花园与如今路易十六式客厅的装饰——极少鲜花，长颈水晶玻璃瓶中只插着单独一枝玫瑰花或日本蝴蝶花，再多一枝也插不进——恰恰相反，它拥有大量的、当时流行一时的室内装饰性植物，而且在安排上毫无讲究，它体现的不是女主人如何冷静地采用毫无生气的装饰，而是她如何热切爱着活生生的植物。它更使人想到当时流行于公馆中的便携式微型花房。元月一日凌晨，人们将这种花房放在灯下——孩子们没有耐心等到天亮——放在新年礼品中间，而它是最美的礼品，因为人们可以用它培育植物，从而忘记光秃秃的冬天。冬季花园不仅和这种花房相似，还和花房旁边的那本精美书本上的花房图画相似，那幅画也是新年礼物，但不是赠给孩子们，而是赠给书中女主人公莉莉小姐的，它使孩子们如此着迷，以至他们现在虽已老迈，但仍然认为那些幸运年代的冬天是最美好的季节。过路人踮起脚往往就能看见在这冬季花园的深处，

---

① 斯达尔是法国文人及出版商（1814—1886）。

在各式各样的乔木的内侧（从街上看进去，亮着灯的窗子仿佛是儿童花房——图画或实物——的玻璃罩），一位身着礼服、纽扣上插着一枝栀子花或石竹花的男人，正站在一位坐着的女士面前，两人的轮廓影影绰绰，如同一块黄玉中的两个凹雕，客厅充满了茶炊——当时是新进口货——的雾气，这种茶炊雾气今天仍然有，但人们习以为常，不再理会。斯万夫人很重视这种“茶”，她认为对男人说“您每天晚一点来，我总在家，您来喝茶”这句话既新颖又有魅力，她暂时用英国口音，并伴之以温柔甜蜜的微笑，因此对方十分认真，神情严肃地向她鞠躬，仿佛此事至关重要，奇异不凡，人们应该肃然起敬，决不可掉以轻心。斯万夫人客厅里的鲜花不仅具有装饰性，除了上述原因以外，还有一个与时代无关，仅与奥黛特旧日生活有关的原因。她曾经是交际花，大部分时间和情人在一起，也就是说在她家中，因此她要安排好自己的家。在体面女人家里所看到的，并且被体面女人认为重要的东西，对交际花来说就更为重要。她每天的高峰时刻不是穿衣去给别人观赏，而是脱衣和男人幽会。她无论穿便袍还是穿睡衣，都必须像出门打扮一样风度翩翩。别的女人将珠宝炫耀于外，而她却将它藏于内室。这种类型的生活，要求并且使人习惯于一种隐秘的、几乎可以说是漫不经心的奢侈。斯万夫人的这种奢侈也扩及花草。在她的安乐椅旁总有一个硕大的水晶玻璃盆，里面全都是帕尔马蝴蝶花或是花瓣散落在水中的雏菊花。花盆似乎向来访者证明这是她所喜好的消遣——正如她喜欢独自喝茶一样，可惜被不速之客打断了。这种消遣甚至比喝茶更亲密，更神秘。因此，当来客看到展示在她身旁的鲜花时，会情不自禁地想向她道歉，仿佛他翻看了奥黛特尚未合上的书的标题，而标题会泄露她读的是什么，也就是说她此刻想的是什么。何况鲜花比书籍更有生命。人们走进客厅拜访她，发现她并非单独一人而惶惑不安；人们和她一同回家，看到客厅并非空寂而惶惑不安。这些鲜花在客厅中占有神秘的地位，它们与人所不知的女主人的生活密切相关。它们不是为来访者准备的，而是仿佛被奥黛特遗忘在那里。它们以前和现在都与奥黛特密谈，因此，人们害怕打扰它们，同时目不转睛地盯着那如稀释水彩般的、淡紫色的帕尔马蝴蝶花，徒劳地试图窥见其中的奥妙。从十月底起，奥黛特尽量按时回家喝茶，当时它仍然称作 five o'clock tea（五点钟的茶），因为奥黛特听说（并喜欢向别人重复）维尔迪兰夫人办沙龙正是为了告诉别人她这个钟点一定在家。奥黛特也想办一个沙龙，与维尔迪兰沙龙同一类型，但是更自由，用她的话说，senza rigore①。因此，她仿佛是德·莱斯比纳斯小姐，从小集团中的迪·德方②夫人那里夺来最讨人喜欢的男人，特别是斯万，好另立门户。按某种说法，在她的分裂活动和隐居生活中，斯万一直追随她，然而，尽管她能轻易地使不了解往事的新交相信她的话，她自己却并不信服。然而，当我们喜欢某些角色时，我们一再在众人面前扮演，又一再私下排练，因此想到的往往是它们虚幻的见证，而将真实几乎遗忘殆尽。斯万夫人整天在家时，穿着双绉丝便袍，它如初雪一般洁白纯净，有时穿着百褶薄纱长袍，上面洒满了粉色和白色的花瓣。今天，人们可能认为这身装束与冬天不相称，其实不然。这些轻盈的丝绸和柔和的色彩使她（那时的客厅挂有门帘，十分闷热，描写沙龙生活的小说家当时最高的褒词便是"舒舒服服地垫得厚厚的"）像她身边那些仿佛冬去春来裸露出肉红色的玫瑰花一样显得娇弱畏寒。地毯使脚步声难以觉察，女主人又隐坐在客厅一角，毫不觉察你的到来，因此，当你来到她面前时，她仍在埋头看书，这增加了浪漫性，增加了魅力——仿佛突然发现奥秘，至今我们记忆犹新。斯万夫人穿的便袍当时已不时新，大概只有她还仍然穿着它们，因此仿佛是小说中的人物（只有亨利·格雷维③的小说中才见过这

① 意大利文：无拘束。

② 德·莱斯比纳斯，迪·德方都是十八世纪著名沙龙的女主人。

③ 亨利·格雷维，法国女小说家（1842—1902），作品情节曲折，以俄罗斯为背景。

种便袍）。此刻是初冬，奥黛特客厅里硕大的菊花万紫千红，这是斯万从前未在她的寓所见过的。我赞赏它们——当我闷闷不乐地拜访斯万夫人时，我的失意使这位希尔贝特的母亲具有浓厚的神秘诗意，因为她第二天会对女儿说："你的朋友来看我了"——可能是由于那些菊花或是和路易十五式丝椅垫一样呈浅粉色，或是和她的双绉睡袍一样雪白，或是和她的茶炊具一样呈铜红色，它们给客厅的布置又加上一层装饰，这层装饰也同样艳丽高雅，但却具有生命，而且只能持续几天。使我尤为感动的是，与十一月黄昏薄雾中的夕阳所放射的绚丽的红色或深褐色相比，菊花的颜色并非转瞬即逝，它持续的时间更长。我看见阳光在空中暗淡下去，我跨进斯万夫人家，发现阳光再现，转移到菊花那火焰般的色彩上。这些菊花仿佛是高超的彩色画家从瞬息万变的大气和阳光中猎取来装点住宅的光彩一样，它们敦促我抛开深沉的忧郁，利用喝茶的这个小时去贪婪地享受十一月份短暂的乐趣（这乐趣闪烁在我身旁那亲切而神秘的菊花光辉之中）。可惜，我所听见的谈话并不能使我达到这光辉，谈话与光辉毫无共同之处。时光不早，但是斯万夫人温柔地对戈达尔夫人说："啊不，还早呢，别瞧钟，还不到时间，钟也不准。您有什么事要急着走呢？"同时又朝并未放下小皮夹的教授夫人递去一小块馅饼。

"要从这里出去可不容易。"邦当夫人对斯万夫人说。这句话表达了戈达尔夫人的感想，她惊奇地大声说："可不是，我的小脑瓜里也总是这么想的。"她的话得到赛马俱乐部先生们的赞成。当斯万夫人将他们介绍给这位毫不可爱、平庸无奇的矮女人时，他们仿佛受宠若惊，一再致敬，而戈达尔夫人对奥黛特显赫的朋友也十分谨慎，用她的话说，"严阵以待。"（她喜欢用高雅的字句来表述最简单的事物）"您瞧瞧，连着三个礼拜三您都失约。"斯万夫人对戈达尔夫人说。"可不是，奥黛特，有多少个世纪、多长的日子我们没见面了。我这不是认罪了吗？不过，您知道，"她用一种过分腼腆和含糊的神气说（虽然是医生的夫人，她谈起风湿病或肾绞痛来也不直截了当)，“我遇到不少小麻烦。各人都有难念的经嘛！我的男仆中出了一场风波，其实我并不比别的女人更看重权威，但是，我不得不辞退膳食总管，以示警戒，他也正想找一个更赚钱的工作。他这一走几乎引起内阁全体辞职，连我的贴身侍女也不愿意留下，那场面可以和荷马媲美。不过，我终于掌稳了舵，这个教训使我获益匪浅。瞧，我用这些仆人的琐事来使您厌烦。您也知道，不得已进行人员调整，这是多么伤脑筋的事。您那位漂亮女儿不在家？”她问道。“不，我那位漂亮女儿在女友家吃饭。”斯万夫人回答，同时转身对我说：“我以为她给您写过信，让您明天来看她哩。”接着又对教授夫人说：“您的婴儿怎么样？”我长长地舒了一口气。斯万夫人的话向我证明，只要我愿意我就可以和希尔贝特见面，而这正是我前来寻找的安慰，正因为如此，我这段时期的访问成为必不可少的。“没有，我今晚给她写几个字。再说，希尔贝特和我再不能见面了。”我说话的语气仿佛将这分离归结为某个神秘原因，这样一来，我可以保持爱情的幻想，我谈到希尔贝特和她谈到我时的温柔口吻使这幻想不至于破灭。“您知道她十分爱您。您明天真的不来？”斯万夫人说。一阵喜悦突然使我飞了起来，我心里想：“为什么不来呢？既然是她母亲亲自请我？”但我立刻堕入忧愁之中。我担心希尔贝特看到我时会认为我最近的冷淡是伪装的，因此我宁愿继续不见面。在个别交谈中，邦当夫人抱怨说她讨厌政治家的夫人们，并且装腔作势地说所有的人都可厌和可笑，她为她丈夫的地位感到遗憾。

“这么说，您可以一口气接待五十位医生夫人？”她对戈达尔夫人说，因为后者对谁都和蔼可亲，认真履行义务。“啊，您是有美德的人。我嘛，在部里，当然我必须接待。哎！那些官太太，您知道，真没办法，我没法不对她们伸舌头。我的外甥女阿尔贝蒂娜也和我一样。您不知道这小姑娘有多冒失。上星期我的接待日那天，来了一位财政部次长的夫人，她说她对烹调一窍不通。我那位外甥女露出最美妙的微笑回答说：‘可是，夫人，您肯定知道烹调是怎么回事,因为令尊大人刷过盘子。'"

"啊!我真喜欢这故事,妙极了!"斯万夫人说,接着又向戈达尔夫人建议道:"医生出诊的日子,您至少能享受一下可爱的家,和花草书本及您喜欢的东西做伴吧。"

"就这样,她直截了当地给了那位女士两下,砰,砰,她可不含糊。事先一点风也不透,这个小坏蛋,像猴子一样机灵。您是幸运者,您能克制自己,我特别羡慕那些善于掩饰思想的人。"

"我并不需要这样做,夫人,我这人很随和。"戈达尔夫人轻声说,"首先,我没有您这样的特权地位。"她略略提高声音。每当她在谈话中塞进微妙的殷勤和灵巧的恭维,以博得好感并有益于丈夫的事业时,她总是这样略略抬高声音以增强效果的,"其次,我对教授是鞠躬尽瘁的。"

"不过,夫人,问题不在于愿意不愿意,而在于能够不能够。您大概不属于神经质的人。而我,一看见国防部部长夫人装模作样,我就禁不住模仿她。我这脾气真糟糕。"

"啊!对了,"戈达尔夫人说,"听说她有抽搐的毛病。我丈夫还认识一位地位很高的人,当然,这些先生私下议论起来……"

"对了,夫人,正像那位驼背的礼宾司司长。他每次来,不到五分钟我必定要碰碰他的驼背。我丈夫说我会让他丢了差事,有什么办法呢,让他的部见鬼去吧!对,让他的部见鬼去吧!我该把这句话印在信纸上作为座右铭。我这样说一定使您听着刺耳吧,您是位和气的人,而我,我承认,我喜欢小小的恶作剧,不然生活就太单调了。"

她一个劲地谈论丈夫的部,仿佛它曾是奥林匹斯似的。为了转移话题,斯万夫人转身对戈达尔夫人说:

"您看上去真漂亮。是勒德弗商店做的?"

"不,您知道,我是罗德尼兹商店的信徒,再说,这是改的。"

"是吗,挺有派头!"

“您猜多少钱？……不，第一位数不对。”

“怎么，这么便宜，简直是白给的。人家告诉我的比这要贵三倍。”

“人们就是这样写历史的。”医生的妻子回答说。接着她指着斯万夫人送她的围脖缎带说道：“您瞧，奥黛特，您还认得吗？”

门帘掀开了一半，伸进一个脑袋，他毕恭毕敬、彬彬有礼，戏谑地假装唯恐打扰众人，这是斯万。“奥黛特，阿格里让特亲王正在我的书房，他问能不能来看看你。我该怎样回答他呢？”“我很乐意。”奥黛特显然满意地说，但脸色平静。这很自然，因为她曾接待过高雅人士（即使在她当交际花的时期）。斯万将这个批准令带去给亲王。如果不是在这个空隙里维尔迪兰夫人走了进来，他就要领着亲王回到妻子身边。

斯万和奥黛特结婚时，曾要求她不再和那个小集团来往（他这样做当然有许多理由，而且，即使没有理由，他也会这样做，因为忘恩负义是一条规律，它容不得例外，它更证明了这一点：所有牵线搭桥的中间人不是缺乏远见就是毫无私心）。他只允许奥黛特和维尔迪兰夫人每年互访两次。“女主人”的某些信徒十分气愤，认为这未免太过分，为她鸣不平，因为多年以来，奥黛特，甚至斯万，一直被她视为上宾。小集团中诚然有虚情假意的兄弟，他们不去维尔迪兰夫人家，而是偷偷地赴奥黛特的约会，而且，万一事情泄露，他们便借口说想见见贝戈特（尽管“女主人”说贝戈特不去斯万家，又说他毫无才华可言，但她仍然想方设法——用她的话说——吸引他），但小集团中也有“过激分子”，他们对妥善的个别处理方式（它往往使当事人避免采取极端态度来对待某人）一窍不通，而是盼望维尔迪兰夫人与奥黛特一刀两断（这个愿望当然落空），使奥黛特从此再不能得意洋洋地笑着说：“自从分裂出来，我们很少去‘女主人’家。我丈夫还是单身汉时，去她家比较容易，可是结婚以后就不那么容易了……说老实话，斯万先生受不了维尔迪兰大妈，所以他也不愿意我和她经常来往。而我呢，作为忠实的妻子……”斯万陪同妻子出席维尔迪兰家的晚会，但是当维尔迪兰来看奥黛特时，他往往回避。因此，如果“女主人”在座，他就让阿格里让特亲王一个人进去。奥黛特单独将亲王介绍给维尔迪兰夫人，她不愿意维尔迪兰夫人在这里听见默默无闻的姓氏，而愿意让她看到许多陌生面孔，从而自认为置身于贵族名流之中。奥黛特的这番算计十分奏效，维尔迪兰夫人当晚便带着鄙夷的神气对丈夫说：“她的朋友们真可爱，的确是反动势力的精华！”

奥黛特对维尔迪兰夫人也抱着相反的幻觉。这个沙龙当时并未具有后来的雏形，维尔迪兰夫人甚至还不到孵化期——在此期间停止大聚会，因为新近赢得的、为数可观的名流会被众多无名小卒所淹没，因此宁可等待，等到被吸引来的十位体面人物繁殖七十倍！如同奥黛特即将做的那样，维尔迪兰夫人也将“上流社会”作为目标，但她的进攻范围仍然狭窄，而且与奥黛特的进攻区相距甚远（奥黛特有可能达到同样目标，有可能进行突破），因此，奥黛特对“女主人”所拟定的战略计划一无所知。当人们对奥黛特说维尔迪兰夫人是赶时髦的女人时，奥黛特笑了起来，真心诚意地说：“恰恰相反。首先她不具备赶时髦的条件。她谁也不认识。其次，说句公道话，她觉得现在就很好。不，她喜欢的是星期三的聚会，愉快的谈话。”她暗暗羡慕维尔迪兰夫人作为“女主人”所强调的艺术（奥黛特在这所杰出学校中也学到了这门艺术），那就是（对女主人而言），善于“聚集”，善于“组织”、“发挥”、“隐退”的艺术，充当“桥梁”的艺术，虽然这些艺术仅仅是为空虚涂上色彩，对空虚进行雕琢，确切地说是虚无的艺术。

斯万夫人的女友们看到维尔迪兰夫人来访十分诧异，因为在她们的想象中，维尔迪兰夫人与她高朋满座（永远是小集团）的客厅是无法分开的，而此刻她们惊奇地看到，在这位作为客人的“女主人”身上，在她那张安乐椅上，竟重现、凝聚、浓缩了整个小集团。她裹在一件和这间客厅墙上挂的白色皮毛同样毛茸茸的鹡鸰皮大衣里，仿佛是客厅中的客厅。胆怯的女客唯恐打扰主人，起身告辞，并且用复数人称说：“奥黛特，我们先走了。”就仿佛人们在探视刚能行走的病人时采用复数人称说话，以暗示别让病人过度疲劳。人们羡慕戈达尔夫人，因为“女主人”称呼她的名字。“我带您一起走？”维尔迪兰夫人问戈达尔夫人，她怎能忍受一位信徒不追随她而独自留下呢？“这位夫人已经好意要我坐她的车了。”戈达尔夫人回答，她不愿意让人以为她为了讨好有名气的人而将答应乘邦当夫人的三色标志马车一事忘在脑后：“我真谢谢你们这些朋友。你们要我乘你们的车，对我这个没车夫的人来说，真是运气。”“特别是，”“女主人”回答说（她不敢说得太多，因为她对邦当夫人略有了解，而且刚刚邀请她参加每星期三的聚会），“您住得离克雷西夫人那么远。啊，我的天，我永远也不习惯说斯万夫人。”对小集团这些才智平庸者来说，佯装不习惯称斯万夫人，这也是一种玩笑。维尔迪兰夫人又说：“我一向习惯于称克雷西夫人，刚才差一点又说漏嘴。”其实她在对奥黛特说话时故意说错，而决非差一点说漏嘴了。“奥黛特，您住的地方这样偏僻，不害怕吗？晚上回家我会提心吊胆的。再说，这里又潮湿，对您丈夫的湿疹十分不利。总不至于有耗子吧？”“没有！多可怕呀！”“那就好，这是别人对我说的。我很高兴这是谣传，我这人特别害怕老鼠，都不敢来看您了。再见，亲爱的，回头见，您知道我多么高兴见到您。您不会摆弄菊花。”她一面往外走一面说，斯万夫人起身送她。“这是日本菊花，您得照日本方式插花。”当“女主人”走了以后，戈达尔夫人大声说：“我可不同意维尔迪兰夫人的看法，虽然在一切问题上我都把她当做戒律和先知。奥黛特，只有您能找到这么漂亮的菊花，用时新的说法，漂亮应用阳性形容词。”斯万夫人轻声回答说：“亲爱的维尔迪兰夫人对别人的花有时不够友好。”戈达尔夫人为了打断对“女主人”的批评，便问道：“您去哪家花店？勒梅特尔？那天在勒梅特尔花店前有一株很大的粉色灌木，于是我便做了一件大蠢事。”但她不好意思说出那株灌木的精确价格，只是说“不易上火”的教授也暴跳如雷，说她瞎花钱。“不，不，除了德巴克以外，我没有固定的花店。”戈达尔夫人说：“我也一样，不过我承认我偶尔对它不忠，去拉肖姆花店。”“哈！您抛弃德巴克花店而去拉肖姆花店，我可要去告密了。”奥黛特回答说，尽量显得风趣，好引导谈话。她在自己家中比在小集团中要轻松自如得多，她又笑着补充说：“再说，拉肖姆花店的价格惊人，未免太贵了，我觉得实在不像话。”

邦当夫人曾不止一百次地说过她不愿意去维尔迪兰家，此刻却因受到星期三聚会的邀请而兴奋不已，而且盘算着如何才能尽量多去几次。首先，她不知道维尔迪兰夫人是容不得任何一次缺席的。其次，邦当夫人属于那种人们不乐于与之交往的女人，这种女人被邀请参加“系列”聚会时往往不是干脆地赴约（她们不像那些稍稍有空便愿意出门的人那样使主人高兴），而是相反地强制自己不去参加第一次和第三次晚会，希望自己的缺席会引起注意；她们只出席第二次和第四次晚会，但如果别人告诉她们第三次晚会将十分精彩，那么她们便将秩序颠倒一下，借口说“很可惜，上一次她们没有空”。邦当夫人既然是这种人，便盘算在复活节前还有几个星斯三，她怎样才能多去一次，而无强加于人之嫌。她想在和戈达尔夫人一同回家的路上得到稍许启示。“啊！邦当夫人，您站起来了，这种逃跑的信号可真不好。您上星期四没有来，应该给我补偿……来，再坐下，就一会儿。晚饭以前，您总不会再拜访别人吧！真的，您不想尝尝？”斯万夫人一面递过点心，一面说：“您知道，这些小玩意味道不坏，虽然看上去不怎么样，您尝尝，您一定会喜欢的。”戈达尔夫人说：“不，看上去就好吃。奥黛特，您家里的食品可真丰富。我不用问是在哪里买的，我知道您总是去雷巴特商店。我得承认，我不像您那样专一，我常去布内博内商店买小点心和糖果，那里的冰淇淋可实在不好，而雷巴特商店对冰冻食品，不论是冷冻甜点还是果汁冰糕，都很拿手，我丈夫说，nec plus cultra[1]。”“不过，这些点心是自己家里做的，您真的不要？”邦当夫人说：“不，

① 拉丁文：世界的尽头；好得不能更好了。

要不我就吃不下饭了。不过我再坐片刻,您知道,和您这样聪明的女人谈天是件快事。”“您会觉得我多管闲事,奥黛特,不过我很想知道您对特龙贝夫人那顶大帽子的评价。当然大帽子是目前流行的款式,但是,是不是稍稍过分了?刚才她那顶帽子比起前几天她来我家戴的帽子,还是小巫见大巫哩。”“哪里,我可不聪明,”奥黛特带着理当如此的神气说,“其实我这人很轻信,人家说什么我都相信,常常为一点小事伤心发愁。”她影射的是最初因嫁给斯万这样的人而痛苦不安,斯万有自己的生活并和别的女人来往。阿格里让特亲王听见她说“我可不聪明”,立刻认为应该加以否定,但却缺乏敏捷的反应能力。“您胡说什么呀!”邦当夫人高声说。“您还不聪明?”亲王赶紧抓住这根救命稻草说:“这是什么话?大概耳朵在骗我吧?”奥黛特说:“真的,我不骗你们,我确实是小市民,容易大惊小怪,满脑子偏见,坐井观天,十分无知。”接着她打听夏吕斯男爵的近况:“您见到亲爱的男爵了吗?”“您算无知?”邦当夫人惊呼道,“那么,那些官员,那些只会谈论衣着服饰的殿下夫人又算什么呢!……对了,夫人,就在上个礼拜,我和公共教育部部长夫人谈到《洛亨格林》[1]。她说:‘啊,《洛亨格林》,对了,这是牧羊女游乐场上一次的表演,据说逗人笑得直不起腰。’我听了真想给她一记耳光,您瞧瞧,夫人,有什么办法,这种话怎不叫人发火。我是个倔人,您是知道的,”接着她又转脸对我说,“您说呢,先生,我的话有理吧?”“依我说,”戈达尔夫人说,“这情有可原,我们常常被突然的问题弄得措手不及,所以答非所问,这一点我略有体会,因为维尔迪兰夫人经常这样让我们出洋相。”“谈到维尔迪兰夫人,”邦当夫人问戈达尔夫人:“您知道下星期三她家有哪些客人?……我记起来了,对,我们接受了邀请,下星期三去她家。您是不是先到我家吃晚饭?然后我们一同去她家。我独自去有点胆怯,也不知为什么,这位尊贵的女士一直使我害怕。”

---

① 《洛亨格林》是瓦格纳的三幕歌剧。

“我可以告诉您，”戈达尔夫人说，“使您害怕的是她的嗓音，这没办法，哪会人人都有斯万夫人那样好听的声音呢？不过，‘女主人’这话很对，只要你开口说话，冰雪立刻融化，维尔迪兰夫人确实很好客，当然我理解您此刻的心情，第一次去陌生地方总是不太自在的。”“您也来和我们一道吃饭吧，”邦当夫人对斯万夫人说，“饭后我们一同去维尔迪兰家，玩维尔迪兰游戏，到那里以后我们三人待在一边自己交谈，‘女主人’会对我瞪眼睛，从此不再邀请我，不过我不在乎。那会使我大大开心咧。”她这番话似乎不太真实，因为她接着又问：“您知道下星期三她家会有哪些客人？聚会都干些什么？客人总不至于太多吧？”“我肯定不会去，”奥黛特说，“我们只能在最后那个星期三露露面。如果您愿意等到那时……”然而，邦当夫人对这个延期的建议似乎毫无兴趣。

一个沙龙的才智价值往往与风雅成反比，然而，既然斯万认为邦当夫人讨人喜欢，那就是说一个人沉沦而被迫与另一类人为伍时，他对他们不再苛求，对他们的才智及其他不再挑剔。如果这一点是真的，那么，个人和民族一样，在失去独立性的同时也失去自己的文化修养，甚至语言。这种容忍态度的后果之一，便是从某个年龄开始，人们越来越喜欢听别人赞扬和鼓励自己的才智和气质，例如，大艺术家不再和具有独特性的天才交往，而只和学生来往，后者和他的唯一共同语言是他的教条，他们对他唯命是从、顶礼膜拜，又例如，在聚会中某位唯爱情至上的、卓越的男士或女士会认为，那位虽然才智平庸，但话语之间对风流韵事表示理解和赞同的人才是最聪明的人，因为他的话使情人或情妇的情欲本能得到愉快。再以斯万为例。邦当夫人说，有些沙龙只接待公爵夫人们，真是岂有此理！此时，作为奥黛特的丈夫的斯万便点头称是，要是往日在维尔迪兰家中，他会对邦当夫人不以为然，而此刻却说她是个好女人，既富有风趣，又不附庸风雅。他也乐于给她讲一些有趣的事，使她“乐得直不起腰”，她没听说过这些事，但一点就“通”，她喜欢讨人欢心，喜欢取乐。

“这么说，医生不像您那么酷爱花？”斯万夫人问戈达尔夫人，“啊！您知道，我丈夫是圣人，中庸之道。不过他倒是有一个嗜好。”邦当夫人眼中闪着狡黠、欢乐和好奇，问道：“什么嗜好，夫人？”戈达尔夫人简单明了地说：“看书。”“这种嗜好可没什么让妻子担心的。”邦当夫人惊呼道，一面克制邪恶的微笑，“您知道，医生完全钻到书里去了！”“那好呀，您不用担心害怕……”“哪里，我担心……他的眼睛。我得回去了，奥黛特，下次再来敲府上的门。说到视力，您听说维尔迪兰夫人要在新买的房子里装电灯吗？这消息不是我的私人密探告诉我的，是从另一条渠道，电工米尔德那里听说的。您瞧我对消息来源毫不隐瞒。连卧室也要装电灯，配上灯罩使光线柔和，多么美妙的奢侈！我们的同代人总是追求新玩意，哪怕是世上独一无二的玩意。我一位朋友的嫂嫂在家里装了电话，不用出门就能向供应商订货。我承认我略施小技让她同意我哪天去对着电话机谈话。电话对我很有诱惑力，不过我宁肯去朋友家打电话，而不愿自己装电话。新鲜劲一过，电话会完完全全成为累赘的。好了，奥黛特，我走了，别再挽留邦当夫人，她要送我回家，我必须走，您这下子可让我闯祸了：我丈夫比我先到家！”

我也一样应该告辞回家了，虽然还没有品尝菊花这些鲜艳斑斓的外壳所蕴藏的冬天的乐趣。乐趣尚未来到，而斯万夫人似乎不再等待什么了。她任仆人收拾茶具，仿佛在宣布：“关门了！”她终于开口说：“真的，您也要走？那好吧，再见。”即使我留下来，也就未必能体会到这陌生的乐趣，而原因不仅仅在于我的忧郁，也就是说这种乐趣并不存在于迅速导致告辞时刻的那条时间的老路上，而是存在于我所不知的一条小路上，我本该拐弯进去才对。不过，我的拜访至少已经达到目的，希尔贝特会知道她不在家时我来看过她父母，还会知道，用戈达尔夫人的话说，我“一上来，从一开始就征服了维尔迪兰夫人”（医生夫人从未见过维尔迪兰夫人如此“殷勤讨好”，还说“你们大概天生有缘分”）。希尔贝特将知道我曾恰如其分地、怀着深情谈起她，她将知道我们不见面我仍然能生活下去，而她最近对我的嫌恶，在我看来，正是因为她认为我没有这个能力。我曾对斯万夫人说我不能再见希尔贝特。我这样说，仿佛我决心永远不再见她。我要给她写的信也表达同样的意思。但是，为了给自己鼓气，我要求自己作最后的、短暂几天的努力。我对自己说："我这是最后一次拒绝她的约会。我将接受下一次约会。"为了减少这种分离的痛苦，我不把它看做是永久分离，虽然我感到它将是永久的。

这一年的元旦对我十分痛苦。当您不幸时，无论是有意义的日子还是纪念日，一切都会令你痛苦。然而，如果你失去了亲爱者，那么，痛苦仅仅来源于强烈的今昔对比，而我的痛苦则不然，它夹杂着未表明的希望：希尔贝特其实只盼着我主动和解，见我没有采取主动，她便利用元旦给我写信："到底是怎么回事？我爱上你了，你来吧，我们可以开诚布公地谈谈，见不到你我简直无法生活。"从旧年的岁末起，我就认为这样一封信完全可能，也许并非如此，但是我对它的渴望和需要足以使我认为它完全可能。士兵在被打死以前，小偷在被抓获以前，或者一般来说，人在死前，都相信自己还有一段可以无限延长的时间，它好比是护身符，使个人——有时是民族——避免对危险的恐惧（而并非避免危险），实际上使他们不相信确实存在危险，因此，在某些情况下，他们不需要勇气便能面对危险。这同一类型的毫无根据的信念支持着恋人，使他寄希望于和解，寄希望于来信。其实，只要我不再盼望信，我就不会再等待了。尽管你知道你还爱着的女人对你无动于衷，你却仍然赋予她一系列想法——即使是冷淡的想法——赋予她表达这些想法的意图，赋予她复杂的内心生活（你在她的内心中时时引起反感，但时时引起注意）。对希尔贝特在元旦这一天的感觉，我在后来几年的元旦日都有切身体会，那时，我根本不理睬她对我是专注还是沉默，是热情还是冷淡，我不会想，甚至不可能想到去寻求对我不复存在的问题的答案。我们恋爱时，爱情如此庞大以致我们自己容纳不了，它向被爱者辐射，触及她的表层，被截阻，被迫返回到起点，我们本人感情的这种回弹被我们误认为对方的感情，回弹比发射更令我们着迷，因为我们看不出这爱情来自我们本人。

元旦一小时一小时地过去，希尔贝特的信没有来。那几天我收到几张迟发的或者被繁忙的邮局延误的贺年卡，所以在元月三号和四号，我仍然盼望她的信，不过希望越来越微弱。后来几天里，我哭了许多次。这是因为，我放弃希尔贝特并不如我想象的那样出自真心诚意，我一直盼望在新年收到她的信，眼前这个希望破灭了，而我又来不及准备另一个希望，我像服完了一小瓶吗啡而手头又没有第二瓶吗啡的病人一样痛苦异常。但是也可以有另一种解释，而这两种解释并不相互排斥，因为同一种感情有时包括相反的因素，那就是在我的内心中，对希尔贝特来信所抱的希望曾使她的形象离我更近，当初我急于见她，我如何见到她，她如何待我，凡此种种所引起的激情曾再次涌上心头。立即和解的可能性否定了顺从——其巨大力量往往不被我们察觉。人们对神经衰弱的病人说，只要他们躺在床上不看信不读报，他们便会逐渐安静下来，然而病人却不相信，认为这种生活方式只会更刺激他们的神经，同样，恋人们从相反的心理状态来观察"放弃"，在未真正付诸实行以前，他们也不会相信"放弃"会具有裨益身心的威力。

由于我心跳过速，人们叫我减少咖啡因的剂量，我减量以后，剧烈心跳果然停止，于是我开始怀疑：与希尔贝特近乎绝交时我所感到的焦虑莫非是由咖啡因所引起的？而每当这种焦虑重现时，我总以为是因为我看不见希尔贝特，或者（偶尔与她相遇）看见她冷冷的面孔而感到痛苦。不过，如果说这药才是痛苦的根源，而我的想象力进行了错误解释的话（这也不必大惊小怪，因为情人们最沉重的精神痛苦往往是由和他们同居的女人的生理习惯所引起的)，那么它仿佛是使特里斯坦和依索尔德①饮后长久相爱的药酒。咖啡因的减量虽然立即使我身体好转，但并未消除我的忧郁。如果说这带毒性的药没有创造忧郁，至少它曾使忧郁更为尖锐。

快到一月中旬，我对新年来信的希望破灭，失望所引起的附加的痛苦稍稍有所缓解，然而，“节日”前的悲伤又卷土重来。它之所以十分残酷，是因为我就是这个悲伤的制造者，有意识的、自愿的、无情的、有耐心的制造者。希尔贝特和我的关系是我唯一珍惜的东西，而我却不遗余力地破坏它，用长期不来往的办法逐渐制造我的冷漠(并非她的冷漠，但实际上是一回事)。我不断地、竭尽全力地使我身上爱恋希尔贝特的那个我进行残酷的慢性自杀，而我清楚地意识到我此刻的行为及将来的后果。我不仅知道再过一段时间我将不再爱希尔贝特，还知道她将为此感到遗憾，她会想方设法和我见面，但都和今天一样不能如愿以偿，并不是因为我太爱她，而是因为我肯定会爱上另一个女人，我将长时间地渴望她，等待她，不肯腾出一秒钟来和希尔贝特见面，因为希尔贝特对我将毫无意义。毫无疑问，就在此刻(我已决心不见她，除非她正式要求解释，或者表白全部爱情，而这是决不会发生的)，我已失去希尔贝特，但我却更爱她(我比去年更强烈地感到她对我是多么重要，去年的每天下午，我都能如愿以偿地和她在一起，以为我们的友谊不受任何威胁)。毫无疑问，此刻我憎恶这个念头：有一天我会对另一个女人产生同样的感情。这念头从我这里夺去的不仅仅是希尔贝特，还有我的爱情和痛苦，而我是在爱情和痛苦之中，在眼泪中努力确定希尔贝特的意义的，现在却必须承认这爱情和痛苦并非她所专有，它们迟早会献给另一个女人。因此——这至少是我当时的想法——我们永远超然于具体对象之外，当我们恋爱时，我们感到爱情上

① 特里斯坦和依索尔德是十二世纪法国民间传奇中的两个人物，他俩因误喝药酒永生相爱，并受迫害。

并未刻着具体对象的名字,它在将来,在过去,都可能为另一个女人(而不是这个女人)诞生:而当我们不恋爱时,我们以明哲的态度对待爱情中的矛盾,我们随兴所至地高谈阔论,但我们并不体验爱情,因此并不认识它,因为对爱情的认识具有间歇性,感情一出现,认识即消亡。我将不再爱希尔贝特,我的痛苦让我隐约窥见我的想象力所看不到的未来,当然,此刻还来得及向希尔贝特发出警告,告诉她这个未来正逐渐成形,告诉她它的来临是迫近的,甚至无法避免的——如果她希尔贝特不来协助我对那尚在萌芽状态的未来的冷漠进行摧毁的话。多少次我想象给希尔贝特写信,或者跑去对她说:“请注意,我已作出决定。此刻是我最后一次努力。这是我们最后一次见面。很快我就不再爱你了!”可这又何必呢?我有什么权利责备希尔贝特无动于衷呢?我自己不是对除她以外的一切无动于衷,而并不引咎自责吗?最后一次!对我来说,这是天大的事,因为我爱希尔贝特。但是对她来说,这就好像是友人在移居国外以前写信要求来访一样,而我们往往予以拒绝(仿佛拒绝爱我们的讨厌女人),因为我们在盼望快乐。我们每天所支配的时间具有弹性,我们所体验的热情使它膨胀,我们所引起的热情使它收缩,而习惯将它填满。

此外,即使我对希尔贝特讲,她也听不懂。我们说话时,总以为听话者是我们自己的耳朵,自己的脑子。我的话语仿佛穿过暴雨的活动水帘才到达希尔贝特那里,拐弯抹角,面目全非,仅仅是可笑的声音,而再无任何含义。人们借话语所表达的真理并不具有不可抗拒的确凿性,它不能立即使人信服,必须经过一段时间真理才能在话语中完全成形。例如,在论战中,某人不顾种种论据证据,将对立面的理论斥为叛逆,但是后来他却皈依了这个最初被他憎恶的信念,而原先徒劳传播这个信念的人却不再相信它。又例如一部杰作,对于高声朗诵的崇拜者来说,它当然是传世之作,无需证明,而听者却认为它毫无意义或者平庸无奇,但后来听者也承认这是杰作,可惜为时太晚,作者已无法知道。同样,在爱情上,不论你做什么，障碍决不会被绝望者从外部摧毁；只有当你对它们不再感兴趣时，它们才会从另一方面，被不爱你的女人的内心力量所推倒；昔日你试图推倒但总不成功，如今它却突然坍塌，但对你已毫无意义。如果我将自己未来的冷漠及其防止办法告诉希尔贝特，她会以为我这样做表明我对她的爱情和需求超过她的估计，因此她更讨厌和我见面。确实，正是爱情使我比她更清楚地预见到这个爱情的结束，因为我连续处于前后矛盾的精神状态。我本来可以通过写信或见面对希尔贝特发出这个警告，因为这段时间说明我并非须臾离不了她，并且向她证明没有她我也能活下去。不巧的是，某些人，不知出于好意还是恶意，向她说起我，而那口气使她认为是我央求他们这样做的。每当我得知戈达尔、我母亲，甚至诺布瓦先生用笨拙的话语破坏我刚刚作出的牺牲，践踏我的克制态度所获得的结果时（他们使她误认为我不再保持克制），我感到双倍的气恼。首先，我那用心良苦又卓有成效的回避必须从头开始，因为那些讨厌的人在我背后破坏了我的努力，使我前功尽弃。不仅如此，我和希尔贝特见面的愉快也会减色，因为她不再认为我在体面地顺从，而认为我暗中活动，以谋求她不屑于赏赐的会晤。我诅咒人们这种无聊至极的闲言碎语，他们往往在关键时刻深深地伤害我们，而并无使坏或帮忙之意。他们什么也不想，为说话而说话。有时是因为我们未能对他们保持沉默，而他们的嘴又不紧（和我们一样）。当然，在摧毁爱情的这项残酷工程中，他们的作用远远比不上两个人——这两人往往在一切即将圆满解决时使一切付之东流，其中一人出于过度的善意，另一人出于过度的恶意，而我们并不像怨恨不识时务的戈达尔之流一样怨恨这两个人，因为第二位是我们所爱的人，第一位是我们自己。

每次拜访斯万夫人，她总邀请我和女儿一道喝午茶，而且叫我直接给她女儿回信，因此，我常常给希尔贝特写信，在信中我没有选用我认为最有说服力的词句，而仅为我的眼泪寻找最温柔的河床，因为遗憾和欲望一样，并不试图自我分析，只要求自我满足。当一个人恋爱时，他的时间不是用来弄明白他的爱情是怎么回事，而是用来促成明天的约会。当他放弃爱情时，他不试图理解自己的悲伤，而是试图向引起这种悲伤的女人献上他认为最动人的话语。他说的是他认为有必要讲的，而对方不会理解的话，他在为自己说话。我写道："我原先以为这决不可能，唉！看来这并非十分困难。"我还说："也许我再不见你了。"我的话避免冷淡（她会认为那是矫揉造作），但当我写下这些话时，我在流泪，因为我感到它们表达的不是我可能相信的事，而是实际上即将发生的事。下一次她托人要求和我见面时，我也会像这次一样鼓足勇气不让步，这样一来，经过一次又一次的拒绝，我会逐渐达到因长久不见面而不想见面的状态。我流泪，但是我有勇气（而且感到愉快）牺牲和她相会的幸福，以求有朝一日吸引她，然而，到了那一天，吸引不吸引她对我来说已无关紧要了。我假定——尽管不太可能——此刻她在爱我，正如我最后那次拜访她时她说的那样，我假定她的厌倦情绪不是出于对我的厌烦，而是出于嫉妒的敏感性，出于和我相似的虚假的冷漠，这种假定仅仅使我的决定不那么残酷。我想象在几年以后，当我们彼此相忘时，我回顾往事，对她说我此刻写的信没有一个字是真的，她会回答："怎么，你当时爱着我？你知道我多么盼望这封信，多么盼望和你见面，这封信使我哭得多伤心！"我从她母亲家一回来便动手写信，虽然我想到我可能正在制造误会，但这个想法，由于它带来的忧愁，也由于它带来的愉快（我想象希尔贝特爱着我），促使我把信写下去。

当斯万夫人的"茶会"结束，客人们告辞时，我脑子里想的是如何给她女儿写信，而戈达尔夫人想的却完全是另一种事情。她"巡视"一番，毫无例外地向斯万夫人赞扬客厅的新家具，醒目的新"添置品"，在其中发现奥黛特在拉彼鲁兹街的前寓所里某几件东西（虽然为数极少），特别是她的吉祥物——宝石雕成的动物。

斯万夫人从一位受她敬重的朋友那里学到了"过时"一词，它打开了新的眼界，因为它所指的恰恰是几年以前她认为“时髦”的东西，因此这些东西便统统隐退，与曾作为菊花支撑的金色格子架、许多希鲁商店的糖果盒，以及印有花饰的信纸堆在一起（还不算装饰壁炉板的硬纸钱币，早在她认识斯万以前，一位颇有修养的男人就劝她将它们收起来）。此外，在这些暗色墙壁（与斯万夫人稍后的白色客厅完全不同）的房间中，在这种艺术气质的紊乱和画室般的杂乱中，远东风格在十八世纪风格的进逼下节节败退，斯万夫人为了使我更“舒服”而拍打的椅凳上绣的是路易十五式的花束，而不再是中国龙。她经常待在房间里，她说：“我很喜欢这间房，常常使用它。我不能生活在怀有敌意的、陈腐的东西中间。在这里我才能工作。”（她并未说明是画画还是写书；当时那些不愿无所事事，想有点作为的女人开始对写书感兴趣。）她的周围都是萨克森瓷器（她说这个字时带英国音，她喜欢这种瓷器，甚至不论谈到什么都说：这真漂亮，就像萨克森瓷器上的花）。她爱惜它们，甚过往日的瓷雕像和瓷花盆，唯恐无知的仆人碰坏它们。他们那无知的手常使她惶惶不安，使她大发雷霆，而斯万这位如此温顺和彬彬有礼的主人，竟目睹妻子吵吵嚷嚷而毫无反感。清醒地看到缺点，这丝毫无损于爱情，而是相反，使缺点更为可爱。如今，奥黛特在接待熟朋友时不再穿日本睡袍了，而是穿色彩鲜艳的绉丝浴袍，她用手抚摸胸前那花纹图案中的泡沫，她浸泡在其中，悠然自得，随心嬉戏，她的皮肤如此清凉，呼吸如此深沉，仿佛丝袍在她眼中并非像布景一样的装饰品，而是满足她对容貌和卫生的苛求的，如 tub（澡盆）和 footing（散步）一样的必需品。她常说她宁可没有面包，也不能没有艺术和清洁，她常说，如果《蒙娜丽莎》被烧毁，那会比“大量”朋友被烧死使她更为悲痛。这些理论在她的朋友们看来似乎荒谬绝伦，但却使她显得出众，因而引起比利时大臣每周一次的来访。如果以她为太阳的这个小世界的人们得知她在别处，例如在维尔迪兰家，被认为是蠢女人的话，一定会大惊失色。由于头脑灵活，斯万夫人更喜欢和男人来往，而不大喜欢和女人来往。当她评论女人时，总是从风流女人的角度出发，挑剔她们身上不受男人欣赏的地方，体型粗笨哪，面色难看哪，尽写错字哪，腿上汗毛太重哪，气味难闻哪，眉毛是假的哪，不一而足。相反，对曾宽厚待她的某个女人，她便不那么尖刻，特别是当这女人生活不幸时。她巧妙地为这女人辩护说："人们对她未免太不公平了。我敢保证她是个好人。"

如果戈达尔夫人以及克雷西夫人旧日的朋友长时间没见到奥黛特，那么他们一定很难认出奥黛特客厅的摆设，甚至很难认出奥黛特本人。她看上去比以前年轻许多！当然，这一方面是因为她发胖了，既然身体更健康，显得那么神色安详、精神饱满、容光焕发。另一方面是由于她的新发型，光滑平整的头发增加了面部的宽度，玫瑰色的粉使脸更有神采，昔日那棱角过于鲜明的眼睑和侧面现在似乎柔和多了。这种变化的另一个原因如下：奥黛特到了中年，终于发现或者说发明她自己的独特面貌，某种永恒的"性格"，某种"美的类型"，于是她在那不协调的面部轮廓上——它曾被飘忽不定、软弱无能的肉体所左右，最轻微的疲劳使它在刹那之间长了好几岁，仿佛是暂时的衰老，因此，长久以来，它根据她的心情和面色而向她提供一个零散的、易变的、无定形的、迷人的脸——贴上这个固定的脸式，仿佛是永不衰退的青春。

斯万的房间里没有别人给他妻子拍的那些漂亮照片，尽管她在照片上的穿戴各不相同，但那神秘和胜利的表情仍能使人们认出她那洋洋得意的身影和面庞。他房间里只有一幅十分简单的老式照片，它摄于奥黛特贴上固定脸式以前，因此她的青春和美貌似乎尚未存在，尚未被她发现。然而，斯万忠实于另一种观念，或者说他恢复原有的观念，他在这位处于走动和静止之间的、脸色疲惫、目光沉思的瘦弱少妇身上所欣赏的是波堤切利式的美。确实，他仍然喜欢在妻子身上看到波堤切利的画中人。奥黛特却相反，她不是极力突出，而是弥补和掩饰她身上那些她所不喜欢的东西，它们在艺术家看来可能正是她的"性格"，而她作为女人，认为这是缺点，甚至不愿意别人提起这位画家。斯万有一条精美的、蓝色和粉红色的东方披巾，当初他买下来是因为《圣母赞歌》[1]中的圣母也戴这样一条披巾，但是斯万夫人从不肯戴它。只有一次她听任丈夫为她订做一套衣服，上面饰满了雏菊、矢车菊、勿忘草、风铃草，和《春》[2]一模一样。有时，傍晚时分她感到疲乏，斯万便低声叫我看她那双沉思的手，它们那无意识的姿势就像圣母在圣书上写字（那里已经写着《圣母赞歌》）以前往天使端着的墨水瓶里蘸墨水的姿势一样灵巧而稍稍不安。但是斯万接着说："您千万别告诉她，她要知道了准会改变姿势。"

除了斯万情不自禁地试图在奥黛特身上发现波堤切利的忧郁节奏以外，在其他时刻，奥黛特的身体是一个统一体，它全部被"线条"圈住，线条勾画出这个女人的轮廓，而将旧款式的崎岖线路、矫饰的凸角和凹角、网络以及分散杂乱的小玩意统统删去，而且，凡当身体在理想线条内侧或外侧显出错误和不必要的弯曲时，这条线便大胆纠正大自然的错误，并且在整整一段路程上，弥补肉体和织物的缺陷。那些衬垫、其丑无比的"腰垫"已经消失，带垂尾的上衣也无影无踪，以前，这种上衣盖过裙子，并且由僵硬的鲸须撑着，一直给奥黛特一个假腹部，使她仿佛是一堆七拼八凑的、零散的构件。如今，流苏的垂直线和褶裥饰边的弧线已被身体的曲线所取代，身体使丝绸起伏。仿佛美人鱼在拍水击浪，贝克林纱也具有了人性，身体从过时款式那长长的、混沌和模糊的包膜中挣脱出来，成为有机的、活生生的形式。然而，斯万夫人喜欢并善于在新款式中保留旧款式的某些痕迹。有时，我晚上无心工作，又知道希尔贝特和女友们看戏去了，便临时决定去拜访她父母。斯万夫人通常身着漂亮的便服，裙子是一种好看的深色（深红色或橘红色），它不是流行色，因而似乎另有含义，裙子

---

① 波堤切利的作品。

② 波堤切利的壁画。

上斜绣着一条宽宽的、镂空的黑丝带，使人想到旧日的镶褶。在我和她女儿绝交以前，有一天，春寒料峭，斯万夫人邀我去动物园。她走热了便或多或少地敞开外衣，露出衬衣的齿状饰边，仿佛是她几年以前常穿而如今不再穿的背心上轻微的齿形贴边。她的领带——她忠实于“苏格兰花呢”，但是颜色柔和得多（红色变为粉红色，蓝色变为淡紫色），以致人们几乎以为这是最流行的闪色塔夫绸——以特有的方式系在颔下，人们看不出它在哪里打结，并不由自主地回忆起如今不再流行的帽“带”。如果她再“坚持”一段时间，那么，年轻人在试图解释她的服饰时会说：“斯万夫人本人就是整整一个时代，对吧？”优美的文体在于将各种不同形式重叠起来，暗藏在其中的传统使它更臻优美，斯万夫人的服饰也一样。对背心及圆结的朦胧回忆，加上立即被克制的“划船服”①趋向，甚至加上对“跟我来，年轻人”②的遥远而模糊的影射，这一切使古老的形式一一重现（不完全的重现）在眼前的具体形式之中，那些古老形式是不可能让裁缝或妇女服装商真正制作出来的，但它却牵动人们的思绪。因此，斯万夫人蒙上一层高贵色彩，而这也许是因为这些装饰既然毫无用处，那么它应该有一种比实利更高的目的，也许是因为它是过去岁月留下的痕迹或者这个女人所特有的衣着上的个性，总之，这种高贵色彩使她千姿百态的装束神态如一。人们感到她的穿着不仅仅是为了身体的舒适或装饰。她的衣着仿佛是整个文明的精致而精神化的体系，将她团团裹住。

一般来说，每逢她母亲的接待日，希尔贝特往往请朋友来喝茶，有时却不然，她不在家，我便趁机赴斯万夫人的“午后茶会”。她总是穿得漂漂亮亮的，塔夫绸、双绉、丝绒、绫罗绸缎，她的衣着不像平日居家的便服那样随便，而是精心配色，仿佛准备外出。在这样一个下午，她那居家的闲

---

① 划船式的短上衣。

② 此处指女帽上的花结，飘带披在身后。

散中又增添了某种灵敏与活跃。衣服的式样既大胆又简单，与她的身段动作十分贴合，而衣袖仿佛具有象征性，因日子不同而改换颜色。蓝丝绒表达的是突然的决心，白塔夫绸表达的是愉快的心情，而为了显示伸臂动作中所包含的雍容高贵的审慎，她采取了闪烁着巨大牺牲的微笑的形式——黑色双绉。与此同时，既无实际效益又无明显理由的“装饰”给色彩艳丽的袍衣增添了几分超脱、几分沉思、几分奥秘，而这与她一向的忧郁，至少与她的黑眼圈和手指节所蕴含的忧郁是完全一致的。蓝宝石吉祥物、珐琅质的四瓣小叶三叶草、银质纪念章、金颈饰、绿松石护身符、红宝石细链、黄玉栗子，在这大量的珠宝首饰下面，袍衣本身具有彩色图案，它越过镶贴部分而贯彻始终，还有一排虚设的、无法解开的、小小的缎子纽扣，以及富有微妙暗示的、既精致又含蓄的饰带；衣服上的这一切，和珠宝首饰一样，似乎——此外不可能有任何理由——泄露了某种意图，构成爱情的保证，保守隐情、遵守迷信，似乎是对痊愈、誓愿、爱情或双仁核游戏的纪念。有时，蓝丝绒胸衣上隐隐约约出现亨利二世式样的缝叉，黑缎袍上有轻微隆起处，它或是在靠近肩头的袖子上，使人想起一八三〇年的“灯笼袖”，或是在裙子上，使人想起路易十五的“裙环”。袍衣因而显得微妙，仿佛是化装服，它让对往日的朦胧回忆渗入到眼前生活之中，从而赋予斯万夫人某种历史人物或小说人物的魅力。如果我向她提到这一点，她便说：“我不像许多女友一样玩高尔夫球。我没有任何理由像她们那样穿毛线衫。”

斯万夫人送客回来，或者端起点心请客人品尝而从我身边经过时，趁混乱之际将我拉到一边说：“希尔贝特特别叫我请您后天来吃饭。我原先不知道能不能见到您。您要是不来我正要给您写信呢！”我继续反抗，这种反抗对我来说越来越不费劲，因为，虽然你仍然喜爱对你有害的毒品，但是既然你在一段时间内由于某种必要性而不再服用，你就不能不珍视这种恬静（你以前曾失去），这种既无激动又无痛苦的状态。你对自己说永不再见你所爱的女人，如果这话不完全属实，那么，你说愿意再见她也不全是真话。人们之所以能忍受和所爱的人分离，正是因为他们相信这只是短暂的分离，他们想到的是重聚的那一天，然而，另一方面，他们深深感到，会见可能导致嫉妒，它比每日对团聚（即将实现但却一再延期！）的遐想更痛苦，因此，即将与所爱的女人相见的消息会引起不愉快的激动。人们一天天地拖延，他们并非不希望结束分离所引起的难以容忍的焦虑，但他们害怕那毫无出路的激情东山再起。人们喜欢回忆而不喜欢这种会见，回忆是驯良的，人们可以随心所欲地往回忆中加进幻想，因此那位在现实生活中不爱你的女人却可以在你的幻想中对你倾诉衷肠！人们逐渐将愿望掺进回忆，使回忆变得十分甜蜜。既然它比会见更令人愉快，会见便被一再推迟，因为在会见中你再无法使对方说出你爱听的话，你必须忍受对方新的冷淡和意外的粗暴。当我们不再恋爱时，我们都知道，不如意的爱情要比遗忘或模糊的回忆痛苦得多。尽管我没向自己承认，但我盼望的正是这种遗忘所带来的安详的平静。

此外，这种精神超脱和孤独疗法所引起的痛苦，由于另一种原因而日益减弱。此疗法在治愈爱情这个固执念头以前，先使它削弱。我的爱情仍然炽烈，坚持要在希尔贝特眼中赢回我的全部威望。我认为既然我有意不和希尔贝特见面，那么我的威望似乎应该与日俱增，因此，那些接踵而至的、连续不断的、无限期的日子（如果没有讨厌鬼干预的话），每天都是赢得的、而非输掉的一天。也许赢得毫无意义，既然不久以后我就会被宣布痊愈。顺从，作为一种习惯方式，使某些力量无限增长。在和希尔贝特闹僵的第一个晚上，我承受悲哀的力量十分微弱，如今它却变得无法估量的强大。不过，维持现状的倾向偶尔被突然冲动所打断，而我们毫不在意地听任冲动的支配，因为我们知道在多少天、多少月里我们曾经做到、并仍将做到放弃它。在积蓄的钱袋即将装满时，人们突然将它倒空。当人们已经适应某种疗法时，却不等它生效而突然中断，有一天，斯万夫人像往常一样对我说希尔贝特见到我会多么愉快，这话仿佛将我长久以来已经放弃的幸福又置于我伸手可及的地方，我震惊地意识到，要品尝这种快乐，当时还不算太晚，于是我急切地等待第二天，我要在晚饭前出其不意地去看希尔贝特。

这整整一天，我耐心等待，因为我正在策划一件事。既然往事一笔勾销，既然我们重归于好，我要以情人的身份和她见面。我每天将送给她世上最美的鲜花。如果斯万夫人（尽管她无权当过分严厉的母亲）不允许我送花，那么我每隔一段时间就将送些更为珍贵的礼品。父母给我的钱是不够买礼品的，所以我想到了那个中国古瓷瓶，它是莱奥妮姨母给我的礼物，母亲每天都预言弗朗索瓦丝会来对她说："它都散架了。"既然如此，卖掉它岂不更好？那样一来，我就有条件使希尔贝特高兴了。它大概可以卖到足足一千法郎吧。我让仆人把它包了起来。由于习惯，我一向不注意这个瓷瓶，它的易手至少产生这样一个效果——让我认识它。我带上它出门，我将斯万的地址告诉车夫，让他从香榭丽舍大街走，因为那条街的拐角上有一家我父亲常去的大的中国古玩店。使我万分惊奇的是，店主立刻出价一万法郎，而不是一千法郎，我兴高采烈地接下这一沓钞票，整整一年我都有钱每天买玫瑰花和丁香花送给希尔贝特了。我走出商店坐上马车，由于斯万家离布洛尼林园很近，车夫没有走往常那条路，而是顺着香榭丽舍大街走。当车驶过贝里街的拐角时，在暮色中，我隐约看见在斯万家附近，希尔贝特正朝相反的方向走去，她步履坚定，但走得很慢，正和身旁一位青年男子交谈，那人的面孔我看不见。我在车上直起身来，想让车夫停车，但又迟疑。这时，两位散步者已走远了，他们那悠闲的步伐所勾画出的两条柔和对称的线很快就消失在香榭丽舍的阴影之中。我随即到达希尔贝特家门前。斯万夫人接待我说："啊！她会后悔的。不知怎么回事她不在家。刚才她上课时感到很热，对我说她想和女友出去换换空气。""我在香榭丽舍大街上看见的可能是她。""不会吧。总之，别对她父亲讲，他不喜欢她在这个钟点出门。good evening(晚安)。”我告辞，叫车夫从原路返回，但没有找到那两位散步人。他们到哪里去了？黄昏中，他们神情诡秘地在谈什么呢？

我回家，绝望地想着那意想不到的一万法郎，它们本该使我有能力时时让希尔贝特高兴，而现在，我却决心不再见她。在中国古玩店的停留曾使我充满喜悦，因为我期望从今以后女友见到我时会感到满意和感激。但是，如果没有这次停留，如果马车没有经过香榭丽舍大街，那么我就不会遇见希尔贝特和那青年男子了。因此，从同一件事上长出了截然对立的枝杈，它此刻产生的不幸使它曾经产生的幸福化为乌有。我这次遭遇和通常发生的事恰恰相反，人们企望欢乐，却缺乏达到欢乐的物质手段。拉布吕耶尔说过：“无万贯家财而恋爱是可悲的。”于是只好一点一点地，努力使对欢乐的期望熄灭。我的情况却相反，物质手段已经具备，然而，就在同时，出于第一个成功的必然后果，至少出于它的偶然后果，欢乐却消失了。这样看来，我们的欢乐就该永远无法实现。当然，一般说来，欢乐的消失并不发生在我们获得实现欢乐的手段的同一天晚上。最常见的情况是我们继续努力、继续抱有希望(在一段时间内)，但是幸福永远不会实现。当外界因素被克服时，天性便将斗争从外部转移到内部，逐步使我们变心，使我们期望别的东西，而不再是我们即将占有的东西。如果形势急转直下，我们的心尚来不及改变，那么，天性也绝不放弃对我们的征服，当然它得稍稍推迟，但更为巧妙，同样见效。于是，在最后一刹那，对幸福的占有从我们身边被夺走，或者说，由于天性的邪恶诡计，这种占有本身竟毁灭了幸福。当天性在事件和生活的一切领域中失败时，它便创造最后一种不可能性，即幸福心理的不可能性。幸福现象或是无法实现或是产生最辛酸的心理反应。

我捏着一万法郎，但它们对我毫无用处。我很快就花光了，比每日给希尔贝特送花还要快。每当暮色降临，我心中苦闷，在家里待不住，便去找我不爱的女人，在她们怀中痛哭。连使希尔贝特高兴一下的愿望也消失殆尽。如今去希尔贝特家只会使我增加痛苦。头一天我还认为，重见希尔贝特是世上最美的事，现在我却认为这远远不够，因为当她不在我身边时，她使我担心害怕。一个女人正是这样在不知不觉中，通过她给我们带来的新痛苦而增加她对我们的威力，但同时也增加我们对她的要求。她使我们痛苦，越来越缩小对我们的围困，增加对我们的枷锁，但同时也使我们在原先认为万无一失的枷锁之外增加了对她的束缚。就在头一天，如果我不害怕使希尔贝特厌烦，我会要求少数几次会晤，而现在我不能以此为满足，我会提出其他许多条件，因为，爱情和战争相反，你越是被打败，你提的条件就越苛刻、越严厉，如果你还有能力向对方提条件的话。但是我没有这个能力，所以我首先决定不再去她母亲家。我心中仍想：我早已知道希尔贝特不爱我，我如愿意可以去看她，如不愿意便可逐渐将她忘记。然而，这个想法犹如对某些疾病无效的药物，它对时时出现在我眼前的那两条平行线——希尔贝特和那位年轻男子在香榭丽舍大街上慢步远去——无能为力。这是一种新痛苦，有一天它会耗尽，有一天当这个形象出现在我脑海中时会完全失去它的毒汁，就好比我们摆弄剧毒而毫无危险，就好比我们用少许火药点烟而不用害怕爆炸。此时，我身上正有另一种力量与有害力量——一再重现希尔贝特在暮色中散步的情景——相搏斗。我的想象力朝相反的方向作有效的活动，以粉碎记忆力的反复进攻。在这两股力量中，前一种力量当然继续向我显示香榭丽舍大街上的那两位漫步者，而且还提供取自往日的、另一些令人不快的形象，例如，当希尔贝特的母亲要求她留下陪我时她耸肩的形象。但是第二种力量按照我的希望所编织的蓝图，勾画出未来的图景，它比起如此狭小而可怜的过去来，更令人高兴，更充实。如果说，阴郁不快的希尔贝特在我眼前重现了一分钟的话，那么在多少分钟里我设想的是将来，她会想办法和我言归于好，也许还会促使我们订婚！当然想象力施展于未来的这种力量，毕竟来自过去。随着我对希尔贝特耸肩所感到的恼怒逐渐减弱,我对她的魅力的回忆也会减弱,而正是回忆使我盼望她回到我身边。过去还远远没有死亡。我仍然爱着我自以为憎恶的女人。每当人们夸奖我的发型或气色时,我总希望她也在场。当时不少人表示愿意接待我,我十分不快,一概拒绝,甚至在家中引起争吵,因为我不肯陪父亲出席一个正式宴会,而那里有邦当夫妇及他们的侄女阿尔贝蒂娜——几乎还是个孩子。我们生活中的不同时期就是这样相互重叠的。你为了今天所爱的、而有一天会认为可有可无的东西,而轻蔑地拒绝去会见你今天认为可有可无,而明天将爱上的东西。如果你答应去看它,那么你也许会早些爱上它,它会缩短你目前的痛苦,当然,用另一些痛苦取而代之。我的痛苦在不断变化。我惊奇地发现,在我心中,今天是这种感情,明天又是那种感情,而它们往往和希尔贝特所引起的希望或恐惧有关。这里指的是我身上的希尔贝特。我本该告诫自己,另一个希尔贝特,真正的希尔贝特,也许与这个希尔贝特截然不同,她根本没有我所赋予她的惋惜之情,她大概很少想到我,不仅比我对她的思念要少很多,而且比我臆想中她对我的思念也要少得多(我想象和希尔贝特幽会,探寻她对我的真实感情,幻想她思念我,一直钟情于我)。

在这种时期,悲伤虽然日益减弱,但仍然存在,一种悲伤来自对某人的日日夜夜的思念,另一种来自某些回忆,对某一句恶意的话、对来信中某个动词的回忆。其他形形色色的悲伤,留到下文的爱情中再作描写,在此只声明在上述两种悲伤中,第二种比第一种残酷许多倍,这是因为我们对所爱的人的概念始终活在我们心中,它戴上我们立即归还的光环而无比美丽,它充满频繁产生的甜蜜希望,或者(至少)永久的宁静忧伤(还应该指出,使我们痛苦的某人的形象,与它所引起的日益严重、不断延伸、难以治愈的爱情忧伤极不相称,就好比在某些疾病中,病因与连续发烧及缓慢痊愈极不相称一样)。如果说我们对所爱的人的概念蒙上了往往乐观的精神反光的话，那么，对具体细节的回忆，恶言，充满敌意的信（我从希尔贝特那里只收到一封这样的信）却是另外一回事，可以说我们所爱的人恰恰活在这些零散片断之中，而且具有比在我们对她的整体概念中更为强大的威力。这是因为我们读信时，一目十行，怀着对意外不幸的可怕焦虑，而并非像凝视我们所爱的人那样怀着宁静而忧郁的惋惜。这种悲伤是以另一种方式形成的，它来自外部，沿着最深沉的痛苦这条路一直深入我们的心灵。我们以为女友的形象是古老的、真实的，其实这形象一再被我们更新，而残酷的回忆却早于这个更新的形象，它属于另一个时期，是极端可怕的过去的见证人（少有的见证人）。过去仍然存在，但我们除外，因为我们喜欢抹掉它而代之以美好的黄金时代，代之以重归于好的天堂，而这些回忆，这些信件却将我们拉回到现实，对我们迎头痛击，使我们感到我们日夜等待的那种毫无根据的希望离现实多么遥远。这并不是说这个现实应该永远不变（虽然有时的确不变）。在我们的生活中有过许多女人，我们从不希望与她们相见，而她们当然以沉默来回答我们决非敌意的沉默。既然我们不爱她们，我们便不算计与她们分离了多少年头，这是个反例，但当我们论证分离的效果时却忽略了它，好比相信预感的人忽略预感落空的实例一样。

然而，分离毕竟可以起作用。重新相见的欲望和兴趣最终会在此刻蔑视我们的心中重新燃起。但是需要时间，而我们对时间的要求与心对变化的要求同样苛刻。首先，时间是我们极不愿意给予的东西，因为我们急于结束如此沉重的痛苦。其次，另一颗心需要时间来完成变化，但与此同时，我们的心也会利用时间来进行变化，以致当我们原定的目标即将实现时，它却不再是目标了。目标是可以达到的，幸福是最终可以获得的（当它已不再是幸福时），这个想法本身只包含一部分真理。当我们对幸福变得冷漠时，它降临在我们身上。正是这种冷漠使我们变得不大苛求，使我们认为它如果出现在往日会使我们心满意足（其实当时我们会觉得这幸福并不圆满）。人们对于漠不关心的事不太苛求，也缺乏判断。我们所不再爱恋的人对我们所表示的殷勤，与我们的冷漠相比，似乎绰绰有余，但对我们的爱情而言，却远远不足。甜言蜜语和幽会使我们想到的只是它可能带来的乐趣，我们忘记了当初我们会希望其他一系列的情侣幽会，而正由于这种贪婪的渴望我们会使幽会无法实现。因此，当幸福姗姗来迟、我们再无法享受它，我们不再爱恋时，这个迟到的幸福是否是我们从前苦苦期待的幸福呢？只有一个人知道，当时的我，但它又不复存在，而且，只要它再出现，幸福——无论相同或不相同——便烟消云散。

我等待梦想——我将不再依恋它——的实现，我像当初不太认识希尔贝特时一样任意臆想她的话语和信，她请求我宽恕，她承认除我以外从未爱过任何人，并且要求嫁给我，由于这些想象，一系列不断更新的温柔形象终于在我思想中占据很大地盘，压倒了希尔贝特和青年男子的幻象，因为幻象缺乏补给。要不是做了一个梦，此刻我会再次拜访斯万夫人。我梦见一位朋友，究竟是谁难以确定，他对我背信弃义，并且认为我对他也无情无义，这个梦使我痛苦得猝然惊醒，醒来后痛苦未减，于是我重新想这位朋友，试图回忆这位梦中人是谁，他的西班牙名字已经朦胧不清，我开始释梦，仿佛既是约瑟又是古埃及法老。[①] 我知道在许多梦中，人物的外表是不足信的，因为他们可以伪装，可以交换面孔，正好比无知的考古学者在修复大教堂中被损毁的圣像时，将此像的脑袋放在彼像的身躯上，而且使特性与名称混淆不清，因此，梦中人的特性与姓名可能使我们上当。我们只能根据痛苦的剧烈程度来认出我们所爱的人，而我的痛苦告诉我，梦中使我痛苦的那位忘恩负义的青年男子正是希尔贝特。于是我回忆起最后一次相见的情景。那天她母亲不许她去看舞蹈，她一面古怪地微笑，一面说她不相信我对她真心诚意，她这话也许出自真心，也许

① 指《圣经·创世记》中法老做了两个梦及圣约瑟释梦这段故事。

是瞎编的。这个回忆使我又联想起另一个回忆。在那以前很久，斯万不相信我是诚恳的人，不相信我能成为希尔贝特的良友。我给他写信也无济于事，希尔贝特将信交还给我，脸上露出同样的难以捉摸的微笑。她并没有立即把信给我。月桂树丛后面的那整个场面，我记忆犹新。一个人痛苦时就具有了道德感。希尔贝特此刻对我的反感似乎是生活对我那天行为的惩罚。惩罚，人们以为在穿过马路时留心车辆，避免危险，就能逃过惩罚。其实还有来自内部的惩罚。事故来自未曾预料的方面，来自内部，来自心灵。我厌恶希尔贝特的话“你要是愿意，咱们就继续搏斗吧”，我想象她和陪她在香榭丽舍大街散步的青年男子单独待在家中的内衣间时，大概也是这样。前一段时间，我以为自己安安稳稳地栖息在幸福之中，如今我放弃了幸福，又以为我至少获得了平静，并能保持下去，这都同样地荒谬。因为，只要我们心中永远藏着另一个人的形象，那么，随时会被摧毁的不仅仅是幸福。当幸福消逝，当我们的痛苦得到平息时，此刻的平静与先前的幸福一样具有欺骗性，并且脆弱不堪。我终于恢复平静，那借助梦境而进入我们身上的，改变我们的精神和欲望的东西也必然逐渐消失，因为任何事物，甚至包括痛苦，也不能持久和永恒。此外，为爱情而痛苦的人，像某些病人一样，是自己的医生。既然他们只能从使他们痛苦的人那里得到安慰，而这痛苦又是那人的挥发物，那么，他们最终只能从痛苦中求得解脱。时刻一到，痛苦本身会向他们揭示良方，因为，随着他们的心灵将痛苦来回摆弄，痛苦便显示出那位被思念者的另一个侧面，这个侧面有时如此可憎，以致人们甚至不愿再见到她，因为在与她欢聚以前先得使她痛苦；这个侧面有时又如此可爱，以致人们将臆想的温柔变作她的优点并以此作为希望的根据。在我身上重新苏醒的痛苦终于平息下来，但我愿意尽量少拜访斯万夫人。这首先是因为，在仍然爱恋但遭遗弃的人身上，作为生活支柱的等待——即使是暗中的等待——自然而然地发生感情变化，尽管表面上一切如初，但第一种情绪已经为第二种相反的情绪所取代。第一种情绪是使我们惶惑不安的痛苦事件的后果或者反映。此时我们恐惧地等待可能发生的事，尤其是当从我们所爱的人那里没有传来任何新信息，我们更渴望有所行动，但我们不知道某个办法的成功率是多少，而在那个办法以后我们再不可能有所作为。然而，正如刚才所说的，等待虽然在继续，但很快便不再被我们所经历的过去的回忆所左右，而是对想象中的未来充满希望。自此刻起，等待几乎成为愉快的事。何况，第一种等待，稍稍持续以后，也使我们习惯于生活在期望之中。我在最后几次幽会中所感到的痛苦仍然存在于我们身上，但已昏昏欲睡。我们并不急于重温痛苦，何况我们并不太清楚此刻我们要求的是什么。我们在自己所爱的女人身上所占的地盘越多（哪怕稍稍多一点），我们就越觉得未被占领的部分对我们多么重要，而且它永远是不可得的，因为新的满足产生了新的需要。

后来，除了上述原因以外，还有一个原因使我完全停止对斯万夫人的访问。这个后来出现的原因不是因为我忘记了希尔贝特，而是我试图尽快忘记她。我的巨大痛苦结束了，但仍然忧伤，这时，对斯万夫人的拜访又如当初那样成为珍贵的镇静剂和消遣。但是既然对希尔贝特的回忆与这些拜访紧密相连，镇静剂的效应无助于我散心。要想散心，我就必须激励自己身上与希尔贝特毫无关联的思想、兴趣和热情以与我的感情（由于和希尔贝特的分离而不再与日俱增）相抗衡。这种与我们所爱的人毫无关联的思绪会占据地盘，它虽然最初很小，但也是从原先占领我们整个心灵的爱情那里夺取过来的。我们必须发展这些思绪，使之壮大，与此同时，感情不断衰退，仅仅成为回忆，这样一来，进入我们精神中的新因素与感情展开争夺，夺得的地盘越来越大，最后整个心灵被夺了过来。我意识到这是消灭爱情的唯一办法，我还年轻，有勇气这样做，有勇气承受最残酷的痛苦，我相信不论付出多大的时间代价，我最终会成功。我在信中对希尔贝特说，我之所以不见她，是由于我们之间的某个神秘的误会，纯粹是莫须有的误会，我这样说是希望希尔贝特要求我解释清楚。然而，即使在极其一般的交往中，当读信人知道对方故意用一句隐晦、虚假、指责的话作为试探时，他高兴地感到自己掌握——而且保留——行动的控制权和主动权，他决不会要求对方解释。在亲密关系中更是如此，爱情口若悬河，而冷漠缺乏好奇心。希尔贝特既然不怀疑有误会，也不打听是什么误会，那么，对我来说，误会便成为真实的，我每封信都提到它。这种虚假的处境和矫饰的冷漠，具有一种魔力，使你不能自拔。我写道“自从我们的心分开以后”，好让希尔贝特回信说：“可它们并未分开呀，咱们谈谈吧。”但我一而再、再而三地重复，最终我自己也相信我们的心确实分开了。我写道：“对我们来说，生活改变了，但它抹杀不了我们曾经有过的感情。”为的是让她说：“可什么也没有改变呀，这感情比任何时候都强烈。”然而，在再三重复下，我也认为生活确实改变了，我们所回忆的感情不复存在，正好比神经过敏者假装生病，久而久之，真正成为病人，如今我每次给希尔贝特写信，都必然提到这个臆想的变化，她在回信中只字不提，无异于默认，于是变化便存在于我们之间。后来希尔贝特不再保持沉默，而采纳我的观点，就好比在正式祝词中，受款待的国家元首和东道国的国家元首几乎说同样的话。每次我在信中写道：“生活纵然将我们分开，但我们对相聚时光的回忆却永存于心。”她肯定在回信中说：“生活纵然将我们分开，却无法使我们忘记那美好时光，它将永远是珍贵的。”（我们很难说明为什么“生活”使我们分开，究竟发生了什么变化）我的痛苦减轻了许多。然而有一天，我在信中说香榭丽舍大街那位我们所熟悉的卖麦芽糖的老妇人死了，我写道：“我想这会使你难过，它唤醒我许多回忆。”刚一写完，我便泪如雨下，因为我发现我谈到爱情时用的是过去时，仿佛它是一位几乎被遗忘的死者，其实，我不自觉地始终认为这爱情仍然活着，至少可以复活。不愿相见的朋友之间的书信最温柔动人。希尔贝特的信像我给陌生人的信一样，温柔文雅，充满表面上的热情，但对我来说，从她那里得到这种表示已极其甜蜜。

此外，逐渐地，拒绝和她见面不再使我难过。既然她不再像往日那般珍贵，我那痛苦的回忆在不停的再现中失去了威力，无法摧毁佛罗伦萨和威尼斯在我眼前日益增长的魅力。此刻我后悔放弃外交职业而选择了一种定居的生活，当初这样做是为了一位姑娘，但我将再也见不到她，并且几乎忘了她。我们为某人而设计我们的生活，但是，当我们终于能够在其中接待她时，她却不来，接着她从我们的视线中消失，而我们成为为她建造的生活中的囚徒。我父母似乎认为威尼斯太远，气候也太热（对我而言），去巴尔贝克可避免旅途劳顿，因此切实可行。不过如此必须离开巴黎，放弃对斯万夫人的拜访。这些拜访虽然并不频繁，但我偶尔可以听斯万夫人谈起女儿。我开始从中感到某种乐趣，而它与希尔贝特毫不相干。

春天临近，天气骤然变冷。在冰冻的大斋期和冷雨夹雪的复活节前一周，斯万夫人怕冷，便常常裹在皮裘里接待客人，双手和双肩抖瑟地缩在硕大的长方形手笼和洁白发亮的皮毛披肩下。手笼和披肩都是白鼬皮的，她从外面回来并不将它们摘下，因此，它们仿佛是比其他白雪更为持久的残留冬雪，无论是热的炉火还是季节的转换都未能使它们融化。然而，在这间我后来不再光顾的客厅里，这几个虽然冰冷但已经绽开鲜花的星期的全部真理已在我眼前显露，而它通过的是另一种令人醉倒的白色，例如"雪球花"——它那高高的、赤裸的茎干像拉斐尔前派画家①作品中的直线型小灌木，茎干顶端是既分瓣又合拢的球形花，它像报信天使一样洁白无瑕，并向四周散发柠檬的芳香。当松维尔城堡的这位女主人知道，在四月份，即使天寒地冻，也不可能没有鲜花，她知道春夏秋冬决不像城里人所想象的那样泾渭分明（城里人直到初夏时还仍然以为世上只有将房屋淋得透湿的淫雨）。斯万夫人是否只满足于贡布雷的花匠送来的这些

---

① 此派绘画藐视约定俗成的规则，其风景画中常有开满白花的灌木。

花，而不从“特约”花店买来地中海岸的早春花以弥补这尚嫌不足的春之呼唤呢，我不敢肯定，何况当时我根本不在意。在斯万夫人手笼的晶冰旁，摆着那些雪球花（在女主人思想中，它们可能只是按照贝戈特的建议而组成一部与摆设和服饰相协调的《白色大调交响乐》[①]），这就足以使我思念乡村，因为它们使我想到《帕西法尔》[②]中《耶稣受难节的魔力》的音乐其实就是大自然的奇迹的象征（而如果我们稍稍理智一些，每年都可以亲眼目睹奇迹），因为它们夹杂着另一种花朵的酸酸的、令人心醉的芳香，我不知道那种花的名字，但我在贡布雷散步时频频停下来欣赏，因此，斯万夫人的客厅像当松维尔的小斜坡地那样纯净、那样花满枝头（虽无一片绿叶）、那样充溢着浓郁而纯正的芳香。

然而我不该回忆往事，它很可能使我身上残存的对希尔贝特的爱情持久不灭。因此，尽管这些拜访不再使我感到任何痛苦，我还是一再减少拜访的次数，尽量少见斯万夫人。在我未离开巴黎以前，我最多答应和她散步几次。阳光明媚的日子终于到来，天气转暖。我知道斯万夫人在午饭前必出门一个小时，在林园大道，星形广场及当时称作“穷光蛋俱乐部”（因为他们总是聚在那里观看他们听说过的有钱人）的地区附近散步，因此我请求父母允许我在星期日——因为平时我有事——晚一点吃午饭，先去散步到一点一刻时再吃饭。五月份希尔贝特去乡间友人家了，所以每星期日我都去散步。快到正午时我来到凯旋门，我在林园大道路口等待，眼睛紧盯着斯万夫人即将出现的那条小街，她的家离街口只有几米远。在这个钟点，散步者大都回家了，剩下的人寥寥无几，而且多半衣着入时。突然，在沙土小径上出现了斯万夫人，她姗姗来迟、不慌不忙，充满了生机，仿佛是只在正午开放的最美丽的花朵。她的衣裳向四周撒开，它

---

① 法国诗人戈蒂埃（1811—1872）的一首诗。

② 瓦格纳的歌剧，此处指最后部分。

们永远是不同的颜色,但我记得主要是淡紫色,她全身光耀照人,接着她举起长长的伞柄,撑开一把大阳伞的丝绸伞面,丝绸的颜色和衣服上的落花一样。整整一班人马簇拥着她,其中有斯万,还有五六位早上去探望她或与她相遇的俱乐部的男子。他们这一堆灰色或黑色的人顺从地做着几乎机械性动作,像无生命的框架将奥黛特围在中央。你觉得这个唯一的、目光炯炯有神的女人在注视前方,越过这堆男人而注视前方,她仿佛站在窗前凝神远眺,在自己那裸露的柔和色彩中显得纤弱而无畏,她似乎属于另一个种族、陌生的种族,具有战争威力,因此她一个人就足以应付那众多的随从。她微笑着,对美好的天气,对尚未妨碍她的阳光感到满意,像完成作品以后再无一丝顾虑的创作者一样安详而自信,她确信自己的装束——即使不为某些过路的庸人所欣赏——是高雅中之最高雅的,这是为了她自己,也是为了朋友,当然,她并不过分重视,但也不是无动于衷。她让胸衣和裙子上的小花结在她身前轻轻飘舞,仿佛这是些小生灵,只要它们能跟上她的步伐,她便慷慨地听任它们按自己的节奏尽情嬉戏。她出现时手中的阳伞往往还未撑开,她朝这把淡紫色的阳伞投去幸福和温柔的目光,仿佛这是一束帕尔玛紫罗兰,这目光如此温柔,即使当它不是投向一位朋友,而是投向无生物的物体时,似乎也洋溢着微笑。就这样,她为自己的衣裳保留了,或者说占据了一片高雅的空间,而与她亲热交谈的男人们也不得不尊重这片空间,当然他们像门外汉那样显出某种程度的敬畏,自愧不如,承认这位女友有能力和权利决定自己的衣着,正如承认病人有能力和权利决定吃什么特效药,母亲有能力和权利决定如何教育子女一样。斯万夫人在这么晚的钟点出现,又被那批奉承者簇拥(他们对行人视而不见),人们不免联想到她的住所——她刚刚在那里度过漫长的上午,并即将回去进餐。她从容安详地走着,仿佛在自家花园中散步,这似乎表明她的家近在咫尺,也可以说她身上携带着住所内室的清凉阴影,而正是由于这一切,她的到来使我感觉到户外的空气和热度。再说,我深信，她的衣着，按照她所擅长的礼仪，通过一根必然的、独一无二的纽带，与季节和钟点紧紧相连，因此，她那柔软草帽上的花朵，在裙衣上的小花结，像花园和田野的鲜花一样，自然而然地诞生在五月。为了感受季节带来的新的变化，我的眼光只需抬到她那把阳伞的高度，它张得大大的，仿佛是另一个更近的天空，圆圆的、仁慈的、活动的、蓝色的天空。如果说这些礼仪是至高无上的话，它们却在清晨、春天、阳光前屈尊俯就，并以此为荣（斯万夫人也以此为荣），而清晨、春天、阳光却并不因为受到如此高雅的女士的青睐而感激涕零。她为它们穿上一件鲜艳轻薄的裙衣，宽松的衣领和衣袖使我想到微微发湿的颈部和手腕，总之，她为它们打扮自己，就好比一位高贵夫人愉快地答应去拜访乡村人家，虽然谁都认识她，连最卑俗的人也认识她，她却执意在这一天作村姑打扮。我等斯万夫人一到便向她问好，她让我站住，微笑着说："good morning"（早上好）。我们一同走了几步。于是我明白她遵守衣着法规是为了自己，仿佛遵守的是最高智慧（而她是掌握这种智慧的大祭司），因为，当她觉得太热时，便将扣着的外衣敞开，或者干脆脱下来交给我，于是我在她的衬衣上发现了上千条缝钮制作的细节，它们幸运地未曾被人觉察，就好比作曲家精心构思而永远不能达到公众耳中的乐队乐谱一样。她那件搭在我臂上的外衣也露出衣袖中的某些精美饰件，我出于乐趣或者出于殷勤而久久地注视它，它和衣服正面一样做工精细，但往往不被人看见，它或者是一条色彩艳丽的带子，或者是一片淡紫色衬缎，它们就像是大教堂中离地八十英尺高处的栏杆内侧所暗藏的哥特式雕塑一样，它们可以和大门廊上的浮雕比美，但是从来没有人见到它们，直到一位艺术家偶然出游到此，登上教堂顶端以俯瞰全村，才在半空中，在两个塔楼之间发现了它们。

斯万夫人在林园大道上散步仿佛在自家花园的小径上散步，人们——他们不知她有"footing"的习惯——之所以有这种印象是因为她是走着来的，后面没有跟着马车。因为从五月份起，人们经常看见她像女神一样娇弱无力而雍容高贵地端坐在有八条弹簧的宽大的敞篷马车里在温暖空气中驶过。她的马是巴黎最健美的，仆役的制服也是巴黎最讲究的。而此刻，斯万夫人却以步代车，而且由于天热步履缓慢，因此看上去似乎出于好奇心，想优雅地藐视礼仪规矩，就好比出席盛大晚会的君主自作主张地突然从包厢来到普通观众的休息室，随从们既赞叹又骇然，但不敢提出任何异议。斯万夫人和群众的关系也是这样。群众感到在他们之间隔着这种由某种财富筑成的壁垒，而它似乎是无法逾越的。当然，圣日耳曼区也有它的壁垒，但是对“穷光蛋”的眼睛和想象力却不大富有刺激性。那里的贵妇人朴实无华，与普通市民相似，平易近人，不像斯万夫人那样使“穷光蛋”自惭形秽，甚至自感一钱不值。当然斯万夫人这样的女人不会对自己那充满珠光宝气的生活感到惊奇，她们甚至不再觉察，因为已经习以为常，也就是说她们认为这一切理所当然、合情合理，并且以这种奢侈习惯作为判断他人的标准，因此，如果说这种女人（她们在本人身上显示的和她们能在他人身上发现的崇高，具有纯粹的物质性，容易被人看见，但难以获取，并且万一消失难以补偿）将路人置于最低贱的地位，那么反过来，她在路人眼前一出现便立刻不容辩驳地显得至高无上。这个特殊的社会阶层当时包括与贵族女人交往的伊斯拉埃尔夫人以及将要与贵族女人交往的斯万夫人，这个中间阶层低于它所奉承的圣日耳曼区，却高于除圣日耳曼区以外的其他一切。这个阶层的特点在于它已脱离富人社会，但却是财富的象征，而这种财富变得柔软，服从于一种艺术目的、艺术思想，好比是具有可塑性的、刻着诗意图案的、会微笑的金币。这个阶层如今可能不复存在，至少失去了原有的性格和魅力。何况当时组成这个阶层的女士们已人老珠黄，失去了旧日统治的先决条件。言归正传，此刻斯万夫人正走在林园大道上，雍容庄重、满脸微笑、和蔼可亲，仿佛从她那高贵财富的顶端，她那芳香扑鼻的成熟夏季的光荣之巅走下来，像伊帕蒂阿一样看到天体在她缓慢的步履下旋转。[1] 过路的年轻人也不安地瞧着她，不知能否凭泛泛之交而向她问好(何况他们和斯万仅一面之交，所以怕他认不出他们来)。他们抱着不知后果如何的忐忑心情决定一试，谁知这具有挑衅性和亵渎性的冒失举动是否会损伤那个阶层不可触犯的至高权威，从而招来滔天大祸或者神灵的惩罚呢！然而，这个举动好比给座钟上了发条，引起奥黛特四周那些小人一连贯的答礼，首先是斯万，他举起镶着绿皮的大礼帽，笑容可掬，这笑容是他从圣日耳曼区学来的，但已失去往日所可能有的冷漠，取而代之的(也许因为他在某种程度上充满了奥黛特的偏见)既是厌烦——他得向衣冠不整的人答礼，又是满意——妻子的交游如此广泛。这种复杂的感情使他对身旁衣冠楚楚的朋友说："又是一位！我发誓，真不知道奥黛特从哪里弄来这么多人！"她朝那位惶恐不安的行人点点头，现在他已经走远了，但心脏仍然突突直跳。接着她转脸对我说："这么说，结束了？您永远不再来看希尔贝特了？您对我另眼看待，我很高兴，您不完全'drop'(丢弃)我。我很喜欢看见您。从前我也喜欢您对我女儿产生的影响。我想她也会很遗憾的。总之，我不愿强人所难，否则您就不愿意再和我见面了。""奥黛特，萨冈在向你打招呼。"斯万提醒妻子说。果然，亲王(仿佛在戏剧或马戏的高潮场面中，或者在古画中)正拨转马头，对着奥黛特摘下帽子深深致意，这个举动富有戏剧性，也可以说富有象征性，它表达了这位大贵人在女人面前毕恭毕敬的骑士风度，哪怕这位女性代表的是他的母亲和姊妹所不屑于交往的女人。斯万夫人浸沉在阳伞所投下的如流体一般透明又蒙上一层清亮光泽的阴影中，迟迟归来的最后一批骑手认出了她，并向她致意。他们在大道的耀眼阳光下飞驰而过，就像在摄影机前一样。这是赛马俱乐部的成员，是公众

---

[1] 伊帕蒂阿，公元四世纪希腊女哲学家及数学家，以美貌博学著称。此处指法国一诗人关于她的诗句："……天体仍在她那白色的脚下旋转……"

熟知的人物——安托万·德·卡斯特兰、阿达贝尔·德·蒙莫朗西以及其他许多人——也是斯万夫人熟悉的朋友。既然对诗意感觉的回忆比对心灵痛苦的回忆寿命更长(相对地长寿),我当初为希尔贝特所感到的忧伤如今早已消逝。但每当我仿佛在日晷上看到五月份从中午十二点一刻到一点钟这段时间,我仍然心情愉快,斯万夫人站定在宛如紫藤绿廊的阳伞下,站在斑驳光影中与我谈话的情景又浮现在眼前。

第二部

地名：地方

两年以后我与外祖母一起动身去巴尔贝克时，我对希尔贝特已经几乎完全无所谓了。我领受一张新面庞的风韵时，我希望在另一位少女帮助下去领略意大利哥特式大教堂、宫殿和花园的美妙时，常常忧郁地这样想：我们心中的爱，对某一少女的爱，可能并不是什么确有其事的事情。那原因是：虽然愉快的或痛苦的梦绕魂牵混成一体，能够在一定时期内将这种爱与一个女子联系在一起，甚至使我们以为，这种爱定然是由这位女子撩拨起来的；待我们自觉或不知不觉地摆脱了这种梦绕魂牵的情绪时，相反，这种爱似乎就是自发的，从我们自己的内心发出来，又生出来献给另一个女子。不过，这次动身去巴尔贝克以及我在那里小住的最初时日，我的“无所谓”还只是时断时续的。（我们的生活很少按年月顺序，在后续的日子里，有那么多不以年月为顺序的事情插进来。）我常常生活在更遥远的时光里，也就是比我热爱希尔贝特的前夕或前夕的前夕更久远的时光里。这时，再也不能与她相见，便顿时使我痛苦起来，就像事情发生当时一样。虽然曾经爱过她的那个我，已经几乎完全被另一个我所取代，但是从前那个我，会突然又冒出来，而这种时刻的来到，常常是由于一件小小不然的事，而不是什么重大的事情。例如——我现在把在诺曼第的小住提前来说，我指的就是在巴尔贝克的小住——我在海堤上遇到一个陌生人，我听到他说“邮政部司长一家”时，（如果我当时还不知道这家人家对我们的生活会有什么影响的话）我大概会觉得这句话毫无用处；可是对于与希尔贝特长期分离已经肌销神损、忍受巨大痛苦的我，这句话会引起我巨大的痛苦。其实希尔贝特当我的面与她父亲就“邮政部司长”之家谈过一次话，可是我从来就没有再想到这个。对爱情的回忆并不超出记忆的普遍规律，而记忆规律又受到习以为常这个更为普遍的规律之制约。习以为常能使一切都变得淡漠，所以，最能唤起我们对一个人的记忆的，正是我们早已遗忘的事情（因为那是无足轻重的事，我们反而使它保留了自己的全部力量）。所以我们记忆最美好的部分乃在我们身外，存在于带雨点的一丝微风吹拂之中，存在于一间卧房发霉的味道之中，或存在于第一个火苗的气味之中，在凡是我们的头脑没有加以思考，不屑于加以记忆，可是我们自己追寻到了的地方。这是最后库存的往日，也是最美妙的部分，到了我们的泪水似乎已完全枯竭的时候，它仍能叫我们流下热泪。是在我们身外吗？更确切地说，是在我们心中，但是避开了我们自己的目光，存在于或长或短的遗忘之中。唯有借助于这种遗忘，我们才能不时寻找到我们的故我，置身于某些事情面前，就像那个人过去面对这些事情一样，再度感到痛苦，因为这时我们再也不是我们自己，而是那个人，那个人还爱着我们今天已经无所谓的一切。在惯常记忆的强光照射下，往日的形象渐渐黯然失色，模糊起来，什么也没有剩下，我们再也不会寻找到它了。或者更确切地说，如果几个词（如“邮政部司长”之类）没有被小心翼翼地锁在遗忘中，我们就再也不会寻找到它，正如将某一书籍存在国立图书馆一册，不这样，这本书就可能再也找不到了。

但是这种痛苦和这种对希尔贝特的再生之爱，并不比人们梦中的痛苦和再生之爱更持久。这一次，倒是因为在巴尔贝克，旧的习惯势力再也不在这里，不能使这些情感持续下去了。习惯势力的这种效果之所以看上去似乎相互矛盾，这是因为这个习惯势力遵循着好几条规律。在巴黎，借助于习以为常，我对希尔贝特越来越无所谓。我动身去巴尔贝克，改变习惯,即习惯暂时停止,便圆满完成了习以为常的大业。这习以为常使事物变得淡漠,却又将事物固定下来,使事物解体却又使这种解体无限地持续下去。数年来,每一天我都好好歹歹将我的精神状态套在前天精神状态的套子上。到了巴尔贝克,换了一张床。每天早上有人将早点送至床边,这早点也与巴黎的早点不同,这大概就再也支持不住我对希尔贝特的爱所赖以生存的想法了:有时候(这种时候很罕见,确是如此),久居一地会使时日停滞,赢得时间的最好办法便是换换地方。我的巴尔贝克之行正如大病初愈的人第一次出门一样,单等这一时刻来到,便可发现自己已经痊愈了。

从巴黎到巴尔贝克这段路程,如今人们一定会坐汽车走,以为这样会更舒服一些。这么走,在某种意义上,甚至这段旅程会更真实,因为会更亲切地、感受更深切地体会到大地面貌改变的各种渐变。但是归根结底,旅行特有的快乐并不在于能够顺路而下,疲劳时便停下,不是使动身与到达地点之间的差异尽量使人感觉不到,而是使人尽可能深刻感受到;在于完全地、完整地感受这种差异,正如我们的想象一个跳跃便把我们从自己生活的地方带到了一个向往地点的中心时,我们心中所设想的二者之间的差异那样。这一跳跃,在我们看来十分神奇,主要还不是因为穿越了一段空间距离,而是它把大地上两个完全不同的个性联结在一起,把我们从一个名字带到另一个名字那里,在火车站这些特别的地方完成的神秘的过程(比散步好,散步是什么地方想停下来就可以停下来,也就不存在目的地的问题了)将这一跳跃图像化了。火车站几乎不属于城市的组成部分,但是包含着城市人格的真谛,就像在指示牌上,车站上写着城市名一样。

但是,在各种事情上,我们这个时代有一个怪癖,就是愿意在真实的环境中来展示物件,这样也就取消了根本的东西,即将这些物件与真实环境分离开来的精神活动。人们"展示"一幅画,将它置于与其同时代的家具、小摆设和帷幔之中，这是多么乏味的布景！如今，一个家庭妇女头一天还完全无知，一旦到档案馆和图书馆去待上几天，便最善于在当今的公馆里搞这种玩艺！但是人们一面进晚餐一面在这种布景中望着一幅杰作，那幅杰作绝不会给予人心醉神迷的快感。这种快感，只应要求它在博物馆的一间大厅里给予你。这间大厅光秃秃的，没有任何特点，却更能象征艺术家专心思索以进行创作时的内心空间。

人们从车站出发，到遥远的目的地去。可惜车站这美妙的地点也是悲剧性的地点。因为，如果奇迹出现，借助于这种奇迹，还只在我们思想中存在的国度即将成为我们生活其中的国度，就由于这个原因，也必须在走出候车室时，放弃马上就会又回到刚才还待在里面的那个熟悉的房间的念头。一旦下定决心要进入臭气冲天的兽穴——经过那里才能抵达神秘的境界，进入一个四面玻璃窗的偌大的工场，就像我到圣拉扎尔的四面玻璃窗大工场里去找寻开往巴尔贝克的火车一样，就必须放弃回自己家过夜的一切希望。这圣拉扎尔车站，在开了膛破了肚的城市高处，展开广阔无垠而极不和谐的天空，戏剧性的威胁成团成堆地聚集，使天空显得沉亘，与曼坦那①或委罗内塞②笔下那几乎形成巴黎时髦的某些天空十分相像。在这样的天空下，只会完成某一可怕而又庄严的行动，诸如坐火车动身或者竖起十字架。

在巴黎，我躺在自己床上，从鹅毛大雪漫天飞舞中遥望巴尔贝克那波斯式教堂，不出此限时，我的躯体对这次旅行并没有提出任何异议。只有当我的躯体明白了它必须亲自出马，抵达的当晚，人家要把我送到它很陌生的“我的”房间去的时候，异议才开始出现。动身的前一天，我明白了母

---

① 曼坦那(1431—1506)，意大利画家，他画过一幅《钉上十字架》，普氏时代已在卢浮宫展出过。

② 委罗内塞(1528—1588)，意大利画家，他画过数幅《钉上十字架》。

亲并不陪同我们前往时，它的反抗就更加激烈。我父亲与德·诺布瓦先生动身去西班牙之前一直要留在部里，他宁愿在巴黎郊区租一所房子度假。此外，欣赏巴尔贝克的美景，并不因为必须付出痛苦的代价去换取就使人的欲望大减。相反，这痛苦在我看来，似乎能使我即将去寻求的印象现实化，保证它的真实性。任何所谓相同美丽的景色，任何我得以去观看，而又并不因此就妨碍我回到自己的床上去睡觉的“全景”都无法代替这种印象。我感到喜欢做什么事的人和为此而感到快乐的人并不是同一些人，这已不是第一次了。给我看病的大夫见我动身当天早晨神色痛苦，大为惊异，他对我说：“我向你保证，哪怕我只能找到一周的时间到海滨去乘乘凉，我决不摆架子等人来请我。你马上可以看到赛船竞渡，太好了！”我认为自己和这位大夫一样深深向往着巴尔贝克。对我来说，甚至早在去听贝玛演唱以前，我就已经知道，不论我喜欢什么，这件东西永远只能放在痛苦追求的尽头，而在这痛苦追求的过程中，我首先必须为这个最高的利益牺牲我的快乐，而不是去寻求快乐。

和从前一样，我的外祖母仍然热切希望赋予人们给予我的馈赠以艺术性，自然她对我们动身的想法就不同。为了通过这次旅行对我进行一项部分古典式的“考验”，她本来打算一半乘火车，一半乘马车，来完成当年德·塞维尼夫人从巴黎经过肖内和欧德迈尔桥到东方[①]去所走过的这段旅程[②]。但在父亲的明令禁止之下，外祖母不得不放弃这个计划。我父亲知道，外祖母安排一次外出，以便将出门旅行所能包含的智力方面的好处全部发挥出来时，事先便可预知会有多少次误车，丢失行李，咽喉疼痛

① 这是一个地名。该城建于1666年。在此两年以前成立了“东印度公司”，这个公司的造船厂造出的第一艘船定名为“东方的太阳”，取其中“东方”定为该城市名。后来该公司消失了，地名照旧。

② 见塞维尼1689年4月27日、5月2日及8月12日各函，这三个地名分别在这三封信中出现。

以及违章。她想到我们要到海滩去时,不至于因突然来了“该死的一车人”而受阻去不成,会十分高兴。这“该死的一车人”,是外祖母喜爱的塞维尼夫人的叫法①。因为勒格朗丹没有为我们给他姐姐写封引见信,我们在巴尔贝克一个人也不认识(这一忽略,我的姨祖母塞莉纳和维多利亚②均很不欣赏。为了突出往日的密切关系,她们至今仍称那个当姑娘时她们就认识的人为“勒内·德·康布尔梅”,而且还保留着那个人送的礼物。这礼品装饰一个房间,也装点谈话,只是当前的现实与这些礼品已经对不上号。我的这两位姨祖母,在勒格朗丹老太太家里,再也不提她女儿的名字,只是一走出他们的家门,便用诸如此类的话来互相道贺:“那个人,你知道的,我提都没提她。我想,他们心里自然明白。”她们以为这样便为我们报了仇,雪了恨)。

所以,我们就要乘一点二十二分的那趟火车从巴黎动身。我花了好长时间在铁路局时刻表上找这趟车以自得其乐,每次这时刻表都使我激动不已,甚至使我产生已经动身那种兴冲冲的幻觉。花的时间那么长,不会不想到我对这趟车已经了如指掌了。我们对列车的想象中,幸福不幸福的决定因素更主要地是关系到它会给我们什么性质的快乐,而不是我们对这趟列车的情况是否了解确切,所以我觉得自己对这趟车已经了解得很细,我一点都不怀疑,当天气变得凉爽起来,我凝望着即将抵达某一车站会出现某种效果时,我将会在车厢里领略到一种特殊的快乐。这列火车,虽然在我心中总是唤起同一些城市的景象,我用列车穿过的下午时光的光线将这些城市镶嵌起来,可是我似乎觉得这列火车与任何其他列

---

① 见1671年6月28日塞维尼夫人致格里尼昂夫人函。塞维尼夫人在这封信中写道:“令人愉快的来客走了,我多么伤心难过,你是知道的。叫我又受拘束又厌烦的该死的一车人走了,我又多么心花怒放,你也知道。正因为如此,我们认定:比起令人愉快的客人来,更希望来令人讨厌的客人。”

② 在第一卷中,这两位姨祖母叫塞莉纳和弗洛拉。

车都不相同。正像人们常常对一个从来没有见过、又喜欢想象已经得到他的友情的人常常所做的那样，我最后也赋予一个金发艺术家旅客以特有的不变的面容。他可能带我踏上他的旅途，我可能在圣洛大教堂①脚下向他告别，然后他朝着夕阳的方向远去。

我的外祖母好容易下定决心去巴尔贝克，总不能“白去”一趟，所以她将要在一位女友家停留二十四小时。我当天晚上从那人家里再度踏上旅程，以免叨扰，同时也为了第二天白天能去参观巴尔贝克教堂。我们早已获悉，这所教堂距巴尔贝克海滩相当远，从那里再赶到海滩开始我的海水浴治疗，可能就来不及了。我这次旅行中的精彩节目，列在残酷的第一夜之前，这种感觉可能还会叫我好受一些。在那残酷的第一夜里，我要走进一个新住所，而且要同意在那里生活。

但是，首先得离开原来的住所。我母亲正好安排在同一天到圣克卢安顿，她早已采取了一切措施，或者佯装已经采取了全部措施，把我们送到车站以后，就直接去圣克卢，而不需要再回我们自己的家。她怕我不但不去巴尔贝克，反而要跟她回家。她甚至以在那所刚刚租下的房子里有许多事要做，她又以时间很紧为借口，决心不与我们待到火车开动，实际上是为了给我免去这残酷的告别。火车开动之前，她躲在来来去去、准备这准备那之中。再也无法避免分手时，因为精力完全集中在那无能为力而又无比高尚的清醒时刻上，分手也就突然显得无法忍受了。

我生平第一次感觉到，我母亲没有我，不为了我，而过另一种生活也能活。她就要和我父亲一起去住。说不定她觉得我身体不好，神经过敏，把我父亲的生活搞得更复杂，更惨淡了。这次分别使我更加难过，因为我心中暗想：说不定对我母亲来说，这是我引她不断伤心的结果。她没有对

---

① 圣洛大教堂，又称圣洛圣母院，始建于十三世纪末、十四世纪初。拉斯金认为该教堂三角楣的尖顶为火焰式建筑之典范。

我说过我怎样不断使她伤心，但是经过那些事之后，她明白再也无法共同度假了。说不定也是过另外一种生活的初次尝试。随着父亲和她年岁的逐渐增长，为了将来，她要开始心甘情愿地接受这另一种生活。这就是与从前相比我与她见面要少；她对我已经有些形同路人；她成了一个人们看见她独自一人回到一幢房屋的妇人，而我并不在那房屋中；她向看门人询问是否有我的来信。这种情形，甚至在我做过的噩梦中也从未出现过。

车站雇员想把我的箱子拿走，我几乎无法答话。我母亲为了安慰我，使出她认为最有效的手段。她觉得对我的悲伤佯作不见没有用，便轻轻地拿这个开玩笑：

“喂，巴尔贝克教堂如果知道人家是这么愁眉苦脸地准备去看它，会说什么呢？拉斯金说的兴高采烈的旅行家①是这样的吗？再说，你是否能够适应环境，我会知道的。即使离得很远，我仍将和我的小狼在一起。你明天就能收到妈妈的一封信。”

“女儿，”外祖母说道，“我看你和塞维尼夫人一样，一张地图放在眼前，一刻也没有分开。”②

然后母亲又设法叫我开心，她问我晚餐时我要点什么菜，她对弗朗索瓦丝佩服得五体投地，称赞她把一顶帽子和一件大衣改得认不出原样来，她从前看见这顶帽子新的时候戴在我姨祖母头上，这件大衣新的时候穿在我姨祖母身上，是曾经引起她厌恶的。那帽子顶上有一只大鸟，大衣上到处是难看的图案和乌黑发亮的点点。可是大衣不能穿了，弗朗索瓦丝叫人把大衣翻个个，将色调很好看的一色里子露在外面。至于那只大鸟，

---

① 拉斯金在《亚眠圣经》中，经常提到“旅行家”以及他在路上遇到了艺术品得到无限快乐的情形。普鲁斯特将拉斯金的《亚眠圣经》译成法文，对拉氏著作当然是了如指掌的。但拉斯金并不喜欢乘火车旅行。

② 见1671年2月9日塞维尼夫人致女儿函：“一张地图摆在我面前，你过夜的地方，我全知道。”

因为坏了，早就把它扔了。在一首民歌里讲到，最有艺术意识的艺术家费尽心血把最精致的装饰装点到农民住宅的门面上，使得这住宅门顶上正合适的地方开出一朵雪白或淡黄的玫瑰来。有时你遇到这么精致的东西，真叫你动心。与此种情形相同，天鹅绒结呀，鸡蛋壳形的丝带呀，这些在夏尔丹或惠斯勒[①]的肖像画上会令人兴高采烈的东西，弗朗索瓦丝用无懈可击而又纯朴的审美观将这些东西缀在那顶帽子上，那帽子便变得十分动人了。

这事还得往从前说，谦逊和正直常常赋予我们这位年老的女仆以高贵的面部表情。她是内向而没有卑劣情感的女子，她很懂得“不越礼，保体面”，为这次出门，她穿上了人家不穿而送给她的衣裳，以便跟我们坐在一起既相配，又不致显出非要人家瞧她的样子。弗朗索瓦丝穿着樱桃红而又陈旧的大衣，毛皮围领并不硬扎扎地露出毛来，她那样子使人想到一位年长的大师在《时时刻刻》一书中所绘之安娜·德·布列塔尼[②]的某一形象。在那些形象中，一切都安排得那么妥帖，整个画面的情感在各个部分也分布得特别匀称，以致那华丽而又过时的特殊服装跟眼睛、嘴唇和双手一样，都表现出虔诚的严峻来。

说到弗朗索瓦丝，就不能提到思想。她一无所知，这意思是指，一无所知就等于什么也不懂，但内心能直接领会的几条罕见的真理除外。庞

---

① 夏尔丹和惠斯勒的名字，在这部小说中，这里第一次出现。从普氏的美学观点形成来说，这两位画家极为重要。夏尔丹（1699—1779），是著名法国画家。普氏在1895年左右曾就夏尔丹写过一篇研究文章。后来又将他对于伦勃朗的研究补充进去，一起发表在《驳圣佩甫》一书中。惠斯勒（1834—1903），美国画家，在巴黎和伦敦住过多年。普氏经人介绍，与惠斯勒相识，并见到1891年画家为孟德斯基乌伯爵画的肖像。但是拉斯金很看不起惠斯勒。普氏摆脱了拉斯金的影响，在1905年所写的文章及书信中，对惠斯勒极为推崇。普氏此处所提情形，在惠氏的许多肖像画中均可见到。

② 《安娜·德·布列塔尼的时时刻刻》于1508年出版，为法国画家让·布尔迪松（约1457—1521）的作品。

大的思维世界对她来说是不存在的。但是，在她清澈的目光面前，在她那鼻子、嘴唇细腻的线条面前，在所有这一切证物面前，人们会像面对一条狗那智慧而善良的目光一样心慌意乱。可是人们明明知道，对于人的全部意念，这狗是一窍不通的。在许多有文化教养的人身上，竟然缺乏这些证物！如果有，对他们来说，那就会意味着绝顶的优秀，杰出品德的高尚表现了。人们确实可以琢磨这样的问题，就是在其他的地位低下的兄弟中，农民中，是否有相当于头脑简单的人群中的上等人这样的人类，更确切地说，是否有由于不公正的命运而注定在头脑简单的人之中生活，被剥夺了知识，但是他们更天然地、更出自本性地接近像大部分受教育的人那样的杰出的人呢？这些人就像耶稣家族分散、迷失、被剥夺了理智的成员，像最有智慧的阶层的亲属仍停留在童年时期一样，对他们来说，要具有才具，只差知识这一着了。这从他们眼睛闪射出来的、不可否认的光芒中看得出来，可是这光芒没有用到任何事物上。

母亲见我强忍泪水，对我说："雷古鲁斯对大场面可见惯了……①再说，你这样对妈妈可不好，咱们也像外祖母一样引用塞维尼夫人的话吧：'我将不得不把全部勇气都用上，这种勇气你没有。'"②她又想起，对他人的深情可以转移自私的痛苦，便尽量叫我高兴，对我说，她想，她去圣克卢一路上会顺利，她对自己订下的出租马车很满意，车夫彬彬有礼，马车也很舒适。听到这些琐事，我强作微笑，并且用同意、满意的表情点点头。可是这些事只会叫我去更真实地想象母亲的离去，我揪心地望着她，仿佛她已经与我分离。她戴着为去乡下而买的圆草帽，穿着薄薄的长裙。因为要在酷热之中长途跋涉，她才穿上这件长裙，可是已使她变了样，她已经

---

① 雷古鲁斯为罗马大将，在与迦太基作战中表现极其英勇。但是普鲁塔克并未为雷古鲁斯作过传，倒是西塞罗和贺拉斯称颂过雷古鲁斯的业绩。

② 此处亦是引用 1617 年 2 月 9 日塞维尼夫人致女儿函的大意，原话是："你若是愿意真叫我高兴，就把勇气全拿出来，我倒是缺少这种勇气的。"

属于蒙特都[1]别墅了,而我则不会在那个别墅见到她。

为了避免旅行可能造成我气闷发作,医生建议我在动身时稍微多喝些啤酒或白兰地,以便处于他称之为“欣快”的状态,在这种状态中,神经系统短时间不那么脆弱。是不是照医生的建议办,我还拿不定主意。但我至少希望,一旦我下定决心那么做,我的外祖母能承认我自己拥有这种权利和理智。所以我谈起这件事,似乎我的犹豫不决只在我到什么地点去喝酒的问题上,是在冷餐部还是酒吧车厢。我看到外祖母脸上现出责备、甚至根本对此不予考虑的表情。一见这种表情,我突然下定了决心非去喝酒不可,既然口头宣布未获得无异议通过,要证明我是自由的,实施这一行动变成了必不可少。我大叫起来:

“怎么?我病得多么厉害,你是知道的!医生对我说的话,你是知道的!可是你倒这么劝我!”

待我向外祖母将我身体不适的情形解释完,她现出那么歉疚、善良的神情,回答我说:“那就快去买啤酒或者白酒吧,既然这对你会有好处。”我听了立刻扑到她的怀里,在她的脸上印满了亲吻。我去酒吧车厢喝了过量的酒,之所以如此,是因为我感到,如果不这样,我的病会剧烈发作,那样她会最难过不过的。到了第一站,我又上车回到我们那个车厢,我对外祖母说,我多么高兴到巴尔贝克去,我感到一切都会顺利,我内心感到会很快习惯与母亲远离,这趟车很舒服,酒吧老板和雇员都那么热情,我真愿意经常来往于这条线上,以便有可能再和他们见面。对于所有这些好消息,我的外祖母却没有表现出我那样的兴高采烈。她有意避开我的目光回答我说:“可能你该想办法睡一会了。”并且将目光转向窗户。我们已经放下了窗帘,可是窗帘遮不住整个玻璃窗框,所以太阳能将在林中空地上小憩的温和而又懒洋洋的光线投射在车厢门打蜡橡木上和靠椅的罩子

① 蒙特都在圣克卢。

上（比起铁路局挂在车厢高处的广告来，这似乎是对与大自然浑成一体的生活更有说服力得多的一则广告。车厢里的广告挂得太高，是什么地方的风景，我无法看清那地名）。

外祖母以为我闭上了眼睛，可我看见她透过她那带大圆点的面纱，不时向我投过一瞥，然后又将目光收回，然后再反复下去，就像一个人为了养成习惯，极力在进行困难的操练一般。

于是我与她谈起话来，不过似乎这并不使她开心。不管怎样，对我来说，我自己的声音使我感到快乐，同样，我的身体最令人觉察不到的、最内在的活动使我感到快乐。所以，我尽量使之持续下去，任凭我讲话的每一个抑扬顿挫长时间停留在字眼上，我感觉到我的每一目光都确确实实位于它落下去的地方，并在那里停留得超过惯常的时间。

“好了，休息吧！”外祖母对我说，“睡不着的话，就看看书！”

说着她递给我一本塞维尼夫人的著作。我打开书，她自己则沉醉在《博泽让夫人回忆录》①之中。每次旅行时，她非带这两位女作家的书不可。这是她偏爱的两个作者。这时，我有意保持头部不动，一旦取了某种姿势，就保持这种姿势不变，从中感受到很大的快乐。我手擎着塞维尼夫人的著作，并不打开，也不垂下目光去看书，在我的目光前面，只有蓝色的窗帘。我凝望着窗帘，觉得真是美妙无穷，这时如果有谁想叫我将注意力从这上面转移过去，我肯定不予置理。我似乎觉得那窗帘的蓝色并非由于其美，而是由于它生机勃勃，正在把自我出生直到我终于将酒吞下去，那酒也开始起作用为止这期间在我眼前出现过的一切色彩全部隐去，以致与这窗帘的蓝色相比，其余的色彩对我来说全都黯淡无光，毫无意义。那些先天盲人，很晚才给他们实行手术，他们终于看见了颜色，当初他们

① 此书名为作者所虚构，并不存在，很可能来源于布瓦涅伯爵夫人回忆录。普鲁斯特曾就布瓦涅伯爵夫人回忆录写过一篇文章，发表于1907年。

生活其中的黑暗世界想必就是这样的。一位上了年纪的雇员来查我们的车票。他身着制服上装，金属纽扣闪耀着银色的光芒，又使我着迷。我真想请他在我们身旁坐一坐。可是他到另一车厢去了。于是我怀着眷恋的心情想到铁路工人的生活，他们的全部时间都在铁路上度过，大概没有一天不看见这个上了年纪的雇员吧！凝视蓝窗帘，感觉到我的嘴半张半合所感受到的快乐，程度终于开始降低。我想动一动。我活动活动。我打开外祖母递给我的那本书，能够将注意力固定在我这里那里挑选的页数上了。我一边看书，一边感到对塞维尼夫人越来越佩服。

千万不要为一些纯属表面的特点所蒙蔽，这些地方与时代、与沙龙生活相关。正是这些地方使一些人以为只要他们说了诸如"叫我好了，我的好人儿！"或"我看这位伯爵很有风趣"，或者"翻动割下来的牧草是世界上最美妙的事情"①这类的话，他们就形成了自己的塞维尼形象。已经有德·西米阿纳夫人②的先例为证，她因为自己写了诸如"德·拉布里先生健康极佳，先生，听到他死亡的消息，他完全受得住"③或"噢，亲爱的侯爵，您的信多么叫我喜欢！有什么办法能不回信呢？"④或者什么"先生，似乎您欠着我一封回信，我欠您几鼻烟壶的香柠檬。我刚还清了八封信的债，马上又有别的信要来了……这大地从来产量没这么高过。看上去是为讨您喜欢"⑤此类的句子，就自以为与她的外祖母很相像了。而且她也用这

---

① 此句见于1671年7月22日塞维尼夫人写给库朗日的书信，当时被人认为极有风趣，争相传诵。

② 德·西米阿纳夫人（1674—1737），是塞维尼夫人的外孙女，闺名波林娜-阿黛玛尔·德·蒙德依·德·格里尼昂，1695年嫁给路易·德·西米阿纳。她同意出版外祖母的信并亲自参加编纂，但出于某些顾虑，将她母亲的信大部分都毁掉了。她本人的书信于1773年发表。

③ 此句出于1735年3月15日致德·埃里古尔函。

④ 此句出于1734年3月8日致高蒙侯爵函。

⑤ 此句出于1735年2月3日致德·埃里古尔函。

种体例写信谈放血，柠檬等等等等[1]，自以为这就是塞维尼夫人的书信。但是我的外祖母是从内在的东西，从作者对家人的热爱，对大自然的热爱来接近塞维尼夫人的，她教我喜欢塞维尼夫人真正的美妙之处，那与上述的例子毫不相关。我即将在巴尔贝克遇到一位画家，他叫埃尔斯蒂尔[2]，对于我的审美观有非常深刻的影响。塞维尼夫人与这位画家是属于同一家族的伟大艺术家，因此她作品中的美此后不久便给我留下更深的印象。我在巴尔贝克意识到，她向我们展示事物的方式与埃尔斯蒂尔是相同的，是按照我们感知的顺序，而不是首先就以其起因来解释事物。那天下午，在那节车厢里，我反复读着出现了月光的那封信时，已经心花怒放了：

> 我无法抗拒这种诱惑，我戴上帽子，穿上颜色鲜艳的上衣，其实并非必须如此。我来到网球场上，那里的空气非常温馨，与我卧房一样。我看到千百种莫名其妙的东西，着白衣黑衣的修道士，数位着灰衣和白衣的修女，散乱各处的内衣，挺直身体紧靠大树躲起来的男子……[3]

这便是此后不久我称之为《塞维尼夫人书信》中的陀思妥耶夫斯基一面（难道她描写景物和性格的方式不和他一模一样吗？）的东西。

我将外祖母送到她的女友家里，我也在那里待了几个小时。然后，晚上，我又一个人乘上火车，至少我没有感到夜晚降临时光难耐。这是因为我不需要在旅馆房间那样的监狱里度过这一夜，而旅馆房间那睡意蒙眬的模样大概会叫我毫无睡意。包围着我的，是列车各种运动那令人镇静的活动。这各种运动伴着我，如果我没有睡意。它们会主动过来与我聊

---

① 谈放血的信为 1734 年 11 月 17 日；谈柠檬的信有二，1735 年 1 月 13 日和 1 月 15 日，这几封信都是写给德·埃里古尔的。

② 埃尔斯蒂尔的名字第一次在本书中出现。在《斯万之恋》中，这个画家以比施的名字出现。埃尔斯蒂尔的原型基本上是惠斯勒。1898 年奥朗多夫书店出版的一本小说《亡人的太阳》中有一位画家，名字也叫尼尔·埃尔斯蒂尔。

③ 塞维尼夫人 1680 年 6 月 12 日致格里尼昂夫人函片断。

聊，它们的声响像摇篮曲一样催我入睡。我把这声响像贡布雷教堂的钟声一样搭配起来，一会是这个节奏，一会又是另一种节奏（根据我的想象，首先听到四个叠声的等长的八分音符，然后是一个叠声的八分音符疯狂地冲到一个黑色的八分音符上去）。这声响使我那失眠的离心力动弹不得，对失眠施加了相反的压力，将我保持在平衡之中。我一动不动以及以后我的睡意来临，我都感到与那压力密切相关，那种清新的印象与在大自然和生活的怀抱中有一股强大的力量作警戒，因而得到安息所给予我的印象完全相同，好像我在一瞬间得以化身为某种鱼类在大海中安睡，睡意蒙眬中被水流和浪涛荡来荡去，或者化成一只鹰，仰卧在暴风雨这唯一的支柱上。

和煮鸡蛋、带插图的报纸、纸牌、船在其中拼命开动却不前进的河流一样，日出也是长途铁路旅行的伴随物。我正在清点前几分钟充斥我的脑际的想法，以便意识到我刚才是不是睡着了（是确实没有把握才叫我提出这个问题自问，可是就是这个"没有把握"正在向我提供一个肯定的回答），就在这时，在窗玻璃里，一小块暗色的小树林上方，我看见了几片有凹边的云朵，那毛茸茸的边缘为玫瑰色；固定成形，死去一般，再也不会改变，有如点染鸟翼羽毛的玫瑰色，那羽翼也就化成了粉红，有如画家随兴所至将之置于画面上的粉画。但是我感到与之相反，这片色彩既不是毫无生气，也不是兴之所至，而是必不可少和蓬勃的生机。瞬间，这色彩后面，光线蓄积起来，堆积起来。这色彩越来越深，天空变成一片肉红。我将双眼紧贴在玻璃上，尽量看清楚些，因为我感觉到这与大自然的深邃存在紧密相关。可是铁路方向改变，列车拐弯了，窗框里的晨景为夜色笼罩的一村庄所代替。小村的屋顶为月白色，在仍然镶满星斗的天空下，脏污的洗衣池[1]有如夜色下不透明的螺钿。我正为失去那片玫瑰色的天空而惋

① 法国农村多有公共的、露天的供村妇洗衣的地方，称为洗衣池。

惜，就在这时，我在对面的窗子里再度望见了它，但这一次是红色的。铁路又拐了第二个弯，这片天空又抛弃了对面的窗子。结果我就将时间花在从这一面窗奔向那一面窗之中，为的是将我这美妙的、火红的、三心二意的清晨断断续续的片断连接起来，将画面装裱起来，以便有一个全景和连续的画面。

景色变成地势起伏，更加陡峭，列车停在两座山之间的一个小站上。峡谷之底，急流岸边，只能看见守道口人的一所小屋，它陷进水中，那河水就紧贴窗下流过。如果一个人可以是土地的产物，人们从他身上可以品尝到土地独特的风韵，一个村姑就更是如此。我在梅塞格利丝那边鲁森维尔森林中独自漫步时，是多么希望看见一个村姑出现在我面前啊！我希望的，大概就是这个高个子姑娘。我看见她从这座小屋中走出来，背着一罐牛奶，沿着初升的太阳照亮的小路，向车站走来。在高山峻岭遮断了世界其余部分的山谷中，除了这些只停留一小会的列车，她大概从来没有在别处见到任何人。她沿着车厢走来，向几位已经醒过来的旅客出售牛奶咖啡。晨光映红了她的面庞，她的脸比粉红的天空还要鲜艳。面对着她，我再次感受到生活的欲望。每当我们重又意识到美与幸福的时候，这种生活欲望就在我们心中再次萌生出来。我们总是忘记美和幸福是单独存在的，在我们的头脑中总是用某一约定俗成的类型来代替，而这个类型是我们从讨我们喜欢的各个不同面庞之中、从我们领略过的快乐中找一个平均数而形成的。我们只有抽象的形象，而这些形象是死气沉沉的、沉闷乏味的，因为它们恰巧没有一件新鲜的与我们领略过的事物不同的品性，这正是美与幸福所特有的品性。于是我们对生活作出悲欢的判断，我们还以为这是正确的，因为我们以为已经把美和幸福打到里面去了，实际上我们忽略了这两样东西并且用一些中和物来代替它们，而在这种中和物中连美和幸福的一个原子也没有。一个文人，人们向他谈一部新出的“好书”，他还没听就先生厌倦打起哈欠来，情形就是如此。因为他想象的是所有他读过的好书的综合，而一本好书是与众不同的，无法预见的，并不是由前面的所有杰作的总和构成的，而是由某种东西构成的，完全吸收前面的那一总和又绝不足以叫人找到这种东西，因为正好是在它之外。刚才感到厌倦的那个文人，一旦接触到这部新作，立刻会感到自己对这本书所描写的现实颇有兴趣。这位美丽的姑娘立即使我品味到某种幸福（唯一的，总是与众不同的，只有在这种形式下我们才能品味到幸福的滋味），一种生活在她身边可能会实现的幸福。这位美丽的姑娘也是如此，她与我一个人独处时头脑中描绘出的美貌模式毫无共同之处。但是这里在很大程度上又有一个习惯的短暂中止在起作用。我使卖牛奶的女郎受益于我的全部存在，是渴望品尝强烈享受、站在她对面的我。平时我们总是将我们的存在压缩到最低限度来生活。我们的大部分能力停留在睡眠状态，因为这些能力依凭着习惯，习惯知道要做什么，习惯不需要能力。但是在这旅途的早晨，我生活的老习惯中断了，时间、地点改变了，就使得各种能力必须出来。我的习惯是经常在家，不早起。这个习惯现在不在了，我的各种能力就全都跑过来以代替习惯，而且各种能力之间还要比比谁有干劲，像波涛一样，全都升高到非同寻常的同一水平——从最卑劣到最高尚，从呼吸、食欲、血液循环到感受，到想象。在我叫自己相信这个少女与任何其他女子都不同的时候，我不知道是这些地方优美的田园景色为她增加了魅力，还是她使这些地方产生了魅力。只要我能一小时一小时地将生命与她一起度过，陪伴她一直走到急流那里，奶牛那里，列车旁，一直在她身边，感到她了解我，在她的心里有我的位置，那我会觉得生活该是多么甜蜜！她会教我领略乡村生活和晨曦初现的魅力。我向她招招手，叫她给我送牛奶咖啡来。我需要她注意到我。她没有看见我。我叫她。在她那高大的身躯之上，她的面庞是那样粉红、那样闪着金光，似乎别人是透过灯火照亮的彩绘大玻璃窗在看她。她回过头，朝我这边走来，她的面庞越来越宽阔，有如可以固定在那里的一轮红日，我简直无法将目光从她的面庞上移开。这面庞似乎会向你接近，一直会走到你身边，任凭你贴近观看，那火红与金光会使你头晕目眩。她向我投过机灵的一瞥。就在这时，列车员关上车门，列车开动了。我看见她离开车站，重又踏上小径。现在天已大亮：我正远离黎明而去。不论我的兴奋是由这姑娘激发出来的，抑或相反我置身于她的身旁所领略的大部分快乐是我的激动心情所引起，总而言之，她与我的快乐是那样浑成一体，以致我要与她重见的欲望首先是精神上向往着不要使这种兴奋状态完全消失，不要永远与参与其事的那个人分离，哪怕她自己并不知晓。不仅因为这种状态是多么令人愉快，而且特别是（就像一根绳子拉得更紧会发出一种声响，或一根缀线更快地振动会产生另一种颜色一样）它使我看到的事物产生了另一种色调，它将我作为演员带进了一个陌生而又更加无比有趣的世界。列车加速前进，我仍然依稀望见那个美丽的姑娘，她就像与我熟悉的生活完全不同的另一种生活的一部分，一条带子将我的生活与她隔开。在那另一种生活中，事物唤起的感觉再也不相同，现在从那种生活里走出来，就好像自己要死掉一样。为了能享受到至少感到自己与那种生活相联的温馨，大概只要我住在小站附近，就可以每天早晨向这位村姑买牛奶咖啡了。可叹！我向另外一种生活越来越快地走去，而她将再也不会出现在这种生活里！我设想着种种计划，好让我有一天再乘坐这同一列车，再在这同一车站停留，只有这样我才能勉强接受那另外一种生活。设想这种种计划同时还有一个好处，便是给我们那唯利是图的、活跃的、实用的、机械的、懒惰的、离心的精神状态提供了养料。我们的大脑确是这种状态，因为当需要作出努力，以便普遍地、不图个人利害地去加深我们有过的愉快印象时，我们的大脑往往喜欢避开这种努力。另一方面我们又希望继续想着这甜美的印象，大脑就宁愿从未来的角度对此作出设想，巧妙地为这甜美印象的再生准备时机。这对于理解那美好时刻的精髓丝毫无补，却免了我们费心劳神在自己内心重温一时刻的辛苦，使我们指望再度从外界得到这种愉快印象。

一些城市名，维兹莱还是夏尔特尔，布尔日还是波韦，通过这简略的形式，用来指明其主要教堂。我们常常使用这种局部的含义，如果是我们还不了解的地方，最后就会把整个城市的名字刻在心上。当我们打算把城市的概念加进去的时候，这城市的名字立刻就会像铸模一样，给它印上同一风格的同样的刻纹，也把它变成一种大教堂。不过这一次是在一铁路车站上，我看到了巴尔贝克这个地名，在一家冷餐馆的上方，在蓝色警报器上，几乎是波斯体的白字。我匆匆穿过车站和通往车站的大街，我向人询问海滩在哪，为的是只看教堂和大海。从人们的表情看，他们似乎不明白我问的是什么。我现在就在巴尔贝克老城，巴尔贝克陆地，这里既不是海滨，也不是海港。当然，依照传说，显圣的基督确是渔民们从海里找到的。教堂就在距我几米开外的地方，教堂里有一彩绘玻璃窗叙述的就是发现这位基督的故事。修建教堂大殿和钟楼的石头，也确实是从海浪拍击的峭壁上取来的。正因为如此，我想象的大海，是海水一直冲到彩绘玻璃窗前的。可实际上大海距这里还有五里①多路，在巴尔贝克海滨的教堂圆顶旁那个钟楼，我从前在书本上读过，说这钟楼本身就是一座诺曼第峭壁，上面各种籽粒汇聚，群鸟盘旋，所以我一直以为那钟楼底座是接受大海激起千重浪的飞沫的。实际上，钟楼耸立在一座广场上，两条有轨电车线从这里分叉，对面是一家咖啡馆，门口金字招牌上写着“台球”二字。钟楼的背后是一大片住宅，住宅屋顶上没有掺杂一根桅杆。我一面留神咖啡馆，一面留神向其问路的行人，一面又注意着要回去的车站，走进教堂。教堂与其余的一切构成一体，仿佛是一种偶然，是这天下午的产物。那软绵绵的在天空中鼓起来的圆顶好像一颗果实，住宅烟囱沐浴其中的同一阳光，催熟了那粉红、金色而又进口就化的果皮。但是，认出众使徒

① 法国古里，一古里约等于四公里。

的雕像——我曾经在特罗卡德罗博物馆看见过铸出的圣像——站在教堂大门口的门洞里,在圣母的两旁列队而立,等待着我,似乎是为着欢迎我时,我就只愿意考虑雕塑的永恒意义了。圣母那仁慈、温和的面孔,短而扁的鼻子,弓着的背,似乎唱着某一天的“哈利路亚”欢迎似的向前走来。但是人们发觉这些圣像的表情是呆滞不动的,正像死人的表情一样。只有人围着他们转时,他们的表情才有所改变。我心中暗想:就是这里,这就是巴尔贝克教堂。这个广场看上去知道自己的荣光,它是世界上唯一拥有巴尔贝克教堂的地方。迄今为止我见过的,是这个大名鼎鼎的教堂、这些使徒、这大门之下圣母的照片,仅仅是拓片。而现在,是真的教堂,真的圣母像,唯一无二的,近在眼前了:这就远远胜过从前了。

说不定也不如从前。好比一个小伙子,到了考试或者决斗的那一天,当他想到他储备的知识和他准备表现出的勇敢时,会感到人们向他提出的问题、他打出去的子弹,都没有什么了不起了。同样,我的头脑中远远超出我眼前的复制品的,是高高耸立在门洞中的圣母形象。各种变故可以构成对复制品的威胁,却无法企及我头脑中的圣母;如果有人将复制品摧毁,我头脑中的圣母却不受任何损伤;她是尽善尽美的,具有世界性意义。现在,我的头脑见到了这个早已为人雕塑过一千次的雕像,对这个雕像外表仅仅是石头,我伸出手臂即可触及,占据着一席之地,还有一张选举布告和我的手杖头作她的对手,都感到惊异。这一席之地与广场连成一片,与主要街道的出口不可分,她无法避开咖啡馆里和电车办公室里人的目光,她脸上受到半抹夕阳的照耀——过一会,几小时之后,便是街灯之光的照耀了——另一半为贴现银号的办公室接受去了;她与那家信贷公司分理处同时被糕点铺灶间的怪味所降服,任凭凡人肆虐;如果我也想在这石头上刻上我的名字,那么她,这著名的圣母像,迄今为止我赋予她以凡人的生命和捕捉不到的美的,巴尔贝克的圣母,独一无二的(可叹,这也意味着只此一家)圣母,就要以她那沾满了与其毗邻的房屋同样的煤龛，向所有前来瞻仰她的崇拜者，显示我用粉笔画下的痕迹和我的名字的各个字母，而无法去掉这些字迹。总而言之，这向往已久的不朽的艺术品，我觉得她和教堂一样，变成了一个小小的石头老太太，我可以量出她的身高，数出她的皱纹了。

时间过得飞快，该回车站了。我要在车站等待外祖母和弗朗索瓦丝到来，然后一起到巴尔贝克海滨去。我忆起从前读过的对巴尔贝克的描写，忆起斯万的话："精美之至，和锡耶那[①]一样美。"我只能用偶然来解释我的失望，是我的精神状态不好，是我很疲劳，是我不会欣赏，我极力这样安慰自己，想到对我来说还有别的完美无缺的城市，说不定很快就能看到，就像在珍珠般的细雨中，在坎佩尔勒雨滴清新的淅沥中穿过沐浴着阿方桥[②]那绿色和玫瑰色的霞光一般。就巴尔贝克来说，我一走进这座城市，就好像把一个本应密封的地名打开了一条缝。这里，一列有轨电车，一家咖啡馆，广场上来往的人群，贴现银号的分店，无法抗拒地受到外部压力和大气力量的推动，一下子拥进了这个地名各个音节的内部。这些东西进去以后，这几个音节又关上了大门，现在，它任这些事物镶嵌起波斯式教堂的大门，再也不会将这些事物排除在外了。我在应该把我们送到巴尔贝克海滨的当地小火车里找到了外祖母，可是只有她一个人。她提前打发弗朗索瓦丝前来，以便事先做好一切准备。但是她指点弗朗索瓦丝有误，结果叫弗朗索瓦丝走错了方向。此刻，毋需怀疑，弗朗索瓦丝的火车正向南特飞快奔驰，说不定到了波尔多她才会醒过来。

车厢里充满了日落时分那转瞬即逝的余晖和下午那不肯散去的炎热（可叹，在落日余晖映照下，我从外祖母的整个面庞上看到她因天气炎热而多么疲惫不堪）。我刚一坐下，她就问我："巴尔贝克怎么样？"因为满怀

---

① 锡耶那为意大利佛罗伦萨附近一古城。

② 坎佩尔勒及阿方桥的联想，请见本书第一部。

希望，她的微笑是那样热情爽朗，她以为我一定感受到了极大的快乐。见她如此，我简直不敢立即向她承认我很失望。加之，随着我的身躯越来越接近它应该习惯的地点，我头脑中追寻的印象不像从前那样萦绕我的脑际了。到最后，距旅行的终点还有一个小时路程时，我就极力想象巴尔贝克的旅馆老板是什么模样了。对他来说，此刻我还不存在。我多么希望向他作自我介绍时，有一个比外祖母更有名气的旅伴——外祖母肯定要求他降价。似乎他必然十分傲慢，但轮廓很模糊。

在这段小铁路上，火车不时在一个车站停车，一站又一站，巴尔贝克海滨始终没有到。光是这些车站的站名（安加市，马古维尔多市，古勒夫尔桥，阿朗布市，老圣马尔斯，埃蒙维尔，梅恩市①）我就觉得莫名其妙。在一本书中读到这些地名时，说不定会觉得它们与贡布雷附近的某些地名有关系。但是对一位音乐家的耳朵来说，两个音节，即使由数个相同的音符组成，如果谐音色彩和组合不同，也可能毫无相像之处。同样，这些由沙子、狂风呼啸而又空旷的空间和盐分组成的难听的名字，“城市”一词安在上面安不住，就像“飞鸽”这个词里面的“飞”也安不住一样。没有什么比听到这些名字更会令我想到别的地名，如鲁森市或马丹市。我在饭桌上、在“大厅”里那样经常听到我的外祖母提到这些地名，这些地名早已获得了某种暗中的魅力，说不定其中还混进了果酱的香味，木材燃烧的味道和贝戈特哪一本书书页的气味，对面房屋那赭红的颜色，以至直到今天，这些地名像气泡一样重又从我脑海深处漂上来的时候，虽然它们要穿过一层层，才能达到表层，却仍然保留着自己独特的品性。

有些小站高踞于自己的沙丘上俯瞰着远方的大海，有些小站则位于深绿色、形状令人不快的小山脚下，已经准备睡去——那小山，形状就像刚走进去的一间旅馆房间里的长沙发，山下是一些别墅，再伸展下去便是

---

① 这些地名有真有假；有的在这条铁路线上，多数不在这条线上。

一个网球场，有时是一家赌场。赌场大门上的旗帜迎着凉爽的海风飒飒作响，场中空荡无人，焦虑不安。初次向我显示自己主人的小站，乃通过其司空见惯的外表来显示——戴着白色遮阳帽的打网球的人，生活在自己的柽柳和玫瑰身边的车站站长，一位戴着扁平草帽的太太。那妇人沿着我永远不会体验得到的生活的日常轨迹，唤回在外久久不归的猎兔狗，然后回到自己的木头小板房里去，屋中已经燃起灯火。这些小站以这些司空见惯、使人非常熟悉的现象，无情地刺伤着我这陌生的目光和人生地不熟的心。

我们走进巴尔贝克大旅社①的大厅，面对着仿大理石的偌大楼梯，我的外祖母不顾会增加那些陌生人的敌意和鄙视——我们就要生活在这些陌生人之中——在和旅社经理讲“条件”时，又怎样加重了我的痛苦啊！经理是个普萨式的人物，满脸满嘴都是毛病（挖掉好几个疖子，在脸上留下了伤疤。由于祖籍遥远，童年时期起便在世界各地闯荡而口音混杂，给他的声调留下了毛病），他身穿花花公子的大礼服，闪动着心理学家的目光。“慢车”一到，他一般总是把阔老爷当成满腹牢骚的人，而把住旅馆的吝啬鬼当成阔老爷！他大概忘记了他自己一个月也挣不上五百法郎的薪水，却深深鄙视那些认为五百法郎——或者更确切些，如他所说，是“二十五路易”——“是个数目”的人，总是把这些人当成是贱民的组成部分，而大旅社可不是给这些人预备的。在这家豪华大旅馆里，有些人并不花很贵的房钱却也受到经理的敬重，这也是真的，条件是经理确切知道这些人注意开支是因为吝啬而不是因为穷。吝啬是一种毛病，在各个社会阶层中均可遇到，因此它确实丝毫不会损害威望。有社会地位，这是经理唯一注意的事情。有社会地位，更确切地说，在他看来有说明地位高的标志，

① 普氏1907——1914年夏天到卡布尔度假，他描写的巴尔贝克大旅社便是卡布尔大旅社。

例如走进旅社大厅不脱帽啊，穿高尔夫球裤和紧身短上衣啊，从镶金、带红的高级皮革烟盒里往外掏雪茄烟啊之类（可惜，这些优越性，我一样也没有）。他用讲究的字眼去点缀自己的生意经，但意义总是用得相反。

我坐在一张长椅上等待。我听到外祖母拿腔拿调地问他："房钱……是什么价？……啊！太贵了，我这点钱可不够！"他听外祖母说话时，帽子也不摘下，还吹着口哨，外祖母也不生气。我听着这话，尽量逃进自己内心深处，竭力到一些永不改变的想法中去游荡，不让任何有活力的东西露出我的躯体表面——就像动物的表皮出于抑制作用，当人们伤害它们的时候，它们装死一动不动一样——以便在这个地方不要太难受。我对这种地方还完全不习惯，看到别人对此很习惯就使我更加敏感。我看见一位衣着华丽的妇人，经理对她毕恭毕敬，对跟在她身后的小狗十分亲热；一个衣着讲究、样子可笑的青年，帽子上缀着羽毛，回到旅馆，问"有没有我的信"。所有这些人都将登上那假大理石的台阶视为回家，他们似乎对这一切都很习惯。与此同时，一些大概很不精通"接待"艺术却带有"首席接待"头衔的先生，严厉地向我投以迈诺斯、埃阿刻和拉达芒特①的目光（我将自己赤裸裸的心灵投入这目光之中，就像投入一个再没有任何东西保护我的心灵的未知世界一样）。再远一些，在一扇关着的玻璃门后，有一些人坐在一间阅览室内，要描写这个阅览室，要依次描写我想到这些有权利在那里安安静静阅读的人上人所享的清福，想到如果我的外祖母不顾我会产生这样的印象，命令我走进去的话，她会使我感到多么恐惧，我恐怕必须相继选择但丁笔下赋予天堂和地狱的各种色调了。

过了一会，我那种孤独的印象更加浓重。我向外祖母承认，我感到不舒服，我觉得说不定我们很快就不得不返回巴黎。她没有抗议，说她要出

---

① 这是宙斯的三个儿子，他们死后被召至地狱作判官。迈诺斯的名字在《追忆似水年华》中经常出现。

去买些物品,无论我们是走还是留下,反正这些物品都有用(后来我才知道这些东西都是给我买的,因为所有这些我缺的东西,都在弗朗索瓦丝身上);等待外祖母返回时,我到街上信步走走。街上熙熙攘攘,人群使大街保持着与室内同样的炎热,理发店和一家糕点铺子还开着门,常客们在糕点铺子里站在迪盖-特鲁安①塑像前吃冰淇淋。这塑像引起我的快乐,那与他的形象出现在一本画报中,也能使在外科医生的候诊室内翻阅画报的病人得到快乐一样。一些人对我相当无所谓,使我感到惊异。旅社经理满可以建议我到城里走走散散心,一个新住所,这种受罪的地方,在某些人眼里也是可以显得是"令人心旷神怡之小住地点"了。旅社的说明书就是这么说的。这说明书可能有些夸大其辞,不过这是面向所有主顾的,他们专门迎合主顾之所好。确实,为了把主顾招到巴尔贝克大旅社来,说明书不仅提到什么"美肴佳馔"、"游艺场花园令人销魂",还说什么"时装女王陛下驻足,不被视为笨伯之人不会因奸污而不受惩罚,任何有教养的男子可能都不愿意冒此风险。"

我越是怕外祖母伤心,就越是需要她。她大概很灰心丧气,感到如果这么点累我都受不了,那就没有希望了,任何旅行对我都不会有好处。我下定决心回去等她。经理亲自走来按了一个按钮:一个我还完全陌生的人物,人称"lift"②的(此人被安顿在旅社的最高点,大概是诺曼第教堂灯笼式天窗的地方,好像是玻璃板后面的一幅照片或管风琴演奏者在自己的房间里)开始朝我走下来,动作之轻盈有如家养松鼠,灵巧而又是被束缚之物。然后他又沿着一个柱子滑下来,将我带在他身后朝这商业主殿的圆顶升去。每一层上,通道小楼梯两侧,阴暗的游廊成扇形展开。一个

---

① 迪盖-特鲁安(1673—1736),是圣马洛的海盗。他的塑像也在圣马洛。他在《回忆录》中,讲述了许多历险事情。

② 英文:电梯。

收拾房间的女仆人抱着一个长枕头，从游廊里走过。黄昏的光线使她的面庞模糊不清，我把自己最狂热梦想中的面具贴到她的脸上，但是从她朝我递过来的目光里，我看到的是对我这个一钱不值的人的厌恶。每一层唯一的厕所形成仅有的一排竖着的玻璃窗，从玻璃窗透进的光线照亮了这毫无诗意的半明半暗的地方，神秘得很。在永无尽头的向上走的过程中，为了打消我默默穿过这神秘地方所体验的致命焦虑，我便对那个年轻的管风琴演奏者、我的旅程的匠师、我被俘的伙伴开了腔，他还是继续拉他的乐器音栓和推导管。我为自己占这么大地方，给他惹这么多麻烦而向他表示歉意，问他我是否妨碍他施展艺术才能。在这种地方，为了吹捧名家高手，我不仅表现出好奇，而且还忏悔自己对此十分偏爱。但是他不理我，可能对我的话惊异不止；也可能专心致志于自己的工作，一心想着各种标记；也可能他耳背，对这个地点很尊重；也可能怕出危险；也可能懒得动脑子；也可能这是经理的命令。

一个人，哪怕无足轻重，我们认识他之前和认识他之后，他对我们所采取态度的变化，恐怕没有什么比这个更能赋予我们对外界现实的印象了。我一直是同一个人，下午稍晚时候，乘坐了来巴尔贝克的小火车，一直怀着同一颗心。但是，六点钟的时候，由于无法想象出经理、豪华大旅社、其服务人员是什么模样，我抵达的时刻心中有一种模糊而又带几分恐惧的期待。现在，在这颗心中，则是走南闯北的经理那脸上挖掉的疣子（虽然如他自己所说，“特点是罗马尼亚”①——因为他总是使用他认为高级的词儿，而又没有发现用得有毛病——实际上他的国籍是摩纳哥），为招呼电梯而按铃的姿势，开电梯的本人，从大旅社这个潘多拉盒子②里冒

① 经理将“祖籍” origine 说成了“特点”——originalité。

② 潘多拉是希腊神话中的人物，她有一个神秘的盒子。这盒子一打开，世界上所有的灾难、坏事都冒出来。

出来的整个木偶戏剧场沿幕的人物。这一切都无法否认，终身在此。而且，像一切人造的东西一样，没有繁殖能力。我并没有参与这种变化，但至少这种变化向我证明在我的外界发生了什么事情——这事情毫无意义，是自在的——而我则像一个游客，开始游览时，太阳在面前；待他看见太阳到了身后时，便得知时间已经过去了。

我累得骨头都碎了，我发着烧，睡觉必需的物品一点也没有，不然我早就睡下了。至少我想在床上躺一会，可是面对这一大堆强烈的感受，我反正是无法歇息的，又何必呢？这一大堆强烈的感受对我们每个人来说，不等于他的物质躯体的话，至少也等于他的有意识躯体，因为包围着这个躯体的陌生事物，虽然强迫它在一贯保持警觉的防御基础上进行感知，却也能将我的视觉、听觉、所有的感官保持在很受局限、很不舒服的姿势上（即使我把腿伸开），就像拉巴吕红衣主教①在笼子里的姿势一样，既不能站，也不能坐。在一间卧房里，我们的注意力要求将一些物品放在这里，待习惯了又好像将这些东西搬走了，给我们自己腾出地方来。可是在巴尔贝克的卧室里（仅仅名义上是“我的”卧室），我觉得没有一点空地方，房间里塞满了不认识我的器物。我向它们投去戒备的目光。它们也报我以戒备的目光。它们丝毫不在乎我的存在，现出我打扰了它们正常生活秩序的模样。在家里，一星期当中我只有几秒钟听见我的挂钟走动，那就是我从沉思默想中走出来的时候。旅馆里这只挂钟则一刻不停地用一种陌生的语言连续说着可能使我极为不快的话语，因为宽大的紫色窗帘默默倾听，不作回答，但是那种态度，与人耸耸肩膀用以表示看见一个第三者使他们很恼火极为相似。房间天花板很高，窗帘赋予房间几乎一种历史

① 让·拉巴吕（1421—1491），本为路易十一之神师，后来为红衣主教，因为与大胆查理进行秘密谈判，被路易十一关在洛什城堡国家监狱中，在铁笼中度过十一年，后来经教皇西克斯特四世干预，获得释放。

意义，简直能叫人觉得它很适于暗杀吉斯公爵①，以后又适于库克旅行社的一个导游率领旅游者前来参观②，但是决不适于我的睡眠。沿墙有数个玻璃小书橱，它们的存在对我是个折磨。特别是房间中横着一面全身大穿衣镜，这东西搞得我心慌意乱，如果不挪走它，我就觉得自己根本别想放松下来。我不时抬眼望望天花板——在巴黎，我房间中的各种器物不妨碍我的目光，不比我自己的眼球更妨碍，因为它们只不过是我的各种器官的附件，是我自己的一种放大——天花板上方是旅社最顶端的平台，是外祖母特意为我挑选的。库斯草的气味将其攻势一直推进到比我们看得见和听得见的更为幽密的地方，推进到我们感受到各种气味的特点的地方，推进到了我最后的战壕里，几乎推进到了我的内心。我不无厌倦地用惊慌不安的鼻子去嗅，以这种无益的不断反击去对付它的进攻。再也没有地盘，没有房间，没有躯体，只有一味受到将我重重包围的敌人的威胁，热度一直侵入我的骨髓，我孤立无援，我真想死。就在这时，外祖母走了进来。立刻，无限的空间向我受到压抑而要扩张的心敞开了。

她身穿一件高级密织薄纱室内便袍。在家时，每逢我们这些人中有哪一个病了，她就要穿上这件便袍（她说，穿了这件衣服很舒服，她总是将她做的事归之于自私的动机），这件便袍是为了照顾我们，看护我们的，是她的用人服，看护工作服，她的修女服。用人和看护对人的细心照顾，她们的善良，人们体会到的她们的优点，人们对她们的感激，都更增加了她们对人的印象，她们觉得人的外表与内心不同，人自我感到孤独，自己背负着头脑中思想的重负、自己的生活欲望。我知道，我和外祖母在一起

① 吉斯公爵即亨利一世（1550—1588），他于1588年12月28日被觊觎其王位的亨利三世在三级会议上暗杀。画家保罗·德拉洛什（1797—1856）曾据此画了一幅油画，勒巴吉及加尔麦特于1908年亦据此事拍成电影。

② 汤姆斯·库克（1808—1892）于1841年组织了一次“快乐列车”旅行，这便是他那鼎鼎大名的旅行社的起源。他死时将旅行社作为遗产交给了他的长子。

时，不论我内心多么忧郁，它都会被更大的怜悯所接受。我的一切，我的烦恼，我的欲望，在外祖母那里都会得到支持。用以支持的东西，便是她保持和扩大我生活的欲望比我自己的这种欲望更强烈；我的想法在她心中延伸，不需要改变方向，因为这些想法从我的头脑里传到她的头脑里并没有改换地点，也没有换人。就像一个人站在穿衣镜前想要打上领带，可是不明白他看见的那一头与他的手动作的方向跟他本人相比并不在一边，或者一条狗在地上追逐着昆虫跳跃着的影子一样。在这世界上，人们总是受到躯体外表的蒙蔽，因为我们不能直接感受到心灵。我也这样上当受骗，一头扎进外祖母的怀里，将我的双唇贴在她的脸上，似乎这样我就能进入她向我敞开的宽阔的胸怀。我这样把嘴紧贴在她的双颊上、她的前额上以后，我从那里吮吸到那样有益、那样富有营养的东西，我半天一动不动，是吃奶孩子的那种认真、放心大胆的贪婪。

然后我百看不厌地注视着她那宽大的脸膛，那轮廓就像一片热烈而又平静的美丽云霞，可以感觉到那后面闪射着柔情之光。一切多少还能接受她的感受的东西，一切还可以说属于她的东西，都因此而立刻变得那样神圣，那样超俗，我情不自禁地用手掌理着她那刚刚灰白的秀发，怀着尊敬、小心翼翼和轻柔，似乎我抚摸的是她的善良。她在难过之中又为使我免去了一种痛苦而感到那样高兴，就这样一动不动过了一会。对我那疲惫不堪的四肢，是那样平静安宁的一瞬，是那样甜蜜。过了一会，我见她想帮我睡下，打算给我脱鞋，我作了一个手势阻止她，开始自己脱衣裳。我的手已经碰到上衣和矮靴的头几个纽扣上，她用乞求的目光拦住我的手。

“噢，别这样，”她对我说，“对外祖母来说，这叫她多开心！尤其是你今夜需要什么时，不要忘了敲墙，我的床就靠着你的床，隔栅非常薄。等一会你睡下以后，就敲敲试试，看看咱们是不是能互相听得见。”

果然，那天晚上，我敲了三下。一个星期以后，我不舒服时，有几天我每天早晨都重复这三下，因为外祖母要早早喂我喝牛奶。当我觉得听见她已经醒了以后——为了不叫她等待并且能在喂我牛奶之后马上再度入睡——我鼓起勇气小声敲了三下，胆怯地，轻轻地，但不管怎样却是清清楚楚地，因为我担心如果搞错了，她还在睡，那就会打断她的觉，可我又不愿意她继续侧耳倾听是否是我呼叫，如果她起先没有听清的话。我不敢再敲了。我这边刚一敲三下，立刻就听到另外三击。这三击音调不同，充满平静的威严，为了更加清晰，重复两次，那意思是说："别着急，我听见啦！过一会就来！"顷刻，外祖母来到。我对她说，我真担心她听不见我的声音，或者她以为那是隔壁的什么人在敲。她笑了：

"将我可怜的小狼①敲击声与别人混淆起来，怎么会呢！就是有一千个人敲，外祖母也辨别得出来呀！你以为世界上还有别人这么傻，这么激动，这样又怕吵醒我又怕人家听不明白他的意思吗？不管怎样，这个小老鼠只要一抓，人家立刻就能认出它来，特别是这个小老鼠跟我的小老鼠一样是独自一人，又叫人可怜的时候！我听见它犹犹豫豫已经有一会了，它在床上折腾，耍各种把戏。"

她把百叶窗打开一半。在旅馆前突的附属建筑上，阳光已经在屋顶上安身，就像早起的盖屋顶工人早早就开始干活，默默地干完活计以免吵醒还在沉睡的城市，而城市一动不动使他显得更加心灵手巧一样。她告诉我几点了，天气会怎样，说我用不着一直走到窗边去，说海上有雾，告诉我面包店是否已经开门，对我叙说听到其声响从街上走过的那辆车是什么样的：这无足轻重的打开窗帘，这可以忽视的、任何人都不在场的清晨"序曲"，只属于我们两个人的一小块生活。白天，当我谈到早晨六点钟的漫天大雾时，我会在弗朗索瓦丝或一些陌生人面前高高兴兴地提起这些，那意图并不在于显示我获得了某种知识，而是要显示我一个人所得到的

---

① 普氏的母亲对自己的两个儿子均称"我的小狼"。

疼爱。这甜蜜的清晨一刻，由我敲三下、另三下作答这富有节奏的对话开始，像一曲交响乐般展开。柔情和快乐力透隔墙，那墙变成了和谐的、非物质的东西，像天使一般歌唱着。那为人热烈期待的三击回答，重复两次。隔墙善于通过这三击，以天神报喜的轻盈和音乐美的忠诚，将外祖母整个的心灵和就要过来的诺言传送过来。但是抵达巴尔贝克当天那一夜，外祖母离开我以后，我又难过起来，就像在巴黎离家时我已经很难过一样。构成我们眼前生活中精华的事物，对于我们从精神上以我们的接受能力来赋予其未来的模式，而上述事物并不在这未来模式之中，总是以极大的拼死抗拒来对抗。我这种对于在陌生房间里过夜的恐惧——许多人也有这种恐惧——说不定只是上述这种抗拒最普通、最模糊、最机能性、几乎最无意识的表现形式。一想到我的父母有一天可能会死去，我可能为生活所迫不得不远离希尔贝特而生活，或者只是不得不在一个永远再也见不着自己朋友的国度定居，常常使我感到可怕之极，那抗拒就在这恐惧的深处。我自己的死亡，或者像贝戈特向人们许诺的那种在自己著作中永生，我很难想象。我无法将我的回忆、我的缺点、我的性格带到那种虽死犹生中去，这些东西不能接受自己不再存在的概念，也不希望我有一个它们没有位置的虚无或永生。

在巴黎时，有一天我身体特别不适，斯万对我说："你应该动身到大洋洲那些美妙的海岛上去。那时你就会知道，你再也不会回来了。"①那时我真想回答他说："那我就再也看不见你的女儿了，那我就要在她从未见过的人和物之间生活了。"然而我的理智却告诉我："既然你不再为此苦恼，那又有什么关系呢？当斯万先生对你说你将不再回来时，他的意思是你会不想回来；既然你不想回来，这就说明，在那里，你会幸福。"因为我的理

① 1888 年，英国小说家史蒂文森到大洋洲海岛上去休养，1894 年死于萨摩亚群岛。画家高更，到大洋洲去以后，也于 1903 年死于马克萨斯群岛。

智知道,习惯——这种习惯现在即将担负起一项重任,要使我爱上这陌生的住所,爱上改变了位置的大穿衣镜,爱上改变了颜色的窗帘,爱上停摆的挂钟——也担负着使一开始并不讨我们喜欢的伙伴变成亲爱的朋友,赋予面庞另一种形状,使一个人的嗓音变得热情动听,改变心中爱恋对象的任务。自然,对某些地点、某些人新的友情,就是忘记昔日友情的网。但是我的理智正好认为,我可以毫无恐惧地设想一种生活前景。在那种前景中,我将永远与一些人分离,我将忘记他们。这种生活向我的内心作出了忘却的承诺,而忘却只会使绝望更加疯狂,这似乎构成一种安慰。这倒不是说,待习惯了分离之后,我们的心也不会感受到习惯势力那镇痛的效用,而是说,至今这颗心仍在痛苦罢了。惧怕将来我们再也看不见我们喜欢的人,再也不能与他们交谈,正是在这种前景下,我们今天才会得到最难得的快乐。如果我们想,在受到这种剥夺的痛苦之上再加上当前对我们来说似乎更为残酷的事:并不像感受一种痛苦一样感到这种担心,而是对此漠然置之,这种恐惧就不但不会消散,反而会更加增长了。因为,如果是这样,我们的“自我”就变了:不仅我们的父母、我们的情妇、我们的各位朋友的魅力再不存在于我们的四周,而且我们对他们的钟爱,也就完全从我们心中拔除了。而这种钟爱是我们今日内心很重要的一部分。今后我们会喜欢上这种与他们分离的生活,而今日一想到这种生活就叫我们感到恐惧。倘若如此,那便是我们自己真正的死亡。死亡继之以复活,这是真的,但这复活已在与前不同的自我之中,原来的自我中注定要死亡的那些部分是无法上升到热爱这个与前不同的自我的。如今恐惧、抗拒、反抗的,也正是原来的自我中注定要死亡的那些部分——甚至是最羸弱的部分,诸如对一个房间的大小、气氛莫名其妙的眷恋之类。必须看到,这是一种抵抗死亡的潜在的、局部的、确实的、真实的方式,长期地、绝望地、逐日地抵抗那一部分一部分的、连续不断的死亡的方式。这种死亡潜入我们整个生命进程之中,每时每刻从我们身上分离出一片一片的我们自己。正是在这些东西的坏死上，新的细胞增殖起来。对于像我这样一个天生神经过敏的人（也就是说，在这种天性的人身上，中间关节，即神经，不能正常发挥功能，阻挡不住哀叹沿着自己的道路朝意识驶去，而是相反，任凭这哀叹来到，清晰的、疲惫的、无数的、痛苦的哀叹，哀叹自我中那即将消逝的最朴素无华的成份）来说，在这陌生的过高的天花板下我们所感受到的那种焦虑的恐惧，只不过是一种友情发出的抗议。那种对于熟悉而较低的天花板的友情还劫后余生，活在我的心里。说不定这种友情也会消失，另一种友情占据了它的位置（到那时，死亡，然后是一种全新的生活，就会在“习惯”这个名词下，完成它们双重的大业）。但是，直到这友情消亡之前，每天晚上，它还要痛苦，这第一天晚上尤甚。它面对着已经成为现实的前景，再也没有它的位置的前景，在反抗。每当我的目光无法从伤害它的东西上移开，设法停驻在不可企及的天花板上时，它就用哭诉的叫喊来折磨我。

到了第二天早晨怎么样了呢？一个仆役前来将我叫醒，给我送来热水。我洗脸梳头，拼命在我的旅行箱里找我需要的物品，可是徒然，我从里面拽出来的乱七八糟的东西，全都一点用也没有。我已经想到了早餐和散步的快乐，就在这时，从窗户和书柜的每一扇玻璃上，就像从船舱的舷窗上望出去一样，我看到了裸露的大海，无遮无拦，有一半是在自己广阔幅员的阴影中，那是一条纤细而移动的直线所划定的边界。啊，多么快乐！双眼追逐着浪涛，看那浪涛一个接一个地跃起，好像在跳板上跳跃的运动员。多么快乐！我手上拿着僵硬的、上了浆的、上面印着旅馆名字的毛巾，想用这块毛巾擦干身体，可怎么也擦不干。我不时回到窗旁，再向这令人头晕目眩、山岳一般的庞大马戏团再看上一眼，向那此处彼处磨光而又半透明的蓝宝石的波涛白雪般的峰巅再看上一眼。那浪涛，怀着沉着的凶猛和狮子皱眉般的架势，任凭其山坡崩坍，飞滚落下。阳光又用看不见面庞的微笑为这山坡增色。

此后，每天早晨我都置身窗口，就像在驿车里睡了一觉扑到驿车的玻璃窗口去一样，为的是看看我所向往的山脉在夜间是靠近了，还是远去了。在这里，这些大海的丘陵，在狂舞着回到我们身边之前，可能会后退得很远，以至常常要在一片长长的沙土平原后面，我才能在很远的地方依稀望见它们那最早出现的起伏，那远处半透明，雾气笼罩，蓝莹莹的，好似托斯卡纳[1]文艺复兴前期画家作品景深处的冰川[2]。有时，紧挨着我，阳光在这些波涛之上欢笑，那波涛呈嫩绿色，恰似潮湿的土地和光线液体般的流动使高山草地保持着嫩绿一般（在山上，阳光此处彼处展开，有如不均衡地跳跃着欢快地走下山坡的巨人）。此外，海滩与波浪在世界之余部分辟出这个豁口，为的是叫阳光从这里经过，叫阳光在这里积累起来。在这里，从大海过来的方向和我们的肉眼遵循的方向望过去，是阳光在移动着大海的山峦起伏，是阳光确定其位置。光线的千变万化同样会改变一个地点的方位，同样会在我们面前树立起新的目标，使我们产生要达到这目标的欲望，而只有经过千辛万苦长途跋涉才能达到。

清晨，太阳从旅馆后方过来，在我面前展现出阳光普照的沙滩，直到大海最前沿的城堡。太阳似乎将城堡的另一坡也展示给我，并且鼓动我踏着它光芒的转轮，去继续旅行。这旅行是原地不动的，但是透过各个时刻起伏不定的景观中那最美妙的景色，它又是千变万化的。从这第一个清晨开始，太阳总是伸出一根微笑的手指，将远方大海那蔚蓝的峰巅指给我看。这些高峰在任何一张地图上都没有名字。太阳在山脊和雪崩那轰响而又纷乱的表面上尽情游荡累了，最后便来到我的房间里避风，在散乱的床上懒洋洋地躺着，在湿乎乎的洗脸池上，打开的箱子里，摘下它的珍宝。它那辉煌的光焰本身和用得不是地方的奢侈，更加深了杂乱文章的

---

① 托斯卡纳为意大利中部地区。

② 例如乔凡尼的名画《耶稣诞生》、《圣约翰·巴蒂斯特撤至荒原》等。

印象。

一个小时以后，在那偌大的餐厅里，我们正吃午饭，从柠檬的皮囊中往两条箬鳎鱼上洒上几滴金水。过了一小会，我们的盘子里就只剩下鱼刺了。鱼刺弯弯，有如一片羽毛；铮然有声，有如一把齐特拉琴。可惜，这时外祖母感觉不到海风那凉爽而富有活力的吹拂，她觉得真是残酷。这是因为门窗虽然透明，却关闭着，像一个橱窗一样，虽然让我们看到整个海滩，却将我们与海滩分隔开来。天空完全进入门窗玻璃之中，以至天空的蔚蓝色似乎是窗子本身的颜色，那雪白的浮云，似乎是玻璃上的毛病。我确信自己是如波德莱尔所说“坐在防波堤上”①或“贵妇人小客厅深处”②，我自问是不是他所说的“普照大海的阳光”③就是此刻的这种阳光——与落日的余晖很不相同，那是单纯而表面化的，如同一抹金光而又颤动不已——它像黄宝石一般燃烧着大海，使大海发酵，变成一片金黄而又成乳状，好似啤酒；浮着泡沫，好似牛奶。此处彼处，不时又有大块蓝色阴影游来荡去，似乎哪一位神祇在天空中摆动着一面镜子，将阴影移来移去以自娱。巴尔贝克的这间餐厅，光秃秃，充满绿色的阳光，如同游泳池中的水。几米开外的地方，涨潮的海水和日正中天，如同在天堂前面一样，正竖立起宝石和黄金的不可攻克的游动的堡垒。

可惜这间餐厅与贡布雷那间朝着对面房屋的“大厅”不仅仅外表上不同。在贡布雷，人人都认识我们，所以我不顾及任何人。在行海水浴的生活里，人们是不认识他的邻居的。我年纪还不大，而且一直十分敏感，不会放弃讨人欢喜和占有他们的欲望。一个上流社会的男子对于在餐厅里用餐的人，可能会感到更为高尚的满不在乎。无论是他的这种满不在乎，

---

① 指波德莱尔散文诗《海港》中描述的模糊的回忆。

② 出自《恶之花》中《忧郁与理想》。

③ 出自《恶之花》中之《秋歌》。普氏深爱此诗，在著作及通讯中经常引用。

还是从海堤上经过的青年男女那种满不在乎，我都没有。想到不能和这些青年男女一起去郊游，我心里就很难过。我外祖母对社交形式很鄙视，只顾我的健康，如果她向他们提出要求，要求他们接受我作为散步的伙伴，那对我真是侮辱性的，当然我就要更难过。不论他们回到某一陌生的木头别墅去也好，手执球拍走出别墅到网球场去也好，骑马也好（那马蹄就踩在我的心上），我总是怀着热切的好奇望着他们。在海滩那叫人眼花缭乱的光照中，社会惯常的比例改变了。我在这光照中，透过让这么多光线通过的透明大玻璃海湾，注视着他们的每一个动作。但是照我外祖母看来，这海湾挡住了风，乃是一个缺点。她一想到我损失了一个小时吹海风的益处就受不了，便偷偷打开一扇窗。忽地一下，不仅菜单吹跑了，所有正在用午餐的人的报纸、面纱和遮阳帽也都吹跑了。可外祖母自己，有这天堂好风的支持，在一片责骂声中，依然像布朗迪娜女圣徒①一样镇定，面带笑容。这些责骂使那些瞧不起人、头发给吹乱、怒气冲冲的游客团结一致来对付我们，更增加了我孤独悲哀的印象。

这些游客的相当一部分，由法国这一地区主要省份的杰出人士组成，卡昂法院的主审官啊，瑟堡的首席律师啊，芒市的一位重要公证人啊之类。在那些地方，他们终年成散兵或者像国际象棋中的棋子一样分散着，每到度假时，便从各个点上来到这个旅馆里集合。巴尔贝克这些豪华旅馆的人口，平时一般是富有而且是国际性的，现在又赋予旅馆人口以一种相当突出的地区性了。他们在旅馆里总是保留着那几个房间，与他们那装成贵族妇女模样的妻子一起，构成一个小小的群体。巴黎的一位大律师和一位大夫也加入这一群之中。临走那天，这两位巴黎人对那些人说：

“啊，真是，你们不和我们坐同一趟火车，你们真有福气，能到家吃晚

① 女圣徒在公元177年受到严刑拷打，要她放弃自己的信仰。她始终镇定从容，回答：“我是基督徒。我们的人中间没有犯过任何罪行。”

饭呢!”

“什么?您说有福气?你们住在首都巴黎,大城市,而我住在十万人口的可怜小省城。最近人口统计是十万零二千,这倒是真的。你们有二百五十万人口,你们就要回到柏油马路的巴黎上流社会灯火辉煌的大场面中去。跟你们比,我们这算什么?”

他们用巴黎卷舌“r”音说着这些话,并不含有尖酸刻薄之意,因为他们这外省的阳光似乎也能像人一样到巴黎去了。人家已经数次给卡昂的首席审判官一个上诉法院的席位——但是他们出于对自己城市的热爱,或是喜欢默默无闻,或是喜欢出人头地,或因为他们反动,或为了与别墅的邻居关系好,他们宁愿留在当地。再说,他们当中有好几位也并不立即回到他们的省城去。

在大宇宙之中,巴尔贝克海湾是一个特别的小宇宙,是一篮子四季水果,各种不同的日期和相继而来的月份集之一处,排成一圈。望得见里夫贝尔的日子,是暴风雨的信号。当巴尔贝克天色已经暗下来时,还看得见里夫贝尔房顶上的阳光。不仅如此,当寒冷已征服巴尔贝克时,可以肯定在另一侧海岸上还找得到加出来的两三个月的热天。大旅社的这些常客中,假期开始得晚或持续得久的,当秋季将近,秋雨和浓雾来到时,便吩咐将他们的旅行箱装上一只船,过海到里夫贝尔或科斯特多尔去与夏季会合。

巴尔贝克旅社的这一小群人以提防的神情,注视着每个新来乍到的人。所有的人都一面做出对这个人不感兴趣的样子,一面就此盘问他们的朋友——旅社侍应部领班。每年都是他——埃梅来干这一季,并且服侍他们用餐。这些人的太太,知道埃梅的妻子即将分娩,饭后每人都做一件婴儿用品,同时用她们手握的长柄眼镜对我外祖母和我指指点点,因为我们吃带煮鸡蛋的凉拌菜。这是普普通通的菜,但在阿朗松①的上层社会

① 阿朗松是这一地区的重要城市。

里没有这么吃的。对一个别人称之为“陛下”的法国人①，他们显露出讥讽加蔑视的态度。这个法国人也确实自称是大洋洲中一个小岛的国王，小岛上只有几个野人居住。他和他那漂亮的情妇住在旅舍里。每当她去洗海水浴，从这里经过时，淘气的孩子们便高喊：“皇后万岁！”因为她大把大把地把五十生丁的硬币朝他们扔过去。首席审判官和首席律师甚至不愿显出看见了她的模样。他们的朋友中若是有谁注视她，他们就认为应该提醒他，说那个女人不过是个女工兼妓女出身。

“可是有人向我担保，说他们在奥斯唐德用的是皇家舱室呢！”

“那当然啦！二十法郎租的！你自己高兴的话，也可以用这个舱室。而且我确切知道，他曾经要求国王接见，可是国王叫人告诉他，国王不想结识这位木偶剧场上的君主。”

“啊，真的吗？真是太有意思了！有的人还真……”

大概这都是真的，不过也是因为他们感到对于大部分人来说，他们只不过是上等资产阶级，他们为自己并不认识这位扔硬币很大方的国王和皇后而十分恼火。公证人，首席审判官和首席律师，在他们称之为奇装滑稽木偶的这两个人经过时，感到那样不快，提高声调表现出他们的愤怒。他们的朋友、旅社侍应部领班对此十分理解。对这两位慷慨大方更甚于货真价实的君主，他一面不得不作出笑脸，可是在记下他们点的菜时，又远远地向他的老主顾会意地挤挤眼睛。有一个他们称为“漂亮先生”的服饰华丽、装腔作势的年轻人，是一个大工业家的儿子，身患肺病，且挥金如土。他每天换一件新礼服，扣眼上插着一朵兰花，午餐时喝香槟酒。然后，面色苍白，毫无表情，唇上挂着冷漠的微笑，到赌场的水晶玻璃赌台上去

① 此处影射当时的一位有名人物。此人名叫雅克·勒波迪，其父为百万富翁，糖商。他在阿特拉斯山中购得一小块土地，便自封为撒哈拉皇帝，分封贵族称号，将一个女歌星玛格丽特·德里埃立为皇后。他们在美国时，他遵照法老的先例，要娶自己的女儿为妻，“皇后”一怒之下，用手枪将他打死。

扔下很大的赌注。人家错误地认为他们这些人不如那个小伙子“帅”,他们也无法解释说他们就比他“帅”。可能也有点由于这种恼火,公证人对首席审判官说“他根本输不起这么大的数目”,首席审判官的老婆则“根据可靠消息来源”,说什么这个“世纪末”小伙子叫他的父母愁煞。

另一方面,首席律师及其朋友们又对一位富有而又有贵族称号的老妇人极尽讽刺挖苦之能事,因为她到任何地方去都要把自己的整个日常生活原封不动地带着走。每次公证人的妻子和首席审判官的妻子在餐厅里吃饭看见她的时候,都用长柄眼镜狂妄地审视她,那种仔细和怀疑的劲头,似乎她是一盘菜。这盘菜名称古怪、外表可疑,经过系统观察,结果是予以否定,作出拒之于千里之外的姿态和恶心的怪相,叫人把那盘菜端走。

无疑,她们做出这种样子,无非是要表现出:如果说有些东西她们没有的话,诸如这位老妇人的某些特权,与她有关系之类,并非她们不能有,而是她们不愿有。久而久之,连她们自己也对此深信不疑,于是就成了对于自己不了解的生活方式没有任何欲望,没有任何好奇心,对讨好新认识的人不抱任何希望。在这些女人身上,这一切都为佯作轻慢、故作快乐所代替。这有一个弊病,就是叫她们在满意的幌子之下故作不快,而且经常不断地自己骗自己,这两条便足以使她们倒霉了。不过,大概这旅社里所有的人的做法都与她们相同,只不过形式不同罢了。这样,不是出于自尊心的话,至少也是出于某些教育原则或思考习惯,便牺牲了参与完全陌生的生活那种其味无穷的妙处。显然,老妇人与外界隔绝、自己生活其中的微型宇宙,并未因气急败坏冷嘲热讽的公证人老婆与首席审判官老婆那一伙人的尖酸刻薄而受到毒化。相反,这个小宇宙散发着高雅而又有点老气横秋的芬芳,这种香气也同样矫揉造作。因为归根结底,老妇人如果能引来并维系住(为此,她本人也要不断更新)新认识的人神秘的好感,她肯定会从中体会到无穷的乐趣。而现在她只是跟她自己那个小宇宙的人来往,总是想着这个小宇宙是大宇宙之精华,对他人的轻蔑也不大知晓,简直可以忽略不计。这样生活虽然令人愉快,却没有上述那种无穷的乐趣。可能她感到,如果她默默无闻地来到巴尔贝克大旅社,穿着她那黑毛料长裙,戴着她那过时的便帽,她一定会使哪位花天酒地的公子哥或者哪位要人发出一阵冷笑的。公子哥可能一面摇摇摆摆跳着舞,一面从牙缝里挤出“穷酸老婆子!”几个字来。要人,像首席审判官一样,在一圈花白连鬓胡子中保持住了红润的面孔和她喜欢的聪明智慧的眼睛,他那一双长柄眼镜的镜片一向眼睛靠近,就表示这奇人怪物出现了。人们知道这头一分钟是短暂的,但也令人畏惧——就像一头扎入水中一样。老妇人事先派遣一个仆人前来,将她的个性和习惯告知旅社。然后自己前来,打断经理的致意,那简短之中腼腆多于傲慢,径直走进自己的房间,说不定就是由于下意识地惧怕这一分钟。房间里,自用的窗帘代替了原来挂在窗上的窗帘、屏风、照片等等,在她与她本应适应的外界之间安置了她自己的生活习惯这扇隔栅,安置得那样好,以至可以说,这不是她本人在旅行,而是她的家在旅行。她依然待在自己家里。

在以她为一方,旅社人员及供应商人为一方之间,她安排下自己的仆人。此后便是她的仆人代她与这里的新人类进行接触,同时在女主人周围维持着惯常的气氛。在她与洗海水浴的人之间,她也道出自己的成见,而不顾忌会得罪一些人,这些人是她的女友根本不肯接待的。通过与女友的通讯,通过回忆,通过内心意识到自己有地位,举止得体,礼节周到,她继续生活在自己的世界里。每天,她下楼乘坐敞篷四轮马车去散步时,贴身女仆带着她的衣物尾随其后,小厮在前,有如在使馆门口值勤的哨兵。在挂着自己所属国家国旗的使馆门前,哨兵置身于异国土地上,为使馆确保其特有的治外法权。

我们抵达那天,老妇人下午没有离开她的房间,我们在餐厅中没有望见她的影子。因为我们新来乍到,开午饭时,旅社经理将我们置于他保护之下,送我们到餐厅去,就像一个军官将新兵带到下士裁缝那里让人给他们发军装一样。不过，过了一小会，我们在餐厅里见到了一位乡绅德·斯代马里亚先生及其女儿德·斯代马里亚小姐，他们属布列塔尼一个默默无闻而又非常古老的世家。经理以为他们晚上才会回来，把他们的桌子给了我们。他们父女就是为了会见居住在这附近的、他们认识的城堡主人而来到巴尔贝克的。除了接受外面的邀请和回访之外，他们在旅社餐厅中度过的时间只限于绝对必需的范围内。狂妄使他们对于坐在他们周围的陌生人没有丝毫近乎人情的好感，没有丝毫兴趣。置身于这些人之中，德·斯代马里亚先生始终保持着冷若冰霜、急如星火、拒人于千里之外、粗暴、脾气很大、心怀恶意的表情。在火车的便餐厅里，置身于从不相识、也不会再次相见的旅客之间，与这些人的关系，除了保卫自己的冷烤鸡和车厢的这一角不受他们侵犯之外，就想不出还有什么别的关系，人的表情就是这样的。

我们刚开始用午餐，就有人来按照德·斯代马里亚先生的吩咐叫我们起身。这位先生刚刚来到，对我们没有丝毫致歉的表示，高声请旅社侍应部领班注意，再不要发生类似的错误，他“不认识的人”占了他的桌子，他觉得很不愉快。

某一个女演员（她因衣着华丽、才思敏捷、有成套的德国瓷器而著名，远远胜过她在奥代翁剧院扮的几个角色）及她的情夫（一个极为富有的年轻人，为了他，她才培养自己的情趣），还有两个在贵族阶层中非常出头露面的男士，他们四个人在生活上自成一伙，非一起出门不可，在巴尔贝克用午饭很晚，所有的人都用完饭他们才来，终日在他们的客厅中玩牌。促使他们这样做的情感中，自然是没有任何恶意的，只不过是他们对于某些幽默的谈话方式的趣味，对某些佳肴美馔的精细口味要求如此罢了。这种趣味和口味使他们从非一起生活、一起吃饭不可之中得到乐趣，如果和不得其中之韵味的一些人共同生活，他们就会受不了。甚至面对着已经上菜的桌子或一张赌桌，他们中的每个人还需要知道，坐在自己对面的客人或搭档头脑中某些知识和在任何事情上他们区别善恶的共同标准是否悬而不用了。许多巴黎人的住宅都用一个所谓真正的“中世纪”或“文艺复兴”时期的蹩脚货装饰着，某些知识使人能够辨别出真伪来。大概在这种时刻，这伙朋友希望到处都沉浸其中的那种特殊生活，就只能通过默默吃饭或打牌当中发出的难得而又滑稽的感叹或者年轻女演员为午饭或玩扑克而穿的迷人的新裙子来表现了。这种生活用他们了解透彻的习惯将他们包围住，也就足以使他们不为周围生活的秘密所侵害。漫长的下午，他们面前的大海，只不过像挂在有钱光棍小客厅墙上的一幅色彩柔和的油画罢了。一个玩牌的人，在出牌的间歇无事可干，才抬起眼睛朝大海望上一眼，看看是否有什么标志着天气晴朗或者几点钟了，并且提醒其他人该吃下午的点心了。晚上他们不在旅馆用晚餐。在旅馆里，电源使餐厅光芒四射，餐厅似乎变成了偌大的美妙的养鱼缸。巴尔贝克的工人、渔民以及小市民的家庭，躲在暗处。你看不见他们，他们却在这养鱼缸的玻璃四壁前拥挤着，想要远远看看这些人在金光摇曳中的奢侈生活。对贫穷的人来说，这些人的生活确与奇异的鱼类和软体动物的生活一样不可思议（玻璃壁是否永远能够保护住绝妙动物的盛筵，夜间贪婪凝望的默默无闻的人是否就不会到养鱼缸里来把这珍奇动物掠走并且将其吃掉，这是一个很重大的社会问题）。在这驻足凝视、黑夜里看不清楚的人群里，说不定有个什么作家，什么人类鱼类学爱好者，他们注视着雌性老魔鬼张开颌骨咬住一块食物又闭上的情景，便按照品种、生性以及后天获得的特性来对这些老魔鬼加以分类以自娱呢！一个塞尔维亚老太婆，口腔的延伸部分和一条大海鱼一样，因为她自童年时代起便生活在圣日耳曼区的淡水里。正是这后天获得的特性使她吃起凉拌菜来，犹如一个拉罗什富科家族中人。①

---

① 拉罗什富科家族为法国一古老贵族家庭。

此刻，人们远远望见那三个身穿无尾常礼服的男子正在等待那位姗姗来迟的女戏子。过了一会，那女人穿着常换常新的长裙和按照她情夫特殊趣味选定的围巾，从她居住的那一层叫了电梯，像从玩具盒子里出来一样走了出来。这四个人觉得豪华大厦这种国际怪物移植到巴尔贝克以后，使奢侈之花盛开，远远胜过高级烹调。他们钻进一辆车，到半里①以外的一家著名小饭馆吃晚饭去了。到了这家小饭馆，他们就食谱编排和烹调技术问题，与厨师进行了无尽无休的讨论。从巴尔贝克出去是一条两旁都是苹果树的路，在漆黑的夜色中，这条路与他们巴黎家中到英国咖啡馆②或银楼之间相差无几，这段路程对他们来说无非是必须穿过的距离而已。他们抵达漂亮的小饭馆以后，富有的年轻人的朋友们对他有衣着如此华丽的情妇艳羡不已。那女人的围巾在小团体面前展开，有如熏香而轻柔的面纱。但是这围巾也将小团体与外界隔绝开来。

可叹，为了安静休息，我根本无法像这些人那样行事。我关心着旅社房客之中的许多人。有一个男子，额头凹陷，目光在其成见与所受教育之间游移不定，他是本地的大财主，我真希望这个人对我不要视而不见。他不是别人，正是勒格朗丹的姐夫：他有时到巴尔贝克来出访，每个星期天，他妻子和他举办每周一次的花园晚会，常常使旅馆的房客减少一部分，因为这其中常有一两位应邀参加这些节庆活动。其他人为了不要显出自己没有受到邀请的模样，便挑选这一天到远处去郊游。第一天，旅馆对他接待很冷淡，因为他刚从天蓝海滨③下船来，这里的工作人员还不知道他是谁。他不仅未着白法兰绒衣裤，而且对豪华大厦的生活完全无知，依然按照法国老规矩，走进大厅，看见那里有几位女士时，一进门便脱下了帽子。

① 法古里。

② 这家饭馆因英国人常去而得到这个名字，当时很有名。巴尔扎克笔下，拉斯蒂涅曾在这里用餐。左拉笔下，娜娜也在这里吃过饭。该饭馆位于意大利人街与马里沃街相交处。

③ 法国南方地中海海滨从马赛到尼斯一段，景色绝佳，人称“天蓝海滨”。

这一动作使得经理回答他的问话时，甚至没碰自己的帽檐一下，认为他大概是个出身最寒微的人，也就是经理自己称之为“老百姓出身”的人。唯有公证人的妻子感到自己受到这个新来人的吸引，认为他散发出有身份的人佯装俗气的味道。她宣称在他面前，人们感到对方是一位很出类拔萃的人，极有教养，而且在所有在巴尔贝克遇到的人当中，他如鹤立鸡群。她认为，只要她本人不能与他经常来往，那他就是不能与之经常来往的人。说这些话时，用的是对芒市的最上等阶层了如指掌、辨别能力万无一失、对其权威无可辩驳的人的口气。她对勒格朗丹的姐夫作出这样有利的评断，可能是因为此人外表极为平淡，没有任何借势吓人的地方，也可能是因为她从这个举止有如虔诚教徒的乡绅身上认出了自己那一教派——共济会——的征象。

我已经得知——又有什么用！每天在旅馆门前骑马的几个小伙子，他们的父亲是一个新产品商店的老板，满肚子鬼主意。我的父亲永远不会同意与这些人结交。“洗海水浴的生活”使他们长成了大个头，在我眼中，简直是半人半神的骑士雕像。我抱的最大希望，就是他们永远不要将他们的目光停驻在我这个可怜的小男孩身上，这个就是为了到沙滩上去坐坐才离开旅馆餐厅的小男孩。我甚至希望得到曾是大洋洲某荒岛之王的那个冒险家和患肺病的小伙子的好感。我爱设想那个患肺病的小伙子在他那狂妄的外表下掩盖着一颗胆小怕事而又温柔的心，说不定对我一个人能慷慨赠予深情之珍宝。何况（与人们惯常对于旅途中之新交所说的情形相反），看见你跟某些人在一起，在有时再去的海滩上，会在真正的社交生活中给你增加一项无比的系数，在这里，也就只有洗海水浴的友情了。人们对友情倒也不是敬而远之，在巴黎生活中，人们还细心培植它呢！所有这些瞬时的或地方性的名人，他们会对我有什么看法，我很在意。我那爱为人设身处地、重现他们的思想状况的秉性，使我不仅把他们放在他们自己真正的地位上，把他们放在假如在巴黎他们会占据的地位上——那地位大概很低——而且还把他们放在他们自己认为应该处于的地位上。说老实话，在巴尔贝克，他们就是把自己放在了自认为应处的地位上。由于这里缺乏共同的尺度，便赋予他们某种相对的优越感和某种莫名其妙的趣味。可叹，所有这些人的轻蔑，没有一个比德·斯特马里亚先生的轻蔑那样叫我难受。

他的女儿一走进来，我就注意了。我注意到她那苍白而又几乎蓝莹莹的美丽面庞，注意到她那高高的个儿，她与众不同的举止，令我不无道理地忆起她的遗传、她所受的贵族教育的地方，尤其是我知道她的名字，这一切就更加清楚，正像天才音乐家所发现的那些具有表现力的题材，将闪烁的火光、江河的声响和田野的宁静为听众描绘得那样精彩一样。听众如果事先浏览过乐谱，更是早就将自己的想象力引导到了恰当的道路上。“种”，又给德·斯特马里亚小姐的风韵加上了其缘由的概念，使其风韵更可理喻，更加完美。这也使其风韵更加撩人欲望，因为这等于宣布她是可望而不可即的，正像一件物品很叫我们喜欢，而价格昂贵就更增加了它的价值一般。这精选的上等津液组成了面庞，遗传的茎杆又赋予它海外珍果或著名海鲜的香味。

一个偶然事件骤然间给我外祖母和我送来了合适的手段，使我们在大旅社的所有房客眼中，威信立即提高。确实，就在那头一天，那位老妇人从自己家中下得楼来。前有小厮开路，后有贴身女仆小跑跟随，手中拿着忘下的一本书和一条毯子。靠着这些，对人的心灵产生了影响，在所有人心中激起了好奇和崇敬。看得出来，德·斯特马里亚先生比任何人都更无法摆脱这种好奇和崇敬。就在这时，旅馆经理向我外祖母弯下身来，出于客气（就像将波斯国王或拉娜瓦洛娜王后①指给一个默默无闻的看热

① 指拉娜瓦洛娜三世（1862—1917），她1883—1897年曾为马达加斯加王后，后被流放到留尼汪及阿尔及利亚。

闹的人看一样。显然这个看客不可能与那权势炙手可热的君王有任何关系,但也会觉得曾在几步开外的地方见过他很有意思),向她耳边溜出一句:"德·维尔巴里西斯侯爵夫人。"就在此刻,这位老妇人远远望见了我的外祖母,情不自禁地射出惊喜交加的目光。

在这人生地不熟的地方,对于要接近德·斯特马里亚小姐而无可求助的我,最有魔力的仙女以一个小老太太的形象突然出现,还有什么会比这个更能使我心花怒放,诸位可以想见。实际上,我再也听不见任何人讲话的声音。从美学观点来说,人的数量极其有限,不论到哪里去,都经常会体验到见到熟人的快乐,即使不像斯万那样到前辈大师的画面中去寻找也会遇到。就这样,我们到巴尔贝克小住的头几天,我就遇到勒格朗丹,斯万的门房和斯万太太本人。勒格朗丹成了咖啡店的侍者;斯万的门房成了过路的陌生人,我没有再见过他;斯万太太则成了游泳教练。对于相貌和思想方法上具有某些特点的人,似乎有一种磁现象,将他们彼此吸引到一起,紧紧抓住分不开,以至于大自然这样将一个人引进一个新的机体时,并不会使这个人受到过分的损伤。勒格朗丹变成了咖啡店侍者,但是他的个头、他鼻子的侧影和下巴的一部分都保持完好。斯万太太变成了男性,加上游泳教练的身份,不仅仅她平时的长相跟随着她,甚至某种说话的模样也跟随着她。只是她现在系着红腰带,海上稍有长浪涌来,她便举起小旗,禁止游泳(游泳教练都小心翼翼,难得有人会游泳),对我已经用处不大,正像从前斯万在《摩西生平》那幅壁画中从叶忒罗的女儿的面庞中认出了她,①也不可能有什么用处一样。这位德·维尔巴里西斯夫人可是货真价实的,她并没有受到魔法的折磨,魔法一施可就夺去了她的权势。相反,她能够将一种魔法交给我的权势使用,使这权势顿时增加百

① 见《斯万之恋》中描述的情节:斯万发现奥黛特与波堤切利《摩西壁画》中叶忒罗的女儿西坡拉相像,因而越发觉得奥黛特美丽非凡。

倍。多亏有了这个，我就像有神鸟的翅膀托着一样，很快穿越了将我与德·斯特马里亚女儿隔开的无限远的社会地位的距离——至少在巴尔贝克是如此。

可惜，如果说这世界上有谁比任何人都更离群索居的话，那就是我的外祖母了。她知道我对舆论看得很重，如果我对哪一个人、哪些人有兴趣，她却不会因此看不起我，也不会理解我。而这些人，她根本就没有注意到他们的存在，她大概一直到离开巴尔贝克也没有记住他们的名字。我不敢向她招认，如果这些人看见她与德·维尔巴里西斯夫人说话，我会非常高兴，因为我感到侯爵夫人在旅馆中很有威信，而且她的友情能在德·斯特马里亚先生眼中提高我们的地位。再说，我外祖母的这位女友在我心目中也根本不代表贵族中的一员：我的思想还没有停驻在她的姓上面时，这个姓氏在我耳边就已那么熟悉，我已经司空见惯了。我还是孩童时，就常听见家里人提起这个姓。她的贵族头衔也只不过在姓氏上加上了一个莫名其妙的特殊玩艺而已，就像一个不常见的名字一样。街名也是如此。在拜伦爵士街①，那么大众化、那么俗气的罗什舒阿街②，或在格拉蒙街，③发现不了任何比莱翁思-雷诺街④或希波里特-勒巴街⑤更高尚的东西。德·维尔巴里西斯夫人也好，她的表兄麦克-马洪也好，并不使

① 拜伦爵士街位于巴黎第三区，于这位英国诗人逝世的次年1825年命名。

② 以蒙马特尔修道院女院长（1717—1727）玛格丽特·德·罗什舒阿的名字命名，位于巴黎第九区。直到十八世纪时，该区还有许多下等酒馆。到普氏在世时，此区内有了布雷耶尔音乐厅及罗什舒阿通俗戏院（1910年成为现代剧院）。

③ 格拉蒙街位于巴黎第二区。此处原有格拉蒙家族之大公馆，十八世纪末以此命名街道。

④ 莱翁思-雷诺街于1884年命名，位于巴黎第十六区。莱翁思-雷诺本为工程师，领导海岸灯塔事宜，著有关于法兰西海岸照明之论文。

⑤ 希波里特-勒巴街于1861年命名，位于巴黎第九区。希波里特-勒巴为本区内洛莱特圣母院之建筑师。

我想到一个什么特殊世界的人。对麦克-马洪[1]和也是共和国总统的卡尔诺[2]以及拉斯巴耶[3]，我也不加区分。弗朗索瓦丝买过拉斯巴耶和教皇庇护十一世的照片。

我的外祖母有一个原则，那就是：出门在外，不应该再有什么交往，上海滨不是为了去看望人的，要做这种事在巴黎多少时间都有；这宝贵的时间应该全部在露天，面对海浪来度过，而礼尚往来、客气俗套会使你浪费宝贵的时间。她还以为所有的人都同意她的这个观点，她下令，老朋友在同一旅馆中巧遇，要演一出相互隐姓埋名的戏。她觉得这样更方便一些。听到旅馆经理提到那个姓氏，外祖母只是扭过头去，作出似乎没有看见德·维尔巴里西斯夫人的样子。德·维尔巴里西斯夫人明白我的外祖母并不一定要相认，于是自己也漫无目标地望去。她走远了。我孤独地留在那里，好似一个落水者，一艘船只似乎靠近了他，但是，接着，并没有停下便消逝了。

德·维尔巴里西斯夫人也在这个餐厅中用餐，不过是在另一头。住在旅馆里的人或者来这里拜访的人，她一个也不认识，甚至不认识德·康布尔梅先生。有一天德·康布尔梅先生和妻子接受邀请与首席律师共进午餐，果然我看到他并未向那位老妇人打招呼。首席律师与这位绅士同桌进餐，觉得十分光彩，喜不自禁。他回避往日的朋友，只远远向他们挤挤眼睛，以便（还算是不加声张地）暗示这一历史性重大事件，为的是不要让人理解为这是敦请他们前来。

“喂，我想您混得不错，成了个时髦人物啦！”当天晚上首席审判官的老婆对他说。

---

① 麦克-马洪，1873—1879 年曾任总统。

② 卡尔诺，1837 年生，1894 年被无政府主义者卡兹里奥在里昂暗杀。

③ 拉斯巴耶（1794—1878），政治家、医生、记者，参加了 1830 年和 1848 年革命。

"时髦？为什么？"首席律师问道，故作惊讶地掩饰自己的喜悦，"是因为我请的客人吗？"感到自己再装不下去了，他这样说道，"可是有几位朋友共进午餐，有什么可时髦的呢？他们反正得在哪儿吃饭呀！"

"就是，就是时髦！他们就是德·康布尔梅夫妇[①]吧，是不是？我确实认出来了。那是一位侯爵夫人。而且是货真价实的。并不是通过娶妻得到头衔的。"

"嗨，她是很朴实的一位女子，非常可爱，一点没有客套。我以为你们会来，我直跟你们打招呼……你们来了，我不就给你们介绍了！"他用轻微的讥讽口吻使这个提议的重要性稍微减弱一些，就像阿絮埃吕斯对爱丝苔尔说"要不要把我这列国给你一半？"[②]一样。

"不，不，不，不，我们还是躲起来，像平平常常的紫罗兰一样的好。"

"我再跟你们说一遍，你们不该那样，"首席律师回答道，反正危险已经过去，他胆子壮起来了，"他们还会把你们吃了！咱们玩牌吧？"

"太好了，我们都不敢跟您提这个了，你们现在请侯爵夫人吃饭了！"

"噢，算了吧，这些人毫无不同寻常之处。喂，我明天晚上要去跟她们吃饭。你愿意不愿意替我去？我这么说是真心诚意的。说老实话，我也一样喜欢待在这里。"

"不，不，不！……那人家要把我当反动分子撤职了！"首席审判官大叫大嚷道，因为自己开的这个玩笑笑得眼泪都出来了，"您也一样，人家在菲特尔纳接待您。"他扭过身对公证人说话，加上这么一句。

"噢！我每个礼拜天去，一个门进，另一个门出。但是他们可不像在首席律师家那样在我家吃饭。"

---

① "德"是加在贵族爵位上的一个标记，一般应说"德·康布尔梅侯爵"，不应与爵衔分开，只加"德"字。首席审判官老婆如此说话，表明她对上流社会很不熟悉。

② 见拉辛名剧《爱丝苔尔》第二幕第七场。

德·斯特马里亚先生那一天不在巴尔贝克,真叫首席律师遗憾。但是他很狡诈地对饭店侍应部领班说:

“埃梅,你可以告诉德·斯特马里亚先生,他并不是在这间餐厅里吃饭的唯一贵族。今天中午与我一起用午饭的那位先生,你可看见?嗯?小胡子,军人模样?对,那就是德·康布尔梅侯爵!”

“真的吗?怪不得呢!”

“这应该向他表明,他并不是唯一有贵族头衔的人。捉弄捉弄他好了!煞一煞这些贵族的威风,不是坏事。埃梅,你知道吗,我说的这些话,请你一点也别告诉他。这倒不是为我自己。再说,这些他全知道得一清二楚。”

第二天,德·斯特马里亚先生知道了首席律师为他的一个朋友辩护的事,亲自出马自报家门。

“咱们共同的朋友德·康布尔梅夫妇本来正是打算让咱们在一起聚聚的,不巧咱们安排的日程凑不到一块,总之,我也不知道是怎么一回事。”首席律师说道,像所有撒谎的人一样,自以为人家是不会设法弄清某一个无足轻重的细节的。实际上某个细节便足以(如果碰巧你掌握了朴素的事实真相,那真相与这细节相互矛盾)揭示某人的性格,并叫人永远对你存有戒心。

我像往常一样望着德·斯特马里亚小姐。她父亲走开去与首席律师谈话时,就更方便。她的仪态显得异常放肆,又始终特别优美。例如,她双臂支在桌上,将酒杯举到前臂之上,目光冷淡,很快就无精打采,固有的、家传的生硬,她的声音中个人的抑扬顿挫掩盖不住这种冷淡和生硬,从口气里人们可以感觉到这些东西。这使我的外祖母非常不快。那是返祖遗传的傲慢,每当通过某个眼神或某种声调她表达完了自己的思想之后,就要回到那种傲慢的表情上去。这一切必须使注视她的人想到她的家系上去,是这个家系将这种缺乏人情味、缺乏敏锐感受和缺少宽大胸怀传给了她。有时她的目光从眼珠那飞快干涸的背景上瞬息闪过，从这目光中可以感到几乎谦恭的温柔，那是感官享乐占主导地位的滋味赋予世界上最骄傲的女子的温柔。这女子转眼间就只承认一种威望，那就是任何可以使她体会到这些感官享乐滋味的人在她面前的威望，哪怕是一个喜剧演员或者江湖艺人。为了他，说不定她会离开自己的丈夫一整天。有时她的面色现出肉感而且鲜艳的玫瑰色，这玫瑰在她那苍白的双颊上盛开，那面色犹如将肉红色加进了维福纳河中白色睡莲的花蕊。从某些这样的目光和这样的面色中，我似乎感觉到，她说不定会轻易应允，让我前来在她身上寻找她在布列塔尼过的那么富有诗意的生活的味道。也许是太司空见惯了，也许天生与众不同，也许厌恶自家的贫穷或吝啬，她似乎并未给这种生活找到很大的价值，不过，在她的身上就暗暗包含着这种生活。

遗传给她的意志力，储备量甚微，赋予她的表情某种懦弱，大概她从那微量的储备中找不到抵抗力量的源泉。她每次用餐都戴一顶灰色呢帽，从不变样，帽上插着一根已有些过时却又自命不凡的羽毛。在我眼中，这顶呢帽使她变得更加温柔，并不是因为这帽子与她那银白和粉红的面色十分相谐，而是因为这顶帽子使我设想她很贫穷，这就使她与我更加接近。父亲在场，她必须取一种合乎习俗的态度，但是对于她面前的人有何感受，如何对这些人进行分类，她已经有了与其父亲不同的原则。说不定她在我身上并没有注意到地位不够，而是注意到了性别和年龄。如果哪一天德·斯特马里亚先生单独出门，不带着她，特别是如果德·维尔巴里西斯夫人走来坐在我们的餐桌上，使她对我们产生一个概念，我可能会壮起胆子去接近她，说不定我们就能交谈几句，约会几面，关系更紧密了。如果有一个月，她父母不在，她一个人就留在那富有浪漫情调的古堡中了。黄昏时节，在海浪汩汩敲击的橡树下，在那色泽暗淡下去的水面上，欧石南粉红的花朵发出更柔和的闪光，说不定那时我们两人就能单独散步了。我们会一起足迹踏遍这个岛屿。对我来说，这小岛充满了魅力，因为它隐藏着德·特斯马里亚小姐的日常生活，因为它安眠在她双眼的回忆中。当我穿过这些地点，这些地点以那么多的往事包围着她，我似乎感到只有在这里，我才真正地拥有她。这些往日的回忆如一层面纱，我的欲火真想将它掀开。还有大自然在女性与某些人之间投下的回忆（怀着同样的意图，大自然对所有的人，在他们与最强烈的快感之间，放上传宗接代的行为；对昆虫，在花蜜前放上花粉，好让昆虫将花粉带走），以便他们受到这样更能完全占有她的幻觉欺骗之后，不得不首先占有自然景色，她就在这景色之中生活。比起肉欲的快感来，这景色对他们的想象更有用。但是如果没有这种肉欲的快感，这景色是不足以吸引他们的。

可是这时我必须将视线从德·斯特马里亚小姐身上移开了，因为她父亲已向首席律师告辞，并且回来坐在她的对面，搓着双手，好像一个人刚刚得了什么宝物一样。他大概认为结识一位重要人物是一件奇怪而简短的举动，这举动本身就已足够；为了扩展这一举动所包含的全部意义，握一握手，注视一下也就够了，并不需要立即交谈，也不需要事后有什么交往的。至于首席律师嘛，这次会见那初次的激动一过去，他就像平日人们有时听见他谈话那样，对旅馆侍应部领班开了腔：

"埃梅，我可不是国王；你去国王身旁服侍吧……喂，这头一道菜小鳟鱼，看上去很好吃，咱们再向埃梅要点。埃梅，你们做的这小鱼，我看完全可以再叫几盘。你再给我们送点来，埃梅，悄悄地。"

他不时反复叫着埃梅的名字，这就使得他请什么人吃饭时，他的客人会对他说："我看出来，你在这里完全和在家里一样嘛！"从这种想法出发，客人觉得也应该嘴里不断地叫着"埃梅"，这里面既有胆怯，又有俗气，又有愚蠢。某些人认为，一字不差地模仿跟他们在一起的人，是既聪明又漂亮的事，这些人就是又胆怯，又俗气，又愚蠢。他不断地重复这名字，但是面带笑容，因为他既要将他与旅馆侍应部领班的良好关系展现在人们面前，又要将自己高于他的那种优越感表现出来。旅馆侍应部领班也一样，每次他的名字又出来的时候，他都既感动又骄傲地微笑着，表明他既感到受抬举，又完全明白那是开玩笑。

大旅社这间宽大的餐厅，一般是座无虚席的。对我来说，在这里用饭总是很吓人的事。当旅社的业主（或者是合伙人公司选出的总经理，我不太清楚）来到待上几日时，这种情形尤甚。此人并非这一家豪华旅馆的业主，而是七八家旅馆的主人。这些旅馆遍布法国各地，他就在这些旅馆之间往来穿梭，在每一处不时待上一个星期。这时，几乎就在晚餐开始时，每天晚上在餐厅入口处，这个小老头儿就会出现，白头发，红鼻子，不动声色，衣冠整齐，不同寻常。据说，无论是在伦敦，还是在蒙特卡洛，他都以欧洲最大的旅馆主之一而赫赫有名。

有一次，晚餐开始时我出去了一会，回来时从他面前经过。他向我施礼，显然是为了表明我是他的顾客，但是十分冷淡。我无法辨清这种冷淡的原因，是一个人忘不了自己的身份，而表现出的矜持，抑或是对一个无足轻重的顾客的蔑视。反过来，面对那些十分重要的客人，总经理鞠躬时亦同样冷淡，但是腰弯得更深一些，毕恭毕敬，垂下眼皮，好像在葬礼上站在死者父亲面前或圣体面前一样。除了这种冷淡而又难得的敬礼之外，他一动不动，似乎为了表明他那前突而又熠熠闪光的双眼什么都看得见，什么问题都能解决，在“大旅社的晚餐”中，既保证各种细处完美，又保证总体和谐。显然他感到自己比导演高明，比乐队指挥高明，是真正的大元帅。他认为，将凝视提高到最高程度，就足以保证一切就绪，犯下的任何过失也不会导致完全溃败。为了负起自己的责任来，他不仅仅不作任何手势，甚至眼睛也不眨一眨。由于注意力集中，那眼睛几乎都化成了化石。可这眼睛对全部行动一览无余，而且指导着全部行动。我感到甚至我那羹匙的动作都逃不过他的眼睛。一喝完汤，他就溜之大吉了。可是他刚才的检阅，叫我整个晚餐过程都没有胃口。

他的胃口倒极佳，因为他像一个普通人一样，与所有的人同时在餐厅中用午餐。大家都看得出来，他那餐桌只有一点特殊，那就是在他吃饭过程中，另一位经理，平常的那位，一直站在他身旁与他谈话。因为这位经理是总经理的下级，他极力拍总经理的马屁，而且对总经理怕得要命。吃午饭时我的恐惧有所减少，因为总经理这时消失在顾客之中，极力不引人注目，如同一位将军坐在一家饭馆里，饭馆中也有士兵，他要显出不管他们的模样。尽管如此，穿制服的仆役环绕四周，门房向我宣布“他明天早晨走，到迪纳尔去。从那，他到比亚里茨去，然后到戛纳去”时我总算呼吸更自由一些了。

我在旅馆中没有什么交往，而弗朗索瓦丝结交了许多熟人，这就使我在这里的生活不仅很凄凉，而且很不舒服。看上去，似乎她结交的人应该使我们办事方便。实际则正相反。虽然那些无产者很难叫弗朗索瓦丝把他们当熟人待，只有在极为彬彬有礼待她的某些条件下，才能达到这个目的。反过来，他们一旦达到这种地位，那弗朗索瓦丝心中就只有他们了。她的老经验已经教她明白了，对她主人的朋友，可以丝毫不受约束。如果她有要紧的事，就可以把一位前来看望我外祖母的太太打发走。但是对她自己的熟人，就是说那些难得为她那难得的友情所接纳的平民百姓，她的行为可是遵照最细致周到、最绝对的外交礼仪的。

弗朗索瓦丝认识了主管饮料的掌班，认识了一个小小的贴身女仆，她是给一位比利时太太做长裙的。弗朗索瓦丝认识他们以后，午饭后再也不马上上楼为我外祖母准备各种器物，而是在一小时之后，因为主管饮料的掌班要给她弄咖啡或者药茶喝，那个贴身女仆要她去看自己怎样做衣裳。而拒绝他们是不可能的，是属于不可为之事之列。此外，她对那个小贴身女仆特别关心。那人是一个孤儿，几个陌生人将她养大，她就要到那些人家里去过几天。这种情形激起弗朗索瓦丝的怜悯之情，也激起她那善意的蔑视。她自己有家庭，从父母那里继承了一所小房子，她的兄弟在那里养了几头乳牛。她不能将一个无家可归的人视为她的同类。这个小姑娘希望八月十五①时去看望她的恩人。弗朗索瓦丝情不自禁地反复叨念着:“她真叫我好笑。她说:‘我希望八月十五回家去。’她说‘家’!那根本不是她的老家,而是收养她的人,可她还说‘家’,好像真是她的家似的。可怜的小姑娘!她真穷得可以,都不知道什么叫有个自己的家了。”

弗朗索瓦丝与顾客带来的一些贴身女仆要好,这些人跟她一起在“邮件处”用晚饭。她们看见她那漂亮的花边便帽和苗条的体态,把她当做是一位太太,说不定是贵族太太,因境况不佳或者对我外祖母非常依恋而来给她当个伴。如果弗朗索瓦丝只与这些人要好,一言以蔽之,如果她只与不是旅馆的人要好,那害处还不大,因为她还不会妨碍旅馆的人为我们做事。其实,即使她不认识旅馆的人,这些人在任何情况下也不会对我们有什么用。可是弗朗索瓦丝也与一个饮料掌班、一个厨房里的人、一个管一层楼的女管事交上了朋友。结果是,在我们的日常起居上,弗朗索瓦丝新来乍到,还什么人都不认识时,为一点点小事,她就乱按铃叫人。有时时间不合适,我外祖母和我都不敢按铃,她却敢。我们如果为此对她稍加批评,她便回答说:“花了不少钱嘛,就得这样!”似乎那钱是她付的。而现在,自从她成了厨房里一个大人物的朋友后,我们本以为这对我们住得舒服一些是个好兆头,然而不是这样,如果外祖母或我脚冷,哪怕是正常时间,弗朗索瓦丝也不敢按铃。她说,这样会叫人产生不好的印象,因为这等于逼他们再把锅炉升起来,或者妨碍仆人吃晚饭,他们会不高兴的。最后她还要用上一个固定词组:“事实是……”虽然她自己说时也不大有把握,可是这句话的意思仍很明显,明明白白地是说我们不对。我们也不坚持,生怕她再对我们来上一个固定词组,而且更厉害得多:“有什么了不得!……”结果是:因为弗朗索瓦丝成了烧热水的人的朋友,我们反倒再也没有热水了。

---

① 8月15日西方为圣母升天节。

最后，通过我外祖母，我们也认了一个熟人，虽然她是不得已而为之。因为有一天早晨她和德·维尔巴里西斯夫人在一扇门边迎面相遇，不得不上前搭话，事先双方都作出惊讶和犹豫不决的手势，作出后退、怀疑的动作，最后又因礼节和高兴做出抗议的动作，就像莫里哀戏剧的某些场面一样：两个演员相距几步远，但是长时间各自在一边进行独白，忽然，他们你看见了我，我看见了你，最后又两人一起说起话来，对话之后就来了个合唱，两人拥抱在一起。①

德·维尔巴里西斯夫人出于谨慎，过了一会就想离开我的外祖母。可是外祖母相反，更希望一直挽留她到午饭时刻，极力想知道她是怎么搞的，收到信件既比我们早，又能吃到上好的烤肉（德·维尔巴里西斯夫人很贪吃，她很少品尝旅馆里的饭菜。我们是在旅馆里用餐的。我的外祖母总是引用塞维尼夫人的原话，认为旅馆的饭菜是"富丽堂皇到叫人饿死"②的）。从此，侯爵夫人养成了习惯，每天在餐厅里等人家给她上菜时，便到我们身旁坐一会，而且不许我们站起身来，不许我们在任何事上为她忙碌，至多在我们吃完午饭，桌上杯盘狼藉的时刻，常常多待一会与她聊聊。

我呢，为了能爱上巴尔贝克，为了保持我置身于地球尽头的想法，我竭力向更远的地方望去，只看见大海，在那里寻找波德莱尔所描写的各种效果，只有上什么大鱼的日子我的目光才低垂下来注视餐桌。这海中魔怪与刀叉相反，与原始时代是同时代之物。那个时代，生命开始在大洋之中涌流，在西梅里安③时代，鱼类那无数椎骨和蓝色、粉红色神经的躯体已

---

① 普氏可能想到了莫里哀《妇人学堂》的开头。

② 出自塞维尼夫人 1689 年 7 月 30 日致其女儿函，说的是瓦纳主教的华宴。意思是菜肴极为丰盛，但是客人不敢吃，因为全是不好消化的东西。

③ 这是古代的一个民族，荷马在《奥德赛》中曾经提到。普鲁斯特在《追忆似水年华》中数次提到。据说这些人生活在天涯海角，永远是黑夜。

经由大自然创造出来，而且是按照一种建筑蓝图，好像一座多彩的海上教堂一样。

一个理发师正在毕恭毕敬地服侍一位军官。一位顾客走进来，理发师见那军官认出了顾客，并与他搭起话来，聊上一会。理发师很高兴，他明白这两位属于同一阶层，去拿肥皂碗时，禁不住微微一笑，因为他知道在他这店里，在使用洗头肥皂这粗俗的活计之上，还可加上社会上的、甚至贵族味道的快乐。埃梅也像这个理发师一样，他看到德·维尔巴里西斯夫人发现了我们是老熟人，去给我们端漱口水时，那种微笑和一位很会适时走开的家庭主妇那既自豪又谦虚又非常不引人注目的微笑一样。也可以说那是一位兴高采烈而又深受感动的父亲，他密切地注视着在他的餐桌上行了订婚礼的子女的幸福，而又不去打扰这种幸福。再说，只要听人道出一个有贵族头衔的人名，埃梅就会显得兴高采烈。这与弗朗索瓦丝正好相反，谁若是在她面前说“某某伯爵”，她的脸色没有不阴沉下来，话语没有不变得干巴巴而又简短的。但这并不说明她钟爱贵族的程度就比埃梅差。

其次，弗朗索瓦丝还有一个本事，那就是她能从别人身上找出其最大的缺点来。她很为此自豪。埃梅属于令人愉快又充满善良纯朴的一类人，弗朗索瓦丝则不然。给埃梅他们讲一件多少带点尖刻味道、但在报纸上没有的、尚未发表的事情时，他们便感到非常高兴，而且形诸于色。弗朗索瓦丝可不愿露出惊异的神色。奥地利大公鲁道夫①，她从来就没想过有这么个人。若是在她面前说，这位大公并没有像人们认为确有其事那样已经死掉，而是还活着，她也会回答“对”，似乎她早就知道一样。此外，还应相信，她虽然那样谦恭地称我们为主人，我们也几乎完全驯服了她，

① 鲁道夫(1858—1889)为奥地利国王弗朗索瓦-约瑟夫一世的独生子，1889 年，人们在梅耶林的猎宫中找到他与情妇玛丽亚·维茨拉的尸体，不知他们是自杀还是被暗杀。

但是她出身的家庭在自己的村庄里境况富裕，地位独立，享有一定威望，这个家庭的地位一定受到这些贵族的干扰。所以，即使是从我们嘴里她听到一个贵族的姓名，她也没有不强忍怒气的。而埃梅则相反，他自孩童时代起便在贵族家中当仆役，甚至可以说他是靠慈善在这些人家长大的。

因此，对弗朗索瓦丝来说，德·维尔巴里西斯夫人因自己是贵族就需要向人讨饶。至少在法国，这正是那些大老爷和贵妇人的天才之所在，也是他们唯一操心的事。有些仆人，就他们的主人与他人的关系，不断收集些只言片语，从中有时得出错误的推理——就像人对动物的生活得出错误的推理一般。弗朗索瓦丝遵循这个倾向，总是觉得人家“亏待”了我们。再说，和她对我们极度偏爱一样，她从别人使我们不快中得到快乐，这也很容易使她得到这个结论。但是，当她看到，而且决不可能看错，德·维尔巴里西斯夫人对我们和对她本人的百般殷勤照顾以后，她便原谅了这位夫人身为侯爵夫人，而且由于她不停地感谢这位夫人身为侯爵夫人，她喜欢这位夫人胜过我们认识的所有的人。这是因为我们认识的人当中，确实没有哪一个能努力做到这样持续不断地热情备至。每次我外祖母发现德·维尔巴里西斯夫人正看一本书，或者说觉得一位女友赠她的水果漂亮，一小时过后，一位贴身男仆就会上楼来将书或水果送给我们。待我们此后与她相见、向她表示感谢时，她总是作出要给她赠物找一个特殊用途以作为遁辞的模样，只是说：“那书并不是什么杰作，可是报纸到得这么晚，非得有点东西看不可。”或者说：“在海边，弄些可以放心的水果，是比较谨慎的做法。”

“可我觉得你们从来不吃牡蛎，”德·维尔巴里西斯夫人对我们说（更增加了我那时的厌恶印象，因为牡蛎的活肉叫我讨厌，更甚于粘乎乎的海蜇，这两样使我觉得巴尔贝克海滩黯然失色），“这一带海边，牡蛎非常鲜！啊，我要吩咐我的贴身女用人，去取我的信时将你们的信也一起取来。怎么，您的女儿每天给您写信？你们能找得出那么多话相互倾诉吗？”

我的外祖母沉默不语。可以相信这是出于蔑视。她在给我妈妈的信中反复地写到塞维尼夫人那句话:“刚刚收到一封信,过一会又想再收到一封,我全靠收信才能呼吸。[1] 我的这种感觉,能理解的人微乎其微。”下面的结论是:“我寻求属于这少数之列的人,我回避其他人。”我真担心她会将这个结论应用在维尔巴里西斯夫人身上。她不得不转换话题,对前一天德·维尔巴里西斯夫人叫人给我们送来的水果大加赞扬。那水果也确实精美之至,旅馆经理虽因自己的水果盘深受蔑视而妒意大发,依然对我说:“我跟您一样,比起其他任何餐后小吃来,我更喜欢水果。”我的外祖母对自己的女友说,旅馆里上的水果一般都非常糟糕,因此她对这些水果就更加喜欢。

“我可不能像塞维尼夫人那么说,”她补充一句道,“如果我们异想天开想找一个坏水果,则不得不叫人从巴黎弄来。”[2]

“啊,对,您看塞维尼夫人的《书信集》。我从头一天就看见您手里拿着她的《书信集》(她忘了,她在门边与外祖母相遇之前,在旅馆里从未见过我的外祖母)。她总是操心她的女儿,您不觉得有点过分?她谈女儿谈得太多了,不可能是真心诚意的。她写的东西不够自然。”

外祖母觉得辩论毫无用处。为了避免在无法理解她之所爱的人面前谈论这些事,她干脆把手提包放在《德·博泽让夫人回忆录》上边,把那本书遮住。

弗朗索瓦丝戴着一顶漂亮的便帽,旅社的全体人员对她敬重备至。她下楼“到信件处去吃饭”,她称这个时刻为“中午十二点”。德·维尔巴里西斯夫人如在这时遇到她,便拦住她打听我们的消息。弗朗索瓦丝将侯爵夫

---

① 此句见于塞维尼夫人 1671 年 2 月 18 日致女儿函,下面两句却不在此函中。

② 见塞维尼夫人 1694 年 9 月 9 日函,原话是这样的:“如果我们异想天开想找到一个坏甜瓜,可能就不得不叫人从巴黎弄来了,这里是没有的。”

人委托的话转达给我们，她模仿着德·维尔巴里西斯夫人的嗓门说道："她说：'您一定向他们问好。'"她以为是逐字逐句引用那位夫人的话，可是歪曲的程度，不亚于柏拉图歪曲苏格拉底的话[①]，或者圣约翰歪曲耶稣的话。自然弗朗索瓦丝对这种关切十分感动。外祖母担保说，德·维尔巴里西斯夫人从前姿色出众。弗朗索瓦丝可不相信，她认为外祖母出于阶级利益在信口开河，富人反正总是护着富人。确实，那出众的姿色，如今已残留无多。除非比弗朗索瓦丝更具艺术家气质，否则是无法恢复这位夫人那已经毁坏的美貌的。要理解一位老妇人当初会怎样美丽，不仅要注视她，而且要对每个线条进行研究。

"我得想着哪一次问问她，是不是我搞错了，她是不是与盖尔芒特家有什么亲戚关系。"外祖母对我说。这话激起我满腔怒火。这两个姓氏，一个是通过亲身体验那低矮而可耻的门进入我的心中，另一个是通过想象那金色的大门进入我的心中。说这两个姓氏之间有共同的宗室，我怎能相信？

人们经常看见卢森堡亲王夫人走过，已经有好几天了。车马华丽，她本人身材高大，红棕头发，美丽非凡，只是鼻子有些过大。她在此地度假，住几个星期。她的敞篷四轮马车停在旅馆门前，一个小厮过来与旅馆经理说话，又回到马车旁，然后送来一些上好的水果（集各种水果于一个篮子之中，正如海湾本身将各个季节都汇集在一处一般），附一张卡片："卢森堡亲王夫人"，上面用铅笔写了几个字。蓝莹莹的、闪闪发光的、滚圆的李子，跟此刻大海那么圆一样；透明的葡萄挂在枯枝上，好似明媚的秋日；天青石般的梨子。这些水果，送给哪一位隐姓埋名住在这里的王子呢？这不会是送给外祖母的女友的，亲王夫人希望来拜访她。可是第二天晚

① 柏拉图确实在其《对话录》中经常提及苏格拉底。仔细研究以后，确实苏格拉底的形象与柏拉图给我们描述的不尽符合。

上，德·维尔巴里西斯夫人就差人给我们送来了新鲜而又金光闪闪的串串葡萄、一些李子和梨。虽然李子已变成了紫色，犹如我们进晚餐时刻的大海；虽然天青色的梨子上，已漂着玫瑰色的云朵，我们还是认出了这些水果来自何处。

过了几天，上午在海滩上有交响乐音乐会演出，散场时我们遇到德·维尔巴里西斯夫人。我坚信自己听到的作品（《洛亨格林》序曲，《坦豪斯尔》[①]序曲等）表达了最高的真理，尽量提高自己以达到那作品的境界。为了理解这些作品，我从自身提炼出一切最美好、最深刻的东西，也将一切最美好、最深刻的东西赋予这些作品。

外祖母和我从音乐会出来，踏上归途回旅馆。我们在海堤上停了一会，与德·维尔巴里西斯夫人交谈几句。德·维尔巴里西斯夫人对我们说，她在旅馆里为我们订了火腿干酪夹心面包片和奶油蛋。就在这时，我望见卢森堡亲王夫人从远处向我们走来。她半拄着一把阳伞，那高大而美丽的身躯现出微微的曲线，画出帝国时代美貌风流的女子珍爱的阿拉伯图案。这些女子双肩下垂，后背上提，臀部凹陷，腿部绷紧，很善于使她们的身躯像一条围巾一样无精打采地飘动。穿过躯体的那条肉眼看不见的柔软而倾斜的茎杆作为骨架，她们的身躯便围绕着这骨架飘动。

卢森堡亲王夫人每天上午出来在海滩上转一圈。那时节，所有的人都洗完了海水浴，上岸准备吃午饭了。她是非到一点半钟才进午餐的，所以，洗海水浴的人早就放弃了那空荡而灼热的海堤之后，她才返回自己的别墅。德·维尔巴里西斯夫人向她介绍我的外祖母，也想介绍我。可是不得不向我询问我的姓名，因为她想不起来了。说不定她根本就不知道我姓什么，或者说，她早就忘记我外祖母将自己的爱女嫁给谁了。我的姓氏似乎给德·维尔巴里西斯夫人留下强烈的印象。这时，卢森堡亲王夫

---

① 均为瓦格纳的歌剧作品，分别于1850年和1845年上演。

人已向我们伸出了手。当人们向奶妈带着的婴儿微笑时，常常还要加上一个亲吻。她与侯爵夫人说话过程中，不时转过头来带着这种亲吻的雏形，向外祖母和我投过柔和的目光。她希望不要显出自己地位比我们高的样子，但是她肯定没有计算好这段距离。由于计算错误，她的目光充满了善意，以至于我看到她就要像抚摸两头可爱的动物那样用手来抚摸我们。在驯化动物园[①]里，两头可爱的小兽就会越过铁丝网，朝她伸过头去。顿时，这种关于动物和布洛尼森林的想法在我心中固定下来。

那时节，海堤上尽是来往走动、高声叫卖的小贩，卖的是点心、糖、小面包之类。亲王夫人不知道怎样表示她的好意，便拦住了从我们身边经过的第一个小贩。他只剩下一块黑麦面包了，就是人们扔给鸭子吃的那种。亲王夫人买了这块面包，对我说："这是给你外祖母的。"可是她却把面包递给了我，微微一笑对我说："你亲自交给她吧！"她大概以为，在我与动物之间如果没有中介，我的快乐就会更加完整了。

又有其他小贩走过来，她将所有的东西都买了来，塞满了我的口袋，有扎好的一包一包，有角帽形小点心，有罗姆酒蛋糕，有大麦糖。她对我说：

"你自己吃，也给你外祖母吃吧！"

然后她叫穿红锦缎衣服的小黑人给商贩付钱。那小黑人到处跟随着她，成了海滩上的奇景。此后，她向德·维尔巴里西斯夫人告别，并向我们伸过手来，有意对我们和她的女友一视同仁，当密友对待，而且有意降低自己的身份使我们能够接近她。不过有一次，她似乎将我们的水平在人的阶梯上放得不那么低，因为她与我们的平等，是通过亲王夫人向我外祖母温柔而充满母爱的微微一笑来表示的。人们像向一个大人告别一样向一个淘气孩子道再见时，就是这样微笑的。我的外祖母在进化上产生

---

① 在巴黎布洛尼森林附近。

了美妙的飞跃，她不再是一只鸭子或一只羚羊，而已经成了斯万太太大概会称之为的"baby"①。最后，亲王夫人离开了我们三个人，到充满阳光的海堤上继续散步去了。她那美丽的腰肢弯曲着，像绕在木棍上的一条蛇一样，缠绕在合拢起来拿在手中、白底蓝花的阳伞上。

这是我遇到的第一位亲王夫人。我说第一位，因为马蒂尔德公主从仪态上说完全不是亲王夫人。这第二位，以后诸位会看到，以其钟情也叫我大吃一惊。第二天，德·维尔巴里西斯夫人对我们说："她觉得你们很迷人。这个女人很有眼光，心地十分善良。她跟那许多女君主或亲王夫人可不一样。她具有真正的价值。"这时我便明白了，那是一种大老爷的和蔼可亲，自愿在国君与资产阶级之间充当中间人。德·维尔巴里西斯夫人又用坚信不疑的神情加上一句："我想，她会很高兴再与你们见面。"她非常高兴能对我们这样说。

离开卢森堡亲王夫人之后，当天下午，德·维尔巴里西斯夫人告诉我一件事，叫我更为惊异，而且又不属于和蔼可亲的范围。

"你父亲可是部里的司长？"她问我道。"啊！据说你父亲是个美男子。此刻他正在作美妙的旅行。"

几天以前，我们从母亲的一封信中获悉，我父亲和他的旅伴德·诺布瓦先生丢失了行李。

"行李找到了，更正确地说，根本就没丢，就是这么回事。"德·维尔巴里西斯夫人对我们说。不知道为什么，对旅行的细节，她似乎比我们知道得更详细。"我想你父亲下个星期要提前回来了，他大概放弃去阿尔及西拉的计划了。不过他想在托莱多②多待一天，因为他对提香的一个弟子③

---

① 英语：婴儿。

② 西班牙城市。

③ 此弟子即指西班牙画家格雷戈。

十分欣赏。我想不起此人的姓名了,不过在当地那是很有名气的。”

对她所认识的那群人单纯、细微而又模糊的骚动,德·维尔巴里西斯夫人一向是用不动声色的眼镜远远打量的。我自忖,是什么巧合,使得她观看我父亲的那个地方,正好嵌了一块无限放大的镜片,使她那么有立体感地、极为详细地看到了我父亲所有令人愉快的东西,例如使他不得不回家的偶然事件呀,在海关遇到的麻烦呀,对格雷戈①的兴趣呀等等。这块镜片改变了她视野的比例尺,在万头攒动的芸芸众生中唯一使她看到这一个人,就像居斯塔夫·莫罗画朱庇特在一个软弱的下界女子旁边,将他画得超人大小一样。②

我的外祖母向德·维尔巴里西斯夫人告辞,以便我们能在旅馆前多呼吸一会新鲜空气,一面等待着人家隔着玻璃窗向我们打招呼,说我们的午饭已经备好。这时只听得一阵喧嚣。原来是野蛮人部落国王那年轻的情妇刚刚洗罢海水浴,回来进午餐。

“这真是一大害,她应该离开法兰西!”首席律师此时正经过这里,他义愤填膺地大喊大叫。

公证人的老婆却眼睛睁得大大的,死死盯着冒牌女君主。

“布朗代太太那样望着这些人,多么叫我着恼,我简直没法告诉你,”首席律师对首席审判官说道,“我真想给她一记耳光!这个女无赖,你这么看她就提高了她的身份,她就盼着人家注意她呢!你叫布朗代提醒提醒她,告诉她这很可笑。我呀,如果你再作出对这些冒牌货加以注意的模样,我再也不跟你们一道出去了!”

卢森堡亲王夫人的马车,在她前来送水果那天,已在旅馆前停过。她

---

① 格雷戈(1541—1614),西班牙画家。

② 大概指的是《朱庇特与塞墨勒》一画,画上,朱庇特将塞墨勒置于自己膝上,塞墨勒犹如其掌中玩物。也有说指的是《朱庇特与欧罗巴》。

的前来，自然也未逃过公证人、首席律师和首席审判官的老婆那一群人的眼睛。这几个女人看见德·维尔巴里西斯夫人这么受到敬重，都迫不及待地想知道她到底配不配，她们已经手忙脚乱了一些时候，想知道她是真正的侯爵夫人还是一个女冒险家。德·维尔巴里西斯夫人穿过大厅时，到处刺探不对头的事的首席审判官老婆从活计上抬起头来，望着那位夫人，那劲头叫她的女友们笑个半死。

"噢，我呀，你们知道，"她骄傲地说，"我一开始总是往坏处想。非给我拿出一个女人的出生证和公证人证件，我才会相信这个女人真正结了婚。此外，你们别害怕，我要进行小小的调查。"

于是，每天这些女人都笑着跑来问：

"我们是来听新闻的。"

卢森堡亲王夫人前来拜访的那天晚上，首席审判官的老婆把一根手指搁到嘴上。

"有新鲜事。"

"啊！她真了不起，邦森太太！我从未见过……你说，你说怎么啦？"

"咦，一个女人，黄头发，脸上擦的粉有一尺厚，一里开外就能闻到风流味，只有那些小姐才会有这样的车，她刚才来看望那位所谓的侯爵夫人啦！"

"哟，哟哟哟哟哟哟哟！嘿，你们看哪！就是我们看见的那位太太，你想起来了吗，首席律师？我们真觉得她不怎么样，可不知道她是来看侯爵夫人的。一个女的，带一个小黑人，是不是？"

"就是，就是。"

"啊，你们说得够多了。你们不知道她的姓名吗？"

"知道，我故意装做走错门了，拿着了她的名片，她的外号叫卢森堡亲王夫人！我多加提防就是有道理嘛！这地方，人很混杂，还有这类天使男爵夫人[1]来搞鱼目混珠，真是够惬意的！”

首席律师向首席审判官引证了马杜林·雷尼埃和玛塞特[2]的故事。

再说，这一误会，并非像一出轻松的喜剧里那些第二幕形成到最后一幕便解除了的误会一样只是暂时性的。德·卢森堡亲王夫人是英国国王和奥地利国王的外甥女。当她前来接德·维尔巴里西斯夫人一起出去坐马车兜风时，这两人总显得像两大怪一般，属于那种水域难以躲开的怪物。圣日耳曼区的人，在大部分资产阶级人士眼中，有四分之三是输光了赌本的恶棍（再说，个别人有时也确是如此），所以，任何人都不会接待他们的。在这方面，资产阶级是太老实了，因为贵族老爷的毛病决不会妨碍他们自己在凡是资产阶级永远不会受到接待的地方得到垂青，受到接待。而贵族自认为资产阶级了解这一点，所以他们在与己有关的事情上装得天真纯朴，而对他们那些穷困潦倒的朋友则故作诽谤，这就造成了误会。如果一个上流社会的人偶尔与小资产阶级发生关系，因为这个贵族非常富有，恰巧主持最大的一些财团，资产阶级终于会看到，一个贵族当资产阶级成员也很相称。但他还会发誓说，这个人绝不会与一个破了产的赌徒侯爵交往，认为侯爵越是和蔼可亲，他就越没有人缘。待到大宗生意管理委员会主席公爵先生娶了赌徒侯爵先生的女儿作自己的媳妇，资产阶级就更莫名惊诧了。那位侯爵虽是个赌徒，但他的姓氏在法国最为古老。正如一国之君宁愿娶已被废黜的国王之女作自己的儿媳，也不愿娶现任共和国总统之女给自己儿子为妻一样，这说明这两个世界之间彼此的看法都很虚幻，正如巴尔贝克海湾这一端海滩上的居民对位于海湾另一端海滩的看法也很虚幻一样：从里夫贝尔隐约可以望见马古维尔这个“骄傲的公主”。但是就是这一点也是骗人的，因为

① “天使男爵夫人”是小仲马 1855 年写的一个剧本《半上流社会》中的女主角。她是一个交际花，试图通过嫁人进入上流社会，但是没有成功。

② 马杜林·雷尼埃（1573—1613），著有讽刺作品《玛塞特》，叙述一个浪荡女人晚年成了虔诚的教徒的故事。

里夫贝尔的人以为，从马古维尔也能看见里夫贝尔。事实上与此相反，里夫贝尔的灿烂美景，从马古维尔那里，大部分是看不到的。

我突然发烧，请来了巴尔贝克的医生。这位医生认为我不应该整天待在海边风吹日晒，给我开了几个药方。外祖母表面上恭恭敬敬地拿了药方，但我从那表面的恭恭敬敬上立刻看出来，她已坚定地下了决心，不照任何药方去买药。但是她对医生的保健建议很重视，接受了德·维尔巴里西斯夫人的好意，下午带我们坐马车去兜风。这样，上午，直到午饭前，我便在我的房间与外祖母的房间之间窜来窜去。

外祖母的房间与我的房间不一样，不直接面对大海，而且从三个不同角度采光：海堤的一角，一个内院，田野。这房间内的器物也与我的房间不同，有上面绣着金银丝线和粉红花朵的沙发。一走进去便闻到的那种清新芬芳，似乎从那玫瑰色的花朵上散发出来。我更衣出去散步之前，穿过这个房间。这时，从南面进来的光线，与不同时刻进来的光线一样，折断了墙角，在海滩的反光旁，将绚丽多彩的临时祭坛安放在五屉柜上，似乎放上了小径上盛开的鲜花；光线那收拢、颤抖而又温暖的双翼挂在墙壁上，随时准备重新飞起。那光线像洗浴一般，晒热了小院一侧窗旁一方外省地毯，阳光如葡萄藤一般装点着小院，为小院的美丽动人、丰富多彩又加上动态的装饰，好似将沙发上那绣花丝绸一层层剥下，并将其金银丝边一一取下一般。这个房间有如一面棱镜，外面光线的七色在这里分解；有如蜂巢，我就要品尝的白昼的津液在这里溶解，散开，芳香醉人，看得见，摸得着；有如希望之园，溶成怦然跳动的银光和玫瑰花瓣。不过，先于一切的，还是我迫不及待地要知道今天早晨在海滨如涅瑞伊得斯①般游玩的

① 涅瑞伊得斯是涅柔斯和多里斯的五十个女儿之一，在希腊诗人笔下，她“以微笑自娱”，勒贡特·德·利尔则称她是“欢乐的格劳科斯女神”。在希腊神话中，海神格劳科斯本为男性。

大海是什么模样。我拉开窗帘。每一个模样的大海停驻的时间从未超过一天。第二天，就是另一个大海了，偶尔也与前一日的大海相像。但我从未见过完全相同的大海出现过两次。

有时，大海现出那样罕见的美，我远远见了，惊异万状，更加欢喜。是这一天早晨，而不是另一天早晨，半开的窗扉在我沉迷的眼前展现出格劳科斯女神的丽姿。她那慵懒的秀色，无力的呼吸，像朦胧的蓝宝石那样半透明。透过这蓝雾，我看到了给她点染上颜色的可以称得出来的各种元素在涌流。啊，真是得天独厚！女神露出睡眼蒙眬的笑容，令肉眼看不见的薄雾使阳光发出千变万化。这看不见的薄雾，无非是在她那半透明的表面周围所保留的一块空间而已。正因为有这一方空间，那表面就变得更为缩小，更为感人，就像雕刻家从整块石头的残存部分上分离下来的那些女神，他又不肯将这整块石头做成粗坯。女神就这样身着单色衣裙，邀我们到那粗糙而又在陆上的道路上去散步。我们坐在维尔巴里西斯夫人的敞篷四轮马车里，从这道路上，整日依稀望见她那慵倦跳动着的仙姿，却永远也到不了她的身边。

为了使我们有充足的时间或到圣马尔斯，或到格特奥尔姆山岩，或到别的什么郊游的地方去，维尔巴里西斯夫人吩咐早早驾车。对于一辆行进缓慢的马车来说，这都是很远的地方，要走上一整天。想到我们要去远足，我十分快乐，哼起一首最近听到的什么曲子，来回踱着，等待维尔巴里西斯夫人穿戴整齐。如果是星期日，那么在旅馆门口的就不只是她的马车了。好几辆租来的街车，不仅等待着应邀前往菲代纳城堡康布尔梅夫人家做客的人，而且也等待着别的人。这些人与其像受惩罚的孩子一样留在这里，宁愿宣称巴尔贝克的星期天简直腻死人，他们一吃完午饭便启程躲到附近的海滩去或去参观什么名胜。当人们询问布朗代太太是否去过康布尔梅夫妇家中时，她甚至常常断然回答说："没有，我们到贝克瀑布去了。"似乎纯粹是因为这个她才没有到菲代纳去度过一天。这时，首席律师就会大慈大悲地说：

“我真羡慕你，我跟你们一样改变主意就好了，那肯定别有情趣。”

马车旁，我等人的门廊前边，一个年轻的穿制服的饭店仆役笔直站在那里，好像一株稀有品种的灌木。他那染色的头发惊人的和谐，较之他那树木的外表更引人注目。大厅相当于前廊，或初学教理者的教堂，或罗曼时代的教堂，不住在旅馆的人也有权经过。那大厅内的这位“外侍”的伙伴，并不比他多干多少活，但是至少还动弹动弹。很可能早晨他们是帮忙打扫的。但是下午他们就站在那里，像那些即使什么事也没有仍然站在台上增加哑角数目的合唱队员一样。叫我心惊胆战的那位总经理“站得高，看得远”，准备明年大大增加这些人的数目。他的这个决定叫这个旅馆的经理心里好生难过，因为他觉得所有这些小伙子无非是“碍事的人”，意思是说他们什么用也没有，还挡道。不过至少在午饭与晚饭之间，在顾客出入之间，他们还能填补情节的空白，就像德·曼特侬夫人的那些学生一样，他们身着年轻的古代以色列人的服装，每当爱丝苔尔或若阿德下场时，便由他们来演幕间插曲。[1]

门外的那个穿制服的仆役，衣着华丽，身体修长瘦削。我就在离他不远的地方等待着侯爵夫人下楼来。他木然不动，而且木然不动上面又加上一层悲悲切切的神色，因为他的兄长都已离开了旅馆去寻找更光辉灿烂的前程去了，他自己在这块异乡土地上感到十分孤独。

维尔巴里西斯夫人终于来到。照应她的车辆，服侍她上车，大概应当属于这个仆役职能的一部分。可是他也知道，一个随身带着仆役的人，是由自己的仆役来侍候的，而且一般来说，这种人在旅馆里给的小费很少，圣日耳曼老区的贵族们就是如此行事。德·维尔巴里西斯夫人同时属于

---

① 影射拉辛的最后两个悲剧《爱丝苔尔》和《阿塔莉》，此二剧应德·曼特侬夫人之请为圣西尔的各位小姐写成，她们在这两个戏的合唱队中扮演角色。

这两种人。于是这株灌木仆役得出结论，他对侯爵夫人不抱任何希望，便任凭旅馆侍应部领班和侯爵夫人的贴身女仆将这位夫人及其衣物安置停当，而他自己仍然在那里忧伤地梦想着自己那些小兄弟令人艳羡的命运，保持着他那植物般的木然不动。

我们启程。绕过铁路车站以后不久，便走上一条乡间小路。小路在迷人的园圃间拐一个弯，又拐一个弯。路两旁均为耕过的土地。很快我便感到这条小路像贡布雷的小路一样熟悉而亲切。耕地中间，不时可见一株苹果树。苹果树上确实已经没有花朵，只有一簇雌蕊。但这已足以令我心醉神迷，因为我又认出了那无法模拟的树叶。那大大的叶子，有如婚礼结束后台阶上的地毯，刚刚被红扑扑的花朵那白缎长裙的拖裾踏过。

翌年五月，在巴黎，有多少次，我在花店里买上一枝苹果树枝，然后在它那花朵前度过一整夜啊！花朵放出同样的乳白色的津液，将其飞沫又撒在叶芽上。似乎卖花商人对我十分慷慨，出于创造性的趣味，亦出于巧妙的对比，又在白色的花冠间，每边都加上了恰如其分的粉红色花苞。我久久凝望着这花朵，吩咐将花放在我的灯顶上，直到黎明给花朵送来了曙光，我常常还在望着它们。在巴尔贝克，黎明大概也同时放出这曙光的吧？我在想象中极力将这花朵带回这条路，让这花朵大量增加，将它铺满已准备好的画布上那准备好的框架。边框便是那些园圃。园圃的图案，我已牢记在心。我是多么希望，也应该，在春天怀着天才美妙的热情，以其各种色彩覆盖住其画稿时，有一天重见这一切啊！

上车之前，我已经构思了大海的画面。我要去寻找这画面，我希望看到“普照大地的阳光”下的这一画面。而在巴尔贝克，在那么多的洗海水浴的人、小棚、游艇构成的俗气的插花地之间，我看到的只是支离破碎的画面，是我的梦幻接受不了的画面。

德·维尔巴里西斯夫人的马车到了一处海滨的高处，当我从树木的枝叶间依稀望见了大海时，这么远，那些将大海移到大自然与历史之外的细节,自然都消逝了。我望着大海的波涛,可以尽情地想象,勒贡特·德·利尔在《俄瑞斯忒斯》①中给我们描绘的正是这样的波涛。那时,英雄赫楞手下那些长发勇士,“犹如食肉飞禽黎明时飞过”,“以十万船桨拍打着轰鸣的浪涛”。② 反过来,我距离大海又不够近了,我似乎感到大海不是有生命的,而是固定不动的,我再也感觉不到在那一片色彩之中大海的勃勃生机,如同一幅画在树叶间展现出的一片色彩。此时大海显得和天空一样单薄,只不过比天空颜色更深罢了。

德·维尔巴里西斯夫人见我喜欢看教堂,便向我许诺说,我们以后要去看这个,要去看那个,尤其要去看克拉克维尔的教堂。她说那个教堂“完全掩映在常春藤之中”,说着作了一个手势,似乎很有兴味地将那不在眼前的教堂正面包在看不见而十分优美的枝叶之中。德·维尔巴里西斯夫人作出这种描写性的小小的动作,时常用很准确的字眼将一处古迹的诱人和特别之处表述出来,总是避免使用技术性的词汇。但她无法掩饰,对她所谈的事情,她是非常清楚的。她在她父亲的一座城堡中长大,那座城堡所在的地区有些教堂与巴尔贝克周围的教堂为同一式样。那座城堡是文艺复兴时期建筑最完美的楷模,而她对建筑竟然没有产生兴趣,她似乎极力在为自己辩解。这座城堡也是一所真正的博物馆。另外,肖邦和李斯特在那里弹过琴,拉马丁在那里朗诵过诗作,整整一个世纪的著名艺术家都在那里,在她家的纪念册上写出感想,写过和谐的乐章,画过速写。因此,德·维尔巴里西斯夫人出于美意、良好的教育、真正的谦逊,或缺乏哲学精神,对她自己掌握的对所有各种艺术的知识,只赋予这种纯物质的来源,最后也就显得似乎将绘画、音乐、文学和哲学均视为在著名的列入文

---

① 埃斯库勒斯的三部曲是这个标题;但勒贡特·德·利尔从此汲取灵感写成的悲剧,剧名则叫《复仇三女神》。此剧于 1873 年 1 月 6 日首次在奥代翁剧场上演,剧本于当年出版。

② 这是剧中人道尔迪比奥斯说的话。

物保护清单的古建筑中长大、受最最贵族式教育熏陶的一位少女的特权了。人们似乎有这样的印象,对她来说,除了她继承下来的画以外,就没有别的画。她戴的一条项链,垂到长裙上,我外祖母很喜欢,她感到十分高兴。在提香为她的一位曾祖母绘制的肖像上,就有这条项链。这条项链从来没有出过这个家族。这样就可以肯定这是真品了。不知怎样买来的画着克里索斯的画,她听都不爱听,事先就确信不疑那肯定是赝品,根本不想看。我们知道她本人也画一些花卉水彩。外祖母曾经听人吹捧过这些作品,就与她谈起这事。德·维尔巴里西斯夫人出于谦虚转了话题,倒也没比对恭维已经司空见惯的相当有名气的艺术家流露出更多的惊讶和快乐。她只是说,这是很令人愉快的消遣,虽然画笔下的花朵并没有什么了不起,至少画花使你生活在自然花朵的世界中。尤其当人们不得不仔细注视以求临摹得很像时,对天然花朵的美,是百看不厌的。但是在巴尔贝克,德·维尔巴里西斯夫人给自己放了假,好让自己的双眼得到休息。

外祖母和我,见她甚至比绝大部分资产阶级都更持"自由派"见解,真是惊讶万分。人们对驱逐耶稣会士感到愤慨,她很迷惑不解。她说一直是这么做的,甚至王政时代,甚至在西班牙,也是如此。她捍卫共和,只在下列情况下才谴责共和国的反教权主义:"我想去望弥撒,人家阻拦我;我不想去,人家非强迫我去。我认为这二者都一样糟糕。"她甚至说出这样的话来:"哟!今日的贵族,这算什么玩艺!""在我看来,一个人不劳动,简直一钱不值。"说不定就是因为她感觉到人家从她嘴里撷取讽刺挖苦、味道醇厚、难以忘却的东西,她才这么说的。

我们很尊重一些人的聪明才智,采取谨慎而又小心翼翼的不偏不倚态度拒绝谴责保守主义者的想法。德·维尔巴里西斯夫人正属于这种人。我外祖母和我,经常听到她坦率地表达一些很先进的见解——不过,还没有先进到赞同社会主义的地步。社会主义是她的眼中钉,我们几乎认为,在各种事情上,真理的尺度和典范都在她身上了。当她对自己的提香的画，她的城堡的廊柱，路易-菲利浦谈话的幽默发表评论时，真是她说什么我们信什么。

但是，那些谈起埃及绘画和伊特鲁立亚[①]铭文来令人着迷的学识渊博的学者，谈起现代作品来可就太平常了。我们不得不自忖，对于他们擅长的那些学问，是否我们估价太高，因为他们对波德莱尔的研究很简单，平平常常，而他们对现代作品的研究就连这种平平常常都显不出来。当我就夏多布里昂、巴尔扎克、维克多·雨果向德·维尔巴里西斯夫人提问时——往昔她的父母全接待过这些人，她自己也隐约见过他们——她嘲笑我对这些人十分佩服。像她刚刚对一些贵族大老爷或一些政治家讲一些挖苦的话一样，也对他们讲上一些挖苦的话。她对这些作家品评很苛刻，说他们正是缺少下列的优秀品质：谦虚，不自我炫耀，满足于一种朴实的艺术，恰到好处而不再多加一笔，避免口若悬河以显得可笑，随机应变，总之，缺少那些判断适度、简单朴素的品格。人们告诉她，一个真正有价值的人会达到具有这些品格的高度。看得出来，她毫不犹豫将一些人放在这些作家之上。也说不定那些人由于具有这些品格，确实能胜过巴尔扎克、雨果、维尼式的人物，或在一间客厅里，一次学会上，一次大臣会议上，能胜过莫莱[①]，冯塔那[②]，维特罗尔[③]，贝

---

① 伊特鲁立亚为意大利古地区名。

① 莫莱伯爵(1781—1855)，参加过第一帝国政府，后拥护七月王朝，1836—1839 年任路易-菲利浦政府的首相。

② 冯塔那(1757—1821)，曾拥护法国大革命，但又被革命暴力吓破了胆。为重建帝国的倡导人之一。“百日事变”时，他没有响应拿破仑的召唤，因此得到路易十八的青睐，曾任国务大臣。

③ 维特罗尔男爵(1774—1854)，曾在孔德反革命军队中战斗，后投到帝国一边，但又参与了泰勒朗的阴谋活动，无论是查理第十还是路易-菲利浦都未能使他实现自己的野心，但他始终是狂热的保皇党。

索[1],巴斯基埃[2],勒布伦[3],萨方迪[4]或达吕[5]。

“这就像司汤达的小说一样。你好像很佩服司汤达,可你如果用这种语气与他谈话,那就会叫他大吃一惊了。我父亲在梅里美先生——至少这一位是个天才人物——家里经常见到司汤达,他常常对我说佩耶(这是他的真名)俗不可耐,但在晚宴上又十分风趣,叫人简直无法相信他会写出那样的书。再说,你大概也看到了,德·巴尔扎克先生对他极度赞美时,他是怎样耸肩膀来回答的。至少在这一点上,他是出身高贵的人。”

所有这些伟人,她都有他们的真迹。她的家庭与这些人有过这样特殊的关系,她以此自夸,似乎认为与像我这样未能与这些人有所交往的年轻人相比,她对这些人的评论更为正确。

“我认为我可以谈论他们,因为他们常到我父亲家里来。正如很有风趣的圣勃夫所说,有关这些人,应该相信就近看见过他们而且能够对他们的价值作出更正确的评价的人。”

有时,马车在耕地之间走上一条上坡路,我们对田地感受更真切,上坡路给田地加上了真实的印记。像从前某些大师给自己的画幅添上一朵珍贵的小花一样,也有几株犹豫不决的矢车菊,与贡布雷的矢车菊十分相像,追随着我们的马车。很快,我们的马匹就把这些矢车菊甩在后面了。但是,再走几步,我们又远远看见另一株在等待着我们,早在草丛中、在我

---

① 贝索(1816—1880),因政治活动成功先后获男爵及公爵称号,1851 年拒绝效忠第二帝国。1871 年以后,曾被任命为高师校长。

② 巴斯基埃(1767—1862),恐怖时期被关进监狱,效忠帝国和路易十八,参加过黎希留和德卡兹内阁,被路易-菲利浦任命为元老院主席。

③ 勒布伦(1785—1873),七月王朝时期大为走红,拿破仑第三接纳他进了参议院。写过不少悲剧、诗歌。

④ 萨方迪伯爵(1795—1856),先后效忠于拿破仑和路易十八、查理第十、路易-菲利浦。

⑤ 达吕(1767—1829),先拥护革命,恐怖时期被捕入狱。曾为拿破仑勇敢作战。1819 年成为法兰西元老院成员。

们面前竖起了它那蓝色的小星。有几株更大着胆子走过来，立在路边。于是，这些矢车菊，与我遥远的回忆和家养的花朵一起，形成了一片星云。

我们下坡，向海岸走去。这时我们会迎面遇到步行、骑自行车、坐着蹩脚的车子或者坐着马车上坡的姑娘。她们是这美好一天的花朵。但是她们与田间的花朵又不相像，因为每一个姑娘都显示出某种特有的东西，这种特有的东西在另一个姑娘身上是没有的。这就使得这一个姑娘在我们心中激起的欲望，与她的同类在一起，是不能得到满足的。某一个田庄姑娘赶着自家的乳牛，或者半躺在小车上，某一个小铺掌柜的女儿在散步，某一个衣着华丽的小姐坐在敞篷四轮马车的折叠式座席上，对面是她的父母。

我在梅塞格利丝一侧独自散步时，曾怀着幻想，希望有一个村姑经过，我将她拥在自己的怀里。一天，布洛克告诉我，这种幻想并非是什么与我身外的任何事情都丝毫不相符合的想入非非。人们路遇的所有姑娘，村姑也好，小姐也好，都随时准备实现同样的幻梦。这一天，布洛克自然为我开辟了一个新时代，对我来说，改变了生命的价值。可我现在病魔缠身，从不单独外出，我是注定永远也无法与她们做爱了。一个监狱中或医院中生下的孩子，长时期以来，一直认为人的机体只能消化干面包和药，当他忽然获悉桃子、梨子、葡萄并不仅仅是田野的装饰品，而是鲜美、可以消化的食物时，该是多么兴高采烈，欢喜若狂！即使看守他的狱卒或他的看护不许他去采摘这些美丽的果实，对他来说，世界也显得更加美好，生活也显得更宽厚了。我就像这个孩子一样。当我们知道，在我们身外，现实与欲望相符，即使对我们来说，这欲望已无法实现，在我们看来它也更为美好，我们会更加有信心地依傍着它。我们会怀着更大的快乐想到，假设这种欲望得到了满足，那该是怎样的生活！当然要做到这一点，有一个条件，那就是能够暂时从我们的思想中排除那个小小的偶然的特殊的障碍。正是这个障碍，使我们的这个欲望无法得到满足。自从我知道可以亲吻从身旁经过的美丽姑娘的双颊那一天开始，我对她们的内心活动就变得十分好奇起来，这个宇宙对我也显得更有兴味了。

德·维尔巴里西斯夫人的马车飞快奔驰。我刚刚来得及看清迎面走来的那个少女。然而人的美与物的美不一样，我们感到这是一个唯一的少女的美，是意识到了的、有意识的美。她的个性，她那隐约可见的心灵，她那我不了解的意愿，刚刚在她那并不专注的目光深处——转瞬间，这目光成了与为雌蕊准备的花粉完全相仿的神秘物——形成一个大大缩小了的、而又不完整的小小的形象，我就感到从自己的内心涌出一种尚为雏形的欲望，模模糊糊，很小很小，这个欲望就是：在她的思想没有意识到我这个人、我没有妨碍她的欲望向别人奔去、我没有停驻在她的幻想中、抓住她的心之前，不要让这个姑娘走过去！可是我们的马车走远了，那美丽的姑娘已经在我们身后。她对我没有产生任何构成一个人的概念，她的明眸刚刚看到我，就已经把我忘记了。是不是因为我只是对她瞥过一眼，才觉得她如此美貌呢？很可能。疾病或贫困使我们不能游历某一国度；此生所余时日无多，这时日已经黯然失色；首先，不可能在一位女子身边停留，很可能也不会再度与她相逢，这一切都顿时赋予她一种魅力，与上述那个国度，那些时日所具有的魅力相同。这是我们注定要失败的战斗。所以，如果没有习以为常这个因素的话，对于每时每刻都受到死亡威胁的人——也就是所有的人——来说，生活会显得十分甜美。其次，在这样的路遇中，一般来说，过路女郎的风韵与很快交臂而过紧密相关。对我们无法拥有的东西产生欲望，这种欲望导致的想象翻腾起来，不受上述路遇中完全感受到的现实的限制。尽管夜幕降临，马车飞快奔驰，在乡村，在城市，没有哪一个女性的身姿，像古代大理石像一般为将我们带走的快速所摧残；也没有哪一个女性的身姿受到将它吞没的黄昏的摧残。而这黄昏，在每一个路口，从每一家店铺的深处，无不向我们的心射来美神的箭矢。遗憾更挑起我们的想象力，我们的想象又给那转瞬即逝的、残缺不全的过路女子形象添加了许多东西。我们有时真想自忖,在这世界上,美神是否正是添加的这一部分,而不是别的呢?

如果我得以下车,得以与这位迎面相遇的女郎交谈,说不定她皮肤有什么毛病会使我幻想破灭,而从车上,我则没有看清那个毛病(于是,一切要进入她的生活的努力,我都立刻觉得不可能了。美是一系列的假设。我们已经看到向未知展开的道路,丑一拦住路,便把那些假设都缩小了)。说不定她只说一句话,微露笑靥,就能给我提供意料不到的启示,数目字,使我能领会她脸上的表情和她举止的含义,而这一切立刻都会变得平淡无奇。这是可能的。有一阵,我与一个十分严肃的人在一起,尽管我找出千百个借口要把他甩掉,我都无法离开。我感到自己一生中遇到的姑娘,从未像那些日子里遇到的女郎那样撩人心弦!第一次去巴尔贝克以后数年,在巴黎,我与父亲的一位朋友坐马车兜风,夜色朦胧中看见一个女子匆匆行走。我想一个人就活一辈子,因为得体不得体的原因而丢掉这份幸福,未免太不讲道理。我于是没有道歉便跳下了车,开始追踪那个素未谋面的女郎。到了十字路口,我被她拉下两条街。到了第三条街,才又找到她的踪影。最后,在一盏街灯下,我气喘吁吁地与年老的维尔迪兰太太撞了个满怀。原来是她!这个人,是我到处避之不及的!她又惊又喜,大叫道:“啊呀,跑着追我,为的是向我问个好,这可太客气了!”

这一年,在巴尔贝克,每逢这一类的相遇,我就对外祖母和德·维尔巴里西斯夫人说,我头痛得厉害,最好我一个人步行返回。她们不肯叫我下车。这样,在我准备就近看个仔细的美好系列上,就又加上了这个美丽的姑娘(比一处古迹还要难找得多,因为她无名无姓,又是活动的)。不过其中有一个,碰巧又从我眼前经过,当时的情形,我认为是可以如愿以偿与她结识的。

那是一个卖牛奶的女郎,她从田庄来,给旅馆送增购的奶油。我想,她也认出了我,而且她确实也非常专注地望着我,大概这种专注只是由于我对她的专注使她感到惊异而引起。第二天，我整个上午都休息，弗朗索瓦丝近中午时分来拉开窗帘，她交给我一封信，是人家留在旅馆里给我的一封信。我在巴尔贝克一人也不认识。我毫不怀疑这信是那个卖牛奶女郎写的。可惜不是。那只是贝戈特的信。他从这里路过，想看看我，但是得知我在睡觉，就给我留了这封热情的短笺。开电梯的人给这封信写了一个信封，我还以为那是卖牛奶女郎的字迹。

我失望极了。即使想到能得到贝戈特一函确实更为难得，更是一种恭维，也丝毫不能安慰我因此信不是卖牛奶女郎所写而感到的失望。比起我只在德·维尔巴里西斯夫人的马车上远远瞥见的姑娘们来，就是这个姑娘，我也没有多见几次。一个个看见这些姑娘，又一个个失去这些姑娘，使我更加烦躁不安，我觉得那些告诫我们节欲的哲学家们确实很明智（万一他们肯谈到人的欲望的话。因为这是唯一能给人留下焦虑的欲望，适用于未知的意识。设想哲学肯谈论对财富的欲望，那恐怕太荒谬了）。不过我准备对这种不完全的明智作出判断，我心想，这些巧遇使我觉得这个世界更美了。这个世界要叫所有的乡间小路上开起既不寻常又寻常的花朵来，是每日转瞬即逝的珍宝，又是散步中意外的收获。种种偶然的情形可能不会经常重演，正因为偶然才使我无法受益，这又赋予生活以新的情趣。

我希望有一天，我更自由，能够在别的路上找到相同的少女。不过，也许我这样希望的同时，就已经开始歪曲了想生活在一个自认为漂亮的女人身边这种人的欲望所具有的纯个人性质。我认为能够人为地使这种欲望产生，仅从这一点来说，我已经暗暗承认这种欲望的虚幻了。

那天，德·维尔巴里西斯夫人带我们去克拉克维尔，她对我们说过的、爬满常春藤的教堂就在这里。这教堂建在一个小丘上，俯瞰着中世纪的小桥。我的外祖母以为让我一个人参观这一古迹我一定会很开心，就向她的女友建议，她们到糕点铺去尝尝点心。这铺子就在广场上，看得清清楚楚,金色的门面古色古香,犹如一件非常古老的文物的另一部分。我们约定,我随后去那里与她们会齐。她们将我留在一片绿荫前。在这里,要认出一所教堂来,一定要花些力气,才能叫我更确切抓住教堂的概念。确实,当人们以本国语译成外国语或外国语译成本国语的形式强制学生将句子的意义从他们熟悉的形式中剥离出来的时候,往往他们会更具体地抓住句子的意思。与此相同,平时,当我站在叫人一见了就辨认得出来的钟楼面前时,我不大需要教堂的概念。可是今天,我不得不时时借助于这个概念才不至于忘掉这里,这个茂密的常春藤拱腹便是彩色的尖顶大玻璃窗,那里绿叶隆起,是因为那里有一个廊柱的突起部分。这时,微风吹过,好似一抹阳光,颤抖而荡漾的伴流穿过会动的大门,那大门便也颤动起来。叶子如汹涌的波涛,一个挤着一个。花草组成的正面,震颤着,将波澜壮阔的、受到抚慰的、渐渐消失的巨柱统统卷走。

我离开教堂时,在古老的小桥前看见村中的一些少女。大概因为那天是星期日,她们精心梳妆打扮,站在那里,与过路的小伙子搭话。有一个个子很高的姑娘,半坐在桥沿上,双腿悬空,面前有一小缸,里面全是鱼,很可能是她刚刚钓上来的。她穿得没有别的姑娘好,但是似乎有某种权势高出她们一头,因为她们跟她说话,她几乎不理不睬。她的表情更严肃,更有意志力。她肤色深棕,双目柔和,但对周围的一切均投以鄙夷的眼光,鼻子小小,形状优雅而可爱。我的目光落在她的皮肤上,也可以勉强相信我的双唇是跟随我的目光的。但是,我要触及的,并不仅仅是她的躯体,还有活在她躯体中的心。而与心接触只有一种方法,那就是引起她的注意;只有一种进入的方法,那就是在她心中唤起一个想法。

这个美丽的钓鱼女郎,她那内心似乎仍对我关闭着。就在我根据折射的迹象瞥见我自己的影像在她那目光的镜子里飞快地反射出来以后,我仍然怀疑,我是否已经进入她的内心。这折射的迹象对我十分陌生,似乎我进入一条牝鹿的视野。我的双唇从她的双唇上得到快感,这对我还不够，我还要给她的双唇以快感。同样，我希望进入她内心的，在那里停驻的对我的想法，不仅仅给我带来她的注意，而且还有她的钦佩，她的欲望，要迫使她记住我，直到我能与她重见那一天。

我只有一小会时间。我已经感到姑娘们见我如此呆立在那里，已开始笑起来了。我口袋里有五个法郎。我掏出这五个法郎来。为了使她听我说话的可能性更大一些，我把这个硬币在她眼前放了一会，然后才向这个美丽的姑娘解释我委托她办的事：

“看来你像是本地人，”我对钓鱼女郎说，“你能热心帮我跑一趟吗？必须到一个点心铺子门口去，据说这店铺在一个广场上，可我不知道在哪，那里有一辆马车在等我。再等一下！……为了不致混淆，你就问这是不是德·维尔巴里西斯侯爵夫人的马车。此外，你要看清楚，这辆马车有两匹马。”

我就是想让她知道这些，以便她对我产生很深的印象。当我道出“侯爵夫人”和“两匹马”这几个字以后，突然感到极大的平静。我感觉到钓鱼女郎会记得我，想与她重逢的欲望也伴随着对于再不能与她重逢的恐惧在消散而部分地消散。我似乎觉得刚才已经用肉眼看不见的嘴唇触及了她的内心，而且我很讨她的欢喜。这样强占她的精神，这种非物质性的占有，也与占有肉体一样，使她去掉一些神秘感……

我们下坡，朝于迪迈尼尔驶去。骤然间，我心中充满了深深的幸福。自贡布雷以来，我并不常常有这种幸福感，这与马丹维尔的钟楼赋予我的幸福颇相类似。但是这一次，这幸福感是不完全的。在我们所循的驴背形马路缩进去的地方，我刚刚隐约看见了三株树木，大概是一条林荫道的入口，构成了我并非第一次见到的图案。我无法辨认出这几株树木是从哪里独立出来的，但是我感到从前对这个地点很熟悉。因此，我的头脑在某一遥远的年代与当前的时刻之间跌跌撞撞，巴尔贝克的周围摇曳不定，我自问是否整个这一次散步就是一场幻觉，是否巴尔贝克是只有我想象中才去过的地方，是否德·维尔巴里西斯夫人就是小说中的一个人物，而这三株老树，是否就是从你正在阅读的书籍上面抬起双眼来时重新找到的现实。它向你描绘出一个环境，人们最后会以为自己确实置身于这个环境之中了。

我凝望着这三株树，我看得清清楚楚。但是我的头脑感觉到它们掩盖着某种东西，我的头脑抓不住，就像有些物件放得太远，我们伸直了胳膊，手指头也只能碰着那物件的封套，而一点没抓住那物件一样。这时，我们稍事休息，再使一个猛劲伸出胳膊去，极力达到更远的地方。但是对我来说，要让我的思想能这样集中起来，使一个猛劲，我必须独自一个人才行。就像我离开父母到盖尔芒特一侧去散步那样。此时此刻，我多么希望能够躲开！

可能我那么做就好了。我辨认出了这种快乐，确实，它要求某种就思维而进行思维活动。与这种活动相比，使你放弃这种活动的那种慵懒舒适看来就很平庸了。这种快乐，其对象只能预感到，我要自己为自己去创造。我只感受过难得的几次，但是每一次我似乎都觉得，这中间发生的事情无关紧要，只要赖之以这每一件事实，我都可以开始一次真正的生活。

有一会，我将手放在眼前，为的是能够闭上眼睛，而又不要为德·维尔巴里西斯夫人所察觉。我坐在那里，什么也不想，然后从我用更大的力气集中起来的思想中，向三株树的方向再往前一跃，或者更准确地说，往我内心的方向一跃。在这个方向的尽头，我在内心看见那三株树。我重又感到在那树后还是那个熟悉而又模糊的物件，而我无法拉到自己身边来。随着马车的前进，我看见这三株树都在靠近。从前，在什么地方，我曾经注视过这三株树呢？在贡布雷周围，没有哪一个地方有这样开始的一条林荫道。三株树使我忆起的名胜，在有一年我与外祖母一起去洗矿泉浴的德国乡间，也没有位置。是否应该相信，它们来自我生活中已经那样遥远的年代，以至于其四周的景色已在我的记忆中完全抹掉，就像在重读一部作品时突然被某几页深深感动，自认为从未读过这几页一样，这几株老树也突然从我幼时那本被遗忘的书中单独游离出来了呢？难道不是正相反，它们只属于梦幻中的景色？我梦幻中的景色总是一样的，至少对我来说，这奇异的景观只不过是我白天做的事晚上在梦中的客观化罢了。白天，我努力思考，要么为了探得一个地方的秘密，预感到在这地方的外表背后有什么秘密，就像我在盖尔芒特一侧经常遇到的情形一样；要么是为了将一个秘密再度引进一个我曾想渴望了解的地方，但是，见识这个地方的那天，我觉得这个地方非常肤浅，就像巴尔贝克一样。这几株老树，难道不是前一夜一个梦中游离出来的一个全新的影像，而那个影像已经那样淡薄，以致我觉得是从更远的地方来的吗？抑或我从未见过这几株树，它们也像某些树木一样，在身后遮掩着我在盖尔芒特一侧见过的茂密的草丛，具有跟某一遥远的过去一样朦胧、一样难以捕捉的意义，以致它们挑起了我要对某一想法寻根问底的欲望，我便认为又辨认出某一回忆来了？抑或它们甚至并不遮掩着什么思想，而是我视力疲劳，叫我一时看花了眼，就像有时在空间会看花眼一样？这一切，我不得而知。

这期间，几株树继续向我走来。也可能这是神话出现，巫神出游或诺尔纳①出游，要向我宣布什么神示。我想，更可能的，这是往昔的幽灵，我童年时代亲爱的伙伴，已经逝去的朋友，在呼唤我们共同的回忆。它们像鬼影一般，似乎要求我将它们带走，要求我将它们还给人世。从它们那简单幼稚又十分起劲的比比画画当中，我看出一个心爱的人变成了哑人那种无能为力的遗憾。他感到无法将他要说的话告诉我们，而我们也猜不明白他的意思。不久，两条路相交叉，马车便抛弃了这几株树。马车将我带走，使我远离了只有我一个人以为是真实的事物，远离了可能使我真正感到幸福的事物。马车与我的生活十分相像。

① 诺尔纳是斯堪的纳维亚神话中的命运之神。

我看见那树木绝望地挥动着手臂远去，似乎在对我说："你今天没有从我们这儿得悉的事情，你永远也不会知道。我们从小路的尽头极力向你攀去，如果你又叫我们堕入这小路的尽头，我们给你带来的你自己的一部分，就要整个永远堕入虚无。"确实，虽然以后我又一次体会到刚才这种快乐和焦虑，虽然有一天晚上——已为时过晚，而且永远不再来——我非常怀念这种快乐和焦虑，可是我到底没明白这些树想给我带来什么，也不知道我从前到底在什么地方见过。待马车再次改变方向，我背对着大树，再也看不见大树的时候，德·维尔巴里西斯夫人问我为什么面带沉思，我当时心里真是十分难过，似乎我刚刚失去了一位朋友，我自己刚刚死去，我背弃了一位死者或者没有认出一位天神来。

该想到归去了。德·维尔巴里西斯夫人对大自然颇有欣赏能力，比我外祖母更为冷静。甚至除了博物馆和贵族住宅之外，她也能辨认出某些古老的事物那纯朴而壮丽的美。她吩咐车夫走通往巴尔贝克的老路。这条路来往的人很少，两旁种着老榆树，叫我们看上去叹为观止。

我们一旦得知有这条老路，以后出去时，总要走这条路，除非去时我们已走过这条路，返回时，为了换换花样，我们才走另一条路，穿过尚特雷纳和冈特卢的树林。林中，无数小鸟就在我们身边相互应答，但是我们看不见小鸟在哪里，使人产生与闭上眼睛完全相同的宁静印象。我就像普罗米修斯被锁链拴在山岩上一样被紧紧拴在我的折叠式座席上，倾听着我的俄刻阿尼得斯①。纯属偶然，我望见一只小鸟从一片树叶跳到另一片树叶底下，表面看上去它与这合唱似乎没有多大关系，以至于我觉得从这个跳跃的、吃惊而又没有眼神的小小躯体上，看不出来为何要来这个大合唱。

① 俄刻阿尼得斯是大洋与忒堤斯的女儿，海洋中的女神，相传有三千个。在埃斯库勒斯的《被缚的普罗米修斯》中，她们构成合唱队，对英雄的痛苦表示无限同情。

这条路与人们在法国遇到的许多这一类的路完全相同，上坡很陡，然后下坡很长。当时，我不觉得这条路有什么迷人的地方，只是为返回住所而感到高兴。但是后来，对我来说，这条路变成了一个快乐的因由，它留在我的记忆中，如同一条道路开头的一段。我后来散步时或旅行中经过的所有与此相像的道路，无法延续下去，都立刻与它连接起来，借助于它，能够与我的心即刻相通。马车或汽车一踏上这样的路，似乎是我与德·维尔巴里西斯夫人一起走过的那条路的延续，就像刚刚过去的事情支撑我现在的意识一样，我在巴尔贝克附近出游的那些下午产生的印象便立刻来支撑我的意识(这中间的年代完全消失)。那时，树叶散发着芳香，薄雾在缓缓升起，即将抵达的村庄后面，可在树木之间依稀望见落日的余晖，似乎那里便是我们的下一站，树木葱郁，距离遥远，当晚是到不了的。现在我在另一个地区，在一条相似的路上，我感受的印象，充满了与那时的印象相同的次要感觉：自由呼吸，好奇，懒散，有胃口，欢快，排除一切其他的感受。原来的印象与此刻的印象连接在一起，又得到了加强，更加浓稠，成为一种特殊的快乐类型，几乎是一种生活框架，后来我很难得有机会再次遇到。但是在这个框架之中，唤起回忆便在具体物质感受的现实之中注入了相当大一部分回忆的、想象的、难以捕捉的现实，在我经过的这些地区里，除了一种美感以外，又叫我产生希望从此永远在这里生活这种转瞬即逝而又狂热的欲望。有多少次，只是因为闻到了树叶的芳香，便忆起坐在德·维尔巴里西斯夫人对面的折叠式座席上，与卢森堡亲王夫人擦肩而过时，亲王夫人从自己的马车上向她致意，忆起回到大旅社进晚餐的情景。这一切都如同难以形容的幸福一般出现在我的面前。而这种幸福，无论是现在，还是未来，都不会再次还给我们。人的一生中只能领略一次！

常常，我们未返回，太阳就已落山。我将天上的月亮指给德·维尔巴里西斯夫人看，腼腆地背诵出或夏多布里昂，或维尼，或维克多·雨果的美丽诗句:“它将忧郁的古老秘密撒下来”,[1]或“像迪亚娜在泉边那样哭泣”,[2]或“暗影如新婚之夜,庄重而崇高。”[3]

“你觉得这些诗句很美,是吗?”她问我,“‘天才’,像你所说的那样?我告诉你吧,我看见人家现在把一些事情看得太重,总感到很奇怪。而这些先生的朋友们,虽然一面也充分肯定他们的长处,却也首先拿这些事情开玩笑。从前不像现在这样滥用天才这个词。如今,如果你对哪一个作家说,他只有些才华,他会把这当成是一种污辱。你刚才给我背诵了夏多布里昂先生关于月光的一个长句子,我可反对,我有我的道理,你马上会明白。夏多布里昂先生常到我父亲家里来。单独跟他相处时,他非常令人愉快,因为这时他很纯朴,逗人开心。可是客人一多,他就开始装腔作势,变得十分可笑。在我父亲面前,他宣称是他将辞职书摔到了国王的脸上,并且指导教皇选举会。他忘了,是他亲自托我父亲去向国王求情再次起用他,我父亲也曾亲耳听到他对选举教皇发出那些疯狂的预言。关于这个颇有名气的教皇选举会,应该听听布拉加斯先生的话,他跟夏多布里昂先生可不是一样的人[4]。至于德·夏多布里昂先生关于月光的那几句话嘛,在我们家完全成了一种负担。每次城堡四周月光明亮时,如果有新来乍到的客人,总是建议他晚餐后带德·夏多布里昂先生出去换换空气。待他们回来时,我父亲一定会把客人拉到一边,对他说:

“‘德·夏多布里昂先生口若悬河吧?’

“‘噢,是的。’

---

① 这是夏多布里昂在《阿达拉》中的诗句。

② 这是维尼《牧羊人之家》中的倒数第二句。

③ 这是维克多·雨果《世纪传说》中《沉睡的布兹》中的诗句。

④ 教皇列昂十二世于1829年去世。当时夏多布里昂为驻罗马大使,对选举新教皇极为关切。德·布拉加斯当时为驻拿不勒斯大使,对选举新教皇亦极关切。最后是红衣主教卡斯蒂格里奥尼当选,成为教皇庇护八世。

“‘他跟您谈月光。’

“‘对,您怎么知道呢?’

“‘等一下,难道他没有对您说……’于是父亲背出那个句子。

“‘对对,可这是怎么个秘密呢?’

“‘他甚至还与您谈到罗马乡间的月光。’

“‘您简直是巫神嘛!’

“我父亲并不是巫神,而是德·夏多布里昂先生不论对谁都上那一盘现成菜。”

听到维尼的名字,她笑起来。

“就是那个总说:‘我是阿尔弗莱德·德·维尼伯爵’的人。是伯爵也好,不是伯爵也好,这丝毫无关紧要嘛!”

说不定她认为还是多少有点紧要的,因为她接着这样说下去:

“首先,我不敢肯定他就是伯爵。不论怎么说,他出身很寒微,这位先生在他的诗里曾提到他的‘绅士顶饰’。[①] 对于读者来说,这格调多么高雅,多么有趣!这就像缪塞身为巴黎的普通市民而大肆夸张地说什么‘武装我帽子的金雀鹰’[②]一样。一个真正的贵族大老爷从来不说这类的话。不过,至少缪塞作为诗人还是有才华的。可是德·维尼先生,除了他的《圣克-马尔斯》以外,别的作品,我从来就一点也看不进去,枯燥无味会叫书从我手里掉下去。莫莱先生既有风趣又很机灵,而德·维尼却没有,莫莱让他进了法兰西学院可把他安排得够好的。怎么,你没有读过他的演说?那可是狡诈和狂妄的杰作!”

她见自己的侄儿们钦佩巴尔扎克大为惊讶,她责备巴尔扎克宣称自己描绘了“他被拒之门外”的社会,对这个社会他讲述了大量不可靠的事

---

① 引自诗作《思想纯正》。

② 引自诗作《致阿尔弗莱德·达戴先生》。

情。至于维克多·雨果嘛,她对我们说,她父亲德·布永先生在浪漫主义青年派里面有几个伙伴,借助于他们的帮助,《埃那尼》首演式[①]时他进去了。但是他未能坚持到底,他觉得这位聪明但过分夸张的作家的那些诗句太可笑了。他得到伟大诗人的头衔只不过是一笔谈好的生意,是对他针对社会主义者危险的胡言乱语鼓吹出于利害关系加以容忍而给他的报酬。

我们已经远远望见旅馆了。刚到的第一天晚上那充满敌意的灯火,现在变成了具有保护性的柔和灯光,成了家园指示灯。待马车到达大门附近时,门房、青年侍者、开电梯的,表现出殷勤、天真,对我们晚归已隐隐约约感到不安,已聚集在台阶上等待着我们。他们变得很亲切。他们属于那种在我们生命过程中要变多少次的人,正像我们自己也在变一样。但是,在某个时期内,他们是我们司空见惯的事物的镜子,这时,我们从他身上找到了亲切感,感到我们自己得到了忠实的、友好的反映。我们喜欢他们更甚于喜欢某些久未见面的朋友,因为他们身上,更多地包含着我们当前的状况。只有那个穿着制服的仆役例外。白天他风吹日晒,现在为了不再忍受夜间的寒冷,已将他移进室内,并以呢绒裹身。再加上他那橘红色的头皮和双颊上那奇粉的花朵,在玻璃大厅中间,不禁使人想到作防寒保护的一棵温室植物。

我们在仆役帮助下下了车。其实用不着那么多人,但是他们感到这场面很重要,自认为必须在里面扮演一个角色。我饥肠辘辘。为了不推迟用晚餐的时间,我常常不回房间。这房间最后也变成真正属于我了,以致重见那紫色的大窗帘和低矮的书架,就等于与自己单独相逢。物品也和人一样,向我提供了自己的形象。我们一起在大厅里等候,等候着侍应

---

① 《埃那尼》于 1830 年 2 月 25 日在法兰西剧院首次演出,成为著名的古典派与浪漫派征战战场。

部领班来向我们报告晚餐已备好。这时,又是我们听德·维尔巴里西斯夫人讲话的机会。

“我们借您的光了。”外祖母说。

“说哪儿去了!我真开心,这真叫我心花怒放。”外祖母的女友带着顽皮的微笑回答,拖着长腔,语调优美动听,与平时的纯朴自然形成鲜明对照。

在这种时刻,她确实很不自然,她想起自己所受的教育,想起一位贵妇人在她高兴与之相处的布尔乔亚面前应该表现出什么样的贵族风度。她并不狂妄,而她身上唯一真正礼节不周的地方,正是她过分客套。因为人们从这种过分的客套中辨认出圣日耳曼区贵妇人职业性的习惯。在她眼中,某些资产阶级总是有不满情绪的人,某些时候,她也注定要装成不满的样子。在与这些人热情相处的账上,她贪婪地利用尽可能的一切机会,将贷方的钱数早早支出去,这样,就使她可以在今后将她不邀请这些人出席的晚宴或盛大晚会记入她的借方。她那个社会阶层的天才从前已经对她发生了一劳永逸的影响,但是她不知道现在情形已经不同,对象已经不同。她希望以后在巴黎经常在她家中见到我们,而特许给她的可以热情待人的时间又很短,所以她那个社会阶层的天才狂热地推动着她,在我们在巴尔贝克逗留期间,经常派人给我们送来玫瑰花和甜瓜,借给我们书籍,与我们坐马车出游以及与我们长谈。正因为如此,正如海滩那令人头晕目眩的美景,旅馆房间里色彩斑斓的灯火和如同大洋深处的光线,将小商贩的儿子奉为亚历山大·德·玛塞多瓦纳一样神奇的骑师一样,德·维尔巴里西斯夫人每日的殷勤相待,加上我外祖母接受这些殷勤相待的那种暂时的、夏季的随和,这一切都作为洗海水浴这一段生活的特征留在我的回忆中。

“把你们的外套交给他们,叫他们送上楼去!”

外祖母将外套交给经理。他好像对这种不尊敬感到难过。他对我一向很和蔼热情,我为此心里很不好过。

“我看这位先生是不高兴了,”侯爵夫人说,“他肯定自以为是大老爷而不能给您拿披巾。我还记得德·纳穆尔公爵[①]的故事。那时候我还很小,我父亲住在布永公馆最高一层。纳穆尔公爵走进我父亲的房间,胳膊底下夹着一大包东西、信件和报纸。从我家那有漂亮木雕的房门框框里,我觉得眼前出现的是身着蓝色礼服的王子。我以为那是巴加[②]的手艺,您知道的,那些细木匠有时用很精巧的木棍做成小船,就像用缎带包扎花束一样。

“‘给你,西律斯,’他对我父亲说,‘这是你的门房让我交给你的。’他说:‘既然您要到伯爵先生那里去,我就不用上好几层楼了。不过,当心,别把捆信报的绳子弄坏了!’好,现在既然您已经把外衣交给人了,请坐吧,来,坐这。”她拉着外祖母的手对她说。

“噢,如果哪里对您都一样,我就不坐这张沙发了!两个人坐太小,我一个人坐又太大,我会不自在的。”

“噢,您说这话,倒叫我想起一张沙发,完全是一样的。那是很久以前人家让我坐的一张沙发,但我最后还是没能坐成,因为那是可怜的德·普拉斯兰公爵夫人送给我母亲的。我母亲其实是世界上最单纯的人,可是她还有些老年头的思想,我已经不大理解。她刚开始不愿意让人将她介绍给德·普拉斯兰夫人,因为这位太太做闺女时,不过是塞巴斯蒂安尼小姐[③]。而这位小姐呢,因为自己已经成了公爵夫人,就认为不应该自己主动叫人介绍给别人。而事实上,”德·维尔巴里西斯夫人又加了一句,忘了她对这些细微的差别并不大懂行,“如果她是德·舒瓦瑟尔夫人,她那

---

① 这里可能是指路易·夏尔·菲利浦·德·奥尔良,路易-菲利浦的次子。
② 巴加(1639—1709),法国雕刻家,同时代人称他为“伟大的凯撒”。有时他也搞木雕。
③ 指这位太太并非贵族家庭出身。

种雄心也许还能站得住脚。舒瓦瑟尔家族是最伟大的家族,他们是胖子路易国王的一位妹妹的后代,他们是巴希尼真正的君主。[①] 我承认,从姻亲和知名方面说,我们家占上风,但若论家族的古老,那几乎是一样的。这个谁先谁后的问题产生了一些很可笑的事端,诸如有一次午宴晚开一个多小时,就是因为有一位贵妇人争了这么长时间才同意让人将她介绍给对方。虽然如此,我母亲和德·普拉斯兰公爵夫人还是成了非常要好的朋友,公爵夫人让我母亲坐一张这种式样的沙发。就像您刚才这样,谁都拒绝坐。

“有一天,我母亲听见一辆马车进了公馆的院子。她问一个小仆人是谁来了。

“‘是德·拉罗什富科公爵夫人,伯爵夫人。’

“‘啊,好的,我就见她。’

“过了一刻钟,不见人。

“‘喂,怎么回事,德·拉罗什富科公爵夫人呢?她在哪儿?’

“‘她在楼梯上喘气呢,伯爵夫人。’小仆人回答道。这个小仆人刚从乡下来到不久。我母亲有个好习惯,就是到乡下去雇人,她常常是看着他们生下来的。这样家里就有非常老实可靠的用人,这也是最高级的奢华。果然,德·拉罗什富科公爵夫人上楼艰难,因为她异常肥硕,以至她走进门来时,我母亲一时焦急不安起来,心想可让她往哪儿坐呢?就在这时,德·普拉斯兰太太送的这件家具在她眼前一闪:

“‘请坐。’我母亲说,将沙发向她跟前一推。

“公爵夫人于是坐满了这张沙发,一直满到边边上。这位太太,虽然这么……肥,可一直相当令人愉快。

---

① 舒瓦瑟尔家族在巴希尼扎根可上溯到十世纪末期。他们与于格·德·香巴涅伯爵是亲戚,这位伯爵的妻子是法国国王路易六世(1108—1137,人称胖子路易)的姐妹贡斯唐丝。

“‘她走进来时依然会产生某种戏剧性效果。’我们的一位朋友说。

“‘走出去时尤甚。’我母亲回答。她的词儿来得很快，可如今这么说可就不大合适了。

“在德·拉罗什富科夫人自己家里，人们在她面前随便开玩笑，她本人首先对自己比例太大说上几句笑话。

“‘怎么，您一个人在家吗？’一天，我母亲前去拜访公爵夫人，可是在进门处却受到她丈夫的接待。妻子在里头窗口那里，我母亲没有看见，便这样开口向德·拉罗什富科先生发问，‘德·拉罗什富科夫人不在吗？我怎么看不见她呢！’

“‘您真是太客气了！’公爵回答说，他这是作出了我从未见过的最错误的判断，但是倒不乏风趣。”

用毕晚饭，我与外祖母上楼以后，我对她说，德·维尔巴里西斯夫人使我们着迷的那些长处，机灵，周到，谨慎，不炫耀自己，说不定并不那么稀罕，因为最高程度拥有这些优点的人只不过是莫莱·洛梅尼这样的人。虽然没有这些长处会使日常相处不愉快，这倒不妨碍成为夏多布里昂、维尼、雨果、巴尔扎克。一些没有判断能力、爱虚荣的人，像布洛克这样的倒很容易嘲笑他们……一听到布洛克的名字，我的外祖母便大叫起来。于是她大肆吹捧德·维尔巴里西斯夫人。正如人们常说的那样，在爱情上，人各有一好，由人种的利害来主导。为了使生下的孩子构造最正常，要叫胖男人找瘦女人，瘦男人找胖女人。同样，神经过敏，多愁善感，孤僻自傲的病态倾向威胁着我的幸福。而我的幸福顽固地要求外祖母将稳健和有判断能力这样的优点放在首位。这不仅是德·维尔巴里西斯夫人所特有的品质，而且也是我能在其中找到消遣和满足的整个上流社会的品质。

这个社会与杜当①、德·雷米萨②这样的人物思想大放光华的社会很相像，至于博泽让夫人、儒贝③、塞维尼夫人这样的人自然更不用提了。这种思想比起与之相对的精华来，在生活中注入了更多的幸福和尊严。与之相对的精华则将波德莱尔、埃伦·坡、魏尔兰、兰波这样的人引向痛苦，不受尊敬。我的外祖母可不愿意她的孙子这样。我打断她的话，亲了她一下，然后问她是否注意到德·维尔巴里西斯夫人说的哪句哪句话，那句话表现出她这个人实际上比她自己所承认的更看重自己的出身。我就这样把我的印象全都掏给外祖母，因为只有她的指点，我才知道对某某人应该尊敬到什么程度。每天晚上，我便将白日里根据除她以外的所有这些不存在的人物所作的速写像呈现在她面前。

有一次我对她说："没有你，我将无法生活。"

"不应该这样！"她语气慌乱地回答我说，"心要更硬点。不然，如果我出门在外，你怎么办呢？相反，我出门去了，希望你能很讲道理，高高兴兴。"

"你如果出门几天，我能做到很讲道理，可我一定度日如年。"

"那我若是出门几个月呢……（一想到这，我的心就揪得紧紧的）几年呢……甚至……"

我们两个人都默默无语。谁也不敢看谁。不过，我为她的焦虑而感到难过，更甚于因自己的焦虑而感到痛苦。我走近窗户，眼睛不望她，一字一顿地对她说：

---

① 杜当（1800—1872），文学评论家，政治家，据说不擅在大庭广众之下演讲，小圈子集会时则口若悬河。

② 雷米萨（1797—1875），1840 年曾加入梯也尔内阁任内政大臣。1847 年反对基佐，1848 年站在共和国一边。1851 年路易-拿破仑·波拿巴政变后，他被放逐，1859 年才回到法国。1871 年，梯也尔任命他当外交大臣。

③ 儒贝（1754—1824），伦理学家。

"我是一个多么注重习惯的人,你是知道的。刚刚把我与我最热爱的人分开的头几天,我很难过。可是我慢慢会习惯,虽然我还和从前一样热爱他们,但是我的生活变得平静了,温和了。将我与他们分开几个月,几年,也许我受得了……"

我说到这里,不得不住了嘴,完全向窗外望去。我的外祖母从房间出去了一会。

第二天,我谈起了哲学,用的是完全无动于衷的口气,但是安排得很好,让外祖母注意到我说的话。我说,真是怪,科学上有了最新的发现以后,唯物主义似乎破产了,而更有可能的仍然是灵魂永在以及它们未来的相聚。

德·维尔巴里西斯夫人已预先告诉我们,过不久她就不能这样经常与我们见面了。她有一个侄孙,现在正在附近的东锡埃尔驻防,他正在准备报考索穆尔军校,要到她身边来度几周的假期,到那时她的许多时间都要给她侄孙了。在我们出游过程中,她在我们面前大肆吹嘘这个侄孙绝顶聪明,心地是特别善良。我心里已经设想他会对我产生热情,我将是他的挚友。待他来到之前,他的婶祖母在我外祖母面前透露出:可怜他落到了一个他为之神魂颠倒的坏女人手里,那个女人紧抓住他不放。我早就确信,这种爱情,注定最后要以发疯、杀人和自杀来结束。想到留给我们友谊的时光这样短暂,虽然我还没见过他,这友谊在我心中已经那样伟大,我为这友谊和为等待着他的不幸而大哭一场,好像一个亲爱的人,人家刚刚告诉我们他已身患重病、将不久于人世,我们也为他痛哭一样。

一个酷热的下午,我待在餐厅里。为挡住阳光,已经放下了被太阳晒黄的窗帘,餐厅沉浸在半明半暗之中。透过窗帘的缝隙,碧蓝的大海在闪烁。这时,我看见在海滩与大路的中间,一个小伙子走过,高个,瘦削,颈部外伸,高傲地扬着头,目光敏锐,皮肤和头发像吸收了所有的阳光一样金黄。他的衣料薄而发白,我从来就没想到一位男子敢穿这样的料子。他那瘦削的身材更使人想起餐厅的凉爽以及外面的炎热和大好天气。他健步如飞。他的眼珠与大海同样颜色，一只单片眼镜总是从一侧眼睛上掉下来。每个人都好奇地望着他走过，人们知道这位年轻的圣卢-昂-布雷侯爵是以衣着华丽而著名的。他最近在一次决斗中为年轻的德·于塞斯侯爵作证人时穿的那身礼服，每一家报纸都描写过。他的头发、眼睛、皮肤、举止所特有的长处，使他在人群中，如同稀有的天蓝色而又熠熠生辉的蛋白石矿脉隐藏在粗糙的物质中一样，立刻显现出来。与这一切相对应的生活，大概与他人生活截然不同吧？因此，在德·维尔巴里西斯夫人所抱怨的那场暧昧关系发生之前，当上流社会最标致的女人们都在相互争夺他的时候，假如他伴着自己追求的著名美人在一处沙滩上出现，那不仅要使这个美人成为明星，而且要引来多少目光注视着他，也注视着她！由于他"时髦"，像幼"狮"般的狂傲，主要还是由于他非同寻常的美，某些人甚至觉得他的神情有些女性化，但并不以此相责，因为他多么健壮，他怎样狂热地追求女性，是尽人皆知的事。德·维尔巴里西斯夫人与我们谈起的，就是这个侄孙。

想到就要在几个星期中与他相识，我真是心花怒放，而且我确信，他会将全部疼爱都倾注在我的身上。他飞快地横穿过旅馆，似乎追逐着他的单只眼镜，那眼镜在他身前像蝴蝶一样飞舞。他从海滩上来，将大厅玻璃窗浸到半身高的大海，为他构成了一个背景。他全身从这个背景上突出出来，就像在某些肖像画上，一些画家在极准确观察当前生活上一点不掺假，为他们的模特儿选择一个合适的环境，马球草坪啊，高尔夫球草坪啊，赛马场啊，游艇甲板啊，认为这样便赋予了这些画幅一种当代等同物，而那些原始的画家则叫人像出现在一处风景的近景上。

一辆两匹马驾的车在旅馆门口等待着他。待他的单眼镜又在阳光普照的路上蹦蹦跳跳玩耍起来时，姿态的优美与动作的娴熟，就像一位伟大的钢琴家在最简单的一触琴键之中找到了办法，表现出他就是比一个二流演奏家高出一头一样，而表面看上去，从这最简单的一触琴键中是不可能表现出这么多东西的。德·维尔巴里西斯夫人的侄孙这时接过车夫递过来的缰绳，坐在车夫身旁，一边将旅馆经理交给他的一封信拆开，一边叫牲口起步。

此后的日子，每当我在旅馆内或旅馆外与他相遇时——他衣领高高，单只眼镜转瞬即逝跳来跳去，似乎是他四肢的重心，他总是围绕着单只眼镜来平衡四肢的动作——我都可以意识到，他根本不想接近我们。我也看到他不和我们打招呼，虽然他不会不知道我们是她婶祖母的朋友！我感到多么失望啊！我忆起德·维尔巴里西斯夫人，还有在她身边之间的德·诺布瓦先生，对我那样和蔼可亲，便想道，可能他们只是一些可笑的贵族，而且统辖贵族阶级的法律中可能有一个秘密条款，允许女子和某些外交家在与凡人的接触中（因为什么原因我不得而知），可以不表现出傲慢。相反，一位年轻的侯爵则必须铁面无情地表现出傲慢来。

我的智慧本来可以告诉我，事实正好与此相反。可是我正经历着可笑的年龄——绝不是什么都不懂，而是十分多产的年龄，这个年龄的特点就是不去向智慧讨教，而且认为人的每一种属性似乎都是他们人格不可分割的一部分。周围全是魔鬼和神祇，简直不得安宁。那时的一举一动，几乎没有一件是以后希望能够忘掉的。相反，应该遗憾的是，当时使我们做出那一举一动的那种自然，发自内心，以后却没有了。以后看问题更实在了，完全与社会的其他部分相符合了，但是，少年时期是唯一学到东西的时期。

我猜测到的德·圣卢先生的傲慢以及这种傲慢所包含的铁石心肠，从每次他从我们身边走过时那种态度上都得到了证实：身体修长而不能弯曲，头部总是高昂着，目光毫无表情。光说毫无表情还不够，还恶狠狠的，完全没有一般人那种对他人权利的隐隐尊重，即使这些人不认识你的婶祖母。正是这种对他人权利的隐隐尊重使我在一位老妇人面前和在一盏煤气路灯前行为不一样。前几天我还设想他会给我写几封十分讨人喜欢的信,以向我表示好感;一个善于想象的人自称代表民众,正在用令人难忘的演说鼓动民众,待他这样一个人高声道出他的梦幻,想象的欢呼声一旦平息下去,他就和以前一样还是一个大傻瓜,依然平平庸庸,默默无闻,距离议会与民众的热情很远。这位公子那冷冰冰的姿态,与上述那想象的来信相距十万八千里,与上述那议会与民众的热情亦相距十万八千里。

那个秉性傲慢而又心怀恶意的人,那些很说明问题的外表在我们心中产生了极坏的印象,大概是为了尽力消除这种坏印象,德·维尔巴里西斯夫人又与我们谈起她的侄孙(他是德·维尔巴里西斯夫人一个侄女的儿子,比我年龄稍大)心地无限善良。世界上竟有人能够不顾一切事实真相,将好心肠这一优秀品质借给心肠那么硬的人,哪怕他们对组成自己那个圈子的有名气的人彬彬有礼也好!对这一点,我算服了!有一天,我在一条窄路上与他们二人相逢,她没有别的办法,只能将我介绍给他。这一次,德·维尔巴里西斯夫人本人,虽然是间接地,倒给她侄孙天性的基本特点加上了一点肯定成分。我对那些基本特点已经确信无疑。

他似乎没有听见人家在他面前道出某一个人的名字,面部肌肉没有一块动弹一下。他的眼睛里,没有一丝最微弱的人类好感之光闪过,从目光的无知与空虚之中,只流露出一种过分的夸张。若没有这一点,他的眼睛可就与没有生命的镜子完全无异了。然后,那冷酷的眼睛盯住我,似乎向我答礼之前,想了解了解我的情况。那种突然的发动,与其说来自有意的行为,还不如说来自肌肉反射更恰当一些。他在自己和我之间留出尽量大的距离,将整个手臂伸出来,远远地向我伸过手来。

第二天他差人将他的名片送给我,我以为至少要有一场决斗。可是,他只与我谈文学,谈了很久之后,他声称非常希望每天能见到我几个小时。但在这次拜访过程中,他对精神方面的事情并没有表现出热烈的兴趣。他对我表示的好感与前一天的答礼也大相径庭。待我后来见到每当人家向他介绍某个人,他都是这个样子时,我明白了,这不过是他那个家族中某一部分人特有的社交习惯。他母亲十分看重他要非常有教养这一点,要求他的躯体服从这一习惯。他这样施礼,是并不考虑的,并不比想到他的漂亮衣服、他的漂亮头发想得更多。这是从思想上来说什么也说明不了的一件事,纯粹是学来的,而我首先认为说明问题的,正如他的另一个习惯一样:他认识了谁,立刻要人家将他介绍给此人的亲属。这个习惯,在他已经变成本能性的了,所以第二天我们遇到的时候,他一见了我,就朝我冲过来,连好也没问,便要求我向身边的外祖母通报他的名字。那种狂热的速度,似乎这要求是来自某种自己的本能,正像挡住迎面一击那个动作,或热水喷过来赶紧闭上双眼一样,不采取这样的防护措施,再过一秒钟停住不动,就会有生命危险。

这第一轮驱魔咒仪式一旦完成,就像怒气冲冲的女妖剥下她的第一层外衣,用迷人的风韵将自己装饰起来一般,我见过的这个傲慢的尤物变成了我遇到过的最可亲可爱的人,最殷勤体贴的小伙子。

"好啦,"我心想,"我对他已经看错了,我受了海市蜃楼的害。可是,我不过胜了第一个马上就要落到第二个手里而已,因为他是一个迷恋贵族阶级的大老爷,他又要极力掩盖自己的真相了。"果然,圣卢所受的全部良好教育,他的全部可爱可亲,不久之后,便叫我见识了另一个人,而与我怀疑的很不相同。

这个外表上是个傲慢的贵族和运动员的小伙子,只对精神方面的事情看得重、有兴趣,特别是对文学和艺术上的时髦表现十分有兴趣,这在他婶祖母看来,似乎是那么可笑。此外,他满脑子都是她婶祖母称之为"社会主义演说"的玩艺,对他自己的阶层充满了深深的蔑视,经常花几小时研究尼采和普鲁东。他是很快便佩服人家钻在一本书里,只关心抽象思维的那种“知识分子”①。这种倾向非常抽象地表达出来，使他与我平常操心的事情距离很大，甚至就在他进行这样表述的时候，虽然我觉得很能打动人，可是也叫我有些厌倦。我可以说，我刚刚读了关于著名的德·马桑特伯爵那充满轶事的回忆录之后那些日子里，当我确实知道了这马桑特伯爵就是他的父亲以后，我特别希望对德·马桑特先生过去的生活知道得更准确、更详细一些。想到罗贝·德·圣卢不但不满足于做他父亲的儿子，不但不能将我引进他父亲的一生这部过时的小说中去，反而培养自己去热爱尼采和普鲁东，我真是气得要发疯。在马桑特伯爵身上，一个已经遥远时代那样特别的风雅与充满幻想的精神合二而一了。他的父亲说不定不会赞同我的遗憾。他本人是一个聪明人，越出了他那个花花公子生活的界限。他几乎没有来得及了解他的儿子，但他希望儿子比自己有出息。我相信他可能与家族中其他人相反，会赞赏他的儿子，会为儿子将构成父亲从前可怜的消遣的东西抛在一边去进行严肃的思考而感到高兴。他会不露声色地，怀着他那伟大神师的谦虚精神，去偷偷阅读儿子最喜爱的著作，以估计一下罗贝比他高明多少。

再说，还有一件令人伤心的事，就是虽然德·马桑特先生心胸很开阔，会欣赏与自己那么不同的儿子，但是罗贝·德·圣卢是相信品德与某些艺术形式和生活方式相联系的人，他对自己的父亲怀着虽说充满感情却又有些蔑视的记忆，他的父亲一辈子就是关心打猎、赛马，听瓦格纳的曲子要打哈欠，对奥芬巴赫却非常着迷。圣卢还不够聪明，他不懂得智力价值与附和某种美学模式毫无关系，他对德·马桑特的“智慧”看不起，同布瓦尔迪欧的儿子对布瓦尔迪欧、拉比什的儿子对拉比什可能会看不起一样，因为这些儿子如果是最象征主义文学和最复杂的音乐的信徒，就必然会看不起自己的父亲。

---

① “知识分子”这种用法，在当时还是新词。

“我对父亲了解很少，”罗贝常说，“据说他是一位很杰出的人。他的不幸就在于他生活在那个可悲的时代。出生在圣日耳曼区，生活在‘美女海伦’的时代，这就造成了一生中的灾难。如果他是热衷于‘Ring’[1]的小资产者，说不定还能做出完全不同的事情来。人家甚至告诉我，说他很喜爱文学。无法知道究竟，因为他所理解的文学，完全由过时的作品组成。”

对我来说，我觉得圣卢有些严肃，而他则不理解我并不比他更严肃。他判断每一事物，只凭这事物所包含的智慧有多重，某些事物赋予我美妙的想象，他体会不到，而认为这些事物很肤浅。他自认为我比他逊色得多，可是我能够对这些事情感兴趣，他很惊异。

头几天，圣卢就征服了我的外祖母。不仅通过他巧妙地向我们两人表现出无时无刻的好意，而且在好意上又加上自然，他在各种事情上均是如此。自然——大概是因为透过待人接物的艺术，他叫人感觉到自然——这是我外祖母看得最重的优点，无论是在花园里，还是在烹调上，还是在钢琴演奏上，都是如此。在花园里，例如在贡布雷的花园里，她不喜欢有特别整齐的花坛；在烹调上，她讨厌所谓的“拼花样”，那种几乎辨认不出是用什么东西做出来的食品；在钢琴演奏上，她不喜欢过分雕琢，加工过细，她甚至对鲁宾斯坦[2]弹琴音符不清、走调都有一种特殊的好感。这种自然，她甚至从圣卢的衣着上体会出来，是轻松的华丽，无任何“装腔作势”以及“拘泥、刻板”，不僵硬，也不上浆。她更欣赏这个富有的年轻人那股毫不在乎、自由自在的劲，生活在奢华之中却没有“铜钱臭”，不摆阔架子。圣卢依然无法阻止自己的面部透露出某种激情，她甚至从这上面也找到这种自然的动人之处。一般来说，随着童年的逝去，那个年龄的某些生理特点一起消失了。例如他热切地期望着什么，而又没有指望得到，

① 德文：指环，此处是指瓦格纳的四部曲《尼伯龙根的指环》。

② 鲁宾斯坦（1829—1894），俄国钢琴家，作曲家。

哪怕是一句恭维话，都会使他迸发出那种骤然、火热、有感染力而又外露的快乐，他无法控制，也无法掩饰。快活的怪相无可阻挡地飞上他的面庞，双颊细腻的皮肤透出红晕，双眼映出羞涩和快乐。对这种直爽和天真无邪的优美表露，我外祖母无限感动。这种表情，在圣卢身上，至少在我与他友情甚笃的时代，是不骗人的。

我认识另一个人——这样的人很多——对这个人来说，那种来得快去得快的红晕所表现出的生理上的诚恳，丝毫不排除道德上的表里不一。这种红晕，常常只证明一些足以干出最卑鄙、奸诈行为的人感到高兴的强烈程度，他们甚至在快乐面前不能自持，不得不向别人承认这种快乐。使我外祖母特别酷爱圣卢的原因，自然是他那样毫不拐弯抹角地承认他对我怀着好感。为了表达这种好感，他用的那些词语，我外祖母说，似乎连她自己也找不到，是最准确的，真正动情的，是同时属于“塞维尼和博泽让”的词语。他也毫无拘束地拿我的毛病开玩笑——他挑我的毛病那种细心劲，叫我外祖母觉得好玩——但也像我外祖母一样，是满怀柔情的。相反，他热情地、毫无保留地、毫不冷淡地尽情赞扬我的优点，而他那个年龄的年轻人一般认为，非要借助于保留和冷淡才能显出自己了不起。我稍感不适，他就去叫人来；天气转凉，我自己还没发觉，他已经把毯子盖在了我的腿上；若是感到我很忧郁或者不快活，他便不声不响地安排好，晚上陪我陪得更晚。他表现出那样的细心周到，从我健康的角度来说，更严酷一些对我说不定更有好处。我外祖母觉得这几乎有些过分，但是，作为对我疼爱的表示，她深深地受到感动。

我们两人很快就说好了：我们已经成了永不相弃的挚友。他说“我们的友谊”时，就好像谈一件什么存在于我们身外的重要而甜美的事情一般，而且很快他便将“我们的友谊”称之为他生活中最大的快乐了——对他情妇的爱不计在内。这些话引起我某种感伤，我很为难，不知如何作答，因为和他在一起，和他谈话——肯定，与任何别的人也是如此——我丝毫感觉不到没有人陪伴时反而会感觉到的那种幸福。独自一人的时候，有时我感到有一种感觉从内心深处涌来，是那种给我以甜美的快意的感觉。但是，我一跟什么人在一起，一跟一位朋友谈话，我的思想就来了个一百八十度大转弯，思考朝着谈话对象而去，而不是朝我自己而来了。思考循着这样的反方向而去时，丝毫不能引起我的快乐。我一离开圣卢，便借助于语句，将我与他一起度过的纷乱的每一分钟理出点头绪来。我心里想，我有一个好朋友，一个好朋友是罕见的，我感到周围皆是难以到手的财富，这时我恰恰体会到与对我来说实为自然的快乐相反的东西，与从我内心汲取了什么，并将这个隐藏于半明半暗之中的念头置于光天化日之下而体会的快乐相反。如果我花上两三个小时与罗贝·德·圣卢聊天，他对我对他说的话又很赞赏，我便感到某种后悔、遗憾、厌倦，觉得不如一个人独处及准备好开始工作。但是我心里又想，一个人聪明并不仅仅为了自己，最伟大的人物也期望为人欣赏，我不能将这几个小时视为浪费，在这几个小时的过程中，我在朋友的心目中建立起了自己高大的形象。我很容易地说服了自己，认为应该为此而感到高兴，正因为我不曾体会到这种幸福，我更热切地期望永远不要剥夺我这种幸福。对于我们身外的财富，人们总是比担心所有其他的财富更担心这些财富消失，因为我们的心没有占有这些财富。

我感到自己能够比很多人更好地体现友谊的美德（因为我总是将朋友的利害放在所谓个人利益之上，我对这些个人利益是不在乎的，而其他人对这个极为关切）。但是感到我的心灵与他人心灵之间的差异——我们每个人心灵之间都是有差异的——不但没有扩大，反而会消失，我却无法因此而感到快乐。相反，有时，我的思想从圣卢身上辨别出一个比他本人更普通的一个人——“贵族”，而且就像一种内在的精神指挥着他四肢的动作一样，是这个“贵族”在指挥着他的一举一动。这时候，虽然我在他身旁，实际上我是独自一人，我在他面前好似我面对一处风景，理解了这景色的和谐一样。他只不过是一件物品罢了,我的思考力图加深对这件物品的认识。我总是从他身上找到那个先入为主的、上百岁的人,那个恰巧是罗贝期望自己不是的贵族,这时我感到极度的快乐,但属于智力范畴,而不属于友谊范围。

他身心机敏,赋予他的是无限可亲可爱的风雅;他很随便地请外祖母坐他的马车,并且扶她上车;他怕我着凉,灵巧地从座位上跳下来,将他自己的外套披在我的肩上。从这些举动里,我感觉到的,不仅是伟大的猎手世代相传的灵巧——这个年轻人的祖先世世代代就是猎手,而他却一心要搞智力活动,还有他们对富有的蔑视——在罗贝身上,也有这种对富有的蔑视——但同时他又对富有很有兴味,那只是为了能够更好地欢宴他的友人,正是这种蔑视才使他那样漫不经心地将自己的奢华奉献于友人的脚下。从这些举动里,我更感觉到这些贵族大老爷那种认为自己"高人一头"的自信或幻觉。幸亏如此,他们未能将那种想表现自己"与别人一样"的欲望遗传给圣卢,未能将那种怕显得过分殷勤的恐惧遗传给圣卢。圣卢确实不知这种恐惧为何物,而这种恐惧以其僵硬和笨拙,使最诚挚的平民百姓的和蔼可亲都变成了丑态。

有时我责备自己这样从视自己的朋友为一件艺术品中得到乐趣,也就是说,注视着他这个人各个部分的动作,似乎由一个总思想和谐地加以指引,这每一部分都拴在那个总思想上,而他自己并不知道这个总思想是什么。因此,这个总思想并不能给他自己的品质、给他个人的智慧和道德的价值增加任何一点东西,而他对这些是看得很重的。

然而,在某种程度上,这个总思想倒是他的品质得以存在的条件。正因为他是一个贵族,他的思想活动,他对社会主义的向往,在他身上才具有某种真正纯洁和无私的色彩。这种活动和向往使他去寻找一些野心勃勃、衣衫破旧的年轻大学生,那些人的活动和向往并不具有纯洁和无私的色彩。他认为自己是一个无知而又自私的社会阶层的继承人,坦诚地希望大学生们原谅他这些贵族根底。事实与此相反，正是这些贵族根底对大学生产生诱惑力，正因为如此，他们才找他，同时又对他装出冷淡甚至傲慢的样子。

他就这样弄到要向一些人主动追求的地步。我的父母忠于贡布雷的社会学，见他这样对这些人并不扭头而去，一定会惊诧不已的。

有一天，我和圣卢坐在沙滩上，背靠一顶帆布帐篷。我们听见从帐篷里传出咒骂，嫌巴尔贝克犹太人麇集，把巴尔贝克都弄臭了。

“就没法走上几步不碰上一个！”那声音说道。“我并非从什么原则出发，对犹太民族有不共戴天的仇视情绪，可是这里，真是过剩了！就听见：‘喂，亚伯拉罕，chai fu Chakop①’这种话。真觉得自己是置身于阿布吉尔街呢！”

如此大发雷霆反对以色列的那个人终于从帐篷里走出来了。我们抬起头来看看这个排犹主义者。他正是我的伙伴布洛克。圣卢立即请我提醒布洛克，说他们在大考时遇见过，布洛克那次大考得到荣誉奖，后来他们在一所民众大学里又遇见过。圣卢的哪位志同道合的朋友在交际场合出了差错，做了可笑的事，圣卢对这个毫不在乎。但是他感到，如果别人发现了，那出了错的人是会脸红的。每逢这时，怕伤害别人的自尊心便使他现出一幅窘态。这种时候常常是圣卢满脸通红，似乎出错的是他。从他的窘态中，我能找到他受耶稣教会教士教育的痕迹，对此我最多偶尔讥笑一下也就罢了。布洛克答应到旅馆去看他那天，情形就是如此。布洛克一面应允，一面又加上一句：

“在那种供商队住宿的大旅店伪装时髦地等人，我受不了；茨冈女人又叫我恶心，你对‘laift’②说，叫她们住嘴，并且立即去通知你！”

---

① 希伯莱语：你这个断子绝孙的。

② 布洛克出于无知，将“lift”（开电梯的人）读成“laift”。

从我个人来说，我并不很坚持叫布洛克到旅馆来。他在巴尔贝克并不是独自一人，而是和他的姐妹们在一起，可惜！他的姐妹们在这里又有许多亲戚朋友。这个犹太群体很有特色，并不太令人愉快。巴尔贝克和某些国家，如俄国和罗马尼亚一样，地理课教给我们，在这些地方，犹太居民并不享有与巴黎同等的优惠，也不像在巴黎那样达到了那种程度的同化。布洛克的表姐妹和叔伯们，或者与他信仰同一宗教的男男女女上游乐场时，女的是去“舞厅”，男的则上了岔路到纸牌赌博那边去。他们总是一块去，不与任何其他成分混杂。他们组成一个与自身同质的队伍，与注视他们走过，每年在这里看见他们却从来不和他们打招呼的人是完全不同的一帮。不论是康布尔梅的圈子，首席审判官的山头，还是大小资产者，甚至巴黎某些普普通通的杂粮商人，他们的女儿，美貌，傲慢，嘲笑一切，完全法国式，就像兰斯的雕像一样，都不肯与这群没有教养的丫头混在一块。她们念念不忘“洗海水浴”这种时髦，甚至总作出刚刚钓大虾回来或正在跳探戈的模样。说到男子，虽然无尾礼服光鲜夺目，皮鞋溜光铮亮，但是举止装腔作势，使人想到画家那些所谓“聪明的”讲究：他们要给福音书或《一千零一夜》作插图，考虑到那些事情发生在什么国度里，偏偏把巴尔贝克最大腹便便的“大人物”的模样赋予了圣皮埃尔或阿里巴巴。

布洛克一一将他的姊妹向我作了介绍，粗暴得无以复加地叫这些女孩子住嘴。她们对这个哥哥崇拜备至，将他看成自己的偶像，他每说出一句什么俏皮话，她们都要哄堂大笑。所以，很可能这个阶层也与任何其他阶层一样蕴含着许多吸引人之处、优秀品质和崇高道德。要体会到这些，则必须深入到这个阶层中间去。可是，这个阶层不讨人喜欢，他们感受到排犹主义的气氛，看到排犹主义的表现，他们结成密集的封闭的群体与此对抗，任何人都别想开出一条路打进这个圈子。

说到“laift”，这事还不如那之前几天发生的另一件事叫我惊奇：布洛克问我为何前来巴尔贝克（相反，他似乎觉得他自己来这里是极其自然的事），是不是“指望认识几个美人儿”。我对他说，这趟旅行是我向往已久的一件事，然而比去威尼斯的欲望还差一层。这时，他回答说：“对，当然了，为的是一面装做读约翰·拉斯金爵士的《Stones of Venaice》①，一面和漂亮太太们一道吃冰淇淋。那位拉斯金是个面色阴沉、令人讨厌的家伙，是世界上最叫人讨厌的绅士之一。②”布洛克显然以为，在英国，不仅所有的男性都是“爵士”，而且字母“i”也总是发“ai”的音。圣卢认为这个发音错误并不严重，因为他从中主要看出我这位新朋友缺乏社交概念。我这位新朋友既没有这些概念，又蔑视这些概念。罗贝生怕哪一天布洛克知道了人说“威尼斯”而不是“威耐斯”，拉斯金并不是爵士以后，会往前想到罗贝一定觉得他无知可笑，反倒觉得自己罪过，似乎自己不够宽宏，实际上他真是宽宏无度。布洛克有一天发现自己的错误时会染上面颊的红晕，罗贝已提前感到它飞上了自己的面颊。他肯定布洛克比他自己把这个错误看得更重。这正是此后不久，有一天布洛克听到我说到“lift”时的感受。他立刻打断我说：“啊，应该说‘lift’。”同时用生硬而又高傲的语气说道：“其实这完全无关紧要。”这句类似反应的话，所有自尊心很强的人，无论是在最重大的场合还是在最微不足道的场合也都这么说。这说明，对于声称无关紧要的那个人来说，即使在微不足道的场合之中，所说的那件事也是非常紧要的。任何一个有些高傲的人，刚刚夺走了他紧紧攀住的最后的希望，拒绝给他帮忙，从他嘴上也会首先冒出这句话来，这时便是令人伤心的话，也是悲剧性的一句话了：“啊，好吧，这完全无关紧要，我

---

① 《Stones of Venice》为拉斯金的作品，共三卷，第一卷于1851年，第二、三卷于1853年均在伦敦出版。但直到1874年再版本及1881年的缩写本出版，这部著作才打响。1900年春普氏游览威尼斯的圣马可时，手里就捧着这本书。缩写本于1906年由玛蒂尔德·克雷默译成法文，书名为《威尼斯的石头》。此处布洛克出于无知，将Venice”（威尼斯）说成“Venaice”（威耐斯）。

② 普氏极喜欢拉斯金的著作，这里，布洛克的话怎样刺激了他，诸位可以想见。

另作安排吧!”这完全无关紧要地向他推去的“另作安排”,有时竟会是自杀。

此后布洛克对我说了一些非常热情的话。他肯定希望对我非常客气,可亲。可是,他问我:“你与德·圣卢-昂-布雷交往甚密,是想把自己抬高到贵族吗?——那贵族阶层与其余的人是差不多的,你太幼稚了。你可能正处在赶时髦的狂热之中。告诉我,你是不是时髦青年?是,对不对?”

他这样说,并不是因为他想对我客气这种愿望突然改变了,而是因为他的缺点正是人们用很不正确的法语称之为的“没有受过良好教育”。他自己对这个缺点无所察觉,更不会认为别人会因此而不快或反感。

在人类中,人人具有的品德,与每个人特有的众多的缺点相比,其比例并不更大。显然,“世界上最普遍的事物”,并不是良知,而是善良。在最遥远偏僻的角落里,人们会惊异地看到善良这朵花自动开放,犹如在幽静的山谷中开放着一朵丽春花。这朵花与世界上其他地方的丽春花无异,但它从未见过其他的丽春花,只见识过有时叫它那孤独的小红帽颤抖不已的狂风。即使这种善良因利害关系而变成瘫痪,表现不出来,它依然存在。每当没有任何自私的动机妨碍它发挥的时候,例如读一本小说或一份报纸的时候,这种善良便会大放光华,向弱者、向正义者、向受迫害的人而去,甚至一个杀人犯,作为长篇连载小说的爱好者,他的心仍然很软,在这种人心中,这善良也是如此放光。

与美德令人佩服的情形相似,缺点的多种多样也令人叹为观止。最完美无缺的人也有某个缺点使人不快或令人着恼。某一个人智力超群,高瞻远瞩,从不说任何人的坏话,但是,你亲自交给他请他转交的最重要信件,他却放在自己口袋里忘了交,后来又叫你误了一次重要的约会,而且也不微笑着向你道歉,因为他一向以自己从不知道时间是几点钟为荣。另外一个人思想细腻,性情温柔,待人接物高雅,关于你本人,从来只说会叫你高兴的话，但是你感觉到他对有些事闭口不谈，将某些事埋在心底，各种各样的事在他心里闷着发酵。他见到你很高兴，他把这高兴看得那么宝贵，宁愿叫你累死，也不离开你。第三位更诚恳一些，但是，当你说自己健康状况不佳而未能前去看望他请他原谅时，他把诚恳推进到非叫你知道，有人见你去戏院了，人家觉得你脸色很好不可。或者非叫你知道他并未完全受益于你为他进行的斡旋，再说已经有另外三个人主动提出为他进行活动，所以他对你也只是稍加感恩而已。在这两种情况下，前面那位朋友可能装做不知道你上戏院去了，装做不知道别人也能给他帮这样的忙。至于这最后一位朋友，他感到需要向什么人反复地说或者揭示出可能最令你反感的事，对自己的直爽感到十分得意，而且拼命对你说："我就是这样。"

有的人则以他们过于好奇或绝对没有好奇心来叫你着恼。你可以对他们谈到最为轰动的重大事件，而他们完全不知所云。有的人等几个月才给你回信，如果你的信是关于你自己的一件事而与他们无关的话。或者，他们对你说，要来问你什么事。你怕错过了他们的来访一直不敢出门，他们却并不前来，叫你等上几个星期，因为他们没有收到你的回信（而他们的来信根本没有要求你回信），以为他们惹你不高兴了。某些人高兴起来，想来看你，他们只顾自己愿意而不顾你愿意不愿意，口若悬河，不给你留下插嘴的地方，也不管你有什么紧急的事情要做。可是，若是他们感到时间长了，累了，或者心情不好，你就引不出他们一句话来，任凭你怎么使劲，他们用无精打采来对付你，再也不肯回答你的话，甚至不肯用一个字来回答，就像没听见你说的话一样。

我们的每个朋友都有自己的缺点，为了能继续喜欢他，我们不得不寻些东西来自我安慰——想到他的才华，他的善良，他的温柔——或者更正确地说，将我们的好意充分发挥出来，对他们的缺点置若罔闻。可惜，我们这样好心对我们朋友的缺点极力做到视而不见，总是敌不过他的极力放纵，因为他看不见自己的缺点，或者以为别人看不见。讨人嫌这种危险主要来自难以评价不显眼的或未被察觉的事，所以出于谨慎，至少应该从不谈论自己。可以肯定地说，在这个题目上，别人的看法与我们自己的看法永远不会一致。人们参观一幢外表平平的房屋，里面不论是珍宝满室，还是遍地皆是盗贼用的撬门铁棒或死尸，发现了别人真正的生活，那表面天地之下的真天地时，都会感到同样的惊异。借助于每个人对我们说的话，我们对自己形成了一个印象。通过他们在背后就我们发表的言词，我们得知他们对我们和我们的生活怀有怎样完全不同的形象时，我们的惊异不会比上述情形更小。因此，我们每次谈论过自己以后，都可以确信，我们说的那些无害而谨慎的话语，被人表面上彬彬有礼并虚伪地表示赞同听了去以后，会叫他们作出最叫人恼怒或最令人快乐的评论，一言以蔽之，是最不利的评论。至少我们对自己的想法和我们的话语之间不成比例，也很会激怒别人。这样的不成比例，一般总是使人们就自己所说的话显得非常可笑，就像那些冒牌音乐爱好者，虽然作出极其赞赏的样子，但是他们叫我们听到的话语并不能说明他们的赞赏。他们一面用有力的指手画脚和一副赞赏备至的表情来补偿那含糊不清、喃喃低语的不足，同时又感到需要哼一首他们喜爱的曲调。

除了谈自己和谈自己缺点这个坏习惯之外，还要加上另外一个与此结成一体的坏习惯，那就是揭露别人身上的某个缺点，恰恰自己也有这同一缺点。人们总是谈论这些缺点，似乎是一种谈论自己的方式，实际上是用拐弯抹角的方式，把承认自己的快乐与宽恕自己的快乐结合在一起。

此外，似乎我们的注意力总是被吸引到构成我们自己特点的东西上去，与别人身上的其他东西相比，更容易发现这些东西。一个近视眼谈论别人时会说："他眼睛几乎睁不开。"一个肺结核患者对一个最健壮的人肺部是否完好总有疑问；一个很不爱清洁的人总说别人不洗澡；一个嗅觉不灵敏的人总认为别人身上有味道；一个丈夫，自己老婆作风不正，会到处看到老婆作风不正的丈夫；一个举止轻浮的女人到处都看到举止轻浮的女人；一个追求时髦的青年，到处看到时髦青年。每种毛病，也像每种职业一样，要求一种专门知识，并不断发展这种专门知识。将这些知识卖弄一下，并不令人恼火。性欲倒错的人发现性欲倒错的人，一位裁缝应邀到了社交场合，他还未与你谈话，就已经品评起你的衣料，他那手指已经迫不及待要来捻一捻看质量如何了。如果你与一位牙医谈上一会话，然后问他对你有何真实想法，他就会告诉你，你有几颗坏牙。在他看来，没有比这更重要了。待你也发现了他的坏牙，你会觉得没有比这更可笑的了。

不仅仅我们谈到自己时，以为别人都是盲目的，就是我们做事时，也似乎以为别人是盲目的。对我们每个人来说，都有一个专门的上帝无时不在，他遮掩住我们每个人的缺点，或向我们每个人许诺看不见我们的缺点，犹如对不洗澡的人，对他们耳朵上的一条污垢，臂弯里的汗味，他都闭上眼睛，堵上鼻孔，并且要他们坚信，他们可以带着这些污垢和汗味在人间游荡，不会受到任何处罚，人们什么也发觉不了。佩戴假珍珠或以假珍珠相赠的人，以为别人定会把假珠当成真珠。

布洛克很没有教养，有神经病，追求时髦，属于一个不受尊重的家庭，如同在海底一般承受着无法计算的压力。这压力不仅来自表层上的基督教徒，还有高于他所在的阶层的一层层犹太阶层，每一层都以自己的蔑视压迫着紧挨着自己下面的那一层。要从一个犹太家庭上升到另一个犹太家庭，穿过一层又一层，直到呼吸到自由的空气，布洛克可能要花上数千年的时间。最好是设法从另一个方向上开辟一个出口。

布洛克跟我说什么我正处在赶时髦的狂热之中，要我向他承认我是时髦青年时，我本可以这样回答他："如果我是，我就不会与你常来常往了。"可我只是对他说，他这样讲话太不客气。于是他想道歉，但是没有教养的人实在有福气，依照他们的方式，便是一面毁掉自己的前言，一面伺机将那些话语变得更加沉重。

“请你原谅我，”现在他每次遇到我都这样说，“我曾经叫你难过，曾经折磨你，我是故意使坏。不过——从总体来说，所有的人，从个体来说，你的朋友，都是奇怪的动物——你无法想象，我虽那么无情取笑你，可我心中对你是一片柔情。我想到你时，这种柔情常常令我下泪。”说着，他便叫人听到一声呜咽。

布洛克身上使我惊异的，还有更甚于他举止不适度的地方，那便是他的谈话质量好坏相差很大。这个小伙子十分挑剔，对一些最时髦的作家，他常说：“这个人是个面色阴沉的白痴，那个人完全是个傻瓜。”可有时他能十分开心地讲述一些毫不可笑的传闻轶事，引证某一个完全平庸的人的话，说“那人真是了不起”。评断人的智慧、价值、意义的这一双重天平，总是使我惊异不止，直到我结识他的父亲老布洛克先生那一天，这个谜才算解开。

我真没想到，有一天我们竟然同意去与老布洛克结识。因为小布洛克在圣卢面前说了我的坏话，又在我的面前说了圣卢的坏话。他特别对罗贝说我（一直）追求时髦追求得要死。“对，对，他能结识勒——勒——勒格朗丹先生十分荣幸。”他说。布洛克这样将一个词分开说，既表示讽刺，又表示文学味道。

圣卢从未听说过勒格朗丹这个名字，大吃一惊：“此乃何人？”

“噢，这是一个**很了不起**的人。”布洛克回答，哈哈大笑，同时怕冷似的将两手插进外衣口袋里，确信他此刻正在欣赏一位了不起的外省绅士那独具特色的外表。与这位绅士相比，巴尔贝·多尔维利的外表简直就是小巫见大巫。布洛克不会描绘勒格朗丹先生的形象，便用赋予他好几个“勒”字和像躲在柴捆后面品酒一样品味这个名字的办法来聊以自慰。但是这种主观的享受别人是领略不到的。

他一方面在圣卢面前说我的坏话，另一方面在我面前也没少说圣卢的坏话。到了第二天，我们两人便都知道了这些谗言的详细情形，倒不是我们俩相互学舌，那我们可就太罪过了。但是布洛克会觉得这是非常自然而几乎不可避免的事，以至他在心神不安之中——他认为我们肯定会从这个或那个人嘴里得知我们要知道的事——宁愿先下手。他把圣卢拉到一边，向他招认了自己故意说他坏话的事，又告诉圣卢，他以“誓言监护人、克洛诺斯之子宙斯的名义”起誓，他爱圣卢，愿意为圣卢献出生命，说罢又抹去一滴眼泪。同一天，他又安排好单独见我，向我作了忏悔，宣称他那么做是为了我的利益，因为他认为某种社交关系对我有害，而我“比这个更有价值”。然后像醉汉动情那样抓住我的手，虽然他的酒醉纯属神经质：

“相信我好了，”他说，“若是昨天想到你，想到贡布雷，想到我对你无限的柔情，想到你自己甚至回忆不起来的某些下午上课的情形，我不曾哭了一整夜，就叫黑煞神凯尔立即把我捉了去，让我穿过人类厌恶的哈得斯[①]之门好了！对，一整夜，我向你发誓！可是，我知道，我了解人，我知道你不相信我的话。”

确实，我不相信他的话，我感到这些话是临时编造出来的，是随说随编出来的。他“以凯尔的名义”起誓，也并没有增加很大重量，因为布洛克对古希腊宗教的信仰纯属文学性质。此外，每当他激动起来，同时也希望别人为一件虚构的事实所感动时，他总是说“我向你发誓”的。与其说这是为了叫人相信他说的是实话，不如说那是为了撒谎骗人而制造的歇斯底里官能享受。他对我说的话，我不相信。不过我也不怪他，因为我从母亲和外祖母那里继承了不会怀恨在心的天性，甚至对于比这大得多的罪过也不怀恨。我同时也继承了永不谴责任何人的天性。

① 亦为克洛诺斯之子，宙斯之兄弟，为冥王。他在魔鬼和煞神帮助下（其中就有凯尔），想尽一切办法将活人拉进他那黑暗的王国中去。谁掉进他的冥府，便再不得永生；也无返回之路。

再说布洛克也不是绝对的坏孩子，他也能做出非常热情的事情来。自从贡布雷人种，也就是如我外祖母和我母亲这样的绝对完美无缺的人从中产生的人种似乎濒于完全灭绝以来，我只能在未开化的、无动于衷的、忠心耿耿的正直人——他们一开口讲话，那声音便很快表明他们根本不关心你的生活——和另一种人之间进行选择。这后一种人，只要他们在你身边，他们就理解你，钟爱你，感动得下泪，可是过了几个小时又会翻脸不认人，跟你开上一个残酷无情的玩笑。此后，他们还会回到你的身边，仍是那样善于察颜观色、热情可爱，立刻就能与你融成一体。相比之下，我可能还是更喜欢这后一种人，就说不喜欢他们的道德价值吧，至少喜欢与他们相处。

"我想你的时候那种难受劲，你是无法想象的，"布洛克又说，"归根结底，这是我身上相当犹太人味道的一面又冒出来了。"他冷嘲热讽地加上一句，同时眯起自己的双眼，好像要在显微镜下为那数量极小极小的"犹太血液"定量一般。一个法国贵族大老爷，在全是基督徒的祖先之中，也可将萨米埃尔·贝尔纳或者再往前数，将圣母玛利亚打进去。他可能也会这么说(实际上他是不会这么说的)。据说，莱维家族就自称是圣母玛利亚的后代。

"我相当喜欢这样从我的情感中分出这一部分来，再说这是很小的部分，这部分可能属于我的犹太血统。"他又补充道。他道出这句话，因为他觉得道出自己种族的真相，既聪明又正直。在这同一场合，他又设法莫名其妙地减轻这真相的分量，就像那些下定决心还债，又只有勇气偿还一半的吝啬鬼。拿出勇气来宣布真相，同时又在其中掺上很多歪曲真相的谎言，这种弄虚作假的方法，比一般人想象的更为普遍，甚至一般不这么做的人也是如此：生活中某些紧要关头，特别是关系到恋爱关系的紧要关头，便给他们提供了这样的机会。

布洛克瞒着我在圣卢面前对我抨击谩骂，瞒着圣卢在我面前对圣卢抨击谩骂，这一切均以邀请我们前去做客而结束。若说布洛克开始时没有进行尝试以便单独邀请圣卢，我当然不相信。看上去很可能进行了这样的尝试，但是没有成功，于是有一天布洛克对我和圣卢说：

"亲爱的师兄，还有你阿瑞斯①和圣卢-昂-布雷心爱的骑士，驯马人，既然我在乘飞舟的默尼埃家族②帐篷附近、飞沫轰鸣的安菲特里特③海岸上与你们相遇，二位是否愿意赏光，这星期当中的哪一天到我那位鼎鼎大名、良心清白的父亲家中用晚餐？"④

他向我们发出这一邀请，因为他极想与圣卢结成更密切的关系，他希望圣卢能使他进入贵族阶层。如果这个希望是我提出来的，是为我自己提出来的，那布洛克就会觉得是十足的令人厌恶的附庸风雅的表现了。这与他对我本性的一个方面的看法完全符合，至少到现在为止，他不认为这是我本性中的主要方面。但是同样的希望从他那里提出来，他就觉得是他的头脑有良好求知欲望的表现了，他热切希望与某些与己不同的社会阶层交往，说不定从中能找到某些文学上有用的东西。

儿子对老布洛克说，要带一位朋友来吃晚饭，用一种略带讽刺挖苦的心满意足的口气道出这朋友的头衔和名字"德·圣卢-昂-布雷侯爵"时，布洛克先生感受到强烈的震动。他大叫起来：

"德·圣卢-昂-布雷侯爵！啊！他妈的！"对他来说，使用骂人的话，那是对人最高敬重的表现。

他向儿子投过赞美的一瞥：儿子竟能结交上这样的人！那目光意味着：

"他真叫人大吃一惊。这个浪子，他是我的孩子吗？"

---

① 阿瑞斯是希腊神话中的战神，相当于罗马神话中的马尔斯。

② 可能指巧克力商人加斯东·默尼埃一家，他们的游船"亚里安娜"号当时是很著名的。

③ 安菲特里特是海中女神，波塞顿的妻子。

④ 此处布洛克模仿荷马的笔调讲话。

这目光使我的伙伴快乐不已，好比每个月给他增加五十法郎零用钱一样。布洛克在家中很不自在，感到父亲将他当成不走正道的人，因为他靠崇拜勒贡特·德·利尔、埃雷地亚①和其他“游手好闲的人”过活。可是他跟圣卢-昂-布雷结交上了，后者的父亲曾是苏伊士运河公司董事长啊！（啊！他妈的！）这可是“无可争议”的成果啊！

因为怕把立体镜弄坏了，将立体镜留在了巴黎，现在人们更加感到遗憾。只有布洛克父亲一个人掌握了使用这立体镜的艺术，至少他有权使用。再说他也难得用一次，非常小心翼翼，也就是贵客上门设华宴的日子。所以，观看立体镜表演的人，觉得这是特殊礼遇，是对上宾的优待；而组织表演的主人，则产生了威信，与天才产生的威信相仿佛。即使风景照是布洛克先生本人亲自拍摄的，这个镜是他自己发明的，那威信也不会比这更高。

“昨天你没有得到邀请去所罗门家吗？”人们在家中这样谈论。

“没有，我没有被慧眼看上！都有什么名堂？”

“排场很大，立体镜，全套玩艺。”

“啊，如果有立体镜，我很遗憾，据说所罗门将立体镜拿出来示人时，非同寻常。”

“有什么办法！”布洛克先生对儿子说道，“不应该同时把什么都给他，这样，他就总是还有点什么东西欲求不得。”

从父爱出发，并且想打动他的儿子，他确实想到要把那仪器弄来。但是“具体时间”不够，或者更正确地说，人们以为时间不够。不过，我们不得不将晚餐的时间推迟，因为圣卢走不开，他在等一位舅舅，这舅舅将来到德·维尔巴里西斯夫人身边过四十八小时。这位舅舅非常热衷于体育锻炼，尤其热衷于长途步行，他要从他在乡间度假的那个城堡，基本上步

① 这是布洛克最佩服的两位蒙巴那斯派诗人。

行而来，在农庄过夜，所以他何时抵达巴尔贝克是说不准的。圣卢不敢动，我这位朋友每天给他的情妇发的电报，甚至都委托我去电报局所在的安加维尔发出。

他们等待的舅舅名叫巴拉麦德，他从自己的祖先西西里亲王那里继承下来这个名字。后来我在阅读历史著作时，遇到这个名字——有人说是真正古老的名字——属于中世纪意大利及法国南部某些城市的某某最高行政长官或某某教会之长①，为文艺复兴时期的漂亮招牌。这个名字一直留在这个家族中，代代相传，从梵蒂冈办公室直传到我朋友的舅舅那里。有的人因为没有钱，无法成立勋章馆，美术馆，便去追求古老的姓名（地名，像一张古老的地图，一张骑士照，一个招牌或一个普通人姓名那样有文献意义又有地方色彩；受洗礼的名字，在美妙的法兰西文字结尾音节中震荡着，叫人听得出来舌头有毛病。某地居民俗气的语调，发音不正确，我们的祖先正是按照这些使拉丁词和撒克逊词发生了持久的变化，这些变化后来又成为语法了不起的立法者），总而言之，借助于这些古老音响的汇集，这些人给自己开起了音乐会，就像那些到处搜罗低音古提琴②和抒情古提琴以便在古老的乐器上奏出往昔音乐的人一样。当我读到这个名字时，我体会到上述这些人的那种快乐。

圣卢对我说，甚至在最封闭的贵族社会中，他的舅舅巴拉麦德仍然以特别难以接近、蔑视一切、醉心于自己的贵族出身而与众不同。他与自己的弟媳和另外几个精心选择的人在一起，组成了人所称之的“凤凰圈子”。就是在这个小圈子里，他也因傲慢令人恐惧，以至以前发生过社交场上有人想与他结识，前去与他的亲弟弟打交道，亦遭到拒绝的事。

“不，不，不要要求我将你们介绍给我哥哥巴拉麦德。我妻子，我们所

① 指红衣主教、大主教和主教。
② 大提琴的前身。

有的人，都合力去做，也无能为力。不然，你们会撞上他很无礼，我不希望如此。”在赛马俱乐部，他和几位朋友指定了二百名俱乐部成员，他从来不让人将这些成员介绍给他们自己。在德·巴里斯公爵家里，他因衣着华丽、性情高傲而以“亲王”这个绰号为人所周知。

圣卢向我谈了他这位舅舅早已逝去的青年时代。他与自己的两个朋友，也像他那么漂亮，合住一套单身汉小公寓，每天他将一些女人带到公寓里来，因此人称他们是“美惠三女神”。

“有一天，一个人——照巴尔扎克的说法，这个人如今是圣日耳曼区最出头露面的一个人，但在那还不走运的最初阶段，流露出莫名其妙的嗜好——他向我的舅舅要求到这套单身公寓里来。刚一到，他就开始求爱，并不是向女人，而是向我的舅舅巴拉麦德。我舅舅装做听不懂，找个借口把那两位朋友带了出去。然后他们一起回来，捉住那个坏蛋，剥掉他的衣服，打得他血迹斑斑，零下十度的大冷天，把他踢到门外。人家发现他时，他已经半死不活，结果法院前来进行调查，那个倒霉鬼①好不容易才叫法院停止调查。今日，我舅舅大概再也不会干这么残酷处置人的事了。他这个人对上流社会的人那样高傲，可你想象不到，如今他与多少平民百姓有热烈的友情，保护他们，哪怕得到的报答是忘恩负义。一个从前在某一公馆里服侍过他的仆役，他会安插到巴黎去。一个农民，他会叫人教他学会一行手艺。这是他身上相当讨人喜欢的一面，与他那花花公子的一面形成鲜明对照。”

圣卢确实属于上流社会的这种青年，他们所处的地位，使人可以对他们道出这样的词句：“他身上有相当讨人喜欢的东西，讨人喜欢的一面。”这是相当宝贵的种子，很快就会生产出一种待人接物的方式。在这种方式中，他人一钱不值，而“平民百姓”便是一切。一言以蔽之，与平民百姓

① 这个倒霉鬼，便是福古贝。

的骄傲截然相反。

“据说，他年轻时，在整个那个社会阶层里，他就是表率，他说了就算，简直难以想象。对他来说，在任何情况下，他认为怎样最令人愉快、最实惠，他便怎样办，但是立刻便有附庸风雅的人来加以仿效。在剧场里，他很渴，叫人将饮料送到他的包厢后头。到了下周，每个包厢后头的小客厅都装满了清凉饮料。有一年夏天阴雨连绵，他有些风湿痛，便定做了一件柔软而暖和的驼绒外套，无非是当旅行毛毯用，上面蓝色和橘红的条条他一动未动。立刻，高级裁缝便见他们的主顾都来定做蓝色长毛带流苏的外套了。他在某一城堡度过一天，如果由于某种原因，他希望免去一次晚宴的庄重性质，为了表示出这种细微差别，他没有带礼服来，穿着下午的上装入席，那么，在乡下着普通上装参加晚宴便成为时髦。为了吃一块点心，他没有使用小勺，而使用了一个叉子或什么他向金银器匠定做的自己发明的餐具，那以后便不许他用别的方法吃了。他想再听一遍贝多芬的某几首四重奏（要说他这些异想天开的想法，他可一点都不愚蠢，而是非常聪明），便请了一些艺术家来，每个礼拜为他和几位朋友演奏。那么这一年，聚集为数不多的人，听室内音乐，便是最为高雅的事。我相信他生活中没有烦闷过。像他从前那么漂亮，女人，他肯定有过不少的！不过我无法准确地告诉你都是谁，因为他这个人守口如瓶。但是我知道，他反正把我那可怜的舅母欺骗得够呛！可这并不妨碍他跟她在一起很愉快，她对他无比钟爱。舅母死后，他哭了好几年。他在巴黎时，仍然几乎每天到墓园去。”

罗贝就这样一面等待着他的舅舅，一面对我谈到他。结果是白等。第二天上午，我回旅馆，独自一个人从游艺场前面经过时，感觉到离我不远有一个人在注视我。我扭过头去，看见一个男子，四十岁左右，很高，相当胖，唇髭很黑。他一面用一根小手杖神经质地拍打着他的裤子，一面用睁得大大的眼睛聚精会神地盯着我。有时，极其灵活的眼珠在两只眼眶里骨碌碌地转。只有站在一个陌生人面前，而这个陌生人又由于某种原因使你产生其他人——例如疯子或暗探——不会产生的一些想法时，人才会有这种眼神。他向我飞送过来绝妙的一瞥，既大胆，又谨慎，既飞快，又深沉，好似逃跑时投出的最后一瞥。他环视一下四周，骤然摆出心不在焉而又高傲的神情，整个人突然一转，扭身去看一张海报。他专心致志看海报，一边哼着一首曲子，并整理垂在他扣眼间的那朵苔蔷薇。他从口袋里取出一个摘记簿，好像是将戏名记在本子上。他掏了两三次怀表，把一顶扁平的黑色草帽向下拉到眼睛上，手又作帽檐状，接长了草帽的帽檐，似乎为了看看是不是有什么人来。他做了一个不满意的动作，通过这个动作，可以叫人看出，他已经等烦了。但是如果真的等什么人，则永远不会做出这样的动作。然后他把帽子推向脑后，露出剪得很短的刷子头。可是两侧都还留着相当长而弯曲的鸽子翅膀①。他大声吐出一口气来。人不仅很热，而且希望表现出自己热得受不了时，就是这样吐气的。

我忽然想到，这是个旅馆骗子，他可能前些日子已经注意到了我外祖母和我，正准备敲我们一下，可他刚才发现，就在他觊觎我的时候，让我给撞见了。为了骗我，他可能想通过这种新姿态，极力表现出心不在焉和漠不关心的样子。可是他未免夸张得太剑拔弩张了，以至似乎他的目的不仅是要打消我可能产生的怀疑，报复我不知不觉对他可能进行的侮辱，让我明白他不仅没看见我，而且我是一个太无足轻重的东西，根本不可能引起他的注意。他做出勇夫模样，挺起腰杆，撇起嘴唇，翘起胡子，在眼神里再配上某种毫不在乎、生硬而又几乎侮辱人的东西。结果是他那奇异的表情，叫我一会将他当成偷儿，一会将他当成疯子。

然而他的衣着极其讲究，比起巴尔贝克我看见的所有洗海水浴的人的衣着来，要严肃得多，简洁得多，也叫我的上装放了心，因为那些人的海

① 指鸽子翅膀一般的头发。

滨装那刺眼而又俗气的淡颜色常使我的上装受到侮辱。

可是这时我的外祖母来迎我了，我们一起转了一圈。一小时以后，她回旅馆去了一小会，我在旅馆门前等她。这时我看见德·维尔巴里西斯夫人与罗贝·德·圣卢以及在赌场前那样死死盯住我看的那位陌生人一起走了出来。他的目光与我看见他那时一样，闪电一般飞快地从我身上扫过，然后，就像他没有看见我一样，收回到自己的眼前稍下的地方，迟钝、有如中性的目光，假装外表上什么也没有看见，内心什么也看不见。这目光仅仅表示睁圆了眼睛，撑开了睫毛，感觉到四周有睫毛而感到满意。这是某些伪君子的那种虔诚而又沉醉的目光，是某些蠢人的自命不凡的目光。

我看到他已经换了衣服。现在他穿的上装颜色更深，显然这是因为真正的优雅比虚假的优雅距离简朴更近一些。但是，还有别的东西：更靠近些人，人们感受到，这些服装上之所以几乎完全没有别的颜色，并不是因为取消这颜色的人对此无动于衷，而更确切地说，是因为出于某种原因，他禁止自己使用颜色。这些服装显示出来的朴素似乎是属于那种源于对某种规定的服从，而不是源于对颜色没有胃口。在长裤的料子中，有暗绿的丝，与袜子上的条纹非常和谐，那种精细透露出一律着深色这种审美观的强大力量，对这种趣味，出于容忍精神，只作了这唯一的让步。领带上有一个红点，作为胆敢放肆，是难以察觉的。

"你好吗？我来向你介绍这是我的侄子德·盖尔芒特男爵。"德·维尔巴里西斯夫人对我说。陌生人并不看着我，咕咕哝哝地说了个含糊不清的"荣幸"，后面紧接着便是"哦，哦，哦"，为的是赋予他的和蔼某种勉强的意味。他蜷起小拇指、大拇指和食指，向我递过中指和无名指来，这两个手指上没有一个戒指。我隔着他的瑞典手套，握住这两个指头。然后他没有对我抬起眼皮，朝德·维尔巴里西斯夫人转过身去。

"天哪，我昏了头了吧？"这位夫人笑着说，"我把你叫成德·盖尔芒特男爵了！我向您介绍，这位是夏吕斯男爵。不管怎么说，这错误不太严重，”她又添了一句，“反正你确实姓盖尔芒特嘛！”

这工夫，我外祖母出来了，我们便一起上路。圣卢的舅舅不仅不对我们说一句话给我面子，甚至不瞧我一眼。虽然他打量陌生人（这次短短散步过程中，他向一些无足轻重的出身最寒微的路人投过两三次他那凶狠而又深沉的目光作为试探），反过来，他从来就不注视他认识的人，如果以我的判断为准的话——像一个执行秘密任务的警探将自己的朋友置于职业监视之外一般。我任凭外祖母、德·维尔巴里西斯夫人与他谈天说地，将圣卢拉到后面：

“告诉我，我是不是没听清楚？德·维尔巴里西斯夫人对你的舅舅说他从前是盖尔芒特家人。”

“是啊，当然啦，他就是巴拉麦德·德·盖尔芒特。”

“在贡布雷附近有一座城堡，自称是热纳维埃夫·德·布拉邦特后代，他与那家姓盖尔芒特的，是一家吗？”

“绝对没错：我舅舅，没人比他更讲究纹章学了，他会回答你说，我们的‘呐喊’，我们的‘战斗口号’，首先是‘贡布雷人’，后来才变成了‘帕萨王’，”他笑着说，为的是不要显得为这个“呐喊”的特权而洋洋自得，只有几乎可以称王的家族，大的帮派首领才有这种“呐喊”。“这城堡的现主人，便是他的兄弟。”

这位德·维尔巴里西斯夫人就这样与盖尔芒特家族结成了近亲。但是对我来说，她很长时间一直是我小时候送我一盒鸭子叼着的巧克力的太太，那时，她与盖尔芒特一侧要比说她被关在梅塞格利丝一侧更为遥远，在我看起来，还不如贡布雷的眼镜店主人显赫，社会地位高。可她现在突然身价倍增，与此平行的，是我们拥有的其他物品出人意料地贬值。增值也好，贬值也好，都在我们的少年时代和我们少年时代残存之中的各个部分，导入与奥维德的变形一样众多的变化。

“是不是在这座城堡里有盖尔芒特世家古代高官的全部胸像?”

“对,是个好景。”圣卢冷嘲热讽地说。“咱俩说说,勿告他人:我觉得这些东西无味得很。不过在盖尔芒特有更有意思的东西!那就是加里埃[1]所绘制的我姨母的肖像,十分动人。与惠斯勒或委拉斯开兹的作品一样美,”圣卢又加了一句,他在新教徒的狂热中,不能总是准确地把握住伟大的标尺。“也有居斯塔夫·莫罗的动人的画。我的姨母是你的朋友、德·维尔巴里西斯夫人的侄女,是这位夫人带大的,她嫁给了自己的表兄,也是我的婶祖母维尔巴里西斯夫人的侄子,就是现在的德·盖尔芒特公爵。”

“那你的舅舅又是什么人呢?”

“他的贵族头衔是夏吕斯男爵。照规矩,我的外叔祖父去世时,我的舅舅巴拉麦德本应取得德·洛姆亲王的头衔,他的哥哥成为盖尔芒特公爵之前就是这个头衔。这个家族里,人们更名改姓就像换衬衣一样。可是我舅舅对所有这些事都有一些特别的想法。他觉得意大利的公爵,西班牙的什么高级称呼等等都用得太滥,虽然他可以在四五个亲王头衔中进行挑选,但他出于抗议,保留了夏吕斯男爵的头衔,表面上很朴素,实际上这里头包含着许多自傲。他说:‘如今什么人都是亲王,可是毕竟得有点东西使你与众不同。待我想隐姓埋名出门旅行时,我一定取一个亲王头衔。’照他的说法,没有比夏吕斯男爵更古老的头衔了。蒙莫朗西男爵自称是法兰西最古老的男爵,其实不确,因为他们那时只是他们的采邑法兰西岛的男爵。为了向你证明夏吕斯男爵早于蒙莫朗西男爵,我的舅舅会兴致勃勃地给你解释上几个小时。虽然他非常精明,有才干,他仍然觉得这是一个非常生动的谈话题材,”圣卢微微一笑说道,“可是我不像他,你不要叫我谈什么谱系,我真不知道还有什么比这个更叫人昏昏欲睡,比

① 加里埃(1849—1906),是肖像画及家庭场景画家。

这个更过时的了。确实,人生太短暂了。”

从刚才在赌场附近使我转过身去的那股生硬的目光中,我现在认出了当年在当松维尔,斯万太太召唤希尔贝特时我见过的死死盯住我的目光。

“你告诉我,你的舅舅德·夏吕斯先生有过许多情妇,这里头有没有斯万太太?”

“噢!绝对没有!他是斯万先生的一位好友,一向给斯万先生许多支持。可是,从来没有人说他是斯万老婆的情夫。如果你流露出相信这个的样子,肯定会在上流社会里引起极大的惊异。”

我没敢回答他说,如果我流露出不相信这个的样子,在贡布雷,人们会感到更加惊异的。

我外祖母被德·夏吕斯先生迷住了。当然,他对一切关于世家和社会地位的问题极为重视,外祖母也发现了。但是人们对此严加指责时,一般总有隐隐的妒意和恼怒在里面,因为看到另外一个人享有自己也想有却无法拥有的优越地位。外祖母则丝毫不带此等的严责。相反,她对自己的命运很满意,丝毫不为自己并不生活在一个更加显赫的社会阶层而感到遗憾,所以她只是运用自己的智慧去观察德·夏吕斯先生的毛病而已。她谈到圣卢的舅父时,怀着达观、微笑、几乎好感的善意。我们用这种善意来报答他,因为他作为我们进行毫无利益关系的观察对象,给我们带来了快乐。何况这一次,这观察对象还是一个人物,外祖母觉得他的自命不凡,不说是合情合理吧,至少也独有特点,这使得他与外祖母一般有机会见到的人相比,显得对照鲜明。

与圣卢嘲笑的许多上流社会的人相反,可以看得出来,德·夏吕斯先生极其聪明、感受力极强。我的外祖母也正是因为这一点而轻易地原谅了他的贵族成见。然而无论是舅舅,还是外甥,都没有因为更杰出的优秀品质而丢掉这种成见。更确切地说,德·夏吕斯先生将二者调和起来了。

像德·纳穆尔公爵和德·朗贝尔亲王的后代一样,他拥有档案,家具,壁毯,拉斐尔、委拉斯开兹和布歇为他的祖先绘制的肖像。只要概述一下他对自己家族的回忆,就可以名副其实地说,他是在“参观”一座博物馆和一间无与伦比的图书室。可是相反,他将贵族的全部遗产都置于他的外甥将他贬到的那个地位上。说不定还有另外一个因素,那就是他不像圣卢那样空想,不尚空谈,是更现实的人类观察家,他不愿意忽略他们视为根本的威望因素。虽然他赋予自己的想象以非物质利害的享受成分,但是这个因素对于他那功利主义的活动却可以常常成为一剂极为有效的补药。

这种人与另一种人之间一直是有争论的。另一种人听从内心理想的召唤,内心的理想促使他们舍弃这些好处,去一心寻求实现理想。在这方面,他们与那些放弃自己高超的技巧的画家、作家很相似,与采用现代手法的手艺人很相似,与主动实行普遍裁军的善战人民很相似,与实行民主、废弃严酷法律的极权政府很相似,而现实常常并不能酬答他们高尚的努力。有时和平主义反倒使战争增加,宽容也使犯罪增加。如果从外部效果来判断,只能说圣卢努力做到诚恳和外露是非常了不起的,但也容许人们庆幸德·夏吕斯先生恰恰缺乏这二者。夏吕斯先生叫人将盖尔芒特公馆一大部分精美的木器运到了他外甥家里,而不是像他的外甥那样拿这批家具换了一套时髦款式的家具和一些勒布①和纪约曼②的画。

德·夏吕斯先生的理想非常做作,这也是真的,如果“做作”这个修饰语可以与理想这个词联系起来的话,也就是说,既有社交气又有艺术性。几个姿色倾城又有罕见文化素养的女性,两个世纪以前,她们的祖先就已

---

① 勒布(1849—1928),法国画家,早期自由发展,1877 年他与莫奈、毕沙罗、德加结识,深受印象派影响。

② 纪约曼(1841—1927),法国画家,与印象派画家关系密切,自觉与塞尚和毕沙罗最接近,其作品已显示出表现主义与野兽派的某些特点,但总的来说他是自然主义的。

与君主制度全部的荣光与风雅结为一体。他从这样的几个女性身上找到了出众超群的东西,使他能够和她们在一起才感到快乐。诚然,他对这些女性的钦佩是诚心诚意的,但是她们的名字所唤起的许多历史与艺术上的模糊回忆也起了很大的作用。恰如贺拉斯的一首颂歌说不定比如今的一些诗歌逊色,但是一个文人读起前者来会感到快乐,对后者却无动于衷,对古代的回忆是他感到快乐的原因之一。这些女性中的每一个,与一个漂亮的布尔乔亚女子相比,对他来说,犹如那些古画之于当代一幅画着一条路或一次婚礼的油画。对那些古画,知道它们的历史,从定购这些画的教皇或国王开始,中间又经过什么大人物,这些画,通过馈赠,购买,取得或继承遗产,又唤起我们对某一重大事件的回忆,至少也唤起我们某一有历史意义的联想,因此我们获得的知识便赋予这些作品以一种全新的用处,增强了我们头脑中或我们博学中拥有财富的感觉。如果与德·夏吕斯先生的偏见相似的偏见妨碍这几位贵妇人去与血统不那么纯正的女性为伍,而将她们未起任何变化的崇高完整地奉献到他的祭坛上,就像某一十八世纪建筑的门面,由玫瑰色大理石平滑的廊柱支撑着,新朝代来到并未丝毫改变这门面一样,他是很为此庆幸的。

德·夏吕斯先生赞赏这些女性真正精神崇高,心地高尚,[①]就这样用模棱两可来搞文字游戏,这模棱两可欺骗了他自己,其中也有这一含混概念、这种将贵族、心地高尚与艺术混为一谈所造成的虚假表象,同时也有夏吕斯先生诱人的一面。对于我外祖母这样的人,这种引诱是非常危险的。一个贵族,只看到自己的营盘,对其余的则不闻不问,他的偏见更荒唐,但也更无害人之心。对我外祖母来说,她似乎觉得这种偏见过于可笑,但是一旦某种东西在超人智慧的外表下出现,她就无还手之力了,以

① 在法文中,这里用的"崇高"和"高尚"字眼与"贵族"为同一个词——noblesse。

至她以为王子们都出众超群、令人艳羡，因为他们得以有拉布吕耶尔[1]和费纳龙[2]这样的人作私人教师。

在大旅社门前，三位盖尔芒特家人离开了我们。他们到卢森堡亲王夫人家用午餐去了。就在外祖母向德·维尔巴里西斯夫人道再见，圣卢向外祖母道再见的时候，直到此刻没有与我讲过话的德·夏吕斯先生向后走了几步，来到我身边。

"今天晚上晚饭后，我要在维尔巴里西斯婶母房内喝茶，"他对我说，"我希望你能赏光与你外祖母前来。"说完他追侯爵夫人去了。

这天虽是星期天，旅馆门前的出租马车并没有度假季节开始时多。尤其是公证人的妻子，她觉得因为不去康布尔梅家而每次租一辆马车实在太破费，干脆待在自己房间里。

"布朗代太太身体不适吗？"人们问公证人，"今天没见她呀！"

"她有点头疼，天这么热，又下雷阵雨。有一点事她就要……我想今天晚上你们能看见她。我已经劝她下楼了。这会对她有好处。"

我以为德·夏吕斯先生邀请我们去他婶母那里，是想弥补上午散步时他对我表现出的无礼，我也不怀疑他肯定通知了他的婶母。但是，当我走进德·维尔巴里西斯夫人的客厅，想向她的侄子问好时，我在他周围转来转去，一点搭不上话。他正用尖细的嗓门，针对他们的某个亲戚讲一个相当不怀好意的故事。我无法捕捉他的目光。

我下定决心向他问好，而且声音相当大，为的是提醒他注意我的存在。可是我明白他早已注意了我的存在。因为就在我躬身施礼而从我的双唇还没有发出一个字音的时候，我看到他伸出两根手指叫我握，而眼睛

---

① 拉布吕耶尔1684年被指定为波旁公爵（1668—1710）的历史、地理、法国各机构、哲学教师。

② 国王路易十四于1684年任命费纳龙为其孙子勃艮第公爵（1682—1712）的私人教师。

却没有转过来，亦未中断他的谈话。显然，他看见了我，只是不露声色。这时我发现他的双眼从来都不定睛望着谈话对方，而是不停地四面转动，就像某些受惊野兽的眼睛，或者露天小贩的眼睛。这些露天小贩，他们一面大吹特吹，展示他们那违法的商品，一面头虽不转，却眼观六路，窥视着警察会出现在地平线上的各点。

我看出，德·维尔巴里西斯夫人看见我们来了很高兴，但是她似乎没有料到我们会到来。我有点惊异。德·夏吕斯先生对我外祖母说："啊，你们来了，这个主意真不错。婶婶，这真好，是不是？"

我听到这话，更惊诧莫名。显然他发现他婶母见我们进来大吃一惊，作为惯于定调子的人，他想只要指出他本人感到很高兴，就足以将这惊讶变成快乐了，而且我们前来也确实应该激起快乐的情绪。

这件事他算计对了，因为德·维尔巴里西斯夫人对她侄子看得很重，而且知道要讨他开心是多么困难。她似乎突然发现我外祖母有什么新的优秀品质，不断地殷勤招待她。

我无法理解，德·夏吕斯先生在几小时之内便将当天早上向我发出的邀请忘得一干二净。这邀请虽然很简短，但表面上看是那样有意为之，那样经过考虑，他竟然将这个完全是他自己的主意，称作我外祖母的"好主意"。我那时还是"丁是丁，卯是卯"的，直到后来长大了，才明白：对于一个人的意图到底如何，不是向他本人询问就能得知真相的；宁愿冒产生误会的危险，误会说不定未引人注意就过去了，这种风险远远小于天真地认死理。

"先生，"我怀着非要弄个一清二楚的心情对他说，"您可记得，不是您向我要求，请我们今晚来的吗？"

没有一个动作，没有一点声音能透露出德·夏吕斯先生听到了我的问题。看到这种情景，我又重复了一遍我的问题，就像外交家或那些闹了别扭的年轻人一样，他们不厌其烦地要得到对方的澄清，但是毫无用处，对方就是下定决心不予以澄清。德·夏吕斯先生并不给我进一步的答复。我仿佛看见他的双唇上掠过一丝冷笑,那是居高临下品评别人的性格和所受教育的人发出的冷笑。

既然他拒绝给予任何解释,我便尝试自己作出解释,结果我在数种解释之间犹疑不决,哪一种解释都不能算是合情合理。可能他想不起来了,或者是我将他今天上午对我说的话理解错了……更可能的是,由于傲慢,他不愿意显出自己曾极力吸引他蔑视的人的样子,而宁愿将他们到来的主动推到他们自己头上。如果是这样,既然他蔑视我们,那为什么他又非要我们来不可呢,或者更准确地说,他非要我外祖母来不可呢?因为整个晚上,他只跟我外祖母一个人讲话,而没有跟我讲过一次话。他藏身在外祖母和德·维尔巴里西斯夫人身后,好像他在包厢里头一样,他与她们极其热烈地谈着,只是有时将他那洞察一切的双眼,探究的目光,停驻在我的脸上。看他那一本正经和专心致志的劲头,似乎我的脸是一部难以辨识的手稿。

显然,如果没有这双眼睛,德·夏吕斯先生的面庞与许多美男子的面庞会十分相像。圣卢后来与我谈起其他的盖尔芒特家人时,对我说:"当然,我舅舅巴拉麦德那种从头到脚、直到指甲尖的大老爷派头,家族派头,他们是没有的!"他这么说也就肯定了,贵族的家族派头和贵族特点,毫无神秘和新鲜之处,而是由这些成分组成的。我能够毫无困难地分辨出这些因素,而且不感到有什么特别感想,我应该感到我的某一幻想破灭了。

但是这张面孔,薄薄的一层粉赋予它舞台上面孔的某些外表,德·夏吕斯先生将其表情封闭得再严实也没有用。双眼好比一条缝隙,好比一处枪眼,只有这个他无法堵上。别人从与他所占据的不同角度出发,通过这条缝隙和这处枪眼,感到骤然被某种内部装置的交叉反光映住了。看来这内部装置丝毫不能令人放心,甚至对于虽然并非这装置的绝对主人却自身携带着它的那个人也是如此。他本人处于不稳定平衡状态,随时有垮台的危险。这双眼睛的表情谨慎而又时刻惴惴不安，带着全部倦意，对面部造成的后果，便是眼睛周围形成一个下缘很低的大黑眼圈。不论组合、修饰得如何好，都会使你想到这是一个隐姓埋名的人，是一个有钱有势的人身处险境的化装，或者根本不是什么有钱有势的人，而只是一个危险而又悲剧性的人物。当我上午在游乐场附近见到德·夏吕斯先生时，对我来说，一桩秘密已将他的目光变成了谜，而其他男子身上是没有这种秘密的。我真想参透这桩秘密。但是依我现在所知的他的亲属关系，我再也无法相信这是偷儿的目光；依我所听到的他之谈话，我再也无法相信这是疯子的目光。他之所以对我那样冷淡，而对我外祖母那样和蔼可亲，大概并非来自个人的好恶，而是一般说来，他对女人怀着多少好意，谈论女人的缺点时一般也带着极大的宽容，他对男人，尤其是年轻人，就怀着多大的深仇大恨，这种仇恨使人想到某些厌恶女人的男人对女性的仇恨。他们家族中抑或圣卢的亲密好友中有两三个小白脸，圣卢偶然提到他们的名字时，德·夏吕斯先生便说道：

"这些坏蛋！"表情凶猛，与他惯常的冷淡形成鲜明对照。我明白了，他特别谴责今日之青年人的，便是他们太女人腔。

"这是地地道道的婆婆妈妈！"他常常怀着轻蔑说。

但是与他希望的一个男子应该过的日子相比，还有什么样的生活不会显得女人气呢？他一向认为这种生活劲头不足，男子气概不足（他本人在徒步旅行中，疾走了几小时之后，身上热呼呼地便跳进冰冷的河水中）。他甚至不能容忍一个男子戴戒指。

但这种对大丈夫气概的固有之见并不妨碍他具有非常细腻敏感的长处。

德·维尔巴里西斯夫人请他给我外祖母描绘德·维尼夫人住过的一座城堡，同时加上一句话，说与那个令人厌烦的德·格里尼昂夫人分离，塞维尼夫人那么伤心，她本人觉得这无非是文学上的夸张而已。

“相反,我觉得没有比这个更真实的了,”他回答道,“再说,那个时代,这种情感人们是很能理解的。拉封丹笔下莫诺莫塔帕的居民梦中看见自己的朋友有些悲伤,便奔至他的家中。一只鸽子最大的痛苦就是另一只鸽子不在自己身边。[①] 婶婶,您大概会觉得这也和塞维尼夫人迫不及待要与她女儿单独相聚一样是夸张吧!她离开自己女儿时,说的那些话多好啊!——‘这次分别使我内心痛苦,我像肉体痛苦一样感觉到它。在分别中,人们对时间很大方。[②] 人们在渴望的时间中前进。’”

我外祖母听到别人用与她自己完全相同的方式谈到这些书信,真是心花怒放。一个男子能够对这些书信理解得如此之妙,她惊讶不已。她觉得德·夏吕斯先生真像女性一样情感高尚而细腻。后来我们两人单独在一起谈起他的时候,我们说他肯定受过一位女子深刻的影响,或者他的母亲,或是晚些时候他的女儿,如果他有子女的话。我想起圣卢的情妇,在我看来,她对他产生了极大的影响。我心里想道:“一个情妇。”这种影响使我得以意识到:男人与女人一起生活,这些女子会把男子的情感磨炼得多么细腻!

“这位塞维尼夫人,一旦到了自己女儿身边,很可能反倒与她无话可谈了!”德·维尔巴里西斯夫人回答道。

“肯定有话可谈的,哪怕是那些她称之为‘只有你和我才能注意到的微不足道的事情’[③]。而且不管怎么说,塞维尼夫人常在女儿身边。拉布吕耶尔告诉我们,这就足够了:‘在自己热爱的人身边,与他们谈话也好,

---

① 见拉封丹寓言《两个朋友》和《两只鸽子》。

② 普氏在这里将塞维尼夫人致格里尼昂夫人的两封信混在一起了。1671 年 2 月 18 日函为:“这次分别使我内心痛苦,我像感觉到肉体痛苦一样感觉到它。”1689 年 1 月 10 日函为:“在分别中再不是这样,人们丝毫不考虑这些,有时甚至向前推,人们希望:在渴望中时间过得快。人们对一天天的时光很大方,谁愿意要就送给谁。”

③ 这句话在塞维尼夫人的 1675 年 5 月 29 日致女儿的信中。

什么话也不与他们谈也好，全是一样的。'①他言之有理，这是唯一的幸福，"德·夏吕斯先生又用忧郁的语气补充道，"这种幸福，可惜，人的生活安排得这样糟糕，以至难得品味到这种幸福。总的说来，塞维尼夫人并不比别人更值得可怜。她的大半辈子是在自己喜欢的人身旁度过的。"

"你忘了，咱们说的不是爱情，而是她的女儿。"

"但是生活中重要的不是我们所爱的人，"德·夏吕斯先生以权威性的、不容置喙的、几乎是斩钉截铁的口气接着说下去，"而是我们在爱。塞维尼夫人对她的女儿的感情，与其说与公子哥塞维尼和他的情妇们之间的那种庸俗关系相类似，不如说更类似于拉辛在《安德罗玛克》或《淮德拉》之中所描写的那种激情。因爱上帝而爱这种神秘主义，亦是如此。我们围绕着爱情划出的分界线过于狭窄，唯一的原因是我们对生活太无知。"

"你很喜欢《安德罗玛克》和《淮德拉》吗？"圣卢问他的舅父，语气微带轻蔑。

"拉辛的一出悲剧所包含的真理，比维克多·雨果先生的所有正剧还要多。"德·夏吕斯答道。

"这上流社会，不管怎么说，是够吓人的！"圣卢附耳对我说，"喜欢拉辛胜过雨果，不管怎么说，这太过分了！"他舅父的话真叫他心里难过，不过，道出"不管怎么说"和"过分"，他又得到了快乐，对他是一种安慰。

德·夏吕斯先生对于离愁别恨发表的一通感想，使我外祖母后来对我说，德·维尔巴里西斯夫人的侄子对某些作品的理解远远超过她的婶母，而这个侄子头脑中有点什么东西，使他远远超出大部分贵族俱乐部的人。从这些感想中，他不仅仅显露出情感的细腻，这在男人确实罕见，就连他的嗓音也与众不同，他的嗓音与某些女低音相像，这女低音的中音区

① 这句话只是大意，引自拉布吕耶尔《论性格》第二十二章。

训练得不够，唱起歌来似乎是一个小伙子和一个女人的二重唱。在他表达这些细腻的思想时，他的嗓音落在高音符上，显出出人意料的温柔，似乎包含着未婚妻、姐妹的合唱，发挥出她们的柔情。可是德·夏吕斯先生是非常讨厌女性化的，如果说在他的嗓音里，似乎庇护着一群少女，他大概会心里很难过。但是这群少女不仅仅局限在对表现情感的文学片断的解释和音调转化上。他谈天时，人们常常可听到她们尖细而又爽朗的笑声，这些住宿生或爱俏的女孩正用风趣而幽默的语言、噘着小嘴向她们身边的男子进攻。

他说，有一幢房屋，从前属于他那个家族，玛丽-安托瓦内特①曾经在那幢房子里住过，花园为勒诺特尔设计。现在这幢房屋属于富有的金融家伊斯拉埃尔②家族了，他们将这幢房子买了去。

"伊斯拉埃尔是这些人的姓，可我总觉得这是人的分类、人种方面的一个词汇，而不是一个专有名词。不知道怎么回事，也可能这类人没有姓，而只有用他们所属的集体来称谓的。这倒无所谓！可是从前是盖尔芒特家的房屋，现在属于伊斯拉埃尔家族！！！"他大叫起来。"这使人想到布卢瓦城堡中的一个房间，带人参观的城堡看守人到了那里，对我说：'从前玛丽·斯图亚特在这里祈祷，现在我把扫帚什么的放在这里。'自然，对这所丢人现眼的房子以及离开丈夫出走的我的堂嫂克拉拉·德·希梅③，我什么都不想打听！但是我还保存着这所房屋仍然完好无缺时的照片，也保留着亲王夫人的照片，那时她的大眼睛里还只有我的堂兄一个人。

---

① 法国国王路易十六的妻子，与其丈夫都死在断头台上。

② 伊斯拉埃尔与"以色列"同音同字，因此有下面之发挥。

③ 希梅公馆位于马拉盖河堤十七号，1640年芒萨尔建。五十年以后，勒诺特尔又为其设计了花园。此公馆后来相继属于贝尔特朗·德·拉巴吉尼埃尔，亨利埃特·德·法郎士和德·布永公爵，1823年成为财务总监拜拉波拉的财产。后者被推定女儿嫁给了德·希梅亲王。1884年，这所房屋成为美术学校的一部分。克拉拉·德·希梅亲王夫人于1896年离开自己丈夫与一个小提琴家私奔。

当照片不再是真实事物的复制品，向我们显示的是已不再存在的事物时，照片便赢得了某些威望。既然您对这类建筑感兴趣，我可以送给您一张。"他对我外祖母说。

这时，他发现自己口袋中绣花手帕那鲜艳的花边露出来了。他赶快将手帕放进袋中，惊恐的表情犹如一个过分腼腆而又绝非天真无邪的女子在遮掩自己的某些魅力。由于顾忌太多，她觉得显露这些东西不合体统。

"请你们设想一下，"他接着说下去，"这些人首先就把勒诺特尔的花园毁了，这简直和撕碎普桑的一幅画一样罪过！就为这个，这些伊斯拉埃尔家的人就该给关进监狱里去。"沉默了一会，他又微笑着加了一句："当然还有许多事，为那些事，他们也应该进监狱，这是真的！不管怎么样，请你们设想一下，在这些建筑物前面，搞上一个英国式花园会产生什么效果！"

"可是那房子与小特里亚依①是同一款式，"德·维尔巴里西斯夫人说，"玛丽-安托瓦内特不是也叫人在小特里亚依修了一个英国式花园嘛！"

"那英国式花园总是有损加布里埃尔那建筑正面的美观嘛！"德·夏吕斯答道，"显然，如今要将那田园房舍拆毁，几乎是野蛮的罪行！但是不论现代精神是什么，在这个问题上，伊斯拉埃尔太太的一个什么异想天开的念头能与对王后的回忆具有同样的威信，我总归是怀疑的。"

这期间，外祖母已经向我示意，要我上楼睡觉去，虽然圣卢一再挽留。圣卢在德·夏吕斯先生面前暗示说，我常常晚上入睡前感到悲哀，他的舅

---

① 小特里亚依为凡尔赛王宫的一部分，建筑师为雅克-昂日·加布里埃尔（1698—1782）。在小特里亚依周围，设计的是英国式框架，建有一些小型房屋，如爱情坛，观景亭、微型剧场及田园房舍等，建筑师为理查·米克（1728—1794）。王后玛丽·安托瓦内特特别喜欢住在这里。

父一定觉得这未免太缺乏男子气概，真是羞煞我也！我又滞留了一些时候，后来就走了。过了一会，我听到有人敲门。我问是谁。令我惊异的是，我听到的竟是德·夏吕斯先生的声音。他干巴巴地说：

"是夏吕斯。先生，我可以进来吗?"他走进来，关上房门以后，仍是那样干巴巴地说下去，"我外甥刚才说，您入睡以前有些烦闷，另外，您又非常欣赏贝戈特的著作。我箱子里有一本贝戈特的书，很可能您没有读过，我就把这本书给您送过来，以帮助您度过这段您觉得不大快活的时光。"

我非常激动地向德·夏吕斯先生表示感谢，并对他说，相反，我怕的是，圣卢对他说我在夜晚来临时感到不适，会使我在他眼中显得比我的实际情形更加愚蠢可笑。

"没有的事。"他答道，语气更温和一些。"您可能没有什么个人才能，我对此一无所知。可是有才能的人是何等罕见！不过，至少有一段时间，您有青春年少，这本身就总是很有诱惑力的东西。再说，先生，最大的蠢事，是认为凡是自己没有感受的情感，便都是滑稽可笑的或值得谴责的。我喜欢夜晚，可是您对我说，您害怕夜晚。我喜欢玫瑰花的芬芳，可是我有一位朋友，玫瑰花的香气会使他发烧。您难道会以为我因此就觉得他不如我吗？我尽力理解一切，我避免谴责任何事物。总而言之，不要过分抱怨。我不是说这种忧郁感不难受，我知道人可以为某些事情非常痛苦，而别人却不理解。但是至少您已经把自己的爱寄托在您的外祖母身上，您经常看见她。而且这是一种得到别人允诺的柔情，我的意思是得到回报的柔情。有许多人，他们还不是这样的呢！"

他在房间里踱来踱去，看看这件物品，举起那件东西。我的印象是他有什么事需要对我宣布，但是找不出适当的词句来说。

"我在这儿还有另一本贝戈特的书，我叫人给您拿来。"他加了一句，便打铃。

过了一会，来了一个青年侍者。

“去把你们的侍应部领班给我找来！这儿只有他办事机灵。”德·夏吕斯先生高傲地说。

“先生，您是说埃梅先生吗？”侍者问。

“我不知道他的名字。噢，对，我想起来了，我听见人家叫他埃梅。快去，我有急事。”

“他马上会来，先生，我刚刚在楼下看见他。”侍者回答，想作出消息灵通的模样。

过了一会，侍者回来了。

“先生，埃梅先生已经就寝了。我可以替您去办。”

“不，不，你只要叫他起来就行了。”

“先生，我没办法，他不在这儿过夜。”

“那，算啦，你走吧！”

“先生，”待侍者走后，我说，“您太好了，贝戈特的书，有一本对我已经足够了。”

“对，看来是这样。”德·夏吕斯先生还在走来走去。

就这样过了几分钟。然后，他又犹豫了一会，又改口好几次。最后，他原地打了一个转，说话的嗓音又变得很粗暴刺耳，对我说了一句“先生，晚安！”就走了。

这天晚上，我听他表达了各种高尚的情感。第二天他要走了。上午，在海滩上，我刚要去洗澡，德·夏吕斯先生走到我身边提醒我说，我一出水就要去找我外祖母，她正等着我。出乎我意料的是，他扭住我的脖子，用庸俗的随便而又嘲弄的口气对我说：

“你对年迈的外祖母才不放在心上呢，是不是，小滑头？”

“先生，您说什么，我十分爱她！……”

“先生，”他迈开一步，冷冰冰地对我说，“您还年轻，您应该好好利用这青年时代学会两件事：第一，您要避免表达一些过于自然的情感，以免让人听出弦外之音来。第二，别人对您说的话，在您未明白那些话究竟意味着什么之前，不要趾高气昂地去回答。前些时候，如果您采取了这样小心谨慎的态度，您就不会显得聋子模样胡说八道了，同时也就不会在游泳装上绣上船锚这样可笑的事情之外再干别的滑稽可笑的事。我借给您一本贝戈特的书。我现在需要。请您叫那个名字可笑、对他很不合适的侍应部领班，过一个小时，把那书给我送回来。我想，他总不至于这时候还在睡觉吧！您使我感到，昨天晚上对您谈什么青春有诱惑力为时太早了，如果我向您指出青春年少的人的傻气、前后不一和不解人意，也许倒会给您更好地帮点忙。先生，我希望这个小小的冷水澡会比您的海水浴对您更有好处。不过，别站在这儿一动不动，您会着凉的。再见，先生。”

显然他为这些话感到后悔。因为过了一些时候，我收到他寄来的一本书，就是他借给我，我又请人还给他的那本书。不过那本书不是埃梅去还的，他碰巧“出去了”，而是开电梯的人去还的。这本书是高级皮面精装，书面上，又夹镶了一块皮革，半凸起，呈一枝勿忘草形状。

德·夏吕斯先生一走，罗贝和我终于能够去布洛克家进晚餐了。在这次小小的晚会上，我明白了，原来我们的伙伴轻易觉得滑稽可笑的那些故事，正是老布洛克的故事；“完全莫名其妙的”人，正是他的一位朋友，他总是这样评论他。有一部分人，人们在童年时代很佩服他们，例如比家里其他人更聪慧的父亲啊，向我们揭示了玄学、而在我们眼中他本人即受惠于玄学的一位老师啊，成绩比我们好（布洛克就比我成绩好）的一个伙伴啊等等。我们还喜欢缪塞的《上帝的希望》时，他已经看不起写了《上帝的希望》[1]的缪塞了。而当我们喜欢勒贡特老爹[2]或克洛岱尔时，他又只为

① 《上帝的希望》是缪塞1838年2月写的一首诗，1840年发表在《新诗集》中。

② 故事发生时，勒贡特·德·利尔刚逝世不久。

在圣·勃莱兹，如祖埃卡模样，

你是那样、那样轻松自如……①

这样的诗名所陶醉了。还要再加上：

帕多瓦②是美丽的地方，

伟大的法学博士③

但我更喜欢玉米粥……

夜幕降临，托帕黛尔双眸柔情似水，

身着黑色化装长外衣走过。

可以走近她身边，毫无危险。

而且对她说："我是异乡人，您真美。"④

从各首《夜诗》中，他只记得这几句：

在哈佛尔，面对大西洋，

在威尼斯，可怕的丽都旅馆，

苍白的亚德里亚姑娘，

死在一坟墓的青草上。⑤

对于发自内心信任而佩服的某个人，人们满怀钦佩之情收集、引用一些句子，实际上这些句子还不如人们发挥自己的天才写出来的东西。可

---

① 这首诗的题目为《歌曲》，亦发表在《新诗集》中，为缪塞作。

② 帕多瓦为意大利一城市。

③ 此句补全为"创造了奇迹"。

④ 最后四行原文引文不全，经译者补足。这首诗题目为《致意大利归来的兄弟》，亦发表在《新诗集》中。

⑤ 这是《十二月之夜》中的一段，亦为缪塞作。

是对后者，人们却严厉地拒绝接受。一位作家在一本小说中，借口真实，使用了一些“词”，一些人物，在有血有肉的总体中，这些词、这些人物反倒构成死沉的重物，平庸的部分，实际情形亦是如此。圣-西蒙笔下的人物肖像，他自己并不欣赏，却非常精彩；而他认为迷人的笔触，他了解的聪敏过人的人，却很一般，抑或变成了无法理解的人。关于戈尼埃尔夫人[①]或路易十四，他写的那些文字，本人是不屑于去杜撰的，却如此细腻或如此生动。这种现象值得提出，在许多作家身上也同样存在。对此有各种解释，此刻我们记住下面这一种解释也就足够了：这是因为在“观察”的精神状态中，人们远远低于创作时的水平。

所以，我的伙伴布洛克与他那比儿子落后四十年的老子完全是一个模子塑造出来的，他讲些莫名其妙的轶事，放声大笑。外露的真正的老布洛克也是那样，他一面放声大笑，一面将最后一句话重复两三次以便使听众完全品出那故事的味儿来。他的儿子此时也放声大笑，总是这样在餐桌上对父亲的故事表示敬意。就这样，小布洛克道出最富有智慧的事情，显示出他从自己家中得来的财富。此后，他又第三十遍道出几句俏皮话。这种俏皮话，老布洛克是只在非常隆重的日子才往外拿的（同时还有他的燕尾服），那就是小布洛克带来一个什么人，值得向这个人炫耀一番：他的什么老师啊，门门得奖的一个“同学”啊，或者像那天晚上那样，圣卢和我啊……例如他说：“一位了不起的军事评论家，提出了种种证据，由于某种不可置辩的原因，大作文章地演绎出日俄战争中，日本必败，俄国人必胜。”[②]或者说：“这个人很了不起，他在政界中被认为是一位大金融家，而在金融界中被认为是一位大政治家。”这一类的笑话还可以换成关于罗特

① 戈尼埃尔夫人（1605—1694），据说非常机敏风趣，她在巴黎的沙龙十分著名。她说的那些笑话，当时在社交界广为流传。

② 此处事件发生时间有误，因日俄战争发生在1904—1905年。日本战胜，俄国战败。

希尔德男爵的故事和鲁弗斯·以色列军士的故事。用模棱两可的方式将这些人物搬上舞台，暗示布洛克先生对这些人本人都认识。

我自己也上了当。从老布洛克谈论贝戈特那模样看，我也相信了贝戈特是他的一位老朋友。而实际上，所有的名人，老布洛克都是“并不相识”地认识，即在剧场里，在马路上，远远看见过他们。此外他还想象，以为他自己的面孔、名字、人品对那些人来说并不陌生，那些人看见他的时候，常常不得不控制自己隐隐要与他打招呼的欲望。上流社会的人，因为认识有才华的人，第一流的人，他们接待这些人共进晚餐，却不因此就对他们更了解。但是如果在上流社会中稍微过上几天，这个社会中居民的愚蠢就会使你希望生活在那个“并不相识”地认识人的默默无闻的阶层中，使你想象他们有许多智慧。我在谈到贝戈特时，马上就体会到了这一点。

老布洛克在家中很有名气，但并非他一个人如此。我的伙伴在他姐妹面前更是如此。他把头埋在盘子里，以咕咕哝哝的语气，不断盘问她们，搞得她们笑出眼泪。她们也采用兄弟的那种语言，说得很流利，似乎这种语言实为必须，而且是聪明人所能使用的唯一语言。我们来到时，大姐便对一个妹妹说：“快去向我们谨慎从事的父亲和令人尊敬的母亲禀告。”

“母狗们，”小布洛克对她们说，“我来向你们介绍一下，这位是圣卢骑士，他手持锋利的标枪，从东锡埃尔来到石头磨光、雕满奔马的住所度过几日。”他既庸俗又识文断字，他的演说一般总以并非那么有荷马味的玩笑结束：“喂，把你们那别针华丽的无袖长衣①裹紧点。哟，这位装腔作势

① 古希腊和古罗马妇女穿的无袖长衣，用别针在肩上扣住。

的家伙是什么呀？反正不是我父亲！[1]”于是布洛克家各位小姐哄堂大笑，笑得前仰后合。我对他们的兄弟说，他推荐我读贝戈特的书，给我多少快乐！我对贝戈特的书真是喜欢至极。

老布洛克只是远远见过贝戈特，对贝戈特的生平只是道听途说有些了解。看样子，对贝戈特的著作也是借助于肤浅的文学评论，间接了解。他生活的世界，是“差不多”，在空虚中致意，在虚假中判断。在这个圈子里，不准确，不在行，并不会降低人的自信，相反，只会使之增加。这是自尊心受人欢迎的奇迹，能够有显赫熟人和精深学识的人很少，所以缺乏这二者的人仍可自认为了不起。因为从社会阶梯的视角望去，似乎处于某一地位的人，都觉得自己的地位最好。对那些最伟大的人，他可以指名道姓，虽然不认识却可以诽谤他们，虽然不理解他们，却可以对他们评头品足，予以蔑视，认为他们没有自己地位优越，运气不好，值得可怜。自尊心可以将微薄的个人利益扩大几倍，即使在这样仍不足以保证每人都有一份幸福时，每人所必不可少的幸福，总是要高于给别人的份额，便有嫉妒来补充那差额。确实，当嫉妒用蔑视的语句来表达时，就必须将“我才不愿意认识他呢！”翻译成“我无法与他结识”来理解。这是理智上的意思。但感情上的意思确实是“我才不愿意认识他呢！”明明知道并非真的如此，但是，就这么说，并非只是出于虚假，而是确实如此感觉，这也就足以消除上述那个差距，即幸福上的差距了。

自我中心主义使每一个人将自己看成国王，使他们这样去看待比自己低的那个世界。布洛克先生赋予自己一种奢侈享受，就是当一个无情的国王。每天早晨他喝可可时，从刚刚打开的报纸上看到一篇文章底下署着贝戈特的名字，便满怀蔑视地对他简短开庭审判，宣布对他的判决，

---

① 这是乔治·费多的喜剧《马克西姆店中的女人》(1899)中一个人物克莱威特的著名台词。

赋予自己以舒适的快感,每喝一口滚烫的饮料,便重复一句:“这个贝戈特写的东西简直没法看了！这个畜生真叫人讨厌！这报不能订了！这真是叫人上当受骗！写的什么破玩艺!”说着又吃一块涂了黄油的面包片。

老布洛克这种幻觉式的自觉了不起一直扩展到他自己的感受圈子以外。首先,他的子女将他视为一个出类拔萃的人。子女对自己的父母总是要么倾向于看不起,要么倾向于歌颂、赞扬。对于一个孝顺儿子来说,自己的父亲总是最好的父亲,甚至超出佩服他的一切客观理由之外。而对布洛克先生来说,这些客观理由并不绝对缺少,他受过教育,敏锐,对妻子儿女非常有感情。在家族近亲中,人们跟他在一起非常愉快,因为在“上流社会里”,人们根据十分荒谬的标准和错误却又一成不变的规则来评断人。与其他那些体面华贵的人相反,在资产阶级的这个小圈子里,晚宴、家庭晚会总是围绕着人们宣称令人愉快和好玩的人进行的,而这些人在真正的上流社会里,两个晚上就要垮台。总而言之,在这个不存在贵族阶级又故作了不起模样的阶层里,人们用更加莫名其妙的与众不同来代替贵族的装模作样。在其家庭,甚至直到很远的远亲看来,据说老布洛克的唇髭模样和鼻子上部与某贵族相像,因此人们都称老布洛克为“假奥马尔公爵”①(在“骑士”俱乐部圈子里,某一个人歪戴着制帽,穿一件紧身的上装,以显示出外国军官的模样,对于他的伙伴来说,难道不是一种人物吗?)。

这种相像是最捉摸不定的,但是可以说这毋宁是一个头衔。人们反复地说:“布洛克？哪一个？奥马尔公爵吗”就像人们说“缪拉公主？哪一个？(那不勒斯)王后②吗?”一样。某些其他细小的迹象最后又赋予他那

---

① 真奥马尔公爵(1822—1897)为路易-菲利浦的第四个儿子。在阿尔及利亚屡建战功。著有《孔德亲王传》,1871 年进入法兰西学院。

② 唯一当过那不勒斯王后的缪拉公主是拿破仑的妹妹卡洛琳娜·波拿巴。她嫁给了缪拉。缪拉 1808 年被封为那不勒斯王。

与什么人物相似的眼睛以某种所谓的与众不同。布洛克还没有富到拥有一辆马车的地步，某些日子他从马车公司租一辆两匹马拉的维多利亚式敞篷马车穿过布洛尼森林。他有气无力地斜躺在马车里，两个手指头按在太阳穴上，另外两根手指托住下巴。如果不认识他的人因此认为他是一个装腔作势的家伙，家里人则确信，要论“帅”，所罗门大叔简直可以胜过格拉蒙-加德鲁斯①。他属于那种人：因为他们曾经和《激进报》②主编在巴黎林荫大道③一家饭馆中同桌用过饭，所以他们去世的时候，这家报纸的“交际纪事”栏里会称他们为“巴黎人熟悉的面孔”。

布洛克先生对圣卢和我说，贝戈特对于为什么他——布洛克先生，不和贝戈特打招呼知道得清清楚楚，以至每当贝戈特在戏院里或俱乐部里远远看见他时，总是回避他的目光。圣卢面孔绯红。因为他考虑到这个俱乐部大概不是自己父亲曾担任主席的赛马俱乐部。另一方面，这可能是一个相对说来很封闭的圈子，因为布洛克先生说，如今贝戈特要去的话，人家是不会接待他的。所以圣卢诚惶诚恐地生怕“低估了对手”地问道，这个俱乐部是不是王家街的那一处。圣卢家族认为那一处是“不上等的”，他知道有某些犹太人在那里受到接待。

“不是，”老布洛克先生回答，一副不在意、骄傲而又羞愧的神情，“是一个小圈子，但是令人愉快得多，叫加纳什俱乐部。那里的人对画廊评头品足相当厉害。”

“俱乐部主席不是鲁弗斯·以色列爵士吗？”小布洛克向父亲问道，为

---

① 格拉蒙-加德鲁斯(1808—1865)，是帝国时代一位将军的儿子，由路易-菲利浦养大。他由于行为不端而逃至东方度过晚年，遗嘱中将其财产传给德·克拉医生和一个风靡一时的女演员。

② 《激进报》创办于1871年，为巴黎一份左翼日报。1881年转入维克多·西蒙及亨利·马莱手中，1885年时发行四万份以上，到1912年时仍发行三万份以上。

③ 指巴黎市内巴士底广场与玛特莱广场之间的林荫大道。

的是给他提供个机会，叫他撒个体面的谎，同时他也没有料到，这位金融家在圣卢眼中并不具有在他家里人眼中那样的威信。实际上，加纳什俱乐部根本没有鲁弗斯·以色列爵士，只有他手下的一个雇员。但是这个雇员与自己老板的关系非常好，他可以使用大金融家的名片。布洛克先生要出门旅行，那条铁路的董事长正好是鲁弗斯·以色列爵士，那雇员便送了一张名片给布洛克先生。因此老布洛克常说："我到俱乐部去，向鲁弗斯·以色列爵士请教一下。"那张名片叫他把列车长搞得晕头转向。

各位布洛克小姐对贝戈特更有兴趣，谈话又回到他身上，而不是继续谈"加纳什"。妹妹以极其严肃的口吻问哥哥：

"这位贝戈特确实是令人惊异的一个椰子①吗？他是属于大人物，维利埃②或卡蒂尔③那样的椰子一类吗？"她认为，为了说明有才华的人，除了她哥哥使用的那些词语以外，这世界上便没有其他词语。

"我在好几次彩排时见过他，"纳西姆·贝尔纳先生说，"他很笨拙，是施莱米尔④式的人物。"

对夏米索寓言故事的这种影射倒丝毫不是什么严重的事，但是"施莱米尔"这个形容词是半德语半犹太语的方言组成部分，在自己家里用一用，叫布洛克先生心花怒放，但是在外人面前，他觉得太庸俗，不合适。所以他狠狠瞪了自己的叔父一眼。

"他很有才华。"小布洛克说。

"啊！"他妹妹表情严肃地说道，似乎是说，如果这样，我说的话是情有可原的了。

---

① "椰子"指人，用做贬意。但布洛克的妹妹此处并不带有贬意。

② 维利埃·德·利尔·阿达姆（1838—1889），其作品受到巴那斯派诗人的欢迎。

③ 卡蒂尔·孟戴斯（1841—1909），被认为是巴那斯派的创始人。

④ 这是祖籍法国的德国作家夏米索（1781—1838）的作品《彼得·施莱米尔》中的主人公，他将自己的影子卖给了魔鬼。在犹太一德国土话中，"施莱米尔"的意思是"白痴"。

“所有的作家都有才华。”老布洛克轻蔑地说。

“据说他就要自荐进法兰西学院呢！”他儿子说，举起叉子，眯起眼睛，魔鬼般冷嘲热讽的表情。

“算了吧！他的学问不够。”老布洛克答道。他对法兰西学院似乎不像他的儿子和女儿那样怀着轻蔑，“他的口径不够。”

“再说，学院是一家沙龙，贝戈特没有立足之地。”布洛克太太的叔父宣称。她就要继承他的遗产了。这是个无害而温和的人物。只要听到他的姓贝尔纳，说不定就能唤醒我外祖父的诊断天才，但是这个姓又与他那面孔不够协调。他的面庞似乎是从达里奥斯宫带回来，又经过迪欧拉富瓦[①]夫人复原的，如果他的名字纳西姆，被某个热切希望给这个苏斯面孔加冕的业余爱好者选中，没有让霍尔萨巴德[②]的兽身人面雄牛翅膀在这面孔之上翱翔的话。但是布洛克先生不断地侮辱他的叔父，也许是因为他这个出气筒那和善的面孔叫他来火，也许是因为纳西姆·贝尔特先生已经付清了别墅的款项，受益者希望表现出自己保持着独立，根本不想用什么甜言蜜语去竭力保住自己要从这位阔佬那里继承来的遗产。

使这位阔佬特别不快的，是人们当着旅馆侍应部领班的面那样粗暴地对待他。他咕咕哝哝地道出一句谁也不明白的话，人们只能辨别出“米煞在的话”几个字。米煞在《圣经》中是指上帝的侍者。[③] 在他们内部，布洛克家的人使用这个词来指仆人，每次都为此而嘻笑，因为他们确信，无

---

① 迪欧拉富瓦夫人(1851—1916)与丈夫一起于1885年参加了苏斯·达里奥斯宫殿的发掘工作。她将一幅壁画复原，壁画表现猎狮的场面，现存卢浮宫。她是乔治·迪欧拉富瓦教授的侄女。

② 霍尔萨巴德为公元前八世纪末萨尔恭二世国王所建之亚述新帝国之首都。萨尔恭王死时，此城亦被弃。遗址在1843—1855年之间先后为法国考古学家所发掘，卢浮宫现存几件该城的绘画和雕刻，尤为著名的是兽身人面雄牛，高4.2米，有五蹄，正面看侧面看均可。这些雄牛是该城城门的守卫者。

③ 据《圣经·旧约》，米煞是巴比伦王尼布甲尼撒所派管理巴比伦事务的三个人之一。

论是基督徒还是那些仆人自己都不明白，这使纳西姆·贝尔纳和布洛克先生更加突出感到他们作为“主人”和“犹太人”的双重特点。但是有客人的时候，这后面一种心满意足的原因便变成了不满的一个原因。所以，布洛克先生听到他的叔父说“米煞”时，觉得他未免过分暴露了他那东方人的一面。这与一个卖身的女人请了自己的几个女朋友和一些像样的人前来做客，如果那些女朋友影射她们自己干的营生或者使用一些难听的字眼时，她会着恼是一样的。所以，叔父的请求根本没有对布洛克先生产生任何效果，布洛克先生大发雷霆，再也无法控制自己。他不失任何时机地辱骂这位可怜的叔父。

“当然，有什么平庸而一本正经的蠢话可以说的时候，可以肯定，你是不会错过这种时机的。如果他①在这儿，你肯定第一个上去舔他的脚！”布洛克先生大叫起来，而伤心的纳西姆·贝尔纳先生将他那萨尔恭国王的鬈胡子朝盘子低下去。我的伙伴自从也留了胡子以来，与他的叔祖父十分相像，他的胡子也是短而鬈曲，微微发蓝的。

“怎么，你是德·马桑特侯爵的儿子？我与他很熟。”纳西姆·贝尔纳先生对圣卢说。

我想，他所说的“熟”，那意思与老布洛克说他认识贝戈特是一个意思，就是说，见过。

但是他又加了一句：“你的父亲是我的一位好朋友。”

这时小布洛克已经满面绯红，他的父亲看样子深深不快，各位布洛克小姐掩口而笑。这是因为纳西姆·贝尔纳先生喜欢吹嘘，已经养成了不断说谎话的习惯。布洛克先生及其子女也有这种爱好。例如，出门旅行，住在旅馆里，纳西姆·贝尔纳先生待所有的人都聚集在餐厅里，正吃午饭的时候，要他的贴身男仆将所有的报纸送到餐厅里来，好叫人看清楚他是

① 此处的“他”，系指贝戈特。

带着贴身仆人出门旅行的。老布洛克有条件的话,也会这样做。对于他在旅馆里交上的朋友,这位叔父说自己是参议员,这个嘛,他的侄子可永远不会这么干。他可以肯定人家有一天会知道这个头衔是假冒的,但是这也无济于事,他在当时无法抵制要把这个头衔授予自己的那种需要。

布洛克先生对他叔父的谎言和这些谎言给他惹来的麻烦深以为苦。

“你们别在意,他特别好吹牛!”他低声对圣卢说。这么一说,圣卢倒更有兴趣了,因为他对说谎者的心理活动非常想知道个究竟。

“雅典娜称伊塔克人是最会说谎的人,他比伊塔克人还要厉害。”我们的伙伴布洛克又补充了一句。①

“啊呀!这可真是!”纳西姆·贝尔纳大叫道,“我怎么会料到和我朋友的儿子一起进晚餐呢!在巴黎,我家里,有一张你父亲的照片,还有多少他的信!他一直叫我‘我的叔父’,从来不知道为什么。他是个风度迷人、神采奕奕的人!我还记得在尼斯,在我家的一次晚宴,那天有萨杜,拉比什,奥吉埃……”

“莫里哀,拉辛,高乃依。”老布洛克冷嘲热讽地说下去。他的儿子继续完成这一串列举,又加上了“普鲁塔克,米南遮,②迦梨陀娑③。”

纳西姆·贝尔特先生自尊心受伤,故事戛然而止。这位禁欲主义者自我剥夺了一项极大的快乐,直到晚宴结束,没有再开口说一句话。

“戴钢盔的圣卢,”布洛克说,“这鸭子大腿很肥,著名的家禽献祭者又在上面洒满了祭奠的红酒,来,再吃点!”

---

① 布洛克在此卖弄自己的学识,他指的是《奥德修斯纪》第十三章,奥德修斯刚到伊塔克,在那里遇到一个牧人盘问他的身份,奥德修斯对牧人存有戒心,就说了谎,然而这牧人正是雅典娜所扮,她责备奥德修斯不说真话。

② 米南遮(约公元前342—292年)是雅典喜剧家。

③ 迦梨陀娑(公元前4—5世纪),印度诗人,《沙恭达罗》的作者,此书于19世纪译成法文。

一般来说，老布洛克先生为儿子一个杰出的伙伴，抛出了关于鲁弗斯·以色列爵士及其他人的故事以后，感到儿子已经感激涕零，便自行撤退，以便不要在“中学生”面前“破坏自己的形象”。不过，如果有什么特别重大的理由，例如他的儿子通过了考试，布洛克先生便会在惯常的轶事系列之上增加一个讽刺性的感想。这个节目，更确切地说，他是保留给自己的私人朋友的。小布洛克见到父亲为自己的朋友表演这个节目，为此而感到极度骄傲。只听得老布洛克说：“政府简直不可原谅，竟然没有征求戈克兰先生①的意见！戈克兰先生已经告知，他对此极为不满。”（布洛克先生自吹是反动分子，非常看不起戏子。）

老布洛克为了表示自己对儿子的两个“拉巴登丝”②郑重其事到底，吩咐送上香槟酒来，并且马马虎虎地宣布，为了“招待”我们，他已经为一个喜剧剧团当晚在游乐场的演出订了一个楼下前排座。听到这话，各位布洛克小姐和她们的哥哥满面红光，这简直太出乎他们意料了！老布洛克为未能搞到包厢而遗憾。所有的包厢全让人租去了。再说，他经常光顾包厢，坐楼下前排更舒服。只是，如果说儿子的缺点，即他的儿子以为别人看不见的东西是粗俗的话，父亲的缺点则是吝啬。他称之为的香槟酒，是他叫人用一个水瓶给大家斟的一种小汽酒；他称为楼下前排座的，实际上是正厅后座，票价较之便宜一半。他像相信奇迹一般坚信通过神祇的干预，不论在餐桌上，还是在剧场里（实际上所有的包厢都空着），人们都发现不了差异。

布洛克先生让我们将嘴唇在平酒杯——他的儿子以“坡深且陡的火山口”这个名称来形容这酒杯——内浸了一下之后，又让我们欣赏一幅

① 波努阿-贡斯当·戈克兰（1841—1909），为法兰西喜剧院极有威望的演员之一。1897年，他成功地上演了爱德蒙·罗斯当的《西拉诺·德·贝日哈克》一剧。

② 暗指拉比什的喜剧《鲁西纳街公案》（1857）。该剧叙述拉巴登丝寄宿学校两个同学所碰到的倒霉事。此处“拉巴登丝”成了“老同学”的代名词。

画。他是那么喜欢这幅画，以至把它随身带到了巴尔贝克。他对我们说，这是一幅鲁本斯的画。圣卢天真地问他画上是否有画家的署名。布洛克先生红着脸说，由于画框大小的缘故，他叫人将署名裁掉了。不过这无关紧要，反正他不想将画卖掉。然后很快就把我们打发走，以便专心致志去阅读《政府公报》。各期报纸充塞房间，他非看不可。据他说，这是“出于他在议会中所处的地位”使然。究竟这地位的确切性质如何，他并未对我们加以说明。

“我带一条围巾，”布洛克对我们说，“因为西菲洛斯①和波瑞阿斯②正在争夺着盛产鱼类的大海，而且散戏以后我们只要耽搁一小会，就等得到紫红手指的厄俄斯③初放晨曦时归来。对了，”待我们走出门外，他向圣卢问道（我浑身发抖，因为我很快就明白布洛克用这种冷嘲热讽的口气谈论的人正是德·夏吕斯先生），“前天上午我看见你在海滩上跟一个身着深色上装的潇洒幽灵散步，那人是谁？”

“是我舅父。”圣卢回答，他被刺伤了。

可惜，布洛克根本看不出应该避免说“蠢话”。他笑得弯了腰：

“恭喜恭喜，我本应猜想得到的，他非常‘帅’，又长了一张高贵人家的愚蠢面孔。”

“您完全大错特错了，他非常聪明。”圣卢怒气冲天地回击道。

“我很遗憾，如果这样，他就不够完整了。再说，我很希望与他相识，就这类人我肯定能描写出合适的机体来。看这个家伙走过去，真叫人心烦。不过我可以对漫画式的一面轻描淡写，对于一个热爱句子的造型美和镲子的艺术家来说，这漫画式的一面从根本上说是相当令人瞧不起的。

① 西菲洛斯为希腊神话中的西风神。

② 波瑞阿斯为希腊神话中的北风神。

③ 厄俄斯为晨曦女神，古希腊作家一般称她为“长着玫瑰色手指的女神”。

请您原谅，他真是叫我捧腹大笑了好一阵。我要突出描写您舅父那贵族的一面，总的来说，他给人印象很深，而且继第一阵大笑过后，他依然给人风度翩翩的印象，使人难以忘怀。不过，”这次他是对我开言了，“有一件事，完全属于另一概念范畴，我想问问你。可每次我们在一起时，总有一位神祇，奥林匹斯山上的幸福居民，使我完全忘记了向你打听这件事。否则我早就打听到了，而且这个消息对我肯定非常有用。我在驯化外国动物的动物园遇见你同一个美人在一起，还有一位先生和一个长头发的小女孩伴着她。这位先生，我想在哪儿见过。可那个美人是谁呢？”

我早就看出斯万太太不记得布洛克的名字，既然她对我说的是另外一个名字，而且她将我的同学视为某一个部的随员。后来我也从未想过要打听打听他是否进过那个部做事。但是，照斯万太太那时对我所说，布洛克曾经请人将自己介绍给她。那布洛克怎么会不知道她的名字呢？我简直惊讶得呆若木鸡，半天回答不上那问话来。

“不管怎么样，我恭贺你，”他对我说，“你大概跟她没有搅在一起。在那之前几天，我在环城火车上遇到她。她同意垂青你的奴仆，为他宽衣解带。我从未度过那样美好的时刻。不巧，我们刚要制订各种措施以再次见面时，有一个她认识的人不识时务，在倒数第二站上了车。”

我一言不发，似乎这使布洛克先生感到不快。

“我希望借助于你得知她的地址，”他对我说，“并且每周数次到她家去品尝厄洛斯①的快乐，神仙们也珍视这种快乐的。不过我并不坚持，既然你装模作样要为一个职业妓女保密。她在巴黎和日角之间，一连委身于我三次，而且非常风流。哪天晚上，我一定会找到她的。”

这次晚餐之后，我又去看望布洛克。他来访问我，可我出去了。他要求见我时，被弗朗索瓦丝看见。虽然他来过贡布雷，但是不巧，弗朗索瓦

---

① 厄洛斯是希腊神话中的爱神，即罗马神话中的丘比特。

丝直到那时从未见过他。所以她只知道一位我认识的“先生”来看过我，她不知道“为何而来”，那个人衣着一般，并没有给她留下很深的印象。弗朗索瓦丝对社会的某些看法我一直是搞不大懂的，可能一部分看法是建立在对一些词义的混淆上。一些名词，她有一次把这个当成那个，从此一直混淆下去。这些事我很清楚，很久以来在这些情况下我已经不再费力气去琢磨，但我还是情不自禁地其实是白费力气地去研究一下，布洛克这个姓对弗朗索瓦丝来说，究竟意味着什么了不起的东西。

我刚对她说，她远远看见的那位青年人是布洛克先生，她便后退了几步。她是那样的惊讶，那样的失望！

“怎么？布洛克先生，就这样?!”她惊恐万状地大叫起来，似乎一个如此有威望的人物应该具有一种外表，“叫人立即知道”站在自己面前的是一位地球上的大人物。她就像觉得一个历史人物名不副实一样，用激动而又使人感到全球怀疑主义即将萌芽的口气反复地说：“怎么？布洛克先生就这样！啊！看见他，可真想不到他就是！”她那模样，似乎对我怀恨在心，好像是我什么时候在她面前“过高树立了”布洛克的形象。不过她还是好心地加了一句：“嘿，就算他是布洛克先生吧，我家先生可以说自己和他一样俊。”

她对圣卢喜欢得不得了。过了不久，她也经历了一场性质不同的幻想的破灭，但持续的时间较短：那就是她得知圣卢是共和主义者。例如谈到葡萄牙王后时，她说“阿梅莉，菲利浦的妹妹”①，口气不大恭敬，但对老百姓来说，这是最高的恭敬。虽然如此，弗朗索瓦丝仍是个保王党。但是，一位侯爵，一位使她头晕目眩的侯爵赞成共和国，她似乎觉得太不可思议。她对此很为气恼，就像我送她一个盒子，她以为是金的，对我千谢万

① 这里是指德·巴里斯伯爵的女儿阿梅莉·德·波旁-奥尔良，她生于1865年，1886年嫁给卡洛斯王子。1889年卡洛斯一世登上王位，她成为葡萄牙王后，至1908年其夫被暗杀。她的哥哥菲利浦是奥尔良公爵，路易-菲利浦的侄子。

谢,后来珠宝商告诉她这个盒子只不过是镶金的,她很气恼一样。她立即收回了自己对圣卢的尊重。不过很快又还给了他,因为她考虑过了:作为圣卢侯爵,他不可能是共和主义者。他是出于利害考虑,只装装样子,因为从现在掌权的政府来说,这样可以给他带来许多好处。从这天起,她对圣卢的冷淡,对我的气恼都停止了。她谈起圣卢时,总是说:“他是个伪君子。”并善意地舒畅地微笑着,叫人完全明白,她又和第一天一样“看重”他,而且原谅他了。

与此相反,圣卢的诚恳和不追求物质利益是绝对的。这种高度的道德纯正从爱情这样的自私情感中无法得到完全满足,另一方面在他自身也没有遇到除了在自身以外便找不到精神食粮的问题,而这个问题在我身上是存在的。正是这种高度的道德纯正使他能够承受友谊,正像我无法承受友情一般。

弗朗索瓦丝说,看上去圣卢对于平民百姓倒没有瞧不起的样子。她这样说又是大错特错了。事实并非如此,只要看看他对自己的车夫如何大发雷霆就可以明白。确实,有时罗贝非常粗暴地斥责他的车夫。这证明,他心中对阶级差异的感觉远远胜过对阶级平等的感受。

“可是,”我责备他对这个车夫有些粗暴时,他回答我说,“为什么我要装出和他文质彬彬谈话的样子呢?他难道不是跟我一样的人吗?他难道不是跟我的叔伯或堂兄弟们与我一样亲近吗?你似乎认为我应该对他以礼相待,像对一个下等人那样!你讲话完全像一个贵族!”他又轻蔑地加上一句。

确实,如果说他对哪一个阶级有成见和偏见的话,这个阶级就是贵族阶级。他甚至难以相信一个上流社会的人会出类拔萃,却很轻易地相信一个平民百姓会出众超群。我对他谈起卢森堡亲王夫人,说曾经遇见她与圣卢的姑祖母在一起。

“傻瓜一个,”他对我说,“跟所有她的同类一样。说起来,她还算是我的表姐呢！”

对于经常与他来往的人，他抱有某种成见。他难得到交际场合去。他在交际场合所持的那种可鄙的、敌视的态度，又使他的所有近亲对于他和一个女“戏子”保有暧昧关系更加伤心。他们认为这种关系对他简直是致命的，特别是因为这在他身上进一步发展了那种诽谤精神，坏思想，将他“引入歧途”，只等他完全“堕入底层”了。所以，圣日耳曼区的许多轻浮男子谈到罗贝的情妇时，嘴上非常无情。

“妓女干她们那一行，”人们说，“和别人一样值钱。可是这个女人，不行！我们绝不宽恕她！她对我们喜欢的一个人，干下了太多的坏事！”

当然，他不是与烟花柳巷有瓜葛的第一个人。但是，别的男人是作为上流社会的人玩玩，他们继续以上流社会的人的身份去考虑政治问题，考虑一切。而圣卢，他的家人觉得他“学坏了”。他家里的人意识不到，对许多上流社会青年来说，如果没有这种经历，他们思想上仍是未开化的，在友谊方面仍是粗糙的，没有温情，没有味道。而他们的情妇常常是他们真正的先生，这种男女关系是他们更高级文化入门的唯一道德学校。在这里，他们可以得知要交上排除利害关系的朋友要花什么代价。甚至在下等民众中（论粗野的话，这下等百姓与上流社会常常是那样相似），女人更敏感，更细腻，更闲来无事，对于某些高雅的东西也迫不及待要了解，对于某些情感美和艺术美也很尊重。她虽然不太理解这些东西，但是她把这些放在金钱与地位之上，而这两样似乎是男人最向往的东西。

不论是像圣卢这样的俱乐部青年成员的情妇，还是一个年轻工人（例如，电工如今已列入真正骑士的行列之中）的情妇，情夫对她无比崇拜，无比尊敬，必定会将这种崇拜与尊敬扩展到她本人欣赏和尊重的事物上去，而对他来说，价值的阶梯便倒了一个个。她的性别本身决定了她很柔弱，会有无法解释的神经混乱。如果是一个男子，甚至是另一个女子，是她的姑母或表姐，这些表现都会使这个健壮的年轻人一笑置之。但是，对自己心爱的人，他不能眼看她受痛苦折磨。像圣卢这样的年轻贵族有了一个情妇，会养成到酒馆与她用晚餐时口袋里带上缬草精的习惯，说不定她会需要；会养成习惯坚决而又不带讽刺意味地叮嘱侍者注意关门不要发出声响，不要在桌子上放置潮湿的苔藓类植物，以免引起女友的不适，而他自己从未感受过这种不适。对他来说，这构成了一个隐秘的世界，她教他学会了相信这个世界确实存在。现在，他用不着自己去感受这种不适的滋味，便可怜起这种病症来。将来即使遇到别人感到这样的不适，他也会产生怜悯之情。

圣卢的情妇——像中世纪最早的基督教教士一样——教他学会了可怜动物，因为她酷爱动物，走到哪里都随身携带着自己的小狗、金丝雀和鹦鹉。圣卢怀着母爱照看这些小动物，而把不善待动物的人看成是野蛮人。另一方面，一个女演员，或者所谓女演员，就像与他一起生活的那个女人那样——她聪慧与否，我完全不知道——使他感到上流社会的女人圈子是多么令人厌倦，使他把必须到那里去参加晚会视为一项苦役，就已经使他免受附庸风雅之苦并治愈了他的轻浮症。多亏了她，上流社会的交往在情夫的生活中地位更小了。反过来，如果他只是一个出入沙龙的男子，肯定是虚荣或利害关系来主导他的交友，正如这些友谊关系必然会打上冷酷的烙印一样。而情妇教会他在友情中注入高尚和细腻的情感。她更欣赏男人的某些细心周到，如果没有她，情夫对此很可能不理解或者加以嘲笑。再加上她那女性的本能，她一直能很快地在圣卢的朋友中间分辨出哪一位朋友对圣卢有真正的感情，并能很快地更喜欢这位朋友。她善于促使圣卢对这位朋友感到感激之情，并向他表示出这种感情，注意到什么事情使这位朋友高兴，什么事情使这位朋友难过。很快，圣卢便开始再不需要她的提醒，便能照应到所有这一切了。他的情妇并不在巴尔贝克，她也从来没有见过我，甚至在信中圣卢可能还没有谈起我，他便主动地将我坐的马车的窗子关好，把使我难受的花拿走。当他临走要向好几个人同时告别时，他能安排好先离开他们一会，以便单独最后跟我在一起，这样来显示那些人与我之间的区别，以表示对我、对别人有所不同。

他的情妇开阔了他的精神，使他看到肉眼看不见的东西，她在他的生活中注入严肃认真，在他的心中注入了高尚的情感。但这一切，圣卢的家庭是看不见的，他们眼泪汪汪地反复说：

"这个婊子定会要了他的命，在这以前还要他丢人现眼。"

总之，他从她那里吸取了她能使他得到的一切优良品质，这是确切无疑的。而现在，她成了他不断痛苦的缘由，因为她讨厌他了，而且在折磨他。有一天，她突然开始觉得他愚蠢可笑了，因为她在年轻剧作家的男演员群中的朋友向她保证说圣卢是愚蠢可笑的，她也就人云亦云，那种狂热和毫无保留，正是人们接受来自外界的见解或接受自己完全不了解的风俗习惯时所表现出来的劲头。她像那些喜剧演员一般，心甘情愿地鼓吹什么她与圣卢之间有不可逾越的鸿沟啊，因为他们完全是另外一种人哪，她自己是个智力型的人，而他，不管如何自诩，天生就是智慧的敌人哪等等。她这种看法似乎根深蒂固，而且到情夫最无足轻重的话语中、最细小的举动中去寻找证明。此外，还是这些朋友对她说，本来，为她而难得形成的那个圈子的人对她寄予很大的希望，可现在，她正在摧毁这些希望，说她的情夫最后肯定会感染她，说与他一起生活，她会毁掉自己艺术家的前程等等。待她被这些人说服之后，便在对圣卢的蔑视上又加上了仇恨。如果圣卢非要叫她染上一种致命的疾病，她也不过如此恨他而已。她尽量与他少见面，同时又不断推迟最后决裂的时刻，在我看来，这最后决裂不大可能。圣卢为她作了这样大的牺牲，她要找到也同意作出同样牺牲的第二个男人，看来不那么容易，除非她有倾国倾城之貌（圣卢从来不愿意将她的照片给我看，对我说什么"首先，她并不是什么美人；其次，她又不上照。这都是我自己亲自用我的柯达①为她拍的快速曝光照片，给你看了，会使你对她产生一个错误的概念”）。

我不相信，甚至对于一个轻佻女人，自己根本没有才华，又有出名的狂热欲望，加上一些人强加于你的个人尊重（说不定圣卢的情妇还不属于这种情况），就能成为比赚钱的快乐更有决定意义的动机。圣卢对于自己的情妇脑子里到底是怎么回事并不清楚，对他的不公正的责备也好，永恒相爱的诺言也好，他都认为不完全真诚。可是在某些时候，他又感到，到她能够与他断绝关系时，她会断然实行。因此，大概出于想保住自己爱情的本能，这种本能可能比圣卢本人更明智，他用了很实用的一技。这一技与他心中最伟大而又最盲目的激情融成了一体。那就是他拒绝给她立一份本金，他借了很多钱，以便她应有尽有，但是只是一天一天地交给她。如果她确实想到要离开他，大概也要冷静地等待到“发财”之后。从圣卢给的钱数来看，大概需要不了多长时间。但是无论如何，这又补充了一段时间，可以延长我这位新朋友的幸福——或痛苦。

他们关系的这一戏剧性阶段现在达到最尖锐的程度。对圣卢来说，这是最残酷的阶段，因为她不许他待在巴黎，她一见他就恼，迫使他到离自己驻地不远的巴尔贝克来度假。这个阶段是一天晚上在圣卢的一位姑母家里开始的。那天，姑母家有许多客人，圣卢得到姑母同意，让他的女友前来为客人表演一个象征主义剧本的片断。她曾在一家先锋派剧院里演过一次这个戏，而且圣卢也同意了她自己对这个戏的赞美。

她出现了，手里拿着一大朵百合花②，服装是仿效《上帝的奴仆》③。她说服了罗贝，说这套衣服有真正的“艺术眼光”。在这个贵族俱乐部男

---

① 最早的柯达相机出现于1888年。此后，“柯达”很快就成了“相机”的代名词。

② 在中世纪宗教画里，圣母马利亚几乎总是手持一朵百合花。天使向她宣告她将生一个儿子的时候，她回答道：“我是上帝的奴仆。”

③ 可能指的是但丁·加布里埃尔·罗塞蒂的画《上帝的奴仆》（1850）。

子和公爵夫人聚集的人群里，她一上台，迎接她的就是一些人的冷笑。她那念经一般的单调语气，某些莫名其妙的字眼，这些字眼又频繁地出现，将冷笑变成了哄堂大笑。刚开始，人们还强忍不要笑出声来，后来竟是那样不可阻挡，以致可怜的朗诵者无法继续下去。

第二天，圣卢的姑母受到一致谴责，说她竟然让这样荒谬可笑的女戏子在她家中出现。一位著名的公爵毫不掩饰地对这位姑母说，她受到批评，是咎由自取。

"见了鬼了，给我们来个这种劲头的节目！如果这个女人有点才华，倒也可以，可是她没有才气，而且永远也不会有一点点！见鬼！巴黎人可不像人们想说的那么愚蠢。上流社会不是光由蠢货组成的。这位年轻小姐显然以为她会叫巴黎大吃一惊。可是巴黎可不那么容易吃惊，毕竟有些事，是无法叫我们忍下去的。"

至于说到那位演员嘛，她走出房门时对圣卢说道：

"你把我引到什么人家里来了？都是傻瓜，笨蛋，没有受过教育的小丑！我告诉你吧，在场的男士中，没有一个没向我丢过眼风，踩过脚，我拒绝了他们对我的追求，他们现在便设法进行报复！"

这一席话把罗贝原来对上流社会人等的恶感变成了夹杂着痛苦的深仇大恨，最不该恨的一些忠心耿耿的亲戚，尤其叫他恨得咬牙切齿，因为家里人委派他们去说项，设法说服圣卢的女友与圣卢断绝关系。女友在他面前将这种活动说成是那些亲戚出于对她倾心才这么做的。虽然罗贝立即与这些亲戚断绝了来往，但是当他像现在这样远离女友时，他想，也许这些人以及其他人会利用他的远离卷土重来向那个姑娘求爱，说不定已经得到她的青睐；他谈起那些欺骗自己的朋友，引诱妇女，竭力将女人弄到妓院里去的混世魔王时，满面痛苦和仇恨。

"我宰一条狗都比宰了他们还要悔恨，狗毕竟是乖顺、效忠、忠诚的动物。这些人就该上断头台！比起那些因为自己贫穷和富人不义而被逼走上犯罪之路的可怜人来,他们这些人更坏!”

他大部分时间都用来给情妇寄信,发电报。她一面阻止他到巴黎去,一面还在远距离想方设法与他闹别扭。每当发生这种事,我都能从他那变了模样的面孔上得悉。他的情妇从来不告诉他,她到底对他有什么不满。圣卢猜想,她之所以不对他讲,说不定她自己就不知道有什么可以不满的,而只是对他厌倦了。他仍希望得到一些解释,便给她写信:“我什么地方不好,请你告诉我。我随时准备承认自己的错误。”他那么伤心,结果是确信自己做得不对。

她总是叫他无限期地等待答复,而那些答复都是没有意义的。所以我看见圣卢从邮局回来,几乎总是眉头紧皱,又常常是两手空空。整个旅馆的人里面,只有他和弗朗索瓦丝到邮局去取信或亲自送信。他是出自情人的迫不及待,弗朗索瓦丝则是出于对仆人不信任(为打电报,他不得不走还要多得多的路)。

在布洛克家进晚餐之后,过了几天,外祖母兴高采烈地告诉我,圣卢刚才问她,愿不愿意在他离开巴尔贝克之前为她拍几张照。为此,她穿上了自己最漂亮的衣裳,为几顶不同的帽子该戴哪顶而拿不定主意。看到这种情况,我感到有点冒火,真料想不到她竟会有这样的孩子气行为。我甚至自忖是否我看错了外祖母,是否我将她看得太高了,是否她并不像我一向认为的那样对有关自己相貌的一切都很淡然,她是否也有些卖弄风骚,而我一向认为这是与她绝对格格不入的东西。

要照相,特别是看上去我外祖母对此那么心满意足,引起我的不满。可惜的是,我这种情绪流露得相当明显,弗朗索瓦丝注意到了,急急忙忙给我来了一套令人感动的情感说教。我根本不想装出同意那套说教的样子,她这样不知不觉地更增加了我的不满情绪。

“噢,先生,可怜的太太,人家给她照个相,她会多么高兴!她还要戴上老弗朗索瓦丝亲自给她整理好的帽子。应该让她去照,先生。”

想起在各方面是我的理想人物的我母亲和外祖母也常常嘲笑弗朗索瓦丝的过敏，我确信我那样嘲笑她并非挖苦。可是外祖母发现了我神色不快，便对我说，如果这次照相会使我不悦，她就不照了。

我没同意，向她保证，我认为没有任何不合适的地方，任她去打扮自己。但我对她说了几句冷嘲热讽、刺人的话，目的是要打掉看上去她为拍照而感到的兴高采烈，我觉得这样也就表现出自己洞察能力很强，也很强硬了。结果是，虽然我不得不看外祖母那漂亮至极的帽子，至少我让那兴高采烈的表情从她脸上消逝了。本来这种表情应该叫我高兴，可是只要我们最喜爱的人还活在人世，就常常发生这样的事情，就是我们觉得那种表情是低下的怪癖的表现，叫人着恼，而没有将那看成是我们多么希望给他们带来的幸福，而那就是幸福的宝贵表现形式。

我的心情不好，主要是由于那个星期外祖母似乎总躲着我。白天也好，晚上也好，我未能有片刻时光单独跟她在一起。下午我回到旅馆，想跟她单独在一起待一会儿时，人家告诉我说，她不在。要么她就是关起门来与弗朗索瓦丝长时间窃窃私语，不许我去打扰。在外面与圣卢一起度过晚上以后，回去的路上，我就想着就要重见外祖母并且亲吻她的那一时刻。我等待着她在隔壁墙上轻轻敲几下，叫我过去向她道晚安。但是我徒劳等待，听不见一点声音。最后我便上床，有点怨恨她，她毫不在乎地剥夺了我看得很重的快乐，这种毫不在乎可是新近才有的。我仍像童年一样，心儿剧烈跳动，一直倾听着墙壁发出声音。墙壁始终一言不发，我流着泪进入梦乡。①

那天，像前几日一样，圣卢不得不到东锡埃尔去。在他还没有最终完

① 下面开始，可视为《在少女们身旁》的第三部分。第一次出版时，下面打有三个星号。此处只以空两行表示。

全回去之前，很可能直到晚上那里一直需要他，他不在巴尔贝克，我很遗憾。我看见一些少妇，远远望去，觉得她们令人心醉。她们从马车上走下来，有的进了游艺场的舞厅，有的进入冷饮店。我正处在年轻人的那样一个阶段，就是还没有一个具体的爱恋对象，心里还空着。在这样的阶段，就像一个堕入情网的人向往着、寻求着他钟情的女人一样，年轻人到处向往，到处寻求，到处看见美人儿。只要有真实的一笔——远远望见一个女子，或只见背影的一个女子，哪怕分辨出一点点模样——就可以叫我们设想出在我们前头的美人是什么模样，我们想象自己认出了她，心儿在剧烈跳动，脚步也加快了。只要那女子消逝了，我们便一直半信半疑到底是不是她；只有能追上她的时候，才会明白我们是大错特错。

再说，我的身体越来越不舒服，就更受到诱惑，将最简单的享乐更加夸大，因为我很难接触到女性。风雅标致的女郎，因我在任何地方都不能与她们接近，便觉得随处可见。如果是在海滩上，则因为我身体太衰弱。如果是在游艺场或糖果店里，则因为我过于腼腆。不过，如果我很快就要死去，我真希望知道，生命能够提供的最漂亮的少女在现实生活中究竟是怎样造就出来的。不管怎么说，将是我之外的另一个人，抑或竟没有任何人能够享受这种供给（事实上，我意识不到，在我这种好奇的根源上，就有着占有的欲望）。如果圣卢与我在一起，也许我就敢进舞厅了。但我是一个人，我只好呆立在大旅社门口，等待着与外祖母会齐的时刻到来。就在这时，几乎在大堤的尽头，我看见五六个小女孩向前走过来，在大堤上形成一片移动的奇异的印痕。无论是外貌还是举止，她们都与人们在巴尔贝克司空见惯的所有姑娘不同。一群海鸥不知来自何处，正在海滩上不紧不慢地踱着方步，姗姗来迟者飞来飞去，追逐着别的海鸥。鸟儿飞来飞去，目的地似乎与洗海水浴的人一样不明确。鸟儿似乎没有看见洗海水浴的人，同时对于它们那鸟类头脑来说。这目的地又是明确规定了的。只有那群海鸥大概对这些鸟儿已司空见惯了。

这些陌生女孩中，有一个手推着自己的自行车。另有两个，手里拿着高尔夫球“俱乐部”球衣。她们的短打扮与巴尔贝克其他少女截然不同。其他少女中确实也有几位从事体育运动，但并不因此就采用专门装束。

这正是各位先生太太每天到堤上来转一圈的时刻，他们都暴露在对着他们定睛细看的手持长柄眼镜的无情火力之下，似乎他们身上有什么毛病，那长柄眼镜非要将每一细部都审视清楚一般。首席法官的老婆骄傲地坐在音乐亭前那令人生畏的一排椅子中间。他们自己刚刚从演员变成评论家，走来坐下，该他们对面前走过的人评头品足了。所有这些人都沿海堤走着，似乎这海堤如同一只船的甲板一般摇摇晃晃（因为他们不会抬起一条腿时同时晃动手臂，转动眼睛，放平肩膀，用相反方向晃动的动作来平衡他们刚才在另一侧所做的动作，并叫脸上充血），装出什么都没看见的模样，以便叫人相信他们对这几个女孩根本不在意。实际上却在对她们偷偷地凝望，以免撞上她们。走在她们身边或从反方向来的人，相反却撞在她们身上，紧追不舍，因为他们双方都是彼此暗暗注意的对象，虽然双方都用同样的轻蔑来掩盖这种注意。

对人群的喜爱——因此也是对人群的恐惧——在每个人心里都是最强有力的动机之一。或者极力讨别人喜欢，或者叫别人惊奇，或者极力向别人表现出自己很看不起他们。在蛰居者心中，绝对甚至直至生命终结的监禁，其缘由常常是对人群有一种失常的嗜好。这种嗜好会那样压倒任何其他的情感，以致由于外出时无法得到门房、行人、停车的车夫的赞美，他宁愿永远不叫他们看见，于是便放弃了一切必须外出的活动。

这些人中，有几个正在沿着某个思路思考，但是通过手势急促，目光走神，与他们的邻人那考虑周到的摇摇晃晃的步伐不相谐，而暴露了自己的思想活动。我远远看见的几个女孩，在所有这些人中，径直前行，身体完全放松，对其余的人类发自内心的蔑视赋予她们动作自如，毫不犹豫，也不僵硬，准确地做出她们想做的动作，四肢每一部分对其他部分而言都完全独立自主,身体的大部分保持不动。华尔兹舞行家就是这样,那是非常精彩的。虽然她们当中每个人都是一个类型,与他人类型不同,但是这几个人无一例外,全都姿容姣好。不过,说老实话,我看见她们才这么一小会工夫,而且还不敢定睛凝望,我还没有抓住她们之中哪一个的个性。有一个除外,她那笔直的鼻梁,棕色的皮肤与他人形成鲜明对照,与文艺复兴时期某一幅画上朝拜初生耶稣的三王之中,那位阿拉伯人模样的人肤色相近。我对她们的了解,一个,仅仅是通过那一双不大灵活、固执而又带着笑意的眼睛;另外一个,仅仅是通过那粉红的双颊。那粉红中又带着一抹镀铜的色调,不禁使人想起绣球花。甚至就是这些面部特点,我也还无法将任何一种特点分别固定在这一个少女而不是另一个少女身上(这个整体是那样优美动人,最不相同的外貌相邻,各种色彩相聚,又像一首乐曲那样叫人难以捉摸。乐句一个个过去的时候,我无法将一句句分开,一句句辨认出来,待我分辨出来以后,马上又忘记了。按照这个整体行进的顺序),我看到一个白色的椭圆形,黑眼睛、绿眼睛相继出现,我不知道她们是不是就是刚才已经对我产生了魅力的姑娘,我无法将看到的东西归到我从他人中分别出来、辨认出来的哪一个少女身上。在我的视野中,没有分界线(过了一会我才弄清了她们之间的区别),透过她们这一组人,一种和谐的浮动在扩展,是液体美、集体美和动态美的持续转移。

个个挑选得这么漂亮,将这几个朋友聚集在一起的,在生活中,可能并非纯属偶然。估计这几个少女(她们的态度足以揭示出大胆、轻浮和狠心的天性)对任何滑稽可笑的事和任何丑陋都极为敏感,接受不了德或智方面的吸引,便在她们同龄的同伴中,自然而然地聚在一起。对于那些通过腼腆、拘谨、笨拙以及她们大概称之为“讨厌的类型”而透露出沉思或敏感的天性的所有女伴,她们感到厌恶并置之不理。相反,风雅,灵活,体态优美的某种混合,将她们吸引到别的人身旁,她们与这些人结成友谊。她们那具有诱惑力的直爽和与她们一起度过幸福时光的允诺,只有通过这唯一的方式才能表现出来。她们属于什么阶级,我无法准确判断出来,说不定那个阶级正处于其发展的这个阶段,或者由于富有和闲暇,或者由于进行体育运动(这是一个新习俗,甚至在某些民众阶层也已普遍),但是在体育之上尚未加上智育,这个社会阶层有如尚未追求扭曲表现形式的那些和谐而又多产的雕塑学校,自然而然地而且大量地生产出美丽的躯体,优美的大腿,优美的臀部,圣洁而安详的面庞,表情机敏而又富有智谋。我在这里,面对大海看见的,难道不是人体美高尚而又平静的模特儿吗,犹如希腊某海岸上那些暴露在阳光下的雕像?

她们这一群,如闪光的彗星,沿着海堤,向前行进。即使她们认为四周的人群由另一个种族组成,甚至他们的痛苦都不会在她们心中唤起同情,但表面上她们似乎没有看见人群。她们迫使停步的人让路,好像突然有一台机器通过,不能期望机器躲开行人一般。对一位年迈的先生,她们是不承认他的存在,拒绝与他接触的。如果这位先生心怀恐惧或怒气冲天但又匆匆忙忙而又可笑地逃开,她们最多也就相视而笑罢了。对于不属于她们这一群的人,她们没有故作轻蔑,她们内心的轻蔑已经足够。但是她们每遇障碍,都无法不以克服障碍为快,或者冲过去,或者双脚并拢,因为她们个个都充满青春活力,是那样需要发挥出去,以至即使在悲伤或痛苦的时候,也是更服从年龄的需要而不是当日的心情。她们从不放过一次跳跃或打滑的机会,而又不是有意识地这样干,只是打断缓步前行,在缓步前行中撒播上优美的转弯,心血来潮与高度的技巧合二而一,正如肖邦在他最忧郁的乐句中撒播上优美的曲线一般。

一位年迈的银行家,他的老伴正在为他寻找好地方,在好几处都未下定决心。最后,叫他面对海堤坐在一个折叠小凳上,有音乐亭为他遮住海风和烈日。老伴见他坐好了,便离开他去买报纸,准备过一会读给他听,叫他消遣消遣。只不过走开一小会,她也就将他单独留在那里。这一小会从不超过五分钟,对老头来说似乎已经相当长。老太太对自己的老伴既悉心照料，又不表露在外。她经常这样走开五分钟，好让老伴觉得自己还能像所有的人一样生活，而决不需要保护。他头顶上的音乐家表演台，构成了一个天然而又有诱惑力的跳板，那一小群少女中年龄最大的一个毫不犹豫地朝表演台跑过来。她从老头头顶上跳了过去，灵巧的双脚擦着了老头海军帽的边缘。老头吓得面如土色，可是另外几个姑娘觉得实在好玩，特别是绿眼珠、娃娃脸的那一个。她的目光中，表现出对这一行为的钦佩和快活。我似乎从她的眼睛里辨出少许的腼腆，既害羞又假充好汉的那种腼腆，这种表情在别人脸上是没有的。

"可怜的老帮子，真叫我心里难受，简直半死模样！"其中一个少女说道，嗓音嘶哑，半嘲讽的语气。

她们又向前走了几步，然后在路中间停步一小会，也不顾挡住了行人的来往，呈形状不规则、完整、奇特而又叽叽喳喳的一个集合体，像起飞前聚在一起的一群小鸟。然后她们沿着高出海面之上的海堤继续漫步下去。

现在，她们那迷人的面庞再不是模糊不清、相互混淆了。以个子最高、从老银行家头顶上跳过去的那个为中心，我已经将她们区分和聚集起来(每个人的名字暂缺，我不知道)。小个的从海平面上分离出来，双颊丰满而粉红，绿眼珠；另一个皮肤为棕色，鼻子笔直，与其他人形成鲜明对照；还有一个，面孔雪白像个鸡蛋，鼻子形成一个弓形小弯，好似鸡雏的嘴，她的面孔与某些年纪很小的人相似；还有一个，大个子，裹着一件斗篷(这件斗篷使她显得那么穷酸，与她那优雅的举止那样不相称，以至来到人们头脑里的解释是：这个少女的父母大概地位相当显赫，但是他们的虚荣心远在巴尔贝克洗海水浴的人之下，也在自己孩子的衣着是否华丽之下，所以让她穿什么衣服在海堤上散步，对他们来说绝对一样，小市民才会认为这衣裳穿着太寒酸)；还有一个姑娘，双眸明亮而又含笑，颧骨很高，皮肤无光泽，头戴一顶黑色马球运动员式女帽，压得很低。她推着一辆自行车，臀部扭动得好像骨头都脱了节，使用的行话俚语那么粗野，叫嚷的嗓门那么大，我从她身边经过时（从她那些词语里，我听见一句难听的“混他的日子”），便放弃了刚才她的伙伴的斗篷令我作出的假设，而更倾向于得出结论说，所有这些女孩都属于经常光顾赛车场的那帮小民，大概是自行车运动员们最年轻的情妇。总而言之，我的假设中，没有一个认为她们可能是贞洁的。看上一眼——从她们彼此相视而笑的样子，从双颊无光泽那个姑娘那紧盯不放的目光里——我就明白了，她们不是贞洁的女子。加之，外祖母一直过于谨小慎微地悉心照顾我，以至我不会不相信，不可为之事是不可分的整体，对老年人缺乏尊重的少女，碰到从八十岁老翁头顶上跳过去以外的更有诱惑力的快乐时，决不会骤然间为顾忌之心所阻拦。

现在，她们一个个都有了自己的个性。她们的目光因自我满足和伙伴义气而变得炯炯有神，眼中不时燃起兴致勃勃或狂妄而满不在乎的火光，视对象为自己的女友或路上行人而定。她们相互之间了解相当深入，能够一直一起散步，形成“独立大队”。目光相互传递着话语，意识到彼此相互了解，随着她们那独立而彼此分开的身躯缓缓向前，在这些身躯之间注入了一种联系。这种联系虽然肉眼看不见，却很和谐，好似同一个火热的身影，同一个氛围，使她们的身躯合成了一个整体。这整体的各个部分是同质的，而对这一行列在其中缓缓行进的四周人群，又无动于衷。

我从那个颧骨很高、推自行车的棕色皮肤姑娘身边经过。有一瞬间，我的目光与她那斜睨的笑盈盈的目光相遇。这目光来自将这个小部落的生活封闭其中的非人世界的深处，那世界是无法接近的未知数，我是什么人这个想法，肯定达不到那个世界，在那里也找不到位置。这个头戴运动帽、帽子在脑门上压得很低的姑娘，全神贯注倾听同伴们说话。她双眸中闪现出来的黑色光芒与我相遇的那一刻，她是否看见我？如果她看见了我，我对她又意味着什么？她辨别出我属于哪个世界了吗？这些问题我难以回答,好比借助于望远镜,在相邻的一个星球上,某些奇怪的生物出现在我们面前时,我们很难就此得出结论说,有人类居住在那里,他们看得见我们,看见了我们又会在他们心中唤起什么想法。

如果我们认为,这某某姑娘的双眸只不过是发亮的云母圆片,我们就不会贪婪地要了解她的生活并且将她的生命与我们结为一体了。但是我们感觉到,在这个反光圆体中闪闪发光的东西,并非只源于其物质结构。我们感觉到,这是这个生命对于它了解的人和地点——赛马场的草地,小径上的沙土——所形成的看法的黑色投影。这黑色投影是什么,我们还不了解。这个小贝里,比波斯天堂中的贝里[①]对我更有诱惑力。她蹬着车穿过田野和树林,可能会把我带到那些地方去。我们感觉到,她那目光也是她就要回去的家、她正在形成的计划或者人们已经为她作出的安排的投影。我们尤其感觉到这就是她本人,怀着她的欲望,她的好感,她的厌恶,她那朦朦胧胧、断断续续的意愿。我知道,如果我不能占有她目光中的东西,我就更不能占有这个骑自行车的少女。因此,使我产生欲望的,是她整个的生命。痛苦的欲望,因为我感到这是无法实现的,也是令人心醉的欲望;直到此刻我的生命已骤然停止,已不再是我的整个生命,而是成了我面前这块空间的一小部分,我迫不及待地要将这空间占据,这空间乃由这些少女的生命组成。是这种欲望赋予我这种自我延伸,自我扩展,这就是幸福。无疑,我们之间没有任何共同的习惯,共同的思想,这使我更难与她们交友,讨得她们欢心。但是,说不定正是由于这种差异,由于意识到我所经历的、拥有的任何因素(成分)都不会进入这些少女的天性构成的行为,我心中才刚刚用对某种生活的渴求代替了心满意足——如

① 在波斯神话中,贝里是天堂的使者,手执象征永生的荷花。普鲁斯特此处可能想到了根据保罗·杜卡斯的诗作而创作的芭蕾舞《贝里》,1912 年由俄国芭蕾舞团在巴黎演出,娜塔莉亚·特鲁哈诺娃编导。舞剧中有贝里引诱伊斯康德王子,王子夺走她的荷花,她返回天国的情节。

干渴的大地那样干渴——迄今为止，我的心灵从未得到过一滴这样的甘露，它会更加贪婪地大口大口地吮吸。

那个目光明亮的推自行车姑娘，似乎发现了我那样凝神望着她，便向那个个子最高的姑娘说了一句什么话。说的什么，我没有听见，只见那个高个子姑娘笑了起来。说老实话，这个棕色皮肤的姑娘，正因为她的皮肤是棕色，并不最讨我喜欢。从在当松维尔那陡峭的小山坡上见过希尔贝特那一日起，一个头发棕红、肤色金黄的少女，一直是我心中不可企及的理想。可是，就说希尔贝特本人吧，我之爱她，难道主要不是因为她戴着贝戈特女友的光环，和贝戈特一起去参观大教堂吗？同样，看见这个棕色皮肤的姑娘望着我（这使我刚开始时抱着希望，以为也许与她接触更容易些），我并不感到高兴，因为她会把我介绍给那个从老头头上跳过去的那个无情的姑娘，介绍给说“可怜的老帮子，真叫我心里难受”的那个残忍的姑娘，然后逐次将我介绍给每一个姑娘，因为她享有这种威望，是她们形影不离的朋友。我作了一个假设：有一天我会成为这几个少女中哪一个的男朋友。这些眼睛里那陌生的目光给我留下深刻的印象。她们自己并不知道，有时对我会产生阳光照在一堵墙上那样的效果。通过奇迹般的炼金术，这些眼睛也许会叫“我是存在的”这个想法以及对我个人的某些友情穿透它们那难以形容的立体。有一天，我本人也可能跻身于她们之中，在她们沿海边行走发挥的理论中占一席之地。我觉得这个假设本身就包含着一个无法解决的矛盾，就像站在阿堤刻时代的剧场前或面对着描绘宗教仪式行列的画幅，我也曾以为我这个观众也能受到诸神的喜爱，在列队行进的诸神中占据一席之地一般。

那么，与这些少女结识的幸福，真是无法实现的吗？自然，在我放弃的这类事当中，这大概已经不是第一桩了。只要回忆一下，即使在巴尔贝克，就有多少陌生女郎，飞驰远去的马车便叫我永远放弃了她们，便已足够了。这一小群女孩，在我心中是那样高尚，仿佛由希腊神话中的处女组成。甚至她们给我带来的快乐，也来自她们有些路上行人飞快离去的味道。我们不认识的人，迫使我们从惯常生活中启碇的人，具有一种转瞬即逝性。这种转瞬即逝性使我们处于一种追逐状态中，再没有任何东西阻拦我们的想象。而在惯常生活中，我们与之经常来往的女子，最后都将她们的缺陷暴露出来。将我们的快乐剥去想象这层皮，等于将快乐压缩至其本身，就空无一物了。诸位已经看到，我并不蔑视拉线的中间人。但是这些少女如果到牵线人那里去自荐，她们便失去了赋予她们丰富多彩和捉摸不定的因素，就不会如此叫我着迷了。对于是否能够企及追求的对象没有把握，能唤起人的想象。必须叫想象创造一个目的，这个目的遮掩住另一个目的；必须叫想象用进入一个人的生活之中这种想法代替感官的快乐，以阻止我们去分辨这种快乐，阻止我们去品尝其真正的味道，阻止我们将其限制在本身范围之内。钓鱼的那些下午时光，在我们与鱼之间，非有翻腾的流水将我们隔开不可。光滑的肉，不明确的形状，在天蓝色透明而又活动的流体中，在我们身边滑来滑去，而我们不大知道该拿这玩艺儿干什么。如果我们第一次是看见那鱼做成了菜端上桌子，就会显得不值得千方百计、拐弯抹角去捉它了。

在这里，社会地位所占比例发生变化，这是海水浴生活的特点。这些少女也占了这个便宜。在我们习惯的阶层中能使我们延伸、放大的一切优势，在这里，都变成了看不见的东西，事实上，也就被取消了。反过来，那些别人认为他们大概并不具有这些优势的人，倒被一个人工的范畴变得高大起来，大步向前了。这个人造的范畴比素未谋面的女郎叫人更自在。那一天，这些少女在我眼中显得那么了不起，而根本无法让她们了解我会有什么了不起的地方。

对这一小帮少女来说，她们漫步海滨只不过是路上女客无数飞逝的一个片断，这种飞逝总是使我心绪纷乱。在这里，这种飞逝又回到那么缓慢的动作上去，几乎接近于停滞不动。更确切地说，在某一个这样慢速的阶段中,人的面庞不再被旋风卷走,而是平静而又清晰,我觉得就更美。但是,正像德·维尔巴里西斯夫人的马车将我飞快拉走时我的体验一样,这并不妨碍我想,如果我停下一会就近观看,某些细部,有麻点的皮肤啊,鼻翼上有个毛病啊,眼神很平庸啊,微笑时作鬼脸啊,身段不美啊,都会在女郎的面孔和身段上代替我原来肯定是凭空想象的细部。只要身段有美丽的曲线,远远望见面色很红润,我就能好心地再加上一直记在心底的或事先想好的动人的肩膀,甜美的顾盼。对一个一眼而过的人这样飞快的猜测可能使我们犯下错误,恰似有时看书太快,刚看见一个音节,还未来得及看清其余的音节,便从我们脑海中已有的字里,安上一个字,其实书上写的根本不是那个字一样。

现在不可能属于这种情形。我已经仔细端详过她们的面庞。每个人的面孔,我不是从各个侧面看的,也极少从正面看,但至少根据两三个不同的特点使我足以对第一眼望去时对线条和肤色所做的各种假设或者进行修正,或者进行了核实和"证明",足以看到,透过一系列的表情,她们的面孔上还存在着某种永久不变的物质的东西。

因此我可以满有把握地想:无论在巴黎还是在巴尔贝克,在最美好的设想中,甚至在我能够停下脚步与之攀谈的令我目光停驻的行路女子中,都从来没有过像今年这几个女子这样,我根本就不认识她们,但是她们的出现和消失给我留下这样的惆怅,使我想到与她们交友会是多么令人陶醉。无论是在女演员中,村姑中,或在教会学校寄宿的小姐中,我从未见过如此的美貌,如此充满未知未闻,如此无法估计的宝贵,又这样令人难以置信地不可企及。就生活中未品尝过而又可能的幸福而言,她们是那样甜美的样品,且状态极其完好,以至几乎完全出于理智的原因我才灰心丧气,怕的是体验不了美女能够给予我们的最神秘的东西。我要在绝无仅有的条件下,保证不会上当受骗才会体验。她们是人们一直向往的美女,是人们永远不占有也可以自慰,而不会去向自己没有欲望追求的女人要求快乐的美人——正像斯万从前爱上奥黛特以前一直拒绝做的那样——结果是一直到人死了也从不知道那另一种快活是什么滋味。也许从未体验过的快乐事实上并不存在，也许到了跟前，这种快乐的神秘性就烟消云散了，也许这只是欲望的一种投影，一种海市蜃楼。如果是这种情形，那我只能责怪自然规律的无情。如果这种自然规律适用于这些少女，也应该适用于所有的少女，而不适用于不完善的对象。她们是我在所有对象中挑选出来的，我怀着植物学家那种心满意足的心情，很清楚地意识到不可能找到比这些少女更罕见的如此齐全的品种。此刻，她们就在我面前中断了她们那轻巧的篱笆般的流动线。这篱笆就像一丛宾夕法尼亚玫瑰①，是悬崖上一处花园的装饰品。一艘轮船驶过的整个大洋航线均映在其中，这轮船在蓝色平面上滑行得那样慢，相当于从一个茎到另一条茎。一只懒惰的蝴蝶在花冠深处滞留，船体早已超过这只蝴蝶。可是蝴蝶确有把握能比轮船先到达目的地，那船只正向花朵驶去。蝴蝶可能还要等到轮船的船首与玫瑰花的第一个花瓣之间出现一片蓝色才起飞呢！

我回房间去了，因为我要与罗贝一起去里夫贝尔共进晚餐。外祖母要求我最近几天晚上动身以前在床上躺一小时，小睡片刻，这是巴尔贝克的医生提出的要求。不久，他便把这样的小睡扩展到每一天晚上。

再说，要回房间甚至不需要离开大堤，也不需要从大厅，也就是说从后面进入旅馆。在贡布雷，每星期六午饭提前一小时。现在这里正是盛夏，白天那么长，以至在巴尔贝克大旅社里，根据与此类似的提前规则，人们为晚餐摆放餐具时，太阳还高高挂在天上呢，似乎是吃下午点心的时刻。带滑轮的大玻璃依然开着，与海堤在同一平面上。我只要跨过单薄的木制窗框就到了餐厅里，然后我立刻离开餐厅去乘电梯。

---

① “宾夕法尼亚玫瑰”这个名称在某些植物学家的著作中可以见到，用以指美国东部的某一玫瑰品种。这个名称在普鲁斯特那个时代并不流行，只不过表现了普氏学识的渊博而已。

从办公室门前经过时，我向经理送过一个微笑，而且一点也不讨厌地从他脸上收来一笑。自从我到巴尔贝克以来，我那宽容的关切已经渐渐地像备自然课一样将微笑灌输到他的脸上，改造了他的面孔。他的面庞对我熟悉起来，显示出某种很一般的意义，但可以像辨认一个人的笔迹一样看懂，与第一天他的面孔向我显示的那些莫名其妙、无法忍受的方块字已经毫无相像之处。那一天我在面前看见的那个人物，如今已被忘却。或者说，如果我还能回忆起来的话，他与那个无足轻重而文质彬彬的人物那令人厌恶而又略微加以漫画化的形象相比，已经判若两人，无法认同了。

我初来巴尔贝克那天晚上的那种腼腆和忧郁已经消失，我按铃叫电梯。在电梯里，我像沿着脊椎动物的胸腔一样，在开电梯的人身旁向高处升去。现在，他再不是默默无语了，而是向我叨叨："人比一个月以前少了，开始走了，天凉了。"他这么说，并非因为确实如此，而是因为他在这海滨气候更炎热的一个地方又找了个事情做，他希望我们都赶快走，旅馆好关门，这样他"回到"新岗位之前，可以有几天归他自己支配。"回到"和"新"这两个词并不矛盾，因为对于一个开电梯的人来说，"回到"乃是"进入"这个动词的惯用形式①。唯一使我感到惊异的是，他竟屈尊使用"岗位"一词，因为他属于希望在语言中抹掉雇佣制度痕迹的现代无产者。此外，过了一小会，他告诉我，在即将"回到"的"岗位"上，他会有一套更漂亮的"工作服"和更好的"待遇"。"制服"和"薪俸"两个词，他已觉得陈旧和不适合了。由于莫名其妙的矛盾，在"老板"口中，词汇不顾一切，仍然比不平等这个概念活得更长久，所以，开电梯的人对我说的话，我总是听不懂。唯一我关心的事，是要知道外祖母是否在旅馆。开电梯的人抢在我

① 在法文中，受教育不多的人常常将"entrer"（进入）与"rentrer"（回到）二动词混为一谈。

的问题之前对我说:“那位太太刚才从你住的地方出去了。”

我又上当了,以为是我的外祖母出去了。

“不是,我想那位太太是你们家的雇员。”

从前的市民语言,确实应该废除。但是由于在从前的市民语言中,一个厨娘是不叫“雇员”的,所以我考虑了一会:

“他搞错了,我们既不拥有工厂,也没有雇员。”

忽然我想起来了,“雇员”这个词也和咖啡馆的侍者留小胡子一样,给予仆人一种自尊心的满足,刚刚出去的那位太太一定是弗朗索瓦丝(很可能去拜访旅馆里的饮料管理员或者正在观看那位比利时太太的贴身女仆做女红)。

对于开电梯的人来说,光是满足自尊心还不够,因为他在怜悯自己的阶级时说“工人家里”或“小人物家里”,像拉辛说“穷人”①一样,用的是单数。

我第一天刚到时的那种热情和腼腆早已远去,平时我已不再和开电梯的人说话,现在是他在上下穿过旅馆这个短短过程中,得不到我的回答了。旅馆像一个玩具一样,中间镂空,一层一层地在我们四周展开那分枝一般的走廊。走廊深处,灯光昏暗,越来越弱。通道的门或内部楼梯的台阶都变得细小,灯光使这一切都成了金色的琥珀,像黄昏时刻一样绵软而又神秘。在黄昏中,伦勃朗只需瞬间便勾画出窗棂或井上的轱辘。每一层楼上,一缕金光映在地毯上,展露出落日的余晖和起居室的窗户。

我自忖,刚才我看见的少女是否住在巴尔贝克,她们会是何许人也。欲念这样朝着自己选择的一个小部落人群而去的时候,一切可能与这个小小的部落有关系的人都成了动情的缘由,然后又成了梦幻的缘由。我曾经听见一位太太在海堤上说:“她是小西莫内的一个女友。”那种肯定好

---

① 见拉辛《阿塔莉》第二幕第九场第837到838行。

事的神情就好像谁在解释说:“他是小拉罗什富科形影不离的伙伴”一样。立刻,从听到这件事的那个人脸上,你可以感到有一种强烈的欲望,巴不得再仔细瞧瞧作为“小西莫内的女友”的那个受到如此厚爱的人。肯定这是一种特权,大概不会赋予随便什么人。贵族阶级是相对的,有些价值不高的小小缝隙,在那里,一个家具商的儿子可以当上风雅王子,并且像一个年轻的威尔士亲王一样统治一个宫廷。自那以后,我经常极力回忆在海滩上西莫内这个名字是怎样对我产生影响的,那时我还辨别不出它的形式,对这个名字也没有把握,至于它意味着什么,指的是这一个人抑或是另一个人,也不肯定。这个名字对于我们下面的故事充满了激动人心的既模糊又新鲜的感觉,每一个字母、每一秒钟,都由于我们不断的重视更深地刻在我们的心上,这个名字变成了(从我对小西莫内的态度来说,只是几年以后才如此)回到我们脑海中(或睡醒时,或昏厥之后)的第一词汇,甚至先于“现在是几点钟”,“我们在什么地方”这些概念,甚至先于“我”这个字,似乎它所指的人就是我们自己,更胜于我们自己,似乎失去知觉一刻以后,先于一切休止的休止,便是没有想到这个词汇的那个过程。

不知为什么,从第一天起,我心里便想,西莫内这个名字大概是这些少女之中哪一个的名字。我不断地琢磨,怎样能够结识西莫内一家。当然是通过她认为地位比她高的人。如果这些人只是市井小民中的小烟花女,要叫她不要产生瞧不起我的看法,大概也不难。不可能有十全十美的故友,只要没有战胜这种蔑视,对于蔑视你的人,就不能完全将你纳入他心中。每次彼此那样不同的女子形象进入我们心中的时候,除非遗忘,或其他形象通过竞争将前一个形象排挤出去,只有当我们将这些外来人变成与我们自己相似的某种东西之后,我们的心灵才会得到安宁。在这方面,我们的心灵与我们的肉体具有同样的反应和活动。我们的肉体不能容忍异体的侵入,除非立刻将入侵者消化或同化。

小西莫内大概是所有姑娘中最俏丽的那个——我似乎觉得，她本可以成为我的情妇的，因为只有她一个人两三次扭头顾盼，似乎意识到了我那死死盯住的目光。我问开电梯的，在巴尔贝克是否认识什么人，姓西莫内。此人不喜欢说他对什么事不知不晓，便回答说，他似乎听人提起过这个姓。到了最后一层，我请他叫人将外地人的最新名单给我送来。

我从电梯里走出来，但没有朝自己的房间走去，而是在走廊里一直向前走去。此刻，虽然管这一层楼的仆役害怕穿堂风，也已将走廊尽头的窗户打开。这扇窗子不向着海，而是朝着小山和山谷，但人们从来也不曾看清楚外面的景色，因为窗上的玻璃不透明，且常常关着。

我在窗前稍事停留，也就是对这个“景”朝拜一下的时间。这一次，倒叫人可以望见比小山更远的地方。旅馆背依这座小山，山上，只在远处有一房舍，但是远景以及落日的余晖在保留了其大小的同时，又用精致的雕刻和丝绒般的首饰匣装饰了它，犹如装饰微型建筑模型一般。好像圣物，只在难得的日子才拿出来供信女善男们瞻仰的金银或珐琅制小寺庙或小教堂。可是这朝拜的时刻已经为时过长，仆役一手拿着一大串钥匙，另一只手触到他那教士无边圆帽上向我敬礼，因为晚上空气清新而凉爽，倒没有将帽子摘掉。他已经走来又把两扇窗板关上了，就像将圣人遗骸盒的两扇门板关上一样，这样也就为我的顶礼膜拜遮住了小型的圣殿和金色的圣物。

我走进自己的卧室。随着季节向前推移，从窗中看到的画面也变了。首先是室内很明亮，只有天气阴霾时，室内才昏暗。这时，在海蓝色的玻璃里，在我窗户的铁框中，镶嵌着大海，就像镶在教堂彩绘玻璃的铅条中一样。大海那圆形的波涛使玻璃变得无边无际。在海弯那整个布满岩石的深深边缘上，大海撒开一些三角，三角上装饰着细腻的笔触勾画出来的不动的飞沫，或皮萨内罗笔下的羽毛[1]，雪白的、永不褪色的、奶油般的珐琅色把这些三角固定在那里。在加莱[2]的玻璃制品中，这代表着一层白雪。

不久，白昼渐短。我回到房间的时候，淡紫色的天空，似乎被太阳那僵硬的、几何图形的、转瞬即逝的、闪闪发光的面庞打上了烙印（好像代表着什么神奇的符号，神秘的鬼怪），沿着地平线的链条正向大海弯下身去，犹如主祭坛上方的宗教画。落日余晖的各个部分，映在沿墙摆开的桃花心木低矮书橱的玻璃上，我心目中已将它与由它脱胎而来的名画联系在一起，似乎那是昔日某大师为哪一个宗教团体在一个框架上绘制的几组场景，后来在博物馆的大厅中，人们将它一片一片分开陈列，观众只有通过想象才能将它们放到祭坛后部装饰屏组画上原来的位置上去。

几个星期过后，我上楼时，已经日落了。大海上方，天空是一条火红的彩带，与我在贡布雷散步归来准备下楼到厨房用晚饭时在髑髅地[3]顶上之所见一模一样。这火红的彩带，是完整的一片，又像肉冻一样可以切开。顷刻大海已经发凉，变成蓝色，好似人称鲻鱼的那种鱼，天空则像我们过一会在里夫贝尔点的鲑鱼一样粉红。这一切，更增加了我就要更衣外出晚宴的快乐心情。沉重的暮霭，烟灰般黑色，有光泽，玛瑙那样坚实，肉眼看得见，紧贴着海洋，吃力地从海上升起。这儿几片，那儿几片，高高低低，一层一层，越来越宽阔。最后，最高的几层向已经变形的根茎弯下身来，一直到脱离了直到此刻支持着它们的重心，似乎就要将已到中天高度的脚手架拖走，将它扔到大海中去。

我从前坐在车厢里有一种印象，觉得需要从困倦和关在一间房里受

---

① 可能指皮萨内罗（意大利画家及木刻家）所作鸟类草图，保存在卢浮宫中。

② 加莱（1846—1904），他于1890年创立了一所适用于工业的艺术学校——南锡学校。其玻璃艺术作品在万国博览会上获得极大成功。他的艺术以对大自然的热爱和研究为基础，本人作为有实践经验的植物学家，又将植物题材用于其装饰艺术及玻璃制品中。

③ 髑髅地原指《圣经》中耶稣受难的地方。

监禁的状态中解脱出来。见一艘轮船如夜行者一般远去，也使我产生同样的印象。但是，在此刻我自己置身的房间里，我并不感到受监禁。因为一小时以后，我就要离开这里乘马车外出。我扑到床上。我看得见距我相当近的船只。奇怪，人们在夜间也看得见船只在黑暗中移动，好似颜色幽暗、默默无声却没有入睡的天鹅。我似乎觉得自己就在一艘轮船的卧铺上，大海的画图从四面八方将我团团围住。

不过，确实经常只是一些画图而已。我忘记了，在画图的色彩下，海滩正在形成凄惨的空旷地带，夜晚那不安的海风吹遍整个海滩。刚到巴尔贝克时，夜风袭来，我是那样焦灼不安。现在，即使在我的房间里，我的全部心思仍在我目睹从我面前走过的几个少女身上，我的情绪再也不能平静，再也不能停留在事不关己的状态。在我心中，是不会产生真正富有美感的印象了。等待着去里夫贝尔晚宴更使我心浮气躁起来。在这种时刻，我的意念停留在躯体的表面上。我就要给这躯体穿上衣服，以便在那灯火辉煌的饭店中，在打量我的女性目光前，尽量显得讨人喜欢。我无法在事物的色彩后面注入深邃的思想。我的窗下，雨燕和燕子不倦地轻轻地翻飞，像喷泉，像生命的火焰，将高喷的间歇与平面方向上长长的轨迹那不动的白色的线条融和在一起。这种地区性的自然现象将我眼前涌现的景色与现实联系起来。如果没有这一令人着迷的奇迹，说不定我会认为眼前的景色只不过是每日更新的绘画选。人们主观地在我所在的地点展开这个绘画选，而那些绘画作品与这个地点并没有必要的联系。有一次，我觉得那就是日本木版、铜版画展览：在精雕细刻出来的好似月亮一般滚圆的红太阳旁边，有一朵黄色的云，犹如一面湖。湖边，是黑色利剑，有如湖滨树木的侧影。还有一道淡淡的玫瑰色，自从我有了第一个彩笔盒以来，从未见过这样的玫瑰色。这颜色绽开，好似一条江，两岸上似乎有船只搁浅在沙滩上，等待着人们前来将它们拖入水中。我怀着业余爱好者或在两次交际访问之间到画廊转上一转的女人那种蔑视、厌烦而又轻浮的目光，自言自语道："真奇怪，这落日，与众不同，不过我早已见过和这一样优美、令人惊异不止的落日了。"

晚上，一条船被地平线吸收，又将它变成了流体，显得和地平线完全是一种颜色，宛如一幅印象派的画。船只似乎也与地平线一样，由一种原材料所制成，似乎人们只是在雾濛濛的蓝天中勾画出船体和缆绳。缆绳交错，船体显得更加细小，变成了金银制品。有时，大洋几乎占满了我的整面窗户，上方是一抹天空，只有一条线，与海一样地蓝，因此我以为那还是大海，只在光照作用下，才显出不同的颜色。

另一日，大海只在窗子的下部描绘出来，窗子其余的部分布满了浮云。水平方向上，一朵一朵的云你推我搡，结果好像出于艺术家的预谋或专长，那窗玻璃正在介绍"云朵研究"。与此同时，书橱的各块玻璃上显示出相似的云朵，但这是在另一部分地平线上的云朵，而且被光线染上了不同的色彩，似乎向你提供同一题材的反复。这是某些当代画家十分珍爱的反复，总是取自不同的时刻。而现在，由于艺术的固定作用，可以在一个房间里一览无余，呈彩粉画形式，并且压在玻璃板下面。

有时，在海天一色的灰色上，细腻精巧地加上一点粉红。这时，在窗子下方安睡的一只小蝴蝶，就像将双翼落在这幅有惠斯勒①风味的、题为《灰与粉红色的和谐》的画下方。这是切尔西大师亲自签名的作品。这粉红色渐渐消失，再没有任何东西可以注目。我呆呆站立片刻，然后拉上窗帘，再次躺下。从床上，我看见窗帘上方还留有一线光亮。这一线光亮也渐渐暗淡下去，越来越细。平日，这个时刻，我已坐在饭桌上。今天，我就这样让这个时刻在窗帘上方逝去，既不忧伤，也不惋惜，因为我知道，今天

① 惠斯勒(1834—1903)，美国画家及雕刻家，他在伦敦安家落户，住在切尔西区。他对日本艺术和马奈极为赞赏，尤致力于色彩和谐研究。《灰与粉红色的和谐》是他的一幅画的题目。

与别的日子不一样，像黑夜只有几分钟打断白昼的极地的白天一样，今天比平时更长一些。我知道，从这黄昏的蛹壳里，里夫贝尔饭店的万丈光芒正在准备经过美好的变形脱壳而出。

我自言自语："到时间了。"我在床上伸伸懒腰，起身，梳洗完毕。这样无用的时光，脱去了物质生活的重负，我觉得自有其魅力。别的人在楼下进晚餐，而我在这里，将下午无所事事积蓄起来的精力，只用在洗浴后晾干我的身躯、穿一件无尾常礼服、系领带上。指引这些动作的，已经是期待已久的与某个女子重逢的快乐。那是我上一次在里夫贝尔注意到的一个女子，她似乎对我注视良久。有一会她离席了，也许希望我尾随而去。我怀着快乐的心情给自己加上所有这一切诱饵，以便使自己全心全意、全神贯注地投入一种新生活。这是自由的、无忧无虑的生活，我要让圣卢的冷静来支持我的犹豫不决，并在生物的各个品种和来自各地的物产之中进行选择。这些菜，我的朋友一点，便构成罕见的佳馔，会大大刺激我的食欲或者我的想象。

最后，这样的日子终于来到，我再也不能通过餐厅从海堤回到房间了。餐厅的玻璃窗不再敞开，因为外面夜色已经降临，而且这个玻璃蜂巢灯火通明，将贫苦的人和好奇的人都吸引来了。他们无法进入这灯光通明之中，便像秋风卷下的一片黑糊糊的蜂群一样，扒在玻璃蜂巢那发光而又光滑的四壁上。

有人敲门。是埃梅亲自给我送来了外地人的最新名单。

埃梅走之前，非要告诉我，说德雷福斯罪该万死。①

---

① 书中年代为1898年。自1897年10月29日参议员史海尔-凯斯杜埃提出重新审理该案件以来，这件事又成为舆论注意的中心。1898年1月13日，左拉在《震旦报》上发表了《我控诉》一文。埃梅所指的文件可能是亨利上校所准备的文件，据说根据这些文件可以最后确定德雷福斯有罪。后来，亨利上校被确认犯了伪造文件罪，于8月31日自杀。但在本书中，直到《盖尔芒特家那边》第一部分中，人们谈论德雷福斯事件时，亨利上校还活着。

“人们会得知一切的，”他对我说，“不是今年，而是明年。这是与参谋部关系非常密切的一位先生对我说的。”

我问他，是不是在年底以前人们还下不了决心马上揭露一切。

“他放下烟卷。”埃梅继续说下去，模拟着那个人的动作，并且像他的顾客那样摇着头，晃着大拇指，那意思是说：“不要要求过高。”

“‘不是今年，埃梅’，他敲着我的肩膀对我说，‘今年不可能。到了复活节，①行’。”

然后，埃梅轻轻拍着我的肩膀，对我说：“您看，他怎么说的，我都原样告诉您了。”那意思，要么是这样一个大人物对他那么随便，他很洋洋得意，要么是我更能清楚明白地看到那论据的价值和我们抱希望的根由。

我在外地人名单的第一页上，看到“西莫内及其家属”几个字，禁不住心头一震。我心中仍藏着童年时代便产生的由来已久的梦幻。梦想中，心中有的和所感受的全部柔情融成一片，由一个尽量与我不同的人给我带来。这个人，我现在用西莫内这个名字来称呼她，并且忆起在海堤上看见的充满青春活力的躯体。她们展现成可与古代和乔托的名画相媲美的体育队形，是多么和谐。我用这个名字和对这优美的和谐的回忆，创造出了这个我等待的人。我不知道这几个少女中哪一个是西莫内小姐，也不知道她们当中是否有哪一个真姓这个姓。但是我知道西莫内小姐爱着我，我要靠圣卢设法立即与她结识。可惜在这个条件下，圣卢只得到允许延长假期，他不得不每天回到东锡埃尔去。为了叫他不去尽那个军队义务，我本来以为，除了可以指望他对我的友谊之外，还可以指望人类博物学家的那种好奇心。我经常有这种好奇心，常常我并未见过人家说的那个人什么模样，只要听到人家说，哪家水果铺子里有一位漂亮的收款员，我就想与女性美的这个新变种去结识。我希望在圣卢面前谈及我那几个

① 指第二年4月。

少女,也在他心中激起这种好奇心。谁知我大错特错。他是那个女演员的情夫,他爱她,因此,这种好奇心早已麻木。即使稍有感觉,他也将它压抑下去,因为他很迷信,以为情妇对自己忠实与否,取决于他自己是否忠实。所以我们动身去里夫贝尔晚宴时,他并没有应允积极地去管我那几个少女的事。

最初,我们抵达里夫贝尔时,太阳刚刚落山,但是天色依然很明亮。饭店的花园里,灯火尚未点燃。白昼的热度下降,好像存放在一个花瓶的底部,沿着这花瓶的边壁,空气形成了透明、暗色而又浓稠的果冻。偌大的一丛蔷薇,贴着墙,在暗淡下来的墙上画出粉红的条纹,宛如人们在缟玛瑙石里看到的树枝状纹路。

过了不久,我们走下马车时,夜色已经降临。或是天气不好,或是希望暂时安静一会而推迟了叫人驾车的时间,总之我们从巴尔贝克启程时,夜色就已经降临。但是这样的日子,我听到海风吹拂也不感到忧伤,我知道这并不意味着要放弃我的计划,并不意味着就要关在一个房间里。我知道我们要在茨冈音乐声中走进饭店的大厅,那里无数的灯火将用金光灿烂的宽宽的烙铁,不费吹灰之力地战胜黑暗和寒冷。于是我高高兴兴地上了马车,坐在圣卢旁边。马车在滂沱大雨中等待着我们。

现在,我每天一坐到桌前开始一项评论研究或阅读一本小说,便感到厌倦。贝戈特说,他坚信,我特别是能体会脑力劳动乐趣的材料,虽然我自己并不持有这种看法。在"我以后能干什么"这个问题上,最近这些时候,贝戈特的话倒使我感到,这种厌倦透露出一点希望。

"归根结底,"我心中暗想,"说不定写一本小说时能否体验到快乐,并非是判断一篇文字是否美丽、是否有价值的无懈可击的准则。说不定这只是一种常常附带而来的次要状态,而缺乏这种快乐并不能就预先断言文章不美。也许某些杰作就是打着哈欠写出来的。"

外祖母对我说,如果我身体好,我就会写得很好,而且会怀着快乐的心情去写。这话打消了我的疑虑。可是我家的家庭医生认为,更为谨慎一些的作法,还是提醒我,我的健康状况可能会使我面临什么严重的危险。他给我列出了应该遵循的各种保健措施,以免发生意外。我认为各种快乐应从属于目标。与快乐相比,目标无比重要。这个目标便是要变得身强力壮,足以能够完成可能蕴藏于我自身的大业。自从来到巴尔贝克,我对自己进行周密而经常的控制。喝一杯咖啡会使我彻夜失眠,而睡眠对我第二天不感到疲倦必不可少。那么,谁也别想叫我去碰那杯咖啡。

可是,一到了里夫贝尔,在新的快乐刺激下,我又处于另一种思想状况之中了。例外情况才叫我们进入这种状况之中。这么多天以来耐心织成的、将我们导向明智的网已经撞破,似乎再也不该有什么明日,有什么待以实现的高尚目标了。顷刻间,为了维护这高尚目标而起作用的、整个周密谨慎的保健机制烟消云散。一个跟班小厮问我要不要外套时,圣卢总是对我说:

“你会不会冷?最好还是穿着,天气可不太热。”

我总是回答说:“不要,不要。”可能当时我并不感到冷,但是不管怎样,我再也不知道害怕病倒、不要死去以及写作重要这些事为何物了。我把外套交出去。我们在茨冈人奏出的军乐声中进入饭店大厅,在一排排已经上了饭菜的桌子间前进,就像在轻易获得荣誉的道路上前进一样。乐队授予我们军事荣誉和我们配不上的凯旋曲,我们感到音乐的节奏将快乐的奔放灌输到我们身上。我们用庄重而冷冰冰的表情和懒洋洋的举止将这种情绪掩盖起来,以便显出与那些咖啡馆音乐会里服饰华丽、装腔作势的女人不同。她们就着火药味十足的曲调,唱着轻佻、放肆的歌曲,跑着上台,那尚武的举止犹如打了胜仗的将军。

从这一刻起,我便成了另外一个人,再也不是我外祖母的外孙子,只有到出了门的时候,才会想起她,而是成了就要服侍我们就餐的小伙计的临时小弟弟了。

在巴尔贝克我一个星期也达不到的啤酒量,更不用说香槟,现在,我一个小时就喝下这么多,还要加上几滴波尔多酒。我心不在焉而不知其味。在我冷静而清醒的时候,这些饮料的味道意味着明显可以称道而又轻易放弃的快乐。我一个月节省下来的两个"路易",本来想买一件什么东西,此时再也想不起来要买什么,而赏给了提琴师。在桌子之间撒欢上菜的侍者,有几个跑得飞快,张开的手心里托着一盘菜,似乎这里就是那种看谁不把菜盘掉在地上的比赛的终点。确实,巧克力蛋奶酥没有打翻而抵达目的地,英式炸土豆,虽然疾驰快跑本来会摇动,可是抵达目的地时,仍然在波亚克乳羊肉①四周排列整齐如初。我注意到一个侍者,个子非常高,长着一头乌黑的秀发,脸上像扑了粉一样,使人更容易想起某些珍禽而不是人类。他不停地从大厅这头跑到那头,似乎没有目的,叫人想到一只南美大鹦鹉。这些南美大鹦鹉以其艳丽的羽毛色泽和不可理解的骚动不安填满了动物园的大鸟笼。

不久,场面井然有序了,更高雅更平静,至少在我眼中如此。所有这些令人头晕目眩的活动全集中成为安静的和谐。我望着那些圆桌,无数的群体将饭店充满,每一桌有如一个星球,有如从前讽喻画中的行星。在这各不相同的星球之间,有一种无法抵挡的引力在起作用。每桌的就餐者,眼睛都望着别的餐桌,只有某个阔气的东道主例外,他有办法,带来了一位著名的作家。借助于旋转小桌的特点,极力逗引作家说些毫无意义的话,太太们倒听得兴高采烈。这些星球般的餐桌之间的和谐,倒也不妨碍无数侍者不停地运转。因为他们不像就餐者那样坐着,而是站着,所以是在高层地区运转。有的跑着送冷盘,有的换酒,有的添加酒杯。虽然有这些特殊原因,他们在圆桌间不断地奔跑,最后还是揭示出这令人头晕目眩而又有规律的运行的法则。两个其丑无比的女收款员,坐在一大丛鲜

---

① 波亚克为法国西南部纪龙德河上一河港,在波尔多附近。波亚克羊肉为法国一名菜。

花后面，忙于没完没了的算账，好像两个女魔术师，忙于通过天文计算以预见在这个按照中世纪科学设计的天体苍穹中偶尔会发生什么大动荡。

我有些可怜起这所有进餐的人来，因为我感到，对他们来说，这些圆桌并非星球，他们在办事中也从不运用什么分类法，以使我们摆脱其惯有外表形式的束缚，能观察到一些相似之处。他们认为，他们正在与某某人进晚餐，这一餐大概多少钱，他们第二天还要再来。对于年轻侍者服务行列的行进，他们显得完全无动于衷。这些侍者很可能这会儿没有什么紧急的活，正排着队递送面包小篮子呢！有几个年纪特别小，饭店总管经过时打他们几巴掌，把他们打得晕头转向，忧郁的眼睛直勾勾地在那里出神。他们从前曾在巴尔贝克大旅社干过，如果有哪一个巴尔贝克大旅社来的顾客认出了他们，跟他们搭上几句话，亲自吩咐将无法下咽的香槟酒拿走，他们就非常得意，只有这时才得到点安慰。

我听到自己的精力在鼓荡，其中有舒适的成分，但这是独立于能使我们感到舒适的外界物品之外的舒服。身体、注意力的极微小的变化，都足以使我感受到这样的舒适，正像轻轻一压便足以使一只闭着的眼睛感觉到颜色一样。我已经喝了很多波尔图葡萄酒。我之所以还要喝，主要并不是为了享受再加几杯能给我带来的新的舒适感，而是因为前几杯所产生的舒适感。我任凭音乐随着每一节拍牵动着我的快乐，快乐乖乖地来到每一节拍中停息。多亏有了那些化学技术，能大量地生产出自然界中只能偶然遇到的物质。里夫贝尔的这家饭店，与那些化学技术相似，它在同一时刻内汇集了许多女子。从她们那里获得幸福的前景激动着我的心。靠散步或旅行的邂逅相遇，一年之内我也不会遇见这么多人。另一方面，我们听到的音乐——华尔兹，德国轻歌剧，咖啡馆音乐会歌曲交相混杂，这一切对我都是全新的——本身就像是神仙快活的去处，它与另一种快活相重叠，又比那另一种快活更醉人。每一个旋律，都像一位女子一样特别，但却不像女子那样，将流露出来的感官享乐的秘密只留给某个备受青睐的人。它主动向我举荐这种快乐，贪婪地望着我，迈着任性的或淫荡的步伐向我走来，与我攀谈，抚摸我，似乎我骤然间变得更有魅力、更加强壮或更加富有了。我感到这些曲调里有某种很无情的东西。因为这些曲调对一切脱离物质利害的美，一切智慧的辉映，都是格格不入的。对它们来说，只存在肉体的快乐。它们将这种快乐——自己爱慕的女子与另外一个男人去品尝的快乐——作为世界上存在的唯一事物呈现在那个可怜的妒者面前对他来说，这实在是最无情、最找不到出路的地狱。

但是，我低声重复着这曲调的音符，并不给它一个亲吻时，它使我感受到的它所独有的肉欲，对我又变得那样珍贵，我甚至会离开自己的父母追随这旋律到一个奇异的世界中去。它用一行又一行一会充满慵懒一会又充满生命活力的音符，正在肉眼看不见的地方建立起这个奇异的世界。这样的快活并不能赋予得到它的人以更高的价值，因为只有他自己感受得到。每次在生活中，我们没有讨得注意到我们的女子的欢心时，她并不知道那个时刻我们是否拥有这种主观的、内心的极度幸福，因而这也丝毫不能改变她对我们的看法。虽然如此，我仍感到自己更加强壮有力，几乎成了无法抗拒的男子。我似乎觉得，我的爱情再不是什么令人讨厌、别人可以嗤之以鼻的东西，而确实具有这音乐的感人之美、诱人之处。这音乐本身好像一个可爱的去处，我心爱的女子与我在这里相逢，顿时变得亲密无间。

这饭店的常客，不但有半堕入风尘的女子，也有最风雅阶层的人，他们下午五点左右才吃茶点或者在这里设盛大的晚宴。茶点设在一条狭窄的或过道形的玻璃长廊里。长廊从衣帽间到餐厅一面，走向花园的一侧，除了几根石柱以外，长廊与花园之间只有玻璃门窗。这里那里，门窗敞开着。结果是除了许多处穿堂风以外，骤然射进的强光，令人头晕目眩和不稳定的光照几乎使人无法看清用茶点女客的模样。所以，这些女客两张桌子两张桌子地拼在一起，沿着这狭窄的细颈瓶一长条坐在那里的时候，她们喝茶或相互打招呼的每一个动作都闪闪发光，简直可以说那是一个鱼池或鱼篓，捕鱼人将捕来的颜色鲜艳的鱼儿堆积在这里。鱼儿半身露在水外，沐浴着阳光，以其变化不定的光芒在人们的眼前像镜子一样闪动。

过了几个小时，便到了开晚餐的时刻。晚餐自然是在餐厅里开的。那时，虽然外面天色依然明亮，餐厅里已燃起灯火。从餐厅里向前望去，可见花园中的楼宇，在落日余晖的映照下，好似夜间面色苍白的幽灵。楼宇旁有株株千金榆，一抹夕阳正穿过那淡绿的树叶。从进晚餐的灯火辉煌的厅室中望出去，玻璃窗外边，那绿树再不像是在闪闪发光而又潮湿的鱼网之中，正如我们形容下午沿着闪射着蓝光金光的长廊用茶点的那些妇人一样，而是像神光照耀下淡绿色巨大养鱼池中的水草了。

人们离席了。如果说，在进餐过程中，各位宾客把时间都用在望着、辨认着邻近各桌的宾客，也叫附近各桌的宾客叫出自己的名字，而在自己桌子的周围则保持着完美的整体的话，围绕着一个晚上的东道主形成重心的引力，在他们到进茶点的那条走廊上去喝咖啡时，便失去了其强大的力量。常发生这样的事：有人经过时，某桌正在进行的晚餐便放弃了一个或数个微粒子。这个粒子或这数个粒子因为受到对方餐桌极大的吸引，便从自己的餐桌分离出来。而前来向朋友问好的一些先生或太太又顶替了他们的位置，然后又回到原位，说："我得溜了，回到某某先生那儿去……今天晚上我是他的客人。"这一刻，人们可以说，这分开的两束花交换了其中的几朵。

然后，长廊本身也渐渐空了。常常是，甚至晚餐后，天色还有些亮，这长长的走廊没有点起灯火，沿廊玻璃窗外树木摇曳，倒像是树木丛生、笼罩在黑暗之中的公园小径。偶尔会有一位进餐的女士在阴影中滞留良久。一天晚上我穿过长廊出去，发现美丽的卢森堡亲王夫人正在那里，坐在不相识的一群人中。我脱帽向她致意，但没有停下脚步。她认出了我，微笑着点点头。远远超过这致意的，是从这个动作本身升起向我道出的几句话，如仙乐一般。可能是较长的一句道晚安的话，并非叫我驻足，仅仅是对那点头致意的补充，以构成有声的问好。但是这句话说的是什么，非常含混不清，结果我只听到了声音。这声音那样柔和地拉着长腔，我觉得那样富有音乐美，宛如在树林幽暗的纤细树枝中，一只黄莺啼啭起来。

有时碰巧圣卢遇见了他的哪一伙朋友，决定到附近一处海滩的游乐场去与他们一起消磨时光。如果他与那些人一道走，便将我一个人安顿在马车里。这时，我就吩咐车夫奋力疾驰，以便让这没有任何人帮忙度过的时光不要显得那样漫长，免得我向自己敏感的心灵叙述到里夫贝尔以来自己从别人身上得到哪些变化——用回顾和力图走出已陷入齿轮咬合之中一般的被动地位的形式。狭窄的小路只容一辆马车通过，又是伸手不见五指的夜晚，很有可能与来自相反方向的另一辆马车相撞。悬崖上经常有崩塌的土方石块滚下，路面也不平稳。悬崖陡壁垂向海中，就在眼前。这一切都无法在我心中唤起必需的一点点力量，以将对危险的意识和恐惧拉回到我的理智上来。这是因为，使我们得以创作出一部作品的，并不是要成名成家的欲望，而是勤奋的习惯；帮助我们保护未来的，并不是眼前的欢愉，而是对往昔睿智的思考。帮助我们残废的头脑走正路的，是理智思考和自我控制这一副拐杖。然而，如果我抵达里夫贝尔时，早已把这副拐杖扔得远远的，破例地放松我的神经，处于任凭精神失调、酒精肆虐的状态中，就等于我赋予当前的每一分钟以质量和魅力。其结果是既不能使我更能够，也不能使我更有决心去保护这每一分钟。我听凭自己将这些看得比我剩余的生命贵重一千倍的时候，我的激情就已将这每一分钟与剩余的生命割裂开来了。我像英雄，像醉汉一样将自己关闭在现时之中。我的过去已暂时隐去，在我面前再也映不出自己的影子，我们管这个影子称作自己的前程。我将自己生活的目的，再不放在实现往昔梦幻之上，而放在现时这一分钟的欢愉中，我看不到比这一分钟的欢愉更远的东西。结果是，正是在我感到格外快活的时候，正是在我感到我可以过上幸福生活的时候，正是在我看来我的生命应该更有意义的时候，我摆脱了至今生活能够使我设想到的各种烦恼，我毫不犹豫地将生命交给发生意外事故的偶然。看上去这很矛盾，但这只是表面的矛盾。再说，简而言之，我只不过将轻率集中在一个晚上而已，对其他人来说，这种轻率稀释在他们整个生存过程中。在整个生存过程中，他们每天都并非必要地面临着海上旅行、坐飞机或坐汽车游玩所包藏的危险，他们的死亡会使之肝肠寸断的人正在家中等待着他们归来。或者一本书最近就要出版是他们活着的唯一缘由。这本书还与他们脆弱的大脑联系着。

同样，在里夫贝尔的饭店里，我们逗留的晚上，如果有人怀着杀死我的动机来到，由于我在一个不现实的远景中只看到我的外祖母、我未来的生活和我要写的书，由于我完全融入了邻桌那个女子的香水味、旅馆侍应部领班的彬彬有礼和正在演奏的华尔兹乐曲的婉转与悠扬之中，我完全依附在现时的感觉上，除了与它不要分离，再也不能想得更远，再也没有其他目标，我就会紧紧抱着这感觉死去，我就会任人杀害，不去自卫，一动不动，恰似那被烟草的烟雾熏得麻木的蜜蜂，再也无心去保护自己辛辛苦苦积蓄起来的食物，再也不指望保全自己的蜂巢了。

此外，我还应该说，在我极度振奋的心情下，最严重的事情也变得无足轻重，这使我终于理解了西莫内小姐及其女友们。要与她们结识的大业，现在在我看来似乎轻而易举但又无所谓了，因为只有我现时的感觉极度强烈又有每一细微的变化，甚至只是这种感觉持续下去会使我快乐，对我才有重要意义。其余的一切，父母、工作、游玩、巴尔贝克的少女，都不比不容其停留的、大风中的一抹飞沫更有重量，只是与这种内心的强烈感受相对而言才存在：酩酊大醉将主观唯心主义、纯粹的现象论实现了几个小时。一切都只不过是表象，只是随着我们自己的崇高而存在而已。这并不是说，真正的爱情在这种状态中无法存在——如果我们确实有情，而是我们如同新到一个地方那样清楚地感觉到，有一些莫名其妙的压力改变了这种情感的规模，以致我们对它再也无法同等视之了。这同一爱情，我们还能再次寻找到，但是已经易位，再也不考虑我们自己，满足于现时赋予它的感觉，这种感觉对我们已经足够，因为非现时的东西，我们是不在乎的。可惜的是，如此改变价值观的系数，只在酩酊大醉这个时刻才能发生作用。此时此刻再没有任何重要性，像吹肥皂泡一样一吹就破的人，到了明天，会重又具有他们的重量。又得尽力重新开始现在看来已毫无意义的研究工作了。更严重的是，这种明日数学，与昨日数学一样，我们将再度不可自拔地陷入这些数学题目之中，这便是甚至在这样的时刻也约束我们的数学，事实上对我们自己失去了约束力而已。如果恰巧在我们近旁有一位端庄的女子或充满敌意的女子，前一天还那样难办的那件事——即使我们能讨她喜欢——现在我们却觉得一百万倍地更加轻而易举。实际上绝非如此，因为这只是在我们看来，在我们内心看来如此，只是我们自己变了。就在当时，如果我们来得放肆，她也会对此不满，就和我们到了第二天，要为给了侍者一百法郎小费而对自己不满一样。那道理是一样的：此时已不再酒醉。只不过对我们来说，理智迟来一步而已。

那晚在里夫贝尔的女子，我一个也不认识。她们成了我酩酊大醉的一部分，正如反射是镜子的一部分一样。所以她们显得比西莫内小姐一千倍地合乎我的欲望，而西莫内小姐对我是越来越不存在了。一个金发姑娘，独自一人，神情抑郁，戴一顶插满野花的草帽，出神地望了我好一会，她显得那样讨人喜欢。然后轮到另一个，再后轮到第三个。最后轮到一个肤色有光泽的棕发姑娘。圣卢几乎认识所有这些姑娘，我则不然。

认识现在成为他情妇的这个人之前，圣卢确实在这个花天酒地的有限世界里生活过那么长久。这些晚上到里夫贝尔来用晚餐的女子，几乎没有他不认识的，他本人或者他的某一位朋友至少和她们睡过一夜。其中有不少是纯粹出于偶然，才出现在里夫贝尔饭店。她们来到海滨，有的是来与情夫重聚的，有的则是极力想找一个情夫。如果她们和一个男人在一起，圣卢便不与她们打招呼。她们则比望着自己身边的男人更多地望着圣卢，看那神情，似乎并不认识他，因为谁都知道，除了那个女演员，他现在对任何女人都毫不在意了。在这些女人眼中，这一点又赋予他一种特殊的威望。

有一个女子嘁嘁喳喳耳语般地说："那是小圣卢。看来他一直爱着那个妓女。真是情意缠绵呢！他真是美男子！她觉得他真是了不起！多么帅！不管怎么说，有些女人就是有运气！而且是多么神气的男人！我原来和德·奥尔良在一起时，跟他很相熟。他们是形影不离的一对！他那时为她花天酒地！可现在，他再不那么干了。他不做对她不忠的事。啊！她可以说自己真有运气！我真不知道，他从她那里能得着什么。肯定他也是个大傻瓜！她那两只脚像船一样大，像美国女人一样长着唇髭，内衣脏得很！她的裤子，我相信一个小女工都不要！你瞧瞧他那一双眼睛，为这样一个男人，往火坑里跳也愿意呀！咦，别说话，他认出我来了，他笑了，啊呀，他从前与我很熟呢！跟他一提我就行。"

她们与他会意地相视，让我撞见。我真希望他把我介绍给这些女子，真希望能够要求与她们一见，她们也慨然应允，即使我无法接受这样的约会也罢。如果不这样，在我的脑海中，她们的面庞便永远缺乏自身独特的那一部分——似乎为面纱所遮掩——这一部分，是每一个女子都不相同的。没有见过时，我们无法想象。只有在向我们投过来的目光中，这一部分才显现出来，那目光对我们的欲望表示赞同，并向我们作出许诺：我们的欲望会得到满足。

她们的面目，虽然我只局部见到，但对我来说，仍然远远胜过我猜想大概会恪守妇道的那些女子的面孔。那些女人的面孔与这些姑娘毫无相像之处，平淡，无底蕴，平板一块，没有厚度。这些姑娘的面庞之于我，肯定又不同于之于圣卢。对于佯装与他并不相识的那种不动声色，他显然毫不在乎，打招呼那么平平常常，向任何人打招呼都可以如此。透过这毫不在乎或平平常常，他心中忆起，眼前浮现出散乱的头发，痴狂的嘴和半张半闭的眼睛。这整个一幅无声的画，恰似画家为了欺骗大部分观众，用一幅得体的油画将它盖上的那种画幅。我感到自己的生命中不曾有一丝一毫进入这些女子中哪一位的心灵，也不会有任何东西被带到她一生所走的吉凶未卜的道路上去。对我来说，自然这些面庞一直是封闭的。但是，知道这些面庞曾经喜笑颜开过，已经足以使我感到这是一种奖赏。如果她们的面庞不是其下隐藏着爱情回忆的圆形饰物，而只是漂亮的奖章，我是不会给她们找到价值的。

至于罗贝，他坐着时永远无法正襟危坐，他用宫廷宠儿的微笑来遮掩武将的渴求行动。仔细端详他时，我意识到，他那三角脸上精力充沛的骨架与其祖先该是多么分毫不爽。这骨架对一位豪情满怀的弓箭手更合适，而不适合于一位风雅文士。在细腻的皮肤下，显现出大胆的房屋建筑，封建时代的建筑艺术。他的头使人想到古老城堡主塔上那些塔楼。塔楼上毫无用处的雉堞依然可见，但是在内部，已把这些塔楼改成了图书室。

返回巴尔贝克的路上，对于他给我介绍的那些陌生女子中的某一位，我一秒钟不停地又几乎不知不觉地在心中反复说着这句话："多么甜美的女子！"好像唱叠句一样。自然，更确切地说，这些话是发自神经亢奋状态而不是持久的判断。如果我当时身上有一千法郎，而且到那时还有开门营业的珠宝店，我定会给那个陌生女郎买一个戒指。这是真的。当我们像这样在极为不同的环境中度过生活中的某些时刻时，我们常常对各种人过于慷慨相赠。到了第二天，大概又会觉得这些人毫无趣味。但是对于前一日对他们说过的话，人们感到负有责任，而且希望实践诺言。

这样的晚上，由于迟归，回到我的房间，见到床，我很高兴。房间对我已不再抱有敌意。我初来乍到那天，还以为自己永远也无法在这张床上安歇呢！现在，疲倦已极的四肢要在这里寻求一个支撑。因此，我的大腿，我的臀部，我的肩膀，一个接一个地从各个点上尽量与包着床垫的单子合成一体，似乎我的疲倦有如一位雕刻家，打算取得一个完整的人体模具。

但我无法入睡，我感到清晨即将来临。平静的心情，健康的体魄，都不存在。在忧郁中，我似乎感到这些东西再也不会失而复得。我必须安睡多时才能重新得到这些。即使小憩一会，再过两个小时也要被交响音乐会吵醒。可是我骤然入睡，堕入了梦乡。梦中，回到了青春时代，逝去岁月重返，失去的感情重来，灵魂脱离躯体，到处游动，对亡人的回忆，荒唐生活的幻想，倒退到大自然作为最原始主宰的时代（据说我们在梦中经常看见动物，却忘了我们自己在梦中几乎总是个没有理智的动物，是这种理智对事物放射出确实性之光。相反，我们在梦中对于生活中的景象只是提出一种不可信的看法，每一分钟这看法又被遗忘摧毁，前一个景象在后一个景象面前烟消云散，就像走马灯一样，换了一张片子，下一个景出来，前面一个景烟消云散）。所有这些奥秘，我们以为不了解，实际上我们几乎每天晚上都在初步接触，同时也接触另一个大奥秘，就是消灭与重生。自己往事中某些已经暗淡下去了的地方，又逐个被照亮，里夫贝尔的晚餐难以消化，使这种光亮更加游移不定，这使我成了这样一个人：似乎最高的幸福就是与勒格朗丹相遇，因为我刚才在梦中与他聊天。

其实，就是我自己的生活也完全被一个新布景挡住了视线，恰似舞台上所置的布景。后台换景时，一些演员在前台演出一个逗人开心的节目。我在其中扮演角色的滑稽节目，是东方故事味道。由于所置布景极其接近东方色彩，我在戏中对自己的过去，甚至对自己都一无所知，我只是一个因为犯了过失身遭棒打和受各种惩罚的一个人物。是什么过失，我没有发现，实际上这个过失便是喝了太多的波尔图酒。

我忽然醒来，发现多亏这一大觉，竟没有听到交响乐音乐会的喧闹。时已下午。我用力起身想看看表，想知道是否确实如此。一开始，怎么使劲也毫无成效，头又沉沉落在枕头上，半途而废。这是继困倦以及其他的醉态而来的短暂的下沉，或由饮酒或由大病初愈而引起。何况，甚至就在看时间之前，我也肯定中午已过。昨天晚上，我不过是一个被掏空了心肝的、无重量的人（就像非得先躺下才能坐起来，非得睡醒才能住口一样），我不停地翻腾，说话，再也没有重量，没有重心，我被抛掷出去，似乎可以继续这闷闷不乐的奔跑，一直跑到月亮上去。虽然睡着了，我的眼睛没有看见时间，我的身体却能计算出来。它不是在表面绘制出时间的表盘上量度时间，而是通过逐步称量我的力气恢复了多少。像一个大钟一样，我的身体让力气从头脑向身体的其余部分一级一级走下去，现在这力气已经将其积蓄的充足数量实实在在地堆积到了膝盖以上。如果说，从前，大海是我们生命所系的环境，必须将我们的血液重新投入大海之中才能恢复我们的力气，就遗忘和精神空虚而言，情形也是如此。有时，在几个小时之内，似乎脱离了时间。但是，在这个时间内积聚起来而没有花费的力气，通过其数量衡量了时间，与时钟的重量或沙山塌陷衡量时间一样准确。

何况，从这样的睡眠中醒过来，并不比长时间熬夜后再想睡着更容易，任何事情都有持续下去的倾向。如果说，某些麻醉剂确实会催人入睡，那么长时间睡眠则是更厉害的一种麻醉剂。长时间睡眠之后，要醒过来很困难。我就像一个水手，他清清楚楚看见自己的船只绳缆系在码头上，但是船只仍被海浪摇来摇去。我确实想看看时间，想起床，但是我的身体每时每刻都再次被投进睡眠中。着陆很困难，我又倒在枕头上两三次，然后才站起来，走到我的表跟前，将表上的时间与我那软绵绵的双腿所拥有的丰富的物质所指示的时间加以对照。

最后我终于看清楚了："下午两点！"我按了铃，可是我立刻又睡着了。从我再次醒来时感到的平静和对已经过了一个漫漫长夜的感觉来看，这次大概睡的时间长得多。然而，我之醒来乃由弗朗索瓦丝走进室内而引起，而她进来又是我按了铃的缘故。所以这次睡着，我自己觉得大概比上一次更长，而且给我带来这样的惬意和忘却，而实际上只持续了半分钟的工夫。

外祖母推开我的房门，我就勒格朗丹家族向她提了一大串问题。

只说我恢复了平静和健康，还远远不够，因为这已经远远超出与前一天相比平静与健康与我距离有多远这样一个简单问题。我一整夜都在与逆流搏斗，然后，不仅仅是我又回到平静与健康身边，而是平静与健康又回到我身上。头空空的，有一天大概会粉碎，头上有几处位置明确，还有些难受。头脑任凭我的思想驰骋。思想再次各就各位，并与生命重逢。可叹的是，时至今日，我的思想还不会好好利用我的生命。

我再一次逃脱了无法入睡的困难，躲过了宇宙洪荒，躲过了歇斯底里发作的覆没。前一天晚上我无法得到安宁时威胁着我的一切，现在，我都不再害怕了。面前展现出新的生活。虽然我已经很舒服，但是仍然像骨头散了架一样。我一动不动，怀着喜悦品味着我的疲倦。疲倦将我双腿、双臂的骨头都拆散了，折断了，现在我感到，这些骨头都集中在我面前，随时准备重新接合起来。只要像寓言中的建筑师那样唱起歌来，我写上就能将骨架重新竖立起来。①

突然，我忆起了在里夫贝尔见到的、凝望了我好一会的那个神情忧郁的金发少女。整个晚上，还有许多别的少女看上去很顺眼，而现在，只有她一个人刚刚从我记忆的深处升起。我似乎觉得她注意到了我，预料里夫贝尔的一个侍者会前来给我捎上她的一句话。圣卢不认识她，但是认为她还像样。与她见面，经常与她见面，可能很困难。但是为此我会不惜

---

① 宙斯与安提俄珀之子安菲翁从赫耳墨斯处得到竖琴这个礼物后，一心一意沉醉于音乐，经常与其兄仄忒斯争吵。但二人一致同意去解救他们的母亲（陷吕科斯及狄耳刻之手），并在底比斯称王。他们想在底比斯周围筑起城墙来。仄忒斯背石头时，安菲翁演奏竖琴将石头引到自己身边。拉斯金在作品中数次引用这个神话，认为它象征着各社会阶级之间的和谐。

一切，我心中只想着她。

哲学经常谈到自由的行为和必要的行为。一个行为，由于行动过程中抑制了升力，一旦我们的思想处于休整状态，这个行为便这样使某一回忆再次升起——直到此刻之前，这一回忆已被消遣的压力将它与其他回忆拉平——并叫它奔腾起来，因为它比其他回忆更有魅力。我们当时不知不觉，二十四小时过后我们才发觉。比这种行为为我们所更完整地感受的行为，恐怕没有了。说不定也没有比这更自由的行为，因为它还不具有习惯性的性质。在爱情中，正是这种精神怪癖有助于使某一个人的形象单独复活。

正是我在海边看见那一群美女列队而过的第二天。我向好几位几乎每年都到巴尔贝克来的旅馆房客询问她们的情况。他们未能给我提供什么情况。此后，一张照片给我解释了何以如此。仅仅几年以前，她们还是一群依然孩子气十足、未定型而又甜美无比的小姑娘，人们可以看见她们在帐篷四周，围成一圈坐在黄沙上：她们好似隐隐约约的白色星群，即使你从中分辨出一双比他人更明亮的眼睛，在这看不清的银河星云中，也立即会将她忘掉，并与其他人的眼睛混成一片。现在，她们虽说还刚刚脱离女大十八变的年龄，但确实已经脱离了那个年龄。谁又能认出，她们就是几年前那一群小姑娘呢？

在距今不远的那些年代里，肯定她们并不像前一日在我面前第一次出现时那样，给人一个群体概念。这个群体本身那时尚不够清晰。那时节，这些小毛孩子还太小，还处于成型的基本阶段，个性还不曾在每一张脸上打上自己的烙印。正像个体还浑沌存在的初级器官一样，更确切地说个体是由珊瑚骨构成，而不是由组成珊瑚骨的一个个珊瑚虫构成。那时她们还是你挤我我挤你地挤在一起。有时，一个小孩将身旁的小孩弄倒了，于是，一阵狂笑，似乎这是她们个体生命的唯一体现。人人前仰后合，这些线条尚不清晰、作着鬼脸的面孔混成了一团肉冻，闪闪发光，颤颤巍巍。在她们后来有一天给我看、而我亦保留下来的一张旧照片上，她们这孩子气的群体与日后她们那行列的面孔已经是同样数目。人们感到她们在海滩上已经留下了不同寻常的痕迹，禁不住对她们望上几眼。但是人们还只能通过理性逐个地辨认她们，而任凭女儿十八变，直到这些重新组合的形状逐渐侵占到另一个有个性的人上去，才算是分界线，又必须去认明那另一个有个性的人了。高高的身材与鬈曲的头发并存，又一个人的俏丽面庞很可能就是这照相簿上所显示的从前那个干瘪黄瘦的小毛丫头。这些少女，每个人的容貌特点在短暂的时间里有了那么大的变化，反使得这些特点成了一项模糊的标准。另外一方面，她们之间共同的和似乎群体性的东西，从那时起就是那么突出，在这张照片上，有时连她们最好的朋友也会把这一个认作那一个。要消除疑团，只能通过服装上的某个小玩艺，才可以肯定哪个人穿过这样的衣服，戴过这样的小玩艺，而其他人肯定没有。那个时节与我刚刚在海堤上看见她们那一天相比，差异是多么大，而这两个时间距离又是那么近。那个时节以来，她们仍然像我前一日感觉到的那样放声大笑，但是这种笑已不再是童年时期那种断断续续几乎是自发的笑声了。从前那种痉挛性的放松随时能叫这些脑袋去扎个猛子，犹似维福纳河中的鲹鱼群，散开了，消失了，过了一小会又聚拢成群了。

现在，她们的容貌已经成了自己的主人，个个目光紧紧盯着自己追逐的目标。只有我昨天那样第一次依稀望见，犹犹豫豫又抖抖瑟瑟，才会将这些孢子混淆起来，正像往日的狂笑与陈旧的照片将这些孢子混成一团一样。时至如今，这些孢子都具有了个性，而与那苍白的石珊瑚分离了。

肯定，有许多次，在美丽的少女从我面前经过时，我向自己许下诺言，一定要再与她们见面。一般来说，她们不再出现。何况，记忆很快将她们遗忘，很难再找到她们的面庞。可能我们的眼睛还没有认出她们的时候，已经望见别的少女经过了。这些新出现的少女,我们将来也不会再与她们见面。

另外有些时候,就像这狂傲的一群出现这样,偶然又非把她们再次带到我们眼前不可。这时,我们感到这是美妙的偶然,因为我们将从这偶然上分辨出似乎机体形成、发育之初以组成我们生命的东西。对于占有某些形象,事后我们会认为这是天注定的,而这种偶然将我们对某些形象的忠诚变成了轻而易举、不可避免的事,有时——继某些使人希望中止回忆的间断之后——则是很残酷的事。如果没有这种偶然,我们很可能像很多人一样,刚刚开始,就轻易地遗忘了。

不久,圣卢的逗留已接近尾声。我并没有在海滩上与这些少女重逢。圣卢下午只在巴尔贝克待一小会,时间太短,无法顾及她们,也无法为了我去与她们结识。晚上他更得空一些,仍然常常带我去里夫贝尔。在这些饭馆中,正像在公园里和火车上一样,有些人在普普通通的外表之下隐形,而他们的名字会叫我们大吃一惊。偶然问到他们的名字,我们就会发现,他们根本不是我们以为的无足轻重的小人物,而正是我们久闻大名的某一位大臣或公爵。

在里夫贝尔饭店里,已经有两三次,在圣卢和我看见所有的人开始离席时,有一个人刚刚来到,在一张桌旁落座。此人身材高大,肌肉发达,五官端正,胡子花白,然而沉思的目光总是死死地望着天。一天晚上,我们问老板这位阴阴沉沉的、孤独的、姗姗来迟的用餐者是何等人氏。

“怎么,这是鼎鼎大名的画家埃尔斯蒂尔,你们不认识?”他对我们说。

有一次,斯万在我面前提过这个名字。怎么提起来的,我完全忘记了。但是,某一记忆的疏忽,与看书时对某一句子成分疏忽一样,有时不是促进把握不定,反而促进了过早的肯定。

“他是斯万的一位朋友,是非常著名、身价极高的艺术家。”我对圣卢说道。

顿时，犹似一个寒战传到他身上和我身上，我们两个人都想到，埃尔斯蒂尔是一位大艺术家，名人。然后，我们又想到，他把我们与其他用餐人混成一团，肯定不会料到，想到他的天才我们多么激动。他对我们的崇拜一无所知，他也不知道我们认识斯万。如果我们没有来洗海水浴，大概我们也不会受到这场折磨了。但是，我们还迟迟停留在无法让热情保持沉默的年龄上，又设身处地想到隐姓埋名似乎令人压抑的生活，于是我们写了一封信，署上我们的名字。在信中，我们向埃尔斯蒂尔披露，坐在他几步开外地方的两个用餐者，是对他的才能极为倾倒的两个业余爱好者，是他的好友斯万的两个朋友。在信中我们要求向他致以敬意。一个侍者担当了将这封信函送交那位名人的任务。

埃尔斯蒂尔虽然已经颇有名气，但是那时节，可能他还没有饭店老板声称的那样有名，稍微过了几年之后，他才大有名气。他是在这家饭店还仅仅是农庄一样时，最早来到这里居住并带来一群艺术家的人（那些艺术家，一俟人们在简单的挡雨披檐下露天吃饭的农庄变成阔气的用餐中心，便全部迁徙到别处去了。埃尔斯蒂尔本人与妻子住在距此不远的地方，只因妻子不在，他此刻才又到饭店来）。一位伟大的天才，即使在他还没有得到承认的时候，也必然会激起某些崇拜现象。不止一个稍事停留的英国女人，极想打听埃尔斯蒂尔生活的情形，农庄的老板从英国女人所提的问题或画家收到国外许多来信中便得以猜度出几分来。这时老板更注意到：埃尔斯蒂尔作画时不喜欢别人打扰；月色皎洁时，他深夜起床，把一个小模特儿带到海边，让她裸体摆出姿势来。待他从埃尔斯蒂尔的一幅画中认出挂在里夫贝尔入口处的木制十字架时，不禁心中暗想，受了那么多累没有白费，游人的赞美也并非没有道理。

"就是这个十字架，"他瞠目结舌地反复说，"四块木头全在！啊，他费了多大的劲啊！"

可是，埃尔斯蒂尔送给他的一幅小小的《海上日出》是否价值连城，他倒不知道。

我们看到埃尔斯蒂尔读了我们的信，将信放进自己的口袋，继续吃饭，然后开始要他的衣帽，站起来要走了。可以十分肯定，我们的作法使他不快，我们现在真希望（也真害怕）他还没注意到我们时，就赶快溜掉。我们从来没想到一件事，可在我们看来那是最重要的事，那就是我们对埃尔斯蒂尔的热情，我们不容许别人对这种热情的真诚表示怀疑，我们确实也可以拿等待时那颗悬着的心，愿意为这个伟人去赴汤蹈火来加以证明。但是这种热情，并非如我们自己想象的那样，是佩服，既然我们还从未看见过埃尔斯蒂尔的任何作品。我们情感的对象可能就是"大艺术家"这个空洞的概念，而不是一幅我们不曾见过的作品。充其量这是空洞的佩服，是没有内容的佩服的精神框架、感情骨架，也就是说，这是与童年紧密相连的某种东西，正像在成年人身上再也不存在的某些器官一样。我们还是孩子。然而埃尔斯蒂尔就要走到门口时，突然一拐弯，朝我们走来。我又惊又喜，紧张得无以复加。如果是几年之后，我就不会有这样的感受了。因为随着年龄的增长，人的能力越来越差，而对社交场合司空见惯又使人再也不会产生这样的念头，去挑起这样不同寻常的机会，去感受这样的激动了。

埃尔斯蒂尔坐在我们餐桌旁跟我们谈了几句。我数次与他提到斯万，但是他从未回答我。我开始认为他并不认识斯万。他倒没有因此就不请我到他在巴尔贝克的画室去看他。这个邀请，他并没有对圣卢发出，这是因为我说了几句话，使他认为我很喜欢艺术而赢得的邀请。即使埃尔斯蒂尔与斯万是亲密好友，斯万的推荐恐怕也不会达到这样的效果（因为在人的生活中，无利害关系的情感所占的比例要比人们想的大）。他对我极其和蔼可亲，比圣卢还要过之，正像圣卢的和蔼可亲超过一个小市民的殷勤一样。与一位大艺术家的和蔼可亲相比，贵族大老爷的和蔼可亲，再动人，也有演戏、做作的味道。圣卢千方百计讨人喜欢，而埃尔斯蒂尔喜欢的是给予和献身。他拥有的一切，思想，作品，以及他认为次之又次之的其余东西，都会兴高采烈地送给一个理解他的人。但是他没有自己忍受得了的交际圈子，他在孤独中生活，还带有野性的成份。对此，上流社会的人称之为虚假作态，没有教养；当权者称之为思想有问题；邻舍称之为神经病；家人称之为自私和傲慢。

肯定，最初时，即使在孤独中，他也愉快地想过，对于那些不理解或触犯过他的人，他通过作品与他们交谈，使他们对自己有充分了解。说不定他独自生活，并非出自对他人漠不关心，而是出自对他人之爱，正如我为了有一天能以更可爱的面目重新出现而放弃了希尔贝特一样。说不定他的作品就是为某些人画的，犹似返回他们之中。在这个返回中，人们虽然没有看见他本人，但是会喜欢他，钦佩他，谈论他。不论是病人也好，修道士也好，艺术家也好，英雄人物也好，当我们以当初的心态决定放弃什么的时候，一开始并不总是完全彻底的，后来，由于反作用，才对我们发生影响。如果说他曾经希望为某些人作画的话，那么作画的时候他可是为自己活着，远离他已经漠然视之的社会。孤独的实践使他爱上了孤独，正像我们一开始对任何大事都恐惧万分一般。因为我们知道这大事与更小的事不相容，而我们将小事看得很重。大事并没有剥夺掉我们的小事，而更多的是使我们脱离小事。在没有经历大事之前，我们的全部心思都在想知道我们可以在什么程度上将其与某些小小的快活调和，一旦我们经历了大事，那些小小的快乐便再也不成其为快乐了。

埃尔斯蒂尔并没有与我们交谈很久。我准备那之后两三天内到他的画室去。但是，这个晚上的第二天，我陪外祖母从海堤尽头往卡那维尔悬崖方向去散步，回来走到直通海滩的一条小街拐角处时，我们与一个少女迎面而见。她低着头，像一头被人驱赶而很不情愿回圈的牲口，手里拿着高尔夫球棒，身后跟着一个盛气凌人的男士。此人很可能是他的“英国女家庭教师”，或是他一位女友的“英国女家庭教师”。那人与贺加斯[①]《杰弗莱一家》中的肖像十分相像，面孔红红的，大概他最喜欢的饮料不是茶，而是杜松子酒。他蓄着花白而浓密的唇髭，没嚼完的嚼烟支出黑黑的一个弯钩，把唇髭又加长了一截。走在他前面的小姑娘，与那一小帮少女中那个戴着马球运动员式的黑色女帽、面颊丰满、面孔呆板却有着含笑的双眸的那个十分相像。此刻回家的这一个也戴着一顶黑色马球帽，但我觉得她比那一个更漂亮，她的鼻子线条更直，下部的鼻翼更宽，肉更多。其实，那一个在我面前显得是一个面色苍白而又傲气十足的姑娘，而这一个则显得是一个被制服了的孩子，面色红润。不过，由于她推着一辆一样的自行车，也戴着一样的鹿皮手套，我得出结论说，所见之差异可能是我所处的位置不同、情景不同所致，因为不大可能在巴尔贝克还有面孔如此相似、短打扮中又集中了同样特点的第二个姑娘。她飞快地往我这边扫了一眼。此后的日子里，当我又在海滩上看见这一小帮人，甚至以后我认识了组成这一帮的所有少女之后，我都从未敢绝对肯定，她们当中的哪一个——甚至在所有的人当中，与她最相像的那个推自行车的姑娘，就是我那天晚上在海滩尽头、街角上看见的那个少女。那个少女与我在这一帮子中注意到的那个，虽然差别不大，但毕竟是有些差别的。

前些日子，我特别想那个高个子姑娘。但从那天下午开始，便是那个持高尔夫球棒、我推想她是西莫内小姐的姑娘重又搅得我六神无主了。她与别人在一起时，常常停下脚步，迫使她的女友们——看上去她们对她很尊重——也中止行进。我现在眼前仍然浮动着她停下脚步，马球帽下闪光的双眸，这身影映在大海在她身后为她构成的屏幕上，她与我之间，

---

① 贺加斯(1697—1764)，英国画家，木刻家，生于伦敦。其作品常具讽刺性，他希望创造出一种性格和风俗画派。其肖像画《杰弗莱一家》画的是律师杰弗莱、其妻及其二子女。也有另一种“版本”，不是律师杰弗莱，而是杰弗莱将军。此处不知指哪一幅。

隔着透明的碧蓝的空间和自那时以来流逝了的时间。这面庞的第一个影像，在我的记忆中非常单薄，我向往着、追寻着，后来又将它遗忘，然后又找到了它。自那以后，我常常将这面庞映在往昔上，以便面对一个在我房间里的少女时，心中可以这样暗想："就是她！"

可是，我最想结识的，可能还是那个面色如绣球花、有绿色眸子的姑娘。何况，不论哪一天我更希望见哪一个，即使没有这一个，其余的姑娘也足以使我心情激荡。我的欲望，即使这一次基本扑在这个身上，下一次又基本扑在那个身上，但是仍像第一天我那模糊的视觉一样，我的欲望继续将她们聚集在一起，继续将她们当成一个单独的小世界。一个共同的生命使这个小世界活跃起来，大概她们也企望构成这个单独的小世界吧！如果我成了其中一个的男友，我大概就能进入——就像一个细腻的异教徒或一个小心谨慎的基督徒到了蛮夷之中——一个令人更加年轻的圈子里去。这个圈子洋溢着健康、无意识、肉欲、狠毒、非智性和快乐。

我向外祖母讲述了与埃尔斯蒂尔的匆匆一晤，她为我能从埃尔斯蒂尔的友情中得到各种精神收获而感到高兴，认为我到此刻尚未去拜访埃尔斯蒂尔，既荒谬绝伦，又对人缺乏热情。可是我一心只想着那一小帮子，对于这些少女何时从海堤上经过没有把握，我不敢远离。外祖母对我衣冠楚楚也大为惊讶，因为我突然想起了直到那时一直扔在箱底的礼服。我每天更换一件，不重样，甚至给巴黎写了信，让他们给我寄新帽子和新领带来。

在巴尔贝克这样的海滨休养胜地，如果一位美丽少女，一个卖海鲜、糖果或鲜花的女郎，其面庞在我们的心中用鲜艳的色彩描绘出来，对我们来说每天从清晨开始，便成为在海滩上度过的那些游手好闲而又阳光普照的日子的目标，生活便增加了极大的魅力。这样的日子虽然无事可干，像某些工作日一样轻松，但是给引到了某个方向上，受到了磁铁的吸引，朝某一即将到来的时刻稍微翘起了一点，这就是人们一面买油酥饼、玫瑰花、菊石，一面由于在一个女性面孔上见到了犹如纯洁地撒在一朵花上的鲜艳色彩而兴高采烈的时刻。但是，首先，这些小商贩，人们至少可以与她们讲话，这便免得用想象去建造简单视觉向我们提供的方面以外的其他各方面，去重新创造她们的生命，去夸大她们的魅力，如在一幅肖像画面前那样。特别是，正因为跟她们讲话，便可以得知在什么地方，什么时刻，可以再次见到她们。可是就那一小帮少女而言，对我来说，却绝非如此。她们的习惯，我不知晓。某些日子，不见她们的踪影，不知道她们不出现是何种原因。我便想找出一个规律，是否她们不出现有固定的时间，是否只能每两天看见她们一次，或者是与天气如何有关，抑或是否有些日子就永远也见不到她们。我事先将自己想象成她们的朋友，并且对她们说："哪天哪天，你们不在吗？""啊，对，那天是星期六，星期六我们从来是不来的，因为……"我还想寻找一个答案，即：如果知道凄凉的星期六，怎么玩命也没有用，你尽可以在海滩上东奔西窜，坐在点心铺子门前，装做吃奶油糕点，走进稀奇小玩艺儿商店，等待洗海水浴时刻到来，音乐会开始，涨潮来到，日落，夜幕降临，反正看不见心中向往的那一小群人，是否事情就同样简单呢？

那要命的日子，可能一个星期内不只是重来一次。可能不一定非在星期六降临。可能某些气候条件对此也有影响，抑或与气候条件完全无关。对于陌生世界表面上这些不规则的运动，必须收集多少耐心却丝毫不平静的观察的资料，才能肯定自己没有为巧合所捉弄，肯定我们的估计不会错，才能对这激动人心的天文现象归纳出确切的规律来啊！这可是通过痛苦的体验换来的呀！有时我想起与今天相同的那个星期几没有看见她们，心中暗想，她们不会来了，在海滩上滞留毫无用处。可就在这时，我依稀望见了她们。反过来，有一天，我以为有些规律决定着这些星宿要返回了，我算出来这天应是一个黄道吉日，可是她们竟没出来。我会不会看见她们，这还是没有把握的事情中的第一件。还有一件更严重的没有把握的事情，那便是我以后会不会与她们重逢，因为我完全不知道她们是不是要动身到美国去或返回巴黎。这便足以叫我开始爱上她们了。对一个人是可以有口味的。但是要让作为爱情前奏的那种悲哀，感到无法弥补、焦躁不安一发而不可收，则必须有“不可能”这个危险才行。“不可能”这个危险焦躁不安地寻找一个目标去拥抱狂热，说不定目标正在这里，而不在一个人身上。相继谈恋爱过程中不断反复的这种影响，已经在这样起着作用（相继谈恋爱是可以发生的，但是恐怕更多是在大城市生活中。对女工而言，不知道她们哪天放假，生怕她们走出车间时没有看见她们），至少这些影响在我相继谈恋爱时是不断反复的。可能这与爱情密不可分。可能所有构成第一次恋爱特殊的地方又通过回忆，启示，习惯，通过我们生活前后衔接的一个个阶段，补充到后来的恋爱中去，赋予其各个方面以一种普遍性。

在希望能与她们相遇的时刻里，我找到各种借口到海滩去。有一次，我们正在用午餐，我远远望见了她们。可惜我到的时候已经太晚，在海堤上等了很久，等待她们走过。此后我在餐厅里只待一小会，眼睛在蓝色的玻璃窗上搜寻。还没上餐后点心，我便站起身来，怕她们换了另外一个时间，而把她们错过。外祖母叫我与她待在一起的时间超过我认为最有利的时机时，我对她便很恼火，这成了她自己未意识到的坏心眼。我把椅子斜放，以尽量延长视野。如果我偶然瞥见了这群少女中的无论哪一个，既然她们全都属于同一特殊品种，我就像在眼前移动的魔怪般的幻觉中看见了幻梦的影子。这幻梦跟我作对，我又狂热地贪恋着它。这一刻之前，这幻梦还只存在于我的脑海中，此后却又经常在那里滞留了。

我不专爱哪一个，我个个都爱，尽量与她们相遇对我打发日子又构成唯一甜蜜的因素，只有与她们相见才能使我心中升起打破一切障碍的希望。如果我没有看见她们，继这种希望之后而来的，便是狂怒。这种时刻，在我心中，这些少女遮住了外祖母。这时，如果说到什么地方去，她们会在那里，我立刻会高高兴兴奔了去。我自以为考虑别的事情，或什么都不想时，实际上我的心思完全愉快地勾在她们身上。当我甚至自己不知不觉地，更加无意识地想到她们时，对我来说，她们就是大海起伏的碧波，就是大海前列队而过的侧影。如果我到她们所在的哪个城市去，我定希望与大海重逢。对一个人最排他性的爱，总是对其物的爱。

我现在对高尔夫球和网球极有兴趣，而放过了观看一位艺术家——外祖母知道他是最伟大的艺术家之一——作画和听他大发宏论的机会。外祖母为此很瞧不起我，我认为这种瞧不起乃源于某些狭隘的看法。从前我在香榭丽舍大街观察到，从那时起我自己更意识到，我们钟情于一个女子时，只是将我们的心灵状态映射在她的身上；因此，重要的并不是这个女子的价值，而是心态的深度；一个平平常常的少女赋予我们的激情，可以使我们自己心灵深处最隐蔽、最有个人色彩、最遥远的、最根本性的部分上升到我们的意识中来。和一个出类拔萃的人的谈话，甚至满怀钦佩地注视他的作品所能给予我们的愉快，却不能产生这样的效果。

我最后只好服从外祖母。更叫我心烦的是埃尔斯蒂尔住在巴尔贝克最新开辟的一条街上，离海滩相当远。有电车从海滩街经过，白昼的炎热使我不得不乘电车前往。为了想象我是处于西梅里安的古王国之中，玛克王的国度中或波劳斯良德森林遗址中①，我极力不去注视在我面前伸展开去的建筑物那蹩脚的豪华。埃尔斯蒂尔别墅可能是这些建筑物当中最难看而又豪华的了。尽管如此，他还是租了下来，因为在巴尔贝克现存的别墅中，唯有这一栋能提供一间宽敞的画室。

我穿过花园时，也是眼睛望着别处。花园中有一片草地，像巴黎郊区

① 在《特里斯丹和依索尔德》这个传说中，公主依索尔德许配给了玛克，他是高尔努阿耶国王。但是在船上，特里斯丹与依索尔德饮了魔酒，双双堕入爱河，他们逃进了波劳斯良德森林。这个森林如今叫班朋森林，位于伊尔-维兰省，大部分骑士文学中的爱情故事发生在这里。

随便哪一位布尔乔亚的家中都拥有的一样,但是更小一些:有一个风流园丁的小雕像,从中可以端详自己的玻璃球,秋海棠作的边饰和一个小小的凉棚。凉棚下,一张铁桌子前,几张摇椅排开。接触到这些充满城市丑陋的东西之后,待我到了画室里,便不再注意覆盖接缝板条那巧克力颜色的条纹了。我感到很高兴,通过我四周的所有作品,我感到有可能将自己的情感升华到充满喜悦的诗意般的认识中去,形式多样,直到那时为止。我还没有把这些作品与现实中的整个情景分离开来。

埃尔斯蒂尔的画室在我眼中,犹如世界上某种创新实验室。在这个实验室里,从我们见到的各种杂乱无章的事物之中,他从这里抽出在沙滩上碾碎自己丁香色泡沫的大海波涛,从那里抽出一个着白色人字纹布上装、臂肘支在船甲板上的青年,将它们画在各个长方形的画布上。这些长方形横七竖八地放在那里。青年的上装和飞沫四溅的浪涛,虽然失去了人们认为存在的内容,波涛再也不能溅湿,上装再也不能给任何人穿,但它们仍然继续存在,并因此而得到新的尊严。

我走进去的时候,创作大师手中正握着画笔完成落日的形状。

四面的窗板几乎完全关闭着,画室相当凉爽,只有一个地方,强烈的阳光在暗色的墙上印上那鲜艳而又转瞬即逝的装饰;只有一个长方形的小窗开着。小窗四周忍冬环绕,朝着一条大街,下面是花园一角。因此画室的绝大部分暗淡无光,空气透明,结成完整的一团,但在阳光将它嵌镶的裂缝处,既潮湿暗淡又闪闪发光,好似一大块水晶岩,其中的一面已经经过雕琢,磨平,此处彼处像一面镜子在闪烁,放出七色光。应我的要求,埃尔斯蒂尔继续作画,我则在这半明半暗中转来转去,在这幅画前停留一会,又在另一幅画前停留一会。

我四周的画都是他的作品,大部分并不属于我最期望看到的类型。这些画,正如在大旅社桌子上扔着的一本英国艺术杂志所说,属于他的第一和第二画法，即神话画法和受日本影响的画法①。据说，这两种画法，在德·盖尔芒特夫人的收藏中，均得到精彩的体现。当然，他画室中的作品，几乎全是在这里，在巴尔贝克取的海景。但我从中仍能辨别出，每一景的魅力都在于所表现的事物有了某种变化，类似诗歌中人们称之为的暗喻。如果说天父创造了每一事物，同时又给了它们一个名称，埃尔斯蒂尔则重新创造了它们，脱去了其名称，或者赋予它们另一个名称。表示事物的名称总是与理性上的某一概念相呼应，而理性与我们的真正印象是格格不入的，这又使我们不得不把一切与这个概念不相关的东西从事物中排除出去。

在巴尔贝克旅馆里，早晨，弗朗索瓦丝将遮住阳光的毯子拿掉时，晚上，我等待着与圣卢一起外出的时刻到来时，我伫立窗前。由于光线的作用，有时我错把大海颜色更深的那部分当成了遥远的海岸，或者满怀欣喜地凝望着蓝色的流动的一片，不知那是海还是天。很快，我的理性将各个成份重新区分了开来，而我的印象则又取消了这种区别。在巴黎也是如此。有时我在自己房间里听到一场争吵，几乎是骚动，直到我将这声音与其原因联系上为止，例如一辆马车行驶到近前，我才能将那尖厉刺耳的斥骂声从这个声音里排除出去。我的耳朵确实听到了那尖厉刺耳的斥骂，而我的理性知道，车轮不会产生这样的声音。人们一如其本色富有诗意地见到大自然的时刻是罕见的，埃尔斯蒂尔的作品正是由这样的时刻组成。此刻在他身边的各幅海景中，他最常用的比较之一正是海天对比，而取消了二者之间的任何分界线。正是在同一幅画中，心照不宣地、不倦地重复这种对比，才在他的画中引进了形式多种多样的高度和谐。埃尔斯

① 日本艺术首次在法国出现是1855年的万国博览会。1867年与1878的万国博览会，日本馆得到极大成功，日本艺术在法国风行。有的学者认为惠斯勒（他于1883年在法国定居）对于日本艺术在法国的发展起了重要影响作用。

蒂尔的绘画在某些爱好者心中引起热烈反响，其原因正在于此，有时这些人自己反倒没有明确认识到这一点。

最近几天他刚画完一幅画，这幅画表现的是卡尔克迪伊海港，我对这幅画凝望良久。例如在这幅画中，埃尔斯蒂尔就让观众对这种比较有思想准备，他对小城只使用与海洋有关的语汇，而对大海，只使用与城市有关的语汇。要么房屋遮住海港的一部分，要么捻缝的水塘、甚至大海深入陆地成为海湾，在这巴尔贝克一带常有这种情形。从修建了城市的前突尖角那边，房顶上露出桅杆（就像房顶上露出烟囱或教堂的钟楼一样），好似屋顶构成了船只，成了船只的一部分。然而这又具有城市特色，是在陆地上修建起来的。其他沿防波堤停靠的船只更加强了这种印象。船只那样密密麻麻挤在一起，竟然可以站在这只船上与另一只船的人聊天，而分辨不出他们是分开的，也分辨不出小的间隙，这捕鱼的船队还不如克里克贝克的教堂那样好像属于大海。克里克贝克的教堂，远远看上去，四面被水包围，因为人们看不见城市。在阳光和海浪有如尘土飞扬之中，教堂好像从水中钻出来一般，宛如白石或泡沫吹鼓而成，系在富有诗意的彩虹腰带上，构成一幅不真实而又有神秘色彩的图画。在前景的海滩上，画家想到了办法使人们的眼睛习惯于在陆地和大洋之间辨认不出固定的界限，绝对的分界线。几个壮汉正在把船只推向海中，他们既在海浪中奔跑，也在沙滩上奔跑。黄沙被打湿，仿佛成了水，映出船体。就是海水也不是齐平地往上涨，而是循着海岸的曲线上溢。远景更将沙岸撕成条条缕缕，一艘在茫茫大海上行驶的船只，被军舰修造厂快要完工的工程掩住了一半，竟像在城市中航行了。在岩石中捡拾海虾的妇女，因为四周都是水，又由于她们置身于岩石筑成的堡垒后面，地势较低，海滩（在最接近陆地的两端）降到了海平面上，她们倒像在海内岩洞之中了。这海内岩洞上部伸向船只和海浪，本身却在奇迹般分开的波涛翻滚中开辟出来并受到保护。虽然整个画面使人对海港产生海洋进入陆地之中，陆地具有海洋性质，人则成了两栖动物这样的印象，但是大海元素的力量仍然到处迸发出来。在防波堤入口处，岩石旁，大海喧嚣的地方，从水手的辛苦中，从船只倾斜成锐角卧在高耸的船坞、教堂、城市中的房屋前，有人回到城市、有人从城市出海打鱼中，人们感觉到他们艰苦地在水上奔忙，好似骑在马背上一般。这匹马性情暴躁，健跑如飞，但是，如果他们不够机敏和灵巧，那牲口一抖擞，就会将他们掀翻在地。

一群游人兴高采烈地乘坐一只小船出海，小艇摇摇晃晃，像一辆蹩脚的马车。一个天性快活同时又很聚精会神的水手，犹如用缰绳驾驶马匹一样驾驭着小船，张开有力的风帆。每个游客都乖乖地坐在自己的位置上，避免船只一侧过重而倾翻。在阳光灿烂的田野里，在绿荫覆盖的名胜区，人们也是这样奔跑着滚下山坡的。虽然下过暴雨，仍是风和日丽的上午。甚至人们还能感觉到平稳不动的船只享受着阳光和荫凉，在大海那样平静的部分，要保住这完美的平衡需要制服什么样的强大阻力！大海那样平静，比起由于阳光的作用似乎已经蒸发的船体来，水中的倒影似乎更结实，更真实。远景更使船体显得鳞次栉比。或者更正确地说，我们还没有提及大海的其他部分。这些部分之间，差异很大，就和某一部分与出水的教堂以及城市后面的船只之间差异很大一样。这边暴风雨，漆黑一片；稍远一些，色彩鲜艳，而且与天空一样如同涂上了釉彩；那边，阳光、云雾和泡沫使大海那样雪白，那样连成一片，那样具有土地气息，那样具有房屋的假象，人们甚至会以为那是一条石路或一片雪原。可是人们又看到那石路或雪原上有一条船，不免吓了一跳。船只悬在陡坡上，停在旱地里，好像一辆马车刚刚走出涉水而过的地段正在晾干。可是，过了一会，人们又在这结结实实的高原那高低不平的辽阔平面上，看见了一些摇摇晃晃的船只。这时人们才醒悟过来，这还是海，而这各种景象都是真实的。

人说在艺术上无进步无发现可言，只在科学上才有；每个艺术家都得自己重新开始个人的努力，任何别人的力量既帮不了他的忙，也阻碍不了他。虽然这么说不无道理，但是还必须承认，在艺术揭示了某些规律的范畴内，一旦某种技巧将这些规律普及，回头一看，先前的艺术就失去了一些新颖独特之处。自埃尔斯蒂尔开始作画起，我们已经经历了人们称之为自然景色和城市的“精彩”摄影阶段。业余爱好者在这种情况下使用这个形容词到底指的是什么呢？要想说明白，我们就会看到，这个形容词一般是用来指一个熟悉的事物所呈现的奇特形象。这个形象与我们司空见惯的不同，奇特然而又是真实的，因此对我们来说倍加引人入胜，因为这个形象使我们惊异，使我们走出了常规，同时又通过唤起我们一种印象使我们回归到自己。例如，这些“精彩”摄影中的某一帧，体现了远景的一个规律，给我们看的是我们的城市中司空见惯的某一大教堂，却从精心选择的一个点上来拍摄。从那个点上看，它似乎比房屋高出三十倍，而且与江边成突角，实际它与江边距离很远。埃尔斯蒂尔下工夫不是原封不动地——他知道原是什么样的——将事物摆出来，而是按照我们原始视觉赖以构成的光学幻觉将其呈现出来。这种工夫正好使他要阐明某些远景规律，这就更叫人惊异，因为是艺术首先揭示了这些规律。一条江，由于水流的曲折，一海湾，由于表面上看靠近悬崖，似乎成了平原或山中掘出的四面绝对封闭的一湖泊。从巴尔贝克取景，赤日炎炎的一个夏日画的一幅画中，大海凹进来的一块，由于封闭在粉红花岗岩岩壁中，似乎不是大海，而大海从稍远的地方才开始。大洋的连续性只通过一些海鸥暗示出来。海鸥在观众以为是石头的东西上面飞旋，吮吸着波涛的潮湿气息。

这同一张画，还揭示出其他的规律。例如，在高高耸立的悬崖脚下，点点白帆映在蓝色明镜中，宛如沉沉入梦的蝴蝶，极尽小巧之美；又如某些阴影暗与光线之亮的强烈对比等。摄景艺术已使阴影的变化无穷家喻户晓，但是埃尔斯蒂尔对阴影的变化无穷那样感兴趣，从前他竟专心致志地喜欢画真正的海市蜃楼。在海市蜃楼中，顶部有塔楼的古堡显出一座完全圆形的古堡模样，顶部有一塔楼将其延长，底部反方向又有一塔楼，也许是天空格外晴朗赋予映在水中的倒影以石质的坚硬和光泽的缘故，也许是晨雾使石头与影子变得一样烟雾缥缈。同样，远处，大海之外，一排远树之后，另一大海开始，落日将它染成玫瑰色，而这正是天空。阳光，如同一种新的固体被创造出来，推动着它直接照射的船体，后面另一船体则笼罩在阴影之中，犹如将水晶楼梯的一级一级摆在一个表面上。从物质构成说，这表面是平的，但是清晨大海的光照将这表面折断了。一条江从一座城市的桥下流过，从那样一个视角取景，这条江竟然显得完全支离破碎了，这里摆成湖，那里细如网，别处又由于安插了一座树木覆盖山顶的小丘而折断，城中的住户晚上到这山顶的树林中来呼吸夜晚凉爽的空气。这座动荡的城市，其节奏本身，只通过钟楼那不折不弯的垂直来表现。钟楼并不伸向天空，通过沉重的直线，就像在凯旋进行曲中一样表明生活的节奏，似乎在自己的身躯下悬挂着沿着折断、压碎的江流笼罩在薄雾之中的楼房那更模糊的整个一大片（由于埃尔斯蒂尔最初的作品产生于用一个人物点染风景画的时代）。在悬崖上或在山中，道路，这自然景色中半有人情味的部分，也和江河或海洋一样，受到远景的侵蚀。或是山峰，或是瀑布的烟雾，或是大海，使人无法沿着道路持续向前，这道路对于游人是可见的，对我们却并非如此。着过时服装的小小人物，迷失在这荒凉孤寂之中，似乎常常在深渊前停步，他遵循的羊肠小道这里已是尽头。而在再过去三百米高处的松林中，我们看见小道那好客的沙土，白白细细的一条又在游人脚下出现，真是叫我们放了心，眼睛也受到了感动。是山坡环绕着瀑布或海湾，为我们掩住了小路中间衔接的九曲十八弯。

埃尔斯蒂尔下工夫在现实面前脱去智性的一切概念，是非常了不起的。尤其他在作画前要让自己变成一无所知，出于正直而忘掉一切（因为人们所知道的事物并不属于自己），而这正是有高度修养的智慧。我在他面前承认我站在巴尔贝克的教堂前感到很失望时，他对我说：

“怎么，那大门使你感到失望吗？这可是民众永远读不明白的历史化了的最美的圣经啊！那圣母像和所有叙述她生平的浮雕，是中世纪为歌颂圣母所展开的长卷赞美诗最美好、最有诗意的体现。除了要细致准确地表现圣经以外，年迈的雕刻家又有怎样崇高的发现，进行了多少深邃的思考，赋予其怎样的优美的诗意啊！天使们运送圣母躯体的裹尸布，太神圣了，他们不敢直接触及（我对他说，在圣安德烈教堂也研究了这个主题。他见过圣安德烈教堂大门的照片，但他向我指出，那些小农民，所有的人都同时在圣母的周围奔跑，与此处的两位几乎意大利式的那么苗条，那么温柔的大天使，不可同日而语），这是多么了不起的想法！将圣母的灵魂摄走以便与圣母的肉体合在一起的那个天使；在圣母与伊丽莎白相遇那一节，①伊丽莎白触到玛丽亚的乳房，感到乳房隆起而深感惊异的那个动作；没有亲手摸到之前，怎么也不肯相信无玷始胎的接生婆那包裹着的手臂；圣母为了向圣徒多马证明她已复活而向他掷过去的腰带；还有圣母从自己胸前撕下用以遮掩自己儿子赤裸的身体的那块细麻布——在其子的一侧，教会收集鲜血，那是圣体圣事的饮料；另一侧，是统治已结束的会堂，蒙着双眼，手握折断一半的权杖，王冠从头上落下，同时任凭前朝法版滚落在地；最后审判时节，丈夫帮助自己年轻的妻子从坟墓中走出来，将她的手按在她自己的胸口上，为的是叫她放心，并向她证明那心脏确实在跳动，这不也是相当费心思找到的不错的想法吗？还有那个将太阳和月亮带走的天使，既然十字架的光辉将比星辰的光辉强七倍，太阳和月亮不是毫无用处了吗！还有将手浸在耶稣的洗澡水里，看看水是否够热的那个天使；从云端里降下将花环戴在圣母前额上的那个天使；还有所有从天上耶路撒冷圣殿的栏杆之间俯身向下，看见恶人受罪、好人享福，分别由于恐惧或快乐扬起手臂的那些天使！你看到的这些，就是天上的各个团

① 见《圣经·新约》路加福音第一章。

体，就是神学和象征性的整个伟大诗篇！这简直荒唐，简直神妙至极，比你将在意大利之全部所见好上一千倍！何况意大利的三角楣是天才大为逊色的雕塑家原封不动抄袭来的。你一定明白，所有这些玩艺，无非是一个天才问题。人人都有天才的时代，并不曾有过。这么说，全是胡说八道，那要比黄金时代还厉害。雕了这样的门面的家伙，请你一定相信，他也很厉害，与现在你最崇拜的那些人相比，他的思想也和他们一样深刻。如果我们一起去意大利，我会把这些指给你看。圣母升天节宗教仪式的某些歌词在这里得到非常精巧的表现，就是勒东①也无法与之媲美。”

他与我谈到的这个广阔仙界，庞大的神学诗篇，现在我终于明白是这样谱写出来的了。当初我在正门前张开充满渴望的双目时，却没有看见这些。我与他谈起那些高大的圣徒雕像，竖在高高的底座上，似乎形成了一条大道。

“这条大道从远古时代开始，最后达到耶稣·基督，”他对我说，“一边是耶稣精神上的祖先，另一边是犹大之王，是耶稣肉体上的祖先。每一世纪都集中在这里了。你视为底座的那东西，如果你看得更仔细一些，你就能叫出蹲在高处的人的名字了。因为在摩西脚下，你会认出金牛来；在亚伯拉罕脚下，你会认出羊来；在约瑟夫脚下，你会认出给皮蒂法尔老婆出主意的恶魔。”

我还对他说，我本来以为会看到一所几乎是波斯式的建筑，这大概也是我感到失望的原因之一。

“不，不，”他回答我说，“有许多是真的。某些部分完全是东方式的。有一根柱子是那样准确地重现了一个波斯题材，东方传说无所不在这一

---

① 奥狄龙-勒东（1840—1916），从一开始就强调想象在艺术中的作用。他本人既是油画家，又是水彩画家，石板画家，粉画画家。作品中宗教题材占很大比重。新的一代画家如鲍那尔，维亚尔，莫里斯·德尼等将他视为大师。

点竟然不足以解释这种现象。雕刻家肯定是抄袭了航海家从东方带来的一匣子东西。”果然,他给我看了一根柱子的照片,我从柱头上看见几乎是中国式的龙相互吞噬。但是在巴尔贝克,在建筑物总体中,这一小块雕刻未引起我们注意就过去了,而建筑的总体与“几乎是波斯式的教堂”几个字向我展现的情景并不相似。

在这个画室里,虽然我体会到精神上的快乐,但是这丝毫挡不住我感觉到透明涂料的温热,房间那火星四溅的半明半暗,忍冬环绕的小窗外完全乡下气味的大街上被烈日烧灼的土地那持续的燥热。这一切包围着我们,我们已无法自主。只有远方的树荫才给太阳蒙上一层面纱。看到《卡尔克迪伊海港》这幅画叫我十分快乐。这个夏日使我感到的意识不到的舒适,可能又像一条河流的支流一样,扩大了我的快乐。

我本来以为埃尔斯蒂尔很谦和。可是在一句表示感谢的话里,我用了“荣誉”一词时,我看到他的面孔因悲哀而稍稍变了样,这时我才明白我是大错特错了。认为自己的作品永世长存的人——埃尔斯蒂尔正属于这种情形——惯于将自己的作品置于他们本人已化成尘土的时代之中。所以,“荣誉”这个概念使他们不得不对这个虚无世界进行思考,叫他们悲伤,因为这个概念与死亡的概念密不可分。

想不到无意间使这高傲感伤的乌云升上埃尔斯蒂尔的眉宇,我赶紧改变话题以驱散这片乌云。

“人家劝我不要到英国去,”我想到从前在贡布雷与勒格朗丹的谈话,而且希望就这一席谈话得知他的见解,便对他说,“说是这对一个已经爱好幻想的头脑不利。”

“哪里!”他回答我说,“一个人的头脑已经倾向于幻想的时候,不应该让它离开梦幻,不应该对它进行限制。一旦你叫自己的头脑离开梦幻,你的头脑就再也不理解自己的梦幻了。你将为千百种表象所捉弄,因为你没有理解那表象的本质。如果说有点幻想是危险的,那么医好这一病症的，绝不是少幻想，而是更多的幻想，整个成为幻想。为了不再为幻想所苦，要完全理解自己的幻想，很重要。将幻想与生活适当分开，大有益处，以至我自忖，是否应该像某些外科医生主张应该将所有儿童的阑尾一律割掉以避免将来罹患阑尾炎那样，早早就预防性地将幻想与生活适当分开。”

埃尔斯蒂尔和我一直走到画室的尽头，站在窗前。窗子在花园后面，朝向一条狭窄的横街，几乎是一条乡间小路。我们来到这里呼吸将近傍晚的清新空气。我认为自己离那一小群少女十分遥远，正是下定决心牺牲一次看见她们的希望，我才终于听从了外祖母的请求来看埃尔斯蒂尔的。你寻找的东西在哪里，你并不知道，而且常常长时期回避由于别的原因每个人都请我们去的地方。但是我们料想不到，正是在这里我们会看见自己日夜思念的人。我毫无目的地望着这条乡间小路。小路从画室外紧擦画室而过，但已不属于埃尔斯蒂尔。

突然，那里出现了一小帮子中那个推自行车的少女。她快步沿着这条小路走来，乌黑的秀发上，戴着她那马球帽，帽子压得很低，下面是她那丰满的面颊和快活而又有些执拗的双眼。我看见她在这条奇迹般幸运、充满柔情许诺的小路上，从树下向埃尔斯蒂尔送过一个友好微笑的问候。这简直是一道彩虹，对我来说，它将我们的地球世界与迄今为止我们认为无法企及的地域连接了起来。她甚至走过来将手伸给画家，但没有停下脚步。我看见她下巴上有一颗美人痣。

“先生，您认识这位姑娘吗?”我问埃尔斯蒂尔，我明白他可能把我介绍给她，请她到他家来。于是，这间乡间景色环绕的宁静的画室，充满了更多一层的诗意。好比在一所房子里，一个孩子已经待得很高兴，当他又得知，漂亮的东西和高贵的人非常慷慨大方，要无限增加他们的馈赠，正在为他准备一席精美的茶点时一样。

埃尔斯蒂尔告诉我，她叫阿尔贝蒂娜·西莫内，同时也一一道出她的其他女友的名字。我对这些女孩描述得相当准确,所以他道出她们的名字时毫不犹豫。对她们的社会地位,我想错了,但是与一般在巴尔贝克的判断错误并不属于同一类型。店铺掌柜的儿子骑在马上,我轻易地将他们当成王子。可是这一次,我倒把属于相当富有的小布尔乔亚、工商业界家庭的一些少女给安到一个可疑的阶层里去了。这个社会阶层问题,一开始时我最没有兴趣。对我来说,无论是下层民众,还是盖尔芒特家那样的上层社会,都没有什么神秘。肯定,如果海滨生活那色彩斑斓的空虚没有在我看花了眼的双目前事先赋予她们某种魅力,而且她们再也不会失去这种魅力的话,说她们是大批发商的女儿,我大概也不会与这个概念胜利地抗争到底。现在,我只能对法国布尔乔亚是一个绝妙的最丰富多彩的雕塑作坊表示钦佩了。多少出人意料的类型！从面部特征上,是多么了不起的发明！面部线条上,又是怎样的决断,怎样的新鲜,怎样的质朴！这些迪安娜[1]和仙女竟然出自吝啬的老布尔乔亚阶级,我真觉得这些老布尔乔亚也是最高大的塑像了。

这些少女社会地位的变化,我还没来得及察觉,在她们那流里流气的面孔后面,又一个想法已经扎下了根。原来我认为她们是自行车运动员、拳击冠军的情妇,现在又觉得她们很可能与我们认识的某一律师家庭关系非常密切了。这些发现的错误,对一个人观念的改变简直具有化学反应般的瞬时性！

阿尔贝蒂娜·西莫内是什么样的人,我所知甚少。肯定她对于某一天她之于我如何,也毫无所知。甚至我在海滩上早已听人说过的西莫内[2]这个姓,有人叫我写出来的话,我可能会写成两个“n”,一点也料想不到这个家族对于只有一个“n”看得很重。在社会阶梯上,越往下,时髦玩艺越

---

① 迪安娜为希腊神话中之猎神。

② 西莫内写作“Simonet”。

抓住一些鸡毛蒜皮不放。这些鸡毛蒜皮的事,可能并不比贵族的那些标记更毫无意义,但是,这些玩艺更莫名其妙,更因人而异,更叫人惊诧。可能有过姓 Simonnet 的人干过坏事,甚至比这还糟。总而言之,据说,别人若是将他们的姓写成两个“n”,这西莫内家的人便要大光其火,犹如受了诽谤一般。蒙莫朗西家族为自己是法兰西最早的男爵而感到自豪,而他们为唯有自己姓只有一个“n”的西莫内、而不是两个“n”的西莫内,大概感到同样自豪。

我问埃尔斯蒂尔,这些少女是否住在巴尔贝克。他回答我说,其中某些姑娘是住在巴尔贝克的。有一个姑娘家的别墅就在海滩的尽头,就是卡那维尔悬崖开始的地方。由于这个姑娘是阿尔贝蒂娜·西莫内的挚友,我更加有理由相信,我和外祖母在一起遇到的那个姑娘正是阿尔贝蒂娜·西莫内。当然,有那么多条与海滩成垂直方向的小街街角都很相似,我也无法准确无误地认出那是哪一条街。人们希望记忆准确无误,但是就在当时,视觉就是模糊的。然而,阿尔贝蒂娜与走进女友家的那个少女是同一个人,这一点实际上可以肯定。虽然如此,此后,棕色头发的高尔夫球运动员在我面前呈现的无数形象,不论此形象与彼形象多么不同,全都重叠在一起。如果我沿着回忆的线索上溯,在这个特征掩护下,就像在一个内部通道中一样,我可以从所有这些形象面前经过,而无法从同一个人中绕出来。反过来,如果我希望一直上溯到我与外祖母在一起那天路遇的那个少女,我必须再走到露天中去。我确信又找到了阿尔贝蒂娜,她与走在自己的女友中间,在散步中经常停下来,高出海平线的那个,是同一个人。但是,所有上述的形象依然与最初的那一个形象相分离,因为我无法在事后赋予她在给我的双眼留下深刻印象那一刻对我而言她不具有的特点。不管概率计算能给我什么保证,在小街与海滩的转角处那样大胆地望了我一眼的,我以为可能会爱上我的那个双颊丰满的姑娘,我从来没有与她重逢过。

我在这一小帮的各个少女之间犹疑不定，她们每个人都保留了一点首先使我心荡神驰的集体魅力。这种犹疑是不是又给上述的原因增加了一条，给我后来，即使在我最热恋阿尔贝蒂娜——是我第二次谈恋爱——的期间，留下一种间歇的而且短暂的不爱她的自由呢？由于先在她的所有女友之间游荡，后来才固定在她身上，我的爱情有时在爱与阿尔贝蒂娜的形象之间保留着某种“游戏”性质，这种游戏，像没有对准的光束一样，使爱情先落在别人身上，然后才回来施加在她的身上。我心中感到不自在与对阿尔贝蒂娜的回忆之间，似乎并没有什么必要的联系，说不定与另一个人的形象也能联系在一起。这种想法在闪电般的一瞬间，使我能够将现实化为乌有，不仅是如我对阿尔贝蒂娜的爱这样的外部现实（我承认我对阿尔贝蒂娜的爱是一种内心状态，在这种心态中，完全从自己心中引出我爱的人的特殊品格，特别性格，使得爱情对我的幸福成为不可或缺的一切），甚至是内心的纯主观的现实。

“没有哪一天，她们当中这个人或那个人不从画室前经过并走进来略作拜访的。”埃尔斯蒂尔对我说。如果外祖母叫我来看他的时候我立刻就来，很可能我早就结识阿尔贝蒂娜了。想到这里，埃尔斯蒂尔的话真叫我伤心。

她走远了。从画室里再也看不见她了。我想，她到海堤上会女友们去了。如果我早能和埃尔斯蒂尔一起到海堤上去，也会结识她们了。我编出一百样借口来，好叫他同意跟我到海滩上去转一圈。那个少女在那面小窗的窗框里出现之前，我的心是平静的。现在我失去这种平静。那面小窗，直到那时为止，在忍冬的包围中是那样动人，现在却变得空荡荡了。

埃尔斯蒂尔对我说，他要去跟我走几步，但是他不得不首先画完正在画的那幅画。这叫我感到快乐，快乐中又夹杂着折磨。他画的是花，但不是山楂花，刺玫花，矢车菊，苹果花——我如果要向他订一幅画，我更希望订画这些花的画，而不是一幅人物肖像，以便通过他天才的揭示，得悉我经常在这些花前寻觅而始终不可得的东西到底是什么。埃尔斯蒂尔一面作画，一面与我谈植物，但是我听不进去。光是他一个人已经再也不够，他现在只不过是那些少女与我之间必要的中介。他的威望，不久以前对我来说，还由他的天才赋予。而现在，只有在他即将为我介绍的那一小帮子人眼中，他将这种威望泽被到我，这威望才有价值。

我踱来踱去，巴不得他赶快画完。我抓住一些习作仔细端详。许多习作靠墙翻过去，一个压一个地摞在那里。我就这样碰巧发现了一幅水彩画。这幅画大概是埃尔斯蒂尔绘画生涯中很久以前某个时代的作品，使我特别着迷。一些作品不仅仅技巧高超，而且立意那样不同寻常，那样诱人，我们竟然会将作品魅力的一部分归之于立意，似乎这种魅力，本来在大自然中就已经具有物质存在形式，画家只要去发现，去观察，去描摹出来就行了。这样的作品使人特别着迷。这样的物品能够存在，甚至将画家的表现形式抛开不谈也是美的，这就满足了我们心中天生便具有而后来又被理性所打倒的唯物论，而且为美学的抽象充当砝码。

这幅水彩画，是一位少妇的肖像。她并不美丽，却属于一种独特的类型。她头上戴着一顶包头软帽，与帽檐上饰有樱桃红绸带的瓜皮帽很相似。两只手戴着露指手套，一只手擎着一支点燃的烟卷，另一只手将一顶纯粹为了遮阳用的果园大草帽样的东西举到膝盖那么高。她身旁有一张桌子，桌上有一花瓶，插满了玫瑰花①。这类作品妙就妙在它们是在特殊条件下完成的，而我们一下子弄不清楚。常有这种情形，这幅画即是如此。例如我们不知道一个女性模特儿那奇异的装束是不是化装舞会上的化装，抑或一个老头身着红大衣，看上去他故意穿上这件衣服以迎合画家的异想天开，可是我们不知道这是他的教授袍还是董事袍，还是他的主教

① 以下两处则说花瓶中插的是石竹花。

披肩。我眼前的这张肖像画，画中人的性格叫人捉摸不透，原因是这是一位昔日的年轻女演员，半反串，叫人不明白。她那短发在瓜皮帽下蓬松隆起。她那丝绒上装没有大翻领，中间是白色的硬胸。这瓜皮帽和上装叫我一时拿不准这时装是何时期之物，这模特儿是男是女。结果是，除了知道我眼前是画家最明快的一幅画以外，我什么也说不准。

这幅画使我感到的快活，又被担心所扰乱，我怕埃尔斯蒂尔又磨磨蹭蹭，叫我错过了那些少女，因为那小窗上的日影已经西斜。这幅水彩画上，没有哪一件东西可以简简单单地加以证实就算了事，之所以画出来，那是因为在这场景中有用。画衣着是因为那女子必须穿衣，画花瓶是因为有花。花瓶的玻璃本身就招人喜爱，似乎灌上了水，石竹花的花茎插在瓶中，犹如浸在与水一样清澈、几乎与水一样液态的物质中。女子的服装以独具一格而又令人感到亲切的魅力笼罩着她，似乎工业产品可以与造物主的奇迹相媲美，这些奇迹就和猫毛、石竹花瓣、鸽子羽毛一样娇嫩，视觉接触时感到那样甜美，画得那样鲜艳。硬胸雪白，细如雪霰，那轻盈的褶皱呈钟形小花状，恰似铃兰的花朵，在房间明亮的折射光中开放。这折射光本身本来很强烈，但是正像花束会在被单上映出缕空的花朵一样，这光线也稍稍减弱了一点。上装的丝绒闪射着珠光，这里那里有什么竖起来，有什么撕碎了，有什么毛茸茸的，使人想到花瓶中散乱的石竹花。但是人们特别感觉到的，是埃尔斯蒂尔对一位年轻女演员的这身化装服饰会表现出什么样的道德败坏完全不在乎，对他来说，她会对某些观众那已经麻木或已经堕落的感官产生什么样的刺激，与她扮演自己角色的天才相比，大概更加重要。因此他反而着力于这些模棱两可的特点，就像着力于某一值得突出、他也极尽所能加以强调的美学成份一样。

循着面部线条看，似乎就要承认其性别是一个有点男孩子气的姑娘了。可是就在这时，那性别又消失了，再过去，重又出现，而暗示给人的，毋宁是这样的想法：这是一个女性化的、有恶习的、想入非非的小伙子。此后性别又逃走了,始终无法捕捉得住。目光中那种耽于幻想的忧郁,与属于花天酒地的阶层和戏剧界的那些细节形成强烈对比,这个特点并不是最不会使人心绪动荡的。此外人们会想,这是假扮的,着这身富有挑逗性的服装似乎主动送给人家去抚摸的这个年轻人,很可能觉得再加上点保留在内心的秘密情感、秘不告人的忧郁这样浪漫主义的表情,会更有刺激性。肖像的下方写着:Miss Sacripant①,1872 年 10 月。

我忍不住叫起好来。

“噢,这算不上什么,是年轻时候匆匆画成的东西,那是给杂耍剧院②演出画的服装。是老早以前的事了。”

“那模特儿后来怎么样了?”

我的话先是叫他一怔,过了一秒钟,他的脸上现出一副毫不在意、心不在焉的表情。

“喂,快把那张画给我,”他对我说,“我听到埃尔斯蒂尔太太的脚步声,她来了。虽然戴甜瓜帽的那个年轻人在我的生活里没有起过任何作用,我向你保证,但是叫我妻子看见这幅水彩画毫无益处。我之所以保存这幅画,不过作为那个时代戏剧一个很好玩的材料罢了。”

可能埃尔斯蒂尔已经很久没见过这幅水彩画了。他向画注视了一下,然后将它藏起来。

“我必须只保存头部,”他自言自语地说,“下部画得太糟糕了,那双手简直是商人的手。”

埃尔斯蒂尔夫人来到,更要耽搁我们,我心里真难受。窗户的边很快

---

① 塞克里本特小姐。《塞克里本特》为吉尔和杜布拉多于 1866 年创作的一部喜歌剧。剧中男主角男扮女装出现。

② 杂耍剧院始建于 1807 年,位于蒙马特大街 7 号,第二帝国时代因上演轻松的喜剧及歌剧而名气大振。后来主要在这里上演通俗喜剧。普氏本人曾于 1909 年 11 月 27 日去该剧场观剧。

就成了玫瑰色。我们即使出门去，大概也要一无所获了。再没有看见那些少女的任何可能了。因此，埃尔斯蒂尔太太离开我们是快是慢，也再没有任何意义。她并没有待很久。我觉得她特别令人生厌。小上二十岁，在罗马乡间牵着一头牛，她很可能是个美人儿。但是现在，她的黑发正在变白。她普普通通，却又不朴素自然，因为她认为举止庄重、态度庄严乃为她那雕塑美所必需，而她的年龄已使她的雕塑美失去全部魅力。她的服饰极为朴素。埃尔斯蒂尔每时每刻都用含有敬意的柔情蜜意说："我的美人加布里埃尔！"似乎只要说这句话，就会使他动情，使他满怀尊敬。听到他这样说，人们很受感动，但也感到惊异。后来，当我见识了埃尔斯蒂尔的神话题材绘画以后，倒也觉得埃尔斯蒂尔太太姿色增加了几分。我明白了，既然他将自己的全部时间、整个的思考工夫，一句话，自己的整个生命都献给了更好地分辨这些线条，更忠实地重现这些线条，那么事实上，他早就将几乎天神般的性格归之于某种理想类型，某种准则了。这种理想类型可归结为某些线条，某些在他的作品中不断反复出现的阿拉伯花纹。这样的理想给予埃尔斯蒂尔的灵感，确实是那样严肃、那样要求很高的迷信，这种信仰竟然从不允许他感到满意。这个理想，就是他本人心中最秘不示人的部分，所以他无法将这理想看得很淡漠，无法从中得到激情，直到他遇到了这个理想的那一天。那一天，他在一个女郎的躯体上，遇到了已在外部实现的这个理想。这就是后来成了埃尔斯蒂尔太太的那个人的躯体。从她身上，他得以感到那理想是崇高的、感人的、神妙的——只有对不是我们自己，我们才能有这种感受。直到那时为止，必须千辛万苦从自身开发的美，顷刻，神秘地化成了肉身，主动献身给他，以结成卓有成效的情感一致的硕果。将双唇按在这美上，啊，心灵会得到怎样的宁静！

那时的埃尔斯蒂尔，已不再处于只期待思维旺盛就可以实现其理想的青春年少时代，他已接近指望通过肉体的满足来促进精神充沛的年龄。

我们精神疲劳了，往往倾向于物质至上；活动减少了，往往倾向于被动接受影响。精神的疲劳与活动的减少开始使我们同意这样的观点，那就是可能确有某些得天独厚的躯体、行业、节奏能那样自然而然地实现我们的理想，以致即使没有天才，只要描摹某一肩部动作，某一脖颈的紧张，我们就能创造出一幅杰作来。这是我们喜欢用目光去抚摸美的年龄，这美在我们身外，在我们身边，在一幅挂毯上，在旧货商店里发现的一幅提香所作的美妙画稿中，在与提香画稿同样美丽的情妇身上。我理解了这一切之后，每次见到埃尔斯蒂尔太太，再也不能不感到快乐，她的身躯也失去了沉重的臃肿，因为我用一个想法充满了她的躯体，那就是她是非物质的造物，是埃尔斯蒂尔的自我写照。对我来说，她也是一幅肖像画，对他大概也是如此。对艺术家来说，生活中的材料是不算数的，只是显露其天才的一个机会而已。将埃尔斯蒂尔创作的十幅不同人物肖像画排列在一起去看，人们会清楚感觉到，首先，这些人跟埃尔斯蒂尔全是一家人。天才汹涌澎湃覆盖住生活，只有大脑疲劳了，渐渐失去了平衡时，生活才又占上风。好比一条大江，大潮涨来，江水倒灌之后，才又恢复正常水流。在第一个阶段中，艺术家逐渐摸索出自己意识不到的天才所具有的规律和模式。如果他是小说家，他知道，什么情景能向他提供素材；如果他是画家，他知道什么景物能向他提供素材。这素材本身无关紧要，但对他的探索必不可少，正如一间实验室或一间画室之必不可少一般。他清楚地知道，用柔和光线所产生的效果，用对某一过失改变看法而产生的内疚，用站在树下或半潜入水中美如雕像的一些女郎，他造就了自己的杰作。终于会有那么一天，他的大脑已经衰退，面对他的天才使用的材料，他再也无力进行心智活动，只有心智活动才会产生作品。然而他会继续寻找这些材料，为置身这些材料身旁而兴高采烈，因为这些材料在他身上唤起精神上的快乐，精神上的快乐乃是工作的激发剂。他会将这些材料笼罩在迷信的氛围之中，似乎它们高于一切，似乎艺术作品的很大一部分已寓于其中，它们在某种程度上便蕴含着已经现成的艺术作品。与模特儿经常来往、对模特儿宠爱至极，如此而已，他不会走得更远。他会与一些已经幡然悔悟的杀人犯无止无休地聊下去，这些杀人犯的悔恨和堕落昔日曾构成他小说的题材；他会在薄雾使阳光变得轻柔的国度买上一处乡间住所；他会连续几小时地注视女人洗浴；他会收集好看的衣料。生活美好，在某种程度上是毫无意义的词，尚处于艺术境界之下。我见过斯万就停留在这个阶段上。生活美好是一个阶段，由于创作天才速度减慢，由于对促进创造天才的各种形式怀有偶像崇拜，由于希望少下工夫，像埃尔斯蒂尔这样的人，有一天大概就会渐渐蜕化到这样的阶段上去。

他刚才终于给他的花卉画上了最后一笔。我望了望花卉，又浪费了一会工夫。既然我知道那些少女大概再也不会在海滩上了，我望望花卉浪费时间，也就没什么了不起。即使我认为她们还在海滩上，浪费这几分钟就会使我错过与她们见面的机会，我也还是会看的，因为我心中暗想，埃尔斯蒂尔毕竟对他的花卉比对我与这些少女相见更有兴趣。我外祖母的天性与我完全的自私自利截然相反，但她的天性仍在我的天性中有所反映。与我毫不相干的一个人，我对他一直装做很有感情或恭而敬之的人，在我面临着危险，而他只有点小麻烦时，我只会对他的烦恼深表同情，像什么大事一样，而将自己面临的险境视为小事一桩，因为我感到在他看来，这些事大概是这样的比例。如果实事求是地讲，甚至还有过之，我不仅不为自己所处的险境而悲叹，而且还要迎着这风险走上去；而事关别人的危险，则相反，哪怕自己更有可能为危险击中，也要尽量使别人免遭这种危险。这样做原因很多，说起来并不能为我增加光彩。其中一个原因便是，虽然我一味思考时，觉得自己将生命看得很重。但在我生命过程中，每当我为道德上的忧烦，或仅仅是精神上的不安而受到折磨时（有时这些精神不安是那样孩子气，我竟然不敢明说出来），如果突然出现什么意外情形，给我带来生命危险，这种新的思想负担与其他思想负担相比，是那样轻快，以致我会怀着轻松的感觉甚至是欢乐去迎接这种危险。虽然我是世界上最胆怯的人，但我领略过这样对危险的沉醉。在我理智地思考时，看上去这与我的本性是那样格格不入，那样不可想象。即使在一个完全平静而幸福的阶段，当出了某种危险而且是生命危险时，例如我与另一个人在一起，我仍然不会不将他人置于安全的地位，而为自己选择危险的位置。相当数量的实践体验叫我明白了，我一直会这样做而且会高高兴兴这样去做时，我发现，与我一向自认为和肯定的相反，原来我对别人的看法是非常在乎的，这真叫我感到羞愧。

这种不可告人的自尊，却与虚荣、狂妄毫无关系。因为能使虚荣心与狂妄得到满足的东西，一点也不会使我感到快乐，而且我一直是力戒虚荣、力戒狂妄的。在有的人面前，我做到了完全隐藏起自己小小的长处，一旦他们知道这些小小的长处，对我的看法就会不那么平庸。对这些人，我从来无法剥夺自己的快乐，向他们表明，我更加热心的是从他们前进的道路上移开死亡的威胁而不是从我自己前进的道路上。由于我的动机是自尊而不是品德高尚，在任何情况下，他们的做法与此相反，我都觉得极其自然，我根本不会因此而责怪他们。如果我自己的动机是出于一种义务感，我大概会感到，在这种情况下，无论是他们，还是我自己，都必须这样做，可能就会因他们不这样做而责怪他们了。相反，我觉得他们保护自己的生命是非常明智的，同时也无法阻止自己将自己的生命置于第二位。炸弹即将爆炸，我自己置身在他人之前。后来我发现了，在这些人当中，有许多人的生命更没有价值。自那时以来，我觉得这样做就尤其荒唐甚至罪恶了。

话又说回来，拜访埃尔斯蒂尔那天，距我意识到这种价值差距时间还很远，何况也谈不上有任何危险，只不过作为很有害的自尊心的前奏信号，要求自己对于本人那样热切向往的快乐，不要显得比对人家尚未完成的水彩画家的作品看得更重而已。这幅画终于完成。一走到外面，我立即发现——这个季节白昼是多么长——天色并非我想象的那么晚。

我们到海堤上去。我以为那些少女可能还会从那里经过，使出了多少诡计，才叫埃尔斯蒂尔待在那个地方啊！我将我们身边高耸入云的悬崖指给他看，不断地要求他与我谈这些少女的事，以便叫他忘记时间，叫他留在那里。我似乎感到往海滩的尽头走，截住这一小帮人的可能性更大。

“我想跟您一起稍微再靠近一些，去看看这些悬崖，”我对埃尔斯蒂尔说，因为我发现这些少女中有一个常常往那边去。“一边走，您一边跟我谈谈卡尔克迪伊吧！啊，我多想到卡尔克迪伊去啊！”我又加一句，并没有想到，在《卡尔克迪伊港》这幅画中那么强有力表现出来的崭新特点，说不定更多地是来自画家的视觉，而不是来自这片海滩真有什么特别价值。

“自从我看了这幅画以后，这个港口和海啸角，可能就是我最想见识的地方了，而海啸角从这里去，又路途遥远。”

“即使卡尔克迪伊不是更近一些，我大概还是会更倾向于建议你去卡尔克迪伊。”埃尔斯蒂尔回答我说，“海啸角当然很精彩，不过归根结底不过是诺曼第或布列塔尼的那种大悬崖罢了，你已经见识过。而卡尔克迪伊，低矮的海滩上岩石遍布，完全是另一回事。在法国，我不曾见过与此相似的景色，更使我忆起佛罗里达的某些景观。又奇，又极其有野趣。它位于克利杜和纳奥姆[1]之间，这些海域是多么荒凉，你是知道的，海滩曲线优美动人。这里，海滩曲线平平常常。可是那里，那曲线多么优美，多么柔和，我简直无法对你形容！”

夜幕降临，必须归去了。我送埃尔斯蒂尔回别墅，突然，有如梅非斯托非勒斯骤然在浮士德面前显现，在大街的尽头——有如与我的气质截然相反的气质和几乎野性而又残酷无情的生命力不真实而又魔鬼般地具

① 这两个地方似乎为作者所杜撰。

体化了，而我那多病之躯、病态的敏感以及过度使用的头脑正缺少这样的生命力——出现了精灵的几颗斑点，人们绝不会将这些精灵与其他东西相混淆，出现了少女植虫类群体的几颗孢子。她们装做没有看见我，但是毫无疑问，正在对我进行冷嘲热讽的评头品足。我感觉到她们与我们势必相遇，不可避免，也感到埃尔斯蒂尔就要叫我，便像一个泳者看到浪峰即将袭来那样转过身去。我骤然停步，任凭我那位鼎鼎大名的同伴继续向前，我则留在后头。当时我们正走过一家古玩店前，我朝古董商的橱窗俯下身去，似乎这橱窗突然吸引了我。我装做不在想这些少女，而能够想别的事，颇为得意。而且我已经隐约知道，待埃尔斯蒂尔呼唤我以便将我介绍给她们时，我会露出询问的目光。那目光流露出的不是惊异，而是希望装出的惊异——每个人都是蹩脚的演员，或者说，每个人身边的人都是善于根据外表判断性格的人——我甚至会用手指指着胸脯问："您是叫我吗？"并且一溜小跑奔过去，乖乖地低着头，脸上冷冷地掩藏起烦躁，因为我正在聚精会神欣赏古老的瓷器而被打断，要被介绍给我并不希望认识的人。

这时，我打量着橱窗，等待着埃尔斯蒂尔呼唤我的名字，恰似等待一颗期待已久而又没有杀伤力的子弹打到我身上的时刻到来。确信一定会把我介绍给这些少女，结果不仅是叫我装出对她们毫不在意的样子，而且要感受到毫不在乎。既然结识她们的快乐已经不可避免，这种快乐反而受到压抑，缩小，反而没有与圣卢谈话，与外祖母一起进晚餐，在附近郊游那么令人愉快了。有些人大概对古迹不大感兴趣，后来由于与这些人关系微妙，我不得不错过一些郊游的机会，我非常遗憾。此外，使我即将得到的快乐大大逊色的，不仅是来得这样突兀，而且是这样前后不相连贯。有些规律与流体静力学规律一样准确，使我们头脑中按固定顺序形成的形象保持着层次。可是，事件突然在眼前出现，便打破了这些规律。

埃尔斯蒂尔就要叫我了。而我在海滩上、在房间里所设想的与这些少女的结识,完全不是通过这样的方式。即将发生的,是另外一件大事,我思想毫无准备。从这件大事中,我既认不出我的向往之情,也辨别不出这向往的目标。我几乎后悔与埃尔斯蒂尔一起出来了。特别是,我本来以为会感受到的快乐,现在反倒因为肯定再没有任何障碍可以剥夺这种快乐,而大大缩小了。我下定决心扭过头去,见埃尔斯蒂尔站在距这些少女几步开外的地方正与她们说再见时,根据弹力定律,这种快乐便又整个恢复了其高大的形象。距他最近的那个少女,大大的脸儿,双眸熠熠生辉,面孔好似一块大蛋糕,上面还给天空留了点位置。她的双眸,即使目不转睛,也给人以动态的感觉,正如狂风怒吼的日子,虽然肉眼看不见空气,却能感觉到它在空中流动的速度。有一瞬间,她的目光与我的目光相遇,好似暴风雨日子里天上那风驰电掣的乌云挨近了一块行进速度不那么快的云朵,与这块云朵擦肩而过,触着了它,又超过了它。但是,它们互不相识,各自远去。我们的目光也是如此。有一瞬间,你对着我,我对着你,但是,谁也不知道自己面前的这个天国对将来来说蕴含着什么承诺,什么威胁。只是在她的目光并没有减缓速度正好从我的目光下经过时,那目光轻轻遮上了一层薄雾,有如明朗的月夜,风儿卷走了月亮,一块云彩将月亮遮住时,有一瞬间,月光便被迷雾遮掩,然后很快又显现出来。埃尔斯蒂尔并没有叫我,就已经离开了这些少女。她们从一条街斜穿过去,埃尔斯蒂尔向我走过来。一切都错过了。

我曾经说过,那天,在我眼中,阿尔贝蒂娜与以前不同,而且我似乎觉得她一次一个样。在那个时刻,我感觉到,一个人外表、肥瘦、身长的某些改变,也可能来自这个人与我们之间某些状况的变化。在这方面,起作用最大的因素是信还是不信(那天晚上,我先是坚信就要与阿尔贝蒂娜结识,后来这种坚信又烟消云散。几秒钟之间,在我眼中,先是将她变得无足轻重,继而又变得宝贵无比。几年以后,先是坚信阿尔贝蒂娜会忠实于我,后来这种坚信又消失,也引来相似的变化)。

当然，在贡布雷，根据不同的时间，根据平分我的最敏感之处的两大方式，我进入哪一种，我早已感受过不在母亲身边那种痛苦会缩小抑或是增大。整个下午，母亲就像红日高照时谁也感觉不到的月光。夜幕一降临，便只有她占据我这颗惶惑不安的心了。那时，就连新近的往事也已经消逝得无影无踪。

但是那一天，当我看到埃尔斯蒂尔没有呼唤我，正在离开那些少女时，我又明白了；一种快乐或一种忧伤，在我们眼中，其程度变化不同，也可以不仅仅源于两种状态的转换，而是由于肉眼看不见的信仰移位。例如这种看不见的信仰可以使我们视死如归，因为这种信仰为死亡撒下了脱离实际的光辉。也是这种信仰使我们对赴一次音乐晚会看得很重。可是，一宣布我们就要上断头台，音乐晚会立刻就失去了魅力，笼罩着晚会的信仰便会突然消失了。这种“信”所起的作用，头脑中某些东西对此真是明明白白，那就是意愿。但是，如果理性、感性继续无视这种作用，那么意愿再明白也没有用。理性和感性认为我们想离开一个情妇，只有我们的意愿知道我们的心还系在她身上。在这种时候，理性和感性是值得信赖的。正是因为信仰将理性和感性弄得模糊不清，所以我们要在这些时候才能恢复信仰。但是，只要这种信仰消散，只要理性和感性得知这个情妇已经一去不复返，这时理性和感性完全失去了针对性，就变得控制不住，小小的快乐便扩大到无限。

爱情的虚无也是信仰的变种。爱情早已存在，正在四处游动，它停在哪一个女子的形象上，无非因为这个女子几乎无法企及而已。从这一时刻起，对这个女子想得并不多，脑海中很难现出她的模样，而考虑更多的是用什么办法能够把她搞到手。一连串的忧思滋长起来，这就足以将我们心中的爱固定在她身上，她成了我们几乎还不熟悉的爱的对象。爱情变得偌大无比，那个真正的女子在其中占的地位多么小，我们并不考虑。如果突然间，就像我看见埃尔斯蒂尔停下脚步与少女们说话那个时刻一样，我们停止焦虑，停止不安，由于我们整个的爱就是她，在我们终于将猎物抓在手里时，可能骤然间那爱就烟消云散了，对于这猎物的价值，我们并未足够地考虑过。

我对阿尔贝蒂娜了解什么呢？在海上映出的一两个身影，肯定不如委罗内兹笔下那些女郎的侧影漂亮。如果我服从某些纯美学的缘由，我本会喜欢那些女郎胜过喜欢阿尔贝蒂娜。然而，我能服从别的缘由吗，既然丢掉焦虑不安以后，我只能重新找到这些无声的身影，除此之外我根本就别无其他？

自从我见了阿尔贝蒂娜，每日就她进行过千百种思考，与我称之的“她”，进行着内心的对话。在这些对话里，我叫她提问题，回答，思考，行动。在我心中，每时每刻，无穷无尽的想象的阿尔贝蒂娜一个接一个地出现。在这一长串里，真正的、在海滩上远远望见的阿尔贝蒂娜，只出现在排首，正如“扮演”某一角色的明星，在长系列演出中，只在首演式上出现一般。这个阿尔贝蒂娜只是一个侧影，一切附加上去的成份，全是我的想当然。在爱情上，我们内心产生出的添枝加叶，远远胜过从所爱的人身上来到我们心中的东西——哪怕从数量上来说，也是如此。最最实际的爱情也是如此。有的人不仅能自我培养情绪，还能靠一点点东西活着——即使已经得到过肉欲满足的人当中也有如此的。

我外祖母从前有一位图画教师，他跟一个身份不明的情妇生了一个女儿。孩子出生以后不久，那母亲就死了。图画教师伤心难过得自己也没再活多久。实际上他并未与她正式居家度日，而且与她发生关系也不多。外祖母和贡布雷的几位太太，在她们的老师面前甚至从不愿意提到这个女人。在他生命的最后几个月中，她们想到要给这小姑娘一生的命运提供一个保证，每人出了一份钱，给她搞了个终身年金。首先是外祖母倡议，她的某些女友则颇为勉强，她们认为：这个小姑娘难道就真的那么叫人感兴趣，她到底是不是那个自认为是她父亲的人所生的呢？对于那个小女孩的母亲那种人，人们一向是拿不准的。最终她们还是下定了决心。小女孩前来致谢。她长得其丑无比，与上了年纪的图画教师一模一样。顿时一切怀疑都烟消云散。小姑娘唯一长得好的是头发。一位太太对带小女孩前来的父亲说："她的头发长得多好！"我的外祖母觉得，既然那戴罪的母亲已死，图画教师也将不久于人世，对于一向讳莫如深的那段往事提上一句已无关紧要，便加了一句："这大概是随家里。她母亲是不是头发这么好？"

"我不知道，"孩子的父亲天真地回答道，"我见她的时候，她总是戴着帽子。"

该追埃尔斯蒂尔去了。我从一面大镜子里看见了自己。除了没有得到被介绍的机会这大灾大难之外，我又发现自己的领带完全歪了，长头发也从帽子里露了出来，显得很难看。但是，不管怎么说，就是这样，她们也遇到了我和埃尔斯蒂尔在一起，不会将我忘记。这已经运气不错。那天，照我外祖母出的主意，我穿了那件漂亮的背心，又拿着我最漂亮的手杖，我差点换上另一件难看的背心。这又是好运气一桩。我们期望的重大事件从来不会正如我们所预料的那样发生，因为缺少我们以为可以指望的那些有利条件；而我们并不希望的其他重大事件却接踵而至，相辅相成。我们是那样担心最坏的事，最后我们竟会认为，就总体而言，偶然对我们还算是帮忙。

"若是结识了她们，我该多高兴！"我走到埃尔斯蒂尔跟前，对他说。

"那您为什么躲在十里开外呢？"

这就是他说的话。他之所以这样说，并非因为这表达的是他的思想。如果满足我的愿望便是他的愿望，叫我一声，岂不易如反掌？他之所以这样说，可能是因为他曾经听别人说过这一类的话，让人揪住了错的凡夫俗子是常常这么说的。他之所以这样说，还因为即使是伟人，在某些事情上，与凡夫俗子也是一样的，他们也从与那些人相同的俗套里寻找日常的遁词,就像总到同一家面包铺子里去买每日的面包一样。要么,这样的话在某种程度上应该从反面去理解,既然这些字眼的意义与真实情况相反,这种话便是某种反应所产生的必然结果、反面的图像。

“她们挺急的。”

我心想,更主要的原因恐怕是:某个人对她们不大热情,她们阻止他去叫这个人。如果不是这样,他决不会不叫我。就这些女孩,我向他提过那么多问题,他明明看出我对她们有兴趣嘛!

“我刚才正与你谈卡尔克迪伊,”我就要在他家门口与他分手时,他对我说道,“我曾经画了一张草图,上面可以清楚看到海滩的轮廓。那张油画不算太糟糕,但已不可相提并论。如果你允许,为纪念咱们的友情,我把那张草图送给你,”他接着加了一句,“拒绝给予你向往之物的人,给你点别的东西。”

“如果你有的话,我倒很希望有塞克里本特小姐小幅肖像的照片。可是这个名字是怎么回事呢?”

“这是那个模特儿在一部莫名其妙的轻歌剧中扮演的角色的名字。”

“先生,我一点也不认识她,这你是知道的,可你的样子似乎事实上与此相反。”

埃尔斯蒂尔沉默不语。

“那总不是婚前的斯万太太吧!”我说,突然不幸而言中。这种情况是相当少见的,但却足以给预感理论提供某些根据,如果有意将可以把这种理论归之无效的种种错误忘记的话。

那确是奥黛特·德·克雷西的一幅肖像。她不愿保留这幅画像,原因很多。有的原因十分明显,也还有一些别的原因。画像时间较早,此后,奥黛特训练了自己的线条,将自己的面庞和身段化成了如今的这个造物。年复一年,她的理发师,她的裁缝,她自己,在她坐卧的姿势,怎么谈话,怎么微笑,手怎么放,眼神怎么传递,怎么思考上,都得遵从这个造物的大致轮廓。非得是一个餍足了的情郎堕落下去，才会像斯万那样，在他那令人心醉神迷的妻子 ne varietur① 的奥黛特不可胜数的照片中，唯独喜爱自己卧房中那张小照。在那张照片上，人们看到的是一个相当丑陋而瘦削的少妇，戴一顶饰有三色堇花的草帽，头发蓬松，形销骨立。

话又说回来，即使这幅画像并非像斯万心爱的小照那样，是在奥黛特的线条系统化，成为一个威严而又令人着迷的新式人物之前画就，而是在那之后画成，只要有埃尔斯蒂尔的眼光，也就足以将这个类型拆散。极高的温度可以将原子结构打散，根据另一种类型将这些原子按照完全相反的序列组合起来。艺术天才也能这样动作。这个女人强加于自己各部分线条的那种矫饰的和谐，每日出门之前，她要在穿衣镜中严加审视，一定要它坚持下去。改变帽子的倾斜度，头发的光滑度，目光的活泼度，以保证这种和谐持续下去。这种和谐，大画家的目光在一秒钟之内就能将它摧毁，而以女子线条的另一种组合取而代之，以使自己心中的某种女性理想美、绘画理想美得到充分的满足。同样，也常有这样的情况，从某一年龄起，一位伟大研究家的目光到处能找到构成某种关系的必要成份，他只对这种关系有兴趣。就像那些工人和赌徒，他们不会犯难，手上来什么就是什么，对随便什么东西，他们都可以说：行，这就行。卢森堡亲王夫人的一位表妹，是最高傲的一位美人。她从前爱上了一种艺术，这种艺术在那个时代还是新东西。她请一位最伟大的自然主义画家为她画像。艺术家的目光顿时找到了他到处寻找的东西。在画布上，出现的不是贵妇人，而是一个跑腿的女店员，身后是成斜坡而下的紫色宽阔背景，使人想到比加尔广场②。一位伟大艺术家所作的女子肖像，不仅根本不去考虑如何满足这位女子的某些要求——例如有的女人已开始苍老，却要穿上小女孩的

① 拉丁文：永不改变。

② 比加尔广场在巴黎蒙马特区，是妓女群集的地方。

服装要人家给她拍照，这小女孩的服装叫她显示出仍然少女般的体型，显得似乎是自己女儿的姐姐甚或是自己女儿的女儿，而她的女儿站在她身旁，倒按照这种场合的需要而"打扮得十分难看"——反而将她极力掩饰的短处突出表现出来，例如发烧一般的脸色，甚至是发青发紫的脸色。正因为这些短处"极有个性"，就更对画家有吸引力。即使不走到上面那一步，有这些也就足够了，足以使趣味不高的观众幻想破灭，并粉碎他的理想。那个女子那样自豪地支持着这种理想的骨架，也正是这种理想以其唯一的、不可制服的形式将她置于人类之外，人类之上。而现在，这个女人遭了贬，离开了她稳坐金銮不可侵犯的原型，就只不过是个平平常常的女人而已，对她的出类拔萃，我们已失去任何信心。对这种典型，一般来说，我们是那样下苦工夫，不仅表现出奥黛特式的美貌，而且表现出其个性、特点，以至站在这幅剥去了奥黛特式美貌、个性、特点的画像前，我们不仅要大叫一声："比她丑多了！"而且要大叫："一点也不像！"我们几乎不敢相信这就是她。我们没有认出她来。这个人，我们确实感到在什么地方曾经见过。但是这个人，又不是奥黛特。这个人的面庞、体态、神情，我们都非常熟悉。这一切使我们忆起的，不是奥黛特这个女子，她从来不采取这种姿势，她惯常的姿态绝不会勾画出这样莫名其妙而又具有挑逗性的阿拉伯图案。使我们忆起的，倒是别的女子，所有埃尔斯蒂尔画过的女子。虽然这些女子彼此很不相同，但埃尔斯蒂尔总是喜欢叫她们摆出正面姿势，足弓弯弯，露出裙外，宽大的圆草帽提在手中，草帽遮住膝部高度，与正面望上去的另一圆形——面孔成对称呼应。总而言之，一幅天才的肖像画不仅肢解了一位女子的原型——其卖弄风骚及其利己主义的美的概念所决定的类型，而且如果这幅肖像画很古老，还会不满足于如照片那样使原型穿着过时的服饰而老化。在画像上，标志时间的不仅是女子怎样着装，还有艺术家怎样作画。这种作画方法，也就是埃尔斯蒂尔最早的作画方法，那便是提炼出对奥黛特压力最大的出身问题，因为这幅画不仅像奥黛特那时期的照片一样，把她表现为著名风流女郎中的一位后来人，而且这幅画像成了马奈或惠斯勒绘的许多肖像画的同时代作品。马奈或惠斯勒这些作品所依据的模特儿已经消逝得无影无踪，已经属于为人遗忘之物或历史的陈迹了。

我一面送埃尔斯蒂尔回家，一边在他身旁默默咀嚼着这些想法。刚刚对其模特儿身份的发现，将我引至这些思考之中。这第一个发现又导致第二个发现，那就是对艺术家其人的发现，这更加使我心慌意乱。他为奥黛特·德·克雷西画过肖像。这位奇才，这位智者，这位孤独者，这位谈吐惊人并在任何事情上都出手不凡的哲人，是否有可能就是从前维尔迪兰家收留的那个可笑而又恶习不改的画家呢？我问他是否认识维尔迪兰一家，是否凑巧他们那时给他起了一个绰号叫比施先生①。

他回答我说是的，并不觉得难堪，似乎这是他一生中已经相当遥远的一段，似乎预料不到他在我心中会唤起极其失望的情绪。他抬起眼来，从我的面部表情上看到了这种情绪。他的面孔现出不满的表情。这时，我们已经差不多走到了他家门口。换一个理智和情感不这么高尚的人，大概就会简简单单地道一声有些干巴巴的再见，此后便避免再与我见面了。埃尔斯蒂尔对我并没有这样做。作为一个真正的导师——从纯创作观点来说，说不定好为人师是他唯一的缺点，因为一个艺术家，为了在精神生活上完全站在真理一边，应该保持孤独，而不要挥霍自我，哪怕是对一些弟子——在任何情况下，为了对年轻人最有裨益，他总是极力去开掘某一情境中所包含的部分真理，哪怕这真理对他或对别人都是相对的。与其说上几句可能会挽救自己的自尊心的话，他宁愿说几句可以对我有教育意义的话。

“一个人，不管多么明智，”他对我说，“在年轻时的某一阶段，没有说

① 比施意为母鹿。

过什么话，甚至过着某种生活，事后回忆起来觉得很不愉快，希望将其抹掉，这样的人恐怕是没有的。但是他不该绝对地为此而悔恨，因为，只有经过所有的可笑、丑恶之现形，他才能有把握在可能范围内变成一个贤哲。这一切可笑、丑恶的现形应该是这最后现形的先导。我知道有些年轻人，是杰出人物的子孙，他们的家庭教师从他们中学时代起便教导他们要精神崇高、道德高尚。可能他们的生活中没有任何要遮掩的地方，凡是他们说过的话，都可以发表，签上自己的名字。但是，这是一些精神贫乏的人，是理论说教者软弱无力的后代，他们的明智是消极的，是不能开花结果的。明智不能接受而来，必须自己去走一段路亲自去发现，任何人不能代替我们去走，不能免了我们这趟差，因为明智是对事物的一种观点。你钦佩的世人，你觉得端庄的仪态，并不是家长或家庭教师安排妥当的。这些东西的先导，是完全与此不同的人生开端，受到周围占统治地位的恶或俗的影响。这些代表着一场战斗，一次凯旋。我们在最初某一阶段是什么模样，那形象已模糊不清，无法辨认，不管怎么说，是不讨人喜欢的。这我明白。但是我们不应该否认这个形象，因为它是我们确实经历的见证，按照生活和思想的规律，我们从生活的共同因素中——如果是一个画家，就还从画室生活、艺术小团体中——提炼出来超越这一切的某些东西。”

这时我们早已走到他家门口。没有结识那些少女，我很失望。但是现在终于有了可在生活中再次找到她们的一线希望。她们已不再像从前那样只从天际闪过，我想再不会望见她们从那里出现了。在她们周围，那将我们隔绝的巨大漩涡已不再漂浮。这大漩涡不过是她们可能永远可望而不可即，永远溜掉而在我心中唤起的欲望的表现而已。这种欲望时时在心中活动，游移不定，迫不及待，惴惴不安。我对她们的渴望，现在可以放下歇一歇了，可与其他许多欲望一起储备起来。一旦知道这些欲望可以实现，我便将实现的时刻推迟下去。

我离开埃尔斯蒂尔，又是独自一人了。这时，骤然间，尽管我很失望，仍在头脑中看到了所有这一切巧合。这些巧合的出现，完全出乎我的意料。埃尔斯蒂尔正好与这些少女关系密切。这些少女，就在当天早上，对我仍是一幅以大海为背景的油画上的人物，现在她们看见了我，看见了我与一位大画家过从甚密。这位画家现在也了解我有与她们结识的愿望，一定会助我一臂之力。所有这一切都在我心中唤起无比的快乐。但是这快乐对我仍藏而不露。有的客人来到，也叫人禀报过了。但是他们要等到的客人离开，没有别人在场时才走出来。于是我们看见了他们，我们可以对他们说“我们就来见你”，并且听他们谈话。这种快乐即属于这样的客人之列。有时，在这快乐走进我们心中的时刻与我们自己可以走进这快乐之中的时刻之间，又过去了许多时刻，我们在这个空隙里又见了那么多人，以致我们担心，这快乐大概不等待我们了。但是，它们很耐心，并不厌烦，一旦所有的人都离去，这快乐立即就出现在我们眼前。有时，是我们自己太疲劳了，以致觉得我们头脑衰竭，已经精神不够，无法将这些回忆、这些印象牢记心中了。而对这些回忆、这些印象来说，我们那个脆弱的自我是唯一可以居住的地方，是唯一的成型方式。我们也许会为此感到遗憾，因为只有在现实的灰尘与神奇的沙土混在一起的日子里，在某个平平常常的变故成了传奇的契机的日子里，生活才有趣味。这时，不可企及的世界的整个岬角突然从梦幻的光照中涌现出来，进入我们的生活。我们则像一觉醒来便见到了我们日夜热切向往的人一样，本来以为只有在梦幻中才会见到他们呢！

后来的几天，时间都被圣卢离去的准备工作占去，我无法继续窥视这些少女。现在，很有可能在我希望的时刻与她们结识，这给我的心灵带来了平静。这种平静尤其可贵。我的朋友对外祖母和我那样殷勤倍加，外祖母很想向他表示一下自己的感激心情。我告诉过外祖母，说圣卢对普鲁东极为钦佩。这倒叫她有了一个主意，便吩咐将她从前购买的这位哲学家的许多亲笔书信送来。这些东西到的那天，正是圣卢动身的前夕，他前来旅馆观看。他贪婪地阅读了这些书信，恭恭敬敬地用手抚摸每一页纸，极力将每一个句子牢记在心。然后他起身告辞，请我外祖母原谅待了这么久。就在这时，他听到外祖母回答他道：

“用不着，拿走吧，这是给你的。我吩咐人送到这里来，为的就是要送给你。”

他不禁喜形于色，并不比对一种不以意志为转移的身体状况更能控制自己。他满面通红，好像刚刚受了处罚的一个孩子。他一再道谢，并极力(并未做到)控制激荡全身的喜悦心情。我外祖母见他如此这般控制自己，更为感动。可是圣卢一直担心自己没有表达出应有的感激之情，第二天，他乘坐当地的小火车返回他所在的部队驻地时，还将身子探出车窗外，请求我原谅。实际上，他的驻地并不远。他本来想坐马车去。他晚上还要回来，并不是一去不复返时，常常坐马车。但是这一次，必须将许多行李放进车厢。他觉得坐火车走更简单些。在这件事上，他采纳了站长的意见。他征求站长意见时，那站长说，马车或者小火车，“几乎意义不清。”可他以为这句话的意思是“几乎相当”(总而言之，这与弗朗索瓦丝说“这差不多是一回事”所表达的意思差不多)。

“好吧，”圣卢作出结论说，“我就坐这九曲十八弯的小铁路火车走吧！”

我若不是病魔缠身，也会坐上小火车，一直把我的朋友送到东锡埃尔的。我们待在巴尔贝克车站的时间里——小火车的司机不紧不慢地等一些姗姗来迟的朋友，他们不来，他是不想开车的，同时他也不紧不慢地喝着清凉饮料——我答应每周至少去看他数次。布洛克也到车站来送行——圣卢很讨厌他。圣卢见他听见自己要我到东锡埃尔去吃午饭，吃晚饭，去住，最后也对他说：

“如果你哪天下午凑巧路过东锡埃尔，我又有空，你可到司令部来找我。不过，要说有空嘛，我几乎从来就没空。”口气极为冷淡，使命是纠正发出邀请时那迫不得已的热情，防止布洛克对邀请认真对待。可能罗贝也担心，如果我一个人，我不会去。他以为我与布洛克的交情要胜过我自己之所言，这样就叫我能有一个同路的伙伴，一个带动人。

我真怕这种口气、这种一面邀请一面又劝人家不要来的邀请方式会使布洛克不快，觉得圣卢干脆什么都不说也许还更好些。可是我错了。火车开走以后，我和布洛克一起离开车站，一直走到我们必须分手的两条大街交叉处。一条大街通旅馆，另一条通向布洛克家别墅。整个这段路上，布洛克一直不停地问我，我们哪一天到东锡埃尔去，因为“圣卢对我那么好”，如果不应邀前去，他未免“太感情粗糙”。我很高兴，他竟然没有发现，那邀请是用怎样毫不迫切、勉强算得上彬彬有礼的口气发出的。或许他还没有不高兴到那种程度，还愿意装没有发现。不过我还是为他着想，希望他不要立刻去东锡埃尔，以免成为笑柄。但我又不敢向他表明圣卢远不如他那样迫不及待，也不敢给他出个主意。那主意只会使他不快。他真是太迫不及待了。虽然他这类缺点完全可以由一些杰出的优点来补救，换上更内向的别人，是不会有这些缺点的。但他这样的冒昧，确实叫人恼火。照他说，我们这个星期之内非去东锡埃尔不可（他说“我们”，我想，他有点指望我去，好给他去当借口）。整整这一路，走到绿树掩映的体育场前，走到网球场前，走到市政府前，走到卖海鲜的小贩前，他都停下来，求我定一个日子。我不干。他离开我时，生气了，对我说：“请便吧，先生。不管怎么样，我不得不去，既然他请了我。”

圣卢特别担心对我外祖母感谢得不够。第三天我收到他一封信。在这封信里，他再次委托我向外祖母致谢。这封信是从他驻防的城市寄来的，在信封上邮局盖上了邮戳，上有那个城市的名称。这封信似乎向我飞奔过来，对我说，在路易十六骑兵团军营的四堵墙内，他思念着我。信纸上印着马桑特的家徽，我从上面分辨出一头雄狮高踞于一花环之上，花环下方由一顶法兰西元老帽构成圆形。

“旅途顺利，”他在信中告诉我，“一路阅读在车站上购买的一本书。这本书的作者叫阿费德·巴丽纳[①]（我估计这位作者是俄国人，一个外国人能写得这么好，我觉得真了不起。告诉我，你对此书如何评价吧！大概你很熟悉，你是无书不读的渊博学者）。我现在又回到这粗俗的生活中。唉！我觉得在这里自己简直是被流放。我留在巴尔贝克的一切，在这里是没有的。在这种生活中，我找不到任何温馨的回忆，任何智慧的魅力。你一定会蔑视这样的生活环境，不过这种生活也并非没有任何动人之处。自我上次离开这里以来，我好像觉得一切都变了样。因为在这期间，开始了我生命中最重要的一个时代，也就是我们的友谊所开始的时代。我希望这个时代永远不要结束。我只向一个人谈到这个时代，谈到你，这个人就是我的女友。她出我意料地来到我身边，我们一起度过一个小时。她很希望与你结识，我想你们一定会谈得很融洽，因为她也非常爱好文学。相反，为了回忆咱们的交谈，为了重温我永远不会忘记的那些时刻，我倒躲开我的同伴。他们是些很好的小伙子，但是我对他们说这些，他们可能无法理解。对于与你一起度过的那些时光，第一天，我几乎更喜欢自己单独回忆，不给你写信。可是，你思维细致，性情极为敏感，又怕你收不到我的信胡思乱想。你肯俯就这个粗野的骑兵，但是要把他改造得文雅一些，更细腻一些，更与你相称一些，你可要下大工夫。”

这封信，从充满柔情来说，与我自己凭空想象的他给我写的信基本上很相像。我那时尚未结识圣卢。后来，他第一次的接待非常冷淡，使我从幻想中清醒过来，让我面对冰冷的现实。这冰冷的现实倒没有永远那般

---

① 阿费德·巴丽纳是露意丝·塞西尔·万桑（1840—1908）的笔名，她是《辩论报》的撰稿人，著有研究贝尔纳丁·德·圣-彼埃尔、缪塞的书籍，也是向法国读者介绍易卜生、斯宾塞和托尔斯泰的人。

一成不变。

我收到此信以后，每当午餐时刻信件送到时，哪一封信如果是他寄来的，我立即会认出来，因为这信总具有一个人不在时所显示出来的第二张面孔。从这张面孔的线条上（笔迹的特点），我们没有任何理由认为我们抓不住一个人的心灵，正像我们从鼻子的线条或声音的抑扬顿挫上能抓住人的内心一样。

现在，撤掉餐桌上的杯盘碗盏时，我心甘情愿地坐在桌旁了。如果不是那群少女可能经过的时刻，我也不只是朝大海那边凝望了。依然斜放着的刀叉那中断了的动作，凌乱的餐巾那鼓起的圆形，阳光又在上面增添了一块黄色的丝绒，半空的酒杯更加显示出其形状上那美妙的下小上阔，在半透明玻璃而又似乎凝聚着目光的杯底，残酒颜色很深却熠熠生辉；移动容器，光照引起液体饮料的嬗变；在已经半空的高脚水果盘里，李子从绿到蓝，从蓝又变成金色；用旧的椅子移来移去，每天两次来到桌布四周落座；桌布铺放停当，好比在祭坛上铺放停当，在这里举行美食庆典一般。桌布上，牡蛎壳底还残留着水晶般清澈的几滴汁，如同石雕的小小圣水缸中的几滴水。自从在埃尔斯蒂尔绘的水彩画上看见了一些这样的东西之后，我极力在现实中重新找到这些东西。我喜欢这些东西，正如我喜欢具有诗情画意的某些东西一样。在我从未设想过有美的地方，从最常用的物件中，从“静物”的深沉生命中，我极力寻找美。

圣卢走了几天之后，我终于促成埃尔斯蒂尔举办一次小小的招待会。招待会上，我将会遇到阿尔贝蒂娜。我走出大旅社时，人们感到我魅力无穷，风度翩翩。这完全是暂时性的（而且由于经过长时间的休息和精心的打扮），未能将这魅力与风度保留下来（也未能将埃尔斯蒂尔的信任保留下来）去征服某一更有意义的他人，我深以为憾。花费那么多心血，就是为了得到与阿尔贝蒂娜相识的快乐，我也深以为憾。自从这一快乐有了保证以后，我的理智就认为这一快乐并不珍贵了。但是在我内心，意愿无时无刻不在分享这一幻觉。意愿是我们不断变幻、接踵而至的个性坚韧不拔、永恒不变的奴仆,他躲在暗处,受人蔑视,不倦地忠诚,不顾我们的自我千变万化,不断地为使我们永不缺少必需之物而辛劳。一次向往已久的旅行即将变为现实的时候,理智和感性开始自忖这次旅行是否确实值得一去。意愿知道,如果这趟旅行无法成行,这些无所事事的主人立刻又会觉得这次旅行一定妙不可言,便任凭这二位主人在车站前无止无休地说下去,更加踌躇不决。但是,他负责买票,并按开车时间将我们安顿在车厢里。正如理智和感性变化无常一样,意愿则是永恒不变的。但是,由于它默默无言,并不道出自己的缘由,看上去它似乎不存在。我们自我的其他部分清清楚楚地辨别出自己没有把握的时候,却不知不觉地遵循着意愿坚定的决心。当我从大穿衣镜中望着毫无用处、不堪一击的各种装饰物时,我的感性和理智便展开了一场辩论,辩论的是结识阿尔贝蒂娜的快乐究竟有什么价值,说不定感性和理智希望将这些东西完好无损地保留起来,为另一场合所用。但是我的意愿不允许应该出门的时刻过去,它将埃尔斯蒂尔的地址交给了车夫。既然抽签已经完毕,我的理智和感性便有了闲工夫感到这很遗憾。如果我的意愿给的是另一个地址,我的理智和感性很可能就上当受骗了。

过了一会,我到了埃尔斯蒂尔家。最初我以为西莫内小姐不在画室内。确实有一位少女坐在那里,身穿丝绸长裙,头上没戴帽子。但是,她那秀发,那鼻子,那面色,我都不认识。我从一个漫步海滩、头戴马球帽的骑自行车少女身上归纳出的那个实体,在这些地方我没有找到。可是,她确是阿尔贝蒂娜。甚至得悉了这一点之后,我也没有多留意她。一个年轻人,走进一处社交聚会时,这个人的自我就已经死亡,他变成了迥然不同的另一个人。整个沙龙是一个新天地,在这个新天地中,人们受着另外一种精神环境规律的制约,将注意力完全集中在跳舞、牌局上以及一些人上,似乎这些人和事对我们永远至关重要,实际上,到了第二天便忘个一干二净。为了向与阿尔贝蒂娜交谈几句这个目的地走去，我不得不走一条根本不是由我开辟出来的路线。这条路首先停在埃尔斯蒂尔面前，然后又经过其他好几群客人。有人向这些客人报出我的名字。此后这条路沿着冷餐台延伸，在那里，有人给我送上草莓饼。我将草莓饼吃掉，一面一动不动地听着开始演奏的一首乐曲。对这个阶段，恰巧我都赋予将我介绍给西莫内小姐同样的重要性。将我介绍给她，无非是这各个阶段中的一段。在那之前几分钟，我已经完全忘记了这是我前来的唯一目的。再说，在实际生活中，我们真正的幸福时刻以及我们遇到大灾大难的时刻，不也是如此吗？在许多他人中间，从我们心爱的人口中，得到了我们等待了一年之久的肯定答复或者要命的答复。但是必须继续与人聊天，各种念头相继涌来，形成了一个表面。灾难已降临到我们头上，这个深而狭的记忆，只能不时地在这个表层之下无声地显露出来。如果不是不幸，而是大幸，则可能只有过了数年之后，我们才忆起，我们感情生活中最重大的事件原来发生在一次社交聚会中，我们就是怀着对这件大事的期待去参加那次社交聚会的。而当时我们根本没有时间对这件事给予长时间的注意，几乎没有时间意识到其重要意义。

埃尔斯蒂尔要我过去，以便将我介绍给坐在稍远些的阿尔贝蒂娜的时候，我先将一个咖啡奶油小糕点吃完，然后很有兴味地请我刚刚认识的一位长者详细给我谈谈某些诺曼第地区集市的情况。这位老先生对我扣眼上的那朵玫瑰花十分欣赏，我想可以把这朵花赠送给他。这并不是说，接踵而来的介绍没有引起我任何快乐，在我眼中此事并不具有什么重要性。要说快乐嘛，自然我只在稍晚些时候才体会到，是我回到旅馆，一人独处，又变成了我本人之后。有些快乐与拍照相似。心爱的人在场时，拿到的只是一张底片，然后回到自己家中，可以使用内部暗室时，才将这底片冲印出来。只要待客，暗房的入口便“关闭”着。

我的快乐体验虽然这样推迟了几个小时，这次介绍的重要性，我倒是立刻就感觉到了。介绍时,尽管我们感到自己忽然得到赏赐,握着了一张“券”,适用于今后的快乐。我们朝思暮想希望得到这张“券”,已经好几个星期。我们也清清楚楚地明白,对我们来说,得到这张“券”不仅仅结束了艰苦的寻找——这只能使我们充满欢乐——而且也结束了某一个人的存在。这个人,我们的想象将他歪曲了,我们惴惴不安,担心他永远不会认识我们,又使他变得格外高大。我们的名字在介绍人口中响亮道出的时候,特别是如果介绍人又像埃尔斯蒂尔那样把我们的名字夹在赞扬之辞之中的时候——这个行圣事的时刻,与鬼怪故事中妖精一声“变”,一个人骤然变成另一个人那个时刻很相似——我们热切希望接近的那个女子骤然消失了:首先,她怎么能仍然如同从前她本人一样,既然——由于陌生女子不得不重视我们的名字,不得不注意我们这个人——在昨日还位于无限远的双眸中(我们以为,我们自己那游移不定、目光分散、伤心失望、漫不经心的双目永远也不会与她相对而视),我们原来寻找的有意识的目光,无法辨认的思绪,顷刻间就被我们自己的形象所神奇而又十分简单地代替了。那形象就好比绘在笑容可掬的一面镜子深处。如果我们本人化成了与我们最不相像的人,这种转化也会极大地改变人家刚把我们介绍给他的那个人,他的形状就更相当模糊。我们可以自忖,他到底是神像、桌子还是脸盆。① 但是,陌生女郎就要开口对我们说的几句话,就和那些五分钟之内在我们眼前就能塑成一座胸像的蜡像家一样灵巧。这几句话使这个形状明确了起来,而且赋予这个形状某种决定性的因素,会将前一天我们的欲望和想象力发挥出来作出的全部假设一扫而光。无疑,即使来参加这个招待会之前,阿尔贝蒂娜对我来说已不再完全是那个值得扰

① 此处影射拉封丹寓言卷九第六个寓言《雕刻家和朱比特的像》:“一块大理石是这样的漂亮,一个雕刻家去把它买下。他说:‘我的刀要把它刻成什么呢?是刻成神像、桌子还是脸盆?’”

乱我们生活的唯一幽灵。我们一无所知、勉强看清模样的一个过路女郎,一直是幽灵。她与邦当太太是亲戚,这已经限制了那些美丽的设想,已经堵住了美丽设想能够传播的一条路。随着我越来越接近这个少女,对她了解越来越多,这种了解反倒要以减法计算了,欲望和想象的每一部分,都为一个价值小得多的看法所代替。确实,这看法之上又加上了一种在生活方面,与财团归还最初股份之后之所予完全相同的东西,财团称之为本金已还股。她的姓,她的亲戚,给我的设想加上了第一个边框。我站在她身边,又在她眼下的面颊上看到了那颗小小的美人痣。她那和蔼可亲的样子又是一个界限。最后,我听到她该用“完全”这个副词时却使用“完美”这个副词,真叫我大吃一惊。她是在谈论两个人,对一个人她说:“这个人完美得疯疯癫癫,但待人依然非常热情。”对另一个人,她说:“这位先生完美得平平常常,完美得令人厌倦。”这样使用“完美得”一词令人不快,但是这表明一个人的教养、文化程度。我还真无法想象一个骑自行车的荡妇、玩高尔夫球饮酒纵乐的缪斯能达到这样的水平。此外,这也不妨碍阿尔贝蒂娜经过这第一次变形之后,在我看来又变了好多次。一个人摆在你眼前所显露出来的优缺点,如果我们从另外一个不同的角度走近它,这些优缺点会以完全不同的形式排列起来。正像在一座城市中,从某一条线来看,其名胜古迹分布得很零乱,而从另一观点来看,它们则错落有致,以其各自的宏伟而交相辉映。刚一开始,我觉得阿尔贝蒂娜的神情非但不是桀骜不驯,反而很胆怯。对于我与她谈到的每一个少女,她都加之以“她风度很差”或“她看上去很怪”这样的形容语。由此判断,我似乎觉得她很像样而不是毫无教养。最后,她面孔上的瞄准点是有一侧太阳穴相当火红,看上去很不舒服。她那奇异的眼神也令人不舒服,直到现在我还一直忘不了这眼神。但这还只是第二眼,肯定还有其他的地方,我会渐渐地走过去。正是这样,并非不经过摸索,只有辨认出了刚开始时观察的错误,才能达到对一个人的正确认识,如果这种认识是可能的话。但是,认识是不可能的。因为当我们对这个人的视角不断校正时，他本人并不是一个静止不动的目标，他自己又变了。我们以为能追上他，但他又移动了位置。我们以为终于将他看清楚了，但是我们捕捉到的仅仅是从前的影像。我们终于将这些影像搞清楚了。但是这时，这些影像已经再也不代表他了。

然而，朝着依稀望见的事物走去，朝着有工夫想象出来的事物走去，这个过程，不管会带来怎样不可避免的失望，对于感官来说，都是唯一健康、有益的过程，能吊住人的胃口。有的人，出于怠惰或腼腆，坐了马车直接到他们认识的朋友家里去。到达之前，也从来不敢在路上看见自己向往的东西就停一停。这些人的生活该是多么单调乏味啊！

我回到住处，一面想着这次招待会，眼前又浮现出我乖乖跟随埃尔斯蒂尔到阿尔贝蒂娜身边之前吃完的那块咖啡奶油小糕点，浮现出我送给那位老先生的那朵玫瑰花。所有这一切，我们不知不觉而由情景选择下来的细节，对我们来说，经过精心而又偶然的安排，构成了首次相逢的画幅。但是，这幅画，我似乎是从另一个角度去看的，是在距我自己很远的地方。我明白了，这幅画不仅仅对我来说是存在的。几个月以后，我与阿尔贝蒂娜谈起我认识她的第一天时，使我大为惊异的是，她也跟我提起奶油小糕点，我送人的花。我认为的一切，当然我不能说这只对我有重要意义，但是，这只是我自己的感受。现在我在阿尔贝蒂娜的思想中也见到了，转化成了另一种说法，我根本想不到这会存在的。

从这第一天起，我一面走回住处，一面便得以看到我刚才转述的那种回忆，这时我明白了，完全是变了一个什么魔术，叫我与一个人谈了一会。魔术师技艺高超，这个人竟然与我在海滨跟踪了那么久的那个少女毫无共同之处，而那个人被这个人所取代了。何况我本来可以事先预料到这一点，因为海滨少女本是我自己杜撰出来的。虽然如此，因为我在与埃尔斯蒂尔的交谈中，已将那个少女与阿尔贝蒂娜认同，我便感到对阿尔贝蒂娜负有一种道德义务,要实践自己向想象中的阿尔贝蒂娜许下的爱情诺言。由别人代理订了婚,就自以为此后必须娶这个插进来的人为妻不可了。此外,一回忆起那得体的风度,“完美地平平常常”的说法以及那火红的太阳穴,就足以平息我的忧虑。这种忧虑至少暂时从我生活中消失了。回忆这些还在我心中唤起另一种欲望。这种欲望虽然很甜美,丝毫不痛苦,与对兄弟姊妹的情感相似,但是时间长了,也会变得危险,叫我随时随地感到需要将这个新认识的人拥在怀中。她那得体的举止,腼腆的表情,出人意料的随和,使我想象力那毫无用处的驰骋停止下来,又产生了动情的感激。然后,由于记忆立即开始取出相互独立的一张张底片,在记忆展现的底片系列中,将底片上显现的各个场景之间的任何关联,任何进展全取消了,最后一张底片不一定就能毁掉前面的各张。面对着我与之交谈过的那个平平常常、令人动情的阿尔贝蒂娜,我又看见大海对面那个神秘的阿尔贝蒂娜。到此刻,全是一些回忆,也就是一些画面,在我看来,此一幅并不比彼一幅更真实。

为了再也不想这介绍相识的第一个晚上,我又极力想再看看眼睛下面、面颊上的那颗小小的美人痣。我想起阿尔贝蒂娜离开埃尔斯蒂尔家的时候,我看见这颗痣是在下巴颏上。总而言之,我看见她时,我注意到她有一颗美人痣,但是我那游移不定的记忆随后又带着这颗痣在阿尔贝蒂娜的面庞上漫游,一会儿放在这儿,一会儿放在那儿。

我感到与我认识的所有少女相比,西莫内小姐与她们几乎无甚差异,颇为失望。但是,正像我对巴尔贝克大教堂深感失望并不妨碍我想去甘贝莱、阿方桥和威尼斯一样,我心中暗想,虽然阿尔贝蒂娜本人并非我所希望的那样,至少可以通过她认识她那一小帮朋友。

开始时,我以为在这件事上我又要遭受挫折。她大概还要在巴尔贝克待很久,我也一样,所以我认为最好不要太千方百计地去见她,而等待时机来临,叫我与她相遇。结果我每天都遇到她,她每次只是满足于老远地回我一个招呼。这真叫人担心：如此下去，这整个夏季里，我每天反复跟她打招呼，却可能事态毫无进展。

过了不久，一天早晨，一场雨过后，天气很凉。海堤上，一个少女向我走来。她戴着一顶无边帽、一副套袖，与我在埃尔斯蒂尔家的聚会上见过的那个少女那样截然不同，以致头脑怎么也转不过弯来，会从她身上认出这二者是同一个人。经过一秒钟的惊异，我的脑子总算转过来了。我想，那一秒钟的惊异，并没有逃过阿尔贝蒂娜的眼睛。另一方面，此时此刻我回忆起曾给我留下深刻印象的"得体举止"，此刻她粗暴的口气和"小帮子"的举止又令我朝相反方向大吃一惊。此外，太阳穴不再成为面孔上的视力中心。也许是因为我处在另一边，也可能是无边帽遮住了太阳穴，也可能是那太阳穴并不总是发炎。

"这是什么天啊！"她对我说，"总而言之，说巴尔贝克夏季无尽头，纯粹是胡说八道！怎么，你在这什么也不干哪！从来也没见过你打高尔夫球，去游艺场参加舞会。你也不骑马。你该多烦闷啊！你不觉得一天到晚待在海滩上，人都变傻了吗？啊！你喜欢当蜥蜴[①]？你倒是有时间。我看出来，你跟我不一样，我对各种运动都酷爱！拉索尼赛马，你没去吧？我们坐火车去的。我明白，坐这样的破车，你不会觉得好玩！我们路上花了两个小时！有那工夫，骑我的破车，已经打上三个来回了！"

因为这铁路弯弯曲曲，圣卢将这条地方性的小铁路自然而然地称之为"九曲十八弯"，我对他已经十分佩服。现在阿尔贝蒂娜轻而易举地说什么"破车"，又叫我吓了一跳。我感觉到她在指称方式上运用自如，我真怕她发现我在这方面是个庸才，并且因此看不起我的无能。不过，到那时为止，那一小帮子用来指这条铁路所用的丰富同义词，尚未在我面前显露出来呢！

---

① 指晒太阳。

阿尔贝蒂娜说话时，头部保持不动，鼻翼紧缩，只活动双唇。结果是带着拖腔，鼻音很重。这种声调的组成部分里，可能有外省遗传，年轻人故意模仿英国人的冷漠和外国女教师上课，以及鼻黏膜充血性肥大等各种因素。这种腔调，待她对人了解更深，自然而然又变得孩子气时，很快就消退了。这声调本来可以叫人觉得很不舒服，可是，又别有风味，令我着迷。每当一连数日与她没有见面时，我就心浮气躁起来，一面还用她说这话时那种鼻音很重的腔调，人站得笔直，头部一动不动，自己反复说："从来没见过你玩高尔夫球。"这时我便认为没有什么人比她更合我的心意了。

人们一对一对，聚拢，停步，以此装点海堤，交谈几句马上又散开，每人沿自己散步的路线走去。那天早晨，我们也构成了这样的一对。我利用静止不动的时刻仔细观看，终于确切知道了那颗美人痣位于何处。凡德伊的《奏鸣曲》中有一段乐谱令我陶醉，但在我的记忆中，这段乐谱从行板到乐曲游荡不定，直到有一天，我手中握着乐谱，我才找到了这个段落，并在我的记忆中将它固定在自己的位置上，原来是在谐谑曲中。与此相同，我一会忆起那颗美人痣在面颊上，一会又记得是在下巴上。现在，这颗痣永远停留在鼻子下方的上唇上了。有些我们倒背如流的诗句，忽然我们在一个剧本里碰到，太出我们意外了。以上情形也是如此。

这时，阿尔贝蒂娜的女友们显露出她们这一群的身影，双腿动人，身材苗条，彼此又那样各不相同。这一群身影越来越大，依傍着大海，成平行线朝我们走来，仿佛这些沐浴着阳光和海风，既身披霞光又红光满面的处女展开美丽的队形，构成丰富多彩而又富有装饰美的整体，要以其形状的千变万化，自由自在地在大海面前繁衍滋长。我请求阿尔贝蒂娜允许我陪她走上一会。可惜她只向她们挥了挥手打招呼。

"对你的朋友们这样不理不睬，她们会埋怨的。"我对她说，心里希望着我们能和她们一起散步。

这时一个五官端正的小伙子，手里拿着球拍，走到我们跟前。他就是那个玩纸牌时其荒唐行为令法院首席审判官的太太气愤不已的人。他态度冷淡地、无动于衷地向阿尔贝蒂娜问好，显然自以为他那高人一等就表现在这种神情中。

“奥克达夫，你从高尔夫球场来吗？”她问道，“一切顺利吗？体力好不好？”

“噢，真恶心，我晕晕乎乎的。”他回答。

“安德烈也在吗？”

“在，她打了七十七。”

“噢，这是个记录嘛！”

“昨天我打八十二呢！①”

此人是一位工业巨富的儿子，据说其父在下届万国博览会②的组织工作中要扮演相当重要的角色。这个小伙子以及这些少女十分罕见的几位男性朋友，对于一切有关服装、着装、雪茄、英国饮料、马匹的事所掌握的知识真是极善其详，无所不知，令人骄傲，已达到学者那默默无言的谦虚程度。但是这些知识单独扩展，并未伴随着哪怕一丝一毫精神文化修养，实在叫我吃惊。他对于无尾常礼服或睡衣怎样适宜，丝毫无需犹豫，而想不起在什么情况下是否可以使用某一个词，甚至对于最简单的法语规则也搞不清楚。两种文化如此不调和，在他父亲身上大概也是如此。他的父亲是巴尔贝克房地产主联合会主席，在致选民的一封公开信中，竟有这样的词句：“我本想见见市长与他聊聊这个问题。他不肯听取我的正确的不满。”他不久前吩咐在每一面墙上都贴上这封信。

---

① 此段话暴露出作者对高尔夫球游戏的规则知之甚少。

② 如果我们肯定普氏此次巴尔贝克之行是在1898年，“下届万国博览会”便是1900年那一届。

奥克达夫在游乐场中，在波斯顿牌戏、探戈等各种比赛中都经常得奖。如果他愿意，这会使他在“洗海水浴”这个阶层中结成一门好亲事。在这个阶层中，说少女嫁给她们的“舞伴”，那是本义，而不是引申意义。①

他一面对阿尔贝蒂娜说“对不起”，一面点燃一支雪茄，那样子似乎是请求对方允许自己一面聊天一面结束一件要紧的工作。因为他从来无法“待在那儿什么事都不干”，虽然他实际上从来什么事都不干。完全无所事事，到最后与辛劳过度会产生同样的效果，无论是在精神上还是在身体和筋骨上，都是如此。奥克达夫那沉思默想的前额遮掩着他从来不动脑筋的事实，尽管神情安详，最后还是使他毫无效益地渴望思考。这种渴望使他深夜难以成眠，正如一位劳累过度的玄学家也会难以入睡一样。

我以为，如果我认识这些少女的朋友，就会有更多的机会见到她们，于是立刻准备要求将我介绍给奥克达夫。奥克达夫嘟哝着“我晕晕乎乎的”走了。他一走，我便对阿尔贝蒂娜谈了上述想法。我希望这样她会牢记在心，下次就会这样做。

“可是，”她大叫起来，“我不能将你介绍给一个小白脸！这地方，这种人多得很！他们无法跟你谈话。这一位玩高尔夫球很棒，如此而已。我很清楚，他压根不是你这种人。”

“你这样抛下你的女友们，她们该埋怨了。”我对她说，心中希望她会向我提议与她一起去追她们。

“不会的，她们根本不需要我。”

我们与布洛克走了个头碰头，他对我机智地意味深长地笑笑。见到阿尔贝蒂娜，他又有些难堪。他不认识阿尔贝蒂娜，或者至少是只闻其名

① 在法文中，“嫁”(épouser)这个词用在引申意义上是“配合默契”的意思，所以“嫁给她们的舞伴”也可理解为“与她们的舞伴配合默契”。这里说的是真正嫁给某人，所以说“是本来意义”而不是“引申意义”。

而“未见其人”，他作了一个僵硬的叫人讨厌的动作，将头朝衣领方向低了下去。

“这个怪物叫什么名字？”阿尔贝蒂娜问我道，“我不知道为什么他跟我打招呼，既然他并不认识我。所以我没还礼。”

我来不及回答阿尔贝蒂娜的话，布洛克已经直冲我们走过来了。

“请你原谅我打断你的话，”他说，“我想告诉你，明天我到东锡埃尔去。我不能再等，再等就不礼貌了，圣卢-昂-布雷对我不知已经怎么想了呢！我通知你，我坐两点钟的火车去。请你安排。”

我这时一心想着再与阿尔贝蒂娜见面并设法结识她的那些女友。东锡埃尔，她们并不去；我去了，回去时就要错过了她们到海滩上去的时刻。所以我觉得东锡埃尔简直是世界的尽头。我对布洛克说，我不能去。

“那好，我自己去。我要引阿鲁埃老爷①两句可笑的亚历山大体诗，对圣卢说：

“你要知道，我的义务不取决于他的义务。

“如果他愿意，他不尽义务好了。但我应尽我的义务。

“这样以便引诱他的教权主义。”

“我承认他是相当漂亮的小伙子，”阿尔贝蒂娜对我说，“可他真叫我讨厌！”

我从未想过布洛克会是美男子。不过他确实是。他的头有些鼓，鼻子有鹰钩，神情非常高雅，又显出对自己的高雅十分自信的样子，他的面部叫人看上去很舒服。但是他不会讨阿尔贝蒂娜喜欢。说不定这是由于阿尔贝蒂娜的缺点所致，由于这一小帮子人生硬，无动于衷，由于她们对

① 阿鲁埃为伏尔泰之本姓。但这几行诗作者并非伏尔泰，而是高乃依，为其剧本《波利耶克特》中女主角波莉娜之台词。布洛克在这里暴露出他既“学究气”——因为他称伏尔泰为“阿鲁埃老爷”，又很无知——将高乃依的诗句安到伏尔泰头上。

凡是小圈子以外的东西全很粗暴的缘故。后来，我给他们作介绍时，阿尔贝蒂娜对布洛克的厌恶有增无减。布洛克属于某一阶层，在那个阶层里，一方面对上流社会任意诽谤，一方面对一个“双手干干净净”的人应该有的良好举止又表示出充分的尊重，结果在二者之间来了个特别的妥协，既有别于上流社会的举止，又不管怎样，总是显出一种特别可憎的交际客套。人们将他介绍给别人时，他弯腰鞠躬，既带几分怀疑地微微一笑，又带着过分夸大的恭敬。如果对方是一位男子，他总是说：“先生，很荣幸。”那嗓音似在嘲笑自己道出的话语，同时又意识到这嗓音属于一个并非粗野的人。这第一秒钟用在一个他既遵守又加以嘲笑的习惯上（就像他一月一日时说“我祝您一年称心如意”一样），然后他露出机敏而狡猾的神情，并“高声道出很微妙的事情”。这些事情常常饱含真理，但是叫阿尔贝蒂娜“受不了”。那第一天，我对她说他叫布洛克时，她便大叫起来：

“我可以打赌，他是个犹太鬼。装出彬彬有礼的德行，正是他们那一套。”

此外，布洛克后来大概又以另外的方式叫阿尔贝蒂娜恼火。正如许多知识分子一样，他不会将简单的事情简简单单地说出来。他为每一事物寻找一个讲究的形容词，然后又大而化之。这叫阿尔贝蒂娜十分讨厌，她不大喜欢别人管她的事，也不喜欢她扭伤了脚，安安静静待着的时候，布洛克说的那句话：

“她坐在长椅上，但是作为普遍现象，她不停地同时来往于隐隐约约的高尔夫球和普普通通的网球之间。”这无非是“文学手法”而已。但是阿尔贝蒂娜感到这会在她与一些人的相处中造成困难。她拒绝了那些人的邀请，说她动弹不了。正因如此，这便足以叫她讨厌那个说出这些话的小伙子的面孔和嗓音了。

我与阿尔贝蒂娜分手，相互许下诺言要一起出去游玩一次。我与她谈过了话，但是不知道我的话语落在何处，不知道我的话语起什么作用，仿佛不知道我是否将石头扔进了无底的深渊一样。一般来说，倾听我们话语的对象，用他从话语要旨中提炼出的意义来充实这些话语，而这个意义与我们赋予这些话语的意义又很不相同。这是日常生活不断向我们揭示的一个事实。更甚之，如果就在一个人的身旁，而我们对这个人所受的教育觉得无从想象（如阿尔贝蒂娜所受教育之于我），对他的爱好，读的书，做人原则都不了解，我们就不知道，是否我们的话语会在他身上唤起某种感觉，这与要在动物身上唤起某种感觉更为相似，因为对动物，还是可以叫它们明白某些事情的。因此，设法与阿尔贝蒂娜交往深厚起来，在我看来，似乎是与未知数接触，如果不说是与不可能接触的话。这似乎是与驯马一样艰难，与养蜂或栽种蔷薇一样费劲的事。

几小时以前，我还以为阿尔贝蒂娜以后只会对我的招呼远远应答。刚才我们分手时已经作出了一起出游的计划。我在内心里向自己许下诺言，以后再遇到阿尔贝蒂娜时，我要对她更大胆一些。我要对她说什么，甚至（既然我完全得到她大概很轻佻的印象）要向她要求什么快乐，我全都提前订出了计划。但是人的思想，像花草，像细胞，像化学元素一样，是可以受影响的。如果将思想深入环境之中，那么改变思想的环境，便是情境，一个新的环境。当我再次和阿尔贝蒂娜在一起时，由于她的在场这个事实本身，我便与平时不同了，结果我对她说的话与我事先计议中的话完全不是一回事。然后，我回忆起那发炎的太阳穴，我又自问是否阿尔贝蒂娜会更欣赏另一种殷勤，她会明白那是不图什么的殷勤。总而言之，在她的某些目光，某些微笑面前，我感到尴尬。这些目光、微笑既可以意味着作风轻浮，也可以意味着一个天性活泼但秉性正直的少女的快活。脸上同一个表情，语言上同一表达方式，可以具有不同的含义，我简直就像一个学生面对拉丁文翻译练习的重重困难一样犹豫不决。

那一次，我们几乎立刻就遇到了那个高个子的姑娘。她叫安德烈，就是从首席审判官身上跳过去的那个女孩。阿尔贝蒂娜不得不将我介绍给安德烈。她这位女友双眸极为清澈明亮，仿佛在绿荫遮掩的一套房间里，从一扇敞开的门走进面向阳光和阳光普照的大海那绿莹莹的反光的一间卧房一样。

五位男士走过去，自从我来到巴尔贝克，经常看见他们，非常面熟。我心里经常琢磨他们是什么人。

“他们不是很阔的人，”阿尔贝蒂娜现出蔑视的神情冷嘲热讽地对我说，“那个染头发的小老头，戴黄手套，长得还可以，是不是？他很会作怪相，他是巴尔贝克的牙科医生，人很正直。那个胖子，是市长。不是那个小矮胖子。那小矮胖子，你大概见过，他是舞蹈教师。他长得怪难看的，对我们很受不了，因为我们在游艺场太吵闹，不是把椅子弄坏了，就是想不用地毯跳舞什么的，所以他从来不让我们得奖，虽然只有我们会跳舞，牙科医生是个正直的人，我本应该跟他们打个招呼好气死那个舞蹈教师。可是不行，因为还有德·圣克瓦先生和他们在一起，这个圣克瓦先生是董事长，出身于贵族家庭，可是为了金钱，这个家庭和共和党站到一边去了。没有哪一个正直的人和他打招呼。由于内阁的关系，他认识我叔叔。但我家其余的人都不理睬他。那个穿风雨衣的瘦子，是乐队指挥。怎么！你不认识他？他弹琴简直是仙乐。你没去听 Cavalleria Rusticana①。啊！我觉得那真是尽善尽美！他今晚还举行音乐会，可是我们不能去，因为今晚的音乐会是在市政府大厅举行。和游艺场没关系，但在将基督像摘走了的市政大厅，如果我们要去，安德烈的母亲说不定会气得中风的！你会对我说，我的姨父也在政府中任职嘛！可是，那有什么办法？姨母就是姨母。并不因此我就得喜欢她！她从来只有一个愿望，那就是把我甩了。真正

---

① 意大利文《乡村骑士》。这是意大利作曲家玛斯卡尼的作品。普鲁斯特在此突出阿尔贝蒂娜对意大利歌剧的热衷，以显现其趣味不高，因当时法国的高等人物对意大利歌剧一律嗤之以鼻。

给我当母亲,而且具有双倍功德的,倒是一位女友,因为她与我一点亲戚关系也没有,我就像爱母亲一样爱她。以后我给你看她的照片。”

有一阵,高尔夫球冠军和玩巴卡拉纸牌戏的奥克达夫走过来和我们说话。我以为发现了我们之间有一种关联,因为从谈话中我得知,他与维尔迪兰家沾点亲,而且还相当为他们所喜爱。但是他谈起那大名鼎鼎的星期三时,满怀蔑视地加上一句:维尔迪兰先生根本不知道穿无尾常礼服,他还说:在某些杂耍歌舞剧院碰到他,真叫人难堪。在那种地方,可真不喜欢听到一位身穿平时的上装、系着黑领带、乡村公证人模样的先生大喊大叫地对你说:“你好啊,淘气的孩子!”

后来,奥克达夫离开了我们。过了一小会,我们又碰上了安德烈。散步了一程,她一句话也未对我讲。走到她家那木屋别墅前,她便进去了。我要阿尔贝蒂娜注意,她的女友对我是多么冷淡,并且阿尔贝蒂娜好像很难在我和她的女友们之间建立起亲密的关系与埃尔斯蒂尔为了实现我的期望似乎第一天就撞到了敌意上这两件事联系在一起。正在这时,一些少女经过,这是昂布勒萨克家的各位小姐。我向她们打招呼,阿尔贝蒂娜也向她们问好。这种情形,使我对安德烈的离去更感遗憾。

我想,在与阿尔贝蒂娜的关系上,我的地位会即将得到改善。这几位小姐是德·维尔巴里西斯夫人一位亲戚的女儿,这位亲戚也认识德·卢森堡亲王夫人。德·昂布勒萨克夫妇非常富有,在巴尔贝克有一所小小的别墅,但是他们过着最简朴的生活,丈夫总是穿着同一件上装,妻子总是穿一件深色长裙。夫妻二人见了我外祖母总是恭恭敬敬地问候,但并无所图。女儿们,天生丽质,衣着更为华丽,但那是城市的华丽而不是海滨的华丽。她们身着长裙,头戴很大的草帽,与阿尔贝蒂娜相比,那样子属于另一种人类社会。她们是谁,阿尔贝蒂娜知道得清清楚楚。

“啊！你认识昂布勒萨克家的小姑娘？嘿,你还真认识一些很棒的人呢！不过,她们很简朴。”她补充一句,似乎这二者是相当矛盾的。“这些姑娘对人很好，但是家教那么严，不许她们去游艺场。这主要是因为我们，我们太不像样子。这些女孩讨你喜欢吗？天哪，说不准。她们完全是小白鹅。说不定她们有她们的魅力。如果你喜欢小白鹅，你算是如愿以偿了。看上去，她们也会讨人喜欢，既然有一个已经与德·圣卢侯爵订了婚。那妹妹也爱上了这个小伙子，这可叫她够难受的。我呀，她们讲话那嘴唇几乎不动弹的样子就够叫我腻味的了。她们的衣着也真可笑。她们穿着丝绸长裙打高尔夫球。小小的年纪，衣裳穿得比一些很会打扮的上了年纪的妇女还要自命不凡。你看埃尔斯蒂尔太太，人家才是衣着华丽的妇女呢！”

我回答说，我似乎觉得埃尔斯蒂尔太太衣服穿得简朴得多。阿尔贝蒂娜听了，大笑起来。

“确实，她衣服穿得很简朴，可是她穿得叫人心里快活。为了达到你认为的简朴，她花好多钱呢！”

埃尔斯蒂尔太太的长裙，在一个对于衣服饰物没有踏实而简朴的审美观的人眼中，不会引起注意。我正缺乏这种审美观。照阿尔贝蒂娜的说法，埃尔斯蒂尔具有这种审美观，而且达到了最高的程度。这我倒没有料到。我也没有料到，充塞他画室的那些华丽而又简朴的东西，都是他向往已久的珍贵文物。他密切注视这些物品屡次出售的情形，了解其整个的历史，直到有一天，他攒到了足够的钱，才终于把这些东西买到手。但是在这些事情上，阿尔贝蒂娜与我一样无知，不能教我学会什么东西。而对衣着打扮，出于爱俏姑娘的本能，也可能出于贫苦姑娘的遗憾心情，更能以无利害关系的观点，更有高雅口味在富人身上去欣赏不能用来打扮自己的东西。她谈起埃尔斯蒂尔的讲究真是头头是道。埃尔斯蒂尔是那么挑剔，以致他觉得所有的女人都打扮得很糟糕。他把比例、细微的差别摆在最重要的地位上，不惜出重金叫人给自己的老婆制作阳伞、帽子、大衣。他教阿尔贝蒂娜学会了欣赏这些东西的迷人之处，而一个没有审美能力的人则不会比我更能注意这些。此外，阿尔贝蒂娜也搞过一点绘画，虽然她自己承认没有任何“天分”。她对埃尔斯蒂尔佩服得五体投地。多亏了埃尔斯蒂尔对她之所言以及给她看的东西，她在欣赏绘画上很是在行，这与她对“Cavalleria Rusticana”的热衷形成强烈对比。这是因为，虽然现在还不大看得出来，实际上她非常聪颖。她谈吐中的愚蠢，并不是她自己愚蠢，而是她那个环境和她的年龄所致。埃尔斯蒂尔对她产生了很好的影响，但不过是局部的。在阿尔贝蒂娜身上，不是所有的智慧形式都达到了同一开发水平。对绘画的欣赏能力几乎赶上了对衣着以及华丽高雅的各种形式的欣赏能力，但是对音乐的欣赏能力则没有跟上，远远落在后面。

阿尔贝蒂娜知道昂布勒萨克一家是什么人毫无用处。正像一个人可做大事不一定就能做小事一样，我向这家的各位小姐施礼之后，并未感到阿尔贝蒂娜就比从前更积极准备叫我与她的女友们相识。

“你对她们很看重，你心地真好。不过，不要注意她们，不值得。对于你这样有身份的人来说，这些小丫头能算得上什么呢？至少安德烈倒是聪颖过人的。她是一个善良的小姑娘，虽然完美地想入非非。其他的几个确实愚蠢到家了。”

离开阿尔贝蒂娜，我骤然感到一阵心酸，因为圣卢向我隐瞒了他订婚的事，而且他竟要干出与自己的情妇并未断绝关系就结婚这样的坏事来。

没过几天，我被介绍给了安德烈。她谈了不少时间，我利用这个机会对她说，我很想第二天再与她见面。但她回答我说不行，因为她母亲身体很坏，她不想让母亲一个人留在家中。两天以后，我去看望埃尔斯蒂尔，他对我说安德烈对我极有好感。我回答他说：“是我从第一天起便对她有好感，我要求第二天再与她见面，可是她不能来。”

“对，我知道，她对我说了，”埃尔斯蒂尔对我说，“她为此十分遗憾。

但是她先答应了人家到十里以外的地方去野餐，她必须坐四轮大马车去，无法再取消邀请。"

安德烈太不了解我。这种谎言虽然无关紧要，但是，一个竟然干出这种事的人，我是绝不应该继续与之来往的。干得出来第一次，还会干无数次。你每年去看一个朋友，第一次他未能赴约或者说他伤风感冒了。下一次，你会发现他又感冒了。再与他约会，他又没来，原因总是同一个，而他以为这是根据情况临时想出来的、不同的原因。

安德烈对我说她不得不留在母亲身边的那天早晨之后，又一天早晨，我远远看见阿尔贝蒂娜手上牵着一段丝绳，上面吊着个莫名其妙的物件。这使她与乔托笔下的《偶像崇拜》①那幅画很相像，这物件叫"小鬼"，早已停止不用。面对手里拿着这个玩艺儿的少女肖像，未来的评论家们对于她手里的这个玩艺儿，可以像面对竞技场圣母院②那幅寓意图一样，发表长篇大论。我与阿尔贝蒂娜走上几步。过了一会，她们那位看上去较贫困、表情严峻的女友走过来对阿尔贝蒂娜说："你好，我是不是打扰你们？"她就是第一天安德烈大步擦过那个老先生头顶时，恶意讽刺"可怜的老帮子，真叫我心里难受"的那个小姑娘。

帽子碍事，她把帽子摘了。她那头发，有如丰富多彩而又叫不上名字来的花草，四处散开，精巧优美地贴在前额上。阿尔贝蒂娜大概见她光着头，而心中有气，一言不发，一字不答，保持冷冰冰的沉默。

虽然如此，那个女孩仍留下未走。阿尔贝蒂娜总叫她与我保持一段

---

① 这里指的是乔托《善与恶寓意画》，为帕多瓦斯克洛维尼小教堂（又称竞技场圣母院）中之壁画。此画也称《不忠》，表现一个男人（不忠之人）手擎一女人偶像，偶像已将一根绳子绕在他的脖颈上，使他背离了俯身向着他的上帝。1900 年 5 月，普鲁斯特在威尼斯小住时，曾专门到帕多瓦去欣赏乔托的壁画。

② 斯克洛维尼小教堂建于一古竞技场的原址上，因得此名。

距离，她一会设法单独和她在一起，一会又设法跟我一起走，将她甩在后面。为了叫阿尔贝蒂娜将我介绍给这个女孩，我不得不当着那女孩的面向阿尔贝蒂娜这么请求。待阿尔贝蒂娜道出我的名字时，刹那间，我看见那女孩的脸上和碧蓝的双眸中闪过一丝热情、爱恋的笑容。她向我伸过手来，而在她说"可怜的老帮子，真叫我心里难受"那句话时，我觉得她的神情是那样冷酷！她的头发闪着金光，而且不只是她的头发。她那粉红的双颊和碧蓝的眼睛，也像清晨朝霞红遍的天空一样，到处闪着金光。

顿时我浑身发热，心中暗想，这是一个爱恋起来很腼腆的姑娘。阿尔贝蒂娜那么粗暴无礼，她依然留下来，为的是我，是出于对我的爱。她终于能够用那含笑而充满善意的眼神向我供认，她既能对我十分温柔，也能对别人十分凶狠，大概心中十分快活。甚至在我还不认识她的时候，她大概早就在海滩上注意到我，从那时起心中就想着我了。她之所以嘲笑那位老先生，说不定就是为了让我好佩服她；说不定后来那些日子她神情抑郁，就是因为她无法与我结识。傍晚，我从旅馆里经常望见她在海滩上散步，很可能她期望着与我相遇。正如过去整个一小帮人在场使她局促 一样，现在，阿尔贝蒂娜一人在场。她也感到局促。尽管阿尔贝蒂娜的态度越来越冷漠，她仍然紧跟我们不放，很显然，她指望着留在最后，与我订个约会，找个她能溜出来的时间，而又不让家里和女友知道，在望弥撒之前或玩高尔夫球之后，与我在一个可靠的地点幽会。由于安德烈与她关系不好而且很讨厌她，要与她见面就难上加难。

"对她那可怕的伪善、卑鄙，以及对我干的卑鄙勾当，我忍了很久，"安德烈后来对我说，"为了别人，我全都忍下来了。但是，终于有一次，我忍无可忍了。"于是她给我讲了那个女孩掀起的一场轩然大波，这件事确实可能有损安德烈的形象。

但是，希塞尔眉目传情，期望着阿尔贝蒂娜会让我们聚在一起好对我讲的话，始终无法道出，因为阿尔贝蒂娜固执地置身在我们两人中间，继续越来越简短地回答女友的话，后来干脆根本不回答她的话了。最后希塞尔只好放弃了这个位置。我责备阿尔贝蒂娜为何如此别扭。

“教训教训她，要她放谨慎些。她不是坏女孩，可是叫人讨厌。用不着她到处管闲事。又没请她来，她干吗死缠着我们？再过五分钟我就要叫她滚蛋了！再说，她头发那个样子，我很讨厌，看上去很不正经。”

阿尔贝蒂娜与我说话时，我凝望着她的双颊，心里琢磨着：她那脸蛋会多么香甜，多么有滋味！——那天，她的面颊不是鲜艳，而是光滑，连成一片的粉红，稍带紫色，如奶油一般，仿佛某些花瓣上带着一层蜡霜的玫瑰花。正如有人对某一品种的花朵极为热衷一样，我对那双颊产生了狂热。

“我从前没注意到她。”我回答她说。

“你今天倒对她看得很仔细，人家简直要说，你想给她画像呢！”她对我说。明明我此刻仔细凝望的是她本人，可是这也无法叫她情绪平息下来。“不过，我不认为她会讨你喜欢。她一点不会调情。你大概喜欢会调情的姑娘吧，你！无论如何，她再也没有机会要黏乎，也没有机会叫人甩开她了，她马上就要回巴黎了。”

“你那些别的女友也和她一起走吗？”

“不，就她一个人。她和 Miss①，因为她要补考。她得闷头用功了，这可怜的孩子。我向你保证，这可不是什么开心的事。可能会撞上一个好题目。偶然性太大了，我的一个女友就碰到过《叙述一下你目击的交通事故》这样的题。嘿，真是好运气！可是我也认识一个姑娘，她要阐述（而且还是笔试）的题目是：《在阿尔赛斯特和菲兰特②之间，你更喜欢谁做你的朋友？》我若是碰上这个题目可就傻眼了，首先，什么都不说吧，就不该向

---

① 英文：英国女家庭教师。

② 莫里哀喜剧《愤世嫉俗》中的两个人物。

女孩提这样的问题。女孩应该和别的女孩关系密切，而不应该认为她们应该找男士做朋友（这句话向我表明，接纳我进那小帮子的可能性很少，真叫我浑身颤抖）。不过，不管怎么说，即使向一些年轻人提出这个问题，人家能找出什么话来说呢？有好几位家长都给《高卢人报》[1]写了信，抱怨这类题目太难了。更不像话的是，在一本得奖最佳学生作业集中，这个题目竟然做了两次，而做法完全相反。一切取决于考官。有一个考官要求回答说菲兰特是个交际老手，溜须拍马，骗子；而另一个考官则要求回答说，不能不赞美阿尔赛斯特，但是由于他太好寻衅，脾气太坏，要作朋友嘛，最好还是挑菲兰特。连老师之间意见都不统一，你怎么能叫可怜的学生搞清楚呢？这还不算，问题是一年比一年难。希塞尔恐怕非得走后门才能过关了。”

我回到旅馆，外祖母不在，我等她很久。待她回来，我央求她让我出去远游一次，条件很好，时间大概是四十八小时。与外祖母吃了午饭，叫了一辆马车，吩咐将我拉到火车站去。希塞尔在车站看见我，大概不会感到惊讶。待我们在东锡埃尔换上了去巴黎的火车，便有带单独过道的车厢。待 Miss 打盹时，我就可以将希塞尔带到僻静的角落去，与她订我回巴黎以后的约会，我尽量赶快回巴黎。然后根据她向我表示的意愿，说不定我会一直将她送到冈城或埃夫勒，然后再坐下一趟车回来。可是，如果她知道了我在她和她的女友之间曾经长期犹豫不决，又想钟情于她，又想钟情于阿尔贝蒂娜，又想钟情于那个明眸少女，又想钟情于罗斯蒙德，她会怎么想呢！既然我与希塞尔彼此有情，即将结为同心，我对上述的事一定感到悔恨不已。何况我可以信誓旦旦地向她保证，我已经不喜欢阿尔贝

---

① 该报的思想倾向为反动和保皇。自 1882 年阿尔图尔·梅耶重任该报社长以来，在使君主主义者归附布朗基主义上起了重要作用。阿尔贝蒂娜的这句话，除了告诉我们邦当家里阅读这份报纸以外，还给我们一个信息，就是她的排犹主义思想从何而来，因为《高卢人报》是坚决反对宣布德雷福斯无罪的。

蒂娜了。今天早晨我见她对我扭过头远去，为的就是我与希塞尔说话。在她那赌气垂下的头上，脑后的头发与别处不同，颜色更深。头发闪着光，似乎她刚刚出水。这使我想到一只落汤鸡，这样的头发使我从阿尔贝蒂娜身上看到另一种心灵的体现，与迄今为止那略显紫色的面孔和神秘的眼神完全不同。她脑后闪亮的头发，有一阵，我能从她身上看到的，就是这个，我继续看见的也只有这个。有的商店在橱窗里这次陈列着某一个人的这张照片，下次又陈列出她的另外一张照片。我们的记忆与这些商店十分相似。一般来说，在一段时间内只有最新的照片摆在那里供人观看。

车夫扬鞭催马，我倾听着希塞尔对我道出的细言软语，这完全是从她那嫣然一笑和伸过来的手中衍生出来的。这是因为我在生活中处于还没有钟情于人而希望钟情于人的阶段，我不仅心怀肉体美的理想——诸位已经看到，我从每个过路女子身上远远辨认出这种理想美，但这过路女子距离要相当远，以便她那模糊的线条与这种认同不要发生矛盾——而且心里怀着一个精神幽灵。这幽灵随时准备化身为人，那就是即将钟情于我，即将向我道出爱情喜剧台词的那个女郎。这出爱情喜剧，自童年时代起，在我头脑中已全部写就，我似乎感到所有可爱的少女全都一样愿意扮演这出戏，只要她们外形过得去。在这个戏中，不论我召来创造这个角色或重演这个角色的新“星”是谁，剧本，剧情变化，甚至戏文，都保持着不变的形式。

虽然阿尔贝蒂娜并不热心为我们介绍，过了几天，我还是认识了第一天的那一小帮子人。除了希塞尔之外，她们依然齐集在巴尔贝克（由于在车站道口前马车停留时间很长，加上列车时刻表的变化，我没有赶上火车，我抵达车站时，火车已开走五分钟了。再说，这时我已经不再想着希塞尔了）。此外，我也认识她们的两三位女友，是应我的要求，她们给我介绍的。这样，通过一个少女再认识另一个少女，希望与这个新认识的少女一起得到快乐，于是那刚刚认识的一个，便好似通过另一品种的玫瑰而得到的新品种的玫瑰花了。在这一系列的花朵中一个花冠一个花冠地溯源而去，认识了一朵不同的花得到的快乐，又使我转回到通过哪朵花认识了这朵花的那一朵上去，感激的心情中又夹杂着向往和新的希望。过了不久，我就终日与这些少女相伴了。

可叹！在最鲜艳的花朵上，也可以分辨出无法觉察的小斑点来。今日绽成花朵的器官，经过干燥或结实的过程，会变成籽粒。对于一个老练的人，这无法觉察的数点已经勾画出籽粒那不变的、事先已经注定的形状。人们的目光追随着一艘船，如醉如痴。涟漪以其优美的姿态吹皱清晨的海水，似乎一动不动，可以入画，因为大海是那样平静，根本感觉不到海潮的汹涌。那船只犹似涟漪。在注视人的面孔的一瞬间，人的面孔似乎是不变的，因为这面孔演变的进程太慢，我们觉察不到。但是，只要看看这些少女身旁的母亲或姑母，就能衡量出这些线条在一种通常很可怕的内部引力作用下，在不到三十年的时间内会走过多少距离，直到目光无神、面庞已完全落到了地平线以下再也沐浴不着阳光的时刻。即使在那些自认为完全摆脱了自己种族束缚的人身上，犹太爱国主义或基督返祖遗传都是根深蒂固而且无法避免的。我知道，在阿尔贝蒂娜、罗斯蒙德、安德烈那盛开的玫瑰花之下，与上述思想根深蒂固、无法避免一样，隐匿着粗大的鼻子、隆起的嘴、臃肿的身躯。这个，她们自己也不知不晓，将来是要伺机出现的。那时会叫人大吃一惊，但是实际上已在后台随时准备出人意料、定人生死地登场了，正像什么德雷福斯主义、教权主义、民族和封建英雄主义，一俟时机呼唤，便骤然从先于本人个性的本性中跳出来一样。一个人按照本性思考，生活，演变，强壮起来或死亡，自己都无法从因本性而采取的特殊动机中将这本性分辨出来。甚至在精神上，我们也受到自然规律的制约，其程度远远超过我们的想象。我们的思想，像某种隐花植物，某种禾本科植物一样，事先便拥有某些特点，而我们以为这些特点是选择而来的。我们只抓住次要的观念，而意识不到首要的原因（犹太人种，法兰西家庭，等等）。首要的原因必然产生出次要的观念来，到了希望的时刻我们会将这首要的原因表现出来。有的观念我们觉得似乎是思考的结果，有的似乎是不注意卫生而得来。正像蝶花科植物其形状来源于其种子一样，说不定不论我们赖以生存的观念也好，我们因之死去的疾病也好，全是从我们的家庭传下来的。

就像一株花期成熟时间各异的植物，在这巴尔贝克的海滩上，我从那些老妇人身上，看到了坚硬的籽实，柔软的块茎。我的女友们有一天可能就要成为这般物品。但是这又有什么关系？此刻，正是开花时节。所以，德·维尔巴里西斯夫人邀我出去散步时，我总是寻找借口说我不得空闲。我去拜访埃尔斯蒂尔，也只有我新交的女友伴我同行时才去。我甚至无法找出一个下午按照我对圣卢许下的诺言去东锡埃尔看望他。交际聚会，严肃的谈话，甚至友好的闲聊，如果要占去我与这些少女外出的时间，对我产生的效果，简单得就和到了早餐时间，不是带我们去吃饭，而是去看画册一样。我们以为和他们在一起得到乐趣的男子，青年人，老年或中年妇女，对我们来说，只触及到一个不坚固的表平面，因为我们只通过压缩为这个表平面的视觉感受去认识他们。这种视觉感受朝少女奔去时，则是作为其他感官的代表前去的。其他感官将到她们一个个身上去寻找色、香、味的各种优点，将品尝这各家之长，甚至无需借助于双手和双唇。借助于情欲十分擅长的移植艺术和综合天才，各种感官足以在双颊或酥胸的色彩下还原成手的接触，初次品尝和严禁的接触的感受，会赋予这些女郎甜美而坚固的形态。在玫瑰园采美或在葡萄田里用眼睛吞食着一串串葡萄时，也是如此。

坏天气吓不住阿尔贝蒂娜，人们有时见她在瓢泼大雨下仍然身穿雨衣骑着自行车飞奔。虽然如此，如果下雨，我们则到游艺场去度过白天。那些日子，我不去游艺场简直就不行。我对从来不进游艺场的各位德·

昂布勒萨克小姐蔑视到了极点。我心甘情愿地帮助我的各位女友耍弄舞蹈教师。我们一般总是受到老板和攫取了领导权的雇员的申斥,因为我这些女友从衣帽间到礼堂去,无法控制自己的激情,非要从所有的椅子上跳过去不可;回来的时候,又非要一溜坡滑下来不可。她们用美妙的手臂动作保持平衡,一面唱着歌,犹如古老年代里的诗人那样将各种艺术形式糅进这青春年少的时光。对于古老年代里的诗人来说,各种文学体裁尚未分开,他们在一首史诗中可以将农谚和神学训示混杂在一起。我说"我这些女友",就连安德烈也不例外。正因为如此,我第一天时还以为她是充满激情的女孩呢!实际上与此相反,她瘦弱,聪颖,那一年身体极为不适。即使如此,她仍不顾自己的健康状况,为那个年龄的特点所驱使。在这种年龄,不顾一切,快活时将病人与身强力壮的人混为一谈。

这个安德烈,第一天时我觉得她最为冷淡,实际上她比阿尔贝蒂娜文雅、多情、细腻多了,她对阿尔贝蒂娜表现出大姐姐那种抚慰、温存的疼爱。她来到游艺场,坐在我的身边,与阿尔贝蒂娜相反,她懂得拒绝跳一场华尔兹,甚至在我疲倦时,放弃去游艺场,到旅馆里来看我。她表达对我的友谊,对阿尔贝蒂娜的友谊,都有着细微的差别,证明她对内心情感的体会极为聪慧,令人心情舒畅。这种聪颖可能部分源于她的病体。她总是面带快活的微笑原谅阿尔贝蒂娜的孩子气。快活的事对阿尔贝蒂娜产生的不可抗拒的诱惑,她都天真有力地表现出来,她不会像安德烈那样,坚决拒绝,而宁愿与我谈天……

去高尔夫球场吃茶点的时刻即将来临,如果我们大家都在一起,阿尔贝蒂娜自己作好准备,然后朝安德烈走过来,说:

"喂,安德烈,你还等什么,为什么还不走?你知道的,我们要去高尔夫球场吃茶点。"

"我不去,我留下来和他聊天。"安德烈指着我,这样回答。

"可是,迪里欧太太请了你,你是知道的。"阿尔贝蒂娜大叫起来,似乎安德烈打算与我待在一起，只能用她不知道人家邀请了她这一点来解释。

“你看，我的小姑娘，别那么傻。”安德烈回答道。

阿尔贝蒂娜并不坚持，生怕人家也劝她留下来。她摇摇头：

“你想怎么着就怎么着吧，”她回答，“对一个喜欢慢性自杀的病人，就是这么说的。我可跑了，我想你的表慢了。”说完拔腿就跑。

“她叫人着迷，可她也是一大怪。”安德烈说道，对女友微微一笑。这微笑既抚慰她，又对她作出评断。

在爱好消遣娱乐这一点上，阿尔贝蒂娜与少年时期的希尔贝特有些相似。在我们相继爱恋的各个女子之间，总存在某种相似之处，虽然也有所变化。这种相似，与我们气质的固定化有关系，因为这些女子是我们的气质所选择的，而将所有与我们既不相反，也不相辅的女子，也就是专门既满足我们的官能享受又折磨我们的心的女子全部淘汰掉。这些被选中的女子，是我们气质的产物，是我们感性的倒影、反成像、“底片”。因此，一个小说家，在描写他笔下主人公的生活时，可以将他历次的恋爱描绘成几乎完全相似，而并不给人以自我抄袭的印象。相反，给人的印象是他在创造，因为虚假的革新总不如旨在暗示一个崭新真理的重复更有力量。在堕入情网者的性格中，小说家还应该指出变异的迹象，随着进入人生其他纬度上新的地区，这种变异的迹象更加突出。如果对自己笔下的其他人物，他描绘出不同的性格，而对自己心爱的女子，则没有赋予她任何性格，说不定这位小说家就再次表达出了另一条真理：对于无关紧要的人，我们了解他们的性格。但是对一个与我们的生命合而为一的人，很快我们就再不能将她与我们自己分开的人，对于她的动机，我们不断地作出各种令人不安的假设、对这假设又不断作出修改，对这样一个人，我们怎么能够捕捉住她的性格呢？对于我们爱恋的女子，我们的好奇心是从理智之外升腾起来的，其驰骋大大超越这位女子的性格。即使我们想停留在这个问题上，恐怕也做不到。我们惴惴不安调查研究的目标，要比这些性格上的特点更为紧要。这些性格上的特点与表皮上那些小小的菱形十分相似,其变化丰富的组合构成了肌肉花纹般的特点。我们直觉的辐射穿透了这些,带给我们的影像完全不是一张特殊的脸的影像,而代表着一副骨架那阴沉而痛苦的普遍性。

安德烈非常富有,阿尔贝蒂娜则贫穷而又孤苦无依,因此安德烈怀着极度的慷慨让她分享自己的奢华。说到安德烈对希塞尔的感情,则与我所想的不完全一样。果然不久阿尔贝蒂娜拿出她收到的希塞尔的来信,大家便有了这位女大学生的消息。此信是希塞尔专门写来,要将她旅途和抵达的消息告知这一小帮子人,同时也请大家原谅她的怠惰,尚未给其他人写信。安德烈说:

"我明天就给她写信。如果等她先来信,可能要等很久,她那么粗心大意。"

本来我以为她与希塞尔龃龉得要死,听到她道出这番话来,我真是大为惊异。

安德烈朝我转过身来,补充了一句:"显然你大概不觉得她如何出类拔萃,可她是一个非常正直的姑娘,我对她非常有感情。"

我由此得出结论,安德烈与人龃龉时间不长。

除了这些下雨的日子,我们应该骑自行车到悬崖上去或到乡间去的时候,提前一个小时,我就要极力打扮得漂漂亮亮的。如果弗朗索瓦丝没有将我的衣物准备好,我就要叽哩咕噜地埋怨。弗朗索瓦丝受到夸奖,自尊心得到满足的时候,她是谦恭、谦虚而又可爱的。但是,哪怕你挑出她一点点错,即使在巴黎,她也要骄傲而气恼地挺起腰板——年迈已开始使她弯腰驼背了。这自尊心是她生活中最大的发条,她满意和快乐的情绪与要她做的事的难度成正比。她在巴尔贝克要做的,都是那样轻而易举的事,以致她几乎总是现出不快的神情。我要去会我的女友,抱怨我的帽子没有刷,或者我的领带没有整理停当时,她那不快的神情会突然增加一百倍，还要加上冷嘲热讽的表情。本来她能做到千辛万苦而并不因此就觉得自己干了什么了不起的事，可现在，只要指出一件上装不在应在的地方，她就不仅要自吹一通她是怎样精心将这件上装“收藏起来，而不是叫它在外面落灰尘”，而且还要对自己的活计照理夸奖一遍，抱怨她在巴尔贝克可不是度假，在这里就找不着第二个人过她这样的日子。

“我真不明白怎么能叫自己的东西这么乱，你去瞧瞧，是不是换个别人，在这乱七八糟之中就能找出个头绪来。就连魔鬼自己恐怕也要晕头转向。”

要么她就摆出女王的面孔，火冒三丈地瞪着我，一言不发。可是一关上房门，进了走廊，她的沉默就立即打破了。于是话语响彻走廊，我猜想那是骂人的话，可是又跟剧中人上场以前在边幕上道出的头几句台词一样，叫人听不清楚。何况我这样穿衣打扮准备与女友们外出，即使什么也不缺，弗朗索瓦丝情绪也很好的话，她也要表现出叫人无法忍受的样子。在我感到有一种需要，要对人谈谈这些少女的时候，我在她面前曾就这些女孩说过一些开玩笑的话。现在，她利用这些笑谈，摆出向我透露什么的样子。其实，如果是真的，我肯定比她知道得更清楚。可她说的根本不是那么回事，因为她根本就没有听明白我的话。像所有的人一样，她有自己的性情。在人身上，这种性情永远不会与一条笔直的道路相似，而是以其莫名其妙而又不可避免的弯弯曲曲令人惊异。别人发现不了这些弯路，我们要从这些弯路走过，很困难。每次我走到“帽子不在原处”，“安德烈或阿尔贝蒂娜的名字”这个点的时候，弗朗索瓦丝就要强迫我走上弯弯曲曲、莫名其妙的小路，使我迟迟动不了身。我吩咐给我准备夹 chester[①] 和生菜的三明治和买点心时，也是这样。这是准备到了吃茶点的时候，我和这些少女在悬崖上吃的。可是弗朗索瓦丝宣称，她们如果不是这么看重

---

① 英文：柴郡乳酪。

物质利害的话，本可以轮流出钱买嘛！外地的贪婪和庸俗这整个返祖现象倒来救了弗朗索瓦丝。在她看来，简直可以说，死去的欧拉莉那分裂的灵魂在我的女友这一小帮子人那迷人的躯体上找到了比在圣埃罗瓦身上更优美的化身。[①] 听到这些谴责，我真是火冒三丈，感到撞到了这种地方，从这里开始，这乡间熟悉的小路竟变成无法通行的死胡同。幸亏时间不太长。这乡间熟悉的小路，便是弗朗索瓦丝的性情。后来，上装找到了，三明治准备好了，我便去找阿尔贝蒂娜、安德烈、罗斯蒙德，有时还有别人。于是，我们动身，步行或骑自行车。

如果是从前，也许我更喜欢天气不好时这样去散心。那时，我极力在巴尔贝克重新找到"西梅利安人的故乡"，风和日丽的天气在那时大概是不存在的，美好的时光便是洗海水浴的人在普普通通的夏天这个为云雾笼罩的古老地区。现在，我从前鄙视的、视野中避开的一切，不仅是阳光的变幻，甚至还有竞渡、赛马，我都狂热地追求了。与我过去只希望看见风暴席卷的大海原因是一样的，这些都与美学观念相关。这是因为，我和女友们有时去拜访埃尔斯蒂尔。少女们在场的时候，他更喜欢拿出来给大家看的，是根据驾驶快艇的俏丽女郎画的几幅速写或取材于巴尔贝克附近一个跑马场的一幅草图。我首先腼腆地向埃尔斯蒂尔承认，说我从前不愿意参加那种地方的集会。

"你错了，"他对我说，"是那么美，又那么奇！首先，那个特别人物，骑手，多少人的目光定睛望着他！他穿着鲜艳夺目的绸上衣，在遛马场前，神情抑郁，面色发灰，与他紧紧牵住的旋转跳跃的马化成了一体。分析出他那职业性的动作，显示出他构成的闪闪发光的一个亮点，该是多么有趣！在赛马场上，马衣也形成闪闪发光的一个亮点！在赛马场这个光芒四射的广阔天地上，各种事物都发生了怎样的变化！阴影，反光，这么多，

---

① 见《贡布雷》，女圣徒欧拉莉在勃艮第变成了圣埃罗瓦。

光看见这个，简直叫人惊异！女人在赛马场上可以显得多么美！尤其是首场，真叫人心花怒放！在那种类似荷兰有些湿气的光线里，感觉到海水那刺骨的寒气在阳光里上升，这里还有衣着极为华丽的女子。这样的光线大概来自海滨的湿气。我从来没见过在这样的阳光中，坐马车前来或将望远镜按在眼睛上的女子。啊！我是多么希望将这阳光表现出来呀！我看赛马归来，就像发了疯一样，有那样强烈的工作欲望！”

然后他对游艇盛会发出赞美，比对赛马更有甚之。于是我明白了，盛装女子沐浴在海滨赛马场那海蓝色的阳光之中的竞渡，体育比赛，对一个当代艺术家来说，可以是与委罗内塞或卡帕契奥这样的画家那么喜欢描绘的节日同样有趣的题材。

“他们作画的城市，”埃尔斯蒂尔对我说，“这些节日有一部分具有航海性质，所以你的比喻就更准确了。只是那个时代登船的美经常存在于其沉重、复杂之中。有水上比武，和此地一样，一般这是为招待某使节举行的，与卡帕契奥在《女圣徒厄休尔的传说》中所表现的相仿。[①] 船体庞大，造得如同建筑物一般，似乎可以水陆两用，有如威尼斯城中小小的威尼斯城。借助于铺着深红锦缎和波斯地毯的可移动船桥，船只停泊了。就在镶嵌着各色大理石的阳台旁，身着樱桃红织锦或绿色花缎的妇女上船了。阳台上方，别的妇女身着黑袖白衩、缀着珍珠或镶着镂空花边的长袍，探身观望。人们再也不知道陆地在哪里终止，大海从哪里开始，什么是宫殿或船只，小帆船，威尼斯式帆桨大木船和彩船[②]了。”

对埃尔斯蒂尔为我们描述的这些服饰细节，这些奢华的形象，阿尔贝蒂娜聚精会神、十分起劲地听着。

---

① 这是九幅油画组成的画卷，第一幅《女圣徒厄休尔来到科隆》完成于1490年，五六年之后完成全部，其中有《外交使节》及《情侣话别》等场景。此画卷自1812年起属于威尼斯美术学院画廊，普氏1900年威尼斯之行时欣赏过这些油画。

② 古代威尼斯大公在耶稣升天节这天所乘的船只。

“啊，我真想看看你说的那镂空花边，威尼斯花边，太漂亮了！”她大叫起来，“我真想去威尼斯！”

“说不定你不久就可以欣赏到从前那里人们穿在身上的妙不可言的衣料了，”埃尔斯蒂尔对她说，“现在只能从威尼斯画派画家的画幅上见到这些，或者难得在教堂的珍藏中得以一见，有时甚至会有一种衣料拿出来销售。不过，据说有一位威尼斯艺术家，叫福迪尼①的，他找到了织这些衣料的窍门。再过几年，妇女们就可以身着锦缎出来散步，尤其是身着锦缎待在家中了，与威尼斯为其贵族妇女设计的用东方图案装饰的锦缎一样精美华丽。不知道我会不会喜欢这个，对于今日之妇女，这种服装是不是太不符合时代，哪怕是为竞渡招徕看客。咱们那些现代化的游船，可与往昔那‘亚得里亚海的女王’威尼斯的时代完全相反。一艘游艇，游艇的内部陈设，艇上人的衣着打扮，最动人的地方便是其海上物品的简易、朴素，我是多么爱大海！我向你们坦率承认，比起委罗内塞，甚至卡帕契奥时代的服装式样来，我更喜欢如今的式样。咱们那游艇美的地方，就在于一色，简单，明亮，漆成灰色，阴天时，显得蓝莹莹的，奶油一般线条模糊——尤其是在中型游艇里，我不喜欢庞然大物般的游艇，船味十足。这就跟帽子一样，得有个尺寸。人活动的舱室必须像个小咖啡馆模样。一艘游船上妇女的打扮，也是一样。最优美动人的，是轻松、雪白和一色的打扮，帆布，上等细麻布，北京棉布，人字斜纹布，在阳光下，在碧蓝的大海上，变得跟白帆一样雪白耀眼。话又说回来，会穿衣服的妇女很少，可有的人真是妙不可言。在赛马场上，莱娅小姐戴一顶小白帽，打一把小小的白阳伞，

---

① 这个福迪尼全名为玛丽亚·福迪尼·德·玛德拉佐（1871—1949），为西班牙画家玛丽亚·福迪尼之子。普氏在《追忆似水年华》中经常提到他。福迪尼在威尼斯自己的寓所中，数年潜心研究，力图复活威尼斯历史上最美的服饰。前文谈到的卡帕契奥的画《女圣徒厄休尔的传说》亦为他的样本之一。在妻子亨利埃特的帮助下，他设计出不少服装，也创作了一些画，制造出了壁毯，帷幔，首饰等等。普氏对他极为佩服。

真是迷人！为了得到这把小阳伞，多少钱我都愿意出！”

这把小阳伞与其他阳伞究竟有何不同，我多么想知道！阿尔贝蒂娜比我更想知道，但那是出于别的缘由，是女人爱俏。正像弗朗索瓦丝谈到蛋奶酥时说“这是要魔术”一样，原来那差别就是剪裁不同。

“小极了，圆极了，像一把中国阳伞！”埃尔斯蒂尔说。

我提到某些妇女的阳伞，埃尔斯蒂尔都说完全不是那样，他觉得我说的那些阳伞都其丑无比。他是一个鉴赏能力高雅而又挑剔的人。四分之三女性打的阳伞，他都觉得难看得吓死人。这些人的阳伞与叫他着迷的一个小巧玲珑的玩艺儿之间小小不然的差别，他就能将这个说成了不得。在我看来，一切奢华都会使人思想贫乏。他与我相反，大肆鼓吹他那种“极力画出与这一样美的东西”的绘画欲望。

“你们看，这个小姑娘已经明白那帽子和阳伞是什么样的了。”埃尔斯蒂尔指着阿尔贝蒂娜对我说。阿尔贝蒂娜的双眼闪烁着觊觎的光芒。

“我多么希望发财，好买一艘游艇啊！”她对画家说，“内部装修，我一定向你请教。我要作多么美好的海上游！去看看考斯①的竞渡该多美！有一辆汽车怎么样？女子汽车服装式样，你觉得漂亮吗？”

“不漂亮，”埃尔斯蒂尔回答说，“不过，将来会漂亮的。再说，时装大师很少，也就一两个：加洛②，虽然花边用得有些太多；杜塞③，谢吕伊④，有

① 考斯是英国怀特岛上一海港，以海水浴场及竞渡而著名。

② 加洛姊妹自 1895 年起在泰布街 24 号开设服装店，曾经设计出带花边的紧腰女用衫。

③ 杜塞父子服装店设在和平大街 17 号（1853—1928，也有说是 21 号的），专营衬衣、高级素色手帕、绣的数字及家徽等。其设计构图简洁，多用黑色。埃尔斯蒂尔对高雅而简洁的美极为爱好。

④ 谢吕伊于 1902 年在旺多姆广场 2 号开业（有说是 21 号的），直至 1915 年的旧金山博览会时仍然代表巴黎时装。

时还有巴甘[1]。其余的全都吓死人。”

“如此说来，穿着加洛店里的服装与着普普通通的裁缝做的衣裳，差别很大喽？”我问阿尔贝蒂娜。

“当然大极了，我的小傻瓜！”她回答我说，“噢，对不起。只是，唉！别处三百法郎的东西在他们那就要两千法郎。但是确实不一样，对于完全外行的人来说，看上去好像差不多。”

“完全正确。”埃尔斯蒂尔答道，他倒没有说，那差异之大，就和兰斯大教堂的一尊雕像与圣奥古斯丁教堂的一尊雕像[2]之间一样。

“对，说到大教堂嘛，”他专门对着我说，因为我们有一次聊天谈到这个问题，那些姑娘没有参加那次谈话，再说，那也绝不会使她们感兴趣，“那天我对你谈到巴尔贝克教堂就像一座高大的悬崖，是当地的石头垒起的大悬崖。可是，相反，”他指着一幅小彩画对我说，“你看这些悬崖（这是一幅草图，取景于克勒尼埃[3]，距这里很近），你看这些切割得有力而又十分高雅的山岩，又多么会叫人想到一座大教堂！”

果然，简直可以说那是高大的玫瑰色拱墙。但是，这是酷热的一日画的，那山岩似乎碎成了齑粉，炎热似乎使山岩蒸发了。炎热吞饮了一半大海，在整个画布的大小上，几乎化成了气体状态。在这阳光似乎已将现实世界摧毁的日子里，现实世界则集中在几个色彩阴暗而又透明的人身上。由于对比鲜明，这些人使你对生命产生更动人心弦、更接近的印象：那是一些影子。大部分渴求凉爽，逃离了火热的海面，躲在山岩脚下，避开阳

---

① 巴甘夫人于1891年（又一说是1880年左右）开店，店址在旺多姆广场。1900年左右迁至和平大街3号。顾客中有西班牙、比利时、葡萄牙王后，也有半上流社会的妇女。她的专长是缎子与丝绒并用的舞会服装。

② 巴黎圣奥古斯丁教堂建于1860—1871年，建筑师为巴达尔，其风格吸取意大利文艺复兴及拜占庭艺术之长。教堂前有保尔·杜布瓦作圣女贞德雕像，为兰斯贞德像之仿制品。

③ 克勒尼埃位于特鲁维尔附近。普氏1905年7月14日致露意莎·德·莫尔南的信中曾谈到这个地方。

光。有些人像海豚一样在水上慢悠悠地游着，紧贴着漫游的船舷。在白花花的水面上，人以其油亮而发蓝的身躯使船体显得更高大。说不定正是这些泳者透露出的渴望凉爽的情形，最使人产生这一天那种炎热的感觉。正是这一点叫我发出感叹，我没有见识过克勒尼埃，多么遗憾！

阿尔贝蒂娜和安德烈打保票说，我肯定去过一百次了。如此说来，有一天看到克勒尼埃就会不知不觉地、意料不到地给我以这种对美的渴求了，虽然并不正好是迄今为止我在巴尔贝克的悬崖中寻求的自然美，更确切地说是建筑美。尤其是我，出门去为的是看暴风雨的王国，在我与德·维尔巴里西斯夫人一起出去散步过程中，我们经常只是远远地从树木的空隙中依稀望见大海。我从来不觉得大海真实，流淌，有生命力，使人足以感到它能掀起万顷波涛。我可能只喜欢看到在冬日裹尸布包裹下一动不动的大洋。我真不大能相信，现在我梦寐以求的，竟是失去了其坚固性与色彩的、只不过成了一团白雾的大海！但是，埃尔斯蒂尔，正像那些在因炎热而变得麻木迟钝的船中堕入遐想的人一样，对这样的大海的魅力，已经深得个中三昧，已经善于将海水那觉察不到的涌动，欢乐的一分钟那脉搏的跳动报道出来，固定在画布上了。人们看到这具有魔力的肖像时，只会想到要走遍世界，去寻回那逝去的时日，寻回它那转瞬即逝的沉睡的美。

对埃尔斯蒂尔进行这些访问之前，看到他那幅海景之前，面对着大海，我总是极力从视野中排除前景中的泳人，张着帆的游艇——那帆颜色太白，好似海滩礼服——即排除一切妨碍我说服自己我是在凝望着自古不变的水流的东西。早在人类出现以前，这水流就已经宣泄着它那神秘的生命了。眼前的这幅海景上，一位少妇身着巴莱日纱①或细麻布的长

---

① 巴莱日纱纬纱为毛，经纱为棉或丝，产于比利牛斯山区中一小村。此小村村名为巴莱日，此种轻而薄的衣料由此得名。

裙，站在一艘挂着美国国旗的游艇上。她将一条细白麻布长裙和一面国旗这“双重”教权注入我的想象之中。我的想象力立刻酝酿起一个贪得无厌的欲望，要立刻在大海附近看见白细麻布长裙和国旗。风和日丽的日子仿佛给这雾气与暴风雨笼罩的海岸裹上了包罗万象的夏季那平平常常的景观，标志着一个时间的简单休止，相当于人们在音乐中称的休止符。现在，在我看来坏天气则成了某种悲惨的变故，坏天气在美的世界里再也找不到位置了：我热切地希望到现实中去找到使我那样激动的事物，我希望天气晴朗，以便能从悬崖顶上看到与埃尔斯蒂尔的画中同样的蓝色的人影。

从前我设想大自然的生命早于人类的出现，而且与令人厌烦的各种工业的完善设备相抵触。这些工业设备直到今日还叫我一参观万国博览会或进女帽商店就要打哈欠。那时我看大海，只是极力观看没有汽船的地段，以便在头脑中保持千古不变的大海的形象，与大海与陆地分离的年代同时，至少也与希腊最初存在的几个世纪同时。这样我便可以反复吟咏布洛克喜爱的“勒贡特老爹”的诗句，并视为永恒真理：

他们出发了，精神抖擞、意气风发之王，
将英雄赫楞手下的长发勇士，
带往惊涛骇浪的大海上！①

埃尔斯蒂尔对我说过，制帽女工以美妙的动作对已经完工的帽子进行最后的修饰，对蝴蝶结或羽毛再至关重要地抚弄一下，这种动作使他很感兴趣，想在绘画上表现出来，就与表现骑手的动作一样（这叫阿尔贝蒂娜心花怒放）。既然如此，我再也不能看不起制帽女工了。但是，制帽女工，要等我返回巴黎才会见到。赛马和竞渡，则要待我重返巴尔贝克才会见到。直到明年以前，在巴尔贝克已经不再举行赛马和竞渡。就连载着

① 此诗句源于勒贡特·德·利尔的悲剧《复仇三女神》。

身穿白麻细布衣裙妇女远去的游艇也已经无处寻觅了。

我们常常遇到布洛克的姐妹。自从我在她们父亲家里用过晚餐，见了她们就不得不打招呼。我的女友们不认识她们。

“家里不许我和以色列人玩。”阿尔贝蒂娜常说。

她将“以色列”说成“以射列”，这种读音方法，即使你没听见这句话的开头，也足以告诉你，这些信仰虔诚的布尔乔亚家庭小姐对于上帝的选民并不怀有好感，说不定她们还会轻易相信犹太人将信仰基督的小孩宰杀之类的话。

“何况你的那些女友举止很不像样。”安德烈对我说，微微一笑，表明她很清楚地知道那些人并非我的女友。

“所有与这个部落相关的事都是如此。”阿尔贝蒂娜回答道，用的是经验丰富的人那种格言警句式的口气。

说老实话，布洛克的姐妹，既穿得太多又半裸身体，无精打采，胆大包天，又摆阔，又邋遢，不会叫人产生良好印象。她们有一个表妹，只有十五岁，她对莱亚小姐之倾倒令整个游艺场产生反感。老布洛克先生对莱亚小姐的艺术才能极为赏识，但是他对男性演员的艺术才能却缺乏判断能力。

有的日子，我们到附近的一个农庄餐馆去吃茶点。这里的农庄叫什么奚戈尔·玛丽-泰蕾斯，爱尔朗十字架，琐事，加利福尼亚，玛丽-安托瓦内特等等。这一小帮子选择的常是玛丽-安托瓦内特农庄①。

有时我们不到哪个农庄去，而是一直攀登到悬崖之巅。一到，坐在野草上，就将带来的三明治、糕点包打开。我的女友们更喜欢吃三明治，见我只吃一块用糖装饰成峨特体的巧克力点心或一块杏子排，都惊讶不已。这是因为，面对加了 chester 和生菜叶子的三明治这种崭新而无知的食品，

① 爱尔朗十字架田庄和玛丽-安托瓦内特田庄位于卡布尔与特鲁维尔之间。

我无话可说。而点心受过教育，水果排又絮絮叨叨。点心里有奶油的平淡，水果排里有水果的鲜味，它们对贡布雷、希尔贝特（不仅是贡布雷的希尔贝特，而且是巴黎的希尔贝特。她吃茶点时，我又寻回了贡布雷和在贡布雷的希尔贝特）所知甚多，使我忆起上面有《一千零一夜》故事的那些盛小炉点心的盘子。[1] 弗朗索瓦丝一天又一天地今天将《阿拉丁和神灯》，明天将《阿里巴巴》、《睁眼睡觉的人》和《辛伯达携带全部宝物登上巴索拉船》[2]送给姨母莱奥妮时，这些故事的“臣民”们真叫我的姨母开心透了。我真希望再见见这些碟子，可是外祖母不知道这些碟子后来命运如何了，而且她认为那不过是当地买的十分俗气的碟子罢了。这都无关紧要，反正在那香槟省灰蒙蒙的贡布雷，碟子上的商标依然镶嵌着五光十色的图案，正如黑糊糊的教堂内宝石闪动的彩绘玻璃，正如我的房间里黄昏时节那走马灯上映出的影像，正如在车站和省属铁路的风景照前的印度金纽扣和波斯丁香，正如在那外省老太太的阴暗住宅中我姨母那一套中国古瓷器一样。

我躺在悬崖上，眼前只见一片片草地。草地上方，并不是基督教理论的七重天，而只有两重：一重较深——大海，高处的一重较浅。如果我带去了一件什么小玩艺儿，能讨得女友中这一位或那一位的欢喜，她们会那样骤然喜形于色，一瞬间她们那透明的脸庞便变得火红。她们的嘴压抑不住那欢喜，一定要让那欢喜表现出来，于是便开口大笑。我们品味着这种喜悦。她们聚集在我的周围，彼此的面庞相距不远。将一个个面庞分开的空气勾画出碧蓝的小径，有如园丁希望留些空隙，以便自己能够来回走动而在玫瑰丛中辟出的小径。

带来的食物吃光了，我们就做游戏。直到那时为止，我一直觉得这些

---

① 莱奥妮姨母的盘子每一打一套故事。

② 这些均为《一千零一夜》中的名篇。

游戏枯燥无味，有时甚至与“宝塔站岗”或“看谁先笑”一样幼稚可笑。但是，那个时刻，就是给我一个帝国，我也不会放弃这些游戏。这几位少女的面庞仍然洋溢着青春初绽的光彩，我的年龄则已经超出这个。这光彩在她们面前照亮了一切，恰似某些早期宗教画家那酣畅的画面，金色的背景上最无关紧要的细节也从她们的生命中突出起来。对这些少女中的大部分人来说，她们的面庞本身与黎明时那虚无缥缈的红霞混成一体，真正的个性尚未迸发出来。人们见到的，只是艳丽的色彩，在这色彩之下，还无法分辨出来几年之后的轮廓会是什么样。今日的轮廓中还没有任何成份可算是最后定型，只能算做与家庭中某一位已逝的成员暂时有些相像罢了，造物主已向这位去世的成员尽了此种纪念性的礼节。身体已经固定不变，再没有什么指望了，再不会向你许诺什么令你喜出望外之处。不久就会看到尚未显老的面庞四周头发脱落或者变白，就像在盛夏时节的大树上看到已枯的树叶一样，已经毫无希望。这样的时刻会来得那样飞快，这万道霞光的清晨是这样短促 ，以致有人竟只走到爱情窦初开的少女的地步。这些少女的身体，像一块宝贵的面团，尚在发育。她们只不过是一撮可塑物质，左右她们的转瞬即逝的印痕随时都在塑造着她们。简直可以说，她们每个人都是直率、完整而又转瞬即逝的表情相继塑造而成的快活、少年老成、撒娇、惊讶的小塑像。一个少女对我们流露出的热情关切，这种可塑性会赋予它极度的丰富多彩和极大的魅力。当然，这种热情关切对一位妇女来说也是必不可少的。不喜欢我们的妇女，或者不让我们看出我们讨她喜欢的妇女，在我们眼中，总有某种令人厌倦的千篇一律之处。

这种关切本身，从一定年龄开始，在因生存竞争而变得线条生硬、变成永远有武士气概或出神入化一般的面孔上，再也不会带来柔和的变化。有的面孔，由于乖乖服从丈夫这种力量的反复作用，似乎已经不是女人的面孔，而是士兵的面孔了。另一张面孔，受到母亲每日心甘情愿为子女作出牺牲的雕凿，成了使徒的面孔。又有一张面孔，经过多年的逆境和风暴成了一只老海狼的面孔，只有身上穿的衣裳能揭示她的性别。当然，我们爱这个女子的时候，对我们来说，一个女子的关切尚能在我们在她身边度过的时光上撒播上新的魅力。但是对我们而言，她不会是相继变化前后不同的女子。她的快活对一张不变的面孔而言，乃是外来之物。而少年时代则在完全固体化之先，因此，人们在少女身旁有一种清新感。观看不断变化的形状，不断形成不稳定的对比，就给人以清新感，使人想到大自然中各主要元素永不间断的重新创造。人们面对大海凝望并沉思的，正是这种永不间断的重新创造。

我为这些女友的“环坐猜物集体游戏”或“猜谜语”所牺牲的，还不仅仅是一次白日交际聚会，与德·维尔巴里西斯夫人的一次散步之类。有好几次，罗贝·德·圣卢叫人告诉我，既然我不到东锡埃尔去看他，他可以请二十四小时的假，到巴尔贝克来看我。每次我都写信给他，叫他千万不要这样做，我的借口是我那天正好不在，我要同外祖母到附近什么地方去走亲戚。他从自己的姑祖母那里得知这是我的什么亲戚，扮演我外祖母角色的到底是何人时，肯定对我看法不好。不过，我不仅牺牲了交际活动的快乐，而且也牺牲了友情的欢乐，去选择终日在花园中徜徉的快乐，大概没有错。有这种可能性的人——他们都是艺术家，这倒是真的，而我早就确信自己永远也成不了艺术家了——也有义务为自己生活。友情对他们来说，是对这种义务的支出，是放弃自我。就连作为友谊表现形式的交谈本身，也是非常肤浅的胡言乱语，令我们一无所获。我们可以闲聊上一辈子，什么也不用说，只要无限重复一分钟的空虚即可，在艺术创作的单独工作中思想则是向纵深前进的，唯有这个方向对我们没有封闭，我们可以朝这个方向继续前进。越来越困难，这是真的，但是可以得到真正的成果。而友谊不仅像谈话一样毫无成效，而且有害。我们当中，成长规律纯属内在的人，他们在自己朋友身旁，停留在自己的表面，而不是向纵深方向继续进行自己发现新大陆的航行，就不会不感到烦闷。这种烦闷的印象，在我们恢复独处时，友好的情谊又劝说我们要加以纠正，劝我们激动地回忆起我们的朋友对我们说了什么话，将这些话当成是宝贵的收获。而我们与可以从外部添加石头的建筑不一样，倒与以自己的汁液滋养下一节枝干和最上层花朵的大树十分相像。我庆幸自己得到像圣卢这样善良、聪颖、人人愿意与之交往的人的喜爱和欣赏，我不是叫自己的智慧去适应自己纷乱的印象——理清这些纷乱的印象，本是我的义务——而是去适应朋友的话语。我自己再次重复这些话（我叫活在我们身上、却与自我不是一个人的那个人给我重复这些话，人总是很高兴把思考的重担卸给他人），极力找到这位朋友的美。这种美与我真正孤独一人时所求索的美完全不同，但是这种美赋予罗贝、我自己、我的生命以更大的价值。我这么做的时候，是在自己骗自己，是中断了成长的过程。如果沿着原来的方向发展下去，我确实可以真正地成长起来，得到幸福。在这样的朋友为我造成的生活里，我仿佛娇气地避开了孤独、高尚地希望为他牺牲自己，实际上却意识不到自己的使命了。

相反，在这些少女身旁，虽然我品尝的快乐是自私的，但是至少它不以谎言为基础。谎言极力要我们相信，我们并不是不可救药地孤独，谎言不许我们承认：我们交谈的时候，谈话的不是我们自己，那时候我们是依照别人的模样塑造自己，而不是塑造一个与他人不同的自我。

这一小群少女与我交换的话语没有什么趣味，话也很少，从我这方面又被长时间的沉默所打断。这并不妨碍她们跟我讲话的时候，我怀着同样快乐的心情倾听她们讲话，正如我无比快乐地凝望她们，从她们每个人的声音发现一幅色彩斑斓的图画一样。我怀着极大的乐趣听着她们叽叽喳喳。钟情能帮助人分辨、区别。在一片树林里，鸟类爱好者立刻分辨得出每一种鸟特有的啼啭，一个平常人则搞不清。喜爱少女的人知道人的嗓音比那还要变化多端。每一种嗓音拥有的音符，都比表现力最丰富的乐器还多。每种嗓音对这些音符的组合方式又和人的个性变化无穷一样无穷无尽。与其中一位女友谈天时，我发现，表现她的个性而独有的那幅原画，既通过她嗓音的抑扬顿挫也通过她面部表情的变化，在我面前巧妙地勾画出来，暴虐地强加于我。我发现这是两出戏，每一出在自己的范畴内，表现同一奇异的现实。

肯定，嗓音的曲线与面部的线条一样，尚未最后固定。嗓音还要变，面庞也要变。正如婴儿有一种唾液腺，分泌的液体帮助他们消化牛奶，而长成大人以后这个唾液腺就再也不存在了一样，在这些少女的吱吱喳喳鸣叫声中，也有长成成年妇女以后就再也没有了的音符。这些少女用双唇，怀着贝里尼①音乐小天使②的认真和热情弹奏着这件更为丰富多彩的乐器，这种认真与热情也是青春特有的质地。这热情自信的音色赋予最简单的事情以动人的魅力。无论是阿尔贝蒂娜以权威的口气道出一些俏皮话，还是安德烈谈起她们学校的作业，都是如此。阿尔贝蒂娜说话时，年纪最小的少女无比钦佩地听着，直到最后就像打喷嚏一样怎么也忍不住地狂笑起来；安德烈谈起她们学校的作业，比她们所做的游戏更孩子气，是稚气十足的一本正经。在古代，诗歌与音乐分别还不大时，是以不同的声调来吟诵诗篇的。她们的话语铿锵有声，有如古代的诗句。

尽管如此，这些少女的嗓音已经明确表现出这些小小的人儿每个人对生活的主见。这些主见是那样具有个人色彩，我们如果说这个“她把什么都当玩笑”，说那个“她从肯定到肯定”，说第三个人“她总是停在充满期待的犹豫之中”，都是用词太泛。以后，这些少女会失去这种嗓音。我们面孔上的线条差不多只是由于习惯而形成的、最后不再变化的动作而已。造物主，如同庞培的灾难，仙女变形一般，将我们固定在习惯性的动作上。

---

① 此处指让蒂·贝里尼(1429—1507)。

② 此处普氏指的是威尼斯圣马利亚教堂中围绕在圣母及圣婴身旁的那些音乐小天使。

同样,我们语调的抑扬顿挫包含着我们的人生哲学,是人对事物随时的思考。

当然,这些线条不仅仅属于这些少女。这些线条是他们父母的。个性浸淫于比本人更普遍的事物之中。在这一点上,父母所提供的,不仅是面部线条和嗓音特点这些习惯性的东西,还有某些谈话姿态,某些惯用语句。这些东西几乎与声调一样自己意识不到,几乎与声调一样深刻,也和声调一样,标志着对生活的一种观点。对这些少女来说,在她们达到某种年龄以前,有些词语,她们的父母还没有交给她们,这是真的。一般来说,要待到她们长成成年妇女之后,才会完全交给她们。那些词语现在还储存着。例如,如果谈到埃尔斯蒂尔一位朋友的画,长发还披在身后的安德烈,就还不能使用她母亲和她已成婚的姐姐常用的那种语汇:"那个男子似乎很迷人。"但是,待到准许去王宫时,这样的时刻就到来了。阿尔贝蒂娜自从第一次领圣体以来,已经像她姑母的一位女友那样常常说"我会觉得那相当可怕"这句话了。人们还送给她一个习惯,那就是将别人对她说的话再重复一遍,以便显出很感兴趣并且极力形成有个人特色的看法的模样。如果有人说某一画家的画很好,或者他的房子很漂亮,她就要说:"啊?! 他的画好? 啊?! 他的房子漂亮?"

总而言之,她们出生的省份所强加给她们的有滋有味的原料要比家庭遗产更普遍。她们的嗓音就从出生的外省得来,她们的声调紧紧咬住这乡音。安德烈干巴巴地拨动一个低音音符时,只能使她那发声乐器的短粗弦发出一个带唱腔的音,与她那南方式的五官端正非常和谐。罗斯蒙德呢,她那面孔和嗓音的北方原料与永不休止的顽皮话相呼应,不论她带着自己那个省的口音说什么,都是如此。我发现,这个省份与决定抑扬顿挫的少女气质之间,进行着美妙的对话。是对话,而不是不和。没有任何不和可以将少女与她的故乡分离开来。她依然是它。此外,地方原料对于使用这些材料的天才所产生的反作用,赋予天才更大的活力。对于建筑师的作品也好，精致木器细木工的作品也好，抑或音乐家的作品也好，这种反作用都不会使他们的作品个人味道减少，反映艺术家个性最微妙的特点也不会不细致，因为艺术家不得不在桑利的粗沙岩或斯特拉斯堡的紫砂上创作，他依从了白蜡树上特有的木节，他在写作中考虑到音响的来源及限制，考虑到笛子或中提琴（或女中音）的可能性。

我意识到这一切，我们的交谈却那样少！我与德·维尔巴里西斯夫人或圣卢在一起的时候，我会通过话语表示快乐，比我更正感受的快乐多得多。我离开他们时，总是身心疲惫。相反，静卧在这些少女当中，我丰富的感受无限地超越我们贫乏而稀少的话语，淹没了我不动的身姿和沉默，溢成幸福的河流。流水潺潺而来，消逝在这些初放的玫瑰花脚下。

一个大病初愈的病人，终日在花园或果园中休息，一股花香或果香对于他那悠闲怠惰生活赖以组成的千万琐事来说，绝不及我的目光在这些少女身上寻找的色与香对我感染之深，她们的甜美最后与我融成一体。葡萄就是这样在阳光下积聚起自己体内的糖分。这些如此简单的游戏，慢慢地继续着，给我的内心带来了轻松，幸福的微笑，隐隐约约的头晕目眩，一直叫我闭上了眼睛，正如那些无所事事，终日躺在海边，吸着盐风，晒黑皮肤的人一样。

偶尔，哪一位少女热心的关怀会在我心上唤起激烈的震颤，在一段时间内移开了对其他人的向往。有一天就是这样：阿尔贝蒂娜说："谁有一支铅笔？"安德烈给了她铅笔，罗斯蒙德给她纸。阿尔贝蒂娜对她们说："各位女士，正在书写，严禁观看。"她把纸贴在膝盖上，专心致志地将每个字母工工整整画出来，然后把纸递给我，对我说："注意，别叫人看见！"我将纸条打开，看到她给我写的是这么几个字："我很喜欢你。"

"咱们别写蠢话了，"她向安德烈和罗斯蒙德转过身去，高声叫道，口气激烈而又庄重，"今天早晨我收到希塞尔给我写的信，我得给你们看看。我真是疯了，这信就在我口袋里，对我们会大有用处！"

希塞尔认为应该将她为得到中学毕业证书所写的作文给她的女友寄来，以便她读给其他女友听听。有两个题目供希塞尔任选，在难度上更超过了阿尔贝蒂娜对出题难的担心。一个题目是：索福克勒斯从冥府致函拉辛，以安慰《阿达莉》上演失败；另一个题目是：《爱丝苔尔》首演之后，塞维妮夫人致函拉法耶特夫人，向她表达为她不在场而深感遗憾的心情。请拟信稿。这两个题目里，第一个最难。希塞尔卖劲得很，大概感动了考官。她选了第一个题目，阐述得非常精彩，结果得了十四分①，评分委员会也向她祝贺。若不是她西班牙文考试"考砸了"，说不定她能得到"优秀奖"呢！阿尔贝蒂娜立刻给我们读了希塞尔寄给她的作文考卷，因为阿尔贝蒂娜也要参加同样的考试，她很希望听听安德烈的意见。安德烈在这方面比她们所有的人都厉害，可以给她出些好主意。

"她真够走运的，"阿尔贝蒂娜道，"这正是她的法文老师叫她在这做过的一个题目！"

希塞尔写的索福克勒斯致拉辛函，是这样开头的：

亲爱的朋友，

至今无缘与您相识，冒昧致函，乞谅。新作《阿达莉》岂不表示您对拙作已进行过充分研究？您不仅通过悲剧中主角或主要人物之口道出诗句，且为合唱队写出了精彩诗句。请允许我毫不阿谀奉承地告知于您，据说在希腊悲剧中这合唱队尚可应付，但在法国，此乃地地道道之创举。何况您的天才如此精雕细刻，如此敏锐，如此迷人，如此细腻，如此高尚，已达炉火纯青地步，本人向您致贺。阿达莉、若阿德等人物，您之对手高乃依均无法超出其右。性格粗犷，情节简单、有力。此悲剧并不以情爱为机关，我向您致以真诚赞美。最有名的格言亦非永远最正确。我向您引证

① 法国以二十分为满分。

的例子便是；

对这一激情动人的描绘，

是打动人心的最可靠之路。①

您表明您的合唱队所洋溢的宗教情感并非无法打动人心。广大观众会晕头转向，真正的行家则会给您以公正评价。谨致衷心祝贺并致崇高敬意。

阿尔贝蒂娜朗读过程中，双眸不断闪动，熠熠生辉："真要叫人相信，她这是从什么地方抄来的，"念完以后，她大叫起来，"我从不相信希塞尔能下出这样的蛋来！还有她引的诗句！她是到什么地方去偷来的呢？"

接着，阿尔贝蒂娜钦佩的对象换了，这是真的，但是她的佩服之情有增无减。在安德烈谈话的整个过程中，她眼睛一直瞪得大大的，赞佩之情不停地叫她"眼睛瞪得要掉下来"。安德烈年龄最长，本事也最大，别人要听听她的意见。她首先带着某种讽刺口吻谈到希塞尔的作业，继之，又用难以掩饰真正严肃的轻佻表情，以自己的方式重写了那封信。

"还算是不错，"她对阿尔贝蒂娜说，"不过，如果我处在你的地位，人家给我也出这个题目——这是有可能发生的，因为经常出这道题——我就不这么做。我怎么做呢？首先，如果我是希塞尔，我可不那么一下子就冲动起来，我首先在另外一张纸上列出我的提纲。第一行，提出问题，展开主题；然后，要放在发挥部分的大概意思；最后，评价，文体，结论。这样，从要目一看，就知道思路如何。蒂蒂娜②，主题刚一展开，或者你更喜欢，既然这是一封信，可以说一入题，希塞尔就干了蠢事。索福克勒斯给一个十七世纪的人写信，他不应该写'亲爱的朋友'。"

① 布瓦洛《诗艺》，第三章。

② 阿尔贝蒂娜的爱称。

“确实，她本应该叫索福克勒斯说‘亲爱的拉辛’，”阿尔贝蒂娜充满激情地大叫起来，“这样就好多了。”

“不对，”安德烈用有点讽刺嘲笑的口吻回答道，“她应该写‘先生’。同样，结尾的地方，她本应找到诸如‘先生（最多是‘亲爱的先生’），恕我直表敬意，臣仆谨拜’这一类的字眼。另一方面，希塞尔说在《阿达莉》中合唱队是创举。她把《爱丝苔尔》忘了，还有两出不太著名的悲剧，今年教师正好分析了这两部悲剧。所以，只要提到这两部悲剧，这是老师喜爱的话题，就可以确有把握考取。这两部戏是罗贝·加尼埃的《犹太女人》和蒙克莱斯基安的《饶命》①。”安德烈道出这两个戏名，掩饰不住善意的比别人高出一头的情感，这种感情通过微微一笑表现出来，且是优美动人的一笑。

阿尔贝蒂娜再也忍不住了：

“安德烈，你太棒了，”她大叫起来，“你得把这两个戏名给我写下来。你信不信？我若是碰上这道题，那该多走运！甚至口试碰到了，我也要立刻谈起这两个戏，那一定会给人留下深刻印象。”

此后，每次阿尔贝蒂娜要求安德烈再给她说一遍这两个戏的戏名，好把它记下来的时候，这位学识渊博的朋友都声称已经忘了，从来没有再告诉她。

“其次，”安德烈接着说下去，口气里对于比她更幼稚的伙伴有一种难以察觉的蔑视，但仍为自己能叫别人佩服而兴高采烈，而且对自己怎么写

---

① 古希腊悲剧诗人的作品，例如索福克勒斯、欧里庇德斯的剧本（剧中均有合唱队），于十六世纪上半叶相继译成法文。1553年，艾提安·若代尔创作了《被俘的克丽欧巴特尔》，开法国带合唱队的悲剧先河。罗贝·加尼埃及蒙克莱斯基安走的是同一路子。这两个剧本与《爱丝苔尔》为同一题材：犹太人的痛苦遭遇。罗贝·加尼埃（1544—1590）于1583年写成《犹太女人》，是一个复仇故事。蒙克莱斯基安（1575—1621）的剧本《饶命》于1601年写成，情节与《爱丝苔尔》十分相近。

这篇作文的重视，超出她希望别人对此予以的重视，"冥府中的索福克勒斯应该很熟悉情况。他应该知道《阿达莉》是在太阳王[①]和几位得天独厚的朝臣面前演出的，[②]并不是给广大观众演出。希塞尔就此而言的行家赞美倒一点不错，不过，似乎还可以再补充一些。索福克勒斯已成不朽，很可以具有预言的天才，宣称依伏尔泰之言，《阿达莉》不仅是拉辛的杰作，而且是人类才智的杰作。[③]"

阿尔贝蒂娜贪婪地饮啜着这些话语。她的双眸燃烧着火焰。这时，罗斯蒙德提议开始做游戏，她十分气愤地加以拒绝。

"最后，"安德烈以同样淡漠、随便、有点嘲讽意味而又相当热情自信的口气说道，"如果希塞尔首先将她要加以发挥的总的观点都从容地记了下来，她说不定会想到我会怎么做，那就是指出索福克勒斯的合唱队所受到宗教的启发与拉辛的合唱队所受宗教之启发二者之间的不同。我要叫索福克勒斯指出，虽然拉辛的合唱队像希腊悲剧合唱队一样充满宗教情感，然而他们所信奉的，并非同样的神祇。若阿德的神与索福克勒斯的神毫无共同之处。到了发挥部分的结尾，会十分自然地导致这样的结论：'宗教信仰不同又有什么关系？'索福克勒斯强调这一点可能有些顾虑。他可能担心这样会伤害拉辛的宗教信念，于是在这个问题上他又对拉辛在王家港的各位老师[④]添上几句，宁愿对自己的对手诗才水平之高加以祝贺了。"

钦佩和聚精会神使阿尔贝蒂娜浑身发热，此刻她已大汗淋漓。安德

① 太阳王指路易十四。

② 《阿达莉》为1691年拉辛应路易十四宠幸的曼特侬夫人之请而写的悲剧，因抨击宗教，宣扬宽大容忍而触怒国王。

③ 伏尔泰为自己所写的悲剧《信奉祆教的波斯人》(1769，未上演)著一文，其中有"《阿达莉》可能为人类才智的杰作"一句。

④ 此处影射拉辛曾在王家港修道院小学校就读的事。

烈则保持着女性纨绔子弟那种微微含笑的冷淡。

“再引几位著名批评家的一些评论，也不坏。”她说。然后我们就又做游戏了。

“对，”阿尔贝蒂娜答道，“有人对我说过这个。一般来说，最值得推崇的，便是圣勃夫和梅莱①的论点，是不是？”

“你倒不一定错。”安德烈回答。不管阿尔贝蒂娜怎么哀求，她始终拒绝给她写出那两个剧本的名字，“梅莱和圣勃夫坏不了事。但是特别应该引用德都尔②和加斯克-代福塞③。”

这工夫，我一直想着阿尔贝蒂娜递给我的那张从笔记本上撕下来的小纸：“我很喜欢你。”一个小时以后，踏着回巴尔贝克的小路——对我来说，这路过于陡峭——下山时，我心中暗想，我的罗曼蒂克肯定是和她了。

有一系列的信号，一般来说，通过这些信号我们可以辨别出来我们已经堕入了情网。例如，我吩咐旅馆不要因任何人来访而叫醒我，唯独这几个少女中的哪一位来访除外；等待她们（不论该来的是哪一位）前来时，心房那样剧烈地跳动；这种日子，如果我未能找到理发师为我修面，不得不难堪地出现在阿尔贝蒂娜、罗斯蒙德或安德烈面前，我是多么气恼，等等。以这一系列信号为特征的这种状态，因这一个少女或另一个少女轮流反复出现，与我们称之的爱情不同，大概与植形动物类的生命与人的生命之不同情形相仿。如果可以这么说的话，在植形动物类中，生命、个性分布在不同的器官上。但是博物史告诉我们，这样的动物机体是可以观察的，

---

① 居斯塔夫·梅莱（1828—1891），路易大帝的中学法语教师，专门讲授修辞，写过许多文学批评研究文字，主要著作有《高级修辞班及文科中学毕业会考法国古典大师文学研究》（1375）一书。

② 费利克斯·德都尔（1822—1904）亦为法文教师，他于1859年发表《拉辛的敌人》一书。

③ 列翁·加斯克-代福塞于1898年发表《拉辛剧作选》，在引言中，他引了安德烈上文提到的伏尔泰的话。

而我们自己的生命，无论如何已经比植形动物更加进化，就我们从前意想不到而现在应该经历的状态的真相而言，并非更加无法肯定，除非我们后来放弃了这种状态。例如，对于我来说，这种同时将心分到好几个少女身上的恋爱状态。一心数爱，或者更确切地说是数爱一体，因为最常使我觉得甜美无比的，与他人不同的，对我来说开始变得那么宝贵，以致成了我生活中最大的快乐的，希望第二天依然如此的，可以说便是这一组少女的全体，从悬崖上，一片草地上，海风吹拂的数小时的总体中获取的全体少女。阿尔贝蒂娜、罗斯蒙德、安德烈的面庞在那一方草地上流露出千姿百态，那样激发起我的想象能力。我无法道出使这些地点对我变得那样珍贵的是哪一个，我最想爱的是哪一个。一场恋爱开始时，也和结尾时一样，我们并非一味依恋爱的对象，更确切地说，因这爱的对象而起的爱恋欲望（以后则是爱的对象留下的回忆）带着肉欲在可相互置换的魅力区域中游荡——这种魅力有时纯属生理、美食、住所方面——各种魅力之间相当和谐，使这种爱的欲望在哪一种魅力身边都不会感到陌生。此外，在她们面前，我还没有因司空见惯而厌倦，我有能力看到她们，这意思就是，我有能力在每次置身于她们之间时都感受到深深的惊异。

显然这种惊异的部分原因，是此人此时又向我们展示出他本人新的一面。每个人的多面性又是那样庞大，面庞与身体的线条那样丰富，很少现出同样的线条。我们刚刚离开这个人的身边，在我们回忆的绝对简单化之中，正如同记忆选择了给我们印象深刻的某一特点，将这个特点孤立起来，加以夸大一样，我们觉得个子很高的一位女子，在草图中就成了身高异乎寻常；我们似乎觉得金发、皮肤白里透红的一位女子，在草图中就成了纯粹的《粉红与金色之和谐》了①。待到这位女子重新出现在我们身旁，所有构成她的平衡的被遗忘了的其他长处，以其纷乱的复杂性向我们袭来时，她的身高降低了，粉红的面颊被淹没了，我们专门前来找寻的东西，被其他的特点代替了。这其他特点，回想起来，第一次时我们也曾注意到，只是不知为何竟没有料到会再度看到这些。我们回忆一下，我们想去迎接一只孔雀，可是找到的是一朵牡丹。此种不可避免的惊异无独有偶。还有另一种惊异，从差异而产生，并非回忆的因袭形式与现实之间差异，而是在上一次我们见到的人与今天从另一角度在我们面前出现、向我们显示了一种新面貌的这个人之间的差异。人的面孔确实与东方某多神教神谱中神的面孔一样，是从不同角度重叠在一起的一连串面庞，凡人是不能同时完全看见的。

但是，我们惊异的原因，大部分特别来自别人在我们面前呈现的是同一个面孔。我们必须下很大工夫才能重新创造出我们的身外之物向我们提供的一切——哪怕是一种水果的味道——我们刚刚得到一个印象，便不知不觉地沿着回忆的斜坡滑了下去，结果是在很短时间内，我们已经不知不觉地距离我们的感受很远了。于是，每一次重新见面都是一种纠正，将我们带回我们真真切切之所见上去。我们已经想不起来了，人们称之为记住某某的，实际上是忘记某某。只要我们还有机会重见，已经遗忘的线条在我们面前出现的那一刻，我们又认出来了，我们不得不纠正在记忆中产生了偏差的线条，就这样，无止无休而又丰富多彩的惊异使我与这些海滨少女每日的约会变得那样有益于身心健康，轻松愉快。这惊异既由许多发现，也由许多模糊的回忆组成。再加上她们在我心中唤起的动

① 此题目为杜撰，但画家惠斯勒的作品常有这样的题目，例如《金色与黑色的夜景》，《灰与绿之和谐》，《粉红与银色音符》，《金色与栗色之和谐》等等。据说惠斯勒是埃尔斯蒂尔的原型之一。

荡——这种内心动荡从来就不完全是我所想的那样——更使得对下一次聚会的期望与上一次的期望不再完全相同。从最后一次交谈那尚动人心弦的回忆中,可以明白每次散步,都对我的思想重重打上一闷棍,而且丝毫不是朝着我在自己房间的孤寂中头脑冷静时所能规划出来的方向。当我头脑里像一群蜂一样轰响着使我心潮翻滚、久久在我心中回荡的话语回到旅馆时,早已把这个既定方向忘到九霄云外去了。每个人,我们不再看见他的时候,他就被消灭了。此后他再次重现,便是一次新的创造,与紧挨在前面的那次出现便不同,甚至比前面的哪一次都有所不同。在这些创造中主导一切的变化,至少有两个。当我们回忆起精神抖擞的目光、大胆的表情时,到了下一次,不可避免地会是无精打采的身影,若有所思的神气,这正是我们在上次回忆中所疏忽的地方。到下一次相见时,我们又一定感到惊异,也就是说,几乎只对这些留下深刻印象了。在我们的回忆与新的现实对照时,给我们的失望或惊异打上烙印的,正是这个,似乎对现实进行修改,提醒我们记忆不准确的,正是这个。反过来,上一次所忽略的面庞特点,正因为如此,这一次成了最能抓住人、最真实、最有纠正意味的特点,又将成为思考和回忆的材料。我们希望再度见到的,又是无精打采、圆乎乎的身影,和气而又若有所思的表情了。可是,到了下一次,有洞察力的眼睛、尖尖的鼻子、紧闭的嘴唇所包含的意志方面的内涵又要重新来纠正我们的愿望及其认为与之相符合的对象之间的差距了。当然,此种对初次印象的忠实,而且纯粹是外表方面的印象,每次在我的女友们身边都重新得到修正的这些印象,并不仅仅与她们面部五官有关系,诸位读者已经看到,我对她们的嗓音也同样敏感。说不定她们的嗓音更叫人心慌意乱(因为嗓音不仅仅提供了与面庞同样的特殊而又官能性的表面,它还是不可企及的深渊的组成部分,使人产生无望的亲吻那种头晕目眩)。她们的嗓音犹如一件小小乐器的单音,每种声音都全力以赴,却又只属于它自己。哪个嗓音,我已将它遗忘,当哪一种抑扬顿挫又将它勾画出来,我又辨认出这嗓音时,它的某一深曲线又叫我惊异。就这样,每次相见,我不得不进行校正以便回到完全准确上去,就和调音师、音乐教师或制图员进行的校正一样。

这些少女在我心中传播开各不相同的情感波。每种波都对其他波的扩散进行抵制,各种不同的波便相互抵消,已有一些时候。这种和谐的粘合,一天下午我们玩环坐猜物集体游戏时,终于打破,而倾向到阿尔贝蒂娜一边。那是在悬崖顶上一片小树林中。那天我们大概人数很多,那小帮子又带去一些圈外的人。我的位置在不属于这小帮子的两个少女中间,我满怀艳羡地望着阿尔贝蒂娜旁边的一个小伙子。心想:如果我在他那个位置上,在那可能永不会再来的意料不到的几分钟里,就可以触到我女友的手了。想到只要接触到阿尔贝蒂娜的手,甚至没有想这样必然会导致什么后果,我已经觉得甘美无比。这并不是因为我从未见过比她的手更好看的手。甚至就在她的女友这一小组里,安德烈的手,修长而又细腻得多,似乎过着特殊、乖乖服从那姑娘指挥而又独立的生活。那手常常在她面前伸得长长的,好似高贵的猎兔狗,懒洋洋的,又好似漫长的梦。突然拉拉某一节指骨,都会使那手变得更长,因此埃尔斯蒂尔还为这手画过好几张习作。从一张习作上,可以看到安德烈正在火前烤手。在灯光下,她的双手如同两片秋叶,为半透明的金色。阿尔贝蒂娜的手更肥胖一些,与她握手时,在你的手紧握下,她的手先松弛一下,然后便抵住那握力,给人以一种极为特殊的感觉。阿尔贝蒂娜的手着力时,具有性感的柔和,似乎与她的皮肤那粉红之中稍带紫色调的色泽形成浑然一体。这样的着力似乎使你进入少女体内,进入她的感官深处,如同她那响亮的笑声与鸽子叫或某些叫喊相似一般,不大得体。某些女子,与她们握手是那样令人快乐,人们真要感谢社会文明将 shake hand① 变成了初次接触的青年

① 英文:握手。

男女之间可以允许的行为。阿尔贝蒂娜就在这样的女子之列。如果有什么不近人情的施礼习惯以另一种动作代替了握手,我大概就只能每天怀着迫不及待的心情望着她那不可触知的手兴叹了。这种迫不及待要接触她的手的心情,与迫不及待要知道她的面颊是什么味道的心情同样强烈。如果做环坐猜物游戏时我坐在她旁边,我期望的将她的手长时间握在我的手里的那种快乐,并不在这快乐本身:那样,直到如今因腼腆而憋在心中的那么多爱情倾诉和表白,就能通过手的某些着力动作传递出去。她那方面,用不同的着力来回答,可以多么轻而易举地向我表示她接受这种感情!多么好的串通,多么美的感官享乐开端!在这样在她身旁度过的几分钟之内,我的恋爱会比自我与她相识以来有更大的进展!我感到这样的时刻不会长久,很快就要结束,因为肯定不会长时间玩这个小小的游戏。游戏一结束,那就为时太晚了!我简直坐不住了!

我故意叫人把戒指抢走。一到了圈子中间,那戒指往下传时,我佯装没有发觉,却用目光瞟着它,等待着它传到阿尔贝蒂娜身边那个男孩子手里的时刻到来。阿尔贝蒂娜放声大笑,游戏很热闹,也很快活,她满脸粉红。

"我们正巧是在树林里。"安德烈指着我们四周的树木对我说,眼中含笑。那笑是只为我一个人的,似乎超越了做游戏的人,好像只有我们两个人有足够的聪明才智,能够相互窥视内心并对游戏作出具有诗意的评论。她甚至心细到像去特里亚侬①便不能不在那里举行路易十六式的庆祝活动的人,或者觉得在为之写了曲子的环境里叫人唱那个曲子才有滋味的人一样,虽然并不特别有情绪,还是唱了起来:

① 特里亚侬为凡尔赛宫殿的一部分,分大、小特里亚侬。大特里亚侬建于1670年,后来1687年芒萨尔建"大理石特里亚侬",代替了原来的大特里亚侬。

女士们，白鼬从这里过去了。

美林白鼬从这里过去了。

如果我有闲工夫想到这个，肯定要为从这个艺术处理中找不到优美之处而难过。可那时我的心思完全不在这个上。参加游戏的男男女女，开始对我那么愚蠢、抓不住戒指而感到奇怪了。我望着阿尔贝蒂娜，她那么漂亮，那么毫不在乎，那么快活。她怎么也料想不到，待我终于从别人手里截住戒指时，她就要在我旁边了。必须借助于她丝毫不会起疑的一计，不然她会恼火的。在玩得热火朝天之时，阿尔贝蒂娜的长发已经散开，成了一绺一绺的鬈发，散落在她的双颊上。那头发干干爽爽，金色，更加突出了她那粉红的肤色。

"你有与劳拉·迪安娜①、埃莱奥诺·德·居荣②以及她那位受到夏多布里昂如此钟爱的后代一样的发辫。"为了接近她，我常常附在她耳边说。

忽然，戒指传到了阿尔贝蒂娜身边那个男孩的手里。我立刻扑上去，粗暴地掰开他的手，抓住戒指。他只好到圈子中央我原来的位置上去了，而我则取代了他的位置，坐在阿尔贝蒂娜旁边。几分钟以前，我看见这个小伙子的手滑到小绳上，随时都碰到阿尔贝蒂娜的手，我非常羡慕这个小伙子。现在轮到我了。可是我太羞涩，不敢去寻求这样的接触；太激动，体验不到这样接触的滋味。我感觉到的，只有我的心在剧烈而痛苦地跳动。

有一阵，阿尔贝蒂娜会意地将她那丰满而又粉红的面庞朝我凑过来，

---

① 劳拉·迪安娜（1476—1534）为阿尔封索一世的宠姬。有人认为提香的肖像画《正在梳妆的少妇》（陈列于卢浮宫中）画的就是她，但证据并不确凿。此处普氏想的正是这幅画：一位美丽的少妇对镜自赏，手中握着半编成发辫的一部分长发。

② 埃莱奥诺·德·居荣（1122—1204）也以秀发而出名。但是"受到夏多布里昂如此钟爱'的那位女子与她似没有亲戚关系。此人为德·居斯蒂娜侯爵夫人，她是玛格丽特·德·普罗旺斯的后代。但是埃莱奥诺·德·居荣的孙子娶了玛格丽特·德·普罗旺斯的妹妹，而且她的妹妹名字也叫埃莱奥诺。这可能是普氏搞混的原因。

佯装手中握有戒指的样子，以欺骗白鼬，防止他往戒指正在传递的方向看。我立刻明白了，阿尔贝蒂娜目光中那暗示是指的这个把戏。当我看见纯粹为了游戏的需要而佯作有一桩秘密、有一种默契的目光在她眼中闪烁时，我真是心慌意乱。这秘密，这默契，在她与我之间并不存在。但是从此时起，我觉得这似乎是可能的，而且觉得天堂一般甜美。这个念头激动着我，就在这时，我感到阿尔贝蒂娜的手轻轻压在我的手上，她那抚慰人的手指滑到了我的手指下面。我看到她同时向我眨眨眼睛，极力叫别人觉察不到。顿时，直到此刻我自己尚看不清楚的一系列希望形成了：

"她这是利用游戏叫我感觉到她很喜欢我。"我高兴得上了天，想道。就在这时，我听到阿尔贝蒂娜恼火地对我说：

"快拿住啊，我递给你递了一个钟头啦！"

我的情绪立刻跌了下来。

我难过得痴痴呆呆，松开了小绳。白鼬瞥见了戒指，朝她扑过来。我不得不再次到圈子中央去，心灰意懒，望着那发疯的圆圈继续在我四周打转。所有的姑娘都与我开玩笑，诘问我。为了应答，我只好笑，可我一点也不想笑。

阿尔贝蒂娜却不停地说：

"不想聚精会神就别玩！成心叫别人输，就别玩！安德烈，以后咱们做游戏的日子再不请他了，不然我就不来了。"

安德烈超然于游戏之上，仍在唱着那首《美林》。罗斯蒙德见样学样，也并无坚定信念地接着唱起来。安德烈想转移一下阿尔贝蒂娜的责备，对我说：

"你那么想看的克勒尼埃景色，就离这儿几步远。来，我领你从一条美丽的小路一直走过去，让她们这些疯子去装八岁小孩吧！"

安德烈对我极好，于是路上我对她谈到似乎在阿尔贝蒂娜身上特有的、足以叫她爱上我的一切。安德烈回答我说，她也很喜欢阿尔贝蒂娜，觉得她非常动人。不过，似乎我对她女友的恭维并不令她开心。

忽然，在低洼的小路上，我停下了脚步，童年时代温馨的回忆打动了我的心：从那经过修剪、闪闪发光、探到路边的树叶上，我认出了一簇山楂树，可叹自暮春便落了花。我的四周，荡漾着从前马利亚月[①]、星期日下午、已忘却的信仰和失误的气息。我真想抓住这气息。我停下脚步一秒钟，安德烈怀着动人的预见，让我与树叶交谈片刻。

我向树叶询问开花的情况，这些山楂树的花与天性活泼、冒失、爱俏而又虔诚的少女颇为相似。

“这些小姐早已经走了。”树叶对我说。

说不定树叶心里在想，我自称是这些花朵的挚友，可是看上去我对花儿的生活习惯并不怎么了解。是一位挚友，但是已经这么多年没有与她们重逢了，虽然曾经许下了诺言。然而，正像希尔贝特是我与少女的初恋一样，这些花朵也是我与花朵的初恋。

“对，我知道，她们六月中旬前后走，”我回答道，“但是见见她们在这里住过的地方，我也很高兴。她们曾经到贡布雷我的卧房里来看我，是我生病的时候我母亲带她们来的。我们总是在马利亚月的星期六晚上重逢。她们也能到这里来吗？”

“噢，当然啦！再说，人们对于在荒漠圣德尼教堂里见到这些小姐看得很重呢！荒漠圣德尼教堂就是离这儿最近的教区。”

“那么，现在要看她们呢？”

“噢，明年五月以前是不行了。”

“可以肯定她们明年一定会在这里吗？”

“每年都准时在这。”

“只是我不知道我是不是还找得到这个地方。”

---

① 马利亚月即三月。

“会的！这些小姐性情那么快活，只有唱赞美诗的时候，才中断笑声。你从小径的尽头就能分辨出她们的香味，绝不会错！”

我追上安德烈，重又在她面前赞扬起阿尔贝蒂娜。我那么反复强调，我似乎觉得她不会不在阿尔贝蒂娜面前学舌。可是我后来从来没听阿尔贝蒂娜说她知道这些事。安德烈对别人心事的理解和待人之周到，要胜过阿尔贝蒂娜十分。找到恰如其分的眼神、字句、动作，极为巧妙地叫人开心；一个感想，可能叫人难受，便吞进腹中；牺牲一小时的游戏，甚至一个上午，一次游园聚会（又显出这不是一种牺牲的样子）以留在心情悲伤的男友或女友身边，向他（或她）表示她宁愿陪他（或她）一个人而不喜欢那些轻浮的快乐，这都是她习惯成自然的高尚情怀。当人们进一步了解她时，简直可以说，她的情形犹如那些本来很胆小但是不愿意显出恐惧的小英雄，她们的勇武尤其值得赞扬。简直可以说，这种善良丝毫不存在于她的天性之中，她随时随地表现出来，乃出于精神高尚，感觉敏锐，要表现出是别人的忠诚朋友的良好意愿。

关于我和阿尔贝蒂娜之间的缘分，听着她对我说的动人言辞，似乎她会全力以赴以成全我们。然而，可能出于偶然，可以安排的、能够将我和阿尔贝蒂娜结合在一起的事情，她从来没有干过一桩。我不敢发誓说，为了让阿尔贝蒂娜爱上我，我下的那些工夫在她朋友的心中即使没有引起搞些什么秘密勾当以从中作梗的话，至少在她心中引起了某种愤怒。当然这种愤怒掩饰得很好，而且出于高尚的情操，说不定她自己也在与之作斗争。安德烈的种种善意周到，阿尔贝蒂娜是做不到的。然而安德烈内心深处是否善良，我无法肯定，正如那以后我对阿尔贝蒂娜是否善良也不能肯定一样。

安德烈对阿尔贝蒂娜感情奔放而流于轻浮，总是表现出慈爱的宽容，对她说话，微笑，全是一个女友的话语和微笑。更有甚之，她总是以朋友的身份行事。为了叫这个贫困的朋友享受她自己的奢华，为了使这个穷朋友幸福，我日复一日地看见她比打算得到君主垂青的弄臣还要卖力，而个人从中没有任何好处可捞。别人在她面前怜悯阿尔贝蒂娜的贫困时，她是那样温和，话语忧伤而感人肺腑，真是令人动容。较之对待一个富有的朋友，她更是操上一千倍的心。如果有人提出，阿尔贝蒂娜说不定并不像人们说的那么贫穷，安德烈的眉宇间就会罩上一层难以察觉的乌云。她似乎怏怏不乐。如果别人还要进一步说，归根结底，阿尔贝蒂娜也许并不会像人们想象的那么难找婆家，她就要极力与您说相反的话，几乎恼火地反复说："可惜，她一定嫁不出去！这我知道，而且这叫我心里够难受的了！"

甚至对我而言，在这帮少女中，她也是唯一在我面前从未传过别人对我说的不好听的话的人。更有甚者，假如是我自己唠叨这些话，她还佯装不相信或者作出解释，使那些话变得不伤人了。这一系列的长处，就叫机灵。有的人，如果我们要去跟谁决斗，他们首先要向我们祝贺，并且补充一句，说没有理由要这样干，这是为了在我们眼中更抬高我们表现出的勇气，我们并不是不得已而为之。机灵就是这些人的特性。有人与这种人正相反，在同样的情况下，他们说："你肯定很讨厌与人去决斗，可是另一方面你又咽不下这口气，不这么干不行。"①在任何事情上总有说好与说坏的。如果我们的朋友在我们面前复述别人说我们的伤人的话，而且为这样做而感到高兴，或至少感到无所谓，便证明他们对我们讲这些话的时候，并不怎么能设身处地，并不怎么爱我们，还要往我们身上针刺、刀割，就像往动物肠膜上针刺、刀割一样。而另外一种朋友，也就是满脑子机灵的朋友，他们听到别人对我们的行动之所言，或者我们的行为使他们产生什么看法，会使我们不快，他们总是对我们加以隐瞒，这种艺术可以证明他们具有高超的遮掩本事。如果他们确实不往坏处想，而且人家说的话

---

① 普氏本人1897年2月6日即在默东森林与让·洛兰决斗过。

叫他们不好受,正像这些话也会叫我们难过的话,这种遮掩是并无不妥之处的。我想,安德烈就属于这种情况,当然我这样说并无绝对把握。

我们早已走出小树林,沿着人迹罕至的崎岖小路前进。安德烈倒一点不转向。

“看,”她忽然对我说,“这就是你那了不起的克勒尼埃。你还挺有运气,这正好是埃尔斯蒂尔画的那种天气,那种光线。”

顿时,在我脚下,我辨别出了埃尔斯蒂尔所窥视和撞见的海上仙女,她们躲藏在山岩之间,避过炎热。在可与达·芬奇的一幅画相媲美的暗色透明涂料下,这些美丽动人的影子,在树荫遮掩下,转瞬即逝,灵活敏捷,默默无语,随时准备在阳光一抖动之时便溜到石头下面去,躲藏在石缝间。阳光的威胁一过去,这些影子又飞快回到山岩或海带旁。在悬崖和颜色消褪的大洋那碎成斑斑点点的阳光下,这些影子似乎又在看守着山岩或海带小憩,是一动不动而又轻浮的看门女人,紧贴着水面露出她们那凝脂般的身体和暗色眼珠那专注的目光。可惜我还在为环坐猜物游戏时从希望的顶巅跌落下来而痛苦悲伤,所以我并没有体会到不是这种情绪时我会体会到的那种快乐。

我们又和其他少女会齐,踏上归途。现在我知道我爱的是阿尔贝蒂娜了。可惜,我倒不为让她知道此事而操心。自从在香榭丽舍大街游戏以来,虽然我的爱情相继眷恋的人几乎都一样,我的爱情观却已发生变化。一方面,向我心爱的人倾诉,表白自己的柔情,我似乎觉得这不再是谈恋爱最重要、最必要的一幕了;爱情本身,我似乎也觉得不是外在的现实,而只是主观的快乐了。这种快乐,我感到,唯其阿尔贝蒂娜不知道我会感受到,她才会更加高高兴兴地去做一切必须做的事来维系它。

整个归途中,从别的几位少女身上放射出的光焰吞没了阿尔贝蒂娜的形象,她的形象对我来说并不是唯一的存在。但是,正如白昼时月亮只是形状更具特点、更固定的一小片白云,阳光一旦消失,月亮就显示出其全部巨大威力一样，待我回到旅馆以后，从我心中升起并开始光芒四射的，便只有阿尔贝蒂娜的形象了。我似乎骤然间觉得我的房间变了样。当然，这房间早已不是第一天初来乍到的那个晚上那充满敌意的房间了。我们不断地改变着我们四周的住处，随着司空见惯免去了我们的感受，便将体现我们不自在感觉的那些有害的颜色、空间和气味各种因素都取消了。这个房间虽然对我的情感还起着相当大的作用，显然已不再使我痛苦，而是给我以快乐了。它成了美好时日的酿造池，好像一个游泳池，美好的时日使浸着阳光的一片蔚蓝在泳池半人高的地方如明镜般闪烁，阳光像热量散射一样看不见摸不着而又雪白一片，一度覆盖了水中映出的、飞驶的一艘帆船。这房间也不再是欣赏绘画的傍晚那纯粹具有审美意义的房间。这是我在这里住了这么久以致我已经视而不见了的房间。现在，我又开始对它睁大了眼睛，但是这一次，是从恋爱这个自私自利的角度出发了。我想，这倾斜的漂亮大镜子，镶着玻璃的华丽书柜，如果阿尔贝蒂娜来看我，会使她对我看法不错。我的房间作为我逃往海滩或里夫贝尔之前在这里过上一刻的过渡地点，对我又变成实实在在、十分宝贵、焕然一新了，因为我是以阿尔贝蒂娜的眼睛来观看和欣赏室中的每件家具的。

做环坐猜物游戏以后过了几天，我们外出散步。信步走去，走得太远了，最后在梅恩维尔找到了两辆有两个座位的小“酒桶”车①。坐上这两辆车能叫我们吃饭时回到家，大家真是高兴极了。我对阿尔贝蒂娜已经爱得很强烈，其效果是，我先后向罗斯蒙德和安德烈提议与我同乘一辆马车，而没有一次提出让阿尔贝蒂娜与我同坐一辆车。后来，我一面优先邀请安德烈或罗斯蒙德，一面用时间、路线、大衣这些次要问题的考虑，让大家做出决定——似乎违背我的心愿——最实在的办法还是我与阿尔贝蒂

① 轻型马车，车棚低矮，要从后面钻进车内，因而称为“酒桶”车。

娜同坐一辆车。对于她来陪我,我装做勉强接受的样子。可惜爱情总是倾向于要把一个人完全吸收进去,只不过通过谈话方式,任何人均无法食用。归途中,阿尔贝蒂娜极尽热情之能事。但是这毫无用处。待我将她送到家,留下我一个人,我感到非常幸福,却比动身时对她更加渴望。我只把刚才一起度过的时光看成是一个序曲,与此后一起度过的时光相比,其本身并无多大重要性。然而它具有初次的魅力,一去不复返。我对阿尔贝蒂娜尚未提出任何要求。她可能已在想象我会要求什么,但她并没有什么把握,可能设想我只倾向于并无明确目的的男女关系。在这种关系中,我的女友大概会找到甜蜜的、富有期待的意外的浪花,这就是浪漫情调。

此后的一个星期中,我并不千方百计要见阿尔贝蒂娜。我佯装做更喜欢安德烈。恋爱开始,人们希望在自己心爱的女子面前,仍保留着她会爱的陌生人形象。但是人们又需要她,又需要更多地接触到她的关注,她的心,更甚于接触她的肉体。在一封信中,人们无意地写上一句恶言恶语,这将迫使那个无动于衷 的女人向你要求一份热情。爱情,按照一种必然有效的技艺,对我们来说,就是用双向运动来拧紧齿轮系统,我们在这齿轮咬合之中,再也不能不爱,也再也不能被爱。

别人去参加什么白天的聚会,我把这个时间给了安德烈,我知道她因为高兴,会为我牺牲这次聚会,她甚至会很烦闷地出于高尚情操而为我牺牲这几个小时,为的是不让别人和她自己产生什么想法,认为她将相对说来属社交性质的快活看得太重。于是我安排每天晚上单独和她在一起,倒不是为了叫阿尔贝蒂娜妒意大发,而是为了在她眼中提高我自己的威望,或者至少在告诉阿尔贝蒂娜我爱的是她,而不是安德烈时,不会降低自己的威信。这样的话,我也不对安德烈说,担心她会在阿尔贝蒂娜面前学舌。我与安德烈谈起阿尔贝蒂娜时,故作冷漠。我上了她表面轻信的当,她对我的故作冷漠恐怕不会上当。她佯装相信我对阿尔贝蒂娜无动于衷，佯装希望阿尔贝蒂娜与我完美结合。实际上很可能正相反，她既不相信我对阿尔贝蒂娜无动于衷，也不希望我与阿尔贝蒂娜完美结合。在我对她说我并不将她的女友放在心上时，我的心里只想着一件事，那就是极力与邦当太太搭上关系。邦当太太在巴尔贝克附近小住几天，阿尔贝蒂娜大概很快要去她家过上三天。当然，我不叫安德烈看出这个欲望，我与她谈起阿尔贝蒂娜的家庭时，是毫不在意的神情。安德烈那些明确的回答，倒显不出她对我的诚恳有所怀疑。可是有一天，她对我冒出一句："我正好看见了阿尔贝蒂娜的姨母。"这是为什么呢？当然，她并没有对我说："你那些似乎偶然说出的话，我理出个头绪来了，我知道你一心想与阿尔贝蒂娜的姨母拉上关系。"但在安德烈的头脑中，显然有这个想法，她认为向我隐瞒这个想法更好一些，而"正好"这个词似乎就是与这个想法相联系的。有些眼神，有些动作，虽然没有逻辑的、理性的形式，没有直接为听话人的智力而规划的形式，但是这些眼神和动作会叫他理会到其真正的含义，正像人的语言在电话中先转变为电，然后又转化为语言为人所听见一样。这个"正好"就属于这一家族。为了从安德烈的头脑中抹去我对邦当太太感兴趣的想法，我再谈到这位太太时，不仅心不在焉，而且还带有恶意。我说从前曾经见过这类疯女人，但愿以后不再遇到这种事。实际上正好相反，我千方百计要与她见面。

我极力要埃尔斯蒂尔同意在邦当太太面前谈起我，并且要我与她见一次面。但我没有对任何人说我求埃尔斯蒂尔办这件事。埃尔斯蒂尔答应让我与她相识，但对我希望做这件事大惑不解，他认为这位太太是一个可鄙的、专门搞鬼的、既没有趣味又贪图钱财的女人。我想到，如果我见邦当太太，安德烈早晚要知道，所以我想最好还是提醒她一下。

"什么事，你越想躲，越躲不开，"我对她说，"世界上再没有比与邦当太太见面更叫我腻味的事了。可是，我逃不过这一关。埃尔斯蒂尔大概要跟她一块请我。"

“对这事我一刻也未怀疑过，”安德烈大叫起来，语气酸楚，因不满而张大的失神的眼睛，直勾勾望着什么看不见的东西。安德烈的这些话还构不成对一个念头的条理清楚的表述，这个念头可以概括如下：“我清清楚楚知道你爱阿尔贝蒂娜，你千方百计要接近她的家庭。”而她的话是这个念头不成型的、可以重新拼凑起来的碎屑。我触动了这个想法，让它暴露出来了，安德烈并非有意如此。就像我们刚才说的“正好”一样，这些话只在第二层才有含义。有些话（而不是直接的肯定）使我们对某个人产生敬重或戒心，使我们与这个人格格不入。安德烈的话即属于这一类。

我对安德烈说，我对阿尔贝蒂娜的家庭无所谓，安德烈没有相信我的话，这是因为她以为我爱阿尔贝蒂娜。很可能她为此感到不快。

一般来说我与她的女友约会时，她总是以第三者身份在场。然而也有的日子我得见阿尔贝蒂娜一个人。我在狂热中等待着这样的日子。这些时间渐渐过去，并没有给我带来任何决定性的东西，也没有成为我立即将其作用委托给第二天的那种重大的日子，第二天也不比前一天更起什么作用。日子就这样一天一天地过去，好似后浪推前浪的海浪。

从我们玩环坐猜物游戏那天算起，大约过了一个月，有人对我说，阿尔贝蒂娜第二天早晨要动身到邦当太太家去度过四十八小时。她不得不坐早班车走，所以头天晚上要住在大旅社，这样，第二天早晨她可以从旅馆坐公共马车去赶头班火车，不致打扰她寄居的人家的朋友。我与安德烈谈起这件事。

“我一点也不相信，”安德烈回答我说，满脸的不高兴，“再说，这也不会使你有什么进展。我可以肯定，如果阿尔贝蒂娜一个人到旅馆来，她根本就不想见你。这不合乎礼节，”她又加上一句，使用了最近她非常喜欢的一个名词，那意思是“这种事情是做不得的”，“我对你这么说，因为我了解阿尔贝蒂娜的想法。至于我个人，你见她与否，关我什么事？这跟我毫无关系。”

这时奥克塔夫遇上了我们。他轻松地告诉安德烈,他前一天在高尔夫球场上打了多少分,阿尔贝蒂娜打了多少分。阿尔贝蒂娜一面散步,一面像修女摆弄自己的念珠一样摆弄着她的球拍。幸亏有这种游戏,她可以独自一人待上几小时而不会厌烦。她一来和我们聚在一起,那调皮的鼻子尖就出现在我面前,这几天我想到她时,倒把她这调皮的小鼻子尖忘却了。她那深色头发下,前额笔直,与我保留的不准确的形象形成鲜明对照,这已不是第一次了。眉宇间白皙的皮肤,又紧紧吸引住我的目光。阿尔贝蒂娜从回忆的灰尘中走了出来,在我面前重现。

玩高尔夫球使人习惯于独处的乐趣。球拍带来的乐趣肯定也是如此。阿尔贝蒂娜遇上我们以后,一面与我们聊天,一面继续玩球,就像一位妇女,她的女友来看望她,她并不因此就停下手中钩的活计一样。

"据说德·维尔巴里西斯太太向你父亲提出了抗议,"她对奥克塔夫说(我从"据说"二字听到了阿尔贝蒂娜特有的一个音符。每次我发现自己已将这些音符遗忘时,同时便想起在这些音符后面,曾依稀见过阿尔贝蒂娜那决断而又法西兰式的面部表情。即使我是盲人,也能从这些音符里和她的鼻子尖上认出她的某些机灵而又有外省味道的特点来。音符和鼻子尖都很有价值,说不定能够相辅相成,而她的嗓音又像未来的电视电话那样在声音里清楚地显现出视觉形象来),"她不只是给你的父亲写了信,同时还给巴尔贝克市长写了信,叫人在海堤上再不要玩马球,因为一个马球落到了她脸上。"

"对,我听人说到这个抗议。这很可笑。这里已经没有多少消遣。"

安德烈没有插言,她不认识德·维尔巴里西斯夫人,其实阿尔贝蒂娜和奥克塔夫也不认识德·维尔巴里西斯夫人。

"不知道这位太太为何要如此小题大作,"安德烈还是开了口,"德·康布尔梅老太太脸上也挨了一球,她并没有提出抗议嘛!"

"我给你解释一下这二者的差别,"奥克塔夫表情严肃地一面搓着一根火柴棍一面答道，“这是因为在我看来，德·康布尔梅太太是一个交际花，而德·维尔巴里西斯夫人则是一个暴发户。你们今天下午去不去打高尔夫球？”说着他便离开了我们。安德烈也走了。

我单独与阿尔贝蒂娜留下来。

“你瞧，”她对我说，“现在我照你喜欢的样子弄我的头发了，看看我这绺头发！没有人不嘲笑这个，可是没有一个人知道我这是为了谁。我的姨母肯定也要嘲笑我的。当然我也不会告诉她这是什么原因。”

我从侧面望着阿尔贝蒂娜的双颊。她的双颊常常显得苍白，但是，这样，便得到浅色血液的浇灌，那血液照亮了双颊，使它闪闪发光。某些冬日的清晨也这样闪闪发光，局部被阳光照耀的石头仿佛粉红色的大理石，放射出快乐的光芒。此刻，看到阿尔贝蒂娜的双颊也给予我极大的快乐。不过这快乐导向另一种欲望，不是想去散步，而是想亲吻。

我问她，人家说的那些计划是否属实。

“对，”她对我说，“今晚我在你那个旅馆过夜。我有点感冒，甚至晚饭前我就要上床。你可以到我床边来看我吃晚饭，然后咱们玩一会。你想玩什么，咱们就玩什么。如果你明天早晨到车站来，我会非常高兴。不过我怕这会显得莫名其妙，我说的不是安德烈，她很聪明；我说的是别的去车站的人。有人告诉我姨母，又会成为闲话。但是我们可以一起度过今天晚上。这个，我姨母一点也不会知道。我去向安德烈告别。好，一会儿见。早点来，咱们时间好多一点。”她又微微一笑补充一句。

听到这些话语，我又回到爱希尔贝特以前的时代，回到我觉得爱情似乎不仅是一个外在的整体，而且可以实现的那个时代。我在香榭丽舍大街看到的希尔贝特，与我独自一人时在我心中重现的希尔贝特完全不同。骤然间，想象的阿尔贝蒂娜，当我还不认识她的时候，我自认为在海堤上偷偷望着我的阿尔贝蒂娜，见我远去现出不心甘情愿回家神情的阿尔贝蒂娜，化成了真正的阿尔贝蒂娜，我每天见到的阿尔贝蒂娜。我原来还以为她充满资产阶级偏见，对她的姨母特别坦白呢！

我去与外祖母一起用晚餐，感到自己心中有一桩她不了解的秘密。同样，对阿尔贝蒂娜来说，明天她的女友们与她在一起，也不知道在我们之间刚刚发生的事。当邦当太太吻她甥女的额角时，她根本不会知道在她们两人之间还有一个我，甥女头发梳成那个式样，是为了讨我喜欢，而这个目的对所有的人都是秘而不宣的。直到那时为止，我是那样羡慕邦当太太，因为她的亲戚也是她甥女的亲戚；她为什么人戴孝，她甥女也为什么人戴孝；她到什么亲戚家走动，她甥女也要到什么亲戚家走动。碰巧对阿尔贝蒂娜而言，我胜过她姨母本人。在她姨母身边时，她思念的会是我。过一会会发生什么事情，我不大清楚。总而言之，这大旅社，这夜晚，在我看来已不再空荡荡，它们蕴含着我的幸福。

我打铃叫来开电梯的人，以便上楼到阿尔贝蒂娜开的房间去。房间是在山谷一侧。任何细小的动作，例如坐在电梯里的长凳上之类，我都觉得那么甘甜，都与我的心息息相通。电梯借以上升的缆绳，走出电梯后还要迈上的几级台阶，在我眼中，只是我的欢乐物化成了齿轮和阶梯。在这条走廊里，我再走上两三步，就到了那个房间，那玫瑰色的身体宝贵的精华就藏在那房间之中。那个房间，即使会有甜美的事情在其中发生，过后仍会保持常态，对于不晓得内情的过客，这房间仍与其他所有的房间无异。所有这些房间都将其中的物件变成了死不开口的见证，谨慎小心的心腹，神圣不可侵犯的快乐保管员。从楼梯口到阿尔贝蒂娜房间的这几步，任何人再也无法阻止的这几步，我满怀快乐、小心翼翼地走过去，仿佛投身于一个崭新的环境中，似乎我每前进一步，都在缓缓地移动着幸福，同时又有一种从未体验过的强大无比的感觉，感到自己终于进入了本来一直就应该属于我的遗产之中。

然后，我忽然想到，我不该有什么怀疑，她要我待她上床之后前来的。这再明白不过了，我高兴得直跺脚。路上碰见弗朗索瓦丝，差点把她撞倒。我双眸发亮向女友的房间跑去。

我见阿尔贝蒂娜躺在床上。白衬衣展露出她的脖颈,改变了她面庞的比例。也许是床,也许是感冒,也许是晚餐使她的面孔更加充血,更加显得艳如桃李。我想到几小时之前在海堤上我见到的面色,现在终于就要知晓这秀色是什么味道了。她那两条乌黑、鬈曲的长辫,为讨我喜欢,已经完全解开,其中一条从上到下穿过面颊。她微笑着望着我。她身旁,窗户里,皎洁的月光照亮了山谷。见到阿尔贝蒂娜裸露的脖颈和那胜过玫瑰的面颊,叫我那样如醉如痴(也就是说,对我而言,现实世界再不是在大自然之中,而是投入了感觉的激流中,我几乎控制不住),这一见便完全打破了在我体内运行的那个偌大、坚不可摧的生命与相比之下那样弱不禁风的宇宙生命之间的平衡。从窗户上,我依稀望见山谷旁边的大海,梅恩维尔最高几处悬崖那隆起的乳房,月亮尚未升到中天的夜空。比起我双眸四周的绒毛来,我似乎觉得这一切扛起来都更轻一些。我感到上下眼皮之间的绒毛已经膨胀起来,坚固结实,准备在其柔嫩的表面上举起许多其他重物,全世界的高山峻岭。地平线这半球本身再也不足以填满这绒毛天体了。与胀满我胸膛的这深深吸上的一口气相比,造物主所能给我带来的全部生命,在我看来已非常微弱,大海的呼吸在我看来已显得那样短促。我向阿尔贝蒂娜俯下身去,想拥抱她。此刻,就是死亡向我袭来,我也会毫不在乎。更确切地说,我觉得那不可能,因为生命不在我身外,而在我身内。此时如果有一位哲学家,阐述他的思想,说有一天,哪怕是遥远的一天,我也要死去;大自然永恒的力量则仍会存活下去,在这大自然力量神圣的脚下,我只不过是一粒尘埃;我死后,这些圆形的、隆起的悬崖,这大海,这月光,这天空还会在,我对他一定发出怜悯的一笑!这怎么可能呢?世界怎么能比我存在得更久,既然我并没有迷失在世界之中,而是世界锁在我心中,世界远远不能充满我的心房,我感到自己心中还有位置,可以容得下许许多多别的珍宝,我会充满蔑视地将天空、大海和悬崖扔在一个角落里。

“快收场，不然我可打铃了！”阿尔贝蒂娜见我向她扑去要亲吻她，大叫起来。

但在我看来，一个少女叫一个小伙子偷偷前来，安排得叫她的姨妈不知不晓，肯定不是为了什么事都不干；善于抓住时机的人，只要有胆量，就能成功。我当时处于那么激动的状态之中，阿尔贝蒂娜那圆圆的面庞，为内心的火焰所照亮，仿佛被通宵点燃的小灯所照亮，对我来说，是那样有立体感，以致在我看来它在模仿地球仪的转动而转动，如同米开朗琪罗的群像为静止不动而又令人头晕目眩的旋风所卷走一般。① 这个从未品尝过的粉红色果子，闻起来是什么味，吃起来是什么味，我马上就会知晓！就在这时，我听到急促、延续而又刺耳的声响。阿尔贝蒂娜已经使足全身力气拉了铃。

从前我一直认为，我对阿尔贝蒂娜的爱情并不建立在对肉体占有的希冀上。但是，那天晚上的尝试所得到的结果，便是在我看来这种占有已不可能。第一天在海堤上见到她，我就曾怀疑她是放荡的女子，后来又经过中间的各种假设，我似乎已最终确认她是绝对洁白如玉的。一星期以后，她从自己姨母家回来之后，冷冷地对我说：“我原谅你了，甚至为叫你难过而感到后悔。可是，永远不要再做那种事了！”这倒与布洛克对我说的可以把任何女人搞到手完全相反。似乎我见到的不是一个真正有血有肉的少女，而是一个蜡制玩具娃娃。

此后，我那种要进入她的生活之中，要跟随她到她度过童年的国度去，要由她启蒙开始生活的欲望便渐渐与她疏远了。思想上极力想知道她对某件事有何想法的那种迫切心情，也没有比相信我能够亲吻她这种

① 此处系指西斯廷教堂穹顶上米开朗琪罗所绘制之《创世记》组画。

信念活得更长久。对占有的希冀一旦停止向我的幻梦提供食粮，我的幻梦就放弃了她。而我从前一直认为这幻梦是独立于对占有的希冀之外的。从此，这些幻梦又恢复了自由，转移到阿尔贝蒂娜的这位或那位女友身上去，首先是安德烈身上——视某一日我在哪一位女友身上寻到的魅力，尤其是我依稀望见的为她所垂青的可能性与机遇如何而定。不过，即使没有和阿尔贝蒂娜这一段瓜葛，此后的日子里，对于安德烈对我表现出的热心，我大概也不会越来越高兴。我在阿尔贝蒂娜那里碰上的钉子，她没对任何人讲过。有些俏丽女郎，一进入豆蔻年华，总是能比姿色与富有程度超过她们的女子更招人喜爱——在家中，在朋友中，在交际场中都是如此。这当然是由于她们姿色动人，但更重要的是由于她们拥有相当神秘地令人快乐、令人着迷的魅力——其源泉可能在于她们有无穷无尽的生命力，没有受到造物主如此垂青的人则到她们这里来解除干渴。阿尔贝蒂娜便属于这种人。有些少女，尚未到恋爱年龄——到了恋爱年龄就更甚之——人家就向她们索取比她们自己的要求多得多的东西，甚至是她们无法给予的东西。她也属于这种人。阿尔贝蒂娜从童年时代起，跟前就有四五个小伙伴对她佩服得五体投地。其中就有安德烈，而安德烈比她出类拔萃得多，安德烈自己也清楚知道这一点（说不定正是阿尔贝蒂娜这种完全无意间对人产生的吸引力帮了她的忙，成为构成这一小帮子人的根由）。

这种吸引力甚至作用到相当远的地方，一直达到相对而言更引人注目的一些阶层：如果要跳孔雀舞①，他们宁愿请阿尔贝蒂娜去，而不是请一位出身高贵的少女。结果是，虽然她毫无分文做嫁妆，依靠邦当先生过活，日子过得很清苦，人都说这位邦当先生心术不正，又一心想甩掉她，但是不仅有人邀请她进晚餐，而且有人邀她住在自己家里，这些邀请阿尔贝

① 十六世纪时在法国和西班牙很盛行的一种舞蹈。

蒂娜的人在圣卢眼中,大概是没有一丝光彩的,但在罗丝蒙德或安德烈的母亲看来——她们也是很有钱的妇女,但是她们不认识这些人——这些人已经代表着很了不得的势力了。就这样,阿尔贝蒂娜每年都在法兰西银行一位总裁、一个大铁路公司管理委员会主任的家中度过几个星期。金融巨头的妻子接待一些很重要的人物,却从来未告诉过安德烈的母亲哪一天是她的"接待日"。安德烈的母亲觉得这个女人甚是无礼,但是对她家发生的一切事情仍然怀着极大的兴趣。她每年都鼓动安德烈把阿尔贝蒂娜请到他们的别墅中来,因为据她说,向一个自己无钱旅行、自己的姨母又对她不加照管的姑娘提供在海滨小住的机会,这是善举。

安德烈的母亲很可能并非出于这样的动机:希望银行总裁及其妻子得悉她和女儿对阿尔贝蒂娜爱如掌上明珠,因此会对她们母女产生好感。她也更不会指望那么善良而又正直的阿尔贝蒂娜会叫人邀请她,或者至少邀请安德烈去出席金融家的花园晚会。每天晚上进餐时,她一面作出轻蔑和毫不在意的模样,一面津津有味地听着阿尔贝蒂娜向她叙述自己在金融家的城堡中生活时那里发生的事,那里接待的人等等。这些人,她几乎全都目睹或耳闻过。甚至想到阿尔贝蒂娜只是以这种方式认识那些人,也就是说,并不了解这些人(她把这叫作认识"各朝各代"的人),也使安德烈的母亲感到一丝忧伤,她露出高傲和心不在焉的神情,轻蔑地就这些人向阿尔贝蒂娜提出一些问题。若不是她对家中总管说"请你对厨子说,这豌豆没烧烂"这句话,从而肯定了自己的地位,而且重新置身于"现实生活之中"的话,这位夫人对自己的重要地位可能要把握不住并且焦虑不安了。说了这句话以后,这位太太又恢复了平静。她早下定决心非叫安德烈嫁个人不可。这个人自然要出身高贵,同时又要相当富有,以使安德烈也能拥有一个厨子和两名车夫。有地位,实实在在的东西就是这个。但阿尔贝蒂娜在银行总裁的城堡中与某某太太共进晚餐,这位太太甚至邀请她去过下一个冬季,在安德烈母亲眼中,这都不能不叫人对这个少女肃然起敬。这种肃然起敬与她身遭厄运而引起的怜悯之情甚至蔑视，正好交织在一起。由于邦当先生背叛自己原来的旗帜投向内阁一边——据隐隐约约的传闻他是巴拿马分子——这种蔑视就更加变本加厉。但是，这也挡不住安德烈母亲出于热爱真相，对那些似乎认为阿尔贝蒂娜出身下贱的人不屑一顾。

“怎么？人家出身再好不过了，人家姓西莫内，只有一个‘n’！”

自然，这一切事情发生在金钱起着那么重要作用的阶层。在这个阶层中，风姿绰约可以叫人对你发出邀请，却不能叫人娶你为妻。阿尔贝蒂娜虽然受到如此特殊的厚爱，这厚爱并不足以补偿她的贫寒。这种厚爱的有益后果，对阿尔贝蒂娜来说，似乎绝不会是一桩“过得去的”婚事。这样的“出风头”，即使不能带来成就婚烟的希望，也已激起某些心怀恶意的母亲的妒羡。她们见银行总裁的妻子，甚至安德烈的母亲，将阿尔贝蒂娜当做“自家孩子”来接待，而她们自己几乎不认识这两位太太，一个个气得要死。于是，她们向她们自己共同的朋友以及这两位太太共同的朋友说，这两位太太如果得知事情真相，一定会怒火满腔。那真相便是阿尔贝蒂娜在这家（“反过来亦然”）讲了在那家的一切发现，人们不慎十分亲密地接待她，便使她有了这些发现。这千百种小小的秘密，当事者见到被揭露出来，是很不舒服的。这些嫉妒心重的妇人道出这些话语，目的便是希望有人去传话，好叫阿尔贝蒂娜与她的保护人之间产生不和。但是像常常发生的那样，托人办这种事，一点也没办成。主使他们干这些事的恶意动机，人们感觉太明显了，结果只会使人更加蔑视打这种主意的女人。安德烈的母亲对阿尔贝蒂娜的看法早已固定，不会改变。她把阿尔贝蒂娜视为一个“可怜的孩子”，天性善良，只会想出各种名堂来叫人喜欢。

阿尔贝蒂娜这样风靡一时，看上去并不包含任何实实在在的结果，倒使安德烈的这个女友形成了某些人的那种特性。这些人一向成为别人追求的目标，从来不需要自己主动送上门（由于相同的原因，这种性格在社会的另一极端，即某些风姿绰约的女性身上，也可以见到)，但她们从不把别人对她们的追求拿来夸耀，更确切地说，她们总是把这些隐瞒起来。谈到某某时，她从来不说："他很想见我。"谈到任何人，都怀着极大的善意，似乎追求别人的是她。一个小伙子几分钟之前与她面对面谈话，因她拒绝与他约会而对她大肆谴责。谈起这个小伙子的时候，她不但不以此当众吹嘘或责怪他，反而称赞他说："这个小伙子真热情！"她甚至为自己如此讨人喜欢而感到烦恼，因为这样她势必要惹人难过，她的天性却是喜欢叫人高兴。

她喜欢叫人高兴，甚至达到使用某些只求实利的人和某些爬上高位的人所特有的那些谎言的地步。这种不诚恳，其实在很多人身上都以雏形状态存在着，其内容便是不善于以办一件事只叫一个人高兴为满足。例如，如果阿尔贝蒂娜的姨妈希望她的甥女陪她去出席一次并不好玩的白日聚会，阿尔贝蒂娜去了，她本应该以得到叫自己的姨母高兴这种精神收获而感到满足的。但是，当她受到聚会的主人热情接待时，她更喜欢对他们说，她早就想与他们见面，因此选定这个机会并征得姨母同意而前来。这还不够：这次聚会上，有阿尔贝蒂娜的一个女友，正好刚刚失恋。阿尔贝蒂娜还要对她说："我不愿意让你一个人孤孤单单的，我想到我在你身边，可能你会好过些。如果你希望咱们离开这聚会，到别处去，你说怎样，我就怎样，最重要的，是我希望看到你情绪好一些。"(再说，这也是真话。)

有时，假目的毁了真目的。阿尔贝蒂娜为她的一个女友要去求别人办件事，为此前去看望某夫人，情形就是如此。一到这位善良而又热情的太太家里，这位姑娘不知不觉地遵循自己"一事多用"的原则，觉得如果作出纯粹是因为自己感到见到这位太太会多么高兴才前来的样子，就更热乎一些。这位太太见阿尔贝蒂娜纯粹出于友谊这样长途跋涉而来，真是无比感动。阿尔贝蒂娜见这位太太几乎被感动了，便更加喜欢她。可是问题出在这里:她谎称自己纯粹出于友情动身前来,她那样强烈地感受到友情的快乐,如果她为自己的朋友请求这位太太帮忙,反倒担心会叫这位太太怀疑她的感情了。事实上,她是真心实意的。那位太太会以为,阿尔贝蒂娜是为这件事来的,这倒是实情;但她会得出结论说,阿尔贝蒂娜见了她高兴,并非没有利害得失考虑。这倒不确切。结果是阿尔贝蒂娜没有提出要求帮忙便走了。这与那些对一个女人极其殷勤周到,指望得到她的青睐,但是为了使这种热情保持高尚的性质,便不向女人表白自己的爱情的男人情形相似。

在其他情形中,倒也不能说,她总是为了次要的、事后想出的目的而牺牲真正的目的。但是真正的目的与次要的目标针锋相对,如果阿尔贝蒂娜向那个人道明了一个目的,使之大受感动,而当她也得知另一个目的时,她的快乐立刻会变成最深沉的痛苦。下面的故事讲下去,会叫人更加明白这类矛盾之所在。

我们借一个与此完全不属于同类型的例子,可以说明在生活所呈现的五花八门的情形中,这类矛盾比比皆是。一个丈夫将情妇安顿在自己驻防的城市里。他的妻子留在巴黎,对事情真相有所耳闻,很难过,给丈夫写了几封充满妒意的信。正好情妇不得不到巴黎来一天。情妇求他陪同前往,这位丈夫抵挡不住,于是请准了二十四小时的假。可是,他心眼很好,因自己使妻子难过而感到愧疚,到巴黎以后便去妻子那里,流着真诚的眼泪对她说,读了她的信自己真是心乱如麻,设法逃出一天以便前来安慰她、拥抱她。这样,他就想到了办法,用一次旅行同时向情妇和向妻子证明了爱情。但是,如果他的妻子得知他来巴黎的真正原因,她的快乐肯定会变成痛苦,除非这个忘恩负义的家伙不管怎么说,使她感到的幸福胜于用谎言给她带来的痛苦。

依我看,一贯使用这种“目的多用”体系的人,应首推德·诺布瓦先生。有时他接受在两个发生龃龉的朋友之间进行调停的任务,以获得“最热心的人"这个美名。在前来请他帮忙的人面前,他作出热心相助的姿态还嫌不够,在另一方面前,他还要将自己进行斡旋说成并非因前者的请求而干,而是出于对后者的利害考虑。这样他便轻而易举地说服了对方,事先向对方作出了暗示,说明站在他面前的是"最肯帮忙的人"。这样,他两面讨好,干着用行话称之为"里外光"的事,他的声望不会冒任何风险。实际上他所帮的忙,并不构成什么割让,相反,却构成他的一部分威望结出的硕果。另一方面,他帮的每一个忙,似乎都对双方有益,这就使他"肯帮忙的友人"的名声更增加一分,而且是极有成效的"肯帮忙的友人",并不是抽刀断水,而是每一次斡旋都有成效。这表明双方当事人对他都感激不尽。这种热心相助中的口是心非,再加上任何人身上都有的种种矛盾,是德·诺布瓦先生性格的一个重要组成部分。在内阁中,他常常一面利用我父亲,一面还叫我父亲相信他是为我父亲效力。我父亲相当幼稚,也就轻易信以为真。

阿尔贝蒂娜比她自己希望的更讨人喜欢,她不需要对自己的情场得意大吹大擂。对于在她床边发生的、我与她之间的那一幕,她始终守口如瓶。如果是一个丑八怪,恐怕要让全世界都知道了。她在这一幕中的态度,我始终不得其解。对于她绝对贞洁这种假设(阿尔贝蒂娜那么粗暴地拒绝让我亲吻,拒绝让我得到她的肉体,我首先归结为这样的假设。但就我对自己女友的善良、基本正直的观念而言,这种绝对贞洁绝非必不可少),我不得不反复揣测多次。这种假设,与我第一天见到阿尔贝蒂娜时作出的假设,是那样截然相反!其次,为了逃脱我,她拉了铃。这个粗暴的动作四周,又环绕着那么多与此截然不同的行动,对我均为热情倍加的行动(抚慰性的,有时是焦虑不安的,警觉性的,嫉妒我偏爱安德烈等等)。为什么她要我前去,在她床边度过晚上的时光?为什么她一直使用柔情的语言?想见一个男友,担心他喜欢你的女友胜过喜欢你,设法讨他欢喜,浪漫地对他说别人不会知道他在你身边度过晚上的时光,可是你又拒绝给他这么简单的快乐。如果对你来说，这不是一种快乐，那么，这种种欲望又以何为依托？无论如何，我不会相信阿尔贝蒂娜的女性贞洁竟会达到这种地步。所以我又自忖，是否她的粗暴之中，有些搔首弄姿的缘由，例如，可能她觉得自己身上有一股难闻的气味，怕我不喜欢；或者是胆怯，例如，她对情爱的真实情形完全无知，以为我的神经衰弱症状也会通过亲吻而得以传染呢？

她肯定因未能叫我快活而悔恨，便送我一支烫金铅笔。有的人为你的热情所感动，但是不同意将你的热情所索取的东西给予你，却同意为你办其他的事，例如批评家本该写文抬举小说家，却邀请小说家在广场上用晚餐；公爵夫人则并不亲自把纨绔子弟带到剧院去，而是哪天晚上自己不占那个包厢时才叫他去！做得越少，且可以什么都不干的人，谨慎小心却推着他们去干出什么事情！阿尔贝蒂娜送我一支烫金铅笔就是这种美德心理的反常行为！我对她说，她送我这支铅笔，叫我很高兴。但是与她来旅馆过夜那天晚上，如果她允许我亲吻她，我会得到的快乐相比，这种高兴便大大逊色了。

“那该叫我多么快活！对你又有什么坏处呢？你拒绝了我，我真是奇怪。”

“使我奇怪的，”她回答我道，“是你竟觉得这事令人奇怪。真不知道你过去都见识过什么样的姑娘，以致我的行为才会使你感到奇怪。”

“叫你不快，我深感歉疚。但是，即使是现在，我也不能对你说，我认为自己错了。我的看法是这些事无关紧要，我不明白，一个能够轻而易举使人快乐的姑娘，竟拒绝这样做。咱们说好了，”我又加上一句，为的是叫她那些道德观念得到一半满足，同时也回忆起她和她的女友们是怎样鞭挞女演员莱亚的女友的，“我的意思并不是说，一个少女可以什么事都干，没有任何不道德的事。你听着，有一天你对我谈到住在巴尔贝克的一个小女孩，谈到她与一个女演员之间的那种关系。我认为这种关系太丢人了,太丢人了,以至于我认为是少女的敌手编造出来的,并非真有此事。我认为那不大可能,不可能。但是任凭一位男友拥抱,甚至更有甚者,既然你说我是你的朋友……”

“你是我的朋友,但是在你之前,我也有过别的朋友。我见识过一些小伙子,我向你保证,他们对我有着同样的友情。可是,没有一个人敢这么干。他们知道,如果这么干,头上会挨上两巴掌。再说,可能他们连想也没这么想,大家就是很直截了当地,很友好地,作为好伙伴,握握手。从来没有人说过拥抱的事,可是并没有因此降低友情。好啦,你看重我的友情的话,你就会满意,我肯定相当喜欢你才会饶恕你。不过我可以肯定,你不会把我放在心上。请你承认,讨你喜欢的是安德烈。归根结底,你说得对,她比我热情得多,她又那么叫人心醉神迷!啊,男人们!”

我最近虽然非常失望,阿尔贝蒂娜如此坦率的一番话,倒叫我对她敬重万分,给我留下十分良好的印象。说不定这种印象此后对我产生了巨大而不良的后果,因为从这个印象开始,形成了那种几乎亲切的情感、那种道德的内核,在我对阿尔贝蒂娜的爱情中,这种情感和内核一直持续存在。这种情感可以成为最大痛苦的根源。因为要真正为一个女人而忍受痛苦的折磨,必须首先对她完全信任不可。目前,这个道德、敬重、友情的雏形,在我的心中仍像一块石头一般留在那里。如果它就这样停留下去,不再增长,像第二年,甚至像我初次在巴尔贝克小住的最后几个星期那样保持着其毫无生气的状态,只这一个因素,对我的幸福是丝毫不会起到破坏作用的。有些客人,无论如何,较为谨慎的办法还是将他们赶走,但是人们让他们留在原地,不去招惹他们,他们的弱点,是在一个陌生的心灵中感到孤独,这已经使他们暂时不会伤害人了。上述这种情感在我心中,就好像这样的一位客人。

现在,我的幻梦重又可以自由自在地落在阿尔贝蒂娜的这个或那个女友身上,首先是安德烈身上了。安德烈对我的热情是否会被阿尔贝蒂娜得知，如果我对这一点没有把握，她的热情可能就不会那么叫我感动了。当然，长期以来我佯装偏爱安德烈，交谈习惯，表白柔情的习惯，为我对她现成的爱情提供了材料。迄今为止，只缺一样，那就是加上点诚挚的情感。现在我的心又自由了，可以提供这种诚挚的情感。可是，安德烈聪明过分，神经过敏，过分病态，与我过于相像，我不会爱她。如果说我现在感到阿尔贝蒂娜似乎过于空虚，安德烈则充满了某种我过分熟悉的东西。第一天，在海堤上，我本来以为见到的是自行车运动员的情妇，沉醉于对体育运动的爱好之中。可是安德烈对我说，她之所以从事运动，乃是遵从医嘱，为的是治疗她的神经衰弱和营养紊乱，而她最美好的时光是翻译乔治·艾略特的一本小说。对于安德烈是什么样的人，我从一开始就大错特错了。结果是我很失望，事实上，这种失望对我无关紧要。这个错误属于这样的类型：虽然这样的错误仍可以允许爱情产生，但是，只有在爱情再也无法改变时，这样的错误才会为人所承认，因而也就成为痛苦的根源之一。这种错误——可以与我在安德烈的问题上所犯的错误很不相同，甚至相反——尤其是就安德烈而言，常常是由于相当看重外表，希望如此而实际上并非如此的举止，以致第一次接触便产生了幻想。不论是好人还是坏人，除了他们的外表，装腔作势，模仿他人，希望为人欣赏以外，还要加上言谈、举止的假象。有些厚颜无耻的人，残忍的人，也不比某些善良的人，讲义气的人更能经受得住这种考验。同样，人们常常会发现一个以慈善闻名的人原来是一个虚荣的吝啬鬼，一个老老实实、观念正统的女孩竟是梅萨琳娜①式的人物。我本来以为安德烈是健康而单纯的姑娘，实际上她只不过是一个寻求健康的人。安德烈认为许多人是健康的，事实并非如此，正如一个肥胖粗大、面孔通红、身穿白色法兰绒上衣的关节病患者并不一定就是大力士一样。因为某人显示出来的健康而爱上了他，

① 梅萨琳娜为古罗马皇帝克罗德的第五个妻子，以荒淫、残暴、奢侈而著名。

而他事实上只不过是一个病人。这种病人只从别人身上得到健康，就像某些星球借其他发光星体的光以及某些物体只容电流通过一样。有些情况下，这种情形对幸福并不是无关紧要的。

这些都无关紧要。像罗斯蒙德和希塞尔一样，安德烈毕竟是阿尔贝蒂娜的女友，甚至胜过罗斯蒙德和希塞尔，她与阿尔贝蒂娜共享生活，效仿她的举止，以至第一天刚开始时，我分辨不出她们这个与那个来。这些少女是一枝枝玫瑰，其主要魅力是散布在海上，她们之间仍然保持着我与她们尚未相识时的那种不可分离性。那时，她们之中不论哪一位出现，都会叫我那样激动，向我宣告那一小群已经不远。现在依然如此，看见其中一个人，便使我感到快乐。这快乐中含有见到其他人随她出现或过一会来与她会齐的快乐的成份。即使其他人这一天不来，还有谈论她们的快乐，知道别人会告诉她们说我在海堤上的快乐。至于这成份究竟占多大比例，我就说不上来了。

这已经不再单纯是初来时期的那种吸引力，而是真正在爱情上的三心二意，在她们每个人之间犹豫不决，显然她们每个人都可以代替另一个人。我最大的悲哀，并不是这些少女中我最喜欢的一个抛弃了我，而是我无法做到立刻喜欢上哪一个。如果能做到，我倒可以将不清不楚地在所有人身上飘荡的全部忧伤和幻想集中在她一个人身上，即会抛弃我的那个人身上。在这种情况下，是不是在她的所有其他女友眼中，我会立刻威信扫地，是不是我会不知不觉地留恋她的所有其他女友，因为在那之前我对她们怀着一种集体性的爱呢？政治家或演员对公众也怀着这种集体性的爱，他们得到公众的厚爱之后，如果被丢在一边，是无法感到欣慰的。我未能得到阿尔贝蒂娜的青睐，现在，哪一个少女晚上离开我时，对我说上一句模棱两可的话，向我飞过一个意义不明的眼神，我便骤然希望从这个少女那里得到这青睐。借助于这么一句话，这么一个眼神，我的冲动会一整天围着她打转。

在她们那机灵活泼的面庞上，线条刚刚开始相对固定，足以叫人辨认出可塑的、飘忽不定的人像来，哪怕此后还要变。正因为如此，这种冲动就更加带着肉欲成份在她们之间游荡。这些少女的面庞虽然彼此那样不同，倒说不定能够一一重叠起来，她们的面庞长、宽方面的差异，远远比不上五官之间的差异。但我们对面庞的认识是非数学性的。首先，这种认识并非从衡量每一部分开始，而是以某一表情、一个总体印象为出发点。以安德烈为例，温和的双眼、细腻的线条好像与细小的鼻子连接在一起，鼻子窄而细，有如画出来的一条简单的曲线，为的是叫分在双眸中的微笑那高尚的意念能在一条线上得以继续。她的秀发中也画出一条同样的细线，轻盈而幽深，有如风儿在沙上犁过而画出的线条。这一点上，她大概受遗传影响，因为安德烈母亲那满头银丝也完全是如此造型，这里形成一块凸起，那里形成一块凹陷，如同随着地形起伏隆起或下陷的白雪。

自然，与安德烈鼻子那秀气的线条相比，罗斯蒙德的鼻子似乎提供了宽大的平面，有如一座高塔耸立在宽大的底座上。一条无比细小的线条能构成极大的差异，面部表情便足以使人相信这差异是多么大——一条无比细小的线条本身就能构成一个绝然特殊的表情，一个人的个性——使这些面庞显得彼此不会雷同的，还不仅仅是无比细小的线条和表情的特点。在我这些女友的面庞之间，面色构成更深刻的区别，那原因倒也不在面色为面庞提供了丰富多彩的美。罗斯蒙德沉浸在撒了琉粉的玫瑰色中，双眼那发绿的光芒又作用于这玫瑰色。安德烈雪白的双颊从她乌黑的秀发中得到那么多庄重高贵之气。她们的肤色是那样不同，以致我站在罗斯蒙德面前与站在安德烈面前领略到的，是先后凝望生长在阳光普照之海滨的一株绣球与夜色朦胧中的一株茶花时所得到的同样的快乐。肤色构成更深刻的区别，更主要地是因为通过颜色这个新因素，线条之间无比细小的差别，无比扩大，平面的比例完全改变了。这个新的因素与配色器一样，是一个大发生器，或者至少可以说，是一个比例改变器。结果是，可能构造差异不大的面庞，视其为火红的头发、粉红的肤色之火或为不反光的苍白光线所照耀而会变长或变宽，成了另外的面庞，如同俄国芭蕾[①]的道具，如果白天观看，有时就是简单的一张圆纸片。而巴克斯特[②]这样的天才，视其将布景笼罩在肉红色或月光的光线之下，便可在一座宫殿的正面镶上绿松石，或者使一座花园中孟加拉玫瑰柔和地盛开。我们认识面孔也是这样，我们是以画家身份仔细衡量面孔，而不是以土地测量员身份去衡量的。

阿尔贝蒂娜及其女友们，情形均如此。某些日子，她身材纤弱，面色发灰，神态抑郁，紫色的半透明的光线下她的双眸深处，如同大海有时呈现的颜色，她似乎忍受着放逐者之悲哀。另外的时日，她的面孔更加光滑，放着釉彩的表面粘附着欲望，又防止那欲望走得更远。除非我突然从侧面看她，因为她那无光泽的双颊，就像一支白蜡烛，表面上由于半透明而呈现玫瑰色，真叫人想去亲亲那双颊，去触触这为他人所看不见的不同的肤色。还有的时候，幸福使她的双颊沐浴在那样颤动的明亮之中，以致皮肤变成了流体，变得模糊不清，似乎有日光偷偷地闪过，使皮肤呈现出与双眸不同的另一种颜色，而不是另一种质地。有时，完全出你意料，望着她那撒播着棕色小斑点，又只有两处更显蓝色的痕迹飘浮的面孔，似乎为金翅鸟的卵做成。又常常像是用只在两处加工并磨光的乳白色的玛瑙做成。在棕色宝石中，她的双眸闪闪发光，如同一只天蓝色蝴蝶那透明的双翅。肌肉成了明镜，使我们产生比起身体的其他各部分来，更让我们心灵接近的幻想。更常见的情形，是她面色更鲜艳，于是也更生机勃勃。有时在她白皙的脸上，只有鼻子尖是粉红的。她的鼻子很纤巧，好似一头狡

---

① 俄国芭蕾于1909年首次赴巴黎演出，普鲁斯特非常欣赏。

② 莱昂·巴克斯特(1866—1924)，俄国画家，为《火鸟》(1910)，《达夫尼斯和克洛埃》(1912)等设计过布景。普氏与他见过面，对他的才华及和蔼可亲有深刻印象。

猾的小猫的鼻子,你真想跟那小猫玩耍片刻。有时她的双颊是那样光滑,以致目光在那玫瑰色的珐琅质上滑下去,就像在一个小巧玲珑的艺术品小壶那玫瑰色的珐琅上流淌下去一样。她乌黑的秀发构成半开而又多重的壶盖,使这玫瑰色的珐琅显得更加优雅、内在。有时她的双颊达到仙客来花朵那种粉红带紫的程度。有时她充血或发烧,更使人想到她是病态体质,这使我的欲火下降,成为某种更性感的东西,也使她的目光表现出更邪恶、更不健康的东西。这时她的面色呈现某些红得几乎发黑的玫瑰的那种深紫色。

这样的一个个阿尔贝蒂娜,各不相同,就像一个女舞蹈演员,随着舞台灯光的千变万化,她的色彩、身影和性格不断变化,每次出场都各不相同一样。说不定正因为那个时期我在她身上欣赏到的人物是那样变化多端,后来我也养成了习惯,根据我想到的是哪一个阿尔贝蒂娜,我自己也化成另一个人物:或妒火中烧,或毫不在乎,或追求肉欲,或郁郁寡欢,或怒气发作,不仅仅随着复苏的记忆偶然而至,而且根据我理解同一回忆的不同方式所施加的信念强度去重新创造这些人物。应该反复地谈这个问题,谈这些信念。大部分时候,这些信念在我们不知不觉间填满了我们的心灵,对我们的幸福来说,它比我们看到的某个人本身更为重要,因为我们是通过这些信念来看他的,是这种信念赋予这个被注视的人以转瞬即逝的大小。为了表述得更准确,我大概应该给以后想到阿尔贝蒂娜的每一个我起一个不同的名字,更应该给在我面前出现的每一个阿尔贝蒂娜起一个不同的名字。在我眼前出现的阿尔贝蒂娜,从来不是一个模样,正像接踵而至的各不相同的各种大海——为了更方便起见,我简单地叫它大海,阿尔贝蒂娜是另一个海中仙女,她在大海中轮廓更加清晰地显现出来。更有甚者——以同样的方式,而且据说更为有益,在一处叙事中,提到那一天天气如何——我应该一直将天气这名称交给信念,哪一天我看见阿尔贝蒂娜,哪一种信念笼罩着我的心灵,构成这一天的气氛。人的外表，就像各种各样的大海的外表一样，这些都取决于那些肉眼几乎看不见的云团。这些云团以其集中的情形，流动的情形，撒播的情形，逃遁的情形，改变着每样事物的色彩——正像有一天晚上，埃尔斯蒂尔停下脚步与那些少女谈话，而没有将我介绍给她们，他撕破了一片云，这些少女远去的时候，她们的形象在我眼中骤然显得更加美好一般——过了几天，我与她们相识了，那云团又形成了，遮住了她们的光彩，经常横亘在她们与我的双眼之间，这云团是不透明的、温和的，好似维吉尔笔下的琉科忒亚①。

自从这些少女的话语在某种程度上向我指出应该用什么方法去观看她们的面部表情以后，对我来说，无疑她们每个人面孔的意义都改变了很多。我用提问题的方式，按照我的意愿挑起她们的话语，使话语千变万化，就像一个做实验的人通过反证来证明他的假设一样。对这些话语我就可以赋予更高的价值。将从远处看显得优美而神秘的人与事移到近处，便足以使我们意识到这些人与事既无神秘也无优美之处。总的说来，这是解决人生问题的一种方式。在许多种方式中，这也是可以选择的一种有益于健康的方法。这种方法可能不值得特别推荐，但是这会使我们得到某种平静用以度日，用以忍受死亡——这种方法会使我们毫不留恋，使我们确信我们已经接触到最杰出的人与事，而这最杰出也并没有什么了不起。

我原来以为，在这些少女的头脑深处，是蔑视贞洁，并且靠对贞洁的蔑视，回忆日常那些短暂的男女私情过活。现在，我认为在她们头脑深处是正直的原则在起作用了。这些原则可能还会动摇，但是迄今为止防止了那些从他们的布尔乔亚阶层中接受这些原则的女孩走上任何歧路。一个人一开始就误入歧途时，甚至在小事上也是如此。假设错误或记忆错

---

① 琉科忒亚是底比斯王卡德摩斯的女儿，为航海神，在《奥德修斯纪》中，她救奥德修斯一命，免得他淹死。维吉尔在《埃涅阿斯纪》中提到她，说她专门拯救海上遇难的人。

误使你到错误的方向上去寻找某一流言蜚语的制造者或丢失物品的地方时，可能会发生这样的事：发现了谬误，但是并没有用真理去代替，而是用另一谬误去代替。我与她们亲切交谈时，从她们脸上确实见到清白无邪这个词，就这些少女的生活方式和与她们相处的行为而言，我确实体验到这个字眼的全部效果。不过，说不定我观察得丢三落四，解字过于仓促有误，在她们脸上并没有写着这个词，正像我第一次看拉贝玛的日场演出，朱尔·费里①的名字并没有写在那次的节目单上，而这并没有妨碍我对德·诺布瓦先生说，朱尔·费里很可能为那次演出写了开场小戏。

既然在我们有关一个人的回忆中，凡是对我们每日发生的关系没有立竿见影的用处的事，头脑一律将其排除(甚至而且特别是如果这些关系还染上一点爱情的话，这爱情从未得到满足，在最近的将来还活着)，对于这一小群少女中我的任何一个女友来说，我所见到的最后一张面孔，怎么能不是我回忆的唯一面庞呢？头脑任凭往日组成的链条通过，只死死留住这链条的最后一截。制成这一截的金属常常与消逝在黑夜中和我们人生旅途中的各截链条完全不同。我们的头脑只把我们现在所在的国度当做真实的国度。我最初的印象已经那样遥远，在我的记忆中无法找到什么凭证防止其每天变形。在我与这位少女一起聊天，吃茶点，一起游玩所度过的漫长时光里，我竟然不记得，她们与我从前如同在壁画上见过一般、在大海前列队走过的无情而又肉感的处女是同一批人。

地理学家、考古学家会把我们带到卡利普索岛②去，会挖掘出米诺斯的宫殿③。只是卡利普索不过是一个女子，米诺斯不过是一个毫无神祇气

① 朱尔·费里(1832—1893)1879年任公共教育部部长，从未写过开场小戏。

② 卡利普索岛为仙女卡利普索所居住之岛，她在这里接待了奥德修斯并挽留他十年。

③ 普氏此处可能指克诺索斯宫殿。据荷马史诗，这克诺索斯宫殿是米诺斯王国的大城市，伟大的宙斯每隔九年前来，对米诺斯讲述心腹之言。1900年，考古学家阿尔图尔·伊文斯(1851—1941)挖掘出了这座宫殿，神话遂让位于现实。

息的国王。甚至历史告诉我们的作为这些极为真实的人的特性的长处和短处,也常常与我们赋予那些叫同样姓名的想象中的人物的长处和短处很不相同。我初来乍到那几天创造的优美的大海神话,就这样消失了。但是,至少我们在曾认为不可企及而热烈向往的不拘礼节气氛中度过了一些时光,这是不能等闲视之的。

那些我们开始时觉得别扭的人,在与他们相处中,即使最后在他们身边终于会体验到不自然的、做作的快乐,这快乐之中也始终滞留着他们掩盖住了的缺点的那种掺假的味道。在我与阿尔贝蒂娜及其女友这样的关系之中,构成其根源的真正的快乐,则留下一股馨香。这股馨香,任何人工的办法都无法将它赋予强摘下来的水果,或赋予未曾在阳光下成熟的葡萄。在一段时间内,对我来说,她们是仙女。甚至在我不知不觉中,她们在我与她们之间最普普通通的关系之中,加进了某些奇妙的成份,或者说,她们防止这些关系中有任何平庸的成份。我的欲望那样贪婪地寻找双眸的含义,如今这双眸了解了我并对我微笑,但是第一天,这双眸与我的目光相交时,犹如另一宇宙的光芒。我的欲望那样广袤地、细致周到地将色彩与芳香撒播在这些少女那有血有肉的表面上,她们卧在悬崖上,纯朴地向我递过三明治或者玩猜谜游戏,以致常常一个下午,我躺在那旦——就像那些画家,他们要在现代生活中寻找古代的雄伟,赋予正在剪脚趾甲的一个女人以《拔刺的人》①那样的高尚,或者像鲁本斯一样,将自己认识的一些女人画成女神②以构成古代神话场面——这些类型很不相同的长着棕发和金发的美丽身躯,在草地上散布在我的周围。我望着这

① 《拔刺的人》是古希腊时代的铜塑,表现一个小伙子正从脚跟上往外拔刺,为罗马博物馆最美的藏品之一。普鲁斯特肯定在卢浮宫见过其复制品。

② 普氏这里可能指表现玛丽·德·美第奇生活的系列画,因为朱诺、密涅瓦和美惠三女神均簇拥着这位王后。也可能是指一些神话人物画,如《向维纳斯献祭》,画上就有画家自己的妻子出现。

些美丽的身躯，说不定它们并没有去除全部平庸的内涵，日常的体验使她们充满了平庸的内涵，然而（我并没有回忆起她们那天仙般的出身）我却像赫拉克勒斯或忒勒玛科斯一样，似乎正在仙女之中嬉戏。

此后，音乐会结束，坏天气来临，我的女友们离开了巴尔贝克，不是所有的人都像燕子那样一起走，却都在一周之内。阿尔贝蒂娜第一个走了，突然走了，她的哪一个女友无论是当时，还是事后，都没有弄明白为什么她忽然回巴黎去了，既没有功课，也没有什么消遣呼唤她到巴黎去。

“她一声不吭就走了。”弗朗索瓦丝嘟嘟哝哝地说。其实，说不定她巴不得我们这样。她觉得我们在旅社的雇员面前和经理面前太不谨慎。雇员数目已大大减少，但仍有极少数顾客留在这里，依然留下一些雇员。经理则“侵吞钱款”。

确实，旅馆很快就要关门，几乎所有的人都走光了。可是旅馆从未这样舒适。当然经理并不这样认为。客厅里，人们冻得发抖，客厅门口再没有一个侍者照应。经理沿着各个大厅，在过道上踱着方步。他身穿崭新的礼服，头发理得那么讲究，那枯燥乏味的脸似乎构成了一个混合体，一份肉大概就有三份化妆品。他不断更换领带（这样摆阔要比保证取暖和保留工作人员少花钱，这就像一个人再也无法为一件善举送上一千法郎，但是还能毫无困难地摆出大方的样子，给前来送电报的电报员一百个苏小费）。他那样子像在视察虚无，似乎要借助于个人的良好衣着，赋予这凄凉景象一种临时性质。在这个时令已经不佳的旅馆里，人们对这凄凉景象感受良深。经理宛若君主再现的幽灵，出没于自己昔日宫殿的废墟之中。这条地方性铁路见旅客不足，已停止运行，直到明年春季才会恢复。经理对此特别不满。

“这里缺的就是交通手段。”他经常这么说。

虽然出现了赤字，他仍为今后几年进行宏伟的规划。不论如何，当一些漂亮字眼施用于旅馆业，而且又能使这一行业显得宏伟壮丽时，他还能准确地记住一些。

“尽管在餐厅里我有一个优秀班子，我的帮手仍然不够，”他常常说，“穿制服的仆役仍有待改善。明年我会聚集什么样的优秀部队，你们会看到的！”巴尔贝克邮政总局服务中止，使他不得不派人去取信，有时用蹩脚马车去送旅客。我经常要求上车，坐在车夫旁边，这样，不论什么天气，我都可以出去走走，就像在贡布雷度过的那个冬天一样。

有时暴雨如注，游艺场早已关闭，外祖母和我只好留在空荡荡的一些房间里，就像狂风呼啸时，待在船舱尽头一样。与远渡重洋一样，每天在这船舱里，我们在他们身边度过了三个月而并不了解的人当中，会有一个朝我们走来。雷恩的首席审判官呀，冈城的首席律师呀，一位美国太太及其女儿呀，与我们搭搭话，想出点什么花样，让时间不要显得那么漫长，或露出点什么本事，教我们一种玩牌的办法呀，请我们喝茶呀，或请我们弹奏些乐曲呀，请我们某个时刻聚一聚呀，一起设法消遣呀，等等。这些消遣的真正奥秘就是自寻快乐，不要声称烦闷得很，只是互相帮助度过这烦闷的时光。这些人终于在我们小住的末尾与我们结成了友谊。第二天，他们相继离去，又使这友情中断了。

我甚至认识了一个有钱的小伙子，他的两个贵族朋友当中的一个，以及又来住几天的女演员。这个小圈子已经只有三个成员，另一个朋友已经返回巴黎。他们要我和他们一起到他们常去的那家饭馆去用晚餐。我没有接受，我想他们相当高兴。不过他们发出邀请时，是极尽和蔼可亲之能事的。虽然实际上这邀请只来自有钱的小伙子，其他几个人只不过是他的客人罢了。由于陪同他的朋友莫理斯·德·福代蒙侯爵出身于名门望族，那个女演员问我愿意不愿意去时，为了抬举我，她本能地说道：“这会叫莫理斯喜出望外。”

待我在大厅中碰到他们三个人的时候，那个有钱的年轻人退后一步，倒是德·福代蒙先生对我说：“您不赏光来和我们一起进晚餐吗？”

总而言之，我没有充分利用巴尔贝克，这倒叫我更想再次前来。我觉得自己在那里待的时间太少。可是我的朋友不这样看，他们给我写信，问我是不是打算永远在巴尔贝克生活下去，是不是他们以后将不得不在信封上写上巴尔贝克这个地名。我的窗子不朝着田野，也不朝着一条街，而是朝着大海这边，每天夜里我听到大海的呼啸。入睡之前，我像一只小船一样，将自己的睡梦托付给大海。我有一种幻觉，便是这与波涛一起构成的喧嚣，大概在我不知不觉中就像睡梦中教的功课一般，具体地向我头脑中灌输了其魅力的概念。

旅馆经理主动提出明年给我更好的房间。我现在对自己的房间已经十分眷恋，走进房间里再也闻不到印须芒草的味道。从前在这个房间里，我的思路是那样难以展开，现在，这思路终于那样准确地占据了整个空间，以致当我应该在巴黎我从前那个天花板很低的房间里过夜时，不得不对自己的思路进行反方向的处理。

确实应该离开巴尔贝克了。在这个没有壁炉和取暖器的旅馆里，寒冷和潮湿已经这样浸人骨髓，不能再待下去了。最后的几周，我几乎立即就忘记了。每当我想到巴尔贝克，几乎不加变化地重现在我眼前的，便是每天早晨的时刻。天气晴朗的季节，因为我下午要同阿尔贝蒂娜及其女友外出，外祖母遵照医嘱，强迫我每天早晨在暗中躺在床上。经理发出命令，不许在我这一层弄出声响，并且亲自照看，要人们服从命令。光线很强，我尽量长时间地让那大紫窗帘拉着。我刚来的第一天晚上，这窗帘曾对我表现出那样大的敌意。为了不让光线透进来，每天晚上，弗朗索瓦丝都把毯子、桌子上的红印花布、从这里那里弄来的料子接到窗帘上去，用别针别住。也只有她能把这窗帘解下来。她无法把各处都拼接得恰到好处，于是这黑暗并不完全彻底，窗帘还是让有如秋牡丹鲜红的叶子一样的东西撒播在地毯上。我忍不住要上去赤脚踏住那些“秋牡丹”。

对着窗户的那面墙，已被局部照亮。墙上，没有任何支撑的一个金色圆柱体垂直地立在那里，像在荒漠中作为希伯莱人前导的光柱一样缓缓移动。①

我再次躺下，静静地只通过想象去品味游戏、洗海水浴、步行的快乐，而且同时品味所有这一切快乐，上午很适宜做这些事。快乐使我的心怦怦跳动，好似一台充分开动的机器。但这台机器不能移动，只能自我转动，将其速度就地传递出去。

我知道那些女友此刻正在海堤上，但我看不见她们，她们正从大海那高高低低的支脉前经过。有时短暂放晴，在大海尽头可以望见里夫贝尔小城。阳光将这座小城精心地分成一个个小块。它犹如一座意大利小镇，栖息在大海蓝莹莹的峰巅上。我看不见女友们（而报贩——弗朗索瓦丝管他们叫"报人"②——的叫卖声，洗海水浴的人和孩子们玩耍发出的呼喊，如海鸟的鸣叫一般为轻轻撞碎的海浪敲击着节拍。这些声音都传到我这高台上来），我推测得到她们的存在，柔和的涛声一直传进我的耳鼓，我听见她们卷进波涛中发出如同涅瑞伊得斯③的笑声。

"我们看了半天，"阿尔贝蒂娜当天晚上对我说，"想看看你是不是会下来。可是你的窗板一直关着，甚至到了音乐会的时间还关着。"

确实，十点钟时，音乐会在我的窗下轰响起来。如果海水涨潮，在乐器间歇之中，一个浪头打来，似乎能将小提琴的节拍卷进自己那水晶涡状物之中，泡沫溅到海底音乐那断断续续的回声上，然后那形成浪花的海水亘又流淌下去，流水倾注，永不间断。

还不把我的衣物送来，让我可以穿衣起床。我着起急来，时钟敲响正

---

① 见《旧约出埃及记》第十三章：日间耶和华在云柱中领他们的路，夜间在火柱中光照他们，使他们日夜都可以行走。日间云柱，夜间火柱，总不离开百姓的面前。

② 此词法文中也为"记者"之意。

③ 涅瑞伊得斯是涅柔斯和多里斯的女儿，为海中仙女。她们一共有姐妹五十人，但名字却有七十七个，其中著名的有安菲特里特、忒提斯、该拉忒亚等。

午十二点，弗朗索瓦丝终于来到。连续几个月，在这个我将之想象为只受暴风雨袭击并笼罩在烟雾之中因而那样向往的巴尔贝克，晴朗的天空是那样明亮，那样宁静，弗朗索瓦丝前来将窗户打开时，我总能毫无谬误地推想，我会找到折到外墙角上的那一方阳光。其颜色永恒不变，作为夏天的标志，则不如毫无生气的假珐琅那样抑郁而动人。弗朗索瓦丝将窗帘上的别针一一取下，拿掉布料，拉开窗帘时，她展露出来的夏日似乎与一具华丽的千年木乃伊一般死气沉沉，他是那样亘古有之。我家这位老女仆只是小心翼翼地为这具木乃伊除去原来身上的衣物，叫它身着金袍、散发着香气出现在人们眼前而已。

A LA RECHERCHE DU
TEMPS PERDU

追忆似水年华

第一卷

在斯万家那边

李恒基 徐继曾 译

译林出版社

图书在版编目（CIP）数据

追忆似水年华．第1卷，在斯万家那边／（法）普鲁斯特（Proust, M.）著；李恒基，徐继曾译．—南京：译林出版社，2012.6（2026.2重印）

ISBN 978-7-5447-1623-9

Ⅰ.①追…　Ⅱ.①普…②李…③徐…　Ⅲ.①长篇小说－法国－现代　Ⅳ.①I565.45

中国版本图书馆CIP数据核字（2011）第002325号

追忆似水年华（1）在斯万家那边［法国］马塞尔·普鲁斯特／著　李恒基　徐继曾／译

责任编辑　唐洋洋
特约编辑　张媛媛
责任印制　颜　亮

原文出版　Gallimard, 1984
出版发行　译林出版社
地　　址　南京市湖南路1号A楼
邮　　箱　yilin@yilin.com
网　　址　www.yilin.com
市场热线　025-86633278
排　　版　南京展望文化发展有限公司
印　　刷　徐州绪权印刷有限公司
开　　本　880毫米×1230毫米　1/32
印　　张　96.375
插　　页　28
版　　次　2012年6月第1版
印　　次　2026年2月第43次印刷
书　　号　ISBN 978-7-5447-1623-9
定　　价　328.00元（全七卷）

再版说明

译林出版社于1989年出版《追忆似水年华》中译本，是中国出版史上一个填补空白的重要事件。这部划时代的意识流小说进入中国读者的视线之后，二十多年来受到广大读者的喜爱，多次再版，并获得“全国优秀畅销书”奖、“全国优秀外国文学图书奖一等奖”等奖项，入选“60年中国最具影响力的600本书”。

尽管译者都具有扎实的翻译功底，且翻译态度极为严谨，编辑在组织翻译、审读及编校等工作上亦颇费苦工，但因这部作品长达二百万字，文体复杂、经纬绵密，由十五位译者共担翻译重任，且首版出书时间紧迫，难免留下一些遗憾。鉴于此，我们决定再版《追忆似水年华》七卷本。

本次修订参考专家及读者意见，重点主要在以下三个方面：一是按照规范，统一了七卷中前后不一致的人名、地名及专有名词；二是增删和调整部分注释；三是参照原文，对译本进行了谨慎的梳理和修订。

因水平所限，本次修订工作难免会有不足乃至失误之处，恳请读者包涵，并能一如既往地提出宝贵意见。

译林出版社
2012 年 5 月

编者的话

马塞尔·普鲁斯特是十九世纪末、二十世纪初法国伟大的作家。在法国乃至世界文学史上，他同巴尔扎克一样，都占据着极其重要的地位。特别是一九八七年以来，法国好几家有影响的出版社，竞相重新出版普鲁斯特的名作《追忆似水年华》；评论和研究普鲁斯特创作成就的各种学术活动，也在法国及欧美许多国家广泛地开展起来。这股热潮的重新出现，充分显示出普鲁斯特这部巨著的价值及其影响。

《追忆似水年华》以独特的艺术形式，表现出文学创作上的新观念和新技巧。小说以追忆的手段，借助超越时空概念的潜在意识，不时交叉地重现已逝去的岁月，从中抒发对故人、往事的无限怀念和难以排遣的惆怅。普鲁斯特的这种写作技巧，不仅对当时小说写作的传统模式是一种突破，而且对日后形形色色新小说流派的出现，也产生了深远的影响。

对于这样一位伟大的作家，对于这位作家具有传世意义的这部巨著，至今竟还没有中译本，这种现象，无论从哪个角度来看，显然都是不正常的。正是出于对普鲁斯特重大文学成就的崇敬，并且为了进一步发展中法文化交流，尽快填补我国外国文学翻译出版领域中一个巨大的空白，我们决定组织翻译出版《追忆似水年华》这部巨著。

外国文学研究者都知道，普鲁斯特的这部巨著，其含义之深奥，用词之奇特，往往使人难以理解，叹为观止，因此翻译难度之大可想而知。为了忠实、完美地向我国读者介绍这样重要的作品，把好译文质量关是至关重要的。为此，在选择译者的过程中，我们做了很多的努力。现在落实下来的各卷的译者，都是经过反复协商后才选定的，至于各卷的译文如何，自然有待翻译家和读者们读后评说，但我们可以欣慰地告诉读者，其中每一位译者翻译此书的态度都是十分严谨、认真的，可以说，都尽了最大的努力，对此，我们表示衷心的感谢。为了尽可能保持全书译文风格和体例的统一，在开译前，我们制定了“校译工作的几点要求”，印发了各卷的内容提要、人名地名译名表及各卷的注释；开译后又多次组织译者交流经验，相互传阅和评点部分译文。这些措施，对提高译文质量显然是有益的。

关于此书的译名，我们曾组织译者专题讨论，也广泛征求过意见，基本上可归纳为两种译法：一种直译为《寻求失去的时间》；另一种意译为《追忆似水年华》。鉴于后一种译名已较多地在报刊上采用，按照“约定俗成”的原则，我们暂且采用这种译法。我们期待着广大读者的批评与指正。

韩沪麟

1989 年 1 月

目 录

序

安德烈·莫罗亚 作

施康强 译

对于1900年到1950年这一历史时期而言，没有比《追忆似水年华》更值得纪念的长篇小说杰作了。这不仅仅因为普鲁斯特的作品像巴尔扎克的著作一样规模宏大。别的人写过十五部或二十部小说，有时还颇具才气，但是总不能给人以得到一种启示，读到一个总结的印象。这些作者满足于开发众所周知的"矿脉"；马塞尔·普鲁斯特却发现新的"矿藏"。《人间喜剧》把外部世界作为自己的领地；它囊括金融界、编辑部、法官、公证人、医生、商人、农民；巴尔扎克旨在描绘，他也确实描绘了整整一个社会。相反，普鲁斯特的一个独到之处是他对材料的选择并不在意。他更感兴趣的不是观察行动本身，而是某种观察任何行动的方式。从而他像同时代的几位哲学家一样，实现了一场"逆向的哥白尼式革命"。人的精神重又被安置在天地的中心；小说的目标变成描写为精神反映和歪曲的世界。

用普鲁斯特书里的事件和人物来说明这位作家的特点，其荒谬程度将不亚于把雷诺阿说成是一个画过妇女、儿童、花卉的人。雷诺阿之所以成为雷诺阿，并非因为他画了这些模特儿，而是因为他把任何模特儿都摆在某种虹彩一般绚丽的光线之中。普鲁斯特本人在写到贝戈特的时候曾经指出，作品的取材与天才的形成无关。天才能使任何材料增辉生色。贝戈特成长的家庭环境从表面上看是索然寡味的，但是贝戈特却用这个素材写出一部杰作。这是因为，借助他的大脑这部小机器，他能高翥远翔，从而像飞越沙漠的飞行员隐约看到在地面上看不出来的、埋在沙子底下的城廓一样，看到事物蕴藏的秘密。因此在谈论《追忆似水年华》之前，先要说明普鲁斯特为什么比任何人更善于"飞离"这个他似乎十分眷恋的世界。

一

他熟悉的天地由哪些成分组成？首先是博斯地区的一所小城——伊利耶，他童年时代每年都随家人在那里度假；是他的祖父母、父亲、母亲、兄长、叔父、舅父、婶母、姨母；是他在乡下的邻居。其次是一个巴黎社交圈子；他在孔多赛中学的同学、他父亲的朋友以及几个女人：洛尔·海曼、爱弥尔·斯特劳斯夫人、塞维尼伯爵夫人；还有阿芒·德·卡雅韦夫人、博兰古夫人、格莱福尔勃伯爵夫人的沙龙，后来又通过罗贝·孟德斯鸠的引荐，逐渐结识整个上流社会；通过他的韦尔舅舅们和他的外婆家，进入犹太人的圈子；通过卡布尔和比诺大街的网球场，与几位妙龄少女订交；至于平民百姓，他只见过几个仆人、几个开电梯的和当茶房的，服兵役时的几个伙伴和伊利耶城的几个店主；说到作家和艺术家，他只通过阿纳托尔·法朗士、雷纳尔多·阿恩、马德莱纳·勒梅尔和埃勒，对他们的生活略有所知。总之他的见闻所及仅系法国社会一个很薄的剖面。不过这又有什么关系呢？普鲁斯特将不是从广度，而是从深度上开掘他的“矿脉”。

好几项特征注定他日后要从事写作。他的气质是神经质的，敏感到病态的程度。他有一个令人钦佩的母亲，对他无比宠爱，因此他遇到最细微的不和谐也如同受到伤害，最淡薄的敌意或者最不经意的可笑行径都会在他心头留下痛苦的记录。换了一个躯壳较厚的人，有些场景不会产生持久的印象，他碰上却会终生难忘，在他的思想里像地狱里受尽煎熬而找不到出路的灵魂一般骚动。（例如：某天晚上她母亲拒绝在他入睡前吻他，过后禁不住他的恳求又让步了。后来，为寻找意中人他曾深夜在巴黎街头奔走。还有他在社交场合遭受的一些屈辱，先是在《让·桑德伊》，后来在《追忆似水年华》里都有痕迹可寻。）“作家受到命运不公正的待遇之后，总要尽力寻求补偿。”我们这位作家尤其迫切地需要补偿、解释和安慰。

由于他患有慢性哮喘，虽说不是废人，却年纪轻轻就成为病人，每年有一定时间必须闭门谢客。这种隐居有助于把生活转化为艺术。“唯一真实的乐园是人们失去的乐园。”普鲁斯特以一千种方式重复这一想法。“幸福的岁月是失去的岁月，人们期待着痛苦以便工作。”他被逐出童年时代的伊甸园，失去了幸福，于是就企图重新创造幸福。

他的精神患病甚于肉体。早在少年时代，他已发现唯一吸引自己的爱情在人们眼里是反常的。他不比纪德[1]，敢向家里人挑战。“家庭啊，我恨你们”[2]这类表白完全违背他的本性。我们可以想象他怎样在内心经历长时间的、痛苦的斗争，终归战败；他怎样努力克制自己的欲望；怎样旧病重犯，最终确信自己无可救药。如果把普鲁斯特看做不道德的人，那就大错特错了。他诚然背离道德规范，但是他因此而

① 安德烈·纪德（1869—1951），著名小说家，在法国文学史上占有重要地位。

② 见纪德的《地粮》。

痛苦。出于这层原因,他也有忏悔和分析自己的需要,而这有利于写小说。

最后,这个怀有如此强烈的写作冲动的年轻人,正好具备从事写作的条件。他不仅秉有神经质人敏锐的悟性,从而获得宝贵的材料,而且掌握渊博的知识,从而知道怎样利用这些材料。他母亲嗜爱法国和英国的古典大作家,让他也寝馈其中。我们时代很少有人比他更熟悉圣西门、塞维尼夫人、圣勃夫、福楼拜、波特莱尔;他的拟作证明他与这些作家灵犀相通。他研究过他们的思想方式、创作手法和风格。他若不是我们时代最伟大的小说家,本可以当最伟大的批评家。对英国作家的了解使他有可能进行知识上的杂交,这对强化一个人的思想如同生理上的杂交能增强一个种族的体质一样有效。他曾指出自己从托马斯・哈代、乔治・艾略特、狄更斯,尤其从拉斯金得到一些教益。我们时代没有任何作家比他更有学问,更加懂行。

然而事情的奇妙正在于,他具备如此出色的条件本可以当一个威严的、多少有点学究气的传统作家,但他偏偏拒绝走这条现成的路子。在这里,他那位趣味高雅的母亲给他的教诲又起作用了。“对于应该怎样烹调某些菜肴、演奏贝多芬的奏鸣曲和殷勤待客,她自信能掌握最合适的分寸……况且对这三件事情来说,最合适的分寸几乎是相同的:手法简洁、朴实无华、饶有韵致。”普鲁斯特对于风格的看法并无二致。作为技巧出众的演奏家,他有时禁不住拖长一段曲子(电话接线小姐——山楂树——盖尔芒特王妃的浴缸)。最优秀的普鲁斯特,本色的普鲁斯特,却在风格上刻意求工的同时不失自然。没有人比他更精确地记录下口语的音乐性和每个阶层的人特有的语调。

他有那么多的东西要表达,不说出来简直会憋死。他长期寻找一个题材以便表达所有这一切,却一直没有找到。童年时代,他在维福纳河两岸漫步,曾经隐约感到在一幢房子的屋瓦底下或者一棵长条拂地的柳树下面隐藏着某些真相，有待于他去揭穿；二十五岁或三十岁时，他反复搜索记忆的宝库，还是没有找到他需要的东西。1896年，他发表一部短篇小说和诗歌合集《欢乐和时日》。这本书染上世纪末的颓风，使人想起《白色杂志》、让·德·蒂南和奥斯卡·王尔德。没有一个读者猜到作者有一天将成为我们最伟大的文学革新家。然后，从1899年到1904年，他悄悄地写满许多练习本：那是一部自传性长篇小说《让·桑德伊》。一气呵成以后，作者从未修改。

他没有发表这部作品，甚至想毁掉它：作品有许多页已被撕掉。今天我们在这部作品里发现了《追忆似水年华》中大部分为我们喜爱的优点。若干使普鲁斯特魂牵梦萦的场面，日后将以完善的形式记录下来，在这里已经初露端倪。透澈的分析、诗意的描写、对滑稽可笑言行地道的狄更斯式的描绘：这一切都非高手莫属。然而他**当初**不发表这部草稿是对的。他若那样做了，后来就不会以无比高超的技巧重写同一个题材。他写这部草稿的时候，他的双亲犹在，而且还可能是他最初的读者，所以他不能在作品里坦率处理他认为是最主要的东西。对于我们这些普鲁斯特迷来说，《让·桑德伊》是一部引人入胜的书，但是书中的人物和事件与原型相比变化不大，还不足以成为完美的艺术品。

《让·桑德伊》里的观察者已是一位大师。不过普鲁斯特不满足于观察。他认为美犹如童话里的公主，被某个可怕的魔法师关在一座城堡的塔楼里。为了搭救这位公主，我们打破一千扇门还是徒劳，而大部分人忙于享受生的乐趣，不久就放弃寻找。但是像普鲁斯特这样的人宁可放弃其他一切，也要找到被囚禁的公主。总有一天，他受到启示，福至心灵，确信自己已有把握。他将得到秘密的、令人目眩的报偿。他说："人们敲遍所有的门，一无所获。唯一那扇通向目标的门，人们找了一百年也没有找到，却在不经意中碰上了，于是它就自动开启……”

二

这扇“唯一的”门通向什么呢？当它突然自动开启时，他隐约看到的那部“与《一千零一夜》和圣西门的《回忆录》篇幅相等”的作品究竟是什么样子呢？他有什么重要的话要说，不惜为之牺牲其他一切呢？普鲁斯特浩瀚的交响乐里将出现什么主题呢？

第一主题，是**时间**。他的书以这个主题开端、告终。“假如假以天年，允许我完成自己的作品，我必定给它打上时间的印记：时间这个概念今天以不可抗拒的力量强迫我接受它。我要在作品里描写人们在时间中占有的地位比他们在空间中占有的微不足道的位置重要得多，即便这样做会使他们显得类似怪物……”我们周围的一切都处于永恒的流逝、销蚀过程之中，普鲁斯特无日不为这个想法困扰。“就像空间有几何学一样，时间有心理学。”人类毕生都在与时间抗争。他们本想执著地眷恋一个爱人、一位友人、某些信念；遗忘从冥冥之中慢慢升起，淹没他们最美丽、最宝贵的记忆。

古典哲学假定“有一种不变的信仰犹如精神的雕像形成我们的人格”，这座雕像在外部世界的冲击下坚定不动如磐石。但是普鲁斯特知道**自我**在时间的流程中逐渐解体。为期不远，总有一天那个原来爱过、痛苦过、参与过一场革命的人什么也不会留下。我们将在小说里看到斯万、奥黛特、希尔贝特、布洛克、拉谢尔、圣卢怎样逐一在感情和年龄的聚光灯下通过，呈现不同的颜色，就像舞女的白色衣裙在灯光下依次变成黄色、绿色或蓝色一样。沉溺在爱河中的**自我**不能想象，几年以后，同一个**自我**一旦从爱情中解脱出来，又会是什么样子。而且可叹的是“房屋、街衢、道路和岁月一样转瞬即逝”。我们徒然回到我们曾经喜爱的地方;我们决不可能重睹它们,因为它们不是位于空间中,而是处在时间里,因为重游旧地的人不再是那个曾以自己的热情装点那个地方的儿童或少年。

然而我们的历任**自我**并不完全消失,因为它们能在我们的睡梦中,甚而在清醒状态下重现。普鲁斯特在他的交响乐的第一乐章即陈述睡醒的主题,这并非事出偶然,而是有意为之。每天早晨,在片刻迷糊之后,我们重新拥有我们自身;这说明我们从未完全失去它。马塞尔在他生命的最后几年能在自己身上某处听到“小铃铛清脆的铁质铃声不时响起、无休无止、吵吵嚷嚷”,在他童年时代每次铃响总是宣告斯万来访。那必定是这个铃铛从未停止在他身上丁冬作响。因此时间看起来好像完全消逝,其实不然,它正与我们自身融为一体。由此产生了作为普鲁斯特作品的根源的想法,即**追寻**似乎已经失去,其实仍在那里,随时准备再生的时间。

这个追寻只能在人们视为“真实”的那个世界里进行。其实这个世界是不真实的,至少是不可认识的,因为我们看到的世界永远受到我们自身的情欲的歪曲。世界不是一个,而是成千上万;“每天清晨有多少双眼睛睁开,有多少人的意识苏醒过来”,便有多少个世界。因此,要紧的不是生活在这些幻觉之中并且为这些幻觉而生活,而是在我们的记忆中寻找失去的乐园,那唯一真实的乐园。“过去”便是我们每个人身上都存在的某种永恒的东西。我们在生命中某些有利时刻重新把握“过去”,便会“油然感到自己本是绝对存在的”。所以,除了第一个主题:摧毁一切的**时间**而外,另有与之呼应的补充主题:起保存作用的**回忆**。不过我们这里指的不是随便哪一种回忆;普鲁斯特的主要贡献在于他教给人们**某种回忆过去的方式**。

难道有好几种回忆过去的方式吗?至少有两种。人可以试图借助智力,通过推理、文件和佐证去重建过去。这一自主的回忆决不可能使我们感到过去突然在现在之中显露，而正是这种突然显露才使我们意识到**自我**的长存。必须发动不由自主的回忆，才能找回失去的时间。那么不由自主的回忆怎样发动呢？得通过当前的一种感觉与一项记忆之间的偶合。我们的过去继续存活在滋味、气息之中。普鲁斯特写道："不要忘记，我生命中有个反复出现的动机……比对阿尔贝蒂娜的恋情还要重要的动机，即重温旧事，这也是献身艺术者的上好材料……一杯茶、散步场上的树木、钟楼等等。"玛德莱娜点心便是出色的例子。

叙述者一旦辨认出这种形似海贝的蛋糕的味道，整个贡布雷便带着当年他曾在那里感受的全部情绪，从一杯椴花茶中浮现出来；亲身的经历使这座小城在他眼里倍觉动人。当前的感觉与重新涌现的记忆组成一对。这个组合与时间的关系，犹如立体镜与空间的关系。它使人们产生时间也有立体感的错觉。在这一瞬间，时间被找回来了，同时它也被战胜了，因为属于过去的整整一块时间已变成属于现在的了。因此艺术家在这种时刻感到自己征服了永恒。任何东西只有在其永恒面貌，即艺术面貌下才能被真正领略、保存：这就是《追忆似水年华》的根本、深刻和创新的主题所在。别的作家（夏多布里盎、钱拉·德·奈伐尔）曾经窥见这个主题，但是他们没有在自己的直觉的指引下走到底，没有敞开通向神奇境界的大门。唯有普鲁斯特发现，在第一个回忆的诱发下，人们以为已经永远遗忘的世界好像附丽在这个最初的回忆上面，会从一杯茶中整个涌现出来。

概括说，他的小说是一个聪明绝顶、敏感到痛苦地步的人的经历。这个人从小就出发寻找绝对的幸福，他在家庭里、爱情中、世界上都没有找到绝对幸福，最后像宗教神秘主义者一样到时间之外去寻找一种绝对存在。他在艺术中找到这个绝对物，因此小说与小说家的生平融为一体，而小说结尾时说叙述者找回了失去的时间，可以开始写他的书了。就这样，这部书像一条长蛇首尾相衔，绕成一个巨大的圆圈。

三

不由自主的回忆以其魔法唤醒过去之后，叙述者看到什么东西呢？居中一座乡下房子，是他们外祖母、他的父母、他的姑姑莱奥妮（与亲朋相处时富有喜剧性的人物）、女仆弗朗索瓦丝（妙不可言的肖像）以及几名配角。挨着贡布雷的住所涌现一所外省花园，夏天晚上一位邻居，斯万先生，没有斯万太太陪同，常来看望叙述者的父母。贡布雷周围伸展着一片既熟悉又神秘的地带。对于童年时代的叙述者来说，这片地带分成两“边”：**斯万那一边**，即斯万家的产业当松维尔，和**盖尔芒特那一边**，即盖尔芒特家的城堡所在地。盖尔芒特家系出贵族名门，马塞尔有时瞥见他们望完弥撒后步出教堂，视他们为高不可攀的天人；人家告诉他这一家人是热纳维也夫·德·布拉邦特[1]的后裔，他们过着神仙般的日子。就这样，生命以**名字阶段**开始。盖尔芒特家、斯万夫人、她的女儿希尔贝特·斯万：叙述者对所有这些人所知甚微，对于他来说他们只是些**名字**。

一个接着一个，这些名字将变成有血有肉的人。后来叙述者介入盖尔芒特家的生活圈子，这家人对他仍有吸引力，但是不复有英雄的威望。盖尔芒特公爵夫人酷似教堂里彩画玻璃上的女圣徒，后来成为马塞尔的朋友。马塞尔将发现，她虽然才思敏捷，但是思想浮浅，还有自私、冷酷的一面。盖尔芒特家别的成员，夏吕斯男爵和迷人的罗

---

① 中世纪传说，热纳维也夫是布拉邦特公爵的女儿，齐格菲伯爵的妻子。伯爵出征，但不知妻子已怀孕。总管戈洛引诱热纳维也夫未成，遂诬告她与人私通。伯爵下令将她处死，仆人们没有执行命令，放她一条生路。后来夫妻相见，真相大白。

贝·德·圣卢,原先处于半明半暗的光线下得到美化,后来将依次在前台的强光灯下暴露原形。叙述者逐渐发现,这些人物曾如幻灯映出一般,组成了一个神奇世界,这些男人和女人的名字底下隐藏着时而残酷、时而平庸的现实。小说的材料不在现实世界之内,而是在现实世界和想象世界的差距之中。

在爱情领域,也有一个词语阶段。在这个阶段,人惑于古典或浪漫作品中对这一感情的描绘,追求不可能实现的心心相通。但是“爱情本身与我们对爱情的看法之间的差别判若天壤”。普鲁斯特试图以比传统小说家更多的真实性去描绘相遇相悦、离怀别苦,以及最终的冷淡。夏娃本是从亚当体内抽出来的:这个象征十分正确。我们入睡后一条腿的位置没有放对,便有心爱的女人翩然入梦。我们在邂逅相逢时用我们自身的想象做材料塑造的那个恋人,与日后作为我们的终生伴侣的那个真实的人毫无关系。斯万娶了从他梦中走出来的奥黛特为妻,结果面对的奥黛特却是一个他不爱的人,“与他根本合不来”。叙述者马塞尔起先认为阿尔贝蒂娜俗不可耐,其貌不扬,但是因为她“不可捉摸”,周身笼罩着神秘的光晕,便对她产生依恋之情,最终爱上她了。

爱情的对象被占有之后,只要怀疑依然存在,爱情可以保持不衰。我们发现自己曾经如此重视的东西原来纯属虚妄之后,如果嫉妒占据了我们心灵的荒漠,这一发现还不足以使我们痊愈。幸亏“回忆有时混乱,接着感情出现间歇”。最后,经过长期睽别,遗忘来临,驱除了爱情的种种幻觉。至于在《索多姆和戈莫尔》中致力描写的变态爱情,它与正常的爱情遵循同一条变化曲线。爱情的实际对象是马车夫,缝制背心的裁缝,还是妓女或公爵夫人,这都无关紧要,因为按照普鲁斯特的说法,爱情的本质在于爱的对象本非实物,它仅存在于情人的想象之中。

同样地，马塞尔童年时代的两条“边”：斯万那边和盖尔芒特那边，对于他曾是陌生、迷人、秘密的世界，后来他得以实地勘察这两个世界时，却在其中找不到任何东西能引起他强烈、持久的兴趣。追逐时尚与追逐爱情一样令人失望。斯万渴望加入维尔迪兰的小圈子，马塞尔则想厕身盖尔芒特家的沙龙。一旦他们如愿以偿，认识并征服了小圈子和沙龙，两者便一钱不值了。唯一有吸引力的世界是我们尚未进入的世界。一切都比儿童的眼睛看到的要简单、平淡。从贡布雷看出去，两条“边”之间好像隔着一道鸿沟。不料它们竟在作品的顶上组成巨大的圆拱，最终汇合在一起：斯万的女儿希尔贝特嫁给盖尔芒特家的圣卢。两条边的对立原来也是假的。现实在显露真相的同时烟消云散。

我是故意用**圆拱**这个词的。普鲁斯特的作品刚发表的时候，批评家们未能立即理解它的结构，不知道它在结构上与大教堂一样简单、稳重。作者自己是意识到这一点的：“当你对我谈到大教堂的时候，你的妙语不由得使我大为感动。你直觉到我从未跟人说过的第一次形诸笔墨的事情：我曾经想过为我的书的每一部分别选用如下标题：大门、后殿彩画玻璃窗，等等。我将为你证明，这些作品唯一的优点在于它们全体，包括每个细微的组成部分都十分结实，而批评家们偏偏责备我缺乏总体构思。我若采用类似的标题，便能事先回答这种愚蠢的批评……”

确实如此，在完工的作品里有那么多精心安排的对称结构，那么多的细部在两翼相互呼应，那么多的石块在开工伊始就砌置整齐，准备承担日后的尖拱，以致读者不能不佩服普鲁斯特把这座巨大的建筑当做一个整体来设计的杰出才智。就像序曲部分草草奏出的主题后来越演越宏伟，最终将以勇猛的小号声压倒陪衬音响一样，某一《在斯万家那边》仅仅露了脸的人物将变成书中的主角之一。（例如：在外叔祖父家里见过一面的那位穿一身粉红的夫人，后来变成奥黛特·德·克雷西，又变成斯万夫人，最后成为福什维尔夫人；画家比施原是维尔迪兰的“小核心”的成员，后来成为伟大的埃尔斯蒂尔；在妓院里与叙述者春风一度的那个女子，日后重逢时改名拉谢尔，已是圣卢钟爱的情妇。）

就像一个巨大的桥拱跨越岁月，最终把斯万那一边和盖尔芒特那一边联接起来一样，翻过几千页书以后，将有别的感受—回忆组合与马德莱娜小蛋糕的主题相呼应（叙述者在到威尼斯的旅途上见到的大小不等的铺路石块；他在盖尔芒特王妃的图书馆里见到上了浆、烫得挺括的毛巾时，巴尔贝克海滨顿时在他眼前重现）。整个建筑的拱顶石无疑是罗贝和希尔贝特的女儿圣卢小姐。这只是一件小石雕，从底下仰望勉强可见，但是在这件石雕上“无形无色、不可捕捉”的时间确确实实凝固为物质。圆拱从而连接起来，大教堂于是竣工。到这个时候，作者作为艺术家和作为人同时得救。从那么多的相对世界里涌现出一个绝对世界了。

因此普鲁斯特的小说是一种肯定，一种解脱。就像凡德伊的七重奏一样，其中两个主题——毁坏一切的时间和拯救一切的记忆对峙着：“最后，欢乐的主题取得胜利；这已不再是从空荡荡的天空背后发出的几乎带着不安的召唤；这是一种不可名状的快乐，好像来自天堂，这种快乐与奏鸣曲里的快乐差别之大，犹如贝里尼画中温和、庄重、演奏双颈诗琴的天使与米开朗琪罗笔下某一穿紫袍、吹大号角的大天使的差别。我知道我永远不会忘记快乐呈现的这个新的色彩，这个引导我们寻求一种超尘世的快乐的召唤……”

克洛德·莫里亚克写过一本关于普鲁斯特的出色的小书，他在书里强调普鲁斯特独特的**欢乐**概念很有见地：“因为和普鲁斯特在一起，我们除了知道感情有间歇，更知道幸福也是时而袭来，时而消失的。这一阵阵欢乐的清风来自什么地方呢?”来自艺术。大艺术家“为我们掀开丑恶与无聊的帷幕的一角，我们由于隔着这道帷幕才对世界失去好奇心”。像凡·高用一把草垫椅子，德加或马奈用一个丑女人做题材，画出杰作一样，普鲁斯特的题材可以是一个老厨娘，一股霉味，一间外省的寝室或者一丛山楂树。他对我们说:“好好看:世界的全部秘密都藏在这些简单的形式下面了。”

四

人生中有些出神入化的时刻，当前偶然获得的感觉使过去重现，于是我们快乐地感到自身存在的持久性;不过一个人一生中罕遇这种时刻。那么怎样才能在每一页书上都把被囚禁的美释放出来呢? 这里用得着风格:“在一项描写中，人们可以无穷尽地罗列位于被描写地点的各种物体;但是真相仅在作家择定两件不同的物体、指出它们的相互关系的那个瞬间开始披露。艺术世界中这一相互关系类似科学世界中唯一的因果关系。作家还需要用美丽的风格形式的圆环把这两件物体关闭在内，他甚至围住了生命，当他举出两种感觉的共同特点，用一项隐喻把两件物体结合起来，从而显示它们的本质，使它们摆脱时间的影响，并用词的组合形式的不可描述的锁链把它们拴在一起……”

通过揭示某一陌生事物或某一难以描写的感情与一些熟悉事物的相似之处，隐喻可以帮助作者和读者想象这一陌生事物或这一感情。当然普鲁斯特不是第一个使用形象的作家。对于原始人，形象也是一种自然的表达手段。但是普鲁斯特比同时代任何作家更加理解形象的“至上”重要性;他知道形象怎样借助类比使读者窥见某一法则的雏形，从而得到一种强烈的智力快感；他也知道怎样使形象常葆新鲜。

既然比喻的目的是用熟知的事物解释未知的事物，那么比喻的第二项，即那个好像是透明的、可以透过现实被看到的东西就与我们熟悉的感觉之间有了联系。荷马有理由吟唱："勇猛如怒狮……"因为他的听众曾经与狮子搏斗过。普鲁斯特指出现代的隐喻应该在事物后面唤起味觉、嗅觉、触觉这一类永远真实的基本感觉，或者展示作为任何艺术的首要成分的动植物形象（夏吕斯变成大黄蜂，絮比安化成兰花，盖尔芒特家的人变作禽鸟）。最后，它也可以从当代各学科中借用现实生活的形象。所以在普鲁斯特的文章里不时出现科学、心理学、政治学的形象。

我们任意打开几页书，便能采撷到一束新鲜的形象花束，如叙述者的母亲对弗朗索瓦丝说："诺布瓦先生把她说成是'第一流的统帅'，就像是国防部长在阅兵式结束后向将军转达一位路过的外国君主的祝贺……"马塞尔这个时候正爱上希尔贝特·斯万，他把与斯万家有关的一切都视做神圣；当他听父亲说到斯万家住的套房普普通通时，一种亵渎之感使他全身血液沸腾："我本能地感到我的精神应该向斯万家的威望，以及我自己的幸福奉献必要的牺牲，于是不管我刚才听到什么，我内心作主，像笃信者摒弃勒南的《耶稣传》一样，永远不云想他们居住的套房平常得很，连我们也可以住进去的……"叙述者的母亲把斯万夫人为扩大她在社交界的联系而四出拜访比作一场殖民地战争："现在特龙贝家已经就范，邻近的部落不久也要投降……"她在街上遇见斯万夫人，回家时说："我看到斯万夫人进入战争状态；她想必准备出征马萨诸塞人、锡兰人或者特龙贝尔人，预期大获全胜……"最后一例：斯万夫人邀请一位好心肠但令人讨厌、喜欢串门的太太上门做客，因为她知道"这只活跃的'工蜂'一旦戴上装饰羽毛的帽子，带着名片盒，能在一个下午光顾多少资产者家庭的花萼……”

普鲁斯特另一个爱用的手法是借助艺术品说明实在的事物。在他生活的那个“想象博物馆”的时代，凡是有教养的人都能理解美术作品提供的参考依据。为了让读者领会奥黛特的美色，普鲁斯特提到波堤切利；为了描绘布洛克的古怪，他抬出贝里尼的《穆罕默德二世》。他把弗朗索瓦丝的谈话比做巴赫的赋格曲，把夏吕斯先生投向絮比安的眼色比做贝多芬戛然而止的乐句。大画家和大音乐家把我们领进位于词语之外的世界，没有他们我们不可能进入这个世界。普鲁斯特经由美学达到玄学。这条路选得不坏。

所以隐喻在这部作品里占据的地位相当于宗教仪式里的圣器。普鲁斯特眷恋的现实都是精神性的，但是因为人既是灵魂，又是肉体，他需要物质性的象征帮助他在自身和不能表达的东西之间建立联系。普鲁斯特最先懂得，任何有用的思想的根子都在日常生活里，而隐喻的作用在于强迫精神与它的大地母亲重新接触，从而把属于精神的力量归还给它。雨果出于本能也懂得这个道理，但是普鲁斯特通过智力和使用方法达到同一个目的了。

五

阿兰曾经指出，小说在本质上应是从诗到散文，从表象到一种实用的、仿佛是手工产品的现实的过渡。普鲁斯特是纯粹的小说家。没有人比他更善于帮助我们在自己身上把握生命从童年到壮年，然后到老年的过程。所以他的书一旦问世，便成为人类的圣经之一。他简单的、个别的和地区性的叙述引起全世界的热情，这既是人间最美的事情，也是最公平的现象。就像伟大的哲学家用一个思想概括全部思想一样，伟大的小说家通过一个人的一生和一些最普通的事物，使所有人的一生涌现在他笔下。

普鲁斯特年谱

徐继曾　编译

1871年7月10日　马塞尔·普鲁斯特生于巴黎位于布洛尼林园与塞纳河之间的奥德伊市拉封丹街96号其外叔祖父路易·韦伊家。马塞尔为其父母的长子。其父阿德里安·普鲁斯特通过学衔考试,任医学院教授,其母让娜·韦伊,较教授年轻十五岁。马塞尔的父母住在巴黎罗瓦街8号。

1873年5月24日　马塞尔的弟弟罗贝·普鲁斯特出生。

8月1日　普鲁斯特教授一家自罗瓦街迁至马尔泽尔布路9号。

自1878年起　马塞尔每年随其父母前往厄尔-卢瓦尔省他父亲的出生地伊利耶度复活节假。他们住在教授的姐姐儒勒·阿米纳夫人家。伊利耶为普鲁斯特作品中贡布雷的原型,自1971年起改名为伊利耶-贡布雷。

约1881年　马塞尔首次患哮喘。

1882年10月2日　马塞尔入丰塔纳中学五年级(中学最低年级),四个月后,该校恢复孔多塞中学名称。由于健康关系,马塞尔缺课颇多。

约 1887 年　马塞尔在香榭丽舍大街与政治家、后于 1895 年任第三共和国总统的费利克斯·富尔及玛丽·贝纳达基两夫妇的女儿们相识。

1887—1888 年　在修辞班受业于马克西姆·戈谢。按当时法国中学生在读完五、四、三、二、一年级后,按文理科分班,文科再读修辞班一年,哲学班一年。

1888—1889 年　在哲学班受业于阿尔封期·达尔吕。得“法文作文”(哲学论述)比赛第一名。

1889 年 6 月　通过中学毕业会考,获文学业士学位。马塞尔在孔多塞中学与雅克·比才、日后成为剧作家并当选法兰西学院院士的罗贝·德·弗莱、后来成为史学家的达尼埃尔·阿莱维结识,并为校内刊物(《绿色评论》、《丁香评论》)撰稿。他开始出入于马德莱娜·勒梅尔、阿芒·德·加亚维夫人、斯特劳斯夫人的沙龙。加亚维夫人将他介绍给大作家阿纳托尔·法朗士;斯特劳斯夫人娘家姓阿莱维,为著名作曲家乔治·比才的遗孀,马塞尔在她家中结识的花花公子夏尔·阿斯,后来成为其作品中夏尔·斯万的原型。

1889 年 11 月 15 日　普鲁斯特自愿在奥尔良步兵第 76 团入伍,与罗贝·德·利里结识。

1890 年 11 月 15 日　作为二等兵退伍。在法学院及政治科学自由学院注册入学。

1891 年 9 月　在芒什省冈市附近的卡堡度假。此处有海滨浴场，即普鲁斯特作品中的巴尔贝克。

1892 年 3 月　《宴会》杂志创刊，普鲁斯特为之撰稿。该刊于 1893 年 3 月停刊。

1893 年　为《白色评论》撰稿。开始与诗人、艺术评论家、审美家、花花公子罗贝·德·蒙代斯吉乌交往。

1894 年　准备文学士学位考试。在卡尔瓦多斯省特鲁维尔度暑假。

1895 年 3 月　取得文学士学位。

6 月　经考试被马扎然图书馆录用为馆员。

7 月　暂调国民教育部。12 月获准长假，普鲁斯特从此不再担任公务员。

9 月　与其友作曲家雷纳尔多·阿恩同游布列塔尼。

自 1895 年 9 月至 1900 年初　普鲁斯特撰写其第一部长篇小说，终未完成，直至 1952 年始以《让·桑德伊》之名发表。

1896 年 6 月 12 日　普鲁斯特的第一部作品《欢乐与时日》在加尔曼-雷维出版社出版，由法朗士作序，马德莱娜·勒梅尔作水彩插图，雷纳尔多·阿恩作与音乐有关的评注。这部作品的许多片段在此之前已在《白色杂志》、《每周评论》及《高卢人报》上发表。

1894 年 2 月　与让·洛兰决斗。

1898 年　在德雷福斯案件中，普鲁斯特力主重审。

1900 年 1 月 20 日　英国艺术评论家兼社会学家约翰·拉斯金逝世。普鲁斯特在《艺术与珍品专栏》（1 月 27 日）中撰文悼念。不久在《费加罗报》发表题为《拉斯金在法国的巡礼》的文章，4 月又在《法兰西信使》上发表论文《拉斯金在亚眠圣母院》（该论文后来又重刊于拉斯金所著《亚眠的圣经》的法译本序中）。普鲁斯特在其母及雷纳尔多的英籍表姐玛丽·诺林格的帮助下从事拉斯金作品的法译工作。

5 月　与母同游意大利。在威尼斯与玛丽·诺林格相逢。

10 月　普鲁斯特全家迁居古塞尔街 45 号。

1903 年 11 月 26 日　父亲去世。

1904 年　在《法兰西信使》中刊载拉斯金所著《亚眠的圣经》的法译本。

1905 年 9 月 26 日　母亲去世。

12 月　普鲁斯特神经深受刺激，不得不在塞纳河上的布洛尼住院六周。

1906 年　在凡尔赛小住一段时间后，普鲁斯特迁居奥斯曼路 102 号。失眠日益严重，为隔绝一切噪音，普鲁斯特于 1910 年请人将他卧室的墙壁全部加上软木贴面。

在《法兰西信使》中发表拉斯金另一部著作《芝麻与百合》的法译本，并冠以 1905 年 6 月 15 日已在《拉丁文艺复兴》杂志上发表过的一篇长序；此序日后稍加修改，在《什锦与杂记》中以《读书日》之名重新发表。

1907 年　在卡堡度暑假；普鲁斯特以后每年都来此间，直至 1914 年。同年，乘汽车游览，由阿戈斯蒂耐里为其开车，参观了诺曼第诸教堂。

1908—1909 年　在《费加罗报》发表一系列杂文，其题材为当时被揭露的冒险家勒穆瓦纳的种种骗局。

1909 年 6 月　普鲁斯特草拟论文一篇，反对圣勃夫所用批评方法。他久已有意通过这一途径来阐述他个人的美学原则。这篇论文终未完成，因为他多年间念念不忘重操小说旧业，他写的那篇《让·桑德伊》不过是这部巨著的一个梗概。

1912 年　阿戈斯蒂耐里当上他的秘书。

1913 年　写毕《追忆似水年华》中的三部，即《在斯万家那边》、《盖尔芒特家那边》、《重现的时光》，但无出版商愿意接受。贝尔纳·格拉塞后来同意出版，但应由作者出资；且不顾普鲁斯特的愿望，仅同意先出第一部，《盖尔芒特家那边》须在 1914 年，《重现的时光》则须在 1915 年始能问世。

11 月 8 日　《在斯万家那边》出版。

1914 年 5 月 30 日　阿戈斯蒂耐里在此之前已与普鲁斯特分手，学习驾驶飞机，是日驾一架单翼机在海滨阿尔卑斯省的昂蒂布海岸上空遇难身亡。

6 月 1 日　《新法兰西评论》发表《追忆似水年华》第二卷摘录，该卷即将在贝尔纳·格拉塞出版社出版。这些摘录属于《在少女们身旁》。

7 月 1 日　《新法兰西评论》再次发表《追忆似水年华》的摘录，系《盖尔芒特家那边》的第一卷中的梗概。

8月　贝尔纳·格拉塞应征入伍,《追忆似水年华》的出版工作中断。自1915年起,普鲁斯特改写小说的第二及第三部分,作了大量增补。1916年与格拉塞断绝交往,自此其作品即由新法兰西评论社出版。

1918年11月30日　《在少女们身旁》在新法兰西评论社印毕。

1919年3月28日　《什锦与杂记》在新法兰西评论社印毕。

6月　因原住所由银行收买,被迫迁出奥斯曼路,在洛朗-毕夏街8号甲女演员莱雅纳拥有的一所房子中觅得一暂时栖息之所。

10月　迁入阿姆兰街44号,在此直住至逝世。

12月10日　《在少女们的身旁》以6:4票通过获龚古尔奖。罗朗·多热莱斯的《木十字架》落选。阿尔封斯·都德之子、新闻记者与作家莱翁·都德在票选中起了重大作用。

1920年8月7日　《盖尔芒特家那边》的第一卷在新法兰西评论社印毕。

11月　在《巴黎评论》上发表《致友人(论风格)》。这是普鲁斯特为保尔·莫朗的中篇小说《细弱的储备》所作的序。

1921年1月　在《新法兰西评论》中发表《谈福楼拜的风格》。

4月30日　《盖尔芒特家那边》第二卷及《索多姆和戈摩尔》的第一卷在新法兰西评论社印毕。

5月　在网球场博物馆参观荷兰画展时,普鲁斯特突感不适。

6月　在《新法兰西评论》上发表《谈波特莱尔》一文。

1922年4月3日　《索多姆和戈摩尔》的第二卷在新法兰西评论社印毕。

11月18日　马塞尔·普鲁斯特与世长辞。

1923年　《女囚》在新法兰西评论社出版。

1925年　《女逃亡者》以《阿尔贝蒂娜不知去向》为名在新法兰西评论社出版。

1927年　《重现的时光》在新法兰西评论社出版。

自1950年起　《马塞尔·普鲁斯特与贡布雷之友协会通讯》出版。

1952年　《让·桑德伊》在新法兰西评论社出版。

1954年　《驳圣勃夫》,附《新杂记》,由新法兰西评论社出版。《追忆似水年华》评注本三卷,由伽里玛出版社在《七星丛书》中出版。

1970年　普鲁斯特《通信集》注释本第一卷在普隆出版社出版,由菲力普·戈尔勃评介。

1971年　普鲁斯特其他作品的评注本在《七星丛书》中出版,其中包括《让·桑德伊》一卷(附《欢乐与时日》)、《驳圣勃夫》一卷(附《什锦与杂记》及《随笔和文章》)。

赠迦斯东·卡尔梅特先生：
谨致深深的、衷心的感激。

马塞尔·普鲁斯特

第一部

贡布雷

一

在很长一段时期里，我都是早早就躺下了。有时候，蜡烛才灭，我的眼皮随即合上，都来不及咕哝一句："我要睡着了。"半小时之后，我才想到应该睡觉；这一想，我反倒清醒过来。我打算把自以为还捏在手里的书放好，吹灭灯火。睡着的那会儿，我一直在思考刚才读的那本书，只是思路有点特别；我总觉得书里说的事，什么教堂呀，四重奏呀，弗朗索瓦一世和查理五世争强斗胜呀，全都同我直接有关。这种念头直到我醒来之后还延续了好几秒钟；它倒与我的理性不很相悖，只是像眼罩似的蒙住我的眼睛，使我一时觉察不到烛火早已熄灭。后来，它开始变得令人费解，好像是上一辈子的思想，经过还魂转世来到我的面前，于是书里的内容同我脱节，愿不愿意再挂上钩，全凭我自己决定；这一来，我的视力得到恢复，我惊讶地发现周围原来漆黑一片，这黑暗固然使我的眼睛十分受用，但也许更使我的心情感到亲切而安详；它简直像是没有来由、莫名其妙的东西，名副其实地让人摸不到头脑。我不知道那时几点钟了；我听到火车鸣笛的声音，忽远忽近，就像林中鸟儿的啭鸣，标明距离的远近。汽笛声中，我仿佛看到一片空旷的田野，匆匆的旅人赶往附近的车站；他走过的小路将在他的心头留下难以磨灭的回忆，因为陌生的环境，不寻常的行止，不久前的交谈，以及在这静谧之夜仍萦绕在他耳畔的异乡灯下的话别，还有回家后即将享受到的温暖，这一切使他心绪激荡。

我情意绵绵地把腮帮贴在枕头的鼓溜溜的面颊上，它像我们童年的脸庞，那么饱满、娇嫩、清新。我划亮一根火柴看了看表。时近子夜。这正是病羁异乡的游子独宿在陌生的客舍，被一阵疼痛惊醒的时刻。看到门下透进一丝光芒，他感到宽慰。谢天谢地，总算天亮了！旅馆的听差就要起床了；呆一会儿，他只要拉铃，就有人会来支应。偏偏这时他还仿佛听到了脚步声，自远而近，旋而又渐渐远去。门下的那一线光亮也随之又消失。正是午夜时分。来人把煤气灯捻灭了；最后值班的听差都走了。他只得独自煎熬整整一宿，别无他法。

我又睡着了，有时偶尔醒来片刻，听到木器家具的纤维格格地开裂，睁眼凝望黑暗中光影的变幻，凭着一闪而过的意识的微光，我消受着笼罩在家具、卧室乃至于一切之上的朦胧睡意，我只是这一切之中的小小的一部分，很快又重新同这一切融合在一起，同它们一样变得昏昏无觉。还有的时候，我在梦中毫不费力地又回到了我生命之初的往昔，重新体验到我幼时的恐惧，例如我最怕我的姨公拽我的鬈曲的头发。有一天，我的头发全都给剃掉了，那一天简直成了我的新纪元。可是梦里的我居然忘记了这样一件大事。直到为了躲开姨公的手，我一偏脑袋，醒了过来，才又想起这件往事。不过，为谨慎起见，我用枕头严严实实地捂住了自己的脑袋，然后才安心地返回梦乡。

有几次，就像从亚当的肋叉里生出夏娃似的，有一个女人趁我熟睡之际从我摆错了位置的大腿里钻了出来。其实，她是我即将品尝到的快感的产物，但是，我偏偏想象是她给我送来了快感。我在她的怀抱中感到自己的体温，我正打算同她肌肤相亲，正巧这时我醒了。同我刚才分手的那位女子相比，普天之下无论是谁都似乎不及她更可亲，我的脸上还感到她的热吻的余温，我的身子还感到她的肢体的重量。假如有时候也确有这种情况，梦里的女子赶巧同我在生活中认识的哪位女士相貌一样，那么我必全力以赴地达到目的：非同她梦里再聚不可，就像有些人那样，走遍天下也要亲眼见见他们心目里的洞天仙府，总以为现实生活中能消受到梦境里的迷人景象。她的音容笑貌在我的记忆中逐渐淡漠；我已忘却梦中人的倩影。

一个人睡着时，周围萦绕着时间的游丝，岁岁年年，日月星辰，有序地排列在他的身边。醒来时他本能地从中寻问，须臾间便能得知他在地球上占据了什么地点，醒来前流逝过多长的时间；但是时空的序列也可能发生混乱，甚至断裂，例如他失眠之后天亮前忽然睡意袭来，偏偏那时他正在看书，身体的姿势同平日的睡态大相径庭，他一抬手便能让太阳停止运行，甚至后退，那么，待他再醒时，他就会不知道什么钟点，只以为自己刚躺下不久。倘若他打瞌睡，例如饭后靠在扶手椅上打盹儿，那姿势同睡眠时的姿势相去更远，日月星辰的序列便完全乱了套，那把椅子就成了魔椅，带他在时空中飞速地遨游，待他睁开眼睛，会以为自己躺在别处，躺在他几个月前去过的地方。但是，我只要躺在自己的床上，又睡得很踏实，精神处于完全松弛的状态，我就会忘记自己身在何处，等我半夜梦回，我不仅忘记是在哪里睡着的，甚至在乍醒过来的那一瞬间，连自己是谁都弄不清了；当时只有最原始的一种存在感，可能一切生灵在冥冥中都萌动着这种感觉；我比穴居时代的人类更无牵挂。可是，随后，记忆像从天而降的救星，把我从虚空中解救出来：起先我倒还没有想起自己身在何处，只忆及我以前住过的地方，或是我可能在什么地方；如没有记忆助我一臂之力，我独自万万不能从冥冥中脱身；在一秒钟之间，我飞越过人类文明的十几个世纪，首先是煤油灯的模糊形象，然后是翻领衬衫的隐约的轮廓，它们逐渐一点一画地重新勾绘出我的五官特征。

也许，我们周围事物的静止状态，是我们的信念强加给它们的，因为我们相信这些事物就是甲乙丙丁这几样东西，而不是别的玩意儿；也许，由于我们的思想面对着事物，本身静止不动，才强行把事物也看做静止不动。然而，当我醒来的时候，我的思想拼命地活动，徒劳地企图弄清楚我睡在什么地方，那时沉沉的黑暗中，岁月、地域，以及一切、一切，都会在我的周围旋转起来。我的身子麻木得无法动弹，只能根据疲劳的情状来确定四肢的位置，从而推算出墙的方位，家具的地点，进一步了解房屋的结构，说出这皮囊安息处的名称。躯壳的记忆，两肋、膝盖和肩膀的记忆，走马灯似的在我的眼前呈现出一连串我曾经居住过的房间。肉眼看不见的四壁，随着想象中不同房间的形状，在我的周围变换着位置，像漩涡一样在黑暗中转动不止。我的思想往往在时间和形式的门槛前犹豫，还没有来得及根据各种情况核实某间房的特征，我的身体却抢先回忆起每间房里的床是什么式样的，门是在哪个方向，窗户的采光情况如何，门外有没有楼道，以及我入睡时和醒来时都在想些什么。我的压麻了的半边身子，想知道自己面对什么方向，譬如说，想象自己躺在有顶的一张大床上，面向墙壁侧卧。这时我马上就会想道："唷！我总算睡着了，尽管妈妈并没有来同我道晚安。"我是睡在已经死去多年的外祖父的乡间住宅里；我的身躯，以及我赖以侧卧的那半边身子，忠实地保存了我的思想所不应忘怀的那一段往事，并让我重又回想起那盏用链子悬在天花板下的照明灯——一盏用波希米亚出产的玻璃制成的瓮形吊灯，以及那座用西埃纳的大理石砌成的壁炉。那是在贡布雷，在我外祖父母的家里，我居住过的那个房间；离现在已经很久很久了，如今我却犹如身临其境，虽然我的睡意朦胧，不能把故物的情境想得清清楚楚；待我完全清醒之后，我能回忆得更细致些。

后来，新的姿势又产生新的回忆；墙壁迅速地滑到另一边去：我睡在德·圣卢夫人家的乡间住宅里。天哪！至少十点钟了吧。他们一定都吃过晚饭了！我这个盹儿打得也太久了。每天晚上，更衣用餐前，我总要陪德·圣卢夫人外出散步，回来后先上楼打个盹儿。自从离开贡布雷，好多年过去了。住在贡布雷的日子，每当我们散步回来得比较晚，我总能在我住的那间房间的窗户玻璃上，看到落日的艳红的反照。如今在当松维尔，在德·圣卢夫人的家里，过的却是另一种生活。而且我只在晚间出去，沿着我从前在阳光下玩耍过的小路，踏着婆娑的月影散步，我感受到另一种愉快。归来时，远望我住的那个房间，只见里面灯火明亮，简直像黑夜中独有的一座灯塔。回去后我并不急于更衣用餐，而是先睡上一觉。

这些旋转不已、模糊一片的回忆，向来都转瞬即逝；不知身在何处的短促的回忆，掠过种种不同的假设，而往往又分辨不清假设与假设之间的界限，正等于我们在电影镜①中看到一匹奔驰的马，我们无法把奔马的连续动作一个个单独分开。但是我毕竟时而看到这一间、时而又看到另一间我生平住过的房间，而且待我清醒之后，在联翩的遐想中，我终于把每一个房间全都想遍：

我想起了冬天的房间。睡觉时人缩成一团，脑袋埋进由一堆毫不相干的东西编搭成的安乐窝里：枕头的一角，被窝的口子，半截披肩，一边床沿，外加一期《玫瑰花坛》杂志，统统成了建窝的材料，凭人以参照飞禽筑窝学来的技巧，把它们拼凑到一块，供人将就着栖宿进这样的窝里。遇到冰霜凛冽的大寒天气，最惬意不过的是感到与外界隔绝（等于海燕索居在得到地温保暖的深土层里）。况且那时节壁炉里整夜燃着熊熊的火，像一件热气腾腾的大衣，裹住了睡眠中的人；没有燃尽的木柴毕毕剥剥，才灭又旺，摇曳的火光忽闪忽闪地扫遍全屋，形成一个无形的暖阁，又像在房间中央挖出了一个热烘烘的窑洞；热气所到之处构成一条范围时有变动的温暖地带。从房间的旮旮旯旯，从窗户附近，换句话说，从离壁炉稍远、早已变得冷嗖嗖的地方，吹来一股股沁人心脾的凉风，调节室内的空气。

我想起了夏天的房间。那时人们喜欢同凉爽的夜打成一片。半开的百叶窗上的明媚的月亮，把一道道梯架般的窈窕的投影，抛到床前。人就

---

① 电影镜：美国发明家爱迪生和他的助手狄克逊于1891年发明的一种放映影片的设备，状如柜，供一人观看。

像曙色初开时在轻风中摇摆的山雀，几乎同睡在露天一样。

有时候，我想起了那间路易十六时代风格的房间。它的格调那样明快，我甚至头一回睡在里面都没有感到不适应。细巧的柱子支撑住天花板，彼此间的距离相隔得楚楚有致，显然给床留出了地盘；有时候正相反，我想到了那间天花板又高又小的房间。它简直像是从两层楼的高处挖出来的一座金字塔，一部分墙面覆盖着坚硬的红木护墙板，我一进去就被一股从未闻到过的香根草的气味熏得昏头胀脑，而且我认定紫红色的窗帘充满敌意，大声喧哗的座钟厚颜无耻，居然不把我放在眼里。一面怪模怪样、架势不善的穿衣镜，由四角形的镜腿架着，斜置在房间的一角。那地方，据我惯常所见，应该让人感到亲切、丰硕；空洞的镜子偏偏挖走了地盘。我一连几小时竭力想把自己的思想岔开，让它伸展到高处，精确地测出房间的外形，直达倒挂漏斗状的房顶，结果我白白煎熬了好几个夜晚，只是直挺挺地躺在床上，忧心忡忡地竖起耳朵谛听周围的动静，鼻翼发僵，心头乱跳，直到习惯改变了窗帘的颜色，遏止了座钟的絮叨，教会了斜置着的那面残忍的镜子学得忠厚些。固然，香根草的气味尚未完全消散，但毕竟有所收敛，尤其要紧的是天花板的表面高度被降低了。习惯呀！你真称得上是一位改造能手，只是行动迟缓，害得我们不免要在临时的格局中让精神忍受几个星期的委屈。不管怎么说吧，总算从困境中得救了，值得额手称庆，因为倘若没有习惯助这一臂之力，单靠我们自己，恐怕是束手无策的，岂能把房子改造得可以住人？

当然，我现在很清醒，刚才还又翻了一回身，信念的天使已经遏止住我周围一切的转动，让我安心地躺进被窝，安睡在自己的房内，而且使得我的柜子、书桌、壁炉、临街的窗户和两边的房门，大致不差地在黑暗中各就其位。半夜梦回，在片刻的朦胧中我虽不能说已纤毫不爽地看到了昔日住过的房间，但至少当时认为眼前所见可能就是这一间或那一间。如今我固然总算弄清我并没有处身其间，我的回忆却经受了一场震动。通常我并不急于入睡；一夜之中大部分时间我都用来追忆往昔生活，追忆我们在贡布雷的外祖父母家、在巴尔贝克、在巴黎、在东锡埃尔、在威尼斯以及在其他地方度过的岁月，追忆我所到过的地方，我所认识的人，以及我所见所闻的有关他们的一些往事。

在贡布雷，每当白日已尽黄昏将临，我就愁从中来，我的卧室那时成为我百结愁肠的一个固定的痛点，虽然还不到该我上楼睡觉的钟点，离我同妈妈和外祖母分手、即使不睡也得回房去独自待着的时间还差一大截。家里的人发觉我一到晚上就愁眉苦脸，便挖空心思设法让我开心。他们居然别出心裁地给我弄来一盏幻灯，趁着我们等待开晚饭的当口，把幻灯在我的房内的吊灯上套好，这东西跟哥特时代初期的建筑师和彩画玻璃匠那样，也是用捉摸不定的色光变幻和瑰丽多彩的神奇形象来取代不透光的四壁。绘上了传奇故事的灯片，就等于一面面彩画玻璃窗，只是它们光影不定，忽隐忽现。可是我的悲愁却有增无减。因为我对房内的一切早已习惯，一旦照明发生变化，习惯也就受到破坏。过去除了睡觉使我苦不堪言之外，其他一切倒还过得去，因为我已经习惯。如今房内被照得面目全非，我一进去，就像刚下火车第一次走进山区“客栈”或者异乡旅馆的房间一样，感到忐忑不安。

心怀叵测的戈洛①从覆盖着小山坡的绿荫团团的三角形的森林中，一蹦一跳地骑马走来，又朝着苦命的热纳维耶夫·德·希拉特②居住的宫堡，一蹿一跃地走去。椭圆形的灯片镶嵌在框架中，幻灯四角有细槽供灯片不时地插换。弧形的边线把灯片上的宫堡的其余部

①② 戈洛和热纳维耶夫是中世纪欧洲传说中的人物。戈洛是传奇英雄齐戈弗里特的宫廷总管，热纳维耶夫是齐戈弗里特的妻子。齐戈弗里特听信谣传，冤枉其妻与戈洛通奸，戈洛便乘机诱使热纳维耶夫充当他实现野心的工具。但热纳维耶夫忠于齐戈弗里特；可惜冤情大白时她因悲痛过度而死。

分切出画外,只留下宫堡的一角;楼前是一片荒野,热纳维耶夫站着发愣。她系着蓝色的腰带,宫堡和荒野则是黄澄澄的。我不看便知它们必定是黄颜色,因为幻灯尚未打出之前,单凭布拉邦特这一字字铿锵的大名,就已经预示了这种颜色。戈洛驻马片刻,愁眉苦脸地谛听我的姨祖母夸张其辞地大声解说。他看来都听懂了,他的举止神情完全符合姨祖母的指点:既恭顺又不失庄重。听罢,他又蹦跳着继续赶路,没有任何东西能阻挡他不慌不忙地策马前行。即使幻灯晃动,我照样能在窗帘上分辨出戈洛继续赶路的情状:在褶凸处,戈洛的坐骑鼓圆了身体;遇到褶缝,它又收紧肚子。戈洛的身体也像他的坐骑一样,具有神奇的魔力,能对付一切物质的障碍,遇到阻挡,他都能用来作为赖以附体的依凭,即使遇到门上的把手,他的那身大红袍,甚至他的那副苍白的尊容,便立刻俯就,而且堂而皇之地飘然而过;他的神情总是那么高贵,那么忧伤,但是对于这类拦腰切断的境遇,他却面无难色,临危不乱。

当然,我从这些光彩熠熠的幻灯画面中,感受到迷人的魅力,它们像是从遥远的中世纪反射过来的昔日景象,让一幕幕如此古老的历史场面,在我的周围转悠着重现。但是,这种神秘、这种美,闯进了我的卧室,究竟引起我什么样的不安,我却说不清楚。我已经慢慢地把自我充实了这间卧室,以至于对房间本身早已置诸脑后,我总先想到自我,然后才会念及房间。如今习惯的麻醉作用既然停止生效,我于是动起脑筋来,开始有所感触,真要命!我的房门的把手,同天下其他房门把手不同之处,仿佛就在于它看来不需要我去转动便能自行开启,因为对我说来,把手的运行已经成为无意识的举动,它现在不是在权充戈洛的身体吗?晚饭的铃声一响,我赶紧跑进饭厅;饭厅里的大吊灯既不知有戈洛其人，也从未结识过蓝胡子①，它只认得我的父母和列位长辈，以及桌上的罐焖牛肉；它每天晚上大放光芒，把光芒投入我妈妈的怀抱。热纳维耶夫·德·布拉邦特的不幸遭遇，更使我感到妈妈怀抱的温暖；而戈洛造下的种种罪孽，则触动我更诚惶诚恐地检查自己的意识。

用罢晚饭，唉！我得马上同妈妈分手了；她要留下陪大家聊天。遇到好天气，他们在花园里闲谈；若天公不作美，大家也只好呆在小客厅里了。我说的大家，其实不包括外祖母。她认为，“人在乡下，居然闭门不出，简直是罪过。”每逢大雨滂沱的日子，她都要同我的父亲争论，因为父亲不让我出门，偏要把我关在屋里读书。“你这种做法，”她说，“没法让他长得身体结实，精力充沛；而这小家伙尤其需要增强体力和锻炼意志。”我的父亲耸耸肩膀，聚精会神地审视晴雨表，因为他爱研究气象。而我的母亲呢，这时尽量蹑手蹑脚地少出声响，唯恐打扰了我的父亲。她温柔而恭敬地看着他，但并不盯住看，并不想看破他自鸣清高的秘密。我的外祖母却不然，无论什么天气，她都爱去室外，即使风雨大作，即使弗朗索瓦丝生怕名贵的柳条椅被淋湿，匆忙地把它们往屋里搬，外祖母也会独自在花园里，听凭风吹雨淋，而且还撩起额前凌乱的灰白头发，好让头部更加领受到风雨的保健功用。她说：“总算痛痛快快透一口气！”她还沿着花园里的小路，兴致勃勃地踩着小步，连蹦带跳地跑起来。那些小路新近由一位才来不久的园丁按照自己的设想拾掇得过分规整对称，足见他毫无自然感；我的父亲今天居然一早就请教此人，问会不会变天。外祖母的跑步动作，轻重

① 蓝胡子：民间传说中的人物。他杀死了六位妻子，第七位妻子在他尚未下手前发现了他前面六位妻子的尸体，骇极；后来幸亏她的两位兄弟及时赶到，杀死蓝胡子，救了她的性命。

缓急自有调节，这得看暴风雨癫狂的程度、养生学保健的威力、我所受的教育的愚昧性以及花园内对称的布局等因素在她心中所激起的各不相同的反应来决定。她倒根本不在乎身上那条紫酱色的长裙会不会溅上泥水，她从来没有这样的顾虑，结果她身上泥点的高度，总让她的贴身女仆感到绝望，不知如何才好。

倘若我外祖母的这类园内跑步发生在晚饭之后，那么只有一件事能让她像飞蛾扑火一样立刻回来。小客厅里亮灯的时候，准是牌桌上已经有饮料侍候，这时姑祖母大叫一声："巴蒂尔德！快来，别让你的丈夫喝白兰地！"在园内转圈儿跑步的外祖母就会争分夺秒地赶回来。为了故意逗她着急（外祖母把一种完全不同的精神带进了我们的家庭中来，所以大伙儿都跟她逗乐，存心作弄她），我的姑祖母还当真让我的外祖父喝了几口他不该喝的酒。可怜的外祖母走进小客厅，苦口婆心地求他放下酒杯；外祖父一赌气，索性仰脖喝了个涓滴不剩。外祖母碰了一鼻子灰，伤心地走开了，不过她脸上依然带着微笑，因为她待人向来宽厚，从不计较面子得失，这种对人对己的胸怀在她的目光中化为微笑，同我们在别人脸上见到的微笑绝然相反，它除了自我解嘲之外毫无嘲讽的意味。这一笑对我们大家来说，等于是用目光代替亲吻；她的那双眼睛，见到她所疼爱的亲人，从来都只以目光传递她怀中热切的爱怜。姑祖母狠心作弄她，她苦口婆心劝说外祖父不要贪杯，偏偏她又心肠仁慈，落得自讨没趣。这种场面我后来是习以为常了，甚至还当做笑柄，嘻嘻哈哈地、毫不犹豫地同作弄她的人沆瀣一气笑话她，还硬让自己相信这不算作弄。可是，当初我是气得要命的，恨不能去打姑祖母。然而那时我已经学得像个小大人，跟懦怯的大人一样，听到"巴蒂尔德，快来，别让你的丈夫喝白兰地"这样的叫声，我采取了我们长大成人后的惯常态度，也就是见到苦难和不平，扭过脸去以求得眼不见为净。我爬上书房隔壁紧挨着屋顶的那个小房间，躲在那里抽抽搭搭地哭起来。房间里有一股菖蒲花的香味，窗外还传来墙根下那株野生的醋栗树的芳香，有一枝开满鲜花的树梢居然伸进了半开半掩的窗户。凭窗远望，能一直望到鲁森维尔宫堡的塔楼；这间小屋原来派的用场更特殊也更平常，可是那些年里长期成为我的避难所，大概是因为它地处偏僻，我又可以把自己反锁在里面，所以一旦需要孤身独处、不容他人打扰的事要做时，我就躲到这里来，有时读书，有时胡思乱想，有时偷偷哭泣，有时自寻欢乐。唉！我当时哪里知道，我的外祖父在忌口方面往往不拘小节地出点差错，我又偏偏缺乏意志，身体娇弱，以至于一家人对于我的前途都感到渺茫，这些事儿着实让我的外祖母操了多少心。她在下午或者晚上没完没了地跑个不停，我们只见她跑来跑去，偏着脑袋仰望苍天，她那清秀的脸庞，鬓角下肤色焦黄，皱纹密布，年复一年地变得像秋后翻耕过的土地泛出紫色。她出门时，半遮的面纱挡住了她的腮帮，上面总挂着几滴由于寒风或忧思的刺激而不自觉地流下的眼泪，又渐渐让风吹干。

我上楼去睡，唯一的安慰是等我上床之后妈妈会来吻我。可是她来说声晚安的时间过于短促，很快就返身走了，所以当我听到她上楼来的脚步声，当我听到她的那身挂着几条草编装饰带的蓝色细麻布的裙子窸窸窣窣走过有两道门的走廊，朝我的房间走来的时候，我只感到阵阵的痛苦。这一时刻预告着下一个时刻妈妈就会离开我，返身下楼，其结果弄得我竟然盼望我满心喜欢的那声晚安来得越晚越好，但愿妈妈即将上来而还没有上来的那段空白的时间越长越好。有几次，妈妈吻过我之后，开门要走，我居然想叫她回来，对她说："再吻我一次吧。"可是，我知道，这样一来她马上会一脸不高兴，因为她上楼来亲我，给我平静的一吻，是对我的忧伤、我的不安所作出的让步，已经惹得我的父亲不高兴了。父亲认为这类道晚安的仪式纯属荒唐。妈妈也恨不能让我早日放弃这种需要，这种习惯。她决不会让我滋生新的毛病，也不会允许我等她走到门口之后再请她回来亲亲我，况且，只要见到她面有愠色，她在片刻前给我带来的宁静也就受到彻底破坏。她刚才像在领圣体仪式上递给我圣饼似的，把她的温馨的脸庞俯向我的床前。我的嘴唇感受到她的存在，并且吸取了安然入睡的力量。总的说来，比起客人太多，妈妈不能上来同我说声晚安的那些晚上，她能在我房内待上一会儿，哪怕时间很短，也总算不错了。所谓客人，平时只限于斯万先生。除了几位顺路来访的外地客人之外，他几乎是贡布雷屈趾舍间的唯一的客人。有时候，他以邻居的身份与我们同进晚餐（自从他同门户不相当的女子结婚之后，他很难得来了，因为我的长辈们不愿意接待他的妻子），有时候，他在晚饭之后不请自来。晚上，我们在房前那棵高大的板栗树下，围坐在铁桌的四周纳凉，忽听得花园的那一头传来声响，倒不是不打铃就进门的自家人弄响的那门铃声，丁丁当当地闹个不休，像劈头倒下的一盆雪水，弄得你晕头转向；这回我们听到的是专为来客设置的那种椭圆形的镀金的门铃声，它怯怯地丁冬两响。于是大家面面相觑："有客人？会是谁呀？"其实大家心里明白，除了斯万先生，没有别人；我的姑祖母以身作则地大声数落开了，她力求说得自然：她教诲我们不该窃窃私语；让来人以为我们在议论他不该听到的事，是最不礼貌的行为。接着，我们看到，最爱找茬儿到花园里去走走的外祖母，已经走上前去侦察。她总乘机悄悄地把沿路的玫瑰花树的支架拔掉，让枝头的花朵显得更自然些，就像当妈妈的用手拨弄拨弄孩子的头发，把被理发师梳理得过于服帖的头发弄得蓬松自然些。

我们全都屏息静气，等待外祖母回来报告侦察到的"敌情"，好似我们身陷敌众我寡的包围，一时进退不定，难下对策。接着外祖父开口说话了："我听得出，是斯万的声音。"确实，只有他的声音最好辨认，他那张脸却难以看清；因为怕招蚊子，我们在花园纳凉时尽量少点灯。斯万长着鹰钩鼻，绿眼珠，脑门儿很高，头发黄得发红，剪成勃莱桑那样的发式①。这时，我正要不动声色地吩咐仆人拿果子露来；我的外祖母认为用果子露招待客人最相宜，因为它不显得那么特殊，才更显得得体。斯万先生虽说比我的外祖父年轻得多，却同他关系密切。我的外祖父是他的父亲的好朋友；他的父亲为人善良，就是古怪，据说，有时候一点儿小事就能使他的感情的冲动中断，思路改变。我在饭桌上每年都要听我外祖父提到好几次有关他的轶事，而且每次都一样，都是说斯万爷爷对他的妻子的死所采取的态度。他妻子病重时，他曾日夜在病榻前侍候。那时，我的外祖父已经好久没有同他见面了；听到斯万夫人的死讯他连忙赶到斯万家在贡布雷附近的庄园。为了不让他见到妻子入殓的场面，我的外祖父好不容易才把哭成泪人儿的他从灵房劝走。他们俩在阳光惨淡的花园里走了几步。斯万先生忽然拉住我的外祖父的胳膊，大声说道："啊！老兄，这样好的天气，咱俩一块儿散步，有多好呀！你不觉得美吗？这些树，这些山楂花，还有你从来也没有对我夸过的那片池塘。你干吗愁眉苦脸？你没有感到这微风吹得人多舒服？啊！我说归说，总还是活着有意思呀，我亲爱的朋友阿梅代！"突然间，他又想起了死去的妻子。他怎么能在这种时候听任愉快的心情涌现出来？其中的原因若加以深究或许过于费事，所以他只拍拍自己的脑门儿，揉揉眼睛，擦擦夹鼻眼镜的镜片。每当遇到挠头的难题，他经常以此打发。然而，他并不能忘怀丧偶的痛苦，他在妻子死后又活了两年，他常对我的外祖父说："也真怪，我常常想起可怜的妻子，只是不能一次想许多。"于是，"像可怜的斯万老爹那样细水长流"，成了我的外祖父爱说的一句口头禅，即使提到毫不相干

① 勃莱桑发式：一种把头发剪成刷子一样长短的发式，类似我国的"小平头"，因著名演员勃莱桑留这种发型而得名。

的事儿，他也总把这句话挂在嘴边。我的外祖父是我心目中最公道的法官，他的判决对我来说等于量刑的准则，有些过错我本来倾向于严加谴责的，后来根据他的意见改为从宽发落。倘若外祖父不接着说，"怎么？他心眼儿好！"那我简直要把斯万爷爷看成混世魔王了。

他的儿子小斯万先生一连好几年——尤其在结婚以前——常来贡布雷看望我的姑祖母和外祖父、外祖母。他们根本没有想到小斯万已经不再同父辈的故旧世交们来往了，而且我们并不觉得斯万这个姓有多显赫，所以我的长辈们接待他简直像接待微服察访的贵人，完全不知道这位客人的真实地位，等于老实正派的旅店老板，无意中留宿了大名鼎鼎的江洋大盗，应该说不知者不罪。我的长辈们哪里想得到他们接待的这位斯万先生其实是跑马总会里数一数二的阔绰的会员，巴黎伯爵和高卢公爵所宠信的密友，圣日耳曼区上流社会中的一位大红人呢？

我们对斯万在交际场中的豪华生涯一无所知，显然部分原因是他本人守口如瓶、性格矜持，但还有部分原因是由于当时的布尔乔亚对整个社会抱有一种印度种姓式的观念，总以为社会是由封闭的种姓阶层组成的，一个人自呱呱坠地那天起，就永远属于他父母所在的阶层，除掉某些偶然情况外——譬如在某个行业中出人头地，或者同门第不相当的家庭联姻，此外再没有别的途径能跻身到高一等的阶层中去。斯万老先生是证券经纪人，小斯万注定一辈子属于那个贫富由收入决定的阶层，钉是钉铆是铆，就跟划分纳税等级一样分明。只要知道他父亲跟什么人交往，就可判断他同什么人交往，以及跟什么人交往才算地位相当。倘若他自己另结新交，那只能算做少不更事，他们家的老世交们，例如我的外祖父、外祖母，对此都能宽宏地视而不见，尤其是他在父亲死后，仍忠心耿耿地来看望我们，我们更应不予计较。但是，有充分理由肯定，他若在大街上遇到那些我们不认识的人，他决不会当着我们的面同他们打招呼的。如果有人硬要给他一个同他的个人情况相符的社会商数，那么，在地位同他父亲相当的其他经纪人的子弟当中，他的这个商数肯定是偏低的，因为他不讲排场，而且对古董和油画“着迷”之极。他如今住在一幢老房子里，家里堆满他收藏的宝贝。我的外祖母总想去参观参观，不过那座房子位于奥尔良滨河街，我的姑祖母认为住在那个地段有失身份。“您是行家吗？我这么问是为您好，因为您有可能弄到些商人转手的次货。”姑祖母曾这么对他说过；她也确实认为斯万是个草包，没有什么高明之处，甚至在智力方面也平平庸庸，这种人在交谈中往往对正经的话题避而不谈，却在琐细的小枝小节上精确到令人乏味的程度，不仅提到菜谱时他不厌其详，而且同我外祖母的两位妹妹议论艺术问题时，他也同样不知趣。她们要他谈谈见解，讲讲他认为某一幅画好在哪里，他居然闭口不谈，简直不顾礼节。要么——如果可能的话——他就提供一大堆具体细节，诸如这幅画由哪家博物馆收藏的，作于哪一年，等等。通常，他只是每次不重复地说段故事，来给我们解闷；不外乎他最近又跟谁遇到了什么事儿，他倒是总选择我们认识的有关人物，比如，贡布雷的药房老板，我们家的厨娘或车夫。不用说，那些故事逗得我的姑祖母笑出声来，但是，她弄不清是什么引她发笑的，是因为斯万总在那些故事中当尴尬角色呢，还是他的故事讲得俏皮：“您真算得上一位典型人物了，斯万先生！”我们家唯独姑祖母有点俗气，所以每当有人提到斯万，她都不惮费神地要提醒不谙内情的人，说斯万本来可以在奥斯曼大街或者歌剧院大街弄到一套住宅的，他是斯万老先生的儿子，父亲起码给他留下四五百万的家当，可是他偏偏乖张任性。我的姑祖母认为，一个人乖张任性，在别人眼里一定显得非常滑稽，所以有一回——那是正月初一，在巴黎，斯万先生送她一包冰糖栗子，当时不少人在场，姑祖母不失时机地问斯万道：“哎！斯万先生，您还住在酒库附近吗？您就是为了一旦去里昂不至于误了火车钟点吗?”说着,她从夹鼻眼镜的上面,用眼角扫了一眼在场的其他客人。

但是,倘若有人把下面的实情告诉我的姑祖母,她会更感到出奇的:这位斯万先生,作为斯万老先生的儿子,完全“有资格”受到“上层资产阶级的淑女名媛们”的款待(这类特权斯万似乎有意让女士们作主),巴黎最德高望重的公证人或法律事务代理人都可以出具担保,但是他却悄悄地过着另外的生活。在巴黎的时候,他说是要回家睡觉去,但一旦离开了我们的家,出门之后才走几步,便折到另外的方向,上别的经纪人或者合股人所不能光顾的沙龙里去玩。这种事情,我的姑祖母倘若知道,准会觉得非同小可,异乎寻常的程度相当于一位学识渊博的妇女同阿里斯泰①交情颇深,后来听说这位阿里斯泰同她促膝谈心之后,接着就钻进了忒提斯②管辖的汪洋王国,深入到凡人的肉眼所无法看透的海中洞府,而且据维吉尔③描述,他在那里受到了热烈的欢迎;或者,简单点说,像一幅异乎寻常的画,这倒更容易使我的姑祖母产生联想,因为,在贡布雷,我们的点心盘子上就有那样的画,阿里巴巴出现在我们的餐桌上,当阿里巴巴一旦发觉周围已无人在场时,他会钻进珠宝辉映的山洞里去,谁也想不到洞里竟有那么多耀眼的宝贝。

有一天——那时我们住在巴黎——他在晚饭后来看我们,他为自己穿了一身夜礼服而连连致歉。他走了之后,弗朗索瓦丝说,据车夫透露,他方才是同一位王妃“共进晚餐”的。“对,”我的姑祖母继续织着毛线,连眼皮都没有抬,只是耸耸肩膀,不动声色地挖苦说,“同一位

① 阿里斯泰:希腊神话中的人物;是教会人们养蜂的神仙。

② 忒提斯:希腊神话中的人物;海神。

③ 维吉尔(公元前70年—19年):拉丁诗人。有关阿里斯泰的描述,见于他的诗作《农事诗》。

身份不明的王妃。”

所以，我的姑祖母对他相当不客气。她认为，我们请他来做客，是给他面子；夏天，他每回来我们家，总提着一筐自己园子里出产的桃子和覆盆子，而且他每次从意大利旅行回来，总要送给我好几张美术名作的照片；这些，我的姑祖母认为都是理所当然的。

遇到要大摆筵席的日子，偏偏手头又没有制作风味酱汁或凤梨色拉的配方，我的姑祖母就托他想办法弄，但又不请他来赴宴；她居然不觉得这么做有什么不妥，反而认为他还不够体面，不宜请他在招待首次光临的贵客的席面上作陪。如果谈话的内容涉及到法兰西王室的几位亲王，我的姑祖母就对斯万说："这几位大贵人，您跟我一样，咱们都永远高攀不上，还是不谈算了，您说是不是？"她哪里知道，也许当时斯万的口袋里偏巧正装着一封从特威克汉姆①寄来的信呢。赶上哪天晚上，我外祖母的妹妹表演唱歌，我的姑祖母就吩咐斯万推钢琴、翻琴谱，把这么一位斯斯文文的人支使得团团转，她那种不知深浅的粗放做法，就像是不识货的孩子，拿着古董当不值钱的东西玩，根本不知道爱惜。当时在俱乐部会员中那样赫赫有名的斯万，同我的姑祖母心目中所创造出来的斯万，说不定有天壤之别。晚上，在贡布雷的小花园中，铃铛怯怯地响过丁冬两声之后，我的姑祖母便用她所知道的有关斯万家的一切陈年掌故，来充实她所创造的那个默默无闻、毫无主见的人物，并使他生动起来，于是他在黑暗的背影中清晰地显现，我的外祖母则紧跟在他的后面。他只要一开口，我们就认出他是谁。但是，即使从我们日常生活中最微不足道的小事来看，我们谁都不能构成在人人眼中都一样的物质的整体，总是仁者见仁，智者见智；我们的社会

---

① 特威克汉姆：伦敦西南郊的一个住宅区，法国资产阶级大革命后，不少流亡英国的法王室贵族侨居在那里。

人格，其实是别人的思想创造出来的。甚至例如被我们称之为“看望熟人”那样简单的行为，就部分而言，也具有智力的性质。我们用我们所掌握的有关他的一切概念，来充实我们所见到的这个人的音容笑貌。我们的心目中有关他的全貌，不用说大部分包含了上述的概念。最终，那些概念使他的面颊丰满起来，而且贴切地勾画出他鼻梁的轮廓，进而把音量区分得那样纤毫不差，好似音量只是一层透明的外罩，我们每次看到这张脸庞，听到这种声音，我们就又遇上那些概念，并听从那些概念。也许，我的姑祖母、外祖父、外祖母们在勾画斯万的形象时，由于无知而删略了他在社交场中所具备的许多特点，而在别人看来，他的眉宇间充满了一股风流倜傥的英俊气息，只是这股潇洒之气，遇到他的鹰钩鼻，就像遇到了天然屏障那样驻足流连；但是，他们也能在斯万那张失去了魅力的脸盘上，在那片空荡荡的、开阔的眉宇间，在那双已经贬值的眼睛的深处，堆积起半是记忆半是遗忘、模糊而亲切的残迹，那是我们在乡居期间与芳邻每周一次共进晚餐之后，在牌桌边或花园里一起度过的闲暇时光所留下的残迹。我们的朋友的体态外貌，于是像有关他的父母的记忆一样，变得十分充实，当年的斯万成了一位完整的、生动的人。今天，当我回忆由我后来认识得相当准确的斯万，进而联想到早年的斯万，我简直好像是离开了一个人，去接近另一个完全不同的人。在那早年的斯万的身上，我发现了我少年时代的可爱的错误，而且早年的斯万同后来的斯万相似之处很少，倒是更像我当年所认识的其他人，似乎人的一生无非同博物馆一样，其中同一个时代的肖像都具有一种家庭特征，一种相同的色调——早年的斯万，整日悠闲，散发出大栗树、覆盆果和蒿草叶的芳香。

然而，有一天我的外祖母有事去求一位她以前在圣心教堂认识的太太帮忙（由于我们的门第观念，我的外祖母后来不愿意再同她来往了，尽管她们彼此都觉得很相投），出名的望族布永伯爵家的女儿维尔巴里西斯侯爵夫人对我的外祖母说:“我想您同斯万先生很熟吧?他是我的侄儿洛姆亲王家的好朋友。”

那天我的外祖母回家时心情很兴奋。她对维尔巴里西斯侯爵夫人劝她租一套房间住住的那幢门前有悦目园景的大楼赞不绝口,对在大楼院子里开铺子揽活儿的织补匠父女俩尤其满意。她有一条裙子在楼梯上挂破了,求织补匠修补。她说织补匠的女儿简直像颗珍珠,而那位父亲则是她生平所见到的最高雅、最无可挑剔的人,在我的外祖母的心目中,高雅同社会地位绝对无关。她最赏识织补匠的答话,她跟我的妈妈说:“塞维尼[①]都说不到那样高雅得体!”相反,当她说到她在维尔巴里西斯夫人家遇到的那位侯爵夫人的侄子时,她的评语却是:“啊,我的孩子,那人太平庸了!”

至于侯爵夫人关于斯万的那席话,其效果非但不能抬高斯万在我的外祖母的心目中的身价,反倒使侯爵夫人降低了身份。我们根据外祖母的信仰,在给予维尔巴里西斯夫人的评价中,为她定下一项义务:她不得做出违背身份的事情;而她居然认识斯万其人,甚至允许自己的侄子同他交往,这是有失体统的行为。“什么!她认识斯万?你不是说她同麦克——马洪元帅还沾点亲吗,她怎么能这样?”我的长辈们对于斯万的社交活动抱有的这种看法,后来更因他同声名狼藉的社交圈内的一位女子结婚而得到进一步的确定。那女子差不多是交际花一类的人物,斯万倒从没有打算把她介绍给我们认识。结婚之后他依然单独来我们家做客,只是来得不那么勤了。我的长辈们认为,仅就那位女子的地位而论,便足以推想斯万通常在什么圈子里鬼混;他们对那个圈子的内情并不知晓,但估计斯万是在那里遇到她的,后来又

---

① 塞维尼(1626—1696):法国女作家,有《书简集》传世,文笔清丽,感情细腻,措辞委婉典雅。

同她结婚。

但是，有一次我的外祖父从报上得知斯万先生是某某公爵家星期午餐席上忠实的常客。那位公爵的父亲和叔叔都是路易-菲利浦当政时显赫的国务要员。外祖父一向对小道消息很有兴趣，因为那些细枝末节能使他的思想潜入莫莱、巴斯基埃公爵和布洛伊公爵等人的私生活中去。他得知斯万同那些国务要员的熟人经常来往，不免喜出望外。我的姑祖母却相反，她对那条新闻的解释于斯万极为不利；凡是在自己出身的“种姓”之外，在自己的社会“阶层”之外另行选择交往对象的人，在她的心目中都等于乱了尊卑的名分，是很讨厌的。她认为，这是贸然放弃长辈们辛苦建立的实惠；有远见的家长们总为自己的儿孙体面地奠定下亲朋关系的基石，让他们日后坐享同牢靠的人亲密交往的成果，岂可轻率地掷置不顾（我的姑祖母甚至不再接见我们家的一位公证人朋友的儿子，因为他同一位亲王家的小姐结了婚，我的姑祖母认为，等于就此由受人尊敬的公证人儿子的身份，下降到据说有时会受到后妃们青睐的冒险家、贴身侍从或马夫之流的卑贱地位）。我的外祖父本打算在第二天晚上乘斯万来吃晚饭的时候，向他打听那几位要人的情况，因为我们新近发现原来他们都是他的朋友。姑祖母狠狠地批评了他的这种打算。另外，外祖母的两位妹妹——这是两位虽具备外祖母的高尚品性却不具备她那份聪明才智的老小姐——也毫不含糊地宣称，姐夫居然有兴致涉及这类无聊的话题，她们万万不能苟同。她们都是洁身自好的人，而且正因为如此，所以决不能对飞短流长的闲话感兴趣；即使具有历史意义的传闻，她们也从不过问；一般地说，凡是同审美与操行无直接关系的话题，她们从不答腔。对于直接或间接涉及到世俗生活的一切谈论，她们打心眼儿里不感兴趣。只要饭桌上出现轻薄的谈吐，或者仅仅是实惠的话题，而两位老小姐又无法把话题引回到她们所热衷的内容上来，她们就干脆暂停听觉器官的接受功能，让它处于开始衰竭的境地。那时，如果我的外祖父必须引起两位小姨的注意，就得求助精神病医生对付精神分散的患者所采用的物理刺激法：用刀刃连击玻璃杯的同时，大喝一声并狠狠瞪上一眼。精神病大夫往往在日常交往中也使用这类粗暴的方法来对付身心完全健康的人，也许是由于职业养成的习惯，也许他们把人们都看做有点疯病。

老太太们也有兴高采烈的时候，譬如说，斯万来我们家吃晚饭的前一天，亲自给她们送来一箱阿斯蒂出产的葡萄酒。我的姑祖母拿着一份登有“柯罗画展”消息的《费加罗报》，在一件展品名字的旁边，注上了“夏尔·斯万先生所藏”这几个字样。姑祖母说：“你们看到没有？斯万居然露脸，名字登在《费加罗报》上！”

“我早就跟你说过，他是很有鉴赏力的。”外祖母说。

“你当然了，”姑祖母接过话来说，“你的看法总跟我们不一样。”她知道我的外祖母的看法从来跟她不一致，至于我们会不会赞成她，她并没有十分把握，所以她有意硬拉上我们一起来反对外祖母。她竭力想用自己的见解把我们统统纳入反对外祖母的阵营。但是我们偏偏谁都不接话，我的外祖母的两位妹妹表示要跟斯万提到《费加罗报》上刊登的那句小注，姑祖母劝她们千万免开尊口。每当她发现别人身上有个她所缺少的长处，哪怕微不足道，她也要坚决否定，认为不是长处，而是一个缺点；她不仅不会羡慕人家，反而觉得人家可怜。

“我认为你们这样做并不会使他高兴；我很清楚，我要是看到自己的名字这样显眼地登在报上，会觉得很扫兴的，倘若有人跟我提到这种事，我决不会沾沾自喜。”

不过她倒没有硬要说服我的两位姨祖母，因为她们俩最怕俗气，所以她们在影射到谁的时候，总能把话说得婉转曲折，达到不露痕迹的地步，甚至连当事人都察觉不到。至于我的母亲，她力求我的父亲答应不跟斯万提到他的妻子，而只跟他提到他所钟爱的女儿，因为据说斯万是为了女儿才同他的妻子结婚的。

“你可以只问一句‘她好不好’就行了，他的生活一定过得很不痛快。”

可是我的父亲不乐意：“我才不呢！你尽胡思乱想。这么说不招人笑话吗？”

我们当中只有一个人把斯万的来访当做痛苦的心事，那就是我。因为每当有外人来访，或者只有斯万一人做客，晚上妈妈就不到楼上我的卧室里来同我道晚安了。我总比别人先吃晚饭，然后坐在桌子旁边；一到八点钟，我就该上楼了。我只能把妈妈通常在我入睡时到我床前来给我的那既可贵又纤弱的一吻，从餐厅一直带进卧室；我脱衣裳的时候，还得格外小心，免得破坏那一吻的柔情，免得它稍纵即逝的功效轻易消散化为乌有。所以，越是遇到那样的晚上，我受妈妈一吻时就越有必要小心翼翼。但是，我又得当着众人的面，匆匆忙忙地接过那一吻，抢走那一吻，甚至没有足够的时间和必要的空闲对我的举止给以专心致志的关注：好比头脑不健全的人在关门的时候尽量不去想别的事情，以便疑惑袭来时用关门时留下的回忆来战胜它。

门铃怯怯地响起丁冬两声，那时我们都在花园里休息。我们知道是斯万来访；但是人人都带着疑问的表情面面相觑，并派遣我的外祖母前去侦察。

“别忘了，用明确的话感谢他送了酒来。你们也都知道，酒味很醇正，而且有一大箱。”外祖父叮嘱两位姨祖母说。

“你们又说悄悄话了，”姑祖母训斥道，“要是上谁家去，听到人家在窃窃私语，多不自在！”

“啊！敢情是斯万先生吧！咱们呆会儿问问他，明天是不是大晴天。”我的父亲说。

我的母亲认为，她若一开口就会把我们全家自从斯万结婚以来可能在态度上使他感到的难堪统统消除。她找了一个空当，乘机把斯万领到一边。但是我跟在她后面，我舍不得离开她一步，心里想，呆会儿我要把她留在饭厅里了，我上楼去睡觉不能像每天晚上那样得到她亲一亲的慰藉了。

“哎，斯万先生，”母亲说，“您女儿好吗？我相信她一定像她爸爸那样，已经能鉴赏出色的艺术作品了。”

这时我的外祖父走过来，说：“快来呀，同我们一起坐到游廊里来。”

母亲只得把话打住，但是她从无可奈何中又萌生一个微妙的念头，好比优秀的诗人让蛮横的韵律逼出最美的诗句，“呆会儿咱们俩单独说说您女儿的近况吧，”我的母亲悄声对斯万说，“只有当母亲的才体会得到您的苦心。我相信她妈妈也一定会同意我的看法的。”

我们全都围坐在铁桌的四周。我真不愿意想到今天晚上我将无法入睡，独自熬过苦闷的长夜；我尽量说服自己，那些失眠的时刻没有什么了不起，因为明天一早我就会忘记得干干净净；我尽量让自己想到未来，这样，我就能像踏上桥梁似的越过令人心寒的深渊。但是我的思想跟集中了焦点的目光那样被心事绷得很紧，我全神贯注在母亲的身上，容不得半点无关的印象钻进我的心房。各种思想确实都能闯进我的脑海，但是，一切有可能扣动我心扉的美，或者干脆只是可能转移我的注意力的怪念头，统统都被我排斥在我的心扉之外，就像上了麻药的病人，医生给他动手术时他心里一清二楚，只是不感到疼；我也照样能背诵我喜爱的诗，照样能观察到我的外祖父为了诱导斯万谈及奥迪弗雷—巴斯基埃公爵而作出的种种努力，但是背诵的诗句并不能激起我的感情，观察外祖父的举止也不能使我开心。外祖父的努力终于毫无成效。他刚向斯万提到一个与他有关的问题，我的一位姨祖母马上觉得提得不合时宜，等于造成冷场，而她认为只有打破冷场的尴尬局面才是符合礼貌的行为，于是就对另一位姨祖母说：

“你倒是想想看，弗洛拉①，我认识一位瑞典女教师，她把有关斯堪的纳维亚国家合作社的最最有趣的细节，向我作了详细的介绍。咱们应该请她哪天来吃顿晚饭。”

“对了！”她的姐姐弗洛拉回答说，“不过我也没有白浪费时间。我在凡德伊先生家遇到了一位德高望重的学者，他跟莫邦很熟，莫邦向他详谈了创造角色的过程。这多有意思。他是凡德伊先生的邻居，我本来不知道！他非常彬彬有礼。”

“并非只有凡德伊先生才有彬彬有礼的芳邻。”我的姨祖母赛莉纳高声接口道。由于她胆小怕羞，所以声音特别尖；更由于她深思熟虑，语气显得很不自然。她一面说，一面——用她自己的话说——有意朝斯万那边望了一眼，与此同时，我的姨祖母弗洛拉听出赛莉纳的弦外之音是对斯万送来阿斯蒂葡萄酒表示感谢，所以也望了斯万一眼，那神情既有感谢之意，又带点挖苦，也许她不过是想强调她的妹妹的措辞巧妙，也许她嫉妒斯万居然使她的妹妹如此开窍，善于辞令，更也许她情不自禁地要挖苦斯万几句，因为在她看来斯万已穷于对答了。

“我看，咱们可以请那位先生屈趾光临，来用晚餐的，”弗洛拉接下去说，“只要一提到莫邦或者马特纳夫人，他准能一气儿连谈几个钟头。”

---

① 此处原文为“赛莉纳”，似有误，应为“弗洛拉”，故从企鹅版的英译本改为“弗洛拉”。

“那才动人哪。”我的外祖父叹了一口气说；他心想，大自然已经不幸地、彻底地排除了人们对瑞典合作社或者莫邦创造角色之类的问题产生浓厚兴趣的可能性，因为它忘了为我的两位姨祖母的才情增添一点佐料；若要把莫莱或者巴黎伯爵的私生活讲得有滋有味，就得添油加醋。

“既然说到这里，”斯万对我的外祖父说，“我下面要说的倒跟您问我的问题很有关系，虽然表面上看并不相干，但从某些方面看，其实并无太大的不同。今天上午，我重读了圣西门①的著作，其中有几句话您或许会觉得有点意思。那是有关他出使西班牙的那一卷；在他的全集中，那一卷写得并不出色，只是一本日记罢了，但作为日记，至少写得非常生动；仅就这一点而论，就同我们认为每天非看不可的乏味的报纸有所区别。”

“我不同意您的看法，有时候我觉得看报令人非常高兴。”我的姨祖母弗洛拉打断了斯万的话，以此来表示她已经在《费加罗报》上看到了那句注解，说明柯罗的哪幅油画是由斯万所收藏的。

姨祖母赛莉纳连忙补充道：“就是说，当报纸上提到我们所关心的人和事的时候。”

“倒也是，”斯万不免感到意外，答道，“我之所以说报纸不好，是因为报上天天让咱们去注意那些无聊的小事，而咱们一生中难得三四回读到含英咀华的好书，既然咱们天天早晨要急于看报，那么他们就应当把报纸办得好一些，增加一些内容，我不知道怎么说才好……比如说，来一点帕斯卡尔②《思想集》之类的文章！（他故意调侃似的把《思想集》三字说

① 圣西门（1675—1755）：法国作家，公爵，政治活动家，所著《回忆录》是路易十四当政后期以及摄政王时期的重要的历史见证。

② 帕斯卡尔（1623—1662）：法国数学家、物理学家、哲学家和作家，对现代实证主义、直觉主义哲学很有影响。

得夸张其辞，以免显得学究气）那种切口烫金的精装书，咱们每隔十年不过翻上一回，”他补充一句，像有些社交界人士装得愤世嫉俗，对富丽堂皇的东西不屑一顾似的，“书里咱们又读到些什么？无非是希腊王后幸驾戛纳，莱昂公主举办化装舞会，好像只有这样才合乎规矩。”说到这里，他又后悔失言，把正经事说得过于轻佻。他解嘲似的接着说道：“咱们的话题太高雅了，我不明白为什么咱们要谈论这样‘高深的尖端’。”这时，他转身对我的外祖父说：“还是说圣西门吧。书里说莫莱夫里埃居然有胆量向他的儿子们伸手。您知道，关于这位莫莱夫里埃，圣西门是这么说的：‘他简直像只厚壁酒瓶，里面只有起码的水分，粗俗而愚蠢’。”

弗洛拉赶紧插话道：“酒瓶有薄有厚，我倒是知道有些瓶子里装着完全不同的东西。”她想乘机谢谢斯万，因为那箱阿斯蒂葡萄酒，斯万是送给她们姐妹俩的。

斯万一时十分尴尬，硬着头皮往下说：“圣西门是这样写的：‘我不知道他是无知呢还是存心犯傻，他居然想伸过手去，同我的孩子们握手，我幸亏及时发觉，没有让他得逞。’”

我的外祖父对于“无知呢还是存心犯傻”这种说法佩服得五体投地，可是赛莉纳小姐，由于圣西门这么一位文学家的大名没有让她的听觉功能完全沉入麻痹状态，听到这话顿时义愤填膺：

“什么？您居然钦佩这样的描写？好！不过，这能说明什么问题？难道同样是人，这个人就不如那个人吗？人只要聪明、勇敢、善良，公爵也罢，马夫也罢，有什么关系？您的圣西门倒好，居然教他的儿子们不理睬正派人的友好表示，这也算教子有方？简直恶心！您居然敢引为经典！”

我的外祖父眼看谈话遇到这么多的障碍，非常扫兴，感到已不可能诱导斯万讲点他爱听的故事了，于是悄声对我的妈妈说：

“上次你告诉我的那句诗是怎么说来着？碰到眼前这种情况，倒可以让我舒一口气。你提个头吧，啊，想起来了：‘主啊，有多少美德您教我们憎恨！’①唉，说得真好啊！”

我两眼盯住了妈妈，我知道，只要一开晚饭，他们就不会让我呆到晚饭结束，为了不使我的父亲扫兴，妈妈不会让我当着大家的面像我在卧室里那样地亲她好几遍的。所以，在餐厅里，在就要开晚饭的时候，在我感到那时间即将来临的当口，我就先为那短促而悄然的一吻，从我力所能及的方面，作好一切准备：我用眼睛选定妈妈脸上的某一个部位，作为我的吻的落点；由于我在精神上已经有了吻的开端，所以我作好思想准备，以便在妈妈把脸凑过来的刹那间，我能充分地感受到我嘴唇贴着的她那部分的肌肤的温存；我好比一个画家要画幅肖像，但是描绘对象只能短暂地出现几次，画家在准备调色板之前，早已根据自己所作的笔记作好细致的回忆，即使描绘对象不在场，他也能画得惟妙惟肖。然而，晚饭的铃声还没有打响，我的外祖父却残忍地说（虽然他并没有意识到自己的残忍）：“这孩子看样子很累，该上楼睡觉去了，再说，咱们今天晚饭吃得晚。”我的父亲本来就不如我的母亲和外祖母那样一丝不苟地信守协议，这时说道：“是啊，快，睡觉去。”我想过去亲亲妈妈，就在这一刹那，晚饭的铃声响了。

“不必了，别麻烦你的妈妈了。这也就等于道过晚安了，这种表示本来就多余可笑。快点，上楼去！”

我等于连盘缠费都没有领到就得上路；我必须像俗话所说“戗着心眼儿”登上一级一级的楼梯，我的心只想回转到母亲身边去，因为母

---

① 原诗应为：“天哪，有多少美德您教我们憎恨。”引自高乃依的悲剧《庞贝之死》。

亲还没有吻我，还没有以此来给我的心灵发放许可证，让她的吻陪我回房。但是，我不得不违心上楼。这可恨的楼梯呀，每当我踏上梯级，总不免凄然若失，那股油漆味可以说已经吸收了、凝聚了我天天晚上都要感到的那种特殊的悲哀，也许正因为如此，一闻到它我才更感到痛心；我的智慧在这种嗅觉的形式下变得木然而丧失了功能。当我们沉入梦乡时，我们不会感到牙疼，只觉得仿佛有一位姑娘掉进水里，我们拼命把她从水里打捞起来，捞起又掉下，掉下又捞起，一连二百次；或者，好比有那么一句莫里哀的诗，我们不停地背诵。处于这种情况，我们只有醒来才能舒口气，我们的智慧才能使牙疼摆脱掉见义勇为的伪装和吟诵诗句的假相。当登楼时的悲哀以迅雷般的速度侵入我内心时，我所感到的却是舒心的反面。这种侵入几乎是顿时发生的，悲哀通过我嗅到的楼梯的特殊的油漆味，突然不知不觉地钻进我的心扉，这比通过精神的渗透更具有毒害心灵的功效。我一进卧室，就得把一切出入口全部堵死，把百叶窗合上，抖开被窝，为我自己挖好墓坑，然后像裹尸一样换上睡衣。那时正当夏令，由于我睡在罩着厚布床幔的大床上太热，他们就为我在房内另外放了一张铁床。我在尚未葬身铁床之前忽然萌生了反抗的念头，我要施个囚犯惯施的诡计，我给母亲写了一封信，说有要紧事要当面禀告，信上不便说，只求她上楼来见我。我只怕弗朗索瓦丝不肯为我送信。她是我的姨祖母家的厨娘，我住在贡布雷的时候，起居由她负责照料。我想，家里有客时要她给我的母亲递信，其难度之大正等于求剧院门房给正在台上演出的女演员送便条，几乎是办不到的。不过，能办不能办，弗朗索瓦丝自有一部严峻专横、条目繁多、档次细密、不得通融的法典，其间的区别一般人分辨不清，也就是琐细至极（所以她那套法典大有古代法律的风貌，那些古代法律残忍处可下令大批杀戮嗷嗷待哺的婴儿，可是有些条文却慈悲得连山羊羔的肉都禁止用母山羊的奶来炖，还禁止啃食动物大腿上的筋）。

有时候，弗朗索瓦丝顽固地拒绝为我们干托她办的事；由此而论，似乎她的“法典”对于上流社会的复杂规矩和交际场合的种种讲究都有所估计，而这些，单凭她这样一个农村女仆的所见所闻，是得不到任何暗示的。我们只能说，她身上有一种非常古老、高尚，但又不为人们所理解的法兰西传统陈迹，好比我们在那些手工业城市中所见到的那样，陈旧的华屋证明往昔曾是王公幸驾之地，化工厂的工人们从事劳动的场地周围，有古老的雕塑珍品，主题有泰奥菲尔遇到圣母显灵，或者埃蒙四兄弟乘坐神马逞威。①

至于我当时的那个特殊情况该如何发落，弗朗索瓦丝的“法典”自有毫不含糊的规定：尊长敬客。所以除非发生火灾，她多半不可能为我这区区小儿去惊扰正陪着斯万先生说话的母亲大人。弗朗索瓦丝经常教训说：不仅对父母长辈要孝敬，对亡人、僧侣和王上要恭敬，还应该尊敬受到款待的宾客；这一套敬人之言倘若出自某部著作，我或许会深受感动，偏偏出自她的口中，我听了不免又气又恼，尤其是因为她说得那么一本正经，细声细气；尤其是今天晚上，她把请客吃晚饭看成神圣的礼仪，结果她必定拒绝惊扰宴会的礼仪。不过我还是要试试运气，于是我毫不迟疑地撒谎说，这封信并非我自己要写，我上楼时妈妈吩咐过，看看有没有她要找的东西，务必给她一个答复；要是不给妈妈捎句话去，她会生气的。我明明知道弗朗索瓦丝根本不信，她跟原始人一样，感觉比咱们灵敏得多，能从一般人觉察不到的征兆中一眼

---

① 泰奥菲尔和埃蒙四兄弟均为传说中的人物。相传公元六世纪时僧侣泰奥菲尔曾把灵魂卖给了魔鬼，后追悔莫及，遂祈求圣母救助，终以诚心感动圣母，显灵勾销了卖魂契。十三世纪时游吟诗人吕特贝夫曾把这一传说编成诗体说唱，广为流传，后来壁画和浮雕等美术形式也采用这一主题。埃蒙四兄弟的故事见诸十二世纪法国英雄史诗《勒诺埃德·蒙多邦》。相传埃美公爵有四子：勒诺、阿拉尔、吉夏尔和里查，统称“埃蒙四子”（“埃蒙”为“埃美”的昵称或贱称），他们在同查理大帝作战时，勇武异常，有坐骑名巴雅尔，一跃千尺。

看透咱们企图掩饰的真相。她把信封足足端详了五分钟，好似单凭审察纸质和笔迹便可知道信封里的内容，换句话说，便可确定应按她那部“法典”中的哪一项“条款”来处置。随后，她无可奈何地走出房间，那表情等于说：“唉！有那样一个孩子，做父母的也真算倒霉！”转眼间她又回来了，说现在席上正在用冰冻甜食，大师傅无法当着众人的面把信递给我妈妈，得等到上漱口盅的当口才有法子送去。我的焦虑顿时得到冰释，顷刻间乾坤扭转，方才我离开母亲还意味着得等到明天才能重聚，可是呆会儿我的便条至少会把无影无踪的我，喜孜孜地带进妈妈所在的那间厅堂，而且会在我妈妈的耳畔悄悄地谈论我；虽然母亲看到便条肯定会不高兴（而且由于我的拙劣手段将使我在斯万的眼中显得十分可笑，她更会加倍地生气）。一秒钟之前，我还觉得餐桌上的冰冻甜食——“坚果冰淇淋”以及漱口盅之类的享受无聊透顶，邋遢可憎，因为我的妈妈是在我不在场时独自享受的。可现在，那间原来对我极不友好，禁止入内的餐厅，忽然向我敞开大门，就像一只熟得裂开了表皮的水果，马上就要让妈妈读到我便条时所给予我的亲切关注，像蜜汁一般从那里流出来，滋润我陶醉的心房。我与母亲已经不再相隔异处；屏障倒塌了，柔情的丝丝缕缕重又把我和她系到一起。而且，还不止如此，妈妈还一定会上来看我！

我方才苦恼地想：斯万如果看到我给母亲的信，并且猜出我的用心，一定会瞧不起我；然而我后来才知道，他一生之中对类似的苦恼有过长期的体会，谁也比不上他更了解我。自己所爱的人在自己不在场或不能去的地方消受快乐，对他来说，是一件烦恼苦闷的事，是爱情教他尝到的滋味。那样的烦恼苦闷，从某种意义上说，本来就注定属于爱情，而且一旦落入爱情之手它就变得具有专门的含义；但是它钻进像我这样生活中还没有出现过爱情的人的心中，它实际上是对爱情的期待；它漫无目的、自由自在地游动着，并无一定的钟情对象，只为某一天出现的某种感情效劳，这种感情有时是对父母的依恋，有时是对同伴的友谊。

弗朗索瓦丝回来告诉我说，我的信即将交给母亲。那时我感到无比的喜悦。我在感情见习期所领受到的这种喜悦，斯万也早就体会过：这其实不过是哪位好心的朋友，或者我们心爱的女子的哪位亲戚，让我们空欢喜一场罢了。比如说，我们来到哪家公馆或者哪家剧院，知道我们的心上人也来这里参加舞会或者观看首场演出，这时有位朋友先是发现我们在门外踯躅，几近绝望地等待着同心上人接近的机会。那位朋友认出我们是谁，热心地过来招呼，问我们来这里有何贵干。我们就胡乱编套谎话，声称有要紧事必须告诉他的某位女亲戚或者某位女朋友。他连忙请我们放心，说这事再好办不过；他把我们领进门厅，答应五分钟之内一定送她下楼。我们多感激他呀——正等于这时我多感激弗朗索瓦丝！这样与人为善的中间人，仅凭一句话就改变了我们的心境：刚才我们还认为里面的灯红酒绿一定乌七八糟到不堪设想的地步，而且其中必有几股同我们作对的、邪恶的、蛊惑人心的旋风把我们的心上人裹胁而去，让她嘲笑我们；可是顷刻之间，我们觉得这样的晚会还过得去，有人情味，甚至大有好处！若以那位向我们打招呼的朋友的态度来看（因为他也是晚会中的一员），我们可以推断其他宾客不至于会有多坏。原先我们不知道她在里面会享受到什么样的乐趣，那漫长的时辰可望而不可即，残酷地折磨人的感情，如今却出现了一个供我们潜入其间的缺口；在构成那些时间的序列中有那样一个时刻，同其他时刻一样真实，却又更为重要，因为它同我们的心上人关系更为密切，它活灵活现地出现在我们的眼前，我们占有它，参与其间，它几乎是我们自己创造出来的，这就是有人要去告诉她，我们就在楼下的那个时刻。也许，晚会的其他时刻同那个时刻并无本质的差别，并不更令人心醉而使我们痛苦万分，因为好心的朋友已经明白告诉我们：

"她肯定会非常高兴下来的！跟您谈谈总比在楼上百无聊赖要好得多。"唉！斯万有过这方面的经验:感到她所不爱的人处处跟踪,甚至一直盯到晚会的门口,她岂能不生气？而第三者的好心并不能打消她的气恼,结果经常是只有那位好心的朋友一人下楼。

我的母亲没有来,甚至连一点面子(也就是不拆穿我编的那套找东西的瞎话)都不肯给,反倒让弗朗索瓦丝对我说:"不理!"后来我经常听到大旅社的门房或者游乐场的听差对可怜巴巴的姑娘说同样的话。那姑娘惊讶地反问道:"什么？他不理？怎么可能呢？您确实把我的信交到他手里了吗？那好！我再等等。"而且,这样的姑娘无一例外,都不需要门房给她另点一盏小煤气灯;她只在黑角落里静候,偶尔能听到门卫同跑堂嘀咕几句天气好坏之类的话,接着门卫就发觉时间不早,打发跑堂赶紧把某位顾客吩咐的酒拿去冰镇。——我当时谢绝了弗朗索瓦丝的好意(她自告奋勇要给我泡杯药茶),我也不要她留下陪我,只让她回配膳室去。

我钻进被窝,合上眼睛,尽量不去听他们在花园里喝咖啡时的聊天声。这样过了几秒钟,我感到其实早在我给妈妈写信的那会儿,早在我不顾她会生气向她靠拢甚至以为马上就要同她聚首的那会儿,我已经把见不到妈妈我照常睡觉的路子给堵塞了。我的心突突乱跳,阵阵发痛,本指望以逆来顺受求得安宁,结果反而增添心中的骚乱。突然间,我的烦恼烟消云散,像服了一剂强烈的镇静药,到这时才开始见药效;痛苦消释,周身舒坦:因为我下了决心,不再勉强自己在见到妈妈前就入睡,我要等妈妈上楼睡觉时,不顾一切地去同她亲一亲,虽然这事肯定会惹得她接连几天同我生气。烦恼既消,平静使我感到异常的喜悦,那种异样的感觉,不亚于期待、饥渴和如临深渊的恐惧。我轻轻推开窗户,坐到床前,几乎一动不动,生怕楼下的人听到我的动静。窗外万籁也仿佛凝固在静寂的期待中,唯恐扰乱明净的月色;月亮把自己反射的光辉,延伸到面前的万物之上，勾画出它们的轮廓，又使它们显得格外悠远；风景像一幅一直卷着的画轴被徐徐展开，既细致入微，又恢宏壮观。需要颤动的东西，如栗树枝头的叶片，在轻轻颤动。但它颤动得小心翼翼、不折不扣，动作那样细密而有致，却并不涉及其他部分，同其他部分判然有别；它独行其是。远处的嗡嗡声扩散在不吸音的寂静之中，听来像是从市区那一边的花园中传来的，那么微弱又那么清晰，好比是轻声的演奏，像音乐学院的乐队十分高明地演奏轻音的乐段，每一个音符都像是从离音乐厅很远的地方传来的，但又都清晰可辨。音乐会上的常客侧耳倾听——倘若斯万请客，我的两位姨祖母也能有幸在座——他们似乎在一支军队还没有拐进特雷维斯街之前就已经能听到远处前进的脚步声了。

我心中有数，我当时把自己置于最不利的境地，最终会从我的长辈们那里得到最为严厉的处罚，其严厉的程度，外人实际上是估计不到的。他们或许以为，充其量是犯了真正丢脸的过错所造成的那种后果吧。但是，在我所受到的教育中，错误的轻重次序，同其他孩子所受的教育很不一样。大人们早已使我习惯于把一些错误看得比另一些错误严重（否则我或许没有必要受到那样细心的管教了）。我现在才明白，凡属严重错误都有一个共同的性质：那就是没有克制感情的冲动。不过当时谁都没有这么说罢了。谁都没有指出错误的根源，因为倘若说穿，我或许会认为自己情有可原，或者甚至认为自己本来就没有能力克制。不过对于错误的来龙去脉我并不陌生：在犯错误前，我必定先感到极其苦恼；犯错误后，我又必定受到严厉的处罚。我知道，我刚才的错误，与我过去因而受到重罚的错误属于同一性质，虽然程度上这次要严重得多。倘若等我母亲上楼睡觉时，我迎上前去，她见我为了同她说声晚安居然等候在过道里而一直没有睡觉，那么，她就会再不让我住在家里了。等天一亮，她会把我送去住校，这是一定的。唉！难道五分钟之后我只有跳楼吗？我倒宁可跳楼的。

现在我的全部愿望是见到妈妈，同她说声晚安。为了实现这一愿望，我已经走得太远，再想回头已不可能。

我听到大人们送斯万出门的声音；门铃告诉我斯万已经走远。我伏到窗前，听妈妈问父亲：龙虾的滋味是否可口？斯万先生是否又添了一次咖啡腰果冰淇淋？妈妈还说："我觉得龙虾味道一般，下次我要用别的香料来做。"

"我都不知道怎么说才好，总觉得斯万的模样变多了，"我的姑祖母说，"他都成老头儿了！"

姑祖母一向惯于把斯万看做一成不变的小伙子，一旦发觉斯万比她想象中的年纪要显老些，她就大惊小怪。而其他人则开始议论说斯万的这种老相不正常，太过分，有失面子，只有单身汉才这么老气横秋呢；对于那些单身汉来说，不是觉得大白天得过且过，没什么盼头，就是觉得大白天长得要命，因为他们心目中白天是空洞的永昼，没完没了的钟点自天亮之后就开始增多，他们却没有子女来共同分享这些时间。

"我相信，他那位爱卖俏的妻子够他操心的。在贡布雷谁不知道她跟一位夏吕斯先生同居呀？传得满城风雨。"

我的母亲倒发觉斯万先生近来脸色开朗多了："他一不顺心，就跟他父亲当年一样，揉眼睛、摸脑袋。不过他近来这种动作少多了。照我看，他其实已经不爱他的妻子了。"

"那是自然的，他已经不爱她了，"外祖父说，"我收到过他的一封信，这是很久以前的事了，信上说到这件事。我尽量不把它当真，不过他在信里到把自己的感情表白得很清楚，至少说明他对妻子的爱情已经淡漠下来，哎！你们俩呀你们俩！怎么不谢谢他送来的阿斯蒂麝香葡萄酒呢？"外祖父转身问他的两位小姨子。

"怎么？我没有道谢吗？说句良心话，我还以为自己转着圈儿已经对他委婉地表达了谢意呢。”姨祖母弗洛拉回答说。

“不错，你转弯抹角地说得很得体，我真钦佩你。”姨祖母赛莉纳说。

“你也一样，说得很有分寸。”

“是的，我提到芳邻的那段话，连我自己都深感得意。”

“什么？你们这也算感谢人家！”外祖父失声叫道，“这些话我倒都听到了，不过我怎么也想不到你们是说给斯万听的。你们不必怀疑，我认为他根本没有听出你们的弦外之音。”

“看你说的，斯万可不是笨人，我肯定他领会到了。我总不能跟他提到几瓶酒、多少钱吧？”

我的父亲和母亲在花园里单独地坐了一会儿，后来父亲说：“咱们上楼睡去吧，好吗？”

“你愿意上楼咱们就上楼吧，亲爱的，虽然我现在一点都不困；倒不是冰淇淋里的那点儿咖啡弄得我这样精神，我发觉用人的房间里灯还没灭，可怜弗朗索瓦丝一直在等我呢。我要去请她帮我解开紧身上衣后面的搭扣，你先更衣去吧。”

母亲打开了安着铁花条的门，走进正对着楼梯的门厅。我很快就听到她上楼关窗的声音。我蹑手蹑脚走进过道，心怦怦乱跳，激动得几乎寸步难移，不过这至少不是难过得心跳，而是提心吊胆，是过分兴奋。我看到楼梯井下烛光摇曳，那是我母亲秉烛上楼，接着我看到了妈妈，我扑上前去。她先是一愣，不知道是怎么一回事。随后她显出怒容，一声不吭，事实上过去为了更微不足道的过错她都能一连几天不理我。如果那时妈妈对我说一句话，这虽然意味着她不会不理我，但对我来说也许是更可怕的征兆，因为比起严厉的惩罚来，不理我、生气毕竟只能算不足挂齿的小事。她若开口，那就像辞退用人似的，虽说得平心静气，但是下了决心的；送儿子出门的母亲，给儿子一吻是为了告别；而只想跟儿子生几天气就了事的母亲是不肯吻儿子的。然而这时妈妈听到已经换好衣裳的父亲走出更衣室上楼来了，为了避免父亲训我一顿，她急得呼哧呼哧对我说道："快跑，快跑，别让你爸爸看到你像个疯子似的等在这儿！"

可是我还是反复地说："来跟我说声晚安！"我一面说，一面提心吊胆地看着父亲的烛光已经照到楼梯边的大墙上。不过父亲越来越近倒正好可以被我用来作为一种讹诈的手段，我希望妈妈为了避免父亲见到我，对我说："先回到房里去，我呆会儿来看你。"

来不及了，父亲这时已经出现在我们的跟前，我不觉念念有词地说了句谁也没有听到的话："完了！"

然而我并没有遭殃。父亲向来不像妈妈和外祖母那样对我宽容，允许我这样那样；凡她们允许的，父亲总不允许。他根本不顾什么"原则"，也谈不上什么"人权"。譬如例行的散步，别人是不会不让我去的，即使不让，起码也得给我许个愿。父亲却随口说个理由，或者干脆毫无理由，就在将要出发之前突然取消我去的权利。要么就像今天晚上那样，明明离开晚饭的时间还早，偏打发我快走："上楼睡觉去，不必多说！"但是，也正由于他如外祖母所说没有原则，也就无所谓坚持了。

他绷着脸奇怪地看我一眼。后来妈妈尴尬地解释几句。他说："那你去培陪他吧。你不是说还没有睡意吗？你就呆在他房里好了，反正我不需要你照应。"

"可是，亲爱的，"母亲不好意思，回答说，"这跟有无睡意无关，总不能惯孩子……"

"谈不上惯，"父亲耸耸肩膀，"事情明摆着，这孩子心里不痛快，脸色那么难看，做父母的总不能存心折磨他吧！等他真弄出病来，你更要迁就他了。他的房里不是有两张床吗？吩咐弗朗索瓦丝为你收拾一下大床，你今晚就陪他睡吧。好，晚安，我不像你们那么好激动，我可要睡了。"

我还不能够感谢父亲；他凡是听到他称之为感情用事的话，只会恼怒。我不敢有所表示；他还没有走开，已经在我们跟前显得那么高大，他穿着一身白色睡袍，头上缠着淡紫和粉红两色的印度开士米头巾；自从得了头痛病之后，他睡觉总以此缠头。他的动作就像斯万先生送给我的那幅版画中的亚伯拉罕①，那幅版画是根据伯诺索·戈索里②的原作复制的，画中亚伯拉罕要萨拉狠心舍弃伊萨克。这已经是多年前的事了。当年烛光渐升的那面楼梯旁的大墙早已荡然无存。有许多当年我以为能在心中长存不衰的东西也都残破不堪，而新的事物继而兴起，衍生出我当年意料不到的新的悲欢；同样，旧的事物都变得难以理解了。我的父亲也早已不会再对我的母亲说："陪他去吧。"出现这种时刻的可能性对于我来说已一去不复返。但是，不久前，每当我侧耳倾听，我居然还能听到我当年的哭泣声。当着父亲的面我总竭力忍着，等到与母亲单独在一起时我才忍不住地哭出声来。事实上这种哭泣始终没有停止过；只因为现在我周围的生活比较沉寂，才使我又听到了它，好比修道院的钟声白天被市井的嘈杂所掩盖，人们误以为钟声已停，直到晚上万籁俱寂时才又遐迩可闻。

那天晚上我的母亲就在我的卧室里过夜；我犯了这样严重的错误，准备受到让我离家住校的惩罚，不料父母却对我恩宠倍加，过去我做了好事都从来没有得到这样的奖赏。我的父亲即使对我恩宠倍加，他的举止言谈仍具有专制武断、奖罚不当的成分，这已成为他

---

① 亚伯拉罕：圣经中的人物，据说是希伯莱人的祖先。上帝为了考验他，要他献出自己的儿子以撒祭神，他同意了。撒拉是他的妻子。

② 伯诺索·戈索里(1420—1497)：意大利画家。上面说到的那幅画系他所作的二十三幅"旧约故事"中的一幅，作于1468—1484年，原存比萨"康波·圣托"教堂，第二次世界大战时毁于兵燹。

行为的特征；在一般情况下，他办事多凭兴之所至，难得深思熟虑。他打发我睡觉去的时候，那种态度我称之为严厉恐怕太过分，其实赶不上妈妈和外祖母严厉。他的天性在许多方面虽说同我很不一样，但同妈妈和外祖母就更有天壤之别。他八成直到现在都没有猜到我每天晚上有多伤心，而这一点妈妈和外祖母却了如指掌，只是她们太疼我了，不忍心让我尝到痛苦的滋味，她们要我自己学会克服痛苦，以此来减轻我多愁善感的毛病和磨炼我的意志。至于父亲对我的疼爱，那是另一种类型的，我不知道他有没有她们那样的勇气：他只要一发现我心里不痛快，就对我的母亲说："去安慰安慰他。"

妈妈那天晚上就呆在我的房里了。弗朗索瓦丝看到妈妈坐在我的身边，握住了我的手，任我哭个不停也不训斥我，她看出必定发生了什么非同小可的事，便问妈妈："夫人，少爷怎么啦，哭成那样？"我本来是有权盼望妈妈来同我道晚安的，可是眼下的情况那样不同，妈妈看来不想以任何懊恼之情来损害这不同寻常的时刻，便这样回答说："他自己也弄不明白，弗朗索瓦丝，他神经太紧张；快给我铺好大床，然后上楼睡去吧。"就这样，破天荒头一回，我的忧伤没有被看做应该受罚的过错，而是一种身不由己的病症。方才妈妈正式承认了，这是一种精神状态，我是没有责任的；我松了一口气，我不必在苦涩的眼泪中掺进什么顾忌了，我可以痛哭而不至于犯下过失。在弗朗索瓦丝面前，我深为这种人情的复归而自豪。一小时前，妈妈拒绝上楼到我的房间里来，还不屑一答地吩咐我快睡；如今她那番通情达理的话，把我抬到了大人的高度，使我的痛苦一下子脱离了幼稚的境界，达到成熟，我的眼泪由此获得解放。我应该感到高兴，然而我不高兴。我觉得母亲刚才对我作出的第一次让步，她一定很为之痛心，她第一次在她为我所设想的理想面前退缩；她那么勇敢的人，第一次承认失败。我觉得，我取得胜利是跟她作对；我使她的意志松懈、理性屈服，不过是因为她怜恤我有病，怕我伤心过度，顾念我年幼。我觉得那天晚上开始了一个新纪元，而且将成为一个不光彩的日子留传下来。倘若当时我有勇气开口，我就会对妈妈说："不，我不要，你别睡我这儿。"但是，我深知妈妈有审时度势之明，用现在的说法，就是很现实主义。这种明哲的态度，使她的理想主义天性有所收敛，不像外祖母那样热得像团火。我心里有数，现在既然毛病发作，妈妈宁可让我起码得到些慰藉，免得惊动父亲。当然，在妈妈那样温柔地握着我的手，想方设法止住我眼泪的那天晚上，她的俊俏的脸庞还闪耀着青春的光彩；但是，我偏偏认为不该这样。她若怒容满面，我或许还好受些；我童年时代从来没有见到过她这样温情脉脉，这反倒使我感到悲哀。我仿佛觉得自己忤逆不孝，偷偷地在她的灵魂中画下第一道皱纹，让她的心灵长出第一根白发。想到这里，我就哭得更凶了。这时候，我看到了从来没有依我亲昵撒娇的妈妈，突然受到我情绪的感染，在竭力忍住自己的眼泪。她感到我看出她想哭，便笑着对我说："瞧，我的小宝贝，我的小傻瓜，再这么下去，弄得妈妈也要像你一样犯傻劲儿了。好了好了，既然你不想睡，妈妈也不困，咱们别这么哭哭啼啼地待着，倒不如干些有意思的事，拿出一本书看看吧。"可是偏偏房间里没有书。"要是我把你外祖母准备在你生日那天送给你的书先拿给你，你不会不高兴吧？想好了，等到后天你什么礼物也没有，你不会失望吧？"

正相反，我高兴极了。妈妈去拿了一包书来，从包装纸看，那些书又短又宽，仅凭这初步印象，（虽然是笼统的，而且还隔着一层纸）它们的吸引力就已经大大超过新年颜料盒和去年的蚕宝宝了。那几本书是《魔沼》、《弃儿弗朗沙》、《小法岱特》和《笛师》。后来我才知道,外祖母起先挑选的是缪塞的诗、卢梭的一本著作,还有《印第安娜》①;因为,外祖母固然认为无聊的书同糖果点心一样对健康有害,但她却并不否认天才的恢宏气魄甚至对一个孩子的思想都能产生影响,这种影响不见得比旷野的空气和海面吹来的风更不利于健康,更缺乏振作活力的功效。但是当我的父亲得知她送我那几本书时,几乎把她看成疯子,因而她只好再次亲自出马,光顾舒子爵市的书店,免得我不能及时拿到礼物(那天的天气热得灼人,外祖母回家时难受极了,医生警告我母亲说:以后切不可再让她累成那样)。外祖母一下就选中了乔治·桑的这四本田园小说,"我的女儿,"她对我妈妈说,"我总不能存心给孩子买几本文字拙劣的书看呀。"

确实,我的外祖母从不凑合买那些智力方面得不到补益的东西,她尤其看重能教我们在物质享受和虚荣满足之外寻求愉快的优美的作品。即使她有必要送人一件实用的礼物,譬如一把交椅,一套餐具,一根拐杖,她也要去找"古色古香的",似乎式样既然过时,实用性也就随之消失,它们的功用也就与其说供我们生活所需,倒不如说在向我们讲解古人的生活。她希望我的卧室里挂几张古建筑的照片,或者很美的风景图片。可是当她去选购时,虽然照片上的内容不乏审美价值,她总觉得照相这种机械复制方式,让平庸和实用过于迅速地得其所哉了。她要想办法做点手脚,虽说无法完全排除商业性的俗气,但至少要削弱它,在大的方面仍用艺术来取代它,给它引进一些艺术的"厚度":譬如说,不要实景照片。她问斯万:有哪位大画家画过沙特尔大教堂、圣克鲁大喷泉和维苏威火山?她宁可送我油画照片:柯罗

① 《印第安娜》也是乔治·桑所著的小说。

的《沙特尔大教堂》，于贝尔·罗贝[1]的《圣克鲁大喷泉》和透纳[2]的《维苏威火山》；虽说仍是照片，艺术档次毕竟高了一级。但是，倘若摄影师不拍古建筑，不拍自然风景，这些都由大艺术家去描绘，摄影师只拍艺术家画下来的景物，那么，他倒算做得更名正言顺了。一触及流传甚广的作品，我的外祖母就千方百计稽古溯源，她请教斯万，某某作品有没有版画复制品？倘若有，她倒更看重一些旧版画，因为在版画本身之外另有一种价值，例如那些临摹杰作原貌的版画，而杰作原貌今天我们已经无幸拜识了（就像莫冈在达·芬奇的《最后的晚餐》原作变样以前临摹刻制的那幅版画）。

应该说，用送礼物来理解艺术，这种方法并不总能收到辉煌的功效。提香有一幅画，画的是威尼斯，据说背景是环礁湖，我从那幅画上所得到的威尼斯印象，肯定不如照片所能给予我的印象准确。我的姑祖母倘若存心跟外祖母作对，开一份清单，一一列举她送了多少把交椅给新婚夫妻或老夫老妻，那些椅子的最初受礼者是想日常使用的，可是椅子经不起坐者的体重，立刻散架垮掉，那么这笔账无人能算得清。然而我的外祖母认为太在乎家具结实的程度未免鼠目寸光，木器上明明还留有昔日的一点风采，一丝笑容，一种美的想象，怎能视而不见？那些木器虽说从我们已经不习惯的某个方面还符合某种需要，但就连这一点也能像一些老掉牙的成语那样使她欣赏备至，我们却只能从中看到一种在我们现代语言中已经被习惯磨损得影迹莫辨的隐喻。外祖母作为生日礼物送给我的那几本乔治·桑的田园小说，恰恰就像一件旧家具那样，里面充满了过时的短语，早已变成了形象化的说法，除了农村，别处已经听不到还有人这么说了。我的外祖母在一大堆书

① 于贝尔·罗贝（1733—1808）：法国版画家、油画家。

② 透纳（1775—1851）：英国画家，是印象派的先驱者之一。

中偏偏选购这几本，正等于她更乐于赞美一所有哥特式阁楼之类老式点缀的住宅，这些东西能使她心头萌生一种自得其乐的情绪，使她生发思古的幽情，可以领她到往昔的岁月中去作一番不可能实现的漫游。

妈妈坐在我的床边；她拿了一本《弃儿弗朗沙》。发红的封面和莫名其妙的书名，在我的心目中，给弗朗沙平添一种明显的个性和神秘的魅力，我还从未读过名副其实的小说。过去听说乔治·桑是典型的小说家，仅凭这一点，就足以使我想象《弃儿弗朗沙》中一定有某种难以界定的、引人入胜的内容。用来煽起好奇之心或恻隐之情的叙述手段，某些令人不安和催人惆怅的表达方法，有点知识的读者一眼就看出这些同别的许多小说一样；可是在我眼里，它们却是感人肺腑的一种外观，流露出《弃儿弗朗沙》所特有的本质。我并不把一本书看成一件有许多同类的事物，而把它当做与众不同的人，其存在的理由只在于它自身。在书中那些日常事件中，司空见惯的情节里，短而又短的字里行间，我感到一种奇特的语调，别具一格的抑扬顿挫。故事在展开，我却觉得晦涩费解，更何况我往往一连读上几页，心里都在想别的事。这样分心的结果造成连贯情节的中间出现一段段接不上茬的空隙，再加上妈妈朗读时凡描写爱情的地方都略去不念，空隙更有增无已，所以磨坊姑娘与那小伙子之间各自的态度发生令人费解的变化，在我看来就好像打上了非常神秘的印记；其实，他们之间萌生的爱情得到了发展，足可解释那些变化，我却一厢情愿地设想神秘的根源出自“弃儿”这个名称。我不知道这个名称的含义，只觉得听来受用；我不明白那个小伙子为什么叫“弃儿”，这称号给他披上了一层鲜艳、绚丽和迷人的色彩。

我的母亲朗读时固然常常不忠实于原文，可是她朗诵起来也着实令人钦佩。凡读到感情真挚处，她不仅尊重原意，而且语气朴实，声音优雅而甜润。甚至在日常生活中，倘若有人（且不说什么艺术品）引起她类似的爱怜或钦佩，她也能从自己的声音、举止和言谈中，落落大方地避免某些东西，做到恭谦待人：为了不使曾经遭受丧子之痛的母亲勾起往日的旧恨，她避开活泼的词锋；为了不使老人联想到自己已届风烛残年，她不提节日和生日；为了不使年壮气盛的学者感到兴味索然，她不涉及婆婆妈妈的话题。她如此恭谦大度，实在令人感动。同样，我的母亲读乔治·桑的散文，还能读出字里行间所要求的种种自然而然的温情和豁达亲切的意蕴。乔治·桑笔下充满善良和高雅的情操，外祖母的教诲早已使妈妈学会把这两种情操看做生活中的高尚品格（直到后来我才让妈妈明白它们在文学作品中未必是高尚的品格），所以她朗读时细心地从声音中排除掉一切狭隘情绪和矫揉造作的腔调，以免妨碍感情的洪流涌进字里行间。乔治·桑的字字句句好像是专为妈妈的声音而写的，甚至可以说完全同妈妈心心相印。为了恰如其分，妈妈找到了一种由衷的、先于文字而存在的语气；由它带出行文，而句子本身并不能带出语气；多亏这种语调，她在朗读中才使得动词时态的生硬得到减弱，使得未完成过去时和简单过去时在善中有柔、柔中含忧，并引导结束的上一句向开始的下一句过渡；这种过渡，有时急急匆匆，有时却放慢节律，使数量不等的音节服从统一的节奏，给平淡无奇的行文注入持续连贯、情真意切的生气。

悲哀一俟平息，我便沉溺在妈妈伴我过夜的温情之中。我知道如此夜晚不可再得，我最大的心愿莫过于在夜间如此凄凉的时刻有妈妈在房中相伴；这种心愿同生活的需要和大家的期望太对立了，简直是南辕北辙，所以那天夜间我暂得的满足不过是勉强的例外。明天我的苦恼照常还会出现，而妈妈却不会再留在这里。但是只要我的焦虑一时得到平息，我就不知焦虑为何物了；况且明晚毕竟还远，我心中盘算：到时候再想办法，时间并不会给我带来更大的神通，因为事情毕竟不由我的愿望决定；只是现在事情还没有落到我的头上，这就更使我觉得侥幸避免是可能的。

就这样，在很长一段时期内，每当我半夜梦中回忆及贡布雷的时候，就只看到这么一块光明，孤零零地显现在茫茫黑暗之中，像腾空而起的焰火，像照亮建筑物一角的电光，其余部分都沉没在黑夜里。这块光明上尖下宽：下面是小客厅、餐厅、花园中幽暗小径的开头一截（无意中造成我哀愁的祸首斯万先生要从那面走来）和门厅（我要由此而踏上楼梯的第一级），而攀登起来令我心碎的楼梯则构成这个不规则棱锥体的非常狭窄的锥干；顶部是我的卧室、卧室外的过道、过道口的玻璃门，我的母亲就是从那里进来的。总之，老在晚上那个钟点见到、同周围事物完全隔绝、在黑暗中孤零零地显现的，就是这么一幕简而又简的布景（等于一般老式剧本的开头为供外省演出参考而作的布景提示），为了重演我更衣上床的那出戏，这些道具是少得不能再少了；似乎贡布雷只有楼上楼下，由一部小小的楼梯连接上下，似乎只有晚上七点钟这一个时辰。说实话，倘若有人盘问我，我或许会说贡布雷还有别的东西，别的时辰。但，那将是我有意追忆，动脑筋才想到的一鳞半爪；而有意追忆所得到的印象并不能保存历历在目的往事，反正我决不会自愿地去回想贡布雷的其他往事。它们在我的心目中其实早已死了。

永远消亡了？可能吧。

这方面偶然的因素很多，而次要的偶然，例如我们偶然死去，往往不允许我们久久期待首要的偶然带来的好处。

我觉得凯尔特人[1]的信仰很合情理。他们相信，我们的亲人死去之后，灵魂会被拘禁在一些下等物种的躯壳内，例如一头野兽，一株草

---

① 凯尔特人：公元前2000年在中欧形成的一个印欧语系的种族。他们自青铜时代起，从莱茵河及多瑙河之间的地区向西扩展，进入高卢中部。公元前六世纪至前二世纪，是他们扩张的极盛时期；公元前一世纪左右为罗马人所征服。

木，或者一件无生物，将成为他们灵魂的归宿，我们确实以为他们已死，直到有一天——不少人碰不到这一天——我们赶巧经过某一棵树，而树里偏偏拘禁着他们的灵魂。于是灵魂颤动起来，呼唤我们，我们倘若听出他们的叫唤，禁术也就随之破解。他们的灵魂得以解脱，他们战胜了死亡，又回来同我们一起生活。

往事也一样。我们想方设法追忆，总是枉费心机，绞尽脑汁都无济于事。它藏在脑海之外，非智力所能及；它隐蔽在某件我们意想不到的物体之中（藏匿在那件物体所给予我们的感觉之中），而那件东西我们在死亡之前能否遇到，则全凭偶然，说不定我们到死都碰不到。

这已经是很多很多年前的事了，除了同我上床睡觉有关的一些情节和环境外，贡布雷的其他往事对我来说早已化为乌有。可是有一年冬天，我回到家里，母亲见我冷成那样，便劝我喝点茶暖暖身子。而我平时是不喝茶的，所以我先说不喝，后来不知怎么又改变了主意。母亲着人拿来一块点心，是那种又矮又胖名叫“小玛德莱娜”的点心，看来像是用扇贝壳那样的点心模子做的。那天天色阴沉，而且第二天也不见得会晴朗，我的心情很压抑，无意中舀了一勺茶送到嘴边。起先我已掰了一块“小玛德莱娜”放进茶水准备泡软后食用。带着点心渣的那一勺茶碰到我的上腭，顿时使我混身一震，我注意到我身上发生了非同小可的变化。一种舒坦的快感传遍全身，我感到超尘脱俗，却不知出自何因。我只觉得人生一世，荣辱得失都清淡如水，背时遭劫亦无甚大碍，所谓人生短促，不过是一时幻觉；那情形好比恋爱发生的作用，它以一种可贵的精神充实了我。也许，这感觉并非来自外界，它本来就是我自己。我不再感到平庸、猥琐、凡俗。这股强烈的快感是从哪里涌出来的？我感到它同茶水和点心的滋味有关，但它又远远超出滋味，肯定同味觉的性质不一样。那么，它从何而来？又意味着什么？哪里才能领受到它？我喝第二口时感觉比第一口要淡薄，第三口比第二口更微乎其微。该到此为止了，饮茶的功效看来每况愈下。显然我所追求的真实并不在于茶水之中，而在于我的内心。茶味唤醒了我心中的真实，但并不认识它，所以只能泛泛地重复几次，而且其力道一次比一次减弱。我无法说清这种感觉究竟证明什么，但是我只求能够让它再次出现，原封不动地供我受用，使我最终彻悟。我放下茶杯，转向我的内心。只有我的心才能发现事实真相。可是如何寻找？我毫无把握，总觉得心力不逮；这颗心既是探索者，又是它应该探索的场地，而它使尽全身解数都将无济于事。探索吗？又不仅仅是探索，还得创造。这颗心灵面临着某些还不存在的东西，只有它才能使这些东西成为现实，并把它们引进光明中来。

我又回过头来苦思冥想：那种陌生的情境究竟是什么？它那样令人心醉，又那样实实在在，然而却没有任何合乎逻辑的证据，只有明白无误的感受，其他感受同它相比都失去了明显的迹象。我要设法让它再现风姿，我通过思索又追忆喝第一口茶时的感觉。我又体会到同样的感觉，但没有进一步领悟它的真相。我要思想再作努力，召回逝去的感受。为了不让要捕捉的感受在折返时受到破坏，我排除了一切障碍，一切与此无关的杂念。我闭目塞听，不让自己的感官受附近声音的影响而分散注意。可是我的思想却枉费力气，毫无收获。我于是强迫它暂作我本来不许它作的松弛，逼它想点别的事情，让它在作最后一次拼搏前休养生息。尔后，我先给它腾出场地，再把第一口茶的滋味送到它的跟前。这时我感到内心深处有什么东西在颤抖，而且有所活动，像是要浮上来，好似有人从深深的海底打捞起什么东西，我不知道那是什么，只觉得它在慢慢升起；我感到它遇到阻力，我听到它浮升时一路发出汩汩的声响。

不用说，在我的内心深处搏动着的，一定是形象，一定是视觉的回忆，它同味觉联系在一起，试图随味觉而来到我的面前。只是它太遥远、太模糊，我勉强才看到一点不阴不阳的反光，其中混杂着一股杂色斑驳、捉摸不定的漩涡；但是我无法分辨它的形状，我无法像询问唯一能作出解释的知情人那样，求它阐明它的同龄伙伴、亲密朋友——味觉——所表示的含义，我无法请它告诉我这一感觉同哪种特殊场合有关，与从前的哪一个时期相连。

这渺茫的回忆，这由同样的瞬间的吸引力从遥遥远方来到我的内心深处，触动、震撼和撩拨起来的往昔的瞬间，最终能不能浮升到我清醒的意识的表面？我不知道。现在我什么感觉都没有了，它不再往上升，也许又沉下去了；谁知道它还会不会再从混沌的黑暗中飘浮起来？我得十次、八次地再作努力，我得俯身寻问。懦怯总是让我们知难而退，避开丰功伟业的建树，如今它又劝我半途而废，劝我喝茶时干脆只想想今天的烦恼，只想想不难消受的明天的期望。

然而，回忆却突然出现了：那点心的滋味就是我在贡布雷时某一个星期天早晨吃到过的"小玛德莱娜"的滋味（因为那天我在做弥撒前没有出门），我到莱奥妮姨妈的房内去请安，她把一块"小玛德莱娜"放到不知是茶叶泡的还是椴花泡的茶水中去浸过之后送给我吃。见到那种点心，我还想不起这件往事，等我尝到味道，往事才浮上心头；也许因为那种点心我常在点心盘中见过，并没有拿来尝尝，它们的形象早已与贡布雷的日日夜夜脱离，倒是与眼下的日子更关系密切；也许因为贡布雷的往事被抛却在记忆之外太久，已经陈迹依稀，影消形散；凡形状，一旦消褪或者一旦黯然，便失去足以与意识会合的扩张能力，连扇贝形的小点心也不例外，虽然它的模样丰满肥腴、令人垂涎，虽然点心的四周还有那么规整、那么一丝不苟的绉褶。但是气味和滋味却会在形销之后长期存在，即使人亡物毁，久远的往事了无陈迹，唯独气味和滋味虽说更脆弱却更有生命力；虽说更虚幻却更经久不散，更忠贞不贰，它们仍然对依稀往事寄托着回忆、期待和希望，它们以几乎无从辨认的蛛丝马迹，坚强不屈地支撑起整座回忆的巨厦。

虽然我当时并不知道——得等到以后才发现——为什么那件往事竟使我那么高兴，但是我一旦品出那点心的滋味同我的姨妈给我吃过的点心的滋味一样，她住过的那幢面临大街的灰楼便像舞台布景一样呈现在我的眼前，而且同另一幢面对花园的小楼贴在一起，那小楼是专为我的父母盖的，位于灰楼的后面（在这以前，我历历在目的只有父母的小楼）；随着灰楼而来的是城里的景象，从早到晚每时每刻的情状，午饭前他们让我去玩的那个广场，我奔走过的街巷以及晴天我们散步经过的地方。就像日本人爱玩的那种游戏一样：他们抓一把起先没有明显区别的碎纸片，扔进一只盛满清水的大碗里，碎纸片着水之后便伸展开来，出现不同的轮廓，泛起不同的颜色，千姿百态，变成花，变成楼阁，变成人物，而且人物都五官可辨，须眉毕现；同样，那时我们家花园里的各色鲜花，还有斯万先生家花园里的姹紫嫣红，还有维福纳河塘里飘浮的睡莲，还有善良的村民和他们的小屋，还有教堂，还有贡布雷的一切和市镇周围的景物，全都显出形迹，并且逼真而实在，大街小巷和花园都从我的茶杯中脱颖而出。

二

贡布雷，从十里开外远远望去（当我们在复活节前的最后一个星期乘火车来到这里，从铁路那头望去），所见只有教堂一座。这教堂概括了市镇的风貌，代表了市镇，并向远方的人们宣告，这里有座市镇，它在为市镇说话。然而，当你走近贡布雷，市镇看上去就像一位身披深色大氅的牧羊女迎风站立在田野中间，市镇上鳞次栉比的房屋，等于是挤挤攘攘贴在牧羊女大氅周围、拱起灰溜溜背脊的羊群。中世纪遗留下来的城墙，有些地方已经倾圮，但当年完美的弧形残迹犹存，一截截围住了城区的房舍，同古画中的城池一样。就居家而论，贡布雷不免有些凄凉，街面上的房屋都取材于当地出产的青石，门前有台阶，房上是尖尖的山墙，给门前投下一片阴影，弄得街上相当昏暗，以至太阳刚下山，家家户户的“大厅”就得拉帘掌灯。好些街道是以圣人的姓氏命名的（其中不少同贡布雷早年的几位领主的历史有关）：圣伊莱尔街，圣雅克街——我姨妈的房子就在那条街上，铁栅外是圣伊尔德迦尔特街，花园的旁门开出去是圣灵街；贡布雷的这些街道在我的记忆的角落里依然存在，而且蒙上了五光十色，同我今天心目中的人间的色调大不相同，所以我实际上觉得它们色色俱全，还有那座高踞于市镇中心广场的教堂，我觉得比幻灯机的投影更虚幻，有时候我甚至认为，倘若有幸能再穿过圣伊莱尔街，到鸟儿街古风盎然的“鸟儿客栈”

去租间客房，那简直比同戈洛结识、同热纳维耶夫·德·布拉邦特交谈更神妙虚幻，像是同隔世的天外来往一样。从“鸟儿客栈”的地下室的气窗里飘散出来的厨房的气味，至今我还时有所闻，依然是那样热乎乎的，一阵一阵地飘到我的鼻前。

那时我们住在我外祖父的表妹——我的姑祖母——的家里，她是莱奥妮姨妈的母亲。自从奥克达夫姨夫去世之后，莱奥妮姨妈从此不肯离开贡布雷，不肯离开贡布雷的那幢房屋，不肯离开她的房间，她的床。她不肯“下来”了，总那么躺着，那么凄凄切切，有气无力，病病恹恹，老想不开。她那个套间的窗外是圣雅克街，这条街到头是“大草坪”（同市中心三条街交叉的街心绿化地带“小草坪”遥遥相对）。街面灰溜溜的，单调划一，几乎家家门口都有砂岩砌成的三级高台阶，整条街像是由哥特石刻匠人在原块石头上凿出来的一道深沟，本来打算在上面刻耶稣降生的马槽或者耶稣受难的坟场的，我的姨妈实际上只占用两间相通的房间，她每天下午呆在其中的一间，好让用人给另一间通风。那是乡绅家常见的那种房间。世界上有些地方，大气中或海面上游动着亿万种肉眼看不到的原生动物，它们在闪光、在散发出芳香。那两间房内也一样，也有千百种气味令人心醉，那是从品德、智慧和习惯中散发出来的芳香，氤氲中悬凝着一个人内心深处隐而不露、丰富至极的全部精神生活；当然，也还有例如从附近田野里传来的那些自然气息和时令色彩，但是它们一到这里便失去了野趣，变得人情味十足，而且凝滞闭塞，跟用当年从果园里摘下之后便藏进柜子的水果制成的果汁冻那样香甜而透明；它们固然也随季节的更迭而变换，毕竟具有了柜藏的风味和家用的格局，新鲜面包的温馨消融了白色冰霜的凛冽，就像村里报时的大钟，悠闲而准时，散淡而有序，既漫不经心又高瞻远瞩。洁净的床单，清新的晨意，虔诚的气氛，和谐地融合在一片宁静之中，不过这种宁静，只给人增添愁绪罢了，倒为并非身临其境、仅是匆匆过客的人提供了汲取无尽诗意的宝库。这里的空气如此幽闭，好似一朵纤细娇美的花，沉寂中饱含营养，而且香甜诱人，使我一踏进门槛便油然而起馋涎欲滴的感觉，尤其是在复活节那个星期的开头几天，那时早晨还寒意料峭，当时我刚来贡布雷不久。我去姨妈那边请安，她们先让我在外间稍候。乍暖还寒时节的阳光，扑到炉火前来取暖，两砖之间的柴禾已经蹿起耀眼的火苗，给整间屋子抹上一股油烟的气味，弄得像农舍大火炉前的一面火墙，又像宫堡华屋的壁炉上的大炉罩。呆在那样暖和的地方，但愿外面雨雪交加、洪水横溢才好，这样也可给深居的舒适更增添冬蛰的诗情。我在供桌和交椅之间走动着。那些交椅蒙着毡绒面子，靠背上方总安着方括弧形的头靠，熊熊的炉火，像发酵的面团，散发出令人垂涎的芳香，空气也随之布满气泡；清晨湿润而明媚的朝气早已催发出这一层层的芳香，而且把它们一片片翻动，把它们烤黄，给它们打上绉褶，使它们松软膨胀，从而做成一大块虽无形迹却香甜可感的乡村糕点，简直像一大张"脆皮夹心饼"。这里的壁橱、柜子，还有画着枝叶图案的壁纸，发出比点心更香脆、更细腻、更有名、更干燥的异香，我回到房里，总不免怀着难以启齿的艳羡，沉溺在花布床罩中间那股甜腻腻的、乏味的、难以消受的、烂水果一般的气味之中。

我听到姨妈在里面房内低声地自言自语。她说起话来总是轻声细语，因为她认为自己头脑里有什么东西已经破碎，在里面飘浮着，她若大声说话，那东西就会移动，但是她又忍不住长久的沉默，即使身边没有人在场她也得自言自语，因为她相信这对肺部有益，能防止血液停滞，对于她常犯的胸闷气憋也有缓解的功效。她整天有气无力地苟延残喘，每一点小小的感觉都看得非同小可，她使这些感觉具有活动不定的机能，所以更难以憋在心里。由于没有知己可以对之倾诉，她只好自言自语，于是滔滔不绝的独白成为她唯一的活动方式。不幸，想什么就说什么的习惯一旦形成，她也就顾不得隔墙有耳了，所以我常听她自言自语说："我准是没有记错，又是一夜没睡。"（因为她的大言不惭莫过于自称日夜不睡，我们全家上下言谈中也都始终尊重她的这种说法，不露半点马脚。例如，早晨弗朗索瓦丝不是去"叫醒她"，而是到她的"屋里去"；当我的姨妈想在白天打个瞌睡，我们就说她要"思考思考"，或者说她想"闭目养神"；她一旦自己说漏嘴，忘乎所以地说"什么什么把我惊醒了"或者"我梦见什么什么"之类，话一出口她自己先就羞红了脸，接着便很快恢复常态。）

我在外间稍候片刻之后，进去向她请安；弗朗索瓦丝正给她沏茶。倘若我的姨妈那时感到心绪不宁，她就吩咐以药代茶。遇到这种情况，总由我负责从药袋里把一定量的椴花茶倒进一只小碟，然后倾入开水。干燥的花梗变得弯弯曲曲，梗梗相勾地组成荒诞不经的图案，其中绽出一朵朵苍白的小花，像是由哪位画家按照最完美的装饰意图有心点缀上去的。失去了本色或者改变了原貌的叶片变成了一堆七零八落的碎片，有的像飞虫透明的翅翼，有的像一枚标签的白色的反面，有的像一瓣玫瑰，跟鸟儿叼来筑巢的材料一样，聚集到一起，编织成片。无数琐碎的细枝末节，倘若马虎应付，本来都可能忽略掉的，只是药剂师不惮麻烦才作了这样精细的炮制，但这些细枝末节却给我喜出望外的愉快，等于在一本书中惊喜地发现某位熟人的大名，我从这些细枝末节中认出它们原本是地地道道的椴花叶梗，与我在车站大街的椴树枝上所见略同；外表有所不同，恰恰是因为它们不是赝品，而是地道的真货，只是它们已经老化。每一种新的品格都只是老品格的变态，所以我在一团团小小的灰色泡沫中辨认出枝头初绽的绿芽；尤其是那片圆月形的嫣红宜人的反光，把细梗丛中的小花一朵朵衬托得好似挂在枝头的金色的玫瑰，等于投射在墙面上的一丝微光，让人约摸看出哪个部位曾经有过一幅壁画；这反光也成为一种标记，标明椴树上哪个部位曾经“彩色斑斓”,哪个部位本来就没有色泽,同时它还向我证明,这些花瓣在点缀药袋以前曾经为春日的黄昏散布过醉人的芳香。这嫣红的烛光仍留有它们昔日的颜色,只是已经半明半灭,在残烛上昏昏摇曳,好比花儿欲谢,时近黄昏。片刻之后,姨妈会在她品尝残花枯叶香味的那杯热茶中,泡一块“小玛德莱娜”,待点心泡软以后,就送我尝一口。

她的床这一面有一个柠檬木的黄色立柜和一张既当药案又当供桌的桌子,上面是一尊圣母像和一瓶维希圣泉水,下面放了几本祷文和一些药方,祈祷和服药所需的一切都齐全了,不至于耽误早上服药和黄昏祈祷。床的那一面贴近窗户,街景尽收眼底。她从早到晚就像波斯王公披阅史册那样地研读贡布雷街头的日常要事,说它日常,其实风味之古老胜似远古史册;尔后,她同弗朗索瓦丝一起对见闻进行评述。

我到姨妈那里不出五分钟就被她打发走了,她怕我太耗费她的精神。她把苍白淡漠的前额凑到我的唇边。在早晨那个时候,她额前的假发还没有梳理,脊骨像荆冠上的芒刺鼓出睡衣,又像一串诵经用的念珠。她对我说:“可怜的孩子,你走吧,快去准备做弥撒;你要是在楼下遇到弗朗索瓦丝,就叫她别在下面光贪玩,早点上楼来看看我有什么需要她照料的。”

照料她多年的弗朗索瓦丝那时已经想到自己早晚有一天要专门侍候我们,所以我们住在那里的几个月当中,她确实对我姨妈不甚尽心。我小时候在来到贡布雷前,莱奥妮姨妈还年年到巴黎她母亲家过冬,那时我跟弗朗索瓦丝很生疏;有一年正月初一,母亲领我去姑祖母家拜年,进门前妈妈给我一张五法郎的钞票,嘱咐说:“千万别给错了,你听我说过‘你好,弗朗索瓦丝’之后,再把钱给她;到时候我会轻轻捅你一下胳膊的。”我们一走进姨妈家的过厅,便影影绰绰瞅见一顶白得耀眼、挺括纤薄得像糖丝织成的便帽下面堆着一副预表感激的笑容。那就是弗朗索瓦丝；只见她像神龛里的圣徒塑像似的，一动不动地站在门框里。待我们适应了门厅的幽暗之后，才分辨出她的表情中含有与人为善的无私的爱，以及发自肺腑的对上等人的尊敬，而能得到新年礼物的希望更在她内心最美好的部位激发出这样的敬爱之情。妈妈使劲地拧了一下我的手臂，大声说道："你好，弗朗索瓦丝。"听到这一信号，我赶紧松开手指，让钞票落到虽说半推半就却已经伸了过来的那只手的掌心。但是，自从我们住到贡布雷之后，弗朗索瓦丝成了我最熟悉的人。她最乐于侍候我们，至少在开头那几年，她侍候我们像侍候我姨妈那样地尽心尽力，实际上她对我们更加巴结，因为我们除了同她的主人是一家人之外，还具备另一种魅力：她尊重无形中连结家庭成员的血缘关系，尊重的程度不亚于古希腊的悲剧诗人，况且我们不是她惯常侍候的主人。我们到达贡布雷的那天，她迎接我们时有多高兴！我们是复活节之前到达的。她埋怨天气还不转暖，害得我们一路挨冻；那时节倒确实寒风砭骨。我的妈妈问她的女儿可好？侄儿外甥们是否安康？还问到她的外孙乖不乖？她打算把他培养成什么人？小外孙长得像不像外祖母？

等大伙儿走开之后，妈妈还同她谈起她的父母，打听他们在世时的生活细节，因为妈妈知道弗朗索瓦丝在父母去世之后，好多年中都还伤心落泪。

妈妈早就看出来了：弗朗索瓦丝不喜欢女婿，因为他破坏了她同女儿相依为命的乐趣，只要女婿在场，她就无法同女儿畅叙家常。所以，每当弗朗索瓦丝到距离贡布雷几里以外的地方去看望女儿，妈妈总要笑呵呵地对她说："弗朗索瓦丝，今天倘若赶上朱利安有事出门，你就只好同玛格丽特单独过这一整天了，不用说你会感到遗憾的，不过你总能将就，是不是？”听到这话，弗朗索瓦丝就哈哈笑道：“夫人，您什么事都看得一清二楚；您的眼光比给奥克达夫夫人查病的爱克斯光还要厉害（爱克斯光这几个字，她故意说得佶屈聱牙，而且莞尔一笑，像是自我解嘲，笑自己无知至此，居然也搬弄科学名词儿），人家肚皮里有什么东西，您一看就透。”说罢，她就躲开了，仿佛对人家的关心感到过意不去，也可能是为了躲到一边去免得人家看到她抹眼泪。在妈妈之前，还从没有人使她产生过这样暖人心怀的激动，她头一回感到自己的生活，自己的幸福，自己的痛苦，除她自己这样一个苦老太婆之外，还能有别人关心，还能成为另一位妇女悲喜的缘由。

我们住在贡布雷的那些日子里，我的姨妈也只好牺牲掉一些同弗朗索瓦丝做伴的时间，因为她知道我的母亲对这位聪明勤快的女用人有多器重。打从清早五点起，弗朗索瓦丝就拾掇得干净利索地下厨干活了，她那顶软帽上的褶裥，一条条挺括漂亮，像刚出炉的瓷胎；她打扮得跟去教堂做大弥撒似的。她干什么都在行，像马一样吃苦耐劳，无论身体好坏，总是闷头干活，而且轻手轻脚，跟没有干活一样。倘若妈妈要杯热水或者要点咖啡，在姨妈的女用人当中只有她才会端来滚烫的开水或者热咖啡。她是那样一类的用人，既让生客一见就讨厌（也许因为他们心中有数，知道他们对眼前的客人一无所求，主人宁可客人不上门也不会把他们辞退，所以他们犯不着巴结客人，对客人不免怠慢），又得到主人分外的宠信，因为主人考验过他们的实际能力，表面的讨好和低眉顺眼的絮叨固然能给客人留下良好的印象，却往往掩盖无法调教的低能，故而主人反倒并不在乎。

弗朗索瓦丝先把我的外祖父母和父母侍候安顿好，然后才上楼侍候我的姨妈服用蛋白酶，同时问她午饭要吃什么。她一到楼上，就不易避开某些问题，得发表见解或作出解释了。

“弗朗索瓦丝，你倒想想看，古比尔夫人居然比平时晚了一刻钟来找她的姐姐；她要是在路上再多磨蹭一会儿，恐怕要在弥撒开始之后才能赶到教堂了。”

“咳，敢情！”弗朗索瓦丝答道。

“弗朗索瓦丝，你要是早来五分钟，你就能看到安贝夫人了，她手里的那捆芦笋比加洛大娘菜摊上的要粗上两倍。你想法子向她的女用人打听打听，她是从哪儿弄来的？今年你做什么配菜都少不了放芦笋，你很可以为咱们家的那几位旅行家也弄点这么粗的芦笋来嘛。”

“没有什么奇怪的，那是从神甫先生的园子里弄来的。”弗朗索瓦丝说。

“哈！你真能哄人，可怜的弗朗索瓦丝，”我的姨妈耸耸肩膀接口道，“从神甫先生的园子里弄来的！你明明知道他那儿的芦笋长得又小又坏。告诉你吧，她手里的芦笋，足足有胳膊那么粗呢。当然，不是你的胳膊，而是像我的这条今年又瘦了许多的胳膊。弗朗索瓦丝，你没有听到这嗡嗡的钟声吗？闹得我脑袋都要炸了！”

“没有，奥克达夫夫人。”

“啊！可怜的孩子，足见你的脑袋真结实，这是托上帝的福。刚才拉马格洛娜找比普罗大夫来了。大夫紧跟着就同她一起走了，他们是在鸟儿街那边拐弯的，准是哪家孩子病了。”

“哎哟！我的上帝，”弗朗索瓦丝叹息道。她听不得有谁遭难，即使在天涯海角有一位她压根儿不认识的人遇到不幸的消息传到她的耳里，她也总要连连叹息。

“弗朗索瓦丝，这丧钟究竟是为谁在敲呀？啊，我的上帝，该是为卢梭夫人敲丧钟了。瞧我，怎么居然忘了：她在那天夜里就过世了。啊！我也快了，善良的上帝该把我召回去了，自从我可怜的奥克达夫归天之后，我这脑袋就不知道是怎么弄的，害得你白白为我耗费许多光阴，我的孩子！”

“不，奥克达夫夫人，我的光阴没有那么金贵。时间本是上帝白给的，又没有要咱们破费。我现在得去看看火灭了没有。”

弗朗索瓦丝和我的姨妈就这样对当天发生的第一批事件，在上午联合评述了一场。但是有时候发生的事件具有相当神秘、相当严重的性质，我的姨妈感到不能坐等弗朗索瓦丝上楼之后再论短长，于是整幢房子里响起四下震耳的铃声。

“可是，奥克达夫夫人，现在还不到服用蛋白酶的钟点呀，”赶上楼来的弗朗索瓦丝说道，“莫不是您感到有些乏力，顶不住吗？”

“不是的，弗朗索瓦丝，”姨妈说，“要说乏力，你是知道的，如今我已难得有什么时候不感到衰竭的了；我早晚有那么一天跟卢梭夫人一样，自己还没有明白过来就咽气了。我倒不是为了这个才打铃叫你的。你没有料到吧？我刚才看得一清二楚，就跟现在看到你一样，我看到古比尔夫人领着一个女孩子走过去，那个女孩子我居然压根儿不认识！你赶紧到加米杂货铺去买两个苏①的盐，戴奥多尔不至于不告诉你她是谁家的孩子。”

“准是比班先生的女儿，”弗朗索瓦丝更愿意当场作出解释，因为她今天上午已经到加米杂货铺去过两次了。

“比班先生的女儿！哦！你真能哄人，可怜的弗朗索瓦丝！照你说，我还能认不出她来吗？”

“我没说是他的大女儿，奥克达夫夫人，我说是他的小女儿，那个在儒伊寄读的小丫头。我好像早晨就见到过她。”

---

① 法国货币单位，二十苏相当于一法郎。

“啊！除非像你说的，”姨妈说，“那她准是来过节的。没错！不用再打听了，她准是来过节的，这么说来，咱们呆会儿准能见到萨士拉夫人来敲她妹妹家的门，吃午饭嘛！没错！我刚才看到加洛班点心铺的小伙计提了一盒果馅大饼走过。你瞧着吧，这饼准是送到古比尔夫人家去的。”

“古比尔夫人家只要一来客人，奥克达夫夫人，您就等着瞧吧，她的那一帮人不久都会赶来吃午饭的，现在已经不早了。”弗朗索瓦丝说罢急于下楼张罗午饭，心安理得地抛下我的姨妈独自观景消遣。

“哪里！中午以前不会来。”我的姨妈无可奈何地接口道，说着，她担心地看一眼座钟，但只是偷偷的一瞥，免得让人发现万事不管的她，居然对古比尔夫人要请谁来吃饭，有如此高的雅兴打听，可恨的是这种兴致可能还得有劳她干等个把钟头。“偏偏又要赶到我吃午饭的时候才来！”她自言自语地咕哝道。吃午饭对于她来说是种相当称心的消遣，她不希望有别的事情打扰，“你千万别忘了：把我的奶油鸡蛋放在一只平底盘里。”只有平底盘上才画有人物，我的姨妈每顿饭都要看着解闷。她戴上眼镜，辨认当天盘子上的人物故事：阿里巴巴和四十大盗，阿拉丁和神灯。她一面看，一面微笑着说：“很好，很好。”

“我倒可以上加米杂货铺去一趟，探探消息……”弗朗索瓦丝看出我的姨妈不再打发她去杂货铺，便这样说道。

“不，不必了，那准是比班小姐。我的可怜的弗朗索瓦丝，很对不起，为了这么一件小事我让你上来一趟。”

然而我的姨妈心里很明白：她打铃让弗朗索瓦丝上楼，决不是为一桩小事，因为在贡布雷，一个不为人知的人简直跟神话里的神仙一样不可思议。事实上，过去每当圣灵街或者中心广场骇人听闻地出现这类人物，总会有人进行细致的调查，结果没有一次不把这类神奇人物最终纳入“熟人”之列，或者把他的为人摸得一清二楚，或者把他的身份弄清个大概，总跟贡布雷的什么人沾点亲吧。这位是索东太太的儿子，服兵役期满之后复员归来；那位是贝德罗神甫的侄女，是从修道院里出来的；还有本堂神甫的兄弟，在夏多丹当税务官，新近才退休，来这里过节。起先有人见到他们，以为贡布雷竟然出现大家不认识的人，不免心里惶惶不安，原来无非是没有一下认出来，或者没有一下弄清他们的身份罢了。其实索东太太也好，本堂神甫也好，都早就有言在先，说他们正盼望出远门的亲人回来呢。晚上，我散步回家，上楼去跟我的姨妈说说散步时的见闻，倘若我不慎说起我们在老桥附近遇到了一位外祖父不认识的人，姨妈必定失声叫道："居然连你外祖父都不认识！啊！我才不信哪！"话虽这么说，她毕竟有点按捺不住，非要弄个水落石出不可，于是盘问外祖父："姨父，你们在老桥附近究竟碰到谁了？连您都不认识？"——"怎么不认识，"我外祖父回答说，"那是普罗斯贝，就是布耶伯夫人家园丁的弟弟。"——"噢，他呀！"姨妈总算放心了，脸还有点红；她耸了耸肩膀，苦笑一声，补充说道："因为他方才说你们遇到了一位您不认识的人！"所以家里的人叮嘱我以后说话千万谨慎，切不可不假思索地乱讲，惹得姨妈那样激动。贡布雷无论家畜还是居民，彼此都认识，所以倘若姨妈偶尔发现有一条她不认识的狗走过，她就必定不住地搜索枯肠，把她的推理才能和悠闲的时间全都消耗在这件难以理解的事情上去。

"那准是萨士拉夫人的狗。"弗朗索瓦丝说道，其实她并没有十分把握，目的只在于使姨妈安心，免得她"耗费精神"。

"好像我连萨士拉夫人的狗都不认得了！"姨妈接口道，她的批判精神轻易不接受靠不住的说法。

"啊，是了，准是加洛班先生新近从里瑟欧带回来的那条狗。"

"啊！除非是那条狗。"

"据说，它可乖巧了，"弗朗索瓦丝补充说，这情报她是从戴奥多尔那里得来的，“它跟人一样机灵，总是摇头摆尾，总那么讨人喜欢，有那么一股热乎劲儿。要说牲口啊，才这么小就知道讨好，实在难得。奥克达夫夫人，我得走了，我可没有时间闲聊，这不，眼看就十点钟了，我不光是炉子没有升旺，还有一堆芦笋要削呢。”

“什么！弗朗索瓦丝，又是芦笋！你今年真得了芦笋病了，早晚让咱们家的那几位巴黎人吃倒胃口！”

“才不会呢，奥克达夫夫人，他们可爱吃哩。等他们从教堂做完弥撒回来，一定胃口大开，您瞧着吧，他们保管吃得津津有味。”

“这会儿，他们一定已经在教堂里了；你最好别耽误工夫，赶紧张罗午饭去吧。”

正当我姨妈同弗朗索瓦丝这么东一句西一句闲扯的时候，我同外祖父母和父母一起在教堂做弥撒。我多么喜欢那座教堂呀，如今想起来犹历历在目！我们进教堂时必经的古老门楼，黑石上布满了坑坑点点，边角线已经走样，被磨得凹进去一大块（门楼里面的圣水池也一样），看来进教堂的农民身上披的粗呢斗篷，以及他们小心翼翼从圣水池里撩水的手指，一次次在石头上轻轻擦过，年复一年地经过几个世纪，最终形成一股无坚不摧的力量，连顽石都经受不住，给蹭出了一道道深沟，好比天天挨车轮磕撞的界石桩子，上面总留有车轮的痕迹。教堂里掩埋着贡布雷历代神甫高贵尸骨的墓石，像是为祭殿铺下的地板，更增添了萦绕遐迩的灵气；可如今这片片墓石已失去死寂坚硬的质地，因为岁月已使它们变得酥软，而且像蜂蜜那样地溢出原先棱角分明的界限，这儿，冒出一股黄水，卷走了一个哥特式的花体大写字母，淹没了石板上惨淡的紫堇；而在别处，墓石又被紫堇覆盖得不见天日，椭圆形的拉丁铭文更显得缩成一团，使那几个缩写字母平添一层乖张的意味，同一个字里有两个字母挨得特别近，而其他的字母却被大大地拓开了距离。教堂里的彩绘玻璃窗，只要外面稍有阳光，便能闪耀光彩，所以尽管外面天色阴沉，教堂里却总是光辉灿烂；有一面彩绘玻璃窗，从上到下只被一个人物形象所占满，那人的模样跟纸牌上的大王相似；他就在上面顶天立地站着，教堂的拱顶成了他的华盖。教堂里平常不做功德法事时，中午时分，他便笼罩在斜照的蓝色的反光中（那样的日子难得遇到，教堂里空空荡荡，空气清新，阳光照在瑰丽的陈设上，显得更加堂皇，也更有人情味，再加上石雕和彩色玻璃，这里简直变得像一家中世纪风格的旅馆的接待厅，几乎具有供人歇宿的意味）。那时你能看到萨士拉夫人跪在那里咕哝几句祷文，她旁边的祈祷桌上放着一包捆扎好的点心，那是她刚从对面的糕点铺买的，准备拿回家去当午饭。另一面彩绘玻璃窗上是一座粉红色的雪山，山下是打仗的场面；它好像是雪山喷出的凌乱的雪珠直接打到玻璃上凝结而成的霜冻，又像玻璃窗上残留的雪花，只是这片片雪花被一道霞光抹上了一层红晕（无疑，就是这道霞光，把祭台的彩屏照得格外绚丽，好似这上面的五光十色，不是早就涂在石料上的颜色，倒像由外面射来的一道随时准备放出异彩的光芒当场抹上去似的）。每一面彩色大窗全都历史悠久，处处显得生意盎然，数百年的积尘银光闪闪；这一面面由彩色玻璃交织而成的亮晶晶的大挂毯，已被岁月磨蚀得经纬毕露。其中有一面窗像长条的棋盘，由百十来块长方形的小玻璃拼成，主调是蓝色的，像当年供查理六世用来解闷的一副大纸牌；但是，也许因为有一道光芒倏然闪过，也许因为我的转动的目光透过那面忽明忽暗的彩色长窗，看到了一团跃跃蹿动、瑰丽无比的烈火，顷刻间那面彩色长窗忽然迸射出孔雀尾羽那样变化多端的幽光，接着它颤颤悠悠地波动起来，形成一丝丝亮晶晶的奇幻的细雨，从岩洞般昏暗的拱顶，淅淅沥沥地沿着潮湿的岩壁滴下。我随着手执经卷的长辈往前走，仿佛走进了五光十色的岩洞，四周是诡异的钟乳石，多彩多姿；刹那间那一片片菱形的小玻璃显得清澈透明，像镶嵌在一枚硕大无朋的胸章上的蓝宝石那样坚硬，然而你又明明可以感到，在它们的后面，还有一件更令人钦慕的东西，那就是偶尔一露的阳光的微笑。在这片沐着宝石般湛蓝柔和的光波中，它是那样清晰可辨，跟广场石板上或集市草堆中的阳光一样。在复活节前我们到达贡布雷的最初几个星期天，虽然大地仍是光秃秃的、黑黝黝的，但阳光的微笑却给了我们安慰，它在这里，像历史上圣路易的子孙们遇到过的那个载入史册的春天一样，使装点着忘我草的那面金碧辉煌的大彩窗放射出灿烂的光芒。

两幅立经挂毯描绘爱丝苔尔①受冕的场面（根据传统，阿絮埃吕斯王的相貌被描绘得像一位法国国王，而爱丝苔尔的形象则同国王所宠爱的盖尔芒特家的某位贵夫人相似），挂毯上的颜色已褪得模糊不清，倒给画面增添一种表现力，一种立体感，一种亮度：爱丝苔尔唇上的淡红色越出了嘴唇的轮廓线；她的连衣裙上的黄色，显得那么滑腻，那么厚实，仿佛已板结成块，吹来一股气流就能把它整块掀掉似的。在这幅丝线和羊毛交织成的挂毯的下半部，树木还绿得那样鲜艳，可是上半部已经“年久色衰”，因而深色树干上发黄的高枝，苍白得十分显眼，好像有一道无形的阳光，以强烈的斜照，把它们晒黄，晒褪了它们一半的颜色。这一切，尤其是教堂里那些珍贵的文物，原先是由历史上的名人传下来的，他们在我的心目中几乎成了传奇人物（那个精雕

① 爱丝苔尔：《圣经》中的人物。传说她是犹太人的孤女，被波斯王阿絮埃吕斯选入宫中，得宠，立为王后。奸臣哈曼怂恿波斯王杀尽境内的犹太人，爱丝苔尔施计揭露哈曼的阴谋，终使犹太种族免于灭绝。这个故事详见《圣经》中的《爱丝苔尔书》。

细刻的金十字架，据说是圣埃罗瓦①的杰作，由达戈贝②敕赐教堂的，还有日耳曼路易③的王子们的合葬墓，墓身由斑石砌成，上面镶着金丝彩釉的青铜雕刻），正因为有这些东西，我们在教堂就座之后，我才有如临奇境之感，就像乡下人走进神仙到过的山谷，能在一块岩石上，一棵树身上，一片水塘中，惊喜地发现神仙经过的明显的痕迹。凡此种种，都使这座教堂在我的心目中与城里的其他地方完全有别：这座建筑可以说占据了四维空间——第四维就是**时间**，它像一艘船扬帆在世纪的长河中航行，驶过一柱又一柱，一厅又一厅，它所赢得、所超越的似乎不仅仅是多少公尺，而是一个朝代又一个朝代，它是胜利者。它把严酷粗野的十一世纪，隐匿在厚实的墙壁中，沉重的拱梁下填满了大块碎石，把风洞堵得严严密密，只有门廊附近登上钟楼的楼梯才在墙上破开一条深深的槽口，露出一点往昔的遗迹。但是，即使在那里，也有重重叠叠哥特式的、风姿绰约的拱门，一个挨着一个地挡着，让外人一眼看不到楼梯，好比一群千娇百媚的大姐姐，笑吟吟地挡住了身后土里土气、哭哭啼啼、衣衫寒酸的小弟弟。教堂的塔楼，直刺青天，高高地屹立在广场之上；它当年曾静观过圣路易的英姿，今天似乎仍看得到他的风采。教堂的地下室深深地陷入中世纪的黑夜中；戴奥多尔和他的姐姐摸索着把我们领到幽暗的拱顶下，天花板上鼓出一道道粗壮的筋脉，像一只巨大的蝙蝠张开的翼膜。两位领路人用一支蜡烛给我们照亮了西格贝王④的小公主的坟墓，坟墓中央有一个深坑——

---

① 圣埃罗瓦（约558—660）：著名金器匠人，创建索里尼亚克修道院，后被奉为金银匠和铁匠的守护神。

② 达戈贝（七世纪初—639）：法国国王（629—639）。

③ 日耳曼路易（804—876）：东法兰克国王（817—843）和日耳曼国王（843—876）。

④ 西格贝（？—509）：莱茵河下游普利安法兰克人的国王，公元496年前后，在今科隆一带曾击败日耳曼族中骁勇善战的阿拉芒人。509年为其子所杀。

像墓穴的遗迹——据传那是由一盏水晶灯落下时砸出来的:“法兰克公主被杀的当夜,原来由金链吊在现在后殿那个地方的一盏水晶灯忽然脱钩落下,灯罩没有破碎,火焰也没有熄灭,只是砸进了石头,灯的分量居然使顽石塌陷。”

贡布雷教堂的后殿,能正经地提到它吗?它那么粗糙,毫无艺术可言,甚至没有半点宗教情调。从外面看,由于它对着的那个十字路口在下坡,它的外墙底下垫了一层乱石砌成的墙基,石头东一块西一块地凸出在外,毫无教堂的特色。窗户好像开得很高很高,总的看起来,不大像教堂,倒像监狱。不用说,后来当我想到我生平所见到过的其他教堂的富丽堂皇的后殿,我从来没有想到把它们同贡布雷教堂的后殿进行比较。只是有一回,我在内地的一条小胡同的拐角处,发现三条胡同的交叉口,有一面粗糙的高墙,上面的窗户也开得很高,跟贡布雷教堂后殿的那面墙的外观一样不成比例。那时,我没有像在参观夏特勒大教堂或者兰姆大教堂时那样细细探究宗教感情在那些建筑物中怎样有力地得到了体现,我只是情不自禁地叫了声:“教堂!”

教堂!它同住宅紧挨紧连;在圣伊莱尔街,它的北门介于两家紧邻之间:一边是拉班先生的药房,一边是卢瓦索夫人的住宅。它同这两家墙挨墙,没有丝毫距离,它就像贡布雷的普通居民之家,如果贡布雷的街上编有门牌号码的话,它也可以有个门牌号码;邮差早晨送信的时候,在走出拉班先生的药房,还未走进卢瓦索夫人的住宅之前,似乎本应该在它的门口停一停的;然而在教堂和非教堂之间,却有一道我的思想始终不能逾越的界线。尽管卢瓦索夫人的窗前有几棵倒挂金钟,习惯于不知趣地纵容耷拉着脑袋的枝叶到处乱蹿,那上面的花朵开到一定时候,总迫不及待地要把自己的红得发紫的面孔贴到教堂阴沉的墙上去凉快凉快,我觉得倒挂金钟并不因此而沾上灵气;在花朵和它们所投靠的阴沉的墙面之间，我的肉眼虽看不到有半点间隙，但是在我的心目中，却存在着一个不可逾越的深渊。

圣伊莱尔街的钟楼，老远就能看到；在贡布雷市容还没有出现的远方，它那令人难忘的面貌就已经露出地平线了。复活节的那个星期，当火车把我们从巴黎送到这里的时候，我的父亲看见它轮番地驰过地平线上的每一层折痕，钟楼上的风信鸽朝东南西北四方转动。父亲说："好，把毯子都收起来，咱们到了。"有一次，我们到离贡布雷很远的地方散步，有一段道路很狭窄，旋而豁然开朗，眼前出现一大片四周被枝柯参差的森林团团围住的平地，只见圣伊莱尔街钟楼细巧的塔尖，冒出在树梢之上；它呈淡红色，显得那样宜人，那样苗条，亭亭玉立在天边，仿佛有谁故意在这幅尽是天然景物的图画的天空部位，用指甲抠出一道艺术的记号，作为表明有人居住的唯一标志。再靠近些，就能看到四方形塔楼的残迹了。半圮的塔楼仍簇拥钟楼而立，只是比它要矮些；塔身石块上的暗红的色调，尤其令人惊叹。在秋雾凄迷的早晨，那情状宛如一派彤云叆叇的葡萄园上兀立着一堆攀满红色爬山虎的废墟。

我们回家的时候，外祖母常常让我在广场上滞留片刻，好看看教堂的钟楼。塔楼上的窗户两个一组，分层排列，间距规整而独具一格，人的五官若具有这种比例才显得端庄而美丽。从楼上，每隔一阵飞出一群暮鸦；它们呱呱地转圈翩跹，好似原先听凭它们扑腾腾栖落的古塔，忽然变得难以安身，仿佛隙缝间释放出某种动荡不停的元素，把它们从塔里轰了出来。待它们把暮霭苍茫的淡紫色帷幕到处划遍之后，又突然安静下来，钻回塔里去栖息；充满凶兆的塔楼重新变成安居的福地。有几只乌鸦散歇在小钟楼的塔尖，看上去一动不动，说不定它们正盯住一只小虫，准备下喙，就像稳坐钓鱼台的渔夫准备抬竿，停歇在浪尖的海鸥准备啄鱼似的。不知为什么，我的外祖母觉得圣伊莱尔钟楼没有一丝一毫庸俗、浮夸和鄙吝之气，因为她喜爱自然景物和天才的作品，并认为唯有自然和天才之作才富于有益的影响；至于自然景物，当然不可假手人工，比如我的姑祖母的园子经园丁一弄，自然反而受到糟踏。这教堂无论从哪方面看，都显得从本质上就与别的建筑不同，而真正意识到它别具一格，确定它的存在具有个性、敢于独树一帜的则是它的钟楼。为教堂立言的，也是这座钟楼。我尤其相信，我的外祖母在贡布雷钟楼的身上，模糊地见到了她心目中最可贵的东西，那就是既自然又不凡的气派。她对建筑学一窍不通，但她说："孩子们，你们尽管可以笑我，也许从规范上说，这座钟楼并不美，但是它老态龙钟的怪样，我看了很受用。我甚至相信，倘若它会弹钢琴的话，一定不会弹得干巴无味的。"她望着塔身，眼睛顺着砖石的坡度，顺着塔身优雅的张力向上望去，只见斜线越往上越靠近，就像合十祈祷的双手；我的心似乎同箭一样地向上飞去，她的目光也随着塔身跃然上升；她对已经风化的古老的石塔露出友好的微笑，当时仅仅在塔尖还残留着些许夕阳。自从塔身进入这一光照区之后，每一片石头便被阳光照得轻飘飘起来，仿佛突然间显得又高又远，像一首歌用提高八度的尖音来演唱一样。

是圣伊莱尔钟楼，使城里的各行各业、每时每刻和各种观点，都具有形式、取得结果和得到认可。从我的房间望去，我只能见到它外铺石板的塔基；但是，在炎热的夏季的某个星期天早晨，我一看到那些石板像一团黑色的太阳在烨烨放光，我就会想："天哪！九点钟了！如果我想要在去教堂做弥撒之前还有时间向姨妈请安的话，那现在就得做准备了。"因为我确切地知道太阳照临广场时是什么颜色，我感觉得到外面的气温和市场上的尘埃，感觉得到妈妈在做弥撒前会去买东西的那家店铺门前的遮篷的投影。店堂里有一股未经漂白的本色布的气味，妈妈也许去买块手绢之类的东西，店掌柜会绷直了身子吩咐伙计拿出货来给妈妈挑选,他自己则准备关店门,而且早已到后面去穿好了节日的上衣和洗净了双手。他有每隔五分钟就搓一次手的习惯,即使遇到最不痛快的场合,他也要踌躇满志地、精明强干地搓他的那双手。

做完弥撒,我们走进店堂,吩咐戴奥多尔给我们一份比平时要大的奶油圆面包,因为我们的表亲趁着好天气从梯贝齐赶来同我们一起吃午饭。那时我们眼前的钟楼周身披着灿烂的阳光,金光闪闪、焦黄诱人,简直像一块硕大无朋的节日奶油面包,它的塔尖直戳蓝色的天空。黄昏时,当我散步归来,想到呆会儿我得向母亲道晚安,而且将一整夜见不到她,这时钟楼反倒因为白日已尽而显得格外温柔,它倚着苍白的天空,像靠在深褐色的丝绒坐垫上似的,天空在它的压力下微微塌陷,仿佛为它腾出地方安息,并且裹住了它的四周;围着塔身飞翔的鸟类的叫声更衬托出它的寂静,更拔高了它的尖顶,使它具有某种难以言传的意味。

即使我们走到教堂后面某条已经看不到教堂的街上,那里房舍的布局似乎也是由钟楼在哪里出现而定的;也许它出现在看不到教堂的地方才更显得惊心动魄。当然,另有不少钟楼在这类景观中比它壮丽,我的脑海里就有好几幅钟楼屹立在鳞次栉比的屋顶之上的图景,但它们同贡布雷阴沉街景中出现的那座钟楼相比,艺术上各有异趣。我永远也忘不了巴尔贝克附近有一座属诺曼第省的引人入胜的城市,城里有两所十八世纪留下的、款式宜人的府邸,从许多方面说,我喜欢这两处建筑,并且打心眼儿里崇拜。从那个有一溜台阶通往河沿的花园看去,一座哥特式教堂的塔尖恰恰夹在它们中间。教堂本身被那两所府邸遮去,但塔尖却像它们楼面的屋顶,像加在楼顶的装饰,但是,它的格局又是那样不同,那样可贵,那样多姿,那样娇艳,那样光鲜,使人一下子便看出它同下面的建筑并无关系,正等于在海滩上两块并列的漂亮的卵石之间,夹着一只尖塔形的、色泽鲜艳的贝壳,它那红得发紫、带有涡纹的尖头,同卵石毕竟不构成一体。甚至在巴黎,在最丑陋的地区,我记得有一个窗户,从那里望出去,是一幅由好几条街道的凌乱的屋顶组成的画面,你可以在前景、中景、甚至远景的某个层次,看到一座紫色钟楼的圆顶,有时它发红,也有时,茫茫雾霭从灰濛濛中离析出黑影,洗印出最精美的"照片",使它呈现为高雅的黑色,这就是圣奥古斯丁教堂的钟楼,它使巴黎的这一景象,具有皮兰内西①笔下的某些罗马风光的特征。但是,无论我的记忆用哪一种笔法来描绘当年所见的情景,我都无法把失去多年的感触在记忆的版画中重现。感触使我们端详一件事物不仅把它当做观赏的对象,而且相信它是独一无二的。所以没有一幅记忆的版画能独立地保全我内心生活的某一完整的部分,如同我忆及从贡布雷教堂后面的街上所见到的钟楼的种种景象,那样完整地保留着当年的心境。五点钟看到它,那是上邮局去取信的时候,只见它在左面离我们几幢房屋远的地方,突然孤零零地矗起它的塔尖,超过一溜屋脊;如果返身想去问候萨士拉夫人的近况,那么你眼前的那溜屋脊就会随着你走下另一面的斜坡而降低,你知道得在钟楼过后的第二条街拐弯;如果你还朝前走,向车站那边走去,你侧眼看看钟楼,它就会向你展示新的屋脊和新的楼面,就像某种固体在它演变的某一时刻突然被人发现;或者,你从维福纳河的沿岸看去,教堂的后殿显得在高处蹲着。它那鼓起的肌肉仿佛迸发出钟楼借以向空中发射箭头的力量。总之,无论你在哪里,你的眼光都得落到钟楼的身上,它总高踞于一切之上,在一个意想不到的高处把房舍召集到它的跟前。在我的心目中,它像上帝的手指;上帝本人可能隐迹于芸芸众生之间,我并不会因此而混淆上帝与凡人的区别。直到今天还是一样,

① 皮兰内西(1720—1778):意大利版画家和建筑师,他的版画作品有组画《监狱》和《罗马风光》等。

倘若我在内地的哪一座大城市，或者在巴黎我不熟悉的哪一个地段，为我“指点迷津”的路人把远处某家医院的钟楼或者某所修道院里高高顶着僧帽帽尖的钟楼作为标志指给我看，告诉我该走那条街，我的记忆会立刻在那钟楼的楼身，发现一些蛛丝马迹，同我所钟爱、现在已经消失的钟楼的外貌，多少有相似之处。如果那路人回过头来，看看我有没有走错路，他会惊讶地发觉，我已把该走的路和该办的事置诸脑后，一连几个钟头呆立在钟楼前苦思冥想地追忆，而且在我的内心深处感到从遗忘中夺回来的地盘逐渐变得结实，并得到重建。于是，我大概比刚才问路的时候更为焦虑地在寻问自己的道路，我转过一条街……但是……这是在我自己的心中寻问。

在回家的路上，我们经常能遇到勒格朗丹先生。他在巴黎当工程师，所以除了休假之外，他只能在星期六晚上到贡布雷的庄园来，呆到星期一早晨再走。他是那种除了科技专业在行，而且成绩出色之外，还具有其他文化修养的人，例如文学、艺术方面的修养；这对他们所从事的专业完全无用，只在谈吐方面可资益助。这些人比许多文学家更有文采（那时我们并不知道勒格朗丹先生作为作家也颇有名气，当我们得知有位著名的音乐家曾经根据他的诗谱过曲，我们还大吃一惊呢），也比许多画家更“出手不凡”；据他们自己想，他们眼前的生活对他们并不合适，因而他们对待实际从事的职业，要么夹杂着幻想而漫不经心，要么高傲地、鄙夷地力求做好，既隐忍苦衷，又兢兢业业。勒格朗丹先生高高的个子，风度潇洒，留着两撇长长的淡黄色的小胡子，显得既有思想又很精明；蔚蓝色的目光透出看破一切的神情。他举止彬彬有礼，谈锋之健是我们前所未闻的。他在我们全家人的心目中是生活高雅的精英人物的典型，我们总引以为楷模。我的外祖母只嫌他一点不足，就是他说起话来过于讲究，有点像书面语言，不像他戴的大花领结总那样飘逸而自然，不像他身上那件学生装式的单排扣上衣总那样洒脱而随意。我的外祖母还因为他经常攻击贵族、攻击摆阔讲排场、攻击趋炎附势，而且措辞激烈，感到惊讶。她说："圣保罗说到有种罪过不可原谅，一定是指这类恶习。"

追求虚荣是我的外祖母所无法体会、甚至无法理解的一种感情，所以她认为完全不必这样大动肝火去贬斥它。况且，既然勒格朗丹先生的姐姐嫁给了巴尔贝克附近一位下诺曼第省的贵族，他还这样激烈地攻击贵族，甚至埋怨革命没有把他们全都推上断头台，我的外祖母认为未免有失厚道。

"朋友们，你们好！"他迎上前来，对我们说，"你们住在这里真是有幸；明天我得返回巴黎，钻到我的窝里去了。啊！"他又堆起他独有的、稍带讥讽、略含失意、更有点漫不经心的微笑补充说道，"当然，在我家里，没用的东西倒应有尽有，唯独缺少最必要的东西——一大片像这样的蓝天。小伙子，尽量在你的生活里始终保持一片蓝天吧，"他转身对我说，"你有一颗难能可贵的心，你具有艺术家的天赋，别让它缺少应有的东西。"

我们一回到家里，我的姨妈就派人来问：古比尔夫人做弥撒是不是迟到了。我们无法回答，反而给她增添烦恼：我们告诉她说，有个画家去教堂临摹坏家伙希尔贝的彩绘玻璃窗了。于是弗朗索瓦丝立刻被派往杂货铺打听，结果一无所获，因为戴奥多尔不在。此人身兼两职，在教堂他是唱诗班成员，在杂货铺他是店堂伙计，既能从教堂里得到消息，又同社会各集团的人都打交道，所以城里的事他无所不知。

"唉！"我的姨妈叹了口气，"我真希望欧拉莉快点来。其实只有她才能告诉我真相。"

欧拉莉是个又瘸又聋、爽直泼辣的老姑娘，从小在拉布勒东纳里夫人家帮工，夫人死后，她也随即"退休"，在教堂旁边找到一间房子住下，经常出来做做礼拜，在没有礼拜的时候，她自己默默祈祷，或者给戴奥多尔搭把手，帮点忙；其余时间，她用来探望几位像我姨妈那样的病人，她把做弥撒和做晚祷的时候所发生的事情告诉我的莱奥妮姨妈。她本来有一笔老东家给的年金养老，不过她倒不轻视捞外快，常常到本堂神甫或者贡布雷僧侣界的其他头面人物那里去搜罗些内衣被单来浆洗。她身穿披风，头戴白色小便帽，打扮得跟吃教会饭的人差不多。皮肤病使她的一部分面颊和弯曲的鼻梁呈现凤仙花那样鲜艳刺目的桃红色。她的来访一向是莱奥妮姨妈的一大乐事，因为除了本堂神甫之外，姨妈早已把其他客人逐个拒之于门外了，她认为那些人错就错在属于她所憎恶的两类人之列：第一类人最差劲，是姨妈首先要甩开的，他们劝她不要"顾影自怜"，还鼓吹"阳光下走走，吃点带血的烤牛肉，比卧床和服药对她更有补益"之类的邪端异说，尽管有人采取消极态度，只以某种形式的沉默表示不赞成姨妈的做法，或者笑笑表示怀疑；至于另一类人，看来真以为姨妈的病情比她自己估计的还要严重，至少同她自己所说的一样严重。比如，姨妈几经斟酌，听从了弗朗索瓦丝殷切的劝说，允许他们上楼来看望她，他们中就有人表现得太辜负姨妈的抬举，居然怯生生地说："您不认为遇到好天气出去稍微活动活动会好些吗？"有人倒相反，听姨妈说罢"今天我很不好，很不好，要完了，可怜的朋友们呀"，他们竟接茬说："啊！身体不好嘛！不过您这样也还能拖一阵呢。"上述两种人，虽然表现不同，有一点倒肯定一样，那就是从此被拒于门外。当我的姨妈从床上看到圣灵街有这号人显然正前来看她，当她听到门铃已被拉响时，她的脸上顿时出现害怕的表情。如果说，弗朗索瓦丝见此情状觉得有趣，那么，她更为姨妈总有巧妙办法把他们打发走而拍手称快，更为他们没有见到姨妈，反而碰了一鼻子灰而乐不可支。她打心眼儿里佩服我的姨妈，她认为自己的女东家比那些人要优越，所以才不愿让他们登门。

总而言之，我的姨妈既要求人家赞成她卧床服药的做法，又要求人家同情她的病痛，还要求人家说些宽心话，担保她早晚会康复。

而欧拉莉对此最在行。我的姨妈尽管一分钟之内能说上几十遍："我完了，可怜的欧拉莉。"欧拉莉准能答上几十遍："奥克达夫夫人，您对自己的病知道得这么透彻，那么您准能活上一百年，就像昨天萨士兰夫人对我说的那样。"（欧拉莉的坚定不移的信念之一，就是认准了萨士拉夫人其实叫萨士兰夫人，尽管经验无数次地对她进行纠正，仍不足以打破她的这一信念。）

"我倒不求活上一百年。"我的姨妈说；她不喜欢人家用确切的日期来判定她能有的寿限。

此外，欧拉莉还善于给我姨妈解闷，又不让她累着。这是谁都没有的本领。所以她的来访对于姨妈来说是莫大的愉快。她每星期天必来，除非有意外事缠身。对欧拉莉又将来访的期望，开始着实让我姨妈高兴好几天，可惜这很快就转化为痛苦，就像挨饿的人饿过了头，虽说欧拉莉才晚来一小会儿。等待欧拉莉的兴奋心情拖延过久就变成不堪忍受的折磨；我的姨妈不停地看钟点、打哈欠，一阵阵感到心力交瘁、支持不住了。要是欧拉莉来访的门铃声直到天黑，在我的姨妈已无指望的时候才打响，她反倒感到伤心难受了。事实上，每个礼拜天，她最牵肠挂肚的一件事不过是欧拉莉的来访。吃罢午饭，弗朗索瓦丝急于等我们早早离开饭厅，她好赶上楼去"忙乎"我的姨妈。但是（尤其自从晴朗的天气在贡布雷定居下来之后），当正午时分的崇高的钟声给圣伊莱尔塔楼上音响的王冠缀上十二朵转瞬即逝的小花、使袅袅余音在我们的餐桌边，在也是亲切地来自教堂的圣饼的附近，缭绕萦回了很久之后，我们仍久久地坐在饰有"一千零一夜"图画的平底碟前懒得动弹，因为炎热，尤其是因为吃得太饱，我们无力离席。所谓太饱，因为，除了鸡蛋、排骨、土豆、果酱、烤饼等几道已经不必预告、每餐必备的食品外，弗朗索瓦丝还根据庄稼地和果园的收成，海鲜捕捞所得，市场供应，邻里馈赠，以及她自己的烹调天才所能提供的东西，另外添几道菜，因此，我们的食谱，就像十三世纪人们在大教堂门上雕刻的四面浮雕一样，多少反映了一年四季和人生兴衰的节奏。添一条鲜鱼，因为鱼贩子担保它特别新鲜；添一只火鸡，因为她赶巧在鲁森维尔的市场上碰上一只肥美的；添一道骨髓蓟菜汤，因为她以前没有用这种做法给我们做过；添一盘烤羊腿，因为去外面透过新鲜空气之后一定胃口大开，况且到吃晚饭足足有七小时，有足够的时间把羊腿烤到骨脱肉酥；菠菜是为了换换口味；杏子是因为刚刚上市，街上还难得见到；醋栗是因为再过半个月就吃不上了；草莓是斯万先生特意送来的；樱桃是园子里那棵两年不结果的樱桃树又重新结出的第一批果实；奶酪是我一向爱吃的；杏仁糕是她昨天定做的；奶油圆球面包倒是我们的贡献。上述各道食品吃罢之后，专为我们做的、特别是专门献给我识货的父亲品尝的巧克力冰淇淋端了上来，那是弗朗索瓦丝别出心裁、精心制作的个人作品，就像一首短小、轻盈的应景诗，其中凝聚着作者的全部才智。谁要是拒绝品尝，说什么“我吃完了，不想吃了”，谁就立刻沦入“大老粗”之列，正等于艺术家送他一幅作品，明明价值在于作者的意图和作者的签名，他却只看重作品的重量和作品所用的材料。甚至在盘子里留下一滴残汁，也是不礼貌的表示，其程度相当于没有听完一首曲子，当着作曲家的面站起来就走一样严重。

我的母亲终于对我说：“得了，别没完没了地在这儿待着了，要是你嫌外面太热，就上你自己的房间去，但是你得先透透空气，免得一离开餐桌就看书。”我于是坐到水泵和水槽附近的一条没有靠背的长凳上去。水槽像哥特式的井栏，雕有好几条火龙的图案，粗糙的石面上刻下了火龙的流线型的、包含寓意的体态，十分生动。长凳恰好在一株丁香树的树荫下；园子的这个角落有一扇便门开向圣灵街；在一片荒芜的土地上，矗立着一座独立的建筑，突出在正屋之外，门前有两级台阶，那是厨房外做粗活的小屋。从外面看去，可以影影绰绰看到里面的地上铺着斑岩一般闪闪发光的红色石板，这小屋与其说是弗朗索瓦丝的“洞府”，倒不如说更像供奉维纳斯女神的小庙，里面堆满了奶制品商人、水果店老板、菜贩子等人送来的供品，他们有些是从相当远的村落来的，就为了给“女神”献上他们田园里的时鲜。小屋屋脊上总有一只鸽子在咕咕啼叫。

早先，我并不在这小庙周围的神圣的树林中久留，因为我在上楼读书之前，总要先到外祖父的兄弟阿道夫外叔祖父居住的楼下那间起坐间去呆一会儿。阿道夫外叔祖父是位老军人，以少将衔退休。他那间屋子难得照进阳光，即使窗户大开，听凭外面的热气进去，屋里也仍然无穷无尽地散发出一股幽幽的凉气，既有林区的风味，又有王政时代的盎然古风，好比走进猎场的废弃的楼阁，能让人的嗅觉久久地沉醉于梦境之中。但是，我不进阿道夫外叔祖的单间已有很多年了，因为他同我们家发生过一场误会，不再来贡布雷小住。这事是由我惹起的，经过情形如下：

在巴黎的时候，家里每个月派我去看他一两次，那时他总是刚吃完午饭，穿着家常便服，侍候他的仆人穿的是紫白两色相间的条纹布工作服。外叔祖父咕哝着埋怨我好久没来看他了，没人理他了；他给我吃块杏仁饼或者一只橘子，我们穿过一间客厅，那里从来也没有人会停下坐一会儿；客厅里没有炉火，墙上装点着镀金的装饰线脚，天花板刷上蓝色，说是模仿天空；家具都蒙上了缎面垫套，跟外祖父家一样，只是这儿用的是大黄缎面；我们经过客厅，走进被外叔祖父称为“工作室”的那个房间。只见墙上挂了几幅版画，大凡是黑色衬底上有一位丰满、肉感、皮色粉红的女神，或驾一辆战车，或踩一只圆球，或在额前缀有一颗五角星；第二帝国时期这类画很受欢迎，因为一般认为画里有一种庞贝的情调。后来人们很讨厌这类画，有人之所以又开始喜欢起来，虽然说法不一，其实只有一个原因：这类画具有第二帝国的情调。我同外叔祖父一直坐在这里，直到他的听差替车夫来问什么时候用车。外叔祖父沉吟良久，在一边纳罕的听差如果稍有动弹，仿佛就会扰乱他沉思似的，于是他只得全神贯注地等待他作出始终如一的回答。外叔祖父经过一番周密的斟酌，终于说出了从来不变的决定："两点一刻。"听差惊讶地重复了一遍，但决无二话："两点一刻？……好，我告诉他去。"

在那个时期，我热爱戏剧，但这只是柏拉图式的爱，因为我的父母还一直没有允许我去看戏，所以我把看戏的乐趣，想象得相当不符合实际；我几乎以为每个观众眼中的舞台布景，都像是通过立体镜才看到似的，只为他一个人存在，尽管同其他观众所看到的上千种其他景象大致一样，但各人所见只属各人。

每天上午，我都要跑到广告亭去看看又有什么新戏预告。每一出预告的新戏都给我的想象提供种种梦想，而天下最无利害关系又最令人开怀的，莫过于这些梦想了；同组成剧名的每一个单字紧密相关的形象，还有墨迹未干、被糨糊弄得鼓鼓囊囊的海报的颜色，更助长了我的想象。海报上剧名赫然在目，除了《赛萨·奚罗多的遗嘱》或《欧迪普斯王》之类的古怪剧目外（这类剧目不会出现在"喜剧歌剧院"的绿色海报上，而只出现在"法兰西喜剧院"的酡红色的海报上），最大相径庭的要算《王冠上的钻石》和《黑色的多米诺骨牌》这两出戏的海报了：一张是发亮的羽白色，另一张像带有神秘色彩的黑缎。我的父母向我宣告：我第一次去剧院，必须就这两出戏中选一出。于是我接连对它们的剧名进行钻研，因为我的有关这两出戏的全部知识只是它们的剧名。我殚精竭虑地想逐一抓住它们可能给我带来的乐趣，然后进行比较，最后我费尽力气，把一出戏想象成光彩夺目、气宇轩昂，另一出戏则温情脉脉、缠绵悱恻，结果我还是不能决定我的取舍，正等于上最后一道甜食时，问我要牛奶米糕还是要奶油巧克力一样。

我与我的同学们谈论演员，虽然那时我对演技还一无所知，却认为在艺术借以体现的一切形式中，演技是首要的形式，通过演技，我才第一次感受到什么是艺术，同样一段台词，这位演员和那位演员在朗诵方法和声调处理方面各不相同，我觉得其中最琐细的差别都具有无法估量的意义。我根据有关这一演员和那一演员的传闻，把他们按才艺的高低排了个先后，这些名单我成天独自默诵，最后在我的脑海中凝固，像结成了硬块，弄得我头脑僵硬。

后来，我上中学，每当我趁老师转身的机会同一位新朋友窃窃私语时，我的第一问题总是问他是否去过剧院，是否认为最了不起的演员是戈特，其次是德洛内，等等。倘若他认为法布夫尔不如迪龙，或者德洛内名列戈克兰之后，那时我的心目中戈克兰便失去磐石般的坚固性，突然松动起来，退缩到二等，德洛内也取得了神奇的灵活性，丰富的活跃性，而屈居第四；这样的变动使我的头脑得到软化，得到滋养，竟有繁花似锦、生动活泼之感。

虽说我对演员们如此着迷，虽说有一天下午我见到莫邦从法兰西剧院出来顿时感到爱的激动和爱的痛苦，但是当我见到某家剧院门前某位赫赫巨星的大名烨烨生辉，当我见到一辆马头上缀满玫瑰花的双座轿车从街上驰过，车窗里露出一位据我想可能是演员的女子的倩影，那时我内心的激荡更久久不能平息，我多么无能为力地、多么痛苦地努力设想她们的私生活啊！我虽把最有名的女演员按才艺的高低排出如下的名次：萨拉·贝恩纳特，拉贝玛，巴代，玛德莱娜·布洛昂，霞娜·萨马里，但是，无论先后我对她们全都关心。我的外叔祖父认识不少女演员和一些“交际花”，我分辨不清后者同女演员的差别。他把她们请到家中做客。我们之所以只在某些日子去看望他，是因为其他日子有那些女客登门，家里人一向不愿与她们打照面。至少我们家持这一主张，因为从我的外叔祖父那方面说，他跟那些可能从来没有结过婚的风流寡妇、跟那些虽大名鼎鼎、其实出身靠不大住的伯爵夫人过于随便的态度，他把她们介绍给我的外祖母时所说的奉承话，或者他把祖传的首饰送给她们，以巴结讨好，等等，早已不止一次引起他同我的外祖父之间的龃龉。平日交谈中如果出现某位女演员的名字，我常听到我的父亲笑着对我的母亲说："这是你叔叔的一位女朋友。"当时我想，有多少大人物恐怕开始一连好几年都巴结不上那样的女人，给她写信不理，登门拜访，她又打发门房拒之门外：我的外叔祖父倒说不定有办法让我这样初出茅庐的青年免受这番折腾，他可以在自己的家里把我介绍给许多人都无法接近、但对他来说却是知心朋友的女演员。

因此——我借口有一门课改了时间，不仅已经耽误了我好几次不能去看外叔祖父，而且以后还会没有空去——有一天（那并不是专门留给我们去看他的日子），我们家午饭比平时吃得早，我便趁机上街，并没有去看家里允许我单独去看的新戏海报，而是一口气跑到了外叔祖父那里。我注意到他家门口停着一辆双驾马车，马的护眼罩上，跟车夫上衣的扣眼上一样，插着一朵红色的康乃馨。我从楼梯上就听到一个女人的嬉笑声，等我一拉门铃，里面的声音反而戛然而止，一片寂静之后是连续的关门声。听差终于出来开门，见到是我，显得很尴尬，声称我的外叔祖父现在正忙着，恐怕抽不出身来见我。他正打算进去禀报，只听到里面传出刚才的女人的声音："啊，不！让他进来；一分钟就行，我一定会很高兴的。从您的写字台上的那张照片来看，他跟他的妈妈，也就是您的侄女，长得很像，您的侄女的照片挨着的那张照片不就是他吗？我倒是想要见见这孩子，哪怕见一面呢。"

我听到我的外叔祖父咕哝着表示不高兴；最后，听差请我进去。

桌子上，有一盘跟平时一样的杏仁饼；我的外叔祖父仍穿着那件家常便服，但是在他的对面，坐着一位身穿粉红色丝绸长裙、脖子上挂着一条长长的珍珠项链的年轻女子，她正把最后一瓣橘子放进嘴里。我一时拿不定主意，不知该称呼她夫人还是小姐。我憋红了脸，不敢朝她那面看，生怕同她答话。我过去亲了亲外叔祖父。她笑眯眯地望着我。我的外叔祖父对她说："这是我的侄外孙。"既没有告诉她我姓什么，也没有把她的名字告诉我，大约是因为自从同我的外祖父发生过龃龉之后，他尽可能避免家庭成员同他的这类朋友接触。

"他长得多像他的母亲。"那女的说。

"您也不过是在照片上见过我的侄女。"我的外叔祖父连忙粗声粗气地接口道。

"对不起，亲爱的朋友，去年您生病的时候，我在楼梯上曾经同她照过面。确实，我也只是一闪而过地瞅了一眼，你们这儿的楼梯又那么黑；但是，这一眼足以使我对她钦佩了。这瘦小的年轻人眼睛长得挺美，还有这儿，"她说着，用手指划了一下额头下面，"您的侄女儿是不是跟您同姓？"她问我的外叔祖父。

"这孩子更像他的父亲。"我的外叔祖父咕哝着说；他既不想提到我妈妈的姓，以间接地介绍我，更不想作进一步的说明，"他完全像他的父亲，也像我故世的母亲。"

"我不认识他的父亲，"穿粉红色长裙的女子微微歪着脑袋说道，"也从来没有见过您那位故世的母亲。我的朋友，您一定记得，咱们是在您遭受丧母之痛后不久才相识的。"

我感到有些失望，因为这位少妇同我在家里见到过的其他标致女子，尤其是同我每逢大年初一都要去拜年的一位表亲家的千金并无二致。我的外叔祖父的这位女朋友，除了衣着更为讲究之外，那眼神也同样机敏而和善，表情既坦诚又动人。我在她身上没有发现女演员照片上一般有的那种使我倾慕的舞台风度，也没有看到应该同她的私生活相呼应的那种妖媚的表情。我难以相信她竟是交际花，而且如果我没有见到门口停着的那辆双驾轿车，没有见到她那身粉红色的丝裙和那串珍珠项链，没有早就听说我的外叔祖父尽结识些最高级的交际花，我恐怕更难相信眼前这位风韵不俗的女子就是其中的一位。但是，我不明白的是供她们住华屋、坐轿车，让她们打扮得珠光宝气，不惜为她们倾家荡产的金屋藏娇的百万富翁，又怎能从这样平凡、这样规矩的女子那里得到愉快呢？然而，想到她们私生活应有的情状，我更为她们的不道德感到迷惑不解。如果这种不道德具体化为一个特殊的形象出现在我的面前，那么这种不道德就会像一部小说、一件丑闻的隐秘部分那样地不露痕迹。但恰恰是那件丑闻使她们脱离了中产阶级的家庭和她们待人和善的父母，使她们扶摇直上地变为一代佳丽，出入交际场所，赢得显赫的名声。眼前的这位女子，面部表情和说话的声调同我所认识的其他许多妇女并无两样，这就使我不由得把她看做良家千金，其实她早已无家可依了。

这时我们已经走进外叔祖父的工作室。我的外叔祖父请她抽烟，只因有我在场，他多少显得有些尴尬。

“不，”她说，“亲爱的，您知道我只抽得惯大公爵送给我的那种烟卷。我跟大公爵说了，您也馋那种烟卷。”说着，她从烟盒里掏出好几支印有金色外文字样的纸烟。忽然，她又说：“我一定在您这里见到过这孩子的父亲，他不就是您的侄女婿吗？我怎么能忘呢？他那样和气，我觉得他文雅极了。”她说得既谦虚又热情。但是，我深知父亲待人一向矜持冷漠，想到他当时一定绷着脸皮，现在却被说成文雅极了，我不禁狼狈不堪，因为他很可能表现得并不风雅，这种过高的评价，同他在礼节方面的欠缺实在太不相称。后来我才体会到，这些既无所事事又用心良苦的妇女所扮演的角色，其魅力之一正在于此：她们以她们的热情、她们的才能，以及优美的感情所具备的一种梦境和她们不必破费便可轻易到手的一种金玉般的华彩，像名贵而细巧的嵌饰，把男人们毛糙而缺乏磨砺的生活装点得富丽堂皇。对于梦境，她们同艺术家们一样，既不追求实际价值，也不让它局限于现实生活，例如我的外叔祖父穿着宽松的便服在吸烟室中接待的这位女士，她以娇美的体态，粉红色的丝绸长裙，周身的珠光宝气，以及她同大公爵的交情所散发出来的那种高贵气派，给烟雾缭绕的室内增添了异样的光辉；同样，她随口说了句对我父亲的评价，说得非常讲究，使这句话别具一格，有一种高雅的意味，再加上她以亮晶晶的目光看上一眼，等于给这句话镶上一颗光华熠熠的钻石，其中既包含谦恭之意，又透出感激之情，这句话从她嘴里说出便成了一件艺术珍品，一件"文雅极了"的宝贝。

"好吧，孩子，你该回去了。"外叔祖父对我说。

我站起来，克制不住想去吻一下粉衣女郎的手，但，我觉得这样做恐怕过于孟浪，简直类似抢劫。我的心怦怦乱跳，心里盘算着："该做还是不该做？"后来，我不再考虑该做什么，而是能做什么，我以一种盲目的、反常的动作，连刚才我找到的有利于这样做的种种理由也全都抛置不顾了：我上前抓住她伸过来的手，把它送到我的唇边。

"他多可爱啊！已经知道巴结女人喜欢了，这是跟他的外叔祖父学的。将来准成为十全十美的绅士。"她又咬文嚼字地加上这么一句，故意把绅士这个词儿说得带点英国口音。"用跟我们一衣带水的英国邻居的话来说，哪天他能不能过来喝 a cup of tea？① 到时候，上午给我发一封

① 英语：一杯茶。

‘蓝笺’①就行了，我准来奉陪。”

当时我还不知道“蓝笺”是什么意思。她的话我有一半听不懂。我怕有些问话若不回答会有失礼貌，所以我始终全神贯注地听，结果感到非常吃力。

“不，不，这不可能。”我的外叔祖父耸耸肩膀，说道，“他忙得很，他很用功。他的功课门门得奖。”他又低声地——声音压得很低，怕我听见后纠正——补充说道。“谁说得准呢？也许他将来是雨果第二，或是福拉贝尔②之类的人物。这您是知道的。”

“我崇拜艺术家，”粉衣夫人答道，“只有艺术家才了解妇女……只有他们和您这样出类拔萃的人才理解我们。原谅我的无知，朋友，福拉贝尔是何许人？就是您房里玻璃书柜上的那几本烫金的书籍的作者吗？您知道，您答应借我看的，我一定小心翼翼地爱护书籍。”

我的外叔祖父最讨厌借书给别人，因而没有接话。他一直把我送到过厅。对粉衣夫人的爱慕弄得我晕头转向，我发疯似的吻遍了我外叔祖父沾满烟丝的两边腮帮。他相当尴尬地暗示我：希望我最好不要把这次来访告诉家里，但他又不敢明说。而我呢，我热泪盈眶地向他表示：他对我的一片好心，我铭感至深，总有一天要想办法报答。我倒确实铭感至深：两小时之后，我先是说了些闪烁其词的话，后来觉得并没有让我的父母明确地认识到我新近得到的器重，于是我想倒不如把话挑明，干脆把两小时以前去外叔祖父家的经过，详详细细地告诉他们，我没有料到这样做会给外叔祖父招惹是非。我本来没想给他添麻烦，怎么能料到这一着呢？我不能想象我的父母能从中找出毛病，因为我并不认为有什么不

---

① 蓝笺：市内电报的俗谓。

② 福拉贝尔（1799—1879）：法国历史学家，1848 年任公共教育部长。

对，不是每天都会有这样的事情发生吗？——一位朋友来请求我们千万别忘了代他向某某女士表示歉意，因为他本人无法给她投书致意，而我们经常不把这种事放在心上，认为那位女士未必把他的沉默看得多重要，我们不觉得转致歉意能有多大意义。我也跟大家一样，总把别人的脑海想象成一件来者不拒的容器，对于注入的东西不会有什么特殊的反应；我从不怀疑，始终以为我把在外叔祖父家结识新朋友的消息灌进我父母的脑海，也就能如愿以偿地把我对这次介绍的善意判断转达给他们了。不幸的是我的父母在评价我的外叔祖父的行为时所遵循的原则，同我的期望完全南辕北辙。我的父亲和我的外祖父向我的外叔祖父提出措辞激烈的质问；我是间接听说的。几天以后，我在街上迎面遇到我的外叔祖父，他正坐在一辆敞篷车上。我感到痛苦、后悔、对他不起，我真想把这些感受告诉他。但我内疚之深、铭感之深，决不是摘帽致意所能表达的；我觉得这反倒会显得小家子气，甚至可能让外叔祖父看不出我对他感恩戴德，只以为我用通常的礼貌敷衍罢了。我决定免去这种不足以表达我内心感情的举动，我把脸扭了过去。我的外叔祖父却以为我为了服从父母的命令才不理他的，因此他对我的父母记恨在心。好多年后他才死去，我们一直没有再去看望他。

所以，我就不再进入已经关闭的阿道夫外叔祖父的那间休息室了。我只在厨房外的小屋周围流连。这时弗朗索瓦丝出现在小庙前的平台上对我说："我让帮厨的女工一会儿把咖啡和热水端去，我要赶紧去侍候奥克达夫夫人。"听她这一说，我决定回屋，直接到我的房里去读书。帮厨的女工是个有名无实的角色，是个常设的职位，承担着始终如一的任务，它通过体现它存在的一连串暂时的形态，保证了某种连续性和同一性，因为从来没有一个帮厨女工在我们家连续干满两年以上。我们吃了许多芦笋的那个年头，帮厨女工一般负责削芦笋皮。那是一个病病歪歪的女人，我们在复活节前后到达贡布雷的时候，她正怀着孕，而且已接近临产期。我们甚至奇怪：怎么弗朗索瓦丝还让她走那么多路，干那么多活，因为她的身前挂着的那只日见饱满的包袱，虽然有宽大的工作服罩在外面，仍能让人看出它已大到相当可观的地步，况且她开始步履艰难了。她那身衣裳使人联想到乔托①的壁画中的几位象征性人物身上所穿的那种宽袖外套。这些壁画的照片，斯万先生曾经送给我过。使我们注意到这个特点的，也是他。每逢问起有关帮厨女工的近况，他总这么说："乔托的'慈悲图'近况如何？"也确实，那可怜的女工因怀孕而发胖，一直胖到脸上，腮帮结实得堆起了横肉，同画里那些更像接生婆的粗壮的处女不相上下；在阿林娜圣母寺的壁画中，她们是种种美德的化身。今天我才意识到，帕多瓦寺院里的那些善恶图，还从另一方面跟我们的帮厨女工相像。帮厨女工的形象由于腹部多了一件象征而变得高大起来，但她本人显然并不理解这一象征，她的脸上没有丝毫表情来传达它的美和它的精神意义，似乎她只是抱着一只普通的、沉重的包袱；同样，阿林娜圣母寺里那幅标题为"慈悲"的壁画，显然也没有让人家想到画中那位结实的主妇形象正是慈悲这一美德的化身（在贡布雷我的自修室的墙上就挂有这幅画的复制品），看来那张结实而俗气的面孔不可能表达任何慈悲的思想。多亏画家别出心裁的独创，她脚下明明踩着大地的宝藏，那表情却完全像在踩挤红的葡萄汁，或者更像跨上一堆装满东西的口袋往高处攀登；她把自己热烈的心献给上帝，说得更确切些，她在把心"递"给上帝，就像厨娘把起瓶塞的工具从地下室的气窗里递给正在

① 乔托（1266—1337）：意大利画家。他的体积感、空间感以及对自然景物的偏爱，使他成为意大利绘画发展史上那一阶段的代表。他为帕多瓦的阿林娜圣母寺所作的壁画（约于1303至1305年间），是他传世的杰作之一。

楼下窗口向她要这件工具的人。“贪欲”这幅壁画，倒也许把贪欲的某种表现，描述得更为露骨。但是，象征也还是占据太多的地盘，而且表现得过于真实。对准“贪欲”的嘴唇嘶嘶吐信的蛇被画得很粗，把“贪欲”张得大大的嘴巴整个填满；为了把蛇含进嘴里，她的面部的肌肉全都鼓起来了，就像小孩儿吹气球一样，“贪欲”的注意力也引动了我们的注意力，全都集中在嘴唇的动作上，没有给贪婪的思想留下多少回旋的余地。

尽管斯万先生对乔托的这几幅壁画推崇备至，我却在很长一段时期内无心欣赏；他送给我之后就一直挂在自修室墙上。“慈悲图”上没有慈悲；“贪欲图”则像仅在医学书上才能见到的插图，类似声门或小舌如何受到舌瘤的压迫，或者外科医生的器械如何插进口腔；而那位象征正义的女子，面色灰暗，五官端正而表情啬刻，这恰恰是我在做弥撒时所见到的贡布雷某些相貌漂亮、感情贫乏、虔诚刻薄的中产阶级小姐、太太的写照，而她们中有些人早就充当了不正义的后备军。后来我才懂得，这几幅壁画之所以诡谲离奇得动人心魄，具有特殊的美，是因为象征在其中占据了主要的地位；事实上象征并没有作为象征来表现，因为象征化的思想是无法表现的，在这里它是作为真实的来表现的，表现为具体的感受或物质的动作，这就使作品的含义更切题，更准确，也使作品的教益更实惠，更惊人。在可怜的帮厨女工的身上，情况也一样，人们的注意力不也是一再被日益变大的肚子吸引过去吗？还有，人之将死，想到的往往是实际的、痛苦的、昏暝莫辨的腑脏深处，往往想到死亡的阴暗面，这恰恰是帮厨女工所呈现的模样：她使我们严峻地感觉到这一面的存在，与其称之为死亡的抽象观念，倒不如说它更像一个要把我们压扁的包袱，一种令人喘不过气来的绝境，一种急需痛饮的干渴。

帕多瓦寺院中的善恶图，肯定包含许多现实成分，因为在我看来，它们活生生得像我们家的怀孕的帮厨女工；而且我觉得那位女工身上也存在丰富的寓意。一个人的灵魂往往不参与通过自己才得以表现的美德，这种不参与(至少表面如此)，除了有其美学价值外，也还包含一种真实，一种即使不是心理学的、起码也是面相术方面的真实。后来，我在实际生活中，曾多次有机会遇到过一些真正神圣的悲天悯人的化身，例如修道院里的僧尼。他们一般看来都兴致勃勃，讲究实惠，像忙忙碌碌的外科医生，既不动感情又果断利索，面对着人类的苦难，他们的脸上并无丝毫怜悯、同情的表示，也不怕去触及人们的痛处，那是一张张没有柔情、令人生畏的脸，因真正的善良而变得格外崇高。

帮厨女工先端上咖啡(用我母亲的话来说，只配叫热水)，然后又把热水(其实勉强有点热气)送到我们房里，这就无意中像谬误通过对比衬托出真理的光辉那样地更显示出弗朗索瓦丝的高明优越之处，那时我早已拿着一本书躺在我自己房里的床上了。几乎全都合上的百叶窗颤颤巍巍地把下午的阳光挡在窗外，以保护房内透明的凉爽，然而，有一丝反光还是设法张开黄色的翅膀钻了进来，像一只蝴蝶一动不动地歇在百叶窗和玻璃窗之间的夹缝里。这点光亮勉强够我看清书上的字迹，只有神甫街上加米拍打箱柜灰尘的声音，才让我感到外面的阳光有多灿烂(弗朗索瓦丝告诉加米：我的姨妈不在“休息”，可以暂勿噤声)。那一声声拍打，在炎热季节特有的訇然传音的大气中回荡，仿佛抖落下无数艳红色的星雨，一颗颗飞向远方。此外，还有一群苍蝇，像演奏夏季室内乐般在我的眼前演奏它们的小协奏曲，倒跟你在盛夏季节偶尔能听到乐师们演奏的曲调并不一样，但是能让你接着联想到人间的乐声；这种音乐由一种更加不可缺的纽带把它同夏季联系在一起：它从晴朗的日子里诞生，只能同晴朗的日子一起复活，它蕴含着晴朗的精魂，不仅能在我们的记忆中唤起晴朗的形象，还能证实晴朗已经归来，确实就在外面，而且已弥漫人间，唾手可及。

我的房里的这种阴暗的清凉，就像大街阳光下的荫凉处，也就是说，虽暗犹明，同阳光一样明亮，并且给我的想象展示出夏季的全部景象；而倘若我在外面散步，我的感官恐怕也只能品享到其中的一些片断；因此，这种幽暗，同我的休息十分合拍，对于常常被书中的惊险故事所激动的我，休息也只像放在流水中一动不动的手掌，经受着急流的冲击和摇撼。

但是，我的外祖母，即使天气热得彤云四起，即使暴雨骤来或者只是落下几滴雨点，她都要苦苦劝我出去走走。哪怕我不肯放下手里的书本，至少也得到花园里去阅读，坐在栗树下那个用草席和苫布搭成的凉棚里；我自以为那里足可避人耳目，躲过偶尔有人来访的干扰。

我的思想不也像一个隐蔽所吗？我躲在里面感到很安全，甚至还可以看看外面发生的事情。当我看到外界的某一件东西，看到的意识便停留在我与物之间，在物的周围有一圈薄薄的精神的界线，妨碍我同它直接接触；在我同这种意识接上关系前，它又仿佛飘然消散，好比你拿一件炽热的物体，去碰一件湿淋淋的东西，炽热的物体接触不到另一件东西上的潮湿，因为在触及前水分总是先已气化。我在读书的时候，我的意识同时展现出多种不同的情景，它们斑驳杂陈地仿佛组成一幅五光十色的屏幕，上面展示出埋藏在我内心最深处的种种愿望，乃至于我在这花园角落里眼前所见的纯属外观的各类景象之中，最切近我内心深处、并不断活动着又统帅其余一切的，是我的信念和我的愿望：我相信我正读着的那本书里有丰富的哲理，蕴藏着美，我但求把它们占为已有，不管那是本什么书。因为，即使那本书我是在贡布雷镇上的博朗士杂货铺跟前一眼瞥见之后买的，那铺子离我家较远，弗朗索瓦丝不可能像上加米杂货铺那样去那里买东西，但他们的书籍品种比较齐全，赶得上文具店和书店，门口的那两扇门板，比教堂的大门更神秘，更引人浮想联翩，上面琳琅满目地挂着许多期刊和小册子，我发现那本书就挂在其间，我之所以选中它，是因为早先听到老师或者某位同学提到过，当时在我的心目中，那位同学看来已经深得真和美的奥秘，而我对真和美还只有模糊的感觉，只有一知半解，认识真和美是我的思想所追求的目标，虽然不很明确，我却念念不忘。

我在阅读的过程中，这一中心信念不断地进行由表及里和由里及表的运动，以求发现真理，随着信念而来的是我积极参与的活动所产生的内心激荡，因为那些天下午我的曲折经历，常常比一个人整整一生的经历更为丰富、更为充实。我说的是我读的那本书里发生的种种事情；的确，受事件影响的人物，正如弗朗索瓦丝所说，并非“实有其人”。但是，一位真实人物的悲欢在我们心中所引起的各种感情，却只有通过悲欢的具体形象作媒介，才能得到表现；第一位小说家的聪慧之处就在于他了解到在我们激情的机制中，既然形象是唯一的要素，那么干脆把真实人物排除掉的那种简化办法，就是一项决定性的完善措施。一个真实的人，无论我们对他的感情有多深，总有相当大一部分是我们感官的产物，也就是说，我们始终无法看透，总有一种僵化的分量是我们的感觉所抬不动的。遇到有什么不幸落到这人的头上，我们固然也能为之而伤心，但是我们心目中他所遭受的不幸其实不过是整个不幸概念中的一小部分而已；甚至他本人也只能感受到整个概念的一部分。小说家的创举在于想到用数量相当的抽象部分，也就是说，用灵魂可以认同的东西来替换灵魂无法看透的部分。既然我们已经把这些新形态下的人物的举止和感情化作了我们自己的举止和感情，既然这些举止和感情是在我们的内心得到表现的，而且，当我们心情激荡地翻阅书中一页又一页的文字时，书中人物的举止和感情在我们的内心控制了我们呼吸的急缓和目光的张弛，那么，表面上的真实与否又有什么要紧呢？小说家一旦把我们置于那样的境地，也就是说，同纯属内心的种种境界一样，凡喜怒哀乐、七情六欲都得到十倍的增长，那么，他写的那本书就会像梦一样搅得我们心绪不宁，但是这比我们睡着时所做的梦要清晰明朗些，因而也留下更多的回忆，到那时我们的内心在一小时中可能经历到的各种幸与不幸，我们在实际生活中或许得花费好几年的工夫才能领略到其中的一二，而最激动人心的那些部分，我们恐怕终生都体会不到，因为幸也罢不幸也罢，在生活中都是缓缓地发生的，慢得我们无从觉察（例如：悲莫大于心死，可是我们只有在阅读时、在想象中，才体会到这种悲哀；现实生活中心灵的变化同自然界的某些现象一样，其过程相当缓慢，倘若我们有可能对变化中的每一个不同的状态逐一进行验证，那么我们连变化的感觉都会丧失殆尽的）。

故事发生的环境已经不如书中人物的命运那样深入我的内心，但它对我的思想的影响，却远比我从书上抬眼看到的周围风物的影响要大得多。所以，有两年夏天，我在炎热的贡布雷的花园中，就因为当时阅读的那本书，我竟神往一片山明水秀的地方，希望在那里见到许多水力锯木厂，见到清澈流水中有好些木头在茂密的水草下腐烂，不远处有几簇姹紫嫣红的繁花沿着一溜矮墙攀援而上。由于我的思想中始终保留着这样的梦，梦见一位女士爱我，所以我对那片山川的神往也同样浸透了流水的清凉；而且无论我忆及哪位女士，那一簇簇姹紫嫣红的繁花立刻会在她的周围出现，好像专为她增添颜色似的。

这倒不仅是因为我们梦见的某个形象总是带有明显的特征，总得到我们在遐想中偶尔衬映在这形象周围的各种奇光异彩的烘托而显得格外美丽，而是因为我读的那些书里所描述的风光，对于我来说，并非只在我的想象中才显得更加瑰丽，它其实跟我在贡布雷所见大同小异。由于作者的选词遣句，由于我在思想上对作者的描述像对一种启示那样地虔信，书中的景物仿佛就是大自然本身的一个真实可信部分，值得细细玩味、深深探究。我当时所处的环境，尤其是我们的那座花园，经过我的外祖母所鄙视的那位四平八稳、毫无才情的园丁整治过之后，从来没有给过我这样的印象。

倘若我的父母允许我去实地考察我读到的书中所描述过的那些地方，我倒真可以认为自己向掌握真理跨出了不可估量的一步。因为如果一个人感到始终置身于自己的心灵之中，那么他不会觉得自己像置身于一座稳然不动的牢笼中一样，而会觉得自己像同牢笼一起卷入无休无止的飞跃，力求冲出牢笼，达到外界，同时惶惶若失地始终听到自己的周围回荡着一种声音，它不是外界的回响，而是内心激荡的共鸣。我们力求在因此而变得可贵的万物中重新找到我们的心灵曾经投射其上的反光；我们失望地发现在自然中万物仿佛失去了原先在我们的思想中由某些相近的观念所赋予的魅力；有时我们把这种精神力量全都化为光华熠熠的机敏，以影响我们明知在我们身外却又无法触及的他人。因此，我之所以总是围绕着我所爱的女人想象我最向往的地方，我之所以希望她来领我去游历那些地方，为我打开一条通往陌生世界的渠道，这并非出于偶然而简单的联想；不，因为我对游历和爱情的梦想只是我全部生命力所迸发出的同一股百折不挠的喷泉中的不同力矩罢了；今天我好比把一股表面看来屹然不动、映射出彩虹的水柱按不同高度划分成几截那样，人为地把我的这股生命力划分出不同的力矩。

我继续出入于同时在我的意识中并存的各种境况，在得以展现那些境况的真实的视野之前，我终于得到了另一种快感，安坐的快感，呼吸新鲜空气的快感，不受来客骚扰的快感。当圣伊莱尔钟楼敲响下午一点，我更因发觉下午的时光已开始一截一截地被消耗而感到痛快，我数着钟声直到最后一响，计算已经消耗的总数。接着是漫长的寂静，允许我在蓝天下读书的那一整段时间仿佛也随之而开始，直到弗朗索瓦丝准备的那顿香喷喷的晚饭端上餐桌；我在阅读时追随书中主人公走南闯北弄得相当劳累，要由精美的晚饭来补偿我的辛苦。每过一小时钟声响一次，仿佛上一次的钟声离眼前才不久；一次次的钟声在天上挨得很近，我简直难以相信，在两个金色的刻度之间，那短短的蓝色弧线下，竟能容纳下整整六十分钟。有时候，敲得这么勤的钟声，这一次比上一次多了两响，那就是说这中间有一次钟声我没有听到，其间发生了什么事对于我来说等于没有发生；读得入迷就跟睡得很实一样具有神奇的魔力，我的耳朵像中了邪似的失去听觉，寂静的蔚蓝色表盘上的金色的钟点也抹得了无痕迹。星期天晴朗的下午多迷人啊！在贡布雷花园的栗树下，我精心地把个人生活中平庸的琐事统统抛开，用另一种曲折的生活，不同寻常的追求来加以充实，我向往着一个被纵横的流水滋润和灌溉的地方。美丽的星期天的下午啊，当我一想到你们，至今犹历历在目，确实，当初我把书一页页往下读的时候，白日的炎热在逐渐消散的时候，你们就已经把那种不寻常的生活裹了起来，让它逐渐地、一点一点地结晶。这个晶体变化极慢，里面贯穿着枝头的绿叶和你们静悄悄的、回荡着声响的、香气宜人的、透明的每一个钟点。你们把那种生活保存了下来。

有几次，下午三四点钟光景，园丁的女儿发疯似的奔跑，打断了我的阅读。她跑得撞倒了一棵橘子树，自己也划伤了手指，还磕掉一颗牙。只听她喊道："他们来了！他们来了！"她倒是为了让弗朗索瓦丝和我及时赶去，别错过看一场热闹。那几天驻防部队操练，要经过贡布雷市镇，通常他们走的是圣伊尔德迦尔特街。那时我们家的用人们正摆开一排椅子，坐在铁门外，观看贡布雷街上星期天的行人，同时也让过往行人观看他们。园丁的女儿从远处车站大街的两幢房屋的夹缝间，瞅见了盔甲的闪光。用人们匆忙收拾椅子走进铁门，因为经过圣伊尔德迦尔特街的全副戎装的士兵队伍将占据整条街的宽度，马队几乎要踩着人行道，擦过两边的房屋，浩荡而去，就像洪水涌来，河床显得过于狭窄，洪水难免溢出河堤。

“这些孩子怪可怜的，”弗朗索瓦丝刚刚赶到铁门边就已经流下眼泪来了，“可怜，他们的青春就像草场上的青草一样，都要给割尽了。一想到这里，我就像挨了一闷棍似的。”说着，她把手捂到胸口，以表示挨到闷棍的部位。

“看到这些小伙子舍生忘死，不是很壮观吗，弗朗索瓦丝太太？”园丁为了给她“鼓气”，这么说道。

他的话没有白说。

“舍生忘死？可是人生在世，不求生还求什么？生命是善良的上帝赐给我们的唯一的恩典，从来只有一次。唉呀！上帝呀！他们倒还真的舍生忘死！我在一八七〇年见过；他们一个个都不怕死，那仗打得多惨！真是不折不扣的一群疯子。再说，他们不用人家耗费什么绳子来把他们绞死，他们哪是人呀，简直是狮子。”（对于弗朗索瓦丝来说，把人比作雄狮并没有丝毫恭维之意。）

圣伊尔德迦尔特街的弯拐得太小，我们无法看到队伍从远处浩浩荡荡开来，而只是从车站大街那两幢房屋之间的夹缝中看到阳光下金光锃亮的头盔不断地起伏而过。园丁本想看看是不是还有那么多士兵要经过，可是日头晒得太狠，他都渴了。于是，他的女儿像杀出重围似的突然窜到街角，冒着九死一生的危险，从那里带回一瓶柠檬水和如下的消息：从梯贝尔齐和梅塞格利丝那边不断拥来的士兵足有上千人哩。已经讲和的弗朗索瓦丝和园丁讨论起战争时期应该怎么办的问题来了。

园丁说：“您看到没有？弗朗索瓦丝，革命总比别的战争强，因为一宣布革命，只有愿意上前线的人才去打仗。”

“啊！对了，至少我是这样理解的，这干脆得多。”

园丁认为战争一爆发，铁路交通全都中断。

“敢情，怕人乘火车逃跑呗。”弗朗索瓦丝说。

园丁说：“嗨！他们可坏了。”因为他认定战争只是国家用来作弄百姓的恶作剧，既然它有法子这么办，谁也就甭想溜掉。

但是弗朗索瓦丝要赶紧去侍候我的姨妈，我也要回到我读的那本书里去，用人们重新在门外坐定，观看由士兵们掀起的灰尘和激情慢慢消散，平静下来很久之后，贡布雷街上仍流动着不寻常的黑压压的人群，家家户户的门前都有一堆仆人，甚至主人坐着观望，连平时门口没有人的那几家也不例外，他们像门槛外缀上的一条边沿参差不齐的花边，又像大潮过后留在海滩上的水藻、贝壳等物组成的一条斑斓如锦的彩带。

除了那样的日子外，我平日倒总能安心读书。只是有一次，斯万来访，打断了我的阅读。当时我正在读一位我以前从未拜读过的作家贝戈特的作品，斯万对我说的那番话，倒使我在很长一段时期内，不再在挂满一簇簇紫花的墙边发现我所梦见的妇女形象，而是在完全不同的背景上，在哥特式教堂的门楼前，浮现出她们的倩影。

贝戈特的大名，第一次是由一位比我大几岁的同学告诉我的。他姓布洛克，我对他十分钦佩。他听说我欣赏《十月之夜》，便哈哈大笑，对我说：“你居然对缪塞之流入迷，趣味够低级的。他是坏蛋中的坏蛋，畜生中的畜生，不过我应该坦白承认，他，还有那个名叫拉辛的家伙，他们一生之中倒是各写下一句音韵铿锵的诗行，据我看，其最高价值在于它毫无意义可言。这就是‘白净的奥路索娜和白净的加米尔’，另一句是‘米诺斯和帕西法埃的女儿’。我的恩师，受到众神宠爱的勒贡特老爹，在他的一篇文章中引用了这两句诗，目的显然是为这两名恶棍开脱。顺便说一句，我手头倒有一本书，现在暂时没有空读，好像我的伟大的恩师曾经推荐过，他认为作者贝戈特写得非常精细；虽然他有时候宽容得无法解释,但他的话在我心目中等于德尔菲神庙①发下谕示,你读读这些抒情的散文吧,要是领受了太阳神的指点写下《皆大欢喜》和《玛纽斯猎犬》这两篇韵文的音韵大师说得不假,那么亲爱的大师,你就能品尝到奥林匹斯山上的琼浆玉液了。”他起初用调侃的语气要我称他为大师,后来他也同样称我为大师,事实上,我们开这种玩笑多少有点意思,因为我们当时少年狂放,总认为称呼什么就真能成为什么。

不幸的是,我一面同布洛克闲谈,一面却无法平息内心的混乱。他刚才说,美的诗句正因为它没有含义才更美,而我只希望从诗中寻找到真理的启示。我要他就此作出解释。事实上,布洛克后来再也没有被邀请到我们家来做客。开始他在我们家受到了热情的款待。这倒是真的,我的外祖父说过,我只要跟同学中的哪一位关系更为密切,把他领到家来,那总是个犹太孩子。原则上他倒并不因此而不快——他自己的朋友斯万也是犹太人血统,他认为一般说来我是在优秀的犹太孩子中选择朋友的。所以每当我领来一位新朋友,他几乎嘴里都要哼哼《犹太女郎》中的那句歌词“**我们父辈的上帝哟!**”或者“**以色列,砸碎你的锁链!**”当然,他只哼哼调门,但是我怕我的同学听出那段调门,给它配上歌词。

我的外祖父在见到我的同学们之前,只要听说他们姓什么,尽管这些姓往往没有犹太特点,他也不仅能猜到我的那位朋友是犹太血统(事实上也真是犹太血统),而且还能看到他家里有什么地方招人讨嫌。

“今天晚上要来的你的那位朋友姓什么?”

“姓迪蒙,外祖父。”

“迪蒙! 哦! 要当心哪!”

说着,他哼哼起来:

① 古希腊供奉太阳神的神庙。古代希腊人每遇大事,即赴神庙以求神谕。

弓箭手们，严阵以待！

悄悄注视，切莫等闲。

待他巧妙地向我们提出几个比较确切的问题之后，他叫出声来："当心啊！当心啊！"或者，如果他通过隐蔽的盘问，迫使已经进门的同学不知不觉自己说出是什么出身，那时，他为了表明已经不再存有疑问，就索性一面看着我们，一面声音轻得几乎让人听不到地哼起这样的歌词：

怎么，您把这胆怯的犹太佬

领到了我们这里！

或者：

希布伦，亲爱的山谷，我祖祖辈辈生息的地方。

还可能是：

是啊，我们是上帝优选的民族。

我的外祖父的这类小怪癖倒并不意味着对我的同学有任何恶意。我的长辈之所以不喜欢布洛克，那是另有原因的。他一开始就招我的父亲讨厌。那回，我的父亲见他浑身湿透，关心地问道：

"布洛克先生，外面变天了吗？是不是下过一场雨？我真不明白，晴雨表上刚才表明是晴天呀。"

但他得到的回答却是：

"先生，我绝对无法奉告是否下过雨，因为我一向把物质的琐事置之度外，以至于我的感官已经不必告诉我晴雨之类的变化。"

布洛克走了之后，我的父亲对我说："可怜的儿子，你的那位朋友是白痴。笑话！他居然都无法告诉我天晴天雨！这真是有意思极了！他是呆子！"

后来布洛克又惹得我的外祖母不高兴，因为吃罢午饭，她说她有点不舒服，布洛克听罢居然抽抽搭搭地抹起眼泪来。

“这怎么可能是真诚的呢，”外祖母对我说，“因为他根本不认识我；要不然他是疯子。”

总之，他让大家都不满意，因为那回他来吃饭迟到了一个半小时，而且身上溅满污泥。他不仅不道歉，反而说：

“我从来不受天气变化和公认的时间分割的约束。我宁可规劝世人使用鸦片烟枪和马来亚波刃短刀，但是，对于使用钟表和雨伞这两件害处多得无以复加而且市民气十足的庸俗工具，我一向是敬谢不敏的。”

尽管如此，他本来还可以来我们家玩的。他固然不是我的长辈们希望我结交的朋友，他们后来也还相信他为我的外祖母身体不适而流下的眼泪未必是做假，但是他们凭本能或者凭经验知道，我们的感情冲动对于我们随之而来的行动，以及对于我们的实际作为并无多大的影响；尊重道德准则，忠于朋友，埋头干某项工作，切实奉行某一套制度，凡此种种的更牢靠的基础尚有赖于盲目的习惯，而不是一时的冲动和空泛的热情。比起布洛克来，他们倒更希望我结交这样的朋友——这些人所能给予我的不超过根据布尔乔亚的道德标准应给予朋友的限度，不会因为哪天多情多意地惦记起我，便送我一筐水果，也不会因为一时的感情冲动和凭空瞎想，为了让友谊所要求的义务的天平倾向对我有利的一边，而不惜弄虚作假，使我蒙受更大的损害。我们的怨尤也难以把这些本质同它们对我们的要求截然分开，我的姑祖母就是一个榜样。她同她的一个侄女多年不和，根本不理她，但她并不因此而改变自己的遗嘱，仍旧把全部财产留给她，因为这是她最近的亲属，“理应”如此。

不过，既然我喜欢布洛克，我的长辈就不愿扫我的兴。最让我大费脑筋、苦恼至极的问题是我实在想不通为什么米诺斯和帕西法埃的女儿之所以美，全在于这种美毫无意义。这方面的苦恼大大超过后来同他的交谈所带来的麻烦，虽然我的母亲认为那些交谈都是有害的胡言。我们家本来还可以接待他的，但有一次饭后，他斩钉截铁地向我保证，他曾经听到人家确凿无疑地说到我的姑祖母年轻时是位风流女子，曾公开接受过人家的供养，正如他不久前对我所说，女人心目中只有爱情，谁都一样，她们尽管推拒，最终没有一个是攻不破的——这一信息后来对我的生活产生很大的影响，先是使我过得更加幸福，后来又让我落到更加不幸的地步。我忍不住把他的话都告诉了我的长辈，从此他们把他拒之门外，后来我在街上向他打招呼，他对我冷淡至极。

但是，关于贝戈特，他的话倒一点不假。

开头几天，作者的字里行间使我应该爱不释手的东西并没有浮现在我的眼前，就像一首乐曲，你听得只顾心醉神迷，还来不及品出妙处。我读的那本小说，虽已经同我难分难舍，但我误以为这兴趣只是由故事引起的，正如爱恋之初你天天赶到某处某个娱乐场所去消遣，去会见那个女人，你当时还以为只是娱乐本身吸引你呢。后来，我注意到贝戈特在一些地方爱用难得见到的、简直是古意盎然的词句，那几处形成一股和谐的暗流，一段含蓄的引子，从而使他的文风高雅起来；而且就在那些地方，他谈到了“人生空幻的梦”，“美丽的形态流溢出滔滔不绝的激流”，“知心和依恋的折磨如何空泛徒劳而又甜蜜消魂”，“震撼人心的塑像如何把教堂的外观点缀得格外崇高”。他用美妙动人的形象来表达一种对我来说全然新颖的哲理，那些形象可以说激起了竖琴的齐鸣，在悠悠乐声的烘托下，形象更显得崇高。在贝戈特的那些段落中，有一段我抽出来细细玩味，那是第三段或第四段吧，它所给予我的愉快同我在读第一段时大不一样，那种愉快我在内心深处更统一、更广阔，因而是一切障碍一切隔阂仿佛都已排除掉的那个部位所感受到的。因为——其实在开头几段引起我兴趣的，也正是他这种在遣字造句上唯求生僻的偏爱，这种回荡着悠悠乐声的音韵，这种唯心主义的哲理，只是我当时没有意识到而已——我一旦认出这些东西，我仿佛感到自己不再只是在读贝戈特的某一本书的某一个别段落，浮现在我思想表面的也不是一个纯属平面的形象了，而是一个“理想段落”，跟贝戈特的其他著作有着共同的特点，而仿佛同这个理想段落难以区分的其他类似的段落，一起形成一种厚度，一种体积，使我的心智也得以扩展。

不只是我一个人崇拜贝戈特；我的母亲的一位女朋友很有学问，也偏爱贝戈特的作品；还有迪·布尔邦大夫，为了读完贝戈特的一本新作，不惜让病人在一边等待；贝戈特作品的风靡的种子是从迪·布尔邦大夫的候诊室、贡布雷市镇附近的一家花园中飞散开来的；当时还只是稀有的品种，今天已经风靡全球，欧洲、美洲，乃至于穷乡小村，到处都见得到这枝理想的、共同的花朵。我的母亲的女朋友，据说还有迪·布尔邦大夫，对贝戈特的著作中最为欣赏的东西，跟我之所好相同，那就是他字里行间那种行云流水般的旋律感，那些古意盎然的词句，还有一些尽管很简朴、很常用的短语，但是，他把它们放在显要的地位，从而仿佛有意表示出对它们的特殊的偏爱；总之，在哀怨的行文中，插进一两个唐突的字眼儿，一种粗声粗气的语调，不用说，他本人也一定感到自己最感人的魅力正在于此。因为，在他后来的几本书中，倘若赶上什么重要的真人真事，或者提到某一座著名教堂，他就中断叙述，插入祈求、呼号和滔滔不绝的祷告，让一股股这类的气息充分地得到发泄；而在他早期的著作中，这类气息始终是内在的，只由于表面的波动才泄露出一二分来；也正因为是半隐半现的，或许更柔美，更和谐，但毕竟人们无法确切地指出这一股股窃窃私语的气息是从哪里流出来的。作者得意之处也正是读者激赏之时。我对那几段文字能背得滚瓜烂熟。当作者重新拾起叙述的脉络时，我还感到扫兴呢。有些东西的内在的美，我一直还看不透，例如松林，霰雪，巴黎圣母院，《阿达莉》或《淮德拉》，他每当讲到这些，他都绘色绘声地以形象来引爆那种美，来打动我的心扉。所以我感到：宇宙之大，区区感官岂能得窥全豹，倘若没有他的引领，天地间有多少方面是我的残弱的感知所无从分辨的啊！我倒真希望听听他对于万物的见解，哪怕一种隐喻也罢，尤其是对于那些我或许有机会见到的东西，特别是法国的古建筑和某些滨海地区的风物，因为他在他的好几本书中一再提到它们，足见他认为这些事物中蕴藏着丰富的意味和丰富的美。可惜，他几乎对一切事物都讳莫如深地不予评述。我不怀疑，他的见解一定同我的见解完全不同，因为它来自我正设法攀登上去的那个陌生的世界。我坚信，我的种种想法在那位绝顶聪明的智者看来，纯属冥顽不灵，所以我干脆统统推翻。可是有一天我偶尔在他的一本书中发现了我过去也曾有过的想法，我的心一下子膨胀起来，简直好似有哪位天神大发慈悲，把那个想法归还给我，并宣布它是合情合理的、优美的。有时候，他书中某一页写的话，同我在失眠时夜里写给我的外祖母和母亲的信中意思完全一样，贝戈特的那页文字仿佛是放在我的那些信头上的提要汇编，甚至后来我自己开始著书的时候，有些句子我总觉得不够精当，下不了继续写的决心，我就从贝戈特的书里去寻找等同的写法。只有在他的作品中找到之后我才会感到高兴。等到我自己营字造句，一心想让行文恰如其分地反映出我的思想捕捉到的内容，同时又担心"落入窠臼"的时候，我才不着急呢！我细细掂量写的东西究竟是不是尽如人意。但实际上，我真正钟爱的，只是这类短语、这类观念。我搜索枯肠、永不满足的努力，本身标志着一种爱，一种没有欢乐、却很深沉的爱。所以，当我在另一位作者的著作中突然发现同样的短语，也就是说，当我们不必自己去字斟句酌，为一丝不苟而搔首踟蹰时，我才终于能痛快地品尝到其中的滋味，好比一名厨子，偶尔有一回不下厨，总算有暇尝尝美味佳肴。有一天，我在贝戈特的一本书中，读到一段挖苦老女仆的笑话，出自大手笔的庄重的语言，使讽刺的意味格外入木三分，我跟我的外祖母谈到弗朗索瓦丝时也常常说过这样的挖苦话；还有一次，我发现贝戈特并不认为在反映真实的作品中写进类似我曾有机会对我们的朋友勒格朗丹先生所作的评述会有伤大雅（对弗朗索瓦丝和勒格朗丹先生的评述是我最无顾忌地供奉给贝戈特的祭品，相信他一定会觉得兴味索然的），于是我突然感到，我的平庸的生活同真实的王国之间，并不像我过去所设想，隔着什么鸿沟，它们甚至在好几点上相互交叉，我有了信心，高兴得像伏在久别重逢的父亲怀里似的伏在书上哭起来。

根据贝戈特的著作，我想象他是位病弱失意的老人，丧子之痛始终未平。因此我读他的散文，心中默默唱诵，也许唱得比文字本身更柔更慢，最简单的用语到我的嘴里也具有一种哀怨的调门。我最喜爱的，是他的哲理，我誓将终生奉行。它使我焦急地盼望早日达到上中学的年龄，好进哲学班上课。但是我只希望学校里时时处处只按贝戈特的思想行事。要是那时就有人对我说，我现在所倾心的思辨大师们跟贝戈特毫无共同之处，我会感到绝望的，正如一位堕入情网的人，本打算终生不变心地只爱一人，人家却预言他将来会另有几位情妇。

有一个礼拜天，我正在园中读书，被斯万的来访打断。

"你读什么呢，能给我看看吗？哟，贝戈特写的？谁跟你提到他的作品的？"

我告诉他：是布洛克。

"啊，对了，我有一次在这里见到过这个男孩子，他长得跟贝里尼画的穆罕默德二世一模一样。哦，像极了，同样是弧形的眉毛，弯曲的鼻梁和隆起的颧骨。等他长出两撇小胡子之后，那就是穆罕默德二世了。不管怎么说，他倒还有些鉴赏力，因为贝戈特是位很优雅的聪明人。"从来不提起自己的熟人的斯万，发觉我对贝戈特如此钦佩，便出于好心，为我破了一次例，说道：

"我跟他很熟，要是让他在你的书的扉页上写点什么能使你高兴的话，我倒是可以为你请他题词的。"

我不敢接受他的好意，只是问了斯万好些有关贝戈特的问题："您能告诉我他最喜欢哪位演员吗？"

"演员嘛，我不知道，但我知道他认为男演员里面没有人能同拉贝玛相提并论。他认为拉贝玛比谁都高出一筹。你看过她演的戏吗?”

“没有,先生。我的父母不让我去剧院看戏。”

“可惜。你应该要求他们允许你去呀。拉贝玛在《淮德拉》和《熙德》这两出戏里,可以说只不过是名女演员,但是,你知道,我一向不大相信艺术有什么‘高低之分’。”(我发现——而且过去他同我的两位姨祖母交谈时,这种表现已多次让我深感诧异——他每当谈及严肃的事情,用到某种说法,仿佛就某一重要问题提出某种见解时,总要用特别的、一字一顿的语调,挖苦似的把那种说法孤立开来,好像给它加上引号似的。这次提到“高低之分”,大有“正如荒唐的人所说”的意味。其实,既然荒唐,他又何必说呢?)他停顿片刻之后,又补充了一句:“像她最近演的那出戏,高雅的程度,赶得上任何一部传世杰作。我对此并不在行……我说的是……”他呵呵一笑,“例如《沙特尔的王后们》这出戏!”至此,我觉得,他这种害怕认真表达自己见解的态度,大约是高雅的表示,是巴黎派头,跟我的姨外婆们的不见世面的死心眼儿大相径庭;同时我还怀疑,这或许是斯万的生活圈子里的那伙人的一种思想的形式,他们对过去几辈人的抒情感叹有意来个反动,过分推崇一向受人鄙视的细节,乃至于否定一切“陈词滥调”。现在,我觉得斯万对待事情的态度有点让人感到难堪。他显然不想说出自己的见解,他只在能够提供细节的时候才侃侃而谈。但是,他难道不知道要求所提供的细节具有一定的意义不正等于宣扬某种见解吗?我又想到了那天晚上,我吃晚饭的时候心情很压抑,因为有客,妈妈不能上楼来吻我,说声晚安了;就在那天晚饭的餐桌上,斯万说,莱翁王妃家的舞会他并不放在心上。可是他成年累月偏偏都消磨在那样的吃喝玩乐中。我觉得这一切难以自圆其说。莫非他还保留着另一种生活,能最终正正经经地说出自己对一些事情的看法,不必打上引号地作出自己的判断,不必彬彬有礼地投身于他同时又称之为可笑的活动?我还注意到斯万同我谈论贝戈特的时候,语气中没有他惯有的特点,相反,同贝戈特的其他崇拜者,例如我母亲的那位女朋友，还有迪·布尔邦大夫的语气完全一样。他们提到贝戈特，同斯万一样，也说："这人优雅而聪明，很有特点，有自己的一套叙述方法，有点过于讲究，但亲切宜人。看到他写的东西，不必看作者的署名，便能马上认出是他的作品。"但是谁也不会进而说："他是位伟大的作家，才华横溢。"他们甚至不会说他有才气。他们之所以不这么说是因为他们心中无数。一位新作家的外观，明明同我们包罗万象的观念中标上"大才子"称号的模式完全吻合，我们却总是迟迟认不出来。恰恰是因为他的那副面貌是新的，我们才觉察不到他同我们心目中的"才华"完全相符。我们宁可说他独创、优雅、精致、豪放；最终有一天，我们才认识到这一切恰恰就是才华。

"贝戈特的作品中，有谈到拉贝玛的吗？"我问斯万先生。

"我想他在论拉辛的那本小册子中谈到过，不过大约早已售完。可能后来又重印过一回。我打听打听。况且你要什么，我都可以向贝戈特提，一年当中他没有一个星期不到我家来吃饭的。他是我女儿的好朋友。他们一起去参观历史古城、教堂、宫堡。"

因为我对于社会地位的高低毫无概念，所以长久以来，我的父亲认为我们不可能拜访斯万夫人和斯万小姐，我还因此而想象她们同我们隔得太远，反倒使她们在我的心目中增添了威望。我惋惜我的母亲不像斯万夫人那样染头发，抹口红，因为我听我们的邻居萨士拉夫人说过，斯万夫人这样做，倒并不是为了讨丈夫的喜欢，而是为了取悦于德·夏吕斯先生；我当时认为，我们在她的眼里，一定是不屑一顾的俗物；我之所以这样想，多半还因为听人说过，斯万小姐是位非常漂亮的姑娘。我常常梦见她，每次都把她设想成既骄纵任性又委婉动人。直到那天我才知道，原来她的地位如此难得，她享有那么多的特权却习以为常，当她问她的父母谁来吃晚饭的时候，她所得到的回答竟是那样高贵的客人的字字铿锵、金光闪闪的大名——贝戈特！那样的贵客对她来说只是家里的一位老朋友。

我在餐桌上所能听到的只是姑祖母的议论，而与此相应的亲密的谈话，对她来说，却是贝戈特诉说自己书中没有论及的各种问题。我真恨不能亲聆他的高见呀！临了，她一旦要去参观什么古城，贝戈特总像下凡的神仙，载誉载辉地陪伴在斯万小姐的身边，虽说俗人不认识他。于是我感到跟她相比我显得多么粗俗无知，而她那样活着才多有价值。我强烈地体会到若能成为她的朋友该有多美，而这对于我来说又多不可能；因此我在满怀期望的同时又充满绝望。现在我一想到她，常常若有所见地看到她站在教堂前面，为我讲解塑像的意义，而且还面带对我嘉许的微笑，把我作为她的朋友介绍给贝戈特。各地大教堂在我的胸中引发出的种种优美的思绪，法兰西岛起伏的丘陵和诺曼第省坦荡的平原的妖娆风光，都以自己美丽的风采反射到我所构思的斯万小姐的形象上来：我真是一心只求爱上她了。为了产生爱情，必须有许多条件，其中最必不可少也最不费周折的要求，就是相信爱情能使我们进入一种陌生的生活，成为其中的一部分，即使自称以貌取人的妇女，也能在她所看中的那个男人的身上，发现一种特殊生活的气息。所以她们爱军人，爱救火队员，因为他们的制服使他们的外貌显得更可亲些；女士们认为在盔甲之下能吻到一颗与众不同、勇于冒险、侠骨柔肠的心；一位少年君主，年轻的王储，并不需要有端正的相貌，却能在他所访问的国度赢得最令人羡慕的艳福，而对于一位普通的情场老手来说，五官端正也许是必不可少的条件。

我礼拜天在花园里读书，我的姑祖母是无法理解的，一星期七天，唯独那天是不准做任何正经营生的，所以她不做针线（平时，她又会对我说："怎么，你又在看书消遣了，今天又不是星期天。"她给"消遣"这个字眼，加进了"孩子气"和"浪费时间"的含义）。我在读书的当口，我的姨妈莱奥妮正一面同弗朗索瓦丝聊天，一面等待欧拉莉来访。姨妈告诉弗朗索瓦丝说，她刚才看见古比尔太太走过，"没有带雨伞，穿的是那身从前在夏多丹做的丝绸长裙。倘若黄昏前她还有不少路要走的话,那身裙子恐怕要挨雨淋了。”

“可能吧,可能吧(意思是不见得吧)。”弗朗索瓦丝说,以免断然排除天色好转的可能性。

“你看,”姨妈拍了拍脑袋,说,“这倒提醒了我:我还没有打听到她是不是在领圣体之后才赶到教堂的呢。呆会儿我得问问欧拉莉……弗朗索瓦丝,你看:这钟楼后面的那团乌云,瓦片上的那点阴阳怪气的阳光,肯定天黑之前要下场雨,不可能就这样下去,天气太闷热了。雨下得越早越好,因为只要暴雨不来,我喝下去的维希圣水也就堵在胸口难以消化。”我的姨妈最后又补充这么一句。总的说来,她巴望维希圣水早早消化的急切心情大大超过唯恐古比尔夫人裙子淋湿的担心。

“可能吧,可能吧。”

“你知道,广场上要是下起雨来,可是没有什么地方好躲避的。怎么,都三点钟了?”我的姨妈脸色发白,突然叫出声来,“这么说,晚祷都开始了,我居然忘了服用蛋白酶!我现在才明白,怪不得维希圣水堵在胸口下不去呢。”说着,她急忙扑过去抓起一本紫丝绒封面、切口烫金的祈祷书,匆忙间把夹在书里标出节日祷文那几页的几张镶有发黄的纸花边的书签掉了出来。我的姨妈一面咽下蛋白酶,一面开始以最快的速度诵读经文,对其含义她多少有点糊涂了,因为她心神不定,不知道服用维希圣水之后,隔了那么久才服用蛋白酶,还能不能赶上药力,让圣水早早消化。“都三点钟了,时间过得真快,简直不可思议!”

窗户上好像有什么东西碰了一下,接着又像有人从楼上的窗子里撒下一把沙子,簌簌地往下落,后来这落下的声音扩散开去,规整得有板有眼,变成了潺潺的水声,琤琤淙淙地响起来,像音乐一般,散成无数小点,到处盖满:下雨了。

“瞧!弗朗索瓦丝,我怎么说来着?下了!我觉得好像花园的门铃儿响了，快去看看这种时候能有谁来？”

弗朗索瓦丝回来说：

“是阿梅代夫人（我的外祖母）弄响的门铃儿，她说她要出去散散步，雨可是下得很大。”

“我并不感到意外，”我的姨妈两眼朝上一翻，说道，“我一直说，她的精神跟大家不一样。在这样的时候，我倒希望往外跑的是我，而不是她。”

“阿梅代夫人总是同别人截然相反。”弗朗索瓦丝客气地说，算是留点会地，以便单独跟别的用人在一起的时候，好说她认为我的外祖母有点“神经病”。

“没有盼头了！欧拉莉不会来了，”我的姨妈叹息说，“准是这天气把她吓住了。”

“可是还不到五点钟呢，奥克达夫夫人，现在才四点半。”

“才四点半？居然已经需要撩起小窗帘让外面透点亮光进来。四点半就这样！现在离升天节只有八天了！啊，可怜的弗朗索瓦丝！准是善良的上帝生咱们的气呢。当今世人的作为也太过分了。就像我可怜的奥克达夫当年所说的那样，人们太不把上帝放在心上，上帝要报复的。”

一片鲜艳的红润使我的姨妈的面容生动起来：欧拉莉来了。不巧的是，她刚进屋，弗朗索瓦丝也就跟着回来了。只见她满脸堆起微笑，目的在于主动地配合，以求同我的姨妈必定会有的喜悦取得一致，因为她有十分的把握，相信她要说的话必定让姨妈听了高兴。她一字一顿地说着，以此表明：她虽然使用间接语气，但是作为忠于职守的女仆，她说的只是转述来客的原话：

“要是奥克达夫夫人没有在休息，可以接见神甫先生，他将感到不胜荣幸。神甫先生不想有所打扰。神甫先生就在楼下，是我让他进客厅等候的。”

事实上，神甫先生的访问并不像弗朗索瓦丝所设想的那样，能让我的姨妈感到有多高兴。她每当通报神甫来访，总认为脸上应堆起可掬的笑容才是，殊不知这副欢天喜地的模样同病人的心情并不完全合拍。神甫(是个好人，我一直可惜没有同他多谈，因为他虽不懂艺术，却精通词源学)惯于向参观教堂的贵客提供有关教堂的史料轶事(他甚至想写一本书介绍贡布雷教区的掌故)，他总要没完没了地向姨妈作千篇一律的讲解，听得她又烦又累。当他的来访碰巧同欧拉莉赶在一起，我的姨妈干脆觉得他来得不是时候，很不知趣了。姨妈宁可多多利用欧拉莉的情报，却不喜欢同时来一大堆人。但她不敢不接见神甫；她只是向欧拉莉使个眼色，要她别同神甫一起走，等神甫走了之后，再呆一会儿。

"神甫先生，我听人怎么说来着，说有名画家在你们教堂里支上画架，临摹彩绘玻璃窗。可以说我活了这一大把年纪还从来没有听说过这类稀罕事儿！现在的世道人心都在想些什么！教堂里还有比这更可恶的事吗？"

"我倒不至于说这事有多可恶，因为圣伊莱尔好些地方值得参观；我的那座破落的大殿好些地方已老得不成样子，整个主教区里就只有我那座教堂没有翻修。天晓得我们的门廊有多脏，有多古老，但毕竟具有一种庄重的品格；至于说到那几块描写爱丝苔尔故事的壁毯，我个人认为不值两三文钱，可是识货的人一眼就看出，它们比森斯教堂的壁毯更有价值。此外，我承认，那几幅壁毯画除了某些细节很有写实风格之外，另一些细节还表现出一种真正的观察力。至于彩绘玻璃窗，那倒不提为好！难道在地面七高八低的教堂里保留那些透不进阳光的窗户，只让我都说不上是什么颜色的反光来弄花人们的眼睛是明智的吗？他们就是不肯换掉高低不平的石板，说是因为那里面埋葬着贡布雷历代神甫和布拉邦特历代君主——盖尔芒特家的爵爷们，也就是今天的盖尔芒特公爵和公爵夫人的直系祖先，因为公爵夫人本来就是盖尔芒特家的小姐，后来嫁给了她的堂兄。(我的外祖母一向不在乎人家的姓氏出身，结果弄得张冠李戴。每当听到德·盖尔芒特公爵夫人的名字，她总以为准是德·维尔巴里西斯夫人的亲戚，引得大家哄堂大笑，于是她引用一封请柬上的话来为自己辩护，说："我仿佛记得帖子上有盖尔芒特这几个字来着。"有一回，我跟大伙儿一起反对她，因为我不能同意她当年的那位同寝室的朋友跟热纳维耶夫·德·布拉邦特公主的后代能有什么血缘关系。）您再看看鲁森维尔，如今只成了村落，而在古代，那地方因毡帽交易和钟表生意十分兴隆而曾经繁华一时。（我对鲁森维尔这一地名的由来没有把握。我主观地认为它本名鲁维尔，Radulfi villa"红城"，同夏多鲁的词源——Castrum Radulfi"红堡"相仿。但这是后话，以后再说。）现在把话说回来，那儿的教堂倒有非常华丽的彩绘玻璃窗，几乎全都是新的。那幅气宇不凡的《路易-菲利浦幸驾贡布雷》，其实应该装在贡布雷教堂的窗户上才更为合适。有人说，那幅巨作赶得上鼎鼎大名的沙特尔大教堂的彩绘大窗。就在昨天，我还见到过贝斯比埃大夫的兄弟，他是这方面的行家，他认为那是幅上等精品。我问过那位艺术家，他看来倒很讲礼貌，而且据说作起画来着实得心应手、游刃有余。我问他："这面玻璃窗明明比别的玻璃窗更暗淡，您又觉得它了不起在哪里呢？"

"我相信，只要您向主教大人提出要求，他不会拒绝给您换一面新窗的。"我的姨妈有气无力地说道，她已经开始想到自己马上就会感到累了。

"亏您还指望他呢，奥克达夫夫人，"神甫答道，"就是主教大人专为那面倒霉的玻璃窗说好话；他考证下来，窗上画的是热纳维耶夫·德·布拉邦特的直系子孙、盖尔芒特家的一位人称坏家伙希尔贝的爵爷，正得到圣伊莱尔降恩赦罪。热纳维耶夫·德·布拉邦特原本是盖尔芒特家的千金。"

"可是，我怎么不知道画里面有圣伊莱尔呢？"

"怎么没有？在彩窗的角上，您没有注意到有个穿黄色长裙的贵妇人吗？哎！她就是圣伊莱尔，您知道，在有些省份，人们称她为圣伊里埃，圣埃里埃，在汝拉省，还有人叫她圣伊里呢。那些得道的古人的名字，往往以讹传讹，出现好几种叫法，圣伊拉里乌斯这个名字衍生出来的这个大大走了样儿的称呼，还不算最出格的呢。好心的欧拉莉呀，就拿您的保护神圣欧拉莉亚来说吧，您知道她在勃艮第被人称呼什么？他们干脆叫她圣埃洛亚。女圣人变成了男圣人。您看见没有？等您死后，人家就会把您说成是男人。”

“神甫先生总有词儿来挖苦人。”

“希尔贝的哥哥结巴查理当年是虔诚的王子，他们的父亲疯子丕平接连发过几次精神病之后死了，那时查理还年轻。他年少气盛，掌管了至尊的权柄，心目中毫无法度，倘若他在什么地方，看到有谁的长相不合他的心意，他就下令把那个地方的男女老少统统杀尽。希尔贝为了对查理进行报复，放火烧掉了贡布雷的教堂，也就是原先的那座教堂；当年西奥德贝[1]率领他的扈从廷臣离开他的乡间行宫（离此地不远，在梯贝齐，拉丁文叫西奥德贝齐阿喀斯），前去攻打勃艮第人之时，在圣伊莱尔的墓上发誓，倘若圣人在天之灵保佑他旗开得胜，日后他定将在这里建立一座教堂。原先的那座教堂就是这样建成的。希尔贝的一把火，把原来的教堂烧得只剩地下神殿，想必戴奥多尔领你们下去看过。后来希尔贝借助征服者威廉[2]（神甫念成纪洛姆）的兵力，击败了倒霉的查理，所以有不少英国人来这儿参观，但是希尔贝似乎不善于赢得贡布雷的民心，因为有一次他做完弥撒，刚走出教堂，贡布雷的百姓一拥而上，砍了他的脑袋。其他细节在戴奥多尔借给大家看的那本小册子里都有说明。

“但是，毋庸争辩，我们教堂里最为奇特的，是从钟楼顶上往四下看到的景色，非常壮观。当然，你们身体都不很结实，我不劝你们攀登钟楼里

① 西奥德贝（511—558）：法国古代“东王国”国王，又称梯贝尔一世。

② 征服者威廉（1027—1087）：英国国王兼诺曼第大公。

的九十七级台阶，其实，那只及著名的米兰大教堂的钟楼梯级的半数。不过，即使身体很结实的人，爬起来也够吃力的，尤其是想要不磕脑袋就得弯着腰走，而且一路上还得拿手里的东西去拨开蜘蛛网。总而言之，您得穿得厚实些，”他又补充了一句说（他没有发觉：他竟设想我的姨妈能去爬钟楼，这种想法引起她多大的气愤），“因为一到钟楼上面，穿堂风大极了！有人甚至感到透心凉，说简直觉得自己像死了一样。那也没关系，星期天照常总有一帮一帮的人，有的甚至从很远的地方来，登上钟楼欣赏极目远眺的美景，乘兴而来，如醉如痴而归。瞧着吧，下星期天要是天气不变，您在钟楼上准能见到人头挤挤挨挨的，因为那时正赶上升天节。说实话，从那上面俯瞰大地，真有飘飘欲仙之感，纵览八极，别有一番滋味。每逢天气晴和之日，您可以一直看到维尔诺叶。平时只能顾此失彼看到的这部分、那部分风景，届时都能尽收眼底了。例如维福纳河、同贡布雷比邻的圣达西兹的大沟小壑，以及横在它们之间的林木的屏障，还有舒子爵市（您也知道，古时候叫乌迪亚喀斯子爵市）的纵横的运河，都能一览无余。我每次去舒子爵市，都只能看到运河的一段，我转过一条街，就看到运河的另一段，而刚才的那一段就不见了。我虽然在脑子里想把两段运河联在一起，却收效不大。从圣伊莱尔钟楼望去，却是另一番景象。整片河网呈现在眼前，只是运河里的水看不出来，仿佛几道大缝把市镇切成几块，就像已经切开的面包似的，一块块虽仍挨在一起，但彼此都已分开。最好是您能分身有术，既在圣伊莱尔钟楼上，同时又置身于舒子爵市。”

神甫的喋喋不休，使我的姨妈累得难以支撑，以至于他刚刚告辞，我的姨妈只好把欧拉莉也随即打发走了。

“听我说，可怜的欧拉莉，”她声音微弱地说着，同时伸手拿过钱包，掏出一枚硬币，“您祈祷的时候别忘了我。”

“哟！奥克达夫夫人，我真不知道该怎么办才好了，您是知道的，我又不是为了这个才来看您的！”欧拉莉不无埋怨地说道。她每次都跟头一回似的，总显得那么为难，那么尴尬，还挺不乐意，这使我的姨妈觉得好笑，但她并不因此而感到扫兴，因为，倘若有一天，欧拉莉不像平时那样显得无可奈何似的收下她塞过去的硬币，我的姨妈就会说：

“真不知道欧拉莉今天怎么啦。我今天并没有少给，她怎么不高兴？”

“我认为她没有什么不满足的。”弗朗索瓦丝叹了口气说。我的姨妈无论送给她和她的孩子什么东西，她都看做是不足挂齿的小费，而我的姨妈每星期天悄悄塞到欧拉莉这样不识抬举之辈手中、小得连弗朗索瓦丝看都无法看到的一点东西，弗朗索瓦丝都认为是把宝贝任意挥霍。她倒并不希望我的姨妈把赏给欧拉莉的钱赏给她。她但愿我的姨妈能把钱自己留着就行了，因为她知道主人若有钱，仆人在别人心目中的地位也高些，显得光彩。她，弗朗索瓦丝，在贡布雷、在舒子爵市以及在别的地方之所以大名鼎鼎、面上有光，皆因为我的姨妈拥有许许多多的农庄，本堂神甫又经常来访，而且一来就聊上半天，再加上我的姨妈平时饮用维希泉水的瓶数在这一带可算首屈一指。弗朗索瓦丝精打细算，都只为我的姨妈着想；她若经管这份产业（这恐怕是她梦寐以求的美差），她就会像母亲一样地不讲情面，不许外人染指，保管好家当。她知道我的姨妈手松得不可救药，动不动就给人东西；要是给有钱人送礼，倒也罢了，她还不至于认为算得上什么大错，也许她想，有钱人并不稀罕我姨妈的礼物，他们决没有因为受了礼才待她好的嫌疑。况且给萨士拉夫人、斯万先生、勒格朗丹先生、古比尔夫人，以及其他地位同我的姨妈相当，彼此又“很合得来”的殷实富户送礼，她认为这本来就是富人们光彩奕奕、与众不同的生活中司空见惯的规矩；他们打猎，举行舞会，彼此串门做客，她都笑吟吟地打心眼儿里钦佩。但是，如果我的姨妈的慷慨的受益者，不过是弗朗索瓦丝称之为“同我一样、甚至还不如我”的人，是那些她最瞧不起，而且不称她为“弗朗索瓦丝太太”，不承认自己“不如她”的人，那就另当别论了。每当她看到我的姨妈不顾她的劝告一意孤行地把钱白扔给（至少她这么认为）那些受之有愧的下人，她就觉得我的姨妈待她未免太薄，跟她想象中欧拉莉所得到的大笔大笔好处相比，主人给她的东西也太少了。据她设想，欧拉莉单凭每次来访所得到的赏钱，若想置份家当，贡布雷附近没有一处庄园她不能轻易买下的。事实上，欧拉莉对弗朗索瓦丝的巨额私房钱也作了同样的估计。平常欧拉莉一走，弗朗索瓦丝就不怀好意地估算她的赏钱总数。她既恨她又怕她。她在时，她认为自己不能不陪“笑脸”。她一走，她便立即恢复常态。的确，那时她决不直呼其名提到她，而是嚷着说些古代女预言家“箴言录”[①]里的话，或者引用具有普遍意义的格言，例如《圣经》传道书里的格言，其用意我的姨妈一听就明白。弗朗索瓦丝从窗帘边上往外看了看欧拉莉是否已经关上园门之后，说道：“溜须拍马的人总有办法上门捡便宜，等着瞧吧，上帝早晚有一天会惩罚他们的。”说着，她斜眼一望，就像一心为阿达莉着想的若阿斯在含沙射影地说：

恶人的幸福像湍流，转眼即逝。[②]

但是，神甫也来凑热闹，在没完没了的絮叨把我的姨妈精力耗尽之后，弗朗索瓦丝随欧拉莉走出房门，说道：

“奥克达夫夫人，我也走了，您好好休息，您看上去很累。”

我的姨妈没有回答，只舒了一口气，简直像吐完最后一口气似的阖上了眼睛。可是，弗朗索瓦丝刚刚下楼，便听到激烈的铃声四响，传遍全屋。我的姨妈在床上坐了起来，大声喊道：

“欧拉莉走了没有？你看我都忘了问问她，古比尔夫人是不是在弥撒献祭之前就赶到了教堂？你快去追她！”

弗朗索瓦丝没有撵上欧拉莉，独自回来了。

---

① 女预言家的“箴言录”相传成书于公元六世纪，集录了流传于世的古代女预言家的预言。

② 引自拉辛悲剧《阿达莉》。

“这真是太扫兴了，”我的姨妈连连摇头，说道，“就这件事儿最重要，我偏偏没有问！”

莱奥妮姨妈的生活就这样日复一日地度过，天天如此；她装做轻蔑、其实很深情地把这种日子称之为“我的小日子”。她一天天过得那样温暖、那样单调。大家都在为她小心翼翼地保护这种“小日子”，不仅家里的人感到无法劝她采取更好的养生法，只好听其自然，尊重她的这套生活方式；即使在镇上，离我们家足有三条街远的包装工，在钉箱子之前，也得问问弗朗索瓦丝我的姨妈那时是不是正在“休息”。然而，这种常规生活那年却受到了一次骚扰，就像一颗长在暗处的果实，尽管无人理睬，却自发地生长，直到果熟蒂落。事情是这样的：帮厨女工有一天晚上突然临产，她疼得难以忍受，而贡布雷镇上偏偏没有接生婆，弗朗索瓦丝只得天没亮就赶到梯贝齐去请接生婆。帮厨女工大声叫疼，我的姨妈因而不得休息，去梯贝齐的弗朗索瓦丝尽管路程不长，却很晚才回来，我的姨妈惦记得要命。所以我的妈妈一早就对我说：“上楼去看看你姨妈，看她需要什么？”我走进外间，从开着的门往里间看，看到我的姨妈侧卧着，睡得正香；我听到她的轻轻的鼾声。我正打算蹑手蹑脚地走开，可是，一定是我弄出的声响闯入了她的睡乡，用开汽车的行话说，“变挡了”，因为鼾声忽然停顿了一秒钟，尔后又以低一点的调门继续呼噜不息；最后她醒了，侧过脸来，让我看到了她的表情。她脸上有一种恐怖的神色，显然她刚做了一个噩梦；她处的那个位置没法看到我，我也呆立在原地不知道该往前走还是往后退；但她显然已经恢复现实感，认识到刚才吓坏了她的幻觉实际上是假的；她莞尔一笑，表示高兴，也表示对上帝的由衷感激，因为多亏上帝，实际生活才不如梦那样残酷。这一笑使她的脸上掠过一丝光芒；她以为只有她一个人在场的时候，她习惯于自言自语；这时她悄声说道：“谢天谢地！除了临盆的帮厨女工吵闹以外，倒还没有别的烦心事儿。可不是吗？我梦见我的奥克达夫复活了，而且他要我天天散步！”她伸手想去抓桌上的念珠，但是睡意再次袭来，使她无力够到念珠：她又安心地睡着了。我轻步走出房去，无论她或是别人，谁都不知道我刚才听到了什么。

当我说，除了像有人生孩子之类难得遇上的事情之外，一般没有别的变动打乱我姨妈的生活，其实我还没有述及她单调的生活中每隔一定时间总要反复出现另一种单调的变化，那就是每星期六，由于弗朗索瓦丝总要在下午去鲁森维尔的集市采购东西，所以午饭时间就提前一小时。我姨妈的生活每周一次受到这样的破坏，她已经习以为常，结果她比别人更离不开这种变化，用弗朗索瓦丝的话来说，她已经“习惯成自然”，甚至如果哪个星期六按平常时间开饭，她反而觉得“乱了套”，非得用另一天提前开饭作为补偿。对于我们大家来说，星期六提前吃饭则另有特殊的意义，我们觉得这样更随和、更可心。在离平时开饭还差一小时的时候，我们心想，再过几秒钟天香菜便可提前上桌，还能享用到格外开恩的摊鸡蛋和受之不当的炖牛肉。星期六的这种不对称的轮回成了一桩内政性、地方性、甚至全民性的小事件，它在平静的生活和闭塞的社会中，造成一种民族联系，由谈话、说笑以及有意夸张其辞的传说提供热门的主题：如果我们有谁具备史诗头脑，这个主题就能化为一系列传奇故事的核心。人们一早起床，还没有穿戴齐全，就开始无缘无故地感到一股团结的力量而精神抖擞起来，彼此和颜悦色地、诚恳地怀着乡土感情说道：“赶紧，别忘了今儿是星期六！”而我的姨妈甚至认为这一天比平常日子要长，她跟弗朗索瓦丝商量：“是不是给他们炖一块小牛肉？因为今天是星期六。”倘若哪位粗心大意的人，在十点半钟的时候掏出怀表一看，随口说：“还有一个半小时开饭。”那么，人人都会乐于告诉他：“怎么？您想什么呢？别忘了今儿是星期六！”直到一刻钟之后，当人们想到他竟如此粗心，还止不住会大笑一阵的，而且忘不了上楼去告诉我的姨妈，让她也开开心。那天连天空也改变了模样。午饭之后，意识到今天是星期六的太阳在天上多游逛了一小时。如果有谁一下想到早该出门散步，忽听得圣伊莱尔的钟声才响两下，不禁纳罕："怎么？才两点钟！"（平日，两响的钟声在白茫茫的、细波粼粼的河边是见不到人影的，因为那时有人午饭还没有吃罢，有人午眠正酣，路上人迹罕至，连垂钓的人都离开了河岸，只有寂寞的钟声孤单单地驰过仅留剩几片懒云还没有离去的空阔的天边。）这时大家都会异口同声地对他说："您所以产生错觉，是因为午饭提前了一小时。您知道，今天是星期六！"有一回，有个蛮子（凡不知道星期六特殊的人我们统称为蛮子）十一点钟来找我的父亲，见我们已上餐桌，大为惊讶，这于是成为弗朗索瓦丝一生中最开心的事情之一。发窘的来客不知道我们星期六提前开午饭的原因，固然为弗朗索瓦丝提供了笑柄，但她觉得更滑稽的是我的父亲的回答（当然，她充满了狭隘的地方观念）；我的父亲居然没有想到那个蛮子可能不知内情，见他如此惊讶，竟没有向他作解释，只说："您想嘛，今天是星期六！"弗朗索瓦丝每次讲到这里总忍不住笑出了眼泪。为了更加凑趣，她还添枝加叶胡编了好些那位不知星期六奥秘的来客的对答。我们不仅不拆穿她，反而觉得她编派得不够，对她说："客人似乎还说了别的话。你上次讲得更详细。"连我的姑祖母都放下了手中的活计，抬眼从老花镜子上面看看大家。

星期六还有一个特别之处，那是在五月，每逢周末，我们吃罢晚饭便出门去参加"玛丽月"①的祈祷仪式。

由于我们有时能遇到对"当今的思潮纵容青年不修边幅"颇持严厉态度的凡德伊先生，我的母亲总特别注意我的穿着。每次她必先审视一番之后，我们才去教堂。我记得我是在"玛丽月"开始爱上山楂花的。它不仅点缀教堂（那地方固然很神圣，但我们还有权进去），它还被供奉在祭台上，成为神圣仪式的一部分，同神圣融为一体。它那些林立在祭台上的枝柯组成庆典的花彩，盘旋在烛光和圣瓶之间；一层层绿叶像婀娜的花边衬

---

① 玛丽是基督的母亲，每年 8 月 15 日为她的纪念日。

托出花枝的俏丽，叶片之上星星点点地散布着一粒粒白得耀眼的花蕾，像拖在新娘身后长长的纱裙后襟上点缀的花点。但是，我只敢偷偷地看上一眼；我觉得这些辉煌的花彩生气蓬勃，仿佛是大自然亲手从枝叶间剪裁出来的，又给它配上洁白的蓓蕾，作为至高无上的点缀，使这种装饰既为群众所欣赏，又具备庄严神秘的意味。绿叶之上有几处花冠已在枝头争芳吐艳，而且漫不经心地托出一束雄蕊，像绾住最后一件转瞬即逝的首饰；一根根雄蕊细得好像纠结的蛛网，把整个花冠笼罩在轻丝柔纱之中。我的心追随着，模拟着花冠吐蕊的情状，由于它开得如此漫不经心，我把它想象成一位活泼而心野的白衣少女正眯着细眼在娇媚地摇晃着脑袋。

凡德伊先生带着女儿坐到我们的旁边。他本是富裕门第出身，曾经当过我的两位姨祖母的钢琴老师，他在妻子死后得了一笔遗产，便退休住在贡布雷附近，是我们家的常客。可是后来由于他过分讲面子，用他的话来说，怕在我们家遇到"合乎时尚地同一位门第不当的女子结婚"的斯万，便不常来我们家了。我的母亲听说他也自己作曲，每当前去拜望时便客气地说，他应该给大家演奏几段他的大作。凡德伊先生或许对此很高兴，但是他太讲礼貌也太与人为善，简直谨慎得过了头；他总设身处地为别人着想，就怕按自己的想法办会招人讨嫌，即使让人家猜出自己的意图，他也担心人家觉得他过于自私。我的父母拜望他的那一天，我也跟着去了。他们允许我在外面等候。因为凡德伊先生在蒙舒凡的房屋正处于我所呆的那个灌木丛生的小山头下面，我在的地点恰好同他们家三楼的客厅相齐，离窗户才五十厘米。当仆人通报我的父母来访时，我看见凡德伊先生忙把一首曲子放在钢琴上显眼的地方。但是当我的父母走进客厅，他却又把曲谱收了起来，塞到角落里去。他一定怕我的父母以为他之所以见到他们如此高兴只是为了可以给他们演奏自己的作品。每当我的母亲拜访他时重新怂恿他演奏自己的作品，他总要埋怨说："不知道谁把这谱子放在钢琴上了，它本来没有放在这里。"接着他就把话题转到与他关系不大的方面去。他唯一的激情是对女儿的疼爱。他的女儿长得像男孩子那么壮实，当父亲的却对她体贴入微，总要给她披上披肩之类的东西，唯恐她着凉，谁见到这种情景都不免要微笑的。我的外祖母提醒我们说：那位脸上布满雀斑的莽撞的女孩子，目光中往往流露出温柔、敏感、甚至羞怯的表情。她说话时自己也本着对方的精神来听，警惕自己的话里可能出现使人误会的言词。人们能像透过玻璃似的看到她那副假小子的“淘气”外表下，越来越清晰地显示出一位楚楚动人的少女的细腻特征。

离开教堂前我正跪在神坛下，起身时我突然闻到山楂花发出的一阵阵巴旦杏那样的甘苦兼备的气味。这时我注意到山楂花的花瓣上有几处发黄的斑点，我想象这气味就是从那里散发出来的，就像从点心的焦皮下发出蛋黄的香味，从凡德伊小姐的雀斑下散出她双颊的异香。尽管山楂花兀自不语，但它不断释放出的这股香气好比活跃的生命在窃窃低诉，连祭台都像田野里受到昆虫触角拨弄的疏篱，为之微微颤动。我所以产生这样的联想，因为我看到几茎生气蓬勃的发红的雄蕊仿佛是今天才由昆虫变成的，仍保留着昆虫的青春的锐气和撩拨的能力。

我们走出教堂，在教堂门口同凡德伊先生寒暄了几句。几个男孩子在广场上打架，凡德伊先生前去干预；他维护年纪小的，训斥年纪大的。倘若他的女儿用粗嗓门对我们说，见到我们很高兴，我们仿佛立刻能感觉到在她的粗犷的外表下隐藏着一位敏感得多的女孩子，正在为男孩般冒失的客套话而羞红了脸，因为那句话有可能让我们以为她有意讨好我们，好让我们请她来家做客。她的父亲过来给她披上外套，父女双双登上由女儿亲自驾驶的轻便马车，打道回蒙舒凡。至于我们，因为明天是星期天，要睡到上教堂做弥撒之前才起床，所以如果赶上月明星稀、气候暖和的日子，我的好大喜功的父亲就会让我们作一次途经“受难场”的长途跋涉。我的母亲辨识方向和认路的能力较差，她把这样的远距离散步简直看做战略天才指挥的远征，有时我们一直走到旱桥底下。从车站那边延伸过来的石砌的桥身，在我的心目中代表了逐出文明世界之外的痛苦的形象，因为每年从巴黎乘火车来到这里，总有人千叮万嘱，要我们千万注意不可坐过站，火车还没有到达贡布雷，我们就已做好下车准备，因为火车只停两分钟，尔后它就要驶上旱桥，开出基督教国家的疆界。贡布雷是我心目中的基督教世界的终点站。我们取道车站大街回家，镇上最漂亮的别墅全在这里。月光像建筑师于贝·罗贝那样，给每家花园里点缀上白石台阶、喷水池和半掩的栅门，但是它偏偏把电报局大楼吞噬掉了，只给它留下一根拦腰截断的柱子，亏得柱子上还保存下了不朽遗迹的壮美。我拖着沉重的脚步，昏昏欲睡；椴树的芳香仿佛是一种只有付出劳而无当的代价才能得到的报偿。稀疏的栅栏内被我们零落的脚步声所惊醒的看家狗此起彼落地吠叫起来。至今，我有时在晚上仍依稀听到这样的吠声，心想车站大街一定就隐藏在犬吠声中（贡布雷的公园也在那条街上），因为，无论身在何处，我只要听到犬吠声遥相呼应，眼前便出现车站大街，被月光照白的两排椴树和路旁的人行道都历历在目。

突然间，我的父亲叫我们停下。他问我的母亲："咱们现在走到哪儿了？"早已精疲力尽、但仍为我的父亲感到骄傲的母亲柔声细气地自认无知。父亲耸肩笑了。接着，他像从上衣口袋里掏出钥匙那样轻而易举地伸手一挥，我们家花园的后门便同圣灵街的街口一起应命来到我们的面前。我们走过了漫长的陌生的道路，抬头一看，原来后门已在路尽处等候我们归来。母亲钦佩不已，对父亲说："你真了不起！"从那一瞬间起，我已不用自己费力走路了，只觉得是花园的土地在我的脚下移动，在这里我的一举一动都毋需着意留神，习惯把我搂进它的怀抱，像抱娃娃似的一直把我抱到我的床上。

尽管星期六那天的活动要比平日提前一小时，再加上弗朗索瓦丝又不能在家侍候，对于我的姨妈来说，那天比哪天都要漫长，然而她却从星期一起就天天急切地盼望星期六，似乎那一天会有种种既新鲜又开心的乐趣，她那娇弱而狂热的身体也还经受得住。这倒并不是说她没有偶尔巴望发生更大的变化，不渴求与现状完全不同的改观，像有些人那样由于缺乏精力或想象力，单凭自己无法产生改变现状的动力，只求未来的分分秒秒以及拉响门铃的邮差带来新的——哪怕是坏的——消息，以便激动一番，痛苦一番；被幸福弄得沉默的敏感，像闲置已久的竖琴急切地渴望有人来拨弄，哪怕让粗暴的手把琴弦拨断；难以排除障碍的意志，得不到纵情向往、纵情受苦的权利，恨不能把控制自己的缰绳甩给急转直下的，甚至鲜血淋漓的事件去掌握。也许我的姨妈稍受劳累精力便会完全耗尽，只能靠休息才能逐渐恢复，养精蓄锐更需日长时久，像别人在活动中流露出来的剩余精力，她需要一连休养生息几个月才能蓄全；她既认识不到这样的精力，更无法决定如何使用。正等于想以奶油土豆来取代土豆泥的念头，日复一日萦绕在她的心头，终于使她对奶油土豆产生同她对百吃不厌的土豆泥一样好的胃口一样，我毫不怀疑她终究也会从她那样恋恋不舍的单调生活中萌生出对灾祸的期望，但愿顷刻间发生一场灾祸，迫使她一劳永逸地实现一种由不得她的变化，但她认为这对自己的健康有益无害。她固然真心实意地爱我们，但她也乐于为我们的夭折而痛哭；她的希望一定经常受到类似如下景象的纠缠：一场灾难突然发生在她自我感觉良好而且不出汗的时候，例如家里忽起大火，我们都被烧死，房屋也烧得片瓦无剩，她多亏及时起床才不慌不忙地逃离火场，等等，而且这类景象仿佛同作为副产品的种种长处联系在一起，长处之一在于能使她在久久的哀恸中切实体会到她对我们的全部依恋之情；长处之二是能让镇上的人们惊叹她的坚强，看到她虽不胜悲痛却勇敢地挺住，虽伤心欲绝但沉着地为我们入殓出殡；最难能可贵的长处是能迫使她在合适的时机及时地、不必牵肠挂肚地到米鲁格兰的庄园去消夏，她在那里的庄园风景优美，更有瀑布点缀。她独自在房中百无聊赖地寻乐解闷的时候一定对诸如此类变故的成效进行过深入的思考（开头的情景，始料不及的种种细节，宣告噩耗的用词以及令人终生难忘的语气，还有其他确凿无疑地打上死亡烙印的一切，凡与抽象推理演绎出的可能性绝然不同，起先一定使她痛不欲生过)，但是，这类变故毕竟从来没有发生，她也只得降格以求，把她热衷于虚构的曲折情节引进自己的日常生活，好让日子过得有点意思。她有时心血来潮，突然假设弗朗索瓦丝偷她的东西。于是她不惜巧施心计，想以捉贼捉赃的办法来证实她的假设。就像她独自玩牌惯于同时兼打对家一样，她模拟弗朗索瓦丝尴尬地向她求饶，然后她又气愤地、火气十足地予以驳斥。如果赶巧这时有谁进屋，就会发现她正大汗淋漓，两眼放光，头上的假发也歪到了一边，露出光秃的前额。弗朗索瓦丝也许有时听出隔壁房内传来的，用词尖刻的挖苦话是针对她说的，但是，既然这些话仅停留在纯抽象的状态，小声说出来并不能增加它的现实意义，那么我的姨妈纵然编出一套又一套话，也不足以解她心头之恨。有时她甚至不满足于在床上“排练”，想正式演出。于是有一个星期天，她把里里外外的房门都给神秘地关上了，在房里跟欧拉莉进行密谈，她说她怀疑弗朗索瓦丝手脚不干净，她要辞退她；另有一次，她私下对弗朗索瓦丝说，她怀疑欧拉莉靠不住，以后打算不让她再登门了；过了几天，她又反悔自己不该同吃里扒外的内奸说私房话，一想到自己竟把这号人引为知己就要恶心；不过等到下一场演出，叛徒的角色又会分派给别人。但是，对欧拉莉可能引起的怀疑毕竟只是一时的，像一堆起火的麦秸，不经烧，转眼就烧光了，因为她到底不是家里的人。对弗朗索瓦丝就不一样了，我的姨妈时刻感到她就在这同一个屋顶下面。她若不是怕起床着凉，还真敢下厨房去证实一下自己的怀疑有无根据。如此日复一日，她的头脑里不再有别的牵挂，一心只想猜度弗朗索瓦丝这时可能在干什么，那时又可能企图隐瞒什么；弗朗索瓦丝面部一点细微而迅速的变化，话语中的一点自相矛盾，都逃不过我姨妈的注意，她能从中识破弗朗索瓦丝妄图掩盖的真实打算。她只消一句话便能使弗朗索瓦丝顿时吓得脸色变白，这种直戳对方心窝的做法似乎很使我的姨妈尝到一种残忍的乐趣，她能以此向弗朗索瓦丝表明自己早已看透对方的心计。等到下一个星期天——犹如那些重大的发现突然为一门新学科开辟出一片意想不到的研究领域，并使它走上正轨那样——欧拉莉作了一次揭发，证明我的姨妈原先的假设还远远赶不上实际的真相。

“弗朗索瓦丝现在一定心里有数了：您送她一辆马车。”

“什么？我送她一辆马车？”我的姨妈失声叫道。

“啊！我哪儿知道呀？只是猜想罢了。我见她坐着马车神气活现地去鲁森维尔采购东西，心想准是奥克达夫夫人把这马车送给她了。”

这样一天天下去，弗朗索瓦丝和我的姨妈变得像野兽和猎人一样，时刻提防着对方要心眼儿。我的母亲唯恐弗朗索瓦丝把提防发展为真正的仇恨，因为我的姨妈伤透了她的心。总之，弗朗索瓦丝越来越异乎寻常地注意我姨妈的每一句话和每一点表示，遇到有事要问，她总先反复斟酌应采取什么方式，待她话一出口，她便暗自留意我姨妈的反应，力求从脸部表情中揣度她的心思和她可能作出的决定。譬如说某位艺术家读了十七世纪的回忆录之后，一心想同太阳王攀附亲缘，便为自己编排家族世谱，使自己成为名门之后，或者同当今欧洲的某国君王搭上关系，满以为这才是条通行的正路，殊不知他等于缘木求鱼，不该拘泥僵死的形式，结果枉费气力却事与愿违；同样，一位身居内地的妇女，本来只不过听凭自己无法抵御的种种怪癖和百无聊赖中养成的坏脾气的摆布，从来没有想到过路易十四，但她发觉自己一天之内诸如起床、梳洗、用餐、休息之类极其琐细的活动，在一意孤行和专横任性方面竟同圣西蒙所说的凡尔赛宫的生活“机制”的实质略有异曲同工之妙，而且她还可以认为自己的沉默以及和善或高傲的细微变化，能引得弗朗索瓦丝沾沾自喜或惶惶不安，跟路易十四的廷臣乃至于王公贵族在凡尔赛御花园的曲径处递呈奏折时见到王上闭口不语、龙颜喜悦或傲然接纳而窃窃自喜或诚惶诚恐一样，确实，其效果是一样的。

在我的姨妈同时接待本堂神甫和欧拉莉两人来访之后又休息了一阵后的那个星期天，我们全都上楼去向她道晚安。妈妈对姨妈总遇到同时接待多人的不幸遭遇表示同情和慰问，她柔声细气地对姨妈说：

“听说今天您这儿又给弄得乱哄哄的，您总是一下子有一大帮客人。”

我的姑祖母打岔说：“人越多越热闹……”自从她的女儿病倒之后，她认为应该处处使女儿高兴，凡事总往好处说。可是我父亲那时偏要插话，说：

“我现在趁大家都在场，跟你们讲件事儿，免得以后跟每个人啰嗦一遍。勒格朗丹先生恐怕跟咱们有点不愉快，今天上午我跟他打招呼他才勉强点了点头。”

我倒不必听父亲讲这件事的始末，因为我们做完弥撒遇到勒格朗丹先生的时候我正同父亲在一起。所以我就到厨房打听晚饭菜谱去了。我看菜谱跟人家看报一样是每天少不了的消遣，而且它跟戏单子一样能使我的精神兴奋。勒格朗丹先生走出教堂经过我们身边的时候，他正同附近一位与我们只是面熟的女庄园主并肩走着。我的父亲一面走一面向他打了个既友好又矜持的招呼，勒格朗丹先生稍有惊讶的神色，勉强地答礼，仿佛他没有认出我们是谁。他那种疏远的眼光只有不讲客气的人才会使用，仿佛忽然退缩到眼睛的深处，像从一条漫长得望不到头的路口远远地瞥上一眼，所以他只向你略略颔首，以便同他心目中木偶般的小人的比例相称。

至于同勒格朗丹并肩而行的那位女士，倒是位受人尊敬、品行端正的人，所以不存在他可能有恋爱纠葛被人发现而感到尴尬的问题。我的父亲弄不明白的是他怎么可能引起勒格朗丹不满。“如果他真有所不满的话，那我就更为遗憾了，”父亲说，“因为在那一大群衣着讲究的人之间，他只穿件单排扣的小尺寸上装，领带也不挺括，颇有一种不事修饰、朴素自然的风度，一种近乎天真、落落大方的派头。”家庭会议的一致看法是认为我的父亲可能过于多心，要不然就是格勒朗丹当时心不在焉，想别的事。父亲的挂虑在第二天晚上被打消了。我们散步归来，在老桥附近遇到了勒格朗丹；他因为过节在贡布雷多盘桓了几天。他一见我们便迎上前来，向我们伸出手。“书迷先生，”他这话是对我说的，“你知道保尔·戴夏克丹的这句诗吗？——**树林已经昏黑，天空仍碧青如洗。**——不正是眼前这个时刻的精当的写照吗？你也许还没有读过保尔·戴夏克丹的作品；读点他的作品吧，孩子。有人告诉我，说他现在已经皈依布道兄弟会当修士了，不过他过去长期是一位笔触清丽的水彩画家……**树林已经昏黑，天空仍碧青如洗**……但愿天空对我们永远晴朗，小朋友；甚至我在这样的日落西山的年龄，尽管树林已经昏黑，夜幕即将降临，我这样遥望天际，也照样能得到慰藉。”说罢，他从口袋里掏出一支卷烟，久久凝视远方。“再见了，伙伴们。”他突然冒出这么一句话后便扭身走开了。

平日当我下厨房打听菜谱的时候，晚饭已经下锅。只见弗朗索瓦丝像神话中自荐下凡当厨的巨人那样调动一切自然力量来作自己的帮手；她砸煤取火，给待烹的土豆提供蒸气，让上桌的主菜火候恰到好处，这些烹调杰作先已由她像陶瓷工那样在各种器皿中整理塑造，她用过大缸、大锅、小锅、鱼锅、炖野味的砂锅、做点心的模子、调蛋酱的小罐，以及一套各种尺码的平底煎锅。我的目光久久地停留在案板上。帮厨女工剥完的青豆一行行数目不等地排列在案，像正在开赛的台球桌上的绿色台球。不过，最使我悦目赏心的是那堆芦笋，从头到脚浸透了海青、桃红两色，上端的穗条一丝丝有如染上了浅紫和碧蓝，往下则好似虹彩递变，色层分明，直达污泥犹存的根部；这显然不是土壤之功，我觉得这些天成的光色恰恰泄露了一群狡黠的精灵的作为，仿佛是它们乐于化作菜蔬，好让人们透过这些厚实而可口的肉质伪装，从犹如曙光初现、彩虹渐显、暮霭覆天之时的光色转换中，瞥见它们可贵的本质。我在晚餐时食用过芦笋之后，这种本质我整夜都不难分辨；变幻的光色恰如莎士比亚神话故事里专爱恶作剧的小精灵，开尽既有诗意又很粗俗的玩笑，一夜间把我的夜壶变成了香水瓶。

被斯万称作乔托“慈悲图”的帮厨女工受弗朗索瓦丝之命专削芦笋皮，一篮芦笋就放在她的身边。她那痛苦的神色仿佛表明她感受到人世间的种种苦难。芦笋淡红色的外皮上端有一圈蓝颜色，像是把芦笋头轻轻箍住的头饰，那上面细致入微地勾画出并列的一颗颗星星，宛如帕多瓦教堂的壁画“品德图”中缚在那女子头上的那圈花环，又像插在那女子的花篮中的成排的花朵。而这时弗朗索瓦丝正在烤鸡，只有她才善于烤得恰到火候；她的美名随着鸡肉的香味在贡布雷遐迩传播。等她把烤鸡端上桌面时，这种美味更显示出我对她品性的特殊感受中的温柔甜润的一面。她能把鸡肉烤得那样鲜嫩，鸡肉的香味于是在我的心目中成为她的一种美德所散发的芬芳。

但是，那天我趁父亲就勒格朗丹一事向家庭会议进行咨询之际下厨探问菜谱，偏偏赶上乔托的“慈悲图”生育不久、体质尚弱、不能起床的日子。弗朗索瓦丝少了帮手干活，进度慢多了。我下楼时她还在面向后院的厨房外干粗活的小屋里杀鸡。她想从鸡耳下面割断喉管，鸡本能地、绝望地挣扎着，随之而来的是弗朗索瓦丝失态的叫声：“畜生！畜生！”由怒斥声所伴随的家禽的挣扎使我们的女仆的温柔甜润黯然失色，不如第二天晚餐桌上香喷喷的烤鸡那样给她脸上争光，因为烤鸡的外皮边上一圈金黄胜似绣上金丝花边的霞帔，那精美的酱汁淋漓而下，也像是从圣体盒里滴下的甘露。喉管割断之后弗朗索瓦丝把如注的鲜血盛入碗中，这时她仍余怒未消，跺了跺脚，怒目瞪视着冤家的尸体，最后骂了一句“畜生”！我浑身发抖，扭头上楼，恨不得马上叫人把弗朗索瓦丝赶出家门。但是，她若一走，谁给我做热乎乎的卷子？谁给我煮香喷喷的咖啡？甚至……谁给我烤那么肥美的鸡？……其实，这类卑劣的小算盘人人都打，跟我一样。因为，我的莱奥妮姨妈早已心中有数——只是我当时还不知道——她知道能为自己的女儿和子侄舍命而决无怨言的弗朗索瓦丝对别人却特别狠心无情。虽说如此，姨妈却仍然留用她，因为她固然认识到她心狠，却又器重她能干。我逐渐认识到弗朗索瓦丝温柔、虔诚和讲究德操的外表下掩盖着多少出类似厨房外那间干粗活的小屋中发生的悲剧，正如历史发现那些在教堂的彩画玻璃窗上被描绘成合十跪拜的历代男女君王，生前无不以血腥镇压来维护自己的统治一样。我终于明白弗朗索瓦丝除了自己的亲属外，对于别人的不幸，唯其遭难者离她越远才越能引起她的怜悯。她在报上读到陌生人遭难时会泪如雨下，待她一旦对那人的身世有了更为确切的了解后，她的泪水转眼便会干涸。帮厨女工分娩之后的某一天晚上忽然肚疼难忍，妈妈听到她哼哼叫疼，起床推醒弗朗索瓦丝，她却不为所动，声称帮厨女工哇哇叫喊无非装样罢了，她想叫人“侍候”呢。当初医生预计到这种情况，在我们家的一本医学书中夹上一张书签，把描述这类腹痛症状的那一页特别标出，以便我们及时查阅，采取应急措施。我的母亲叫弗朗索瓦丝把那本书拿来，嘱咐她切不可把书签弄丢。弗朗索瓦丝去了个把钟点还不回来；母亲又急又气，以为她又上床睡去了，便叫我亲自去图书室查找。我在图书室见到弗朗索瓦丝；她起先想看看书签标出的那一页的内容，待她读到发病时的临床描述，不禁呜呜地哭出声来，因为这恰恰是她所不知道的一种病症。而当她读到书中说到每一种疼痛的情状时，她都要失声叫道：“哎呀！圣母玛丽亚，慈悲的上帝怎么能让可怜的凡人经受这样悲惨的痛苦呀？唉！可怜的女人啊！”

但是，当我把她叫走，当她回到“慈悲图”痛苦辗转的床前，她的眼泪顿时不流了；她平时的悲天悯人的恻隐之心，读报时常常流淌的同情泪，以及同舟共济、同病相怜的感情，统统被她抛诸脑后，只剩下半夜三更被一名帮厨女工折腾得无法安眠所感到的恼恨和气愤。医书上有关的描述虽曾使她失声痛哭，待她实地见到同样的痛苦时，她却只有不满的嘀咕，甚至狠心的挖苦。她以为我们已经走远，听不到她信口雌黄，便肆无忌惮地数落起来："早知今天受这份罪，她当初就不该浪！既然当初贪图一时的舒服，今天又何必哭天喊地装蒜！不过，能跟这号货色鬼混的，也准是个上帝都讨厌的赖小子。哈！这正合上我过世的母亲乡间的一句老话，叫作**相中狗屁股的人，眼里只认作是玫瑰**。"

然而，倘若她的外孙头疼脑热，她夜里觉也不睡了，也像得了病似的，连夜赶回家去看看有什么要她帮着去办的。尔后又在天亮之前连赶十六公里夜路回来上班。她对于家属的这种疼爱，这种但求自家门庭日后兴旺的心愿，在她对其他用人所采用的方针中由一条始终如一的原则表现出来了，那就是决不让别的用人踏进我的姨妈房间的门槛。不让别人接近我的姨妈几乎是她引为骄傲的头等大事，即便她病倒了，她也要硬撑着起床去侍候我的姨妈服用维希圣水，而决不许帮厨女工跨进她的女东家的房门。法布尔[①]曾经考察过一种膜翅目的昆虫，一种土居的黄蜂，它们为了在它们死后幼虫仍能吃到新鲜的肉食，不惜借助解剖学知识来发挥它们残忍的本性：它们用尾刺娴熟地、巧妙地扎进捕获到的象鼻虫和蜘蛛的中枢神经，使俘虏失去肢体活动的能力，又不影响到其他的生命功能；然后它们把瘫痪的昆虫放到它们所产的虫卵的旁边，好让幼虫一经孵化出壳就能吃到既无力抵抗也无法逃遁、只有乖乖听凭摆布、决无危害又不变味的活食。弗朗索瓦丝为了让别的用人无法在我们家长期呆下去，也总有一套巧妙而残忍的诡计来实现她这一持之以恒的愿望。我们直到好多年之后才知道原来那年夏天我们之所以吃那么多芦笋，是因为芦笋的气味能诱发负责削皮的帮厨女工的哮喘病，而且发作起来十分厉害，弄得

① 法布尔（1823—1915）：法国昆虫学家，科普读物作家；代表作为《昆虫记》。

那女工只好辞职不干。

唉！我们必须义无反顾地改变对勒格朗丹的看法。在我的父亲与他老桥相遇、接着又不得不自认多心之后的某个星期天，教堂的弥撒刚刚结束，一种不那么神圣的气氛随同外面的阳光和嘈杂声一起拥进教堂，使得古比尔夫人和贝斯比埃夫人像走出教堂来到广场上似的同我们大声交谈起来（而不久前我刚进教堂时——我到得比平时晚——人人都目不斜视专心祈祷；若不是有人用脚拨开挡住我就座的小凳，我还真以为没有人看到我进来呢）。这时我们看到勒格朗丹正站在阳光灿烂的大门口；门楼外的台阶下是人声鼎沸、五光十色的集市。我们上回见过的那位夫人的丈夫正把勒格朗丹介绍给附近另一位大地主的妻子。勒格朗丹显得异乎寻常地活跃和讨好，他深深地鞠了一躬又往后一仰；身板仰到比原先更靠后的地位，这礼节想必是他的姐夫康布尔梅先生教的。他的腰板迅速一挺，臀部——据我猜想肌肉未必丰满——随即掀起一股强烈的波动。不知道为什么这种纯属物质的起伏，这种并不表达灵气、只受低下的献媚之心所驱使的肉体活动，竟突然会使我的思想意识到可能存在着另一位与我们所认识的朋友完全不同的勒格朗丹。那位女士请他给车夫捎句话，他立即喜孜孜地应命而去。他刚才被介绍时就挂在脸上的那种羞羞答答、俯首帖耳、喜笑颜开的表情，一直停留在他的眉宇间。他像做梦似的咧嘴笑着，又急急忙忙赶回到那位女士的跟前。由于他走得比平时快，肩膀便左摇右摆，十分可笑；他只管全力以赴地讨好，其他方面也就无暇顾及了，所以显得像一件受幸福驱动的无生命的机械玩具。这时我们已经走出教堂，正要从他的身边经过；那么有教养的他居然没有回头，他的目光像大梦未醒的人，直勾勾地盯着远方，对我们竟视而不见，也无从跟我们打招呼。他的表情还是那么天真单纯，那件款式随便的单排扣上衣在令人讨厌的讲究的衣着中间显得与场合不相称。被广场上的风所吹起来的那个花点大领结，依然像一面标榜孤傲和独立的高尚的旗帜飘动在他的胸前。我们刚到家门，妈妈发现忘了买奶油果子饼，便要父亲和我一起返身去吩咐点心铺立刻送来。我们在教堂附近同勒格朗丹迎面相遇。他用自己的马车载着刚才的那位女士朝我们来的方向驶去，经过我们的身旁时他并没有中止同那位女士的谈话，而只用他的蓝眼睛的眼角瞟了我们一眼，仿佛在眼皮底下同我们打了一个小小的招呼，脸上的肌肉却纹丝未动，车上的那位夫人很可能根本没有发觉他的这一举动，但是，他设法以感情的密度来补偿向我们表达友情所用的仅占他蓝眼睛小小的一角的狭小的地盘，他让这一瞟闪烁出他的全部风采，这已不止是活泼的闪光，而近乎狡黠了。他使友好的细微表现达到了极限：心照不宣的一瞥明眼人心领神会，总之凡灵犀相通的种种途径他都熟门熟路；他把友谊的保证提高到披露柔情、甚至宣告爱慕的高度。当时，他以对女庄园主的隐而不露的厌烦和纹丝不动的脸上那多情的一瞥来向我们表明心迹，也只有我们才能心领神会。

就在那天的前一天，他要求我的父母让我去陪他吃晚饭。“来陪陪你的老朋友吧，”他对我说，“你就像是远方的旅客从我们一去不复返的国度送来的一束鲜花，让我闻闻从你的青春的远方送来的这些鲜花吧。许多年以前，我也曾经经历过群花争妍的春天。来吧，带着报春花、龙须菊和金盏花；来吧，带着巴尔扎克的植物志中象征挚爱的景天花，带着复活节前开放的雏菊和复活节前的最后一场小雪尚未融化时已经在你姑祖母家的花园中播散芳香的雪球花；来吧，带着百合花洁白的绸缎（那是配得上莎乐美那样娇美的身躯的裙料），带着蝴蝶花斑斓的彩釉，尤其要带来寒意犹存的料峭的清风，让它为一早就守候在门口的两只彩蝶吹开耶路撒冷的第一朵玫瑰。”

家里的人起先拿不定主意，不知道该不该让我去陪伴勒格朗丹先生吃顿晚饭。倒是我的外祖母说什么也不愿意相信他会不讲礼貌：“你们自己也承认，他去教堂时穿得很朴素，跟讲排场的人不一样。”她还说，哪怕作最坏的估计，就算他是贪慕虚荣的人，我们无论如何也不宜显出有所察觉。说实话，连对勒格朗丹的态度最为反感的我父亲也许对他的举止的含义都还存有最后一点怀疑呢。他的言行不正显示了那种城府很深的人的品性吗？他的态度跟他以前的言论明明是脱节的；我们无法根据他的自白来证实我们的怀疑，因为他不会老实招供的；我们只能依靠自己的感觉。但是，仅仅根据片断的、不连贯的回忆，我们却没有把握确信我们的感觉会不受某种幻觉的愚弄。结果这些至关紧要的待人接物的态度往往只给我们留下一些疑团。

我陪伴勒格朗丹在他家房前的平台上用晚餐；那天晚上月色清朗。“有一种幽静的美，是不是？”他对我说，“正如一位小说家所说，对我这样心灵受过创伤的人来说，只有幽暗与寂静最为相宜。你以后会读到他的作品的。你知道吗，孩子？一个人在一生之中会遇到那样的时候，你现在还体会不到，那时候眼睛只能容忍一种光明，那就是在这样月白风清的夜晚以幽暗提炼出来的光明；耳朵也只能听到一种音乐，那就是月光用寂静的笛子奏出的音乐。”我听着勒格朗丹娓娓道来，他的话我听了总觉得很入耳。但是我当时无法摆脱记忆的骚扰，我总忘不了最近第一次见到过的一位女士。我现在既然知道勒格朗丹同附近的一些贵族有交往，我想他或许认识那位女士，于是我鼓了鼓勇气问他说：“先生，您是不是认识……盖尔芒特家的那一位……那几位女主人？”这个姓氏一经被我说出口，我感到非常高兴，因为我总算对它采取了行动，把它从我的梦幻里拉了出来，赋予它一个客观的、有声的存在。

但是，我发现我的朋友一听到盖尔芒特这个姓氏，他的蓝眼珠中央立刻出现一个深褐色的漏洞，好像被一根无形的针尖捅了一下似的，眼珠的其他部分则泛起蔚蓝色的涟漪。他的眼圈顿时发暗，他垂下眼皮，嘴角掠过一丝苦笑，很快又恢复了常态。他的眼神却像万箭穿胸的美丽的殉道者，依然充满痛苦。“不，我不认识她们。”他说，那语气不像一句简单的答话、普通的说明那样自然而流畅；他说得一字一顿，又点头又弯腰，好像在说一件别人不信、他为了说服对方不得不加以强调的事情，似乎他不认识盖尔芒特只是出奇的偶然；同时他又装成像不能回避某种尴尬局面似的，觉得与其遮掩不如痛快承认，好让人家觉得自己很坦然，并无丝毫勉强之处，而是轻松、愉快、由衷地直认不讳；再说同盖尔芒特没有联系的这件事情本身也并不使他感到遗憾，相反是符合他的心愿的，因为某种家庭传统，例如道德原则或不便明说的誓约之类毫不含糊地禁止他同盖尔芒特交往。“不，”他接着用自己的话来解释方才的语气，“我不认识她们，我也从来没想结识她们；我始终珍惜我享有的充分的独立。你知道，我其实多少是个雅各宾派。许多人劝我，说我不该不去结交盖尔芒特，说我把自己弄得粗野不堪，像头老熊。可是，这种名声我才不怕呢，恰如其分嘛！说实话，这人世间我几乎无所留恋，除了少数几座教堂，两三本书，四五幅画；还有这样的月夜，你的青春的微风把我的昏花的老眼已无法看清的鲜花的芳香吹到了我的跟前。”我当时弄不明白，为什么一个人必须坚持自己的独立才能不去拜望陌生人？这又在哪一点上使你显得像头笨熊？但是，有一点我是明白的，勒格朗丹说的不尽是实话，他并不像他所说的那样只爱教堂、月光和青春；他很爱住在宫堡里的贵族，他很怕招他们的讨厌，他甚至不敢让他们发现自己的朋友当中有布尔乔亚，有公证人和经纪人的后代，倘若真相不得不暴露，他宁可自己不在场，躲得远远的，让人“鞭长莫及”。他是贪图虚荣的人。当然，他在我的长辈和我都十分爱听的言谈中，决不会透露半点趋炎附势的痕迹。我若问他：“您认识盖尔芒特家的人吗？”巧于辞令的勒格朗丹就回答说：“不，我从来没想结识他们。”可惜的是，回答这话的他实际听命于被他深深地埋藏在心里、从不出头露面的另一位勒格朗丹，而这另一位却能说出有关我们心目中的他，以及有关他贪图虚荣的不少难避嫌疑的掌故来。其实，他刚才眼睛里出现的那个漏洞，他嘴边掠过的那丝苦笑，他语气中那样的过分强调，以及他一瞬间像势利殉道者那样万箭穿心般的痛苦情状，早已为另一位勒格朗丹作出了回答："唉！你算是击中我的痛处了。不，我不认识盖尔芒特，别再揭我生平最疼痛彻骨的这块伤疤了。"这位桀骜不驯、气势汹汹的勒格朗丹虽无另一位勒格朗丹的美妙言词，却有人称之为"反射"的犀利无比的对应能力，故而巧于辞令的勒格朗丹还没有来得及堵住他的嘴，他已经抢先表了态，害得我们的朋友处心积虑，力求弥补"另一个自我"不慎造成的坏印象，却毕竟无济于事，充其量只能勉强遮掩罢了。

这倒并不是说勒格朗丹怒斥别人附庸风雅是言不由衷。他无法知道自己也是那种人，至少靠他自己无法办到，因为我们向来只知道别人热衷于什么，至于自己醉心之所在，我们略知的一二也都是从别人那里听说的。七情六欲只通过间接方式、只通过想象影响我们，而想象早已用体面得多的中间动机替换掉了原始动机。勒格朗丹的势利之心决不会直接鼓动他去结交某位公爵夫人，而只会让他充满想象，使那位公爵夫人在他眼里显得集优雅品质于一身，他去接近她还自以为是仰慕一般俗人所无法赏识的她的才思和德操之类的动人品质，只有旁人才看清他其实同一般俗人不相上下，因为旁人了解不到他的想象力所发挥的中介作用，他们只看到勒格朗丹高攀贵族的活动以及与此相应的原始动机。

现在我们家已对勒格朗丹先生不抱任何幻想了，同他也大大疏远了。妈妈每当发现他攀附高枝的新行径，总觉得十分有趣。勒格朗丹本人则矢口否认，他仍把势利称作罪不容赦的行为。我的父亲却不能这样坦然愉快地容忍勒格朗丹的假清高。有一年暑假，他们想让我同外祖母一起去巴尔贝克度假。父亲说："我无论如何要把你们去巴尔贝克的这件事告诉勒格朗丹，我倒要看看他会不会主动地把你们介绍给他的姐姐。他一定还记得曾经跟咱们说过，他姐姐就住在离巴尔贝克才两公里的地方。"我的外祖母倒认为既去海滨浴场就应该从早到晚在海滩上呼吸带盐分的空气，没有熟人才好呢，因为互相串门拜访、结伴游览，会占去许多呼吸海风的时间，所以她主张不向勒格朗丹透露我们的度假计划，她甚至担心勒格朗丹的姐姐德·康布尔梅夫人不要偏在我们正打算去海边钓鱼的时候来到我们下榻的旅馆，害得我们只能关在屋里奉陪。妈妈对外祖母的担心付诸一笑，她认为这种危险的威胁性不大，勒格朗丹未必会殷勤到把我们介绍给他的姐姐。结果，我们虽说没有跟勒格朗丹谈及巴尔贝克，而他也从来没有想到我们会有去那儿的打算，有一天傍晚我们在维福纳河边遇到他时，他竟"自投罗网"了。

"今晚，云霞中有些非常美的紫色和蓝色，是不是，我的伙计？"他对我的父亲说，"尤其是那蓝颜色，与其说是空中的，倒不如说跟花朵一样，蓝得像瓜叶菊，挂在天上格外别致。还有那一小团桃红色的云彩，不也有花的色调吗？像石竹，像绣球。只有在英吉利海峡，在诺曼第和布列塔尼之间的海边，才能看到天空出现比这更富丽的花团锦簇般的云霞。那里，在巴尔贝克附近，离那一大片蛮荒之地不远的地方，有个风物秀丽的小海湾；那里熔金般的落日，奥吉谷地的夕阳，我倒并不在乎，因为它们并无多大特色也并无多大意趣；但黄昏时分在那片湿润的空气中，几秒钟之内天边就绽出一束束蓝的、粉的花朵，却美得无法比拟，而且往往要过好几个小时才会凋谢。有几朵云彩虽然不久就零落了，但它们的花瓣，鹅黄色的、桃红色的，洒得满天皆是，更是蔚为壮观。在那个人称银河湾的小海湾里，金黄色的沙滩仿佛比仙女星座里的金发仙女更情意绵绵，它们依偎着附近海边嶙峋的峭壁，贴着那一溜以海难著称的凶险的石岸，每年冬天有多少条顶风破浪的船只在那里触礁啊！巴尔贝克！我们的地球上最古老的地质架，名副其实的地表硬壳，大海由此浩森，土地至此而尽。阿纳托尔·法朗士，我们的小朋友或许读过这位迷人作家的作品吧？他曾经非常精彩地把那个鬼地方描绘得终年烟雾茫茫，跟史诗《奥德赛纪》里奚美良人[1]居住的地方一样。如今在巴尔贝克那片古老而迷人的土地上，已经层层叠叠地盖出了一批旅馆，但并没有破坏那里的景观，仅几步之遥便能置身于原始风味的壮丽景色之中，岂不美哉！”

“是啊！您在巴尔贝克有熟人吗？”我的父亲问道，“这小家伙正好要跟他的外祖母，也许还有内人一起到那里去住上两个月呢。”

勒格朗丹望着我的父亲，忽然出其不意听到这句问话，他来不及把眼睛从我父亲的脸上移开，只好索性紧紧地盯着，嘴角泛起无可奈何的微笑。他望着我的父亲的眼睛，那表情既友好又坦诚；他倒不怕正视对方，仿佛对方的面孔已经变得透明，甚至使他看到了面孔后面掠过的一朵颜色艳丽的云彩，来为他提供心不在焉的借口，好有理由为自己申辩：当别人问他在巴尔贝克有无熟人的时候，他仿佛正心不在焉想别的事，以至没有听到问话。通常，他这样的眼光会引起对方发问：“您在想什么？”可是我的父亲有点恼火，偏要狠心地盘问到底：

“您那么熟悉巴尔贝克，您在那里有熟人吗？”

勒格朗丹的微笑的目光作了最后的绝望的努力，达到柔和、迷人、坦诚和走神的极致。但他一定想到自己非作出回答不可了，便说：

“我哪儿都有朋友，只要那地方有几丛受伤的树，虽被斫伤却不倒下，彼此相依在一起，以悲壮的毅力齐声向并不怜恤它们的无情的苍天哀告。”

“我不是这个意思，”我的父亲像受伤的树一样顽强，像苍天一样无情地打断他的话说，“我是为了岳母一旦有事，不要感到举目无亲，所以才问您，您在那儿有没有熟人？”

“那儿，跟哪儿都一样，我谁都认识，又谁都不认识，”勒格朗丹不肯就此服输，答道，“那地方我很熟悉，人却所识无几。但是那里的景物本身同

---

① 公元前七世纪居住在小亚细亚的古老部落。

人差不多，同那些难能可贵、心灵纤细、遇到实际生活容易消沉的人一样。有时候，您会在悬崖上遇到一幢古堡，它悄立在路旁迎着红晕未消的晚霞，掂量自己的凄凉，那时金色的月亮已经升起，归航的船只拨开色彩斑斓的水面，把黄昏的火焰捧上桅尖，以黄昏的颜色染遍招展的旌旗；有时候，您能见到一幢普通的孤舍，模样多少有点丑陋，显得猥猥琐琐，但很有一点诗情画意，其中蕴蓄着谁都看不透的某种秘密，既有无穷的幸福，也有不尽的失望。”他接着又像马基雅维里①那样颇有心计地补充说道：“那是个不实际的地方，是个纯属幻想的地方，让一个孩子去领略那里的风光很不妥当。我们这位小朋友已经具有感伤的倾向，他的心灵天生善于领会这类情调，我若为他选择一个散心的地方，决不会介绍他去那儿。那里充满情绵绵互诉衷肠、恨悠悠枉自惆怅的气氛，对我这样早已看破红尘的老朽来说可能还算适宜，对于气质尚未成型的孩子来说总是不健康的。相信我的话，”他着重地强调说，“那个海湾的水有一半已经是布列塔尼省流来的了。对于我这样心脏并非没有毛病的人来说，反正是那么回事儿，据说，那里的海水还有些镇静作用呢。不过有人还说未必。至于你这样的年纪，小家伙，医生是禁用那里的海水的。再见，各位芳邻。”他这么补了一句，便像往常那样有意逃避似的突然离开我们；才走几步，他又回过头来，向我们伸出医学权威的手指，把他的诊断作了如下的概括：“五十岁以前，不要去巴尔贝克，五十岁以后还得视心脏状况而定。”他大声向我们宣告。

我的父亲后来遇到他时又老话重提，还用盘问折磨他，但照样白费工夫。勒格朗丹跟那种善于伪造古籍的骗子一样，自有一套本领和广博的学问，他只需使用其中的百分之一，便足以稳当地赚进一大笔钱，过上相

① 马基雅维里（1469—1572）：意大利政治家，外交家，作家，传世的《君主论》被认为是他的代表作。他主张政治不受任何道德的束缚，为达到目的可不择手段。

当体面的日子。如果我们没完没了地盘问下去,他或许最终会胡扯一通景观伦理学或者下诺曼第天文地理学,但决不会向我们供认他姐姐的住地离巴尔贝克仅两公里,更不会义不容辞地为我们写封介绍信。倘若他有绝对的把握相信我们不会利用这类介绍信,他倒大可不必那样提心吊胆。按理说,根据平时的接触,他应该对我的外祖母的性格有所了解:我们怎么会利用这类介绍信呢?但他宁可避而不谈。

平时散步,我们总是早早就回家了,以便在晚饭前上楼去看看莱奥妮姨妈。初春时节天黑得早,我们回到圣灵街时家里的玻璃窗上已反射出落日的余晖,而在十字架那边的树林里,一抹紫霞映在远处的池塘中,常常伴随着料峭寒意,红色的夕阳在我的心目中却同烤炉上的红色的火苗相关联,因为烤炉上的肥鸡对于我来说是继散步的诗情陶醉之后的另一种享受,使我得到解馋、温暖和休息的快乐。到了夏天,相反,等我们散步回来,太阳还没有下山。我们到莱奥妮姨妈的房里时,西斜的阳光正照到窗口,停留在大窗帘和帘绳之间,被分割成一束束、一条条,透过窗帘射进房来,给柠檬木的多屉柜镶嵌上一片片碎金,又像照射林中的草木丛似的,以耀眼的斜光细致入微地照得满屋生辉。但是,难得有那样的日子:我们回来时柜子上的临时嵌饰已经消失,我们到达圣灵街时,窗户上已经没有夕阳的反照,十字架树林那边的池塘也已经失去了夕阳的红光,甚至变成银白色;一道长长的月光,融入池塘的粼粼细波之中,并且铺满整个水面。每逢那样的日子,当我们走近家门时,就会看到门口有个人影;妈妈对我说:

“天哪!弗朗索瓦丝在等候咱们呢。你的姨妈不放心了;咱们回来得太晚了。”

我们顾不得脱掉外衣,赶紧上楼,好让莱奥妮姨妈放心,并且以现身说法向她表明,同她想象的恰恰相反,我们一路上并没有遇到不测,只是去“盖尔芒特家那边”散步了。天晓得，我的姨妈也明白，上那边去散步什么时候回得来就说不准了。

“瞧，弗朗索瓦丝，”我的姨妈说，“我不是说着了吗？他们果然去盖尔芒特家那边了！天哪！他们一定饿坏了！你炖烂的羊腿搁了那么半天一定发硬了。这么说，回来就得一个小时！怎么，你们居然去盖尔芒特家那边散步了！”

“我还以为您知道呢，莱奥妮，”妈妈说，“我记得，弗朗索瓦丝是看见我们从菜园的小门出去的。”

因为，在贡布雷附近，有两个“那边”供我们散步，它们的方向相反，我们去这个“那边”或那个“那边”，离家时实际上不走同一扇门：酒乡梅塞格利丝那边，我们又称之为斯万家那边，因为要经过斯万先生的宅院；另外就是盖尔芒特家那边。说实在的，我对酒乡梅塞格利丝的全部认识不过“那边”两字，再就是星期天来贡布雷溜达的外乡人，那些人，我们(甚至包括我的姨妈)全都“压根儿不认识”，所以凡陌生人我们都认为“可能是从梅塞格利丝来的”。说到盖尔芒特，后来我了解得更多一些，不过那是很久以后的事；当时，在我的整个少年时代，若说梅塞格利丝在我心目中像天边一样远不可即，无论你走多远，眼前总有一片已经同贡布雷不一样的地盘挡着你的视线，那么盖尔芒特对我说来，简直是“那边”的极限，与其说有实际意义，倒不如说是个概念性的东西，类似赤道、极圈、东方之类的地理概念。所以，说“取道盖尔芒特”去梅塞格利丝，或者相反，说“取道梅塞格利丝”去盖尔芒特，在我看来，等于说从东到西一样只是一种语焉不详的说法。由于我的父亲把梅塞格利丝那边形容成他生平所见最美的平原风光，把盖尔芒特那边说成典型的河畔景观，所以我就把这两个“那边”想象成两个实体，并赋予它们只有精神才能创造出来的那种凝聚力和统一性。它们的每一部分，哪怕小小的一角，我也觉得是可贵的，能显示出它们各自特有的品格，而这两处圣地周围的道路，把它们作为平原风光的理想或河畔景观的理想供奉在中央的那些纯属物质的道路，却等于戏剧艺术爱好者眼中剧院附近的街巷，不值一顾。尤其是我想到这两处的时候，我把我头脑里的这两部分的距离安置在它们之间，其实大大超过了它们之间的实际公里数；那是一种空想的距离，只能使它们相距更远，相隔更甚，把它们各各置于另一个层面。由于我们从来不在同一天、同一次、同时去两边散步，而是这次去梅塞格利丝那边，下次去盖尔芒特那边，这种习惯使它们之间的界线就变得更加绝对，可以说把它们圈定在相隔遥远的地方，彼此无法相识，天各一方，在不同的下午，它们之间决无联系。

每当我们想上梅塞格利丝那边去（我们不会很早出门，即使遇上阴天也一样，因为散步的时间不长，也不会耽搁太久），我们就像上别处去一样，从姨妈那幢房子的大门出去，走上圣灵街。一路上，打火铳的铁匠铺老板跟我们点头招呼，我们把信扔进邮筒，顺便为弗朗索瓦丝捎口信给戴奥多尔，说食油和咖啡已经用完，然后，我们经过斯万先生家花园白栅墙外的那条路出城。在到那里之前，我们就闻到他家的白丁香的芬芳扑鼻而来，一簇簇丁香由青翠欲滴的心形绿叶扶衬着，把点缀着鹅黄色或纯白色羽毛的花冠，探出栅墙外。沐照丁香的阳光甚至把背阴处的花团都照得格外明丽。有几株丁香映掩在一幢被称为“岗楼”的瓦屋前，那是守园人住的小屋，哥特式的山墙上面罩着玫瑰色的清真寺尖塔般的屋顶。丁香树像一群年轻的伊斯兰仙女，在这座法国式花园里维护着波斯式精致园林的纯净而明丽的格局，同她们相比，希腊神话里的山林仙女们都不免显得俗气。我真想过去搂住她们柔软的腰肢，把她们的缀满星星般花朵的芳香的头顶捧到我的唇边。但是，我们没有停下。自从斯万结婚之后，我的长辈们便不来当松维尔做客了，而且为了免得让人误以为我们偷看花园，我们索性不走花园外那条直接通往城外田野的道路，而走另一条路，虽然也通往田野，但偏斜出去一大段，要远得多。那天，外祖父对我的父亲说：

“你记得吗？昨天斯万说他的妻子和女儿到兰斯①去了，所以他要乘机去巴黎住两天。既然两位女士不在，我们不妨从花园那边过去，路近多了。”

我们在栅墙外停了一会儿。丁香花已盛极而衰。有几株依然托出精致的花团，像一盏盏鹅黄色的吊灯，但枝叶间许多部分的花朵，虽然一星期前还芳香如潮，如今却已萎蔫、零落、枯黄、干瘪，只像一团团香气已消的泡沫。我的外祖父指点着对我的父亲说，自从他同斯万先生在斯万太太去世的那天在这里一起散步以来，这园内的景物哪些依旧如故，哪些已经改换模样。他抓住机会又把那天散步的经过讲了一遍。

我们的眼前是一条两边种植着旱金莲的花径，它在阳光的直射下向高处伸展，直达宅门。右面则相反，花园在一片平地上铺开。被周围的大树覆盖的池塘虽是当年斯万老先生雇人开挖出来的，但这花园中最着斧凿痕迹的部分也只是对自然的加工；有几处天然特色始终在它们的范围内保持着独特的权威，它们置身于花园就像置身于没有经过加工的自然环境中一样，公然挑出自己本来就有的特色。展示这些天然特色极需一个僻静的环境，而在人工点缀之上它们自有一种孤幽的意韵：例如花径下的人工池塘边，两行交相栽植的勿忘我和长春花组成一顶雅致的蓝色花冠，箍住了水光潋滟的池塘的前额，菖蒲像轩昂的王公挥落它们的宝剑，一任他们统治水域的权杖上紫色、黄色的零落的百合花徽，散落在泽兰和水毛茛的头上。

---

① 初版时，斯万妻女不是去兰斯，而是去沙特尔。后来普鲁斯特决定把1914年至1918年的大战也写进小说，故而把贡布雷改置于未来的战区之内，即朗市与兰斯之间（事实上，贡布雷镇是以沙特尔附近的伊利埃斯为原型的）。

斯万小姐的远行使我失去了有幸在花径一见她的倩影的可怕的机缘。不能结识这样一位享有殊荣、与贝戈特为友、能同贝戈特一起参观各处教堂的少女,应算是有幸抑或不幸呢?因为若与她相遇,自惭形秽的我必受到她的轻视;可是,由于她不在,我虽生平第一次得到静观当松维尔园内景色的机会,却只觉得了无情趣。对我的外祖父和我的父亲来说,情况倒似乎相反,他们也许觉得女主人们不在反给整个庄园增添宜人的气氛,使它具有难得的美(犹如登山之日巧遇万里无云的好天气),因而今天到这边来散步就格外适时。我真盼望他们的算计落空,突然出现奇迹,让斯万小姐陪伴着她的父亲双双来到我们的眼前,使我们不及躲避,只好同她结识。这时我忽然发现草丛里有只篮子被遗忘在一根钓鱼杆的旁边,鱼杆上的渔漂还浮在水面。我赶紧设法转移我的外祖父和我的父亲的注意,生怕他们发现她可能在家的些许迹象。不过,斯万倒曾经跟我们说过,他这回出门有点不合时宜,因为家里有人住着。那么说,这鱼杆可能是哪位客人放的。花径间听不到有人走动的声音。一只不见踪影的鸟不知在丈量哪棵树的梢头,它千方百计地要缩短白昼的长度,用悠长的音符来探测周遭的僻静,但它从僻静中得到的却只是调门一致的反响,使周遭更安定、更寂静,仿佛它本来力求使一瞬间消逝得更快,结果反使那一瞬间无限延长了。天空变得凝滞,阳光径直射下,让人想躲也躲不开;小昆虫们无休止地骚扰平静的水面,沉睡的池水一定梦见了想象中的弥漫无际的漩涡,仿佛在迅速地把软木渔漂拖进倒映在水中的那片悄然的天空,从而更增长我初见渔漂时的惶惑之感,渔漂几乎垂直地浮在水面,似乎随时都会沉入水中,我已经顾不得自己既想结识斯万小姐又怕见她的双重心情,考虑是否该去告诉她鱼已上钩。这时,已经走上通往田野小路的我的外祖父和我的父亲惊讶地发现我没有跟在后面便转身叫我,我只得赶上前去。我觉得小路上掠过一股山楂花的香味。疏篱像一排教堂被堆积的繁花覆盖得密密匝匝,成了一座巨大的迎圣台;繁花下面,阳光像透过彩绘玻璃窗似的把一方光明照到地上；如胶似漆的芳香萦绕着繁花组成的圣台，我的感觉就如跪在供奉圣母的祭台前一样。花朵也像盛装的少女，一个个若无其事地捧出一束熠熠生辉的雄蕊；纤细的花蕊辐射开去，像火焰式风格的建筑的肋线，这类线条使教堂的祭廊的坡级平添光彩，也使彩绘窗上的竖梁格外雄健，而那些绽开的花蕊更有如草莓花的洁白的肉质花瓣。相比之下，几星期之后，也要在阳光下爬上这同一条小路的、穿着一色粉红的紧身衣衫、一阵轻风便可催开的蔷薇，将会显得多么寒伧、多么土气啊！

我虽流连在山楂花前，嗅着这无形而固定的芳香，想把它送进我不知所措的脑海，把它在飘动中重新捉住，让它同山楂树随处散播花朵的、洋溢着青春活力的节奏相协调——这节奏像某些音乐一样，起落不定——而且山楂花也以滔滔不绝的芳香给我以无穷的美感，但它偏偏不让我深入其间，就同那些反复演奏的旋律一样，从不肯深入到曲中的奥秘处。我暂且扭身不顾，用更新鲜的活力迎向花前。我纵目远望，一直望到通往田野的陡坡；那陡坡在花篱以外，一株迷失路津的丽春花和几茎懒洋洋地迟开的矢车菊，以稀稀落落的花朵，像点缀一幅挂毯的边缘似的点缀着那片陡坡，挂毯上疏朗的林野图案一定显得格外精神吧；而更为稀疏的花朵像临近村口的孤零零的房舍宣告村落已近似的，告诉我那里有无垠的田野，起伏着滚滚的麦浪，麦浪之上是叆叇的白云。而在田野边缘孤然挺立的丽春花，凭借一堆肥沃的黑土，高举起迎风燃烧的火炬，我一见到它心头便怦然跳动，就像远游的旅人在一片洼地瞅见嵌缝工正在修理一艘曾经触礁的船只，还没有见到大海便情不自禁地喊一声："大海！"

然后，我又把眼光落到山楂花前，像观赏杰作似的，总以为暂停凝视之后再回头细看才更能领略它的妙处。但是，尽管我用手挡住周围的东西，只给眼前留下山楂花的倩影，但花朵在我内心所唤起的感情却依然晦暗不清，浑浑噩噩，苦于无法脱颖而出，去与花朵结合。那些山楂花无助于我廓清混沌的感情，我又无法仰仗别的花朵。这时，我的外祖父给了我这样一种愉快，其感觉好比我们看到我们所偏爱的某位画家的一幅作品，它同我们所熟悉的其他作品大不一样；或者我们忽然被人指引，看到那么一幅油画，过去我们只见过它的铅笔草图；或者听到那么一首配器华丽的乐曲，过去我们只听过它的钢琴演奏。外祖父指着当松维尔的花篱叫我，他说："你是爱山楂花的，看看这株桃红色的刺山楂，多漂亮！"确实，这是棵刺山楂，但它是桃红色的，比白色的更美。它也穿了一身节日盛装，是真正的节日盛装啊！只有宗教节日才算真正的节日，不像世俗节日随便由谁胡乱定在某一天，既无节可庆，基本上又无庆可言的；然而，它那身打扮更富丽，因为层层叠叠缀满枝头的花朵，使满树像洛可可风格的花哨的权杖，没有一处不装点得花团锦簇，而且，更因为这些花是"有色"的，所以根据贡布雷的美学观点，它们的质地更为优良，这从市中心广场各家商店、乃至于加米杂货铺的售价贵贱即可窥其一斑：桃红色的饼干不是比别的饼干贵些吗。我自己也一样，认为抹上红色果酱的干酪更值钱，其实这无非是他们答应把捣烂的草莓浇在干酪上面罢了。而眼前的这株山楂偏偏选中了这样一种食品的颜色，这样一种使节日盛装更加艳丽的颜色（因为它让节日盛装显得品位更高雅）。这类颜色因为艳丽，在孩子们看来，仿佛格外美丽，也正因为如此，他们才觉得比别的颜色更充满生气，更自然，即使他们认识到颜色本身既不能解馋，也不会被裁缝选作衣料。自不待言，看到这些山楂花，我除了更加惊喜之外，同看到白色的山楂花一样，分明地感觉到它的喜气洋洋中并无丝毫的矫揉造作，没有人为加工的痕迹，全是大自然自发的流露，那种天真可掬之态，可与村中为在街旁搭一张迎圣祭台而奔忙的女商人，把满树堆砌，弄得既豪华又有乡土气的颜色过于娇艳的花朵相比。树冠的枝梢，像遇到盛大节日供在祭台上的，外面裹着纸质花边的一盆盆盆栽玫瑰，细长的梢头缀满了千百颗淡红的蓓蕾，有的已含苞初绽，好比一盏桃红色的石杯，让人影影绰绰地看出杯心的一点殷红，它们比花朵本身更透出刺山楂的特殊的精神和不可违拗的品性，它不论在哪里发芽，不论在哪里开花，只能是桃红色的；它挤在花篱之间跟盛装的姑娘跻身于只穿家常便服、不准备外出的妇女们之中一样；它已经为迎接“玛丽月”作好一切准备，甚至仿佛已经成为庆典的一部分；它穿着鲜艳的浅红色盛装，那样神采奕奕，笑容可掬——这株信奉天主的、娇美可爱的小树啊！

花篱扶疏间，可以隐约看到园内有一条花草夹道的小径，除茉莉、三色堇和韭叶兰之外，还有紫罗兰打开了它们的钱包，像科尔多瓦①的古老的皮件散播着芳香，颜色近似凋谢的玫瑰；一条长长的水管盘旋在砾石铺就的台阶上，扎满小孔的喷头在香气被水润透的鲜花的上面垂直地展开一面由彩色水珠组成的棱镜般的团扇。忽然，我惊得无法动弹了，仿佛眼前的景象不仅呈现于我们的视觉，还要求我们以整个身心来作更深入的感应。一位头发黄得发红的少女，显然刚散步归来，她手里拿着一把花铲，仰着布满雀斑的脸在看我们。她的黑眼珠炯炯闪亮，由于我当时不会、后来也没有学会把一个强烈的印象进行客观的归纳，由于我如同人们所说的，没有足够的“观察力”以得出眼珠颜色的概念，以致在很长一段时期内，每当我一想到她，因为她既然是黄头发，我便把记忆中的那双闪亮的眼睛想当然地记成了蓝色。结果，也许她若没有那样一双让人乍一见无不称奇的黑眼睛，我恐怕还不至于像当年那样地特别钟情于她的那双被我想成是蓝色的黑眼睛呢。

我望着她，我的目光起先不是代替眼睛说话，而只是为我的惊呆而惶惑的感官提供一个伏栏观望的窗口，那目光简直想扑上去抚摸、捕捉所看到的躯体，并把它和灵魂一起掠走；接着，我担心我的外祖父和我的父亲随时都可能发现她，会叫我过去，让我离开她，于是我的目光不自觉地变

① 科尔多瓦：西班牙城市，以生产皮件著称。

得蛮横起来，硬是强迫她注意我，认识我！她却把目光朝前一看又往边上一瞟，看到了我的外祖父和我的父亲。她一定认为我们不值一理，所以她扭过脸去，冷淡而傲慢地侧身，使自己的容颜不留在我们的视线之内。但是我的外祖父和我的父亲并没有看见她，他们在继续往前走；于是她斜眼朝我望来。她没有特别的表情，甚至显得视而不见，但眉宇间有一种含而不露的微笑，两眼盯着我看。据我所掌握的有关礼貌方面的知识，她那种表情只能被认为是肆无忌惮的蔑视；她同时又做了个不体面的手势，根据我记忆中的那些交际标准解释，公然向不认识的人做出这种手势，只有一个含义，那就是故意侮慢。

“快啊，希尔贝特，快来，你在干什么呢？”一位我从来没有看见过的太太，穿着一身白色的衣裙，用权威的口吻，尖声地叫道。离她不远，还有一位我不认识的先生，身穿斜纹便装，盯着我看；他那对眼珠子简直像要从眼眶里蹿出来似的；小姑娘顿时收敛了笑容，拿着铲子走开了，也没有回头看我，她显得那么听话，那么有城府，让人捉摸不透。

就这样，希尔贝特的名字传到了我的耳畔，简直像符咒一般，刹那间把一个模糊不清的形象变成了一个活生生的人，也许有一天还能使我重新见到她。就这样，这名字传了过来，就像绿色的喷水管中喷出的水珠，那样尖利、那样沁人心脾地洒在茉莉和紫丁香的花丛之上；它用纯洁的空气渗透它所经过的地区，并以缤纷的虹彩笼罩那个地区，它还以它所指的那位姑娘的神秘生活，把那个地区隔绝起来，成为有幸同她一起生活、一起旅游的人们专有的禁地；这一声呼唤在山楂花下，在我的肩头，表明了他们亲密的关系，表明他们同她、同她神秘的生活是亲密无间的，我更觉痛心，因为我无法进入那个神秘的天地。

有那么一小会儿（当时我们正在走开去，我的外祖父悄声说，“斯万也怪可怜的，他们让他扮演什么角色！故意把他打发走，让她好跟夏吕斯厮混，那男的就是夏吕斯，我认得！还有那个小姑娘，也参与进这类丑事当中！”）我忽然产生如下的印象：希尔贝特的母亲口气那么厉害，她都不敢顶嘴，说明她并非高不可攀，也得听命于人；这个印象减轻了一点我的痛苦，给了我些许希望，也使我的爱恋之情有所收敛。但是，这种爱恋之情很快又在我的内心升腾起来，仿佛是一种反应，我的受到委屈的心想通过这一反应来同希尔贝特并起并坐，或者把她也贬到同样的水平。我爱她，我后悔当时没有来得及想到什么妙语气气她，让她伤心，迫使她记得我。我觉得她很美，所以我恨不能转身回去，耸耸肩膀对她喊一声："您真丑，瞧您这怪样，叫我恶心！"然而，我没有这样做，只是走开了，心里留下了这个红头发、皮肤上布满红色雀斑、手里拿着一把铲子、笑着向我投来呆板而隐含深意的目光的少女的形象，并把它作为我这样年龄的孩子因无法违拗自然法则而不能得到的某种幸福的首例。她的名字在我和她一起听到呼喊的那片桃红色的山楂花下留下了芳香，这名字的魅力还将征服同它接近的一切；我的外祖父母有幸结识并没齿不忘的她的祖父母，崇高的经纪人的职业，以及她在巴黎居住的香榭丽舍大街的那个令人断肠的地区，都因与她有关而增光添彩。

"莱奥妮，"我的外祖父一回到家里便说道，"刚才你要是能跟我们一起散步才好呢。你一定不认得当松维尔了。可惜我不敢，不然我就折一枝你那么喜欢的桃红色的山楂花带回来送给你了。"我的外祖父跟我的莱奥妮姨妈讲述我们在散步中的见闻，既是为了哄她高兴，也许还因为我们没有完全失去希望，盼望哪一天能怂恿她下床，出门走走，况且我姨妈原先很喜欢斯万的那个宅院，斯万是她接见的最后一位客人，那时她早已闭门谢客了。而如今，倘若斯万前来探问她的近况（她是我们家唯一的斯万还要求见见的人），她会让人回话说，她累了，请他下次再来；同样，那天晚上，她听罢外祖父的叙述，便说："是啊，等哪天天气好，我坐车去那儿的花园门口看看。"她这么说倒是诚心诚意的。她很想再见见斯万，重睹当松维尔的芳华；但是，她力不从心，真要这么做恐怕会累垮的。有时候，天气晴朗，她的精力多少充沛些，她起床梳妆；可是还没有跨出门槛她就感到累了，忙着要上床。在她身上，已经出现“人到老年万事休”的心境——只是比一般人来得早而已。她什么事都无心去做，只等着死亡临头，早早地把自己像蚕蛹一样地裹在茧中。我们可以看到，有些人寿命很长，但在他们的晚年，即使当年曾是形影不离的情侣，即使当年曾是心心相印的密友，到了一定年纪，他们也不再为聚首而离家远行，甚至不再互致信札，他们认定了在这尘世间他们已无心曲可通。我的姨妈大概也心中有数，她不会再见到斯万，不会再出门，但是这种我们可能觉得痛苦难忍的幽闭生活，她大概倒认为是合情合理的，因为她精力衰退，每天都感到困顿不济，不得不画地为牢约束自己；她每做一件事，每有一个举动，即使不感到痛苦，至少也感到吃力，这样，不活动、与世隔绝、悄悄度日，她反倒能得到摄生养息的舒适和悠闲。

我的姨妈没有去看桃红色山楂花堆艳叠锦的花篱，但是，我每次都要问我的长辈：她会不会去？她从前是不是常去当松维尔？我想方设法抓住机会让他们提到斯万小姐的父母和祖父母，因为他们在我的心目中跟神仙一样伟大。斯万这个姓对我简直具有神话般的色彩，我跟我的长辈聊天的时候，我如饥似渴地盼望他们提到这个姓氏，虽然我自己不敢把它叫出口，但是我拐弯抹角地引导他们触及同希尔贝特和她的家族有点关系、甚至牵涉到她本人的一些话题，好让我感到离她不至于太远；我有时会突然迫使父亲开口，譬如说，我假装以为外祖父的职务早就是我们家祖传的行业，或者假装以为莱奥妮姨妈想要去看的那座花篱是在公家的地界内，我的父亲就会纠正我的说法，告诉我：“不对，这个职务原先是由斯万的父亲承担的，那座花篱在斯万家的花园里。”于是，我不得不狠狠地吸一口气，因为斯万这个姓，沉重地压在我心中永远铭记的那个部位，使我透不过气来，每当我听到它，总觉得它比别的一切更丰满；它之所以特别有分量，是因我每次都早已在心中呼唤过千遍万遍。它引起我一种快感；

我深感愧疚的是竟敢向我的长辈们索取这种快感。由于这种快感如此巨大，他们得耗费许多精力才能使我得到，而他们并不能得到补偿，因为对于他们来说，这并无快乐可言。所以，我往往转移话题。出于谨慎，也出于顾忌。但是，当他们一说出斯万两字，我赋予这个姓氏的种种特殊的诱惑力又都活跃起来。那时，我突然感到，我的长辈们对它的魅力也不能无所感触，他们甚至站到了我的立场，发现我的着迷之处，不仅不责怪我，甚至同我共鸣，我简直就像把他们征服、把他们带坏似的感到无比内疚。

那一年，我的父母比往常早得多地决定了回巴黎的日子，动身的那天早晨，为了照相，他们给我卷了头发，并小心翼翼地给我戴了一顶我从未戴过的帽子，给我穿了一件丝绒的外套。我的母亲到处找我，终于在与当松维尔相接的小陡坡上找到了我。当时我正流着眼泪，搂住了长满尖刺的树枝在向山楂树告别，而且，我跟悲剧中的王妃那样，只觉得无用的衣饰是不堪忍受的负担，把我的头发做成堆在额前的小鬈鬈，实在是多此一举，我并不感恩，反而恨恨地扯掉卷发纸，把它们同我的那顶崭新的帽子一起踩在脚下①。我的母亲并没有因为我流泪而感动，她看到我的帽子被踩扁了，我的外套给糟蹋了，不禁叫出声来。我听不见她的叫喊，只顾哭着说道："我可怜的小山楂树啊，不是你们使我伤心，逼我走。你们从来也不让我痛苦！所以我将永远爱你们。"我一面擦着眼泪，一面对它们许愿说，我长大之后，决不像别人那样荒唐地过日子，即使在巴黎，遇到春天，我也不去拜客，不去听那些无聊的敷衍，而是要到乡下来探望第一批开花的山楂树。

我们去梅塞格利丝那边散步时，一走进田野，就再也离不开田野了。

---

① 这里，普鲁斯特间接地引用了拉辛的悲剧《淮德拉》中的台词：
"这无用的衣饰，这层层的纱，压得我好苦！
是谁以多事的手给我把头发卷成这样，
并细心地把发卷优美地堆在额前？"（第一幕第三场）

风好像通过一条无形的小路，无时无刻不把田野吹遍，我觉得风是贡布雷独有的神仙。每年，我们一到贡布雷，为了切实感受一下我确已身临其地，我总要登高去寻觅风的足迹。它在犁沟里跑着，叫我跟在后面追赶，在梅塞格利丝那边，在那片鼓鼓溜溜的、几十里都不见沟壑的平原上，风总在人们的身边吹拂。我听说斯万小姐经常去朗市住几天，虽然离这儿有几十里之遥，由于中间没有阻隔，距离也就相对地缩短了。炎热的下午，我看到那同一股轻风从极目处吹来，把远方的麦梢压弯，然后像起伏的波浪驰遍寥廓的田野，接着它暖暖乎乎地、悄声细语地伏到我脚下的野草丛中。我与她共有的这一片平原仿佛使我们更接近，把我们联结在一起。我当时想，这股轻风曾从她的身边吹过，风的悄声细语传来了她的某些消息，只是我听不懂罢了。所以，风吹拂过我的跟前时我拥抱了它。左边有一个村庄，叫尚比欧村（本堂神甫称它为 Campus Pagani——异教庄）。右边，在一片麦田的上面，遥遥可见圣安德烈教堂的两座钟楼，雕琢得很精致，颇有乡土风味，它们也跟麦穗似的，尖尖翘翘，瓦片蜂窝般地一格格紧扣成行，像正在变黄的麦粒。

苹果树的树叶，长得与其他果树不同，一般人不会认错；在绿叶的衬托下，枝头间距对称地绽开一团团宽瓣的、白缎般发亮的花朵，或者半悬着一簇簇羞红的、欲开还闭的蓓蕾。在梅塞格利丝那边，我第一次注意到苹果树在阳光明媚的大地留下圆圆的树荫，夕阳在树叶下面斜投下一丝丝金线；我看到父亲用手杖截断那丝丝金线，而它们却宁折不弯。

有时，下午的天空中出现苍白的月亮，像一朵白云在悄悄地运行，没有光泽，好比没有登台的女演员，穿着平时的服装，不事声张地悄悄坐在剧场里看看同行的演出，但愿不引人注意。我喜欢在画上、在书中见到月亮的形象，但是当年我所欣赏的那些艺术作品，与今天我觉得把月亮描绘得很美、甚至都认不出那是月亮的艺术作品，有多大的不同呀——至少在早年，在布洛克打开我的眼界，使我的思维更倾向于纤细的和谐之前是这样的。那些作品，例如森蒂纳的某部小说，格莱尔的某幅风景画，把月亮描绘成清晰地悬挂在天空的一弯银镰。诸如此类的作品同我自己心目中的印象一样地稚拙粗俗，我外祖母的两位妹妹见到我喜欢这类作品就很生气。她们认为，给孩子们看的作品，孩子们看后由衷地表现出欣赏趣味的作品，应该是一个人成年之后仍叹赏不已的作品。在他们的心目中美学价值一定是同具体的物质一样，眼睛一看便能感受到它的存在，不必在内心经过一些等价物的耳濡目染，慢慢酝酿成熟。

凡德伊先生在蒙舒凡的住宅，面临一潭深涧、背靠灌木丛生的山坡，就在去梅塞格利丝那边的路上。所以，我们常在散步时遇到他的女儿驾驶一辆轻便货车飞快地从我们身边驰过。近年来，我们见她已不再独来独往，总有一位年纪比她大的女友陪伴着她，那人在这一带名声不好，后来搬到蒙舒凡定居。大家都说："凡德伊先生准是被那女人的甜言蜜语迷住了心窍，才听不到人家背后的议论。他平时听到一句不得体的话都会面红耳赤的，如今居然允许自己的女儿跟那样的女人在家里出出进进，还说那女人不平凡，感情丰富，在音乐方面更有不同寻常的才情，可惜她过去没有得到发挥。他可能明明知道那女人并不关心他女儿的音乐修养，而是教唆她干别的事。"凡德伊先生倒真是这么说过；事实上，一个人凡同谁有过肉体上的关系，总能使那个人的亲属对他（或她）的精神品质产生由衷的钦佩。肉体之爱尽管受到那样不公正的诋毁，却能迫使每一个落入情网的人把内心的善良和献身精神表现得淋漓尽致，让他（或她）的亲朋好友感到光彩夺目。贝斯比埃大夫多亏他那副大脑门和那两条浓眉，可以随心所欲地扮演坏蛋，但他的模样却根本不像，所以不会有损于他作为大好人的不可动摇、但名不副实的声誉。他用粗鲁的语气说了下面这番话，巧妙地把本堂神甫和大伙儿逗得笑出了眼泪："敢情！据说这娘儿们跟她的朋友凡德伊小姐在搞音乐。看来真让您感到意外。我反正不知底细。昨天，那个当爸爸的还跟我这么说呢。怎么说，那丫头爱好音乐没错，我不赞成压抑孩子的艺术天分。显然，凡德伊也不赞成，况且他自己还跟他女儿的女朋友一起玩音乐呢。哈！天晓得。他们家成了音乐窝了。你们笑什么呀？只是那帮人音乐玩得太过分。那天我在公墓附近遇到凡德伊老先生。他腿力不济，都站不稳了。”

那一阵，我们发觉凡德伊先生遇到熟人便躲避，只要远远瞅见熟人，他就绕道走开；几个月里他明显地老了许多，愁眉苦脸。凡跟他女儿的幸福没有直接关系的事，他一概无心过问；他经常整天整天徘徊在亡妻的坟前。显而易见，他内心痛苦得要死；谁都不难推测，他对于流言蜚语并非一无所闻。他全都知道，还甚至相信这是事实。对于一般人来说，无论他的德操有多么高洁，遇到纠缠不清的情况，也许只能安之若素地同他一向深恶痛绝的劣迹朝夕相处，因为他无法识破那些披着伪装的劣迹，因为它们都是以特殊的形式出现在他的眼前的，他感到难受，却又无法判定：例如，某天晚上，他耳闻一些莫名其妙的话，目睹一些难以理解的举动，而说这些话、作这些举动的人，偏偏是他有种种理由应予以爱怜的人。但是，要逆来顺受，处于一般人错误地认为唯独吉卜赛人才有的那种处境，对于像凡德伊先生这样的人来说，会比别人更感到痛苦得多。癖好是自然天性在孩子身上诱发出来的东西，有时甚至只需调和父母的德操，就像调和孩子眼睛的颜色那样，便能诱发出一种癖好来，而每当这种癖好需要必不可少的场合和起码的安全时，就会出现吉卜赛人那样的处境。不过，凡德伊先生或许对他女儿的行为有所了解，他对于女儿的宠爱却并不因此而稍减。事实钻不进我们的信念的领域，既不会产生信念，也不会摧毁信念；它们尽管持之以恒地驳斥我们的信念，却不能动摇我们人的信念；倘若谁家连续遭难，疾病灾祸不断降临，也决不会使这家人怀疑上帝的仁慈和医生的高明。但是，当凡德伊先生以一般人的观点从名声的角度，为自己和自己的女儿着想时，当他力图使自己同女儿一起跻身于受到普遍尊敬的人们的行列，他就不免有社会成见，同贡布雷最敌视他的居民所抱的成见毫无二致，他发觉自己已经同女儿一起沉沦到最为人不齿的末流，于是他的举止近来变得自卑、谦恭，见到谁都像从下贱之处仰慕高高在上的贵人（尽管有人过去比他卑下得多），而且他还表现出一种竭力高攀的倾向，这是一切落魄的人必然会有的一种机械反应。有一天我们正同斯万先生在贡布雷镇上的一条街上走着，从另一条街上出来的凡德伊先生猛不防同我们迎面遇上，他不及躲避，斯万先生便同他聊了好久。斯万先生是那种见过世面的上流人，言谈举止透出体恤下情的仁慈，他不仅能把自己的道德偏见统统消除，还能从别人蒙羞的处境中找到可以宽恕的理由。这种宽厚的表示，他自己比受惠者更感到难能可贵，从而他的自尊心得到极大的满足。过去，他从未同凡德伊先生交谈过，今天，他在向我们告辞之前居然问凡德伊先生，能不能让他的女儿去当松维尔玩玩。这样的邀请在两年前肯定会使凡德伊先生大为恼怒的，可是今天他却为之感激涕零，并由此而认为自己受之有愧，切不可不知深浅地接受。他觉得斯万先生对她女儿如此厚道，这本身就是对他的一种体面的、亲切的支持；他想或许不乘机利用为好，心领他的好意岂不更美吗？

“他多风雅啊。”斯万向我们告辞之后，他连声叹道，那口气就像伶俐漂亮的平民女子对一位公爵夫人的风度佩服得五体投地似的，尽管公爵夫人又丑又老，她却打心眼儿里仰慕。凡德伊先生也怀有同样的激动。“他多风雅啊！可惜他同一个门户不当的女人结了婚，真令人痛心！”

当时，最真挚的人言谈中也不免掺杂许多虚情假意，跟这个人说话的时候，总把对他的看法忘得一干二净，等他一走，又赶紧对他评头论足。我的长辈们同凡德伊先生一起惋惜斯万的婚姻不当，说它背离原则，不合规矩（他们甚至同凡德伊先生一起提到了那些原则和规矩，以表示他们跟他一样，都是规矩人），显然，言下之意，认为凡德伊先生家倒从没有类似的越轨行径。凡德伊先生没有让他女儿上斯万家去玩。倒是斯万先生因此而感到遗憾，因为，每当他遇到凡德伊先生，临分手时总要问问某一位也姓凡德伊的人的近况，他认为那人准是凡德伊先生的本家。临了，他还总不忘记问一句要紧话：什么时候凡德伊先生准备带他的千金光临当松维尔？

由于去梅塞格利丝那边散步是我们到贡布雷镇外散步的两条路线中较短的一条路线，所以我们总在天气变化不定的日子才去，于是梅塞格利丝那边的天气经常是潮湿的，而我们的眼光也始终盯住鲁森维尔森林中的那片空地；森林里枝繁叶茂，必要时我们可以去避雨。

经常是太阳藏在一片云彩的后面，云彩使太阳的脸庞改变模样，太阳又把云彩的边缘抹上黄色。田野虽依然明亮，但没有光彩，草木生灵似乎都悬在半空，鲁森维尔那边的小村落在天边精致而细密地刻下一幅鳞次栉比的白色屋脊的浮雕。一阵轻风惊起一只乌鸦，它扑扑地飞到远处又重新落下，远处白垩垩的天空把树林衬托得更加清幽，像老式房子里点缀炉壁的釉砖，蓝得发亮。

有时候，眼镜铺橱窗里的晴雨表所预告的那场雨终于开始落下，雨点像列队飞翔的候鸟，密集成行地自天而降。它们彼此紧挨着，在迅速的飞驰中，没有一滴离队，每一滴雨水都不仅各守其位，还带动着后面的雨点紧紧地跟上，天色顿时像飞过一群春燕似的暗了下来。我们跑到林中去避雨。阵雨过后，偶尔还掉下几滴懒洋洋慢吞吞的雨点，我们也顾不得了，只管走出树林，因为那种雨点只在树叶间嬉戏。地上几乎已经干了，而树上倒还有不止一点两点在叶脉间追逐，或者挂在叶尖休息，迎着阳光闪烁，冷不防地从它停歇的枝头落下，滴到我们的脸上。

我们还经常慌慌张张地跑到圣安德烈教堂的门廊下同圣徒和长老们的石雕塑像在一起避雨。那座教堂的法国风味多浓烈呀！门上的圣徒、国王、骑士，各人手执一枝百合花，或参加婚典，或出席葬礼，都惟妙惟肖地表现出在弗朗索瓦丝心目中他们所应有的那种神情。当年的雕塑师还刻画了亚里士多德和维吉尔作品中的故事场面，但是，手法上却与弗朗索瓦丝在厨房里随口提到圣路易往事的语气相仿,听她的语气好似她本人认识圣路易,对他的为人了如指掌,而且一般来说,提到他总是为了把他跟我的外祖父母作对比,照她看,我的外祖父母不如圣路易"公正"。我们可以感觉到,中世纪的石雕艺术家和中世纪的这位(一直活到十九世纪为我们掌勺烹调)女农民对于古代历史或基督教历史的概念,显然都既不准确又朴实单纯,他们的历史知识不是从书本中得来的,而是直接来自古老的、在口头代代相传、世世接续的传说,原先的模样虽说已经难以辨认,但它始终具有活跃的生命力。我从中认出另一位贡布雷的人物,他也在圣安德烈教堂的哥特时代的雕塑群像中得到了预示,那就是加米杂货铺的小伙计,年轻的戴奥多尔。弗朗索瓦丝居然也感到他是本乡本土、古道热肠的牢靠人,所以,当我的莱奥妮姨妈病情加重,弗朗索瓦丝单独一人已无法帮她翻身,抱她坐到靠椅上去的时候,她宁可去叫戴奥多尔帮忙,也决不让帮厨女工上楼去"讨好"我的姨妈。而那位平日被人们公正地看做捣蛋鬼的小伙子,内心却充满了圣安德烈教堂浮雕里的精神,尤其是充满了弗朗索瓦丝认为对"可怜的病人"、对她的"可怜的女东家"应该怀有的那种敬爱之情。他把我的姨妈的头扶上枕头的时候,脸上的表情既天真又热忱,跟浮雕中手持蜡烛围绕在虚弱的圣母跟前的天使一样,仿佛那些灰秃秃的石雕的面容跟冬天的树木似的,不过暂时处于一种休眠状态而已,早晚会在像戴奥多尔那样既敬畏神尊又透出狡猾、红得好比熟透的苹果似的千百张老百姓的脸上重新焕发出奕奕的生气。有一位女圣徒的形象,已经不再像那些天使一样依附在石头上了,而是从门廊的群像中脱身而出;她的身材比真人高大,端立在一座石基上,仿佛站在一张板凳上免得双脚沾到潮湿的土地似的;她的面容丰满,结实的乳房鼓起了胸口的衣衫,像装在麻袋里的成熟的果实;狭窄的脑门,短小而淘气的鼻子,深陷的眼窝,活脱是一副当地农家女的健壮、粗犷而泼辣的模样。造型上的这种惟妙惟肖,给塑像精微入理地注入一种我原先没有期望看到的柔美的情致。经常有几位村姑也像我们一样前来避雨，她们的音容体态更佐证了塑像造型的准确，正如在石刻的枝叶旁边的缝隙里长出的野枝野叶，仿佛有意要跟雕塑作个对比，以使人认识到艺术作品刻画得多么逼真。在我们的正前方，鲁森维尔遥遥可见，那儿是一片乐土呢，还是遭到天罚的罪恶之地？反正我从来没有进去过，有时我们这儿的雨已经停歇，鲁森维尔仍继续像《旧约》里说到的那个村子一样受到暴雨的惩罚，如注的雨水像一条条鞭子抽打着城里居民的房屋，有时它又得到了上帝的宽恕，重新露面的太阳把像祭台圣器上反光一样的长短不齐的金色光芒流苏般地垂到鲁森维尔的城头。

有几次天气坏得无以复加，我们只能回家或者索性闭门不出。无论哪边的田野都阴沉沉、湿漉漉的，远远望去直如茫茫大海，几幢孤零零的房屋依附在黑暗和雨水半淹的山坡上，像一条条收起船帆的小舟在泛光，一动不动地停泊在茫茫夜海中，下一场雨，甚至下一场狂风暴雨更有何妨！夏天，恶劣的天气不过是晴朗天气的一时的脾气，表面的阴沉掩盖不住潜在的、固有的晴朗；同冬天的不稳定的晴朗大不一样，夏天的晴朗则在地上扎了根，化作茂密的枝叶；雨水滴在枝叶上，并不能损害枝叶的欣欣向荣，整个夏季，晴朗的天气把它的淡紫色或白色的旌旗插遍村里的大街小巷，招摇在房舍和花园的墙头。我坐在小客厅里读书，等着吃晚饭，听到如注的雨水从花园里的醋栗树上滴下，我知道瓢泼大雨只是使树叶更滋润、更油亮，那些树就像是夏天的抵押品，整夜经受着雨淋，为的是确保晴朗天气的延续不断；我知道，尽管下雨，明天当松维尔的白色栅墙上，心形的丁香叶依然会茂密地摇摆不停；我遥遥见到贝尚街的那棵杨树在暴风雨中痛苦而绝望地挣扎，我并不感到忧伤；我听到滚滚的响雷在花园那头的丁香树丛中驰过，我也不因此而惆怅。

倘若大清早就阴雨不止，我的长辈们就放弃散步，那我也无法出门了。但是后来我习惯于单独一人到梅塞格利丝那边去散步。那年秋天，我们来到贡布雷奔丧，因为我的莱奥妮姨妈终于死了。她的死既证明了认为她所采用的疗法只会使她的健康每况愈下最终致死的说法言之有理，也证明了始终认为她害的不是臆症而是器质性病变的观点才是真知灼见；她这一死，原来的怀疑论者才不得不在事实面前认输。她的死只引起一个人的巨大的悲痛，这个人偏偏是没有文化的粗人。在我的姨妈病重不起的最后十五天中，弗朗索瓦丝日夜守护在她的身边，她不脱衣睡觉，也不让任何人去帮忙照料，直到姨妈下葬，她才与她分手。原来姨妈对弗朗索瓦丝疾言厉色，怀疑她居心叵测，对她常发脾气，使弗朗索瓦丝成天提心吊胆，过去我们以为她对姨妈一定暗怀恨心，此刻我们才知道，她怕姨妈其实是敬畏，是爱慕。那是她的真正的女主人，她在世时，尽打让人无法预料的主意，施让人难以抵挡的花招，但她天生的慈悲心肠，容易动情。如今，这样的女王，这样神秘莫测、至高无上的君主离开了人世，同她相比，我们在弗朗索瓦丝的心目中太渺小了。这以后，我们虽年年到贡布雷去度假，但要过好些年我们在弗朗索瓦丝的心目中才赢得我的姨妈当年享有的威望。那年秋天，我的父母忙于办手续、同公证人和佃户们交谈，很少有空外出；况且偶尔有空，天公又往往不作美，所以就常常让我独自到梅塞格利丝那边去散步。为了挡雨，我披上一件苏格兰大氅，我有意把它搭在肩上，因为我感到弗朗索瓦丝一见到苏格兰花呢上的方格子就会生气，我们无法跟她讲这样的道理，说衣裳的颜色同孝服没有关系，此外，我们对姨妈的死所表现出的悲伤，她也感到不满，因为我们没有举办大规模的丧宴，我们提到姨妈时没有用一种特别的声调，而且我甚至于有时候嘴里还哼哼歌曲。我相信，倘若有哪一本书，根据《罗兰之歌》或者圣安德烈教堂里那些浮雕的场面，提出这类服丧的观点，我会跟弗朗索瓦丝一样，认为非常动听，而且欣然同感的。但是，弗朗索瓦丝就在我的左右，于是总有一个魔鬼唆使我故意气气她，我抓住一点借口，就跟她说：姨妈死了。我之所以难过，是因为她虽然有些可笑之处，但毕竟是个好心肠的人，并不是因为她是我的姨妈；倘若她虽是我的姨妈，但我觉得她很讨厌，那么她死了我也决不会难过——这样的话，如果出现在哪本书里，连我也会觉得大逆不道的。

如果那时弗朗索瓦丝像诗人一样，对于悲痛，对于家庭的悼念，只有一种流动不定的、模糊的意识，对我的那套理论无从对答，只是说："我也说不清楚。"那我倒会无愧于贝斯比埃大夫的指教，通情达理地对她的自认无知，狠狠地挖苦几句，自鸣得意一番。倘若她又说："她毕竟跟您沾亲带故，对亲友总还得尊敬才是。"那么我会耸耸肩膀，独自咕哝一句："我真是好心到家了，跟这样信口雌黄的文盲白费口舌。"就这样，我采取一般人的狭隘观点来判断弗朗索瓦丝的优劣，扮演了那些最鄙视片面思想的君子在生活中遇到婆婆妈妈的场面时最可能扮演的角色。

那年秋天，我觉得散步特别开心，因为我总是读了好几个钟头的书之后才出去散步的。整整一上午，我坐在大厅里读书，读得感到累了，我就把苏格兰大氅往肩上一披，出门散步去。我的身子经过长时间的静止，积累了充沛的活力，需要像被撒出手的陀螺一样，在转悠中消耗积聚的能量。房舍的外墙，当松维尔的花篱，鲁森维尔森林中的树木，蒙舒凡背后的灌木丛，都受到我的雨伞或手杖的抽打，都听到我的欢快的喊叫。这些喊叫，只是一些模糊的感触，还没有在光明中找到归宿，它们等不及得到缓慢而困难的澄清，宁可找一条立即宣泄的捷径。我们对内心的感情所作的所谓的表白，其实大多不过使我们借以解脱，让我们的感受以一种模糊的形式从我们的内心释放出来，而模糊的形式根本不能使我们认识到感受的真谛。当我试图总结一下我在梅塞格利丝那边究竟有何所得，我从意外的景色或者起码引起我感奋的原因中间究竟得到多少细小的新发现时，我不禁想起那年秋天，我散步走到蒙舒凡身后那片灌木丛生的山坡附近，第一次惊讶地发现我们的印象和我们习惯的表白之间有多不协调。我兴高采烈地同风雨搏斗了一个小时之后，来到了蒙舒凡池边一座瓦片覆顶的小屋前,那是凡德伊先生家的园丁放置园艺工具的小屋。太阳又重新露头,它的金色的光辉经过暴雨的洗涤,鲜亮地闪耀在天边,闪耀在枝头、小屋的墙上,以及依然湿润的瓦片和屋脊上。一只母鸡在屋脊上漫步。吹拂而过的风把生长在墙缝里的野草一片片拉平,母鸡身上的羽毛也全都竖立起来,像一簇没有感觉的、轻飘飘的东西似的,听凭来风直吹到羽毛的根部。阳光又使池水像镜子一样反照出池边的景物,小屋的屋顶在水面上形成一块桃红色的斑纹,过去我还从来不曾注意到有这样一块斑纹。我发现水面和墙面泛起苍白的微笑,同天空的微笑遥相呼应;我不禁激动万分,举起我已经收好的雨伞,啧啧地叫好。同时,我感到我不应该只限于叫出含义不清的啧啧声,而应该把我欣喜的根由弄明白。

也是在那一次,我才知道同样的激动并不同时以预定的顺序在每一个人身上产生。这得多谢一位路过的农民,当时他脸色已经不很痛快,我手舞足蹈,差一点把雨伞打到他的脸上,他的脸色就更阴沉了。我高兴地说:“好天气,是不是,出来走走真痛快。”他的反应却很冷淡。后来,每当我看了半天书,有兴致想找人聊聊的时候,我所盼望同我聊聊的朋友总是谈兴已过,但愿别人让他安心看书。倘若我孝心勃发,想到我的父母,并决定做点最能博得他们欢心的事,他们总偏偏在那个时候指责我早已忘记的一件过错,他们偏偏赶在我打算扑上去吻他们的当口对我横加训斥。

有时候,除了孤独给予我的激动外,还有另一种我无法判明的兴奋心情,那是由一种欲望引起的,我盼望眼前突然出现一位农家女子,好让我拥进怀里。在许多完全不同的思绪中间,突然萌生这样的念头,而且我都来不及确切地弄清它的来龙去脉,只觉得随之而来的快感不过是一切思绪所给予我的快感的一种升华。那时我所想到的一切——覆盖着瓦片的屋顶在水面上形成的桃红色的倒影,墙缝里的野草,我早就想去看看的鲁森维尔的村落,森林里的树木,教堂的钟楼,都由于我内心感受到那种新的激荡而具有进一步的价值,因为我认为正是这一切激起了我快感的升华，它像一股强劲的、神秘莫测的顺风，鼓满了我的风帆，仿佛要把我更快地送进这一切的怀抱。但是，盼望有姑娘出现的念头对于我来说固然给妖娆的自然增添某种回肠荡气的魅力，反之，大自然的魅力也让少女过于局限的妩媚得到了扩展。仿佛树木的婀娜也体现了姑娘的美，仿佛远眺所见的自然风光、鲁森维尔的村落、我那年所读过的书，都各有自己的精魂，而那精魂要由姑娘的一吻来传递给我似的，我的想象一经触及我的肉体感受，便取得了蓬勃的活力，它像电流传遍我想象所及的每一个角落，于是我的欲望再也没有局限了。在大自然的怀抱中浮想联翩时经常有这种情况，那时习惯的作用暂时中断，我们对事物的抽象概念也都被抛到一边，我们由衷地相信我们所在的那个地方，生命别具一格，自有它独特的个性，所以，我的欲望所召唤的姑娘对我来说并不是这类人物的一般典型，并不只是女性，而是这片土地的必然的、自然的产物。因为，在那时，凡身外之物，无论大地还是生灵，我都觉得格外可贵、格外重要，具有格外真实的生气；它们在成人的心目中就没有这么可贵、这么真实。而大地呀，生灵呀，那时与我紧紧相连。我想要见到梅塞格利丝或鲁森维尔的农家女，想要见到巴尔贝克的渔家女，正同我想见到梅塞格利丝的风光、巴尔贝克的景物一样。如果我随心所欲地改变她们所处的环境，那么她们可能给予我的愉快就会变得不那么真实，我甚至会对这种愉快失去信任。在巴黎结识一位巴尔贝克的渔家女或一位梅塞格利丝的农家女，简直就像得到我在海滩上从未见过的贝壳，收下一簇我在树林里没有遇到的蕨草，等于把环境给予我的愉快从她给予我的愉快中剔除，然而我想象中的她是被自然美景所簇拥的。倘若我在鲁森维尔的森林中徜徉，却碰不到一位可以拥抱的农家姑娘，那就无法认识森林隐秘的宝藏，无法认识它深层的美。我想象中只见那位姑娘周身披满树叶的投影，她在我的心目中本身就是一株当地生长的植物，只是在品位上比其他植物更高级，她的结构可以使我更深入地领略到当地的气息。我之所以那么轻易地认准这一点（而且相信她为了使我体会更深而给予我的爱抚也是别具一格的，除了她之外，别的姑娘不可能让我体会到那样的愉快），因为我在很长的一段时期内还很幼稚，还没有把赢得各种女人的心、从不同的女人那里得到的愉快加以抽象，还没有把这种愉快概括成一个普遍适用的概念：把不同的女人只看做取得同一愉快的工具，彼此可以任意变换。可是当时，我思想中的这种愉快甚至不是孤立地、与其他事物无关地、自成一格地存在着的，既没有为追求女人而追求的目的，也没有事先感到心乱如麻之类的经验。好似一想到它就能唾手可得；把它称作愉快倒不如称作姑娘的魅力更妥帖；因为我考虑的不是自己，而是如何超脱自己。这种暗自期待的、内在的、隐秘的快感，只在某些时候达到高潮，那就是当我们身旁的哪位姑娘含情脉脉地看着我们，吻我们，引起了我们另外的愉快的时候，那种愉快在我们的感觉中，尤其像一种感激涕零的冲动，感激她的由衷的善意，感激她对我们令人心醉的惠顾；我们把这种善意、这种青睐比作恩典，比作使我们得到满足的幸福。

唉！我枉然地恳求鲁森维尔的塔楼，就像请求我唯一的知心朋友似的，请它让村里的姑娘到我的身边来，因为我在贡布雷家中楼上那间充满菖蒲花芳香的房间内，在那扇半掩半启的格子窗中间，只见到那座钟楼的耆影，我把最初在我内心萌动的种种欲念，都告诉了它；我本像探险的旅行家或者绝望得要自杀的人一样，在做出壮烈举动之前不免踌躇再三，而终于心灰意懒，想从自身中另辟蹊径，却又自以为面临山穷水尽的绝境；忽然，我发现，除了垂到我眼前的那株野生的黑加仑树的枝叶外，还有这样一条像蜗牛行迹似的大自然的脚印。而现在我哀求它，它却不予理睬。我白白地把我眼前的一大片田野盯住不放，我用我的眼光挤压这片田野，想从中挤出一位姑娘来，结果枉费精神。我虽然可以一直走到圣安德烈教堂的门廊下去碰运气，但是我从来只有跟外祖父一起去的时候，才能有把握地遇到农家姑娘，而那时又无法跟她交谈。我心神不定地盯住远方一棵树的树干，盼望从树后走出一位姑娘来，被我目光搜索的远方却始终不见人迹。天色渐暗，我无望地把注意力紧紧地贴住这片贫瘠的土壤，这片枯竭的大地，仿佛要从中吸出可能隐藏着的生灵；我不再兴高采烈、而是恼恨万分地敲打着鲁森维尔森林里的树木，从这些树木间不会走出什么活人来了，仿佛它们只是画在一片环形画布上的形象。我虽然不愿意在没有拥抱到我那么盼望拥抱的姑娘之前就甘心回家，但我毕竟不得不返回贡布雷；我无可奈何地认识到，半路上意外邂逅的可能性是微乎其微的。再说，即使半路上遇到她，我敢同她攀谈吗？我想，她或许会把我当做疯子；我不再相信我在那几次散步中所产生的不现实的欲念会得到别人的共鸣，不再相信这样的欲念在我的内心之外仍是真实的。我只觉得这是我的气质的产物，是纯主观的、无能的、幻觉的创造。这些欲念与大自然、与现实没有任何联系，于是现实失去了它的一切魅力和意蕴，只成了我的实际生活的一个沿袭的框架，正等于坐在车厢里的旅客为了消磨时间看一本小说，车厢就是那本小说的幻想世界的框架。

几年之后我在蒙舒凡附近所产生的印象或许也是这样的，那时印象还很模糊，隔了很远我才猛然想到施虐狂这个概念。最终你会看到，这个印象对我一生起到至关重要的作用，虽然出自别的理由。那一天，天气很热，我的长辈们有事出门，白天回不来，就对我说，我愿多晚回家随我的便。我一直走到蒙舒凡的池塘边，我爱看池水中屋顶的倒影，我躺在以前我父亲拜访凡德伊先生时我在外边等他的那片灌木丛生的山坡上，居然睡着了。等我醒来，天几乎黑了。我正打算爬起来，这时，我看到了凡德伊小姐（至少我当时认为自己认出是她，因为我在贡布雷难得见到她，而且当初她还是个孩子，那时她已经开始长成一位少女了），她准是刚回家，离我才几厘米远，就在我的眼前，就在她父亲曾经接待过我的父亲、她用来当做自己的小客厅的那个房间里。窗户半掩着，房间里已经亮灯，我能看到她的一举一动，她却看不到我；但是我倘若踩响灌木丛的枯枝，她会听到声响，以为我有意躲在那里偷看她呢。

她穿着孝服，因为她的父亲刚去世不久。我们没有去看她，我的母亲出于一种美德才不愿意去看她，对于母亲来说也只有这种美德才能限制她善良的宽宏，那就是廉耻心；不过她还是打心眼儿里可怜凡德伊小姐的。我的母亲念念不忘凡德伊先生凄凉的晚年，他对女儿既像母亲又像女佣那样照顾得无微不至，他的余生，先是为女儿操心，后来又陷入女儿给他引起的痛苦之中；老人在最后几年中满脸愁苦的情状，我的母亲一直历历在目；她知道，凡德伊先生放弃了把自己最后几首作品完整地记在乐谱上的计划，那些虽只是一位钢琴老教师、乡村教堂的管风琴演奏师的惨淡经营之作，本身想必没有多大价值，但我们并不小看它们，因为这些作品对于他来说意义重大，在他为女儿作出牺牲之前，它们曾是他苟活人世的理由，其中大部分甚至连音符都没有记下，只保留在他的脑海中，有一部分则分散地记在一些零碎的纸片上，笔迹不清，肯定要失传了。我的母亲还想到凡德伊先生无可奈何地放弃的另一件事，那就更惨不忍言：他不得不放弃对女儿日后取得既正派又受人尊敬的幸福前程的期望；这件事最伤透我的姨祖母们以前的这位钢琴老师的心，我的母亲一想到事情的来龙去脉，总不免扼腕叹息，她想凡德伊小姐一定也恨恨不已，当然苦涩之情完全不同，凡德伊小姐的伤悼中应夹杂着悔恨，因为她的父亲几乎是被她害死的。“凡德伊先生怪惨的，”我的母亲说，“他为女儿活着，也为女儿而死，却没有得到应有的报答。既然死了，他还能得到什么报答？怎么报答法？只有他的女儿才能报答他的恩情。”

在凡德伊小姐的客厅靠里面那一头的壁炉架上，放着一帧她父亲的遗像。她一听到大路上传来辚辚的车马声，就赶紧过去把遗像拿过来，然后坐到长沙发上，拉过一张小茶几，把遗像放在上面，那情景跟当年凡德伊先生把他想演奏给我的父母听的曲谱放到自己的手边一样。不一会儿，凡德伊小姐的女朋友走进客厅，她打了个招呼，却没有起身，两只手还枕在脑后，而且把身子往沙发的另一头移了一移，仿佛给来客腾出地方坐似的。但是她立刻意识到她似乎应该对来客采取一种也许她自己认为是多余的态度。她想她的朋友可能更愿意坐得离她远些，她感到自己有失检点，敏感的心灵于是警觉起来；她又躺靠在整张沙发上，闭上眼睛，连打哈欠，表示她之所以躺下只是因为她想睡觉了。虽然在她跟那位女朋友的关系中不加掩饰的亲热占了上风，但是我发觉她的言谈举止，仍带有她父亲讲究繁文缛节、闪烁其词的特征；她经常欲言又止，突然拘谨起来。她刚闭上眼睛，又立刻起身，假装想去关窗，偏偏又关不上。

"让它开着吧，我热。"她的女友说。

"开着多别扭啊，人家会看见咱们的。"凡德伊小姐回答说。

她一定猜到她的朋友会怎么想；她的朋友知道她这么说无非是有意逗她接话，说些她想听的话，但出于谨慎她又不便挑明，而是要对方主动地说出来。所以，当她急急忙忙地补充下面这句话的时候，她的眼神一定出现了当年我的外祖母特别赏识的表情，不过当时我还分辨不出来罢了。她急忙补充的话是：

"我说看见咱们，意思是看见咱们读书学习，想到人家的眼睛在瞅着咱们，咱们干什么他都看得一清二楚，这有多别扭呀。"

她本性宽厚，更出于一种不自觉的礼貌，她没有把事先考虑好的话说出口，虽然她认为这些话是圆满实现自己愿望必不可少的。在她的内心深处，任何时候都有一位羞怯而恳切的处女，在哀求一个占了上风的粗鲁的兵痞子不要对她无礼，不要逼近她。

"对了，这么晚了，在这样人头挤挤的乡下，倒真会有人看咱们的，"她的女友挖苦道，"看见又怎么样！"她接着说（同时她认为在好心地说出这番话时有必要狡猾地挤挤眼睛，就好比在读一篇她明明知道凡德伊小姐爱听的文章，她偏要拿腔作调，读得玩世不恭），"谁爱看谁就看好了，这不更好吗？"

凡德伊小姐哆嗦了一下，站起来。她那既拘谨又多情的心眼儿不知道该由衷地说些什么话才符合她七情六欲所需要的宣泄。她尽可能地超越自己真正的天性，找些风骚姑娘才说得出口的话来，她真巴望自己是这样的人；可是她自以为说得很自然的话到她嘴边却显得虚假不堪。她敢于说出口的那几句话，口气倒不小，其实很牵强，一向腼腆的习惯使她仅有的一点儿泼辣也无从发挥。只听她讷讷说道："你既不冷，也不太热，你不愿意一个人待着读什么书吧？"

"我觉得小姐，您今天晚上有点儿春心荡漾。"她终于这样说道，大概是重复她曾经从她的女友口中听到过的一句话。

凡德伊小姐感到她的女友在她的乔其纱胸衣的叉口处吻了一下；她像挨到什么东西刺了一下似的轻叫一声，便闪开了。于是两人跳着蹦着地追逐起来，宽大的袖子像翅膀一样在扇动；她们叽叽格格笑得像两只调情的小鸟。后来凡德伊小姐终于倒进沙发，她的女友立刻压在她身上，但是这位女朋友有意把背部扭向放着已故钢琴教师肖像的那张小桌。凡德伊小姐心中有数，除非她提请注意，否则她的女友是决不会理会那帧肖像的。所以她装做刚刚发觉似的对她的女友说：

"啊！我父亲的肖像在看着咱们呢！不知道谁又把它放在小桌上了。我说过多少遍，那儿不是放照片的地方。"

我记得当年凡德伊先生关于琴谱也对我的父亲说过同样的话。那帧肖像一定习惯于被她们当做亵渎仪式的工具，因为那位女友的答话看来就是这类仪式的唱和，她说：

"让它待着吧！反正他不能再讨咱们的嫌了。你以为那老东西看到你在这儿，看到窗户敞着，还会哭哭啼啼地来给你披上外衣吗？"

凡德伊小姐答道："得了，得了。"这句稍有谴责之意的答话倒证明了她天性的宽厚，她这么说并不是因为人家用那种口吻谈论她的父亲，她听了生气（显然，不知出于什么奇奇怪怪的逻辑，每逢这样的时候总有一种感情她是习惯于埋在心里而不予表露的），而是因为这么说等于给自己一个约束，她的女友在想方设法给她提供快乐，她为了不显得只顾自己就有意给自己来点约束。然而，这种对亵渎言行的温和的折衷，这种娇声娇气的假怪嗔，对于她坦诚的天性来说，显得特别卑鄙，简直像男盗女娼之流的甜言蜜语；她偏偏想精通这类无耻之道。但是，她无法抗拒快乐的诱惑；有人对她温柔备至，她感到由衷地高兴，偏偏这人对无力自卫的死者如此刻薄。她跳起来坐到她的女友的腿上，天真地把头伸过去给她吻，好像她是她的女儿似的；同时她心花怒放地感到，她们俩这下子要狠心到底，一起到凡德伊先生的坟墓里去盗走他的父爱了。女友捧住凡德伊小姐的脸庞，在额上吻了一下，吻得那样温顺，因为她对凡德伊小姐非常疼爱，她想给如今成了孤儿的少女的凄楚生涯增加一些消愁解忧的乐趣。

"你知道我想给这老怪物来点什么吗？"她拿起肖像说道。

她又凑到凡德伊小姐的耳边悄悄说了几句我听不到的话。

"哦！你不敢吧？"

"我不能啐？往这上面啐？"女友故意恶狠狠地说道。

下文我就听不到了。因为凡德伊小姐无精打采、笨手笨脚、慌慌忙忙、一本正经、愁眉苦脸地过来关上了百叶窗。我总算知道了生前为女儿吃尽种种苦头的凡德伊先生死后得到了女儿什么样的报答。

后来我倒曾经想过，即使凡德伊先生亲眼目睹方才的情景，他对自己女儿心地善良的信念也许照样不会丧失，甚至明明错了他还会坚信不移。当然，在凡德伊小姐日常的行为中，恶的表现极为彻底，一般人难以想象她怎么能坏到这种程度，简直跟施虐狂患者不相上下。让自己的女朋友朝生前一心爱她的父亲的遗像上啐唾沫，此情此景出现在大马路的剧院舞台上倒比出现在名副其实的乡间住宅里更合适。在生活中只有施虐狂才为情节剧提供美学根据。实际上除了施虐狂患者之外，一般姑娘纵然会像凡德伊小姐那样狠心不顾亡父的遗愿和在天之灵，但也不至于有意把自己的狠心概括成那样的一种行为，用那样浅近和直露的象征手法表现出来；在她们的行为中，大逆不道的表现总要隐蔽些，对别人遮掩，甚至自己也看不清楚，干了坏事自己并不承认。但是除了表现之外，在凡德伊小姐的心中至少一开始善恶并不混淆。像她那样的施虐狂都是作恶的艺术家；彻头彻尾的下流坯成不了这样的艺术家，因为对于他们来说恶不是外在的东西，而是天生的品性，同他们无法分离；他们决不会把品德、悼亡和孝顺父母之类看得神圣不可侵犯，所以当他们亵渎这类东西时也感觉不到大逆不道的痛快。而类似凡德伊小姐那样的施虐狂，则是一些单凭感情用事的人，生来就知廉耻，他们甚至对感官享受都视为堕落，当做只有坏人才能享受的特权。他们一旦在操行方面对自己作出让步，一旦放纵自己贪欢片刻，他们也总是尽量让自己和自己的对手钻进坏人的躯壳里去，甚至产生一时的幻觉，以为自己已经逃出拘谨而温顺的灵魂，闯进了一片纵欲的非人世界。我终于明白，凡德伊小姐一方面巴望如此，同时又发觉自己不可能得逞。她想让自己做得同父亲不一样的时候，她的言行偏偏使我想起她父亲的想法和说法。她所亵渎的东西，那夹在她与快乐之间妨碍她直接尝到甜头的东西，她偏要用来为自己取乐出力，这岂止是那帧照片，更是她自己同父亲酷肖的相貌，更是她父亲作为传家宝遗传给她的那双本来长在祖母脸上的蓝眼睛，更是她温文尔雅的举止；这些都在凡德伊小姐和她的劣迹之间横下了一套华丽的辞藻和一种与丑恶的行为格格不入的精神状态，使她认识不到自己的放荡同她平时奉行的许多待人接物的礼数有多大的距离。使她产生寻欢之念的，使她感到快活可心的，不是恶；在她的心目中，快乐倒不是好事。由于她每次纵情求欢所感到的快乐，始终与她贞洁的心灵平时所没有的一些坏思想形影相伴，从而她最终认为快乐之中存在某种邪魔，这种邪魔就是恶。也许凡德伊小姐觉得她的女友本质不坏，认为那些亵渎性语言并非发自她的内心。至少女友高兴吻她的脸，那脸上的微笑和眼神，也许全都是装的，却透露出邪恶的、下流的表情，一个心地善良、忍受痛苦的人决不会有那种表情，倒像生性残忍、贪图快乐的人才有的行状。可能她有过一闪之念，想象自己其实在寻开心，好比一位少女明明对有人野蛮地亵渎自己的亡父深感痛恨，却还在同如此丧尽天良的伙伴鬼混；也许她不至于认为恶是一片世上少有、不同寻常、异域情调的福地洞府，住到里面去有多么逍遥自在，可惜她不能在自己身上以及在别人身上发现对痛苦的麻木。有人故意制造痛苦，人们却对此无动于衷，称之为麻木也罢，称之为别的什么也罢，总之这是残忍的表现，是残忍的可怕的、持久的表现形式。

如果说去梅塞格利丝那边散步是十分轻而易举的事，那么去盖尔芒特家那边散步就另当别论了。因为路程长，先要打听着实天气如何。要去就得等到看上去将有一连几个大晴天的日子；就得等到为“可怜的庄稼”操心的弗朗索瓦丝眼看平静而蔚蓝的天上只飘过几丝白云，对下雨已感绝望，唉声叹气地大声说道：“那几片云像不像把尖嘴探出水面嬉闹的海狗？嗨！它们倒是为种田人着想着想，让老天爷下点雨呀！等麦子长起来之后，雨又要滴滴答答没完没了地下个不停了，它都不知道下在什么上面，好像下在海里似的。”就得等到我的父亲从园丁和晴雨表那里一起得到同样的晴天预报；只有到那时，我们在吃晚饭的时候才会说：“明天倘若还是这样的好天，咱们就去盖尔芒特家那边散步。”第二天午饭吃罢之后，我们马上就走出花园的边门，踏进狭窄的、形成一个锐角的贝尚街。街上长满狗尾草，两三只黄蜂成天在草丛间采集标本，街面同街名一样古怪，我甚至觉得街道稀奇的特征和不近人情的个性全是由古怪的街名衍生而来的。在贡布雷镇，今天已无处寻觅这条街了，故道上盖起了学校。但是，正如维奥莱-勒迪克[1]门下的学生们认为在文艺复兴时期的祭廊里以及在十七世纪的祭坛下能重新找出罗马时期唱诗班的遗迹，从而把整座建筑恢复到十二世纪时的原貌那样，我的联翩的浮想同样也不让新建筑有片石留下，它在旧址上重新开凿出、并且“按原样恢复”了贝尚街，况且贝尚街有足够的资料供恢复参考，从事古建筑修缮的人一般还掌握不到这样精确的历史资料：我的记忆保存下来的有关我童年时代的贡布雷的一些印象，也许是它仅存的最后的印象了，现在虽还存在，却注定不久会磨灭；正因为这是我童年时代的贡布雷，在自行消失之前，把那些动人的印象刻画在我的心上，好比一幅肖像本身已湮没无闻，但根据它的原作临摹下来的东西却显赫地流传于世一样。我的外祖母就喜欢送我这类作品的复制件，例如早年根据《最后的晚餐》和让迪勒·贝里尼[2]原作刻制的版画，这些版画保留下了达·芬奇的壁画杰作和圣马克教堂的门楼至今已无处寻觅的原貌。

我们从鸟儿街上的古老的鸟儿客栈门前走过。十七世纪时，蒙邦西埃家、盖尔芒特家和蒙莫朗西家的公爵夫人们的轿车曾驶进客栈的大院，她们来到贡布雷，有时是为了解决与佃户的争端，有时是为了接受佃户的贡奉。我们走上林荫道，圣伊莱尔教堂的钟楼在树木间显现。我真想能在那儿坐上一整天，在悠扬的钟声中埋头读书；因为，天气那样晴朗，环境又那样清幽，当钟声响起来的时候，仿佛它不仅没有打断白天的平静，反而更减轻白日的烦扰，钟楼就像没有其他事情可干的闲人，只管既悠闲又精细地每到一定的时刻分秒不差地前来挤压饱和的寂静，把炎热缓慢地、

---

① 维奥莱-勒迪克（1814—1879）：法国大建筑师，曾负责修缮包括巴黎圣母院在内的许多中世纪建筑，他所编写的《十一至十六世纪法国建筑考据大全》及《文艺复兴以前的法国家具图录》两书，史料翔实，有极高的历史和艺术价值。

② 让迪勒·贝里尼（1429—1507）：意大利威尼斯画派中的贝里尼家族的第二代画师。法国卢浮宫藏有他所作的《基督受难图》等画品。

自然地积累在寂静之中的金色液汁，一点一滴地挤出来。

盖尔芒特家那边最动人的魅力在于维福纳河几乎始终在你的身边流淌。我们第一次过河是在离家十分钟之后，从一条被称作“老桥”的跳板上过去的。我们到达贡布雷的第二天，一般总是复活节，听罢布道，倘若赶上天气晴朗，我就跑来看看这条河。那天上午大家正为过复活节这样盛大节日而忙乱着，准备过节使用的富丽的用品使那些还没有收起来的日常器皿显得更加黯然失色。已由蓝天映得碧绿的河水在依然光秃秃的黑色田亩间流淌着，只有一群早来的杜鹃和几朵提前开放的报春花陪伴着它，偶尔有一茎紫堇噘起蓝色的小嘴，一任含在花盏中的香汁的重量把花茎压弯。走过“老桥”，是一条纤道，每逢夏天，有一棵核桃树的蓝色的枝叶覆盖成荫，树下有一位戴草帽的渔夫，扎下根似的稳坐在那里。在贡布雷，我知道钉马掌的铁匠或杂货铺伙计的个性是藏在教堂侍卫的号衣或唱诗班孩子的白色法衣中的。唯独这位渔夫，我始终没有发现他真正的身份，想必他认识我的长辈，因为我们经过时，他总要抬一抬他的草帽。我本想请教他的姓名，可是总有人比画着不让我出声，怕我惊动正待上钩的鱼。我们走上纤道，下面是几尺高的岸坡。对面的河岸矮，是一片片宽阔的草地，一直延伸到村子边，延伸到远处的火车站。那里到处有贡布雷昔日领主的城堡的残迹，半埋在杂草中。中世纪时维福纳河是贡布雷抵御盖尔芒特的贵族首领和马丁维尔的神甫们进犯的天堑。如今只剩下箭楼的断瓦残砖给草地留下几堆不甚显眼的土包而已，还有几截雉堞围墙，当年弓弩手从那里投射石弹，哨兵从那里监视诺甫篷、克莱尔丰丹、马丁维尔旱地、巴约免赋地等盖尔芒特家族管辖下一切属地的动静，它们当年把贡布雷夹在中间。昔日的属地早已夷为平地，在这里称王称霸的已是教会学校的孩子，他们到这里来学习功课或作课间游戏。几乎已经埋入地下的往事像散步的人中途纳凉似的躺在河边，却使我浮想联翩，使我觉得贡布雷的这个名字的内涵不仅指今日的小镇，还包括另一座完全不同的城池，它那半埋在金盏花下的不可思议的昔日风貌牢牢地攫住了我的思绪。这里的金盏花多得数不清，它们选择这片土地，在草上追逐嬉戏；它们有的孤然独立，有的成对成双，有的结伴成群；它们黄得像蛋黄，而且光泽照人，尤其因为我感到它们只能饱我以眼福，却无法飨我以口福，我便把观赏的快乐积聚在它们的金光闪烁的表面，终于使这种快乐变得相当强烈，足以产生出一些不求实惠的美感来。我自幼年时起就这样做了：我从纤道上向它们伸出双手，我还叫不全它们的名字，只觉得跟法国童话里的王子们的名字一样漂亮动听；它们也许是几百年前从亚洲迁来的，但早已在村子里落户定居；它们对清贫的环境很知足，喜欢这里的太阳和河岸，对于远眺所及的车站的不起眼的景色，它们也决无二心，同时它们还像我们某些古画那样在稚拙纯朴中保留着东方的诗意的光辉。

我兴致勃勃地观看顽童们放进维福纳河里用来装鱼的玻璃瓶。每只瓶里装满了河水，河水又把瓶子紧紧裹住；它们既是四壁透明得像是由一种凝固的清水做成的“容器”，同时又是沉进了一个更大的，由流动着的晶体做成的容器里的“内容”；它们在这里比在餐桌上更沁人心脾、更撩人欲念地体现出清凉的形象，因为在餐桌上，瓶水的清凉的形象始终只流溢在水和玻璃之间，我们的手不能在清淡的水中捕捉到清凉的形象，而我们的上腭也无法从凝固的玻璃中品尝到清凉的滋味。我打算以后再来时带上渔竿；我从野餐篮里面撕下了一块面包，把它搓成一团一团，扔进维福纳河，看来这足以在水中造成一种超饱和现象，因为河水立刻凝固了，在面包团四周无数细小的蝌蚪，凝聚成一个个椭圆形的小球，原先这些蝌蚪一定是散布在河水里的，肉眼看不到，但密度已达到结晶的临界线。

不久，维福纳河的水流被水生植物堵塞了。起初，河里先是长出几株孤零零的水草，例如有那样一支水浮莲，水流从它的身边流过，可怜它在水流中间，很少得到安宁；水流把它从这边的岸沿冲到那边的岸沿，它像一艘机动渡船一样，无休无止地往返在两岸之间。被推向岸边的水浮莲的株茎，舒展，伸长，绷紧，以至于达到张力的极限；飘到岸边以后，水流又把它往回拉，绿色的株茎又开始收拢，把可怜的植物重新引回到姑且称之为它出发的地点，可安生不了一秒钟，它又得被反复地带来带去。我一次又一次地在散步时见到它，它总是处于同样的境地，这使我想起某些神经质的人（我的外祖父把我的莱奥妮姨妈也算在其中），他们年复一年地让我们看到他们一成不变的古怪习惯，他们每次都声称要加以改变，但始终固守不爽。他们被卡进了不痛快和怪脾气的齿轮之中，纵然使尽气力也难以脱身，只能更加强齿轮的运转，使他们古怪的、劫数难逃的保守疗法像钟摆一样地往复不已。那株水浮莲也是如此，也像这样不幸的病人，他们反复不休、永无止境的古怪的痛苦曾引起但丁的好奇，倘若维吉尔没有大步走开，迫使他不得不快快赶上的话，但丁还会没完没了地要那些受到这种痛苦折磨的人亲自诉说自己的病情和病因的，正如这时我的父母已经走远，我得快快跟上一样。

但是，再往前去，水流渐缓，流经一座业主向公众开放的庄园；主人有偏爱浮莲水草之雅，以此装点庭院，在维福纳河水灌注的一片片池塘中，群莲争艳，真成了名实相符的赏莲园。这一带两岸树木葱茏，团团浓荫通常把水面映得碧绿，但有几次暴雨过后，黄昏分外恬静，归途中我发现河水蓝得透亮，近似淡紫，仿佛涂上了一层日本风格的彩釉。水面上疏疏落落地点缀着几朵像草莓一般光艳的红莲，花蕊红得发紫，花瓣边缘呈白色。远处的莲花较密，却显得苍白些，不那么光滑，比较粗糙，还有些皱皱巴巴，它们被无意的流水堆积成一团团颇有情趣的花球，真像是一场热闹的游乐会之后，人去园空，花彩带上的玫瑰零落漂浮在水面，一任流水载浮载沉。另有一处，仿佛专门腾出一角供普通的品种繁殖，那里呈现一派香芹的素雅的洁白和淡红，而稍往前看，一簇簇鲜花拥挤在一起，形成一块飘浮在水面的花坛，仿佛花园中的蝴蝶花，像一群真正的蝴蝶，把它们冰晶般透蓝的翅膀，停歇在这片水上花坛的透明的斜面上；说它是水上花坛，其实也是天上花坛，因为这花坛为花朵提供了一片颜色比花朵更富丽、更动人的"土壤"——水面；下午，它在浮生的花朵下像万花筒一般闪烁出其乐融融的、专注、静默和多变的光芒；黄昏，它像远方的港口，充满了夕阳的红晕和梦想，变幻无穷，同时又在色彩比较稳定的花朵的周围，始终与更深沉、更神秘、更飘忽不定的时光，与宇宙的无限取得和谐，在那时，它仿佛让这一切都化作了满天的彩霞。

流出花园之后，维福纳河又滔滔转急。有多少回，我见到一位船夫，放下了船桨仰面躺在船中，听凭小船随波飘荡，他的头枕在船板上，只见到天空在他的上面慢慢地飘移，他的脸上流露出预想幸福和安详的表情；我若能随心所欲地生活，我多想仿效他那样的豁达坦荡啊！

我们坐在岸边的菖蒲花丛中休息。在假日的天空，一朵闲云久久地徘徊。不时有一条闷得发慌的鲤鱼跃出水面，惴惴不安地透一口气。这正是野餐的时间。我们要在这儿呆好久才回家；在草地上吃点水果、面包、巧克力，圣伊莱尔教堂的钟声沿着地平线悠悠传来，声音虽弱，却依然浑厚而铿锵；它们从那么远的地方，穿透一层层的空气，却没有与空气混合，一道道声波的连续的颤动给钟声四周留下一条条棱纹，掠过花朵时发出阵阵共鸣，一直到达我们的脚边。

有时，在林木围绕的水边，我们见到一幢被称作别墅的房屋，孤零零地隐匿在幽僻的地方，只有墙脚下的河流与它相伴。一位少妇独立在窗内，显得若有所思；从她的华丽的面罩来看，她不像本地人。她大约是如俗话所说来这儿"隐身"的。窗外，她所能见到的只有拴在门外的一叶扁舟而已。这地方无人知道她的姓名，尤其是无人知道她曾经爱过但早已无法继续挂在心上的那位男子的姓名，她一定因此而感到既苦涩又高兴。她心不在焉地抬眼望望，先听到岸边的树后有行人经过，然后才看到行人的模样；她可能心中有数，他们以前不认识、将来也不会知道谁是负心人，他们过去对她毫无印象，将来也未必有再见到她的机会。一般人认为，她离群索居，是有意远离能见到心上人的地方，哪怕远远一瞥，她也尽量躲开，故而避到根本没见过那人的这里来。而有一次，我散步回家，经过她明知自己所爱的人决不会出现的那条路，我见到她无可奈何地摘下了自己长长的、华而不实的手套。

我们到盖尔芒特家那边散步，没有一次能走到维福纳河的源头；我经常想到源头去，在我的心目中，它简直是一种很抽象、意念很强的存在，倘若有人告诉我说，这源头就在本省，离贡布雷才多少多少公里，我一定会惊讶万分，其程度等于听人说地球上哪个确切的地点古时候曾是地狱的入口处。我们也从来没有能一直走到我非常想去的终点：盖尔芒特。我知道，那是领主盖尔芒特公爵和夫人的府邸；我知道他们是实际存在的真人，但是，一想到他们，我就时而把他们想象成壁毯上的人物，跟我们教堂里那幅名叫《爱丝苔尔受冕》的壁毯上的盖尔芒特伯爵夫人的形象一样；时而我把他们想象成色调变幻的人物，跟教堂彩色玻璃窗上的"坏家伙希尔贝"似的，我在取圣水的时候，他看上去是菜绿色的，等我在椅子上坐定之后，他又变成了青梅色；时而我把他们想象成完全不可捉摸，跟盖尔芒特家的远祖，热纳维耶夫·德·布拉邦特的形象一样——幻灯曾映照她的形象驰过我房内的帘幔，或者登上房内的天花板。总之，他们总裹着中世纪神秘的外衣，像受到夕阳的沐照似的，沉浸在"芒特"这两个音节所放射出来的橘黄色的光辉之中。但是，尽管如此，作为公爵和公爵夫人，他们在我的心目中毕竟实有其人，虽然他们与众不同，从另一方面来说，他们的公爵身份使他们的形象极度地膨胀，变得虚无缥缈，足以容纳下他们的爵号后面那个显赫世家的姓氏——盖尔芒特，容纳下"盖尔芒特家那边"所有的一切：明媚的阳光，维福纳河，河上的睡莲，岸边的大树，以及那么多晴朗的下午。我知道他们不仅有盖尔芒特公爵和公爵夫人的爵位，从十四世纪起，他们征服贡布雷的企图落空之后，便与大领主联姻，由此分封得到贡布雷的领主权，从而成为贡布雷最早的公民，也是唯独不在贡布雷定居的公民。他们兼任贡布雷伯爵，在他们的姓氏和身份中加进了贡布雷的地名，不用说，贡布雷所特有的那种离奇而虔诚的忧伤情调实际上也随之潜入他们的心中；他们是贡布雷市镇的主人，但是他们在镇上没有一所私宅，进入市镇他们大约只能呆在屋外，呆在街上，呆在天地之间，就像圣伊莱尔教堂彩绘玻璃窗上的那个坏家伙希尔贝，当我到加米杂货铺去买盐时，经过教堂的后身，抬头望去，却只能见到彩绘玻璃窗一片漆黑的反面。

后来还有过这样的事情：在盖尔芒特家那边，我有时经过几片潮湿的小庄园，几簇色泽无光的花朵伸出栏外。我驻足停步，自以为得到了一个可贵的概念，因为我觉得眼前仿佛是我自从读到一位心爱的作家有关描述之后便日夜向往的那片河网地带的一角。贝斯比埃大夫曾同我们讲到了盖尔芒特宫堡花园里的花和花园里蜿蜒密布的小溪，我一面听着，一面想到了那位作家所描述的河网地带，想到了那片纵横密布着潺潺流水的虚幻的地方，从而盖尔芒特在我的脑海中改变了形象，我把盖尔芒特同那片虚构的景象等同起来。我想入非非地仿佛觉得盖尔芒特夫人一时心血来潮，对我钟情，邀我去玩；她一整天都陪伴我钓鱼。黄昏时，她拉着我的手，我们从她的家臣们的小花园前走过，沿着低矮的围墙，她指点我看垂挂在墙头的一簇簇紫色和红色的花朵，并告诉我这些花的名称。她要我说出我刻意经营的那些诗篇的主题。这类梦提醒了我：既然我想有朝一日当名作家，现在就该明确打算写什么。但是，我一旦扪心自问，力求找到一个可以容纳无限的哲学意蕴的主题，我的思路便停止了运作，只觉得自己眼前一片空白；我感到自己缺乏天才，也许我的脑子有什么毛病妨碍才能的发挥。有时我指望父亲帮我理顺这一团乱麻。他很有办法，在当政者跟前很吃香，甚至可以让我们拒不照办被弗朗索瓦丝说成跟生死一样无法抗拒的官方法令。在我们居住的那个地段，唯独我们家把“整修墙面”的规定推迟一年执行；他还为萨士拉夫人的想进水利部门工作的儿子取得部长的特许，提前两个月通过会考——考生名单本来是按姓氏第一个字母的顺序排列的，经过特许的萨士拉夫人的儿子的名字竟然列入姓氏以 A 开头的考生名单，而不列入姓氏以 S 开头的考生名单。假如我生了重病，假如我遭到强盗绑架，我坚信我的父亲有通天的本领，能写一封连上帝都无法推却的介绍信，最终使我的重病，我的被绑架，都不过是虚惊一场。我会不慌不忙地等待着必将转危为安的时刻，得到解救或治愈。也许我的缺乏才能，我为自己将来的作品寻找主题的时候在我思想中所出现的那个黑洞，同样无非是一种不牢靠的幻觉，只要父亲出面干预，这种幻觉就会烟消云散；仿佛他早已同官方和上帝达成默契，同意让我成为当代第一流的作家。但是也有这样的时候，我的父母见我老是落在后面而为我着急，那时我的实际生活仿佛已不再是我的父亲着意创作的作品，不再是他可以任意改变的产物，相反，它似乎被包括进与我格格不入的现实，没有任何办法可以对抗那种现实，我在其中也没有一个同盟军，除那种现实之外，别无它物。那时我就觉得我活在世上与常人无异，像大家一样，我会老，会死，我只是没有写作天赋的庸人中的一员。所以，我灰心丧气，从此放弃文学，虽然布洛克一再鼓励我。这种内心的、直接的体验，这种思想的空虚感，比一切人们可能给予我的溢美之词更有力量，等于一个坏人听到人家夸奖他的每一桩善举，他也不免良心发现，悔恨自己的无行。

有一天，母亲对我说："既然你老是提到盖尔芒特夫人……贝斯比埃大夫四年前为她治过病，照料得特别精心，如今大夫的女儿要结婚了，她一定会到贡布雷来参加婚礼的。你可以在婚礼上见到她。"有关盖尔芒特夫人的事，我听得最多的是贝斯比埃大夫的介绍，他甚至还给我们看了一期画报，那上面刊载了一张她在莱翁王妃家举行的化装舞会上穿着奇装异服拍摄的照片。

在婚礼弥撒进行的当口，教堂侍卫移动了一下身子，使我突然看到坐在一间偏殿里的金黄色头发的贵妇人，她，鼻子大，一双蓝眼睛看起人来入骨三分，胸前蓬松的丝领结是浅紫色的，平整、簇新、光滑，鼻子边上有一颗小疱。她满脸通红，似乎很热，从那张脸上，我认出了与画报上那张照片相近的某些类似之处，虽然它已经像褪了颜色似的模糊不清，但是，就凭我在她脸上发现的特征，倘若我加以归纳的话，恰恰同贝斯比埃大夫在我面前描述的盖尔芒特夫人的特征完全一样：大鼻子、蓝眼睛；于是我心想：那位贵妇人跟盖尔芒特夫人长得很像；她坐着听弥撒的那个偏殿正是坏家伙希尔贝的偏殿，偏殿下已像蜂窝那样松散而发黄的古墓里，安息着布拉邦特古时世袭伯爵们的遗骸，我记得听人说过，那个偏殿是供盖尔芒特家的人到贡布雷来参加宗教仪式时专用的；而那一天，正巧是盖尔芒特夫人应该来的日子，在这个偏殿里只可能有一个女人同盖尔芒特夫人的照片相像，那就是她本人。我失望得很。失望在于我万万没有预料到她会是这样的；过去一想到盖尔芒特夫人，我总是用挂毯或彩色玻璃窗的色调在心中描绘她的形象，把她想象成另一世纪的模样，举止气派与活生生的人完全不同。我万万没有料到她会跟萨士拉夫人一样红光满面，打着浅紫色的领结，她的鹅蛋形的脸庞使我想起了我在家里经常见到过的一些人，我不禁顿生一丝稍纵即逝的疑惑：怀疑偏殿里的那位夫人从生成原则和分子构成上说也许同盖尔芒特夫人名实不符，她的体态完全不知道她头顶上的姓氏有多大的分量，恐怕与医生和商人的妻子属于同一类型。我惊讶地注视着她，脸上的表情等于在说："原来如此，盖尔芒特夫人也不过如此！"她的形象自然同多次出现在我的幻想中的盖尔芒特夫人的形象毫无关系，因为她不同于我抽象地幻想出来的模样，她只是在一刹那之前，在教堂里，第一次突然出现在我的眼前；她的性质完全不同，不能由我任意着色，不像我想象中的人那样听凭音节流溢出来的橘黄色浸透全身，而是实实在在的真人，她身上的一切，包括鼻子一角正在发炎的小疱，都证实了她从属于生命的法则，好比一出戏演得再热烈迷人，仙女的裙褶以及她手指的颤动都揭示出一位活生生的女演员的实际存在，虽然看戏的人一时疑幻疑真，不知道眼前所见是否只是灯光投下的幻影。

但同时，我努力给这个形象，给那只大鼻子和那双目光锐利的眼睛刻在我视野中的这个形象（也许正是那两样东西趁我还没有来得及想到眼前这位妇女可能就是盖尔芒特夫人的时候就出现在我的视野之内，并在上面刻下了第一道印记），给这个全新的、不可改变的形象粘贴上如下的说明："这位就是德·盖尔芒特夫人。"然而我却不能使这样的认识同形象妥帖地相合，它们像两只隔着空当的圆盘，始终转不到一起。可是，过去我经常梦见、如今又亲眼目睹确实存在于我心外的这位盖尔芒特夫人，对我的想象力仍施加进一步的威力；我的想象力同与它的期望完全不同的现实一经接触，先是麻木了一阵，后来又开始作出反应，对我说："盖尔芒特家早在查理大帝之前就声名显赫，对手下的属臣拥有生杀之权；盖尔芒特夫人是热纳维耶夫·德·布拉邦特的后代。她不认识、也不想认识这里的任何人。"

啊！人类的目光享有多么美妙的独立性啊！它由一根松散的、长长的、有弹性的绳子系在人的脸上，因而它能远离人的面孔独自去扫视！盖尔芒特夫人的身体端坐在掩埋着她家祖先们的偏殿内，她的目光却到处转悠，顺着一根根柱子往上张望，甚至像在正殿徘徊的一束阳光那样停留在我的身上，只是这束阳光似乎意识到我在接受它的抚摸。至于盖尔芒特夫人本人，却端坐不动，好比一位母亲，自己的孩子在一边胡作非为地淘气，跟她所不认识的人多嘴多舌地答腔，她却视而不见，所以我就没法知道她赞成不赞成自己的眼光，趁自己的心灵懒得动弹之际这样到处游逛。

然而我觉得要紧的是，在我把她看够以前她别走开，因为我记得多少年来我把见到她当做梦寐以求的一件大事，我的眼睛一见到她就再也离不开了，仿佛我每看一眼都能实实在在地把她的大鼻子、红腮帮以及足以说明她的脸庞特点的一切可贵的第一手资料，统统都贮存进我的记忆库里。当时在我脑海中凡与她有关的想法都使我感到她那张脸是美的——也许尤其是那种总不愿扫兴的愿望，是那种保存我们内心向往最美好事物的本能的表现，把她置于凡夫俗子之外，只凭草草看一眼，我最初有那么一瞬间曾把她同凡夫俗子混淆在一起，但毕竟眼前的她同我以前心目中的盖尔芒特夫人是一个人呀！偏偏当时有人在我周围悄悄议论："她比萨士拉夫人好看，也比凡德伊小姐强一些。"我听了很生气，言下之意好像她们能跟她相比似的。于是我的目光注视她的金黄色的头发，她的蓝眼睛和她的脖子，由此排除了可能使我想到别人容貌的一切特征，看着这幅有意画得不完全的速写稿，我不禁叫出声来："她多美呀！多雍容华贵！她准是盖尔芒特家的一位高傲的夫人，热纳维耶夫·德·布拉邦特的后代！"我当时的注意力全都集中在她的身上，简直把她孤立了起来，以至于今天我倘若回忆那天的婚礼，我再不记得其他参加婚礼的人的模样，只记得她以及那位教堂侍卫的情状，因为我问过教堂侍卫，那位夫人是不是盖尔芒特夫人；教堂侍卫给了我肯定的回答。说到她，我尤其历历在目的是她同大家一起鱼贯进入圣器室的情景。那一天刮着风，又时而来一阵大雨，炎热的、时有时无的太阳照亮了圣器室。盖尔芒特夫人同贡布雷的老百姓挤在一起，她连他们姓什么都不知道，但是他们的猥琐把她的崇高衬托得极其鲜明，以至于她不能不由衷地对他们怀有一种宽厚之心，而且她的既高雅又纯朴的举止，更使大家对她敬畏备至。一般人见到认识的人，目光中总故意地含有某种确切的含义；而她不能放出这样的目光，她只是让她的漫不经心的念头，化作她掩饰不住的粼粼蓝光，不断地流溢出来，她但愿这股光流，在流经那些小人物身边，并且随时都在触及那些小人物的时候，千万不要使他们感到局促不安，千万不要显得高傲冷淡。我至今犹历历在目的是，在浅紫的、蓬蓬松松的丝领结之上，她的眼睛流露出些许惊讶和略含羞涩的微笑；这微笑倒不是她有意给什么人看的，而是让每一个在场人都感觉到;那种气派就像一位女王谦逊地面对她的臣民,表现出她的爱民之心;这微笑落到了一直盯住她看的我的身上,她的目光蓝得好比透过“坏家伙希尔贝”那幅彩色玻璃窗射进屋来的阳光,它在做弥撒的时候停留在我的身上,我不禁想道:“她一定注意到我了。”我认准她喜欢我,她离开教堂后还会想到我的,甚至回到盖尔芒特以后她也许会为我而惆怅呢。我也立刻爱上了她,因为,若说一见钟情,有时候只须她像我想象中的斯万小姐的态度那样,对我们不屑一顾地瞅上一眼,我们心想这女人绝无可能倾心于我们,这些就足以使我们痴情相思了;但也有时,只须哪位女士像盖尔芒特夫人那样好心地瞧瞧我们,我们想她可以同我们两心相悦,这同样足以使我们魂牵梦萦。她的眼睛像一朵无法采撷的青莲色的长春花;我虽无法采撷,她却是馈赠给我的;已被一团乌云挡去半边的太阳,仍竭尽全力把光芒投射到广场上和圣器室,给为婚礼铺设的红地毯增添一种肉红色的质感,使羊毛地毯长出一片粉红色的绒毛,多了一层光亮的表皮;盖尔芒特夫人微笑着走在地毯上面,那种温柔、庄重、亲切的气氛,渗透了豪华而欢快的场面,类似歌剧《洛痕格林》①中的某些片段,类似卡帕契奥②的某几幅油画,同样使人认识到波特莱尔③为什么能用甜蜜这个形容词来形容铜管乐的声音。

从那天起,每当我去盖尔芒特家那边散步,我总比以前更为自己因缺乏文学禀赋,不得不断绝当大作家之念而痛心不已!我离开人群,独自在一旁遐思时,憾恨之情更使我苦楚难当,以致为了不再受这痛苦的折磨,我的理智索性采取有意止痛的办法,完全不去想诗歌、小说以及由于我才情寡薄而无从指望的诗一般的前程。于是,一个屋顶,反照在石头上的一

---

① 《洛痕格林》:瓦格纳的第一部突破传统形式的歌剧,1850年首演于魏玛,取材于德国传说:洛痕格林救出布拉邦特公主,并与她相爱、结婚,后又因出身问题,离开了她。

② 卡帕契奥(1455—1525):意大利画家,是上面提到过的让迪勒·贝里尼的学生。

③ 波特莱尔(1821—1867):法国诗人,《恶之华》的作者。

点阳光，一条小路的特殊气息，忽然脱离一切文学的思考，与任何东西都无联系地使我感到一个特殊的快乐，使我驻步流连；我暂停观赏的另一个原因是由于这一切事物仿佛在我所见不到的隐秘之中蕴藏着某种东西，它们请我去摘取，我却竭尽全力而无处觅得。因为我感到这东西蕴藏在它们的内部，所以我一动不动地呆立在那里，用眼睛看，用鼻子嗅，想用自己的思想，钻进这形象和这气息的内部去。倘若那时我必须赶上我的外祖父，继续往前走，那么我就闭上眼睛，想方设法回忆方才所见的情景。我专心致志地、一丝不苟地追忆那屋顶的形状，那石头的微妙的细节；也不知为什么，我总觉得它们仿佛饱满得要裂开似的，仿佛准备把它们掩盖下的东西统统都交给我。当然，虽说能使我重新萌生当作家和诗人的希望的不是这些印象，因为它们总是同某个既无思考价值又同任何抽象真理无涉的个别对象相联系，但它们至少给了我一种无由的快感，一种文思活跃的幻觉，从而排遣了我的苦恼，排遣了每当我想为写一部巨著寻找一种哲学主题时所自恨不已的无能感。然而那些印象以具体的形态、色彩和气味迫使我意识到严峻的责任：我必须努力找到隐蔽其中的东西。但是这任务太艰巨了，我很快就为自己找到逃避努力、免去劳累的借口。幸亏那时我的长辈们在叫我了，我感到我当时不具备进行有效探究所必需的平静的心境，倒不如在回到家里之前索性不去想它为好，省得早早地徒劳无功。于是，我不再为外面裹着一种形式、一股香味、但里面又不知包藏何物的那件东西操心了；我心安理得，因为我正把受到形象外衣保护的那件东西带回家去呢，我感到它在形象的外衣下，同每逢大人允许我外出钓鱼的日子，我装进筐里还盖上保鲜的青草带回家来的鱼儿一样地鲜灵活泼。但是，回家之后，我就另有所思了，所以，那块阳光反照的石头，那片映在水面的屋顶，那悠悠的钟声，那草木的气息，还有许多各不相同的形象，也都在我的脑海中堆积下来，就跟我散步时采回来的各色野花和别人送我的各种东西堆积在我的房间里一样。而隐蔽在那些形象下的实况，我虽曾有所感，却始终缺乏足够的毅力去发现，后来也早都泯灭了。然而，有一次，我们散步的时间比平时长，在回家的中途遇见了驾车经过的贝斯比埃大夫。由于时近黄昏，大夫认出我们一行之后，便请我们上车；那次我又得到类似的印象，不过我没有轻易搁置一边，而是进行深一步的探究。我被安排坐在车夫的身旁。马车疾驰如风，因为贝斯比埃大夫在回到贡布雷之前还得在马丹维尔停留一会儿，去看望一名病人；他同我们讲定：我们在病人家门口等他。车到拐弯处，突然，我感到一阵特别的、与其他快感全然不同的喜悦，因为我远远望见了马丹维尔教堂的双塔并立的钟楼，而且随着马车的奔驰和夕阳的反照，那双塔仿佛也在迁移，及至后来，同它们相隔一座山岗、位于另一片较高的平川上的维欧维克的钟楼，竟似乎也同它们成了紧邻。

我在注意到双塔塔尖形状的同时，目睹了它们轮廓的位移和塔面夕照的反光，我感到我领略不透自己的印象，总觉得在这种运动和这片反光中，有件东西既是双塔所包含的，也是它们所窃取的。

这两座钟楼看来离我们还远，仿佛我们的马车并没有向它们驰去，等到转瞬间我们忽然在教堂前停车，我才大吃一惊。我不知道望到双塔时为什么那样地喜悦，而探究其原因又似乎非常艰难；我但求在脑海中贮存下这些阳光沐照的轮廓线，至少在目前不去想它。我倘若加以探究，那么两座钟楼定会同那么多的树呀、屋顶呀、气味呀、音响呀永远联结在一起，我之所以能从纷扰的万物中分辨出上面这些东西，是因为它们同那一片面目不清、我始终没有深入探究的平原有关。我跳下马车，在等待大夫的时候，同大人们一起聊天。后来我们又开始上路，我还是坐在车夫旁边的座位上。我回头看看双塔，稍微过了一会儿，我又在拐弯处最后看了它们一眼。车夫虽然不善于交谈，我说什么他都很少答腔。由于没有别人做伴，我只得与自己做伴，无可奈何地回忆我的那两座钟楼。不久，它们的轮廓，它们的阳光灿烂的表面忽然像有一层外壳似的裂开了，隐藏在里面的东西露出了一角。当时我顿生一念，在前一秒钟它还不存在，这时却形成一串词句，涌进我的脑海；初见双塔时我所感到的那种喜悦立即膨胀起来，使我像醉了似的再不能想别的事情了。当时，我们已经远离马丹维尔，我回头看去，又见到了双塔；这一次它们成了两条黑影，因为太阳已经下山。有好几次，道路转弯，把双塔从我的视线中抹去，后来，它们最后一次出现在地平线上，又终于在我的眼前完全消失了。

我并没有想到隐藏在双塔之中的东西大概同漂亮的句子相类似，因为它是以使我感奋的词汇的形式出现在我的面前的，我向大夫借了纸和笔，也不管车行颠簸，我写了下面这一小段文字，以慰抚我激荡的心胸，以宣泄我满腔的热情；后来我找到了当时的原文，现在只作些许改动，转录如下：

“孤零零地从地平线上崛起、仿佛埋没在茫茫田野中的马丹维尔的双塔，高高地刺向蓝天。不久，我们看到三座塔影：一座迟来的钟楼，维欧维克的钟楼，摇身一转，站到了它们的面前，同它们会合在一起。时光流逝，我们的马车也在飞驰，然而鼎立的三塔始终在我们的眼前，像三只飞禽，一动不动地兀立平川，阳光下它们的身影格外分明。后来维欧维克的钟楼躲到一边，拉开了距离，马丹维尔的双塔依然并立，被落日的光辉照得纤毫可辨，甚至在离它们那么远的地方，我都能见到夕阳在塔尖的斜坡上嬉戏、微笑。我们花费了那么多的时间向它们靠拢，我以为还需许久才能到达它们跟前，忽然，车儿一拐，竟已经把我们送到塔下；双塔那样突然地扑面而来，幸而及时刹车，否则差一点撞在庙门上。我们继续上路；我们已经离开了马丹维尔，村庄陪我们走了几秒钟之后便消失了，地平线上只剩下马丹维尔的双塔和维欧维克的钟楼，它们在摇动着阳光灿烂的塔尖，向我们道别，目送我们奔驰远去。有时候，它们中一个隐去，让另外两个再瞅我们一眼；但是道路改变着方向，它们在阳光中像三枚金轴也随之转动，随后在我们的眼前消失。又过了一会儿，那时我们离贡布雷不远，太阳已经下山，我最后一次遥望它们，它们竟只像画在田野地平线之下的三朵小花了。它们也使我联想到传说中的三位姑娘，被抛弃在夜幕已经降临的荒野。正当我们的马车奔驰远去之际，我看到她们在怯怯地寻路，只见她们高贵的身影磕磕绊绊，后来就彼此紧挨在一起，一个躲到另一个的身后，在夕红未消的天边只留下一个婀娜卑谦的黑影，最终在夜色苍茫中消隐。”

以后我一直没有再去想这段文字，可是，在当时，我坐在大夫的马车夫的旁边，那是他通常放鸡笼子的地方，笼里装满他在马丹维尔市场上采购来的鸡鸭，我坐在那地方写完了上述一段文字之后感到非常痛快，我觉得它巧妙、周全地把我从钟楼的纠缠中解脱出来，让我对钟楼所蕴藏的内涵也作了交待，我痛快得好比一只刚下过蛋的母鸡，直着嗓门儿唱了起来。

在作这类漫步的时候，我能整整一天想入非非，想到能成为盖尔芒特夫人的朋友该有多快活，钓钓鳟鱼，乘一叶扁舟荡漾在维福纳河上；而贪图幸福的我，在那样的时刻，对生活别无他求，但愿此生天天下午如此逍遥。但是，在归途中，当我在左首瞥见一座农庄时，我的心突然怦怦乱跳，我知道不出半小时我们就到家了。这座农庄离另外两座挨得很近的农庄相当远，要进入贡布雷市区，只须经由农庄折入橡树夹行的林荫道，林荫道的一边是分属三户农家的果园，株距整齐的苹果树枝条垂地，斜照的夕阳给树荫勾画出日本风格的图案。每逢去盖尔芒特家那边散步的日子反正都是这样，回家之后不久就开晚饭，我刚吃完，他们就打发我去睡觉，要是赶上家里有客，我的母亲就不能离席，不能上楼来到我的床边同我道晚安。我悻悻然进入这个凄凉境界，同不久前我欢天喜地投入的那个快活境界相比，区别如此鲜明，犹如层云迭起的天边，一抹红晕被一道绿线或一道黑线所切断。红霞中有一只鸟儿在飞翔，眼看它将飞到尽头，几乎已经接近黑色区域，接着它飞了进去。盼望去盖尔芒特，盼望旅游，盼望幸福的念头刚才还纠缠着我，可现在我与它们相去万里；我已不觉得实现这些愿望有什么乐趣可言了。我甘心把这一切全都抛弃，只求能在母亲的怀里整夜哭泣！我瑟瑟发抖，我忧心忡忡地盯住了母亲的脸庞，今天晚上她不会到我的房里来了，独居孤室的景象已在我的脑海浮现，我恨不能一死了之。这种心境一直延续到第二天的早晨，当阳光像园丁架梯子似的把一道道光线靠到长满旱金莲的墙上（那些旱金莲一直缘墙而上，长到我的窗前），我连忙下床，赶快到花园里去，不再顾及黄昏又会引来同母亲分手的时刻。所以说，我是在盖尔芒特家那边学会辨别在某些时期内先后在我身上出现的各种不同的心境的，它们甚至在一天之内都各占一段时间，一种心境赶走另一种心境，就像定时发烧一样分秒不差；它们彼此相委，又彼此独立，彼此之间无法沟通，以致在某种心境之下，我无法理解、甚至无法想象在另一种心境之下我所期望或我所惧怕或我所做过的一切。

因此梅塞格利丝那边和盖尔芒特家那边，对于我来说，是同我们各种并行的生活中最充满曲折、最富于插曲的那种生活的许多琐细小事紧密相连的，也就是同我们的精神生活有关。无疑，它在我们的心中是悄悄地进展的，而我们认为意义和面貌都发生变化的真理，为我们开辟新的道路的真理，我们其实早就为了发现它作过长期的准备，只是我们没有意识到罢了；而在我们的心目中，真理却只从它变得显而易见的那一天、那一分钟算起。当年在草地上嬉戏的花朵，当年在阳光下流淌的河水，曾与周围的风景相关连，而这些景物至今仍留恋着它们当年的无意识的或者散淡的风貌；不用说，当它们被那位微不足道的过客、那个想入非非的孩子久久地审视时，好比一位国王受到湮没在人群中的某位回忆录作者的仔细的考察那样，大自然的那个角落，花园里的那个地段未必能认为它们多亏那孩子才得以继续幸存在它们稍纵即逝的特色之中；然而，掠过花篱，紧接着由野蔷薇接替的那株山楂花的芳香、花径台阶上没有回音的脚步声、河中泛起扑向一棵水草又立即破碎的水泡，都一直留在我激荡的心里，而且连续那么些年都久久难忘，而周围的道路却在记忆中消失得无影无踪了。走过那些道路的人死了，甚至连对走过那些道路的人的回忆也都泯灭了。有时，延存至今的那一截片断的景物，孤零零地从大千世界中清晰地浮现，繁花似锦的小岛在我的脑海中飘动，我却说不出它来自何方，起于何时——也许干脆出自什么梦境。但是，我之所以要想到梅塞格利丝那边和盖尔芒特家那边，首先是把它们看做我的精神领域的深层沉淀，看做我至今仍赖以存身的坚固的地盘。正因为我走遍那两处地方的时候，我对物对人都深信不疑，所以唯独我经过那些地方时所认识到的物和人至今仍使我信以为真，仍使我感到愉快。也许因为创作的信心已在我的心中枯萎，也许因为现实只在我的回忆中成形，今天人们指给我看我以前未曾见过的花朵，我只觉得不是真花。沿途有丁香花、山楂花、矢车菊、丽春花和苹果树的梅塞格利丝那边，沿途有蝌蚪浮游的河流、睡莲、金盏花的盖尔芒特家那边，在我的心目中永远构成了我乐于生活其间的地域景象，在那里我首先要求的是能有地方钓鱼，有地方划船，有地方见到哥特式古堡的残迹，就像在圣安德烈那里一样，能在麦浪之间找到一座磨房般金光灿烂、乡土气十足的、雄伟的教堂。我如今漫游时偶尔还能在田野中遇见矢车菊、山楂树和苹果树，由于它们早印在我的心灵深处，与我的往事相处在同一层次，所以便直接同我的心灵相通。然而因为一地有一地的独特之处，所以我一旦萌生重访盖尔芒特家那边的愿望，即使那时有人领我到一条河边，河里的睡莲跟维福纳河的睡莲一样美，甚至更美，我也不能得到满足；同样，黄昏时回到家里，在忧虑袭来的时刻（后来这忧虑迁居进爱情的领域，变得同爱情难分难舍），我也不希望有一位比我的母亲更美丽、更聪明的母亲来同我道晚安。不，为了我能美滋滋地、安心地入睡，我需要的是她，是我的母亲，是她向我俯来的脸庞，在她的眼睛下面似乎有什么东西，可以算一种缺陷，但我也同样喜欢；除母亲之外，没有一个情妇能使我得到那样纤毫不乱的安宁,因为你即使信赖她们的时候都不免存有戒心,你永远不能像我接受母亲一吻那样得到她们的心;母亲的吻是完整的,不掺进任何杂念,绝无丝毫其他意图,只是一心为我。同样,我想重睹芳华的是我所认识的盖尔芒特家那边的景物——半路有座农庄,与另外两座紧挨在一起的农庄相距颇远,位于那条橡树成行的林荫路口;是那几片被夕阳照得犹如池塘一样反光、倒映出苹果树低垂枝杈的如茵的草地。这幅风景有时在夜间进入我的梦境,其独特的个性以一种近乎神奇的力量紧紧搂住了我,待我从梦中醒来时,却又无从寻觅。无疑,梅塞格利丝那边或盖尔芒特家那边只因为在我心上留下不同印象的同时也使我亲身体验到了这一切,所以这些不同的印象才牢固地铭刻在我心中,永远紧紧地连结在一起,从而使我今后的生活面临那么多的幻灭,甚至那么多的错误。因为,我经常想重新见到某人,却意识不到这仅仅是由于那人使我回忆起攀满山楂花的樊篱,因此我认为——同时也让别人相信——只需神游故地,便能重温昔日的残梦了。同样,即使我身临其境,今天在我可能同梅塞格利丝那边和盖尔芒特家那边有关的印象中,昔日的印象依然存在,只是那两个地方给我的印象提供了牢靠的基础、一定的深度和一种其他印象所没有的幅度;它们也使我的旧印象多了一种魅力,一种只有我才体会得到的意蕴。每当夏天的黄昏,和谐的天空响起猛兽吼叫般的雷鸣,在人人都埋怨风狂雨骤的时候,正是梅塞格利丝那边的昔日情景,驱使我独自透过落下的雨声,忘情地嗅到虽无形迹却长存于我心田的丁香花的芬芳。

就这样,我往往遐思达旦,想到在贡布雷度过的时光,想到当年凄凉的不眠之夜,想到昔日的种种情景——是后来的一杯茶的味道(贡布雷人称之为"香味"),勾起了多少往事的生动形象——更由于回忆的连锁反应,使我想到早在我出生之前就已经发生、但直到我离开贡布雷多年之后才听说的有关斯万的恋爱经历，这在细节上不可能精确无误，因为我们有时对死了几百年的人的生平，更容易知道一些细节，而对我们最亲密的朋友的生活，反而不易得到详备的认识，故而精确之不可能，好比想从这个城市同另一个城市的人聊天，在人们不知道有什么途径可以扭转这种不可能的情况下，看来是无法进行的。这一切回忆重重叠叠，堆在一起，不过倒也不是不能分辨，有些回忆是老的回忆，有些是由一杯茶的香味勾引起来的比较靠后的回忆，有些则是我从别人那里听来的别人的回忆，其中当然还有“裂缝”，有名副其实的“断层”，至少有类似表明某些岩石、某些花纹石的不同起源、不同年代、不同结构的纹理和驳杂的色斑。

当然，当天色徐明时，我似醒非醒的短暂的矇眬早已经消散。我知道我果然躺在某一间屋子里，因为在夜犹未央时我已经把这房间照原样设想过一番了；仅仅靠我的回忆或者凭我放在窗帘下的一盏微弱的油灯提示，我已经像维持窗门原始布局的建筑师和装璜匠那样地把整间屋子里的格局和家具设置都照原样想象得各在其位了。我把镜子架在原处，把柜子也放在它通常占据的地点。但是，阳光已不是我起初误以为的阳光，其实是黄铜帘杆上炭火余烬的反光了。当阳光像用粉笔在黑暗中刚划下第一道更正的白线时，原先被我错放进门框的窗户立刻带着窗帘脱框而跑；被我的记忆放错地方的书桌为了给窗帘让路也连忙把壁炉往前推，同时把过道那边的墙壁拨到一旁；一个小庭院稳稳当当地在一刹那之前为盥洗室所占据的地盘上落脚，而我在昏暗中所重建的那个寓所，被曙光伸出的手指在窗帘上方划下的那道苍白的记号赶得仓惶逃窜，挤进了我初醒时在回忆的漩涡中泛起的其他寓所的行列之中。

第二部

斯万之恋

要参加维尔迪兰家的“小核心”、“小集团”、“小宗派”，只要满足一个条件，但这是一个必不可少的条件，那就是要默认它的信条，其中有一条就是要承认当年得到维尔迪兰夫人宠爱的那位青年钢琴家既“压倒”普朗岱，也“压倒”鲁宾斯坦[1]（维尔迪兰夫人说：“瓦格纳的曲子，再也不可能有人弹得像他那样好了！”），还要承认戈达尔大夫的医道比博丹[2]还要高明。随便哪个“新会员”，要是维尔迪兰夫妇不能说服他承认别家的晚会全都跟连阴天那样无聊乏味，那他马上要给轰出去。在这一方面，妇女要比男人难以驯服，她们不愿抛弃从事社交活动的好奇心，不愿放弃亲自到别的沙龙去体会是否比这里更有意思的意愿，而维尔迪兰夫妇感到这种探索精神，这种轻佻的邪魔可能传染开来，对这个小教会的正统教义会带来致命的打击，于是不得不把女性“信徒”一个一个赶了出去。

除了大夫的年轻太太外，那里的女性“信徒”几乎就只剩下（尽管维尔迪兰夫人本人是个有德行的人，出自一个极其富有然而门第低微的正统的资产阶级家庭，但她也慢慢地跟这个家庭中断了一切联系）一个半上流社会中的人，叫作德·克雷西夫人，维尔迪兰夫人按她的小名管她叫奥黛

---

① 普朗岱（1839—1934），法国钢琴家；鲁宾斯坦（1829—1894），俄国钢琴家、作曲家。

② 博丹（1825—1901），法国名医。

特，说她是个“爱神”；另外还有一个是钢琴家的姑妈，仿佛原先是个看门的门房；她们对上流社会一无所知，头脑简单，很容易就相信萨冈亲王夫人和盖尔芒特公爵夫人只能花钱去雇穷人到她们家饭桌上去充数这种说法，也很容易就相信如果有人邀请她们到这两位贵妇人家去做客的话，这位当年的门房和这位轻佻的女人是会嗤之以鼻的。

维尔迪兰夫妇从不请旁人吃饭，他们饭桌上的客人是固定的。晚会也没有一定的节目单。年轻的钢琴家只有在“来劲儿”的时候才演奏，本来嘛，谁也不能勉强谁，维尔迪兰先生不是常说吗：“在座的都是朋友，友情第一嘛！”如果钢琴家想演奏《女武神》中奔马那一段或者《特里斯坦》①的序曲，维尔迪兰夫人就会反对，倒不是这音乐不中她的意，恰恰相反，那是因为它在她身上产生的效果太强烈了。“您非要我得偏头痛不可吗？您早就知道，每次他弹这个，我就得偏头痛。我知道会产生什么后果！明天当我要起床的时候，得了，晚安吧，谁也不来了！”他要是不弹琴，大家就聊天。朋友当中有那么一位，通常是他们那时宠爱的那位画家，如同维尔迪兰先生所说：“撒出一句扯淡的话，招得大家纵声大笑。”尤其是维尔迪兰夫人，她是惯于把表达那些情绪的形象化的说法落到实处的，有一天就因为笑得太过厉害，戈达尔大夫（当年还只是个初出茅庐的小伙子）不得不把她那脱了臼的下颌骨给托上去。

晚礼服是不许穿的，因为大家都是“亲密伙伴”，不必穿得跟被他们避之若瘟神、只是在尽可能少举办而仅仅是为了讨好那位画家或者把那位音乐家介绍给别人时才组织的盛大晚会上邀请的那些“讨厌家伙”一样。其余的时间，大家就满足于猜猜字谜，穿着便服共进晚餐，决不让任何外人混入这个“核心”。

随着这些“伙伴们”在维尔迪兰夫人的生活中所占的地位日益增长，

① 《女武神》和《特里斯坦与依索尔德》都是瓦格纳的歌剧。

凡是使得朋友们不能到她跟前来的事情，凡是使得他们有时不得空闲的事情，例如这一位的母亲，那一位的业务工作，另一位的乡间别墅或者什么病痛等等，就都成了叫人讨厌、该受指责的了。要是戈达尔大夫认为应该离开餐桌回到病危的病人跟前去的话，维尔迪兰夫人就会对他说："又有谁知道，如果您今天晚上不去打扰他，也许对他反倒好得多；您不去，他可以好好睡一夜；明天您一早去，他的病也许已经好了。"十二月一到，一想起她的忠实信徒们要在圣诞和元旦那两天把她"撂在家里"，她就发愁。钢琴家的姑妈要他那天一定得到她母亲家去吃晚饭。

维尔迪兰夫人厉声叫道："如果你们元旦那天不随乡下人的习俗，不跟您的母亲在一起吃那顿晚饭，她就会死啦！"

到了复活节前的那个圣周，她的不安情绪又起来了。

"您是个大夫，是科学家，是自由思想家，您当然跟平常一样，耶稣受难日那天是要来的哟？"她在组织"核心"的第一年以坚定的口吻对戈达尔大夫说，仿佛准能得到肯定的答复。不过她在等待那句答话的时候，还是不免有些担心，因为他要是不来的话，她就有孤独一人的危险。

"耶稣受难日那天我是要来的……来向您告别，因为我们要到奥维涅去过复活节。"

"到奥维涅？去喂跳蚤，喂虱子，敢情是大有好处！"

沉默了一阵，她又说：

"如果您早点对我们说，我们也许会安排安排，跟你们在比较舒适的条件下一起去作这次旅行的。"

同样，要是有哪位"忠实信徒"有个朋友，或者哪位"常来的女客"有个追求者，可能会拽住他们不让他们前来的话，维尔迪兰夫妇就会说："好吧，把您的朋友带来吧！"他们倒是不怕女客有情人，只要她把他带到他们家来，在他们家谈情说爱，不至于因为爱他而不爱他们就行。他们会考验这位朋友，看他是不是能对维尔迪兰夫人推心置腹，有没有可能被接纳进这个“小宗派”。如若不然，他们就会把介绍他前来的那位信徒叫到一边，请他们跟他们的朋友或情妇闹翻。反之，那位“新来的人”也就会变成一个信徒。就这样，那一年当那位半上流社会中人对维尔迪兰先生说，她认识了一个很可爱的人，叫作斯万先生，同时暗示他很想受到他们接待的时候，维尔迪兰先生当场就把这个请求转告他的妻子。维尔迪兰先生向来是要等他的妻子拿了主意才拿主意的，他的特殊任务就是想方设法满足她以及她的信徒们的一切愿望。

“德·克雷西夫人有事跟你商量。她想把她的一个朋友斯万先生介绍给你。你看怎么样？”

“嗨，对这样一个完美无缺的人，我有什么不能答应的？您别谦虚了，我没有问您的意见，我就是要说您是一个完美无缺的人。”

“既然您那么说，”奥黛特以马里沃式的故作风雅的殷勤语调答道，说着又补充一句：“您是知道的，我可不是个 fishing for compliments（沽名钓誉）的人。”

“好吧，如果您的朋友讨人喜欢，那就带他来吧。”

诚然，这个“小核心”跟斯万常去的社交圈子毫无关系，而纯粹的上流社会人士也会觉得像他那样已经在上流社会里占有一个特殊地位的人，犯不上想方设法登上维尔迪兰夫妇的家门。不过斯万是那么爱女人，打他差不多认遍了贵族阶层的所有女子，她们已经再也没有什么可以教他的那一天起，他就把圣日耳曼区授给他的那些归化证书（差不多也就是贵族证书）仅仅看做是本身已经没有什么价值的流通证券或者信用证，倒是可以使他有条件到外省什么小地方，巴黎什么偏僻的地区去追求他看着漂亮的某个乡绅或者法院书记官的女儿了。当年欲念或者爱情在他身上激起的那种虚荣心，现在通过日常生活的习惯已经摆脱了，而正是这种虚荣心把他导向那个上流社会的生活，在无聊的逸乐中浪掷了他的聪明才智，把他在艺术方面的博学用于指导贵妇人购买绘画作品，布置她们的府邸。也正是这种虚荣心促使他在他爱上的不相识的女子面前，显摆单是斯万这个姓氏所表达不了的帅劲儿。如果那个不相识的女子出身低微，他就越发要显摆那个劲儿。正如一个有才气的人不怕在另一个有才气的人面前露拙一样，一个帅的人不怕一个阔老爷，而怕一个乡巴佬不领略他的帅劲儿。有史以来，人们出于虚荣而费的心机说的谎话，有四分之三是对地位比自己低下的人而发的。斯万在一个公爵夫人面前朴朴实实，不修边幅，而在一个女用人面前就要装腔作势，唯恐被她瞧不起。

有很多人出于他们的社会地位造成的慵懒或者无可奈何的安于现状的心理，他们不去享受他们老死于其间的上流社会之外的现实生活为他们提供的乐趣，却退而求其次，一旦对那些平庸的娱乐以及还能忍受的无聊乏味的事情习以为常，就把这些称之为乐趣。斯万却不是这样的人。他不费心思去发现跟他在一起消磨时间的女人身上的美，却花时间去跟他一眼就觉得漂亮的女人在一起。而这些女人的美时常是相当俗气的，因为他本能地追求的体态之美跟他所喜爱的大师们所雕塑或绘出的女子的美恰恰背道而驰。后者深沉的性格或阴郁的表情使他的感官凝滞，而只要有健康、丰满而红润的肉体就足以使他的感官苏醒。

如果在旅途中遇到一个他原不该去结识的人家，而其中有一个女人在他眼里显出他从未见识过的魅力，那么，要他保持矜持态度，消除她在他身上激起的欲念，用写信召唤一个旧情妇到身边来这种办法来替代他可能从那一位身上得到的乐趣，这在他看来就等于是在生活面前的怯懦的退让，是与不去游览这个地区，却把自己关在卧室里眺望巴黎的景色同样的对新的幸福的愚蠢的抛弃。他不把自己封闭在他的社会关系的圈子里，而是自己去创造，以便哪儿有个女人中他的意，就在哪儿另起炉灶，建立基地，就像探险家随身携带的装卸自如的帐篷一样。至于不能搬动的东西，或者不能换取新的乐趣的东西，不管别人看来是如何可贵，他都弃之如敝屣。不止一次，他跟一个公爵夫人相处多年，慢慢地激起了对方以身相许但苦于无机会满足的欲念，从而在她跟前赢得了信任，可是他却冒冒失失给她拍个电文，要她给他去封电报，让他立即跟她的一个管家联系，原来他在乡下发现了管家的女儿——这真像是一个饿得要死的人拿一粒金刚钻换一片面包！事情过后，他也不免哑然失笑，原来在他身上，虽然也有些难能可贵的高尚优雅之处，却也不乏粗野劲儿。再说，他属于这样一种有才气的人，他们在无所事事中度日，心想无所事事正好给他们的聪明才智提供跟搞艺术或学习同样值得注意的对象，心想“生活”本身包含比所有小说更有意思、更富有浪漫色彩的情景，就拿这种想法聊以自慰，甚至作为原谅自己的借口。至少他是这么说的，而且轻而易举地说服他社交界中最高雅的朋友们，特别是夏吕斯男爵。他常跟男爵讲一些妙趣横生的艳遇故事，自己也暗自得意，说是什么有回在火车上碰到一个女的，后来把她带到家里，发现她是一位君主的妹妹，当时欧洲政治的条条脉络全都掌握在她哥哥手心里，他自己也就对欧洲政治了若指掌，又说什么由于情况的极端复杂，有回他能否当上一个女厨师的情夫，要由教皇选举会议来决定等等。

供斯万驱使，为他拉线搭桥的不仅有一大群他过从甚密的德高望重的太后、将军、院士，他所有的朋友也都不时收到他的来信，信上以外交手腕要求他们写封推荐信或介绍信，而在层出不穷的桃色事件中假借花样翻新的借口，这种手腕总是万变不离其宗，也就跟大白话一个样了。

多年以后，由于他的性格当中有别的许多方面跟我相似而使我对它发生兴趣的时候，我时常听说，当他给我的外祖父(那时还不是我的外祖父，因为当斯万那段恋情开始从而在很长一段时期内不再寻花问柳的时候，我还没有出生呢)写信时，我外祖父一看信封上的笔迹，就高声叫道：“嗨！斯万又有求于我了，可得小心着点！”也许是出于不信任之感，也许是出于我们只把一样东西送给不需要它的人的那种潜意识的心理，我的外祖父母对他提出的最容易满足的要求报之以斩钉截铁的拒绝，譬如当他提出让他们把他介绍给每个星期天都到他们家吃晚饭的那个姑娘，而每当斯万重提这件事情的时候，他们只好假装已经很久没有见到这个姑娘，其实他们整个星期都在商量该邀请谁来陪她，结果时常是找不出任何人来，但却不跟那最乐于接受邀请的人打个招呼。

有时候，外祖父母的朋友当中的某一对夫妇一直抱怨怎么老见不着斯万，会突然满意地宣布，说是斯万最近变得再可爱不过了，老是跟他们在一起。这么说也许多少还有点要激起我外祖父母对他们的羡慕的意思。我外祖父不愿破坏他们的乐趣，只是瞧着我外祖母哼道：

这倒是怎样一个谜团？
我真是百思不得其解。

或者：

难以捉摸的幻象……

或者：

在这样的事儿当中，
最好是视而不见。

几个月之后，如果我外祖父问起斯万的一个新朋友："斯万怎么样了？您跟他还常见面吗？"对方就会拉长了脸："嗨！您就别再提他了！"

"我还以为你们过往很密呢……"

斯万在好几个月当中一直是我外祖母的表兄弟家的常客，差不多每天都在他们家吃饭。忽然有一天，他不去了，连个招呼也没打。大家还以为他病了呢，我外祖母的表妹正要打发人去打听他的消息，忽然在厨房里发现他的一封信，是厨娘不经意夹在她账本里的。他在信里告诉厨娘，说他就要离开巴黎，不能再来了。原来她是他的情妇，而在跟他们家中断来往的时候，他认为只有必要通知她一个人。

如果他当时的情妇是社交界中的人，或者至少出身不太低微，处境不太特殊，不至于无法引入大雅之堂的话，那么他就会为了她而回到社交界去，但只是在她活动或者他领她去的那个特定的轨道上运行。“今晚就别指望斯万了，”人们说，“要知道，今天是他带那个美国娘儿们上歌剧院的日子。”他为她张罗请帖，到那些人数特别有限的沙龙去，那里有他的老朋友，有每周一次的聚餐，有牌局；每天晚上，当他把他那红棕色的头发梳上一梳，再稍为卷一下子以后，就挑上一朵花插在纽扣孔上，然后动身去找他的情妇，上他那小圈子里的某个女人家去一起吃饭；这时候，一想到他就要看到的那些他可以任意摆布的时髦青年会在他所爱的女人面前怎样对他表示钦佩和友情，他就会重新体味他原已感到厌倦的社交生活的魅力；这种生活的内容，一旦由他跟一种新的爱情结合起来，便被一个忽隐忽现的火焰所照亮，所温暖，在他眼里变得美好而可贵。

这样的私通，这样的调情，每一次都是当斯万看到一张一眼就觉得迷人的脸，或是一个一眼就觉得迷人的身子时油然而生的梦想，或是完全或部分成为现实。可是有一天，当他在剧场里被一位往日的朋友介绍给奥黛特·德·克雷西的时候，事情就不一样了。这位朋友曾经对他说过，这个女的真是令人销魂，他也许可以跟她搞出点什么名堂，不过事情要比看起来难得多，所以把她介绍给他也就是帮了他一个大忙。在斯万看来，她当然不是不美，不过那是一种他不感兴趣的美，激不起他的任何情欲，甚至还引起他某种生理的反感；他觉得她是这样一种女人，每个人都可以举出几个样本来，每个人举的又都不同样，她们都是我们的感官所要求的那种类型的反面人物。要想中他的意，她的轮廓未免太鲜明突出，皮肤未免太纤细，颧骨未免太高，脸蛋未免太瘦长。她的眼睛倒是好看，但是大得仿佛在自身的重量下往下低垂，压着脸上的其余部分，使她总显得身子不舒服或者情绪不佳。在剧场那次相识以后不久，她就给他写了一封信，请他允许她来看看她极感兴趣的他的收藏，她说她“虽然无知，却对美的东西颇为爱好”，她设想他在家中“一杯清茶，满屋图书，一定非常舒适”，而等到她登门拜访以后，对他的了解就会更进一步，却也不掩饰她的惊讶，说他住的那个区不免有点寒碜，而“他是那么 smart（帅），这个区与他实在太不般配了”。他后来让她去了，在分手的时候，她说她十分高兴能来拜访，遗憾的是呆的时间那么短促，说他给她留下的印象跟她认识的别的人都不一样，仿佛他们两人之间可以建立一点罗曼蒂克的联系；斯万听到这里微微一笑。他已经接近看破一切的岁数，懂得满足于为爱的乐趣而爱，并不太要求对方的爱；但是这种心心相印虽然已经不再像年轻的时候那样是爱情必然追求的目标，却依然还跟一些概念联系得如此紧密，还可能在爱情没有萌发之前成为产生爱情的根源。男人在年轻的时候渴望占有他所爱的女子的心，到了后来，只要你感觉到一个女子心上有你，就足以使你对她产生爱情。就这样，到了一定的岁数，由于你在爱情中追求的主要是一种主观的乐趣，你就会觉得对女性之美的爱好应该在爱情中起最大的作用，这时即使最初没有任何欲念的因素，爱情也会油然而生，但这是纯生理的爱。在人生的这个阶段，一个人已经多次被爱神之箭射中，爱情就不再在他惊诧和消沉的心面前，完全按它自己的不为我们所知又是无可抗拒的规律来运行了。我们也出来插上一手，用我们的记忆，用我们的主意来歪曲它。当我们看到爱情的一个征候的时候，我们就会想起，就会臆造出其他好些征候。既然我们已经掌握了爱情之曲，一字一句都铭刻在心，那就用不着一个女子唱出曲中的充满了对她的美的赞赏之情的第一句才能想起全曲。而如果她从曲子的中间开始——说什么两人心心相印，双方离了对方生活就失去意义等等——我们就会在应该接茬的地方，立刻参加跟对方的合唱。

奥黛特·德·克雷西又去拜访斯万，以后的访问愈来愈频繁；每一次访问都使他重温在重逢时的失望之感：她那张面孔，他在两次相会的间隔中已经把它的特征差不多忘了，在印象里既不那么富有表情，也不那么暗淡无光（尽管她还年轻）；当她跟他谈话的时候，他因她的美并不是他自然而然地偏爱的那种美而感到遗憾。再说，奥黛特的脸显得比实际上更瘦削更凸出，因为她的前额和面颊上部比较扁平，盖着一片当年时兴的前刘海，底下衬着假发卷，蓬松的发绺一直盖到耳边；至于她那长得绝妙的身材，很难看出它的完整性（那是由于当时时装式样的关系，虽然她是巴黎衣服穿得最讲究的妇女之一），因为她的胸衣凸成弧形，像是遮盖着一个假想中的腹部，下缘突然收缩，底下就是鼓得跟气球一样的双层裙子，使得她这个人看来仿佛是由互不相关的几截拼凑而成的；而裙边、荷叶边和坎肩又都一一自成体系，根据设计者的心血来潮或料子的软硬，或者紧贴着它们跟缎带的结子、花边的褶裥、垂直的蓬边相连的线条；或者紧贴着胸衣底下的鲸须片撑架，不管怎样，跟穿在衣服里的人是毫不合体的。衣服上的这些小装饰时而紧贴着她的身体，时而空空荡荡，这就决定她时而显得耸肩缩脖，时而像是深陷在衣服之中。

但是，当奥黛特走了以后，斯万想起她曾对他说过，她觉得每次在等待他答应她再来之前这段时间是过得多么慢的时候，就不免微微一笑；他想起有次她请他不要让她等待过久的时候的那副焦急不安，腼腆羞涩的神色，还有她当时注视着他的那副带着胆怯的恳求的眼神，却使她在插在带有黑天鹅绒的飘带的白圆草帽上的纸蝴蝶花束下，显得非常动人。她也曾说过："您就不能上我家去喝杯茶吗？"他借口正在进行关于弗美尔①的研究，其实他已经中辍多年了。"我知道我是什么也干不了的，"她答道，"在您这样的大学问家跟前，我是微不足道的。在你们这些学者面前，我是井底之蛙。不过我还是非常想学习，想知道这些东西，想有人把我领进门。博览群书，埋头在故纸堆里，该多有意思！"她说话时那副自满的神

① 弗美尔（1632—1675）：荷兰风俗画家，亦作肖像及风景。

气就跟一个衣着华丽的女人说她不怕脏，乐于干些像“亲自下厨”做菜这样的脏活时一样。“您也许会笑话我；阻碍您去看我的那个画家（她指的是弗美尔），我可从来没有听人说起过；他还活着吗？我能在巴黎见到他的作品吗？我很想了解一下您所爱的东西，很想猜一猜您这辛勤劳动的脑门里面装的是什么，您这永远在思考着的脑子里装的又是什么。要是能参与您的工作，那该是多美好的梦想啊！”他表示歉意，说他怕再结新交——出于对女人的礼貌，他当时说的是怕再遭一次不幸。“您怕堕入情网？真有意思，我可是求之不得，我都愿意付出自己的生命来求得一个寄托感情的对象。”她在说这话时的语气是那么自然，那么令人信服，连他也被感动了。

“您多半是为了哪个女的吃过苦头，就以为所有的女人都跟她一样。她没有能了解您；您是这样一个不同凡响的人。您的这种气质，我只看一眼就喜欢，我马上就充分感觉到您与众不同。”

“再说您哪，”他说，“我对女人还是非常了解的。您一定也有许多事儿要做，没有多少闲工夫的。”

“我？我从来也没有什么事儿要做！我总是有空的，您要找我，我总是有空奉陪的。无论是白天还是晚上，随便什么时候，您都可以来看我。如果您给我个信，我总是乐于来的。您同意吗？您要是能让我把您介绍给维尔迪兰夫人，那我就太高兴了，我是每天晚上都上她家去的。您想想，要是能在那里见到您，想到您是为了我而去的，那该多好！”

当然，当他独自一人的时候，像这样回味他们的谈话，像这样想起了她的时候，他自然会把她的形象跟他在带有浪漫色彩的遐想中想起的别的许多女人的形象并列起来；然而，假如由于某一个偶然情况（或者甚至不需要这个偶然情况，因为当脑子里的一个潜在的心理状态突然冒头的时候，这时出现的情况可能对这个心理状态起不了任何作用），奥黛特·德·克雷西的形象居然占据了他的一切遐想，假如他的一切遐想已经跟对她的回忆密不可分，那么她体态上的缺陷就不再具有任何重要性，她的体态是否比别人的更合斯万的口味也就无关紧要，因为一旦成了他所爱的人的身子，它从此就是唯一能给他带来欢乐或痛苦的身子了。

我的外祖父正好认识维尔迪兰一家，他现存的朋友当中哪一个也不知道这件事。但是他当时已经跟他称之为“小维尔迪兰”的那一位完全断绝了来往，认为他虽然还有百万家财，却已经沦为放荡不羁的败类了。有一天，他收到斯万一封信，问他能否把他介绍给维尔迪兰一家。外祖父叫了起来：“可得小心！可得小心！我一点也不觉得奇怪，斯万准是会走上这条道的。真是好地方！首先，我不能答应他的要求，因为我已经不认识这位先生了。再说，这事儿准跟女人有关系，我可不愿意牵扯进去。好嘛，斯万要跟小维尔迪兰那一伙泡在一起，咱们可有好戏看了。”

外祖父给了否定的答复，只好由奥黛特亲自把斯万领到维尔迪兰家去了。

斯万第一次去的那天，维尔迪兰夫妇饭桌上有戈达尔大夫夫妇、年轻的钢琴家和他的姑妈，还有当时得宠的那个画家；那天晚会上另外还去了几个忠实信徒。

戈达尔大夫从来也拿不准该用什么口吻来回答别人的话，也弄不清对方究竟是开玩笑还是一本正经。他随时准备端出一副笑容，作出一个随机应变、昙花一现的微笑，又要带有一定程度的狡黠，万一对方说的是句玩笑话，也可免遭头脑过分简单之讥。由于他对对方的意图可能猜得不透，所以他不敢让他的微笑在脸上明确表现出来，总是显出一点犹疑不决，使人一眼就看出他是想提又不敢提“您这话可是当真?”这么一个问题。他对在大街上，甚至在日常生活中应该有怎样的言谈举止，也不比在沙龙中更有把握；他对行人、车马、所发生的事情总是报之以带有狡黠意味的微笑，这个微笑使他免遭举止失宜之讥，因为如果他的态度不合时宜，这个微笑就可以表示他早知如此，而他之所以采取这种态度，不过是开个玩笑而已。

而在他觉得可以明白提出问题的一切事情上，大夫是不惜作出一切努力来增长知识，缩小他所不知道的事物的范围的。

因此，他就遵照他那有远见卓识的母亲在他离开外省时给他的教导，每碰到有不知道的成语或者专有名词时，总要查找资料，把它弄个明白。

说到成语，他总是不厌其烦地进行查考，因为他有时以为一个成语还有什么更明确的意义，总想弄清他最常听到的那些成语的精确含义，譬如什么 la beauté du diable（青春美）、du sang bleu（贵族名门）、une vie de bâton de chaise（放荡不羁的生活）、le quart d'heure de Rabelais（囊中如洗、捉襟见肘的时刻）、être le prince des élégances（衣着华丽）、donner carte blanche（授以全权）、être réduit à quia（哑口无言）之类，还要弄清在怎样的情况下他可以拿来使用。要是没有成语可用，他就会用学来的一些双关语或者谐音词。当他听人在他面前提到新的人名的时候，他就满足于以带来疑问色彩的语调重复一下，心想这么一来就可以套出对方作出一番解释。

他自以为对什么都能分析批判一番，其实这种批判精神他根本是欠缺的。有教养的人施恩于人却说得仿佛是他欠了对方的情（当然也不希望他当真相信），这种心思在戈达尔身上就是白费，他把所听到的话全按字面来理解。不管维尔迪兰夫人对他是怎样盲目地偏爱，虽然她依然觉得他很机灵，可是有次请他进包厢看萨拉·贝尔纳[1]的演出时，就闹过一次笑话。她很客气地说："大夫，您惠顾光临，真是太好了，特别是我相信您一定常听萨拉·贝尔纳的戏；不过咱们的包厢离舞台也许太近了点儿。"而戈达尔大夫在步入包厢时嘴边挂着一丝微笑（准备根据权威人士是否跟他讲这剧的价值，或保持下去，或收敛起来）答道："这个包厢敢情

① 萨拉·贝尔纳（1844—1923）：法国名噪一时的杰出女演员。

离舞台太近，而且现在大家对萨拉·贝尔纳已经有点厌倦了。不过您既然表示了要我来的愿望，对我来说，您的愿望就是命令。能为您效这么点劳，我实在太高兴了。您这么好，我怎能拂您的意呢？”这时候，维尔迪兰夫人也终于恼了。大夫接着又说：“萨拉·贝尔纳真是金嗓子，是不是？好些人写文章说她演起戏来十分卖力，真是满座生辉。这话说得好，是不是？”他原以为维尔迪兰夫人要夸他几句的，可是碰了一鼻子灰。

“我看哪，”维尔迪兰夫人后来对她丈夫说，“咱们不该那么谦虚，把咱们送给大夫的东西的价值说得那么低。他是个科学家，不通人情世故。他不识货，咱们怎么说，他就真以为是那么回事。”

“我一直不敢跟你说，”维尔迪兰先生答道，“我早就看出来了。”

到了元旦，维尔迪兰先生就不送戈达尔大夫一颗值三千法郎的红宝石而说价值无几，而是买了一颗只值三百法郎的假宝石，却说是无价之宝。

当维尔迪兰夫人宣布斯万先生晚上要来的时候，大夫大吃一惊，高声叫道：“斯万？”那话音简直有点近乎粗暴了，因为这位老兄总是自以为料事如神，对于小小不然的新闻也比谁都感到意外。看到没人搭理，他真是急不可耐，吼了起来：“斯万？斯万是谁？”等到维尔迪兰夫人说：“不就是奥黛特提起过的她的那位朋友吗？”他这才平静下来，直说：“噢！好，好！”至于那位画家，他很高兴看到斯万给领进维尔迪兰夫人的家门，因为他猜想斯万已经爱上了奥黛特，而他是乐于促成好事的。“再也没有比做媒更有意思的了，”他跟戈达尔大夫咬咬耳朵，“我已经做成多对了，甚至是在女人跟女人之间。”

当奥黛特跟维尔迪兰夫妇说斯万很“帅”的时候，他们还担心他是一个“讨厌家伙”呢。哪知道他给他们的印象好极了；他们不晓得，这是由于他经常出入于上流社会的缘故。跟那些哪怕是聪明过人然而从来没有厕身社交界的人比起来，他多少具有进出过社交界的人士的一个优点，那就是不再由于一心要想进去，或者由于毫无根据的反感而歪曲它的形象，把它看成无足轻重。进出过社交界的人士，他们的风度中摆脱了一切冒充风雅的成分，摆脱了显得过分亲切的担心，呈现出潇洒自如，一举手一投足都显得优美，仿佛四肢灵活，做出的姿势恰如他们所愿，而身体的其余部分不会做出任何不合时宜的笨拙动作。社交界人士在向别人介绍给他们的不相识的年轻人优雅地伸出手来，或者是向别人为之介绍的一位大使不卑不亢地躬身时，那简直是一种基本的体操动作，在不知不觉之间，渗透到了斯万的整个社交生活中，因此当他面对像维尔迪兰夫妇和他们的朋友这些地位比他低下的人时，本能地表示出一种殷勤，主动接近他们，而这在他们看来，一个"讨厌家伙"是绝不会如此的。他对戈达尔大夫表示了片刻的冷淡：眼看这位大夫在他们两人还没有交谈以前就向他眯了眯眼，莫测高深地微微一笑（戈达尔管这种鬼脸叫"要来的都来吧"），斯万以为大夫多半曾经在哪个烟花场中见过他，可他自己极少涉足那种地方，也从来没有沉溺于花天酒地之中。斯万一想到这个联想有点不雅，特别是在奥黛特面前，她可能会对他产生不良的好印象，因此赶紧敛容。不过当他得悉在他身边的那位妇女就是戈达尔太太时，他心想她的丈夫是那样年轻，不至于在他妻子面前暗示那样的游乐，对大夫那种狡黠的神情也就不再作刚才那样的解释了。画家马上就邀请斯万跟奥黛特一起去参观他的画室，斯万觉得他这个人挺可爱的。"也许您得到的盛情款待比我当年还有过之呢，"维尔迪兰夫人以假装生气的口吻说，"他会把戈达尔的画像给您看的（这是她向画家订的货）。"她又提醒画家："比施大师（'大师'是她对画家的戏称），您可记着点儿，眼神要画得美，眼角要画得细巧逗人。您不是不知道，我要的主要是他的微笑，我请您画的是他微笑的肖像。"她认为她最后这句话说得十分巧妙，又高声重复一遍，让很多客人都能听见，甚至为此随便找出一个借口，让几个客人往她身边靠拢一些。斯万要求结识所有的人，甚至包括维尔迪兰家的一个老朋友，叫萨尼埃特的，他有广博的文献知识，拥有巨资，门第显赫，这些条件本该使他赢得尊敬，却由于他腼腆朴实、心地善良而丧失了。他说话的时候含含糊糊，然而这种含糊并不令人讨厌，因为它并不体现语言上的缺陷而是体现他的心灵，表明他依然还保持着纯真的童心。有些辅音他发不好，说明有些刺耳的话他是讲不出口的。当斯万请维尔迪兰夫人把他介绍给萨尼埃特先生的时候，请她把他们两个人的地位颠倒过来；维尔迪兰夫人果然说道："斯万先生，请允许我把我们的朋友萨尼埃特介绍给您。"把"我们的朋友萨尼埃特"和"您"特别加重。斯万这就在萨尼埃特心中激起了一股暖流，可是维尔迪兰夫妇却从未向斯万透露过这点消息，因为他们多少有点讨厌萨尼埃特，不愿为他介绍朋友。而与此相反，当斯万恳切要求他们为他介绍钢琴家的姑妈时，他们就万分感动。这位姑妈总是穿着黑色的衣服，因为她觉得女人穿黑衣服好看，而且更加高雅；她脸色特别红润，就像刚吃过饭一样。她恭恭敬敬地向斯万哈了哈腰，马上又庄严地挺起身来。她所受的教育不多，又怕在语言上出错，因此发音故意含糊，心想万一说漏了嘴，也可以由于发音含糊而蒙混过去，不致被人家确切地辨认出来，结果她讲的话只是一片难以听清的沙哑声，难得冒出几个她确有把握的字眼。斯万心想可以在跟维尔迪兰先生谈话的时候，把她稍为讽刺一下，不料引起了对方的不快。

"她这个人可好极了！"维尔迪兰先生答道，"不错，她才貌并不惊人，这我同意；可是我敢向您担保，当您同她谈话的时候，她可是很讨人喜欢的。"

"这我毫不怀疑，"斯万赶紧让步，又说，"我刚才的意思只是说我并不觉得她'超群出众'（他把这四个字特别强调），并不是对她不表赞赏。"

"还有让您吃惊的呢，"维尔迪兰先生又说，"她写得一手好文章。您从没有听过她侄子的演奏？那可是妙极了，大夫，您说是不是？斯万先生，您要我请他弹点什么吗？"

“那可是不胜荣幸之至……”斯万正要往下讲，大夫跟他做了个鬼脸，把他的话头打断。敢情大夫记得，在普通的会话里用强调语气，用庄严的形式，已经过时，所以一听到有人一本正经地用一个庄严的字眼（例如刚才的“荣幸”），就觉得说话的人有一副学究气。而如果这个字眼碰巧又在他所称之为陈词滥调之列，那就不管它是如何常用，大夫就认为这个句子必然滑稽可笑，赶紧自己接上茬，用上一句他以为对方想要讲的套话，其实对方连想都不曾想到。

“法兰西不胜荣幸之至！”他高举双臂，狡黠地高声大叫。

维尔迪兰先生忍不住笑了起来。

“那几位先生在笑什么呢？看起来你们那个角落里全都是乐天派。”维尔迪兰夫人高声叫道。她又像孩子撒娇似的补了一句：“我一个人呆在这里受罚，你们难道还以为我挺高兴吗！”

维尔迪兰夫人坐在一把打了蜡的瑞典式松木高椅子上，这是瑞典一位提琴家送给她的，虽然看起来像张板凳，跟周围古色古香的精美家具毫不相称，可是她还是把它保留下来；她的忠实信徒们不时给她送的礼品，她摆在外面，好让馈赠者认出时心里高兴。她也曾劝他们只送花和糖果，这些东西是不能长久保存的；可是说也没用，结果她家里慢慢地就堆满了脚炉、椅垫、挂钟、屏风、气压计、瓷花瓶，重复冗杂，杂乱无章。

她坐在她那高高在上的位子上兴致勃勃地参加她的信徒们的谈话，为他们开的玩笑而心花怒放，不过自从那次笑得下颌骨都脱了臼以后，就再也不敢当真放声大笑，而代之以一个手势，表示她笑得连眼泪都流出来了，这就既不费力又无危险。要是哪位常客对某个“讨厌家伙”，或者对某个原是常客后来被打成“讨厌家伙”的人说上一句俏皮话，维尔迪兰夫人就会发出一声尖叫，把她那双已经开始蒙上一层白内障的小鸟似的眼睛紧闭，突然用双手将脸捂上，严密得什么也看不见，仿佛面前出现了什么猥亵的场面或者是要闪避一个致命的打击似的；她装出正在竭力憋着不笑出来，简直像是如果笑将起来，就会笑得昏死过去似的。维尔迪兰先生一直自以为跟他妻子一样和蔼可亲，可当真开怀大笑，马上就笑得喘不过气来，跟他妻子那些经久不息的假笑这种高招相比，真是望尘莫及，自愧不如，这是他最难过的一件事。维尔迪兰夫人则为她的信徒们的兴高采烈而飘飘然，为友好情谊、恶意中伤和斩钉截铁的断言所陶醉，她像一只吃了在热酒中泡过的食料的鸟，栖息在她那张高椅子上，为这充满着友情的气氛而抽噎。

维尔迪兰先生请斯万允许他点上烟斗（“在这里的都是朋友，不必拘礼”），再请年轻的艺术家坐上琴凳。

“不，不，别麻烦他，他到这里不是来受折磨的，”维尔迪兰夫人高声叫道，“谁要折磨他，我可不答应。”

“可这怎么叫麻烦他呢？”维尔迪兰先生说，“我们发现的那个升 F 调奏鸣曲，斯万先生也许还没有听过；他可以为我们弹弹那首为钢琴改编的曲子。”

“啊！不，不，别弹我的那首奏鸣曲！”维尔迪兰夫人叫道，“我可不想跟上次那样，哭得得了鼻炎，外带颜面神经痛；谢谢了，我可不想再来一次；你们都是一片好意，可是该卧床一星期的不是你们！”

这样一场小戏，每当钢琴家要演奏时总要演出一番，却总跟首次上演一样，观众都乐于观看，仿佛它说明女主人是何等独出心裁，她对音乐又是何等敏感。聚在她身边的人赶紧招呼在远处吸烟或者打牌的人，让他们往前靠靠，示意就要有什么重要的事情发生，还像在国会辩论时的关键时刻中那样，嚷道：“听着，听着！”到了第二天，他们还直为没有到场的人惋惜，说头天那场小戏演得比平常还有意思。

“好吧！好吧！”维尔迪兰先生说，“他就只弹行板吧！”

“只弹行板！你这是什么话？”维尔迪兰夫人高声叫道，“弄得我浑身瘫软的正是这段行板。你这位先生真是妙不可言！这不就等于说在《第九》里只听终曲，在《大师》[1]里只听序曲一样吗？”

戈达尔大夫还是劝维尔迪兰夫人让钢琴家演奏，倒不是因为他认为音乐在她身上产生的激动是假装出来的，他知道她有些神经衰弱的症状，而是因为许多大夫都有这样一种习惯，当他们参加一个社交活动（他们认为它的成功与否至关重要），而他们奉劝暂时忘掉消化不良或者头痛的那个人又是这个活动的关键人物时，马上就把疾病的严重性说得缓和一些。

“您今天是不会闹病的，”他对她说，一面向她递眼色示意，“再说，如果您闹病了，我们也会照料您的。”

“真的？”维尔迪兰夫人答道，仿佛在这样的盛情所展现的希望面前，只好退让了。也许同时也因为，当她说她会病倒的时候，有时是忘了这是一句谎话，是一种病态心理。而病人时常不愿意为了少发病而处处小心提防，很容易相信他们可以不受惩罚地做他们高兴做而常常因此而得病的事情，只要能把自己的命运交到一个强者手里，自己不必费力，就可以凭一句话或者一颗药丸而复原就行了。

奥黛特已经走到钢琴旁边的一张毛毯面子的沙发跟前，坐了下来。

“这是我的安乐窝。”她对维尔迪兰夫人说。

维尔迪兰夫人看到斯万坐在一把椅子上，就请他站起来：

“您在那里不舒服，您还是坐到奥黛特身边来吧。奥黛特，您能腾点地方给斯万先生吗？”

“多漂亮的博韦毛毯。”斯万在坐下以前说，他竭力要显得亲切。

“啊！您欣赏我的沙发，我真高兴，”维尔迪兰夫人答道，“您如果还想看到一张跟这张同样好看的沙发，那我就劝您趁早打消这个念头。这种款式的沙发，他们从来就没有做过第二张。那些小椅子也都是珍品。您一会儿可以去看看。每一个青铜铸件都是跟椅子上的图形相配的；如果

---

① 《第九》指贝多芬的《第九交响曲》，《大师》指瓦格纳的歌剧《歌唱大师》。

您有意看一看，您既能学到东西，又能得到享受，准能感到没有白费时光。您请看看这椅子的镶边，那'熊与葡萄'红底上的小葡萄藤，画得多好！您说呢？我说他们画画可真有一手！这葡萄是不是叫人馋涎欲滴？我丈夫硬说我不喜欢吃水果，因为我吃得没有他多。其实不然，我比你们诸位都贪吃，只不过我不想把水果吃进嘴里，我要用眼睛欣赏。你们笑什么？你们可以问问大夫，他可以告诉你们，葡萄是我的泻药。有人用枫丹白露的白葡萄治病，我是拿这博韦罩毯治病。斯万先生，您走以前一定要摸摸椅子背上的青铜铸件，是不是又细又光？不要紧，您尽管用手摸好了。"

"好嘛！维尔迪兰夫人要摸青铜铸件，"画家说，"我们今晚就听不成音乐了。"

"您住嘴，您这个坏坯！"她又转过身来对斯万说，"我们女人哪，连一点最起码的快感都不让享受。这世上有谁的皮肉有这么细！想当年维尔迪兰先生对我醋劲儿挺大，唯恐失去我的时候——得了，别打断我的话，你可别说你从来没有吃过醋……"

"我可什么也没说。大夫，我请您作证，我说什么没有？"

斯万出于礼貌，还在抚摩那些青铜铸件，不敢马上撒手。

"得了，您往后再抚摩吧；现在到了别人爱抚您，让您一饱耳福的时候了；我想您准会喜欢的；就是这位年轻人来承担这项任务。"

等到钢琴家演奏完毕，斯万对他就比对在座的任何人都更亲切了。这是什么道理？

原来头年他在一次晚会上听人用钢琴和小提琴演奏了一部作品。起初，他只体会到这两种乐器发出的物质性的音质。而当他在小提琴纤细、顽强、充实、左右全局的琴弦声中，忽然发现那钢琴声正在试图逐渐上升，化为激荡的流水，绚丽多彩而浑然一体，平展坦荡而又像被月色抚慰宽解的蓝色海洋那样荡漾，心里感到极大的乐趣。在某一个时刻，他自己也不能清楚地辨认出一个轮廓，也叫不上使他喜欢的东西到底叫什么名字，反正是突然感到着了迷，他就努力回忆刚才那个乐句或者和弦（他自己也说不清）；这个乐句或者和弦就跟夜晚弥漫在潮湿的空气中的某些玫瑰花的香气打开我们的鼻孔一样，使他的心扉更加敞开。可能是因为他不知道这是什么乐曲，所以他得到的印象是如此模糊，一种也许正是真正的纯粹音乐的印象，是局限于这个范围，完全别具一格，不能归之于任何别的种类的印象。这样一种印象，在一刹那间，可以说是“无物质的”印象。当然这时我们听到的音符，按照它们的音高和时值，会在我们的眼前笼罩或大或小的空间，描画出错综复杂的阿拉伯式的图案，给我们以广袤或纤小、稳定或反复无常的感觉。然而这些感觉在我们心中还没有牢固地形成，还不足以会被紧接而来的，甚至是同时发出的音符所激起的感觉淹没以前，就已经消逝了。而这种印象却还会继续以它的流动不定，以它的“淡入或淡出”，掩盖那些不时冒出、难以区别、转瞬即逝、只能由它们在我们身上产生的特殊的快感才得以辨认的，无法形容、无法记忆、无法命名、不可名状的主题——即使我们的记忆，像一个在汹涌的波涛中砌造一个建筑物的牢固基础的工人一样，能为我们提供那些逃遁的乐句的仿制品，却无法使我们能把它们随之而来的乐句加以比较，加以区别。就这样，当斯万感觉到的那个甘美的印象刚一消失，他的记忆就立即为他提供了一个记录，然而那是既不完全又难持久的记录；但当乐曲仍在继续时，他毕竟得以向这记录投上一瞥，所以当这同一个印象突然再次出现时，它就不再是不可捕捉的了。他可以捉摸这个印象的广度，捉摸与它对称的改编乐句，捉摸它的记谱法，捉摸它的表现力；他面前的这个东西就不再是纯音乐的东西，而是帮助他记住这音乐的图案、建筑物和思想了。这时候，他就能清楚地辨认出那个在片刻之间、在音响之波中升腾而起的乐句。它立刻唤起他一些奇妙的快感，他感到这是除了这个乐句以外任何别的东西都不可能给予他的，因此对它产生了一种从未体验过的喜爱。

这个乐句以缓慢的节奏把他领到这里，把他领到那里，把他领向一个崇高、难以理解，然而又是明确存在的幸福。突然间，正当这个乐句把他领到一个地方，而他在休息片刻后正准备随它继续前进时，它却猛地变换方向，以速度更快的细碎、凄然、温和而无休止的运动，把他带向新的境界，随即又消逝了。他热切地祈望着第三次再见到它。而它果然又重现了，然而并没有对他作出什么更明确的启示，在他身上激起的快感也没有以前那样深刻。可是当他回到家里，他却需要它：他仿佛成了这样一个人，他在马路上瞥见的一个过路的女子在他的生活中注入了一种崭新的美的形象，这个形象强化了他自己的感情，可他是否还能重逢他已经爱上但却连姓名都还不知道的那个人，连他自己也不清楚。

对这个乐句的爱仿佛在一瞬间在斯万身上产生了恢复已经失去了的青春的可能性。很久以来，他就弃绝了把生活跟一个理想结合起来的念头，只把它局限于追求日常乐趣的满足，而他认为——虽然没有正式地对自己这样说——这种情况到死也不会改变了；更进一步，他既然再也不会感到头脑里有什么崇高的思想，于是就连天下是否有这样的思想存在也不再相信，虽然他还不能完全予以否定。因此，他就养成了逃避存在于琐碎不足道的思想之中的习惯，也就不再去追究事物的原委。同样，他也不再自问是否再参加社交生活，但却确信如果接受邀请就应该应邀前往，而如果临时不能赴约，就应该给主人留张名片；同样在谈话中间他竭力不对任何事物畅谈由衷的见解，只是提供一些本身能多少说明问题，而他自己无需倾其所知的细节。他对菜肴的烹调方法，对某个画家的生卒年代，对他的作品的标题却是了如指掌。有时，他情不自禁地对某一作品，对某种人生观发表见解，但语含讽刺，仿佛他对自己所说的话也并不完全赞同。然而，就像某些多病的人到了一个新的地方，接受一种新的治疗方法，身体上莫名其妙地自发出现一种新的变化，就仿佛觉得自己的病大为减轻，因而开始看到今后与前完全不同的生活的可能性一样，斯万这一回也通过对他所听到的那个乐句的回忆，通过他为了看一看是否还能发现这个乐句而请人演奏的某些协奏曲，在他自己身上发现了以前不再相信的一个看不见的现实；此外，仿佛音乐对他那干涸的心有一种治疗的作用似的，他也重新产生了把生活奉献给某一目标的愿望，甚至是力量。然而，他没能弄清他那晚听的那部作品出于谁手，也没能找到那部作品，结果也就把它忘了。他倒是在那个星期里碰到了那天跟他一起参加那个晚会的几个人，问过他们；可是好几个人都是在演奏完了才到的，或者没有到演奏就已早退；有几个人在演奏时倒是在场，不过在另外一个角落里聊天，另外有几个人倒是听了，可是也是听而不闻。至于晚会的主人，他们只知道这是一部新作品，是他们约请的音乐家们自己提出要演奏的，而这些音乐家到外地巡回演出了。斯万有一些音乐界的朋友，可是他尽管记得这乐句使他产生的无法表达的特殊的乐趣，尽管眼前能看到这个乐句描绘出来的形象，却不能把它哼给他们听听。后来，他也就不再去想它了。

而今晚在维尔迪兰夫人家，年轻的钢琴家刚开始弹了几分钟，斯万忽然在一个延续两小节的高音之后，看到他所爱的那个轻盈的、芬芳的乐句从这拖长的、像一块为了掩盖它的诞生的神秘而悬起的有声之幕那样的音响中飘逸而出，向他款款接近，被他认了出来——这就是那个长期隐秘、细声细气、脱颖而出的乐句。这个乐句是如此不同凡响，它的魅力是如此独一无二，任何别的魅力都无法替代，对斯万来说，就好比在一个朋友家中的客厅里突然遇到他曾在马路上赞赏不已，以为永远也不能再见的一个女人一样。最后，这个不倦的指路明灯式的乐句随着它芳香的细流飘向远方，在斯万的脸上留下了他微笑的痕迹。这次他可以打听这个不相识的人的姓名了，原来这是凡德伊的《钢琴小提琴奏鸣曲》的平板。他把它记住，从此就可以在家里随时重温，研究它的音乐语言，掌握它的秘密了。

因此，当钢琴家演奏刚完毕，斯万就走到他跟前，向他致谢，那种热烈劲儿,维尔迪兰夫人看了十分高兴。

“这是何等的魅力!”她对斯万说,“小伙子对这个奏鸣曲理解得十分透彻,是不是?您从来没有想到钢琴能达到这么高的境界吧!说真的,那里面什么都有,就是没有钢琴声。每次听的时候,我都以为是听一支管弦乐队在演奏。甚至比管弦乐队奏得还美,还完整。”

青年钢琴家躬了躬身,面带微笑,一板一眼地说,仿佛是在念一句警句似的:

“您太过奖了。”

维尔迪兰夫人对她的丈夫说:“来,来,给他来杯橘子水。他该得这份奖赏。”斯万则对奥黛特叙说他爱上那句乐句的经过。这时候维尔迪兰夫人说道:“哎,奥黛特,看样子他在跟您讲什么知心话呢!”奥黛特答道:“对了,是知心话。”斯万很欣赏她的直爽。他接着打听凡德伊是怎样一个人,有什么作品,这部奏鸣曲是什么时期写的,他当时写那个乐句的时候要表达什么思想,这是他特别要弄清楚的。

当斯万说这个奏鸣曲真美的时候,维尔迪兰夫人高声叫道:“您说得不错,它真美!您不该说您原来不知道这首奏鸣曲,您没有权利不知道这首奏鸣曲。”画家接茬说:“啊,是啊,这是一部了不起的作品,这当然不是什么大路货,不是什么‘通俗作品’,这是对我们这些懂艺术的人能产生强烈印象的作品。”所有这些人全都自诩能欣赏这个音乐家,可是他们全都从来没有向他们自己提出斯万刚才那些问题,因此谁也答不上来。

甚至当斯万就他心爱的那个乐句发表一两点见解的时候,维尔迪兰夫人却答道:“嗨,您说逗不逗?我可从来没有注意到;我呀,我不喜欢吹毛求疵,不喜欢过问那些鸡毛蒜皮的事儿;这里的人谁也不喜欢费工夫去钻牛角尖,我们家可没有这样的毛病。”这时候戈达尔大夫张着大嘴以赞赏的眼光注视着她,满腔热情地听她一口气说出那么多的成语。他跟他的太太都有某些出身低微的平民百姓的那种世故,对他们回到家里相互承认并不懂得的音乐作品以及比施“大师”的绘画，都避免发表意见，也不假装能够欣赏。广大群众只能从他们已经慢慢接受了的那种艺术当中的老一套的东西里领略大自然的魅力、美和形象，而有独创性的艺术却正在抛弃这些老一套的东西，所以作为广大群众在这方面的代表，戈达尔夫妇既不能在凡德伊的奏鸣曲中，也不能在那位画家的肖像画中发现他们所理解的音乐的和谐和绘画之美。钢琴家演奏的时候，他们觉得他是在钢琴上随便弹上几个音符，这是他们已经习惯的形式所无法联系起来的，而画家只是在画布上随意抹上点颜色而已。当他们在画布上辨认出一个人形时，他们也觉得它笨拙俗气，也就是说，缺乏他们用来观察路上的行人的那个习惯画法所显示的优美，也觉得它不真实，仿佛比施先生不懂得一个人的肩膀是怎么长的，也不知道女人的头发是不会长成淡紫色的。

信徒们散开了，大夫感到这是一个好机会，正当维尔迪兰夫人就凡德伊的奏鸣曲讲完最后一句话的时候，他就像刚学游泳的人挑选没有太多人瞧着他的时候才跳下水一样，突然下定决心叫道：“是啊，这就是一个所谓 di primo cartello（第一流）的音乐家！”

斯万就只打听出凡德伊这首奏鸣曲是最近发表的，在一个思想很先进的音乐派别中引起强烈的反响，而广大群众却根本不知道有这么回事。

“我倒是认识一个叫凡德伊的人。”斯万说。他想到的是我外祖母的妹妹们的钢琴教师。

“也许就是他？”维尔迪兰夫人叫道。

“啊，不！”斯万笑着答道，“如果您见过他，您就不会提出这样的问题了。”

“可提出问题就是解决问题嘛！”大夫说。

“也许是他的一个亲戚，”斯万又说，“说起来也真够惨的，一个天才竟会是一个老傻瓜的堂兄弟。果然如此，我就情愿受一切折磨，也要让这老傻瓜把我介绍给奏鸣曲的作者。先得接受去找这老傻瓜的折磨，真是件可怕的事情。”

画家知道凡德伊这会儿病得很厉害，博丹大夫都担心救不活他了。

“怎么?”维尔迪兰夫人叫道，“居然还有人找博丹看病!”

“啊，维尔迪兰夫人!”戈达尔拿腔拿调地说，“您忘了您是在说我的一个同行，说得更正确些，是我的一个老师。”

画家早就听说凡德伊的精神都快错乱了。他说这从他那首奏鸣曲的某些片段中就可以看得出来。斯万也并不觉得这种看法荒谬，不过却为之不安，因为一部纯粹的音乐作品本来就不包含任何逻辑关系，言语中逻辑关系的错乱表明说话的人神经不正常，但他总认为在一首奏鸣曲中显示出来的错乱却是跟一条狗或者一匹马的精神错乱(尽管当真可以观察出来)同样神秘的东西。

“您就别在我跟前提您的什么老师了，您比他高明十倍，”维尔迪兰夫人这样回答戈达尔大夫，用的是一个敢于坚持己见，敢于顶撞持不同意见者的口吻，“您至少不会治死您的病人。”

“夫人，他可是位院士，”大夫以嘲讽的口吻反驳道，“如果一个病人乐意死在一个科学泰斗手中的话……一个人要是能说:‘是博丹在给我治病。’那就更光彩了。”

“啊！更光彩?”维尔迪兰夫人说，“敢情现在生病还有什么光彩不光彩的，真是新鲜事儿……您可把我逗死了!”她突然双手捂脸叫了起来，“我这个老傻瓜还在跟您正儿八经地讨论呢，竟没有看出您是在愚弄我。”

至于维尔迪兰先生，他觉得为了这么点儿小小不然的事儿就哈哈大笑，未免有点讨人嫌，就猛抽一口烟斗，不无伤心地心想在对人和蔼可亲上面怎么也赶不上他的妻子了。

当黛奥特跟她道晚安告别时，维尔迪兰夫人对她说:“我们很喜欢您的朋友。他很爽直，很可爱；您要是还有这样的朋友介绍给我们，尽管带他们来好了。”

维尔迪兰先生却指出斯万对钢琴家的姑妈并不欣赏。

“我想这是因为他对咱们这个环境还不熟悉的缘故,”维尔迪兰夫人答道,“你可不能指望他第一次来就跟戈达尔一样跟这里的人一个调子,戈达尔参加我们这个小圈子已经好几年了。第一次不算数,只能算是了解了解情况。奥黛特,他答应明天跟我们一起到夏特莱剧院去,您是不是去接他一下?”

“不,他不要我去接。”

“那就随你们吧。但愿他不要临时甩掉我们!”

出乎维尔迪兰夫人意料之外,他从来没有把他们甩掉过。随便他们到什么地方,他都奉陪,或是到郊区的饭馆(还不到时令,去得较少),而更常去的是戏院(维尔迪兰夫人很爱看戏)。有一天维尔迪兰夫人在她家里对斯万说,碰到什么戏的首场演出,或是盛大的节日活动,要是有一张特别通行证就非常管用,甘必大①葬礼那天就因为没有这么一张东西而添了不少麻烦。斯万从来没有提起他那些显赫的朋友,只提那些没有多大声望的,认为后一种关系如果加以隐瞒,未免不够正派;而在圣日耳曼区他就认为跟政界的交往无需隐瞒。这次却冲口而出:

“这事儿就交给我了,等《达尼谢夫》重新上演的时候,您就能拿到手了。我明天正好要到爱丽舍宫跟警察总监一起吃饭。”

“什么,在爱丽舍宫?”戈达尔大夫高声叫道,简直像是雷鸣一般。

“对了,在格雷维先生那里。”斯万答道,对他刚才那句话产生的反应多少有点窘色。

画家对大夫开玩笑说:“您这倒是少见哪!”

---

① 甘必大(1838—1882),法国资产阶级政治活动家,第二帝国时期共和派左翼领袖。1870 年巴黎被普军围困时曾到外地企图组织新军抗击普军。在反对保皇党恢复帝制,捍卫第三共和国方面有功,逝世时任政府总理。

一般说来，戈达尔每次听人作出什么解释的时候，总是连声说“好，好”，也不显露什么表情，可是这一次，斯万最后这句话却没有跟往常一样让他安下心来，而是使他万分震惊，敢情跟他同桌吃饭，既无官衔又无任何名声的这个人竟跟国家元首来往呢。

“怎么？格雷维先生？您认识格雷维先生？”他对斯万说，那副吃惊和怀疑的神气就仿佛是爱丽舍宫门口站岗的门警碰上前来求见共和国总统的陌生人时一样：根据对方的言语，他明白他是何许人，满口答应他即将受到总统接见，其实却把这可怜的精神病患者领到拘留所的特别诊室去。

“我认识他，可不很熟，我们有些共同的朋友（他不敢说出威尔斯亲王的名字），再说，他很好客，那里的饭局也没有多大意思，菜很简单，席上也从不超过八个人。”斯万答道，他竭力把他跟共和国总统的交往中可能在对方看来过分眼花缭乱的事情略去不提。

戈达尔当真信了斯万的话，当真以为格雷维先生的邀请没有什么了不起，并不是什么众所追求而是唾手可得的东西。从此以后，他就对斯万或者别的什么人去爱丽舍宫不再感到惊讶，甚至对他应邀参加那样乏味的宴会表示同情了。

“啊，好，好！”他说，那口气就仿佛是个海关关员，刚才还对你表示怀疑，听了你的解释以后，就在你的签证上盖上章，没有打开你的箱子就让你过去了。

“您说那里的宴会没有多大意思，我相信也是这样；您去参加这样的宴会，真是难能可贵。”维尔迪兰夫人说，在她眼里，共和国总统是个特别可怕的讨厌家伙，因为他手里掌握着诱惑人和强制人的手段，要是她拿来对付她的信徒的话，那是会叫他们退避三舍的，“听说他耳背得厉害，吃饭还用手指头呢。”

“本来嘛，上那儿去，您是不会玩得痛快的。”大夫带着点怜悯说。当他想起一桌只有八个人的时候，又问道：“莫非那是知己朋友间的便酌？”

那种热心劲儿与其说是出之于好奇，倒不如说是出之于一个语言学家的钻研精神。

然而共和国总统在他心目中的威望最终毕竟还是胜过了斯万的谦虚和维尔迪兰夫人的恶意，戈达尔在每次聚餐的时候总要关切地问道：“咱们今晚能见到斯万先生吗？他跟格雷维先生有私交。我想他就是一个大伙所说的gentleman（绅士）吧？”他甚至送给他一张牙科展览会的请帖。

“有了这张请帖，您还可以带别人进去，不过不能带狗。您知道，我所以说这个话，是因为我有几个朋友不知道这个规定，临时添了麻烦。”

至于维尔迪兰先生，他可注意到了斯万有这样强有力的朋友而以前一直没有说起，这一发现在他妻子身上产生了何等不良的印象。

要是没有安排外出活动的话，斯万就到维尔迪兰家中参加这个小圈子的活动，不过他只是到晚上才来，而且尽管奥黛特一直恳求，他也没有答应跟他们在一起吃晚饭。

“如果您愿意的话，我可以跟您单独吃饭。”她对他说。

“那维尔迪兰夫人呢？”

“啊，那很简单。我只消跟她说我的衣服还没有做好，我的马车来晚了就行了。总有办法应付的。”

“您真好。”

不过斯万心想，如果让奥黛特知道（他只同意在晚饭后同她见面），他还有比跟她在一起更大的乐趣的话，那么她在他身上不久就更要得寸进尺了。再说，他早已爱上了一个长得鲜艳丰满得像一朵玫瑰花似的小女工，她的体态之美远过于奥黛特，他宁愿在黄昏时分跟她在一起，然后再去跟奥黛特相会。出于同样的理由，他从来没有答应奥黛特上他家去接他一起到维尔迪兰家去。小女工总是在他家附近他的马车夫雷米知道的一个街角等他，到时候登上车来，坐到斯万身旁，在他怀里一直呆到维尔迪兰家门口。等他进客厅的时候，维尔迪兰夫人指着他早上送去的玫瑰花对他说："我可要说您了。"同时指着奥黛特身边的位子叫他坐下，这时钢琴家正为他们两个人演奏凡德伊的那个乐句——它仿佛是他俩爱情的国歌。他总是从小提琴的震音部分开始，有几拍是不带伴奏的，占着最显著的地位；然后这震音部分仿佛突然离去，而那个乐句就像霍赫①室内画中的物体由于半开着的狭窄门框而显得更深远一样，从遥远的地方，以另一种色彩，在柔和的光线中出现了；它舞姿轻盈，带有田园风味，像是一段插曲，属于另一个世界。这个乐句以单纯而不朽的步伐向前移动，带着难以用言语形容的微笑，将它的优美作为礼品向四面八方施舍；可是斯万现在却仿佛觉得这个乐句原来的魔力顿然消失了。这个乐句仿佛认识到了它所指引的那种幸福的虚妄。在它轻盈的优美之中已经有点万事俱休的感觉，就好像是随着徒然的遗憾之情而来的超脱之感。不过对他来说，这些都无关紧要，他不大去考虑这个乐句本身，不大去考虑这个乐句对那在创作时并不知道世上有斯万和奥黛特存在的那位音乐家意味着什么，也不大去考虑它对今后几百年的听众意味着什么，而只把它看做是他的爱情的一种证明，一种纪念品，足以使维尔迪兰夫妇、使这位年轻的钢琴家想起奥黛特，想起他斯万，同时把他们两人连结在一起。甚至他也打消了请一位音乐家把那首奏鸣曲整个演奏一遍的打算（奥黛特一时心血来潮，曾经这样要求过的），以至于在全曲当中他依然只知道这一段。奥黛特也附和着说："咱们干吗要其余部分呢？这才是咱们那一段。"更进一步，后来他都苦于思索了，以致当这个乐句在他们耳畔掠过，离他们虽是那么近，可又像是在无穷远处，虽是为他们而奏，却又不认识他们的时候，他都感到遗憾了，为这个乐句有一种含义，有一种内在的、不变的而又不为他们所知的美而感到遗憾——就像是当我们收到我们所爱的女子送来的珠宝或者所写的情书时，我们会怪怨宝石的水色和语言中的词语为什么不

① 霍赫（1629—1677），荷兰画家，善于表现室内光的效果。

纯粹是由一段短暂的恋情和一个举世无双的情人的精髓所构成一样。

他时常在到维尔迪兰家去以前跟那个年轻女工在一起呆的时间太久，以致钢琴家刚把那个乐句演完，他就发现奥黛特回家的时刻马上就要到了。他总是把她送到凯旋门背后拉彼鲁兹街她那小住宅的门口。也许正是因为这一点，正是为了不要求她给以全部特殊优遇，他才牺牲早些看到她，跟她一起到维尔迪兰家去这个对他来说并不那么必要的乐趣，而保留伴送她回家的特权——这是她十分领情而他也更为重视的一项特权，因为这样，他就会感到没有别人看到她，没有人介入他们两人之间，而且在跟她分手以后，也没有人妨碍她在精神上与他同在。

就这样，她每晚都坐斯万的马车回去。有一晚，当她从车上下来，他跟她说“明天见”的时候，她快步跑到房子前的小花园里采摘最后一朵菊花，在车走动以前送到他的手里。他在归途中一直吻着这朵花，过了几天，花枯萎了，他就小心翼翼地把它收在写字台里。

可是他夜晚从不踏进她的家门。只有两个下午，他去参加了在她看来是如此重要的活动——吃午茶。在这里的这些小街上，几乎全都是一所挨着一所的矮小住宅，只是偶尔有几家昏暗的小铺子（这是这个过去名声不佳的地段的历史遗迹）打破这种单调一致。这些小街的寂静和空荡、花园和树上残留的白雪、冬季的衰败景象，城市中保留下来的自然景色，这些都为他在进门时感到的温暖和看到的花朵增添了神秘的色彩。

奥黛特的卧室位于高出于街面的底层，面临着与前街平行的一条狭窄的后街；卧室右边是一道陡直的楼梯，两旁是糊着深色壁纸的墙，墙上挂着东方的壁毯、土耳其的串珠、一盏用丝线绳吊起的日本大灯（为了避免来客连一点西方文明的现代化起居设备都享受不到，点的是煤气）。这道楼梯一直通到楼上的大小客厅。两间客厅前面有个狭小的门厅，墙上装着花园里那种用板条做的格子架，沿着它的整个长度摆着一个长方形的木箱，里面像花房里那样种着一行盛开的大菊花，这在那年月还是比较罕见的，虽然还没有日后的园艺家培植的那样巨大。斯万看了虽然有些不快，因为种大菊花是头年才在巴黎流行开的风尚，但这回看到这些在冬季灰暗的阳光中闪烁的短暂的星辰发出的芬芳的光芒，在这间半明半暗的小屋中映出一道道粉红的、橙黄的、白色的斑纹，心里还是很高兴的。奥黛特穿着粉红色的绸晨衣接待他，脖颈和胳膊都裸露着。她请他在她身边坐下，那是在客厅深处的许多神秘的隐秘角落之一，有种在中国大花盆里的大棕榈树或者挂着相片、丝带和扇子的屏风挡着。她对他说："您这么坐着不舒服，来，我来给您摆弄一下。"她面带那种行将一显身手的得意的微笑，拿来几个日本绸面垫子，搓搓揉揉，仿佛对这些值钱东西毫不在乎，然后把它们垫在斯万脑袋后面和脚底下。仆人进来把一盏盏灯一一放好，这些灯几乎全都装在中国瓷瓶里，有的单独一盏，有的两盏成双，都放在不同的家具上（也可以说是神龛上），在这冬季天已近黄昏的苍茫暮色中重现落日的景象，却显得更持久，更鲜艳，更亲切——这种景象也许可以使得伫立在马路上观赏橱窗中时隐时现的人群的一个恋人遐想不已。奥黛特这时一直盯着她的仆人，看他摆的灯是不是全都摆在应有的位置。她认为，哪怕只有一盏摆得不是地方，她的客厅的整体效果就会遭到破坏，她那摆在铺着长毛绒的画架上的肖像上的光线就会不对劲儿。所以她急切地注视这笨家伙的一举一动，当他挨近她那唯恐遭到损坏而总是亲自擦拭的那对花瓶架时，就严厉地申斥他，赶紧走上前去看看花是否被他碰坏。她觉得她那些中国小摆设全都有"逗人"的形态，而兰花，特别是卡特来兰，也是一样，这种花跟菊花是她最喜爱的花，因为这些花跟平常的花不同，仿佛是用丝绸、用缎子做的一样。她指着一朵兰花对斯万说："这朵兰花仿佛是从我斗篷衬里上铰下来似的，"话中带着对这种如此雅致的花的一番敬意；它是大自然赐给她的一个漂亮的、意想不到的姐妹，在实际生活中难以觅得，而它又是如此优雅，比许多妇女都更尊贵。因此她在客厅中给它以一席之地。她又让他看画在花瓶上或者绣在帐幕上的吐着火舌的龙、一束兰花的花冠、跟玉蟾蜍一起摆在壁炉架上的那匹眼睛嵌有宝石的银镶单峰驼，一会儿假装害怕那些怪物的凶相，笑它们长得那么滑稽，一会儿又假装为花儿的妖艳而害臊，一会儿又假装忍不住要去吻一吻被她称之为“宝贝”的单峰驼和蟾蜍。这些做作的动作跟她对某些东西的虔诚恰成鲜明的对比，特别是对拉盖圣母的虔敬。当她在尼斯居住时，拉盖圣母曾把她从致命的疾病中拯救过来，因此她身上总是带着这位圣母的金像章，相信它有无边的法力。奥黛特给斯万递上一杯茶，问他：“柠檬还是奶油？”当他回答是“奶油”的时候，就笑着对他说：“一丁点儿？”一听到他称赞茶真好喝的时候，她就说：“您看，我是知道您喜欢什么的。”的确，斯万跟她一样，都觉得这茶是弥足珍贵的，而爱情也如此需要通过一些乐趣来证实它的存在，来保证它能延续下去（要是没有爱情，这些乐趣就不成其为乐趣，也将随爱情而消失），以至当他在七点钟跟她分手，回家去换上晚间的衣服时，他坐在马车上一直难以抑制这个下午得到的欢快情绪，心想，“能在一个女子家里喝到这么难得的好茶，该多有意思！”一个钟头以后，他接到奥黛特的一张字条，马上就认出那写得大大的字，她由于要学英国人写字的那种刚劲有力，字写得虽不成体，却还显出是下了工夫的；换上一个不像斯万那样对她已有好感的人，就会觉得那是思路不清、教育欠缺、不够真诚、缺乏意志的表现。斯万把烟盒丢在她家里了。她写道：“您为什么不连您的心也丢在这里呢？如果是这样的话，我是不会让您收回去的。”

他的第二次访问也许对他来说更加重要。跟每次要见到她时一样，他这天在到她家去的途中，一直在脑子里勾勒她的形象；为了觉得她的脸蛋长得好看，他不得不只回忆她那红润鲜艳的颧颊，因为她的面颊的其余部分通常总是颜色灰黄，恹无生气，只是偶尔泛出几点红晕；这种必要性使他感到痛苦，因这说明理想的东西总是无法得到，而现实的幸福总是平庸不足道的。他那天给她带去她想看的一幅版画。她有点不舒服，穿着浅紫色的中国双绉梳妆衣，胸前绣满了花样。她站在他身旁，头发没有结拢，披散在她的面颊上，一条腿像是在舞蹈中那样曲着，以便能俯身看那幅版画而不至太累；她低垂着头，那双大眼睛在没有什么东西使她兴奋的时候一直现出倦怠不快。她跟罗马西斯廷小教堂一幅壁画上叶忒罗的女儿西坡拉①是那么相像，给斯万留下了深刻的印象。斯万素来有一种特殊的爱好，爱从大师们的画幅中不仅去发现我们身边现实的人们身上的一般特征，而且去发现最不寻常的东西，发现我们认识的面貌中极其个别的特征，例如在安东尼奥·里佐②所塑的威尼斯总督洛雷丹诺的胸像中，发现他的马车夫雷米的高颧骨、歪眉毛，甚至发现两人整个面貌都一模一样；在基兰达约③的画中发现巴朗西先生的鼻子；在丁托列托④的一幅肖像画中发现迪·布尔邦大夫脸上被茂密的颊髯占了地盘的腮帮子、断了鼻梁骨的鼻子、炯炯逼人的目光，以及充血的眼睑。也许正是由于他总是为把他的生活局限于社交活动、局限于空谈而感到悔恨，因此他觉得可以在大艺术家的作品中找到宽纵自己的借口，因为这些艺术家也曾愉快地打量过这样的面貌，搬进自己的作品，为作品增添了强烈的现实感和生动性，增添了可说是现代的风味；也许同时也是由于他是如此深深地体会到上流社会中的人们是这么无聊，所以他感到有必要在古代的杰作中去探索一些可以用来影射今天的人物的东西。也许恰恰相反，正是因为他具有充分的艺术家的气质，所以当他从历史肖像跟它并不表现的当代人物的相似中看到那些个别的特征取得普遍的意义时，他就感到乐趣。不管怎样，也许是因为一段时间以来他接受了大量的印象，尽管这些印象毋宁是来自他对音乐的爱好，却也丰富了他对绘画的兴趣，所以他这时从奥黛

---

① 西坡拉是《圣经》中犹太人领袖摩西的妻子，叶忒罗是她的父亲，摩西的岳父。

② 安东尼奥·里佐，十五世纪意大利建筑师、雕塑家。

③ 基兰达约（1449—1494），意大利画家，米开朗琪罗年幼时曾从他学画。

④ 丁托列托（1518—1594），意大利文艺复兴后期威尼斯画派重要画家之一。

特跟这位桑德洛·迪·马里阿诺(人们现在多用他的外号波堤切利①来称呼他,但这个外号与其说是代表这位画家的真实作品,倒不如说是代表对他的作品散布的庸俗错误的见解)笔下的西坡拉的相像当中得到的乐趣也就更深,而且日后将在他身上产生持久的影响。现在他看待奥黛特的脸就不再根据她两颊的美妙还是缺陷,不再根据当他有朝一日吻她时,他的双唇会给人怎样的柔软甘美的感觉,而是把它看做一束精细美丽的线,由他的视线加以缠绕,把她脖颈的节奏和头发的奔放以及眼睑的低垂连结起来,连成一幅能鲜明地表现她的特性的肖像。

他瞧着她,那幅壁画的一个片段在她的脸庞和身体上显示出来;从此以后,当他在奥黛特身畔或者只是在想起她的时候,他就总是要寻找这个片段;虽然这幅佛罗伦萨画派的杰作之所以得到他的珍爱是由于他在奥黛特身上发现了它,但两者间的相像同时也使得他觉得她更美、更弥足珍贵。斯万责怪自己从前不能认识这样一个可能博得伟大的桑德洛爱慕的女子的真正价值,同时为他能为在看到奥黛特时所得的乐趣已从他自己的美学修养中找到根据而暗自庆幸。他心想,当他把奥黛特跟他理想的幸福联系起来的时候,他并不是像他以前所想的那样,是什么退而求其次地追求一个并不完美的权宜之计,因为在她身上体现了他最精巧的艺术鉴赏力。他可看不到,奥黛特并不因此就是他所要得到手的那种女人,因为他的欲念恰恰总是跟他的美学鉴赏背道而驰的。“佛罗伦萨画派作品”这个词在斯万身上可起了很大的作用。这个词就跟一个头衔称号一样,使他把奥黛特的形象带进了一个她以前无由进入的梦的世界,在这里身价百倍。以前当他纯粹从体态方面打量她的时候,总是怀疑她的脸、她的身材、她整体的美是不是够标准,这就减弱了他对她的爱,而现在他有某种美学原则作为基础,这些怀疑就烟消云散,那份爱情也就得到了肯定;

① 波堤切利(1445—1510),意大利文艺复兴时期的画家。

此外，他本来觉得跟一个体态不够理想的女人亲吻，占有她的身体，固然也是顺理成章的事，可是也并不太足道，现在这既然像是对一件博物馆中的珍品的爱慕饰上花冠，在他心目中也就成了该是无比甘美、无比神妙的事情了。

正当他要为几个月来把全部时间都用来看望奥黛特而后悔的时候，他却又在想在一件宝贵无比的杰作上面花许多时间是完全合乎情理的事情。这是一件以另有一番趣味的特殊材料铸成的杰作，举世无双；他有时怀着艺术家的虔敬、对精神价值的重视和不计功利的超脱，有时怀着收藏家的自豪、自私和欲念加以仔细观赏。

他在书桌上放上一张《叶忒罗的女儿》的复制品，权当是奥黛特的相片。他欣赏她的大眼睛，隐约显示出皮肤有些缺陷的那纤细的脸庞，沿着略现倦容的面颊的其妙无比的发髻；他把从美学观点所体会的美运用到一个女人身上，把这美化为他乐于在他可能占有的女人身上全都体现出来的体态上的优点。有那么一种模糊的同感力，它会把我们吸引到我们所观赏的艺术杰作上去，现在他既然认识了《叶忒罗的女儿》有血有肉的原型，这种同感就变成一种欲念，从此填补了奥黛特的肉体以前从没有在他身上激起的欲念。当他长时间注视波堤切利这幅作品以后，他就想起了他自己的“波堤切利”，觉得比画上的还美，因此，当他把西坡拉的相片拿到身边的时候，他仿佛是把奥黛特紧紧搂在胸前。

然而他竭力要防止的还不仅是奥黛特会产生厌倦，有时同时也是他自己会产生厌倦。他感觉到，自从奥黛特有了一切便利条件跟他见面以后，她仿佛没有多少话可跟他说，他担心她在跟他在一起时的那种不免琐碎、单调而且仿佛已经固定不变的态度，等到她有朝一日向他倾吐爱情的时候，会把他脑子里的那种带有浪漫色彩的希望扼杀掉，而恰恰是这个希望使他萌生并保持着他的爱情。奥黛特在他心目中的形象已经到了固定不变的地步，他担心他会对它感到厌倦，因此想把它改变一下，就突然给她写了一封信,其中充满着假装出来的对她的失望和愤懑情绪,在晚饭前叫人给她送去。他知道她将大吃一惊,赶紧给他回信,而他希望,她因失去他的这种担心而使自己的心灵陷入矛盾之时,她会讲出她还从来没有对他说过的话。事实上,他也曾用这种方式收到过她一些前所未有的饱含深情的信,其中有一封是一个中午在"金屋餐厅"派人送出的(那是在救济西班牙木尔西亚水灾灾民日),开头写道:"我的朋友,我的手抖得这么厉害,连笔都抓不住了。"他把这封信跟那朵枯萎的菊花一起收藏在那个抽屉里。如果她没有工夫写信,那么当他到维尔迪兰家时,她就赶紧走到他跟前,对他说:"我有话要对您讲,"他就好奇地从她的脸上,从她的话语中捉摸她一直隐藏在心里没有对他说出的是什么。

每当他快到维尔迪兰家,看到那灯火辉煌的大窗户(百叶窗是从来不关的),想到他就要见到的那个可爱的人儿沐浴在金色的光芒之中时,他就心潮澎湃。有时候,客人们的身影映照在窗帘上,细长而黝黑,就像绘制在半透明的玻璃灯罩上的小小的图像,而灯罩的另一面则是一片光亮。他试着寻找奥黛特的侧影。等他一进屋,他的眼睛就不由自主地发出如此愉快的光芒,维尔迪兰对画家说:"看吧,这下可热闹了。"的确,奥黛特的在场给这里添上了斯万在接待他的任何一家都没有的东西:那是一个敏感装置,一个连通各间房间,给他的心带来不断的刺激的神经系统。

就这样,这个被称之为"小宗派"的社交机构的活动就为斯万提供跟奥黛特每天会面的机会,使他有时能以假装对跟她见面不感兴趣,甚至是假装以后不想再跟她见面,但这些都不会产生什么严重后果的,因为尽管他在白天给她写了信,晚上一准还是会去看她,并且把她送回家去的。

可是有一回,当他想起每晚总少不了的伴送时忽然感到不快,于是就陪他那小女工一直到布洛尼林园,好推迟到维尔迪兰家去的时间。就这样,他到得太晚,奥黛特以为他不来了,就回家了。见她不在客厅,斯万心里感到难过;在此之前,当他想要得到跟她见面的乐趣时,他总是确有把握能得到这种乐趣的,现在这种把握降低了,甚至使我们完全看不到那种乐趣的价值(在其他各种乐趣中也是一样),而今天才是第一次体会到了它的分量。

“你看见没有,当他发现她不在的时候,那张脸拉得多长!”维尔迪兰先生对他的妻子说,“我看他是爱上她了。”

“什么拉得多长?”戈达尔粗声粗气地问。他刚去看一个病人,现在回来找他的妻子,不知道他们讲的是谁。

“怎么?您刚才在门口没有碰上斯万家中最漂亮的那一位?”

“没有。斯万先生来了?”

“才呆了一会儿。斯万刚才可激动,可神经质了。您看,奥黛特走了。”

“您是说,她现在已经跟他打得火热,已经到了‘人约黄昏后’的阶段了?”大夫说,对他用的暗喻洋洋得意。

“不,绝对不是。咱们关起门来说说,我觉得她处理不当,简直是个傻瓜,实在是个傻瓜。”

“得了,得了,得了,”维尔迪兰先生说,“你知道什么呀?他们两个之间什么关系也没有?咱们又没有去看过,咱们怎么知道?”

“要是有什么的话,她是会对我说的,”维尔迪兰夫人郑重其事地反驳道,“我对你们说吧。她什么事情也不瞒我。她这会儿没有人,我跟她说过,她应该跟他睡觉。可她说她不能,她虽然钟情于他,可是他在她跟前总是畏畏缩缩的,她也就不敢大胆了。她还说她并不以那样一种方式来爱他,他是一个柏拉图式的情人,她不愿玷污她自己对他的感情。这都是她的话。斯万这个人倒恰恰是她所要的那种人。”

“对不起,我的意见可跟你不一样,”维尔迪兰先生说,“这位先生并不完全合我的心意,我觉得他有点摆架子。”

维尔迪兰夫人整个身体都僵直了,脸上现出一副死气沉沉的表情,仿佛她已经变成了一座雕像，这么一来倒显得她没有听到那叫人无法忍受的“摆架子”三个字。对他们“摆架子”，那不就表明他比他们“高明”吗？

“不管怎么说吧，如果他们之间没有什么关系，我也并不认为那是因为这位先生认为她是个**贞洁**的女人，”维尔迪兰先生酸溜溜地说，“不过，这倒是真的，他仿佛觉得她是个聪明人。不知你有没有听到那天晚上他是怎样跟她谈凡德伊的奏鸣曲的；我是衷心喜欢奥黛特的，可是跟她讲什么美学理论，那才是天字第一号的大傻瓜呢！”

“嗨，别说奥黛特的坏话，”维尔迪兰夫人装出孩子撒娇的样子说，“她是很可爱的。”

“那也不妨害她可爱呀！我并不是说她的坏话，我只是说她既不是个贞洁的女人，也不是个聪明的女人。”他又对画家说，“说到底，她贞洁不贞洁又是什么大不了的事儿呢？贞洁了，她也许就远不如现在这样可爱了，是不是？”

斯万在楼梯平台上碰到了维尔迪兰家的听差头，刚才他上楼的时候，他正好离开了一会儿。奥黛特临走时托他告诉斯万（这已经是一个钟头以前的事情了），假如他来，就对他说，她可能在回家以前先上普雷福咖啡馆喝杯巧克力。斯万马上到普雷福咖啡馆去，可是马车每走一步都被别的车辆或者过街的行人挡住；要不是怕招惹警察干涉，时间会耽误得更久的话，他真想把他们碾死。他计算他所费的时间，把每一分钟都延长几秒，唯恐时间跑得太快，这样他就可以相信有更多的机会到得早些，还能找到奥黛特。突然间，就像一个发烧的病人刚从睡梦中醒来，意识到他刚才反复出现在脑海而难以从中分辨出自己的那些梦幻是何等荒谬一样，斯万也在自己身上发现，自从在维尔迪兰家里听到奥黛特已经走了的消息以后，他脑子里盘算的思想是何等异乎寻常，他心里的那种痛苦又是何等前所未见，他只是在此刻才发觉，仿佛他是刚从梦中醒来一样。什么？所有这些烦躁不安，全都是因为他要到明天才能见到奥黛特，而这不正是他在一个钟头以前在到维尔迪兰家去的路上所盼望的事情码？他不得不看到，把他载到普雷福咖啡馆去的这辆马车依然如故，可是他自己已经不再是原来那样一个人了，他已经不是单独一人，现在另有一个人和他在一起，这个人附在他身上，和他融而为一，也许不再能摆脱，不得不像对待一个主人或者一种疾病那样来与之周旋了。然而自从他感觉到有一个新人就这样附到他身上那一刻起，他也就感到生活更有意思了。能不能在普雷福咖啡馆见到她，他心中完全无数（这等待是如此折磨着他，以至在见到她以前，他方寸已乱，既不能思想，也不能回忆什么来使他的脑子平息下来），然而果然能够见到她，这次会见很可能跟往常一样，并没有什么了不起。跟每天晚上一样，一见到奥黛特，向她那变化无常的脸悄悄地投过一瞥，他马上就把视线转向他方，免得她从中看出有什么欲念的成分，而不再相信他并没有任何的私心杂念；这时他就不再有工夫去想她，而一心盘算找出什么借口来使他可以不立即离开她，同时不露声色地确保第二天能在维尔迪兰家中再次看到她，也就是说找出什么借口来把跟这个可接近而不敢拥抱的女子的不能开花结果的聚首而激起的失望与折磨在当时持续下去，并在第二天重新品尝。

她不在普雷福咖啡馆。他决心到环城马路所有的饭店去找她。为了争取时间，当他到一些饭店去的时候，他就打发他的马车夫雷米（里佐画中的洛雷丹诺总督）上另一些饭店，如果他自己找不着，就到指定的地点去等马车夫。马车夫不见回来，斯万心里直翻腾，仿佛一会儿看到他回来说："夫人在那里。"一会儿又看到他回来说："夫人哪个咖啡馆里也找不着。"眼看天色已晚，也许今晚可能以跟奥黛特相会而告终，这就可以结束他的焦灼；也许不得不死了今晚找到她的念头，只好未曾相遇而黯然回家了。

马车夫回来了，可是当他在斯万面前停下的时候，斯万并没有问他"找到夫人没有？"却说："明天提醒我去订购劈柴，看来家里的快用完了。"

也许他心里在想，如果雷米在哪个咖啡馆看到了奥黛特还在等他的话，那么这个倒霉的夜晚就已经被一个业已开始的幸福的夜晚取而代之了，他就用不着匆匆忙忙地奔向那已经到手、妥善收藏、万无一失的幸福了。不过这也是出之于惯性的作用；有些人的身体缺乏灵活性，当他们要躲避一次冲撞，把他们行将烧着的衣服从火苗边拽开，要作出一个紧急的反应时，他们却不慌不忙，先把原来的姿势保持一会儿，仿佛要从这个姿势中寻得一个支点，一股冲力似的。斯万这会儿则是在心灵中缺乏这么一种灵活性。假如车夫对他说“夫人在那里”的话，他多半也会这样回答：“啊！好，好！让你跑了这么多路，我没想到……”并且继续谈订购劈柴的事，免得让他看出自己情绪的激动，同时让自己有时间从不安转入幸福。

车夫再一次回来告诉他，哪儿也找她不着，并且以老仆人的身份，提出自己的意见：

“我想先生只好回家了。”

当雷米带来他最后的、无法改变的回音时，斯万尽可以装出满不在乎的样子，可是这次当他看见他打算要他放弃希望，不再寻找时，他可就装不出来了。他高声叫道：

“不，我们一定得把这位夫人找到；这是最重要不过的事情。要是她没有见着我，她会十分懊恼的，这可是件大事，她会生我的气的。”

“我可不明白，这位夫人怎么会生气，”雷米答道，“是她没等先生就走了，是她说要到普雷福咖啡馆，而她又不在。”

这时四面八方的灯火都纷纷熄灭了。在林荫大道的树荫下，在神秘莫测的黑影中，越来越稀少的行人在踯躅，几乎分辨不出来。不时有个女人的身影走到斯万跟前，在他耳边嘟囔两句，请他送她回家，把斯万吓了一跳。他惶惶不安地从这些暗淡的身子边擦过，仿佛是在黑暗的王国，在鬼魂从中寻找欧律狄克①一般。

在产生爱情的种种方式中,在传播大恶的种种媒介中,有一种是再有效不过的,那就是有时掠过我们体内的强烈的激动之流。我们这会儿乐于与之相处的那个人,她的命运就算是定了,我们从此爱的就是她了。在这以前,她是否比别人更合我们的心意,甚至仅仅是跟别人同等程度地合我们的心意,这都无关紧要。重要的是我们对她的兴趣应该专一。假如她不在我们身边,而我们对跟她相处的种种乐趣的追求,在我们身上突然由一种急迫的需要取而代之时,这个条件就实现了。这个需要以她本人为对象,这是一种荒谬的需要,是这个社会的法律所不允许实现、所难以宽解的一种需要——这就是要占有她的那种荒唐的、痛苦的需要。

斯万让雷米带他到最后几家还没有关门的餐馆;这是他冷静地设想中的那个幸福得以实现的唯一条件。现在他不再掩饰他内心的激动,不再掩饰他对这次相会是何等的重视,于是答应他的马车夫,如果得以成功,就给以重赏,仿佛除了他自己以外再加上另一个人抱着成功的愿望,就可以使奥黛特出现在内环路上的某一个餐馆似的——哪怕她这时已经回家睡觉了也罢。他一直赶到金屋餐厅,两次走进托尔多尼饭店,都没有找着;他又从英国咖啡馆出来,惊慌失措地大踏步赶到在意大利人大道一个街角等着他的马车那里,可就在这时候,他迎面撞上了一个人,她就是奥黛特。她后来解释道,她在普雷福咖啡馆没有找到座位,就上金屋餐厅吃饭去了,她坐在一个凹角里,没有被他看到。她正在找她的马车。

她根本没有想到会在此时此地碰上他,因此大吃一惊。而他呢,他跑遍了整个巴黎城,也并不是因为他认为有可能碰上她,而是因为要是死掉这颗心的话,对他自己未免太残酷了。他的理智一直认为今晚这份快乐

① 欧律狄克是希腊神话中歌手俄耳甫斯的妻子,被毒蛇咬伤而死,为了把妻子找回,俄耳甫斯亲身到了冥界。

是不可能实现的了，现在它却成了再现实不过的东西；他自己并没有去忖度种种可能来促成这份快乐的实现，它纯粹是外来的东西；他也用不着绞尽脑汁来赋予它以现实性，这现实性是它自己产生出来的，是自己向他投来的。这个现实光芒四射，驱散了像梦幻一样飘荡在他心中的孤独之感；而在这个现实之上，他在无意之中构筑起幸福的遐想。这就像一个在晴朗的日子到达地中海岸的旅客一样，对他刚离开的地方是否存在有所怀疑，这时他不去回顾这些地方，却听任迎面而来的海水的明亮而始终如一的蔚蓝色光芒照得自己眼花缭乱。

他跟她一起登上她的马车，让他自己的车子跟在后面。

她手上拿着一束卡特来兰，斯万透过她的花边头巾，看见她头发上也有同样的兰花系在用天鹅的羽毛制成的羽饰上。她在披巾下穿的是一件黑丝绒的袍子，下摆张成三角形，露出白罗缎的衬裙，在袒胸的上衣口有一块也是白罗缎的插绣，上面也插了几朵卡特来兰。她刚从跟斯万的不期而遇的惊讶中恢复过来，马就踢到了什么障碍物，闪向一旁。他们两人都给震得离开了原来的位置，她一声尖叫，吓得心突突地跳，连气也喘不过来。

"没有什么，"他对她说，"别害怕。"

他扶住她的肩膀，把她的身子紧紧靠在自己胸前，又说：

"千万别说话，只消用手势回答我的问题就行了，免得您喘得更厉害。您上衣口上的花给震歪了，我来给您扶一扶正，您该不介意吧？我怕您的花会掉出来，我想把它插牢一点儿。"

她从来没有见到男人对她这么彬彬有礼过，微笑着答道：

"不，哪儿会啊，我怎么能介意呢？"

他却为她的回答而显得很难为情，这也许是由于他自己刚才提出了一个借口却又装得十分诚恳，甚至已经开始相信自己确是诚恳而难为情吧。他叫道：

“啊！不，不，千万别说话，您会喘得更厉害的，您只消做个手势就行了，我会明白您的意思的。您果然不介意？您看，您身上有一丁点儿……我想是一丁点儿花粉；您同意我用手把它掸掉吗？我不会使很大劲的，我把您弄痛了吗？也许我把您弄痒痒了？我并不想碰袍子的丝绒，免得把它弄皱了。不过您看，这些花实在应该固定一下，要不然就要掉出来了；我这就把它们插进去一点……您说实话，我还不至于招您讨厌吧！我想闻一闻，看看花的香气是不是全都跑了。什么味儿也闻不见。跟我说实话吧。”

她微笑着耸耸肩膀，仿佛是说：“您真傻，您明明知道我很高兴。”

他用另一只手沿着奥黛特的面颊轻轻地抚摸；她睁眼注视着他，带着佛罗伦萨那位大师所画的女人（他觉得她跟她们是相像的）那种含情脉脉而庄重的神情；她那两只跟画上的女人们相像的明亮秀气的大眼睛仿佛要跟两颗泪珠那样夺眶而出。她粉颈低垂，就跟异教画和基督教画中所有的女子一样。她这时的姿态当然是她惯常的姿态，但她也深深知道这个姿态是适合于当时的场合的，而她也注意着别忘了摆出这样一副姿态；她似乎需要竭尽全力来保持面部的位置，仿佛有一股看不见的力量把它吸引到斯万那边去。当她不由自主地把她的脸迎向斯万的双唇时，斯万用双手把它捧住，保持一段距离。他要让奥黛特有时间来回味一下她久已追求的梦想，来亲眼看到它的实现，就好像人们邀请受奖的孩子的母亲亲眼看看她钟爱的孩子的成就似的。也许斯万自己还有意要好好最后一次凝视一下他迄今还没有占有，甚至还没有吻过的奥黛特的脸，就好像是一个人在离别一个地方时要好好看一下他就要永远离开的那个景色一样。

不过他在她跟前依然还是如此腼腆，以至在那晚以为她摆弄卡特来兰花开始，以占有她的身体告终之后，往后那几天，他还是使用同一个借口，这也许是因为他怕冒犯她，也许是因为怕露出撒谎的马脚，也许是因为缺乏提出比这更高的要求的勇气（其实他是可以再次提出的，因为奥黛特第一次并没有感到不快）。如果她上衣胸口戴着卡特来兰花，他就说：“今晚真不幸，您的卡特来兰花用不着重新摆弄，不像那晚那样乱，然而这一朵仿佛不太正。我倒想闻闻它们是不是特别的香。”要是她没有戴花呢；他就说：“哦！今晚没有卡特来兰花，没法子摆弄了。”就这样，在一段时间内，头一晚那个程序就一直没有变动，总是以用手指和嘴唇轻轻抚弄奥黛特的胸口开始，每次的接吻和拥抱也总是以这样的抚弄为先导；很久以后，当摆弄卡特来兰花（或者类似的礼节）早已过了时，“摆弄卡特来兰”这个暗喻却成了他们习惯性地用来代表肉体的占有这种行为（其实也无所谓占有不占有了）的普通词语，长期留在他们的言语之中，来纪念那个早已被遗忘了的习俗。也许用这种特殊的说法来表达“性关系”，其意义跟它的各种同义词不完全一样。我们尽可以对女人已经感到厌倦，尽可以把跟各种不同类型的女人的交欢看成是并没有什么两样，早就知道是怎么一回事，但是如果那女人不是那么容易到手——或者我们认为不是那么容易到手——以至我们必须在与她的交往中制造一个突如其来的插曲，就像斯万第一次通过摆弄卡特来兰那样，那么这种交欢就会变成一种新鲜的乐趣。斯万那晚急切地盼望着的（他心想如果奥黛特中了他的计，那她是猜不出来的），正是从卡特来兰的宽大的浅紫色花瓣中能结出占有这个女人之果；他那晚感到，而奥黛特也许只是因为没有充分意识到才予以默认的那种乐趣，在他的心目中因此就是一种迄今没有存在过，而是他试图创造出来的乐趣，是一种完全与众不同，完全新鲜的乐趣（正如上帝创造出来的第一个人见到地上的天堂中的花儿时所感到的一样）——他给它起的那个特殊的名称也保留了这点痕迹。

现在，每天晚上，当他把她带回她家时，他就总得进去；她时常穿着晨衣把他送出来，一直送到他的马车边，当着车夫的面和他吻别，说：“给人瞧见了，又有什么关系？”他不上维尔迪兰家去的那些夜晚（自从他可以在别的地方和她相会，这种情况就不时发生了），他到上流社会的社交圈子里去的那些夜晚（这也越来越难得了），她就请他不管时间早晚，在回家前一定先上她家去。这是春天，一个晴朗而寒冷的春天。在从晚会上出来的时候，他登上他的四轮敞篷马车，把毛毯盖到腿上，对跟他同时回家，请他跟他们一道走的朋友们说他不能从命，说他去的是另一个方向，而车夫就扬鞭策马快走，反正他知道该上什么地方。朋友们都感到惊讶，斯万敢情变了。再也收不到他要求介绍女人的信了。他不再注意别的女人，避免到能碰见女人的地方。在餐馆里，在乡下，他的举止也全然变了；朋友们原来可以据以把他辨认出来，也以为今后将永远不变的那种举止也不知哪里去了。一种一时的异常的性格不仅能取代正常的性格，也能消除正常的性格直至此时所表现的恒常的外部特征，激情在我们心中造成的变化也是如此！与此相反，现在却有一件事情是不变的，那就是不管斯万晚上到哪里，他必然要去跟奥黛特相会。把他和她相隔开的这段路程就是他每天必不可少地要走一次的路程，仿佛这是他生命历程中无法避免的一个下滑的陡坡。说实在的，当他在哪个晚会上呆的时候过久时，他时常也想直接回到家里，不再跑这一趟远程，到第二天再去看她；单凭在这么晚的时候不辞辛劳地上她家去，并且猜想跟他道别的朋友们准会窃窃私议："他是身不由己，准有个娘们强迫他不管时间早晚都得上她家去。"这一点，就使他感到他自己是在过着堕入情网的人们的生活，不惜为感官享受的追求而牺牲休息和利益，准是着了魔了。然而他尽管未假思索，却确信这时她准在等着他，决不跟其他人在别的什么地方，而他准能在回家以前见到她的面，这个信念消除了那晚奥黛特不在维尔迪兰家时他那种焦躁不安的情绪，这种情绪固然早已淡漠，然而随时还会重现，而他现在心中是如此宁静，简直可以说是一种幸福。奥黛特之所以在他心中占有如此重要的地位，也许正应该归功于那晚的焦躁不安。通常，别人跟我们是如此无关，以至当其中有一个人能主宰我们的哀乐时，我们就会觉得他仿佛是属于另一个世界，满身都是诗情画意，能把我们的生活化为一片我们与之同在的感情的海洋。有时，当他在晴朗的寒夜，从他的马车上眺望皎洁的月亮照射下的空无一人的街巷时，他就想到那张跟月色同样明亮而略带玫瑰色的脸，它有一天曾突然从他的脑际浮现出来，从此就将神秘之光投向这个世界。如果他在奥黛特打发她的仆人去睡觉以后到达，他就在按小花园的门铃之前，先到后街去，那里相邻的住宅的窗户全都一模一样，也全都一片漆黑，唯有她卧室那一扇还亮着。他在窗框上敲敲，她就答应一声，然后到大门背后等着。她的钢琴上摆着她喜爱的乐谱，《玫瑰圆舞曲》啦，或是塔里亚菲科[1]的《可怜的疯子》（她在遗嘱上写明，在葬礼上要奏这个曲子），他却要她弹凡德伊那个乐句，虽然奥黛特弹得很不怎么样，但我们对一部作品的最美好的印象时常是得之于笨拙的指头在走调的钢琴上弹出的不符要求的音响的。他深深地感觉到，他那份爱情是在别处无法找到与之相应之物的东西，是除了他自己以外再也没有人能验证的东西；他也明白，奥黛特的素质也不足以解释他为什么对在她身边度过的时光是如此重视。时常，当他十分冷静地用理性来考虑的时候，他也想不再为了这假想的乐趣而在学问方面和社交方面作出这么重大的牺牲了。但当他一听到凡德伊的那个乐句，它就会在他心中腾出足以容纳它的空间，他的心胸就会因而扩大，为某一种形式的享受留出位置——这种享受也是在它自身之外无法找到与之相应之物的，然而不像爱情的享受那样是纯粹个人的事情，却像一个高出于具体事物的客观现实那样摆在斯万面前。凡德伊那个乐句在他身上唤起了这种对未曾体会过的魅力的渴求，却没有给他带来什么明确的东西使他得以满足。因此，那个乐句在斯万心中消除了对物质利益的关怀，消除了人皆有之的那些考虑所留下的空白，却并没有找到东西来填补，斯万便尽可以在那里镌刻上奥黛

① 塔里亚菲科（1821—1900），法国歌唱家及作曲家。

特的名字。此外,奥黛特的感情中有所欠缺、有所令人失望的地方,那个乐句也会来加以弥补,注入它那神秘的精髓。当他谛听这个乐句时,从他的脸上仿佛可以看出他正在吸着一种麻醉剂,使他的呼吸更加深沉。音乐给予他的那种转瞬即将化为一种真正的热望的乐趣,在这样的时刻,确实像是我们在做香料的实验时的那种乐趣,像是当我们接触一个不是为我们所造的世界时的那种乐趣——这个世界,在我们看来没有形式,因为我们看不见它;没有意义,因为它为我们的理智所不能掌握;我们只能通过一种感官才能到达那里。斯万的眼虽是敏锐的绘画鉴赏家的眼,他的脑子虽是人情世故的精细的观察家的脑子,它们却从此要带上无法消除的无聊乏味的生活的痕迹;当他感到自己变成了一个与人类无关的人,盲目的人,失去了逻辑能力的人,几乎变成了一个荒诞的传说中的独角兽,变成了仅仅通过听觉来感知世界的怪物时,这对他来说倒是可贵而神秘的休息。既然他要在这乐句中搜寻他的智力所不能及的意义,他就需要以何等的沉醉来不让他的心灵得到理性的任何帮助,来使他的心灵单独通过这乐音之廊,通过这乐音的阴暗的过滤器啊!他已经开始意识到,在这乐句甘美的乐音底下隐藏着怎样的苦楚,也许还是难以消除的隐痛,然而他并不以为苦。让这乐句说什么爱情是脆弱的吧,他的爱情却是如此牢固!他玩弄这乐句散发出的忧郁之情,感觉到它正在流经他的身体,然而总觉得它却像是使他的幸福感更深刻更甜蜜的一种爱抚。他让奥黛特十次、二十次地重复这个乐句,要求她在弹奏的同时不停地吻他。每一个吻都激起另一个吻。啊!在谈恋爱的初期,亲吻是如此自然地诞生!吻一个接着一个,要把一个钟头之内接的吻一个一个数出来,那跟把五月间原野上的鲜花一朵一朵数出来同样困难。这时,她假装要停下来,说道:“你搂着我,叫我怎么弹呀?我可没法子同时兼顾,你倒打定主意,我是该弹那句乐句呢,还是该跟你亲热?”他生气了,她却哈哈大笑,接着是一阵急风骤雨般的亲吻。要不然的话,她忧郁地看着他,他这就又看到她那张值得进入波堤切利的《摩西壁画》的脸，于是把奥黛特的脖颈摆弄一下，让它保持必要的倾斜；当他按照十五世纪西斯廷小教堂的墙上那样用色粉颜料把她的肖像画好以后，想到她这会儿就在身旁，坐在钢琴边，随时准备接受亲吻和交欢，想到她是个有血有肉的人，活生生的人时，他就如痴如狂，双眼圆睁，下巴伸出像是要吃人，扑到波堤切利笔下这个少女身上，拧她的面颊。等他走出了她的家门，又回来把她吻了又吻，因为他刚才一时想不起来她身上的气味或线条的某一特征；当他登上马车，踏上归途，他为奥黛特祝福，因为她同意他每天都去，而这样的聚会，他想并不会给她带来多大的欢乐，却由于可以使他免于产生妒意（再也不会吃像那晚在维尔迪兰家没有见到她时的那种苦头了），而能帮助他不必再遭那样的危机（那第一次是如此痛苦，也该是唯一的一次），就能度过他生命中的那一连几个小时的不同寻常，简直是如痴如狂的时刻，就像他乘车在月夜穿过巴黎的街道时那样。当他在归途中看到月亮现在已经移转，几乎已经靠近地平线时，也想到他的爱情也遵照一些不变的自然规律，自问他现在正在经历的这个时期能否长时持续下去，那张可爱的脸儿的地位是否会越来越下降，越来越失去它的魅力，不久就会从他的脑际消失。自从斯万堕入情网，他感到事物是有魅力的，正如他年轻时自以为是艺术家时那样；然而这不再是同样的魅力，现在的魅力，只有奥黛特才能赋予各种事物。青年时期的灵感被后来的放荡生活驱散了，现在他觉得又在他身上重新萌发，不过这些灵感全都带有特定的生活的反映和印记；现在当他独自一人在家跟复原中的心灵共同度过漫长的时刻时，他感到一种神妙的乐趣，他又逐渐恢复成为他自己，不过是处于另外一种地位了。

他只是在晚上才到她家去，不知道她白天干点什么，也不知道她过去是怎么回事；他连一点点情况都不了解，而这样一些情况时常会促使我们去想象我们所不知道的事情，推动我们去打听的。因此他从来也不问一问她在干些什么，她过去的经历又是怎样。有时他也想起，几年以前，当他还不认识她的时候，有人曾经跟他说起过一个女的（如果他记得不错的话，应该就是她），说她是一个妓女，是一个由别人供养的情妇，总之是这样一种女人，由于跟她们很少来往，他只能认为她们具有某些小说家的想象力久已赋予她们的那一套根本反常的性格。想到这里的时候，他也总是一笑了之。他心想，要正确评断一个人，只消一反众人对他的毁誉就可以了。奥黛特跟那样一种性格是风马牛不相及，她善良、纯真、热爱理想、几乎不会撒谎；譬如，有一天为了跟她一起去吃饭，他要她写信给维尔迪兰夫妇，说她有病，等到第二天维尔迪兰夫人问她好一点没有，他亲眼看见她面红耳赤，说话结结巴巴，脸上不由自主地反映出撒谎是何等难受和痛苦，而当她在答话中就头天的病编造一些细节时，她又仿佛以哀求的眼神和悲伤的声调，请求对方饶恕她言词的虚伪。

难得有些日子，她在下午到他家来，打断他的遐想或对弗美尔的研究（这是他最近才恢复的）。仆人通报克雷西夫人在他的小客厅。他就上客厅去见她，等他把门打开，奥黛特一看见他，她那粉红色的脸上就挂上一丝微笑，嘴唇的曲线、两眼的神色、面颊的轮廓也都变了。当他一个人在家的时候，她的微笑就浮现在他眼前——前一天的那个微笑，某一次迎上前来时的那个微笑，那天在马车上问她是否同意为她摆弄卡特来兰花时作为回答的那个微笑；奥黛特在其他时间的生活，他一无所知，仿佛是出现在中性的，没有色彩的背景上的无数的微笑，就像华托的一些素描习作当中，从各种位置，各个方向，用三色铅笔在淡黄色的纸上绘出来的笑容。但是，在斯万以为是一片空白的奥黛特的那一部分生活方面（因为他想象不出，然而他心底里又不信那会是一片空白），有一天，有那么一位朋友（他早料到他们两人在相爱，在谈到她的时候只敢说些无关紧要的事），说他那天早上看见奥黛特走在阿巴蒂西街上，穿了一件饰有臭鼬皮的披肩，戴了一顶伦勃朗式的帽子，上衣上别着一束紫罗兰。这番描写使得斯万深为震惊，因为这就使他突然发现奥黛特除了跟他在一起以外别有一番生活；他要弄明白她穿了这套他从来没有见过的衣服倒是要取悦于谁；他下定决心要问她那时是到什么地方去的，仿佛在他的情妇的平淡无奇的生活中（简直是并不存在的生活，因为这是他所不能目睹的），除了对他的微笑以外，唯有这件事是最重要的——戴了一顶伦勃朗式的帽子，上衣上别着一束紫罗兰外出。

除了请她弹奏凡德伊那乐句而不要弹《玫瑰圆舞曲》外，斯万并不试图让她演奏他自己所爱好的曲子，也不试图纠正她在音乐和文学方面的低劣趣味。他很明白，她并不是一个智力高超的人。当她说她是多么希望他跟她讲讲伟大的诗人们的时候，她心想这就可以知道许多像博雷利子爵①那一套浪漫的英雄诗体了，甚至还更加动人。至于弗美尔，她问斯万这位画家是否吃过哪个女人的苦头，是不是哪个女人启发他画的画，而当斯万说这些问题谁也不清楚的时候，她对这位画家也就不感兴趣了。她常说："我相信，如果诗歌真实，诗人说的全是他们所想的话，那就再也没有比这更美的了。可是诗人时常是最斤斤计较的人，这方面嘛，我倒是知道一点。我有个朋友，她爱过一个那样的诗人。他在诗里谈的尽是什么爱情哪，天空哪，星星哪。好！她可大上其当！这位诗人花了她三十多万法郎。"如果斯万想教她什么叫作艺术美，教她诗歌或者绘画该怎么欣赏的话，那就要不了多一会儿她就不爱听了，直说："啊……我原来可没有料到是这么回事。"他感觉得出她是多么失望，因此宁愿撒谎，说他刚才所说的都算不了什么，都是鸡毛蒜皮，说他没有时间深入谈下去，还有好些东西没说呢。可她赶紧就说："什么？还有好些东西？……你倒说说看。"可是他不说，他明知道他要说的在她心目中是多么无关紧要，跟她所希望的相距又是多么遥远，决不会像她设想的那样耸人听闻，那样激动人心；他也怕她对艺术的幻想破灭了，对爱情的幻想也会同时破灭。

① 博雷利子爵是平庸的专写社交生活的诗人。

确实，她觉得斯万在智力上并不像她原来设想的那么高明。“你总是那么含蓄，我简直是莫测高深。”斯万对金钱毫不在乎，对每个人都亲切，对人体贴，对这些，奥黛特越来越赞叹不已。一个比斯万伟大的人物，譬如说一个学者，一个艺术家，当他为周围的人赏识的时候，在他们的情感当中证明这个人的智力果然超群的时候，时常不是他们对他的思想如何赞赏——因为他们根本不能理解这些思想，而是对他的优良品质的尊重。使得奥黛特对斯万产生尊敬之情的也是他在上流社会中的地位，不过她也并不指望斯万把她引进上流社会中去。也许她感觉到，斯万并不能在上流社会中取得成功，她甚至担心，他只要一谈起她，他的朋友就会透露出她唯恐别人知道的关于她的一些情况。因此，她要他答应决不要提起她的名字。她说，她之所以不到上流社会的社交界去，是因为她曾经跟一个女的吵翻了，而这个女的为了报复，说过她的坏话。斯万反对这种说法，他说：“可并不是每一个人都认识你那位朋友啊。”“不，坏话传千里，人心又都那么坏。”斯万虽然不明白那是怎么回事，却也认为“人心都那么坏”和“坏话传千里”这两句话一般说来总是对的；这样的事例有的是。奥黛特那档子事是不是也是这样的一个事例呢？他心里存着这样一个问题，但是存不了多久，因为他自己的心情也挺沉重，就跟他父亲当年面临难题时一样。再说，上流社会的社交界使得奥黛特如此害怕，也许她就不会产生进入这个社交界的强烈愿望；这个社交界跟她所了解的相去是如此之远，她是不会对它有个清楚的认识的。奥黛特在某些方面依然还是很纯朴的，譬如她跟一个歇业的女裁缝还保持着友谊，差不多每天都爬那又陡又暗又脏的楼梯去看她，然而她还是拼命追求派头，不过她所谓的派头跟上流社会人士的概念并不一样。对后者来说，派头产生于很少数一些人，由他们推广及于一定范围，离他们这个中心越远就越削弱，只是扩及他们的朋友或他们的朋友的朋友这个圈子里。而这些人可说是登记在册的。这个名单上，上流社会中的人士能数得出来，他们对这样的事情无不知晓,从中提炼出一种口味,一种分寸,以至像斯万这样的人,只要从报上看到某次宴会有哪些人参加,用不着求助于他对社交界的那套知识,立刻就能说出这个宴会是怎样一种派头的宴会,这就跟一个文学家一样,只要听你念出一句句子,马上就能精确地评定出作者的文学价值。奥黛特属于缺乏这种概念的人之列(不管上流社会人士对他们是什么看法,这样的人多得出奇,社会各阶层里都有),他们心目中的派头根本不一样,按照他们所属的社会阶层而具有不同的样子,但都有这样一个特点——不管是奥黛特梦寐以求的也好,戈达尔夫人为之倾倒的也好——那就是人人都能直接学会。上流社会人士的派头,说实在的,也是人人都能学会的,但需要一定时间。当奥黛特说某人“只到够派头的地方去”的时候,斯万就会问她所谓的“够派头的地方”是什么意思,她就会带着小看他的意思答道:

“够派头的地方就是够派头的地方呗!像你这样的岁数,还问人什么叫够派头的地方,你叫我怎么说呢?譬如说吧,星期天早上的皇后大道,五点钟时的湖滨,星期四的伊甸剧院,星期五的跑马场,还有舞会……”

“什么舞会?”

“巴黎的舞会呗,我说的当然是够派头的舞会。对了,埃班谢,你是知道的,他在一个证券经纪人那里工作;你也一定知道,他是巴黎最知名的人物之一。这个金发的大高个小伙子,穿得真帅,纽孔上总戴一朵花,短外衣是浅颜色,背上有条缝;他带着他那个‘老来俏’,哪出戏的首场演出也落不了。嗯,他有天晚上就办了一个舞会,全巴黎所有够派头的人物都去了。我也真想去,可要进场就得出示请帖,我可没能弄着。不过,我幸亏没有去,去了也是挤死人,什么也瞧不见。最多也只能吹嘘吹嘘参加过埃班谢的舞会罢了。我这个人哪,你不是不知道,我可不是那种爱虚荣的人!再说,在一百个说参加过那个舞会的女人当中,至少有一半是撒谎。不过,像你这么帅得不能再帅的人怎么也没有去,我真纳闷!”

斯万也不打算改变她对什么叫作派头的看法；心想他自己对派头的看法也未必就对，也同样荒唐，同样无关紧要，毫无必要来灌输给他的情妇，因此过了几个月，她对他交往的人是否感兴趣，全看他们能不能给他送来赛马的入场券、戏剧首场演出的门票了。她希望他保持一些能派用场的关系，可是自从她有回在街上看到维尔巴里西斯侯爵夫人穿着一件黑毛料的衣服、戴了一顶有帽带的软帽以后，就认为斯万交往的那些人未必就够派头。

“亲爱的，可她看起来像个剧场里的引座员，像个老看门的！这算什么侯爵夫人！我不是侯爵夫人，可你要叫我穿着这么一套破烂衣服上街，打死我也不干！”

她也不明白斯万为什么住在奥尔良滨河路，她嘴里不说，心里可觉得这种地方跟他这么帅的人不般配。

当然，她自称爱好“古董”，说起她喜欢花整天的工夫到寄售店去“收集小摆设”，去搜寻“古玩”的时候总是眉飞色舞。虽然她对白天干什么事讳莫如深，从来不回答这方面的问题，从来“不作任何汇报”，简直把这当做是荣誉攸关的事情，当做是一种家规，但是有一次还是对斯万说她曾应邀到一个朋友家里，她家里什么都是“古色古香”的。斯万问她是哪个时代的，她说不上来，想了半天才说是“中世纪”的，其实她的意思是说她家的墙上装了细木护壁板而已。不久以后，她又对他说起这位女友，还补充了一句说：“她家的餐厅是十八世纪风格的！”说话的语调有点吞吞吐吐，然而那神气又很肯定，仿佛是在谈起这么一个人：你头天晚上还跟他在一起吃饭，可从来没有听人说过他的名字，而宴会的东道主又认为他是这么知名，以为听话的对方是肯定知道他是何许人的。她觉得那餐厅太难看了，墙上光秃秃的，仿佛房子还没有盖完似的，妇女在那里也显得难看，这种摆设是决不会时兴的。后来，她第三次提起这个餐厅，还把设计这个餐厅的人的姓名和地址写了出来，说等到她有钱的时候，她也要叫他来看看能不能给她也这么搞一下，当然不是照那老样，而是她早就梦寐以求的那样一间餐厅，可惜她的住房太小，装不下带那么高的餐具架的文艺复兴式的家具，还有像布卢瓦宫堡里的那种壁炉。就是那一天，她在斯万面前说出了她对他在奥尔良滨河路的住宅的看法；因为他曾批评她的女友不搞路易十六时期的风格（尽管这种风格搞的人少，却挺美的），而是搞仿古式的。奥黛特是这么对他说的："你总不能要求她跟你一样住在破烂的家具和磨光了的地毯中间吧！"在她身上，中产阶级的讲求体面毕竟还是占了轻佻女子的业余爱好的上风。

她把那些爱收集小摆设，爱诗歌，鄙视斤斤计较，追求荣誉与爱情的人看成是高出于他人的杰出精英。其实也用不着当真有这些爱好，只要口头上这样说说就行；谁要是在饭桌上说他喜欢闲逛，喜欢上老铺子抚摩积尘盈寸的旧货，说他在这商业的时代永远也不会吃香，因为他向来不计私利，身上犹有古代遗风，那她回家就说："这个人可值得敬仰，他感情是多么丰富，我原来真没想到！"而她对他的好感就油然而生。可是与此相反，像斯万这样的人，他们真有那些爱好，可嘴上不说，就要遭到她的冷淡。不错，她也不得不承认斯万不重金钱，然而她马上就撅起嘴来找补一句："在他身上，这可是另外一回事。"敢情对她的想象力起作用的不是不计私利的实际行动，而是嘴上说说的空话。

斯万自己也感到他时常不能使她梦寐以求的事情如愿以偿，他想尽办法使她至少乐于跟他在一起，竭力不去反对她那些庸俗的思想，不去反对她在种种场合表现出来的低劣趣味，反而像欣赏一切出之于她的东西一样欣赏这种趣味，甚至为之所迷，认为这个女人的本质正是通过这样一些特征表现出来，成为可见的事物。因此，当她要去看《黄玉王后》①上演而面有喜色的时候，或者当她担心要看不上花展或者赶不上王家街茶座

① 法国作曲家维克多·马塞（1822—1884）的作品。

的有英国松饼和吐司的午茶时(她认为一个有风度的女人是应该每场必到的),斯万就会跟我们大家看到天真活泼的孩子或者呼之欲出的肖像时那样兴高采烈,感到他的情妇的心情在脸上表露无遗,禁不住上前去捧起来亲吻。"啊!小奥黛特要我领她去看花展,她要让大伙欣赏欣赏她的美貌,好极了!我不能不从命,我一定领她去。"斯万的眼睛有点近视,他在家里工作时不得不戴眼镜,出外参加社交活动时就戴单片眼镜,这样可以多保留一点本来面目。当她第一次看到他戴单片眼镜的时候,她不禁喜形于色:"男人戴了这个,真是没得说的,太帅了!你这么一戴,多漂亮!真是十足地道的绅士。就差一个称号了!"说的时候不免有点遗憾之情。他也喜欢奥黛特讲这样的话,就好比如果他被一个布列塔尼女子爱上的话,他也是乐于看见她戴上当地那种特殊的头饰,乐于听她说她信鬼的。斯万也跟许多人一样,他们对艺术的爱好的发展是与肉欲无关的,直到那时为止,在他对两者的满足之间一直存在着奇怪的不协调现象;他在越来越粗俗的女人陪伴下享受越来越精细的艺术作品的魅力,带上一个小女仆到包厢里看他想看的颓废戏剧的演出或者去看印象派画展,心里还深信如果带去的是一个有教养的女子,她也未必多懂一些,然而不会像小女仆那样老老实实地不妄加评论。不过自从他爱上奥黛特以后,跟她抱有同感,努力使两人一条心,这对他来说就成了一种甜蜜的事业,因此他竭力喜欢她所爱的东西,把不仅模仿她的习惯而且接受她的观点看成是一种乐趣,更因为她的这些习惯和观点并不是她聪明才智的产物,而仅仅起着使他想起她的爱情这么一种作用,所以他的这种乐趣也就更加强烈。他之所以再次去看《塞尔施·巴尼娜》①的演出,找机会去听奥利维埃·梅特拉②指挥乐队,都是出之于对接受奥黛特的一切观点的乐趣,出之于得

① 《塞尔施·巴尼娜》,是根据乔治·奥内同名小说所编的剧本。

② 奥利维埃·梅特拉(1830—1889)是奥黛特所喜爱的《玫瑰圆舞曲》的作者。

以同意她的一切爱好的感觉。她所爱好的作品和地方具有使他跟她更接近的魅力,跟那些更美的但是和她联系不起来的作品和地方所固有的魅力比起来,在他眼里显得更加神秘。此外,年轻时搞学问的信念已经越来越淡漠,饱经沧桑的人的怀疑主义不知不觉地也渗入了这样的信念,他心想(由于经常这么想甚至还说),我们所爱好的对象本身并没有什么绝对的价值,一切都依时代、阶级而异,都是一时的风尚,最庸俗的风尚也不比被认为是最高贵的风尚价值小些。奥黛特对能否弄到美术展览会剪彩典礼的请帖那份重视,本身并不比他当年跟威尔士亲王同桌吃饭感到的乐趣更可笑;同样,他也并不觉得她对蒙特卡洛或里基山④的赞赏就比他自己对荷兰(在她想象中是丑陋的)和对凡尔赛(她认为是凄凉的)的爱好来得没有道理。因此他就不到后两个地方去。心想这是为了同她抱有同感,只爱她所爱的地方。

他喜欢奥黛特周围的一切,喜欢能够看到她、跟她谈话的一切场合,因此也喜欢维尔迪兰家的那个社交团体。跟他们在一起的一切游乐活动——聚餐、音乐、游戏、化装宵夜、郊游、戏剧,甚至是难得为那些"讨厌家伙"举办的"盛大晚会"当中,总有奥黛特在场,总能看到奥黛特,总能跟奥黛特谈话,而维尔迪兰夫妇在邀请斯万参加时又把这些看成是对他的无法估量的恩典,这就使得斯万在这"小核心"里比在任何地方都更感到惬意,竭力为核心里的人摆出一些好处,心想他这辈子都会有兴趣参加这个社交圈子的活动的。然而他从来不敢想象(怕常想就会对他的预料产生怀疑)他会永远爱奥黛特,不过,假如他一直同维尔迪兰家交往(这种设想,从原则上来说,跟他的理智的抵触要少些),那么他在将来总是可以继续每晚都看到奥黛特的;这也许并不等于永远爱她,但就目前来说,当他

---

④ 蒙特卡洛是摩纳哥大公国的一个城市,以其赌场而知名。里基山在瑞士,海拔1800米,景色优美。

还爱她的时候,他所求的也就是不至于有朝一日看不到她罢了。他心想:“多可爱的环境啊!这里的生活才是真正的生活!这里的人比上流社会中的人更聪明,更爱艺术!维尔迪兰夫人虽然有些夸大其词,未免可笑,却又是对绘画和音乐怀有何等真诚的爱好,对美术和音乐作品是何等热爱,又是何等乐于取悦于艺术家啊!她对上流社会人士的观感固然不很对头,然而上流社会人士对艺术界的看法又何尝正确?可能我不太想在跟他们的谈话当中增长多少才智,虽说戈达尔总爱来一些愚蠢的文字游戏,我却非常乐于跟他交谈。至于那位画家,当他想一鸣惊人的时候表现出的那种矫揉造作劲儿固然有点讨厌,却是我所认识的最有头脑的人之一。再说,在这里人人都感到自由自在,可以无拘无束,用不着装模作样而做他不愿做的事情。在这客厅里,人们的心情每天都是何等愉快啊!除了少数例外情况,我一定不到别的什么地方去了。我将在这里慢慢培养我的习惯,度过我的一生。”

他以为维尔迪兰夫妇固有的品质其实只是他出于对奥黛特的爱而在他们家中体会到的种种乐趣在他们身上的反映,所以当这种种乐趣越来越增长时,那些品质也就变得越来越当真、越深刻、越重要了。由于维尔迪兰夫人不时为斯万提供唯一能为他带来幸福的机会,某天晚上奥黛特跟某一位客人聊的时间多了一些,而斯万感到心焦,一气之下就不主动问她是否同他一起回去的时候,维尔迪兰夫人总是对奥黛特说:“奥黛特,您不送斯万先生回去吗?”从而使他心里平静下来,感到快活;由于那年夏季行将到来,斯万心里直打鼓,不知奥黛特是否会撇开他单独出去度假,不知他是否还能每天都跟她见面,而正是维尔迪兰夫人邀请他们两人都上她乡间的别墅度假的;于是这些都在不知不觉间让他的感激之情和利害观念渗入他的理智之中,影响他的思想,居然宣称维尔迪兰夫人有一颗“伟大的心灵”。要是他在卢浮宫美术学校的老同学谈起某些杰出的艺术家的话,他会答道:“我百倍地喜欢维尔迪兰夫妇。”而且他还会用以前从来没有过的庄严口吻说:“他们是高尚的人,而高尚这种品德是这世上唯一最重要的东西,是区别人的唯一标准。你看,这世上一共只有两种人:高尚的和不高尚的。我已经到了这样一个年龄,应该下定决心,一劳永逸地决定应该敬爱哪些人,应该蔑视哪些人,下定决心永远站在受人敬爱的人们那一边,同时为了弥补跟另一种人在一起浪掷了的时间,至死也不离开受人敬爱的人们。”我们有时说一件事情,并不因为这件事情是真的,而只是因为说了痛快,而且当我们自己说的时候,还仿佛觉得这话是出之于他人之口。这种情况,我们自己也并不时常意识到。斯万这时正是以我们在这种情况下的心情接着往下说:“好吧!事情就这么定了,我这就决定只爱心灵高尚的人们,从此只在高尚的环境中生活。你问我维尔迪兰夫人当真聪明不聪明?我可以向你保证,她的行为表明她心灵高尚,而要是思想不高超的话,心灵是不会达到这样的高度的。诚然,她对艺术的理解是深刻的,然而她最可爱的地方并不在这里,她那么巧妙、那么高明地为我尽力,她对我的关怀,她为我所作的既崇高又亲切的一举一动,显示出任何哲学教科书所不及的对人生的深刻理解。”

他也许还能承认,在他父母的老朋友当中也有同维尔迪兰夫人一样纯朴的人,在他年轻时的同伴当中也有像他们那样热爱艺术的人,在他的熟人当中也有心灵高尚的人,然而自从他崇尚纯朴、艺术和心灵高尚以来,他却从没有再看到他们。而这些人不认识奥黛特,同时即使他们认识她,也不会费尽心机来促成他跟她的接触。

这么一来,在维尔迪兰夫妇这个圈子里,像斯万这样爱他们,或者自以为爱他们的忠实信徒恐怕再也数不出来了。然而当维尔迪兰先生说斯万并不合他胃口的时候,他不仅说出了他自己的想法,也猜到了他妻子的心思。很显然,斯万对奥黛特的感情太特殊,他是不会向维尔迪兰夫人透露他俩之间的秘密的;也很显然,他又是以如此的谨慎来对待维尔迪兰夫妇的好客,时常以他们意想不到的理由就不上他家吃饭,他们只能认为他是不想回绝哪个“讨厌家伙”的邀请;也很显然,尽管他十分小心谨慎地提防,他们还是慢慢地发现他在上流社会里有显赫的地位;所有这一切都促使他们对他恼火。然而最深刻的原因还不在这里,而是因为他们很快就感觉到在他灵魂深处还保留着一个别人无法进入的王国,依然还默默地认为萨冈亲王夫人并不可笑,认为戈达尔的玩笑并不逗人,总而言之,虽然他对他们一贯殷勤亲切,从来不公开反抗他们的信条,但他们却不能使他衷心接受,不能使他彻底归化,这在别人身上还是从来没有见过的。他们原本可以原谅他跟一些“讨厌家伙”来往的(在他心底里,他却也是千百倍地更喜欢维尔迪兰夫妇和他们的“小核心”的),只要他做出个好榜样来,当着那些信徒的面背弃那些家伙就行了。然而他们也明白,要他发誓跟那些人断绝来往,那是不可能的。

奥黛特请求他们邀请的那个“新人”,虽然她自己也只见过几次面,他们却对他寄以很大的希望,这跟对斯万是何等的不同!这位“新人”就是福什维尔伯爵。原来他正是萨尼埃特的连襟,这使那些信徒不胜诧异:这位老文献家态度那么谦卑,他们原以为他的社会地位要比他们低微,不料却出自一个富有而且几乎是贵族之家。当然,福什维尔浑身散发出冒充风雅的气味而斯万则不是;当然,他决不能像斯万那样,把维尔迪兰家这个圈子看得比任何别的地方都高出一筹。然而他缺乏斯万那种心计,不像他那样,对以维尔迪兰夫人为首的那些人指责他所认识的人们的明显错误时避免随声附和。至于画家有时发表的自命不凡的夸夸其谈,戈达尔所开的庸俗的玩笑,斯万虽然跟他们两个都要好,可以原谅他们,然而鼓不起勇气,也没有那份虚情假意来为他们叫好,而福什维尔却是那样愚钝,虽然并不懂得画家谈的是什么,竟为之倾倒,对戈达尔的玩笑也听得津津有味。正是在福什维尔在维尔迪兰家吃第一顿饭的桌上,两个人之间的差异全都暴露了出来,突出了福什维尔的品质,也加速了斯万的失宠。

那天晚上,餐桌上除了常客之外,还有一位巴黎大学的教授,名叫布里肖,他是在温泉跟维尔迪兰夫妇认识的。要不是校内教务繁忙,研究工作又重,闲暇时间很少的话,他是很乐意常上他们家来的。他对人生有这样一种好奇之心(也可以说是迷信),这种好奇心跟人们对他们的研究对象的一定程度的怀疑态度相结合,就会在任何一行一业中,使得某些聪明人(譬如不信医学的医生,不信拉丁文翻译练习的中学教员)博得思想开阔、头脑敏锐、甚至高人一等的美名。他装模作样地在维尔迪兰夫人家中搜求他在讲哲学,讲历史时可资对照的当今实例,首先他认为哲学和历史都无非是为人生之途作准备,其次他也认为在这小宗派里可以看到以前仅仅在书本里看到的东西,现在在行动中表现出来;最后可能也是因为他从小就被灌输了对某些人的尊敬之情,而且在不知不觉之中把这种尊敬之情一直保持在心头,现在他却想剥去他自己大学教授的外衣,跟这些人一起放肆放肆——其实这些言行之所以显得是放肆,也仅仅因为他道貌岸然地穿着大学教授的外衣的缘故。

刚一开饭,坐在维尔迪兰夫人(她可为了这位"新人"的光临而在衣装打扮上没有少下工夫)右首的德·福什维尔先生就对她说:"您这件白外衣(robe blanche)可真是独出心裁。"那位大夫一直好奇地打量着这位被他称之为"姓氏中带'德'字的人",目不转睛地盯着他,总想找机会引起他的注意,跟他拉上关系,这时抓住了 blanche 这个字,头也不抬地说:"Blanche? Blanche de Castille?(布朗施?布朗施·德·卡斯蒂利亚?)[1]",然后继续低着头左顾右盼,既拿不稳大伙对他这句话会有什么反应,又流露出洋洋自得的神气。斯万苦笑了一下,表明他认为这种用同音异义字进行的文字游戏实在荒唐,而福什维尔则恰如其分地流露出一种

① 布朗施·德·卡斯蒂利亚(1185—1252),法国国王路易八世之妻,路易九世(即圣路易)之母,曾两度为摄政王后。

欢快情绪（那种真诚坦率着实叫维尔迪兰夫人看了高兴），表明他既欣赏大夫所说的那句话的精巧，自己又精于为人处世之道。

“您觉得这位科学家怎么样？”她问福什维尔，“跟他在一起，你就没法子接连谈上两分钟的正经话。”她又转过脸来对大夫说：“您在医院里是不是也这么老开玩笑？这么着，倒是不至于整天闷得慌。我看我也该申请住进您的医院才是。”

“我想我刚才听见大夫说起了那个老泼妇布朗施·德·卡斯蒂利亚——请原谅我这么说话。夫人，我说得对不对？”布里肖问维尔迪兰夫人。维尔迪兰夫人喜不自禁，两眼紧闭，双手捂住脸，格格地闷声直笑。“天哪！夫人，我不想故作惊人之举，来吓唬现在在座而鄙人有所不知的虔敬的贵宾们……不过，我得承认咱们这个难以用言语形容的雅典式共和国——啊，那是十足地道的雅典式共和国，它的第一个警察头子正是这位采取愚民政策的卡佩家族的女人。就是这么回事，我亲爱的主人，就是这么回事，没有错。”他以铿锵有力的声音，一个音节一个音节地吐出他对维尔迪兰先生提出的反对意见的回答。“《圣德尼编年史》[1]这部作品所提供的资料的可靠性是毫无问题的，它在这一点上就留下了不容置疑的证据。这位圣者的母亲哪，不信教的无产者再也挑不出比她更好的保护人了；她不但生了一个被称为圣者的儿子，还培养了一批蹩脚的圣者（絮谢尔[2]就是这样说的），以及一些圣伯尔纳[3]之流；谁沾上她的边都难免挨骂。”

“这位先生是谁？”福什维尔问维尔迪兰夫人，“他说起话来气儿还挺

---

① 《圣德尼编年史》即《法兰西编年史》，13 世纪编于圣德尼市。

② 絮谢尔（约 1081—1151），圣德尼市的教士，路易六世及路易七世时的大臣，在法国王权的加强方面起过极为重要的作用。

③ 圣伯尔纳（1090—1153），中世纪神学家，在法国政教冲突中帮助巴黎主教反对路易六世及路易七世。鼓吹神秘主义，极力反对阿伯拉尔“理解而后信仰”的主张。

粗的。”

“怎么？您不认识这位大名鼎鼎的布里肖？他在全欧洲都是遐迩闻名的。”

“噢！他就是布里肖！”福什维尔高声叫道，他刚才并没有听真。接着又双眼圆睁瞧着那位客人对维尔迪兰夫人说，“您待会儿跟我详细介绍介绍。能跟一位名人同桌吃饭，总是很有意思的。您邀请的客人都经过精心挑选，在您这里是决不会厌烦的。”

“是的，尤其是他们都有一种安全感，”维尔迪兰夫人谦虚地说，“他们想谈什么就谈什么，大家畅所欲言，从来不会冷场。布里肖今天谈的还不怎么样；有一天在这里可是说得有声有色，叫你简直要拜倒在他脚下。要是在别人家里，他可就变了样了，机智也没有了，话就跟牙膏一样，你不挤就出不来，他甚至会变成一个讨厌家伙。”

“这倒真怪！”福什维尔不胜诧异地说。

布里肖那样的机智，尽管跟真正的才智并不矛盾，可在斯万年轻时交往的那些人眼里会被看成是纯粹的愚蠢。而教授才华横溢，很多被斯万认为是有才的上流社会人士是会羡慕的。然而这些人士早已把他们的好恶，至少是与社交生活，甚至是与社交生活相连而其实应该属于才智领域的东西（例如谈吐）有关的好恶都灌输给了斯万，因此他只能认为布里肖开的玩笑既是学究气十足，又庸俗粗鲁得令人作呕。再说，他习惯于彬彬有礼，对那位狂热的民族主义的教授对任何人说话时的那种粗鲁甚至是大兵式的口吻也大为反感。最后，也许他那天晚上看到维尔迪兰夫人对奥黛特一时心血来潮带来的这位福什维尔表现得那么殷勤亲切，因此失去了平常那种宽容。奥黛特在斯万面前也显得有点不自在，来到的时候曾问他：“您觉得我那位客人怎么样？”

福什维尔是他早就认识了的，可这是他第一次发现他居然能得到一个女人的好感，而且长得还相当漂亮，就没有好气地答道：“真恶心！”他倒不是为了奥黛特的缘故而心怀妒意，不过那天他不像往常那样高兴，所以布里肖讲起布朗施·德·卡斯蒂利亚的母亲，说她“跟金雀花朝的亨利生活在一起多年才嫁给他”这个故事时，他想让斯万敦促他接着讲下去，就对他说：“斯万先生，是不是？”那口吻倒像是在对乡巴佬讲话，或者是给大兵打气似的，斯万就说，他很对不起，他对布朗施·德·卡斯蒂利亚毫不感兴趣，倒是有话要跟画家说。这就杀了布里肖的威风，使得女主人大吃一惊。原来画家那天下午去看了一位艺术家的画展，那是维尔迪兰夫人的朋友，前不久死了的。斯万想通过画家（他的鉴赏力斯万是很欣赏的）了解一下那位艺术家，他在前几次展览中震惊了观众的精湛技巧，在最后几幅作品中是否更进了一步。

“从这一观点看来，真是了不起，然而我并不觉得这种艺术形式很‘高级’。”斯万面带微笑说。

“高级……高到九天之上。”戈达尔煞有介事似的举起双臂插上这么一句。

举座纵声大笑。

“您看，我说得对不对，跟他在一起就没法子说正经的，”维尔迪兰夫人对福什维尔说，“在谁也预料不到的时刻，他冷不丁给你来上一句笑话。”

然而她也注意到，只有斯万没有开颜。相反，他对戈达尔当着福什维尔的面笑他，感到很不满意。而画家吗，如果只有他跟斯万在场的话，是会帮他说句话的，现在却宁可就已故的大师的技巧说上两句，以此来博得席上的人的赞赏。

“我一直走到画幅跟前，”他说，“想看看到底是怎么画的；我都把鼻子尖顶上去了。嗨！谁也说不上那是用什么画的，是胶？是宝石？是胰子？是青铜？是阳光？还是屎巴巴？”

“再添一得十二！”大夫待了会儿叫道，谁也不明白他插这么一句话是什么意思。

“看样子是什么也没有用，”画家接着说，“这儿的谜跟《夜巡》和《摄政王后》那两幅画同样难解，那手法比伦勃朗①和哈尔斯②还要高明。这幅画真是了不起！”

正如歌唱家已经唱到他所能唱到的最高音而只好改用假嗓子哼下去一样，他这会儿也只好含笑低语，仿佛那幅画美得反而有点可笑似的：

“味儿好闻，上脑，叫你透不过气来，叫你全身痒痒，可你又说不上那是用什么画的，这简直是巫术，是骗术，是奇迹（说到这里他放声大笑），是不老实！”他打住话头，庄严地抬起头来，以尽量显得悦耳的深沉的低音找补一句，“可又是如此正派！”

除了当他说到“比《夜巡》还强”时引起维尔迪兰夫人的反对（她把《夜巡》跟《第九交响曲》和《萨摩色拉斯的胜利女神雕像》，看成是世上最伟大的三件杰作），提到巴巴这两个字时引起福什维尔环顾全桌，看他们对这话的反应，并且含蓄地、宽宏大量地微微一笑以外，其余的时间，席上的人除了斯万以外，全都着了魔似的盯着那位画家。

等他说完话，维尔迪兰夫人眼看德·福什维尔先生第一次光临在餐桌上就如此兴致勃勃，高兴极了，她高声叫道：“你们看，他说得那么来劲，我真高兴。”又对她丈夫说：“你这是怎么啦？目瞪口呆地待在那里！你是听呆了。画家先生，他倒像是第一次听您说话似的。刚才您讲话的时候，他是一个字一个字都记在心间，赶明儿要他复述您的话，他准一个字儿也落不了。”

“不，我这并不是扯淡，”画家说，他对他的成功十分得意，“看样子，你

---

① 伦勃朗（1606—1669），荷兰画家，将意大利画家卡拉瓦齐的明暗对比法加以发展，形成独特的风格。《夜巡》为其杰作之一。

② 哈尔斯（约1580—1666），荷兰肖像画家和风俗画家，笔法流畅，有节奏感，色彩简朴而明亮，对后来欧洲绘画技法的改进有较大启发。《摄政王后》即出其手。

们以为我这是吹牛，是骗局；那我就领你们去看看那画展，到时候你们再看我是不是夸大其词；我敢担保，你们看了比我还要兴高采烈！”

“可我们并不认为您是夸大其词，我们只是要您别忘了吃菜，要我丈夫也别忘了吃菜。再给比施先生来点诺曼第板鱼，他盘子里的已经凉了。我们不忙，别那么急着上菜。色拉待会儿再上吧。”

戈达尔夫人向来谨慎，沉默寡言，可是当她灵感一来，想起一句得体的话，她也不乏自信。她感到这句话会一鸣惊人，这就使她产生了信心，而她这么做并不是为了自己出风头，更多地是为了有助于她丈夫的事业。维尔迪兰夫人刚提起“色拉”这两个字，她就赶紧抓住机会：

“莫非这是日本色拉？”她转过脸来，朝着奥黛特低声说道。

这话虽然说得含蓄，却显然是跟最新一上演就轰动一时的小仲马的那个剧本有关，她为说这既得体又大胆的话感到高兴，却也有点不好意思，像个天真无邪的小姑娘似的笑了起来，笑声是那么轻，然而难以遏制，过了好一会儿才止住。

“这位夫人是谁？她可很有机智。”福什维尔说。

“不，不过各位如果星期五一起光临，我们给各位准备日本色拉。”

戈达尔夫人对斯万说：“先生，说起来也许您会觉得我太土。我到现在还没看过那脍炙人口的《弗朗西伊翁》[1]呢。大夫已经看过了，我记得他对我说过，他是有幸跟您一起看的，我也觉得他不必为了陪我而去订票再看一次。当然，在法兰西剧院的晚上是从来不会虚度的，演出总是非常精彩，不过我们有很好的朋友（戈达尔夫人很少举出具体的姓名，只说“我们的朋友们”或者“我们的一位朋友”，拿腔做调，学着那不屑提那些不足道的人的姓名的那副架子，那种派头），他们有包厢，常想着带我们去看值得一看的新戏；我相信我迟早总会有机会去看《弗朗西伊翁》的，到时候就可

① 《弗朗西伊翁》，小仲马于1887年发表的剧本。

以提出我自己的看法了。不过我可得坦白承认，我是够傻的，在我所到的沙龙里，大家都在谈论那个倒霉的日本色拉。”看到斯万对她那件新闻并不如她所期望的那样感兴趣，她又加上一句：“大伙甚至已经开始有点谈腻了。可也得承认这有时也会引出一些挺有意思的想法。譬如说吧，我有一个女友，很漂亮，很吸引人，很出名，可也很怪，她说她就叫她家的厨子做过那种日本色拉；小仲马在剧本里说要搁什么，她就叫搁什么。她邀请了几位朋友去品尝。我可没有被邀请的福气。不过有一天她跟我们大伙都说了，看来那种色拉难吃得要命，把我们乐得眼泪都笑出来了。当然，关键在于你讲的可乐不可乐。”看到斯万毫无笑容，她最后讲了这么一句。

她心想也许是因为斯万不喜欢《弗朗西伊翁》的缘故，便又说道：“我想我也许会失望的。我不信它会比得上德·克雷西夫人崇拜得五体投地的《塞尔施·巴尼娜》。不过总还有些地方可以发人深思；可是在法兰西剧院的舞台上讲什么色拉的做法，那可未免太……而《塞尔施·巴尼娜》呢，就跟一切出之于乔治·奥内之手的作品一样，总是写得那么好。我不知道您看过《铁厂老板》没有，跟《塞尔施·巴尼娜》相比，我还更喜欢这一部呢。”

“对不起，”斯万语带讽刺地说，“我要坦白承认，我对这两部杰作，都同样不欣赏。”

“那您认为这两部作品有哪些毛病呢？您的意见就不会改变了吗？您是不是觉得惨了点儿？是吗，我总说，小说和剧本是没法讨论的。各有各的看法。我最喜欢的，您可能觉得讨厌。”

福什维尔这会儿叫斯万，这就把戈达尔夫人的话给打断了。刚才当她大谈特谈《弗朗西伊翁》的时候，福什维尔在维尔迪兰夫人面前对画家的演讲大为赞赏。

画家话刚讲完，他就对维尔迪兰夫人说：“这位先生口才真好，记忆力真强！真是少见。哎呀，我要是能这样就好了！他可以当个优秀的传教士。他跟布里肖先生真可说是旗鼓相当；我简直说不上这一位是否比教授更能说会道些。他出口成章，不那么咬文嚼字。虽然他有几个字眼说得未免太俗，可这也是时下的风尚。说起话来这么滔滔不绝的人可并不常见，这位先生倒叫我想起当年在团里一起服兵役的一个伙伴。随便谈起什么东西，譬如说这只杯子吧，他都可以给你说上几个钟头；不，不，不，干吗要谈杯子呢，我怎么这么傻！那就说滑铁卢战役吧，或者随便什么题目吧，他都会跟你提起一些你连想都想不到的事情。对了，斯万也跟我在一个团里，他应该认识他。”

“您跟斯万先生常见面？”维尔迪兰夫人问道。

“不。”德·福什维尔先生说。他为了更容易接近奥黛特，便想得到斯万的好感，所以要抓住这个机会讨他的好，提提他那些显赫的朋友，不过要以上流社会人士的身份来谈，带上善意的议论的口吻，不能显得像是庆贺他有这样意想不到的成功似的，“斯万，我跟您从不来往，是不是？再说，谁能有办法见着他？这家伙成天跟拉特雷默伊耶家，跟洛姆亲王夫妇这些贵人厮混在一起……”这指责可真是太离奇了，这一年来斯万几乎除了维尔迪兰家以外哪家也不去，可是他们一听这些他们所不认识的人的名字就气得默不作声。维尔迪兰先生怕这些“讨厌家伙”的名字，尤其是当着他那些忠实信徒的面毫无顾忌地吐了出来，肯定会在他妻子身上产生不良印象，于是赶紧悄悄地向她投过充满关怀和不安的一瞥，但只见她脸上露出一副不屑理睬的神气，对听到的新闻毫不为之所动，不仅作哑而且装聋。当我们听到哪个做了错事的朋友在谈话间吐出几句辩解的话时，我们不也是宁可假装没有听见，也不愿显得是听到了而不反驳，显得是认可了吗？当别人在我们面前提到一个我们忌讳听到的忘恩负义之徒的名字时，我们不也宁可假装没有听见吗？维尔迪兰夫人为了让她的沉默不至显得是表示同意，而只是像无生命的物体那种无意识的沉默，霎时间脸上看不出半点生气，甚至可说是纹丝不动；她那鼓脑门就像是一件圆雕作品，跟斯万厮混在一起的拉特雷默伊耶之流的名字是钻不进去的；她那微皱的鼻子露出两个鼻孔，也好像是用什么东西塑出来的一样。她那微张的嘴巴像是有话要说。全身上下看来就只是一团蜡、一个石膏面具、一个建筑用的模型、一个工业展览馆里展出的胸像——在这胸像面前，观众肯定要驻步观赏雕塑家是怎样把维尔迪兰家人压倒拉特雷默伊耶家人和洛姆亲王家人以及世上所有的"讨厌家伙"的威严表现出来，从而为这尊坚硬的白石像注入了几乎能与教皇相媲美的尊严。不过，大理石终于活了过来，说是只有不爱挑挑拣拣的人才能上那些人家去，因为那边的女人总是喝得醉醺醺的，男人无知得把 corridor 念成 collidor。

"任你给我多少钱，我也不让这样的人上我家来。"维尔迪兰夫人最后说，狠狠地盯着斯万。

钢琴家的姑妈高声叫道："你们看！我真不明白，这样的人居然还能找到人来跟他们聊天！要是我的话，我准会吓得要死，准要倒大霉！怎么还能有人野成这个样子，跟在他们屁股后面转？"维尔迪兰夫人当然不敢希望斯万会那么顺从，来学这位没头脑的太太。可他至少可以像福什维尔这样来回答吧："天哪！她可是位公爵夫人呢！有些人还是看重这些玩意儿的。"若真如此，维尔迪兰夫人至少可以这样回对："就让他们大沾其光吧！"然而斯万却不这样，他只是微微一笑，那神气仿佛是说，他根本没法子把这么点玩笑认真看待。维尔迪兰先生还是时不时悄悄地看他的妻子，黯然看着，也完全理解她这时感到一个宗教裁判所的法官未能消除异端邪说时的那种愤怒，而为了试着让斯万收回前言（因为一个人坚持自己意见的勇气在对方看来总是出之于对利害的计较，总是怯懦的表现），他就招呼斯万：

"您就把您对他们的看法坦率地说出来吧，我们是不会告诉他们的。"

"我压根儿就不是怕公爵夫人（如果你们说的是拉特雷默伊耶家的

话)。我敢说,谁都喜欢上她家去。我并不是说她这人很'深刻'(他把'深刻'二字读得仿佛是一个滑稽可笑的字眼似的,因为他的言谈中还保留着往日说俏皮话这种习惯的痕迹,不过由于最近生活中出现了新气象,对音乐热爱起来,这种习惯一时有所消失,所以发表意见时也不乏热情了),不过,说真心话,她是个聪明人,而她的丈夫是个正直的文人。他们俩都很可爱。"

维尔迪兰夫人心想单凭这么一个不忠实的信徒,她就无法保持小核心内部思想的统一;她对这个居然看不出他的话使她如何痛苦的顽固分子满腔怒火,忍不住从心底里发出吼声:

"您要是这么看待他们,那是您的事。可至少别在我们面前说出来。"

"这全看您所说的聪明是怎么回事,"福什维尔说,他也想一露锋芒,"斯万,您所理解的聪明才智倒是怎么回事?"

"对了!"奥黛特叫了起来,"这些大问题,我请他给我讲一讲。他就是不肯。"

"哪来的事!"斯万否认。

"就是这么回事!"奥黛特说。

"您是不是认为聪明才智就是能说会道,就是钻进上流社会的本领?"福什维尔说。

"快把您的甜食吃完,好撤掉您的碟子,"维尔迪兰夫人话中带刺地对萨尼埃特说,他这会儿正陷入沉思,停下了刀叉。维尔迪兰夫人也许是对刚才她自己那口吻有点不好意思,又找补一句:"没关系,您尽管慢用。我这话是对别人说的,为了好上下一道菜。"

"那位可爱的无政府主义者费纳龙①给聪明才智下过一个很怪的定义

① 费纳龙(1651—1715):法国散文作家,其小说《忒勒马科斯历险记》反映作者谴责暴君穷兵黩武,为害人民的情绪。

呢。”布里肖一板一眼地说。

“听着，”维尔迪兰夫人对福什维尔和大夫说，“他要把费纳龙对聪明才智下的定义告诉咱们了，这真有意思，这样的机会真是难得。”

然而布里肖却要等斯万先生讲出他自己对聪明才智所下的定义。斯万不吭声，维尔迪兰夫人原想让福什维尔欣赏的唇枪舌剑也就此告吹了。

“你们看，这跟对我一样，”奥黛特赌着气说，“我倒挺高兴的，总算他认为不够格跟他讨论的还不止我一个。”

“塞维尼夫人这个冒充风雅的婆娘说过，她为能结识拉特雷默伊耶家人而感到庆幸，因为这对她的农民有好处。维尔迪兰夫人刚才说得那么不足称道的拉特雷默伊耶家族莫非就是他们的后裔？”布里肖一句一顿地问道，“不错，侯爵夫人还有另一个理由，在她看来，比刚才所说那个理由还要重要，那就是因为她骨子里是个文抄公，把抄放在首位。拉特雷默伊耶夫人交游广泛，消息灵通，塞维尼夫人经常寄给她女儿的日记当中有关外交事务方面的消息，都是得之于拉特雷默伊耶夫人的。”“不，我就不信他们是一家人。”维尔迪兰夫人冒说一句。

萨尼埃特自从急急忙忙把还装满了菜的碟子交给侍役长以后，一直一言不发，陷入沉思，现在忽然哈哈大笑，讲了一段故事，说是他曾经跟拉特雷默伊耶公爵一起吃过一顿饭，发现这位公爵居然不知道乔治·桑是个妇女的笔名。斯万对萨尼埃特是有好感的，认为应该就公爵的文化修养问题向他提供一些情况，说明公爵会无知到如此地步，这根本是不可能的事；然而他说到半截就打住了，他明白萨尼埃特并不需要这些证明，他自己也明知道那故事并不真实，是他刚刚编造出来的。这位老好人一直苦于被维尔迪兰夫妇看成是个沉闷乏味的人；那天晚上意识到自己比平常还要无聊，所以不愿终晚不能博人一笑。他很快就投降了，为没有达到预期的效果而神色沮丧，最后恳求斯万别再继续进行已经毫无必要的驳斥：“好了，好了；再怎么说，即使是我错了，总也不算是什么罪过吧。”那口吻是如此软弱可怜，斯万都恨不得说他讲的那故事既真实又有趣。大夫一直听着他们两人说话，心想这正是说 Se non e vero[①] 的机会，但对这成语的意义不太拿得稳，又怕用错了出乖露丑。

吃完晚饭，福什维尔主动走到大夫跟前：

“维尔迪兰夫人倒也还长得不错，再说，跟这个女人还可以谈得来，对我来说，这就够了。当然，她已经开始有点儿上年纪了。可德·克雷西夫人呢，这小女子可长得挺机灵的；哈，你一眼就能看出她跟美国人一样精明。我们正在谈德·克雷西夫人呢，”最后这句话是对维尔迪兰先生而发的，这时他正叼着烟斗过来，“我想，就女人的身段而言……”

“我倒真想跟她床上见呢。”戈达尔赶紧插上一句。他早就在等待福什维尔喘一口气，好让他乘机插进这一句由来已久的笑话，唯恐谈话一转题，错过了好机会，而他说这句话的时候故意拿腔拿调，来掩盖通常背人家的句子时感情的缺乏和情绪的激动。福什维尔是知道这句笑话的，听了立即就明白戈达尔的意思，感到很可乐。维尔迪兰先生也乐不可支，他不久前发现了表达他的欢快的一种方式，跟他妻子的有所不同，可同样既简单又明了。他跟一般放声大笑的人一样先仰面耸肩，马上又来一阵咳嗽，仿佛是因为笑得太厉害，给烟斗里的烟呛了一样。他继续把烟斗叼在嘴角，让那假装的窒息和狂笑无限期地保持下去。就这样，他和维尔迪兰夫人（她这时正在对面听画家讲一个故事，先把双眼闭上，再用双手捂脸）就像是舞台上的两个假面具，以不同方式来表示高兴。

维尔迪兰先生没有把烟斗从嘴里拿出来，这可做对了，因为戈达尔这时要出去方便方便，低声说了他不久前才学到，可每次上同一地方都必说

① Se non e vero，e bene trovato，意大利成语，意为即使这不是真的，至少是挺巧的。

的那句笑话："我得去找奥马尔公爵[①]聊一会。"这就把维尔迪兰先生的阵咳又引发了出来。

"你就把烟斗拿下来吧，你这么忍住不笑，会把你憋死的。"维尔迪兰夫人对他说，她这会儿正来给大伙斟酒。

"您的丈夫真是讨人喜欢，他机智超群，"福什维尔对戈达尔夫人说，"谢谢夫人。像我这样当过兵的，是不会拒绝喝一杯的。"

"德·福什维尔先生认为奥黛特很可爱呢。"维尔迪兰先生对他的妻子说。

"她正想哪天跟您同吃一顿午饭呢。我们来安排，可别让斯万知道了。他会泼冷水的。当然，您尽管来吃晚饭，我们希望能经常看到您。美好的季节就要来到了，我们就可以常在户外吃饭了。您该不至于讨厌到布洛尼林园去吃饭吧？好，好，那好极了！"她又向年轻的钢琴家嚷道："您今晚不干点儿活吗？"这是为了在像福什维尔这样一位要人面前，既显示她的聪明才智，又显示她对信徒呼来喝去的威风。

"德·福什维尔先生刚才说你的坏话呢。"戈达尔夫人当她丈夫回到客厅时对他说。

他可从晚饭开始到现在，脑子里始终在想着福什维尔高贵的出身，这时对她说："我现在正在给一位男爵夫人治病，她叫普特布斯男爵夫人；普特布斯家人参加过十字军东征，是不是？他们在波美拉尼地区有个湖，比协和广场还大十倍。男爵夫人闹的是关节炎。她可是个可爱的女人。我想，她也是认识维尔迪兰夫人的。"

过了一会儿，当福什维尔单独跟戈达尔夫人在一起的时候，他又继续发表对她丈夫的评价：

---

① 奥马尔公爵（1822—1897）：法国国王路易·菲利浦的四子，将军兼史学家，在阿尔及利亚殖民战争中建有功勋，以"去找奥马尔公爵聊一会"表示"出去方便方便"，来历不详。

“他这个人真有意思，看得出来，他交游甚广。好家伙，大夫知道的事情真多！”

“我这就给斯万先生弹那首奏鸣曲的乐句。”钢琴家说。

“啊！老天！该不是那支《奏鸣蛇》吧？”福什维尔问道，一心想引人注目。

戈达尔大夫从来没有听过这么一个用谐音字进行的文字游戏，不明白这是什么意思，还以为是福什维尔先生说错了呢。他赶紧走到他跟前去纠正这个错误。

“不，没有什么叫‘奏鸣蛇’的，只有响尾蛇①。”他热情急切，得意洋洋地说。

福什维尔给他解释了一下这个文字游戏的由来。大夫脸红了。

“您该承认这挺逗吧，大夫？”

“啊！这我早就知道。”戈达尔答道。

他们这就不再吭声了。这时那个小乐句在小提琴部高出两个八度的颤抖的震音的陪送下出现了——这就像是在山区，人们在高得令人晕眩、仿佛是凝滞不动的瀑布背面，看到在两百尺之下，一个正在散步的孤独女子的纤小的身影。这乐句在那透明连绵、高昂而汹涌澎湃的背景之中，从遥远的地方款款而来，优美无比。斯万这时心底里在跟这个乐句窃窃私语，仿佛它是他爱情的知情人，是奥黛特的一个朋友，来嘱咐他不必把这个福什维尔放在心上。

“啊！您来晚了，”维尔兰迪夫人对一位应邀仅仅在餐后“剔牙”时分才到的信徒说，“刚才有位布里肖先生在这里，那份口才，真是无与伦比！可惜他已经走了。您说是不是，斯万先生？我想您这是跟他第一次见面吧。”她说这话是为了提醒斯万，他之所以有缘认识他，全是凭了她的关

① 奏鸣蛇在原文中为“Serpent à sonates”，响尾蛇为“serpent à sonnettes”。

系。“咱们这位布里肖可爱极了,是不是?”

斯万很有礼貌地躬了躬身。

“不吗? 您对他不感兴趣?”维尔迪兰夫人冷冰冰地问他。

“不,夫人,挺感兴趣,我高兴极了。不过他也许有点过分专断,也许有点儿过分嘻嘻哈哈,不合我的口味。我倒希望他有时谦虚一点,文雅一点,不过看得出来,他知道很多东西,看起来也是个好样儿的。”

晚会结束得很晚。戈达尔对他的妻子说:

“难得看到维尔迪兰夫人有像今晚这么大兴头的。”

“这位维尔迪兰夫人到底是何许人物? 金玉其外,败絮其中?”福什维尔问画家,一面邀他坐他的车回去。

奥黛特不无遗憾地眼看着福什维尔离去,她不敢不跟斯万一起回去,可是在车上她一直很不高兴,当他问她,他是不是该进屋时,她说,“当然。”可又不耐烦地耸了耸肩膀。当客人都走光了的时候,维尔迪兰夫人问她丈夫:

“你有没有注意到,当我们提到拉特雷默伊耶夫人的时候,斯万直傻笑。”

她可注意到斯万和福什维尔在提到这个名字的时候,好几次都把“德”字省掉了。她毫不怀疑他们这是为了显示自己并不拜倒在头衔之下,她自己也想效法他们那种矜持,然而又拿不稳该用什么语法形式来表达这份感情。结果还是她那错误的语言习惯占了她那反封建的共和主义情绪的上风,她有时说 les de la Tremoille,有时又学咖啡馆里的歌星或者漫画作家给漫画写说明文字时的样子,把 de 字来个元音省略,说什么 les d' La Tremoille,不过说了以后马上就加以改正,还是说“拉特雷默伊耶夫人”。她又嘲讽地找补一句:“斯万却爱管她叫**公爵夫人**。”脸上那个微笑表明她不过是重复斯万的话,并不承认这个既幼稚又可笑的称呼。

“不瞒你说,我觉得他傻极了。”

维尔迪兰先生答道：

“这位先生不坦率，总是那么假惺惺，总是那么吞吞吐吐。老是两面不得罪。这跟福什维尔是多么不同！福什维尔有什么就说什么，不管你爱听不爱听他所说的话。他不像那一位，从来都是真真假假。而且奥黛特似乎也更喜欢福什维尔，我觉得她是对的。再说斯万在咱们面前摆出一副上流社会人士的架子，摆出一副公爵夫人的保卫者的架子。那一位可真有爵位，他是福什维尔伯爵。”他的话音是那么柔和，仿佛他对这个伯爵领地的历史了若指掌，给予它以极高的评价。

“我跟你说吧，”维尔迪兰夫人说，“他居然敢含沙射影地恶毒攻击布里肖，其实说的都是些荒唐可笑的话。当然，那是因为他眼看布里肖得到满座欢迎，攻击他就是攻击咱们，就是破坏咱们的聚会。我感觉得出来，这小子一出这大门，准把谁都说得一钱不值。”

“我不早跟你说了吗？”维尔迪兰先生答道，“这家伙不得志，看什么都眼红，都妒忌。”

事实上，没有哪一个“信徒”的心地有像斯万那样好的；只不过所有的人都小心翼翼地把他们的恶意用众所周知的笑话，用一点儿感情，用一点儿真挚掩盖起来罢了；而斯万不屑于用什么“我这不是想说什么坏话”这样的陈词滥调来掩饰，所以他的任何含蓄都被看成是阴险恶毒的表现。有一些不同凡响的作家，他们的任何大胆言论都激起公众的反感，因为他们不屑迎合公众的趣味，不为公众提供他们习以为常的老生常谈；斯万之所以激怒维尔迪兰先生，也是这个道理。跟那些作家一样，正是斯万言语中的不落俗套使别人觉得他别有用心。

斯万对他在维尔迪兰家面临的失宠的威胁依然一无觉察，他身堕情网，继续把他们那些可笑的言行加以美化。

他通常只在晚上才跟奥黛特有约会，唯恐白天也上她家去会使她感到厌烦，但他却希望她老念着他，所以随时都找机会引起她对他的思念，但当然是以叫她感到高兴的方式。如果他从花店或者珠宝店的橱窗面前走过,视线被一棵小树或者一颗珠宝所吸引,他马上就会想到把它送给奥黛特,心想当她体会到他在得到这些东西时的乐趣时,就会使她对他更加温存,他就会马上叫铺子派人送到拉彼鲁兹街去,因为每次当她收到他什么礼物的时候,他总感觉他自己就在她身边一样。他尤其希望她能在离家外出以前收到这些礼物,这样当她在维尔迪兰家看到他的时候,她的感激之情就会化为对他更热烈的接待,甚至如果送货的人等不及的话,她还会在晚餐前打发人送封信给他,或者亲自到他家来道谢。从前他体会到她的性格当中有些令人反感的地方,现在则竭力从她的感激之情中探索她以前还没有对他流露过的深藏的感情。

她时常手头拮据,为债主所逼而向他求助。他总是乐于效劳:凡是能使奥黛特看出他是如何爱她,或者只是看出他对她能产生影响,能有些用处的事,他都是乐于从事的。当然如果有人在开始时对他说,"她看中的是你的地位",现在对他说,"她之所以爱你是为了你的财产"的话,他是不会相信的,不过既然人们设想她是由于像追求风雅或金钱这样强有力的东西而跟他关系密切,感觉到他们两人紧密相连,他对那种说法也并不会过分表示不满。即使他认为他们所说的是对的,那么当他发现奥黛特对他的爱除了基于她对他的感情和在他身上发现的品质以外,还有一个更持久的支柱——利害关系时,他也是不会难过的。这种利害关系足以使她试图跟他中断来往的日子永远也不会到来。此刻,他不断送她礼物,为她效劳,那就除了他自己的人品、聪明才智和无所不用其极的取悦于她的强烈愿望外,他还可以依靠另外一些有利条件。这种堕入情网的乐趣,仅仅是为了爱情而活着的乐趣,他有时也怀疑它是否现实,但他作为精神享受的爱好者而为此付出的代价越多,就越是觉得它的价值高昂——我们不是也看到有些人怀疑大海的景象和澎湃的波涛声是否当真美妙,不惜每天花一百法郎租一间海滨旅馆的房间去观赏,从而不但得以信服,而且他们自己超凡脱俗的品格不也得到了肯定吗？

有一天，正当他陷入这样的沉思的时候，忽然想起了从前曾经有人说奥黛特是一个由情人供养的女人，那时他再次把“由情人供养的女人”这个奇怪的修辞学上的拟人表达法，这个像居斯塔夫·莫罗[1]画的幻像那样，镶嵌有同宝石缠绕在一起的毒花，由难以识别、恶魔般的成分构成的闪闪发光的混合物跟奥黛特加以对比了：奥黛特，在她的脸上他可是亲眼目睹那对不幸者的怜悯之情，对不公正的事情的愤慨，对施恩者的感谢，就如同他从前在他自己的母亲，在他的朋友们的脸上看到的表情一样；奥黛特，她的话语时常是跟他自己最熟悉的事物有关，譬如他的收藏、他的卧室、他的老仆人，收存着他的股票的那位银行家，这时，银行家这个形象忽然提醒他该上他那里取点钱了。可不是吗，他上个月给了她五千法郎，如果这个月给她的物质困难的帮助没有那么多，而她想要的那串钻石项链也不给买，那他就不会看到那使他如此幸福的她对他的慷慨大度的赞赏与感激之情，甚至当她看到这种慷慨的表现越来越少，可能会以为他对她的爱情已经淡薄了。想到这里，他突然自问，这是否正是“供养”她呢？(仿佛“供养”这个概念可以出之于一些既不神秘又不反常的成分，且是属于日常私生活的范畴，例如那张普普通通撕破了又粘上的一千法郎的钞票，他的男仆在为他付了当月家用和房租以后塞在他的旧书桌的抽屉里，斯万取出跟另外四张一起送给奥黛特）他也自问，自从他认识奥黛特以来，在他看来跟她毫不相容的“由情人供养的女人”这个词能否用到奥黛特身上（因为他一刻也不曾设想在他之前她会接受任何人的金钱）。但他不能再顺着这个思路想下去，因为他生来就是懒于思维，这股懒劲也是一阵阵的，说来就来，这会儿正是来到的时候，于是就马上把他的智慧之火全部熄灭，就像后来到处用电气照明的时代，一下子就能把全家的灯统统

[1] 居斯塔夫·莫罗（1826—1898），法国画家。

灭掉一样。他的思想在黑暗中摸索了一会儿，他摘下眼镜，擦擦镜片，用手揉揉眼睛，直到找到一个新的思想时才重见光明——这新的思想就是下个月给奥黛特的不是五千而是六七千法郎，好给她来个出乎意料之外，感到异常的快乐。

晚上，当他不呆在家里等着上维尔迪兰家去跟奥黛特相会，或者上布洛尼林园特别是圣克鲁他们爱去的露天餐厅用餐时，他就上他从前作为座上常客的那些上流社会人家去吃饭。他不愿跟那些人脱离接触，也许他们哪天会对奥黛特有些用处，同时也正是由于有了他们，他才时常得到她的欢心。而且，他对上流社会的豪华生活早就有了习惯，就在对它产生厌恶之情的同时，也觉得有过这种生活的需要，以至就在他把最简朴的陋室，跟王公宅第同等看待时，他的感官也是对后者如此习以为常，因此在步入前者时总会感到一定程度的不快。对那些在六楼套房里举行舞会（“请由右门洞登楼，六楼左门”）的小资产者，跟在巴黎举办最豪华的节日活动的帕尔马公主之间，他也有类似的不同观感，那类似的程度是他们难以相信的。当他在主妇的卧室里跟那些当爸爸的人站在一起的时候，他是不会有参加舞会的感觉的，而眼看洗脸盆上盖满了毛巾，床铺改为衣帽间，堆满了大衣和帽子，他就难免产生透不过气来的感觉，就跟用了半辈子电灯的人们闻见冒烟的油灯或者流油的蜡烛味儿时的心情一样。

在他上街吃饭的日子，他让车夫在七点半套车，他一面穿衣服，一面惦记着奥黛特，这样他就可以不至有孤独之感；经常想着奥黛特，使得远离她的时刻也就跟在她身旁时有着同样的特殊的魅力。他登上马车，感到思念奥黛特的思绪跟一头爱畜一样也已经跳上车来，蜷伏在他膝上，将伴着他入席而不被同席的客人所发觉。他抚摸它，在它身上焐暖双手，当他感到有些郁闷时，不禁起了一阵轻微的战栗，缩起脖子，皱起鼻翼——这在他身上是前所未有的——同时把那小束楼头菜花插在纽孔上。一个时期以来，尤其是自从奥黛特把福什维尔介绍给维尔迪兰夫妇以后，斯万感到有些难过忧伤，很想到乡间休息一下。但奥黛特在巴黎，他连离开巴黎一天的勇气也鼓不起来。天气温暖，这是春季最美好的日子。他虽然是在穿过这个石头城到某个围有栅栏的公馆去，可是他在眼前看到的却是他在贡布雷的那座花园，在那里，一到下午四点钟，你还没有走到种龙须菜的畦田，从梅塞格利丝田野那边来的微风就阵阵送香，你在绿树棚下就感到阵阵清凉，就跟在四周都是毋忘我花和葛兰花的池塘边一样。当他在池塘边吃饭的时候，桌子周围全是由他的园丁精心编在一起的醋栗和玫瑰。

晚饭后，如果布洛尼林园或者圣克鲁的约会时间约定得早的话，他就离开饭桌马上就走，尤其是在浓云密布，有可能下雨，“信徒们”会提前回家的时候。有次洛姆亲王夫人家的晚饭吃得较晚，斯万在咖啡还没有端上以前就向主人告辞，赶到布洛尼林园的岛上去跟维尔迪兰家聚会，使得亲王夫人说：

“真是的，要是斯万大上三十岁，膀胱又有毛病，那他溜得那么早还情有可原。他真是不把咱们放在眼里。”

他心想，他虽不能到贡布雷去享受这明媚的春光，总可以在天鹅岛或者圣克鲁观赏观赏。不过他的脑子整个儿都给奥黛特占着了，连是不是曾闻到树叶的清香，是不是曾看到皎洁的月光都说不上来。迎接他的是餐厅钢琴上奏出的那首奏鸣曲的小乐句。要是没有钢琴的话，维尔迪兰夫妇不惜费神叫人从卧室或者饭厅搬一架下来，这倒不是因为斯万已经重新博得了他们的好感，根本不是这么回事。为别人提供一点别出心裁的乐趣，哪怕这人并不是他们所喜欢的人，即使在进行准备的阶段，这想法也会在他们身上引发一些对人亲切友好的美好感情——哪怕是昙花一现。有时他也想，又是一个春宵要过去了，他强制自己去注意一下树木和天空。可是他一心思念着奥黛特，难以安下心来。一些时间以来，他那种焦躁不安的情绪又无法摆脱，这就使他不能取得接受大自然的景象所必需的宁静和安逸的心境。

有天晚上，斯万应邀和维尔迪兰夫妇共进晚餐，在进餐时说他第二天要参加当年同在一起服兵役的老战友的聚会，奥黛特在饭桌上当着福什维尔（他现在已经是忠实信徒之一了）、当着画家、当着戈达尔的面说：

“是啊，我知道您明天有宴会；那我就只能在我家里见到您了，可别来得太晚啊！”

虽然斯万从来没有因为奥黛特对任何一位信徒有交情而当真感到不快过，但当他听到她当着所有人的面，毫无顾忌，若无其事地承认他俩每天晚上有约会，承认他在她家里的特殊地位，承认她对他的偏爱时，心里感到特别温暖。当然，斯万也常想，奥黛特根本不是一个了不起的女子，他对她处于无比优越的地位，当他看到她当着众信徒的面洋洋自得时也并不感觉有任何特别得意的地方；但自从他发现奥黛特在许多男人眼里是一个令人神魂颠倒的女子，一个希望能弄到手的女子以后，她的身子在他们身上产生的魅力在他的心中唤起了一种折磨人的渴望，要对她的心的每一个细胞都彻底加以控制。他首先把晚上在她那里度过的时刻看做千金难买的时刻，让她坐在他的膝上，讲讲她对这样那样事情的看法，自己则历数在这世上现在还不肯放手的是哪些财富。因此，在那顿晚饭以后，他把她拉到一边，一个劲儿对她表示谢意，力图让她知道怎样按照他所表示的感激之情的程度，估摸出她所能为他提供的各种乐趣的大小高低——其中最大的乐趣是当他对她的爱继续下去而可能招致情敌的时候，能得到无需吃醋的保证。

第二天宴会结束时，大雨倾盆，他却只有那辆四轮敞篷马车；有位朋友提出用他的轿车送他回家。奥黛特昨天既然要他去，那就表明她不会等待别人，斯万原可以放心大胆地回家睡觉而不必冒雨前往的。然而，如果她看到他并无意坚持每天毫无例外地都跟她在一起度过后半夜的话，那就有可能当他特别要同她一起欢度良宵的时候，她却另有约会了。

他过了十一点才到她家，当他连声抱歉没能早些来时，她却抱怨时间实在太晚，又说刚才风狂雨暴，她不舒服，脑袋疼，只能陪他半个钟头，到十二点就要请他回去；过不多久，她就累得要命，想去睡觉了。

“那么今晚就不摆弄卡特来兰花了？”他对她说，“我倒真想好好摆弄一下呢！”

她撅起嘴，神经质地说：

“不，亲爱的，今晚就不摆弄卡特来兰花了，你看我不是不舒服吗！”

“也许摆弄一下对你倒有好处，不过我也并不坚持！”

她请他在走以前把灯灭掉，他亲自把帐子放下再走。可是当他到了家里，他忽然想起奥黛特也许今晚在等什么人，累是装出来的，请他把灯灭了只是为了让他相信她就要睡着，而等他一走，就立即重新点上，让那人进来在她身边过夜。他看看表，离开她差不多才一个半小时，他又出去，雇上一辆马车，在离她家很近的一条跟她住宅后门（他有时来敲她卧室的窗，叫她开门）那条街垂直的小街停下；他从车上下来，街上是一片荒凉和黑暗，他走了几步路就到了她家门口。街上所有的窗户都早就一片漆黑，只有一扇窗，从那像葡萄酒榨床里压挤神秘的金黄色的果肉的木板那样的百叶窗缝里溢出一道光线。在如此众多的别的夜晚，当他走进街口老远就看到的这道光线，曾使他心花怒放，通知他“她在等着你”，而现在却告诉他“她正跟她等待的那个人在一起”而使他痛苦万分。他想知道那个人是谁；他沿着墙根一直悄悄走到窗口，可是从百叶窗的斜条缝里什么也瞧不见，但听得见在夜的沉寂中有喃喃的谈话声。

当然，看到这道光线，想到在窗框后在它的金色的光芒中走动的那一对男女，想到在他回家以后来到的那个人暴露了。奥黛特的虚伪暴露了。她正在跟那一位共享幸福生活的这阵窃窃私语也暴露了，他是何等的痛苦啊。然而他还是为他来了而高兴：促使他从家里出来的那份折磨心情，由于越来越明朗而不再那么强烈，因为奥黛特的生活的另一面，当时对它突然产生了怀疑而又无可奈何，现在却明摆在他的面前，被那盏灯照得一清二楚，被囚在这屋里而不自知，而他只要高兴，就可以进去把它捉拿归案。他也可以像平常晚来时一样，去敲敲百叶窗；这样，奥黛特至少可以知道他已经掌握情况，看到了那道光，听到了他们的谈话；而他呢，刚才还在设想她正跟那一位在笑他蒙在鼓里，现在却要眼看他们当场认错，上了被他们认为远在千里之外的他的圈套。也许，他在这几乎是令人惬意的时刻所感到的并不是什么怀疑和痛苦的消失，而是一种属于智力范围的乐趣。自从他爱上奥黛特以后，他以前对事物的浓厚兴趣有所恢复，但这也限于跟对奥黛特的思念有关的事物，而现在他的醋意激起的却是他在好学的青年时代的另一种智能，那就是对真情实况的热烈追求，但那也限于跟他与他的情妇之间的关系有关的真情实况，仅仅是由她的光辉所照亮的真情实况，一种完全是与个人有关的真情实况，它只有一个对象，一个具有无限价值，几乎是具有超脱功利之美的对象，这就是奥黛特的行动、跟她有联系的人、她的种种盘算、她的过去。在他的一生中的其他任何时期，他总认为别人的日常言行没有什么价值，谁要是在他面前说三道四，他总觉得没有意义，即使听也是心不在焉，觉得自己此刻也成了一个最无聊的庸人。可在这奇怪的恋爱期间，别的一个人竟在他身上产生如此深刻的影响，他感到在他心头出现的对一个女人的最微不足道的事情的好奇之心，竟跟他以往读历史的时候一样强烈。凡是他往日认为是可耻的事情：在窗口窥看、巧妙地挑动别人帮你说话、收买仆人、在门口偷听，现在就都跟破译文本、核对证词、解释古物一样，全是具有真正学术价值的科学研究与探求真理的方法了。

他正要抬手敲百叶窗那片刻，想到奥黛特就要知道他起了疑心，到这里来过，在街上守候过，不禁产生了一阵羞耻之心。她曾经对他说过，她对醋心重的人，对窥探对方隐私的情人是多么讨厌。他就要干的事情确实是笨拙的，她从此就要讨厌他了，而在他没有敲百叶窗之前，尽管她欺骗他,可能还是爱他的。人们为图一时的痛快而牺牲多少可能的幸福啊!但要弄清真情实况的这种愿望却更加强烈,在他看来也更为崇高。他知道,他不惜生命代价去核实的这个真情实况在这露出道道光线的窗户背后就能读出,这就好比是一部珍贵文献的烫金封面,查阅文献的学者对它底下的手稿的艺术价值是不会不动心的。他对这以如此温暖、如此美丽的半透明的物质制成的这个独一无二、稍纵即逝、宝贵异常的稿本的真情实况,急切地渴望着要了解。再说,他所感到自己高出于它们的地方——他又是如此需要有这样的感觉——也许与其说是他知道它们,倒不如说是他可以在它们面前显示他知道它们。他踮起脚。敲窗户。人家没有听见,他敲得更响,谈话戛然而止。只听得有个男人的声音,他竭力去辨认到底这是他所认识的奥黛特的哪个朋友的声音:

"谁啊?"

他拿不稳是谁的声音。他再一次敲百叶窗。窗开了,接着是百叶窗也开了。现在可没法后退了,因为她马上就要知道真相,而为了不至显得过分狼狈,醋心太重,又太好奇,他只好装出一副若无其事的样子,欢快地叫道:

"别费事了,我路过这里,看见有光,想问问您是不是已经好些了。"

他抬头一看,只见两位老先生站在窗口,其中一位举了盏灯,这就把房间照亮了——一间陌生的房间。平常在很晚的时刻到奥黛特家来时,他总是凭着在所有一模一样的窗户当中唯一有光这一点来认出她的窗户,这次却弄错了,敲了隔壁那家的那一扇。他连声道歉着走开,回到家里,直为好奇心得到满足,又无损于他俩之间的爱情而感到高兴,同时也为在如此久长的时期内假装对奥黛特的一定程度的冷淡以后,现在并没有使她通过他的醋心的发作,发现他的爱情过分强烈,从而今后会对他降温而感到高兴。

这段经历,他没有跟她说起过,自己也不再去想它。但是有时脑子一动，就把这潜伏在脑海深处的对这件事情的回忆勾了起来，栩栩如生，只好重新把它埋得更深，这时他就突然感到强烈的痛苦。这仿佛是一种肉体的痛苦，斯万的思想无法使它减轻；然而如果这是一种肉体的痛苦的话，它至少与思想无关，思想总还可以仔细端详它，发现它已经减弱，已经一时消失。可是他那种痛苦，每当思想念及的时候，只能使它重新出现。想要不去想它，实际上是再一次想到它，他为此而更加感到痛苦。当他跟朋友们谈话的时候，他忘了他的痛苦，可是别人不经意间讲出的一句话会使他突然失色，就好像是一个伤员被冒失鬼触到了伤处一样。当他离开奥黛特的时候，他心情愉快，感到心地宁静，他回忆她在谈起别的男人时的带有讽意的微笑，和对他的充满温情的笑容；回忆她怎样把头低垂下来，几乎是不由自主地俯向他的双唇，好像是第一次在马车中时那样；回忆起当她在他怀中时像是怕冷一样怎样把脑袋紧紧靠在他的肩上，两眼向他投来无神的目光。

然而他的醋意却和他的爱情仿佛是如影随形，马上就出来为她今晚向他投来的微笑提供一个副本，来了一个颠倒，变成是对斯万的嘲笑而充满着对另一个人的爱；她的脑袋低垂下来也是俯向别人的双唇，而她对他的一切温情的表现也都以别人为对象了。他从她家里带回的一切令人销魂的印象现在都仿佛变成了一个室内装饰师提供的一些草图，一些方案，使得斯万据以设想她可能在别人面前表现出来的热烈的、狂喜的举止。这样，他都为在她身边体会到的每一个乐趣，为他自己设想出来的每一个爱抚的动作（他还如此有欠谨慎，告诉她这些动作是如何使他欢快），为他在她身上发现的每一个优美之处感到后悔，因此他知道，过一会儿，这些又都会成为她手中用来折磨他的新的刑具。

当斯万想起几天以前，他突然初次发现奥黛特眼中短促的一瞥；这一回忆使得那个折磨显得更加残酷。那是在维尔迪兰家晚饭之后发生的。福什维尔也许是感觉到他的连襟萨尼埃特在他们家并不得宠，想把他嘲弄一番，自己出出风头；也许是因为萨尼埃特刚对他说了些什么傻话而感到恼火，尽管在座的旁人都没有听见，更不会知道说话的人在无意中刺伤了什么人；也许是早就蓄意要把对他自己的底细了解得一清二楚，有时一见面就感到不舒服的这个老好人轰出这个家门，所以十分粗暴地回答萨尼埃特的笨拙的话，居然把他骂将起来，而由于对方害怕、软弱、哀求，他越骂越加大胆，弄得这个可怜虫在问了维尔迪兰夫人他是否还该呆下去而得不到答复时，只好热泪盈眶，嘟嘟囔囔地走开了。奥黛特无动于衷地看着这个场面，但当门在萨尼埃特背后砰的一声关上的时候，她脸上通常的表情仿佛是降下好几档，以便在卑劣方面能跟福什维尔媲美。她的眸子里闪现出一个狡黠的微笑，这对福什维尔的大胆行动是个祝贺，对它的牺牲品则是嘲讽；她向他投过同谋作恶的一瞥，仿佛是说："要是我看得不错的话，他这下可完蛋了。您看见他那副尴尬的样子没有？他都哭了。"福什维尔看到她这眼神，突然收起怒容（或者是假装出来的怒容），微笑一下答道：

"他只要学得讨人喜欢一点，还是可以来的，不管年老年少，接受个教训总是有好处的。"

有一天斯万下午出去访客，那人没有在家，他就想去奥黛特家，虽然他从没有在这时候去过，但他知道她这时准在家里，或者午睡，或者写信，然后用午茶；他想在这时候去看她该很有意思，也不至于打扰她。看门人说他想她是在家的；他按门铃，仿佛听到有声音，有人走动，却没有人来开门。他又着急又气恼，就上那宅子后门那条小街，走到奥黛特卧室的窗口；窗帘挡着，里头什么也看不见；他使劲敲窗玻璃，叫唤；没有人来开窗。他只见有些街坊探出头来瞧他。他走了，心想他刚才也许是听错了，其实并没有什么脚步声；然而他总是放心不下，脑子没法想旁的事情。一个钟头以后，他又回来，看到了她，她说刚才他按铃的时候是在家的，只是睡着了；铃声把她吵醒了，她猜想是他，赶紧跑上前去，可他已经走了。她也听到了敲后窗玻璃的声音。斯万马上就在她这话里听出那些被人当场抓住的撒谎的人为了自我安慰而在他们所编的谎话当中插进去的一点真情实况，他们心想这点真情实况编进去了就可以使谎言显得逼真。当奥黛特做了什么要瞒着别人的事情，她当然是要把它深藏心中的，然而当她一旦面临她所要瞒着的那个人时，她的心就乱了，她的思想就散架了，她编造和推理的能力也都瘫痪了，脑子里成了真空，然而又必须说点什么，能想得起来的却正好是她要隐瞒的，因为这需要隐瞒的事情是真实的，所以是唯一留存在脑际的东西。她从中取出一点本身并不重要的细节，心想这个细节经得起检验，不像虚假的细节那么危险。她心里想："再怎么说，这是真实的，这就是一个优点，他尽管去打听，结果总会承认这是真的，是不会使我露馅的。"她错了，正是这个使她露了馅；她没有意识到，这个真实的细节有一些棱角只有跟经她任意阉割了的相关细节才能接合得天衣无缝，而不管她把那个真实细节插在怎样的编造出来的细节中间，这些细节总会以其过分夸大其词，或者由于还有一些没有补好的窟窿而暴露出那个真实的细节跟它们并不构成一体。斯万心想："她承认听见我按门铃，听见我敲窗子，又心想是我，想要见到我。可这跟她没有叫人开门这个事实不协调啊。"

可是他并没有把这个矛盾点出来，心想让奥黛特说下去，她也许又会撒什么谎，可能为真情实况多少提供一点线索；她一个劲儿说，他也不去打断她，而以又渴望又痛苦的心情听着她对他讲的那些话，感觉到它们像圣殿前的幕布一样，模模糊糊地掩盖着，依稀地勾画出那个无限宝贵，然而可惜又无法探得的真情实况（她在说话时确实在遮遮掩掩）——那就是刚才在他三点钟来到的时候，她到底在干些什么。这个真情实况，他也许永远只能掌握一些谎言，一些不可思议、无法判读的历史遗迹了，它仅仅存在于捉摸它而无法估量其价值的那个人的隐秘的记忆之中，可她是不会泄露给他的。当然，他有时也想，奥黛特的日常活动也未必值得那么热切地关注，她可能跟别的男人之间的关系，一般地说，也不至于使一个有思想的人产生如此强烈的忧伤，以至想去殉什么情。他这就认识到，他身上那种关注、那种忧伤只不过是一点小毛病，一旦过去了，奥黛特的一举一动，她给他的那些吻，依然会跟别的那些女人的动作和亲吻一样，不至勾起他伤心的回忆。然而当他认识到他的这种痛苦的好奇心的根子就在他自己身上时，这却并不能使他觉得把这种好奇心看成至关重要，竭尽全力去满足它就是什么违反理性的事情。这是因为，像斯万这样岁数的人，他们的人生哲学已经和年轻人不一样了；尤其是斯万，受到当代哲学的影响，也受到洛姆亲王夫人那个圈子的影响，在那里，大家认为一个人的才气跟他对一切事物的怀疑成正比，认为只有在每一个人的个人爱好中才能找到真实的和不容争论的东西。像他这样岁数的人生哲学是实证的，几乎是医学的哲学，他们不再显露他们追求什么目标，而试图从逝去的岁月中探得一些可以被他们认为是他们身上的特征性的、恒久的习惯和激情的残余，而他们首先关注的是他们现在的生活方式能不能符合那些习惯和激情。斯万认为承认由于不知道奥黛特干了些什么而感到痛苦是明智的，就跟他承认潮湿的天气会加剧他的湿疹一样；他也认为在支出中拨出一大笔钱来收集与奥黛特的日常生活有关的情报（缺了就会使他感到不幸）是明智的，他对那些有把握得到乐趣（至少是在堕入情网之前）的其他爱好，例如收藏艺术和美味佳肴，不也是这样做的吗？

那天当他要跟奥黛特道别回家时，她请他再呆一会儿，在他要开门出去的时候，甚至拽住他的胳膊热烈挽留他。可是他并不在意，因为在一次谈话里众多的手势、言语、细微的事件当中，我们不可避免地对隐藏着我们的疑心所要探索的真情实况的那些手势等等视而不见、听而不闻，发现不了有什么足以引起我们注意的东西，而对没有什么内容的那些反倒全神贯注。她一再对他说：“你从来都不在下午来，难得来一次，我又没有见着你，你看多倒霉！”他明知道她对他的爱还不至于深到对他的来访未晤感到如此强烈的遗憾的地步，不过，她的心肠还是好的，也有心取得他的欢心，当她引起他不快的时候，他时常也确实难过，所以这次没能使他得到同她相处一个小时的乐趣，她心里难过也是很自然的，但这个乐趣在他看来会是一个很大的乐趣，在她心目中却未必如此。事情本来就没有什么了不起，她却一直显得很痛苦的样子，这就使得他不胜诧异了。她那副面容就比平常更使他想起《春》的作者、那位画家[①]笔下的妇女们的面容。她这时就有着她们在让孩提时的耶稣玩一只石榴或者看到摩西向马槽中倒水时那副沮丧伤心的表情，仿佛心中有着不堪承受的痛苦。她这种忧伤的表情，他以前是见过一次的，却忘了是什么时候。突然间，他想起来了：那是她有一次为了跟斯万在一起吃饭，第二天对维尔迪兰夫人撒谎说是头天有病才没有上她家去。说实在的，哪怕奥黛特是世上对自己要求最严格的女人，也用不着为了这么一点并无恶意的谎话感到如此悔恨。不过奥黛特常撒的谎并不是那么无可指责，它们是用来遮掩她跟某些朋友之间的一些麻烦事儿的。因此，当她撒谎的时候，心里是胆怯的，感到自己难以自圆其说，对所撒的谎能否奏效缺乏把握，心力交瘁得简直要像有些没有睡好的孩子那样哭将起来。此外，她也知道她的谎言通常是要严重伤害对方的，而谎要是撒得不周到，她又要落入对方的摆布之下。因此，她在他面前既感到谦卑，又感到有罪。而当她撒的是社交场合中毫无所谓的谎的时候，通过一些联想，一些回忆，她也会感到疲惫不堪，感到做了一件坏事的悔恨之情。

她这时对斯万撒的倒是怎样折磨人的谎，居然使得她眼神如此痛苦，嗓音如此哀婉，仿佛是在求饶，仿佛都要难以自持了。就在这时候，他听到一阵铃声。奥黛特还在说下去，可她的话语已经成了一阵呻吟：她为没能在下午见到斯万，没能及时为他开门的这种遗憾简直成了一件终身憾

① 指意大利文艺复兴时期画家波堤切利（1500—1571）。

事了。

只听得大门又关上了，还有马车的声音，看来是有人折回去了——多半是一个不能让斯万见面的人，刚才别人跟他说奥黛特没有在家。斯万心想，仅仅在通常不来的时刻来这么一次，他就打乱了她那么多不愿让他知道的安排，心里不免有些泄气，甚至是苦恼之感。然而他还是爱奥黛特的，脑子里时时刻刻都在想着她，对她的怜悯之心油然而生，喃喃地说："可怜的小宝贝！"当他离开她的时候，她把桌子上的好几封信交给他，问他能不能顺便为她投邮。他把这些信带走，回到家里才发现还留在身上。他又回到邮局，从衣兜里掏了出来，在扔进信箱之前先把地址瞧上一眼。全都是写给供应商的，只有一封是写给福什维尔的。他把这一封留在手里，心想："我要是看一看信里说的是什么，就能知道她怎么称呼他，用什么口气说话，两个人之间是不是有什么关系。我要是不看一看，也许倒是对奥黛特不关心的表现，因为我这疑心也许是冤枉了她，徒然使她难过，把信看一看是消除这个疑心的唯一的办法，而信一旦寄走，我的疑心不消除，她也只能一直难过下去了。"

他离开邮局，身上带着那封信回家。他点上一支蜡烛，把信封挨到烛光边（信封他是不敢拆的）。先是什么也看不见，不过信封很薄，用手摁在里面的硬卡片纸上还是可以看出最后几个字。那是一句平平常常的结束语。如果不是他来看她写给福什维尔的信，而是福什维尔来看她写给斯万的信的话，那他是会看到一些无比亲热的话语的！信封比里面装的卡片大，他用大拇指使卡片滑动，把一行行的字移到信封上没有夹层的那一部分，这是唯一能透出里面的字迹的那一部分。

尽管如此，他还是看不太清楚，不过这也没有什么关系，反正他已经看到了足够多的文字，明白信里没有什么了不起的内容，跟什么恋情根本不沾边；这是跟奥黛特的舅舅有关的什么事儿。斯万在有一行的开头看到了"我怎能不"这几个字，可不明白奥黛特怎能不干什么，可忽然之间，刚才没有能辨认出来的几个字看清楚了，这就把全句的意思弄明白了："我怎能不去开门，那是我舅舅。"原来当斯万按门铃的时候，福什维尔在她家，是她把他打发走的，所以他听到了脚步声。

这时他就把全信都读完了；在信末她为对他如此失礼而致歉意，还告诉他，他把烟盒丢在她家了，这也是斯万第一次来时她信上的那句话，不过那次还加了一句："您为什么不连您的心也丢在这里呢？如果是这样的话，我是不会让您收回去的。"而对福什维尔则没有这样的话：没有任何迹象表明他们当中有什么勾搭。说真的，福什维尔比他受骗受得还更厉害，因为奥黛特在给他的信上说来客是她的舅舅。总而言之，在她心目中，是他，斯万，占有更多的地位，也是为了他，她才把那一位打发走的。然而，要是奥黛特和福什维尔之间没有什么的话，为什么她没有马上开门，为什么要说"我怎能不去开门，那是我舅舅"呢？要是她那会儿没做什么不好的事，福什维尔又怎能相信她不马上去开门的道理？斯万愣住了，既难过，又惶惑，然而面对奥黛特放心大胆地交给他的这个信封，却又感到高兴，因为她绝对相信他是个正派人，然而通过信封那个透明的窗口，除了他心想永远也不会弄清楚的那个秘密之外，也向他泄露了奥黛特生活的一角，仿佛是为未知的王国打开了一道透亮的窄缝。这时候，他的醋意为这一发现而大为兴奋，这醋意似乎有它自己独立的生命，自私心很强，对一切足以滋养它的东西全都贪而食之，甚至是损害斯万自己也在所不惜。现在这醋意就有了它的食料，斯万也就每天都为奥黛特在下午五点钟左右接待什么人而操心，想方设法去打听福什维尔这个时候在什么地方。这是因为，斯万对奥黛特的爱情还保持着开始时那样的特点，他既对奥黛特如何度过她的一天一无所知，脑子又懒于用想象去填补这个空白。首先，他不是对奥黛特的全部生活有所猜疑，而是仅仅对她一天中的某些时刻，在这些时刻中有某种情况（也许是经过曲解了的）使他猜想奥黛特会对他不忠。他的这种猜疑就像章鱼一样，最初伸出一只触手，又伸出第二只，再伸出第三只，先牢牢地固着于下午五点钟这个时刻，其次，是另一个时刻，然后又是另一个时刻。然而斯万是不会无中生有地编造出他自己的痛苦之情的。他的那些痛苦之情无非是来自外界的某种痛苦之情的回忆和继续。

而外界的一切却给他带来一次又一次的痛苦。他想把奥黛特跟福什维尔隔离，把她带到南方去些日子。可他又想所有在旅馆里的男人都会追求她，她也会追求他们。他自己过去在旅途中也总是追求新欢，到人头攒动的地方，而现在人家却觉得他有点离群索居，回避社会，仿佛曾经惨遭社会的伤害似的。当他把每一个男人都看成是奥黛特潜在的情人的时候，他又怎能不厌恶人类呢？就这样，斯万那份醋劲儿就比当初他对奥黛特的欢快强烈的欲念更进一步地促成他性格的改变，使得他在别人眼里彻底变了样，连表现出他的性格的那些外部特征也都完全变了。

就在他读了奥黛特给福什维尔的那封信的一个月以后，斯万去参加维尔迪兰家在布洛尼林园设的一次晚宴。正当大伙要散席的时候，他注意到维尔迪兰夫人跟几个客人交头接耳，看来他们是要提醒钢琴家第二天参加夏都那个聚会；而斯万呢？他可不在应邀之列。

维尔迪兰夫妇压低嗓门说话，用词也含含糊糊，那位画家却粗心大意，高声叫道：

"到时候什么灯也别点，让他在黑暗中弹《月光奏鸣曲》，咱们好好欣赏欣赏月色。"

维尔迪兰夫人看到斯万就在跟前，脸上做出一副表情，既要示意说话的人住嘴，又要让听话的人相信这事与她无关，然而这个愿望却被她那木然无神的双眼淹没了，在她那目光中，无邪的微笑背后掩盖着同谋的眼色，这种表情是发现别人说漏了嘴的人都会采取的，说话的人也许不会马上认识到，听话的人却立刻就心里有数了。奥黛特突然变了脸色，仿佛是觉得做人实在太难，只好听天由命。斯万心急如焚，盼着赶紧离开餐厅，好在路上向她问个明白，劝说她明天别上夏都去，或者想法让他也应邀前往，同时希望自己的焦躁不安能在她的怀中得以平静下来。总算到了叫马车的时刻。维尔迪兰夫人对斯万说：

“再见了，希望不久就能再看到您。”一面试图用亲切的目光和假惺惺的微笑来避免他注意到她不像往常那样说：“明儿个夏都见，后天上我家。”

维尔迪兰夫妇让福什维尔登上他们的车，斯万的车停在他们的车后面，他在等着让奥黛特上去。

“奥黛特，我们送您回家，”维尔迪兰夫人说，“福什维尔先生旁边还有个位置呢。”

“好的，夫人。”奥黛特答道。

“怎么？我一直以为是由我送您回家的。”斯万高声叫道，也顾不得挑选委婉的词语了，因为这时车门已经打开，他早已等得不耐烦，决不能就这样单独回家。

“可维尔迪兰夫人要我……”

“得了，您就独自回去吧，我们让您送她的次数够多的了。”维尔迪兰夫人说。

“我可有要紧的事跟德·克雷西夫人说呢。”

“您给她写信好了。”

“再见。”奥黛特向他伸出手来说。

他想微笑，可脸色实在难看。

“你看见没有？斯万现在居然对咱们这么不讲客气。”当他们回到家里的时候，维尔迪兰夫人对她丈夫说。“咱们送奥黛特回家，看样子他简直恨不得把我一口吞下去似的。实在是太不礼貌了！他干脆把咱们说成是开幽会馆的得了！我真不明白，奥黛特怎么能受得了他那种态度。他那副神气完全是等于说：‘你就是我的人。’我要把我的想法告诉奥黛特，我希望她能明白我的意思。”

过了一会儿，她又怒气冲天地找补了一句：“哼！这畜生！”她不自觉地（也许是出于为自己辩解的需要）用了一头垂死的无辜牲口在最后挣扎时激起宰杀它的农民用的话语，就像弗朗索瓦丝在贡布雷宰那只硬不肯咽气的母鸡时那样。

当维尔迪兰夫人的马车走了，斯万那辆车向前挪动时，他的车夫瞧着他，问他是不是病了，或者发生了什么祸事。

斯万把他打发回去，他宁可走一走，就徒步回到布洛尼林园。他高声自言自语，那语调就跟他一个时期以来历数维尔迪兰家那个小核心的妙处和这对夫妇的宽宏大量时一样，多少有些做作。奥黛特的言语、微笑和吻，他从前觉得是如此甜蜜，现在如果以别人为对象的话，他就会觉得是何等可憎，同样，维尔迪兰家的客厅，他刚才还觉得是如此有意思，它散发着对艺术的真正爱好，甚至是一种精神贵族气派的风味，现在则因奥黛特去见、去自由地爱的已不是他而是另外一个人了，所以也就向他暴露出它的可笑、愚蠢、无耻了。

他带着厌恶的心情在脑子里设想他们明天在夏都举行的晚会。“首先是挑了夏都这么个地方！那是刚打烊的绸布商光顾的地方！那些人满身都是市侩气，简直不像是有血有肉的真人，而是拉比什①剧本中的人物！”

去参加的人多半有戈达尔夫妇，可能还有布里肖。“这些小人物搅和在一起，也真够滑稽的，他们要是明天不在夏都聚会，简直觉得自己就要完蛋了！”老天哪！还有那位画家，那位爱拉皮条的画家，他会邀请福什维尔跟奥黛特一起去参观他的画室的。斯万想象奥黛特会穿上对郊游来说

① 拉比什（1815—1888）：法国剧作家，一生写有一百七十三部喜剧。

是过分时髦的服装，"她这个人就是庸俗，这可怜虫实在是太傻了！！！"

他仿佛听到维尔迪兰夫人饭后开的玩笑，不管这些玩笑以哪一个讨厌家伙为目标，在过去总是能逗他乐的，因为他看到奥黛特为之发笑，跟他一起笑，她的笑声简直跟他自己的笑声融为一体。现在他感到人们会以他作为笑料来引奥黛特发笑。"这是何等令人厌恶的欢快！"他说，嘴撅得简直叫他感觉到脖子上紧张的肌肉都蹭到衬衣领子了。"怎么？一个按上帝的形象创造出来的人竟能从这么令人恶心的笑话中找到笑料？任何一个鼻子稍为灵一点的人都会皱起眉头躲避这样的熏天臭气的。一个人怎么能不懂得，当她居然耻笑一个曾经正大光明地向她伸出手来的同类时，她就堕落到了万劫不复的泥坑？这简直是不可思议！那些家伙是在九泉之下叽叽喳喳，口吐无耻谰言，而我是在九天之上，维尔迪兰那婆娘拿我开的玩笑是溅不到我身上来的！"他昂首挺胸，高声喊道。"上帝可以作证，我是诚心诚意地想把奥黛特从那腐恶的泥坑里拉出来，把她带到高贵些、纯洁些的环境中去的。但是人的忍耐总是有限度的，我的忍耐也已经到头了。"他说，仿佛要把奥黛特从这挖苦人嘲讽人的环境中解救出来的这个使命产生已久，而并不是仅仅几分钟以前的事情似的，仿佛他赋予自己这样一个使命，并不是在他认为那些挖苦嘲讽的话可能以他为对象，而且旨在把奥黛特从他身边拉走那个时刻才开始似的。

他看到钢琴家准备演奏《月光奏鸣曲》，看到维尔迪兰夫人害怕贝多芬的音乐可能刺激她的神经时装出的那副嘴脸。"笨蛋！骗人精！"他高声叫道，"这还叫什么热爱艺术！"她会在奥黛特面前巧妙地说福什维尔的好话（就跟她从前时常说他的好话一样），然后对她说："您在您身边给福什维尔先生腾点地方好吗？""在黑暗中！这拉纤人！这皮条客！""拉皮条的"——他也把那种催一对男女默默地坐下，一起遐想，相对而视，拉起手来的音乐叫作“拉皮条的”。他觉得柏拉图、博叙埃[1]以及法国的老式教育对待各种艺术的严峻态度不无道理。

总而言之,维尔迪兰家那种生活,原来被他称之为“真正的生活”的,现在在他心目中成了再糟糕不过的生活;他们那个小核心成了最次最次的社交场所。他说:“一点儿也不错,那是社会阶梯中最低的一层,是但丁《神曲》中最低下的那个境界。毫无疑问,但丁那段令人敬畏的话就是针对维尔迪兰夫妇的!说来说去,上流社会的那些人,尽管不无可以指责的地方,却跟这一帮流氓不一样,当他们拒绝结识这一伙,不屑于玷污自己的指头去碰他们的时候,还是很明智的。圣日耳曼区的那句箴言 Noli me tangere(不要摸我)[2]是何等富有真知灼见!”他这时早就离开了布洛尼林园的小径,差不多已经到家了,然而他还没有从痛苦中醒悟过来,还没有从言不由衷的醉狂中清醒过来,他说话时那种不真实的语调和造作的铿锵还在不时加强他的这种醉狂,他依然还在夜的沉寂中滔滔不绝地慷慨陈词:“上流社会的人们也有他们的缺点,这我比谁都看得清楚,然而他们毕竟还是有所不为的。我交往过的时髦女子远不是完美无缺,然而她骨子里还是有细腻的感情的,所作所为讲求正直,不管出现什么情况,她都不会背叛你,这就足以在她跟维尔迪兰这个泼妇之间划出一道不可逾越的鸿沟。维尔迪兰!这是怎么样的姓氏[3]!嘿!他们简直是那一号人当中登峰造极,无与伦比的样板!谢天谢地!现在还来得及悬崖勒马,不再跟那一伙无耻之徒,那一伙粪土垃圾厮混在一起。”

然而,斯万没有多久以前还认为维尔迪兰夫妇身上有的那些美德,即

---

① 博叙埃(1627—1704):法国作家、宣道者。

② 耶稣复活时,首先看见他的是抹大拉的马利亚(即《路加福音》中原为妓女,后被耶稣感化改恶向善的马德莱娜)。耶稣对她说:“不要摸我,因为我还没有升上去见我的父。”后来用来指不可接触的人或物。

③ 维尔迪兰原文为 Verdurin,与 purin(粪尿)音相近。

使他们当真具有，但如果他们不曾促成并且保护他的爱情的话，还是不足以在斯万身上激起那种为他们的宽宏大量所感动得如醉如狂的境界，同时这种境界如果是通过别人的感染而得的话，这个人也只能是奥黛特。同样，如果维尔迪兰夫妇没有邀请奥黛特跟福什维尔一起去而把他斯万撇开的话，那么他今天在这对夫妇身上发现的背德行为（即使果然如此），也不足以激起他如此狂怒，严厉指责他们“无耻”。毫无疑问，假如斯万在说话的时候避免使用对维尔迪兰这个圈子充满厌恶，对摆脱这个圈子表示欣喜之情的那些字眼，说的时候又不是那么装腔作势，不是为了发泄怒火而是为了表达思想的话，那么他的话语是会比他的头脑更富有远见的。当他沉溺于那番谩骂的时候，他的脑子里想的多半是一个完全不同的对象，因此他一回到家，刚把大门关上，就拍了一下脑门，吩咐把大门重新打开，这回却是以很自然的语调叫道：“我相信我已经想出了明天应邀去夏都参加晚餐会的办法了。”可是这办法并不灵，斯万并没有接到邀请。原来戈达尔大夫被召到外省去看一个重病人，已经多日没跟维尔迪兰夫妇见面，那天也没能到夏都去，晚餐会的第二天他到他们家入席时问道：“那么咱们今天晚上就见不着斯万先生了？他不是有个密友在当……”

“我相信他是不会来了！”维尔迪兰夫人高声叫道，“上帝保佑，别让我们再见到这个又讨厌，又愚蠢，又没有教养的家伙。”

戈达尔听了这话，既是大吃一惊，又是俯首听命，仿佛是听到了始料所不及却又明摆在面前的一个真理；他只好既激动又畏怯地把鼻子埋在菜盘里，连声说道：“噢！噢！噢！噢！噢！”中气一点点地衰竭，嗓音一声比一声低沉。从此斯万要上维尔迪兰家去，就根本没有门儿了。

就这样，原来把斯万和奥黛特撮合在一起的这个客厅现在却成了他们约会的障碍。她再也不能像他们初恋时那样对他说：“反正明儿晚上能见面，维尔迪兰家有个晚餐会。”而是：“明儿晚上见不了面了，维尔迪兰家有个晚餐会。”要不然就是维尔迪兰夫妇要把她领到喜歌剧院去看《克莉奥佩特拉之夜》,斯万就会在奥黛特眼里看到恐慌的神色,唯恐他求她别去,而在不久以前,当这样的神色掠过他情妇的脸时,他是禁不住要赐她一吻的,现在它却只能把他激怒了。他心想:当我看到她想去听这种臭大粪似的音乐时,我感到的不是愤怒,而是悲哀,不是为我自己,而是为她;每日相会已六个多月,她竟还没有脱胎换骨,主动地抛弃维克多·马塞①的音乐!特别是居然还不明白,在某些晚上,一个感情比较细腻的人是应该能够应别人的要求,放弃某种乐趣的。哪怕只是从策略上考虑,她也应该说“我不去了”,因为别人是根据她的回答来评定她的心理素质,而且“一旦作出结论就永远难以改变”。他先说服自己,他只是为了能对奥黛特的精神素质作出较有利的评断,才希望她那晚陪着他而不去喜歌剧院,然后拿同样的道理来说服奥黛特,说话时跟刚才说服自己时同样地言不由衷,甚至更有过之,因为他这时还想利用她的自尊心来打动她。

“我向你发誓,”他在她临动身上剧场去的时候说,“当我请你别去的时候,如果我是一个自私的人的话,我倒希望你拒绝我的要求,因为今晚我有一大堆事情要做,如果你出乎我意料之外地答应我不去的话,我倒会自找麻烦的。不过我自己的事情,我自己的乐趣并不就是一切,我得为你着想。也许会有那么一天,你离开了我,你那时就有权利责备我,说当我感觉到出之于我对你的爱而应该向你提出严厉的意见的关头,却没有及时提醒你。你看《克莉奥佩特拉之夜》(这是怎么样的标题!),跟这个问题毫无关系。我必须知道的是你到底是不是最没有头脑,甚至是最没有魅力的一个人,到底是不是不能抛弃一种乐趣的一个可鄙的人。如果你是这样的话,别人怎么能爱你呢?因为你连一个人,一个实实在在的,虽然

---

① 维克多·马塞(1822—1884),法国音乐家,《黄玉王后》、《克莉奥佩特拉之夜》的作者。

不完美，然而至少是可以完美起来的人都不是。你就成了一滴没有一定形体的水，沿着别人安排的坡面滑下去，你就成了一条没有记忆，不会思想的鱼，在鱼缸里活一天，就上百次地撞那玻璃，一直认为那也是水。我并不是说听了你的回答我马上就会不再爱你，不过当我明白你不像人样、不求上进的时候，你就不会那么迷人，你明白不明白？当然，我原想把要你打消去看《克莉奥佩特拉之夜》（是你逼我玷污了自己的嘴来说出这个肮脏的名字的）的念头看成是一件无关紧要的小事，而心里却仍然希望你去。不过我还是决定要像我刚才那样来考虑问题，要从你的回答中引出那样的严重后果，所以我觉得还是提醒你为好。"

奥黛特早就显得越来越激动，越来越犹豫了。虽然她不明白这篇演讲的意义何在，却知道这是属于指责或祈求的"空论"和演戏一类的东西；她看男人来这一手看惯了，用不着去注意话语的细节，就可以得出这样的结论：如果他们不爱你，就不会讲出那番话来，而既然他们爱你，那就无需照他们的话去做，事后他们只能更加爱你。因此她原本是会泰然自若地听斯万说下去的，只不过时间在流逝，他要再多说几句，她就不免要误了序幕——她带着一个温柔、执著而暧昧的微笑把这意思对他说了出来。

从前他曾对她说过，最能导致他中止对她的爱的，就是她不肯抛弃撒谎这个恶习。他对她说："你就不能明白，即便单单从娇媚的观点来看，你要是堕落到撒谎的地步，你会失去多少魅力？老老实实讲真话，你又可以补赎多少过失！说实在的，你真没有我原来想象的那么聪明！"斯万把她为什么可以不必撒谎的理由一条一条列举出来，可是毫无用处：奥黛特心里如果有一整套关于撒谎的理论的话，斯万那些理由也许可以把它摧毁掉，然而奥黛特又没有这么一套理论；她只要求每次做了一件不希望斯万知道的事情时不告诉他就是了。因此，对她来说，撒谎是一种特定的手段；她是用这一手段还是说实话，也完全取决于一种特定的理由，那就是斯万发现她没有说实话的可能性是大还是小。

就体态而言，她正经历着一个糟糕的阶段：她发胖了；过去那种富有表情而引人怜爱的妩媚，那带着惊诧而若有所思的眼神，仿佛都随着青春一起消逝了，而斯万却正是在发现她没有从前那么好看的时候觉得她更足珍贵。他时常把她久久凝视，想捕捉过去在她身上看到的妩媚，但是枉然。但他知道，在这新的蛹壳下跳动着的还是奥黛特那颗心，她那变化不定、难以猜透、遮遮掩掩的天性依然如故，这就足以使他继续以同样的激情来力图把她征服。他再看看她两年前的相片，回想起她当时是何等地秀色可餐。这就多少给了他一点安慰，为她操那么多心并没有白费。

当维尔迪兰夫妇把她带到圣日耳曼、夏都、牟朗去的时候，如果天好，他们时常临时提出在那里过夜，到第二天再回来。钢琴家的姨妈在巴黎，维尔迪兰夫人总设法劝说他别为老人担心：

"您一天不在她身边，她会感到高兴的。她知道您跟我们在一起，怎么会担心呢？再说，有什么事都有我在担待呢。"

如果她此计不成，维尔迪兰先生就问问他身边那些忠实的信徒，有谁需要向家里送个信的，然后迈过田野，找个电报局发封电报，或者找个人捎封信回去。奥黛特总是谢绝，说是没有什么人需要通知，因为她早就跟斯万说过，当着众人的面给他送这种信，就等于是暴露了自己。有时她一连外出好几天，维尔迪兰夫妇带她上德勒去看坟场，或者按画家的建议，上贡比涅森林去观赏日落，然后一直走到比埃尔丰城堡。

"唉，她原本是可以跟我一起去参观这些真正的历史建筑物的；我学了十年的建筑，随时总有一些最有身份的人求我陪他们上博韦或者圣卢-德-诺去，但我只愿意跟她一起去，可她却跟那些再粗野不过的人先后在路易-菲利浦和维奥莱-勒迪克的臭大粪面前心醉神迷！我认为用不着是个艺术家就能做出那种东西，而且即使判断力不是特别强，也不至于选中茅房去度假，去就近闻闻大粪啊。"

当她到德勒或者比埃尔丰城堡去了以后——糟糕的是她不答应他跟

她一起去，说是那样可能给她带来“不良后果”——他就埋头读最令人陶醉的爱情小说，查火车时刻表，想办法在下午、晚上，甚至是当天早上就赶去和她相会。办法？这不是什么办法不办法的问题，而是要得到批准。火车时刻表跟各趟列车并不是为狗编制的。用印刷成表的形式告诉广大公众，有一趟列车早八时开往比埃尔丰，四时到达，这就是说上比埃尔丰是件合法的行为，无需奥黛特的同意；这也是一个可能以与奥黛特相会的愿望完全无关的事情为目的的行为，因为每天都有不认识奥黛特的人登上车厢，人数是如此之多，以至有必要把机车升起火来。

总而言之，如果他想到比埃尔丰去，她可也没法阻拦。他也当真感到有上比埃尔丰去的欲望，而如果他不认识奥黛特，一定也就去了。很久以来，他就想对维奥莱-勒迪克的复原工作有一个更精确的概念。天气这么好，他迫不及待地想到贡比涅森林里去散散步。

真是倒霉，唯独这个地方今天对他有诱惑力，而奥黛特却偏偏不让他去。今天！如果他不顾她的禁令而去，那他今天就能见着她。如果她在比埃尔丰碰上的是别人的话，她会高高兴兴地对他说：“怎么？您也来了！”就会邀他到她跟维尔迪兰夫妇下榻的那个旅馆去看望，可如果是斯万，那她就会生气，就会以为他在盯她的梢，对他的爱就会有所减弱，也许会在见到他时气得扭头就走。等到回来的时候也许会对他说，“那我就连旅行的自由都没有了！”而事实上倒是他自己连旅行的自由都没有了！

他忽然想起，要想上贡比涅和比埃尔丰而不显得是去找奥黛特，那就要让他的朋友福雷斯代尔侯爵陪他同往，他在附近有所别墅。当斯万把这个打算告诉他的时候（可没说出他的动机），他喜不自禁，这是十五年以来斯万第一次答应去看他的产业；斯万不愿意在那里长住，只答应在那里待上几天，一起散散步，游览游览。斯万都已经想象自己跟福雷斯代尔到了那里了。哪怕是在那里见到奥黛特以前，哪怕是在那里见不着她，他也将是多么幸福；能在这一块土地落脚，在那里，即使还不知道她将在哪一个确切的地点,在什么时候出现,他就已经到处都感到她蓦然出现的可能性在突突搏动:在那由于是为了她才来参观而显得美丽的城堡的天井里,在他觉得如此充满浪漫气息的城市的每一条街上,在被浓厚柔和的落日染红了的森林中的一条路上——这些是无数交替使用的掩蔽所,他那飘泊无定、繁殖倍增的幸福的心怀着希望用并不可靠的分身之术前来躲藏。“千万别碰上奥黛特和维尔迪兰夫妇,”他会对德·福雷斯代尔先生说,“我刚听说他们今天恰好就在比埃尔丰。在巴黎有的是时间见面,何必离开巴黎来证明彼此寸步不离?”他的朋友也会纳闷,为什么一到那里他就不断改变计划,走遍贡比涅所有旅馆的餐厅却打不定主意在哪家坐下,其实哪家都没有维尔迪兰夫妇的踪迹,而他那副神色却像是在寻找他口说要回避的人物,而且一旦找到还要躲避,因为如果他当真碰到那一帮人,他是会装模作样地避开的;只要他看到了奥黛特,她也看到了他,尤其是让她见到他并不在牵挂她,他就心满意足了。不,她是会猜到他是为了她才到那里去的。所以等到德·福雷斯代尔当真来找他一起动身的时候,他却说:“真抱歉!我今天不能上比埃尔丰去了,奥黛特正好在那里。”斯万可还是感到幸福,因为在芸芸众生当中唯独他一个人那天没有上比埃尔丰去的自由,那是因为他跟奥黛特的关系跟任何人都不一样,他是她的情人,而对他的行动自由的这种限制只不过是他如此珍惜的那种奴役、那种爱情的形式之一。肯定还是别冒跟她吵嘴之险为妙,还是耐心一点,等她回来。那些日子,他一直俯身在贡比涅森林的地图上,仿佛那是一张爱情国的地图,身边全是比埃尔丰城堡的照片。她有可能回来的日子一到,他就又把火车时刻表打开,计算她可能乘哪一班,而如果在那边多耽搁一些时间,又还有哪几班可乘。他呆在家里不出门,唯恐来电报时不在家,天黑了也不睡觉,怕她乘末班车回来,为了给他来个意外而在半夜里来看他。正在这时他听到有人在按门铃,可是很久没人去开,他想把门房叫醒,同时到窗口去叫奥黛特(如果是她的话),因为哪怕他亲自下楼嘱咐他们十次,他们还是可能对她说他不在家的。原来是个仆人回家。他听到马路上马车不停地飞驰过去,这他以前是从来没有注意过的。他只听得每辆车从远处过来,越来越近,驶过他的门口而不停下,带着不是属于他的信息奔向远处。他等了整整一夜,毫无结果,原来维尔迪兰夫妇他们提前回来,奥黛特在中午就回到了巴黎;她不想通知他;不知干点什么好,就独自一人上戏院看戏,这会儿早就回家上床睡着了。

她连想都没有想他。像这样连斯万的存在都忘却的时刻对奥黛特却更有好处,这比她的全部风情更有助于把他的心系住。因为这样斯万就生活在如此强烈的痛苦的激动之中,就像那晚他在维尔迪兰家没能见着她,找她找了一整夜一样,结果促使他的爱情在他心中萌生开花。我童年在贡布雷时,有过一些幸福的白天,忘了痛苦,而这些痛苦之情直到晚间才又回来。斯万不曾有过这样的白天,他的白天不是在奥黛特身边过的;有时他想,让一个这么漂亮的女人在巴黎单独出去未免太不谨慎,这就跟把一只装满珠宝的盒子摆在马路中央一样。因此他对所有的行人都感到愤慨,把他们全都看成是小偷。然而他们的面貌是集体的,也是无形的,他怎么也想象不出来,所以也就激不起他的醋意。斯万绞尽脑汁,累得用手揉揉眼睛,叫道:“老天保佑!”人们在殚思竭虑来弄清外部世界的现实性或者灵魂的不朽性这样的问题以后,总是要求助于老天爷来缓解缓解疲惫不堪的脑子的。然而对不在身边的那个女人的思念跟斯万生活中再平常不过的行动——吃饭、收信、上街、上床睡觉,通过由于这些动作都是在她不在场的情况下进行的这种遗憾之情而不可分离地连结在一起,就跟玛格丽特·德·奥地利在为纪念她的丈夫美男子菲利贝而修建的勃鲁教堂①中,为了表示对他的怀念,到处都把他们两人姓名的开头字母交织

① 美男子菲利贝(1480—1504)是萨瓦公国的大公。勃鲁在安省首府布雷斯堡,地处巴黎东南422公里,教堂建于1506年至1536年间。

在一起刻下来一样。有些日子,他不呆在家里而上附近一家餐厅去吃饭,这餐厅的烹调曾得到他的赏识,而现在他去则完全是出之于既神秘又荒谬,被人称之为浪漫色彩的理由;那是因为它(现在依然存在)冠有奥黛特住的那条街的名字:拉彼鲁兹。有时,当她短期出外,总要在回到巴黎几天之后才想起通知他。她干脆就说她是刚乘早车回来的,再也不像从前那样费神去多少找点真情实况来掩饰。这些话都是谎话,至少对奥黛特来说是谎话,站不住脚,不能像真话那样在她到火车站的回忆中找到支持;她在说那番话的时候,甚至懒得在脑子里编造一幅她声称是在下火车时干了些什么的景象。而在斯万的脑子里,她那些话却顺利通行,毫无障碍,扎下了根,那不容置疑的真实性是如此坚不可摧,如果哪位朋友对他说,他也是乘那班车来的并没有碰见奥黛特,那他就会深信是那位朋友记错了日子或者钟点,因为他的说法跟奥黛特的话不相符合。奥黛特的话,他只有在她未说之前就怀疑她要撒谎时才显得是谎话。要让他相信她在撒谎,事先的怀疑是个必要的条件。这同时也是一个充分的条件。这时奥黛特所说的一切就都可疑。只要听到她说一个男人的名字,那肯定就是她的一个情人;这个假设一旦成立,他得花几个星期才能把它消除;有一回他甚至找私家侦探去打听一个不相识的人的地址和每天的活动,非要这个人外出旅行他才能松口气。可后来才知道,此人却是奥黛特的一个叔叔,都死了二十年了。

虽然她一般不同意他跟她一起在公共场所露面,说是会遭人闲话,可是有时候他也跟她一样同时应邀参加某个晚会,如在福什维尔家、在画家家、在哪个部举办的慈善舞会上,那时他就跟她在一起了。他见到她,可不敢待下,唯恐显得是在窥视她跟别人在一起时的乐趣,在他的想象里,这种乐趣是没有穷尽的,因为他从来没有看到它终了时的情况,因为他自己只能独自一人回家,惶惶不安地上床睡觉。几年以后,当他到贡布雷我们家去吃晚饭的那些夜晚,我也有这样的经历。有这么一两回,他通过这样的夜晚，也体验到一种可以称之为平静的欢乐（如果不因不安情绪突然消除而产生过分强烈的冲击的话），因为它使我们的心得到宁静：他有天到在画家的画室中举行的晚会上呆了一会儿，正准备要走，奥黛特这时化装成一个光彩照人的外国人，向周围的男人（而不是向他）含情脉脉，兴高采烈，简直像是预告就在这晚会上或是别的什么地方（也许是狂欢舞会，一想到她要去，他就不寒而栗）将有什么风流艳事发生，而这种高兴劲儿比看真正的肉体的结合更能激起斯万的妒意，因为他对后者比较难以想象；他都已经准备迈过画室的大门了，忽然听到奥黛特叫他："您能不能等我五分钟，我马上就走，咱们一起回去，您把我送到家。"这几句话砍掉了晚会那叫他惊恐不安的结局，使得晚会在他回想当中竟是那么纯洁无邪，也使得奥黛特的回家不再是一件难以设想的可怕的事情，而成了甘美的现实，而且就跟日常生活的一部分那样摆在他的面前，摆在他的车中；这几句话也剥去了奥黛特那过分光耀夺目，过分欢快的外貌，揭示出她刚才只不过是一时化了装，而且是为了他的，并不是为了什么神秘莫测的乐趣，而对这种化装，她也已经厌倦了。

确实有那么一天，福什维尔要求坐斯万的车回去，当车到了奥黛特家门口，他又要求让他也进去，奥黛特指着斯万对他说："啊，这可得听这位先生的。您去问他吧。要不就进去坐一会儿，可别太久了，我要提醒您，他喜欢安安静静地跟我谈话，不喜欢在他来的时候来客人。啊！您要是像我那么了解他就好！My love（亲爱的），谁也没有我那么了解您，您说是不是？"

斯万见她当着福什维尔的面对他说出这样表示偏爱的亲切话语，心里自然感动，不过如果她也能说某些批评建议的话，那就更好了，例如"星期天的那个晚宴，您准还没有给人回音呢。您要不爱去就别去，可别失礼"；或者是"您有没有把您关于弗美尔的那篇论文留在这里？明天不是可以多写一点吗？真是个懒骨头！我得督促督促您才是！"这样的话就表明奥黛特了解他在上流社会的应酬，了解他艺术论文进展的情况，表明他们两个人有着共同的生活，说这话的时候，她向他投来一个微笑，通过它，他感觉到她是整个身心都属于他的。

在这样的时刻，当她为他们冲橘子汁的时候，像调得不好的反光镜先在墙上一个目标的周围投上一些古里古怪的大影子，然后慢慢收缩，最后集中消失于目标那一点那样，他对奥黛特的那些变幻无定的可怕的看法也逐渐消失，最后跟站在斯万面前的她那迷人的身体结合起来了。他忽然起疑，在奥黛特家中灯下度过的这个时刻也许并不是摆上道具，搬上蜡果，专门为他彩排的时刻（其目的在于掩盖他不断想着然而又得不出明确概念的那个可怕的微妙的东西，也就是当他不在那儿的时候，奥黛特到底过的是怎样的生活——她的真正的生活），而当真是奥黛特的真正的生活；如果他不在的话，她可能把这同一把扶手椅推到福什维尔跟前，倒给他的也不是别的什么特殊饮料，而就是这种橘子汁；奥黛特生活于其中的世界并不是他成天在确定其位置在何方面，也许仅仅存在于他想象之中的那个可怕的超自然的世界，而确确实实是这现实的宇宙，它并没有什么特殊凄惨的气氛，而是包括他就要去就座写字的那张桌子，他将有机会品尝的饮料，包括所有那些他既怀着好奇和赞叹又怀着感激之情去观赏的事物，因为这些事物在像海绵吸水那样吸收他的梦幻，把他从梦幻中摆脱出来的同时，它们自身也得到了充实；它们也向他指出他的梦幻的看得到摸得着的现实性，引起他的思想的注意；这些事物的形象在他眼前越来越鲜明生动，它们同时也使他困惑的心越来越安定下来。啊！要是命运能允许他跟奥黛特两个人只有一个住处，在她家里就是在他自己家里；在问仆人午餐吃什么时，得到的回答就是奥黛特的菜单；如果奥黛特早上想到布洛尼林园大道散步，他作为丈夫，尽管不想出去，也得陪着她并且在当她太热的时候给她拿着斗篷；晚饭以后，如果她想穿着便服呆在家里，他就得呆在她身边做她要他做的事情；那么，他生活中的那些鸡毛蒜皮的事儿，现在看来是那么乏味，到时候就同时也成了奥黛特生活的一部分，即使是最家常的那些细节，例如包括着那么多的梦幻，体现了那么多的意愿的那盏灯、那杯橘子水、那张扶手椅等等，到时也会变得无比的甘美，分量也会大得出奇！

然而他又心想，他这样就要惋惜失去的安谧和宁静，这两者对爱情可不是有利的气氛。当奥黛特对他来说不再总是一个不在身边、随时怀念的想象中的人物时；当他对她的情感不再是那奏鸣曲的乐曲激起的那种神秘的慌乱，而是深情，而是感激；当他们两人之间建立了正常的关系，结束他的热狂和忧伤时；那时候，奥黛特的日常生活活动在他心目中就不会显得那么重要——他已经多次起过疑心，透过信封看她给福什维尔的信那天就是一例。他冷静地观察自己的病痛，仿佛是在自己身上进行预防接种，以便进行研究；他心想，当他病愈以后，奥黛特做什么事情就与他无关了。然而在他的病态中，说实在的，他对这病愈的害怕不亚于死亡，因为这样的病愈就等于是宣告他现在的一切的死亡。

经过这样的安静的夜晚，斯万的疑心平定下来了；他为奥黛特祝福，第二天一早就派人把最好的首饰送到她家，因为她在前夕的那些好意的表现，在他身上激起的是感激之情，或者是看到这些表现能再现的愿望，或者是需要有所宣泄的爱情的高潮。

可是，也有时候，痛苦之情揪住了他的心，他想象奥黛特是福什维尔的情妇，想象他自己没有被邀请的那次夏都的活动的前夕，他们两个从维尔迪兰家的马车里看着他带着连他的车夫都发现了的那种绝望的神色请她跟他一起回去，结果自己单独一人垂头丧气地回家那会儿，当她叫福什维尔看他那副神色，对他说："嗨！看他气成那个样子！"的时候，她的眼神准跟福什维尔在维尔迪兰家中赶走萨尼埃特那天一样，闪闪发光、不怀好意、狡黠而微斜的。

那时，斯万就讨厌她了，心想："我也未免太傻了，花钱为别人买乐趣。

她还是留点儿神为妙，别把绳子绷得太紧，等我急了是会一个子儿也不给的。无论如何，额外的优惠得暂时停付了！可就在昨天，当她提到想上拜罗伊特度音乐节时，我却傻得对她说什么要在近郊租一座巴伐利亚国王的漂亮城堡，两个人去住。幸好她并没有显得过分兴奋，也没说是去还是不去；但愿她拒绝吧，我的老天爷！她对瓦格纳的音乐就跟鱼对苹果一样，沾都不沾，一连两个星期跟这么个人听音乐会，敢情是妙不可言！”而他的恨就跟他的爱一样，需要发泄，需要行动，他都乐于把他那往坏处想的想法推得更远，设想奥黛特已经背叛他，这就更加讨厌她了，而如果他这些想法一旦得到证实（这是他力图信服的），就会找机会来惩罚她，把他那一腔怒火在她身上发泄。他都快要设想他就要收到她的信，向他要钱把拜罗伊特附近那个城堡租下，同时通知他，他自己不能去，因为她已经应承了福什维尔和维尔迪兰夫妇，要邀请他们前往。啊！他倒真希望她能有这么大的胆子！到时候给她来个回绝，给她来封报复性的回信，该是多么痛快！他都已经在挑选字眼，甚至高声念了出来，仿佛当真收到了她那封来信似的。

这封信第二天果然来了。她说维尔迪兰夫妇和他们的朋友们表示有意去听瓦格纳作品的演出，而她平常经常在他们家受到接待，如果他肯给她送这笔钱的话，她就也将得到接待他们的乐趣。她只字没有提到他；不消说，有他们那些人在场就排除了他去的可能。

头天晚上逐字逐句想好的那封可怕的回信（他可不敢指望这封信当真用得上），现在他却有派人把它给她送去的乐趣了。糟糕的是，凭她手头现有的钱，或者很容易就找来的钱，只要她想租，在拜罗伊特还是租得起房子的，虽然她不懂得巴赫和克拉比松[1]之间有什么区别。不过，凭她这点钱，她的生活就得省着点儿。他这回要是不送她几张一千法郎的钞

① 克拉比松（1808—1866）：法国作曲家。

票，她就没法每晚在她租的城堡里组织豪华的晚餐会，会后也许她还会心血来潮（可能以前还不曾有过），投入福什维尔的怀抱。反正这次见鬼的旅行，他斯万是决不出钱的！——啊！要是有办法阻止，那该多好！要是她在动身前崴了脚，要是能出高价买通送她上火车站的马车夫，把四十八小时以来在斯万眼中的这个背信弃义的女人，双眼里含着投向福什维尔的同谋的微笑的女人奥黛特送到一个地方关些日子，那该多好！

可是她这副形象从来都不会保持很久；过了几天那闪亮狡猾的目光就失去了光辉和欺骗性，那对福什维尔说："嗨！看他气成那个样子！"的可恶的奥黛特的形象开始淡化，开始消失。这时，另一个奥黛特的脸庞逐渐重新出现，在一片光明中缓缓地升起；这个奥黛特虽然也向福什维尔投去微笑，可只有在向斯万投去的微笑中才含有柔情；当她说，"可别太久了，当这位先生要我呆在他身边的时候，他是不大喜欢来客人的。啊！您要是像我那么了解他就好了！"的时候，不就是这样吗？当斯万对她体贴入微时，当在重要关头唯有他可以信赖而向他求教时，她的微笑不也就是这样吗？

这时，他就会自问，他怎么能对这样一个奥黛特写那么一封侮辱性的信；毫无疑问，她是从来也不信他会写出这样一封信的，而这一封信就使他通过他的慷慨忠诚而在她的尊敬之情中占有的崇高的、唯一的地位上降了下来。她对他的爱就将不似往日了，正是因为他身上有福什维尔和任何别人所不具有的那些品质，所以她才爱他。正是由于这些品质，所以奥黛特才时常对他体贴入微；这些表现，当他心怀妒意时是不把它们当做怎么回事的，因为它们不是情欲冲动的表现，所代表的与其说是情爱倒不如说是柔情，可是当他的疑心逐渐消除（时常得力于阅读美术著作或者跟朋友谈话后的心平气和），使得他的激情不那么要求回报时，他就开始感到这些表现是何等可贵。

在经过这番动摇以后，奥黛特自然回到了斯万的妒意把她一度拨开的那个位置，进入他觉得她动人的那个角度，他就在脑子里设想她是多么温情，眼睛里露出一副心甘情愿的神色，长得又是那么漂亮，他禁不住把他的双唇向她伸去，仿佛她当真在场，能够接受拥抱似的；而他对这迷人的善良的一瞥报之以感激之情，仿佛她刚才当真看了他一眼，仿佛刚才这一瞥并不是为了满足他的愿望而由他的想象力描绘出来的似的。

他该给她造成了何等的痛苦！当然，他有充分的理由对她不满，但如果他不是那么爱她的话，这些理由还不足以使他对她不满到如此程度。他对别的一些女人不是也曾抱怨得厉害吗，而今天既然已经不再爱她们，对她们也就没有什么愤怒可言了，当她们找上门来时，不是照样可以乐于为她们效劳吗？如果有朝一日他对奥黛特采取这样不关痛痒的态度，那他就会理解，当初纯粹是出于醋意才使得他觉得她那想法如此恶劣，如此不可原谅，而那种想法骨子里还是十分自然，倒也显出一番好心，只是未免幼稚，无非是想在机会来临时能向维尔迪兰夫妇还一还礼，尽一尽地主之谊而已。

他又从与爱情和醋意的观点相对立的观点来评断奥黛特，在想问题的时候力求公平，要考虑到种种可能性：他假设他从来没有爱过她，在他心目中跟任何别的女人都一样，她的生活并不因为他不在场而两样，并不是背着他，冲着他编织起来的。

为什么要认为她在那边会跟福什维尔尝到她在他身边从未尝到过的令人陶醉的乐趣呢？这不完全是他的醋意凭空编造出来的吗？无论是在拜罗伊特也好，在巴黎也好，如果福什维尔想到他斯万的话，只能是把他看成在奥黛特的生活中占有重要地位的人，万一他们两人在她家相遇，他得为他斯万让路。福什维尔跟奥黛特之所以能不顾他的不乐意而在那里洋洋自得，那是由于他阻止不力所造成，而如果他对她的计划表示赞成的话（这计划原也是无可非议的），那她仿佛就是按他的旨意而去的，就会有被派去的感觉，被安顿在那里的感觉，而得到对那么经常接待她的人们予以回报的乐趣,也就得感谢斯万了。

如果不让她生着他的气,没有跟他见面就走,如果给她把那笔钱送去,鼓励她作这次旅行,想法使旅行更加愉快,那她就会高高兴兴地,满怀感激之情跑向前来,而他也就会得到差不多一个星期来没有得到的跟她见面的那种欢乐,这是任何别的事物都无法替代的。只要斯万不带嫌恶之情去想象她,他就会在她的微笑中看到她善良的心,把她从任何别的男人手中夺回的愿望除了出之于爱情以外并不再含有醋意,那么这份爱情又恢复了对奥黛特的容貌身体给予他的种种感觉的爱好,恢复了对把她的一颦一笑、声调升降当做戏剧来欣赏,当做现象来探究这种乐趣的爱好。这种与众不同的乐趣结果在他身上产生了一种对奥黛特的需要,而这种需要也只有她亲自光临或者收到她的来信才能满足;这个需要跟斯万当年迈入崭新的生活阶段时那另一个需要几乎是同样不计功利,几乎是同样富于艺术色彩,而且是同样反常,那时斯万在度过多年枯燥沉闷的生活后忽然来了一个精神上充溢得泛滥的阶段,而他并不知道他的内心生活这种出乎意外的充实丰富从何而来,正如一个身体衰弱的人忽然逐渐健壮发胖,一时仿佛要走上彻底痊愈的道路一样——当年这个需要也是脱离外部现实世界而在他心中发展起来的,这就是欣赏音乐和了解音乐的需要。

就这样,通过他的病痛的化学机理,他在以爱情制造了醋意之后,又开始制造对奥黛特的温情和怜悯了。奥黛特又恢复成为动人、善良的奥黛特。他为曾对她如此狠心而感到内疚。他希望她来到他的身边,而在她来之前先给她一些乐趣,好在见面时看到由感激之情塑造出来的她的面容和微笑。

奥黛特拿得稳再过几天他准会前来请求和解,温柔驯从如前,所以也早就不怕使他不快,甚至不怕惹他一下,而且如果觉得时机合适也会拒绝赐予他最弥足珍贵的那种特殊优遇。

也许她并不知道,当他跟她吵架的时候,当他对她说不再给她钱,要给她点苦头吃吃的时候,他并不是说着玩的。也许她更不知道,在另外一些场合,当他为了他俩的关系的长远利益,为了向她表明他可以离开她,破裂随时可能发生而决心在一段时间内不上她家去的时候,他也是真心实意的,如果说对她不见得是这样,至少对他自己是如此的。

时常是事后一连几天,她不再给他增添什么新的烦恼;他也明知道最初几次见面不会得到多大的欢乐,也许倒会招来点不愉快的事情,搅乱他心底的宁静,所以写信给她,说他忙得不可开交,原定去看她的那些日子都不行了。可信刚发出,却接到她的来信,不约而同,正好也是请他推迟原定的约会。他心里不免纳闷,这倒是怎么回事?猜疑和痛苦揪住了他的心。心乱如麻,他再也不能遵守刚才在心境平静时许下的诺言,他赶忙跑到她家,要求在随后几天里天天去看她。即使不是她先给他来信,即使她回信说是同意几天不见面,他在家里也呆不住,非得去看她不可。这是因为,跟斯万的预料完全相反,奥黛特的同意使得他心里的盘算乱了套。有些人占有一种东西,为了要知道如果他一时失去了这样东西,有什么情况可能发生,他就把这样东西从他脑子里排除出去,让脑子里的其他东西都保持原样。然而少了一样东西并不仅仅意味着这样东西的不存在,并不只是一个部分的缺乏,这是整个其余部分的大动乱,这是一个无法从旧态中预见的一个新的状态。

另外一些时候则与此相反:奥黛特正准备出外旅行,他在找了一个借口跟她口角一番以后,决心在她回来以前,既不给她写信,也不去看她,这就使得一次暂别看来像是一场了不起的不和(他在期待从中得到好处,而她也许以为这是一场无可挽救的不和),而这次暂别的大部分时间由于奥黛特外出旅行而不可避免,他不过是促使它早开始几天罢了。他都已经在设想奥黛特怎样为既不见他人又不见他信而焦急不安,苦恼万分,而奥黛特的这个形象平息着他的妒意,使他更容易习惯于不跟她见面了。他同意的这次暂别长达三周之久，脑子里一出现跟奥黛特重见这个念头就被他打将下去，然而也有时候，在他思想深处也为能在她回来时见到她而感到高兴，不过他也多少带点焦急地自问是否自愿把这如此易于熬过的禁欲时期更延长些日子。这段时期迄今还只过了三天，他以前也时常有不见奥黛特的面达三天以上，但都不像现在这样是事先安排下来的。然而有时心里的小小不痛快或者身上的小小不舒服促使他把现在这个时刻看成是例外的、出轨的时刻，是通权达变的精神容许他去接受一种乐趣带来的安抚，容许他给意志力放假（直至有必要恢复）的时刻；这种不痛快或者不舒服使意志力停止活动，不再起什么强制作用；有时他忽然想起有点什么事情忘了问奥黛特，例如她是否已经想好，她的马车要漆成什么颜色，或者买的股票是要普通股还是优先股（有机会向她表示一下他不见她的面也能活下去固然不错，然而如果日后马车要重漆一次，股票没有股息，那就糟了），这时候去看她这个念头就跟刚撒手的橡皮筋或者从刚打开盖的气压机中出来的空气一样，猛一下从远处闯进现在这个领域，来到立即有可能实现的领域。

去看奥黛特这个念头又回到心间，不再遇到什么阻力，而这念头也变得如此不可抗拒，以至斯万觉得一天又一天地挨过跟奥黛特分离的十五天还比较容易，而等他的车夫把车套上，把他送到她家，要在焦急不安和欢欣雀跃中度过的那十分钟反倒十分难熬；在这段时间里，为了向她表示他的温情，他千万次地重温同她重新见面这个念头——正当他以为她还远在他方的时候，她却突然归来，现在回到他的心间。这是因为，这个念头现在找不着想方设法抵制去看奥黛特这个念头以制造障碍这样一种愿望；这种愿望在斯万身上已经不复存在，因为自从他向自己证明（至少他自己是这样想的），他是如此轻而易举就能抵制这个念头以来，他就觉得把暂别的尝试推迟进行并没有什么不便之处，反正他现在觉得只要他愿意，就有把握来实施了。同样也是因为，去看奥黛特这个念头现在重新出现在他心头时总带有新意，带有诱惑力，带有尖锐性——这三者以前都是被习惯磨平了的，现在则通过这不是三天而是十五天的禁绝（一次禁绝的期限不是按它实际已经延续了多久，而应该按预定的期限来计算的）而重新获得力量；同时从不付太多代价就牺牲了的期待中的乐趣当中却产生了他无法抵御的意想不到的幸福。最后，去看奥黛特这个念头现在重新出现在他心头时总伴随着斯万要知道当奥黛特在得不到他的音信时想些什么、做些什么的渴望心情，以至他行将发现的是一个几乎陌生的奥黛特的令人神魂颠倒的启示。

而她呢，她早就认为他拒绝给钱不过是个假动作，来问车漆什么颜色，买哪样的股票都不过是个借口，她无需把他经历的这些情绪的发作的各个阶段从头到尾回顾一下；根据她对这些的认识，她无需了解它的来龙去脉，只相信她早就知道的那一点，也就是那必然的、万无一失、从来不变的结局。如果从斯万的观点来看，这种看法是不完全的——虽然也许可能是深刻的。斯万显然认为他不被奥黛特所理解，这就好比是一个有吗啡瘾的人深信他是正要摆脱他的顽固恶习时由于外界因素而受阻，或者是一个肺结核患者深信他正要最终痊愈时突然遭到意外的不适，全都感到自己不被医生所理解，认为医生对那些所谓偶然事件重视不足，把它们都看成恶习或病状用来掩盖自身的东西，而当病人自己陶醉于即将恢复正常或者即将得到痊愈的美梦时，他们的恶习或病状实际却继续无可挽救地压在他们头上。事实上，斯万的爱情已经到了这般地步，内科大夫和最大胆的外科医生（在某些疾病方面）都会自问，除掉这样一个病人的恶习或者根除他的疾病是否还合情合理，甚至是否还有可能。

确实，斯万对他这份爱情的深广并没有直接的意识。当他想猜度猜度的时候，他时常觉得这份爱情仿佛已经衰退了，几乎已经化为乌有；譬如说，在他爱上奥黛特以前，他对她那富有表情的面部线条，她那并不鲜艳的脸色并不怎么喜欢，几乎可说是有点厌恶，现在有些日子也会发生这种情况。“当真是有了进步，”他在第二天心里就会这么想，“当我仔细捉摸的时候，我发现昨晚在她床上几乎感觉不到任何乐趣：也是怪，我总觉得她长得丑。”的确，这也是实话，这是因为他的爱已经大大超出了肉欲的领域。奥黛特的身体已经不占很多的地位。当他抬头看到桌子上奥黛特的相片时，或者当她来他家看他时，他很难把这照相纸上的或者那有血有肉的面容跟在他心头的那份难以平静的痛苦的不安心情之间划上等号。他几乎是不胜诧异地心想：“是她！”就像是有人突然把我们身上的某种疾病拿到体外来给我们看，而我们觉得它跟我们所闹的那种病并不相像一样。他试图弄清楚这到底是什么东西；那是有点像爱情、像死亡的东西，而不是跟疾病的概念依稀相似的东西；那是我们经常对之表示怀疑，经常予以深究，唯恐掌握不了它的实质的东西——那是人的品格之谜。而斯万的爱情这个病已经大大扩散，已经跟他的一切习惯、一切行动，跟他的思想、健康、睡眠、生活，甚至是身后的遗愿如此紧密相连，它已经跟他合而为一，不可能从他身上剥离而不把他自身整个毁坏，用句外科大夫的话，他的爱情已经无法再动手术了。

由于有了这份爱情，斯万过去的那些兴趣已经衰退到这般地步，以至当他偶尔回到上流社会时（心想他那些社会关系就跟奥黛特不能确切知道其价值的钻石的精美托座一样，可以在她的心目中抬高他的身价，而如果这些社会关系没有因为那份爱情而贬值的话，这种想法也许是对的：原来在他心中，这份爱情把任何与之有关的事物的价值都贬低了，因为它把它们都说得没有那么可贵），他所感到的除了身处她所不认识的地方和不认识的人中间的那种忧伤外，还有在阅读或欣赏某些表现有闲阶级的消遣的小说或画幅时可能体味到的那种超然的乐趣：譬如他在家里就喜欢在他最喜爱的作家之一圣西门的作品中读与凡尔赛宫日常生活、德·曼特农夫人[1]的菜单以及吕里[2]谨慎的吝啬与大摆排场时同样的兴趣来检查他家中日常生活安排是否顺当，他自己的衣着和仆役们的号衣是否漂亮，他家的资金投放得是否妥善。斯万过去那些兴趣的衰退也不是绝对的，而他之所以要体味体味这新的乐趣，那是为了能以一时躲避到他自己心中还没有被他的爱情、他的忧伤触及的那些屈指可数的地方。在这一点上，我的姨姥姥所说的那个"小斯万"的性格（跟夏尔·斯万的更有个人特色的性格不同）正是他现在最乐于具备的性格。有一天，帕尔马公主过生日（她能弄来盛大的节日欢庆活动的入场券，所以间接地对奥黛特也有用处），他想给她送点水果，可不太清楚该上哪里去订，就托他母亲的一个表妹去办理。这位姨妈写信告诉他，她给他买的水果不是在一个地方买的，葡萄购自克拉波特水果店（这是这一家的名牌商品），草莓和梨分别采自饶雷和谢费水果店（那里的最好），"所有果子都经我一一检验。"果然，公主在谢函中说草莓是多么的香，梨是多么的可口。特别是"所有的果子都经我一一检查"这句话给了他莫大的安慰，把他的心带到了他很少光顾的领域——在富有的相当有地位的资产阶级家庭中，对"常用地址"的了解以及上商店订购商品这套知识是世代相传的，他作为这样一个家庭的继承人，这套知识是随时会为他效劳的。

的确，他早已忘了他是那个"小斯万"了，所以当他一时间内重新成为这个"小斯万"时，竟感觉到这个乐趣比他平常感到的并也早已无动于衷的那些乐趣都要强烈；资产者（对他们来说他从来都是那个"小斯万"）的殷勤要比贵族的亲切稍逊一筹，然而却更讨人喜欢，因为资产者的殷勤跟对人的尊敬之情是结合在一起的，所以无论哪位亲王殿下给他来的信，请

---

① 德·曼特农夫人（1635—1687）：法国作家斯卡龙之妻，孀居后，进王宫负责路易十四子女的教育，于1684年与路易十四秘密结婚，对王国政治颇有影响，著有《书信集》。

② 吕里（1632—1719）：法国作曲家，法国歌剧的奠基人。

他参加的什么招待会，在斯万心目中都不如他父母亲的老朋友请他担任证婚人或者仅仅参加婚礼的邀请信更弥足珍贵；他父母亲的这些老朋友，有的一直还跟他见面，譬如我的外祖父头年还曾请他参加我母亲的婚礼；另外有些只跟他有一面之交，但对已故斯万先生这位可尊敬的继承人还是彬彬有礼的。

但由于他跟上流社会人士年代久远的亲密相处，他们在一定程度上也是他的住处、仆人和家庭的一部分。当他想起他那些显赫的朋友时，他觉得他们也跟上代传给他的美好的地产、精致的银餐具、好看的桌布一样，都是一种依靠，一种提供舒适的设备。当他想到，万一他在家里忽然病倒时，他的仆人前去求援的必然是夏特勒公爵、罗伊斯亲王、卢森堡公爵和夏吕斯男爵①，想到这里，他就像我们家的弗朗索瓦丝知道她来日将用绣了她自己的姓名，没有打过补丁的细布（或者缝补得如此精巧，显示出那双巧手的高超技艺）裹了入殓时同样感到安慰——这是她的心神往已久的裹尸布，虽不值钱，但已经足够体面，可以心满意足了。尤其是，在他所有与奥黛特有关的行动和思想当中，斯万总有一个没有明确说出来的占主导地位的想法，那就是认为他自己在她的心目中，也许比任何人，比维尔迪兰家最讨厌的忠实信徒都要亲些，然而并不是她最乐于相见的一个——当他想到那么一群人认为他是鉴赏趣味最高的一个人，是他们竭力要拉拢，为见不到他而感到遗憾的一个人时，他就相信这世上是另有一种更幸福的生活的，几乎已经感到尝试尝试这种生活的欲望，就如同一个卧床多月，饮食受到严格控制的病人，从报上看到正式宴会的菜单或者到西西里岛的旅游广告时一样跃跃欲试。

如果说他是为了不去拜访他在上流社会中的朋友们而为自己辩解的

① 都是斯万的朋友，其中夏特勒公爵（1840—1910），是法国国王路易·菲利浦之孙，巴黎伯爵之弟。

话，他在奥黛特面前竭力为自己编造种种理由却是千方百计为了要去看她。而且他还得为此而掏腰包（到了月底时常还得想一想，是否太打扰她，去看她的次数是否太多了，给她四千法郎是否太少），每次还得找个借口，带点礼物送去，想出点她要听的消息，或者去找德·夏吕斯先生（有回在上她家去时在半路上碰到，硬要斯万陪着他去）。要是没有任何借口的话，他就请德·夏吕斯先生上她家去，让他跟她在漫谈中，说是突然想起有话要跟斯万说，请她打发人去把他马上请来她家；大多数时候是斯万在家里白等，德·夏吕斯先生晚上来跟他说，他这一计没有成功。结果呢，她现在时常离开巴黎，即使在巴黎时也很少跟他见面，而当年爱他的时候，却老说“我总是有工夫的”，或者说“别人的闲言碎语我才不管呢”，现在可好，每当他想跟她见面的时候，她要么提什么人言可畏，要么推说有事。当他说到要同她去看什么义演，参加美术预展，观看剧本的首场演出时，她就说他想把他们之间的关系暴露在光天化日之下，说他把她当做姑娘家看待。事情发展到了这等地步，为了免于哪儿也找不着她，斯万有天就上贝尔夏斯街我外叔祖父阿道夫住的那套套房去找他，请他对奥黛特施加影响；他知道她是认识并且很喜欢我外叔祖父的，他从前也是她的朋友。当她在斯万面前谈起我外叔祖父时，她总是像吟诗一样说话：“啊！他哪，他可不跟你一样，他对我的友情是多么纯洁、伟大、高尚！他可不会这么小看我，想跟我在随便什么公共场所一起露面。”斯万感到有点为难，不知道在我外叔祖父跟前谈奥黛特时该把调子定得多高。他先说她人品是如何优秀，她的人情味是如何超出常人，她的品德是如何非言语所能形容，又如何非任何概念所能概括。“我想跟您谈一谈。奥黛特是怎样一个可爱的人，怎样一个高出于所有女人的人，怎样一个天使，您是知道的。您也知道巴黎的生活是怎么回事。您跟我所认识的那个奥黛特，并不是每一个人都认识的。所以嘛，有些人就觉得我在扮演一个可笑的角色；她都不答应我在外边，在剧场碰见她。她对您是那么信任，请您在她面前为我说几句话，告诉她别以为我在街上给她打个招呼就会给她带来什么灾难。”

我外叔祖父劝斯万过些日子再去看奥黛特，她只会因此而更加爱他，又劝奥黛特，斯万爱在哪儿跟她见面，就让他在哪儿跟她见面。几天以后，奥黛特对斯万说，她大失所望，原来我外叔祖父跟所有的男人没有什么两样：他不久前想对她强行非礼。斯万一听就要去找我外叔祖父算账，奥黛特把他劝阻了，可是当他碰见我外叔祖父时还是拒绝跟他握手。斯万原希望，假如他能再次看到我外叔祖父，跟他私下谈谈，弄清他跟她当年在尼斯时的生活有关的一些流言蜚语，因此就更加后悔跟我外叔祖父阿道夫闹了不和。我外叔祖父当年是常在尼斯过冬的。斯万心想：他也许正是在那里认识奥黛特的。有人在他面前漏了点话锋，是关于某个人的，这个人可能曾经是奥黛特的情人，这就使得斯万大为震惊。有些事情，在他知道以前，听起来可能觉得再可怕也不过，再难以置信也不过，一旦知道了，就永远跟他的愁思结上不解之缘，他承认它们，而且不再能相信它们没有存在过。只不过每一件事情都把他对他情妇的看法作出一点修正，从此难以改变。有一阵子，他都认为，以前他没有料到奥黛特会那么轻佻，现在她的轻佻却几乎尽人皆知，而当她在巴登和尼斯度过的几个月当中，她的风流是出了名的。他想跟几个纨袴子弟接近接近，向他们打听打听；可他们知道他认识奥黛特；而且他自己也担心这会使他们重新念叨她，又来缠她。直到那时之前，一切与巴登或者尼斯这两个五方杂处的城市生活有关的事情在他心目中比什么都无聊乏味，可忽然听说奥黛特从前曾经在这两个游乐城市过花天酒地的生活之后，他却怎么也闹不清那仅仅是为了满足她对金钱的需要呢（现在有了他，这个问题就不再存在了），还是只因为一时心血来潮（这可还会出现的）。现在他带着无能为力、莫名其妙的强烈的不安心情，俯身下视吞没了“七年任期”[①]最初几年的那个无底洞，在那些年代中，人们在尼斯的英国人大道上过冬，在巴登的椴树荫下度夏，而他却觉得这些年月是个虽然痛苦然而辉煌的深渊——诗人是会这样说的：他会把当年蔚蓝海岸报纸上的琐闻回顾一番，只要它们能帮助他对奥黛特的微笑或者眼神——依然还是如此善良朴实——有所了解，他会比他作为美学家，为了深入理解波堤切利的《春》、《美丽的伐娜》、《维纳斯的诞生》而研究十五世纪佛罗伦萨的资料时还要热心。他时常一言不发地瞧着她，陷入沉思之中，这时她就对他说：“你怎么愁眉苦脸的！”不久前，他还把她看成是个很好的人，跟他认识的最好的女人一样的一个女人，现在却想她是一个由情人供养的女人；与此相反，有时他先看到的是跟那些专门吃喝玩乐的纨袴子弟，跟那些男不男女不女的家伙厮混在一起的奥黛特·德·克雷西，然后他又看到了这张表情如此温和的脸，想到了如此善良的性格。他心想：“就算尼斯所有的人都认得奥黛特·德·克雷西吧，又有什么了不起？那些流言蜚语都是别人编出来的；”他心想那种传说就算是确有其事吧，也是外在于奥黛特的东西，并不像怙恶不悛的本性那样是内在的东西；终于被勾引干了坏事的那个人，那是一个长着一双漂亮的眼睛，有着一颗对别人的痛苦充满怜悯之情的心，还有一个他曾搂在怀里任意摆弄的顺从的身子的女人；假如他能使自己成为她须臾不可缺的人的话，有朝一日他就可以把她整个身心完全占有。她现在就在那里，时有倦容，脸上这会儿倒显不出她在全神贯注于折磨着斯万，又叫人捉摸不透的那些事情；她用双手把头发往后一捋，额头和脸面都显得更宽了一些；就在这时候，一个平淡无奇的念头，一个善良的情感突然像一道金光一样从她眼里迸发出来，任何人在休息或沉思一阵以后都会这样的。像笼罩着云霞的灰色田野在日落时分突然开朗

① 指麦克-马洪担任总统的七年期间(1873—1879)。

一样，她的脸也顿时露出喜色。奥黛特这时的内心生活，她憧憬的那个未来，斯万是但愿能够与她共享的；看来这是没有受到任何倒霉的骚动的影响。这样的时刻是越来越难得出现了，可每次出现都不无裨益。斯万通过他的记忆，把这些断片连缀起来，删去两次之间的间隔时间，铸就一个善良的、宁静的奥黛特的金像；为了这个奥黛特，他后来作出了牺牲，这是另一个奥黛特所没有得到的（我们在这部作品的第二卷里将要谈到）。这样的时刻可真是难得了，连见她面的机会都不多了！就是他们晚间的约会，她也总要到最后一分钟才说出她能不能答应，因为她认为他反正总是有空而她得拿准了除他以外没有别人提出要来才行。她总推说她得等待一个对她至关重要的回音，而即使当她派人叫斯万来了，晚间的聚会也已开始，只要有朋友请奥黛特陪他们上剧场或者去吃夜宵，她也总是不胜雀跃，匆匆忙忙地着装。她把衣服一件一件地穿上，每一个动作都加快斯万离开她、并使她一溜烟地跑开的那个时刻到来；等到衣服穿好，她最后一次把聚精会神、熠熠生辉的目光投向镜子，在嘴唇上抹点口红，在前额上做个发髻，然后叫人把那件缀了金流苏的天蓝色晚大氅拿来。斯万满面愁容，她都无法抑制她的不耐烦的心情，说道："我一直陪你陪到最后一分钟，敢情你就是这样来谢我！我想我对你够好的了。下次我可再也不那么傻了！"有时他冒着惹她生气的危险，决心要弄明白她上哪儿去，他甚至幻想跟福什维尔结盟，心想也许他能为他提供情况。再说，当他知道她是跟哪些人在一起度过晚间时，那就不大可能会在他所有的朋友当中找不到知道（哪怕是间接地知道）她是跟哪个男人出去，同时探得某些情况的人。当他给某个朋友写信，请他设法弄清某一点时，他就如释重负，不必再向自己一提再提那些得不到答案的问题，而把四出打听之劳托付给别人。其实当斯万多了解一点情况的时候，他也并不就舒坦些。知道一件事情并不等于阻止一件事情发生，不过我们所知道的事情，我们总可以把它们掌握住，虽不是掌握在手中，至少是掌握在脑子里，在那里，我们就可以任意予以支配，这种情况给了我们一个幻觉，仿佛对它们能有所为。每当德·夏吕斯先生跟奥黛特在一起的时候，斯万就高兴。他知道，在德·夏吕斯先生和她之间是不会发生什么事情的，而德·夏吕斯先生之所以跟她一起出去，那是出于他对斯万的友情，他也会把奥黛特干了些什么原原本本地告诉他。有时她斩钉截铁地告诉斯万，说她某一晚没有可能跟他会面，看她那样子是非出去不可的，斯万就想尽办法让德·夏吕斯先生腾出时间来陪她。到了第二天，他不好意思向德·夏吕斯先生提很多问题，只是假装没有太听明白他的回答，硬要他再说一遍，在每句答话后他感到越来越宽慰，因为他知道奥黛特一晚参加的都是无伤大雅的游乐。“小梅梅，我可不太明白……你们不是一出她家就奔格雷凡蜡人馆的。你们先上别的地方去了。没有？哟！那就怪了！小梅梅，您真把我逗死了。她接着又上‘黑猫’，真是个怪念头，这主意是她出的吗？不？是您。那就怪了。这倒果然不是个坏主意，她在那里准有许多熟人？不？她跟谁也没有讲话？这就神了。你们俩就这么呆在那里？周围一个人也没有？这景象我倒能想象得出来。您真好，我的小梅梅，我真喜欢您。”斯万感到松了一口气。他有时心不在焉地跟一些不知道他跟她那档子事的朋友聊天，偶尔听到像“我昨天看见德·克雷西夫人来着，跟一位我不认识的先生”这样的句子；这样的句子马上就在斯万的心里化为固态，硬化成为水垢，划破他的心，从此不再离开，而像“她谁也不认识，跟谁也没有讲话”这样的语句在他心里又是流动得何等顺利，何等润滑，何等通畅，又是何等易于吸收！不过再过一会儿，他又心想，奥黛特大概觉得他挺乏味，不然怎么宁愿去找那样的乐趣也不愿意跟他在一起呢？那些乐趣没有什么了不起，这固然使他安了心，却也使他痛苦，仿佛是被人出卖了似的。

即使他无法知道她上哪儿去了，这也足以使他心中的焦虑平静下来；对这种焦虑，奥黛特的在场，在她身边的温馨之感是唯一的特效药（这种特效药久而久之加重了病痛，然而至少暂时可以镇一镇痛）；只要奥黛特同意他呆在她家里等她回来，也就够了；在这宁静的等待的时刻里，另外一些由于某种魅力、某种魔法而在他心目中显得与众不同的时刻会来与之交融在一起。可是她却不同意，他只好回自己家去，在路上强制自己考虑种种方案，不去想奥黛特，甚至在宽衣的时候也在咀嚼着欢快的想法；他满怀明天能看到什么杰作的希望上了床熄了灯；可是一等他为了准备睡觉而中止对自己感情的控制（这种自我控制早已习惯成自然，连他自己也意识不到了），他就感到身上一阵寒战，不由得哽咽起来。他也不想问个为什么，擦擦眼睛，含笑对自己说："敢情好，我都得了神经病了！"然后他还是不禁怀着极度的厌倦想到明天还得重新开始设法打听奥黛特到底干了些什么，设法运用一切影响，力求跟她见面。这种无休无止、毫无变化、毫无结果的活动，对他来说是一种如此严酷的必需，以至有一天，当他看到腹部长了一个肿块的时候，他都为这也许是个致命的肿瘤而高兴万分，心想从此就可以不必再做任何事情，听凭这疾病的支配，成为它手中玩弄的对象一直到那为时已经不远的末日。在这个时期，他虽然没有明确承认，却时常但愿死期早临，而这与其是为了摆脱这深刻的痛苦，倒不如说是为了摆脱他所作的努力的单调乏味。

然而他还是希望能活到他不再爱她的时候，那时她就没有任何理由向他撒谎，他也就终于可以知道那天他在下午去看她的时候，她是否正和福什维尔睡觉。时常在一连几天当中，对她爱着另外一个男人的怀疑使他不再向自己提出那跟福什维尔有关的这个问题，把这问题几乎看得是无关紧要，这就像是老毛病呈现出新的形式，仿佛使得我们暂时摆脱了旧的病状。甚至也有些日子，他不为任何怀疑所苦，自以为已经痊愈，然而到了第二天早上醒来时，他又在同一部位感到同样的痛苦，而这种感觉在头天白天仿佛已经在各种不同的印象的急流中冲淡了。其实这个痛苦的位置并没有转移，正是这个剧烈的痛苦把斯万弄醒了。

每天萦绕在他脑际的这些如此重大的事情（他见多识广，知道那些事情无非是寻欢作乐罢了)，奥黛特却从不提供任何情况，他也不能经久不息地老在想象，想着想着脑子也就空转了；这时他用手指揉揉疲乏的眼睑，就好像是擦擦夹鼻眼镜的镜片一样，然后彻底停止思想。在这一片茫茫之上却不时浮现出一些事情，隐隐约约地通过奥黛特而与她的一些远亲或者昔日的朋友有关，这些人她时常提起，说是由于接待他们而不能见他的；在斯万心目中，这些人似乎构成奥黛特的生活的固定的、不可或缺的框架。由于她不时对他说起“我跟我的女友上跑马场的日子”时的特殊声调，所以当他有病，他想到“奥黛特也许会到我家来”时，忽然想起那天正好就是那个日子，他就心想：“啊！不行，这就不必请她来了，我怎么早没有想到，今天是她跟女友上跑马场的日子。还是等待时机提点能办得到的事情吧；提出一些不能被接受，肯定要遭回绝的事情，会有什么好处？”落到奥黛特头上而斯万不得不依从的那个上跑马场去的义务，在他看来不仅是不可抗拒，而且它的必要性仿佛使得所有跟它直接间接有关的事情都成为合情合理又合法的了。如果有人在街上跟奥黛特打了招呼，引起他的妒意；如果她回答这个人的问题时把这位陌生人跟她对他常谈的两三样重要义务联系起来，譬如她说“这位先生那天跟陪我上跑马场的那个朋友坐在同一个包厢”时，这个解释就消除了斯万的怀疑，认为奥黛特那位女友除了奥黛特以外还邀了别的客人是不可避免的事情，却从来也没想这些客人是怎么样的人，而且即使想了也是想不出来的。啊！他是多么想认识把奥黛特带到跑马场去的那位女友，多么希望她也能把他带去！他是多么愿意把他所有的亲友来换一个能常见着奥黛特的人，哪怕她是一个修指甲的也好，是个店员也好！他愿为她们花费比为王后们还要多的钱。她们身上也体现了奥黛特的一部分生活，难道这不正是对他的痛苦的镇痛剂吗？要是能在那些由于兴趣一致或者由于同样纯朴的天性而跟奥黛特保持友好往来的小人物家中愉快地度日，那该多好！他是多么希望能从此搬到奥黛特从不带他去的那所虽然肮脏然而值得羡慕的房子的六楼长住，他情愿在那里假装是那个歇手不干的小女裁缝的情人，从此每天都能接待奥黛特来访！在这些平民区里，生活虽然简朴贫困，然而甘美、宁静而幸福，他真愿意永远住下去！

还有时候，她在碰到斯万以后又有一个他所不认识的男人向她走来，这时他可以在奥黛特的脸上看到那天他去看她而福什维尔也在场时她脸上那种愁容。不过这种情况是罕见的，因为在不管有什么事情要做也不管旁人的闲言碎语而跟他会面的日子里，奥黛特主导的情绪是自信和泰然自若：想当年她刚认识他的时候，无论是在他身边还是不在他身边而给他写信的时候，她总是那么怯生生的（“我的朋友，我的手抖得这么厉害，连字都写不了了”——她至少是这样说的，而且这种感情总有一点是真的，才有夸大的基础）。那时候她是喜欢斯万的。我们颤抖，不是为了自己，就是为了所爱的人。当我们的幸福不再掌握在他们手里的时候，我们对他们就能泰然处之，就能从容自如，就能无所畏惧。当她现在跟他说话，给他写信的时候，就不再用那些制造他是属于她的那种幻想的字眼，不再在谈到他的时候拼命找机会用“我的”等字样，例如什么“您是我的一切，这是我们的友谊的香水，我把它留下”诸如此类的话；她也不再跟他谈起什么前途，谈起什么死亡，说得好像他们不但同命运，还将要同生死似的。想当年，他无论说什么，她总是赞赏地答道：“您，您这个人就是跟常人不一样嘛。”她瞧着他那稍微有点秃顶的长脑袋（那些知道斯万的成就的人心想：“要说漂亮，他算不上漂亮，可是要说帅，你瞧他那头发，那单片眼镜，那微笑！”），急于要知道他是怎样一个人而不是力求当上他的情妇，她说：“我要是能知道这脑袋瓜里想的是什么，那该多好！”现在啊，不管斯万说什么，她答话时总有时带点气恼，有时则显出一副宽宏大量的样子：“啊，你这个人总是跟别人不一样！”现在她瞧着他那操心操得稍显苍老的脸（现在所有的人都是读了说明书才发现一部交响音乐作品的主旨，知道孩子的父母是何许人才发现他哪些地方像他父母，凭着这么一点本领，说:“要说丑,他并不算丑,可他就是那么可笑,你瞧他那单片眼镜,那头发,那微笑!”凭着他们的想象,仅仅隔了几个月时间,就画出了一条分界线,一边是情人的面貌,一边是王八的嘴脸),说:“这脑袋瓜里想的是什么,我要是能够改变,叫它合情合理,那该多好!”

斯万依然还是相信他所希望的事情是会实现的,奥黛特对他的举止虽然也引起他的怀疑,但他还是热切地对她说:

“如果你这么想,你就能办得到。”

他试图向她解释,除她以外的别的女人都求之不得地献身于安慰他、控制他、督促他这个崇高的使命,而且指出,在她们手里,这个崇高的使命对他来说只不过是对他的自由的既不慎重又难以忍受的冒犯。他心想:“要是她不多少有点爱我的话,她是不会存改造我的愿望的。要改造我,她就必须跟我有更多的往来。”就这样,他就把她对他的责备看成是对他感兴趣,也许还是爱他的表现;的确,她现在对他的责备越来越少了,以至他都只好把她不让他干这干那看成是这样的表现。有一天,她对他说她不喜欢他的马车夫,说他挑拨斯万找她的碴,至少他在执行斯万的命令时不够严格,不够恭敬。她感觉到他希望从她嘴里听到“下回别让他送你上我家了”这样的话,正如他希望受她一吻一样。那天她情绪好,所以终于对他说了;他很感动。到了晚上,当他同德·夏吕斯聊天的时候(在他面前谈她可以毫无顾忌,而他即使是跟不认识她的人所谈的话,也都或多或少地与她有关),他对夏吕斯说:

“我想她还是爱我的;她对我那么好,对我所做的任何事情都是不会漠不关心的。”

如果当他跟一个要在半道下车的朋友一起登上他的马车时,那位朋友说:“怎么回事? 怎么不是洛雷丹诺驾车?”斯万在回答的时候又是高兴,又有点惨然:

“嗨! 乖乖! 跟你说吧,当我上拉彼鲁兹街的时候,我是不让洛雷丹诺驾车的。奥黛特不喜欢我带洛雷丹诺去，她觉得他跟我不般配。唉！女人嘛，你有什么办法？我知道她会很不高兴的。好吧！我就只好带雷米了，要不然可就好看了！”

奥黛特现在对斯万这种漠不关心、冷冷冰冰，甚至急躁易怒的态度，斯万自然感到痛苦；然而他并不知道他痛苦到什么程度，因为奥黛特对他冷淡是一天一天、一步一步发展起来的，他只是在把她今天是怎样跟她开始又是怎样加以对比时才能测出这变化是何等之深。而这变化就是他那日日夜夜在折磨着他的深刻而隐秘的创伤；当他一感到他的思想就要触及这个创伤时，他就赶紧把它扭转方向，免得过分痛苦。他只能泛泛地说“从前有个时期奥黛特是比现在更爱我的”，可是他从来想不出那个时候的一个具体图景。在他的工作室里有一个五斗柜，他尽量不去看它，出出进进宁可拐一个弯，因为在一只抽屉里藏着他第一次送她回家时她送给他的那枝菊花，还有写着“您为什么不连您的心也丢在这里呢？如果是这样的话，我是不会让您收回去的”，以及“不管是在白天还是晚上几点钟，只要您需要我，随时给我打个招呼，我就奉陪”这些字样的信，同样，在他心里也有一个地方是他不让他的思想接近的，在必要时就来一大段拐弯抹角的道理来避免他的思想经过这个地方：这个地方就是对往日幸福日子的回忆。

可是有天晚上，当他到上流社会中去的时候，他这个煞费苦心的谨慎却破产了。

那是在圣德费尔特侯爵夫人家中，是那一年她请人去听将在她举办的义演上出场的音乐家演奏的一系列音乐会的最后一次。斯万本想以前各次全都去参加的，却一直下不了决心，直到穿衣准备去参加最后那次时，正好夏吕斯男爵来访，男爵说如果他陪他前往能使他不至过分厌倦，过分闷闷不乐的话，就愿意陪他上侯爵夫人家去一遭。斯万却说：

“跟您在一起，我多么高兴，您是想象不出来的。然而最使我高兴的还是您能上奥黛特家去一趟。您知道,您对她是能产生崇高的影响的。我想她今晚在上那位歇业的女裁缝家去以前是不会外出的,而您要是能陪她去,她是会高兴的。无论如何,您在这以前会在她家找着她,想法让她高兴,好好说服她。您要是能为明天安排点她喜欢的活动,咱们三个人一起参加,那就太好了。同时也设法探一探口风,看今年夏天能干点什么,看她有什么想法,想不想咱们三个人一起乘船旅行一番什么的。至于今晚嘛,我不指望能见到她;如果她要我去,或者您能找到什么借口,您就打发人上圣德费尔特侯爵夫人家给我送个信,如果过了十二点,那就送到我家。谢谢您为我费心,您知道我是多么爱您。"

男爵答应在把斯万送到圣德费尔特府门口以后就去看奥黛特。到了侯爵夫人的家,斯万心想有夏吕斯在拉彼鲁兹街陪着奥黛特,也就放心了,而对一切与奥黛特无关的东西,特别是对上流社会社交生活中的那些东西则索然乏味,还带着点儿忧伤,这倒使得这些东西具有了我们不再孜孜以求的事物在它们本来面目下出现时的魅力。一下车,迎面就是女主人要在喜庆之日给客人看到的她们家生活概貌的第一场景,在这里,她们竭力保持服装与布景的原样,斯万看到巴尔扎克笔下的"老虎"[①]的后裔们,这些穿着制服的侍者,这些通常跟随主人外出散步的跟班,一个个穿靴戴帽,有的呆在公馆门前的大街上,有的呆在马厩跟前,就像排列在花圃门口的花匠一样,倒也挺有意思。他一向喜欢把活人跟博物馆里的肖像相比,现在这种比较更加经常,而且随时随地都在进行了:现在他已经脱离上流社会生活,这上流社会生活在他心头就仿佛成了一系列的组画。当他过去混迹上流社会时,他穿着大氅走进门厅,脱去大氅穿着燕尾服出去,从来也不知道在这里发生什么事情,在这里呆的两分钟时间里脑子里或者还想着刚离开的那个晚会,或者想的是马上就要进去参加的那个庆

---

① 王政复辟时期,站在马车座位后面专司开闭车门的年轻侍从。

典，今天则是第一次注意到那一群东零西散、服装华丽而无所事事，专门坐在板凳或衣柜上打盹儿的侍从怎样被他这位姗姗来迟的客人惊醒，挺起他们高贵的猎兔狗般敏捷的身躯，站立起来，把他团团围住。

其中有一个长相特别凶狠，很像文艺复兴时期某些画有酷刑的场面当中的执刑人，他毫不容情地向斯万走来，接住他的衣物。他的眼神虽似钢铁般坚硬无情，棉纱手套却是那样柔和，当他走近斯万的时候，他仿佛是对斯万其人表现出蔑视而对他的礼帽则颇为尊敬。他小心翼翼地把礼帽接住，动作准确细致，优雅动人，然后把礼帽递给他的一个下手，这是一个新手，腼腆胆怯，两眼滴溜溜的，射出愤怒的光焰，像刚被关进笼子的野兽那样惴惴不安。

几步之外，一个穿着号衣的彪形大汉站在那儿出神，像尊塑像那样无所事事，动也不动，仿佛是曼坦那①最嘈杂喧闹的画幅当中那个纯粹是点缀用的武士一样，正当别人冲向前去，在他身旁忙于厮杀的时候，他却倚在盾牌上若有所思；这个大汉超脱于在斯万身边忙忙碌碌的那群伙伴之外，仿佛他对这个场景不感兴趣，只是以他凶狠的蓝眼睛漫不经心地瞧着，似乎那是“无辜婴儿的屠杀”或者“圣雅各的殉难”②似的。他倒仿佛当真属于那个已经消失了的家族，那个也许仅仅在圣芝诺教堂祭坛后部装饰屏上以及埃尔米塔尼教堂壁画上（斯万是在那里跟这个家族接触的，这个家族还在那里沉思）才存在的家族；这个由古代雕像与大师③的巴杜亚模特儿或者丢勒笔下的撒克逊人相结合的产物的家族。他那棕红色的头发天然是鬈曲的，抹着润滑油而粘在一起，那发髻鬈得雄浑有力，就像

① 曼坦那（1431—1506）：意大利文艺复兴时期巴杜亚派画家。

② 无辜婴儿的屠杀指以残暴著称的犹太国王希律（前39—前4在位）对无辜婴儿的屠杀。雅各是耶稣十二使徒之一，被希律之孙希律亚基帕一世杀死于耶路撒冷。

③ 指曼坦那。

曼图亚那位画家[1]不断研究的希腊雕像上的发髻一样;希腊雕刻在创始时虽只处理人像,却也善于从人的简单的线条中提炼出丰富多彩的形式,仿佛从整个生物界中都有所借取,就说是那一头头发吧,它那平缓的起伏,发髻尖尖的角,发辫上冠冕式装饰三层重叠排列就既像是一团海藻,一窝鸽子,又像是一片风信子花,也像是盘成一团的蛇。

还有一些仆役,也都是身材魁梧,站在那宏伟壮观的台阶石级上,像大理石雕像那样一动也不动,纯粹起着装饰的作用,把这台阶点缀得简直跟公爵府的"巨人台阶"一般;斯万走上这台阶,心想奥黛特还从来没有涉足此间,不禁有些忧伤。啊! 与此相反,要是他能登上那歇业的小女裁缝那昏暗的发出难闻的气味,一不小心就会摔倒的楼梯,他又该多么高兴!他要是能在奥黛特去她那小阁楼的日子同去消磨晚间的时刻,他都乐于付出比歌剧院包厢一星期还多的钱;即使是奥黛特不去的日子,他也可以跟经常和她见面的人们谈起她,和他们生活在一起;这些人由于经常和她见面,他认为他们身上藏有关于他的情妇的生活当中的更真实、更难以取得、更神秘不可测的东西。在这歇业的女裁缝这个恶臭但值得羡慕的楼梯上,由于另外没有一条专供仆役或者送货者用的楼梯,所以每到晚上,家家门口的擦鞋垫上都摆着一只脏的空奶罐,在斯万此刻登上的这个华丽而可恶的台阶上,在左右两侧不同的高度上,在门房的窗户或者套房的入口,在墙上形成的每一个凹处则都站着一个门房,或者是管家,或者是账房,分别代表着他们经管的府内业务,同时也是向来客表示敬意(他们也都是些体面的人物,每星期都有一部分时间在他们自己的产业上过着多少独立的生活,像小业主那样在家吃饭,有朝一日也许会到一个知名的医生或者实业家那里去服务),他们兢兢业业地谨守人们在让他们穿上这辉煌的号衣以前给他们的种种教导,这号衣他们也是难得穿上身,穿着也

---

① 指曼坦那。曼图亚为意大利北部城市,公爵府饰有曼坦那的壁画。

并不太舒服;他们站立在各自的门洞的拱廊底下,穿得鲜艳夺目,却多少带点市民的憨厚劲儿,仿佛是神龛里的圣像似的;还有一个身材高大的瑞士卫兵,打扮得跟教堂侍卫一样,在每一位来客走过他跟前时用手杖在地面上敲打一下。斯万在一个脸色苍白,像戈雅①画中的圣器室管理人或者剧中公证文书誊写人那样,脑后用缎带扎着一条小辫的仆役陪伴下走到台阶顶上,到了一张办公桌跟前,那里有几个当差的像公证人那样,端坐在登记簿前,见斯万来到就站起身来,把他的名字登下。他这就穿过一个小前厅。有些人把某些房间专门为摆某一件艺术品而布置起来,就用这件艺术品来命名,故意弄得空空荡荡,不摆任何别的东西,而这个小前厅就是这样一间屋子,在进口处站着一个年轻的仆役,就像本韦努多·切利尼②雕塑的一尊无比珍贵的武装卫士塑像一样,上身微向前倾,在红色的衬领中伸出一张更加红润的脸蛋,仿佛赫然烧着一团炽热、腼腆和热忱的火焰;他以强烈、警觉、发狂的目光穿透那挂在演奏音乐的客厅门口的奥比松挂毯,仿佛是以军人的沉着或不可思议的诚心——这是警觉的象征、期待的化身、暴乱的纪念——像哨兵那样从炮楼顶上监视着敌人出现或者像天使那样在大教堂顶上等待着最后审判时刻的来临。现在斯万只消迈进举行音乐会的大厅了,有个身背钥匙串链子的掌门官弯腰为他把门打开,仿佛是将城门的钥匙呈献给他似的。但斯万这时想的却是他可能去的那所房子(假如奥黛特许可的话),而擦鞋垫上空奶罐这个形象使他突然感到一阵恶心。

迈过了那条挂毯,仆人的场面让位于客人的场面,斯万很快就发觉男宾都很丑陋。男性面貌之丑,他是知之已久了,可是自从他发现男人的相貌的基础在于五官线条的独立自主性(仅受美学关系的调节)以后,男性

① 戈雅(1746——1828),西班牙画家,对欧洲十九世纪绘画有深刻影响。

② 本韦努多·切利尼(1500——1571),意大利雕塑家。

面貌之丑对他来说又成了新鲜事物了——在这以前男人的相貌对他来说本是用来辨认某一个人的符号,而这个人或则代表一系列值得追求的欢乐,或则代表应予驱避的烦恼,或则代表应该还报的礼数。斯万在他身边的人们身上,现在再也找不出一样东西不具有一定的个性了,就算是许多人都戴的单片眼镜吧,在他心目中过去至多只是表明他们戴单片眼镜罢了,现在也已经不再是人所共有的习惯而都各有特征了。也许是因为他现在只把正在入口处聊天的弗罗贝维尔将军和布雷奥代侯爵看成是一幅画当中的两个人物,而他们过去很长一段时间内对他来说却是把他介绍进赛马俱乐部,在几次决斗中帮过他忙的有用的朋友,所以将军那单片眼镜,那像一片弹片那样嵌在他那庸俗、带着伤疤、洋洋得意的脸上,那像希腊神话中的独眼巨人的那只独眼那样在前额中央独树一帜的单片眼镜,现在在他眼里却成了一个吓人的伤疤,受这样的伤固然是光荣,在别人面前显示出来却不大体面;至于德·布雷奥代先生,为了参加社交活动,增加节日气氛,除了戴上珍珠色手套、高级黑礼帽、白领带以外,也戴上一副单片眼镜来替代平常的夹鼻眼镜(斯万自己也是这么做的),像显微镜下的一张切片那样紧贴在镜片背面的是他那其小无比的眼睛,眼里射出亲切的目光,不时流露出微笑,对天花板之高,晚会的欢乐气氛,节日的安排和清凉饮料的质量表示满意。

"啊!原来是您哪!真是半辈子没有见着了。"对斯万说这话的是将军,他看到斯万愁眉苦脸,以为他也许是生了一场重病才离开了社交界,便找补上一句:"您现在气色不错嘛!"这时候德·布雷奥代先生则问一个刚把单片眼镜(这是他唯一用做心理观察和无情分析的工具)戴上眼角的专写社交生活的小说家:"怎么?您老兄到这里有何贵干?"这位小说家煞有介事,故作玄虚地答道:

"我在观察哪!"他的小舌音发得很重。

福雷斯代尔侯爵的单片眼镜很小,镜片没有边框,像不知从何而来,又不知是何质地的一块多余的软骨一样嵌在眼皮里，弄得眼睛不停地、痛苦地抽搐，给侯爵脸上平添了几分带有阴郁色彩的细腻感情，使得妇女们深信他一旦失恋了是会感到非常痛苦的。德·圣冈代先生那副单片眼镜则跟土星一样，周围有个很大的环，它是那张脸的重心所在，整个脸随时都围绕它而调整，那个微微翕动的红鼻子，还有那张好挖苦人的厚嘴唇的嘴巴总是竭力以它们做出的怪模样来配合那玻璃镜片射出的机智的光芒；这副单片眼镜也引起那些轻佻的赶时髦的女郎的遐想，梦想从他那里得到矫揉造作的献媚和温文尔雅的逸乐；而那位大鲤鱼脑袋和鼓包眼睛的德·巴朗西先生戴着他那副单片眼镜在人群中慢慢地走来走去，时不时地松开他那下巴骨，仿佛是为了确定行进的方向似的；他那副模样就像是脸上只带着他那玻璃大鱼缸任意的，也许是象征性的，用于窥一斑而知全豹的一片玻璃——斯万十分欣赏乔托在帕多瓦一个教堂画的《罪恶》和《德行》这些画，他这就想起了“不义”身边那支绿叶葱葱的枝条，它象征着隐藏着它的巢穴的那些森林。

在德·圣德费尔特夫人的恳求下，斯万走向前去，为欣赏由长笛演奏的《俄耳甫斯》①中的一个曲子而在一个角落坐了下来，眼前只有两位年纪已经不算很轻的夫人并坐在一起，一位是康布尔梅侯爵夫人，一位是弗朗克多子爵夫人，她们是表姊妹，时常手提提包，在她们的女儿的陪伴下在晚会上像在火车站那样你找我，我找你，直到她们用扇子和手绢指着两个相连的空位置时才安静下来：德·康布尔梅夫人跟别人来往不多，很高兴能有德·弗朗克多夫人做伴，后者却很有名望，当着她那些漂亮朋友的面陪一位跟她曾一起度过童年的默默无闻的夫人，自以为这事儿做得很有风度，很独出心裁；斯万皱起眉头冷眼瞧着她们两位听长笛独奏后面那段钢琴插曲（李斯特的《圣法兰西斯跟鸟儿说话》），看那位名手令人为之眩

① 德国歌剧作曲家格鲁克（1714—1787）作。

目的指法：德·弗朗克多夫人是心急如焚，两眼射出发狂的光芒，仿佛钢琴家手指飞奔的那些琴键都是一架架高耸的秋千，一失足就能坠入八十米深的深渊，她同时向她的邻座投去惊讶怀疑的目光，仿佛在说："能演奏到这等地步，简直是难以置信。"德·康布尔梅夫人摆出一副受过良好音乐教育的架式，脑袋跟节拍器的摆那样在打着拍子，从一个肩头晃到另一个肩头，摆动得那么大那么快（两眼则投出那不再去追究所受的痛苦也不想去加以控制，只满足于说一声"这又有什么办法"的受苦受难的人的茫然的目光），随时都牵动她上衣皱边上的钻石，也叫她不得不经常去摆正插在头发上的黑葡萄串，但并不因此而中断它越来越快的摆动。在德·弗朗克多夫人身旁，稍前一些的是加拉东侯爵夫人，她成天念念不忘的是她跟盖尔芒特家族的亲族关系，这为她的沙龙以及她个人大为增色，却也多少使她有点丢脸，因为这个家族中最显赫的人都多少有点回避她，这也许是由于她为人有点讨厌，也许是由于她名声不是太好，也许是由于她出于地位较低的一支，也许是根本没有任何理由。当她跟她不相识的人在一起的时候，譬如此刻在德·弗朗克多夫人身边的时候，她就苦于不能把她跟盖尔芒特家族的亲族关系用明白无误的词句标榜出来，就像东正教教堂的拼花图案上用直行的文字写在圣者身旁注出他们所说的话语一样。她此刻想的是，自从她表妹洛姆亲王夫人结婚六年以来，还从没有邀请过她，也没有来看望过她。想到这里，她满腔怒火，却也不无自豪之感，这是因为，如果有人奇怪怎么在洛姆亲王夫人家见不着她，她就可以说那是为了避免在那里碰上玛蒂尔德公主①，而万一碰上了，那可是她那极端正统主义的家庭所决不能原谅的；这样一来，她也终于把这当做是她不上她表妹家去的理由了。她可也记得，她自己曾多次问过洛姆亲王夫人，她

① 玛蒂尔德公主（1820—1904）：热罗姆·波拿巴亲王之女，她家的沙龙在第二帝国时期颇为知名。

怎样才能跟她见面，然而到底得到了什么答复，印象已经模糊，只是常常嘀咕："再怎么说，这第一步总不该由我迈出，我比她大二十岁呢。"以此来冲淡这令人羞辱的回忆。靠了这内心独白的力量，她傲慢地把双肩往后一甩，简直使它们脱离了她的胸部，她的脑袋也几乎跟肩膀齐平了，不禁叫人想起餐桌上插在骄傲的山鸡上那只带羽毛的鸡头。倒不是说她苗条得像只山鸡，她可是生来矮胖粗壮，大有男子气概；不过多年所受的凌辱却使她的脊梁挺直了起来，就好像是不幸长在崖边的树木为了保持平衡而向后往斜里生长一样。为了安慰自己不能跟盖尔芒特家族中其他人处于平等地位，她只得经常念叨，她之所以不常去看他们，那是由于她那毫不妥协的原则性和自豪感，久而久之，这种想法居然塑造了她的体态，使她产生了一定的仪容，平民百姓把它看成是上等人家的特征，有时也在俱乐部那些先生昏花的老眼里激起一刹那的欲念。谁要是把德·加拉东夫人的谈话加以分析，把每一个词语出现的频率统计出来，从而找出破译密码的关键，那就会发现即使是最常用的词语，出现的次数也不会多于"在盖尔芒特堂兄弟家"、"在盖尔芒特姑妈家"，"埃尔赛阿尔·德·盖尔芒特的健康"、"盖尔芒特表妹的浴盆"这些词语。当人们跟她谈起一个知名人士时，她总答道，她个人并不同他相识，然而在她盖尔芒特姑妈家却碰到过上千次，而且在回答的时候语调是那么平淡，声音是那么沉重，显然表明她个人之所以并不同他相识，还是出于那些根深蒂固不可动摇的原则；她那向后拱的双肩依靠的就是这些原则，就仿佛体操教练为了锻炼你的胸廓而让你依靠平衡木一样。

大家原本没有料到会在德·圣德费尔特夫人家见到洛姆亲王夫人的，那天她可当真来了。她原是屈尊光临的，为了表示她并不想在客厅中显摆自己的门第，她是侧着身子进来的，其实面前既没有人群挡道，也没有任何人要她让路；她故意呆在客厅尽头，摆出一副适得其所的神气，仿佛是一个没有通知剧院当局而微服亲自在剧院门口排队买票的国王似的；为了不突出她在场，不招引众人的视线，她一个劲儿低头观察地毯上或她自己裙子上的图案，站立在她认为是最不显眼的地方（她清楚地知道，德·圣德费尔特夫人只要一瞥见她，一声欢呼，就会把她从那里拉将出去），就在她所不认识的德·康布尔梅夫人身旁。她观赏这位爱好音乐的邻座表演的哑剧，但并不去模仿她。这并不是说，洛姆亲王夫人这回拨冗来德·圣德费尔特夫人家待上五分钟，就不愿意尽可能表现得和蔼可亲，使她对主人的这番恩惠显得加倍地可贵。不过她生来就讨厌她所谓的"浮夸"，坚持不做出与她生活于其间的那个小圈子的"派头"不相适应的举动，虽然这些举动对她也不免产生诱惑，因为在与新环境（哪怕它比自己所在的环境低微）接触时，即使是最自信的人们也会产生一种模仿心理（同羞怯有点相近）。她首先心想，这乐曲也许跟她迄今为止所听的音乐不是一个路子，是否有必要手舞足蹈，又想如果不手舞足蹈是否表示自己不懂得这音乐，对女主人是否有失礼仪：结果她只好采取折衷办法来表达她这些相互矛盾的思想感情，一会儿一面以不动声色的好奇盯着她那狂热的邻座，一面扶扶肩带，摸摸她那金黄色头发上镶有钻石的珊瑚或者珐琅小球（这使她的发型显得既朴素又好看）；一会儿用她的扇子打打拍子，但为了显示她不受乐曲的支配，并不按着节拍来打。钢琴家弹完了李斯特的一个曲子，又转入肖邦的一支序曲，这时德·康布尔梅夫人朝德·弗朗克多夫人投去温情的微笑，它既载着对往日岁月的回忆，也显示出行家满意的心情。她在年轻时就学会怎样抚爱肖邦那些婉转曲折、特别长大的乐句，它们是如此自由、柔和，如此易于感受；它们在开始时总在寻觅试探，力图逸出出发时的方向，在远离人们以为它们将到达之处，却总是在奇想的歧途上徘徊良久才更坚定地回来击中你的心坎——这回来的路程是事先精密地筹划了的，就像是一只水晶杯子，一响起来就不由你不发出一声惊叹。

她生活在一个交游极窄的外省家庭里，几乎从不参加舞会，沉醉于庄园的孤寂生活之中，把所有那些想象中的舞伴的舞步或者放慢或者加速，像拨弄花瓣那样把他们挨个儿拨弄，暂时离开舞会到湖畔松林中去倾听狂风呼啸，突然看到有一个身材修长，嗓音既悦耳却又古怪又走调，戴了一副白手套的小伙子向她走来，跟人们梦想中这人世间的情人不大一样。可是今天呢，这种音乐的美已经过时，失去了鲜艳的色彩。几年来已经不再博得行家的重视，已经失去了原有的名声，原有的魅力，即使是口味平庸的听众从中得到的乐趣也平平常常，不屑一谈了。德·康布尔梅夫人回过头来偷看一眼。她知道她年轻的儿媳妇(她对她的婆家倒是满怀敬意的，但她既懂和声又认识希腊字母，在精神方面的事物上有她自己的看法)是看不起肖邦的，听到肖邦的音乐就头痛。她是个瓦格纳迷，这会儿跟一帮同她年纪相仿的人坐在远处，这下德·康布尔梅夫人摆脱了她的监视，可以尽情陶醉在她甘美的印象之中了。洛姆亲王夫人也有同样的感受。她虽然没有音乐的禀赋，可在十五年前也曾跟圣日耳曼区的一位钢琴教师学过，这位天才女性到了老年，生活贫困，在七十岁上重操旧业，教她从前的学生的女儿和孙女儿辈。她现在已经不在世了。可她的方法，她那美妙的琴声有时还在她的学生的指上重现，甚至还在那些早已平庸不足道，放弃了音乐，几乎连钢琴盖都早就不再打开的学生的指上重现。因此，洛姆夫人还能恰如其分地摇头晃脑，能正确欣赏钢琴家所演奏的那首她都能背得出来的序曲。开头那个乐句的最后半段都在她嘴上油然哼出来了。她喃喃自语："真是美妙极了。"这"美妙"两字是带着这样深挚的感情，她都感到自己的双唇神秘地在翕动，同时也不由自主地在视线中注入了茫然的感伤色彩。德·加拉东夫人这会儿却暗自嘀咕，碰见洛姆亲王夫人的机会是如此难得，真是叫人恼火，因为她真想在亲王夫人跟她打招呼的时候不予理睬，用这样的办法来教训教训她。她不知道她这位表妹这会儿就在这里。德·弗朗克多夫人一点头，使她看到了亲王夫人。她立即奔到她的跟前，也顾不得对别人的打扰了；她想保持那副高傲冷淡的神气,好提醒大家,无论是谁,要是在她家里有可能面对面碰上玛蒂尔德公主的话,她是不愿意同这样的人打交道的,再说就岁数而言,她跟她也不是同一代人;不过她也想冲淡这副高傲而有保留的神气,说几句话来表明她来找她是事出有因,同时迫使亲王夫人不得不讲几句话;因此,德·加拉东夫人一到她表妹跟前,就绷着脸,无可奈何地伸出一只手问她:"你丈夫怎么样?"那语调充满了担心,倒仿佛亲王得了什么重病似的。亲王夫人以她特有的方式哈哈大笑,这一笑既是为了让别人知道她在讥笑某人,又是为了把她面部的线条都集中到她那生动活泼的嘴唇和炯炯有神的眼睛周围,从而使自己显得更美。她答道:

"再好也没有了!"

说罢又笑了起来。这时德·加拉东夫人挺起上身,板起脸,仿佛还在为亲王的健康状况担忧,对她表妹说:

"奥丽阿娜(这时德·洛姆夫人以惊讶和含笑的神色瞧着一个看不见的第三者,仿佛是要请他证明,她可从来没有许可德·加拉东夫人直呼其名),我很希望你明晚能上我家小坐片刻,听一听莫扎特的五重奏,有单簧管。我想听听你的意见。"

她好像不是在提出一次邀请,而是要对方帮个忙,要听听亲王夫人对五重奏的意见,仿佛是她的新厨娘创造出一道新菜,很希望听到美食家的意见似的。

"我知道这首五重奏,我可以把我的意见马上告诉你:我是喜欢它的!"

"嗯,我丈夫身体不怎么好,他的肝……要是他能见着你,他会是非常高兴的。"德·加拉东夫人接着说,现在是用爱德这个道理来将亲王夫人的军,要她在晚会上露面。

亲王夫人不喜欢对人说她不愿意上他们家去。她每天总是给人写信表示歉意,说她怎么因故不能出席他们的晚会(其实是不想去),什么婆婆突然来家啦，小叔有所邀请啦，要上歌剧院啦，要去郊游啦，如此等等，不一而足。她这就让许多人听了心里高兴，以为她跟他们是愿意交往的，而她之所以不能应邀参加都是因为亲王府临时有事冲突，而把这样的事来跟他们举办的晚会相提并论，实在是很给他们面子的。亲王夫人出自盖尔芒特家族那个才气横溢的小集团，头脑机敏，谈吐不凡，情感高尚——这种精神可以上溯至梅里美，最后表现于梅拉克和阿莱维①的戏剧之中；亲王夫人甚至把这种精神运用于社交关系之中，移之于礼仪之间，使之尽量明确实在，接近于实际。她决不会费许多唇舌对一个家庭主妇说她是多么想参加她家的晚会；她认为跟她谈些能否左右她前往的琐碎小事更加亲切。

“你听我说，”她对德·加拉东夫人说，“明儿晚上我可得上一个朋友家去，把这日子定下可费了事了。她要是领我们去看戏，那我就怎么想去你家也去不成了；如果我们在她家待着，我知道除了我们就没有旁人，我倒可以向她告辞。”

“对了，你看见你的朋友斯万先生没有？”

“没有，可爱的夏尔哪，我都不知道他这会儿在这里，我得想办法让他见到我才是。”

“说来也真怪，他怎么会到圣德费尔特婆娘家来，”德·加拉东夫人说，“我知道他可是个聪明人（其实她的意思是说“他可是个要弄阴谋诡计的人”），这可也挡不住他这个犹太人踩进两个大主教的妹妹和嫂子的大门！”

“说句不嫌丢丑的话，我并不觉得这是什么令人震惊的事情。”洛姆亲王夫人说。

“我也知道他已经改了宗，连他的父母和祖父母也都已经改了宗。不

① 梅拉克（1831—1897），法国剧作家；阿莱维为其合作者。

过据说改了宗的人比没有改宗的人还要依恋他们原来的宗教，说那不过是虚晃一枪，不知道是否当真？”

“这问题我可不了解。”

钢琴家要演奏肖邦的两支曲子，弹完前奏曲以后马上就开始弹一首波洛涅兹舞曲。不过自从德·加拉东夫人告诉她表妹，此刻斯万也在场以后，哪怕是肖邦起死回生，亲自来弹奏他的全部作品，洛姆亲王夫人也不会听它半句的。人类分成两拨，一拨只对他们不认识的人感兴趣，而在另一拨人身上，这种兴趣只对他们认识的人才有。亲王夫人属于后一拨。跟圣日耳曼区的许多妇女一样，她无论到什么地方，只要她那小圈子里有谁也在场，虽然对他没有什么特别的话要说，却也能把她的注意力全部占据，其余的一切她就全然不顾了。从那时起，亲王夫人一心存着能被斯万看到的希望，一个劲儿左顾右盼（就像是一只被驯养的小白鼠，驯养员拿一块糖一会儿伸向它的鼻子，一会儿又往后缩回），脸上是万千默契的线条，可就是跟肖邦的波洛涅兹舞曲传达的感情没有任何关系；她的脸总是探向斯万所在那个方向，如果斯万挪个地方，她也就随之挪动她那怀有深情的微笑。

“奥丽阿娜，你可别生气。”德·加拉东太太这个人时常为了图一时的痛快，说上几句不中听的话，宁可牺牲她在社交界里辉煌的前途，牺牲她有朝一日在社交圈子里出出风头的希望。这时她说：“有人说斯万先生这号人在家里是接待不得的，是不是这样？”

“这你比谁都更清楚，”洛姆亲王夫人答道，“你不是邀请过他五十回，他连一回也没上你家去过吗？”

在离开这位受了侮辱的表姐时，她又哈哈大笑，激起了那些听音乐的人的反感，却引起了德·圣德费尔特夫人的注意。她出于礼貌，坐在钢琴旁边，直到那时才瞥见了亲王夫人。德·圣德费尔特夫人原本以为她还在盖尔芒特照料她那生病的小叔子呢，现在见她来了，自然分外高兴。

“怎么？亲王夫人，您来了？”

“对了，我刚才坐在一个犄角里，听了不少好东西。”

“怎么，您已经来了好一会儿了？”

“对了，已经来了好一会儿了，可我觉得才只一会儿，只是因为没有看见您才觉着慢。”

德·圣德费尔特夫人想把她的扶手椅让给亲王夫人，夫人说：

“不必，不必！干吗要换呢？我坐哪儿都挺好的。”

为了表现她贵妇人的朴实，她故意找了把没有靠背的小凳子：

“得了，这张软垫凳子就好极了，坐在上面我可以把上身挺直。啊！天哪，我在这里叽叽喳喳的，人家都要嘘我了。”

这时钢琴家正加快速度，他那音乐激情正处于高潮之中，一个仆人正端着一方盘的清凉饮料递给客人，茶匙丁当直响，德·圣德费尔特夫人跟每次晚会一样，挥手叫他走开，可他老瞧不见她的手势。有个新娘子，遵从年轻女子不应该面有厌烦之色的教导，老是高高兴兴地面带笑容，两只眼睛直在寻找女主人，好用她的眼神来向她表达感激之情，感谢她在举办这样的盛典时还想起了她。她虽然比德·弗朗克多夫人要镇静一些，但在欣赏乐曲的时候也不是毫无不安的心情；不过她所担心的不是钢琴家本人，而是那架钢琴，它顶上摆着一支蜡烛，每当弹到最强音时烛火都会跳动起来，即使不至于会把灯罩烧着，至少会在红木琴台上留下几点蜡泪。到了最后，她忍不住了，登上琴台那两级台阶，快步向前把那蜡台的托盘撤走。但她的双手刚碰到托盘，乐曲最后一个和弦就响了起来，一曲告终，钢琴家站起身来。再怎么说，这位年轻妇女的大胆的首创精神，她跟钢琴家短时间内在台上的同时出现，在在座者的心中普遍产生了良好的印象。

“亲王夫人，您瞧见这位妇女了吗？”德·弗罗贝维尔将军问洛姆亲王夫人。他是过来跟亲王夫人打招呼的，德·圣德费尔特夫人刚走开一会儿："真希罕！莫非她也是艺术家？"

"不，她是康布尔梅家的新媳妇，"亲王夫人随便这么一说，马上又找补一句："我这是重复我听来的话，她究竟是谁，我一点概念也没有，我背后有人说他们是德·圣德费尔特夫人乡下的街坊，不过我不信真有谁认识他们。他们多半是'乡下佬'！再说，我不知道您是不是经常出入于这个了不起的社交场所，我可对这些了不起的人姓甚名谁毫无概念。您想他们在参加德·圣德费尔特夫人的晚会以外的时间干些什么呢？她多半是靠了这些音乐家，这些舒服的椅子，还有可口的饮料才把他们吸引来的。应该承认，这些'贝卢瓦家的客人'①倒是挺不错的。她居然当真有这股勇气每星期都出钱把这些凑热闹的租到家里来。真是不可思议！"

"嗯，康布尔梅可是个响当当的姓氏，又古老。"将军这么说。

"说它古老，我不反对，"亲王夫人冷冰冰地答道，"不过这名字读起来不和谐。"她把"和谐"两字读得特别重，仿佛是带了引号的，这又是盖尔芒特这个小圈子里的人说话的矫揉造作的一种表现。

"您这话当真？她可是美得可以入画。"将军说，他的视线一刻也不离开德·康布尔梅夫人，"您不这么认为吗，亲王夫人？"

"她太爱出头露面，我觉得像她这么年轻的人，这就不太好了；我想她还不是我的同龄人。"洛姆夫人答道（这最后一句话，同样也可以出之于加拉东和盖尔芒特之口）。

亲王夫人看到德·弗罗贝维尔先生还在目不转睛地瞧着德·康布尔梅夫人，半是出于对这位夫人的恶意，半是出于要对将军表示殷勤，说道："这对她丈夫可是不太好了！我很遗憾，并不认识她，否则我就可以把她介绍给您，看来您是被她迷上了。"其实她要是当真认识这位青年妇女，她是不会这么干的，"现在我不得不跟您道别了，今天是我的一个朋友的生

---

① 贝卢瓦是专门出租椅子的商人。

日，我得去祝贺她。”她说这话时的语调既朴素又真实，表明她就要去参加的这个社交集会既是一个令人生厌的仪式，又不能不去，而她的光临是会令人感动的。“再说，我得去接巴赞，我到这儿来的时候，他去看他的朋友去了。我想您是认识他们的，他们的姓跟一座桥的名称一样，叫耶拿。”

“耶拿，这首先是一次胜利的战役的名称，亲王夫人，”将军说，“我是个老兵，首先想到的就是这些。”他一面说，一面把单片眼镜摘下来擦一下，就像是给伤口换块纱布似的。这时亲王夫人本能地扭过头去说“帝国时期封的贵族嘛，那当然是另外一回事，不过他们这伙人倒都是好样儿的，他们当年打起仗来都是英雄。”

“我对英雄是满怀敬意的，”亲王夫人说，那口气里多少有点讽意，“我所以没有跟巴赞一起上那位耶拿亲王夫人家去，根本不是因为我瞧不起他们，完完全全因为我不认识他们。巴赞认识他们，非常喜欢他们。不，不，并不像您所想的那样，这里头并没有什么爱情问题，我没有什么可反对的！再说，真要是有那样的事，我反对又有什么用？”她无可奈何地找补上这一句。谁都知道，自从洛姆亲王娶了他那秀色可餐的表妹，打第二天起就不断地对她不忠。“话又说回来了，这并不是那么回事，他们都是他老早就认识的人，对他很有好处，我也觉得这是件好事。我先来跟您讲讲他们的房子……您想想，他们的家具全都是帝国时期的式样！”

“亲王夫人，这是自然的啰，这是他们祖父母传下来的。”

“我也不是不知道，可这也挡不住这些家具样子丑陋。一个人家里可能没有好看的东西，这是可以理解的，然而至少不应该有滑稽可笑的东西。不瞒您说，我还从来没见过比那种可怕的式样更做作，更土气的东西呢，那五斗柜上居然装饰着澡盆那么大的天鹅头呢！”

“不过我想他们家里也有些好东西，譬如有一张精工镶嵌的桌子，有个什么条约就是在那张桌子上签字的。”

“啊！他们家是有些有历史意义的东西，这我承认。可是这些东西并不美……而是可怕！我自己也有些这样的东西，是巴赞从蒙代斯吉乌家继承来的。所不同的是，这些东西我们都收藏在盖尔芒特家里的顶楼上，谁也瞧不见。得了，得了，问题不在这里。假如我认识他们的话，我是会跟巴赞一起奔他们家去看他们，看他们家的狮身人面像，看他们家的铜器的，可我不认识他们！我从小就被教导说，上不认识的人家去是不礼貌的（她讲到这里的时候装出一副孩子气）。我是一向遵从这个教导的。哪有正派人让一个不相识的女人进他们家的？我要去了，岂不是要吃闭门羹吗？”

这当然是种假设，讲到这里，她微微一笑，她那蓝眼睛盯着将军，这时带着梦幻般温柔的表情，就使得那微笑更美更俏了。

“啊！亲王夫人，您明明知道，您要去了，他们是会喜出望外的……”

“是吗？那是为什么？”她急忙问道，这也许是为了不显出她明明知道这是因为她是法国最高贵的贵妇人之一，也许是因为这话出之于将军之口而高兴，“那是为什么？您怎么知道？他们也许会把这看成是再讨厌也不过的事情呢。我不知道是不是这样，不过就我来说，跟我认识的人打交道都已经叫我烦透了，要是叫我跟我不认识的人打交道，哪怕是跟英雄好汉，我都要疯了。再说，除了像您这样早就认识的老朋友以外，我不知道英雄气概在社交界能起多大作用。请客吃饭有时都已经烦人了，如果还要伸出胳臂来邀斯巴达克①入席，那就……我也决不会邀请费森谢特里克斯来当第十四位②。我想我可以请他来参加人数众多的晚会，可我又不组织这样的活动……”

“啊！亲王夫人，您这位盖尔芒特家人可真是货真价实。盖尔芒特家

① 古代罗马奴隶起义领袖。

② 费森谢特里克斯，古代高卢将军，政治家，率领高卢人抵御凯撒。在西方，十三是个不祥的数字，碰到一桌十三人时，临时邀一人入席凑数。

人的风趣,您身上可是充分体现出来了!”

“大家都说盖尔芒特家人的风趣,我真不明白那是为什么。难道您还认识别的有风趣的盖尔芒特家人吗?”说到这里的时候她哈哈大笑,眼睛鼻子都挤到一块来体现她的高兴劲儿,双眼炯炯有神,射出只有赞美她的风趣或美貌的言语(哪怕出自亲王夫人自己之口)才能激起的愉快的光芒。“嗳!斯万像是在那里跟您的康布尔梅打招呼呢;喏,他在圣德费尔特婆娘身边,您瞧不见!您可以请他把您介绍给她。得快着点儿,他要走了。”

“您有没有瞧见他那脸色是多么难看?”将军说。

“可怜的夏尔!啊!他终于来了,我都以为他不愿意见我的面呢!”

斯万非常喜欢洛姆亲王夫人,看到她就想起跟贡布雷相邻的盖尔芒特,想起他如此热爱,而只是为了不愿离开奥黛特才不再回去的那片土地。他善于使用半是艺术性,半是情场用的语言来取悦亲王夫人。当他一时返回他久违的社交圈子时,自然不免要应用一番:

“啊!”他话是对德·圣德费尔特夫人说的,可又是说给洛姆夫人听的,“原来可爱的亲王夫人在这里!诸位,她是专程从盖尔芒特来听李斯特的《圣法兰西斯跟鸟儿说话》的,时间仓促,她只能跟美丽的山雀一样,随便捡几个李子,捡几个山楂插到头上就来了;现在还有几滴露珠,一点白霜,冷得公爵夫人直呻吟呢。真漂亮,亲爱的亲王夫人。”

“怎么?亲王夫人是专程从盖尔芒特来的?真是太棒了!我真抱歉,我原来还不知道呢。”德·圣德费尔特夫人天真地叫道。她对斯万的风趣话是不大习惯的。当她仔细看亲王夫人的头饰时她又说:“倒是真的,这是模仿……该怎么说呢?不像是栗子,这想法真是妙极了!可亲王夫人是怎么知道我的节目表的呢?音乐家们连我都没有告诉呢。”

当斯万在一个惯常用情场的言语交谈的妇女身边时,他是常讲一些连上流社会中的许多人都不懂得的微妙的话的。他不屑于跟德·圣德费尔特夫人解释,说他是用隐喻说话的。至于亲王夫人呢,她都哈哈笑开了,因为斯万的风趣在她那个圈子里是深受赞赏的,也因为每当听到赞美她的话时,她总觉得这话是无比的优美,也总是令人忍俊不禁。

“好极了！夏尔,我这些小山楂果子合您的心意,我真高兴！您干吗跟那位康布尔梅人打招呼,莫非您也是她在乡间的街坊?”

德·圣德费尔特夫人见到亲王夫人很乐意跟斯万聊天,就走开了。

“您自己不也是吗,亲王夫人?”

“我？莫非这些人到处都有乡间别墅？我倒真想能跟他们一样!”

“他们不是康布尔梅人,那时在康布尔梅的是她的亲戚;她娘家姓勒格朗丹,常到康布尔梅去。我不知道您知不知道您自己还是康布尔梅伯爵夫人,教务会还欠您一笔租金呢!”

“我不知道教务会欠我什么,可我知道本堂神甫每年向我借一百法郎,这笔钱我以后是不想再借出了。再说,这些康布尔梅人的名字也真能吓人一跳,结尾倒是干脆,可是并不高明!”她笑着说。

“开头也并不更高明些。”斯万答道。

“敢情这是两个缩略词拼起来的!”

“这准是一个怒气冲天却又讲体面的人创造出来的,他不敢把第一个词说完。”

“可既然他不能自己把第二个词说出来,他又何不把第一个词说完,一了百了呢？咱们这是在大发雅兴,开起玩笑来了,亲爱的夏尔——不过现在老见不着您,真够伤脑筋的。”她以温存的语调找补一句:“我是多么喜欢跟您聊聊天。您想想,我都没法子让弗罗贝维尔这笨蛋明白康布尔梅这个名字为什么能吓人一跳。生活这个东西也真是可怕。只有看到您的时候,我才不感到厌烦。”

这当然不是真话。不过斯万跟亲王夫人对小事情的看法是一致的,结果连说话的方式甚至读音都非常相似,要不然正是这个相似导致他们看法的一致。这种相似倒并不太引人注目,因为他们两个人的声调迥然不同。不过只要你能在想象中把斯万的话语里他那洪亮的嗓音跟话语从中吐出的两撇小胡子去掉，你就可以发现这些语句、音调的这些变化，全都是盖尔芒特小圈子那一套。可在大事情上，斯万跟亲王夫人就毫无共同之处了。不过自从斯万如此消沉，随时总感到就要哭出声来以后，他总像一个杀人凶犯需要把他犯的罪行诉说出来一样，需要把他自己的苦楚倾吐一番。听到亲王夫人说到生活这个东西也真是可怕时，他感到得到一点安慰，仿佛亲王夫人跟他说起了奥黛特似的。

“对啊！生活这个东西真是可怕。咱们得时常见见面，亲爱的朋友。跟您在一起，好就好在您不是个嘻嘻哈哈的人。咱们可以一起度过一个愉快的晚上。”

“那是当然，您为什么不到盖尔芒特来呢，我婆婆会高兴得要死的！这地方景色不美，不过我敢说这地方并不令人不快，我讨厌‘风景如画’的地方。”

“这我相信，你们那地方好极了，”斯万答道，“此刻对我来说都已经太美，太热闹了，反正这是一个使人幸福的地方。这也许是因为我在那里生活过，所以连那里的一草一木都能跟我说得上话。当微风拂面，麦穗荡漾的时候，我就感觉到有人要来，将要收到什么消息；还有河边那些小房子……我该是多么不幸，如果……”

“哦！亲爱的夏尔，留点儿神，那夜叉朗比荣婆娘瞧见我了，快把我挡住，告诉我她家发生了什么事，我都搞糊涂了，是她把女儿嫁出去了，还是给她的情夫找了个妻子，我闹不清了；也许是把她的女儿嫁给了她的情夫？啊！我记起来了，是她被她那亲王丈夫休了……您装着给我讲话，省得这位贝雷妮丝[1]来请我去吃饭。再说，我也得走了。您听我说，亲爱的

① 犹太希律王族的公主，与狄度热烈相爱，狄度曾欲娶之为妻，但在即罗马帝位后，因罗马人的反对被迫将她遣走。拉辛作有同名悲剧，高乃依则作为英雄喜剧著有《狄度与贝雷妮丝》。

夏尔，这回总算见着您了，您就不能跟我一起上帕尔马公主家去？她会是多么高兴，再说巴赞也要跟我在她家碰头的。要不是梅梅带来点您的消息……您想想，我现在根本就见不着您！”

斯万没有答应；他早就告诉德·夏吕斯先生，他一离开德·圣德费尔特夫人家就直接回家去，他不想为了上帕尔马公主家去就看不到他一直在期待着的、由仆人送去或者留在门房里等待着他的那张便条。那天晚上洛姆夫人对她的丈夫说：“可怜的斯万哪，他还是那么亲切可爱，不过看样子挺倒霉的。您过几天会看到他的，他答应最近上咱家来吃饭。一个那么聪明的男人，为了那样一种女人而苦恼，我觉得真是荒唐。那女人一点儿意思也没有，有人说她是笨蛋。”说这种话，得有未堕入情网中人的那种清醒才行，这样的人认为一个有才智的人只能为值得为之憔悴的人才憔悴；要是有人为霍乱菌这样渺小的东西而甘愿染上霍乱，岂不是咄咄怪事！

斯万想走，可就在终于可以脱身的时候，弗罗贝维尔将军却请他把德·康布尔梅夫人介绍给他，他就不得不跟他回到客厅去找她。

“我说啊，斯万，我宁愿安安稳稳在家里当这个女人的丈夫，也不愿被野蛮人宰了，您说呢？”

“被野蛮人宰了”这几个字刺痛了斯万的心；他马上就感到需要继续和将军谈一谈：

“是啊，很多人就是这样结束了自己的一生的。譬如说，您肯定知道，那位由迪蒙·德·乌维尔①把他的骨灰带回来的那位航海家拉彼鲁兹（斯万讲到这里的时候感到很幸福，仿佛他是在说起奥黛特）。他是个好样儿的，我对他很感兴趣。”说到这里他都有点伤感了。

“啊！没有错。拉彼鲁兹谁不知道？有条街都是以他的名字命名

① 迪蒙·德·乌维尔（1790—1842）：法国航海家。

的。”将军说。

“您认识拉彼鲁兹街上的人?”斯万兴奋地问。

“我就认得德·尚利福夫人,她是那位好样儿的肖斯比埃尔的妹妹。她有天举办了一个戏剧晚会,挺好的。她的沙龙今后会是很出色的,您瞧吧!”

“啊!她住在拉彼鲁兹街!这条街挺讨人喜欢的,挺美,挺冷清。”

“不,您大概有些时候不去了;现在不冷清了,那个区到处都在盖房子。”

斯万最后把德·弗罗贝维尔先生介绍给年轻的德·康布尔梅夫人,这是她首次听到将军的大名,她匆匆摆出一个愉快和惊讶的微笑——这是对一个从来没有听说过的人的微笑;她新婚不久,对这家的朋友还不认识,别人领到她面前的每一个人,她都以为是家里的朋友,心想要是能装出自从她嫁到这家以后就常听人说起他的话,那就显得很得体,所以就不无犹豫地伸出手来,这犹豫既说明她在克服她早就学会了的含蓄,也说明那由于战胜了这犹豫而发自内心的友好情谊。就这样,她的公婆(她依然认为他们是法国最显赫的贵人)说她是个天使;他们特别要显示他们之所以挑中她做他们的儿媳妇,正是由于他们看中了她的人品,而不是她家巨大的家财。

“一眼就可以看出您有音乐的天赋,夫人。”将军对她说,不露痕迹地提起刚才蜡台托盘那档子事。

音乐会继续进行,斯万知道他在这个新节目没有结束以前是脱不了身的。跟这些人一起被囚禁在这间屋里,他感到痛苦,他们的愚蠢和可笑刺痛着他的心,更何况他们不知道他在爱着一个人,而且即使知道,也不会感到兴趣,只能是笑他幼稚,惋惜他做出这等傻事;他们把他的那份爱情表现为只为他一个人存在的主观状态,缺乏任何外在的东西向他证明这是一个客观存在;他特别感到痛苦的是,他的奥黛特决不可能来到,所有的人和所有的东西对她都一概陌生，她完全不能涉足这个地方，而他还要持续流放下去，以至于乐器的声音简直要使他叫喊起来。

突然间，奥黛特仿佛进来了；看到她的出现，他简直肝肠寸断，不由得把手捂住心口。原来小提琴奏出了高音，连绵缭绕，仿佛若有所待，这等待在继续下去，怀着已经瞥见它等待的对象从远处走将过来的激奋维系着那高亢的乐音，同时作出最大的努力持续到它的到达，在自身消失以前接待它的光临，竭尽全部余力为它敞开大路，让它过来，就好像我们用双手撑着一扇大门，阻止它自行关闭似的。斯万还没有来得及明白过来，还没有来得及对自己说"这是凡德伊的奏鸣曲中那小乐句，别听了"这句话时，直到那晚之前还得以掩埋在他心灵深处的对往昔奥黛特还爱着他的那些日子的回忆，却上了突然射出的一道光芒的当，以为爱情的季节已经回来，在他的心中又苏醒过来，振翅飞翔，向他纵情高唱已被忘却的幸福之歌，全然不怜悯他当前的不幸。

过去他也常说"在我幸福的时日"、"在我得到她的爱的时日"，这些都是抽象的词语，说的时候也不感到特别难受，因为他脑际并没有在其中注入什么与过去有关的事物，只有一些虚妄的片断，并不保存什么实在的东西，而这一次重新找到的却是把失去的幸福中那特殊的、易于消失的精髓永远固定下来的一切东西；一切又都在他眼前重现：她扔进他的马车并被他举到嘴唇边的那朵菊花的雪白的卷曲的花瓣，上面写着"在给您写这信时我的手颤抖得多么厉害"的印有凸起的"金屋"两字的信纸，以及当她以恳求的口吻向他说："我想不用再等多久您就会打发人来找我的吧"时那紧蹙的双眉；他又闻到在洛雷丹诺去给他找那个小女工、前理发师为他理发时，烫发钳发出的气味。那年春天暴雨来得如此频繁，他在月色下坐在他那四轮敞篷马车里冷得直哆嗦地回家；心理的习惯、季节的印象、皮肤的反应，这些东西构成一张大网，在一连好几个星期当中把他的整个身子都罩上了。在那时，他尝到那些除了爱情别无他事的人的种种乐趣，肉欲的追求也得以满足。他曾以为他可以永远如此,将来无需领略其中的痛苦;现在奥黛特的魅力跟那个像一个模糊的光晕那样笼罩着他的可怕的恐惧相比,已经微不足道了,而这光晕就是不能每时每刻都知道她在干些什么,不能随时随地占有她的那种焦躁不安。唉!他想起了她高叫"我随时都可以同您见面,我什么时候都是有空的!"时的那种语调,然而现在她却什么时候都没有空了!她对他的生活的兴趣和好奇,对答应她介入他的生活这种热切的愿望(他当时却怕它会引起可厌的打扰)也不复存在了!当初她必须苦苦哀求,他才答应让她领到维尔迪兰家去:当初他每月只让她上他家去一次,而她总得反复强调她梦寐以求的两人天天见面这个习惯将给她带来何等的快乐(而他却认为那是枯燥乏味的苦差使)之后,他才勉强答应她的要求,后来她却对这种习惯感到厌恶,彻底摆脱了,可他却已经把它看成是无法遏制的痛苦的需要。他记得当他第三次见到她时,她曾一再问道:"为什么不让我更经常地来看您?"他当时殷勤有礼地笑着答道:"我是怕来日徒然自苦呀!"唉!现在呢?她倒还是有时从饭店或者旅馆用带衔的信纸写封信来;可这些衔头上的一个个字都像火一样烧他的心。"这是在符耶蒙旅馆写的?她上那儿去干什么?跟谁去的?干了些什么?"他想起了意大利人大街正在一盏盏熄灭的煤气街灯,那时他已经失去了一切希望,竟在那几乎是神乎其神的夜里,在影影绰绰的人影中把她找着了(那天夜里,他几乎没有问如果去找她,又如果把她找着的话,是否会引起她的不快;他心里是那么确有把握,当她看见他,跟他一起回去时,她准会感到最大的快乐),而现在这个夜晚确实已经属于一个神秘的世界,它的大门已经全都关上,他再也无法重新进去了。斯万现在一动也不动地面对这重温的幸福,只见有一个不幸的人引起他的怜悯之心(因为他没有马上把他辨认出来),为了免得别人看见"他俩"热泪盈眶,便把头低了下去。这个人就是他自己。

等他明白过来以后,他那怜悯之心也就随之消失,然而他妒忌她曾经爱过的另一个自己，妒忌他过去时常认为（然而心里也并不过分难过）“她也许在爱着”的那些人，因为他心中关于爱的空泛的概念（其实其中并没有爱情）已经由充满着爱情的菊花的花瓣和“金屋”餐厅信纸上的笺头取而代之了。他的痛苦之情愈来愈强烈，他抬手擦一擦前额，把单片眼镜摘下，擦拭擦拭镜片。毫无疑问，如果他这会儿能看到他自己的话，他会把他刚才像是摘下一个讨厌的念头那样摘下的单片眼镜，像是擦拭掉烦恼那样用手绢擦拭那蒙上水气的镜片的单片眼镜，补充到他刚才——加以区别的那一系列单片眼镜行列中去的。

在小提琴声中——你如果看不到乐器的话，你就不能把所听到的声音跟乐器的形象联系起来，而乐器的形象是能改变乐器的音色的——有着跟次女低音一样的声音，使人产生有一位女歌唱家来参加这个音乐会的幻觉。你抬起眼来，却只见到那精致得跟中国珠宝盒一样的琴身，而且有时还能听到美人鸟迷人的歌声；有时也似乎听到被俘获的精灵在这中了魔法的颤抖的宝盒中，就像一个淹没在圣水缸里的魔鬼的挣扎声；有时又仿佛有一个神乎其神的纯洁的生灵在空中飘荡，展现它那看不见的启示。

与其说乐师们在演奏那个乐句，倒不如说他们在举行为召唤这个乐句出现所需的仪式，在诵念为使它出现并使它的奇迹得以延续一些时间所需的咒语；斯万现在不再能看到它，除非它属于一个紫外线的世界，他在离它越来越近时却一时失明，只感到这一变化使他的精神为之一爽；他现在感到这个乐句出现在他面前，像是他的爱情的保护神和知情人，为了能在大庭广众之中走到他的跟前，把他拉到一边跟他絮语，而用这有声的外形把自己乔装打扮起来。当这乐句从他身边飘然而过，轻盈、安神，像鲜花的清香那样悄悄私语，倾心相诉，他仔细谛听每一个字，直惋惜话语如此迅速地飞逝，不由自主地用嘴唇去亲吻那和谐的，正在消逝的形体。他现在已经不再有遭流放的孤独之感了，因为乐句在跟他说话，悄悄地谈到了奥黛特。因为他现在不再像过去那样以为这乐句不认识奥黛特和他了。它曾如此经常地目睹过他俩在一起时的欢乐情景！不错，它也时常提醒他这种欢乐的不实在，会稍纵即逝。甚至就在那时，他也在乐句的微笑中，在它清澈的促人醒悟的声调中窥出了痛苦的苗头，而他今天从中觅得的却几乎是高高兴兴的听天由命的甘美。当年这乐句曾跟他谈起过悲伤的事，他自己虽未被波及，只见到乐句带着微笑把它们在它曲折湍急的激流中冲泻而下，而现在这些悲伤的事却是他亲自尝过的了，而且没有希望得以摆脱。这乐句仿佛也像当年说到他的幸福时一样，对他说："这有什么关系？这算不了什么。"斯万心里第一次浮现对这位凡德伊，对这位本身多半也曾尝过苦涩滋味的，从不相识的崇高的兄长的怜悯与柔情；他度过了怎样的一生？他是从怎样的痛苦中汲取了神般的力量，汲取了无穷的威力来创作的？当这小乐句对他谈起他的痛苦的虚妄时，斯万体味到这箴言的甘美，但就在片刻以前，当他从把他的爱情看做是无关紧要的闲事的那些不相干的人的脸上窥出这种意思的时候，他却觉得这条箴言难以容忍。那是因为那个小乐句，与此相反，不管它对心灵的这些状态的短暂易逝表示了什么见解，它从中所看到的却跟这些人不一样，并不是没有实际生活那么严肃的东西，相反却是远远高出于生活的东西，是唯一值得表现的东西。这个小乐句试图模仿，试图再创造的是内心哀伤的魅力，而且要再现这种魅力的精髓；除了亲身感受这种魅力的人之外，任何别人都认为它是不能传达，也是毫无价值的；这个小乐句却把它的精髓抓住了，把它化为可以看见的东西。它使得它的听众只要多少有点音乐细胞，就能承认这种魅力的价值，尝到它的神奇的甘美，然而日后在他们身畔看到的每一个特定的爱情当中，他们却又看不到这种魅力了。当然，这小乐句把这种魅力组编起来的形式是不能化为逻辑的推理的。但一年多以来，对音乐的爱好向他揭示了他心灵中的许多宝贵财富，至少在一段时间之内在他身上生根发芽，斯万从此就把音乐的主旨看成是真实的思想，是另一个世界、另一种类型的思想，蒙着黑影、不为人所知、智力所不能窥透的思想，然而这些思想依然是完全可以相互区别，各有不同的价值与意义。自从他在维尔迪兰家那次晚会上请人把那乐句再奏一遍以后，他竭力想弄清这乐句是怎样像一股清香、一次搂抱那样迷惑他、缠绕他的，他终于意识到那个收缩了的、冷冰冰的甘美之感得之于组成这乐句的那五个间距很小而其中两个又不断重复的音符；可事实上他不知道，他这番推理并不是从这小乐句本身得来，而是在认识维尔迪兰夫妇以前的一个晚会上第一次听到这个奏鸣曲时，由于懒得动脑筋而用来解释他所探索的音乐这个神秘实体的简单的标准。他也知道，在他回忆之中的钢琴的乐声就越发歪曲他观察与音乐有关的事物的观点，而且展现在音乐家面前的天地并不是仅有七个音符的可怜的键盘，而是一个无限宽广的键盘，几乎还完全未为人所知，只是星星点点地散布着千千万万表现温柔、激情、勇气和安谧的琴键，中间被层层从未被我们探索过的黑暗所阻隔；这些琴键彼此之间有天地之别，只为少数伟大的艺术家所发现；他们在我们心灵深处唤醒了跟他们发现的主题相应的情感，告诉我们，在我们原以为空无一物的心灵这个未被探索，令人望而生畏的黑暗中却蕴藏着何等丰富多彩的宝藏而未为我们所知。凡德伊就是这样的音乐家中的一个。他那个小乐句虽然为我们的理性设置了一层薄膜，但我们还是可以感到它如此充实、如此明确的内容，它又给这内容以如此新鲜、如此独特的力量，使得听众把乐句和凭智力获得的思想一视同仁地保存在心中。斯万每次想到这个乐句，就仿佛是想到了爱情观和幸福观，马上就能从中体会到它的特点，就如同一想起《克莱芙公主》和《勒内》[①]这两个标题就知道它们的特点一样。即使在他不想到这个小乐句时，它也跟一些无可替代的概念（例

① 《克莱芙公主》作者是法国十七世纪女作家拉法耶特夫人，被认为是法国第一部心理小说杰作。《勒内》则是十九世纪法国浪漫主义作家夏多布里昂的作品。

如光、声、凹、凸、肉欲这些概念）处于同等地位，潜伏在他的心灵之中，而我们的内心世界之所以如此多彩多姿，绚丽斑斓，正是由于这些丰富的精神财富。假如我们一命归天，我们也许就将失去这些财富，它们也许会自行消失。但只要我们活着，我们就不可能不认识它们，正如我们不可能不认识一个具体的物体一样，也正如当我们的房间里点上了灯，虽然屋里的物体都变了样，对黑暗的回忆也已不复存在，我们却不可能怀疑灯光的存在一样。就这样，凡德伊的这个乐句，正如《特里斯坦》[①]的某个主题（它为我们表现了心灵的感受）一样，也歌颂死亡，也体现了相当动人的人生景象。这个乐句的命运，日后是要跟我们的心灵的现实联系在一起的，它是我们心灵的最特殊，又最各不相同的装饰物之一。也许只有虚无才是真实的东西，而我们的梦幻并不存在，然而那时我们就会感到，那些与我们的梦幻相关连而存在的乐句和概念也就不复存在了。我们终究会死去，但是我们手上有这些神奇的俘虏作人质，他们将在我们生存的机会丧失时继续存在下去。有了他们，死也就不会那么凄伤，不会那么不光彩了，甚至不会那么太肯定了。

斯万相信那个乐句的确存在着，他没有错，当然，从这个观点来看，它是人间的东西，然而它却属于一种超自然的创造物的世界；我们虽然从来没有见过这种创造物，但当有某位探险家探索这不可见的世界，捕捉到一个这样的创造物，从他进入的这个神奇世界中带到我们这个尘寰的上空闪耀出片刻的光焰，我们看到时是会欣喜若狂的。凡德伊用他那个小乐句所做的就是这样一件工作。斯万感到，作曲家只是以他的乐器把它揭露出来，使它成为清晰可见，以他如此轻柔、如此审慎、如此细腻、如此稳健的手忠实描绘出它的轮廓，使得音响随时变幻，有时变得模糊黯淡以表

① 全名为《特里斯坦与依索尔德》，是十九世纪德国作曲家瓦格纳所作歌剧，歌颂死亡和黑暗，充满叔本华的悲观主义色彩。

现一个幽影，而当它必须勾勒奔放的轮廓时又重新活跃欢腾起来。斯万相信那个乐句确实存在，这有事实可以证明：如果凡德伊看见那个乐句，把它的形式描绘出来的能力较差，而竭力在一些地方凭他臆想添上几笔来掩饰他观察的不到和技巧的欠缺，那么，任何一个耳朵稍为灵敏一点的音乐爱好者就会发现他的骗局。

乐句消失了。斯万知道，它还将在最后一个乐章的结尾出现，其间要隔着很长一段乐曲，而维尔迪兰夫人家中那个钢琴家老是把这一段跳过。这一段里有一些美妙的思想，斯万在第一次听时未能辨认出来而现在却发现了，仿佛这些思想在他记忆的衣帽间中突然把掩盖着它的新颖之处的外衣脱掉了似的。斯万听着那分散的主题组成乐句，正如三段论法中的前提演绎为必然的结论，他亲眼目睹这乐句的生成。他心想："噢！凡德伊的大胆敢情跟拉瓦锡①和安培②一样，都是得之于天才的启发！他试验并发现了掌握着那未为我们所知的力量的规律，把他信赖不移但永不能见的无形的巨车，驶过从未探测过的地域，奔向那唯一可能的目标！"斯万在最后一段开始时听到的钢琴与小提琴之间的对话是多么美啊！虽然摒弃了人间的词语，却并不像人们想象的那样让幻想主宰一切，恰恰相反，这里却排除了幻想；从来也没有像这里这样更迫切需要对答的语言，然而问题从来也没有像这里这样提得如此贴切，回答也从来没有像这里这样明确。首先是钢琴独自哀怨，像一只被伴侣遗弃的鸟儿；提琴听到了，像是从邻近的一株树上应答。这犹如世界初创的时刻，大地上还只有它们两个，也可以说这犹如是根据造物主的逻辑所创造，对其余的一切都关上大门，永远是只有它们俩的世界——这奏鸣曲的世界。钢琴紧接着

① 拉瓦锡（1743—1794）：法国化学家，建立了化学命名法，发现氧在燃烧中的作用，提出物质守恒定律。

② 安培（1775—1836）：法国物理学家、数学家，电动力学的创始人。

又为那个看不见的、呻吟着的生灵倾诉哀怨,可那生灵到底是什么?是一只鸟?是那小乐句还是不完整的灵魂?还是一个仙女?那叫喊声来得是如此突然,提琴手得赶紧抓起琴弓来迎接。真是一只神奇的鸟儿!提琴手像是想迷住它,驯服它,抓住它。它已经深入到他的心灵,由它召唤的那个小乐句已经使得提琴手那当真着了魔的身体像通灵者一样颤动起来。斯万知道这小乐句就要再次向他倾诉了。而这时他自己早已分裂成为两人,以至在等待他即将面临这乐句的时刻到来时,不禁哽咽起来,就像我们在读到一行美妙的诗句或者听到一个伤心的消息时那样——而且并不是当我们只身独处的时候,而是仿佛在把这诗句或这消息告诉给我们的朋友们的时候,在他们身上,我们看到我们自己成了一个情绪能影响他们的第三者。乐句又重新出现了,但这次是高悬空中而且一动也不动地仅仅持续了片刻,立即又消逝了。它延续的时间是如此短暂,斯万的眼睛连眨都没眨一下。它还像一个完整充实的虹色水泡那样悬着。又像一道彩虹,光泽逐渐减弱黯淡,然后又升腾起来,在最后归于消失以前,大放前所未见的异彩:它原先还只露出两种色彩,现在又添上棱镜折射出的所有绚丽多彩的琴弦,奏出动人的曲调。斯万不敢动弹,他也希望别人也都像他那样安安静静,仿佛稍有动静就会破坏这随时都会消失的美妙脆弱的、神乎其神的幻景。说真的,谁也不想开口。那一个不在场的人(也许是一位死者,因为斯万不知道凡德伊是否还在人世)的美妙得难以言传的话语,在这些祭司们的头上回荡,足以吸引住在场的三百人的注意,把这个召唤阴魂的乐台化为举行神奇仪式的庄严的祭坛。就这样,当乐句终于结束,只剩下袅袅余音在随后取而代之的旋律中回荡时,斯万先还为那愚蠢得出了名的蒙特里安德伯爵夫人在奏鸣曲还没有完全终止时就俯过身来对他讲说她的感想而恼火,后来却禁不住微微一笑,也许是为在她的话语中发现了她自己所未曾体会到的更深的含义而高兴。伯爵夫人对演奏者的高超演技赞叹不已,冲着斯万嚷道:“真是奇怪啊,我从来没有见过这么神的……”她怕把话说得太绝，又找补了一句：“只有招魂时用的灵动台才是例外！”

从这次晚会以后，斯万明白奥黛特往日对他的感情是永远不会恢复了，他过幸福生活的希望是再也不能实现了。有些日子，她偶尔对他亲切温柔，多少对他表示一点关心；他把她这些回心转意的表面的、虚假的表示一一记下，就好比那些侍候着身患绝症行将离世的病人的朋友，怀着那种充满温情和怀疑色彩的关切以及毫无希望的欢乐，记下这样的话当做无比宝贵的事实：“昨天他都自己会算账了，指出了我们计算中的一个错误；他还高高兴兴地吃了一个鸡蛋，如果消化得好，我们明天想给他一块排骨试试。”尽管他们自己也明明知道，对于一个死亡已经不可避免的人来说，这样的事情已经毫无意义。斯万心里当然也明白，如果他现在离开奥黛特生活的话，他对她就会越来越淡漠，就会乐于看到她永远离开巴黎；到时候他自己就会有呆在巴黎的勇气，可是他却没有勇气先走开。

斯万原也常有这样的想法。现在他已经恢复对弗美尔的研究，他至少应该再到海牙、德累斯顿、不伦瑞克去些日子。他深信，在哥德斯密特拍卖时由毛里茨博物馆①当做尼科拉斯·马斯②的作品买去的那幅《狄安娜的梳妆》，实际出自弗美尔之手。他很想就地进行一番研究来加强他的信念。然而当奥黛特在巴黎的时候（甚至当她不在的时候），要她离开巴黎，在他看来可是一个如此残酷的计划，他是明知自己永远也下不了决心去实现，所以才能经常放在心里盘算的——换到一个新地方，我们的感觉还没有被习惯冲淡，我们随时都会唤起原有的痛苦，使它加剧。不过他有时还在睡梦中萌生外出旅行的打算（全无影响根本是不可能的），居然还得以实现。有天他梦见他要外出一年，倚在车厢窗口，冲着站在月台上哭

① 在海牙。

② 尼科拉斯·马斯（1632—1693）：荷兰画家。

着向他道别的青年，劝那青年跟他一起上路。列车晃动，他也惊醒了，意识到他并没有出家门，而且当晚，第二天还有以后几乎每天都会见到奥黛特。那时，梦境依然萦回在他心头，他赞美自己那些优越的条件，使他生活不必依赖他人，可以呆在奥黛特身边，使得她允许他有时去看她；他把他这些优越的条件列举一番，其中有：他的社会地位、他的财产（她时常有迫切需要，所以不能同他破裂，而且耳闻她有跟他结婚的意思），他跟德·夏吕斯先生的交情（虽然其实并没有使他从奥黛特那里得到多大好处，但他是他们俩共同的朋友，奥黛特对他很是敬仰，有这样一位朋友在她面前说他的好话，他想着也不无温馨之感），还有他自己的聪明才智，他是全部用来每天安排巧计，使得奥黛特觉得有他在身边陪伴虽不一定是赏心快事，至少是必不可少的。他想，要是这些条件全都没有的话，他会变成什么样子；他想，要是他像许多人那样贫穷、低微、一无所有，不得不有什么工作就干什么工作，或者是依赖父母或妻子，他早就不能不离开奥黛特，心有余悸的那场梦就会变成现实。他心想："人总是生在福中不知福。他们也决不像他们自己所想的那么不幸。"但他又想，他现在这种生活已经持续了好几年了，他所期望的也就是这种生活能持续下去，继续牺牲他的工作、他的乐趣、他的朋友，最后是牺牲他的一生来每天都期待一个并不能给他带来任何幸福的约会；他还想，他这样做是不是错了，凡是促进他俩的关系，防止其破裂的一切是不是在毁坏他的前途，他所应该期求的是不是正是他现在庆幸仅仅是梦中发生的事情，也就是他的离去？他心想，人总是生在祸中不知祸，他们也决不像他们自己所想的那么幸福。

有时他盼望她在意外事故中没有痛苦地死去，因为她是从早到晚总在外面，在街上，在大路上的。当她安然无恙回来时，他不禁赞叹人的身体是如此灵活和结实，总能摆脱一切灾难（自从斯万有了这个隐秘的念头以后，他觉得这样的灾难是数不胜数的），使得人们天天都能几乎不受惩罚地从事他们撒谎、追求欢乐的勾当。斯万对由贝里尼作肖像的穆罕默德二世深表同情,后者对他的一个后妃爱得发狂,就用匕首把她刺死。据为他作传的威尼斯人不加掩饰地说,这是为了求得他心灵的平静。然后斯万又为他只想到自己而深自愧恨,觉得他居然把奥黛特的生命视若草芥,自己感到痛苦也是活该,一点也不值得怜悯。

既然他不能义无反顾地离开她,那么,假如他继续见到她而不分离的话,至少他的痛苦终将减弱,而他的爱情也许终将熄灭。既然他不愿永远离开巴黎,他就希望她永不离开。既然他知道她每年离开巴黎时间最长是在八九两月之间,那么他眼前还有好几个月的余暇来把这苦涩的念头溶解在他脑子里遥想的时日当中,这些时日和当前的时日一模一样,在他饱含哀愁的心中流逝,透明而寒冷,然而并不引起他过分强烈的痛苦。但这心中构想的未来,这条无色而奔放的长河,奥黛特的一句话就把它击中,像一块寒冰似的把它堵住,阻止它流动,使它整个凝冻起来;斯万突然感到心里堵满了一块巨大而坚不可破的东西,挤压他身体的内壁,直到使他全身爆裂:原来奥黛特带着狡黠的微笑对他说:“福什维尔到圣灵降临节时要出外旅行。他要到埃及去,”斯万顿时就明白,这话就意味着“到圣灵降临节时我要跟福什维尔到埃及去”。果不其然,过了几天,斯万问她:“嗯,你那天说要跟福什维尔同去的那次旅行怎么样了?”她冒冒失失地答道:“对了,亲爱的,我们十九号就动身,我们会寄给你金字塔的图片的。”那时他想弄清楚她是不是福什维尔的情妇,要当面问个明白。他知道她迷信,有些伪誓是不会起的,而且迄今为止,他一直担心当面问她会使她恼火,遭她讨厌,然而现在他已经失去了得到她爱的一切希望,这种担心也就不复存在了。

有一天,他收到一封匿名信,说奥黛特曾是无数男人的情妇(信上列举几个人,其中有福什维尔、德·布雷奥代先生,还有那位画家),还是一些女人的情妇,而且还进妓院。他为在他的朋友当中居然有人会给他写这样一封信而感到痛苦(从信上的某些细节看来,写信的人对斯万的私生活是很了解的)。他琢磨这是谁干的。他从来没有猜测过别人在背后干些什么,从来没有怀疑过别人那些跟他们的言语挂不上钩的行动。德·夏吕斯先生、洛姆亲王、德·奥尔桑先生,他们当中哪一位也从来没有在他面前说过他们赞成写匿名信的话,他们所说的都表示他们是强烈谴责匿名信的,这样一种卑劣的行径莫非出自他们公开的性格背后的什么地方?他看不出有什么理由把这种无耻勾当跟他们当中任何一人的品格联系起来。德·夏吕斯的性格有点不正常,然而基本上是善良厚道的;洛姆亲王虽然冷漠,但身心健全,为人正直。至于德·奥尔桑先生,斯万从来没有见过有谁,即使是在最惨的处境中,会看到他讲出言不由衷的话,做出不得体、不妥当的举止。有人说德·奥尔桑先生在跟一个富有的女人的关系当中有不正当的表现,斯万总难于理解,每当他想到他的时候,他总不得不排除他那个坏名声,认为它跟他那些数不胜数的高尚正直的表现无法协调。斯万一时觉得他的脑子越来越糊涂,他就想点别的事情,好看得清楚一些。过了一会儿,他又有勇气来继续那番思考了。他刚才既不能怀疑任何人,到这时候就只好怀疑所有的人了。归根到底,德·夏吕斯先生是爱他的,心地不坏。然而他有神经病,当他明天听说斯万病了的时候,他可能会难过得哭将起来,然而今天呢,也许出于妒忌,也许出于气愤,一时心血来潮,就要对他使坏。说到头,这号人最糟糕。洛姆亲王对他的爱当然远不及德·夏吕斯先生,但也正由于此,他对斯万也就没有那么强烈的感情;再说,他生性冷漠,既不会做出豪迈之举,也不会干出卑鄙龌龊的勾当;斯万都后悔尽跟这一号人泡在一起了。他又想,阻止一个人对他周围的人使坏是同情之心,而他终究只能保证本性跟他相同的人有这样的心,譬如就心地善良来说,德·夏吕斯先生就是这样一个人。对斯万造成这样一种痛苦,单单这一个念头就会使德·夏吕斯先生产生反感。然而对一个感情冷漠,不怎么太通人情的洛姆亲王来说,在不同的本质的驱使下,可能会干出什么事来,谁又能预料到?心地好是最主要的,德·

夏吕斯先生的心地就不错。德·奥尔桑先生心地也不错，他跟斯万的关系虽不亲密但还是真诚的，是由于他们对什么事情都有一致的想法，所以乐于在一起絮叨；他们之间的关系比较平和，不像德·夏吕斯先生那样激昂，那样易于做出一时冲动的事情来，不管是好事还是坏事。如果说有谁是斯万过去一直感到能被他所了解，能身受其体贴爱护的话，那就是德·奥尔桑先生了。不错，不过他过的那种不大体面的生活又如何解释呢？斯万现在感到遗憾，他从前竟从来没有予以考虑，时常还以开玩笑的口吻说什么他只有在流氓集团里才能看到强烈的同情和尊敬的感情。现在他却想，人们判断别人，从来都是根据他们的行为，这并不是没有道理的。只有行为才有意义，我们说的和想的都算不了什么。夏吕斯和洛姆可能有这样那样的缺点，可他们是老实人。奥尔桑也许没有缺点，可他不是老实人。他可能又一次干了坏事。斯万又把雷米怀疑起来，不错，他只可能是授意别人去写，但他显然觉得那路子是走对了。首先，洛雷丹诺有理由恨奥黛特。其次，我们的仆人地位比我们低，以为我们除了家产之外还有什么财富让他们眼红，除了缺点之外还有什么罪恶让他们瞧不起，又怎能设想他们最后不会干出我们上等人干不出的事来呢？斯万还怀疑我的外祖父呢。斯万每次求他帮忙，他不总是拒绝吗？而且以他那资产阶级的脑筋，还以为这都是为斯万好呢。斯万还怀疑贝戈特，怀疑画家，怀疑维尔迪兰夫妇，而在怀疑之中他再一次赞赏上流社会人士真是聪明，他们不愿和艺术界的人士打上交道，而在艺术界里这样的事不仅可能发生，甚至也许被认为是巧妙的玩笑而受到肯定；但他这时也想起了那些波希米亚人，他们的行动是何等光明正大，而与此恰成鲜明对比的是贵族阶级，他们在手头缺钱，又要摆阔气、花天酒地时又是如何经常背弃原则，便宜行事，简直是尔虞我诈！总之，这封匿名信表明他认识一个能干得出这等卑鄙行径的人，然而他看不出为什么这样的卑鄙心理就更有可能隐藏在热心肠人、艺术家、贵族的心灵深处（为他人所探测不出），而不是在冷漠的人、买卖人、仆役的心灵深处。应该采用什么标准来判断一个人呢？归根结蒂，他所认识的人中间，没有哪一个是不能做出可耻的行动来的。是不是应该跟他们全都不再来往呢？他闹不清楚了；他一再抬手拍拍脑门，用手指擦拭单片眼镜的镜片，心想有一些并不比他差的人也跟德·夏吕斯先生、洛姆亲王和别的一些人交往，这就表明，即使他们并不是不可能做出可耻的行动，至少每个人都必须遵从的那个生活的必然是要求我们跟并非不可能做出可耻的行动的人们交往的。于是他就跟所有他怀疑过的朋友继续握手，只是带点保留态度，认为他们也许曾经想陷他于绝望之境——不过这种保留态度也只是徒具形式罢了。

至于信的内容，他并不为之不安，因为其中列举奥黛特的罪状没有一丝真实的影子。斯万跟许多人一样，懒得动脑筋，也缺乏想象力。他清楚地知道，人们的生活充满着矛盾，这是一条普遍真理，但具体到特定的人身上，他就把对方生活中他所不知道的部分，设想成跟他所知道的那部分完全一致，他借助于对方跟他讲的话来设想他没有跟他讲的那些话。当奥黛特在他身边的时候，如果他们谈起别人有什么不正当的举止或者粗俗的情感的话，她总是用斯万的父母从小教导他而他也始终恪守的原则来指责他们的；再说，她也爱摆弄个花，爱喝杯茶，关心斯万的工作。因此，斯万就把奥黛特的这些习惯推而广之于她的生活中的其他部分，当他要想象她不在他身边时是什么情景的时候，他就在脑海里重复她那些姿态。假如别人描绘的情景跟她在他身边（或者毋宁说是曾经那么长时期地在他身边）的情景一样，然而是跟另外一个男人在一起，那他是会感到痛苦的，因为在他心目中，这个形象是逼真的。然而要说她进妓院，跟一些女人在一起狂欢作乐，过着卑鄙下流、荒淫无耻的生活，那就是荒诞无稽的胡说八道；谢天谢地，他想象中的朵朵菊花，她每日品饮的杯杯红茶，她在不义之举面前的填膺义愤，是不可能给这一派胡言的实现留下余地的。不过他也时不时地告诉奥黛特，别人是怎样出于恶意，把她的所作所为说给他听的;同时他也顺带用上点他偶尔听到的无关紧要然而却是真实的细节,仿佛他对奥黛特的全部生活都了如指掌,只是秘而不宣,无意中露了这么一点,让人以为他掌握什么情况,其实他既不了解,甚至连想都没有想到;而他之所以经常恳求奥黛特不要歪曲事实,只是为了——不管他自己意识到与否——让奥黛特把她的所作所为全都告诉他罢了。不错,他也常对奥黛特说,他爱真诚坦率,其实,他是把他所爱的真诚坦率看成是一个能把他情妇的日常生活向他密报的拉皮条的人。因此,他对真诚坦率之爱并非超脱功利,也未能使他的人品变得更加高尚。他所珍爱的真实是奥黛特告诉他的真实;而为了得到这个真实,他不惜借助于谎言,而他却经常对她说,谎言是如何陷人于堕落之境的。总之,他撒起谎来并不亚于奥黛特,因为他比她更不幸,也不比她少自私些。而奥黛特呢,当她听斯万对她本人讲起她干过的一些事情时,总是带着一副猜疑的神色瞧着他,偶尔露出愤怒之情,来遮掩她的羞耻之心。

有一天,正当他难得心境平静了一个长时间而未生妒意的时候,他接受洛姆亲王的邀请,晚间陪他去观剧。他想知道上演的是哪个剧本,就把报纸打开,泰奥多尔·巴里埃尔的《大理石姑娘》这个名字赫然跃入眼底,狠狠地击中他的心坎,他不由得倒退一步,扭过头去。“大理石”这个词往常是如此经常映入他的眼帘,以至反倒是一晃而过,视而不见,现在在它出现的那个地方却像在舞台脚灯照射之下,突然如此夺目,叫他马上想起了奥黛特有次给他讲起的那个故事,说的是有回她跟维尔迪兰夫人一起上工业展览馆参观,这位夫人对她说:“你小心点儿!我可是知道怎样把你融化掉的。反正你不是大理石做的。”奥黛特当时对他说这不过是开个玩笑,斯万也没怎么在意。那时候他对她的信任比现在强多了。而那封匿名信却恰恰讲到了这一号恋情。他不敢抬眼看报,把它打开翻过一篇,躲开《大理石姑娘》这几个字,开始心不在焉地读起各省新闻来了。芒什省有暴风雨,第厄普、卡布尔、布士伐尔遭灾。他又怔了一下。

布士伐尔这个名字叫他想起了这个地区的另一个地名，叫布士维尔；后者又与布雷奥代这个名字相关，他常在地图上看到，可这是第一次注意到它跟他的朋友德·布雷奥代先生的名字一样，而那封匿名信上说他也曾是奥黛特的情夫。再怎么说，对德·布雷奥代先生的指责并非全不可信；而说她跟维尔迪兰夫人有暧昧关系，那就完全不可能了。奥黛特固然有时撒谎，可不能从中得出结论，说她从来不讲真话，在她跟维尔迪兰夫妇讲过的话，以及她自己向斯万转述的那些话中，他也曾听到过女人们由于生活经验的缺乏和对罪恶的无知而开的一些没有多大意思然而不无危险的玩笑（这些话显示了她们的清白）。她们这样的人，譬如说奥黛特吧，她比谁都更不至于对另一个女人产生狂热的恋情的。与此相反，当她把她在转述时无意间在他心中引起的怀疑加以否定时的那种愤怒之情，倒是跟所知道的他这位情妇的格调和气质相一致的。然而在此刻，由于一阵突如其来的醋意——这就好比一个刚想到一个韵脚的诗人或者一个仅仅掌握一个零星观察结果的学者，忽然得到一个思想或者找到一条规律，给了他们以全部的力量——他第一次想起了奥黛特早在两年前跟他讲的一句话："哦！维尔迪兰夫人哪，这会儿心里就只有我一个，我成了她的心肝宝贝，她吻我，要我陪她去买东西，要我对她以你我相称。"当时他根本没有想到这话跟奥黛特在他面前为了掩饰那有伤风化的勾当而讲的那些话有什么关系，只觉得这证明她俩交情很深罢了。现在维尔迪兰夫人对奥黛特那种柔情的印象突然跟她这番味道不正的话结合起来了。他脑子里再也无法把那印象跟这番话分离开来，只见两者在现实中也交织在一起，那种柔情给那些玩笑话注入了认真的要紧的东西，而那些玩笑话也就使那种柔情显得不那么清白了。他直奔奥黛特家。他离她远远地坐下。他不敢拥抱她，拿不稳这一吻在她或他身上激起的将是深情还是怒火。他沉默不语，眼睁睁地瞧着他们之间的爱情死去。他忽然下定了决心。

"奥黛特，"他对她说，"亲爱的，我明知道我使你讨厌，可我还得问你点事情。你还记得我曾经怀疑过你跟维尔迪兰夫人之间有什么关系吗？告诉我，到底有没有？跟她或者别的女的有没有？”

她撅起嘴摇摇头，这是人们回答别人“您来看节日游行吗？”或者“您来看阅兵吗？”这样的问题，表示不去或者讨厌这些事情时常用的姿势。这种摇头，通常是用来表示不愿参加未来的活动的，因此在否定过去的事情当中也掺入了一点犹疑的味道。再说，这种摇头只表示这事对个人合适不合适，并不表示对它的谴责或者从道德观点出发认为它不可能的。斯万见她作出否认的姿态，心里明白这也许反倒是真事。

“我早就跟你说过了，你不是不知道。”她又找补了一句，一脸气恼和倒霉的神色。

“不错，我知道，不过你是不是确实拿得稳？你别说什么‘你不是不知道’，你说‘我从来没有跟哪个女人干过那档子事’。”

她像背书一样重复了一遍，语含嘲讽，也显出她是要把他打发走：

“我从来没有跟哪个女人干过那档子事。”

“你能凭你的拉盖圣母像起誓吗？”

斯万知道奥黛特是不会凭这个圣母像起伪誓的。

“啊！你把我折磨得太苦了！”她叫道，一面闪到一边，仿佛是要躲开这个问题似的，“你有完没有完？你今天是怎么啦？莫非是下定决心要我讨厌你，恨你？好嘛，我正要跟你和好如初呢，而你却这样来谢我！”

可斯万不想把她轻易放过，坐在那里像个外科医生那样，等待刚才打断手术进行的那阵痉挛过去，继续开刀：

“你以为你说了我就会对你有一星半点的怨恨，那你可错了，奥黛特，”他以想说服人的虚情假意的轻声柔语对她说，“我跟你说的都是我知道的事情，而我知道的事情比我说出来的要多得多。这些事儿都是别人对我说的，只有你的坦白才能减轻我对你的恨。我所以生气，不是由于你的行动，我既然爱你就会原谅你的一切，而是由于你的虚伪，你那毫无道理的虚伪,使得你一个劲儿否认我所知道的事情。当我见到你在我面前坚持我明明知道是假的事情,还要起誓赌咒,你怎能叫我继续爱你呢? 奥黛特,这时刻对你我都是痛苦的折磨,别让它再继续下去了。只要你愿意,一秒钟就能了事,到时候你就永远解脱了。你指着圣母像告诉我,你是不是干过那档子事。”

“我压根儿也不知道,”她愤怒地叫道,“也许很久很久以前,连我自己也莫名其妙呢,可能有这么两三回。”

斯万早就盘算过各式各样的可能性。现在的现实却跟那些可能性并无丝毫关系,就跟我们身上挨了的一刀跟在我们头顶上飘动的浮云并无丝毫关系一样——“两三回”这几个字确像是一把尖刀在我们的心上画了一个十字。“两三回”这几个字,单单是这几个字,在我们身体之外发出的这几个字,居然能跟当真触到我们的心一样,把它撕碎,居然能跟吃的毒药一样使我们病倒,真是一件怪事! 斯万不由自主地想起在德·圣德费尔特夫人府里听到的那句话:“自从看了招魂时用的灵动台以来,这是我见过的最神的奇迹了。”他现在感到的痛苦远远超过了他的想象。这倒不仅仅因为当他对奥黛特最不信任的时刻,他难以想到她在恶行这条路上能走得那么远,而也是因为,即使当他设想这等事的时候,那也是模糊的不肯定的没有感受到从“可能有这么两三回”这几个字当中散发出来的那种特殊的恐惧,没有当你首次听到你得了某种疾病时那种从未体会过的特殊的残酷。他这种痛苦完全来自奥黛特,然而奥黛特在他心目中并不因此而有欠可爱,反而更弥足珍贵,仿佛是痛苦越深,唯有这个妇女身上才有的那种镇痛剂和解毒剂的价值也水涨船高。他要给她以更多的照顾,仿佛突然发现自己身上的某种病痛比原来设想的还要严重。他希望她说曾干过“两三回”的那种丑事不再重犯。为此,他必须密切照看着她。人们常说,你要是向你的朋友指出他的情妇犯了什么过错,只能使他跟她更加接近,因为他是不会信你的,而他如果信了你,那就跟她贴得更紧了!

斯万心想,他怎样才能保护她呢?他也许能使她不受某一个女人的影响,可是还有几百别的女人呢!他也想起,在维尔迪兰家没有找见她的那晚,他曾一时起念要去占有另一个女人(其实是办不到的),现在看来这念头是何等荒唐。幸好在这像一伙伙入侵者那样刚侵入斯万的心灵的新的痛苦底下,还有一层由天性构成的基础,它历史悠久、温和宁静、一声不响地在起着作用,犹如一个受了伤的器官的细胞立即来修补遭到损坏的组织,也犹如一个瘫痪的肢体上的肌肉总有恢复原有机能的趋势。他心灵中的这些资格较老、土生土长的居民,一时间把斯万的全部力量投入这不声不响的恢复元气的工作——正是这样的工作使得一个康复中的病人,使得一个刚接受过手术的病人一时感到安详。这一次跟平常不一样,这种由于精疲力竭而感到的松弛,与其说是出现于他脑际,倒不如说是出自他的心田。生活中所有曾经一度存在过的东西都一一在心中重现,而还是那份痛苦之情,就像是一头垂死的牲口为似乎已经终止的抽搐的惊跳所驱,刚平静了一会儿,又来到斯万的心上画了一个十字。他猛然想起那些月夜,他躺在他那辆驶往拉彼鲁兹街的敞篷马车上,纵情畅想恋人的种种欢乐,全然不知这些欢乐将必然带来什么毒果。但所有这些念头都仅仅一闪而过,也就是把手举到心口,缓过气来,强自微笑来掩盖他的痛苦那一会儿工夫罢了。这时他都已经又开始提出他的问题来了。他的醋意为了给他这样一个打击,使他经受还从未经受过的最惨烈的痛苦,简直比一个死敌还要不惜费上九牛二虎的气力,这时依然觉得他受的苦还不够,还要想方设法让他受到更深的创伤。他的醋意像一个邪恶的鬼神给他以启示,把他推向毁灭的边缘。如果说他受的罪在开始的时候还并不很重的话,那不是他的错,而仅仅是奥黛特的错。

“亲爱的,”他对她说,“现在就算完了;对了,那人我认识吗?”

“不,我发誓根本没有那么回事,我刚才是言过其实了,我并没有走到那一步。”

他微微一笑，接着说下去：

"听便，没有关系，不过你不能把她的名字告诉我，实在遗憾。你要是能把她是怎么样一个人跟我讲讲，那就省得我再在这方面费心思了。这是为你好，你说了，我不是就不再麻烦你了吗？心里有什么事，一旦弄明白了，就像是一副担子落了地。要是琢磨不出是怎么回事，那才难受呢。不过你刚才对我已经就不错，我不愿再烦你了。我衷心感谢你对我的好处。这就算完了。只不过还有一个问题：那是几时的事情？"

"啊，夏尔！你真是烦死我了！那是早辈子的事了。我压根儿就从来没有再想过。你不把那些念头重新塞到我脑子里来就不罢休是不是！你这是有心使坏，无意中干了蠢事，没有你什么好处。"

"啊！我刚才只是想知道这是不是在我认识了你以后发生的事情。事情仍然就是在这里发生的了？你就不能告诉我那是哪个晚上，好让我想想那天晚上我在干什么？奥黛特，我的宝贝，倒是跟谁？那你是不可能记不起来的。"

"我也不知道，真的！我想是在布洛尼林园，有个晚上你上岛上去找我们来着。你先在洛姆亲王夫人家里吃了晚饭，"她说，很高兴能提供一个能证实她的话的精确细节，"在邻桌上有个我很久很久没有见过的女人。她对我说：'跟我上那边岩背后去看湖光月色吧。'我打了个哈欠，答道：'不，我累了，在这里挺好。'她说月色从来没有那么好过。我说：'扯淡！'，我知道她想干什么。"

奥黛特讲这番话的时候，差不多一直是嘻嘻哈哈的，也许因为她觉得这很自然，也许因为她想这样就可以让事情显得不怎么严重，也许是为了掩盖她的羞色。但当她看到斯万的脸色时，她就换了腔调：

"你这个坏家伙，你拿折磨我来寻开心，逼我编些谎话来好叫你让我安生！"

对斯万的这个打击比第一个还要使他难以忍受。他从来没有料到这是一件离现在如此之近的事情,她却一直瞒过了他,他一直没能发现;这并不是在他所不知晓的过去,而是在他记得如此清楚的那些夜晚,是他跟奥黛特一起度过的那些夜晚,是他原以为了如指掌而现在回想起来却隐藏着欺骗和丑恶的那些夜晚;在这些夜晚中间忽然裂了一个大口子,就是在布洛尼林园中的那个时刻。奥黛特虽然不算聪明,但本身还是有魅力的。她刚才边比画边讲述那个场面时是何等的简洁,使得斯万气喘吁吁地仿佛身临其境:奥黛特的哈欠,那岩壁。他还听到她回答"扯淡"两字——不幸的是,答话时是高高兴兴的。他感到今晚她是不会再说什么了,这会儿不可能再等到有什么新的透露,就说:"可怜的小宝贝,原谅我吧,我知道我委屈你了,得了,我再也不去想它了。"

不过她还是看到他的双眼死死盯着他所不知道的事情,盯着他们过去的那段恋情;在他的记忆中已经模糊因而显得既单调又平和的那段恋情,现在却被在洛姆亲王夫人家那顿晚宴后,在布洛尼林园岛上月光下的那一分钟,撕出了一道裂口。然而他早就养成了这样的习惯,总是把生活看得是饶有兴趣,总是要为在生活中稀奇古怪的发现赞赏不已,因此尽管难受得甚至认为这样的痛苦无法再忍受下去,心里却想:"生活这个东西真是叫人惊讶不已,它保留着许多妙不可言的意外;看来恶习这个东西散布起来比人们预料的要广泛些。这个女人我一直是信任的,看样子她是如此纯朴,如此正派,纵然有些轻佻,可她的各种爱好还是正常健康的。我根据一封不大可信的揭发信,盘问她一下,她承认的那点东西就透露了超出于我所能设想的情况。"然而他不能局限于她那几句没有多大意义的话。他要设法把她所说的话的价值弄个一清二楚,看看是不是应该得出这样的结论,就是那些事儿她是常干的,今后还要再犯。他反复琢磨她说的那几句话:"我知道她想干什么","两三次","扯淡!"然而这些话在斯万脑海里重现的时候并没有解除武装,每句话都像是抓住一把刀,给他又扎上一下。在很长一段时间内,就像一个病人不得不每分每秒都做使他感到痛苦的动作一样,他也反复琢磨着那几句话:“我在这里挺好”,“真扯淡!”不过他的痛苦是如此之深,他不得不打住了。他感到奇怪,怎么他一直是如此轻松,如此愉快地评断的那些事儿,现在竟能变得像可能置人于死地的疾病那样严重?他也认识一些女人,原是可以请她们监视奥黛特的。可你怎能指望她们的观点会跟他现在一致,而不是停留在曾长期指导着他的色情生活的那个观点上,能不笑着对他说:“你这醋坛子,你想剥夺别人的乐趣?”他原先在对奥黛特的爱情中所得到的纯粹是优雅的乐趣,而现在也不知是什么闸门突然落下,把他投入这新的地狱界中,看不出如何才能出去。可怜的奥黛特呀!他并不怨她。这并不全是她的罪过。不是说当她几乎还是个孩子的时候,就被她的生身母亲在尼斯卖给了一个英国富翁吗?阿尔弗雷·德·维尼在《诗人日记》里那几句话,他原先读的时候是无动于衷的,现在却觉得其中含有何等痛苦的真实:“当你觉得爱上了一个女子的时候,你应该自己问问:她的周围环境怎样?她的经历如何?生活的幸福全系于此。”斯万感到惊讶,像“真扯淡!”“我知道她想干什么”这样一些在他脑子里一个字一个字迸出来的简单的句子,竟能给他造成这么大的痛苦。不过他也明白,他以为这些不过是几句简单的句子,其实却是把他在听奥黛特叙述她那档子事的时候所感到的痛苦之情包裹起来的甲胄,随时都还能袭上他的心头的;他现在感到的不正是那份痛苦之情吗?他现在明白了这点也是枉然。随着时间的推移,就算他把它忘了,宽恕了,依然还是枉然。当他在心里重温这几句话的时候,那份痛苦之情依然像奥黛特说他的那样,使他成为无知和轻信的人;他那强烈的醋意为了使他遭到奥黛特的坦白的打击,总是把他处在一个不知情的人的地位,以至过了好几个月,这段老故事依然像是一个突然的启示那样使他大吃一惊。他自己也诧异他的记忆怎么能有这样强的再创造力。只有等到这台发生器的能力随着年事的增长而逐渐衰退,他才能指望这份折磨有所减轻。然而每当奥黛特所说的话折磨他的力量有点枯竭的时候,斯万脑子里原先较少萦回的话,就由一句几乎是新的话来接班,并以它的全部力量来予以打击。在洛姆亲王夫人家吃晚饭那晚的回忆是痛苦的,但那还只不过是他的痛苦的中心。痛苦从这里辐射出去,及于前前后后的日子。不管他的回忆触到哪一点往事,整整一季,维尔迪兰夫妇如此频繁地在布洛尼林园岛上吃晚饭的情景都刺痛他。这痛苦是如此之深,以至醋意在他心中激起的好奇之心渐渐地被在满足它们时将遭受的新的折磨的担心所抵消。他意识到奥黛特在遇见他以前的那段生活,他以前从来没有下工夫去了解的那段生活,那并不是他泛泛地看上一眼的一段抽象的时期,而是充满着具体事件的特定的岁月。在对这些岁月有所认识的过程中,他真怕这个此刻看来没有色彩,平稳流逝而可以忍受的过去的岁月会具有看得见的淫秽的形态,具有一副与众不同的恶魔般的面貌。他还是不打算去对她那段过去多作设想,这倒不是由于懒于动脑,而是怕增加苦恼。他希望有朝一日,他终于能在听到"布洛尼岛","洛姆亲王夫人"这些名字时能不再感到往日的伤心,同时也感到,在他的痛苦之情刚过去时就激奥黛特说出一些足以使这份痛苦之情以另一形式重现的新的话语、地点名称,以及各种情况是并不明智的。

然而他所不知道的事情,他现在怕知道的事情,却往往是由奥黛特自发地,在无意中向他泄露的;奥黛特的恶习在她的实际生活跟斯万过去以为,现在还时常以为他的情妇过的那种相对无邪的生活之间,划出了一条鸿沟,连奥黛特自己也不知道它到底有多宽。一个染有恶习的人,在他不希望会怀疑他有这样的恶习的人们面前总是装出道貌岸然的样子的,但他意想不到他这些恶习(他感觉不到它们的持续生长)会怎样使他逐渐离开正常的生活方式。在他俩同居期间,在奥黛特心中,一方面有向斯万掩盖的一些行动的回忆,另一方面有些行动渐渐接受前者的影响,受到前者的感染而她自己并不以为怪,同时这些行动也不会在她心中接受培育的那个部位发生爆炸;但是如果她要把这些事讲给斯万听了,那他就会被这些事情泄露出来的气氛大吃一惊。有一天,他想问问奥黛特——倒没有刺痛她的意思——她是否跟皮条客打过交道。说实在的,他相信她是不会和她们打过交道的;他在读那封匿名信的时候,脑子里曾经闪过这个假想,然而那仅仅是文字的机械的反映,并没有信以为真,可依然还留在脑际。斯万要把这个虽然只是块死疙瘩,可毕竟还是恼人的怀疑摆脱掉,希望奥黛特能把它连根拔除。"啊! 不! 这并不等于说我没有被她们缠过,"她说,那微笑当中流露出一点自负和得意,竟忘了斯万看了会觉得奇怪,"昨天还来了一个,等了我两个多钟点,说是我开多大价都行。看样子是有个外国大使对她说了什么:'您要是不把她给我找来,我都要自杀了。'我先让人对她说我不在家,后来只好亲自出来把她打发走。我真希望你那会儿在家看看我是怎么对待她的。我的女仆在隔壁屋里听我说话,后来说我当时扯开嗓门大叫:'我已经对您说了,我不愿意! 这是什么鬼主意,我可不乐意! 我想干什么,不想干什么,总有我的自由吧! 如果我要钱的话,我可……'我已经告诉门房以后别让她进来了,就说我在乡下。啊! 我是多么希望你当时躲在什么地方听着。我相信你是会满意的,我亲爱的。你看,你的小奥黛特也有她好的一面,尽管有人说她的坏话。"

她以为他已经发现了这些过错,所以承认下来,对斯万来说,这种坦白不但没有结束他旧的怀疑,反而成了新的怀疑的起点。这是因为她的坦白从来不会跟他的怀疑完全一致。奥黛特尽管从她的坦白当中抽去了最主要的部分,但在次要的东西里还是有些斯万从来没有想象过的东西,正由于其新而使他难以忍受,也使他的醋意的方程式中的已知未知各项起了变化。她这些坦白,他是再也不会忘掉的。他的心把它们装载起来,把它们抛下,又把它们抱到怀中摇晃,像是浮在河面的死尸。她的坦白使他的心中了毒。

有一次她对他讲到救济西班牙木尔西亚水灾灾民日,那天福什维尔去看她了。"怎么,你那时候就认识他? 噢! 对了! 不错,不错。"他赶紧改口，免得显得他不知道那件事情。他忽然想起，救济木尔西亚水灾灾民日那天正是收到他现在还珍藏着的她那封信的日子，那天她多半是跟福什维尔在金屋餐厅吃饭来着。想到这里，他不禁哆嗦起来。可她发誓说没有那么回事。“反正金屋餐厅叫我想起什么事情，后来知道那是谎话。”他说这话是为了吓唬吓唬她的。“对了，那天晚上你上普雷福咖啡馆找我，我说我刚从金屋餐厅出来，其实我并没有去。”她看他的神色以为他已经知情，所以说得很果断——与其说是出于脸皮厚，倒不如说是出于胆怯，怕斯万不高兴（由于爱面子又不想显露出来），还有就是想向斯万证明她也是能坦率的。就这样，奥黛特以刽子手操刀那种干净利索和力量打击了斯万，然而她倒并没有刽子手那样的残忍，因为她并不意识到她在伤害斯万；她甚至还笑出声来，可能主要是为了不在对方面前露出她的羞愧和窘态。“真的，我没有上金屋餐厅去，我是从福什维尔家出来。我当真到普雷福咖啡馆去了，这不是瞎扯，他在那里跟我碰头来着，请我上他家去看版画。可另外有个人来看他了。我跟你说我从金屋餐厅出来，那是因为我怕说了实话你要生气。你看，我这是为你好。就算是我当时错了，至少我现在对你说了实话。如果救济木尔西亚灾民日那天我真跟他在一起吃了饭，我瞒着你又有什么好处？再说，那会儿咱们两个也还不是太熟悉呢。是不是，亲爱的？”他向她尴尬地微微一笑，这些令人痛苦的话语忽然弄得他有气无力，像要垮下来了似的。原来就在他以为是十分幸福因而不堪回首的那些月份，在她爱他的那些月份，她已经在向他撒谎！除了在她跟他说是从金屋餐厅出来的那一刻（那是他们第一次“摆弄卡特来兰花”的那一晚），还该有多少时刻窝藏着斯万连想都没有想过的谎话啊！他想起她有一天对他说：“我只消跟维尔迪兰夫人说我的衣服还没有做好，我的马车来晚了就行了。总有办法应付的。”可能对他也是一样，她曾多次吐出几句话来解释她为什么迟到，说明改动约会时间的理由，这些话大概也出乎他当时意料之外地遮盖着她跟另一个人干的什么勾当，她对这个人也会说:“我只消跟斯万说我的衣服还没有做好,我的马车来晚了就行了,总有办法应付的。”在斯万最美好的回忆底下,在奥黛特以前对他所说的最淳朴,被他认为是无可置疑的福音书式的语言底下,在她向他讲述的日常活动底下,在最平凡无奇的地点——她那女裁缝家里、布洛尼林园大道、跑马场背后,他到处都感到可能有谎言的潜流存在,哪怕是最详细的日常生活情况的汇报也会留下空当,足以遮掩某些活动;他感到这谎言的潜流到处渗透,使得过去在他看来是最弥足珍贵的东西(最美好的良宵,奥黛特常在原定时间以外的时间离开的拉彼鲁兹街)也都变得丑恶了;这股潜流差不多到处都散布像他在听到她坦白关于金屋餐厅那档子事时感到的厌恶之情,也像“尼尼微的毁灭”①中那些伤风败俗的畜生一样,把他的过去这座大厦一块砖一块砖地震塌下来了。现在每当他想到金屋餐厅这个残酷的名称时,他都扭过头去,这就不像前不久在德·圣德费尔特夫人家的晚会上那样是使他重尝久已失去的一种幸福,而是向他重提他刚刚知情的一桩不幸。后来,无论是金屋餐厅这个名称也好,布洛尼岛这个名称也好,慢慢地都不再叫他伤心了。这是因为我们心目中的爱情和醋意都并不是一种连续的、不可分的、单一的激情。它们都是由无数昙花一现的阵阵发作的爱欲和各种不同的醋意构成的,只不过是由于它们不断地聚集,才使我们产生连续性的印象,统一性的幻觉。斯万爱情的存在,他的醋意的坚持是由无数欲念、无数怀疑的死亡和消失构成的,而这些欲念和怀疑全都以奥黛特为对象。如果他长期见不到她的话,那些正在死去的欲念和怀疑就不会被别的欲念和怀疑取而代之。而奥黛特的出现继续在斯万心中交替地播下柔情和猜疑。

有些夜晚,她突然变得对他亲热异常,还敦促他赶紧抓住机会,否则良机难再;那时就得马上回到她家去“摆弄卡特来兰花”,而她那欲念来得

① 尼尼微为古代亚述帝国的首都,公元前612年被米堤亚和迦勒底联军所毁。

如此突然，如此难解，如此迫不及待，她给他的那种种爱抚又是如此狂放，如此异乎寻常，以至这种突如其来、前所未见的温情反倒跟谎言和恶意一样使得斯万愁闷起来。有天晚上他就像这样奉奥黛特之命跟她回到家里，她又是吻他又是说些跟平常的冷漠恰成鲜明对比的充满热情的话语，他忽然觉得听到什么声音；他站起身来，到处寻找，没找到任何人，但也没有勇气坐回她的身边；她这时气得要命，摔碎一只花瓶，对斯万说："你这个人真难侍候！"他却一直怀疑她是不是故意藏了一个人来激发他的醋意或者煽起他的怒火。

有时他还上妓院去，想打听一点关于她的情况，当然不敢把她的名字说出来。老鸨对他说："我这里有个小姑娘准能中您的意。"他这就跟一个感到莫名其妙的可怜的小姑娘有气无力地聊上个把钟头，也不干别的什么事儿。有天有个年纪很轻、秀色可餐的姑娘对他说："我但愿能找到一个真正的朋友，他尽可放心，我再也不跟别的男人了。""真的？你以为一个女人能被男人对她的爱情所感动，就永远不会对他不忠实？"斯万急切地问她。"当然咯，这得看她们的品格！"斯万禁不住在这些姑娘面前把洛姆亲王夫人听了都会高兴的话说了出来。他笑着对那位想找个男朋友的姑娘说："你真好，你的眼睛蓝得跟你的腰带一个色。""您的袖口也是蓝的。""咱们在这样的地方谈这样的话，真是妙极了！我不打扰你吧？你也许有事儿要忙？""不，我有的是时间。要是您打扰我的话，我是会直说的。恰恰相反，我很喜欢听您讲话。""那我很荣幸。我们谈得挺投机的吧？"后面这句是对刚进来的鸨母说的。"是啊，我刚才还这么想呢。他们怎么那么老实！哼，这年月有人就是为了聊天才到我这儿来的。那天亲王就说了，在这里比在他老婆跟前好多了。看来这年头上流社会里的女人全都是那号人，说起来真丢人！我这就走了，我不在这里讨厌了。"她就撇下斯万跟那个蓝眼睛的姑娘。可他也立即站起身来跟这姑娘道别，他对她不感兴趣，因为她根本不认识奥黛特。

画家病了，戈达尔大夫劝他到海上旅行旅行；好几个忠实信徒说要跟他一起去；维尔迪兰夫妇下不了决心单独呆在巴黎，就租上一条游艇，后来干脆买了下来，奥黛特这就经常出海了。每当她出去了一些日子，斯万就感到他开始摆脱她了，然而仿佛是精神上的距离跟物质上的距离恰成正比一样，一旦他知道奥黛特已经回来了，他在家里就呆不住，不能不去看她。有一次，他们以为是出去玩了一个月，可也许是路上受了什么诱惑，也许是因为维尔迪兰先生为了讨好他的太太而早有预谋，只是在路途上才慢慢向信徒们透露，他们从阿尔及尔到了突尼斯，然后又到意大利，再到希腊、君士坦丁堡，又到小亚细亚。旅行继续了将近一年。斯万感到绝对清静，几乎是非常幸福。虽然维尔迪兰夫人极力说服钢琴家和戈达尔大夫，说钢琴家的姑妈跟戈达尔的病人并不需要他们，而且维尔迪兰先生说巴黎正在闹革命，让戈达尔夫人回去有欠谨慎，然而维尔迪兰夫人到了君士坦丁堡也不得不把他们两个放回去。画家跟他们一起走了。有一天，在这三位旅客回到巴黎不久，斯万看到有辆上卢森堡公园去的公共马车，他正好要去办事，就跳了上去，刚好坐在戈达尔夫人对面；戈达尔夫人正在作她"每周"的探亲访友活动，穿戴齐全：帽子上插有羽毛，身穿绸长裙，手抄手笼，臂悬晴雨两用伞和名片夹，戴着浆洗得雪白的手套。如果天气晴和，她就带着这套标志，在同一区里徒步一家一家拜访，要是到另一个区去，那就利用公共马车作为中转。开初几分钟，她那作为女人的天然的亲切还没能够穿透小资产阶级妇女上过浆的那一层表膜，也还不大清楚是否该对斯万讲起维尔迪兰夫妇，她只好以她那缓慢、不自然但还温柔，有时被马车的嘎吱声完全淹没了的嗓音，倒还挺自然地把她一天之中爬上爬下跑的那二十来家人家当中听来的和自己照搬的话语挑选出来讲上一讲：

"先生，不用问，像您这样一个不甘落伍的人当然是已经上密里东去看了马夏①画的那幅肖像了,全巴黎城都趋之若鹜。您有什么高见?您是属于赞成派那个阵营呢,还是声讨派那个阵营?所有沙龙里都是众口一词地谈马夏这幅肖像;谁要不就马夏这幅肖像发表点意见,那就是不帅,不高雅,赶不上时代。”

斯万说他还没看过这幅肖像,戈达尔夫人担心逼他这么坦白承认,会把他刺痛了,赶紧说:

“啊!很好,很好,至少您是坦白承认了,您并不因为没有看过马夏这幅肖像就感到丢脸。我觉得您这就很好。我呢,我倒是看了,真是见仁见智,有人说它有点过分精雕细刻,像是打成泡沫状的掼奶油,我呢,我觉得那幅肖像真是件理想的作品。当然,她跟咱们那位朋友比施画的蓝颜色、黄颜色的女人不一样。可我得向您坦白承认——您可能认为我是个老古板,可我是心口如一——比施的画我可并不懂。老天哪!他给我丈夫画的肖像的优点我不是不知道,那幅画画得没有他平常画得那么怪,可他居然把我丈夫的胡子画成蓝的!可马夏呢!我这会儿上我一个朋友家去,他是我丈夫的一个同行(能跟您同路真是莫大的荣幸),她的丈夫已经答应她了,如果他给选进了法兰西学院,就请马夏给她画像。当然,这是一个美妙的梦想!我还有一个朋友,说她更喜欢勒卢瓦②。我是个门外汉,也许勒卢瓦的学问比马夏更大。不过我觉得一幅肖像画的首要条件,特别是当它值一万法郎的时候,是要画得像,像得叫人看了舒服。”

这些话无非都是帽子上羽毛的高度,名片夹上姓名起首字母组成的图案,洗染店用墨水在白手套上写的号码,还有在斯万跟前不便谈维尔迪兰夫妇这些情况下启发她说的,说完以后,眼看离波拿巴特街角还远,车夫一时还停不了车,她的心又启发她讲了另外一些话。

---

① 儒尔—路易·马夏(1839—1900):法国画家。

② 莫理斯·勒卢瓦:法国画家。

“我们在跟维尔迪兰夫人一起旅行的时候，先生您的耳朵该是一直热着的吧？”她对他说，“我们一直念叨着您来着。”

斯万感到异常意外，他原以为在维尔迪兰夫妇面前是没有人会提他的名字的。

“而且，”戈达尔夫人接着说，“有德·克雷西夫人在场，那是再自然也不过的了。只要奥黛特在，她就不能不时时地讲起您。当然不是讲您的坏话。怎么！您不信？”看到斯万面露怀疑之色，她找补了那么一句。

她深信自己是一片真诚，对所用的字眼也并没有添加任何不好的意思，只是跟大伙一样，把它用来表示把朋友们联系起来的那种感情而已。

“她可是爱您爱得很深呢！啊！当着她面谁也不能讲您的坏话，要不然的话，那可有你好看的！随便谈到什么，就说是看到一幅画吧，她就说：‘啊！要是他在的话，他就会告诉你们那是真的还是赝品。在这方面他是谁也比不上的。’她时时都在问：‘他这会儿在干什么？但愿他能下工夫干点活！这么有天赋的汉子，可那么懒，真是可惜！（您该不见怪吧？）我这会儿就看见他在我眼前，他在惦记着咱们，在琢磨咱们到了什么地方。’我当时就觉得她那话讲得好极了，原来维尔迪兰先生问她：‘您离他有几千里，您怎么能看到他现在在干些什么？’只听得奥黛特说道：‘情人眼里没有办不到的事情。’我起誓，我说这话并不是为了讨好您，您这位朋友可是不可多得的真正的朋友。而且我还要跟您说，如果您连这一点都不知道，您可是天下唯一的一个了。维尔迪兰夫人在最后一天都对我说（您知道，别离前夕聊起来总是更随便的）：‘我并不是说奥黛特不爱我们，不过我们跟她说的话与斯万先生说的相比就没有什么分量了。’啊！好家伙，车夫把车停住了，聊着聊着我都差点儿要错过波拿巴特街了……劳您驾告诉我，我帽子上的羽毛正不正？”

戈达尔夫人从她的手笼里把她那只戴了白手套的手抽了出来，伸向斯万，从那手中，除了那张转车车票外，还有一股高级生活的气派，跟洗染房的香味一起洋溢在车厢之中。斯万感到他心中充满了对她的亲切之感，同样也有对维尔迪兰夫人的亲切之感（也差不多同样有对奥黛特的，因为现在他对她的感情中不再掺杂痛苦的感觉，几乎就只是爱情了），这时他站在马车车厢外的平台上以充满柔情的目光看着戈达尔夫人雄赳赳气昂昂地走在波拿巴特街上，帽子上羽毛高耸，一手提着裙子，一手提着晴雨两用伞和露出姓名起首字母组成的图案的名片夹，走路时把个手笼在身前一摇一晃。

戈达尔夫人真是比她丈夫还要高明的医疗专家，为了跟斯万心中对奥黛特存有的病态的情感相抗衡，她在它们之上嫁接了另外一些情感，那是感激和友好的正常的情感，是使得斯万心目中的奥黛特更富有人情味，与其他妇女更加相似的情感（其他妇女也是能启发他这样的情感的）；这些情感促使他心目中奥黛特的形象起了根本的变化，恢复成为曾经被他平平稳稳地爱着的那个奥黛特；她有天晚上在画家家中的宴会之后带他跟福什维尔一起去喝一杯橙汁，他当时不是也预见到在她身边生活是能够幸福的吗？

从前他也常不寒而栗地想过，有朝一日他也许会不爱奥黛特，他暗暗说应该警惕，一旦感到他对奥黛特的爱要离他而去时，就要把它紧紧抓住，拽将回来。可随着他爱情的衰退，保持爱情的愿望也随之衰退了。人是不能改变的，也就是说不能变成另外一个人而继续听从不复存在的那一个人的情感。有时他在报上见到被他怀疑曾经当过奥黛特情人的人的名字，这也会使他的醋意油然而生，不过这种醋意并不强烈，但表明他还没有完全摆脱他曾感到如此痛苦，也是他享到如此欢乐的时期，也表明人生路程上的一些偶然因素还可能使他悄悄地、远远地看到那个时期的优美之处；这醋意带给他的毋宁是一种可喜的激动，就像一个闷闷不乐的巴黎人离开威尼斯要回法国去，最后一只蚊子提醒他意大利跟夏天离他都还并不太远一样。而更多的时候，他正要与之告别的这段不寻常的岁月，当他作出努力，纵使不能继续滞留，至少在他还有可能的时候留下一个清楚的景象时，他却发现为时已经太晚了；他也想跟再看一眼行将消失的景象那样再看一眼他刚告别的这段恋情，可是一身而任两人，为已经不再具有的情感得出一个真实的景象却是如此困难，结果要不了多久脑子里就一片漆黑，眼睛也一无所见，他只好不再去看，摘下夹鼻眼镜，擦擦镜片；他心想还是休息一会儿的好，过一会儿也不为迟，这就没精打采地缩在角落里，跟那位昏昏欲睡的旅客一样，他正拉下帽子盖住眼睛，想在他感觉到正在越来越快地把他带离他曾长时间生活过的国家的这个车厢里睡上一觉，而他却曾默默许愿不让它在未曾最后道别以前就飞逝而过的。就跟那位直到进了法国国境才醒的旅客一样，当斯万偶然在身边找到福什维尔曾是奥黛特的情人的证据时，他发现自己毫不感到痛苦，他的爱情现在已经离他而去了，只是为它永远离开他时没有跟他打个招呼而感到遗憾。在首次吻奥黛特以前，他曾力图把她长久以来留给他的形象赶在这一吻的回忆日后使它变样之前铭记心中，同样，他也曾希望，能趁她还在，至少是在精神上能跟激起他的爱情、燃起他的妒火、给他带来痛苦、从此也将永不再见的奥黛特道别。

他错了。几个星期以后，他还见到她一次。那是在他熟睡之际，在梦乡的暮霭之中。他正跟维尔迪兰夫人、戈达尔大夫、一个他认不出是谁的戴土耳其帽的年轻人、画家、奥黛特、拿破仑三世和我的外祖父一起散步。他们走的那条路俯瞰大海，一侧是悬崖，有时壁立千仞，有时仅及数尺，行人不断上坡下坡；正在攀登的人们就看不见已经下坡的游客，落日的余晖渐渐暗淡，看来黑夜立即就要笼罩四野。浪花不时溅到岸上，斯万也感到面颊上溅上冰冷的海水。奥黛特叫他擦掉，可是他办不到，因此在她面前他感到尴尬，何况他身上穿的还是睡衣。他但愿人们因为天黑而发现不了这个情况，然而维尔迪兰夫人却以诧异的目光久久凝视着他，而他只见她脸庞变形，鼻子拉长，还长上了一部大胡子。他转过脸去看奥黛特，只见她面颊苍白,脸上长着小红疙瘩,面容疲惫,眼圈发黑,然而她还是以充满柔情的目光看着他,双眼似乎要像泪珠一样夺眶而出,他感到他是如此地爱她,真想马上把她带走。奥黛特忽然转过手腕,看了一下手表,说一声“我该走了”,就以这同样的方式跟所有的人道别,也没有把斯万叫到一边,告诉他当晚或者哪一天在什么地方再见。他不好意思问她,他真想跟她一起走,却又不能不扮出一副笑容回答维尔迪兰夫人的问题,连头也不敢向奥黛特那边转去,可是他的心突突地跳得可怕,他恨奥黛特,真想把刚才还如此喜欢的她那两只眼睛抠掉,把她苍白的面颊抓烂。他继续跟维尔迪兰夫人一起上坡,也就是一步一步更远离在相反的方向下坡的奥黛特。时间才过了一秒钟,却仿佛她已经走了几个钟头。画家告诉斯万,她刚走不久,拿破仑三世也不见了。“他们肯定是商量好的,”他说,“他们准是要在崖脚下相会,却又顾到礼仪,不好意思两个人一起跟咱们道别。她是他的情妇。”那不相识的年轻人哭起来了。斯万竭力安慰他。“她还是有道理的,”他说,一面为他擦拭眼泪,一面给他摘了土耳其帽,让他更自在些,“我都劝过她十多次了。干吗难过呢?那个人是会理解她的。”斯万这是自言自语,因为他原先没能辨认出来的那个年轻人就是他自己;就像有些小说家一样,他是把自己的人格分配给了两个人物,一个是做梦的那个人,另一个是他所看见的站在他面前戴着土耳其帽的那个人。

至于那个拿破仑三世,其实就是福什维尔;把某些概念模模糊糊地一联系,把男爵平常的面貌稍加改变,再加上交叉在胸前的荣誉勋位勋章的绶带,这就使得斯万给了他这样一个名字;实际上,梦中这个人物在他心目中所代表的,让他想起来的也正是福什维尔。在梦乡中的斯万从不完全的变幻着的形象中作出错误的推断,而且他这时也掌握一种创造的能力,能像某些低级生物通过简单分裂那样进行繁殖;他通过所感觉到的自己手掌的温暖造出一只他在想象中握着的另一人的手心,同时也通过自己都还没有意识到的情感和印象来勾勒出一些曲折情节,通过逻辑联系,在他睡梦中的一定时刻，构成必要的人物来接受他的爱或者促使他醒来。黑夜忽然降临，警钟响起，居民从烈焰冲天的房屋中逃出，奔跑着从他面前过去；斯万听到汹涌的波涛声，他的心也同样猛烈地在他胸膛里突突地跳着。突然间，他的心跳加速，他感到一阵说不出来的痛苦和恶心，一个满身是灼伤的农民在经过他面前时说："您去问问夏吕斯吧，奥黛特是在他那里跟她的伙伴过夜的。他常跟她在一起，她跟他也无话不说。是他们放的火。"原来是他的男仆刚把他叫醒，对他说：

"先生，八点了，理发师也来了，我已经告诉他过一个钟头再来。"

这些话穿透斯万沉浸其中的睡眠之波，在到达他的意识之前却产生了偏离，就像是一道光线在水底显得像是一个太阳一样，也正如片刻之前铃声在他梦乡的深渊之中变成了警钟的声音，闹出了火灾这档子事儿。这时候，他梦中的景色化为灰烬，他把眼睛睁开，最后一次听到大海远去的涛声。他摸摸面颊，是干的。然而他还记得那冰冷的水的感觉和盐的咸味。他下床穿上衣服。他之所以早早地把理发师叫来，是因为他头天给我外祖父写了信，说是下午要到贡布雷去，因为他听说德·康布尔梅夫人（也就是过去的勒格朗丹小姐）要在那里住几天。他回想起那年轻的妩媚的面孔，还有他久别了的乡间的妩媚的景色，两者对他产生了巨大的吸引力，促使他下定决心离开巴黎几天。种种偶然的机会使得我们跟某些人相逢，这机会并不跟我们爱他们的时间相一致，可能发生在爱情还没有开始以前，也可能在爱情已经泯灭以后又再重现；事后回想起来，在我们一生中后来注定要成为我们意中人的最初出现总是有预告或先兆的意义的。就这样，斯万常常回顾在剧场碰见奥黛特时她的形象，在那个晚上，他是根本没有想到以后会再见到她的；现在他也想到德·圣德费尔特夫人家那个晚会，他那晚把德·弗罗贝维尔将军介绍给德·康布尔梅夫人。我们生活中的利害关系是如此复杂，以至在同一情况下，尚未到来的幸福的基础已经在我们正在受着的痛苦加剧时奠定，这也并不罕见。这样的事情当然也会在德·圣德费尔特夫人府第以外在斯万身上发生。又有谁能知道,那天晚上他要是上别的什么地方,是否会有别的什么喜事,别的什么不幸,而往后被他看成是不可避免的事?不过,确确实实发生了的事情,他会觉得是不可避免的;他都差点儿要把那天打定主意去参加德·圣德费尔特夫人家的晚会看成是天意如此了:他这个人虽然渴望能欣赏生命丰富多彩的创造,却无法对一个难题(例如到底什么应该是最该企求的东西)长时间苦思冥想,只好认为在那晚感到的痛苦跟尚难预料然而已在萌生中的乐趣之间存在着必然的关联,只不过这痛苦与这乐趣之间的平衡太难保持了。

醒来一小时后,当他指点理发师怎样使他的头发在火车上不致蓬乱时,他又想到他那个梦,又看到奥黛特苍白的脸色、瘦削的面颊、疲惫的脸庞、低垂的眼皮,仿佛全都就在他的眼前;奥黛特的万般柔情早已把斯万对她的执著的爱化为对她的首次印象的长期遗忘——自从他们最初相爱以来这些日子,在他刚才睡着时,他在记忆中都曾竭力搜寻它们的确切感觉,从那时以来他已不再注意到的东西也仿佛就在他的眼前。自从他不再感到不幸,道德修养也随之有所降低以来,粗野的话也不时涌上他的心头,他心里不禁咆哮起来:“我浪掷了好几年光阴,甚至恨不得去死,这都是为了我把最伟大的爱情给了一个我并不喜欢,也跟我并不一路的女人!”

第三部

地名：那个姓氏

在我无眠之夜最常回忆的那些卧室当中，跟贡布雷的卧室差别最大的要数巴尔贝克海滨大旅社那间了，这间屋的墙涂了瓷漆，就跟碧波粼粼的游泳池光滑的内壁一样，容有纯净、天蓝色、带盐味的空气，而贡布雷那几间卧室则洋溢着带有微尘、花粉、食品和虔诚味道的气氛。负责装饰旅社的那位巴伐利亚家具商让各间房间的装饰都有所不同，我住的那间沿着三面墙都有玻璃门矮书柜，按照它们所处的位置不同，产生出设计者未曾料及的效果，反映出大海变幻无常的景色的一角，这就像是在墙上糊上一层海青色的壁纸，只不过被书柜桃心木的门框分割成一片一片罢了。这样，整个房间就像是当今“现代款式”住宅展览会上展出的新型卧室，装饰着据说是能使居住者赏心悦目的艺术品，上面表现的题材则以住处所在地点的性质而异。

而跟这真正的巴尔贝克最迥然不同的莫过于我在暴风雨的日子里常常向往的那个巴尔贝克了。在这样的日子里，风刮得那么大，弗朗索瓦丝领我上香榭丽舍时总嘱咐我别贴了墙根走，免得让刮落下来的瓦块砸着，还不胜感慨地谈到报上所说的那些陆地遭灾和海上翻船的消息。我倒极其希望能看到海上的风暴，倒不是因为这景象美，而是因为这是揭示大自然真实生命的时刻；或者可以这样说，我心目中美的景象是我确知并非为了取悦于我而人为地安排的景象，而是必然的、不可改变的景象——例如景色之美，或者伟大的艺术作品之美。我所感到好奇的，我所热切要认识的，都是我相信比我自己还要真实的东西，都是具有这样一种优点的东西，能向我显示某个伟大的天才的一点思想，显示自然不假人手而自行展现出来的力量或美惠。正如留声机唱片中孤立地播放出来的先妣美妙的嗓音并不足以减轻我们失去母亲的痛苦一样，用机械模仿出来的暴风雨也跟万国博览会上光彩夺目的喷泉一样引不起我丝毫兴趣。为使暴风雨绝对真实，我也要求这海岸是一条天然的海岸，不是哪个市政府临时挖出来的一条土沟。大自然在我心中激起的种种情怀，使我觉得它跟人用机械创造的东西截然不同。大自然带上的人工印记越少，它给我心的奔放留下的余地越多。我可早就记住了巴尔贝克这个名字，勒格朗丹说这个海滩紧挨着“那以沉船频繁而知名的丧葬海岸，一年当中倒有六个月笼罩着一层薄雾，翻腾着滚滚白浪”。

他还说：“人们在那里比在菲尼斯泰尔（那里尽管现在旅馆鳞次栉比，依然未能改变大陆最古老的骨架）更能感觉到他们脚下就是法国大陆、欧洲大陆、古代世界大陆真正的边缘。这是渔民的最后一个营地，他们跟创世以来世世代代的所有渔民一样，面对海上的迷雾和黑夜的暗影这永恒的王国。”

有一天在贡布雷，我在斯万先生面前谈起这巴尔贝克海滩，想从他嘴里探听一下这里是不是看最强烈的暴风雨的最理想的地点，他答道：“巴尔贝克吗，我是很熟悉的！巴尔贝克的教堂是十二三世纪建的，还是半罗曼式的，也许是诺曼第哥特式建筑物最奇妙的样品，可真是独一无二！简直像是波斯艺术。”直到这时为止，这个地区在我心目中仿佛只是属于遥远得无法追忆的远古的大自然，跟那些伟大的地质现象的历史同样悠久，也跟地上的海洋和天上的大熊星座一样置身于人类历史之外——就连那些未开化的渔民也跟他们所捕的鲸一样，对他们来说也无所谓中世纪不中世纪的问题。现在真像是喜从天降，忽然发现这个地区也走进了世纪的序列，经历过罗曼时代，忽然得知哥特式的三叶草也曾在一定的时刻来装点过这里蛮荒的石块，正如那虽然细小然而生命力旺盛的花草在春季来临时穿透终年不化的积雪，星星点点地散布在极地一样。哥特式艺术帮助我们确定这些地方和这些人的年代，同样这些地方和这些人也帮助我们确定哥特式艺术的年代。我试着在脑子里想象这些渔民的生活，他们在中世纪聚居在这地狱海岸的一角，在死亡的悬崖脚下，又是怎样小心翼翼地、出乎意料地尝试着建立起人与人之间的关系；我原来一直以为，哥特式艺术只有在城市中才有，现在它离开了城市，在我心目中就更是一个有生命的东西了，我可以看它怎样在特殊的条件下，在蛮荒的岩石上，萌芽生长，开出一朵尖尖的钟楼之花。有人领我去看巴尔贝克最著名的雕像的复制品，有毛发蓬松、塌鼻子的使徒，有门厅的圣母像，当我想到我有一天可以亲眼看到它们耸立在那永恒的带有咸味的浓雾之间，我都高兴得喘不过气来了。从此，每到二月间风雨交加但天气温和之夜，狂风在我心中呼啸，刮得它跟卧室的烟囱一样猛烈地晃动，也把上巴尔贝克一游的盘算注入我的心中，既要去看一看哥特式的建筑，也要去体验一下海上的风暴。

我真想第二天就乘上一点二十二分那班其妙无比的火车；这班车的时刻表，无论是在铁路公司的公告牌上还是在巡回旅行的广告上读到时，我的心总不禁怦怦直跳：我仿佛觉得它在下午的某一个确定的点上，开了一道美妙的槽，画下了一个神秘的标志，自这里起，钟点改了方向，尽管也还通向夜晚，通向明晨，然而已经不是在巴黎看到的夜晚或明晨，而是在列车通过而你可以自行选择的若干城市之一中所看到的：列车在贝叶、古当斯、维特莱、盖斯当贝、邦多松、巴尔贝克、朗尼翁、朗巴尔、贝诺岱、阿方桥、甘贝莱都是要停的，还要潇洒地继续前进，为我提供更多的地名，叫我不知如何选择是好，因为我不能舍弃其中任何一个。然而甚至我都无法再等明天那班火车，如果父母亲答应的话，我想匆匆穿上衣服，当晚离开巴黎，明日清晨当太阳在呼啸的海面升起时就抵达巴尔贝克，我将在波斯风格的教堂里躲避那海面飞溅的浪花。但随着复活节假期日渐迫近，我父母亲答应我可以在意大利北部度假，于是那一直占据我整个心灵的暴风雨之梦，一心只想看浪涛从四面八方呼啸而来，汹涌升腾，在那些陡峭粗糙如悬崖、钟楼上有海鸟呼号的教堂旁边直冲最荒漠的海岸的梦想一下子就烟消云散了，失去了它全部的魅力，因为它同起而代之的春之梦截然对立，只能起削弱它的作用；这是最绚丽多彩之春，不是依然还有寒霜砭人的贡布雷的春天，而是将菲埃索尔①的草地布满百合花和银莲花，使佛罗伦萨有像安吉利科修士②画中那样金光闪闪，光耀夺目的背景的春天。从这时起，我就觉得只有阳光、花香、色彩才有价值，景象的变换在我心中促成了愿望的彻底的改变，而且这改变来得如此突然，就像在音乐中时常发生的情形一样，也促成了我感情基调的彻底的变化。到了后来，只要天气稍为有些变动，就会在我心中激起那样的变化，用不着等到另一个季节的来临。这是因为，时常在某个季节的某一天，我们觉得它是另一个季节迷了路的一天，它使我们生活在那个季节，立即想起并且渴望那个季节持有的乐趣，把我们正在做的梦打断，把幸福日历中某一章的一页撕下，或者移前，或者挪后。不久，我们的舒适感或是我们的健康只能从这些自然现象中偶然取得微不足道的好处，直到有朝一日，科学能够充分掌握这些现象，任意予以制造，把呼唤雨雪阳光的本领交到我们手里，使它们免遭机运的监护，摆脱它的喜怒无常为止，同样，大西洋与意大利之梦的出现也就不再完全取决于季节和天气了。要使巴尔贝克、威尼斯、佛罗伦萨再现，我只消把它们的名字念上一遍，这些名字所代表的地方在我心

---

① 菲埃索尔在佛罗伦萨近郊。

② 安吉利科修士（1387—1455）：俗名古依多·第·彼埃特鲁，是意大利文艺复兴早期画家。

中激起的愿望就凝聚在这几个音节之中。即使是在春天，只要在哪本书里见到巴尔贝克这个名字，就足以唤起我去看暴风雨和诺曼第哥特艺术的愿望；哪怕是个风雨交加的日子，佛罗伦萨或者威尼斯这个名字也会使我向往太阳、百合花、总督府或者百花圣母院。

这些名字虽然从此永远吸附了我对这些城市所设想的形象，但这是经过改造了的形象，是依照它们自身的规律重现到我脑际的形象；这些名字美化了这些城市的形象，也使它跟这些诺曼第和托斯卡尼的城市的实际不相一致，而我想象中赋予的任意的欢快越是增长，来日我去旅行时的失望也越强烈。这些名字强化了我对地球上某些地方的概念，突出了它们各自的特殊性，从而使它们显得更加真实。我那时不把这些城市、风景、历史性建筑物看成是从同一块质料的画布上在不同的位置裁剪下来、赏心悦目的程度有所不同的画幅，我是把它们当中的每一个都看成是一个完全与众不同的陌生的东西，我的心灵渴望着它，乐于从结识它之中得到益处。当这些城市、风景、历史性建筑物冠以名称，冠以它们特有的名称，就跟人各有其姓名时，它们又取得了更多的个性。文字为我们提供事物的明白而常见的小小的图像，就像小学校墙上挂的挂图，教给孩子什么叫作木工的工作台，什么叫作鸟，什么叫作蚂蚁窝，反正把同一类东西都设想成是一模一样。而人名（还有城市的名称，因为我们是习惯于把城市看成是跟 人一样各有不同，独一无二的）为我们提供的图像却是含糊的，它根据名字本身，根据名字是响亮还是低沉，选出一种颜色，把这图像普遍涂上，就像某些广告一样，全部涂上蓝色或者全部涂上红色，由于印刷条件的限制或是设计师的心血来潮，不但天空和大海是蓝的或红的，就连船只、教堂、行人也是蓝的或红的。自从我读了《巴马修道院》以后，巴马就成了我最想去的城市之一，我觉得它的名字紧密、光滑、颜色淡紫而甘美，如果有人对我说起我将在巴马的某一所房子得到安置，那他就使我产生一种乐趣，认为我可以住进一所光滑、紧密、颜色淡紫而甘美的住所，它跟意大利任何城市的房子毫无关系，因为我只是借助于巴马这个名字的密不通风的沉重音节，借助于我为它注入的司汤达式的甘美和紫罗兰花的反光而把它设想出来的。而当我想到佛罗伦萨的时候，就仿佛是想到一座散发出神奇的香味，类似一个花冠的城市，因为它被称之为百合花之城，而它的大教堂就叫作百花圣母院。至于巴尔贝克，它是这样的名字中的一个，正如古老的诺曼第陶器还保留着制造它的陶土的颜色一样，这些名字还体现着某种已经废除了的习俗、某种封建权利、一些地方的历史情况，还有某种曾构成一些古怪的音节的过时的读音方式，我也毫不怀疑还能从到达巴尔贝克时将为我斟上一杯牛奶咖啡、领我到教堂面前去看奔腾的大海的那位客栈主人嘴里听到；我要赋予他一副古代韵文故事中的人物那种喜欢争论，以及庄严肃穆的古色古香的派头。

如果我身体日渐健壮，父母亲即使不答应我上巴尔贝克住些日子，至少同意我登上我在想象中曾多次搭乘的一点二十二分那班火车去见识见识诺曼第或者布列塔尼的建筑和景色的话，我就想在那最美的几个城市下车；然而我无法将它们加以比较，无法挑选，正如在并非可以互换的人们中间无法选取一样。譬如说吧，贝叶以它的尊贵的红色花边而显得如此高耸，它的巅顶闪耀着它最后一个音节的古老的金光；维特莱末了那个闭音符给古老的玻璃窗镶上了菱形的窗棂；悦目的朗巴尔，它那一片白中包含着从蛋壳黄到珍珠灰的各种色调；古当斯这个诺曼第的大教堂，它那结尾的二合元音沉浊而发黄，顶上是一座奶油钟楼；朗尼翁在村庄的寂静之中却也传出在苍蝇追随下的马车的声响；盖斯当贝和邦多松都是天真幼稚到可笑的地步，那是沿着这些富于诗意的河滨市镇的路上散布的白色羽毛和黄色鸟喙；贝诺岱，这个名字仿佛是刚用缆绳系住，河水就要把它冲到水藻丛中；阿方桥，那是映照在运河碧绿的水中颤动着的一顶轻盈的女帽之翼的白中带粉的腾飞；甘贝莱则是自从中世纪以来就紧紧地依着于那几条小溪，在溪中汩汩作响，在跟化为银灰色的钝点的阳光透过玻璃窗上的蛛网映照出来的灰色图形相似的背景上，把条条珍珠似的小溪连缀成串。

这些形象之所以不会真实，还有另外一个原因，那就是它们必然是十分简单化了的；当然，我的想象力所向往，而我的感官只是很不完全地感知而且并未立刻感到乐趣的东西，我就把它打入名字的冷宫里了；当然，因为我也曾在这冷宫里积攒了梦想，所以那些名字现在就激励着我的愿望；然而那些名字也并不怎么包罗万象；我至多也只能装进每个城市的两三处主要的胜景，而这些胜景在那里也只能单独并列，缺乏中间的联系；在巴尔贝克这个名字当中，就像从在海水浴场卖的那种钢笔杆上的放大镜中，我看到一座波斯风格的教堂周围汹涌的海涛。但也许正因为这些形象是简化了的，所以它们在我身上才能起那么大的作用。有一年，当我的父亲决定我们要上佛罗伦萨和威尼斯度复活节假时，由于在佛罗伦萨这个名字当中没有地方装下通常构成一个城市的那些东西，我就只好以我所设想的乔托的天才，通过春天的芳香，孕育出一个超自然的城市来。既然我们不能让一个名字占有太多的空间与时间，我们至多只能像乔托的某些画中表现同一人物的先后两个动作那样——前一幅还躺在床上，后一幅则正准备跨上马背——把佛罗伦萨这个名字分成两间。在一间里，在一个顶盖之下，我观赏一幅壁画，那上面覆盖着一块晨曦之幕，灰蒙蒙的、斜照而逐渐扩展；在另一间里（当我想到一个名字时，我并不是想到一个不可企及的空想的事物，而是一个我行将投身其间的一个现实的环境，一个从未经历过的生活，我在这个现实环境中完整而纯净无瑕的生活，赋予最物质性的乐趣、最简单的场景以原始人的艺术作品的魅力），我快步迈过摆满长寿花、水仙花和银莲花的老桥，好早早地吃上正在等着我的那顿有水果，有勤地红葡萄酒的午餐。这就是我眼前所看到的（虽然我人还在巴黎），而并非真正在我身边的东西。即使是从单纯的现实主义的观点来看，我们所向往的国家在任何时刻也都比我们实际所在的国家在我们的实际生活中占有多得多的位置。显然，当我更仔细地想一想，在我说出“上佛罗伦萨、巴马、比萨、威尼斯去”这几个字时我脑子里到底想的是什么，这时候我就会明白，我眼前看到的根本不是一个城市，而是跟我已知的一切是如此不同，也是如此甘美，就跟从来都是生活在冬季傍晚的某些人突然看到那从未见过的新异奇迹——春之晨一样。那些固定不变的不真实的图景充斥于我的夜晚，也充斥于我的白昼，使得这个时期的我的生活不同于以前那些时期(在一个只从外面看事物，也就是说什么也看不到的旁观者的眼中，那些时期可能与这个时期并无不同)，这就好像在一部歌剧中，一个富有旋律性的动机引进了一点创新之处，只看脚本的人体会不到，而呆在剧场外面一个劲儿掏出表来看钟点的人就更难以想象了。再说，就从单纯数量的观点来看，在我们的生活当中，日子也并不都是相等的。要度过一天，对像我这样多少有点神经质的人，就跟汽车一样，有着几种不同的“排挡”。有些日子坎坷不平，艰难险阻，爬起来是无休无止，而有些日子则是缓坡坦途，可以唱着歌儿全速俯冲。在这个月里，我把佛罗伦萨、威尼斯和比萨的形象当做一首歌曲那样反复吟咏而永不知满足，这些形象在我心中激起的愿望当中有着如此深刻的个人的东西，简直可说是一种爱情，对人的爱情——我一直相信这些形象是跟不以我的意志为转移的客观现实相符的，它们使我产生了早期基督徒在升入天堂的前夕所可能抱有的那种美妙的希望。由幻想创造出来而并未经感觉器官感知的东西，现在要用感觉器官去观看、去触摸(而且越是跟它们已知的东西不一样，诱惑力就越大)，这里头存在的矛盾，我也不去管它了；正是提醒我这些形象是现实的那些东西最强烈地点燃着我的愿望，因为这仿佛是我的愿望可以得到满足的一个许诺。虽然我这种豪情是出之于要满足艺术享受的愿望，但就维持这个愿望来说，旅游指南却比美学书籍起的作用更大，而火车时刻表甚至更有过之。当我想起，佛罗伦萨这个在我的想象中可望而不可即的城市，如果在我心中把它跟我隔开的这段路程不能通行的话,我总可以“走陆路”绕个弯,拐一拐走到的,这时我就会心情激动。当然,当我赋予我就要看到的事物以重大的价值,反复思量威尼斯是“乔尔乔涅①画派的所在地,提香的故居,中世纪住宅建筑最完善的博物馆”时,我感到幸福。当我上街,由于天气的关系(早春来了几天后寒冬又忽然恢复,这在圣周时的贡布雷是常有的事)而走得很快的时候,我感到更加幸福——我看到马路两旁的栗树虽然沉浸在潮湿似水的寒气之中,却依然像毫不气馁,穿上盛装,准时赴宴的客人一样,照样开始用它们遭霜冻的嫩叶,装点这肃杀的寒气,这寒气虽然阻挠,然而无力遏制其生长的不可抗拒的青葱翠绿,这时我想佛罗伦萨的老桥已经堆满了风信子和银莲花,春天的太阳已经把威尼斯大运河的河水染成一片深蓝,染成一片碧绿,当它冲上提香的画作时,简直可以跟画上丰富的色彩比个高下。当我的父亲一边看气压计,为天气之冷而兴叹,一边却开始研究坐哪班车最好时,我真是抑制不住我欢乐的心情;我也知道,等到吃完午饭走进那染上煤灰的实验室,走进那能使周围的一切都变样的魔室,第二天醒来时就可以到达那“以碧玉为墙,以绿宝石铺地”的大理石和黄金之城了。这样,它跟百合花之城就不再仅仅是我任意置之于我的想象力面前的虚构的图景,而是存在于离开巴黎一段距离(要去的话就绝对必须迈过),存在于地球上某一定点而不是任何其他地点的了,总而言之,这两个城市是确确实实真实的城市。当我的父亲说“总之,你们在威尼斯可以从四月二十号呆到二十九号,然后在复活节的早晨就到佛罗伦萨”的时候,对我来说,这两个城市就更加真实了;他这几句话不仅使两个城市从抽象的空间当中脱离了出来,而且也使它们从想象的时间当中脱离了出来,在想象的时间中我们不是一次仅仅安排一个旅行,而是把别的几次旅行也同时安

① 乔尔乔涅(1477—1510):意大利文艺复兴时期威尼斯画派最优秀的画家之一。他的艺术对提香及后代画家影响很大。

排在一起而并不以为怪，因为这些旅行仅仅是可能性而已——而且这想象的时间是完全可以再生的，你把它在这个城市里度过了，还可以在另一个城市再度；他这几句话也为这两个城市安排了特定的日子，这些日子就是证明在这些日子中所做的事情的真实性的证明书，因为这些独一无二的确定的日子用过以后就消失了，它们不再回来，你不能在那里度过以后又到这里再度；我感觉到，正是将近星期一洗衣店要把我溅了墨水的那件白背心洗了送回来的那一周，那两个皇后城市从它们当时还不存在于其间的理想的时间中走了出来，以最激动人心的几何学的方式把它们的圆屋顶和钟楼载入我个人的历史中去。然而我那时还只是在走向欢乐的顶点这条道路的途中；后来我终于到了这一点（直到那时，我才得到启示，在那汩汩作响、被乔尔乔涅的壁画映红了的街道上，下一周，也就是复活节的前夕，在威尼斯散步的并不是我不顾别人再三提醒而依然还设想的那些“威风凛凛，像海洋那样令人生畏，头戴闪耀着青铜光的盔甲，外披带褶的血红披风”的人，而在别人借给我的那张圣马克教堂的大照片上，摄影者照下来的头戴圆顶帽，站在门廊前的那个小人儿可能就是我了），这时我只听得父亲对我说：“大运河上这会儿可能还冷，你无论如何别忘了把冬大衣和厚上衣装进箱子。”听了这话，我简直是欣喜若狂了；我感到我突然穿进那些“仿佛是印度洋中的暗礁似的紫水晶石堆”之中，这是我直到那时一直以为是不可能的事情；我以远远超出我体力的动作，像剥一只无用的甲壳一样，除去我卧室里身边的空气，换上同等数量的威尼斯的空气——那是我的想象力注入威尼斯这个名字当中的海上的空气，是梦中的无法形容的特殊的空气；这时我忽然感到像是灵魂出窍，随之而来的是一阵恶心，就像人们刚得了一阵剧烈的喉痛时那样，家里人不得不把我扶到床上，我烧得那么厉害，大夫宣称不仅现在不能让我上佛罗伦萨和威尼斯去，而且即使我全好了，一年之内也不能打算外出旅行，也不能有任何激动。

唉！我还被绝对禁止上剧场去听拉贝玛的戏；这位被贝戈特认为是有天才的卓越的艺术家，当她让我看到一些也许是既重要又美妙的东西时，原本是可以减轻我为没有能去佛罗伦萨和威尼斯，又不能去巴尔贝克而痛苦的心情的。家里只能退而求其次，让我每天到香榭丽舍公园去，由一个人陪着，不让我太累，这个人就是弗朗索瓦丝，她是在莱奥妮姨妈死了以后就一直侍候我们的。上香榭丽舍实在是我难以忍受的事情。只要贝戈特在他的哪部作品里描写过这个公园，我也许会产生结识它的愿望，正如我总想认识在想象中早就已经有了一个“副本”的东西一样。我的想象力使这东西保持温暖，赋予它一个个性，我就想在现实中找到这个东西；可是在香榭丽舍这个公园里，没有一样东西跟我的梦有任何联系。

有一天①，正当我对木马旁边我们那老地方感到腻味的时候，弗朗索瓦丝带我越过那些由卖麦芽糖的女商贩等距相隔的座座堡垒构成的边境线，到邻近陌生的地区散步，那里是一张张从未见过的脸，还有山羊拉的小车来来往往；她然后回去把那靠在一丛月桂树上的椅子上的活计拿回来；在等待她的当口，我在那稀稀拉拉，剪得很短，又被太阳晒得枯黄的大草坪上走来走去，在这草坪的一端有一个池塘，塘边是座雕像，这时在小径那边，有个小姑娘正在穿外套，把球拍装进套子，以生硬的语调对正在喷泉的承水盘边打羽毛球的另一个红头发女孩说：“再见了，希尔贝特，我回去了，别忘了今天晚上我们吃了晚饭上你家去！”希尔贝特这个名字在我耳边掠过，它并不仅仅是提到一个不在场的人物，而是直接称呼讲话的对方，因此更有力地提醒我它所指的那个人的存在；它就这样在我耳边掠过，可说是以随着它的弹道曲线，随着它逼近目标而逐渐增长的力量而行动着——我感到，在它身上装载着呼唤她的那个朋友（当然不是我）对她所呼唤的对象的认识和印象，装载着当她念出这个名字时她对她们日常

① 那是在1895年，“我”十五岁时。

亲密的交往,对她们彼此间的串门所见到的全部景象,至少是保留在记忆中的全部景象,而我由于不能企及而为之感到痛苦的这份陌生的生活,对这个幸福的姑娘来说却是如此熟悉,如此可以操纵自如,她使我触及这份生活的表面而无法深入其中,她以她那一声叫喊把这份我所陌生的生活投进了寥廓的天空——希尔贝特这个名字,精确地触及了斯万小姐的生活中的一些肉眼不能见的点滴,使它们所发出的香泽在空中飘荡,其中也包括今晚晚餐以后在她家举行的那个聚会的芬芳——它也构成一片色彩斑斓的浮云,今晚在孩子和女仆群中悠然飘过,就同那在普桑所画的某个花园上空扬帆飞翔的云一样,跟歌剧中满载骏马和车辆的彩云那样反映出众神生活的场面——最后,它也在这块乱蓬蓬的草地上,在她所站的位置(这既是凋零的草坪的一角,又是打羽毛球那金发姑娘午后的一个时刻,她这时还在不停地发球,不停地接球,直到一个帽子上插着蓝色翎毛的家庭女教师来叫她才住手)投上一道美妙无比的鸡血石色的光带,像一个映像那样不可捉摸,像一块地毯那样覆盖在地面,而我不禁无休无止地在这道光带上拖着我那双恋恋不舍,亵渎神明的沉重的双脚踯躅,直到弗朗索瓦丝对我嚷道:“得了,把您短大衣的扣子扣上,咱们颠儿吧。”这时我生平第一次不无恼怒地注意到她的语言是如此粗俗,唉!帽子上没有蓝翎毛嘛!

她倒是会不会再到香榭丽舍来呢?第二天,她没有来,可是后来那几天,我都在那里见到她了。我一直在她跟她的伙伴们玩的地方周围转悠,以至有一回,当她们玩捉俘虏游戏缺一把手的时候,她就叫人问我是不是愿意凑个数,从此以后,每当她在的时候,我就跟她一起玩了。但并不是每天都是如此;有时候她就来不了,或者是因为有课,有教理问答,或者是因为午后吃点心,总而言之,她的生活跟我的截然不同,只有那么两次,我才感觉到凝结在希尔贝特这个名字当中的她的生活如此痛苦地从我身畔掠过,一次是在贡布雷的斜坡上,一次是在香榭丽舍的草坪上。在那些日子，她事先告诉伙伴们，她来不了；如果是因为学业的关系，她就说："真讨厌，我明天来不了，你们自己玩吧。"说的时候神色有点黯然，这倒使我多少得到一点慰藉；但与此相反，当她应邀去看一场日场演出而我有所不知而问她来不来玩的时候，她答道："我想是来不了！我当然希望妈妈让我上我朋友家去。"反正在这些日子，我事先知道见她不着，可有些时候，她妈妈临时带她上街买东西，到第二天她就会说："对了，我跟我妈妈出去了。"仿佛这是一件极其自然的事情，不可能构成任何人的一件最大的痛苦。也有碰到天气不好，那位老师怕下雨而不愿把她带到香榭丽舍来的。

这么一来，当天色不稳的时候，我从大清早就一个劲儿抬头观天，注意一切征兆。如果对门那位太太在窗口戴上帽子，我就心想："这位太太要出门了，所以这是个可以出门的天气，希尔贝特会不会跟这位太太一样行事呢？"可是天色逐渐阴沉下来，不过妈妈说只要有一丝阳光，天色还能转亮，但多半还是会下雨的；如果下雨的话，那干吗上香榭丽舍去呢？所以，从吃过午饭，我那焦躁不安的双眼就一直盯着那布满云彩、不大可靠的天空。天色依然阴沉。窗外阳台上是一片灰色。忽然间，在一块阴沉沉的石头上，我虽然没有见到稍微光亮一点的颜色，却感觉到有一条摇曳不定的光线想要把它的光芒释放出来，似乎在作出一番努力，要现出稍微光亮一点的颜色。再过一会儿，阳台成了一片苍白，像晨间的水面那样反射出万道微光，映照在阳台的铁栅栏上。一阵微风又把这条条光照吹散，石头又变得阴暗起来；然而这万道微光像已经被你驯养了似的又回来了；石头在不知不觉之中重新开始发白，而正如在一首序曲中最后那些越来越强的渐强音，通过所有过渡的音符，把唯一的那个音符引到最强音的地位一样，只见那块石头居然已经变成晴朗之日那成了定局、不可交易的灿烂金色，栏杆上铁条投上的影子现出一片漆黑，倒像是一片随心所欲不受约束的植被，轮廓勾勒得纤细入微，显露出艺术家的一番匠心和满意心情，而这些映照在阳光之湖上的宽阔而枝叶茂盛的光线是如此轮廓分明，如此柔软平滑，又是如此幸福沉静地栖息在那里，仿佛它们知道自己就是宁静和幸福的保证。

这是信笔勾成的常春藤，这是短暂易逝的爬墙草！在许多人的心目中，是所有那些能攀缘墙壁或者装点窗户的草木当中最缺乏色彩，最令人凄然的一种；可对我而言，自从它在我们的阳台上出现的那一天，自从它暗示着希尔贝特也许已经到了香榭丽舍的那一天起，它就成了一切草木中最弥足珍贵的一种，而当我一到那里，她就会对我说："咱们先玩捉俘虏游戏，您跟我在一边。"但这暗示是脆弱的，会被一阵风刮走，同时也不与季节而与钟点有关；这是这一天或拒绝或兑现的一个瞬即实现的幸福的诺言，而且是一个了不起的瞬即兑现的幸福，是爱情的幸福；它比附在石头上的苔藓更甜蜜更温暖；它充满生机，只要一道光线就可以催它出世，就可以开放出欢快的鲜花，哪怕这是在三九隆冬。

后来，花草树木都已凋零，裹着万年老树树干的好看的绿皮也都蒙上了一层雪花。每当雪虽然已经不下，但天气还太阴沉，难以指望希尔贝特会出来的时候，我就施出计谋让妈妈亲口说出："嗯，这会儿倒是晴了；你们也许可以出去试试，上香榭丽舍走上一遭。"在覆盖着阳台的那块雪毯上，刚露脸的太阳缝上了道道金线，现出暗淡的阴影。在那我们谁也没有瞧见，也没有见到任何玩罢即将回家的姑娘对我讲一声希尔贝特今天不来。平常那些道貌岸然可是特别怕冷的家庭女教师坐的椅子都空无一人，只有草坪附近坐着一位上了年纪的太太，她是不管什么天气都来，永远穿着同样一种款式的衣服，挺讲究然而颜色暗淡。如果权力操之我手的话，为了认识这位太太，我当时真会把我未来的一生中的一切最大的利益奉献出来。因为希尔贝特每天都来跟她打招呼；她则向希尔贝特打听"她亲爱的母亲"的消息；我仿佛觉得，如果我认识这位太太的话，我在希尔贝特心目中就会是另外一种人，是认识她父母的亲友的人了。当她的孙男孙女在远处玩的时候，她总是一心阅读《论坛报》，把它称之为"我的老论坛报”，还总以贵族的派头说起城里的警察或者租椅子的女人，说什么“我那位当警察的老朋友”，什么“那租椅子的跟我是老朋友”等等。

弗朗索瓦丝老待着不动就太冷了，所以我们就一直走到协和桥上去看上冻了的塞纳河。每个人，包括孩子在内，都毫无惧色地接近，仿佛它是一条搁浅了的鲸鱼，一筹莫展，谁都可以随意把它剁成碎块。我们又回到香榭丽舍，我在那些一动也不动的木马跟雪白一片的草坪之间难过得要命，草坪四周小道上的积雪已经扫走，又组成了一个黑色的网，草坪上那个雕像指尖垂着一条冰凌，仿佛说明这就是她为什么要把胳膊伸出来的原因。那位老太太已经把她的《论坛报》叠了起来，问经过身边的保育员几点钟了，并一个劲儿说“您真好！”来向她道谢。她又请养路工人叫她的儿孙回来，说她感到冷了，还找补上一句：“您真是太好了，我真不好意思。”忽然间，天空裂了一道缝：在木偶戏剧场和马戏场之间，在那变得好看的地平线上，我忽然看见那位小姐帽子上的蓝色翎毛，这真是个难以置信的吉兆。希尔贝特已经飞快地朝我这个方向奔来，她戴了一顶裘皮的无边软帽，满面红光，由于天寒、来迟和急于要玩而兴致勃勃；在跑到我身边以前，她在冰上滑了一下，为了保持平衡，也许是因为觉得这姿势优美，也许还是为了摆出一副溜冰运动员的架势，她就那么把双臂向左右平伸，微笑着向前奔来，仿佛是要把我抱进她的怀中。“好啊！好啊！真是太妙了！我是另外一个时代的人，是从旧社会过来的人，要不然的话，我真要跟你那样说这真是太棒了，太够味了！”老太太高声叫道，仿佛是代表香榭丽舍感谢希尔贝特不顾天寒地冻而来似的。“你跟我一样，对咱们这亲爱的香榭丽舍是忠贞不渝的，咱们两个都是大无畏的勇士。我对香榭丽舍可说是一往情深。不怕你见笑，这雪哪，它叫我想起了白鼬皮来了。”说着，她当真哈哈大笑起来。

这雪的景象代表着一股力量，足以使我无法见到希尔贝特，这些日子的第一天本会产生见不了面的愁苦，甚至会显得是一个离别的日子，因为它改变了我们唯一的见面地点的面貌,甚至影响到它能不能充当这个地点,因为现在起了变化,什么都笼罩在一个巨大的防尘罩底下了——然而这一天却促使我的爱情向前进了一步,因为这仿佛是她第一次跟我分担了忧患。那天我们这一伙中就只有我们两个人,而像这样跟她单独相处,不仅是亲密相处的开始,而且对她来说,冒着这样的天气前来仿佛完全就是为了我,这就跟有一天她本来要应邀参加午后一个约会,结果为了到香榭丽舍来和我见面而谢绝邀请同样感人肺腑;我们的友情在这毫无生气、孤寂、衰败的周围环境中依然生动活跃,我对它的生命力,对它的前途更加充满了信心;当她把小雪球塞到我脖子里去的时候,我亲切地微笑了,觉得这既表明她喜欢在这披上冬装,焕然一新的景区有我这样一个旅伴,又表明她愿在困境之中保持对我的忠贞。不一会儿,她那些伙伴就都跟犹豫不决的麻雀一样,一个接着一个来了,在洁白的雪地上缀上几个黑点。我们开始玩了起来,仿佛这一天开始时是如此凄惨,却要在欢快中结束似的,当我在玩捉俘虏游戏之前,走到我第一次听到希尔贝特的名字那天用尖嗓门叫喊的那个姑娘跟前的时候,她对我说:“不,不,我们都知道,您是爱跟希尔贝特在一边的,再说,她都已经在跟您打招呼了。”她果然在叫我上积满白雪的草坪上她那一边去。阳光灿烂,在草坪上照出万道金光,像是古代金线锦缎中的金线一般,倒叫人想起了金锦营①来了。

这一天开始时我曾如此忧心忡忡,结果却成了我难得感到不太不幸的一天。

我都已经认为从此再也不会有一天看不见希尔贝特的了(以至有一回,我外祖母没有按时回来吃晚饭,我居然立即想道,如果她是被车轧死

---

① 金锦营:1520 年,法王弗朗索瓦一世与英王亨利八世在加来海峡某地聚会,拟签订盟约共同对付神圣罗马帝国皇帝查理五世。双方争奇斗艳,用金钱锦缎将营地装饰得金碧辉煌,而盟约却未订成。

了，那我就不能上香榭丽舍去了。当你爱一个人的时候，你就不会对第二个人有什么爱了），然而有时从头天起，我虽然已如此焦急地等待，以至宁愿为这一时刻牺牲一切，但一旦当我就在她身边时，却并不感到这是幸福的时刻；我自己也明白，因为在我的一生当中，我只在这样的时刻身上才集中了热切细微的关注，这样的时刻本身是不会产生任何欢快的原子的。

当我远离希尔贝特的时候，我需要能看见她，因为老是在脑子里想象她那副形象，想着想着就想不出来了，结果也就不能精确地知道我所爱的对象到底是什么样子。再说，她也从来没有对我说过她爱我。恰恰相反，她倒时常说她更喜欢某些男孩，说我是个好伙伴，乐于跟我一起玩，但我太不专心，不把心思都放在游戏上；而且她还时常对我作出明显的冷淡的表示，动摇我的信念，使我难以相信我在她心中的地位跟别人有所不同，如果我这份信念出之于希尔贝特对我的爱，而不是像事实那样出之于我对她的爱的话，那么这个信念就会是十分坚强，因为它是随我出之于内心的要求而不得不思念希尔贝特时的方式而异的。但我对她的感情，我自己还没有向她倾诉过。当然，在我每一本练习本的每一页上，我都写满了她的名字和她的住址，但当我看到我潦潦草草地勾画而她并不因此而想起我的这些字行，它们使她在我周围占了这么多显而易见的地位而她并不因此而进一步介入我的生活，我不禁感到泄气，因为这些字行所表示的并不是连看都看不见它们的希尔贝特，而是我自己的愿望，因此它们在我心目中就显得是纯粹主观的、不现实的、枯燥乏味的、产生不了结果的东西。最紧要的事情是希尔贝特跟我得见面，能够互相倾吐衷肠——这份爱情直到那时可说是还没有开场呢。当然，促使我如此急于要跟她会面的种种理由，对一个成熟的男人来说，就不会那么迫切。到了后来，等到我们对乐趣的培养有了经验，我们就满足于想念一个女人（就像我想念希尔贝特一样）这份乐趣，就不去操心这个形象是否符合实际，同时也就满足于爱她的乐趣，而无需确信她是否爱你；我们还放弃向她承认我们对她的爱恋这样一种乐趣，以便使她对我们的爱恋维持得更强烈——这是学日本园艺师的榜样，他们为了培植一种好看的花，不惜牺牲好几种别的花。当我爱希尔贝特那时节，我还以为爱情当真在我们身外客观实际地存在着；以为只要让我们尽量排除障碍，爱情就会在我们无力作任何变动的范围内为我们提供幸福；我仿佛觉得，如果我自觉自愿地用假装的不动感情来代替承认爱情这种甘美，我就不仅会剥夺自己最最梦寐以求的那份欢愉，也可以以我自己的自由意志，制造一份虚假的、没有价值的、与现实毫无关系的爱情，而我就会拒绝沿着它那条神秘的、命中注定的道路前进。

但当我走到香榭丽舍，首先可以面对我的爱情，把这份爱情的非我所能控制而有其独立生命的原因加以必要的修正时，当我真的站到希尔贝特·斯万面前（这个希尔贝特·斯万，昨天我那疲惫不堪的脑子，已经再也想不起她的形象，我一直指望在再见到她时使这形象变得新鲜起来；这个希尔贝特·斯万，昨天我还同她一起玩来着，刚才我身上却有个盲目的本能促使我把她认了出来，打个招呼，这就跟我们走路这个本能一样，在我们还没有去想以前就先迈一只脚，再迈另一只脚），这时我忽然觉得，她跟我梦中所见的那个对象完全不一样。譬如说，昨天我脑子里记住的是丰满红润的面颊上的两只炯炯逼人的眼，现在希尔贝特固执地显现出来的那副面目却恰恰是我不曾想到的：一个尖尖长长的鼻子，再加面部的其他线条，构成了许多鲜明的特征，在生物学中简直可以用来与别的种属有所区别，使她成了一个尖鼻子类型的小姑娘。正当我准备利用这求之不得的时刻，根据我来以前在脑子里所准备、然而现在又不再见到的希尔贝特的形象，来帮我弄个一清二楚，使我在不在她身边的漫长时刻中，能确信我所记得的的确就是她，能确信我像写书那样日积月累地积累起来的爱情的确是以她为对象的，恰恰在这个时刻，她向我扔过一个球来，正像一个唯心主义的哲学家，他的肉体考虑到外部世界的存在，可他的头脑却不相信外部世界这个现实一样,刚才还没有把她确认为何许人就跟她打起招呼来的这个"我",现在又赶忙叫我把她扔过来的球接住(仿佛她是我来与之游戏的游伴,而不是来与之聚首的一颗姐妹般的心灵似的),这个"我"也使得我出于礼貌,跟她说上千百句虽然亲切然而并无意义的话,但却阻止我在她走开之前,或者保持沉默,利用这机会把对我来说是必不可少然而时常逃逸的她在我脑中的形象固定下来,或者对她讲几句话,使我们的爱情能取得有决定意义的进展,而这种进展我总是今天推明天,明天推后天地不去积极争取的。

我们的爱情毕竟也取得一些进展。有一天,我们跟希尔贝特一起一直走到跟我们特别友好的那些女商贩的木棚子跟前——斯万先生就是在她那里买香料蜜糖面包的。为了卫生的缘故,这种面包他每天吃得很多,因为他患有种族遗传性的湿疹,又闹便秘。希尔贝特笑着把两个小男孩指给我看,这两个孩子看着像是儿童读物里说到的调色专家和博物学家。其中之一不要红颜色的麦芽糖,非要根紫的不可,另一个则双眼含泪,拒绝女仆想给他买的那只李子,他以感人的语调解释道:"我挑中那一只李子,是因为它上面有个蛀洞!"我花了一个苏买了两个弹球。我满怀深情地瞧着放在一只木钵子里的两颗玛瑙球,闪闪发光,老老实实地监禁在钵子里;我觉得它们非常宝贵,一则是它们像小姑娘那样笑容可掬,满头金发,二则它们每个都值五十生丁。希尔贝特家里人给她的钱比我多得多,我希望她能把两个全买下来,把它们从监禁之中解脱出来。这两颗玛瑙球既透明晶莹,又像生命那样朦胧不清,要问我哪一个更美,我实在不想贬一褒一。可是我还是指着跟她的头发同样颜色的那一颗。希尔贝特把它拿了出来,看到上头有道金色的纹,吻了一吻,把这囚徒赎了出来,然后马上就把它交给了我,说:"拿着,它是您的了,给您,留作纪念吧。"

又有一次,正当我一心想看拉贝玛在一出名剧里的演出时,我问她有没有贝戈特谈拉辛的那本小册子,因为市面上买不着了。她要我把书的全名告诉她，我当晚就给她打了一份电报，把我那早就在练习本上画过不知多少次的“希尔贝特·斯万”这个名字写在封套上。第二天，她就把她找到的那本书用浅紫色的缎带扎上，用白蜡加封带给了我。“您看，这正是您要的那本。”她说，一面从她的手笼里把我给她的那份电报抽了出来。这封气压传递的函件昨天还不代表什么东西，只不过是我写的一张蓝纸，可自从投递员把它交给希尔贝特家的门房，有个仆人把它送进她的房间，就变成了这个无价之宝，成了她那天收到的一份气压传递的急件——那上面尽是邮局盖上的圆圈，邮差用铅笔添上的字迹，这些都是邮途完成的记号，是外部世界的印记，是象征生命的紫罗兰色的腰带，它们是第一次来赞许、维持、提高、鼓舞我的梦想，我连自己所写的稀稀拉拉，模模糊糊的字迹都辨认不出来了。

有天她又对我说：“您哪，您尽管叫我希尔贝特好了，可我还是叫您的教名。不然就太别扭了。”可有一段时间，她还是继续用“您”称呼我，当我提醒她的时候，她笑笑，然后编了一句像我们在学外语语法时除了练习用某个新词以外别无任何其他目的的句子，用我的小名结尾。当我后来回想我当时的感受时，我还有这样一个印象，仿佛我曾一度赤条条地被她衔在嘴里，不再具有像她同学们那样的社会身份，当她叫我的姓的时候，也不再具有我父母那样的社会身份，而她的双唇，当她有点像她的父亲那样，作出努力来把她所要强调的词语加以重读时，又仿佛是在剥去我的衣服，就如同剥去一只水果的皮，只吃它的果肉一样，而她的眼神，跟她的言语变得同样更加亲切，也就更直接地投上我身，并且随之以一个微笑，以表明她的认真、乐趣，甚至是感激之情。

然而就在那时，我也不能体会这些新的乐趣的价值。这些乐趣并不是由一个我所爱的女孩给爱着她的我的，而是一个跟我一起玩的女孩给那脑子里对真正的希尔贝特毫无印象，也缺乏一颗能体会这幸福的价值的心(唯有这样一颗心才能体会这份价值)的另一个我的。即使是当我回到了家里，我也品尝不出这些乐趣，因为我每天不得不把对希尔贝特作一番认真、沉静、幸福的凝视的希望推到明天，也希望她终于能表白她对我的爱，把她迄今把这份爱隐藏起来的原因讲个明白；也正是这种必要，使我把过去看得无足轻重，一心只向前看，把她对我的种种友好表示并不仅仅看作是一般的表示，而把它们看成是一层一层台阶，使我可以步步升高，终于达到迄今还没有进入的幸福境界。

她有时给我一些友好的表示，可有时也显得并不乐意跟我见面，这叫我难过，而这种情况时常正是在我认为最能实现我的希望的那些日子发生。我确信希尔贝特要到香榭丽舍去，我感到一阵欢快，而且觉得它预示着一个巨大的幸福。当我一早走进客厅去亲吻妈妈时，她早就整装待发，漆黑的发髻已经梳就，又白又胖的好看的双手犹有肥皂的香泽，只见钢琴上直挺挺地立着一个尘埃的光柱，又听得窗外有手摇风琴演奏《阅兵归来》这个曲子，我这才意识到就在昨晚，寒冬已经逝去，出人意料地迎来了灿烂的春天。当我们吃午餐的时候，住在我们对面的那位太太一开窗，就在刹那之间使得一道阳光从我椅子旁边掠过，一步就横扫整个饭厅，就在那儿开始午休，过了一会儿又回来继续休息。在学校里，当我上一点钟那堂课时，太阳以它金色的光芒照上我的书桌，使我十分焦躁不安，因为它像是在邀请我去过节，而我在三点以前又无法应邀，得等到那时候，弗朗索瓦丝才能到校门口来接我，一起走过那染上金色阳光，行人熙来攘往的街道，向香榭丽舍走去；马路两旁的阳台，像是被太阳从墙上卸了下来，冒着热气，像金色的云彩一样在房屋前面飘荡。唉！可在香榭丽舍，我没有看到希尔贝特，她还没有来到。我在这被看不见的太阳培育出来的草坪上坐着一动也不动，这太阳把各处的草尖都照得通红，在草坪上栖息的鸽子像是由园丁的镐头发掘到的这圣洁的土地上的一座座古代雕像，我双眼盯着地平线，随时都在等待希尔贝特的身影随着她的家庭女教师从那座雕像背后一起出现；那座雕像像是把她手上抱着的沐浴着阳光的孩子举向前方，让他接受太阳的祝福。《论坛报》的那位女读者坐在她那扶手椅里，还是在那老位置，她亲切地向一个园丁招手，对他叫道："多美好的天气！"租椅子的女工走到她跟前收费，她做出千娇百态，把那张十生丁的租金券塞进她手套的开口处，倒仿佛这是一束鲜花，为了显示对赠予人的感激之情，要找一个最讨对方喜欢的地方插上似的。当她找到了这个位置，她把脑袋晃了一圈，把圆筒形皮毛围巾拽一拽，把露在手腕子那里那张黄色纸片的一端让她瞧一眼，脸上带着一个女人指着她的胸口对小伙子说"你看，这是你送给我的玫瑰花！"时的那种微笑。

我领着弗朗索瓦丝去迎希尔贝特，一直走到凯旋门，可没有碰上她，我心想她准是不来了，就回到草坪那里去，可忽然在木马前面，那个尖嗓门的小女孩向我跑来："快，快，希尔贝特已经来了一刻钟，都要走了。我们在等您玩捉俘虏呢。"原来刚才当我沿着香榭丽舍大街走的时候，希尔贝特从布瓦西-当格拉街来了，小姐趁这好天气去为自己买点东西，而斯万先生也来找他女儿了。所以这就是我的不是了，我原不该远离草坪的，谁也不确有把握地知道希尔贝特准从哪条道来，是早还是晚，这一等待使我觉得不仅整条香榭丽舍大街跟整个下午都使我更加激动——它们像是一长段时空，在其中的每一个点，每一个时刻，希尔贝特的形象都可能出现——而且希尔贝特这个形象本身也使我更加激动，因为在这形象背后，我感到隐藏着的那支箭之所以不是在两点半而是在四点钟击中我心头的道理；她今天不是戴着体育锻炼时的贝雷帽，而是一顶出客的帽子；在大使剧院前面，而不是在两个木偶剧场之间出现，我这就依稀看到在我不能跟随希尔贝特时她干了点什么事情，又是什么事情使她不能不出门或者不能不呆在家里，我这就跟她那时对我来说是陌生的那部分生活的奥秘有了一点接触。当我按照那尖嗓门女孩的指示马上开始我们的捉俘虏游戏时，只见希尔贝特在我们面前是如此活跃莽撞，对那位读《论坛报》的夫人（她对她说："多好的太阳，简直像是一团火"）恭恭敬敬地行了个屈膝礼，带着腼腆的笑跟她说话，那副拘谨的神气使我看到跟在她父母家里、在她父母的朋友身边、在外出访客、在我所不熟悉的她的那部分生活中的希尔贝特不一样的一个小姑娘，而也正是我所不熟悉的她的那部分生活的奥妙使我感到心中如此激动。但她那部分生活究竟是怎么回事呢？其中使我得到最深刻的印象的还是斯万先生，他过了一会儿就来接他的女儿来了。希尔贝特住在她父母家里，她在学习、游戏、交朋友等方面都是听他们话的，所以对我来说，斯万先生和斯万夫人身上有着一个难以企及的未知的事物，有着一种令人阴郁的魅力，这在希尔贝特身上也是一样，但他们比她更有过之，因为他们对她仿佛是全能的神，是她身上那种品质的根源所在。对我来说，凡是与他们有关的事情都是我经常关注的对象；斯万先生当年在跟我父母交往的时候是我时常见面的，但并没有引起我的好奇，现在在他到香榭丽舍来接希尔贝特的日子，我一看到他那顶灰色的帽子和那件披风式的短大衣时，心头就不禁突突地跳将起来，直到平静了下来，他那副容貌还像我们刚读了关于他的一系列作品，他那些最细微的特点还在使我们激动不已的一个历史人物那样感动着我。当我在贡布雷听人说起他跟巴黎伯爵之间的交往时，我仿佛觉得那跟我毫无关系，现在在我眼里却成了了不起的东西，仿佛除他之外再也没有谁跟奥尔良家族中的人相识的了；现在他混迹于在香榭丽舍熙来攘往的各色人等的浊流之中，观察他们而并不要求他们对他另眼相看（他穿戴得那样平常，谁也想不起要对他另眼看待），却正是那些交往使得他如此超凡出众。

他对希尔贝特的伙伴们的问候彬彬有礼地还礼，即使对我也是如此，虽然他曾跟我家有过龃龉，不过看样子他也并没有把我认出来（这倒使我想起，他在乡间可是经常跟我见面的；这我还记得起来，不过记忆已经模糊，因为自从我见到希尔贝特以后，在我心目中斯万主要是她的父亲，不再是贡布雷的那个斯万；现在我把他的名字所归的类别跟当年它所纳入的那个系列中所容的概念完全不同，而当我现在必须想起他的时候，再也用不着那个系列了，因为他已经成了另外一个人；然而我依然还是通过一条人为的、次要的、横向的线把他跟我们家当年这位客人联系起来；既然除了在我的爱情还能从中得到好处这样一个范围以外，任何事物都没有什么价值，当我回顾那些岁月时，我是带着不能把它们一笔勾销的羞愧和遗憾之情的；现在在香榭丽舍站在我面前的这个斯万——幸好希尔贝特可能还没有对他提起我姓甚名谁，当年在他眼里我可时常是如此可笑，因为当妈妈跟他，还有爸爸和外祖父母一起在花园里的桌子上喝咖啡的时候，我常打发人去请妈妈上楼到我卧室里来互道晚安）。他对希尔贝特说，他可以让她玩一盘，可以等她一刻钟，然后就跟所有的人一样在铁椅子上坐下，用当年菲利浦七世经常紧握的那只手掏出钱来付租金，我们就在草坪上玩将起来，把那长着彩虹色美丽身体的鸽子轰向天空（它们的身体呈心形，是鸟类王国中的百合花），让它们栖息到安全的所在地，有的飞到大石钵上，低下头来，嘴巴看不见了，表示这里盛满了喂它们的水果或者谷粒；有的栖上雕像的前额，倒像是某些古代作品中为了使那千篇一律的石头的色调多少有点变化而添上的彩釉饰物，而当戴这饰物的是一个女神的时候，也就给这尊像添上一个特定的形容词（就跟我们凡人都有不同的名字一样），这就使它成了一个新的神祇。

在这么一个阳光灿烂的日子，我的希望没有实现，我这天再也没有勇气把我的失望心情对希尔贝特掩藏起来了。

“我刚才正有许多话要问您呢，”我对她说，“我觉得今天这个日子对我们的友情有重要的意义，可您刚一到就要走了！明天想法子早点来，好让我跟您说说。”

她脸上容光焕发，高兴得跳起来答道：

“朋友，明天您可别指望了，我来不了！下午有午茶会；后天也来不了，我要上一个朋友家窗口去看狄奥多西国王驾到的行列，好看着呢；后天要去看《米歇尔·斯特罗戈夫》①,再过几天就是圣诞跟年假了。可能家里要把我带到南方去,那可就太棒了!只不过要是上南方去,我就要少得到一棵圣诞树;反正即使我呆在巴黎,我也不到这儿来了,我要跟妈妈串门去。再见了,爸爸在叫我了。"

我跟弗朗索瓦丝从夕阳依然斜照的街道回家,然而却像是在一个欢庆活动已经结束了的夜晚似的。我都迈不开双腿了。

"这没有什么可奇怪的,"弗朗索瓦丝说,"今年天时不正,这个冬天太暖和。唉!上帝哪!到处都是闹病的穷人,简直是连天上也都乱了套。"

我强压哽咽,在心里反复琢磨刚才希尔贝特兴高采烈地所说她好些日子来不了香榭丽舍那番话。然而只要当我一想到她的时候,自然而然地就有一股魅力充满我的心房;还有在跟希尔贝特的关系当中,由于我心头有这样一份创痛,我是不可避免地占有一个特殊的,也是唯一的地位(尽管是令人痛苦的),这地位跟那份魅力相结合,就在希尔贝特那份冷淡之中添上点罗曼蒂克的色彩,而在我的泪中也就出现了一丝微笑——这该是一个吻的怯生生的雏形吧。等到邮差送信的时刻到来时,这晚我跟每天晚上一样心想:"我就要收到希尔贝特的信了,她会告诉我,她从来没有中止对我的爱,她会向我解释是为了什么神秘的理由她才不得不直到此刻还把她对我的爱隐藏在心,装出为不能见着我而高兴,会向我解释是为了什么她才只扮演一个普通伙伴的角色的。"

每天晚上我都乐于想象这样一封来信,我在心里默读,每一句话都背得出来。突然间,我怔住了。我明白,如果我接到希尔贝特的信的话,那决不会是这样一封,因为这封是我自己编出来的。从此以后,我就竭力不去想我希望她给我写的那些字眼,生怕老是这么念叨,结果恰恰把这些最弥足珍贵,最最盼望的词语从可能实现的领域中排除出去。即使出之于极

① 《米歇尔·斯特罗戈夫》是根据儒勒·凡尔纳同名惊险小说改编的剧本。

不可能的巧合，希尔贝特写给我的信果然正好就像我自己编造的那样，能从中看出是我的作品，那我得到的将是收到一件出之我手的东西的印象，就不是什么真实的、新的、与我的主观思想无关、跟我的意志无涉、真正是由爱情产生的东西了。

此刻我在重读一页，虽不是希尔贝特写给我的，却至少得自她手，那是贝戈特所写关于启发拉辛的古老神话之美的那一页，这本书一直跟那颗玛瑙球一样，摆在我手头。我的朋友为我搜求这部书，我很受感动；每一个人都要找出他的激情之所以产生的理由，直至认为在他所爱的对象身上具有在文学作品或者谈话中所说的那些值得人们爱的品质，同时通过模仿，把他所爱的对象身上的品质跟这些品质等同起来，使之成为他之所以有那份爱情的新的理由，尽管这些品质可能跟他不依赖他人教导而主动追求时所要求的品质截然相反，这就跟当年的斯万对奥黛特之美的美学性质一样。我呢，早在贡布雷时就爱上了希尔贝特，那时因为我对她的生活一无所知，希望自己能够投身进去，化入其中，把我那份自己已经感到毫不足道的生活舍弃，现在我则想，在我自己这个已经太熟悉，太不足道的生活当中，希尔贝特有朝一日可以来充当一个谦卑的仆人，成为我的得力助手，晚上可以帮我工作，看看我写的小册子里有没有错误，这该有无比的好处。至于贝戈特这位无比睿智，几乎超凡入圣的长者，我本是由于他才在认识希尔贝特以前就爱上她的，现在却是由于希尔贝特的缘故我才爱他本人。我以无比的乐趣读他所写的关于拉辛的篇页，我也以同样的乐趣瞧着她在把这本书送给我时那盖有白蜡印记，系有淡紫色丝带的包装纸。我吻着玛瑙球，这是我的朋友的心的最优秀的部分，是毫不轻浮十分忠贞的部分，同时虽然带有希尔贝特的生活中的神秘魅力，却一直呆在我的卧室里，与我同床而卧。但这块宝石之美，还有我乐于与之跟对希尔贝特的爱相联系的贝戈特作品之美，在我仿佛觉得希尔贝特对我的爱已经几乎化为乌有的此时此刻，这两种美却给它以凝聚之力，我发现这两种美比那份爱情出现得还早，跟这份爱情毫无相似之处，它们的内容取决于希尔贝特认识我以前早就存在的那份天才，取决于那些矿物学的规律，如果希尔贝特不曾爱我，这本书，这块石头也不会是另外一种样子，因此在这两者中间没有什么会给我带来任何幸福的信息。而我对希尔贝特的爱天天都在等待着第二天会得到希尔贝特的表白，每天晚上都把我在白天胡乱干的活计拆掉，而与此同时，在我心中暗处也有一个不相识的女工却不愿把我拆下的线扔掉，还要把它整理起来，全然无意取悦于我，也不为我的幸福着想，跟她干别的活时完全背其道而行之。这个不相识的女工对我对希尔贝特的爱情毫不感兴趣，也不首先就肯定我在被她爱着，却把希尔贝特做过的我认为无法解释的行动和已经得到我原谅了的她的过失都汇集起来。这样一来，两者就都具有了一定的意义。这样一种新的想法仿佛表明，当我看到希尔贝特不上香榭丽舍，而去看什么日场演出，或者跟她的家庭女教师去买什么东西，准备出门去度新年假期的时候，我就不该说她是什么轻浮或者是什么老实听话了。如果她爱我的话，她就既不会那么轻浮，也不会那么老实听话，而当她不得不听别人话的时候，那么在我见不着她的那些日子里，她心中应该同我一样地感到失望。这样一种新的想法还说明，既然我爱希尔贝特，我就应该懂得什么叫爱；这新的想法促使我注意到我老在想要在她心目中抬高自己的身价，因此力图说服母亲为弗朗索瓦丝买一件雨衣和一顶带蓝翎毛的帽子，或者别再让叫我害臊的这个女仆陪着上香榭丽舍（妈妈说我对弗朗索瓦丝不公道，说她是对我们家忠心耿耿的好人）；这新的想法也促使我注意到，见到希尔贝特这个唯一的愿望使得我早在她走以前几个月就一心只想打听她什么时候离开巴黎，又上哪儿去，觉得如果她不在的话，那么世上最引人入胜的地方也只能算是一个隐遁之所，而只要能在香榭丽舍见到她，那我就愿意一辈子呆在巴黎；很清楚，我这个担心和愿望在希尔贝特的行动中是找不出来的。恰恰相反，她很喜欢她那家庭女教师，从来也不为我对这有什么看法而操心。她觉得,如果是为了陪小姐去买东西而不到香榭丽舍来,那是很自然的,而要是为了陪她母亲出去而不来,那更是惬意了。即使她同意我在同一地点和她度假,那么要选定这个地点,她至少得尊重她父母的意见,得考虑到她同我说过的那种种游乐,而决不会上我家里有意把我送去的那个地方。当她有几次对我说,她更喜欢另一个男朋友,或者她已经不像头天那么喜欢我,因为我粗心大意而叫她在游戏时输了一盘时,我就向她道歉,问她该怎么办才能重得她往日的欢心,使她喜欢我有过于任何别人;我希望她对我说她喜欢我本来就有过于别人;我恳求她说这句话,仿佛她可以随她高兴或者随我高兴,仅仅凭她根据我的行为是好是坏而说出来的几句话,就能随意变动她对我的感情似的。难道我那时不知道,我自己对她的感情不是既不取决于她的行为,也不取决于我的意志吗?

在我心中暗处的那位不相识的女工所建立起来的新秩序还告诉我们,如果我们希望迄今为止伤了我们心的某个人的所作所为并非出于真心,那么它们就会射出一道我们的意愿无法熄灭的光芒,我们应该通过这道光芒,而不是通过我们自己的意愿去看看他明天的所作所为又将是怎样。

这些新的话语,我的爱情是听到了的;这些话语使它信服,明天不会跟已逝的日子有什么两样;希尔贝特对我的感情已经年深日久,不可能有所改变,只能是冷漠而已;至于我对希尔贝特的爱情,爱着的只是我这一方面。我的爱情答道:“是的,对这份友情已经无计可施,它是不会改变的。”这样,明天一来(或者等个最近的节庆日子,等个周年纪念,或者是元旦,反正是与众有所不同的一个日子,到那时时间会抛弃过去的遗产,拒绝接受它留下的凄楚,另起炉灶),到那时,我会要求希尔贝特抛弃我们的旧友情,奠定我们新的友情的基础。

我手头总有一张巴黎街道图,因为可以从中看到斯万夫妇所住的那条街,所以我觉得它装着一份财宝。出之于爱好,也出之于一种骑士式的忠诚,不管是谈到什么,我总要讲出这条街的名字,以至我父亲(他不像我母亲和我外祖母那样知道我在爱着一个人)问我:

"你干吗老是说起这条街?它没有什么特别的,只是因为紧挨着布洛尼林园,所以是个很宜人的住处,同样的街道也能数出十来处呢。"

也不管是谈到什么,我总要引我父母说出斯万这个姓氏来;当然我马上就在心里默默地重复;不过我也需要听到它那悦耳的铿锵声,让我听听这个乐音——单是默读是不够的。再说,斯万这个姓氏虽然我早就知道,现在都像某些患失语症的人对最常用的词也感到新鲜一样,对我也成了一个新词。这词老在我的脑际,可我的脑子对它老是习惯不了。我把这个词加以分解,一个一个字母地拼读,它的拼法对我简直是个意外的发现。随着它变得越来越熟悉,我也就觉得它越来越不那么清白无瑕。我在听到这个词时所得的乐趣,我都心想它已经是如此有罪,仿佛别人已经猜透了我的心思,所以当我竭力把谈话向这方向引的时候,他们就转换话题。我一个劲儿转到跟希尔贝特有关的话头上来,老是重复那些话语——这些话在远离她的地方说出来,她也听不见,不过是些只能重复说明现状而不能改变现状的一无用处的话语——然而我仿佛觉得把希尔贝特身边的事这么折腾折腾,翻弄翻弄,也许可能从中得出点可喜的东西。我一再重复那位读《论坛报》的老太太对她的夸奖(我向我父母暗示,她是一位大使夫人,甚至是位亲王夫人),继续说这位老太太是多么美,多么大方,多么高贵,直到有一天我把从希尔贝特嘴里听到的她的名字说了出来——她叫布拉当太太。

"哈!现在我明白了!"我母亲尖叫起来,我感到自己脸上羞得发热,"你外祖父听了准要叫你小心又小心。你居然会觉得她长得美!她可长得实在难看,这辈子也没好看过。她是个执达吏的遗孀。你大概不记得了,在你小时候,我费了多少心血才阻止她来看你接受体育锻炼。我并不认识她，她可老是想跟我搭讪，假说是为了告诉我‘你长得好看得简直像个小美女’。这个女人从来都有那么一股子交结朋友的瘾；我一直这么想，她要是当真认识斯万太太，那她准是得了神经病了。因为这个女的虽然出身低微，可从来还没做过什么招人非议的事来。她就是一个劲儿要跟人拉关系。她长得难看，极其庸俗，而且爱惹是生非。”

至于斯万，为了要使我自己长得跟他相像，我成天都在桌子边坐下，一个劲儿把鼻子拽长，一个劲儿揉眼睛。我父亲说：“这孩子傻了，简直讨厌透顶了。”我简直希望自己也跟斯万那样来个秃顶。我觉得他是如此不同凡响，有些我常交往的人居然也认识他，而且哪天都能碰巧碰上他，这简直令人难以置信。有一次，母亲正跟每天在吃晚饭时一样讲着她下午买了些什么东西的时候，忽然讲起：“对了，你们猜猜我在三区商店雨伞部碰见谁了？是斯万！”她讲的那些话本来对我是索然乏味，这下却催开了一朵神秘的鲜花！真是叫人听了既得到满足，又感到伤心，斯万今天下午怎么会在那人群里亮出他那神乎其神的身影去买一把雨伞！在那些同样与我无关的大大小小的事情当中，这一件事情在我心中激起了特殊的震动，我对希尔贝特的爱经常为之激荡。我父亲说我对什么都不感兴趣，因为当大家在谈狄奥多西二世国王此刻作为国宾和盟友在法国的访问将产生的政治影响时，我连听都不听。但与此相反，我是多么想知道当时斯万是不是穿着他那件披风式的短大衣！

“你们打招呼了吗？”我问道。

“那是当然。”母亲答道，她仿佛担心，如果她承认我们家对斯万冷淡的话，别人就会想法从中调解，超过她所希望的程度，反正她是不想认识斯万夫人的。“是他走上前来跟我打的招呼，我先没有瞧见他。”

“这么说来，你们并没有吵翻？”

“吵翻？干吗要吵翻？”她尖刻地回答，倒仿佛是我怀疑了关于她和斯万之间的和睦关系的神话，又试图来“拉拢”似的。

“他可能怪怨你不邀请他。”

“谁也用不着邀请所有的人,他邀请我吗?我不认识他的妻子。”

“可从前在贡布雷的时候,他是常来的。”

“好吧!在贡布雷的时候他来咱们家,在巴黎他有别的事儿要干,我也一样。不过我可以向你保证,我们压根儿也不像是两个吵翻了的人。我们在商店里一起呆了一阵子,直等到店员把他买的东西打好包为止。他向我打听你的消息,他说你跟他的女儿在一起玩……”母亲这么说着,原来斯万心里还有我呢,这真是个奇迹,叫我怎不惊奇,而且他了解的情况还相当全面,当我在香榭丽舍由于感情激动而在他面前哆嗦时,敢情他知道我姓什么,知道我的母亲是谁,而且除了知道我是他女儿游玩的伙伴以外,还掌握我外祖父母的一些情况,知道他们的家庭,知道我们住在什么地方,还晓得一些连我都可能不晓得的我们家当年生活的特点。不过我母亲在三区商店雨伞部被斯万瞧见,作为一个曾经与之有过共同往事的人物出现在他面前,使得他迎上前来跟她打招呼的时候,她可并没有觉得这次邂逅有什么特殊的魅力。

无论是我母亲也好,还是我父亲也好,仿佛都并不觉得提起希尔贝特的祖父,提起这位证券经纪人来有什么特别的兴趣。我的想象力却从巴黎社交界中把某一个家庭单独抽出来,把它奉为神圣,如同它曾把巴黎这座石头城中的某所房子单独抽出来,把它的大门刻上花纹,把它的窗户彩绘装饰得十分华丽一样。不过这些装饰,只有我才看得见。我的父母认为斯万家住的那所房子跟林园区在同一时期盖的别的那些房子都一样,他们也觉得斯万家跟别的许多股票经纪人家都一样。他们对这个家庭的印象是好是坏,根据它在凡人共同的业绩中参与了几分,根本看不见它有什么独具一格的地方。即使他们发现了什么长处,他们也会在别处看到同样的,甚至犹胜一筹的优点。因此,当他们发现斯万家的位置好时,就说另外还有一所房子位置更好,然而这所房子跟希尔贝特毫无关系,或者是属于比她爷爷资金更雄厚的一些金融家的；万一他们要是一时跟我意见一致，那准是误会，立即就要纠正的。这是因为，我的父母不具备爱情赐给我的那种补充的、瞬时的感觉，所以发现不了希尔贝特周围任何新的品质——这就跟颜色领域里的红外线一样，在感情领域中也是属于肉眼所不见的一种。

在希尔贝特早就通知我她不会来香榭丽舍的那些日子，我就想办法蹓个弯，走到离她所在的地方近一点的处所。有时我领着弗朗索瓦丝到斯万家所住的房子那里去朝圣。我让她把她从那家庭女教师那里听来的关于斯万夫人的话一而再，再而三地讲给我听。"看来她挺迷信的。哪天要是听到猫头鹰叫，或者墙里有钟表的滴答声，或者午夜看见一只猫，或者是木器发出吱吱嘎嘎的响声，那她是准不会外出旅行的。啊！她信教可虔诚了！"我对希尔贝特的爱是如此之深，当我在路上碰见她们家的老厨师头牵着狗出来溜达的时候，我也要带着深情把他那部花白胡须看上半天。弗朗索瓦丝说：

"您倒是怎么了？"

然后我们就继续往前走，直到他们家马车出入的大门口，那里有一个跟任何看门人都不一样的看门的，他号衣上的饰带都浸透着我在希尔贝特这个名字里感到的那种令人忧郁的魅力，他仿佛知道我天生就不配进入他奉命守卫的那份神秘的生活，而一楼的那些窗户也仿佛有意识地关得严严实实的，在平纹细布的遮盖下，比任何其他窗户更不像希尔贝特的双眼那样炯炯有神。有时候，我们上环城马路去，我就在迪福街口站着，据说在那里时常可以看到斯万先生上他的牙科大夫诊所去；我的想象力把希尔贝特的父亲看得跟人间的任何人是如此不同，他在现实世界中的出现也会带来如此之多的神奇，以至在走到玛德莱娜教堂之前，当我一想到我们已经离那条可能出乎意料地见到奇迹出现的街不远，心里早就突突直跳了。

然而更多的时候，当我见不着希尔贝特时，由于我听说斯万夫人几乎每天都沿着槐树路，在布洛尼湖岸边，还有在玛格丽特王后小道上散步，我就让弗朗索瓦丝领我上布洛尼林园去。在我心目中，这林园仿佛就是一座座这样的动物园，各色草木无不具备，种种景色层出不穷，翻过小山就看到洞窟、草原、巉岩、河流、沟壑、小丘、沼泽。然而游客也知道那都是为河马、斑马、鳄鱼、俄罗斯兔、狗熊和苍鹭所提供的嬉戏之所，所提供的合适的环境或者如画的背景；至于布洛尼林园，也是十分复杂，集结着许多自成体系的小世界——紧接着像弗吉尼亚州那种栽有美洲橡树这样的红色大树的农场就是湖畔一片松林，或者是一片高耸的乔木，从中突然窜出一位行色匆匆的女子，穿着一身柔软的裘皮衣服，两只眼睛炯炯有神——这是女人的花园；而槐树路，就跟《埃涅阿斯纪》中的爱神木路一样，为了她们就在两旁只种了一种树，这是一条著名的美人们散步的小径。孩子们老远看到岩顶就兴高采烈，他们知道海狮就要从这里跳进水里去，同样，早在走到槐树路以前，清香四溢的槐花也就叫我老远就感到马上就要接近那无与伦比的既强大又柔弱的植物实体，后来我越走越近，看到了树顶轻盈娇柔的叶丛，优雅而多少有些轻佻，线条妖艳，质薄料精，在叶丛中挂着万千白花，像是千百群振翅攒动的蜜蜂，还有这花的阴柔、闲逸而悦耳的名称，都使得我的心怦怦直跳，然而这里头却含有凡俗的因素，就像是那些华尔兹舞一样，我们记住的不是舞蹈本身，而是入舞厅时接待员高声叫出的漂亮的女宾的姓名。我听说，我将在那小径上看到一些打扮入时的美女，她们当中虽然有些还没有出嫁，然而别人不提则已，一提就总是跟斯万夫人一道提起，而且时常总是用她们的化名；她们如果换了什么新的姓名，那也仿佛是用来隐匿真实身份的假名，别人谈起她们来时是根本不用的，免得产生误会。心想在女人漂亮不漂亮的问题上，美是受一些神秘的法则所支配的，她们对此早已心领神会，也有办法来体现这美，所以我把她们的装束和车马的出现看作是一种启示，此外还有万千细节，我都寄予充分的信任，仿佛给这些转瞬即逝、游移不定的东西注入一个灵魂，使它们取得一件艺术杰作的完整一致。不过我要看的还是斯万夫人，我等着她走过来，心头激动得仿佛她就是希尔贝特似的。本来嘛，希尔贝特的父母，就跟她身边的一切一样，都浸透着她的魅力，跟她一样在我心头激起一份情感，甚至还有点令人痛苦的不安情绪（因为他们跟她的接触是她生活中内在的部分，是我所无缘介入的），而且，读者不久就会看到，我很快就明白，原来他们并不欢喜我跟她在一起玩，这就又添上了一份我们对那些能毫无限制地伤害我们的人的那种敬畏之情。

有时，我看到斯万夫人穿一件普通呢子的波兰式连衣裙，头上戴一顶插着一支野鸡毛的无边小帽，胸口别一小束紫罗兰，仿佛只是为了抄近路早些回家似的，匆匆忙忙地穿过槐树路，而对坐在马车上老远认出了她的身影，向她打招呼而且心想谁也没有她那么帅的那些先生挤挤眼睛。这时，我就把简朴放在美学标准和社交条件的首位。然而有时我摆在首位的就不是简朴而是排场了，譬如说，当弗朗索瓦丝已经累得不行，直嘀咕说她迈不开腿了，而我还是逼她拖着脚步再陪我走上一个小时，终于在通往太子妃门那条小道看到——这形象在我看来就代表着王家的尊荣，是君王的驾临，是后来任何真正的王后都未能给我如此强烈印象的（因为我对她们的权力是有清楚的概念也有实际的体会的）——由两匹精壮矫健，像贡斯当丹·居伊[①]笔下那样的马拉着，御者座上坐着一位穿着哥萨克骑兵那样的皮衣的高大车夫，旁边是一个像已故博登诺尔[②]的侍从那样的青年侍者，我只见——说得更正确些，应该是我感到它的轮廓在我心头刻上了一个清晰而恼人的烙印——一辆无与伦比的维多利亚式四轮敞篷马

---

① 贡斯当丹·居伊（1805—1892），法国画家，作品中有多幅写其戎马生涯，代表作有《骑士》。

② 博登诺尔为巴尔扎克《加迪尼安亲王夫人的秘密》中的人物。

车，车身比一般稍高，从最时新的豪华中又透出古雅的线条，车里潇洒地坐着斯万夫人，她的头发现在还是一片金黄，只有一绺灰的，束着一条狭窄的缎带，戴的经常是紫罗兰，从带上垂下长长的面纱，手上打着一把浅紫色的遮阳伞，嘴边挂着一个暧昧的微笑，我从中只看到王后那种仁慈，可也更加看到轻佻女子的撩拨，这是她轻盈优美地赐给跟她打招呼的人们的。这个微笑，对某些人是意味着："我记得很清楚，真是太妙了！"对另一些人则是："我何尝不想啊？咱们两个运气太坏！"对还有一些人则是："好吧，我跟着这行列再走一段，一会儿就出来。"就是在陌生人身边走过时，她嘴边也挂着一个懒洋洋的微笑，仿佛是在等待哪个朋友或者想起哪个朋友；这丝微笑不禁令人赞叹："她多美啊！"只对某一些人，她的微笑才是酸不溜丢、勉勉强强、畏畏缩缩、冷冷冰冰的，那意思是说："好吗，你这个坏包，我知道你的舌头比毒蛇还毒，你那张臭嘴就是闭不住！可你以为我在乎吗？"戈克兰[①]跟一群听他侃侃而谈的朋友走过，以舞台上那种姿势向坐在马车上的人们挥手致意。可我一心想着斯万夫人，我装做没有瞧见她，因为我知道一到射鸽场那边，她就会叫车夫把车驶出行列，停下来好徒步走下小径。在我感到有勇气打她身边走过的日子，我就拽着弗朗索瓦丝上那个方向走去。果然过一会儿就老远看见斯万夫人在行人小径上向我们走来，她那浅紫色裙子长长的拖裾在身后拖着，那副衣装打扮在老百姓心目中是只有王后才有而又是别的妇女所不穿戴的。她有时垂下眼帘看看她阳伞的伞柄，对路过的行人毫不在意，仿佛她唯一的大事和目的就是出来活动活动，全然不想到众人都在看她，所有的脑袋都向她转将过来。可有时当她回过头来叫她那条猎兔狗时，她也不经意地向四周看上一眼。

---

① 戈克兰（1841—1909）为法国著名演员，以扮演费加罗·莫里哀剧中的仆人、罗斯丹《西哈诺·德·贝热拉克》中的西哈诺而知名。

即使是那些不认识她的人也都注意到她身上有点与众不同，有点未免过分的地方，或者也许是由于一种心灵感应，就如同当拉贝玛演得最精彩时就连最无知的观众席中也会掌声雷动一样，感到她该是一个名人。他们心里纳闷："她是谁？"有时也会问同行人，也会努力记住她的服饰，好向消息灵通的朋友打听个究竟。还有一些散步的人停下脚步，说道：

"您知道她是谁？是斯万夫人！您记不起来了？奥黛特·德·克雷西？"

"奥黛特·德·克雷西？我刚才也在嘀咕呢，那双多愁善感的眼睛……她现在可不是那么太年轻了！我记得我是在麦克马洪辞职那天[①]跟她睡觉的。"

"奉劝您别再向她提起。她现在是斯万夫人，她先生是赛马俱乐部的，是威尔士亲王的朋友。再说她还很漂亮呢。"

"不错，可您当年要认识她就好了，她那时那个美啊！她住在一所挺怪的小房子里，满是中国小摆设儿。我记得我们老是听到街上报童的叫喊声，后来她就催我起身了。"

我也就没有再听那些往事，只感到她周围全都是关于她的卓著名声的窃窃私语。我的心焦躁地直跳，心想还得再过一会儿，所有这些人（很遗憾，他们当中还没有一个被我认为会瞧不起我的黑白混血银行家）才能看到这个他们一直未加注意的年轻人向这位以貌美、放荡、风度而遐迩闻名的女人致敬——说真的，我并不认识她，不过我认为我有资格这样做，因为我的父母认识她的丈夫而我又是她女儿的伙伴。我现在已经紧挨着斯万夫人了，我脱下帽子，伸长胳膊，久久地鞠一大躬，弄得她都忍不住微微一笑。有些人也笑了起来。至于她呢，她从来没有见我跟希尔贝特一

---

① 麦克马洪（1808—1898）是法兰西第三共和国的第二任总统，他本是君主派。1879 年 1 月，当参众两院都由共和派控制时，麦克马洪被迫于 1 月 30 日辞职。

起玩过，也不知道我姓甚名谁，在她心目中，我跟林园的看守、船夫、湖里的鸭子一样，是她在林园散步时的一个小角色，虽然见过但不知其姓名，所以也跟跑龙套的一样没有什么个性。有些日子我在槐树路上没有见着她，却在玛格丽特王后路上碰到，那里是那些希望单身独处或者希望显得是想单身独处的女人的去处；她总是单独呆不多一会儿，就有一个朋友来和她会合，他时常戴一顶灰色高顶礼帽，我不认识他，他跟她聊得很久，他们的两辆马车一直在他们身后慢慢跟着。

布洛尼这个林子的这种复杂性使得它成了一个出于人手的产物，成了一个动物园或者神话中的园子：这种复杂性，我那年①在穿过林园到特里亚农去的时候又体会到了；那是十一月初的一个早晨，在巴黎，蛰居室内，匆匆逝去中的秋色近在身畔而你未能一顾，这就难免勾起你对落叶的眷恋之情，甚至可说是一种狂热，折腾得你难以入眠。在我那紧闭着的卧室里，一个月以来我就一直想去观赏，这落叶就经常在我的思想和我思维的对象之间出现，就跟有时当我们注视一个物体时在我们眼前跳跃的黄色斑点一样在我眼前盘旋纷飞。那天早上，耳听得不像前几天那样有雨声了，眼看晴朗的天就跟幸福的秘密从紧闭的嘴巴中泄露出来一样从关着的窗帘角边向我微笑时，我感觉到，我就可以欣赏这些枯黄的叶子，在灿烂阳光下超凡的美了；当年在孩提时听到狂风在壁炉里呼啸，可以强压自己到海滨去观赏的愿望，而现在却再也不能不去看看那些树木，我这就走出家门，穿过布洛尼林园上特里亚农去。这正是林园呈现出最丰富多彩的面貌的时刻和季节，这不仅因为这是它被分割得最厉害的时候，而且因为那是以另一种方式分割的。即使在那些可以看到一片广阔的空间的开阔地，面对着远处那些有的还保留着夏日的树叶，有的则已经秃光了的

① 那是在1913年，离“我”在这里见到希尔贝特那年(1895)已经十八个年头了。

黑压压的树群,也还可以看见两行橙红色的栗树,仿佛这是在一幅刚开始落笔的画上,画家唯一上了油彩的部分,其余部分都还没有着色;这两行树把它们当中夹的那条道路伸向阳光灿烂之处,供日后添上的人物偶尔散步之用。

再往远去,有个地方所有的树还都覆盖着绿叶,只有一棵小树,矮壮粗实,顶枝虽截却坚强不屈,迎风摇曳着它那一头难看的红发。还有的地方依然还是五月树叶开始苏醒时那副模样,有一棵白蔹的叶子简直是神了,像一株在冬季开花的红山楂一样满面笑容,打清早起就舒展怒放。这布洛尼林园一时看起来倒像是一个苗圃或者一个公园,为了什么植物学的原因或者是准备过什么节庆,在还没有拔除的同一种树木之间,刚栽上两三种名贵的品种,枝叶怪诞,仿佛是要在它们周围保留点间隙,疏通疏通空气,多留一些光照。就这样,这是布洛尼林园展现出种种特点,将最多的各不相同的部分组成一个复合的综合体的季节。这也是这样的一个时刻。在树木还保留着叶子的那些地方,当早晨的阳光几乎是水平地照射着的时候,这些树木仿佛又变了一种质地,而再过几个钟头,当薄暮来临,阳光像一盏灯从远处向树丛投上一个人造的温暖的反光,使树巅的叶子又发出强光,树木本身则像一支插着它那熊熊燃烧的顶部的无火的烛台时,这些树木仿佛又变了一种质地。在有的地方,阳光厚得像一层砖,跟饰有蓝色图案的波斯黄瓷砖一样,在空中胡乱涂抹在栗树叶上;在有的地方,树叶向天空伸出它们卷缩的金色的手指,阳光却插到它们与天空之间,把它们分隔开来。在一棵缠着野葡萄藤的树的半中间,阳光嫁接上并且催开了一大束红花,太耀眼,不可能辨别得太清楚,多半是康乃馨的一种变种。林园的各部分,夏季是一片苍翠,那么厚实,那么单调,现在各现本色了。从一些比较开阔的地方,几乎可以看到通向所有各部分的道路,也可以说是每一个浓密的叶丛都像一面往日王室的方形红旗一样,标志着通向各部分的道路。我仿佛在一幅彩色地图上看出哪是阿姆农维尔,哪是加特朗草地、马德里、赛马场、布洛尼湖滨。不时出现一些无用的建筑物，什么一个假的山洞啦，挪开树木腾出位置修的或者是在草地软绵绵、绿油油的平台上修的什么磨坊啦等等。可以感觉出来，林园并不仅仅是个林园，它还要适应与树木的生长毫无关系的一些用途；我心里感到的激奋也并不仅仅是由观赏秋色而产生，还出之于别的什么意念。这种愉快之源是我们的心虽然感觉得到却不知其原由，也不领悟这是任何身外之物所不能促其产生的！就这样，我以无法得到满足的温情注视着这些树木，这种温情迈过它们，在我不知不觉之中奔向这些树木每天都要荫庇几个小时的那些漂亮的散步的女子。我向槐树路走去。我穿过一些高大的乔木林，早晨的阳光将它们进行了新的区划，修剪了它们的枝条，把各式各样的树干结合在一起，组编成一个又一个的花束。阳光巧妙地把两棵树拉到一起，借助于它有力的光与影的大剪子，把每棵树的树干和树枝都剪去一半，然后把剩下的两个一半编织在一起，或者构成一根暗影的柱子，两边都是阳光，或者构成一团鬼魂似的光，它那看着别扭、颤动不定的轮廓四周镶嵌着一团黑影。当一道阳光把那些最高的树枝涂抹成金黄色时，它们就像是抹着一层闪闪发光的湿气，刺破整个乔木林浸沉于其间湿漉漉、翠绿色的大气圈，兀然耸立在空中。树木继续凭它们的生命活力活着，就在当它们光秃得没有一片叶子的时候，这生命活力依然发出更加夺目的光辉——或者是在裹着它们的树干的绿色绒鞘之上，或者是在一直长到杨树顶上、圆得跟米开朗琪罗那幅《创世记》中的太阳和月亮一样的槲寄生[①]的白色绒球之中。可是，既然这些树木多年来可说是通过嫁接这种方式，跟那个女子有着共同的生活，它们就叫我想起了那个希腊神话中的山林仙女，想起那个行动矫健，面色红润的美丽的社交女子，当她走过的时候，它们以它们的树枝覆盖着她，使她也跟它们一样，领略这季节的

① 槲寄生为常绿小灌木。

法力；这些树木也叫我想起当我还年轻，还有所信仰的幸福岁月，那时我急切地来到这女性的美的杰作在这不知不觉地当了同谋者的叶丛之间一时展现出来的地方。然而，布洛尼林园的冷杉和槐树（它们比我就要到特里亚农去看的栗树和丁香还要撩乱我心），它们叫我向往的美却并不附着在我身外，并不附着在某一历史时期的回忆上，某些艺术作品之上，并不附着在门口堆放着金黄色的树叶的爱神之庙之上。我到了湖边，一直走到射鸽场。我心中的完美观，那时我觉得它体现在一辆维多利亚式敞篷马车的高度上，体现在那几匹轻盈得像胡蜂那样狂奔、双眼像狄俄墨得斯用人肉喂养的凶狠战马那样充血的骏马的精瘦上，而现在呢，我一心只想重新看到我曾经爱过的东西，这个念头跟多年前驱使我到这同样几条路上来的念头同样强烈，我真想再一次亲眼看一看斯万夫人那魁梧的车夫，在那只有他巴掌那么大、跟圣乔治一样稚气的小随从的监视下，竭尽全力驾驭那几匹振起钢翅飞奔的骏马。唉！如今只有那由留着小胡子的司机驾驶的汽车了，站在他身旁的是高如铁塔的跟班。我真想拿到眼前看看，现在女帽是否跟我记忆中那低矮得就跟一个花环那样的帽子一样迷人。现在女人戴的帽子都其大无比，顶上还装饰着果子和花，还有各式各样的小鸟。斯万夫人当年穿了俨然像王后一般的袍子也没有了，取而代之的是希腊撒克逊式的紧身衣服，带有希腊塔纳格拉陶俑那种皱褶，有时还是执政内阁时期的款式，浅底子的花绸上面跟糊墙纸那样缀着花朵。当年可能有幸跟斯万夫人在玛格丽特王后小道上散步的先生们头上，现在再也看不见有戴灰色高顶礼帽或其他式样的帽子了。他们如今是光着脑袋上街。眼前这景象中的形形色色的新玩意儿，我简直难以相信它们一个个都能站得住脚，都是一个统一的整体，甚至是否都有生命；它们支离破碎地在我眼前过去，纯属偶然，也无真实可言，它们身上也没有我的眼睛能以像往日那样去探索组合的任何美。女子都是平平常常，要说她们有什么风度，我是极难置信的，她们的衣着我也觉得没有什么了不起。当我们心中的一个信念消失时，有一个东西却还依然存在，而且越来越强烈，来掩盖我们丧失了的赋予新事物以现实性这种能力——这个东西就是对旧事物的偶像崇拜式的依恋，仿佛神奇之感不生自我们之身而存于这些旧事物之中，仿佛我们今天的怀疑有其偶然的原因，那就是众神都已死了。

我心想：真是可怕！人们怎能觉得这些汽车跟当年的马车一样有气派呢？我也许岁数已经太大了，我可看不惯这么个世道，女人居然裹在都不是用衣料缝成的衣服里。当年聚集在这优雅的红叶丛底下的人现在都已烟消云散，庸俗和愚蠢取代了它们一度荫庇的精巧优美，再到这些树底下来又有什么意义？真是可怕！今天已不复有什么风度可言，我只好以思念当年认识的那些女子聊以自慰了。现在这些人出神地看着那些帽子上顶着一个鸟笼子或者一个果园的怪物，他们又怎样体会到斯万夫人头戴一顶普普通通的浅紫色带褶帽或者仅仅笔直地插上一支蝴蝶花的小帽时是何等迷人呢？在冬日的早晨，我碰上斯万夫人徒步行走，身穿水獭皮短大衣，头戴一顶普普通通的贝雷帽，只插两支山鹑毛，然而单凭她胸口那小束紫罗兰就可以想见她家里是温暖如春——那花开得如此鲜艳如此碧蓝，在这灰色的天空、凛冽的寒风、光秃的树木当中，它有着这样的魔力，就是仅仅把这季节和这天气当做一个背景，而实际却生活在人的环境之中。生活在这个女子的环境之中，跟那些在她客厅燃着的炉火旁边、丝绸沙发前面的花盆和花坛当中透过紧闭的窗户静静看着雪花纷纷落下的花儿具有同样的魔力：我那时的情感，又怎能叫那帮人理解？再说，对我来说，光让服饰恢复到当年那样子还是不够。一个回忆当中的各个部分是互相结合在一起的，而我们的记忆又保持这些部分在一个整体中的平衡，不容许我们有一丝克扣，有一毫抛弃，所以我都真想能在这些妇女当中哪一位家里度完这一天，面前一杯香茶，在漆着深色的墙壁的套间（就像是这篇故事的第一部分结束的次年斯万夫人住的那一套一样），墙上映照着橙色的火光，炉子里是一片火红，在那十一月的薄暮中闪烁着菊花玫瑰色和白色的光芒，而这时刻就跟我没有能得到我所向往的那些乐趣的那会儿相像——这点我们会在后面看到的。然而现在，这样的时刻虽然不会给我带来什么结果，我还是觉得它们本身就含有充分的魅力。我真想重新得到这样的时刻，完全跟我在回忆中的一样。唉！如今已经只有路易十六款式的房间了，四面都是点缀蓝色绣球花釉面的白墙。再说，现在人们都要很晚才从外地回到巴黎来。如果我写信给斯万夫人，请她帮我来把我感到已经属于遥远的岁月、属于已不容我追溯的年代的某些内容（这个愿望本身已无法实现，就如我当年徒然追求的那个乐趣一样无法得到）追补出来的话，她会从乡间的别墅回信，说她要到二月才能回来，那时菊花早已凋谢了。此外，我也真希望依然还是当年那些女子，那些服饰使我感到兴趣的女子，这是因为，在我还有所信仰的岁月，我的想象力曾把她们一一赋予个性，给她们每一个人都编上一篇传奇。唉！在槐树路，也就是《埃涅阿斯纪》中的爱神木路，我倒见到了几位，老了，都只是她们当年风韵的可怕的影子了，她们在维吉尔的树丛中徘徊踯躅，绝望地不知在搜寻些什么。她们都早就离开了，我可还在向那空无一人的小道打听。太阳隐藏起来了。大自然又开始统摄这个林园，把它说成是妇女乐园这种想法早已烟消云散；人工堆砌的磨坊上是一片十足的灰蒙蒙的天空；风吹皱了大湖，吹起了层层涟漪，倒像是一个真正的湖泊；大鸟迅捷地飞越林园，倒像是飞越一个真正的树林，一面发出尖叫，一面纷纷栖息在高大的橡树之巅；这橡树的树冠真像高卢时期德鲁伊特教祭司的花冠，而又以古希腊多多纳祭司的权威，仿佛在宣告这已经另作他用的森林已经荒无人烟，这倒有助于我明白在现实之中去寻找记忆中的图景是何等的矛盾，后者的魅力得之于回忆，得之于没有通过感官的感受。我当年认识的现实今日已经不复存在。只要斯万夫人不在同一时刻完全保持原有的模样到来，整条林荫大道就会是另一副模样。我们曾经认识的地方现在只处于这样一个小小的空间世界，我们只是为了方便起见，才给它们标出一个位置。它们只是构成我们当年生活的相邻的诸印象中间的一个小薄片；对某个形象的回忆只不过是对某一片刻的遗憾之情；而房屋、道路、大街，唉！都跟岁月一样易逝！